白羽武侠小说全集 一

十二金钱镖

白羽 著

第一卷

山西出版传媒集团
北岳文艺出版社 ·太原·

图书在版编目（CIP）数据

十二金钱镖 / 白羽著. — 太原：北岳文艺出版社，2022.1
（白羽武侠小说全集）
ISBN 978-7-5378-6468-8
Ⅰ. ①十… Ⅱ. ①白… Ⅲ. ①侠义小说—中国—现代
Ⅳ. ①I246.5

中国版本图书馆CIP数据核字（2021）第215693号

十二金钱镖

白羽 / 著

//
出品人
郭文礼

选题策划
孙茜

责任编辑
孙茜

印刷监制
郭勇

封面插画
杨苇

封面设计
阎宏睿

出版发行：山西出版传媒集团·北岳文艺出版社
地　　址：山西省太原市并州南路57号
邮　　编：030012
电　　话：0351-5628696（发行部）　0351-5628688（总编室）
传　　真：0351-5628680
承 印 者：山西人民印刷有限责任公司

开　　本：890mm×1240mm　1/32
总 字 数：5280千字
总 印 张：200.625
版　　次：2022年1月　第1版
印　　次：2022年1月　第1次印刷
书　　号：ISBN 978-7-5378-6468-8
总 定 价：1380.00元（全25册）

漂泊在混沌江湖上的清白之羽

倪斯霆

1966年的春天来得格外早，一月下旬便已进入春节。

此时，在天津市中山路西侧一片名叫二贤里平房的某个院落里，一位瘦弱老人正躺在家中床上，大口喘着粗气，断断续续地在向家人交待后事。多年脑血栓后遗症加上久治不愈的肺气肿，已让他的生命到了弥留之际。他将次子叫到床前，指着床下一捆捆已泛黄破旧的武侠小说吃力地说："快把它们烧掉，以后谁也不能再提我是写武侠的。"言罢，他又指了指隔壁书桌上码放整齐的数十册甲金文研究手稿，告诉次子尽快将其整理出来，力争发表，并嘱咐说，今后别人问起我，就说我是搞甲骨文研究的……

几天之后，老人驾鹤西去，享年67岁。时间是1966年3月1日清晨8时30分。

这便是著名民国社会武侠小说作家白羽的最后时光。带着对人世间的依依不舍，带着满肚子的故事与学问，更带着未成硕果累累的文史学者反而成了名震遐迩的武侠名家的遗憾与不甘，白羽走了。

此刻，受其影响极深的金庸、梁羽生、古龙等港台新派武侠小说大家在大陆以外正如日中天。他们在享受着作品畅销所带来快乐的同时，也在过着受人景仰崇拜的幸福生活。与此同时，海外大学、报馆里的一些专家学者也在孜孜研读白羽小说及其甲金研究文论，褒贬成败，臧否得失。与之相较，作为他们的私塾老师与研究对象，白羽的身后可谓冷清寂寥。在被草草安葬后，已淡出人们视线多年的他，从此渐渐被人遗忘。其几十部武侠名著及散佚在旧报刊上的大量文史考证、讽世随笔，则灰飞烟灭。

幸焉？不幸焉？

幸亦不幸。

幸者，是他恰好死得其时，不幸的是，他没能看到20余年后，其恢弘的武侠佳作重又畅销神州；其精深的文史考证再次进入学术殿堂；其庞大的杂文随笔重新“出土”瑰集成编嘉惠后人。继1992年其武侠小说全集22部550万字正式付梓后，近年来，他更是被写进多种现代文学史并登堂入室走入象牙之塔。作为沦陷时期通俗文学代表的“著名作家”，目前他已被多所大学列为研究对象。而让其名扬海内外的武侠成名作《十二金钱镖》，目前也已被“妄改”成电视连续剧，在各地卫视播映。尤其是在玉宇澄清的今天，他生前极其渴望还他新文学家及文史学者身份的梦想，随着目前学界对其武侠小说的重新定位，伴着他的大量学术考证文章及杂文随笔不断被整理面世，也即将成为现实。

俱往矣——哀荣已不重要。重要的是，作为一种文学现象的标志与符号，作为一个术有专攻的专家与学者，作为一位个性独特的报人与观察家，白羽毕生的著述已被今人在陆续搜集整理并进行实事求是的客观研究。尤其是他生前的最后一个单位——天津市文史研究馆，更没有忘记他这个老馆员。在近期陆续编撰的“天津市文史研究馆馆员著述系列”中，他作为有突出成绩的文史研究专家，也被幸列其中。更为难得的是，此次他的“著述”，不是让他尽享盛名的社会武侠小说，而是他生前最为看重且欲终生从事而不能的文史研究。相信在不久的将来，随着这部凝结着白羽一生学术成就的“著述”之面世，我们在钦佩其武侠小说辉煌成就之外，尚能发现一个作为著名文史学者的全新“白羽”。

那么，身后尽享社会武侠小说与文史学术研究盛荣的白羽，其生前的生活与写作又是怎样的呢？这一切，还要从百余年前说起……

辗转津京等地的“军人之子”

白羽虽然祖籍山东东阿，但据其自传《话柄》所言，“脚却从未踏过鲁境一步”。相反，他与天津却有着割舍不断的缘分。细数白羽一生经历，称天津为其实实在在的“故乡”并不为过，而其祖籍山东东阿仅仅成了他填写“籍贯”时的“例行公事”。

1899年9月9日，白羽出生于天津附近的马厂（马厂位于今河北省青县境内，青县自清朝至民国的280多年里，一直隶属天津），本名宫竹心，曾用名宫万选，笔名尚有杏呆、宫槑、耍骨头斋主等。其父宫文彩为陆军中校，时任袁世凯卫队营长。作为“随军家属”，白羽在其父病逝前一直随父而居。其在马厂长到5岁后，便随父迁居天津市内，由塾师为其开蒙认字读书；1906年7岁时又随父移防辽宁省开原县，翌年旋迁黑龙江省安达市，三年后再次返回天津。

这次重返天津，是因为其父与上司发生冲突，被以“巡防不力”撤差，回津赋闲。后经老上级倪嗣冲斡旋推荐，其父被军中降级为哨官，带部队驻防天津西郊疙疸村。虽然此次在津只住一年有余，但对白羽来说，这是他少年时期玩得最开心的时光。当时其父将家安顿在津西芥园，当年这里沟渠相连，野趣横生，以至在20多年后，他已成为华北“名作家”时，仍对这少年玩耍之地念念不忘，对此其曾在自传《话柄》中回忆：“二十年前的西芥园，虽位在软红十丈的津门，却地段旷野，有如村庄。”“在西芥园过了两个年，到民二才移居故都，改入学校。但是芥园有荒坟似山，有水坑如河，我与学友游玩不倦。这真是我儿时游钓之乡，直到现在，还引起我的留恋!”

1912年，随着民国建立，其父在北京复职，于是白羽依依不舍地告别天津，随父迁居北京。不久，他进入学堂，接受新式教育。1918年，其父突发脑溢血辞世后，家中积蓄不但很快被下人骗光，而且段芝贵、倪嗣冲、张作霖等人所赠抚恤亦被其父上司克扣。失怙弃养的现实，让他这个长子只得辍学，承担起养家的重任。这期间，他先后做过商贩、家庭教师、军中文书、税吏及邮局职员。但经过“五四”新文化洗礼的他，心中最大的愿望，便是做一个新文学家或文史研究学者。为此，他阅读了大量欧陆名著、新文学作品及中国文史典籍，并由此喜欢上了鲁迅、周作人、冰心、许地山等人的作品。

成了鲁迅与周作人的学生

1921年8月25日，在午后日头的炙烤下，白羽怀着忐忑与兴奋的心情走进了北京西直门内公用库八道湾11号寓所。这是一套典型四合院住房。前院朝北三间房子的主人是一位留着短黑胡子的中年人，名叫周树人；在后院九间一排的东屋里住着他的胞弟周作人与其日本夫人羽太信子。当白羽得到周氏兄弟均不在家的回答后，削瘦的脸上现出了几分失望。他沉默片刻，不无遗憾地留下一信匆匆离去。翌日，白羽便收到了周树人的回信：

> 竹心先生：
>
> 昨天蒙访，适值我出去看朋友去了，以致不能面谈，非常抱歉。此后如见访，先行以信告为要……
>
> 先生进学校去，自然甚好，但先行辞去职业，我以为是失策的。看中国现在情形，几乎要陷于无教育状态，此后如何，实在是不可知之数。但事情已经过去，也不必再说，只能看情形进行了。
>
> 小说已经拜读了，恕我直说，这只是一种Sketch，还未达到结构较大的小说。但登在日报上的资格，是十足可

以有的；而且立意与表现法也并不坏，做下去一定还可以发展。其实各人只一篇，也很难于批评，可否多借我几篇，草稿也可以，不必誊正的。我也极愿意介绍到《小说月报》去，如只是简短的短篇，便绍介到日报上去。

读至此处，白羽深受感动。虽然此时他尚不知道周树人即是他心目中最最敬仰的“鲁迅先生”，但从字里行间他已悟到此人是足以信赖的文坛长辈。此时他心绪难宁，连日来与周树人文字神交的经过又重现眼前——

那是20多天以前，在北京邮局任小职员的白羽，从快信处意外获得了当时在文学青年心目中威望颇高的周作人家地址，这使得受过“五四”运动洗礼并喜好新文学创作和文史研究的他欣喜若狂，立刻去函求教。为了免遭拒绝，他在信中只提出借书和建议设立借书处的要求。几天后便接到了回信，但回信者却署名周树人。他在告知周作人因病目前正在西山碧云寺修养外，还寄赠白羽《欧洲文学史》和《域外小说集》各一册。

周树人何许人也？看过大量新文学作品的白羽对此名却颇感陌生，但他与周作人是兄弟肯定无疑。从信中语气看，似乎也是一位修养很深的文化人。既然周作人患病不能赐教，何不请他作伐，帮助改稿投稿。主意已定，白羽便于8月6日给周树人去函一封，请求相见。十天后，得复信。周树人允曰：“先生兄妹俱作小说，很敬仰，倘能见示，是极愿意看的。”

第二天，白羽便将自己所写《厘捐局》与其妹宫时荷所写《两个铜元》小说手稿寄至周府。但连等数日，未见回音。已经厌倦了邮局机械工作的白羽，此时因能得到周树人的赐教，已被绚丽的文学之梦所陶醉，于是他准备辞职去考高等师范，企盼将来终身从事文学创作与文史研究。思虑至此，他遂将此计划修函一封，再寄周府。发信之后，渴望拜见周君之情愈来愈烈，终于决定冒昧求见。于是便出现了此节开头的一幕。

——窗外的喧闹将白羽从回忆中惊醒，他将目光落到了信的最后：“不知先生能否译英文或德文，请见告。”先生不但肯于改稿、荐稿，而且还愿意介绍翻译，这使白羽颇感意外。于是他匆忙回信，答曰“英文还可以勉强译述”，并说自己读了许多新文学作品，“最喜爱的作家是鲁迅和冰心”。几天后，周树人回信说自己就是鲁迅。

周树人就是鲁迅?!

白羽顿时惊呆了——自己冒昧向周作人讨教，却阴差阳错结识了心仪已久的鲁迅先生，并且数度书信往还，这真乃一大幸事。但更让他欣喜的是，几天后，他的第一篇新文学小说《厘捐局》经鲁迅介绍，便见诸报端了。

至此，白羽再也按捺不住面见先生亲聆教悔之情。1921年9月28日下午，他如约来到八道湾11号，见到了心仪已久的鲁迅与周作人先生。初次见面的印象足以刻骨铭心，以致18年后他在自传《话柄》中回忆起这次相见的情景，仍历历在目：“在苦雨斋见了鲁迅和作人先生，我昂然地坐在两个文学家之前，大谈一阵。鲁迅先生透视的刺人的眼和辛辣的对话，作人先生的敦厚温柔的面容与谈吐，给了我很深的印象。……鲁迅先生所给予我的影响很大，尤其是他的文艺论。曾谈到当时小说的题材，不外学生生活；鲁迅指出这一点，我就附合着说：‘是的，这样题材太多太泛了，不可以再写了。’鲁迅决然地回答：‘但是还可以写。’又谈到当时的作者，为表现同情劳工，于是车夫乞丐纷纷做了小说的主角，我说：‘这真是太多了，应该变换题材了。’鲁迅又决然地回答：‘但是还可以写。’是的，这只在乎作者个人的体验与手法。他一连几个‘但是’，当时很使我诧然。”

近一小时的谈话很快便结束。分手时，周作人将自己收藏的契诃夫小说的英译本借给了白羽。随后白羽译出五六篇，均由鲁迅校定后荐往北京《晨报》发表。

继首次见面之后，白羽又往八道湾拜见鲁迅多次，并相互通信达数月之久。然而他到底没有听从鲁迅的劝告，仍是辞去了职业。需要指出的是，这期间鲁迅不但继续为他修改、推荐作品，而且为他的考学与工作问题，也在多方奔走，但收效甚微。

事已至此，白羽不得不放弃卖文求学之念，而到通州去教私馆，时间不长便失业。又经友人之荐，以千字一元之酬，于一月之内为一家日报的“妇女界”专版写了一万一千余字，但当付酬时却被编辑核减为大洋四元，遂一怒之下，辍笔停稿。旋又至《民立日报》当校对并兼写钢板，谈妥月薪二十元，然而到领薪时，又被社长太太扣去四元，随后该报停刊，就连这十六元的生活费也因此而告吹。无奈之下，他又想到了鲁迅，于是在转年的秋天，他再次来到八道湾，但这里已是人去屋空。原来在白羽接到鲁迅最后一封信函不久，鲁迅与周作人之间长期积蓄的矛盾爆发，终于导致决裂。1923年8月2日，鲁迅愤而离开八道湾，迁居砖塔胡同61号。三年后，离京赴沪，从此中断了与白羽的往来。

被张恨水招聘后的创作转型

失去了鲁迅的关怀与引导，白羽在迭遭失业之苦与投稿被骗之后，他于报上看到了北平《世界日报·明珠版》招聘特约撰述的广告。

《世界日报》是由成舍我在1924年创办的《世界晚报》基础上，于翌年再办的一张大型日报。该报在北平影响甚大，一批文学青年及进步人士如张恨水、张友鸾、马彦祥、张友渔等当时都在该报任职。尤其是张恨水，自成舍我在北平版《益世报》当总编辑时，便作为助手协助其工作。1924年成舍我于北平西单手帕胡同35号创办《世界晚报》，遂邀张恨水主编一版副刊“夜光”。张恨水成名作《春明外史》便是此时于该版发表。转年2月10日，《世界日报》又在右附马大街甲90号创刊，成舍我又请张恨水为其兼编副刊“明珠”。于是张恨水又在该版连载了《新斩鬼传》与《金粉世家》。几部长篇小说的推出，使张恨水一跃成为当时南北最受欢迎的作家，各地报刊约其写连载者络绎不绝。为使自己稍有解脱，张恨水在征得成舍我同意后，遂在报上登出广告，欲在北平为“明珠”版招几位特约撰述。

此时“在很短的时期，自荐信稿便订了五本”的白羽见到广告，认为机不可失，于是便在一夜间写了文史类短稿七篇，投寄出去。张恨水对应聘者筛选极严，本着宁缺勿滥原则，所有来稿均亲自过目，最终于众多自荐稿中选定一人，这便是白羽。他被白羽深厚的文史基础与喜怒笑骂的文笔所折服，认定此人往后在文学创作与文史研究方面将成大器。

1926年春天的一个下午，白羽在北京宣内未央胡同，第一次见到了当时已驰名南北的大作家张恨水。多年后，他在回忆这次相见时曾言："我诧异这个文人，如此巨眼响喉，但他的嗅觉却灵敏。面谈之下，他说K先生可以每天给明珠写一篇稿子，有工夫再给夜光写一点，三五百字就行。哈，每月十元，而且是每日两篇，我方才醒悟，那一万一千字的稿费四元，并非希奇事，一向如此的。但我不能不做，就作了起来。事后才听说，这次特约撰述，实在只选中我一个人。就是大名鼎鼎的恨水先生，那时的稿费也不过千字二元。文人是如此的不值钱，至少在北方是这样的。"

与张恨水相见之后，白羽便开始了他的"特约撰述"工作。他每日冥思苦想，奋笔赶稿，这一时期曾写下了许多随笔、杂文、训诂考证及文史掌故，并由此决定了他一生与文史结缘。在"特约撰述"的同时，他看到张恨水的长篇连载颇受各报欢迎，稿酬也丰，遂心羡手痒，写出了他平生第一部武侠小说《青林七侠》，并于1926年底连载于张恨水所责编的《世界日报》副刊。但由于小说写得甚不理想，读者反响平平，故在连载数月之后，便被腰斩，直到1931年，他来到天津后，方才在吴云心主编之《益世晚报》副刊续载完毕。

《青林七侠》在《世界日报》的连载虽然没有成功，但却为白羽日后的文字生涯打开了一扇新的窗口。因为正是张恨水的"榜样"作用，使青年白羽逐渐放弃了新文学梦想，也暂时搁下了甚为喜爱的训诂、考证等文史研究，而转型为通俗小说的创作了；而正是《世界日报》这个阵地，为白羽提供了武侠小说练笔的机会，对他日后成为著名社会武侠小说作家做了先期培训。虽然目前没有资料可以证明，在《世界日报》这段日子，张恨水与白羽是否有过关于通俗小说创作方面的讨论与磋商，但一个事实不可否认，张恨水通俗小说创作的成功与连载所获的丰酬，对当时穷困潦倒的文学青年白羽刺激极大。因为他当时最需要的便是养家糊口的钱，最犯愁的也是无法弄到维持一家生活的钱。正是张恨水的写作模式与获利结果，让白羽看到了文人原来也可以这样挣钱。于是他只能放弃当一个新文学家或文史学者的梦想，循着张恨水的路子写起了通俗小说。这也正是20余年后，当写作武侠小说让他名利双收时，他却总是发出自责自艾自轻自贱的哀叹之原因。

看不起通俗小说，但不得不以通俗小说养家并藉此而成名，是白羽一生最大的悲剧。

因报道施剑翘出狱真相成为津沽“名记”

1928年夏，白羽应天津名记者吴秋尘之约，只身重返津沽，任职天津《商报》。对于少年时期过惯了随父宦游生活的白羽而言，此次天津之行，并非长久之计，只不过是想换换环境，洗刷一下在京的“晦气”罢了。然而，他与天津这座城市前缘已定，天津很快便接纳了这位穷弱书生，从此他便在津定居，直到38年后他在天津走完他的人生之旅。

从1928年到1937年这九年间，白羽在天津可谓名副其实的“穷忙”，对此他曾在自传《话柄》中回忆：“我在北京，如果说是‘穷愁’，那么我自从到津，我就算‘穷’之外，又加上了‘忙’；大多时候，至少有两件以上的兼差。曾有一个时期，我给一家大报当编辑，同时兼着两个通讯社的采访工作。又一个时期，白天做官，晚上写小说。一个人干三个人的活，卖命而已。尤其是民二十一至二十三年，我曾经一睁开眼，就起来写小说，给某晚报；午后到某机关办稿，编刊物，做宣传；七点以后，到画报社，开始剪刀浆糊工作；挤出一点空来，用十分钟再写一篇小说，再写两篇或一篇短评！假如需要，再挤出一段小品文；画报工作未完，而又一地方的工作已误时了。于是十点半匆匆地赶到一家新创办的小报，给他发要闻；偶尔还要作社论。像这么干，足有两三年。当外勤时，又是一种忙法。天天早十一点吃午餐，晚十一点吃晚餐，对头饿十二小时。而实在是跑得不饿了，挥汗写稿，忽然想起一件心事，恍然大悟的说：‘哦，我还短一顿饭哩！’”

但就在这样的“穷忙”中，他却“忙”出了名堂，并因此而成为津沽“名记”。

那是在1935年的夏天，白羽加入了天津中华通讯社。中华通讯社由管孟仁成立于1930年，社址位于天津法租界26号路（今滨江道）恒安里。1932年又迁址英法租界相交（今营口道）的仁和里。后因管孟仁离津他去，通讯社停办。直至1935年，该社原编辑华连瀛、张家彦、王受生等利用原登记证，重新恢复中华通讯社，并再度迁址河东金汤大马路（今建国道）致安里。白羽便是在此时加入该社并充任外勤记者。但只干了三两月，便嫌累退出。1936年秋，该通讯社越办越糟，王受生遂再度邀其加入，在谈妥先付酬薪并出高价条件下，白羽遂“二进宫”。“然而情势已非，采访非常困难。×社（中华通讯社）初发稿时，经努力活动，只两三天，社稿便被大公、益世、庸报、新天津等采用。这一回远非昔比了，社稿的信用已被弄砸。经我连跑了十二三天，访的消息不是不确，不是没有刊登价值，可是各报全不敢采用，怕靠不住，造谣。我急了，只好努力。”（详见《话柄》）努力的结果便是：他独家报道了因替父报仇而枪杀军阀孙传芳的女侠施剑翘出狱的真相。自此之后，不但中华通讯社的日子好过，白羽本人也一跃而为津沽“名记”。以至在许多年后，他仍在自传中称施剑翘为自己的“恩公”。

然而，“名记”的花环仅戴了月余。1936年冬，白羽在累得“咯血一口”之后，便告别了新闻圈，应友人郭云岫（国民党天津地下抗日人员，后被日伪绑去日本做劳工，死于北海道）之邀，携带家眷到霸县，边养病边执教乡村师范去了。

从二贤里甩出《十二金钱镖》

乡村的生活是宁静的。

在霸县，白羽边教书，边调养病体。渐渐地，随着身体的康复，白羽也适应了这世外桃园般的生活，并由此产生了留恋，有了在此置房安家的念头。

然而，卢沟桥的炮声打碎了白羽的田园梦。

1937年7月7日，抗战爆发。7月30日，天津沦陷。随后，战火燃遍了华北。

是年底，白羽携家眷仓皇返津。望着满目疮痍的街巷，困顿无助的白羽一家只有挤住在离津前已为其弟宫维城安顿好的河北区昆纬路两间平房内。“人总得吃饭，就得找事做做。但是劫后归来，举目则人物皆非。做什么是好？想来想去，只好卖文教学了。”（详见《话柄》）于是他先借友人徐某在中山路南段开设的“东方补习学校”牌子，自己充当国文、英文及数学补习教员，随后便开始酝酿卖文为生。

因津城沦陷之初学校大都停办，白羽的补习学校一开课便学生众多，白羽见此遂有了开办学校的想法。在经过慎重选择和多方比较后，他最终租下了中山路以西二马路与黄纬路相交处的二贤里8号院为校址，在友人郭云岫的帮助下，开办了正华学校，内设补习班与小学。虽然与马路对过高大气派的扶轮小学相比，正华学校既矮小又简陋，但由于开设在贫民区内，还是吸引了大批穷苦孩子来此上学。为了维持生活和补贴建校费用，在学校稍一安顿后，白羽便将卖文的想法付诸实施。于是，一部日后为其带来不菲收益，并使之誉满全国且改变了其人生走向的长篇小说，在二贤里开始了构思与创作。

1938年初，沦陷的津沽，报业萧索，文坛凋零。随着赵焕亭、还珠楼主等名家的出走，战前曾红火一时的通俗小说创作此时亦渐趋底谷。是年二月，《庸报》上一部武侠小说的横空出世，为沉闷的华北文坛带来些许生气，这便是白羽在二贤里甩出的《十二金钱镖》。

关于《十二金钱镖》的写作，台湾学者叶洪生先生曾作过如下描述："当时正值抗战军兴，华北沦陷区人心苦闷，渴望天降侠客予以'神奇之救济'，……其中有一介书生，困顿风尘，百无聊赖，乃以'倒洒金钱'手法，胡乱打出《十二金钱镖》，发表于天津《庸报》，孰料歪打正著，声誉鹊起，竟赢得各方一致叫好。"其实该书并非是白羽"胡乱打出"，而是思考再三的结果。那是1938年的年初，随着正华学校渐入正轨，萦绕在白羽心头多时的"卖文"念头逾发强烈，但是文卖何处呢？恰在此时，已沦为日军"北支派遣军"机关报的《庸报》文艺部长何海鸣找上门来，约白羽撰写小说于报上连载。不明底细而又为生活犯愁的白羽遂接受友人郭云岫的劝告，提出只写与现实无关的武侠小说，其他题材均不涉笔。在得到何海鸣的同意后，白羽把题为《豹爪青锋》的长篇武侠第一章送到报馆，但何海鸣认为这个书名纯文学味太浓，大笔轻轻一挥，便改作了《十二金钱镖》。白羽回到家中，大骂何海鸣无知、庸俗，并对家人说："我不能丢姓宫的脸，写《十二金钱镖》的姓白名羽，与我宫竹心无关。白羽就是一根轻轻羽毛，随风飘动。"

就这样，为当时饱经战乱的沦陷区读者带来些许欢娱的武侠小说《十二金钱镖》便横空出世了。书中，白羽尤将南下劫镖的飞豹子写成盘跨辽东的强徒，在当时东北已沦为伪满之际，此举可谓意义深长。

此书写作伊始，白羽约来深谙武功而此时正在家赋闲的好友郑证因，一边帮忙料理校务，一边帮其设计武打招式。郑证因在其影响下，不久便亦走上了"纸上江湖"，写出武侠代表作《鹰爪王》，成为继白羽之后又一民国北派武侠小说代表作家。

《十二金钱镖》的发表，为白羽赢得极大声誉。随着连载日深，此书在民间不胫而走，深入人心，当时随处可见的租书铺子门口所贴"家家读钱镖，户户谈剑平"的对子可谓是该书轰动的真实写照。该书随写随刊，后由天津书局出版单行本第一集后，其余各集均由白羽在二贤里8号院自办的正华出版部出版，至1943年便已出到16卷总80章，但故事仍未结束，搁笔几年后，白羽又于1947年在天津《建国日报》续写第17卷5章，终结全书。

其实正华出版部的成立，实乃白羽的无奈之举。

《十二金钱镖》单行本第一集于1938年11月由天津书局出版后，迅即风靡全国。书局主人见有利可图，遂见利忘义，他为减低作者版税，在印出与白羽所签合同规定的图书外，又多次私自盗印。此事很快便被记者出身的白羽发现，他一怒之下，便将工厂里尚未装订的该书散页拉回家中。待怒气消散，望着满院子的书页，白羽犯了难，几经权衡，他最终下了决心，自筹资金200元，借纸20令，决定就在二贤里8号自家院内挂牌成立正华出版部（当年的地址为天津河北二经路二贤里），由其弟宫维城作发行人，并与久大印刷公司签立长期承印合同。自此之后，不但《十二金钱镖》后续十余集均自产自销，而且白羽随后所写《血涤寒光剑》《毒砂掌》《武林争雄记》等20余部武侠小说亦全部在此出版。

岂料这无奈之举却为白羽带来了意想不到的收益。民国时期天津的通俗小说作家如刘云若、还珠楼主、戴遇庵等都是将自己的作品于报上连载拿到一笔稿费后，便不再过问，任凭报社、书局一版、二版地大量印行谋利，从此再无权干涉。因此他们虽著作等身，但仍受穷。白羽则不然，在被动地成立了自己的出版机构后，其自产自制自销式的“一条龙”生产线为他带来了极大收益，足足过上了几年好日子。为了更好地维护自己的权益，白羽随后又特聘天津河北宇纬路十三号律师事务所之律师刘恩禄为其常年法律顾问，通告“嗣后凡关白羽所著《十二金钱镖》《联镖记》《偷拳》及其它著作，暨一切法益，本律师依法尽保护之责”。此外，他还在正华出版部所出自己每本作品的版权页上，均盖有“白羽”二字的凸版钢印，以示版权。

由此可见，白羽除在社会武侠小说创作方面执牛耳外，对于图书出版及版权保护亦是行家里手。

四十岁的白羽为何要出“自传”

1939年，白羽整40岁。前一年二月，一部《十二金钱镖》开始在天津《庸报》连载，其轰动效应让他迅速由津沽“名记”变身为著名武侠小说作家。此刻，他的作品与大名在华北乃至全国，都可谓炙手可热如日中天。然而，就在《十二金钱镖》连载如火如荼，其“钱镖系列”接踵推出的1939年底，40岁的他却暂退“江湖”，急不可待地写作并出版了自传《话柄》，而且通篇自讽自嘲，全书“装疯卖傻”。这是为何？难道自幼胸怀新文学大志的他，已被眼下武侠小说的“成名”弄昏了头脑？不！他清醒得很。请看他在一年前为《十二金钱镖》单行本初卷所写之“序”，说得多明白：“哀乐中年，意趣阑珊；兴来挥毫，它人能之，羽之厌弹此调久矣！不贤识小，再为冯妇；书成自记，掷笔喟然！”那就是他想在“江湖”道上“金盆洗手”，弃武侠而谋其他？亦非！在同时刊于《十二金钱镖》单行本初卷的“后记”中，他曾言：“时限过促，校读未周，鲁鱼亥豕，触目累累；其四十九页以下，百十二页以上，未经作者手校，讹误更多。容俟再版，重加刊正。”可见此时他不但从容淡定，而且对未来的武侠创作也踌躇满志充满信心。再就是此前体弱多病的他，自感生命无期，急欲盖棺论定？更谬！就在这本自传《话柄》的“自序”中，他已明确告诉人们：“今年比去年，依然如吾，只是又掉了一只牙，心还是这么跳。”可见此时他的身体并无大恙。

其实，40岁的白羽为何要写自传，他自己在《话柄》的“自序”中已有交代：“话柄之写作，起初是书局出的主意”。“现在环境又教我写自传了。今日之我哀乐中年，饱经世故。回想从前种种，令人汗下。我可有什么说头呢？然而总得说说。”但在今天看来，这也不是白羽要写自传的“肺腑之言”，这里除了“现在环境又教我写自传了”是句话里有话的实话外，其余均为说了等于没说的“障眼法”。那么是什么“环境”教白羽写自传的呢？他又为何将自传写得如此颓废如此狼狈呢？白羽当时在《话柄》里没讲，于是人们便颇费猜疑。

此谜一拖便是十年。直至1949年底，深感“换了人间”的白羽在处境尴尬诚惶诚恐中，终于开始自揭谜底了，虽然仍是言辞闪烁欲语还休，但即使如此，其开口亦委实端赖于一人。此人便是对旧人旧事及旧书深有牵挂的新文学家阿英。

1949年秋天，阿英受组织委派，出任刚刚易帜的天津市人民政府文化局局长及市文联主席。面对这个180多万人口的大都市，文化工作如何展开？阿英想到了办报，办一张文艺小报，在宣传普及新思想新文化的同时，也能团结引导旧艺人旧文人跟上新时代的步伐。本此初衷，阿英强调在组稿时，既要挖掘新人新作，也不要冷落了旧艺人与旧文人。而在旧文人里，他慧眼独具地选中了民国时期蜚声全国的社会言情小说作家刘云若与社会武侠小说作家白羽。于是在1950年2月16日，由郭沫若题写报头并成为新中国首家文艺小报的《星报》于天津创刊面世时，在阿英所撰《开场白》的后面，人们惊讶地发现，此前给他们带来极大阅读快感的沽上名人刘云若与白羽也露面了。前者以一部全新的章回体社会言情小说《云破月来》向读者昭示着个人在文坛的回归，而后者则连载了一部即像检讨又像回忆而自称为“以自传形式写都市的长衫阿Q”的《生之磨练》。按白羽自述，《生之磨练》只是副题《宫白羽自传》的第一章“‘叙’或‘开场白’”。滑稽的是，当“忽忽写了‘生之磨练’的首章，临发排时，把小题漏掉了，以后也没有追补。”于是，连载“获到读者的指正，认为没有写环境，告诉作者，应该在文中通过了本人，多反映一些旧社会的形形色色。”对此，白羽即承认又表态：“是的，旧社会的形形色色，作者所身受的，颇有令人切齿作呕的事，我正准备作无情的揭穿与批判。”然而时运不济，还未等“揭穿与批判”，此连载便在当年4月3日被“腰斩”了。据当年组稿编辑周骥良后来回忆，此文连载不久，便遭到内部非议，认为新中国报刊不应该为旧时代文人提供阵地，故而不但回忆录连载惨遭腰斩，而且阿英还为此做了检讨。

《生之磨练》虽然半途而废，但白羽却在已连载面世的章节中，首次披露出一些十年前促使他写作出版自传《话柄》的真实原因：

> 他（白羽）身在沦陷区，写起了技击小说了。纵然在作品中，努力消毒，尽可能的加些东西到里面，把书中英雄一概写成凡夫，而作者精神上十分的痛苦。他脑中不合装了些文天祥、史可法、契诃甫、鲁迅、托尔斯泰、克鲁包特金、马克思、普希金、屠个涅夫，这就教他书中的英雄再不能飞剑御风而行了。正是铅一般的滑稽，大日本皇军的刺刀闪着光，白羽伏案拈笔而写游侠，“户外风沙亦浑忘之矣”，显见是装点门面的假话。民二十八年冬，感到空气紧迫，敏感的写了一本《话柄》自叙传，摆出颓废的面孔，以示无他；“四十而无闻焉，‘死’亦不足畏也已！”把七口之家的小照全登出来，以欺骗“大东亚圣战”的英雄们。果然“友邦”的狗不再来嗅了。
>
> 这样“鬻文办学”，印卖小说糊口，谬托“劫余病骸，与世无竞”，一直混了八年，其代价是含辛，茹痛，担惊，咳血，不断的害病。

至此，我们已洞悉了部分谜底。

十年前白羽话里有话所言“现在环境又教我写自传了”的“环境”，便是指1939年的冬天，他深感“空气紧迫”，“‘友邦’的狗”经常来“嗅”。而为了免除这种“环境”的骚扰，他便“敏感的写了一本《话柄》自叙传，摆出颓废的面孔”，以达到“谬托‘劫余病骸，与世无竞’”之目的，并且还“把七口之家的小照全登出来”作“人质”，以迷惑日伪当局“既然活到四十都未闻达，那么生死对我来说已无所谓”，本人现在实在不想“闻达”，只想除了“‘鬻文办学’，印卖小说糊口”外，就是“老婆孩子热炕头”地混日子了。结果，“‘友邦’的狗”果然“不再来嗅了”。

通过以上自述，白羽虽然回答了其40岁为何要写作出版这部即颓废又狼狈的自传之因果，但对“空气紧迫”，“‘友邦’的狗”

经常来“嗅”这一“教我写自传”的“环境”生成之具体原因，仍是语焉不详。好在行文至此，笔者忽然忆起多年前曾看到过文史学者李辉的一个“偶然”发现，这或许能够让我们进一步知晓促使白羽写作自传之“环境”的具体成因。

据李辉在《宫白羽的悲哀》一文中披露，某年某月的某天他在某图书馆曾见到过一本馆藏的白羽自传《话柄》，“此书居然是宫白羽本人的藏书。在扉页和第15页空白处，有他在1949年6月22日用钢笔写下的两大段话。在这两段话中，宫白羽对他在‘大日本皇军’的孽威下仍然卖文糊口颇为内疚，自视颓废。……兹引一段如下：抗战期间，困居津市，用白羽为假名，‘鬻小说以糊口，办小学以宅心’，谬为颓废，苟自韬晦。掩护地下工作，略尽天职。书贾盗印案起，匿名揭穿，谍探钩稽四邻，遂感危迫。不得已，廿八年冬，作话柄自传，一文丐耳，以自表白，佯示无他。又将阖家七口小照揭登卷头，暗示不逃，幸而获免。”

虽然李辉发现的这段“自述”，让我们对白羽在当年写作自传的“环境”与目的有了进一步理解，但此段话无意中却又为我们留下了新的谜团，那就是何为“掩护地下工作，略尽天职”？何为“谍探钩稽四邻，遂感危迫”？对此，到目前为止，我们尚未发现白羽有更详实的文字表述。能够再次深解此谜者，则只有听听白羽哲嗣宫以仁先生那“死无对证”的“口述史”了。

以仁先生生于1930年，到白羽深感“空气紧迫”的1939年冬，他已年近10岁，已经如其所言“可以看懂并记住事”了。在一次交谈中，以仁先生曾给我讲了以下故事：“《十二金钱镖》连载不到半年就火了，我父亲一看，写武侠小说确实能赚钱，就和帮他设计武打的郑证因说，现在兵荒马乱，你就别想着做生意了，咱俩一块写武侠，多开几部连载，完了再出书，稿费和卖书的钱或许就能养活我们了。他们说干就干，很快‘钱镖四部作’就分头连载了。让我父亲想不到的是，小说的畅销和影响力，引发了不法书商的疯狂盗印。起初我父亲并未在意，但随着盗版书大量出现，我父亲急了。于是他假冒报馆记者之名，写了一篇采访记投给主管部门予以检举，岂料此文弄巧成拙，引起了日伪当局的注意，他们根据文章线索很快便查到我父亲在沦陷前曾任职过天津社会局科员，有过从政经历，同时还办过通讯社作过多年记者，社会关系熟络，当然，最重要的，是眼下他的武侠小说火遍华北，他已是著名文人，有很高的知名度与号召力。于是，我父亲的文友但此时已附逆的何海鸣登门了。他是汉奸报纸《庸报》的社论主笔和文艺部长，我父亲成名作《十二金钱镖》便是他命名并拉倒《庸报》连载的。此刻他已被日伪当局内定为伪‘天津市新闻记者协会’理事长，他是以谈稿件为名来家游说我父亲出任副理事长的。在遭到拒绝后，他仍不死心，记得还来过三四次。后来，他不来了，天津伪新闻管理所所长阎家统来了，于是我父亲除了外出躲避便是装病。再后来，连《庸报》编辑局长日本人坂本桢及新闻管理所顾问竹内都来了，并以武力相威胁，还让日伪特务对他的住处实施监控，经常骚扰四邻询问我父亲的行踪和交往人员。我父亲见实在躲不过，便绝食几天，让本就瘦弱的身子更瘦，面色更难看，并时常装疯卖傻。日伪当局见他软硬不吃，身子板又如此虚弱，实在难以扶持，便暂时放过了他。我父亲坚决不任伪职，一方面是出于中国人的良心，另一方面则是有难言之隐。与我父亲有着十多年交情的文友郭云岫是国民党地下抗日人员，此时他就住在我家，以我父亲小说发行代理人的身份为掩护，在从事着地下秘密抗日情报工作。对此，我父亲心知肚明。他是怕郭云岫暴露，故才装疯卖傻托病不出去唬弄日本人的。”

以仁先生生前只知其父在上世纪五十年代初曾在《星报》写过回忆录，但内容如何，因《星报》难觅，他未得亲睹，故而其上述“口述史”只讲了其父在成名后的遭遇，并未与其父自传《话柄》相联系。即使他后来看到了李辉的“偶然”发现，也只是就其父的文字做了些背景介绍，仍未想到与《话柄》的因果关系。其实，将以仁先生的“口述史”与此次新发现的《星报》上的白羽回忆录《生之磨练》及李辉的“偶然”发现结合起来看，白羽在四十岁写作并出版这本“玩世不恭”的自传《话柄》之真实原因与完整始末，便彻底清晰了。同时，也找到了《话柄》为何写得如此颓废如此狼狈而又如此自讽自嘲之答案——一出生便是“纨绔子弟”；军官之家因丧父而倒霉；笔尖下讨生活却总是受骗受穷；进了政府机关却不务正业去搞“婚外恋”；办通讯社当记者被累得吐了血；写武侠小说纯粹是为七口之家混饭辙……而这一切，都是为了告诉日伪当局：本人是个胸无大志且玩世不恭不务正业的纨绔子弟，千万别指望我能为你们做什么，何况还有七口之家的拖累，我也确实不敢做什么……

“白羽”笔名的真实由来

白羽本姓宫，名竹心，白羽只是他多个笔名之一，此外，尚有杏呆、宫槑、槑、耍骨头斋主等。1938年2月，在沦陷的天津，他用“白羽”笔名于《庸报》连载了武侠小说《十二金钱镖》。一炮巨响，其人其书旋即走红，“家家读钱镖，户户谈剑平”便是当时的真实记录。此后，随着其“钱镖系列”的先后推出，“白羽”笔名迅速风靡南北，妇孺皆知，以致造成其本名及其他笔名均渐为人忘。

关于“白羽”笔名的由来，目前人们大多沿袭白羽哲嗣宫以仁先生的解说。1985年，天津作家冯育楠以白羽为主人公创作了一部传记小说《泪洒金钱镖》，在单行本付梓之际，他请以仁先生作序。于是在1986年初，以仁先生在写序的同时，又将其扩充成一篇长文《谈白羽传记小说〈泪洒金钱镖〉》，交香港《明报月刊》发表。就是在此文中，以仁先生首次披露：“一九三八年初，先父亲自把题为《豹爪青锋》的长篇武侠小说的第一章，送到（《庸报》）报社。报社文艺编辑大概认为这个书名纯文学味太浓，大笔轻轻一挥，改作《十二金钱镖》。细心的叶洪生先生发现了《十二金钱镖》初版版本有《豹爪青锋》的副题，来由即是如此。先父回到家中，很感慨了一番，大骂文艺编辑的无知、庸俗，对家人说：我不能丢姓宫的脸，写《十二金钱镖》的，姓白名羽，与我宫竹心无关；白羽就是轻轻一根羽毛，随风飘动。”此文一出，便成为后来研究者在论述白羽笔名由来及寓意时的依据。笔者关注民国北派通俗小说及白羽生平与作品已近三十年，而且与以仁先生经常见面甚至有段时间曾经朝夕相处，在研究及交谈中，我们对白羽武侠小说的方方面面都有涉及，但对“白羽”笔名之由来及寓意，笔者却毫不怀疑地依据了以仁先生的解读，并在多篇文章中因袭此说。

发现此说有异，仍然是在读到了白羽1950年发表在天津《星报》上的那篇自传《生之磨炼》之后。就在这篇命运“不济”且散佚多年的忆旧中，面对生存环境“沧海桑田”的变化，白羽怀着对旧时代苦乐滋味的告别与对新生活茫然中的诚惶诚恐，终于主动“实话实说”地亲自披露了“白羽”笔名之真实寓意与由来——

那是在民国二年，白羽随在军中任职的父亲由天津迁居北京后，“在小学时代”，他读了英国作家A·E·W·马森的小说《四根羽毛》，“后来拍成电影叫《四羽毛》”。故事叙述出身军官家庭的英国青年哈里·法弗沙姆“在幼年时，精神上受了过度恐怖的创伤，变成小胆。到兵役年龄，三个好朋友邀他一块去投军，他害怕自己受不了战场上血的刺激，悄悄躲了”。不久，当他正和未婚妻黛绮“谈情说爱时，三个朋友寄来一封信，剖函一看，只装了三根白羽毛，大概欧俗是以白羽毛象征懦夫”。黛绮“诧异地诘问他，他擦着愧汗辩解，但当他一掉脸之际，三根羽毛变成了四根羽毛。”原来是黛绮从手持的羽扇上也折下一羽毛加在其中。未婚妻“也把他看做懦夫了。后来，由于友谊和情爱的激励，卒使‘懦夫有立志’，他去为祖国当间谍，作了有甚于死的恐怖颠险事业，湔洗了懦夫之诮，朋友（和）未婚妻收回了四羽毛。”于是白羽有感而发，“由此获得了一个笔名”。“白羽到了也是懦夫，他伤感地在虎口卖文，而写逃避现实的传奇小说。他在小说叙文上自比优娼：‘无能充隐，臣朔苦肌，稗官无异于伶官，鬻文何殊于鬻笑！’又说：‘倚窗聊著换羊书，投笔长吟不丈夫。’用这笔名，写这小说，在他是一种痛苦。纵然在作品中，尽力消毒，尽可能加些东西到里面，而在他依然很痛苦”。

原来如此。白羽亲述可谓彻底颠覆了我们此前对“白羽”笔名由来及寓意的认知，也更进一步知晓了其为何总是在“自责”的“悲情”。从网络上获悉，“白羽毛”的典故源自欧洲古典宫廷斗鸡，大凡所斗之鸡身上杂有白色羽毛者，其争斗中大多表现懦弱，故以“白羽毛”比喻懦夫之说在西方由来已久。对此，近年火爆全球的英国电视剧《唐顿庄园》可资佐证：在该剧第二季中有这样一个场景，当人们在小镇的教堂集会时，两个女人走了进来，给每一个在场的年轻男子发放白羽毛，以嘲讽他们是懦夫，不敢上前线去打仗。由此可见，白羽以此西典自命笔名，实乃含有自贬自损之意，这也正是他曾自叹“青年未改造社会，社会改造了青年”的真实写照。

白羽这篇自曝笔名由来的《生之磨炼》写于1949年底，翌年2月刊于天津《星报》，其时以仁先生已负笈北京，故而未能亲眼目睹；加之《星报》本身就是新中国成立之初在天津仅存在两年多的一张小报，几十年来沧海桑田，世间留存甚微，因此后来的研究者也极难寓目。笔者与以仁先生及其他研究者在议论白羽时，都知道当年《星报》刊有白羽自述写作生涯的文章，但其文字为何，却无人知晓。此次随着这篇文章的重新面世，这对研究白羽生平而言，实乃增添了难得的一手资料。由此遥想，以仁先生在天有灵，也是应该感到欣慰的。

在弄清了“白羽”笔名的真实由来与寓意后，我们便亦知晓了白羽在其武侠小说爆红之时，1938年11月他于《十二金钱镖》初版“自序”中，为何开篇便要写出如下话语了：“白羽，懦夫之号也；白羽用此自名，何居？羽之言曰：雕虫小技，壮夫不为，词赋尚尔，况丛残小语？叙游侠以传奇，讬体愈卑；杂俚谚以谐俗，等之平话。柳麻子有作，方且笑人！……将非懦夫，谁肯为之。”

这便是白羽的悲剧，以武侠小说出名成家，而又总被一种自轻自卑自贬自损的心理所折磨。人尚如此，笔名亦然。

白羽一生武侠作品知多少

白羽早年一直在做“新文学家”与“文史学者”的梦，故而其在1938年以前的作品，杂文、随笔、时评、翻译、小说、训诂、考证、札记甚至新闻报道等，均样样伸手，且各有千秋。但当天津沦陷，生活陷于困顿后，他便开始了“专职”武侠小说的写作，且一发不可收，而其成名亦端赖于此。因此，为其作品编目，首先应将其武侠小说创作放在首位。

自1927年在北平《世界日报》连载第一部武侠小说《青衫豪侠》起，至1955年8月1日在香港《大公报》副刊《小说天地》连载最后一部武侠小说《绿林豪杰传》止，白羽在这28年间，究竟创作了多少部武侠小说，历来众说纷纭，难有定数。这一方面是因为其武侠小说初始均在报刊连载，而伴着报刊的不断终刊与创刊，其连载中的作品亦随之在不停地更换载体，因此造成其一部完整的武侠小说在不同报刊接力连载时，不但要重起开头，而且还要易换书名；另一方面则是书商在出版其小说合订本时，为了畅销与获利，往往将其上下集或数集均分别起名，故而造成其小说一书多名；此外，还有一个重要原因，那就是在白羽声名鹊起之后，坊间出现了大量假冒白羽之名的冒牌书，白羽早期尚能登报辨伪，但到了名利双收的后期，本就羞于武侠写作的他，已不太看重此技，也就观之认之了，甚至还偶有收钱卖名之举。也正因此，在1949年之前，白羽的武侠小说始终没有一个完整准确的书目。

新中国成立后的第二年，由于官至国家文化部副部长的新文学家郑振铎的倡导及时任国家文化部部长的新文学家沈雁冰（茅盾）的批准，武侠小说在大陆遭到全面禁毁。在此情势下，整个武侠小说已成灰飞烟灭之态，更遑论为白羽的武侠小说立目了。但滑稽吊诡之事还是偶有出现，那便是1962年上海文艺出版社为“批判”所用，出版了由魏绍昌主编的《鸳鸯蝴蝶派研究资料》。而就在这本“内部发行”的资料集中，却出现了白羽武侠小说书目（下称“魏目”）。虽然该目限于编者目力所及，所收不全，且多有谬误，但也算是在非常年代为后人提供了一个大概的“版本”。该书目影响甚大，近年出版的一些武侠小说史及几部武侠小说辞典中，均将“魏目”原文照搬，既未有增删，亦未匡其谬。

那么白羽一生究竟写有多少部武侠小说呢？依“魏目”所列，共有24种；叶洪生亦认为“白羽一生共撰武侠小说廿四种”。但白羽哲嗣宫以仁先生认为此说有误。笔者近20年来亦多方钩稽寻觅白羽旧著，虽寓目者无几，但也偶有斩获，并曾多次与以仁先生交流互证。现将与宫以仁先生核对过的书目略加梳理，公诸同好。

为叙述周全，在此不妨先将“魏目”所列书名抄录于下，以便辨误：

> 十二金钱镖 龙舌剑 武林争雄记 联镖记 狮林三岛 毒砂掌 血涤寒光剑 太湖一雁 大泽龙蛇传 剑底惊魂 秘谷侠隐 雁翅镖 大侠粉骷髅 侠隐传技 青衫豪侠 雄娘子 牧野雄风 青萍剑 惊蝉盗技 偷拳 河朔七雄 子午鸳鸯 摩云手 弹剑记

先说书名之误，这其中《狮林三岛》《剑底惊魂》《子午鸳鸯》应为《狮林三鸟》《剑底惊螟》《子午鸳鸯钺》。如果说以上之误乃手民排版误植误漏，那么在“魏目” 24种书名中，除《龙舌剑》（1949年4月上海正气书店出版）、《太湖一雁》（写于1946年，1947年8月由上海元昌印书馆出版单行本）、《秘谷侠隐》（1948年出版单行本）、《侠隐传技》（1947年9月由上海励力出版社出版）、《河朔七雄》（与黄英合著，1947年12月分正续集由上海元昌印书馆印行）、《摩云手》（首刊于伪满《麒麟》杂志，1942年由北京文兴书局分三卷出版）6部书均署白羽之作，无异名而且故事独立外，其余18部或是同书异名，或是故事关联的前后集。现以“魏目”为基础，参糅其未收录白羽武侠小说之名目，对“魏目”所列白羽武侠小说考辨如下：

《十二金钱镖》1938年2月于天津《庸报》连载时，又名《豹爪青锋》，同年11月卷一由天津书局出版单行本时仍有此副题。1946年作者又以《丰林豹变记》之名于天津《建国日报》续完该书最后5章，未出单行本。故应视以上三名为一书，今统称《十二金钱镖》。

《武林争雄记》乃《十二金钱镖》前传，1939年12月连载于北平《晨报》，第17章以下系白羽友人郑证因捉刀，1940年8月至1941年11月白羽重新修订后，由天津正华出版部陆续分四册付梓。

而《牧野雄风》则为《武林争雄记》续集，1942年在报上连载时亦由郑证因代笔，1943年由天津正华出版部出版单行本时，虽由白羽大加增删，但故事仍难以与《武林争雄记》衔接，加之两书亦非同时期写作，虽两书人物基本相同，然故事却相互独立，故而应视《武林争雄记》与《牧野雄风》为两书。

《联镖记》与《大泽龙蛇传》应为正续集，均为《十二金钱镖》后传。前者于1939年初连载于《北京实报》，同年6月卷一单行本由天津正华出版部印行，至1942年2月已出版6卷36章，但故事未完；而后者则于1941年11月15日开始连载于北平《立言画刊》，至1944年12月刊竣。为保持故事完整性，《立言画刊》连载之初，重复刊登了前者第34—36章内容。这也正是此3章曾在《北京实报》与《立言画刊》重复出现之原因。《大泽龙蛇传》1943年由正华出版部出版三卷本。以上两书故事完全相连，显系同书异名。因前者影响较大，故应以《联镖记》合称之。

《狮林三鸟》与《血涤寒光剑》系同书异名。《血涤寒光剑》写于1940年，被白羽自称《十二金钱镖》二部作，1941年由天津正华出版部以三卷本付梓，与此同时，白羽又将此书易名《狮林三鸟》出版。故此《狮林三鸟》与《血涤寒光剑》乃为一书，因后者名气较大，故应以此名之。

《毒砂掌》写于1949年，同年由上海广艺书局分5卷出版，其卷一书名下有《续狮林三鸟》副题。因《狮林三鸟》与《血涤寒光剑》系同书异名，故《毒砂掌》实乃《血涤寒光剑》的续书，但因其已另起炉灶，故应视其为独立故事。

《雁翅镖》与《青萍剑》实为一部书的上下卷。此书于1947年在天津《真善美》画刊连载，出版单行本时，为了便于销售，故而上下卷分别易名，但实为一体。因《雁翅镖》为上卷，且名气较大，故应以此名之。

《青衫豪侠》系白羽第一部武侠小说，1927年始在北京《世界日报》连载前2章，但未完篇。1931年又于天津《益世晚报》连载后11章。其中前6章曾以《青林七侠》书名，后7章则以《粉骷髅》书名于1942年先后由天津正大书局出版单行本。1947年6月，上海协和书店合《青林七侠》与《粉骷髅》二书为一集，易名《青衫豪侠》出版。此外，该书于报上连载时，曾用过《白刃青衫》题名。由此可见，以上四名实为一书。

《雄娘子》为《剑底惊螟》续书。《剑底惊螟》前4章曾于1947年6月由上海正新出版社出版，后4章于同年12月由上海元昌印书馆出版。而《雄娘子》故事正是由《剑底惊螟》旁分出来，但因故事相对独立，故应视为两书。

《弹剑记》又名《子午鸳鸯钺》，此乃白羽抗战胜利后第一部作品，为传记武侠小说。此书于报上连载时以《子午鸳鸯钺》为书名，出版单行本时，易名《弹剑记》，故应以《弹剑记》名之。

《偷拳》又名《惊蝉盗技》。《偷拳》于1940年10月由天津正华出版部出版；1947年该书又易名为《惊蝉盗技》，由上海励力书局再版。因《偷拳》在白羽武侠小说中占有特殊地位，后又被改编为电影、连环画，故而应以此为正名。

除以上所列书目外，“魏目”尚缺《横江一窝蜂》《黄花劫》《绿林豪侠传》。

《横江一窝蜂》与《黄花劫》实为一书，乃白羽平生第二部武侠小说，写于1933年至1935年间。该书于报上连载时以《黄花劫》为书名，1949年4月上海百新书店以《横江一窝蜂》为名出版单行本。

《绿林豪杰传》为白羽生前最后一部武侠小说，1955年8月1日开始在香港《大公报》副刊《小说天地》栏目连载，至1956年1月26日全部载完。据连载时编辑梁羽生回忆“大约在1956年由香港文宗出版社”出版单行本。

通过以上梳理，可以发现，白羽一生共撰武侠小说20部，具体书目如下：

1.《十二金钱镖》（又名《豹爪青锋》，其续集为《丰林豹变记》）

2.《武林争雄记》（为《十二金钱镖》前传，其续集为《牧野雄风》）

3.《牧野雄风》（为《武林争雄记》续集，因故事独立，故单独成书）

4.《联镖记》（为《十二金钱镖》后传，其续集为《大泽龙蛇传》）

5.《血涤寒光剑》（又名《狮林三鸟》，为《十二金钱镖》二部作）

6.《毒砂掌》（为《血涤寒光剑》续集，因故事独立，故单独成书）

7.《雁翅镖》（其续集为《青萍剑》）

8.《青衫豪侠》（又名《白刃青衫》。另有上下集单行本，上集名为《青林七侠》，下集名为《粉骷髅》）

9.《剑底惊螟》（其续集为《雄娘子》）

10.《雄娘子》（为《剑底惊螟》续集，因故事独立，故单独成书）

11.《弹剑记》（又名《子午鸳鸯钺》）

12.《偷拳》（又名《惊蝉盗技》）

13.《太湖一雁》

14.《横江一窝蜂》（又名《黄花劫》）

15.《龙舌剑》

16.《秘谷侠隐》

17.《侠隐传技》

18.《河朔七雄》

19.《摩云手》

20.《绿林豪杰传》

1992年秋天，笔者专程赴山西长治宫以仁先生寓所，将整理过的此书目与以仁先生核实，宫以仁先生没有提出异义，只是讲当时正在由北岳文艺出版社出版的《宫白羽武侠小说全集》。虽也是以此目为依据，但为了全面反映白羽武侠小说成就，将其中部分白羽分别命名的同书上下集，均以两书视之，如《联镖记》与《大泽龙蛇传》《雁翅镖》与《青萍剑》等，故而此全集将白羽书目列为22种。

然而笔者认为，就是目前考辨的这个武侠书目仍有不完善之处。白羽在20世纪40年代后期已厌倦武侠小说写作，除将此前出版未完之作续写外，基本未开新书。但盛名之下，屡有人求，一些书商为了牟利，竞相拿别人作品请白羽过目后，署名白羽出版。白羽当时出于生计考虑，加上此时他对武侠写作已不十分认真，便阅过默认，以名换饭了。这也正是有些研究者认为白羽晚期作品远逊于其早期“钱镖系列”之原因。

作为文史学者与新闻观察家的白羽先生

据文史学者李辉在《宫白羽的悲哀》一文中披露，他在某图书馆见到过的那本白羽自传《话柄》上，有白羽于1949年6月22日题写的两段话，现分别摘录如下：

> 少年时治文法修辞之学，不惬于马氏文通强以西语驾御华文语范，思探本别立一说。由此治甲金文，说文尔雅，涉猎群经诸子史，趣向转变。折而治历史语言学，门径遂确，一方考社会起源，通治古史，由太古迄秦汉，一方考语言之本，以究文源。徒恨为贫所累，无钱备参考书物，草创学说虽多，犹欠广阅新书，以为印证。

所怅恨年益老大，学无所成。私治历史语言之学，探讨社会起源，草创语学探源，古史探源，诸子探源，六书新话，甲金文释，尚书故训传，综合国文法，名字号谥氏族国邑爵称通考，……诸书，及《古史及古史观》，积稿数千纸，札记册子数十本。辄为饥躯，参考书物不备，怅怅相对，苦无日力亟加董理以问世也。感生命力之虚耗，烛光殆息，握笔喟然！”（详见《人、地、书》，人民日报出版社出版）

由此可见，从事学术研究治古文古史是白羽少年初衷，无奈贫穷加上环境，迫使他改弦易辙。为了生存，他不得已走上了鬻文谋生的“纸上江湖”。武侠写作虽让他大红大紫暂获温饱，但他一生恋恋不舍念念不忘的，仍是探源究始的文史考证。从少年立志“门径遂确”，到中晚年“积稿数千纸，札记册子数十本”且成绩斐然，文史研究与训诂考证，可谓贯穿了他的一生，只不过中间穿插了让他声名大振的“稗官旧体”之武侠小说的写作。换言之，如果生存环境允许，不写那些使其大红大紫的社会武侠小说，而是让他躲进书斋专心学术，白羽是否能成为一代文史大家呢？我想答案应该是肯定的。这有“凭”为“证”。而这“凭证”，便是劫后余存我们今天尚能见到的其颇见功力的文史札记与自剖心经的文字生涯回忆录。对此，我们不能因其武侠小说的辉煌而漠视无睹，而要站在学术的角度，去加以客观评判。而要达到此目的，当务之急，便是要认真对对其加以立目整理付梓于世，以期让世人在惊叹白羽社会武侠小说创作的同时，更是能够看到一个作为文史学者的“白羽先生”的学术成就。

其实，为白羽各类作品立目梳理并非近年之事。早在1939年便有署名“叶冷”者（即白羽好友郭云岫）撰“白羽及其书”，将白羽著作“可别为四类，一、文艺创作，二、小品文，三、武侠小说，四、其他作品。”除武侠小说上文已有详述外，叶冷之文的“文艺创作”类，分别列有《片羽》（短篇创作集）、《心迹》（自传体长篇）、《话柄》（回忆录）；“小品文”类，分别列有《雕虫小草》（小品文结集，实为《话柄》和《片羽》合订本）、《灯下闲话》（小品文结集）、《三国话本》（考证随笔集）；“其它作品”类，列有《恋家鬼》（短篇集）、《报坛隅闻》（长篇社会小说，共二卷）。从目前所获资料看，叶冷之文已将白羽早期（1939年底以前）单行本作品收罗齐全，这其中既有如今传世者如《话柄》《雕虫小草》《片羽》等，更有至今仍难觅其踪的《心迹》《灯下闲话》《三国话本》《恋家鬼》《报坛隅闻》等五种。

经叶冷梳理统计的白羽1939年之前的八种单行本，今天虽然大部分仍难觅其踪，但从叶冷披露的简短说明可知，除《三国话本》一书属学术性考证外，其余单行本均为长短篇小说、随笔式的小品文及回忆录。由此可见，白羽在40岁之前虽然“门径遂确”立志文史研究，但由于生活所迫及战乱环境，只能大搞“适销对路”的文学创作，以赚取稿费暂获温饱。文史研究本就曲高和寡费时费力，而且出处难觅回报甚低，何况白羽情有独钟的训诂考证之业，就更不是像他那样每天为一家温饱而奔波的穷文人所为。也正因此，这一时期的白羽，为了一家生存，只能拿出更多的时间去写那些回报较快但被他视为“章回旧体实羞创作”的通俗小说。写作“高大上”的文史研究专著，虽然是他的最爱，但因困于寒屋单衣辘辘饥肠，只能屈居于后，暂时让位了。

然而即使如此，对文史研究和自剖心经的情有独钟，也还是让白羽在写作“连篇累牍”连载小说的同时，忍不住隔三差五地抛出些许不是单行本著作的“另类”篇什。例如他在1928年的《东方时报》副刊《东方朔》上，便分四期连载了考证文章《小说闲话》及《好小说》《劝善小说》等；1930年6月1日他又于天津出版的《一炉》第一卷第五号上，发表了自述家世的《家风》；1934年，他更是在《天下篇》《北洋画报》上不定期地连载了文史考证随笔《三国闲话》(是否就是后来结集的单行本《三国话本》，待考)。

此等时断时续的文史写作在持续了多年之后，时间便到了1939年，此刻他因武侠小说畅销已暂获温饱。就在这生活甫一好转之际，白羽便迫不及待地推出了他的单行本自传《话柄》(40岁的白羽，在刚刚出名之际，便急着写自传，这里面是有一段“故事”的，此处不赘)。自此之后，白羽在频繁写作社会武侠小说的同时，因日子不再窘迫，他便拿出一定的时间去思考他心中的最爱——文史研究。而到了上世纪四十年代初期，他的训诂考证文章便已成系统的于媒体上推出了。这其中典型的代表，便是1942至1943年间在《立言画刊》上连载的《白鱼琐记》及1943年于《新天津画报》上连载的《甲金证史诠言》。如果说以上两文尚是白羽在文史研究方面的初期成果，虽成系统但欠丰满的话，那么在此后他已厌倦武侠小说写作尤其是新中国成立后武侠小说遭到全面禁毁的日子里，他陆续完成的文史考证札记专著《日新录》，则可谓是他毕生文史研究的集大成者。在这部全文三万四千余字共分169篇的纯学术专著中，白羽以言简意赅而又考证翔实的笔墨，从史学和语言学的角度去研究了先秦历史和古文文法，其中的一些真知灼见，确是发前人未有之先声，具有极高的学术研究价值。但令人遗憾的是，此书由于作者生前的政治地位及内容的曲高和寡，一直束之高阁难以正式出版（2014年5月该书经文史学者王振良、张元卿二先生整理，曾在内部以“问津文库”形式付梓）。

除了著名武侠小说作家与文史学者称呼外，白羽还有一个公开的社会身份，那便是著名报人。在此任上，白羽不但新闻报道建树颇大，如上文所言曾真实报道了女侠施剑翘出狱的真相，而且作为新闻观察家与社评人，他在上世纪三十年代上半叶，还曾针砭时弊地写下了大量新闻述评及时事分析稿件。尤其是在1932至1933年间，他在任职的《中华画报》上，除在一版开设了“良心话”每日连载专栏外，还在其他版开设了“良心话外”专栏。每期均以当天的热门时事新闻为话题，评骘讥讽，嬉笑怒骂，在读者中产生一定影响者如《和平天使之“批注”》《开发西北》《马后炮》《做亡国奴的代价》等。为让今天的读者认识一下其新闻观察家的犀利文笔，我们不妨读读这段名为《扫清卧榻捐弃门庭》的短文：

> 武力统一政策主持者，每每对外低头，对内挥腕。他们的存心，却是“君子报仇十年不晚，”要先立定脚跟，“安内而后攘外”。所谓“安内”，实际上如宋太祖弟兄，灭南唐，并吴越，扫清卧榻，却照顾不到门庭，见辱契丹，金币输放。假使安内工作，真是安民众，息内争，自然可以攘外。若不然，入拒中央者讨逆，割据地方者靖难，互争安内之权，循环不已，必然越安越乱。
>
> 我们晓得：在外国每借“攘外”以安内。当人民不满政府，革命怒潮潜伏，有远识的领袖（不是军事专家，是外交能手）必眼光外向立功国外，藉以转移国民视线，消散内叛阴谋，挽回既失之人心，（人民都是好大喜功）我们的敌国，正走着这条路。
>
> 若我们仍采传统政策，静候国泰民安，再来对外，敢信永远没有这一天！外患愈深，内忧倍烈！

在短短三百余字的篇幅内，围绕一个话题，古今中外，纵横捭阖，主题突出，观点鲜明。这就是武侠小说作家白羽的新闻观察眼与时事评论术，即使放在今天，也是难得的妙文！

综观白羽一生的写作，除了近600万字的社会武侠小说外，目前已收集到的其他文史类及新闻评述类文字，尚有近22万字，现统计如下——

回忆录类：《话柄》，约46000字；《家风》，约4100字；《生之磨练——宫白羽传》，约5400字。

文史研究类：《白鱼琐记》，共7篇，约5000字；《甲金证史诠言》，共23篇，约11000字；《日新录》，共169篇，约34000字；散见其他报刊上的文史札记，共32篇，约26000字。

新闻观察与报道类：《良心话》，共84篇，约31000字；《良心话外》，共52篇，约23000字；《侧面新闻》，共53篇，约5000字；《人物百态》，共44篇，约25000字。

因武侠小说成名是白羽一生最大悲剧

武侠小说的成功写作，为白羽带来了极大声誉和不菲的养家之资，然而在他应该得意之时，却屡屡发出哀叹。

1938年，他在《十二金钱镖》初版自序中云："积月成编，重祸铅椠；自忘其丑，益征无赖。……稗官无异于伶官；鬻文何殊于鬻笑！"四年后他又发出"嗟夫，章回旧体实羞创作，传奇故事终坠下乘"的感叹。而在其自传《话柄》中更是直抒胸臆："一个人已经做的或正在做的事，未必就是他愿意做的事，这就是环境。环境与饭碗联合起来，逼迫我写了这些无聊文字。而这些无聊文字竟能出版，竟有了畅销，这是今日华北文坛的耻辱。"

多次发出这种自怨自艾的反省，并非是他壮年得意"强说愁"，他1947年在《十二金钱镖》沪版自序中的一段话，或许可以证明他当时感慨的真情："少耽文史，心响创作，尝献书宗匠，空怀立雪，未登龙门。"意思再也明白不过：少年时期便沉迷于文史研究，同时也向往着新文学创作，为此曾写信向“宗匠”讨教。这里的“宗匠”，便是他心目中最最敬仰而现今已背离其教悔的鲁迅与周作人先生。然而“青年未改造社会；社会反倒改造青年”（白羽自叹），当年视为“龙门”的文史研究与新文学创作未能如愿，反而因为环境与饭碗写起了被时人视为谐俗体卑的传奇稗言，岂不愧对周氏昆仲与自己的初衷。武侠小说创作的轰动使白羽出足风头，看似喜事，而对于白羽本人来说，实在是其一生中最大的悲剧。

1949年7月，白羽作为唯一武侠小说作家，以平津代表身份，于北平参加了新中国第一届文代会。此前，他知道了在新文学队伍中有个大名鼎鼎的作家叫刘白羽，为了显示区别，他在会前印制名片时，为自己加上了“宫”姓，成为“天津新津画报社长宫白羽”。随后，他又当选为天津市文学工作者协会（“作协”前身）第一届常务理事、天津市文联委员，并被安排到天津通俗出版社任特约编辑。

1955年，白羽应中国新闻社之约，为香港《大公报》撰写武侠小说《绿林豪杰传》，报社副刊编辑陈文统阅后赞叹不已，遂亦开始武侠小说写作，并取笔名“梁羽生”，意为白羽私淑弟子。

1956年，鲁迅逝世20周年之际，白羽曾在天津《新港》杂志撰文，以自己的亲身经历赞美鲁迅“像慈母似的爱护青年儿女，帮助青年儿女”的美德。

1961年，经天津市委宣传部部长方纪介绍，白羽被聘为天津文史研究馆馆员。

晚年的白羽体弱多病，基本不与外界往来。1966年3月1日，他在穷困潦倒中病逝于天津中山路二贤里陋居，享年67岁。

2015年6月5日凌晨完稿于津沽双牛堂

2021年3月15日上午增订于沽上恋海园

凡例

一、本全集包括白羽1927年至1955年创作的武侠小说22部。其中，《十二金钱镖》4册，《联镖记》2册，《大泽龙蛇传》2册，《雁翅镖》《青萍剑》实为同一部书的上下卷，《太湖一雁》《黄花劫》乃两部中篇，体量较小，为便于读者阅读，分别合为1册出版，其他均为1册。此次全集共25册。

二、北岳文艺出版社于1992年出版《白羽武侠小说全集》，此次修订，以1992年初版为底本，参照原始文献和学界最新学术成果与出版物。

三、本全集的作品均按当年出版时的原貌排版，不作任何删节。对原版中的错字、漏字、衍文、作者笔误、标点、排印错误作了订正；对“的，地、得”“那、哪”“罢、吧”“他、她”“帐、账”“窜、蹿”“愤、忿”“做、作”“叫、教”“刷、唰”“格、咯”“狠、恨”“付、副”“迸、蹦”“宕、荡”“工、功”“顽、玩”“楞、愣”“岗、冈”“决、绝”“嗖、飕”“须、需”“嗳、哎”等字的用法未做严格意义上的区分；对各种稀见象声词的使用未作修改；原书中一些字或词汇的用法，当时通用或白羽一向习惯使用，既反映了民国时期字、词使用的特点，也体现了作家的写作风格，如连词惯用“合”，疑问代词惯用“甚么”，将指示代词“那”“那里”等也作为疑问代词使用，“我家父”“俱都是”“不由”虽与现代通行用法不同，一般也予以保留；对原文中出现的儿化音不统一之处、用词不统一之处，如“一会、一会儿”“约摸、约莫”“梳装、梳妆”“一交、一跤”“呼哨、唿哨”等进行了统一处理；作家习惯使用的少量不够规范的词汇，如“钉了一眼”“分咐”“罗索”“旁晚”"“顶咶咶”等，都改为相对应的规范词汇。原书中的异体字、异形词均改为现代通用字词。

四、原著不分段者，为方便读者，适当分段。

五、本全集各书收入原著中作者的自序、题辞、叙略、后记。

六、本全集有的作品由于种种原因而缺遗，为了故事的完整，由宫以仁凭记忆，并根据白羽生前构思，补写简略情节。补写之处，均加以说明。

七、为方便读者阅读与收藏，均在正文前增加了内容简介；文后增加了整理后记，对作品的发表情况和初版情况进行了梳理；在“钱镖四部曲”每部作品后将曾经出版的插画一并附上。

初版自序

白羽，懦夫之号也；白羽用此自名，何居？羽之言曰：雕虫小技，壮夫不为；辞赋尚尔，况丛残小语？叙游侠以传奇，托体愈卑；杂俚谚以谐俗，等之平话。柳麻子有作，方且笑人！舌剑笔锋，纷纭纸上；日试千言，不值一粲。积月成编，重祸铅椠，自忘其丑，益征无赖。将非懦夫，谁肯为之！

羽曰：噫，吾亦有不获已者！生不逢辰，少遭家难，柝笔浪迹，一事无成。际时变，撄羸疾；无能充隐，臣朔苦饥。操觚涂鸦，苟延旦夕。稗官无异于伶官，鬻文何殊乎鬻笑！哀乐中年，意趣阑珊，兴来挥毫，它人能之，羽之厌弹此调久矣！不贤识小，再为冯妇，书成自记，掷笔喟然！

二十七年（1938年）十一月（沦陷沽上时）白羽记

三版自序

昔逢时变，抱病闲居，创小学以宅心，鬻小说以糊口。作为金钱镖一书，二十七年二月始刊报端，十一月首卷授梓。自以武侠故事逃避现实，苟投俗好，未敢标新，恐读者之不餍也。书成复阅，俗气逼人。卷二改弦，试杂文语；顾武夫掉文，又于描摹口吻不似。迨柳叶青仗剑而出，笔墨始纵；克以己之笔，曲写己文；格律声色亦稍定准。今设事行文，一以写实之法为之；体会物情，不尚炫奇；撰辞比句，自加断制。而文章得失，难逃倒车之讥；新瓶旧酒，恐贻知音之笑！乃读者嗜痂，时询新作，平津刊物亦争索稿；劫后文坛落寞，坐令覆瓿之物层出不已，钱镖四部稿行销数十万卷，固始料所不及也！

金钱镖全书今悉叠版，辄就初稿，遍加点窜，务为整洁。首卷颇有滥词，酌予刊落。嗟夫，章回旧体实羞创作，传奇故事终坠下乘；成书五十卷，疗贫得计，灾梨为惭！

三十一年（1942年）四月二十五日自记

沪版自序

忆胜利初临，八年蛰伏，一旦蠖伸，志效铅刀，一展袜线，“小说这行子”矢不更为。既入M报，遇所谓地下同志，侧目视人，若疑人人皆为“奸”。便有再度沦陷之惑，人或邀稿，将复诺焉。老友云心贴书见呵：“钱镖犹掷，不胜遗憾！”旋主笔S报，遇所谓飞来同志，瞠目对人，殆藐夫夫为“必伪”，用是掉首还家，重寻旧砚。云心老友仍以书来：“今日讲武，亦是正办。”悲哉斯言，时隔半载耳。（宫注：M报指《新时报》，S报指天津《民国日报》）

钱镖四部稿，沪版授刊，当题新序：拈笔嘿念生平，时被饥驱，强为所不欲为，至今不免。少耽文史，心响创作，尝献书宗匠，空怀立雪，未登龙门。既遭盗劫毁家，废学丐食，私志遂抛。一落尘网，青泉白眼，怏怏不自聊赖；辄用庸余，钻研故纸堆中，非云学问，所以韬忧。治文法修辞，究造言之本，遍读群经诸子，尔雅说文；由是进探甲金文字，历史语言之学。积稿盈数箧，札记册子亦数十本，恋恋怅怅，空尔相对，迄不获一董理以问世。而年光若流，催人益老，冯妇攘臂，故吾依然。望萁豆之自煎，连天烽火；悲硕鼠之跳踉，肉腐朱门。至于传叙侠刺，盗言扎甘；话说梁山，我知我罪！金圣叹曰："小不足悔"，生平以为大戚。呜呼，梦寻蜗角，何日出头？呕心刻楮，终于扼腕！惟人生必须啖饭，诚可叹恨也！

时三十六年（1947年）十月二十五日北杏记于

天津河北二经路二贤里寓庐

—题辞—

一纸著成换羊书

一事无成意已枯，倚窗聊著换羊书；雕虫小技徒贻笑，掷笔长吟不丈夫。

吹剑传奇托体卑，千言日试果何为？饭箩若使余残粒，且向箕山望水湄。

俞剑平夫妇偕隐

十二金钱俞剑平，当年仗剑扬镖江宁，武林争雄；有贤内助，业就名成。今老矣，岁逢暗九，浩然退志萌；云台山麓，小隐侠踪。课徒传剑术，图留身后名。

铁牌手借镖旗

盗氛起江南，商旅裹足不敢前。海州镖客铁牌手，奉檄护盐，叹行路难。身到云台山，“愿借十二金钱镖旗，助我护盐”。俞武师“心非所愿，谊不能辞”；遣爱徒，代展镖旗，重上征途。

黑鹰斗三雄

看钱镖、铁牌，双双镖旗，飞扬长空！盐课二十万，起海州，押赴江宁。乃湖畔扬镖，落照鸣镝，铁掌黑鹰苦斗三雄。盗聚如蜂，血溅堤红，范公堤上竟蹭蹬。

飞豹子劫镖留柬

劫镖者，何人也？怀二十余年旧怨，又妒时名；飞豹子奋起辽东，身到江城。纠众劫镖非为财，烟管敲败双铁牌；廿万盐镖姑存我处，金钱镖旗也暂留。尔俞剑平有胆者，可来相见。恼当年师门相待不公，而今，掌下别雌雄！

黑砂掌送子投师

黑砂掌陆锦标，昔日绿林之豪。中岁续娶，爱玩艳妻，折节洗手。有子小陆，克绍箕裘；莫道贼腔不改，亦偷亦盗，斯之谓肖。闺中人怒，训子辱夫，英雄面，每印纤手爪，可笑亦可恼。登门送子投名师，非为习绝技，避家难耳。不堪娘子骂贼种，难父难子掩耳逃。

粉夜叉逞雌威

失盐镖，访盐镖，老龙河口走一遭。沈楚二镖头，登门拜山酋；片言竟失和，副贼施阴谋。赤面虎，桓桓其武。粉夜叉，善运飞抓，长杆舞龙蛇，柳眉一挑怒喊杀。打不过，走不脱，若非十二金钱劫质突重围，二镖客不得回。

乔九烟犯险迹盗

乔茂，鸡鸣狗盗；胆小如鼠，畏贼如虎。念旧恩，负伤贾勇，犯险缉贼踪；无能之人建奇功。走荒村，闻马嘶，喜得一线明，便当回程，何意贪功，堕贼彀中。幸恃三寸锈钉，脱出囚笼。

女侠柳研青择婿

铁莲子，柳兆鸿；有爱女，柳叶青。弹剑游侠，名震江东。者个英雄，标梅年纪，独处无郎；薄游燕蓟，为择东床。巧遇玉幡杆，翩翩少年，气宇潇洒不凡；结成恩爱缘。迫婚期，角技起波澜，闺谑惹猜疑；玉郎一怒逃婚经年，不得团圆。

玉幡杆救人坠情网

李映霞，玉无瑕；覆巢燕，恶魔陷。玉幡杆仗义援手，意外惹情缠。堪怜彼美，情竟拳拳。更可怜女侠，一片幽怨，经年相思，千里寻夫，为赔情乞爱，不惜屈膝藁砧前。哪料破窗一探，夫也不良，别恋新欢！

一尘误中毒蒺藜

一尘道长，狮林观主，三十六路天罡剑法独创；挟利剑，莹莹吐寒光，威镇南荒。客途遇仇家，计设乔采花；一颗毒蒺藜，断送英雄昂藏七尺躯。空有壮士弹拒群贼，扶伤救死；奈毒发药误，一声长吁，慷慨书遗嘱，赍恨千古！

白雁疑夺寒光剑

千里践诺玉幡杆，驰赴青苔关，“尊师遇仇仙逝矣！”白雁闻耗怒冲冠，挥泪砍案角，矢不与贼共戴天。拜遗嘱，滋凝窦，赠金强把宝剑扣。含忿鼓掌赌盗剑，杨华夜探三清观。居然得手，欣然疾走。方将持归骄妻子，载欣载奔数百里，客窗拔剑重审视。噫，青光忽转白灼灼，不知何时被抵盗，中圈套！

胡肖二友赴援责叛徒

胡跛，遭际坎坷，蹶躠足难展千里步，宁非运数？肖守备意气发舒，同门师友见荣枯。慷慨同赴难，刀揕豹子责叛徒，方知跛胡是丈夫。

红胡子重圆破镜

红胡子薛兆，提起当年真堪笑！为救良朋，大伤伉俪情。重圆破镜，来到还家，悄悄夜采花。师母一把抓，皮破血流满脸花，把门徒笑杀。

雄娘子辣手惩淫

雄娘子凌云燕，遭家难，髫龄被掠马解班；蓄秀发，双行缠，贴地踏金莲。男儿俏把女郎扮，走索舞剑入争艳。恶师潜存不利孺子心，同门姊弟计全贞，戕师出走落山林。一对璧人，雌雄扑朔，辣手每惩淫。

子母神梭为友覆巢

鬼门关尝敌，北三河决斗，豹爪青锋各逞强，正难分上下床。忽来官军捕盗，火云庄成一团焦，子母神梭为友倾巢。一豹二熊忿火中烧，投书告密，献赃嫁祸，恨难消！

镖师掉舟月捞赃

献赃之计毒且狡，黑砂掌盗换盗札谋更巧。镖师纷临射阳湖，寻赃勘密图。掉舟捞月，水底拾金，廿万盐镖十获八九；讵意官军来掣肘，豹子衔愤犹未走！

弦外余音

飞豹子别掀风波，请财神，把小鱼（俞）活捉；五老踏辽东，伤哉父子情。红锦女侠翩然把豹找，续旧好；韩昭第寻夫，丁云秀寻子，漫说三妇艳，徐娘半老犹捣乱。豹子姑娘看肉票，忽向小俞笑，一段儿女情，竟目成。老豹怒吼空跳荡，难堪小俞呼岳丈。一编著成百万言，请留此未了缘，庶几弦外余音，情韵悠然！

全书围绕振通镖局十二金钱镖头俞剑平及武林同道被劫镖后，以寻镖、夺镖为主线，描写了惊心动魄的恩怨争斗故事。中间插入侠女柳叶青和义士杨华的爱情纠葛。

全篇的故事迭宕浩繁，情节环环相扣，人物个性鲜明，是武侠小说的名篇佳作。

目录

第一章

小隐侠踪闲居传剑术
频闻盗警登门借镖旗

江苏海州以西，有一座云台山，山脉绵延，与鹰游岭西连山相接。登山东望，波涛万顷；山麓清流斜绕，旁有小村，负山抱水，名叫清流港。全村疏疏落落，只有三五十户人家；中有大宅一区，小园广场，杂植竹石，似别墅，非别墅，实为名镖师十二金钱俞剑平的私宅。

俞剑平镖头生平以拳、剑、镖三绝技，蜚声江南。他的太极拳、太极剑，功候精深，已得内家神髓；他的十二只金钱镖，尤属武林一绝。所谓金钱镖，就是用平常使用的十二枚铜钱，不磨边，不刮刃，备带身边；如逢劲敌，借一捻之力，骈指打出，可以上攻敌人双眸，又能打人三十六穴道。江湖上会打钱镖的，不能说没人，但只两丈见准。俞镖头腕力惊人，可以打出三丈以外。攻穴及远，百发百中。以此赢得一个绰号，叫作“十二金钱”，又叫俞三胜。

俞剑平挟这三绝技，争雄武林，一往无敌。遂在江宁府，创开安平镖局。那镖旗就绣取十二金钱，作为标帜。自然当初创业，不免有草莽豪杰跟他为难，终不敌他这双拳、一剑、十二钱镖。多番较斗，树下威名。他这杆金钱镖旗在江南道上从此行开了。也仗他为人坚韧，心性热，眼力真，交游极广，人缘极厚，又有贤内助相帮，方得有此成就。他不但能创，也还能守。他心念登高跌重，盛名难久，遇事格外慎畏，待人愈加谦和；就是武功，也不敢稍有间歇，仍与门人逐日勤练。二十年来，以此自持，幸免蹉跎；于是时光催人，壮士已到暮年。

当他五十三岁时，自想明年便逢暗九，半生挟技创业，今已名利双收；再不急流勇退，深恐贻悔难追。遂与妻子丁云秀商计，择日歇马，将镖局收市；在云台山下，买田筑舍，从此封刀归隐。他把心爱的几个弟子带到自家；新宅筑有箭园，早晚指授他们武功。期望爱徒精研拳、剑、镖三绝技，将来昌大门户，仰报先师恩，图留身后名。

俞门弟子现有七人。大弟子铁掌黑鹰程岳，字玉峻，二十九岁；黑面黄瞳，掌力很强，善使藤蛇棒，武功深造有得，迭在镖局押镖出马；现留师门，替师父料理身边琐事。二弟子左梦云，年二十余岁，人很精干，拳技较师兄稍逊，也能独当一面。三弟子奚玉帆，在俞镖头退隐以前，已经出师，回返故乡凤阳。四弟子杨玉虎，与二师兄年技相当。五弟子石璞，辽阳人，二十一岁，近为完婚，已经告假回籍。他父名白马石谷风，本是辽东大户，也善技击；因慕俞门绝技，方遣爱子千里从师。六弟子姓江，本名绍杰，是江宁富家子，骨秀神清，年方十八岁；幼因多病，奉父命投入俞门，习武健身。七弟子武琦，字凌云，也是江宁人，年十九岁，倒比六师兄大；家贫少孤，聪敏有志，很得师父怜爱；现因母病，告假省亲去了。目下侍师归隐的弟子，便是程岳、左梦云、杨玉虎、江绍杰四人。

俞镖头家中人口无多。门人以外，便是妻、子。妻丁云秀原是他的师妹，也精武技；当年创业，颇得其力。膝下一儿一女；女名俞瑛，年当花信，已嫁金陵旧家，做少奶奶。子名俞瑾，年十七岁，幼承家学，得父母指授，武功卓然可观，只膂力稍弱。顷因俞瑛嫁后五载，头胎生男，俞氏夫妇大喜；遂遣俞瑾打点礼物，和武凌云搭伴，同赴江宁，看望胞姐去了。

俞镖头退隐云台，瞬逾半年。

这日，时当春暮，山花早吐新红，野草遍绣浓绿；午饭已罢，俞镖头散步出门，携六弟子江绍杰，徐徐踱到港边。春风微漾，清流如锦；长竹弱柳，在堤边争翠，把倒影映在波面，也随晴风皱起碎碧。远望西连山，相隔较远，但见一片青苍，衔云笼雾。这边港上，有数艘帆船摆来摆去，望过去似戏水浮鸥。师徒负手闲眺，心旷神怡。

港面忽驶来一叶小船，船夫老何叫道："老镖头今天闲在，不坐船听戏去么？"俞剑平转脸一看，道："老何，你上哪里去？哪村演戏了？"船夫欣然道："是西港宋大户家酬神还愿的戏，你老不去看看么？我这是接人去。"俞剑平信口道："哦！"那船夫怂恿道："你老别看是村戏，那班里有个好武丑，叫草上飞，功夫硬极了，五张桌子一翻就下来，还夹着鸡蛋米筐。"这船夫且说且将小船划过来，要做顺水人情，请俞氏师徒上船。俞镖头胸无适莫，去可，不去也可。六弟子江绍杰忍不住了，忙说："师父，我们去看看吧，今天也没有事。"俞镖头微微一笑，举步登舟，说道："绍杰，去是依你，我得罚你帮着老何划船。"江绍杰欢天喜地道："我划，我划。"调转船头，直奔西港。江绍杰摇桨划出二里多地，头上微微见汗。前途隐闻锣鼓喧声，许多男妇往那里赶；江绍杰摇得越起劲了。不想，背后突有一只小船追来，大声叫道："前面船慢划！老当家的，家里来人了。"

师徒愕然，回眸一看，是家中的长工李兴。连忙拢岸，问来客是谁，从哪里来的。长工李兴说："是打海州来的，仿佛姓侯，还带着许多礼物哩！"俞镖头一面叫船夫停船，一面想道："哪个姓侯的？大远的跑来，找我有什么事呢？"这时六弟子江绍杰沮丧极了，就冲长工发作道："到底客人叫什么名字？为什么来的呀？难道没有名帖么？"李兴道："有名帖，留在程大爷那里了。说也是镖行熟人，程大爷陪进客厅去了，教我催老当家的赶快回去。”老镖头笑了一声，听戏作罢，改登小船，往家中走来。还没到家门，已见四弟子杨玉虎迎出，向老镖头道：“师父，海州振通镖局铁牌手胡孟刚老镖头看望你老来了。”俞剑平一听，立刻含笑道：“我倒是哪个姓侯的，原来是胡孟刚二弟来了。我正想念这班老友。”说着舍舟上岸，径到家门，往客厅走来。

杨玉虎抢步掀帘，俞剑平来到屋内，只见老友胡孟刚依然穿的是江湖道上那种行装：二蓝川绸长衫，长仅掩过膝盖，大黄铜纽扣，下穿白布高腰袜子，一双福字履。这位胡镖头面如紫酱，苍黑胡须，二目有神；正跟大弟子程岳、二弟子左梦云大声谈话。俞剑平抱拳道：“嗬，胡二弟，久违了。这是哪阵风把你吹来，到这野水荒村里？我真意想不到。”又看见桌上椅上堆置着的礼物道：“二爷，你这是做什么？老远来了，还买这些东西？”铁牌手胡孟刚忙站起来，大笑着举手还礼道：“老大哥，真有你的！难为你怎么寻来，找这么一个山明水秀的地方，隐居纳福，把老朋友都抛开了，连小弟也不给个信。哈哈，我偏不识趣，找上门来。老哥哥，你说讨厌不？”

俞镖头举手让座道：“请坐，请坐！去年我在江宁，把镖店收市时，所有一班老友全请到了。那时候，老弟你正往福建走镖，就是我用金牌调你，你也未必敢半途折回，你反倒怪我不请你么？”铁牌手大笑道：“你请我，我偏不来；你不请我，我倒找上门来了。没什么说的，我带了些金华火腿、绍兴女贞，你得教你的厨司务好好做一下，咱哥俩畅快喝一回。”

两人落座，众弟子侍立一旁，六弟子江绍杰重献上茶来。俞剑平问道：“二弟近来镖局买卖可还好？自我歇马以后，可有什么新闻么？”铁牌手一拍膝盖道：“有什么好不好，不过为本柜上一班镖师、徒弟所累，不得不撑着这块牌匾罢了。论我的心意，何尝不想追随老哥，也把镖局买卖一歇，讨个整脸。无奈此刻是欲罢不能，只好听天由命，早晚栽跟头完了！”胡孟刚嘴里说着闲话，神色上似有疑难不决的事情，一时不好贸然出口。俞剑平久闯江湖，饱经世故，察言观色，料到几分；遂开言引逗道："二弟，难为你远道而来，想必镖局清闲，何妨在我这里宽住些时？我自从来到这云台山，半年以来，除了练功夫，教徒弟，闲着就游山逛景。每每想念起一帮老朋友来，又不免寂寞。二弟好容易来了，打算盘桓几天呢？"胡孟刚满腔急事，造次没法开口，蓦地脸上一红道："你先别和我定规盘桓多少天，我还不知道我还能混过多少天哩！"俞剑平哧然一笑道："何至于此？二弟你有什么混不下去的事，大远的跑到我这里来，说短气话？二弟你素性豪爽，有什么话，尽管痛痛快快的讲，不用转弯了。"

胡孟刚瞪着眼，看定这俞剑平道："你叫我说么？我就说，我这次远道而来，不尽为请你吃火腿、喝绍兴酒，我正是有求于你。老大哥，我正有难事，你必得助我一臂之力。"

俞剑平笑道："我说如何？夜猫子进宅，无事不来。老弟，你我一二十年的交情，非比寻常，你有为难的事，我能袖手么？不过我先讲明，你要用钱力，万二八千，我还拿的出来；再多了，你给我几天限，凭老哥哥这点脸面，三万两万，也还有地方拆兑出来。你要是用人力，我这回歇马，面前四个徒弟，有两个也能够去；用人再多了，我给你邀几位成名的好汉帮场。可有一样，我已封刀歇马，再不能重做冯妇，多管江湖上闲事了。"说着，他把右臂一伸道："这一臂是人力，我有四个徒弟。"又把左臂一伸道："这一臂是财力，我有小小三两万薄产。老弟你说吧，你要我助你哪一臂之力？"又把脖颈一拍道："老弟要想借我的人头，可就恕我不能从命了。我今年五十四，我还想多活几年，我再也不想出去了！"

铁牌手一听，不觉愕然，暗道："我这算白碰钉子！"他强笑一声道："老哥哥，我真佩服你！莫怪你名震江湖，不只武功胜人，就是这份察言观色，随机应变，也比小弟高得多。小弟是枉吃五十二年人饭了。难为你把小弟的来意就料个正着。只用三言两语，就把我这不识进退的傻兄弟硬给闷回去了。咱们什么话也不用提了，咱们是后会有期。我再找素日口称与我胡孟刚有交情的朋友，碰碰软钉子去。实在是事到急难，全没交情了，我就干干脆脆，听天由命完了。”

铁牌手把袖子一甩，站起身来，向俞镖头一躬到地道：“老大哥，你老坐着！”

俞剑平手拈白须，笑吟吟看着胡孟刚负气告别，并不拦阻。后见他竟已调头出门，这才发话道：“胡二弟请回来。你就是挑眼生气，要跟我划地绝交，你也得讲讲理呀。我这里没摆下刀山油锅，何必吓得跑？”胡孟刚回头道：“你一口咬定不肯帮我，我还在这里做什么？给你垫牙解闷么？”

俞剑平仍是笑吟吟点手招呼道：“二弟，你回来，咱们讲一讲理。你说找我帮忙，你又没说出什么事来。你既任什么也没说，怎么反怪我拒绝你呢？请问我拒绝你什么来，你却气哼哼的，甩袖子要走？你这么不明不白的一走，咱们就翻了脸，我也不教你走出清流港去。老老实实的给我走回来吧，不然我可叫小巴狗叼回你来了。”一句话引得众弟子忍俊不禁；铁牌手却窘在那里进退不得。

大弟子程岳机灵识趣，忙上前搀着胡孟刚的左臂，说道：“老叔请回来，坐下慢慢谈，我师父不是那不顾义气的人。”程岳且说且挽，把胡孟刚推到上首椅子坐下。二弟子左梦云忙斟上一杯茶来。俞剑平跟着坐下说道：“二弟，你还是这么大的火气！想愚兄我在江南道上二十来年，朋友没有少交，怨仇没敢多结，为朋友斩头沥血的事没少办过。寻常同道，杯水之交，找到我面前，只要我力所能为，从没有袖手旁观。而今轮到你我自己弟兄面前，有什么事，我还能不尽力么？就是我确有碍难之处，贤弟你也得把来意说明，我们还可以慢慢商量。你怎么一字未露，拂袖要走呢？二弟，到底为什么事情，这么着急？何妨说出来，大家斟酌呢！”

胡孟刚道：“你这个老奸巨猾，真是推得开，拉得转；偏我性急，又教你逮住理了。现在长话短说，痛快告诉你吧，我倒不要你的人头使唤，我不过要借你的硬盖子搪搪箭。只因我们这南路镖，从前有你老哥的安平镖局在前头罩着，江湖道上规规矩矩的，稳过了这些年；就连小弟的振通镖局，也跟着闯出字号来。不料自从老哥歇马收市，咱们江南镖行没有两月光景，连出了两三档事。芜湖的得胜镖局、太仓的万福镖局、镇江的永顺镖局，全栽在绿林手内。近来闹得更厉害了，五个月工夫，竟又有七家镖局遇事。内中有四家，镖师、趟子手受伤，镖银幸得护住；其余三家镖银被劫，至今没有原回。最可怪的是，劫镖的这个主儿，始终没有道出万儿（姓名）来。所有出过事的各镖行颇下苦心，多方踩迹，到底不曾探明他这‘垛子窑’（盗窑）设在哪条线上。这么一来，闹得南路镖稍微含糊一点，全不敢走了。兄弟我在镖行中，耳目不算不灵；我的出身，老哥你也尽知；南北绿林道上的朋友，我认识的不算不广。只是这一档事，竟也扫听不出底细来。却是这半年来，风波迭起，总还没有轮到我头上，我也万分知足。我干这种刀尖子上的营生，早已灰心。但若教我立即撒手，又为事势所迫，不能罢休。我已想好了，熬到明年端午，把我历年挣的钱都搬出来，给众镖师均分匀散；我便把振通镖局的牌匾一收，在江湖上讨个整脸。家里还有几十亩薄田，儿子们也全可以自立了；我就追步老哥的后尘，回家养老一蹲，也就罢了。”

胡孟刚喝了一口茶，接着道：“谁知天不从人愿，竟在这时，有一笔盐帑解往江宁，奉盐道札谕，教我振通镖局护镖。我怎么推托，也推不开；我说镖师全押镖走了，没有好手，不敢应镖。这么说也不行。数目是二十万；老哥哥请想，这种时候，我又存了退志，并且又是官帑，倘有个失错，不只一辈子英名付于东流，连脑袋也得赔上。我是破出镖店教海州封了，也不应镖。其时老友双义镖店铁枪赵化龙提醒我道：‘这号镖推辞不得了！因为振通字号，在南路镖行，已经成名。这次既奉札谕护镖，想必是道上不稳，官家已有风闻。若是我们的镖店尚不敢保，别家谁还敢应？何况这决推托不开，即或推出手去，不拘哪家镖店承保，或由官府调兵押解，侥幸不出事，于振通没有关碍；可是振通好容易闯出来的牌匾，从此砸了。倘或万一出岔，官家若猜疑振通与贼通气，那时有口难诉，倒更不美了。还是应承下来，请求宽限，邀请能手护镖，才是正办。’赵老镖头并替我想到要想平安无事，除非把十二金钱镖旗请出来。凭安平镖局俞老镖头的声名，真是威镇三江。押镖出境，管保一路平稳。名头小，震慑不住绿林道的，枉是白栽。当时我听赵化龙这样一说，不觉心神一宽，遂对他说：‘若提别位，未必肯帮我的忙。提起俞老哥来，我们是一二十年换命的交情。莫看他已洗手，我这回亲去登门，请他再玩一回票，准保他不会驳我。’当时我把话说满了，遂由赵老镖头烦出盐纲老总，跟官府请了五天限，以便齐集镖师。盐道批准了，我这才赶到这里。我临行时，曾向大家说明：‘只要这番邀出老朋友来，把盐课平安解到，成全了我们振通镖局的脸面，我决意提早收市。只要这号镖保出去，谁再应镖，谁自己干去。’我是这样说好才来的。谁知大远扑来，你竟说什么也不去了，只几句话，就把我堵住；满腔热火给我一个冷水浇头，你说我怎能不急？老哥不是让我痛快说么？我现在痛快说了，老哥哥，你不论如何，也得帮帮我。我也不借你的财力，我也不借你的人头；我只借你的硬盖子，给我顶一顶。”胡孟刚说罢，端起茶来，呼呼的灌下去；眼望着俞剑平，又加了句道：“你不用琢磨，行不行，一句话！”

俞剑平手拈长髯，沉吟半晌，抬头看着胡孟刚，点点头道：“二弟，你这番话，是哪个教给你的？”铁牌手发急道：“你还挖苦我么？我难道还得跟别人学好了话，才来找你么？”俞剑平道：“别着急！我听你这番话，面面顾到，真是实逼此处，走投无路；我若再不答应，未免太不顾交情了。”铁牌手大喜道：“老哥，你就多帮忙吧！”俞剑平却又道：“但是，二弟你只顾想得这么周全，单单忘了一事。”胡孟刚忙问：“什么事？”俞镖头笑道：“就是愚兄我这一面啊！想愚兄我只为要保全二十年来江南道上一点薄名，这才急流勇退，隐居在这荒村；倘或邀我出去，连我也栽了，那时节，二番出头，不比以往，可难堪不难堪呢？”胡孟刚抓耳挠腮，呵呵不已道：“不能，不能，凭你怎么会栽呢？凭你怎么会栽呢？”

俞剑平见此光景，叹息一声道：“胡二弟，你一生为人耿直，不会那转弯抹角的事，是我深知。你也无须作难，咱们从长计议吧。据我看来，这件事你也不可太气馁。南路镖行中，除了我安平镖局牌子老些，抢着上风；别家镖局能跟你振通镖局扯平了的，又有几人？何至于断定这趟镖道必有风险？”铁牌手道：“老哥，事情固有你这么一想，可是我若没有看出前途确不易闯，我决不会远道麻烦你来。我若怕事，当年也就不干这个营生了。实因官面上也有风闻，确知这票盐镖不易押解。况且像双友镖店的金刀刘纪，跟铁戟孙威，全是上好的功夫，师兄弟两个亲自押镖，全栽在人家手内。所以小弟度德量力，只怕我这一对铁牌，未必保得住这二十万盐镖。这次数目太大，只许无功，不许有过；无论如何，老哥总得捧我一场。我这回把镖保下来，我决计洗手，就是有万两黄金，摆在我面前请我，我也不干了。老哥哥，你还教我说什么？”

俞剑平眉峰紧锁，为起难来。半晌说道：“二弟，我是绝不能出去了，我给你邀两位朋友帮忙。这两位全是成名的英雄，声望绝不在愚兄之下。一位是鹰游山的老英雄黑砂掌陆锦标，一位是徐州智囊姜羽冲。这两位全是一身绝艺，凭愚兄这点面子，请他二位出来帮一回忙，准保一路稳当。”

胡孟刚连连摇头道：“不行，不行！那陆锦标，十几年前曾为一件事，跟我怄过气。至于什么姜羽冲，武功尽好，在江北绿林道上，没有多大拉拢，况又远在徐州；老兄不要忘了，我只有五天限啊！这种借助的事，在本行里绕，还不够栽跟头的？再求到外圈去，更难看了；何况我又跟人家没有一点交情，怎能拿卖命的事求人？我们保镖这种行业，固然先得讲本领，可是还靠着人缘和名望；只要把字号立住了，指着这点虚名，就能够横行江湖。老哥这些年走镖，不就仗着你那一杆金钱镖旗么？你若实在不愿出去，你把镖旗借给我一杆，给我壮壮声势。连我的铁牌镖旗，双保官镖；江湖道上但凡懂面子的，决不肯再动了。老哥，你就为兄弟担一回虚名吧。”俞剑平道：“但是我们凭人，才闯出镖旗来。我自己不再出世，把镖旗拿出来，也跟我亲自出马一样。并且我安平镖局早已收市了，这次插上我的镖旗，倘有多事的镖客，登门诘问，我却没话答对人家。依我看，还是另想别法吧！”铁牌手忙接过话来道：“老哥望安！但有问的，由我一面承担。”说到这里，站起来，一躬到地，道：“老哥你已经答应我了，不要口头上刁难人了。”

俞镖头实在无法推却，长叹一声道：“这是我天生不能歇心的命！二弟再三再四的说着，我若过于固执了，显得我不顾交情。只是愚兄浪迹江湖，二十年来没有栽过跟头，这回但盼贤弟能把愚兄这点虚名保住才好。”铁牌手道：“老哥哥放心，豹死留皮，人死留名；我胡孟刚宁教名在人不在，也不能把老哥的威名辱了。”俞剑平眉头一皱，颇嫌这话刺耳，忙摆手道：“就这么办吧。横竖你得喝老哥哥一杯水酒再走啊！”胡孟刚道：“那当然要叨扰的。”

大弟子程岳吩咐厨房备宴，群弟子忙着调开桌椅，不一时摆上酒菜来。俞老镖头指着酒壶道：“老弟只管放量喝，也不用谢主人。这是拿你的酒，请你自己。”

胡孟刚哈哈大笑，求得镖旗，顿易欢颜了；但仍不肯纵量，饮过十来杯酒，便叫端饭。俞剑平道：“你先沉住了气，多喝两杯怕什么？你有急事，我不留你。这不过八九十里路，我这里有好牲口，明天早早的一走，不到午时，准到海州。”胡孟刚道：“我打算今天回去，镖早走一天，早放心一天。”俞剑平道：“那不行。咱们一年多没见面了，今天晚上多谈谈，明早你再回去。”胡孟刚点头答应，两人开怀畅饮。饭罢茶来，直谈到二更以后，方才安歇。

次日天亮，胡孟刚一觉醒来，听得屋外隐隐有击剑之声。胡孟刚心知是俞剑平师徒晨起练武，便披衣下床。恰有家人过来侍候，净面漱口已罢；胡孟刚遂缓步离屋，循声找去。由客厅往东，进了一道竹拦墙的八角门，只见里面非常宽敞，是十几丈宽、三十几丈深的一座院落。东南两面，俱是虎纹石的短墙；北面一连五间，是罩棚式的厅房；前檐一色细竹格扇，满可打开；在门两旁摆着两架兵器；这正是俞氏师徒练武的箭园。

在这一边，是二弟子左梦云和四弟子杨玉虎，两人手持长剑，斗在一处。那一边，是大弟子程岳和六弟子江绍杰过招；一个喂招，一个练习。老英雄俞剑平倒背着手，立在二弟子、四弟子那边，从旁指点。果然名师门下无弱徒，杨玉虎和左梦云各不相让，战了个棋逢对手。胡孟刚哈哈一笑道："真砍么？你们老师可有好刀伤药！"众弟子闻声收招，过来请安。俞剑平道："你起这么早做什么？"胡孟刚道："找你讨镖旗，我好趁早赶路。"俞剑平微笑道："二弟你真性急，随我来吧！"四个弟子也全穿上长衫，跟在后面，径奔北面这座敞厅。

胡孟刚进厅一看，果然这厅也是练武的所在，里面没有什么陈设。在这迎面上，供着伏羲氏的神像，左边是达摩老祖（凡开镖局的，都供达摩老祖），右边是岳武穆。胡孟刚晓得俞剑平专练太极门的武功，所以把画八卦的伏羲氏供奉在当中。这三尊神像都供着全份的五牲。在达摩老祖圣像前，有着二尺宽、一尺半高的一个木架，摆在香炉后面；架上用一块黄绫包袱蒙着，看不出架上插的是什么。

俞镖头吩咐大弟子程岳，把三寸佛烛点着；自己亲在三尊神像前，肃立拈香，然后向上叩头顶礼。四个弟子也随着叩头。胡孟刚只向当中叩拜了祖师，站在一旁。俞剑平身向达摩老祖像前下跪，对大弟子说："把镖旗请下来。"黑鹰程岳把木架上的黄包袱揭下来，露出五杆镖旗，全都卷插在架上。胡孟刚看见了，不由愕然，暗想："我这次真是强人所难了！"心上好生不安。

程岳请下一杆镖旗，递到师父手中。俞剑平跪接镖旗，向上祝告道：“弟子俞剑平，在祖师面前封镖立誓，不再做镖行生涯，不入江湖；隐居云台，教徒授艺，实有决心，不敢变计。今为老友胡孟刚，情深谊重，再三求告弟子，助他押护官帑，前赴江宁，以全老友之名。弟子心非所愿，力不能辞，只得暂取镖旗，重入江湖，此乃万不得已。但愿一路平安无阻，还镖旗，全友谊；此后虽以白刃相加，决不敢再行反复。祖师慈悲，弟子告罪！”俞剑平祝罢叩头，站了起来；随手将镖旗上的黄包套扯下，用手一摆，镖旗展开；是崭新的红旗，青色飞火焰，当中碗大一个“俞”字，旁边一行核桃大的字，是“江宁安平镖局”。围着“俞”字，用金线绣成十二金钱；黑漆旗杆，金漆旗顶，做得十分精致。

俞镖头本是面向北站着，这时微向东一侧身。那镖旗一扬，胡孟刚伸手要接；俞剑平用左手作势一拦道：“二弟不要忙，我还有话。”胡孟刚脸上一红，把手垂下来了。

俞剑平正色道：“这次我在祖师前背誓，全为保全我们弟兄十数年来的交情。镖旗若交二弟带走，我不止于轻视了二弟你，我也太看轻了我安平镖局。我既答应给二弟帮忙，我就只可把担子放重了。我现在要把镖旗，交给大弟子程岳持掌，这趟镖就算有我一份。可是话归前言，我不是为财，为的是朋友。二弟，话不多说，你我心照。”俞剑平又对程岳说道：“你也走过镖，不消用我多嘱咐。我们这金钱镖旗的荣辱成败，全始全终，就在此一举。沿路凡事，听你胡二叔的调派，不许妄自托大。我把这镖旗交给你，但愿你仍把这镖旗好好交还到我手里，我便满斗焚香。走吧！”乃将镖旗一卷，递给了程岳。然后挽着胡孟刚的手，面含笑容，向外面走。铁牌手胡孟刚此时也不知是痛快，是别扭，心里说不出来的不对劲。

大家来到客厅，俞剑平让座献茶。铁牌手道：“天色不早了，让程贤侄赶紧收拾，我们一同走吧。”程岳道：“弟子的行囊很好收拾，我立刻就来。”程岳把镖旗立在条几上，转身出去；工夫不大，右手提个小包裹，左手抓着马兰坡大草帽，走了进来。身上换了一件蓝绸长衫，下穿青裤，打着黑白倒赶水波纹的裹腿，搬尖鱼鳞沙鞋。他放下手中东西，拿一块黄包袱，把镖旗卷起，往背后斜着一背；转身提起行囊，向胡镖头说："老叔，我们这就走么？"

胡孟刚一看，这位大弟子程岳寸铁不带，未免太大意了；遂向程岳说："贤侄把兵刃带着点。我们练武的人，趁手家伙宁可备而不用，不可用而未备。"程岳含笑一提衣襟道："我用的是软兵刃。"铁牌手看时，见程岳腰间缠着一条金丝藤蛇棒，暗想自己又失言了。胡孟刚转身向俞剑平告辞。程岳也向师父拜别。几人出得屋外，程岳问道："师父，我骑哪匹牲口去？"俞剑平道："骑我那匹追风白尾驹好了。"程岳紧行几步，到西边马棚备马。

胡孟刚来到门首，他那匹青骢马已然备好，由马夫牵着。程岳将那匹追风白尾驹备好牵出来。只是这马一边走着，一边咆哮，很不受羁勒；强牵到门外，唏唏的一阵长鸣，尽打盘旋，不肯站住。程岳左手还提着小包，一只手竟摆布不住。俞剑平怒道："这牲口养上了膘，竟不安分了。"他抢到马前，伸手把马嚼子抓住。程岳松开手，俞剑平喝了一声："吁！"那马还在挣扎。俞镖头发怒，左手往回挺劲，右手向鞍子上一按，喝道："你动！"这追风驹动也不动的立在那里了。

俞剑平向胡孟刚说道："二弟请上马吧。这牲口久不骑了，须让程岳压他一程。"铁牌手拱手道："对不住，我们押镖回来再见吧。"一转身，搬鞍上马。黑鹰程岳拴好包裹，把马兰坡草帽向脑后一推，伸手要接马缰。俞镖头道："你得好好压它一程，你上马吧！"

程岳告罪，俞镖头道："不要啰嗦，快上去！缰绳要拢住，裆里扣紧了。"程岳知道这马是被师父掌力制服得不动，一松手，它必要狂奔一程；遂赶紧飞身上马，两腿紧紧一扣，手里拢住缰绳。俞镖头这才放松嚼环，又在后面轻轻一拍，喝声：

“去吧!”那马一仰头，四蹄一蹬，一蹿便是两丈多远。程岳用力扣住马缰，那马打了一个盘旋，竟自一低头，蹬开四蹄，如飞的往胡孟刚马前冲将过去。程岳匆遽间向胡孟刚招呼道：“老叔撒缰吧!”胡孟刚知道程岳收不住缰了，自己忙用脚跟一磕马肚，将缰绳一抖，豁喇喇直追下去；却扭转头，把手往后一摆道：“俞大哥，再见。”俞剑平站在门前，直望着两人马行已远，转弯看不见了，这才率领弟子，慢慢踱回宅内。

黑鹰程岳骑着师父这匹骏马，因为经年未骑，今日这马陡发野性，一口气直跑出三十多里，才稍微煞住。铁牌手胡孟刚饶是加鞭紧赶，已被落后一里多地。胡孟刚唯恐两人走岔了路，好容易从后赶到，远远招呼道：“程贤侄，再这么跑，简直要了我的老命了；咱们下来溜两步吧!”程岳勒住了马，说道：“老叔，我也勒不住呀!”两人翻身下马，拭去头上的汗；这才牵了牲口，慢慢走着，溜了二里多地。在途中野茶馆，喝了一盏茶，然后才上马拈行。这一回马走得尽快，已不显着吃累。渡过运粮河，走到巳牌时分，已到达海州。

胡孟刚的振通镖局，就开设在南关内大街，距离城门不远，路东便是。两匹马行近镖局门前，被伙计看见，忙过来迎接。胡孟刚、程岳一齐下马，镖局内又迎出好几位来，齐道：“老镖头回来了。”胡孟刚问道：“沈师傅在镖局么?”伙计们道：“在呢，已报进去了。”伙计们忙把马上拴的小包裹摘下来，随后牵走马，刷溜饮喂，自有人照料。胡孟刚向程岳举手道：“贤侄往里请吧!”程岳忙说：“老叔怎么跟我客气起来!”

两人进了镖局，里面走出四位镖师，向胡孟刚拱手道：“老镖头辛苦了！我们听说陪着朋友来了，给我们引见引见。”胡孟刚道：“这是咱们请来帮忙助威的，这位就是江宁安平镖局十二金钱俞老镖头的大弟子，姓程，官印名叫岳字。”又向程岳道：“这是我们镖局的四位镖师；这一位名叫乔茂，这位叫单拐戴永清，这位叫双鞭宋海鹏，这位叫金枪沈明谊。”

这几位镖师中就属沈镖师相貌威武，年约四旬开外，黑黝黝一张脸膛，两道剑眉，一双虎目，嘴唇上微留短须；精神壮旺，体格雄伟。那乔镖师却生得极其难看，身高四尺，尖头顶，瘦下颏，细眉鲜眼，站在那里，恰当沈镖师腋下。

程岳听胡孟刚逐个荐了姓名，忙抱拳见礼道："久闻诸位老师傅大名了。"镖师沈明谊含笑答道："程少镖头过奖。令师徒名满江南，久想拜望，不得机缘。今日幸会之至。"大家忙把程岳让进客厅。胡孟刚吩咐了一声，立刻有一个伙计把一个镖旗架子摆在桌上。程岳解下金钱镖旗，插在架内；然后净面吃茶。胡孟刚忙着摆酒接风。

次日，胡孟刚亲赴盐纲公所报到，定规走镖日期；并说明为防路上有险，已邀出从前安平镖局，相助护镖。盐纲听了甚喜，对胡孟刚说："只要把盐课平稳解到，我们另送俞镖头一千两银子。"

这二十万盐课，满是装好了银鞘的元宝。每鞘五百两，共是四百个。胡孟刚算计着，需装五十个骡驮子，较比寻常加重了一倍。平常每一个骡驮子，只驮四个银鞘，合两千两，一百二十五斤。这次胡孟刚恐怕装一百个骡驮子，自己人少，照顾不来；所以宁愿多花脚力，挑选健骡；一匹骡子要装八鞘，合四千两，重二百五十斤，连鞘皮算，不下三百斤。

胡孟刚不敢延误，急找骡驮行，讲定脚力，订明第二日由盐纲公所起镖。胡孟刚赶忙又找铁枪赵化龙，借了二十名精壮的伙计。因自己镖局虽有四十多名伙计，也需挑选挑选，并且也不能全数带走。胡孟刚当日就把这二十名伙计请过来，又派人到本街恩源楼回教饭馆，定了十二桌酒席。又到柜房，教管账的先生，将这每天的打尖住店，一切挑费，往来该备多少盘川，统统算好了，打点出来。胡孟刚这才到客厅，向四位镖师及程岳说明了自己安排的情形，大家称是。程岳因道："老叔太辛苦了！等到把这号镖保下来，名利双收，足够痛痛快快过节的了。"

胡孟刚吃着茶，还没答话，那个其貌不扬的镖师乔茂插口道："五月节么，不易痛快吧？这趟买卖，据我看是蜜里红矾，甜倒是甜……"一语未了，那沈明谊镖师瞪眼道："又来了！你明知道明天起镖，今天先说破话。"

乔茂把一双鲜眼翻了翻，说道："沈爷，怎么我说出话来，就是破话？难道我的话假么？人要是不得时，喝口凉水还碜牙。"胡孟刚眉头一皱，又含笑说道："沈师傅，你别理他，他原是说一句好话，后悔半年的。"

这乔茂，原是北省一个积案如山的游贼，专做黑道上的生涯。看他生得貌陋，却最擅长轻功提纵术，高墙峻宇，超越如飞，真有夜走千家盗百户之能；只是别的功夫苦不甚高。因他曾有一天，半夜工夫，连偷九家大户；他又姓乔，江湖上便送他一个绰号，叫作"九股烟"，又叫"瞧不见"。

乔茂这人长相就够讨厌，嘴又刻薄，尽找人家的棱缝，一句话能把人问个倒噎；等人家急了，他又不言语了。所以他为人尽管机警，却常为同道所轻视。当年曾因口角不慎，得罪了绿林同道，人家恨得切齿，非把他卖了才甘心；故此在北省不能立足，一路逃到江南。铁牌手胡孟刚少年时，曾在北方绿林中混过。乔茂素知胡孟刚的底细，又知他为人豪爽，这才访到海州，投奔在振通镖局之内。胡孟刚本不欲收留他，只是推托不开；又怕他到处传播自己的出身，遂将他留在镖局。乔茂倒也最怕人提贼字，并且又怕人叫他的绰号。缘此，才得相安。却是镖局中，连镖师带趟子手，没有一个未跟他吵过架、拌过嘴的。

当下大家商量了一回。赶到下晚，饭馆将酒席送来，这振通镖店顿形热闹，上下十二桌酒席，全都摆上。酒过数巡，胡镖头站了起来，向大家说："诸位，今日我胡孟刚有几句话，要向诸位表明。这次承保二十万官镖，既不是我们揽的，也不是找上门，就立刻答应的。皆因官帑不比商家买卖，若是镖银稍有一点闪错，或是稍误限期，不但赚不成钱，还得担受处分。再说近来道上也不大好走，所有出事的主儿，众位也都尽知。所以我事先竭力推辞，无奈这是奉官指派的，规避不得。我才为保重起见，特把老朋友十二金钱俞老镖头的大弟子请出来，帮着咱们护镖。人家安平镖局已是收市了，竟为咱们重展镖旗，这才真是血性朋友。只是我已经风闻有那不开面的绿林道，要动这笔官镖。我们既干这行买卖，就不能怕事；我们只好按日期走镖，一路上多加小心。众位要有不能去的，这时尽管言语一声，我是一点说的没有。要愿意跟我一同押镖，我还盼众位格外辛苦些。但盼没事；若真有敢摸咱们镖的，我胡孟刚就凭掌中这对铁牌，跟他拼个死活。众位哪位去，哪位不去，请告诉我。”众镖师全站起来道：“老镖头不用多嘱了。我们但凡怕死惜命的，还出来做什么？我们既在振通吃饭，若有摘我们牌匾的，我们就只有一个萝卜一头蒜，跟他一个对一个。”

跟着便有一人笑道：“老镖头，你就放心吧！既当镖师，决没有像端鸡笼、拔烟袋的朋友那么不争气。”这说话的正是双鞭宋海鹏。大家听了，哄然大笑。乔茂忽然心虚，把眼一瞪道：“你小子！……”胡孟刚忙道：“今晚这桌喜酒，谁都不许胡搅；谁搅了大家的高兴，我罚他包今晚的挑费。”乔茂暗中憋气瞪了宋海鹏一眼，低声道：“咱们走着瞧！”宋海鹏笑道：“瞧不见！”

程岳在旁看着不禁暗笑。胡孟刚见大家俱都义形于色，遂向大家一揖，相让归座；直吃到起更，方才散席。

次日五更刚过，伙计们催起众人，掌着灯，洗漱吃早点。收拾定妥，天色方亮。这里除镖头胡孟刚、程岳外，就是四位镖师，两名趟子手，四十个伙计。另外一辆轿车，装的是简单行李衣物；连镖头和趟子手，共乘十四匹马。胡镖头看大家全把兵刃衣物收拾利落，立刻率领着，前往盐纲公所。那些骡夫和五十匹骡驮，早已到了；只是镖头不到，人家不能点交镖银。

胡孟刚急到公所内接头，知道又由海州缉私营加派了二十名巡丁，由一位哨官统带着，相随护镖；胡孟刚更是欢喜。他遂到库房，亲自点清鞘银，赶紧把骡驮子赶进来，往上装镖银。镖局伙计们立刻亮兵刃，把装镖银的驮子襄护起来。因这镖银一交镖，便算归镖局负责了。就算没离开地方，出了事，也得由镖局担承。

胡镖头眼看镖银装完，自到公所里，交了保单。盐纲公所派了一位押镖的，也是公所的一位盐商，还带着一个听差的，沿途伺候他。胡孟刚听人们都称他为舒大人，晓得这些盐商都捐有功名，自己也只好随着称呼。这时缉私营哨官张德功，率领二十名巡丁，恰也到场。胡孟刚向前打过了招呼，立刻吩咐趟子手起镖。两名趟子手各抱一面镖旗，胡孟刚嘱咐把安平镖局的十二金钱镖旗，走在前面，自己的振通镖旗随在第二；明面上是尊敬人家，暗中却是反客为主。

趟子手分抱镖旗，当先上马。后面镖银五十匹骡驮，单排着首尾相衔；两旁四十名镖局伙计，各持兵刃，拉开趟子，左右随护。后面缉私营哨官骑马带队，二十名兵丁青绉包头，薄底快靴，全身青色服装，每个挎一把腰刀，提枪排队步行。再后面是押镖盐商的一辆轿车。车后才是铁牌手胡孟刚、铁掌黑鹰程岳和四位镖师沈明谊、宋海鹏、戴永清、九股烟乔茂，各带兵刃，骑在马上。那前面的趟子手一声喊镖，嗓音洪亮，直听半里多地。于是浩浩荡荡，离开盐纲公所，奔向北门。

这一支镖，气象威武，虽在当时不算奇事，却也引得沿路商家行人注目。出得北门，径奔头站，中途打尖，到得日暮，便行抵和风驿。

这和风驿也是运粮河的一个大镇甸。镖趟进街，店家齐来兜揽生意。趟子手和镖头打了招呼，引领镖驮，径投一家大店。黑鹰程岳近前下马，见这店店门高大，上悬金字黑匾，是“福星客栈”。门口站着的三四个店伙，忙上前迎接，将两杆镖旗接了过去，仍将金钱镖旗插在左首，铁牌镖旗插在右首。二十名缉私营兵，分立店门两旁；趟子手先进店内，在院中巡视一周，店伙说道：“你们诸位最好占西偏院，那里严密些，房间也整齐。若是达官们嫌偏院房间少，也可以在前边多开两间。”趟子手张勇和金彪久走江湖，选择店房，都不用镖头操心。张勇遂对店伙说：“房屋好歹，我们倒不在意，只是客人们身上，你们要多小心。”店伙应了一声，立刻领路。趟子手到偏院看了看，是三合房，院子稍小，盘不开五十四骡驮。看罢出来，招呼镖银进店，张勇、金彪忙与胡老镖头商量：“落店还早，莫如把镖银卸下，歇到四更装驮，五更起镖，决不误事。”胡孟刚说：“就是这样。”立刻由镖师监护，把四百鞘银卸下来，码在偏院院内；骡驮和镖师们的马匹，全牵出去，刷溜饮喂。胡孟刚陪押镖的舒盐商，先进了店房，歇息片刻，时已掌灯。

饭后，胡孟刚点派伙计，分两班护镖，四位镖师也分上下夜。自和程岳相商，让程岳照管前半夜，到子时，由自己接班守镖，以免彼此过劳。程岳知道胡孟刚处处客气，且又性情很滞，辞让不开，只好照办。

众人住的是一明两暗的房间，北间是押镖的舒盐商和缉私营哨官，胡镖头等全住在南间。此时胡孟刚等在堂屋喝完茶，有的就走进南里间，要先歇歇养神。突听得外面有人吵嚷，胡孟刚一惊，放下茶杯，急往外察看。铁掌黑鹰程岳刚进到里间，也忙转身，闯出堂屋。院中点着七八只灯笼，照得很亮。只见偏院门口，有一店伙，张着两只手，拦住两个人，口里不住说：“爷台，这里住的全是保镖的达官，没有别的客人，怎么你老还往里边走，这不是砸我们的饭锅么？”

程岳从灯光影里，看出这两人是一壮一少，左边那人约有四十多岁年纪，瘦削身材，面色白中带青，细眉朗目；身穿蓝绸长衫，青缎快靴，左手提着一顶草帽。右首那人年纪不过二十多岁，黑黝黝一张面孔，浓眉大眼，扇子面的体格，一派剽悍之气溢于眉宇；也穿着一件青绸长衫，青缎快靴。这个年轻人正向那店伙怒目横眉的喝道：“少说废话，这里住了保镖的，就不许找人么？这要是住保皇帑的，就该把客人都赶出去不成？太爷是找定了。”

这时二十名镖局伙计、十名缉私营兵，正护着镖银。那店伙见镖头已出店房，遂不再拦，闪过一边了。那缉私营兵听不惯这样说话，早过来两个巡丁，厉声叱道：“你是干什么的，这么横眉立眼的？”

少年客人把腰一挺，刚要答话；那四十多岁的客人，笑吟吟把左手草帽一抬，右手往帽檐里一搭，说道：“总爷不要生气，我这兄弟不会说话。我们是找人心急，才闯到这里。实在不知道是诸位，请多担待吧！”

巡丁瞪着眼还要发话，胡镖头已经急步走来。程岳已随在身后。胡镖头张眼一打量来人，遂向那中年客点头道：“朋友，你打算找谁？说不定你找的这人，也许隐藏在这里。在下虽是保镖的，也不敢不说理。我看朋友你定是道上同源，请你先道个万字，我好尽其朋友之道。”那少年客听了这话，身躯微微一动，左脚往后缩了半步。那中年客依然含笑道：“老哥你别见怪，我们是办南货的买卖人。有位同事，带了不少的钱，先走下来。我们原定规好了，在和风驿见面。我一路寻到此地，连找两家栈房，全没有寻着。方才找到这里，伙计们嫌麻烦，不教挨屋子找人，所以才跟他吵架。老哥你说道上不道上的，我们不懂。既是这里真没有别的客人，我们再往别处找去吧，这倒打搅了。”这人说着话一拱手，把那少年一拉，转身便走。

胡老镖头呵呵笑道：“二位忙什么？好容易来了，何不喝杯茶，索性看明白了再走？”两个人头也不回，徜徉而去。胡镖头哼了一声，眼光直送出去。那店伙在旁说道：“告诉他是镖局子的人，他偏不信，硬往里闯；一拦他，还要打人。敢情是贱骨头，一见你老，他又酥了。”胡镖头道：“你忙你的吧，这种人不值跟他怄气。”

黑鹰程岳悄向胡孟刚说道：“老叔，这两人来路好像不对。我们不要教他走开了，缀着他俩，看看是哪条线上的。”胡孟刚摇头道：“不用费事了。我看他们决不是近处的老合。他若是在附近线上吃横梁子的，决不肯先跟咱们朝相见面。踩盘子的小贼，二十里、五十里都许下来。我已经把话递过去了；就是我们所料不差，他们也得琢磨琢磨。但愿他们是好人，反正前途加倍留神就是了。”程岳因为胡孟刚是老江湖了，便不再多言。镖师戴永清不禁眉头紧皱，他在镖行闯荡十多年了，今晚眼见有人来踩探，便知这镖银前途不易看稳。九股烟乔茂不住的咧嘴道：“糟糕，新娘子教人家给相了去了，明天管保出门见喜！”

宋海鹏瞪他一眼道：“少说闲话，你还冒你的烟去吧！”

两人这里捣鬼，那缉私营哨官张德功也过来打听胡孟刚。金枪沈明谊眼望着胡孟刚、戴永清，满脸笑容的答道：“没什么事，也不是我们说大话，就算有吃横梁子的，他们见是我们两家的镖，料也不敢擅摸。镖头你说是不是？”说到这里，暗用胳膊一碰胡孟刚。胡孟刚笑道：“沈师傅，别尽自往咱们脸上贴金了。我们该着歇息的，趁早歇了吧，明早好赶路。”

哨官张德功，以及押镖盐商，看镖师们全都说笑如常，便不在意了。胡老镖头坦然进房，和衣躺在床上就睡。各镖师护镖的护镖，睡觉的睡觉，且喜一宵平安无事。

第二章　湖畔扬镖两逢盗谍　夕阳鸣镝三斗腾蛇

五更收锣，趟子手张勇招呼前半夜值班的人起来。店伙早到灶下烧水煮粥。天色破晓，胡镖头催镖行伙计、骡夫们装镖驮子，算清店账。镖旗出了福星客栈，趟子手喊起镖来，仍照头天的规矩走，保护得严密异常。

和风驿是一里多地的长街，镖驮子走得早，街上铺户多没开门，不一刻工夫走出镇甸。这时候野外麦田正旺，一望碧绿。远看运粮河，泊舟所在，帆樯如林。胡镖头一行人众，策马拈行；当这朝曦甫上，微风吹来，不由精神一爽；连那盐纲公所的舒大人，也教从人把车帘打起，坐在轿车中观玩野景。

一路行来，约走四五里光景，黑鹰程岳忽听后面有快马奔驰之声；勒缰回头一看，远见征尘影里，有两匹枣红马，蹄下翻飞，奔向这边。眨眼间蹄声渐近；胡孟刚等也回头看时，这两匹马已然旋风似的来到跟前。马上的人，全戴着马兰坡草帽，掩住面貌，伏腰勒缰，猛加一鞭，从斜刺里抄着镖驮子，从两旁直蹿过去。这只是一眨眼的工夫。

程岳唔的一声，向胡孟刚道："老叔看清了么？这两个骑马的，多半是昨夜所见的那两个。”胡孟刚皱眉道：“面貌没有看清，身段倒是一点不差。”金枪沈明谊道：“各走各的路，休要管他，沿途多多留神就是。”

胡孟刚并不答言，教伙计传话，招呼趟子手张勇过来。伙计们互相传呼过去，张勇一领马缰，把牲口圈回来；前面还有抱金钱镖旗的趟子手金彪，照旧引导前行。张勇把马圈到胡镖头跟前，拨转马头，一边并骑走着，一边问有何事。

胡孟刚道：“下一站该到哪里？”张勇道：“我们在罗家甸打尖。到日没时，正赶到新安县境杨家堡落店。明天到涟水驿，后天赶到大纵湖新潮湾。我也正想跟镖头商量，要按规矩说，我们应走湖西，淮安府、宝应县、高邮县，那么走十四天，足可到达江宁。但是前些日子，淮安府老闸和天飞岭地方，接连有两家镖店出事。我们如果找安稳，不冒险，就多走两站；从大纵湖东，奔范公堤、兴化州、奶子荡、仙女庙、江都县，到瓜州过江，走丹徒，奔镇江，走老龙潭，直到江宁。这么可是走十六天才能到。沿路可别赶上天气，要遇上不好的天气，非走上十八天限期不可。老镖头看是怎么样？”

胡孟刚想了想，便向张勇说：“咱们就破着工夫，多走两天吧。”又问程岳道：“贤侄，你说怎样？”程岳道：“还是走稳道好。耽误两天，不算什么。”

几人商量已定，趟子手张勇一领缰绳，仍蹿到前面，紧赶行程。到了过午时光，行抵罗家甸，大家在此打尖，骡驮子也都上足料。歇息了一个时辰，趟子手张勇、金彪便催着起镖，依那押镖的舒大人，还要多歇一会儿；因为他养尊处优惯了，坐在车上很不舒服。无奈骡驮子装载太重，走得本来不快。况且旱路行程，站头全有一定。有站才有店。若走得慢了，或是想赶路，走得太快，那时就把官站错过去。单身行客还可以在荒村小店，借宿一宵；如今是大宗镖银，谁敢冒险？这位盐商虽想舒服，也就由不得他了。趟子手催促着，又把利害说明；舒大人无法，只好上车。就这样紧赶，直到戌末亥初时分，才赶到了新安县辖境杨家堡。这一站行程长些，胡孟刚虽然着急，也是无法。他遂令趟子手张勇，拣了一家大店，押镖投宿。次日黎明，由杨家堡起身，到涟水驿。到得第四天，就该到大纵湖新潮湾了。

这日方才起镖，走出不及十里之遥，迎面尘土起处，过来两匹快马；马上的人全是短衣襟，小打扮，从镖驮子两旁直抄过去。官站大道，遇见骑快马的，本不足为奇；只是这两匹马，偏偏也是枣红毛色，跟和风驿路上遇见的那两匹马，分毫不差。胡孟刚等人虽然担心，但到这个时候，只得加紧赶路。不想续行十几里，迎头又是两匹快马如飞奔来。这么一来，胡孟刚、程岳和四位镖师全都注了意。马上是两个少年壮汉，短衣襟，小打扮，偏偏骑的也是枣红马，也傍着镖队，一掠而过。胡孟刚立刻向前面护镖的伙计和镖师们，暗打招呼；恐怕绿林道就要在这条线上拾买卖。这四匹牲口，按绿林道规矩是放哨的，先出四五里地去，一定再圈回来。那时必然有强人动手劫镖。胡孟刚此时更不多言，只候着四匹马圈回，这拨镖就登时不走了，各自亮兵刃，再往前闯。照例不出五里，必定有事。哪知这次竟出人意料之外，四匹马一去未回，直走出六七里地，路上平平安安，仍无事故。胡孟刚不禁诧异起来："这可是怪道，今日莫非真输了眼不成?"当这时，不但胡孟刚这样想，就连趟子手等也都觉得蹊跷，个个你看我我看你，心里纳闷，却都不言语。赶到了大纵湖新潮湾，歇马落店，大家方才把心放下。

饭后，伙计们倒替着歇息，唯有胡孟刚满心怀疑不定，连饭都没吃好；倒在床上反复盘算。他暗想：自己在镖行干了一二十年，少时也曾身入绿林，决不致连这几人的来路还断不透。他虽也有些乏累，却哪里睡得着，心中总委决不下。到二更以后，胡孟刚起来，看了看分班护镖的人，全都聚精会神地守着，一个也不短。他又亲到院中转了一周，灯影昏沉，各房间客人全睡了；信步踱到店门，店门关得很严。

胡孟刚方要转身回房，夜阑人静，犬吠声中，隐隐约约听到远处一片马蹄声音。胡孟刚暗想："这个时候，还紧自赶路，这一定是官家投递紧急公文的驿差了。"侧耳细听，又觉不像。"若是驿递，不过一两个人。这一片马蹄声凌乱得很，至少也有五六匹马。"胡孟刚转身往四面看了看，店院静悄无人，值更的店伙未在屋外。胡孟刚前行几步，把店门过道的脊顶相了相，不过一丈多高，倒还上得去。他倒退两步，眼光一绕，立即垫步拧腰，耸身蹿上脊顶；向前上了一步，伏腰掩住身形，恰好看得见店外的街道。

这时月暗星黑，夜影沉沉，店门口那盏门灯发出淡黄色的晕光，约略辨别出街上的情景。只见街上空荡荡，漫无人迹，马蹄声越行越近；倏从街东当先冲来两匹马，马上两个短衣装的人，黑影中不辨面目。两马一前一后，首尾相衔，奔驰如飞，竟从店前飞越过去。

胡孟刚方才道一声惭愧，不料街西暗巷中，连声呼哨，窜出两条大汉，迎面将来骑拦住。马上的人把缰绳一勒，马跑着，骤停是不行的；只见这马打一个盘旋，方才站住；后面那一匹马，也立刻收缰。不晓得双方说的是什么话，两骑客翻身下马，拉着缰绳折转身来，走到店门前，前前后后看上了一遍；便与那两个大汉且行且语，转过街去。紧跟着又从街东驰来四匹马，也抹着店门径驰过去。

胡孟刚才要探头，忽然蹄声又起，那六个人牵着六匹马，一条线似的从街西折转回来。胡孟刚晓得这两拨马是一处来的，如今是在此地碰头了。果然这四匹马缓缓行来，到了店前，为首一人把马鞭一扬道："就在这里。"这人骑着马往路旁一闪，后面五匹马全在店前停了一停。内中一人道："我说如何，果然落在这口窑了。前途没有岔道，不用紧缀了。咱们赶快报给瓢儿尖子，好早早安桩。"这个骑马人说完，一拍马鞍，飞身上马，头一个冲了过去。其余五人也都上马加鞭，紧随着疾驰而去。那拦路的两个大汉，都没再露面。

胡孟刚在房上窥探多时，未听清私语，已窥见隐踪，不由心中着急道："完了，这场事是决计脱不开了。"遂长身站起，望着那人马的去影，咳了一声。忽然醒悟，自己还在屋上站着呢；这教店中人看见，多有不便。低头向店院一瞥，赶紧的翻身，轻轻纵落地上。一面提轻脚步，往里面走；一面盘算主意。他心想："这事张扬不得，只可跟程岳和自家镖师们，计议计议。"

胡孟刚寻思着来到店房中，那金枪沈明谊和双鞭宋海鹏，正在灯下说着话。铁掌黑鹰程岳，刚起来预备接班，正含了一口茶漱口。胡孟刚往床上看了看，单拐戴永清和九股烟乔茂，全睡得很熟。铁牌手胡孟刚遂向这三人说："你们要是乏累，可以宽衣歇歇，今晚一点事没有；养足了精神，明天路上好用。"金枪沈明谊一听，忙道："老镖头，可是听见什么动静了？"

胡孟刚正要答话，床上睡的九股烟乔茂忽然呵欠一声，一转身，脸朝里睡去了。胡孟刚手指乔茂，问道："他才睡么？"沈明谊道："他嘛，吃得饱，睡得着，早就睡下了。"

胡孟刚悄然坐下，把适才所见的情形，向三人说了一番。沈明谊沉吟不语，宋海鹏皱眉想了想道："他们必定在前途安桩。据我看来，我们偏不由他打算；明天我们竟将镖趟折回，改道仍由淮安府老闸进发，这么便许岔开了，至少也教他踩盘子的栽个跟头。"胡孟刚道："这一来可就……"

程岳在旁听着，有些不快，插言道："留神总得留神，何必改道？这反倒像怕事似的。老叔不要把这事太放在心上，我们是卖什么吆喝什么，遇上什么算什么。真要是有点风吹草动就担惊，还怎么吃这行生意呢？我们金钱镖旗，在江湖上闯荡了这些年，线上有头有脸的朋友，谁也得让一步。当真路上有那不开眼的，敢来轻举妄动，凭老叔和小侄手中的兵刃，还怕教他找了便宜去！"

程岳这一席话，说得宋海鹏面似紫茄子，胡孟刚也觉恧颜。沈明谊忙道："程少镖头这倒是实话，凭令师徒的威名，江湖上谁敢来轻捋虎须？我们胡镖头和宋大哥也不是怕事，不过上了年纪的人做事慎重些。"此时程岳也觉着话说得孟浪了，忙掩饰了几句，搭讪着站起身道："老叔该歇息歇息了，我到外面看看去。"胡孟刚道："不忙，我不累。"程岳走出屋来，心中好生后悔。

在屋中，沈明谊对宋海鹏说道："这位程少镖头话也太狂了，年轻人总是这样。"

胡孟刚道："若论人家师徒的技艺，却也说得起大话。只是我们练武的人最忌骄满。他总是年轻，没有吃过大亏。宋师傅不必介意他。"宋海鹏道："老镖头还不知道我么？我不在乎这个。既然改道不便，咱们在路上看事做事。只要真有动咱们的，咱们就跟他拼一拼。"胡孟刚点头说好，自己也不能稍带疑虑的神色，怕教程岳窃笑。少时程岳回来，大家谈些别的闲话，彼此替换着歇息。

次日天色未明，众人起来，收拾利落。今日情形与前几天不同，胡镖头向护镖的镖师、伙计们挨个嘱咐："今天要加倍留神！从新潮湾往下站赶，是淮安府辖境东白马渡，这一站足有八十里；却是所经过的多半是险地。尤其范公堤一带，尽是二十里地的长堤，东面多半是竹塘麦田，所以我们要早早赶过范公堤才好。诸位务必多吃点辛苦，路上不要耽误工夫。"胡孟刚轻描淡写吩咐了一遍，立刻起镖。

离开新潮湾，走出四五里，远远望见那白茫茫的大纵湖。湖中舟楫往来，却也不少。趟子手掌旗引镖，竟奔湖东古道。走到午时已过，这一起镖方才找了一座小镇甸，好歹打过尖，胡孟刚便催赶快起镖。

镖局所用的这些彪形大汉，全凭血气之勇，不懂什么叫慎重。他们多半是江北、山东的人，习惯上最好喝大碗酽茶，与江南人截然不同。他们到处总跟卖野茶的拌嘴，嫌他放茶叶少，茶不酽。今天吃饱饭，不但酽茶没喝着，连清茶也没容多喝一碗。胡镖头这一催迫，伙计们不敢违拗，但是嘴里不住的嘟哝。还有缉私营的巡丁，刚放下饭碗，也是懒懒的，愿意多歇一会儿。今被催起来，也很不痛快。这些人便不约而同，慢慢地溜着走。胡孟刚大怒，几次要呼叱伙计们，都被沈镖师拦住，劝他不要挂火，免露形色。

约莫走了五六里，沈明谊暗催趟子手，加紧拈行，伙计们脚步也逐渐加快；却是地势也逐渐地更显得荒旷了。只有沿着大纵湖边一条大路，东首尽是竹林麦畦。胡孟刚在马上四面望，时时刻刻地注意湖滨旱路一带；他晓得大纵湖附近，素常并无水道的绿林。

大众迤逦行来，天色已近申刻。镖师宋海鹏道："胡镖头，我算计着已离范公堤不远了，我们今天怎么走得更慢了？要照这样走法，非得二更，不能赶到白马渡。"胡孟刚恨恨说道："要不然，我着急做什么？！"金枪沈明谊立刻一催马，赶到前面，向趟子手张勇道："张师傅，这大概离着范公堤不远了吧？"张勇道："不错。还有三四里地，就是范公堤了。沈师傅有什么事？"沈明谊道："没有什么事，不过天色不早了，要是再这么不紧不慢的走，只怕走到半夜去，老镖头可真急了。你是当头的，再催催伙计们吧。"张勇道："沈师傅不用多嘱咐了，我催他们紧赶。"沈明谊便把牲口圈回来，仍跟胡孟刚并马而行。那缉私营哨官张德功，也吆喊兵丁道："弟兄们脚跟下加快些。"

于是又紧走了一段路。只见湖中四五只帆船，正往下水走着；忽从下游驶上来七八号大大小小的船只，远远地就向下水船招呼道："不要往下走了，前面过不去。"这四五只船正走得顺风顺水，猛被迎头一拦，不知何事，船还是走着。管船的就站起来，大声探问："什么缘故，不许人走了？"

上水船的水手摇手道："不要打听，赶快退回去就完了。"用手往回一指道："你看，全退回来了，我还冤你不成？"说着，这船便错开驶过去了。却喜后面又有退回来的船，跟这下水船的人相识；两面一搭话，这四五只船俱都收篷缓行，一迭声地询问缘由。

来船说道："要问我是怎么回事，我们也断不透。我们的船也是正往下水走着，到范公堤那边，忽然堤上跑来两匹快马，到湖边勒住缰绳，喝令我们前面的两只船赶紧退回。船上盘问他：为什么不教走？他们把眼一瞪，开口就骂瞎眼、浑蛋。我们正在疑惑，谁知马上一个青年竟一扬手，打出一支袖箭来；竟把前船上一个水手左耳给射穿了。这个水手慌忙往船里一钻，险些掉在湖里。这一来吓得我们全不敢走了。跟着那两个骑马的人高声吆喝：'所有船只，全给我退回去三里地，如敢有不遵命的，或者伸头探脑的、多嘴多舌的，小心你们的脑袋，这一箭只是做个榜样。'我们这才听出来，敢情不是官面。咱们一个使船的犯不上卖命，我们就折回来了。"说着，这船夫用手一指道："你瞧，那不是全回来了么？那第六只船，就是那个挨箭的。他们不是说退出三里地么？依我想越远越好，说不定要出什么差错呢！"这船夫们一面说话，一面操桨，后面的船也全吓得折回来了。

这时节，胡镖头和黑鹰程岳，远远望见成帮的船退了回来，早已觉得可疑。他们便放缓了马，凑近湖滨，留神听去；隐约辨出几句话；二人立刻把马一催，追上镖驮大队。胡孟刚向众镖师齐打招呼，命大家各自留神湖上的动静。

果然越往前走，湖里越觉清静，不但下水船全不走了，就是上水船此刻也一只不见了。情势突兀，颇觉离奇。胡孟刚久经江湖，他深深知道，若是钦差官船过境，驱逐民船，也没有用暗器伤人的。若说是水贼在此作案，自来水旱两路绿林，界限分得很清，断不会从陆地下手。若说是旱路强人，却又向来不能干涉水面的事。这件事迥出常情之外，江湖上实在少见！

胡孟刚事到临头，反倒沉住气，不露一点形色，督着镖驮往前走。循范公堤，又走了十几里，天色更晚了。夕阳西坠，野地里暮霭苍茫。胡孟刚心想："这范公堤已走出一多半，再赶个四五里地，就赶不到白马渡，也有小村落；但凡一有人家，便可说熬过今天了。”

胡孟刚心里正自盘算，耳边陡又听得一片马蹄声。抬头一看，迎面半里外，青压压一片竹林前，似暴雨迅风般，飞蹿来四匹快马，直踏长堤，奔临镖银附近，霍地往左右一分，掠着护镖群雄的身旁而过。这几人骑术极精，风驰电掣一般，比以前那几匹马更快。马上人面貌仍看不清，只看出紧衣短装，背后长条形的包袱，似包着兵刃。

铁牌手胡孟刚不由哦的一声。沈明谊、宋海鹏互递眼色，暗问胡孟刚：“难道还像前天一样么？”胡孟刚道：“今日的情形，跟前日不同。你看，时候这晚，地势这险，今天决计脱不过去。来来来，没别的，把家伙全预备好了。”众镖师立刻把精神一振，各将兵刃拿在掌中。也只是片刻之间，便听得背后嘚嘚嘚，又是一阵马蹄响，大家扭转头来看；方才奔过去的四匹马，果然此刻又圈回来。这一来，不但胡镖头明白，镖局中人个个俱都恍然，确知这是绿林道劫镖放哨。趟子手和伙计们互相关照。胡孟刚眼望这四匹马去远，转对黑鹰程岳说道：“老侄你看见了，大概你也明白了吧？”

程岳见胡孟刚单向自己问话，不由错会了意；他想起昨夜在店中，自己说了几句满话，这必是胡孟刚拿话点逗自己。程岳少年气盛，面皮一红，呵呵地笑了一声，在马上把手一拱道：“老叔，小侄早就看明白了。咱们爷们说到哪里，做到哪里。你老人家望安，瞧我的吧。”一对黄睛闪闪凝光，立刻一探腰，将马缰一抖，要往前追。

铁牌手胡孟刚慌不迭地叫道：“老侄，老侄！你这是做什么？事到临头，咱们自然是稳扎稳打。难道我还能跟老侄掂斤捏两不成？你千万别误会，我不过带口之言，关照你一声。人家还没来，我们自己先较劲，可就准栽跟头了。”

黑鹰程岳见胡孟刚发急，连忙勒缰回头道：“老叔倒误会了，小侄怎跟你老人家负气？有事弟子服其劳，我不过想到前面，看看动静。我老师临行时再三嘱咐，凡事全听老叔支派。贼人只要一动，你老尽管吩咐，我是一定跟他们以死相拼，好保全咱们两家镖局的威名。”

胡孟刚把大指一挑道：“好，贤侄，这才是知己之言。咱们自己人，千万不要较劲。”胡孟刚遂吩咐金枪沈明谊和单拐戴永清，分两头往前推进；为的是遇见强人，好上前搭话，并掩护两旁的镖。镖局伙计和缉私营巡丁，稍稍靠后，分排护在镖驮子的两旁。他又派双鞭宋海鹏和九股烟乔茂，专管保护押镖的舒盐商。按镖行行规，保护的人财两项，全归镖局担承。但凡遇上事，镖头不得辞其责，所以胡孟刚首先派定两个镖师，襄护那辆轿车。

这盐商舒大人也仿佛看出风色不利，不住地盘问宋海鹏和乔茂。宋海鹏拿好话来安慰他，只说：“天晚了，不得不小心，其实没有什么事。”那缉私营哨官张德功，扯着马缰，两眼只看胡孟刚的脸色。胡孟刚和程岳此刻越发镇静了，一前一后，照旧督促镖行人们，加紧脚步，往前拈行。

转眼间又走出三里多路，前边这一带地势，更加荒凉。长堤下，湖面上，竟没有一只船停泊、驶行。靠东边是一片接一片的竹塘，悄无人踪。暮色四合，鸦噪归巢，倍显得景物幽旷。胡镖头看这形势，只是摇头。镖驮子又行了一小段路；陡然间，竹塘附近，吱吱的连声响起呼哨，立刻从竹林中陆陆续续蹿出一伙人来。日近黄昏，相隔较远，辨不清来人的形貌、人数。

这一边，所有镖师、伙计不待招呼，个个亮开兵刃，各管各事，绝不张皇凌乱。趟子手张勇、金彪，立刻圈转马头，招呼伙计圈护镖银。骡驮子倏然扎住，马头接马尾，就在堤边，盘成了五个圈，往地下一卧；镖行和缉私营兵俱各提枪抱刀，团团护住。那胡孟刚、程岳以及沈明谊、戴永清，立刻一马当先，冲到前面。就这一番布置，但听得人马蓬腾，脚步声、马蹄声错成一片，却毫不闻一人片语喧哗。

趟子手张勇、金彪，久经大敌，胸有成竹，先将镖旗一打卷，向那竹林高举过顶，一连举了三次。这便是镖行按行规，拜过了山。明知强人来意不善，仍然以礼相待；为的是先占住脚步，不教绿林道有所借口。然后把镖旗重新展开，静候对面的动静。

但见竹林转弯处，从呼哨声里，漫散开二十几个壮汉，将堤上的路口完全扼住。镖局这里一齐收住脚步；铁牌手胡孟刚、黑鹰程岳腾身下马，其余镖师也都甩镫离鞍。那缉私营哨官张德功，提枪带马，立在镖驮子前面；有两个护兵各拔腰刀，左右护卫。

胡孟刚拦住了程岳，自己往前紧行几步，相隔六七丈，看清对面来人的面貌。当前的是二十几个彪形大汉，全当壮年，一个个体健肩宽，浓眉大眼，人人面色黑紫，显见得久历尘路，饱受风霜。衣服并非一色，有的穿灰布裤褂，有的穿青绉裤褂；下登洒鞋，紧打裹腿；光着头，把发辫盘绕在脖颈上。个个手持兵刃，横眉竖目，阻住去路，却都默无一言。

胡孟刚上下打量贼人，看这打扮面貌，像是冀辽一带的人。此时铁掌黑鹰程岳已跟踪过来。两人便立定脚跟，并肩而站，沉机观变，看住了来人。

这二十多个壮汉排成人字形的行列，从后面又闪出五个人来。最前一人生得很威严的面貌。这人年近六旬，脸色红润，虎项魁头，额上皱起深纹，耸着两道浓眉，一对豹子眼奕奕有神，鼻直额阔，口角微向下掩，唇生短髯如针，显出一种刚决之气。此人身穿蓝绉长衫，黄铜扣纽，挺长挺肥的袖子，挽在手腕上半尺多，露出白衬衫的紧袖；长衫虽肥，长仅及膝；下穿高腰袜子，脚登挖青云、紫缎心、绿座条的粉底逍遥履。这老人手持一支旱烟袋，长有二尺五六，核桃般粗，乌黑色，也看不出是竹是木是铁；只那大烟袋锅，比常人用的大着四五倍；正缓缓吸着，神情逍闲，越众徐步出来。

在盗魁左边，头一人年约四旬，黑漆漆的面色，长眉阔目，左眉旁有一深疤；身穿二蓝绸短衫，青缎薄底快靴，左手提一把纯钢锯齿刀。第二人年甫三旬，白脸膛，眉如墨染，目似朗星，丰神隽秀；穿青绸短衣，青缎快靴，肋悬鹿皮囊，左手提一柄青钢剑。在右首，第一人年在三十以上，面如重枣，重眉大眼；穿紫灰布裤褂，登扳尖鱼鳞沙鞋，右手捉一对点钢狼牙穿。右首第二人，年当少壮，生得非常粗野；穿一身土布裤褂，抱一对镔铁双怀杖。

这拦路五人倒有四个带着旱烟袋。胡镖头看清来人，暗暗吃惊。尤其是这为首老人，气象挺傲，两手空空，不持寸铁，更令人担心。这老人吸着旱烟，不慌不忙，踱到对面切近处，便站住了。

铁牌手向前紧迈了两步，双拳一抱道："朋友请了，在下是振通镖店的镖头胡孟刚，奉盐道札谕，保解一笔盐帑，路经贵地。是我们不知合字的垛子窑设在哪里，未能投帖拜山。胡某这里赔礼了。"话说得和婉有礼。

那豹头老人微微一笑，拿眼把胡孟刚上下看了看，复往胡孟刚身后瞧了瞧；摇摇头，又衔起旱烟袋来，不住地喷吐，那态度似乎没把胡孟刚看在眼里。只见他略一沉吟，脸上笑容忽转成一团冷气道："哦！来的是振通镖局胡孟刚胡老镖头么？我久仰得很。我听说胡镖头一对铁牌，走遍大江南北，凡是江湖上的人无不钦仰大名。只可惜在下缘浅，久怀拜访之心，未能如愿。今日居然在此相遇，真乃三生有幸的了。"

说到这里，那老人面色一正，立刻用手一指那趟子手金彪，向胡孟刚问道："这十二金钱镖旗，闻得名震南北，天下绿林无不另眼相看。我们这番来到江南，正要见识见识这杆金钱镖旗，会会这位俞剑平俞大镖客。今天侥幸，居然在这里，瞻仰十二金钱的绣旗。可是的，掌旗的这个主儿，又怎么不见呢？……胡镖头，我听说你们这次双保盐镖，是打算把镖驮子押到江宁。论理说，凭你一双铁牌的威名，再加上十二金钱的声势，沿路通行，正是容易得很。其实就凭你们二位的两杆空旗，就满能行得开；何况还有这些能人押护？但凡江南江北的绿林，谁也应得借道，莫非说真敢找死不成？可是今天想不到你们偏偏遇上了我！我在下不过生得一个肉头，四根骨架，天胆也不敢劫你们两家的镖。况且又奉得是什么盐道札谕，又是什么官帑！我更不敢胡为了。无如我慕名远来，是要结识结识这位俞大镖客的。俞镖客既未在场，我只好暂把你这拨镖，连他的金钱镖旗，代为留存下来，就算是访贤促驾的请帖。你只要把俞三胜俞大镖头请来一见，容我领教他的奇门十三剑和十二金钱镖，无论是胜是败，我定然原镖奉还。缺少一百，我赔一万。这便是在下今天出场的一点来意。这样做法，不过是老夫念到胡镖头是条汉子；若遇见别个无名之辈，我就没有这么些废话对他讲了。”说完，把旱烟又装上了一袋，缓缓地吸着。

胡孟刚听罢，气得面色焦黄。不用说这镖银被人截住，就是受人这样的轻视，已经够人受的。双方凑近答话，也不过相隔四五丈远。铁牌手胡孟刚回头一看，手下人早将铁牌递过来；将胸口一拍，冷笑一声道：“哈哈哈哈，朋友！你的来意我明白了。我胡孟刚从十八岁上闯荡江湖，从三十几岁上开这镖局，到如今我也虚度五十二岁了。若论能耐，会吃会喝，会屙会睡。我所以在江南混得上饭吃，不怕你老哥笑话，没有一点真本领，只靠江湖上朋友多，肯帮忙。你老哥寻的是十二金钱俞剑平。且不管俞剑平在不在此，我们两家镖局既然双保盐镖，他就是我，我就是他。你老哥既打算把这笔盐镖留下，好极了，何处不交朋友？我胡孟刚敢替俞剑平做主，你老哥只管拿去。不过有一节，我胡孟刚交朋友，交在明处；你先道个万儿来，我胡某一定够朋友，教你老哥称心如愿。”说着将手中双牌一展，双眸灼灼放光。

这时节，铁掌黑鹰程岳已听出来人指名要会他师父俞三胜，早将长衫纽扣扯开，要上前答话。今听胡孟刚答得软中带硬，锋利无比，暗将大指一挑，却又停步，观看来人如何回答。

只见那豹头老人一点神气也不动，把手中旱烟袋的铜锅向鞋底子上，轻轻磕了磕，抬起头来，向胡孟刚有意无意，扫了一眼道：“罢了，胡镖头果然名不虚传，你要问我的姓名么？”胡孟刚大声道：“正要请教。”

那老人冷冷说道：“这倒不劳动问，俞三胜自然知道。我看尊驾却也是个好汉，既然这么说，我将这镖银只留一半，算是单扣俞剑平的镖。你老兄尽可以通知他，教他速来领取。我在下言出法随，不再更改。若依我的话，你我是江湖道上，后会有期。倘若不识风色，胡老镖头，你也是老江湖了，你且看老夫有没有本领，把尊驾的镖银全数扣下！”说到这里，声色一振，又一瞥那十二金钱镖旗道：“这杆金钱镖旗，横行大江南北，已有多年，也该歇歇了。烦你对俞剑平说，我此刻要把它留下。”

这么一句话，触动了镖局的大忌。铁掌黑鹰程岳唰的把长衫一甩，抗声断喝：“要想留下十二金钱镖旗，却也不难……”话声未完，猛听背后大吼道：“大胆匪人，拦路行劫官帑，事如造反，这还了得，难道不怕王法么？”鸾铃响处，缉私营哨官张德功跃马挺枪扑来；枪杆一挥，两旁紧紧随着两个护兵、八名巡丁。黑鹰程岳急往旁一蹿。这马竟擦身而过，险被闯着。

这张德功是行伍出身，幼年曾考过武场，拉得硬弓，也盘得劣马，六合枪也学会几路；性格粗鲁，膂力刚强，现在年甫四旬，可谓正当壮年。这次解运盐课，全营中挑选解官，只有张德功武艺出众；虽是小小哨官，却兼充教练官，也算得庸中佼佼了。他也晓得近来路上吃紧，不想在此处果碰见一伙强盗；看人数不过三十几个，心想镖局伙计和缉私营巡丁不下六七十人，就赶也把这伙贼赶走了。又听见胡孟刚答的话似乎太软，他不懂江湖上的勾当，只觉得和央告一样，暗道：“镖行的本领不过如此么？”顿时呐喊一声，带队直冲过来。他心想：贼人胆虚，一见官兵出头，就许吓散。他一马当先，护兵在旁，厉声喝道：“现在缉私营张大老爷在此，你这般匪人阻住官道，太已混账，快给我滚开！不然，拿你们剐了！”谁知他们尽嚷，对面贼人傲然不理。

张德功勃然大怒道："弟兄们上！"两腿一磕，这马直闯过去。张德功手托大枪，照准为首贼人便刺。

那豹头老人吸着烟，既不躲，又不抗；相隔丈余，猛从强人队中，蹿出一条黑影，在马前一晃，那马直立起来。张德功急甩镫勒缰，已经来不及；咕咚一声，从马上仰跌下去，长枪也丢在地上了。来人正是左首第二人，那个手执青钢剑的白面少年。那把剑并未使动，仍在左手提着。右手已扯住马嚼子，往外一带，左手剑啪的扁拍了一下，这马负痛窜过一边去了。

张德功跌得浑身是土，头上戴的得胜盔也摔掉了。到底亏他有些功夫，不待巡丁抢救，早已一滚身站起。他羞恼交加，忿不可遏，抽腰刀大喝道："大胆匪人，殴辱官长，该当万剐凌迟！"虎也似的抡刀砍来。

那少年剑交右手，略一抵拒，觉得张德功手下颇有几分斤两；便不与他硬碰，只盘住他，三绕两绕，腾地一脚，把张德功踢倒在地。张德功虎吼一般跳起；白面少年大笑着叫道："张大老爷，领教过了，请回吧。"张德功拼死命地冲上去；当着镖行这些人和手下兵丁，自己堂堂一个教练官，竟被贼人这样玩弄，面子上太下不去。他大声狂喊道："张老爷跟你拼了。"把腰刀直上直下劈去。白面少年闪展腾挪，专找漏洞；又交手八九回合，腾的一脚，道："往东倒！"张德功扑地倒在左边。

胡孟刚一看这情形，大叫："张老爷快退下来，护镖要紧，待我来。"

那张德功口吐白沫，哪里肯听，爬起来，照贼又是一刀。白面少年略闪一闪，转到背后，叫道："张老爷往后躺吧。"顺手牵羊，把张德功又扯倒了。张德功两眼瞪得通红，恶狠狠一味猛砍直冲，不由把贼人招恼。这贼道："怎么给你留情，还不懂？"一个垛子脚把张德功踢倒，青钢剑嗖地砍下去。哎呀一声，张德功左肩头鲜血迸流，两个护兵全都吓跑，八个巡丁内有两三个大胆的，把张德功抢起来，败退下去。贼人并不追赶，立刻拭剑，狂笑归队。

铁牌手胡孟刚一见哨官受伤，不由愤怒，虽说保的是客货两全，张哨官奉官差派，与己无干；但既有镖局随行，岂能坐视？胡孟刚急将铁牌一分，便要上前。不想黑鹰程岳早已负怒，嗖的一个箭步，蹿到阵前。距那为首豹头老人四五步远，错脚站定；先纳住怒气，双拳一抱，叫道："朋友请了。"

年老盗魁转眼看时，见程岳紫棠色面皮，金睛隆准，年约三旬；上身穿青绸短衫，下穿青裤，打着黑白倒赶水波纹的裹腿，搬尖鱼鳞沙鞋；体格雄伟，气象豪壮，两手空空，没带兵刃。这老人不禁注目，把程岳多看了两眼；傲然自若，漫不还礼，口吸着旱烟，只将头点了点。

程岳双目一瞪道："朋友，你既然身入江湖，便该晓得江湖道上的规矩。我们保镖的谨守行规，对众位没有失礼。朋友你既上线开耙，想必看着我们两家镖局，不值当你的朋友。你一朝相，亮青子动手，自然是本领上分高低，我们并不怪你。可是你指名点姓，要找安平镖局十二金钱俞老镖头跟你答话，似乎你跟姓俞的一定有梁子；朋友，你这就错了。姓俞的不是无名之辈，你竟可鼓起勇气，前去找他，何故动手行凶，刃伤护镖的哨官？须知人家奉命差遣，与你无仇无怨。那俞老镖头在大江南北走镖，只凭一杆镖旗，用不着他老人家亲自出马。凡在江南江北开山立柜的，全得闪个面子；这也是他老人家功夫强、人缘好所致。你既非找姓俞的不可，便该留名留姓，何故又藏头盖尾，岂不教江湖上好汉耻笑？至于十二金钱镖旗，在江湖上果然也闯荡多年；朋友既想留下，却也不难，朋友你往这里瞧！"用手将自己鼻头一指道："少镖头程岳情愿双手奉上，可是你得露两手，给我们看看。"

那老人很耐烦地听着，听到末尾，哈哈笑道："朋友，你今年几岁了？姓俞的是你什么人？"程岳道："呸！少发轻狂，你家少镖头今年一百岁，多活不过多作践几年饭。那俞老镖头，便是俺的恩师。你家少镖头虽小，却是说得出、叫得响；姓程名岳，外号人称铁掌黑鹰。”说着，脚往前走了半步，双拳一比道：“闲话休讲，静看你的。”气势虎虎，便待动手。

老人微微嬉笑，把烟管一晃；那边突然蹿过一人，厉声喝道：“姓程的，我们当家的正要找你们师徒算账；你要想跟我们当家的动手，你还早呢，且先尝尝我这对怀杖。”哗啦啦一抡这对怀杖，往怀里一抖，两截仍合在一处，虎视眈眈，蓄势以待。

程岳侧目一看，是那粗豪少年；自己急往旁一闪，叫道：“强徒休得张狂！”腰间暗藏金丝藤蛇棒，伸手将如意扣松开，右手一拉棒梢，往前一带腕手，噗噜噜抖了个笔直。程岳把兵刃亮出来，那使双怀杖的粗豪少年，不由往后撤了半步，晓得使这藤蛇棒的，必非弱者。黑鹰程岳丁字步一站，向敌手道：“朋友，你报个万儿来。”

粗豪少年眼向为首老人一瞥，怪声笑道：“你不用盘问姓名，你师父来了，我们自然把万儿留给他。你就少废话。咱们哑吃哑打，伙计撒招吧。”程岳见这人也是如此无礼，暗想：“他们故意和我安平镖局作对，他们成群结伙，全为我师徒而来，我程岳今日宁教气在身不在。”一声冷笑道：“大丈夫讲究光明磊落，到处留名；绿林好汉就是身背一百条命案，也不愿改名换姓。你们这一伙强徒，看来也像汉子，原来鸡鸣狗盗不如。还想截留我们的十二金钱镖旗，真是不知死活。”

那使怀杖的少年勃然动怒，眼向四处一扫，倏将怀杖一分，立了个门户，叫道：“少嚼舌，来来来！”

程岳随手往旁一立，抱元守一，右手把金丝藤蛇棒一举，立刻伸左手，拨棒梢，运用“太极生两仪”之式，气纳丹田，提气贯顶，达于四肢；屏思绝虑，把精神凝结，直注在对面敌手的身上。

当此时，门户一立，外行看不出来，唯有那口衔烟管的老人暗暗惊异，心想：“这姓程的不过三十来岁年纪，论起真练功夫来，总得年满十五岁以上，才能调气练精练神，算来他最多也不过十几年的功力。他这一亮式，神光充盈，英华内露，足够二十多年的功力；这定是他师俞剑平教授得法，才会有这样好的造诣。由此看来，俞剑平的技业，想必已到登峰造极的地步了。”

豹头老人心头转念，也不过刹那之间；大堤之上，两个敌手已然全换了架势。使双怀杖的少年见黑鹰程岳紧守门户不动，自己暗笑：“你这种太极门以逸待劳，想讨便宜，你须向别人使去；今日遇上我，你却枉费心机。”往前赶了一步，右手怀杖一抖，喝一声：“打！”倏带劲风，向程岳头顶上砸去。

程岳不慌不忙，看定敌人兵刃，离头顶不到半尺，唰的往右一斜身。盗徒右手这支怀杖向下一沉，趁势往下塌身，右腕挺劲，怀杖哗啦啦一响，立刻撤回来，左手怀杖早又撒出去。这一手名叫“换巢鸾凤”。

黑鹰程岳沉机观变，要察看敌手的路数。见敌人左手镔铁怀杖又到，自己忙一提腰力，展“燕子钻云”的轻功，身躯凭空蹿起一丈多高。等到身躯往下一落，早将金丝藤蛇棒用手一捋，立刻笔直，与铁棒相似；脚才沾地，听背后一阵寒风扑来，便知敌人暗算已到；单脚点地，向前下腰，身躯嗖的往左一偏。双怀杖啪嗒一声暴响，砸在地上，将土地砸了两道沟。

黑鹰大怒，这一招若被砸着，立刻骨折命丧。程岳忙翻身急转回来，见盗徒正在撤回双怀杖；他疾如电掣，把藤蛇棒前把一松，单手抡棒，猛向盗徒砸去。这一招叫作“摘星换斗”，直取敌人的顶梁。程岳还招迅巧，敌人收招不及，急中生智，硬往上一提气，全身扑向程岳这边；抢近一步，才得把左手怀杖的双节，合到右手掌内；那藤蛇棒已到。盗徒喊一声，使出十二成的力气，将怀杖照定藤蛇棒硬砸。

铁牌手在旁观战，暗叫一声：“惭愧！这一手怀杖要是用实了，硬碰硬，任何人也得把兵刃松手。”胡孟刚一思念间，铁怀杖砸了个正着，只见那条藤蛇棒，软软地往下一沉，盗徒吃了一惊；怀杖扑空，不由身躯往前一栽。才待单脚用力，借势旁蹿；铁掌黑鹰一招跟一招，焉能放走敌人？顿时嗖的一抽藤蛇棒，往后使一个败势，扭身打一个盘旋；手中棒如怪蟒吐信，早唰的缠在敌人腿上。舌绽春雷，喝一声：“躺下！”程岳单腿坐劲，听扑登一声响，少年盗徒斜栽倒地上。

铁掌黑鹰往旁一展身，轩眉冷笑道：“承让，承让，十二金钱镖旗恕不奉送！”这个“送”字还未收声，脑后突然一股凉风扑到。只听一个沉着的声音说道：“那也不见得，朋友接招！”铁掌黑鹰急急地缩颈藏头，往下一伏身，嗖的一柄锯齿刀掠过脑后，挟着强风直劈过来。程岳一换腰，斜蹿出六七尺以外，这才扭颈细看来敌。这人正是立在老人左边，那个四十多岁的黑面大汉。那使双怀杖的粗豪少年一落败，就地滚身站起，含愧归队。这黑面大汉顿时捺不住怒气，横刀暗袭过来。

铁掌黑鹰一摆掌中藤蛇棒，厉声叱道：“潜使暗算，还算什么英雄？”黑面大汉双目一瞪道：“试试你耳听几路，眼观几方？呔，留神接刀！”话到刀到，锯齿刀扬空一闪，搂头盖顶直剁下来。

铁掌黑鹰叫道：“来的好！”倏地往右一斜身，抖藤蛇棒，便往那锯齿刀上缠。盗徒一见棒到，晓得这种兵刃以柔克刚，专拿对手的兵刃，一不小心，教它缠上，休想再撤回来。并且这藤蛇棒又是软中硬，使用它全凭腕力。若是武功稍差，绝不敢用；软硬力稍用得手不应心，人反易为兵刃所累。名虽是棒，却能当练子鞭用，这就是藤蛇棒难工易胜的出奇处。

这黑面盗徒一身很好的武功，识得藤蛇棒的招数；见程岳棒往上一翻，他便赶紧往回抽刀；倏翻手腕，用“反臂刺扎”，刀尖径奔程岳软肋点去。程岳头招落空，知遇劲敌；未容对手刀到，急展藤蛇棒，“斜挂单鞭”，往外一挂；立刻向前错步，棒随身转，亮出“铁锁横舟”的招数；藤蛇棒竟奔盗徒，拦腰缠打。黑面盗徒一闪，抽招换式，竟然进步欺身，展开五虎断门刀法，翻翻滚滚，一片寒光上下挥霍；劈，砍，截，挑，刺，扎，招招精熟迅利。

铁掌黑鹰张眼凝视，认清敌人路数，自己忙把三十六路行者棒，霍地施展开。这条藤蛇棒盘前绕后，直如一条怒龙飞舞，和敌手那把锯齿刀恰好抵住。两个人旗鼓相当，斗了二十余招，盗徒的刀法没有一点松懈。铁掌黑鹰暗忖："我若尽自跟他恋战，天色渐晚，这镖如何闯得过去？说不得，速决胜负为要！"程岳打定主意，立刻将藤蛇棒招数一变，改用太极棍法。这一趟太极棍，是俞剑平镖头的绝技。当年俞镖头剑术没有练到火候，自己不敢仗剑跋涉江湖；只用这一条太极棍，走了几省。后来剑术精究，到了极诣，方才弃棍用剑。他因为程岳是自己顶门户的大弟子，故将太极棍法传给程岳，又给程岳特造了这条金丝藤蛇棒。程岳在安平镖局走镖数年，仗这利器，倒也得心应手；今日遇见劲敌，顿时把全副本领施展出来。

当下两人出力酣战，已到三十余招。盗徒的招数也已变换，改用八卦刀；正跟程岳这趟太极棍有相生相克之势。这一对招，两人未免又多见了二十余手。黑鹰程岳怦然动念，暗想："我满凭真实功力，跟他分高下，眼见得难操胜算。"遂将招数略为放慢，故示武功根底不固，气力持久不济的神情，好引盗徒骄敌之心。

果然黑面大汉留神观隙，渐见程岳棒法散漫，不禁心中得意道："闻名不如见面！尽听人说，这十二金钱俞三胜内功如何惊人，拳剑镖三绝技如何出众，以太极门擅名江南江北，镖行无不让他出一头地，绿林无不退避三舍，今日虽不曾与俞剑平相遇，但看这姓程的是他掌门弟子，枉自手底下灵活，不料他后力竟如此不济；他师父也就可想而知，是盛名之下，其实难副的了。"这黑汉如此存想，程岳的棒法越加迟慢，仿佛只剩招架之功，没有还攻之力，黑汉的刀法更为加紧，但见程岳勉强抵拦了几招，黑汉眉头一耸，心中大喜。

就在这时候，那盗群中为首的老人，双眉一皱，猛然大喝道："喂！二熊，小心了！"喝声甫罢，那黑汉展开"抽撤连环”的招数。程岳把头一摆，藤蛇棒向外一崩，急翻身，走败式，金丝藤蛇棒往右侧一拖。黑面汉势如飘风，“抽撤连环”三招急下，紧随着一拧手腕，锯齿刀倏奔程岳后背，程岳一反身时，早已防备，左脚往前上步，右脚往后抬起，等到往前一塌身，盗徒的刀正扎程岳的后心。

程岳势本佯败，眼光四照。黑面盗徒犹恐敌人逃走，刀才递出来，右脚点地，左脚上提，身形向前一探，“夜叉探海”式，直扑上来。刀尖往外一送，只离程岳后心一二寸许，方喝得一声：“着！”倏然间，程岳如电闪也似，拧腰往右一回身，左脚用力右滑，全身斜塌下去。盗徒刀尖落空，招数用老了，大吃一惊，急收招不迭。

程岳让招还招，疾如狂风；右手腕一坐劲，抖藤蛇棒，“玉带围腰”，猛奔敌腰缠过去。砰的一声响，藤蛇棒鞭了个正着。这一招冒险成功，陡然断喝道：“躺下！”用浑身气力，往右猛一带，“扑登，呛啷！”将敌人直摔出五六步，锯齿刀甩开多远。铁掌黑鹰收式旁窜，用手一指道：“这点能为，也敢在江南道上耀武扬威？”

程岳这一句话，说得犀利无比。那手擎烟袋的盗魁一声狂笑，声若枭鸣。程岳急摆藤蛇棒，闪目看时；但见豹头老人笑声才歇，面上笼起一层怒云，双目闪闪已露凶光，斩钉截铁叫道：“摔得好！”三个字迸出唇边，从鼻孔中哼了一声；唇吻微动，右手一展，便要下场擒拿程岳。

陡见他身旁那个面如重枣、身穿紫灰衣裤的壮汉，捧镔铁点钢穿，飞身直窜过来，厉声叫道：“姓程的朋友，动手过招，输赢是常事，也值得这么卖狂么？来来来，我来领教。”话到，人到，兵刃也到，一对镔铁穿，第一招径向程岳胸前扎来。

程岳双手挥棒，往外一封；立刻趁势递招，甩藤蛇棒，迎头就打。盗徒立刻撤回镔铁穿，往外一挂；倏然换招，“双风贯耳”，向程岳打到。程岳缩项藏头，往下矮身，一个盘旋，顺着旋身之势，抡金丝藤蛇棒，往盗徒下盘双腿缠来。盗徒急掠空一纵身，把这招闪开，身往下落。程岳早将藤蛇棒抖得笔直，手起处，直照敌人的气俞穴点去。这赤面盗徒闪展圆滑，趁着腾身往地上一落时，急蹲身躯，将掌中双穿倏地一分，呈“凤凰展翅”式，左手铁穿向程岳丹田急扎。

黑鹰程岳随撤藤蛇棒，两手一捋，斜插柳往外一磕，立刻将敌刃弹开。那敌人却也了得，一招才过，二招早来；右手铁穿“霸王卸甲”，一反臂，直砸程岳的头顶。这一招极快，绝无缓气之功。黑鹰程岳微一偏头，点钢穿贴着脸掠下去，锐风扑鼻，险到十分。黑鹰程岳咬牙切齿，趁势还招；藤蛇棒往外一展，唰的照敌人斜肩带背打去。

这盗徒左手铁穿往外一封。程岳的招数虚实莫测，倏然往回一撤招，猛往左一带，藤蛇棒忽向敌人左肋打去，那盗徒急往下矮身藏头，这藤蛇棒突如惊蛇怒蟒，又横扫过来。闪躲不及，棒过处，早将盗徒头顶皮扫了一下，扫去一块油皮。赤面盗徒吓了一身冷汗，忙一纵身，往斜刺里窜出一丈多远。手扪头顶，才晓得头发也被刮去一缕，立刻回身冷笑道：“姓程的朋友，咱们后会有期。”

黑鹰程岳嗤然笑道：“少镖头等你十年，快去访名师，拜师娘，再来现眼。”

这时程岳早将生死置之度外，打定主意，要破死命，护镖银，保镖旗，与群盗死战。他略舒出一口气，提棒扬眉，要再向那年老盗魁发话。哪知盗群那边，已起了一阵骚动。眼见己方连败三阵，都输在程岳一人手上，气得群盗人人跃跃欲动，势欲群殴。只听一个叫道：“活气杀人，姓程的休要卖狂！当家的，咱们全上！”

那老年盗魁双目横盼，怒如火炬，呸的一声道：“住口，你们要做什么？”斥得群盗立刻肃然归队。这才见盗魁左边，刺伤缉私营哨官的那个白面少年，手提青钢剑，脚下一点地，已腾身跃起，轻快异常，往程岳面前一落，左手提剑，右手骈食指中指，一指黑鹰程岳道：“程朋友，果然有两手，我很佩服；但何必徒逞口舌，我们是功夫上见高低。”剑交右手，扬了一扬道：“素仰俞门三绝技，太极剑也是一绝。在下也学得两手笨剑，愿意请教方家，你可有气力，再跟我走两招么？”

黑鹰程岳仰面笑道：“莫说是你，你们全伙只管挨个齐上，看一看我们十二金钱镖旗，究竟好摘不好摘？”将藤蛇棒一抡，又要发招，猛听后面大叫道：“道上朋友讲理么？车轮战赢了人，可算好汉？程贤侄且退，别让你一个人拾掇完了，匀给我们这个吧。”

黑鹰程岳侧身回顾，只见铁牌手胡孟刚将双牌摆了摆，似要上场。旁边早见枪缨一闪，那振通镖局的金枪沈明谊已然一个箭步，抢到阵前。

沈明谊眼见程岳连胜三盗，心想：“人家安平镖局可谓当场露脸，自己这振通镖局，难道全是坐观成败的么？”遂拦住胡孟刚道：“镖头稍待，大敌当前，你且留后押阵，待我把程少镖头替下来。”胡孟刚将身子一侧，沈明谊提鋆金枪，一跃上前。程岳虽说有真实功夫，可是人的气力终究有限，此时鼻洼、鬓角已然微润，乐得让过一阵；遂向沈明谊说道：“沈师傅小心他们观战的人。”

金枪沈明谊点头道：“晓得，少镖头放心。”说罢，往前进步欺身，已与敌人抵面，大声叫道：“朋友，你们也该识趣；三阵见输赢，是光棍趁早让我们这号镖过去，彼此各留情面。我振通镖局自有心照领情的地方。若不懂江湖道的面子，在下只好挨个奉陪，车轮战不算高招。”白面少年冷笑道：“朋友何必卖乖？好鹰不赶乏兔，你们姓程的只管喘气去。你们有本领，尽管来施展，我倒不怕车轮战。借道的话趁早收起，咱们打着看！”

沈明谊说道：“好，动手何难，咱就打着看！”一晃掌中枪，那枪头血挡突噜噜一颤，颤起二尺多的圆轮；顺势往前一递，奔强徒的华盖穴扎去。白面少年剑交右手；左手骈食指中指，扣拇指无名指，一捏剑诀，往左侧一斜身，剑走轻灵，步伐迅疾，把沈明谊的枪闪开。跟着一反腕子，“拨草惊蛇”，猛斩沈明谊的右腿。沈明谊一合枪，顿时现枪钻，将盗徒的剑拨开；一旋身，枪锋从左往后一领，奔强徒的右肋。这白面少年盗徒急用“跨虎登山”式，一跨右腿，身往左斜，立刻将枪闪开；随即改式，“白鹤展翅”，剑削沈明谊的肩背。

金枪沈明谊用“斜插柳”，往外一磕，随即展开“金枪二十四式”，枪缨乱摆，枪尖乱颤，斗起来宛如腾蛇翻浪。那白面少年剑术上恰也精深骏快。辗转进退，枪剑交锋，两人动手到二十余合，不分胜负。沈镖师一面展开枪法，一面搜寻敌人破绽。连斗了三十余合，金枪沈明谊无论招数如何紧，敌手狡狯，守多攻少，自己总不能递进枪去。沈明谊不禁着急，暗想：“程岳一个镖行后进，竟连胜三敌；自己反连一个少年贼人战不下，岂不替振通镖局输气？”这样存想，骤将枪法一变，未免求胜心急，欺敌过甚。这正中了盗徒的心机，白面少年也将剑招一变，施展出“八仙剑”来，翻翻滚滚，剑身合一。

眨眼间二人又战了数合。突见盗徒挺身展剑，往外一封沈明谊的枪，似忘了护身的要诀，竟把一个前胸和下盘全露出来。沈明谊以为有机可乘，唰的一颤枪，“金鸡点头”，直向敌人丹田点去。这白面少年一个“旱地拔葱”，蹿起七八尺高，把这一招闪开。沈明谊见枪招落空，急扭身往左一个盘旋，用左手抓枪钻，唰的一个“盘打”；抡得这杆枪悠悠带风，猛向敌人打去。

这盘打的招数，极其厉害。枪长七尺，臂长二尺五，身回力转，往外一横扫，在一丈二尺以内，敌人再难躲开。而且旋身借势，其力迅猛无比，用兵刃搪架，必被打飞。要防这一招，须用轻功提纵术“燕子飞云纵”和“一鹤冲天”式，身不作势，将双臂往起一抖，凭空拔起一丈以外，方得闪过。否则急避不迭，终须落败。即使头招逃开，还怕对手再赶一招，连发两个“盘打”。这盗徒年纪虽轻，武功甚熟；见沈明谊枪法招中套招，施出这绝招来，微微一笑，竟不抽身逃走。他脚下一点劲，立刻疾如鹰隼，从沈明谊左肩头上，飞掠过去。这一着大出沈明谊意料之外，急将招数收回，“怪蟒翻身”，一抬右臂，把金枪向上一带，“太公钓鱼”，直取敌人要害。

这一招来势很急，那盗徒脚才落地，故卖破绽；耳听脑后风声已到，便背着身子，往左一错步，刚刚让过枪锋，倏地一个“鹞子翻身”，掌中剑“倒打金钟”“三环套月”，连环招，剑走轻灵，刺咽喉，挂两肩，其疾如风，其锐如箭。沈明谊招架不及，闪避不迭，暗道：“败矣！”

第三章

浴血战群寇铁牌亏功
长笑拔镖旗飞豹留柬

哪知在沈明谊一回枪的工夫，猛觉得枪杆微震，又当的一声；紧跟着一声长笑，声如洪钟道：“沈师傅，见好就收，得了便了；老夫倒要见识见识这位朋友的剑术。”

沈明谊急一退步，铁牌手胡孟刚擎一对铁牌，如一道旋风似的，突然横插在中间；然后右手牌一挥，左手牌将沈明谊的枪轻轻一隔。那少年盗徒猛然一蹿，退出圈外。金枪沈明谊满面羞惭，一语不发，也拖枪窜出圈外。

原来铁牌手见这少年剑术精熟，沈明谊求胜心切，深恐他贪功致败；遂不敢再延，亮一对铁牌，腾身往前一纵，用了手“平分春色”，右手铁牌猛往敌人剑上一搭；当的一声，那少年盗徒措手不及，竟被震出数步，险些宝剑出手。

这少年拿桩站稳，转眼向胡孟刚上下打量。但见胡镖头早将长衫卸去。穿蓝绸子短衣，白布高腰袜子，紧打护膝，脚登粉底绿座条福字履，两只肥袖高高挽起。铁牌一分，昂然站定；面如紫酱，眉棱高耸，双目炯炯，神情威猛。

少年盗徒看罢，心知来者是个劲敌，自己的剑术恐非其敌；但也不甘示弱，举剑一指道："这位镖头，可惜你还是江湖上成名的英雄，怎么施这等卑鄙手法？来来来！咱们一对一，较量较量。"顿时一亮式，左手捏剑诀，往前一指，右手剑"举火烧天"，瞋目喝道："呔，进招！"

胡孟刚呵呵一笑道："不才这对铁牌，会的是江湖有名好汉，小哥你趁早闪开！"胡孟刚向那年老盗魁一扬铁牌道："换你们首领来吧。"少年面泛红云，怒不可遏，立刻把掌中剑一摆，急向前欺身进步；左手剑诀一领剑路，右手剑递出去，"白蛇吐信"，径向胡孟刚咽喉狠点。

胡孟刚稳立下盘，以逸待劳；容得敌剑切身，微微一偏头，避开剑锋；左手铁牌疾如风发，往剑上一搭，立刻右手铁牌向外一展，奔盗徒的华盖穴打去。那盗徒稍转身躯，一甩右手剑，"拨草寻蛇"，转向胡孟刚右腿砍去。胡孟刚撤右腿，蟒翻身，狂风扫落叶，双牌齐下，直向盗徒砸来。牌沉力猛，少年盗徒不敢挺剑接架，连忙一弯腰，往斜刺里一蹿，刚刚让开双牌。胡镖头纵步前赶，右手牌一展，喝一声："着！"陡然背后厉声喝道："别追，看暗器！"一言甫了，早听得当的一下，铁牌一展，将一支镖打落尘埃。

胡孟刚双牌交搭，哈哈一笑，忽听贼人队后一阵马蹄杂沓声，队前斜列的彪形大汉，倏地往旁一闪，从背后又冲出五六名强徒。只听一人振吭大叫："当家的，我们先收拾这老儿，再去收拾镖银。"立刻有一个提虎头双钩的，垫步当先蹿到。胡孟刚疾看来人，年约三旬，黑脸膛，横眉巨目，凶狠之气全从两眼透露出来。这贼左手钩一扬，右手钩往下一沉，瞪目上前喝道："胡镖头，你不到河沿不脱鞋，你的镖银今天走不开了！"胡孟刚眼看天色已黑，贼党势众，不由怒叫："鼠辈，胡孟刚跟你拼了。"往前一纵步，铁牌随着身势，照盗徒头顶便劈。

匪人叫了一声"来吧"，身躯向前一扑，双钩往下一沉，向左一领。胡孟刚双牌落空，盗徒的双钩已到，贴着右肩头，向项上锁来。胡孟刚缩项藏头，向右急闪身，双牌翘起，"斜劈华山”，朝盗徒双钩狠砸。盗徒一个“绕步撩阴”，双钩斜探。铁牌手急展右手牌，往外一封，两下各自抽招换式。胡孟刚看敌人招数，是谭门真传“十二路卷帘钩”，勾、拉、锁、带、擒、拿、捉、提，手法确有独到；自己铁牌虽重，也不敢被他双钩拿上。盗徒若是高手，就能借力打力；铁牌倘被捋住，势将脱手。

胡孟刚忙展开“六十四路混元牌”，进攻退守，上下翻飞；一招一式，迅若飘风，专攻敌人要害。两人拆到三十余招，未能取胜；胡孟刚乘间卖一个破绽，双牌左右一分敌钩，前胸故意卖给对手。这盗徒以为铁牌手失招，急将双钩往里一合，钩钻双双点向胡孟刚的华盖穴。哪知胡孟刚正是要他这招，身躯往后一仰，“巧踹金灯”，右脚向敌人丹田穴猛然踢去。这一脚如果踹实，盗徒顷刻殒命。这盗徒贪功欺敌，身已迫近，见这招来势凶狠，想躲是来不及了；忙向右一拧身，扑地被踹在左胯上。踉踉跄跄，蹿出三四步；急用右手钩一点地，方才幸免躺下。

胡孟刚一平身，抡牌追去。突见对面黑影一闪，捷如飞鸟，蹿过一个人来；身躯往下一落，飘飘然坠地无声。这时节暮色沉沉，胡镖头倏然收招，一挫身，向后倒退出两步；双牌护身，然后闪目细辨来人。

来人正是那豹头年老的盗魁，身上依然不脱长衫，手上依然擎着烟袋；正当面前，悠然站定，向胡孟刚一指道：“胡镖头武功卓越，非比等闲；老夫不才，愿在方家面前领教。来，请你赐招！”

胡孟刚将铁牌一分，“大鹏展翅”，立住门户，向这老人朗朗发言道：“线上朋友，你既然如此相逼，胡某只好献丑，请你准备好了！”双牌一错，往前进了半步。豹头老人微微一笑道：“好，你就请进招吧！”

胡孟刚复张双眸，往敌人身上一瞥，又往下一扫，瞥见敌手空空，仍只握着那支烟袋。胡孟刚倏将双眉一挑道：“呔，朋友，我胡孟刚浪迹江湖，纵横数十年，从不敢小觑人，也不肯欺负人。朋友，你既不用兵刃，胡某焉能让你空手对招？你要想过拳术，胡某只有也把兵刃收起。”说罢，一回头，将双牌交给镖师戴永清；然后摆好架势，静观敌人动静。

那豹头盗魁微微点头道：“胡镖头不愧英雄二字。”将手中旱烟袋，往前一递道：“胡镖头，你来看，老夫的兵刃就是此物。老夫就凭这支烟袋闯荡江湖，不值得换用别种兵刃。胡镖头，我还是请你亮牌进招！”

铁牌手胡孟刚须眉皆张，勃然大怒，暗道：“我胡孟刚一对铁牌，会过多少知名的英雄，想不到在此地，突然遇见这么一个骄慢无礼的强人，竟把我视同无物！这未免侮人太甚了。罢罢罢！我就跟他拼了吧。”胡孟刚正要捻拳上前，戴永清急忙插言道：“镖头，抡牌上吧！不是咱们不懂情理，这是人家自己要卖弄一手。”

胡孟刚道：“对！”立刻昂起头来，对那盗魁瞋目发话道：“朋友，你既然没把我胡孟刚看在眼里，要用这一支烟袋，来赢我的双牌；这是你自己情愿，休怪胡某无礼。”遂一回身，急从戴永清手中接过双牌，厉声叫道：“朋友，你接招吧！”说到这一句，进步欺身，掌中铁牌向前微推，将到敌人面前；倏举左手牌，照那盗魁面门虚点，右手牌“力劈华山”，倏然砍下。那盗魁不慌不忙，容得铁牌堪砸到面门，微微偏头，铁牌走空。盗首随手将烟袋杆，照胡孟刚的铁牌上一搭，略往下一按，复又往外一推，立刻奔胡孟刚的云台穴点去。胡孟刚铁牌往下一沉，顿觉这老人的烟管力量颇为沉重。

胡孟刚两膀一挺，至少也有五六百斤膂力，竟被小小一支烟管按下去，想见这老人腕力沉猛。又见他这烟管竟向自己穴道打来，不由心中一惊：怪不得此老神情骄横，果然是个劲敌；他不只于腕力强，原来兼擅打穴之术。胡孟刚这时已看明他这乌黑的烟管非竹非木，乃是纯钢打造。

胡孟刚越加小心，敌人烟管又到。胡孟刚急用“梅花落地”式，向下一扑身；随即用“进步连环”，将身躯矮着，倏地一个盘旋；双牌横展，直向盗魁腿肚打去。

那盗魁搂膝绕步，“倒洒金钱”，向后一甩腕子，烟管挟着一股寒风，斜向胡孟刚左肩井穴打来。胡孟刚急将双牌一扑，突照烟管猛砸过去，想要把烟管磕飞。这盗魁早已抽招换式，往旁一错步，斜走偏锋，照胡孟刚肋下再点来。胡孟刚挥动双牌，微微闪身，左手牌封住烟管，右手牌一展，直砍敌腕。这盗魁却又收招反攻，直取上盘，铁烟管“金蜂戏蕊”，奔胡孟刚咽喉下二寸六分的璇玑穴打来。铁牌手凹腹吸胸，闪过这一招；将双牌往前一抖，“黑虎伸腰”，分向敌人两肋急点。盗魁一翻身，一个败势，身随势转，倏地由左一个旋身，已袭到胡孟刚的身后；铁烟管照后心的灵台穴便点。

铁牌手双牌落空，顿知输招，不待敌到，身向右一倾；左手铁牌猛向外一甩，“白鹤展翅”，照铁烟管磕去。盗魁见胡孟刚应招迅疾，暗暗佩服；便一退步，赶紧收招。这一次胡孟刚不容敌人变招，身躯翻回去，往右一旋；右手铁牌“铁锁横舟”，向敌人右肩削来。胡孟刚这一招急如电火；盗魁倏地往左一扑地，铁牌挟劲风，唰的擦头皮而过。

盗魁勃然大怒，铁烟袋趁势往右一探，喝一声：“打！”直向胡孟刚左脐旁一寸五分的商曲穴点来。胡镖头忙将左手牌往烟袋上一挂。不料敌人这一招虚实莫测，突将右腕微沉，改奔命门穴打去。胡孟刚身手矫健，极力地拧身绕步，直抢出好几尺，才躲过这一招。铁牌手胡孟刚蓦地脸上一阵发热。

那盗魁又一个箭步，紧冲过来；舞动这一支烟袋杆，倏上倏下，忽左忽右；忽地拿来作点穴橛用，专打二十四处大穴，倏又拿来五行剑用。突击变化，迅捷莫测，烟管到处，全是直指要害。铁牌手胡孟刚不敢大意，将一身绝技悉数施展出来：劈、砸、拨、打、压、剪、捋、锁、耘、拿，铁牌一招一式，稳练沉着。那盗魁更是身形轻快，招数圆熟，吞吐撒放，撤步抽身，都非常犀锐无匹。这种外门兵刃，练武的人罕见运用；

这盗魁却能把这一支小小烟袋杆，舞弄得风驰电掣。胡孟刚提起全副精神，狠命扑斗，却只和盗魁打个平手。他满心想将烟管磕飞，只是磕不着。

这时天色越发晚了，也就是刚辨得出人的身段来。一镖头，一盗魁，各用纯熟的招数，你攻我拒，战到三四十合，不分胜负。

镖行这边，除九股烟乔茂、双鞭宋海鹏，在后面保护镖银、轿车外，前面是铁掌黑鹰程岳、金枪沈明谊、单拐戴永清等人。盗群那边，人数出没不定，约有三四十人。双方副手都持兵刃，立在圈子外，聚精会神地观战；提防对方的暗算，照护自己的首领。

胡孟刚与那盗魁，又斗了一二十合；忽听竹林中，吱吱地又起了一阵呼哨声，声声凄厉。胡孟刚虽则久经大敌，但到这种境地，天色已经很晚，劲敌又复当前，苦战不下，不由心中有些惶急起来；在黑影中舞动双牌，力持镇定，竭力来抵挡这个盗魁。又战过二三十合，盗魁功夫精熟，毫无破绽，而且气充神定，应付裕如。胡孟刚心中焦急，可是仍不示弱，把双牌运用得霍霍生风。

盗魁这一支烟袋管更是神出鬼没，一招紧似一招。又斗了一刻，铁牌手双牌翻飞，专寻对手的破绽，只是不得下手处。忽然见对手也似焦躁起来，用了一手“金鸡点头”，烟管虚向胡孟刚面门一点。胡孟刚觉得有机可乘，急用双牌一封。不意盗魁虚实并用，变幻无常，蓦地将烟管往回一撤，复往后一斜身；“大鹏展翅”，烟管突向胡孟刚的分水穴点去。

胡孟刚双牌已封出去，急切间缓不过招来；见敌招已到，避重就轻，连忙一拧身。这盗魁真个厉害，将招就招，往前一送，烟袋锅直点胡孟刚左股浮稀穴。胡孟刚虽不精点穴，却久涉江湖，又听老友俞剑平讲究过；自己一招扑空，骤见敌人辣手已到，眼看受伤，便倏然往外一挣；可惜闪避稍迟，顿觉左股发麻。胡孟刚自知失利，忙将双牌虚晃，转身旁退。

豹头盗魁陡然喝道："哪里走！"烟袋锅"金龙探爪"，又向后心志堂穴点来。胡孟刚已受微伤，左腿不灵，再想闪退，力不能及；被这盗魁的烟袋锅顺手一落，在志堂穴上又点了一下。胡孟刚急急闪腰不迭，猛听耳畔大喝道："躺下！"他脚步踉跄，向前撞出四五步。到底胡孟刚武功不弱，能胜能败，身躯晃了晃，立刻挺腰往旁一退，竟未躺下。那盗魁早已一阵风追到。

这一边，镖师金枪沈明谊、单拐戴永清、铁掌黑鹰程岳，一齐大惊，连忙纵身飞蹿上前，接应镖头。不想镖行中人一拥上前，那群盗也一拥上前；黑影中各挺兵刃，捉对儿厮杀。

群盗中突有人连打两声呼哨，立刻竹林中有人接了两声。

呼哨响过，顿时一片马蹄声响，从那竹林后面，又闯出一彪马贼。暮烟蒙蒙，分不清是多少人，人影绰绰，蹄声嘚嘚；盗群中火光连闪，有胖瘦二老，手举孔明灯，当先开道。马上强人仿佛全是短衣装，小打扮。另有几个领队的强人，骑着马，手持明晃晃利刃，指挥党羽，分两路扑奔镖驮子，包抄过来。

当此时，护镖的众镖师，镖行四十名伙计，以及缉私营巡丁，一见强人全伙扑出，不由得个个红了眼。眼睁睁见到镖银即将失落，身家性命攸关；大众暴喊一声，各亮兵刃，往前迎堵。先是缉私营兵开弓放箭，跟着双鞭宋海鹏、九股烟乔茂挥刃上前；怎挡得来人是马贼，往前一冲，双方立刻迫近，混战起来。强人中有几个好手，把宋、乔二镖师先后包围。

铁牌手胡孟刚被敌人打中穴道，虽则闪避得快，负伤不重，却也腰胯酸疼。幸得戴永清、程黑鹰抢上来，拒住敌人；胡孟刚退过一边，急急顺着穴道，舒运血脉，调停呼吸。只是一看见群盗率众夺镖，自己一世英名即将葬送，还恐身家性命不保，不由得急怒交加；把脚一跺，顾不得伤轻伤重，抡牌大叫："老儿，你不顾江湖义气，竟敢恃众夺镖；我胡孟刚有三寸气在，跟你拼了！"他咬牙切齿，奋身重上。

那盗魁嘻嘻冷笑道："胡孟刚，你要放明白些。既留下你的镖银，便不愿伤你的性命。你若不度德量力，我只好教你躺躺了！”手中烟管一挥，立刻扑过四五个盗徒，迎面一挡。那盗魁口衔烟袋，往旁一退，从烟锅内闪闪吐冒火星，好像没事人一样。

胡孟刚气生两肋，更见手下镖行舍命拒敌，连倒下好几个，他自己怎么能再惜性命？顿时怒吼如雷，挥动双牌，嗖嗖地乱砍，又奔盗魁扑去。群盗一声呼啸，立刻围过来，将胡孟刚困在核心。

那一边，黑鹰程岳见祸到临头，金睛吐火，直竖双眉，抖藤蛇棒，一语不发，照那盗魁后背便砸。盗魁霍地一撤步，让过了金丝藤蛇棒，用手中烟管一指道：“小伙子，莫看你连败我手下三个人，那都是我的徒子徒孙，你妄想在我面前逞能，小伙子，你休要做梦！”

黑鹰厉声怒叱道：“老贼休要夸口，少镖头今天跟你有死没活，接招吧！”话到棒到，“玉带缠腰”一抖。

那盗魁滑步旁蹿，右手擎烟管，左手一指，欺身进招，直向程岳华盖穴点来。黑鹰侧身让过，趁势换招，“金针刺蟒”，棒点咽喉，盗魁不慌不忙，把烟管往外一封；身势一动，已绕到黑鹰身后。黑鹰程岳急向下一塌身，“绕步旋身”，金丝藤蛇棒“老树盘根”，回向敌人下盘缠来。盗魁使“旱地拔葱”，闪过这一招，立刻将铁烟管施展开；轻点重打，横扫直扎，忽然用作五行剑，忽又变作点穴镢，身法疾若飘风，招数变幻莫测，黑鹰程岳竟有点应接不暇。

程岳本是俞剑平的掌门大弟子，武功颇得门径，今与盗魁交手，顿然相形见绌。自己也明知不敌，抱定拼命之心，更不计胜负存亡，施展平生绝技，竭力与敌相持。两人一来一往，斗到三十余合，渐渐被敌手抢了先着。那盗魁精神焕发，越战越勇，招数越展越快；掌中烟管攻守进退，步步紧凑。程岳勉强招架，幸未落败；猛回头，见黑影憧憧，灯光闪烁，在奔腾喧噪声中，那镖驮子已被群盗包围，眼看要被劫走。程岳急怒交加，欲往驰救，又被盗魁缠住，一步也闪不开。程岳喊一声，猛攻骤退，虚展一招，刚待蹿出圈外，陡听断喝道："着！"黑鹰躲闪不迭，右臂曲池穴已被盗魁点中了一下；立觉全臂发麻，藤蛇棒险些松手坠地。程岳咬咬牙，急一拧腰，纵身旁退，又一迭步，刚要逃出斗场，那使锯齿刀的黑面盗徒一眼瞥见，舍了围阵中的胡孟刚，飕的一个箭步，蹿到这边；一横身将去路阻住，大叫道："少镖头，你还想走么？趁早躺下！"

黑鹰程岳身陷绝境，双眉一耸，舌绽春雷喝道："不是我，就是你！"把藤蛇棒往后一领，只觉臂软筋麻；紧接着用尽气力，将棒抡起，恶狠狠向敌人砸去。黑面盗徒赶紧往旁一错步，闪开藤蛇棒，锯齿刀"顺水推舟"，往外一推；锋刃犀利的锯齿刀堪堪剁在程岳的项上。同时，咯噔一响，从背后袭来一支冷箭。黑鹰程岳急一斜身，仅仅闪开了暗箭，右肩头被划三四寸长的一道刀伤，鲜血迸流出来。

黑鹰陡地打个冷战，咬紧牙关，往旁纵身，直蹿出一丈多远，脸色倏然惨变。那强徒又一抹追到，锯齿刀一举。黑鹰程岳人虽受伤，雄心仍在，急将右手藤蛇棒一提，却已施展不开了，不禁哼了一声。锯齿刀已挟锐风，劈到面前。猛听一人呼喝道："住手，这人也是条汉子，不必伤他的性命。"锯齿刀应声收招，复又蹿出去，与同伙重把胡孟刚围住。

黑鹰退出核心，急撕衣襟，扎住了伤口，凝神向黑影中望去，铁牌手胡孟刚和戴永清，被几个强徒走马灯似的，紧紧绕住，死战不得脱身。金枪沈明谊力斗二敌，身已负伤，拖着那支断枪撤下来，坐在路边喘气。那护镖的四十名镖行伙计和二十名缉私营兵，伤了十几个人，沿着范公堤大路，横躺竖卧。其余未伤的，也不知溃散到哪里去了。那护车的镖师双鞭宋海鹏和九股烟乔茂，连轿车中的舒盐商和缉私营张哨官，也不知去向。五十个骡驮子，正被骑马的强人，持刀催逼着骡夫，遥向竹林后驱赶过去。官堤大道上，时见贼人手中的孔明灯，忽远忽近，一闪一闪，奔驰发光。斗殴场上，人影绰绰，兵刃叮当乱响。各处要道，全有步骑的强人把住。但凡镖行的人受伤倒地，倒也不再加害，却不能往一块凑，只一挪步，立刻有人蹿过来，持刀阻挡。黑鹰程岳目睹一败涂地，心如刀割。眼见胡孟刚犹与群盗拼斗，自己不能上前接应。自己本以掌门弟子，代师护镖；二十万镖银今竟被劫，十二金钱镖旗从此威名扫地！思念及此，惭恨交迸。他将身躯一挺，重欲上前，加入混战；不料稍一移动，左臂疼不可忍，头上汗出。程岳紧咬牙关，强力支持，把藤蛇棒抖了抖，刚刚活动几步，黑影中蹿过一人来，喝道："朋友，还是躺下歇歇吧。"程岳急一侧身，陡觉三里穴一阵发麻，不禁失声，栽倒地上。原来那年老盗魁，依然在旁监防着呢！

盗魁已将护镖人等战败，指挥手下人分头做事；将这二十万镖银扫数劫走。立刻打一暗号，竹林一带，吱吱吱连响了三声呼哨，催告方圆左右的把风同伙，作案已经得手，该收缩防线，准备撤退。

那一边，铁牌手胡孟刚舞动双牌，镖师戴永清舞动钢刀单拐，两人背对背，抖擞精神，犹拼死拒战。群盗却也歹毒，看破胡孟刚有攻无守，意在拼命；只采取包围的招数，将两人紧紧裹定，东一刀，西一刀，西一矛，一味滑斗。到底群盗人多势众，胡孟刚年届五旬，身已负伤，手脚运展顿慢。那镖师戴永清腿上也着了一下，血流及踵，仍是咬牙鏖战。

趟子手张勇掌着铁牌镖旗，金彪掌着金钱镖旗，与群盗混战，身负轻伤。二人忽见到胡孟刚被围，程岳负伤，便知大势已去。两人不约而同，虚砍一刀，抽身败走。不意贼人满不按江湖道的规矩，竟赶尽杀绝追了过来。张勇叫道："朋友，我们已然认栽了，何必苦苦相逼？"盗徒不理，那个白面少年腾身一蹿，抡掌中剑，直奔金彪而来。金彪正要上马落荒逃走，已被盗徒追上。青钢剑明晃晃一闪，金彪待挺刀迎敌，突然肩头着了一下暗器，栽下马来。少年盗徒挥剑蹿到，金彪滚身要起，已被踏住腰眼。

金彪闭目等死，哪知剑锋只在脖颈上猛拍了一下，火光一闪，跟着背上的十二金钱镖旗被盗徒拔去，却将一个小匣丢在金彪面前。少年盗徒对金彪喝道："朋友，不要装死，我们舍不得杀你，还留你的脑袋传话呢。这个小匣，烦你转交你们安平镖局的俞镖头。匣内有好东西，你们镖头见了必然高兴。"说罢，用剑又在金彪头上蹭了蹭，一抬腿，连连纵跃，已然扑到年老盗魁的面前；手打火折，把镖旗一展道："当家的，我已将十二金钱镖旗借到，那封柬帖也交给他们的趟子手了。"

盗魁接过镖旗，借火折的光，凝眸一看，又信手招展了一下，仰面长笑道："久仰此旗威镇江南，今天却出债了。"口打呼哨，叫过几个骑马的强贼，问道："手下的活完了没有？"一个马贼答道："一切都收拾好了，只有二师兄，还带人和镖行缠战呢。"盗魁挥手道："收！"马贼豁喇喇前后奔窜，盗魁立刻一翻身，扑到战场，对那围困胡孟刚的党羽喝道："收队，你们不要伤他老命！"群盗闻声，立刻往两边一分。

胡孟刚用力过度，双牌错举，喘吁不堪。那镖师戴永清竟缩做一堆，蹲在地上，下半身溅成血人。

盗魁喝住群盗，手指胡孟刚道："胡镖头，万分对不住了。但老夫此行，得会江南名手，实在也是幸事。敬借尊口，转告俞剑平，二十万盐镖暂为保存，有胆的教他快来亲领！"又将手中镖旗一展道："这十二金钱镖旗，也暂借一观。你我后会有期！"说到此，微一抱拳，侧转身对手下传令道："走！"脚下一点地，腾身而起；捷若飞鸟，迅若飘风，率领着党羽直没入竹林之中。镖银尽失，盗群已去，胡孟刚手擎双牌，立在那里，目瞪口呆。眼见盗魁旁若无人的气概，更恼得浑身打战。金枪沈明谊已经扶伤过来，惶愧无地地说道："镖头，我们栽了！恨我们无能，枉自吃镖局的饭，紧急之时，一点不可恃。老镖头，我们真真对不住你！"

胡孟刚心如刀剐，身上血渍斑斑，脸上惨无人色。他心想：二十万盐镖扫数被劫，振通镖局从此牌匾砸了，一世声名也付于流水！想到此，恨不得死于敌刃，倒落个痛快。他一见沈明谊前来抱歉，便咳的一声长叹道："沈贤弟，不用难过了，这是我弟兄技业不精之过。"趟子手张勇、金彪，一看事已过去，忙招呼溃散的伙计们。这些伙计散散落落，也集拢来二三十人，其余的不知败逃到哪里去了。这召集来的一伙人，几乎个个带着轻重的伤，侥幸没受伤的人竟很少。

众人从马上解下几盏灯笼，点着了；先顾不得救死扶伤，齐跑到胡孟刚面前，请示善后，听候吩咐。这些伙计个个唉声叹气，骂不绝口；胡孟刚心绪如灰，一筹莫展，环顾手下镖客，发话道："你们都在这里了，诸位不要难过，你们各位都带着伤，总算对得起我胡孟刚。那护车的乔茂、宋海鹏往哪里去了？"又顿足道："盐商舒大人和缉私营张哨官，也不知是生是死。诸位老弟，二十万镖银，好些人命，你想还有我的活路么？"张勇忙说："镖头别着急，我看见舒大人的轿车，往北逃下去了，我找找他去。"说罢，遂与趟子手金彪骑上马，挑着灯笼，一路寻找下去。

戴永清坐在地上，一面呻吟，一面说道："我看这伙强人，必非近处的草寇。镖头请暂放宽心，不要急坏了。我们既然把镖银失落了，没有别的，我们设法找镖，跟踪踩迹，别叫他们走脱了。"胡孟刚浩然长叹，张眼向四面望了望；黑乎乎暗月无星，只有那没受伤的伙计，挑着四五盏灯笼，吐出晕黄的光来。四面悄静，但闻风吹竹动，发出萧萧瑟瑟的吼声。胡孟刚说道："你们几位能挣扎动的，先替我察看察看受伤的人，有救的快救；我那马上有药，拿油纸包着呢。还有人家安平镖局，已经收市了，凭白教我拉出来。镖旗被拔，程贤侄又负重伤，我拿什么脸，去见俞大哥啊！"

黑鹰程岳慢慢踱了过来，强忍着满腔羞愤，向胡孟刚说道："老叔，咱们算栽到家了，总恨小侄艺业不精。况且人家是单找我们金钱镖旗来的，老叔何必引咎？刚才戴镖头的话很是，我们还是缀下去，跟踪设法追回镖银为妙。至于家师那一面，小侄自然连夜赶回去，面求他老人家，出山找场，好歹给老叔顺过这口气来。”

胡孟刚摇头叹道：“程贤侄，我算完了，一世虚名，败于一旦！老侄伤势怎样？”他借灯光看了看，肩头绷扎的断襟，已然渗出血来。胡孟刚忙命手下人，取过药来，亲替程岳裹伤，一面说道：“贤侄，我真真对不住你了！请你赶快回到清流港，替我婉言上复令师。我这次万不得已，请令师帮忙，焉想到遇到这伙强徒，真有惊人技艺；反害得十二金钱镖旗跟着被拔，镖银全失，我还有何颜面，重回海州？俞仁兄面前，务请你代我婉致歉意。我若不把镖银、镖旗寻回，我就不回海州了。我现在一切都不能顾了，你先回去吧。”

胡孟刚说到这里，泪洒衣襟，又对众人一揖到地道：“诸位贤弟，多多宽恕我吧，咱们后会有期！这里一切善后，全靠沈、戴二位镖头安排。程贤侄伤势不轻，你们要好好地把他送回去。”说罢，从地上拾起双牌，拔步便走。

胡孟刚这一席话，说得真是英雄末路，十分悲凉。程岳、沈明谊诸人俱各感怆落泪，连忙上前拦阻。戴永清也挣扎起来。众人齐声叫道：“老镖头慢走！”胡孟刚道：“诸位拦住我，打算怎样？”沈明谊、戴永清道：“要找镖，咱们大家同去，我们怎肯让老镖头一人犯险？”胡孟刚叹道：“二位身负重伤，怎好去得？”

沈明谊道：“老镖头这样一来，我们心中更下不去了。养兵千日，用在一朝。我们弟兄叨承老镖头重待，今日遇上事，竟不能拒敌护镖，我们自恨无能。况且老镖头伤势不轻，年非少壮，我们无论如何，也不能退缩。你老还是从长计议，先扎好伤处，再议别的事。就是现在非去找镖不可，咱们也是有福同享，有祸同受，断不容你老一个人独去涉险。至于我们的伤，全不是致命所在，很不要紧。”黑鹰程岳也在旁苦口劝阻；他心中另有主见，此时恨不得立刻飞回清流港，向他老师求救，寻贼夺镖，好吐这口闷气。

胡孟刚听了众人之言，沉吟一回，见戴永清刃伤左股，步履艰难，便道：“也罢。戴贤弟，你是动弹不得了。你与程贤侄暂且留后，我和沈贤弟前去踩访。谁要再留我，就是逼我死了。”胡孟刚说完这话，摆一摆手，伴同沈明谊，各提兵刃，直向竹林那边追去。二人也就是刚走了两三箭地，陡听竹林内一声冷笑，顿时发出两道黄光；这光像车轮般一扫，把胡、沈二人照个正着。倏然穿林射出一支响箭，跟着暴声喊道：“对面站住！再往前走，可要放箭了！”

胡孟刚吃了一惊，强人果然厉害。劫镖已隔好久，他们断后的人依然没有撤退。既已到此，欲罢不能；胡孟刚、沈明谊各亮兵刃，硬往前闯。

忽听背后大叫：“胡镖头慢走，胡镖头慢走！”又听一个焦急的声口叫道：“胡老镖头，你别走了，快回来吧！”沈明谊心知前有强人放的卡子，两个负伤的人必然闯不过去，趁势强拖住胡孟刚，劝道：“老镖头，我们还是暂先回去，看看到底是出什么岔头了。缀镖的事，可另派人绕道暗缀。”胡孟刚正自迟疑，只见背后两点灯光、数个黑星，忽高忽低，一面喊叫，一面追来。一霎时赶到面前，却是趟子手张勇、金彪，打着灯笼，引领那舒盐商，从后面赶到。这盐商由他那个听差和一个车夫，左右搀扶着，深一脚浅一脚抢来，且追且叫道：“胡镖头，胡镖头！”声音惨厉，直似鬼嚎。

当群盗已占上风，调动竹林埋伏，动手劫镖时，那双鞭宋海鹏、九股烟乔茂立刻亮兵刃，一先一后，上前护镖。舒盐商在黑影中看不清胜负，却听得一片呼哨之声，夹着马蹄奔驰、刀锋砍杀之音，突奔前来，早就吓得骨软筋酥，不住口地催那车夫，把轿车调转头来，拼命向来路逃走。他不晓得剧贼劫路，轻易不伤客人。动手作案，却定然布卡巡风；案没做完，断不容失主逃出线外。这轿车一路狂奔，昏夜不辨路径，走出不多远，竟翻了车。来路口上，早被强人搬石头挡住了。由听差和车夫，把舒盐商救出车外，两人搀架着，还想往前跑。路旁陡蹿出几个强人，持刀断喝道：“回去！”吓得三人又抹头回逃，只得往横路上落荒逃走。横逃不远，又看见孔明灯闪烁，也有强人把住。三个人只好爬到麦垄中隐藏。趟子手张勇、金彪挑着灯笼，往四面寻叫，这才将三人搜唤出来。一阵瞎跑，舒大人脚下只剩一只鞋了。

张勇、金彪又在镖驮子被劫不远处，寻着了双鞭宋海鹏，两支鞭只有一支紧握在掌心，那一只却抛出两三丈以外。宋海鹏倒卧在血泊中，胳臂上被贼刺通了一个血洞，血流满地，后背也被砍伤了一处；虽非致命伤，却是失血太多，只支持着蹿出几步，就晕倒在地上了。趟子手忙将宋海鹏背了起来。那九股烟乔茂，却叫遍不见踪影。舒盐商仍由听差和车夫搀着，一步一哼，走了出来，头一句话便问：“活吓死人，贼人走了么？”张勇忙安慰他道：“贼早跑了，舒大人放心吧，没事了。”

舒盐商缓缓遛了几步，才把精神提起来。他睁眼四望，黑沉沉一片荒野，什么也看不清。走上大路，才看见前面镖行那几只灯笼闪闪摆动着。更兼受伤的护镖人等，有躺着嘶唤的，有坐着呻吟的；气象阴惨，令人看着心悸。舒大人简直吓破苦胆，且走且问：“这伙强盗真厉害，怎么这些人啊。难为你们怎么把他打跑的！你们诸位真是好汉，你们那位胡镖头呢？”张勇道：“胡镖头就在前面，你老快走吧，咱们凑在一处，好商量商量，今晚怎么办，在哪里投宿呀？”舒大人连连点头道：“可不是，我都吓瘫痪了，真该找个店歇歇，误一天限不要紧。”张勇、金彪听了，暗暗叹气，这位舒盐商还做梦哩！

不一刻，走到灯笼前面。胡孟刚已和沈明谊抢向竹林那边缀访去了。这里只剩下黑鹰程岳、戴永清一行，正自垂头丧气，找出金创药、铁扇散来，给别个受伤的人敷治。那伤重走不动的，也都搀的搀、抬的抬，倒换着舁过来，凑合在一处。

舒盐商一到面前，程岳、戴永清只得答话道：“舒大人，我们卫护不周，教您受惊了。”说着话，趟子手金彪、张勇将双鞭宋海鹏轻轻放下。地上已有人铺好马褥子，大家忙着救治宋海鹏，又让舒盐商坐下。舒盐商打着寒噤说道："咳！我真吓坏了！诸位镖头真可以，竟为护镖，身受重伤；只要把镖银解到江宁，我回去对公所说明，必有一番心意，酬劳大家。"这番话说得戴永清、程岳四目对看、脸上发烧。两人不觉低下头来，无言可答。

舒盐商又张眼一巡，胡孟刚不在面前，不禁失声道："那位胡镖头呢？难道……他受了伤么？他哪里去了？"戴永清咳了两声道："这胡老镖头么，他追下去了。"舒盐商忙道："什么！追下去做什么？只要镖银不失，也就算了。何必跟这一群强盗怄气？"

戴永清和程岳只好说道："舒大人，我们这次栽给人家了，我们的镖银已被人家劫去。就是我们拼命护镖，无奈贼党人多势众。"舒盐商一听这话，头顶轰了一声，顿时目瞪口呆，几乎晕过去，猛从马褥子上站了起来，摇摇欲倒；听差连忙把他扶住。

程、戴见这情形，好生难堪。舒盐商喘息着，忽将胳膊一甩，把听差推开，直瞪着眼，对镖师戴永清等喊道："什么？镖银丢了，镖银都丢了么？你们是管干什么的？"说到这里，见众镖客血迹满身，噎了口气道："那胡镖头呢？……"猝然喊叫道："胡镖头，胡镖头！"戴永清忙道："舒大人别着急，我不是说过了，我们胡镖头刚才追镖去了。"

舒盐商闭目摇头道："那不行，我得找他说话，你们得给我找他去！二十万盐镖，非同小可，这是官帑哪！"说完浑身打起寒战来，不住口地催戴、程二人，快把胡镖头追回。戴、程二人心乱如麻，无法应付；忙命趟子手张勇、金彪，顺路急赶。胡孟刚、沈明谊没有走出多远，舒盐商竟扶着听差和车夫，一步一喊，也跟着追下来。

铁牌手胡孟刚也正由沈明谊劝回。两方见面，舒盐商劈头叫道："胡镖头，你这可不对，你怎么扔下就走？这二十万盐帑，数目太大，非同小可，我可是担当不起。胡镖头，没别的说的，你多辛苦吧；你得跟我回海州，交代这场事去。你就这么想走，可不行！”

胡孟刚听盐商这话，真是耻愤填胸，哈哈地冷笑道：“舒大人，这是什么话！你不用不放心，我们保镖的，自然没有多大的家当；可是我们既敢应买卖，就担得起来。丢了镖银，设法找回，那是我们分所当为。就是镖银找寻不着，我们还有保在，也能够把舒大人的责任卸开了；我胡孟刚甘心认头，赔镖银，交官帑，决不能有半点含糊。舒大人你说不行，你看着办吧！该怎么办，就怎么办，我胡孟刚静听你的。”

舒大人听胡孟刚话中有刺，又见他圆睁二目，气势汹汹，不禁倒害怕起来。他心想：“保镖的这一行业，说他是好人，就是好人；说他是歹人，也就是歹人。目今镖银一失，他们已经丢人现眼。他现有镖局在着，自然不能甘心栽这跟头，他自然百般设法找镖。若是逼勒急了，万一他一翻脸，就许把我杀了，丢下一跑，我往何处诉冤去？”

舒盐商也是久涉世路、能软能硬的人，立刻把面色缓和下来，对胡孟刚极力敷衍。他心中已暗暗打定主意，无论如何，须教胡孟刚转回海州去，好脱卸自己的干系。当下故意叹了口气道：“胡镖头，别多心。我也是当事则迷，乍听镖银失落，不由着起急来。其实查找镖银，乃是正办。老镖头身上负伤，尚且不辞劳苦，我还感激不过来呢。不过咱们总该慢慢想法，现在夜已很深，停留在荒郊野外，究竟不是事。我说胡镖头，我们先找个地方投宿，明天白日再打主意，你看好不好？这些受伤的人也该安插一下，人家给咱们拼命护镖，咱们也该找个地方，给人家调治调治。老镖头，你看怎么样呢？”胡孟刚道：“我们当然得找宿身之处。”

舒盐商搭讪着，放眼寻找缉私营张哨官。只见面前尽是些镖行中人，并没有那位张哨官。舒盐商只好向胡孟刚询问。趟子手张勇插言道：“张老爷也受伤了，现时在后面堤坡歇息着呢。”舒盐商暗暗点头，心想有他在场，总好多了，便道：

“咳，这是怎么说的，这伙强盗真是胆大妄为已极。张老爷在哪里？我还得安慰安慰人家去。”

此时张哨官伤处，早由镖局伙计代他敷药裹好；人坐在马褥子上，不住地叹气、谩骂。旁边插着一只灯笼，面前七站八坐，围着十几个巡丁，有受伤的，也有没伤的，人数已经不齐了。舒盐商挨过来，劳问数语；又向受伤的镖师、伙计，逐个慰问，神情语气恳切和蔼。黑鹰程岳拿眼看了看他，低头并不言语。倒是胡孟刚见舒盐商如此殷勤，自己反觉羞愧。那盐商随后便和张哨官坐在一处，两人低声谈话。胡孟刚暂抛一切不谈，先安置受伤的人。

这一场血战，镖驮全丢，镖师、趟子手人人挂彩，四十名镖行伙计半数轻伤，重伤的共三个，又短少了两人，真是一场惨败。胡孟刚指挥众人，救伤裹创；便与沈明谊、戴永清、程岳匆匆商计。对面贼卡未撤，敌暗我明，敌强我弱，今欲当场派人暗缀贼踪，势必不能，只可先行投宿。把趟子手张勇叫来，胡孟刚问道：“我们是就近寻宿，还是往回翻一站呢？”张勇道：“老镖头若想先落店，我们还是找就近的村镇，胡乱暂宿一夜，明天再赶奔驿站。老镖头觉得怎样？”胡孟刚道：“就这么办吧，天太晚了，可是奔哪里好呢？”张勇道：“咱们日间从范公堤经过时，老镖头可看见靠东有一股岔道？过去那里，不到半里地，就是一个小镇甸，叫作于家圩，也有一二百户人家。我们到那里，倒可以歇下。”胡孟刚点头说：“好！”立刻分派伙计，把受伤的人架在牲口上。受重伤的数人安置在行李车中，内中一人便是镖师宋海鹏。没伤的和轻伤的，全在地上走。前行的，挑着灯笼。舒盐商和张哨官共坐一辆轿车。临行前，胡孟刚重行点名查数，才知其中实短了四个人。两个是缉私营兵，一个是镖局伙计，另外一个竟是振通镖局镖师九股烟乔茂，一场剧战之后，竟然失踪。

胡孟刚心中着急，赶紧再派伙计，往四面寻唤。伙计们打着灯笼，照遍了各处，喊破了嗓子，也没有寻着踪迹；又向东面麦垄稻田里踏寻一回，依然寻不见人。

金枪沈明谊忙把镖局伙计全叫到面前，细问出事时，可有人看见乔茂的动静下落，伙计们互相询问，这才晓得胡孟刚、程岳、沈明谊、戴永清四人，与强徒拼命拒战时，九股烟乔茂和双鞭宋海鹏，奉派管守镖驮，兼护盐商的轿车。等到竹林哨响，马贼出阵，全伙混战劫镖，双鞭宋海鹏立刻抡鞭上前迎敌。乔茂起初是站在舒盐商的轿车旁边，持刀相护。后见宋海鹏被围，骑马的盗贼竟威胁驮夫，把五十号骡驮全数赶起来，便要运走，九股烟乔茂不由眼红了。又回头一看，他身后的轿车早在喊杀声中，调转头往来路逃走。乔茂不禁骂道："去你娘的吧！我看你跑得开么！"他立刻挺单刀，向群贼冲杀过去。

乔茂仗着身轻如叶，纵跃如飞，倒也伤了两三个力笨贼，全是小喽啰一流人物。他正在得意纵杀，却惊动了包围宋海鹏的群盗；立刻蹿出两人来，只几个照面，把乔茂杀得手忙脚乱。乔茂支持数合，忽见包围宋海鹏的群盗，倏然阵势一散；那双鞭宋海鹏已被砍倒，群盗齐向乔茂这边冲杀过来。乔茂大吃一惊，急忙虚砍一刀，纵身一跃，从敌人头顶直蹿出去，一翻身便跑。其中一贼探鹿皮囊掣出暗器；一甩手箭，正打中乔茂后臀。九股烟乔茂负伤拔箭，连跳带滚，滚到麦垄之中。在当时，镖行这边的人，势已落败，各自挣命败退，谁也顾不了谁。等到群贼劫走镖银，连那骡驮脚夫也被裹走，忙乱中，大家更不曾理会。如今点名查问起来，乃知乔茂竟已失踪。

胡孟刚不住地摇头叹气，又到行李车旁，询问双鞭宋海鹏。宋海鹏吃了些定神止痛的药，已能言语；只是问起乔茂的行踪来，他也不晓得。胡孟刚顿足道："这个人到底是生是死，往哪里去了呢？"说着亲自喊叫了几声，无人答应。金彪道："镖头不必找了，也不必替他担忧。在混战那时候，咱们各自顾命，谁也照应不来谁。这位九股烟乔师傅，哪会死的了呢？人家多聪敏，多伶俐，一准溜了。本来镖银已失，这场麻烦吃不了兜着走。若跟大家同回镖局，就得跟着找镖原案，说不定再遇风险。老镖头，你还指望着乔师傅回来么？”其余的镖局伙计，也都纷纷议论，说乔茂这人一定躲了；催胡孟刚赶快投店，不用找他了。

胡孟刚怅然说：“我到了这步田地，什么话也不用说了，只怨我自己不能血心交友。现在谁走，我也不能说别的。我只怕他受伤过重，钻到偏僻角落里，自己走不出来；我们抛开他一走，太对不住朋友。他若是真躲了，那倒没什么。事到如今，我还能找真么？”众镖师听了，默默不语。

当下大家赶紧收拾灯火，起身投奔于家圩。这一次赶路，虽然灯笼火把仍旧照耀着走，像一条火龙一般；却是镖银被劫，人们受伤的受伤，失踪的失踪，绝不是来时的情景了。

胡镖头身虽负伤，仍将自己的马让给伤重的伙计；自己步下走着，双眉紧皱，反复寻思办法，其余大众也都神情沮丧，在这昏夜旷野，杂踏地走着，人人心中觉着凄惶。走了不久，已从范公堤转向堤东岔道。这股道形势也够险恶，路径窄狭，一片片的竹塘把麦田遮断，风吹竹动，沙沙作响；倏远忽近，时发怪啸。胡孟刚身临险境，陡生戒心；可是转念一想，镖银已失，除了这条老命，还有什么值得牵挂？想到此，又复坦然了。其实这都是境由心造，仿佛风声鹤唳，草木皆兵。

胡孟刚放胆前行，伤处隐隐作痛。程岳伤在肩腰，道路坎坷，马行颠顿，也是说不出的难过；他咬紧牙根，绝不呻吟，恨不得一步扑到店房。赶到于家圩，已近三更。乡庄上的人睡觉都早，这小小镇甸差不多灯火全熄。众人用灯笼且走且照，哪有什么店房？一条土路上，只有参差不齐的竹篱茅舍，也不能容这许多人投宿。胡孟刚心上着急，六七十个伤残败众，投到这么小的镇甸上，若没有歇息处，那可怎好！却喜趟子手张勇熟识这条路，遂当先引领着，直奔村镇南头。果然快出南口，路东有一家，两扇车门紧闭，门前挑着一个笊篱，一望而知，是座荒村茅店。

张勇挑着灯笼，上前叫门；叫了好久，才有一个店伙，掩着衣襟，惺忪睡眼，出来开门。突见门前站着这些人，各带兵刃，血溅满身，不禁害起怕来；进去告诉了柜上，竟拒说没有空房。镖行人众疲殆已极，满腔怒火，声势汹汹，非住不可。缉私营巡丁更威吓着，力催腾房，这一捣乱，店中人全起来了。问明是官面和镖行，在中途遇劫，与强人动了手；这才无奈，招呼各屋并房间，腾地方。

这小店倒有大小八九间房，共只住了不到十个客人。忙给腾出五间房来；却只有一个小单间，其余四间全是通铺；又将柜房也给让出来。六七十人勉勉强强，挤着住下，又现搭了几个板铺。舒盐商和张哨官在柜房住下，胡孟刚等五个镖师就住单间，趟子手张勇、金彪在地下搭铺。店伙们现给烧水，净面泡茶，打点做饭。这做饭又很麻烦，须由客人自己买米起火，灶上可以代做。由那缉私营巡丁和镖行伙计，带着店伙，分头到米铺、杂货铺，敲门购买。直忙了半个更次，由自己人帮着，才将饭做熟。多亏镖行身上多少都带干粮，又将店中剩饭匀来，两下添补着，未致挨饿。盐商舒大人也将自备的火腿、小菜、点心之类，拿出来供众。喂饮骡马倒很现成，店中颇存干草，伙计们铡了，拿稻草做料，喂了牲口。

饭后，给受伤的人重新敷药裹创，安排他们先睡了。其余人等有的睡下，有的睡不着，有的就讲究贼情，有的肆口谩骂。柜房中，舒盐商和张哨官秘商了一回，两人已将主意暗暗打好。

小单间中，双鞭宋海鹏、单拐戴永清和黑鹰程岳，用药之后，挨个躺在床上。趟子手张勇、金彪，坐在铺板上喝茶、说话。镖头胡孟刚和金枪沈明谊，自行裹伤之后，先到受伤各位歇处看了，又问了问伤势；然后独到柜房，和舒盐商、张哨官，谈说明天应办之事。舒盐商是怎么说，怎么好，一味顺着胡孟刚，概不驳回。只口气中，仍劝胡孟刚速回海州，邀请能手，设法找镖。张哨官却说，明天要派人到地方上报案，并关会沿路盐汛，一体搜缉贼踪，查找镖银。这是人家的公事，胡孟刚当然不能拦阻。

胡孟刚另有他镖行的打算，按着江湖规矩，遇盗失镖，向不惊动官面，只凭自己的能为寻讨。胡孟刚强打精神，谈了几句；便回到单间，和沈明谊、戴永清、程岳、张勇、金彪等人，商量找镖入手的办法，揣摩强人来历和下落。依着胡孟刚，先派几个机警的伙计，熟悉范公堤一带情形者，明早沿路踩访下去；再派几个人，拿振通镖局和自己的名帖，投给范公堤附近武林中的朋友，托他们代访贼踪。好在盗首的相貌、口音，都已知道，或者不难访得形迹。只有一节，这盗魁武功惊人，党羽甚多，却来去飘忽，江南道上从没听说有这样一个人物。若不预先邀好能手，就算查访着他的下落，也不易夺回原镖。所以沈明谊、黑鹰程岳，都劝胡孟刚赶快翻回海州，到清流港，敦请俞剑平出马，才是正办。

胡孟刚却很恧颜，自以安平镖局早经收市，自己强人所难，硬把镖旗借出。当时本许下大话："宁教名在身不在，也不辱没十二金钱的威名。"哪知结果竟出了这大闪错，不但二十万盐课扫数劫光，连人家镖旗也被拔走。自己若不设法找回镖银镖旗，更有何颜再去麻烦俞剑平本人？固然劫镖之贼口口声声要会俞剑平，显见是与俞剑平有隙。可是自己若不借旗，贼人未必找上俞门；也与自己无干了。因此大家尽管相劝，胡孟刚总是摇头不决。沈明谊却以为贼人既指名要会俞镖头，胡孟刚如此引咎，也算过分。其实冤有头、债有主，很可以把实话告诉俞镖头。俞氏为讨已失镖旗，自必拔剑出山，寻贼答话了。沈明谊这样存想，当着程岳的面，又不好挑明；遂绕着弯，徐徐往话上引。其实这样看法，众人也都明白，那豹头老贼明明是冲着十二金钱来的；铁牌手"借旗助威"，倒弄成"烧香引鬼"了。

大家又猜想群贼的来路，看那盗魁口衔烟管，党羽们说话粗豪，多半是辽东下来的。但俞剑平生平浪迹江湖，走遍江南河北，却从未听说到过辽东。这是胡孟刚、程岳全都知道的。一个山南，一个海北，如风马牛不相及，竟想不出怎会结了怨。再说半年来，江南镖行迭遇风波，究竟尽是这人一手所为，还是绿林道另有能人出世？这豹头盗魁是发纵指使之人，还是受人邀请专寻镖行捣乱找场的？这些都令人猜想不出。

大家七言八语地讲着，趟子手金彪忽想起一事。他见屋中并无外人，忙从怀中取出小小一只木盒，送在胡孟刚面前，低声说道："老镖头，这是那伙强盗留下的。你老看看，这里面必有文章，或者能猜出一些线索来，也未可知。"

看这木盒，像一只小小拜匣，用黄铜小锁锁着，看样子，里面装得必是名帖信柬之类。胡孟刚接过来，用手掂了掂道："这是什么东西？是你拾得他们的，还是他们丢给你的？"金彪道："是他们劫完镖，交给我的。"胡孟刚诧异道："他们交给你一个拜匣做什么？是什么时候交给你的，他们还说什么没有？"金彪悄声说道："就在劫镖之后，一个强徒持剑追赶我，先从我背上拔去金钱镖旗，随后就把这木匣硬塞给我。他说：'里面有好东西，留给你们俞镖头。'当时咱们正忙乱着，我也没对老镖头说。"沈明谊、戴永清听了，俱各愕然，齐看那只拜盒。胡孟刚愤然道："他们把镖劫了，还留他娘的什么拜匣，这不是诚心戏侮我么？"金彪答道："正是这话，所以我没当众拿出来。"

镖师沈明谊偷眼望着程岳，摇头说道："据我看，这未必是戏弄胡老镖头的吧？我看贼人必是瞧见金师傅背着十二金钱镖旗，错把他认作是安平镖局的人了。老镖头且将这拜匣打开来看看。"胡孟刚暗暗点头，心想贼人也太胆大，竟敢公然留下名帖，这一来指名寻对，倒好办了。他将拜匣劈开，就灯光下一看；竟不是名帖，也不是信柬，乃是一张素纸，粗枝大叶画着一幅画。画的是"刘海洒金钱"，金钱个个散落地上；并不像寻常"刘海洒金钱"那种画法，半洒在天空，半散在地面。在这画的左角，又画着小小一只插翅的豹子，作回头睨视状。在这画右上角，还题着十四个字："金钱虽是人间宝，一落泥涂如废铜。"语句很粗俗，画法也似生硬。胡孟刚反复看了，又将拜匣细加察看，除这幅画外，更无别物。胡孟刚愤然丢在一边道："这是什么玩意儿！"沈明谊道："老镖头，别忙，等我数数看。"他接过画来，用手指点画上散落的金钱，数一数，整十二个。沈明谊抬起头，目视胡孟刚道："如何，果然是十二个！"胡孟刚道："十二个又有什么稀奇？……"说至此，忽然省悟过来，道："哦，我明白了，原来这拜匣真不是给我的。但是，这插翅豹子又是何意呢？"沈明谊道："老镖头还不明白么，这插翅豹子一定是那劫镖留柬人的名号了。"胡孟刚不由扬手一拍道："着，一点不错！"却忘了这一掌拍下去，正拍着自己大腿上的伤，不由哎呀了一声，皱起眉来。

黑鹰程岳此时侧卧在床上，似睡未睡，听沈明谊连说十二个、十二个的话，忙侧身坐起道："沈师傅，是什么画？劳你驾，拿来我瞧瞧。"沈明谊拿眼看着铁牌手胡孟刚，胡孟刚点点头；沈明谊遂将这幅画递给程岳道："少镖头，你猜一猜，这画儿是什么意思？"

程岳把画取过来，看了一会儿，顿时双眉一挑道："胡老叔，沈师傅，这有什么难猜？这是冲着我们师徒来的。平常画的'刘海洒金钱'，哪有画十二个金钱的？这明明是讥诮十二金钱威名扫地。我现在不管诸位回海州不回，我明早一定即刻动身，翻回云台山清流港，力请家师，亲自出马，找这一群强贼算账。看看十二金钱到底是上天，还是落地！"程岳口说着，直气得面皮焦黄。这怒气一冲，伤处顿觉火辣辣发疼，却咬牙忍住，一声不哼。

沈明谊和趟子手张勇、金彪，一齐劝道："少镖头何必挂火，我们还是从长计议。"倒是少镖头说："回去敦请十二金钱俞老镖头出马，这是很对的。怎么说呢？贼人既然拔去金钱镖旗，留下这一幅画，讽刺俞老镖头，猜想情理，必是他从前吃过俞老镖头的亏。现在也许练好了武艺，也许找出好帮手，特来寻衅找场，这倒是江湖上常有的事。画上这一只插翅豹子，十是这个主儿的绰号。俞老镖头自然一望而知。这便可以测出贼人的来踪去影，我们就能着手讨镖了。”

黑鹰听了，略略点头，颇觉难堪；翻着眼，暗自揣摩：“这‘插翅豹子’到底是何等人物？因何与老师结怨？怎么我从没听老师念叨过呢？”那沈明谊看胡孟刚手托下颏，坐在床边发愣，因道：“老镖头，你以为怎样呢？”胡孟刚道：“我么，我想程贤侄既要回云台山，请他令师出马，事到如今，只可这么办了！我们本不知贼人来历，现在贼人胆敢留下这插翅豹子的暗记；我刚才细数江南绿林，竟想不出有这么一个人物，但俞老哥他一定知道。程贤侄回去问一问，若能寻出踪迹，这便好着手了。不过还是那句话，我们是有福同享、有祸同受。此次失事，在程贤侄想，总觉强人是专跟你们金钱镖旗过不去。但看贼人那种骄豪神气，实把我们江南整个镖行视同无物。况且这麻烦是我给令师找的，我们自该合起手来，找贼算账。程贤侄何必难过呢？现在我想派几个人，先下去踩访一下。”对趟子手张勇、金彪道：“咱们伙计中，有谁熟悉此地情形？”

张勇、金彪想了想，想出于连山、马得用两人都是此地人。张勇自己也熟悉附近地理。铁牌手便派这三人明早出发，密访贼人下落。好在他们裹去赶骡驮的五十个脚夫，人多显眼，或者不难察访出行踪来。又派出几个伙计，持振通镖局和自己的名帖，分邀武林挚友，相助找镖。内中有那交情深、武功好的，胡孟刚并邀他速赴海州，以便抵面协商办法。当晚议妥，也就歇息了。

到次日天还未亮，趟子手张勇忠人之事，急人之难，早已率领于连山、马得用先行动身，追访贼踪而去。铁牌手派伙计，就近雇了两辆车，教受伤的人乘坐，即刻由于家圩起程，先折回涟水驿。一到涟水驿，寻找宽绰的店房；那舒盐商和缉私营张哨官，便闹着疲劳过甚，要好好歇一夜再走。两个暗中却已秘密布置了，先派出几名巡丁，说是要到各盐汛报案，并通知地面，一体缉贼。张哨官也亲自扶伤骑马离店，悄到盐汛，调来缉私营巡兵数十名；明说是沿途防护意外，暗中是监视胡孟刚，恐他畏罪潜逃，案子没法交代。

这一天，舒盐商格外客气，张哨官脸上露出沉默神色来。胡孟刚满心懊恼，并没想到别的；只是镖银已失，又派这些兵来做什么？官场的马后炮未免可笑，殊不知人家别有用意。

歇了一天，依胡孟刚的意思，想把受伤的人先送回海州；自己要在涟水驿等候消息，并往近处访询熟人。谁知到了这时，张哨官和舒盐商又催促起来，虽没翻脸，却力劝胡孟刚速回海州，请俞镖头出马寻镖，最为良策。黑鹰程岳也愿立刻折回。胡孟刚更料到贼人武艺高强，就算访实下落，自己仍然敌他不过；当下想了想，也就一同起身。

走了一站，忽见背后追来三个骑驴的人，一面追，一面叫喊。大家愕然回顾，原来这三人正是那已经失踪的镖行李伙计和两个缉私营兵。动问三人当日的情形；才知出事时，这三人本分两处，潜藏在麦畦里，一路爬行，逃出半里多地。两个人在土谷祠藏了一夜，一个人蹲在土堆后，因此落后。直到天亮，三人碰在一处，这才雇驴逃了回来。因不知大众退到于家圩，沿途打听，直到此时才追上大帮。胡孟刚问他们，可曾看清贼人的去向，他们是完全不知。又问可看见九股烟乔茂的尸体没有，三人也全答说："天亮时曾到失事场所，寻找过一趟；那里只隐隐有几片血迹和遗落下的血襟碎布，并没有死尸和伤重不起的人。"胡孟刚不禁长叹，对沈明谊道："想不到这位李伙计还能追寻回来，这乔师傅竟舍我而去了，人情真如此薄法！"叹息一回，大家仍旧拈行。

当天进入新安地界，迤逦行来，到了陈塘湾。路上片片碧柳成行，麦畦吐绿，竹叶含青，农人们很悠闲地在田中做工；运粮河帆船来往，渔舟张网捕鱼，渔夫口唱讴歌；景色清幽，令人心旷神怡。胡孟刚镖头却心血如沸，对景感怀，一阵阵出汗。走了一会儿，江南春早，赤日当午，众人负伤力疲，愈觉心浮舌燥。那新调来的几十名缉私营兵，素常没有走过远道，被这柳岸春风一吹，觉得瞌睡。恰好到一丁字路口，棚荫下有一座茶摊，大家商量着，要歇一歇；便纷纷下马，在柳堤上散漫落座，喝了一回茶。胡孟刚抱膝对岸，目送帆影，心生感喟。忽然听得一阵马走鸾铃响。众人扭头寻看，迎面岔道上远远来了两匹骏马。

前行一匹白马，马上是个绿衫少年。走近了看，此人年约二十一二岁，头上翠绢包头，露出一点鬓角来。生的圆脸，苹果腮，柳叶眉，两只大眼皂白分明，鼻如玉柱，口若含樱，细腰扎臂，个儿不高；身穿墨绿绸长衫，腰束白丝巾，端然骑在马上，露出蓝绸中衣，足蹬一双青皮窄靴，踏在黄澄澄马镫上。这人左手揽辔，右手持鞭，露出洁白的手腕；马鞍上挂着一口剑，绿鲨鞘，金什件；一只鹿皮囊，里面不知装得是什么；马走如龙，直趋柳堤。迫近茶摊，这马上少年忽然垂眸侧顾，把马放慢，上眼下眼打量胡孟刚这一伙人。

这一伙百十多人，缉私营兵穿着号衣，个个挂刀持杖，散坐在土堤上。镖行中人也都穿短装，拿兵刃，倒有二十几个人裹着伤、包着头，有的腿上捆着扎包，有的胳臂上络着套儿；身上血迹早已拭净，可是有几人面无血色。这情形令人一望，便觉可异。初看像是官差押罪犯，细看又都不戴刑具。马上少年咦了一声，连连看了几眼，又扭头向后望，然后策马，缓缓走了过去。

缉私营兵丁直了眼看着；等到马去稍远，顿时纷纷讲究起来。这马上少年打扮穿着好生怪相，看生得模样，什九是一个年轻姑娘，却又佩囊带剑，穿着长袍；举止神情既昂藏，又潇洒，不像江湖上跑马卖解的女子。

大家正在猜疑，那后面一匹马也已从岔道上，走上柳堤。胡孟刚迎面看去，但见马上是一位老翁，年近六旬，发已卸顶，只剩不多的花白短发；童颜修眉，长须拂胸，两眼炯炯有神。这老人身穿古铜色绸长衫，黄铜大钮，肥袖短襟，二蓝川绸裤，白布高腰袜，在膝下紧系着袜口，脚穿青缎挖云履。他一手提缰，一手持鞭，骑的也是匹白马；马并不高，趋走稳快，乃是川省名产。

这长眉老人行经茶摊，略望了望，便驱马走过；转眼间，走出两箭多地，追上那个少年女子，两马并辔而行。隐闻对语，一齐回头；那女子忽然勒缰，翻身下马，自走到柳荫下，拂地一坐。长眉老人调转马头，又翻回来，直到胡孟刚一行面前；甩镫下马，将马缰向铜过梁上一挂，把马拍了一下；这马啸了一声，竟与女子那马同奔草地啃青。缉私营兵全都看呆，以为这无疑是卖解的父女了。

长眉老人竟慢慢踱到茶摊，也买了一碗茶，缓缓喝着，两眼不住打量胡孟刚等人。铁牌手胡孟刚见老人去而复返，也觉奇怪，站起来，要上前搭话。

忽听背后呀了一声；长眉老人放下茶碗，眼光直注到胡孟刚背后，大声说道："我说，这不是沈贤弟么？"

胡孟刚回头看时，金枪沈明谊早已站起身，抢行几步，双拳一抱，叫道："哦，哦，原来是柳老前辈！"

长眉老人拱手还礼，哈哈大笑道："久违了，久违了！我一见诸位，就猜想必是武林同道。我在这里看了一晌，谁知我年衰健忘，只觉沈贤弟面貌很熟，我竟不敢冒认。我真不济了。沈贤弟，江边一别，倏已十多年，贤弟一向可好？我听说你在海州振通镖局，跟那铁牌手胡镖头合手做事，这几年想必不错。却为何在这前不着村、后不着店的地方歇着？这些官人又是干什么的？"沈明谊摇头长叹道："一言难尽。我且给二位引见引见。这一位就是振通镖局的胡老镖头，官印孟刚。这一位是江湖上久负盛名的铁莲子柳兆鸿柳老英雄。

胡孟刚一听"铁莲子"三字，立刻想起二十年前，江东两湖一带，有一位威震武林的侠客；生平浪迹风尘，既不保镖护院，也不设场授徒，更不屑涉足绿林，做那杀人越货的勾当。他仗着一身惊人技业，和囊中几粒铁莲子，到处游侠，专找寻绿林中的出名强盗。遇着强人劫得大宗财货，铁莲子柳兆鸿横来相干，要从中抽头。好说，便硬提去四成贼赃，专要细软之物。如果翻脸，他就亮雁翎刀，撒铁莲子，硬把财货全数劫留。因此绿林道上，无不畏之如虎、恨之刺骨的。并且他为人疾恶如仇，到处仗义任侠，一生尤其痛恨开黑店的强贼。如遇见他，必然拔刀剪除，将黑店中人尽杀不留；临走放一把火，把店房灭迹。在距今二十年前，真是轰轰烈烈，做出许多惊人的奇绩，草野客闻而咋舌。近十余年来，铁莲子突然匿迹，江湖上久已不闻此人行踪，多有人以为他是死了。

胡孟刚从前也曾久闻铁莲子的盛名，只是一个在两江，一个在两湖，无缘相会。此时一经引见，胡孟刚打起精神，上前施礼道："久仰老侠客的英名，今日幸会之至！"

柳兆鸿欣然还礼道："老朽也久仰铁牌手的威名，久怀亲近之心。今日适值我从东台访友归来，路经范公堤；因见诸位在此歇脚，又看见内中有负伤的人，不由勾动好奇心来。正要探问，又嫌冒昧；不想得遇沈贤弟和胡老镖头。"柳兆鸿说着，手捋白须，眼望沈明谊道："究竟你们诸位是保镖事毕，路过此地？还是信步闲游，或是别有贵干？这六七十名巡兵又是干什么的，可是跟你们一路么？"

沈明谊眉峰一皱，意欲披诉实情，他道："我们哪有心情闲游？正是遇着一桩逆事，在这里歇歇脚。"说到这里，眼望着胡孟刚。胡孟刚眼珠转动，看神气疑疑思思的。沈明谊不便冒昧，改口道："我们现在正要赶回海州，小弟欲奉屈老前辈，找一酒馆，畅谈一番。胡老镖头你看好不好？"沈明谊这话，便是暗向胡孟刚示意。胡孟刚恍然省悟地说道："正是。在下久仰侠风，时思亲炙，今天得识荆，正想快谈一日。何不就近找一酒馆，我们小饮三杯。我们沈贤弟和在下，正还有话要领教呢。老侠客可肯赏脸吗？"

铁莲子柳兆鸿哈哈笑道："胡镖头过于抬爱，我应当拜领才是；只是，胡镖头请看……"铁莲子用手一指那柳荫下坐候着的绿衫女子道："因为有这小孩子随着我，嗦嗦。目下我正要奔鲁南，不便耽搁。胡镖头，我看你二位神色上似乎有什么疑难。你我神交，一见如故，不妨就此谈谈，何用另寻酒馆呢？”又向沈明谊道：“沈贤弟，有话尽管说，不必客套。”

胡孟刚心中一动，暗想：“此人乃是当代大侠，若求他相助一臂，或者不难寻回镖银。只是和人家素不相识，萍水相逢，便拿这二十万的重案相烦，怎好开口呢？”他心里作难，脸上神情便显露出来。柳兆鸿久涉江湖，还有什么看不出，便又转面，向沈明谊问了一句。

沈明谊脸色一红，正要开口，胡孟刚已经答言道：“我们倒也没有别的事，我跟你老人家打听一个人。你老可晓得江湖道上，有一个叫作插翅豹子的么？这个人大约六十来岁，豹头红脸，善会打穴，拿着一根铁烟袋当兵刃。老侠客可晓得此人的姓名、来历么？”柳兆鸿手扪额角，愕然说道：“拿烟袋当兵刃的，会打穴的，叫作插翅豹子。唔，这是什么人呢？我却从来没听见过。”

胡孟刚听了，不禁嗒然失望。他这三人在此立谈，那缉私营哨官慢慢踱了过来，一言不发，在旁倾听；其余众人也都站了起来，往跟前凑。柳兆鸿向四周瞟了一眼，仍是敲着额角寻思道：“插翅豹子，这像个外号呀，我怎么想不起来有这个人呢？他是干什么的，胡镖头和他有什么过节么？”胡孟刚道：“也不过闲打听打听。”

柳兆鸿便不再问，眼光一闪，向众人瞬了瞬；扭转头，向那绿衫少女看了一眼，遂对胡孟刚、沈明谊说道：“既然我们不便畅谈，那么改日再会吧。小孩子还等着我呢！”沈明谊忙道：“老前辈现时住在何处？多年不见，幸得相会，我们正要领教。请你老留个地名，我们改日登门拜访。”柳兆鸿笑道：“老弟，吞吞吐吐，有什么话，难道还有什么不方便说么？”眼角向巡兵一瞥，又道：“我此刻行踪不定，有点小事缠身。你如找我，可到镇江大东街，路南第五门，姓鲁叫鲁镇雄的便得，那是我的一个徒弟。”说罢，向铁牌手胡孟刚举手道：“再见，再见！”往后退了三两步，右手将两唇一撮，口打呼哨，嗤的一声响，那匹啃青的骏马，竟闻声双耳一耸，从草地上蹿跳过来；到了面前，四蹄一立，纹丝不动。

胡、沈二人在后拱手相送。这位铁莲子柳兆鸿，把马的后胯一推，这马立刻四足放开。柳兆鸿往前一垫步，腾身而起，轻轻蹿上马背，稳坐在鞍头；然后回身抱拳，向胡、沈一举道：“请，再会！”双腿一磕，那匹马如飞的驰去。

远望柳荫下那少年女子，玉腕连招，把坐骥唤到，立即捷如轻燕，飞身上马。把马一盘旋，容得柳兆鸿马到近前，便连辔而行。这老少二人又扭头向镖行这边望了望，一抖缰放开了马。一阵黄尘起处，老少男女两人疾驰而去。

这镖局一行人也便忙着登程。在路上，大家纷纷议论，这老头儿精神饱满，武功必然可观；尤其是他还会驯调走兽，把马教调得比猴还灵。沈明谊终将己意对胡孟刚说出：“打算奉请此老，拔刀相助。”胡孟刚眉峰一皱说道：“到底这铁莲子柳兆鸿，跟贤弟交情如何？”沈明谊道：“若论交情，却也泛泛。只在十几年前，我曾因一件事上，与他相处过十几天。不过这人豪气干云，惯抱不平；如有强凌弱、众暴寡的事，我们只要烦到他，他必推诚相助。这人又有一种怪脾气，他如果看着你这人顺眼，肯拿你当朋友，那么你就不求他，他也许自告奋勇；若是你和他不投机，虽经坚求，也许袖手不管。刚才我见此老再三诘问，看神色颇有顾盼之意，我本想当时对他说明失镖的情由；因见老镖头面色迟疑，所以不便开口。”

胡孟刚道：“咳，我何尝没想到这节？只是初次见面，邂逅相逢，便贸然启请人家，我真有点说不出来。况且这劫镖的主儿叫什么插翅豹子，人家又不知道；便烦他，也恐无从下手。人家又带着女眷，在路旁相候；所以我几次想透透意思，又咽回去了。且等回到海州，找俞剑平老哥，问明插翅豹子的来历，那时我们斟酌情形，备下礼物，再烦贤弟专诚奉请，你道如何？”金枪沈明谊想了想，点头称是。

胡孟刚又道：“刚才那个绿衫女子，可是柳老英雄的女儿么?”沈明谊道:“据说是父女,又有人说实在是侄女儿过继的;还有人说,是他的义女。他这女儿也是一身好功夫。因她名叫柳研青,又好穿墨绿衣衫,叫白了,人都称她为‘柳叶青’,在江湖上也颇有名声。这铁莲子柳兆鸿武功,已倾囊倒箧,教给了他这女儿。大概此女现时已有二十二三岁了吧,听说还没有嫁人。”

镖局众人往前赶路。这一天行距海州还有二三十里,早有振通镖局的伙计,闻耗赶来迎接。胡孟刚强打精神,吩咐前边引路。又走了一段路,已望见海州城门,只见城里开出一队兵弁;一见众人,突然扎住。张哨官立即下马,和领队官答话。那领队官凑上来,跟舒盐商低低说了几句话,拿眼看了看胡孟刚,一言不发,带队跟着进城。

胡孟刚心中嘀咕,也说不得,只好垂头丧气进城。依胡孟刚的意思,要将镖局负伤的人送回镖局,安插一回,吃过饭,再赴盐纲公所。那缉私营张哨官和舒盐商,到了这时,毫不客气,一齐拦阻道:“胡镖头,咱们先得交代公事,没别的,你先辛苦一趟吧。”胡孟刚面色一变道:“我难道还跑得了么?”舒盐商哈哈笑道:“胡镖头,话不是这样讲法。你也是老保镖的了,咱们失了镖,能不先交代一下么?况且这是官帑啊。”胡孟刚无法,遂吩咐众人,自回镖局。这时金枪沈明谊和趟子手金彪俱都担心,一齐答道:“镖头放心,我们自然先教别位将戴、宋二位送回镖局,我们俩先随老镖头到公所去。”程岳不甘落后,也跟了去;遂由缉私营七八十名巡丁拥护着,来到盐纲公所。公所门前,已有好些个官弁出入。舒盐商下了轿车照样客客气气,把胡镖头一个人让进去。沈明谊和程岳、金彪等人,全被阻在门外,连个存身等候的地方也没有。

沈明谊叹了口气,遂引程岳诸人,到斜对过一个小杂铺门前,由金彪搬了条长凳,在外坐等。少时见一个官人,带着四个差官模样的人,匆匆从公所拉出五匹马来,立刻扶鞍上马,急驰而去。又过了一会儿,忽见海州官差押着一辆大车,来到盐纲公所门前停住。又过了一会儿，见两乘大轿从街南走来；到公所门前，止轿挑帘，轿中出来两个人，袍套靴翎，职官模样。前面那人，是个紫脸胖子，五十多岁年纪，白面微麻，生得不多几根胡须。沈明谊、金彪久在海州，熟识各界人士，已看出后面那人便是盐纲公所的纲总，姓廉叫廉绳武。随后缉私营统带赵金波，率着一个营弁也来了。

沈明谊对程岳说道："我看我们胡镖头这事，有些可虑。"黑鹰程岳虽也保镖有年，倚仗着他师父俞剑平的威名，从没经过多大的风险，对沈明谊说道："丢了镖，设法找镖。我们又有保单铺保，人又没走，怕什么？"沈明谊摇头道："商镖一赔了事。这是官课，又是二十万，怎保没事呢？"

两人说着话，直候了快两个时辰，忽然盐纲公所正门大开，拥出许多官弁差役来。沈明谊、程岳急忙站起来看，公所门口差役已提着马鞭，驱逐闲人。沈、程二人偕同趟子手金彪，站在铺门台阶上，往公所里边张望。只见人役簇拥处，铁牌手胡孟刚胡老镖头，已由七八个官役，左右搀架，从公所出来。数十名巡丁持刀带仗，在旁押护；一出门，便在大车前后，分排立好。沈明谊、程岳、金彪一见这情形，心上突然乱跳。那胡孟刚虽还没上刑具，却已不能动转，被众人架胳臂拥上大车；然后将大车开走，由官役、巡丁押着。后面跟随着两乘轿，内中一乘便是舒盐商；那缉私营张哨官，此时也骑马跟随在后。胡孟刚满面愧丧，低头上车。沈明谊、程岳容得大车行近，叫了一声："老镖头！"胡孟刚抬头寻看，凄然惨笑道："我叫人家给押起来了！……"只说得这一句话，旁边官役已然阻止道："胡镖头，咱们可都是朋友，你老别叫我们为难。"

胡孟刚两眼望着沈明谊、程岳、金彪，把头摇了摇。沈明谊、程岳忙大声说："老镖头放心，外面一切，都有我们……"话未说完，早被人喝止道："闲人站开！"沈明谊低头看时，这吆喝他的，是个熟人，冲着沈明谊暗使眼色，口中低声说道："有话到州衙去说。"

第四章

武弁怀嗔镖师下狱
黑鹰赴诉剑客寻仇

镖头胡孟刚竟被蜂拥着送入州衙，押追镖银。镖师沈明谊、程岳仓促不遑别计，先教趟子手金彪火速追到州衙，替胡孟刚打点一切，并摸探底细。

沈明谊本想在盐纲公所找一个管事的，探问一下，无奈此时纲总正和那缉私营统带赵金波，商量失镖事体，一切闲人概不接待，沈明谊竟被门房拒绝出来。二十万巨款一旦被劫，况又刃伤护镖的官弁，这事情已经闹得满城风雨，所有文武官厅头一天已得噩耗。盐纲公所和缉私营，先期接到押镖的舒盐商和张哨官的急足秘信。秘信内说：

……振通镖局镖师胡孟刚，押护盐课，中途忽然无故改变路线，改走范公堤。职员等以范公堤并非赴江宁正路，且地极僻静，又复绕远；曾令仍循原道，免误限期，而防意外。讵该镖头坚持私见，必欲改道；更谓责在保镖，应择稳路，若不听其改途，遇变彼不任咎。职员等无可奈何，姑从其说。讵于行经范公堤途中，猝遇大帮匪徒，持刀行凶，拦路邀劫。

缉私营兵护镖者，虽有二十名，奈众寡不敌，死伤累累。所有盐款二十万，竟被扫数劫走，并骡驮脚夫亦均裹去。似此狂逆，目无法纪已极！该镖头事先既无防范，事后更借词寻镖，意图他往。经职员及缉私营哨官张德功，严加监防；并调到巡丁四十名，中途监护，幸将该镖头绊回海州。该镖头此次奉谕押护官镖，固执己见，无故改途，卒致遇匪失事；其中是否别有用意，抑或与匪暗有勾通，职员等未敢擅疑。唯该镖头既已承揽护镖，一旦失事，自应查照保单，交官押追，严加比责，以重公帑……

秘信语句非常严重。这便是舒盐商和缉私营张哨官秘商的结果，把全副担子都搁给胡孟刚了。至于胡孟刚身率镖局人等，拼死命拒盗护镖，以致一场血战。镖师五个受伤，一个失踪，镖局伙计也多名受伤的话，被舒盐商笔杆轻轻一掉，全给埋没了。而且秘信字里行间，又将通匪劫镖的罪名轻描淡写，影射出来，这用心也就够歹毒了。

舒盐商只教胡孟刚一人，进了盐纲公所大厅，把其余的人都拒在门外。舒盐商和缉私营张哨官，又将胡孟刚留在大厅，他二人一直入内。胡孟刚在心中暗打草稿，预备见了纲总，委婉说明失镖的情由，申请具限找镖。至于贻误之处，胡孟刚责无旁贷，情愿认赔受罚，也说不得。胡孟刚正想处，进来两个听差，向胡孟刚说道："请胡镖头内客厅坐。"胡孟刚跟了进去，只见内客厅太师椅上，坐着两个人。上首便是缉私营统带赵金波，下首相陪的是纲总廉绳武。在两旁茶几左右，也坐着四五个衣服丽都的人，都是盐商和有功名的绅士。他们把胡孟刚叫进；胡孟刚上前施礼，这些人板着面孔，连一个打招呼的也没有。

缉私营统带赵金波直着眼，看了胡孟刚一会儿，突然问道："你就是振通镖局胡孟刚么?"胡孟刚应道："是。"赵统带道："胡孟刚，你承保这二十万盐款，应该如何小心从事，你怎么把镖银丢了呢？你知道你担多大的责任？”

胡孟刚答道：“大人，这不是我胡孟刚自己掩饰，大人营中，也派有护镖的官弁跟随。委实因强贼人多势众，武艺高强，我们拼命抵御不过，以致受伤失镖。小民既然奉盐道札谕护镖，心知这半年来地面不很平静，也曾推辞过。如今说不得了，小民是照镖行买卖规矩，请求大人恩典，和公所诸位大人格外容情，许我具限找镖。好在小民已经派出人，四处打听，不久就可以访着贼人的下落。”

赵统带哼一声道：“好一个不久就访着贼人的下落！你们原讲究什么江湖上结纳的勾当，你们镖行和江湖的绿林是怎样情形，我素日也有个耳闻。你若找贼，自然一找就找到！但是，我只问你，你们走得好好的，你为什么无故要改道？放着通行大路不走，你偏绕远走僻道，这其中难保没有情弊！”

一句话把胡孟刚噎了个张口结舌，忿气塞胸。胡孟刚正因看出镖银被贼缀上，方才改道；不料反而做成了通匪的嫌疑。胡孟刚冤苦难伸，声音抖抖地说：“诸位大人，我们吃镖行饭的，全仗眼力。一看见前途情形不稳，改途保重，乃是不得不然。况且我们在和风驿，便被匪人缀上，舒大人和张老爷也都在场亲眼看见。”

说到这里，一位盐商插言冷笑道：“舒大人自然看见了，不看见还不觉得奇怪呢！我老实问你，怎么你偏偏改了道，反偏偏遇上贼呢？”赵统带也含嗔斥道：“胡孟刚，你实在是江湖上一个光棍，我早有所闻。你敢如此大胆，不但二十万镖银拱手奉送贼人，还害得随你们押镖的张哨官身受重伤；我部下巡丁也死的死，伤的伤。你们镖局究竟是管干什么的？你还有王法吗？”

胡孟刚越听越觉话往歪处问，气得手足冰冷，强将怒火按了按，说道：“诸位大人在上，我们保镖的，也是一种生意，全靠信用当先。多大的镖局子，多有能耐的镖头，也不敢说一辈子遇不上意外事。不过既敢应镖，就有打算。丢了镖银，我们具限找镖。到了限期，找不回镖，我们有原保在；干镖局的人自然破产包赔，哪能说到别的上头！诸位大人话里话外，硬把一个通匪的罪名给我安上，诸位大人请看！”说着，胡孟刚把腿上的伤一指道：“我若通匪，匪人还能伤我么？我若通匪，我还回来做什么？难道等着过堂问罪么？况且诸位大人也不是地方官。保镖、丢镖、找镖、赔镖，这都是买卖道，没有犯法。至于改道反遇上强贼，那也不是改道之过；乃是贼人拉的卡子太长，我们没有闯出去；并非我故意自投罗网，自找倒霉。大人营中的官弁受伤，那也是他们应尽之责。他们老爷遇见了贼，自然要动手，动手就不免受伤。我们镖局子的人，受伤的比大人部下的人更多，我能怨谁呢？我保的是镖，不是保缉私营诸位老爷！”

缉私营赵统带勃然大怒道：“好一个刁民，竟敢跟我顶嘴！我和公所诸位大人问问你，也是打听明白了，好设法子缉盗追镖。你这东西竟敢讥诮我开堂审问你了。你说我不是地方官，不能问你，是不是？好，来呀！”立刻帘外一阵应，走进来七八个官人，往前打千一站。赵统带厉声道：“把这东西捆起来，送海州衙门！”这七八个人喳了一声，过去便要动手。

胡孟刚往旁一侧身，双目一瞪，双手一封道：“大人，且慢！大人要送我，大人且把我的罪名说出来。大人说我通匪，请拿出通匪的凭证来。大人要晓得：保单上开的是误了限认罚，丢了镖认赔；没有个丢了镖，便替贼打官司的。”

赵统带越发震怒，拍案催喝道：“捆上，捆上！这东西太狂妄了！你看他丢了镖，还有这些理。”这赵统带乃是武人，他因部下受伤，扫了他的脸；丢了镖银，还想替部下开脱责任。且听张哨官一面之词，说匪人出掠，镖行退缩不前；还是自己首先驱杀，被贼包围受伤。那些巡丁们又从旁作证。事实上，又确是张哨官先跟贼人动手的。因此赵统带很恼怒，定要把胡孟刚扣押起来。

那纲总廉绳武却另有心意，只重在找回镖银，不重在加罪镖客。此时他起身劝道："赵大人暂且息怒，不必与他怄气，必与他公事公办。"转对胡孟刚说道："胡镖头，这是没法子的事。盐课已失，匪徒纠众伤官劫帑，事体非常重大。你就是能找镖，也绝不是私了的事。胡镖头，你无论如何，必须到州衙走走。我们也不为难你，快过来谢过赵大人。"当下廉绳武极力敷衍了一回，赵统带才强纳住气；遂将胡孟刚送到州衙，却也没有上绑。

趟子手金彪追踪赶到海州州衙，其时早已过午，将近申牌。金彪连饭都没顾上吃，到了州衙，内外打点。振通镖局在地方上素来联络得不错，州衙内颇有熟人，已将盐纲公所报案原禀和缉私营的咨照，全都托人抄来。金彪又要求和胡孟刚见面。班房说："现在不行。因为第一，还没有归押；第二，这二十万盐课是非常重案，州官已经传谕，即刻要升堂讯问；有什么话，明天再说。此刻看着素日的面子，先给胡镖头通个信倒行。"

金彪将上下打点明白，许下明天先送些钱来："今晚无论如何，诸位要多照应，不可委屈了胡镖头。我们胡镖头还没有吃午饭呢!"班房很客气，说道："金爷只管放心，有我们哥几个，绝难为不着他。我们早给胡爷叫来一份酒饭了，你不用多嘱。你们还是赶快想法子，找门路，疏通盐纲公所。州衙这里很不要紧，都是自己人，有什么动静，我们自给镖局送信去。"班房又特为安慰金彪，顿时叫来一个伙计说："王头辛苦一趟，去给胡镖头传个信去，就说镖局已经打发金爷来瞧看他了，问问胡镖头有什么话没有？"王头答应着走出去，不大工夫回来，对金彪说："胡镖头刚才说，教你们诸位同事多偏劳，赶快给云台山的俞镖头和双义镖店的赵化龙赵镖头送个信去，请他们快来。胡镖头家里，也烦你们派人去一趟，好教他们放心。"金彪听了，又问："还有别的话没有？"王头道："胡镖头说，镖局此时暂停营业，一切事拜托沈镖头、账房苏先生，跟金爷你们几位照应着。好在明天你就可以跟他见面了。"金彪点头称是，又谢过了众人，连忙奔回振通镖局，时已掌灯。

镖局中人三三两两，聚在一处，七言八语的讲论，里里外外乱作一团。双鞭宋海鹏、单拐戴永清和几个伙计，受伤最重的，已延请外科医生调治。这里只剩下沈明谊、程岳两位镖师；还有振通镖局两位镖客，是新近才从南路保镖回来的，一位叫黑金刚陈振邦，一位叫追风蔡正。几位镖师匆匆吃了饭，只有黑鹰程岳是客情，身又受伤，把他留在柜房歇息。其余三人全忙着分头找人、送信、托情；就是镖局伙计，也派出六七个。到晚饭时，众人先后回来。

双义镖店的赵化龙镖头，和胡孟刚交情很深；此时一闻噩耗，早不等人请，已先赶到，并邀来几位同行。问明了失镖情由，兔死狐悲，不禁都代胡孟刚扼腕。恰好趟子手金彪从州衙回来，把打听来的情形，细说了一遍；又把抄来的盐纲公所禀稿，拿将出来，众人参详了一回。大家见那禀稿措辞，竟是依着舒盐商的秘信，装头加尾；意思之间，暗指胡孟刚有通匪之嫌。把他中途改道的事，故意说得很支离，仿佛别有用意似的。大家看了，一个个气愤不过；遂照胡孟刚的话，公推沈明谊做主。沈明谊向赵化龙讨主意。

赵化龙这人武功有限，交际很广，在海州官绅两面都叫得响。他手拿那张禀稿，沉吟良久道："我想这事解铃还须系铃人。除了大家赶紧设法追寻镖银以外，第一步还得托人，到盐纲公所和州衙里疏通一下，教他们放宽一步，先把胡大哥保释出来；把这个通匪之嫌的罪名洗刷了去，以后再说别的。"

这计较，众人都以为然。遂决计先找个状师，拟具禀稿，内说：

振通镖局素有信用，此次失镖实出意外。镖头胡孟刚拼命护镖，与匪苦斗，势力不敌，身受重伤；其情殊堪悯恻，决非押护不力。仰请恩准取保暂释，俾令勒限寻镖，以完公帑。

下面具禀人名，留下空白，由赵化龙、沈明谊明天出去，转烦当地绅董，恳请联名公禀，向州衙投递。另由振通镖局具名，给盐纲公所的值年纲总廉绳武，去一封私信，恳他从中转圜。这信由赵化龙拿着，预备亲见廉绳武，当面递出。又教司账苏先生，先预备几百两银子，以便使用。又派人到胡镖头家中，安慰胡奶奶。

程岳对沈明谊说，自己决计明早动身，赶回云台山，敦请老师十二金钱俞剑平，出来找镖；这话大家当然赞同。

到了次日黎明，黑鹰程岳顾不得创痛，骑上那匹白尾驹，急驰而去。他临行说："多则五天，少则三日，必将家师请来。"沈明谊送出街外，再三嘱咐，务必快来。那匪徒留下的"刘海洒金钱"的图画，程岳也要了去带着。

沈明谊和赵化龙带了银两，先去探监；见了胡孟刚，细问过堂的情形。那州官头一堂倒也没有难为胡孟刚，只是再三叮问他：为什么中途忽然改道？又问他：既然自承能够讨限找镖，是不是确知贼人的下落？至于失镖的情形和贼人的声势，只听胡孟刚的申诉，并没有细问；倒是贼首的相貌、年龄、口音，询问得很仔细。沈、赵二人把外面的打算，一一告诉了胡孟刚。胡孟刚点点头，精神很是颓唐。两人安慰了一阵，急忙离开州衙，到各处托情。

这些绅董们听说是二十万盐课遇劫，个个吐舌，不肯出名具禀；又关碍着情面，不便当面谢绝。有的说，叫他们转烦冯翰林去，有的说："等我找冯敬老、纪隐翁商量商量再讲。"其中也有一两个绅士，慨然答应出名；却又资望不够，只能副署，不能领衔。赵化龙是个爽快汉子，气得直骂。只得人上托人，好容易从盐道衙门，找着了那位最拿权的总文案李晓汀；由这人暗中使力，再转托绅士，这才有人肯联名上禀。事情虽已经耽搁了三天，还算办得急速。州衙内上上下下，倒是呼应灵便；只要镖局把盐纲公所对付好了，州衙这里满没难题。因此这个禀帖上去，暂时留中，未能批下来。只等盐纲公所放松了口气，州衙立刻可以挂牌出批，准其取保暂释。盐纲公所虽是商办，颇有官势；钱可通神，地方官没有不敷衍他们的。赵化龙也很明白，仍烦盐道衙门里的李晓汀师爷，暗中疏通；与其将胡孟刚押在监牢，莫如放他出来，叫他具限找镖。这样说法，那值年纲总廉绳武倒也微有允意；不过还须和别位商量，这不是一个人能做主的。

沈明谊原想：联名具保，并非难事；倒是俞剑平身经退隐，又不在城内，恐怕他三五天内未必肯来，就来也不能很快。却不道江湖上的人，义气最重；黑鹰程岳当天晌午回到清流港，第二天未到晌午，十二金钱俞剑平，便已身率三个弟子，策马赶来急难；并邀来一个朋友，也是武林中知名的英雄，便是那鹰游山的黑砂掌陆锦标。

十二金钱俞剑平，自从大弟子程岳押着镖旗，相助铁牌手，偕赴海州去后，逐日指教面前的三个弟子，习练武技，倒也没把这事搁在心上。忽一日，门前啼声“嘚嘚”，跟着“啪啪”一阵乱敲门环。俞剑平在屋门口，侧耳倾听。过了一会儿，长工持着名帖进来。还没等禀报，早自后面跟进来一老一少两个人。那年长的人手里提着累累坠坠几个包儿，一面走，一面乱嚷道：“俞剑平俞老兄弟，俞剑平俞老兄弟，哥哥来看你了。”

俞剑平抬头一看，不禁哧然笑了，双手一拱道：“老陆，我一猜就知是你来了。狗大的年纪，硬要装老大哥!”

这陆锦标今年四十六岁，比俞剑平小着七八岁。他生着满脸络腮胡须，见人专好自居老大哥。朋友比他小的，他就管人家叫小兄弟；比他岁数大的，就管人家叫老兄弟。四十多岁的人，兴致很好，欢蹦乱跳；生得矮矮的、黑黑的，练得一身好本领。绰号叫作黑砂掌，掌下颇有功夫。

当下他大笑着走了进来，回头叫着那个少年后生道：“快走呀，小家伙，快见见你大哥。呸，错了，快见见你大叔。”又向俞剑平嚷道：“老兄弟，我把我的小子带来了，给你们爷俩引见引见，你们往后要多亲近亲近。”俞剑平皱眉道：“什么话！乱七八糟的，给我滚进来吧！”遂一拱手，把陆锦标父子让到客厅。陆锦标将手中拿的东西，随便放在凳上，伸了伸腰，一屁股坐在上首椅子上，手拍大腿道：“老俞，我给你找麻烦来了。”

俞剑平吩咐长工，打洗脸水，泡茶，并让那少年后生坐下。这少年后生也就是十三四岁，生得胖胖的，圆头圆脸，两只眼也圆溜溜的；站在一边，样子很怯生，一句话也不说，就坐在凳子上了，两只眼只管东瞧西看。俞剑平笑指少年道：“陆贤弟，这是你的令郎么？今年几岁了？”陆锦标看着儿子，对俞剑平道：“不是令郎，是他妈的小犬！十三岁了，人事不懂，比你可差多了。”俞剑平笑道：“胡说八道，跟你是一个模子，他叫什么名字？”陆锦标道：“就叫陆嗣清。我说小子，见了你俞大叔，怎么也不磕个头，就坐下了？”陆嗣清羞羞涩涩地站起来，趴在地上就磕头。陆锦标在旁数着说：“一个头，两个头，三个头；够了够了，多磕了一个了。”

俞剑平伸手拉起陆嗣清来，让他坐下，对陆锦标道：“陆贤弟，你不在家中纳福，带着令郎，找我来做什么？莫非又教弟媳给撵出来了么？”陆锦标把手一拍道：“老兄弟，真有你的！你一猜，猜个正着。可是又对，又不对。”俞剑平道：“怎么又对，又不对呢？”

陆锦标道：“我告诉你吧，我那大孩子，一出门十多年，毫无音信，也不知生死存亡。我就剩下他一个了，不免把他娇惯了一些；只教他念了三四年书，就跟着我练点功夫。谁知这孩子，刚刚学会了巴掌大的一点能耐，便满处给我招灾惹事！常常黑更半夜，偷偷拿着一把刀，跳墙出去，偷人家的东西；谁要是惹了他，他晚上必到。净偷也罢了，又常常拿锅烟子，给人家涂鬼脸。再不然他就出去好几十里地，管闲事、打抱不平。人家婆婆管童养媳妇，他也不答应；人家两口子打架，他也要问问。不时教人家找上门来告状。好在都是老邻旧居，也没闹出大笑话来。哪知这孩子越闹越胆大，前几天不知为什么，弥勒寺的和尚惹着他了，他竟把人家大殿上的铜佛像偷来一尊。这一下子，教你弟媳看见了，又打又骂，又要拿绳子勒死他。我去劝解，连我的脸也教她给抓了。”

俞剑平听了，不禁哈哈大笑；细看陆锦标的脸，果有两道血痕。又扭头看那陆嗣清，低了头，不住挖指甲。俞剑平笑道：“就抓一下子，也不要紧。你找我来干什么？”

陆锦标道：“她又何止抓，她还骂哩！”俞剑平道：“骂两句更不要紧，那还不是家常便饭吗！她骂你什么？”陆锦标道：“她骂我什么，那还有好听的话吗？”俞剑平道：“哦，我明白了。骂你爷们是贼根子，贼腔不改，对不对？”

陆锦标把鼻子一耸道：“真有你的，你一定是我太太肚里的蛔虫。怎么她的话，你全知道了呢？你的耳朵好长啊！”俞剑平越发狂笑道：“有其父，必有其子。”手一拍陆嗣清道：“我的好侄儿，你真是肖子啊！”陆嗣清把眼瞪了一瞪，口中嘟哝了两句。俞剑平回头又问道：“老陆你受了太太的气，大远的找我来，意欲何为？莫非邀我去打抱不平。给你出气么？”陆锦标道：“你那点能耐，还不够挨我太太的一棒槌呢！我找你来，是想把这孩子送在你这里，替我规矩规矩他；就算拜你为师，也省得我在家受气。你要晓得，我天不怕地不怕，就怕你弟妇指着孩子骂贼种；让街坊听见，实在不雅！”

俞剑平看了看陆嗣清，摇头道：“我这里也不要小贼。”陆锦标道：“那可不行，你非得留下不可！你若不留下，你可提防我的。”

俞剑平含笑不答，把陆嗣清叫到面前，细细看他的骨骼神气，觉得是个外面浑实、心里有数的孩子；眉目间颇露出几分秀气，体质健强，倒是可造之材，只不解他为何生有贼癖；便拉着手，缓缓地盘问他。这孩子脸皮一红，一字不说。俞剑平心想：“越这么问，他越不肯说。倒是小孩见小孩，必定肯说实话。”遂把四弟子杨玉虎、六弟子江绍杰叫来，教他陪着陆嗣清，到箭园玩玩去；暗中命杨玉虎、江绍杰，设法套问他。

黑砂掌陆锦标看俞剑平已有允意，便要预备香烛，施行拜师之礼。俞剑平道："这不忙。我得先考察考察你这位令郎的秉性，和他爱偷东西的病根。我能够管得了他，我才敢收呢！"陆锦标道："你这个老滑贼，办事真老辣就是了。你要考学生，我也不管。反正你得给我收下。"

四弟子杨玉虎、六弟子江绍杰陪着陆嗣清，各处玩耍。少年人见面，心情相近，言语投机。东说说，西讲讲，果然不到半天，陆嗣清便说出自己在家的行藏。

陆嗣清在家孑然一身，游戏无伴，又受着父亲的宠爱，便由着性子往各处乱窜。他又读过几年书，识得些字，见家中老仆时常拿着一本闲书看。陆嗣清起初磨着老仆，讲给他听；后来便自己看，这一看便入味了。少年原富好奇心，他饱读过《水浒传》《侠义传》《绿牡丹》等这些说部之后，顿然起了模仿之心。他又是武士门风，髫龄习武，又略会飞纵轻身术，所以就想到处游侠，要做个飞行侠盗。

他父陆锦标少时曾失身绿林，中年才洗手不干。他现在这位太太姓张，乃是续弦，今年才三十岁，比陆锦标小着十六岁。次子陆嗣清，便是续弦夫人所生。

陆锦标的原配，乃是江湖上有名的女贼蔡白桃，只生下长子陆嗣源，便猝遇仇敌；一场苦战，将仇人杀却，她自己也负伤而死；抛下陆嗣源，年已九岁。陆锦标后来改业，受朋友怂恿，续娶张氏。那时陆嗣源已经十六岁；他却追念亡母，不愿父亲续娶。后来继母入门，这陆嗣源竟悄悄出走，一去十多年未归。这张氏本是良家之女，进门第二年，便生了陆嗣清。后来才晓得丈夫是绿林出身，这妇人好生难过；生米做成熟饭，却也无法。后见丈夫果已务正，她也拨开愁怀。不意陆嗣清小时还规矩，到十一二岁，忽然好起偷来。这妇人不由恨怒异常，苦苦的打骂，又罚跪，又不给饭吃，定要把儿子的贼癖管掉才罢。陆锦标因长子失踪，本已心伤；次子挨打，他又护犊。两口子每每因此怄气。他那太太御夫有术，年龄又小，陆锦标又觉理亏，处处容让着她。陆锦标在江湖上跳浪一世，反而被娘子军制伏了。

杨玉虎、江绍杰和陆嗣清一面玩耍，一面闲谈，才知道陆嗣清的贼癖不是天生的，乃是模仿的。陆嗣清说："像咱们这大年纪，练好了功夫，难道要着好玩不成？我们必定要到处游侠，偷那不义之财，打那强横之汉。二位哥哥别看我小，我庄上那个收租的沈顺儿，他无故打那个拾柴的老钟；我过去跟他评理，他竟骂我：'小浑蛋混开，看我踹死你！'我就忍不住了，教我蹿上去，一个嘴巴，给打破鼻子。他这东西很坏，他不告诉我爹，单告诉我妈，教我挨了一顿打。我能饶他么？"

杨玉虎笑道："不饶怎么样呢？"陆嗣清道："怎么样，我第二天晚上，就去偷他，还拿大砖把他的锅砸了。"杨玉虎、江绍杰听了，不由失笑。

陆嗣清又道："可是这行侠仗义，也不是容易事。告诉你二位哥哥：我有一回看见一个女孩子，打一个小男孩，打得直哭。我就过去吓唬她，不许她以大欺小。谁知教那丫头片子唾了我一口。她说：'这是我兄弟，你管得着吗？'我就说：'就是你兄弟，也不该欺负他。'这工夫，那个小男孩反倒抱着他姐姐的大腿，哭着骂起我来。我一想，还是人家有理，我就溜了。"杨、江二人把这话一一对老师说了。俞剑平笑了笑，觉得这也是小孩顽皮的常态，如是正确引导，很容易调教。这陆嗣清见有杨、江两个少年在此学艺，他倒有了玩伴，比在家里不时被他母亲查考，倒还有趣得很，因此很愿留下。

俞剑平说："老侄愿意在我这里很好，你可得把好偷的毛病改改。你看杨、江二人，年经都比你大，功夫也比你好，他俩还不敢出去胡闹。你这时正该好好练功夫，不可务外。练功是很刻苦的事，要持之以恒；下一二十年苦功，等到技艺学成，也懂得人生道理，再出去施展，就不致干蠢事吃亏了。你要闷得慌，自有杨、江二人和你做伴，也可以出去玩耍，但不许生事。”陆嗣清低头应了一个“是”字。

陆锦标便催他给老师磕头，并认师兄。俞剑平道：“陆贤弟别忙，现在先把贤侄留在这里半年，看他真收得下心去，咱们再认师。不然的话，他住两天，忽然想家，倒麻烦了。你要知道，他才十三岁啊！”遂引陆嗣清拜见俞夫人。俞夫人丁云秀也出来见过陆锦标。

从此，陆嗣清便留在清流港，和江绍杰住在一个屋里；两人有说有笑，很是热闹。见了俞剑平和别的生人，还是生辣辣的，没有什么话。每天早晨，在箭园学艺；他倒也很聪明，也肯用心。陆锦标放心不下，也住在俞镖头家中。他的意思，是人老爱子，要住个半月二十天，看陆嗣清能够不想家，他才回去。

这一天午饭已罢，江绍杰和陆嗣清在箭园舞刀试剑。俞剑平、陆锦标坐在客厅里，面前摆着象棋盘，两人聚精会神地下棋。陆锦标连战连北，已输了六七盘；越输越上火，越要下。俞剑平想要歇歇，陆锦标只是不依。俞剑平皱眉说：“越是矢棋越难缠，一点不错；我都头晕了，陆大爷，你饶了我吧！”陆锦标说：“不行，别说头晕，就是天塌了，我也得捞回来。瞧着点，我可要踩象了。”俞剑平捻着长髯，舍命陪君子似的，继续下棋。正下处，忽听院内有人说道：“呦，大师哥回来了，你这是怎么了？”俞剑平愕然道：“杨玉虎，你跟谁说话了？”杨玉虎一面跑，一面说道：“师父，大师哥回来了。您瞧瞧他吧，他也不知是怎么了。”

俞剑平吃了一惊道：“他怎么回来得这么快？”说着站起身来。那黑鹰程岳满面流汗，遍体黄尘；挑门帘走了进来。俞剑平一看：程岳面色发黄，精神憔悴，浑似大病初起。俞剑平忙问道：“程岳，你怎么了？”程岳惨笑了一声，叫道：“师父！”过去弯腰行礼，俞剑平伸手扶住，正要问话。程岳哎呀一声，往后倒退，右手忙把左肩头护住道：“师父，咱爷们栽了！”俞剑平变色道：“你说什么？敢是你受了伤，在路上遇见事了么？”这时陆锦标恋恋不舍地离开棋盘，说道：“程老侄，你从哪里来?”程岳回头,忙请了一个安,道:“是陆大叔,恕弟子无礼,我受了伤,不能给你老磕头了。我是才打海州赶回来。”转身对俞镖头说道:“师父,二十万镖银在范公堤被劫,我和胡老叔全都受伤。现在胡老叔已被海州衙门押起来了。咱们的十二金钱镖旗当场被群贼拔走,指名要会会你老人家。”程岳一口气说完,鞍马劳顿,支持不住,身子往椅子上一靠,随即坐了下去。俞剑平骤闻失镖,把脚一跺说道:“胡二弟糟了!”更闻镖旗被拔,立刻须眉皆张道:“好孩子,难为你押护镖旗,你越长越抽搐回去了!”

黑鹰程岳罕受师责,乍闻此言,面色倏然一变,微哼了一声,头侧身斜,往椅子下溜去。陆锦标大吃一惊,急忙上前架住,回头闹道:“看他这样,你不细问问,还抱怨他!”众弟子一齐上前救护;半晌,程岳才缓过气来。

俞剑平暂收急怒,上前抚视,劝道:“程岳,是我一时气急,错怪你了。你不要着急,你折在外面,我一定给你做主,把面子找回来。”

程岳不由含泪说道:“师父,弟子无能,有负重托,您就责备我,也是应该的,我还能往心里搁么?弟子着急的是,现在海州急等师父前去设法找镖,我已经答应人家。从今早我一口气跑回家来,连一口水也没喝,我又受着伤。师父一听镖旗被劫,自然发怒。你老还不知那伙强盗的气焰,够多么恨人呢!这强盗劫取镖银,指名要会你老;并且口口声声说,因为有咱们十二金钱镖旗,才一定要劫。弟子一看这情形,才舍命和贼交手,一连战胜他们三个。无奈为首老贼武艺惊人,党羽又多;六个镖师人人受伤,弟子也被他打中穴道,又教他手下人砍了一刀。贼人劫完镖,单把我们的金钱镖旗扣下,临走还留下柬帖,指名要面交给你老本人。弟子力虽不敌,没有输口。弟子因看出贼人是专为我们师徒来的,所以唯恐给你老丢脸,当场就大包大揽,允许敦请你老人家出山,寻镖报仇。你老看该怎样?……”说着,程岳从身上把那“刘海洒金钱”的图画拿出来，呈到俞老镖头面前道："师父请看。"

俞剑平一字不漏听完，忙把柬帖接来一看：是一幅画，画着十二金钱落地，旁立一只插翅的豹子，作回首睨视之状。俞剑平略一过目，便已了然；立刻眉峰一挑，面色如铁，嘻嘻连声冷笑道："十二金钱落地？哼哼，十二金钱落地不落地，这还在我！"手捏这张画，仰面沉思，半晌不语。

黑砂掌陆锦标也听明白了，过来拍着俞剑平的肩膀，叫道："老兄弟，这插翅豹子又是谁呀？"俞剑平憬然说道："插翅豹子？插翅豹子？"口中叨念着，只是想不出来。因陆锦标叩肩连问，就信口答道："我也记不清这插翅豹子是何许人物。程岳，我问你，这为首贼人既已劫镖，可曾留名？"程岳道："没有，他只在我受伤倒地之时，由他手下人将我们金钱镖旗，从趟子手金彪背后夺去；然后丢下一个拜匣，装的就是这张画。初交手时，弟子也曾问他万儿，再三拿话挤他，他们不说；只说回去问你师父，自然明白。莫非师父也不知道么？"

俞剑平摇摇头，问道："这盗魁怎样个长相，多大年纪，哪地方的口音，看来派像哪一路的？"铁掌黑鹰一一说了，俞剑平更觉得惶惑，思索道："会点穴，使铁烟袋，六十来岁，豹子眼，辽东口音，真真怪道，我何尝到过关东？"陆锦标也很纳闷道："也许是你手下的败将，特邀来能人，跟你找场的？"俞剑平道："那就说不定了，胡镖头现在怎样了？"答道："下在州监了。赵化龙赵镖头正忙着具保，还没办好哩。"

俞剑平沉吟了一会儿，把那张画看了又看，忽然往桌上一丢，厉声叫道："李兴！"

长工李兴慌忙应着进来，俞剑平斩钉截铁说道："教老吴备马！明天我带人到海州去。"转回头来，对陆锦标道："陆贤弟，你若闲在，明天陪我同去一趟。那铁牌手胡孟刚现在难中，你不冲着他，也得给我帮个忙。"陆锦标道："我这才是自投罗网！我不去，你也不能让我歇着，咱们说走就走。老兄弟，我晓得你的金钱镖旗教人家拔了，你一定要去找场。你倒说得好听，又为搭救胡孟刚了。别看我从前跟胡孟刚有点过节，我还是一定要帮帮他，我可不是冲着你。可有一节，我那孩子怎么样？你收他不收？你若不收，我就不去。”

俞剑平心中怫郁，顾不得和陆锦标斗口，信口答道：“收收，一定收。”他遂把程岳臂伤亲自解开，验看了一遍；幸而创痕虽重，未伤筋骨。俞剑平拿出自家特配的刀创药，重给敷治。程岳意欲随师，重返海州。俞剑平再三劝阻，教他在家好好养伤，随后赶去，也不为迟。好在这一去，哪能就先用武，自然先保救胡孟刚。

俞剑平回到后宅，对妻子丁云秀说了。丁云秀也猜不出这插翅豹子是何等人物；便忙着预备充裕的盘川、简单的行囊，应用兵刃也都打点好了。晚饭以后，俞剑平略将家事安排了一回；遂命管事先生写了几封信，特遣专人，送在江宁、镇江。这一夜，俞剑平和陆锦标、程岳同宿在客屋，把劫镖的几个贼人的年貌、兵刃、口音，详细问明；又讲论了一回，随即安寝。次日天色未明，俞剑平邀着陆锦标同行，另带二弟子左梦云、四弟子杨玉虎、六弟子江绍杰。那陆嗣清因新来年幼，便教俞夫人丁云秀留在家里，即由师娘教他武功。俞剑平心急有事，策马疾行，未到晌午，已进了海州城。

沈明谊恰随赵化龙出去奔走营救，振通镖局内只有戴永清、宋海鹏两个受伤镖师。其余伙计，有的派出去送信托人，有的躺在床上睡午觉；整个镖局冷冷清清，已被惨雾笼罩。

俞剑平直到镖局下马，恰有个伙计看见，忙报进去。戴永清裹创出来迎接，司账苏先生也上前照应；自有别的伙计，将马牵过去。俞剑平让黑砂掌陆锦标先行入内。归座逊茶之后，戴永清道：“某等无能，坐令镖银被劫，又累得贤徒负伤，十二金钱镖旗被拔。老镖头在家纳福，平白给你老添烦，很觉得对不起。我们正想老镖头为人慷慨，急友之难，此次必然亲自出马。今早沈明谊大哥还算计日数，估摸你老总得后天才能赶到。没想到你老一闻噩耗，拔腿便来，无怪江湖上俱都颂扬你老人家义气干云。”

俞剑平正在逊谢，黑砂掌陆锦标已然发话道：“老俞，你在这里叙话，我出去遛遛。”戴永清忙说：“这位贵姓？恕我眼拙，失于接待。”说着站起来。俞剑平说道：“我也忘给二位引见了，这就是鹰游山的黑砂掌陆锦标，这位是戴永清戴镖头。”

戴永清听了，讶然暗想：“原来这人就是黑砂掌，此君与胡镖头素有旧嫌。今日到来，莫非是俞镖头邀出相助的么？”他恭恭敬敬，抱拳行礼道：“久仰陆老英雄武功超越，今日幸会。”陆锦标把手一伸，学着戏词道：“免礼落座！”戴永清不由愕然。俞剑平笑道：“戴镖头不要理他。他是个半疯，受太太的气折磨的。”陆锦标翻眼道：“什么话！你敢在生朋友面前泄我的底？我倒没听说，你又成了慷慨人了。”

俞剑平道：“算了！算了！咱们谈正经事。胡二弟被押在监，镖银还没有访出线索，我们要赶快设法。我想先到州监看看胡贤弟去。”戴永清道：“老镖头远来辛苦，用过饭再去。你老稍等一等，沈大哥和赵镖头也快回来了。”司账苏先生忙吩咐人，叫来一桌酒席，让陆锦标、俞剑平上座，俞门三个弟子分坐两旁，戴永清等在下首相陪。正吃着酒，那沈明谊已和趟子手金彪匆匆回来，跑得满头大汗。进门来，一见俞剑平已到，沈明谊把满腹烦愁俱都拨开；忙上前见礼，跟着坐下，一同吃饭。叙问起来，才知双义镖店的赵化龙镖头，今日已亲去拜访纲总廉绳武，还不知结果如何。

饭后，沈明谊陪着俞剑平，到州监探看胡孟刚。监狱颇有几分照应，竟没给胡孟刚上刑具。胡孟刚见俞剑平来得这么快，心中感惭交迸，含泪说道：“俞大哥，我真真对不住你！”俞剑平忙拉着他的手，温言慰藉良久。谈了一会儿失镖的情由，议了一回托情的办法。俞剑平力劝胡孟刚安心静候：“我俞剑平，就是给人挨门磕头，也得把贤弟先保出来。因为这强徒是指名冲着十二金钱来的。胡贤弟，你望安，满有我。”

铁牌手扶伤入狱，又经气苦，虽只几天，人已瘦削一半；

听了俞剑平一番话，心境顿开，便问："俞大哥，这找镖的事，你可有头绪么？"

俞剑平道："倒是这查找镖银、追缉贼踪，怕要大费手脚。那插翅豹子，程岳一回去，就对我说了。我却再三寻思，竟猜不出这么一个人来。胡贤弟你当知我素日为人，在江湖上固然屡经风险，却未敢多结怨仇，绿林道中也交下不少朋友。年轻时世情不透，无意中或者得罪过人，但事情得了便了。中年以后，更未作过绝情事，凡事都留着余地。怎么偏偏在我歇马之后，忽然冒出这么一个劲敌来？我实在觉得离奇。"

俞剑平手扪额角，又道："为了这个缘故，既然凭空跳出这么一个无形无影的仇人来，倒教我一时感着无从下手；只好保出贤弟之后，我们再下心去访。好在二十万镖银被劫，五十个骡夫被裹，这是棉花中包不住火的事，必不难踩访，贤弟尽管放心。但不知出事之时，你派人跟踪缀下去没有？"

胡孟刚道："我本想当时跟下去，无奈那押镖的盐商怕我跑了，直把我鳔回海州来。出事第二天天没亮，我就派了趟子手张勇和熟悉范公堤附近情形的两个伙计，跟踪访下去了。"因问沈明谊道："他们三人也去了好几天了，可有信息么？"

沈明谊矍然道："可不是，这几天竟忙着托情保救，把找镖的事丢在脑后了。张勇三个人至今还没回来，也没有信。你老请想，他们得往各处乱摸，没有十天、八天的工夫，怕回不来。咱们现在还是第一步先办保释，等着讨限具保的事办妥，一切都好下手了。"俞剑平连连称是，续谈了几句话，告辞出监；又重托了衙门中的人，然后亲赴各处，拜访朋友。海州有名的绅士马敬轩，曾受过俞剑平的好处，俞剑平特去找了一趟。

到了下晚，俞剑平回到振通镖局，那双义镖店的铁枪赵化龙坐候已久，正和黑砂掌陆锦标谈得热闹。两人本是旧相识，又同是戏迷，交情最好。陆锦标一生逢人便开玩笑，独对赵化龙还算客气；因赵化龙的大师兄是陆锦标的姑丈人，论辈分，陆锦标还是晚辈。

赵化龙见俞剑平进来，慌忙前迎了几步，抱拳道："俞镖头，一年多没见了。你看胡二爷一生厚道，不想遭这逆事！老镖头在家纳福，竟也为朋友远道赴难，真是令人可佩。"俞剑平叹道："我自顾年力渐衰，方才歇马。没想到临收舵，到底遭这一场风险；把十二金钱镖旗也教人拔了，还弄得胡二弟身陷囹圄。这都是命里注定，该着受累着急！"赵化龙道："俞镖头老当益壮，这一次仗剑出山，为的是江湖义气。在下愿闻高见，该如何下手？"俞剑平道："自然先保人，后找镖。我听说赵镖头连日奔走，颇有眉目。小弟在此人地生疏，呼应不灵，我静候你老兄的指教。好在彼此全不是外人，有主意大家参酌。"黑砂掌陆锦标嗤道："哪来的这些酸文假醋？你趁早脱了裤子放响屁，来个痛快吧！胡孟刚还在监里蹲着呢。"

赵化龙看他一眼，将双肘拄着桌子，对俞剑平说道："现在别的倒好说，就难在保释上面了。我今天晌午，拿着振通镖局的信，亲去拜访值年纲总廉绳武；连去两趟，他才肯见。看那意思，他倒也不一定愿把胡二哥扣在监中，他仍愿意早早把镖银找回来；说是素日与胡孟刚无嫌无怨，何必非押他不可？只是，据说胡二哥和缉私营统带吵起来了，才把事情弄僵。缉私营老赵是个老粗，倒也好说。不过纲总那一面，七嘴八舌，人心不一。内中有一个谭纲总，跟押镖的舒盐商是亲戚，坚持要把胡二哥扣监追赔。这里面还关碍着地面上的责任，因此有人授意给州官，要往通匪罪名上问。幸亏州衙里，胡二哥素有熟人，州官为人还算明白，所以现在还能挽救。不过一入州监，再想放出来，必得公事上有个交代。盐纲公所那面，也必定疏通好了才行。我和沈师傅里里外外，忙了这几天；他们的意思，以为若把胡二哥放出来，教他具限觅镖，一者怕他跑了，二者他们也信不及胡二哥有找回镖银的力量。廉纲总说得很明白，胡某若有夺回镖银的能为，这镖银就不会失落了。说来说去，煞费唇舌，廉纲总直到末了，才吐出口风来：必须地方上有力绅董出名担保，还得我们镖行中知名人物出头，代担找镖的责任；如果逾限追不回镖银来，必得有保人认赔。若能办到这几样，廉纲总才肯转向别位纲总商量。我当时已经全答应下了，他教我明天晚半天听信。”

俞剑平听罢，慨然说道：“在江宁我倒认识不少的绅董，在海州熟人不多。我刚才倒也托了一两位。至于镖局本行的保人，赵镖头和我，也就是义不容辞。我还可以另邀两位朋友。就请赵镖头费心奔走吧！”当下议定，赵化龙告辞。

到了次日，俞剑平等候赵化龙回话。赵化龙没有来，海州和胜镖店的楚占熊带过话来，说明天才能听准信。直到隔天过午，赵化龙方到振通镖局，一见面就摇头道：“想不到这事竟这么难办！廉纲总亲领我去见各位纲总，他们说：‘这回胡某人的镖局一败涂地，信用全失；你们就说出天花来，我们也不敢信他能找镖。’后来我说已邀出江宁安平镖局俞老镖头，相助找镖。他们就说：‘这回具限找镖保单，必得俞镖头出名，跟地方上绅商联保。’我想这就可以了，我就立刻答应下来。谁知又有一位纲总从旁出来挑剔，说是空空一张保单，恐怕二十万盐课太沉重了，担保不起来吧？这时那位谭纲总就说：‘这样办，把姓胡的暂时释放出来，把他的家眷放在监里作押；如此一来，我们就有把握了。’俞镖头，你说这多么可恶！”

陆锦标勃然大怒道：“这些盐商真真可恨！不用他们臭美拿捏人，我今晚找到他家，一人给他一把火，烧他娘的！”俞剑平拦道：“你可别生枝节，这不是动粗的事。由我出名立保单，我也干，事到如今也说不得了。只是这押扣家眷的话，还得赵镖头设法斡旋一下，这太拿咱们不当人了。”

赵化龙喟然叹道：“却也难怪，这半年来，镖行迭次失事，至今多半没把原镖找回来的，这些盐商自然有一番顾虑。”俞剑平点头道：“不过此事你我不好做主，我们问问胡二弟去。”又对陆锦标说：“你大远的来帮忙，你也看看胡二弟去么？”陆锦标摇头道：“你们去你们的，我自己听戏去。这时我去探监，倒教胡老二难堪，好像我故意奚落他似的。反正到了找镖的时候，你们教我到哪里去，我就哪里去；教我干什么，我就干什么。”遂叫着俞门弟子左梦云、杨玉虎、江绍杰道：“小伙子，大爷带你们听戏去。”左梦云恐怕师父临时有事差遣，推辞不去。陆锦标披上长衫，飘然自去了。

俞剑平和赵化龙再到州监，见了胡孟刚，将具限找镖、须押家眷的话，委婉说明了。胡孟刚双目一张，心如刀扎，半晌不言语。俞、赵也是一阵凄惨，但事已至此，不得不办。胡孟刚道：“我的事全凭二位主持，我此时方寸已乱；我一天出不去，一天没法子办。”于是赵化龙又到盐纲公所；那海州绅士马敬轩，也坐小轿，亲去了一趟，赵化龙好话说了许多，才算大致定局。

俞剑平换上衣服，由赵化龙与和胜镖店楚占熊陪着，一同面见值年纲总廉绳武。廉绳武很是客气。俞剑平说到自愿开具保单，廉绳武回手拿出两张草稿来，一张上面写着：“具保单人某某等，今因振通镖局镖头胡孟刚，承保盐帑二十万，于某年某月某日失事，镖银全失。立保单人情愿具限代找镖银，言明限期由某日起十五天。如逾限不能找回，具保单人情愿与胡孟刚变产扫数照赔，决无拖延……”上面具保单人空着三个人名，下面“与胡孟刚变产照赔”一句，不知是谁，用墨笔把“与胡孟刚”四字圈去。俞剑平心知这是他们把立保单人责任加重的意思。

另外一张草稿，上面开着几个条款：

一、限期半个月，逾期应由具保单人照数赔偿。

二、中保人须三位绅董，九家连环铺保，须择殷实商家。

三、保单应呈州衙立案。

四、胡某释出找镖，应由伊家属代为押监；一俟镖银全数找回，再行报官开释。

五、寻镖时，须禀请州尊，派得力捕快，跟同踩访。

这几个条款非常严苛，俞剑平和赵化龙四目对视，简直无法接受。廉纲总反倒劝道："俞镖头，这是没有法子的事，我们公议办事，就是这么麻烦，不能全由我一人做主。我也知道这镖银数目如此之巨，劫镖的必是非常大盗，半个月限期，未必找得回来。但是到了半月，诸位再请展期，想必不难。"

赵化龙皱眉道："不但这限期太短，就是这保单，由我和俞镖头、楚镖头三家出名，也不算什么。所难的就在这九家连环铺保。我们海州殷实的商铺，才有几家呀？到外郡去找，这事又很紧急。廉大人，你老务必从中为力。我们也是给朋友帮忙，办得通才敢办呢！"

赵化龙又对俞剑平、楚占熊说道："昨天讲得好好的，不知怎么又变了？"廉纲总心中自然明白，仰着头想了想道："你们三位先将保单立好，你们尽量找铺保去，就是差三家两家的，到临时我再设法疏通。"俞剑平仔细盘算了一回道："这半个月限期，实在展不开工夫。廉大人请想，失事地点在范公堤，匪徒未必就在附近。范公堤距此就是四天的路，来回便是八天；还剩下七天的工夫，如何找得回镖银来呢？刚才廉大人说得很圣明，劫镖的必是非常大盗，届时好好讨出固妙；不然的话，就得武力夺回，那岂是几天能办得了的？"

廉纲总摇头道："我也不是不知，无奈我一个人也拗不过他们的意思呀！"说到这里，将声音放低道："你们只管找保去；保限先空着。依我想，还是赵镖头拿着这个草底，找一找盐道的李师爷和马敬老。有他们一句话，公所里、州衙里，都不能驳他们的面子。咱们都是熟人，我绝不是推托；我身在局中，说话反倒困难。必得外面有人提倡，我再一敲边鼓，他们也就没得说了。"赵化龙寻思着，这话也很对；遂和俞剑平拿了保单底稿，辞了出来。

俞剑平亲去找当地著名绅士马敬轩，赵化龙便去托盐道总文案李晓汀。双管齐下，果然由这两人亲到盐纲公所，嘱托了一番，得将限期改为一个月。这私下里打点妥帖，然后又到州衙，把保单托衙门内的当案师爷，转呈州官，并通了细情。果到第二天，便将绅董先递的那张公禀批示下来；无非说："据禀已悉，准将胡孟刚暂予释出，限于一个月内，迅将镖银如数追回；仍将该镖头之家属，暂行寄押在监。一俟该镖局于一个月限期内，将镖全数缴清，即行取保开释。"

到了开释胡孟刚的这一天，盐纲公所的值年纲总，亲到州衙。镖行这边，也由俞剑平、赵化龙、楚占熊三个镖店的镖头，和两位绅董、六家铺保，偕同到了州衙，将所立的保单，当堂呈案。多亏了盐道李文案和马敬轩的情面大，把寄押家属的话说得含混些，胡孟刚的发妻才免了牢狱之灾。只由胡孟刚的一个儿子、一个侄儿，替他收在监内。

一切事情预备舒齐，州官这才升堂，从监中提出胡孟刚，当堂交保人领出。胡孟刚这一出来，他的一子一侄，立刻收到监中。可怜胡孟刚在江湖上闯荡这些年，也算饱尝世故的了，目睹嫡亲的子侄代他入狱，也不禁老泪滂沱，精神沮丧。

胡孟刚的儿子名叫胡同华，今年才十七岁，生得很单弱，并不会武功，是在一家商店学徒。侄儿名胡同英，今年二十五岁，生得强壮粗豪，膂力方刚，颇有他叔父的气派，武技也颇可观；此时含笑入狱，气度昂然。胡同华恋父情殷，含着泪叫道："爹爹放心，你老只管安心找镖，不用惦念我。"胡孟刚点了点头，已经说不出话来。俞剑平忙劝道："胡二弟，抖起英雄气概来，咱们赶快把镖找回要紧，你不要心乱。"

俞剑平这人，越逢艰难，越能镇静；当时把胡孟刚送回振通镖店。胡孟刚与赵化龙商议，先择要紧的绅董家，去了三四处，道谢道劳。其余的地方由赵化龙、沈明谊代去。又在海州会芳楼备了酒宴，普请具禀的绅董、作保的商人和所有奔走出力的人。应酬已毕，把个胡孟刚累得满头出虚汗。因为他身上伤痕并未好，又坐了几天监。

到了下晚，这才在镖局中设了几桌席，把这些出力的镖行同业，自俞剑平、赵化龙、楚占熊、陆锦标以下，以至本镖局的沈明谊、戴永清、金彪诸人，都邀入座中。俞剑平再三劝阻，说是自己人，用不着这些。胡孟刚摇头道："礼不可缺，咱们也有好些话，要聚合商计。"赵化龙也以为然。这一次陆锦标来得很漂亮，胡孟刚才回镖局，他就忙抢过来，拉着手问话，很亲热了一回。俞剑平也将陆锦标相助找镖的话说出，胡孟刚强笑着称谢。

酒宴摆好，时将黄昏，胡孟刚便请陆锦标上座。陆锦标人虽诙谐，却熟练人情，坚让俞剑平上座。酒过数巡，胡孟刚向众人称谢道："小弟无能，遭此逆事，承诸位兄台破死力保救，幸得洗去通匪的罪名；这里面还有远道赶来慰助的。我胡孟刚粉身碎骨，感激不尽。只是说到查找镖银，限期只有一个月，还得拜求诸位兄台鼎力帮忙，拔刀相助。应当怎样入手，也请诸位仁兄指教。"

赵化龙忙道："胡二哥，咱们用不着客气，这是咱们自己的事。据我拙想，劫镖贼人武艺出众，显见是个劲敌。他竟敢持刀伤官，将二十万巨金一举劫走，他那垛子窑必很僻险，查找自然不易。我们大家既然群策群力，来找镖银，就该推出一位首领，做一个主谋，我们大家全听他的调遣。谁访得消息，谁挖出门路来，都报知这个首领。就是谁想出好主意，也得跟这一位接头，如此方不致群龙无首，乱作一团。"

赵化龙还没说完，大家哄然夸赞道："好！"俞剑平刚要推举人，那黑砂掌陆锦标抢先叫道："我推老俞！他这小子眼皮宽，耳朵长，手爪子又硬。"

俞剑平和陆锦标本是并肩坐在上首的，俞剑平眉头一皱，伸出二指，向陆锦标肋下一触。陆锦标哎呀一声，跳起来道："好东西，你怎么动手动脚的？当着这些人，你也不怕人家笑话，越老越不正经了。"引得大家不由哄笑起来。赵化龙道："陆四爷，这可该罚你三杯，咱们说正经的。"陆锦标道："我还是推老俞，老俞是老兄弟么。"俞剑平道："我看这件事，还是请胡二弟主持，我们全听他的。"

赵化龙道："不然，不然，你老千万别推辞，这个军师非得你当不可。我们胡二哥现在好像就是刘先主。出主意，调派人，全得听您的。怎么说呢？咱们都是自告奋勇，来帮胡二哥的忙的，咱们镖行是祸福同享。胡二哥是个主体，可是临到遇上事、调遣人的时候，他可就不大方便了。我们必定从咱们这些帮忙的人中，推出一位来，由他支派谁，谁就得干。这位必得武技惊人，年高有德，足智多谋，交游广阔才行。"赵化龙的话，暗中就是要推举俞剑平。

俞剑平听了，方要站起来说话，陆锦标早在椅背后，伸双掌一按道："哈哈，老兄弟，乖乖地坐着吧。这是你的事，你辞不开，别装蒜。"俞剑平道："放手，你又要使你那一手铁砂掌么？偌大年纪，还像小孩子一样，我可要管教你了。"说着把一只筷子捏到手中，向陆锦标一点。陆锦标道："来了，来了！"赶紧松手闪开。

武夫性情直率，俞剑平略为逊让几句，便也答应了。大家一面喝着酒，一面商量分途查镖，分担职事。铁枪赵化龙有言在先，他自己武功不济，镖店又离不开人，一面抱歉，一面说明派师弟铁矛周季龙替他。

这周季龙正在壮年，可说是赵化龙的师弟，也可说是赵化龙的徒弟。周季龙为人很英悍精强，一向就在双义镖店做事；双义镖店的字号便是这样取的。俞剑平等都知道赵化龙是个交际好手，做镖行买卖也得诀窍，只是武功早已搁下了。他和他的师弟就好像一文一武似的；既有他师弟出来相助找镖，比赵化龙自己出马还得用。

俞剑平便将海州留守的事托付了赵化龙，让他不时到振通镖局走走。在众人出发之后，各处如有报信来的，统请赵化龙和振通镖局因伤留守的宋海鹏、戴永清等，妥商办法。并就近应付州衙、盐纲公所，怕他们不时来催促，好有人答对他们；访得的情形，也好通知他们，省得他们不放心。出发的人每到一地，也必留下落脚处给赵化龙。

头一批出发找镖的人，就是俞剑平、陆锦标、胡孟刚、楚占熊、周季龙、沈明谊、蔡正、陈振邦，共八位镖师，和俞门三个弟子左梦云、杨玉虎、江绍杰；即日驰赴淮安府范公堤附近，查访已失的镖银。第二批出发的，是黑鹰程岳、双鞭宋海鹏、单拐戴永清等，一俟伤愈，再行赶去。胡孟刚、沈明谊两人也都负伤，连日忧劳奔走，本已不支。但因一者是主体，二者是当场目睹贼踪的人，所以必须偕往。俞剑平就留他稍歇几天，他们也不肯。至于张勇一行，缀镖未返，现在也不等他了；何时回转，再催他们赶来。另外又从当日在场的镖行伙计中，挑选了几个年轻善走、地理熟悉的人，以便跟随作眼，并传送信息。

大家商量了一个更次，大致办法已定，决于次日出发。那州衙派来的捕快二名，当日拿着公文来到；自然说是相助缉盗寻镖，实在是盐纲公所请来的监视人。胡孟刚把这两个捕快打点了，说了几句客气话。俞剑平又请胡孟刚把司账苏先生请来，预备了笔墨纸张，教胡孟刚、沈明谊口念，苏先生笔写，写的是范公堤劫镖盗首和他那几个副手的年貌、口音，所用的兵刃和喽啰人数，另外注上失事的地段和月日。一共写了三五十张，拿着分散给楚占熊、周季龙等人；凡是失镖时没在场的，都有一张。这倒不是专给楚占熊等人预备的，假如他们辗转托别人代访，便用得着这单子了。

黑砂掌陆锦标等着大众分派已定，便对俞剑平说："你们这一伙二三十口子，一哄赶到范公堤，没的不打草惊蛇。我是不跟你们去的，你多给我两张单子，我单人独马，自己向别处踩访去。你们也不用问我往哪里去，我也不用带眼线，反正咱们定规一个地方接头就是了。"

俞剑平笑道："本帅大令已下，不许你搅闹大堂；不然的话，我把你赶出去。"陆锦标道："不用你赶，我说溜就溜。"俞剑平道："那不行，我还没说完呢！赶出去之先，还得捆打四十军棍哩，趁早给我歇着吧！咱们到了出事地点，查访好了；自然大家分散开去找。你此时忙什么？”黑砂掌陆锦标圆眼珠翻了翻，也就不言语了。

次日破晓，大家起来，各带随身兵刃，一齐上马。赵化龙、戴永清等送出门外。趟子手金彪一马当先，在前引路，众位老少英雄策马紧随其后。十二金钱俞剑平身佩三尺八寸利剑，暗藏十二只钱镖，跨追风白马，身披蓝绸袍，腰系酱紫带；苍须飘洒，精神矍铄，回身向赵化龙、戴永清举手。赵化龙道：“但愿老镖头此去，马到成功。”

俞剑平含笑道：“谢你吉言，多则一月，少则二十天，我们一定设法寻回镖银。”说罢作别，拍马驰去。

晓行夜宿，沿途访问；逢店打尖，镖头们便趁空找店伙攀谈；也有的到店外，跟街头闲汉，拿话引话，套问贼踪。但这二十万盐镖失事，早传遍了苏省，官厅缉捕文书，已经传下来。镖行忙着寻镖，地方官也忙着缉盗，并且悬出赏格来。各地居民在邻里间，固已传为谈资。但若有异乡生人打听，立刻答说：“不知道。”再问就说：“我们这里很平静，从来没有闹过贼。”因此访探贼踪，反多了一层困难。俞剑平告诫各镖师：“不可逢人乱问。最要紧的，还是找江湖上的同道，他们眼睛也真，口舌也实，决不会拿影响之谈，来贻误我们。”众镖师称是。

不一日来到涟水驿，便是失镖地方的前站。当晚落店，胡孟刚对俞剑平说：“我们是奔阜宁，直往范公堤踩访下去；还是往大纵湖左近，打圈扫探呢？”俞剑平想了一想，道：“据沈明谊镖师说，此贼恐怕不是水寇；他既在范公堤劫镖，他的垛子窑，未必就在近处。我们先吃饭，这须仔细核计一下。”

涟水驿并不是大地方，也没有镖店，只有两位会武的人。一位设场授徒，数年前曾在俞剑平江宁安平镖局住过闲。另一位，现给一家当铺护院，旧日受过胡孟刚的照应。俞、胡亲找这两人，想打听一些消息。这两人虽粗通技击，却与绿林道向少交往，问他们是什么也不知道。俞、胡索然失望，回居店中。

到了晚饭以后，商量分途踩访的路线，各镖师都凑到一处。唯有黑砂掌陆锦标，拉着俞门弟子杨玉虎、江绍杰，又说又笑，正谈得热闹。说的全是陆锦标少年时淘气惹祸的故事，引得两个少年睁大眼睛，喜滋滋地听。

俞剑平请他过来谈话，陆锦标躺在床铺上摇手道："还是那句话，你教我怎么着，我就怎么着。我不爱听你吹胡子瞪眼睛的讲道。你们商量你们的，商量好了，告诉我就结了。"他还是拉住杨玉虎、江绍杰不放，并且掏出棋子来，逼着两个小孩陪他下棋。

俞剑平无法，只得不理他，且同别人商量正事。他们商计就由涟水驿分路：镖头楚占熊、周季龙、沈明谊三位，带几个伙计，径访盐城、东台一带，再折回来，往滨海之区查访下去。黑砂掌陆锦标和镖师蔡正、陈振邦，跟趟子手金彪，带几个伙计，从涟水驿奔淮阴、淮安，往南踏访，至高邮，折向东行，到兴化州一带。然后两路齐到盐城聚会。因为事情紧急，踩访须快，暂定十天为期，不论访得与否，要先派人回来报信。

俞剑平和胡孟刚两人，多带镖行伙计，专踩访失事地点的四周；由阜宁县境起，到盐城县境终，东到范公堤以东，西到大纵湖。总而言之，楚、周、沈访东线，陆、蔡、陈访西线，俞、胡二位专访中路。俞门三个弟子，只有左梦云技业可观，堪当一面。杨玉虎、江绍杰只是十几岁的孩子，没有多大阅历。俞剑平便派他三人，偕同镖局伙计，到各府州县码头，一来投信，二来打探，顺便邀请江湖上好友，前来助访镖银。

商定，次早由店房动身，遍找黑砂掌陆锦标，踪影不见。楚占熊微笑道："这位陆四爷别是溜了吧？"俞剑平道："不能呀！他这人虽然嬉皮笑脸，却一向待人热诚，哪有中途撤腿的道理？"周季龙道："就怕他单人独骑，自己寻访下去了。"沈明谊道："着啊，快看看他骑的马在不在？"果然到马房一寻，陆锦标骑的那匹乌骝驹已竟没有了；而且杨玉虎、江绍杰的两匹马也不见了。

俞剑平着急道："难道这两个孩子，也教他给蛊惑走了不成？"急招呼店家盘问。店伙抄着手说道："四更的时候，那位黑圆脸的达官跟那两位少镖头，骑着马先走了。还给俞老达官留下了话：他们先行一步，十天以内，准在盐城见面。"众人听罢，俱各愕然。胡孟刚更觉不悦，因为他素与陆锦标有过嫌隙。俞剑平也很不快，忙叫过二弟子左梦云来，细问他两个师弟，可有什么话透露出来没有？

左梦云道："没有，只是前昨两天在路上的时候，陆叔父一味夸说他年轻时冒险的行藏，并且说：'像这回查镖银，若在我十七八岁的时候，我早就偷访下去了。'杨玉虎师弟好像听着很动心似的，江绍杰师弟也露出跃跃欲试的神气。我曾听他说：'陆叔父您别小觑我们呀！'弟子当时曾私劝过师弟，教他不要胡闹。江师弟只笑笑说：'我没有胡闹呀！'"

俞剑平咳道："得了，陆锦标这个捣乱鬼，一定拐着两个孩子，自去寻访镖银去了。万一出了闪错，我如何对得起江、杨两家的父兄啊！这陆老四真真不是东西，一向惯会无事生非。我若不因他心肠热，功夫好，也不敢邀他出来帮忙。谁知他果然玩出新花样来了。"

楚占熊、周季龙道："那也不见得准有闪错，他也是老江湖了。好在十天以内，就可在盐城见面，咱们走吧！"遂仍按原议，分三路寻访下去；只不过西路少了一个好手，往各处投信的事，只由左梦云一人赶办罢了。

这三拨人每遇绿林潜伏之处，或投名帖拜山，或改装密访。若遇镖行同业，就掏出劫镖群盗的年貌单子来，托他们代访，所有车船店脚各行，也都应问的必问。

十二金钱俞剑平、铁牌手胡孟刚带着八九个伙计，跟着两个捕快，由涟水驿先赴阜宁。阜宁城内有一家永和客店，店主白彦伦颇工技击，在店后设着把式场子，还充当阜宁县民团教练。俞剑平、胡孟刚投到永和客店，定了房间，便投递名刺。店伙初疑他们是做公的人，一见名帖，方知是安平、振通两位镖头，急忙报给柜房。管账先生素知东家习武好交，忙过来应酬，又赶紧报知东家。

不一时，白彦伦带领二子，衣冠楚楚，前来相见道：“二位兄长，江宁一别，忽已六七年，却喜二位精神如旧。”寒暄已罢，白彦伦偷问道：“我听说俞老哥已经歇马，今天二位远道光临，是保镖路过，还是有何事见教？”

俞剑平道：“贤弟，你可听见十来天以前，范公堤劫镖的事情么？”白彦伦道：“头几天恍惚听人传说过，有二十万盐课被劫，我当时还不大信。后来听见县里传谕，才晓得竟是真的。我这小店已有做公的前来关照过，如遇有情形可疑的人，教我们多加留意。二位可是应邀出来，代查贼踪的么？”

胡孟刚道：“咳，白贤弟，这盐镖便是我们两家保的。我们现在是被官差押着，具限寻镖！”

白彦伦大惊道：“这还了得！”俞剑平道：“白贤弟在此处人杰地灵，我跟你打听打听，附近可有什么强人出没？那个疙瘩刘刘四愣，现在还在北境安窑么？”白彦伦答道：“刘四愣早已离开此地了。听说他已被官军所伤，他手下那一伙人，也大半溃散；只剩二三十个人，由他们二舵主率领着，窜到鲁南去了。刘四愣就在此处，料他也没有胆量敢劫盐课。既然这是二位兄长的事，待我托几个朋友，给扫听扫听。”

俞剑平道：“我们限期很紧，我打算安下两个镖局伙计，留在贵店；就烦贤弟费心，代为加紧查访一下。他们两个一来就便听信，二来也可以出去寻访；无论有无形迹，五六天内，务请贤弟打发他两人赶我们来，我们定规都在盐城接头。”白彦伦道：“兄长不用忙，我现在就烦人到四乡打听去。”遂将群盗年貌单，照抄了十几张，立刻派人分送出去。

俞剑平、胡孟刚不能久待，只在阜宁耽搁了一天，即时向范公堤出发。缘因响马作案，总是迎头打劫。既在范公堤失镖，匪人潜伏之地，大抵必在出事地点以南，或在东西两边。故此阜宁附近，用不着细访；况且既有白彦伦代探，更无须在此坐候。俞、胡二人策马疾行，当日晌午，已抵范公堤出事地段。西一面湖光帆影，东一面麦畦竹塘，夹着这范公堤细柳，景物依然清秀，风光依然明媚。胡孟刚睹物感怀，指给俞剑平看道："你看，事隔多日，一点痕迹也没有了。这一伙强徒由打和风驿，就派下踩盘子的，直跟到这里，方才动手，扯得线真算长极了。他们的垛子窑，依我猜想，未必就在南面，恐怕在大纵湖附近居多。大哥你看，这路边的几块石头，还是他们搬来的呢！"

两个人说着话，一齐翻身下马，在这失镖的所在，前前后后查勘了一遍，又登上高处，向四面望了一回，陂塘起伏，竹柳掩映，果然地势险隘。俞、胡二人都懂得绿林道的手法，当下按照地势的曲折，揣度着强人安桩布卡的情形，在那竹塘后面一带荒岗附近，仔细搜查。可惜隔日太久，再寻断箭残兵，已不留一点遗迹。只在岗后一座荒庙中，寻见了一些马蹄印，但也难以断定必是贼踪。

俞剑平、胡孟刚两人暂在附近白马渡打店，对带来的镖行伙计，吩咐了言语；教他们分为五拨到各处查询。最要紧的是茶寮酒肆、妓馆逆旅，以及荒村孤庙，都可留神扫听，俞、胡心想：劫镖之贼，人多势众，又将五十个镖驮子，连骡夫一齐裹走，其声势浩大，必然惹人注目。就算他夜间劫镖而去，沿路居民也必听出动静来。俞剑平、胡孟刚因这白马渡，并无熟人可找，略歇了歇，便相偕出去亲访。料到贼人劫镖，必不能公然昼行，也必不走通行大路；两人便择隐僻小道，找那沿路人家，绕着弯子探听。

却是奇怪：这伙强盗人数如此之多，竟打听不出一点动静来，而且探问结果，本处也并没有大股土匪横行。直到下晚，那派往上岗、湖垛两地踩访的伙计，先后回店。内中有一人道："在湖垛遇见一个看坟的，据他说十几天前，半夜时候，仿佛听见成群的人马践踏声音，从他们坟园后面绕过去；直过了好一会儿，才听不见动静，估量着人数很不少。"胡孟刚闻得此言，怦然动念。又有一个伙计报告说：“据上岗路旁药王庙的老和尚说：‘七八天头里，有一伙骑马的过路客，足有好几十人，从他们庙前抄过。’问他时间，说是天刚破晓。”像这些话仔细一推敲，多半是些模糊印象之谈，不是日期不符，就是路线不对。俞剑平对胡孟刚说：“找镖本非易事，我们且往湖垛亲踩一趟。”仍吩咐伙计往范公堤东面，再去打探。

俞、胡二人扑奔湖垛，找到那个看坟人，细加盘问。据他说：“那人马喧腾声音，仿佛是由东南往西北走，日期记不很准，大概也有十一二天了吧。”更找到附近人家，打听他们：可曾在某夜某时，听见过、看见过大帮步骑的旅客，从此路过么？沿路连问了几处，什九都说不曾理会。仅只一个闲汉，说是：“有一天晚上，正在赌钱，出来解手，听见东南角上，突突踏踏，过了一拨人马，好像人数不少。大概在三更以后吧？夜静了，那动静很不小，后来仿佛往西去了。”

俞、胡两人商量着，既有两个人所说略同，似乎有点影子，便依了这个大概的方向，往大纵湖一带探访下去。却是一路上越问越觉不对。直费了多半天的水磨工夫，才访明全与镖银无关。这伙夜行人，不过是二三十个接官差的兵丁；日期更不符，乃是近七八天的事。这一来，倒把线索问断了！

胡孟刚又烦恼起来，俞剑平却聚精会神地打主意，找熟人。在白马渡附近，用尽方法，搜查了六整天，实在茫无头绪。俞剑平方对胡孟刚说：“莫如我们径奔盐城。”盐城地当范公堤中段，距失镖之处既不甚远，又是冲要地点。并且城内还有一家镖店，乃是江宁永顺镖店的联号，字号是永利镖局。镖头黄元礼，又是俞剑平的故人子弟。他遂与胡孟刚离了白马渡，径投盐城。进城落店；店内盘查得很严。

俞、胡在店稍歇，便找到永利镖局。镖头黄元礼恰不在柜上；黄元礼的师叔单臂朱大椿新从南方回来，正在镖局。朱大椿从前和俞剑平交谊很深。当年他保镖到九江，被一群水寇围住，眼看失事；多亏俞剑平将十二金钱镖打出五只，才吓走群盗，以此很感激俞剑平。此时一见俞、胡的名帖，连忙迎接出来，殷勤款待。

问起黄元礼来，朱大椿道："我这师侄被人邀往镇江，已去了六天。缘因近来路上不大平稳，有一位乡绅送家眷到镇江，特邀黄元礼护送，故不在此地。俞大哥打听他，可有什么事用他么？他不在这里，还有我哩！大哥有话只管吩咐，咱们患难弟兄，管保比他们年轻人办事牢靠。"又见俞、胡空身而来，问明已住在南关客店。朱大椿大嚷起来，道："老大哥，你这可是骂我！你怎么不一直到镖局来住，反倒打店？"一迭声催着伙计："快把二位老镖头的行李，搬到咱们这里来。"

俞剑平微笑道："朱贤弟还是这么热诚，我们还带着好几个伙计呢！觉着人太多，住在镖局不方便。"朱大椿道："什么话，什么话！我们这里有的是地方。"立刻派人把众人接到镖局，匀出三间屋子来，把俞、胡一行留下；又叫来酒席，给俞、胡接风。

直到饭后，朱大椿方才细问俞剑平的来意。俞、胡将失去镖银、查访不着的话说出。

朱大椿大为着急，想了想道："二位老哥且放宽心，咱们大家想法。失事地点既在范公堤，贼人反正出不了江北。就怕如此巨帑，贼人一经得手，必不再做买卖；他定然销声匿迹，躲避缉捕。他们此时也必不敢擅离巢穴，运赃出境。我们这小镖局，也有几十个伙计，我就暂不兜揽生意，派他们分道出去查访。依我想，此贼敢于劫取盐帑，恐怕是外来的强人，或是新上跳板的绿林道。但凡老江湖，都不愿动官帑，自找麻烦。我们还可以托绿林道上的朋友，代为查访一下。凭大哥十二金钱的威名，江湖上知名的英雄，总得有个关照。我们何不大发请柬，邀请通省豪杰聚会，即席查问一下呢？"

胡孟刚眼望俞剑平说道："朱仁兄这个办法，倒是很好，我们何不联名试一下？"俞剑平沉吟道："我已经发出一批信去了，至今还没见回音。此贼指名找我寻隙，恐怕是外来的强寇。本省绿林道，怕未必晓得他的来历哩！”朱大椿道：“休管他，我们姑且试试看。”

胡孟刚也一力催促。俞剑平便道：“既然如此，倒也不必邀请人家来。我们只择江苏和邻省的镖行同业，跟江湖上知名之士，把失镖情由，劫镖人的年貌、党羽开个清单，附上信柬，托他们代为留心。有那交情近、武功强的，和有闲工夫、能分身的，信上也可以附上几句，邀请出来相助。接头地点就在盐城，我们便借永利镖局为聚会之所。信来信往，全都投到此地。不过这一来，却给朱贤弟和黄镖头添麻烦了。”朱大椿道：“俞大哥，不要这么说，小弟应当效劳。”

这一天，拟好了信稿，由俞剑平、胡孟刚、朱大椿具名；赵化龙、楚占熊、周季龙、黄元礼虽不在此地，也替他们具了名。一共是五家镖局，七位镖头。请来几位书手，代缮出二百来封信札；只江苏一省，便发出一百多封。邻省如鲁、浙、豫、皖，也写了几十封。立刻挑选年轻力健的镖行伙计，或骑马或步行，分路投去。先投到通都大邑的镖行朋友，再请他分送到别处。至于山林湖泽潜伏的绿林豪客，备下礼物，专人送去；以礼奉询，请他相助代访，这也是江湖上的规矩。发信以后，俞、胡仍旧到处查访。朱大椿很是热肠，连日陪伴着一同出去。

盐城县东南乡赵新庄，有一个土豪，名叫霍四阎王，在当地招娼开赌，交结匪类，坐地分赃。朱大椿陪着俞、胡，亲往拜访。这霍四阎王倒是外场朋友，打听起失镖的事情，就说道：“近日也听人念叨过，只是也不知道这个插翅豹子是哪一路的强人。既是三位下顾，总是瞧得起我，容我随时留神代访。得着准信，一定先给朱老镖头送去。”

盐城县附近，还有一帮脚行，是个秘密会党，在地方上很有势力。俞剑平、朱大椿前往拜访会首。这会首说：“近来范公堤一带，也有同帮弟兄往来，却没听说有这么声势浩大的强人，在近处盘踞。”还有盐城县邻近，窝藏着的几杆子游匪，不过三二十人一伙，匪首也没有什么能为。朱大椿派手下趟子手也去打听过了，都说不知道劫取盐课的匪人是谁。

转瞬之间，俞、胡已在盐城一带耽误了四五天，连一点影子也没访着，而且张勇一去无踪，东路访镖的楚、周、沈三位镖头，西路访镖的蔡、陈二位镖师，算计着该有信来，也至今毫无消息。胡孟刚如热锅蚂蚁一样，很是着急。

这一天，胡孟刚和俞剑平商量，要再到大纵湖一带，重去勘查一回。忽然，周季龙赶至盐城，找到永利镖局。俞、胡慌忙迎接进来，问他："一路查访的情形如何？楚占熊、沈明谊两位，缘何不一齐来？"

周季龙说道："小弟三人一同由涟水驿出发，沿途查访，直到东台，未得踪迹。后来折到海滨一带，在老龙河口地方，遇见四个情形可疑的人。看外表土头土脑，穿着毛蓝布短衫，背着小包袱；每人手里拿着一根短棒，乍看像是木头的，实在却是铁的。他们搭帮走着，东张西望，满脸是汗。楚占熊楚二哥留了神，我们三人一同缀了下去。这四个人竟无意中说出几句江湖黑话。我们至此更不放松，一路暗跟；探明这四个人，乃是潜伏在老龙口北边的一群强寇。为首强盗，叫作赤面虎范金魁；啸聚着一二百人，专劫商船，并勾结盐枭，贩卖私盐。有时候也到内地，在水路上做买卖。我们下功夫，探访他们的近日情形；探得他们确曾在十几天前，全伙出去作案，至今潜藏巢穴，迄未出来。现由楚占熊楚二哥和沈明谊沈大哥，备下礼物，前往拜山。我本想跟他们一同去，只派一个伙计给你们二位送信。沈明谊大哥说我走得快，一定教我来，我只好连夜赶到这里来了。"原来周季龙健步善走，一日夜能行三百余里，还有歇着的工夫。

俞、胡闻信，大为惊喜。俞剑平忽然皱眉道："这赤面虎范金魁，我也仿佛闻得他的名字。他是老江湖了，怎么胆敢劫取官帑？况且他和我素无嫌隙，为何拔取我的镖旗呢？"胡孟刚道："天下的事，难以常情推测，他的外号不是叫赤面虎么？

这和插翅豹子颇有点关合，他又是曾在十几天前做过案的。不错，这什九是他了，我们赶紧接应沈、楚两位去吧。”朱大椿也道：“既有这条线索，且去看看。不过，我想范金魁未必有这大本领吧？”俞剑平、胡孟刚、周季龙、朱大椿四位镖头，立刻策马出离盐城，赶奔老龙口。偏偏事有凑巧，他四人才跨征鞍，走出城外不到七八里地，后边有两匹快马如飞追来。

俞剑平立马等候，来的是派往西路寻镖的一个镖行伙计，名叫谢二的，由盐城永利镖局的趟子手引领着赶来。马到近前，众人相会，一齐下马，投到路旁柳林叙话。胡孟刚道：“谢伙计，你和蔡正、陈振邦两位镖师，往淮阴、淮安一路，查访的结果怎样？可是有了头绪么？蔡、陈两位现时又在哪里呢？”

谢二满面喜色，说道：“老镖头，请你老放心，我们已经寻出一些线索来了。陈、蔡两位镖师正在那里，盯着探访细底呢！因为你老定规的日限到了，所以先打发我来送个信。”

第五章

酒楼访盗迹过耳传讹
荒寨拜山酋利口启隙

周季龙在旁一听，不觉愕然道：“你们可访出劫镖的是赤面虎么?”谢二一愣道：“不是呀，劫镖的叫做豹子飞。”

俞剑平、胡孟刚齐声问道：“什么豹子飞！豹子飞又是干什么的?”谢二道：“豹子飞大概是江湖上一个无所不为的匪类，一向在宝应湖附近潜伏。”

事情是这样：蔡正、陈振邦两位镖师和趟子手金彪，率领几个镖局伙计，由涟水驿起程，往淮阴、淮安一带查访下去。淮阴地方向称盗薮，很有不少的设窑立柜的绿林豪客。蔡正、陈振邦择那有名的寨主，备具名帖，拜访了几家，都不曾得着镖银的下落。后来到了高邮，才在酒楼中，遇见两个雄壮大汉，神头鬼脸地说话。

后来这两人酒喝多了，话越说声音越大。内中一个黑胖汉子，拍桌子打板凳的说：“你这家伙太没有胆，你还想发外财?我告诉你，咱爷们是豁出一身剐，敢把皇爷打。就怕你小子没能耐，没胆量。若有胆量的话，这世上遍地都是白的银子，黄的金子，到处都能发财；不信你就跟我走。你想人家豹子飞，也没生上三头六臂，人家就凭那两手，胆子稍为壮点，朋友稍微多点，就把一二十万银子，手到拿来。搁着你这家伙，吓也吓死了！”对面那个高身量的壮汉就说：“你小子只管说，嚷个什么？人家豹子飞有胆，有本领，又不是你有本领呀！人家凭空得了一二十万银子，又不是你得的呀，你摸得着人家的钱边么？人家吃肉，你喝不着汤，替人家吹牛做什么？我虽不济，一枪一刀，自混自吃。咱们到底谁够英雄，谁是狗熊？”

黑汉红着脸大声道：“你不用拿话堵我，人家发财，怎么不与我相干？你瞧我摸不着他的钱边么？你瞧瞧这个！”气哼哼把凳子上的包袱打开，从中拿出两封银子来，指着说道：“这就是人家豹子飞送给我的。你这家伙也开开眼，瞧见过这么大的元宝么？”

两个大汉喝醉了酒，一句递一句地拌嘴。言者无心，听者有意。蔡正、陈振邦互使眼色，留神细听。两个醉汉嚷闹了一阵，算还饭账，踉踉跄跄走去。蔡正、陈振邦也忙付了饭账，暗暗跟下去。直跟到鼓楼，这两个大汉方才分途，蔡、陈也忙分途缀去。那黑汉投奔北关一家安寓客栈。蔡正记好了地方，急急回店。少时陈振邦回转，问起来，那个高身量的汉子，就住在赌坊之内。

蔡、陈都觉得那个黑汉的话最为可疑，忙把金彪找回，也迁到安寓客栈内，暗中窥察黑胖汉的形迹。蔡、陈已断定他决非良民；只是金彪认不清此人是否就是劫镖的匪徒。蔡正设计套问，此人口风很严。陈振邦故意提出豹子飞的名字来。此人面色一变，立刻说：“不知道。”蔡、陈早从店家口中打听出豹子飞是宝应县境内的一霸。正待想法勾探真情，黑汉忽然觉察出不对来，次日一早，突然离店而去。蔡正、陈振邦、金彪三人，慌不迭地追下去，仍派遣镖行伙计谢二驰奔盐城，给俞、胡两位镖头送信。

俞、胡听完谢二的报告，心中非常犹豫，竟不能判断这豹子飞和那赤面虎究竟谁是劫镖之贼。在柳荫下，和朱大椿、周季龙计议了一回，唯恐顾此失彼；只得由俞剑平和周季龙偕往老龙口，由胡孟刚和朱大椿偕往宝应湖。胡孟刚、朱大椿由谢二引领，经由水路，穿过大纵湖，直抵宝应湖。按照约定的地点，找到蔡、陈二人。一见面，蔡、陈露出很抱愧的神色来，道："白白劳动老镖头远道赶来，我们前天已派人追下谢二去了，老镖头竟没遇见么?"胡孟刚道："这怎么讲?"蔡、陈道："说来太是笑话。我们因那黑胖汉子话露破绽，一直跟他到这里来，访知那个豹子飞，原是此地一个土豪。他也不叫豹子飞，他实在姓鲍，名叫鲍则徽。他倒的确是个要胳臂的汉子，手下有一二百个党羽，专做些无法无天的勾当。只因新近他发了一二十万横财的话太对景了，我们才费了九牛二虎之力，到这宝应湖明访暗探。前天才探明鲍则徽近来管了一档子闲事，每年可有十来万的进项，只是与镖银丝毫无干。我们白费了一回事，反又劳动老镖头。这实是我弟兄颟顸无能之过。"

原来这宝应湖和大纵湖、高邮湖相衔，湖中出产甚丰。向有一伙人物，包揽车船运脚，不许他人插手。大利所在，每因争夺码头，引起纠葛；械斗缠讼之事年年不断。这其间有一个叫曹向荣的，和官府阴有勾结，又倚仗着雇来的一群打手，把码头硬夺过来。失掉码头的人叫作诸宏元，恨气不出，又重金聘来拳师，邀期械斗；不幸再次失败，身负重伤。后来访闻鲍则徽有胆有谋，又有党羽，便托出人来，请他助拳；情愿将码头上的好处，每年不下十一二万，平均分成两股，常年送给鲍则徽一股。

鲍则徽素来是吃赌局娼寮的，一闻有利可图，立刻纠党向对方曹向荣叫阵。一场群殴，鲍则徽大获全胜。对方自不甘心，用尽方法报仇；鲍则徽预有布置，先发制人，这码头公然被鲍则徽占有。他却散布党羽，总揽一切，那个诸宏元直如引虎拒狼，和曹向荣闹了两败俱伤，渔翁得利。

至于蔡、陈遇见的那个黑胖汉子，也就是鲍则徽的一条走狗，一向靠着鲍则徽，无恶不作。蔡正、陈振邦两人，费了很大气力，才探出真情，原来与镖银完全无关……

胡孟刚没等他俩说完，早将一团热望浇了满盆冷水，呆呆坐在那里，一语不发。蔡、陈二人更觉惭愧之至。还是单臂朱大椿在旁劝慰道：“两位师傅也不必介意，这访镖的事全仗瞎碰，哪能十捞九准？胡二哥，打起精神来，咱们再摸。别看这边扑空了，还有老龙口那一路呢。胡二哥不是想到大纵湖，再访一趟么？咱们何妨就由这里翻回去？”

胡孟刚叹了一口气，吩咐蔡正、陈振邦，仍旧分路到各处查访。胡孟刚即同朱大椿，由宝应湖转向大纵湖。凡是沙沟、湖垛、密林和湖中的小岛，都留意踩访过了，费尽心机，并没打听出一点头绪来。道路上尽管哄传劫镖的事，却没人能说出何处有一二百人成伙的新来大盗出没；也没听说曾有成伙匪人过境。胡孟刚细数一个月限期，早已耗过了十二三天了；说不出心中的焦灼，只是有力气没处施去。

胡孟刚还想往别处查访下去，单臂朱大椿道：“我们现在越访越远，连个影子也扑不着。依我想莫如赶回盐城，看看俞剑平大哥访的那个赤面虎究竟如何。还有我们发出的那些信，也许得着点线索。”胡孟刚想不出更好的法子，只好依言折回盐城。胡孟刚到了盐城，那边俞剑平也已垂头丧气，折回了盐城。

俞剑平由镖师周季龙引领着，扑到海滨老龙口附近。其时镖头楚占熊、沈明谊已经设法探明赤面虎范金魁的窝藏之所，是在老龙口北边，一座荒泽乱岗交错的地方，地势很荒僻。赤面虎在那里啸聚着一百多个亡命之徒，专做贩私盐的生意，有时也打家劫舍。楚占熊、沈明谊按照江湖道的规矩，具名帖礼物，带一个镖行伙计，前往投帖拜山。

这赤面虎范金魁新近做了一水买卖，忽见外面投进两个镖局的名帖，心中陡生疑忌。他与手下党羽商议道：“咱们好容易得了这笔大油水，如今竟有镖行登门拜山，说不定是失主转托出来说项的。但事前既与他们镖行无干，如今强来出头，我们是见他不见呢？他若说出江湖上的门面话，我们是让他不让呢？”副舵主小陈平秦文秀答道：“若说这和胜镖局跟振通镖局，在海州一带，倒也叫得很响，但素常跟咱们很少往来。他们如今双双拜山，必非无故。依小弟之见，大哥不必见他；待小弟先出去探探他们的口气，再相机应付。礼物倒不必收他的，大哥以为如何？”赤面虎道：“这样办很好，贤弟要对他们客气些。”小陈平答应了，吩咐手下喽啰，把来人请入。

楚占熊、沈明谊带着镖行伙计，进入匪窟第一道卡子，曲折来到一座破庙前。庙后的三间房收拾得很干净，是贼人放卡的常驻之所。小陈平衣冠楚楚，在那里相候。沈明谊细看这位舵主，黄瘦面皮，高身量，三十多岁年纪，两只眼很精神，说话是江北口音。两方见礼落座，互道寒暄，说了些个久仰久仰。小陈平秦文秀道：“小弟们伏处海滨，难得与江湖上知名英雄相会。两位镖头远道光顾，想必有事赐教。咱们都是道上的人，有话二位尽请明白见告。”

楚占熊暗想：“这位倒是个爽快汉子。”便道：“弟等久闻赤面虎范舵主的英名，深怀亲近之心。我弟兄便道过此，一者是专诚拜谒，将来好求个照应；二者还有点闲事，要在范舵主驾前讨教。还请你老兄费心转达，务求一见才好。”小陈平眼珠一转道：“我们范大哥新近有点私事出去了，恐怕没有十天半月的工夫，不能回来，既劳两位光顾，总是看得起我们弟兄；等他回来，我一定转达。所赐重礼，我们大哥不在，我也不敢代领。”说着站起身来，又复坐下，意思是催二人就走；可是仍吩咐手下喽啰献茶，又催快给两位镖头摆酒。

楚占熊不悦，暗向沈明谊递一眼色。沈明谊认不得这位小陈平当日劫镖时是否在场。沈明谊迟疑一会儿，双手抱拳道：“秦舵主不要多礼，我们弟兄远道拜山，渴望一见范舵主。秦舵主既说他不在，彼此初次相会，我们也不好强求。不过在下慕名远来，实有一点闲事，要奉恳范舵主，念在江湖道的义气上，多多帮忙。绿林道和镖行虽是隔行，究竟是武林同道；还请秦舵主费心，能把范舵主邀来一谈才好。好在我们不过是打听一点闲事，贵寨能帮忙更好；不能帮忙，肯指示给一条明路，在下也就感激不尽了。”

小陈平秦文秀微微一笑道：“刚才说过了，我们范大哥实不在此处，我还能瞒两位么？就是范大哥在此处，有事也与小弟商量。我们这台戏，是范大哥和在下两人唱。两位如果不忙，就请用过饭再走。”说着，对喽啰们嚷道：“教你们摆酒，怎么这样慢慢腾腾的！等着客人走了，你们才忙么？”

楚占熊、沈明谊这才听出，这小陈平竟有些醋味。楚占熊便站起身来，向小陈平道：“秦舵主不必客气，也不必催他们，我们这就告辞。可是，我们大远的来了，若不把来意说出，倒像我们见外了。”小陈平拱手道：“二位有话，只管吩咐。”

楚占熊道：“秦舵主可曾听见十几天前，范公堤地方，有一批盐镖中途失事的话吗？”小陈平道：“这倒不曾听见。”楚占熊道：“这一批盐镖共计二十万，由我们两家同业双保着，行至范公堤，被绿林道上百十个朋友，邀劫了去。因为案关公帑，牵连甚大，访闻这失去的镖银落在海滨附近。我想赤面虎范舵主和秦舵主，都是久在江湖上闯荡的外场朋友，或者晓得此镖的下落，所以远道来访，敬求指示一条明路。在下管保能让朋友面子上过得去，决不能让人家落个白忙。”

小陈平没等话说完，连连摇头道：“楚镖头，你老这可是访闻错误，问道于盲了！我们哥几个在这里混，也不过是鸡毛蒜皮，随便拾落点，聊以糊口罢了。像这二十万盐镖，莫说摸一摸，我们连看也不敢正眼看啊！”

小陈平话头很紧，楚占熊、沈明谊再三探问，小陈平矢口咬定不知。末后楚占熊实在急了，便说出：“访闻十几天前，贵寨曾经全伙出去，也许晓得劫镖人的下落。能费心说项更好，或指点出线索来，我们自己设法托人也行。”

小陈平听了这话，怫然不悦道：“两位这样查考我们，可未免太难了！咱们素不相识，我的话已经说尽。劫镖的事与我们无干，我们也不知道。就知道，我们也无须给别人泄底。二位问我们十几天前，出去做过案没有？不错，何止十几天前？我们一天不做生意，一天就挨饿么！”

楚占熊也怫然道：“秦舵主，这是我们来得冒昧了！就此告辞，咱们后会有期。”小陈平微微冷笑道：“恕不远送，咱们后会有期！”将手一摆，两个喽啰立刻出离庙外，径直向总寨奔去。这里楚占熊、沈明谊也嘻嘻的冷笑了几声，双双站起身来，两拳一抱道：“再见！”扭转身，大摇大摆，走出庙外。庙内外，已布满了四十多个喽啰，各执明晃晃的兵刃，分立在两旁。楚、沈泰然自若，空着两只手，从刀枪丛中穿过。那小陈平秦文秀也空着手，从后边送出来。

楚占熊、沈明谊已到庙外，镖行伙计牵过马来。小陈平放出客气的面色，打躬施礼道：“两位镖头劳步了，请慢慢地走。”楚、沈飞身上马，在马上抱拳道：“请回，请回！”将马一拍，往原路便走。镖行伙计上了马，在后紧随。小陈平吩咐手下喽啰：“在前开道！”立刻有四个喽啰骑着马陪伴，直送出头道卡子，到一荒僻地方，喽啰忽然喊道：“两位镖头慢慢地走，恕我们不远送了！”带转马头，抄过一带荒林回去了。

楚占熊、沈明谊急向四面一望，荒岗丛泽，毫无人踪。楚占熊问沈明谊道：“沈大哥，你看此事如何？”沈明谊道：“劫镖的是他们不是，倒也难说；不过，这场是非一定要找上了。”楚占熊道：“哼，恐怕道上就有等咱们的。”

沈明谊点头不语，两人只顾拍马疾行。走不到六七里地，斜刺里有一抹丛竹，竹后隐隐有人影闪动。沈明谊道：“楚仁兄留神！”一语未了，突蹿出七八个大汉来，各持刀矛短棒，把路口一横叫道：“站住！”

楚占熊大笑道：“诸位才来么！”立刻与沈明谊勒住了马，却是手中各无兵刃。但凡镖客拜山，不能身藏兵刃，绿林道也不能当场加害，若是登山藏刀，那就是有意寻隙；一进山寨，必不容他好好出来。

楚、沈徒手拜山，和小陈平言语失和，心知小陈平必在前途下卡，要阻难自己。两人目注众贼，正待离鞍；突从侧面一座荒坟后，又长出两个人影，把手扬了扬；倏有两道白光，直向马上打来。

这一下来得突兀，楚占熊、沈明谊只注意林边贼党，没想到侧面也有埋伏。刹那间暗器临头，沈明谊忙一偏身，将暗器抄在手内。楚占熊刚刚翻身，才欲下马；耳畔忽闻破空之声，急忙趁势施“镫里藏身”，也将暗器让过。沈明谊勃然大怒，将手中接来之镖一抡，嗖的还打回去。身躯就劲一翻，唰的跳下马来；手中既无兵刃，急将长衫一甩，缠在手中。楚占熊也已双脚点地，卸下长衫，耸身一跃，直向发镖的人冲去。

截路的八个强贼，一拥上前。沈明谊把那长衫缠在手臂上，施展少林派三十六路擒拿功，没入贼丛；如走马灯一般，用浮沉、吞吐、封闭、擒拿、挨帮、挤靠、闪展、腾挪，安心夺取贼人的兵刃。恰有一贼，挥短棒横腰扫来；沈明谊一伏身，啪的一个扫堂腿。贼人急闪，沈明谊早已扑到面前；劈胸一掌，“恶虎掏心”，击中敌人。贼人仰面而倒，手中木棒立被夺过。背后早又有二贼，一抡刀，一挥棍，直向沈明谊后路攻到；侧面敌人，也刀矛齐下。

沈明谊唰的一个箭步，蹿开一旁；重翻身，将短棒一指，喝道：“着！”迎面持斧一贼急忙往右一蹿。恰有另一贼，把刀举得高高的要砍；出其不意，被这持斧同伙一撞，险些砍伤自己人。两个贼吓得齐往两边一跳。

这倒给沈明谊闪出工夫来；唰的一棒，使盘打功夫，照那持斧贼人打来。贼人闪避不及，哎呀一声，栽倒地上，急翻身要起；沈明谊又一棒，照敌人右臂捣下，将那柄斧子打落在地。沈明谊趁势一个箭步蹿到，伏身将斧夺过。

此时又有一贼，挺矛刺来。沈明谊往旁一闪，抡斧砍矛，刮的一声响，矛柄折断。沈明谊一顺棒，疾向贼人丹田戳去。贼人吃了一惊，忙一错步。沈明谊将棒一转，又是一个盘打，啪的一下，把贼人扫了个正着，直栽出三四步。

展眼之间，八个贼人，被沈明谊打伤三个，打退三个。那边楚占熊却遇见两个劲敌。

埋伏在坟后的，乃是赤面虎手下两个头目，一个使刀，一个使杆棒，使刀的会打暗器。两个人一个挥刀近取，一个舞棒，专走下三路，把楚占熊围住。

楚占熊武功矫健，捻双拳与这两贼揉战。那使刀的面黄力猛，手法很快；挥刃照楚占熊右肩头，斜插柳扫过去。楚占熊急向旁一闪，劈面还击一拳。那使杆棒的抡棒“玉带缠腰”，横打过来。楚占熊忙一耸身，蹿起一丈多高，贼人的杆棒走空。楚占熊绕步欺身，到敌人背后，“叶底偷桃”，右掌直击敌背。

使杆棒的贼见一招落空，顺手带转杆棒，抖一抖，翻身捋棒，唰的展开一招，照楚占熊头颈缠去。那使刀的贼又趁空抡刀，前赶一步，对楚占熊后心扎去。楚占熊身法骏快，让过一招，立刻还过一招，如生龙活虎般，腿扫拳击，丝毫不乱。来来往往，楚占熊迎敌两贼，全仗着眼神足、拳法利落。却是这两贼，各有得手兵刃在握，一招跟一招，夹击楚占熊。

战够多时，恰值那使杆棒的贼一棒打空，使楚占熊得了一个破绽，捻双拳，迎面晃了一晃，掣转身，用力蹬一腿，踢向贼人的小腹。这贼也很了得，忙一拧身，闪过要害，左胯被踢着一下，身躯晃了一晃。楚占熊更不容缓，身子偏了偏，唰的又飞起左腿，嘭的一下，使杆棒的贼人一溜栽倒。

那使刀的贼又如飞蹿来，钢刀斜举，直扫敌肋。楚占熊早闻得金刃劈风之声，更不回头，下盘用力，突蹿出两丈；然后挺然直立，翻身还攻敌人。使刀的贼已一抹地赶到，两人又斗在一起。

那使杆棒的贼“鲤鱼打挺”，跃起身来，虽被踢中两腿，俱非重伤；立刻抖擞精神，怪喊一声：“好小子，竟敢踢我，你就别想走了。”右手持杆棒，左手一捋，重又冲杀过来。两个贼照旧把楚占熊围住。楚占熊勃然大怒，施展开身手，双拳如穿花舞蝶，身躯如凌空飞燕，与这两贼反复扑斗；用尽心机，想夺取敌人的兵刃，只是夺不着。这两贼很是泼皮，各挨了好几拳，满不介意，刀棒齐上，一心要伤楚占熊。

正在缠战不休，那沈明谊已夺得敌人两件兵刃，抛开了那群笨贼，一眼望见楚占熊胜负未决，忙蹿来助战。楚占熊叫道："沈大哥，把那棍子给我，待我收拾这两个不要脸的贼，挨了打还不认输。"沈明谊应声抢入战圈。楚占熊纵身跃出圈外。沈明谊不待敌人追到，喊一声："楚仁兄，接着！"将木棒横空抛去，楚占熊蹿身一跃，接在手内。那两贼已冲过来，未容近前，沈明谊早抡利斧，劈面挡住。

楚占熊接棒在手，如虎生翼；左手握棒腰，右手握棒梢，按行者棒，施展开去。沈明谊敌住那使杆棒的贼人。楚占熊寻斗那使单刀的贼人，一条棍棒抡得嗖嗖生风。只走了十几个照面，便显出功夫的深浅来。使刀的贼只有招架之功，更无还手之力。楚占熊大喝一声："着！"木棒一点，捣中敌人前胸。贼人眼冒金花，咽喉发甜，险些吐血，急拧身一蹿，道："风紧，扯活！"那使杆棒的贼闻败发慌，抽身要退；被沈明谊利斧逼住，急切间退不出身。这贼一个失神，被沈明谊唰的一斧削去，手臂上冒出鲜血；吓得这贼蹿出一丈多远，打个呼哨，召集党羽，往荒岗败退下去。

楚占熊怒气不息，抡棒便追。沈明谊忙喝止道："楚仁兄，楚仁兄！"一声未了，使刀的贼人翻身扬手一镖。楚占熊急侧身，抄手接住道："呔，还你的！"把手一扬，他这只镖刚刚还打出去；那使刀贼人的第二只镖、第三只镖，又打出来。楚占熊猝出不意，急急闪身，险被第二只镖打中。第三只镖又被接住，心中一怒，就势一抡，却向那使杆棒的贼打去。使杆棒的贼刚刚凝身回顾；镖到面前，急闪身一接，没有接好，被镖锋将手划破了一道。使刀的贼戟指骂道："朋友，等着吧！"说罢，带领同伙，一直败回去了。

楚占熊余怒未歇，还想追赶。沈明谊拦道："楚仁兄，我们且顾不得跟他们怄气。咱们先回住处，商量正事要紧。"楚占熊点头，两人重新上马，急急赶回寓所。这寓所就是老龙口地方的一座寺院，名叫三官庙。老龙口是滨海荒区，没有客栈。

楚、沈回转寺院，讲说应付之策，并推测赤面虎范金魁、小陈平秦文秀，到底与镖银有无干涉。那寺院中的和尚，却不知从何处，看出形色来；在门外咳嗽了一声，撩门帘走进。虚声虚气，寒暄了几句话，随即问："两位施主，有何贵干，何时动身？"

楚占熊、沈明谊久涉风尘，听懂来意，故意答道："我们无事闲游，打算在此地盘桓几天，行期还没有定；所有借寓的香资，我们加倍奉上。"

和尚说道："施主光顾，敝寺求之不得，倒不在乎香资上面。只是不瞒施主说，敝处地方太僻，常有江湖上的人物不时出没，两位不是本地人，恐怕被他们打眼，生出疑忌来，倒反不美。出门在外，谁也不愿招惹是非。两位若没有紧急的贵干，还是早点动身好些。小僧说这些话，好像赶逐二位；其实二位若知道本地的情形，也就不怪僧人多嘴了。我这是为施主好。两位都是明达世路的人，请你想一想。"

楚、沈笑道："哦，贵处原来不很太平么？那也不要紧。我们都是空身人，既没有财物在身，不过穷命一条，怕什么？"寺僧听了这话，仿佛很着急；可又吞吞吐吐，不能过分明说，反复的只催两人趁早快走，"最好今天就动身。"

楚、沈心中明白，想必赤面虎、小陈平已经遣人来此窥探；寺僧唯恐受累，所以促行。两人说道："当家的既然关照我们，我们明早准走，今天可来不及。"遂又绕转话头，探问赤面虎、小陈平的行藏。寺僧面露惊疑，惴惴的支吾了几句，催得两人答应速走，方才辞去；看样子很不放心。

楚占熊、沈明谊候寺僧走开，低声密谈了几句；出离庙门，到外面巡看一遍；立刻吩咐镖行伙计，趁天色尚早，将马匹火速带到二十里以外柴家集店房，就在那里等候。这是楚、沈与周季龙邀定的地点。

楚占熊、沈明谊仍留在庙内，将随手兵刃备好；留下一个武功较好的伙计，也潜藏兵刃相伴。楚、沈推测前后的情形，料定赤面虎、小陈平既然派人邀劫自己，没有成功；他必定派人来，跟踪窥探。当天下晚，果然便有两个壮汉闯进庙来，到各处绕了一圈，方才走去。楚、沈暗打招呼道："是了。"与那镖行伙计，三人轮流到外面巡视。

到二更将近，寺僧已熄灯就寝。这本是一座小庙，只寥寥两三个和尚。楚、沈三人也忙着止灯睡下。过了一会儿，楚占熊假装起夜，到禅院内外察看，人声已然沉寂，又攀墙向外窥察了一回。回转屋内，叫起伙计，与沈明谊结束定当，闩门开窗，轻轻纵出舍外，三个人立刻越墙而出。藏身地点，白昼已经择好，是庙外不远，一户人家房后，几棵大树上面。由树上直蹿到房顶，正好俯视庙内；三个人立刻藏起来，各背兵刃，悄悄窥望。

直过了三更，遥见东北面，林木掩映中，有火光闪烁，在小道上急走；如数点流萤，忽高忽低，乍明乍暗。将到村前，火光突灭，人马杂踏声里，已分数路包抄过来；沿村口出入要道，全布下卡子。另有一小队人影扑向庙前，相隔尚远，忽又停止。过了一会儿，这一小队人漫散开，将庙前庙后把住。另有数条黑影纵跃如飞，扑向寺院东墙；越墙而过，拨开门闩，延入十几个伙伴，个个贴墙擦壁，埋伏在寺内。然后有四五个人，手拿明晃晃利刃，抢到偏院楚、沈借寓之所，轻轻地挨近窗根。听了又听，里面并无动静；随即拿一块飞蝗石子，照窗投去，啪嗒一声响，似已打中屋墙，屋中依然悄静无声。这几个人急忙转回来，找到把守前殿的人，低低说了几句话。

楚占熊、沈明谊藏在树上，留神窥看；黑影中仅辨人声，听不清说话。但见这几人又转到寺外。寺外有两个骑客，像是首领；略通数语，立刻有一人翻身下马，跟踪进庙。这人正是小陈平秦文秀，此时已换上全身夜行衣靠，背插单刀，扑到楚、沈借宿之处一看，咦了一声，忽伸身略推窗户，那窗随手悠悠的启开。

秦文秀回头问了一句，立刻把孔明灯的闭光板拉开，照向屋内；又向四面照了照，便即飞身蹿入屋内。少时，重又蹿出来，叫道："他们早走了，你们怎么探的？"一个人嘟哝了几句，秦文秀勃然大怒，吩咐手下人，快快到庙内外各处搜索；又教几个人，蹿上大殿偏庑，向内外望。庙外守候的人也纷纷发动，一声暗号，几只孔明灯倏闪明光，往各处奔驰乱照。

火光中，楚占熊、沈明谊看出马上首领，是个赤面虬髯大汉，手抱双鞭，生得很是凶猛，料想此人必是赤面虎范金魁。但见他指挥部下，分路搜寻，人马喧腾，已和刚来时衔枚暗袭的情形不同；却早惊动了庙中僧人和邻近居民。贼人大声呼喝道："诸位乡邻听真，我们乃是赤面虎范寨主的部下，前来三官庙看望朋友；与众无干，休得轻举妄动，也不许探头探脑，老老实实的睡觉是正经。"吆喝着，排搜起来。那小陈平秦文秀也跳上房，用孔明灯，向高处低处乱照。楚占熊、沈明谊见机很早，一见灯光，早已悄悄溜下树来，平卧在房上。

秦文秀掩杀不着楚、沈二人，很是恼怒，恐有后患，忙把庙中和尚叫起来，持刀喝问："寓客哪里去了？"和尚战兢兢地说："白天走了几个，今晚还有三个人呢，不知什么时候不见了。"

秦文秀更不多问，奔向庙外搜去，与赤面虎范金魁会在一处；赤面虎在村前村后，也没有搜着人影。两人略一商量，令手下喽啰，到各处喊叫："镖行姓楚的、姓沈的朋友，快出来相见，躲起来的不是好汉！"楚占熊在房上平伏着，听得真真切切，便要蹿下来，与贼人搭话。沈明谊连忙握住他的手，悄令别动。二贼酋穷搜镖客不得，纷纷乱乱，扑出村外。忽有两个喽啰来报，恍见西北角上火光微闪，似有一两条人影。赤面虎范金魁立刻带领大众，向西北角追去。

小陈平秦文秀督率着一二十个人，仍把住村口，等候动静。相隔已远，楚占熊忍不住动问沈明谊："怎么不跟他们搭话？坐视他们搜寻叫骂，太难堪了。"沈明谊老成持重，悄说："不值跟他怄气，我们要紧的还是寻镖。"

直耗到四更将尽，赤面虎带领部下，乱乱哄哄地跑回来。空忙了一阵，徒劳无功；赤面虎与小陈平打呼哨收队，全伙径回巢穴去了。

待群贼走后，沈明谊方才一扯楚占熊和那镖行伙计，悄悄跳下房来，寻一隐僻之地；沈明谊说道："楚仁兄，并不是我怕事。此时彼众我寡，败了不用说，胜了也找不回镖银。依小弟之见，他们能搜寻我们，我们不会搜查他去么？"楚占熊恍然道："沈大哥真是老成卓见，我们何不跟踪探访下去？"沈明谊摇头道："如今已近五更，赶到那里，快天亮了，莫如今晚我们走一遭。"楚占熊道："好。"沈明谊又道："不过我们去探山，还是为寻镖。如果镖银并非他们所劫，我想还是不露面为妙。"楚占熊称是。当下三个人不回三官庙，施展飞行术，径奔柴家集。到了邀定的客栈，适已天亮。三人换上长衣服，进店投止。吃过早饭，睡觉养神。

转瞬傍晚，沈明谊、楚占熊暗带夜行衣、随身兵刃，出离店房，不一时赶到老龙口附近。先找一隐僻处，脱下长衫，换好夜行衣；各打一包裹，盘上高树，系在枝叶密集处，然后飘身下来。楚占熊背插双刀，沈明谊因为夜行不便使枪，改用练子鞭，系在腰间；收拾利落，时已二更。时候还早，两个人取出水壶、干粮，略用了些。直耗到三更时分，楚占熊仰头看天，星光闪耀，道："行了。"两人抖擞精神，一前一后，直扑贼巢。赤面虎的巢穴，在老龙河口北边一带荒岗，有沙滩环抱，乱竹丛莽，道路曲折。前面有一座水仙古刹，势已半颓，便是他们的第二道卡子。后边一座大坟园，古柏参天，杂草铺地，夹杂着断垣残碣；内有数排阳宅和看坟人住的房舍。前前后后也有数十间，不知是哪朝哪代贵官大族的祖茔，如今荒废不堪，变成了盗窟。

楚占熊、沈明谊从东侧乱草后绕过去，已来到昨日拜山和小陈平对谈之所，那座水仙庙旁。两人急急伏身贴地，听了一听，又看了一看；见近处并无人影，慢慢地蛇行鹿伏，溜了过去。时在夜半，破庙山门之后，仍有几个匪徒，手持利刀长矛，在那里把守。楚占熊、沈明谊不愿打草惊蛇，悄悄绕过。时值夜暗星黑，那几个守岗的贼并不恪遵纪律，散伏暗隅；反聚在一块，走来走去，正各夸说自家的风月故事，非姘即嫖，谈得很热闹。沈明谊、楚占熊偷听了一会儿，觉得全不相干，便撤身回来，绕到庙后。两人相度形势，正要设法进庙；忽闻庙内破阁上，有人喝问道："干什么的，站住！"跟着庙门前也有人吆喝道："捉住他，捉住他！"立刻听见刀矛顿地之声。

楚占熊、沈明谊各吃一惊；仰面寻看，破阁隔在墙内，并不能望见。两人急伏身贴墙，亮出兵刃；心中纳闷："自己小心而又小心，怎么竟被他们窥见？况又隔着墙，我既看不见他，他怎会看见我？"过了一会儿，不见群贼出来搜寻，却听见庙内有人笑语道："我可下班了。"沈、楚二人这才明白：他们原是使得一种照例的诈语，并不曾看见自己的形迹。

两个人放了心，抹过墙角，抄到庙后。轻轻一跃，楚占熊已蹿上墙头，左臂一挎，微露半面，往内偷窥。沈明谊持练子鞭，在旁巡风。破庙中，只三间房有灯光；正是守夜的贼人，在那里聚赌破睡。楚、沈二人翻过墙头，蹿上房脊，溜到后窗，舐窗再窥。三间老屋，东间有几个人穿着衣服睡觉；西间有四个人，围着方桌赌钱；旁边还有一个人手拿着木棒，挎着腰刀，站在地上看热闹。做贼的没有什么正经，有的口中哼着小调，有的摔牌骂骰。楚、沈听了一会儿，屋中赌兴正豪，并没有人谈起昨日之事。

又过了一会儿，听前殿似有人声。少时门响，众赌徒一齐回头。进来的是两人，各拿着灯笼，提着兵刃，那光景好像巡夜刚回来。赌钱的就有两人站起来，叫道："许老台、黑胖刘，快来，我真受不住了，我都睁不开眼了，你们谁接我这一把！"

那个叫黑胖刘的说："咳咳，你们也太美了，二舵主早已吩咐过，教你们晚上多辛苦一点，这两天很紧，你们反倒要起钱了。回头二姨娘查到这里，又该给你们眼色看了。"赌钱的人说道："滚他娘的蛋吧！谁不知道那个兔蛋，专会溜二舵主！他就查着我，又能把我怎么样？有一天，我总把他的蛋黄子给踢出来。"

许老台说道："瞎四你就吹吧，二姨娘今晚准来，我看你怎么踢他！"又一人打着呵欠说："说真的，咱们也该出去巡巡了，咱们头儿这水买卖做得很脆，咱们真得小心。万一让人家踩访到了，准有一场恶斗。倒是夜晚破点辛苦，多惊醒一点才好。"那个拿木棒的就说："咱们说走就走。谁跟我上老窑走一趟？"说着接过灯笼来，将东间睡觉的人，叫醒了两个，一同出去了。

沈明谊一扯楚占熊，两人急忙蹿出庙外，伏在路隅草丛；眼看这巡夜三贼，各持兵刃，打着灯笼，往北巡去。楚、沈立刻缀在后边，相隔十来丈，不即不离地盯着。这三贼围着坟园旷野，绕了一圈，通过几道卡子，便折回老窑，从坟园正门进去。楚占熊、沈明谊蹑足徐缀，远远听见：这巡夜三贼，每到一道卡子，便与值夜守岗的贼，通几句暗号。暗号虽然听不真切，可是匪人守岗的地点，全被二人窥见，这一来便易于择路前进了。越走近老窑，二人越加小心。趁着月暗无光，林木掩映，楚占熊、沈明谊径绕向北面，从坟山后背探进去，先蹿上高树，向坟园内窥探。

赤面虎部下共有一百几十人，倒有一半分派出去，布卡巡风。在老窑内的不到一百人，有的住在阳宅内，有的住着草棚。围绕坟园，筑着高墙；也有颓倒的，赤面虎在此潜伏已久，都把它用砖石砌好。又在四角筑下望台，地下通着里许隧道，以便遇险脱逃。冲要地点，也安下翻板陷坑。但因僻处海隅，作案又不在近处，官府还不曾剿办过他们。

楚、沈拜山失和，小陈平半路邀劫未成，昨夜追击，又已扑空。赤面虎本已生了戒心；曾三令五申，教放哨把风的党羽多加小心。无奈言者谆谆，听者藐藐。做贼的几个有深谋远虑的？群贼的巢穴，从来没被官兵搜剿，尽管小陈平加紧巡查，群贼还是大大意意，满不在乎。那坟山角楼，管望的人一共十二个，分在四处，倒有七个睡着了。又加楚占熊、沈明谊举动轻捷，进止小心；竟被他两人乘虚而入，从坟山后面，袭进匪窑。

二人看坟山前面那片阳宅，有五间房，格局高大，猜想形势，必是贼酋住处。楚、沈潜察明白，暗中定好了进退之路；这才纵下树来；先藏在累累的古墓后，再折向东首，曲折闪避，扑到阳宅侧面。楚占熊轻轻纵上房顶，向四面一望，然后打一暗号。沈明谊便奔后窗根，隐在墙角窗畔的东侧，手沾唾液，点破窗纸，往内窥看。屋内陈设竟不像匪窟，一张八仙桌上放着杯盘，椅背上搭着衣服腰带；只在墙上挂着一把腰刀，茶几上放着一对鞭。一盏灯半明不亮，对面一床，床帐低垂，脚踏上放着男女两双鞋，好似帐内睡着一对夫妇。对后窗挂着穿衣镜，镜旁便是格扇。

沈明谊转身向西挪了挪，意欲窥看堂屋和西间，忽觉脚下一软，急撤身旁闪。料想下面或是翻板，便不敢过去。两人一步一试，溜到邻屋。这边屋中摆着两铺大床，睡着二三十个人。地上有两个人，持刀靠桌坐着，脸现倦容，沉默无言；看那神情，不过是值夜的喽啰。沈明谊暗想，这里倒比头道卡子松懈。沈明谊抽身转到邻间矮屋后面，这里没有后窗。他正待设法窥察，忽听嘶的一声，沈明谊急忙闪身，扭头上看，楚占熊在房顶向东一指。沈明谊顺手看去，倏见一条黑影，箭似的从坟山斜驰过来，身法轻快，踏地无声。楚、沈相顾愕然，忙退回原路；再找黑影，只一晃，便不见了。

楚占熊、沈明谊到各处搜寻，已无踪迹。二人迟疑了一阵，重到坟园前面，揣测着形势，打算探入一步。纵上房头，从后山坡潜渡过去。刚走过半圈，忽见西边屋内灯光全灭，隐隐闻得铃声。望楼上，突听一声怪号，转瞬复又寂然。前面西房中，首先蹿出两人来；向西面一寻，大声发话道："喂，道上的朋友，请下来吧！"楚、沈急待伏身，已经无及。望楼上突有一角，发出皇皇的声音；原来警铃已动，顿时全窑各处各屋的灯光全灭，人声转寂，院落愈显昏黑。

楚占熊急问沈明谊道："我们闯出去，还是下去跟他们答话？"沈明谊道："闯闯看。"两人急亮兵刃，楚占熊摆双刀当先，沈明谊抡链子鞭断后；目注院中动静和各屋门户，刚要从房顶蹿下墙头。各屋中依然不见人出。在那坟旁丛草中和墙角暗隅中，反倒利利落落纵出二三十个人，立刻散开，把住路口。楚占熊、沈明谊已陷入围中。

楚占熊按照预定路线，舞双刀闯过去，沈明谊在后紧随。二人从西面斜绕北面，不走平地，在房上纵跃如飞。那西房中先出来的二贼，一个持刀，一个持双戟，挺身蹿上房头，从迎面邀截过来。楚占熊刀交左手，探囊取出飞蝗石子，叫道："着！"唰的打过去，来人闪身让过，略为顿了一顿。楚占熊、沈明谊已一抹地横折转身，从房顶跃下平地，从平地蹿上矮屋。二人正要越矮屋，抢向长墙；不意墙外早有人把守。

范金魁率领二十多个部下，从地道绕出坟山之后，将全窑护住。小陈平秦文秀率着三舵主莫海、四舵主金继亮、五舵主彭森林，督领十几个武功较好的头目，从东房后闪出来，四面蹿上墙头。院中另有几个喽啰，举孔明灯，向各处照射。灯光照处，小陈平秦文秀已看见沈、楚二人，立刻厉声大喝道："大胆的镖行，本寨主饶你逃生，不肯穷追，你反来找死！我们早防备下了，你们还想走么！快滚下来，露两手！"且说且向楚、沈合围过来，却用刀尖一指院落道："好汉子，这里来。"

楚占熊一声狂笑，对沈明谊道："我们领教领教再走。"一摆双刀，嗖地蹿下平地，厉声叱道："小陈平，久仰你的大名。半路邀劫，自然是你的高招；对不起，被我们闯过去了。半夜围庙，也被我们见机躲开。你的智囊不过如此，我们领略过了。江湖上的汉子，讲究光明磊落，许你们打劫，就不容我们窥探么？姓秦的，你也不够朋友。快请赤面虎范舵主来答话；久仰他是个外场朋友，我们倒要会会。姓秦的，你来看，我们弟兄来了半天了，我们并没给你纵火。究竟谁是朋友，江湖上自有公论。去吧，朋友，哪位是范舵主？"

小陈平听了这番话，大怒变色，将刀一挥，要知会众寇，上前围攻。那房上站着的沈明谊，又冷然大叫道："秦舵主请了，我弟兄路过宝山，全为寻镖，并非寻隙。秦舵主要看看我弟兄的技业，乃是赏脸。我弟兄身入虎穴，全凭一刀一枪，捉对厮杀。秦舵主若派哪位好朋友来指教，尽管让出场子来，我弟兄挨个奉陪。你若想群殴，也只管说明。"

小陈平当众不好接这群殴的话，暗想："车轮战也累杀你！"遂喝道："姓沈的朋友，不要害怕群殴。喂，哪位贤弟先出去领教？"

四舵主金继亮挺钩镰枪，先蹿过来；楚占熊早已立好门户。金继亮枪尖一点，直取咽喉。楚占熊侧身一闪，让过枪锋，左手刀向外一磕，右手刀势如攒花，直向敌手扎去。双刀、单枪立刻杀在一处。四面喽啰高举火把，各持兵刃，远远看住。三舵主莫海手抱丧门剑，带两个头目，分站在墙头，盯住沈明谊。

小陈平秦文秀吩咐部下，速持火把，到处搜查余党。沈明谊提链子鞭，凝神观风。只见楚占熊刀光纵横，四舵主金继亮挺着钩镰枪，屡次冲击，满想得手，竟被拒开。楚占熊刀锋急速，封闭紧严，只杀了十几个照面，金继亮险被削去手指。一招势败，手法慌乱；楚占熊双刀一展，倏又扑来。金继亮应接不暇，枪法大乱，直逼得倒退。

秦文秀吃了一惊，忙挥刀上前；五舵主彭森林抡铁棍，一声怪喝，嗖的一个箭步，蹿到楚镖头身后，搂头盖顶，唰的一棍砸来。楚占熊右手刀一递，堪堪刺着金继亮的后心；忽闻后面风声，更不回头，托地一蹿，跳开一丈多远。彭森林力大棍猛，身子往前一扑，当的一声，把甬路的残砖打碎好几块；又怪吼一声，抹转身寻找敌人。

楚占熊双刀直剪，已绕到彭森林背后。彭森林一转身，恰好遇着，就势横棍一扫。楚占熊急收招撤刀，左手刀却被棍梢扫着一点，一声响，将刀荡开。楚占熊暗道："好大膂力！"抽转刀锋，虚向外一递。彭森林亮棍喝道："着！"

楚占熊早已撤回招来，右手刀斜扎敌肋，左手刀甩砍下盘。彭森林收棍不迭，急拧身窜开，单臂抡棍，忽地横扫过来。楚占熊扑近身前，右手刀一晃，抬腿踢向小腹。彭森林急扭身，这一腿横踢着左胯，不禁哎哟了一声，晃了晃，幸未跌倒。楚占熊真真假假，错刀一掠，疾如飘风，竟扫中敌肩，鲜血立溅。彭森林皮糙肉厚，一迭声怪叫："好东西，真敢扎我！"负痛抡棍，仍趋前死战。

灯影里，小陈平早已瞥见，急挥刀上前接应。沈明谊大叫："秦舵主休得恃众，我来奉陪！"从房头上唰的蹿下来，挥链子鞭，横身当面。那站在墙头、伺视动静的三舵主莫海，也忙一挥丧门剑，嗖的蹿到平地，从斜刺里邀截沈明谊；一条鞭，一把剑，立刻战在一处。

小陈平秦文秀抢到核心，叫："彭贤弟速退，我来会他。"五舵主彭森林，咬牙切齿，挥棍鏖战，创口的血涔涔滴流，本已疼痛不堪；怒骂了一声，抽身退出，奔入窑内。楚占熊挥双刀，健步追赶，小陈平急挺单刀邀住；两人各仗着纯熟的招数，来来往往，走了七八个照面，不分胜败。

三舵主莫海武功特强，一口丧门剑使得风雨不透。沈明谊捻链子鞭，封拦锁挂，点打缠拿，翻翻滚滚，奋勇相持。战够多时，沈明谊用惯了枪，使软鞭不甚得力，武功减色，竟不能把莫海战败。

那一边小陈平秦文秀招熟气弱，遇见劲敌；二三十回合后，被楚占熊双刀逼得只有招架之功。五舵主彭森林已裹好创伤，丢下铁棍，换了一把朴刀，重复出来，怒喝："镖行的小子，休想囫囵回去。"抢步上前助战。

楚占熊勃然大怒，趁敌援未到，猛向前一冲，用了手"缠手刺扎"，刀光一闪，喝一声："着！"小陈平急避不及，应声倒地。四面把守的喽啰，一齐惊喊道："不好了，二舵主挂彩了！"一个小喽啰调转头，驰奔地道，送信去了。

四舵主金继亮在旁观战，吃了一惊，纵身猛蹿，大叫："镖行小子，休得张狂！"手一抬，先打出一支袖箭。楚占熊方要下辣手，闻声伏身一蹿，将袖箭让过。楚占熊急挺身，双刀一摆，冷笑道："休要暗箭伤人。不怕刀的朋友，尽管上来！"彭森林早如一溜烟，挺朴刀再劈过来。楚占熊侧身让开，挥刀还招，两人重杀在一起。

小陈平秦文秀仰卧在血泊中；四舵主金继亮和一个头目，已飞身上前，金继亮急急背起，救入窑内。验看伤痕，幸而伤口虽大，未中要害，手下人忙来敷药裹伤。小陈平道："四贤弟不必管我，快请大哥来，拿这两个点子。你们千万派人防住要害，恐怕他们来的不止两人，外面定有余党接应。"说罢一阵剧痛，不能言语。少时苏缓过来，又道："一切翻板、地道、飞蝗、羽箭，快快预备好了，务必把这两个杀材活捉住。"又命手下人，把他背到地窑里面去。

地窑共有两股隧道和几间地室。全窑历年打来的财货和架来的肉票，常常潜藏在内。楚、沈二人窥窗时，误踏走线，地窑铃声大震，所以全窑立刻闻响而动。

那五间高的大房子，看外表像是贼首住所，其实不是。秦文秀和范金魁素常都住在东侧矮屋内。这两日戒备加严，范金魁、秦文秀都迁在地窑内歇睡。范金魁的妻子粉夜叉马三娘和小陈平的妻子孙氏，也都住在地室。楚、沈二镖客所见房内的床帐，和脚踏板上的男女鞋子，正是为诱敌窥探而设。楚、沈幸未入室，否则必陷入翻板。

粉夜叉马三娘，本是一个卖解女子，生来力大貌美。她和赤面虎范金魁结成夫妻之后，因她武功比丈夫强，且又性如烈火，范金魁委实有点惧内；所以粉夜叉又有一个新的外号，叫作伏虎菩萨。

那小陈平的妻子孙氏，却是良家之女，今年才二十一岁，本是被绑的肉票。后来被小陈平看中，女家虽然备款来赎，他竟留住不放，被他奸宿半年。那女子起初也是寻死觅活，痛不欲生；小陈平却爱恋甚深，百般哄慰。一年之后，竟结孽胎，产生一女。小陈平事事献媚。这女子陷身虎口，既已失身，只好自嗟命运，竟从了小陈平。

小陈平浴血负伤，被背到地窑，孙氏和粉夜叉忙过来慰问。小陈平换出笑脸道："你们不要慌，伤势不重。外面不过是镖行两个探山的，已被我们围上了。"

粉夜叉道："你大哥呢？"小陈平道："这时候大概跟他们交上手了吧！"粉夜叉道："咳，老二你不行，他也不行啊，待我上去吧。"立刻换上铁尖鞋，全身结束，倒提飞抓，催着金继亮，与她偕往。

这时节，喽啰们已将赤面虎请到。此时，沈明谊尚跟三舵主莫海，狠命相扑。楚占熊连败二敌，正与彭森林恶斗；把个负伤力战的彭森林逼得如风车似的乱转。赤面虎范金魁从坟山外围奔来，吩咐部下紧守门户，他舞动双鞭，抢到战场。几个健步的喽啰提着刀矛，打着火把，如一条火龙似的，相随扑来。

赤面虎暴喊一声："大胆的镖行，竟敢来搅局，还敢刀伤我们两家舵主，我教你尸首也出不去这老龙口！五弟且退，待我来宰他！"双鞭一指，部下人分散开，高举火把，分立四面。赤面虎托地一跃，让过了彭森林，抢奔楚占熊。

楚占熊收招侧目，见这赤面虎须眉如戟，果然雄壮；双刀一抱，两拳微抬道："来的是范舵主么？在下楚占熊……"话没交代完，赤面虎和小陈平患难至交，一闻他负伤，早耐忍不住，大叱道："少说闲话，你敢身入虎穴，捋虎须，必有惊人的本领！……呔，接招！"双鞭劈面打来。

楚占熊急错身让开，用刀一指道："姓范的朋友，我岂惧你？我们来意却不能不说明白……"范金魁不听那一套，又一鞭打来。楚占熊双眉一挑，怒气上撞，双刀一展，立刻欺身还招；双鞭、双刀斗在一处。

那一边，沈明谊苦斗莫海，渐占上风。莫海武功甚好，气力也嫌不足；数十回合，渐觉招数缓慢。沈明谊精神壮旺，起初只求无过，不求有功；待后来展开手脚，这一条链子鞭竟把莫海圈住；莫海要想撤退，竟有些闪避不开。

赤面虎范金魁且斗且照顾四面，被他一眼瞥见莫海危急，急叫："彭贤弟，快接应莫贤弟去！"彭森林抖擞精神，抢奔沈明谊；彭、莫二人双战沈明谊。沈镖师并不挠怯，将身一退，抡起链子鞭，指东打西。彭、莫二人一个力乏，一个负伤，双战不下沈明谊。

赤面虎范金魁把一对钢鞭，使得呼呼风响，进攻退守，左收右展，和楚占熊的双刀，正好相敌。火把光中，但听得一片叮当乱响，直走了二十多个照面，不分胜负。赤面虎已起杀心，越战越勇。楚占熊年甫四旬，正在健壮，恰也敌得过；双刀错举，一心要胜了这个盗魁。

沈明谊却胸有城府，不愿恋战，也不愿示怯。两个镖头，三个剧贼，正在分两起盘旋大斗。忽然间从暗影中闪出一道微光，粉夜叉、伏虎菩萨马三娘，倒提飞抓，如燕子抄水，连连飞蹿，赶到战场。四舵主金继亮挺手中钩镰枪，在后紧紧相随。

粉夜叉才一露面，便看见莫、彭二盗和镖客沈明谊，苦斗正烈。那一边，赤面虎和镖客楚占熊，双鞭对双刀，打得尤其凶险。粉夜叉回头对金继亮说："金老四，你快过去，把彭老五替下来，你看他哪还行！"说毕，一抖飞抓，抢到楚占熊这边，睁凤眼上下打量。见楚占熊身材健挺，白面微髭，穿一身夜行衣靠，衬得面如满月，细腰扎背；一对钢刀明晃晃上下飞舞。

粉夜叉看罢，娇叱一声道："呔，你是哪里来的托线，敢到这里撒野卖乖?"将身一蹿，如一条银线般，从斜刺里抄入斗场。她招呼赤面虎范金魁道："舵主歇歇吧，我来拿他。"

赤面虎虚晃一招，蹿出圈外，把双鞭一抱，在旁观战。楚占熊也把招一收，斜身抱刀，注目观看来敌。火光中，见这粉夜叉马三娘，居然生得美俏，只是眉尖微挑，二目凝寒，似笼着一层杀气；身材细长，穿一身银白色短装，腰系红巾，脚穿铁尖鞋，仿佛极利落轻脱。楚占熊看罢，暗吸一口凉气。江湖上女子既敢上场动武，必有惊人技艺；再不，就有出奇暗器，倒不可不多加小心。摆好架势，静观敌人来派。

这粉夜叉马三娘不慌不忙，一抖飞抓，左手虚指一指，喝一声："看招!"偏身侧步，略将架势一拉，那虎爪飞抓如车轮似的一转，唰的奔楚占熊上盘打来。

楚占熊急一闪身，将左手刀一顺，右手刀立即递出。粉夜叉双足一点，嗖的蹿到楚占熊背后；趁势收抓，又照楚占熊颈项抓来。楚占熊略略闪避，将左手刀横斩下去，右手刀直取粉夜叉前胸。粉夜叉顺手收抓，未容刀到，双足一点，嗖的蹿出去；右腕一带，又将抓收回。容得楚占熊挥刀赶到，她娇喊一声："着!"手腕一捞，似取下盘；突一翻腕，倒向楚占熊面部抓去。

楚占熊目注飞抓，抓不发出，决不闪避；抓到面前，方才横刀挑去。楚占熊这刀一挑，那刀径向敌人要害扎来；一对刀，此攻彼守，决不并在一处。粉夜叉一条虎抓，连发十数招，见楚占熊很是识货，决不上当。粉夜叉伏虎三娘不由粉面含嗔，对着赤面虎叫道："快拿我的长兵刃来。"

赤面虎见他妻飞抓不能取胜，正要下场助战；又恐他妻护短好胜，不愿人帮忙。赤面虎心中犹豫，忽听妻子教他取长兵刃，忙应了一声，便要亲自去取。手下喽啰早飞也似的跑回去，拿来了两根白蜡杆子。赤面虎立刻挂好双鞭，自取一根白蜡杆，双手颤抖起来，那白蜡杆的前梢颤起数尺的圆圈，试了试，很坚稳；又换过那一杆来，复一颤抖，也无毛病。这才大声叫道："我说喂，换兵刃吧，白蜡杆子来了。"

粉夜叉应声一闪，跃出圈外。赤面虎拧白蜡杆子，过去截住楚占熊。粉夜叉将手一扬道："扔过来。"手下喽啰立刻把那条白蜡杆子一抛，粉夜叉窜身一抄，抄到手内；也接来一抖，抖起数尺大的花来。她对赤面虎叫道："闪开，瞧我的！"赤面虎立刻将白蜡杆子一收一送，杆尖直戳楚占熊前胸。楚占熊侧身让过，不容赤面虎收招，倏抡双刀，一磕杆子，急进步欺身，右手刀直划赤面虎面门。赤面虎立刻托地一蹿，退出一丈以外；将杆子一抖，护住前面，又与楚占熊打了起来。

粉夜叉见赤面虎竟退不出来，不由大怒。她抹转杆梢，颤起来呼呼风响，叱咤一声，直对楚占熊划来。楚占熊双刀一摆，闪身躲过；左手刀防近，右手刀攻远，方得让招还招。粉夜叉更不容缓，白蜡杆子矫如腾蛇，围着楚占熊，扫打缠扎，泛起一轮白影。

楚占熊奋勇抵挡，无奈这白蜡杆子，梢长力猛，杆颤煽风，弹力绝大。粉夜叉出身绳妓，颇精杆法，滑、拿、崩、拔、压、劈、砸、盖、挑、扎，运用起来，灵活异常。楚占熊用刀直劈，自然劈不着；用刀横削，弄不巧会被杆子弹开，甚至撒手；并且杆长取远，楚占熊若欲进削敌人，自身早在杆子缠打之下了。楚占熊深知此杆的破法，迎面进取实在不易，侧面斜击也不可能；急转身形，施展轻功，嗖的一蹿，"燕子飞云纵"，从斜刺里抄到粉夜叉背后。粉夜叉久经大敌，顾前更须顾后；未容楚占熊蹿到，早将长杆一拧，略转半身，顺势颤动杆梢，叱道："朋友，你往哪里走？你想绕到我后头去么，你倒乖巧！"白蜡杆泛起一个大圈来，把楚占熊截住。楚占熊抽身让步，倏地伏身连跃，更从左侧绕奔粉夜叉后背；相隔两丈多远，急挥刀纵步，斜削粉夜叉左肋。

粉夜叉不慌不忙，凤眼盯住了对手，掌中杆前后把一拧，不待敌刃攻到，已微微一侧身，转过杆梢，对准楚占熊双刀横扇过来。楚占熊急收招旁窜，左手刀尖稍微落后，被颤起的杆梢扫着一点，刮的一声响，白蜡杆梢被削去半尺多；楚占熊的刀却也险被绷飞，震得虎口发热。

楚占熊吃了一惊，更不怠慢，双刀一叉，冲开杆影，抢步猛攻敌人怀内；满想抢进两步之内，粉夜叉长杆不能守近，自己便可得手。那粉夜叉却更乖觉，刀杆相碰，料到敌手不是吃惊败逃，便是趁机冒险进攻。她便抽身一个败势，右手撒把，嗖的一个箭步，蹿出一丈多远；抹转身，左手挺劲，右手托杆身，复一颤；喝一声：“呔，看招！”但见杆影乱闪，杆尖直向楚占熊右侧耳门划来。

楚占熊赶紧叉刀伏身，两膀用力向外一磕。粉夜叉忽将杆子抽回，盘空一绕，反向左侧拍去。楚占熊急推刀向左招架。粉夜叉又一抽一送，抡起斗大杆花来，金鸡乱点，向楚占熊上下左右，紧一招快一招攻来。

楚占熊连架数招，趁夹缝里，攻进一刀，连忙腾身一蹿；又往旁一闪，绕出两三丈，倏抄向粉夜叉背后。粉夜叉调转杆梢，只一拧身，便迎面截住。楚占熊退回来，绕出两三丈，猛又抄到粉夜叉背后。粉夜叉又一转身，横杆截住了。

一连数次，粉夜叉紧防右侧，决计不令敌人贴身；以逸待劳，以长攻短。只数十个回合，楚占熊便觉相形见绌；却是气势虎虎，仍不肯认输。

粉夜叉手中白蜡杆子，不住地拍颤点打，纵送冲击，两只俏眼，照顾到四面。她见赤面虎拖着白蜡杆子，站在圈外，随着自己转，意在照护自己。每逢险招，赤面虎立刻托起长杆来，在旁瞪眼，使劲，着急，恨不能过来替换她。

这原是夫妻关情之处。粉夜叉一向自负，满心想亲手打倒这个镖客，好堵住彭森林的嘴。素常彭森林总说：“还是范大哥功夫强，大嫂到底差得多。不过范大哥心疼嫂夫人，甘心示弱罢了。”只有小陈平为人机警，处处推重粉夜叉，夸她武功矫健：“我们哥几个，谁都不成。”粉夜叉听了，非常高兴；赤面虎听了，也高兴非常。彭森林这个傻小子，不能体贴人情，他偏说：“我不信。”所以粉夜叉才一露面，便教金继亮替下彭森林；暗中较劲，要教彭森林看看自己的本领。偏偏彭森林退下来，却站在那边，看着金继亮、莫海双战沈明谊，并不到这边来。

粉夜叉一面打，一面对赤面虎说：“我说喂！你别看热闹了，快去把老三、老四替下来吧。教彭老五来给我把场，我这里不要紧。老四、老三也别闲着，教他哥俩到各处照照。”

赤面虎范金魁谨接阃命，恋恋不舍的，挺白蜡杆子，抢到沈明谊那边；威风凛凛，厉声大叫：“三弟、四弟闪开，待我来拿他！彭五弟，快过去照应你嫂子。”彭森林应了一声，抢到粉夜叉旁边一站，抱定朴刀，严防楚占熊逃窜。

粉夜叉叫道：“老五，看着点！”挥动长杆，打得格外起劲。彭森林偏不夸赞，手扪伤处，口中说：“大嫂子，累不累，两个月的重身子，留神扯了腰！”粉夜叉唾道：“混账！”

那一边，镖客沈明谊连战数敌，暗辨星色，潜有退志。赤面虎一个生力军突然攻到，手疾力猛，沈明谊更不愿恋战。他一面迎敌，一面移动，凑近楚占熊道：“楚仁兄，可是时候了。”楚占熊战不下粉夜叉，正想变计，立刻应声道：“走！”倏将招式一收，大叫：“道上朋友，在下领教过了，不过如此。失陪了，有缘再来相见。”撤身转步要走。

粉夜叉凤目一张，剑眉一挑道：“你还想走么？你就在这里歇歇吧。”白蜡杆横空一转，倏地窜身，截住去路。赤面虎将杆尖一指，周呼道：“弟兄们留神！”莫海、金继亮、彭森林纷纷发动，退出战场，转向外圈抄去，只剩下赤面虎、粉夜叉夫妇，率众圈住二镖客。赤面虎双足一顿，横遮在后。粉夜叉长杆一点，迎截在前。两只白蜡杆如双龙戏水，嗖嗖地掠空飞舞。二十多个贼兵各亮兵刃，从四面合抄过来；楚、沈二人去路已断。

楚占熊大怒，叫一声："沈大哥，咱们闯！"两人且战且走，抢奔坟园。坟山丛莽之前，早有彭森林，督贼兵，持挠钩长矛，迎面截住。楚占熊意欲夺路冲杀过去。沈明谊道："使不得。"原来后面赤面虎、粉夜叉已经赶到，若再夺路，必被夹攻。沈明谊张眼一望，东面黑沉沉，人踪较少，西面却有不少人，沈明谊急引同伴，抢奔东面；这些喽啰立刻截向东面。楚、沈忽折向南面窜去，却从南面一抹地绕奔西方。两人脚下用力，蹿上西排矮屋；要由矮屋蹿过墙头，便可退出坟园；抢到荒林，便可脱身回去。

二镖客跃上屋顶，才向外一望，不由失色。突从房山后，立起四五个埋伏贼兵，暴喊一声，齐将手一扬，数道寒光，直奔二人。楚、沈二人闪身向旁一蹿，让过了暗器。脚还没站稳，忽又从下面打来数镖。楚占熊忙向旁边一跃，镖锋贴身而过。楚占熊身躯一晃，拿桩立定；粉夜叉早已一拄长杆，嗖地跟上矮屋。她长杆一抡，叫道："下去吧！"楚占熊招架不及，一翻身，复又蹿下平地。

粉夜叉长杆一拄，紧跟下去。沈明谊吃了一惊，急待跃下驰救；墙头上奔来数人，把他围住，竟在房顶上打起来。楚占熊飞身下房，双足一顿，点地跃起。他才跃起，粉夜叉已竟跟踪近身，长杆一拍道："倒下！"楚占熊唰唰唰，连蹿出四五丈以外；粉夜叉也唰唰唰，连追出四五丈以外。白蜡杆子的舞影，不离楚占熊的身形。赤面虎范金魁也舞动长杆，抢上前来。夫妻两个双战一楚。楚占熊双拳不战四手，短刀不敌长杆；苦斗数合，好容易得个破绽，向粉夜叉猛砍一刀，急一翻身，蹿出圈外，二番抢奔墙头。

不意就在此时，忽从黑影中闪出一人来。楚占熊略一迟疑，粉夜叉已如一阵狂风，抢先赶到；长杆一抖，楚占熊急闪不迭，滑倒在地。粉夜叉大喜道："逮着了！"急用长杆一按。

楚占熊“燕青十八翻”，已翻出数步，托地挺身跃起。

粉夜叉大怒，又复一杆扫去。忽然斜刺里飞来那道黑影，疾如电光石火，轻如飞絮微尘，一眨眼已到面前。

粉夜叉急抹转白蜡杆，拧把横截；只听腾的一声，白蜡杆凌空飞出两丈多高。粉夜叉失声一叫，两手虎口一阵发热，身躯晃了晃，险些栽倒，直倒退出两三步去。

第六章 探虎口劫质突重围 闻马嘶窥垣得一线

镖师楚占熊、沈明谊，被围在老龙口坟园盗窟，正在危急；忽从黑影中蹿出一人，只一举手间，女贼粉夜叉掌中的白蜡杆子，腾地飞掠出两三丈。粉夜叉哟了一声，几乎跌倒。赤面虎大吃一惊，慌不迭地纵身飞奔过来，横遮在粉夜叉面前，抖白蜡杆子，便要进步急攻。只听对面那人朗然发言："范舵主且慢动手，请听我一言！"

赤面虎范金魁愕然住手，紧紧封住门户，灯光影里，注视来人。只见来人身高五尺四五，穿一身蓝绸短装，并非夜行衣靠；头上青绢包头，身后斜背一口利剑，从右肩头左肋下，抄过来两股绒绳，在胸前勒成蝴蝶扣，剑把双飘杏黄灯笼穗；腰勒紧带，足登云履，白布高腰袜子，高打护膝；两手虚抱，丁字步昂然站在人前。辨面貌，长颊阔目，面色丰腴，长须苍然，两眼炯炯有神，眉宇间英气凛凛；只额上微起横波，显见得风尘跋涉，岁月侵寻，老已将至。

赤面虎看罢，正待开言喝问；背后的粉夜叉马三娘已然亮出飞抓，抢到面前，怒骂道："你这老杀才，冷不防的给我一下子，想必也是镖行走狗，不要躲，且吃老娘一抓！”粉夜叉刚抖飞抓索战，只见来人双眸一闪，全身挺然不动，微微侧首，突然举手道：“这位定是范舵主。我十二金钱俞剑平，久仰威名，今日特来拜见。这位娘子，想是……”说到这里，戛然住口。

赤面虎、粉夜叉一听这“十二金钱”四字，不禁侧步，暗道：“久闻江宁镖客十二金钱俞三胜，是江南武林中第一能手，原来就是此人？”夫妻俩不由上眼下眼，打量来人的神色。果然此人气宇沉穆，精神矍铄，似非等闲。粉夜叉被他迎面一截，立刻将白蜡杆子脱手，更深深领略到此老膂力异常。

粉夜叉看着赤面虎。赤面虎眉头一皱，微微摇头，道：“原来是俞老镖头！俞老镖头夤夜来此，有何贵干？莫非是来帮助那姓楚的、姓沈的，特来到此探山的么？”十二金钱俞剑平歉然抱拳道：“范舵主，在下浪迹风尘，借镖行糊口，全仗江湖上绿林中朋友帮忙，岂敢无故前来打搅？在下正为楚占熊、沈明谊两位镖头，访查镖银，偶因不慎，得罪了范舵主。在下特地赶来，为两家排难解纷。奉请范舵主，通知部下，暂且收兵罢战，听在下一言。”

此时楚占熊已立在俞剑平的身旁。那沈明谊在西边矮屋上，教几个人围攻，被迫也已跳到平地，正自苦斗不休。这时又从黑影中蹿出一个人来，冲到核心；舞动手中镔铁短矛，仗着一股奔驰锐气，与沈明谊联合起来，将几个包围的人，杀得落花流水。这个人便是铁枪赵化龙的师弟，铁矛周季龙。

原来周季龙赶回盐城，邀到十二金钱俞剑平，立刻策马奔赴柴家集。到预定的客栈内，见着镖行伙计，才晓得楚、沈二人，偕往老龙口拜山访镖，言语失和。楚、沈二人现已乘夜潜去探山。俞剑平唯恐二人有失，急与周季龙一口气追到老龙口，只比楚、沈晚了一个更次。俞剑平、周季龙施展夜行术，闯进了赤面虎所布的卡子；顾不得从容探道，只好先捉住一个巡夜喽兵，威吓他说出实话。然后俞剑平点了他的哑穴，将他缚在草丛中，便和周季龙从坟园侧面袭入。周季龙巡风，俞剑平探道；看清这坟园形势，立刻蹿上一座望台。恰有四个守夜的人在内把守。

俞剑平用迅雷不及掩耳的手段，把四人点倒，逐个讯问了一遍；才知赤面虎并没有劫取二十万镖银，那巡夜喽兵的话并非虚假。俞剑平再三诘问："十几天前，你们范舵主到何处作案去了？"喽卒说："是在水路上，劫了一票货船。"俞剑平嗒然失望，将望台上的喽兵也捆了。知会周季龙，一面寻找楚、沈二人，一面窥探赤面虎窑藏财货的地点。楚、沈二人初进山时所见的黑影，正是俞剑平。

随后，楚、沈二人与群贼交手，周季龙便要下去相助。俞剑平摇手止住，悄说："我们趁此机会，可到各方查访一下。"查访一过，果然不见有任何镖驮形迹。

此时楚、沈二镖师势渐不敌，俞剑平教周季龙去接应楚占熊。周季龙一看，楚占熊是和一个女人交手；周季龙心中不愿，打赢了并不露脸，打败了却真丢人。周季龙眉头一皱，计上心来，摇手说道："这个女人，我可对付不过，是有名的母夜叉，还是老前辈来吧。"口中说着，早一抹身蹿开，竟奔沈明谊那边去了。

俞剑平不禁失笑，暗道："他倒很滑！"无可奈何，只好潜踪过来，却又观望。后见楚占熊被粉夜叉夫妻缠绕得险急；俞剑平赶紧出面，赤手空拳只一招，便将粉夜叉的白蜡杆磕飞。既和赤面虎见面对谈，俞剑平温文尽礼，用手一指沈明谊那边道："范舵主，且请吩咐部下停斗。"又招呼沈明谊、周季龙道："二位镖头，快快住手！"

赤面虎皱眉想了想，先招呼手下人住手，且在周围远远地盯住。赤面虎眼望着粉夜叉。粉夜叉提着飞抓，眼瞪着十二金钱俞剑平，一言不发。赤面虎道："俞镖头，我久仰你的威名。我在此地开山立柜，与你贵镖行，素无过节。这姓楚的、姓沈的，竟来打搅，我们不能不动手。俞镖头，劝你请回吧！这事是他们登门寻找，并非我姓范的无礼。”

俞剑平一捋长髯道：“范舵主，你不知真情，自然怪他们无端前来；但是他们自有他们的苦衷。我已听说他们依礼拜山，和贵窑秦舵主有过交代。”说到此，转顾楚占熊、沈明谊道：“楚、沈二位镖头，我已访明，失去的镖银不在此地。二位何故与他们失和？”

楚、沈二人愕然道：“镖银不在此处么？俞大哥，怎么晓得镖银不在此地，可是已访着下落么？他们明明在十几天前做过案，我们好好拜山，他们百般支吾，还要截杀我们。”俞剑平道：“那只是言语误会，得了便了吧！”又对范金魁抱拳道：“这两位朋友，委实因担得沉重过大，情急找镖，扰及贵窑，事出两误。还请范舵主放宽一步，看我薄面，从此一笑解纷，我们改日再来专诚赔礼。”

范金魁听了，沉吟不语，暗想：“十二金钱俞剑平并非好惹的人，他们既来探山，恐怕来的不止这几个人；我何不做个顺水人情，径放他们回去？”正自思量，彭森林插言道：“我们人受了伤，难道竟让他好好走了不成？”粉夜叉也在旁睃着一双俏眼，含嗔不语。

范金魁心内难堪，委决不下。忽然抬头，见南面望楼上，挂出红绿蓝三色灯笼来。范金魁心下明白，遂截然说道：“俞老镖头的话，自当遵命。无奈事情僵到这里，我们好几个人都受了伤。我若任听楚、沈二人出去，本窑必笑我怯懦不义，我将何以用众？况且两人在我们这里搅了半夜，一旦传出去，绿林道上必然小瞧我范某；说我赤面虎原来是纸老虎，居然容镖行来去自如，成了无能之辈；可是俞老镖头既然说了，我若拒绝，又显得我姓范的不通人情……”

俞剑平静静听着，心知这范金魁想找场面，忙说道：“这个容易，我必教范舵主过得去。附近想有武林朋友，我可以邀来赔话……”

赤面虎摇头不答，忽然扬眉道：“这样办吧，请你转告二人，把兵刃给我留下；我自然放他二人，决不动他一毫一毛。”俞剑平未及还言，楚占熊早已大怒，左手抱双刀，右手将脖颈一拍道：“你们要想留下我的双刀，却也容易，请你先把我颈上的人头砍去。”

彭森林怒跳如雷道：“留下头又算什么！范大哥，咱哥们可不能白栽！大哥请看，望楼上灯笼已经挑起来了，休要放走了他们一个。”金继亮也说道：“秦二哥伤势很重，他嘱咐大哥，务必给他出口气。我们龙潭虎穴一样的寨子，一任他们说来就来，说走就走，太不成话了。”范金魁还在犹豫，彭森林抢一步道：“姓俞的，久仰你十二金钱威名盖世，何不留一手给我们看看？”

俞剑平双眉一挑，面横杀气，却又按捺下去道：“在下不过浪得虚名，岂敢在诸位面前逞能！这位既然说出，我也不好拒绝。”双目一侧，早瞥见南面望楼上，挑出三色灯光。俞剑平垫步前蹿，相隔数丈，倏即立定，左手一指，右手扬了三扬。黑影中但听破空之声，望楼上扑的一声响，三灯齐灭；蓦地楼上一声惊叫，倏地又挑出三盏灯来。

赤面虎范金魁吃了一惊，粉夜叉愤然发话：“我说我们可不怕这一套，谁要放走了人，我可跟他算账！”

俞剑平转身回来，眼望范金魁道：“献丑，献丑！家有万贯，主事一人。范舵主究竟如何，就请一言而决。”范金魁道：“留下兵刃，我就放走人。”

俞剑平怫然变色，冷言发话：“这就难了，恕我难以应命！我这里却有一把剑，我愿奉上。”回身连鞘抽出，双手托过来，剑长三尺八寸，绿鲨鞘，金什件，是一口利刃。范金魁一撤步，方要开口；彭森林抢过来，伸手便接道：“拿过来……”一言未了，哎呀一声，身子忽然一栽，范金魁急探身托住；彭森林顺势往地下溜去，竟被点了软麻穴。俞剑平上前伸掌，照定彭森林气俞穴，推了推，然后峭然道：“这位朋友且慢，这剑只能由范舵主接。”

赤面虎范金魁忽然翻出笑吟吟的面孔，大指一挑道："哈哈哈哈，佩服，佩服！足见老镖头武技高明！四位请吧！弟兄们快快让道。"倒背着手，连摇了摇。

俞剑平微微含笑，回身插剑，双拳一拱道："既承容让，多谢盛情，改日再行补报吧。"

范金魁高叫："收队！"群盗让出路线。俞剑平纵目前后望了望，然后让楚占熊、周季龙在前，俞剑平、沈明谊在后，缓缓踱去。这回并不翻墙，直走正门。才走出数十步，粉夜叉抢到赤面虎跟前，悄声道："那可不行！……"范金魁摆手道："不要说话。"

两人私语，俞剑平早已注意到了；装作不闻，仍缓步前行。蓦然望楼上灯光游动，小陈平秦文秀裹创出来，命一个头目，大叫："范舵主！秦舵主说，蓝灯可以吹灭了。"

这是一句隐语，范金魁、粉夜叉和彭、莫、金等人，全都明白了，立刻纷纷落后。跟着呛啷啷一片锣声，四面埋伏一齐发动。百十多个喽兵各仗弓箭挠钩，阻住要路口，唰唰唰发出箭来。周季龙、楚占熊、沈明谊齐叫："不好，乱箭难搪，俞大哥快上房！"

俞剑平一声长笑，大喝道："鼠子敢尔！"一转身，嗖嗖嗖，燕子掠空，反扑回去。金继亮、莫海、彭森林，齐挺兵刃邀截。俞剑平施空手入白刃的功夫，蹿身直前。金继亮摆钩镰枪拦阻，忽哎呀一声，翻身栽倒。粉夜叉急抡飞抓。俞剑平倏然伏身，啪的一扫堂腿，粉夜叉一个踉跄，栽出几步以外。彭森林伤弓之鸟，大惊后退。

赤面虎范金魁在后愕然，提鞭大叫："且慢！"俞剑平如风卷残云，冲开众人，已到赤面虎面前。赤面虎措手不及，双鞭才展，俞剑平早斜劈一掌，忽一转拳风，骈二指直取膻中穴。赤面虎哼了一声，双鞭坠地，倏地被俞剑平举起全身，大叫："谁敢放箭！"

众喽兵哗然惊扰，也有几人乱放出几支箭。俞剑平大怒，倒提着赤面虎，抢步迎来。粉夜叉夫妻情切，一见赤面虎被捉，早红了眼，惨叫一声，抢起双鞭，舍命上来截救。俞剑平已将赤面虎提足抡起。粉夜叉大惊后退，指着俞剑平叫骂道："好恶徒，好恶徒！快快放下我们当家的，我就放你。若不然，乱箭一齐把你们射死！"

俞剑平微笑不答，转脸对楚占熊、沈明谊、周季龙说："走！"

粉夜叉焦急无法，探囊取出一支暗器来。莫海忙道："嫂子不可鲁莽，恐要误伤了范大哥！"莫海说罢，将掌中丧门剑投在地上，高举着双手，大叫："俞镖头，你这就不光棍了！我们手下人虽然冒失，我们范舵主并没失礼，你为何这样摆布我们范舵主？你莫道伤了他，就能走脱了。伤了他，你也休想逃出去！我们这里早已布好卡子，任你武功超绝，也搪不住乱箭飞蝗；任你轻身功夫出众，也越不过翻板陷坑。依我说，你放了我们舵主，我就放你们出去。"

俞剑平道："大丈夫一言为定？"莫海道："一言为定。"俞剑平道："好，我决不伤他，只须他陪我走出园外。你要我现在放他，我可不是傻子。"粉夜叉在旁气得粉面焦黄，眼看着俞剑平挟住赤面虎，当作挡箭牌，摆布得如死人一般，一声也不哼。粉夜叉性如烈火，禁不住锐声大叫："放箭！我们当家的活不了啦，你们四个杀才也休想活命！"

莫海回身拦住道："范大哥没有伤，这是被点了哑穴，大嫂休要着急。"又对俞剑平道："俞镖头，看我薄面，先将范大哥治过来；容他说话，咱们和平办理。"

俞剑平道："说话容易！"一推范金魁的气俞穴，范金魁哼了一声。粉夜叉悲呼道："当家的，他大哥！"范金魁应了一声，声音很低微。粉夜叉泪流满面道："好个俞剑平，你太阴毒了！"恨得她咬得牙乱响道："我跟你拼了吧！"莫海再三拦住道："这不是怄气的时候，大嫂别着慌。"他又对俞剑平道："俞镖头手下留情吧。我们认栽了。"

俞剑平轻轻挟住赤面虎，略一推拿，赤面虎范金魁缓过一口气来，叫道："哎呀，好你，你……"使力一挣，险被挣脱。俞剑平急向肋下一点，范金魁全身麻软，动弹不得，却还能说话。赤面虎声音低低地说道："姓俞的，你有剑只管杀我，你别作践我，你作践我，你不是好汉！"

俞剑平道："范舵主，暂请委屈点，我们已入虎穴，不能不捋虎须。你看，你的部下要拿乱箭射死我们！"挟着赤面虎，对莫海说道："烦莫舵主引路，只要出了你们的卡子，我一定放他，决不加害。"

莫海赤手空拳，再三嘱咐众人："千万不要妄动，大哥性命要紧。君子报仇，十年不晚。今天无论如何，要沉住了气。"秦文秀在望楼上，也已得了警报。他本多智，心知首领已被劫质，决不敢硬拼。他立即吩咐灭灯。红绿蓝三色灯登时全灭。弓箭手、挠钩手一得号令，俱各罢手。

莫海当前引路，送出老窑，到了外面。粉夜叉一行三五人，垂头丧气跟着，袖中暗器果然不敢再发。俞剑平挟着范金魁，楚占熊将双刀分给沈明谊一把，两人刀锋比着范金魁，左右襄护，直走出坟山以外半里多路。莫海又要求放回舵主："时候久了，恐他受伤。"

俞剑平摇头道："我决不教他受伤。我这时未离虎穴，我却不能放虎归山。"

莫海顿足道："也罢，看看我们绿林中有义气没有！"教金继亮和粉夜叉，一齐丢下兵刃，拉来几匹马，对俞剑平道："俞镖头请看，我们是寸铁不带，请一同上马，我们直送你们到柴家集如何？你可不能总挟着我们舵主，你得给我们留脸。"又对楚、沈二人说："姓楚的、姓沈的朋友，请你们过来搜搜，看我们偷带着暗器没有？"

楚占熊、周季龙便要伸手过去。俞剑平忙道："不可无礼！大丈夫全靠信义当先。莫舵主，多谢你了，还请你当前引路。"当下俞剑平放下赤面虎，将他身体点活，手拉手走过了水仙庙，已到贼人头道卡子。金继亮大声传令，收队撤围。又走出一段路，俞剑平四顾无异，这才放开了手，四位镖师纷纷上马。莫海和马三娘、赤面虎、金继亮，默默无言，陪在一旁，也上了马，一行八个人，策马行来，直走出二十多里，天色渐明。沿路遇见卡子，莫海全命撤回。到三官庙附近，俞剑平一看，前途平稳，已出虎口，便翻身下马，口打呼哨；镖行伙计拉着马，从潜伏之地走了出来。赤面虎满面愧愤，下了马，默默站在一边。粉夜叉马三娘暗问赤面虎："身上可曾受伤？"赤面虎摇摇头。镖客这边，容得自己的马到，周季龙、楚占熊、沈明谊，相继上马。十二金钱俞剑平道："且慢，容我谢过了范舵主诸位。"这才双手抱拳，对范金魁、莫海、金继亮、粉夜叉等人，歉然致意道："事出误会，冒犯虎威，在下觉得对不起诸位，请原谅我这不得已。日后但凡范舵主和诸位有事路过敝处，在下必有一番补报。现在已出卡子，不劳远送了。趁着黎明时分，诸位请回，改日补情吧！"遂深深一揖，一撤步，转身带马，退出几步，便要扶鞍上马；却又止住，两眼看着赤面虎诸人。

莫海顿时省悟过来，对赤面虎道："大哥，交代几句话，咱们先走吧！"赤面虎整了整愧色，捺了捺怒焰，抱拳还礼道："俞镖头，栽在名家手内，我也栽得值。可也是俞镖头手下留情。我心里自然也知道，总是我学艺不精！现在恕不远送，我们只好先行一步了。咱们……后会有期！"说到"后会有期"四个字，声音颤抖起来。他随即一挥手，招呼粉夜叉、莫海、金继亮，牵着马退出数丈，然后飞身上马；又转面对俞剑平拱手道："请！再见！"四个人拍马奔回去了。

俞剑平容得赤面虎夫妻去远，把一派豪气英风，立刻扫尽，满面堆下忧闷。他眼望黑影，喟然叹道："寻镖不得，又在这里结下了怨仇！"楚占熊、沈明谊点头默喻。四个镖师策马拈程，不一刻回到柴家集。一到店房，四个镖头不约而同，躺倒床上。沈明谊道："白忙了一通夜，镖银的下落还是不得而知。刚才俞大哥说镖银不在老龙口，却是怎么访出来的？”

俞剑平道：“你们只顾窥探他们的住室，我却与周贤弟，袭入他们的望楼，捉了几个值夜的人，问出真情。这赤面虎确是在十几天前，全伙出去打劫过；但劫得是一批货船，并不与镖银相干。我也曾诘问过他们，因何你二位拜山，反招他冷淡？据说是小陈平和赤面虎，错疑你二人与那货船失主有关，以为是货主烦出来索赃的。他们许久没得大油水，一闻你二位无故拜山，所以顿生疑忌，致有这番误会。”周季龙道：“事已过去，不必说了。我们稍微歇歇，是回盐城候信，还是到别处踏访呢？”

俞剑平寻思了一回道：“单臂朱大椿劝我普请江南北武林同道，协力寻镖。前些日子，我发出不少信，因而急欲翻回盐城，听一听信。如果再没消息，我打算先张罗赔镖，然后继续找镖。二十万盐款数目虽巨，我们能先筹出几万来，再请展期，必然容易。”众人称是，用过了早饭，一齐翻回盐城。

这时候，胡孟刚、朱大椿误访鲍则徽，也已扫兴回来。愁人会面，更增愁怀。那永利镖局却顿形热闹起来。俞剑平刚一进门，便有两个浓眉弩目的大汉迎了过来。

这两人生得面貌极其相似，令人一望而知，是同胞弟兄。两人一边一个，拉住了俞剑平的手，叫道：“我的老哥哥，一别半年多，想不到你又二次出马，却怎的丢了镖银呢？我弟兄一接左师侄送到的信，恨不得立刻赶来。我想查找镖银，全靠人多耳目灵，所以我大哥就打发我们俩来了。咱们是有福同享，有苦同受，有急同着；老哥不必着急，咱们大家想法。”这两人便是江宁府马氏三杰的老二、老三，名叫马赞源、马赞潮。弟兄三人合开着镖店，老大叫马赞波，弟兄三人有名善使双锏。俞剑平连忙躬身道谢，又问候了马赞波的起居。

俞剑平又看别位，有一位生得黑瘦如柴，便是高邮县的没影儿魏廉。这人是俞剑平的晚一辈的人，只有三十几岁，飞纵的功夫很好，乃是一个绿林中人。从前受过俞剑平的好处，所以闻讯赶到，特来分忧。此时忙上前施礼，叫道："俞老叔，我接着你老赏的信，就立刻照着您的话，赶到永利镖局来。我听说镖银已有眉目，你老人家已往老龙口追究下去了，到底查访着实底了没有？你老有事，只管吩咐；小侄办大事不行，要是跑跑腿，探探信，你老只管交给我。"

此外还有东台的武师欧联奎，也是本人到场。现在沭阳设场授徒的八卦掌名家贾冠南，自己没有亲到；却派大弟子闵成梁，赶来应邀。更有几位镖师，是在闻信之后，先扑到海州，由海州偕同俞门大弟子程岳、振通镖客戴永清，一同起身赶到盐城的。铁掌黑鹰程岳、镖师戴永清养伤半月，业已痊愈；只有双鞭宋海鹏，负伤过重，还未能来。

这永利镖局，聚集着十几位高高矮矮的草野英雄，都来和俞剑平叙旧询情。俞剑平逐一道劳致谢，又问了问戴永清、程岳的伤势；然后和铁牌手胡孟刚互诉两路访镖、俱各扑空的情由。随又将各处投来的回信，逐一检查了一遍。共收到四十多封信，倒有一多半连范公堤失镖的案情，还不知道。信上不过说：闻耗不胜扼腕，容代为极力查访，俟有确信，再当驰报云云。这些信里面，也有一两封信，附带报告当地附近有潜伏的大盗，刻下正在设法扫探。又有几封，报告些影响疑似的绿林动静。总而言之，确知这插翅豹子的来历和已失镖银的下落，竟没有一人。

那洪泽湖的水路大豪红胡子薛兆，更大发牢骚，说："我们在江湖上混的时候，从来不曾做过这样不通情理的事。这插翅豹子想必是后起小辈，狂妄无知！殊不知绿林道和镖行花开两朵，乃是一家人。"

俞剑平、胡孟刚将各处来信看毕，又叫上送信的镖行伙计，逐一细问。俞剑平的二弟子左梦云，曾到淮安府一带去过。那地方本是强盗出没之所，每逢青纱帐起，便盗匪如麻。据淮安府新义镖店带来的口信，说他们那里，新出了一伙行踪飘忽的巨盗。为首盗魁叫作凌云燕，近月迭次作案，心黑手辣，武艺实在惊人。已经烦人代问过，这凌云燕却不承认劫过盐镖。胡孟刚又将伙计们送信的情况，问了一遍，也没有得着什么线索。

俞、胡二人无可奈何，不禁叹道："二十万盐帑非同小可，怎么竟像石沉大海一样，连点影子都没有？这岂不是出人意外的奇事么？"戴永清道："尤其奇怪的，是五十个骡夫全被裹走，也至今毫无下落。我们从海州临来时，曾到骡马行打听过，现在正捣着麻烦呢。人家找骡马行要人，骡马行又找咱们振通镖局。多亏赵化龙赵老镖头压伏得住，算没成讼。我曾想：绿林道的规矩，从来没有伤害车夫脚行的；难道这伙强盗竟忍心害理，把骡夫们也全杀了灭口不成？"沈明谊应声道："也许他们强押着骡夫们，给他运赃出境。"胡孟刚矍然道："这一着却不无可虑！我就怕这些强人，竟在劫镖之后，公然运赃出境，一离苏省，那可就更查访不着了。"

俞剑平捻须沉吟道："那却不易，二百来号人，不管他是夜行，是昼行，决不能露不出形迹来。我们已四出查问，没有一人说曾看见大批眼生的人过境；足见贼人还在附近什么地方潜伏，未必公然出境。"楚占熊道："我只怕他们冒充官兵，或者冒充保镖的，白昼公然出行，那可就难以追究了。"俞剑平皱眉想了想道："这也办不到，绿林中人没有带着大批赃物，胆敢如此冒险的。他们劫了镖，择地窖藏起来，人再改装隐匿到别处，这倒是有的。只是我们已经到处托了人，又已分途踩访了几遍，怎么一点线索也没有呢？这可真真令人难测了！"

周季龙道："还有可怪的事呢！那位陆锦标陆四爷，原说十天以后在盐城相会，也至今未来，莫非出了差错不成？"沈明谊也想起来了，对胡孟刚说："还有咱们派出去的趟子手张勇和伙计于连山、马大用，三个人也是一去无踪。咱们那位九股烟乔茂乔师傅出事时当场失踪，也是至今未见下落。"

几个人越谈越着急，俞剑平、胡孟刚又想起海州盐纲公所那一面，因叫过戴永清、程岳来打听。戴永清说："这几天盐纲公所天天派人来催问，州衙那面也催过两回。多亏赵化龙赵镖头应付得不错，还算没有别生枝节。这里有赵镖头的一封信，教我带交二位。”

俞、胡二人拆开看了，信上无非说：“海州方面并没有访着镖银的底细，也没有接到别处探得的确耗。”问俞、胡二人，近日查访的结果如何，如果得着眉目，无论好讨不好讨，先快送个信来，好借此应付公所和州衙。这语气显见得海州那边，盼信很紧切了。信中并示意俞剑平，先送个喜信来，好借此压住盐纲公所的猜疑。戴永清又说：“盐纲公所很有些嫌言疑语，总怕咱们访镖不得，顺路远扬了。”俞、胡二人听了，又是一番着急。

到了晚上，永利镖店大开酒宴。由俞剑平、胡孟刚、朱大椿做主人，请到场的众位英雄，团团落座，一同吃酒接风。大家一面饮啖，一面纷纷谈论失镖寻镖的事。宴前酒后，人多嘴杂，有的出这个主意，有的想那种办法。俞剑平、胡孟刚一一听受，暗中酌参众议，细打主张。恰巧那没影儿魏廉向俞、胡打听这劫镖的年貌，俞剑平便对大家说：“这个为首的盗魁，年约六旬，拿铁烟袋杆做兵刃，善会打穴。他手下约有一二百号人，大概是新从别处窜来的，却专意要跟我十二金钱镖旗寻隙。”遂由胡孟刚、沈明谊、戴永清、程岳四人，把前后经过情形，对众人细说了一遍，请大家共同参详。胡孟刚动问：“诸位好友，可有什么高见？可曾听说过，江湖上有这样一个人物没有？”

在场的人纷纷揣测。东台的武师欧联奎，听说劫镖人善会打穴，当时拈眉深思了一回，对沭阳的八卦掌名家贾冠南的大弟子闵成梁问道：“如今江湖上善会打穴的人实在不多，屈指可数。我说闵贤弟，你可晓得现存的打穴名家，那还有谁？”

闵成梁想了想，说道：“听家师说，点穴和打穴，招数不一。点穴名家自然当推俞老前辈，至于用点穴镢、判官笔的，只有徐州姜羽冲、汉阳郝颖先。若说到用外门的器械做点穴镢用的，那更非得武功精深不可；弟子并没有听家师说过，竟不知这使烟袋杆的人是哪一门的，也许此人是由远处来的。弟子临来时，家师也曾谈到，教我转告俞老前辈，如果时限来得及，可以托人到山东省曹州府佟家坝，找佟庆麟佟二爷，打听打听去。佟家父子数代相传，善会打穴，也许他这一门绝艺，辗转流传到别家。那佟庆麟身体羸弱，武功虽不能登峰造极，可是他家，长一辈、晚一辈传授的弟子，渊源甚长，他家又有祖传打穴秘图。我们如果来得及，倒可以专诚到曹州访问一番去，打听佟家上一辈弟子，可有这么一个叫插翅豹子的没有？”

俞剑平听了，暗暗点头。那马氏三杰马赞源、马赞潮弟兄，对俞、胡二人说道：“搜寻劫镖大盗的根底，固是要找。我只怕远水不救近火。依愚兄弟的拙见，查访劫镖地点的踪迹，倒是捷径。反正失事场所既在范公堤附近，贼人藏身落脚的地点，总不出范公堤方圆百里之外。我们何不纠集武林同道，径向范公堤一带，仔细排搜一遍？”胡孟刚也说：“上次我们踩访镖银，不过只是拣那城镇驿站要道寻找，向同道探听。马仁兄的高见，是要逐处实地查勘，这法子倒可一试。我们如今与其坐候音耗，倒不如再到范公堤、大纵湖一带，搜根剔齿，细加查访，也许竟能访出贼人的踪迹来。”俞剑平点头称是，众人也都踊跃愿往。

商量已定，便又公推俞剑平重新分路，托这到场的朋友分带着当时失镖在场的伙计，作为眼线，分拨出发；由盐城到各处，仔细排搜下去。

沈明谊、戴永清、铁掌黑鹰程岳，自然也陆续出发。因为俞剑平、胡孟刚、楚占熊、赵化龙、朱大椿等数镖头公请的朋友，还有多半没有回信，所以俞、胡二人暂在盐城候信，以便听取各方的情形。候了三四天，果然陆续又收到了许多专差送来的回信；并有四五位镖行同业，和几个江湖道中的朋友，应召赶来赴助。

这一来，各路武林同道都哄传动了。就有那未成名的少年武士，想要借此寻镖，创立一番名望，将来好在江湖上立足。也有那成名的豪杰，顾念俞、胡诸人的友情，和江湖上的义气，口头上说事忙，不能赶到相助，却暗中私访下去。这无非是寻出镖来，好耸动江湖；寻不出镖银，也与自己声名无碍。

这期间，还有几家镖店，特派镖师前来帮忙。内中就有：太仓的万福镖店，镇江的永顺镖店。这几家也是最近曾经保镖被劫，始终没有原回案来；虽然赔偿了事，却恨气不出。一闻俞剑平普请江南豪杰，访问匪踪，不由动了同仇敌忾之心，故此派人到场。一者助人就是自助，二者俞剑平如果访出匪踪，自己已失的镖银，也许同出一手，便可设法协力寻找回来；这也是他们的一片私心。

数日以来，武林朋友越到越多，却都是闻信来助拳的，并非得耗来送信的。这永利镖局渐渐住不开，便在客栈另开了房间。俞、胡二人一面设宴酬谢，一面将劫镖人的情形说出，请他们陆续分道出发。

到第五天头上，差不多近处各方面，都有回信和来人。俞剑平、胡孟刚心想：这一来总可以探出一些线索来了。

不料派出去的人没有送来消息，可是海州忽然派了人来。缘因讨限寻镖，原定一个月，如今一晃，已经二十天了，仍如水中捞月，杳无音耗。盐纲公所在半月头上，见出去的人一去无踪，便已有些不耐烦，连催州衙签牌督促。州衙也因查镖久无回报，便派官人发一角文书，急如星火似的，赶到盐城。赵化龙也担架不住，秘发一信，暗暗通知俞、胡二人。俞剑平、胡孟刚一面打点差人，一面应付官事。无奈日限已迫，百口莫解。盐纲公所更不能再事通融，立逼保人务于一个月限满之时，将二十万赔款如数缴齐。这几个官人便是奉命前来，催促他们几个人，作速折回海州，不得借口寻镖，在外支吾。

俞剑平怫然不悦，却又无法，与胡孟刚商量着，唯恐赵化龙一人在海州为难受挤，两人决计先翻回海州。同时俞剑平打定主意，先筹划一笔款项，押给盐纲公所，好教他们安心放宽一步。胡孟刚也要赶紧预备折变家产。于是俞、胡即日由盐城动身，留下周季龙、左梦云，随着朱大椿，在盐城候信。

到了海州，俞、胡先和赵化龙见面，几个人密议一回。赵化龙具说："官私两面连日催问，愈逼愈紧。我们一点音耗没有得着，如今再说展限的话，真有些难于措辞。"三个人搔首筹议，只好再烦海州绅士马敬轩，代求宽限。果然马敬轩那里，问知杳无下落，便已面露难色。俞剑平对胡孟刚说："我们现在，是没有钱不好说话了。"

当下几个人赶紧筹措款项。且喜这几位镖头都有一些资产，在地面上又呼应得动，只几天工夫，便凑出两万现银来。存在一家银号，开了庄票；然后烦马敬轩和几位绅董，出面托情展限。这些绅士们见有了钱，倒肯代为进言；无奈盐纲公所那面，口风很紧，定要先交五万，马敬轩便说："镖行现在能够变产赔镖，已经很难得的了。若太挤兑紧了，他们一伙武夫穷途末路，倒许弄出别的差错来。"

这时节，多亏海州衙门派去相随寻镖的捕役，受俞、胡暗嘱，对州官报告了镖局方面大举托人寻镖，和他们拼命筹款的实况，其中并无规避的情形，因此州衙方面倒很体谅。又经几番斡旋，盐纲公所方才答应。即将这二万两庄票作为抵押，允许他们展限半个月。并且说，如果逾限仍找不出镖来，就须于一个月内再交三万。在公事上，把这宽限的话抛开不提，只说容限变产赔偿。

俞、胡二人将这展期的事办妥，已经耽搁了三四天，一个月的限期只余下六七天了，连这续讨的限，不过还有二十来天，这不能不加紧办了。这一次打定主意，要到失镖地点附近的庄村，加细搜访。俞剑平、胡孟刚遂辞别了赵化龙，留下了期会的地址；带领镖行伙计，二次出发，辗转查访。

这一日又访到湖垛地方，忽与铁掌黑鹰程岳、东台武师欧联奎一拨人相遇。他们一面访着，一面都须留下落脚地名，以便遇事好传信。这两拨人会到一起，互问起查访的结果，仍然是杳如黄鹤。黑鹰程岳在湖垛迤北，遇见几个举动异样的外乡人，也曾下意跟踪探查过，后来竟不见这几个人了；虽看出那几人决非农民，可也难以断定必与失镖有关。

俞剑平命程岳随着欧联奎再访下去，随后分途。俞、胡二人转到淮安一带，果然打听得淮安以北、西坝一带，出了个名叫雄娘子凌云燕的剧贼。他手下率领着若干飞贼，也不知他的确数；专劫过往绅商，来去飘忽，出没无常。官人几番缉捕他不得，就是他潜身之所，也无法访实。

原来凌云燕并没有老巢，说他是路劫，果然不错；就说他是夜行飞贼，却也不假。俞剑平不觉动疑，正要下意探访；恰巧马氏三杰的马赞源、马赞潮弟兄二人，由戴永清相伴，也查勘到此；在淮安府镖局，已经留下了话。俞剑平、胡孟刚忙跟踪追下去，在西坝地方一家客店内，与二马相遇。两拨人会在一处，便开始扫听。恰巧附近地方有一家大户，忽传失窃。家藏的碧玉簪、乌金鼎和赵子昂的墨迹，跟几件貂裘珍物，藏在密室，忽然不见。在室中墙上，竟留有飞燕的暗记，此事已轰动一时。

俞剑平、胡孟刚一听见这个消息，不禁爽然若失；料想这劫镖的大盗，一定不是凌云燕了。他断不能在劫取二十万盐镖之后，更做他案。

俞剑平、胡孟刚、戴永清和二马返回淮安，住在店内，计议着要往南访下去，却又打不定主意。二马便要依着闵成梁的主意，直赴铜山，转往鲁南，再到曹州府，访问那打穴世家佟庆麟，究问用铁烟袋杆打穴的，可有这样一个年约六旬豹头虎目的人没有？俞、胡二人因日限不足，不便舍近求远，打算转到滨海之区去。这北上访镖的事，就拜托二马办理。几个人商计着，便要饭后分途。正在这时，忽听店房外，一个店伙计叫道："九号姓胡的胡老达官在屋么？外面有人找。"

胡孟刚愕然道："是谁找我？"刚站起身来，听院中有一个破锣似的声音，又闷又哑又涩地叫道："是振通镖局的胡老镖头么?”语音很耳熟,却又不类。

胡孟刚迎出去,俞剑平也站起来道:“大概是咱们派出去查镖的人。”才待举步跟出去,只听胡孟刚叫道:“哎呀,原来是你!”门帘一掀,胡孟刚侧身退步,那人已然跟了进来。

俞剑平抬头看时,竟认不得此人。但见此人高仅四尺余,尖头瘦腮,相貌猥琐,形容憔悴,死灰色的面皮,两只醉眼暗淡无光,唇上唇下生着短短的胡碴。那神情颓丧,就像大病了半个月,又挨了几天饿似的。脸上额上还有几块创伤;浑身上下,更是污秽不堪。两只青缎靴已变成黄色,上面满渍着尘垢;背后拖着一条小辫,也好像多日不曾梳洗;却穿着崭新一件新大衫,反衬得全身更为不洁。

马氏兄弟也不认得此人,都注意看他。镖师戴永清立即认出此人,就是那失踪已将一个月的振通镖局镖师九股烟乔茂。

乔茂自在范公堤遇盗失镖,当场便已不见。此时忽在这淮安府地方冒出来。又见他衣冠不整,形容憔悴;想必是当时一见事败,撤身遁走。这时候想必是混不上饭碗,不知怎么得信,又找来了,却难为他怎么摸来的。

胡孟刚眼望着乔茂这种神气,唉了一声道:“乔师傅,你这一个月,到底跑到哪里去了?”

戴永清和几个镖行伙计互相顾盼着,未容乔茂张嘴,就先嘲笑道:“咳,乔师傅,一个月没见,穿上新大褂了。你老人家上哪里露脸去了?教我们这实心眼的胡老镖头急死急活,还当是你老人家当场拒盗,负伤殉难了呢。可又找不到你老的尸首,想好好发送你,也办不到。想不到一个月不见面,你老倒发了福了。只有我们这伙呆鸟,当场挂彩还不算;如今照旧陪着老镖头,像海底捞月似的,查访镖银,你说我们浑不浑?”

这些人素与乔茂不睦,还没容他坐下,便七言八语攻讪上来。戴永清还好些,那些镖行伙计更赶尽杀绝,丝毫不留余地地挖苦乔茂。胡孟刚也是怏怏不乐。再看乔茂,木在那里,两只眼直勾勾地瞪着,一言不发;面色由枯黄而红,由红而白,嘴唇上下的颤动，眼珠一转，黄豆大的眼泪从眼角直流下来；双手也抖抖的，张了张嘴，一时竟说不出话来。

胡孟刚看着不忍，忙说道："诸位少说几句吧。老乔，你从哪里来？你可坐下呀！"

九股烟乔茂依然呆呆地立住不动，忽然伸出那污秽不堪的手来，恨恨地把眼角抹了一抹；一把抓住胡孟刚，说道："老镖头，你听听！……我知道他们素来拿我不当人，不问青红皂白，劈头就给我这一套！……老镖头，咱们哥们可是没什么说的，我九死一生，老远的奔来，一路苦找，我就为听他们挖苦来的么？你们就准知道我是溜了么？"一面说，一面一屁股坐在椅子上，脸上神气十分难看。

乔茂说着说着，突然嘎的一声，把长衫扯开，露出前胸来。两手扯着衣襟，对众人转了一个半圈，一面跳，一面嚷道："你们瞧，你们瞧！你们受伤，我姓乔的也没有含糊呀！你们找镖，我姓乔的也没有闲着呀！"又转脸对胡孟刚说："老镖头，我姓乔的小子，吃振通镖局的饭，……我姓乔的小子，没白吃饭！我……"说到这里，声音塞哽，竟张口结舌地重坐在椅子上，如瘫了一般。

众人看乔茂像疯魔似的，把一件新大衫扯破，露出那肮脏的前身来。在左肋上留着很深重的一道伤痕，胸口上也划着几道似乎是刀划的血斑。镖行伙计们互使眼色道："这小子不知往哪里钻躲，划了这些棘刺！"说着，还在那里讥笑。

俞剑平、戴永清已经听出乔茂话中有话，尤其是看出神色间，恚忿过于羞惭。俞剑平忙说："这位想必就是乔茂乔师傅了，我们胡二弟自你遇险失踪，天天都悬念你，恐你遭遇不测。如今你回来了，胡二弟自然放宽了心。乔师傅不要着急，有话慢慢讲。"

戴永清一阵机灵，也忙端过一碗茶来，道："我说乔师傅，一路辛苦！好容易咱们又聚在一块，咱们还得想法子，给胡老镖头分忧。咱们相处日久，都是玩笑惯了的，你千万别着恼，别计较。”铁牌手胡孟刚也拦阻众伙计道：“你们先别胡闹，让老乔歇歇。我说老乔，你这些日子流转到哪里去了？莫非教匪人裹去了？却是你又如何得以脱身，追寻到这里来？”

乔茂歇过一口气来，渐渐神色略定，叹了一口气道：“我么？这一个来月，简直是死里逃生，好容易才挣出一条命来。没有别的，我素来无能，还得胡老镖头赏碗饭吃。诸位寻访镖银，可有下落么？”

胡孟刚闻言嗒然沮丧，伙计们又要嘲笑他。戴永清摇手止住，急向胡孟刚一使眼色，对乔茂说：“说到访镖，这一个月，我们奔波道路，着急受累，镖银下落固然没探出；就连劫镖的插翅豹子的实底，也没摸着。乔师傅远道赶来，想必访着一些音耗。倘得明路，何不说出来，也省得老镖头心焦？”

乔茂把嘴一撇道：“找我要明路？就凭我姓乔的，在镖局不过是个废物。咱们振通镖局人才济济，都没有寻着镖银，我姓乔的更扑不着影。

戴永清笑道：“乔师傅，不要找补了。乔师傅不行，还有谁行？况且你素来朋友多，人缘好，绿林道中熟人多，你又忙了这一个来月，想必得着线索，大远的跑来送信了。你何不指出一条明路来，好供大家参详？”

这“绿林道中熟人多”一句，却又搔着痛痒处。九股烟乔茂瘦颜上不禁泛红，扭着脸说道：“我哪有什么明路？我大远的跑来，不过冲着胡老镖头待我不错，我想发个赖，找人家借个十两八两的，我好做盘川，另奔他乡，别谋生计。这镖行刀尖子上的生涯，我可吃怕了，没的教人把我宰了！”

戴永清再三追问，乔茂只是不答，扯着大襟做扇子，忽扇忽扇地扇着。戴永清拍着乔茂的肩膀说：“乔师傅，你怎么差点教人宰了？”

乔茂翻翻眼珠道：“我么？没什么说头！”

戴永清道：“好一个‘瞧不见’。我知道你肚子里有宝，趁早憋出来吧，不要装腔了！”

铁牌手胡孟刚生性豪爽，不由激出火气来，一拂袖子，对俞剑平说道："俞大哥，你瞧瞧，这就是朋友！"站起来，走到乔茂面前道："我说老乔，你在镖局，无人不逗，无人不吵。你们犯口舌，我姓胡的可没错待你呀！你这是冲着他们，还是冲着我？你要是访着贼踪呢，你就说说。你若是没访着呢，我也不能赖给你。你要是瞧着我姓胡的正在难中，不够朋友了，你就不用说，我也不会逼你。你要是想要盘川回家，我这里就有。你肚子里有什么玩意儿，趁早抖搂出来！你别拿捏人了。你再拿捏人，那就是我姓胡的不是人生父母养的，不配交朋友！"胡孟刚一面说，一面吹胡子瞪眼。

俞剑平连忙把他扯过来说："胡贤弟，这是干什么？人家乔师傅身负重伤，老远的奔来，为的是什么？不是为跟你交情不错么！你忙什么？乔师傅歇一歇，自然要对你说的。乔师傅，我素闻你刀子嘴菩萨心，我们胡二弟素常称道过。你别看他着急，他跟你还有什么说的？实在因为限期已迫，访不着镖银，心里太吃不住了。现在好了，有了乔师傅赶来送信，只要一得着贼人下落，咱们一切愁云都散开了。这都是乔师傅的功劳，他还能忘得了么？"

九股烟乔茂当日护镖负伤以后，竟趁黑夜，拼命暗缀下去；被劫镖强人追捕，拷讯，幽囚，几乎丧命。好容易脱出虎口，又加倍倒霉，路上遇见波折；连夜奔命似的赶来，特给胡孟刚送信，以报数年来相待之情。

乔茂本来饱受了偌大困苦挫辱，不想又被众人鄙薄，所以负气发了些个牢骚。却也想问明众人，这一个月来访镖缉盗的经过，他才好述出自己亲身所经所见的情形；也未免有点较劲炫功的意思。不期倒把胡孟刚招急了，这才将怄气的话收拾起。又有俞剑平给他圆面子，他方才滔滔的讲出一番话来，使在座的人听了又惊又喜，又是诧异；料不到乔茂这个人，素来不理于众口的，此次却有这番热心肠，舍命犯险，急友之难，真是人不可以貌相了。

原来当日在范公堤遇盗的时候，九股烟乔茂和双鞭宋海鹏，奉命留后，保护押镖盐商的轿车，兼照顾镖驮。铁牌手胡孟刚、黑鹰程岳，被群盗围攻；一声呼哨，从竹林后窜出一伙贼党，硬过来劫夺镖驮。双鞭宋海鹏、九股烟乔茂在近处看得真切。乔茂对宋海鹏说："宋爷，你瞧见了没有？我没说错吧，我原说这票镖是蜜里红矾，吃不消的，现在果然遇上事了。养兵千日，用在一朝！咱哥们吃镖局的饭，可不能临事含糊了。咱们俩是你先上，我先上？"双鞭宋海鹏暗想："瞧不见乔茂这人，原来还有这番骨气，我岂能落后，教人耻笑？"遂唔了一声道："我先上。"双鞭一挥，抢步上前，拒盗护镖，立刻被群贼阻住，杀在一起。

那九股烟瞧不见乔茂手握着短刀，瞪大了一双醉眼盯着。忽见他背后盐商的轿车已逃；贼人漫散过来，已动手威逼骡夫，起运镖驮子。乔茂不顾一切，怪嚷一声，抡刀挺身飞跃上前。他明知自己武技平常，事到其间，也唯有舍命护镖。却幸盗帮劲敌都在围困胡孟刚、程岳和沈明谊、戴永清诸人，前来劫镖的乃是副手。九股烟乔茂冲到镖驮之前，正有几个强徒持刀催逼骡夫，把打圈伏在堤旁的五十匹镖驮子，逐个驱赶起来。

乔茂且不顾援助宋海鹏，仗他身轻如叶，落地无声，如一阵飘风似的，赶到贼人背后，手起刀落，便被他砍倒两个。群贼大怒，立刻蹿过来两个好手，挥刀迎斗；力猛刀沉，只几个回合，便将九股烟乔茂杀得手忙脚乱。其中一个敌人，一朴刀猛砍过来，乔茂挺刀招架，铮的一声响，火星乱迸，把乔茂震得虎口发麻，险些短刀撒手。

乔茂慌不迭的一跃丈余，闪过一边。那另一贼人又已挥刀斜扫，从侧面截杀过来，将乔茂的手臂划破一道。乔茂瞪眼骂道："好贼，我跟你拼了吧！"复抡刀拒战，又杀了片刻。

忽然间，那包围双鞭宋海鹏的群贼，阵势一散，宋海鹏已负伤倒地，血溅堤边。群盗又合拢了，直向乔茂这边包抄过来。

乔茂大吃一惊，本已双拳不敌四手，何况贼人又复增援！乔茂急虚砍一刀，变计退身，嗖地一跃，从敌人头顶上直窜过去，伏腰用力，转身便跑。群贼中一个使剑的，探身旁鹿皮囊，一捏甩手箭的箭尾，嗖嗖嗖，直甩出去。乔茂且逃且回头，黑影中闪避不及，噗的一声，臀部上被打中一箭，入肉四分，疼不可忍。乔茂一回手拔下箭来，奋步亡命狂奔；又被黑影中一个贼人，迎面剁来一刀。乔茂急侧身旁蹿，让过刀刃，竟被刀尖划了一下；且顾不得疼痛，辗转夺路逃去。

乔茂一面跑，一面暗将周围形势看好，知道前面后面必有强人把风，决闯不出去。西面又是大纵湖，也不能跑。只有东面麦畦竹塘，可以潜身，便一鼓气钻过去。

这时镖行败势已见，镖驮业被劫走。夜影沉沉，一片人声喧呼，夹着兵刃叮当乱响。人影闪闪绰绰，乱窜乱奔；有败逃的镖行伙计，也有得手后，四面兜截来的强徒。九股烟乔茂乘乱窜到麦畦，身背后竟有贼人跟踪追到。缘因乔茂总是个镖师，不比镖行伙计；所以贼人紧追不舍，非把他弄躺下不可。

乔茂轻身功夫甚好，连窜带滚，直往东北逃去。东北面有一片竹塘，乔茂想：“只要逃到竹塘，便不碍了。”舍命地奔去。后面贼人大叫：“相好的往哪里跑，躺下歇歇吧！我决不伤你性命，你想逃出圈子，那可不行！”

乔茂不听那一套，狠命奔过去，离那竹塘也不过还有数丈；后面贼人已将袖箭掏出，噌的一声，乔茂急闪身一蹿。不想那竹塘旁，竟有几个强贼埋伏，以防作案时，被失主逃出去，鸣官求援。乔茂一蹿，立刻抢出四个强贼来，大叫：“呔，站住，小子往哪里跑！”那后面追赶的人也吆喝道：“伙计截住他，别教他跑了！”乔茂这一惊非同小可，急转身斜逃，这就来不及了。其实这迎面把风的贼，只是四个笨汉；乔茂若要贾勇硬闯，未始不可以闯过去。只因他已成了惊弓之鸟，这一犹豫，竟被后面那强贼追上。那强贼跳起来一个垛子脚，把乔茂踢倒，直跌出数步去；赶上来，又一刀背，把乔茂砸得发昏，竟不能动转了。强贼又过来踢了一脚，冷笑数声道："朋友，你躺躺吧，跑个什么劲呢！"又看了看，见乔茂果然爬不起来了，这才折回去。

乔茂身负数处伤痕，卧在地上，过了好一会儿，方才苏醒。他心想："这时候若是勉强挣扎起来逃跑，恐怕必遭贼人毒手。莫若装作伤重垂危，倒许脱得过去。"因此，他侧卧在麦畦里，一动也不敢动，只倾耳谛听四面的动静。觉得在他身旁并没有强人监视，远处却火光闪闪，犹在人马喧腾，料是镖银被劫，也不知胡孟刚、程岳是生是死。

乔茂又耗了一会儿，咬着牙，试着慢慢坐起，从麦苗中向外探视。夜幕已深，寻丈外竟辨不出景物来。乔茂把伤处摸了摸，头上被打了一刀背，此刻还是涔涔的发晕；手臂上的划伤本来不重，血已止住。只有臀部的箭伤，却很不轻。乔茂从身上摸出刀创药来，摸着黑，敷上一大把；又在地上乱摸了一阵，摸着他那把短刀，握在手里，乔茂不敢挺身，慢慢地弯着腰，往东北面爬行。他有心到失事的场所查看情形，寻找同伴；却又负着伤，担心重遇着强人，所以尽往东北面绕去，绕出很远。忽然想："我这是往哪里去呢？"

乔茂抚着头想了想，又倾耳听了听，复又折向西南；一走一探的溜回来，距离堤旁一带竹林已然不远。麦畦中有一土堆，好像是座荒坟，夹在田地中间，高有丈余。九股烟溜到土坟后面，隐蔽着身形，往堤上探看。乔茂看见堤上有几点火光游走不定，闻听人声渐渐稀少，料想贼人必已劫镖退去，他便想凑过去。忽然一阵顺风吹来，听着竹林后面，犹有人马践踏声传来。乔茂立刻精神一耸，两眼努力往竹林那面望去；却是黑压压一片，除了竹影外，任什么也看不清。

乔茂暗想："二十万镖银被劫，胡老镖头不知吉凶，振通镖局从此砸锅！想镖局人决不致全数伤亡，也不知有人追踪踩缉下去没有？这竹林后面，既然是劫镖时贼人埋伏之所，劫镖之后，贼人也必由此撤回。莫如我往前凑凑，看看这竹林后面，还有贼人的卡子没有？”想罢，便往竹林那边，大宽转绕过去。足足绕了小半顿饭的时候，才绕到竹林的东侧面；相离渐近，乔茂便不敢直行，弯着腰慢慢地走，臀部阵阵发疼。

正走处，忽见范公堤大堤之上来了两条人影，直向这竹林奔去。九股烟乔茂猜是镖行同伴，心中暗道：“好了，我们还有人追缉贼踪，可不知道是谁？”便直起腰来，意欲上前招呼；又恐怕是把风的贼人，事毕归窑。正在寻思着，旋见那两条人影，忽高忽低奔驰，渐次迫近竹林。

突然间，从竹丛中发出嘻嘻的两声冷笑，立刻有一支响箭直射出来，两道灯光直照过来。丛竹后面竟有人发话：“对面来人站住，再往前进，可要放箭了！”

乔茂大吃一惊，不由一阵松懈，坐在地上，暗道：“糟了，贼人的卡子还没有撤呀！追来踩踪的，是哪两位呢？”竹林中的黄光不住地照射，乔茂定眼细看，看出那胖胖的人影，大概正是总镖头铁牌手胡孟刚；那长长的人影，像是金枪沈明谊。“原来他俩并没有负伤么！只是有强人的卡子当前，他两人如何闯得过呢？”

忽然灵机一动，九股烟乔茂暗想：“此时贼人全副精神，都注意监视着堤上正面的胡、沈二人，他们未必防到侧面麦畦中，还有我在。我何不大宽转弯，绕到竹林之后，冒险踩访下去呢？只是，呀，我已负伤，一走一疼，我如何缀得下去！况且万一被贼人寻见，生命难保。那缉镖却比护镖不同，但凡强人最怕失主跟踪缀随。他们若寻见我，我是必遭毒手呀！……”又想道：“况且我已数处负伤，很对得过镖局了，我又何必拼命冒这凶险呀？”思量着，欲前不敢，欲退不甘。

正在这时，猛听胡孟刚怒发如雷道：“二十万镖银被劫，我姓胡的只有一死，没有一活。沈师傅请回，我一定要闯！”

那竹林中的贼人发出冷峭的话来：“胡镖头要死容易，西面便是大纵湖！你要想闯过竹林，却比死还难！”铮的一声，又射出一支响箭来。紧跟着听见沈明谊很悲凉地说：“老镖头，要死咱们死在一块，我不能临事退缩，教江湖耻笑。只是你我已负重伤，要想缉镖，恐已无望，老镖头还要通盘细想。”半晌，听不见胡孟刚答话。

就在这时，大堤北段，忽然传来一种惨厉之音。乔茂转面寻看，只见两盏灯光乍高乍低奔来。听那惨厉的声音，不住地喊叫：“胡镖头！胡镖头……”原来是那押镖的盐商舒大人，唯恐胡孟刚逃跑，从后面拼命追到，竟把胡孟刚、沈明谊硬给揪了回去。想是那竹林埋伏的贼人，也已听见胡、舒二人争执的话头，料到镖行必不能再缀来。又过了一刻，贼人竟已收队，奔东南而去。

九股烟乔茂窃听多时，望见两盏灯光，伴着胡孟刚等，已折回原地。卡上群贼脚步杂沓声，越来越远。乔茂猛然下了决心，不顾疼痛，从堤侧绕过竹林，直缀下去。

第七章

两番探古刹贪功被擒 三度讯真情扯谎受辱

乔茂心想："二十万盐款，如今全失，身家性命所关，非同小可。此时若容贼人远扬，再想踩探，岂是易事？如今正是一个机会，我若在此时，紧缀下去，一定可将贼人的去向摸准；便是贼人的垛子窑，也可以探着。我虽无能，一得着镖银的下落，那时翻回来，邀请能人，下手讨镖，岂不是手到擒来？那时节，我岂止扬名江湖之上，更可以堵住了振通镖局那些小子们的嘴。莫道我姓乔的无用，我姓乔的却能抓住了棱缝，毫不放松。这一来镖局三四十口子人，全栽在我姓乔的手里。"

想到此，乔茂精神一振，不由挺起腰来。又想道："胡老刚待我总算不错，他们大伙奚落我，想把我挤出去，胡老刚总是不肯。这一来我姓乔的知恩报恩，到底还是偷鸡毛、拔烟袋的不是？"

九股烟乔茂越想越有理，把刚才恐惧之念全行忘去；立刻抖擞精神，拔腿要跑。忽又想："慢来，慢来！这要一紧跑，教贼人瞧见可就糟了。"遂镇住心神，提起耳朵，一步一试，一步一瞧，绕着大弯，往那竹林后面斜抄过去。臀部伤处还是一阵阵发疼，九股烟乔茂咬牙忍住；又敷了一遍药，把腰带撕下一条，好歹的齐着大腿根往上一兜，浑身也扎绑利落。又回头一望，只见大堤上火光忽然增多，料想是镖行伙计们和缉私营巡丁们，在那里忙着救死扶伤。

乔茂远远望见，暗叹了一声："可怜我振通镖局，这一下可就一败涂地了！胡老刚此番回去，势必打官司，赔偿镖银，要想挽回已败之局，这全靠我姓乔的追踪访盗的结果了。"一面悄悄地走，一面凝神辨认路途；顺着麦田小径，一路探去。

这时候月暗星黑，竹林风吼，倍增苍凉。乔茂疑心生暗鬼，唯恐贼人还没走净，要路口也许布置下人，自己稍不小心，要受人家暗算。自己人单势孤，况又战乏负伤，并且本领又不济，这非得加倍地留神不可。

那埋伏在竹林中的断后群贼，收队撤退之时，却在胡孟刚一行大众打着灯笼，离了范公堤的大堤，折向于家圩之后。直望见镖行这边灯光折回，人马践踏声越行越远，这群贼方才暗打招呼，出了埋伏之所；又向四面搜查了一遍，方才收队回程。

这时候，九股烟乔茂已经绕着大圈，赶到他们前头，相隔已在半里之外。九股烟乔茂一路探道，顺着小径曲折盘旋，实际上已绕了二里多地，猜想已离开范公堤。再辨眼前的景象，也不知到了什么地方。有时觉着脚下踏的是细沙之地，疑心道路走错了。往前摸着走，约莫又走出二三里地，麦垄小径，忽然斜显着两股通行之道。四望旷野，黑压压一片又一片，不知是村庄，还是丛林竹塘。侧耳细听，似乎偏东有夜犬吠影之声，想必附近已有人家，也许就是群贼打那里经过。却是这两股道，不知走哪一条方对。

乔茂细察近身处，似并无人；又望了望，取出火折子来，晃亮了，仔细辨认那两股道上的人踪马迹，以定趋舍。火光照处，似乎这两条路都是深深印着车辙印；中间夹杂着马蹄印，却并不多，也没有新遗下的马粪。

乔茂不由迷惑起来，拿着火折子，顺着路照了又照。这一照，照出是非来了。那收队归来的把风群贼，恰在背后高堤望见；麦田小径骤现火光，定有行人。农村人家素来早起早眠，在这荒郊忽有野火，不是他们的伙伴，便是镖行派下来的追踪之人。群贼立刻暗打招呼，派那骑着马的，斜抄到前面堵截；那步下功夫好的，一齐亮兵刃，分道踏寻这火光而来。

九股烟乔茂找不出贼人踪迹，正自焦灼。夜静声清，猛然听见相隔数十丈处，传来马蹄声音。九股烟蓦地一惊，急将火折子收起，侧耳寻听，觉得兆头不对。吓得他伏着腰，连滚带爬，直向那麦田垄内钻去。一面钻，一面留神响声，由这麦垄转到那麦垄，急急地伏下身。忽又想不对，急急爬起来，蹲坐在地，只将半个脑袋，露出麦苗之外，悄悄地向四面探看。

只隔了不大工夫，便听见马蹄声音走远。乔茂想："这一定是贼人！马走得快，人走得慢，我这是已经缀着他们了。"心中又惊又喜，便要站起身来，猛然心中一惊，暗想道："且慢！我还得再听听。"

这一听，展眼间，听见悄然人语之声，似在近处，可也听不出说什么话来。这一来把个乔茂吓得心惊肉跳，暗道："惭愧，幸亏没站起来！"

越听越清楚，嗖嗖嗖，从麦田那边小径上，蹿出好几条黑影，竟向那两股道的交叉点上走去。几条黑影闪来闪去，忽有两道黄光照出来。听见一人道："仿佛是在那里，怎么没有了呢？"又一人道："别是鬼火吧？"那人答道："鬼火发绿，这分明发红发黄。"

不一时，骑马的也圈回来，绕着麦田来回一搜；吓得乔茂缩下头去，伏在地上，连大气也不敢喘。那两道黄光忽东忽西地乱晃，骑马的人也将孔明灯拨亮，一前一后的探照，半晌寻不见可疑的踪迹。只听一人咕哝了几句话，有一人大声说道："这一定是鬼火，再不然就是看花眼了。咱们快走吧！公事要紧，管他偷庄稼不偷呢！”说着，几个人凑在一起，践踏声大起，这伙人们纷纷走了。

九股烟乔茂出身绿林，什么诈语不懂得？他心中暗说：“你们想把我诈出来么？我才不上当呢！”伏在麦田里，寂然不动；仍从麦垄隙缝里，探出半个头来，偷向外窥。果然在相隔十数丈外，见有两条黑影一闪不见了。乔茂知道这是藏在那里等他的。乔茂暗道：“你不走，我不出来；只要天不亮，我才不怕呢！”

果然耗了不到半个时辰，就听那两人互语道：“去他娘的吧，七哥太小心了，咱们走吧！哪有人呢？”这两人竟从麦田钻出来，直奔通车大道而去。九股烟两眼盯着，直候到相隔已远，方才悄悄爬出麦田，溜到低坡处，在后面远远缀下去。

乔茂暗道：“吉人天相！若不点火折子，我还引不来领道人呢。”两条人影走得很快，乔茂不敢紧跟在后，只远远的缀着；走出不远，又是一条大道。乔茂不敢上正道，恐人看见他。他只弯着腰，在麦垄里钻，身已负伤，其苦难言。

只见道边树旁，黑乎乎有两排横影；那两个贼走到影旁站住，只停得一停，忽然蹿上去。乔茂方才晓得，那两排横影乃是两匹马。两个贼上了马，急驶而去。乔茂在后面很着急，只得冒险钻出麦田，施展夜行功夫，在后面拼命追赶。马行甚疾，乔茂又有顾忌，只几个转弯，便已看不见马影，耳畔却还听得见那嘚嘚的蹄声。约莫缀了五六里地，乔茂竟被落后在半里以外。却喜旷郊深夜，还能辨得出马蹄奔驶的去向。

又跑了一会儿，忽有一村庄当前，那两匹马竟抹着村口驰过去，引起了一阵犬吠之声。乔茂头上汗出，跟踪跑着，曲折转弯，一阵乱绕之后，已辨不清东西南北。约又走了几里路，迎面黑压压，东一片，西一片，好像又是村庄。这马距离乔茂更远了，马蹄声似已没入这当前的黑影之中。顿时又听见一阵野犬狂吠，应声四起。

九股烟乔茂努力追寻，发现一带丛林，掩着一座村落，横在前面。乔茂暗想："打路劫的贼人，向来不肯穿过乡村走的。"可是听犬吠之声，这强贼显然投入村内去了。只是吠声四起，断不定贼人投到哪一方向。

乔茂放缓脚步，喘了一口气，向四面望了望。农村人家睡得早，此时村口早已无人往来。乔茂看清形势，略缓一缓，立刻飞身纵步，蹿到村庄右首那条道上。这里是村庄的背后，左首乃是疏疏落落的一带丛林，有两股道通入村内。村中东一片西一片的茅舍，估计也有几十户人家；竟断不定贼人是穿村而过，或是在村中有无存身歇脚之处。

乔茂到此更不迟疑，将身上收拾利落，从村后抢到一家民宅后墙；嗖地蹿上房舍，立即伏身下窥。只见那一片一片竹篱茅舍，旷旷落落，没有一点别的声息。乔茂复又翻身落地，将当年在绿林道上的本领，全盘施展出来。轻如狸猫，捷若猿猴，伏垣贴壁，蹿房越脊，乍高忽低，很快地将村内街道，踏勘了一半。只是家家掩门，户户熄灯，寂然不闻人声，黑乎乎不见一星火亮。

乔茂满腹狐疑，暗道："他们既已奔入这座村庄，必定有窝藏之地；若无窝藏之地，何苦从村中穿过，白白给村中人留下迹象呢？"

乔茂无可奈何，掏出火折子来，刚要蹿到街心，意欲提火折照看路上的蹄迹；却蓦然心中一惊，急闪身藏躲。只见距离村口不远，约有二十来丈的地方，嗖嗖的连蹿出两个夜行人来。乔茂抽身很快，吓得他伏身蹲在黑影里；偷看这两个夜行人，似从一个篱笆门内出来的。这两个夜行人在街心只一停，便奔后村口而去，那身法颇为轻捷。

乔茂暗道一声："惭愧！"容两个夜行人转过墙角，相去已远；乔茂连忙蹿上房去，向四外一瞥。然后攀垣蹿房，走壁爬坡，如飞也似赶到篱笆门的邻舍房上。不敢探险，且先找着藏身之所，然后挨到那两个夜行人现身的所在，往下面一望：却是一户寻常的乡农之家，一段竹篱，三间北房，两间西房，很宽敞的大院落，院角有一道井栏。试窥看那几间草舍的窗棂，依然是黑沉沉，没有一点灯光，并且也听不见什么声息。这房舍如此狭窄，又这么悄静，决不像有什么事故发生的样子；乔茂不由诧异起来。

九股烟乔茂久涉江湖，查勘盗踪，足有十二分的把握；只要一入目，便可猜断出十之八九来。看这个草舍，分明不像劫镖强人潜踪之所，更不像梁上君子作案之地，何故竟有两个夜行人蹿出呢？乔茂试用一块碎砖，投了一下，也不见动静。当下乔茂提起精神，从邻舍轻轻蹿过来，来到院内，仔细查看。先倾耳伏窗，只听得屋内鼾声微作；更验看门窗，的确不像有夜行人出没。然后到院内各处一巡，这才来到井栏旁边；发现井旁有只水桶，里面水痕未干，地上也有一片水迹，这分明是刚从井里打完水的情形。

乔茂暗暗点头道："哦，这就是了。"看这乡农人家，深睡正浓，何来半夜打水？打水的必是刚才那两个夜行人，那么贼人的落脚之处可想而知了。

九股烟乔茂将水桶提了，也向井中打出一些水，喝了一气。随又放下，立刻嗖地蹿上房来，向村后急打一望。连忙重翻身，蹿到街心；施展夜行术，鹿伏鹤行，膝碰胸口，脚尖点地面，如星驰也似，投向村后追将过去。那两个夜行人已不知去向。到得村后，正是一带丛林，数畦麦田，通着两条路。乔茂略一端详，择了一条大路，直追下去。转身走出丛林，迎面又是纵横列着一条丁字路口，正不知走哪条道才对。

乔茂向前面望了望，似乎对面黑绰绰的有两片村舍，一个偏左，一个偏右。左边的黑影大，一定人家多；右边的相隔较远，黑影小些，大概人家寥寥。乔茂便放慢脚步，曲曲折折的探过去。迫近那大些的黑影，才看出是一片丛林，夹杂着散漫的村舍，人家也并不多。

乔茂心想："贼人如果潜踪在此，须要留神他们的卡子。"提心吊胆的，往前凑一步，探一步，耗了很大工夫，才挨到近前。这里不过十几户人家，声音静悄悄的，连个狗叫也没有。

乔茂隐身在树后，听了又听，然后爬上树去，向内窥望。这错错落落的十几户人家，照旧是黯然并无灯火。乔茂爽然失望道："白费事了，贼人一定不在这里。"急忙溜下树来，施夜行术，火速地退了出来；绕过一带麦田，折向右边那片村舍走去。这一往返，乔茂枉走了二三里路，头上不住地冒出虚汗来。原来他从失镖之后，奔驰到今，已近三更，前后六七个时辰，却是一物未食。虽然虚火上浮，并不觉饿，力气上可有点不支了。

乔茂歇了歇，往四面看了看，不禁叹了一口气，觉得自己好生冤枉。随从身边取出干粮来，咬了几口，站起来强打精神，再往前探，一面走，一面留神路旁庄稼地的动静；恐怕要路口，有贼人的埋伏。又走了半里多地，距那右侧村落渐近；忽然一阵顺风刮来，听得一阵唏唏的马嘶声音。这声音打入九股烟乔茂的耳鼓，不由全身一震，心中又惊又喜道："哈！原来在这里了，到底不枉我奔驰这一夜！"

这一阵马嘶声不亚如暗室明灯，把个负伤力疲的乔茂已失去的精力全唤回来。九股烟乔茂一个箭步，蹿进了道旁的田地；隐住了身形，鹤行鹿伏，往前挪动。一面走，一面探头，不一刻到了这右侧村舍之前。相距二三十丈，乔茂止步不前，侧耳倾听，定睛细看：迎面隐隐辨出屋宇层层，院墙高大，并不像村舍。

乔茂借着庄稼隐身，慢慢地往前蹭。相距数丈，方才看出这是一座庙宇。数行大树和附近的看青的草棚，掩映起来，远望像是小村。乔茂心想："这就对了！这里可真像个贼党潜踪之所。"乔茂知道但凡是庙，必定坐北朝南，他自己藏身之所恰在西北面，留神察看，黑影掩映处，并不见有贼人放哨。但也不敢大意，潜伏好久，又听见一阵马嘶；乔茂这才贾勇伏身一窜，窜到庙的侧面一段土坡、一丛矮树之后。这些矮树全是枣树，乃是栽来堵那破墙角门的。相隔已近，乔茂细看庙宇的形势，庙前空地非常宽敞，想必是附近村庄的庙集场子。围着庙墙，掘着深沟，大抵是防备烧荒的，庙四周并无人家，只西面相隔二十多丈，有一道长垣，好像是附近的菜园子。这庙盖得很大，却是西首颓垣断砖，颇有几处坍塌了。

九股烟乔茂未曾进身，先选好退路；然后蹑手蹑脚，溜到破墙底下。由打颓垣隙处向内张望；偏生有偏殿挡住了视线，并不能窥见里面情况。但从墙隅反射出淡淡一层微光来，料想里面必点着灯火；而且里面隐隐听得人声响动。

乔茂伏了好久，不敢贸然蹿入，心内暗暗着急。有心等着里面没有动静，再行进窥，又怕转瞬天明，误了大事，亦且难以脱身。想了想："我附垣已久，始终未见贼人出来巡风，想是他们歇着了。我只好冒一冒险了！"主意打定，绕过偏殿，找到一个墙角极黑暗的地方，踩一踩，满地生着荆棘。先用手试攀破墙，脚找砖缝，慢慢爬上墙去；墙头长着一丛野草，刚好将他蔽住。这才看出：此庙失修已久，哪里还像庙宇？窗格门扇朽坏不堪，倒是前前后后殿宇很多，一时也看不清有几层。乔茂所窥见的，只是后层偏西的一面；这东一面黑洞洞的，也不见人影。

乔茂便溜下墙隅，贴墙伏壁，往前面溜，东边有一道角门。乔茂四面一看，嗖地蹿过去，藏在黑影内，略一探头，吓了一跳，急忙缩步退回。原来这一层殿宇，正有几个人，持刀把着甬路口。

乔茂不敢前闯，折回来，绕向另一角门。角门之前，有两棵古槐，高有四五丈。他灵机一动，慌忙奔过去，立刻手攀足抱，爬到树上；小心在意的，不令枝叶响动，真个比狸猫猿猴还轻灵。到了树巅，分枝披叶，往下窥看：只见隔着一层院子，乃是正殿。正殿之前，铁香炉上插着两只灯笼；灯笼上的纸已有几处刮破，便拢不住风，被风吹得晃晃悠悠，发出摇曳不定的晕黄光焰来。正殿内的情形全然看不见，只看见两庑也有火光，殿前树干上拴着几匹马，数并不多，好像正啃吃地上的东西，也看不清吃的是什么。东庑廊下，有几个壮汉，手提着明晃晃的兵刃，在廊下走来走去；也有两三个人坐在廊柱旁栏杆上。

九股烟乔茂惊喜异常："皇天不负苦心人，这一下我可访实了！这还错了不成?"他心中盘算："这个地方究竟是贼人暂时落脚之地，还是竟在此地附近设窑?这还得探探。看这地方并不像贼人的老巢，也许是他们线上的一道卡子。我必得缀住了他们，还要访透了，才好回去报信。"想罢，便要爬下树来。

他的意思是绕到东跨院探探，因为那一面灯光更亮。然后再绕到前面，便可窥见大殿正面的情形，然后再看看山门，认清庙名，辨清地势，以便明日续在附近勘访。再暗中缀他们几天，监视几天，认准了贼人出没的确切地点和一切贼党、贼巢、贼情，然后回去报信，弄一个全功。因为他这半夜乱走，竟已迷了方向；若不是发现这庙，知道庙门必然冲南，他真不知道东西南北了。

乔茂吁了一口气，又向内瞥了一眼，然后往树下一看，便要下树；忽从角门射出一道灯光，有两个夜行人，手持钢刀短挺，走了过来。九股烟乔茂急忙缩住，连大气也不敢喘；瞧那两人竟也奔这角门而来。将到槐树之前，忽然止步；那一个持钢刀、拿灯笼的，竟将手中灯笼高高一举道："有么?"持短挺的说道："二师兄的话还有错?"

这两人一问一答，把乔茂几乎吓酥了。隐在树枝叶中，仗着树高天黑，他又穿着黑色衣服，紧贴着树丫枝，连动也不敢动，喘也不敢喘，只侧着眼注视下方。那两个人却也怪道，只是晃来晃去不走，尽在院内打旋。

乔茂也揣不出来意，贼人究竟看见他的形迹没有?旋见那两人又转到那个角门边上了；乔茂舒了一口气，方才放下心。却不料，忽然头顶上簌簌的微响一下。乔茂急仰面一看，只听阴幽幽的，从上面发出一声忍俊不禁的冷笑。这一来，把个九股烟乔茂笑得毛骨悚然；还来不及打主意逃走，早有软软的一物，从上面抛下来，正拂着乔茂的肩头。

九股烟乔茂一手攀树，一手招架，急往树下溜；那个软套已然直套下来，被乔茂一把摘开，拼命地下蹿；上面突然踹下一只脚，正踢着乔茂的头。这一脚很重，又是踹，又是砸；乔茂哼的一声，双手一松，扑通掉下树来。侥幸还好，没被那腰带临时做成的杀猪套套上头颈。

乔茂身才坠地，地上巡风之人将灯笼一抛，已饿狼扑食赶到。刀挺齐举，大喝："好东西，真个胆量不小！"树巅埋伏的人也纵下树来。这人背插一把利剑，手捏着一条腰带，正是要吊乔茂用的。

九股烟乔茂一挺身跳起来，连窜带迸，抢向来路。到得破墙头，一跃上去；急侧身，抖手发出两石子，照那追赶的人打去。不管打着打不着，乔茂一伏腰便往下蹿；猛然脚下一软，栽倒在地。真个是贼起飞智，乔茂拿出他那神偷的本领，一个懒驴打滚，直翻出数步，将身一伏，蜷卧在丛草中。也不管荆棘刺肉生疼，他只动也不动地爬伏着；两眼注视墙头，猜想庙中人必然跟踵追出。却不道庙中人也是行家，黑暗中并不追踵赶来；却绕过庙后的北墙上，飞身蹿出，四面一望，复又缩身回去。

乔茂心想不好，急急地爬起来，鹤行鹿伏，绕向庙东，逃藏过去。果然他刚刚觅好隐暗地方，将身蔽住，已有数道灯光，从庙前照出。灯影中窜出十几个人，围着庙横搜乱照。直乱过一阵，忽又全数收回去。

乔茂捏了一把冷汗，心中好生为难；贼人的底细并未探明，却落得打草惊蛇，但又不能舍此而去。不得已，狠了狠心，将脚下薄底鞋登了登，运足气力，隔过顿饭时，二次探庙。

这一次不比前番，更得加倍小心。他绕到靠东边偏殿的后房坡，施展轻身功夫，飞身一跃，已到房头，连一点声息也没有。将身隐住，往左一晃步，从偏殿溜下；忽爬忽窜，且行且探，曲折溜来，已到东南面。通过一道月亮门，往北有好大一片地方；院落宽展，一排北房似是禅房，但又前出廊，后出厦，那残破的廊子也已多半没有栏杆了。试望庭心，那情形已非比刚才所见的地方，这里是数只灯笼插在院中，角门甬路都有人把守。北面房前另有四个少年壮汉，立在廊下，全都衣装整齐利落，各抱兵刃；灯光暗淡，看不清面貌。

乔茂心知已到重地，隐住身形，提心吊胆地偷窥。窥见北房、西房、东房，破窗格七穿八漏，都透出烁烁的灯光，灯影摇曳，有人影过来过去的，遮住灯亮，夹杂着闷沉沉的语声；乔茂连一个字也听不出来，猜想屋中人很忙碌。

忽然间，听见一声马嘶，乔茂循声看去：只见西面房前停着十几辆马车，牲口没有套上，马嘶的声音似在禅房之内。那已失的五十个镖驮子和那伙骡夫，前后都没有寻见。乔茂疑惑道："这里势派森严，一定是劫镖之贼；难道他们已把镖银运走，竟不在庙中么？"

乔茂按照夜行人的规矩，先不敢窥探正房，爬在南面回廊上，蛇行而前，绕向西房。隐身在后山坡，施倒卷帘的功夫，偷向破窗内一望。怪不得屋内闻得马嘶，这一座破敝的禅房，原来已做了贼人的马号！内中有三四十匹马，拴在窗棂上屋柱间，满地撒着草料，任听牲口啃嚼；只门口有几个人闲闲地守着，镖驮子依然未见。

乔茂只瞥了一眼，便已看清屋中的情形；腰上一使劲，仍翻上后坡。这房太老了，稍一着力，灰片脱落，沙沙的往檐下掉去。乔茂吃了一惊，急急逃走，料想屋中人必已惊动。谁知看马的几个人连头也不回，还在喁喁对谈，似乎群马嚼草顿蹄的声音，把房上的动静压住了。

乔茂伏在后檐，略等了等，这才挪身要绕向正房；忽见侧面一座偏庑从后面圆窗透出微光。乔茂溜下来，蹑足走到后窗；手攀窗台，足蹬砖缝，略向内一张望：只见空旷旷三间房，似是偏殿，又无神像；似是禅房，又无禅榻。门口上只插着一只破灯笼，昏昏的略辨出人影来。屋心砖地上横躺竖卧，倒着四五十个人；身下并没有铺着卧具，甚至连干草也都没有。这四五十个人竟全睡在尘土满积的地上，连动也不动。在门口和屋心，另有几个人手持利刃；有的站着，来来往往的走，有的坐在马褥子上。看了一会儿，见这卧着的人依然一声不响，一点不动；乔茂便有些瞧愣了。其中有一个人好像呻吟了一声，立刻见那立在屋心的人，过来踢了一脚："哼什么，不要找死！"乔茂恍然醒悟，这几十个人一定是被掳的骡夫了。

机密已算探实，只是劫镖的年老盗魁和他手下的主要党羽，一个也没有窥见，镖驮子又没寻着，还觉得差了一着。乔茂遂又绕奔正房，曲折爬来，还没有绕到，只见从西角门出来两个人，登上台阶，走到正房门前。正房门挂着一个破草帘子，门口插着一对灯笼。这两个人撩帘进去。

乔茂在房顶望见，略避一避，急忙绕到房后。这正房之后，又是一层院落，黑沉沉的并无灯光。乔茂暗想："自己连看了几处，都有灯火，为何此处单单没有？"倾耳听了听，并没有响动；便从房顶溜到墙头，由墙头蹿上正房后山坡，仍施展倒卷帘的功夫，要探窗下望。

只听屋中有人说道："你听，屈死鬼恋恋不舍的，还没有走呢！依我说，把他料理了。"这说话的声音很耳熟，却并不是那年老的盗魁。乔茂觉得不好，急待退走；猛听屋中断喝一声道："呔，滚下来吧！"咯噔一声响，一道寒光破窗打出来。乔茂身子倒悬着，极力往旁边一闪，暗器刮脖颈穿过去。

乔茂吓了一身冷汗，手攀房檐，脚一挺劲，身子往前一悠，刚要飞身跃起，不意房顶上有一人冷笑道："下去吧！"乔茂挂在房上的一只脚，竟被人踩住，只一蹴，把他整个身子踢下房来。九股烟乔茂脚上头下，倒栽下地，仗他飞跃功夫很不坏，悬空一翻，脚先沾地，只一挺已跳起来，抹头便跑。只听房上人喊道："小子，看够了么？你也该歇歇了！"

乔茂顾不得答言，立刻抢奔角门。角门人影一闪，一个使双怀杖的，一个抡锯齿刀的，亮兵刃迎面截住。这两人全是劫镖时在场的强徒。乔茂挥刀夺路，那使双怀杖的大喝一声，已一杖打到。乔茂用刀一磕，打算伏身窜过去。岂知双怀杖力量很猛，铮的一声响，火星乱射，乔茂震得手腕发麻。那使锯齿刀的已从侧面，横刀斜攻过来。乔茂急撤步翻身，看见西北角有一排矮房，急运足气力，一蹿上去；登房越脊，一抹的逃走。

这时候，已从四面蹿出好几个夜行人物，各仗兵刃，分路追来。乔茂刚由矮屋翻到一座偏殿顶上。由这偏殿逃出庙外，必须先跃下平地；可是地面上已有两个人堵住门，又有两个人站在墙头，四个人站在当地，另有一个人也跃上偏殿，直奔乔茂。乔茂道："我命休矣！"急回头一看，偏殿东边好像没有人。乔茂慌不择路，竟从两三丈高的偏殿上一跃下地。他才一跳下，殿上、墙上的人立刻也跃过来，从四面一挤，单留下北面一道角门。乔茂如笼中的老鼠一样，绕着圈子逃走，并不敢还手，也不敢走角门，怕有埋伏。群贼一阵乱赶，被乔茂抓一隙路，急忙飞身蹿上角门的墙，顺着墙往外飞逃。群贼一声不响，只顾堵截。

忽听房上有一人吆喝道："当家的有话，这个鼠辈不值兴师动众，只叫老六、老七追擒他；别的人赶快回来，办正事要紧。"群贼闻言，全都止步；另有两个少年贼人，从后面追赶过来。只这一耽误，乔茂不禁大喜；立刻纵跃如飞，展眼间夺路而逃，翻出后墙，一溜烟地往北跑去。回头一看，果然只有两个贼，一先一后追了出来。九股烟咬紧牙根，拼命狂奔，不一刻早已逃出二里多地。再回头一看，已将贼人落后很远，看不见影子了。

乔茂大喜道："我姓乔的真有几分福命！这贼人一窝蜂围上来，焉有我的命在？想是贼人昏了心，教两个笨贼追我，如何能截得住我！我如今已逃出虎口，又已探得机密，我就此返回去送信。再不然，在近处找个藏身地点，我在暗处缀着他们，看看他们的老窝究竟离此多远。”心里想着，便四面寻看。这一阵舍命狂奔，有路便走，又不知此刻存身何处了？只见黑沉沉，天尚未亮。

乔茂蹲在路旁麦田边，略略喘息了一阵，精神稍缓。望见路前似有一带丛林，便站起来，直奔丛林。一面走，一面东张西望，一面心里盘算：“看这时还许不到五更，近处想必有人家。我如今只穿着一身短打，又带血迹，白天走路，真走不开！莫如抄到近处村庄，偷一两件长衣服，再偷一些散碎银子，我就在附近隐避地方一忍。白天再改头换面，往附近踩探，这倒是很妙的法子。只是我来时那个小村已不在面前，想必还在后边，有那庙挡着，我实在不敢寻回去，莫如另寻吧！”

且想且走，已到林边。夜行人的习惯，惯好钻树林。乔茂便想到林中，先躺一躺养神。看了看，寻着小道，直走进去。忽然，林内闪出一条人影，乔茂吓得一哆嗦，刚要抹头逃跑。

只听那人也哎呀的一声道：“我是走道的，身上没带着钱！”乔茂立刻站住。只见那人藏在树后，不敢出来。乔茂灵机一动，暗道：“我何不剥他的衣服？这小子也必不是好人。”乔茂回手抽出刀来，向前威喝道：“什么人，滚出来！”那人只叫：“饶命！”不敢出来。

九股烟乔茂雄心一抖，迈步抢过去。他这才一过去，那人竟藏在树后，也不跑，只是打圈绕。林密天黑，看不清面貌，只看出那人似穿着一身青。乔茂暗道：“这不像乡下人。”等到相离切近，忽见那人挥刀蹿出，一阵狂笑，刀如长蛇直攻过来。乔茂大吃一惊，到此力尽筋疲，抹头待跑；被那人赶来，钢刀一晃，登的一脚，把乔茂踢倒在地；解腰带便捆，往肋下一挟便走。

乔茂忙道：“朋友，我也是道上同源，何处不交朋友，你放了我，我必有一番人心。”那人嗤地笑了，说道：“朋友，你贵姓？”乔茂忙答道：“我姓乔。”那人道：“你是哪条道上的？”乔茂冲口说道：“我是海州来的，咱们是同行。”那人道：

“只你一个人么?”乔茂眼珠一转道:“不,我还有五个同伴哩,我们一共是六个人。”那人道:“那五位现在哪里,都姓什么?”乔茂信口诌道:“有姓胡的,姓沈的,姓张的,姓赵的,姓孙的,他们都在后头呢!”那人道:“你们当家的姓什么?你们在哪里安窑设柜?”乔茂信口编造着答复了。那人听完一笑,把乔茂丢在地上。

乔茂心想:“他这就放我吧?”不料那人掏出一块手巾、一个麻核桃,把乔茂一掐脖颈,将麻核桃塞入口内,将手巾系在脸上,蒙住了双眼;重新挟起,如飞地跑去。不一时,到一地点,登高蹿低,连转了几个弯,把乔茂扑通一声,扔在地上。只听一人问道:“捉住了么?”那林中人答道:“手到擒来,那还费得了事么?”

又有一人问道:“他可有同伴?”林中人答道:“没有看见,他自己却说有五个同伴,恐怕未必。我原说不必费事,当场抓住他完了。老二一定要看看这小子有没有同党,果然依了我的话,教我白跑了一里多地。”

又一人说道:“也许有同党被吓跑了,你快去回当家的去吧!当家的教咱们趁早吃点东西,还有好些事要办呢。”林中人应声出去了。又过来一个人,另拿绳子,把乔茂手脚重新加绑上一道。

乔茂被摔在地上,口不能言,目不能睹,也不知置身何处。过了好一会儿,才觉得眼前一亮,有两个人挑着灯笼进来。内中一人,把乔茂脸上蒙着的手巾扯下来,用灯一照,立刻踢了一脚,道:“喝,原来是这么一块料!”

乔茂睁眼一看,在他周围,横躺竖卧着四五十个人,全都是被掳的骡夫;捆在那里,一动也不敢动。乔茂才知自己又被捉回庙来;一场挣命,原来是白费事。面前站定两个人,正俯身察看自己;内中的一个,就是劫镖时在场的贼人,那个使青钢剑的。乔茂一阵难过,心想:“完了,十成占八成活不了喽!”只见那使剑的少年强贼,用脚蹴着乔茂道:“喂,朋友,别装死！我问问你，你们缀下来的，一共有几个人？”连问数声，乔茂不答。那少年勃然大怒，照着乔茂狠狠踢了几脚，乔茂扭了扭，只是不答。

旁边那个打灯笼的贼人说道：“咳咳，你先别踢他，他得说得出话来呀！”过来把乔茂口中之物掏出。那少年笑道：“原来他正吃核桃呢！”遂说道：“朋友，对不住，不知者不怪罪，恕我无礼！朋友，你们倒是缀下来几位呀？”

乔茂干呕了一阵，心说：“这臭贼太已狠毒。事已到此，有死没活，我焉能输了嘴！”喘息一阵道：“朋友，我们可是栽了，我们可是栽在光棍手里了。有话好问好答，你们可别作践我。你问我们缀下来几个人么？不多，连我只六个。”少年强贼道：“那五个人呢？”乔茂道：“那我可就不知道了。我们六个人原分两拨，三个人一拨。我已遭擒，我们的伙计大概还在附近藏着呢。”

原来乔茂这一番答话，自有他的用意。那少年听了，半信半疑地说道：“朋友，你可实话实说，有你的好处。你不要信口乱说，那是害你自己。我们断后的人，眼睁睁把你们那边的两个人挡回去了，怎么又缀过来这许多人呢？”

这少年反复盘问乔茂，乔茂咬定前言，不再更改。后来这贼人又威吓乔茂道：“你有话可趁早实说，回头我们当家的还要问你，你可等着受了刑，再说实话，那就晚了。你怕热通条不怕？”乔茂打了一个冷战，几乎急得要哭。可是既已贪功遭擒，落在贼人手中，死固不怕，毒刑更是难煞。乔茂只得说道：“朋友，咱们都是道上同源，我还能有话不说，自找苦吃么？我说的全是真情实话，你们只管扫听，只管查看，就怕他们五个人都吓跑了。”

那少年又打听十二金钱俞剑平和安平镖局的情形，乔茂都据实说了。那少年便不再问，挑着灯笼，匆匆地走了。

这少年刚才走开，乔茂的磨难已至。从外面闯进几个壮汉，未进屋便叫道：“捉住的奸细在哪里啦？”且说且奔到乔茂面前，用脚踢着说：“原来是这小子，你们一共来了几个？你们那胡孟刚老家伙上哪里去了？你好大的胆子，你真敢缀下来！”

几个壮汉七言八语的乱问，有的拿刀背单敲打乔茂的迎面骨；痛得乔茂欲避无从，不住说：“朋友留面子，朋友留面子！”

又有一壮汉，挑着灯，低头看了看乔茂的脸，信手打了一个嘴巴，道：“哈，原来是这小子！就是他把谢老四和王老茂给砍伤了的，人家本来是客情。我也给他一刀！”从裹腿上拔出匕首来，照乔茂便刺。旁边一人拦道：“别杀他，当家的还要问他话呢。”多亏这一拦，这匕首挪了挪，把乔茂肋部划了一道，鲜血流出来。那人还是不依不饶地说：“就不宰他，我也得刺他几下。”

正在乱得不可开交，陡听后面一个深沉的声音道：“哼，骆三，你好放肆，谁教你动手来！”只听啪的一下，走来一个五十多岁的男子，把那刺乔茂的人，照脸打了一掌，喝道：“滚开吧！”

这时乔茂前胸已被划破纵横好几道口子。那五旬男子斥道：“你们这些人就看着骆三胡闹么？咱们当家的跟俞剑平有梁子，跟他手下的人没有过节呀？你们竟敢私自动刑，太已没王法了！还不快拿刀伤药，给他敷上。”乔茂呻吟道：“这位舵主，我也是江湖道上的一条汉子，我可不怕死，我得死在明处。我姓乔，我是振通镖局的伙计。我和俞剑平素不相识，我只是跟着我们总镖头铁牌手胡孟刚，来保这笔盐镖。姓俞的是姓俞的事，与我无干。”

乔茂解说着，那五旬男子冷笑了一声道：“也信你不得！你们干镖行的没有好玩意儿，回头自然教你舒服。”

乔茂听了末句话，不禁又是一惊。那男子吩咐手下人，给乔茂敷上药；又嘱咐不准凌辱他，便自走了。乔茂仰在地上，新旧创伤阵阵发疼；两手两脚全缚得很紧，暗地用缩骨法试褪了褪，竟褪不开。耳边听得外面人马践腾，言语嘈杂，仿佛很忙乱。忽又听见脚步声音走进屋来，吆喝道："把镖行那个奸细带上来，老当家的要审问他哩！"立刻有两个人过来，把乔茂脚下的绳索解开，抄双臂架起，脚不沾地似的，将他带到一个所在；似是一座偏殿，殿中神像已无，神座犹存。靠殿门插着纸灯，供桌上铺着稻草和马褥子，下面放着一条长凳子。

只见那年老的盗魁，侧身坐在马褥子上，一只脚踩着长凳，一只脚盘着，口衔烟袋，缓缓喷吐。两边站着坐着六七个贼人，气势虎虎，都拿着兵刃。把乔茂带到神座前，人们就势一按，喝道："跪下，跪下！"

乔茂面色一变，欲待不跪，又怕受毒刑；欲要跪下，又恐贼人鄙视他，反倒招来凌辱。只得半蹲半坐的对盗魁说："老舵主，我也是食人之禄，忠人之事。你一定要我跪，我已束手遭擒，还能抗拒么？都是道上人，何不稍留面子呢？"

年老盗魁先看了看乔茂，暗暗点头："这么一个其貌不扬的人，想不到还有这份胆量，敢来跟踪访下来！不过既是俞剑平手下的走狗，我岂肯饶了他？"大声说道："你是姓乔么？"乔茂道："我姓乔。"盗魁道："你在安平镖局几年了？俞剑平可是你的师父？"乔茂道："我可是在镖局做事，我却没在江宁安平镖局混过。我是在咱们海州振通镖局胡孟刚胡老镖头手下做事，当一名伙计。老舵主自然有踩盘子的，我姓乔的说一句是一句，从来不撒谎；我和俞剑平是素不相识。"

旁边一人冷笑道："久仰久仰，你可叫九股烟么？"乔茂吃了一惊，脸上一红道："那是我的匪号。"那人道："原来是乔镖头，不是镖行小伙计呀！"乔茂闭口不能答。

那盗魁却并不理会，又问道："你叫九股烟，你自然是黑道出身的了。"乔茂道："我吃镖行的饭，也不过几年。"盗魁道："你说你在振通镖局做事，大概不假。我听说你们安平、振通两家，本是双保盐镖，为何不见俞某人露面呢？既然这票镖沉重，俞某人焉有不亲自出马之理？这却是何故？你要从实说，不得隐瞒。”

乔茂已听出盗魁的心意，忙答道：“俞剑平俞老镖头，一向有重镖，也常亲自出马；可也有时只靠他那杆金钱镖旗，由他弟子押着出去。这几年未遇风险，他的胆子就大了，这也是没遇见绿林道高手的缘故。又加上他新近有事缠身，所以这回他只派出一个大弟子和他手下几个伙计跟着出来，他自己并没亲到。想不到遇见能人，栽到老舵主手下了。老舵主武功出奇，在下起心眼里钦佩；只可惜眼拙，有眼不识泰山，你老是什么万儿？在哪里安窑？……”

话还没说完，旁边突然发出几声桀桀的狂笑道：“好东西，你还想拿话舔我们的细底么？别装浑蛋了！”一脚把乔茂踢得脸朝下，栽倒在地。

盗魁哼了一声道：“姓乔的朋友，你看我岂是寻常的绿林道，劫了镖一溜就走，埋头不见么？我不用你们费心摸底，我自然会找姓俞的去。不过我不能趁了他的愿，老早的教他得了准信。告诉你说，我要憋他几天。你要套问我的姓名么？自然在你临死前，教你知道。”

乔茂侧着脸说道：“不是的，不是的，我没这个心。我只是奉命差遣，身不由己。”

盗魁不答，教手下人：“把他揪起来。”乔茂虽然倒剪二臂，功夫还在，本可以蹿起来；只在众目睽睽、刀矛如林之下，他不敢转侧，恐被加害。当下过来一人，把乔茂揪起来，仍任他坐在地上，他的鼻脸都抢破了。

盗魁把烟袋锅磕了磕，又装上一袋，仰脸想了想道：“喂，那个使藤蛇棒的，三十来岁，姓程的，想必就是俞剑平的大弟子了。……喂，姓乔的，这俞剑平闻说他太极剑，江南无敌手，他又善点穴，善打十二金钱镖，江湖上说他能打出六七丈远，可是真的么？”

乔茂道：“这也是江湖上的传言，刚才说过了，我和他素不相识，倒不知底细。他的太极剑是很有名的，也听人说过，他善点三十六穴。”

盗魁又问：“这次跟着押镖的，除了俞某的大弟子程岳以外，安平镖局还有谁呢？”乔茂道：“还有姓沈的，姓赵的，姓张的……”

盗魁把手一指道：“呔，你休要信口胡诌！那姓沈的沈明谊，不是振通镖局的镖师么？你打谅我一点也不知道么？”乔茂忙道：“不是他，不是他；他也姓沈，安平镖局也有一位姓沈的呢。”那个使剑的少年笑道：“朋友，你就实话实说吧！不要顺着嘴胡诌乱编。你拿我们当瞎子聋子，可就自讨苦吃了。”说着就有一个贼，翻刀背把乔茂连敲了数下；疼得乔茂咬牙切齿，强忍住不哼。另外一个贼人道：“你还不说实话么？”乔茂道：“我没有瞎说呀，可教我说什么呢！”

盗魁道：“你们不要乱来。姓乔的，我也不问你废话。我只问你：那个姓俞的现在何处？我听说他忽然将镖局收市，又听说他在……”说到这里，双目一瞪道：“你说他住家在何处？”乔茂忙道：“在云台山，海州东北，我没有说谎。”盗魁点头道：“云台山的什么地方？”乔茂道：“清流港，海州镖行都知道。”盗魁道：“他现时呢？”乔茂道：“现时还在清流港，并没有出门。”盗魁道：“没有在海州么？”乔茂道：“没有。”又忙找补一句道：“在我们镖驮子出发时，他还在清流港呢。现在可不知道了。”

盗魁将俞剑平的事详细盘问了一回，又问，俞剑平之妻是不是姓丁？现时还在不在？有几个儿子？都多大岁数？又问他安平镖局因何忽然收市？胡孟刚和俞剑平交情如何？乔茂和胡孟刚是什么交情？乔茂被捆在地上，忍痛一一据实说了。

这豹头虎目的盗首一一听了，觉得没什么虚假。又问乔茂：“缀下来的究有几人？”乔茂不改口，依然说：“缀下来的共六个人，共分两拨，自己是第一拨。”

那盗魁有意无意地听着，只对手下人信口说道：“你们也留点神，咱们虽不怕缀，可也不能放松了，教他们瞧不起。”

然后打一个呵欠，把铁烟袋一挥道：“把他拉出去！”

这“拉出去”三个字，打入九股烟耳内，不亚如催命符！乔茂倏地面目变色，知道这是要杀他了，哑着嗓子叫道：“老舵主，我可没有含糊；我跟你老没仇，我是吃镖局饭的，我是……”群贼听了，哄然笑起来，说道：“真不含糊，光棍临死也是光棍，准给你个痛快的就是了。”立刻七手八脚，把乔茂又架起来，连推带搡，推到外面。

内中一个贼人说道：“朋友不含糊，别哆嗦呀！”推到院心，乔茂从五衷里吁出一口气来：“想不到我乔茂死在此地！”回顾架他的人道：“相好的，咱结个下世缘，你可给我一个痛快的。”那人道：“你放心，决不教你零受。”

乔茂越听越觉得兆头不好，情知求饶喊救，一概无效；心中一阵难过，耳畔轰的一响，迷糊起来。颤抖抖地说：“朋友，这是哪里？这是什么庙？你们也教我死个明白。”

一人答道：“放着天堂你不走，这小地方就叫鬼门关，这庙就叫阎王庙！这院子不是你的死地，还在前边呢！”曲折走来，通过一道很黑的院落，群贼猛然止步；迎面过来一个人，手拿明晃晃的钢刀，说道：“站住！”

乔茂浑身一软，竟往地上溜去，已被人架住；乔茂把眼一闭，静等刀下。

迎面过来的那人说道：“你们也太马虎了，闪招子怎么也不扣上点？”随手掏出一物，展开来，把手一拍乔茂道：“这小子倒美了！”用手中之物，立刻把乔茂连鼻带眼蒙上。蒙好了，却又往前架着走。忽然咕咚一声，乔茂被人提起来，掷在一个地方上，地上似铺着板。乔茂此时哼了一声，知觉全失。

过了好久，乔茂才觉得浑身处处疼痛，腰下颤抖得厉害。眼睛固然蒙上，连嘴和耳朵也被人堵塞了。枣核般的小脑袋，只给他留下一对鼻孔，任他缓缓出气。却时有清风，夹着绿草气息，扑入鼻孔。

乔茂昏昏沉沉，过了好久，才觉出自己并没有被杀；这时候大概是被群贼装在什么车上，正走着呢。乔茂在车上蠕蠕地动了动，立刻有一把尖刀，在胸口上划了划。乔茂动一动，那刀划一下。乔茂不敢挣扎了。

又经过很久的时候，乔茂忽被人提起来，挟在肋下；似乎是走出了十几丈远，又被人掷在一个地方，这地方较车上宽展。乔茂暗想："他们把我弄到什么地方才杀呢？这地方又不像是山寨。"

原来贼人并没有打算当时杀害他，把乔茂五官封住之后，立刻拧胳臂，扯大腿，重捆成粽子样，装上口袋，先载在车上，旋又运到船上。一路驶行，直过了一个整天零半夜，乔茂才被人将口中的麻核桃、耳朵中的棉絮掏出来，眼睛却照旧蒙着。立刻有一人在耳畔说道："朋友，我教你畅快畅快，你可别嚷！你只哼一声，我就是一刀。"说着，把刀向乔茂胸口触一触，刚刺得肉疼便住。

这个贼并不狠毒，乔茂低声央告道："我已一天一夜滴水没有沾唇了，劳驾给我点水喝。我决不嚷，我也不跑。"那人哧然笑道："你可跑得了啊！咱爷们有缘，我就给你口水喝，你可别咬人，你若咬我，我可对不住你。"

乔茂忙道："我决不咬人。"那人竟拿了一把水壶，放在乔茂口边。乔茂如饮甘露似的，喝了一饱。那人又拍着乔茂的头颈说道："我再给你点吃的。"于是又喂了乔茂几口。乔茂道："我决不跑，你松开我，让我自己吃。"那人道："你别忙，先凑合一两天。到了地方，自然不绑你的手。"

当下直走了两天两夜，乔茂眼虽看不见，耳朵却能听，鼻子也能嗅，渐渐觉出自己是身在船上。因为那船每逢转弯，便听得水响。白昼行船，这贼船撑篙拉纤，虽不吆喝，却难免在上下游遇见别的民船。故此乔茂耳鼻一露，便已听察出来。倾耳细听船中的动静，好像被囚的人并不多。监视的贼人，听说话的语调，好像人数也有限。乔茂试着和贼人攀谈，立刻便有尖锋刺胸。决计不许他说一句话；要想打听什么，更是不行了。

忽一夜，船行到达地头。乔茂又被人蒙上耳朵，堵上了嘴，教人挟在肋下，搬下船来，走着忽高忽低的路。约莫有一顿饭的工夫，隐隐听见对面似有人声，耳朵堵着，只能闻声，不能辨语。

乔茂觉得又换了一个人扛着他，到了另一个地方，被人丢在炕床上；把堵耳塞嘴之物全给除去，只两眼照旧用一个青布套蒙着。两手两脚捆着的绳子也被松开，另换上一种捆法，使他自己可以用手吃饭。乔茂到此，才将畏死的心放下一半，晓得自己这是被贼人幽囚起来了。

第八章

夜脱匪窟智运寸钉 路逢女侠恩怀一剑

当天夜晚，临睡之前，贼人进来，把乔茂拴在木板床上；床上钉着铁环，绳索的一头就钉在环子上。到了夜深人静，乔茂慢慢地转动，慢慢地仰卧着，倒背双手，摸那木床，摸着一边有墙。自己设法将头挨到墙边，慢慢蹭自己的脸，渐渐将眼套蹭开一点隙缝。凝神四顾；小屋昏沉沉的，内中并无同囚之人，也无监守之盗。乔茂暗想："贼人也许在屋外监视着呢，我且不要鲁莽。"只在黑影中注目辨视屋中的情形。这小屋好像并非强贼预造的囚牢；只不过是很平常的小屋。在门窗上现装了一层铁柱子，一道小门紧紧锁定，门扇上开着一个小洞，用来传送饮食。看这局面，必定是匪人用以囚禁肉票的所在。

乔茂晓得陷身于盗窟老窑一定无疑了。若能从此逃出，不但性命保全，镖银也便得着下落。乔茂心血沸腾，翻来覆去地想。无奈浑身伤痛，满胸口被贼人纵一道横一道，划得许多处创伤；更加教贼人塞装口袋的一番整治，装车装船的一番拨弄，又受过生死呼吸的威吓，早已弄得力尽筋疲。况且贼人知他多少会些功夫，不比寻常肉票，把他捆得很结实；要想褪绳逃去，煞非容易。乔茂试行挣扎了一下，觉得不行；只好躺着歇息，一面筹算脱身之计。

乔茂深恐夜长梦多，或生变故。此刻虽被囚禁，似乎不碍，安知贼人终不杀害自己？一想到此，又不胜焦心起来；仰望屋椽，好生难过。忽听外面似有贼人经过，吓得乔茂仍将眼套蹭得盖着眼皮，慢慢爬回原卧处，假装睡着。果然听见铁窗上，有人拍了一下道："相好的，老老实实地躺着吧，不要胡思乱想，你还能跑的了么？"

原来九股烟乔茂尽管有一肚子智计，尽管深懂江湖上一切谲诈，终不免当局者迷。当他挨着墙蹭眼套的时候，只顾着身子用力，便忘了假睡打鼾。睡熟的人呼吸总是重浊，他在屋内一味鼓捣，行家在外面自然听得出来。这一拍窗镇唬，又把乔茂吓了不轻，这一夜竟没敢再动地方。

当下乔茂一连囚了好几天，更没有贼人再来盘问他，也无人提讯他。监视他的人，虽看不见，听语音知道共有三四个人。每日给他两顿馒头咸菜、一壶凉水，乔茂看监视的人日久生懈，逃走之心复萌；每天夜间，设法磨蹭捆手的绳子。渐渐将绳子快要磨断，只连着半股儿，便不敢再磨；露出眼角来，算计破门逃走之法。

不意监守的贼虽是笨汉，每隔一两天，必有头目前来察看他。乔茂眼被蒙着，他看不见人家，人家却仔细察看他。这日突被贼人看破，哈哈的一阵狂笑道："相好的，真有两下子么！"说罢出去，过了一会儿回来，便带来一根生了锈的旧铁链，用手一拍乔茂道："相好的，戴上这个吧，这个结实。"

贼人把乔茂身上的绳子解开，立刻换上铁链，套在脖颈上，加上一道锁；这一头仍旧穿在床头铁环子上面。又对乔茂说："其实这锁是怕你不长命，才给你戴上的。若说怕你跑，那才不对呢。你瞧瞧，你跑得出去么？外面好几道卡子呢！这个小屋也怕你冲不出去。我告诉你，你这里一动门窗，立刻就铃铛响了。小伙子，老老实实呆着吧，又有吃的，又有喝的，多好！”说着又奚落了一阵，方才走了。

乔茂嗒然若丧，用手暗摸这段铁链，正把他像锁狗熊似的，套住了脖颈。这锁链很有几分斤两，却有一节，上锁之后，就到夜间，也不再捆他了。

九股烟乔茂拖着这铁链子，白天在床上一坐；夜晚听外面人声渐寂，便悄悄溜下来，摘去眼套，四面窥探。可惜这铁链子很短，不过六七尺长，被钉在木床上，刚刚容得乔茂能下地解溲。乔茂便如兽圈中的猴儿一样，一到夜间，就拖着铁链子，东摸摸，西探探，用尽方法，要试将链子褪下来。

起初贼人察看得很严，乔茂尚不敢妄动。后来贼人头目隔数日方才进来查看一次。乔茂容他察看以后，便放心大胆地鼓捣起来。无奈这铁链既短，他又没有折铁的腕力；用尽伎俩，想把铁链折断，或将铁锁打开，结果是枉费了气力。

乔茂心想：“只要我寻着一根铁丝，我便能设法把锁打开。”但这小小的监房，四壁悬磬，空空的一物无有。乔茂倒是窥见对面墙上，钉着一根大铁钉子；无奈脖颈锁着，干看着，凑不过去，也就不能到手。他身上本来倒也有些小刀小锯等物，又早被贼人洗去了；连腰带也被解去。这铁链既很笨重，决难弄断，这铁锁簧也很紧固；乔茂两手空空，无从下手。乔茂也曾试着要将锁砸开，可是稍有响动，又怕被监守贼人听出来。在囚牢中，倍觉光阴悠长，乔茂被监禁了十几天，直好像过了一两个月似的。

人急计生。这一夜，竟被乔茂翻动竹席，寻着了一段锈钉。乔茂大喜，就试着用这锈钉夜夜偷挖那铁锁；这当然捅不开簧的。乔茂不由自己暗骂自己浑蛋：“铁链、铁锁不能设法，还有那铁环，岂不较易起下来么？”

那铁链本来这一头拴在乔茂脖颈上，那一头却拴在木床的铁环上。乔茂只想挣开铁锁，逃出囚笼；却忘了抉开铁环，也可以带着铁链子逃跑。如今既已想到，立刻精神一振；爬到铁环子旁边，用手一摸。这铁环子本是一个半尺多长的带环大铁钉，直钉入木床边沿之内。乔茂就用这锈钉，慢慢地挖那木床。钉钝木坚，鼓捣了半夜，才仅仅挖出一点小凹坑。唯恐被贼人窥破，第二天夜间不敢再挖，只躺在炕上打主意。盘算了一会儿，第三天仍不动手。一日，恰有贼头进来察看，乔茂容他去后，挨到夜晚，立刻动起手来。

乔茂决定在贼党头目下次再来察看之前，要尽力把这铁环起下来。这一夜，乔茂用这锈钉直忙了一通宵；容到天快亮，方才住手，躺在床上养神。到了次夜，乔茂拼命地挖，拿出了铁杵磨绣针的耐性，居然两通夜的工夫，把这半尺多长、锈在木头中的铁环钉，挖得能够摇动了；乔茂两只手，却被那三寸来长的锈钉磨得生疼。这样不住手地做下去，每逢外面有动静，便吓得乔茂立刻住手，躺在床上装睡。他唯恐功亏一篑时，被贼人撞见；所以一举一动，格外小心。将那挖碎的木屑都收在手内，细细地揉碎了，撒在床席底下。

到得第五天夜里，竟被乔茂挖下三四寸深，面积却很小，以免万一被人看出。乔茂这才试着用力拔那铁环，可恨那铁链绕着脖子，很碍事；他又太没劲，还是拔不出来。

乔茂料想查监的贼头明后天必到，事情不容再缓，这一夜努力的挖。希望越近，焦灼越甚；便顾不得面积大小，只狠命往下掘去。只这几天工夫，把那只锈钉使得光泽如新；那铁环已渐渐松动。

乔茂一面挖，一面提防着铁链，不令它发响。直过了三更以后，乔茂越挖越深，将二指伸入铁环内，左手扶着环圈，用力往四周一晃，往外一拔，渐渐松动，渐渐拔起。更一努力，这半尺多长的环头长钉，已被他随手拔将起来。

乔茂微吁了一口气，心中大喜，忽然又一惊；忙向四面看看，黑洞洞的，似乎并没有人监防。

乔茂又侧耳听了听，外面没有动静。略微放了心，急急地擦去头上热汗，将铁环钉和铁链子轻轻托在手中，乔茂随即脱下小褂，把底襟撕下一片来，撕成数条，结成一根粗绳，当作腰带，把裤腰先扎紧了。又用短小褂，把六七尺长的铁链子包缠起来。因还有那一头套着脖颈，只好把链子缠在腰部。赤着膊，手按项链腰环，慢慢地站起来；脚走轻灵，挨到窗边；忙侧耳细听，觑目外窥。

外面黑暗暗，一无所睹；远处听得风鸣犬吠，近处微闻鼾声。乔茂用手摸那窗格，微微撼了撼，立刻发出微声。乔茂不敢再动，急溜下床来，伸一手轻轻推门，试了又试。他本是积年惯窃，挖门开户，素为拿手。如今虽没有应手器具，却是开门扇比拔铁链容易多了；只是那链子还有一头套着脖子，自然不容易使力气、用手法。

乔茂将门户摸清，急切没有工具，立即退回两步，将盘在腰间的铁链解开，那一头上的铁链钉，恰好可以利用。忙用小衫垫好铁链，左手托链条，右手持环钉，挨着门缝，用力一端，将链钉插入门缝；顺势一挑，挑着门闩，试了试，知道已经上锁。这头不好设法，还有那头。乔茂仍循门缝，用环钉抵住了，撬开一道缝；然后俯身蹲下。双手托定门扇的下方，只轻轻往上一端，立刻被他端下来。又轻轻往下一撤，一扇门已被他托落。手法轻快已极，一点声音也没有。

这门扇一落，乔茂早将环钉收回；疾如电光似的，将铁链仍用小衫包住，缠在腰间。那半尺多长的环钉，便倒垂在左胯之旁，好像佩着一把匕首；只可惜脖颈上的铁链仍有点不雅。乔茂轻轻一推门扇，从门缝飞窜出来；已看清这小小牢房，乃是一明两暗的房舍。明间有一个床铺，似是监守的贼人的宿处，床头恰好没有人。乔茂喜道：“上天保佑！”急抢到堂屋门旁，这门也是倒锁着。

这时候，天将四鼓，已非夺路逃亡之时。但乔茂好容易挣出牢笼，如今是有进无退，有去无留！且顾不得一切顾忌，九股烟乔茂疾将堂屋门撬开。也就是刚把门扇端下来，猛听啪的一声响；乔茂正蹲在门前，急避不及，就势仰面一躺。又啪的一声响，似是一件暗器打在墙上。乔茂一滚身，逃到一边；这堂屋却有陈设什物。乔茂信手抄起床铺上的一个褥子，卷在手中；又提起一只圆凳，黑影中向外一抛，跟着纵步蹿出。

果见对面人影一掠，厉声大喝道："好大胆，往哪里逃走？"倏的一刀剁过来，乔茂急将褥子迎头抛去。那人闪身，用刀挑开，一只手向口唇一捏，立刻发出连声的呼哨。突然房外蹿过来两人，大嚷道："好混账！竟让这小子跑了，姚老三你是管干什么的！"立刻摆兵刃，截杀过来。

九股烟乔茂本被蒙着眼，监在此地。此地的形势，他一点也不知道，欲想夺路逃走，竟不知哪条路是活道，哪条道去不得。眼看贼人追来，急忙绕圈逃走。张眼一瞥这被囚处，是孤零零五间小屋，空落落的一所大院子；除囚舍三间而外，只左首还有两间矮屋。乔茂连东西南北都不知道，见对面一道墙，开着月亮门，略透微光，猜是贼人的住处；不敢过去，忙折向小屋后边墙根。

乔茂一挫身，纵上墙头，向墙那边一望，立刻吃了一惊。墙这边竟是一片房舍，有好些房间点着灯光，并有好几个人跑出来，想是听见了动静。

乔茂拨转头，踏墙飞跑，竟有几件暗器掠身飞过。乔茂惊慌，复又蹿下地面，众人纷纷围上来；并不喧嚷，有的登墙扼守，有的在平地截堵。

乔茂不敢抵挡，只找没人处逃去；抄个隙缝，蹿离平地，登房越脊，哪里黑，便往哪里逃。似乎追逐他的贼人，并没有惊人的武技；乔茂一路乱窜，早被他逃出院外。一到院外，方才看出自己是陷身被囚在一个土围子之内，好像村堡，又好像贼寨。乔茂颈拖锁链，一手提着，亡命狂奔；并没有一定方向，只寻隐避地方疾逃。后面竟有几条黑影，如箭似的追来。

可惜这土围子外面，一望空旷，只有疏疏几行树，又不成林，竟没有蔽目障身之处。乔茂的头，像拨浪鼓似的，且跑且寻。望见迎面偏右，黑乎乎一片浓影，不是村庄，必是荒林；若跑到那里，便算有命。乔茂奋力紧跑，回头一望，后面黑影越追越近，夹着狺狺犬吠之声。暗说："不好，恶狗追来了，比人还难缠!"果然在这一望坦旷的野地上，只跑出半里多地，已有两条凶猛的狗嗥着扑过来。乔茂俯腰拾起一块砖石，抖手投去。当前的狗汪的一声叫，往斜处一扑，略停一停，复又赶来。

乔茂拔腿紧跑，眼望那迎面黑压压的暗影，相隔已近，不胜大喜。谁知跑到近处，才看出黑影前面，还横着一洼积水泥潭。乔茂轻提一口气，强行几步，两脚陷入很深。急得他两眼如灯，拔腿退出来，两条恶狗已跟踪扑到。

急切间没有摸着砖石，乔茂忙将腰间锁链扯开，也有六七尺长，一头又拖着半尺多的长钉；乔茂左手捏着脖颈上的那一截，右手抡起下截铁链来打狗，且打且沿泥潭逃走。到底他手下有些功夫，铁链一抖，那根长钉如甩头似的抡开了；近身处那条恶狗被他打中头部，嗥的一声叫，两狗全吓得号叫着往回跑。

乔茂得空又逃，那狗却又抖起了狗威风；不逃不追，一逃便立刻跟上来。后面人影也已远远望见，只听呜呜的一阵唆叫，狗仗人势，公然往乔茂身上扑来。乔茂恨得什么似的，恰跑上旱地，忙摸起几块砖石，啪啪啪，一阵乱投，打退了狗，大宽转扑奔前面黑影。

身临切近，果见前面一带斜坡，映着丛林。乔茂大喜，如庆更生，立刻精神一振，如脱了弓弦的弹丸似的，直投向林中。忽然，斜坡上一条黑影往上一冒，横截在前面。乔茂惊叫了一声，调转头来待跑。那黑影比蝙蝠还快，只横身一纵，已挡住乔茂。喝问道："什么人?"南方口音，语声清脆。

乔茂到此，只有拼命；抡铁链便打。那人叱咤一声，身形只一闪，回身抽出利剑。乔茂细辨来人，似穿着一身深色夜行衣，腰系白巾，青绢子包头，身法来得很是轻快。乔茂只当是贼人的埋伏，左手捏项前铁链，右手舞起来，向这人乱打；一面打，一面寻路要逃。

来人的剑法很紧，只三两个照面，被来人闪身一让，左手夺住乔茂项上的铁链。乔茂拼命一挣；那人略一侧身，往怀内一带，右手剑一扬，照乔茂头项一指，道："呔，撒手！"原来此人只疑这铁链是乔茂的兵刃，既被夺住，便该撒手；再想不到乔茂倒想撒手，只可惜有点撒不开。尽管剑影在面前直晃，乔茂双手紧抓住铁链，恋恋不舍，一味往后死挣。

这一来招恼那人，怒喝道："好不要脸的贼，教你撒手，还敢硬夺！"利剑一挥，斜刺下来。乔茂铁链缠颈，如何避得开？哎呀一声，栽倒在地，肩头冒出鲜血来。那人也被扯得垫了一步，用手猛一掣铁链；乔茂在地上被扯得一起一落。

这时候，那人方才看清铁链子是套在乔茂脖子上的，不禁嗤地笑了，说道："原来是个逃犯，怨不得不肯撒手呢！"抬脚轻轻蹴了一下，道："你是从哪个狱里跑出来的？"

乔茂躺在地上，已听出来人的口气，哀叫道："这位英雄，我不是逃犯，我是刚从匪窟跑出来的肉票！……"那人愕然，手一松道："真的么？"乔茂道："你老请想，……这里可有衙门么？你老快放手救命吧，后面已有好几个贼人，放出恶狗追来了……"

那人略一迟疑，说道："这也信你不得，我先审审虚实。"过来使个拿法，把乔茂轻轻提起来，方要蹿下斜坡；骤听见呜的一声叫，蹿过来一条狗，照那人胫腿就咬。那人一回身，倏地抡剑一扫，将狗劈为两断。口发诧声道："喂，我说你这男子，莫非真是被绑的肉票么？你是教谁绑架的？这里有强人潜伏么？"乔茂正待答话，倏地又扑来两条狗，一阵狂吠，蹿前绕后，直奔过来。

那人抡手中剑便剁，这狗好像闻到血腥，有些害怕，竟躲在一边，不敢上前，只不住声地狂吠。后面又有几条狗追来，打圈乱扑乱叫。那人怒笑道："狗竟能咬人？"伸手探囊，举腕连甩；立刻听那一群狗变成哀号，向后面乱窜。后面追赶的人却已经循声赶到。

那人将九股烟一提，嗖嗖嗖，如燕子掠空，蹿下斜坡，投入林中；把乔茂放下道："你在这里避一避，我上去答话。如果他们真是绑票的贼，我一定将他们捉住，搭救你们。你们被绑架的共有几个人？"

乔茂眼珠一转道："我不知道他们绑了多少人，和我一块被绑的，都教他们给杀害了，只逃出我一个来。"

那人大怒道："好万恶的贼！你在此等我，我一定救人救彻，你千万不要再乱跑了。像你这样，一步跑不开，人家还拿你当贼呢。我必定把你安插好了，你等着吧！"那人说完匆匆欲走。乔茂连忙称谢道："恩公救我一命，我一辈子感激。我遍体鳞伤，实在走不动了。你老人家行行好，把我脖子上的铁链给弄开吧！"

那人道："哎呀，可不是，还教我误伤了你一剑！不要紧，我这里有好药，开锁也容易。等我先把他们打发走了，回头一定给你治伤开锁。你不要害怕，几个臭贼，还不够我一杀的呢！"乔茂道："我不怕，我决不走，净等你老救命呢！"

那人嘱罢，恰巧贼人追赶已到，唆唤群犬，寻踪探林。群贼紧守着绿林之戒，不敢直入林中，恐遭暗算；约莫有十来个人，各持利刃，当前大叫："好东西，你钻在林子里，就躲得了么？早看见你了！"依照群狗冲着狂吠的方向，各拿暗器乱打，口中不住乱骂。

那使剑的绿衣英雄伏在树后，未曾动手，先察看对面的动静。见群贼中间有两人穿着一身夜行衣靠，暗道："是了，果然是绑票的恶贼。"扭头向乔茂问话。乔茂已然站了起来，双手拖着铁链，肩头上涔涔出血，那人道："你说的话不假，你姓什么？"

乔茂道："我么？姓乔，叫乔老刚，是做小买卖的。"说完了，又后悔失言。那人并没留意，只不过信口偶问一句，全副精神注视着林外贼人，自言自语道："既是绑票的恶贼，就下毒手，也不为过。"人未出林，手先扬，但听嗤的破空一响，对面贼人哎呀一声，内中一贼身躯一侧，几乎跌倒。贼人大骂道："好东西，敢使暗器伤人！这就天亮了，我看你这小子还能跑得出去不成？"

那深衣人微微冷笑，替乔茂答道："跑不出去，还杀不出去么？"群贼互相诧异道："你听这腔口，林子里是什么人呀？不像姓乔的呢。"

那深衣人道："什么人么？教你们看看！"倏然一蹿出林，右手握利剑，左手叉腰，当中一站。群贼往两边一分，一齐注视，朦胧影里，约略看出来人细腰扎背，墨绿绸衣，腰系巾，左挎鹿皮囊，头罩包头，足登浅腰软底窄鞋。看身段，听语声，料似是个女子。

那个负伤的贼人首先叫骂道："哪里来的狐狸精，竟敢拿铁莲子打人！先吃我一刀，捉回去给我陪宿吧！"

那绿衣人蓦地面泛红云，勃然大怒，用手一指道："该死的臭贼，我先挖掉你的舌头！"左手一掐剑诀，向前一指，唰的一剑砍去。这一场战，那女子又不比截堵乔茂之时；那时并没有杀人之心，这时却剑走轻灵，专攻要害。只三五个照面，便将这贼刺通一剑，右肩血流如注。群贼大为惊怒，一齐围攻上前。

绿衣人一声长笑，挥剑进搏。这一个人仗着轻捷的身法，那一群贼仗着势众人多，就在林前，穿花也似大斗。九股烟乔茂藏在林中，慢慢溜动起来。

那女子剑法犀利，虽被十来个贼人围攻，但听得一片叮当之声，夹着呼痛喊骂之声，已有两个贼人续被刺倒。群贼呼啸一声，立刻说："好娘儿们，你等着吧！是好婆娘不要走！"打伙的逃向来路而去。

那女子将剑一甩，伏身便追，约追出半里多地，忽然猛醒道："糟了，我不要受他们调虎离山之计呀？万一贼人从别路抄转过来，将那个肉票擒去，或者给宰了，那我可就输给他们了。"急忙止步，用剑一指道："杀不尽的贼人，姑娘只在林边等着你！你们有家里大人，趁早教他们出来见我。”说罢，翻身重回树林，哪里还有乔茂的影子？

她不禁发怒，仗剑叫道：“喂，姓乔的，你藏在哪里了？我已将贼人杀退了，你快出来引路，找他们巢穴去。”前前后后叫了一遍，并不见乔茂答应。

那女子不禁着急起来，连连说道：“糟了，糟了！一定是教贼人又捉回去了。”气得她举剑照着大树连削数下，拭去了血迹，重奔到鏖战之处，晃火折照看；果见两洼血痕犹存，受伤倒地之贼已然不见。

这女子呆立在林前，东张西望，扼腕无计可施。忽然想起一招，急蹿上大树，登高向四面望；朦胧中似见东边有几条黑影，又隐隐听见犬吠之声。绿衣女子连忙蹿下树来，更不思忖，一伏身便奔黑影追去。

这绿衣女子才追出去，另有一条黑影从斜坡大树上，飘身蹿下来；笑道：“巧姑姑没有招了，防前不顾后，就是傻打的能耐！”这人影立刻也一伏身，箭似的跟踪追赶过去。

但是九股烟乔茂并没有再被贼人擒去。九股烟乔茂藏在林中，略歇过一口气，验看肩头的新伤。血仍未止，涔涔地流着。他身边原带有刀创药，但遭擒时，早被贼人洗去。只得撕开小衫，缠住伤口；虽然疼痛，还能挣扎。乔茂暗骂道：“倒霉偏遇扫帚星！这一定是个江湖上的女侠客，凭白挨她这一剑，还算是恩公！”心里鬼念着，慢慢溜到林边，向外一看，见群贼已将此女围住。乔茂眉头一皱，心说：“不好，胜败不可知；万一此女战败，我一定二番被贼人擒获。那一来，有死没活！就是此女战胜，也还有我的麻烦，谁知道她是个什么样人物？我是说实话不说呢？”

乔茂略略伸动肢体，觉得气力足可支持，暗说道：“咳，我不如溜了吧！三十六计，走为上策。趁着她替我做挡刀牌，我莫如赶回去送信，省却多少枝节。”只有一点差事，那个女子没有先给乔茂开锁。他只得仍拖着铁链，慢慢后退，慢慢绕出树林；趁天色未明，觅路便逃。且喜那边扑斗正烈，没人觉察；一任那女子替他拼命拒贼，他果然一股烟也似的，一冒不见了。

乔茂一阵乱钻，相距凶殴之地已远。回头一望，并没有人缀着他，便放缓脚步徐行。估摸天色，早过四更，自己拖着项链，一到白昼，真个寸步难行，这须要早打主意。一路寻着，见前面隐隐有一片村落，连忙投奔过去。他暗想："如今之计，第一要想法子弄开这脖锁。第二要换去身上渍血的衣服。第三要觅个栖身之所，歇一歇气力，以便天明打听此处的地名，暗访匪窑舵主的万儿。"无奈乔茂此时身边寸铁不带，分文无有，饥疲伤痛，悔不该说谎逃走，倒还不如随那女侠去了。

乔茂潜行到村前，要找寻一个铜铁铺，先弄开这个锁链。但是遍寻此村，疏疏落落几十户人家，只看见似是杂货小铺的一二家铺面，后面还带着住家。乔茂将项上铁链盘好，赤手空拳，要撬门行窃。也亏他身体灵便，又是个惯家，先围着房子绕看明白，竟从后墙蹿入院内，拨开屋门，掩入房内。

屋内睡着一个男子、一个女子和一个小孩，床边堆着几件随身衣服，房内并没有什么东西。乔茂溜到柜台后，只见货架上堆着不多一些乡间日用的货色。翻箱倒柜搜了一遍，并无可以开锁之具。又搜了一回，才寻出一根铁丝、一把小刀、一柄劈柴用的斧头。撬开大木柜，想偷取一两件衣服；不想柜中只盛着些破衣败絮，一件长衣服也没有。乔茂信手将床边衣堆掠来，取了一件短衫、一条布裤；又偷了一块包袱、一块褡包、一块毛巾。在钱柜中搜出几吊铜钱；乔茂拿了两吊钱，带在身边。再找干粮，这一家只有些粗米锅巴，并无别物；即将锅巴包入手巾内，退出小铺，纵上墙头。

他见后边邻院较为阔大，或许有可用的衣物；乔茂飘身下去，从后院溜到前院正房，先侧耳听了听，随用小刀轻轻拨开门；刚要探身进去，屋中人忽然咳嗽起来。乔茂不敢贸入，悄悄退出；一路寻来，却寻着一根铁通条。又折到后院小小一座柴棚前面，将门弄开，走进去，将门倒带，往窗台下一蹲；先吃了几口锅巴，遂拿那铁丝、小刀，试着要开脖颈上的铁锁链。

乔茂本有神偷之名，篌开锁，确有手法。无论什么锁簧，只要他扪一扪锁门，看一看锁孔，不用百宝钥匙，也能用一根铁丝捅开。现在既有铁丝在手，乔茂心想："这一定手到锁开。"他却忽略了这铁锁在脖颈之下，他只摸得着，却看不见锁孔，而且也不好用力。鼓捣了一会儿，锁还没开；心越急，越觉不投簧，觉得这根铁丝似乎太粗了。

乔茂抓耳搔腮，一时无法可施；只可先将铁链那一头的铁环钉，设法先除下去。随后站起身来，打算再偷一家，好歹找个趁手的家具。他便用手轻轻拉门，竟没有拉开。乔茂吃了一惊，忙一用力，那门吱吱的发响，依然拉不开；原来门闩被人挂上了。

乔茂忙向外一张，外面并没有人。看本宅各房门，也没有开。乔茂惊惶已极，急将斧头拿在手中，将门扇往上一托，幸而应声托开。他急急窜身出来，向四面一望，慌不迭地跳墙跑去。乔茂情知暗中有人缀着他，逃出村外实在更险；藏伏村内，项上这根万恶的锁链，真真累人不浅。仗他颇有急智，急急的翻墙循壁，遁入人家院后。从这家溜到那家，避了一会儿，幸而没人寻来。

乔茂看见院隅有一个粪筐、一把粪叉，忙将偷来的裤衫穿在身上，项上的铁链掩在衣内。脖颈上搭着那块包袱，腰间系着那条褡包，将那条布手巾包上发辫。又将余物和通条、斧头，放在粪筐内，抓一把碎草盖上。样样打扮利落，就把粪筐一背，粪叉一扛，公然开了街门出来；回身将门倒带，径向村巷走去。黎明时分，但看外表，倒也像个起五更拾粪的乡下人。

乔茂且走且侧目四顾，此时太阳尚没出来，朦朦胧胧，并无行人。乔茂暂为放心，走出村一看；西南面地势高低起伏，恰可隐身。乔茂径投西南，约走出一里多地，找到旧年庄稼人看青的一间草棚；四顾无人，忙走进去。他不敢往高铺上坐，蹲伏在地上，取出应手的家具，便来开锁。被他用那小刀、铁丝、通条、斧头，沉下心慢慢地摆布。直经过了小半个时辰，居然将锁打开，他的脖颈也被链子摩擦红了。

铁链离开脖颈，真个如释重负。乔茂深深呼吸了一口气道："我这就可白昼见人了。我现在衣服也有了，钱也有了，我可以公然投店了。先在附近借宿一夜，探准了地名，访实了盗窟；就连夜折回海州，报信请功，查镖捕盗，报仇雪恨……"

乔茂真个是越想越高兴。身上的零整伤痕，虽没忘掉疼痛，眼前的隐患，他却丢在脑后了。喜极倦生，饿也来了，渴也来了；乔茂站起身来，暗道："我先找口水喝，吃点锅巴，再找个地方一睡。只是还得小心，刚才在柴棚，门闩忽然倒挂，大是可虑，我还得留神！……我这样打扮，就遇见他们，也未必认得出来。"

乔茂随将全身仔细看了看，自己衣裤上颇有血迹，穿在里面虽然不显，究竟不甚妥当。他便全身衣裳脱下来，把裤子撕成碎条，光着身子，将伤口重新扎好；然后将血迹之衣，卷做一团，用通条掘地，连铁链都埋了；外面重穿上偷来的衣服。只可惜他人太瘦小了，这衣服虽是平常身量，在他穿着，仍觉肥大。好在用褡包一扎腰，再将袖子挽上，也不很显。收拾定当，他仍背起粪筐出来。

晓风习习，晨光曦曦。乔茂精神一爽，方举目择路；忽从草棚后面转过一个人来，说道："相好的，别走！"乔茂不禁一哆嗦，回头一瞥，拔腿便跑。那人比乔茂身法更快，顿足一跃，早已阻住去路。乔茂把粪筐一放，说道："你干什么追我？"那人冷笑道："你干什么跑，相好的不用装傻，跟我走吧。"乔茂将那人浑身上下看了一遍，是一个二十来岁的少年男子，内穿短装紧裤，外罩绸长衫，看不透是做什么的；只是双目炯炯，颇露英光，看样子手下必有功夫。

乔茂心里慌张，表面镇静着说：“我没有为非犯歹呀。你教我跟你上哪里去？”那人冷冷说道：“没有为非犯歹？你一个人大清早钻到看青棚子里做什么？你是干什么的？”

乔茂忙说：“我拾粪，我是拾粪的！我到草棚里么？……这个，我的裤子屁股后面破了，我要掉换到前边来，这也不算是歹事呀，我又没偷你的庄稼。”

那人哼了一声道：“你就少说废话，但凡穿着靴子拾粪的，就得跟我走。来吧！别麻烦！”乔茂闻言，低头一看：“可不是糟了！”他满以为自己改装得很好，匆忙中忘了自己穿着一身老蓝布裤衫，脚下却穿着薄底燕云快靴。这穿着靴子拾粪，真真岂有此理！乔茂忙掩饰道：“这靴子是我拣人家的，又不是偷的。”

那人哈哈大笑，往前进了一步，说道：“你不用支吾，靴子不是偷来的，衣服可是偷来的。趁早跟我走，前边有人等着你呢。”

乔茂往旁一闪身道：“你别动手！跟你走就跟你走，我又没犯罪，怕什么！你可是鹰爪么？”

那人道：“拾粪的还懂提鹰爪，什么叫鹰爪？”

乔茂口中还是对付着，冷不防从粪筐取出斧头、通条来，抡粪筐照那人便砸。那人略一闪身让开，乔茂拨转头便跑。那人喝道：“好东西，哪里跑！”伏身一蹿，已到乔茂背后，飞起一腿，噔的一声响，将乔茂蹴躺在地上。乔茂懒驴打滚，一翻身爬起，亮斧头便砍。那人略略一挪身，又飞起一腿，正踢中乔茂手腕，斧头凌空而起。乔茂甩手待跑，早被那人赶到前面，使个拿法，把乔茂掀翻在地，照腰眼踩住。立刻夺去通条，将双腕一拿，倒剪二臂捆上；随往肋下一挟，奔向面前树林而去。

到得林之深处，只听林中有人问道：“怎么样了？”这少年男子答道：“抓来了。”把乔茂往地上一扔，喝道：“不许动，动一动要你的命！”那个林中人说道：“等我看看，是他不是？”过来俯身一看，道：“不错，是他！”伸手便给乔茂几个嘴巴道：“好奴才，你敢愚弄我；今天姑娘非打死你不可！”打得乔茂哎哎的叫唤；那少年男子忙拦道：“不用打他，先审审他到底是干什么的？”

林中人恨恨地住了手，又踢了一脚道：“你这小子太可恶了。我问你，你到底姓什么？你是哪一门子的贼人？从实说来，姑娘教你死个痛快。你若再捣鬼，我活剥了你的皮！”

乔茂左半边脸被打得通红，齿龈也破了，顺口角流血。仰面看这林中人，是个男装的少年；生得细腰扎背，手腕白嫩，团圆脸，柳叶眉，直鼻小口，两只大眼皂白分明；语音清脆，江南口音。乔茂看出是个改装的少年女子；身穿着深青绸长衫，墨绿绸裤，脚登窄靴，马兰坡的草帽没戴在头上，由左手捏着；露出头顶，绿鬓如云，结成双辫，盘在头顶上。看年纪二十二三岁，颇显着英姿刚健而婀娜；两耳没垂耳环，也没有扎耳朵眼。乔茂心说：“糟了！冤家路窄，又遇见那个刺他一剑的女恩公了！”

这女子眉横杀气，面含嗔怒。乔茂心知昨夜说谎潜逃，大触女侠之怒；此时一定难逃公道。转念一想，这究比陷落贼手强甚，总还可以情求。乔茂便低声诉告：“这位女侠客，恕小人无礼。我实在有偌大难心的事，方才从虎口中逃脱出来。我不敢愚弄人，我委实有万不得已的难处。”

那男子请这女子坐在小树根下，他自己坐在另一边，看住了乔茂；也教乔茂坐下，但不释缚，催乔茂赶快实说。乔茂再不敢掩饰，从实供道：“我不叫乔老刚，我实是海州振通镖局一个保镖的。”少年女子道：“什么，你是振通镖局的镖师？别不要脸了，振通有你这样的镖师，真真丢透人了。我问你，振通的总镖头是谁？”乔茂道：“是铁牌手胡孟刚，我们是患难的弟兄。”女子道：“呸，你还敢胡吹！我问你，胡孟刚今年多大岁数，什么长相，他师父是谁？”乔茂正待回答，那少年男子劝道："姑娘不要着急，您教他说完，再审他的虚实。"转对乔茂说："你只老老实实地讲，你要睁开眼睛，不要拿我们当秧子。"乔茂道："我再不敢。只因我们振通镖局和江宁的安平镖局，双保盐课，由海州解往江宁。不幸在范公堤遇见绿林劲敌，我们镖师全数负伤，镖银二十万被劫。是我感念胡孟刚多年相待之情，虽然受伤，我仍从小道绕缀下去，以致犯险觅镖，遭擒被囚……"

那女子杏眼圆睁道："胡说八道！你们是在范公堤失的镖，还是在高良涧失的镖？你这东西一虚百虚，满嘴说谎。你说你是被绑票，教我替你拼的半夜的命，你反倒溜了！"说着站起来，又要过来打，并且说道："你们这些男人，没有一个好东西，我算恨透你们了。"这一句话，说得那少年男子嘻嘻直笑。

乔茂忙说："姑娘不要生气，我有下情。我们实在是在范公堤中段、盐城前站丢的镖银。我夜间被擒，教他们给掳走，我只知道他们把我装在车上，又搬在船上，走了三四天的路，把我囚在这里。我直到现在，还不知我存身何地呢，我实在连这里的地名都说不清。"

少年女子还是气愤不出。少年男子道："姑娘请坐，且听他往下说。"

乔茂说："我两眼被蒙，被运到此地，直囚了好些天，我已记不清准日数了，大概足有二十几天了。我被他们锁在一间囚室内，日夜有人看守。近来稍微松缓，想是他们日久生厌了，所以被我拔起绾铁链的钉子，乘夜逃出。当时就被监守的贼人发觉，他们许多人纵狗追捕我。我本负伤，又迭受毒刑，又被囚多日，我实在支持不住了。路遇恩公见救，我本当实话实说，无奈我仓促被你老伤了一剑，我实不知你老是江湖上的女侠。唯恐或与劫镖的绿林有些瓜葛，所以我只好说是被绑出逃的肉票，这也真是实情。况且我头发长，很像逃犯，我若不说是肉票，你老必定动疑。后见你老与贼交手，我本不该袖手旁观；再不，也当候命。但又因恩公要教我领路寻贼，我自顾无能，又负重伤，我实不敢再探虎穴。”

乔茂接着说道：“我所以乘隙溜走，不是忘恩负义，实在我本领太不济了。并且我们镖银被劫，便是倾家荡产，一败涂地。我既好容易冒死犯险，受尽毒刑，得着准信；我恨不得一步飞回海州，好回去报信，搭救我们胡镖头，以免他陷入重罪。小人是有这一片私心，所以舍下恩公，昧良逃走。我又见恩公武艺出众，必能战胜那伙贼人。我就出去，也是白饶；所以我就对不住，先行一步了。”

那女子瞪着眼听着，那男子在旁暗暗点头，觉得这些话尚近情理。那女子复又厉声喝问：“你小子的话，十句有八句信不得。我问你，你逃走了以后，又上哪里去了？”

乔茂心说：“这回更得说实话。”他低头答道：“实不瞒二位侠客，我因项带锁链，白昼难行，所以我摸到那边小村里，打算找个应手的家具，把这锁弄开……”女子道：“以后呢？”乔茂道：“以后，因为衣裳上有许多血迹，我信手拿了人家两件衣服……”那男子道：“往下说呀！”

乔茂道：“我又拿了人家两串钱，为的是做盘川，我好赶回海州。此外，取了一把小刀、一根铁丝。我费了好大工夫，才弄开了锁，摘去铁链。”男子道：“你在什么地方开的锁？”乔茂道：“就在那个看青的茅棚里。”男子哼了一声道：“不只在那里吧？”乔茂忙道：“我还藏在一户人家的柴棚内，鼓捣了半天，没有弄开。后来门闩被人倒挂上了，就把我吓跑了。”男子笑道：“这还不假。”

乔茂也心知这门闩定是这一男一女所挂的。他还不知当他假装拾粪的，掩入茅棚，设法破锁时，这男女双侠已然跟踪追到。他在棚内摆布，人家就在旁边偷窥。后来乔茂脱得上下赤条条的，脱血衣、绑伤口、换衣服时，那女子啐了一口，连忙闪开。她自己不便捉赤身的男子，便蹿入林中，命这少年男子截住乔茂：“务必拿来见我。”于是乔茂重遭这一番挫辱。

当下男女双侠反复地盘诘乔茂，乔茂更不敢搪塞，一一如实答对。女子渐渐息下怒火，可是一双星眼仍睃着乔茂。看乔茂的貌相，实在猥鄙，不带一点人缘。振通镖局竟会有这样一个镖师？想了想，问道："你到底姓什么？"乔茂道："我是姓乔，我叫乔茂。"少年男子忽然插言道："振通镖局有一位姓沈的镖头，你可晓得么？"乔茂道："那是沈明谊沈师傅，我们相处也六七年了，他外号叫金枪沈明谊。"少年男子点点头道："你的外号呢？"乔茂最怕人问他的外号，到此又不敢不答，嗫嚅道："他们管我叫九股烟，其实我没有外号。"

少年女子把手一拍道："哦，九股烟就是你呀！你不是还叫'瞧不见'么？"乔茂脸一红道："是他们这么嘲弄我。"少年女子忽然嬉笑起来，对少年男子道："郑捷，你听听，原来他就是大名鼎鼎的九股烟！久仰，久仰！我听说振通镖局的人，没一个不跟他拌嘴吵架的。真是闻名不如见面；这一见面，我可就明白了。好啦，乔茂乔大师傅，这可真是冒犯虎威，多多得罪，我先给你赔个罪吧！"

乔茂臊得无地自容，口头上还得谦逊着回答道："不敢当，多谢姑娘搭救，姑娘贵姓？"这女子只顾嬉笑，并不回答。少年郑捷见状，便道："既然是熟人，就解了缚吧！"站起来，要动手给乔茂松绑。女子把杏眼一张道："住手！郑捷你可不知道，久闻这九股烟驰名江湖，善能开关脱锁；你不用解扣，人家自己就有缩骨法。乔师傅，露一手给我看看！"

乔茂不知是为免死惊喜，还是为被辱而恚怒，那脸上神气十分难看，不住央告道："姑娘不要取笑了，你老既知贱名，想是同道；就请你恕过我，开了绑吧！"郑捷转身说："姑娘算了吧！乔师傅人家只赔不是，咱们快给人家解开吧！"说着松开了绑。乔茂含愧拜谢，随后请问二人姓名。女子道："九股烟乔师傅，你不用问我，你回去打听，有一个叫柳叶青的，那和我不是外人。我们也很忙，你不是要赶回去，送信访镖么？你就请吧，我犯不上多事，不耽误你的工夫了。"女子且说且站起来，对少年说："郑捷，咱们走咱们的。"

这女子很难说话，乔茂深深打了一躬，又谢少年郑捷。郑捷道："乔师傅不要过意，我们这位姑娘向来是这种一冲脾气。见了沈师傅，请你替我问好，就说白鹤郑捷致意了。如果有用我们之处，请他赏个信，寄到镇江城内大东街路南第五大门，交鲁镇雄鲁大爷代转。我们现在还有点琐事，咱们改日再会。"说罢抱拳行礼，将右手一伸道："乔师傅请吧！"

乔茂重复施礼，转身要走。只听那女子说："郑捷，拿出十两银子来。"郑捷道："做什么？"女子不耐烦道："送给这位乔师傅，好做盘川呀。省得他在路上，偷偷摸摸，再生枝节。"郑捷含笑答应，果然拿出一锭银子，追出树林，送给乔茂。乔茂接了，揣在怀内，又谢过了，低声问郑捷道："郑爷，这位姑娘贵姓？"郑捷道："你不用问，沈师傅自然知道。"乔茂又歉声说道："郑爷，不瞒你说，我真不知道此处是什么地方，也不知我被囚之所，是哪家绿林道的垛子窑。你老如果知道，还请费心指示一条明路。"郑捷道："此地是洪泽湖东畔高良涧的一个小村。我们也是打这里路过，也不知道近处有何强人潜伏，你自己打听吧。"说完，转身走入林中。

乔茂这才知道，自己竟被贼人掳出二三百里以外。当下将蒙头手巾，往下扯了扯，约莫方向，向北走去。找到一处村镇，叫做苦水铺的地方，寻着一家旅舍，入店投宿。把附近地名打听明白，方知被囚之处，大概是在李家集附近一带。又访问了一些情形，恐被贼人碰见，乔茂立即取道北上，给胡孟刚送信去了。那白鹤郑捷隐身在林后，直望着乔茂低头疾行，投北去远；这才转身，走到那少年女侠的面前，说道："姑娘，咱们走吧。"

女侠把头一扭道："哪里走呀？你回去你的，我决计不回去了。"白鹤郑捷央告道："姑娘不要怄气了，你老只顾跟杨姑爷生气，岂不教师祖为难？况且这里面很有些个情节，不尽是杨姑爷贪恋女色。"

女侠脸一红道："啐！我才是傻子呢，就是你们精明！你们信他这些屁话，我才不信呢！你回去告诉你师祖，我这一辈子反正不嫁人了，我也犯不上为他姓杨的当尼姑去。我只仗着我这一柄剑，闯荡到哪里，就是哪里。多咱遇见能手，把我宰了，我这一生也就完结了，你去吧！”

白鹤郑捷搓着手说道：“姑娘，姑娘！你老消消气！你老请想，杨姑爷如果真是荒唐人，凭我师祖岂肯轻饶了他？这里面实在真有别情。那李家的女子，实在是个难女，被杨姑爷搭救出来的。她已无家可归，她自愿为婢为妾。杨姑爷他那样气傲，现在也很觉理亏，再三向师祖赔罪。他如今很愿面见姑娘，诉一诉衷情；姑娘怎么说怎么好，他一定照办。就是那李家女子，也跪在师祖面前，再三诉说杨姑爷本不欲娶她；是她不愿失身于他人，所以才有这事。她说姑娘如果怜惜她，就留下她，给您老做个侍婢。如不愿见她，她情愿投到尼姑庵去，决不肯恩将仇报，破坏了杨姑爷和你老的美满姻缘。那话说得至情至理，很是可怜。现在杨姑爷已然追来了，李家女子也来了，师祖和我师父也都来了。你老一回去，满天风雨全完。你老总不回去，那可教我怎样交代？姑娘再不回去，我可就给你老磕头了。”

这女侠把身子一扭道：“磕头就磕头，姑娘还受得住你几个头。告诉你吧，就教姓杨的一步磕一个头，来请我回去，我也不回去了。我今夜就去探庄杀贼，遇见武艺高强的贼人，给我一刀，我就一了百了，不管他什么李家张家的女子了。再教我看他们的眉眼，我至死也不干了。”说着站起来便走，道：“你回去吧！”

白鹤郑捷急得满头冒汗，又不敢拦阻，只好抢行一步，跪下道：“姑娘可怜可怜我吧！杨姑爷得罪你老，我可没有啊！你老回去一趟怕什么？你老愿意听他们的话就听，不愿听就不听。你老请想，师祖偌大年纪了，你老这一走，他老人家如何受得住？况且这门亲又是他老人家给您定的，您这么伤心，岂不教他老人家懊悔难堪么？您还念在师祖他老人家年逾六旬，并没有子嗣，只有您一个。你老一天不回去，他老一天不安心。这几天他老人家唉声叹气，连饭都吃不下去。不是心疼你老，又心疼杨姑爷么？”

女侠凄然叹息，眼含泪点；听到末一句，忽又怫然道：“他老人家越老越悖晦了，让他心疼姓杨的去吧！”

郑捷咳道：“姑娘，您还教我说什么？他老心疼杨姑爷，也是推女及婿呀！现在师祖和杨姑爷跟那李家女子，都等着你老哩。人家说得好，一切由您主持，愿意怎样就怎样。临来时，杨姑爷私自告诉我们几个人，从前他少年气盛，言语之间常与姑娘拌嘴，其实一颗心全在姑娘身上。教我们寻见姑娘时，务必请回来。他说对于这李家女子，只是一种孽障；当时为情势所拘，摆脱不开，搭救了她，她就赖上了。其实这也是李氏女子贞烈之处；如今她已经剪断头发，决计出家修行。只要姑娘回去，一切都可迎刃而解。”

女侠低头说道：“他可舍得么？”郑捷道：“唉，姑娘！你老一回去就知道了。杨姑爷对你老，实在是念念在心，哪能和李家女子相比呢？”

女侠长叹一声，把郑捷掖起道：“你这孩子真是我的一块魔！这么办吧，我先同你回宝应县；你若教我再回淮安府，你就宰了我，我也不去。我岂能跑出来，反又跑回去，给他们赔不是不成？”

白鹤郑捷还是再三央告。这女侠眉峰一皱，面含怒气道：“郑捷，你还敢啰嗦么？”一双星眼直注着郑捷，吓得郑捷把没说完的话咽回去了，低声说道：“姑娘，咱们就先回宝应，可是咱们住在哪里呢？”

女侠不耐烦道：“宝应县没有店是不是？”郑捷忙道：“是，是，咱们住店，咱们住店。”立刻两人启程，径投宝应而去。这个女侠，便是那威镇两湖、声名赫赫的大侠铁莲子柳兆鸿的爱女，有名唤作江东女侠“柳叶青”的柳研青。

第九章

知己谈心衔杯论盗
缓急呼助策马访贤

柳研青、杨华婚礼，铁莲子没有惊动人。那鲁镇雄父子不过是居停主人，却拿来当自己喜事办，竟邀了不少亲友；故此里里外外，竟摆下四十多桌酒宴。喜轿已发，贺客入席，直吃到两个多时辰，还是一桌又一桌，前来贺喜的络绎不绝。

铁莲子柳兆鸿素厌俗礼，不喜酬酢；可是看见喜幛排满了喜棚，贺客各界都有，究竟是高兴的。柳兆鸿穿上古铜长袍，青纱马褂，却光着头顶，团着核桃，和这些江湖上的朋友，欢然道故，提起来就是三十年前如何，二十年前怎样，是很老很老的话了。

等到下晚，疏客多散，至交独留；在铁莲子所住的那三间精舍中，另摆了两桌便席，放两张圆桌，聚坐了二十多位宾客。内中顶年轻的，是万胜镖店的少东崔长胜，但是他也已经三十岁了；其余坐客都是四十岁以上的。这一回，大家脱略形迹；首由铁莲子把长袍马褂脱下来，只穿着短衫，科头敞襟的欣然叙阔。白日为行大礼，款接众宾，这些老友都未能快谈；这时候可就全不是外人了。二十多位老少英雄借喜酒，叙豪情。敬酒三杯之后，汉阳名武师郝颖先首先说："柳老兄台，你如今把儿女情事安排停当，很可以重出问世。古人云：'烈士暮年，雄心未已。'我弟兄可以热闹热闹了。如今江湖上很出了些新进的英雄，与我多不认识。我兄弟很想借机会，会会他们。"原来这郝颖先虽是拳术名家，肚里很喝过墨水。

那坐在东首的霹雳手童冠英轩渠笑道："好一个烈士暮年，雄心未已！我小弟今年五十八岁了，我只是不服老。上次路过淮安，访闻那地方出了一个叫雄娘子凌云燕的少年英雄。据说此君男扮女装，武技惊人，我就想去拜山访艺，会一会此人；还是淮安开泰镖店的老朋友耿松年，把我拦住了。"

又有一个宾客说："如今绝艺渐次失传。很有些武林名辈，临到老了不肯把独得的绝技传留后人；往往秘惜起来，动不动的带到棺材里去，这是不应该的。在下的意思，我们会武技的就应该抱着发扬武术的意愿，不可存心如此狭窄。你看人家文字班的人，有了学问，都讲究著书立说，遗留后人，我们不当如此么？"

这位宾客就是广收桃李、大招门徒出名的老英雄殷怀亮。据殷老英雄自夸：他前后收有二百三十四个弟子。这位老英雄现下还在松江设着场子。可有一样，徒弟虽多，能得他真传的没有几个。若有人夸他太邱道广，桃李盈门，他就捻着白胡子直乐。但若有人说他收徒太滥，他可就恼了。他的为人和铁莲子正好相反；铁莲子连女儿带姑爷，一共才收三个徒弟。这位殷老师傅不算挂名徒弟，就算真跟他练过，经他宣布艺成出师的，就有六十多个。他的外号就叫九头狮子。

九头狮子殷怀亮说了这番话，童冠英欣然笑道："老兄这话很有理。只不过在下也曾细心选过徒弟，想把我的通臂拳好好地传下来，可惜就全才难得。有的体质好，性子不好；有的体性全好了，却是家境过于贫寒，这练武与习文不同，常言道：'穷秀才，阔武举！'练武的人没有钱，就别打算练成，这也是没法子的事。"

在座的人都以为然。崔长胜说道："十年寒窗苦读，学会了文，还可以货卖帝王家。学会武，又干什么？拿着三拳两脚找饭吃，是不行的。世上会武的不多，是有缘故的。卖艺、设场子、保镖、护院，这就是会武的人不得已挟技糊口的门路。像晚生开这个镖局，还算不错。真有人练会一身绝技，没得生路，挤来挤去，挤到绿林道上去了。"

座客中一个黑胖子，捉箸夹了一块鱼，送到口内；又呷了一口酒，说道："绿林道怎么样？也是好汉子干的。我总觉得练武的到了给人看宅护院，那就糟透了，比做贼还不如。看起来，练武的只能说这是一种好习，跟下棋画画一样，要说到用处，其实没什么，也不过是健身、御侮罢了。没有钱的人趁早别习武。"这话是很感慨的了。又有一个宾客接声道："可不是，如柳老英雄的爱婿吧，他若不是游击将军之子，也不会练武；就练会武，也不能做官，考武场全靠弓马当先，那别是一套本领，跟咱们这套另有一工。"

九头狮子忽问道："可是的，我听说新婿杨华是杨游击的后代。这小人儿怎么不练弓马，反倒学起咱们这一套来呢？他的功夫怎么样，他是哪一门呢？"

铁莲子柳兆鸿眯缝着眼，欢然笑道："小婿也不是外人，他是懒和尚毛金钟的第六个徒弟。他学的是劈挂掌，功夫还差得多呢！就是弹弓打得不坏。"童冠英笑道："令婿杨华，我是知道的。他那一手连珠弹打得很好，别的功夫倒是差点。可是他一入老兄的甥馆（"甥馆"即赘婿所居之所），翁婿情重，你老兄还不把掏心窝子的能耐抖搂出来，传给他么？真格的还藏一手，带到棺材里去不成？"

铁莲子笑道："我晓得你们二位是要骂我的。告诉你，我不是藏私不肯授徒，我是没那个耐性。再说我眼看我们二师伯受了徒弟的害，我实在存了戒心。如今内家、外家闹了个乌烟瘴气，常常引起门户之争，这是很无谓的。不收徒自有不收徒的好处。"在座众人问道："令师伯是怎的受了徒弟的害？可是徒弟叛师了?”

柳兆鸿道:“那倒还不至于,这却是说来话长。我二师伯邵星垣为人谦退,武功虽窥堂奥,绝不以技功骄人自炫。若论起他老人家的武功,经过二十年的精修苦练,他那五行拳蜚声南北,掌法上确有独到的地方。他善用内力‘小天星’的掌法,以巧降力。他又兼得太极拳的精要,以柔克刚,有四两拨千斤之妙。他这五行拳,全恃着粘、按、吐三个字要诀。诸位都是行家,当然也都晓得。可是我二师伯自己虽然谦和,他收的门徒稍嫌太滥。就有的徒弟列入门墙,艺未精纯,偏好标榜,到外面乱说起来。我二师伯既然精研五行拳,对门徒们说话,自然要讲究到本派的奥妙,又免不得拿来和别家拳术比较。这本是门内师徒授受之言。内中就有的徒弟们,把这些话在外面抖搂出来;说是什么五行拳乃是武林绝技,练好了能够怎样怎样。又说到这小天星的掌力打上人,却能致人死命;就是不死,也必受了内伤,成了废人。别派的功夫,某一派偏于刚了,某一派偏于柔了,唯有五行拳有刚有柔了。这也不过是些私话,就有两三个徒弟,在外卖狂。”

柳兆鸿接着说:“哪晓得这话传播开去,又被人无枝添叶一转述,弄得太离奇了。这一来,竟惹出少林派一位能手的不忿,登门拜访,指名求见,说是要讨教小天星的掌力。我二师伯彼时年已高大,早已把功夫搁下了;又力守着拳家禁忌,当时接见来人,极力谦退。这来人也不过三十多岁,说话斯斯文文的,一口一个‘老前辈’、一口一个‘晚生’的称呼着;说是粗习拳技,未得深究,久闻五行神拳威名,特来请教一两处手法。我二师伯便说:‘自己研习武学,本为健身,非为争名;也绝没有得着什么绝技,老兄不要轻信江湖传言。小天星的掌法,也不是什么不传之秘,不过是善用起来,可以借力打力,所谓不粘不按,不按不吐,能把这三字诀体验得到,运用得灵,再以小天星的掌力发出去,比较起来,用三分掌力,能得七分效力罢了。’我二师伯忠厚待人,虽然客气,到底不矜不饰，也说了实话。”

柳兆鸿叹了口气说：“岂料来人竟挟诈而来！那时就说：‘邵老师傅是五行拳名家，在下闻名已久；您善用小天星的掌力，我尤其钦慕。只是这小天星的掌力，原是少林派秘传的掌法，不幸本派失传，倒被邵老师傅得着，这真是我的大幸。在下不远千里而来，非为较量拳技的高低，专为访求绝招的奥妙。老师傅广开门户，一定愿意普惠后学了。那么在下虔诚登门，老师傅当不会教我失望而去。’言下定要领教领教；我师伯竭力推辞，不肯过招。那人一再地拿话挤兑，意思之间，我师伯再不过招，就是藏私了。我师伯被逼无奈，又误认此人当真的热心好学；然后情不可却，方才站起来。可是，神气上还是疑疑思思的，对那人说：彼此无仇无怨，不过是互相观摩；过起招来，点到为止，谁也不要动真力，免得误伤了。那来人满面笑容，连声诺诺。”

柳兆鸿接着说：“我师伯连练武场子都没有去，长袍也没有脱，就在厅房中，把自己的手法施展开，用五行拳开招。那来人却用少林神拳来接招，两下且说且演，连拆了十几手。我师伯用到第十一手‘猛虎摇头’，化招变式，改为‘白猿偷桃’，掌到来人华盖穴；用粘字诀，五指已经粘着对手的衣裳。却将掌力往外一登道：‘小天星的掌法，只在这掌心下往外登之力，兄台明白了么？’我师伯若果存心与此人较量，只将这掌力一撤，来人必定当场负伤。讵料来人没容到师伯撤掌，他竟忽然说：‘这一招，要是这么拆……’突然也凹腹吸胸，离开掌心。却猝然把他的双掌圈回，一个‘撞掌’，照师伯两肋猛然一撮……”

九头狮子听到此，不由说道：“哎呀！令师伯格开了没有？”铁莲子眼望九头狮子，又向众人瞥了一眼道：“格开，如何能够？我师伯两只手都撒出来了，这本是演样，他何尝提防到暗算？把个前胸两肋都卖给人家了。当下我师伯吭的一声，立刻倒坐在地上。”

童冠英道："嗬！"铁莲子双目微瞑一瞑道："不但这样，那来人抓起长衫来，一声狂笑道：'小天星绝技，五行拳名家，我领教过了！'这东西竟放了两句冷话，扬长而去。我师伯人已不能转动。也就在那人刚走出厅房，我师伯再忍不住，一张嘴吐出一口血来，立刻脸上改了形，自己连起都起不来了。"

这一番话，把个九头狮子殷怀亮气得啪的一声，将桌子一拍，震得箸杯乱迸道："好狠，这东西叫什么名字？"

铁莲子侧头来答道："他就没留真名字，他的名帖是假的。当时我师伯受伤，家中人谁也不晓得。后来还是我师伯的徒弟进来给客人换茶，才看见我师伯脸像蜡渣似的黄，坐在地上自己调气呢。他吓了一跳，把师伯搀起来，盘问缘故。我师伯只是摇头，半晌才强支着问了一句：'那个客人去了么？把他追回来！'可是来人早走得没影了。诸位请想，这就是好收徒弟的下场。"九头狮子殷怀亮摇头笑道："这不过是试拳轻敌遭了暗算，碍着收徒什么事了？"

铁莲子柳兆鸿道："老哥还是不服气，这自然有缘故。请想我师伯的徒弟那么多，如今师父遭人暗算，他们岂肯罢休？就是我师伯的儿子，也曾拿着刀找寻那个少年。无奈这个少年早安着歹意来的，到店房找他，店房没有这个客人。到别处搜访，也没有下落。但是不久即寻出根由来了：这是师伯的第十七个门徒，在北京给惹出来的祸。这位十七师兄姓邱，名叫敬棠，在北京城当了王府的武教师；陪着少王爷玩拳弄棒，不过是哄公子哥。王府内的别位武师都打不过他，这位邱师兄可就得意扬扬，免不了狂吹乱唠；把别派的武术贬得一文不值，日久可就传到外面来，人人晓得王府有一位五行拳大家，并世无敌。这就未免招忌。他又信口雌黄，说少林外家有刚无柔。又说少林外家十成的功夫，不敌武当内家八成的功力。仗着王府的势力，当地也没人驳他。"

铁莲子接着说道："但到底惹恼了少林派的后起英雄，一个姓尹的竟登门来京访他。邱师兄对武术已得门径，他大概是看出来者不善了。他可就要耍滑头，干动嘴，不动手，要跟人家邀期择地较量。人家跟他说好了，就告辞而去。谁想邱师兄他却暗遣官面，把人家从店中逐出。听说还把人家押了几天，闹得很不像样子。这一来，可就激出来事了。”

铁莲子说到此处，饮了一杯酒，眼望九头狮子道：“后来，就在我邵师伯受伤两个月之后，邵师伯的第二十五个门徒，大远的从北京赶来送信。据说十七师兄在京城招摇过甚，得罪了不少人，人家扬言要找师父来问罪。可惜这二十五师兄一步来迟，人家已经找上门，师伯遭了暗算。嗣后我门中也曾设法子找场；可是不管后事如何，我这师伯连愧带恨，只半年光景，便已下世。这位十七师兄也被掌门师兄大会同门，将他逐出门墙，差点没把他废了。老兄，你当我说笑话么？当年家师和大师伯都曾为这事，找到少林寺海澄和尚，追究这个暗算的少年。这少年究竟是少林派哪一支的门徒，到底也没有根寻出来。你想，本门栽了这大跟头，我大师伯哪里肯饶？一定找海澄和尚要人，两下闹得很僵。若不是当时的前辈英雄出头和解，说不定引起了门户之事。”铁莲子叹口气道：“最惨的是我二师伯，负伤之后，意气消沉，恹恹待尽，见了我们就掉泪。嘱咐我们记着，千万不要胡乱收徒，他是恨透了十七师兄。十七师兄在北京招摇生事的所有劣迹，邵师伯特地打发弟子重访了一回，越访得仔细，老人家越悔恨得厉害。他老人家说，十七师兄把他寒碜死了。你看滥收徒弟，有什么好处？”

众人听罢，俱多叹息。独有九头狮子殷怀亮，听着不甚高兴，便说道：“收徒不怕多，你得长眼珠子。像你们令师兄那样人才，却也怕百不挑一呢！”

铁莲子笑道：“老殷挂劲了。我说的是实话，老兄别过意呀！”

这些人虽然大半须眉苍然，却依旧心直口快，很有少年的兴致。你挖苦我，我奚落你，闹得很热闹。当下，又讲了些江湖上的勾当。那镇江万胜镖局崔长胜，忽然说起镖行的近事来，对霹雳手童冠英道："老伯，你老可认识海州振通镖局的铁牌手胡孟刚胡老英雄么？"

霹雳手童冠英道："胡老二这些年来鸿运当头，一帆风顺。不到十年工夫，把振通字号创出万儿来。要提我跟他，早就认识，还在七八年前呢。那时候振通镖局的江南北这几条线上，还没有打开，常常碰钉子。要说干镖行这种买卖，单凭本领，一辈子红不了；总得一半仗着有人缘，眼路宽。老胡别看粗鲁，倒很是外面朋友，处处懂面子。他不骄不狂，待人有血性，镖无论走到哪条线上，他只要知道当地有武林名家，必定登门拜望；有里有面，求朋友关照他。他憨憨傻傻的，很能引人亲近。我只为承他看得起，竟自舍命冒险，帮他一次大忙，把海州到安徽的一趟线给他打通了。因此我跟金沙圩的陆地龙王隆老五，结下一掌之仇，隆老五总算栽在我手里。从此振通的镖就在这条线上走开了；只凭一杆镖旗，就没人敢动。在我当时，不过是在眼皮底下不愿搁砂子；隆老五在我眼皮底下作案，是瞧不起我，我不能不问。说起来我是一时的好事。那胡孟刚可就承情不尽。这些年一到三节，必定给我送礼。镖旗入皖，必定纡道来看望我。真难为他七八年来，始终如一。我这人不敢说恩不望报，可是胡孟刚这些俗套子，我实在受不了。我曾经给他带过话去，再这么着，可算骂我了。若教江湖上朋友听见了，好像我姓童的贪图什么的。饶这么说，他还是照常行事；逢年过节，必定打发徒弟来。"

九头狮子殷怀亮呵呵笑道："老童，你口头上这么说着，心上可是高兴的。闹了半天，你是喜欢人家给你送礼呀，我明白了。"转脸来对崔长胜说道："崔贤侄，听见了没有？你也开着镖局呢！千万记着，三节二寿，别忘了给你童大爷送礼呀！有你的好处！"

童冠英也忍不住笑了，崔长胜却正色说道："老前辈笑话了。童老伯跟胡孟刚胡老英雄是多年的挚友，他老人家新近遭了一桩逆事，你老也一定知道了？"还未等童冠英答言，那九头狮子殷怀亮就问道："胡老二遭着什么事了？"童冠英道："崔老侄，你说的莫不是他在范公堤走镖遇劫的事么？"崔长胜道："正是。"

铁莲子柳兆鸿耸然注意道："哦，这不是一个多月头里的事么？我在淮安镖局听人念道过；而且巧极了，出事的那天，我和小女路过范公堤，还跟胡孟刚、沈明谊两个人碰见面了。怪不得那时他们神色仓皇，可是他们到底没有说出来。听说他们失的是一笔官款，数目很大。"

崔长胜道："可不是，整二十万呢！我们镖局新近接着十二金钱俞剑平、单臂朱大椿、铁枪赵化龙、铁牌手胡孟刚，他们六七位镖头的联名公信，托付我们协助访镖；把劫镖人的年貌、兵刃、党羽人数，都开了单子寄来。听说他们访了一个来月，一点影子也没摸着，这真奇怪极了！"

这座上的贺客，倒有一半人和俞剑平、胡孟刚认识；也有接到俞、胡二人的来信的，众人不觉地纷纷议论起来。殷怀亮知不清楚，忙向崔长胜打听。

童冠英也诧异道："他走的是南路镖；要说在北方，他的万儿叫得不很响，也许有人敢动他。这江南五省乃是他闯出来的天下，怎么会凭空栽这跟头？这话我只听见江湖上传说，我却没接着胡孟刚的信，所以我总疑心这是谣传。后来一打听，才知竟是真事，并且还牵扯到十二金钱俞剑平老镖头身上。这位十二金钱太极门剑客，乃是声震江南江北的成名英雄。我闻他已经亲自出马访镖，难道至今还没有访出头绪来吗？"

崔长胜摇头道："怪极了！至今还是没影儿。那劫镖的盗首是豹头环眼的老人，来历不明，武功出众；神出鬼没的把二十万盐款给劫走了，手法非常干净利落。"

霹雳手童冠英听了此话，沉吟起来，他想："此事太蹊跷。这胡孟刚和我十年旧交，既然失事，他怎么不给我一个信呢？"老实说，童冠英有点不痛快了。

万胜镖局崔长胜道："童老伯，你老不用着急。事情早晚会找到你老头上来的。那十二金钱俞三胜俞老英雄，听说这一回把镖旗借给胡老镖头了。万想不到这支镖一出来，就遇上劲敌，俞老镖头的十二金钱镖旗也教人家给拔去，俞门大弟子黑鹰程岳也身负重伤。俞老镖头为此大怒；我们镖局的宋师傅新近从江北回来，据说俞、胡二位还要大撒武林帖，普请江南江北武林中的朋友帮忙，要大举寻镖。你老人家是说没接着胡老镖头的信么？你老回家去看看，恐怕早有帖子送去了吧。”

殷怀亮笑道：“老童，你放心，你不能白收人家的礼。人家出了麻烦事，一定要找你帮忙的。”

童冠英笑道：“笑话，你当我愿意自找麻烦吗？我是想江南道上，有咱们哥们在着，就不该教那不知名的外来的和尚把咱们压下去。我愚下也混了这些年，遇见不少绿林道的好汉；但分手底下有点活，我没有不认识的。是怎的范公堤上，忽然又冒出这么一个惊天动地的人物来；我们连点影子也摸不着？咱们难道白吃五十多年人饭了？崔老侄，这个劫镖的主儿，我听说也是个老头儿，豹头环眼，约莫六十来岁；说是也会打穴，拿铁烟袋当兵刃。胡孟刚和黑鹰程岳全败在他手下。风闻这老儿手下的党羽还真不少。你们听听，咱们这里有这样一个人物闯入，咱们竟会一点不知道；老殷，你不嫌丢人，是不是？我霹雳手等得着闲，一定要会一会此公。”

霹雳手童冠英双眸炯炯的，又吐出少年时的光焰来了。

众人把这劫镖的事情讲究了一回，欢饮而散。转眼就是三朝，新娘子柳研青和新婿杨华，双双回门，自有一番繁文缛节。铁莲子柳兆鸿因为很高兴，居然也把这俗套很敷衍了一场，面见这爱婿爱女，喜得双眼阖成一线了。柳研青来到鲁家内宅，自有鲁大娘子一番款待、道喜、调笑，并且也和李映霞见了。

过了三朝以后，铁莲子这些老朋友，由远处来道贺的，陆续告辞回去。只有霹雳手童冠英，他是个闲人，常带着爱徒郭寿彭到处流连；他这次是逛西湖来的。童冠英既是铁莲子最要好的朋友，又和鲁松乔认识，他就在镇江耽搁下来。铁莲子留他宽住半个月，要烦霹雳手把他那“蛤蟆功”，练给鲁镇雄、杨华和郑捷等人看看；也教这些后辈见识见识前辈英雄的绝技。

那万胜镖局的崔长胜也挽留童冠英，因为他新近应了一票镖，要由镇江北上。最近江北地面既然吃紧，在道上走起镖来，不很放心；有意拜烦霹雳手师徒，玩一回票，给代护送一程。他自己不好开口，他手下的镖客冯裕林是霹雳手的师侄，现在走镖出去了；他打算等冯裕林回来，由冯代求，所以也在旁怂恿着。童冠英无可无不可的，也答应了。鲁松乔请他下榻在自己家，童冠英不肯；他带着徒弟，住在万胜镖店。

一日，霹雳手童冠英到鲁宅来找铁莲子，要铁莲子陪着他听昆腔去。柳兆鸿不喜好看戏，又不肯拂意；只得披上长衫，两个人相携着要走。忽然鲁宅的家人进来回话：“外面有一位海州振通镖局的趟子手金彪，奉他们胡孟刚镖头和安平镖局俞剑平之命，前来送礼，给柳老太爷道喜。他说，他一步来迟，在别处耽误了日期；要面见你老，还有话说，并有一封信面呈你老。”家人回禀了，随将礼物提来，放在面前。

铁莲子柳兆鸿愕然向童冠英道：“你看，说曹操，曹操就到！这不是胡、俞二位打发人来了。”

童冠英笑道：“打发人来，是给你送礼道喜。”铁莲子摇头道：“我聘闺女，也没惊动他们。我办事又很仓促，他们又正忙着找镖，可是他们怎么知道的呢？”

童冠英手捻短须，微微一笑道：“人的名，树的影。两湖大侠聘女，江东女侠成婚，这是多么惊天动地的大事，人家怎会不知道？我看俞、胡二位给你送了些什么来。胡孟刚一向做事人情周到，这一回可误场了。怎么三朝过去，他才把贺礼送来？”

霹雳手且说且站起来，先把名帖礼单接过来一看，名帖上写的是双款：“愚弟胡孟刚、沈明谊、俞剑平顿首拜贺。”展开礼单，打开礼物看时，这份礼物菲薄得很，不过是一个红幛子，上绣“天作之合”四个金字；另外一件裙料、一件袄料罢了。

童冠英看了柳兆鸿一眼，心中诧异，暗想：“胡孟刚给我送礼，很是隆重，怎的这还是俞、胡、沈三位镖头公送的，又是铁莲子生平唯一爱女出聘的大喜事，他们倒送来这么戋戋的礼物？他们可是交情疏远？但是江湖上好汉讲究结纳，交情浅，礼物更得重啊！”

柳兆鸿倒并不这样想，千里送鹅毛，礼物轻，人情重！人家这是打海州奔波几百里地送来的，更得好好领情。遂对家人说：“请，把送礼的让进来。”童冠英道：“开发赏钱就完了。”铁莲子笑了笑道：“人家还有信呢。”

鲁宅家人把镖局趟子手金彪领进来。柳兆鸿看来人，年约三十六七岁，大高个儿，一脸的悍精干之气；穿着蓝布长衫、青靴子，手拿着草帽。到得客厅，未容家丁引见，趟子手金彪早向铁莲子紧行数步，上前请安道：“柳老英雄，你老大喜，小人一步来迟！”遂即拜了下去。柳兆鸿慌忙拦住，满脸笑容道：“金镖头很辛苦了，我谢谢你。”

金彪一侧身，又向霹雳手打量一眼，道：“这位老英雄，恕小人眼拙，你老贵姓？好像在哪里见过？”

柳兆鸿道：“金头，你不认识么？这是我们老乡，凤阳方家台的老英雄霹雳手……”

还未等引见，金彪慌忙施礼道：“哦，童老英雄！我们胡老镖头哪天不念叨您老？新近我们总镖头还打发我们石伙计，给你老府上送去一信，你老可见着了么？”

铁莲子不由暗笑，向童冠英施了一个眼色道：“童老哥，怎么样？人家给你送信了；你是不在家接着，你脱不了清静啊！”

霹雳手童冠英也不由得一笑，正要动问为何发信，可是为失镖邀助？那趟子手金彪立在两位老英雄面前，侧足垂手，发话道："柳老英雄，我们一听见你老人家令爱女侠柳研青姑娘于归的吉期，我们胡老镖头就很着急，俞老镖头也是一样，都想给您老登门道贺，还要看看新郎官。无奈敝镖店正为访镖的事，把身子绊住，不能亲来，这才打发小人连夜赶到。只是我们闻信较晚，到底教我给耽误了，你老人家多多原谅。"说时又请了个安，道："并且我们镖头又在客边，草草备的礼，简直不成样子；教你老见笑，这可真是千里送鹅毛了。"

铁莲子心想："这个人很会说话。"笑了笑道："金头，你太客气了。我也没撒帖。各处的礼我都没收，却到底惊动了你们镖头。你大远的来了，这就很教我不安。既然这么说，我倒不好驳了；这礼我就收下，回去替我谢谢。我听说你们镖头失了镖很忙，现时在哪里呢？找着头绪没有？金头，坐下来说话。"

连让了两遍，这金彪等到两位老人全归了座，方才侧着身子，坐在茶几旁边，把小包打开，从中取出一封信来，赔笑站起来，说道："这里有给你老一封信，这是由盐城县发的。我们镖头，头十几天还在盐城呢，现在大概奔淮安访下去了。这真是逆事，直到现在，竟没访出线索来。"又道："这信一共发出百十多封，都在盐城发的；小人专送镇江、南京一路。"

金彪转脸向童冠英笑道："童老英雄，我们还有往西去的一路。早知你老在镇江，我就把信捎来了。好在这些信都是不差什么的一个辞，给你老的跟这封也一样。我们镖头还教我对你老说，见信务必赏脸帮忙。敝镖局遇上这件事，二位老英雄想必已有耳闻吧。现在十二金钱俞剑平老英雄、单臂朱大椿朱老英雄、楚占熊楚镖头、赵化龙赵老师傅、黄元礼黄镖头、周季龙周镖头等，一共七位具名，公请江南道上各位成名的英雄，相助查访镖银，一同在盐城聚会。这个劫镖的主儿，实在有点神出鬼没。我们搜根剔齿地寻缉，居然访了一个来月，至今连个影子也没摸着。这信里有一个单子，单上开着劫镖人和他的党羽的年貌、兵刃……不知二位老英雄，可晓得江湖上，有这么一个会打穴、使铁烟袋做兵刃、年约六旬、豹头虎目的老人么？”

铁莲子拆信细读，霹雳手童冠英也凑着细看。此信前面是几句客套，后面便是奉烦的话。另外附的那张单子写着出事地点、出事月日，劫镖人的年貌、口音、兵刃，共列了五个盗首；又附着党羽的大概人数，至少当有一百多人。原来此信是九股烟乔茂未访出盗迹以前发出来的，所以还是约定在盐城聚会。霹雳手童冠英和铁莲子看完信，相视而笑。

趟子手金彪欠身说道：“柳老英雄跟我们沈明谊沈镖头，大概是早就认识，很有交情的了？”柳兆鸿抬起头来说道：“沈明谊么？我们认识十多年了……”金彪欢然说道：“我们沈镖头教我跟你老问安道喜，叫我恳请你老，看在江湖义气上，务必赏脸到盐城一趟。”又对童冠英道：“我们胡镖头天天盼着你老去呢！你老有工夫，更得务必赏脸。二位老英雄打算哪一天动身，请告诉小人；小人回去转告我们镖头，也教他们放心等候。我们邀了不少人，可是正缺两位年高有德、武功出众的老英雄作领袖；所以二位务必早些日子赏脸。”

趟子手金彪随机应变，说了许多好话劝驾。童冠英把失镖的事细问了一遍。金彪就说劫镖时他也在场，贼人是由他身上把十二金钱镖旗夺去的。六位镖师人人受伤，贼人手底下实在太硬；贼酋那种狂傲神气更是不可一世。童冠英便问柳兆鸿：“这种事情，你打算怎么办呢？还写回信不写？”

柳兆鸿道：“不用写了，回头烦金头拿我一张名帖就完了……金头，你看！我这是刚办完聘女的事；回去对你们镖头说，只怕我一时赶不到。要是匀出工夫来，我一定要去的。老童，你闲着没事，你先辛苦一趟吧！”

童冠英道：“我么？我也得回家一趟。”金彪忙道：“童老英雄别走，你老好容易身临切近，你老怎么好意思不管？你老总得帮忙，我们镖头快急死了。”

说着，金彪把语音放低，道：“不怕二位见笑，这二十万盐款沉重太大，我们胡老镖头的家眷现时就在海州衙门押着呢。要不然，怎么十二金钱俞老镖头人家一个退隐的人，反倒二次出山，跑出来相帮呢？这就是不但为寻镖，也就是搭救我们镖头。我们镖头这回栽得实在不轻，人在江湖上混了这些年，还有别的仗恃么？这就全靠朋友帮忙。柳老英雄刚办完喜事，一时摘不开身子。童老英雄你老是逛西湖来的，你就先别逛了，给我们凑凑热闹，助助威吧。”他说着又请了一个安道：“回头寻着镖，那时候教我们镖头陪着您逛西湖，热热闹闹的，比您自己逛，准有趣！”

霹雳手童冠英大笑道：“金头，教你给柳老送信的，你倒讹上我了。真行么！胡孟刚用的人真够朋友。”

金彪很高兴地说：“您瞧，教您过奖！小人是食人之禄，忠人之事。再说我们素知你老对我们镖局有恩，我们可就长脸了，您别笑话我。您打算哪天动身，要不我陪着你老一块去？还有几封信，我就不送了，叫我们伙计送。”又对铁莲子道：“柳老英雄，您离得更近了。还是在咱们江苏出的事，就好比在你面前欺负人一样，您哪能不闻不问？将来寻着劫镖之人，动武讨镖，闹起来的时候，若没有你老在场，这可是个缺憾。”

当下铁莲子笑着沉吟了一回，命大弟子鲁镇雄取出十两银子和一张名帖，都给了金彪。金彪哪里肯受？况且这礼物也不值十两银子，再三的推辞。铁莲子长眉一皱道：“怎的，咱们别犯酸！大远的来了，给你两个酒钱，你又不受了？”金彪不敢再辞，只得拜谢了；又向童、柳二人坚邀了一回，拜辞上马而去。金彪已去，霹雳手童冠英笑道：“把咱们的戏也耽误了。”

柳兆鸿笑道：“我本来怕听昆腔。”童冠英道：“怎么样呢？胡孟刚这场事，咱们既然知道了，就不能不管。我说咱们两人一块去好不好？”

柳兆鸿道：“按说是义不容辞；可是我没有工夫，我还有别的事哩。小婿救了一个难女，是知府小姐，我还得安插她。

小女又是刚成婚，怎么着也得出了月，那不把他们的事误了？”

这两位老英雄计议了一回，都觉得该去；可是童冠英坚邀柳兆鸿同去，而柳兆鸿偏不能站起来就走。童冠英就说：“好吧！你不去，我也不去。”柳兆鸿无奈，这才说道：“等着我跟小女、小婿商量商量。”

两个人这么一犹豫，展眼就过了两天。铁莲子便去寻爱女柳研青和女婿杨华，对柳研青道：“青儿，你还记得咱们在范公堤遇见的胡孟刚、沈明谊那一伙人不？他们丢了镖，现在他们来信，邀我们去帮忙找镖了。”

这件事杨华一点不接头。柳研青却想起她在高良涧搭救九股烟乔茂那回事来了。当时她曾闹着要探贼讨镖，好不容易才被鲁镇雄、郑捷劝回来。但是这时一听她父亲打算亲自去，她忽又不愿意了。对铁莲子说道：“爹爹真个的去么？”

柳兆鸿道：“早晚总得去一趟。我跟胡孟刚没有交情，却跟沈明谊很好；我们十多年的老朋友了，俞剑平也跟我不错。你看这信，他们出名的一共七位，若不去，就全得罪了。”

柳研青道：“爹爹就是这样好管闲白，把自己的正事倒丢开不管。爹爹忘了，您还有别的正事呢？”铁莲子道：“什么正事？”

柳研青看了杨华一眼道：“你老真是的，太健忘了，您还记得那把寒光剑不？”

铁莲子道：“哦！”不由失笑了，故意说道：“寒光剑怎么样？仲英跟人家打赌，三个月为限，早过限了。早去讨，晚去讨，都一样，这倒不必忙。”

这一句话把姑奶奶惹急了，随向杨华狠狠一指道：“是不是？是不是？我说爹爹……你说爹爹一定准管！哼！你丢人，碍着爹爹什么事？……他可是您的姑爷，他栽了跟头，栽在白雁耿老道手里了，那可是活该！……我说，你也不用急，爹爹上了年纪，我知道大热的天，他老不愿意上去云南。赶明天咱们俩去，你瞧我斗得过白雁、黑雁不？别说这寒光剑还是把宝剑，就是破铁片，咱们也不能凭白教人讹了去。”

铁莲子手捻白须，面色一沉，道：“青儿，你还这么飞扬浮躁！你是新媳妇了，你婆婆没在这里，你叔公还在楼下呢！”

柳研青脸色一红，又看了杨华一眼，低头笑了，轻轻说道：“怎么啦？我又没嚷嚷，我不过这么说，这全看他了……喂！我说，你领着我，咱们俩一块去，好不好？你只要说行，咱俩就走，你回头告诉叔公。”

玉幡杆杨华新婚宴尔，看着柳研青那焦急的样子，知道她是挤对她爹爹的。其实，他和柳研青帐中密语，早就商量妥了。打算过了满月，等着叔公杨敬慈一回去，他们两口子就怂恿铁莲子，一同讨剑去。

当下杨华说道：“师妹，你别着急，听师父打算。师父，这把剑白白的丢了，不但面子难看，也实在可惜。师妹这两天跟我说了不止一次了，她又惯用剑，又爱着这剑；师父要是不嫌热，咱们就一块去。”

铁莲子摇头道：“你们大喜事价，怎好去闹这个！”柳研青道：“那又有什么法子，你老又不肯去。”

铁莲子道：“这丫头，我何时说不去来！我不过说现时不便去，这把剑早晚我给你们讨回来就是了。现在是人家这二十万盐镖要紧，大远的邀咱们来了，咱们怎好置之不理？况且眼下又有个霹雳手，摽着我一块儿去。”

翁婿商量了一阵，也商议不出所以然来。不意白鹤郑捷已然由鲁府急脚找来，一进门，先叫了一声：“师叔、师姑，你们两口子好，没热着啊！”转脸来，对铁莲子道：“师祖，现在振通镖局的沈明谊师傅，专程来拜访；还带着好些礼物来，是补给师姑添妆贺喜的。”

铁莲子讶然道：“沈明谊来了？可是的，他们金头送礼了，怎么他又送来一份？岂不是重了？”站起来道：“我出去看看，他大概又是来邀我讨镖的吧。”郑捷插言道：“是的，沈师傅一进门就问我，他们趟子手金彪来过没有？沈师傅说，现在访镖已得下落，他是特意来请师祖和江南各地的江湖上名手，一同大举前去夺镖。因为劫镖的人不为劫财，乃是挑衅来的，一定免不了武力争夺。”

铁莲子道：“哦，访出来了？”

杨华和柳研青互相顾盼，杨华开言道：“那么师父去不去呢？”铁莲子皱眉不答。杨华道：“师父，要是不想去，那就不必见他；教郑捷对他说，师父出门了。”铁莲子摇头道：“不行，去也得见他，不去也得见他。沈明谊不是别人，我们怎好给他来俗套了，没的教江湖上笑我。”即问郑捷道：“沈师傅现在哪里？”郑捷答道：“已经让到客厅，由我师父陪着说话哩。”

铁莲子站起来就走，道：“我当面见他。”

柳研青追出来说道：“爹爹可别答应他讨镖去，你老千万别忘了咱们那把寒光剑哪！”又催杨华道：“我说，喂！你还不快穿衣裳跟爹爹去，见见这沈师傅？”

铁莲子皱眉笑道：“是啦，是啦！你这丫头，唯恐我不给你们夺剑，竟监视起我来了。”杨华也不禁失笑，当不得柳研青一迭声催促，杨华也就穿上衣裳，跟铁莲子径奔大东街鲁宅。

到了鲁宅客厅，杨华一看，是一个四十多岁的镖师，黑脸膛，短胡须，很透精神；正由大师兄鲁镇雄陪着谈话。铁莲子当先拱手道：“嗬！沈贤弟，一晃又一个多月没见了。”那桌子上摆着许多礼物。鲁镇雄忙从主位退到一边，沈明谊满脸笑容站起来，举手一揖道：“老前辈，您大喜！你老怎么选得乘龙快婿，暗中就把喜事办了，也不给我们一个信呢？”

铁莲子大笑着，两个人对揖了，随叫过杨华道：“沈贤弟，这就是小婿，他名字叫杨华。”杨华上前施礼，沈明谊急忙还礼，上下一打量，说道：“好，真是英雄少年，人中龙凤，大哥，难为你怎么选来。杨姑爷请坐！按说我可得掏点见面礼，可是杨兄也是我辈人物，这些俗套……也罢。”从手上摘下一支玉板指来，说道：“杨兄你大喜了，得配江东女侠，正是几生修到；这一点玩意儿，望你哂收。”主宾落座，家人献茶。柳兆鸿看了看桌上的礼物，竟非常隆重，足值百金以上。柳兆鸿道：“沈贤弟，我该得罚你！你们金头来了，送来一份礼了，怎的你又捎来一份？你们要送多少次礼？”

沈明谊一愣，道：“是金彪么？他什么时候来的？谁打发他送礼来？我这还是在淮安府狄永年的镖局子里，刚听见老前辈嫁女的信。”

铁莲子眼珠一转，心中明白了。原来金彪那份礼，是他见景生情，临时私自预备的。怪不得礼物甚薄呢！铁莲子大笑道：“不用说了，沈贤弟，你们这位金头，人也太能干了！”

寒暄话叙过，沈明谊直述来意：一来道喜，二来邀请帮忙。从身上取出一封信来，乃是俞、胡二人具名，俞剑平亲自写的。沈明谊道：“老前辈，没有别的，你得赏脸，帮我们这回大忙。贼人的下落，九股烟乔茂师傅已经访着；大概贼人是窝藏在宝应县、高良涧附近。现在十二金钱俞剑平和我们胡镖头、朱大椿、周季龙、楚占熊、没影儿魏廉、紫旋风闵成梁、马氏双雄，还有智囊姜羽冲、奎金牛金文穆、少林派静虚和尚，这些能人都在淮安府了。这就缺少一位总揽群雄的老英雄。柳老前辈，这非您去不可！”

铁莲子柳兆鸿道：“沈贤弟，上回咱们在范公堤相遇，我就直向你们打听。我看你们神色上好像有些疑难事似的，我本来要向你们几位亲近亲近的。那时候你们胡镖头吞吞吐吐，不肯说出来。沈贤弟，不是我现在拿捏人，你我弟兄谁都信得过谁；无奈我现在有事缠手，我简直走不开。”沈明谊作了一揖道：“老前辈！”

铁莲子道：“沈贤弟，你还能说我假意推辞么？”沈明谊道：“不是的，我想老前辈把儿女的事已经办完了。现在正闲着身子，何不轰轰烈烈帮这一场？”铁莲子道：“不是的，我真的有别的事；不瞒贤弟，这几天我恐怕就要走。”

沈明谊呆了一呆道：“老前辈往哪里去？”铁莲子道：“云

南。”沈明谊道：“大热的天，老前辈往云南做什么？有什么急事呢？”

铁莲子看了杨华一眼道：“这个……唉！左不过一点闲事，我要到云南狮林观，找秋野道人去。”

沈明谊道：“原来，柳老前辈和云南狮林观一尘道人师徒也认识？”铁莲子点头道：“略有一面之缘。”

沈明谊沉吟了一回，叹气道：“老前辈！我的为人，老前辈是晓得的，我不会死乞白赖的央告人。你想，我大远的来求你老，你老总得教我回去呀！况且上云南，天太热，你老可不可以先到淮安帮帮忙？大概用不了一个月，找镖的事还完不了么？正好赶到秋凉，老前辈再上云南去，正是两全其美。”

铁莲子笑着摇了摇头。沈明谊心中非常着急；不过他素知铁莲子的性格，是强求不得的。沈明谊不再劝驾，只与铁莲子谈起闲话来；说道：“群雄集会在淮安，要克日出发，到宝应县大举讨镖。劫镖的贼人，至今还未访出姓名；但已得着他的踪迹，是由辽东来的。此人是跟十二金钱俞剑平故意过不去的，不幸教我们胡镖头赶上了。二十万盐课，身家性命攸关。现在胡二哥的家眷还在州监押着呢！听说胡二哥的儿子还在监里病了……”

这些话说得铁莲子有点受不住，长眉一皱，寻思半晌，忽然站起来说道：“沈贤弟，我实在一时走不开。这么办，我陪着你找个朋友去。这个朋友比我还强，现时他就住在本城万胜镖局。”沈明谊道：“是哪一位？”铁莲子笑道：“提起此人倒也很有名，还是我的同乡；姓童名冠英，外号霹雳手。”

沈明谊道：“哦，我晓得。这位跟我们的镖局还很有来往，他不是江南凤阳人么？”铁莲子道：“怎么你也跟他熟识？”沈明谊道：“我们是老朋友了，他跟我们胡镖头交情更深。”铁莲子道：“那更好了！沈贤弟，我是一百二十个对不起，我三个月内实在没空。这么办，我派我的大弟子鲁镇雄和我的徒孙柴木栋、罗善林跟了你去。他们本领虽然有限，可是教他们跑跑腿准行。再有霹雳手童冠英替我出场，恐怕比我亲自去还好。话是这么说，要是一两个月内，我把私事办完，你们镖还没找出头绪来，我依然赶了去。那时候我的工夫绰绰有余，小女出阁也早过了对月，我们翁婿父女三人一定全到场。现在实在对不住，贤弟回去，见了俞、胡诸位，替我说好着点。”

沈明谊道：“老前辈，你越说，我越闷。到底你有什么急事，要忙两三个月呢？”铁莲子笑而不答，站起来道：“走，咱们说走就走！再过一会儿，就怕老童又看戏去了。我也不留你吃饭，回头寻着老童，咱们老哥三个一块下小馆子。我们这里东关‘一得居’的油豆腐，实在做得好，你也尝尝。”

铁莲子柳兆鸿、金枪沈明谊，两个人相偕径奔万胜镖局。事有凑巧，童冠英正要喧着他的徒弟郭寿彭出门。彼此相遇，一阵寒暄。沈明谊面吐来意，请助访镖银，协缉贼踪，铁莲子又在旁劝驾。

童冠英听说胡孟刚家属被押，立刻发怒，对铁莲子道：“去！我一定帮忙去。这些盐商太厉害了，比劫镖的强盗不在以下。丢了镖，硬扣镖师。我们会武术的人就有天大本领，也惹不起有钱的阔人！柳老兄台，我童冠英就是这股傻劲，专爱管闲事，给朋友卖命。我是一准去，可是你呢？”

铁莲子道：“我三个月后准到。目下就烦你老兄携带我的大弟子鲁镇雄和柴木栋、罗善林，先辛苦一趟。你老兄打头阵，我随后赶到。”霹雳手道：“柳仁兄，你可不要脱滑！”铁莲子道：“笑话，笑话！我的话难道你还不相信？”原来铁莲子是最重然诺的，霹雳手道：“好！就这么办。令高足哪天动身？”铁莲子道：“当然随着你了。”

霹雳手问沈明谊道：“咱们哪天走？先奔哪里？”沈明谊非常高兴，铁莲子虽未邀来，可是有霹雳手，正是一样。欣然答道：“明天后天都行。现在俞、胡二位率领群雄，已由淮安府直奔宝应县，我们聚会的地方改定在宝应县城义成镖店了。”童冠英道：“咱们就明天奔宝应县。”

万胜镖局的少东崔长胜插言道："童老伯，我烦你顺便劳点神，行不行？"霹雳手童冠英道："什么事？"崔长胜道："这事我早想对老伯说，只是不好意思开口。我们有一号镖，要由镇江押到淮安府。因为江北道上接连出事，没有拿手的镖师，我们大不放心。小侄意烦老伯玩回票，顺路给照应照应；我们这号镖打算后天动身。"

童冠英还未及答言，沈明谊忙道："很好，我们就后天一起动身。我们几个人就跟你的镖一路走。"崔长胜大喜称谢。又嘱道："我号镖押到宝应县，就烦沈老前辈替我转求义成镖店的窦焕如镖头，拨两位镖师，再给送出两站，一到淮安府，就算没事了。"沈明谊也答应了。遂由铁莲子做东，请沈明谊、童冠英、崔长胜、郭寿彭，同赴酒楼小酌一回。童冠英又请沈明谊看戏；沈明谊本没这么高兴，却也情不可却，看了几出昆腔。

到晚上，铁莲子便邀沈明谊到家里住，崔长胜就邀他到镖局住。沈镖师都婉言辞谢，回转店房；店中还有一个镖行伙计等着呢。沈明谊又耽搁了一天，却从童、崔二人口中打听出扬州无名和尚、洛阳九头狮子殷怀亮的落脚，现时都在江苏盘桓，沈明谊很是欢喜。

转天早晨，金枪沈明谊辞别铁莲子，叮咛了后会；遂与童冠英、郭寿彭师徒，鲁镇雄、柴木栋、罗善材师徒，跟万胜镖店的两号镖船，一同由镇江出发北上。

自从九股烟乔茂九死一生，访得盗迹，一径奔到淮安府；在店房内，与俞、胡二位镖头相遇，细说访镖被囚的经过，贼人的下落总算有了。

十二金钱俞剑平揣度贼人的声势，竟于劫镖的当日，不动声色把暗缀下来的镖客裹出好几百里地；可知贼人手法利落，是个劲敌。而且想见党羽很多；这一定免不掉用武夺镖。遂与胡孟刚、戴永清商量，立派急足，先到海州送信；向赵化龙镖头说，贼已访得，就烦赵镖头，向州衙和盐纲公所请求宽限。

又派人到盐城县去送信；因俞、胡二人柬邀群雄，原定在盐城聚会；料想此时必已聚拢来不少武林朋友，现在就请他们一齐赶到宝应县。所有首拨派赴各地访镖的同道好友，也忙着追回来。俞剑平和胡孟刚把身边带着的镖行伙计、趟子手几乎全打发出去了；然后策马急驰，率乔茂、戴永清等，由淮安府开泰镖局，直扑宝应县义成镖店。

到宝应县只过了几天，单臂朱大椿和周季龙、欧联奎、马氏双雄等人，陆续赶到；跟着各处访镖的朋友也都翻回来。随后海州赵化龙也派急足送来回信，已将访得贼踪的话亲到州衙和盐纲公所说了。州官很喜，催令众人急速访镖。盐纲公所那面情形也不错；只是展限的话，只答应再限十五天。俞剑平屈指算了算，也还可以。跟着各处邀来的朋友越来越多；宝应县城北大街义成镖店，和斜对过的合顺客栈，此时几乎住满了客。俞、胡二人竭诚接待，义成镖店窦镖头也跟着忙活。

大家讲究起来，这件事实是九股烟的大功。虽然一切得来不易，曾经受尽挫辱；可是现在，打由俞剑平、胡孟刚起，以至振通镖局的同人、新邀来的朋友，哪一个不开口乔师傅、闭口乔师傅，满脸笑嘻嘻地向他讨教？要问贼踪，全得看乔茂的唇舌，九股烟简直乐得手舞足蹈了。

当天晚上，在义成镖店摆上酒宴；普请到场诸友，共商访镖办法。摆了五张圆桌，由俞剑平、胡孟刚和义成镖局窦焕如，分做了主人。

酒过三巡，十二金钱俞剑平持杯立起，对众发言："诸位仁兄，这一次二十万盐镖被劫，镖是胡孟刚二弟保的，祸是我俞某惹的。据那劫镖贼人说，他这次拦路劫镖，非为图财，乃是专为会会我俞剑平；所以才夺镖、拔旗、题画、留柬，指名找我。诸位仁兄，这劫镖的首领，据说是年将六旬、辽东口音的老人。小弟再三追想，没有想出这个人是谁。但不管他是谁，他既指名会我，我不能不会会他。可是人家真有点神出鬼没的本领，行踪竟这么诡秘。惭愧小弟寻访至今，竟连准地点也没访着，更莫说姓名出处了。小弟实在惭愧，现在侥幸……”

俞剑平说着，用手一指九股烟乔茂道：“多亏人家九九乔师傅，于当场护镖、拒贼负伤之后，竟拼命跟缀下去，把贼人的下落居然探着。”众人一起拿眼看乔茂，乔茂撅着那几根狗须，越发得意。

俞剑平又道：“今天我和胡二弟，跟本店主人窦镖头，设这个小酌，不为别的；既承诸位好友错爱，肯来给我们帮忙，我们只有心里感激，还有什么话说？不过是大家聚会聚会，一面吃喝，一面还可以请大家帮助出个高见。这一杯水酒，先请诸位赏脸。”把酒杯一举。众人道：“俞镖头太客气了！”遂欢然饮干，当下又斟上一杯。

俞剑平接着说：“请诸位再饮一杯。这贼人的下落，是乔师傅访出来的，大概在高良涧附近。不过高良涧的情形，我却不太详细；所有乔师傅涉险访镖的经过，诸位有的听说过了，有的还不知道，现在教我说，我也说不仔细，这就求乔师傅重向大家细述一述，然后咱们再盘算怎样着手？”

俞剑平说罢落座，大家齐看九股烟乔茂。

乔茂这时候已然头洗澡，换了衣服，身上的伤痕也都平复，只有脸上神气还很难看。当下乔茂把腰板挺了挺，又一伸脖颈，又咳了一声，这才说道：“众位师傅们，我乔茂在振通镖局做事，跟我们胡孟刚镖头，乃是多年的至好。这回我们镖局摊上了事，我姓乔的，论本事，论眼神，在座的哪位都比我强；就是我们镖局那些师傅们，个个也都有两手，是人都比我姓乔的高……”

乔茂说到这里，睁起一双醉眼，瞥了戴永清一眼；戴永清偷看着宋海鹏，微微一笑。两人暗说：“乔茂这小子可逮着理了，酸溜溜的，只好听着他了。”

九股烟把嗓子提了一提，接着道：“我们的镖在范公堤遇上事，我乔茂那时身受重伤，拼命地缀下去。这伙贼可不是泛常之辈呀！诸位师傅，你猜他们有多少人？”把手一比道：“这个数，嗯，至少足够一百多号，只是他们动手劫镖的时候，人没有全出来罢了。”

乔茂遂将他在范公堤西北野寺内探得贼踪，发现了被掳的五十名骡夫，以至自己两番探庙，身被贼擒，苦刑拷打，自己忍痛未肯吐实的话，细描了一遍。接着又说：“后来贼人到底没法把我怎样，然后他们才把我装上船，掳到高良涧；在一个荒堡内，囚了我二十多天。”然后说到自己仗三寸锈钉，斩关脱锁，逃出匪窟。

讲到这里，乔茂把贼人纵群犬赶逐他，和路逢女侠柳研青的话，轻轻带过去不提。只说自己逃出盗窟之后，就在近处打听了一天，把附近地名打听清楚，然后才翻回来，北上送信。跟着，将自己被囚的地名说出，大地名叫做高良涧，小地名不知道；只探出附近有两个村镇，一处叫苦水铺，一处叫李家集。

在座的三四十位好汉，听了乔茂这一番炫功谈往的话，一时都停杯沉思起来。

（未完见下册）

十二金钱镖

白羽武侠小说全集 一

白羽 著

第二卷

山西出版传媒集团
北岳文艺出版社 BEIYUE LITERATURE & ART PUBLISHING HOUSE ·太原·

第十章

十二金钱六路遍访镖
一豹三熊多方故示警

十二金钱俞剑平和铁牌手胡孟刚等人，听了九股烟乔茂的被囚、逃亡经过，至此已大略得知劫镖的人出没之地。他们立即赶到宝应县，大撒请柬，在宝应县城遍邀大江南北的武林能手，请大家献计助拳，查贼窟，索镖银，一同对付这个插翅豹子。

其中邀请的能人，已经到场的有：丹徒绵掌纪晋光、徐州智囊姜羽冲、阜宁白彦伦、信阳蛇焰箭岳俊超、奎金牛金文穆，和霹雳手童冠英、郭寿彭师徒，鲁镇雄、柴木栋、罗善林师徒，少林寺静虚和尚，及柴旋风八卦掌闵成梁、孟广洪、阮佩韦、时庭光、叶良栋、云从龙、没影儿魏廉等人。

镖行方面有马氏双雄马赞源、马赞潮兄弟，单臂朱大椿、黄元礼叔侄，楚占熊、欧联奎、金弓聂秉常、石如璋、梁孚生、于锦、赵忠敏、铁矛周季龙等人。

自己的人自俞、胡以下，有俞门弟子铁掌黑鹰程岳、左梦云；有振通镖师金枪沈明谊、单拐戴永清、双鞭宋海鹏、追风蔡正、陈振邦、九股烟乔茂等。

居停主人是义成镖店窦焕如镖头和手下的镖头。老老少少，也有三四十位。唯有铁莲子柳兆鸿、女侠柳研青，这父女因故不能前来。

此外还有一些人，如青松道人和夜游神苏建明，汉阳郝颖先，济南霍氏双杰霍绍孟、霍绍仲等；已答应前来相助，可是还没有赶到。

这一日，在义成镖店摆上盛宴，大家推绵掌纪晋光、霹雳手童冠英为首席，其余序齿而坐。首由俞、胡二人和窦焕如镖头，以主人地位，起立敬酒致辞。献酒已过，又请九股烟乔茂述说贼情；然后俞剑平请大家设计献策。

等到乔九烟说罢贼情，在座的人就持杯沉思起来。俞剑平见众人还没有开言，便先说道："那个高良涧地方，可惜愚下没到过，那里的地势，我一点摸不清。在此的诸位，有谁晓得那里的情形？那里窝藏着大拨子绿林人物没有？或者附近居民中间，也有好结纳、喜技击的人物没有？"

徐州姜羽冲把酒杯放下，说道："这话很对！我们必须先要访明了当地的形势和那一带出名的人物，方好看事做事。乔师傅当日陷身盗窟，直至脱险逃出，一来是生死呼吸，二来又在昏夜间，所经过的地方也未必能记得准确。何况盗窟的虚实、党羽的多少，究竟还没有访着确实情形。此时必须仔细推敲，从各方面印证一下，方能断定。断定了才好着手，该情讨则情讨，该力夺则力夺。"

俞剑平眉峰紧蹙道："姜兄所虑极是，小弟我也正想到这一点。等到真下手讨镖，还得费一回周折呢！我们现在必须访明高良涧一带的情形，众位有知道的，不妨说出来，千万别存客气才好。"乔茂闻言，低头不语。

丹徒绵掌纪晋光就说："俞镖头，你现在不必着急。若说是贼人劫去了镖，远走高飞，那倒是死症；现在既然有地名，这就好想法子了。我说喂，在座的诸位有谁知道高良涧一带的情形，尽请说出来，大家揣摩揣摩。"

镖师欧联奎道："若说这高良涧一带，我记得那地方多是荒庄野店、苇塘竹林，地势非常辽阔。要是一点准根没有，便到那里，恐怕也嫌无从下手。"

那阜宁城内永和店店主白彦伦，是当日刚赶到的，此时就插言道："若说这高良涧附近的人物，倒没听说有水旱绿林道出没的。只是距离宝应湖西南，双叉港附近，有个地名叫作火云庄；那里倒有个江湖有名人物，叫作子母神梭武胜文。此人少年时浪迹江湖，专在北方游侠。他的武功却也惊人，使一对纯钢短掌，运用开来，真有神奇莫测的招数。"

白彦伦接着说道："他那十二支子母梭，也是自成一家的暗器，发出来带响，极容易防，却极不好挡。这子母梭，子不离母，一出手就是两支；躲得开子梭，躲不开母梭。这一子一母的钢梭，分量是一重一轻；赶到发这种暗器，是先发母梭，子梭跟着出手。可是腕力的大小全在功夫的锻炼，母梭是虚，子梭是实；母梭先发后到，子梭后发先到。这种子母梭只一出手，敌人不死必伤。所以这武胜文仗着一双铁掌的兵刃和十二支子母梭的暗器，在北方横行了多少年。这几年方返回故乡，听说是洗手不干了。但是他这火云庄，不免时有江湖异人出没来往。乔师傅被囚的荒堡，可是紧挨着一个港岔子么？"

九股烟乔茂翻眼想了想，迟疑答道："我被他们由野寺里架走的时候，虽然已近五更，可是教他们把我蒙头盖脸，外面任什么情形也没看见。我破锁逃走时，又在夜间；一道上夺路奔逃，被恶狗追逐，也记不清有港岔没有。如今思索起来，那地方是很荒旷的，四面荒林泥塘倒不少，村庄却不多。他们是由船上把我运来的，然后才把我搬到旱地；推算着，距荒堡不远，一定有河道，那是毫无可疑的。"

众人听了，无不愕然道："如此说来，这就很对景了。"十二金钱俞剑平十分注意地看着白彦伦道："乔师傅被囚之地，附近有苦水铺、李家集两个地名。白贤弟，可晓得这武胜文所住的火云庄，距离苦水铺、李家集有多远？"

白彦伦道："这个，我可就说不上来了。小弟因为开着店，常常有江湖上的人物路过往来，听他们念叨过江北一带新出手的英雄。说到这个子母神梭武胜文，乃是由北方成名还乡的；小弟却跟他并不认识，也没有到过火云庄。"

俞剑平道："那么这火云庄和乔师傅被囚之地，是一个地方，还是两个地方，还在未可知之列。"

这时沈明谊插言道："乔师傅这一回，到底是摸着一点影子来了。依我看，还得请乔师傅引路，再去实地勘查一遍才行。"戴永清看着沈明谊，也说道："可不是，现在我们只得着贼人囚禁我们乔师傅的地方罢了。囚禁的地方，是不是埋赃的地方？还有贼人的首领，是不是就在那里，还是在别处？似乎我们都得切实踩探一下。不过这还得乔师傅出力，引一引路。"

九股烟乔茂狠狠瞪了戴永清一眼，戴永清笑着不做理会。

众人纷纷核议良久，都说一个荒堡，一个火云堡，究竟是一是二，必须先探明。闵成梁也说："事隔已久，我们还得提防贼人运赃出境。所以事情该赶紧下手，缓则生变。"众人矍然道："这层不可不虑。本来贼人囚着我们的人，我们的人居然逃出来，他们追赶不上，一定要多加一番防备，就许要迁动地方。现在最要紧的，是怎么防备贼人运赃出境。"白彦伦道："依我拙见，我们可以派两拨人出去，先访火云庄和乔师傅被囚之地。这须要年轻力壮、脚程快、地理熟的人。"

戴永清插言道："而且还得请乔师傅领路。"宋海鹏嗤地笑了。

智囊姜羽冲接言道："那个自然。不过此外还得烦几位前辈英雄，武功超众的，率领群雄。就拿火云庄、苦水铺、李家集这几个地名作为核心，四面包抄下去，暗暗布下卡子，以防贼人运赃出境。因为乔师傅这一逃出来，贼人便是输了一招，真得防备他先机逃遁。我们还要请几位年轻的英雄，专管往来巡风拉线之责。必得这样，方才有条不紊，也不致教贼人逸出我们的手心。"又看着乔茂说道："乔师傅这一手真够贼人消受

的，我猜想他们必然乱了阵了。”

此计一出，众人哗然称赞道：“果然不愧为武林先进，智珠在握，阅历规划胜我等十倍。姜师傅这番打算周密之极，劫镖的贼首就是本领高强，也不易逃出我们的掌握。我们看，就依着姜师傅这个主意动手，一定能把贼党的巢穴、镖银下落一网打着。”

姜羽冲笑道：“我这是信口胡说，诸位过奖了。”又看着乔茂说道：“这件事真是多亏了乔师傅！你们看吧，贼人这工夫正吵窝子哩。”那九股烟乔茂正自悻悻不悦，恼着戴永清；此时一闻姜羽冲推重之言，自觉脸上有光，把怒容消释了。

姜羽冲年届五旬，举止文雅，素有智囊之名。他尤其是人情练达，对人非常谦和，另有一种气派。当下对众人说道：“众位不要这么谬赞，在下不过是一得之愚，略陈拙见。还请纪老前辈、童老前辈和俞大哥、胡二哥诸位斟酌，并请在座诸位指教。”

十二金钱俞剑平忙道：“姜五哥不要过谦了。我俞剑平一介武夫，遭这打击，一筹莫展。这番普请江湖上同道帮忙，还求诸位捧场，给我弟兄挽回已失的颜面，寻回已失的镖银、镖旗。凡是到场的朋友，务必一扫客气，开诚指教，有何高见，千万说出来，好请大家参详。姜五哥刚才通盘筹计，先得我心，咱们就照这个法子下手。我看一事不烦二主，就请姜五哥分派；哪几位探道，哪几位该下卡子，索性商量好了，明天就办起来。不是我俞剑平过于赶碌，实在展限不易，如今已经一个月零十天了，在座的诸位仁兄贤弟不辞劳苦，远道光临，绝没有不帮忙的，我先谢过。”

俞剑平、胡孟刚二人双双站起，再向众人作揖。姜羽冲慌忙起来，连连还揖道：“小弟赶来帮忙，专听二位老哥派遣；教我拿主意，点派人，小弟可是敬谢不敏了。”绵掌纪晋光仰面大笑道：“姜五爷，你不用装蒜了。谁不晓得你是诸葛亮？派兵点将，非你不可。来吧，我先听你的。”

姜羽冲还在推辞，坚让纪晋光为首。禁不得俞、胡二人一再情恳，霹雳手童冠英、绵掌纪晋光又一力怂恿；白彦伦、闵成梁等也齐声劝驾。姜羽冲情不可却，这才拉着纪晋光、童冠英和俞、胡二人，在宴席间，一同商量派遣探道放卡的人选。

大家一面饮酒用饭，一面商量正事。不一时宴罢茶来，众人聚在义成镖局的客室。纪晋光等特邀乔茂、闵成梁坐在桌边。因为他二人便是探镖的地理图；乔茂是身从盗窟逃出，闵成梁却熟悉洪泽湖、宝应湖附近的地理；分派的时候，必须先打听他们两个人。然后由义成镖头窦焕如执笔铺纸，预备记事。

纪晋光见姜羽冲还在谦退，便捻着白须，首先言道："这次俞、胡二位走镖失事，我们本着江湖义气，拔刀相助；在下跟童师傅、姜师傅一同分派办事，这却是难事。我弟兄点配人物，恐有不妥当地方，务请诸位多多原谅。有甚不相宜，请尽管说出来，咱们再另想法。"

众人哄然笑道："咱们都是为这场事帮忙来的，三位老师傅只管分派，不要客气；我们大家一律遵命。"

纪晋光拱手道："那么在下就有僭了。姜五爷，来吧。"

姜羽冲道："纪老前辈，你一个人点派足行了，何必这些人七嘴八舌的？"霹雳手童冠英眉峰一皱道："姜五爷，怎的这么不爽快？"

姜羽冲这才笑了笑，脸向众人道："也罢，诸位仁兄，小弟可就要胡出主意，乱派人了。"众人道："请，只管吩咐。"

姜羽冲道："纪老前辈，我看头一位得先请乔师傅，带两三位助手，先到高良涧，重新查勘一遍。再须白彦伦白仁兄带三四位帮手，到火云庄访一访。其次，再请几位老英雄分张四面，布下卡子。这须得纪老前辈、俞老兄台和……"说到这里，眼光向众人寻着。

此刻到场的三四十位英雄，镖客倒占一半，年在三旬、四旬左右；至于武功出众，可以独当一面，竟还不够。姜羽冲眼

珠一转，改口道："俞老兄台，小弟的愚见，我们暂且就火云庄和苦水铺、李家集、北三河这四个地方为界限，在四面布下卡子，以防贼人运镖逃窜。可是这每一卡子，就得有五六位朋友才够用，并且还得每道卡子，推出一个头来。小弟不客气说，纪老前辈、童老前辈，足可独当一面。此外还有两面缺少领袖。"

纪晋光道："那就烦俞、胡、窦三位镖头分占两面就完了。"

姜羽冲笑了笑道："但是诸位可别忘了，宝应县这里，还得留几位要紧人物，作为四路的接应。再有续到的朋友，也好有人招待。所以我看俞、胡、窦三位全离不开这里。"

纪晋光道："有了，姜五爷你管一路；我们童大哥跟这位闵贤弟和朱贤弟、楚师傅、沈师傅分保两路；在下当仁不让，也担一路。"智囊姜羽冲道："也好……"意思不甚谓然，俞剑平却已听出来。楚占熊、朱大椿也说："在下微技末学，实在不敢独当一面，怕误了大事。"沈明谊道："这四个卡子非常要紧；比如贼人的首领率党羽夺路而走，凭小弟的能耐，实在挡不住，我本来就是败将。"脸向胡孟刚道："总镖头，你说是不是？"胡孟刚道："姜五爷，咱们都不要客气，我们沈贤弟说的是实话。那个劫镖的盗首，小弟六个人都败在他手下了……"俞剑平愤然道："那么，怎么办呢？胡贤弟跟沈师傅在这里，我去挡一路。"

周季龙笑道："诸位忘了这两位能人了。"用手一指姜羽冲和少林寺静虚和尚。童冠英哈哈大笑道："军师，你派兵点将，怎的忘了你自己？得了，你乖乖地也担一路吧。"

大家闻言，一齐推举姜羽冲。姜羽冲又转而推举少林寺静虚和尚。两人谦辞了一阵，到底由静虚僧担承了一路，姜羽冲却陪俞、胡二人居中策应。这一来三路都有人了。还短一路。正商计着，外面报道："济南的霍氏双杰霍绍孟、霍绍仲到。"俞剑平欢然说道："好了，有他哥俩来了，就又有一路了。"霍

氏双杰进来，与众人见礼。这兄弟二人武功出众，似可独当一面。

姜羽冲暂且把各路人选草草派定，随即散席。等到夜阑人静，姜羽冲邀着绵掌纪晋光、霹雳手童冠英、义成镖头窦焕如，再和俞剑平、胡孟刚密谈。

姜羽冲说："这四道卡子，力量单薄，人还是不够用。劫镖的飞豹大盗来历突兀，但既纠结至百余人之多，胆敢劫夺盐课，公然拔旗留柬，公然对名震江南的十二金钱俞仁兄指名寻仇，这岂是无能之辈？就凭他这胆量，已很惊人，他的武功更是可畏。再看他劫了镖一走，竟至于寻访一个多月，寻不着他的踪影；足见此人智勇兼全，是狠辣稳练的老手。我们万万不能小看他，我们现在的人不过三十几位，实在不够用。这还得续请几位武林名手，可以独当一面的，才能卡得住他。不然的话，恐怕一击不中，落个打草惊蛇。我看目下可以先打发探访盗窟的乔师傅和白店主这两拨人先行出发。至于四面的卡子，必得拉开大拨，每拨至少也得有武功出众的朋友五六位才够。另外还得要跑腿传信的十几个利落踩盘子小伙计，给他们打下手。看这地段，西面由洪泽湖，东面到宝应湖，北面由李家集，南面到北三河，这方圆足有百十里地，人少了再分配不开。"

胡孟刚应了一声道："可不是！我们上上下下，现在不过三四十位，人实在不算富裕。但是我们已派人到海州、盐城邀人去了，大概这三两天总能来一批的。"

姜羽冲道："人来齐了，那就好办多了。不过，这四道卡子，并不是下在那里，就不动了。小弟的拙见，要采步步为营、层层逼紧的法子；分四路八方，拉开防线，却一步一步往里踏。约定一个日期，指定四个地点，四道卡子从四面收拢起来，往当中挤。到那一天，挤到那个地方打住。就好比张开了一张网，从四面收网一样；必得这样，才容易把贼人兜抄住。要是瞎摸，地势如此辽阔，我们摸到东，贼就许溜到西。贼人

一看风紧，保不定明着运赃夺路而走。再不然就暗地埋赃潜踪而逃，教你再捞不着他的影儿。那么一来，我们白费了很大的事，反教贼人冷笑。所以小弟的打算，目下暂时分四路下卡，每处一共就要用一二十人才够。为首的更要有名的英雄，遇见贼首，足能截得住他；就是他们人多，也能挡他一挡。就是挡不住，也能缀住他，然后派急足到各处送信邀援。大家得讯，一齐赶来下手，把贼四面兜抄起来，贼人再不会跑掉。假如我们的人顶不住他，连送信候援的空都来不及，那又是白费事了。”

姜羽冲慢条斯理说到这里，俞、胡二人齐声说是。霹雳手童冠英却笑了，窦焕如便给姜羽冲斟过一杯茶来。姜羽冲说道：“谢谢你。……像这样，四面既然布下结结实实的卡子，内中又有乔、白两拨哨探寻踪的先锋，外面再留下一两拨巡风游缉之兵；另在这宝应县城，常时留下一批硬手，作为各路的接应，仿佛就是大营。这样子办，方才面面周到。总而言之，这回缉镖并不是采取寻常访镖的套数。平常失镖访镖，访得了下落，开镖局子的镖头可以依礼拜山讨镖；讨不成，托江湖朋友说和；说和无效，这才武力对付。这回事却不如此，乃是跟下海屠龙、上山打虎一样；捞得了，恐怕就得动手拼斗。”窦焕如道：“也许不至于吧？”

姜羽冲道：“不然！你看吧，非得拼一下不可。此贼手法如此厉害，分明不是劫财的强盗，乃是寻隙的仇敌。劫财的强盗不过是上线开耙，拾落买卖，我们自然可以按着江湖道走；破费一点财物，自可把镖讨回。无奈他们这次劫镖并非图财，当然不能以利打动；他们既是寻仇，当然也不能以礼打动。伤官劫帑，无礼无情！一旦狭路相逢，将镖银下落寻获，那时候就得由俞仁兄亲自出场，向这劫镖的主儿答话。若是三言两语，把过节儿问明了，揭开了，也许可以化干戈为玉帛。但是实际上，又哪有这么便宜的事呢？”

俞剑平喟然叹道：“正是如此。这个劫镖的豹头环眼的老

人指名要会我，我还不晓得他跟我是争名，还是斗气哩！”

姜羽冲道：“不管争名也罢，斗气也罢，反正过节儿不轻。断然不会片言讲和的；一定觌面之后，不免动武。一说到动武，我们要是人单势孤，莫说被贼人打败；就是我们抢了上风，若不能把贼的老巢挑了，那也怕起不出原赃来。他们败了，还许来一场群殴。群殴不敌，还许毁赃灭迹，一走了事。贼走了，镖还寻不出，依然是个不了之局。小弟反复盘算，这一回是非打不可。既然打，我们就得一战成功，直入虎穴得虎子。那么我们的人数总要压过贼人的党羽才成。纪老前辈，你说是这样看法不是？”

绵掌纪晋光捋着白须，很耐烦地听着，把大指一挑，道：“军师的妙算，实在不漏汤、不漏水。但是这番话，刚才你怎么不说？”姜羽冲笑了笑，不肯言语。纪晋光一迭声催问，姜羽冲道：“都是来帮忙的朋友，人家自告奋勇的，我能说你不行，等着我们另请高明么？人家只往后打倒退的，我也不能诘责他胆小呀！”纪晋光道：“你看你哪里来的这些顾忌？我老人家便不懂得这些。说了半天，军师爷到底要怎样呢？”

姜羽冲笑道：“现在屋里没有别人，我说句放肆的话吧！这些人里面足能表率群雄、独御强寇的，除了你纪老英雄、童老前辈和人家静虚和尚、俞老兄台之外，别位朋友的资望功力都似乎差点。简短节说，咱们还得再邀能人。咱们办正事，当着大众，说话不能不客气点。我能点出名来，说谁能行，谁不能行吗？现在私地里，小弟可要说句不自量的话了。俞、胡二位镖头可以专在宝应县打接应，听各方的情报，款待续到的武林朋友，同时也好分配续到的人，到各路增援。纪老前辈和童老英雄、静虚上人，你们三位可以各管一道卡子。其实就这样，人力还嫌单薄；小弟不才，要是拨给我五六位硬棒的帮手，我也可以对付着管一道卡子。不过若教我当军师，我又离不开宝应县了。干脆说，此外还差一道卡子。必得另请高明。要是铁莲子柳老英雄来了，可就够了。无奈听沈镖头说，人家

不能分身。”

姜羽冲又看着纪晋光道：“老前辈，我知道你嫌我不爽快，可是我们总得要看眼色。你留神那位乔师傅么？他一起头，脸上的神气就很挂火；还有白彦伦白店主，又露出为难的意思来。像这些情形，咱们不能太强人所难。那自告奋勇的人，我们说话也得小心，别要打破人家的高兴。”

绵掌纪晋光道：“军师，练达人情即是学问，难怪你叫智囊，你的眼力是有的。……好吧，咱们就再邀能人。俞贤弟、胡贤弟，江北江南的武林名家，近处可以邀请的还有谁？”

十二金钱俞剑平、铁牌手胡孟刚，皱眉互盼道：“近处可以说都请到了。可是直到现在，能来的全来了；不能来的，再催怕也赶不来。”胡孟刚道：“我想奎金牛金文穆也是成名的人物了，手底下很是不弱；那霍氏双杰在济南也久负盛名，武功很不含糊。俞大哥，你看他三位怎样，可以独当一面吧？”俞剑平看着姜羽冲道：“姜五哥你说怎样？”

姜羽冲默然不答，低头很想了一会儿，才说：“可也是！就再邀人，要待着邀齐了才动手，也真怕误了事。那么，先就现有的人派出几拨去。续有请到的，好在都是在这里聚齐，随到再随着分配出去，也倒可以。”纪晋光道：“好！咱们是急不如快，今天晚上定规了，明天就全数出发。”

姜羽冲微笑道：“全出发，那可有点来不及。小弟的意思，明天先派八卦掌贾冠南的大弟子闵成梁、没影儿魏廉、铁矛周季龙师傅，跟着九股烟乔茂乔师傅，前去踩探乔师傅被囚的那个荒堡。他们四位可以先到李家集，一路踩探，直到苦水铺、高良涧一带。只许暗探，不可明访。万一访不着那个荒堡，就折奔火云庄，和白彦伦白店主碰头重访。如果一举成功，访实了贼人囚肉票的所在，那就下心探明贼人的老巢、党羽和底情。只要大概访实了，便赶紧留下人潜踪监视，火速派人返回来送信。咱们就立刻纠合大众，前去找贼首答话。这一路完全是密缉贼踪的做法，须防打草惊蛇。另一路，就由白彦伦白店

主，率领楚师傅、云从龙云壮士和俞仁兄的高足铁掌黑鹰程岳，也是四位，径奔火云庄；暗察地势，明访庄主。如果从子母神梭武胜文口中探出贼情，也要请白店主火速派人回来送信。”

姜羽冲说到这里，又道：“贼人势众，我们每一路人少了，实在无济于事。我看还得续发请柬，续邀能人。好在我们已经访得贼人大概的踪迹，我们可以说，不是请人代访，乃是请人助拳。我们可以快快再发一批信，就说镖银的下落已然访得，催请他们作速前来，协力讨镖。有了准地方，人们一定肯来捧场的了。”

童冠英道：“这话不错，发信再普请一下，咱们大家一齐出名。”遂看着已请未到的人名单子道：“可以照单子，每人再发一封信，催他们都务必赶到。不过这单子上的人物不算齐全，咱们得再想一想。”

胡孟刚道：“鹰游岭的黑砂掌陆锦标，武进的老拳师夜游神苏建明，这个单子上都没列名。黑砂掌陆锦标是在没发信以前，就由俞大哥邀出来的。他已单人独马，自己访下去了。苏建明老拳师，是我私下去信邀出来的。他已经有了回信，这两天大概可到。”

纪晋光道：“我想起两位成名英雄来，一位是游蜂许少和，一位是九头狮子殷怀亮。听说现在江北，这都可以请，他们足可担当一面。哦，还有扬州的无明和尚，这个人也是有惊人本领的。”胡孟刚忙说：“游蜂许少和，我跟他只有一面之缘，我们镖局的宋海鹏宋师傅跟他交情很厚；我们已经在盐城打发人请他去了。可是的，无明和尚乃是峨嵋派的名手，九头狮子殷怀亮也是成名的英雄，怎的把他二位全忘了？”霹雳手童冠英道：“九头狮子殷怀亮不用请，我在镇江见着他了，他不久必来。”

胡孟刚又道：“还有一位，是崇明青松道人，跟小弟交谊很深，却是路远点。上次已经去了一封信，现在要请他们几

位，只怕来不及，赶不上了。”姜羽冲道：“请，很可以请；现在请不到，随后还许用得着。咱们只管多多的邀人；这一回事，我管保不是一举手，一张嘴，就可以顺顺当当了结的；一定要闹得天翻地覆，才能把镖银讨回来。”

十二金钱俞剑平微喟一声，心以为然。当下几个人把各处的武林名家，交情深、路程近的，又尽力想一回；开出单子来，托付义成镖局窦焕如，转烦书手写信。就派振通镖师沈明谊、戴永清、宋海鹏、蔡正、陈振邦和俞门弟子左梦云这几位，以及振通、义成镖局的伙计，分头投信。有的只是空函，有的备下礼物，有的派伙计投书，有的由镖客登门邀请，情形不一样，全看彼此间的交情。这一批信具名的人更多了，已经在场的镖头和武林名家，俱各列名。众人列名的公信以外，又就私交，另附私信。送信的法子，除了径投直访外，也托各地镖店代为传书邀人。这一回声势，又比在盐城大得几倍。

这几人秘议了半夜，打算到次日早晨，对众宣布。没想到几个人议罢离座，正要各自归寝，那九股烟乔茂已然在外面等着呢。他在院中晃来晃去，神情似很焦灼。

俞剑平、胡孟刚回到屋里，乔茂也跟着进来了。俞、胡连忙向他客气道：“乔师傅，乔老弟，天不早了，你还没歇着么？”乔茂道：“我，还不困呢，胡二哥！……”胡孟刚自从乔茂犯险归来，很感激他，当然刮目相待。乔茂这几日伤是养好了，脾气又闹起来，跟戴永清、宋海鹏连吵了好几架。

前几天，戴、宋二镖师当着人故意夸奖他的功劳，夸得过火了，又近乎奚落。乔茂哪里肯吃这个亏，把一双醉眼一瞪，说道：“我姓乔的不是小孩子，任什么不懂！杀人不过头点地，挖苦我、损我，我都受着。我是振通镖店大家垫牙缝的奴才，行不行？访出贼踪来，没有访出贼踪来，那是胡孟刚跟我姓乔的交情；要是别位，我还犯不着呢！我本来无能，不错，教贼绑去了；可是我小子事到临头，我没有溜啊！哪位不服气，何不单人独骑，也自个儿访一访？”

戴、宋二人一看乔茂眼珠都红了，简直要玩命，都一笑住口，不敢再招惹他了。可是偏偏姜羽冲这次派兵点将，又要派他再去摸底。他本想已经访着贼人大概落脚地点，这就该大家一齐前往；自己跟着大帮，只当个引路的，用不着再犯第二次险难了。姜羽冲等又教他领着三个人重去查勘，乔茂老实说，有点怵头了。

当时乔茂把鼠须一扪，头上冒汗，两眼就露出为难的神气；可是戴、宋两人正自拿眼瞪着他，冲他暗笑，他也不好意思对姜羽冲说出别的话来，不过暗地里自己盘算主意。

这时胡孟刚议定出来，乔茂赶紧凑过去，跟着一同进了卧室。九股烟乔茂这才低头对胡孟刚说道："胡二哥，咱们这访镖的事，就算定局了么？刚才你们几位，还有什么别的秘密打算没有？"

胡孟刚说道："大致就是那样，刚才我们是斟酌谁行谁不行，所以背地议论一下，倒没有别的什么打算。赶明天早晨，就烦老弟再辛苦一次，这回非得你引路不行，你可以领闵成梁、魏廉、周季龙，由此地径奔李家集，扑到苦水铺，把贼人囚你的地方探实，你就赶紧回来报信。千万别跟他们朝相，更不要动手。这全靠老弟你这一趟了。"

九股烟乔茂把眼翻了翻，看见屋外戴永清、宋海鹏全没有睡着。他本不愿当着人说出私话，无奈明早就要出发，今晚再不说，更没有说的机会了。

乔茂先咳了一声，这才说道："胡二哥，我可不是脱滑。你是知道我的，这一回差点废了命，谁教咱哥们不错来着呢。这可不是我姓乔的夸功，别看他们七嘴八舌地说我访得不落实；可是我们好几拨人，直访了一个多月，还没有访出这么一个不落实的消息呢。这好比摸着一点影子，挨着一点边，到底有了下手的地方了。无奈我的能耐就这么一点，我可是都挤出来了。我敢说一点没藏私，还几乎把命卖了。现在教我再去一趟，我也知道该有这么一着。可有一节，我教贼人捉了去，把

我蒙头盖脸的监禁起来，一直囚了二十多天。我是认不得人家，人家可认得我。我这回逃出来，请想放虎归山，贼人焉有不害怕、不防备的道理？贼人一准说，姓乔的回去勾兵了。”

俞剑平点头道：“这却是不假。”戴永清看着宋海鹏，微微一笑。宋海鹏说道：“放虎归山，这话还真不含糊。乔师傅一溜烟走了，贼人准吓酥了。”

乔茂霍地一转，冲着两个人一龇牙，就要大吵。胡孟刚连忙拦住道：“算了吧，少说两句吧！你们又好逗，逗急了又真恼，何必呢？老乔，你说怎么样呢？”

乔茂狠狠地说：“我这回九死一生，还不够给人家垫牙缝的呢！说闲话，算得了什么？我也够不上老虎，老虎躺在床上装着玩呢。有这工夫穷嚼，怎么那时候不把贼人扣下，干么也跟我一样？”胡孟刚说道：“得了得了，瞧我吧！咱们还是说正经的。”九股烟乔茂又哼了两声，这才接着说道：“胡二哥，我就冲着你。别人哪，少挑刺！胡二哥、俞老镖头，你二位请想，我这一走，贼人一准惊了。”胡孟刚说道：“那是一准的，怎样呢？”

乔茂说道：“你想，咱们这里是访着贼踪，往四下里安卡子，防备贼人逃走。贼人们一见我逃出来，他们也必定四下里埋伏卡子，防备咱们寻来。我这次二回头再去道，我不认得贼，贼可认得我；就好比贼在暗处，我去了，还会有好处么？”

胡孟刚听了，说道：“这可是真的。”眼看着俞剑平要主意。俞剑平却眼看着乔茂说道：“乔师傅，你的意思是打算不去么？”戴、宋躺在床上，两人齐声重咳。九股烟乔茂回头瞪了一眼，忸怩地说道：“我怎能不去呢？不过我总得把话说明了。”

胡孟刚把大指一挑说道：“乔老弟，咱哥俩心里有数就是了。你这回卖命似的卫护我，我不是任什么不懂……”

乔茂说：“胡二哥，你别错会意思。”说到这里，接不下去了。怔了一怔，方才吞吞吐吐地说：“我吃振通镖局的饭，把

命卖给振通，那是该当。不过是贼在暗处，我这次再往苦水铺、李家集去，贼人这工夫一定不知撒出来多少人呢！他们一看见我，要明目张胆地跟我们动手。我就是死，我也死在明处，也还算值。二哥您想，我要是半路上教贼暗暗杀害了，我死了不算事，可是那镖还是耽误了访不着，我这一条命，可算白饶了！胡二哥，我可是冲着你，你说我这回去得么？你一定教我去，就是上刀山、下油锅，我也得算着。不过，你得估量估量！”

十二金钱俞剑平听出来乔茂是害怕，不敢再去了。他的话东一句西一句，虽然不靠边，可是贼人认识他，他不认识贼，这倒有一半对。

俞剑平心中盘算，正要设法激劝；只见胡孟刚脸色一变，用很沉重的语调说道：“乔老弟，你尽管放心，我看这绝不要紧。反正这一回去的不止你一个，还有闵成梁、周季龙、魏廉跟着你呢。那紫旋风闵成梁，虽然年纪不过三十六七，可是他的武功已然尽得他师父八卦掌贾冠南的奥妙。铁矛周季龙你是晓得的，他是双义镖店的台柱子，他师哥赵化龙都不如他。没影儿魏廉，我跟他不熟；可是俞大哥说过，他轻功绝顶，纵跃如飞，你还看不出来么？他探访贼踪，定有把握，他本是绿林出身，贼人的诡计瞒不过他。况且老弟你也不是初迈门槛的人，你也是老江湖了，谁能暗算得着你？你难道怕半路上遇见打劫你的贼人不成？你还怕住贼店、上了当不成？你放心大胆地去。这回并不是请你明访，仍旧请你暗察；也不要你直探贼巢，不过教你摸准地方，得了，摸准了，你就赶紧返回来送信，别的事你全别管。你不挨近贼巢，贼人绝不会明目张胆地跑出老远来，再把你掳回去。就算光天化日之下，他们真敢乱来，你还有三个伙伴呢。就算他们人多，你们小心一点，你们还有腿会走，有嘴会嚷呢！你放心！大白天价，贼人不会硬绑票。夜晚算计你，你又是行家。乔老弟，你别作难我了；眼下事事都安排好了。就看你这一手了，你可别打退堂鼓。你要是

还较劲，这屋里没外人，我可就给你跪下了。本来打算得好好的，又变卦了，你、你、你真格的还憋拗我么？”

铁牌手胡孟刚双目怒蹙，面带焦烦。那九股烟乔茂辞又辞不掉，去又真不敢，他脸上的神气更是难看。不由把脖颈一缩，把头一扭，口中喃喃地说：“胡镖头，你别下跪，我给你先磕一个头吧。这是怎么说的，咱们不是商量商量么？我舍生忘死地跑回来，我又是净为找别扭么！”

十二金钱俞剑平一看两人又要闹僵，连忙劝解道：“胡二弟，你失言了。人家乔师傅绝不是打退堂鼓，人家说的都是实情。胡二弟你别着急，乔师傅也别为难。我说二弟，乔师傅并不是过虑，咱们总得想个万无一失的法子，人家自然踊跃前往；尽发急不行，倒耽误事。乔师傅，这台戏全靠你挑帘唱开场呢。你有什么高见，怎么去才稳当。尽管请说出来，咱们大家斟酌。”

乔茂说道：“谁说我不去，我说不去了么？我说的是我这一去，准教贼给毁了，我卖命总得卖得值……”

俞剑平把手一拍说道：“着啊！乔师傅这话太对了！乔师傅这一趟去，倒是越加小心越妥当。要知道咱们是寻镖，不是拼命；我说对不对，乔师傅？”再回顾胡孟刚说道：“二弟你别把乔师傅看错了，人家跟你乃是患难弟兄。乔师傅是一准去，不过……要盘算一个十拿九稳的法子，免得打草惊蛇。”

胡孟刚缓声说：“乔老弟，我心里着急，你别介意，我当你不愿去呢。你不去，我可是抓瞎啦。喂，你说怎么去才稳当？”

俞剑平轻轻几句话，扣定了乔茂不好再推却。乔茂迟迟地说道：“拿稳的法子……刚才你们说，分四路啦，分八路啦，若教我看，满用不着。我说，咱们这些人宜合不宜分，给他个一击而上。你们全跟着我，先奔李家集摸一摸；摸不着，再奔苦水铺。贼人的垛子窑，反正不出这高良涧一带；不过方圆百十里地，还用分那些拨干什么？就是咱们这一堆，直扑上去，

一下子准摸着了，咱们就按江湖道的规矩。这可就该你们二位老英雄出头，简直递名帖，拜山讨镖。给了镖，万事皆休；不给，咱们就跟贼人招呼起来。把他们的窝挑了，赃还起不出来么？这多干脆！还摆什么八卦阵做什么？左不过百十来个贼，又不是捉拿楚霸王，十里埋伏，八路兜抄，用得着这么大举动么？”俞剑平捻须含笑说道：“乔师傅，你的功夫、阅历、眼力劲，我是很佩服，办这事非你不可。不过分路下卡之计已定，不好再改。我也知道你的顾虑，是怕遭暗算，可是乔师傅，你何不改了装去？你脸上抹了颜色，身上换了衣服，打扮一个乡下人，不就行了？或者装一个算卦卖野药的，再把口音改一改。闵、周、魏三位也改了装，暗暗地跟着你。着啊，你们四个人一块去。但在白天访下去的时候，你们尽可以分做两拨；走在路上，谁也别跟谁说话，你们装不认识。这么一来，贼人不论多么能，再也看不破了。乔师傅，我说一句话教你放心；这伙贼人乃是辽东口音，决计是外路来的，决非本地土寇。他们人生地不熟，说不定是潜伏在哪里，跟当地绿林勾结着。你只管放心大胆的访下去，你们出发以后，我再教一两个好手随后跟着你。你们只要在前途遇见风吹草动的情形不好，你就发暗号，我只一得信，立刻赶了去接应你。”

俞剑平拿好话挤，挤得乔茂不好再说不去的话了；可是他想挟着大家一同出发，他自然稳当了，不过这法子不行。

俞剑平不好明白的拦驳乔茂，眼望铁牌手胡孟刚说道：“乔师傅这话非常对，实在说起来，这分路下卡子的法子，也显得太迂了。不过……”转脸来对乔茂道：“乔师傅你刚才说得很好。你一逃出来，不亚如纵虎归山，贼人这工夫不知怎样的骚扰哩。你这一走，不啻是先赢了他们一招。他们一发慌，乔师傅，咱们真得防备他们溜了。你辛辛苦苦访得贼人的踪迹，咱们在前边搜，他们往旁边溜，末了咱们赶去了，却扑一个空，岂不是一番苦心，白费事了？”

俞剑平又转脸对胡孟刚说道：“不过，只教乔师傅一个人

去道，那也太悬虚。乔师傅断不是怕事的人，人家乃是小心，怕误了事；好在有三位跟着乔师傅一路访，那就稳当多了。乔师傅你要是嫌人少，咱们多派几个人跟着你；你觉得哪位跟着你顺手，你就挑哪一位。不过话又说回来了，这回本是暗访，人去多了，更扎眼。况且咱们就是全去，不过才五十六七个人，贼人全伙却有百十多个。所以，还是少去人好，少去人不显眼。着哇！少去人对极了。就是你们四位辛苦一趟，顶好顶好！”

当下，俞剑平、胡孟刚百般激励，九股烟乔茂百般推辞。到底事情挤在这里，他不去是不行的；这才要约了许多话，俞、胡二人都答应了他；他无可奈何，方才答应。胡孟刚听了，这才把脸上的怒气平消下去；又和俞剑平斟酌了一会儿，方才睡了。到了次日，群雄纷纷出发。沈明谊等仍去分头送信邀人；绵掌纪晋光、霹雳手童冠英、少林寺静虚僧和霍氏双杰等人分四路布卡。白彦伦与铁掌黑鹰程岳、楚占熊等奔火云庄，拜访子母神梭武胜文。乔茂和紫旋风闵成梁、没影儿魏廉、铁矛周季龙等四人就先奔李家集。俞剑平、胡孟刚便和姜羽冲、窦焕如等，暂时在宝应县义成镖店，一面候人，一面听信；准备哪一路有了消息，便驰往接应。人数虽不多，安排得井井有条。

这些人依照计划出发，俱都踊跃而前，面无难色。只有九股烟乔茂和上刀山一样。同行的三个人中，他和紫旋风闵成梁不熟，铁矛周季龙又有点瞧不起他。只有没影儿魏廉，是俞镖头的晚辈，又受俞、胡的密嘱，对乔茂倒很客气。

临行时，乔茂便请大家一律改装。闵成梁、周季龙夷然不屑，两人只将镖客的服装换去，穿上便鞋，披上过膝的长衫。乔茂无法，又找到俞、胡二人，嘀咕了一阵。俞、胡暗劝数语，闵、周二人这才笑了笑，扮作两个小买卖人；但两人体格魁梧，改装起来也不很像。

九股烟乔茂和没影儿魏廉，都是身材轻捷的人，商量着扮

作扛活小工。二人穿短打，用根木棒挑着小小的铺盖卷，内中暗藏兵刃。四人又约好了互打招呼的暗号。这才向众人告别，雄赳赳的径奔高良涧、李家集。

跟着，白彦伦备好了名帖礼物，便和程岳、楚占熊、云从龙等，穿着长衣服，骑着马，前去投刺拜访武胜文。

俞剑平、胡孟刚送走众人，便和姜羽冲、窦焕如，留在宝应县城，暂且听信。预料至多三四天，定有回报。不想就在众人陆续出发的当天下晚，义成镖局柜房上，就遇见了一件怪事。一个乡下模样的人，拿着一个小包，先在镖局门口张望了一会儿，忽然进了柜房，说是："由海州来的，给十二金钱俞三胜俞镖头，带来一包药。"

有柜房中人便要往里让。这个人说道："俞镖头在里面没有？"镖局柜房道："在！"转身要去请，那人连连摇手道："这是俞镖头的乡亲托买的，大远的烦我捎来。我的事情很忙，我也不认识姓俞的，你把包儿交给他就完了。"柜房道："哦！你等一等，我请本人去。"那人笑道："你们这字号还有错么？我交给你们转给他就行了。"竟转身走出，顺大街入小巷，徜徉不见了。那柜房先生一拿着这小包裹，觉得这也是常事，刚刚迈步往里走，义成镖店的总镖头窦焕如恰从后面来到柜房，问："是什么事？又有人托寄包裹么！"柜房道："倒不是烦咱们捎带的，是俞镖头的乡亲烦人给俞镖头带来的。"窦焕如惊讶道："什么？"急接过小包来，就桌上打开，且解且盘问道："那个捎包裹的人哩？"柜房道："刚走。"窦焕如道："怎么个模样？像哪里人？"柜房道："是个乡下人，三十多岁，好像是北方人……"

窦焕如已将包儿打开，里面竟是一包包的刀伤药，一共百十多小包。小药包之外，还有一幅纸，画着一个刘海洒金钱、金钱落地的画儿；旁边画着一个插翅膀的豹子，作侧首旁睨之状。窦焕如猛然省悟，骂道："娘卖皮的，捣鬼？送包的人呢？"飕地蹿出柜房，急扑到门口，往外一望；又喝问柜房：

“你快出来，你看是这个人不是?”用手一指街上。街上一个精壮的汉子手拿纸扇，敞胸露臂，披着短衫，刚刚从镖局门口走过。那柜房跟出来一看道：“不是这个人。”这个人回头往镖局瞥了一眼，停了一停，却又闲然走去。窦焕如向柜房叫道：“黄先生，到底哪个是送包的人?你怎么把他放走了，也不回一声?”问得柜房黄先生哑口无言，道：“我寻思着……”

窦焕如愤然说道：“你寻思什么?告诉你，往后无论有找谁的，给谁送东西，甚至于揽买卖走镖的；从今天起，你千万告诉一声，别再把人放走了。你不知道，这是个奸细!他就是劫取盐镖的探子，特意来向俞镖头卖弄一手花活的。真是，你们真误事!”一顿吵嚷，闹得后面也知道了。

俞剑平、姜羽冲忙出来询问。窦焕如道：“俞大哥，你瞧!我们这黄先生多么糊涂，这是刚收到的!”一指桌上的包裹，百十包刀伤药漫散在桌上，最刺目的自然是那金钱落地的图画。俞镖头说道：“呀，那送信人现在哪里?”窦焕如道：“我这不是正说着哩!他们竟把人放走了。”

姜羽冲伸手拿起那画来，俞剑平就仔细搜检那一个个的药包。姜羽冲忽然笑道：“哈哈!”俞剑平抬头道：“怎么样?”原来姜羽冲正翻着这张画的背面，背面却写着字：“书寄金钱客，速来宝应湖；盐课二十万，凭剑问有无。”

俞剑平嘻嘻地冷笑道：“好贼，他倒先找起我来了!”

姜羽冲看了看俞剑平的神色，劝道：“俞大哥，他们是激将计，大哥不要搭理他们。”但是俞剑平非常气恼。姜羽冲向柜房问明了送包人的年貌，立将镖局的人派出一多半，去到各处穷搜了一遍。这当然搜不着，姜羽冲却也晓得，但是不能不这么做。

光阴迅速，又过了一天。到傍晚，赵化龙老镖头忽从海州派专人，送来一封信，是送给俞、胡二人的，拆开一看，首先触目的，竟也是一幅金钱落地、飞豹旁睨之图；另外才是两页信。信上说，俞、胡二人报告寻获贼踪的信，已经接到了，展

限的事正在托人办理。既已觅得贼巢的大概地点，请二人火速设法讨镖。能不用武力更好，因用武力恐怕难免迟误，仍以情讨为是。又说此幅画乃胡孟刚的振通镖局收到的，由苏先生给赵化龙送去，赵化龙特意派遣急足送来。

至于这幅画是怎么收来的，何时接到的，信上草草一说，竟忘提及。俞、胡二人和姜羽冲、窦焕如，读信的读信，看图的看图。这张图的背面巧得很，也题着二十个字，是："书寄金钱客，速来大纵湖，盐课二十万，凭拳问有无。"

窦焕如一拍屁股，骂道："捣鬼！一个样的把戏，没出息的贼，没出息的贼！"

胡孟刚道："一样的词，两处送，这有什么劲！"

但是姜羽冲道："怎么是一个词？你不看这是两个地名么？"胡孟刚道："唔，这是大纵湖。"俞剑平这时候默然不语，双眉一挑，面横杀气，半晌才道："这恶贼戏我太甚，咱们走着看！"

但是，事情越逼越紧，俞剑平离家之后，丁云秀和留下的小徒弟陆嗣清，整日指拨着练拳，倒也平安无事。忽一夜，听外院啪嗒的一响，丁云秀霍地蹿起来，到院中一看，只见一条人影，箭似的越房逃走。丁云秀仗剑急追，赶出院外。忽一想，恐中了贼人调虎离山之计，忙又返回来；招呼长工起来，点灯寻照。这才在外院，倒座屋门门框上，看见插着一支钢镖，镖上挂着一个小小的锦囊。打开锦囊一看，便发现这幅怪画。丁云秀不是外行，从此家中戒备起来。又一想，恐怕丈夫不知，才又派人给俞剑平送来。

俞剑平拆开家书细看，这幅图画也题着二十个字："书寄金钱客，速来洪泽湖，盐课二十万，凭镖问有无。"

几天中，连接了三张画，竟邀定三个地点：一、宝应湖；二、大纵湖；三、洪泽湖；却也凑巧，全在江北地方。胡孟刚竟未看出词句似同而大异，俞剑平和姜羽冲却已看出；不但地名是三个，第一凭剑问有无，第二凭拳问有无，第三凭镖问有

无。分明指示着俞剑平三绝技，一剑、双拳、三钱镖，劫镖的贼人都要会会。

俞剑平勃然大怒，立刻与姜羽冲商议，要派人分到宝应湖、大纵湖、洪泽湖三个地方，去寻访这飞豹为号的仇敌。姜羽冲道："但是，贼人如果是藏头露尾的戏弄你，他并不在邀定的地点等你呢？"

俞剑平道："我有法子！我此行恰巧把金钱镖旗带来一杆，我就打着镖旗走，贼人要是有志气的，我看他敢不敢动我的金钱镖旗，而且，他会画画儿戏弄我，我就不会挂幌子找寻他？我一定这么办！"

俞剑平怒气冲冲地吩咐手下人，快买一匹白布来。他要在白布上亲题文字，指名要会这个藏头露尾的插翅豹子，他要教人打着这一丈二尺长的白布幌子，幌子上写着"十二金钱寻访插翅豹"，就这么游遍宝应、大纵、洪泽三湖。他要公然叫阵，看看贼人有没有胆量来答话。

姜羽冲道："万一他不出来答话呢？"

胡孟刚紧握双拳道："那他就栽个死跟头，还是怕人家十二金钱……"这个主意，立刻就这样打定。

第十一章

探盗巢九烟做向导
露马脚二客诈镖师

十二金钱俞剑平怒欲历游三湖，寻仇挑战。姜羽冲劝他不要受了贼人的激诱。俞剑平已经忍耐不住。

却是正当俞剑平准备动身还未起程的时候，那阜宁店主白彦伦已遣人奔回送信。说是身到火云庄子母神梭武胜文家，投帖拜访的结果，武胜文辞色可怪，显然与贼党通气。现已弄得双方失和，业经变颜诘明，立下誓约，催请十二金钱俞镖头本人到场。人家武胜文不要俞剑平的名帖、礼物和慕名致候的八行书，却单要领教俞剑平的三样礼物：一剑、双拳、三钱镖。人家也备了还席，那是一槽子母神梭和一对铁掌。

俞剑平一听这话，怒气更增，哈哈大笑道："好好好！俞某末学微技，不承望武大爷如此抬爱，我当然要登门献拙！"

俞剑平含嗔改计，正要策马先奔火云庄，偏偏这时候，九股烟乔茂已垂头丧气，从李家集奔回来了，照旧又弄得一身轻重的创伤。不用说，又吃了大亏了。

据那乔茂喘吁吁地说，已经和贼党碰上，而且交了手，过了话，寻着他那一度被囚的古堡。只是贼党凶恶，公然以乡团

自居，倒把紫旋风、九股烟等当贼看待，动起手来。贼人势众，四个人几乎全折在那里。

俞、胡二镖头更问起同行的紫旋风闵成梁、没影儿魏廉、铁矛周季龙三人。乔茂拭着汗说："还在那附近潜伏着呢，恐怕贼人见机迁场，所以必须监视他们。"说罢，又道是事情紧急，请俞、胡二位赶快先顾这一头，不然就迟则生变了。

十二金钱俞剑平和铁牌手胡孟刚，两个人气得面面相觑，说不出话来。九股烟乔茂坐在一边，挥汗喘气。半晌，还是由姜羽冲发话道："俞大哥不要生气。教我看，咱们还是依着乔师傅的话，先到李家集去一趟要紧。贼人留柬所说的什么大纵湖、宝应湖、洪泽湖那一定是虚幌子。他们的舵主准不在那儿。武胜文有家有业，咱们也不怕他跑了，这缓一步都行。只有乔师傅访的这个荒堡，我们必须赶早过去盯住了。"

俞剑平一跺脚站起来，道："对！咱们就先奔李家集，可是火云庄那里，也不能搁着。这可怎么办呢？"

汉阳武术名家郝颖先应邀刚到，谦然接话道："若是没人去答对这位武胜文武庄主，小弟不才，还可以替俞大哥走一遭。"姜羽冲未等俞剑平开口，就忙答道："郝师傅肯去，那太好了！"就请后到的几位武师，相伴着郝颖先，同奔火云庄。欲烦窦焕如镖头就近留守宝应县；姜羽冲亲陪俞、胡二人径奔高良涧、李家集。这样分派，总算面面顾到了。

一路上，姜羽冲细问乔茂。乔茂才将他们数日来访镖的经过，重说了一遍。

原来九股烟乔茂和没影儿魏廉、紫旋风闵成梁、铁矛周季龙四人，分做两拨，改装私访，当天走了一站。次日走到过午时候，远远望见一个小村落。没影儿魏廉向乔茂问道："喂，我说当家子，这一早走出三四十里地，越走越荒凉，总没碰见大镇甸。离着高良涧还有多么远？这是什么地方？"

九股烟乔茂本与众人约好，千万别管他叫乔师傅、乔二哥；只管叫他赵二哥。魏廉便开玩笑地说："我也姓赵，我管

你叫当家子。”就这么当家子长、当家子短，整整叫了一路；说是叫顺了口，省得到地方，叫错了。

当下乔茂把前后地势看了一转，四顾无人，这才说道：“我从高良涧逃出来，是奔东北走的。咱们现在是往西走，这里的路我没走过，我也不知道距离高良涧还有多远。问问梁大哥吧。”梁大哥就是闵成梁，他已走在前边，魏廉赶上去问。闵成梁止步回头道：“我从前在李家集住过几天，高良涧一带也走过；不过那时我是从盱眙奔淮安办事，走的是正路，这里的地理也不很熟。不过看这光景，大概离李家集不远了，估摸也就是还有几十里路。苦水铺我却没到过。”

闵成梁转而问乔茂。乔茂把一双醉眼翻了几番，末了说：“等个过路人，咱们问问吧。”铁矛周季龙却不言语，双目一寻，看见前面有道高坡，遂抢步走上去；向南北西三面一望，走下来说：“靠西南好像有个镇甸，也许是个大村子。咱们何不投过去，连打尖带问路?”众人称是，遂又绕着路，直奔西南。

走出八九里地，没影儿魏廉忽然若有所悟地说：“这里好像离苦水铺不远了。”闵成梁道：“怎见得呢?”魏廉道：“你看这里的土地都生了碱，这里的水又很苦，一定是苦水铺无疑了。当家子，你看像不像?”

乔茂又复东张西望地看了一晌，还是不能断定。铁矛周季龙道：“不用猜了，咱们到前边打听去吧!”

四个人又走了一程，已到那村舍密集之处。走到切近处一看，这里还够不上一个小镇甸，只可算是稍大的村子罢了。进入路口，街道两边茅茨土屋，百十多户人家，横穿着很直的一道街。从这头一眼望到那头；哪有什么买卖，只不过寥寥三五家小铺罢了。靠街南一家门口，挑出来一支笊篱，上缀红布条，石灰墙上写着四个大字：“汪家老店”；字迹已然模糊不清了。

四个人本分两拨，到了这时，不觉凑到一处，东寻西觅，

要找个打尖的饭铺茶馆；却没有找到。在汪家老店对面路旁，倒看见一家老虎灶，带卖米酒。乔茂凑过去问道："借光二哥，苦水铺离这里有多远？"卖酒的抬头看了看乔茂道："由这里奔西北，还有五十多里哩。"魏廉又问："大哥费心，这里有小饭铺没有？"卖酒的用手向西边一指，四个人顺着方向寻过去，原来就是那个汪家老店。四个人虽然嫌脏，也是没法；相偕着才走进店门，立刻轰的一声，飞起一群苍蝇来，更有一阵马粪气味，冲入鼻端。里面走出一个像害黄病的店伙，问客人是住店还是吃饭，周季龙等全不愿在这里落店，就说是打尖吃饭。

店伙把四人让到饭座上。天气正热，又挨着厨灶，热气扑面，令人喘不过气来。闵成梁很胖，头一个受不住，就问："有单间没有？给我们开一个。"店伙说："有。"又把四人殷殷地领到一个单间屋内。这屋又潮又暗，只有一张桌、两个凳，一架木床支着破蚊帐，七穿八洞，很有年代了。紫旋风闵成梁催店伙打洗脸水沏茶，一面吃茶，一面要菜，这里的鲜鱼很现成；四个人要了两大盘煎鱼和炒笋、盐蛋、盐豆等物。跟苍蝇打着架，胡乱吃了一饱。

铁矛周季龙喝着酒，向店伙打听附近的地名。店伙说："这里叫冯家塘。李家集离这里只有十八里。苦水铺距此较远，还有四五十里，须经过风翅岗、药王庙、卢家桥、鬼门关等地。"乔茂一听"鬼门关"三个字，心中一动，睁着醉眼，把店伙盯了半晌，倒把店伙看毛了。

乔茂道："好难听的地名，却是为何叫鬼门关呢？莫非是常闹鬼么？"

店伙笑道："鬼门关这个地方，倒从来没闹过鬼。不过那里是个高土坡，又挨着个泥塘；牲口、车辆走到那里，一个不小心就溜下来，陷入泥塘里了。因此人们管它叫鬼门关，无非是说那里很难走罢了。有一年，一头水牛惊了，竟奔陷在泥塘里；越挣越陷，那牛瞪着眼哞哞地直叫，人们也不敢下去救。等到牛的主人向邻近人家借来板子，设法搭救，时间已经晚

了，活活一条牛陷死在泥塘里面了。这泥塘又是个臭坑，又是个要道，上面只架着一个小竹桥，很不好走，所以人们就管它叫鬼门关。”

乔茂打听了一回，看看天色不早，可是都不愿在这里住下。算还饭账，四个一商量，还是赶到李家集再落店。四个人出离汪家店，走出村口没多远，忽然听见背后一阵马蹄声。

四人急急的回头一看，只见从岔路上奔来一匹马。马上的乘客是一个中年人，穿一身土布短衣服，手里擎着马棒，背上背着一个黄包裹，风驰电掣的奔来。到了四人身边，便把缰绳一勒，牲口放缓了，竟从四人旁边走过去；却又回头把四人打量了一眼，又打量了一眼。然后这人把马缰一抖，马棒一挥，策马飞跑起来。一霎时抹过庄稼地，奔西北走下去了。

访镖的四个人相顾愕然。这样一个荒村野镇，又不是正路，不会有驿卒走过的。这个骑马的人神情很昂藏，令人一望而知是江湖上的人物。而且奇怪的是这人走过去好远了，还是扭着头往回看。这个人是做什么的呢？几个人都把眼神直送过去；唯有九股烟乔茂，一看见这匹马，立刻将手中拿着做扇子用的破草帽，往头上一扣，把上半边脸遮住，又把头扭到一边去。

等到骑马的人驰过去，没影儿魏廉凑过来道：“有点门儿，这东西就许是老合？”闵成梁向四面一看道：“赶下去！”魏廉应声道：“好！走，咱就赶上去。”这两人便要施展陆地飞纵术，凭四人的足力，追赶奔马。

铁矛周季龙笑了笑，问乔茂道：“乔师傅，你看刚才那个人怎么样？咱们追不追？”

九股烟乔茂疑思过了半晌才说：“大白天，咱们四个人在这旷野地拼命一跑，有点太扎眼了。梁大哥，咱们还是径奔李家集好不好？你看这个骑马的，也是奔李家集去了。”

闵成梁把长衫放下来说道：“随你的便，我看是追好，再不然咱们四个人，分出二个人追下去，留两位奔李家集。”

乔茂最怕拆开帮，还是不甚愿意，说道："闵大哥，咱们加紧走得了。我看这个骑马的，若不是过路的江湖人物，就一准是贼人放哨的，咱们到李家集看吧。这么望风捕影的，拿两条腿的人追四条腿的牲口，太不上算了。"闵成梁和魏廉都笑了。

四个人脚下加紧，一口气奔到李家集，天色已经很晚，太阳落下去了。一进街里，未容打听，九股烟乔茂便已顿时记起这个地方，确是李家集无疑。他从匪窟逃脱出来，在泥塘荒岗边路逢女侠柳研青，扯谎挨打之后，曾经柳研青询明情由，把他放走。临行时还赠给他十两银子做路费，他便一直逃到此处。就在这街西茂隆客栈住了一夜，还在此地小鞋铺买了一双鞋，又打听了一些情形；第二天就由此处动身，一直北上送信。

九股烟乔茂遂同没影儿魏廉在前，紫旋风闵成梁、铁矛周季龙相随在后，仍旧投到那个茂隆客栈住下。四个人本想分住两个房间，可是商量事情又很不便。结果还是住在一块，占了一明一暗两间房。

到了起更以后，没影儿魏廉悄问乔茂道："现在到了地方，今天晚上咱们出去一不？乔师傅你估摸你被囚的地方，离这里有多远？那个荒堡是冲哪一面？可是地势很高么？大约一共有多少间房？"紫旋风闵成梁也道："咱们四个人白天在一起道，究竟有点扎眼。魏兄说得很不错，咱们今天晚上就出去一趟；就按夜行人的规矩，两个人摸底，两个人巡风，先去扎一下子。"

九股烟乔茂简直吓破了胆子，临上阵还是挨磨一刻是一刻，抓耳搔腮地耗过一会儿；见三个人都拿眼瞪着他，他这才嗫嚅道："三位这么捧场，总是为我们振通镖局，小弟实在心上感激。不过这有一层难处，不瞒三位说，我教贼人囚了二十多天，蒙头转向。那个荒堡到底靠李家集哪一边，我也说不上来，反正觉得不很远罢了。那天我仗着一根锈钉子，斩关脱锁，逃出虎口来。后有追兵，外无救援，我只顾往黑影里一阵

乱钻，拼命似的瞎跑，实在连东西南北也不知道。况且又在半夜里，又心慌意乱，一路上的情形，也没顾得留神。我打算明天一清早，烦你们哥儿三个跟我辛苦一趟，白天到底好琢磨一点。”

铁矛周季龙微微笑了，前天当众报告时，乔茂没肯说出这些泄底的话，他还端着劲呢！现在事到临头，他方把实底端出来；可是这一来又不亚如大海捞针一样了。贼窟究在何处，还是没谱。

闵成梁眉峰一皱，道：“闹了半天，咱们连个准方向、准地方也摸不清啊！”

乔茂脸一红道：“虽然摸不十分清，可是多少还有点影子。贼人的垛子窑至多不出二十里，总算是圈住了。咱们就拿李家集、苦水铺两个地方做起点，我记得那地方是有个高坡和泥塘的。那个荒堡也有点特别，地势比近处都高。”

四个人接着商量，周季龙两眼盯着乔茂道：“乔师傅，我看今天晚上出去一趟最好。你的意思，是怕晚上看不清楚；但是你逃出来也是在晚间，现在乘夜去重勘，岂不更好！夜景对夜景，倒容易辨认。”

乔茂无言辩驳，就说道：“要不然，明天白天先一回，到明天夜间，再重淌一下。今天晚上，我实在去不得了；也不知怎的，我脑瓜子直晕。”闵成梁、周季龙相视而笑，也就不便勉强他了。

乔茂搭讪着，向魏廉说道：“魏老兄，你瞧咱们路上遇见的那个骑马的，可有点怪。咱们进了李家集，就没碰见他。”闵成梁霍地站立起来说道：“对呀！既然晚上不出去，咱们何不出店，到街上遛遛，先把镇甸以里的情形察看察看，怎么样？”说罢，不容乔茂答应，竟自穿着小衫，邀同铁矛周季龙出去了。没影儿魏廉起来说道：“一块走！”也要跟出去。

九股烟乔茂连忙拦住道：“魏老兄得了，你同我做伴吧！这不是闹着玩的；刚才那个骑马的，我提心吊胆的，总疑心他

是贼人的探子。我怕他认得我，他们或许成帮的来找寻我。”

没影儿魏廉想不到乔茂也是一个镖师，竟如此胆怯。他哪里想到，乔茂曾吃过大亏，至今谈虎变色！魏廉嘻嘻地笑着，只好不走了。过了一会儿，他对乔茂说：“屋子里闷热，我可要到院子里凉快凉快去了。”

乔茂眼珠一转，心想：他也许要溜？忙说道：“可不是，真热！咱俩一块儿凉快去。”

乔茂鳔住了魏廉，殷殷勤勤地抢着把茶壶端到院中，又搬来一个长凳和魏廉一同乘凉。此时昼暑犹热，院中纳凉的人竟有好几个，在月影下喝茶闲谈。乔茂低声跟魏廉说话。因魏廉对他不错，遂将自己访镖遇险的事都对魏廉说了，只没说柳研青打他嘴巴的话。他又对魏廉说，自己逃出匪窑后，贼人曾放出八九条恶狗追赶他，这些狗比人还凶。他又悄悄地告诉魏廉：“我们寻访贼窟，可以专打听养狗最多的人家。”

闵、周二人到李家集街上溜达，魏、乔二人在店中乘凉。约到二更时分，乔茂倦眼迷离。自历凶险，乔茂的精神总还没有恢复过来。那没影儿魏廉连喝了几碗茶，仰面看了看天色，忽然对乔茂说：“当家子，你头晕好点了么？”

乔茂把手一摸额角道：“这一凉快，觉得好多了。”

没影儿魏廉道：“嘿嘿，你好多了，我可肚子疼起来了。我知道我是在路上吃甜瓜吃的。不行！我得泄一泄。”魏廉遂到房间内，找了两张手纸，奔店后院厕所去了。

九股烟乔茂仰面看着星河，寻思明日之事。白天道，就是遇见了贼人，在这人烟稠密的村镇中，他们也不会硬捆人，还是白天寻访稳当。又见店中人闲谈，乔茂就想凑过去，也跟他们谈谈，也许能够探出一点什么情形来。

乔茂又想，不要向人乱打听，只打听养着八九条狗的人家就行了。如果问得出来，就算探出贼人囚禁自己的地方了。不过，看那荒堡情形，未必就是贼人的垛子窑；也许是他们囚禁肉票之处。但是他们的老巢，也必相距古堡不远。

乔茂凑合着，跟店中客人闲谈。没想到他只问了几句话，闲谈中的两个壮年人，忽然问起他的名姓来，又问他从哪里来的。乔茂心中一惊，信口胡诌，答对过去。那两个客人反凑合着跟乔茂攀谈，又问乔茂："你们那几个同伴呢？"又问："客人，我听你说话的口音，很像北方人，不是江北土著吧？"越问乔茂越发毛。

乔茂闪眼四顾，闵、周二人全未回来；魏廉上厕所，也一去没回头。这可糟！乔茂不是傻子，是行家！张望四顾，面呈可怜之色；可是又慌不得，只可提心吊胆地支吾着。

那两个客人却也怪，竟不与别人闲谈了，一边一个，挨到乔茂身边。先是一口一个"客人"叫着，后来竟改口叫起"相好的"来了。

其中一个说道："相好的，你是干什么的？扛活的，不像呀！我看您倒像个在江湖上跑腿的，对不对？别看月亮地，认不清面貌；我就只听你的口音，我就知道你是干什么的。相好的，可是由打北边来的吧！你贵姓？姓赵，怪呀，巧极啦，我也姓赵，赵钱孙李头一个姓嘛！一张嘴就来。相好的，姓赵的可太多了，张王李赵是熟姓。相好的，我也姓赵，咱们是当家子，你也会姓赵？"

九股烟乔茂久走江湖，月影中忙辨这两个人的面貌，两人背着月影坐着，竟看不甚清。可是听口音，也听出来不是本地人，是外乡人。尤其教人悬着个心的，他们也是北方口音，而且身躯雄健；敞着怀，拿着大扇子，已经不热了，却仍忽扇忽扇地扇着。更令人不寒而栗的，两个人无缘无故，忽然扬声狂笑。

九股乔茂恨不得站起来躲开，却又觉得不妥，未免太示弱了。这两人好像故意开玩笑，把乔茂问了一个够，随后两人又自己闲谈起来。谈的话却又似有意，似无意；忽然讲起出门在外的事。从车船店脚牙，说到绿林劫盗，又由绿林劫盗扯到江湖上医卜星相、卖艺保镖和看宅护院。内中那个胖子笑着说："行行出状元，哪一行不是人干的？就只有文的教书行医，武

的保镖护院，不是人干的。教书害人子弟，行医误人性命，弄不好都损阴丧德。护院保镖的比这个更不如！”那一个瘦一些的同伴就笑着问：“这话怎么讲？”

胖子答道：“你想，护院的跟财主当奴才，保镖的跟富商当奴才，卖命给人看家护财；就好比看家狗一样，但再有点人气，也不干这个。我说这话可有点伤众；却是巧啦，咱们这里没有一个保镖的。”把头一转，冲着乘凉的人说：“我说喂，咱们这里头，哪一位是保镖的，可别挑眼。我说的话冒失一点，可也跟骂我自己一样，我家里就有保镖的。”

那瘦同伴就问：“是你什么人？”那人嘻嘻地笑道：“就是我的二侄子，他现在就吃镖行的饭。新近丢了镖，憋得孩子成了孙子啦！满处乱撞，求爷爷、告奶奶的找镖。”

这一席话把乔茂骂得背如负芒；暗中端详两人的体格，又很猛壮。他心上又是疑惧，又是惊喜，心想：“这两块料，不用说，什九是贼人的探子。他们必是瞧出我可疑来，故意使诈语，骂贼话给我听，要瞧瞧我的动静。我还是不接这个碴；你会骂，我也会骂，我骂臭贼！……”但是转念一想，又骂不得：“这两块料不是贼，我就白骂。要真是贼，就许骂翻了腔，当下给我苦子吃。”

这么一算计，乔茂只得忍辱装傻，也不敢再套问这两人；他只一开口，就被这两人给几句冷讥热嘲。这两人又是一边一个，紧挨着乔茂。乔茂实在悬着个心。挨到三更将尽，乘凉的人陆续归寝，乔茂也站起来要回房间。这两个人突然也站起来，把乔茂一拍道：“相好的，别走。”

乔茂吓得一哆嗦，失声道：“干，干什么？”两人笑嘻嘻地说：“再凉快一会儿呀！相好的，千里有缘来相会，咱们多谈一会儿啊！”

乔茂窘得一颗心突突地直跳，怯怯的一闪身，把那人的手拨开道：“不行，我困了。”扭头就往屋内走。那两人嘻嘻哈哈地笑着又坐下来，竟没有用强。

第十二章 抵隙捣虚金蝉惊脱壳 捕风捉影白刃误相加

乔茂像鬼赶似的进了房，暗恨闵、周二人不该任意出去，更恨魏廉不该借屎遁溜了，连一个仗胆的人也没有。他心想：“只剩下自己一个，万一这两人半夜来动我的手，可怎么好？”

乔茂提心吊胆，背灯亮坐在屋隅，睡也不敢睡，溜又不好溜。试向外面一探头，那两壮汉守着一壶茶，还在院中乘凉呢！乔茂自知落在人家掌握中了，心想：“难道他们半夜真来暗害我，还是绑架我？”又想：“跑是跑不开，我会跑，人家就会缀；还是在店中稳当一点，除非这里是贼店。”

九股烟乔茂为自卫之计，把兵刃暗摸在手下，挑灯而坐，眼睛看着门窗。忽又想不对，忙把灯拨得小小的，身子藏在暗影里；似坐困愁城，挨过一刻又一刻。忽然外面有一阵脚步声和说话声，乔茂深吁了一口气，如释重负；听出这是紫旋风闵成梁、铁矛周季龙两个人回来了。他忙把灯拨亮，站起来迎过去，向二人招呼了一声，又偷眼向那两个壮汉瞥了一眼。那两个壮汉并不在意，还在乘凉闲谈。

闵、周二人进了房间，率尔问道：“乔师傅没睡，魏老弟呢？”

乔茂忙向两人施一眼色，悄悄用手一指院中。闵、周问道："什么事？"顺着乔茂的手往外看，看到乘凉的人，闵、周二人立刻注意。果然这两个纳凉的人体格精强，不同寻常；又看乔茂脸上的神色不宁。二人纳闷，便又重问了一句："什么事？"又问魏廉上哪里去了。

乔茂悻悻地说："谁知道他哪里去了！他说是上茅厕，你们二位刚走，他就溜了。你们三位都走了，只剩下我一个人，可就遇上……"说到此，把话咽住，低低地问道："真格的，你们两位出去这一圈，想必也不错吧。摸着什么没有？"

但是闵成梁、周季龙，却是白出去一趟，结果只打听来一点恍惚的消息。两个人相偕出店，本想绕着李家集一道。只是听乔茂说过，那个荒堡大概是在高良涧一带，从这里寻起，也是白饶，况且又没有乔茂跟着引道。复又想起，贼巢如果是在高良涧附近，这李家集也算是要道，贼人也许在此伏下底线。

两人遂假装查店的官人，把此地几家小店都走了一遍。问他们："这里可有骑马的一个单身汉投宿没有？"但是问遍各店，俱都说没有。旋在一家字号叫双合店的柜房上，跟一个饶舌的店主打听；却问出来，前几天有几个骑马的客人，曾来打尖。打尖的时候，也是不住地向店家问长问短，情形有点可疑。店主又说，这几个骑紫马客人好像隔一两天，就上李家集一趟，却不一准住在哪个店；很眼生，自说是跑驿报的，到底也不知是不是。闵、周又问："附近有匪警没有？"回答说没有。

当下二人回来。记得胡孟刚说过，劫镖的人有几匹马都是紫骝驹，双合店这几个骑马的客人，却是很对景。两人不由动念，正要回店以后，问问乔茂；不意乔茂神色惊惶，倒先反诘问起二人来。

诘问完了，乔茂这才悄声地对闵、周两人说："你们二位在外面没有探出什么来？我在这里坐等，竟跟贼人的探子朝相了。"遂暗指两个纳凉的人，将适才之事草草说了一遍，道：

“这两个汉子翻来覆去地套问我，问我是干镖行的不是。他们打听过你们二位是干什么的，刚才出门干什么去了？神情语气傲慢得很。”只有两个壮汉骂镖行的话，乔茂吃了哑巴亏，没好意思学说出来。

闵、周二人向外瞟了一眼道：“这两个人倒像是走江湖的，不过就凭几句要打听的话，也难作准。人们就有多嘴的，他们也许瞧出乔师傅像个镖客，所以要问问。”

乔茂摇头发急说道：“不对不对！哪有那么问人的？他们还说了好些个别的话呢！他俩简直绕着弯子拿话挤我，我只没上他的当就是了。这两个东西太可疑了，我管保他俩来路不正，我还保管他俩一定是劫镖的贼人打发来的底线；若看错了，你把我的眼珠子挖去。二位费神吧，咱们琢磨琢磨怎样对付吧！要是放走了这两个点子，不但丢了机会，我敢说我们往前道，可要寸步难行了。”

乔茂的意思，是要把两个壮汉看住了，就由两人身上动手。闵成梁、周季龙却怕乔茂看走了眼，弄出笑话。乔茂自嫌丢人，又不肯把刚才受窘的情形说出来；因此他着实费了好多唇舌，才怂恿动了闵、周二人。二人说：“这么办，就依乔师傅，咱们先摽摽这两个小子。”

三个人悄悄商计好，再往院中看时，那两个客人已经回房了。闵、周只顾谈话，一时疏神，竟不知两客进了哪间店房。九股烟毫不放松，身在屋中，两眼不时外窥；看见这两个客人走进对面西房第二个房间，遂暗向闵、周一指。

闵、周点头默喻，溜溜达达出来，假装小溲，到店院走了一圈，暗暗地将两个点子的住处，前门后窗俱已看清，这是八号房，和闵、周住的东房十四号遥遥相对，却是个单间。

紫旋风闵成梁、铁矛周季龙，向八号房间隔帘张了一眼；只看见两个客人的背影，正立在灯前，似有所语。周、闵二人更不再看，转身便回。九股烟忙问：“二位看清了没有？究竟怎么样？”

闵成梁点点头道："倒似乎可疑。"他探头仰望天空道："这时也不过三更来天，稍微沉一沉，咱们就摸一下子看。周三哥你说怎样好？"周季龙道："可以摸一摸；但是，要看事做事，别冒失。乔师傅虽说招子够亮的（眼力明），不会看走了；不过咱们要真动手收拾他们，还得先对一对盘（看看面貌）。"

这时候全店客人什九已入睡乡，各房间只有三两处还没熄灯，院内悄然寂静下来。乔茂又挨了一刻，低问周、闵二人："咱们该下手了吧。魏师傅一个人溜出去，顶这时候，怎么还不回头？……要不然，你们二位在屋里等一会儿，我先把合（巡视）一下，看这两个点子脱条（睡觉）了没有。"说罢，乔茂把精神一抖，蹑足轻行，掩门屋，向外先向全院一照，内外漆黑，又向西一抬头，不由愕然，只见八号房灯光依然辉煌。

乔茂道："唔，怎么这两个东西还没脱条呢？"回头看了看，屋中的闵、周二人无形中给他壮着胆子。九股烟这才提起一口气，出房门循墙贴壁，由南面溜到西边。他先附窗倾耳，八号房内声息不闻，也没有话声，也没有鼾声。屋门依然大敞，上垂竹帘，灯亮就从帘缝射出来，在甬道上织起一条条的光线。

乔茂心中纳闷，又向四面一瞥，然后一伏腰，一点脚，蹿到门畔。猛探头往里一张，急急缩回来，暗道："莫非真输了眼？要是老合（行家），决不会这么大意呀？"

这八号房不只灯明门敞，而且屋中一张桌、两铺床，两个壮汉各躺在一铺上，面向外闭眼睡着了，并且睡得很香。两个人的面貌，隔帘看得分明。莫说江湖道，就是常出门的人，也不会这么疏忽。就说是空身汉，天热没有行李，不怕丢东西；可也没有住店房，敞了门睡觉的。难道这两个东西故意摆这阵势么？可这又有什么用呢？暗想着，乔茂又探了探头，偷觑了一眼。

闵、周二人听乔茂出去以后，院内一点声息没有；两个人不耐烦，也轻轻探身出来。恰见九股烟在对面房前伸头打晃，

乔茂的影子被隔帘射出来的灯光映照在甬道上，铺了一条长影。乔茂忽一回头，看见了闵、周二人，立即将身形一撤，没入墙根的暗影中。他用弹指传声之法，把中指指甲往拇指指甲下一扣，轻轻地连弹了两声，是招呼闵、周二人过来。

闵、周二人相视一笑，微讶乔茂这么老江湖，怎的在窗根下乱弹起这个来！这扣指传声之法，只能掩盖外行的耳目，道上朋友没有听不懂的。乔茂既拿这两个“点子”当“合子”，怎的又拿“合子”当起“空子”，真也太疏忽了。两个人忙溜墙根绕过去，乔茂也溜墙根迎上来。三人相会；乔茂一拍两人的肩头，一齐蹲下来。乔茂低声悄语道：“这两个合子怪得很，你猜他们干什么了？他们竟亮着盘儿，全脱条了，这是什么意思？”闵、周二人诧异说道：“睡了，这可是怪事，等我照一照。”立刻两人一分，一左一右，纵到那号房间之前。周季龙穴窗一探，闵成梁就隔帘一瞥。倏然的，闵成梁一缩身，向铁矛周季龙一挥手；高大的身躯一旋转，提气轻身，脚尖点地，飕的连纵，已蹿到自己房间门前，直入屋内。

铁矛周季龙、九股烟乔茂，料到闵成梁一窥而退，定有所得；两个人也一先一后，纵身飞蹿，轻轻退回来，走到屋内。闵成梁向外面一看，回头将灯拨小了。乔茂问道：“怎么样？”周季龙也问道：“闵贤弟才一过目，立刻抽身，必定确有所见。”闵成梁说道：“乔师傅所断不差，就请你费心把合着井子里（院内）。”乔茂靠门口一坐，一面往外瞟着，一面听闵成梁、周季成二人的意见。闵成梁向周季龙说道：“周三哥，可看出这两个点子的来路么？”周季龙微笑道：“我眼睛拙得很，没看出什么来。我只看见他们全暗合着青子（兵刃），一个放在枕头底下，一个插在右腿上。大概他们故意摆这样儿，引我们露相。”

闵成梁大指一挑道：“佩服佩服，这两个东西一定跟咱们合上点，我一看就知道他们是逗咱们上阵。赶到一看出他们暗合着青子，事情就更明了，怪不得乔师傅断定他们路数不正，

你看！咱们在井子里做活，人家已经觉察出来。靠西墙的那个老合，竟用击木传声的法子，示意给那伙伴。”

周季龙道：“这个我却没看出来。”闵成梁说道：“您是窥窗孔，自然没看见。我正窥帘子缝，瞧见他那只搭在板铺上的手，食指动了三动。咱们人来人往，他们是连人数都知道了。尤其是乔师傅弹指传声，人家一定听出来了，所以我就赶快退下来。咱们得合计一下，要是动他，就别容他扯活了；要是缀他，咱们也该布置了。”

九股烟乔茂插言说道：“咱们怎么布置呢？咱们要是缀着他们，倘如他们真是劫镖的匪徒，就怕缀不成他，反教他们把咱们诓到窑里去，上他一个当。咱们要是动他，可是咱们一不在官，二不应役；硬在店中捉人，只怕也使不得。不过我这是拙想；我近来时运颠倒，专碰钉子，我说的不算。闵师傅，周三哥，我听你二位的。你说咱们该怎么着？”

闵成梁微微一笑，道：“在下年纪轻，阅历少，我也不晓得怎么办好。家师派我给俞、胡二位镖头帮忙，胡、俞二位又教我跟着乔师傅来道，我是跟着乔师傅走。乔师傅只管分派，我是唯命是从。”

铁矛周季龙素来瞧不上乔茂，可是现在眼看闵、乔二人要因言语误会，只得从中开解道：“闵贤弟、乔师傅，咱们商量正事要紧，千万别来客气。都是为朋友帮忙，谁有主意，谁就说出来。”转脸来单对闵成梁说道：“说真的，缀下去也许上了他们的当。我们莫如动手捉住他们，逼出他们真情实话来，倒是个法子。不过咱们决不能在店里动手，咱们可以把这两个点子诱出店外；找个僻静地方，凭咱们三个人，只能捉活的。喂，乔师傅，你说好不好？”

乔茂总是疑心人家看不起他；不想他才说了一两句冷语，闵成梁把脸一沉，一点也不受他的。乔茂不由脸上一红，气又馁下来，忙赔笑道：“周三哥说得很对。闵师傅，你说他这着好不好？说实在的，出个主意，料个事，我真不行。”过来作

了个揖道："你可别怪我，我简直不会说话。"

闵成梁看了周季龙一眼，嗤地笑了；这个乔九烟，怪不得人家尽挖苦他，简直是贱骨头！闵成梁这才说道："我可是胡出主意。若教我想，我们应该先把外面的道，探一下子，看好了动手的地方，然后还是由乔师傅出头，逗他们出窑（离店）。我和周三哥到敬涡子口（野地）一等，再不怕他逃出手去。捉住了，稍微一挤他，我保管问他什么，他说什么。乔师傅，你可把合（看）住了，两个点子大概扎手的。"他说到这儿，又对铁矛周季龙道："咱们哥俩得赶紧把道探好了，天一亮，就没法子动人家了。"说着立刻地站起来，把衣服收拾利落，把兵刃也带好；这就要邀周季龙，一同出去勘道。

九股烟乔茂一看这个劲儿，暗吸一口凉气道："好嘛！硬往我身上拍！两个点儿要是老老实实地睡大觉，还好；倘若人家一出窑，我老乔就得伸手招呼两下；两个打我一个，饶让人家毁了，还落个无能。这种好差事，我趁早告饶吧！"

九股烟慌忙一横身，满脸赔笑道："闵师傅，周三哥，二位先等一等。"紫旋风闵成梁怫然站住道："我也是胡出主意，也忘了请教你了，你若是看着不行……"

九股烟乔茂没口地说道："不是不是，我的闵大哥，你老可别价误会！您这招好极了！不过有一节，咱们都不是外人，我可得有什么说什么。"周季龙皱眉道："乔师傅，你就一直说吧，别描了。"

乔茂道："不是别的，这两个点子一定够扎手的，我看还是你们二位撵底看桩（留守）。要是教我一个人在这里把合这两个点子，万一他们灵了（睡醒），一想扯活，二位又不在这里，我一个人是拾不拾？要是拾，我伸手拾不下来，岂不误了大事？闵师傅武功出众，掌法无敌，准可以把两个东西扣得住。要不然，简直咱们换一个过，我跟周三哥出去道，你老在这里把合。等着我们看好地方赶回来，您再把两个点子移到外面去取供，这万无一失。我说这话，可不是我胆小；我是量力

而为，怕耽误了事。这要跟外人说，好像我是吹；贼人在范公堤劫我们的镖，上上下下六十多个镖行，净镖头也七八个，没一个敢缀下去的。只有我姓乔的匹马单枪直入虎口，两次被他们捉住，都教我挣脱出来。我绝不是胆小怕事，无奈人各有一长，各有一短，我手底下太顶不住……”

铁矛周季龙刚要发话，闵成梁连连摆手道：“好啦，好啦，乔师傅不要多心，我焉能往死处照顾好朋友？我不过看透这两个点儿，就当真跟咱合了点子，他们也不会在店里明目张胆的动手。留下不过是看住他，决打不起来。既然乔师傅怕他们扎手，拾了（失败）；索性把这两个差事交给我……”

乔茂还要分辩，闵成梁一挥手道：“二位赶紧请吧，天实在不早了，咱们办正事。”

九股烟乔茂见闵成梁正颜厉色的，竟不敢再还言了；转向周季龙道：“那么，咱们就别耽误了，闵师傅多辛苦吧。”闵成梁摇头不答，只将手一伸，做了个手势，催二人快走。九股烟乔茂这才跟铁矛周季龙，悄手蹑脚的掩到店院中；对面那个八号房间，依旧灯光很亮。周、乔两个人溜到静僻处，施展轻功，飞身蹿上后房，翻出店外。

八卦掌紫旋风闵成梁容得二人走开，便将屋门闭上，又把油灯拨得微小，布置了一下，然后坐在窗前暗影中，从后窗洞往对面窥伺。估摸着周、乔二人刚刚跨墙出去，那八号房通明的窗扇，忽然黑影一闪，分明是有人起来了。

闵成梁暗暗点头：“这可得缀住了。”赶紧地站起来，要开门出去；忽又一想，看了看屋内，忙把门闩上，翻身来到后窗前。轻轻一启窗扇，涌身窜出窗外。他回手把窗扇阖好，一下腰，飞身蹿上房顶，伏脊探头，往八号窗前房后一望，丝毫没有可异处。他遂又相了相地势，八号房是西房，自己住的十四房是东房，这须要绕南房奔西南角，比较得势。遂一飘身，蹿下房来，循墙贴壁，奔西南角。西南角两排交错，旁有小棚，很是僻暗，足可隐身。

闵成梁先把退身觅好，这才绕过去，就隐身在暗影中。身未临近，他先凝神侧耳，细细听了听，八号房内并没有发出什么动静来。又看了看周围，正要扑奔八号后窗；忽然听南房后，啪嗒响了一声。“这是问路石子。”闵成梁急急地一缩身，就势一伏，将身退藏在小棚门旁不动，两眼注视南房和西房。

紧跟着南房房顶微微一响，闵成梁忙探头一寻；倏见一条黑影，箭似的从外面蹿进来。初疑是自己的同伴没影儿魏廉回来；但立刻见这条黑影，从院中偏南一掠而过，好像胸有成竹，走熟路似的，身法迅速，竟一直抡奔八号房。看来人穿着打扮，和魏廉、乔茂、周季龙迥乎不同；一身夜行衣，背插短刀，蓦然已到八号后窗前，把数枚铜钱投入屋内。

闵成梁艺高人胆大，藏身处看不准八号房后窗全面的情形，竟将身一挪，挪过这边来，凝眸再看。只见这个夜行人，立身在八号后窗前，也不知怎么一来，屋中人已然答了话：“起了风吧！”

外面的夜行人轻轻应了一句，却没听清楚说的什么。但只一问一答，顿时见这夜行人抹转身，绕奔前面。闵成梁跟着也挪了几步。这夜行人忽又转到八号门前站住；回头瞥了一眼，撩起竹帘子，直走入屋内。屋内灯光忽然间黑暗了。

紫旋风闵成梁潜身暗隅，闪目四顾；这来的自然是老合无疑了，倒也得盯住他，看看他们意欲何为。想罢，立即一伏身，蹿奔贼人后窗；侧耳倾听，屋中人喁喁私语，只能辨声，不详语意。他心里要想挖破窗纸，向内偷窥；却又怕行家遇行家，做这把戏，被人识破太丢脸。正自迟疑着，意欲举步，转到前窗，不意竹帘子一响，从八号房间，一先一后走出两个人来。这两个人先行的是屋中两个客人中的一个，随着的便是刚来的那个夜行人。这两个到当院站住，四面一看，忽然一晃身，上了南房。闵成梁暗道：“不对，要出窑！”正要缀下去，再看这两个人，原来跟自己一样的打算，竟从南房绕奔东南角，又蹿下来，扑奔闵成梁等人住的那个十四号房间去了。

闵成梁大喜，暗想："得了，这可对了点儿了。我们偷看他们，他们偷看我们；倒不错，看看谁斗得过谁。"他忙从黑影中挪了几步，匿身墙角，探头外窥。见这两人中，一个夜行人留在十四号房前巡风；另一个径上台阶，舐窗往里窥看。但是，屋里的灯早教闵成梁临出屋时拨小了，什么也看不见。贼人回身一摆手，那巡风的夜行人立刻跟过来。两个人低低私语，好像也商量了几句话；又轻轻地推了推门，竟相偕绕奔十四号房后窗去了。紫旋风暗骂道："好大胆的贼，他竟敢进屋行刺不成！"

当下，闵成梁勃然动怒，便要上前拿人；又一想，要过去把贼人堵在屋内，教他先栽个跟头，给自己看。闵成梁才高气豪，不把敌人放在眼里。敌人是三个，他是一个人，他竟傲然不惧，从隐身处旱地拔葱，托地一跃，直蹿上南房，径掩到东南隅。

闵成梁身躯魁梧，举动却轻捷，不愧旋风之名；唰的像一支脱弦箭，从南房东排一跃，飘落到短墙上。又趁势一拧身，早蹿上了东房；东房一排是五间。闵成梁急伏身蛇行，将近十四号房，施"夜叉探海"式，往下面一望，急又缩回。虽然只一瞥，却已看见西房客和那夜行人，一个人在外巡风，另一个挨到十四号房后窗前，把手指微沾唾津，将窗纸弄湿，挖了小小一个月牙孔。

这夜行人却也胆大，明知屋中住的是行家，他仍然窥窗往里瞧。这一瞧，屋内昏昏沉沉，残灯微明；明暗两间房，内间房床上像躺着一个人，却是声息不闻。殊不知这床上实在没有人。

紫旋风临行时，料到自家去后，恐怕贼人潜伏的同党多，也许来窥探自己；便将带来的铺盖卷打开，在床上凸凸昂昂地堆成两个人形。他把枕头竖作人头，上面搭着一条手巾；暗影中乍一看，倒像两个人躺在床上，蒙巾遮面而睡，其实也无非暂掩人一时的耳目。

这夜行人看到床上，心里觉得奇怪，回头来低问巡风的伙伴："喂，并肩子，你不是说，这里窝着两个点子，听动静好像都出窑了么？怎的这里还有两个脱条？"

巡风的西房客急忙过来，先四面一瞥，小心在意的侧耳听了听，然后探头往里一张。这贼人先用右眼看，又用左眼看，随后把窗孔扯大了，用两只眼细看。看罢回头，悄声说："不对，这是空城计，你瞧床上不像是人吧？"又撕了一个纸孔，两个人一齐往内看。

巡风的人忽然一笑，伸手把窗户一推，竟悠悠地推开。回头来说道："并肩子，你输眼了。哪里是人，这是空屋子。人早离窑了！"

两个人在房后窗前，窃窃私议。一个就要一直掀窗入室搜检，一个就说使不得，不要鲁莽了。房上的闵成梁却不禁欲笑："屋里没有，房上可有人。可怜两个笨贼，连我在房上也听不出来。值不得在此跟他动手！有本领的人仓促遇敌，不会喊出来。像这两个笨货，挤急了就许炸了；在店里喧闹起来，或者反而害了事。"但又一转念，还是阻止两贼，不教他进房胡翻的好。

闵成梁顿时想了个打草惊蛇之计，把身上的鹅卵石取到手中一块；飕的一蹿，退回短墙，跃到南房上。然后一探身，抖手打出去；不待石落，自己忙一腾身蹿开，潜藏起来。那块鹅卵石啪嗒一响，掉在东房顶上；咕噜噜的一滚，坠落到平地上，立刻又是啪嗒的一声，正掉在二贼跟前。

二贼吃了一惊，叫道："风紧，昏天里窝着点儿了！"意思说黑影里有敌人埋伏。那个夜行人身法也够快，顿时一煞腰，猛一纵身，已蹿上房顶。那个巡风的西房寓客很矜慎，独往斜刺里一蹿，登上后墙，借房山墙隐身探头。两个人急忙四面一打望。约莫石子的来路，疾如电光石火般搜寻过来，又分两个人斜折东南，搜寻过来。

不意紫旋风闵成梁，石子才发出手，早已看准潜迹之地。

这南房过厅上，前后有二尺多长的厦檐探出来，门楣上还横着一块匾。闵成梁预有打算，施展轻功，在房上骤将身子一探，由檐上“珍珠倒卷帘”，往檐底一翻，双手一找檐前的方椽头，立刻将身一卷，“金蜂卧蕊”“壁虎游墙”，顿时悬空转来。他面向檐外，背贴檐里，手指扣方椽，脚尖找横楣。提一口气，轻轻借力，脚登楣框，胸腹往下塌，全身悬成弓形。闵成梁手脚挺劲，俨然将魁梧的身躯挂在檐底黑影中，纹丝不动，上半身借横匾遮蔽，只两腿两手微伸出来。这种轻功全凭手劲脚劲，会者不多，见者少有，是最好的隐形法。

两个贼人前前后后搜了一个遍，不见一个人影，二人似仍不死心，改由一个人在房上，一个人跳下地，一上一下横搜。又搜了一个圈，却再想不到檐下黑暗影中会有人悬空。两个人心知遇见劲敌，将那鹅卵石拾起来，看了又看；只觉得这个敌人神出鬼没，错疑他腕力强，也许从店外打来的。店外西面和西南面，恰有几棵高树；两个人对着大树端详，又不信人的腕力会打出四五丈远来。

两个人正自骇异，目注十四号房，打不定主意。那八号房的同伴却等耐不得；见两人一去半晌不回，微闻房上有人奔过，急忙掀竹帘蹿出来；口中微打胡哨，把两个同伴叫过来盘问。

容得两人进房，又隔过一刻，闵成梁试量着轻轻跃下平地，竟潜行南房过道，倚着门往外探；又慢慢地溜出来，打算自己索性把贼人诱出店外。不想八号房后窗忽开，房中的三个人忽又蹿出一个，还是那个夜行人。这夜行人背刀急驰，竟腾身跃墙；向四面瞥一眼，如飞的蹿出来，没入黑影中，绕向西南而走了。

这一番举动，竟难住了闵成梁；是赶缀这个夜行人呢，还是看住屋中的两个人呢？是立刻就预备动手擒贼问供呢，还是等候乔、周二人回来再动手呢？闵成梁主意还没打定，猛听八号房门扇一响，竹帘子一掀，又蹿出一个人。这个人面向着十

四号一看，回身转脸，对着闵成梁潜身的这边，唇边微打胡哨，低声叫道："相好的露相了，不要藏麻虎了！"

紫旋风心中一动，心想："他要叫阵，且先不理他。"果然这个使的是诈语。这个人当门发话，后窗却又一掀动，声音虽微，闵成梁正在留神，恰已听到。他暗道："不好！贼人要分散溜走，这一定是回去送信。"紫旋风更不迟疑，回身一稳背后刀，从过道闯然蹿出，向对面人招手道："相好的，风起了！"

那人闻声侧步，似觉骇异；略微停得一停，只见他一回手，亮出兵刃来，卦闭门户，向闵成梁这边注目端详。想是看不清，这贼人口唇微微作响，低问道："伙计，带了多少本钱来？"这自然是暗号，闵成梁猝不及答，顺口说道："本钱带得不多……"

一句话露出破绽，与人家约定的暗号不符了。那人失声笑道："唔？朋友，还会蒙事么？来吧，光棍遇光棍，有什么说什么。你是鹰爪、老合，还是托线？"这是问闵成梁究竟是做什么的，是官面，是江湖道，还是镖行。

闵成梁不答，微微一笑道："你瞧我像是干什么的，就是干什么的。相好的，你是干什么的？"

两个人相隔不过数丈，空费唇舌，谁也不说实话。那人突将手一抬，闵成梁急一闪身；啪嗒一声，暗器打在墙上。那人向四面一看，骤转身，唰的一个箭步，退回八号房前。闵成梁道："不要走！"回手扪一扪背后刀，挺身上前拦截。那人微微闪身，两人立刻低声叫阵。那人说道："外面宽敞。"闵成梁说道："龙潭虎穴，随你的便！"两人全不愿在店中动手。

那人回手一拍八号窗户，低叫道："并肩子，我挂着点子出窑，你马前点，往漩涡里拈。"意思说他这就诱敌离店，催同伴速到旷野聚齐。说罢一转身，健步跃奔南墙根。他那同伴却从八号房窗窜出，跃上了东墙。

闵成梁道："野地聚齐，就让你们聚齐。"立刻奋身跟踪追

出。他跃上墙头，闪目四顾，心中稍有点后悔："一只手掩不过天来。三个贼人先放走了一个，这一个跳上南墙，那一个却跳出东墙；万一全溜了缰，乔茂回来，我就搪不了他。他一定要说便宜话。"

闵成梁脚上加紧，心想："这贼人定与劫镖有关，至少也是附近的匪徒。他就逃到老窑里去，我也得追上他，把他掏出来。"立刻认定了跳南墙的那个夜行人，追赶下去。

夜行人前行，闵成梁后追。夜行人刚才关照其同伴的切语，本是说到野外聚齐；不想这人逃出店外，竟不奔野外，反而顺着镇甸的后街飞奔。闵成梁觉得奇怪，便一步也不放松，紧紧缀着，恐怕贼人别有诡计；不便欺近了，只在六七丈外盯着。

那人掠过后街民房，倏上倏下的急驰，忽然间似乎到了地方，那人竟跳进了一所大院子内。闵成梁跟踪赶到，见贼人已然到了落脚的地方，又防他钻小巷逃走；忙飞身上房，往下察看。这才看出，这地方乃是刚才去过的那个双合店的后门。

闵成梁把全副精神贯注敌人的行踪。贼人到双合店后门，腾身上房，越墙而过。闵成梁恰好跃在斜对面一家民房的后脊；看双合店全院的情形，恰是居高临下，一览无遗。那人恰似轻车熟路，回头瞥了一眼，立刻跳入店内；拐弯抹角，竟奔到东南一排店房之前，由南数到北，数到第四间房，便站住了。闵成梁也跟着往前挪了挪；再看贼人，略停了一停，也不晓得他在那里鼓捣什么。

突然嗤的响了一声，似穿窗投进去一物，跟着那第四号房间里，呀的一声，门开处，蹿出一条人影。两条人影往前一凑，倏然分开；一左一右，出离了双合店。二人仍从后门墙隅蹿出来，到后街墙根下，交头接耳说了几句什么；立时两个人又分手，各奔东西。

紫旋风闵成梁在房上，隐约看了个大概，暗自点头，却又心惊。料到这双合店和那茂隆栈，俱都有贼人的党羽潜伏着，

贼人的势派可见不小。看举动，这几个不过是安桩放哨的小头目，可是身手便已如此矫健，他们的领袖恐怕更不可轻视。而且由此推测，已失的镖银分明可从这里根究出来。

试想这小小一个地方竟有绿林能手出没，布置得这么严密，而乔茂又恰是在此处被囚逃出的；镖银的下落不在这里，又在何处呢？这么一想，闵成梁心中又喜不可支。更见贼人头也不回的直往北走下去，闵成梁立刻飞身一掠下房，拔步如飞的追下去。闵成梁心想："在茂隆栈走了两个贼党，在双合店还有一个贼党。这一个不用说，是往各路卡子送信去的。先捉住他，就好像寻着了乱线头一样。"

那贼刚跑出来时，是在街上飞奔；这一回出离了双合店，却不走平地，竟登房越脊，沿着街道的铺面房，往北曲折飞蹿。闵成梁为恐失了贼踪，也就蹿上房去急追。又恐贼人若有埋伏，故设诱敌之计，一面赶，一面还得留神下面人。此奔彼逐，相隔三四层院子，眼看就追出镇甸以外，闵成梁往旷郊瞥了一眼；外面全是一片片田畦和一簇簇浓影。紫旋风暗暗欢喜，在街市多顾忌；这一到野外，就可以纵步急追了。

忽然，那贼人在房上停了一停，似向闵成梁一招手。此时相距约有四五丈，那贼人猛然一蹿，由房上落到平地。闵成梁也一纵步跃下来，急忙跟缀过去。眼见这贼竟跳到小巷，钻弄堂，跳墙头，弯弯转转奔到镇外去了。

闵成梁倏然掣出刀来，厉声喝道："呔，朋友慢走！"旷野无人，但闻犬吠，黑影绰绰，遍地都是青纱帐。

那贼人闻呼回头，脚上却加快，一抹改道折向东北而走。东北面正有一大片浓影，横遮在路前。闵成梁暗道："不好，要钻树林！"嗖嗖嗖，立刻施展赛旋风似的身法，疾如电掣地赶过去，要想阻止贼人入林之路，但是相隔十数丈，一步来迟，贼人竟投入前面林中，不见了。

闵成梁大怒，夜行人的大戒，是"逢林莫追"。闵成梁虽然胆豪有智，却顾忌地理不熟，怕中了人家诱敌深入之计。若

非诱敌，自己人单，贼党势众，他们何必散开了逃走？闵成梁不肯大意，按刀从侧面近前一看，这不过小小的疏疏的一座矮林罢了，不像有埋伏。闵成梁一声也不响，嗖的一蹿，为截断贼人的逃路，抹过侧面庄稼地，急急地绕林一转。东边虽是苇塘，没有路径，贼人跑不出去；忙又兜到南面。

这南面林木丛杂，隐约露出一段矮墙。闵成梁一鼓作气，飞身蹿上矮墙，在墙上只一瞥，便已恍然。这原本是座茔地，可是跟着又爽然若失了；满心只提防林中有贼人埋伏，谁想这林子倒成了穿堂门！贼人莫非是穿林而出，绕茔地循墙逃走了么？

闵成梁不信自己脚程这么快，会放贼逃开。顿时飞似的绕林踏勘了一圈，竟不见贼踪；忙又伏身倾听、窥视，林木疏落，黑影掩蔽，又听不出一点意外的动静来。紫旋风既恚且惭，像疯了似的，又像飞也似的，倏然转身，一跃窜入矮墙以内，矮墙内丛莽乱生，中有数道狭径，和一堆堆的坟墓。

闵成梁跃上坟头，纵目四眺。忽见北边远隔数箭地以外，似有人影奔驰。闵成梁骇然暗道："这贼的脚程比我还快么？怎的一个展眼竟奔出恁远！"他不由惭愧起来，自己一步没放松，居然会把贼人追丢了，放跑了，自己还叫什么紫旋风？一想至此，他越发愤怒；立刻一纵身，跳下坟头，又望着这人影追去。但要追这人影，必先出离茔地，绕过苇塘，蹿上高坡，再扑奔小路。

紫旋风闵成梁跃上高坡，再一看那人的趋向，竟是由北往斜刺里奔西南。闵成梁不由愕然，回头望了望树林，心中纳闷："莫非这另是一人么？怎的往那边走？不管他，只好先捉住了再说。"相了相贼人的路线，他又是往斜刺里横截过来。闵成梁跳下高坡，有青纱帐；横穿狭径，前面又是一片青纱帐。

闵成梁算计着，再绕过青纱帐，定可把此人截住；这一回一定跑不了。脚下攒劲，奋力一跃。……冷不防从近处青纱

帐，相隔两丈远近，骤纵起一条黑影。这黑影迅若飘风，突然扑到自己身旁，冷森森一把钢刀，斜肩带臂的劈下来，真个是来势迅猛，猝不及防。

闵成梁吃了一惊，刀锋已到，急忙地往左一塌腰，左掌往外一穿，用“龙形穿手”掌势，身随掌走，右脚尖用力，身躯如箭脱弦，凭地蹿出丈余远。他立刻将厚背折铁刀交至右手，封住门户，才待发招；来人手下更快，头一刀劈空，霍地腾身而起，刀尖一展，跟踪扑来。闵成梁还未容身势转回，已闻得背后金刃劈风之声，正是间不容发。

紫旋风闵成梁幸而利刃在握，施展八卦刀，回身探臂，“苍龙入海”，左脚往外一滑，右脚尖擦地一旋，厚背折铁刀已随拧身回旋之力，向后面扫去。敌人的刀挟着一点青光递过来，却又走了空招，唰的撤回。闵成梁更不容情，“腕底翻云”，往外一展，刀锋抹过去，正斩敌人的小腹腿根。这个敌人不但身形快，手法也很快。倏然变招为“跨虎登山”，用力一撤，往下提刀攒，亮刀刃，骤向闵成梁的刀上一挂。当的一声响，二刃相碰，都是纯钢利刃，顿然激起一溜火花。各自抽招换势，往回一收。

紫旋风闵成梁吸了一口冷气，却未免有点寒心，想不到一个跑腿踩盘子的小贼，居然有这么硬的功夫。亟将掌中刀一紧，施展开六十四手八卦刀，往前进招，一开手连环四式，那敌人却用十二路滚手刀法，展开来也是进手的招数；刀法很巧捷贼猾。闵成梁一点也不放松，奋力应敌。辗转数合，抓着一个破绽，暗影中虚领一刀，借势一攻，喝一声：“着！”拦腰横砍，敌人急闪，只斜身一蹿，横纵出一丈多远，却一脚登坑，险些滑倒。

那敌人不禁出口骂道：“鬼羔子，太爷今天非得活活捉住你！”

闵成梁闻声愕然，不由得闪身侧目，停刀封住门户，厉声喝问道：“喂，你是谁？”

敌人早挺刀揉进，猛攻过来，闵成梁挥刃接架。那人忽又撤回去，他侧着头往这边窥看，喝问道：“你是谁？……哎呀，原来是你！”

闵成梁也听出来了，不禁失声惊呼道：“咦，你是魏仁兄！你上哪里去了？刚才不是你呀！你怎么一声不响，就给我一刀！”没影儿魏廉收刀顿足道：“嗬，糟透了！闵大哥，我太对不住，我再也想不到是你。你不是同周师傅一块出去的么？周师傅呢？”

两个人凑过来互相询问。才晓得魏廉只身缉贼，转了一个更次，也是追赶两个夜行人，到这一带不见了。因瞥见闵成梁从茔地飞蹿出来，魏廉这才埋伏在青纱帐里，满想伏隅暗袭，定可刺倒贼人，捉个活的来问问；不想阴错阳差的，和自己人打起来。又觉得可笑，又觉得可愧。魏廉不住向闵成梁道歉，说：“小弟实在太冒失了，我只想你同周师傅一块出去的，决不会落了单，这是怎么说的！”言下很觉对不住。

闵成梁笑道：“这没什么，魏兄千万别过意。早知道是自己人，怎么也得问一声，谁想咱们竟哑打起来。”闵成梁遂将店中之事对魏廉说了，又道：“我是在店中把合着三个点儿，竟全给放跑了。现在乔、周二人出去勘道，这工夫也许回来了。费了很大的事，三个贼跑到三下里，我一双手拾掳不过来，只得认准了一个追。追到这里，竟教他溜出手心，你说多么丢人？”又问魏廉，独自访得怎么样？

魏廉道：“唉！我本来是出去瞎撞，东扑一头，西扑一头，倒是没白忙。在道上遇着一个夜行人，也不晓得跟镖银有关没有。我也是追了一程，追丢了；回头就瞧见你从那边茔地跑来……”

闵成梁耸然道：“哦，你也遇见夜行人，在什么地方？”魏廉一指北边高地，黑影隐约，是个小村落。闵成梁往四周看了看，也用手一指丛林茔地，道：“我是追到这里，把人追丢了。又望见那边有条人影，往这里跑，我这才斜截过来。照这情形

看，他们也许都是一伙。”闵成梁停了一停，又笑道：“不管他，我只纳闷，这座茔地，孤零零的，贼人是怎的会溜了？魏仁兄，你我正好是一样，都是丢了人。咱们合起来，再搜搜吧。真格的空手回去，一定要听那位九股烟乔师傅的闲话了。”

两个人立刻结伴重到丛林茔地查勘，哪里还有人影？他们又登上高坡，往四面望；一片片的青纱帐，到处都容易潜藏人踪。闵、魏二人都很不乐，正要下坡，忽见李家集街里，又蹿出两个人影，东张西望，竟往这边奔寻过来。没影儿魏廉道：“闵大哥你看，这两个东西鬼鬼祟祟的，保管又是两个夜行人。”

闵成梁道：“倒像是道上的朋友，好歹捉住，就可以追究出真情来了。咱们迎上去！”魏廉道：“还是埋伏起来的好。”两人站在高坡上，眼见两个黑影越走越近，这才溜下坡来。再看两个人影，竟也似看见闵、魏二人了；两影顿时凑在一处，似在商量什么话。忽然两人一分，一左一右，径直向高坡扑来。魏廉大喜道：“有门道，你看他们这不是搜过来了，快藏起来。”

闵成梁一笑，跟魏廉到后坡，一同潜藏在高粱地内。魏廉将刀拿在手内，静等敌到，就猝然袭击。闵成梁目注前方，忽然说道：“且慢！魏仁兄，你可留点神；不要冒冒失失的，再伤着自己人。我越瞧这两个人，越像是周师傅和九股烟。”

魏廉道：“是吗？”又看了看道：“倒是一高一矮。”当下，只见那两个人影，箭似的驰到坡前，忽然站住；目望青纱帐，似又低声密议。两个人影倏复分开，一个直抢土坡，一个绕奔侧面。魏廉暗笑道：“他们还想兜抄咱们呢！”

忽然那高身量的人先抢上高坡；那矮身量的绕向后坡，巡了一圈，也蹿上坡去。两个人影背对背，往四面张望，立刻发出疑讶之声。一个尖嗓子的人说道：“又扑空了，简直是活闹鬼！”那个高身量地答道：“准是钻了高粱地了。”

闵、魏二人一听这话，互推了一把。听口音这两个人影分

明是自己人，一个像是乔茂，一个像是周季龙。闵、魏二人失声笑道："你瞧这事！"

这一句话又教乔茂听见，也是一推周季龙道："那里有人！"周、乔二人立刻亮出兵刃，扑下土坡。这一边，闵成梁连忙蹿出来，鼓掌招呼魏廉；魏廉应声也钻了出来。

第十三章

拨草寻蛇环参唇典
临流买渡蓦遇骡夫

四个镖师瞎转了一圈，竟在李家集镇甸外相遇。周季龙忍不住大笑起来。魏廉道："我们简直教鬼迷了。"九股烟乔茂似笑不笑的，冲着魏廉说："嗬！你们两位倒凑到一块了。魏师傅，你不是上茅厕去了？你原来独自个访下去了；不用说，一定不虚此行喽！"又冲闵成梁说道："闵师傅，你怎么也在这里？店里那两个点子怎么样了，您都给撂倒了吧？"闵成梁摇头道："他们溜了。"

乔茂道："咦，怎么溜了？这可倒好，我跟周师傅把道也蹚好了，地方也琢磨定了，净等着闵师傅诱贼人入网了。刚才我们扑回店去一看，敢情鸡飞蛋打，剩下空房子了！我这么一琢磨，也许两个点子要扯活，闵爷不肯放，缀下去了，我们才又翻出来。哪知道闵师傅也捞空把了！这可真是，怎么样呢？想必这两个点子手底下有活，拾着扎手？"

说着，乔茂又回顾周季龙道："幸亏是闵爷，要是搁在我身上，一准是连我也得教他们拾掳走了呢。真险哪！"说着吸了一口凉气。没影儿魏廉听了这些话，嘻嘻哈哈地冷笑了几声。

紫旋风闵成梁不由冲天大怒，抓着九股烟，厉声道："乔师傅，你说话可估量着点！我也知道把点儿放空了，是怨我无能；但是事机不巧，我一路追下来，竟在这里误打误撞，跟魏师傅动起手来，才把贼人放松了。我本来少智无才，只会说两句闲话；我不过奉了家师之命给俞老镖头帮帮忙，跑跑腿。说真的我本来就是废物，我别耽误了您的正事。乔师傅，请你访你的吧，我别在这里现眼了，我跟您告退！"一松手，愤愤地插刀甩袖，转身就走。

铁矛周季龙、没影儿魏廉忙一齐拉住，同声劝解。乔茂也慌了，作揖打躬的告饶道："闵师傅别怪我，我是加料浑人，我不会说人话！"

平地风波的又闹了一场误会。周、魏二人作好作歹，才把闵成梁劝住。周季龙特为岔开这事，又问魏廉，出去这一趟，结果怎么样？

魏廉笑道："我本来没打算踩探去，乔师傅疑心我匹马单枪的访下去了；其实我诚如闵大哥所说，我也是加料废物，离开人，我半步也不敢多走。不过我刚从茅厕出来的时候，偶尔听见窗外有人弹指传声，听着好像夜行人通暗号。不由引起我多事了，要出去瞧一瞧；也许与镖银有关，我就从墙头跳出去了。不料出去一看，墙外并没有人。我想，或者有人早溜了，我就信步瞎撞起来。一路瞎遛到镇甸外，竟赶巧遇上两个走道的人，搭伴急走，迎面而来。不知怎的，一见我，拨头就转弯。我立刻随后赶，这两人忽然施展起夜行术来。"

魏廉接着说："我想，这也许是道上的朋友，出来拾买卖的。只是这么一个小地方，怎么会有绿林光顾？说是过路的夜行人吧，又未免太巧了；怎的偏会教咱们访镖的碰见？当时我就上了心，把两人缀上了。谁想我只顾跟缀人家，人家后面还有缀头，反过来又把我缀起来；想着也怪可笑的。我就装傻，连头也不回，直着脖子往前走，耳朵却留了神；我是要试试他们怎么通暗号的。跟了一会儿，前头那两个人竟不进镇甸，反

向大路边斜岔过去，绕奔西北。却是他们走着走着，又不跑了，反而慢慢地踱起来。在我身后缀着我的那个东西，居然也把脚程放慢了。我们四人简直成了一串。果然又缀出几箭路，前后两拨贼通起暗号来，前面的两个点子，一个矮个儿的，有意无意地忽把右手一曲一伸，立刻哗啦一响，顺手坠落下几个铜钱来。”

闵成梁默然地听着，听到这里，不禁出声道：“哦，也是铜钱，你没有拾起来看么？”

魏廉道：“谁说不是？铜钱堕地，我也想看看丢钱的人是不是故意留暗号；因此我借着一提靴子的当儿，偷偷往后窥了一眼，我就俯身要拾地上的铜钱。我才刚刚的弯腰，那后面缀着我的那小子，冷不防的给我一袖箭。他当我真不知后面有人呢！袖箭奔下三路打来，被我闪开。我一怒之下，揭开了假面具；并冒充官面，喝骂拿贼。我抽刀翻身，要料理这东西……”

闵成梁又插言道：“到底你拾起铜钱来没有？”

魏廉道：“拾起来了，要不是顾着拾钱，焉能挨他一袖箭？他发这一箭，明明是阻止我，不教我拾他们的暗号。这东西一箭无功，拨头就跑，我拨头就追。”

乔茂也问道：“前头那两个人怎么样了？”

魏廉道：“前头那俩么？你别忙，听我说。我翻身追捕，这东西不知是什么意思，总在西北一带打转，似乎不愿跟我动手，又不肯离开此地。他的脚程好像不如我，眼看被我追上；这东西忽然口打呼哨，从那边丁字路口道边上，忽然又钻出两个人，他们竟想把我围住。可是这两人也全不是我的对手，竟又奔向高粱地，钻了进去。我便要闯进去，谁知我先追的那两个人，倒追起我来，内中一个高身量的人，也使一把厚背刀，蹑手蹑脚，从后面溜来，要暗算我。被我打了一暗器，两人又翻回头，奔庄稼地。我紧追着，一步也不放松；两个东西竟又扑奔小村。我追入小村，眼看他跳到人家院内，我就蹿上房，

也要往下跳。不知怎么一来，把本家惊动了。一下子弄炸，好几户人家一齐喊着拿贼，放出几只大狗，乱叫乱咬。”

魏廉接着说道：“这么一搅，我也不好缀下去了，那两个贼也溜了，我只好退回来。撤到这里，忽然又看见一个人影，在茔地树林旁边打旋。我只当又是贼党了，我这才悄悄地溜过来，藏在高粱地里等着。我想这么一下子，敌明我暗，总可以出其不意，把他料理了。哪知茔地里乱钻的不是贼党，乃是闵大哥；阴错阳差地瞎打了一阵。要不是听出声来，工夫大了，我准得受伤。”

周季龙听罢，说道：“吓！这小小李家集，到底潜伏多少道上朋友啊！你看两个一伙，三个一伙的。你们三位遇上多少人？就是我一个也没遇见。”

乔茂是在店中遇见两人；闵成梁是除了店中两人以外，又遇见一个夜行人；还在双合店看见一个，刚才又看见两个人影。魏廉遇见了五个；合起来，至少也有十个。而实际上才七个人，他们有遇重了的，他们自然不晓得。茂隆店确有两个，另外一个是传消息的，一个是在野外巡风的，两个是在路口放卡子的。

九股烟乔茂此时不敢多说话了，实在憋不住，这才对周季龙说：“咱们怎么样呢？是先回店看看，还是再在这里探勘一下呢？”闵成梁默然不语。周季龙道：“近处可以搜一搜；咱们一面搜着，一面往回走。”

四个人于是又分开来，把近处重搜了一遍，一面往李家集走。四个人都是没精打采，白闹了一夜。几人将入镇甸，正由双合店后门经过，闵成梁不由止步。周季龙看出他的意思来，对乔茂、魏廉道：“这里恐怕还躲藏着人呢！”

魏廉道：“贼人的举动可真不小，我们总得把他们的垛子窑和瓢把子访出来，才算不虚此行。闵大哥，咱们进去搜一搜，怎么样？”

闵成梁道：“也可以。”四面一看，嗖的蹿上店房。魏廉

道："周师傅、乔师傅，给我们巡风。"说罢，跟踪也蹿上去。

两人直入双合店，从房上翻落平地暗隅；然后放缓了脚步，就像住店的客人起夜似的，从厕所旁边，一步一步踱过去，一直找到东房第四个门。张目一看：门窗紧闭，屋内灯光已熄。因为里面住的是行家，二人不敢大意，四顾无人，急急地抢奔后窗。俯身贴墙，二人侧耳一听，屋中一点动静也没有。闵成梁向魏廉一点手，急忙撤身退离窗前，悄声道："大概窑是空了。"

魏廉点头道："我们试一试。"闵成梁复又翻回来，手扶窗台，点破窗纸往里看；里面黑洞洞的。闵成梁回手从身上取出几文铜钱，划破窗纸，抖手把铜钱放入屋内；铜钱哗啷的一声，触壁落地。闵成梁、魏廉急忙抽身，窜开两丈多远，四只眼睛齐注视着后窗和前门。但铜钱投入之后，屋内依旧寂然无声。闵成梁对魏廉说："贼人一定早已出窑了。"重复扑到窗前，轻轻用指甲弹窗，屋中还是不闻声息。两人至此爽然，立刻一纵身，出店院，越墙头，来到后街。

九股烟乔茂、铁矛周季龙追了过来，问道："怎么样？"魏廉道："走了，只剩下空屋子。"

九股烟乔茂道："要是这样，索性一不做二不休！咱们进屋搜索一下，看看他们还留下什么东西没有。反正他不是正路，就是拾炸了，有人出来不答应，咱们也有话对付他，咱们是奉官访镖。"

周季龙微微一笑。夜行人私入人家宿处，是可以的，镖行却差点事。没影儿魏廉却不管这些，说道："屋里头我们听了两回，确实无人喘气，钻进去看看，也没有什么。这么办，我豁着进去；要是教店中人堵上了，或是屋中竟有人藏着，拾炸了，我就赶紧往外撤。我把他诱出来，你们三位就上前打岔；我也躲开了，你们也可以跟他朝相过谈了。"

紫旋风道："好，哪位带火折子了？"

乔茂道："火折子现成。"连火折子带竹筒，都递给魏廉。

魏廉笑道："这个我也有。"没影儿魏廉展开飞行纵跃的轻功，与闵成梁第二番来到客房后窗之下。

魏廉抢步当先，身躯斜探，右手压刀，伸左臂，叠食指中指，再将窗格一弹，屋中依然没有动静。暗想：反正屋中人不是空了，就是扯活了。立刻刀交左手，把鹿皮囊中插的火折子，从竹筒里抽出来；只一抖，燃起了火光，又一抖手，把火折子带火苗投进屋去。

魏廉把刀仍交回右手，闭开了面门前胸，破窗往内看；火折子在屋内燃烧，火光熊熊，照得屋中清清楚楚，屋内空空无人。他向闵成梁低声只说得："入窑！"两个人立刻一长身，左手一按窗台，右手握刀，推开窗扇，就将刀暂作了支窗杆。魏廉腾身一跃，一个"小翻子"，轻似猿猴，掠入屋地。

火折子散落在地上，松脂腾烟，烟火甚浓，没影儿伸手拾起，捏得半灭。紫旋风闵成梁见魏廉入窑太猛，很是担心，急忙窜出来，只探头向内张望，未肯入内；暂且留在院中，替魏廉巡风。魏廉笑了笑，身在屋中，如游蜂一般，倏地先往屋门一窜，验看双门扇；门扇交掩，轻轻把插管开了。急抽身到桌前，晃火折一照，看了看桌上的油灯，又摸了摸灯壶。闵成梁低问道："怎么样？刚走的，早走的？"

魏廉道："灯只有一点热，走了一会儿了。"

没影儿魏廉又到床前，床上只有一床薄褥，此外一无所有。

掀褥子，看下面，枕旁褥下也没有什么。猛回头，看见前窗窗棂上，挂着一串铜钱，还有一张纸条，信手给扯下来，带在身旁。魏廉还在满屋中搜寻，将床下、墙角都借火光细细地察看。忽然，紫旋风在外面轻轻一吹口哨，道得一声："快出窑！"飕的蹿出上房去。

没影儿魏廉知道外面有警，却恶作剧的把火折丢在地上，把薄褥引燃；回身一蹿，直往后窗蹿出去。脚不沾地似的又一作势，跃上了墙头。张目一望店院，这才看见从双合店前院晃晃悠悠走来一个赤臂起夜的人。没影儿一声不响，追上紫旋

风，从店房上抄过去，跳到后街。

这很经过一会儿工夫了，周季龙、乔茂正等得心急，也都上了房。一见闵、魏二人出来，忙凑过来，问讯道："怎么样，人是溜了么？"

魏廉道："早溜了。"

闵成梁回头瞥了一眼道："快回店吧，少时双合店一定闹起来。"

周季龙问道："怎么啦？"魏廉笑道："我临走时，放了一把烟火。"

周季龙道："那又何必开这玩笑？"魏廉道："这就叫作打草惊蛇。店中人看见失火，必然闹起来。只一闹，就发觉他们屋中没人。那个卧底的朋友，再也不好在这里住了。"

四个人说话时，都上了房，往双合店房看。果然双合店惊动起许多人，哗然喊叫救火。果然乱了一阵，发现失火的房中，那个自称姓严的客人失踪了；店中的掌柜和伙计全惊异起来。

店家也略略懂得江湖上的勾当，嗅出这把火的气味来，明明不是失慎，乃是人故意放的松香火种。店中人倒疑心是这姓严的客人临行不给房钱，反倒放了一把火，断定他不是好人。那姓严的客人也很乖觉，他竟没有再回来。

没影儿这一手坏招，果然颇收打草惊蛇之效。九股烟乔茂暗暗佩服没影儿魏廉，心说："他这一把火不要紧，屋中的贼人恐怕在这李家集，就没有立足余地了。店家必定猜疑他跟店伙怄气，才挟嫌放火。将来这个贼走在这条线上，也怕有点麻烦。人都说我乔九烟做事缺德带冒烟，看起来这位没影儿比我更阴。"

闵成梁等四人，眼看着双合店的火扑灭，方才悄悄从房上溜走。展眼间来到茂隆栈，天色已经不早；四人各将兵刃插好，就要越墙入店。

紫旋风闵成梁微微笑道："等一等，咱们会给人家使坏，

也得提防人家给咱搁苍蝇。我们四个人出去这一会儿子了，说不定咱们店屋中，也会有人给咱们来一下子。”铁矛周季龙道：“这可是情理上有的。”

魏廉道：“我先进去看看。”他即从店后飞身上了墙头，先往院里一看，店院中依然寂静无人。没影儿看明白了，飘身落下来，急急地了一趟道。

本来店房中难免有值夜的伙计不时出入。魏廉循墙试探，院中昏暗，却喜没有什么声息，这才翻身回来。那九股烟乔茂已然跟踪而至，正伏着墙头，欲要跳进来。魏廉忙打了个招呼，乔茂也向墙外递出一个暗号。铁矛周季龙、紫旋风闵成梁立刻蹿上墙来。三个人一条线似的，轻轻跳进茂隆栈后院。

乔茂和魏廉从房上蹿过来，直奔自己的房间。闵成梁和周季龙就往东绕；从那夜行人住的东房前面走进，这里也是一点动静没有。四个人分两面，来到自己住的十四号房前；闵成梁稍稍落后，要看看九股烟乔茂的举动。

九股烟乔茂果然是个老江湖，一点也不敢大意。虽到自己门口，也不敢直接进入，仍然很小心的侧耳倾听了，闪目微窥了，等到确已听出自己的屋中无人，回头来向没影儿魏廉道：“喂！您瞧！咱们这里可真是有了人，动了咱们的底营了。”

九股烟又绕到后窗，不住向三人招手，故意俄延，竟不肯先进去。居然也和没影儿的手法一样，要过火折子来，晃着了，也抛到屋内。火光一照，屋中景象毕见；九股烟这才放心大胆蹿入屋内，把屋门开了。

闵、周二人推门进来，没影儿却从后窗跳进来，顺手把火折子拾起来，把桌上的油灯点着。四个人仔细察看屋中的情形。乔茂一看自己的行李卷，已经改了样；向着闵、周、魏三人说道：“得！人家果然动了咱们的东西了，这才叫一报还一报，快看看丢了钱没有吧？”

周季龙很不高兴。看乔茂的意思，仿佛把一切失误，都推在闵成梁身上，一个劲地向闵成梁翻眼睛。乔茂又将自己的小

褡裢打开一看，却喜白花花的银子分毫没短。乔茂是有点犯财迷的，一见他的银钱没丢，不由情见乎词地指着银子，率尔说道：“咦，这屋子明明有人进来了，可是什么东西也没动！你瞧这劲，他们或许不是贼呢！”

紫旋风闵成梁冷笑道：“可不是！这年头财帛动人心，小毛贼哪有见财不起意的？莫怪乔师傅觉着稀奇了。他们或许是好人，他们不过是闲着没事，上人家屋子溜达溜达。他们居然连乔师傅的十好几两银子都舍不得动，二十万盐镖，他们更不肯动了。咱们趁早往别处访去吧！”九股烟乔茂才晓得自己随便一句话，又教人奚落了一顿，低着头不言语了。

铁矛周季龙、没影儿魏廉都向他暗笑，却各自动手，细细检查屋中的情形。果然看出屋中进来了人，进来的还是个高手，并没有留下什么露着的形迹。他们四个人携带的包裹行囊，全被人搜索了一遍。

闵、魏等人检毕，没影儿魏廉用手一指桌上灯台道：“这可不错，针尖对麦芒！你搜我，我搜你，暗中斗上了。乔师傅，你瞧这里有火折子松香末没有？进来的点子还真不含糊，很有两下子，他也是走后窗进来的。可是的，他们是什么时候溜进来的呢？”

九股烟乔茂忙答道：“这可得问闵师傅，闵师傅是末一个离屋的。”乔茂到底又给了闵成梁一句话。闵成梁哼了一声道：“不对，你和周师傅不是还翻回来一趟么？你们回来的时候，贼人进来没有？乔师傅一定知道了。”

铁矛周季龙见两个人又暗中较劲，忙插言拦阻道：“不错，我们两个人回来过一趟。可是我俩是好了道，匆匆回到屋中一看；闵师傅没在屋，我们立刻就到对面八号房窥探了一下。见贼人门窗洞开，人已不见，我们就料想贼人溜了，闵大哥必是缀下去了，所以我们才出来赶。现在不要管他了，先说眼下的吧，咱们再到八号看看去；闵大哥，你陪我去一趟好不好？”

闵成梁情知周季龙是排难解纷的意思，便站起来说：

"好!"两个人开门出去了。

九股烟乔茂咳了一声，说道："魏师傅，我现在走背运，说一句话，碰一个钉子，镖没有访着，我的脑袋先肿了。魏师傅，咱哥俩投脾气，您可别怪我，您得帮帮我的忙。赶明天，我打算……"

魏廉正向门外探头，漫答道："明天打算怎么样呢？咦，又是一条人影!"

没影儿突然从屋中蹿出去。乔茂骇然，从床上爬起来，也跟着出去；只见没影儿魏廉箭似的竟抢奔后院而去。乔茂蹿到院心，突然止步，望了望八号房，房中火亮一闪，乔茂心中一转，竟不追了；就在院墙根一蹲，眼睛瞪着东西两面。

片刻之间，紫旋风闵成梁、铁矛周季龙从八号房扑出来。乔茂忙站起来，迎过去。闵成梁也不言语，径与周季龙回到十四号房；乔茂搭讪着跟了进来。闵成梁却手举一物，与周季龙就灯下一同端详。

周季龙道："魏师傅呢？"乔茂道："他说他又看见一个人影，他追出去了。"闵、周二人惊讶道："唔，还有人影？"

乔茂道："你们搜出什么来了？"也凑到灯前看时，见闵成梁手中拿了一串铜钱，约莫十几文，用红绳编成一串。又道："这是在他们屋里找出来的么？他们人全走了吧？"

周季龙点点头，说是在八号房靠南床的板墙上，钉着个小钉，挂着这么一串钱，不知是什么意思？

乔茂道："给我瞧瞧。"

闵成梁不语，把钱放在桌上，躺到床上去了。乔茂把鼻子一耸，将这一串铜钱取来一看，是十二文康熙大钱。乔茂道："这不过是贼人遗下的钱文罢了，他们屋里没有别的扎眼的东西么？"周季龙道："干干净净，只有一份褥子，什么也没有。"

乔茂把十二文钱暗数了一遍，抬头偷看了闵、周一眼，方要说话，复又咽住。心里说："你们不用瞧不起我，嘿嘿！咱们往后走着瞧。十二文钱，你们懂得么？"

乔茂正在寻思着，没影儿魏廉在外面微微一弹指，撩竹帘进来；没等人问，就先说道：“我瞧见一条人影在南房上一探头；我紧追出去，又没有追上，不知钻到哪里去了。三位，我不知你们怎么想。若教我看，这地方大有蹊跷，我管保附近必有大帮道上的朋友潜伏着，李家集简直可以说是他们的前哨。你绝不能说他们是外路的绿林，在此探道；这是个小镇甸，哪有油水？不会值他们一盼的，他们必是在这里下卡子。我们明天必得打起精神来，好好地摸一下子。说句武断的话，这什九跟已失的镖银有关；我还琢磨着咱们的动静，他们是报回去了。”

闵成梁坐起来说：“我也这么想。”周季龙道：“我也这么想，他们一定跟咱们对了点了。明天我们务必要和衷共济地访一访，咱们可别闹闲气，折给人家。”说时，就抬手把那一串铜钱指给魏廉看，道：“这是我们刚在八号房搜出来的。”

魏廉只瞥了一眼，立刻恍然，对闵成梁道：“闵大哥，镖银的下落一准是落在这里，现在我可以看十成十了。”乔茂道：“怎么呢？你从哪里看出来？”

魏廉道：“就从十二文铜钱看出来。乔师傅，你难道不晓得这十二文铜钱，是贼人的暗记么？”

乔茂心中一动道：“他倒看破了。”故作不懂道：“怎么见得呢？”

魏廉面向闵成梁道：“闵大哥眼力真高。”又对乔茂说道：“闵大哥人家早就看出，贼人是拿十二铜钱做暗号，这分明影射着十二金钱俞老镖头的绰号。我和闵大哥在双合店里，也搜出这么一串铜钱来，还有一张纸条。”乔茂矍然道：“闵师傅就没对我们说……”

魏廉忙道：“本来还没顾得说，这纸条和铜钱都在我身上呢。”急将一张小纸条和一串铜钱掏出来。周季龙、乔茂一齐凑过来，就着灯光，一同比较这两串钱。果然全是十二文康熙大钱，全是用红绳编成一串。

四个人相视默喻，忙又看那纸条。纸条上只写着一行字：“六百二十七，南九火十四，四来凤。”

乔茂道：“这是什么意思？简直像咒语。”

闵成梁冲着魏廉一笑，立刻教乔茂觉察出来了，忙说：“我是个糊涂蛋！你们哪位解得出来，告诉我，让我也明白明白。莫非这是他们的暗号么？”

周季龙道：“别是他们的口令吧？……一对，二对，三对！……哦，一共十三个字，倒有九个数目字。除了数目，就只一个‘南’字，一个‘火’字，和‘来凤’几个字。你瞧这‘来凤’两个字，许是人的名字。那连着的两个‘四’字，末一个也许不是四字，也许是个‘向’字，有姓‘向’的吧？这许是‘向来凤’。”

四个人八只眼睛，翻来覆去地琢磨这十三个字。这里面乔茂最糊涂，周季龙也不明白。魏廉和闵成梁是首先看见纸条的，已经揣摩了一会儿子了。半晌，闵成梁“哦”的一声道：“今天是几号？”

乔茂抢着回答：“今天是二十七。”周季龙眼珠一转道：“我明白了，这‘六百二十七’，莫非就是六月二十七日的意思么？”魏廉道：“这一猜有谱……”

闵、乔二人也连连点头，魏廉又道：“末尾三个字大概是人名，再不然就是人的绰号。这里最难解的，是‘南九火十四’五个字了，这不定是什么哑谜呢！”转向闵成梁说道：“大凡绿林中作案，暗暗通知党羽，就许把作案的方向、动手的时候约定出来告诉伙伴。这个‘南九火十四’，也许指的是方向；下面‘火十四’三个字，莫非指的是夜四更的意思？”

周季龙想了想点头道：“八九不离十，‘南九’就许点的是靠南边第九家，‘火’字倒许是说‘夜晚点灯火’，‘十四’未必是四更天，这不是作案的时候。”

乔茂道：“是不是明火打劫，要来十四个人？”

魏廉道：“这也许是有的。”但是闵成梁却说：“那么猜，

可就跟咱们寻镖的事无关了。那十二文一串钱，也没有意思了。这纸条和十二文钱确是放在一处里。我们必须认清，纸条和钱串互有关系的。”

周季龙道：“这话不错，我们必须照这意思猜。”于是四个人重新揣摩起来。周季龙把末尾的几个字，看了又看说道：“我刚才猜得又不对了。这绝不是‘向来凤’，道上的朋友断不肯把全名全姓露出来。”

魏廉道：“况且就露出来，也不会遗落在店中教外人搜着。这两个‘四’字，必定另有意思。四四是一十六，二四得八，……这是什么数目呢?”越猜越猜得远了。

闵成梁道：“咱们先别猜这十三个字的哑谜；咱们先猜这条子，有什么用意？是贼人约会同党，共赴作案之地呢？还是密报同党，潜通什么消息呢？若教我拙想，咱们共是四个人，这里可有两个‘四’字……”紫旋风这么一解释，众人一齐憬然道：“着啊！这话很对。”

周季龙本着这意思，连贯下去，逐字解释道：“那么‘六百二十七’说的是日期，六月二十七正是今天。‘南九’许是方向，或者就是南边第九门第九家的意思。‘火十四’就算它说的是时辰，再不然，就是咱们来了四个人。‘四来凤’可不晓得是怎么讲。总而言之，他们这一定是密报同党，潜通消息的了。”

闵成梁道：“周三哥猜得很对。不过，这‘火十四’决计另有意思。‘四来凤’倒许是说咱们来了四个人。”没影儿魏廉道：“那么，我们可要小心这‘火十四’。他们或者是要在夜四更天，邀人来对付咱们。”

四个人像猜谜语似的，从各方面揣测，都觉得日子很对景，人数很对景，而贼人出没窥探的举动更足参证。这十二文钱暗暗影射着十二金钱俞老镖头的绰号。四个人又惊又喜，觉得镖银的下落现在可以说摸着门了；但是贼人今夜还有什么举动，却难以揣度。

乔茂惴惴地说："现在正好是三更已过，四更正到，咱们怎么着呢？"

没影儿魏廉率尔说道："兵来将挡，水来土屯。依我说，咱们吹灯装睡，他们真格的跟咱们对了点儿了，咱们正好看看他们玩什么把戏。"

周季龙道："好！咱们预备起来，可是哥们别忘了'南九火'这几个字；这店里南房第九门，咱们倒要探探。"闵成梁摇手道："不用探。"

乔茂道："怎么呢？闵师傅探过了么？"闵成梁道："你们全没留神，我可留神了。这里就没有九间房，哪来的南房第九门？"魏廉道："由此看来，这'南九房'，又不对劲了。"周季龙道："不管对不对，咱们总得防备。"

四人议定，熄灯装睡。然而事情很怪，四更天转眼度过，五更破晓，转瞬又将天明，外面一点异动也没有。又挨过一会儿，天色大亮了。乔茂、魏廉忍不住假装出来解溲，溜到南房巡了巡，不论怎么数，怎么算，南房一共才五间，并没有第九号。

但在魏廉解溲回来时，一抬眼看见自己住的这号房，钉着"十四号"的木牌，这才想起了"南九火十四"，这"火十四"联看起来，岂不是指"南九火第十四号房"？魏廉顿时又跑出茂隆栈外，站在街上数了数。巧极了，这茂隆栈恰是路南，恰是第九户。

这一来，"南九火十四"五个字也算揭明了。魏廉忙跑回来，告诉三人道："这十三个字的秘语，我全猜出来了。"继而面向周季龙道："周师傅，你猜这'南九火十四'怎讲？"周季龙道："怎么讲？"

魏廉满面喜色地说道："原来这个火字太古怪，我刚才才看明白，这是指客店，写一个火字乃是代替'火窑'。"

闵成梁正洗脸，也回头来问道："你是怎么悟出来的？"魏廉笑嘻嘻地说："我刚才出去数了，咱们住的这茂隆栈，恰好

是大街上路南第九门；所以这个火字就是指南房……”

周季龙恍然道：“不用说，这火十四就是说咱们住在火窑第十四号房里了。哈哈，这纸条原来是贼人窥探咱们，得到结果的一个密报！”

于是，全文悉解。“六百二十七，南九火十四，四来凤。”正是说：“六月二十七日，李家集大街南火窑第十四号房，有四个点子来了，凤。”

下面的凤字，自然是写条的人的暗号，也许姓凤，名凤，或者外号带个凤字。这一张纸条，贼人一时的自恃，以为旁人猜不透，无意中遗留下来；不意镖行四人，人多主意多，居然逐字解开了。头一个就是九股烟乔茂，非常欢喜，立刻对三人道：“这一定无疑了。魏师傅，我真佩服你，还是你呀！”

乔茂话里总是带刺的，总要伤着一个两个人才痛快，他是不管周、闵二人下得来下不来。他接着说：“好极了！咱们算是访实在了，咱们该回去报信去了。咱们四个人，应该留两位在这里；两位回去送信，请俞、胡二老镖头，率众前来寻贼讨镖，一举成功。……好好好！咱们一下子就访着实底了。魏师傅，要不然，就是咱俩回去一趟。闵师傅、周师傅二位留在这里把合着。”这就站起来，拍拍屁股要走。

但是，周、闵二人不必说，就是魏廉，也一动也没动地笑道：“访着什么了？就访着这么一个纸条，我们就回去么？倘若回去了，宝应县现有大批能人，不论哪一位，问问我们可访着贼人安窑在何处？藏镖在哪里？共有多少贼？为头的到底是谁？我们可是半句话也答不出来呀！”

闵成梁哈哈地笑了起来，周季龙也笑了起来。乔茂不禁脸通红道：“魏师傅，您的意思还想在这里露一手，您不怕打草惊蛇，把贼逗弄走了么？”

这一回，闵、周、魏三个人，齐主张还要细访，乔茂随便怎么说，也扭不过三个人去。闵成梁等教店伙进来，打水净面，略进早点。因为通夜没睡，在店房歇息了一会儿，方才由

闵成梁、周季龙二人，找到柜房上，打听八号房的客人。

此时柜房也正在诧异；据说这八号房的客人是前几天投店的，都是白天出去，晚上回来。一到掌灯，便把第二天的店钱交了，人很规矩，自称是买卖人。不知怎的，昨晚临上店门，没见人出店，一夜之间，两个客人竟会全不见了。店中人很疑心，也觉得他们有点来路不正；查阅店簿，写的是姓于、姓钱，也不知是否真姓？

在茂隆栈问不出什么，又到双合店探询。这双合店却很热闹。昨夜那把火，直到此时，还惹得店家疑神疑鬼。周季龙下心套问一回，也无所得。打听附近有无强人出没，店家也都说："地面太平，倒没有成帮的匪人。"魏廉道："我们出去访访吧。"

四个人仍分两路，把这李家集前前后后、里里外外，细细查看了一遍，再没有遇见可疑的人。又按着昨夜追贼所到的地方，来回寻了一遍；在丛林、古茔、荒郊、高岗、青纱帐，盘旋了几个时辰；只遇着两三个乡下人种地的，也不像是绿林道的眼线。

周季龙笑向乔茂说道："乔师傅，你看怎么样？当真我们就这样回去，岂不是笑话？"

乔茂无言可答，过了一会儿道："白天看不出什么来。一到晚上，贼人就要出现。"

闵成梁道："可是出现的不过是贼人放卡子的，摸不着他们的老巢，总算白访！"

四个人转了一圈，随后在一棵树阴下坐了，商量着如何奔哪边访下去。闵成梁打算今晚还在李家集住下；如果贼人与镖银有关，他们必定再窥探我们来。没影儿魏廉却打算就此往西南访下去；昨夜所见的人影，揣度来踪，应该是从西南来的，并且苦水铺也正在西南。周季龙又打算先奔苦水铺，摸一摸看，如果摸不着，再翻回来打圈排搜，反正贼人离不开苦水铺、李家集这一带。

三个人三样打算。及至一问乔茂，乔茂只想翻回宝应县去；以为贼人的下落算是访着了。闵、周二人不由大笑道："咱们四个人正好分四路，各干各的。"末后，还是依了魏廉的主意，由这里往西南，一步一步访下去，自然就访到苦水铺了。

在镇外又绕了一会儿，四个人回店用饭，算还了店饭钱，一直投奔西南。乔、魏在前，周、闵在后，迤逦行来。离开李家集约有八九里地，前面横有一道高坡，没影儿魏廉望了望，用手一指道："当家子，你看这地方！"

乔茂立刻站住，周、闵二人也跟了过来。原来这片高地，后面通着一道小河，旁有泥塘，这地势很像在前途打听的叫作鬼门关的地方。魏廉见乔茂皱眉咂嘴的看了半晌，也没有言语，忍不住嘲笑道："当家子怎么样，还没咂出滋味来么？"九股烟乔茂把一双醉眼，盯着魏廉说道："唔？"魏廉道："到底你瞧这地方对景不？不要哑巴吃偏食，肚里有数啊！"乔茂舒了一口气道："什么，你说对什么景？"

魏廉不悦道："咱们干什么来的？你不是说，你逃出匪窟的时候，曾经被狗追入泥塘么？可是这泥塘不是？当家子你可别玩劲，咱们干正经的，你若是老这样，我可恕不奉陪了。"

想不到又把魏廉怄恼了。九股烟乔茂这才慌忙说道："不像，不像！我记得陷入泥塘的那地方，这边是一带疏林，那边才是一个高坡。"又将身一转，手指后面道："后面不远，估摸二三里地，就是一座高堡，这哪里像？我琢磨着，这倒很像那个什么鬼门关。人家不是说，鬼门关闹过路劫么？我是琢磨这个来着。咱哥俩很好，我怎能跟你玩劲？我是揣摩这条小河，不知道能行船不能？"

魏廉哼了一声，不愿再问了。铁矛周季龙在后面插言道："这里可真是一个险僻的地方，线上朋友在这里开耙，倒是个绝地。只是……"展眼四顾道："这附近一带，却没有安窑的地方，就有歹人，也不过是小毛贼打杠子和，不像窝藏大盗的

所在。我们索性不要三心二意地到处闷猜，莫如一径先奔苦水铺倒爽当，由苦水铺再往四处排搜。闵贤弟，你说怎么样？"

闵成梁道："好！"只说一个字，迈步就往前走。魏廉道："但是，咱们也得到这里扫听扫听，一步也别放松了。"

没影儿魏廉记得昨夜追逐人影时，恍惚是从这里蹿过来的；便绕过泥塘，通过斜径，走上高坡。这是一道斜坡，一步走滑，就要陷入泥塘的。到了高处，向四面展望；一片一片的青纱帐，高低起伏；唯有偏南是一片草原，看来很荒凉。江南膏腴地方，像这样的还不多见。那条小河曲折流波，好像也能行船。因想着要找个乡下人，打听一下；这还得往东绕，未免又多走半里路。魏廉便要溜下坡来；紫旋风闵成梁跟踪走过去，也要登高一望；周季龙也不觉得信步跟来。

九股烟乔茂却呆望着小河，心想："记得自己被囚时，是经贼人装船，从水路把我运来的，莫非就是这里么？可是那囚我的高堡又在哪边呢？"他正要独往河边，顺流探看；忽然听闵成梁、魏廉二人在高坡上，手捏口唇，轻轻地打了一个呼哨。九股烟乔茂说道："什么事？"

魏廉催道："二位快上来，你瞧那边！"乔茂慌忙绕过泥塘，走狭径，奔了过来。魏廉催道："快着，快着，要看不见了。"

九股烟乔茂嗖的一个箭步，连蹿带蹦，跃上了高坡。铁矛周季龙眉峰一皱，恐怕教乡下人看见，不愿施展武功，只紧走上几步，也上了高坡。

魏廉说道："你看，你来晚了一步！"周季龙急顺手往西南看；西南面一带疏林大路，相隔一里来地，征尘起处，有人跨马飞驰。路随林转，周季龙一步来迟，仅仅地看见了马尾一摇，一个骑马的人背影眨眼没入林后。那片疏林拐角处，恰巧遮住了视线，林后浮尘却扬起很高。

铁矛周季龙只瞥得一眼，回头看九股烟乔茂、紫旋风闵成梁，都跷足延颈，目送征尘。周季龙问："这过去的是几匹

马?”乔茂将二指一伸道:“两匹。”没影儿魏廉说道:“而且全是紫骝马。”闵成梁说道:“并且骑马的人全是短打扮,后面背着小包裹,细长卷,很像是刀。”

没影儿魏廉、紫旋风闵成梁两个人跃跃欲试的都想追下去。周季龙不以为然,徐徐说道:“这里相隔一里多地,假如真是劫镖的主儿,他给你小开玩笑,两条腿的到底跑不过四条腿的;他把咱们遛一个大喘气,又待如何呢?依我说,反正到此逐步缩紧,总不出这方圆数十里以内;咱们加紧排搜,也跑不掉他们。咱们还是奔苦水铺。”没影儿对闵成梁说:“不追就不追,闵大哥看这两匹马是干什么的?”闵成梁道:“不是放哨的,就是往来传信的;我们便不紧追,也该履着他们的后尘缀下去。”

九股烟乔茂却站住不动,只呆呆地望着那条小河,道:“三位师傅,记得我被他们掳去以后,他们就把我带上船,从水路走了两天半;随后就把我移上旱地,囚禁起来。你们看,这不是一条小河么?你们再看那边,地势很高;若教我揣度起来,我们还是奔正西。刚才这两个骑马的是打正西,往西南去的。我们不如履着河道走。”

紫旋风、没影儿还在犹豫,周季龙就说道:“乔师傅说得对,咱们就奔正西。乔师傅是身临其境的人,总错不了。”

四个人打定主意,傍水向西前行。走了一程,河道渐宽。前面横着三岔河口,河口上有两只小小的渔船,料想横当前面这一道较宽的河,必然是正流。问了问渔人,这个三岔河口地名叫七里湾。要想坐船上苦水铺去,还得往西南走,到了卢家桥,才有搭客的船。

九股烟乔茂拿出江湖道上的伎俩,向渔家打听地面上的情形:“有一个地方,紧挨首河沿,地势很高。有这么一家大宅子,养着十几条恶狗,这是谁家?”

渔人看了看四人的穿戴、模样:闵成梁、周季龙是雄赳赳的,穿着长衫,打扮成买卖人;魏廉体格瘦小;乔茂形容猥

琐，打着小铺盖卷，一张口摇头晃脑，倒像个公门中的狗腿子。这渔人赔笑回答说："我们打鱼的天天在水里泡着，除了上市卖鱼，轻易不上岸的。你老要打听什么，你老往那边问问去。"用手一指道："你老瞧，由打这里再往西走；过了庄稼地，不到半里地就有一个小村子。"

周季龙道："叫什么村？"答道："就叫卢家村。哦，卢家村地势就不低，你老打听他们，他们一准说得上来。他们本乡本土，地理熟，哪像我们。"

乔茂什么也没问出来，但是还不死心，又问："附近可有辽东口音的人在这里浮住的没有？"又问："这里安静不安静？"打鱼的全拿"说不清"三个字回答，乔茂脸上带出很怪的神气，索性不问了。离开渔船，乔茂向周季龙讨主意："咱们是奔卢家桥雇船，还是先到卢家村问问？"

周季龙道："等一等。"回身向渔人大声问道："二哥费心，这卢家村紧挨着河么？"渔人道："离河岸不远，不到半里路呢。"周季龙嗤地笑了，对乔茂说："这个老渔翁滑得很，你没看他神头鬼脸的，拿咱们也不知当什么人了；好像咱们会吃了他，他一定是拿咱们当了办案私访的公人了。乔师傅，你也疏了神了。"

乔茂道："怎么呢？"周季龙道："你一开口就叫他相好的，这可不像个小工的口气，你没看他只转眼珠子么？这是老滑头，咱们还是奔卢家桥吧。"

四人走到卢家桥，果然看见桥下停着几艘小船。讲好价钱，四人上船；船家划起桨来，径往苦水铺驶去。乔茂坐在船头，两只眼东瞧西看，全副精神注意两岸；没影儿和紫旋风低声谈话；铁矛周季龙却有一搭没一搭的和船家攀谈。

周季龙的口齿可比乔茂强胜数倍，他本是双义镖店的二掌柜，功夫也强。慢慢闲谈，片刻之间，把船家笼络好，一点顾忌心也没有了。问什么，答什么；居然问出地势高而傍河近的三四个地名，又居然打听出养狗最多的人家。有一家民宅，养

着六七条狗；有一家烧锅，养着十多条狗。又有一家因养得狗多，惹了祸，把人家一个老太婆、一个小孩子咬伤吓坏，几乎打了人命官司；后来拿出几百串钱，方才私了结了。又问：这里为什么好养狗？据说是地面上不很太平，养狗的人家，不是豪绅，就是富商。

正在谈得起劲，九股烟乔茂突然失声道："咦，那不是他们么？"

铁矛周季龙愕然四顾道："你叫谁？"看乔茂时，两眼都直了。这时候恰有两艘小船，箭似的迎面驶来。小船飘摇如叶，船头上搭着两个客人，并不坐在船上，却昂然立着。两个人俱在壮年，短衣短裤，敞着怀，手摇黑折扇，很显着精神。

紫旋风、没影儿一齐注意；以为乔茂必定看出来船可疑，再不然，船上的客人和他认识。但是转眼间，一艘小船掠着他们的船，如飞划过去了。再看乔茂，两眼还是直勾勾的，并不回头，似乎眼光远瞩，正倾注在前途东岸上。九股烟猛然站起来，一迭声的催船家拢岸；把整个身子往前探着，似要一步跳到岸上去。船家甚是诧异，呆看着乔茂的脸道："客人，什么事啊？你老可留神，别晃到水里去呀！"

乔茂只是发急，催促："快拢岸，快拢岸，我们要下船！"把手举得高高的，冲岸上连连招呼："喂喂，前面走道的站住，走道的几位站住！"

紫旋风等急顺着手势，往岸上看；东岸上果有五个行人，像是一伙。听九股烟这一喊，五个人倒有三个人回过来瞧；好像说了一句什么话，一伙人立刻住脚回头。没影儿忙问："当家子，他们是谁？"

九股烟急口的说："是熟人！"他又大声招呼道："我说你们站住啊！"

船家努力的摇动双桨，小船掠波靠岸。岸上的五个人忽然喊叫了一声，一齐翻身，拨头就跑。九股烟急了，未等得船头抵岸，飞身一蹿，嗖地登上了陆地，没影儿、周季龙紧跟着也

飞身跳上去。

紫旋风闵成梁也要离船登岸，船家拦道："那不成！客人，你老坐不坐的，也得把那一半船钱付了。"闵成梁不禁失笑，忙掏出一块银子，说道："这使不了，你等着我们。"这才飞身上岸，跟乔茂一同追赶那五人。

这岸上五个行人一见乔茂等下船赶来，越发连头也不回地急奔下去，那样子竟要奔入前面那一带竹林。没影儿莫名其妙，在后面追问乔茂："喂，怎么回事？他们是什么人？"乔茂顾不得回答，只催快追。

前面五个人全是短衣襟小打扮，有三个手里拿着木棒，两个空着手；有的头上蒙着破手巾，有的顶着个草帽，看模样很不像当地的农人。铁矛周季龙见事情可疑，也顾不得忌讳，长衫一撩，施展开轻身提纵术，立刻赶过来。

九股烟乔茂回头看了一眼，用手一指路旁，叫道："三哥奔那边，咱们两边截。"一面跑着，一面提起喉咙喊道："吠，前面走道的人站住！喂，站住！"

前边的五个人着实可怪，若是五个人分散开逃走，就不好追了，这五个人却抱着帮，拼命往一块跑，镖师们顿时就要赶上。五个人失声叫了一声，互相关照了几句话，也不知说的什么，依然大踏步奔竹林跑。九股烟乔茂喊道："吠，前面可是海州泰来骡马行的骡夫么？快给我站住！"

乔茂这一嗓子顿时生效，五个人骤然吃惊，一齐回头，情不由己地往前狂跑了几步；忽然又站住，张皇失色，不敢再跑了。五个人又互相关照了几句，好像晓得脱不开身，老老实实地回身止步，不等乔茂、周季龙追到，反而惴惴地迎上来。内中两人满面惊慌地说："爷们，我们尽快走着，一步也不敢停，一步也不敢走错了道。我们一路上任什么话也没说。你老不信，只管打听！"

这五个人说的话很离奇，铁矛周季龙飞身急追，越过了乔茂，首先赶到。把兵刃亮出来，提防着五人动手，正要喝问他

们。谁想这五个人，倒吓得跪下了三人，齐声央告道：“我们真是没说话！你老算一算路程，我们连半天也没敢耽搁呀！除非是走错了道，那是我们路不熟呀。”

周季龙一见这情形，简直莫名其妙，不禁问道：“你们说的什么，你们是干什么的？”

五个人你瞧我，我瞧你。周季龙的话本很明白，这五个人竟瞠目不知所答，只是瞅着周季龙那把短刀害怕。那站着的两个人一见同伴跪下了，也跟着跪倒。青天白昼，五个人打圈跪着，只叫饶命。

周季龙忙催道：“这是怎的！快站起来，不要下跪，起来！起来……”

五个人还是磕头礼拜央告，展眼间乔茂斜抄着追过来。铁矛周季龙忙问：“乔师傅，他们五个人都是谁？你一定全认识他们了，难道他们就是咱们要找的人么？”

乔茂摇头道：“不！不！”用手一指内中的一个胖矮汉子，说道：“我只认得他，他就是咱们海州泰来骡马店的骡夫。”

周季龙一听这话，猛然省悟过来，把头一拍道：“嗬！看我这份记性！这可不像话，你们快起来吧，别跪着了。”五个骡夫惴惴的跪着；周季龙一开口，露出海州口音，五个人顿时上眼下眼，把周、乔二人打量一个到。周、乔二人为访镖银，都改了装，这五个骡夫偏偏也都失了形，七个人十四只眼睛竟对盯了半晌。

乔茂失笑道：“周三哥，我不信你还不明白，他们就是在范公堤失镖被掳的那五十个骡夫。这一位胖矮个，脑袋长着一个紫包，所以我才认得他。”骡夫也省悟过来了，先后站立起来；垂头丧气，脸上都很觉挂不住。那年老的一个向周季龙面前凑近了一步道：“你老是咱们海州双义镖店的周二掌柜吧？”那个额长紫包的胖矮汉子也对乔茂发了话：“你老估摸是咱们海州振通镖店的达官，是不是？我记得你老不是姓柴，就是姓乔。”

说话时，没影儿魏廉、紫旋风闵成梁也都赶到。周季龙把刀插起，忍不住哈哈大笑。五个骡夫越发难堪，怏怏的抱怨道："好嘛！二掌柜，哪有这么来的！你老拿刀动杖的，差点没把我们吓煞！"五个人个个露出羞惭怨愤的神色来。

但是，四镖师无意中得逢被掳脱险的骡夫，自然人人心中高兴；以为这总可以从他们口中探出盗窟的情形来。

第十四章

歧途问路紫旋风逞威 荒堡款关九股烟落胆

铁矛周季龙忙安慰骡夫，向他们道歉道劳。九股烟转对闵、魏二人夸功道："他们五个，周三哥竟没看出来！你瞧，我在船上，老远的就盯上了，这一位脑袋上长着这么一个紫包，我记得清清楚楚，要不然连我也认不出来，这真是意想不到的巧事。这一来，贼人的巢穴算是没有跑了！"

说到这里，他兴高采烈的向骡夫一点手道："哥们多辛苦了！教你们哥几个担惊受怕；我们镖局正为搭救你们哥几位，派出好些人来，苦找了一个多月了。现在可好，来吧，哥们，这里说话不合适，咱们上那边去。周师傅，咱们到那边竹林子里头谈谈去。"

五个骡夫一个个形神憔悴，衣服褴褛，脸上也都带轻重伤痕。

周季龙、乔茂引着五人要进竹林，盘问他们怎么脱得虎口？怎么事隔月余却在此处逗留？五个人愣柯柯互相顾盼，面现疑惧之色，不愿和周、乔二人久谈，恨不得立刻躲开走路。但是四个镖师雄赳赳的盯住了他们，神气很不好惹。

那年长的骡夫怯怯的向四面望了望，见实在无法可躲，路上又别无行人，这才说："说话可要谨慎一点。"对同伴说："没法子，咱们只好到竹林子里去。人家一定要打听咱们么！"四位镖师忙引五个骡夫进了竹林，找了一块空地，拂土坐下。

九股烟乔茂抢先说道："你们哥几个到底教他们掳到哪里去了？怎么这时候才逃出来？就只逃出你们五位么？那四十五位怎样了？是你们自己逃出来的，还是贼人把你们放出来的？这一个多月，贼人把你们关在什么地方了？"

忽又想到自己探庙被囚的事，乔茂复向五个骡夫说道："你们可晓得我么？我跟你们一样，也教贼人掳出去好几百里地。你们可知道我们振通镖局的趟子手张勇、马大用、于连山哥儿三个的下落么？他们是第二天缀下去访镖，至今一去没回来。也不知落到贼人手里没有？"

五个骡夫并不理会趟子手访镖失踪的事，他们只关心他们的险苦。未曾说话，先摇头叹气道："我们教人家绑去了，哪里还知道别的！我们喊救命，还没处喊去呢！乔爷，您说我们多冤！差点把命卖了，这有我们的什么事？"

铁矛周季龙忙又安慰五人："我们知道你哥几个太苦了。你放心，镖局自有一番谢犒，决不能教诸位白受惊。"

年长的骡夫摸了摸脑袋，又重重叹了一口气道："周掌柜，这回事提起来，真教人头皮发麻！白晃晃的刀片，尽往脖子后头蹭，这怎么受得了？我们吃这行饭，不止一年半载，路上凶险也碰着过；我的天爷！可真没遇见过这个。谁家打劫，连赶脚的也掳走的？这些天，挨打、挨骂、挨饿，这是小事；顶教你受不了的是渴！还不准人拉屎撒尿，一天只放两回茅房，憋得你要死！一个人就给两顿馍，一口冷水。这么老热天，渴得你嗓子冒烟！吃喝拉撒睡，就在那巴掌大的一块地方上，臭气烘烘，熏得人喘不出气来。"

那一个年轻的骡夫道："顶吓人的是头几天，这一位过来说：'累赘，砍了他吧。'那一位说：'放不得，活埋了吧！推

到河里吧！’一天吓一个死，不知哪天送命！而且不许你哀告求饶，连哼一声都不行。你只一出声，啪的就是一刀背；单敲迎面骨，狠透了！乔师傅，你老不也是教他们掳走了？这滋味你老也尝过了吧？你老说可怕不可怕？”

九股烟瘦颊上不禁泛起了红云，支支吾吾地说：“我哪能跟你们一样？我是自投罗网，自己找了去的。贼人够多么凶，你们是亲眼见的，我们镖局没一个敢缀下去；就只我姓乔的带着伤，舍生忘死硬盯下去。一直缀了十几天，没教他们觉出来。是我自己贪功太过，不该小瞧了他们；我一个人硬要匹马单枪搜镖，一下子才教他们堵上。他们出来二三十口子，那时我要跑，也跑了。无奈我寻镖心切，恋恋不舍，这才寡不敌众，落在他们手里……我是镖头，哪能跟你们一样？他们往上一围，我一瞧走不开了，我还等他们捉么？我就把刀一抛，两臂一背，我说：‘相好的，捆吧。’那老贼直冲我挑大拇指，说：‘姓乔的别看样不济，真够朋友。’过来拍着我的肩膀说：‘相好的够味，我们不难为你，暂且委屈点，把亮招子蒙上点吧。’很客气地把我监起来。他哪里想到，只囚了二十来天，我可就对不住，斩关脱锁，溜出来了……”

乔茂还要往下吹，周季龙皱眉说：“咱们还是快打听正文吧？”

于是五个骡夫开始述说他们被掳的情形。据那年老骡夫讲，贼人在范公堤动手劫镖，先把镖行战败，立刻留下二三十人，占据竹塘，拦路断后；另派十几个骑马贼，在四面梭巡把风。然后出来一伙壮汉，口音不一，衣装不同，穿什么的都有，个个手内提着一把刀，过来把骡夫们围上。两个贼看一个，三个贼看两个；拿钢刀比着脖颈，把五十个骡夫逼着，赶起镖驮子就走。东一绕，西一绕，一阵乱转，走的尽是荒郊小径、没人迹的地方。骡夫们连大气也不敢喘，深一脚，浅一脚，跟着急走。谁也不敢哼一声，只要一出声，就给一刀背。

后来到了一个地方，前前后后，尽是片片的草塘。贼人这

才分开了，一拨一拨，把骡夫裹进草塘去。镖驮子到此，也不再教骡夫赶了；却将五十个骡夫，挨个上了绑，先蒙两眼，又堵耳朵，后来连嘴也塞上麻核桃，就只留下两个鼻孔出气。又把骡夫们五个人一串、五个人一串全拴起来，一共拴成十串。然后派一个贼在前头拉绳牵着，又派一个贼在后面持刀赶着。就这样，赶到一座庙里！这庙就是九股烟被擒的那座庙。

一到庙中，群贼暂将众骡夫蒙头之物摘下，把五十个人全拴到偏庑地上。镖驮子自此便看不见了，连骡子也看不见了。囚了一个多更次，才听见车轮声、牲口动的声音，可是乍响旋寂。又过了一会儿，进来一大批贼，把骡夫们个个撮弄起来，连推带打，又轰出殿外，把脸罩又给蒙上。隐隐又听得群盗一拨一拨，奔前窜后，好像很忙碌。

忽然间，一个粗喉咙的人吆喝道："走啊！"立刻奔过来许多人，把五十个骡夫重新绑上。这一回都是二臂倒剪，耳目和嘴全都堵上，把五十个人拴成一大串，拿马鞭赶着跑。

五十个人磕磕绊绊，一路上栽了无数跟头，挨了无数践打；唧溜骨碌，像这么赶了一程子。五十个骡夫全转晕向了；不但东西南北不知，连经过多久，走出多远，也晓不得了。奔了一阵，忽又打住；却又另换了一种走法。把骡夫两个做一捆，横捆在牲口背上，教牲口驮着走。有的又不用牲口驮，另用几辆小车装。车装牲口驮，忽又分了道；有的上了船，有的仍用车子载，这样又走了两天半。

骡夫们述说到这里，九股烟哼了一声道："有牲口驮着，比赶着跑总舒服点吧？"

年轻的骡夫把嘴一咧："我的乔师傅，舒服过劲了，比打着走还难受！我们是活人，不是行李褥套，横捆着一跑；牲口颠得你肝肠翻了个，绳子勒得你疼入骨髓，还舒服？我们不知哪辈子作的孽，那一晚上全报应了！"

继而五个骡夫又述说被囚的情形，这却各人所言有殊；因为他们囚禁的地方不同，所受的待遇也就各异了。据这五个人

说，大概仅只他们五个人，就已被囚在三个地方。

那头生紫包的骡夫说，他被囚的地方最苦，是囚在地窖子里头。人多地窄，能蹲能坐，不能睡倒；吃喝拉撒睡都在一处，满窖子臭气熏蒸。每天只给两个老米饭团吃，有时候就忘了给水喝，渴得要命。

那年老骡夫说，他被囚的地方是很高大的一间空房，潮气很重，好像久未住人。也没有板床，也没有土炕，只在砖地上铺着草。屋内共囚着六个人，倒很宽绰。同囚的人都倒背手绑着，墙上钉着钉环，半拴半吊着。所以地方虽宽绰，还是睡不下。而且仍堵着嘴，蒙着眼睛；这几个人和别人囚的不同，想必是离着农户近的缘故。

那年轻骡夫却说，他被囚的地方是五间草房，屋里有长炕，窗上关着窗板，屋内黑洞洞的，整天不见阳光。同囚的人大概不少，同屋就有八个。每个人脖颈上拴一根细铁链；一头紧锁在咽喉下，另一头穿在一根粗铁链上。把八个人串在一起，只一动，便哗啷啷的响；倒是只蒙眼，不堵嘴。每天只给两次馍，也是常常忘，一顿有，一顿无，不免挨饿。一天放两回茅，有时贼人忙了，就顾不得放茅。骡夫说到这里，叹气道："憋着的滋味真难受啊！"

没影儿魏廉望着乔茂，忍不住扑哧一笑。那老骡夫倒恼了，瞪着眼道："你老别见笑，我们够受罪的了！告诉你老，我被囚的时候，我们嘴里全塞着东西。吃饭了，他们现给拔塞子。可是我们的嘴筋早麻痹了，饿得肚子怪叫，嘴竟不受使；张不开，闭不上。看守我们的硬说我们装蒜，诚心要自己饿杀，拿皮鞭就抽！还是我们结结巴巴，一齐跪求，才容我们缓一口气再吃。白天受这份罪，到了晚上，蚊子叮、跳蚤咬；别说搔痒，你就略微动一动，立刻又是一皮鞭。你们老爷还笑哪，你们老爷是没尝过！告诉你老吧，挨打还不许哎哟！"

紫旋风笑劝道："你别介意，他绝不是笑你，他也教土匪绑过。"

九股烟一听这话，又扎了他的心，瞪了闵成梁一眼，哼道："人家受罪，咱们笑……"

周季龙忙道："得了得了，咱们还是扫听正经的。到底你们哥五个怎么逃出来的呢？可是他们释放的么？"五个骡夫道："可不是人家放的？凭我们还会斩关脱锁不成！"

五个人又述说被释放的情形。他们被拘了许多天，昏天黑地，度日如年；也不知过了多少时间。忽一夜，从囚所被提出来，倒剪着手，五个人一伙，照旧蒙头盖眼，给装在车上。乘夜起程，咕咚咕咚，尽走的是土路。五个人挤在车厢里，双手倒缚，不能扶撑；车一颠，人一晃，五个人像不倒翁似的，前仰后合乱碰头。一路上磕得五个人满头大疙瘩；后来越走越颠，把五个人全颠簸得晕了。

琢磨时近四更，咯噔一响，车站住了。又过来几个人，把五个骡夫扛下来，扔在空屋里。屋子很宽敞，倒不觉热。就这样扔了一整天，也没给水喝，也没给饭吃。耗了一白天，觉得有许多人七出来八进去，唧唧哝哝，也不知讲究些什么。猛然间进来几个人，把五个骡夫脑袋一按，立刻有冰凉挺硬的一件东西，往脑角皮上一蹭，明明觉出是一把刀。

五个人不觉战栗，有的人竟失声号叫起来；被兜脸打了几个嘴巴。耳畔听见骂道："小子，老爷们服侍你，你倒鬼嚎！"冰冷的刀片在头皮上硬蹭起来，五个骡夫这才觉出是给他们剃头。他们被囚月余，头发已经很长了，这么用刀片硬剃，未免拔得生疼；却不能蠕动，一动就是一个嘴巴。但虽挨着打，五个人心中却暗暗欢喜，自以为死不了；强盗杀人，决不会给死人剃头的，这一定是要开恩释放了。

但剃头的去后，过了不大工夫，外面人马喧腾起来。众骡夫担心生路，都侧耳偷听。忽又进来一个人，骂道："死囚，全给我躺下！"立刻把众人推倒在土炕上。这时天色已黑，又进来一人，像个首脑人物，先提灯向五个骡夫脸上照了一照，随用深沉的语调，对骡夫告诫了一席话：

第一，释放以后，立即回家；勒定了日限，指定了路线，沿途不准逗留，不准声张，也不准信口打听什么。

第二，到家之后，立即装病；十天以后，方准出门。

第三，不准报官，不准对亲友声言；更不许见镖局的人，也不许寻找牲口。

如果遵守告诫，必将已掳去的牲口送还，另给压惊的钱。否则，不但牲口不还，还要找各人的家口算账。很威吓了一阵，当下又给了每人五两银子，都给塞在怀内；命大家好生待着，今天晚上一定发放。

众骡夫心头刚一放宽，暗暗念佛。不料听得那首领猛喝道：“送他们回去吧!”立刻从各人身旁，扑上来一双手硬扣住各人的咽喉。众骡夫大骇，就拼命挣扎，哪里挣得动？只觉得有湿漉漉的一块布，照他们鼻间一堵；立刻有一种香息息的邪味，扑入鼻管，呛得窒息欲绝。五个人起初还在扭动，渐渐的也挣不动了，顿觉天旋地转，耳畔轰轰的乱响。昏惘中又觉得头顶上被猛击了一下，耳畔又听得一声叱咤，立刻都死过去了。

就这样也不知过了多少时间，被凉风一吹，五个人才悠悠醒转。睁眼一看，五人做一串被拴在一处，仰面朝天躺在旷野密林里，时候正在夜间。每人身边给留下一根短棒，一个小包，包内有些干粮。五骡夫定醒移时，不敢乱动，直耗到天亮，看了看四近无人，方才晓得虎口逃生，居然被释放了。可是手脚还被捆绑着；那其余四十五个同伴，也不知道生死去向。

五个人慢慢地互相招呼，慢慢地去了缚手的绳套。你给我解缚，我给你松绑，这才全都恢复了自由，爬起来连夜往北逃……五个骡夫说到这里，却还是谈虎色变，痛定思痛，脸上带恐怖之色。

几个镖师静静地听了半晌，觉得他们说尽了身经的险苦；可是贼情、匪党、盗窟，一切有用的消息，只字未曾提及；他

们所知的事，也并不比乔茂多。

紫旋风摇着头，开口盘问道："你们受的苦，我们全知道了；镖局子自有一番报答。可是，贼人的巢穴到底在哪里？你们被释的树林中，是什么地名？有一个豹头环眼的盗首，六十多岁年纪，你们看见过没有？"

骡夫们翻着眼睛向闵成梁看。半晌，那年老骡夫才慢慢吞吞道："爷台！我们囚了二十多天，他们看得很严，也不许我们说话，眼睛又蒙着，也看不见什么。我们除了受罪，任什么都不晓得。再说就晓得，我们也不敢随便乱说。这不是闹着玩的，泄了底，他们还要我们一家大小的命哩！"

九股烟忙说："我们不能教你白说呀，还有赏钱哩！"

骡夫连连摇头道："我们可不贪那个赏，只要贼大爷不找我们算后账，我们就念佛！"说着站起来，道："得了，爷们，咱们再见吧！贼人给我们回家的日限很紧。我们还得紧赶，误了限，还要割耳朵呢！"四个同伴也跟着站起来，这就要往竹林外面走。

紫旋风见骡夫心存顾忌，似不欲吐实，便勃然的把面色一沉，厉声道："什么！你们就知道，也不肯告诉我们么？好好好，你们是只怕贼，不怕官噢！你们晓得这二十万镖银是官款，你们不知官面上正在严拿劫镖的犯人么？你们可晓得匿案不报，罪同通匪，你们是怕贼不怕官！好，走！跟我到县衙门辛苦一趟，看那时候，你们说是不说！"

五个骡夫面面相觑，你看我，我看你，嘀咕起来。没影儿魏廉也加上几句威吓的话。骡夫更是害怕，以为闵、魏二人气度严厉，必是私访镖银的官人。

铁矛周季龙、九股烟乔茂一看这神气，忙开口圆场，向骡夫哄劝了一阵，道："你们哥几个是教匪人吓破胆了。你们别听他们那一套，他们哪有工夫长远缀着你们！你们也琢磨琢磨，话是对谁说。出你们的口，入我们的耳，怎会教贼人知道？稍微小心一点就是了。真格的他们会未卜先知不成？他们

是吓你们。哥们趁早说吧，说出来有你们的‘相应’。你们估量估量，这是二十万官款哪！”

骡夫们吐舌道：“吓唬我们？我们又不是小孩子，我不说，你老也不信，他们真缀着我们了。”一歪头，把小辫一揪道：“你老瞧瞧！”

五人的小辫都齐齐截截的被剪短了一缕。问起来，是昨夜住店，被贼人跟踪剪去的。据他们说，五个人被释之后，出了密林，急急的北返，在路上一句话也没敢说。次日住店，因被囚日久，身上肮脏，五个人就跑到澡堂，洗了一回澡，在澡堂中解衣见伤，抚创思痛，情不自禁地曾愤愤咒骂了几句。入夜后，躺在店房的大铺子上，五个人又少不得我问问你，你问问我，互诉前情；又悄骂了一阵，就睡了。

想不到下半夜，不知怎的，贼人竟进了屋，把五人的头发，每人割去一绺，他们竟会一点不知道。只在睡梦中，猛听大响了一声，惊醒睁眼看时，床沿上明晃晃插着一把匕首，匕首下穿着一张纸和五绺头发。字纸上写着：“大胆骡夫，任意胡言；割发代首，速归勿延。初犯薄儆，再犯定斩不宽。”这一来，把五个人吓得亡魂丧胆，一路上连大气也不敢喘了。

骡夫说完这件事，九股烟不禁骇然。紫旋风却高兴起来，笑道：“好啊！你们五个人放心吧。他们故意吓唬你们这一下，他们就翻回去了。”周季龙道：“这话对极了。你想你们五十个人，贼人若是人人都缀着，那得派出多少人来？别害怕，快讲吧！他们这是故意留一手，镇吓你们的。”

五骡夫半信半疑，万分无奈，这才说道：“你老要问快问。我们说也只可说，不过我们不知道的也编不出来，你老别见怪。只求你老替我们瞒着点，对外人千万别说是我们走漏的呀！”四镖师齐应道：“那是自然，我们何苦害你们哩。”闵成梁随即放出和缓的声调来，慢慢盘问道：“你们听我问，你们知道什么说什么，可不许替贼扯谎。我先问你们，贼人囚禁你们的地方，到底在哪里？”

劈头这一问，五个骡夫就互相眙愕起来。那年老骡夫道："地点真是不晓得，我听贼人们话里话外念道，大概是宝应湖。"年轻的骡夫道："囚我们的地方，好像是在大纵湖什么地方。"那额生紫包的骡夫却说："我是被囚在洪泽湖。"至于小地名，五个人全说不知道。

九股烟道："你们说的是真话么?"紫旋风冷笑道："不管他，咱们再往下问。"他和没影儿魏廉、铁矛周季龙，绕着弯子，反复盘问；又把五个骡夫分到两处，隔开了盘问。问了半晌，五个人只说出被释出的那座密林，地名叫枯树坡，地方在高良涧的西南五十里以外。至于五个人三处囚所的准确地点，却到底问不出来；只晓得有一座囚所是地窖子，又似菜园子菜窖。有一所囚所地势甚高，似乎养着许多狗。往往入夜听见群犬乱吠；此外也就任什么也说不上来了。

再问贼党，据五个骡夫参差的述说，人数足有百十多个，和乔茂所猜的倒相符。问及贼首，据说有一个瘦削人材的少年贼人，像是头目。这个人精神满脸，眼光射人；看人时，一种令人不敢逼射的威棱。此人短装佩剑，白面黑衫。

还有两个被人称为大熊、二熊的，也不晓得是姓名，还是外号。还有一个黑面大汉，气度威猛，可是性情和蔼，并不虐待被掳的肉票。

另有一个黄焦焦面孔的人，这东西却异常粗暴。生得两道重眉，一个鹰鼻子，旱烟袋不离嘴；他不但模样凶，手底下更歹毒，裹腿上总插着两把叉子，犯上野性，动不动的就要扎人。那年轻的骡夫大腿上就被他刺了一下，至今伤口没好。

另外还有一些人，也像是贼头；听口音，看相貌，倒很有些像是辽东人。但内中也有的人说话是江北口音。至于那个豹头虎目的六旬老人，在贼党中颐指气使，很像是大当家的；可是只在劫镖时当场看见过他，以后见不着了……

四个镖师把骡夫问了好久，可是盗窟确址，贼党实数，依然不得其详。紫旋风闵成梁、铁矛周季龙，又续问了一些话，

把乔茂、魏廉叫到一边，低声商计："没的可问了，这五个骡夫该怎么办？"

依着魏廉，还要把五个人押回宝应县，请俞、胡二老镖头细问；再不然，把五个人交到官面上，经官严讯一下，多少还可以挤出一点真情来。闵成梁、乔茂都不以为然，对周季龙说："这五个人讲的话，并没有隐瞒什么。他们实在是不晓得贼人的底细罢了。贼人若是高手，断不会把老巢泄给肉票知道。依我说，放他们去吧，留下也没用。"

四个人商量好了，却又故意对骡夫恐吓道："你们的话还有不实不尽之处。现在海州缉镖的官人正在宝应县城；你们是逃出来的肉票，官面上正要取你们的口供，要你们做眼线。你们随我们到宝应走一趟吧。"

骡夫一听大吃一惊，连说："使不得！那一来我们可毁了。贼人一定要我们的命，我们家里的老小也活不成了！怎么你们四位盘问了一个够，临了还是不饶？"五个骡夫又怕又恼，怪叫起来，没口的哀告。四镖师笑了笑道："便宜你们，去吧！"

五个骡夫拔腿就走。铁矛周季龙道："等一等！"却从身上取出五两银子，分赠给五人，善言安慰了几句，嘱咐五人回转海州，务必到双义镖店去一趟，找铁枪赵化龙镖头，报一个信。五骡夫没口地答应了，长叹一声，这才告辞上路。却又央求四镖师，千万不要泄露了他们的话，恐被贼人知道，不肯轻饶。紫旋风等人笑着答应了。

容得五人去远，四镖师立刻商量起来；都以为骡夫所说的三处囚所大纵湖、宝应湖、洪泽湖三个地名，全都不可靠，定是贼人愚弄骡夫。倒是骡夫被放之地，那个枯树坡比较可信，猜想定距贼巢不远。

这番巧遇骡夫，盘问了好半晌，九股烟乔茂以为枉费唇舌，一无所得；紫旋风却道："获得的消息不少，我们已从骡夫口中探出贼巢定有地窖，并且贼人还养着许多狗。从许多狗猜测，贼人的垛子窑大概混在人家丛中，必然不是孤零零的

山寨。"

四个人揣议了一回，决定顺着路线，还是先奔苦水铺，再访枯树坡。遂一同出离竹林，来到河边。不想河边停泊的那条小船，久候客人不来，又已得了船钱，竟悄没声开走了。四个人只好顺着河沿，往西南步行下去。一路上仍然注意两岸，寻视高岗古堡，和菜园地窖之类，在道上并未寻着。四个人便进了苦水铺，投店进食；店号叫作集贤客栈，却是一家小店，字号倒很响亮。

乔茂等人心想苦水铺必很热闹，哪知进镇一看，不过是较大的渔村。街道并不多，人家倒不少，却也算是水陆的小码头，居然有三四家店房，六七家大小饭馆。照顾的客人，多是鱼贩水手们，并且居然有串店卖唱的花姑娘。

紫旋风等忙着吃了饭，趁天气还不晚，立刻出去勘访。假作找人，先把各店房都走到了。又打听临河的高岗古堡，又打听丛林泥塘，四个人作一路摸索下去。九股烟乔茂和没影儿魏廉前面走，紫旋风和铁矛周季龙搭伴在后跟着，因料到迫近贼巢，乔茂不愿意把四个人分成两拨，怕人单势孤，再遭人暗算。

一路行来，直走出十几里路，竟发现两处大泥潭相连，中间有一狭土岗，人可以勉强通过。泥塘东面又有一道荒岗，乱草丛生，有几棵高杨，偏西又恰有一片小树林。这地方和乔茂逃出囚所，被狗追逐的那个地方，倒有几分相似。

九股烟乔茂立刻站住，就从这泥潭起，打圈徘徊起来；越端详，越觉有点相像。这地方非常空旷，荒草碱地，不类江南膏腴之区，倒似塞外不毛之地。乔茂搔首遮眼的把四周看了又看，觉着有两件怪事。这泥塘很像，可是当初记得是一座大泥潭，这里却是两处泥潭；当初泥潭很浅，这泥潭却深，潭心还漾着两汪深绿的死水。

还有一样古怪，记得那一夜是由南往北跑，跑到泥潭，险些陷在泥潭里去。可是如今这泥潭的南面近处，并没有古堡；

北面远在七八里之外，倒有两三片村舍。却又方向不对，地势也高低不同。

九股烟乔茂立在这似是而非的地方上，倒怔住了。紫旋风闵成梁和铁矛周季龙紧跟过来，看了看四面的景象，动问道："怎么样？是这里么？"

这时候夕阳西斜，暑气犹盛；四个人立在太阳光下，好像挥着汗晒太阳似的。大路上有两三个扛着农具的乡下人，口唱山歌，走将过来；似为四镖师奇装异服、怪模怪样所动，竟从大路上折向泥塘这边走来。

没影儿魏廉人虽瘦，却更怕热，不住催问乔茂道："怎么着，老乡到底是这里么？"

乔茂道："谁知道呢！"手指着小树林、土岗子和这泥潭道："这都对！就是那边土堡不像。我分明记得我被囚的那座荒堡，是在泥潭南边。你瞧，这南边倒是一片大空地。还有这泥潭也不对，我记得是一个泥潭，而这里却是两个。"

紫旋风闵成梁道："那片泥潭是比这个大，还是比这个小？"乔茂道："仿佛比这片大。"紫旋风嗤地笑了，向周季龙道："人的眼没准稿子，乔师傅今天夜里再来看看，也许两片泥潭变做一片了。"

乔茂恍然省悟道："我可真许是蒙住了。那天夜里一路疾跑，也许我把两片泥塘看成一片了。不过这土堡……"

周季龙道："你记得土堡在南边，不在北边，是不是你那天转向了？"

乔茂寻思道："不会转向，我记得清清楚楚的，那座土堡地势很高，怎么这近处一块高地也没有呢？"这时，三位镖师一齐向乔茂催促道："咱们别在这里发怔了，北边有村庄，咱们先往北边看看去。"

四个镖师在泥潭边讲究，那三个农夫戴大竹笠，肩荷锄头，已经走了过来，他们径到泥潭边，各将那农具放在泥潭水里洗泥。洗了又洗，很少停住手；扛了锄，又唱着山歌，奔北

头走了下去。

在先，乔茂等对这三个庄稼汉，并不曾理会。直到他们走出十几步去，没影儿魏廉忽然赶上去，叫住三个农夫道："老乡，等等走，我跟你打听点事。"

三个农夫一齐止步扭头，两下里对了盘。紫旋风陡然注起意来，这三个农夫，内中一人面色黄中带黑，鹰鼻子环眼，在这猛一回头之际，眼光一扫，十分尖锐。另一个年约四十多岁的，是个黑胖子，末一个是年轻人，细高个。魏廉上前拱手问路，三个人倒有两个一声不响，只让一个人答话。那黑胖子操着江北的乡音，答道："你们做啥事情?"

魏廉道："老乡，我向你打听一个地方。"黑胖子农夫道："啥个地方?"乔茂等也不觉走了过来，道："我们打听一个古堡。"魏廉接着说："那古堡有很多狗，有菜窖，地窖子。"三个农夫齐声道："哦!"还是那黑胖子答话道："你问的这是啥话?你要打听地方，你要告诉我个地名呀!"魏廉赔笑道："地名我们忘了；就记得那个古堡，有家大户，他家养着十几条狗，很凶很凶的。"

农夫翻眼把四位镖师打量了一下，忽对同伴笑了笑。那个鹰鼻子黄脸的农夫，忽然把锄头往地一拄，往前凑上一步，道："你们四个人是干什么的?你们打哪里来，找的是谁?"这说话的口音却不是江北方言，不南不北，另一种腔调。没影儿魏廉说道："我们打苦水铺来，要找一家大财主。我们是瓦木匠，给他做活的。他们管事人姓赵，我们只记得他家有好多的狗；那地势很高，院子很大，房子也多。偏偏我们忘了问地名了；我们转了向，找不着了。"

那个黑胖子一低头，忽然抬起头来，哈哈一笑道："你找的是别名叫恶狗村的那地方吧。你们看!那边，那地方叫捞鱼堡。"却又自言自语道："怪道来!今朝有两三起人打听捞鱼堡。我对你们讲，捞鱼堡上是有一家大户，养着好多的狗，专咬歹人，小毛贼都不敢傍它的边。那里倒是一块高地，后

边有河，专钓大鱼，不钓小鱼，所以地名叫捞鱼岗，又叫鲍家大院。”

说罢，嘻嘻哈哈笑起来，笑得没一点道理。他随又望着四个镖师诧异的脸，说道：“你们四个人辛苦了，你们从苦水铺来，不认识地名，可怎么找人？我对你讲，那里那家大户很有钱，家产值个二十万，我们这里没有不晓得的……”

铁矛周季龙探进一步，双目一张，厉声说道：“他姓什么？”黑胖农夫还是那么一字一顿地讲道：“他姓鲍，喂！姓鲍，很有钱哩。二十万家私，一点也不假的。你们可是找姓鲍的？你要找姓鲍的，还是跟我们走；我们领你去，也不要你的谢犒。你们自己去，小心咬了狗腿……不是的，小心狗咬了你们的腿。”紫旋风闵成梁陡然走过去，一拍这农夫，厉声冷笑道：“相好的，你姓什么？我看你一定跟姓鲍的认识，说不定你们是一家子！”

农夫笑道：“我么，我们自然认识的，我们是老邻旧居，这个不稀奇。你问我姓？我姓单，叫单打鱼。我不仅种地，我也打鱼。都告诉你了，再会再会！”倏然转身，却又桀桀一笑，唱起山歌来；与两个同伴且唱且走，也不回头，竟投北去。

乔茂、魏廉、闵成梁、周季龙四位镖师不由相顾愕然，八只眼灼灼不约而同，一齐贯注在三个农夫的背影。容得相隔稍远，闵成梁狂笑道：“好大胆！咱们是碰上了，此行不虚！”周季龙也神情紧张地说：“好！既然碰上了，咱们是过去挑明了硬上，还是暗缀下他们去？”

紫旋风闵成梁此时大怒，对三人说：“还讲什么明上暗缀？他们简直是伏路兵，前来巡风诱敌。他们前路走，咱们就给他一个随后赶！”魏廉一捋腕子道：“对！”周季龙也说：“就是这样办。”

只有乔茂还在犹豫道：“我们就这样直入虎穴么？”闵成梁说道：“怕什么？青天白日，莫不说他们还敢活埋人不成？”四个人立刻拔步缀下去。那三个农夫头也不回，直往前走；正走

着，忽又转了弯，竟不往正北，折奔北面上一条小道走去。约莫缀二三里地，魏廉咦了一声，叫道："乔……"九股烟连忙拦住道："瞧什么？"

魏廉忙改口说道："瞧啊，瞧前边，你看那里可是鲍家大院那个古堡不是？"用手一指西北；紫旋风闵成梁、铁矛周季龙、九股烟乔茂，一齐顺手寻着。只见三四里外，竟有孤零零的一座土围子，地势固然不矮。那三个农夫且唱且行，竟奔土围子后面去了。同时又从东南面，看见两匹马，沿旷野飞奔，直进了土围子。马上的人戴着马连坡的大草帽，穿短打，扬鞭疾行，马的皮毛又是紫骝色。

没影儿魏廉向紫旋风闵成梁、铁矛周季龙，暗打招呼道："闵大哥、周三哥，你看人家布置的情形，实在不可轻视。这明明是知道我们已经下来，这才又派出人，故意引逗我们上圈。我们明知道他们已有提防，可是我们势逼处此，又决不能示弱，还得跟着就上。"周季龙愤然道："那是自然，咱们一定得上。咱们一个前怕狼后怕虎，可就现眼到家啦。"

紫旋风闵成梁点头道："不错，咱们哥们就是把性命都扔在这里，咱们也得往前闯。"又一回头，问乔茂道："我说对不对，乔师傅？"

九股烟乔茂一时无言可答，若说明知道是个圈套，反倒故意去钻，分明是不智。但如一退缩，当下就要叫同伴看不起。他吞吐着说道："咱们要是今天夜里来探呢？"

紫旋风道："可是就那么办，现时也得一道；准了，夜里才好来。"乔茂默然不语，只得跟着三人，一齐往这古堡走。这时斜阳西坠，日渐衔山。四个人脚下加紧，展眼间已到古堡前。紫旋风拔步当先，且不入土围子，引着乔茂等在古堡外面走了半圈。只见这土围子，高不过一丈四五尺。土垣上生着一丛丛荒草。有几处土垣已经残缺了，用泥土苇草现修补的；上面的垛口俱已参差不整。又有一道壕沟绕着，沟水已干；壕上仍然架着木桥，桥板半朽了。

木桥上正有两个人。一个穿一身紫灰布袄裤，白骨钮子，白布袜子，蓝纱鞋，正蹲在桥上。那另一个穿得倒整齐，绸长衫，衣襟半敞；手拿洒金扇，面色微黑，一脸风霜之色；站在那短衣人面前，比手画脚，似正说话。

紫旋风闵成梁瞥了一眼，抬头恰看到土围子上；隐然见正面垛口上，还有庄稼人打扮的一个人，头顶大笠，面向田野，很淡闲地看那夕阳落照的野景。

四个镖师绕了半圈，侧目注视桥上两人。两人依旧谈话，一点也不看他们。没影儿魏廉一扯九股烟乔茂，不带一点神色，徐徐从古堡东边绕着走。紫旋风闵成梁、铁矛周季龙遂也不作一声，跟随过来。

将近桥边，九股烟乔茂故意落后，佯作脚下一绊，踉跄地往前一栽，呀了一声，险些没绊着，却把鞋踩掉了；偏着身来穿鞋，乘机侧目，一瞥这桥上的两人。哪知这两个人好像没理会来了人似的，连身子都没转，照样谈话。可是那个穿短衣蹲着的人，眼角闪光；斜往这边一扫，正也偷看乔茂。

乔茂慌忙把靴提上，紧跟上三个人走过去。四个人改从斜刺里往堡门走，相距已然很近了。紫旋风闵成梁昂然转身，直上木桥。没影儿却跨过壕沟；乔茂也跟没影儿从那平浅的旱沟跨过去。四个人分从两边来到堡前。

乔茂紧行几步，追上魏廉，低问道："还往里么？"没影儿魏廉悄答道："干什么不？"

就在这工夫，陡听见堡上垛口后有人大声道："宝贝蛋，来了么？你小子倒真有料！"

乔茂吃了一惊，急仰面看。土围土垛口后，突然走来一个人。这人面向里，指手画脚的，好像堡内正有人跟他说话。紫旋风闵成梁、铁矛周季龙一点也不顾，一径过了桥，才把脚步放缓，容得乔茂、魏廉赶到，就用眼神示意。乔茂略略地点了点头。

紫旋风遂毫不犹疑，举步当先，直入堡门。刚刚的挨到堡

门口。突从里面闪出三个人，短打扮，持木棒，拦路一站，把四人进路挡住道："你们是干什么的？"紫旋风闵成梁却步一看，这三个人个个精神剽悍，不带一点庄稼汉气象。紫旋风微然一笑道："借光，我们要进去找一个人。"

三人中一位四十来岁的汉子，把两眼一张，将闵、周、乔、魏四个人看了又看，道："哦，你们是找人，我晓得了。"突然一板脸道："你们找谁？"

紫旋风闵成梁道："我们找一位老爷子，六十来岁，爱抽关东烟叶，手里常拿一根旱烟袋，可是铁杆的，劳您驾，有这么一位没有？"

那人一听，唔的一声，倏然变了脸色；身旁两个同伴也不由提起木棒来。但是紫旋风昂然不顾，只看定那人的嘴，听他回答。那人陡问道："你找他干什么？"这一嗓子不像问话，简直是嚷起来了。

紫旋风不动声色，徐徐答道："我们找他有点事情。我们是老主顾了，我们是承他老人家带口信招来做活的。"那人道："找你们做活？……真是人不可以貌相。看你不出，你们手底下还会做活？我们这里也正找做活的哩，你们来了几个？"

铁矛周季龙忍不住迈了一步，插言道："二哥，你别看我们这样，手底下管保比别人强。拾掇个什么，只要你点得出来，我们就做得出来。什么十万、二十万的大活，搁在我们手里，满不算什么。"说到这里，周季龙满脸上露出贲张的神气。

紫旋风向周季龙瞟了一眼道："别打岔，咱们打听正格的要紧。我说二哥，费你心，这里有这么一位老者没有？"

周季龙把眼一瞪道："你忙什么！人家不是问咱们来了几个人么？你瞧，人家向咱们打听人数，不是没有意思的，人家这是照顾你！你怎么不懂？"转脸向那人赔笑道："二哥，我们来的人不多，就只七八十个，可是只要有活，一招呼三百、二百，要多少有多少。"

那人眨了眨眼，冷笑道："才七八十人么？越多越好，可

是不要吃材货。”

那人身边的两个同伴，一个是细高挑，三十多岁；一个是二十一二的少年，生得粗眉环眼，面圆身矮。这圆面少年突然出了声道：“相好的，你们眼下就来了四个人不是，你们是不是昨天才到李家集的？”

那个细高挑推了少年一把，眼望闵、周，指着魏廉、乔茂问道：“我说这两小矮个，也是跟你们一块来的？那个小脑袋怎么看着很面熟？他难道手底下也有活么？”

闵成梁冷笑道：“人不可貌相。”一拱手道：“我还是向你老打听，到底你们贵处，有这么一个使铁烟杆的老者没有？”那中年男子很镇定地说道：“你打听你们的老主顾，你可知道他姓什么，叫什么？”

紫旋风闵成梁故意搔头道：“这位老者我们只知他姓鲍，名字可说不上。”

中年男子道：“你们算打听着了，这捞鱼堡真有这么一位姓鲍的老爷子，生平打鱼为业；可是他不常住在这里，这位老爷子本来四海为家……”说着不言语了，两眼盯着闵成梁。

闵成梁道：“这是怎么说的？我们来得不巧了，可是他的家住在哪里？你费心，领我们认认门，下趟我们来了好找他。我想鲍老爷子也许不嫌我们来找吧？”

那圆面少年立刻接声道：“怎么会嫌恶？人家还竭诚款待哪，就怕你们不肯去！”

中年男子道：“对了，告诉你，你们来得很巧。别看他常出门，今天可是正在家里。他说跟人有邀会，他正候着哩！这时候你们去找他，别提多好啦。这位老爷子别看家称二十万的大财主，他可非常好交，也真疼苦人，像我们全都受过人家的好处。你们四个真的揽了他的活，那可是你们的造化。”说罢，桀桀地笑起来，回顾同伴说：“我说，咱们就把他们四个人领了去吧！”两个同伴道：“怎么不领去呢？人家大远的寻来了，咱们难道连领个路都不肯，岂不教人笑掉大牙？来吧！相好

的，我领你去。”少年过来一拍闵成梁，就要拉着手往堡内拖。却被紫旋风用手一拨，使了个八分力；那少年一龇牙，把手松下来了。

紫旋风闵成梁哈哈一笑道：“二哥，你别忙。我们大远的来了，一定要找上门的。不过有一节，我们承做他老人家这一票活计，我们也有头儿。我们不过是小伙计，手底下稀松平常；我们就想跟鲍老爷子面前讨脸，也怕他看不上眼，不肯搭理我们哩。你们三位费心，只要把门户指给我们，我们回头就请我们头儿来。三天为限，我们头儿一定亲来。不过就怕人家不放心我们罢了。”说着也桀桀一阵狂笑。

九股烟乔茂颜色一变，站在紫旋风背后，始终一言未发，心头却扑通扑通地跳。到了这时，自想再不答话，未免太丢人了，忙接声道：“对了，我们是小伙计，我们不过是打发来认门的。正经揽生意，还得我们头儿来……”

那中年男子瞥了同伴少年一眼，脸上似很难堪；双眼一瞪，突然大声道：“岂有此理！你们大远的找来，哪有不进门的道理？别看我跟鲍老者不过是邻居，我也可以替他做东。相好的来吧，你们过门不入，那就不够朋友了，那还配做有字号的生意么？”两个同伴一齐接声道：“对呀！快进来吧。进堡东大门就是，你们辛辛苦苦摸来，哪能白来一趟？”三个人一齐发话，桥上那两个人此刻也站起来，横在桥头上，脸冲着里，看着九股烟乔茂等四人。土堡上戴大笠的乡下人此时已然下去，看不见了。在堡东大道上，哗啦啦奔来两匹马。马上的人短衣襟、小打扮，空手拿马鞭，策马飞驰；展眼间径奔围墙，抄后门进去。

紫旋风闵成梁、铁矛周季龙、没影儿魏廉、九股烟乔茂四位镖师立在堡门前，心下犹豫起来。像这么信口编排暗藏机锋的探询，不过是借这言语的刺激，可以察言辨色，揣度贼情。哪想到就在岩穴之前，他们胆敢公然直认不讳！就算他们大胆，也不至大胆到这个份上。他们不怕镖师，难道不怕报官么？

四位镖师尽管勇怯不一，智愚不同；可是全对这贼人的意外举动，起了惶惑之心。越想越觉怪道："莫非他们直认之后，就要动手，活捉访镖之人么?"一念及此，九股烟乔茂头一个害怕起来，惴惴的闪目四顾。此地纵然空旷，究竟天色未晚，来来往往，尽有耕田走道的人；贼人似不会在这光天化日之下，明目张胆来绑票吧?

九股烟瞻前顾后，心中打鼓。乍着胆子挨过来，立在紫旋风身旁；咳了一声，反诘堡前三人道："这位二哥说的很不错，我们当然不能白来一趟。不过天晚了，我们先不进去了。我再跟你老打听打听，这位鲍老者手底下……做活的有多少人呢?他家里养着那些猎狗，现在还养豢着了吧?一共有多少只啊?"

那少年脱口道："他老人家手底的伙计可惹不起，说多就多，说少就少；你见过他的面，你就知道了。那狗不只还养着，并且越来越厉害，反正尝过的都知道。那些狗也怪，不咬好人，专咬邪魔歪道兔子贼。等我领着你们进去一看，就全明白了。"少年说着话，瞟了乔茂一眼，故意扑哧一笑。乔茂一扭头，忙把眼光转到别处去。

这时堡里不时有人走动往来，对这四个镖师好像满不理会似的。紫旋风闵成梁一看这情形，有些棘手；当时闹穿了，未免打草惊蛇；可是急退下来，又未免示弱；一面口头敷衍着，一面用眼光示意。看没影儿魏廉、铁矛周季龙的神色，大概不肯退缩，似有深入一步的意思；唯有九股烟乔茂是惊弓之鸟，恨不得拿腿就跑。

紫旋风眼珠一转，淡然一笑，很不当回事地说道："这位大哥好热心肠！我总算没白来，往后我们全靠爷们照顾哩。"九股烟一听这口气，心知更糟，闵成梁分明要涉险，慌忙插言道："天太晚了，咱们明早再来吧……"

那中年汉子竟凑近一步，把头一晃道："你们就不用嘀咕了，干脆来吧！天晚点怕什么?"立即一扬手，吆喝了一声。堡前桥头的人，顿时齐往四镖师身旁凑来，吓得九股烟情不自

禁往后一缩。

紫旋风眼看四面，微微一笑，突然大声道：“走！你瞧我们是干什么来的？怎么不走？劳你驾，前头引引路！”说到这里，闵成梁抢前一步，反倒分开面前三人，昂然先行，直入堡门。铁矛周季龙从鼻孔中哼了一声，也急跟上来。没影儿魏廉一拍乔茂，也说得一个字：“走！”并肩跟进去。九股烟事到临头，无可奈何，也只得一挺腰板，跟着三个人往前撞大运。

紫旋风、没影儿、铁矛周季龙，带着九股烟乔茂，旁若无人地进了捞鱼堡堡门。中年男子哈哈一笑，脸冲着同伴说道：“相好的，真有两下子么！我说伙计，你先去告诉鲍老爷子一声，就说他的老主顾来了，也好教他款待款待。”少年男子答应一声，如飞前去。

当下两个堡中人伴着四个镖师，后面紧缀着桥头那两个人。这时堡中又出来一个人，眼角斜瞥，神情蹊跷。闵成梁眼看前面，暗中留神身畔。走出不多远，从一个大门口又出来一个人，与引路人一照面；引路人自言自语地说道：“鲍老爷子的主顾，真会寻来了?”迎面那人抬头把四镖师挨个盯了一眼，翻身便回。

九股烟乔茂暗吸凉气，低叫道：“梁大哥！”闵成梁回头一笑，并不搭理，脚下不停，眼光四射。只见这土堡正门坐北朝南，微偏西北，由堡门起，四面是一丈多高的土围子，内有更道，可以上下。

围子里面，当中是极宽的一条泥鳅背的土沙子道路，垫得尚还平坦，但已微露失修之状。夹道两旁，植着两行桑树；年代深远，桑树很高，只是有截根锯了的。东边一大片麦场，足占二十多亩。西边有两处井台，还有一座马厩，都已破烂不堪了；棚顶颓漏见了天，棚面也生着荒草。由这马厩走过去两箭地，前面亮出一大片宅院来，远望去像有十几丈深似的。这片宅子是东西两大所望衡对宇的列峙着，东边这一所是处座子门楼，西边这一所却是一座大车门。但是房舍尽多，全都残破失

修，瓦垄上生芜草，满眼显出颓败之象。两片宅子散散落落，还有几处房子，全是三五间、五七间的小房院。一望而知，这大宅是当年大地主的住所，小房子便是长工、佃户的住处了。

却是这么大的一座土围，不但房舍芜废不葺，而且出入的住民极少；除了刚才所见的那几个男子以外，望去几乎没有人烟，更没女人小孩。这些景象瞒不住久闯江湖的紫旋风等人，四个人不由互递眼色。九股烟乔茂尤其忐忑，他想："这个地方实在有点古怪。"想到这里，脚下竟不愿走了。没影儿魏廉还拉着乔茂的手，不禁一扯，低声道："喂，伙计，走啊!"

展眼间，四镖师到了两所大宅的中间。忽隆一声响，那东边虎座子门楼的两扇门突然打开了。紫旋风、铁矛周、没影儿、九股烟各自戒备着，闪眼旁睨。从这个大门口，又出现两个壮年男子。一个苍白脸，细眉毛；一个黑面孔，厚嘴唇，一脸野气。两人跨步出了门槛，回手关门，转脸上下打量这乔装访人的四镖师。

闵成梁和乔茂分明看见两人脸上带出惊讶的神气。那黑面男子噫了一声，匆匆推门，回身进去。

九股烟猛吃一惊，不由缩步；再想多看这人一眼时，他已掩上门扇了。只剩下那个苍白脸汉子，倒背手当门而立，向闵、周等死盯了两眼。那引路的中年人大声说："到了，相好的。"转脸对闵成梁道："喂！告诉你，认准了这个门，这就是鲍老爷子的家。你要找他，可别认错了门。"

紫旋风闵成梁立刻止步，向引路人拱手佯笑道："好极了，认得门就好办了。劳你驾，替问一声吧。"遂即堵着门一站，暗与乔茂等打个招呼；四镖师雁行站着，各照一面。那引路人也不搭理闵成梁，自向门前站着的苍白脸人说："找鲍老爷的人来了。"

苍白脸人道："来了很好，教他们一块进去。"一侧身，伸手推开门。那引路的两个人，一先一后，将右手木棒换到左手一拄地，右手向门里一指道："哥四个请进来吧!"

紫旋风挺身当前，迈步来到门口。没影儿魏廉在后连忙招呼道："梁大哥，没见真章儿，可别乱往人家宅里闯呀！这里的狗厉害，找不成人，把裤子咬破了，就穿不得了。"

但紫旋风闵成梁哪肯贸然上当？他来到门口，向内一张望，不待叮咛，立即止步。面向那往里请的少年引道人说道："这位二哥，我们可不敢就进去，人家这是住家户。二哥你多受累，给我们问一声；请这位鲍老爷子出来，我们见见。只要对了碴，我们就可以死心塌地的搬铺盖上工了。"

那少年双眉一挑，厉声呼叱道："相好的，别这么又要吃，又怕烫。进来吧，少给人添麻烦。"竟伸手又来拖紫旋风。紫旋风一提劲，立即一翻手，把少年的手腕猛一格，这一下比前一次更重。顿时间四个镖师各展开身法，似欲准备动武。

那个中年引道人，忽换做笑容道："这是怎的？好容易摸到门口，又爬桅了，你就给他回一声去。"遂向少年一使眼色，少年撤步回身，悻悻地瞪了一眼，走进门去。也就是刚进去，从宅中走出几个人来。

当先出来的，是一个五十来岁的老人。穿灰绸半短衫，高腰袜子，紧打护膝，脚蹬青布双脸便鞋；手里果然擎着一杆烟袋，系着烟荷包、火镰、火石。看相貌，顶已半秃，额起皱纹，高颧骨，疏眉深目，眼光灿灿，身量并不高；走路塌着腰，似很迂迟。没影儿魏廉站在紫旋风背后，早看出这老人走路的神情，并不是真衰老。

这老人好像一脸不耐烦，到门口一站，咳了一声，道："谁找我？"眼光横扫，把四个镖师打量了一遍。紫旋风闵成梁忙道："我们找你老，你老可是贵姓鲍？"老人道："唔，不错！我就姓鲍。"

紫旋风微微一震，往后撤了半步，急回头看九股烟乔茂。乔茂把头连摇道："不是这位，错了！"回身就走。没影儿魏廉和乔茂正并肩站着，忙拦道："怎么不对么？"乔茂道："不对，不对。"拔步又要走。

紫旋风和铁矛周季龙也是一怔，把老人连看数眼。那劫镖的豹头老人，听说是赤红脸，身量魁梧。这个老人却矮，并且也不是豹子头；这根烟袋也分明不是铁杆。紫旋风双眼注定老人，双手一拱道："对不起，我们找错人了。"

那中年男子冷笑道："怎么，找错人了？捞鱼堡没有第二位姓鲍的，你们倒是找谁？"

九股烟回头道："我们找使铁烟袋管的老爷子……这位老爷子不是。"对闵、周、魏三个同伴道："咱们走吧！这不对，不是这里。"

但九股烟才一挪身，要从人群中钻出，立刻被三四个人挡住。那个当门而立的老人厉声说道："陆老三，他们是干什么的？你怎么胡乱往堡里领人？"中年男子道："他们说他们手底下都有活，要揽鲍老爷子的活计。"

老人哈哈一笑，左脚一抬，把烟袋锅往鞋底上一磕；翻着眼看定闵成梁、周季龙、乔茂、魏廉四个人，冷笑发话道："你们到底是干什么的？谁打发你们来的？快说实话！"

从这大宅出来的人和这个老人、桥头上站着的人，现在都凑在一起，已有七八个人了；摩拳擦掌把四镖师看住。乔茂被挡回来，脸上改了颜色，紧立在魏廉身旁。紫旋风独对宅门，站在四五个人中间；铁矛周季龙走上一步，和紫旋风闵成梁错身接背而立，暗中都留神身步。

紫旋风气度最豪，闲闲地说道："你问我是干什么的？告诉你老，是找人的。我们可是找错了，对不住，这也没什么要紧，你老多包涵，惊动你了。再见，再见，我们还得往别处找去。"又提了提嗓子，大声道："伙计，咱们走吧！"

陡见那老者往门外一迈步，厉声断喝道："站住！你们倒随便，想来就来，想走就走。你们倒瞧着便宜，相好的！说老实话，你们是冲谁来的？来干什么的？"

没影儿魏廉咦了一声，道："老大爷，这是哪里的事！难道找错了人，还有啥罪过？"

魏廉还想跟他们支吾，紫旋风庞大的身躯如旋风一转，一双巨目一张，声吻陡变道："哪里这些废话，咱们走。我不信找错了人，还会砍头！这堡里我倒是看见了，没什么！"紫旋风就公然揭开了假面具。

瘦削的老人一声冷笑，声色俱厉，道："你们是找人的，找错了人的？我看不是吧！我看你们分明是踩道的土匪。嘿嘿，你们也不睁开眼打听打听，我们这里不许蒙事！我看你们这些鬼头鬼脑，一定不是好人。来呀！"老头子把腰一伸，伸了个笔直，向众人叱道："陆老三、蔡老二，你们还不过来！这几个东西全是土匪！绑上他，交乡公所。"

老人的话才出口，没影儿魏廉瞥见身旁少年壮汉，已伸手向铁矛周季龙抓来。那两个拿木棒的人竟同时举棒来打紫旋风。没影儿魏廉喝一声："干什么！"右臂一抓贴身少年的右臂，左腿往下拨，右掌突往外一送，嘭的一下，把少年打倒在阶旁。

这时候，门前街上几个壮汉哗然大叫："好奸细，敢来撒野！"饿虎扑食，一拥而上，把四个镖师围在当中。紫旋风口中说："怎么真打人？"却是手脚早已先发，一个"靠山背"碰倒一人。铁矛周季龙却被堡中人踢了一脚，晃一晃，幸没栽倒。

九股烟乔茂乘机往外一闯，被人扯住了小辫。乔茂怪叫了一声，没影儿魏廉忙赶来应援。两下夹攻，乔茂夺出小辫来；却又劈面被人打了一拳，将鼻子打破，弄了半脸血。九股烟捂着鼻子，没命的逃脱出来。只有紫旋风如生龙活虎似的，一举手，一投足，身边三四个人立刻被他打散。他冲出圈来，急引铁矛周、没影儿往堡外退。

那老头发怒，大骂道："你们这些屎蛋！快去叫牛儿来！"一言没了，突地从宅内蹿出一个黑面孔、长脸盘的大高个儿来，如卷起一阵黑风，跟着引起一阵狺狺的狗吠之声，五六条肥大的狗猛扑出来。

九股烟头像拨浪鼓似的，且跑且四顾，小辫子早盘在顶上，一溜烟地奔向堡门。蓦然间，靠堡门小屋又窜出两个人。这时四个镖师，紫旋风、没影儿、铁矛周且战且走，稍稍落后；唯有九股烟跑得最快，已扑到前头，四个人相隔五六丈远。这一来，他第一个被堵住了；小屋中的两个人当堡门一站，横短棒，截住了去路。却又出来一个人，要关堡门，堡门木栅早已朽败，支支吾吾的合不拢。

九股烟一弯腰，把手叉子拔出来，瞪着眼向这两个人夺路。两个人大喊道："好土匪，敢动凶器！"齐将木棒没头没脑，照九股烟打来。九股烟虽有利刃，竟非敌手；一霎时，身上挨了三四棒。却幸他会挨揍，保护了要害，只屁股上、后背上，挨了几下。可是就这样，已急得他怪叫，因为他空挨了打，还没有闯出去。

但转眼间，紫旋风、没影儿、铁矛周，一窝蜂赶到。紧跟在三人身后的，是那一个黑大汉和五条大狗。这小小土堡竟像有守望相助的乡团似的，忽然敲起锣来。堡上堡下，一迭声的听人喊嚷："拿臭贼，拿奸细！"空旷旷一个荒堡，一个妇孺没有；从两面败落的破屋中，前前后后钻出来十多个壮汉。听呼喊的动静，竟像有百八十人一般。

九股烟鼻孔中滴着血，一肚子的怨恨，怨恨紫旋风之流胆大妄为，平白牵扯着自己，落在人家陷阱之内。虽然怨恨，还得拼命，九股烟挥动了那把短短的匕首，怪叫着与堡中人苦斗。堡中人两根木棒，只在他头顶上盘旋。顾得了上盘顾不了下盘；嘭的一声，就挨上一下；啪的一声，又挨上一下。九股烟被打得叫苦连天，一迭声催喊紫旋风、没影儿、铁矛周，一齐快来夺门。百忙中也忘了顾忌，三个人的名字，一个不落全被他喊叫出来。

紫旋风腿长步快，首先赶到，只一展手，便打倒一个，将木棒夺过来。就拿敌人的棒，来暴打敌人。一连三四棒，那另一个人的棒也被他夺过来。两个把门的人呼叫一声，退入空

舍。堡门半开，紫旋风、九股烟恰可逃出来。但是一回头，又看见没影儿和铁矛周已被五条大狗包围。那黑大汉也已加入，和铁矛周打在一起。铁矛周和没影儿上顾敌手的巨棒，下顾五条大狗的利齿，不觉手忙脚乱，危急万状。

紫旋风咬牙切齿，招呼九股烟奔回去救援，九股烟却捂着鼻子，一溜烟往堡外逃；跨过浅壕，直投大路。紫旋风冷笑，急挥双棒，上前迎敌助友。百忙中，将短棒递给没影儿一根，又递给周季龙一根；他自己竟捻双拳和人、狗打架。形势稍缓得一缓，紫旋风喝一声："快走！"接引同伴，再抢奔堡门。

堡中人由那老头儿督率着，一拥而上。那个中年男子尤其迅猛，一纵步，首先赶到。紫旋风闵成梁原本奔到前面，一看敌人追来，霍地翻身止步；雄伟的身躯一横，把敌人挡住。中年男子已如飞扑到眼前，左掌往外一递，喝一声："打！"

紫旋风更不上当，一偏头，一掌护身，一掌迎敌。果然这中年汉子倏将手一撤，换掌为"黑虎掏心"，照紫旋风前胸击来。紫旋风不用他那纯熟的"八卦游身掌"接招，反用"岳家散手"，右掌由右肋下向上提，左掌"回光返照"，翻背回身嘭的一掌，打中敌人的左肩。

这一掌用了个十成力，中年汉哎哟喊了一声，斜身往外一栽。紫旋风这才趁势转身，一个箭步，窜出一丈多远，急闪目寻敌，见没影儿魏廉又被三四个堡中人围住；那黑大汉连声唆狗，掠过了铁矛周的身旁，一直追赶那逃出堡门的九股烟乔茂。闵成梁也顾不得隐匿拳招，伪装工匠了，顿时暗运用他那八卦游身掌，"云龙探爪"，一冲而上；先把人打伤了两个，救出了魏廉。一迭声催同伴快走，然后一顿足，连窜出六七丈，从后倒追到黑大汉。

这黑大汉就是那辽东有名的大牡牛田春江。两个人立刻堵着堡门，搏斗起来。五条大狗呜呜地一齐嗥叫着，追咬九股烟。九股烟跟狗群打着架，不管同伴，飞似的逃出堡门；跳壕沟，越过大道，一头钻入青纱帐逃走了。

但是堡中人打着乡团的幌子，连喊拿贼。那个苍白面孔的小伙子，抢到堡门边，从侧面来袭击紫旋风。铁矛周季龙、没影儿魏廉一面往外退，一面双双挥棒来拦击这个少年。少年施展“双撞掌”，已照紫旋风后肩肋击来。周季龙厉声喝道：“呔！看后头！”急忙奔来截救，早被那圆脸汉子挡住，两人对打起来。苍白脸少年的掌风已然击到紫旋风肋旁，不妨紫旋风霍地一翻身，“霸王卸甲”，早已拆开少年的毒手。少年双掌扑空，紫旋风一个“秋风扫落叶”，勾腿盘旋把少年扫个正着；那少年连抢出三四步外。

在这要倒未倒之际，被没影儿抽空赶上来，狠狠的一棒，将敌人打倒在堡门边上。堡中人哗然大叫：“好土匪，敢伤人！”立刻横过来两个人；两个人都抡木棒照魏廉便打。没影儿慌忙一闪，却只闪开一处，被左边棒梢扫着一下。没影儿负痛猛窜，施展轻功，嗖的一声，直从周季龙顶上跃过去。持棒的人趁势照周季龙便打；铁矛周正与圆脸敌人挥棒对打，猛觉得背后一股寒风扑到，也不暇回头，只左脚往外一滑，微转半身；敌人木棒已突然劈到，再闪万万来不及。

铁矛周季龙忙一拧身，右手棒照面前敌人一捣，倏地飞起一腿。背后敌人霍地将棒掣回，却才抡起再打，魏廉急翻身接敌。那另一个持棒的，又照周季龙腰眼捣来；周季龙一顿足，从斜刺里蹿过去了。没影儿魏廉也跟踪蹿过去了。

一霎时，四镖师陆续退出了三个；只有紫旋风闵成梁，挡住那黑大汉，还在堡门边辗转大斗。那大汉将一根木棒使得飕飕风动，别个堡中人也围上来。紫旋风迫不得已，这才将腰间暗带的七节鞭抖开来，与他们相抗。

此时夕阳已坠，天色将黑未黑；旷野田边只有三五个晚归的农夫，担筐荷锄，穿小径走来。遥望见荒堡之前有人群殴，这农夫们只远远立定了，指点观望；没有一个走过来看热闹劝架的。更奇怪的是，堡中拥出来十多个人，以乡团自居，把四人当贼；却抡棒的抡棒，徒手的徒手，竟没有一个操利刃动刀

枪的。紫旋风又诧异，又侥幸。虽然如此，仍不敢恋战；只容得三个同伴先后逃脱出来，立刻对黑大汉大叫道："相好的，别装蒜欺生！我领教过了，看透你们了；咱们后会有期！"七节鞭一抖，猛往前一攻，倏往后一退，抽身扭头就走。

黑大汉怪叫道："妈巴子，你看透什么？好汉子有种，别走！"拔步就追。

却又奇怪，堡中这些人一开初气势汹汹，穷追不舍，似乎定要把四个人扣在堡内不可。却只一出堡门，他们便已彷徨缩步；一越过壕沟，奔到大道边，索性都不往下赶了。不但人不再赶，就是那五条大狗，本已追出很远，乱扑乱窜，狂嗥横咬，非常凶猛；此时却也被堡中人连声唤回。

那个自称姓鲍的瘦老者，更始终没有动手，也始终没有跨过木桥。起初，他催促手下拿人；这工夫反而站在堡门上，大声地呼唤，催手下众人回来。但又对紫旋风等叫骂道："你们这群毛贼子，哪里来的？好大胆！也不打听打听，敢上我们捞鱼堡来偷东西！再来伸头探脑，教你尝尝鲍老太爷的厉害！"叫骂了一阵，堡中人竟全收回去，连一个缀下来的也没有，竟不晓得他们这等虎头蛇尾，究竟是怎么一个用意。

闵成梁撤退在最后，看了个明明白白，听了个清清楚楚。他急展目四顾，四面仅有那几个乡下人，交头接耳的往古堡看，此外并无他人。闵成梁满腹疑团，暗想："自己这边人单势孤，敌人为什么干闹唤，不肯下毒手？"

闵成梁此时也无心还骂，立即抽身急走；绕过青纱帐，顺大路赶上没影儿魏廉、铁矛周季龙。这才晓得，周、魏二人身上全都受了伤，伤却不重。三个人忙又寻找九股烟乔茂。乔茂早已跑得没影了，直寻出一里多地，三个人齐声招呼："当家子，赵大哥！"叫了好半晌，方才把九股烟乔茂从庄稼地里寻唤出来。

九股烟乔茂神色很难看，也倒不以先遁为耻，他反而抱怨同伴不该冒险。他的鼻子被人打破，连嘴唇齿龈也都被打破

了。九股烟乔茂愤愤道："你们三位也回来了！……教人家打了一个够，赶了一个跑，我不知道这有什么用！要是咱不进门……"

铁矛周季龙道："得啦，乔爷，咱们不是为寻镖么？这一来，不是古堡，到底访实了。"没影儿魏廉嘻嘻地笑道："当家子，咱们没有白挨打，这一下可就摸准了。回去报信，乔师傅定可以请头功了。"

乔茂却摇头撇嘴说道："这个古堡，我早已认出来了，不进去也断定了。"

几个人在大路上，一面走，一面哓哓的拌嘴。紫旋风按捺不住，唾了一声道："这是什么事，不说商量正格的，总好卖后悔药！就是抱怨一会儿子，挨了打，也揭不下来了。周三哥，我跟你商量商量，像咱们这么走一步吵一声，什么事也办不好。现在总算寻着门了；依我看，趁早回去交差，请俞老镖头自己来答话。我敢说，像我们这样嘀嘀咕咕，你啃我，我咬你，不管干什么，一准砸锅。"紫旋风实在气极了。

没影儿魏廉、铁矛周季龙劝他回转苦水铺店房，算计算计，再定行止。紫旋风只是摇头，说道："我受不了这罪！像乔师傅干什么都怕烧怕烫，小弟我实在搪不了，我只好敬谢不敏。"

九股烟也变了脸，说道："回去就回去，回去倒是正办！"

紫旋风的一张紫脸顿时变得雪白，连声说："好好好，好极了！"大撒步就走；到了店房，把自己的八卦刀一提，就要回去。魏、周二人再三苦劝，乔茂也觉得这么对待请来帮忙的人，未免差点。好在他能软能硬，立刻又赔不是告饶。闵成梁气愤愤地坐在一边，也不言语。

四个人在店房中吃了晚饭，掌上了灯，闵成梁沉吟了半晌道："跑了一天，累了，我要早点睡；明天一早咱们返回去。"周季龙道："可是咱们不能全回去，总得留一两个人在这里看着。"紫旋风说道："这得问乔师傅，我是帮忙的，寻着准地方，没我的戏唱了。"周季龙说道："得了，闵大哥，你不要介

意。咱们都是给俞、胡二位帮忙的，咱们得任劳任怨。”

闵成梁说道：“任劳也行，挨打也行，我可就是不能任怨。”又道：“明天再讲吧，我要睡了。”没影儿魏廉笑道：“着哇！受点累没什么，受埋怨可犯不着。谁也不是谁邀来的，谁也没欠谁的情，听闲话凭什么呢?”说得九股烟翻白眼，不敢再还言了。

天气正热，闵成梁并不在店院纳凉，却独自出去了一趟。回来后，喝了几口茶，进了房间，把小包裹拉过来，当作枕头，竟倒在床上睡去。没影儿说道：“我也困了。”走出去解溲，也将小包裹一枕，扇着扇子，倒在床上打呼。

四个镖师睡了两个；只剩下周季龙满脸的不高兴，坐在店院长凳上，默默喝茶。九股烟乔茂鼻破唇裂，加倍地倒霉；招得紫旋风、没影儿，凑对儿冲他说闲话，他也怏怏不乐，只得拿着周季龙当亲人，一口一声周三哥，商量谁先回去，谁留在这里。

乔茂的意思，要同魏廉回去送信，请周季龙跟紫旋风留在这里看守。周季龙待答不理地说：“他俩全睡了，有话明天早晨再讲吧。”

九股烟无奈，忽然跑到店外果摊上，买了一包瓜子、二斤梨；笑嘻嘻拿来请周三哥吃，搭讪着跟周三哥谈话。周季龙只打呵欠，还是不言语。耗到二更，周季龙又打了个呵欠，竟进房睡觉。

院中只剩下九股烟一人，守着一壶茶，坐着思量日间的事情。一时想这三个同伴，怎么个个这样可恶，全都看不起他；一时又想到查访的情形，这荒堡一定是劫镖的贼窑。但一时他又心中觉着奇怪，这荒堡里的人，除了开门的那个小子看着似乎面熟，其余十几来人，竟没有一个认识的，岂非怪道?那个五十多岁，自称姓鲍的老头儿，固然不是那豹头虎目的劫镖大盗；那几个年轻些的人也全不是当日劫镖在场动手的那几个。可是他们竟自称姓鲍，又自称是捞鱼堡的住户。

乔茂想到这里，忽然灵机一动，暗道："怪！这个地方后面离着河，还有半里多地，捞不着鱼呀，怎么会叫捞鱼堡呢？别是不叫这个名字吧？"一想到"鱼""俞"同音，乔茂就以为所见甚卓，慌忙找到本店柜房，向店家打听了一回。

那账房先生说："捞鱼堡在哪里？这里没有这么个古怪地名。"

乔茂唔了一声，将捞鱼堡的形势学说了一遍，又说堡中有一个姓鲍的老头，养着许多狗等话。……那账房先生翻了翻眼睛，思索了一阵儿，道："你老说的这个荒堡，是离鬼门关不远吧？"乔茂说道："不错呀！"账房叫了一个伙计来，问道："鬼门关西北，有一个土堡，那里的地名叫什么？"

伙计道："那堡没有名，俗话就管它叫邱家围子。"乔茂说道："唔，怎么叫邱家围子？"急忙向伙计仔细打听。

伙计所说的邱家围子，的确就是乔茂所说的捞鱼堡。伙计也道："这里没有这么一个捞鱼堡。这邱家围子先年本是此地富户邱家的别墅，早就荒废了。前几年还有邱家的一两户穷本家在那里住；现在房子多半倒塌了，一到冬天就没人了。只有夏季才有一两家佃户住着看青。"

九股烟一听，这倒是闻所未闻，他灵机又一动，道："哦，我明白了！这一定……"忙又咽回去，改口打听枯树坡。却也怪，店家也还说近处没有这么一个枯树坡。九股烟越发恍然，向店家搭讪了两句话，忙回转房间。

乔茂一向肚里存不住事，更存不住得意的事，急要告诉同伴。但紫旋风太骄，犯不上对他说；没影儿也跟紫旋风顺了腿了，乔茂只好找周季龙。哪里知道，才一转眼，周季龙也扯起呼来了。

九股烟心道："好！你们这些能人，敢情全是睡虎子！倒是我老乔……"忽然又灵机一动道："不对！他们三个人哪会这么困呢？哦，我明白。他们三个东西，不用说又要甩我！他们一定商量好了，今晚上要避着我，偷去探荒堡！"

乔茂心里想着，忙向床头瞥了一眼；三个同伴紧闭着眼，动也不动。乔茂暗暗冷笑道：“你们捣鬼吧！要甩我就甩我，这不是美差，去了就有凶险！”索性不点破他们，先将门窗掩上，又把灯挑小，横身往床上一躺，心想：“我倒要看看你们怎么走法！”

第十五章

三镖客结伴探贼巢 九股烟怀妒甘落后

店房中暑夜灯昏，三镖客扯起浓鼾来。九股烟乔茂瞥一眼，恨恨不已，暗骂道："你们这群东西，哼哼，你们不用装着玩！你们背着我去？你们去就去吧，你们甩我就甩吧！……"愤然站起来，将门窗闩上，灯光拨小，心说："我看着你们走！"

紫旋风闵成梁和没影儿魏廉在一个床上，乔茂最后睡，自然就睡在床外。临就枕时，故意长吁了一声，自言自语道："你们哥三个睡了，就剩我了……咳，这一趟差点没把我吓煞！弄得我浑身骨头疼，娘拉个蛋！把我的鼻子也捣破了……睡一觉吧，明天还得回去，怎的这么乏！"念念叨叨，同伴一个搭腔的也没有，只有铁矛周翻了个身，头向里睡去了。

这时候也就在二更刚过，店里的客人多一半刚才就寝；院中还有几个人乘凉，嘈杂的声音渐渐寂静下来。九股烟觑着眼，静看三人的动静。约莫有一顿饭的光景，这个装睡的人竟渐渐瞌睡起来，心里一阵阵迷糊；再耗下去，要真个睡着了。

蒙眬中忽听对面的板铺上呼噜的一响，似打了一个沉重的

鼾声。乔茂急将倦眼一睁，疲怠的精神一振，把头略微抬了抬，双眼微眇，往对面铺上看时，昏暗的灯影中，果然见没影儿魏廉伸出一只手来，往紫旋风闵成梁一推。紫旋风闵成梁霍地坐起来，低声道："还早点！"

九股烟暗骂道："好东西们！"暗憋着气，纹丝也不动，双眸微启，只盯住闵、魏二人的举动。

闵、魏两人坐在床上，竟不下地，只听叮叮当当地响，似正穿衣裳，又似鼓捣什么。独有铁矛周季龙，在乔茂背后床上睡着，一点动静没有。乔茂想道："是的，周老三这一回大概跟我一样，也挨甩了……咳，我不如把周老三招呼起来，我们两个人合在一处，也下去。是这么着，铁拐把眼挤，你糊弄我，我糊弄你！"想得很高兴，赶紧闭上眼，打算等闵、魏走后，立刻唤醒铁矛周，跟踪缀下："你们夜探荒堡，我们也不含糊啊……"

不意闵、魏二人坐起多时，还没下地，突有一物从他身后直伸过来，竟轻轻向他脸上一拂；九股烟吃了一惊，立刻省悟过来，忙作迷离之态，喃喃地哼了一声，伸手乱拂落了一把，身子也蠕动了动。那拂面之物立刻撤回去，紧跟着身后瑟瑟响了一阵儿；出乎意外，铁矛周也悄没声坐起来了。

九股烟这一气非同小可，暗骂道："哼，好小子们！你们三个人全拿我当汉奸哪！……你们诚心跟我姓乔的过不去。你们合了伙，各显其能，单抛我一个人；教我栽跟头，没脸回去见人。好！就让你们抛吧。咱们走着瞧，还不定谁行谁不行哩！"

九股烟恼恨极了。就在这时，听紫旋风扑哧一笑，霍地蹿下地来。跟着没影儿魏廉也蹑脚下了地，悄悄过去拔闩。那铁矛周看似忠厚，尤其可恨，他竟俯在乔茂脸上端详，试验乔茂睡熟没有。九股烟沉住了气，一任他查考。

过了片刻，铁矛周一长身，竟从乔茂身上，蹿下地去。三个人凑在一起，低声忍笑，附耳悄言。只听没影儿说道："他

怎么样？”紫旋风笑道：“别叫他了，当心吓着他！”

三个人轻轻地、急急地收拾利落。铁矛周将长衫包在小包袱包内，打成了卷，往背后斜着一背；把那柄短兵器竹节钢鞭抽出来，也往背后一插。紫旋风和没影儿都空着手，一点东西没拿；毫不迟疑，竟这么结伴出房而去。倒是铁矛周季龙，虽然恶作剧，临行时仍到乔茂卧处看了看，又替他闩了门，熄了灯，然后开窗蹿出去。

三个镖师结伴走下去了，把个九股烟气得肚皮发胀。倾耳静听，知三人去远，这才坐起来，点上了灯，在床铺上发怔。一霎时思潮涌起，怨愤异常；搔搔头，忙站起来，到闵、魏二人的铺上一摸，哪知他两人的兵刃早拿走了。

乔茂这才明白，闵、魏二人是主动，早有准备，把兵刃先运出去，安心要甩自己的。九股烟赌气往铺上一倒，骂道：“你们甩我么，我偏不在乎；你们露脸，我才犯不上挂火。你们不用臭美，今晚管保教你们撞上那豹头环眼的老贼，请你们尝尝他那铁烟袋锅。小子！到那时候才后悔呀，咳咳，晚啦！我老乔就给你们看窝，舒舒服服地睡大觉，看看谁上算！”

九股烟躺在板铺上，于昏暗的灯光下，眼望窗前，沉思良久。忽然一转念道：“这不对！万一他们摸着边，真露了脸，我老乔可就折 回整个的。明明四人一同访镖，偏他们上阵，偏我一人落后。教他们回去，把我形容起来，一定说我姓乔的吓破了胆；见了贼，吓得搭拉尿！让他们随便挖苦，这不行，我不能吃这个，我得赶他们去……”这样想，霍地又坐起来。

但是，他又一转念道：“不对，不对！缀下去太险。这一出去探堡，贼人是早惊了。事情挑明了，人家还不防备么？哼！这一去准没好，明知是陷阱，我何必还往里头跳呀？还是不去的好。”

但是，他再一转念：“不对！不去也不行，太丢人！”左思右想，猛然想起了最稳当的一招。还是立刻缀下他们去，却不要随他们上前，只远远地看着。“是的，访出真章来，见一面，

分一半；我在后头跟着，自然也有我的份，我不是亲身到场了么？”但是，如果竟遇上风险呢？“那就任听三个冤家蛋上前挨刀，我却往后一缩脖，就脱过去了。对对，是这么着！我不进堡门，只在外面着。”

越想越妙，这法子实在好。九股烟立刻站起来，把浑身衣服绑扎利落；立刻探头向窗外一望，又抽身向房内一巡。停步搔头再想：“这法子的确妙，不可犹豫了。而且，这得赶紧办，别等着汤凉饭冷再上场！”

于是他霍地一蹿，重到窗前。伸手开窗，穿窗外窜；嗖的一溜烟，人已耸到店院中。闪目四顾无人，一抬头，望到店墙，又一伏身，早已蹿上墙头。然后里外巡视一下，唰的又窜回来。这时候天昏夜暗，正交三更。

九股烟第二次穿窗入内，抄兵刃，插匕首，挎百宝囊，打小包袱，把一切斩关脱锁的家伙，都带在身上。这才翻身，穿窗出屋，将门留了暗记，垫步拧身，跃上店墙。

外面虽是鳞次栉比的民房，此时早已家家熄灯入睡，悄然无声。九股烟低头看了看近处，然后一抬头，手拢双眸，往远处一望；有一片片丛林田禾遮住视线，看不见古堡。他那三个同伴，紫旋风、没影儿、铁矛周季龙，早已走得没影。苦水铺全镇的街道，内外空荡荡，渺无人踪。

九股烟立刻伏身往上一蹿，跳落平地。又一拧身，施展轻功小巧之技，登房越脊，捷如狸猫，展眼间，飞蹿到镇口边上。又立刻从民房上飘身，往镇口外一落。脚才沾地，蓦地从镇口外墙根黑影下，跳出来一人，只差着两三步，险些跟九股烟撞个满怀。那人哎呀一声道：“嗬，吓死我了！你是干什么的？”九股烟也吓了一跳，料到这人许是蹲墙根解溲的，猝不及防，脱口答道：“我……是走道的。”拔步就要走。不想那人猛截过来，喝道：“不对！你是走道的，怎么从墙上掉下来？你……你不是好人！”

九股烟往旁一闪道：“你才不是好人呢！”扭头仍要择路

道："你是干什么的?"

那人道："我是打更的，你这小子一定不是好人，你给我站住!"

乔茂一看不对，心说："真糟，太不凑巧了!"彷徨四顾，陡起恶意；窜过去，冷不防，照那人"黑虎掏心"，就是一拳。那人只一闪，把乔茂的腕子叼住，顺手一抡；咕咚一声，摔了个狗吃屎。

出乎意外，这更夫竟有两手！乔茂立刻"懒驴打滚"蹿起来，拨头就跑。这更夫顿时大喊："有贼，有贼!"蓦然间，从墙隅街尾，应声又蹿出来一个人；短打扮，持利刃，一声不响，飞似的奔过来截拿乔茂，抡刀就剁。

九股烟吃惊道："又糟了!"也亏他有急智，百忙中往四面一寻，外面是荒郊，这容易逃，不容易藏。又往镇内一望，这层层的房舍，段段的街道，处处有黑影，自然不易跑，但比较易藏。立刻打定了主意，骂了一声，抽刀一晃，回身一蹿，立刻上了道旁的民房，心想："这两个东西万一真是打更的，便不会上房，就逃开了。"

但这才是妄想呢！一个更夫断不会一伸手就把他摔倒一溜滚，这分明是劲敌、行家。这两个行家齐喊："拿贼!"倏分两面，一齐蹿上了民房；而且一齐亮出兵刃，苦苦的来追赶。

这一来乔茂大骇，更不遑思忖，霍地腾身一掠，从一所民房跃上另一所民房；那两人也一蹿，越过一处民房。九股烟越加惊疑，慌忙地一蹿一跳；连连逃出六七丈以外。略略停身，倏然伏腰，一头纵下去，身落在平地小巷内。

那个人吱的吹起一声呼哨，霍然分做两路。前一个跟踪跳落平地，在背后急追；后一个身据高处，连连迸跳，仍从房顶上飞逐。一高一低，一跟踪，一掠空，如鹰犬逐兔，星驰电掣；把个九股烟赶得望影而逃，寸步也不放松。

九股烟一面逃跑，照顾四面；怕暗影中再有埋伏，受了暗算。心中说不出的惊惶、懊恼，尤其怨恨同伴无良。他本可与

这两人拼斗，却成了惊弓之鸟；莫说动手，连动手的念头也没有。而且江湖道的规矩，无论遇何凶险，也须避开追兵的眼目，方敢入窑。

九股烟一开头若奔荒郊，倒可以幸免；他却惊惶失智，竟一溜烟地抢奔店房，才觉出不妥，这岂不是引狼入室？急回头一看，还想把两人调开。不料那房上的追者，用一种奇怪的调子，连吹了几声胡哨；声过处，突然从集贤客栈房顶上，应声也发出来低而哑的回啸。

这时候九股烟登高跃低，一路狂奔，已经斜穿小巷，跃上店舍东邻的隔院。心想：再一跳，便入民房；斜穿民宅院落，可以障影攀墙，潜登店中的茅厕。再溜下去，便可以假装起夜的人，潜入已室，就脱过追捕人之手了。

再想不到呼哨声中，猛一抬头，瞥见集贤客栈，南排房脊后，蓦然长出两条人影来。紧跟着，东房脊后，也闪出两条黑影。这四条黑影公然也口打微啸，与追捕的两人相为呼应。九股烟大骇，他的心思如旋风一转，立刻省悟过来，这两伙人分明是一伙；并且立刻省悟过来，镇口所遇的人，哪里有什么娘的更夫，分明是荒堡潜派来窥探镖客的贼党。

九股烟吓了一身冷汗，却幸见机尚快，一见不是路，猛然抽身，拨头再跑。登房越脊，飞似的改往镇外狂逃去；一面逃，一面回头瞧。果见那两个巡更的，冲着店房上四条人影，也不知通了一个什么暗号；四条人影忽地全蹿过来，一声不响，结伴穷追下来。

九股烟把刚才与同伴怄气的打算，早抛到九霄云外，也不跟踪了，也不探堡了，也不寻镖了。两眼如灯，急寻逃路；脚下一攒劲，直蹿出数丈以外。头像拨浪鼓般往回一瞥，便一头钻入一条小巷内，伏隅一蹲；但追赶他的人已电掣般赶到。

九股烟心上一犹疑，暗道："不好，这里藏不住！"听上面飕的一声，似从高处又追来一人。九股烟竟沉不住气，忙钻出来，拨头又跑，跑出数步，倏又变计，不再顺路窜了；顺路

跑，未免看不见房上敌人的动静。他就奔到一家民房墙根下，嗖地往上一拔，由墙根跳上人家屋顶。第二次把身形纵起，连连迸跃，从人家的一排排的房顶上，一路飞蹿。

但赶他的人立刻瞥见，立刻呼哨声起，几个人都上了房，依然前前后后合拢来包抄他。九股烟越慌，竟顾不得有声音没声音，有动静没动静的，踏得人家屋瓦嘎吱吱的山响。连踏过四五家宅院，到檐墙交错、黑影遮掩处，九股烟就忙忙一伏身，还想藏躲。

他既疑心生暗鬼，这院中不得人心的狗又猛然惊吠起来。跟着又听得唰唰蹿过来两人，似已寻见他。九股烟害了怕，爬起来，蹿上房又要逃。这可更糟！恰有一敌人，刚从房上赶到，两个人几乎碰了个对头。九股烟慌不迭的一抽身，窜到邻舍，敌人也立刻跟窜到邻舍。

隔院的狗大吠，九股烟急一顿足用力，敌人倏地打过一件暗器来，这却是一座灰房，大概很失修了。九股烟闪身躲避暗器，往旁一窜，脚下一滑；呼啦的一声，带下一大片灰泥。一个“吊毛”，扑通一声，整个翻下房来，掉在地上。

这里正是人家的跨院。那贼人不知怎的，也似一滑，也扑通地掉下来。动静很大，敌人更毫无顾忌，吱的吹起一声呼哨。

两个人相隔一丈多远，九股烟霍地蹿起来；贼人也霍地蹿起来，冷笑一声道：“哪里跑？”搂头盖顶，赶过来一刀。九股烟哪敢还手？唰的往旁一闪。呜的一声，后面扑过一条狗，汪汪的对二人乱叫。那本家的人立刻在屋里大声咳嗽，拍山镇虎，做出响动来。贼人毫无忌惮，吱吱连打呼哨。从东面、北面，首先蹿过三个敌人，都掠空一蹿，落到院中。这就要瓮中捉鳖，擒拿乔茂。内中一个高身量的贼尤其凶猛，握着刀，两臂大张，做出攫人的姿势，道：“小子，来吧！”饿虎扑食冲上来，右手刀一晃，左手来抓乔茂。

乔茂不敢还招，一晃小脑瓜，一个翻身走势，竟没躲闪开；被敌人一把，将包头抓住，两下较劲，各往怀里带，嗤的

一声，把包头扯下一半来。九股烟恍被焦雷轰了一下似的，失声锐叫，耳畔嗡嗡冒火。但是脚底下还明白，就劲往前一纵身，蹿上西面民房，脚才着檐口，倏地又有一条黑影扑到。刀光一闪，斜肩带臂，往外一挥。虽砍不着，九股烟却已立不住脚，身躯又不敢往后闪；也亏他身法轻灵，倏地往左塌身，用力往旁一展，手中刀就势照敌人扫了一下。

敌人微微一闪，九股烟乘机蹿出五六尺，已到了北山墙头。回头一瞥，就在院中本家房主人狂呼有贼的声中，敌人已一个跟一个，跳上了房，齐往自己这边挤来，单给他留出东北角一隅之地的退路。

乔茂觑定了这东北面，似是一排小草棚；立刻脚下攒力，飞身纵起来，往草棚上一落，随即腾身而起。却真倒霉，这草棚也禁不住人跺，哗啦塌下去。乔茂忙一挪步，幸已拔出脚来，略一停顿，敌人飕的从三面扑到。

九股烟乔茂百忙中一望前面，是一道矮墙，相隔一丈多远。心似旋风一转，料想还蹿得过去。脚尖一点，登草棚边墙，立刻“旱地拔葱”，腾身而起，往前面墙头一落。脑后突有一股子寒风袭到；九股烟一低头，一缩脖，嗤的打过一支袖箭来。九股烟吓得一身冷汗，连回头都不敢，顿时往下一飘身。但才一落脚，便觉得地势不对；再想换力，如何来得及？扑哧的一下子，脚踏入泥坑里，大概是尿窝。身子便不由得往前一栽；赶紧的双手抱刀，急一拄地，一拔身，又就势往旁一蹿。脚踏实地，这才用力一蹬，又一迸，跳出泥坑来了。

紧接着两个敌人跟踵赶到，也这么一飘身，也这么一落地，也这么扑哧一声，照方抓药，头一个人掉在臭坑里了。未容得叫喊，第二个贼也接着掉在臭坑里了。九股烟绝大欢喜，贼人却大骂倒霉。两个贼人拔出腿来，愤怒之下，又吱吱的连吹呼哨。声过处，外面也吱吱吹起唿哨，响应起来。

九股烟晓得贼人是聚众。贼人不知有多少，就这么几个，便搪不起，何况再勾兵？九股烟喘吁吁脱出臭坑，跳上又一道

短墙，努目急往外一望，心中大喜。这前面只隔着一条狭巷，便展开了一片旷地。这分明是一路狂逃，已经临近镇外了。敌人明目张胆，追擒自己，一点顾忌也没有；像这样总在镇里绕，决计脱不开他们的毒手，自然还是往镇外荒郊逃跑的对。况且，贼人坠坑深陷，自己得以乘机先登，这真是运气：“这可逃出活命来了！”

九股烟既惊且喜，思潮万变。殊不意乐极生悲，只顾前面，冷不防在这一霎时，听背后唰的一声，再躲已来不及，嗤的一下，硬硬的、尖尖的一件东西，直穿入九股烟的后臀。“嗬，好疼！”乔茂连摸屁股拔刺的工夫也没有，带着这暗器，舍命地往外窜去。竟没够着对面墙，半空掉下来，落到平地。踉踉跄跄，急钻入面前黑乎乎一道小巷内。然后藏身拔创。一支瓦棱镖正打在右臀上，入肉四分，热血随镖溅出来，弄了一手。

“真他娘的倒霉！”九股烟乔茂恨骂了一声，把这支镖信手一丢，拔步往前奔去。出了小巷，有一道斜土坡当前；越过斜坡，便是旷野地。乔茂如同死囚遇赦一样，心想：“这可逃出活命了。”精神一振，纵跃如飞。刚刚的往土坡上一蹿；坡前大树后，嗖的蹿出一条黑影，疾如飞鸟，掠到乔茂身旁，“饥鹰搏兔”，探掌便抓。

九股烟吓得一哆嗦，抽身便跑，但已稍迟；刮的一把，被敌人捋住左肩头。乔茂一着急，“金蝉脱壳”，一俯身，一躬腰，按住敌手，拼命地一拱；立刻把这个敌人，从自己身后拱起来，猛然用力往外一抛，嘭的一声，立刻把这敌人从自己头上抛出去；咕噜噜，正从坡上滚到坡下。

乔茂顿觉得肩头上被抓处，热辣辣的生疼。也就顾不得，急耸身形，往坡下一纵，从敌人身旁窜过去。不管敌人如何狂啸，立刻飞奔青纱帐。心中说不出的又惊又喜，居然被他打倒了一个敌人！

但是坡上挨摔的敌人爬起来，吱吱的连打呼哨，冲着苦水铺高声喊：“托漂子万的点儿，往旋兀里扯活了。并肩子，马

前团上他！”乔茂立刻听明，这切语是说姓乔的往地里逃跑了，催党羽火速前往围攻。

九股烟心中害怕，一头钻入青纱帐里面，将身顺着田垄躺倒。心想：“我不动，你就搜不着。”侧着耳朵，听四面的动静。果然工夫不大，外面窜过来奔过去，似至少也有四五个人，围着这青纱帐，来回搜寻。九股烟心说：“天气热，我老人家索性也不探古堡了，也不回店了，我就在这庄稼地睡一夜觉，有事咱爷们明天再说；好贼，看你有多大本领，能把我怎样？”只是睡在这里，地潮湿，气闷点，屁股也疼点。“理他呢！我老人家是不到天亮，绝不出去了，哼哼！”九股烟在田中鬼念，直耗过半个更次，一点也没动。夜静声沉，分明听见那几个敌人搜来搜去，搜了一阵，脚步声越走越远，大概又奔苦水铺去了。九股烟一骨碌爬起来，往外看，竟然连半个人也没有。“哈哈，兔蛋们，到底教我给耗走了！”仍不放心，又蹲下来，拢眼光，再往外偷看。

看了东边，又溜到西边；看了北边，又溜到南边。饶他十分小心，可是黑夜中碰着禾秆，难免作响。费了很大的事，把外面都窥探清楚了。九股烟暗道：“好兔蛋们！你们全走了，我老人家可要回店了。”伸头探脑往外走，钻出青纱帐，四面都没有动静；又越过斜坡，四面仍然没有埋伏。九股烟心中明白了，这群东西们一定搜寻紫旋风、没影儿去了。把颗心顿时放下，一直的往苦水铺镇甸走去。

不料刚刚望见小巷，忽从巷边房脊后，冒出一条人影来；立刻吱的一下，吹起低低的一声呼哨。九股烟大骇道：“不好，还有埋伏！”抽身就往回跑。也就是刚刚转过身来，突从斜坡那棵大树上，扑登的跳下一人。刀光一闪，哈哈一笑，把退路给截住。

九股烟失声叫了一声，抹头急往旁边跑。只跑出三四步，立刻又从小巷房头，蹿下来两个人影，箭似的奔乔茂背后扑过来。九股烟越慌，拼命往青纱帐钻；更没想到，这青纱帐刚才

没有动静的地方，忽然有了动静；竟也毫不客气地蹿出一个人来，纵声狂笑道："相好的，爷爷早等着你啦！"

呼哨连吹，顿时前前后后，聚拢来五六个敌人，倏然抄到身边。九股烟悔之不迭，急张眼四顾，寻觅逃路。苦水铺镇外，一片片不少田地；但只麦田豆畦为多，高粱、玉蜀黍地，近处只有两三处，都被贼人扼住，闯不过去。

九股烟二目如灯，伸手重拔下短刀，又一探囊，摸出石子，立刻拼命往前冲突。先奔到东面田边，东面近头站着一个贼人，抖手中兵刃，哗啷啷一响，喝道："姓乔的，咱们爷俩有缘！"九股烟不禁一哆嗦。黑影中注目急看，这贼人手中拿的正是一对双怀杖；这贼人正是劫镖也在场、探庙也在场的那个粗豪少年贼。这少年贼杖沉力猛，九股烟曾被他一杖，险将短刀磕飞。

九股烟这时候哪敢迎敌，急急一抽身，又往回跑，改奔南面竹林。南面也站着一个少年贼，手提一把剑，把竹林阻住。九股烟侧目一瞥，这个少年使剑的贼似曾相识，大概就是探庙时生擒他的那个人。九股烟倒吸一口凉气，拨头又奔西面，西面就是苦水铺镇甸了。

他这一打旋，可就给敌人留下了合围的机会，五六个敌人倏然往当中挤来。内中一人喝道："相好的，趁早躺下吧！你小子的伙伴，都教太爷们收拾了。只剩下你，还有什么活劲？"

九股烟急怒交加，便要与贼拼命。一双醉眼一转，忽望见北面那敌人，似乎手法软点，也许就是刚才被自己摔倒的那一个废货。九股烟嗷唠的一声怪号，唰的往北一窜，抡手中刀，照那人便砍。那人霍地一闪，挺刀猛进；九股烟蓦地又往旁一闪，扬手喝道："看镖！"把手中那块飞蝗石子，照敌人劈面发去。这北面敌人慌忙往左一闪，九股烟一溜烟挺刀扑过来。

那敌人却也了得，虽往左闪，却往右一挡，横刀逼住乔茂。乔茂再往回退，已经来不及，刀锋碰刀锋，叮当一声响，激起一溜火星，那敌人依然把树林挡住。九股烟手腕被震得发

麻，竟倒退下来。猛回头，四五个敌人，瓮中捉鳖，悄没声的都掩到背后了，九股烟眼看就要倒霉。

但九股烟没有别的本领，还仗他身法轻快，手底下贼滑。一转眼间，未容敌人近身，他怪叫一声，就唰的一个“夜战八方”式，用力打个盘旋，刀花往下急扫。看样子好像要拼命，贼人为护下盘，齐往上一蹿；九股烟趁这夹当，一伏身，嗖的往东猛蹿。

使双怀杖的敌人喝一声：“打！”哗啷啷一响，双怀杖挟风当头砸来。乔茂再不肯上当，这家伙扫上一点，都受不得，决不能硬碰。乔茂就忽地一矮身，左肩头找地，就地一滚；“懒驴打滚”“黑狗钻裆”，直翻出四五步去。

这招数好汉子不使，乔茂倒不在乎，只求逃得了性命。

这一下，果然出乎贼人意料之外，然而乔茂已翻滚到使剑贼的脚下。贼人喝道：“哪里走？”挺剑便往下扎。九股烟“鲤鱼打挺”，霍地翻起来，一扬手道：“着！”好像打出暗器来，但只是一句谎话。立刻往下一杀腰，刀尖反向敌人胸膛扎来。敌人往左一上步，九股烟刀走空着。背后的敌人又到；哗啷一响，双杖下照九股烟双腿扫来。

九股烟往上一拧身，把怀杖让过，左手早摸出一块飞蝗石子。身躯往下落，敌人前后夹攻已到；九股烟忙一抖手，怪喝一声，照敌人打去。持杖贼人一闪，不妨乔茂这又是一手空招；抹转身，往斜刺里急窜。敌人挥剑追踪砍下来；被乔茂一旋身，一扬手，唰的一下，这一石子却真打去了。相隔太近，持剑的贼人慌忙往下一扑身，几乎头点地，才把这一石子让过。

好乔茂，就这么一叠腰，往上一拔，唰的从敌人头上飞掠过去。果然身法轻捷非常，脚一落地，又一点，唰唰唰，连蹿出四五丈远。百忙中，又摸出三块石子，回头点手，厉声大喝道：“俞镖头，我在这里啦，教贼人围上啦！”使剑的、使双怀杖的二贼，不禁微一错愕；顺乔茂的手，回头往身后一瞥。

乔茂认定了使双怀杖的贼，抖手又打出一块飞蝗石子。啪

的一下，似打中敌人后颈。敌人哼了一声，身躯一转，好像受伤不轻。九股烟更不缓手，运足了劲，再耸身，再抖手，另一块石子又照那使剑的敌人打去。

贼人一闪，厉声大叫道：“好小子，敢使诈语伤人！活剥不了你！”立刻五个人各摆兵刃，齐追过来。

九股烟早趁着机会，一溜烟地奔竹林抢去。那使双怀杖的敌人痛恨着乔茂，箭似的追来。大叫道：“并肩子，秧子奔你那边去了，快出来围上他！”

九股烟已奔到竹林边，相差还有六七步。猛听竹林内，哗啦的一声响，不由吃惊止步。没想到他会使诈语，人家也会使诈语。这竹林中的暴响，只是外面持刀敌人投进来的一块石子。九股烟微微一怔神，后面使双怀杖的、使剑的和另一个敌人已经赶到。

使双怀杖的贼赶上一步，悄没声的抡双杖，照乔茂后背，狠狠一下，连肩带背打来。只听哗啷的一响，乔茂猛回头，双怀杖竟到身后，吓了一个亡魂丧胆，拼命往竹林一蹿，到这时，也不顾林中的吉凶了。但是贼人双怀杖啪嗒的砸空，一赶步，旋身又一抡，照九股烟拦腰打来。嘭的一声响，双怀杖竟打到九股烟的臀部，足足实实，正落在刚才镖创伤上。

这一下真疼，九股烟禁不住狂号了一声：“哎呀！”直栽出两三步，就势往林中一扑。忍疼提气，“懒驴打滚”，连滚带爬，一头钻入竹林。可惜晚了一点，使双怀杖的敌人恶狠狠地跳过来，痛恨一石之仇，喝道：“小子往哪里钻，二太爷定要把你掏出来。”竟抢上一步，跟踪追入竹林。

第十六章

埋首青纱帐乔茂被围
怅望紫骝驹盗焰孔炽

乔茂大骇，狠命的向竹林急钻。回头一瞥，却幸追进来的，只这使双怀杖的少年莽汉一人。竹林茂密，夜影沉沉，其余敌人心怀顾忌，不特没有跟过来，反招呼少年莽汉作速退出，免得深入涉险。这少年莽汉竟不肯听，将双怀杖分竹枝开路，奋身一直追进来。

竹林不比树林，几乎没有立足的隙地。九股烟占了身矮人瘦的便宜，只伏身低钻数步，忽听后面枝叶乱摇；九股烟身形陡转，一抖手，用阴把反打，将一块飞蝗石子，照贼人下三路打去。少年莽汉急忙一侧身，一提足，停了一停。九股烟伏着腰，啪啪啪，不住手的照后面连打出三四个石子。

到底林深影浓，处处阻障，那少年莽汉分拂打枝，往前赶了几步，脑袋上挨了一下。他怒骂了一声，依然不肯饶，拂枝猛进；忽然迎面又飞来一块石子。少年贼急急的一闪身，竹枝反打回来，把眼角扫了一下；吃了一惊，抚着眼往旁一跳。九股烟趁势，唰唰唰，伏着腰，用“蛇行式”，像狗似的又爬出数丈。冒险开路，竟绕出竹林头处，趴在地上，往外探头。

"天不绝人!"外面竟接着一大片玉蜀黍地。

九股烟大喜，一长身纵过去。"老子坐洞"，伏挺身躯，背倚玉蜀黍地，急游目往四面一看：敌人漫散开，把住了竹林。九股烟暗道："你乔太爷不玩啦!"一缩身，轻轻地钻入玉蜀黍地内，择深僻低洼处，趴伏下不敢再动。

这使双怀杖的敌人怒骂着，钻出竹林，对同伴骂道："喂，并肩子，这小子可会装狗，别是被他爬走了吧?"使剑的敌人奔到竹林后、玉蜀黍地中间，道："并肩子，这小子爬进这里了，看住了他，别教他再溜了。"其余两个敌人奔前绕后，窜了一阵，也都凑到青纱帐边。

一个使刀的敌人呼喝道："这小子真个又钻进玉蜀黍地了。我说喂！咱们这就算了么？我们快从四下里，往当中挤。这小子眼睁睁没离这块地，我们一齐吧。可得留神这小子的暗器，刚才把我打了一下。"说话声中，玉蜀黍地四面，脚步声往返奔驰起来。

玉蜀黍地中的九股烟却也不住冷笑，抹了抹头上汗，暗骂道："兔蛋们想使诈语，把我吓出来，又想骗我发暗器，你们好让我献出藏身的地点来！嘿嘿，乔二爷惹不起你们，却跟你们泡得起。我老人家不等天亮，再也不肯冒失了。"想着，这一回就死心塌地的，往土地上一躺，再也不打算回店了。

外面的四五个敌人，啧啧啾啾的密语。忽又分布四面，呼喝道："搜！赶快往那里排搜!"跟着又一阵响动。九股烟心中一惊，但是转念一想："见怪不怪，其怪自败；你小子们不真搜到我跟前，我还是不动。"

敌人又叫道："拿砖头砍个鬼种的!"立刻劈劈啪啪，从空地投进来一阵碎砖石块；有的打空，有的落到跟前，有的险些打着乔茂。

乔茂这回沉住了气，心说："瞎打吧！就是打破了老子的头，老子还是给你一个不动弹。"遂将身子一蹲，缩小了面积，准备挨打；可是只打过一阵儿，石子又不投了。只听另一个敌

人道："我去把咱们的猎狗叫来，将几条狗放进去，看不把这个王八蛋叼出来。"

立刻听见奔跑之声，由近及远。这一着却阴损，九股烟不由伸出头，往外看看，当然黑乎乎任什么也看不见。但是他想了想，又放倒头，半坐半卧倒在地上。他想："叫狗哇！吓谁？转眼天亮了，你们反正不敢明绑票。放狗来咬我，这回可不比那回了，老子还有手叉子哩，还有镖哩，打死你们的狗！"

外面敌人用种种话，诱吓九股烟。九股烟装作不闻不见，只不上套。竟耗了半个更次，突然听远处有一阵怒马奔驰之声，远远的似从西南，向这边冲来，一霎时扑到苦水铺镇甸前。那扼守青纱帐、围困九股烟的几个强人，立刻吹起呼哨来。

九股烟大大地吃了一惊，心说："糟！狗贼又添人了，不好！"竟稳躺不住，情不自禁地爬起来，跪在地上，顺玉蜀黍竹根往外偷看，又侧耳偷听声息。似有两匹快马，应声奔逐过来，近处胡哨吹得越响。马到田畔，骑马的人把马放缓，立刻也打起胡哨。跟着听见下马之声，双方的人凑合之声，互相问答之声。

骑马的一个人招呼道："并肩子，是哪一个在这里把合？"问话的声口很生疏，答话的似乎就是刚才那个持剑的少年贼人，答道："并肩子，念短吧！削码儿托线被围在大粮子里了。"（意思说："伙伴噤声，有一个保镖的被我们困在高粱地里了。"）骑马的人很高兴地说："并肩子，可转细这托线的万儿么？"（是问他知道这保镖的名字么？）答道："还是那个托漂万（姓乔）的屎蛋，就只是他一个；其余别个，我们没见。"

骑马的人说道："别看屎蛋，当家的就要的是他。别个点儿，现在有交代了，落在我们手里了……"接着大声传令道："并肩子听真，瓢把子有令，不到五更以后，不准撤卡子。田里的屎蛋，务必拿活的；就耗到白天，也得拾了他。"答话的道："那一定该这么办，饶不了他。不过这屎蛋钻进田里，只不出来，怎么好？并肩子，你把狗弄来吧。"

骑马地笑道："我忙得很，集贤栈还伏着咱们六个人呢，我还得给他们送信。你们要几条狗？五条狗么？好了，回头我立刻叫大熊带来。"随即飞身上马，蹄声嘚嘚，又奔驰走了。听声音，似奔入苦水铺。

饱闻贼语之后，把个九股烟吓了个骨软筋酥，"这些东西分明要跟我耗到天明，还不肯饶。他们真要弄出狗来，这些狗可惹不起，专咬他娘的脚脖子！更可怕的是紫旋风三个人，大概他们也跟贼人朝了相，栽给人家了。他们真个失了脚，他们是找死。无奈只剩下我一个人，更糟糕，只怕我就回不去了。店里头竟又伏着六个贼党，怨不得我刚往店里跑，就从店房上蹿出好几个人影来。这可真要命，店房也回不去，田地也逃不出来，我这可毁了！"

九股烟乔茂从田洼里爬起来，坐在那里，搔头，咧嘴，发慌，着急，要死，一点活路也没有。他又害怕，又怨恨紫旋风、没影儿、铁矛周三个人："这该死的三个倒霉鬼，他们作死！若依我的意思，一块儿奔回宝应县送信去，多么好！偏要贪功，偏要探堡。狗蛋们，你妈妈养活你太容易了。你们的狗命不值钱，却把我也饶上，填了馅，图什么！"

乔茂一时又想起十二金钱俞剑平、铁牌手胡孟刚；不禁发狠道："这两个老奸巨猾，我说大家一块来访，偏教我独自冒这个险！这两个老东西一死儿的拿话挤我，又拿面子拘我。现在眼看落到贼人的手心里了，他们可不管了。怨不得人说，姜是老的辣，人是老的诈。俞剑平，俞剑平，你这个老奸贼，你害得我好苦……"

乔茂正自埋怨天埋怨地，冷不防听田禾外，有人哈哈大声狂笑起来，道："姓乔的屎蛋在这边啦！你们没听他自己个捣鬼，骂姓俞的么？"

这可真是倒霉加一翻，心中怨恨也罢，是怎的竟骂出了声？一时鬼念，说走了嘴，竟被贼人寻声猜出他的藏身之处。立刻劈劈啪啪，打进来一阵石头子。九股烟枣似的小脑瓜，啪

地被打着了一下。“哎呀，好疼!”又不止疼，玉黍秆猛然间纷纷摇动，四五个贼人忽从四面冒险进来。九股烟不由得倏然一蹿，跳起身来。

这一蹿更坏，贼人已顺着禾秆摇动之势，拿着长竿，照他藏身处扑打过来。方向虽不对，可是相隔很近。九股烟越发心慌，竟藏不住了。其实他如果大胆，依然伏着不动，贼人还不至贸然追进来。贼人从两侧扑打，来势尽猛，却只探进来不多远，便即止步；只将临时拔来的长竹竿，照九股烟出声的地点，东一下西一下瞎打。

乔茂害怕，慌忙又伏下腰来，择那玉蜀黍秆深密之处，钻逃过去；恨不得把身形缩成薄片，免得碰着了枝叶发响。贼人就好像料定乔茂的暗器已经打完，起初还试试探探，一步一停的往田地里赶；随后竟挺着长竿，一步也不放松，直追进来。顺着玉蜀黍枝叶唰唰啦啦响动之声，用长竿乱划乱扎；竟有一根竹竿梢，扎着乔茂的后腰；几根竹竿排山倒海似的冲入禾田。

可怜九股烟，也是保镖的达官，挨了窝心打，只得咬着牙爬起来；侧身乱窜，连哼都不敢哼。幸而贼人只追动静，没见踪影。九股烟横钻斜绕，奔逃出数十丈，长竹竿居然不再在屁股后头耍弄了。可是敌人的动静依然很大，忽然在背后，忽然在身旁，劈劈啪啪，乱扎乱划，像赶羊似的，扑着黑影追打。

这一来，倒给九股烟造成躲闪的机会。避着这庞杂的声音，九股烟踉踉跄跄，越逃越远，居然把贼人追赶的声音甩出十几丈以外。

九股烟这回已把主意拿定，再不敢伸头探脑，自找倒运了。任听贼人往来排搜，狂呼乱骂；任听敌人使诈语，抛砖石瞎砸；九股烟弯着腰躲避着，一味往青纱帐黑暗无声的地方钻。一霎时急钻到田边，侧耳听了听，往外探头；趁贼人不见，猛然蹿出来，越过田边一条小道，钻到偏西另一片竹林内。四顾稳当，一头放倒；躺在地上，再不敢妄动。连自己吁吁喘息都嫌声大，极力地闭着气，为的是怕贼人听见，再寻声找来。

竹林内时有爆裂的声音，乔茂听人说，人在竹林中，千万不可蹲着出恭。因为竹笋是暴长，往往从地里面向上一钻，就滋长出半尺来；也许蹲的地方太巧，扎着屁股。乔茂晓得这个，躺在地上，用手摸了摸地皮，心想："万一身子底下，就是竹笋，竹尖儿万一往上一钻，扎我一下，可不是玩的。"

他也不晓得竹笋是在什么时候才暴长，他也不晓得长成竹竿便不暴长了，他只想："我现在倒运，可留神教竹笋扎了屁股。"摸了又摸，挑了块自以为稳当的地方，这才重复躺下，只慢慢地喘息侧耳听。

外面贼人奔来跑去打着呼哨，往返搜寻；夜静了，乔茂听得真真的。可是他拿准了主意，再不要挪窝了。挨过半个更次，外面动静渐寂。忽然又听见快马奔驰之声，自远而来，经过这竹林，似又奔苦水铺去了；随又听见呼哨声。九股烟像狗似的趴在地上，心想："躲避贼人最好是睡一觉，哪怕外面天塌了，我乔二太爷给他一个不闻不见。"

可是想得尽好，他如何睡得着？苦挨了很久很久的时候，只盼望天亮。不知怎的，这一晚分外夜长；自觉耗过三四个时辰，依然听不见收更，听不见鸡叫；只远远听见群狗狂吠，似在西北。

九股烟暗说："得！紫旋风这三个狗蛋一定吃亏了，准教插翅豹子活捉着；教他们也尝尝被俘的滋味，那才解恨哩！挨到天明，我老爷子不管别的，回店扛起行李卷，就回宝应县交差。胡孟刚、俞剑平两个老奸贼，再教我一个人出来呀，哼哼！给我磕头，我也不干了。真要再挤对我，我不保镖了，告退行不行？"

九股烟闭着眼鬼念，听竹林这里一响，那里一响，很是吃惊。蚊子又多，把个小脑袋瓜和两只手，都咬起大包来了。而这蚊子也真歹毒，隔着衣衫竟咬肉，很痒痒，乔茂两只手不住的搔。外面的动静，这时居然一点也没有了。

九股烟站起来，往四面看，可喜可贺，东边天空已露鱼肚

白色。他忙往东试探着走了几步，隔竹林又张望了一回。东边天空下方，分明透映红霞，似朝日将升了；竹林内依然朦胧，有些黑暗。九股烟吁了一口气，索性溜到竹林边，向外探头。还没有走出林外，便吓得一缩脖，急忙抽身回来。他隐隐约约看见外面树后，似正蹲着一个人。

九股烟溜回竹林深处，暗骂："贼羔子们，还在外头憋着我哩！咱爷们倒要耗耗看。"却不知自己乃是疑心生暗鬼，那树后不过是块土堆。又耗过一会儿，朝暾已上，天色大明，远闻田野已有推车走路的人、荷锄上地的人。九股烟心头犹有余悸，只是不敢出来。"贼人赶尽杀绝，就在白天，贼羔子们也许隐在偏僻角落里，等着我哩。我老人家还是吃稳的好。"

但他用什么方法吃稳呢？第一，他要躲着苦水铺和古堡两面的道路不走，要从别处绕着过去。第二，他就站起来，先换衣裳。乔茂自问夜行的伎俩，比紫旋风、没影儿、铁矛周都在行。他们夜行，未必把白天穿的衣服带出来。乔茂临出店时，却防到夜出昼归，应该脱换夜行衣靠。遂一回手，把腰间系着的小包袱解开，照例先向四面瞥了一眼。近处的确没人偷瞧，便忙忙的打开包袱，把那件长衫提出来。脸上尘汗，就用包袱角拭了拭。

一夜露宿，身上夜行衣被露水打潮。乔茂就脱下来，包在包裹内；还有兵刃和百宝囊、夜行用具，也都打在包裹内。脱下软底靴，换上便鞋，然后把长衫披在身上。这样打扮，已然不是夜行人，可也不是小工打扮了；这样子，他扮成一个出外跑腿的人。手提这小包袱，装作良民，一步步往竹林外面。敌人居然一个也没有了，果然把他们都耗走了。

九股烟依然不放心，将出竹林，却还是急急探出头来，往竹林外一瞥。林边一条土路，土路南头正有两个农夫扛着耕具走来。九股烟心一动，急忙缩进来。直等到农夫走过竹林，看清了农夫的面貌举动，这才两手提着长衫襟，装作入林出恭才罢的神气，悄悄地溜出来。

九股烟心虚胆怯，总疑心过路农夫是贼人的探子，惴惴的不敢傍着人走；单择僻径，往苦水铺走来，那意思是要回店。他才走了几步，忽想：集贤栈内显见窝藏着贼人的底线，紫旋风三个人结伴探堡，侥幸若已平安回店；那么自己回去，自然不要紧。倘若三个倒霉鬼竟被一锅煮，落在贼人圈套里了；自己贸然回店，一个仗胆的人也没有。万一贼人使坏，甚至于硬绑票，岂不是又糟了？“回店不对！”

九股烟眼望苦水铺，怅然搔头。一狠心，就要翻回宝应县交差，不管紫旋风三个倒霉鬼了。但是四个人一同出来，只自己一个人回转，被俞、胡问起来，又真没话答对。九股烟想到这里，探头又往四面看了看。

原来昨夜一阵乱钻，距离鬼门关很近了；隔着一片片的青纱帐，那座荒堡距此也不很远了。九股烟心道：“我要是往荒堡附近看一看呢？”低头看了看自己的长衫，既已改了装，贼人也许认不出自己来，也许认得出来。但是，只不靠近古堡，只在外面巡绕，也许能扫听出一点动静来。譬如遇见了乡下人，探问探问……

九股烟盘算了一阵，拿不定准主意。旋即打了个折中的主见，趁着早晨农人下地的多，不妨远远的到古堡附近望望；挨到辰牌，便进苦水铺街里，看看风色，这样办倒很稳当。于是乍着胆子，往荒堡那边。只要路上负载的行人，不像乡下土著，乔茂就远远地躲开。大路不走，专择僻径；贴着竹林青纱帐，一步一步往下，自以为这决出不了错。

但是，凡事不由人料。九股烟走出不远，突然间，听见十数丈外，另有一片青纱帐的后面，吱地响了一声呼哨。九股烟吃了一惊，慌忙张眼四顾，竟是什么岔眼的事物也没有。他却从骨子里觉得不妙，更不犹豫，急急的一个箭步，又蹿入近处青纱帐内，蹲下来，侧耳听动静。

过了一盏茶时，果然，西边青纱帐也听见吱吱的响起一阵呼哨，声音断续，有低有昂。九股烟吐舌道：“嗬！这里多少

埋伏，幸亏我小心！”隔过工夫不大，蓦然听见蹄声，竟从西北飞奔来两匹马。

九股烟乔茂头上出汗，容得马跑过去，急探头往外偷看了一眼，又是两匹紫骝马。马上的人，短衣装，背长条小包裹，面目没看着，只这包袱显见裹的是一把刀。更可怪的是这两匹马不是过路的，尽只围着附近鬼门关一带，打圈奔绕。紧跟着又从东边青纱帐后，一片树林内，嗖嗖地凌空发出一片响亮的锐音。九股烟不禁抬头一看，任什么也没看见。但已猜出：这是两支响箭。好大胆的贼，公然在这村落夹杂的旷野地，任意玩这绿林的把戏，他们竟一点顾忌都没有么？土路上三三两两的农夫，果然闻声仰面，疑讶着看天。

九股烟心惊胆战，贼人竟白昼出没了。这不用说，是冲自己几个人来的；贼竟在这里布卡子，放哨巡风。“哎呀！他们三个人一定逃不开，看来性命难保了！可是我怎么办呢？我还是赶紧扯活为妙，能逃出苦水铺，便是我的造化！”九股烟越想越怕，在庄稼地绕来绕去，简直白天也不敢走了。

挨过很久，青纱帐中的呼哨声渐寂。九股烟心中依然悬虚，直到辰巳之交，这才试探着往外。他料到由苦水铺到古堡一带，那疏林田禾里，都有贼党所下的暗桩；便大宽转，紧往远处绕。由一片荒草地绕过去，慢慢的曲折趋奔苦水铺。又特意找到一处高岗，登高向荒堡那边眺望；相隔太远，林木掩映，当然什么也看不着。

九股烟此时的心情，恨不得拔起腿来，立刻返回宝应县。但他想紫旋风等既然吉凶不明，回去之后，自己可对俞、胡撒什么谎呢？要说紫旋风栽在荒堡了，万一他们三人平安回去，岂不又受他们诽笑？抓耳搔腮想了一阵，还是进苦水铺，到店房内，先看一看好。

却喜此时野外一点风吹草动也没有，田地上，大路边，往来的农夫行人越来越多，九股烟加倍小心，把百宝囊中带着的姜黄拿出来，往脸上一涂，化妆好了，这才又往前走。只走出

不多远，忽闻迎面快马奔驰。抬头一望，又是两匹紫骝马，抹着苦水铺镇外，如飞的由南往前兜过来。

九股烟一哆嗦，回头四顾，旁边有一苇坑，急忙钻了进去。这两匹马好像不为找九股烟，刚绕到北面，霍地又兜转马头，直穿入苦水铺去了。过了半晌，九股烟从苇地钻出来，只是吐舌。刚走了半段路，两匹马忽又从苦水铺奔出来，紧紧加鞭，直向古堡那边奔去。九股烟出了一身热汗，心说："我的娘，一步比一步紧了！"

九股烟只是皱眉，搔着头；提着那小包裹，左思右想，一步一看的，由巳牌直走到近午时，才离开青纱帐。乍着胆子，摸到苦水铺镇口。贼人如此张狂，九股烟很怕他们青天白日硬来绑票。却不想他一直走入苦水铺镇甸内，从小巷又钻入大街，只遇见几个打鱼的人。

这苦水铺依然熙熙攘攘，不带一点异样，倒又是九股烟多疑了。可是九股烟仍然不敢冒失，进了苦水铺，竟不敢入店，尽在大街上徘徊了一遭。忽然找到一家山货店，买了一顶大草帽，顶在头上，脑袋小，草帽大，几乎罩到眼睛上。

乔茂自己想着：这也很好，本来为的是遮人眼目，低着头走，在帽子底下找人，人家认不出自己来了；但是他走在路上，人们直拿眼看他，倒看得他发毛。不由得自己打量自己，是不是身上有可疑的地方？他却不知道自己脸上抹的姜黄，并不很匀，成了鬼脸了，人们自然要看他一眼。

乔茂心中嘀咕，把大草帽扣了一扣，把大衫又扯了一扯，这才来到集贤栈前，不由脚步趑趄起来："进去好呢？不进去好呢？"这店一定有卧底的贼人，虽已改了装，他还怕贼人认出来。在店门口一打晃，他主意还没打定，店伙却从门道走了出来，道："客人是住店哪，是找人呀？"

乔茂乍吃一惊，却又暗暗欢喜；这个店伙居然没认出自己来。乔茂把眼看着地，变着嗓音说道："我找人。"店伙道："你找哪位？"

乔茂道："七号屋里住着四个做活的，有一个姓梁的，还有一个姓龙的，姓赵的……"那店伙哦了一声，顿时把乔茂打量起来，道："你找他们什么事？"

乔茂忙道："我找他们没什么事。我跟你打听打听，你费心，进去看看，他们在屋没有？我找他们只打听一点闲事。"店伙带着惊诧的神色道："你老贵姓？跟那四位客人是怎么个交情？"

九股烟忙道："我不认识他们，我是他们找来做活的。费您心，把那位姓龙的叫出来。"

店伙依然上眼下眼打量乔茂，还是不答话，反而盘问乔茂。乔茂这时明白了一半，竟突然直问道："到底他们四个人在屋没有？你领我进去找找。"

店伙道："您先等等，我向柜房问问去。"店伙便留住乔茂，往柜房里让。

乔茂只往后退，道："这里没有，我往别处找去了。"店伙越发猜疑，忙说："你老别走，这几位客人倒有，从昨天就出去了。您进来，等他们一会儿。"

九股烟心下恍然，立刻变了一种腔口道："掌柜的，你别拿我当扛活的。我告诉你，我找的就是他们四个人。这里头很有沉重，你大概也不知道我是干什么的，自然也不知道他们四个人是干什么的。相好的，放亮了眼珠子，这四个人既然落在你们店里，你们多留点神。你等着，我找我们头儿去。"说罢，翻身就走。把店小二倒唬得丈六罗汉，摸不着头脑，急忙溜到内院去了。

九股烟撤出身来，急急走出两三步，回头一看，店小二竟没有暗盯他。他就急急地往镇外走；一面走，一面心中猜想道："是了，三个冤家蛋一锅煮，都掉在人家手心里了。我是趁早回宝应县。我的姥姥，好险呀！多亏了我随机应变，弄不好，这个集贤栈就得找我要人，我乔老二没白吃三十八年人饭！"自己庆幸着，低头急走。

忽然看见一双双脸皂鞋，从对面走来。九股烟往左一闪，双脸皂鞋也往左一闪；九股烟急往右一闪，这双脸皂鞋也往右一闪，直往九股烟身上撞来。九股烟急忙退步道："咳咳咳，怎么往人身上走？"不想那双脸皂鞋的主人吆喝道："咳咳咳，怎么净低头走路，也不抬头看一看？"

说话时，九股烟早一仰脸，看见对面那个人满面含着古怪的笑容，把右手比着嘴唇，九股烟不禁失声道："是你！"

那人道："当家子，可不是我，又是谁？一天没见面，想不到你的黄病犯了，还是真不轻！来吧，欠我的账，还我的钱吧！"一伸手，捋住九股烟的手腕子，便往小巷里揪，九股烟一点也不挣扎，跟了就走。

这个穿双脸皂鞋的主人，正是那没影儿魏廉。魏廉提拉着九股烟，曲折行来，到一小巷；内有一家小店，把九股烟引领进去。紫旋风闵成梁、铁矛周季龙两人，全都在那里了。三个人一个也不短，并没有死在荒堡。

九股烟见三人无恙，心里先一宽松；跟着一股怨气又撞上来，向闵、周两人一龇牙，便要发话。还没说出来，他那副姜黄脸色，倒把闵、周二人弄得莫名其妙，齐声问道："乔师傅，你怎么了？"

九股烟气哼哼，往凳子上一坐，半晌才说："怎么也不怎的，我倒楣就完了。你们三位溜了，就剩下我一个人。可见我老乔无能，哪想到贼大爷偏偏来照顾我……"

闵、周互相顾盼道："怎么！乔师傅昨晚又遇上点儿了？"乔茂只是摇头，说道："那是闲白，不在话下。我先请问请问三位，昨天探堡到底怎么样吧！一定是很得意的喽？"一夜挣命，枯渴异常，九股烟伸手端起茶壶来，嘴对嘴灌了一阵。

三个镖师打听九股烟昨夜所遇的情形，九股烟钳口不说，反而盘问三个人昨夜探堡的情形。不想三个人昨夜出去这一趟，也并不比九股烟露脸。九股烟一直问，没有问出来。又绕脖子问他们，为什么搬在这个小店内。紫旋风依然调头不答。

周季龙托着下巴说道："现在我们的人都凑齐了，赶快商量正事吧。劫镖贼人的下落已经摸准，我们四人到底谁留在这里盯着，谁先翻回去报信呢？"

九股烟道："哦，劫镖的贼准在古堡么？"

没影儿道："那也难说。乔师傅，你就不用问了，我们昨晚上反正没白忙。"遂冲着闵、周二人道："现在有眉目了，就请周三哥辛苦一趟，回宝应县送信，我和闵大哥留在这里。乔师傅随便，愿回去就回去，愿留在这里就留在这里。"紫旋风答道："就是这样。"

三人居然擅作主张，竟把乔茂丢在一边了。九股烟气得肚皮发炸，却又不敢惹他们三人；实在忍耐不住，缠住了周季龙，直叫周三哥，道："到底你们三位踩探的结果怎么样？费您心，先告诉我一声成不成？若不然，我回去怎么交代？"

铁矛周嗤地笑了，说道："可是乔师傅你昨晚上的事，也可以对我们说一说么？你这一副尊容，又是使什么东西，弄成这样？"

九股烟没法子，只得把昨夜跟踪遇贼之事，挑好听的说了一遍，仍求周季龙把探堡之事告诉他。周季龙看了魏、闵两人一眼，这才说出昨晚间犯险探堡，被贼环攻，一路上辗转苦斗之事。

第十七章 走荒郊伏贼试轮战 入古堡壮士拒环攻

昨天夜间，紫旋风闵成梁、没影儿魏廉、铁矛周季龙，背着九股烟，各打各人的主意。紫旋风和没影儿先行溜到外面，把捞鱼堡的情形，暗暗打听了一遍。只有周季龙沉住了气，任什么也没打听。

耗到入夜，紫旋风和没影儿暗使眼色，预有约会；周季龙看在眼里，只装不懂。候到二更以后，闵、魏二人才一欠身起来，周季龙也悄没声地坐起身来，用一条手巾一拂乔茂的脸。乔茂装睡不动，周季龙一跃下地。闵、魏二人低声笑道："三哥，一块儿走么?"

周季龙道："你们二位还想瞒我不成?"三人暗笑着，收拾利落，结伴出了店房。

三个人认定乔茂是个砸锅匠，讨厌他，不肯约会他；又怕他暗中跟下来，三人遂不直奔古堡，反往斜刺里去。三人展开夜行术，一霎间，斜穿田间小道，奔到一座树林前。忽见树林中挂着一只红灯；没影儿心中一动，忙告诉闵、周二人，二人拢眼光细看，低声说："林中好像有人。"三人正自纳闷张望；

忽然从林中，飞出数道旗火，霎时间数条火光乱窜。过了好半晌，又飞起三道旗火。没影儿便要过去查看，周季龙道："这大概是贼人摆下的圈套，咱们不要管他，还是到古堡附近踩探一下。"

三个人的脚程，以紫旋风为最快，没影儿也可以，周季龙稍差着点。但紫旋风留着余地，并没有疾奔。三人结伴而行，一口气又走出三四里地。

面前黑影甚浓，一片片青纱帐相连，右边还有一带竹林。夜风吹过处，突闻林后梆梆梆，竟似有打更的击柝之声。这荒郊旷野会有更夫，却是一件奇事。三镖师不由又站住脚，东张西望，心想："青纱帐后面，莫非有村落么？"互相知会了一声，斜穿竹林，仍往前走。突然间，梆声顿住，从林后奔出两条人影，把大路一遮，厉声喝道："什么人？"

紫旋风止步侧目，观看来人。黑暗中看不甚清，只辨出这两人全是短打扮，一个提花枪，一个持短刀，很像更夫。铁矛周季龙抢先答道："走道的。"昂然不顾，举步硬往前闯。对面两人猛然大喝道："站住！知道你们是走道的。你们往哪里去？"

没影儿没有寻思，率尔答道："上鲍家大院去。"一言未了，蓦地从竹林后，陆续蹿出三四个人影，齐展兵刃，把路挡住。为首的一个人忽将手中物一拨弄，却是一盏孔明灯；把灯门拉开了，射出黄光，直往紫旋风、没影儿、周季龙身上照来。内中一个人厉声喝道："站住了，别动，你们是干什么的？"又一个人喝道："哈，这小子还带着凶器哪。呔！抬起手来，不准乱动！"又一人道："这得搜搜他们，一准是土匪！"

紫旋风闵成梁、没影儿魏廉、铁矛周季龙，方才诧异，旋即恍然。这拦路盘诘的几个人，个个持刀绰枪，说话的口音并非江北土著，内有两个人分明是关东方言。紫旋风从鼻孔中哼了一声，一面答对，一面回手拔刀，道："相好的，先别来这一套。我倒要先问问你们，你们是干什么的？凭什么要搜检我们？"

对方那人狂笑道："好大胆，这小子倒盘问起咱们来了？告诉你，爷们自有搜检你们的道理。你姓什么？"一言未了，猛然听唰的一声，那个持花枪的人一声不响，从侧面照闵成梁刺来一枪。

闵成梁手快，没影儿手更快，嗖地蹿过来，唰的一刀，将花枪格开。持枪的人一斜身，慌忙一退步，又突然把枪一挑。紫旋风闵成梁抡八卦刀，往外一磕；刀背又一转，照敌人拍去。

这一刀背，正拍在敌人肩膀上，那人负疼一哼，嗖地蹿退下去。顿时之间，迎面五个人哗然大噪："土匪，土匪！拒捕伤人了！哥们上，捉住他！"吱吱地吹起呼哨来。青纱帐后又跑出两个人，一共七个人，抡刀枪齐上，忽拉的把三镖师围住。铁矛周季龙抡竹节鞭，没影儿抡翘尖刀，紫旋风抡厚背八卦刀，齐往前猛闯，立刻跟敌人动起手来。

三镖师虽然动手，还有点疑惑；但只一照面，便知这几人必非乡团。这几个人纵跃如飞，居然会很好的夜行术，当然是土堡的贼党。紫旋风猜想那个持单刀、拿孔明灯的人，许是贼党头目；"擒贼先擒王"，八卦刀一递，立刻展开"八手开山刀"，进步欺身，专向此人攻来。

这个敌人闪展腾挪，一把折铁刀连拆了五手。到第六手"大鹏展翅"，紫旋风喝了一声："着！"刀法一紧，敌人一个封招略迟，闪转稍钝，八卦刀嗤的一下，削在对手右肩上。这敌人失声一叫，踉踉跄跄栽出三四步，扑通跌倒在青纱帐旁边。

紫旋风八卦刀一展，便要追捉逃寇；黑影里，早又扑出三个敌人来，邀劫闵成梁。闵成梁急横八卦刀，又与三寇拼在一起。没影儿持一口翘尖刀，攻入寇群，与铁矛周贴背相护，抵住三四个人。

周季龙马上的功夫强，此时持一柄竹节鞭，跟敌人一把刀一杆枪，招架在一处。铁矛周一声大喊，鞭猛力沉，把敌人的刀磕飞。黑影中，却险被敌人的花枪扎着胸口，幸而往旁一蹿，刚刚躲开。

没影儿才交手，力敌三个人，这时候只剩了一敌，那两个扑奔紫旋风去了。没影儿这边顿见松动，他施展开十二路“滚手刀法”，和面前敌人的一把单刀，对敌起来。忽又听一声叫喊，紫旋风竟又刺倒一个敌人。跟着铁矛周也夺住了敌人的枪，一钢鞭打去；敌人松手，弃兵刃而逃。也就是不到十数合，三镖师已占优势。只有没影儿遇见劲敌。夜战不比昼战，不敢久恋。没影儿把掌中刀一紧，用滚手刀连环四式，“叶底偷桃”“金针度线”，往外一撤招，居然把对头敌人的刀崩撒了手；当的一声，掉在地上。敌人“鹞子翻身”，急往外蹿；被魏廉一个鸳鸯跺子脚，踢个正着，直栽出很远去。

三个镖师立刻分从三面，向敌人猛冲来。那几个自称乡团的人呐喊一声，倏然往荒林败下去。铁矛周拔步急追，一个敌人猛回身，一扬手；周季龙急闪不及，一支暗器贴周季龙左肋，透过衣服穿了过去。

周季龙失声叫了一声，退了下来。没影儿骂了声：“鬼羔子！”拔步便追；紫旋风急忙叫住他；两人退回来齐看周季龙。周季龙道：“不要紧，没打着。”

这几个敌人败入树林，临退时，竟没有放下半句话，却从林中射出几支响箭来，往西北天空射出去。没影儿、铁矛周和紫旋风搭伴出离树林，查看了半圈，贼人已逃得没影了。三个镖师又会在一处，互相猜疑起来。没影儿道：“这八九个人，大概是贼人巡风放哨的，半道上撞见咱们了。”

周季龙道：“恐怕不对吧？他们足有八九个人；巡风放哨的，哪里用这些人？恐怕他们是故意邀劫咱们来的。……闵贤弟，你看！今晚上又比在李家集加紧了，咱们还往前么？”又道：“不过，咱们既出来，似乎总得看看古堡的边，才算没白出来一趟。魏贤弟，你说呢？”

没影儿魏廉道：“我也这么想，要是半途而废，又给乔师傅垫牙了。”

三个人略微歇腿，听了听附近青纱帐的动静。空寂寂的，

只一阵阵微风起处，木叶沙沙发响，近处远处听不见人声。三个人一齐说道："走，还是往前！"

周季龙道："咱们三个人不要并肩走了。"没影儿道："我们半道上还得加倍留神。这样子贼人明截还好抵挡，咱们可小心暗箭呀！"紫旋风道："那可难说！小弟在头里走吧。"没影儿道："还是小弟开道；到了古堡，闵大哥打前阵。"

三个镖师重又施展开夜行功夫，"鹤行鹿伏"，顺小路走出二三里，地势更见险恶。一丛丛荒林苇塘，夹杂着禾田。三个镖师各持着兵刃，提着气，轻蹑脚步，一条斜线错落着往前攒行。

没影儿魏廉挺刀当先，走近一段苇塘。没影儿回头低嘱道："这里可要留点神，我瞧前面，周三哥看左面，闵大哥看右边……"口里说着，脚下并没停。刚刚走到芦苇边，只听得唰唰的一阵响，嗖地射出三支响箭来，射向西北而去。

三镖师吃了一惊，急仰面往上看，苇塘后又发出数道旗火来。没影儿低叫道："这里藏着大拨子人哩。"唰的一声，从后面冲出一条黑影来。这条黑影疾如飞隼，落到三镖师面前。

没影儿魏廉缩步挺刀，侧目细看。还未得看清，猛听黑影喝道："哪里走？打！"也不知是什么暗器，分向三个人打来；三镖师霍地一闪。这黑影又一窜，连人带兵刃齐下，挟着一股子寒风，照没影儿扑来。

没影儿一撤步，挺刀封住门户。这才看出，来人是一个穿一身黑色短装夜行人，手摆着一对乾坤日月轮，当头照魏廉砸下。没影儿把精神一提，喝道："来得好！"往左一上步，避开贼人的正锋，手中翘尖刀往外一展，"顺水推舟"，反向敌人左肋斩来。这敌人霍地往右一倒退，又一伏身。原来从没影儿身后，突然打过来一件暗器，是紫旋风发出来的。这敌人身手好不矫捷，竟与先前遇见的那几个人大不相同。

没影儿乘机伏身而进，利刃照敌人上盘扎去。只见这敌人唰的一个旋身，左手乾坤日月轮往外一挂，右手的日月轮反向魏廉华盖穴点来。魏廉一闪，敌人右手的日月轮拦腰斩到。

铁矛周季龙、紫旋风闵成梁一齐大怒。两个人一纵身，双双跟踪而上；一声不响，竹节鞭和八卦刀齐照敌人攻来。敌人霍地一跳，喝了一声："呔，上啊！"双轮一摆，复又攻上来。苇塘后，唰唰唰一阵乱响，应声连窜出三个夜行人；个个轻装短打，各持利刃，分三面抄过来。铁矛周季龙喝道："你们是干什么的？拦路劫人，什么道理？"三个夜行人齐声答道："朋友，你长着眼珠子没有？你瞧太爷像干什么的？"铁矛周怒骂道："我瞧你们像土匪！"那使日月双轮的还骂道："瞎眼的奴才！你们三个东西分明是强盗，你还敢装好人？……伙计们上啊，把这三个秧子捉住了，活埋！"一纵身，日月双轮照魏廉当头砸来。

没影儿魏廉霍地一闪身，冷笑道："你这不要脸的臭贼！你简直是豹子手下的贼羔子，你还觍着脸装乡团？别给你娘的现眼了，爷们不吃你这个！"翘尖刀一领，往心窝就刺，双轮、一刀打在一处。闵成梁、周季龙挺刀鞭赶到，就与那后出来的三个人交手。

这三个敌人，一高、一胖、一矮，手中兵刃是单刀、双钩和一条七节鞭。长长短短，软软硬硬，很不好对付。紫旋风闵成梁把牙一咬，狠了心，将掌中厚背刀一紧，施展开六十四路八卦刀；迅猛异常，极力地挡住刀、鞭二寇。铁矛周季龙手持竹节鞭，与虎头双钩相打。他的竹节鞭不如他的铁矛纯熟，夜战尤其不济。却是他手劲强，膂力大，足与敌人支持得过。三个敌人只有那使七节鞭的手法狠辣，其余二人只是副手；所以虽是三比四，倒也一时分不出优劣来。

没影儿魏廉偏偏又遇见劲手。敌人这一对日月双轮是外门兵器，专夺对手的兵刃；只要被轮子内的月牙咬住，只一绞，一甩，对方的兵刃就要出手。没影儿早识得这兵器的厉害，为应付强敌计，急忙地展开了小巧的功夫；蹿高纵低，乘虚抵隙，将这翘尖刀上下飞舞，随着轻巧的身法，只想把贼人缠住。刀法一味地封闭遮拦，身法一味地挨帮挤靠。来往走了十几

个回合，天气燥热，已累得出了汗。

贼人这对日月双轮，得自名家传授，共有七七四十九手；运用起来，有崩、拦、剪、捋、挂、封、闭、锁、耘、拿十字要诀。敌人虽够不上炉火纯青，可是招数轻灵，已得窍要。只见他把招数一撒开，攻守进退，挥霍自如，十分的猛辣。

没影儿又对付了十几招。猛听得铁矛周大呼一声，铮的一声响，敌人那对虎头双钩没捋住铁矛周的钢鞭，铁矛周的钢鞭竟砸着敌人的月牙钩。若不是钩有护手，贼人的左手钩竟得脱手。可是这一来，贼人更吃苦头，叫了一声，嗖地窜下来，左手背和虎口竟震得十分疼痛。铁矛周大呼，抡鞭便追。那使七节鞭的贼人忙抛了紫旋风，把铁矛周截住。当下，七节鞭和竹节鞭打在一处。

紫旋风的八卦刀，翻翻滚滚，力敌二寇，有攻无守；铁矛周战胜，敌人忽然减少了一个；紫旋风越发得手，唰的一刀，用了招“飞星赶月”，道声：“着！”那使单刀的敌人，竟随着紫旋风的刀风退了下来。黑影中虽看不清，听动静，想必也负伤了。

紫旋风哈哈大笑道：“这样屎蛋，还想在这里打劫？”收刀急看，铁矛周的竹节鞭与敌人的七节鞭，一个鞭梢带得悠悠的生风，一个鞭节带得钢环哗啷啷响成一片，斗得十分激烈。看铁矛周的武功，绰绰有余。再看没影儿魏廉，他那把单刀，竟不是日月双轮的对手；只有闪展腾挪，不敢删砍劈剁。单从兵刃这一点上，便占了下风。

紫旋风把八卦刀一摆，便要过去帮助魏廉；突然见没影儿故意卖了个破绽，“举火烧天”，把刀锋往上一扬，照贼人面门就刺。贼人的日月轮一晃，便来找魏廉的刀口。魏廉急急地往回一撤招；贼人的左手日月轮“春云乍展”，急又一进步，断然喝道：“砍！”右手抡“金龙归海”，斜肩带背砸来。

魏廉斜身往旁一蹿，旋身猛进，翘尖刀刚刚地避开轮锋，急攻敌人左侧。这一招疾如掣电，几乎与贼人相碰。满想冒险

成功，这一刀定可刺通贼人的左软肋。哪知敌人这种兵刃实在厉害！日月双轮往外一推，这是一个虚招；却是身躯半转，倏然一个败势，左手轮竟照翘尖刀套来。

魏廉暗道不好，急忙收刀。哪想敌人这一招也是虚的，右手轮此时也抡起来，用尽浑身力，猛往下一砸，当的一声，如火花乱迸。魏廉右手发麻，翘尖刀竟被砸落在地上。敌人日月轮趁势一推，直奔面门而来。

好魏廉！势已落败，心神未乱；猛然双脚一蹬，面向后仰，嗖地倒窜出一丈多远。百忙中，左手早摸出一块飞蝗石子。这贼人好狠，日月双轮一摆，道：“哪里跑？”唰的一个“龙形一字式”，快似脱弦之箭，追了过来。

这时节紫旋风闵成梁刚刚抄赶至前，厉声叱道：“呔，看招！”右手厚背八卦刀一抡，“横扫千军”，从敌人侧面邀击过来。刀花一晃，左手抡起鸡爪飞抓，倏地照那使日月双轮的贼人抓去。贼人急闪，魏廉一扬手，飞蝗石脱掌而出；啪的一声，恰好打在贼人左腮上。

这一下是股急劲，使双轮的贼人腮肿牙破，哎呀一声，扭头一窜，窜进了苇塘，紫旋风提刀便追，却又悬崖勒马，连跺了几脚，便即止步。

没影儿魏廉趁敌人退走的当儿，飞纵到落刀之处，先把刀拾起，转身来接应铁矛周。那使七节鞭的敌人很是乖觉，见同党接连败逃下去，猛奋全力，抖七节鞭，喝道：“躺下！”一个盘旋赶打把七节鞭抡圆。

这一招不论你有多大本领，使什么兵刃，也得用“旱地拔葱”才能躲开。铁矛周急忙往起一纵身。敌人一个“怪蟒翻身”，飕飕地脚不沾尘，一连几纵，已到了苇塘边，回头冷笑道：“二大爷不陪了！小子们把脖子伸长了，早晚挨着二大爷的刀。”铁矛周季龙怒叫：“贼小子别走！”往前一纵身，追了过去。身躯方在一起落之际，敌人猛然一抬手，咯噔一声，一股寒风奔铁矛周面门打来。铁矛周赶紧低头，飕的一下，一支

袖箭擦头皮打过去。惊得铁矛周一身冷汗，再看敌人，已没入苇塘之中。

那没影儿魏廉、紫旋风闵成梁也全赶过来。三人分散开，沿着苇塘，蹑足潜踪地搜查过去。听声觇迹，芦苇禾秆乱摆，敌人似奔西北一带退走。三镖师会在一起，没影儿很觉惭愧，向紫旋风说道："闵大哥，我真谢谢你。"

闵成梁道："自己兄弟，何必客气？"

彼此一计议，不再追敌，仍然探堡。绕过了苇塘，三人慢慢走着，权代歇息。走出两箭地，互相招呼了一声，一伏腰，又飞奔起来。刚刚又走出二里多地，猛听背后快马奔驰之声，夹杂着呼啸。三个人不禁回顾，口虽不言，都觉得前途越来越紧。

一霎时蹄声渐近，没影儿魏廉在暗中一扯闵、周二人，立刻齐往青纱帐钻进去，屏息静窥后面来人。也只一转眼顷，两匹快马一前一后，顺大道从后面驰来，竟扑向古堡而去。三个人暂不稍动，容得蹄声去远，再听胡哨声，仍在后面，却似绕奔正东去了。

又过了一会儿，没影儿钻出来，低低对铁矛周、紫旋风说道："二位看怎么样？贼人步步安设埋伏，我们还不？"紫旋风默然筹思，反问铁矛周季龙道："三哥你说呢？"

钦矛周把下唇一咬道："冲啊！冲到哪里算哪里，实在闯不过去再说。"紫旋风身量高，跷足北望道："可是，你二位瞧，古堡那边闪着灯光哩。"没影儿道："是吗？……但是咱们倒要过去看看，只要小心点，别掉在里头。"

三人立刻把精神一振，二次趱行，不走正路，曲折前进，不一刻发现了那片大泥塘。又往前走，在西北面远远展开了黑压压、雾沉沉的一片浓影，这很像是古堡了；却有一点黄光，在浓影上面闪耀。三镖师隐身在荒林中几棵老树后，往前端详。要从立身处直走过去，似嫌不便，当中正隔着一大片空地。南面也不行，那是一条土路。这须要绕奔北面和西北面才好。

没影儿睁开一对圆眼，相了相；向伙伴一打手势，竟抄荒

林奔田径小道向北面溜过去。却才举步不远，“梆梆梆，皇皇皇！”竟又有一起梆锣巡更下夜，恰从正北面走来。听更点，敲的正是四更。三镖师都觉得奇怪，怎么这转眼工夫，竟耗了一个多更次？

三镖师不愿露相，急忙缩步，想退回荒林，已是来不及。恰有田径小道当前，三个人蹲下身来，藏在禾田内，相隔半箭地。突闻巡更的发话：“喂！深更半夜，伸头探脑，干什么的？”

紫旋风只道是行踪已露，挺身而起，回手拔刀，正要向外窜。没影儿魏廉急忙一把拉住，附耳低语道：“大哥别忙，再听一听。”铁矛周也道：“也许是诈语。”紫旋风依言而止，雄伟的身躯，急忙蹲伏下来。

不想三个人才这么一咕哝，那敲打的梆锣陡然住声，跟着嗖嗖地听见纵跳之声，望见黑影闪动。接着从田径那一端，射出两道黄光，又是孔明灯。灯光似车轮一转，倏又隐去；立刻飕飕地射出几支响箭，跟着蹿过三个人来。全是青衣装，短打扮，各持利刃往这边扑来。

没影儿暗道一声不好，对闵、周二人道：“这是他们的卡子。”

紫旋风又看了一眼，悄声招呼同伴：“不错，一定是卡子……”距古堡已近，若露出形迹来，容他们堡内的人跟卡子上的人一通气，就糟了；再想探堡，更不易了。紫旋风道：“退！”没影儿头一个蛇行鹿伏，往后撤退下去；闵、周二人也忙退下去。

这一来，却上了人家的一个当。敌人一梆、一锣、几支响箭，便把西北一路堵住了。

紫旋风等听得这三四个打更的往来搜寻、咒骂，并不当回事。依然拿定主意，大家改奔西面；西面并没有人。铁矛周道：“这时候有四更天了么？”

紫旋风摇头道：“决计没有。”铁矛周季龙道：“我想着也没有。”没影儿道：“大概三更来天，我们只有一更多天的活好做。”紫旋风道：“赶紧入窑吧！”说罢向古堡仔细一望，堡内

堡外悄无人声，却从里面挑出一盏红灯来，好像过年红灯似的。三个镖师昂然不顾，先后涌现身形，直扑古堡西面。眨眼间到了古堡墙外，蹑手蹑足，走了半匝，看稳，择定，三个人便分两处跃过干壕沟。

这古堡的破栅门依然洞开，三镖师伏身偷窥，外面没有埋伏，里面也没有动静。紫旋风向没影儿一点手，不入堡门，跃上了土围子墙；没影儿跟踪蹿上去。铁矛周季龙飞纵的功夫稍差，身躯重，脚下也沉，倒退数步，往前一顿足，也努力蹿上去。

这土围子上有垛口，内有更道，在初建时，原有很好的防盗设备。三镖师跃登更道，急忙伏身，且不下蹿，忙张眼四顾。堡内层层爿爿的房舍，约有一二百间。黑影中看不甚清，似大大小小，分成一二十个院落，多半坍坏了。那一竿红灯是立在东大院内。各院落通通静悄漆黑，堡内的更楼望台也不见灯火。紫旋风拔八卦刀，伏腰当先，履着更道，窥探了半匝，一点声息也没有，连狗吠也听不见。三个镖师倒疑虑起来，这简直是空城计。

时逾三更，星河灿烂。堡当中一条南北砂石走道，东西两排房，历历可数。没影儿魏廉随着紫旋风深入堡内，留铁矛周季龙藏伏在土围子西更道上、垛口后面，教他巡风。然后紫旋风、没影儿试探着，奔那东大院走去。两人记得这挑灯之处，正是白天所访的那座大门。虽猜疑这只红灯设得古怪，两人仍奔红灯而来。

转眼间，绕近东大院，相距还有五六丈，若是细察院内的虚实，必须走下更道，跃上邻近的房顶。紫旋风一指灯，又一比量远近，又一指房下面，向没影儿低声道："下！"

没影儿掏出问路石子，往下面一投，啪嗒一声，知是实地。没影儿霍地先蹿下来，紫旋风也轻轻跳落地上，脚尖一点，庞大的身躯如箭脱弦，嗖地一蹿，竟抢在没影儿前面。

更道的下面，隔着一丈多宽的一块空地，好似一条夹道。两个人忙掠空地而过，蹿上近处一道土墙。土墙年久失修，几

乎着不得脚，稍一用力，便簌簌落土。两个人提着气，轻轻由墙头跃上房顶。伏在房脊后，先向院里看了看；又向院外正中那条走道上看了看。尤其墙隅巷角，加倍留神，深恐敌人藏有埋伏。

这是几所小院，灰土四合房；可是各院山墙都相连。有的失修坍塌过甚，不是有房无顶，就是有院无房。两镖师不走平地，单择高处。紫旋风在前，没影儿在后，施展提纵术，连窜过数层小院。

紫旋风由一道短墙往一排灰瓦房上跳，又由房顶往别院墙上跳。脚尖一踩房顶，才一用力，不想他身高体重，竟把这灰瓦房踩塌下来。幸仗他身法利落，急忙一滑步，霍地一闪，人没有掉落下去，房上的灰土顿时噗噜地坍下一堆来。

紫旋风好生惭愧，急闪眼观看动静，这动静不算小，可是堡内依然沉寂没有反应。没影儿赶过来，忙道："闵大哥，我身子轻，我在前面道吧。"于是没影儿在前，紫旋风在后，两人先把西面这一排房踏勘过一半，走到马厩附近为止。抽身回来，又转而跃下平地，横穿南北走道，又跳上东面那排房上。黑影中一阵风过处，隐隐听见一点声音；没影儿急侧耳细听，又不见了。忙即伏身止步，隐在房背后；等紫旋风过来，往西北一指，低声道："大哥，听见了没有？"

紫旋风道："好像是马嘶？"没影儿便要翻回去重勘；紫旋风止住他，用手一指那座东大院有红灯处，轻轻说道："还是先看看那边吧。"没影儿依言，在一排房舍的后山坡后面，伏身急行。又连连越过几道院墙，距白天所见的东大院虎座大门已近。

两镖师到此早已深入重地，急忙止步，背对背，伏在东面一座小房的背后，只探出头来，向那东大院的红灯端详。这红灯是一根长竿挑出来的。两人已将土堡探看了一半，竟似入无人之境一般。紫旋风越发地疑惑起来，莫非白天那次窥探，便把贼人弄惊了不成？他们也许由打前半夜就逃走了？可是他们

又在外面层层设卡，不像逃走的样子。

紫旋风把这个意思问没影儿，没影儿也猜不透。忽地立起，摸出一块石子，要照红灯打去；只是相隔过远，比了比，怕打不着。

两个人要再翻过一层院子；不想距这东大院只隔一层房，在对面房顶上，忽然透露出一线光亮。紫旋风心中一动，忙指给没影儿看。两人轻轻地从房上溜过去，才看清这光线是从一排南房的一角破房脊透出来的。

依着没影儿，便要过去一窥。紫旋风看了看这房子的格局，觉得跳下房，再翻上房，又须穿过一道院子。既有灯火，必有敌人；惊动了敌人反倒不妙，劝没影儿还是先奔东大院。魏廉称是，仍顺着这东面一排排的北房，往大院那边溜。将到近处，二人又伏身藏起，侧耳倾听，偷眼细看，仍然一无所得。

忽然一阵风吹来，又听见西南一阵马嘶，比前次更清楚了。没影儿轻轻一推紫旋风闵成梁。闵成梁道："又是马嘶，可是这里狗很多，怎么听不见狗叫呢？"没影儿道："这可古怪。"又道："大哥你看，这大院真像没有什么人似的。"

两个人爬起来，刚要贾勇再往前探。这时候，隔着那座门楼，只有一层院子。忽一回头，堡外面突然射出一溜火光，又是旗火，一连飞起三道旗火。没影儿首先瞥见，忙叫紫旋风快看，果然这旗火正是从鬼门关那边射过来的。紧跟着嗖嗖一声响亮，分明又射出一支响箭来。两个人怔住了；忙将兵刃抽出来，目注堡外，沉机观变。却是旗火响箭之后，隔过半晌，堡里堡外还是没有意外的动静。潜藏的敌人竟没有出现，这古堡真像空了似的。

两个人纳闷，互相知会了一声，握刀站起来；围着东大院的邻房，闪来窜去，连了两遍。到底忍不住，试用问路石，往东大院啪嗒投下去，竟半晌不闻反应。两人沉吟，这一趟可以说任什么也没看见，太访得无味了。遂低声附耳商量，堡内断不能说一个人也没有。两人决计要冒险，把贼人诈出来，倒要

看看他们有多少人。也可以过一过话，看看那个插翅豹子究竟在这里没有？

商量已定，不过若要闹动起来，三个人应该聚在一处才好，不应该分在两处。没影儿、紫旋风忙飞奔回去，要找铁矛周。他们跳下东排房来，横穿走道，跃上西排房。忽又见西排房北面光亮一闪，二人索性寻光逐亮，直向这发亮光的地方去。

这透亮的所在，竟也是一所破房屋顶。两人轻轻蹿上去，这是五间破瓦房，靠房脊角，漏出碗大一块破洞。两镖师急忙绕爬起来，轻轻地伏身，从破洞口往里张望。两人自觉身法极轻，不想刚刚一探头，屋内的光亮忽然没有了。里面黑洞洞的，任什么也看不见了。

紫旋风和没影儿悄声打喳喳："这里头一定有人。"正自猜疑，突然听屋内一声怪笑道："妈拉巴子，你打算看什么！这里没有人，就只爷爷自己一个。要偷，偷你妈的巴子去吧，爷爷就只一两蛋！"

听来似在屋洞那一边说话。紫旋风、没影儿相顾失笑："他倒灵了！"

屋内又骂道："妈拉巴子，破屋子！妈的一走就掉土，你当爷爷不知道吗？滚吧，你姥姥在外头等着你呢。要偷，偷有钱的去，上这里来干啥？我还不知道抢谁去好呢！"突然一道强光，对着屋顶破洞照射出来；是一团圆光，分明又是孔明灯。紫旋风急一拉没影儿道："留神暗器！"一言未了，咯噔一声，打出一物，竟穿破洞而出，一定是袖箭弩弓之类。紫旋风忽然一笑，忍住了，手扯没影儿，用较小的声音说道："别理他，走咱们的。"暗暗一拍没影儿的豹皮囊，两人各将暗器装好；只等屋中人往外一闯，就冷不防给他一下子。

哪知行家遇行家，谁也不上谁的当。猛听飕飕的连声响亮，黑屋子射出三支响箭来。这与堡外的响箭的响声不同，这三支响箭才出，顿然听更楼望台上，也飕飕响起三支响箭。跟着东排房、西排房、东大院、西大厅，一齐响起了响箭；同时

当当当，更楼上又敲起一片锣声。跟着呜呜的一阵狂吠，从一处破院内的破房中蹿出来一二十条大狗，顿时逐人迹而狂叫。同时从好几处破院内，突然射出数十道孔明灯的圆光来；尽只往房顶墙隅，不住地照来照去。却有一节，只见这灯光照，不见人影出现。那虎座门楼内，连一点动静也没有。

紫旋风闵成梁、没影儿魏廉都觉得不妙，立刻打定撤退的主意；互相关照了一声，急急地伏身一溜，退下房脊。堡中走路上群犬狂吠，两个人不便下房，就伏腰蛇行；用尽办法，不教孔明灯照着自己。

两人身法快，脚步轻，唰唰的退出数丈以外。回望堡内，竟还没有一人蹿上房来追赶。没影儿魏廉低声啸唤闵成梁，刚要问一句话；紫旋风身高目远，猛然叫道："不好，快躺下！"更楼上忽然火光一闪，窗扇一开合，唰的射出一支响箭和数支弩箭来。更楼上果然有人。果然就看准了两个人的来踪和去路；那支响箭直照着二人的出没方向射来。

没影儿低骂了一声，与紫旋风伏着腰，顺着一排排的房屋，仍往南面退。退后不到十数丈，走尽房顶，须跳过一道墙，下穿一道小院。倏然北面不知从哪里又射过一支响箭来，啪的一声，落在两丈以外的屋瓦上。

紫旋风、没影儿脊背相倚，急张眼往四面寻着。箭的来路尚未寻明，忽看见西面堡墙根下不知从什么时候，也不知从什么地方，利利落落冒出七八个人影；一条线似的，横抄山墙，一声不响，捧刀而伺，竟把闵、魏二人的退路斩断。闵、魏二人要想跳下房，踏过平地，跃上土围子更道，逃出堡外。照这样，须从七八个人眼前绕过去。再不然，便须直下平地，径抢堡门；再不然，就得从斜刺里，翻堡墙跳出去。但不管怎样，闵、魏二人一出一入的行踪，确被堡中人盯住了；否则就是那更楼上的响箭跟着作怪。

夜行人的规矩，从哪道而来，还要从哪道而去，走熟路方免涉险。当下紫旋风很着恼，把八卦刀一顺，从房脊后直立起

来，就要涌身上跳，硬往敌人面前闯。才一打晃，没影儿魏廉轻轻一嘘气吹唇，把闵成梁猛然揪住，道："快蹲下，看对面!"

嗤的一声，一道轻风，掠身飞来，跟着啪嗒的一声响，敌人又打过来一件暗器。紫旋风急忙寻声看去，对面小院房顶上，一个人影一晃，竟学自己也伏在房脊后藏起来；只探头，不现全身，也不过来掩击。

地上一二十条恶狗，竟像嗅出气味似的，也冲着魏、闵二人潜身的房屋发威，一声声号叫，像要扑上来。紫旋风、没影儿怕受了堡中人的暗算，又恐中了埋伏。两个人忙又背对背，侧身蛇行，躲避敌人，往旁边另一处房顶退过去。

就在这时候，铁矛周季龙忍耐不住，突从堡墙更道上抽鞭现身，要赶来接应自己人。听锣声一起，铁矛周季龙料到紫旋风等必然有失，或竟被围；急忙走到更道垛口边上，往下探看，身子才离开堡墙垛口，全形毕露。西墙根七八个堡中人立刻看清，随即抡刀上前。吱的一声，连吹起胡哨，分一半人来阻路，分一半人从别的磴道上，抢奔堡墙更道。一贼喝骂道："好贼！真敢捋虎须，把脑袋留下来!"

顿时四对一，和铁矛周季龙交手狠打起来。铁矛周力战四敌，这堡中的四个人竟很不济。头一个刚奔过来，被铁矛周一鞭，便将兵刃打飞。第二个、第三个奔过来接战，挡不住周季龙鞭沉力猛，也被打退。只剩了一个人，大呼进攻，武功特强。

铁矛周手脚松动，急抛敌夺路，寻找同伴。百忙中瞥见西排房上一高一瘦两人，水蛇似的由房顶弯腰奔来，猜是闵、魏二同伴，越发地且战且进，迎了过去。

更楼上的锣声，这时由连声敲动，忽改了五下一敲，六下一敲。这自然是发号令。紫旋风、没影儿思量着若要退得利落，必先诳敌一下。两个人遂不走原路，竟假装窜奔堡门。登房越脊，曲折飞行，佯投正南。忽然一支响箭过处，对面东排房两所破落的小院内，又窜跳出两个人。一在南，一在西南，

也登墙上房，一扬手打出两件暗器来。

紫旋风、没影儿闪身躲开，顺手还打出两石子。两敌人一闪身，伏下去，竟隐在东排房脊后。闵、魏二人连忙又奔南跑，这两敌人忽又现身出来，如飞地也往南跑；隔着当中一条走道，追得很紧。内中一人出声叫骂道：“贼种，也不打听打听我们乡团的厉害！趁早滚下来受死吧，哪里跑？”

没影儿答了腔：“呔！爷们是借道的，跟你们贵地无干。咱们各走各路，少打搅，多睡觉，有你的好处。”

敌人狂笑道：“娘拉个蛋！你借道往人家房上跑？爷爷谁信你！这里是龙潭虎穴，进倒是好进，小子，我看你怎么出去！”紫旋风怒吼了一声，明白叫阵道：“太爷是打豹寻镖来的。打开窗子说亮话吧！快把豹子叫出来，太爷紫旋风要见识见识他！”

没影儿也应声叫道：“太爷上山打虎，下山打豹。狗种们有本领快施展，别弄出一群恶狗来，那不是英雄，那是狗熊！”紫旋风、没影儿止步障身，要听堡中人怎样答话。谁想那缀来的两个人也一伏腰，把身形藏起来，没一个肯搭腔的。紫旋风和没影儿冷笑了一声，仍奔堡门跑去。回头瞧这两个人，竟不现身再赶；这二贼都霍地跳下房来，奔那虎座子门楼路去；口吹胡哨，喊出许多黑话来。闵、魏二人全听不懂。

紫旋风一拉没影儿，道：“狗贼奔回去，给豹子送信去了。”没影儿道：“也许……”两镖师特为留步，要看看劫镖的正主那只插翅豹子。但是这地方不稳，两人便猛翻身往回撤，不奔堡门了。

这一来，响箭随起，由四个地方发出四种信号来，都是响箭，响声各有不同。立刻由各院各处，散散落落冒出十几个人影来，只一露便即隐去，好像故意示给两镖师看：“这边有人不许进，那边有埋伏不许闯。”那群狗才可恶，一味地窜前绕后，逐影狂吠。

紫旋风如一阵风地扑回来，八卦刀一指原路，喊道：“往

这边啊!”

紫旋风当前开路,霍地连窜过数层小院,循原路折回来。没影儿挺刀急随,转眼快到短墙边。黑影中,敌人纷纷惊动,许多暗器嗖嗖地横掠过来,斜打过去。

两个人的提纵术都够快的,冒着暗器,由房顶蹿下短墙;由短墙跃下平地,一直扑奔更道磴口。堡中人逐响箭,追后影。一声呼哨,从东排房当先跳下来三个人;西排房一所小院内,也从后墙头跳出五六个人来。

一人仗利刃,如飞追过来,大喝:“豹子来也!”这是个身材矮小的人,手握一把刀,斜剪二镖师的退路。更楼内也出来两人,绕更道,居高临下,把磴口把住,不教两镖师上来。那群狗一窝蜂似的,也由一贼唆唤着,由南北走道绕堵过来。

没影儿大喝一声,抡起翘尖刀;紫旋风的八卦刀横扫直劈,公然向堡中人丛猛冲,顿时由暗器遥击,转为双方肉搏。闵、魏二人互相掩护着,且战且走,辗转扑到西南角,抢到更道底下。更道上、更道下,孔明灯乱照;堡中人堵的堵,追的追。响箭掠空,追踪直射向西南角。这情形比方才紧张起来。

紫旋风、没影儿在墙根下咬牙狠斗。铁矛周在更道上一面打,一面连声呼唤;百忙中闵、魏二人应了一声。铁矛周道:“并肩子快快上,快快上,狗来了!”紫旋风奋勇一冲,竟抢上更道。八卦刀往上仰攻,本很吃亏;但是出乎意外的是这几个堡中人的武功竟这么乏,人数又这么少,竟不知是什么意思。

紫旋风挺刀一搠,更道上那敌人一枪刺来,被紫旋风一把夺住。较手劲,只一送,又一带,八卦刀复一送,敌人未及撒手,踉踉跄跄地扑下来。紫旋风刀背一转,喝一声:“去吧!”照敌人猛拍,敌人直栽下去。紫旋风夺枪在手,竟抢上更道四五级。忽地背后打来一镖,紫旋风回手一刀,把镖磕飞。

没影儿刚刚蹿过来,正循台阶欲上;敌人凭空骤至,慌忙又退下来。那个自称豹子的矮小人物,把一口刀施展开,阻住没影儿,手法极快,倒是劲敌。没影儿奋力抵挡,勉强打个平

手。铁矛周却又打倒一个敌人，飞奔过来，与紫旋风上下夹攻。更道上的敌人手忙脚乱，有好几个往平地跳下去。

紫旋风、铁矛周一齐大喊："魏贤弟快上！"没影儿且战且呼："并肩子快来，这是豹子！"那自称豹子的矮小汉子挥刀高叫："太爷不含糊，我把你这一群臭贼……呔！你们快报个万儿来！"

三镖师到此不约而同，都不肯匿名姓，失身份。紫旋风第一个报道："爷们有名有姓，紫旋风八卦掌闵成梁。相好的，你有胆，也报出来！"铁矛周、没影儿也说出姓名绰号，又齐声反诘对方。这个短小的豹子只连声冷笑，不肯直答，道："太爷就是带翅膀的豹子，你们一群鼠辈，太爷不值得把万儿卖给你们，教你们家大人来！"

三镖师气得怒焰三丈，猜疑这豹子嗓音体格，似是少年，必非劫镖的真豹；只是他这气派也够狂傲的。闵、周二人已退到堡墙更道上，愤然要扑下来，攻散敌人，接应没影儿，好歹把这冒牌豹子毁倒，这一夜也不算白来。但两个人才要下来，更道上邀截的敌人忽然齐退，表面好像怯战；却蓦然从西排房上涌现数人，闪出三四张弩弓和两三盏孔明灯。

灯光一来一往，齐向闵、周二人照射来。那弩手就开弓扣箭，借灯光唰的照闵、周二人射来。紫旋风挥刀格打飞箭，急呼铁矛周留神，不料敌人三四张弩弓，竟集中放射，对准一个人的上中下三路，连发数箭，射完紫旋风，才又射周季龙。

周季龙挥鞭打箭，一下没磕好，竟失声一叫。紫旋风吃了一惊，忙奔过去，掩护着受伤的周季龙，一面急催没影儿速退。一霎时箭飞如雨，更道上立身不住；忽又听堡外快马奔驰之声，闵、周两人一翻身跳下土堡——堡中平地上只剩下没影儿一人。

第十八章 武林三豪夺路斗群寇 飞天一豹策马逐镖师

没影儿一步落后，独留堡中；挥翘尖刀，与敌人假豹子，往来恶斗。假豹子横身挡住退路，不教没影儿逃走。两三个堡中人围上来，一群狗也扑上来。没影儿蹿前蹿后，看着要被围；急攻一招，闪身骤往旁退。看这更道出口，已经抢不上去了；没影儿急忙抽身，顺墙根飞跑。一条凶猛的狗追到，照脚胫便咬；没影儿回手一刀，正砍在狗头上。一声惨嗥，群狗惊退；却一个巧劲，刀砍在狗脑骨上，仓促间抽不出刀来。

急遽中，忽闻快马奔腾，由堡外驰入堡内。没影儿急提刀一甩，将死狗甩出多远去，才一拧身，手攀土墙，跃上更道；急急地往堡内一望，似四五匹马驰入堡门。魏廉又急急地往堡外一望，十数丈外黑影历落，似有六七个人，分两拨前奔后逐。猜想着，也许有闵、周。忽然一盏孔明灯直向魏廉这边照射，堡内一片喧哗，隐隐听见一个尖嗓子怪喊道："进来多少人？捉住他！"堡中走道上，又挑出一盏大气死风灯来，上有"守望相助"四个大红字，虽看不很真，却猜得出来。没影儿不晓得哪一拨黑影是自己的同伴，只得捏嘴唇，打了一个呼

哨。这一声没找来同伴，却找来一支响箭；嗖的一声，仍是从更楼上射出来的。

没影儿闪身避箭，再往堡外看了看。堡外壕边，鬼似的有两团黑影；忽然一长身，是两个蹲着的人，蓦然站起来，却一捏口唇，打了一个胡哨。没影儿一翻身，跳下堡墙，越过壕沟，如飞奔过去。他存着一分戒心，未敢贸然凑近，探囊取飞蝗石，握在掌内，远远地打了一声招呼。饶这么小心，竟伏兵陡起；两条人影一声不哼，迎上来抖手一镖。果然不是同伴，竟是敌人伏兵。没影儿唰的一闪身让开，骂道："鬼羔子，太爷防备着哩！"扬手发出飞蝗石；对面敌人哎哟的一声蹲下来。没影儿长笑抽身，提刀连窜，一直落荒走下去。却从木板桥下，又跳出两个人，健步跟追过来。

没影儿脚下用力，唰唰唰，如飞的直奔出两三箭地。止步凝眸，向外一看；同伴一个没见。那两个敌人竟跟踪追来，相距在七八丈外。没影儿大怒，发狠道："好东西，真缀下来了；我教你们追，我教你兔蛋们跑一夜，解解我心头之恨！"

没影儿诡计多端，立刻放缓脚步，向追兵大喊数声，慢慢溜入青纱帐。把一支钢镖托在掌心，他还想冷不防暗算敌人。

那一边，紫旋风一只手不能顾两面；掩护着铁矛周，匆匆越墙，投入青纱帐内，先给周季龙拔箭治创。又恐把没影儿失陷在堡内，竟欲教铁矛周在此歇歇，他要二番入堡，好把没影儿寻回。周季龙的箭创不重，未肯落后，定要与紫旋风一同找回去。紫旋风哪里肯依！再三劝阻，周季龙只不肯听；竟忍着箭创的疼痛，出离青纱帐，直往外走。

紫旋风无奈，只好由他，低声道："周三哥，你也太那个了。我自己寻一趟怕什么？"铁矛周微微一笑道："闵贤弟，别瞧不起我呀！"两人且行低论，紫旋风道："我们这一趟探堡，劫镖的贼人，和贼党的底数，到底也没探明。我看莫如先把九股烟打发回去，到明天晚上，我们再来一次。"

铁矛周季龙想了想道："天实在不早了，明天再探很对的；

但是我们总得先把魏老弟寻回来。”紫旋风道：“那是自然。”周季龙道：“闵贤弟，这古堡太古怪，你觉察出来了没有？他们怎么一个能手也没有？跟我交手的是几个年轻人，功夫都平常，倒是辽东口音。闵贤弟，你看怎么样？跟你动手的，可有豹头虎目的老人没有？”

紫旋风道：“没有。”只得在前头走，让铁矛周在后跟随；才走得几步，忽然错愕地叫了一声。紫旋风身量高，竟望见古堡上灯火齐明。只是青纱帐障着视线，看不真堡门堡墙；四面低洼，又无高处可以登上一望。隐隐地却听见堡前的奔马之声。

周季龙道：“闵贤弟，对不住！你帮帮忙，我也看看。”紫旋风挺然一站；周季龙从紫旋风背后，双手轻轻一按两肩，双足一抬，双鞋脱落；整个身子竟跃上紫旋风的肩头。架天梯式两人相接，高达一丈一尺多。这才看清楚古堡垛口上，挑出来十好几只灯笼，似绕更道梭巡。

此时却从堡门又驰出来六七匹马；马上的乘客昏夜看不清，只看出这几匹马顺大道飞奔过来；竟不知他们做什么来的，又疑心他们是找后账来的。但在探堡之时，敌人本领既然稀松，等到镖师退回，他们又轻离巢穴，追出来找场，也似乎无味，未免不像江湖上好汉干的。

周季龙和紫旋风互相替换登肩膀，都看了一回。紫旋风对周季龙道：“天太晚了，我们不能再去探堡了。只是把魏廉失落了，我们怎好这样回去？”

周季龙毅然说道：“你不用顾忌我，我说行，一定行！咱哥俩还是找找他。”

两人昂然出来，仍借丛林田禾掩蔽，绕着古堡，搜寻没影儿。把古堡绕了小半圈，一直没遇见堡中人，也没遇见没影儿。两人不由很着急道：“这位魏仁兄可是跑到哪儿去了呢？难道凭他那份身手，会落在陷阱不成，真教人难信！”

这时候那几匹马竟奔苦水铺走下去了。紫旋风到底忍不住，越探越近，距古堡已不甚远了。他一路上撮唇轻啸，眼光

东张西望，越遇黑影，越加留神。直奔古堡东面，已经四面绕了三面，还是没寻见没影儿的影子。

周、闵二人嘀咕起来，以为没影儿凶多吉少。紫旋风发狠道："这么隔着古堡老远地绕不行。三哥，你得依着我，咱们别耽误事！"立促周季龙退后，紫旋风闵成梁亮八卦刀，竟奔古堡西面，一直抢上去。古堡里面，灯光闪烁，仍然照耀着。紫旋风二番探堡，定要涉险救友。

周季龙以为没影儿大抵失陷了，自己也不好坚持着，反而累赘紫旋风，倒对不起没影儿；摇着头，抚伤微喟，道："闵贤弟，你偏劳，我还是给你巡风。"

紫旋风闵成梁不顾一切，急急地闯过去，一转眼之间，挨到古堡西面。一弯腰，摸着一块残砖；比了比，要抖手上土围子墙；只是相差尚远，又往前溜了几步。

但是闵、周二人绕古堡徘徊，里里外外的堡中人早已觉察。顿时之间，伏兵四起。从闵成梁身后一片黑影中，嗖的先蹿出一条黑影；兔起鹘落，捷如轻烟；陡然喝道："什么人？站住！"断喝声中，紫旋风早将手中残砖照堡上打去。听见啪嗒一声，立刻起了反响；堡中更楼忽然射出数道孔明灯来，一来一往地乱照。

周季龙叫道："并肩子！……"紫旋风早霍地转身。那条黑影直奔过来，却又回头，吱地吹起一声呼哨。立刻从他现身处，又蹿出一条黑影。头一人一个箭步，往下一落，已扑到紫旋风面前，搂头盖顶劈下一刀。紫旋风见敌人来势迅猛，不肯硬接，"斜身望月"，八卦刀往外一展，"凤凰单展翅"，刀找敌人下盘。

敌人一刀劈空，右手猛往回一收刀，"反背刀"借势一转，陡照紫旋风右臂斩来。紫旋风一领八卦刀，往左一个盘旋，要递刀再追取敌人。眼角一瞥，见那另一条人影竟奋身而进，"蛇形式"向自己背后暗袭过来。

铁矛周季龙忍不住，急负伤挥鞭迎敌。敌人抛开他，箭似

的早掩到闵成梁身旁；冷森森一把尖刀奔向闵成梁右肋扎来。紫旋风凹胸吸腹，往左一提气，尖刀贴右肋扎空。

敌人骂道：“好东西！”一声未了，紫旋风展重手法，照敌人一击。这两个敌人大非堡内那几人可比，手法竟很硬，身法竟很快。这个敌人一闪，那个敌人的刀又到，竟把紫旋风夹击在当中。两个人齐声喝道：“相好的，报万儿来。”

紫旋风喝道：“太爷紫旋风，上山来打豹。”

两敌人嘻嘻冷笑道：“你也配！无名之辈，也叫字号？”紫旋风的英名，敌人竟不理会。

紫旋风怒气勃勃，厉声喝骂道：“教你尝尝无名之辈的刀法！”八卦刀重新展开，“野牛耕地”；从右往左一领，盘膝绕步，避开一敌，抢攻一敌。劲风一掠，喝道：“看刀！”敌人急闪，挥刀反攻。紫旋风霍地一领刀，龙形飞步，身随刀转，避开这一敌。那一敌单刀一顺，向紫旋风后背狠狠搠来。不妨紫旋风猛一攻面前之敌，倏然还刀一扫后方；叮当一声响，险些磕飞背后敌人的兵刃。敌人猛一惊，撤身急退。

闵成梁哪里放松？唰的又一刀，招数迅快。敌人慌忙再闪。紫旋风闵成梁猛然一旋身，突然飞起一腿，斜踹在敌人大胯上。敌人受不住，踉踉跄跄斜栽出去。铁矛周季龙抢赶过来，一声不哼，唰的一鞭，拦腰打来；手下留情，未肯搂头盖顶。这敌人身手不含糊，闪不及，躲不开，竟一拧腰，“旱地拔葱”，往上一蹿。

紫旋风如一阵风又扑过来，喝道：“倒下吧！”咕咚，呛啷！敌人被撞倒，刀也出手。周季龙过来就要按捆，这贼人“懒驴打滚”，负疼连翻。那另一贼人吃了一惊，一声不响，嗖的斜截过来；一股急劲，抡钢刀照周季龙后颈就剁。锐风直袭，铁矛周季龙并不躲闪，“怪蟒翻身”挥鞭一掠。

力大不吃亏，手快最上算。周季龙的鞭硬砸敌人的刀口，敌人的刀，唰的掣回去。周季龙也趁势窜开一边，黑影中急端详来人，看出敌人是个高大个，兵刃是一对锯齿钩刀。右手刀

一收，左手刀早又一扬，“举火烧天”，向周季龙面前划来。周季龙抡鞭接战。

这两个贼人竟硬朗得很，别看紫旋风把贼人战败了一个，却已尝试出两个贼人的功夫真不弱，不过稍逊自己一筹罢了。周季龙在平地上力战，虽已受伤，钢鞭上下挥霍，力大招熟。

紫旋风提刀一看，很是放心；又急纵目望四周，那个被踢倒的敌人把兵刃失手，也不管同伴，竟跳起来，如飞地逃去。紫旋风道：“不好！”贼巢邻近，放虎归山，如何了得？立刻展开旋风似的身法，嗖嗖嗖，也如飞地追下去。刚追出不多远，逃跑的敌人猛一回身。紫旋风急一低头，一支暗器打过来。

紫旋风道：“哪里跑？”也一扬手，打出一件暗器。敌人往旁一闪，翻身就走，直奔青纱帐跑去。紫旋风不肯舍，正要往下追，后面周季龙连声呼喊。前面浓影又发出警报，响箭旗火连连射出。

紫旋风止步回头。铁矛周季龙面前那个敌人，也猛然收刀，闪身便跑；看方向，似要逃奔古堡。周季龙忙喊：“截住他！”紫旋风蜻蜓点水，横刀遮住。这使锯齿刀的敌人身法很快，不下紫旋风，竟被他夺路窜入青纱帐内；只听禾秆簌簌的一阵响，已深入浓影之中。

两镖师迫近来看，竟是青纱帐与一带疏林相接。那两声响箭、五道旗火，就是从这里发出来的，这树上必有人望着。铁矛周季龙、紫旋风闵成梁面面相觑，欲罢不能，欲追不得。猛然间，听林后兵刃乱响，火箭又起；喊骂声中，似隔林正有人开打。紫旋风急撤身外绕，要扑到林后一看；铁矛周挥鞭跟过来。两镖师冒着险绕过疏林，一抬头，只见疏林禾田的夹当，小小展开一片空隙，正有四个人影奔蹿。细辨时，却是三个人攒攻一个矮小的人。

这人蹿前跃后，遮前挡后，一口刀上下翻飞，力战住三人。三人竟弄不倒他，他可也逃不出来。只听他连连呼叫道：“伙计快上啊！别教他们跑了，我一人拾不过来呀！”一面拼

斗，一面呼援。那三人紧缠住他不放，讥骂道："小子，少使诈语！你就喊出大天来也不行，爷们也要活剥了你！"

三对一打着，一面斗刀，一面斗口。闵、周二人都听见了，急急赶过去，撮唇一呼。却才往前一蹿，黑影中唰的一下，射出一件暗器来。紫旋风忙一伏腰，回刀一扫，这支箭竟从头顶射过去。跟着又唰的一箭，奔周季龙射来，周季龙慌忙闪过。

闵、周二人齐喊："并肩子，魏师傅！"那被围的黑影应声叫道："龙三哥快来！梁大哥快来！"

这果然是没影儿魏廉。闵、周二人竟不避暗器，没命地奔过来接应。人未到，声先扬；刀未到，暗器先发，齐声大喝："贼子看镖！"将飞蝗石子，飞掠着敌人头顶打过去。唯恐混战乱窜，误伤了魏廉；这一石子，不过是借以惊敌。但这石子虽不取准，居然生效，围攻的三敌人立刻往外一散。紫旋风、周季龙刀鞭齐上，冲了过去；只几个照面，把没影儿救出来。

没影儿跳出圈外，略吁一口气，又挥刀加入，大骂道："好一群兔羔子。三打一，什么玩意儿！太爷宰了你们，太爷的埋伏多着呢，你们都出来呀！"不住向背后黑影处打手势、呼喊。但敌人不上当，三个敌人齐说："伙计们，别听这一套！妈巴子使诈语，就只他这三块料，一个也别放跑他，伙计们上！"三个敌人已散复集，猛又攻上来，胡哨连连吹着，在旷郊中声势惊人。紫旋风、铁矛周一点也不怯，仗着处处的青纱帐，足可退避。他们帮助没影儿一面狠斗，一面细辨敌人的面貌，旁察敌窟的动静。这三个敌人，一高一矮，功夫都很了得，与堡内的人不同。这却是怪事，敌人的老巢很空虚，外面卡子倒硬，正不知他们是怎么一个布置。

紫旋风等连战数合，看这三个敌人并没有那个插翅豹子。四面黑影憧憧，料到敌人也许还有埋伏，这是不应恋战的。三镖师不约而同，齐有退志。

这三个敌人，一个鬼头刀，一个单拐钢刀，一对链子锤，

与三镖师捉对儿厮杀，手法很强；紫旋风等竟不能取胜，也难立即撤退。紫旋风不由勃然大怒，八卦刀一收，骤将身边暗带着的七节鞭掣出来，哗啷啷地一抖，厉声向魏、周二人招呼道："哥们多加劲，不放倒他们几个，也不知道咱们是老几！上啊！放倒几个，回家睡个舒服觉！"

没影儿魏廉匆遽间答了个"对"字，身形一矮，猛然一耸，捷如飞鸟落去；翘尖刀照那使鬼头刀的敌人，唰的急下毒手。周季龙一摆手中鞭，扑奔那使链子锤的敌人。没影儿这番举动很够朋友；明看出三个敌人，就数这把鬼头刀力大刀沉，他却抢先抵住了。仗着自己一身轻巧绝技，往返突击飞蹿，一心要缠住敌人。

紫旋风闵成梁一看，魏、周二人各认对手，他就一纵身，奔了那使单刀铁拐的小矮个子；这个小矮个子手底下很黑。当下，三对敌人各各地搭上手。战况骤然凶猛，招招险毒，谁也没想教对手活着回去。紫旋风的七节鞭乃是防身轻便的利器，施展开来，搂头盖脸，"泰山压顶"，照敌人头上猛砸。

那单刀铁拐的敌人忽见闵成梁插刀抡鞭，便不敢硬接；急斜身错步，用左手铁拐往外一挂，"盘肘刺扎"，刀奔紫旋风便扎。紫旋风并不退躲，凹腹吸胸，微微一侧，敌刃扎空；紫旋风一挫腕子，竟把七节鞭带回。一个"怪蟒翻身"，唰的一个"盘打"，从左往后一翻；七节鞭似乌龙飞舞，竟照敌人右肩扫来。

敌人也自不弱，杀腰下式，往下塌身；紫旋风"犀牛望月"，七节鞭竟从敌人脸上一扫过去。敌人怒吼一声，往前一探身，"拨草寻蛇"，刀往下盘扎来。紫旋风"倒踩七星"，身似飘风，"巧步旋身"，倏然错过去；下盘轻快，敌人的刀又走了空招。立刻哗楞楞一响，七节鞭钢环一震；紫旋风竟施展开"彩凤旋涡""捕水寻鱼""连环盘打"。三个旋身一连三招，缠头，鞭腰，绕两足；一招紧跟一招攻来，绝不容敌人缓势。

这使刀拐的敌人骤感威压，身形一耸，纵起五六尺高；让开了第一招，但是紫旋风第二招已到。这敌人匆遽中，急用

“卧地龙”，往下一杀腰，胸口塌地皮，借势一晃身，单拐点地，“蜉蝣戏水”，居然贴地拧身，闪开了七节鞭的第二招。

但是紫旋风第三招早已展开，腕力上抖足了力，不容敌人长身，又复赶到；哗楞楞，鞭环响处，七节鞭竟缠着敌人的双腿。紫旋风喝道：“教你跳！”一挫腕子，努力一带，把这单刀铁拐敌人直抛出六七尺以外，咕咚栽在地上。

铁矛周季龙抡鞭力战那一对链子锤，却不甚得力；被人家这一对锤唰唰的打得倏上倏下，应接不暇。他臂上带伤，究竟影响了斗志；但他多年苦练的功夫，虽不能战退敌人，也还不至为敌人所败。

没影儿魏廉的翘尖刀苦斗敌人那把鬼头刀，实在是功夫不敌；仗着身法轻，纵跃快，敌人竟捞不着他。他百忙中还能照顾到四面，一见敌人栽倒了一个，恰离自己身畔不远；忙虚晃一招，骤然撤身，翘尖刀急往地上一扎。那敌人一滚身闪开，魏廉跟着又一刀，敌人又一闪。

那使鬼头刀的急忙挺刀过来，掩击没影儿。紫旋风三鞭取胜，收鞭换刀；一见敌人来救，大喝一声，横刀挡住了那把鬼头刀。于是紫旋风的八卦刀与鬼头刀打在一处，铁矛周的单鞭仍然苦斗链子锤，没影儿挺刀追赶那使刀拐的敌人。

那使刀拐的敌人虽然落败，兵器未失；但他并不再战，将刀拐并在一手内，抬右手，打出一支暗器。没影儿闪身抡刀一磕，是一支钢镖，被刀磕飞。那敌人钢镖出手，一翻身，嗖嗖嗖，连蹿十数丈。不战而退，竟也奔青纱帐逃去，口中吱吱地连发呼哨。

魏廉骂道：“鬼羔子，你勾救兵，太爷也要剁倒你！”展开身法，星驰电掣地追下去。

陡听铁矛周季龙喊了声：“魏师傅留步！”一声呐喊，精神旁骛，唰的一声响，铁矛周手中的钢鞭竟被敌人的链子锤缠住。一声大喊，双方一较劲。铁矛周力大，敌人手快；嗤一声，铁矛周把敌人右手的链子锤缠夺过来。

但是敌人左手的链子锤一抡，猛喝一声："打！"铁矛周只顾兵刃，用力过猛；敌人的右手链子锤一松，铁矛周身躯往后一晃。只顾一斜身，稳下盘；敌人左手链子锤，快若流星，倏地已到。他闪避不及，被链子锤兜上；重重地挨了一下，铁矛周踉踉跄跄往旁栽去。

那敌人赶尽杀绝，单链锤换到右手，往前一个箭步。链子又一抖，悠地奔铁矛周脑海打去。黑影中，没影儿竟没看清铁矛周失利；但已听见铁矛周的呼喊。没影儿霍地转身，反扑回来；恰瞥见铁矛周身摇步乱。没影儿吃了一惊，垫步拧身，往前猛蹿，施展轻功绝技"燕子穿云"，往敌前一落，翘尖刀直递过去。

这时铁矛周危殆之势，间不容发；突被紫旋风闵成梁就近瞥见。未等得没影儿回救，紫旋风猛攻那使鬼头刀的敌人；却虚晃一招，用刀一闪，急扑到链子锤与铁矛周之间。链子锤掠空往下砸，紫旋风的八卦刀"叶底偷桃"，斜身躯，挺刀锋，竟直刺敌人胸口。

这使链子锤的敌人竟不顾戕敌，自救危急，慌忙往左一闪身，往回一带链子锤。不管是人到、刀到，抡起锤来，就往下砸。紫旋风本不承望一刀取胜，只是要援救铁矛周的失招；八卦刀骤然收回来，旋身一转，改攻为守。果然那使鬼头刀的已奔自己右肋砍来。紫旋风急用八卦刀一封，又与鬼头刀战在一处。

这时候，没影儿已落到使链子锤的身后，挺刀猛进，猛喝道："躺下！"敌人的链子锤已竟翻起来，要往下砸；骤觉背后劲风扑到，竟将链子锤一收，又一发，四尺五的链子锤横向没影儿的刀上砸来。锤头却没有砸着，链子正搭在翘尖刀刀背上。

没影儿并不撤刀，借着链子锤将要缠上刀锋的当儿，急将刀往下一沉；身形下塌，手腕用力一偏刀锋，"老树盘根"，照敌人双足斩来。敌人往起一拧身，飕地斜蹿出六七尺，没影儿魏廉一个箭步，追了过来。

铁矛周季龙把鞭上的链子锤扯下来，用手一按摩左胯，左

胯挨了一锤；咬咬牙，挺鞭提锤，奔过来要与敌人拼命。一条单鞭施展开，飕飕生风，倏上倏下；与没影儿，把这个使链子锤的敌人裹在当心。周季龙鞭沉力猛，有攻无守，有进无退，双目怒睁，钢牙紧咬，这与刚才更有不同。

使链子锤的敌人本来一对锤，此攻彼守，一进一送。如今只剩下一支单链锤了，运用起来，简直不能应敌护身，何况又被周、魏二人夹攻，勉强对付了几招，蓦然喊道："妈巴子，两个打一个，太爷一只锤也跟着你招呼，不打到天亮不算完！伙计，上劲呀！"用了手"风剪梨花"，单锤往上一悠，椎心贯肋，照魏廉急攻。魏廉往后一撤身，这敌人单锤又一抡，照铁矛周打来。

铁矛周横鞭一接，安心教他缠上。不想敌人忽然一收，乘势一个"鹞子翻身"，直窜出一丈以外，大喊道："伙计，我的青子出手了，我走了！"翻身便跑，刚才的话原来是诈语。

周季龙怒骂道："狗贼别走，还你这一锤！"奋身追下去。这敌人绕着圈跑，向那使鬼头刀的敌人连声招呼，竟然投入青纱帐去。铁矛周跟踪急追，没影儿也摆刀急追，却只追出不远。没影儿便将周季龙唤住。

周季龙十分惭恚，正是三个伙伴一同探堡，独有自己两次失着，脸上太觉下不来。没影儿一指那使鬼头刀的贼人道："三哥何必真动气，咱们别追了，咱们合起来，三个人捞着这一个吧。"

两人立刻奔回来，要协助紫旋风，捉拿这落后的敌人。这使鬼头刀的敌人，与紫旋风展开苦斗，棋逢对手。紫旋风暗暗惊奇，喝道："朋友留名！"

使鬼头刀的敌人一面拒敌，一面留神细端详紫旋风，也大声喝道："小伙子真有两下子，怪不得敢来捞鱼堡撒野。十二金钱俞剑平是你什么人？"

紫旋风冷笑道："豹子是你什么人？"又道："我紫旋风行不更名，坐不改姓，姓闵名成梁，乃沭阳八卦掌贾冠南老师傅

的掌门大徒弟，是十二金钱的朋友。朋友，你也说说你和豹子怎么讲究？是什么万儿？”

那人先不置答，突然攻进一刀。紫旋风挥刀架开，喝道：“下冷手，我就不防备么？”

那人一笑说道：“紫旋风，好！我领教过了。”见同伴均退，没影儿和周季龙又掩击过来，他就骤然收刀道：“你们来了三位，我失陪了，明天再会。”

紫旋风道：“别走！到底你是什么万儿？”

那人回头道：“改日我专诚投帖访你。”一翻身，如飞的退走。

三镖师分三面兜截急追，这使鬼头刀的身法很灵活，如凌波水蛇一样，竟没将他挡住。没影儿、铁矛周挥刀鞭联翩而上，挡住青纱帐，那人不能钻过去，便霍地回身，绕田而转。他的两个同伴又从青纱帐后面掩出来，上前来接应他。两方面顿时又是一场混战。

青纱帐和古堡的内外，一阵阵呼哨连响，声势汹汹，敌人似要大举来攻。三镖师陡觉情形不利，天色又已不早；暗打一声招呼，三个人倏然收刃退下来。三个敌人齐声呼喊：“追呀，一个也别放跑了他！”反倒把三个镖师追赶下来，两方面眼看要成拉锯战。

紫旋风仰脸看天，没影儿暗问铁矛周的伤势，周季龙毅然道：“不要退啊！该怎么着，就怎么着，我没事。”没影儿道：“还是退！”三镖师施展轻功，嗖嗖地连退出数箭地，投入青纱帐内。再窥看敌人，人影憧憧；说追又不追，说回又不回，只绕着青纱帐乱转。

三镖师愤然。紫旋风道：“敌人已竟散布开了。”铁矛周道：“天不早了吧？”没影儿道：“咱们明天再来。”三镖师顿时潜穿禾田，绕道往苦水铺退去。

三人直钻一二里地，出了青纱帐。这一路急走，竟把追兵抛在后面，看不见影儿，前面也没有拦截的人；三人倒疑讶起来。看前面，是一片矮庄稼，不好藏身，无法隐形。没影儿对

紫旋风、铁矛周说："我们必须紧走，必得闯过这片空场子、麦田地才好。三哥觉得怎么样？"铁矛周道："行。"将钢鞭插在背后，头一个举步。没影儿、紫旋风两人就一前一后，急忙赶上去。

紫旋风开路，没影儿断后，让周季龙居中行走。这本是一番关切，周季龙反觉脸上无光；虽受伤不愿累赘人，脚下跑得更快。不想由麦田出来，奔至鬼门关，竟没发现人影。却在三人刚刚越过鬼门关大泥潭时，陡然听见迎面来路上，又响起一阵快马奔腾之声，被一片青纱帐遮住，看不见形，只听出声；揣度动静，由远而近，似从苦水铺来的。估摸此时已近五更；三镖师未肯鲁莽，急急地窜入近处青纱帐内，将身隐住，向外察看。

也就是片刻之间，马蹄声骤停，先扑过来一匹深色的马；紧跟着飞驰来两匹，末后又是两匹；一共五匹骏马，脚程都很快。紫旋风闵成梁等从高粱秆隙内，亟加审视。征尘大起，蹄声历落。在这倏忽一瞥中，五匹马已如飞掠青纱帐驰去。

黑影朦胧，只看出马上五个人，大约四个人穿短打，一个穿浅色长衫。人的面貌都看不真，这马只辨出内中有一匹是白马，其余四匹不是黑马，便是枣红马。但没影儿魏廉眼光素尖，已经看出五个骑马的似乎有四个人拿着短兵刃。

容得五骑驶过，没影儿头一个窜出来，急急地障身形，打凉篷，逐后尘。铁矛周季龙、紫旋风闵成梁也忍不住跳出来，目送奔马，极力窥看来人。三镖师都疑心这五匹马什九是贼党放哨的。三镖师凑在一起，互相耳语，互相询问："这里面有豹头虎目的老人没有？"又一齐绕出来，看看这五匹马是不是投奔古堡。

出乎意外，这五匹马并不是扑古堡，齐到鬼门关附近，忽然改投西面，忽然散漫开，忽然又听见一声惨厉高锐的呼哨。疏林中火光一闪，那五个骑客蓦然有两个人下了马，又忽然聚拢在一处。眼看纷纷扰扰，又似从林影中闪出来一两个人似

的。几个骑马的绕了一圈，先后奔回来，纷纷下马，聚在一处。但闻蹄声，不闻人语。

三镖师看到这里，已料定这五人必是堡中豹党派出来放哨的了。但是三镖师的推断，并没有断准；这五个骑马的简直不是放哨的手下人，实是贼党闻警赶来的主力。依着没影儿，仗恃自己的脚程快，竟要追过去，盯他们一下。敌人不过是五个骑马的，再加上三两个埋伏，人数也有限。自料行藏败露，就便打不过，也可以跑得开。

铁矛周素日持重，但因自己负伤，也不好说出退缩的话来；便问紫旋风该着怎么样。紫旋风一向做事拿得稳断得定的，到了这时，既不明敌情虚实，又顾忌着自己这边人力不齐，一时竟沉吟起来。追过去，什九可以摸着底；无奈铁矛周已经受了伤，显见他很疲劳了。

三个镖师欲追不进，欲避不退，只在青纱帐前打晃。不想陡然间，从那边射来四支响箭，有两箭直射到青纱帐这边，有两箭反射到古堡那面去了。没影儿急叫道："留神，快进去！"紫旋风、铁矛周急忙二番钻入青纱帐。却又不甘心，借黑影障身，仍向外边看。哪知响箭才过，疏林前五个夜行人，忽然纷纷上马，竟以青纱帐为目标，倏地分两面抄回来。疾似流星一般，飞尘起处，眨眼间马到青纱帐前。

三镖师相顾愕然，竟不明白敌人是怎么会看破自己行藏的。五匹马奔近青纱帐，相距半箭地，忽有一人发话。五匹马顿时打住，立刻有两个人跳下马。紫旋风、没影儿这才看出来，虽然跳下两个人，马上还是五个人。内中竟有两匹马，是各驮着两个人的。这番奔回，五匹马竟是驮着七个人了。跳下马来的两个人，短打扮，持短兵刃，先将大路口扼住，跟着有两匹马，围着青纱帐前后，梭巡了两圈。其余三匹马，抄到苦水铺的去路上，昂然立在大道中，内中一人穿着长衫。

穿长衫的骑客扬鞭高叫道："朋友，我听说尊驾光临到我捞鱼堡了，是我一步来迟，未得亲自接待。我手下的几个孩子

们，不懂得款待贵客之礼，未免在朋友面前丢丑。是我急忙追来，特意到好朋友住的火窑内迎请，不意诸位还没有回去。现在好极了，我们总算有缘，我们到底得在此相会。朋友，不用藏头露尾了，请出来见见吧。在下要会一会高人；是哪一位高人，肯替十二金钱俞剑平出场？一定是成名的英雄了，我们要开开眼界！”

这人嗓音洪亮，口吻锋利。虽然夜色朦胧，看不清面貌，可是紫旋风、没影儿、铁矛周，无形中觉得此人气魄矫矫，与众不同。而且无论听音辨形，分明觉出这是一个强健矍铄的老人，而且又是说的辽东方言。

第十九章

紫旋风狭路逢敌手 苦水铺霜刀输空拳

三镖师悄悄在高粱地里，一声不响，互握着手，倾听暗窥。没影儿低声对周季龙说："你听他这颐指气使的气派！"紫旋风把没影儿的手摇了摇，不教他说话。几个人一齐伏下身来，努目往外端详。

那圈过去的两匹马，和那两个步下人，已然越出视线之外；在这对面道口，只能望见这三匹马。马上人各穿夜行衣，亮青子；独有发话的长衫客空着手。没影儿忽地站立起，把暗器掏出来，心想："这多半是豹子！"擒贼先擒王，他要把这长衫客打下马来再讲。

铁矛周、紫旋风都以为不可，把魏廉重扯着蹲下。

长衫客脸向青纱帐，好像不准知道三镖师潜身之所似的，突又发话道："喂！朋友！说话呀！"

铁矛周一推闵、魏二人，暗问是不是现时就该答话？紫旋风摇摇手，还要看看来人的举动。没影儿却不由暗恨九股烟乔茂胆小误事。他若在场，定能辨出贼人究竟是谁来。

长衫骑客驻马等了片刻，不见回答，忽然冷笑道："我的

话交代过了，朋友听明白了吧？像九股烟姓乔的贪生怕死一流人物，我不犯跟他过话。只是我已听我们捞鱼堡的小伙计们对我说，来了三位朋友；内中还有沭阳八卦掌名家，叫什么紫旋风的。这位很是朋友。既是朋友，就该按朋友道交往。我说紫旋风，请你出来吧！还要我下马进去请么？别看你暗我明，要诚心请，我自信还不至挨上你的暗器，但是我不能那么无礼。好朋友，出来吧，鼎鼎大名的十二金钱客，威名震动江南，他的朋友绝不是鸡毛蒜皮、见不得大阵仗、只会偷偷摸摸、踩人家房檐的家伙。”

这人将马鞭一扬，往青纱帐一指，哈哈大笑道：“你们三位，都蹲着了。”

紫旋风一听这话，挺身而起，嗖地亮出八卦刀来。没影儿慌忙拦住，欠脚尖，伸脖颈，对紫旋风耳畔说道：“别搭碴，别认账！”

紫旋风道：“我们总得出去，但是……”一拍铁矛周的肩膀道：“三哥，你别动。千万在这里等我一会儿。”紫旋风把精神一振，朗声发话：“朋友，请了！我……”略一迟疑，猛然叫道：“我紫旋风闵成梁，行不更名，坐不改姓，今天要会会好朋友！”并下死力地把铁矛周的手握了握，嘱他不要动；自己将刀拔出来……

青纱帐立刻簌簌的一阵响，没影儿魏廉挺翘尖刀，向铁矛周暗打招呼。魏、周两个人各用刀鞭开路，排山倒海般推动高粱秆，从东南两面冲去；给紫旋风暗做替身，权做疑兵。

敌人五个骑马的、两个步行的，顺着青纱帐波动之势，一齐注意。紫旋风却顺着田垄，绕西北面，轻轻地亮出身形来；只一蹿，庞大的身材昂然地跳到两敌之前。步下两敌霍地往旁一闪，骤又往上一围。

突有一人照紫旋风一扬手，唰的打出一支暗器。紫旋风一矮身，八卦刀往上一削，噌的一声把一支镖削到天空数丈以外；往下一落，啪嗒一声，掉在田间。

紫旋风哈哈一阵怪笑道："这是什么朋友！"

话才出口，敌人厉声叫道："当家的，这里出来一个！"一摆兵刃，两敌扑上前来。

紫旋风道："呔！"八卦刀"夜战八方"式一冲。就在这同时一刹那，没影儿奋身一声喊，抡刀抢出青纱帐，照这夜行人背后就是一刀，厉声骂道："你这帮狐群狗党，以多为胜，要脸不要脸？"

那一边铁矛周季龙抡钢鞭，立在田边，闵、魏二人都不教他出头；他一看贼人竟施暗算，怒吼一声，忍不住也亮兵刃扑过来。当下，两边立刻要陷入混战之局。铁矛周季龙喊道："马上朋友听着！你指名要会人家紫旋风，你们就这么对付人家么？你们还有多少人？"

紫旋风喝道："周三哥、魏贤弟，你们快闪开了！他指名要见我一个人，教他们七个人都上来，我也是一个人。"这是一计，敌众我寡，自己匹马单刀地出战，这是很合算的打法。没影儿魏廉、铁矛周季龙顿时会意，霍地一闪身，重退到青纱帐边。两人齐声吆喝道："闵大哥，你一个人跟他们打，我们两个人旁观。"

果然四个敌人才往这一面冲过来，那马上长衫客立刻大喝道："你们快退下去，不许动手！"急急地吩咐他身旁未下马的那两个骑客："你们给我把住了，不要动，不许放走一个人。"

这长衫骑马客说罢，立刻策马来到紫旋风面前，相隔两三丈，把马勒住。他两眼先把紫旋风打量一下，然后命手下人撤退到数丈以外。

紫旋风也向魏、周二人一挥手，教他二人再往后退下去；然后昂然立定，注视敌人，回手插刀，腾出手来，双拳一抱道："朋友，我就是沭阳八卦掌贾冠南的大弟子，紫旋风闵成梁。你指名要会我，头一件，我先请教你的万儿；第二件，你在马上，我在步下，这样过话，够朋友交情么？"

那长衫客闻声大笑道："你会挑眼！"

紫旋风道："朋友，这都是闲话。你愿意在马上赐教，那也行。别看我在步下吃亏，我也不在意。但有一节，我只有两个伙伴，你们这里没有露面的暂且不算；单是亮出来，一共已经七位。三对七，你们的人比我多一半。可是我姓闵的虽然没胆，也不能退缩。你的人数就是再比我们多十倍，我也只是这一把刀、一双肉掌。"说时做了一个手势，道："我绝不倚靠人多。我这边只用我一个人来领教，你们那边随便。你们车轮战也可以，一伙齐上也可以。我的朋友，我决计教他们袖手旁观。你把我打下来，我们再走马换将，另上别人。"

长衫客仰天一笑道："闵朋友，你很机灵！你人少，我人多，你怕我以多为胜么？朋友，你年轻轻的，不要瞧不起人，你也不要瞎嘀咕。你是不知道我，你那令友十二金钱俞剑平大概总知道。我也是只靠这一双肉掌。不管你拿刀，拿枪，使金钱镖，使袖箭，使别的暗器，我只空手肉搏，要来向你讨教。"

闵成梁双目一瞪，把来人盯了半晌道："你好狂！你看，我早把刀插了，我就陪你走一趟拳。不过咱们未动手之前，要交代清楚了。朋友，你别忘了我们的来意。真人面前不说假话，我们是来找镖的。一个月头里，朋友你率众夺镖，把人家铁牌手胡老镖头押的一笔盐镖拾了去。这本与十二金钱俞某人无干，你却错算在姓俞的账上。姓俞的哩，为了朋友分上的交情、镖行的义气，只可将错就错，把闲账硬往自己头上揽。我呢，更和十二金钱俞某人交情很浅，也不过受了别位朋友的转托，替他摸一摸，找一找。我十分有幸，今日得遇高贤。别看你我还没有动手，你老先生的手法、气派，我已经默领了；实在高明，值得佩服。我明知草茅后进，不堪承敬，我也只好试着献拙。你我可以讲一讲，你胜了我，我滚蛋，从此不再麻烦你们了。若是动手之后，你还认我闵某有三招两式可取；那时候，朋友，你怎么跟我交代？你可不可以赏脸，把镖银给我带回去！可不可以化干戈为玉帛，把这道梁子揭过去？咱们要动手，先把话交代明白。"

此时天色已近五更了，夜幕渐开，朦朦胧胧。双方敌人一在马上，一在步下，各睁着锐利的目光，力辨对方的神态。紫旋风身高眉敞，气象壮伟。看这马上长衫客，已经隐隐辨出形貌来，似乎此人目巨口侈，唇掩短须，像个中年以上的人物。他身高肩阔，吐属洪亮；有鲁音，有冀音，也有辽东土音。这个人莫非就是范公堤上拦路劫镖的正主么?

但这马上长衫客一面听闵成梁交代话，一面眼光四射，仍窥看青纱帐边上没影儿魏廉和铁矛周季龙的面貌。他暂不回答紫旋风的话，回头来对两个骑马的同伴说了两句哑谜；用手指着周、魏二人，似是有所询问。骑马的同伴答了两句话，远远地骑在马上，并未过来。

紫旋风又催迫了一阵道："朋友，天色不早了，在下静候阁下一言为定。转眼就天亮了，这与我们不相干，恐怕对尊驾不便吧?"

马上长衫客一拱手，笑道："客气！英雄出少年，你是哪里人?"

紫旋风不悦，颇疑此人意存轻视，或者别藏诡计。他提高了声音，又催道："朋友，请马前点，我是哪里人，这一点也不相干。"

马上长衫客仍徐徐笑道："闵朋友，你不要误会了我一片真心。既然如此，我告诉你一句话，你是为朋友，在下也是为朋友。那劫镖的正主儿，也不是外人，他和十二金钱俞剑平倒是旧识，也无恩无怨。只是他衷心佩服俞大剑客的拳、剑、镖三绝技，这才邀集了我们几个人，在范公堤露了这么一手，无非是献丑求教罢了。你足下既是俞大剑客的好朋友，就请你带过一句话去。劫镖的人不想会他的朋友，是一心专会姓俞的本人。现在劫镖的人正在大纵湖等候着他哩。你回去给他带个信，请俞大剑客随便哪一天，到大纵湖沙沟地方找他去。只要见了他，请教三拳两剑，再请教他一通金钱镖，那劫镖的人一定把二十万盐课原封奉还，决不耽搁。至于在下，正和阁下一

样，都是给朋友帮忙。你愿意跟我比画比画也行；不愿意比画呢，我也不拦你，你尽请回店。不过……”

没影儿魏廉在旁傲然搭腔道：“不过怎样？”

这马上长衫客突然桀桀地笑道：“不过么，我要请三位把兵刃留下，我要借观借观！”

没影儿魏廉、铁矛周季龙哗然大怒，骂道：“放你娘的臭狗屁，你们不过是人多么？你还狂到哪里去？”两人一齐掣兵刃，要扑过去。

紫旋风慌忙吆喝道：“并肩子留步！”紫旋风陡然探进半步，回手拔刀，左手进刀，右手一弹刀片，嘻嘻地一阵狂笑道：“马上的朋友，你失言了！你们七个人，我们三个人，你们居然出口，要截留我们的兵刃，你不怕闪了舌头？我也晓得，你们沿路都有埋伏。可是有一节，咳咳……”

他用手一指周、魏二人道：“我们哥三个由打苦水铺直扑到你们……你们自己捏称的那个捞鱼堡。你们一拨一拨的人打劫我们，拦阻我们。我们不敢说如入无人之境；我们却是进，进去了；出，出来了。朋友，你就凭这个，留我们的兵刃么？朋友，你别忘了，天亮了，你就有本领，又该如何呢？”

马上长衫客似乎自觉失言，顺势变了话题，道：“闵朋友，你别做梦了！你们来了四个人，你们随后还有人来。你别觉着你能够闯入我们的重地了，就自以为了不得。告诉你，……告诉你，你倒丧气了；你自己尽往痛快里想吧。你自觉着摸着我们底细了？你们别太高兴；我只告诉你一点吧，你们往捞鱼堡去，正赶上我往别处去。你不过是乘虚而入罢了。其实连乘虚而入都够不上，你们那就叫扑空了。你们还得意？这都是闲话。朋友，你要想回店，说真格的，我盼望你亮一手再走；可是我们绝不以多为胜。”

这人侧脸向周季龙、没影儿叫道：“周朋友、魏朋友，你们放心吧，我既然出场，当然是一个萝卜一个蒜，我决不教他们一拥而上。”

长衫骑客分明说出来一对一的战法了。可是三镖师反倒暗吃一惊，怎么他们的姓氏，竟为贼人访出来了？莫说没影儿、铁矛周心惊，就连紫旋风骁勇异常，也不由十分惶惑起来。他们可是怎么访出来的呢？

三镖师相顾纳闷，只见马上长衫客，闲闲地把马往旁一带，就要下马索战。那另外两匹马上的壮士，始终未曾发言。此时陡然高叫：一个称当家的，一个称师父，齐告奋勇说："你老人家且住，这么一个晚生下辈，也劳动你老人家不成？待我们来！"说着双双下马，亮出兵刃来。一个是使一对钩镰枪，一个是使单刀，下马的姿势非常灵快。

紫旋风急退一步，将八卦刀交往右手，封闭住门户，静候敌人来前。那一边，没影儿魏廉、铁矛周也忙挪了几步，看住未下场的敌人。

只见这使双枪、一刀的两个敌人刚刚奔过来，那长衫客立刻用沉着的声音断喝道："咄，你们不许无礼！人家八卦掌名家的门徒，你们休要班门弄斧，倚多为胜，退下去！"又向闵成梁抱拳道："闵朋友，还是我来领教。我久闻你们的八卦掌、八卦刀，驰名江北江南，现在……"把双手一伸道："我要凭这一双肉掌，陪你走两趟！"

说时迟，那时快！他轻轻地一按马上的铁过梁，身形腾起，如野鹤凌空，从马头上飞蹿下来。长衫不卸，兵刃不拿，两手空空，轻轻飘飘落在闵成梁的面前。

紫旋风闵成梁急急地左手提刀，右手往刀攒上一搭，凝双眸再看来人。抵面相对，越发地看得清楚；果然豹头虎目，果然年约六旬，可是他自己还不承认！紫旋风暗暗地吃惊，潜加提防，忙叫道："朋友，你我先过拳，还是先过兵刃？"

长衫客傲然地仍把双掌一伸道："我先请教你的刀法。你这六十四手八卦刀，到我们捞鱼堡，七出八进，我一定先请教请教；至于你的掌法，那容后再说。"说话时，紫旋风闵成梁早立住了门户，双眸炯炯，要看看对方立的门户，猜猜他是哪

一派的家数。

哪知这老人长衫飘飘，双拳空握，竟不立门户，只双拳一抱道："请吧！"人家竟要空手来敌他这把厚背薄刃八卦刀。

紫旋风暗蕴恚怒，敌人举动竟如此疏狂，厉声呼道："你真要空手么？"一回身，向没影儿叫道："并肩子，给你这把刀。人家不用兵刃，我姓闵的虽然草包，也不能做这无理的事。"

长衫客叫道："闵朋友，你就不用客气，你的刀宰了我，我死而无怨。"双臂右一伸，左一拳，嘻嘻冷笑道："只怕我这一对爪子，也不容易教你剁着。相好的，你就砍吧！"

紫旋风两朵红云，夹耳根泛起。没影儿、铁矛周齐声叫道："闵大哥，这位合字要空手伸量伸量咱们，咱们别不识抬举！闵大哥，恭敬不如从命，单刀直上啊！"

紫旋风石破天惊的一声道："好！朋友，这不怨我无礼，这是你看不起我！"一咬牙，一双巨眼一瞪，立刻往前上步，"穿掌进刀"，八卦刀唰的向长衫骑客的华盖穴扎来。紫旋风这一发招，毫不容情了。

长衫客肥大的衣袖一拂，口喝一声："好！"左臂往外一分，掌拨刀片。"翻云覆雨"，右手掌反来截击紫旋风的右掌。紫旋风收招，往左一领刀锋，身移步换；脚尖依着八卦掌的步骤，走坎宫，奔离位，刀光闪处，变式为"神龙抖甲"，八卦刀锋反砍敌人的左肩背。

长衫客双臂往右一拂，身随掌手，迅若狂飙，嗖地掠过去。紫旋风一刀劈空，敌人抹到自己身后，顿觉脑后生风，已猜出敌人来意。紫旋风急用磨身掌，"老树盘根"，从离宫转到乾位。果然一如紫旋风所猜，长衫客正用着"仙人指路"的一招，招到立刻击空。紫旋风倏然变招为"猛虎伏桩"，八卦刀直取长衫客的下盘，青锋闪闪，猛砍双足。

这长衫老人双臂一振，一声长笑，"一鹤冲天"，嗖地直蹿起一丈多高，如燕翅斜展，侧身往下一落。紫旋风微哼一声，

"龙门三激浪"，往前赶步，揉身进刀；"登空探爪"，横削上盘。

这一招迅猛无匹，可是长衫老人毫不为意；身形一晃，反用进手的招数，硬来空手夺刀。倏然间，施展开"截手法"，挑、砍、拦、切、封、闭、擒、拿、抓、拉、撕、扯、括、拨、打、盘、拨、压，十八字诀。矫若神龙掠空，猛若猛虎出柙。身形飘忽，一招一式，攻多守少。看他是个老人，手法竟比少壮人还英勇。

紫旋风早料到敌人非易与者，还没想到人家竟会有空手夺刀之技。紫旋风骤逢劲敌，忙将全身本领施展出来，八卦刀，崩、扎、窝、挑、删、砍、劈、剁，一招一式，不肯放松。辗转苦斗，天色将明。紫旋风将八八六十四路八卦刀，眼看要砍完；莫说砍伤敌人，连敌人那肥大的衣袖、衣襟，也没有扫着一点。

敌人的肥袖宽襟，飘飘摇摇，随着身法晃来晃去。张着一双空拳，一伸一探，暗影中竟专找紫旋风的穴道。紫旋风这二十年的苦功、二尺八寸的利刃，竟挨不着敌人一点皮毛；反而有两次碰上险招，几乎把刀出了手。若不是收招快，自己的云台穴也险遭人家打上。

这个老头子虽只空拳，却似手里捏着点穴镢！紫旋风闵成梁头上出了汗，暗地胆寒。反观敌人，精神焕发，气魄犹与初交手时相同。当真自己败在一个徒手不知名的老人手下！可怜八卦掌名家掌门弟子，有何颜面复见威名远震的师长！紫旋风气恼心慌，陡然改了主意。现在他无心求胜，求胜已经不可得了。紫旋风要略抢一着，急求下台。八卦刀不能取胜，他要改用暗器找场。

紫旋风将手中刀紧了紧，招数一转，倏地用了一手"倒洒金钱""铁牛耕地"；寒光一闪，上斩中盘，下削双足。这一招很快，那长衫老者不慌不忙，抽身撤步，让过了刀锋。紫旋风又复一刀，"乌龙出洞"，嗖地蹿出一丈以外。又一垫步，嗖嗖嗖，"蜉蝣点水"；未容得敌人跟踪到，八卦刀往口中一衔，双

手探囊取镖，左右手发出两支纯钢暗器。

他霍地一转身，“打！”双手一抖，两点寒星，倏奔老人面门打去，直取双瞳。却又电光石火般，不待镖到，又一探囊，发出第三支镖，“叶底偷桃”，右手从肋下翻上来；倏地一点寒星，奔敌人的咽喉。

长衫老人未容得紫旋风往外奔窜，便急纵步，一跃两丈，扑将过来。忽然间，紫旋风衔刀发镖；这老人哈哈一笑，道声：“好！”好字才吐出唇边，微微一侧身，右腕轻挥，右手轻拳，骈三指迎上去。让过镖尖，只一捉，把第一支镖擒住。第二支镖已如飞的打过来，这老人就用右手一追，同时捉到手中。一刹那，第三支镖又到。这老人左手箕张，只一抄，公然冒险迎扑，让过镖锋，捋住镖身，把第三支镖接在手中，信手交到右掌心。

三镖归于一握，这老人道：“闵朋友，还给你！”紫旋风急闪，也不知这老人怎么发出来的。但见他只似一抖手，三支镖奔上中下三盘，同时分打出来。

紫旋风闵成梁三镖落空，本在意中，却想不到敌人胆大，竟敢于相距不到两丈，晨曦尚在朦胧中，公然伸手接镖。敌人反镖还击，紫旋风早已提防着，凝神而待，急急地闪避接取。却仅仅抄到两支，奔下盘的一支，一探手未抓着。老人长笑一声道：“大名鼎鼎的八卦掌原来这样，看我的吧！”顿足一跃，如猛虎扑食地追了过来。

没影儿魏廉、铁矛周季龙旁观敌势，骇然惊心。这长衫老人气度沉雄，武功出众，尤其是空手夺刀，出言冷峭；紫旋风那等功夫，竟难取胜。两个人正在作难，助拳不好，坐观成败也不好，不由得扼腕搔头。

蓦然见紫旋风一退，敌人一扑；周、魏二人再沉不住气，立刻拉刀的拉刀，掣鞭的掣鞭，要过去应援。但他二人才一移动，敌方四面驻守的人也立刻移动。没影儿、铁矛周顾不得许多，大喝一声，双管齐下，就要齐往前冲。

忽然听紫旋风陡然叫道："并肩子，慢来！"庞大的身躯一晃，往斜刺里急急退下来；向周、魏二人连连挥手，道："并肩子，我栽给人家了。咱们跟他后会有期，走！"

第二十章

弹窗抛火花群贼肆扰
隔垣出冷语壮士炫才

朦胧影中，紫旋风闵成梁踉踉跄跄退了下来。没影儿操刀彷徨，铁矛周挥鞭错愕，都不晓得紫旋风业已负伤。霎时，那长衫客桀桀地大笑起来，道："闵朋友，真是久仰久仰！好刀法，好镖法。错过是我这一双肉掌，换一个旁人，还不教你大卸八块，打三个血窟窿！"

紫旋风左肋发麻，提刀道："朋友，少要得理不让人！赌本领，有输就有赢。爷们打了一夜，累了，教你生力军得了便宜。我甘心认栽，你何必卖狂！总还有再见面的机会，今天少陪！"折转身，嗖地一蹿退回来。势虽败，气不馁。

没影儿魏廉、铁矛周季龙也不甘示怯，同声放下话道："相好的，改日一定抵面领教！"三个镖师一齐撤退。封闭退路的二敌哪肯轻易放过？厉声喝道："要走！把青子给爷们留下！"倏地一掠身，先截住周、魏二人。

周季龙挺鞭一格，抽身旁退。没影儿的翘尖刀，"夜战八方"式一挥，夺路抢奔青纱帐。这两个敌人也不过略作阻挠，向伏路的同伴一打招呼道："截住这个！"这二敌却把全副精神

一提，转身一齐盯住了紫旋风，讥笑道："朋友，你可不能这么走！"钩镰枪截前，单刀拦后，把紫旋风紧紧卡住。两边一挤，刀枪并举；上挑咽喉横砍腰，恶狠狠各下毒手。骑马的二敌也应声下马，如飞地驰截周、魏二镖师。铁矛周季龙、没影儿魏廉早已一冲而过，扑到青纱帐前边。

紫旋风闵成梁一腔怒火，败退下来。一见敌人还想邀劫，怒哼一声，八卦刀往左手一换；猛塌腰，急耸身，嗖地一跳，直奔持枪敌人的面前。没影儿适才出围，急翻身挺刀，回救紫旋风，口中叫道："周三哥快开路！"

铁矛周凶如煞神，抡鞭乱打，往前夺路。紫旋风施展开八卦掌的"行功飞身一字诀"，疾如箭矢，超越到敌人身边。持枪的敌人将钩镰枪一抖，往紫旋风上盘便捋。紫旋风心知这一枪是问路枪；未容他撤招，庞大的身形往左一撤步，早将刀交还右手。"怪蟒翻身""金鹏展翅"，突然贴枪锋，反身进步欺敌。八卦刀挟寒风，唰的往敌人右肋拦腰劈下。

紫旋风这一刀极快，极沉重，极厉害！敌人想躲，想撤招，哪里容得？还仗这持枪之敌也是久经大敌的老手，一个乘危邀劫不住，紫旋风猛扑过来，他就火速地抬枪把，往回急带，前把一提，后把一沉，竖枪杆，努力往外一封，咔嚓一声，白蜡杆的钩镰枪杆，竟被砍断。

那持刀之敌大吼一声道："呔，看刀！"如飞地前来相救，但已来不及。八卦刀余锋犹锐，嗖地一转，擦右肋，抹前胸，照持枪敌人划去。嗤的一下，衫破见肉，持枪敌人惊汗直流，拼命往左一拔身。

紫旋风八卦刀寒光闪闪，急如电掣，唰的又劈过来，斜切藕，追削敌人后肩。敌人已经防到，刚刚窜出去，将半截枪往回一扫，喝道："着！"咔嚓的响了一声，脚尖一点，唰唰唰，连窜出三四丈，方敢回头。紫旋风一着取胜，早已收刀；把牙一咬，又奔那持刀之敌。那持刀的敌人恰巧刀到，刀与刀相碰，叮当啸响，火花乱迸，两个人霍地交相窜开。

在这间不容发的时候，那长衫老人叫道："伙计们，撤青子，让好朋友过去。喂，你们那两位不想赐教了么？我烦你们三张嘴，带过去一句话，教姓俞的快来！"

这老人的呼声略显迟了一步。既经对刀，便分胜负。那使刀的敌人刚闪过紫旋风的一刀，又被铁矛周赶过来，挥动豹尾鞭，没头没脑地一阵乱打。虽然抵挡得住，却又被紫旋风翻身再赶上来；两下夹攻，失声一吼，也吃了亏，闪身退下。

三镖师乘隙夺路，齐向青纱帐奔去。其余贼党顿时大哗，马上的、步下的纷纷奔来，要上前擒拿三镖客。

那老人一声喝止，虎似的扑来，挥手道："住手！放他们过去，有账找姓俞的算。"转对紫旋风叫道："闵朋友别怕，慢慢地走吧。看在你师父贾冠南面上，咱们就此算完。十二金钱那里，务必给我带个信去，我定要会会他，催他快来！"说完托地跃出一丈五六，又一垫步，扑到马前；腾身又一蹿，凌空丈余，往下一落，身躯半转，轻轻落在马鞍上；复又一举手道："闵朋友，再见！"

三镖客败退下来，忽见敌人竟不来追，反而先撤。那种欲擒故纵，旁若无人之概，把紫旋风气得目瞪口呆。没影儿、铁矛周也喷然叫道："朋友，你们的脸露足了，还不留名么！……你教我给十二金钱传话。你到底是李四，还是张三？"

长衫客策马欲行，一听此言，回头扬鞭道："你们不必问，我不过是捞鱼堡的一个小卒，你的朋友十二金钱一到，我们当家的自然出头来，竭诚款待他。"

没影儿发恨叫道："别装样了，谁不知道就是你！"长衫客笑道："我就是我，你就是你，你能明白就更好了。"其余党羽也纷纷上马，跟踪而回，齐奔疏林而去。

通夜奔波，一场失意，三镖师怅望敌人的去路，意欲跟踪。明明看出疏林一带，敌人的卡子多没撤；就是硬闯，仍然力不能敌。过了半晌，没影儿道："闵大哥，怎么样？"

紫旋风闵成梁喟然一叹，摇头道："小弟我惭愧，空学技

艺二十年，用上来不是人家的对手！”满面惭愤之极。

铁矛周却担得住胜，禁得住败，接声劝慰道：“天就亮了，我们还是回去，今天夜间再来。”紫旋风看了看四面道：“还不知道好回去，不好回去呢！”

魏、周矍然道：“这得留神，路上也许还有卡子。”当下，三人侧耳听了听四面的动静，又仰头看了看天色。时当破晓，晨光未透，夜色已稀。跳墙入店，既已不便，三个人遂在青纱帐候了一会儿。趁田径无人，将背后小包袱打开；弹尘拭汗，取出长衫，换下夜行衣靠。又挨过一刻，天色大亮了，这才起身回店。一路上幸无事故，只遇见几个农夫。进了苦水铺，往来已有行人。走到集贤客栈门口，店伙一见客从外来，“呀”了一声，惊奇道：“你三位多咱出去的，怎么……”

没影儿抢到面前，厉色低声道：“不要多嘴，到里边告诉你。”

店伙不敢多言，跟着三人往里走。铁矛周落后一点，走进门洞。忽然一阵脚步声，从店外走来一人，脚下很快，紧紧地跟过来。闵、周一回头，这人扭身擦肩，走入店院，反赶到没影儿前面。眼看着进了二层院，到第十三号房去了；推门便入，房门也没上锁。

紫旋风狠狠盯了一眼，一声没言语；铁矛周向没影儿低声叫道：“喂，你瞧！”没影儿回头看了看，把头微微一侧，径投十五号房间。三镖师来到自己房前，未等推门，便直了眼。三人临行时，本已留了暗记，现在暗记已改。急进屋一看，先敷衍店伙。没影儿道：“店家，我告诉你，你休得胡猜，误了我们的大事。我们是海州的快班，缀下来一桩案子，落在你们这里了，没攒在一块，不好立刻动手，怕把差事拾炸了。我们几个整整缀了一道，现在我们就去知会宝应县，下手办案。你们小心了，你可以给柜上透个信。有打听我们的，你们给遮掩一点；三个字的答话，问什么，什么不知道，就好。你明白了？这可有好大的干系。”说着话，把小包袱一放，故意将刀鞭兵器弄得锵然一响。铁矛周接声道：“你可别走漏一个字，这跟

你们店家很有沉重；回头我们还要找你们掌柜哩。”又问道：“刚才进来的那人，住在十三号的，看着很眼生，他姓什么？哪天住的店？有同伴没有？”

店伙也是老生意人了，口头上诺诺地答应着，道：“原来诸位老爷们是办案的。你老要打听什么，请往柜上打听去好了，柜上张先生知道。”他先把自己摘清了，又搭讪了几句话，退出来急忙地找柜房先生，把十五号客人行止诡秘，自称是官人，到底不知干什么的，都带着兵刃的话，一五一十说了一遍。柜房忙又找掌柜的嘀咕去了。

三镖师容店伙出去，立刻忙起来。先把全房间门窗床铺，角角落落，三人齐下手，草草检验了一遍。跟着铁矛周忙着治箭伤；没影儿忙着细验遗迹；紫旋风神情很颓唐，沉吟不语。没影儿问他：“可受了伤？”

紫旋风摇头道：“没有。”没影儿又问：“那长衫客是插翅豹子吧？”紫旋风只点点头。

三个人旋商查找九股烟乔茂的事，没影儿道：“也许这位爷吓酥，自己个溜回宝应县去了。待我问问店家吧。”

周季龙道：“那岂不露了破绽？咱们一伙四个人，丢了一个人，自己还不知道，岂不教店家起疑？”没影儿道：“我有法子，我可以绕着弯子问。”说罢，站起来便奔柜房。

周季龙见紫旋风抑郁无聊，就指着自己的伤对紫旋风说道：“闵贤弟，你看我，在江湖也闯了这些年；这一回不过是探镖才上场，就吃了这个大亏。闵贤弟比我强多了。别看我输了着，实在我一点也不在意，胜败本是常事，你看九股烟，更泄气了；若教我猜，他不是教匪人架走了，他十成十是私自奔回去了。你想他脸皮多厚？”

铁矛周设着词把紫旋风劝慰了一番。紫旋风仍然耿耿于怀，翻着眼想心思。两人闷闷地正谈着话，忽然听店院大噪起来。两人侧耳急听，似有一个生疏的口音，和没影儿魏廉对吵。紫旋风忙站起来，往门外一看道：“哦，打架了，快出去！”

二人急忙奔出来，只见没影儿鼻孔滴血，正厉声大骂："你这个畜生！你为什么无缘无故打我一拳？"怒气冲冲，似要扑上去，跟对面一人拼命；却被两个闲人架住了，弄得展不开手脚。对面那人反而冷笑讥骂道："你干什么瞪眼？你小子冲谁使厉害？"

那两个劝架的，一左一右，口中说道："得了，得了！别打架。"齐要抓没影儿的手腕子。没影儿何等精明，把眼一瞪，骂道："好你们一帮狐群狗党，你把魏大爷当作什么人了？"把劝架拉偏手的诡谋喝破，立刻话到手到，照那劝架人劈面一拳，下面一脚，顿时打倒一人。

这人一倒，店院哗然。打架的，劝架的，一声喊叫道："这小子是哪里来的，敢打劝架的？"一齐涌上，都来抓打没影儿。先是那个被打倒的，一个"鲤鱼打挺"，腾身跳起，于恼羞中迎面扑来，没影儿侧身一闪。左边那个劝架的施一手擒拿法，"腕底翻云"，左手噗地把没影儿魏廉的手腕叼住，右手"劈面掌"，突照魏廉脸上打来。

没影儿喝道："你们有几个？"右掌急往这人的左手背上一搭，用力扣住，猛往上绷；立刻把敌人右手的劈面掌破开。没影儿左臂又一绷劲，胳膊猛往外翻。这手解数厉害无匹，敌人手腕吃不住劲，似硬被扳折的疼痛，不由已的身形往下一矮。没影儿魏廉一招得势，急进第二招，倏地一个"蹬脚摆莲"，敌人哎呀一声，被踢出好几步去。

就在这同时，那个挑衅的人，"饿虎扑食"，从后面急袭过来；双掌往外一撒，照没影儿后背便捣。没影儿头如拨浪鼓，防备着四面，如迸豆般乱跳；敌招才到，立刻觉察。他"凤凰旋涡"，身回拳转，倏的一个盘旋，塌身一腿，把来人扫了一个大筋斗，呛了一脸土，也弄得鼻子破，嘴唇血流。那人恼羞成怒，竟一塌腰，拔出匕首来。

全店客人大噪。"打架了，动刀子了！掌柜的还不快出来，要出人命了！"乱喊成一片。紫旋风、铁矛周恰已赶到；只一

瞥，顿时看出这几人来路不善。紫旋风抢步急上，怒焰上冲，一纵身已到敌前，厉声骂道："狗种们，敢跟我们来这一套！三哥抄家伙，把这小子废了！"双掌一展，阻住抄匕首的敌人，硬来空手夺刀。

铁矛周霍然往前一扑，忽又一撤，顿足翻身，窜回自己的房间；把三人的刀鞭兵刃，做一把抓起来，往外就闯。眼看要激起一场血斗。全店惊喊，客人乱窜，司账伙计都赶出来，乱喊怪叫："爷们别打架，看我们的面子！"痨病鬼的掌柜也探出头来，拼命地大叫："快把官面叫来吧，动刀子了！"乱腾腾的鸡喊猫叫，仓促间没有一个人听见。

那挑隙的三个人中有一个很有精神的少年，连呼同伴："快拾起青子来！"却已无及，又有一个人拔出匕首来。没影儿鼻孔中的血滴到唇下襟前，怒火喷爆，寻敌拼命；敌人的匕首没上没下，照他直戳。没影儿全仗着身法轻捷，缠住敌人。紫旋风庞大的身躯，与一个矮胖的敌人相打。敌人的匕首照他下盘乱刺。紫旋风大怒，展开身手，再不容情；只数合，没夺得敌人的兵刃，却将敌人踢了一溜滚。敌人摔得像土猴似的，爬起来又想跑，又嫌寒碜。

那房间内，铁矛周抄刀鞭闯然奔出。脚到门槛，忽一转念，把没影儿的翘尖刀、紫旋风的八卦刀全部放下；另抄起一双木棒，这才奔到战场。没影儿与那持匕首的敌人相斗；那个空着手的少年敌人，奔来夹击没影儿。没影儿极力对付，稍能抵挡得住。

那少年敌人忽对十三号房连喊数声，倏然从房内应声出来一个中年人；一探头又回身，竟拿出一把短刀来刺紫旋风。紫旋风回身应敌，独战二人。铁矛周张眼一看，没影儿那边最紧；赶过去，怒喝一声道："狗贼看鞭！"唰的一钢鞭，从后面掩击那夹击魏廉的空手敌人，敌人闪退下。铁矛周又复一鞭，照那持匕首的敌人敲击。敌人将匕首一收，没影儿乘机窜过来；铁矛周就势递过木棒去。

没影儿叫道："三哥，宰呀！没错，这东西是豹子的党羽！"把木棒嗖嗖地舞动，没头没脸，狠打贼人，大叫："并肩子接家伙！捉活的，这是劫镖的贼党！"

紫旋风道："跑不了他！……瞎了眼的王八蛋，我教你们都栽在这里！"敌人一面打，一面也恶声还骂，完全是打群架，不带江湖味。

双方都有了兵刃，都增了援兵。店东狂喊不休，仍止不住这场群殴；急叫一个小伙计，出去报告地面。那小伙计急快往外走，不想奔到店门边，被一个短衫大汉瞪眼拦住，这大汉忽隆地关上了店门。

但就在这一刹那间，两方面胜败已分，挑衅的一党中，那个少年被没影儿打着一棒。那从屋里奔出来的持刀之人，也被紫旋风打飞了刀。这两人忽然哈哈狂笑，互说出几句很特别的黑话。老江湖铁矛周、紫旋风、没影儿全都不解。敌人的同伴却都明白，立刻呼哨一声撤退下去；一个个抛了对手，一溜烟逃奔后院，翻墙头跳出去。那个把守店门的短衫大汉，也霍地拔开门闩，飘然走出店外去了。临走时，忽又催那小伙计，快叫地面去。

敌人才退，三镖师蕴怒急追。那少年立在墙头上，叫道："相好的，你别当太爷是真败。太爷奉命差遣，就只露这一手，露完了。咱们晚上再见！"低头一寻墙下，就要跳出去。没影儿骂道："该死的贼，你不过是搅惑我们。哪里走！"飞身急追，敌人一扬手，打出一石子。没影儿急闪，敌人飘然跳出墙外，又在外面大叫道："小子们，你敢追么？"格格地一阵狂笑，远远走下去了。

紫旋风此时也已赶到墙下，听得真真的，顿时醒悟过来。没影儿奋身欲追，紫旋风急忙拦住。没影儿回头叫道："周三哥，快把青子行李带着，赶个兔羔子的！"又对闵成梁道："大哥不明白，快赶，快赶！出去我告诉你！"紫旋风看着没影儿着急的样子，只得依言急追下去。铁矛周就急忙回到房间内，

把包袱兵刃都拿着，就要付账出店，也跟踪赶下去。店家急拦，铁矛周瞪眼道：“掌柜的，你睁开眼！我们不是打架的，我们是办案的，你问问那伙计去。看看我们像寻常的百姓么？你耽误了我们的公事，你可估量着！”店家搓手摇头道：“爷台，我们明白；若是地方来了怎么办！”铁矛周道：“你随便答对着他，有话回来讲。”推开店家，如飞的走出去，与没影儿、紫旋风会着。

紫旋风、没影儿急追敌人，眼看敌人落荒而去。没影儿止步不追，很着急地对紫旋风说：“闵大哥，这几个东西是豹子的余党，他们是故意搅惑咱们。简直地说，他安心寻衅，不教咱们在店里住。他们故意在大白天动刀子，好叫官面上来干涉。”说话间，铁矛周提着包袱追到。没影儿一看，铁矛周把四个人的包袱都提弄出来了，没影儿甚喜。铁矛周忙问道：“这几个点子是怎么回事？是怎的跟你打起来的？”

没影儿道：“他娘拉个蛋的！我到柜房打听乔茂的下落，算是设法套弄出来了。他不是今早失踪的，昨夜也没人来搅；八成是在昨夜咱们结伴出去之后，他一个人离了店，也许回宝应了。”紫旋风道：“先不管他，魏仁兄，到底你……”

没影儿道：“你听啊！我才出屋奔柜房时，就有两个人在院中走来走去；我当时疏忽，没有留神。等到我从柜房出来，那个小子就躲在过道门旁边。我一迈步，这小子迎面走来，贴身过去。店中客人是多的，你想我怎么能防备？这小子冷不防，劈面就捣了我一拳，把我的鼻子打破。”

紫旋风道：“可是你碰着他了？”

没影儿摇头道：“也没有碰着他，也没有踩着他。”紫旋风点头道：“他这是成心找碴！”没影儿道：“可不是。”

铁矛周道：“我明白了，他们故意引着咱们打架、拔刀子，好招得地方官面来查问咱们，就是地方官面不管，店家也要驱逐咱们。”

紫旋风道：“他们一定是这个打算。”铁矛周道：“现在咱

们怎么办呢?”紫旋风不语，没影儿道:“现在咱们径直回去报信为妙。”铁矛周道:“可是还有九股烟呢?咱们四个人同来，怎好三个人回去?”

三个人小做商量，只好先换店，再找人。不意先找了一家客店，竟有人认出他们来，不肯收留。三镖师越发恚怒，末后在僻巷内寻着一个小店。住了店，才由没影儿、铁矛周替换着，到苦水铺街里街外，寻找九股烟乔茂，铁矛周没寻见乔茂，没影儿恰巧碰着。

这时候已将近午，四个镖师在小店会面。商量结果，仍教九股烟回去送信，催十二金钱俞剑平率众速来。九股烟怕敌人在路上算计他，坚求三人送他一程。紫旋风把九股烟送走之后，回转小店。因想贼人故意诱敌，自己这边大举邀人，人都扑来了，万一贼人悄悄溜走，这个跟头却吃不起。

三镖师虑到这一层，即刻要分三面出去，绕着古堡要道口，查斟一遍，一来看看贼人的动静，二来看看有载重的大车，从古堡出入没有。商定，便忙忙吃饭;吃了饭，就要更衣出去。

这时刚到申牌的时候，暑日天长，太阳还老高的。紫旋风、没影儿站起来说:“是时候了。”一语未了，突然从外面投进一块大石子来，破窗而入，啪的一声，砸得杯盘横飞，险些伤了人。

紫旋风大怒，急飞身追出。没影儿更急，蹿出屋嗖地蹿上小店短墙。哪晓得外面只有一个小顽童，远处有一个年老的女人。他把小巷前后搜了一遍，投石子的人踪影不见。石子大，抛得远砸得重，这妇人、小孩一定办不出来的。三镖师面面相觑，道:“人家倒把咱们盯上了!”

紫旋风十分恚怒，恨不得立刻找贼拼命。铁矛周季龙是个拿稳的人，视不胜如胜，探堡也可，不去也可;只求于事有效，不怕表面的挫折。没影儿是个机警的人，以为贼人既然迎头盯上了，我们再去探堡，未免徒劳。但是紫旋风太动气了，

狠狠地说："贼人来搅和咱们，咱们也去搅和他。"

铁矛周婉劝道："闵贤弟，你我还是办正事要紧，怄气是小事，咱们别上贼人的当。说句不怕你耻笑的话吧，我的伤大概有些发了，有点支持不住了。依我看，咱们先歇一会儿。白天去探，怕狗贼们故意地找咱们打撵。强龙压不住地头蛇！敌又众，我又寡，我们就许吃了亏，又无济于事。要去还是夜间吧；白天再教他们反咬一口，更不上算了。"再三劝说，才把紫旋风拦住。

三个镖师不出门了，就在小店养精蓄锐地一蹲。哪知他们不出门，敌人反倒找上门来！不到一顿饭时，竟接连来了两拨人。口称找人，神头鬼脑的进来，把三镖师看了又看；故意露出一点形迹来，冷笑着走了。满脸上带着瞧不起人的神气，明明是窥伺他们来的。三镖师越发恼怒，互相警戒着，一声也不响。容得这么一拨人出离店房，三个人按捺不住，竟抓起长衫，暗带兵刃缀下去。

这么一拨探子共才两人，昂头前行，出离小巷，直奔苦水铺镇外。三镖师一发狠，紧缀到镇外。这两人回头看了一眼，傲然大撒步走。绕着青纱帐，东一头，西一头，绕了好儿圈；迤逦而行，竟背着古堡走去。

没影儿猛然醒悟，这两个东西简直恶作剧，要遛自己玩。他立即止步，低告铁矛周和紫旋风道："这两个兔羔子太混账。这里僻静，怎么样，咱们就动这两个狗东西？"四顾无人，三镖师把长衫一卸，厉声喝道："合字，站住！"口喊出这一声，那两个人回头一望，似窥出三人来意不善，猛喊道："我的爷，有劫道的了！"真如遇见贼似的，拔腿就跑。

三镖师奋力急追。这两个人跑出不多远，竟钻入青纱帐内。三镖师一赌气，就追入青纱帐内。三转两绕，追了一阵，两个人不知藏到哪里去了。三镖师骂道："咱们又上了狗贼的当了，回去吧。"哪晓得三镖师才回到苦水铺镇口，那两人又从青纱帐内探出头来，大喊道："合字，站住！"把三镖师的话

原封不动，又端回来。

紫旋风耳根冒火，回身纵步，急追过去。没影儿、铁矛周立刻也跟踪追赶。眼见这两人把头一晃，又钻入青纱帐去了。紫旋风不管不顾，不怕暗算。如飞追入青纱帐，青纱帐翻江倒海，被他推倒一大片，那两人的身法，比兔子还灵便，俯腰钻禾，三转两绕，又看不见了。

三镖师疯似的狂搜，不过冲过青纱帐，面前展开一片田园。有一个老头子，带着一个小孩子，大骂着出来："哪里来的野杂种，把爷爷的田都踏坏了？"园那边还有两个壮汉，举着锄头，瞪眼奔来，照紫旋风就打。

紫旋风一闪身，喝道："住手！"这两个农夫忽一眼看见紫旋风手中拿着明晃晃的刀，大吃一惊，竟跑回来，大嚷道："有贼了，有贼了！"三镖师又好气，又好笑。敌人没了影，不愿和乡下人惹气，他们只得溜出来，垂头丧气往回走。

回转店房，又出了枝节。这店家好像听了谁的闲言，坚请三位镖师挪店。说是："上面查得很紧，三位爷台都是外面人，还愿意找麻烦吗？……我们不敢拿财神爷往外推，只是没法子。你老瞧，啧啧！三位还是迁动迁动吧。"好说歹说，只是不肯收留三人。任凭三人怎么讲也枉然，三人就自说是官面也不行。这店东一味央求。铁矛周对紫旋风、没影儿说道："他是怕事，咱们也不是非住在这里不可，咱们就换个店。"

没影儿骂道："此处不留爷，还有留爷处。"把紫旋风拉了一把道："大哥，别生气。咱们先把地方找来，回头再找他们算账。鬼东西也不睁眼看看，爷们是什么人！你这个小子还拿爷们当冒充官面呢。昏了心的狗奴才！走吧，回头有你的！"推着紫旋风，一同出了这家小店。

三镖师愤气不出，徒呼负负。劫镖的贼真够厉害，居然作弄得三个镖师连存身之处也没有了。铁矛周道："天色还早，咱们挪挪地方也很好。咱们的落脚处已经教贼知道了，实在也很不便。你说对不对，闵贤弟？"

紫旋风没精打采应了一声。可是再找店房，谈何容易，苦水铺仅仅四五家客店，已有三家不能住了。找来找去，才找着一家小饭铺，带留客宿的张家火店。又费了些唇舌，花了笔冤钱，才赁得一间小单房，木床草铺，潮气逼人。

三镖师倒不介意，却是越琢磨越恼怒。保镖的教贼挤得没住处安身了，真是生平没经过的奇闻。没影儿想着倒笑起来，把大指一挑道："这个豹子真够交情，咱们不能不佩服人家。"说得铁矛周也笑了。

耗到下晚，略进一餐，然后泡了一壶浓茶，慢慢地喝着。转瞬入夜。一盏油灯昏昏暗暗，三杯热茶又涩又苦；三镖师且饮且谈，说得几句话，便出去巡视一遍。刚到二更，铁矛周和紫旋风留在屋里，没影儿到处巡看。铁矛周道："闵贤弟，提起精神来，你何必这么懊丧呢？真格的咱们还禁不得一点闪失么？"

紫旋风浩然长叹道："不怕三哥见笑，小弟习艺二十年，自出师门，凭这一手八卦掌、一把八卦刀，不敢说百战百胜，却还没栽过这么大的跟头。那个骑马的豹子头，一定是劫镖的大盗。人家空着两只手，我要着一把刀，不信竟不能取胜，还教人家险些打中我的云台穴。若不是闪得快，我准得躺下。我若是空着手，败在人家掌下，还有的说。人家空着手，倒把我打败，我这一脸灰，怎么揭得下来？我的连环镖自信有几分把握，哪知人家不但全给接了去，随手还打出来，反差点打着我的腿。可惜我闵成梁二十年的功夫，可惜我贾老师那么教我，我却给他老人家没争脸，倒现了眼。我此时恨不得俞老镖头立刻追来，我就告退回去了，把这个羞脸趁早藏起来，再练能耐，再找豹子头算后账去……"

周季龙看紫旋风支颐倚案，两眼通红，想不到他这么精干的人物，竟搪不住小小一点挫败。一时无言可答，正要设词再加劝慰，猛听窗外没影儿一声低声道："呔，好贼！屋里留神，快蹲下。"周季龙一看纸窗，紫旋风挫身把周季龙一拖，两人

倏地往下塌身。嗤的一声，破窗打进来一物。那盏油灯应声打翻，顿时满屋漆黑，是何物未看清；却料知这暗器必非石子，定是袖箭钢镖。外面又喊道："并肩子别出来！贼在窗根呢。好贼子看镖！"啪的一声，先有一物穿窗打出，又有一物穿窗打入屋来。

紫旋风、铁矛周蹲着身子，急急闭目拢光，然后一伸手，各抄自己的兵刃；未肯躲过，紫旋风头一个夺门外闯。迎面又打入一物，两人提防着，全避开了。他们一左一右立在门后，把门扇猛地一开，夜战八方式，先后蹿到店院。振目一看，恍见对面房上，有一条黑影刚刚没入房脊后。

店院中还有三条黑影，正如走马灯一般，奔蹿交手；内中一个是没影儿魏廉。紫旋风叫道："三哥，快过来帮着，我上房追那一个！"双目四顾，嗖地蹿上房。房上人影忽又换地方出现，叫道："并肩子撤亮子，扯活！"当先翻身，往店外一跳，陡然振开喉咙，怪叫："店里有贼了，南屋有贼了！"声随形隐，一展眼没了。

紫旋风大恨道："狗强盗，你给太爷丢苍蝇，哪里走！"飞身急追下去。铁矛周挥鞭奔到院心助战，和没影儿魏廉双斗那两个夜行人。两敌一声不响和魏、周走了几个照面；内中一人猛然旁退，将一把松香火突一抬手，照店院纸窗打去，轰的一声火起。两个夜行人桀桀地同声狂笑，厉声大喊道："乡亲们，快出来，有贼放火了！"喊罢，飞身越墙，奔出店外。

栽赃嫁祸，贼人打搅的诡计已经显然。没影儿飞身要追，铁矛周急喊道："且慢！"催没影儿快回房间，假装没事人。铁矛周百忙中跳上墙头，用唇典招呼紫旋风弃敌速回；然后一个箭步蹿回房内。周、魏各把手中的翘尖刀和豹尾鞭藏起来，两人都有匕首随身，只在屋中一转。没影儿立刻往地上一倒，怪号道："哎呀，有贼，打死人了！"铁矛周便急急地蹲在没影儿身边，也跟着大喊，做张做致，假装出扶救没影儿的样子。

那店院中，紫旋风如飞地奔逐贼人，本想砍倒一贼，稍泄

己愤。猛见街上房头，有两个人影一闪，贼人竟来了不少。又一回头，同伴并未跟来，倒听见铁矛周大声喊叫："削点码，并肩子撤阵啊！老合扎手，火窑的空子灵了；马前点；窑口西，脱条。"这是催他速退，店中人都已惊动，快回店装睡。

紫旋风立刻明白过来；庞大的身躯一转，丢下奔逃的贼人，重返店房，但已一步归迟了。他翻墙头从后窗钻进房去，竟被店中人看见。

贼人放的火，被店中人七手八脚扑灭。尽管没影儿呻吟哀叫，店中人仍然把猜疑的眼光，注视这小单间的三个客人。开店的居然是一个师傅传授下来的，店主店伙不约而同把三镖师认作恶客。这店主是江北人，非常强横。他先到房内外查看了一遍，再到小单间，向三镖师反复询问；话不甚难听，神气却很难看。屋门外聚了好几个人，不住向内探头。店东站起来，要邀三人到柜房去谈。紫旋风不耐烦道："你有话只管说吧，不必到柜房。"这店东便毫不迟疑，请他们三位贵客搬走，而且立刻搬走。

铁矛周等教贼人追落得本甚恼怒，恨不得找谁出气才好。他们虽说阅历深，沉得住气，究竟武夫气猛。偏偏这店东的气粗不下他们，说来说去闹翻了。双方瞪眼对吵，没影儿瘦小的身躯一蹿，伸手一个嘴巴，把个店东盆大的脸打得牙破血出。

店东大怒，虎似的伸出两手来，要抓打没影儿。被铁矛周一拨，劈胸抓住往后一推，整个身子按倒在床上，道："掌柜的，有话好好说。这么深更半夜，你要赶我们走到哪里住去呢？你还怪我们着急？"

店东瞪眼道："我管不着，你们凭什么打人！小子，敢再打我一下么？"没影儿跳起来，啪的又一掌，跟手又一拳，骂道："打死你这瞎眼的兔羔子！"

店东吃了亏，疯似的奔没影儿拼命。司帐先生大声喊叫："把这三个东西打折腿，跟他打官司。"又喊伙计，"快叫地方去。"伙计们各寻棍棒，来打三镖师。三镖师信手把店东丢在

椅子上，拔步往外走。全店哗然，乱成一片。

在这哗噪声中，紧贴窗根忽有一人冷冷道：“打人家没本领的废物作什么？有能耐，斗斗行家去！”笑声中充满了瞧不起和故意挑衅的意味。没影儿、铁矛周闪眼急看，纸窗破洞露出一对眼睛。眼神一对，立即隐去，嘻嘻地冷笑犹曳余音。猜想这保管又是豹子的余党，卧底来的。紫旋风急喝道：“朋友，你看着不愤？你一定是行家了，别走！”不等说完，将店家一分，嗖地夺路蹿出去。

院中灯光明亮，站着几个人，齐用奇怪的眼神，望着紫旋风和对面的甬道；看神气都不像刚才发话的人。紫旋风目闪威棱，斥道：“刚才谁隔窗根，说闲话了？”几个人互相观望不答，只微微一指甬道，紫旋风虎似的扑过去。却才移步，店伙等都涌过来，高举棍棒，骂道：“就是他，跟那小矮个打人了。揍他！”横截着一棒打上，被紫旋风侧身夺住，顺手一推，持棒的人失声一号，倒在地上。店伙们怪叫起来。

紫旋风从人丛中扑到路甬口，张眼一看，茅厕前墙角上，挂着一盏瓦灯，灯光下站定一人。此人身量比自己略矮略瘦，青绢包头，穿一身二蓝川绸短裤褂，白色高腰袜子，紧扎护膝，山东造搬尖踢死牛大掖根洒鞋，背后斜插一把宝剑，双垂杏黄灯笼穗。紫旋风追过来，此人一斜身，岿然不动，反将整个面容显露在灯光之下。

但见他面皮微黑，修眉朗目，一派英挺狂傲之气，呈露鼻洼口角之间。跟紫旋风一对盘，这人眼珠一翻，冷笑一声，照当地唾道：“好朋友会打人！”用手一指墙外说：“外头买卖去！”没容答话，一弓腰，嗖地如鸟掠空，上了茅厕短墙，低头下看道：“好臊气，外头来！”身形一晃，跳过短墙，又一闪，已失行踪。紫旋风恨骂道：“豹子的狗党，你想诱太爷！”将八卦刀一按，气冲冲跟踪上墙，飘身下落，不顾一切追赶下去。

那店东抚着脸，逃出单间来；瞪着眼怪叫，招呼阖店伙计打架。没影儿和铁矛周情知此店已难存身，连忙抄起兵刃行

囊，从小单间抢出来。这小店连店伙和更夫、厨子，不过七个人，纷纷抄家伙寻殴。各屋住宿客人，足有二三十个，也乱成一团。几个少壮的店伙拿着扁担、铁通条、木门闩、杠子、丫丫杈杈，挡住没影儿。

没影儿调转刀背，连连拍倒两个人，便冲出来，铁矛周扬鞭后随；吓得店伙乱喊乱跑。两镖师奔到二门口，急急地寻叫紫旋风；紫旋风已被那来历不明、举动莫测的夜行人诱出街外了。

两镖师无可奈何，决计一走。店门已经紧闭，西边有一道短墙。铁矛周用手一指，首先拔身跃上去。没影儿彷徨四顾，又喊了一声："并肩子，扯活！"然后一提气一顿足，嗖的一声也蹿上了墙头。

第二十一章

得警报俞剑平登场 闹店房乔九烟示威

三个镖师探贼失算，大遭贼人扰害；九股烟乔茂竟顺顺利利地到了宝应县，把十二金钱俞剑平邀来。俞剑平和铁牌手胡孟刚、智囊姜羽冲凑齐人数，立即策马如飞，刻不容缓，扑奔苦水铺而来。

这一回俞剑平接到乔茂的驰报，一切筹划布置，都由姜羽冲主谋。临走时，先托付了义成镖店总镖头窦焕如，就烦他在宝应县城留守。各路卡子如有消息，务必请他派急足，速来报知。又烦郝颖先等，先奔火云庄。然后检点现时在场的镖师，人数实在太少；只可火速由四面卡子，临时抽调来几位。俞、胡、姜以下共凑足二十八人，外带趟子手和镖局伙计六名。那海州州官派来的两个捕快，始终紧跟着铁牌手胡孟刚；名为缉盗，实是暗中监视着失镖的镖客。俞、胡二人只得好好款待他们；本想留他们在宝应县等候，他们却不肯，只得一同登程。算来上上下下，这一伙寻镖的足有四十多人了，当然仍然由九股烟乔茂做了向导。

临行前，胡孟刚问姜羽冲："我们是改装散走呢，还是大

家伙就这样原打扮，一同骑马前往呢？”这实是一个问题，姜羽冲早已想过了，听乔茂所说，贼人声势很大，分开了去，恐有不便；同去又觉着人多，形迹太露。商量着，还是改装前往，也不必全都骑马，可以雇几辆车。倒是动身的时候，不打算在一清早上路，却定于夜晚三更登程，可以赶晌午，到达苦水铺。但是县城照例不到五更，不能开城门的；众镖师用过晚饭，忙着一齐出城，先一步住在关厢店内。所有马匹车辆路费等，也都预备妥当了。

在店内，众镖师都不睡。天气很热，端着茶盏，摇着扇子，坐在店院内，纷纷地讲论这个劫镖的豹子。七言八语，向九股烟打听。尤其是几个年轻人，一个个跃跃欲试，预料到了地方，可跟劫镖的线上朋友斗斗了。

姜羽冲独和俞、胡二人，邀着武进老拳师夜游神苏建明、奎金牛金文穆和马氏双雄、松江三杰，在店房内密议。听众人的话声太高，忙出去嘱咐了一番，事要哑密一些，不可大意。二更交过，便催一班坐车的先行起程。

转瞬到了三更，十二金钱俞剑平、铁牌手胡孟刚、智囊姜羽冲、奎金牛金文穆、马氏双雄马赞源、马赞潮、信阳蛇焰箭岳俊超，和前天才到的九江拳师阮佩韦、胶州李尚桐，昨天才转回来的武师欧联奎，以及俞门弟子左梦云等，一齐上马，出店登程。

九股烟乔茂此时也更换了衣服，小矮个骑着一匹高头大马，当先引路，雄赳赳的十分威武，再不似店中被人围辱时的情形了。此外尚有三个人，两个是海州的捕快，一个是趟子手侯顺。另有五个得力的镖局伙计，专为跑腿用的，已跟同太平车，先走下去了。

坐车的和骑马的，登程时候略有先后；依着姜羽冲的打算，是车慢马快，隔开一两个时辰，预计可以同时到达。姜羽冲料知贼人枭强，处处不敢小看了他们，所有人力总以集中为妙。镖客们踏着月影，登上征途，极力往小心上去做。可是这

一伙差不多二十来匹骏马、二十来位壮士，就是藏着兵刃，空着手，风驰电掣地奔腾起来，蹄声嘚嘚，尘飞土扬，这声势也很惊人了。

到五更天亮，朝日初升，便望见李家集镇口。九股烟和趟子手侯顺把马圈回来，到俞、胡二镖头的马旁，用马鞭指点说道："老镖头，这前面就是李家集了，咱们打尖不打尖呢？"

胡孟刚心中最急，就说道："走！别打尖了。"智囊姜羽冲催马过来，问道："这里就是李家集么？"乔茂道："就是这里。咱们要是不愿意白天进镇，可以一口气赶到苦水铺。不过路太长了，人不嫌饿，马也得上料啊！"

蹄声凌乱，问答声沉。俞、胡、姜忙把马引到路旁，一齐离鞍，九股烟也下了马。张眼四顾，旷野无人，姜羽冲道："还是进镇吧，恐怕坐车的那二十几位也许进镇打尖，等着咱们呢。"俞剑平道："可是的，咱们忘记跟他们定规打尖了。"

于是众镖师又纷纷上马，投入李家集，进店打尖。不意那先行的五辆太平车走得很快，问及店家时，这几辆车早走过去了。大家连忙进膳，喝了茶，重又登程。出了镇甸，猛抬头只见前边有一匹快马，如飞地驰去。九股烟在前边引路，急急地勒马，高声向俞、胡叫道："老镖头，这匹马多半又是点子放哨的！"

俞剑平远远地望去，果然这匹马趋走如飞，跑得极快。马上的人骑术很精，眨眼间，便走出半里多地。众镖客叫道："追上去看看！"俞剑平道："姜五哥，你看是追好吗？"姜羽冲道："这个，也可以摽摽看……"

一言未了，九江拳师阮佩韦和信阳岳俊超，年轻气猛，早将坐骑一催，豁喇喇地赶下去。跟着奎金牛金文穆也道："倒要看看这小子是什么长相。"也把马鞭一扬，跟追下去。于是俞剑平、胡孟刚、姜羽冲一齐策马，跟踪追赶。

这十几匹马一跑，顿时浮尘大起，蹄声历落，冒起丈许高的一缕烟尘；引得路旁才上地的农夫个个拄锄而观。其中顶算

俞、胡二人的马好，因为是他们本人的坐骑，所以跑得很快。岳俊超也骑的是自己的马，立时如箭驰一般，越过群马，当先奔过。阮佩韦、奎金牛放马最先，可是马力不济，走出不多远，便已落后。智囊姜羽冲，借的是窦焕如镖头的马，脚程稍逊，落在俞剑平的马后了。

但见前面那个骑马的人，回头瞥了一眼，把马鞭啪啪地一阵乱打；那马竟好神骏，大概又是生力马，豁喇喇地跑下去。俞、胡的马一时竟赶不上。这样追赶，格不住时候长，一口气直赶上二三里地，胡孟刚的马竟跟那人的马相隔渐近，展眼只隔一二箭地了。骑马的人回头狂笑了一声，猛然加鞭，不循正路，落荒而走；绕过一带竹林，反而折向斜路。这样再追下去，便距苦水铺越走越远了。

铁牌手胡孟刚跑得马喷白沫人挥汗，回头一看，俞剑平的马在他身后三五丈以外，姜羽冲的马又在俞剑平的身后三五丈以外。胡孟刚大叫道："前边朋友留步！"那骑马的回头喝彩道："好马，好骑术！赛赛啊！"越发地落荒跑下去，胡孟刚越发地拍马追下去。姜羽冲在后连连挥手道："俞大哥，俞大哥，快叫胡二哥回来吧，别追了！"

铁牌手勒马回顾，姜羽冲狠狠加鞭，与俞剑平双双赶来。铁牌手把马缓缓圈回，拭汗回顾，余怒未息。等到姜羽冲到来，便迎头叫道："姜五哥，咱们怎么不把这小子留下？挤他狗养的一下，教他也尝尝咱们弟兄的手段！"

姜羽冲笑道："胡二哥，你这大年纪，还这么冲的火气。这只不过是一个放哨的小贼罢了，值不得跟他伸量，倒耽误了咱们的路程。我们现在还是赶到苦水铺，跟劫镖的贼头正正经经地一较高低。"俞剑平道："这个东西多半是故意诱咱们走瞎道，追他无用。"

几个人调转马头，仍回原路，加紧趱行；又走了一程，苦水铺远远在望，只是那前行的五辆车，由这一耽误，不但没有追及，一路上连影子也没有看见。九股烟勒马回头，对俞、胡

说道："二位镖头，前面就到了。我们是把闵、魏、周三位招呼出来，还是一直进店？"

姜羽冲略一寻思道："我们的动静太大，我猜想贼人已经得信。我们还是一直进店，就给他们明来明往，用不着过分掩饰了。"十二金钱俞剑平点头道："贼人一定晓得我们来了。"扭头问道："乔师傅，这苦水铺有大店没有？我们人多，还是分开了住。只是我们那五辆车哪里去了？莫非……"说到这里咽住。九股烟答道："有大店，我们先住的集贤店就不小。"奎金牛金文穆接答道："五辆车许是走在我们头里，先进镇甸了。"姜羽冲低头验看辙迹。信阳武师蛇焰箭岳俊超插言道："进苦水铺就知道了。别看咱们骑马，在路上耽误的工夫太大了。"

这一群镖客由九股烟引领，进了苦水铺，一径投到集贤客栈大门之前。九股烟翻身下马，趟子手给他牵住牲口。九股烟雄赳赳气昂昂地提马鞭，走到门店内，尖着嗓子叫道："伙计，伙计，有干净房间没有？把上房腾出来！"立刻从柜房中，应声出来两个店伙，一个像管账先生模样的人，把九股烟打量了一下，又看了看高高矮矮二十几个人。三个店家竟不接牲口，也不让客人，反而横着身子，把门道挡住道："客官，这里没有空房间了，你们几位老爷往隔壁迁动迁动吧。"

九股烟把一双醉眼瞪道："放屁！什么没有房间？"说话时，众镖客已纷纷下马，那海州捕快也跟了上来。智囊姜羽冲和十二金钱俞剑平紧行一步，道："店家，我们用不了许多房间，有个十间八间的自然很好；如果没有，三间也行，我们可以迁就着住。"店家翻眼睛，露出很古怪的神色道："你们诸位是从哪里来的？可是海州来的么？"九股烟挺着腰板道："哼，你这家伙倒有眼力！"

姜羽冲吃了一惊，"店家，你说什么？"店家赔笑道："爷台，我没说什么。我说我们这里实在没有空房子了，我们可不敢把财神爷往外推；无奈，这里连半间房子也没有了，都被人

家包去了。”

店家尽管这么说。姜羽冲和俞剑平互使眼色，心知有事，正要开言；几个青年镖客都耐不住了。这时正在午后，骄阳酷热，人们个个渴得咽喉冒烟，恨不得进店歇息；早有七八个人乱哄哄的，牵马硬往里钻去。店家急拦不迭，仍在支吾道：“爷台，没房子，真是没房子。”

不想几个青年镖客直入店院，立刻寻着正房五间，西房三间，都空闲着没人住；隔窗孔往内看，也没见放着铺盖行李。几个青年顿时大哗。九股烟尤其英勇，扬着长鞭，呼喝道：“开店的，快给爷们腾房！你说没房，这是他妈的龟窝不成！瞎了眼的王八蛋，你拿爷爷当冤种么？”店家忙道：“乜乜乜，你老别骂人，那是人家早花钱包下的。都有个先来后到，我们可哪敢往外腾啊！”

乔茂道：“奶奶个皮，你说什么！有房凭什么不让爷们住？爷们欠下了你妈的宿钱了么？”把店家骂得翻白眼，齐声说道：“我说，你老有话好说，别骂人。都是出门在外，谁家都有爷爷奶奶……”

一言未了，啪的一声，九股烟的一马鞭，抽在一个店伙的脸上。店家鬼嚎一声，抱着脸大叫道：“你怎么打人？我们没有房，我还能给你们硬往外赶别人不成？你干什么骂人，打人？”这店家也是个强汉，只是被十几个镖客围住，也不敢还骂了。那另一个店家却还认得乔茂，不由说道：“你老是熟客！”九股烟骂道：“熟客，还是你妈的熟客呢！爷们又不短你的饭钱，也不欠你宿钱，少套交情，趁早给爷们腾房。奴才，瞎了眼的奴才，你诚心欺负客人？你知道爷们儿是干什么的，你还跟爷们找别扭，足见你是有仗腰眼子的了……”

那海州捕快吴连元也是个又浑又横的家伙，抢上来一拉乔茂道：“哪有那么多废话对他讲，打他个小舅子的！”抡起马鞭，照店伙就打；店伙再不吃这眼前亏了，扭头就跑，大喊道：“掌柜的，我们搪不住这些爷们！”

店中大乱，店东忙跑出来应付。十二金钱俞剑平、智囊姜羽冲见九股烟闹得太不像样，忙叫了一声：“乔师傅！”又推胡孟刚过去拦劝，把捕快也劝过来。俞、姜二人和金文穆、马氏双雄，径到柜房与店东讲客气话，让他给迁出几间房。

俞剑平做事小心，又向店家打听这包房子的是什么人。店家说：“是开镖局子的。”

俞、姜愕然道：“要是同行，咱们占了人家预定的房间，那可太难堪了。”金文穆和马氏双雄道：“要是同行，更好匀了。店家，这定房是哪家镖店？”

店家道：“人家是江宁府安平镖店，镖头姓俞。”众镖客一齐惊奇道：“什么？”店家重复道：“安平镖局姓俞的达官包下的。”

姜羽冲望着十二金钱俞剑平，不由哈哈大笑道：“俞大哥，真有趣！这就叫作棋逢对手，将遇良才。店家，你来！我跟你打听打听……”把包房的是几个人，和年貌、口音、来踪去迹，多早晚才包下的，留下什么话没有，细细地向店家盘问了一番。店家说：“昨天晚半天才包下的。只来了两个人，都是年轻的壮汉，全是辽东口音。气派很冲的，交下二十两银子做定钱。在五天以内，不管他们用不用，决不准转赁给别人。他们说：‘就是官面上要，也只管拒绝他……’”

十二金钱俞剑平捋着胡须听了，冷笑几声。忽然换了一种面色，对店家说：“既然也是镖行，那更好了。我告诉你，你不用为难，我们是一家人。就是包房子的人来了，我们自己就跟他通融了。”对姜羽冲道：“我们也不必只匀西房了。索性连上房也暂借一两天吧。”又盘问了一些话，起身出离柜房。不想他们几个老成的镖头还在这里对付，几个年轻的镖客，九江阮佩韦、胶州李尚桐、泗水叶良栋、滁州时光庭等，已一拥而进，硬将上房门弄开，骂骂咧咧，招呼伙计牵牲口、打脸水、泡茶。人多势众，店家捏着鼻子照应，惴惴地好像大祸将临似的。

这几位老成的镖客进入上房，马氏双雄道：“俞大哥，怎

么咱们一动一静，都教贼人探听出来了呢？莫非咱们身边，竟有卧底的贼人不成？”金文穆道：“那可难说。”

姜羽冲道：“金三爷可别这么想。这绝不是从咱们自己人里面走漏的消息，乃是贼人从外面揣测出来的。咱们明目张胆地来找他们，他们就知道咱们的动静，又算什么？咱们还是先办要紧的。”眼看着九股烟乔茂洗完了脸，喝完了茶，姜羽冲这才催促道：“我们头一拨人和五辆车，怎么现在还没有露面？还有闵、魏、周三位，乔师傅你费心把他们找来吧。”

九股烟道：“他们三位就在西头小巷一家小店里，哪位陪我去一趟？”胡孟刚道：“你自己去，还不行么？”九股烟道：“我自己去好吗？”

姜羽冲道：“多同两个人去更好。好，我说欧师傅、阮师傅，你们二位陪乔爷去一趟。”

欧联奎、阮佩韦立刻应诺，站起来要走。姜羽冲又向岳俊超、马氏双雄、李尚桐举手道：“岳四爷、马二哥、马三哥、李师傅，你们四位多费心，出去寻一寻咱们那五辆车去。”奎金牛道：“这五辆车简直太古怪了，十成八成要出错。”马氏双雄道：“出不了错，他们也许走错了道，我哥俩去找找看。也许他们投在别家客栈了，正等咱们呢！这里的地理，我们可不大熟。”

俞剑平道：“姜五哥，还是由乔师傅领头，先找闵成梁三位，再找那五辆车。”胡孟刚道：“对，就做一次去很好，去两三位也就够了。”姜羽冲坚持多去些，并且教每人都别忘了带兵刃；胡孟刚认为姜羽冲小心过分了。俞剑平道：“劫镖的匪徒胆大妄为，什么出圈的举动都许施展出来，倒是小心点的好。”欧联奎等依言带上短兵刃。九股烟早不待叮咛，把那把手叉子插在绷腿上；又催青年镖客李尚桐、阮佩韦，也将兵刃带上。然后两拨人合为一拨，一同出离房店。

九股烟乔茂把马连坡大草帽往下按了又按，连眉毛全都罩上了。出离店门，东张西望瞥了一眼，便低着头急走。欧联奎

等紧紧跟着，从后说道："喂，乔爷，慢点！天太热，忙什么？"九股烟回头一扭嘴道："快点吧！"像跑似的一直走到横街，入了狭巷，方才放缓脚步。路北第七个门口，白灰短墙挑出一只破笊篱，便是那座小店。九股烟回头来，用手一指道："到了。"五个人一齐跟来。马氏双雄皱眉道："怎么住这小店？也难为他们哥几个了。"欧联奎低言道："强敌窥伺，少说话吧。"

九股烟凑到小店门前，往店粉墙上看了半晌，才对欧、马等人说道："还好，他们三位全没有离店。"

李尚桐道："乔师傅怎么知道他们没有出店？"九股烟笑了笑道："法不传六耳。"几个镖师一拥入店，柜房内转出一个伙计，忙迎过来道："列位，是住店的，是找人？"

九股烟往旁一推道："是找人，好大眼眶子，只三天就不认得人了。南房小单间那三位客人在不在？"口说着，早举步进院，面向同伴一指道："就在这房里。"

六个镖客塞满了店院，店东、店伙全出来盘问，众镖客不理。九股烟当门连叫数声，没人答应，立刻闯进小单间一看；只有一个老头儿，很诧异地正向外瞧。一见进来这些人，吓得站起来道："众位老爷要找谁？"

九股烟喝道："少说话！"一翻身出来，忙到各房间里搜寻。店伙一齐拦阻，众镖客喝道："躲开点！"把全店搜完，竟不见紫旋风三人踪影，也不见他们的行囊、兵刃。店东和司账摸不清路数，满面猜疑，赔笑问道："爷台，有什么事？可是……可是找三天头里那三位客人么？"

九股烟瞪眼道："哦！正是找他们。你小子翻什么眼珠子，连我都不认得了？到底你们把他们三个人弄到哪里了？"店主吸了一口凉气，真不认得乔茂了。那天乔茂是化装，此时却是本来面目。

那天紫旋风、没影儿和铁矛周闹店房，打伤店主，并已惊动了官面。但是紫旋风等突然越墙而走，店主不得已，只得打

点了地方，把他们遣去；满以为白吃一顿亏，不想现在又有人找来。看这汹汹的气势，店主猜想紫旋风必是匪人，九股烟等必是办案的人。遂满脸赔笑，将九股烟等请入柜房；不敢实说，只得说这三个客人举动可疑，惹得本地官面注意，把他们掠走了。

店主自想这样答复，已经很好。不意九股烟啪地把桌子一拍道："官面吓走了他们，简直胡说放屁！你知道他们三位是干什么的？你可知道，我们是干什么的？"

马氏双雄插言道："店家，你不用害怕，我们是缀下案子来的。他们为什么会怕官面？到底他们三位上哪里去了？你们快实说，不要隐瞒，恐怕于你不便，这里头有很大干系。"

店主向司账看了一眼，两个人面面相觑，越发估摸不透了。被六个镖客一再挤对，只得吐露真言。把当日夜间之事，闹店之情，如实托出，连声认错。九股烟向店家发作，李尚桐、阮佩韦也都要盘问详情。马氏双雄和欧联奎却已听出店家之语无甚虚假；催九股烟离开此处，向别处找去，又对店家说："咱们回头再算账。"

六人出店，站在小巷墙隅。欧联奎问道："乔师傅，你不是说他们三位没离开么？怎的他们三位又失踪了？莫非他们坠入贼人陷阱不成？"

九股烟道："我也不明白，他们三个人明明给我留下暗号。不瞒各位，贼人可扎手得很。紫旋风这位爷太已狂傲，大大意意，总不听我劝，倒笑我太小心了。保不定我走后，他们三人上了贼人的当。刚才店家不是说，有夜行人影在房上斗么？他们三位十成有八成教贼诱走了。"

马氏双雄骇然道："既然如此，这可不是小事。他们三人当真被贼诱擒，我们必得赶快设法，把他们救出来，我们不可耽误了！"眼望李尚桐、阮佩韦道："二位老弟，你们哪一位回店，快给俞老镖头送个信去。"

阮佩韦、李尚桐道："走！我俩这就去。"

九股烟忙道："二位别忙，这是我的事。咱们的军师爷是教你们四位迎车，教我和欧联奎师傅找紫旋风的；找不着，这该由我和欧师傅回去交差。"

欧联奎道："也许他们三人被贼人跟得太紧了，临时挪了地方。我们先别惊动俞老镖头，可以先到别处店家，找找他们去。"马氏双雄道："对！咱们分头干事；还是乔师傅领路，欧师傅跟着，到各店房查找一下。我们哥俩和阮贤弟，出镇迎车去。李贤弟可以先回店，给俞镖头送一个信。他们也可以早得一步信，同大家琢磨琢磨办法。"又嘱咐欧联奎、九股烟道："欧爷、乔爷，你们二位查店时，不但找紫旋风等；还可以顺脚看看咱们那五辆车。也许早来了，落在别的店了，也未可知。"

六个镖客立刻分头忙起来。九股烟和欧联奎把苦水铺大小店房一一查到，结果一无所得。马氏双雄和阮佩韦出镇迎车，转了一圈，登高一望，看见那五辆车，自远而近，迤逦走来。马氏双雄大喜，忙和阮佩韦迎了上去。

这头一辆车，便是单臂朱大椿、黄元礼。问及他们因何落后，朱大椿道："咳，别提了，上了人家的当了。在李家集打尖的时候，咱们的人说话太放肆了，大概教人家听了去。临上车才发觉五辆车牲口的肚带，全被人家割断。鼓捣了一个多时辰，才弄好了，到底也不知是谁给弄的。半路上又有一个骑马的家伙，奔来送信，说是俞镖头现在上高良涧去了，教我们改道。这小子分明是冒牌，他把我们太看成傻子了。我们就装傻，想诱擒他。我和聂师傅诱他上车，不意聂师傅鲁莽了些；被这小子警觉，蹿上马，跑掉了。我们要不瞎追他，也可以早到一会儿。你们现时住在哪个店里了？"

马赞源道："小有挫折，没出大闪错，就算很好。现在咱们人都在集贤栈落脚了。"黄元礼道："怎么全聚在一块，不是原定规的分散开了住，省得太招风么？"马赞源笑道："人家都知道了，咱们还掩盖个什么劲呢！"遂把来到苦水铺，投店发

生波折的情形，约略说了一遍。

单臂朱大椿稀疏的眉毛一拧，向马氏双雄道："劫镖的匪徒竟敢这等藐视镖行，这倒很好，咱们就跟他往下比画着瞧吧。马二哥、马三哥，我们这拨是住集贤栈，还是另住别处？"

马赞源道："据姜羽冲说，只要住得下，就不用再分开了。贼党已经遍布各处，难免要乘机搅惑我们；人少了，倒容易吃亏。索性往一块聚，实力厚些，也好应付。"

这五辆车子有单臂朱大椿、黄元礼叔侄，武进老武师夜游神苏建明师徒三人和赵忠敏、于锦、孟广洪等。还有几位镖客，是镇江永顺镖店的梁孚生，太仓万福镖店的石如璋，双友镖店的金弓聂秉常等。此外便是松江三杰夏建侯、夏靖侯、谷绍光。其余还有三个镖行伙计，专管跑腿的。松江三杰和夜游神，是新请来的武林朋友，相助夺镖的。至于这几位镖客，内如金弓聂秉常等，也是失镖的主儿；此次到场，一来助友，二来也是自助。当下众人也就不再上车，跟着马氏双雄一齐步行。进了集贤栈，与俞、胡二镖头、智囊姜羽冲等相会。

那一边九股烟乔茂和欧联奎，踏遍了苦水铺，竟没把紫旋风、铁矛周、没影儿找着。虽没有找着人，却探出一个消息。这苦水铺共有三家大店、两家小店；欧、乔二人本想挨家寻找，不想才到头一处，脚登门口，便出来一个店伙，迎头说道："你老住店，请往别家去吧，这里没有空房间了。"

九股烟愕然站住道："你怎么知道我要住店？"那店伙忙赔笑道："你老不是住店，是找人么？你老找哪位？"九股烟忙把紫旋风三个人的假名姓和衣履、年貌、年龄、口音说了。店家道："这里没有。"盯着三位镖师，眼珠子骨骨碌碌的，当门一立，不知揣着什么心意。

九股烟这回的态度，比方才和气多了，呆了一呆，对欧联奎道："咱们进去找找？"欧联奎不答，索性不提找人的事，反倒故意非要住店不可，借以试探店家的心意。

这店竟跟集贤栈一样，说是倒有几间房，全被两个干镖局

子的放下定钱，包赁去了。欧、乔立刻恍然，这又是贼人的故智。盘问了一回，忙又转到别家。不想一家这样，别家也这样。连走三家大店，竟像商量好了似的，全是昨天有人把空房间悉数包去。一间两间，三间五间，有房就要；全放下五天的房钱，全都自称是干镖局的。

武师欧联奎遂向九股烟道：“我们不必再耽误时候了，这都是贼人故弄狡狯。若依我说，他们三位也不必寻找了，这准是被贼人跟缀得太紧，三位已经另见隐秘安身之所了。我们来了这些人，声势又这么大，他们三位一定能寻声找来。我们还是赶紧回去，报告俞、胡二镖头，速谋应付之策为是。”

九股烟灰心丧气地说道：“还有两家小店没找，索性咱们都找到了，也好交代。”欧联奎不以为然，顺口答道：“也好，找找就找找，我看那是徒劳。”欧联奎和九股烟挨次又把两家小店走到。果不出所料，到一处耽误一会儿；直找到申牌时分，大小各店俱都没有紫旋风三人的踪迹。就连小店，但有空房的，也都被人家包下了。贼人的布置实在周密而且狂妄。

欧、乔二人无可奈何，这才死心塌地，回转集贤客栈。九股烟一面往回走，一面唧唧哝哝，叨念道：“没影儿这小子真没影了，紫旋风也飞了，简直是活倒霉蛋，我说欧师傅，你看他们三个是躲避贼人的耳目，隐到别的严密地方了；还是教贼人给架弄了呢?”欧联奎唔了一声道：“总是躲避贼人，挪开地方吧。”九股烟道：“我可不那么猜。若教我看，这三块料大大意意，自觉不错似的，多半上了贼人的圈套，全教人家给架走了；这工夫还不知道他们三个谁死谁活呢?”欧联奎唾了一口，道：“晦气！你说的他们也太泄气了，我不信。”

九股烟且说且走，一拍屁股道：“你不信，我敢跟你打赌，我们本来规定的，不见不散。他们好磨打眼的挪了窝，那是为什么?”说着，两人已走进集贤栈。还没进屋，就听得屋中似有没影儿说话的声音，九股烟不由咦的一声；欧联奎侧目一笑，也不理他，抢步走进屋里；九股烟也忙跟了进去。

屋中黑压压列坐许多人。主位是俞、胡、姜三人，对面坐着的，居然是活蹦蹦的没影儿魏廉！

客位上在没影儿的身边，还有两个生人。一个年约二十多岁，细条身材，面色微黑，细眉长目，英爽之气逼人；身穿一件紫罗长衫，白袜青鞋，手里拿着一把九根柴的扇子；乍看外表，文不文武不武，猜不透是干什么的。在他上首，是一个中年人：短身材，重眉毛，三十多岁，没有胡须，腰板挺得直直的；穿一件灰长衫，白袜洒鞋，高打裹腿，十足带着江湖气；不拿扇子，抟着一对核桃。两人正和俞、胡二人谈话，没影儿在旁帮腔。

第二十二章

寻声索隐飞狐窥豹斑
负气埋踪旋风耻铩羽

欧联奎看这两人眼生得很，一个也不认识。那九股烟乔茂竟一伸脖颈，手指没影儿魏廉道："哈！我的魏爷，你们上哪里去了，教我好找，那位闵爷呢？"还要往下说，没影儿已站起来，向欧、乔二人招呼道："乔师傅，多辛苦了。欧师傅，好久没见。我先给你引见两位朋友。"

主人俞、胡二镖头和这两个生客全都站起来。魏廉指着那青年道："这位姓孟，名震洋，江湖上称他为飞狐孟的孟爷，罗汉拳是很有名的。"又指中年人道："这位姓屠名炳烈，外号铁布衫，一身横练的功夫。二位全是武林中闯出万儿来的朋友。"又替欧联奎引见了，互道钦仰，然后转指乔茂道："这位是振通镖店胡镖头手下，最有名的那位九股烟乔茂乔爷，你们几位多多亲近。"

九股烟不禁脸一红，立刻反唇道："这是没影儿的事，我有什么名？别损人哪！"

两位生客互看了一眼，一齐抱拳笑道："乔师傅名震江湖，我们久仰得很，往后还求乔师傅多多指教。"这一通客气，引

得振通伙计在旁窃笑。越发把乔茂弄得脸红脖子粗。

众人谦辞着归座。三四十镖客此时都已聚齐。俞、胡两人向没影儿略问了几句话，便忙着款待友人。五间空房都占用了，依然不够，天热嫌挤。胡孟刚催手下人，再叫店家匀房；俞剑平向新来的朋友寒暄。智囊姜羽冲、奎金牛金文穆道："俞大哥、胡二哥，快商量正事吧！都是自己人，用不着招待谁。"朱大椿道："咱们自己照顾自己吧。俞大哥，你怎么还给我倒茶！"

马氏双雄一看屋子满满的，一把一把的扇子乱摇；镖店伙计一个一个地献茶、打手巾，实在太忙乱，又很闷热，便招呼岳俊超、阮佩韦、赵忠敏、于锦几个年轻的镖客道："我说咱们外边坐吧。你看这位十二金钱俞老镖头，只剩擦汗了。"松江三杰夏建侯、夏靖侯、谷绍光也要出来，道："对，咱们不要在这里挤了。"一拥出来，散往院中。两位生客也不觉站了起来。姜羽冲忙道："这可是对不住。咱们这么办，分两边坐吧。"你出我入，此走彼留，乱了一阵。那些青年镖客就三五成群，往店院树阴凉坐下。趟子手便给端茶壶，拿茶杯斟茶。另有几人，就让到西厢房。

这正房三间便只剩下几位主脑人和年长有声望的前辈了。主位是俞、胡、姜三位，上首是苏建明老武师、松江三杰；客位是生客飞狐孟震洋、铁布衫屠炳烈；没影儿和九股烟自然也在场。马氏双雄和朱大椿、奎金牛金文穆，都做了客中的主人；在西房和店院，分陪着别位朋友，聊尽招待之责。

集贤客栈蓦然来了这许多客人，满院都是腆胸挺肚的镖客了。姜羽冲暗嘱马氏双雄，留神店中别个客人。马氏双雄点头会意，告诉众人，说话要留神。这些镖客究竟是粗人，大说大笑，嘲骂劫镖的豹子："鬼鬼祟祟，不是大丈夫所为。"蹲着坐着啜茶，摇扇子高谈，一点也不顾忌；姜羽冲忙又出来，逐个谆嘱了一遍，方才好些。

那正房两明一暗的房子，此时大见松动。俞剑平先向飞狐

孟震洋、铁布衫屠炳烈客气了一阵，又谢他盛意来助。然后腾出工夫来，询问魏廉道："魏贤侄，你现在住在哪里了？周季龙他们二位呢？你们踩迹贼人，又得着什么新线索没有？"

没影儿还未开口，九股烟憋着一肚子的劲，急忙站在人前，伸出三只指头先说道："你们三位在小店里，被贼人赶碌地待不住了吧？闵、周二位怎么没露？别是我走之后，又教贼给撅了吧？"

没影儿冷笑一声道："还好，我们还没有教贼给架走，总比骡夫还强。他们两位也没有挨撅，托乔师傅的福，也没有死，都活得好好的哩。"

姜羽冲等全都笑了，暗推没影儿一把，道："魏仁兄，咱们说正经的。"胡孟刚也把乔茂拉过来，请他坐下；附耳劝他几句话，乔茂一对醉眼仍是骨骨碌碌地转。

没影儿笑了笑，向俞剑平道："我们三个人住在屠师傅府上哩。乔爷说的倒真不假！贼人真想给我们过不去，要搅得我们在苦水铺没处落脚才罢。幸而我们遇上了孟师傅。屠、孟二位都是帮老叔寻镖的。贼人的动静，他们二位晓得不少。我和闵师傅、周师傅，这几天教贼人缥得寸步难行。一切踩迹贼踪、防止越境，都承他二位帮忙。"

俞剑平、胡孟刚闻言甚喜，忙向孟震洋、屠炳烈举手道谢。又问没影儿："你三位在何处和孟、屠二位相遇的呢？"没影儿向九股烟瞥了一眼，这才把那天在小店的事说了出来。原来那个在窗外说冷话，把紫旋风诱走的夜行人，就是飞狐孟震洋，并不是豹党。

这个飞狐孟震洋，原来是个初出茅庐的青年英雄。俞剑平交游素广，跟这位铁布衫屠炳烈虽是初会，却已深知他的来历，叙起来也算是故人子弟。但只知道他横练功夫，颇得乃师生铁佛的嫡传。屠炳烈的住家就在苦水铺附近，俞镖头事先并不晓得。至于飞狐孟震洋的身世技业，不但俞剑平从来没有听说过，就是姜羽冲和胡孟刚，也跟他素不相识。这些镖客，也

只金文穆略知他与无明和尚有渊源。如今抵面共谈，才知孟震洋的罗汉拳颇为精诣；也并不是无明和尚的弟子，乃是无明和尚的师兄黄叶山僧的爱徒。孟震洋新近才出师门，奉师命游学南来。刚到江苏省境，无心中听说名镖师十二金钱俞剑平，正大举邀人寻镖。劫镖的贼胆大妄为，竟敢把二十万盐帑一举劫走；手法利落，至今穷搜未得。

孟震洋在访艺求名的途中，骤闻此讯，心头怦然一动。但是事不干己，也就揭过去了。不想，他远慕火云庄子母神梭武胜文的盛名，经友介绍，登门求教；竟从武胜文口角中，得了一点消息。

孟震洋的为人最机警不过；自己的心思情感，轻易不教人猜出来。当时淡淡的听着，并不带形迹；反而叩问武胜文，跟俞剑平认识不？这个劫镖的主儿究竟是谁？可知道他的来历不？武胜文含糊答应，词涉闪烁。孟震洋知道跟武胜文初次见面，没把自己当朋友看待；又觉出武胜文看不起自己，把自己当了挟拳技闯江湖的人了。他在火云庄流连数日，旋即托词告别。

在火云庄盘桓的时候，孟震洋遇见几位武师；南来北往，投贽求帮的都有。子母神梭武胜文颇有孟尝君的气象，家中不断有食客，并且不但铺着把式场，竟也开着赌局。孟震洋于此特别注意到两位武师，都是扁脑勺，辽东口音；口头上谈起话来，总瞧不起江南镖客十二金钱俞剑平。又有人念叨过淮安府飞行大盗，雄娘子凌云燕的为人。孟震洋初听人说，凌云燕子乃是个女盗侠，把这话来质询武胜文。

武胜文哈哈大笑：“凌云燕是个女子么？你听谁说的？”孟震洋又问及劫镖的豹子，有人说是辽东人，这话可真？武胜文道：“这个我也不很晓得，大概不是南方人吧。”

孟震洋道：“盐帑不比民财，劫了镖，就该一走了事。我看这个插翅豹子，必已携赃出境了吧？”武胜文道：“盐帑盗案，也不好拿常情揣度，谁知道人家安的什么心啊！”

孟震洋故作瞿然之态道：“二十万盐课是不是现银？”武胜

文笑道："这么些银子，可没有那么大的庄票，自然是现银鞘银。"孟震洋笑道："我明白了，劫镖的主儿必不会把全赃运走。替他打算，倒可以埋赃一躲，过些日子，再起赃还乡。"

武胜文道："我们想得到，人家也许早想到了，不过各人有各人的打算，也许人家不为劫财，专为泄愤呢！"孟震洋道："泄什么愤？"武胜文道："你不晓得么，这飞豹子和十二金钱有梁子！"

一不留神，"飞豹子"三字脱口而出；孟震洋紧追询下去。武胜文面容一动，忽然警觉，正面反诘起孟震洋来："老弟，你尽自打听这个做什么？"

孟震洋做出局外淡然的样子，含笑道："闲谈罢了。庄主知道我是初出茅庐，江湖上的事任什么不晓得，听见什么，都觉着新鲜。刚才说的这姓俞的镖头，他是哪一派呢？"改转话锋，信口应付过去。再想问飞豹子的名姓，又恐武胜文动疑，就这么打住了。

但是他已经探知劫镖的主犯名叫飞豹子了，又看出飞豹子的行藏，必为武胜文所熟悉，只是说不上武胜文和这飞豹子是否有甚渊源。同时又觉出这个子母神梭武胜文，把自己当作小孩子，心中也未免不悦，便将计就计，在火云庄多日，极力刺探武胜文的为人。

不意他的机警，已经引动武胜文管事人贺元昆的猜疑。孟震洋暗中窥伺居停主人，贺元昆就告诉居停主人，暗中防备上这个慕名的来客。却是居停主人防备来客，又已被客人觉出来。孟震洋顿时觉得在火云庄，凛乎不可再留。

这日便向武胜文告辞，自称打算月底走，仍要北游燕冀。武胜文照例挽留一回，要在后天给他饯行。孟震洋连说不敢当，又说："老前辈这样错爱，我也不敢推辞，我就后天走。不过老前辈设宴，不要强推我坐首席。"

这样说好了，孟震洋灵机忽一转，当夜趁四更天，突然出走，悄然离开火云庄，只留下一张短柬辞行。这一来不辞而

别，孟飞狐自恃其才，未免弄巧成拙，和子母神梭留下很深的芥蒂了。

不过飞狐孟震洋不辞而别，在他心中，也有一番打算。自想："我初现茅庐，正在创业求名；现在无心中访得一件机密，正可以露一手了。目下江南江北，道路哄传，名镖师十二金钱俞剑平邀请能人，大举寻镖缉盗，至今没有访得线索。踏破铁鞋无觅处，得来全不费工夫，居然被我访出线索来。劫镖的名叫'飞豹子'，但不知道飞豹子是何许人！我该设法再探一探。"

孟震洋要借这机会，扬名闯万儿。他也晓得这二十万盐课被劫，劫镖的贼党声势必大，断非寻常草寇可比。若教自己只身单剑来寻镖，那是办不到的事；二十万盐帑足装半间屋，便搬也搬不出来。

小飞狐暗作计较，也不想先找俞剑平报功，只想找一两个帮手，下点苦心，先访明飞豹子的真姓名和真来历，再根究这飞豹子的落脚处。得个八九不离十，等着俞剑平大会群雄时，自己前往登门投刺，报此密讯，可以落个人前显耀。

孟震洋料定飞豹子的下落必在近处，想了想，忙将小包袱打开，从中取出一个小纸本来。上面开列着许多人名地址，乃是他师父黄叶山僧打发他出门时，命大师兄给他开列的。凡是江南河北武林中的名人，以及和本门有认识的豪士，这本册子都记着姓名、绰号、年貌、渊源，本为飞狐访艺用的。

小飞狐便以洪泽湖高良涧为据，单找寻附近居住的拳师、镖客、草野豪杰；居然被他找出两个人。一个是在宝应县北境，小旺圩地方，便是铁布衫屠炳烈。又一个远在淮安府，此人名叫吴松涛，乃是小飞狐四师叔的表侄。小飞狐决计要找这两个人，帮他做这一件扬名创万的事。但是走出火云庄二三十里，却又中途变计，先不找这两人，他自己先围着高良涧、火云庄勘访了一回。

不料这一访，竟遇上险事。在荒村古庙略一勘寻，不到几

天，忽然遇上几个可疑的人物，反把他缀上了。小飞狐设了计，半夜绕影壁，金蝉脱壳，方才闪开了监视。到第四天，在苦水铺转了一趟，背后突然奔来一匹枣骝马，骑马的加鞭飞驰，硬往人身上撞来。惊铃响处，小飞狐回头一看，急忙回身，被他努力地往旁一窜，这马也跟着向路旁扑来。小飞狐顿觉得形势险殆，闪避略迟，就要被铁蹄践踏。百忙中不暇审视，霍的一个“鹞子翻身”，倏伸左手，要抓嚼环，把骑马的拖下来。谁知那人把缰绳一抖，唰的照着小飞狐就是一马棒；这匹马也同时一跃。小飞狐“老子坐洞”，急往下塌身，才没挨上马棒。二次腾身起足，要追骑客，那马已豁喇喇地奔出数丈。

马上人哈哈大笑，铁蹄翻飞，疾驰而去，竟连面影也没看清。小飞狐目瞪口呆，怒不可遏；仓促中，不遑深思，大喝一声：“好个撒野的东西，碰死人不偿命么？”拔腿急追下去。那骑马的不策马回头，哈哈哈连声狂笑道：“好汉子追来呀！”抡马棒，啪啪几下，那马如飞地奔驰下去。小飞狐施展轻身术，就如飞地赶上去。只追出一两箭地，猛然醒悟，当即止步；立在镇口上，看那骑马的人，是向青纱帐后驰去。变起仓促，他仅仅看出这人是个无须青年，戴草帽，穿短打罢了。却是举动不测，分明不是骑术疏失，也不是马行惊逸。

小飞狐孟震洋感觉到危险当前；那青纱帐后还许隐藏着什么人也未可知。小飞狐不愿鲁莽，更不愿中了人家圈套；便抽身进镇，一路上寻思这人的举动。想了想，自己人单势孤，还是找个朋友做帮手的好。更不徘徊，径投小旺圩，寻访铁布衫屠炳烈。屠炳烈恰在家中，两人谈起来；小飞狐把自己访出来的事，和今后的打算一一说出。铁布衫屠炳烈喜悦道：“这件事早已惊动江湖，只可惜劫镖的主儿是谁，落在何地，没人能够晓得。孟贤弟虽然未访得实底，只凭这个消息，说出来就可以惊动武林。孟贤弟肯邀我帮忙，那真是求之不得，我也跟着露脸了。”

铁布衫在此地是土著，可说人杰地灵。孟震洋就向他打听

子母神梭武胜文究竟是干什么的，铁布衫具说："子母神梭早年浪迹江湖，现在洗手不干了，家中常有形迹诡秘的人物出入。他也许和飞豹子有勾结，保不定就是窝主。我们怎么着手呢？是先给十二金钱送个信呢，还是我们两人去探火云庄呢？"孟震洋说："这都使不得。小弟料这飞豹子什九落在高良涧附近；我想先由你我两个，在近处勘访一回。子母神梭那里，已被小弟弄惊了。屠兄可不可以转烦别位朋友，前去卧底？"屠炳烈道："这个我想想看。"

两个人商量好久，屠炳烈先去找朋友，孟震洋住在屠家等候。过了几天，屠炳烈回来，已经辗转烦出好友，到火云庄卧底去了，然后孟、屠二人结伴出访。也不用改装，只穿寻常乡农布衣，摇着蒲扇，往附近各处随便逢人打听起来。

屠炳烈既是本地人，与近村的人呼兄唤弟，都有认识，彼此知根知底；打听起什么来，多能倾囊相告，毫无隐讳。比起镖客私访，脸生的人贸然探问贼情，自然易得实底。人家若问起孟震洋来，屠炳烈就说："这一位是远门亲戚，到咱们这里来，收买点竹子和湖苇。跟我原是亲戚，我哪能再教他住店？现在陪着他看货。"每探得哪个地方可疑，哪个地方有眼生的人，两人方才改换衣襟，装作赶集办货的人，偕往刺探。明面打听不清楚，便在夜间穿起夜行衣裳，带了兵刃重去偷窥。

两人有时结伴同行，有时分开来，各访各的。数日之间，竟访得李家集、苦水铺、火云庄、霍店集、卢家桥等处，都有面生可疑的人往来。这几处有的有客店，有的没有。凡有客房之处，探得都有骑马的异乡生客住过。此地接近水乡，罕见骑马；屠、孟二人互相议论，以为这一带确有什么江湖人物潜藏着了。

两个人很欢喜，连访数日，已有眉目，便加紧地访起来。不想这一来，事逢凑巧，没和劫镖的人碰上，倒和访镖的人遇上了。当紫旋风、铁矛周、九股烟、没影儿一行，由李家集来到苦水铺时；孟震洋恰也是第二番来到苦水铺，挨搜店房，打

听骑马的人。

当紫旋风等住小店被贼窘扰时，孟震洋见三人情形可疑，忙去找屠炳烈。次日夜间，邀着屠炳烈正要根究紫旋风的底细。紫旋风等忽然探古堡，悄离店房，越发引得屠、孟二人动疑了。却还不知他们夜出是做什么，又疑心他们是作案的绿林。

紫旋风等探堡落败，遣九股烟回去送信。孟、屠二人立刻分开，由孟震洋跟缀九股烟，由屠炳烈看住紫旋风三人。孟震洋把九股烟直缀到宝应县城，方才晓是看错了人；自己竟缀的是镖客，想着好笑起来。忙忙地往回翻，再找屠炳烈，又已不见。紫旋风等又忽然挪了店，飞狐孟震洋越觉奇怪，眼看着三镖客移入小店，小飞狐缀进去，看准紫旋风等人的落脚地点，旋即抽身回来，仍找铁布衫屠炳烈。他人生地疏，没找着屠炳烈；屠炳烈竟从一家柴棚钻出来，迎头反来招呼他，引到僻处，屠炳烈拍掌失笑道："这一宝没押着，咱们缀错了，人家也是寻镖的。怎么样？咱们索性挑明了，跟他们合伙呢，还是各寻各的？"孟震洋笑道："屠大哥也看出来了。……只是这三位，咱们一个也不认识，别冒失了。咱们先在暗中帮着他们，看情形再出头。"屠炳烈称是。

这一天贼人白昼来扰，屠、孟方才看出：贼党和镖客旗鼓相当，挑帘明斗起来。屠、孟急伏在暗处悄作壁上观。旋见集贤栈钻出几个人，到小店附近窥伺动静，抛砖弄瓦，着恶作剧。三镖客同时也已觉察，正在出去进来加紧防备。

到了夜晚，群贼越发前来扰害；暗中数了数，竟不下六七个人。屠、孟此时跃登柴棚房顶，看了个清清楚楚，这一幕隔壁戏，越发引得二人跃跃欲试，要立刻横身加入了。两个人暗打招呼，立刻蹿下来，分头行事。屠炳烈绕道暗缀贼人，跟出苦水铺。孟震洋乘乱混出小店，故意放冷话，把紫旋风逗引出来。紫旋风正在发怒，八卦刀一领，穷追下去。小飞狐孟震洋飞身越墙，回头向紫旋风一点手，尚要小作戏耍。却不曾看出，紫旋风并非寻常镖客，身躯尽管雄伟，却有绝高的轻功；

倏地追近来，八卦刀挟寒风劈到。

飞狐孟震洋要抽背后剑，竟几乎来不及。飞狐的武功也授自名师；见紫旋风的刀当头劈到，往旁一滑步，躲闪过去。紫旋风早已一展八卦刀，裹手一刀，拦腰斩来。小飞狐急急地又一闪，闪开了，叫道："呔，相好的且慢！"

紫旋风骂道："相好的，你就看刀吧！"手臂一翻，"金雕展翅"又劈来一刀；小飞狐连躲三招，方得掣出剑来。刀剑一对，顿时一来一往，狠狠地打起来。各展开纯熟的招数，飕飕扑斗。紫旋风并不把飞狐放在心上，只恐劲敌另从暗中袭到；急采速战速决的招数，要把飞狐擒住。

飞狐一面动手，一面想吐露真情。哪晓得紫旋风竟电掣似的扑攻，连一点空也不给他留；若不是功夫抵得过，简直就要丢脸。飞狐孟震洋知道对方愠怒，再没有说话的余地了；忙展开生平绝艺，极力支持。又走了十几招，突然收剑，回身便跑；绕着苦水铺，奔逃出去。

若论脚程，飞狐也未必跑得开。只是紫旋风顾忌那个豹头虎目贼人，多了一份疑虑，脚下便慢了。此追彼赶，绕着苦水铺，转了一个半圈；飞狐这才站住，说出实话，紫旋风展八卦刀，封闭住门户，并不轻信飞狐的片面之词。

飞狐自称是黄叶山僧的徒弟，此次是邀了一友，特来帮助十二金钱寻镖；闵成梁仍然不信。幸而屠炳烈和周、魏二镖客，相偕招呼着走来。屠炳烈招呼孟贤弟，周、魏招呼闵大哥，两边五个人这才说开了，聚在一处。问起来，铁矛周和屠炳烈认识。铁布衫屠炳烈追赶贼人，只顾看前面，未留神青纱帐里还有敌人的埋伏；一声不响，打他一暗器。屠炳烈侧身闪开，又挨了一下；仗他有横练的功夫，不曾受伤。敌人突窜出三个人来，放过同伴，把他围住。

恰好没影儿和铁矛周，追寻紫旋风，赶到此间；遥闻兵刃叮当响，猜是紫旋风被围，忙驰来应援。迫近一看，是三个人围一人，被围的人身量较矮，不像紫旋风。周、魏二镖师不管

三七二十一，潜掏暗器，助弱攻强，喊一声，陡照人多的打来。三个打架的顿时被打倒一个。

没影儿魏廉、铁矛周大呼奔过去，三个打架的似很吃惊。呼啸一声，逃入另一片青纱帐去了。周、魏无意中救了屠炳烈。屠炳烈和铁矛周早年共过事，故人相逢，又略述别情；忙又给紫旋风、没影儿、孟震洋引见，紫旋风即向孟震洋道歉。

铁矛周因觉这里立谈不便，遂邀众人，到前边疏林内叙阔。他动问屠炳烈，因何事夜行？屠炳烈具说孟震洋无意中访得劫镖贼人的机密，要相助寻镖。三镖客大喜。没影儿说道："不怕二位见笑，我们哥三个奉命寻镖缉贼，没有寻着贼赃，反倒教贼盯上了。我们住在哪里，贼人搅到哪里。别话不说，屠大哥在此人杰地灵，若有熟识的店房，`先给找一家吧。现在眼看天亮，我说周三哥，咱们总得找个地方蹲着去呀！"

屠炳烈道："住处不难，柴厂子就可以住。贼人竟这么厉害吗？"

孟震洋道："屠大哥，你不要大意。依我说趁这工夫，就请三位到你府上去吧，不必住柴厂子。恐怕那里也要教贼人寻着，丢砖抛石的很不好。"

紫旋风恍然道："但是我们要到屠大哥府上去借住，岂不也怕贼人前去打搅？"铁矛周正要开口，屠炳烈忙答道："咱们还怕那个，怕那个还有完？走！三位就跟我到舍下住好了。"没影儿道："趁现在天没亮，一溜而去顶好。"

五个人立刻奔小旺圩走去；已到屠家，扫榻相待。屠炳烈劝三镖客，白昼暂勿露面；所有监视盗窟，访探贼踪，统由屠、孟代劳。

到了夜间，三镖客仍伏在古堡附近，密加监防。独有紫旋风闵成梁，神情闷闷不乐，私对周、魏二人说，要告辞回转沭阳。周、魏忙道："闵大哥，走不得，你走了，我们更不济了。"紫旋风总以战败为耻，说道："我本无能，空留无益。"并且和贼人交手时，曾经约言：如果战败，便撒手告退，永不

再管寻镖之事。一言出口，悔不及舌，紫旋风定要践此诺言；就烦周、魏代向俞剑平道歉，周、魏哪肯放他走？苦苦地相劝道："闵大哥一定要回去，我们不敢强留，但是你何不等着俞镖头来到再走？也显得有始有终。"这样说着，紫旋风也就不再言语了。只过了两天，十二金钱俞剑平率四十余众，赶到苦水铺。众镖客在集贤栈吵闹，铁布衫屠炳烈恰在街头窥探；见状折回，忙给三镖客报信。没影儿、铁矛周正在发急："这位九股烟怎么送的信？怎么俞老镖头还不来？"一闻此讯，方才释然；急穿上长衫，邀着屠、孟二位同去见俞、胡二老镖头。

不意紫旋风忽然说道："好了，我现在可以卸责了。"一转眼间，飘然不见了，只在桌上留了一封道歉告退的信。

铁矛周道："唉！你看，这位闵贤弟也太脸热了！"只得由没影儿陪着孟、屠到集贤客栈；铁矛周自己急去追赶紫旋风。无奈紫旋风的脚程很快，这里歧路又多，哪里赶得上，铁矛周瞎追了一程，望不见踪影；只得折回来，往集贤栈走去。

第二十三章

论贼情座客滋疑窦
讨盗窟群侠争先鞭

没影儿魏廉到了集贤栈，具说前情。俞剑平、胡孟刚向孟、屠称谢，复给周、魏道劳。俞剑平咳了一声，对众人道："闵贤弟少年英锐，能折不能弯。劫镖的豹子不过乘劳幸胜。我们莫说没怎么输给他，就真输了招，也不能算丢脸，他们无非倚仗人多罢了。闵贤弟那里，我想还得圆回一场才好，咱们好歹给他顺过这口气来。"

虽然这么说，却已探知贼势枭强，不可轻侮。胡孟刚乃对姜羽冲道："姜五哥，贼人的绰号，承孟、屠二兄探明，贼人的巢穴又承周、魏、闵三位访实。我们来到此处，该怎么动手呢？现在就去怎么样？"智囊姜羽冲环顾众人，低头沉吟了片刻，抬起头来，对俞、胡二镖头说道："孟、屠二位访得贼人的绰号，这实是奇功一件。可是这飞豹子到底是谁，我们不可不先琢磨一下。还有魏师傅几位犯难蹈险，进贼巢，已略知贼情虚实，到底贼人有多少党羽？是怎么来头？这还得……"

十二金钱俞剑平插言道："知己知彼，百战百胜。在座诸位有谁知道飞豹子的为人和他的真名姓？他在哪条线上闯过？

众位有晓得的没有？”松江三杰道：“怎么俞大哥竟连仇人的底细还不知道吗？”

俞剑平摇头不语，眼望众人问计求答。却是飞豹子究竟是谁，在座众人纷纷猜测，还是说不上来。姜羽冲扪须说道：“那人既然是辽东口音，也许是新从关外窜进来的。诸位也有在关外混过的，请细想想，有叫飞豹子的绿林没有？”

武进老拳师苏建明在三十几岁时到过盛京，金弓聂秉常早年也在营口一带走过镖，可是在关东胡匪帮中，从没听说过有这么一个飞豹子。胡孟刚愤然扼腕道：“这可怪透了！这东西难道从石缝里迸出来的不成？”奎金牛金文穆道：“胡二爷别忙。”站起来，把院中厢房的镖客全叫了进来，挨个细问了一遍。但一提及“飞豹子”三字，还是没人晓得。

胡孟刚急得搔头道：“管他是谁，反正我们访出他的垛子窑是在古堡，我们就齐下太行山，按江湖道，登门投帖，找他讨镖；讨镖不给，咱们就跟他一决雌雄。众位哥们，现在一个半月了，我胡孟刚真受不住了。前天赵化龙赵大哥还寄来一封信，说是骡夫都回来了。州衙传讯过他们，他们也说贼人大概是在江北。州衙和盐公所一个劲地催，不肯再展限了，这这这怎么好？”一面说着，头上汗珠子滴滴答答往下流，实在急得够劲了。

俞剑平双目灼灼，扪须劝道：“二弟不要着急，咱们已经来到这里，马上就动手。你等一等，咱们先听一听姜五爷的主意。”一面向姜羽冲道：“我也想到古堡看一看去，实在没有工夫了，我们以速为妙。诸位以为怎么样？”

众人纷然道：“对！去啊！咱们这就走！”姜羽冲笑了笑，慢条斯理说出他的主意道：“咱们总得先安排一下。”派人到街上备一份礼物，买一幅红帖；然后对俞、胡二人说：“我想着要派四位年轻机警的朋友，先奔古堡；带礼物，备名帖，先礼后兵，求见这个飞豹子。”胡孟刚道：“对！我和俞大哥具名。拿帖来，咱们就写。”

姜羽冲道："依我看，你们二位这回可以不必具名。因为胡二哥是失镖的事主，俞大哥是劫镖的对头。我打算由苏建明苏老前辈、金文穆金三哥和小弟，我们三个人出头具名。"胡孟刚道："那是怎么讲呢？"苏建明拍掌道："对！"又加了一句道："松江三杰也得列名，只是干镖局的可以靠后。"

俞剑平扪须凝想，面向胡孟刚说道："姜五哥的意思，我明白了。他是先礼后兵，先偏锋，后正攻，先请说和人出头，后出正对头。由他们几位具名，只算作武林中寻常的慕名访友。劫镖的就是专跟咱们过意不去，他也不会遍得罪江南所有的武林高手，我猜他不至于翻脸动蛮。只要飞豹子肯接帖见面，那么闷葫芦先就揭破一半；可以跟他打开窗子说亮话了。这比你我具名好，而且也算给飞豹子留面子，法子实在很高。……不过，我只怕他帖不接，礼不收，冲着投帖人装糊涂，不肯见面，那就白费事了。我们这一去，总要立见真章才好。姜五哥，你看是不是？他若不见，我们该怎么办？现在也该盘算好了，省得临时再忙。"

姜羽冲把大拇指一挑，微微含笑，欲言不言。马氏双雄接声道："俞大哥、姜大哥，你听我说。这飞豹子要是个知名的英雄，咱们依礼拜山，他自然要见咱们；藏头匿尾，闭门不纳，岂不栽跟头？依我兄弟揣想，只怕这东西是个胡搅蛮缠的家伙，你得提防他捣蛋。我敢打包票，这小子一准要挡驾。他说啦：'达官爷把礼拿回去，我们这里没有这个人。'到那时咱们翻不翻脸呢？"

胡孟刚把扇子往桌上一拍道："着啊！他给你摆肉头阵，咱们可得想法子跟他硬顶牛！"马氏双雄跟着提高了调门，向大众道："我怕的就是这话。不过他摆肉阵还罢了，还得防备这小子恃强耍横，说话故意找碴，官打送礼的。比如说，他要是把咱们派去投帖的人硬扣下呢？再不然，戏弄一顿呢？这都是说不定的事。……姜五爷，我看就派四位空手去，未免悬点，总得暗带兵刃；一个说翻了，就抄兵刃，打王八蛋！这四

位送礼的，我看不用烦别位去，我哥俩替俞大哥、胡二哥先闯这头一阵。”

马赞源、马赞潮义形于色地站起来；眼光一寻，走到聂秉常、欧联奎两位镖师面前道：“聂二哥、欧贤弟，咱们四个去好不好？”又对众人说：“我们聂二哥当年上过雁荡山，跟山脚下的倪老开钻刀枪架，讨过镖银，有阅历，有稳劲，决不至露怯。我说对不对？聂二哥打头，我哥俩跟欧贤弟帮腔。”聂秉常欣然得意，扪着小胡子，笑道：“三位别给我贴金了，咱们先问问军师。”

二马一告奋勇，一伙子少年拳师顿时你也抢前，我也争先，都向智囊姜羽冲挑大指，讨将令。三间正房挤住许多人乱哄哄，越发热闹起来。

忽然间，黄元礼镖头转脸，对师叔朱大椿道：“老叔，这飞豹子好大胆！他居然敢动二十万官帑！敢拔金钱镖旗，这自然是见过阵仗，成名的绿林。怎么他的来历没一人知道呢？‘飞豹子’三字，也许不是真万儿吧？”说时，一眼看到座隅赵忠敏、于锦两位少年。当俞、胡、姜向大家追问飞豹子的来历时，这两人低头喁喁私语，不知讲些什么。

众人讨令，这两人独默默落后，一声不响，此刻依然并肩悄语。再看别人，都盯着姜羽冲的嘴；只有信阳蛇焰箭岳俊超正摇着扇子，一声不响，用冷眼盯着于、赵二人。

黄元礼觉得古怪，一转眼，再看军师姜羽冲竟也留神了；正微微含笑，暂不答这些自告奋勇的人；也正睁着一双细目，有意无意，瞟着于锦、赵忠敏。黄元礼心中一动，把师叔朱大椿推了一把，朱大椿也注意了。但是于锦和赵忠敏忽然抬头，看见好几双眼睛在他两人身旁转；两人立刻住声，站起来，向姜羽冲自告奋勇，也要到古堡去一趟。

姜羽冲把别人拦住，立刻赔笑对于、赵说道：“你二位去，最合适不过，咱们回头合计合计。只是二位去时，顶好不带兵刃，空着手去投帖才好……”

于、赵二人道："那个自然。"众人眼光不觉全集在于、赵二人身上了。

老英雄多不以于、赵前去为然，马氏双雄更连连摇头道："我这话可不该说，于、赵二位贤弟的功夫是顶硬的，可是没有拜过山，讨过镖。我说句卖老的话吧，这一去不亚如黄天霸上连环套。讨镖拜山，不只用胆，也要用智，而且还得留神贼人的暗算，又得防备他硬打胡来。我不该拦二位的高兴，军师爷，你估量估量；若教二位去，还是教他们带着兵刃，出了错也好护身……"

松江三杰夏建侯、夏靖侯、谷绍光道："暗带兵刃，也不过两个人；贼人若真翻脸，还是寡不敌众。"站起来，向俞、胡、姜三人说道："小弟初到，未得效劳。俞大哥、胡大哥、姜五哥，你们三位酌量着；他们二位可以明去，我们哥三个愿意暗中奉陪一行。"

铁牌手走来走去道："是啊，是啊！这个飞豹子气冲极了，太不通情理！把我们镖行看成一文不值。武戏文唱，只怕不对工！古堡又是贼窝子，我看咱们要去，还是人越多越好。我管保他们不会以礼相待，我们莫如大家齐往前闯。反正我是认识他们的，我们乔师傅也认得他；我们全跟了去，只要对了盘，豹子准在那里，咱们打东西。反正有我们俞大哥，十二金钱镖百战百胜，打遍天下，先教这豹崽子尝尝……"

十二金钱把头一点，笑道："胡二弟，坐下说话。姜五爷，你别不言语，我们都听你的。"

智囊姜羽冲容得这几位老英雄发过了威，方才说道："我的话还没讲完呢……现在，我把想的法子说出来，我们大家斟酌，可行则行，别误了大事。"马氏双雄、松江三杰一齐举手道："五爷说，五爷说。智囊的妙计，我们久仰，有好招快往外拿；你别听我们瞎嚷，要说出个主意什么的，总得看你的，我们到底怎样去才对？五爷只管讲吧！"

姜羽冲这才咳嗽一声，徐徐说出六个步骤。

第一步，要派九股烟乔茂、没影儿魏廉，在前头引路；把投帖送礼的少年镖客引至古堡面前，便闪过一边。乔、魏二人只可改装前导，指点路途，不可教贼人看出通同一气。

第二步，请叶良栋、时光庭、阮佩韦、左梦云四位少年，穿长衫，骑骏马，前往观礼投帖。

派遣至此，于锦、赵忠敏忙道："姜老前辈，不是教我俩去么？"姜羽冲笑着看了两人一眼道："二位别忙，自然要奉烦二位的。"当下吩咐叶、时、阮、左四人，以礼前往贼巢；到了门前，指名求见飞豹子。

姜羽冲道："我可要高攀了，四位就冒称是我和金师傅的徒弟；此次是陪师父路过此地，现住在苦水铺店中。'因是护送官眷，家师不能离身；久闻飞豹子的大名，特遣我等前来拜见。现在家师薄备水酒，拟请飞豹子老英雄到客店一叙。如果老英雄无暇，我们回去送信，便请家师移樽请教，也可以的。'这样说了，你们再看豹子手下人的意思，借此可以猜知飞豹子本人是否现在古堡。"

时光庭道："我们要是见飞豹子本人呢，该怎么办？"姜羽冲摇头道："他不会见你们吧？……"沉了一沉道："话也不预先防备着；当真见着他，你们就客客气气，以武林前辈待他。要肃然起敬，投帖而止，闲话少说。也不可面含敌意，不可东张西望，他若盘问你们什么，你们四位把话编好了，别弄得七言八语，说砸了词。"

叶良栋道："他肯见我们，是这样了。万一他拒而不见呢？"姜羽冲道："哼！他不见的成数倒居多。他若只留帖，拒而不见，你们就立刻回来。万一他连帖也不留，简直不承认有这么一个飞豹子；那时你们需要处处留神，怕暗中有人跟缀你们，也许暗算你们。你们可以在堡内门前；略略踩探一下，便可抽身回来报信，千万不可乱来硬闯。倘若贼人监视严，踩探不便，你们索性携带礼物转回，不可勉强伸头探脑，招出是非来。你们四位要想明白了，这是初步一探，不可怄气，误了大事。"

姜羽冲说罢，很不放心地盯住了四个少年，四少年互相顾盼微笑。姜羽冲仍恐他四人恃勇冒昧，又再三谆嘱了几句，直到四个人答应了决不多事方罢。

然后又向信阳蛇焰箭岳俊超举手道："岳四爷，你的火箭，身边带着没有？"岳俊超道："有。"姜羽冲问："有几支，可够四支么？"岳俊超道："我一向带着整匣，一共九支，五爷要用么？"姜羽冲道："我倒不用，我恐贼人一见投帖的到来，必定猜出来意，那时他也许翻脸动手。我们的人落了单，陷入重地，怕要吃亏。我想借四爷的火箭，给他们每位一支，作为呼援的信号。"姜羽冲又转脸对时光庭、阮佩韦、叶良栋、左梦云道："你们四位如看出贼人情形不稳，或唆众包围你们，或往重地引诱你们，你们欲进不可，欲退不能；到那时千万别怕丢脸，尽可抽身，往外闯的为是。因你四人既是投帖拜山，断不能私携兵刃；闹翻了，你们定要吃大亏。就是你们不怕，岂不误了俞大爷、胡二爷的事？你四位务必以事为重，不要争闲气；如果到了真不得已的时候，贼人变颜动手，你们就赶紧把岳四爷的火箭放出来；我们在外面的人便可驰往应援。可是你们别放空了，可也别放迟了，要紧，要紧！"

岳俊超将四支火箭掏出来，递给姜羽冲；姜羽冲交给四人。可是岳俊超听说要火箭，不是为射人伤敌，主要是做信号用的，这四支便不甚得用，忙又开箭匣，另取三支，换给三人。这三支是专做信号用的，发出来一溜火光，飞到天空，更发炸音。但只做了三支，还短一支，只可用那伤人的火箭代替了。……岳俊超年纪较轻，辈分却高；他和俞、胡、姜等俱是平辈，弟兄相称。他是赤火狐罗林最小的爱徒；师门相传，有这种特制的火器，于是第二拨的人便如此派定。

第三步，姜羽冲请马氏双雄马赞源、马赞潮，以古堡为中心，斜奔左侧。再请松江三杰夏建侯、夏靖侯、谷绍光，以古堡为中心，斜奔右侧。俱各长衫骑马，潜藏兵刃。沿堡梭巡，暗卫四个投帖的人。贼人当真蛮不讲理，动手捉人，就请这五

位英雄驰马前往援救。马氏双雄和夏建侯等慨然答应了。

第四步，姜羽冲邀着奎金牛金文穆，长袍马褂，作为拜客的人，缓缓行来，逗留在后面。如果投帖得入，送礼得收，敌人不肯来店，要邀姜、金入堡面谈，姜、金便可应时前往会见。见了面，就以江湖道的义气，扫听镖银之事。姜羽冲先开谈，金文穆在侧帮腔；所有应付的说辞，等一会儿两人再仔细琢磨。姜、金两人不带兵刃，只骑着马，跟马的马夫当然不用趟子手，不用镖局伙计；就从年轻镖客中选拔二人，乔装改扮，不妨背着刀。第四拨人也算派定了。

第五步，正要点配人选；苏建明老拳师扪着白须笑道："军师爷下令不公！"姜羽冲道："怎么呢？……哦，是了。我刚才本想请老前辈具名拜山……不过我又想到这一次拜山，多半扑空；也是动唇舌的事，用不着空劳动老手。老前辈和三位令高足武功超绝，还有别的吃紧的事要借重哩。"苏建明笑道："军师爷总是有理的。"说得姜羽冲也笑了。

当下忙请十二金钱俞剑平、铁牌手胡孟刚、老武师苏建明，率所有武师，三人为群，四人为伙，一齐地散漫开，各带兵刃，暗暗跟缀，径趋古堡。如果前锋镖客与贼交战，俞、胡二镖头便可以公然上前搭话。

第六步，特请飞狐孟震洋、武胜镖头路明、石筱堂等几位擅长轻功、身手矫健的少年壮士，缀在最后。一经贼人与镖客动了手，"你们几位便可绕走他道，由没影儿魏廉、铁矛周、九股烟三人做向导，乘虚入探贼巢，查看镖银所在之处。"然后又留下朱大椿、黄元礼等两三位镖师，仍在集贤栈住着，以守后路。

姜羽冲把全盘计划井井有条地说出来，在场武师哗然赞道："好极了！是这么着，先礼后兵，有文有武。贼人们软来硬来，咱们全有办法。"哄然站起来，各整衣冠，齐抄兵刃，就要往外走。只是这一番派兵点将，也不知是有意无意，仍把于锦、赵忠敏两人漏下了，一无职守。

单臂朱大椿和黄元礼叔侄，四只眼睛注视于、赵二人，看

看他俩怎么个态度。于、赵二人挤在屋隅，不由脸色改变，低低私语，分开众人，复又上来讨令；却避开智囊姜羽冲，单冲着俞剑平发话道：“俞老镖头，在下奉我们大师兄之命，前来助访镖银。若论技能，在下后学晚进，实不敢担当一面；可是跟着大众跑跑腿、充充数，也许不至落在人后。俞老镖头这一回是教我们留守店房呢，还是跟随哪一路英雄滥竽充数？”

仅仅这三间上房，挤满了三四十人，谁被派，谁没被派，实际上也很混淆；除了本人，别人真分析不清。但于、赵二人不然，智囊姜羽冲首先就提二人。现在别人都有了责任，倒把这二人忘下了；少年气盛，脸上顿时挂不住。

十二金钱俞剑平站起来，说道：“于贤弟，你二位的岳家散手和万胜刀法，我们实在佩服。这回寻镖自然要借重的，姜五爷是忘了。我说姜五哥，你看请他们二位加入哪一路呢？”

智囊姜羽冲微微一笑道：“我没有忘。于贤弟、赵贤弟，咱们先把他们这些位打发走了，我和俞镖头、胡镖头，还有很要紧的事，要特意向二位讨教呢！”于锦愕然，赵忠敏红了脸，吃吃地说道：“在下少年无知，技不惊人，见识又浅……”

姜羽冲忙说：“不然，不然！有志不在年高。我久闻二位浪迹江湖，经多见广，尤其熟悉北方武林道的情形，这一次找镖，真得烦二位大卖力气哩……”

这些武师正忙着要走，忽见智囊姜羽冲轻言悄语，单单盯上于、赵二人，不觉人人耸异。张着嘴，侧着脸，要听一个下回分解再走，个个脸上带出奇异的神情。只有朱大椿叔侄和岳俊超点头微笑，默有会心。

姜羽冲往四面一看，许多眼珠子都盯于、赵，于、赵越发局促不宁起来。要想设词细问二人，若能究出飞豹子的真姓名来，此去投帖，便好指名呼姓，教敌人先吃一惊。无如此时二人显存顾忌，越当着人，怕越问不出来。姜羽冲眼珠一转，顿时把话收回，先催大众速走。次向守店房的朱大椿、黄元礼嘱咐了几句话。然后转身邀着俞剑平、胡孟刚、金文穆、苏建

明，并拉着于、赵二人，一同出了店房。

第一拨向导，九股烟乔茂和没影儿魏廉，乔装改扮，当先出发。明知古堡贼窟大不好惹，这一回九股烟吃了镇心丸。出离苦水铺，回头一望，武功矫健的武师三五成群，分路跟在后面。九股烟把腰板一直，洋洋得意；青纱帐外，竹林边头，前夕曾被群贼赶逐，埋首潜藏，今天可不怕了。雄赳赳，气昂昂，拔步急走，比没影儿走得更快。

第二拨投帖的，便是叶良栋、阮佩韦、时光庭、左梦云，骑着四匹马，跟着一个趟子手，带着礼物。

那第三拨人，左右两翼是用武的援兵，便是马氏双雄和松江三杰，也策马豁喇喇地抢先而上。

中路第四拨，是智囊姜羽冲和金文穆。

第五拨准备攻敌的正兵，是俞、胡和一伙武师。

第六拨劫袭贼巢的别队，是孟震洋等；姜羽冲催他们先行一步。姜羽冲自和奎金牛金文穆，偕着于锦、赵忠敏二人，邀着第五拨的领袖俞剑平、胡孟刚、老拳师苏建明三人，稍稍落后。行经青纱帐，四顾无人；智囊姜羽冲徐徐开言，试探着用种种钩距之法，向于、赵二人问话。于、赵二人只是钳口不吐一字。

俞剑平见姜羽冲套问不出来，又知于锦为人精细；忙挨近了赵忠敏，拍着肩膀，想用感情打动他，蔼然说道：“二位贤弟，这个劫夺盐镖的主儿，专跟在下这杆金钱镖旗过不去，猜想他定是北方僻处一个隐名的绿林。贤弟，我们必须访出他的真姓名来，才好指名向他讨镖。不用说别的，目下投帖拜访人家，就只能称呼外号，不能叫出姓来，这就丢人。怎么丢镖一个多月，连劫镖的万儿还不知道？我们江南镖行，也太显得无能了；大家都跟着丢脸，我更难看。其实这个飞豹子的来历也并非难访；若容腾出工夫来，往北方细摸，也一定摸得着，只是目下来不及罢了。我想赵贤弟久走北方，也许有个耳闻。如果知道这飞豹子的一点根底，就请说出来，咱们揣摩。就是二

位认不准，说不定，也没什么要紧；只要提出一点影子来，咱们大家还可以抽线头，往深处根究。这件事关切着胡镖头的身家性命，又关切着咱们江南武林的脸面，和在下半生的虚名；二位贤弟不管是帮我，还是帮胡镖头，务必费心指示一条明路。我也不说感情的话了，我们心照不宣。”

话风挤得够紧，态度更是恳切。但是赵忠敏眼望于锦，仍说不晓得。姜羽冲冲着俞剑平笑了笑，向二人举手道：“二位多帮忙吧！现在不晓得没要紧，以后还请二位多留神。如果访出飞豹子的窝底来，赶快告诉我们。”这一句话是个台阶，于、赵二人点了点头。

智囊姜羽冲便对俞剑平、胡孟刚、苏建明说道：“我要先行一步了。”三位老英雄齐道：“姜五爷、金三爷请吧！”

姜、金一招手，把马叫来。金文穆飞身上马，姜羽冲扶鞍回头，含笑对于、赵道：“二位老弟手底下最硬朗，就请跟着俞、胡、苏三位老英雄，合在一伙吧，等到攻贼夺镖的时候，还请二位卖卖力气。”无形中把于、赵二人交给三老武师看上了。临上马，他向俞、胡、苏三老暗暗地递过眼色；俞、苏默然会意，胡孟刚没有留神，正眼望前途想心思。

六拨人或步行，或骑马，或先发，或后随，陆续往古堡来。头一拨九股烟、没影儿，一路疾驰，将近古堡，立刻隐身在青纱帐内，对着投帖的四青年，潜向堡内一指。心想这么一闹腾，贼人必有防备；哪知竟与前日一样，丝毫不带戒备之形。

投帖的叶良栋、阮佩韦、时光庭、左梦云四个青年，带一个下手，策马前进。古堡的形势，早经乔茂、魏廉说过；此时一看，朽木桥俨然在目，堡门木栅大开，里里外外不像森严的盗窟，只像荒凉的废墅。四个人虽然少年胆大，身上寸铁不带，倒也不无戒心。看了又看，扪了扪身上所带岳俊超赠的火箭，就喝了一声：“走！”四个青年，五匹马，一直扑奔堡门。九股烟、没影儿提心吊胆，伏在青纱帐中窥望；暗带铜笛，以便闻惊吹起，招呼援兵。那第三拨人的马氏双雄、松江三杰，

早拍马豁喇喇地分从古堡两旁冲上来，绕转去，在相距不远处，埋伏下来。

却有一事古怪，九股烟、没影儿都已觉出。以前勘察贼巢，每每遇见贼人的侦骑，今天偏偏没有。堡上恍惚只望见两三个人；堡门前木桥边，也只一两个人。九股烟对没影儿说道："魏爷，看明白没有？点子别是溜了吧？"

没影儿不答，只凝神往堡内细看，九股烟不觉得又动了他那股劲，冷笑道："我说，我走后，你们都蹲在姓屠的家里了；可是的，你们也到堡前来过一趟没有？"没影儿魏廉侧着脸看了乔茂一眼，一声不响，抬起腿来，就往旁边走。乔茂得了理，又跟了过来，板着脸道："魏爷，说真格的，堡里到底还有贼人没有？你们始终盯着他们，你一定知道的喽！"他还是嘴里不肯饶人。

那第四拨人姜羽冲、奎金牛金文穆，骑马越过鬼门关，便即打住，择一片荒林，翻身下马，伫立听音。那第五拨人，俞剑平、胡孟刚、苏建明率领一大群武师，分别藏入青纱帐内、竹林边头。第六拨人飞狐孟震洋、铁布衫屠炳烈和路明、石筱堂等，各把身上长衫甩掉，把兵刃合在手内；静等贼人倾巢出战，便让过贼人大队，乘虚进袭古堡。

于是，所有到场的群雄分散在堡前、堡后、堡左、堡右，侧目注视古堡，仰望着天空；只等着火箭一现，呼哨一响，呐喊声起，便群起进攻，与这飞豹子劫镖贼党决一死战。

第二十四章

先礼后兵抗帖捣空堡
好整以暇挑战遣行人

此时正当申牌时分，众武师三五成群，潜伏在荒郊。阳光斜照，暑气蒸腾，人人都热得难过。投帖的四个青年驱马徐行，驰到堡前桥边，便即下马；略一徘徊张望，便牵马过桥。到栅门口止步，叶良栋捧着名帖护书，往头上高高举起，连举三次。四个人竟一涌进入栅门，看不见了。

约莫过了一顿饭，堡外众人仰望天空；不见火箭飞起，又不见四个青年走出来。铁牌手胡孟刚把那对铁牌裹在小包内，手提着在树荫下发怔。看俞、姜二人，正和于锦、赵忠敏低谈。胡孟刚走来走去，往四面探望。一片片青纱帐、竹林、丛木、禾田，郁郁葱葱，弥望皆绿；偶尔看见一两个同伴散伏各处，伸头探脑。胡孟刚张望了一会儿，转身问道："俞大哥、姜五哥，怎么还不见这四位的动静呢？我出去看看，怎么样？"

姜羽冲忙道："胡二哥沉住气。这不是拍门就见着的事，自然要费周折。你可以站到高处，留神火箭吧。"

足足耗过多半个时辰，胡孟刚心中焦灼，又嫌酷热，竟走出林外。遥望旷野，只有不多几个村农，在田间操作。光天化

日，熙熙荡荡，这里就不像有大盗出没。他心中疑惑，顺脚前行，忽见九股烟溜溜蹭蹭，顺田垄走来。胡孟刚忙低声招呼了一下，九股烟抬头一看，急忙凑到这边。胡孟刚问道："你看见火箭没有？"乔茂道："没有。"

胡孟刚道："唔？你看见他们四位进堡没有？"乔茂道："看见了，连趟子手都牵着马进去了；外面一个人不留，他们这就不对。人家要扣他们倒好，省得跑出一个来！"胡孟刚又问："全进去了，听见堡里有动静没有？"

乔茂道："这个……"隔离得远，如何听得见？顺口回答道："没有动静，所以才怪呢！镖头，不是我说，这是他们办事不牢，贼人一准迁场了。胡二哥你把铁矛周、没影儿找来；你别客气，好好地盘问盘问他们，到底怎么盯的？"

胡孟刚是粗心的人，竟信了乔茂的话，立刻拨头往回走，要告诉俞剑平，盘问没影儿。

那边十二金钱俞剑平也耗急了。算计时候，人怎么也该回来了；却信号不起，人马无踪，堡里堡外空荡荡没有一点动静。俞剑平站起来，一拂身上的土，对姜羽冲道："这情形很不对，咱们往前看吧。"说时胡孟刚急匆匆走来，插言道："对！我们大家全奔苦水铺，硬给他们登门求见。"又一指乔茂道："乔师傅说，贼人大半跑了。"

苏建明、金文穆也纷纷议论，不是贼人已跑，便是四个青年碰上事了。几个人围住了姜羽冲，问他要主意。姜羽冲想一想，对岳俊超道："岳贤弟，你先辛苦一趟，到古堡前面，找一找没影儿魏廉。"岳俊超道："我这就去，把我的刀给我。"

姜羽冲又烦镖头欧联奎、梁孚生、石如璋、金弓聂秉常四位，分头去找马氏双雄和松江三杰。各人依言，暗暗地穿过青纱帐，躲避着村农的视线，往古堡两侧抄过去。

岳俊超先找到没影儿；没影儿也已沉不住气，正向鬼门关这边溜来。两人相遇，没影儿没等问便说："岳师傅，这事可怪，我眼睁睁看他们进去了，可是竟一去没再出来。"岳俊超

道："堡前有什么可疑的情形没有？"没影儿道："一点可疑也没有，起初古堡更道上，还看见两三个人，现在一个也没有了。你说他们四位遇见凶险吧，偏又没见你老的火箭。你说贼人已经事前溜走，可是他们四位就该早早出来……"岳俊超道："这可真稀奇了，待我看来。"

岳俊超催没影儿回去，给众人送信；自己装作过路人，出离青纱帐，慢慢地往古堡栅门前过去。正着，忽见前面浮尘扬起，马蹄嘚嘚；岳俊超急往青纱帐内一闪。却不料马临切近，竟非外人，乃是松江三杰。岳俊超急急打了一个招呼，夏建侯把马鞭微扬，往堡中一指，摇了摇头；复又向鬼门关一指，拍马急驰而去。

岳俊超心中犹豫，看了看堡门，绕道斜扑过去。那夏建侯、夏靖侯、谷绍光回头看了看，仍然马上加鞭，径直寻到鬼门关。俞、胡、姜等现身出来，齐手迎问道："三位遇见金弓聂秉常、石如璋二位镖头没有？"

松江三杰道："没遇见。俞大哥、胡二哥、姜五哥，我告诉你们，这古堡可古怪，这是个空堡吧？怎么里头没有人？"众武师哗然叫道："是真的么？"恰巧没影儿和铁矛周赶到，许多眼睛集在二人身上。魏、周同声反问道："怎么没有人？若真没有人，叶良栋、时光庭、阮佩韦、左梦云他们四位怎么还不回来？"

松江三杰道："他们四人还在堡里转弯子呢。他们四位拿着帖，竟没人接，更没地方投……"

铁牌手胡孟刚把手一拍，脚一顿道："我们乔师傅猜着了，贼子们溜了！"

九股烟把个鼻子一耸，一双醉眼一张，很得意地哼了两声。铁矛周季龙、没影儿魏廉不由难堪，齐声互讯道："这可怪！"脸对胡孟刚，眼望九股烟，说道："我们和紫旋风三个人奉命探贼，被贼搅得在店不能存身。我们不错是挪到屠炳烈屠师傅家住了两天；可是我们不敢大意，多承孟震洋、屠炳烈二

位帮忙，我们并没有坐等。我们分成两班，日里夜里盯着，天天都到古堡绕几圈。我们就始终没见大拨人从古堡出来，并且眼见从东南又来了十几个点子，乔装乡下人，暗藏兵刃，在天刚亮的时候混入古堡。怎么堡里头会一个人也没有了？也罢，这是我三人的事，我们再去看看……到底是怎么回事！"

两人拔步就要走，松江三杰忙迎过来，满脸赔笑，把二人拦住，拉着魏、周的手，说道："我的话说得太含混了，堡里实在有人。……是的，有好多个人呢！不过，刚才我哥三个只看见土头土脑的几个乡下汉子，没有看见眼生的会家子罢了。魏师傅、周师傅别过意。刚才我哥三个等得不耐烦，到堡前偷盯一眼，也没细看；只看见叶良栋哥四个正在堡里挨家叫门，竟一个出来答话的也没有。也许贼人摆肉头阵，藏着不出来。咱们等一等，叶良栋他们一出来，就明白了。"

俞、胡二人搔头惶惑，当时不遑他计，先安慰魏、周道："二位是老手，还能把点子放走不成？现在他们四位没出来，一定又生别的事故来了。姜五哥，我看我们大家过去看一看吧。"姜羽冲手绰微须，默想贼情叵测，多半挪窝了；也许在近处另有巢穴，也许未离古堡，别生诡谋。对俞、胡说道："俞大哥，胡二哥，先别忙……"便邀金文穆，仍旧长衫骑马，依礼登门求见。打算着若堡内有人，故意潜伏不出，便凭三寸舌，把敌人邀出来。同时再请马氏双雄、松江三杰、孟震洋、没影儿等，佯作行路，入探堡门。或者偷上堡墙，足登高处，窥一窥堡里面的情形，到底虚实怎样？不过这须小心，不要露出过分无礼才好。姜羽冲打算如此，却是在场群雄既已来到这里，几乎个个都想进堡看看。又有人说："简直不费那么大事，我们大家都去，硬敲门，访同道。见也得见，不见也得见，闯进去搜他娘的。反正他们不是好人，贼窝子！"

姜羽冲微笑，徐徐说道："那不大妥。咱们是老百姓，不是官面，又不是绿林；无故闯入民宅，要搜人家，只怕使不得。"胡孟刚道："但是，我们是奉官。我们又有海州缉贼搜赃

的公文，并且又跟着捕快。”胡孟刚却忘了，就是官厅办案，也得知会本地面；既须知会地面，便必有点真凭实据才行。众人七言八语，乱成一团。

俞剑平向大家举手道：“咱们还是听姜五爷一个人的；大家出主意，就乱了。”暗推胡孟刚一把，教他不要引头打搅。结果仍依了姜羽冲的主意，俞、胡二人仍率众潜伏，等候消息。胡孟刚抹汗道：“等人候信的滋味真难受，俞大哥，还是咱俩暗跟过去吧。”

俞剑平附耳低言道：“等等他回来，你我再去。今晚上你我两人挨到三更后，径直到古堡走一遭。”胡孟刚道：“那么，我们现在更得趁白天，先一道了？”俞剑平笑道：“不也成，临时只烦没影儿和九股烟引着咱俩，老实不客气，带兵刃硬闯一下。”

胡孟刚一听大喜道：“我的老哥哥，还是你……那么，姜五爷这一招不是白饶了么？”俞剑平道：“不然，我们在江湖道上，访盗寻镖，总要先礼后兵，不能越过这场去，没的教对手抓住理了。”胡孟刚这才大放怀抱，抹了抹头上的汗，净等姜羽冲、金文穆等人的回报。

却又出了岔，当姜羽冲、金文穆踵入古堡，还没见出来，忽然间从苦水铺飞奔出一匹快马。一人寻来，到鬼门关附近，驻马徘徊。顿时被高的镖行看出；来人竟是单臂朱大椿的师侄黄元礼。高的急忙引他到俞、胡面前。俞剑平、胡孟刚急问道：“黄老弟，什么事？”

黄元礼翻身下马，急遽说道：“俞老叔、胡师傅！你们拜山怎么样？”胡孟刚说道：“堡里没有人……”黄元礼说道：“哈，果然是这样！”忙探衣掏出一帖，向俞剑平匆匆说道：“老叔，人家倒找上咱们门口来了！劫镖的豹子方才派人到店中，投来这份帖，邀你老今夜三更，在鬼门关相会。”

众武师一齐震动。胡孟刚一伸手，把帖抓来，大家凑上前看。只有两行文字，是：“今夜三更，在鬼门关相会，请教拳、

剑、镖三绝技。过时不候，报官不陪。”没上款，没下款；上款只画十二金钱，下款仍画插翅豹子。

俞剑平大怒，急问道：“送帖的人现在哪里？”黄元礼道：“还在店中。”又问：“飞豹子在哪里？他可明说出来？”黄元礼道：“明说出来了。现在双合店内，我朱师叔迎上去了。”

俞剑平道：“嗬，好胆量，他真敢直认？”黄元礼道：“是朱师叔盘问出来的。”俞剑平道：“哦！”

胡孟刚迫不及待，招呼九股烟道：“反正咱俩见过他！俞大哥赶快回去，跟他答话去！”

众武师忽拉地亮兵刃，要往回翻；简直忘了入堡投帖的人。俞剑平却心情不紊，就请黄元礼和另一位武师，分头给前边人送信。把人分开，一半回店，一半留在此地，接应姜羽冲，并请姜羽冲赶快回来。然后率众飞身上马，急驰回店。

忽然，俞剑平心念一转，想起一事，霍地圈转马，对胡孟刚道：“你我两人不能全回去。二弟，你留在这里……”胡孟刚道：“什么？”俞剑平道：“胡二弟，你可以到古堡里外，稍微看一看；这回店答话的事交给我。”

这话本有一番打算，胡孟刚误会了意思，强笑道：“大哥，我怎能落后？这件事，这是我的事。”又改口道：“这是咱俩的事，我怎能让你一个人上场？”坚持着定要回店：“我就是人家手下的败将，我也不能缩头。”

俞剑平无奈道：“也罢。……快走吧！”展眼间，跑到苦水铺，直入店房。不防那单臂朱大椿正和一个伙计，把仅剩下的一匹马备上，自己正要出店。一见俞、胡赶到，叫了一声：“嗬，二位才来，我正要赶你们去呢，见了黄元礼没有？”

俞剑平心中一动，忙道：“见着了，所以我才翻回来。那投帖朋友呢？”

朱大椿把手一拍道：“走了！”俞、胡忙问：“那豹子呢？”朱大椿道：“也走了！他们来的人很多，又不能动粗的，这里就只剩下我们四个半人，眼睁睁放他们走了！”

俞剑平顿足道："就忘了这一手，店里成了空城了！"朱大椿道："谁说不是！他们来的人要少，我就强扣他们了；人家竟来了……"说着一停道："抵面递话的不多，只十来个人，可是出头打晃的，没露面暗打接应的，竟不晓得他们一共来了多少人。也不知道是才来的，还是早埋伏下的。"

胡孟刚忍不住急问："到底点子往哪方面走下去了？咱们派人缀他了么？"

朱大椿道："派了两个人，教人家明挡回来了，说是：'三更再见，不劳远送了。'真丢人！"

俞、胡二人非常扫兴，看朱大椿一脸懊恼，反倒劝道："朱贤弟别介意，咱们进屋说话。"

进屋坐定，拭汗喝茶，一面细问究竟。才知大家刚刚走后，便来了两个人；进店探头探脑，说是找人。神情显见不对。朱大椿立刻留意，但是来人又没有意外举动。耗过一会儿，才又进来一人，公然指名求见俞剑平。朱大椿没安好心，把来人让到屋内。不意人家预有防备，隔窗立刻有人答了声。先在院中出现三个人，跟着又出现四个人。

朱大椿教黄元礼和来人敷衍，自己来窥察，顿时又发现第四号房六七个客人，也和来人通气。店院中出来进去有好些人，神情都觉可疑。敌众己寡，不好用强了，朱大椿重复入内和投帖的搭讪。

来人是个少年，很精神，自称受朋友所托，给俞镖头带来一封信。手提一只小包，在手里捻来捻去，不肯就递过来。闲闲地和朱大椿说寒暄话，询问这人，打听那人，似要探索镖师这边来的人数。朱大椿问他姓名，来人公然报万儿，自称姓邢名沛霖。朱大椿就挑明了问："发信的这位朋友是谁？足下估量着可以说，只管说出来。在下和俞镖头是知己朋友，有话有信，足下尽可对我明说。"

那人笑了笑道："信是在这里，敝友叮咛在下，要面会俞镖头本人；最好你把俞镖头请来。"

朱大椿道："请来容易，我这就教人请去。"说到这里，索性直揭出道："敝友俞镖头一向在江湖上血心交友，不晓得令友到底为什么事，摆这一场。其实江湖道上刀刀枪枪，免不了硬碰硬，拐弯抹角，会得罪了朋友。可是线上朋友从来做下事，定要挑开窗户，钉钉凿凿，来去明白。令友这次把姓胡的镖银拾去，算在姓俞的账上，又不留万儿，似乎差池点。俞镖头硬把这事往自己头上揽，就想赔礼，可惜没地方磕头去，谁知道谁是谁呀！俞镖头是我的朋友，我也不能偏着他说话；人家现在还是依礼拜山，已登门投帖去了。你老现在先施光临，这好极了。你老兄只为朋友，我在下也是为朋友，咱们正好把话说明，把事揭开。按照江湖上的规矩，该怎么办，就怎么办。不过你给令友得留名啊！况且这又是盐镖官帑，像这样耗下去，闹大了，不但保镖的吃不住，就与令友也怕很有妨碍吧！"

这少年邢沛霖笑道："朱镖头会错意了。敝友办的事，在下丝毫不知；我只是为友所托，上这里带来一封信就完。别的话我一概不知，也不过问。你老兄既说到这里，我也可以替敝友代传一句话。老实说，敝友和俞镖头一点过节都没有；只是佩服俞镖头，想会会他的拳、剑、镖三绝技，此外毫无恶意。若有恶意，完了事一走，不就结了，何必托付我来送信？决计没有梁子的，也断乎不是拾买卖；这一节，请你转达令友，千万不要多心。听你老兄的口气，似乎说敝友划出道来，为什么不留名姓？敝友绝不是怕事，怕事不献拙，岂不更好？敝友不肯留万儿，乃是猜想俞大剑客一定料得着。素仰俞大剑客智勇兼备，料事如神；敝友临献拙的时候，就说我们和俞大剑客开个小玩笑，他一准猜得出是谁来。对我们讲，你们不信，往后看，不出十天，俞某人一定登门来找我。凭人家那份智慧，眼界又宽，耳路又明，眼珠一转，计上心来，我们就像在门口挑上'此处有盐'的牌子一样；因此敝友才暂不留名。朱镖头也不要替令友客气，敝友的万儿，俞镖头晓得了。不但俞镖头，

连你老也早晓得了。凭镖行这些能人，真格的连这点事还猜不透，那不是笑话么？真人面前不说假话，朱镖头你不要明知故问了。”哈哈一阵大笑。

朱大椿暗怒，佯笑道：“要说敝友俞镖头，人家的心路可是真快，眼界也是真宽，但凡江湖上知名的英雄，出头露脸的好汉，人家没有不晓得的；可有一节，像那种鸡毛蒜皮、偷鸡拔烟袋的朋友，藏头露尾又想吃又怕烫的糠货，人家俞镖头可不敢高攀，真不认得。莫说俞镖头，就是在下，上年走镖，凭洪泽湖的红胡子薛兆那样的英雄，他也得让过一个面。可是我住在店内，一个不留神，栽在一个绺窃手里，把我保的缎子给偷走两三匹。好汉怎么样？好汉怕小贼，怕小偷。你老要问我，北京城有名的黑钱白钱是谁，不客气说，在下一点也不知道。”说罢，也哈哈地笑起来。

那少年刚待还言，朱大椿站起来，伸单臂一拍少年道：“朋友！你真算成，令友的高姓大名，果然我们已经有点耳闻。不过你老是令友奉烦来的，我们依情依理，当然要请问万儿。你老就不说，我们又不聋，又不瞎，哪能会一点都不知道？”转脸一望，对趟子手道：“我说伙计，劫镖的朋友叫什么？你们可以告诉邢爷。”黄元礼和趟子手一齐厉声答道：“飞豹子，他叫飞豹子，谁不知道！”今天刚得来的消息就被他们叔侄利用上了。

那少年脸色陡变，暗吃一惊。朱大椿大笑道：“朋友，令友的大名，连我们的趟子手都知道了。有名的便知，无名的不晓！别看令友极力地匿迹埋名；俞镖头和在下纵然废物，也还能知道一点半点的影子。只是在你老面前，我们不能不这么问一声。现在闲话抛开，你是受友所托，前来递信；我也是受友所托，在此替他接待朋友。你愿意把信拿出来……”用手一指小包道：“就请费心拿出来，放下。如果必要专交本人，就请等一等。倘若连等也不肯等，那就随你的便。伙计，快把俞镖头请来；就告诉他，豹子没有亲身来，派朋友来了，说是姓邢！”

少年也嗤嗤地一笑，道："朱镖头别忙。豹子这人敢作敢当，他不但派朋友来，他自己也亲自出场，朱镖头如果敢去，就请随我到双合店走一趟，我一定教你见一个真章。"这少年自知词锋不敌，双眼灼灼，瞪着朱大椿，又一字一顿说道："朱镖头，你可肯赏光，跟我到双合店去么?"

朱大椿笑道："给朋友帮忙，刀山油锅，哪里不可以去?可是我这又不懂了，飞豹子既然光临苦水铺，尽可以亲到集贤栈和俞镖头当面接头；又何必绕弯子，烦你老送信?送信可又不拿出来，我真有点不明白。你老兄可以回去转告飞豹子，人家镖行在店里乃是空城计，正欢迎着好朋友前来，用不着躲闪!"

少年哼了一声道："来，怎么不来?要躲，人家还不打发我来呢?朱镖头辛苦一趟，咱们两人一去，立刻就可以会着敝友。"随将手提小包一掂，道："朱镖头既一定要替俞镖头收信，好!你请拆看；信中的话，朱镖头可能接得住才行。"

朱大椿接过小包，捏了捏，不知内中何物，又不知要他担当什么事。但当时却不能输口，一面用力拆扯小包，一面说道："那个自然，替朋友帮忙，当然担得起接得住才算。"小包千层万裹，很费事才拆开。看时包中只一块白布，包着一幅画，仍画着十二金钱落地，插翅豹子侧目旁睨之状。上面写着两行字，是："今夜三更，在鬼门关拳剑镖相会，过时不候，报官不陪。"黄元礼等围上来看；那少年容得朱大椿看完，冷然发话道："朱镖头可能担保令友，今夜三更准到么?"

朱大椿道："这有什么?莫说鬼门关，就是阎王殿，姓俞的朋友都不能含糊了。只请你转告令友，按时准到，不要再二再三地戏耍骗人。"那少年道："朱镖头，放空话顶不了真；今夜三更，请你也准时到场。"一转身举步，又加一句道："敝友还有话，俞镖头是有名的镖师，请他按镖行的行规、江湖道的义气办，不许他惊动官厅。如有官厅横来干预，莫怨敝友对不起人。"朱大椿冷笑道："要惊动官面，还等到今天?就是足

下，也不能这么来去自如吧？你请放心，转告令友，也请他只管放心大胆来相会，不必害怕官兵剿匪。我们虽不是人物，也还不干这事；没的教江湖上笑掉大牙。只是我也奉烦老兄带一句话回去，令友三四次来信，又是约会在洪泽湖相见了，又是约会在大纵湖相见了，又是约会在宝应湖相见了，到底在哪里相见，也请他有一个准窝才好。”

说话时，少年告辞起身，便往外走。朱镖头披长衫跟踪相送道：“朋友且慢！……”侧睨黄元礼，暗对那封信一指，又一指西北，黄元礼点头会意。朱镖头又道：“令友不是在双合店么？话归前言，礼不可缺，在下烦你引路，我要替敝友俞镖头，见见令友飞豹子！”黄元礼等暗向朱镖头递眼色，教他不要明去。朱镖头昂然不惧，定要跟这少年，单人匹马会一会这位邀劫二十万盐镖、匿迹月余、遍寻不得的大盗飞豹子。

那少年一转身，向店院寻看，院里站着四五个人，复微微侧脸，回身抱拳道：“诸位留步！朱镖头，我真佩服你。朱镖头为朋友，可算是舍身仗义。这么办，咱们照信行事，今夜上同在鬼门关见面，不劳下顾了。”

朱大椿哈哈笑道：“话不是这么说，朋友总是朋友。敝友这边理当去一个人回拜。邢爷，你就往前引路吧；我一定要答拜，瞻仰瞻仰这位飞豹子。”

单臂枯瘦的朱镖头眼露精光，气雄万丈；人虽老，勇迈少年。少年邢沛霖虽是年轻狂傲，到此时也不禁为之心折了。举手说道：“好，朱镖头就请行！敝友见了你，一定加倍欢迎。”

朱大椿迈步回头，黄元礼早不待催，拿了那张画，跟踪出来；搬鞍认镫，飞身上马。对朱大椿道：“师叔请行，我立刻就回！”马上加鞭，豁喇喇地奔镇外跑去了。朱大椿走到街上，少年在旁相陪；后面还暗缀着数个人，可是镖行留守的人，也自动地跟缀出三个人来。朱大椿寸铁不带，跟少年直走到双合店门前。

店门前站着两个人，一见邢沛霖，迎头问道：“递到了

么?”少年抢行一步道:“送到了;人家很够面子,还派这位朱朋友前来答拜了。”

朱大椿举手道:“朋友请了,我叫朱大椿,小字号永利镖店。”

那门前站着的人哦了一声,侧目把朱大椿看了一眼,一言不发,抽身往店里就走。朱大椿微微一笑,把扇子轻摇道:“这位朋友好忙啊!”跟踪前进,来到店房。从店房跨院出来三个客人,迎头问道:“镖行哪位来了?”

朱大椿抬眼一看,头一个是瘦老人,灰白短髯,精神内敛。

随行的是两个中年人,一高一矮,气度英挺。瘦老人抢行一步,举手道:“足下是俞镖头请来的朋友吗?贵姓?”朱大椿道:“好说,在下姓朱。足下贵姓?”

瘦老人不答,欢然一笑道:“幸会幸会,请到屋里谈。”一斜身,宾主偕行,往跨院走。瘦老人伸出一只手,似要握手相让,径向朱大椿肘下一托,却又往下一沉,骈三指直奔肋下。朱大椿急一攒力,也假做推让道:“请!”侧单臂一格。这瘦老人无所谓地把手垂下来,似并没有较劲的意思;朱大椿也就把单臂一收,佯装不理会。两人远远地离开,走向跨院正房。

住房只有三间,屋中人寥寥无几,露面的连出迎的不过六七位。瘦老人往上首椅子拱手道:“请坐。”朱大椿也不谦让,向众人一举手,便坐下来。瘦老人陪在下座,命人献茶。

朱大椿不等对方开言,一扫闲文,直报姓名道:“在下单臂朱大椿,替敝友俞镖头前来拜会飞豹子老英雄。飞豹子老英雄现在哪里,请费心引见引见。”

“飞豹子”三字叫出来,在场对手诸人互相顾盼了一眼。朱大椿又环顾众人道:“诸位贵姓?如果不嫌在下造次,也请留名。在下回去,也好转告敝友,教他知道知道。”说罢盯住众人,暗加戒备。

只见那瘦老人不先置答,眼望邢沛霖道:“俞镖头没在店中么?”

朱大椿抢先接答:“俞镖头这就来。实不相瞒,俞镖头已

经晓得镖银教哪位好朋友拾去了，按江湖道，他应该拜山；他现在同着朋友，已经去了。大概此时已到诸位驻脚的那座古堡。刚才听这位邢老哥说，飞豹子老英雄已经光顾到苦水铺了，这太好了！在下和俞某是朋友，诸位和飞豹子是朋友，彼此都是江湖道，朋友会朋友，没有揭不开的过节儿。不过，既然劳动了飞豹子和诸位，想必俞某定有对不住朋友的地方。我就是专诚替俞某赔礼来的，诸位何不费费心，把飞豹子请出来，当面一谈，我们以礼为先，总教好朋友顺过这口气去。彼此面子不伤，那才是咱们给朋友帮忙了事的道理，也就是在下这番的来意。”

瘦老人堆下笑脸道：“我和俞镖头一点梁子也没有，朱镖头别误会。在下实在是羡慕他的拳、剑、镖三绝技，这才邀了几个朋友，在俞镖头面前献丑。无非是抛砖引玉，求指教罢了。若听朱镖头的口气，岂不是把我骂苦了？凭俞镖头那样人物，谁敢搅他的道？在下又不是吃横梁子的朋友，我就是愚不自量，也不敢找死呀！况且又是官帑。我们实在是以武会友，献技访学。朱镖头，你别把事情看错了，可也别把人看错了。”

朱大椿一听，双眸重打量这瘦老人；听口气他就是劫镖的人，看相貌实在不像。他的措辞这么圆滑，叫人难以捉摸；可惜没影儿一行没把探堡所见那瘦老人的相貌描说清楚，朱大椿费起思索来了。但是，自己当场固然不能输口，也决不能输了眼。这瘦老人若是豹子，有刚才的话，也算点到了；万一不是豹子，说话便须含蓄，省得认错了人丢脸。

朱大椿眼光一扫，顿时想好了措辞，不即不离，含笑说道：“既然拾镖的时候，也有老兄在场，那更好了。我镖行一群无能之辈，今日得遇高贤，实在侥幸之至。你老兄有什么意思，尽请说出来。我能办则办，不能办给俞镖头带回去，总能教好朋友面子上过得去。老兄既说和俞镖头没有过节，这事越发好办了。我回头把俞镖头引来，教他当场先赔礼，再献拙。”他这时的词色，又与答对邢沛霖不同了。

瘦老人道："客气，客气！这可不敢当。我说沛霖，在鬼门关见面的话，你没对这位朱镖头说么？"那少年道："说了，一见面就说了。"

瘦老人道："说过了很好。"眼望朱大椿道："足下替朋友帮忙，足见热心。我也不强留你了；咱们今夜三更，一准都在鬼门关见面就结了。这么办最省事，也用不着劳动俞镖头亲来答拜。"说时站起来，做出送客的样子。

在场的几个青年人、中年人，个个做出剑拔弩张、跃跃欲动的神色；拿眼盯着朱大椿，从身旁走来走去，一脸地看不起。朱大椿佯作不睬，坚坐不动道："那不能！礼不可缺。今夜三更，我们一定践约。不过现在应得把敝友陪来，先跟诸位见上一面！"

第二十五章 插草标假豹戏单臂 抛火箭镖客惊伏桩

单臂朱大椿只身诣店，与那瘦老人抗礼开谈；几个少年贼人在旁边走来走去，睥睨欲动。瘦老人不住施眼色，不教他们无礼。朱大椿傲然不顾，仍理前言："今夜三更，我们一定践约；不过我总得把敝友陪来，也请你老兄把飞豹子陪来。咱们也不用像赴鸿门宴似的，就只你我两人和飞豹子、十二金钱他两位；在你这里见面也可，在我们住的小店也可，另定地点也可。也请老兄把飞豹子陪来。咱们做朋友的一定要请他二位会会面，才是江湖道的规矩。真格的，你老兄不放心我们么？"

瘦老人微微一笑道："那倒无须乎！俞镖头既然到古堡去了，我们那里也倒有人款待，只是怕他们年轻人礼貌不周。莫如还是我赶回去，亲自和俞镖头攀谈，倒是又省事，又尽礼……"

话没说完，忽由内间闯出一个面色微黑的大汉，当屋一站，侧目旁睨，冷然说道："当家的，咱们只是钦慕俞镖头的拳、剑、镖三绝技，倒不在乎谁先拜、谁答拜的那些虚礼。我看我们双方索性邀齐了朋友，今晚上在鬼门关见面就完了。朱镖头，你看好不好？"

旁边侧立的几个少年人说："是这话。今晚大家见面，以武会友，各露一手，倒干脆。"

朱大椿见那些人似乎不愿在白昼和俞剑平见面，他们当然有许多顾忌，遂徐徐冷笑道："诸位还是不放心？"

那大汉道："有什么不放心？朱爷，我们不放心，躲在家里好不好？不过朱爷既说到这里，我们也有点小意见，要先提明。你说得明白，咱们纯按江湖道，以武会友，却不要惊动官面；如果惊动官面，我们哥几个对不住，可是怯官。到那时弄出对不起朋友的事来，可别怨我们不光棍。"

那瘦老人未容朱大椿还言，嗤的一声笑道："伙计，你怎么看不起人？俞镖头、朱镖头哪肯干那种事？"大汉道："不是瞧不起人，现在集贤店就有两个海州捕快。只要他们敢龇牙，哼哼！别人不说，只说我吧；我可翻脸不认人，先给他撂个苍蝇。"那几个少年应声："着！那可莫怪我们无礼。"

朱大椿挺胸昂头，脸含冷诮，把单臂一挥道："朋友，你失言了。我们自信还不至于那么没胆色，你们放心赴约好了。不过你们要明白，这乃是官款；官家自己要办案，我们也不能拦。我们难道说：'那是我的好朋友，你们别管么？'这一点你要分清楚了；反正我们绝不做无理的事，诸位只管打听看。"

这个大汉哓哓地恐吓，反倒招出朱大椿拉抽屉的话来；可是说得尽情尽理，你不能说他不对。大汉插言，引得那几个少年也声势咄咄，跟着帮腔。朱大椿夷然高坐，不亢不卑，话来话挡，滴水不漏。敌人那面已觉出这位单臂镖客，至少话碴不大好斗。瘦老人忽然站起来道："就是这样，今夜三更咱们再会。朱镖头，我也不留你了。"

朱大椿道："那么我就告辞了！"单臂作揖，向众人一转道："诸位，今晚上也请到场。"在场诸人道："那是自然。"

瘦老人亲身送客，朱大椿昂然举步，暗暗留神，防备着敌人有何意外举动。但这瘦老人满面笑容，陪着往外走，一点较量的表示也没有。那几个少年也是笑逐颜开，随后相送，不再

说讥刺的话了。虽然如此，朱大椿依然很小心；直到店门口外，与瘦老人相对举手作别，叮咛了再会，于是各回各的店房。

朱大椿走了几步，手下伴行的趟子手凑过来，一声不响，从朱大椿的小辫根上，摘下短短一根稻草来，说道："朱镖头，你瞧！"竟不知在何时，被何人给插上的。朱大椿不由气得满面通红，回头一望，骂道："鬼见识！娘的，简直是耍小绺的伎俩！"

单人独骑，与敌相会，朱大椿一句话也没有输，回转时，本甚高兴；哪知临到末了，脑勺后教人搁上东西，弄了个"插标卖首"，自己还不知道！当时如果觉察出来，竟可以反唇相讥道："姓朱的六斤半不值钱，诸位何必费这大事！"也不摘下草来，只一摇，放下这一句话，便可以给敌人一个大难堪。现在事已过去，也无法找场了。

朱大椿恨恨地骂了几句，把镖行伙计留下两个，暗中监视着敌人；自己急急地回店，吩咐伙计备马。伙计才把牲口备好，那两个盯梢的伙计奔回来一个，急急报道："朱镖头，刚才，那个瘦老头和他的同伴都骑上马，奔西镇口下去了。"

朱大椿道："什么？快追！"立刻把马拉到院中。哪知还未等到转身，那另一个伙计也如飞地奔回来，道："你老别追了。他们在镇外埋伏人哩！我刚赶出去，就教他们挡回来了。"

朱大椿恼怒起来，所有镖行同伴来了不少，却都奔古堡去了；这里就只剩下自己，这可怎么好？伙计说道："朱镖头，你老别着急，我看还是再派一个人，赶紧把俞镖头请回来。"朱大椿道："这也好，谁去？"伙计道："我去。"抖缰上马，扑出店外，顺大街一直奔东，急驰过去。不知怎的，走过横街，一转角，那马猛然一惊，直立起来；镖行伙计仰面朝天，摔倒地上。

朱大椿一眼望见，急急奔过去，把伙计救起来。问他，说是在拐角处，遇见一个汉子潜伏在墙隅；抽冷子一扬手，这马便惊了，那汉子却跑了。这自然又是贼人的诡计。倒不是怕给

俞剑平送信，是不教镖行跟缀他们。

朱大椿恚极，忙验看那马，马身上似乎没有什么暗伤。他恨骂一声，吩咐伙计另备一匹马，把自己的兵刃也带着；决计要亲自去一趟，看看贼人对自己能使出这种鬼招不能。一面又吩咐两个灵透的伙计，仍设法到双合店，看看贼人走净了没有。那个伙计答道："我亲眼看见，他们一共是七匹马，奔西镇口走的，店中一定没有留下人。"

朱大椿摇头道："不能！你们还是睁亮了眼，仔细看看。"只这一耽搁，俞剑平、胡孟刚已得头报，折回来了。朱大椿面含愧色，把贼人弄的狡狯，一一对俞、胡二人说出。

俞、胡又怒又笑。贼人这恶作剧，徒见狡狯，未免无聊。胡孟刚道："贼人专爱弄这些小见识。你可记得，他邀你到大纵湖、洪泽湖、宝应湖三个地方会面，这也都是瞎捣鬼，没人肯上当的。"

俞剑平愤然不语，就请朱大椿引路，率领众人扑到双合店，搜查了一遍。贼人已去，店房中一点形迹没有。众人出离店房，来到街上，俞剑平问朱大椿道："贼人可由这西镇口走的么？"朱大椿道："正是。"俞剑平飞身上马道："赶！"朱大椿道："贼人走远了，那如何赶得上？"

俞剑平毅然道："先搜一遍，搜不着就直奔古堡。我今天无论如何，也要跟这飞豹子找找真章。"仍请朱大椿留守，把带来的十几个镖客，留一半在店内；自己单与胡孟刚马上加鞭，豁喇喇地奔西镇口去了。绕青纱帐一转，果然不见贼踪；下验蹄迹，似奔古堡去了。便拨转马头，重奔鬼门关；对胡孟刚说道："咱们到鬼门关，看看地势。今晚三更，不管敌人是不是仍弄狡狯，我们务必准时践约，前往赴会。"

俞剑平决要与贼硬拼，不管江湖道上的规矩了。这正是胡孟刚求之不得的事，连声说好，一齐催马。他们才抹过一带青纱帐，便见智囊姜羽冲、奎金牛金文穆一行，骑马迎面而来。那投帖的四个少年叶良栋、时光庭、阮佩韦、左梦云也相随在

后；礼物却没有了。

俞、胡心中一动道："难道说飞豹子把礼物都收下了不成？"忙迎上去，相隔稍近，姜羽冲满面笑容道："俞大哥，怎么样了？见着人没有？"胡孟刚也接着叫道："姜五哥，怎么样？见了豹子没有？"

双方相会，一齐下马。俞剑平没启齿，只见姜羽冲、金文穆忍俊不禁的笑容，又看四个少年的神色，便已猜出结果来，向姜羽冲问道："五哥，贼人准是避不见面吧？可是的，那礼物他们怎么收的？"

姜羽冲哈哈大笑道："俞大哥，你真行！这个飞豹子实在可恶，他们果然是避不见面。我刚才和金三哥进堡看了一看，正见他们小哥四个对门大叫呢，随你怎么叫，他们只装没事人。他们哥四个挨门拍喊，也喊不出人来。我进堡的时候，他们四人正打算跳墙，又要硬砸门；是我告诉他们，不可无礼……"胡孟刚一听，越发生气道："难道堡里没人，他们全溜了不成？"

原来姜羽冲进堡之后，逐门寻看了一遍。破墙院，破门洞，有的门户洞开，里面暗然无人；有的关门上闩，任凭推门呼喊，里面只不出来人。遂把没影儿招呼过来，问明东大院是贼人盘踞之所，便命人对着门，大声吆喝了几句话，把礼物拜帖，系绳投进院内。

姜羽冲然后亲自对门叫道："飞豹子老英雄，在下姜羽冲、金文穆，特来慕名投帖，登门求见。恨我弟兄无缘，见不着高贤。常言说，礼多人不怪，我们的寸心是尽到了。我们是为飞豹子和十二金钱二位成名的英雄，和解了事来的。院中的朋友听着，请你务必把话带过去。我们现时住集贤店，飞豹子老英雄如肯赏脸，请光临小店，或者我们再来也好。"对着门放出这些话，同时暗嘱松江三杰夏建侯、谷绍光潜登堡墙，向院内观望。

院内空空洞洞，像没有什么人，也像没有什么防备，很不

似盗窟。二十多层院落，只在东大院院隅一棵老槐树下，瞥见一个赤膊的男子躺在凉席上，好像纳凉睡着了。任门外砸打喊叫，睡汉连身子也不欠，头也不抬，睡得十分香酣。

松江三杰围堡墙走了半圈，也没人出头干涉；更楼空洞，并无一人。智囊姜羽冲、奎金牛金文穆，也在堡内绕了一圈，俯验走路的蹄迹，仰观堡墙上的更楼，看罢转身欲出。没影儿悄悄一指东大院的灯竿，姜羽冲点了点头道："咱们走吧。咱们是礼到了，话到了，静看人家的了。"率领叶良栋、时光庭、阮佩韦、左梦云出离古堡，迈过朽桥，一直走近青纱帐，方才止步。趟子手牵着马，随后跟了过来。

不一刻，松江三杰从后堡绕转回来，跟着也把马氏双雄和岳俊超、飞狐孟震洋、铁布衫屠炳烈等，都邀到一处。群雄相聚，互问究竟。

姜羽冲道："这古堡是空城计，贼人的布置真够辣的！我当时只想到这古堡必非贼巢，还没料到他们真格竟不出头。但是这里虽非贼巢，贼巢可也距此不远，他们一定藏在近处。"低头沉吟半晌道："马二哥、夏大哥，你们五位还得辛苦半天，把这四面卡住了。千万留神附近来往的人，如果形迹可疑，务必盯住他。"说罢，就要邀着众人，一齐回店。

这几个少年壮士身当古堡之前，哪肯空手而回？没影儿头一个气不出；其实叶良栋、阮佩韦、岳俊超和飞狐孟震洋等，都纷纷主张，要亮兵刃，硬闯进院去，搜查一遍。没影儿魏廉和飞狐孟震洋、屠炳烈等都说："昨天还看见不少贼人，在古堡出没，就算连夜撤走了，也不会走净。这古堡内差不多二百多间空房。内中保不定有贼潜伏。把狗种的搜出来，猛打硬揍，看还追不出他们真正的巢穴来么？"

马氏双雄和岳俊超也说："贼人举动可恶，安心骗人。姜五哥还怕得罪他不成？"谷绍光说："我们就依礼拜山，他也不会还镖银的。"七言八语，竟拦阻不住了，人人摆出跃跃欲试的神气。姜羽冲看这光景，再不说明自己的本意，大家更不愿

意了。这回向大家举手道："诸位老哥，别这么嚷嚷，且听我说，我绝不是怕事；咱们究竟是良民，是镖行，无故的强入民宅，到底不妥……"

众人哗然道："这里明明摸出是贼窝子！……"姜羽冲笑道："众位沉住了气。——告诉众位，我不是说不能搜。诸位哥们，咱们今天晚上来搜！把四面卡上，要是真有人，还怕他跑得了么？"马氏双雄、松江三杰都点头称是。几个少年又说："怕贼人等不到晚上，都溜净了。"

姜羽冲道："所以我说，要请马氏昆仲和松江三友辛苦这半天，在四面梭巡着点，他们就不会溜了……"底下的话咽住没说。依他推想，古堡内外恐怕必有地道。他现在急要和俞剑平、胡孟刚商量，打算先围着古堡，搜一搜外面；外面搜不着，今夜再会齐大众，用武力硬搜古堡。

还有一个计策，要调查古堡的原业主，以此根寻贼踪。姜羽冲因恐贼人的耳目太灵，怕镖行中有奸细，当时不欲明言；换转话题，对大家说道："来吧！咱们还是到前边树林去谈吧。问问俞、胡二位，也好拿一个准主意。"这么一说，才把几位少年劝住，齐奔树林走来。

此时，众人锐气正盛，也不顾掩饰形迹了；就成群结伴，吵吵嚷嚷，往鬼门关树林走。走出几箭地，遇见黄元礼策马来传言；说是飞豹子遣人来店中，投书挑战了。邀定今夜三更，在鬼门关相见，俞镖头已经得讯驰回，面见飞豹子，抵掌答话了。

这一个惊人的警报，在场群雄顿时哗然，人人震动道："好大胆，好狂妄的飞豹子！他真敢找上门来捋虎须，他就不怕王法，不怕官来抓他？走啊，快回去见识见识这位绿林道大人物！"纷纷扰扰，打听飞豹子的年貌、气度："到底是怎样一个人？多大岁数？是他一个人来的么？使什么兵刃？"把黄元礼包围起来乱问。黄元礼应接不暇地答复众人："我朱师叔见他去了，我没见着他。"又问："你没见着他，怎么知道是他？"又答道："送信的说，飞豹子现在双合店。"又问："送信的是

谁?”答道:“是个少年,姓邢。”

众人喧成一片,纷纷地抢着要奔回一看。只有智囊姜羽冲,绰须微笑,半晌才说:“只怕又是飞豹子故弄狡狯吧?”大家齐往回走,行至中途,果与俞、胡相遇。果然俞、胡二人空劳往返,也没有见着真豹。店中投刺,依然是豹子弄诡。更想到第二层,这豹子邀定三更相会,在鬼门关斗技赌镖,也怕十成十靠不住,九成九愚弄人。

群雄七言八语,向俞剑平、姜羽冲进言,仍不信堡中一个人都没有,定要给他个硬闯横搜。有的又立刻要绕古堡,排搜四面;贼人不断出没,反正近处必有潜巢。东台武师欧联奎,扼腕说道:“这还犹豫什么?赶快搜啊!若不然,贼人溜了,我们又扑一回空。”没影儿、孟震洋更力证堡内定有密窟,贼人才得藏匿不出。俞剑平听了,转脸来问马氏双雄,复又问武进老拳师苏建明和奎金牛金文穆,然后又和姜羽冲商计。俞、胡的意思,是既已至此,也想亲到古堡一看。

姜羽冲已经打好主意,对俞、胡道:“堡里实在是空城计,俞大哥不信,请问松江三杰。依我之见,咱们一面设卡子,一面晚上来。”终于商得俞、胡诸老的同意,就请松江三杰、马氏双雄和镖师梁孚生、石如璋、金弓聂秉常分三路设卡,截断贼人的出入,以防奔逸。唯有东面,正对着苦水铺,可不设防。又请几位少年壮士,结伴骑马,往较远的地方试;可是务必早些回来,不要去得太远,不要耽误过晚。如遇可疑的情形,更要速回来送信,千万别生事,别动手。

姜羽冲笑着说道:“今夜也许跟贼人抓闹起来,诸位来迟了,可赶不上看热闹了。”最后邀同余众,齐回苦水铺店房。奎金牛不悦道:“姜五哥,我们几个人怎么样呢?难道就回店睡觉,静等夜间上当么?”姜羽冲扑哧笑了。

俞剑平忙笑道:“金三爷别着急,你就静看军师爷的神机妙算吧!他一定有点道理,我说对不对,军师?”姜羽冲道:“你们哥几位老了,回店睡觉,是便宜你。告诉你吧!三哥,

进了苦水铺，还有你的差事哩。”岳俊超插言道：“是不是进镇搜店？”姜羽冲笑而不答，只吩咐带马。

步行的为一拨，骑马的为一拨，分散开往回走。俞、胡、姜和青年武师岳俊超、阮佩韦、李尚桐、左梦云，三老四少稍稍落后；骑着马就归途之便，绕道把苦水铺周围重巡了一圈，一无所得，便即回店。姜羽冲在路上把自己的主意，仔细对俞、胡说了。二人点头称善。一入店房，便把铁布衫屠炳烈找到面前，让座密谈，嘱托了几句话。屠炳烈点头会意道：“还是姜老前辈想得周到，我这就去办。”

姜羽冲道：“不用忙，吃完晚饭再去不迟。”又把李尚桐、阮佩韦调到一边，悄声说道：“二位贤弟，我知道你们和于锦于贤弟，赵忠敏赵贤弟认识。咱们议事时，一遇到飞豹子三个字，大家都纷纷猜议，人人惊奇，天晓得他的出身来历。你可见于、赵二位么？骤一听飞豹子，他二位全一愣神；分明目动色变，很是吃惊似的。跟着大家互相打听，独他二人屏坐屋隅，一声不响，跟着就附耳低言。看那个神色，他二位多半晓得飞豹子的底细。无奈我明着问，私地问，他二位总不肯说，脸上又很带相；这一定有碍口的地方了。或者他竟跟飞豹子认识，有交情；怕说出来，得罪了朋友，也是有的。在下的意思，要烦二位，绕着弯子探一探于、赵的口气。咱们也不求别的，只要他二位肯说出飞豹子的真名实姓和出身来历，就很够了。咱们再想法子，烦人讨镖，岂不两全其美？你哥俩可以对他二位讲明，咱们绝不教他二位作难……”

胡孟刚跳起来，说道：“嗬！还有这事？我说呢，怎么姜五爷单找于、赵打听豹子，我就没有看出来！”一对大眼瞪得圆彪彪的，转向俞剑平说道：“莫怪咱们这里一动一向，贼人都先晓得了；莫怪马氏双雄总疑惑有泄底的，敢情真有这事！这不行，我得找钱正凯去。他打发他三师弟、五师弟来，是帮着我们寻镖，还是帮着贼当奸细？”他气吁吁迈步要往外走，恨不得马上诘责钱正凯；又立刻把于锦、赵忠敏请来，当面问

一个青红皂白。这倒把李尚桐、阮佩韦这两个少年闹得茫然无措了……

俞、姜一齐拦阻道："别嚷！别嚷！"俞剑平先过来按住他，与他挨肩坐了，低声劝道："胡二弟，你失言了！千万别这么想。他二位不是那样人，他师兄钱正凯跟你我也不是一年半载的交情了。刚才这话不过是这么猜想，究其实这里还怕有别情。……姜五哥，你过来，这边坐。刚才聚议的时候，我也有一点疑心。于、赵二位年纪轻，也许担不住事，脸上挂神……"

俞剑平说到这里，说不下去了，忙又道："万一错疑了，教钱正凯贤弟晓得了，未免看咱们太对不住朋友，岂不是以小人度君子？……不至于，不至于，断不会有这种事的。我看我们还是从别一方面想法子，不必挤落于、赵两位了。看挤炸了，弄得不欢而散，反倒白得罪朋友，无济于事。"

十二金钱俞剑平老于世故，练达人情。智囊姜羽冲虽然料事如神，说到对人，还得让俞剑平。俞剑平越想越觉不对劲，忙又嘱咐李尚桐、阮佩韦道："二位老弟，千万把话存在心里，不要露形；不要贸然地硬盘问于、赵二位，那太伤面子了。他就是知情，不愿意说，也是白问。姜五哥，你看怎么样，还是不问的好吧？"

姜羽冲还有许多话要解说，他低声道："胡二哥这么性急，还没等我说完，你就跳高！据我猜测，于、赵二位当然不会给贼人当奸细的；可是他二位一定晓得飞豹子的来历。现在一碗水往稳处端；于、赵如果真认得飞豹子，恐怕他二位不久要告退置身事外，两面都不得罪……"

俞剑平仰头一想，回顾胡孟刚道："这倒是人情。"姜羽冲道："所以我方才打算，先烦李、阮二位私下探探于、赵的口气。能问出来，顶好；明着问不出来……"一面对李、阮道："你二位可以暗着设词试探他俩。只要他们微萌退志，那就是知情不举了，咱们就赶快给钱正凯去信。你瞧好不好呢，胡二哥？并且，照我的话来问，也决计得罪不了他。"遂把编好的

话对李尚桐、阮佩韦说了。

俞、胡听罢，欣然点头道："这么拿好话哄，再得罪不了人。智囊真是智囊！"遂向李、阮举手道："就请二位老弟照这话，费心来一下吧。"李、阮道："好吧，我们这就找于、赵去，姜老前辈的招实在高明。"

姜羽冲笑道："得了，别骂我了，我哪里行呢？"又道："胡二哥，千万别着急；现在一切乱线头都已理清。我们既访出飞豹子的绰号，又得知火云庄子母神梭武胜文与豹子有关联，这已经抓着切实把握了。就访不出豹子的姓名来历，我们也有下手的门径了。咱们今晚三更，就到鬼门关，践约会敌。会着了，立刻解决；会不着，一过三更，咱们就搜堡寻赃。在古堡搜得镖银，当然一举成功。就是不见贼，又不见赃，那也没什么，咱们再打圈排搜。仍然搜不出什么来，咱们可以立刻赶奔火云庄找武胜文。武胜文有家有业，反正飞不了他，这么办，不出三天，准有结果。胡二哥，你还急什么？总而言之，飞狐孟震洋这一回透来的消息太有用了，飞狐就是飞豹子的死对头！"

孟刚高兴起来，向姜羽冲深深一揖道："军师，你早说，也省得我着急了。咱们这些人都去践约。"信阳岳俊超也抖擞精神道："是这么着，教我们俞大哥单人独马，上前搭话，咱们大家暗中保着，只要狗贼有非礼暗算……"一拍箭匣道："教他先吃我一火箭。"

武进老拳师苏建明道："我们还是采取分兵包抄的法子好，也和刚才探堡一样，分成四路五路都行。践约的，放卡子的，打接应的，留守的，应该把人分匀了。兵临阵前，伺机而上，互相策应着。不管是斗技得胜，还是践约扑空，我们径可转捣贼巢。"朱大椿道："对！不过，这总得请俞大哥和胡二哥打头阵。刚才贼人是这么点的，咱们准给他办到。"

苏建明绰着白须，跃然说道："那个自然，我和三个小徒就打二阵。咱们这些人有明的，有暗的；有露面的，有不露面

的；他们出来人少，咱们也少出来；他们出来人多，咱们就全出来。他们当真就由飞豹子一个人出头，咱们就只请俞贤弟单剑上场，一人不带。那时候，咱们这些助拳的就藏起来，只在暗中监视着。你得防备他打败了，做出不要脸的事来，再给你一溜；镖也不还，人也不见，那时咱们可就抓瞎了。我说对不对，姜爷，该这么办不？”

姜羽冲沉思未答，心中揣摩今夜三更，贼人会不会真来践约。如果真来，他是明着上场，还是暗着上场；一个人来，还是率大众齐上。反复猜思，见问信口答道：“那自然，总该分兵分路。”

俞剑平被贼人撩拨得心中蕴怒，此时按捺不住，对众人愤然说道：“这个飞豹子，到底也不知是从哪里钻出来的，也不晓得他为什么跟我过不去。你看他再三再四地要手段，戏弄人，都是冲我一个人。可是我怎么得罪了他，他们又始终不说出来。你说他是替别人找场吧！那绝不会下这大苦心，耗这长的工夫，劫夺官帑，闯这大的祸。你说他跟我有私仇吧，我又不认得他。你说他是嫉妒，要跟我争名吧，我又歇马快一年了；他又东藏西躲，总不跟我出头明斗。简直一句话，怪人怪事，教人测不透！”

俞剑平接着道：“苏老哥说的法子，布置周密当然很好。不过，小弟的意思，先不劳师动众。只要这个飞豹子今夜真出头践约，我俞剑平老实不客气，就要单人匹马，只拿这一双拳、一把剑、十二只钱镖，和他面对面答话：‘到底姓俞的跟你有什么杀父冤仇、夺妻耻恨？你这么捉弄我，又连累到我的朋友，到底怎么讲！’胡二弟教他害得吃官司，闵成梁也教他气走了。我们朱贤弟，他也给人家小辫子上插草标；乔师傅也教他毁得浑身是伤。还有振通镖局的趟子手和海州的骡夫，他们都给掳走了！还有……咳，多极了！像这样侮弄人，我到底问问他为了什么。‘你说你要会会我的拳、剑、镖，你只赏脸，我奉陪呀，我绝不含糊！你要争名，我自甘退让。你要报仇，

你把我的首级摘下去，你只要说得出理由；咱们一刀一枪，你死我活明来明往。你为什么把二十万盐镖劫去，一躲一个半月，永远不跟我见面？你还派人下战书，滥充江湖道？你到底跟我一个人过不去，还是跟我们江南整个镖行过不去？’只要飞豹子见了我，我一定问他一个青红皂白！我请问他，东藏西躲，做这些把戏，侮弄人，究竟怎么说！”

俞剑平须眉直竖，气愤填胸，斩钉截铁，大发狮子吼！在座群雄一个个侧耳倾听，想不到素日谦和的俞镖头，今天赫然大怒，犹似壮年威猛。末后又恨恨说道：“是的，今天晚上，我一定一个人去，我一个朋友帮手也不要。我只带一把剑、十二只钱镖；教小徒左梦云给我带马。我就这么去最好！”

铁牌手胡孟刚本想跟俞剑平同去，见他如此盛怒，也不敢说话了。

智囊姜羽冲缓缓说道：“俞大哥！”俞剑平道：“怎么样？”

姜羽冲满面堆欢，蔼然说道：“大哥，消消气。大哥最有涵养，怎么今天真急了？现放着我们大家，焉有放你一个人独去的道理？大哥，你今年五十四岁了；咱们如果是二三十岁的年轻小伙子，遇上了横逆，抄家伙就打；打败了，就横刀往脖颈上一抹，两句话都没有。无奈现在，你我下颏都长了毛毛了。”说得大众哂然微笑。

姜羽冲接着笑道：“咱们早没有火性了。老了。咱们是找镖、寻贼，斗力还要斗智，用武还要用计谋。飞豹子怄咱们，咱们偏不上当。咱们不是一勇之夫，咱们犯不上蛮干。咱们现在这些人，哪能白闲着，让大哥一个人犯险拼命去呢？咱们绝不能上了贼圈套。大哥是智勇双全的人，你先消消气，慢慢地想一想。”

果然，俞剑平一闻此言，把怒气遏制着，渐渐平息下去。沉了沉，笑了笑，站起身来，他向众人举手道：“这飞豹子真实可恼。诸位仁兄不要误会；我请大家来，自然是求大家帮拳助阵的。不过这飞豹子太过狡诈，我只怕咱们去的人数多了，

倒把他惊走。他也许安心避而不见，反说咱们恃众逞强，不是以武会友、献技赌镖的道理。所以我才想一个人去，教他没的要赖。”

单臂朱大椿道：“不然，不然！飞豹子派人下来的帖，上面明明写着，可以邀朋友到场；他那投帖的伙伴和那个冒牌豹子都曾当面邀过我，同到鬼门关相见。由此可见，他那边出头的人数必不在少。人家已经大举备战，俞大哥，你只一个人上场，固然可以臊他一下，但是未免涉险失算。咱们还是照他的请帖行事。帖上说可以邀朋友，咱们就邀朋友，大伙齐上；只不惊动官面，就算对得起他。”

苏建明也笑道：“况且这又不比鸿门宴、单刀会。这乃是金沙滩、双龙会；要的是邀众比武，较雌雄，讨镖银。咱们尽管多去人，到时看事做事；只要是单打独斗，不群殴混战，便是英雄。”

众人七言八语的劝说，俞剑平剑眉微皱，旋即赔笑道：“好好好！咱们就大家一块去。”智囊姜羽冲把俞镖头的怒火化解下去之后，仍自凝眸深思。

转瞬太阳西沉，外面道的青年镖客陆续回来。据报只在西南角碰见四五个行人，情形有点可疑。缀了一程，眼见他们投入路旁小村。在路口盯了一回，没见他们再出来。旋即打听得村名，叫作赵家圩。已对放卡的人说了，请他们随时注意西南那个小村，便折回来了，此外别无可疑。姜羽冲听了，道了声辛苦。

挨到起更，便请岳俊超、孟震洋藏伏在店房上面，望贼人。跟着又派出几个人，把这苦水铺前后内外，都放下卡子；跟着又烦几位好手，把松江三杰、马氏双雄等，替换回来用饭。其余武师也都分配好了，或巡哨或应敌，各守其责。一个个饱餐夜饭、整备兵刃，静等二更一到，将近三更，便结伴随十二金钱俞剑平，径赴鬼门关践约。

到暮色苍茫，铁布衫屠炳烈匆匆地从外面走来。在俞剑

平、胡孟刚、姜羽冲面前，低声报道：“古堡的原业主那里，晚生刚才已经托人打听去了。原业主邱敬符，现时不在这里。这土堡荒废已久，先前只有邱家的几户穷本家居住。问及邱家的二房三房，都说这堡现实还空闲着，没有出租，也没有借给人住。因即告诉他，现在的确有人住着；邱家这几位少爷竟瞠目不知。叫来管事的问，管事的也矢口不认。晚生觉得这里头定有蹊跷，我刚才又亲自找那管家去，背着人把他威吓了一阵，说是：‘你别隐瞒了，你可知道，租住的人是在海州犯案的一伙强盗么？’这才吓出他的实话。果然不出姜五爷所料，借房子的是由姓武的出名，说是为了修理房，给他家雇的泥瓦匠、木匠做‘锅伙’用，只借一两个月，是私下里借的。猜想情理，姓武的一定给管事的贿赂了。”

姜羽冲目视俞、胡，微微一笑道：“如何？”原来他从这古堡的原业主上，想出了下手根究贼踪的办法，暗暗地嘱咐屠炳烈办出结果来了。铁牌手胡孟刚闻言大喜，立刻说道：“这借房的既然姓武，一定是子母神梭武胜文了！”

十二金钱俞剑平点点头。苏建明不由笑道：“我们胡二哥真不愧料事如神，一猜就猜着了！”

胡孟刚脸一红道：“苏大哥不挖苦我，谁肯挖苦我？”转脸对俞、姜道：“咱们是不是再托屠爷，向武胜文那里问一声去？”屠炳烈未及开言，俞剑平摇头道：“这可使不得，武胜文那里，已被孟震洋孟贤弟给弄惊了，并且……”低声道：“屠贤弟早已就近托人，暗中窥探下去了。”

姜、苏二人齐道：“是的，真相已明，现在不必再探了，我们可以留着这一手，将来到火云庄用，现在还是准时践约！”转瞬间已到二更，距动身之时已经不远。姜羽冲坐在屋中不动。胡孟刚穿一身短打，摩拳擦掌，出来进去好几趟。这些青年武师老早地结束停当，把兵刃合在手内。

俞剑平到了这时，方徐徐地站起来，脱长衫，换短装，把一口利剑背在背后，将一串金钱镖放入衣底。老拳师苏建明吩

咐三个爱徒："你们到街上巡巡。"嘱罢，也装束起来，将一把短刀拿在手中，笑对姜羽冲说道："五爷，我这把刀足有六七年没真动了。"

此时松江三杰、马氏双雄和梁孚生、石如璋、聂秉常三位镖客，已经换班用饭，饭后又扑出去了；仍然分三面把古堡看住。至于店房以内，也早经俞剑平、姜羽冲等人，带同海州捕快，知会店家，先查店簿，次即挨号盘查客人。店内是一无可疑，上房门首挂着镖局的字号灯，屋顶上埋伏着岳俊超、孟广洪。院心也有好几位镖客，坐在石凳上纳凉吃茶，同时暗防着贼人的窥探。

集贤栈由店内以及店外，戒备森严，唯有店门仍然大开。那九股烟乔茂喝足了茶，在屋内坐不住，溜到店院石凳前，看见几位镖师在低头闲谈，便凑过来，对阮佩韦、欧联奎说道："我说，这会工夫可有什么人来线没有？"

欧联奎不答，阮佩韦只得答道："没有。"九股烟一抬头，又看见对面房上埋伏的岳俊超，就仰着脸问道："岳师傅，外头旋涡子里，有动静没有？"

岳俊超不答，也不露头。九股烟不肯歇心，复又抬头叫问孟广洪。孟广洪藏在屋脊后，也不肯置答。阮佩韦忍不住站起来，把他扯了一把道："乔师傅坐下喝茶吧，别问他们二位了。"九股烟道："这怕什么！谁不知道他俩伏在房上？"口头这么说，可是他也不再问了。忽又转过来诘问欧联奎等人道："你们几位还喝茶么？该预备预备了。"左梦云道："不是三更赴约么？"九股烟乔师傅拿出老前辈的身份，说道："刚才你师父跟军师爷姜羽冲不是说过了，要早走半个更次呢！小伙子，你别不慌不忙的；你瞧瞧屋里，他们都拾掇起来了，他们几位老将马上就要走……"

正在唠叨瞎扯，猛听店外昏黑的街道上，有一个粗野的嗓音，厉声大喝道："呔，咳！姓俞的，还不给我走出来吗？姓俞的该露面了，还等着催请么？"

九股烟吃了一惊，急急地一回头；石凳上列坐的阮佩韦、欧联奎、左梦云、李尚桐等也霍地蹿起来。外面又大喊道："姓俞的，十二金钱，我说的是你！别装聋呀，再不出来……咳，还用我进去掏么?"

九股烟哟了一声，拨头就往房里跑，连声呼喊道："俞镖头，俞镖头，点子来了！"

第二十六章

烟管轻挥迎头验敌力
钱镖七掷寻声斗强贼

店外这几声呐喊，夜静声高，内外听得真真切切；不仅院中人，屋中人也都听见了。十二金钱俞剑平、铁牌手胡孟刚、老拳师苏建明、奎金牛金文穆、智囊姜羽冲，以及所有的武师，顿时悚然侧耳，互问道："你听听，是点子叫阵吧？"

外面喊声又起。苏建明道："咦，真是点子！真找来了？"金文穆道："别乱，细听一听，是在地上喊，还是在房上喊？……唔，是在地上，店门口外……"

众镖师一齐大怒。铁牌手距门最近，骂道："欺负上脖颈子来了！"一挑帘，头一个蹿下台阶，和刚奔进来的九股烟几乎碰了个头对头。

姜羽冲一把没抓住，忙跟踪追出，急急拦阻道："别乱，别乱！"回顾众人道："不要都出去，先派一个人出去看看。"

十二金钱俞剑平目光威棱，须目皆张，将猿臂一伸，倏然分开众人，叫道："诸位别忙，等我去看！"大家早已纷纷往屋外抢。只有几位老成持重的老镖头，猝逢意外，毫不扰动。苏建明、金文穆、姜羽冲等各拦住几个人。但已来不及了，早有

三条人影从院中如飞地奔赴店门以外，九股烟乔茂踵随着扑到店门过道前，急又翻回店院心，挤在人丛中，乱叫道："晚了不是，教人家堵上门骂来了！"忙乱中也没人理他。

姜羽冲急急发令，请俞剑平、胡孟刚暂勿露面，只派两个青年壮士出去答话，把所有的人分开。在这一刹那间，猛听外面一声惨号，似有一人受伤倒地。

俞剑平吃了一惊，九股烟大嚷道："姜五爷，咱们人教飞豹子毁了！"

一声未了，半空中砰的一声，倏然飞一溜火光，由店房屋顶，直射到店门街上。同时岳俊超大叫："俞大哥快出来！"蓝色的火焰像一条火蛇似的，一霎时冲破黑影。前面几个人恍惚看见店门外三个人影，打倒了一个人影。

俞剑平、胡孟刚，一个仗利剑，一个抡铁牌，大踏步从人丛中闯出来。且走且说道："是哪位朋友找姓俞的？姓俞的在这里呢……"那店外三条人影答了话，有的叫师父，有的叫俞镖头，他们道："就是这小子一个人！"原来挨打的反是敌人，打人的乃是自己人。胡孟刚急嚷道："不管几个人别教他走了。"

三个人影答道："跑不了，捉住了。"智囊姜羽冲和朱大椿、黄元礼叔侄，不慌不忙，每人带着兵刃，提着灯笼，追了出来。

就灯光一照看，俞、胡二人不胜诧然。欧联奎和阮佩韦、左梦云，共捉着一个粗黑的麻面大汉。这汉子肩头被阮佩韦打了一石子，打得他倒在地上，哎哟哎哟直叫。两只胳膊被李、左二人提起来，往上一拖。姜羽冲拿灯往他脸上一照，这汉子已吓得面无人色，叫起饶命来了。欧联奎大怒，啪的一个耳光，扇在麻汉子脸面，喝道："你这小子好大胆，快说实话，你们头儿呢？"

欧、阮、左三人还以为这个汉子是豹子的党羽，俞剑平、姜羽冲却有点看着神情不对。这汉子外表粗鲁，体格也强壮，可是身上穿的非常褴褛，赤着脚，穿一双破鞋，分明像个负苦

力的笨汉；一点不带江湖气，更没有悍贼的枭强态度。尤其泄气的是，连挨了两个耳光，竟失声号叫起来，没口叫："大爷饶命！不是我敢叫，是胡二爷花钱雇我来要账的。"

俞剑平拦住欧联奎，此时众武师齐集在店门。姜羽冲吩咐众人留神四面，然后教把这个麻面汉子拖到院里来，严词讯问了几句。

这汉子说道：今儿白天，被一名叫胡孟刚胡二爷的人，出了三吊钱雇的他。教他一套话，教他挨到二更以后，务必到集贤栈、安顺店、福利店，挨家堵着门大嚷。他道："胡二爷告诉我，姓俞的欠他的债，藏在店里不肯出来；不知道准在哪家店里，也不知道准住在哪一号房内。对我说，你只要把他诱出来，'我再给你五吊钱。'小的本不敢胡说，怕骂出祸来。那位胡二爷又说：'不要紧！三家店房，你只堵门口一骂，姓俞的准出来。我自然迎上去，找他要账，他就没工夫找你了。'小的一想有理；又问他，三家店房从哪一家喊起？他说从集贤栈叫起，姓俞的多半住在集贤栈呢。小的又盯问他，骂出人来，他可准接？他说那一定，我一定跟着你。小的一时贪图他这几吊钱，同他来到这里。他教我胡骂，小的我可没敢听他的，我可不敢骂街。谁想我才喊了两嗓子，就挨了这位一石头；把肩膀打坏了，不能挑担子了。小的太冤枉了！"

他又道："小的本想小声喊，糊弄他几吊钱到手，就完了。敢情不行，他真在后面跟着我呢，逼着我大声喊……"

俞剑平、胡孟刚、姜羽冲一听到此，急忙问道："那人现在哪里？"忙引着那汉子，重奔到店外。有几个青年壮士更心急，如飞地分两面沿街搜下去。更有的蹿上房，往各处窥看。但是苦水铺这条街上并没有可疑的人。时逾二更，街上行人稀少，更可一目了然。

胡孟刚道："别净听这小子一面之词，他也许是飞豹子最下等的走狗，等我审审他。"

姜羽冲、金文穆道："不用，我有法子。"先问这汉子：

"你说你是本街的苦力，到底叫什么名字，是干什么的？"

那汉子道："小的叫陆六，是本街卖豆浆的。"

姜羽冲道："好！"忙喊来店家。店伙们果然认得陆六。

胡孟刚愤然顿足道："混账，混账！这个飞豹子是什么人物，专好弄这乖巧！娘的，可恨极了！"

俞剑平道："快再搜搜看吧。"急率众分两路搜下去。直搜到街口尽头处，只遇见自己派出去的放卡巡风之人，不见贼踪。正要会同扑出镇外，猛然听半空中砰的一声，有一溜黄光，由镇外射到街里，就在同时，由打集贤栈店房上也蹿起一溜蓝焰，掠空直射到镇外，蓝光灼灼，恍似流星。在半空中砰砰连发出几声炸音。

房面上潜伏的信阳岳俊超，厉声大喝道："俞大哥快上，点子来了！"

众镖师一迭声地传呼，把十二金钱俞剑平唤住。俞剑平循声仰面，眼光直追到镇外。火光坠落处恰在西北边隅；偏偏西北有一带浓影遮住视线，不能完全辨清。于是一退步，眼注邻街房舍，把背后剑一按，脚步垫步，嗖地一蹿，登上房脊；到此时也就顾忌不了许多。岳俊超、孟广洪已从房上双双奔寻过来。俞剑平低声微嘘，向岳、孟招手道："点子在哪里？"口说时闪目四寻；野外荒郊，西北边隅倒不见动静，正面即有七八盏红灯，忽上忽下地游动。

岳俊超站在俞剑平身旁，胡孟刚也跟踪跳上房来；几个人凝眸望。俞剑平左手按着岳俊超的肩膀。右手一指红灯闪映处，道："是那边么？"

岳俊超道："刚才从西北这边，射出来一支平常的火箭，是我还他一支蛇焰箭。这七八盏红灯是刚刚蓦然出现的。俞大哥你看，灯不是直动荡？你看，这不是正往镇这边走动么？你再听听，这不是马蹄声么？"

果然这七八盏灯如火蛇似的，走得很快，正扑向这边来；马蹄奔驰之声同时大作。铁牌手胡孟刚手挥双铁牌道："对！

准没错，一定是点子来了。快，快迎上去！”头一个耸身蹿下平地。俞剑平道：“等一等！”手拢目光，仔细端详道：“我们看看这几盏红灯，是从哪边来，往哪边去？是不是从他们垛子窑出来，要奔鬼门关？要是奔鬼门关，我们不必迎上去；莫如径奔约会的地方，和他们打对头倒好。”又回头道：“姜五爷哪里去了？你们哪一位把他请来。”

姜羽冲正伴同金文穆扑奔另一镇口去了。他望见火箭后，奔寻过来，正要在街上，用暗语呼叫俞剑平。俞门二弟子左梦云迎上去，把姜羽冲邀到。于是俞、姜并肩登高，谛视这红灯游走的线路。看罢，猜知至少也有十几个骑马的人，打着红纸灯笼，沿竹丛、青纱帐、荒林，抹着鬼门关左侧，似奔苦水铺而来。

俞剑平、姜羽冲、胡孟刚，把所有武师集合在一处；立刻分兵二路，由东西二镇口，分迎上去。单臂朱大椿不肯留守，率师侄黄元礼，定要随众践约赴会。姜羽冲只可转烦老拳师苏建明，率三个高足，留守苦水铺店房。苏建明也不肯留，大声嚷道：“一个客房，要人留守做什么？”

姜羽冲皱着眉，捉着老头子的手说道：“苏老前辈，没法子。这两个海州捕快，带了去不便，没的教点子挑眼；把他留在店里，又真怕生出意外来，必得留人保着他！”

俞剑平道：“这不能不防。”深深一揖道：“苏老哥，勉为其难吧！”单臂朱大椿道：“苏老哥，总得替小弟保全这信约，不教我栽在贼人眼前才好。”

苏老拳师摇头不悦，把刀交给徒弟，道：“走吧，咱们爷四个看摊去吧！”很不痛快地走回店中去，此外还留下几个别人。

当下俞、胡、姜等一行和朱大椿、金文穆等一行，分两拨，走两路，忽拉地扑出镇外。人多势众，或骑或步，走起来，力求机密无声；只是步行的展开夜行术，骑马的终免不了蹄声嘚嘚。俞剑平这路绕出镇口，一直趋向鬼门关。忽听正西面红灯隐现处，胡哨吱吱地又响起，跟着火箭也掠空飞起。胡

孟刚急叫道："不对不对！俞大哥你听，正西面一定是点子和咱们放哨的招呼起来了！"

果然一片浓影，数声胡哨声中，突然夹杂着几个人的高呼，恍惚又似听见刀兵乱响。铁布衫屠炳烈道："俞老镖头，这么走，也可以趋奔鬼门关，咱们绕过去看看吧。"屠炳烈这人最愣，不等回答，招呼了一声："孟贤弟！"

他从家里牵出两匹马，他和孟震洋各骑一匹。抡鞭把他那匹马一拍，和孟震洋豁喇喇地逐声奔了过去。

俞剑平忙叫道："屠贤弟、孟贤弟，我的马快，我在前面走吧。"只得也马上加鞭，跟踪而上。这一拨践约的镖客，都是骑马的。铁布衫屠炳烈和孟震洋、欧联奎争先而上；抹过青纱帐，一意寻找那红灯、火箭以及胡哨的起处。

月暗星黑，风摇影动；一片片的浓影夹路掩错，不外是丛竹林木、芦苇高粱。十二金钱俞剑平实存戒心，策马在紧赶，忍不住又叫道："还是我在前头走吧。"却是一片马蹄声，听不见低呼，只得放声大叫："喂喂喂，前边的慢走！……"

不意，就在前面的马通行青纱帐才一转角时，骤然听一声大喊，当先开路的头一匹马，突然人立起来；第二匹马收不住缰，扑了过去，似往旁边一带，没有带开，后马头与前马尾相触。后边的马忽一低昂，倏地往斜刺里奔窜过去，咕咚一声大响。头一个骑马的铁布衫屠炳烈，趁着马才惊窜，急急地甩镫离鞍；尽力地一跃，跃到路旁，居然没挨摔。脚才一沾地，又急急连跃，闪开了马道，避开了铁蹄的践踏。

那第二匹马反倒惊窜，马头一摆，骤往前一栽，猛往旁一跳；马上的骑客突然失势乱晃，从高鞍上甩下来。正是身轻如叶、骑术甚疏的飞狐孟震洋。咕咚落地，身沾尘埃；却亏他一滚身，霍地"鲤鱼打挺"跳起来。那马前蹄打失，竟连栽了几栽，惊逸窜到前边去了。

屠炳烈上前把缰，这马四蹄乱踏，竟又横逸到田边，把田禾踏倒一大片，仍被它脱缰跑去。俞剑平、胡孟刚急放马过

来，勒缰忙问："怎么了？怎么了？"

铁布衫是蹿下马来的，孟震洋是摔下马来的。但后面的人多半看不清。只见得前头两个人坠骑，必有缘故，一迭声呼问着奔来。孟震洋、屠炳烈羞愧难堪，大叫道："这里有埋伏！并肩子留神快搜搜！"倏地旋身，齐把兵刃亮出来，不管有无暗算，竟往黑影搜进去。岳俊超拍马过来，忙取出一支火箭，砰的一声，发出一溜蓝焰，照得一瞬间前路通明，纤悉毕现。这一道蓝火苗过处，顿时引动别个镖客；原已带着孔明灯，六七个人忙将灯板拉开，上上下下照起来。

俞剑平侧目，只一瞥，看见土路转角处，被人刨起一个大坑，用浮草盖住；旁边有一块大石，正当道放着，马不躲大石，便要坠坑。胡孟刚嚷道："混账！混账！又是狗贼们干的！屠师傅、孟师傅掉在坑里了吧？"

孟震洋回头喊道："不是，不是！不是这坑的事，我的马中了暗箭了！是这边，你们快来！"厉声道："豹子好朋友，快给我走出来！施暗箭，算什么人物？"空嚷了几声，旷野外没有应声。众镖客一齐奔过来，纷纷下马拔刀，漫散开大搜起来；六七盏孔明灯前后乱照。

智囊姜羽冲远远地望见变故，策马奔过来，顿时想出一策。把空马每两三匹驱在一处，人在后，马在前，先往青纱帐进去。俞剑平和胡孟刚纵马急追，把孟、屠二人唤住道："贤弟先别追，教别人搜搜去。你先验验道，再验验马的伤。我看这马多一半是踏上机关了。"把两匹逸马寻回，提孔明灯照看。屠炳烈的马倒没有伤，孟震洋的马肚皮下钉着小小一支弩箭。

孟震洋猜错，并非是伏路的贼人的暗器，竟是埋在地上的伏弩。他忙把大石头和陷坑搜看了一遍，果在坑边左侧，掘出两张卧弩来；孟震洋越发抱愧，初出茅庐，到底不及有阅历的前辈英雄。

胡孟刚蹬着拦路的大石，往四面张望。俞剑平上了马，蹬着马镫，往远处眺望。姜羽冲督众搜索青纱帐；岳俊超要过来

一盏孔明灯，也立在马背上，照了又看，看了又照。好半晌，向俞剑平招手道："俞大哥，你快过来，看看这几棵树吧。"

俞剑平道："不错，我也正在这里琢磨呢！咱们就过去搜搜看。"他把自己的暗器掏出来，是三枚青钱；先将一枚青钱捏在二指中指之间，与胡孟刚、岳俊超扑奔这田间的几行大树而来。孟震洋、屠炳烈自然也跟了过来。距树十几丈，众人止步。俞剑平一捻手中钱镖，道："太远，又是逆风，只怕钱镖打不着。咱们再往前走几步。"

岳俊超道："大哥，看我先发一支箭吧。"箭用机括，力可及远。俞剑平腕力虽强，到底钱镖、蝗石不如弓弩。胡孟刚接过孔明灯来，对这几棵树叶茂密处，把灯光晃来晃去。岳俊超拿出箭匣，把一尺二寸五分长，特造的蓝光蛇焰短箭，取出两支，扣上弦道："胡二哥，你给我照照，由左数第四棵树树叶子和树身子。俞大哥，刚才我恍惚看见一条黑影从树顶爬下树身。"

俞剑平道："我也恍惚瞥见了一眼。"胡孟刚、屠炳烈都说："没有留神。"

孟震洋不言语，悄悄地把自己的暗器也掏出来。咕登的一声，岳俊超的火箭还没放，只虚拽了一下。不防猛然间树那边扑登的大响了一声。众镖客齐声道："着！有的！"那几棵高树，以左边的四棵最为高大。就在镖客跷足齐观，欲看火箭发出来的动静的时候，还没等着动手，由树上黑乎乎先后垂下来两团黑影。"哦，贼，贼！在这里啦！"立刻砰的一溜蓝焰，放过第一条人影，直等第二条人影出现才射出。

老英雄十二金钱俞三胜唇吻微微一动，哂然笑道："可算见着他们了。"一垫步，嗖嗖嗖，猛蹿过去，口中呼喊道："朋友留步！岳贤弟不要无礼！"如飞地掠过去。但是岳俊超早将火箭发出手去；嗤的一声响，嘭的一声爆炸，眼见得火箭打中第二条黑影。黑影与火箭立即相随着坠落下来，咕登的着地不动弹了。

俞剑平猛省道："不对！"急忙一纵身，够上了步位，把手一扬，眼望大树叫道："树上的朋友请下来！"说话时岳俊超倏地又扣上第二支火箭，对着第四棵大树一比。俞剑平急忙拦阻道："快不要发火箭，看误伤了好朋友。朋友请走下来谈谈！"挺立凝眸，捻定一枚青钱。

众镖客俱都看见火箭射中黑影。但这第二条黑影带箭坠地，竟不再蹿起。从草掩蔽着，有的镖客疑心也许敌人中箭身死，也许带箭爬走了。几个人连声吆喝道："截住他，别放走了！"挥兵刃奔大树扑来。

俞剑平道："诸位别过来，树上还有人呢！"姜羽冲也应声吆喊道："树上掉下来的不是人，是替身。留神这边呀，土堆后头！"

一语未了，陡然一声断喝道："你说得对！"从青纱帐土堆后闪出一个人影，嗖的一声，一支弩箭直对姜羽冲射来。众镖客一齐惊喊道："姜师傅，留神暗箭！"

姜羽冲早已防到，一伏腰闪开。趁弩箭过处，众镖客照发箭的所在一抖手，暗箭齐发。放箭的人却一缩身，又隐入土堆后，闪到青纱帐里面去了。跟着簌簌地一阵响，似乎要溜走。众镖客一齐大喝道："追！"

却不道这土堆后的人影，正为策应同伴，方才出现；他正要众镖客追赶自己。那大树上，果然有一个人影出现。趁这机会，似要分枝拂叶而下，并不猛往下蹿，只手抱树干，借树障身，唰唰的盘下去。当此时，十二金钱俞剑平、智囊姜羽冲何等精明，早已注意到这里。那青纱帐中的黑影弯着腰，飞跑诱敌，胡孟刚等奋身穷追。那大树上的黑影乘机往下溜。

俞剑平微哼了一声，急呼道："朋友不要走，我十二金钱要献拙了！呔，留神！"一抬手，但听得空中微微地发出铮的一声轻响，那树上的人影突然掉下来，咕咚的骤落平地，忽地往起一蹿。俞剑平喝道："呔，看镖！"刚把手复一扬，顿时砰的一声炸响。一溜火光过处，岳俊超回身再放一箭，那土堆后

的人影立刻身上火起。就在这同时一刹那间，那树下的人影一晃，箭也似的逃走。被俞剑平赶上一步，空中微微的又发出铮的一声轻响，那人影哎哟一声，竟又扑倒在地。

旷野的贼党已被打倒两个。众镖客大喜，顿时分出三四个人来，一拥而上，奔来擒拿敌人。李尚桐脚步最先，嗖地连蹿，把钢刀一举；不知怎的，咕噔一声，竟栽倒在地上。阮佩韦大惊，忙上前扶救；却才窜过去，倏然又退下来。眼见他摇摇欲倒，一晃两晃，终于蹲在地上了。

众镖客一齐大惊，心知暗中有强敌潜伏，有暗箭伤人。几个青年壮士暴喊一声，倏分两侧，结伴冲上，又要来犯险扶救阮、李二人。姜羽冲连忙喝止道："留神土堆，快掏暗青子呀！"把掌中剑交到左手，急探囊，掏出一支暗器来，然后一纵身，抢奔那土堆，试探着往前攻。几个青年立刻会意，一声暗号，各将镖箭对准土堆打去；掩护着姜羽冲，一步一步往前追进。

但是众镖客齐抢土堆，却放松了大树那一面。大树下那个黑影已倒复起，猛然挺身一蹿，拨头要跑；十二金钱俞剑平和岳俊超正在监视，齐声喝道："别走！"俞剑平往前一纵身，铁腕轻挥，喝一声："看镖！"铮地破空又是一响。那人影失声又叫了一声，扑通栽倒，再起不来了。

青纱帐顿时簌簌的一阵响，应声冲出来三五条人影，一挥兵刃。俞剑平怒喝道："呔！"唰唰的钱镖连发，迭起微响；跟着又砰的一声大响，岳俊超又射起一支火箭，一溜火焰凌空爆炸。那三五条人影猛然止步，齐翻身，又退回青纱帐去了。

智囊姜羽冲左手提剑，右手捏甩手箭尾，塌腰往土堆后急走；两眼四顾，注意敌情。铁牌手胡孟刚愤怒极了，大吼一声，骂道："飞豹子，快出来！"舞动双牌，从斜刺里猛扑上去，倒抢在姜羽冲前面。

突然间，听得破空之声。胡孟刚一侧身，把一对铁牌猛挥，叮当一声，把迎面发来的一支暗器磕飞。姜羽冲趁此巧机

会，嗖地一蹿，抢到土堆后面。忽觉一缕寒风扑到，急一伏身，擦头顶也飞过去一支暗器。这暗器形体很小，力量却大，黑影中看不出是什么东西。姜羽冲立刻一长身，往前跨半步，甩阴手，发甩手箭。嗖地一响，一支甩手箭照敌人藏身处打去；直如石沉大海一样，不闻一点动静。

姜羽冲、胡孟刚还想往前闯，但是各处暗器忽发忽止，正不知暗中潜伏着多少敌人，也不知敌人究在何处。两人仅仅抢到土堆后面，再也越不过去了。姜羽冲眼观四面，大声吆喝道："朋友请了！十二金钱俞剑平和他的朋友践约来了！"

这一声喊罢，青纱帐里一阵簌簌的响，陡又蹿出几条人影。

只听一个冷峭的声音喝道："十二金钱，久仰久仰！"唰的一阵暗器，冲破夜影，齐奔姜羽冲打来。姜羽冲施展开全身的功夫，借物障形，左支右拒，蹿高闪低，好容易才搪开了这一阵攒攻。

那一边，十二金钱俞剑平猛然醒悟；急急地一蹿，追上前来。舌绽春雷，石破天惊的大吼一声道："呔！相好的别要错认了人，我十二金钱俞剑平在这里呢！飞豹子好朋友，请来答话！"说话声中，早将一枚青钱一捻，铮的一声轻响，照当先的一个敌人发出去。只见这个敌人应声栽倒，其余人影愕然四窜。于是有一个宽宏的声音，喝了一声："好钱镖！"从青纱帐蹿出，由人影丛中越过。挺身上前，猛然一伏腰，把倒地的同伴拖起。这人影昂然出现，与众不同。别人都短打扮，夜行衣，持兵刃。这人影是穿长衫，戴大草帽，黑乎乎手持一物，看不清是什么兵刃。尺寸很小，比鞭、锏短，比判官笔、闭穴铁长，圆圆的，似锤非锤。俞剑平一眼瞥见，绝不容这敌人走回。施展连环三式，左脚往外一滑，半转身，腰微往下塌，左掌护胸，右手钱镖早捻到手指间。"玉女投梭"式，嗖的一声，钱镖打出去。不肯暗袭，扬声喝道："朋友接镖！"

这只镖直取敌人中盘云台穴。见那人影身躯微动，右手轻挥，当的一声响；陡反一声喝道："咳，好镖！"俞剑平大怒，

百发百中的金钱镖，不知被敌人用什么兵刃接去。愤怒之下，“怪蟒翻身”，右脚尖滑地，往后一个回身撤步；用“反臂阴镖”，展丁门绝艺，运金钱镖独有的手法，缩身发镖；铮的一声轻响，反取敌人的上盘神庭穴。这手镖发得力大势急，断定敌人再不会逃出镖下。

哪晓得敌人哈哈一笑，当的一响，只见镖飞，不见镖中，更不见镖落，又被敌人那支黑乎乎的奇怪兵刃接去。俞剑平不禁大惊。敌人具这种好身手，自己一生倚之成名的暗器竟为人所制！惭怒之下，急急地一换身形，二指又钳起一只钱镖，原式不动，用“金豹探爪”，第三镖陡然劈空打去。嗖的一声，其疾如风，其直如矢，这第三镖竟奔敌人的中盘开元穴致命处打去。

俞剑平一向发镖，总分上中下三路打去。这一次两镖未胜，更不容情，变换镖路，越打越狠。那敌影袍襟飞舞，身形晃动，手中那支怪兵刃上下连挥；只听见呛呛呛的连响三声，三枚钱镖竟一枚没落空，却一枚没打中，全被敌人接了去。

当此时，智囊姜羽冲、铁牌手胡孟刚、蛇焰箭岳俊超看得恍惚，听得分明，不由得一齐耸动。镖客群中，顿时有人把孔明灯打开，晃动圆光，向敌影扫射，借此暗助着十二金钱俞剑平。却是灯光一闪，又做了敌人的鹄的；也不知是镖是箭，骤从敌丛中发出，向持灯的人打来。持灯的人乱躲乱闪；于是众镖客连忙抢上来，挥兵刃格打暗器，来掩护持灯之人。

那另一个贼人，被俞剑平打中要穴，竟起不来，这一个便来搀扶。同时禾田畔、大路边还蹲着两个受伤的镖客阮佩韦和李尚桐；也趁此机会，一跃而起，往回奔来。但是阮、李二人才往回奔，立刻那青纱帐中的敌人，忽地追出三个，齐发暗器，照二人背后连打。二人如水蛇掠波似的，左闪右闪，一路奔避，情势非常危急。

胡孟刚大喝一声，抡双铁牌上前策应。青纱帐中的敌人也立刻扑出来两个，抡兵刃阻挠。众镖客也忙散开，各发暗器阻

敌助友。当下在土堆后，众镖客与七八个敌人，各据地势，远攻近拒的交斗起来。镖客人数似乎较多，一冲而上，竟抢过土堆。突有一个镖客受了暗器，躺倒地上了。别个镖客忙来抢救，贼人那边也倒下一个，也被同伴拖回。

那边大树前，十二金钱俞剑平和岳俊超，与长衫敌影和另外三个敌影对抗。俞剑平在前，与长衫敌影相距六七丈，岳俊超稍稍在后；三个敌影在长衫敌影之后，相距两三丈。这三个敌影趁同伴拒住钱镖，竟从背后抄过来，把树下负伤的两个同伴接应着救回。

岳俊超见俞剑平全神应付长衫敌影，不遑他顾；自己就急急地一开弩弓，一声也不言语，嗤的一道蓝火，砰的一声，冲三个敌影射来，三个敌人已赶到树下把同伴救起。火箭过处，三敌急闪，内有一影挥刀一架，失声叫了一声。原来火箭是架不得的，只一碰硬，顿时火星爆炸；那敌人想已受伤，拖刀急逃而去。那负伤的同伴，被其余二人掩护着，也慌忙退回去了。

岳俊超哈哈大笑，道："好朋友，本领不过如此么?"又把弩弓一曳，嗤的一声，从俞剑平身旁越过，直取长衫敌影；蓝焰闪闪，直射前心。只见这敌人一侧身，便闪开了。火箭掠过他身后，方才砰的一声爆炸开来；没有击伤贼人，唰的射入青纱帐中。岳俊超也吃了一惊!

俞剑平趁着敌人招架火箭，急急地一抬手，掌风往外一挥，欲收夹击之效，倏地又发出一枚钱镖。这敌人不慌不忙，侧身先躲开火箭，跟着一矮身，又把那短兵刃轻挥；当的一声响，又把这第四枚钱镖格开了。

敌人竟非常在行，钱镖敢挡，而火箭只闪不接。岳俊超勃然大怒，连续发出三支火箭，满天蓝焰飞蹿。敌人轻飘飘闪来闪去，快若迅风，捷似灵猿。钱镖、火箭纷纷攒射，竟奈何他不得。

俞剑平在夹缝中，续发钱镖，紧跟着又一摸袖底，顿吃一惊，钱镖十二只剩下五只了。俞剑平又惭又怒，忙掂镖按剑，

侧目细察敌貌。那敌人长衫大帽，持短兵刃，窜来窜去，捉摸不定。观察良久，仅在火箭爆炸时，约略辨出，他长身阔肩，猿臂蜂腰。帽檐遮住了面目，恍惚只看见帽影下，一对巨眼闪闪含光，颔下似有浓髯缭绕。

俞剑平心中一动，立刻停镖不肯再发；更回身插剑，叫道："朋友请了，你是飞豹子！在下我俞剑平应约来了，朋友，我这里有礼了。请你吩咐一声，大家暂且住手，咱们有话先讲当面！"又大声叫道："诸位师傅们，好朋友飞豹子在这里了，你们别打了。胡二弟，快过来见见！"

（未完见下册）

第二十七章 狭路相逢智囊问衅 短兵乍接飞盗争锋

俞剑平这么振吭一呼，姜羽冲首先听见，顿时收剑撤身，连声招呼众镖客后退。铁牌手胡孟刚也已听见，精神一纵，从土堆后唰的抢出来，厉声叫道：“飞豹子在哪里？……哈哈，飞豹子好朋友，我到底也有见着你的日子！”抡双铁牌，拥身一蹿，才要扑过来辨认敌貌；被青纱帐中跳出来两三条人影，抡兵刃拦住，竟不得上前。铁牌手胡孟刚怒极，双牌一挥，奋力疾攻，与敌人打起来。镖客、贼党们也忙上前增援，双方立刻又混战起来。智囊姜羽冲率众复出，大呼罢战……

俞剑平目对强敌，还想较问；蛇焰箭岳俊超很不服气，道：“哪有这些闲白！”嘭的一下，又发出一支火箭。那人呼的一声，肥大袖子往左一拂，未见他身形作势，已腾身向左，直跃出丈余远，身形一落，单足着地。“金鸡独立”一亮式，嘿嘿冷笑，猛若雄狮，静如山岳。旋即一转身，挡住俞、岳，手挥短兵刃，向同伴忙打招呼。看意思，是催同伴把受伤的人救回，再将自己人聚在一处。

岳俊超更不放松，收弓拔刀，向前喝道：“你就是飞豹子！

呔，我岳俊超要来领教领教！”说着从俞剑平身畔飞蹿过来，抡刀就剁。俞剑平狠命地一把将岳俊超扯住道：“岳贤弟，先礼后兵！”

陡然听敌人冷冷地喝道：“先礼后兵，你们钱镖、火箭打得真好！我也有点小玩意，来而不往，非礼也。姓俞的接着！”一扬手，嗤嗤嗤飞打出三个小小的暗器，三缕寒风破空吹来。十二金钱俞剑平急一拖岳俊超，火速地一伏身。黑影中看不出来是何物，但俞剑平武功精熟，只遥辨敌手，近听风势，便已猜知暗器三粒是照自己何处打来。细辨破空之声，更知敌人这手发的三粒暗器不是煌石，即是铁莲子。

这三粒暗器如电光石火般飞来，第一粒奔俞剑平左眉尖阳白穴，俞剑平急急地一伏身。这第二粒奔左肋太乙穴，俞剑平顺势用“搂膝绕步”，身回势转，贴着肋旁，把暗器让过去。第三粒奔下盘血海穴打来，俞剑平运用轻功提纵术“一鹤冲天”的绝技，身躯凭空拔起。

三粒暗器都已落空，全被俞三胜避开了。冷不防敌人还有第四粒、第五粒、第六粒，照岳俊超打来。岳俊超挺刀一削，当的一声，把先头的一粒磕飞。后到一粒急闪不及，啪的一下，膝骨一软，瘫跪在地上。竟被敌人打中了十二处软麻穴之一的环跳穴。青年壮士强忍不哼，挣扎欲起。犹恐俞剑平疏神大意，栽了跟头，连忙叫道：“俞大哥，留神穴道！”

俞剑平不由一震，乍躲暗器时，约略方位，本已猜疑敌人手法似谙打穴，现在果然不假。这么黑的天，敌人认穴竟如此准确，又是连环打法，虽说相距很近，然而这目力、这手劲，实不在自己以下。这人若是那个什么飞豹子，那么飞豹子真是一个可怕的敌人；这人若不是飞豹子，手下竟是这样能人，他的声势尤其可怕。

这样存想，讨镖斗技真乃辣手；但是越这么样，越发地激怒了俞剑平，抛起了他的敌忾之心。悄悄一探囊，取出一物，复一回手拔剑，厉声叫道：“好朋友，好手法！但是你瞄准了

打。专冲我姓俞的来。大黑的天，不要认错了人！……”顿时一挪步，要抢越到岳俊超前面。

这人真是劲敌，非常手快，未等得俞剑平话说完，第五粒暗器打中岳俊超，第六粒便手下留情，不便再向岳俊超发。猛向前一扑身，喝道：“姓俞的！接这个！”一转腕，斜奔俞剑平打来。

两人愈逼愈近，相隔三丈内外。这一招发出来，手劲猛，取准切，改打中路，竟照俞镖头胸前下来。俞剑平双目炯炯，虚将剑一扬，已防到这招。突然一扭腰，百忙中戴上皮手套，左掌硬往暗器一抄，叫道一声：“好招！风市穴！”这一下，彼方刚出手，此方便入握，就像长衫客把暗器飞递到俞剑平手中一样。小小暗器此发彼接，各伸猿臂，也不过掠空飞出两丈七八，便换了手。

俞剑平冒险夜接暗器，入握只一捻，恍然明白了。立即喝道：“好菩提子！朋友奉还你！”突然一扬把，这时节，两人相距又近，已不过两丈多；嗤的一声，破空轻啸，敌人把肥袖应招一抖，立刻呛的一声响。敌人咦的一声微呼，猛向后倒蹿回去。

俞剑平吐了一口气，不敢追敌，惊疑参半。趁这夹空，右手提剑，急急地伸左手来掖岳俊超。岳俊超左腿疼麻痒交作，竟如瘫痪了一般，连右腿也不能伸缩自如了。他低叫道：“俞大哥，我教贼子打中环跳穴了。”

俞剑平忙道：“四弟，不要紧！”趁敌人已退，急急地换剑交于左掌，伸右掌忙忙地照岳俊超伏兔穴一点，叫道：“岳四弟，行了，快快退下去！”岳俊超应声站起。

哪知敌人接着俞剑平的暗器，退回身，也用手一捻，一阵狂笑道：“好一个十二金钱！你竟把我的菩提子留下了，你还是饶上你那一枚宝贝金钱镖，也不心疼？俞朋友，我这里得了你五钱镖，你接了我一个菩提子，五个换一个，我倒沾光不小，我谢谢吧。但是，我们还得领教你的奇门十三剑，究竟是怎么样神奇奥妙，英雄无敌！”说着，“饿虎扑食”，猛往前蹿，

提手中短兵刃，飞身一掠丈余，照俞剑平后心玄枢穴打来。

十二金钱俞剑平右手持剑防身，左手刚把岳俊超曳起，斜身急退。就在这刹那间，侧面一阵劲风袭来。俞剑平欲待旋身招架，却是不难；无奈他须顾虑到摇摇欲倒的岳俊超。岳俊超穴道被打处，血脉乍通，麻软无力，就如寻常人们压麻了腿一样。乘这寸隙，敌人已如飞似的扑到，敌招已如飞似的发出来。

俞剑平把牙一咬，左臂急急往回一撤。岳俊超脚下刚刚一软，不等他要打跌；俞剑平早舒左腕，照岳俊超肋下腰上一横，运太极拳内力，振臂往外一挥，唰的一声，岳俊超竟被挥出七八尺以外，轻轻地落在地上。

这分际真个是间不容发。十二金钱俞剑平刚刚的振左臂一挥，长衫敌影的短兵刃已到背后。俞剑平趁这左臂一挥之力，左手剑诀一领，左脚往左跨半步，右腿只一提，下护其裆，身躯半转，侧目回睨，展奇门十三剑救急绝招“杨枝滴露”，不架敌招，反截敌腕。三尺八寸的青锋，迅如电掣，剑尖下划，恰找敌手的脉门；虽然夜暗势骤，不差分毫。

这一招所谓“善战者攻敌必救”！顿时反守为攻，把敌招破开。敌人迅猛的招数竟未得手。但这敌人也好生厉害，只见俞剑平一闪，立刻明白了来意；顿时一甩腕，把手中怪兵刃收回，手腕一翻，复又变招进攻；用“腕底翻云”，横截俞剑平的剑身。

俞剑平倏然应招发招，往下一塌腰，掐剑诀，领剑锋，剑走轻灵；圈回来，发回去，“春云乍展”，照敌人右肋后魂门穴点去。敌人唰的一晃，身形快如飘风，不迟不早，单等得俞剑平的剑往外刚刚撤出来，他这才霍然一旋身，一个盘旋，转到俞剑平的左肩后，喝一声：“打！”照十二金钱的右耳后窍阴穴打去。俞剑平一剑走空，顿知不妙；丹田一提气，急耸身，嗖的蹿出二尺多远。凝身止步，叫了一声：“朋友！”长衫敌人一步不放松，半句不搭腔，哑吃哑打，立刻跟踪又上。

俞剑平勃然大怒，立刻整剑迎敌。骤听得当的一声，长衫

客忽然出了声，叫道："呔，休使暗器！"把欧联奎一只镖打飞。手中短兵刃一举，仍奔俞剑平，"金龙探爪"，骤照肋骨太乙穴打来。

俞剑平一闪身，往前一跨步，斜身塌步，左手剑诀往前一探，右手剑"金雕展翅"，往外疾展，冷森森的剑锋猛削敌人的右肩臂；长衫敌人抽招换式，往下略退，复又进攻。猛听得黑影闪中，一声大喝："朋友飞豹子久违了！我姓胡的今天有缘，咱们讲讲吧！"双牌一展，远远地如箭驰到。正是失镖的正主铁牌手胡孟刚。

这时候，长衫敌影挥短兵器，已经探身朝俞剑平第三次击来。俞剑平挥剑迎敌，只一削，敌刃骤然收回。铁牌手胡孟刚趁此时，挥双牌闯入，咬牙痛恨敌人，破死命地并双牌，直袭后路，照敌人脑门狠狠砸下。

长衫敌影见双牌扑到，忽一声长笑，唰的侧身一闪，直蹿出两丈以外。他竟不迎敌，似畏夹攻，口中低啸了一声，忽往斜刺里退下去。未容他走开，突又有一道蓝焰飞来。岳俊超穴道已通，已能行动自如了，羞愤之下，霍地跳起来，认定贼人陡发一矢，聊泄积愤。

欧联奎跟上数步，抖手又发出一镖。那长衫客飘身连闪，俱都避开，也一抖手，连发出数粒铁菩提。欧联奎相距最近，肩头上重重挨了一下，连忙退后抚伤，镖行余众仍扑奔过去。贼人的同党不容镖客攒攻一人，立刻一声呼哨，青纱帐外，八九条人影一齐扑上来。一面发暗器，一面应援长衫客。

顿时间双方暗器齐投，纷如骤雨。夜行人身边带的暗器绝不比军卒弓箭那么多。金镖一槽三支、六支；袖箭一匣三支、十二支；甩手箭十二枚；金钱镖十二枚；铁莲子三粒为常，顶多的十八粒；菩提子三十六粒；飞蝗石一囊也有三四十枚；唯有弹弓子最多，百八十颗，都不一定。因此这些夜行人打来打去，舍不得多发；眨眼间发出过半数，便不肯滥发了。于是各挥兵刃，近前肉搏。这群镖客与这拦路的贼党，在青纱帐间乱

窜乱打起来。

那个长衫敌影显似盗酋。铁牌手胡孟刚一路急攻，战退其他贼人，挥舞双牌猛冲，刚扑到长衫影的对面；约略敌形，细辨兵刃，果真是当日劫镖的老人。仍然不放心，连呼九股烟乔茂，教他再细认认。九股烟不知跑到哪里去了，人影乱窜，也听不见他答应。铁牌手越怒，挥动铁牌。凑近俞剑平，连呼道："俞大哥，这就是飞豹子，劫镖的就是他！俞大哥，咱哥们向他领教！"

俞剑平还想向飞豹子诘问衅端，为什么劫镖，因何事寻仇。但是长衫客一见铁牌手驰到，冷冷地一笑，猛抽身，挥动短兵器，一路疾战。招呼同党，奔向青纱帐，竟拟夺路逃走。

恰巧姜羽冲率两个镖师赶到，迎面一拦，大呼道："朋友！有话对你讲。你找姓俞的，姓俞的已经应邀来了，好朋友有话请说吧！在下姓姜，名叫姜羽冲，乃是给二位了事来的，也可以说是……"

还未说完，那长衫敌影猛然一冲，已率群寇突入青纱帐里。长笑一声道："哦，好！你就是姜羽冲，你也来了！……"

姜羽冲忙截住道："不错，我就是姜羽冲，我便是给俞某人赔礼来的。姓俞的究竟是从哪点上开罪了你老兄？请你明点出来。就是你替朋友出头，也请挑明了。我敢说姓俞的交朋友最能吃亏让人，只要是姓俞的不对，你老兄划出道儿来；当着双方的朋友，他一定输情赔礼，教好朋友顺过气来。哪怕是磕头拜山，他绝不含糊。飞豹子好朋友，是时候了，该挑帘了，可以把真面目、真姓名亮出来了。我姜羽冲专为给两位和事而来，绝不敢偏向一方。朋友你……"

猛听那长衫客桀桀地怪笑道："住口！姜朋友，告诉你，你这一篇话算白说！我跟你一样，都是给人家捧臭脚，帮忙跑狗腿的。我们瓢把子到底跟姓俞的有仇没仇，我全不知道，也管不着。在下不过要会会高贤，领教领教俞大剑客的武学。我不过是飞豹子手下的一个无名小卒；听说俞剑平俞大剑客，俞

老镖头，拳、剑、镖三绝技，威名震江南，盖山东，深得文登丁老英雄的秘传。我们瓢把子钦佩得了不得，这才在俞镖头驾前献拙求教，卖了这一手。把他的镖旗借下来，无非是瞻仰瞻仰；二十万盐帑也只是拿过来，当催请柬帖。现在好了，俞大剑客已经邀到，还引见来许多位武林朋友。诸位朋友不要误会，这只是飞豹子和十二金钱的交道，与诸位无干。诸位和在下一样，都是给朋友帮忙，有向灯的，就有向火的，诸位请谅情。现在我们瓢把子已经在鬼门关竭诚候驾，俞大剑客，请你赐教赏脸！……”

长衫客说到这里，一侧身，又冲俞剑平发话道：“俞镖头，飞豹子前头等着你哩。久闻你道儿宽，招子亮，智多眼亦明，你看错了人。拿着我一个无名小喽啰当作大将，可就输眼丢身份了。打起精神来在鬼门关露吧；鬼门关前才是你逞能的地方。你的拳、剑、镖三绝技，我已经领略过半，原来不过如此。哈哈哈哈，名不虚传；多谢你手下留情，没有打着我的穴道，也没扎死我。”

他复一侧身，对姜羽冲叫道：“姜羽冲大剑客，我也久仰你是名家之子、名门之徒。哎呀，幸会之至！你是打穴名家。等到鬼门关，我还要领教你的手法哩。现在，姓姜的，我先领教领教你接镖的好手段。呔，接着！”一扬手，唰的一粒铁菩提，照着姜羽冲劈面打来。

俞剑平、姜羽冲等见这长衫客武功奋迅，力战无言。忽然听他发话，不由一齐上步，提神按剑，要听听口气，猜测隙端。不想他又猝然发出暗器。姜羽冲急急地一闪身，铁菩提擦身而过。跟着铁菩提，唰唰唰，一连气就是六下。这个长衫客竟跟说和了事的人打起来。

俞剑平不由勃然大怒，俞剑平虽然有涵养，曾历艰辛，忍人所不能忍；但听这一番冷讥热嘲，也受不住，不由得一摸袖底，为援应姜羽冲，竟从长衫客背后阴使秘技，再捻钱镖，铮的一声轻啸，“刘海洒金钱”。这二指猛捻，连翩发出钱镖三

枚，左右中三路同时打到。长衫客真是背后有眼，霍地一转身，展开了“铁板桥”，哎呀一声道：“没打着！”姜羽冲却因为距离太近，被他六粒铁菩提打得手忙脚乱，俞剑平见状愕然，不禁寒心。

那长衫客一声长笑道：“我催驾迎客，公事办完了，鬼门关前再见！”喝一声走，吱地响起胡哨。八九条黑影纷纷窜动。青纱帐簌簌地一阵乱响。群贼各展兵刃，如飞地投向西南而去。

姜羽冲喝道：“朋友别走！”急挥剑冲击，那长衫客预防到这一手，竟单人独马的断后，一横他的短兵刃，与两个穿短装夜行衣的同伴把路挡住；其余贼党夺路急走。众镖客呼啸一声，分两面包抄追赶过来。

姜羽冲恚极，冷笑一声道：“朋友赏脸，我也要领教领教哩！”轻飘飘飞身一蹿，单剑一挺，进刺敌人。这长衫客仍挥动他那古怪的短兵刃，往姜羽冲的剑上一搭，用力一接，陡然翻上来，照姜羽冲乳下天池穴便打。

姜羽冲一退，剑诀一领，一连三剑，照敌人猛刺。长衫客把他那二尺许长的怪兵刃信手挥动，叮当一声，冲开剑花，唰的一下，又照姜羽冲上盘神庭穴一指。就好像电光石火一般，腕力既猛，手法尤快。

姜羽冲奋力招架，才将敌招拆开；不由得勃然大怒，一退步，插剑归鞘。一探手，把他的那对判官笔掣出来，切齿叫道：“飞豹子，你原来也会打穴！好，这更要领教了。”判官笔一指，复又冲击过来。

两个人顿时各展开打穴法，斗在一处。既换了兵刃，两人迫近；姜羽冲一面打，一面注视敌刃、敌貌。敌刃短得古怪，敌貌头顶大帽，也似戴着面具，认不出来；只在帽檐口看见一对豹子眼，闪闪含光。当下各不相让，打得很激烈。

长衫敌影并不想和姜羽冲真打。姜羽冲运用判官笔，只发了两三招；长衫敌影用他那怪兵刃一冲，忽又不当点穴镢用，改做短剑。猛然地往前一突击，把姜羽冲冲得侧身让招。长衫

客一声冷笑，急招呼道："走！"立刻，相随在他身后的两个夜行人跟踪而上，从姜羽冲身边蹿过去。姜羽冲急用判官笔阻挡；长衫客顿时横身招架，他的同伴趁机撤退下去一半。还有三四个贼党一步落后，被铁牌手胡孟刚率几个镖客拦路挡住。胡孟刚舞动双牌，厉声叫道："哪里走！"镖客、贼党顿时又乱战起来。

长衫客如生龙活虎一般，回身索战，重向姜羽冲这边一冲；忽双足一顿，嗖地飞掠过去，斜扑到铁牌手胡孟刚身后。姜羽冲一领判官笔，跟踪急进。长衫客好快的身法，只半步占先，将怪兵刃一伸；一声不响照胡孟刚脊背玄枢穴猛打过来。

姜羽冲大呼道："留神！"铁牌手回手一亮铁牌，当的一下，竟没磕飞敌人兵器。敌人兵器倒趁势一转，唰的掣回去。唰的一蹿，斜扑到胡孟刚左侧前方去了。胡孟刚借旋身之力，急急地往旁边一退。黑影中，敌人飘飘的长衫，襟短袖长，是那么肥大，挽着袖子，紧着腰带，衣服不利落，功夫却很利落。铁牌手骂道："飞豹子，是你！"双牌一展，进步欺身；左手牌往下一沉，右手牌提起来，迎头进攻，斜肩带臂，照敌人劈下去。智囊姜羽冲挺一对判官笔，恰也追到敌人背后；人未到笔先点。一股寒风袭到，敌人顿时要腹背受敌。

这时节突有一个敌影跃上来，把姜羽冲挡住。姜羽冲用判官笔一指，略辨敌影，是个黑大汉，使锯齿刀；刀光挥霍，恨不得一下把姜羽冲劈倒。那智囊姜羽冲的判官笔善打二十四道大穴，和俞剑平的钱镖在江北江南同负盛名。虽然刀长笔短，这黑大汉的锯齿刀竟被小小一对判官笔逼得倒退。

那一边，胡孟刚舞双牌，狠斗长衫客。长衫客更不还招，也不再多话，与胡孟刚连拆三五招，便眼光四射；忽飞身一跃，抛下铁牌手，掩到镖客欧联奎、叶良栋背后。却被李尚桐、阮佩韦同时瞥见，哗然叫道："快看身后。"

李尚桐、阮佩韦受了暗器，愧耻之余，把兵刃一紧，与欧联奎、叶良栋、正在协力攒攻三个贼党，想把贼人围住活擒。

贼党不肯恋战，急忙夺路，到底被阮、李不要命地抄过去，把退路剪断。于是两面包抄，眼看得手，四镖客方自欣然；冷不防长衫客一阵劲风扑到，怪兵刃“白蛇吐信”，先探过来，一声断喝，照欧联奎魂门穴打到。

欧联奎霍地一转身，喝一声：“呔！”眼看怪兵刃一变招，就势又一送，改照欧联奎伏兔穴抹下来。欧联奎钢刀一扫，照敌刃切藕磕去。

长衫客这一招却是虚招，不等刀到，一斜身，收招改式；只一旋身，嗖地冲到叶良栋背后。叶良栋也急急地一转身挥刀。长衫客唰的又一转，陡然一冲，疾如骇浪，奔阮佩韦扑来。阮佩韦咬牙切齿，挥刀拒战。哪知长衫客的怪兵刃好像奔阮佩韦面门打来，阮佩韦急急地一转身，才展刀锋，长衫客唰的又扑到李尚桐左侧。

一霎时，长衫客急袭四镖客，也不过一晃一闪，一闪一晃，仿佛在四镖客身旁一掠而过似的；可是已经连下五招毒手了。四个镖客一齐迎敌，却正中了长衫客的圈套。陡听他哈哈一笑，疾呼道：“伙计还不快走！”三个被围的贼党，趁着四镖客招架的间隙，一个个嗖嗖嗖，连连窜跃，一抹地抢奔西南。

众镖客不甘上当，十二金钱俞剑平、智囊姜羽冲、铁牌手胡孟刚疾呼同伴，跟踪急追。岳俊超精力已复，先放了一支火箭，与飞狐孟震洋、铁布衫屠炳烈三个青年刀剑齐上，偕奔长衫客攻来。其余镖客便持孔明灯、抡兵刃，结伴分路追赶余贼。

长衫客胆大异常，手持怪兵刃，眼望同伴一一退净，他这才一转身，夺路疾走。众镖客大叫：“哪里走？”

长衫客抖手一捻铁菩提，屠炳烈抚胸急退下来，骂道：“好东西，打得真狠啊！”多亏他有铁布衫横练的功夫才没被打坏，但是也觉得穴道上发麻了。孟震洋大惊，忙上前援助。其余镖客睹状愕然，同伴受伤，义难弃置，只这一迟慢，长衫客如飞地退走。

众镖客互相传呼：“飞豹子跑了！”重复追赶上去。俞剑

平、姜羽冲、胡孟刚急忙拦住道："我们追这个点子，众位弟兄，你们往那边绕过青纱帐去堵！"于是俞、胡、姜三武师展开了剑、笔、双牌，放松他人，专缀长衫客。长衫客顺着土路，一直冲入青纱帐。俞、胡、姜三人把埋伏危险，一切置之度外，也立刻追入青纱帐去。

土路两边青纱帐，排山倒海的倒下去，十几个贼党分作两拨在前跑，由长衫客断后。二十来个镖客分做两拨在后追，由俞、胡、姜打前锋在前。论势力，贼比镖客差一倍；论形势，则一暗一明，镖客们未免吃亏；论脚程，贼人未必快，却是镖客追入青纱帐内，多少怀着顾忌，防着暗算。当下只几个转弯，相隔已六七丈远了。贼人的踪迹仍跑不掉，土路上看得出人影，禾田内听得见踏声。

俞剑平、胡孟刚、姜羽冲三人挺剑、执笔、舞双牌，分头追逐。长衫客一头退入青纱帐内，桀桀地狂笑道："朋友，鬼门关前相见吧！有能耐往那里施展。"簌簌地一阵田禾骤响，忽又沉寂，似乎远远走开了。

胡、姜二人一声不响，从背后轻轻掩入高粱棵内。十二金钱俞剑平一步占着先，从斜刺里抄进去。一片片的青纱帐遮住视线，追者全仗耳音，帮助目力，但是声音有时靠不住，也许贼人故使声东击西之计。

俞剑平加倍小心，不令禾秆发声，无如这长衫客似熟悉高粱棵的战术，容得镖师深入青纱帐内，立刻回头窥望。就田禾波动之势，沙沙之声，从暗中揣测追兵的趋向；似已知道后追的两个人至少相隔八九丈以外。从路边斜刺堵来的一个人，虽然脚步轻蹑，却已晓得他追近了，不过在五丈以内。长衫客便一捻铁菩提子，伏下腰，就禾隙再看；不能扬手，腕下用力，只一弹，唰的打出一粒。

十二金钱俞剑平胆敢深入，早已提神。在风吹禾动、万籁争鸣中，居然辨得出暗器破空之声；他轻轻一闪，啪嗒一下，铁菩提落空。但这一躲，触动了禾秆。禾秆哗啦一声，俞剑平

就势往外一窜，果然身旁啪嗒的又一响，啪嗒的再响，铁菩提一发就是三粒，俞剑平全闪开了。

俞剑平的隐身处已为敌人测出，而敌人的趋向也为俞剑平看准。这一路奔逐，他们两方已经眼看要转出青纱帐以外了。

俞剑平闪目一寻，略辨地势，知道敌人欲遁，必须掠过眼前这片青纱帐，才能投奔那边大道。暗摸袖底，捻出三枚钱镖。贼人只一离青纱帐，自己便可拿这三枚钱镖，把他挡住。贼人虽是劲敌，钱镖未必能够取胜；但是自己这边人多，借这一阻，定可纠众把他围住。俞剑平暗暗欢喜起来，屏息侧立，扼住要路。

忽然迎面簌簌一声，俞剑平立刻把剑交到左手，右手掂钱镖一比。他左手右手皆能发镖，只是右手比较顺手，发得更远，更有力。还没等往外发，立刻收招，听出声息不对。簌簌一阵响过去，智囊姜羽冲头一个窜出来，胡孟刚第二个窜出来。长衫敌影竟没出现，似已转走别道，不奔鬼门关，改奔东南下去了。

胡孟刚大怒，奔上来叫道："这东西竟会独自溜了，把他们同党抛下来不管不成？"

俞剑平道："我们监视得很严，他不会逃开的。除非他又退回原路去……"一言未了，砰的一声，隔着面前的青纱帐，在东一面忽发蓝焰，喊声大起。三镖头心中一动，急急地张目四寻，旁有一棵大树，铁牌手胡孟刚把双牌往腰中一挂，便要上树远望。不意此时九股烟忽然冒出来，大呼小叫地喊道："胡镖头快来，胡镖头快来，豹子头在这里啦！"

胡孟刚刚上了树，霍地又跳下来，不暇他问，急问："点子现在哪里？准是他么？"

九股烟喘不成声，只一指后面偏东的一片竹林。俞剑平、姜羽冲、胡孟刚急翻身往回追，绕过青纱帐，横穿土路；陡见竹林前面人影乱窜，刀兵叮当乱响，约有七八对人影，正在捉对厮杀。

孟震洋、屠炳烈、李尚桐、孟广洪等几个青年镖客，穷追贼党，乱踏青苗，竟也把几个人追赶回来。眼看一拨贼党被逐飞奔，似已退避无路，竟不奔鬼门关，也不奔古堡，反而斜刺里绕起圈来。孟震洋等大喜，越追越近；看看要圈上他们。前面忽展开一片竹林，黑影中贼人扑到竹林边，顿然止步，回转身索战。

孟震洋猛力前追，不想长衫客忽又在此处出现。长衫飘飘，一路飞奔，看来竟是要接应同伙，往竹林后边退。岳俊超恰巧寻声赶到，一眼看出那长衫的肥影来，心中恼极、恨极；顿时开弓发箭，一声不响，唰的射出一道蓝焰。相隔只三丈余远，自信可以取胜，哪知仍被长衫客闪开了。却借这蓝焰一闪，众镖客顿时认清来影，呼喊着放松余贼，一齐奔长衫客扑来。

长衫客长笑一声，挺身进搏，且战且走，绕着圈往竹林边退去。越过竹林，贼人在那里预有埋伏，竟突然又蹿出六七个人影来，两边一合，足有十二三人。由长衫客招呼着，把落了单的孟震洋、屠炳烈、李尚桐和刚赶来的岳俊超、阮佩韦，两面一堵，全围在核心。孟震洋、岳俊超只战长衫客，力仍不敌。李尚桐、阮佩韦、屠炳烈、孟广洪等，被群贼环攻，更是手忙脚乱。一霎时反客为主，转攻为守；镖行这边情势危急，眼看就要挫败。

忽然间九股烟引俞、胡、姜三人前来解围。黑影中，人踪奔驰，看不出为敌为友。屠炳烈大呼道："好飞豹子，你们多少人啊！"口头骂阵，实是讯援。

胡孟刚远远地答了腔："飞豹子，姓胡的跟你死约会，跑的不是好汉！"这一声喊，本为助声势，却收到意外的结果。贼党那边，胡哨声大起，竹林后黑影憧憧，另有骑马的贼人，牵出几匹空马来。长衫客远瞥一眼，未容俞、胡驰到，捷如飞鸟，挥短兵刃，以一人独挡群镖客；急催同党一个个飞身上马。他这才猛攻骤退，一扶马鞍，也飞身跨上坐骑；马上加鞭，掩护同党唰的撤退下去。

岳俊超、孟震洋、屠炳烈等不肯放松，挥汗急赶。竹林后阴阴地发出怪笑，唰的打出暗器来。那骑马断后的两个夜行人，便翻身回马一箭；孟震洋、屠炳烈急往两边一蹿躲开。岳俊超忙掂出一支蛇焰箭，也照长衫客背后，送上一箭。马上长衫客镫里藏身，蓝焰过处，大笑着去了。

第二十八章

泥泽边头扬镖逐伏寇
红灯影里鸣镝布疑兵

胡孟刚抡双牌从西面赶来，解围后的青年镖客从东面赶到。贼人绕竹林，落荒奔南。遥辨蹄声，他们是奔鬼门关去了。胡孟刚厉声叫道：“赶，赶，赶！”但是这伙贼人骑术很精，马又神骏。姜羽冲急急地招呼胡孟刚、孟震洋道：“我们有马，快快上马赶！”俞门弟子左梦云慌忙把师父骑的追风白尾驹和自己骑的一匹黑马带过来。姜羽冲忙忙地催李尚桐、阮佩韦把众镖师啸聚在一起。这一回不用先锋了，十二金钱俞剑平早已飞身上马，偕胡孟刚，率弟子左梦云，一马当先，扬鞭疾进。智囊姜羽冲督同半骑半步的众镖客，断后继上。两边相隔不到一箭地。姜羽冲道：“如遇伏桩，互相策应。”二十余众曲曲折折，奔鬼门关赶下来。

贼人一阵风似的逃去；俞、胡、姜心知这伙贼人不是主力，多半是诱敌之兵。鬼门关附近恐有大拨贼人。可是贼人狡猾，鬼门关会战的话仍怕靠不住，沿路上也许另有诡谋。

俞剑平、胡孟刚两马当先，在前开路疾追。其余镖客或马上或步下，散漫开，忽紧忽慢、倏东倏西地闯。虽是追敌，却

个个的眼神盯住前途路旁黑影；迟徊瞻顾，脚程见慢。距鬼门关越走越近，可是贼骑蹄声越来越远了。

时已夜深，旷野暑风阵阵吹来；青纱帐唰唰啦啦东一处西一处乱响。敌骑飞奔，已然望不见影，只能听音揣迹。但是，只追出一二里路，在这黑暗旷野的繁声中，东西南北四面忽起了四五处蹄声。背后蹄声历落，相隔不远，心知是姜羽冲那一拨人。东面也蹄声历落，南面也蹄声历落，西南也蹄声历落，可就仓促间断不出哪一面是敌骑，哪一面是镖行别队金文穆等人了。

胡孟刚异常心焦，向俞剑平发牢骚道："又糟了！咱们紧赶就好了，姜五爷却又怕伏桩了。伏桩没遇上，贼全没影了！"竟不顾一切催着十二金钱放马紧追。

俞剑平劝道："二弟别发急，贼人不是还有巢穴么？咱们先奔鬼门关，他们就是失约，咱们还可以径捣古堡……"

胡孟刚懊丧道："古堡不是空城计么！"

俞剑平道："二弟别心窄，古堡是空城计，那武胜文可跑不了啊，咱们就奔火云庄。"

胡孟刚道："呔！只怕贼人又诓咱们，我简直教他们骗怕了。"俞剑平道："二弟放心，今天晚上，咱们准能抓着真章就是了……贼人这不是露面了么？"

正在劝慰，忽然听东南面一阵风过处，吱吱连响数声，清清晰晰听得是呼哨。而且声浪有尖有钝，有高有低，绝不是一两支胡哨。俞、胡二人诧然，回头一看，已把同伴甩远，只有孟震洋紧紧跟上来。小飞狐孟震洋拍马上前，叫道："俞老叔，你老听见东南面了没有？"再听时，东南胡哨声已住，又听见正西面吱吱连响。一抬头，只见西北面数道旗火掠空飞起，地点大约在半里地以外。

十二金钱俞剑平骑在马上，双足踩镫，直立起身来，向四面张望。四面黑乎乎，虽当朔日，下半月该有月光了，偏偏又是阴天，任什么也看不清楚。俞剑平心中犹豫，暗想："不管

贼人弄什么诡计，我还是先到鬼门关践约，我们先占住理。到了地方，他们没人，我可就不客气，径扑古堡直捣贼巢了。”

胡孟刚先是急怒，此时又觉得身涉险地，颇为辣手；贼人散在四面，四面全有动静，到底是扑奔哪方面才对呢？刚拍马跟上来要向俞剑平问计；忽然东西面又吱吱地一阵响，北面天空也飞起一片火花。胡孟刚越发为难，骂道：“这是多少贼！俞大哥，你瞧瞧，四面都有他们的埋伏，咱们落在他们网里了吧！”

俞剑平一听到这话，剑眉一挑，在马上将身一挺，突然冷笑道：“怕什么！贼人就是来二百，抄四面，又能怎么样？胡二弟，别上了他们的当。几道旗火，几支胡哨，只一个人，就能闹哄得很热闹。你听吧，越是哪边没有动静，倒许那边准有贼。来来来，咱们还是往前闯！……咦，留神右边，好贼子！”胡孟刚、孟震洋急忙往右看，右侧路边似有黑影一闪。十二金钱俞剑平早一抖手，打出一支钱镖。只听簌簌地一阵乱响，一团黑影没入青纱帐去了。

俞剑平哈哈大笑道：“这才是一道伏桩哩。快追！”只追出十几丈，便带马回来；与胡孟刚、孟震洋合在一处，道：“这仍然是贼人诱敌之计，咱们还是往前闯，奔鬼门关。”这一耽误，落后的镖客群中，又跟上来一个人，却是叶良栋。

十二金钱俞剑平对胡、孟、叶三人道：“贼到底追丢了，前面大概快进鬼门关了，不要大意，仔仔细细地往前。”五个人各从镫眼褪出来，只用脚尖微踏马镫，裆下紧扣，策马一阵急走。忽然见有一大片浓影当道。俞、胡二镖头立刻勒马，方待细看；孟震洋忍不住，竟飞身下马，抡剑扑过去。却才扑到跟前一看，立刻叫道：“老叔，这是一匹没人骑的马。”说话时，俞剑平早已跟过来，且跑且叫道：“留神暗算，留神旁边！”

俞剑平这一回小心过分了，这果然只是一匹空马。马缰拴在一块大石上，骑马的人不知哪里去了。胡孟刚赶上来说道：“快拿火折子照看照看，这也许是咱这边人的坐骑，也许是贼人的。”便向孟震洋要火。

叶良栋道："我这里有孔明灯。"正要打开灯板，俞剑平急叫道："使不得，也许又是贼人的诱敌计，故意引咱们点亮火的。"

孟震洋猛然醒悟，低叫道："对！还是俞老叔见识深远。孔庞斗智，马陵道上乱箭射死了庞涓，就是这类的诡计。这匹马不用灯照，咱们摸也摸得出来。"

俞、胡二老和左梦云、叶良栋、孟震洋三青年，凑到这匹马的跟前，凝神细看，虽看不出是敌骑，却断得定必非镖客之马。叶良栋道："也许骑马的贼人钻了青纱帐了。咱们搜搜么？"胡孟刚道："俞大哥，我看咱们不用管它了，还是往前的对。"

俞剑平想了想，把这匹空马马缰解开，放它随便钻入田中；仍与同伴飞身上马，往前趱行。俞剑平等连闯过贼人数道伏桩，前面形势越发荒暗。

抹过了一带苇塘，突见一片荒林当前，林边树上竟有数团红光，来回闪烁。俞剑平凝眸一看，是三盏红纸灯，大约是挂在树枝上，风吹来，便来回乱晃。俞剑平冷笑一声，立刻把马勒住。回头一看，胡孟刚、叶良栋、孟震洋和弟子左梦云，紧跟过来，其余的人落后渐远。俞剑平便烦叶良栋靠后接引同伴，自己立刻翻身下马。胡孟刚瞪着眼说道："这一定是贼人的暗号，咱们扑过去看？"俞剑平不语，向胡孟刚一打手势，急急地把马牵入田边黑暗处，马缰拴在小树上。然后各亮兵刃，伏在黑影中，探头往前窥望。低嘱同伴道："前面就到鬼门关，咱们先等后边的人；同时可以看一看贼人这几盏红灯，到底有什么用意。"

胡孟刚、孟震洋依言潜伏不动，二弟子左梦云背插太极剑，手持太极棍，紧紧地跟随在师父身边。那叶良栋由俞剑平烦他持刀站立在路边暗影下，接应后路同伴。几个人看了半晌，大树上红灯烁烁随风摇曳，四下旷落，时起杂响，不见敌踪。只在灯影下面，恍惚似见有矮矮的黑影蠕动，看不清是人是物。

胡孟刚、孟震洋忍耐不住跃跃欲试地要绕到红灯后面袭过去，穿林看一究竟。俞剑平连说："不可！何必忙在一时，你听后面，这不是蹄声？咱们的人这就来齐了。"

果然竹林后，蹄声嘚嘚，竟有两匹马如飞奔来。叶良栋迎出来举手一啸，马上的人顿时抢到近前。及至抵面，方才看出：这两人并非同行断后的智囊姜羽冲、屠炳烈等人；却是分拨践约的另一路镖客单臂朱大椿和黄元礼叔侄二人。这两个人与几个镖客，由旁路绕奔鬼门关，前途上也遇上三五个敌影；一路追击，敌人钻了青纱帐。朱大椿等不肯甘心，纵马急追；敌影乱绕，竟追到此处不见了。其余同伴也落后不见了。叶良栋忙将朱大椿叔侄引到俞剑平潜伏之处。匆忙中不暇问讯，俞剑平只握着朱大椿的手，教他望看鬼门关前面，泥塘那边树上的红灯。

正看处，忽见沿着大泥塘东面，一片青纱帐簌簌地乱响，窜出来两条人影。两影倏分忽合，到泥塘边、空场上略一徘徊，忽又一伏腰，施展夜行术，急走如风，比箭还快，一直地奔那高悬的红灯扑去。胡孟刚诧异道："这是谁？"

俞剑平手按利剑，也不由一惊道："许是咱们自己人。不好，这得拦住他！"

但是相隔十几丈，想打招呼，未免惊动敌人。犹豫中，恍见那两条黑影，扑近红灯三五丈前，陡即止步，好像打了一个晃。突然见两条人影居然联肩直上，猛往红灯下的黑影前一扑；跟着火光一闪，大概这是两条人影晃动火折子了。胡孟刚不禁又脱口呼道："这到底是谁？"说话时，不自觉地直起身子来。

就在这一刹那间，红灯下两条人影惊喊了一声道："不好，是咱们自己人！"这一声惊喊，俞剑平、胡孟刚顿时全听出来。这两个人竟是潜扼古堡、设卡防盗的马氏双雄马赞源、马赞潮昆仲。俞剑平、胡孟刚、孟震洋、单臂朱大椿、黄元礼目睹马氏双雄以身试险，再不便观望了，各提兵刃，不约而同，都从潜身处蹿了出来。果见马氏双雄一到灯下，敌人伏兵顿起；嗖

的一声响，荒林内飞起一道火光。跟着弦鸣箭驰，夹杂着数声响箭；马氏双雄似被攒击，却仍不肯退。一个人横身舞动兵刃，一个人伏身硬往灯下进攻；黑影中看不清二马到底做什么。但见烟火起处，十数道黄光倏从林中射出来，跟着马氏双雄大概挡不住敌方乱箭，立刻翻身往回闪窜。

在马氏双雄两影中间，忽然多出另一条人影来；竟跟着马氏双雄，一齐向泥塘边，飞奔回来。胡孟刚远远望见，反疑当中这人是贼党的伏兵，追赶下来的。俞剑平已经看出这条人影就是从灯影下、树身前跳起来的。揣情度势，必定也是镖客。

马氏双雄与这一条人影，还想向来路退回，但已来不及。红灯处荒林中，胡哨声大起，旗火飞扬。红灯两旁，乱草丛禾交错；突然嗖嗖嗖，闪出五六个人影，夹剪式抄过来堵截住马氏双雄。马氏双雄退路已断，立即止步，回身迎敌。

荒林中响箭过处，竟撑出两支火把，跟着又蹿出六七个人影。敌人这边倏分三面，把马氏双雄剪住，连那第三条人影眼看也被裹在当中。敌强已弱，情见势绌，马氏双雄顿时被围。荒林中的贼党冷然发话，意含讥讪道："好朋友不要来了又走，我们竭诚候教，等候多时了。"

当此时，马氏双雄趁贼党还未合围，疾引那另一条黑影，一声不响，奋力抡鞭，往外面硬闯。俞剑平张眼急看，这才看清；那另一条黑影原来是镖师石如璋，本在古堡别路设卡，不知怎的，跑到这边来了。

又张眼往火光中望去。火把前，出现了胖瘦两贼，手挥短兵刃，指挥左右同党，一拥而上。看模样这两人颇像盗酋。火把照耀着，二贼酋率众往前慢慢移动。铁笛连吹，呼声时起，眨眼间，从荒林两侧陆续散漫开十一二个贼党。光影中犹见荒林后面人影憧憧。

俞剑平暗想："果不出我所料！"一回头，向胡孟刚、朱大椿低声说道："胡贤弟、朱贤弟，你几位快接应后面的人。人来齐了，再往两面抄着上。此刻我先出去答话。"

朱大椿刚张嘴，胡孟刚一把扯住俞剑平道："那不成，大哥！……"

俞剑平唉的一声道："二弟你糊涂！你几位千万给我留面子，先别出头。"把胡孟刚的手一推，转身一拍二弟子左梦云道："孩子，咱们师徒先上！"把背后剑连鞘拔下，交给左梦云，轻轻地蹑足斜行，走出数丈。距胡、朱潜伏之所已远，这才陡然一下腰，施展太极门轻功提纵术，"蜻蜓三抄水"，嗖嗖嗖，腾身飞掠，如一缕青烟，展眼扑到战场。二弟子左梦云背青钢剑，提太极棍，跟踪继上；也唰唰的连窜，拄棍侧立在师父的身旁。

群贼先出来的几个人，已经追上二马；马赞源、马赞潮急回身拒战，群贼顿时打圈围上。十二金钱俞剑平又一拧身，超越到二马跟前，厉声叫道："呔，朋友住手！我十二金钱俞剑平践约来了。"此言一出，二马大喜，忙与石如璋奋勇奔寻过来。

上场群贼应声倏地往旁一闪，纷纷地按住兵刃，注视俞剑平。又呔的一声，吹起一大阵胡哨。同时荒林中，也好像闻警知敌，立刻又飞起一支响箭，放起数道旗火，散向东北西三方面射出去，分明呼援唤伏。紧跟着四面响起了回声；深夜荒郊，哨声惨厉，倍觉惊人。紧跟着又从荒林中、苇塘后，闪出来六七个人。各面青纱帐也散散落落，零零星星，东一个，西一个，陆续闪出十余人。转瞬间齐赴泥塘空场，前前后后，算来足有三十多人了。

镖客这边，俞剑平师徒而外，露面的只有马氏双雄和石如璋；还有在暗中藏伏的铁牌手胡孟刚、飞狐孟震洋和单臂朱大椿、黄元礼；那叶良栋尚在数十丈以外。依着胡孟刚，就要奔出应援，朱大椿急急阻住。先催师侄黄元礼，邀着叶良栋，往回找下去；然后与胡孟刚各取暗器，准备紧急时驰援。朱大椿低告胡孟刚道："只教俞大哥一个人上场，最好不过。他们若是混战群殴，你我再出场。他们出来这些人，咱们人少，先胜他一招。"

胡孟刚摇头道："你可以埋伏在这里，我总得出头。"朱大椿、孟震洋再三地摇手劝住，道："你先看一看再说，还不行么?"

铁牌手胡孟刚只得依言伏身，偷看前面。群贼真个的仅只聚众，未先动手，远远地把俞剑平围住。林前火把不住地移动，胖、瘦二贼酋抡兵刃上前。二马和石如璋急立在俞剑平身后，明是让俞剑平出头，暗中保住后路。

俞剑平昂然与敌对面，两目炯炯，注视那火把下的二贼酋。一个年约五旬，须眉微灰，深目高颧；身穿灰布半短衣衫，袖管肥长，高高挽起，手持一对点钢闭穴镢。那另一个年约四十五六，身高体胖，巨颏海口，满口虬髯；身穿二蓝绸短衫，手持一把锁骨钢鞭。

俞剑平看罢，双拳一抱，重叫了一声："朋友请了！我十二金钱俞剑平应召而来，准时践约。朋友，何必摆这个阵势?我俞剑平只这手中剑，袖底十二金钱镖，油锅刀山，明知故闯；请你把你们舵主飞豹子请来，我和他话讲当面。不必劳师动众，惊动这些弟兄。"遂向四面一抱拳道："列位兄台，我就是俞剑平。为了俞某一杆不值半文钱的镖旗，起动众位辛苦，足见列位看得起我俞某。我这里有礼了！"

俞剑平向众人作了一个罗圈揖，又突然振吭高呼道："喂，飞豹子，请来见见！"然后拈须一站，更不多言，专看群贼的施为。只见那瘦老人和那胖老人，各举兵刃向众一摆，群贼立刻退下去，在七八丈以外，打围站住。

瘦老人回头向荒林瞥了一眼，这才借着火把余光，和那胖老人上下端详俞剑平。看罢微微一笑，两人一齐抱拳说道："哦，原来是十二金钱俞三胜俞镖头到了。失迎，失迎！幸会，幸会！俞镖头真是信人，在下久仰英风，试发请柬；原想足下必能赏脸，果蒙不弃，惠然光临，在下荣幸之至。"

那个瘦老头又嬉笑了一声，道："俞镖头以拳、剑、镖三绝技，名震江南，压倒武林；我不才远慕威名，甘拜下风。只

是我手下这几个小孩子，初生犊儿不怕虎，景仰过深，渴望赐教，几次三番磨着我到江南来领教。我想这也是，不见泰山，不知山高；不到黄河，不知水大。早想领着他们来拜望，只可惜连个引见人也没有。望门投帖，又嫌冒昧，这才胡乱地在范公堤，把俞爷的镖旗请了过来；无非是邀驾求教的意思，并不敢冒犯虎威。好极了！这一来居然把俞大剑客邀来，这可真是我们爷们三生有幸，一万世死了都不冤。刚才一路上也承俞大剑客连试钱镖，迭显身手，我们总算领略过一点了，不过还嫌不够。既过宝山，焉肯空回？现在还请俞镖头你老人家，把你那倾动武林的看家本领'奇门十三剑'施展出来；教我们开开眼，给在下长长见识。然后我们一拍屁股拨头就走。俞镖头的镖旗子，我们也带来了，回头在下双手奉璧。现在预告一声，原物保藏，丝毫没坏！"

那个胖老人也插言道："还有那一笔盐镖，俞镖头把独门绝技赐教之后，就手烦你把它原封带回，咱们一了百了。本无嫌怨，岂是寻仇？无非是慕名访艺罢了，我们又不是吃横梁子的，俞爷千万不要错看了朋友。"

瘦老人又接过来道："至于飞豹、飞虎、飞猫、飞鼠，那倒不在话下；就愚下两个人这一条鞭、一对镢子，只要你老人家肯赏脸对付对付，就很可以了，原镖原旗一定奉还。"四面的群贼听至此，哄然大笑，道："好的，俞大剑客！你尝尝这条鞭，这对镢子，我们绝不难为你！"

俞剑平勃然大怒，目眥贲张，把二敌一瞪道："呔！我俞剑平一生浪迹江湖，以礼待人，从无戏谑！你们挟技见访，我俞某一定献拙奉陪！你们这些人竟敢满嘴胡言，自趋下流。呔！莫怪俞某无情。梦云，拿剑！"

第二十九章

林下捞鱼空烦撒网 关门捉豹浪掷金钱

左梦云应声一侧身，俞剑平奋发武威，伸手拔剑。铮的一声，青钢剑出鞘，握在掌心，右手一指对面二酋，厉声叫阵道：“你们谁……”你们谁先来赐教这一句话，未全吐出唇边，对面二酋应声提起兵刃。就在这一刹那间，俞镖头立身处左侧六七丈外，三条敌影忽有两条一闪；微闻声息，飕的一声，似两团黑烟卷地扑来。人未到，枪先到，两团白影一晃，是两条白缨素杆三棱瓦面枪，从斜侧里一上一下直挑过来，一声不响，势猛招疾。

十二金钱俞剑平眼观六路，耳闻八方，剑提于左手，右手正指对面之敌。这两条三棱瓦面枪双双暗袭，已斜刺到肋下，上指到咽喉。俞剑平陡然一翻身，剑光一闪；唰的一声，雪白的枪缨一晃，雪亮的两根枪头陡然一颤掣回。

俞剑平侧耳旁睨，两个青衣年轻贼人一高一矮，身法十分矫捷，双双地施展开“三十六路白猿枪”，一招捌空，未等俞剑平的青钢剑削架邀击，便唰的各退半步，将枪收回。那高身量的青年贼往回一坐枪，前后把一拧，往外撒招；“乌龙出

洞”，先挑出一枪。那个矮小的青年贼变招为“倦鸟穿林”，立刻也发出一枪。双枪一个点左肩，一个扎右肋。

俞镖头忙把剑招勒住，“搂膝拗步”，身随剑转，闪过矮贼上盘的枪；“腕底翻云”，剑锋找那高贼枪头，滑枪杆往外一展，剑锋顺削高贼的前把。贼人撤步抽枪，甩枪滑打。俞剑平斜身错步，那杆白猿枪悠地挟起一股劲风，从上面直砸过来。俞剑平左手掐剑诀，往外一展，右手剑“白鹤展翅”，截斩敌人的右胯。那矮贼的枪招又到，“烘云托月”“探臂刺扎”，唰唰一连两枪。

俞剑平把剑招施展开，百忙中看清了高矮二贼的枪法路数；这三十六路白猿枪，大概是北派神枪陆四的嫡派亲传。两条枪上点眉心，下撩阴，倏扎盘肘，倏分心；上崩下砸，里撩外滑。两个青年贼一般快的招数，一般快的手法；合手夹击这一口青钢剑，不亚如蛟龙交斗，两条白影把俞剑平裹在当中。

长枪卷舞，短剑遮拦，以一敌双，以短敌长。俞镖头从鼻孔中微微哼了一声，喝的一声：“好枪！”忽又呸的一声道：“小小年纪，不要脸！双枪暗袭，太不体面。”俞剑平顿时施展开四十年来苦心孤诣所得的奇门十三剑，青光一缕，上下飞腾，陡然间身剑合一，攻虚捣隙，矫若神龙，把两团白影冲开。

高矮两个青年贼好生骁勇，任俞剑平剑术神奇，借攻为守，两条枪仍然一左一右，分从两边攒攻。吞、吐、封、闭、点、挑、刺、扎，不住地缠战；辗转往来，连拆了二十余招。十二金钱俞剑平猛扑那身高的青年贼，用一手“樵夫问路”，青光闪闪的剑锋向面门一点，高贼疾疾撤步。俞镖头霍地“鹞子翻身”，回身剑斩那身矮的青年。

两敌却步，俞剑平也唰的腾身骤退。敌人枪花一转，齐喝道：“俞大剑客怎么想走！”双枪一颤，并力齐追过来。俞镖头把左右两敌诱归一路，倏地翻身，迎头邀击。剑招一变，“金雕展翅”，往右一探剑，斜扫高身量的敌人。敌手才用枪往外一封，太极剑招虚实莫测，左手剑诀倏然一领剑锋，变招为

"玉女投梭"，青钢剑反击向矮身贼人。剑路矫捷，迅如闪电。矮贼往后一退，高贼枪尖又已攻近身边；俞剑平一塌身，"龙行一式"，嗖地腾身跃出两丈外。

矮贼提枪便追，道："休使暗器！"白猿枪直刺俞剑平的后心。俞剑平忽一侧身，一个斜身绕步，身躯只半转，剑光往下一落，咔嚓一声，矮贼的白猿枪杆断作两截。俞剑平铁腕一翻，钢锋再展"顺水推舟"，剑锋直抹矮贼的脖颈。

矮贼吓得丧胆亡魂，拼命地往旁一闪，才避过剑锋。俞剑平左脚往外滑步，一个翻身踩子脚，砰地把矮贼踹倒地上。百忙中，猛听得嗤的一声响，俞剑平急一下腰；一件暗器远远打来，从头上飞过。矮贼乘机一个"鲤鱼打挺"，腾身跃起，败退到林前。

身高的贼人吃了一惊，急急地一抡枪，要使"盘打"。不料俞剑平早在伏身避箭之时，潜将一枚钱镖掂在手中。只一捻，铮的一声轻啸；敌人盘打的招数正撤出来，忽然哎呀一声，那杆枪"腾"地飞起，直冒向天空四五丈，持枪的人一头栽倒在地。

那枪凌空下落，俞剑平赶上去，一把抄在手中。蓦地听四周喝道："好钱镖！"那高身贼人倒地不能动弹，被点中要穴，同伴上前救回。

十二金钱俞剑平回身一声长笑，把枪往平地一插，说声："俞某不才，像这样的小孩子，何必教他过来试招？把枪拿回去吧！"

忽听得一声怪啸，东北一条高大的黑影，迅若飘风，猛扑过来，厉声叫道："姓俞的少要张狂，俺姓牛的要领教领教！……"

俞剑平一侧身道："噢，朋友，你姓牛！"那高大的黑影舞动手中一对短兵刃，如一团黑烟，冲上前来。俞剑平把剑诀一领，就要开招。蓦听荒林前火把下，那一胖一瘦两个年老的贼酋，齐声断喝道："咄！牛老铁，不要擅离卡线，快到这边来！"

就在断喝中，那胖老人才要迈步，那瘦老人摆手叫道："我先上！"一步抢先，捧双镢，身躯一伏，唰的腾空蹿起。直如鹰隼凌云，掠地一丈多高，轻飘飘地往下一落，已蹿出两三丈以外；恰巧落在高大黑影的背后，和那战败失枪的青年面前。只见他又一挥手，命二人齐退；单脚一点地，身形复起，"燕子抄水"，早窜到俞剑平的对面。他双镢一抱，丁字步一站，身法矫健，胜似少年。

俞剑平身躯微转，双目凝神，掌中剑封住门户，把敌人仔细一看。相距在两丈以内，黑影中已看出敌人身材瘦矮，颏有短须。贼党中竟有这等高手，真是不可轻敌。

俞剑平剑尖一指，向敌人叫道："朋友请了！你就是在双合店和我们朱镖头会面，替飞豹子顶头的那一位吧？承你光顾，失迎之至。喂，朋友，那飞豹子是你什么人？俞某只身单剑，特来应邀；想不到，朋友你带些朋友来欢迎我。哦，也有明的，也有暗的，还有打交手仗的，还有暗地里给我一剑的！姓俞的倒不怕车轮战，又不怕放冷箭。朋友你就来吧，只要你们面子上说得过去！"

这就算抓破脸了。俞剑平老于世故，一向措辞谦逊。独有现在，敌人出言无状，实在令人难忍。俞剑平不由得针锋相对，说出挖苦话来。

瘦老人微微一笑，一亮闭穴镢，发话道："俞大镖头名不虚传，真是剑术高明。孩子们已经承你赐教，小老儿我也求你赏脸一展身手，也好学上一招两式。俞镖头请放心，我们的人多，你们的人也不少，我绝不至于使车轮战。刚才不过小孩子们沉不住气，一见面，就发人来疯。说实了，也不过是两枪加一箭罢了。好在也没伤着你老，你就不必介意了；他们年轻人没有深浅。"一摆闭穴镢，道："是在下给你老接招。"

俞剑平厉声道："好，随你便，不过……"一亮手中剑道："我俞剑平不才，会的是天下有名的英雄，你老兄尊姓大名？如果说着不碍口，请报个万儿来！然后我俞剑平要凭这掌中

剑、袖底镖，向好朋友索要二十万盐帑。朋友，你可做得了主？”说话时，声振林表，字字斩钉截铁，实在恨怒已极了。

瘦老人依然嬉皮笑脸说道：“慢着，小老儿乃是无名小卒，贱名不足挂齿，由打三十年前，我早就把个姓忘了……”

俞剑平道：“哼哼！足下不肯留名，是要哑吃哑打？我俞某却不耐烦，请你把你们的舵主飞豹子请出来，索性我们两个对面讲一讲。足下不劳费心，请闪过一边吧。”

这话十足的表示蔑视。俞剑平向来不曾这样，他却是用的激将法，要诱出那个飞豹子来答话。瘦老人还是嬉皮笑脸，道：“俞镖头不肯赏脸赐教？这可真是笑话，俞镖头不怕车轮战，怎么在下这点玩意儿，就不值承教？我好歹也比刚才我们孩子强啊。请赏脸吧，你老！”

俞镖头咬牙切齿说道：“你这……”蓦然，仰面大笑道：“你定要替你们舵主出头？……好，我就献丑。朋友接招！”剑尖一摆，唰的一剑。瘦老人倏一分闭穴镢，往后一退：“且慢！我还有话。”

俞剑平道：“既然要赐招，何必挨磨时候？你老兄手下的人还没有凑齐么？”

瘦老人闪目四顾道：“哪里，哪里，我们的人应到的全到了。只是俞镖头的人未免太零散点，多耗一会儿，实在于你有好处。现在咱们就动手，不过咱们先讲明，久仰俞镖头的奇门十三剑，颇得鲁东太极丁的秘传；在下用这对闭穴镢，专诚要和俞镖头明斗兵刃，不斗暗器。潜使暗器的主儿，老实说，在下不大佩服。请你把你的金钱镖暂时收起，你我二人可以各展兵器，各尽所学，可别那么潜扎一剑，暗抛一钱，我以为未免有失俞大剑客的身份。咱们不妨先过兵刃，倘若俞大剑客一定要施展你那压倒武林的十二钱镖，我也拦不住。咱们不妨放下兵刃，单较量暗器，南北派四十多种暗器，咱们数着样儿较量；净会施展自己本门的得手暗器，算不得功夫！”

俞剑平不禁又把怒焰炽起，一声断喝：“姓俞的不用暗器，

也教你逃不出公道！不要饶舌，手下见雌雄！”把剑往上一举，右手剑诀一领，“举火烧天”，脚下不丁不八，亮开了太极门十三剑的剑式。

这无名的瘦老人倏将铁镢分交两手，身形往后一缩，说道：“就是这么着，俞大剑客请进招！”一晃肩，嗖地挺身揉进，左手闭穴镢直点面门；俞剑平微一侧脸。这本是虚招，瘦老人左手一撤，右手闭穴镢往外一穿，倏横身，喝道：“打！”照俞镖头的中盘“云台穴”，便下重手；俞剑平倏地闪开了。

胡孟刚伏在暗处，吃惊道：“这家伙也会打穴？”单臂朱大椿道：“他使闭穴镢，自然会打穴。”胡孟刚道：“我教鬼迷住了！怎么样，咱们上吧。”朱大椿道：“别忙！紧急的时候，俞大哥一定会打招呼哩！”

这时候，俞剑平应招发招，展青钢剑，往下一沉，左手剑诀也往下一塌，“平沙落雁”，斜削敌人的肩臂，顺斩敌人的脉门。瘦老人猛缩身形，右臂往下一撤，左脚外伸，陡然往后一滑；抡双镢，旋身盘打，双镢挟锐风，扫打俞剑平的下盘。俞剑平走乾宫，用“拗步回身”避过双镢，趁势进招。青钢剑往右开展，“探臂刺扎”，剑尖直点瘦老人的肩井穴。瘦老人双镢往回一带，由下向上翻，猛一长身，双镢唰的又砸打下来，直敲青钢剑刃。

俞剑平抽招换式，还剑重发；骤然一个“鹞子翻身”，双臂“金雕展翅”，青钢剑下斩敌人中盘。一招分两式：穿肋、截腰，手法疾迅。无名老人身手不凡，双镢一分，左手闭穴镢抡下来，照青钢剑一划，就手往外一挂。横身进步，右手镢“仙人指路”，探穴尖，寻穴道，直奔俞剑平的华盖穴。

俞剑平左手剑诀一指敌人的脉门，利刃挟风，以攻为守，青钢剑反击敌腕。瘦老人巧滑得很，闭穴镢才发便收；撤镢头，现镢尾，蓦地一变招，照敌手两肋上两太乙穴又点过来。这一招虚实莫测，极其狡诈。

敌招太快，剑路走空，十二金钱俞剑平凹腹吸胸，顿时展

开了几十年精修的太极门内功；脚下纹风不动，身躯竟退缩尺余，恰恰把闭穴镢让开。敌人这一招也用老了；俞剑平未容他收招变招，道声：“着！”刹那间，青钢剑寒光一闪，“白猿献果”，反展剑锋，虎口向外，疾如骇电，照敌人面门劈来。

瘦老人忙用双镢，“横架金梁”，往上一崩。俞镖头只把腕子往里一合，剑翻成阴把；唰的青光再闪，锐风斜吹，从敌人右肩翻下来，截斩敌人右肋。

瘦老人双镢已全封上去，哪里撤得回来？急切间竟也走险招，不退不闪，反往前上步；双镢一现镢尾，猛向俞剑平怀中扑来。以攻为守，双点期门穴，力量猛而招数很快。

俞剑平为势所迫，不得不斜身侧步，避敌正锋，微微一让身；瘦老人借势收招，涌身只一纵，斜窜出一丈以外。这才得敌已无伤，把一手险招救了回来。两个人四目对视，分而复合。重整兵刃，各展所学，黑影中又拼斗起来。却各将对手的门路看清，改变了手法；各人封闭得很严，守多攻少；各人沉机应变，专寻敌手的破绽。

瘦老人再不肯走险招、求侥幸了；心中暗想：“俞振纲果是名不虚传！”那胖老人与其同伴在七八丈外，扇面形打圈围观。齐借火把光，凝神细看俞剑平的剑招和点穴法；一面提心吊胆替瘦老人着急。马氏双雄、石如璋和俞门二弟子左梦云也列成人字形，盯住了后路，注视着前方；提神加意，潜护着俞剑平。

瘦老人这一对闭穴镢，精钢打造，似核桃粗细的一对圆棒。一头凸圆，镢尾挡着一个圆球，全长一尺八寸，专打人的穴道；运用起来，有七七四十九手招数。拳家说：“一寸长，一寸强；一寸短，一寸险。”闭穴镢欺敌进招，果然称得起险狠。这个瘦老人与俞剑平旗鼓相当，两不相让，居然辗转交斗了二十多招，未分胜负。

俞剑平暗暗诧异，打穴名家历历可数。这人有如此硬的功夫，怎么会侧身贼党，甘做飞豹子的副手？莫非此人就是飞豹

子？怎么相貌又太悬殊？一面打，一面猜疑，不觉得也有点胆寒。

这瘦老人力敌太极十三剑，也已识出俞剑平的剑术厉害。俞剑平右手剑光闪烁，剑尖伸缩，竟专刺人的要害；左手指掐着剑诀，也并不闲着，每逢闭穴镢欺敌进招，俞剑平的左手公然在兵刃飞舞的夹缝中，探出食指中指，佯做掐剑诀的姿势，一个不留神，便照穴道点来。

俞剑平的右手和左手指都是兵刃！

这瘦老人身形矮瘦，却身手极快，蹿高纵低，极尽绵软巧的能事。倏前忽后，迅如飘风吹轻絮。他一面打，一面目闪头摇，东张西望，好像有所窥伺，又似觅路欲逃。

俞剑平近四五年轻未试剑，今日忽逢劲敌，把全身功夫展开。见招拆招，见式破式，一口剑封闭吞吐，突如神龙戏水，旋似飞鹰盘空。辗转攻拒，又斗了十数合；俞剑平忽然一领剑锋，一声短啸，展开了进手招数，太极剑连连地走起险招。俞剑平生平的特长是“稳”“狠”“准”之外，又加上“韧”字诀，善做持久战，功夫越大，敌人越吃亏。

渐渐的瘦老人头上见汗，微闻喘息。俞剑平已将他的双镢闭住。剑招越裹越紧，越展越快，瘦老人渐渐地只能招架，不能还手了。

镖客这边，马氏双雄和石如璋都看得分明；暗道：“俞家太极十三剑果然名不虚传！”但是火把下，贼人同党也看得分明，暗说：“怪不得姓俞的威镇江南，这可不能栽给他！”

俞剑平和瘦老人两团黑影忽前忽后，连续鏖斗良久。忽然听俞剑平猛喝一声：“着！”嗤的一剑，这瘦老人唰的一闪，脚步踉跄，往旁连退。俞剑平倏然将剑交还左手，凝身不追，哈哈大笑道：“承让！”

那个瘦老人躲开了俞剑平左手指尖的点穴，却没躲开右手剑尖的劈刺。老人的短衫，竟由肋下贴肉处，被剑尖削透了一个大洞。还算是手下留情，俞剑平专为讨镖银，不愿出人命。

瘦老人羞愧难当，一抡闭穴镢，再翻身重又扑过来，待拼

命相争。陡听背后一声暴喊："师兄且退，让我领教领教俞大剑客的十三剑。"唰的蹿过来一团迅风。胖老人抡起手中鞭，"泰山压顶"，照俞剑平便打。瘦老人将闭穴镢虚点一招，身躯微晃，已退出丈余。

使鞭的胖老人急急风，三鞭连下。俞剑平冷笑一声，道："哈哈，还是车轮战！……就是车轮战，俞某也不惧，只要你们不嫌丢人！"口说着，手不闲，眼不瞬，不管敌鞭来得凶猛，早一领剑诀，一塌腰，青光荧荧，剑尖"白蛇吐信"，先照胖老人的肋下太乙穴点来。

这种招架法未免凶险，但是俞剑平只看这敌人飞身一跃，开手一鞭，便已看出这胖老人的武功，捷而不精，不如瘦老人沉着。果然胖老人急急地一斜身，回鞭一转，趁势下砸，照俞剑平的剑身狠狠拍下来。

俞剑平并不收招，将计就计。眼看着鞭要拍到，喝一声："看手！"剑锋一抬，直照敌人面门划来；倏又一抹，下砍敌人的手腕。胖老人抽鞭急架，青钢剑唰的掣回来。敌人钢鞭却又举起下砸。俞剑平早将剑一圈，躲过钢鞭，疾如闪电，斜劈下来。这一接触，双方便换了二招六式，招数迅快已极。四面藏伏的贼党影影绰绰地游走，那林下一对火把也往前移动。那瘦老人败退下来，张目四望；高喝道："老幺们，努力呀！合拢后煞啊！坑子里等啊！"

树林中张挂的三盏纸红灯陡然撤去，疏林中的胡哨立刻吱吱地连声怪响。四面八方，同时也有胡哨声响起来；四面八方，黑影唰唰飕飕，一阵阵拨草乱蹿；正北面上，飞起数道旗火。

胡孟刚、孟震洋大惊，相顾道："快上！快上！"

陡然间，东南面嘭的一声炸音，横空飞起火箭；东南面和正南面，突然蹄声历落，杀声大起。镖客这边不禁惊疑；贼党那边，瘦老人、胖老人也不禁错愕。就在胖老人这一失神，俞剑平骤展先着，一剑击到。

俞剑平临敌镇静，四处的杀声震野，他竟充耳如不闻；双

眸炯炯，只窥敌进招。太极十三剑上下翻飞，力战单鞭；只十数合，已占上风。胖老人也闹得遮拦多，攻取少，三招不能还上两招。俞剑平趁敌人稍一分神，将剑骤缩骤伸，迅如蛇信，照贼人右肩胛刺去。胖老人单鞭不及招架，忙用“跨虎登山”式，往右一斜身，闪开剑尖，想要回身进招横打。俞剑平这趟剑已臻炉火纯青之候，虚实莫测，变化无穷。猛往回一撤剑，一扑身，往下杀腰，“踩卧牛”，砰的一脚，踹中胖老人的右胯。“扑通！”如倒了半堵墙，胖老人摔倒地上。

群贼大惊；胖老人倏地一滚，直滚出两三步，挺身跃起，愧不可当。俞剑平道：“收招不及，朋友你请起吧！”群贼大怒，呼叫一声，把扇面形的阵势一开，十余人中立刻先冲上来五个贼党。

马氏双雄大怒，骂道：“你们要脸么?”也把人字阵一分，和石如璋、左梦云一齐扑上来，接应俞剑平。

那一边铁牌手胡孟刚、单臂朱大椿、小飞狐孟震洋，也高叫一声，从潜伏处如飞地奔窜出来。马氏双雄和左梦云、石如璋，恰将五贼迎住；那胡孟刚、朱大椿、孟震洋，顿被泥塘边、草丛中窜出来的三个贼挡住，顿时混战起来。泥塘边、空草场中，已有三拨人捉对儿厮杀。俞剑平双眸一闪，见混战局势已成；那胖瘦二老已退聚一处，指挥同党，摔灭了火把，竟往荒林奔去。

俞剑平高声叫道：“喂！朋友，就这么走吗？趁早把你们瓢把子叫出来！”

二老人一齐回身叫道：“俞大剑客，我弟兄请教过了，实在高明！你放心，不要慌，我们没打算走。鬼门关斗技赌镖，还没有交代完。你有胆往这边来，二十万镖银和你那镖旗都已预备好，你有胆快快来拿。”一齐窜林奔鬼门关走去。

鬼门关只在荒林后，却是土冈、荒林、泥塘、草丛交错，地势险恶。二贼酋撮唇吹哨，又振吭高呼：“老幺们！疙瘩点来了，收沙子回坑！”连喊十数声，然后奔上来接应同伴，一

齐往林后撤退。

俞剑平久涉江湖，竟听不懂他们说的什么黑话；可是听不懂，毕竟看得明，他们似乎要走。俞剑平不由急怒，劫完镖一藏，打败了一跑，倒是写意！厉声喝道：“哪里走，把青子给姓俞的留下！”青钢剑一抡，抄到二贼面前，要把二贼截住不放；这时候，与镖行混战的贼党，也一齐罢战，夺路往四面溃退下去。

马氏双雄暂不追敌，快跑过来，喊道：“俞大哥别追。贼人有诈！”

俞剑平被二马这一阻拦，略一迟疑怯步，突觉得从斜刺里，嗤嗤的轻响，袭来一股寒风。

俞剑平喝一声：“好！”绕步斜身，青钢剑向外一颤，啪的一声，一支暗器被打落在地。跟着，啪啪地连响，东面黑影中，隐闻轧簧开箭之声。俞剑平霍地一转身，嗤嗤嗤三支弩箭如骤雨飞蝗，奔上盘、中盘、下盘攒射过来。

十二金钱俞剑平疾展身手，宝剑轻挥，第一支箭先奔咽喉，啪地一响，已被剑刃弹飞。第二支箭下趋两股，箭镞已到；俞剑平往旁一跨步，左手骈食指中指，伸地二指，只往下轻轻一抄，让过箭头，将一支弩箭箭杆抄到手内。立刻第三支箭又到，直取中盘。平射心窝；俞剑平一个“铁板桥”，单路登空，折身后仰，箭又射空。紧跟着一挺身站起；他瞥见疏林中有一条黑影，那人影一声不响，扬手探身唰的一下，一支暗器迎面打来。

俞剑平怒叱道：“班门弄斧！”就用左手接取的箭一挑，把敌人的暗器挑开，约莫是镖箭之类；俞剑平一进步，按甩手箭的打法，展食指中指，钳箭尾，扬箭镞；一振腕子，喝道：“原箭奉还！”把抄来的那支箭，脱手甩出去。那黑影嘿的一声，翻身逃入林中。十二金钱俞剑平厉声喝道：“别走！”才待奋身追赶，背后又扑来三个敌影。

这三个敌影本与铁牌手胡孟刚、单臂朱大椿、小飞狐孟震

洋相斗；忽闻二老贼酋口传号令，便一齐收招后退。胡孟刚舞动双牌，紧紧裹住不放；朱大椿的左臂刀本难抵御，孟震洋一口利剑上下翻飞，也一点不放松。这三贼且战且走，好容易冲出来，奔向疏林。

俞剑平远远看见，把这青钢剑交到左手，急伸手一探袖底，不意十二枚金钱镖这时竟打完了。他忙向二马道："马贤弟身上有钱没有?"二马道："有。"拿出两锭银子来。俞剑平道："我要这个做什么？我的钱镖打尽了。"二马这才明白，忙抓了一把铜钱，要递给俞剑平。俞门弟子左梦云早奔过来，将自己的二十四只钱镖全数掏给师父。

俞剑平先掂三只青钱，容得三个敌影奔过来，迎头喝一声："站住!"嗖嗖嗖，三声轻啸，竟在相隔四五丈以外，穿过夜影照着飞奔的三个敌人打去。三个贼人应声跌倒了一对。二马不由大赞道："俞大哥好钱镖!"胡孟刚、朱大椿、孟震洋恰已赶来，双牌一举，刀剑齐挥，竟照倒地的二贼分砍下去。

俞剑平、朱大椿急喝道："捉活的!"双牌先到，利剑后到。就在这间不容发的夹当，那个未负伤的贼人，持一柄锯齿刀，狂吼一声，拼命地向双牌单剑冲来。那倒地的二贼竟有一个先挣扎起来，趁势伸手搀同伴，被二马和石如璋看见，急忙奔过去，要捉活的。不意突然间，听疏林对面草丛中一声怪吼道："一群不知死活的家伙，你还要捉谁？你们全落在爷们的网里了!"

十二金钱俞剑平只身单剑，扼住疏林，左梦云挺棍立在身边；一听吼声，俞家师徒急急地回身。只见对面泥塘边、草丛中，一拥身现出八九条大汉。跟着火光浮闪，有个高大人影，率领同伴，一条线似的飞奔过来。人未到，暗器先发；一股寒风吹到胡孟刚的背后。胡孟刚把铁牌往后一扫，当的一声，把一支镖打飞。那高大人影趁此机会，骤如狂飙，竟从马氏双雄、石如璋的身旁驰过。马氏双雄急侧身往旁略闪，抡双鞭邀截。这八九条大汉急攻疾走，竟一冲而过。马氏双雄和石如璋

一齐暴怒，大喝一声，翻转身，纵步就追。

八九条大汉个个身形轻快，锐不可当。一声呼啸，倏然的一分，最后面三个人一错兵刃，回身迎敌二马一石。当头的高大人影率三个伙伴，竟直扑奔铁牌手胡孟刚和朱大椿、孟震洋身旁。那高大的人影“燕子三抄水”猛往平地窜落；人未到，兵刃先到。只听钢环哗楞楞一响，一对铁怀杖悠地一抡，劈头照胡孟刚砸下去。

铁牌手胡孟刚双眸瞪视，将双牌一展，叮当一声，硬碰硬，激起一团火花，才看出这使双怀杖的高大人影，并不是当日劫镖败在程岳手下的那个使怀杖的粗鲁少年。这是一个四十多岁的中年汉子，虽辨不清面貌，黑影中看出颊上乱蓬蓬，生着犹如丛草般的一部络腮胡须；既非劫镖在场之贼，也非店房相会之客，朱、胡二人都不认得他。

铁牌手胡孟刚忙挥双牌，与贼死战。这贼却猛攻如疯虎，滑斗似灵狐，与铁牌手打了个叮叮当当，难分难解。随他一同闯上来的两个同伴，一个使一对跨虎槛，一个使一对狼牙棒，双双地把孟震洋围住。敌人的双槛双棒，围攻孟震洋的单剑；孟震洋昂然不惧，一口剑上下翻飞。还有一个贼，运单拐单刀，独斗朱大椿的左臂刀。

当下胡、孟、朱三镖客，与冲锋的四贼苦斗。那一边，二马一石与断后三贼相斗；各选对手，两下里拼斗不休，却中了贼人分兵救友之计。

断后的贼党、冲锋的贼党，先后与镖客拒战。趁这夹当，两贼飞似的扑到核心，避敌不斗，忙忙地把两个负伤的同伴救起来。呼啸一声，与那使锯齿刀的贼人，舞动兵刃，夺路急走；竟又呼啦地退出核心，呼啦地折奔泥塘，绕泥塘又奔荒林土冈。与二马一石相斗的三贼，与朱大椿、孟震洋相打的群贼，俱都应声，虚晃一招退去。

那高大的人影立刻也猛往前一攻，倏往后一退，向胡孟刚喝道：“呔！姓俞的，你成了落网之鱼了，有胆的这边来！”拧

身一蹿，也退出圈外。铁牌手喝道："哪里走？追！"抡双牌便赶。二马大喝道："呔！把脑袋留下！"也紧紧跟追。

这八九条大汉且战且招架，且往后退。俞剑平看了个明明白白。他忙一挺掌中剑，喝道："匹夫，以多为胜，看往哪里走？"一纵步，从荒林边抢向泥塘，拦腰横截过来。人剑未到，暗器先发；手指一捻钱镖，铮的一声，照那高大人影发出一枚青钱。这一枚青钱却差多了，分量较轻，力量发飘，便不能及远。刚刚打出三丈来远，仅得够上贼人。只见那高大人影身形一晃，似往前一栽，忽又挺住，终于一头蹿入疏林。

俞剑平纵步要追；蓦闻东南角，簌簌地一阵响，又从林边冲出两影。头一条人影刚现身，抡手中长兵刃，已猛扑过来。飞掠十数步，身形乍落，往外一亮式，所持兵刃竟是一杆大枪。第二条人影紧跟着也扑过来，使的却是一对虎头钩。两个人一声不响，齐袭俞剑平身后。

俞剑平奋身怒叱，脚尖点地，"飞鸟穿林"，蹿出丈余远。一个"金蜂戏芯"，急拧身，宝剑往外一穿，复往回撤；左手剑诀从剑身上穿出，身形往下一矮。肩头微动，"龙形一字"，骤然反逼到使枪贼人的面前。

这时节，使虎头钩的敌人也已扑到。铁牌手胡孟刚大吼一声，抡双牌迎上来；双钩双牌斗在一处。十二金钱俞剑平手挥单剑，拒住贼人的大枪。枪长剑短，本来吃亏。只见那大枪一颤，奔咽喉扎来；俞剑平微微一侧身，把头一偏让过；未容敌人变招，喝道："着！"一招"平分春色"，双臂一分；青钢剑疾如闪电，截斩敌腕。敌人将枪的后把一沉，前把一拦，往后一挂，枪身硬找剑身。

俞剑平已认出敌人是"八母大枪"的招数，粘、沉、吞、吐、封、砸、点、扎，十分猛快。俞剑平忙用左手一领剑诀，身随剑走，一个"旋身拗步"，青钢剑倏然盘斩敌人的双足。

敌人忙撤步抽枪，往下一矮身，青钢剑已走空，后把一送，单臂递枪，"乌龙出洞"；雪亮的枪尖疾如箭驰，直点俞剑

平的后心。枪尖将刺沾着衣衫，俞镖头猛然一个“怪蟒翻身”，大枪唰的擦着左肋扎过去。俞剑平立刻右脚往敌人怀中一抢，青钢剑“乌龙入洞”，刺向敌人的小腹下阴。

这一手险招间不容发，敌人堪堪被剑点着，忙凹腹吸胸，右腕一坐劲，往左一领枪钻，“二郎担山”，往左一崩，呛的一声啸响，剑身与枪身一划，哧的一溜火星。

俞剑平微微一笑，这大枪竟未将单剑崩飞。敌人不禁喝了声：“好剑！”忙将枪一顺，飕飕飕，腾身连纵，拖枪败走。

俞镖头展目一望，才要垫步急追。突听得“当”的一声，忙将身势一敛，一柄虎头钩飞坠到面前。循声一看，铁牌手胡孟刚挥铁牌，力斗双钩，连战十余合。敌人唰的一下，左手钩捋住单牌，右手钩用“卷帘钩”，硬来剪胡孟刚的脖颈。

不妨铁牌手胡孟刚膂力特强，敌人才喝了一声：“撒手！”反被胡孟刚铁牌一震，腾的一下，竟把左手钩崩在半天空。胡孟刚趁势一伏腰，双牌一剪，右牌上斩，左牌横切，照贼人急攻进来。贼人兵刃已失，不等铁牌攻到，一挺身倒窜，退出一丈多远，翻身败入疏林之中。

铁牌手大叫：“朋友快上，不要教鼠辈走了！”奋身抡双牌，竟奔疏林攻去。将追到林边，闪目四顾，自己这边只有俞剑平、左梦云、单臂朱大椿、飞狐孟震洋、马氏双雄、石如璋数人；不但别队金文穆一行人没见绕到，竟连断后的智囊姜羽冲也没跟上来。

荒林、泥塘、土冈、禾田、草丛、青纱帐，人影憧憧，只看见贼人一拨一拨地不时出没。胡孟刚心头火起，不由怨恨姜羽冲失算；有心候伴，又恐失追贼良机，咬牙切齿叫道：“俞大哥，快上！俞大哥，快上！”口说快上，心中暗着急，不由头像拨浪鼓似的，一面跑，一面往黑影中张望。

十二金钱俞剑平却一点也不慌，遥见人影出没，昂然不惧。利剑一顺，向二马一石一点手，教他弟兄助着胡孟刚；另命朱大椿、孟震洋、左梦云，跟随自己，喝一声：“追！”竟飞

身突入疏林。

败下来的群贼，越过了东面大泥塘，投奔荒林；绕林而转，反折向西南。俞、胡八人立刻跟踪，赶过疏林。疏林之后，地势益形险恶。东边是一片烂泥地，与大泥塘断续相接，塘边芦苇丛生。西边是土冈，满生荆棘，疏疏有几行树。岗下又是一片小泥塘。这土冈、泥塘便是所谓鬼门关。往西南是荒地，绕过荒地，折奔西北，才是古堡。

群贼且呼啸，且退走。容得镖客们刚刚闯进了鬼门关的正地段，随听土冈后一声轻啸。那使双怀杖的高大贼人，与那使锯齿刀的贼人倏然翻身，二次过来迎战。双怀杖霍霍生风，将孟震洋挡住；锯齿刀就寻斗朱大椿。

那使双钩的贼人翻身断后，换了双刀，与胡孟刚的双牌二番接战，似要报失钩之仇。使跨虎槛的中年贼人与使怀杖的粗豪少年竟不度德，不量力，硬来拒战俞剑平；极力猛攻，阻拦着不让过来。那使大枪的二贼，竟颤枪挑战马氏双雄。马氏双雄的一对单鞭上下翻飞，赶上来斗这一对大枪。石如璋和左梦云，一个使刀，一个使棍，也被两个使刀的贼党挡住，捉对儿厮杀起来。

当下镖客这边八个人，贼人那边只出来九个。还有两个贼人，在岗后一冒头，旋又伏下身去，土冈后立刻响起了胡哨声；同时荒林正北面，杀声又起。

众镖客一面冲击，一面诧异；看情形，出战的都不像贼首。那长衫客和胖瘦两老人都不知藏在何处，也不知弄什么诡计去了。

二马且斗且呼：“俞大哥，咱们人全到了么？”二马本来专管布卡子，监视古堡贼巢。二更以后，眼睁睁看见人影历落，从古堡西南小村出现；一直跟踪到这里，在荒林下救了石如璋。石如璋本与聂秉常、梁孚生也管一道卡子，却被人诱入荒林。他自己落了单，中计遇擒，被捆在树下。直到俞、胡践约到来，才被二马解救。

当此时，各路镖客各有所遇；独有松江三杰的动静至今还未露头。姜羽冲、奎金牛这两拨大队，更一个没见。马氏双雄很着急，力战中不暇探问，又忍不住不问，大声叫着：“俞大哥，智囊哪里去了？奎金牛哪里去了？咱们人来多少？”

俞剑平不肯明答，更不肯指名呼姓的叫，只大声说道：“二弟、三弟，放下心，只管往前冲，人全来了！”说话时手并不闲、眼不瞬，掌中剑更翻翻滚滚，上下刺击。忽断喝一声道：“倒！”使跨虎双槛的贼人猛往旁一蹿，闪了闪，喊声：“风紧！”踉跄抽身逃去。

那使怀杖的粗豪青年吓了一跳，也唰的往后一退，双怀杖一并，扬手打出一镖。俞剑平微侧身，伸左手把镖抄住，喝道：“好！”只手一扬，停镖未发，贾勇直冲到群贼的背后；便要率领弟子左梦云，偕抢土冈，断贼后路。

却未容俞剑平扑到，土冈上如飞地纵出三人；身形往下一落，正是那一胖一瘦的两个老贼酋。另外一个通身黑色夜行衣的贼党，如飞鸟似的轻飘飘往前一蹿，阻在俞剑平对面，道：“俞镖头，在下后学晚进，今日幸会，我要请教！”群贼或傲慢无礼，或冷诮无情，唯独此人出语敦厚，听口音似辽东冀北之人。

俞剑平细一打量：这人面如青枣，巨目浓眉；抱一对镔铁狼牙穿，神盈气壮，颇现威棱。俞剑平心中一动，利剑一提，双拳一抱道：“请教不敢当，俞某特来应召献拙，诸位有本领的只管请。……兄台和飞豹子是怎么称呼？”说出这话，双目炯炯，照应着四面。

不出所料，嗖的一声，那胖老人猛然一个“云里翻身”，唰的跳下高冈。脚还未沾地，单鞭早发出招来，口中叫道：“俞大剑客岂是你末学后进，招架得来的？”这条单鞭随着身形话声，“泰山压顶”照俞剑平当头袭下。

俞剑平霍地一闪，勃然大怒，骂声：“呸！”奇门十三剑一展“玉女投梭”，身躯一转，闪鞭还剑。胖老人往左一纵步，呵呵一笑道：“俞大剑客恕我无礼，不要介意。我是要请教请

教你的眼神!”霍地又退回来,叫道:“伙计,你上!”那使镔铁狼牙穿的赤面汉子这才一拱手,尊一声:“请发招!”亮开了架势。

十二金钱俞剑平面向胖老人,佯笑道:“看你们都出什么相?我今天一定要向你们讨一个水落石出,你们就挨个儿全上!”他把利剑一展,索性不多问,再接再厉就要发招。忽然听哎呀一声叫,侧面当的一声;跟着飕飕飕,接连听得人踪飞蹿。俞剑平侧目急看,孟震洋已将那使双怀杖的粗豪青年打败。

马氏双雄挥动双鞭,把对手那一对大枪,也战得拖枪败走。只有石如璋竟敌不住那锯齿刀,险些被削断手指。胡孟刚双牌一抡,连忙抛敌驰救,和使锯齿刀的敌人战在一处。那使双钩换双刀的贼人,却又从侧面夹攻胡孟刚。孟震洋忙又翻身挥剑,截住了锯齿刀。

马氏双雄腾出身子来,双鞭一挥,竟不穷追敌人,反奔来保住俞剑平的后路和侧面。朱大椿的左臂刀,左梦云的太极棍,各遇劲敌,尚在力战。石如璋输招抱惭,陡转恚怒,忙一亮手中兵刃,仍来掩击锯齿刀,誓报那一削之仇。于是镖客和贼党展眼间又变换了对手。

这时候从后面青纱帐内,忽然驰来两条黑影。斜穿空场,刚刚奔到大泥塘边;忽又从泥塘苇丛旁钻出一条人影,口中连打呼哨,扬手发出来一道火光。那两条人影微微一停,竟奔这一条人影扑去;瞬息间两影与一影斗在一处。

俞、胡等百忙中偷眼一看,到底看不清谁是敌、谁是友。胡孟刚忙喊道:“喂,十二金钱今天一定要见个起落!”

这句话就像一句暗号,那双影立刻答了腔,正是镖客黄元礼、欧联奎。两人挥刀振吭,连忙报名,无形中就是告诉援兵已经驰到。哪知这一报名,那泥塘边的单影也喊了几声;立刻从西边又钻出两三条人影,竟把欧、黄二人围住。二人被围,也忙得大声呼喊;这一喊,后面又奔来两条人影。于是在大泥塘边,双方又有一小拨人混战起来。

镖客这边摸不清贼人是怎样的布置；正如贼人那边，也摸不清镖客这边究竟来了多少人。

当下俞剑平在土冈前，与赤红脸使镔铁狼牙穿的大汉斗在一处。这赤面大汉来势颇疾，奋身进步，狼牙穿一分，身形陡展，“流星赶月”，双穿一点面门一点胸。俞剑平沉机应变，以逸待劳，未从攻敌，先要看看敌人的身手。剑随身转，闪展腾挪，连让三招，已看清了敌人路数。赤面大汉这对镔铁狼牙穿，大概是沧州洪四把北派真传。

这时双穿第四招又到，“飞云掣电”，左手穿直截下盘，右手穿翻身反臂斜砸，悠悠地挟起两股疾风。俞剑平微微侧闪，左脚往外一滑；用太极剑“行功盘步”“乌龙搅海”，身形快似飘风，刹那间敌人双穿走空。来势过猛，右手镔铁穿无法收招，啪嗒的一声砸在地上。寒光掠闪，俞镖头的剑锋已到。赤面大汉努力往前耸身，仅得逃开这一剑，十二金钱俞剑平哂然一笑，翻身献剑；唰的身剑俱进，“金针度线”，直刺敌人后心。赤面大汉觉得背后的剑风已到，忙往左一上步，“怪蟒翻身”，双穿并举，往剑脊上狠砸去。

俞镖头喝一声：“好！”青钢剑唰的一沉，往回一撤。剑光闪处，反从双穿上面翻过来，划点敌手的脉门。敌手往后一仰头，振双穿想往下崩，哪里来得及？俞剑平猛喝道：“着！”“反臂刺扎”，连环剑点胸膛、划双肩，唰的攻到。贼人一晃身，闪避略迟，嗤的一下，剑锋掠肩头过去，夜行衣被划破了三四寸，肩头上顿时火辣辣的一阵疼痛，皮破血流，赤面汉一纵身，面红耳赤，翻身败走。

胖瘦二贼酋登高敌，见俞剑平剑光挥舞，同伴不敌；两人知会一声，连忙增援。那瘦老人收起闭穴镢，换了一对鸡爪双镰，先由土冈蹿下来。

正值赤面大汉负伤败走，俞剑平仗剑要追；瘦老人大叫道：“俞镖头少逞威风！你可晓得你已到了鬼门关，你还不知死活么？”一阵风地扑到，让过同党，重来接抗。俞剑平践约

遇伏，追敌轮战，连交手六次手，连胜八个敌人；自是内功坚韧，气力悠长，仅不过头上见汗，手心发热罢了；见瘦老贼重上，恨恨骂道："你少要张狂！你歇够了再来？我倒要看看这鬼门关，是谁的死地！"青钢剑电掣星驰般，向瘦老人直攻。

这二番接战，俞剑平痛恨贼党无理无情，剑招狠猛。第一招"金盘献鲤"，剑点敌人咽喉。瘦老人立刻往左斜身，双镰一翻，照剑上就滑。俞剑平抽招换式，往下一塌身，剑又翻回。左脚原地不动，右脚往后撤半步，剑诀一领，"盘肘刺扎"，复又攻出去。

忽然间，那胖老人高踞土冈，高声喊道："亮开了啊，沙子来了。眼看就到！"不知他喊的是什么意思。俞剑平傲然不顾，手中剑一紧，仍然力攻瘦老人的鸡爪双镰，扎、刺、挑、压、点、锁、拿，运用开来，专夺敌人的兵刃。瘦老人还想借这利刃，克制住俞剑平的单剑。可是俞剑平剑术精湛，见招拆招，见式破式，任何敌刃都能应付。

那胖老人一看不行，忽又喊道："鱼上网了，够尺寸了。收啊，撤！"口说着撤，一翻身也扑下土冈，要来双战俞剑平。铁牌手胡孟刚、单臂朱大椿以及马氏双雄一齐恚怒，各抛敌人奔来应援。和胡孟刚对敌的贼党，功夫竟不弱；胡孟刚一时撤不出身。和朱大椿动手的贼，却渐渐地招架不了这单臂镖客的左手刀；朱大椿挥刀一扫，腾起右腿来，把贼踢倒在地；急忙地抽身赶过来。胖老人的锁骨钢鞭正要掩击俞剑平的后背；俞剑平霍地一撤身，翻剑迎敌。瘦老人一摆双镰，照俞剑平右肋便捋。朱大椿恰巧截过来，左臂刀一挥，喝道："呔！相好的，姓朱的不失信，今天会会你这假豹子！"左臂刀顿时和双镰战在一处。穿花般交斗，也只走了三五招，贼人鼓噪一声，倏然抽身。一拨重往荒林走，一拨抢奔土冈；众镖客分身急赶，俞剑平一顿足，越众当先。

这土冈是一道斜坡，高有两丈多。冈上有羊肠小道，两旁杂草乱生，不利步行；右边陡起，左边倾斜，滑下去便是个烂

泥塘。泥塘深陷，淤水半塘，烂泥没顶。鬼门关的命名便由于此。俞剑平相了相地势，施展太极轻身飞纵术，脚尖点地，飞纵到土冈下。一个“燕子飞云纵”的轻功，腾身掠上土冈。左脚一点实地，右脚跟纵迈上。还未容落脚，突然从冈上三四尺高的丛草中蹿起一人，暴喊一声：“挡驾！”倏地当头砸下一条杆棒。斜刺里更唰的一响，飞出黑乎乎一物，跟着又涌出一条人影。

当此时，俞剑平身形半悬，迎面的敌人兵刃骤下，侧面敌人的暗器又来；不能闪躲，不能招架。俞剑平一身是胆，全副轻功，倏往后一仰身；那杆棒当头下砸，直扑到面前，紧随俞剑平仰翻的身形下落，锐风已扑到鼻端，暗器也正到来。

俞剑平生死呼吸，左脚用力，往外一登；唰的头下脚上翻下冈来。“云里翻身”，又向右一翻；悬空躲着泥塘，倒栽下去，贼人的杆棒砸到土冈上，贼人的暗器打在空中，落在斜坡上。

俞剑平翩然下坠，距地六七尺。下盘往下一沉，双臂往上一抖；“金蟾戏浪”，硬将身形拘起，轻飘飘的双足落在土冈下，斜坡上。危急中，腰部一叠劲，才挺身亮式；土冈上暗袭的贼人早一抖杆棒，脚一顿，掠空腾起，跟踪下蹿。人未到，杆棒先到；乘危赶招，间不容发，又照俞剑平当头赶砸下来。

俞剑平唰的一蹿，倒退出两丈多以外。若不是一身轻功，两棒一镖，不死必伤。那使杆棒的贼人又扑登的一棒，实实落落打在地上；只一抖，收回来，冷笑道：“好功夫，来的定是俞大剑客了，名不虚传！”一声未了，杆棒又起。陡又听得悬空喝道：“名不虚传，呔！姓俞的，你可知三熊要吃臭鱼么?”唰的两缕寒风射下，两条黑影从草丛中钻出来。

难为这三个贼人，竟在这矮矮的三四尺高的乱草中蜷伏了很久。这三贼正是辽东“一豹三熊”的三熊。

双镖破空打到。俞剑平骤遇阻击，心神不乱，一伏身让过暗器，反扑上来；大喝道：“呔！朋友，多谢你们当头一棒，迎门三镖。盛情怎能不答？你们报个万儿来！”未容敌人回话，

俞剑平决意复仇，双眸炯炯，只一瞥，看出此贼提杆棒，穿黑行衣，长身阔肩，像是壮年。

俞剑平青钢剑立刻往上进招，“金针度线”“抽撤连环”，唰唰唰，连环三式，点咽喉、刺左肋、扫肩胸、挂两臂，未等余贼赶到，照这长身黑衣贼，眨眼三剑。黑衣长身贼抖杆棒，崩、拿、封、架，连拆三招。同时那两条黑影右行数步，闪开泥塘，一纵步，也跳下土冈。

左边这个人，抡锯齿刀，斜肩带臂照俞剑平就砍。右边那个人，仗一口宝剑，剑诀一指，照俞剑平就扎。那长身黑衣贼，杆棒一挥，照俞剑平就打。霎时间，夺冈未成，又被这辽东三熊包围。

十二金钱不由怒焰灼胸：“与贼何仇何恨，竟这等牵缠毒辣！”他展开太极奇门十三剑，狠斗三贼。仗身法轻灵，身剑合一；锯齿刀先砍到，疾往外一旋身，刀先劈空。俞剑平剑锋往回一展，“白鹤亮翅”，反削使刀贼；贼人闪身窜开。俞剑平剑尖一转，截击使剑贼人的手腕；使剑贼人急忙收招。俞剑平轻轻一闪身，又躲开杆棒，利剑顺手一削，使杆棒的贼人往后急退。

俞剑平以单剑力抗三敌，敌刃长短软硬不同；他立刻展开了疾攻速决的战法，反倒欺敌进步，抢到使剑贼人面前。使剑贼人侧身进剑，照俞剑平咽喉扎去。俞剑平以攻为守，一伏腰，青钢剑“叶底偷桃”，穿着贼人剑底，反扎右肋。贼人身手倒也勇捷，“霸王卸甲”，往下扑身，三尺青锋掠顶而过。那贼人的杆棒又复攻到，“蛟龙摆尾”，唰的奔下盘缠打过来。

俞剑平脚尖点地，腾身斜蹿起一丈多高；往下一落，急回身，剑光一掠，左手剑诀一指，断喝道：“小贼！”唰的数剑，力猛招沉。使杆棒的贼人失声一吼，斜身旁栽，连窜数步，扑地趴在地上；他那两个同伴竟没有看清剑伤何处。两个贼一刀一剑，慌忙截住俞剑平，不料俞剑平竟抛敌不顾，恶狠狠挥剑绕到倒地贼人跟前，喝一声：“拿过首级来！”眼见他伏身探

步，剑刃竟取贼人后颈，二贼大惊，双双奔来相救。

陡听得铮的一声，俞剑平霍地一翻身，二贼急闪，哎呀一声，两个人跌倒一对。俞剑平哈哈大笑道："小小年纪，活得不容易！许你伤害俞某，俞某不许伤害你。哥三个，留下两个，回去一个吧，把你们豹子叫来见教。"仗剑扑到中镖倒地的二贼面前，喝道："你们两个不用走了……梦云过来，绑上这两个！"

那使杆棒的贼人带伤跃起，蹿出数步。一回眸，看见两个同伴倒地不能起来，眼看就要被擒，不由惊愤，大呼道："姓俞的，你不用假慈悲！……哥们快来！"一扬手，倏飞起一溜火光，振吭大喊了几声。

左梦云提棍赶到，要捆二贼。却不道土冈后丛草中，贼人还有埋伏。顿时涌出两拨人，由两个黑衣汉各率一拨，如飞地堵截过去。胖瘦二老人也翻身率众复回；贼党三五成群，竟有四五拨抄到。一阵暗器雨过处，把俞氏师徒裹在当中，把别的镖客也隔成三堆，受伤的二贼顿时被救走。镖客未闯上土冈，反陷入埋伏阵。

群贼一齐鼓噪，那土冈上蓦地又现出一条高大黑影，厉声叫道："姓俞的，你成了瓮中之鳖，网中之鱼了！你还想捉人么？姓俞的……"群贼也应声齐喊"网中鱼""网中鱼"，叫个不休。

众镖客十分震动，贼人果然另有诡计。四顾强敌，足有四十多人，自己这边不过十来个人，而且被围成三堆。众镖客又惊又怒，道："跟他拼啦！怪不得狗贼们且战且走，黑角落还埋伏着人哩！"各摆兵刃，就要拼斗。

十二金钱俞剑平冷笑，高呼："众位不要慌！……鱼在这里，看你们怎么捉？……梦云，放箭！"砰的一声，飞起一道蓝光。

陡然听土冈侧面，远远地一阵暴喊道："飞豹子，别得意！你只知道网中鱼，你可知道坑中豹么？相好的，你也落到陷阱里了！"

第三十章

越冈增援智囊奏奇袭
当途扼险飞豹斗奎牛

辽东大豪飞豹子在范公堤，劫取二十万盐课，拔旗留柬，匿迹埋赃；连夜渡过了大纵湖，把全拨党羽分散在各处。净等着十二金钱俞剑平被激出头，便好斗技赌镖，一决雌雄。俞剑平果然一怒拔剑，具保讨限，柬邀群雄，大举寻镖。飞豹子那边立刻得到了准信，也忙着邀人。

众镖头四面布卡，六路排搜，步步往前踏访。飞豹子也立刻伏线安桩，备下了三个潜身的窟穴，暗暗遣人，窥伺镖客的动静。等到紫旋风夜探荒堡，十二金钱俞剑平略知贼情，忙率众赶到苦水铺，在集贤客栈落了店。飞豹子顿时从潜伏之处赶来，由他的党羽和朋友先替他出头窥探。

飞豹子挟着三十年前的宿怨，一心要挫辱俞镖头。当夜来到高良涧左近，踩盘子小伙计一一告诉他："姓俞的本人来了，姜羽冲、胡孟刚也都到了。"

飞豹子绰须大笑，立刻遣瘦老人王少奎，前往苦水铺，阴谋窥探，潜加挑逗。王少奎随机应变，竟和单臂朱大椿挑帘觌面，放下了三更较技的期约。又小开玩笑，雇买当地卖浆的陆

六，趁二更天，前往集贤店，登门叫骂。借此诓诱镖客的注意力，他们潜伏的人好从集贤店后面乘机袭入骚扰。不意镖客戒备严密，房顶街隅都安置着人；贼党未能得手，倏然退回去。

几个人由邻近民宅越墙逃出，几个人转小巷，走出苦水铺。驰报飞豹子道：“这些镖客倒还罢了，只跟着海州的两个捕快，并没有惊动官面，的确按江湖道，前来献技讨镖的。”飞豹子听了，点点头道：“哦！”

飞豹子预由高良涧来到荒堡，赶忙着布置了四天。所有古堡墙颓屋朽，择重要处，把屋墙、院墙都挖了三尺来高、两尺来宽的窟窿。有数处直通到堡墙根，又有数处高达六尺的。复将堡墙根，打通了六尺深的数道窄沟，长有数丈，暂作为潜行的隧道。直到订期挑斗的那天晚上，飞豹子传命同党，把窄沟火速加工，直挖出堡外。

“未虑胜，先防败！”这样办，先备下了退身步。但不能早掘，掘早了，恐被行家白昼识破。先时又在鬼门关，相度地势，择于土冈后、苇塘中，埋下百数十根长短不齐的木桩，也是预留着退路。然后，飞豹子纠合党羽，便要亲赴鬼门关，仗着数十年苦练的功夫，会一会这江南名镖客十二金钱俞剑平的拳、剑、镖三绝技；跟他抵面争锋，一决上下。

当下，飞豹子说出自己的通盘打算，手下群豪哗然赞道：“好！”那个瘦老人王少奎摇摇头，连说不可，道：“大哥，你总得走稳步，先派别人，试试姓俞的本领。”

飞豹子不以为然，道：“那是何必呢？这样办，进可以攻，退可以走，已经很稳了。”

胖老人魏松申道：“但是，大哥还可以多加一分小心，不要紧的。我听马振伦马六爷说，姓俞的已经尽得山东太极丁三绝技的秘要。”

凌云燕也道：“俞剑平这些年功成业就，名利双收；可是他做得很小心，他本身的功夫一天也没搁下。据说他无论多么忙，直到现在，还是每天早晨要打一套拳、试一趟剑的，末了

还打二十四镖。我们要斗他，总得先教一个生脸，尝尝他手底下的真假虚实。大哥，你就让小弟和王二哥先打头一阵，试一试招。好在他也不认识我们是老几；我们栽了，一点也不妨事。”

瘦老人王少奎一拍大腿道：“是这个意思。今天大哥简直不必露面，我们先和他打；大哥可以在旁观阵。咱们准能降得住他，再跟他挑明帘，点名叫阵。”

飞豹子微微笑了。辽东三熊也一齐发话道：“老当家的，这主意真高！你老就依着来吧！十二金钱在江南久负威名，实在不可轻敌。万一订期献技，争胜赌镖，竟斗不过人家，未免显得丢脸。稳步有益无损，总该走的。”

瘦老人又说：“况且咱们这趟下江南，人地生疏，多承凌云燕凌舵主和子母神梭武胜文武庄主帮忙。借地方、借人力，都很够面子。现在武庄主既然大包大揽，要由他那里起，由他那里落；我们这回往鬼门关去会姓俞的，最好是只虚斗一斗他。末了一场，还是烦火云庄武庄主出头作面的好。”

飞豹子想了想道：“这个……也好。”他们到底定下了诱敌试招之计。决计先遣副手试一试俞剑平的本领再讲。

到了这一天，由苦水铺到鬼门关，鬼门关到古堡，飞豹子竟安下了九道伏桩。头一道埋伏，在苦水铺镇口外，设陷阱、埋石伏弩。开手一招，便把飞狐孟震洋摔下马来。那时候，飞豹子正和手下几个人潜伏在近处；预备出其不意，先测一测俞剑平的镖法和剑术。

镖客们这一边，对着古堡三路设卡，在白昼被飞豹子看出两路。马氏双雄这道卡子，和三镖客金弓聂秉常、梁孚生、石如璋这道卡子，俱被飞豹子和他的党羽看破。挨到天黑，便动了手。只有松江三杰夏建侯、夏靖侯、谷绍光，武艺高强，潜身隐秘，豹党一时没有注意到。

镖客分两路赴鬼门关践约。俞剑平、胡孟刚、姜羽冲这一路大队，半路上突然与贼相遇。奎金牛金文穆、朱大椿等，这

第二路人数较少；在别路上也遇见了飞豹子手下的人。

飞豹子与他手下的党羽，安排下步步为阵的法子。由苦水铺至鬼门关这一小段，共设着四道卡子，被镖客踏过三道，俞剑平和姜羽冲冲破两路，金文穆和朱大椿冲破一路。倒弄得自己散了帮；另外一路，镖客们也没有勘破。

飞豹子又在鬼门关践约之地，埋伏下大批的人。镖客的人少，他们就包围住，捉活的；来的人多，他就叫副手出来答话。然后骤然撤退，一撤，再撤，撤到鬼门关，荒岗泥塘等险峻地点，便由辽东三熊出头袭击。袭击不胜，就由胖瘦二老人魏松申、王少奎同那外邀的两个能手，一齐出来。或文打，或武打，看事做事；临到最后，再由飞豹子出头，如此便可稳立于不败之地。这是飞豹子与他的党羽商定的头一步挑衅办法。

不意十二金钱俞剑平单剑践约，名不虚传。二老三熊，轮战尝敌，竟都不是俞剑平的对手。镖行这边，智囊姜羽冲蓦然率众赶到；踏过伏桩，直闯进后岗，竟远远地答了腔，也喊着："豹子落坑！"双方针锋相对，旗鼓相当，竟未得抵面争锋，一霎时反激成群殴混战。

姜羽冲这一路本为教俞镖头单剑赴会，才稍稍落后。半骑半步，一路趱行，将近鬼门关，按白昼所勘的地形，忙进入青纱帐，把马藏起来。由姜羽冲拔剑当先引领着，悄穿田径，斜趋土冈，要将贼人的退路先行剪断。

但是贼党在关前田边，预设着两道伏桩，两处一共埋伏六个人。智囊姜羽冲等将将逼近，便被高的豹党听见蹄声，瞥见黑影。他们急发旗火，吹起呼哨，六人一齐发动。两个人驰报同党，四个人抡兵刃上来拦阻镖客。姜羽冲曾嘱同伴，无人处要悄悄地绕行；遇敌要快快地掩击。于是互相知会，一路疾攻，冲到敌人背后。

姜羽冲、岳俊超、欧联奎等各展兵刃，奋力夺路。豹党四个伏桩，人少势孤，各发暗器，挡了一阵；众镖客大堆地涌上来，同时镖行别队奎金牛金文穆等也由西南绕到。两边一夹，

四个贼人越发抵挡不住；急急退下来，绕奔后岗退去。

众镖客急喝道："追！"望影逐声，跟着往土冈上硬闯。土冈上埋伏着的豹党早已觉察，立刻乱发响箭，从潜伏处跳出八九个人，忙将后冈要路分别把住。智囊姜羽冲张眼一望，分拨四个镖客跟缀逃走的四个敌人。然后各通暗号，与奎金牛金文穆等合在一处，互相策应着，斜越泥塘，直抢土冈。

土冈上的群贼立刻从各路抽出一个人来，并做一道，来迎截镖客。双方在冈前冈后，远攻近围地交起手来。一霎时冈上冈下，人影乱窜；隔得稍远，便认不清谁敌谁友。贼人这边以为镖客的接应人多，镖客这边以为贼党的埋伏人众；正是麻秆打狼，两头胆怯。

实在的情形，却是土冈前镖客人少，土冈后贼人势弱。所有贼党几乎都冲俞剑平扑来；在土冈前，把十二金钱俞剑平师徒，连胡孟刚、马氏双雄、孟震洋、石如璋、朱大椿、黄元礼等，分别圈在当中。

在土冈后，三十多个镖客列成人字形，八九个贼人堵住一条倾斜的羊肠小道；旁生乱草，下临泥潭，非常险峻难行。贼人借丛草蔽形，用暗器挡道，十分得势；可是骤见镖行接应人到，未免心惊。智囊姜羽冲在坡下看了看地势，也不由皱眉；如行狭道，恐遭贼人暗算；有心绕道，又听得冈前杀声四起，贼人连呼捉"鱼"，还怕俞镖头有了闪失。这必得先遣人抢上土冈，敌住这拦路的几个贼人，大众便可从土冈两旁乱草上践过去。

姜羽冲眼注前方，向众人叫道："哪一位应敌？"蛇焰箭岳俊超愤然道："我去！"抡剑便要上前。奎金牛金文穆抢过来道："岳四爷，我还没露一手呢，让我打头阵吧。"一挥铰钢厚背刀，彷徨四顾，便要攻冈。

姜羽冲急道："等一等！"忙教岳俊超、欧联奎分立在金文穆背后左右，两旁另外留下两个帮手，便对余众说："请他们三位上去应敌，诸位请陪我穿草地，往上抢呀！"众镖客哗然

应诺。那追逐贼人的四个镖客，也被姜羽冲唤回，改作诱敌之兵，喊一声："上！"从另一方面，佯作攻岗夺路之势；借此牵制贼人，帮助金文穆抢冈。

羊肠小道上，两旁的乱草簌簌乱晃，不用明看，必有伏兵；奎金牛金文穆傲然不顾。容得诱敌的同伴喊出一个"上"字，诱得贼人发出一排箭来，他便将铰钢刀一挥，"巧燕穿林"，奋勇当先。蛇焰箭岳俊超、东台欧联奎两旁掩护着，跟踪侧上，一齐往土冈上一窜。贼人已防到这一招，迎头嗍的打出两支钢镖。三个人各挥兵刃磕挡；却已犯险抢上去。

奎金牛一摆手中刀，刚要招呼同伴，跟着往上抢，顿时从草丛中出现四个穿夜行衣的贼人。两个使钩镰枪，两个使链子枪（背后都插着短刀），急急横身，把路口横住。为首一个青年一抖链子枪，大叫了一声："回去！这里不让过！"顿时扑过，想把金文穆逼下岗口，或者打到泥潭里去。奎金牛金文穆照旧傲然不顾，竟回头向智囊姜羽冲叫道："姜五哥，快往上抢！我料理这几个东西。你听那边，一定是俞大哥。"那青年贼党骂道："臭鱼的一伙鱼鳖虾蟹，看谁料理谁！看枪！"链子枪哗啦一响当头砸下。

金文穆疾展铰钢厚背刀，把链子枪一挑，两下打在一处。其余三贼刚上一步，蛇焰箭岳俊超、东台欧联奎断不容他夹击金文穆一个人，齐展剑斧，把敌人迎住。软硬四条枪，和这一刀、一剑、一双板斧斗起来，一时未分胜败；可是贼党早已输了一招。

智囊姜羽冲一摆利剑，厉声叫道："快上！"众镖客纷纷奔窜，践着草地东面斜坡，错错落落，径往上闯。岗上贼党的伏桩，吱的一声呼哨，一齐出动。先发暗器抵挡；挡不住，顿时又有三个贼党，挥兵刃蹿出来，居高临下，拼命阻挠镖客，将东斜坡扼住。

就在同时，西斜坡也有镖客争先抢上；立刻又跳出两个贼党，先发暗器，后挥长矛，把西斜坡扼住。虽然挡得住，可是

支持不住。呼哨声不住地怪响。当中一路，奎金牛金文穆展开教门的泼风万胜刀，飕飕的一连几招，把使链子枪的青年贼，砍得倒退。青年贼却不肯退下去，崩、打、缠、拿，支持着，与那三个同伴，紧紧把住土冈的羊肠小道。那东面三个贼党虽然打得过四个镖客，却见镖客志在用全队夺冈。贼党也忙唿哨一声，一齐退回去。连发呼哨，警告同党，但是他们的土冈后路进口处已被镖客夺占了。

那飞豹子正立身在土冈最高处，眼望冈前平地，正要扑下来和俞剑平一较身手。忽听见青纱帐后蹄声奔腾，紧跟着后冈吃紧，敌影猬集，他就勃然大怒。霍地蹿过来，凝眸一望，急知会散漫在各处的同党，作速聚拢来；自己将掌中兵刃一掂，如一阵狂风扑到后冈。他身边的几个同伴，有的衔命往岗前传信，有的跟着他齐奔后岗。

这时候，青年贼的链子枪被奎金牛一路万胜刀，直剁得左闪右退，接连遇上三四次险招。末后好容易看出破绽，金文穆的万胜刀点到右肋；贼人往左一错步，金文穆的刀扎老了。贼人再不肯容情，一个“怪蟒翻身”，链子枪翻转来，唰的鞭打金文穆的顶梁。

不想金文穆陡然往左斜身，右手刀猛往上一撩链子枪，左手噗地把链子枪头夺住，厉声喝道：“撒手！”万胜刀顺势往外一送，青年贼人想夺回，一缕寒风直抹到贼人持枪的手指，青年贼人赶快的松把，链子抢唰的被金文穆夺去了。刀光又一展，青年贼拼死力往后飞蹿，惊得一身冷汗；忙回手拔刀，先往外一封，架住了敌招，又一跳，躲开了，这才把一阵手忙脚乱的慌劲让过去。

奎金牛哈哈大笑道：“不要慌，给你这枪吧！”唰的劈面打出去。青年贼人闪身躲开，抹一抹头上汗，咬牙切齿，又冲上来。他仍不肯认输，仍不肯退避，仍然恋战，挡住了羊肠小道。那另外的一条链子枪和一对钩镰枪，以三打二，倒能挡住岳俊超的单剑和欧联奎的双斧，但是这只能阻敌，不能取胜。

飞豹子如飞地奔到，略一注视，厉声喝道：“喂，躲开了，让我来会会这位泼风万胜刀！”

那青年一提手中刀，抽身跃回土冈。奎金牛挥刀便进。飞豹子道：“呔，别动，相好的，我要会会你阁下。”横身邀住了金文穆。金文穆侧身进招，蛇焰箭岳俊超在身边，智囊姜羽冲在远处，一齐吆喝道：“金镖头留神，这就是飞豹子！”

金文穆闻言一愣，唰的一撤身，停刀封住门户，侧目仔细打量敌人。

飞豹子一到，伏桩的贼人俱都退上土冈。镖客们川字形涌在岗口，内有带着孔明灯的，忽地将灯板打开，向土冈连连照射，把飞豹子等照看了一个正着。飞豹子本将草帽推在背后，此时忙把草帽往头上一按；向同伴低说了几句话，手中短刃一晃，冷笑道：“是飞豹子又怎么样？呔！朋友，你好刀法！你是俞剑平的什么人？”

奎金牛金文穆捧刀拱手道：“在下是俞剑平的朋友，你既然是飞豹子，久仰久仰！……”还要交代几句江湖话，不料飞豹子竟挺身猛扑过来，把手中短兵刃一举，道：“呔，发招吧，少说闲话！”这短兵刃原来就是当日劫镖、打败铁牌手的一支短烟袋杆，二尺来长，纯钢打造，锅大杆粗，烟嘴烟锅一体浑成。昔年曾用它战败辽东绿林风子帮（指辽东一带的劫马匹的贼帮），今日拿来找寻俞剑平。

金文穆还想说话，岳俊超吆喝道：“金三哥，这东西不通人情。少跟他讲那一套，宰呀！”金文穆遂说了个好字，立刻身形一矮，往前一纵步，捧铰钢厚背刀，照长衫客胸前便点。

长衫客飞豹子左臂的肥袖子往外一拂，也不使手中短兵刃接招，身形快若飘风，突绕到金文穆背后，金文穆也是虚实并用，头一刀并未撒出去；刀才点空，左掌斜往上一推，右手刀“白鹤剔翎”，斜塌身形，刀锋外展，唰的旁扫长衫客的下盘。

飞豹子见金文穆刀法很快，遂不再试招。铁烟袋“倒打金钟”，斜身往后甩打，喝声：“撒手吧！”呛地一响，声锐而长，

火星飞溅，两下兵刃相碰。金文穆的铰钢厚刀虽没撒手，可也蓦地一震；嗖地往右一纵身，匆遽间急验看刀锋。幸而刀锋只是斜划，刀身吃力重，只微微磕伤一点刀刃。

金文穆心中吃惊，这个飞豹子好大的膂力！金文穆只一落身的工夫，飞豹子已跟踪而至；铁烟袋"迅雷贯耳"，挟着劲风砸下来。金文穆往左错步，倒翻身"乌龙盘树"，横砍飞豹子的中盘。

飞豹子身随势变，步眼圆滑，右脚往外一溜，以敌势破敌势，"倒踩七星步"，闪身让招。金文穆的刀又走空招。飞豹子反欺到金文穆的背后，左手骈食中二指，照金文穆右肩后的风府穴点下去，想卸金文穆的右臂。金文穆顿时觉察，塌身下式急忙一拧身，"推窗望月"，铰钢厚背刀上斩敌人右肩、顺削脉门。飞豹子兵刃往下疾沉，斜身探臂，铁烟袋反打金文穆的下盘风市穴。金文穆腾身旁跃，窜出数尺，险被敌伤。两下里分而复合，又斗起来。

奎金牛金文穆把教门泼风万胜刀法施展开，虽只七十手，可是回环运用，变化无穷。这种刀法一须力大，二要招熟；金文穆乍逢劲敌，把一身本领运用出来。刀光人影，上下翻飞，恰似骇电惊霆；崩、扎、窝、挑、删、砍、劈、剁，一招一式，迅猛异常。

长衫客的一支铁烟袋，更是江湖上少见的外门兵刃，时而做奇门剑用，击、刺、挑、扎，夭矫如神龙；时而作点穴镢使，点、打、崩、砸，伸缩如怪蟒。短短兵刃，虚实难测；身形迅快，猛若怒狮。

动手到三十余招，金文穆觉得自己的招数发出去，往往受到敌人的牵制，不能随招进招。深知遇见强手，忙将精神提起来，用全力应付。霎时间，又斗了几合；金文穆把铰钢厚背刀一翻，"进步撩阴"，照敌人攻去。长衫客飞豹子故意诓敌诱招，容得金文穆的刀已递出来；便霍地将右足往后一滑，铁烟袋往下一压，左手并双指，猝点金文穆的哑门穴。

金文穆收招不及，急急地一抹蹿出一丈多远。才得凝步转身，长衫客早腾身跃起，跟踪扑来，喝道："呔，别走！"往前一纵，欺敌进步，飞身赶打。铁烟袋快如脱弦之箭，又照金文穆背后天突穴点来。

奎金牛金文穆也是老江湖了。闪身一蹿，虽为避敌，却已百忙中料到敌人跟踪必到。立刻应招改招，变式诈敌诱敌；故意地将身法略略一顿，长衫客的铁烟袋堪堪点上来。他这才倏地往左一旋身，身移刀现，展"铁雨金风"，铰钢厚背刀自下往上一掩。刀光闪闪，猛喝一声："看刀！"照敌人的兵刃猛削出去。这一下削实了，敌人的兵刃必定脱手。长衫客的招数用老了，铁烟袋已经发出，奎金牛的刀已经削到。长衫客眼快招疾，就是黑夜，听风变招，居然随机应变，把铁烟袋悬崖勒马，往上一举，"举火烧天"，避开敌招，反照金文穆的面门上一晃。却趁势伸左手，并食指中指，"仙人指路"，倏地照金文穆的右臂三里穴点去。兵刃点面门，手指点穴道，同时发出两招来。

金文穆的刀已经削出去，一见势危招急，忙展开万胜刀的绝招"三羊开泰"，一招分三式，振右臂往下斜沉，俯头面往旁微侧，只喝得一声："咄，看招！"不管敌招闪开闪不开，把铰钢刀的刀头硬往长衫客的左臂狠狠劈过来。料想长衫客势必撤左手，回来救招。奎金牛这一刀真是拼命；敌在坡上，己在坡下，形势先不利，只得冒险求功。

果然长衫客把奎金牛这一招的用意看破，急借招拆招；短兵刃一转，倏然翻下来，划打金文穆的刀背。金文穆就是原式不变，左脚一顿，刀钻的钢环一振，哗啦啦一响，刀锋倏地往外疾推；一招两式，斩项截胸。

长衫客右臂一拂，迅如旋风，已转到金文穆的背后。"游龙探爪"，铁烟袋照金文穆的右臂一搭，左手的食指中指又照金文穆的灵台穴点来。铁烟袋早把金文穆回身现刀的路子封住，这左手探出来，看看击中金文穆的要害；金文穆再要闪

躲，已来不及，长衫客浓眉一展，喝道："朋友，认输吧！"

奎金牛数十年的盛名，眼看要败于二指之下，猛然唰的飞过来一条黑影。一声不响，其快如矢，飞纵到金文穆侧面，一对判官笔往下一沉，一分一抬，把长衫客的招数破开。然后振吭一呼："金三哥，冲啊！"

第三十一章 泥塘设阱镖客陷身 芦泽埋踪强贼诈退

长衫客看看得手，猝然来了敌人的援兵，哪能不抽招撤步？铁烟袋往回一带，借着甩臂拧身之力，嗖地往左退出五六步。手中铁烟袋复又扬起来，向来人一指道："哈哈！朋友，你来的是时候，金朋友可以歇歇了。……噢，原来是你！"

来人封住门户，向长衫客叫道："不错，在下是姜羽冲。飞豹子，镇前初会，怎么就走了？来来来，在下陪同十二金钱俞剑平，应召践约，来到鬼门关前。朋友，咱们是怎么个讲究呢？你这么乱打一锅粥，究竟怎么讲？你阁下邀人赴会，就是这样的聚会么？朋友！鱼儿没入网，我只怕豹子掉在坑里了！"

智囊姜羽冲救了金文穆，暗向金文穆一摆手；金文穆把长衫客盯了数眼；闪身退到姜羽冲身旁。拦路的贼党也都退到长衫客身后两边；两方面旗鼓相当，剑拔弩张地对峙着。

这时候四面喊杀声大作，震耳欲聋。姜羽冲把判官笔一分，横在长衫客对面，提高嗓门，大声叫阵道："飞豹子！看你的意思，一再诱敌，多方设伏，大概你是要群殴。你口口声

声说以武会友，那么输了怎么样，赢了又怎么样？也该当面言明。像阁下却奇怪，一味地诳骗，把我们诳到这里来了，可是你又能怎么样？现在我们也看透了这步棋了。长话短说，你若看得起我们江南武林，请你把万儿报出来，把菜也点出来。你若看不起我们，朋友，没有别的说的，我们可就要针锋相对，毫不客气了。喂，请明说吧！你是要跟十二金钱一个人会会？还是挟党恃众，跟我们大家伙凑凑？你愿意单会俞某人，就赶快止住大从，我也止住我们的人。你愿意群殴，朋友，我们也没法子，我们可就要开招齐上了。但是话归本题，你赢了，镖银归你；你输了，你该怎么样？莫不是你输了，你还是再跑？"

姜羽冲向长衫客发话；其余镖客叫骂着，恨敌无理，齐要上前混战，擒拿这长衫客。姜羽冲连连喝止："咱们到底是先礼后兵。"把双笔一合一举，按武林规矩，向敌人施礼；想这长衫客飞豹子被自己的话封住，无论如何，必有两句场面话。

哪知这长衫客非常古怪，冷笑一声道："姜朋友，江湖上传言，都说你料事如神，果然不愧智囊之号。我们当家的真教你猜着了；他输了，真是要跑。不过，朋友，你不能只说一面理。我们当家的投柬邀驾请你们十二金钱俞大剑客在鬼门关，较艺赌镖，本来说得很好。但是，你们却派一拨人来践约；另派一拨人抄后路，到我们捞鱼堡来胡搅。相好的，只可惜你们抄后路的朋友有点顶不住，也陷在堡里了。姜大剑客，我请问你，这个理怎么说？明面上在鬼门关践约，暗地里派人掏底，这难道也是江湖道上的规矩么？"

智囊姜羽冲愕然道："什么，你又要赖辞？"

长衫客呵呵大笑道："就算我们赖辞，可是你们硬要抄我们的后路，我们当家的能够不回去么？相好的，这鬼门关相会的话，现在就拉倒。我们当家的已经返回捞鱼堡，照应你们抄后路的朋友去了。喂，松江三友，威名不小，我们当家的好接好迎，此时想必已经和令友松江三友答话了。两个地方，两个

邀会，我们人少，蒙嘉宾登门，可惜照应不周到。索性我们两路并成一路，都在捞鱼堡见吧！”

群贼同时叫道：“姜大剑客说的话冠冕堂皇，你可脸对脸说话，暗地又下绊子。干脆，你们有胆量，咱到捞鱼堡见面！”长衫客与群贼把镖客分路下卡的布置喝破，顿时纷纷游走起来。唰的一溜火光，发起信号，在长衫客后的群贼各各撤退。长衫客放了几句话，竟抛开姜羽冲，涌身一跃，分明也是要走。

姜羽冲、金文穆、岳俊超等，见时逾三更，窥知贼人势将溃围而遁。却不料贼人抓了这么一个理，把失约之过推到镖客身上。姜羽冲大怒，喝道：“飞豹子，你不要搅理。站住！我还要请教你三招两式再走！……”

当此时，群贼乱窜，呼哨连吹。长衫客竟置镖客的诘问于不顾，把短刃一挥，招呼同伴，一齐撤退。姜羽冲怒极，回顾众镖客道：“不要放他走，截住他！”所有镖客顿时暴喊了一声，抡刀争先，把路口拦住。

长衫客转身要走，却未真走，仍然扼住土冈，不教镖客上前。智囊姜羽冲将一对判官笔插好收起，重拔长剑应敌，展开身形，当先夺路。厉声骂道：“飞豹子，别人能走，你别想走！”长衫客飞豹子笑道：“你是江南成名的武林道，我在下早想领教；但是，姜朋友，我却不愿在这里候教。”回身一指道：“还是到捞鱼堡！”

姜羽冲用剑一指道：“你倒一厢情愿，相好的，你就接招吧！”利剑一挺，“巧燕穿林”，身随剑进，奔敌人扑来。长衫客飞豹子当径而立，早料定有这招，却故意地不闪不躲，扼住岗路，把铁烟袋杆往外一磕。他居高临下，分外得势；右脚着地，左足轻提，双臂一分，斜身侧展，“毒蛇寻穴”，铁烟袋唰的往剑身上砸去。姜羽冲不由一撤剑，倒退了半步，复又挺剑进攻。这两人在土冈后一上一下的拒住。

倾斜的土坡高低相悬也有一两尺。姜羽冲左手剑诀复一领，剑花一转，“仙人指路”，直指向敌人上盘；却因高低参

差，仅仅刺及长衫客的中盘。长衫客一招扑空，右手微撤，左脚上步，“拨草寻蛇”，让过了剑锋，铁烟袋斜奔姜羽冲的云台穴。姜羽冲往左一拧，“烘云托月”，上削长衫客的兵刃。长衫客把铁烟袋往回一带，唰的反从下往上猛翻，“倒打金钟”，兜着姜羽冲的肋下撩来。姜羽冲回肘缩身，幸没被烟袋兜上；急抢步改势。展眼间两个人换了五六招。

姜羽冲仰攻吃力，不由恚怒起来，喝道：“好朋友，你下来！”长衫客笑道：“好朋友，你上来！”

姜羽冲越怒道：“好朋友，比武只凭一刀一剑，借地势胜人，不嫌丢脸么？我可要对不住了！”回顾同伴喝道：“一齐抢！”顿时间，金文穆、屠炳烈、岳俊超、欧联奎、阮佩韦等，先后冲上来；即一左一右，和姜羽冲站在一条线上。后面的镖客各各掏出暗器，又听得姜羽冲喝一声：“攻！”一齐发动猛往土冈上抢来。飞豹子就生得三头六臂，也挡不住近攻的七敌，远攻的好几支镖箭。说声：“好么！”翻身一退说道：“我让了！”身后土冈立刻被先上来的七个镖客夺占。

七个镖客犯险先登，仍由姜、金二人追敌，其余岳、屠等人忙接引同伴上岗。

长衫客沿冈飞奔，往岗前苇丛走去。镖客大喜，这一占领高岗，顿时望见岗前的情形；岗前边的群贼正围攻俞剑平等。姜羽冲邀着金文穆，挥剑紧追长衫客；一面闪目四顾，防备贼人的埋伏。岗上岗下乱草丛生，深恐潜藏着敌人。姜羽冲奋勇当先，连声吆喝着：“朋友们，留神看四面！”

四面竟没有意外，众镖客一齐奋勇下去。哪知岗上没有埋伏，岗下竟生意外。

众镖客紧缀着长衫客，穿羊肠小径，折向土冈下，抹着苇塘，紧追下去。苇塘前杂草摇风，只见这长衫客似一条长影，东一拐，如水蛇似的闪掠，竟投进苇塘。众镖客穷追不舍，往前冲杀，姜羽冲喝道：“小心苇塘！”

众镖客一齐注视苇塘，奎金牛金文穆负怒猛追，道：“哪

里走！”一言未了，陡然间土冈前坡半腰丛草中唰的一声，窜出五条黑影。草丛很矮，这五个贼人大概是躺在草地上伏着。为首一贼，短小精悍，突喝一声：“打！”五个贼党从斜刺里攻来，发出一阵暗器。

众镖客悬崖勒马似的，急急凝步侧闪。五个贼人竟施展五根杆棒，齐照金文穆一个人缠打过来。岗坡倾斜，不易立足。金文穆被这五根棒包围，急急地挥刀抵拒，循着长衫客逃走的路线，往下猛窜。脚下一软，说声：“不好！”想往回退，后面的两根杆棒已经打到。

金文穆大怒，不能后退，只得努力往前一蹿；扑哧一声，两条腿陷入泥塘中。原来这片苇塘，处处是泥滩；有的地方是软泥，有的地方是水洼。金文穆恰被贼人所诱，掉到泥滩里了；顿时往下陷落，烂泥竟没到膝盖。忙追中，也就顾不得许多，一迭声地大叫：“泥塘、泥塘！”却不道喊声未了，时光庭跟踪继上，也陷进了一只脚，急忙拔出来。

众镖客闻声大惊，只道金文穆中了暗器，负伤栽倒。智囊姜羽冲、岳俊超、屠炳烈等一共十多个镖客一拥而上，由土冈斜坡奔向这五个使杆棒的贼扑来。岳俊超挥剑先到，被两根杆棒缠住。姜羽冲挥剑斜绕，只想追超飞豹子，也被三根杆棒挡住，动起手来。

没影儿魏廉、东台武师欧联奎，趁这工夫，飞奔来救金文穆。二人腾身往下一蹿，下面颇像一片浅草地。金文穆大叫：“姜五哥，这是烂泥塘，我陷住了！”这话可惜喊晚了，才叫出“泥塘”二字，欧联奎扑通一声也掉在水洼里了；没影儿魏廉也落在里头；他们却仗一股猛劲，叫得一声：“不好！”呼啦的一声，欧、魏两个人从水洼里跳出来；原来这片水洼泥底较浅。

这时候青年壮士李尚桐在土冈斜坡上，奔窜寻敌；忽一脚踩着圆溜溜的一块东西，不由得腿一滑，身子一栽。贼人的杆棒抽空唰的缠打起来，使足了力气，往怀里一扯，喝一声：“滚下去吧！”

李尚桐猛然往外一夺，贼人骤然一松手，李尚桐身形一晃，骨碌碌地从岗上掉下来，整个栽倒泥塘里。“鲤鱼打挺”，往起一蹿，哪知脚下身下尽是软泥淤水，不得着力，到底扑哧一声，又滑下去。他连滚带爬，往外力挣，大叫道：“好贼！朋友们，土冈底下这边尽是烂泥塘呀！”

土冈下确有一片片的浅草泥塘和深潭苇塘；贼党一力地往这边败退，就是要诱镖客上当。岗上边五个使杆棒的贼哗然大笑，且战且嘲弄众镖客：“鱼儿入网了，你们这些虾米，小泥鳅，还不给我滚下去！”跟着扑哧一声，又有一个镖客失足滑落下去。蛇焰箭岳俊超勃然大怒，一展手中剑与四五个镖客奋力围住这五个贼人。

智囊姜羽冲抽出身来，顾不得追豹，只得先想法拔救奎金牛。其余镖客散漫开，择路往土冈下面奔窜，还得超过去接应俞、胡二镖头。狂笑声中，长衫客飞豹子已然徜徉走了。众镖客干生气，追不上他。

岳俊超引同伴力斗五条杆棒，杀兴大起，一连数剑，把那个矮小精悍的贼杀得倒退。原来这贼便是江北新出手的剧贼凌云燕。此人生得削肩细腰，颇似女子，却是身轻如叶，武功很强；但不甚会用杆棒，所以抵不住岳俊超。当下此贼卖一个破绽，抽身便退。一抹地败下来，还想诱岳俊超陷入泥潭。此贼细声细气，冷笑叫道：“好汉子，你敢追过来么?”一翻身，往苇塘边跳去；退到泥潭边际站住了，又向岳俊超叫阵。

岳俊超大怒，却不肯上当，把剑一收，一扬手，倏地发出一支蛇焰箭。箭驰半空，砰然一声爆炸，放出一溜蓝焰，顿时照得岗下片刻通明。众镖客齐声喊叫：“这边是泥潭，这边是泥潭！那边有道！”跟着一路急攻，所有使杆棒的呼哨一声，败退下来，一登一蹿，一蹿一登，先后也没入苇塘。料想苇塘有水，贼人能够钻进去，必定也有土径，可以通行。

蛇焰箭岳俊超便穷追进去。智囊姜羽冲急叫道：“别追，别追！你们快来救金三爷吧！”李尚桐嚷道：“还有我哩，我可

要沉下去了！”

众镖客乱作一团，有的急急绕路追贼，有的忙着过来拔救自己的人。铁矛周季龙首先奔来，设法援救李尚桐。不想救得太急，周季龙一下子失神，自己一条腿也陷入泥中；忙忙地拔出腿来，脚上的靴子，已经灌满了臭泥淤水。

那一边又奔过来两位镖客，协力搭救奎金牛金文穆。金文穆身高体胖，陷没处又最深险，越挣扎越往下沉，眼看泥水将要淹没到脐下，急得他怪喊不休。

东台欧联奎、没影儿魏廉，半身湿淋淋地站在泥塘边，掏出飞抓来，掷给金文穆，努力往外牵救。金文穆往怀里扯，欧、魏二人往塘外拔，两方较足了气力。不想这烂泥的胶着力很大，蹦的一声，飞抓的绳索竟被扯断。魏廉、欧联奎连打了几个晃，险些摔倒。急得金文穆大叫道：“不好，要命，要命！眼看要过胸口，我可要憋死啦！”

金文穆又急又怕，深恐飞豹子贼党再返回来。莫说来反攻，就是发个暗器，自己也逃不开，躲不掉。姜羽冲空号智囊，到了这时，也万分焦灼；一面催人接应俞、胡，一面还得想法子把人捞出来，那一边，周季龙一脚烂泥，和两个镖客努力拔救李尚桐。没影儿魏廉、欧联奎半身是水，努力拔救奎金牛。俱都是越着急，越救不出来。

到底姜羽冲随机应变，想出急招来；连唤阮佩韦、周季龙各抡飞抓，先扯住金文穆和李尚桐，以免再往下陷。他自己忙又分派众人，散在四面，防护着贼人来扰。又拨出数人，催他们赶快拔刀割草；束草成捆成垫，铺垫为桥，好渡过人去，扯救那陷溺最深的金文穆和李尚桐。

众镖客忙乱着救人，也顾不得追贼了。但是贼人果然反身追寻他们来！苇塘中只听得阴沉沉地连声怪笑，那长衫客蓦然现身，吆喝道：“俞大镖头，姜大剑客！到底教你看看是鱼儿落网不是？哈哈！豹子没下去坑，臭鱼烂虾都掉在臭水塘里了！我这才要会会你们的能人！”苇草簌簌地响动，贼党眼看

反扑出来。姜羽冲等一齐大惊，贼人果然乘危前来反攻。智囊姜羽冲切齿恨怒，不遑计及拔草垫滩之事。自己忙一提兵刃，一纵身，嗖地扑向苇塘，先把贼人来路挡住。

没影儿魏廉和阮佩韦等，虽不能扔下金文穆、李尚桐不顾，可也不能忍受贼人的讪笑与反击。几个人不约而同，齐一扬手，唰的先发出镖箭，径照苇草打去，其他镖客也齐发暗器。那长衫客早已一阵风蹿出来。姜羽冲、岳俊超，不要命地截过去。苇草乱响，人影乱闪，好像贼人都向这边扑来。

苇塘那边草地上也是人影乱窜，至少有十多个人。姜羽冲这边倒有三十来人，可是忙着掩护同伴，有一半人横身挡在金、李前面；不敢退避，不敢进攻，只能死守的份儿。姜羽冲一跺脚，道："咳，跟他们拼了吧！"与欧联奎等六七个人，一条线地往前横冲过去，决计不容贼人迫近。贼人如果迫近，金文穆等必要丧生。

金文穆只剩两只胳膊了，烂泥眼看陷到胸口。李尚桐比较好些，挣了浑身的泥；虽没有陷到深处，只是使尽气力，总拔不出来。

长衫客已率六七个人翻回来，姜羽冲忙率六七个人迎上去。长衫客用烟管一指道："姓姜的！"

姜羽冲挥剑骂道："飞豹子，没有说的，看剑！"说着往前一蹿，搂头盖顶举剑就砍。

长衫客长笑一声，往旁略闪，唰的斜蹿过去。姜羽冲急急往外跨步，横身要将敌人截住。这如何截得住？长衫客一迎一闪，竟奋身一跃，抛开姜羽冲，直奔泥塘扑来。

姜羽冲咬牙切齿急追，长衫客竟从姜羽冲左肩抹过去。追之不迭，姜羽冲抖手发出一支镖。那长衫客一扑，庞大的身躯一伏，把暗器闪开；脚步不停，一味地奔金文穆隐身处而来。苇塘外东南角也有一些人影，远远地历落绕来。

姜羽冲大怒道："快截住那一边！"救护金文穆的镖客未容敌到，急急地应声分出几个人，来远远地先挡住东南角敌人的

来路。本来是镖客人多，这一来倒牵制得应付不暇了。姜羽冲心中非常地恼怒难堪。

忽又见西北角疾如箭驰，奔来三个人影；两个人影在前，一个人影在后。姜羽冲越发焦急，心想："金三哥的性命休矣！"深愧计疏，怒喊如雷道："飞豹子，哪里走？看镖！"嗖的一声，一点寒星掠空打出去，直奔长衫客的上盘。

长衫客一扑身，又一旁闪，一支镖掠空打过。姜羽冲趁此机会一跃两丈，竟赶到长衫客的背后；长剑一挺，照敌人后心就刺。长衫客回身招架，他的同伴立刻把姜羽冲围住；众镖客也立刻冲过来。双方抵住，在冈下又混战起来。

姜羽冲且战且呼："岳四弟，快挡住那边！阮贤弟，别离开，务必扯住金三爷！"正在危急间，那三个人影也奔到两个。先头那一个人厉声喝道："姜五哥，怎么样了？"

姜羽冲一块石头落了地，众镖客一齐大喜，来人正是十二金钱俞剑平。

十二金钱俞剑平、铁牌胡孟刚等被群贼包围，本甚紧迫；直等到姜羽冲等从冈后抄过来，群贼立刻知道镖行援兵驰到。猜想人数必多，也许有官兵来剿，他们就吹起呼哨，立刻撤退下去。虽然散奔各处，却绕着道，都奔苇坑埋伏下来。

那胖、瘦二老人首先往下撤退，两个穿黑衣的夜行人物也率众退却。俞剑平、胡孟刚和马氏双雄、单臂朱大椿、黄元礼、石如璋、左梦云、飞狐孟震洋等顿时松动，忙聚在一处，认定胖、瘦二老人为贼党领袖，一步不敢放松地追去。

二老脚程颇快，穿林疾走，眨眼间出了疏林。俞剑平、胡孟刚和马氏双雄，绕疏林两头截堵，没把二贼堵住；可是也没容二贼逃开。这二老往苇塘那边奔逃，也想把俞剑平诱陷在泥塘里头。不想俞剑平有数十年的轻功，追贼又追得很紧，贼人狡计竟未得逞。

那胖老人往泥塘边一跳，又一登塘中预先竖立的木桩；一蹿一登，一蹿一登，身形乱晃，逃入苇塘中去了。黑影中看不

出道来，可是俞剑平分明还记得这片苇塘有水，贼人竟会在水中奔跳，竟会听不见泥水啪嗒的声音，料想必有蹊跷。

俞剑平是从平地赶过来的，不比姜羽冲凭高下蹿的冒险，顿时发现贼人的秘密。贼人跑近苇塘，分明脚底下似有所择，并非一直往前闯。俞剑平便不肯上当，立即止步低头寻看。这一看，忽然发现前面乱草中隐隐似有水光，哦的一声道："好贼！"一声未了，贼人抖手发出一镖。俞剑平忙即闪身，将镖闪过。贼人大喝道："呔，姓俞的，你敢过来走两招么？这里可有渔网！"

俞剑平冷笑道："俞某不才，梅花桩也学过。你等着吧！"贼人闻言，不由一愣，疾抬头，看见俞剑平伏身作势，做出要往前蹿的架势。贼人窃喜，立刻蓄势以待。哪知俞剑平猛往前一跃，并未离开地方，却铮的一声，发出一枚钱镖来。只听得扑哧哎呀，苇塘中的贼人中镖栽倒，滚下了木桩，掉在苇塘的泥洼中了，迸得泥水四溅。贼党立刻把中镖的同伴救起来。

在这苇塘西北面，相距不过片刻，铁牌手胡孟刚、马氏双雄、小飞狐孟震洋、左梦云等人俱都抄旁路，绕到这边来。

贼人故弄狡狯，把苇塘的苇草弄得簌簌作响。铁牌手胡孟刚大叫道："好贼，都在这里呢！攻啊！"他与马氏双雄一齐扑去。十二金钱俞剑平连忙喝止："胡二弟，别上当！这苇塘不是旱苇子，里面是泥塘！"马氏双雄、胡孟刚急忙止步寻问，凑了过来。

俞剑平道："贼人暗埋梅花桩，想把我们诳下泥洼里去。可惜他们梅花桩的身法并不强！"他吩咐马氏双雄四面兜围，先把豹党看住了。"相好的，我看你怎么走！"

胡孟刚恨恨叫道："快放火！把苇子烧了，看他们怎么藏！"这是句威吓的话，却也做出放火的架势来，不料贼人在内已经看出。

俞剑平喝破贼人的诱敌狡谋，贼人在苇塘中便藏身不固。俞剑平窥定贼踪，用金钱镖一枚一枚地打进去。贼人会登梅花

桩的果然不多，身法极重，脚步又不能轻，渐渐支撑不住。有的在水中木桩登的工夫久了，桩子吃不住劲，似要下陷；有的把木桩登歪了，连忙换桩挪地方。

而且贼人设桩诱敌，事出仓促，所设的木桩很少；只在要径上，选取几处苇塘，按卦象设了一百二十八棵。木桩也是临时凑的，长短粗细不齐，乃是贼党专给自己预备的退路；万一拒不住镖客，便可以登梅花桩穿苇塘退走。所以初设之时，拒敌意思居多，诱敌的计策还是临时起的意。

当时胖瘦二酉和黑衣二伴未能把俞剑平诱入，忙暗呼同党，一径取路退下去。

俞剑平紧追不舍。此地苇塘、水坑、土冈、疏林，处处险阻，到底没有缀住贼人。贼人诱敌之计虽败，可是抽身逃走，到底很容易地溜开了。却把俞剑平、胡孟刚、马氏双雄、朱大椿、黄元礼、孟震洋、石如璋、左梦云等人，溜得围着苇坑泥塘绕了好几圈，仍未把贼人堵住。于是十二金钱俞剑平望影逐贼，刚赶到土冈前坡，恰恰前面又阻住一片苇塘。胡孟刚叫道：“俞大哥，这些狗贼们一定又钻在这里了。”

俞剑平对马氏双雄说道：“二弟，三弟，你们打南绕，我们打北绕。”分两面，抄苇坑奔过去；意在追贼，却得与接应之兵相遇。

姜、金一行本为接应俞、胡，反倒受了俞、胡的救应。可是姜羽冲等一阵鼓噪，无形中又替俞、胡解了围。俞剑平立刻健步当先，同姜羽冲等，遥打招呼；镖行至此，合在一处。

那长衫客飞豹子公然不惧，兀自猛扑姜羽冲。姜羽冲惟恐贼人无法无天，伤了奎金牛金文穆，正在破死力牵制长衫客。长衫客无意伤人，只不过故意张皇，要牵制镖客，好容自己人退去。

当下，智囊姜羽冲力拒长衫客；俞剑平急抄土冈，断贼退路。各路镖客渐次聚在一处，势力愈形雄厚；贼党却分散成四五堆，往来乱窜，不时出没于林冈、苇塘中。铁牌手胡孟刚连

声呼叫："劫镖的正点在这里，穿长袍的就是；相好的，往这边钻啊！"众镖客闻声欢呼，越发奔长衫客一个人扑来……。

突然听疏林吹起胡哨，声调尖锐而嘹亮，似有三四支呼哨同时吹响。镖客愕然，不知贼人又弄什么诡计，复疑贼人又来增援。哪知散奔各处的群贼骤闻哨声，唰的退去。这一次退得极其神速。但见人形乱窜，不一刻，群贼合成两路，由胖、瘦二老人率领，冲奔土冈西北角而去。

铁牌手大声呼道："飞豹子不要走！"然而飞豹子并没有走。那长衫客飞豹子和两个穿夜行衣的贼人，正在落后力战。众镖客都奔长衫客，长衫客施展迅快的身法，引得众镖客跟他东一头，西一头乱跑。

忽然间，长衫客及其同伴，蹿到泥塘边，短兵刃一举，要来攻打陷入泥塘的金文穆、李尚桐。姜羽冲只身单剑，遮拦不住三个敌人，情形危急，连声招呼："俞大哥快来，金三哥陷在泥塘了！"

十二金钱俞剑平正抢土冈，遮截群贼。不道长衫客真真假假，竟要来戕害金文穆，两个夜行人来伤李尚桐。众镖客明知贼人使的是牵制之计，无奈贼党"攻其所必救"；"救友"总比"追贼"急，刚刚抢上土冈的人还得奔下来。

十二金钱恨极，如飞鹰掠空蹿到长衫客背后，厉声叫道："飞豹子，我俞某今天一定要跟你见个起落！"唰的一剑砍去。

这地方就在泥塘边。那阮佩韦正像放风筝似的，扯着飞爪，牵着落塘的金文穆，往外拉，却竟拉不动，只能牵扯着，不教金文穆再往下陷落罢了。猛听后面长衫客阴幽幽地一声怪笑，道："相好的，你是钓鱼还是钓王八？拉皮条还是拉纤？"冰凉的铁烟袋杆随着话声，哧溜地打到阮佩韦的脖颈上。

阮佩韦吃了一惊，手一松，回手抡刀。他哪里是长衫客的对手？胳膊才一抬，觉得肩后环跳穴一阵发麻，咕咚一下，啪嗒一响，人和刀齐倒在地上。

姜羽冲大吼一声，挥剑来救；一跃两丈，人未到，剑直劈

出来。姜羽冲剑快，还不如长衫客的手快；只见他一伏身，立刻抓起阮佩韦，回身一抡；厉声叫道："你砍！"姜羽冲吓得拼命往回收招，这剑才未砍着阮佩韦。那两个夜行人就势窜过来，把姜羽冲挡住。众镖客大骇；虽未看出危急，却已听见阮佩韦的呼声，立刻纷纷扑过来。

阮佩韦被长衫客掐脖颈，抓腿腕，抡了起来。众镖客一齐猛冲，都不敢下手，有的掏出暗器来。长衫客似旋风一转，狂笑声中，阮佩韦失声大吼。立刻，黑乎乎像球似的，被长衫客喝一声："去你的吧！也喂王八去吧！"嗖地被抛向泥塘，恰落在金文穆失陷处的旁边。

阮佩韦却也了得，未容身落实地，悬空一翻，这才头上脚下地落下来。泥塘烂泥很滑，扑哧地落下来，泥水四溅。阮佩韦趁势"鲤鱼打挺"，往起一挣，哪里挣得出？扑哧又一声，重又陷在烂泥之中。浑身湿淋淋，不亚如落汤鸡，头面上尽是淤泥臭水，挣扎着露出上半身，下身也陷入泥中。

金、阮两人做了伙伴，恨骂道："飞豹子，你这老兔蛋，好损！"

泥塘边发出了得意的狂笑。长衫客傲然挥动短兵刃，寻敌而战。众镖客哗然大骂，首先窜过来的是岳俊超、屠炳烈、欧联奎，跟踪而上的是马氏双雄和左梦云。长衫客像蝙蝠似的，在镖客群中飞腾乱窜。夜暗星黑，人都攒过来；镖客的暗器不敢轻发，恐伤了自己人，只舞动兵刃，群攻这长衫客。

铁牌手胡孟刚大声吼叫："这是飞豹子，这是飞豹子！"长衫客猛勇善战，厉声回答："就是飞豹子，又待如何？姓胡的，招家伙！"铁牌手胡孟刚如飞奔来，长衫客抖手发出一粒铁菩提，胡孟刚伏身闪开，险被打着。

这时节，十二金钱俞剑平已从土冈蹿下来，利剑一挥，从背后掩到，振吭呼道："呔，豹子，看剑！"未肯暗袭，先叫一声，唰的一剑，照敌后心捌来。长衫客肥大的衣袖袍襟一闪，一个"盘膝拗步"，反圈到俞剑平右侧，左手骈双指，照俞剑

平的左肩井穴便点。

俞剑平一剑捌空，剑招倏变，未容得长衫客二指点到，青钢剑便顺势往上一撩。“太公钓鱼”，反挑敌人左臂。长衫客往右拧身，“龙形飞步”，飕地如一只巨鹰，竟从俞剑平右侧窜出，脚未沾地。屠炳烈一个箭步扑到，“搂头盖顶”，抡刀就剁。岳俊超剑诀一指，也从左侧急掩过来。

长衫客一声狂笑：“来得好！”铁烟袋陡然上翻，当的一声，如虎啸龙吟，正兜在屠炳烈刀上，顿时火星四溅。屠炳烈吭的一声，右臂随刀风往后一落，身躯不由的半转，手臂顿然发麻。长衫客铁烟袋“顺水推舟”，往外疾送，正点屠炳烈的气门穴。

屠炳烈自恃有铁布衫横练的功夫，冷笑道：“飞豹子！别人怕你点穴，爷爷……哎哟！”咕咚一声，应手栽倒在地。他自恃铁布衫不怕点穴，却仍有十二道大穴搪不住重手；这一下比别人伤得更甚，顿时倒地不能动转。

岳俊超、欧联奎大惊，刀剑齐到，拼命应援过来。长衫客振臂大吼，飞掠出二三丈外。

俞剑平运太极行功，往前作势，双足努力，也一掠三丈，飞追过来；剑往外斜递，身随剑走，身剑相合，一缕青光，追到长衫客的背后。眼看剑锋直取长衫客的魂门穴；长衫客忽然“怪蟒翻身”，往回一转，铁烟袋“金雕展翅”，骤往俞剑平剑上崩砸，喝道：“撒手！”用了个十二分力量。

俞剑平沉着应战，青钢剑疾往下沉，随即往外甩腕，“螳螂展臂”，剑锋下斩长衫客的双足；冷笑说道：“不见得撒手，看招！”

长衫客的铁烟袋尽管迅如电火，到底未能砸着俞剑平的剑。俞剑平的剑不但撤回去，又立刻发回来。长衫客道：“嗬嗬，好快！”心中也自佩服。飞豹子肩头一动，腾身跃起，唰的纵出三四步；长袖飘飘，往下一落。

俞剑平一声怒叱：“飞豹子，你接招！”紧跟着长衫客的飞

纵身形，同时飞起，同时着地。相隔四五尺，俞剑平右脚一点，身形往前探，用“猛虎伏桩”，青钢剑猛戳敌人的肩梁。长衫客也正杀腰下势，微侧着半转身躯；又瞥见俞剑平追踪掩击，势猛剑疾，剑风已劈过来，却又铮的一声，一枚金钱镖已应手发出来。

长衫客回身一挡，右手短兵刃架剑，左手鹿皮套捉镖。而同时，岳俊超的剑也扎到。那一边，马氏双雄挥双鞭，胡孟刚摇双牌，把长衫客的两个穿夜行衣的同伴紧紧裹住。欧联奎把屠炳烈救起。唯有智囊姜羽冲，插利剑，收判官笔，急展飞抓，招呼镖行，一齐用力；割草的割草，垫道的垫道，递抓的递抓，百忙中合在一起来搭救落泥塘的金文穆、李尚桐、阮佩韦。

豹党那边，绕林，登冈，越泥坑，穿苇塘，人已退去一多半，长衫客战到分际，飞身旁窜，跳出圈外；眼光只一绕，看清敌己的情形。苇塘中铜笛又连声急啸，长衫客这才双足一顿，“燕子三抄水”，忽然扑奔双雄这边。

俞剑平叱道：“哪里走！”跟踪赶过来。长衫客立刻右脚点地，身躯斜转，一对豹子眼闪闪放光，分顾前后。头一扭，“犀牛望月”，亮开了发暗器的架式，铁烟袋早换交左手。

这时候马氏双雄正和胡孟刚率三五个镖客，把那两个夜行人围住。长衫客猛喝道：“哥们，走！”右臂陡然一扬，数粒铁菩提照胡孟刚、马赞源、马赞潮、九股烟乔茂、左梦云、小飞狐，历落发出去。

胡孟刚眼快，急呼道：“留神，豹子来了！”铁菩提如流星乱迸，众镖客急闪。长衫客又喝：“快走！”那两个夜行人趁势拘身而退，也掏出暗器，且打且退。黑影中，众镖客大呼：“豹子在这里呢！”竟全都放松他贼，重复扑奔长衫客。

长衫客如飞地退走，众镖客连喊：“截住他！”十二金钱俞剑平道：“不要走！”迎面截过来，两个人正打对头。

俞剑平横身扼住退路，长衫客抛身反走，却又止步。俞剑平利剑一挥，唰的蹿过来，猛如飞虎，脚才落地，剑已劈出。

那长衫客暗捻三粒铁菩提，微微向旁一闪身让过利剑，三颗暗器抖手照俞剑平打来。黑影中，铁菩提唰的一响，分上中下三路同时发出；相距极近，手挥即到。

这跟钱镖的“迎门三不过”，是一样打法。俞剑平不敢用铁板桥的功夫躲，恐怕为敌所乘。他急展右臂往外一挥，左手往上一抄；身形不动，只听得呛的一声响，奔中盘、下盘的两粒铁菩提，同被青钢剑打落地上；右手同时也把奔上盘来的一粒铁菩提抄住。立即甩腕子，“来而不往非礼也！”原个铁菩提翻回来，嗖的一点寒风，斜打到长衫客的窍阴穴。

长衫客往左斜长身，往外滑右脚，铁菩提唰的擦着额角过去。长衫客急斜身形，用双手发暗器，从腋下唰的又打出一粒铁菩提。这颗暗器力大势急，竟取十二金钱俞剑平的听会穴。十二金钱俞剑平听风辨器，急往前一栽身，又猛然一抬头，青钢剑闪闪吐寒光，骤往外一削。扁剑身，扬剑尖，铮的一声把这粒铁菩提反弹回去。

长衫客一面拒敌，一面四顾，见随己断后的两个夜行人，已逃入苇塘，他便不再恋战。当此时，苇塘中铜笛连响；岗下塘边，尽剩下了镖客。不过夜色深暗，人影乱闪，只有长衫客心中有数，镖客却还不十分明白敌人退净。众镖客救人的救人，搜敌的搜敌。夜影中，长衫客直如一条怪蛇，从镖客人群中，一路急驰，抢奔土岗。

十数个镖客打头碰脸，竟没有截住他。忽然间，长衫客又一转，抽身回退；竟从孟震洋、左梦云身边窜过，一溜黑烟似的，又扑到苇塘边。小飞狐孟震洋、左梦云、石如璋大叫一声，急急地抡兵刃来截堵。左梦云抡太极棍当先便打，被长衫客突然进扑，铁烟袋反点到面门神庭穴。左梦云拖棍急退。孟震洋利剑一挺，“斜切藕”，照着长衫客肩头便剁。

长衫客倏又一扑，闪过了剑；铁烟袋往下一颤，叮当挥刃继上。铁牌手胡孟刚大叫着，舞双牌赶来。马氏双雄大骂：“好大胆的豹子！”这飞豹子竟敢把一群镖客看成无物，在众人

中往来狂奔，如入无人之境似的。二马怒焰飞腾，双鞭一抡，便来双战敌人。

长衫客过于厉害，又会点穴，又会发暗器，远攻近攻都得格外当心。二马刚往前进扑，还未及挨近，便被他突然一扬手，发出来一对暗器，二马连忙闪开。十二金钱俞剑平跟踪冲到，凝神注目，从乱窜的人影中，辨出敌人来。喝一声："呔！"身剑并进，迫至敌前，唰的劈下一剑去。

长衫客一见俞剑平到，突然地腾身飞纵，翩如惊鸿，复又抢奔苇塘。胡孟刚、孟震洋恰在塘边，各展牌、剑，就要穷追入塘。姜羽冲正忙着救人，忽一眼瞥见，急急叫道："那是谁？留神别追！"急叫声中，长衫客已经轻登巧纵，跃上了泥塘水洼。

孟震洋冒冒失失，仍要跟追；姜羽冲大惊，连忙喝叫："别追别追，那是陷坑！"孟震洋已一脚踏入泥水中，被他急窜退出。长衫客放声大笑着，轻踏木桩，驰入苇塘之中了。他的同伴也有十数人，先时遁入；只听得芦苇摇曳，瑟瑟作响，偶尔夹杂着三声两声的侮慢笑声。贼人走了！

第三十二章 巧植梅花桩大豪竞渡 轻挥吴钩剑苏老凌波

众镖客三五成群，倏地奔凑到浅塘边。百忙中，姜羽冲只叫出“陷坑”二字，大家都往陷坑这一面来；一个个绕塘而走，搜寻暗坑。他们一边想：“就有陷坑，贼人能走，我们就不会陷下去。”他们再想象不到，贼人在泥塘里，竟是暗摆梅花桩。这梅花桩非有绝顶轻功，不能在上面游走。

俞剑平、姜羽冲虽已猜知贼人的诡计，心中也很疑讶，怎么贼人个个都会走梅花桩呢？却不知泥塘内的百十根梅花桩，长短不齐，粗细不等，而且栽得深浅也不一样。虽按梅花桩的摆法，却在水洼中另有捷径，搭着跳板，四通八达，设着粗而稳的木桩，只要稍会提纵术的，都可登桩飞渡。另在实桩旁，虚设着许多浮桩，把人引到绝路，只要一登便倒。这些浮桩本非比武用的，乃是飞豹子用来骗阻追兵，便利撤退而设的。

苇塘沿岸，镖客们越聚越多，纷纷绕寻，互相指问：“哪里有伏桩？哪里有陷坑？”忽然间，马氏双雄瞥出几根木桩，露出水面尺许来长，只是与短苇混杂难辨。二马顿时大吼道：“这里有木桩！狗贼登着这个进去的！”

长衫客轻登巧窜，没入苇丛；猛然间又登着梅花桩，探头出来，面对二马，纵声高笑道："不错，这里是有木桩，算你有眼睛！朋友，你可以上来玩玩么?"往水里一根木桩上一跳，"金鸡独立"，右足着桩，左足轻提，把全身现出来。他昂首四顾，旁若无人。

众镖客哗然大叫，唰的一阵暗器，奔长衫客乱打出来，只听叮当、呛啷，长衫客舞动短兵刃，把暗器一一打飞。然后他翻身一跳，跳到水塘深处，距岸数丈，暗器打不着了；然后冷笑着讥诮道："相好的，这就不够格了！乱打暗器，有什么意思？喂，俞大镖头，何不请上来遛遛？还有姜大剑客久仰你是银笛晁翼的高足，你也可以登萍渡水，往我们这架现成的浮桥上走走嘛?"

此时智囊姜羽冲正在打叠精神，割乱草，垫泥滩，搭救奎金牛、李尚桐、阮佩韦三人；另有几个镖客帮着他。在长衫客现身处的塘边，聚着马氏双雄、铁牌手胡孟刚、单臂朱大椿、飞狐孟震洋等一群镖客和九股烟乔茂、没影儿魏廉、铁矛周季龙三个向导。

长衫客鹄立水上，仍在公然叫阵："喂，俞大剑客哪里去了？怎么着，听见没有？可肯上来么?"众镖客一阵传呼，十二金钱俞剑平如飞地来到水洼面前，炯炯双目，忙将水面的形势一看。

十二金钱生平倒也练过轻身太极拳，也走过青竹桩，只是多年未用，也不过是在平地上立桩，在白昼蹈行罢了。像这泥塘木桩，又在黑夜间，并且敌暗我明，若果上去，分明吃亏上当。若不上去，又明明教敌人较量短了。

俞剑平哼了一声，叫道："朋友，不要张狂！你等着吧！"立刻，左手将剑诀一指，右手把利剑一提，抱元守一，凝神一贯，双眸精光往泥塘上一瞬，顿时将长衫客落脚处的部位认准。但是木桩的部位被苇草混淆着，只能认出近岸浮出水面的几根来。俞剑平心中为难，事迫临头，不能不冒险；于是一作

势，便要飞身上桩。

忽然，马氏双雄叫道："俞大哥，你要做什么？"一把将俞剑平拉住。铁牌手胡孟刚、欧联奎也赶过来，一齐拦阻道："大哥，大哥！你素日把稳，怎么今日竟要受贼人的骗？你一个人上去，就不怕他们暗算么？"

俞剑平未及答言，长衫客哈哈大笑，把双掌一拍，噼啪响了两声道："镖行朋友，不要小瞧人！这里只有我一个人，还有两个伙伴。我们绝不在暗处暗算你们，我们也不像你们乱发暗器。我说俞大剑客、胡老镖头，还有姜大剑客，我们就只三个人，专请你们三位。谁要是施暗算、发暗器，谁是匹夫。在下受朋友的邀请，单要会一会俞、姜、胡三位高贤；别位武林朋友，我们改日再会。请上来吧，三位！"

十二金钱俞剑平怒生两肋，哈哈大笑道："你们不必说大话，你们是三位，我们这边对不住，就只我俞某一人，要会会你们三位高贤。你们三位有这等好功夫，请报个万儿来！"

长衫客仍然怪笑不答道："算了吧！俞大剑客怎么又把话说回来了。我乃是无名小卒，给人帮忙抱粗腿的。"俞剑平心知胡孟刚不会梅花桩，姜羽冲虽听说练过，无奈这乃是凌塘桩斗，万一失足，一生威名扫地。俞镖头因此把牙一咬，自己一个人应承下来。

铁牌手胡孟刚在旁听得真切，心中惭愧，急得大叫道："好你个飞豹子，不要胡吹！你左骗一回人，右骗一回人，你说的话远不如屁响。我们就上了木桩，你不过输了一跑。闲话少说，你敢赌输了不跑，把镖银交出来么？"

贼人不答，只是狂笑；转向俞剑平叫道："俞大剑客，我只问你，一个人真敢上来么？"

智囊姜羽冲在那边，也听见贼人指名叫阵，要他登木桩，他固然不肯示弱，无奈救人要紧。现在割草垫滩，忙得刚有头绪，这也要施展"登萍渡水"的功夫，才能把金文穆救出来。贼人指名叫俞、胡、姜三人上桩，现在只有俞剑平一人可上。

俞剑平把剑一领，就要单人独闯；却把蛇焰箭岳俊超惹得动火，大喝一声道："狗贼，你又要说谎骗人！你倚仗一片臭水坑，几根木头桩，就能逞强么？看箭！"砰的一声，把蛇焰箭发出去。唰的一道火焰，照得苇塘霎时一亮。

众镖客欢然大叫："对！快拿灯来吧。"贼已净退，不怕他打灯亮了。镖客们立刻提过来数盏孔明灯，把灯门打开，发出一道道黄光，虽然看不清泥坑内的虚实，可是塘外浮出水面的木桩已显露出来。

单臂朱大椿忽然逐灯亮过来，厉声叫道："俞大哥，来来来！我单臂朱大椿微能末技，我愿替我们胡二哥上桩走走。"俞剑平回头一看大喜，他倒听说朱大椿会而不精。朱大椿若不借火亮看清情形，也还在犹豫；于是跳过来，和俞剑平骈肩而立。俞剑平未曾登桩，先退后数步，暗暗向身旁马氏双雄，关照了几句话。二马点头会意，急急地转告其他镖客，又急急地握着鞭，袖藏暗器，以防贼人意外的诈谋。

然后俞剑平来到朱大椿身边，一拍肩说道："朱贤弟，你稍后一步，你我不可骈肩齐上；要一先一后，互相策应着。"俞剑平这才重凝浩气，目闪精光，把利剑一展；脚尖点地，施展开"蜻蜓三抄水"的绝技，看准塘边一根木桩，飕的一声，轻轻奔腾上去。俞剑平真格是身轻如叶，往上一起一落，左足单找木桩；却才脚尖一点木桩，觉得木桩微微一晃，立根处竟然不稳。反观对面敌人，长衫客在那边木桩上，站了好一刻，不倒桩，不换势，竟安若泰山！

十二金钱俞剑平毫不介意，仍轻身提气，预先寻好了前跃旁窜的木桩，灯影中认清桩高桩低，桩粗桩细，只觉脚下这头一根桩似往外滑，却仍不肯挪地方，立刻"金鸡独立"，把身子一展，这根要倾侧的木桩竟被他凝住。

那边单臂朱大椿，也将单臂一张，提着左臂刀，叫道："朋友，我可要上桩了；要发暗器，可就在这时候！"这一句话骂人不带脏字。于是朱大椿也轻轻一跃，登上木桩。

塘前坡上，闪照着孔明灯的黄光。在俞剑平、朱大椿身后，一左一右两道光；另外一道光照射敌人，直投入苇塘。夜暗天黑，这三道黄光不啻暗室明灯，给镖行添了不少声势，减去不少的危险。

那一边，姜羽冲身旁也有两盏孔明灯，照耀着救人。飞抓已抓牢了金文穆和阮、李二人；铁牌手胡孟刚奔到这边来，插牌握抓，和两个青年镖客，拔河似的，两手揪着一个人。在泥塘上高垫草捆，铺成草桥；姜羽冲挺身践草，先抢救陷溺最深的金文穆。金文穆像泥猴似的，居然被拖出来；抓着姜羽冲的手，忽隆的一蹿，身登彼岸。姜羽冲却被他一带，脚下的草捆直陷下去两三尺；泥水横流，没过脚胫。姜羽冲百忙中一提气，飞身跃上旱地。还有阮、李二镖客，竟不能就势拖救，至少须重垫一回草。

九股烟乔茂、欧联奎、于锦、赵忠敏、叶良栋、时光庭，凡是用刀剑的镖客，一齐动手割野草，再打捆，往泥塘里投下去。金文穆已出陷溺，浑身都是臭泥，气得不住口大骂。胡孟刚不嫌脏，挽手道劳道歉，忙给金文穆脱衣。各人撤出衣衫来，给他换上。只有两只泥脚，重有十六七斤，满靴口都是泥浆，一时没处替换；竟脱下来，只穿光底泥袜子。金文穆又好气，又好笑，不住口地骂街。姜羽冲缓过一口气，忙着再救阮佩韦、李尚桐。

当下，十二金钱俞剑平和单臂朱大椿，一先一后，登上了木桩。苇塘中敌人那方面，只有长衫客往前一探身，挥手中短兵刃，叫道："好，俞大剑客的功夫果然不同平常，请上招吧！"苇草簌簌地一响，忽又另现出两条人影来，各登一根木桩，竟候镖客们来攻。

俞剑平一提气，由第一根木桩，往前一窜，轻轻落到第二根木桩上。这第二根木桩比第一根木桩更不稳；单腿才往上一落，立刻桩身一倾。俞镖头便知这木桩不能着力，忙运丹田之气，往右腿上一贯，气复往下一沉；腿尖用力一蹬，身躯腾

起，脚下这根木桩竟往淤泥中倒去。

但是俞剑平已飞落到左边第五根木桩上，离长衫客只隔着一桩；顿时“寒鸡拜佛”，青钢剑往外一展，喝声：“朋友，你接招！”剑锋直奔长衫客的中盘，用的是虚实莫测的招数。双雄就在梅花桩上开了招。

长衫客登桩待敌，一见剑到，急凹腹吸胸，往回一缩；俞剑平的剑尖差半寸没得挨着身。遂将手中的铁烟袋往下一压，双臂分张，向外一展；“苍鹰展翅”，烟袋锅甩到十二金钱的丹田穴。

灯影里，十二金钱俞剑平见剑走空招，敌招反递过来，忙分左脚往旁边木桩上一跨，跨出六七尺。右足一蜷，左足登桩，顺势将剑柄微提，剑尖下垂，唰的往左猛挂长衫客的兵刃，长衫客骤然收招。

俞镖头不容敌招再变，身形左俯，左手剑诀上指，指尖直抵左额；右腕倏翻，“金龙戏水”，青钢剑直如电掣般猛奔下盘。长衫客喝道：“好快！”腾身涌起，斜身下落，如饥鹰扑地，斜落向后侧第七根木桩。脚尖一找桩顶，俞剑平跟踪追来。

长衫客浓眉一挑，嗖地又蹿起来，却将脚尖用力一蹬，另换了一根桩，急回头伺敌。孔明灯灯光一闪，俞剑平果然跟踪又到。不想迎面木桩已被敌人登歪，才往上一跃，险些落水。急急往旁一闪，哧溜的一声木桩倒了。十二金钱早跃在另一根桩上，单足鹄立，如金蜂戏蕊，晃了又晃，可是到底没有掉下来。

俞剑平和长衫客一照面，是三招两式。那单臂朱大椿早已摄气雀跃，奔上水洼，连点四根木桩，试出这水上短桩，决不容反复点踏，只宜一掠而过。孔明灯从背后射出黄光，给他开路；苇丛中也灯光一闪，奔来两个敌影，各挥兵刃，双战单臂朱大椿。

朱大椿侧目打量来人。一个是四十余岁的中年，手提一柄三棱透甲锥，三尺来长，瓦面如铜，头尖似钻；另一个年约三十，身形瘦矮，手提一对外门兵刃青钢日月轮。只看这对兵

刃，就知是个劲敌。

单臂朱大椿一顺左手双龙折铁刀，往前复一纵身，连跃过三根木桩，趋近使锥的贼人的面前，右脚点稳了。朱大椿喝道：“朋友，你们有多少人，尽管上！姓朱的大江大浪，还见过许多，没把你们这点阵式放在眼里。朋友，你就一齐招呼吧！”话方脱出，往前一探步，左脚一找木桩，照那使三棱透甲锥的搂头盖顶就是一刀。虽是左臂刀，却是力大刀沉；往外一撤招，挟着股劲风劈下来。

那使日月轮的贼人脚登木桩，岿然不动；使透甲锥的却上前迎敌。一见刀猛，不肯硬接硬架；往旁一闪身，让过刀锋，三棱透甲锥“巧女穿针”，照朱大椿胸前还扎。

单臂朱大椿往左一跳，左边木桩嗤地斜下来，朱大椿急急又一跳，跳到另一木桩上。听背后风声扑到，一个翻身反臂，疾向贼人斜肩带背的劈去。敌人竟往下一塌身，缩项藏头，刀锋倏地擦头皮过去。

贼人一长身，三棱透甲锥“横扫千军”，复照朱大椿的下盘扫打，朱大椿腰上一叠劲，嗖地又蹿到另一根木桩上；却在抬腿时，把脚下木桩使力一登。他身移别桩，凝身不动，喝道：“相好的，你来！”

那贼人刚才输了一招，不由动怒，竟跟踪踏桩追来。不知这木桩已被朱大椿登活荡了，不由身形连晃，急急蹿过三根木桩，才稳住身形。朱大椿哈哈大笑道：“这样的身法，还要摆梅花桩的阵势，不怕丢人么?”

那使日月双轮的叫道：“不要张狂！”竟一抡兵刃，与同伴来夹攻朱大椿。

朱大椿应付一贼，绰有余力；照顾两敌；便觉闪架不迭；只可连连换桩，闪、展、腾、挪。但是贼人连连换桩，并不要紧；镖客连连换桩，可就险得很了。木桩有稳有不稳的，贼人有时还认不准，镖客犯险试踏，倍见危险。朱大椿连踏数处，几乎桩倒身陷。多亏岸边镖客用孔明灯照着，多少看出一些虚

实来。饶这样，仍苦应付不暇。朱大椿被二贼双双缠斗，十分急迫。

那一边，俞剑平和长衫客一味游斗，未分胜负。俞剑平一起初，连点六七根木桩，只觉脚下岌岌可危。立刻改攻为守，不求有功，只求无过。登定一根实桩，任敌人左右冲击，一味坚守不动。敌人的兵刃打到，只挥剑抵拦。

长衫客屡从浮桩上谎招诱敌，俞剑平不肯上当，绝不追赶。长衫客正想改计决战，俞剑平忽一张目，看看朱大椿那边吃紧，自己再难袖手；急急抛敌登桩，奔过去接应。

长衫客怪笑一声道："别走！"唰的一蹿，快闪飘风，追赶过来。俞剑平只得却步凝桩，回身应战。敌人来势很猛，俞剑平恰往旁边木桩上一跨，哧溜的一下木桩被登倒，看看要掉在水里。十二金钱俞剑平二目一张，双臂一抖，忽地作势，顺劲往左边木桩跳去。这长衫客好不猾险，竟抢先一步；把俞剑平要蹿过去的那根木桩站住。

俞剑平脚下木桩已倒，前蹿无路，旁跨又隔离稍远，后面虽有木桩，却没有反顾之暇。到此时，俞剑平急运太极门的气功，提起一口气，倒背身，往后一拧；就着拧身之势，把身形纵起来，一个"野鹤盘空"，倒翻回来。眼寻木桩，身形下落，刚刚着落在后面木桩上。同时噗嚓一声，把先前的那根木桩蹬在水中了。

那长衫客振吭喊了一声："好轻功！"嗖地追踪过来，道："俞镖头，腿底下稳着点呀，木桩没多大劲！"长衫客蹈瑕抵虚，总想把十二金钱闪下水去才罢。手中短兵刃一扬，趁着俞剑平身形乍稳，铁烟袋锅探出来，点到俞剑平的后背。

俞剑平被敌讥笑得十分难堪，含嗔冷笑道："朋友，休要张狂，落下桩才见输赢！俞某今夜不跟你阁下见个强存弱死，不能算罢！"腿下轻轻一点木桩，往旁一转身，把铁烟袋让开。左手剑诀一领，青钢剑才待发招还击。那长衫客陡然往回一窜，连跃出四五根木桩方才站住。忽听长衫客冷然发话道：

“这又是哪位高人？”说话时，长衫客眼向东北面苇塘寻看。十二金钱俞剑平也不禁愕然侧目。

突然听见东北面芦苇嘶啦地一分，立刻涌出一个人。这个人长身扎臂，手挺一把吴钩剑，用“一鹤冲天”的轻功，倏然从苇草丛中冒出来，轻轻一落，落在长衫客与俞剑平的当中，脚找木桩，单腿凝立，剑往怀中一抱，厉声道：“俞贤弟，给我引见引见，哪一位是力劫二十万盐镖的好汉飞豹子老英雄？我夜游神苏建明，要会一会高贤。”

说罢，坡上的孔明灯已然对他照来。跟着土坡上起了一片欢噪之声，齐叫道：“苏老英雄来了，那个穿长衫的就是飞豹子。”苏建明往坡上一看，道：“嗬！众位都在这里了？”一扭头，把长衫客盯了一眼，又把围攻朱大椿的两个贼党看了看，单足轻点，往前挪了一根桩。

苏老英雄重凝双眸，把长衫客上下打量，捋须笑道：“你！豹子头，赤红脸，铁烟袋杆。不错，不错，我老夫乃是三江夜游神苏建明。想当初老夫年轻时也曾走南闯北，浪荡东西，却恨缘法薄，眼皮浅，没有和你阁下会过面。想不到今日幸会，使我老苏垂暮之年得遇名手，真乃是一生幸事。你手里使的是什么家伙？哦，原来是外门兵刃，铁烟袋杆。我听说你会用铁烟袋杆打穴；现在，你阁下又摆这梅花桩，真乃多才多艺，可钦可佩。绿林中竟有你这位名人，苏某居然不认得，算是眼拙之至了。听说你老兄一手劫取二十万盐镖，还不肯埋头一走，居然传下武林箭，定了约会，教我这几个兄弟在这鬼门关与你相见。以武会友，足见你阁下英雄做事，不肯含糊，只可惜这鬼门关犯了地名，好像不大客气似的。不过，这鬼门关到底不知是谁的关？我苏建明外号夜游神，夜游神在鬼门关前闯闯，倒也有趣得很！”他遂将吴钩剑的一指，道：“呔！飞豹子，请过来！”

长衫客乍见苏建明，不由一愣，听完了这一席卖老张狂的话，怒目一盯，旋即磔磔地大笑数声，道：“我倒不认得这位

夜游神！我乃是山洼子里的土包子，只听说江南有个十二金钱，没听说这么一个夜游神。足见我井底之蛙，少见多怪。你既要替俞大剑客壮腰出头，足见你家门有种，就请你赶快上场。可留神老胳膊老腿，掉下来没地方给你洗澡换衣裳。”

话都够挖苦，苏建明只当耳边风，哈哈笑道：“手底下见功夫，爷们没跟你比舌头！来来来，咱爷们凑合凑合吧！”两个人立刻往一处凑。坡上的孔明灯闪前照后，给苏老英雄助亮；苇丛中的灯也照上照下，给长衫客增光。

苏建明这一上场，旁人都欢喜，俞剑平和姜羽冲都有些嘀咕。苏老武师本是责守在留守店房；集贤客栈房间内，虽没有什么要紧的东西可守，但有海州调派的两个捕快。这两人固然不是多么要紧人物，究竟是奉官调派的官差。倘若贼人狂妄大胆，真个从捕快身上出点差错，莫说杀官如造反，就让两个公差也教贼人掳走，那案情便要更热闹了。

这一番赴鬼门关践约讨镖，两个捕快本要跟来，姜、俞二人尚不放心，故此在店中留下镖客，名为留守看“堆”，实在专为保护这两个累赘物。但是，苏武师现已露出相，别人只顾欢喜，可以抢上风，与贼人赌斗梅花桩了；姜、俞二人却心中一动，这老头子只顾来凑热闹，可把两个累赘物收藏在哪里呢？闪眼四顾，不见吴、张二捕快。两人心中打起鼓来，可是现在又不遑明问。

俞剑平叫道：“苏大哥，多留神，桩子不稳。店里怎么样了？”

苏建明哈哈一笑，立刻应声道：“没错！俞贤弟，擎好吧。爷们没把这阵仗放在眼里。”究竟姜是老的辣，不等俞、姜明问，复又安慰道：“诸位放心，店里很消停，有人看‘堆’，我把那两块料掖起来，放在稳当地方了。”

说完，脚下一换步眼；苏建明人老眼不花，立刻往前点过一根木桩，手中吴钩剑一举，“举火烧天”式，向长衫客叫道：“好朋友，上呀！你把我掀到泥坑里，我立刻回家抱娃娃。我把你请下桩来，没有旁的话，二十万盐镖，一杆镖旗，请你赏

给我。如要输招变脸，拔腿一跑，我这个老脸皮也替你家里的老娘臊得慌。”

长衫客双眼一瞪，忽复大笑，也把手中烟袋杆一举，也学着苏建明，亮出一个“举火烧天”式，口中说道：“你年纪大，吃的饭多，输了赢了，只值一笑。你打算要真章，相好的，距此不远，有个捞鱼堡；捞鱼堡有个捞鱼将。”

长衫客说来说去，又是这一套话；看这意思，不活捉他们，讨镖事总没有指望。苏建明还要用话挤，俞剑平早已大动无名怒火，厉声叫道：“苏大哥，你这是对牛弹琴！这一伙朋友一举一动，把人贬成脚底泥；什么道理的话，他们满不懂。苏大哥，只有手底下明白，闲话休同他们讲，我和他们斗了这半夜，他们只和我装浑！”

苏建明愕然道：“岂有此理！”

长衫客桀桀一笑道：“真是这话。”

苏建明立刻一顺剑道：“好，打你这东西！”唰的一纵身，轻如飞尘，飘飘地又从这一桩蹿起，到那一桩落下；再往前一进，够上部位。长衫客立刻也把短兵刃一顺，叫道：“打！”两个人都穿长衫，长衫飘飘，顿时在泥塘木桩上动起手来。

十二金钱俞剑平便一伏身，登桩进步，转奔那使三棱透甲锥的敌人，使锥的敌人还身招架。那使日月轮的人便一摆双轮，单盯着单臂朱大椿。到此时，三个镖客正斗三个劫镖贼。使日月轮的贼人直揉朱大椿；朱大椿单臂一挥，奋刀相迎。

使轮的贼人忽然叫道：“相好的，我听说白天在双合店，有一位插标卖首的单臂镖客，想必就是足下。我今日得遇插草标的高手，真乃幸事！只可惜我用的是一对轮子，没有带割鸡的牛刀。单臂朱镖头，你就将就着点卖吧。”

朱大椿勃然恚怒，骂道：“呸，无耻之徒口舌胜人，看刀！”立刻往前一纵身，单脚登桩，左手照敌人削来。敌人一摆日月双轮，往上疾迎。一轮对敌，一轮护身，右手轮往外一展，先捋左臂刀；左手轮“孔雀剔翎”，向朱大椿腰部便划。

单臂朱大椿斜跨木桩，往左一迈，横刀撤钻，往下一沉，犀利的刀锋倏照敌人的右臂切去。敌人往回收转日月双轮，斜身轻纵，右腿后登，点一点背后的木桩；身形旋转，快似风飘。右脚退回去，一个“怪蟒翻身”，忽复攻上来；右手轮闪一闪，一塌腰，下斩朱大椿的双足。朱大椿左右也往后一跨，脚尖点桩，左臂刀“夜叉探海”，刀尖压轮刃，唰的抹过去，削切敌人的脉门。

贼人忙撤单轮，嗖地往回蹿退过去，直踏出四五根木桩，凝身立稳。单臂朱大椿喝道：“别走！”一下腰，脚点梅花桩，身似惊蛇窜，唰的跟踪追过去。“饿虎扑食”，迫近敌背；“金针度线”，刀点敌腰。一股寒风扑到，敌人早已觉察。只容得朱大椿人到，便左脚一提，右脚一捻，猛翻身，摆双轮，舌绽惊雷道：“砸！”轮锋直照朱大椿的左臂狠拍下去，这一下拍着，刀必出手。

朱大椿这一套“六合刀”，削、砍、拦、切、吞、吐、封、闭，运用起来深得秘妙。他为补救单臂的缺陷，运用左臂发招，稍微含糊的敌人，实在不是他的对手。敌人的双轮才往外一送，朱大椿早唰的把刀收回来。只一领，唰的发出去；应招换招，迅疾非常。

使双轮的敌人慌忙倒窜，才得躲开这一刀。朱大椿用刀的手法好，敌人登桩的身法巧，因此两人打了个平手。但是相形之下，当不得久耗；那敌人大概是初次和左手对敌，渐渐地显出不利来。朱大椿刀光挥霍，专攻敌人的要害；那敌人一味闪、转、腾、挪，想往浮桩上诓诱这左臂刀，左臂刀不肯上当。

老拳师夜游神苏建明，这时和长衫客长衫飘飘，东闪西窜，也打了个难分难解。

老拳师苏建明年岁高大，身手矫健，梅花桩的功夫更经过数十年的幼工精练，在当时堪称江南一绝。只见他把吴钩剑一展，不慌不忙，老眼无花，先把长衫客立身处连盯几眼；于是剑诀一领，单腿点桩，“金鸡独立”式一立，喝道：“过来吧，

相好的，我这里守株待兔哩！”

长衫客喝骂道：“我就打你个老乌龟下河！”脚尖一点，飞身蹿起，急如掣电，已扑到苏建明的面前；往前一探身，铁烟袋杆“白猿献果”，当作点穴镢，向苏建明的中府穴打来。苏建明身形微晃，上半身仅仅往右微偏，脚未离桩，略避敌招。吴钩剑一扇剑峰，贴敌刃进招，“玉女穿梭”，扎扁头，划右臂，照长衫客反攻过去。

长衫客将短兵刃往下一沉，往回一带，从左往右，唰的一个“怪蟒翻身”，脚下轻点木桩，身随势转，“苍蝇盘树”，抡铁烟杆，鞭打苏老拳师的右肋。

苏老拳师单腿立柱，纹风不动，只凭丹田一口气，巍然矗立于泥塘木桩之上。他见敌刃又到，劲风扑来，喝一声：“去！”左手剑诀斜往上指，右手剑峰“白鹤亮翅”，猛然一撩，唰的截斩长衫客的脉门。这一手险招，况当昏夜木桩之上，真是惊险异常。只争瞬息的时间，不胜则败，一败必危。

三江夜游神是人老招熟，拿捏时候不迟不早，刚刚凑巧。长衫客本采攻势，现在反得急救自己这条右臂；全身攒力，急急地往左一倾，大弯腰，斜插柳，硬将撒出去的力气捋回来，挣得赤面一红，不由暴怒。

苏建明这老儿哈哈大笑，道：“慢着点，这下面是泥塘。”长衫客如蜻蜓点水似的，避过敌剑，嗖地一窜，连越过四根桩，凝身立好。豹子眼闪闪放光，把苏建明一看。苏建明依然稳立桩上，身形未动。长衫客心想：“想不到这苏老头梅花桩的功夫竟这么稳！”

长衫客叫道：“老家伙名不虚传，来来来，在下再请教几招！”旋转雄躯，微提短袍，把衣襟掖了掖；复闪目往四面一看，四面并无异动。然后，奋身一跃，抡兵刃二番进搏，又抢到苏建明的左侧；铁烟袋“封侯挂印”，往苏建明太阳穴一点。这一招用得虚实莫测，可实则实，可虚则虚。

苏建明吴钩剑“偷天换日”，往上一封，顺势削斩长衫客

的肩臂。长衫客不是易与者，这时候含嗔争锋，铁烟袋往上微点，化实为虚，唰的翻回来，一个“毒蛇寻穴”，嗖的一缕寒风，反打苏建明的下盘伏兔穴。苏建明撤剑来不及，救招赶不上，吁的一声长啸，唰的往左纵身，右脚点桩，飞身跃起，直窜出六七尺外才躲过这一招，悬身于空中，急急地寻找落脚处，老眼无花，闪眼俯窥，坡上孔明灯也正追逐着他的身影而照射；这才轻飘飘落在另一根木桩上。

这一个木桩偏偏是浮桩，哧溜的一声，顿倒下来。老英雄道得一声：“好……糟！”百忙中，双臂一抖，立刻又踏上另一桩。他禁不住放声大笑道：“好损！飞豹子，你真缺德！”德字刚说出口，铁烟袋陡然乘危急攻，直追到肋下。叮当一声响，吴钩剑剑花一绕，横剑猛格。长衫客霍地窜向右边桩。

两人扭项张眸，互相注视，然后脚尖一捻，把身形拧过来。

又面对面，各展兵刃，封住了门户。两个人都暗叫了一声：“惭愧，真是险得很！”

第三十三章

登浮萍双雄齐落水
撤伏阵群盗骤奔巢

苏建明和长衫客略为喘息一下，各各闪目四顾，复又斗在一处。那边俞剑平和那使三棱透甲锥的贼人正打得十分凶猛。

这种三棱透甲锥乃是外家兵刃，会使这种兵刃的在江湖上寥寥无几。这种三棱透甲锥传自北派拳家神锥路武师的门中，有七十手连环招数。但是三棱锥路家的家传招数实有八十一手，路武师故意留下十一手绝招不传外姓；只有他的后代子孙，方得到他的全盘招数。他家子孙恪遵门规，只传外姓门徒七十手，决不肯多传。凡是三棱透甲锥，只此路姓一派，别无他门。

这个贼人在壮年，运用透甲锥招数极为熟练。十二金钱俞剑平脚登木桩，以奇门十三剑来应付这透甲锥。一照面，贼人来势张狂，欺敌直进，锥尖直点俞剑平的胸窝。

俞剑平脚登木桩，忙展右臂，挥利剑往外一封，“顺水推舟”，截斩敌人的腰肋。敌人一侧身，斜点左旁木桩，右手斜带三棱透甲锥，身形骤转，唰的抡起透甲锥斜肩带臂，猛照俞剑平砸来。来势太猛，十二金钱俞剑平不敢硬接。按照梅花桩

的步眼，一找木桩，身趋走势，只一转，转到身后第六根木桩上。贼人的三棱锥狠狠砸过来，却收不住势，急忙一点，咔嚓的一声响，砸到俞剑平先前立身的木桩上。贼人急借势往斜里一冲，窜到俞剑平身边。

俞剑平哧然冷笑，左手剑诀一领，右手一换青钢剑，一个“龙形一式”，身随剑走，剑随臂扬。“倦鸟投林”唰的一剑，向敌人腹腰扎去。

贼人才提锥挺身，未及进招，俞镖头的剑已然挟一缕寒光刺到。这贼人忙用“铁牛耕地”，三棱透甲锥截青钢剑，想将俞剑平的兵刃磕飞。俞镖头的剑术变化莫测，唰的往回一掣剑柄，猛横身，明是走势，似将闪躲，倏然单足轻点木桩，展“抽撤连环”，不后退反进攻；竟探身献剑，直取敌人的下盘，喝道：“看脚！”

贼人蓦地失惊，奋身一跃，退出三根木桩，身摇步晃，才待拿桩立稳，十二金钱俞剑平挺身一窜，直迫过来，喝道：“看背后！”青钢剑闪闪含光，跟踪急袭，直追到敌人的背后。

贼人越发吃惊，挣命地往旁一拔，连窜出五六根木桩，身形连连摇摆；幸而躲过了剑击，却几乎闪落下木桩。吓得头上冒汗，急急地收摄心神，回身重展双锥，封住门户，和十二金钱俞剑平又打到一处。

使三棱透甲锥的贼人虽有独门外家兵刃，究非俞镖头的敌手，并且他的梅花桩的功夫，也止于是凑合而已。仅仅走了这么十几招，便连连出险，他实在不是十二金钱俞剑平的对手。所幸者他乃是生力军，又在壮年，锐气正盛。十二金钱俞剑平却是通宵索敌，连战七八个贼党好手，未免筋疲力滞。俞剑平生平以韧字占胜，错过是他，换了别人，恐怕早已失脚。

俞剑平气脉悠长，一口剑力战此敌，一双眼仍在抽隙四顾，惦记着夜游神苏建明老拳师和单臂朱大椿。百忙中，瞥见朱大椿一手左臂刀，把那使日月双轮的敌人砍得手忙脚乱，一个劲地往右闪躲。俞剑平晓得敌人必是初次遇见这左手刀，便

舒了一口气，相信朱大椿必不会输招。再看夜游神苏建明，这老人的梅花桩功夫颇擅胜场，而且双目炯炯，精明可比少壮；夜游神的外号就因他夜行功夫好，才得蜚声三江，今和长衫客夜战梅花桩，正是苏建明最拿手的本领。但有一节，这敌人过强，苏建明年纪太大，却教俞剑平担心不小。

十二金钱俞剑平一面和敌锥拼斗，一面不住地偷眼照看苏建明。只见他巍然稳立于泥塘木桩上，把那一口吴钩剑紧紧封住门户，守多攻少。似一任那长衫客窜来窜去往跟前突击。苏建明一味架格抵拦，轻易不发进手的招数。

长衫客登桩猛搏，迅若怒狮；苏建明挥剑应战，却稳若木鸡。俞剑平看在眼里，心中打鼓；苏老拳师德高望重，凭他在江南五十多年的威名，实在是只许胜，不许败，一败则毕生受辱。

俞剑平暗想："苏大哥岁数大了，万一耗时过久，竟败在飞豹子长衫客手里；人家是为自己帮忙，我却败坏了人家一生的名望，我何颜以对朋友？我无论如何，不该让他涉险。"思索至此，不由焦急起来。他猛然把招数一紧，要将当前之敌立刻打败，好去接应苏建明，把他替换下来。并且按理说，这个长衫客是飞豹子，也该自己对付他才对。

于是俞剑平一展进步连环剑，脚点木桩，唰唰的一连两手，"金针度线""玉女投梭"，向那使三棱透甲锥的敌人狠狠地攻击过去。敌人应付不遑，往旁一纵，窜到另一根桩上。俞剑平喝道："哪里走！"精神一振，利剑急挥，腾身急赶。

那敌人回身招架，俞剑平把青钢剑施展得如龙蛇飞舞，一点也不留情地攻上攻下。敌人吃惊连闪，眼看要败在俞剑平的剑下。

就在这个时候，土岗上的智囊姜羽冲、胡孟刚、岳俊超、马氏双雄、金文穆、欧联奎、李尚桐、叶良栋、时光庭、阮佩韦、九股烟乔茂、于锦、赵忠敏、黄元礼、石如璋等已经散布开，分两路抄来，欲截断贼人的退路。

贼党包括那胖瘦二老人和那使杆棒的五贼、使双轮的二

贼、使狼牙棒的二贼，大部已经撤退。这时忽然又翻回来数人，黑影中连吹呼哨，喊出奇怪的唇典来，催长衫客速退。木桩上临阵的众镖头都是老江湖，就是听不懂，也猜得明白：他们要跑，大家急抄过来。

老拳师夜游神苏建明仗手中吴钩剑，只守不攻，与长衫客滑斗。忽然窥测出长衫客的用意，见他向那使日月双轮和透甲锥的两个同伴连递暗号，并且张目四望。苏老拳师哈哈大笑，立刻叫道："俞贤弟，点子不打好主意，可是要溜！"十二金钱俞剑平怒答道："不能放他走！"

长衫客忽又一声长笑道："这可不见得！"身形一晃，向一同伴一挥手，唰的向苏建明一攻，又一个败势，要走的形势已然很明显了。

老拳师苏建明将吴钩剑一指，厉声叫道："飞豹子，不要欺负我年老！"老字一落声，吴钩剑唰的一展，身形掠起，长袍飘飘，如巨鸟似的登桩斜趋，要拦截豹子。满想到长衫客必跑，哪知不然。飞豹子手中铁烟袋一紧，仍然回身应战。老拳师又哈哈一笑，叫道："相好的，咱们真打吧！"

这一回交手，顿形激烈。老拳师三江夜游神苏建明陡采攻势，那把吴钩剑闪闪劈风，连照长衫客砍去。长衫客呼啸一声，铁烟管上下翻飞，奋力拒敌。两个人齐展开梅花桩的身法，忽前忽后，进攻退守，越打越猛；却不闻脚步踏桩声，也不闻兵刃格架声。但只听得泥塘之上，两人的长袍呼呼掠风，两人的身影往来飞蹿。

十数回合过去，陡然间，苏建明、长衫客同时进扑，齐声大喝，道："下去吧！"灯影一闪，不知怎的，咔嚓一声大响，长衫客扑登地落下水去，苏建明也扑登地掉下桩来。

俞剑平大骇，利刃一挥，急忙抛敌驰援。却还未奔到，陡然忽隆的一声，长衫客、苏建明，刚刚下水，又猛然窜出来。两个人一齐登桩，一齐后退，水淋淋的，浑身是水。

长衫客大骂道："妈巴子的！"

苏建明大笑道："一锅煮，有趣得很！"

这一番失脚，是长衫客故意踏歪一根桩，往旁桩一退，打算诓诱苏建明。苏建明一步未踏稳，浮桩斜倒下去，就势一振臂，也往旁桩一退。两个人争登一根旁桩；各伸右脚，点占桩顶，各出一掌，急抵敌人。两掌相推，顿时一齐掉下水去。却仗着一身轻功，两个人竟一点塘底，飞身倒窜，重踏上身后的另外一根木桩上。

两个人的长衫顺衣襟往下滴答水；单足点桩，顾不得身上不好受，只凝眸监视敌人，防备猝击。灯光影里，各看见对方教水浸的模样，低头看看自己，俱各禁不住失声大笑起来；却将双方的同伴都吓了一大跳。

俞剑平抛开使锥的敌人，头一个窜过来；贼党这边，那使日月双轮的，也抛了单臂朱大椿，如飞地扑来。土坡上，镖客哗然，持孔明灯上下照射。

智囊姜羽冲拔剑上桩，马氏双雄的马赞源冲上来，寻桩继登。苇丛中，一阵阵簌簌乱响，顿时有两道火光一闪，唰唰也奔出贼党数人，踏桩增援，上前应战。

十二金钱俞剑平急走如风，踏桩抢到苏建明背后，厉声大叫："苏老哥，上岸歇一歇，小弟我会一会飞豹子的梅花桩！"口头上似像换手，无形中实要双战长衫客，好把他活活拿住。

长衫客顿时觉察，一声长啸。猛然拔身往旁一跃，掩护着同伴，再不恋战，踏着长长短短的塘中木桩，一径撤退下去。俞剑平、苏建明焉能放松，立刻分从两面追赶，长衫客竟很快地奔去。

十二金钱俞剑平紧追长衫客，已然追到长衫客的背后，长剑一挺，照后心就刺。长衫客回身一架，奋身一跃，越过了四根木桩，落到退路上第五根木桩。又从第五根木桩往第六根木桩一跳；从第六根木桩往第七根木桩又一跳。只听咔嚓一声，第六根木桩竟然登倒。只见他由第七根木桩往第八根木桩上再一跳；顿时第七根木桩也咔嚓一声，又扑通一声，木桩躺在水

面上了。

照这样，长衫客且战且走，容得同伴退净，他便跳上一根桩，踩倒一根桩，一直退入苇塘的尽头。所有经过的木桩，完全被他登倒，然后他一声长笑，厉呼道："相好的，堡中再见！"施展轻功提纵术"燕子穿云纵"，把末一根木桩一点，也咔嚓一响，桩倒人飞。一团黑影疾如飞鸟，从芦草丛腾起一丈多高，两丈多远，轻飘飘斜往苇塘岸边一落。

冈坡之上，群雄齐动。马氏双雄的马赞潮和欧联奎、铁矛周季龙、九股烟乔茂，抢先抄到，大呼着截过来。黑影中，长衫客抖手打出一粒铁菩提，喝道："打！"嗤的一声，啪的一下，欧联奎不禁止步，大声道："飞豹子在这里啦！快来，他可要跑！"

马赞潮横鞭当路，喝道："哪里跑？"掏出暗器，唰的还打出去。但只一眨眼，长衫客早嗖嗖嗖连连窜跃，斜奔疏林而去。疏林后，听出一阵马蹄奔腾之声，贼人似又增援。

镖客群中，奎金牛、金文穆、阮佩韦、李尚桐更衣换袜，剔泥整刀，记恨着陷滩之耻，同声大呼，拉过马来跨上去，冒险抢奔疏林。叶良栋、时光庭等也跟着立刻赶了下去。

智囊姜羽冲偕马赞源才登桩复又跳下，绕坡塘半转，仗剑一看；急呼同伴不必进疏林，速绕土冈，径奔古堡。十几个镖客依然绕过来，便要合到一处，抄土冈，往西南奔去。

这时候，十二金钱俞剑平、夜游神苏建明、单臂朱大椿，早由水洼扑入苇丛，拨开一层层芦苇，好容易犯险追豹，将次追上；不想敌人竟毁桩遁去。木桩连断六七排，当中隔断了七八根，就是插翅也难越过。

苏建明在苇塘中，尚欲别寻追路，单臂朱大椿又欲涉水跟逐。俞剑平陡然绕转，大叫："苏老哥、朱贤弟，这可使不得！快退回，快下来，往岸上抄！"饶这么神速，长衫客已遁得没影了。

林后蹄声历乱，初大渐小。贼人竟不是增援，乃是接应。

贼人会到一处，竟然逃走。

十二金钱俞剑平勃然恼怒，恨恨地叫道："姜五哥、胡二弟，贼人又跑了！"

姜羽冲、胡孟刚一齐叫道："俞大哥，快上马！"

马并不多，只十几匹，俞剑平、胡孟刚、苏建明、姜羽冲、没影儿魏廉、铁矛周季龙、左梦云，这些人先行上马。依照姜羽冲的主意，不从背后追，径向古堡抢。其他众人由九股烟乔茂引道，就步下追赶。

俞剑平临上马，向其余镖客一拱手道："众位仁兄再帮帮我一场！……"众位镖师哄然叫道："俞老镖头，咱们就快追吧！我们在步下赶，没什么！"

智囊姜羽冲忙道："且慢，苏老英雄现在已经到场，店中没有人了。"向于锦、赵忠敏二人举手道："在下拟请二位回店，留守老营要紧。"胡孟刚忙道："这个……"

俞剑平抢着说："这么办对极了！于、赵二位贤弟快快回去吧。"

于、赵二人大喜领诺，立刻拔腿就走。胡孟刚等大不谓然，俞、姜二人忙道："胡二弟，你不用管了，回头告诉你。"

俞剑平忽又对时光庭说："时贤弟，你也回店吧。"时光庭点头默喻，立刻也拔腿走了。

大家分两拨，半骑半步，一路踵追，一路绕抄；双管齐下，分头赶下去了。步下的是马氏双雄等在前，欧联奎等在后，乔九烟引导。马上的是俞剑平、胡孟刚、姜羽冲、苏建明在前，其余的人在后，由魏廉、周季龙领路。骑马的镖客豁喇喇地把马放开，顿时征尘大起，蹄声历乱；和下桩逃走的群贼马蹄声遥相应答，在这四更天夜静时候，备觉惊人。

但是长衫客这一败走，镖客这一追赶，顿时又蹈上先前的险难情形。敌人放开马，大胆地突林急走。镖客这边却瞻前顾后，提防着暗算。好容易闯出疏林，又遇上一片片的青纱帐，此奔彼逐，起初相距很近，转瞬间越追越远。

十二金钱的马最神骏，骑术也最精，就不顾一切，当先放马，斜抄着飞赶下去。姜羽冲、胡孟刚、老拳师苏建明等，紧紧策马跟随。马力有迟有速，又赶了一段路，甩下不少镖客。及至抄近古堡前面，仅剩下五匹马了，是十二金钱俞剑平、没影儿魏廉、铁牌手胡孟刚、铁矛周季龙和俞门弟子左梦云，却又散在各处，只有俞剑平一人踏上草原土路。

同时那奎金牛金文穆和少年镖客李尚桐、阮佩韦等三个人像泥猴似的，从敌人背后，首先紧缀下去；却绕林渡岗，连穿过数片青纱帐，竟把敌人追丢了。反而遥逐蹄声，把后到的老拳师苏建明和智囊姜羽冲，险些当作敌人动起手来；幸有孔明灯对照，才没有误会。步下追敌的人，只有马氏双雄和蛇焰箭岳俊超远远地赶来。

十二金钱俞剑平马不停蹄，往前穷追。穿过青纱帐，一到荒原，往四面望。远远看见古堡上浮起淡黄光，风过处，一阵呼哨声大起，更有火箭、旗花在各处不时飞起。猜知必是贼人诱敌的诡计。侧耳倾听，古堡后面马蹄声乍沉乍浮，似正在奔驰。

俞剑平心中一动，想贼人既知自己大举讨镖，他们必不肯退入绝地。也许他们畏剿惧祸，绕堡逃走了。想到这里，又往古堡门前一望。堡上有火亮，堡门黑乎乎一片，相隔稍远，任什么看不出来。

十二金钱俞剑平勒马回头，想向姜羽冲问计；姜羽冲马力稍逊，还未赶上来。只有铁牌手胡孟刚，跑得马喷沫、人挥汗，眨眼间已然扑到，老远地叫道："十二金钱，俞大哥，十二金钱！"俞剑平眉峰一皱，以为胡孟刚喊得不妙，方要拦阻；转想昏夜中，这喊声也不为无益。连忙答应道："喂，二弟，我在这里哩！"铁牌手一阵风地策马奔了过来。不想他这一喊叫，居然发生影响。

眼前黑乎乎的浓影中，忽然听吱的一声急啸，在堡前偏东壕沟边上，树丛后面，竟有数团人影在那里闪动，隐闻叮当之声，俞、胡二人急逐哨声，策马奔向东边；两个人驻马凝眸略

一斜视。突然间，树后面呼哨声再起，人影纷纷奔窜。

铁牌手胡孟刚探头一望，竟不管不顾，一迭声大叫道："俞大哥，咱们还是快闯古堡吧！"古堡内忽然飞起一支火箭。俞剑平抬头一看，依然拢目光，端详东面树丛，忽然呼道："胡二弟，快快，树后面有咱们人被围了！"啪的一鞭，纵马飞奔过去，大喝："飞豹子！呔！姓俞的赶来了！跑的不是好汉！"骤马扬鞭，直往树后壕边猛扑过去。

铁牌手胡孟刚愕然一愣，也将马鞭一抡，喊一声："呔！"跟奔过去。堡东面那数团人影骤见奔马，早又吱地吹起一阵呼哨，忽啦地一阵骚动，陡然收撤回去。孤零零还在壕边的，只剩下一个人。

十二金钱俞剑平催马过去，手捻一只金钱，方待喝问；那个人影已然喘吁吁叫道："来的可是十二金钱俞镖头么？"俞剑平厉声道："然也！……哦，呀，你是梁贤弟？"

这人影果然是三路下卡的镖客梁孚生，正被四个敌人围在这里，苦战不得脱身。梁孚生一见俞剑平，心中大喜，忽又一惊道："俞大哥你可来了？……可是的，咱们那些人呢？就是你一个人来的吗？"才说出这话，已然喘不成声。

紧跟着铁牌手胡孟刚扬鞭策马赶到。俞剑平却已飞身下马迎上前来，捉住了梁孚生的手，张眼四顾，急急说道："梁贤弟，你多辛苦了！可是的，聂秉常聂爷呢？你们都散了帮么？"心上未免惊惶。

胡孟刚翻身下马，也跑过来，忙忙问道："梁大哥，是你吗？松江三杰呢？"

俞、胡二人一左一右，拉着梁孚生的手问他。梁孚生抽出手来，急急地一指古堡，道："俞大哥、胡二哥，怎么就你们二位来到，他们呢？他们那些爷们真格的全没来么？"两只眼不住地看古堡，又看对面青纱帐，青纱帐后分明蹄声大起。

俞、胡二人忙道："他们就来。你们卡得怎么样？刚才飞豹子逃过来，你们没见面么？"

梁孚生急口地说道："飞豹子在哪里？我们没看见。咳，俞大哥，咱们两道卡子都教人家圈在堡里了。马氏双雄也没有看见影子，咱们得赶紧回店，聚齐了人。赶快攻堡救人！"神情、话声，十分着急。

十二金钱俞剑平、铁牌手胡孟刚骇然惊动，抓着梁孚生齐声诘问："真的么，难道你们哥几个，还有松江三杰，都教人家诱进去，困住了么？"二人往古堡瞥了一眼，墙上仍浮火光，隐闻呼噪之声，夹杂着呼哨。贼人竟这么大胆，居然不退不逃，公然据古堡，诱擒镖客。

俞、胡又问："梁贤弟，你再说，他们被围有多大时候了？都是谁？他们堡里有多少人？"二人仰望堡上浮光，互相顾盼；等不及梁孚生答话，一整兵刃，便要抢攻古堡。

梁孚生喘息略定，忙拦阻道："二位别忙，我们不是被诱，是贪功上了当。我和聂秉常、石如璋在堡后追贼，追散了帮。我和聂秉常大哥袭入古堡，人家并不出来迎敌；我们一直往里攻，教他们围上了。松江三杰也跟我们一样，闯进堡墙，出不来了。"

俞、胡二人道："呀！"梁孚生忙说："好在工夫不大，快接应，还来得及。"俞、胡不再多问，只催梁孚生道："梁贤弟，你在这里等，再不然快骑马迎上去，咱们大拨的人很快就到。我们两人先进堡，打头阵接应。"

说时，后面蹄声大响，侧面人影奔窜。梁孚生断不出是仇是友。俞、胡估量时候，知是自己人，忙将马让给梁孚生，催他上马。俞剑平不顾疲劳，却与铁牌手胡孟刚全不骑马，施展开轻功飞纵术，公然直趋古堡前门。

那梁孚生喘吁吁上了马，又回头叫道："俞大哥、胡二哥，堡门有卡子，你们最好往东边上，跳墙过去。咱们的人是教他们困在堡里头，东边院里了。"

俞剑平回头一瞥道："是了。"胡孟刚连连问道："他们有多少人？"

梁孚生远远答道："说不清，露面的只有一二十人。"俞、胡二人如飞地扑过去。胡孟刚抡一对铁牌，且跑且说："俞大哥！贼人一定不少，咱们等等后边人吧。"

俞剑平道："不必！怕误了，咱们尽管闯。'贼人胆虚'，一听我们人到，必定吃惊，围势自然解开。"

十二金钱俞剑平提剑疾走，电掣星驰，眨眼间，来到古堡东边。铁牌手胡孟刚紧紧跟随。已迫敌窟，俞剑平止步，往堡墙上一看，这就要跨壕沟了。

胡孟刚说道；"大哥你瞧，姜五爷准是来了；后面那黑影和蹄声，一准是他。"

俞剑平却听见堡内声音有异，认为刻不容缓，把头一摇道："不用等，来，我先上，你给我巡风！"

胡孟刚侧耳听了听，道："对，咱哥俩一齐上。"可是俞剑平才要往墙上窜，忽又一转念，回顾胡孟刚道："二弟，你我与其跳东墙，不如堂堂皇皇地走堡门。"胡孟刚说道："方才梁孚生不是说堡门有埋伏么？"

俞剑平说道："有埋伏也得走正门。"胡孟刚说道："但是，咱们的人不是困在东边院里么？"俞剑平早已健步绕壕沟往堡门走去，且走且答道："就是解围，也得走正门。"

胡孟刚道："大哥要使这个劲？"俞剑平道："当然。"只一眨眼，二人便到堡门。

十二金钱俞剑平把青钢剑拔出手，左手捻一对金钱镖，低喝道："上！"两人跨过朽木桥，一齐凝眸往里张望。先把堡门一看，木栅半掩，墙上浮光；当中道路黑漆漆毫无灯亮，任什么都看不出来。但却知道这堡内一层层的院落，必有几处照着灯光；而且灯火必定不少，所以才能把光亮映出墙头来。

胡孟刚低声道："可是的，铁矛周、没影儿和九股烟全没有跟上来。咱们还是等一等后面的人，有个领路的才好。"胡孟刚这话自然很有理。十二金钱俞剑平愤然道："咳，闯吧！"立刻把利剑一挺，迈步直进堡门。

铁牌手胡孟刚道："俞大哥，让我头里走。"铁牌一分，要往堡门闯；不想话未落声，俞剑平早一伏身，脚尖点地，嗖的一声，疾如脱弦之箭，从那半掩的栅门缝直蹿了进去。铁牌手胡孟刚皱眉摇头，忙跟踪前进，摆双牌，也扑入堡门之内。

突听得前边俞剑平厉声喝道："留神旁边！"唰的一声响，从堡门里左侧高处，忽有暗器破空之声，一点寒星奔胡孟刚中三路打来。

迎面平地虽没有卡子，可是两边房上竟有埋伏。胡孟刚铁牌一挥，当的一声，将暗箭打落在地上。同时前面呛呛连响了两声，俞剑平也挥剑打落一对钢镖。房顶上黑影一晃，贼人又似藏躲了。

十二金钱俞剑平厉声喝道："呔！休放冷箭，我十二金钱俞剑平登门献拙来了！"

房上只听见隐隐的怪笑，贼人不再露面。俞镖头抬头一望，恨骂道："暗箭伤人，匹夫之辈！胡二弟留神，往前闯啊！"紧握青钢剑，和胡孟刚一前一后，健步如飞，顺这甬道，往里下去。却才走进不多远，唰的又一声，右边院落从街门缝里发出一排箭来，一共三支。

俞、胡二人不后退，反往前一跃，闪了过去。右院街门忽隆一响，好像加上了闩了；复听嗖嗖地连响，贼人又似退了回去。俞、胡二镖头深入重地，不遑搜伏，一味往前猛进。

堡中除了这几支冷箭，竟没有贼人迎头前来堵截。也不见灯光。仰望前面，东大院一带火光上冲，夹杂着胡哨声，自己的人大概被围在那里。平视甬路两旁，那一排排的槐树，叶茂荫深，黑乎乎两行深影，由堡门直通到堡内尽头处。风摆树摇，唰唰啦啦响个不住；就有伏兵也很难看得清、听得见，情形实在险恶。

十二金钱俞剑平义无反顾，片刻不停，火速地往里闯。闯得越快，才越可以冲过贼卡的袭击。身形如猫，脚尖点地，也就是三起三落，又三起三落。突又听得嘎啪嘎啪一阵阵连响，

数张弩弓疾如飞蝗，唰的从左右两边攒射过来。

俞剑平急闪连窜，挥剑乱打，使尽了身法，闪避这阵攒射；脚尖依然不停，一个劲地往前进。敌箭如雨，竟没把他拦住。铁牌手将手中铁牌一扁，仗着他这一对利器，恰好挡箭。一路横拍横打，也冲开了乱箭，闯了进来。

于是俞、胡二人又往前进，眨眼间已然深入八九丈了。不料形势陡然紧急起来，前面冷箭一步比一步密，竟有十来张弩弓，借物隐身，分据在甬路两旁的房顶上和街门缝中。俞、胡才往前一闯，便唰的一排箭，唰的又一排箭，历落射出来，而且射法很有步骤。弩弓虽多，并不一齐射；乃是此发彼住，此住彼发，连珠弩不住手的集中往俞、胡身上射。这才是贼人的真正卡子，贼人的用意，是不教俞、胡二人再往前进。十二金钱俞剑平自料或可奋勇冲过去，但是铁牌手胡孟刚却险些失手。贼人一声也不哼，静悄悄地放箭，连他们一准藏身的地段也难窥清。

俞剑平大怒，往前续闯，被一排箭阻住；蓦地翻身退回来，急急地向胡孟刚说道："二弟，你我各领一面，背靠背往前闯。"

他二人分明看见东大院那盏红灯乱晃，而且分明听见贼人呼噪道："捉住了，捉住了！"俞剑平深恐松江三杰万一失手，这救援之事，刻不容缓。两个人一并肩，暗呼一声，便要联肩并进。

当此之时，俞、胡二人自己并不知道，他们眼看要陷入人家包围阵中了。贼党把两人诱入堡心，这才阻止前路；另有人抄后脊，要扼断他们的退路。一个贼人蓦地从西排墙头上出现，吆喝了几句切语。二镖头全听不明白，可是不由得停步回头察看。仓促未能看见，复又一仰面，刚刚看见贼人的上半身，贼人却又一缩，溜下墙去了。

胡孟刚着急叫道："俞大哥，闯不过去，怎么办？"突然听哎哟一声，东排房上忽有一条人影，才一露面，倏地又坠落下

去。就在这时候，听一个人喝道："小子，滚下去吧!"又一个人喝道："呔！下面可是俞大哥么?"

俞、胡二人急急地又一仰望，这才看见东面墙头上出现了两个人影，一个是向导没影儿魏廉，另一个是智囊姜羽冲。胡孟刚大喜，急应了一声。

姜羽冲又叫道："俞大哥，赶快退回来！那边过不去，你二位快上这边来!"

第三十四章 十二金钱逐豹踏荒堡 七张铁弩连弹困三杰

智囊姜羽冲由没影儿魏廉引领，是从东面堡墙上翻进来的；居高临下，已窥出堡墙一角的虚实。他们又落后了一步，贼人都冲着探堡先登的俞、胡围来，倒放松了姜羽冲这一拨后赶到的人。于是后到的人反得先登。群贼用弩弓拒住前路，不放俞、胡前进；又忽拉地从堡门旁一所小院落钻出三四人，也袖着暗器，悄悄贴墙循壁往俞、胡二人背后凑过去。

这时，陡被登高下望的姜羽冲、没影儿瞥见，急忙呐喊了一声："俞大哥，俞大叔！看后路，暗青子！"奔跃不及，姜、魏二人先后脱手发出暗器，把贼一挡。俞、胡二人早蓦地一翻身，又往旁一退，把前后路都防备好了。贼人的暗器打空，俞剑平立刻也将暗器换交右手，还发出去。贼人抹头旁窜，钻入旁边小院。

忽然，堡门口破棚门砰然推倒。奎金牛金文穆和李尚桐、阮佩韦三个人斜绕堡墙，正要攀墙而下；忽瞥见铁矛周季龙引马氏双雄等恰巧赶到。两路会成一路。人数较多，立刻绕过来；径抢堡门。奎金牛金文穆一身臭泥，最为恼怒；奋力一

冲，与阮佩韦、李尚桐破门而入，先把棚门弄倒。

一霎时，俞、胡二人侧倚甬路，由平地协力紧打。姜、魏二人由堡墙更道，绕向堡门，从高处往里攻打。金文穆和马氏双雄等，由堡门口，循俞、胡后路也往里攻打。散散落落，分为数处，人数都不很多；却因身入虎穴，各奋兵刃，厉声呐喊，顿觉得山崩地裂似的喧腾。

只一接触间，黑影中，后面烟尘大起，马蹄声阵阵奔腾。后面的接应由梁孚生引领，也一先一后地跟踪来到了。老拳师苏建明仗剑下马，指挥众人，跳墙的跳墙，突门的突门；呼噪连天，猛勇齐上，径直往古堡冲上来。

智囊姜羽冲、奎金牛金文穆、马氏双雄等，分头由没影儿魏廉、铁矛周季龙、九股烟乔茂三个向导引领，搜索贼人。他们见只东大院有灯光，而且火光最高；姜羽冲立即一迭声招呼同伴，厚集势力，专闯这一路。教那先闯进堡的人往后退，教后到的人往更道上窜。平地太险，登高便稳，众镖客互相传呼，喧成一片。

喊的话有的听得真，有的听不真。但是贼人却已听真，晓得镖客此时已经蜂拥而至，再不好硬挡了。贼人互相招呼了一声，陡吹胡哨，唰的撤退。三个一伙，两个一帮，纷纷退入甬路两旁的小院落里面。小道曲折，三转两转，贼人便已聚在一处；忽又飞起数道旗火，齐往东大院投射过去。跟着见东面房屋上现出两条人影；登房越脊，如飞地往回奔去；看那意思，正要跳下来，绕奔东大院。这分明是去送信，那飞豹子想必也在东大院。姜羽冲一见这情形，厉声大叫道：“不好，贼人又要跑！俞大哥在哪里？”

这两条贼影由房顶上，登高往里飞奔，恰从俞、胡二人头上驰过；却顺手掏出暗器，停身探头，要往下打。贼人只一止步，姜羽冲立刻大喝道：“快看头顶上，暗青子又来了！”一言未了，当的一响，又铮的一声，贼人的暗器打空了。俞剑平的金钱镖抖手往上发出去。贼人身形连晃，哎呀一声，往房脊后

一闪不见了。

十二金钱俞剑平和铁牌手胡孟刚仰面看贼，已知人声鼓噪，镖客大集。两人精神一振，仍要冒着甬路两边的乱箭，往里硬攻。忽闻没影儿奔来呼唤，催俞、胡撤回，又见梁孚生也追赶过来，指出松江三杰被围之处。揣度攻势，与其由平地硬闯，不如登高进攻。胡孟刚一扯俞剑平，俞剑平道："前头的箭可是撤了。……"顷刻间，俞、胡二人立身处的东墙头上，又有两条人影出现。俞剑平便一闪身，陡拈一枚金钱，喝道："下来吧！"铮的一响，两条人影突然到墙那边去了，不知究竟打中了没有。

十二金钱向梁孚生一点手，竟与铁牌手胡孟刚，跟踪跃上墙头，跳到小院落内，紧紧追赶这逃走的双影。这人影忽一头钻入将塌的破房内，俞剑平立即追入破房内；迎面唰的一下，打来一镖。俞剑平早已防到，急急地一伏身，往旁闪窜；张眼寻看，两条人影钻入三间破房间的暗间去了。

胡孟刚忙大呼抢入，却才到了暗间，里面黑乎乎的透露微光。原来后山墙挖着一个大洞，贼人钻入墙洞逃奔别院去了。

一层层的小院前山墙接后山墙，贼人竟在这许多小院内挖洞出没。胡孟刚由铁牌护着门面，便要钻墙洞，追赶逃贼。俞剑平立在小院院心，闪目打量这小院的形势，急叫："使不得，快出来！"梁孚生也赶来道："不要追了，快救咱们人去吧！"

十二金钱俞剑平道："我们大众已到，不必解围，贼人自然解围的。还是快追吧，不过别从这里追。"立刻想到小院的短墙根，隔墙便是另一个小院。俞剑平与胡孟刚、梁孚生，散分三处跃上短墙。

那两个人影和另一个人影从屋洞钻到这小院内，当真正堵着洞埋伏，各掏暗器，要暗算镖客。俞剑平冷笑一声，拈手中钱镖，扬手要发，贼人已然瞥见；吱的一声呼哨，三个人影唰的奔窜，又蹿入另一排破屋内。

十二金钱俞剑平立刻向胡孟刚、梁孚生一挥手，命二人仍

然跳短墙斜追；自己竟挺单剑，要穿小院，往屋里追。破屋子窗格门扇尽无，只剩了空空的四壁，贼人逃到一间耳房内，房后破窗又做了贼人逃路。俞剑平跳到屋内，又窜出窗外。窗外正是另一院的夹道；那三条人影，忽变成两条人影，顺夹道往东跑去。梁孚生、胡孟刚竟好像没看见这两条人影；反而往西追赶；俞剑平急急招呼一声，不想梁孚生在那边也喊道："三个贼在这里呢，俞大哥快过来！"

俞三胜大悟，他们翻小院追贼，原来遇着两拨贼人。贼人不迎敌，反而乱跑；俞三胜心中一动，自知失策。呼应一声，就依着梁孚生的指示，抛了逃贼，一径驰奔松江三杰被围之处。

当此时，那东台武师欧联奎等最后赶到堡前；堡门口正有姜羽冲安置的四个镖客，在那里巡风；彼此打招呼，把众人引进去。那姜羽冲、金文穆等一拨一拨的人，早从更道上掩到古堡深处。这些镖客，只有最先到的俞剑平遇见贼人的阻挡，别的人居然深入无阻。

姜羽冲不由心焦起来，连说："不好！快快，快往里头闯，快往各处搜。"马氏双雄道："我去堵后堡门吧。"姜羽冲矍然道："对！"二马相偕，急急地抄向后面去了。

众镖客上上下下四面八方地掩入堡中，往各处搜寻。荒堡前后只有两座门，众镖客将前后两道门把住，先堵塞了贼人逃窜之路。那三个向导中，九股烟乔茂只混在人群中，不敢前闯。那没影儿魏廉和铁矛周季龙，俱各奋勇当先，一个在房上，一个在地上，催大众径抢东大院有红灯处。这红灯很怪，仍然点着，倒做了镖客进攻的目标。

众镖客在房上的和更道上的，都掏出袖箭、钢镖，掩护着平地上的同伴。地上奔驰的镖客，也一手持兵刃，一手握暗器，防备贼人的袭击。但是贼人的卡子已全撤去，冷箭也不发了；仅仅在房上和一层层小院内，偶尔发现几个人影逃窜。众镖客有的瞥见，便跟踪寻过去。姜羽冲连喊众人，不要分散开，应该聚在一处，可免贼人的暗算。

纷乱中，老拳师苏建明提吴钩剑，追循金文穆、李尚桐、阮佩韦，首先奔到东大院门首。东大院的大门紧紧关闭，门以内起初有动静，此时反没有动静了。苏建明便要破门而入，欧联奎道："慢来！慢来！千万不要误入民宅。"

没影儿跑过来道："这东大院一定不是民宅，这里全是空房子，赶快攻吧。"阮佩韦奔过来照门扇踢了一脚，一点也踢不动。奎金牛张目四寻，想找木柱或石碡碌等物，撞开门扇。老拳师苏建明道："那不行，还是越墙过去的好。"便要往墙上窜。东大院的墙很高，也最完整，没有倾颓，奎金牛金文穆忙道："苏老师傅，我先上吧。"

苏建明年高望重，众镖师都不肯让他涉险；奎金牛金文穆、没影儿魏廉，竟飞身往墙头上一窜，不敢跳入，先用单臂往墙头上一挎，探身往墙内，先打了一望。两个人东张西望。

李尚桐、阮佩韦在墙下叫道："里面怎样？有人没有？"口说着，也一个旱地拔葱，纵身跃起，上了墙头，四个人都诧异地往下面看。老拳师苏建明在墙下也微微一笑道："不用说，里头没人了！"竟在平地，施展"燕子飞云纵"的轻功，嗖地一蹿，也轻轻跃上墙头。墙头有一尺多宽，老头儿"金鸡独立"式站住了，往下察看；忽回头，厉声向甬路上的众人吆喝道："这里真是空城计，你们快往隔壁掏掏吧。"

苏老拳师说罢，首先跳入东大院院内。这东院好体面的一所三进带跨院的四合房，可是黑洞洞的空旷无人，只在后院立着那一根灯竿，竿下一个人影也没有。老拳师又向众人点手道："跟我来，搜！"

奎金牛金文穆、没影儿魏廉和阮、李二青年，一齐跳下墙来。众人落身处，恰挨着小院男厕；他们忙奔出来把小院门踢开；走至前庭，冒险突入门洞。一晃火折子，才待开闩，火光影里看出这大门已竟锁了。奎金牛金文穆奔过去，把门扇一端，使劲上举，呼啦的一声，将两扇门都卸落下来，向门外叫道："你们快进来。"欧联奎等抡兵刃抢进来；于是把这东大院

五十多间房前前后后，横刀搜索起来。苏建明跃上房顶，向四面望了望道："这里恐怕不是他们的巢穴。"

这五十多间房，中院七间正房，东面厢房六间，侧座五间，门窗俱全；可是全都大开着，没糊纸、潮湿、昏暗、院生杂草，十分荒凉。前院连门窗都没有，寻到最后一层院，才发现七间后罩房，有三间糊着白窗纸。

众人晃火折，闯进各屋，各屋四壁空空，灰尘积满；独这三间后罩房，打扫得很干净，还有两具木床。众人一齐留神，急忙忙地摸黑细搜。欧联奎道："我这里有孔明灯。"把灯门打开，照耀着直搜到东院靠东的小跨院中，忽发现两间花房的后山墙，挖成一个洞。众人冒险钻进去，却又到了另一院落。这层院落也没有贼人。

苏建明等用这一盏孔明灯照着，有的钻空房搜索，有的跳上房搜索，把东大院前后都挨处搜到了。东排邻近的一层层小院也被他们搜过一半，只是不见贼踪。

苏建明道："咱们追迟了一步，这里一定不是贼人的垛子窑。"没影儿魏廉却不十分深信，忙道："贼人就走，也是刚走的。"

正在乱转着，忽然听见几声喊骂。奎金牛站在房上叫道："贼人在这里呢！"众人叫道："在哪里？"奎金牛一指东大院斜对面的马号，叫道："那边有火光闪动！"

老拳师苏建明忙跳到房上，张目一望，马号空院甚大，马棚黑乎乎果有一两处闪烁着火光。苏建明、金文穆、欧联奎、李尚桐、阮佩韦、没影儿魏廉等，火速地跳出东大院，抢奔马号。这时候智囊姜羽冲一行人，恰从更道上跳下来，正在搜索靠西的一排排小院。两边的人会在一处，一齐闯入马号，打开了三四盏孔明灯，一路照看。马号空空洞洞，人不见、马不见；却有一两处马棚，分明有刍草料和一堆堆马粪。那摆动的火光是两盏纸灯笼，插入空房内，蜡泪堆残，眼看要灭。

众人照旧乱窜乱搜，九股烟乔茂忽然叫起来，道："嘀，

你们快来看，贼人的逃路在这里呢！”姜羽冲、苏建明一齐奔寻过来。一排马棚后面，有两堵墙挡着一块空地；地上乱生蓬草，还堆着许多干草。众镖客拨草搜寻，竟在乱草的后面，紧挨着堡墙根，发现了好几个地洞。深才三四尺，可是在地洞上面，把堡墙根也挖了三尺多宽、二尺多高的一个墙洞。地洞、墙洞合在一起，足有六七尺高，不但人可钻出去，连马都可钻出去。

姜羽冲提孔明灯一照，道：“得了！贼人一准全跑了。可是的，俞大哥和铁牌手胡二爷呢？”

一句话提醒了众武师。俞、胡二镖头本是先进来的，此时反倒踪迹不见。苏建明道：“我们赶紧往后搜吧！”

智囊姜羽冲道：“这里也得留人，不要再被匪徒潜入。”便请金文穆、欧联奎等留守东大院，兼顾马棚；自己会同苏老英雄，跟没影儿魏廉等施展轻功提纵术，纵上一排高房的房顶，拢目光四下望。四下里黑沉沉，一点火光亮也看不见。仗着没影儿熟悉道路，辨了辨方向，向后下来。

越过了三四处空庭破屋，不止于不见俞、胡二镖头的踪迹，连个敌人的影子也没望见。

智囊姜羽冲向没影儿魏廉道：“魏老弟，怕不对吧！前面距后堡不远了，怕是搜过了头吧？”没影儿魏廉道：“不能，这堡里大部的房子全在东排，西面只有十几所小宅子，不是正主儿住的。这一带再没有，就许出了围子了。我看……”智囊姜羽冲忽然说道：“听着！”

众人驻足倾听时，偏西南隐隐听见叱咤之声；细听时，又转入沉寂。众人方待寻过去，忽地西南角涌起一团火光。智囊姜羽冲急忙一指道：“这是什么发亮？可是贴西围子的小房子么？”没影儿魏廉道：“不错，那边大概是粮仓。”

苏建明道：“别管他是什么，赶紧上吧！”姜羽冲答了声：“好！”脚尖点地，腾空跃起，施展开身手，真似一股轻烟，急扑上去。苏建明更不肯落后，没影儿以提纵术擅长，这三人竟

像较劲似的，先后只差着一步，一齐扑过去。连转过两层院，已辨出有火光处，是贴着西围子一所土房；屋身墙倾，四周乱草横生，显然旷废已久。

智囊姜羽冲捷足先登，飕飕地连窜身形，已到了土房的东厢后檐下。一纵身窜上去，左脚轻点檐头，右脚尚没挨着房坡；突然左首两丈外，暴喊一声：“滚下去吧！”一点寒星竟奔腰肋打来。姜羽冲闪身想接，全来不及，身形急往后一仰，左脚运力一登檐头，一个“倒栽老莲”，唰的倒翻下来。嗤地一支钢镖落空，穿入草丛；姜羽冲腰上一叠劲，挺身立在荆棘丛中。他急横剑索敌，可是已听出发话的人颇似胡孟刚。身形才落，赶紧招呼：“上面可是胡二爷么？好镖法！”

房上人哎呀地叫了一声道：“姜五爷么？伤着了没有？我太愣了！”同时苏建明、没影儿全到了。姜羽冲一纵身蹿上房去答道：“还好，没打着。怎么样，俞大哥呢？”

铁牌手道：“俞大哥就在隔院下面吧，快请上来吧。夏二爷挂彩了。”

智囊姜羽冲等全吃了一惊，急随铁牌手，越过房坡扑奔隔院。在隔院下面，另一座蓬草没胫的小天井中，燃着一堆干草，烟火腾腾。夏建侯正在用刀割草，往火堆上续柴取亮；俞镖头和梁孚生正在借火亮，给夏靖侯扎裹创伤，只不见谷绍光。

姜羽冲、苏建明等忙飘身下来，向俞剑平道：“俞大哥，你竟赶到这儿了，教我们好找。”随问：“夏靖侯的伤势究竟怎样？”夏建侯赶过来代答道：“还不碍事，不过左胯中了一弩箭，右臂稍微划伤了一处，暂时行动费事罢了。咳！若不是俞大哥赶到，我们弟兄说不定全教贼人乱箭射死了。”

原来胡、俞二镖头按照梁孚生指示的东大院第三院搜寻过来，不料第二院、第三院全是空庭寂寂，既无灯火，也不见贼踪。俞、胡二镖头十分焦灼，梁孚生也十分诧异；分明被围在这里，怎么全不见了？只好往后搜寻。方转过一带高房，突然间，墙根下乱草中唰唰一响；俞、胡、梁三人拧身各往响处窜

去。啪啪一连就是两支袖箭，一支奔俞镖头，一支奔梁孚生。闪避得法，两支袖箭全都打空；跟着从草中跳出一条黑影，竟自往南逃去。

俞剑平往起一纵身，抖手发出一只金钱，相隔在五六丈外，那条黑影嗯的一声，身躯一晃，竟没有躺下，依然逃走了。俞剑平道："追！"

俞、胡、梁奋步紧赶，在黑沉沉的荒凉败宅中，连穿破屋，往前过去。只听得草叶唰唰又响，那条黑影被后面追得太紧，竟倏地穿甬道，奔了西围子。胡孟刚一边追，一边嚷道："小子，你往哪儿逃也不成。你就认了命吧，爷们围上你们的龟窝了！"但这西围子一带很难走；更道久已废置，沿墙滋长些荆棘蓬蒿，处处须得留神。

那贼人不时回身发放暗器；一路上又打出两块石子，一支袖箭。后面略一迟钝，贼人竟逃出几丈去；突见他扑奔一片土房，吱吱地连响了两声呼哨。没有看清楚是登房逃走，还是绕房逃走的，可是人竟没影了。

俞三胜当先赶到，挨近门前，突听得里面兵刃叮当互碰，夹杂叱骂之声。俞三胜精神一振，回头厉声招呼道："贼在这里了，上！"他不走正门，以防暗算；微耸身，斜纵上房顶。才待腾身下落，猛然飕的一声，一支暗器从下面打来。俞镖头将青钢剑一挥，当的一响，将一块飞蝗石打落房下。

房上人影一晃，俞镖头喝道："贼子，看镖！"一枚钱镖破空打去，贼人哎哟了一声，咕咚栽倒。

跟着听隔院有人喊："大哥，我中了暗青子了。发狠干啊！老三哪里去了！"跟着从隔院东房上，嗖嗖连窜起两条人影。

十二金钱俞剑平抬头一看，这两条人影拿的是两口剑，身材差不多。俞剑平用剑封住门户，忙叫道："夏大哥，夏二哥……"一声未了，这两个拿剑的人陡然一纵步，由房上直往东墙头窜来。当前的那一个，脚点墙头，"白蛇吐信"，唰的人剑俱到，直奔俞剑平的前胸扎来。那另一个却从斜刺里一侧身，脚履墙

头，“玉女投梭”，斜向俞剑平的肋下也点来一剑。

胡孟刚大吃一惊，厉声怪叫：“大哥，看看看……”

俞剑平猝不及防，也蓦地一惊，急将身形往后一撤；但是脚尖登墙头，后退无路。匆忙中，斜身往左一闪，仅仅躲开这一击，右侧的敌剑又已点到。俞剑平急用“大鹏展翅”，抡青钢剑往外猛削，用了个十分力。陡然激起一个火花，敌人再想撤剑，已来不及，呛啷一声，一口剑被击出数丈以外。

胡孟刚双牌一分，大喜扑到，直奔那迎面敌人。梁孚生也从邻房飞纵过来应援。哪想到侧面的敌人失剑落地，蓦然回身，发出一支暗器来。他的暗器还未发出，北面墙头上突听一声大喝道：“姓俞的，看箭！”弓弦响处，一排箭冒着高射来。非为拒敌，实为救伴。俞剑平、胡孟刚、梁孚生只得分向两旁跳闪。两个使剑的贼人，趁此蹿下院心。

使剑的贼刚退，出现北墙头的贼这才得了手，把数张弩弓齐照俞、胡、梁三人瞄准。梁孚生、胡孟刚和俞剑平等，早防到敌箭的攒射，急急地一栽身，紧跟贼踪跳落院内。那失剑的贼人回手一镖，俞剑平、梁孚生往旁骤闪；胡孟刚反而迎头横挡，铁牌一晃，叮当一声，把镖打飞。

十二金钱俞剑平哼一声，将金钱镖一捻，铮地连响三声，不追击逃贼，掠空向北墙头打去。金钱镖百发百中，北墙头嗯的一声，数张弩弓退缩不见。两个使剑的贼就往墙根底下一钻，下面挖着一个四尺来高的洞。

胡孟刚大骂道：“好鼠贼，又要钻窟窿！”忽又听得隔院连声大喊，声似松江二夏。俞、胡、梁三人不顾一切，追寻过去。却不敢钻墙洞，飞身跃登邻房，又一蹿跃上南墙，往下窥望。

这邻院里人影乱晃，金刃乱响；正有数人横刀矛，堵住了西面三间土房的门窗。门窗败坏，两个窗洞木棂全无，都被砖泥墁上了，黑乎乎的只露出小小一个门洞，两扇木门都倒在地上。正有几个贼党持着数张弩弓，分立在墙头屋顶上瞄准。这草房屋顶还破着一个露天的大洞。俞、胡二人顿时恍然，这屋

内定有镖客被堵在里面，正拼着死力，往外冲击格打。

门洞窄小，贼人却不少，他们各将长兵刃，往门里乱刺，被困的镖客不能突门出入。房顶破处，不但不能窜出来，反而被贼人强弓下射，箭雨直飞，成了居高临下的危势。屋中人怒吼叫骂，群贼冷笑还骂。猛听轰隆一声，屋中被困的人把砖砌死的窗洞推开了。群贼急叫，立刻过来两根长矛，又把窗洞扼住。

俞剑平、胡孟刚在南墙上瞥见，心中大惊；梁孚生也从后面惊叫道："不好，松江三杰一定在里面，咱们快去救。"胡孟刚年虽半老，性依猛烈，大叫一声，拥身跳下去；直抵平地，双牌一挥，照敌人背后便砍。十二金钱俞三胜喊道："等等！"已经来不及，梁孚生也下去了。

贼人那边，房顶上的射手立刻吹起呼哨，唰的一排箭，冲胡、梁二人射来。胡、梁二人上拒飞箭，下斗群贼，厉声叫道："屋里是夏二爷么？"屋中人立刻应声，不但是松江三杰的老二夏靖侯，还有老大夏建侯。夏建侯叫道："外面是哪一位？我们上了狗贼的当，我们老二挂彩了，快来！"

胡、梁二人顿时拼命往房门口冲过去。松江三杰此时已经散了帮，土屋内被困的只有夏建侯和夏靖侯。这弟兄在堡外放卡，一时贪功，追贼入堡，被贼人诱散了帮，竟误钻到这个绝地里边来了。

这三间土房正是贼人预备的卡子，窗户都已堵塞；只留下一门，也堵上了半截砖。贼人却将后墙根掘了一个洞；由这墙洞通过去，便进入邻院后房。连穿过邻院数处屋洞，走一小夹道，便直达堡墙。这边的堡墙也挖了一个小洞，用乱草挡着；万一有警，他们就可以从这里钻墙洞跑了。

这三间土房，靠南边的房顶上面，破着三尺方圆的一个漏洞，直露着天。夏氏弟兄犯险入堡，眼看二贼逃入这三间土房内，他们也就跟进房内。不想人家钻墙洞跑了，他们可就刚一钻进墙洞，便被人家堵住。长枪挡住了门口，利箭从南屋房顶

破洞往下射；松江二夏直退到北间，才避开箭雨。贼人竟用孔明灯，从房顶破洞往下照；箭射不着，就探进手来，往里投飞蝗石子。二夏几次硬往外闯，都未能得手，被暗器阻住了，两人只得退回北间。

松江三杰武功惊人，虽处绝地，贼人也不能加害。忽然他俩听见房顶上有奔驰之声、兵刃磕碰之声和叫骂之声，二夏竟误认自己人来了。也是他俩被困心急，夏靖侯横利剑，捻暗器，就冒险往外闯；一阵乱箭，上下夹攻，竟使他带了伤。

夏建侯急忙挥剑，掩护着夏靖侯，又退回北间。贼人备下更险毒的招数，扬言要纵火烧他二人。夏靖侯大怒，拔去伤口的箭，撕衣襟缚上，一挥手中剑道："大哥，闯！想不到栽在这里！"后面墙洞太小，绝不能硬钻；房顶破洞被贼人扼住，绝不能硬蹿；只有门口几支长矛，或可突出，却只能容一人出入。两人决计拼命，佯作夺门，突然把泥封的窗洞推倒了一面。贼人立刻喊叫："快放箭！点子要钻窗洞！"弩弓手全在房顶墙头，还没有调过来。贼人先将长矛拨过来两支，堵着窗口乱搅；松江双杰挥剑便削。

就在此时，铁牌手胡孟刚和梁孚生同声大喊："外援已到。"夏建侯吁了一口气，叫道："老二跟我来！"手足二人趁着救兵驰到，仍然准备着夺门。但是房顶上的弩箭居高临下，依然看住了门口；如要夺门，必先冲过这一排箭雨。

当下夏建侯在前掩护，夏靖侯在后跟随，从北间往外溜。上躲漏顶，下防墙洞，只挪了两三步，嘣的一响，两张弩弓斜着射过来。夏建侯早作提防，利剑一挥，身形左探，"跟虎登山"式，呛的一剑把弩箭打飞。

门口的双矛又探来一搅，夏建侯霍地纵身后退，把夏靖侯拖回来；暗推一把，一齐换手掏镖，仰望南间。屋顶破处，正有一人持孔明灯窥探。二夏一声不哼，齐抖手，双镖斜发出去。当的一响，屋顶破洞那个贼，不知用什么兵刃挡了一下，哈哈地狂笑道："松江三杰，你们就认栽吧！"

正当贼人得意扬扬，忽然间听房上一贼人失声诧叫了一声，吆喝道："留神隔院！放箭！放箭！"房顶漏洞的孔明灯顿时撤回去，立刻听平地上一阵骚动；屋顶上也听得人踪乱窜，弓弦之声嗍嗍连响。跟着房顶上、平地上，一齐听见兵刃格打，叮叮当当乱响。

土房上忽然听见一个贼人喝道："风紧，快收！"二夏心中大喜，猜知必是铁牌手胡孟刚已经得了手；却又恐贼人使诈语，忙叫道："胡二哥，哥们栽了！"这就是暗打招呼。外面平地不答，房顶上忽然听见一个人厉声喝道："滚下去吧！教你知道知道姓俞的厉害！"

这一声吆喝，是俞剑平的声音，他从墙头，刚刚袭上草房顶。那一边平地上，胡孟刚、梁孚生冒着一排乱箭，奋勇扑敌，也已杀到草房门口。群贼顿时连发胡哨，似有动摇之势。铁牌手胡孟刚把一对铁牌挥动，力大牌沉，冲到院心；先将两个使长矛的贼党绊住，双牌势猛，往来乱舞。梁孚生振吭怒吼，刀光闪闪，上下猛砍，也冲过来。房上贼人的箭只射出几支，便不敢再射，恐伤了自己人。

余党见同党势孤，自己人未全撤下来，无法用箭攒射；只得呼啸一声，舍长用短，反身挺矛围攻。胡孟刚已知松江三杰被困在内，抖擞精神，把二十四路混元牌的招数施展开，劈、崩、拨、砸、压、剪、捋、锁、耘、拿，一招快似一招，一式紧似一式，悠悠风响。只走了四五招，当的一下，竟把长矛砍折一根；使矛的贼人险些丧命在胡镖头的铁牌之下。

十二金钱俞剑平探身在南房上，见胡、梁二人奋勇进攻，被贼人截住。他心想与其增援，不如抢先肃清西房上那几张弩弓。俞剑平立刻脚点房坡，潜踪蹈进；本是径扑西房的，反倒飞纵上东房；十分小心，轻轻挪步。却未容他移身换式，早有一道黄光，从西房上一闪照来。立刻吱的一声呼哨，弓弦骤响，逐光掠影，嗖的射来三支硬弩箭。俞剑平急杀腰，右足轻登，"龙形一式"，窜出两丈以外，轻飘飘往西草房上一落。人

未到，右手先扬，铮的一声，一枚钱镖随着身形同时飞出。

西草房上，围着破房洞共有五个贼党，三张弩弓；却是握在手中的只有两张弓，插在背后的是三把单刀、一对拐。那持孔明灯的贼人蓦地望见墙头又有人影奔来，便提灯一照。

就在这一刹那，人影已经跳过来；持灯贼忙喝道："快放箭！"喊晚了，只提防镖行人攻上来，没留神暗器随着人影的一窜，已经破空打到。他哼了一声，猝不及防，啪哒一松手，把孔明灯甩落房下；立刻忍痛拔出双铁拐，准备迎斗。

俞剑平趁着余贼错愕惊呼的当儿，青钢剑"仙人指路"，猛照这弃灯阻路的贼人胸肋点去。贼人慌忙将双拐一提，方在凝眸细辨敌人，不防青钢剑劈风之声又到。他就忙往左一斜身，喊道："并肩子，留神！"双拐从左抡圆往下一翻，照定青钢剑猛砸。俞镖头右脚轻滑房坡，唰的撤剑，变招，"青龙摆尾"，往使双拐贼人的下盘扫去。

贼人忙乱中，竟在房顶上，施展"旱地拔葱"的招数，往起一拔身，斜向檐头落下。俞剑平跟上一步，突飞起一腿，喝道："下去！"虽没踢着，贼人自动地跳下去了。

俞剑平将剑锋一指，身形侧转，剑奔持弓的贼人。贼人张皇中，把弓一架；只听刮的一声响，将贼人一张弩弓劈为两半。俞剑平又一纵身，剑劈另一个持弓的人；剑光闪闪，上抹咽喉。贼人一惊，忙往后退，扑通掉下房去。

转眼之间，砍断一张弓，逐走两个贼。还有三个贼，一齐弃弓抽刀，猛扑俞剑平。一个使厚背刀的贼党，首先扑到；"泰山压顶"，连人带刀，硬往下落，刀锋直砍俞镖头的顶梁。俞剑平急用"搂膝拗步"，微微一拧身，青钢剑往外斜探；一个败势，陡然横身，唰的一个踩子脚，正踹在贼人胫骨上，贼人登登的一溜踉跄，往旁抢出三四步，正撞在同伴身上。

哗啦一阵响，草房泥土蹬落一大片；挨踢的没有掉下去，被撞的竟仰面朝天，翻落到后山墙那边去了。下面同伴赶快把他拖起，急急地吹起一阵呼哨："风紧！快收！"喊个不住。

草房上只剩下一个贼人。蓦地听他一声冷笑，不抽背后刀，急解下腰间缠着的七节鞭，哗啷一抖，喝道："你一定是臭鱼！来吧，爷们跟你比画比画。"先向院心院外瞥了一眼；便将七节鞭耍开，上下翻飞，跟俞剑平拼死力恶斗起来。

俞剑平心中诧异，这里倒有一个劲敌。他往前一上步，忙将奇门十三剑展开。点、崩、击、刺、封、闭、吐、吞，剑光闪动，矫若游龙，直往敌人逼来，要将他赶下房去。这个敌手的七节鞭竟受过名师的指授，四个同伴都被战败，他兀自不退，将鞭哗啷啷撒开，缠、划、滑、点、打、封、捋、耘、拿，全是进手的招数。尽管俞剑平欺敌猛进，他挺然守住步位，以攻为守，苦斗不休。

十二金钱俞剑平通夜苦战，实已力疲；虽然他气脉长，到了这时，也有些手脚迟钝，微微汗喘有声了。使七节鞭的这个贼，正是刚才在鬼门关退回的人。他连换了三四招，即知来者是俞剑平，心中未免有点怯敌；却又潜思乘劳求胜，当真把俞剑平打败，何等露脸？他就提防着金钱镖，一面打，一面招呼放箭。

俞剑平连发四剑，未能逼退敌人。暗运内功，提起一口气，一声不响，容得敌人七节鞭打出来，闪开了；便陡然将剑招一变，喝道："呔！"施展开"进步连环三剑"，青锋一转，一个"盘肘刺扎"，向敌人前胸急点过去。

敌人一握七节鞭尾，"横架金梁"，往剑锋猛崩。俞剑平身形一展，利剑轻扫，立刻变招为"抽撤连环"，青钢剑回环作势。敌人的七节鞭崩空，突然一退，唰的一个"翻身盘打"，利用房顶陡峻的地形照俞剑平下盘扫来，喝一声："哪里躲？"

俞镖头微微冷笑："你若不贪，还可以多耗一会儿。"顿时，"倒踩七星步"，往后撤退，故意地一滑步，似要往下溜；却又一拧身，旋身半转，做了一个拿桩立稳的样式，把右半边身子掩住。

贼人大喜，哗啷啷将七节鞭一抡，才待垫步赶招，再抽过

一鞭去。哪料到十二金钱俞剑平陡然一伏腰，似让招；又一旋身，似发剑，青钢剑闪闪吐寒光，“游龙探爪”，竟下击敌人的腰胯，左手潜捻起一枚钱镖。那贼人吃了一惊，急待收鞭搪剑。俞三胜剑随身转，镖随剑发，铮的一声响，舌绽春雷，道：“倒！”贼人顾得了剑，顾不了镖；镖没打着要穴，剑却划破了大腿。哎哟一声，“蟒蛇翻身”，嗖地蹿下房去。腿一软，咕咚跪在地上，哗啷一声，七节鞭也摔落在地上。

地上有两个同伴，见危惊叫，顿时飞奔过来。一个扬手发镖，照俞剑平瞎打了一下；另一个便没命的横刀护身，挺臂拖人，把同伴救起来。众人齐发呼哨，没命地奔入夹道，钻房窟窿走了。

贼人闹了个手忙脚乱，唯恐十二金钱穷追不舍；殊不知俞三胜此时哪有心情追此小贼？他忙向房顶破洞口，大声呼道：“夏二哥，贼人跑了，你从这上面蹿出来。”当此时，弩弓已破，贼党哄然四散。那当门双矛正在舞弄欲退，唰的一声，忽被夏建侯夺住一根；夏靖侯趁机窜出来，抡剑照贼便剁。

那贼人喊一声，抽身要退，已来不及。立刻一错步，突然松把，弃矛拔刀，先将负伤的夏靖侯挡住。夏建侯就势发招，抡矛便打，贼人挥刀还架。

松江二夏如猛虎出柙，锐不可当，立刻双剑并进，追斗仇贼。余贼忙回身帮打。那铁牌手胡孟刚和梁孚生齐仗手中兵刃，邀截落后的余党；跟一支长矛、两把短刀，交斗起来。

贼人逃路被截，抽身不易，反被镖客四面包围。只斗得三五回合，忽然南面空房后，闪出一道黄光。十二金钱俞剑平在西草房上瞥见，急呼道：“留神暗箭！”松江二夏、胡梁二友，略略地一闪躲，空房中唰的发出一排箭。同时窜出两个人，抢步抡刀，猛攻胡、梁。胡、梁回身招架。贼党一声呐喊，往斜刺里一凑，倏然退回去。

这一排箭并非是攻敌的，乃是援救自己落后同伴的。借此一阻，贼人分扑南面空房的门窗，一个个钻进去。那个使长矛

的贼被胡、梁横截紧缀，来不及进空房钻窟窿了，他就一打旋，斜趋东南角的短墙。

胡孟刚抡铁牌便砸，直取贼人的后脊。贼人伏身蛇窜，已到墙根，竟将长矛一拄，飕地跃上墙头，又一拄矛，跳到邻院。听得他连声狂笑，人踪拖着残笑，已然逃得没影。

铁牌手胡孟刚和梁孚生拔身越墙，就要穷追。房顶上十二金钱俞剑平挺剑直指院内，急叫道："胡二弟慢追，快看看夏二爷，他受伤了。"胡孟刚猛然省悟，飘身下来。明知逃贼应当紧缀，镖银应当快搜；却是松江三杰久负英名，为助己受伤，焉能弃置？俞、胡二人先后凑过来，慰劳、看伤。

夏靖侯忍痛笑道："我的伤还不要紧。教弩箭穿一下，只是血没止住。"夏建侯却很着急，拉着俞剑平道："俞大哥，你有铁扇散没有？"俞剑平、胡孟刚忙答道："有有有，我们都带着呢。"

此时天色将近黎明，大地朦朦胧胧，但是验伤裹伤，仍还看不清楚。俞剑平掏出药来，道："你们哪位带着火折子？"胡孟刚连忙抽出火折子，把它晃亮了。俞剑平轻轻来解扎裹伤的布条；还没全解开，已吃了一惊，箭创深入左胯寸许，扎绑很紧，血已透出布外，染红了一大片。布条慢慢一揭，鲜血突突地外冒，夏靖侯的脸都白了。

夏建侯搓手旁观，一看伤重，毛发直竖地骂道："好贼子，我绝不能跟他善罢甘休！俞大哥，血止不住，可怎么好，可怎么好？……还有我们绍光三表弟，也不知道钻到哪里去了？我还得找去。"

俞剑平道："夏大哥，不要心慌，这伤别看重，侥幸没有毒。等我给二哥闭住血，再敷上药，就不碍事了。然后我们一同找绍光三弟去。"梁孚生插言道："可不是，还有聂秉常聂爷呢！我只怕接应晚了，他们遭了贼人的暗算。我和二哥先找一找去，怎么样？"

俞剑平忙道："等一等，我这就裹完，还是大家一齐去的

好，那边姜五爷他们正搜着呢。……你们哪一位有内服的定痛药，给夏二爷先喝点，定一定神。”几个人都说，只带着外敷的铁扇散，没有内服的定痛药。

夏靖侯道：“不要紧，俞大哥，你只给我止住血就行了。又没有水，有药也难咽。”胡孟刚道：“东大院有水，苏老哥估摸带着定痛散呢。”

俞剑平运双掌，用闭血的手法，把夏靖侯伤处的血管先行闭住。还没容上药，火折子已竟燃完；梁孚生忙将自己的火折子晃亮，在旁照看。俞剑平往四面看了看道：“胡二弟，你先给我们巡风吧。如有咱们的人，赶紧把他招呼过来。如有贼人，把他们惊走。”

胡孟刚应声上房。提双牌护住小院，以免贼人乘机来扰。火折子光亮既微，又不能持久；梁孚生的火折子用了一会儿，也要灭了。众人道：“没有亮，怎么好？”

俞剑平说道：“夏大哥，你到西房后面，找一找灯去。”夏建侯道：“什么灯？”俞剑平无暇细说，忙催夏建侯，暂替自己按住伤口，记得自己曾将贼人的一盏孔明灯打落在地上，忙亲自寻来，就要用火折子，把灯点着；无奈灯已摔坏，壶漏油干了。他不由发狠道：“这不行，摸黑治伤，太不稳当，怎么办？……”夏靖侯道：“好歹捆上就行了。”夏建侯发急道：“咱们找他们大拨去吧。他们又有灯，又有药。他们不是都进来了么？”

到底十二金钱足智多谋，眉头一皱，顿时想好主意。催夏建侯拔剑割草，寻取木柴，靠屋墙堆起柴火来，立刻点着一把火；就着火亮，便可以治伤了。大家欢喜道：“这就亮多了，还是俞大哥有主意。”

借这柴火一照，顿时看清这所宅子败落不堪，却有箭杆、钢镖、飞蝗石子，打得满地都是，想见松江双杰被困苦斗的情形了。夏靖侯坐在台阶上，侧身半卧，露出股伤。俞剑平忙忙地给他止血敷药，夏建侯割草续火，梁孚生一面帮忙，一面戒

备着，胡孟刚在房上巡风。

俞剑平的手术果然很好，按摩片刻，渐渐血止，然后细细敷上药，又撕了一布条扎包，齐腿根捆上。几个人一面忙，一面提心吊胆，在近处时闻人声奔驰和呼噪之声。梁孚生眼看伤口快捆完，便沉不住气，催促道："夏二哥好些了吧。我说我们还是快找找聂秉常聂大哥去，这工夫可不小了，还有谷绍光三哥……"

夏靖侯道："是的，大哥，你们和俞大哥快去吧！我好多了，一点也不妨事了。"俞剑平说道："是的，但是这就好了，咱们还是一块去。"

忽然间，墙外人声逼近。房顶上胡孟刚大喝一声："滚下去吧！"俞剑平、夏建侯、梁孚生，一齐耸然，各仰脸上看。俞剑平忙将兵刃抄到手中；夏靖侯尤其英勇，裹伤布条还未系好，他竟伸手抓地上的剑，突然跳起来。俞剑平喝问道："来者是谁？"胡孟刚答了腔道："是自己的人。"跟着智囊姜羽冲、夜游神苏建明、九股烟乔茂等，一个跟着一个，随同铁牌手，越墙翻入院来。一听说久负盛名的松江三杰夏靖侯竟受了伤，忙着齐来慰问。

夏建侯代他二弟回答："教各位见笑了，伤得还不很重。"一指那空屋子道："我们教狗贼诱进陷阱里了，我们老二不该贪功，挨了一箭。可是的，诸位还得帮帮忙，我们三弟被贼诱散，不晓得绕到哪里去了？此时也不知凶吉如何，哪位费心，给寻一寻去。"

原来松江三杰夏建侯、夏靖侯是胞兄弟，唯有三杰谷绍光乃是二夏的表弟。

在场群雄哄然答道："搜！我们一齐搜。谷三爷一世英雄，断无闪失，也许他追赶贼人去了。"大家各整兵刃，就要登房。姜羽冲急忙叫道："慢来！慢来！我们也得布置布置，看一看还有谁没进来。还有谁没露面？"

俞剑平道："也得查查，还有哪些地方没搜到。"苏建明

道："堡内堡外都要搜一搜。"俞剑平道："那是自然。"又问道："怎么没见金三爷和岳四爷?"

姜羽冲代答道："金三爷进来了，岳四爷可没见。"这两拨人匆匆地互相询问，就已搜过的地方，没有人发现镖银，也没有追着豹子，更没有捉着一个小贼。俞、胡、姜、苏四老英雄心中都很焦急。松江二杰，一个没伤的扶着个负伤的，由众人随护着，一同抢奔东大院。然后把所有入堡的人聚齐了，点名查数，四停还差一停人没有见面。又点算古堡，共有二十六层院落、二百数十间破房子，角角落落，一定还有没搜到的地方。俞剑平、胡孟刚、姜羽冲立刻将全拨的人分为数路，开始二次的排搜。

此时天色暗淡，仍未十分大亮。众人忙把数盏孔明灯打开。登房顶的登房顶，穿夹道的穿夹道；以东大院为起点，齐往各处搜寻下去。智囊姜羽冲告诫众人，莫看贼人似已退尽，仍要留神他们的陷坑和伏弩。众人称是，各加小心。

九股烟乔茂就和铁牌手胡孟刚，单找他一个月前被囚的地方。马氏双雄引领数位镖客，专搜更道内外。梁孚生引领着姜羽冲、苏建明、孟震洋等十几个人专钻贼人挖的墙洞和地道，极力地搜寻金弓聂秉常、蛇焰箭岳俊超与松江三杰的老三谷绍光。还有苏建明的二弟子路照、铁布衫屠炳烈、石如璋、孟广洪等，一从入堡，就没见面，这都得寻找。

单在东大院，留下俞剑平和金文穆等，一面保护夏靖侯和别位受伤的，一面只在近处搜寻小院，实际就算歇着，这一场夜斗，数俞剑平最为劳累，简直说有点筋疲力尽了。金文穆和李尚桐、阮佩韦是一身臭泥，通体难受，也在那里歇着。有人寻出一瓶水来，又拿出一盒内服七厘散来，忙给夏靖侯服用。夏靖侯渐渐缓转过来，与夏建侯愤愤不已，引为奇耻惨败。

众镖客三五成群，一拨跟一拨地来往梭巡。那小飞狐孟震洋与梁孚生，伴同智囊姜羽冲、苏建明这一拨，直搜尽东排房，没见贼踪，没见同伴，除了墙洞，也没发现可疑的地点。

这一座古堡，地势太大，满处生着荒草。颓垣败屋，碎砖残瓦，随处都可发现蝗石、镖箭。梁孚生搜不着盟兄金弓聂秉常等人的下落，不住地着急乱窜。小飞狐孟震洋提利剑、捏暗器，奋勇当先，单找冷僻地点。智囊姜羽冲、夜游神苏建明紧随在后。直绕到西北角一所大空场，类似囤粮的场院。一道长墙堵着，蒿草遮蔽，墙头路绝，猛看好像到了堡墙根。哪知拨草根寻又发现一条窄道。

忽然听见窄道尽处，隔墙似有声音。小飞狐孟震洋回头低叫道："这里一定有蹊跷！"嗖地跳上长墙一看，在这堵长墙后，又展开一座高房广场，一片没门窗的大房足有七间长，看样子像是粮仓。孟震洋招呼众人，纷纷跳下墙去。

梁、孟二人刚钻入空仓房，忽听仓后有一人闷声大叫道："打死你个鬼羔子！"

又有两人清清朗朗低吼道："烧死你个狗腿子！"

梁孚生侧耳一听，急喊道："这里有贼！"众人慌忙扑过去。乱草中，又现出一座菜窖似的地窖，四面荒草高可及胸，当中拨出一条窄道。窄道尽处，露出一座地窖的入口，窖内微透灯光。正有两三个人堵着窖口，往里塞堵干柴，另有一人登墙巡风；一回头，瞥见众镖客，叫了一声，抬手发出暗器。

孟震洋、梁孚生急忙一闪，那三两人竟像鬼似的，齐往草丛一钻；簌簌的一阵响，竟又没有影了。梁孚生、孟震洋奋身追过去，姜羽冲忙叫道："等等，先看看地窖里头。"

智囊姜羽冲和老英雄苏建明奔过来，先绕着地窖，巡查了一圈。梁孚生登墙察看外面，原来隔壁便通堡外。那孟震洋就忍不住凑到地窖口下，往里探头；苏建明也挨过来，要往里探视。突然听见里面骂道："鬼羔子，教你使诈语！"弓弦响处，嗖地打出一粒弹丸来。

孟震洋急往旁一晃头，弹丸擦着耳轮打过去，苏建明竟没有看清窟内的情形，便缩回头来。孟震洋仅仅瞥见这地窟很深很广，内部面积很大，黑洞洞的，偏在一隅似有一堆堆板箱竹

筐，箱上放着一盏小灯，发出荧荧的微火。

众镖客忙都凑到窖口，一齐大喜，心想内中或者竟埋着二十万镖银，也未可知。可是大家明知内中有人，竟没有看出这些人藏在何处，也不知内中有几人。

孟震洋眼光锐利，冒着险，又往里一探头，目光直寻灯火，却照样由黑暗处嗖地打出来一粒弹丸，孟震洋忙又缩回头去。只这一瞥，又看出这座大菜窖，前后共有两个入口，已经堵塞一处，内中阴湿霉潮之气扑鼻，忙厉声喝道："里头什么人？"里面闷声闷气地答道："是你祖宗！"嗖地又打出两粒弹丸。地窖漆黑，只一探头，弹丸便打出来。

众镖客一齐骂道："好贼！我看你往哪里跑？"急急地绕着地窖顶，又踏看了一圈；一面喊道："先堵死门，别教他溜了。"

智囊姜羽冲隔着仓房吆喝道："快看看，有地道没有？"飞狐孟震洋忙道："没有地道。"

九股烟乔茂过来问道："里头有多少人？"孟震洋道："一个，或者不止一个，在暗中也许还有几个伏着。"他向老英雄苏建明道："看情形，这里就许是贼人埋赃的所在，下面这个小舅子定是看守赃银的贼党。"

没影儿魏廉跑来说道："这小子用弹弓看着地窖入口，真不易往里冲。方才那两个东西分明是守窖的小贼，逃走报信去了。工夫耗大，怕贼人翻回来捣乱，咱们赶快把这小子掏出来才好。"孟震洋急道："他有弹弓，可怎么掏？有了，咱们快砍点柴把子往里扔，就是把他熏不出来，也能烧死个舅子的，好在如真是镖银，也烧不坏。"

姜羽冲搜寻贼人的逃路，正从菜窖那边绕过来，忙低声道："捉活的比死的强，还可以在他身上取供。"苏建明点头会意，故意高声道："你们哥几个看住了窖口，快拿火把，烧死个小舅子的就结了。"一边说着，向旁一指。

众人会意，分别动手；用声东击西的法子，决计将东面堵

塞的窖口挑开，冒险闯下去。却在西面未堵塞的窖口上，堆柴点火，故意地做给窖中人看。

众镖客用假火攻计，要瓮中捉鳖，擒拿窖中贼人。大家散布开，持刀握镖，蓄势以待。梁孚生跳过来，和没影儿魏廉，在那边提刀急掘出东窖口。夜游神苏建明、飞狐孟震洋，各砍了一束草，用火折点着，往西窖口内一抛。铁矛周也割一束草，点着了往西窖口抛去。

到这分际，窖中人已窥破外面的举动，瓮声瓮气地大骂道："好一伙不要脸的狗贼，你敢烧死大爷，看弹！"唰唰唰，一连三弹。可是三束火把已经投入窖内了，突然地起火冒烟，就在同时，噗嚓的一声大震，梁孚生已将东窖口挖通，往里面一推，一堆土坯直落下去。这东窖口正挨窖中人藏身的地方；板箱、竹筐也乱聚成堆。一团黑影中，忽地跳出一个人。

小灯闪摇，暗淡不明。飞狐孟震洋持剑护面，急急探头；黑乎乎看不甚清，恍见那人高身阔肩，背刀握弓，只一甩，飕的一弹，照东窖口打来；又飕的一弹，奔西窖口打来。且打且跳，且喊且骂；丢开西窖口，直扑向东窖口。一连七八弹，直攻魏廉、梁孚生等人。

魏廉、梁孚生急急地躲闪，那人不要命地抽刀似要往外窜，却又明知窜不出来。只听他放声大骂起来："好狗贼，飞豹子娘卖皮的！你跟大爷一刀一枪地比量比量？你娘的！使这下贱的火攻计，我捣你姑娘！"唿的一声，又发出三个连珠弹。

当此时，老拳师苏建明、小飞狐孟震洋等各举火把，往窖内投送；竟跟着火把，硬往下跳进去。窖中人大叫一声，回身开弓，啪啪啪，啪啪啪，如流星骤雨，照众镖客不住地打来。火把在窖中突突地燃烧，众镖客突然冒烟入袭，两面夹攻。姜羽冲奋剑猛进，迎面一弹打来，忙伏身一闪道："咦，等一等！你可是聂秉常聂大哥。"梁孚生也在东窖口大叫："别打，别打，是自己人！"烟影中，顿时起了一阵惊喊道："住手，这是金弓聂大哥！"

窖中人如负伤的狮子一样，奔突猛搏，挥刀拼命，哪里听得见？竟飞身一扑，照准智囊姜羽冲又是一刀。智囊姜羽冲本已犹豫，未敢还手；挥剑一架，连忙闪开，高叫：“聂大哥，是我！”窖中人早已一伏身，单刀猛进，又照苏建明扎来。

众人一迭声大喊，窖中人果然是金弓聂秉常。到了这时，他才愕然收刀，窜退到一边，叫道：“是哪位？”不由满面堆下惭惶来，顿足叫道：“哥们，我老聂栽了！”姜羽冲、苏建明忙上前慰问……

金弓聂秉常与梁孚生、石如璋，三个镖师在堡外设卡，才到三更，便被飞豹子的党羽诱散开。金弓聂秉常自恃掌中连珠弹，百发百中，只身追敌，竟深入重地，陷在堡里。又不该贪功，上了贼人的大当，把地窖认成贼人埋赃之所。

他见贼人好像很怕他似的，一个个都直逃入窖内。他竟一直追到窖口，探头内窥。他看见竹筐木箱，又看见一杆小旗子，好似金钱镖旗。他便惊喜异常，开弓发弹，把贼党守窖的几个人，都打得弃赃而逃。他自己孤身一人，背弓抽刀，一直钻进地窖。哪晓得钻入容易，再想出来，便难了。由打西窖口进入，到了地窖当中，贼人转从东窖口逃走，却突然堵上了东窖门口。

金弓聂秉常所恃者只有弹弓，忙奋力夺门。被豹党四个人顶住，分毫没有推动。再想翻回去，那西窖口边又被贼人掷下草来，摆出火攻计，似要烧他。他立刻大惊大怒，急拿弹弓向窖口乱打。

贼人好像本领并不强，似怕他弹丸厉害；虽摆出火攻计，竟没得下手。以此聂秉常才得暂保性命，困在地窖里，逃不出来。眼望着窖中半埋在土里的木箱竹筐，也是干着急，不能过去打开看。

他的弹弓只稍微一住手，西窖口的贼人便往里头探，跟着就嚷闹着，要投柴放火。所幸双方僵持，耗的工夫不大。隐闻地面上胡哨声、脚步声大起，守窖口的贼人忽然撤退了一半

多，只剩下几个人，堵着西窖口。聂秉常正要拼命向外硬闯，这时候镖客们已经攻进堡来，往各处搜敌觅赃了。

当下众镖客很着急地宽慰聂秉常，问他何时被困在这里。他说：三更在堡外瞥见贼人，四更追贼入堡。在堡内钻窟窿、蹿房顶，紧追三个贼人；绕了好半晌，堡中空空洞洞，留守的贼人竟寥寥无几。问他别的情形，一点也说不上来，却指着竹筐、木箱，告诉众人："这里面多半是镖银，我刚进来时，七八个贼人守着呢！"

众镖客大喜道："真的么？好极了，咱们快挖出来。"姜羽冲面对苏建明道："这不一定吧？且挖一挖看。"大家仍然加倍小心，先嘱咐孟震洋、梁孚生看守窖口。几个人急点着火把，把地窖里遍照一遍，扑到偏东隅，众人一齐动手。先挪开小旗；那小旗只是一块红布，挂在竹竿上罢了。又把高堆的大筐，搬到一边；这些筐都是空空的，有的盛着碎砖。

姜羽冲眼望苏建明，有点失望，轻轻说道："我看这里贼人轻易放弃不顾，未必埋有赃银。"

聂秉常道："那么说，我上当了。"苏建明道："也不见得，咱们挖出来看看，又有何妨？"众镖客一齐动手，把上层木箱子打开，仍然空空如也，一物也没有。苏建明笑了一声道："空城计！"

聂秉常睁着眼骂道："可冤了我不轻！地下埋着的不用说，也一定是空箱子！"姜羽冲说道："索性咱们都挖出来看看。"就用刀剑挖土起箱。十几只白木板箱，一个个打开来看，全是空的。木箱埋在潮土中，日久必得朽烂；这木箱却只只崭新，好像埋藏的日子并不久。

小飞狐孟震洋道："贼人弄一堆空箱，做什么呢？"梁孚生问道："不晓得失去的镖银是用木箱装的么？"苏建明道："这个不一定吧。如果是官帑，必用银鞘。"姜羽冲道："不错，二十万盐帑都是用银鞘装的，我先头问过他们了。"

老武师苏建明本来最爽利，他见一番挖掘，渺无所得，面

对众人道："走吧！不用掘了，这里一准没有镖银。贼人断不会把二十万两银子搁在明面处，趁早往别处搜吧。"头一个拔步往窖外走。

几个青年镖客口中咕哝道："这里既没有镖银，他们埋这些空箱子为什么？"姜羽冲说道："左不过是诱敌之计罢了。"九股烟乔茂冷笑道："除非是傻子，这能骗得了谁！"

聂秉常听了不高兴，哼了一声道："我就是傻子！"乔茂不再言语了。

夜游神苏建明站住窖口，候众人出来，手指丛蒿，叫道："咱们搜一搜敌人的逃路。刚才他们两个贼往这边一钻，一转眼没有影了，这里多半有地道。"大众散开了，重新勘地、搜敌、觅伴、寻赃。果从草丛中，墙根下，发现了一条短短的地道，穿过堡墙，直通到堡外。

众人正要搜出去，更道上忽然瞥见了两个人影，老远地叫道："是胡二哥？还是姜五哥！"苏建明急仰面代答道："是我们，你是哪位？"更道上回答道："我是夏建侯。"

松江三杰的老大夏建侯，很不放心老三谷绍光的安危，伴着一个青年镖客，出离东大院，亲自找出来了。夏建侯跳下更道，问苏建明、姜羽冲道："你们几位找着我们三表弟没有？"

小飞狐孟震洋答道："找着金弓聂师傅，谷三爷还没有碰见。"

夏建侯十分焦灼，忙向聂秉常打招呼，问他何时进的堡，看见谷绍光没有。聂秉常答说没有见着。夏建侯越发心慌，又挨个盘问众人："可看见咱们的人，有受伤的没有？刚才乔九烟跑到东大院，向我们报告，说他们振通镖局缀贼访赃的三个镖行趟子手、伙计，在空屋里搜着两个，饿得半死了。还有一个叫于连川的没有找着，也不知是死是活。"说到这里，不由唉声叹气道："大致堡里都快搜完了，我们老三可上哪里去了？难道说他真会教贼人暗算了不成？"

姜羽冲、苏建明一齐安慰道："我们还没细搜到呢！这就

天亮，更好搜了；我们里里外外，再仔细搜搜。”孟震洋道：“夏老英雄不要着急，我们只在堡里面搜，还有堡外没有搜哩！也许谷三爷追贼出堡了。”

众人道：“对！我们快快往外搜！”就由姜羽冲、苏建明等，疾引众人，回返东大院，见到了俞剑平。立刻由俞、姜等各率领一拨人，都搜堡内。由夏建侯、马氏双雄和孟震洋等，多带镖客，往堡外横搜下去。

搜出半里地，忽见青纱帐外，往苦水铺去的大路上，远远有两三个人影，结伴奔来。夏建侯等忙大声招呼着，横截过去。来人正是岳俊超，背着叶良栋，由谷绍光持剑在前相护，绕着青纱帐，往回路上走来。

夏建侯大喜，急上前迎问。才晓得谷绍光被诱失群，只身追贼，直绕出堡外。眼看把贼追上，教贼人的卡子一挡，又绕青纱帐一阵乱窜，竟被贼人逃走。他忙逐影追寻，忽看见另一片青纱帐的后面，飞起一道蓝焰，有人抗声大喊，急扑过去一看，乃是蛇焰箭岳俊超和叶良栋两个青年英雄被围住。

这两人分路急追，叶良栋首先把贼人缀上，无奈落了单。贼人拨回来四个人，呼啸一声，反身还攻，竟将叶良栋围住。这四个贼人全是断后的好手，内中就有江北新出手的剧贼雄娘子凌云燕。才一接触，四个贼包围叶良栋一人。凌云燕换用单刀铁拐，唰的一下，把叶良栋的腰眼刺伤。叶良栋顺着衣衫往下淌血，尚在负伤死斗。

岳俊超在后望见，急急地赶上来，突入围阵，与叶良栋背对背，抵挡这四个剧贼；百忙中，先趁空发了一支蛇焰箭，飞起一道火光。只可惜匣中火箭，看着用完，只剩下两支，不敢轻发了。但只这一支火箭，已将松江三友的谷绍光引了过来；大呼一声，奋剑扑入。

天色微明，一看这四个贼，竟全用面幕遮住了脸，只露出口眼，不把庐山真面示人。经岳俊超激骂问名，四人闭口不答，一味猛攻；贼党却把谷绍光看轻了，冷不防被他一剑，把

贼人刺伤一个，贼人顿时往外一窜，情势松动。岳俊超忙顺势也往外一窜，把最末一支火箭端正了，嗖地射出去。砰的一声爆炸，贼人大惊，呼哨一声，抽身退入青纱帐；簌簌地一阵响，结伴逃走了。

岳俊超挺剑要追，被谷绍光拦住道："岳四爷等一等，先看看叶师傅吧。"

叶良栋后腰负伤，伤处流血不止。谷绍光急忙过来，撕衣襟，代为缠住伤口；随即伏身，把叶良栋背起来，道："岳四爷，这里待不住，咱们快把叶师傅背回去吧。"叶良栋年纪轻，在辈分上比谷、岳二人都晚一辈；忙向谷绍光说道："谷老前辈，请你放下我来，我挣扎着还能走。岳四叔，你老人家还是快追贼；别教狗贼跑了，好歹捉回一个来，我也不算白挨他一刀。"

岳俊超也很年轻，但是辈分高，闻言不禁脸一红道："叶大哥，对不住！我只顾生气，忘了你了。谷三哥，还是我背叶大哥吧。"不由分说，双臂一穿，脊背一伏，硬从谷绍光背上，把叶良栋夺下来，往自己身上一背。然后说道："算了吧？狗贼钻了青纱帐，我看也不好缀。这里也许还有豹子的卡子，还是回去对。谷三哥你不知道，咱们的人已经全攻进荒堡了。"

几费唇舌，三个人这才商妥了，往回路走；行近半途，和夏建侯相遇。

松江三杰的第一人夏建侯，见三表弟绍光一点没伤，好好地回来，便放了心；倒抱怨起来，皱眉说道："老三，你吓死我啦。你怎么单人独马地硬往前闯？你瞧，咱们老二受伤了。你若不贪功，老二决不会挂彩。"

谷绍光把眼一瞪，道："二哥伤着哪里了？谁把他伤的？……我不是贪功，我瞧见一个贼，从堡墙钻窟窿出来，长得豹子头，豹子眼，我想他一定是那个飞豹子。他又只带着一个党羽，我怕他跑了。谁知道二哥会受伤呢？重不重？"夏建侯忙道："还好，不甚重。可是你到底追上了么？得着他的下落没有？"

谷绍光回身一指道："贼党刚刚奔西南去了。我说大哥，要不然咱们趁白天，再往西南摸下去看。……不过，我得先去看看二哥，他在哪里？"

孟震洋插言道："咱们的人现时全在古堡呢。"谷、岳、叶三人齐问道："哦，咱们的人都进去了么？可搜着赃，捉住贼没有？"孟震洋说："还没有搜出什么来呢！"

夏建侯向岳、叶二人道："得啦，你们二位快回古堡吧！我和老三再往西南搜去。"谷绍光不放心夏靖侯的伤，定要先回古堡看看，说着说着，哥俩又争执起来。孟震洋忙道："好在离堡才半里地，咱们全回去，回头再出来，也误不了事。"

叶良栋在旁忍痛说道："要误早就误了。为我一个人，倒牵制诸位不能缀贼，我太对不住人。我自己一个人回去，不要紧。你们几位搜搜，还是赶快搜，贼人大概是奔西南去了。"被叶良栋一说，众人倒不好意思贪功了，只得相率齐返古堡。

众人一进古堡，胡孟刚正在那里，瞪着眼大骂："白打了一个通夜，堡里头都搜翻过来了，任什么没有，连一个毛贼也没捉着。自己人反倒有好几位受伤，真他娘的可恨！这豹贼也太歹毒，把我们的趟子手张勇和伙计马大用差点饿死；还有于连川，也不知是死是活！"说着，和俞剑平迎过来，一齐慰问叶、谷、岳三人，并给叶良栋治伤。

原来九股烟乔茂引着铁牌手胡孟刚，搜寻一个月前自己被囚的所在，把堡内一片片的空房子踏遍，竟没找着和当日囚室类似的院落。胡孟刚疑惑起来，忙问道："囚你的地方莫非不在这里，另在别处吧？"

乔茂摇头道："不能，堡里倒真认不出。可是我分明记得外面有泥塘，也有土坡，跟这里一样，咱们还是细搜搜吧。"

搜来搜去，竟从一个臭气熏蒸的地窖内，搜出两个肉票来，便是振通镖局失镖后，结伴缀贼的趟子手张勇和伙计马大用。这两人失踪逾月，直到此时，才被寻救出来，全被囚磨得发长盈寸，面目泥垢，气色枯黄消瘦，恹恹垂毙。这一个多月

被贼囚禁，两人吃喝便溺都在室内。那滋味和乔茂受过的正是一样，只是日子更长，罪过越深。贼人又不是绑票的惯手，竟时常地忘了给他俩送饭；两人几乎活活地饿杀。从地窖里搀出来时，虎背熊腰的两个汉子，竟变成骨瘦如柴的一对病夫，连路都不会走了。见了胡孟刚，两人只是摇头。问到那个于连川，二人说："三人分路寻镖，自己被诱遭擒；却不知道于连川的下落，猜想凶多吉少，恐怕也许死在贼人手中了。"

众镖客一齐愤怒道："这贼太狠毒了。"

此时朝日初升，天色大明。众镖客个个饥疲不堪，寻着水缸水瓢，喝了一气水，用了一些干粮；然后强打精神，把古堡重勘一遍。

最奇怪的是，这里本是当地富户邱敬符的别墅，曾经住着一两户穷本家，如今一片荒凉，变成一个人没有了。只在东大院，颇留下住过人的痕迹。院内屋中固然是空空洞洞，却有着水缸、柴灶、余粮、余秣。七间后罩房内，还有凉席、草褥，看出贼人在这里睡过。

俞剑平和苏建明、姜羽冲、胡孟刚、金文穆、松江三杰、马氏双雄等互相商议，认定此处必非贼人久住之所。要根究贼人出没的踪迹，可托铁布衫屠炳烈，转向这荒堡的原业主打听。

但是铁布衫屠炳烈，自从被长衫客点中穴道，便行动不得，经俞剑平给他一度推拿，通开血脉；侥幸没有见血，铁布衫的功夫没破。入堡之后，恍惚见他骑着马，往外下去，此时连人带马都不见了。还有老拳师苏建明的弟子路照、青年镖客孟广洪和石如璋三个人都没有回来。

俞、胡二人十分焦急，忙又派出一拨人四面散开，再往古堡搜寻下去。直到巳牌，才将散开的人全部寻回来。

那青年镖客孟广洪出堡搜贼，仅闻蹄声，未见贼迹。因知屠炳烈是本地人，地理熟，两个便搭了伴，骑着马往堡南下去。忽望见三个骑马的人，从青纱帐转出来，斜趋田径，往正南飞跑。相距半里地，恍惚见这三人穿着长衫，带着兵刃。

孟、屠二人顿时动疑，急策马遥缀。那三个骑马的忽回头瞥了一眼，纵马加鞭，东一头，西一头，一路乱走起来。两个人越发多心，拍马紧追；转眼直追出三四里地，骤见前面三匹马驰入西南一座小村去了。孟广洪便要进村一探，但又自觉势孤；回顾屠炳烈，面呈疲容，在马上皱眉出汗，似乎不支。忙勒马问话，屠炳烈说又累又饿，想寻点水喝。

两人在路边土坡下马，拴马登坡，半蹲半坐；遥望小村，打不定主意。这时老拳师苏建明的二弟子路照和石如璋搭伴搜贼，追寻蹄声，来到了附近。望见土坡上有两个人、两匹马。路、石二人忙穿入青纱帐，从背后掩过来，伸头探脑，潜加窥伺。不想窥伺结果，竟都是自己人。几人忙打招呼，凑到一处，商量一回，四个人便假装迷路，同往小村投去。将近村口，已看出这是一个极穷苦的荒村，寥寥十几户；没有较大的宅子，只是些竹篱茅舍、乡农佃户住家。路照这人年轻胆大，和石如璋忙将手中兵刃交给了孟广洪和屠炳烈，自将小包袱打开取出长衫披在身上。由孟、屠二人带着马，在村外等着，路、石二人空手进了小村。

不意二人刚刚进去，突然听见村后蹄声大起，三匹快马如飞地绕出青纱帐，奔西南而去。路、石大愕，急忙追看，只望见人的背影；马的毛色正是三匹枣红马，和刚才进村的三匹马差不了多少。孟、屠二人在村外也望见尘起，听见蹄声，急忙地跨上马，穿村跟进来。路、石二人把手一点，孟、屠二人立刻把头一点，将石如璋和路照的兵刃全投下地来，一直地纵马飞赶下去。

那三匹枣红马竟跑得飞快，孟、屠二人把胯下马狠狠地打，越追越远，到底追不上。眼看着人家三匹马，头也不回，奔向西南大道去了；正是往火云庄去的正路。

第三十五章

飞豹子一战潜踪去
丁云秀单骑助夫来

铁布衫屠炳烈和孟广洪，骑马搭伴往西南搜寻，看见三匹枣红马穿小村跑了。估摸去向，恰奔火云庄。这时，路照和石如璋也从步下追蹑过来，四个人合为一伙，穿过小村，半骑半步追了一程。人家的马快，他们都累乏了；赶出好远，实在追不上，只好住脚。

屠炳烈受过伤，满头出汗，更觉饥疲；缓了缓气，几个人齐往回走。走不多远，仍不肯这样白白地回去，四个人一商量，重往小村勘来。村中井台上，正有人汲水。四个人忙探衣掏钱，道劳借桶，汲水止渴，搭讪着问话。起初以为这里也许是挨近盗窟，恐怕问不出什么；不想这汲水的村民脱口讲出实话来。

这里叫作半铺村，地面很穷，十几户人家，十家倒有九家是邻庄的佃户。刚才走过的那三匹枣红马，乃是路南第四门柴阿三家寄寓的办货客户；说是收买竹竿来的，前后借寓也有十多天了。这些人个个挺胸腆肚，说话很粗，北方口音；忽来忽去，不像买卖人。柴阿三是本村最不正干的住户。好要钱，不

肯扛锄，常在家里摆小赌局，错非他才肯招留这些生人借住，正经农家再也不肯干的。这汲水男人絮絮而谈，对柴阿三家很露不满。屠炳烈等听完暗喜，精神俱都一振；急忙找到柴家叩门。

这柴家竹篱柴扉，五间草舍，院子很宽绰；院内没有拴着马，墙隅却遗有马粪。门声一响，出来一个高身量、暴眼厚唇的中年男子，横身当门，很疑忌地看着屠炳烈这几人；强笑道："你们几位找哪个？"

孟广洪指着自己的马说道："柴朋友，你们这里可有喂牲口的草料么？我们赶路贪急，这马误了喂食了。"柴阿三眉峰一挑，似笑不笑地说道："对不起，我这里不卖草料。"

屠炳烈忙把一小锭银子，递到柴阿三的手里道："我们只烦你匀给一点麸料；你看我们这两匹马，眼看饥得走不动了。"柴阿三见钱眼开，把银子接在手内，掂了掂，脸上猜疑顿释，换出笑容来。他回身关门，端出草料，重开柴门，把草料簸箕放在门口外，又提出水桶来。四镖客让马吃草，开始向柴阿三套问骑马客人的来历。柴阿三这汉子很狡猾，厚嘴唇一吭一吭的；问得久了，却也挤出不少的实话。他承认有几个贩竹客人在他家借住，他也晓得这几个人行止不地道；但是他们给了不少房钱，他就顾不得许多了。他说："好在这是火云庄彭二爷引见来的，也不怕短了房钱；就有什么岔头子，还有彭二爷顶着哩。"

四镖客忙问："这彭二爷是谁？"答说："是我早先的庄主，前年我还承租他的稻田哩。"四镖客忙又问："火云庄有位武胜文武庄主，你种过他的地没有？这武庄主和彭二爷听说是亲戚，可是的么？"柴阿三说道："这可说不很清，武庄主是火云庄的首户，彭二爷自然跟他认识。"

四镖客转过来盘问这寓客共有几人，都姓什么，是哪里人，什么时候来的，他们什么时候走。柴阿三笑了笑说："有姓张的，有姓王的，有姓李的，有姓赵的……"石如璋道："嗬！他们一共多少人呀？"柴阿三忽然改口道："就只三四个

人……他们住了半个来月，也快走了。他们是从外县到我们这里来收买竹竿的，他们是纸厂跑外的伙计，大概都是外乡人，也有北方人。”

问了一阵，再问不出什么来了。但从柴阿三说话的口风中，已推知这些寓客不止四人。并且张王李赵都是熟姓，他们的真姓仍是难考。不过他们昼出夜归，夜出昼归，几个人替换着出入；这已由柴阿三无意中以不满的口吻说漏了。

四镖客遂不再问，把马喂饮好了便即出村；潜将柴阿三的住处方向牢牢记住，立刻往回路上走去。走在中途，和寻找他们的人遇上；引领着一同进了古堡。屠炳烈支持不住，竟呻吟一声，坐下来，不能动转了；俞剑平忙过来给他推拿，疏通血脉。跟着由路照、孟广洪、石如璋对众人报告所见，说是贼奔西南走了。但另有一个先回来的镖客说，眼见两个贼人绕奔西北去了。

姜羽冲寻思了一晌，向大家计议道：“西北、西南都得细搜；倒是这座空堡一无所有，不值留恋。现在我们人已寻齐，还是先回店房，用过饭，再作下一步的打算。”苏建明插言道：“不过小徒路照说的这个半铺村柴阿三家，定有毛病，我们终得先抄抄他。”

俞剑平说道：“自然得先抄，这一准是贼人的底线……”说时看了看众人，个个面现疲容，便又说道：“索性我们赶紧回苦水铺，大家用过饭，稍微歇一歇，再赶紧搜下去。”胡孟刚说道：“这荒堡留人看守不？”俞剑平说道：“这个地方太旷了；姜五爷你说，该留几个人呢？”

姜羽冲说道：“不必留人了，咱们全回去。到店里用过饭，缓过气来，还是咱们大家一齐来。咱们把人分成三拨，一齐往西北、西南、正北三面。东面不用管，贼人反正不在东面。”俞剑平点头道：“西南面顶要紧。”众人道：“是的。”

这一次出堡缀贼，据回来的人说：飞豹子和他的党羽大概是奔西北、西南走的。俞、姜二人根据这些人的报告，觉得西

南一路距火云庄不远，贼人什九是奔那边去了；往西北逃走的贼人，恐怕是故意绕圈。

大家决计出堡回店，遂推举四位青年镖客和两个精明强干的趟子手，藏在暗中，监视古堡前后门和西南角半铺村。大家把所带的干粮，食而未尽，都给这六个人留下，因为近处全是荒村，没有饮食店。又留下两匹马，以便六人紧急时，火速骑马回店报信。其余大众便三五成群分为三路，利利落落，往苦水铺走来。或骑或步，或穿短装，或换上长衫，一面走，一面顺路查看。俞剑平和胡孟刚、姜羽冲、马氏双雄，做一路步行走。老拳师苏建明、松江三杰、奎金牛金文穆和受伤的镖客骑着马走。单臂朱大椿、黄元礼、蛇焰箭岳俊超等，也是步下走。

这时候快到晌午了，忽然天阴起来，一片骄阳遮入灰云之中，天际大有雨意；可是没有风，越显得闷热。这些人没有找着镖银，又没有缀着贼人的准下落，人人都不高兴。年长的英雄默然不语，只纵目观看四面的野景，端详附近的地势。青年英雄就忍不住谈论夜战之事，痛骂飞豹子。

九股烟乔茂冲着铁矛周季龙、没影儿魏廉，大说闲话："难为你们二位和闵成梁怎么盯着的！那时候倒不如把我留下了；我若是留在苦水铺，多少准能摸着贼人一点影子。"

铁矛周季龙大怒道："你做什么不留下？"

没影儿立刻也冷笑答声道："那时候，紫旋风闵大哥本来要请乔师傅留在这里，只不过你老人家怕贼找着你，又怕教贼人把你暗算了。乔师傅的记性大概不甚老好的，你就忘了你抢着要回去，还要我们陪着你走了！"

三个人唠叨了一路，最后九股烟把屠炳烈、孟震洋也饶上了；虽没当着两人的面，却也说了许多不满的话。别人听了并不理他。

十二金钱一行出离古堡，仍循着鬼门关一带旧路走，霎时间走到贼人昨夜邀斗之地，几个人不觉止步寻看起来。苇塘中的百十根木桩，当时几乎被飞豹子根根登倒，此时只有不多几

根，还浮在水面上。塘边脚迹凌乱，其余木桩不晓得被什么人捞走了。

在这旷野中，并没有什么人往来，好像农夫们都回家用午饭去了。只有一座苇塘边，看见两个乡下小孩，光着脚，正在那里争夺着打架。逼近来看，原来两个小孩正在共夺一支弩箭、两支钢镖；这个说他捞出来的，那个说他先看见的，对骂对打，吵成一片。

俞、姜二人相视示意，凑过去问了几句话，并没有问出什么来。姜羽冲掏出几十文钱，把那两支钢镖、一支弩箭买了过来。细加验看，知道内中一支镖是镖行遗下的；那一支弩箭和另一支镖却正是贼人打出手的。弩箭上有一个“月牙”花纹，钢镖上镶着个“飞燕”的花样。

俞、胡、姜等传观一过，心中明白，有一支镖是剧贼凌云燕的。大家复往前走，一路上人踪蹄迹印，在泥途中，历历分明；再找暗器，没有继续发现。转了一圈，回到集贤店房。时光庭和于锦、赵忠敏等迎了出来；那拳师苏建明的三个弟子在店房留守的，也陪着海州的两个捕快，出来相见。问起来，才知道苏建明带二弟子路照，夜出客店，赴鬼门关时，苏门三个弟子暗保着捕快，潜藏在别处。那潜身处就在集贤客店的斜对过，是一家小药铺。由捕快借仗官势，硬借住了一宵；三个弟子都伏在铺面房顶上，监视了整半夜。

当下会面，两个捕快忙问俞、胡二镖头：“事情怎么样了？”胡孟刚把眉头一皱道：“不好办，贼人又溜了！”一脸的怒容，恨不得找谁出气才好。姜羽冲、俞剑平忙赔笑把经过的情形，草草对捕快说了一遍。

两个捕快道：“要是瞧着不行，咱们禀报宝应县，派官役协捕怎么样？”

俞、姜道：“那倒不必，二位捕头你放心，不出三天，我们一定找出准章来。”又问店中有无别的动静？答道：“没有。”

苏建明的三个弟子却偷偷告诉俞、姜：四更以后，瞥见两

条黑影，来到集贤店客栈门前窥探，似要上房，被三弟子投石掷路，将两个人影惊走。因护着捕快，也未敢追逐。此后别无动静了。俞剑平听罢，连声夸好、道劳。

跟着大家把店伙叫来，打水、洗脸、吃茶、催饭。饱餐之后，只歇了不到半个时辰，俞、胡、姜三老立刻把众人邀到正房，点配出勘查盗迹的人数和路数，这一回集中人力，专侧重西南、西北两面。先派六个壮士，把暗守古堡的四个镖客替换回来。松江三杰的夏靖侯和别位负了伤的镖客，就在集贤客栈留守；其余的人扫数出发。

头一拨由老拳师三江夜游神苏建明，和松江双杰夏建侯、谷绍光，马氏双雄马赞源、马赞潮，蛇焰箭岳俊超等一班劲手，随同苏门二弟子路照、镖客石如璋，首赴西南半铺村查勘；这是顶要紧的事。

单臂朱大椿、奎金牛金文穆率几个镖客，另搜西北一路。铁布衫屠炳烈已然歇过气来，就打算由他陪同智囊姜羽冲，求见古堡原业主邱敬符的当家人和管事人，刺探飞豹子和子母神梭武胜文的现在情形。

最后再由俞、胡二镖头为末一拨，前往半铺村。仍派趟子手和镖行伙计，回宝应送信；并在四路卡子上，找霹雳手童冠英、霍氏双杰、静虚和尚、绵掌纪晋光等，问一问这两天的情形。这样分派好了，那轮班守堡的镖客先行一步，立刻向邱家围子出发。其余大众忙忙地吃了一回茶，立刻穿长衫，暗带兵刃，也分拨出店，散往西北南三面去了。多一半人步行，少数人骑马，预备有了动静，好骑马回来报警。

十二金钱俞剑平、铁牌手胡孟刚和智囊姜羽冲，暗暗地偷看于锦、赵忠敏两人的神色，似仍然流露着不安。大家纵谈飞豹子豪横无礼，出没不测，于、赵两个人竟有些缄口，不愿闻问；胡孟刚脸上带出不好看的样子来，被姜羽冲暗扯了一把。九股烟乔茂也在那里叨念闲话，也被铁矛周季龙恶狠狠瞪了一眼，才罢。

饭后遣众出发，于、赵二人也被派出去。俞剑平、姜羽冲特地缓行一步，抓着一个空，把时光庭调到没人处，悄悄地向他打听，于、赵二人从打鬼门关回店以后，做何举动？

时光庭回答：这两个人和时光庭先后奉派，替苏老师徒回店留守时，于、赵搭着伴，一个劲飞跑，东张西望，总往身后瞧。时光庭跟他二人只前后脚回去，可是竟没追上二人。直赶到集贤客栈，于、赵二人忽然不见了；他俩竟没有一个回店。直等到时光庭在店里店外，转了一圈，又过了一会儿，于、赵方从店后跳墙进来。没等着问，于锦便说，遇见两条人影，追赶了一阵，也没有赶上；直转到这时候方才回店。赵忠敏便问时光庭回店时遇见什么没有，时光庭回答说，我倒没有碰见什么。跟着时光庭便用话试探于、赵，并打听飞豹子的来历。这两人面含怒容，不肯回答。强问了几句，碰了两个钉子，时光庭冷笑作罢。那于锦、赵忠敏跟着说："闹了一夜，累了。"放倒头，躺在店房床上就睡，一点也不戒备。时光庭当然不放心，还恐贼人出其不意，再来扰店；握着刀假寐，直戒备了下半夜。

俞剑平忙问："到底有什么动静没有？"时光庭想了想，说："没有。"姜羽冲道："可有人和于、赵私通消息没有？"时光庭道："也没有。"胡孟刚道："他俩就老老实实躺在床上睡觉么？没有伸头探脑，往外瞧么？"时光庭道："也没有。"

俞、胡、姜三人一齐诧异。俞剑平道："这么说来，于、赵二位似乎没有可疑了？"姜羽冲道："时师傅，据你看呢？他俩一点可疑的地方也没有么？"

时光庭沉默不答，半晌才说："可疑的地方倒也有点，只是不好作准。我看见他两人背着我低语，好像商量什么，争执什么。大概于锦身上，还许带着什么东西；赵忠敏找他要，他不大愿意掏出来。"

俞、胡二镖头道："哦，什么东西呢？"细问了一回，便请时光庭随时留意，把阮佩韦、李尚桐等也嘱咐了；仍教他们跟

于、赵做一路走。他们这几个青年，原本和于、赵年纪相仿，脾性相投，可以套问套问。

当下分派已定，俞、胡二镖头由孟广洪引领，姜羽冲由屠炳烈陪伴，一齐离店分途。俞、胡直趋西南小村；姜羽冲骑着马，由苦水铺东行，往宝应西北乡走。一面走，一面向铁布衫屠炳烈，打听古堡的邱家园子原业主邱敬符的为人。

走出四五里，迎面开着两条并行的土路，靠左是大道，右面是田径小道；姜、屠两人为抄近道踏上田径，从一片片青纱帐中通行。又走出半里多地，蓦见左边大道上，尘起浮空，马走鸾铃，豁朗朗直响。一个人声如洪钟，振吭吆喝道："喔！吁……呔！那边是什么人？"

铁布衫屠炳烈、智囊姜羽冲在马上听得分明，顿时脚踏马镫，将身直立起来；隔着青纱帐，往隔田大道察看。禾田深密，看不见隔路人踪；在背后一箭地外，却有一条歧路，横穿大路。姜羽冲用手一指，与屠炳烈一齐勒转马头，急急地奔向歧路，隔路的蹄声已如飞奔来。

铁布衫屠炳烈绕到横路上，驻马以待。从青纱帐后大路上，并辔转过来三匹高头大马；骑马的是二老一少，都穿着短衫。左首那个老人光着头，不戴草帽，身量很高，腰板很直；生得童颜皓首，瘦颊疏眉，睁着朗如寒星的一对碧眼，顾盼自如，扬鞭纵马走来。左首那一个黑面孔，浓须眉，已是年逾五旬，身后还带着一个二十多岁的青年壮士，眉目之间，精神壮旺。

屠炳烈张眼端详，并不认识；回头一看，智囊姜羽冲已然扬声高叫了一声："二位老哥！"立刻翻身踏下马来。对面右首那人立刻也满面堆欢，举手道："噢，智囊！"

两边的人一齐下了马，姜羽冲忙给屠炳烈引见。右首那位正是把守南面卡子的霹雳手童冠英，左首那位正是各路传信的振通镖师金枪沈明谊；后面那个青年却是绵掌纪晋光纪老英雄的小徒弟八叉吴玉明。这三位跟屠炳烈说起来，都是熟人，可是从前很少见过面。双方牵着坐骑，寒暄数语。

霹雳手童冠英最为性急，忙问姜羽冲："十二金钱俞镖头现在哪里了？你们访得怎么样，有眉目没有？我们在南路卡子，卡了这几天，没有白卡；我们可是跟飞豹子手下的人招呼起来了。"智囊姜羽冲说道："哦，打起来了么？"正要往下细问；童冠英摇着智囊的手道："我们那里，打倒是打了，究竟稀松，瞎乱了一阵子。我们把狗贼踩盘子的追跑了；只探出飞豹子跟火云庄真是通气罢了，此外可算一无所得。我先问问你们吧，姜五爷跟屠师傅忽然跑到这里做什么？可是前面打起来，要回宝应邀人么？"

姜羽冲忙道："不是，我们这是打听飞豹子的下落去。"童冠英皱眉道："这么说，你们也没有捞着，我们也没有捞着。不过我猜着这个飞豹子，多一半是藏在火云庄，火云庄至少也是他潜踪落脚的地方。"互问了几句话，姜羽冲遂将鬼门关斗技、古堡探镖银扑空的经过，向童、沈、吴三人，扼要地说了一遍。急急地转叩沈明谊，各路有何情报。又问吴玉明："令师绵掌纪晋光老前辈，把守东路宝应湖畔，可有什么动静？"

沈明谊只说道："海州现在来了专人……"还待往下说，那吴玉明已抢着讲道："家师正为没有动静着急，我们在湖滨把了好几天，一点风吹草动也没有。只在水路上半夜里，发现一点可疑的情形；我们刨了两天两夜，也没有刨出所以然来。家师很不放心，怕路上也许吃紧，所以打发我来送信；顺便问一问俞、胡二镖头踩探苦水铺，究竟见着正点没有？还有郝颖先郝师傅、白彦伦白店主二位拜访火云庄的结果，究竟怎样？我们都很惦记。我们家师说，东路宝应湖一带，一定不是贼人出没之所。他老人家要上苦水铺来，又不愿擅离职守，所以打发我，先到宝应县义成镖店问一问。他老人家大概明天晌午，或者后天一早，就要回宝应县。"

姜羽冲听罢，转脸来，仍和金枪沈明谊叙话。沈明谊道："俞、胡二位真格地已和飞豹子见过阵仗了么？"

姜羽冲道："打了半夜呢！只是那家伙匿名不肯直认。我

说沈师傅，那个劫镖的飞豹子可是赤红脸、豹子头、豹子眼、疏胡须么?”沈明谊道：“是的。”姜羽冲道：“可是身量很高，并不胖，比你还高一二寸么?”沈明谊道：“不错呀，他使的可是铁烟袋?”姜羽冲道：“是的。他穿着肥袖短袍，辽东口音，还会打穴、打铁菩提子?”沈明谊道：“对对！不过劫镖时没有动暗器。”

屠炳烈把手一拍道：“一准是他了，这个老杀材，他可是不认账。他还使那臭烟袋，点伤我的穴道；若不是俞镖头相救，立时推血过宫，我二十年的铁布衫横练功夫，生生教他给毁了。”说着一摸背后的气俞穴，道：“现在我这里还有点麻木呢。”

智囊姜羽冲抛开闲话，重问沈明谊，各路还有什么消息?沈镖头专骑前来，是不是有紧急事情发生?沈明谊忙将各路卡子上所遭遇的情形说了一番。

宝应县城内一无事故。四道卡子只有两面见了动静；汉阳郝颖先前往火云庄，昨天下晚，已经派人回来送信。在火云庄，已经见着子母神梭武胜文武庄主，面子上倒很客气；不过武胜文瞪着眼装傻，讨镖银这事一字不提。提到飞豹子这人他也一点不认。他可自承：“有一位武林朋友，慕名访艺，要求见见十二金钱俞三胜本人。郝师傅如果愿意见见他，倒也可以。不过此人现到芒砀山去了，我可以派人把他找回来。”说的话非常狡猾，教人摸不着边际。

郝颖先当时用话挤他，说是：“俞镖头也很愿意见见这位朋友，郝某自己也想见见。请武庄主先容一下，能在此地见面，那是求之不得的。否则择日指定一个地点，双方见面也好。”

武胜文说：“那好极了，郝师傅如果不见外，请稍候两天，我立刻派人找敝友去。等我问准了这位武林朋友的意思，再发请帖，请俞、郝二位赏光赐教了。”听武胜文的话风，只是支吾搪塞故意耗时候。郝颖先不得要领，未肯空回；他决计要夜

探火云庄，先斗一斗子母神梭武胜文，故此他先打发人来宝应城送信……

沈明谊说到这里，姜羽冲着急道："就只是郝师傅一个人，他就要独探火云庄么？那岂不是自找上当？"霹雳手童冠英拈须说道："不，他不是还同着两个向导的么？"

姜羽冲只是摇头，非常担心，忙又问金枪沈明谊："城里留守的人可曾想法子派人，接应郝师傅没有？"

沈明谊接声说道："趟子手一回来，我和窦焕如镖头，听说郝师傅这种打算，也很替他着急。现在窦镖头已经带着人，赶去接应了。"姜羽冲忙问："去了几个人？"沈明谊道："六位。"

姜羽冲道："太少，这哪能行？强龙不压地头蛇，我们就只几个人，人家子母神梭武胜文乃是人杰地灵；况且敌暗我明，郝颖先师傅这么精强的人，怎的竟会这么鲁莽？"

霹雳手童冠英道："也许是被子母神梭话赶话，挤在那里，不得不亮一手。事已至此，不必说了；我们还是打算第二步办法。咱们上马吧，先到苦水铺，见了十二金钱俞剑平俞大哥；索性咱们会齐了人，全奔火云庄，不就完了？"姜羽冲只是摇头，以为来不及了。

金枪沈明谊忙道："姜五爷不要着急。去的这六位全是硬手。你知道扬州无明和尚和崇明青松道人么？他二位刚好赶到宝应县城。前天九头狮子殷怀亮殷老英雄也来了。现在是窦焕如和青松道人、九头狮子殷老英雄等，搭伴前去探庄助势。扬州无明和尚，现在就请他在宝应留守，人数很够了。"

姜羽冲听了，方才稍稍放心道："青松道人、九头狮子去了，这还好些；不过究竟我们还是人少。咱们快翻回苦水铺吧！"

金枪沈明谊道："现在还有一件要紧的消息。"眼望姜羽冲道："今天早上，海州又来人了，是我们振通镖局的伙计，连夜赶来的。"姜羽冲道："唔，不用说，又是州衙催下来了。"

沈明谊道："可不是，海州州衙和盐纲公所，全等得不耐烦，催俞、胡二位速赔镖银。他们并不管寻镖缉盗有无头绪，只催我们先赔出盐帑，后找失去的镖银。赵化龙赵镖头实在兜不住了，他还附来一封信。"沈明谊说着一拍衣囊道："这封信现在我身上呢！"童冠英、屠炳烈齐说道："这信看不看的不吃紧，没的倒教俞、胡二位着急。"

沈明谊道："不过还有一件意外的消息，也是由我们镖局伙计带来的，是口信。姜师傅，你猜怎么样？十二金钱俞镖头的妻室，那位丁云秀夫人，已经由云台山清流港专程西下找到海州来了。还同着一位在职的武官，叫作什么肖国英肖老爷；是搭伴一道来的，大概是俞夫人娘家的亲戚。"智囊姜羽冲、铁布衫屠炳烈一齐愕然。几个人正要扳鞍上马，不由得立住了；眼望着沈明谊，说道："怎么，十二金钱的娘子找来了？"

霹雳手童冠英更诙谐地笑道："俞大哥今年整五十四了，这位俞大娘子丁云秀小姐还是他的原配。他们两口子一同闯荡江湖，俞不离丁，丁不离俞，已经有三十多年了。记得七八年前我还和她见过几回面。她也是半老徐娘了。嘻！算起来她今年至少也有四十七八，快五十岁了。怎么的，她的当家的才出来一个多月，她就找出来了？这可新鲜，我得问问我们俞大哥去：你们小两口儿如鹣如鲽，怎么一步也离不开？您瞧这两口这股子老缠绵劲儿！不行，我真得问问他去。"说得众人哄然大笑。

智囊姜羽冲皱着眉头，连连摇手道："童大哥别说笑话了，这里头一定有事！"急急地转向沈明谊问道："俞夫人现在哪里？"沈明谊笑道："听我们镖行伙计说：'她先到海州，还要转奔别处。教伙计传来口信，说是她准在四天内，赶到宝应县……'我们因为这个缘故，我和窦焕如镖头一合计，已经在宝应县，给俞夫人备好了公馆。不过小弟和窦镖头只跟俞夫人见过几次面，没有深谈过。窦焕如大哥又上火云庄去了，窦大哥的家眷又不在这里。等得俞夫人来了，竟没有照应，觉得差

池一点。所以我这才奔苦水铺来，问一问苦水铺访镖的情形，就便好把俞大哥请回来。”

沈明谊这么说着，霹雳手童冠英只是嬉笑，智囊姜羽冲却手点额角，不住猜想，道：“俞大嫂来了，这究竟有什么紧急事故呢？莫非飞豹子又上云台山清流港生事去了？”

沈明谊说道：“这可说不定。我们的镖局伙计，只传来这么一个口信，内情并不明白。”姜羽冲又道：“怎么还有一位武职官肖老爷同来？这又是何人？难道是官差委员？这人究竟是什么官职？”

沈明谊说道：“这位肖老爷是都司，听说是俞大嫂娘家的什么人。”姜羽冲说道：“哦，是都司武职大员么？那就不要紧了，那大概是亲朋。”

童冠英扪须大笑道：“这位肖大老爷，别是我们俞大哥的小舅子吧？”智囊姜羽冲失笑道：“俞大嫂的娘家分明姓丁，怎么又跑出姓肖的舅爷来，那可真是笑话了。”几个人全都笑了。

沈明谊笑道：“可是听我们伙计说，这位肖大老爷确是管丁云秀夫人叫老姐姐，丁夫人也管他叫九弟，叫得很亲近，大概是亲戚。”

姜羽冲笑道：“二位口下留情吧，幸亏俞大嫂是上五十岁的老婆婆了。要是年轻，教你们这一说，俞大哥还许动刀子呢！”霹雳手童冠英说道：“姜五爷，你可别那么说。人家丁云秀丁小姐，眼下固然人老珠黄，年轻时可是漂亮人物。前七八年我见着她时，她已经四十多岁的人了，还像个三十多岁的中年佳人；正是徐娘半老，风韵犹存。你不知道她和我们俞大哥乃是同学么？他们两口子同床同道，全练的是内家功夫，返老还童，面貌都少相得很呢！他们两口子好得蜜里调油，你想她会丑得了么？”

智囊姜羽冲笑了笑，仍然沉吟道：“这位肖老爷当真管俞大嫂叫姐姐么？”沈明谊说道：“一点不假。”

姜羽冲说道：“那就是了，这一定是俞大嫂邀来的帮手。

不是我多心，我只怕飞豹子又生是非。刚才猛听你一说，我疑心是武弁押着俞大哥的家眷，来找本人来呢！”

童冠英说道：“官差押家眷，也押不着俞太太呀！我说这位肖大老爷到底是怎么样一个人物？他也同着俞大嫂一道上宝应县来么？”

沈明谊说道：“大概是也要到宝应县来的，是一路不是一路，倒不敢说。我们这镖局伙计笨极了，问他什么，他都说不知道。他只送来这么一个口信，说是俞夫人已经亲身登程，来找俞镖头。她先到海州镖局，见过赵化龙老镖头，问明俞镖头现在宝应，她就说四天内准赶到宝应县。据说她还要往西坝去，也不知是专程邀人，是改路访镖，还是办别的事？……大概许是邀人。”姜羽冲点点头，又问道：“这位肖老爷，你们镖局有认识他的没有？到底是怎么打扮长相？”

沈明谊道：“这位肖爷么，我们镖局和赵化龙镖头都不认识。据说这人官气十足，生得很威武的相貌，挺高的身量，说话像铜钟似的，乍看真和我们胡孟刚镖头像亲兄弟。胖胖的圆脸，大眼睛，通鼻梁，微有胡须，大约三四十岁。他同着俞大嫂，到我们镖局时，穿着一身武职官服，带着好几个兵弁，直把人吓了一跳。他自己骑着一匹大马，在镖局门前一站，很够神气。”

童冠英问：“俞大嫂呢？”沈明谊道：“俞大嫂是坐小轿来的，只带着一个十几岁的小孩子。”姜羽冲问：“是男孩还是女孩？”沈明谊说道：“可是俞大哥的令郎俞瑾？”沈明谊说道：“不是，俞瑾十六七岁了，这个小孩才十三四岁。”姜羽冲说道：“这又是谁呢？”

霹雳手童冠英说道：“姜五爷，不用闷猜了，反正不是你我的儿子。现在俞夫人丁小姐……”说至此自己也失笑；童老接着说：“现在俞夫人已经只身寻夫，将到宝应，这一定有紧急家务。我们还是快奔苦水铺，把俞大哥唤回，好教他夫妻俩阔别一月，就在宝应县双合店房，夫妻团圆团圆……”

沈明谊说道："算了吧，童老前辈越说越热闹了。"

大家这才扳鞍认镫，两拨人合成一拨，一齐重返苦水铺。

十二金钱俞剑平已经率众出发。霹雳手童冠英、沈明谊、吴玉明和姜羽冲一到，立刻派人把俞剑平追回。俞剑平听说他的夫人丁云秀即日寻来，心中蓦然一惊，忙问沈明谊："莫非我家里出了什么差错？或是海州又出了什么差错？"

童冠英向俞剑平笑道："俞大哥放心，没有事，不过是老嫂子一个多月没跟你见面，想你了。"引得几个武林青年掩口偷笑。俞剑平也笑了，说道："童二哥，你跟我开起玩笑来了。"

沈明谊一字一板，具说前情。俞剑平听了猜想了一回道："贱内往西坝去做什么？那里我没有朋友啊！还有这一位肖国英的武官同来，这可是谁呢？"沈明谊说道："传信的趟子手糊里糊涂，就这一点很要紧，他就偏偏没有弄清楚。"

俞剑平低头寻思良久，沈明谊又说："这肖武官称俞大嫂为四姐。"俞剑平方才恍然大喜道："是师姐，不是四姐，这一定是我们的小师弟肖振杰。我听说他早已做了官，他来了，好极了！"

然后十二金钱略问各路卡子上的情形，沈明谊、童冠英如前说了。俞剑平向姜羽冲等人道："屠炳烈贤弟、路照贤弟与孟广洪、石如璋二位师傅，访来的情形很对。这个飞豹子的党羽由古堡奔西南，一定落在火云庄了。我们与其从这里往下追，还不如索性回宝应城去。"说到这里，笑了一声，面对霹雳手童冠英说道："童二哥不用拿眼瞅我，我真得立刻折回去。"

童冠英说道："你是贼人胆虚，没有说你想太太，你先敲我做什么？"说着自己笑了。

俞剑平立刻与姜羽冲、胡孟刚、苏建明和沈明谊、童冠英等人商量好了，留一半人在苦水铺监视贼踪；由俞剑平率一半人，径返宝应县。一来答对火云庄的子母神梭武胜文，一来等

候俞夫人丁云秀，问问究竟有何事来找。

此时天色已到申牌，俞剑平本想连夜翻回去，就请苏建明、姜羽冲等，在此地再夜探一下。胡孟刚、智囊姜羽冲皆不以为然，说是："今夜必须由俞大哥在这里盯一晚上，以防飞豹子再来滋扰。"

童冠英更开玩笑道："俞大嫂还得过两天才能来到呢，俞大哥何必这么着急?"十二金钱俞剑平虽然老练，也被童冠英闹得有点烧盘（脸红）。俞剑平向来不跟人说笑话，童冠英也从来无戏言，不想这两个老头子忽然凑起趣来。这些青年人不便插言打趣，可也你看我、我看你的偷着低笑。

十二金钱俞剑平说道："我只顾虑郝颖先郝师傅那里，有点不妥当；我想及早赶回去，助他探庄搜贼。既然大家都这么说，我就再在这里，多耽误一天。不过请沈师傅多些辛苦，连夜赶到火云庄郝师傅那里，看看新来的几位老师傅们到了没有。如果松江的九头狮子殷老师傅、扬州的无明和尚，跟崇明的青松道人，全已赶去接应，务必请他们几位慎重行事，说我随后就到。如果这几位还没赶到，千万请郝师傅略等一二天。就提这里已经访得大概情形，只待一位同道证实了飞豹子的出处行踪，我们全班人马全要立刻赶到火云庄，挑明帘向武庄主要飞豹子。向飞豹子要二十万盐镖；劝郝师傅千万不要办猛了。郝师傅在这两天内，只要守住火云庄，看住他们人来人往的情形，我们兄弟就承情不尽。还有一节，请沈师傅顺路先到宝应县；贱内如已来到，就教她在宝应县等我，不必到别处去了。"

金枪沈明谊道："好吧，我这就起身。哦，我这里还有海州赵镖头的信，忘了拿出来，差点教我原信带回。"说着，把信从怀中掏出来，交给俞剑平。

俞、胡二人拆信看了看，眉头紧锁，递与姜羽冲道："官面上的事真真难搪！有保，有人，还是这么紧逼；大概缉私营又要派员前来查办。尽教好朋友替受官面上的挤迫，我们心上

太不安了。”

胡孟刚愤愤说道：“早晚把爷们挤炸了，我们不受他这个了！”

智囊姜羽冲只将这信草草看了看道：“俞大哥用不着对赵镖头抱愧，胡二哥也不必生气。好在现时一步一步近了，教朋友稍微担点风火，也算不了什么，办正事要紧。信上的话不管怎么说，咱们不理他，只尽力往下办就是了。沈师傅请用饭，歇足了，你再辛苦一趟，见着俞大嫂，请替我们问好，说俞大哥和我们就到。如果俞大嫂届时还没有赶到宝应，就请老兄火速往火云庄为要。郝师傅看外面很沉稳，可是他本领大，胆气更豪。请你看情形，务必把他拦住；总是大家到了，一齐动手的好。不过见面时，你千万把话斟酌好了，别教郝师傅错会了意，疑惑朋友瞧不起他。”

沈明谊道：“那个自然。我此时已经歇足了，饭也吃过了，茶也喝够了；我趁太阳没落，先赶一程。定更时赶到霍甸打尖，当夜可回宝应；次日赶到火云庄，谅还不致误事。众位，我失陪了。”向众人一拱手，匆匆出店，飞身上马。俞剑平等送到店门，拱手作别。

沈明谊已去，童冠英暂留。八叉吴玉明先将绵掌纪晋光守卡的情况报告完毕，又请示了今后的办法，便也要当日翻回。俞、胡、姜三人齐道：“吴贤弟明早再走不迟，你不比沈师傅，我们是特为烦他拦郝师傅的。”

俞剑平仍和姜羽冲、苏建明、马氏双雄、金文穆等前辈英雄仔细商量。胡孟刚催道：“天不早了，我们先吃饭，吃完饭就分头办事。”

第三十六章

阴持两端缩手空招忌
穷诘内奸众口可铄金

晚饭后，俞剑平挂念各路的情形，恨不得化身三处才好。心想半铺村既见贼踪，应该乘夜亲勘一下，顺路径投火云庄去。又想妻室丁云秀远道寻来，必有非常急务，应该翻回宝应县，先见她一面，方才放心。

俞剑平想到此，不觉着急说道："鬼门关白打了一夜，古堡又扑了空；半铺村还不知怎样，火云庄眼下就要出事，贱内又快来了，教我四面扑落不过来。姜五爷，我顾哪一面好呢？我瞧飞豹子必不再到古堡来了。各路卡子又没有动静，就有动静也是虚幌子；我猜飞豹子本人此时必在火云庄。左思右想，我还是索性请路照、孟广洪二位贤弟引路，我自己带领小徒左梦云先赴半铺村。半铺村至多不过是藏伏着飞豹子的几个党羽，现在恐怕早已溜了。我径直先到那里一绕，跟着就奔火云庄，投帖求见子母神梭武胜文。这么办，面面都顾及了。不然的话，我真怕郝颖先郝师傅和白彦伦白店主，在火云庄吃了亏，我可就对不住朋友了……"

话还没说完，霹雳手童冠英说道："不行不行，你只管照

顾朋友，就忘了夫妻么？嫂夫人大远地扑你来了，你却避而不见，请问谁去款待？”

俞剑平眉峰一皱，面含不悦。童冠英哈哈大笑道：“俞大哥也有红脸动怒的时候，难得难得。臊着了么？”

俞剑平勉强笑了笑道：“童二哥，不要取笑了，我们都长了白毛毛了，还是少年么？”

智囊姜羽冲笑道：“说是说，笑是笑，我知道俞大哥此时心急。但是，你只顾奔火云庄，俞大嫂来了，必有要事；况且她还邀着一位武官来，大哥不在宝应等着她，怎么办呢？”

俞剑平沉吟说道：“好在她得迟两天才能来到，此时烦一个人回宝应县；贱内若来，就告诉她也奔火云庄。”

姜羽冲说道：“不行吧？火云庄是小地方，未必有店。况且既登敌人之门，我们也不能随随便便，在那里聚许多人。那个姓肖的武官又不晓得是谁，就是你的师弟，也不便慢待了。小弟的意思，大哥奔火云庄，就算是明着求见武胜文，可是落脚处也得暗藏着点才好。大哥这番打算要是早打定了，也可以顺便告诉沈明谊，带回信去。现在沈师傅已走，大哥不必又改主意，还是照旧办理。我们先在此耽搁一夜；明日留下两拨人，一拨由半铺村往火云庄，一拨留守苦水铺。我们大家随同大哥，一齐回返宝应县，或者大哥怕郝师傅在火云庄闹差错，但是现在就去，也来不及了。我们明天早点动身，就面面顾到了。”

众人齐说，这样办很对。俞剑平想了想道：“也罢。”姜羽冲即与俞剑平等重新分派众人。监视古堡的，搜查半铺村的，踏勘由此处奔火云庄的大路的，以及往来传信的，都派妥专人。大抵每一两个前辈英雄，即率领一两个青年壮士作为一拨随后，把留守苦水铺集贤客栈的人也分派好了；却只得几个人，内中有受伤较重的两个同伴，和海州两个捕快；这都需人保护，因此把他们留在店房，预备明日和俞镖头一同回转宝应县城。

这一次会聚群雄，点名遣派，偏偏又把于锦、赵忠敏两人遗落下了。于、赵二青年互相顾盼，脸上神色局促不宁。半晌，由赵忠敏站起来，上前讨笑道："姜老前辈，我和于三哥该做什么呢？你老人家是不是教我俩人留守店房？还是忘了派遣我们了？"于锦接言道："我二人本来少年无能，我们钱师兄派我们两个人来，也知道我两个人不能挡事。可是若让我们两个人跑跑腿，给俞老镖头帮个小忙，也许能够对付。"

赵忠敏又说："三哥不要这么说，姜老前辈也许想教我们留守店房。可是别位都忙着道搜敌，我们二人也很想出去活动活动，不愿意总当看家的差事。要是你老不放心，也可以加派哪位跟着我们。"

于、赵二人说这话时，老一辈的英雄俱都动容，但态度依然很沉静。其余几个青年不免挤眉弄眼，脸上带出许多怪相来。李尚桐、阮佩韦首先站起来，说道："这可是二位多疑。这工夫咱们人都聚在一处了，姜五叔哪能记得那么清楚？我们两个人不是也还没有派遣么？"

屠炳烈说道："可不是，我也没有事哩。"铁布衫屠炳烈是不大明白的。叶良栋在旁也说道："可不是，也还没有派我呢。"其实屠、叶二人俱是受伤的，自然应该留守。

众人全都眼看着姜羽冲，跟着又看俞剑平和胡孟刚。胡孟刚就要发话，俞剑平暗拉他一把。霹雳手童冠英刚来到，不知怎么回事，就挑大指说道："于贤弟、赵贤弟，真有你的。姜师傅，人家是来帮忙的，你总教人家歇着，那怎么能成？也得均匀劳逸呀！"抬头忽然看见众人神气不对，他就愕然问道："姜五爷！"放低声音说道："他二位挂火了，这是怎么了？"

夜游神苏建明哈哈一笑，从堂屋门口答了话，说道："童二爷，你过来听我说。姜五爷乃是三军司令，派人的事应该由他主持，连我老头子还要受他支派。你童二爷摸不着头，过来跟老哥哥喝杯茶吧！"

霹雳手童冠英是个精明人物，眼珠一转，立刻恍然，向姜

羽冲拱手说道："军师传令吧。现在马武、岑彭二位将军，争做先锋，应该如何分派，请你发令！"掩饰了一句闲话，便走出来，挨到苏建明身边，低声问话去了。

姜羽冲这才手弹桌角，微笑说道："我真把二位贤弟忘了，可是也有个缘故。咱们的人全出去了，店房中还有两位捕快和这几位受伤的。我们必须选派年富力强、会打暗器的精干英雄留守店房，保护他们。于贤弟、赵贤弟的镖法，我久已闻名。我本有意奉烦二位留守，刚才一阵乱，忘了说出来。现在，就请……"

赵忠敏忙说："晚生们已经留守得够了，别位师傅们都出过力，我们怎好生闲着？姜五爷要是瞧得起我们，求你老把我们两个人派出去走走。我们两个人打算结伴先探一探半铺村，这个地方我们还熟。"

于锦应声说道："好！我们二人情愿单人匹马，不用邀伴，只凭弟兄二人的两把刀，前去半铺村勘查一下，顺路就到火云庄闯一闯。不过话又说回来，老师傅们如果不放心我们，就另派两个人跟随我们，我们也是义不容辞的。"

铁牌手胡孟刚听到此处，急急地向俞剑平、姜羽冲瞪了一眼，又努了努嘴。那边霹雳手童冠英也面向苏建明暗吐一口气，低声说道："哦，我明白了，这里头有事？"

苏建明微笑不答，只说道："老哥，你只听军师发令吧！"

姜羽冲忙道："好极了！二位愿意出去更好，要到半铺村一，是很可以的。不过二位要偕探火云庄，我真是不很放心。我可不是看不起二位，我只是怕二位一去，打草惊蛇；万一把飞豹子惊走了，咱们帮忙的人，可就落了埋怨了。二位既然如此热诚，今晚暂且歇一夜，明早可以陪伴俞老镖头一同前往。今天我们并不打算查探火云庄，只不过白天监视古堡附近，看有敌人前来窥伺没有？一到深夜，我们便须分批去到古堡和半铺村前后内外，加意勘查敌踪。我料敌人会在暗处埋伏着人。远处不说，就说这苦水铺，我们住的这店房吧，保不定就有贼

人的底线卧藏着……"

李尚桐、阮佩韦等三五个青年，一听说到"底线"二字，立刻哗然接声道："有有有！我们店里一定有贼人的底线，要不然，怎么我们的一举一动，贼人知道得这么清楚？姜五爷，这里一准有奸细，我们应该把这奸细全挖出来。"说时好几对眼珠子不邀而同，盯着于、赵。

于、赵二人就是沉得住气，像这公然指斥，也不由恼羞成怒了。大家全拿另一种眼光，看待他二人；而且冷嘲热讽，都对他二人发来。于、赵二人明挨唾骂，心想抗辩，苦于无词，都气得脸色煞白。

赵忠敏实在按捺不住，哑着嗓音说道："若真有底线，那倒好极了。凭诸位这些能人，何不把那底线全都挑出来？比坐在这里空议论强多了。阮大哥、李大哥，底线到底藏在哪里？请你费心告诉我们兄弟。我弟兄不会说话，却总想做点实事；恨不得把这底线挑出来，也算帮俞老镖头一个小忙。"

阮佩韦、李尚桐对脸冷笑道："凭二位这份能耐，胆又大，心又细；底线落在哪里，难道还看不出来么？我们不过是顺着姜五爷的口气瞎猜罢了；要说挑底线，非得你们二位不可。"

这话太明了，于锦大怒，突然站起来叫道："这话怎么讲？挑底线怎么非得我们？我们两个生着八只眼睛、十六个舌头不成？阮大哥、李大哥，我们弟兄不懂这句话，我们倒要请问请问，你是不是说这底线跟我们认识？请你明白点出来。"

于、赵二人全都变了脸，双手叉腰，站在屋心。阮、李二人也突然站立起来。胡孟刚也忍不住挺身而起，张着嘴要发话。俞剑平一扯胡孟刚，急忙上前拦阻。众人把于、赵和阮、李隔开，俞剑平深深作揖道："诸位全都冲着愚兄的薄面，前来帮忙，千万不要闹误会。若说底线的话，我看店中绝不会有，苦水铺镇内镇外可就保不住了。于贤弟、赵贤弟若要出去访访，就请辛苦一趟，这也是很有益处的事。"

童冠英、苏建明等也忙走过来，连声相劝。姜羽冲徐徐站

起来，单向于、赵二人赔笑道："这可是笑话！二位贤弟当真若认识飞豹子的底线，咱们岂不就把他们的窝早就搜着了么？于贤弟、赵贤弟，你们二位和阮、李二位都是自己人，千万别闹口舌。这实在怨我疏忽，忘了分派两位了，才惹起这番误会来。二位既想出去遛遛，好极了！苦水铺也很有几家店房，以及茶寮酒肆，那里保不住窝藏着豹党。就请于贤弟、赵贤弟二位搭伴出去蹚一蹚也好。"

赵忠敏正在气头上，一闻此言，正中下怀，不觉得忘其所以，爽然脱口答道："我们两人这就出去蹚一蹚。"于锦却听出姜羽冲话中含有微意，似带反射，立刻正色答道："四弟慢着！姜师傅，这可对不住，我们两个人现在不能去。你老一定要派我们，最好你老再加派一两位能人，跟着我们走。我们两个人决不能单独出去；最好就烦阮师傅、李师傅，一人一位，分缀着我俩。"

姜羽冲忙赔笑说道："于贤弟，你这话可该罚。你们两位和阮、李二位拌嘴，我可没说别的。并且我也不过忘记派二位罢了，我绝没有含着别的意思。于贤弟，你既然这样过疑，教俞老镖头多么为难！"说时眼望俞剑平。

俞剑平立刻接声道："诸位都是俞某写红帖，专诚请来的；我若不推心相信，我就不邀请，岂不更好？"走到于、赵面前，长揖及地说道："二位要说别的，那就是骂我，我只好下跪赔礼了。阮、李二位不过就事论事，泛泛一说。决不会错疑到好朋友身上。得了，二位都看在我的面上吧。"

于、赵急忙还礼，斜盯了阮、李一眼，冷笑道："俞老前辈，我们不是任什么不懂的傻子。我哥俩本是奉师兄之命，前来给您老帮忙的；现在既有多人怀疑，我们在此实在无味。俞老前辈，我们立刻告退就是了。我们实在有始无终，非常抱愧，但是没法，我们只好对不住老前辈了。"说完，于锦首先迈步，赵忠敏紧跟过来，两人并肩往外就走。

众人一齐相拦。阮佩韦、李尚桐被马氏双雄拉到别屋去

了。于、赵二人也被大家推坐在椅子上；两人吁吁地喘气，一言不发。夜游神苏建明和奎金牛金文穆一递一声地劝说：“二位贤弟，小阮是个小浑蛋，何必理他？你要是这么一走，你想，岂不教俞镖头置身无地了？”其余别人也打圈站在于、赵二人面前，七言八语，乱劝一阵，简直把于、赵二人包围起来。两人寒着脸，仍要告退。

十二金钱俞剑平趁空儿睨了姜羽冲一眼，姜羽冲微微一努嘴。俞剑平忙走过来，扯着胡孟刚，分开众人，到于锦身旁，挨肩坐下。面堆歉容，低声说道：“二位贤弟先消消气；咱们是何等交情，决不要听两句闲话，就犯心思。我俞剑平自问血心待友，从来不会错疑过好朋友的。况且咱们又是谁跟谁？刚才阮、李二位也不过是揣测之词，恐怕漏了消息，才这么信口一说，其实是漫无所指的。”又一拍胸口道：“老弟，别的话不说，我们就凭心！二位不是冲着我来的么？我姓俞的可说过别的没有？”

赵忠敏说道：“没有……”俞剑平拍掌道：“着啊！既然没有，二位还得帮忙捧场，刚才这场笑话，就此揭过去。”

于锦愣了半晌叹息道：“大丈夫做事，就求对得住自己的良心。俞老前辈也无须抱歉，我绝不搁在心上。不过，我姓于的无端遭人这么小看，真是想不到的事！”

胡孟刚只听了半句话，立刻大笑道：“对！这话很对，咱们凭的是良心！”

苏建明插言道：“二位贤弟，常言说得好，路遥知马力，日久见人心。二位既拿俞、胡二位当朋友，咱们还是全始全终，照常办事。”

俞剑平说道：“那个自然，我们于贤弟、赵贤弟两个人最直爽，话表过就完。”立刻冲着智囊姜羽冲叫道：“姜五爷，你是军师，你看着分派吧。他们二位究竟是帮哪一路相宜？是探古堡，还是探半铺村，还是留守苦水铺店房？”金文穆也道：“军师爷这回派兵点将，千万想周全了，别再有漏派的。这不

是诸葛孔明点将，要用激将法；这些位全是热肠侠骨的好朋友，不用硬激，就会卖命。”说着哈哈地笑了起来。

俞剑平极力安慰于、赵，却不时冲姜羽冲递眼色。大家都劝于、赵，于、赵二人在面子上似乎转过来了。但是众目睽睽之下，两个人仍然你看我，我看你，肚里似装着背人的话。

智囊姜羽冲夹在人群中，早已看明，佯作笑容道：“这实在怨我。诸位帮忙寻镖，人人争先，个个出力，我竟一时漏派了几位，这才招出来一场误会。我这个军师就欠挨手板。好在彼此都是自己人，话点过便罢，我也不用引咎谢过了，我还是该派的就派。不过，要是我再有遗忘之处，诸位千万给我提个醒。……俞大哥、胡二哥，我看于贤弟的暗青子打得极好，赵贤弟的脚程极快，最宜于踩探。”

这话还没说完，顿时被于锦听出隙缝，站起来，急急忙忙抢着说道：“姜五爷，我先挡您的大令！”

姜羽冲抱拳道：“于贤弟有何高见，尽管说明。”于锦面视众人，朗声发话说道：“众位师傅！我弟兄二人，奉掌门师兄钱正凯之命，前来助访镖银，不想闹出了这么一场笑话。刚才苏老前辈说得好，日久见人心。我们本当告退，就冲着苏老前辈这句话，姑且在这效力。只要俞老前辈和胡老镖头还相信我们，我弟兄赴汤蹈火，万死不辞！”

众人哄然道：“过去的事不要再说了，于师傅要再提，那可就是骂我们大伙了。”

于锦摇头说道：“不然，不然！我们心地怎么坦白，谁也没有钻到谁肚里去。姜五爷派兵点将，无论如何，也得教我哥俩躲躲嫌疑。我们兄弟先把丑话说在头里，军师若派我们出外，不管古堡也罢，半铺村也罢，总得把我哥俩分开，另外再请一两位同伴跟着我们走。我们弟兄打今天起，绝不能在一块，最好把我哥俩搁在两下里。或者留一个在店房，就算留守；另派出一个去，跟着别位师傅跑腿，就算出外差；反正我们两人不能再在一处了。这一节务请姜五爷应允，我们弟兄才

能从命。不然的话，我们弟兄还是趁早洁身自退。”

姜羽冲一听，于锦竟走了先步，冲着自己钉来了；自己无论如何，也不能那样派了。别位武师都以为这话太已掂斤捏两，便有些不服气。

姜羽冲并不介意。手捻微髯，面含微笑，细声细气对于、赵二人说道：“二位师傅，英雄做事，要提得起，放得下。刚才小小的一场误会，俞、胡二位已经再三赔说。你们二位要是仍然搁在心上，那就算看不起俞、胡二老镖头了，又好像连我们大家也怪罪上似的。要知道大家就事论事，本来没人疑心二位；只不过阮、李二位的话稍微冒失一点罢了。就算他二位无礼，你二位还得看在俞、胡镖头和我们大家的面上；二位本来是冲着他二位来的呀。我们大家也是来给俞、胡二位帮忙的；我们帮不了忙；千万不要给拆了伙，搅了局。于师傅，这件事就此打住，我说对不对呢？”

姜羽冲把话放得很轻很缓，可是话中含意既冷且峭。于锦不觉得红了脸，正要发话；赵忠敏的性情比于锦还直，一时按捺不住，突然说道：“我们本不是英雄，我们连狗熊还不如。我们于三师兄说的话是正理，这份嫌疑我们总得避。军师爷派兵点将，若不派人监视我们，我们还是归根一句话，我兄弟只好告退。”

这话又冲着姜羽冲来了。众人唯恐姜羽冲还言，连忙打岔。但是姜羽冲很沉得住气，不但不驳，反倒连连夸好道：“二位的意思我明白了，实在是好。我本少智无谋；大伙推我当军师，我实在不能胜任。但是说到派人，当然要量才器使，也得要请问本人的意思。二位这番苦心，我当然要领会的。这么办吧，你们二位本是焦不离孟，现在就请二位同着别位留守苦水铺店房。”

于、赵二人一齐开口，似欲反驳，姜羽冲忙接下去道：“二位别忙，这是今天晚上的事；一到明早，我们起程之后，就烦二位出去踩访。”

赵忠敏眼看着于锦，于锦不语。赵忠敏道："光我们两个人守店房不成，还得派别人看着我们一点才成。"

于锦暗拉赵忠敏一把，赵忠敏未能领会。姜羽冲在那边突然失笑道："二位放心，留守苦水铺店房的有好几位呢。二位可以专管上半夜，或者专管下半夜。这店房别看没什么要紧，万一飞豹子再遣人来扰乱，我们便可以给他一个厉害。"

于、赵二人不约而同，齐声抢答道："我们守下半夜。"姜羽冲相视俞剑平道："好好好，就请二位多辛苦吧！"跟着把别位武师也重新分派一遍。众人领命，各做各事去了。于、赵二人不便再说别话，向俞、胡、姜三老告辞，退出上房。

这时天色渐暮。俞剑平跟着二人挑帘出室，转向在座几位年老的英雄，低声合计；把别位武师也密嘱了一些话。又过了一会儿，才将阮佩韦、李尚桐找来，连同时光庭，由姜羽冲发话，对这三个青年说道："我们这里不过有这么两位，似乎处在嫌疑之地；现在我们并没得着真赃实据，只可暗中留神。要是挑明了帘，一直地加以讽刺……"说到这里，抱拳道："诸位请恕我直言，那一来空伤感情，反倒把他们弄惊了。再不然抓破脸一闹，甩袖子一走，给我们一个下不来台，岂不是反教人家得着理了？"

俞剑平又说道："不但这样，人心难测，疏忽固然受害，过疑也足误事。也许人家并没有恶意，反是咱们多虑；岂不是得罪好朋友了？"

胡孟刚说道："话也不能只说一面，咱们终得留神。假使他二人真是奸细，咱们一举一动，岂不都被他们卖了？"

夏建侯说道："总是不挑明的好。"

阮佩韦强笑道："五爷说的是，不过我们也有我们的用意。"伸出二指道："这两个东西唧唧咕咕，准是奸细，毫无可疑。咱们不过教他们知道知道，别拿人当傻子，警告他们一下子，教他们势必知难而退。"

苏建明扪须摇头道："不好，不好！明着点破，不如暗加

提防。你要知道，明着是点不尽的；他们真个知难而退，咱们可就一点什么得不到了。你二位太年轻，不晓得俞、胡二位的用意。你要明白军师爷的意思，不只想揭破他，实在还要反打一耙，从他二位身上抽一抽线头。弄巧了，还许从他二位身上，捞着飞豹子实底哩。我说是不是，姜五爷？”

姜羽冲笑道：“所以我们才烦阮、李、时三位，暗中踩一踩他们的脚印，逗一逗他们二人的口风；谁知道你们二位沉不住气，反倒当面直揭起来了！”阮佩韦、李尚桐满面通红道：“我们做错了。”

俞剑平目视姜羽冲道：“二位没有做错。二位做得很对，只是稍微过火一点罢了；有这一场，也很有用。”

俞剑平这话又是为安慰阮、李二人而发的，姜羽冲不由心中佩服，毕竟还是俞老镖头。若论韬略，或者不如自己；若论处世待人，面面周到，他实在比任何人都强。无怪江湖上盛称俞剑平推心置腹，善与人交；这不但是心肠热，还靠眼力明，能够看出人情的细微之处，决不肯无故教人难堪。这实是俞剑平胜人一筹的地方。

姜羽冲人虽聪明，究竟锋芒时露，说话尖锐。当下，俞剑平又把阮、李二人低嘱一遍，执手而谈，颇显着亲昵。阮、李二人方才释然，点了点头，与时光庭相偕离座去了。

转瞬天黑。俞剑平道：“我们该动身了！”向留守的人拱手道：“诸位多偏劳吧！我先同着姜五爷、童二爷到半铺村查看查看。”遂邀着当天赶到的霹雳手童冠英和智囊姜羽冲等人，突然出离店房。朱大椿、马氏双雄等老一辈的英雄，各同几个青年壮士，也已先后出发，店房中只剩下松江三杰的夏靖侯和青年叶良栋，这两人受伤较重，算是歇班。另外还有奎金牛金文穆、铁布衫屠炳烈和几个受轻伤的人。此外便是于锦、赵忠敏。

那屠炳烈已和智囊说定，容得明日俞镖头走后，仍要到西南乡，拜访古堡原业主邱敬符。姜、俞都以为此举是很重要的。

众人去后，守前半夜的小飞狐孟震洋、路照二人立刻绑扎

利落，手持兵刃，身藏暗器，先后上了房，开始望。松江三杰的夏建侯、谷绍光和铁牌手胡孟刚也暂在院内房上，来往梭巡。

于锦、赵忠敏本与阮佩韦、李尚桐、时光庭、叶良栋等同住一间店房；天热人挤，在头一天刚到时，他们都在店院中纳凉喝茶。及至今夜，时光庭已先时被派出去，阮、李二人也跟着出发了。

一过定更，厢房屋中只剩了叶良栋一个人。灯影下，于、赵二人面对面坐着，叶良栋躺在床上。赵忠敏便冲着叶良栋，发牢骚道："无缘无故，教人猜疑。叶大哥，你看我们兄弟有多冤？"

叶良栋裹伤坐起道："这是误会。他们只是海说着，唯恐咱们堆里有奸细罢了。二位是多疑了。咱们都是干镖行的，焉有向着外人的道理？况且这个飞豹子又是外来的绿林，跟二位怎么会有交情？"

于锦道："着啊！所以我们才生气。要是劫镖的主儿真个跟我们认识，教大家起了疑心，我们也不算冤枉。"

厢房中的三个人，两个发怨言，一个开解，很说了一会儿话。隔过片刻，夏建侯和胡孟刚在门口咳了一声，忽然走了进来，道："哦，怎么三位还没睡！……于、赵二位不是守下半夜么？还不趁早歇歇，省得没精神。要知道飞豹子他们要来，一定在三更以后，四更以前，正是疲精乏神的时候。"

于锦道："我们还不困。喂，赵四弟，我们就先躺躺吧。"二人说着，这才侧身躺在板床上，挨在叶良栋的身边。两个人都没有扎绑身上，只手中各拿着兵刃。胡孟刚和夏建侯见二人躺好，方才又出屋，往别处巡去。

于锦、赵忠敏闭目养神。那叶良栋大概因为受了伤，躺在床上，不时转侧。口中不住地说："热！受不了，这屋子太闷气了。"不住用手巾拭脸上的汗。末后忍不住坐了起来，道："难过极了，我往院里坐一会儿吧。"

叶良栋开门出去，于、赵二人睁开了眼，相视冷笑。赵忠

敏低声道："这也是小鬼！"

于锦一推赵忠敏道："不要说话。"

果然，一转眼间，叶良栋又踱进屋，道："嗬！我们太傻了。这小屋够多热，我们何苦傻不叽叽地在这里闷着！赵五哥，于三哥，他们老一辈的师傅们全都出去了。现在上房正闲着，西间只有几个人，东间全空着呢！那里的门窗比这里的门窗又大又敞亮。咱们上那里睡去吧。"

于锦微闭着眼答道："你请吧。我们两人还有差事，也该接班了。"

叶良栋笑道："早着哩。何必在这里受热？上房凉快极了，这里又闷又潮，这板床就好像泡过热水似的，我真受不了。"说着，伸手把床上当枕头用的小包袱和自己的兵刃，一把取来，回头对于、赵道："你二位不去，我可有偏了。"

于、赵道："你请吧。"叶良栋把兵刃穿在小包袱上，一只手提着小包袱，径出厢房，到上房去了。临出门口，又回头道："二位关上门吧。"

叶良栋径到上房睡去了。厢房只剩下于锦、赵忠敏。于、赵二人目送叶良栋出了房门，同声低骂道："可恶！"赵忠敏一翻身坐起来道："我去关上门。"于锦躺在床上，忙伸手抓住赵忠敏说道："做什么，还不躺下？"赵忠敏说道："关上门，咱们好商量商量啊！"

于锦说道："你别糊涂了。你和我算是教人看起来了，趁早躺下吧。"

赵忠敏道："真的么？"于锦着急道："你怎么这么呆，快给我躺下吧。"赵忠敏半信半疑，只得躺在床上。于锦教他悬枕侧耳而卧，留神倾听外面的动静。外面并没什么声响。

转瞬挨过半个更次，屋中灯照旧点着。于、赵二人闭眼假寐，前后窗并没有人影，窗后门口也没有轻行蹑足之声。赵忠敏心上到底不信，对于锦说，要到院中看看。于锦想了想道："也好，不过你我二人不能同出同进。你自己一个人可以假装

小解，往外溜达一趟，但你不可露出张望的神气来。”

赵忠敏道：“我晓得。”立刻下地，大大意意地走出屋外。到院中一看，庭中无人，房上倒伏着两人，正是把守上半夜的孟震洋和路照。松江三杰的大爷夏建侯和三爷谷绍光，带着兵刃，在柜房坐着，正和店家闲谈。别的人一个没见，上房的灯依然亮着。

赵忠敏解完小溲，一时忍不住，竟奔上房窥视。刚刚掀开门帘，便见胡孟刚坐在堂屋椅子上，正在打盹；未容赵忠敏进屋，便把头一抬，双眼一瞪道：“呔!”突然起立，将兵刃亮出来；随便笑道：“原来是赵爷，还没到换班的时候呢。”

赵忠敏忙赔笑道：“我醒了，有点口渴，想找水喝。”说到这里，东内间有人接声道：“这里有热茶。”

赵忠敏走进一看，松江三杰的二爷夏靖侯躺在床上，手握兵刃。岳俊超、欧联奎和衣而卧，睡得很熟。奎金牛金文穆好像睡了一觉，这时刚刚坐起来，两眼还带惺忪之态。茶壶和茶杯都放在小茶几上，紧挨着床。

赵忠敏喝了两杯茶，转到堂屋，和胡孟刚搭讪了几句闲话，复到西内间，看见叶良栋已然熟睡。赵忠敏这才回转厢房，对于锦说道：“他们那几个人睡的睡，守的守，没有人偷听咱们窗户根的。”

于锦摇头道：“人数够么?”赵忠敏说道：“一个不短。”两个人这才稍稍放心，把灯拨小了，又看了看窗格，并没有新湿破的牙孔；两个重复倒在床上，并枕低声，秘商起来。哪知道店中留守的人固然一个不短，那派出店外的人却悄没声地回来了好几个。

第三十七章

读密札掩灯议行藏
窥隐情破窗犯白刃

那阮佩韦、李尚桐随众出店在外面耗够时候，互相戒备着，首先溜回苦水铺。在苦水铺街道上，遇见了梭巡的时光庭，三人结伴回来。阮佩韦说道："外贼是小事，有他们老一辈的英雄防备着哩。咱们先根究内奸吧。于锦和赵忠敏这两个小子鬼鬼祟祟，一定和飞豹子暗通着消息！"

三人直奔集贤栈走来。行近店后门，不敢直入，三个人跳在墙头上，连连打晃。小飞狐孟震洋在房上已瞥见，忙通了暗号，把三人引了进来。用手一指后夹道，三人会意，忙忙溜了过去。孟震洋复奔到上房，把后窗轻拍三下，替阮、李通知了屋中各人；然后重复上房，望着外面，以防贼人乘虚袭至。

阮佩韦、时光庭、李尚桐三人不敢大意，按照江湖道踩路的做法，直趋厢房后窗。那厢房本是一明两暗的三间屋。于、赵二人住在南间，北间本是朱大椿、黄元礼、九股烟、周季龙、屠炳烈、孟震洋等七八个人的住处。此时他们全出去了。时光庭临走之前已将后窗悄悄打开。当下三人相偕来到此后窗前，首先由时光庭轻叩三下，屋中阒然无人；他便把后窗轻轻

支起，往内一瞥，屋内漆黑。

时光庭向阮佩韦说道："我进屋偷听，你们二位可以在外边，一个奔后窗，一个奔前窗偷看。"阮佩韦说道："不，我进屋，你们二位到那边望。"话未说完，嗖地蹿进去了。

时光庭微微一笑，只得和李尚桐奔南间后窗。南间后窗灯光尚明，李尚桐蹑足走过去，用手指沾唾津，就要点破窗纸；时光庭不由发急，忙一把将李尚桐拖回来，退出数步，低声道："这可使不得，他俩全是行家呀！"

李尚桐说道："若不戳破窗纸，可怎么看得见？"

时光庭说道："你先偷听。我记得这店房的窗户七窗八洞的，定有现成的窟窿可以探看。"

两个人重又走近后窗根，努目一寻，果然后窗纸有两三道破缝，只是很高。两个人便要交换着踏肩暗窥；忽然身后发出微响，急回头看，那阮佩韦已经出来了，连连又向二人点手。时、李二人忙凑过去。

阮佩韦急急说道："他二人正在屋里唧唧咕咕，背着灯影，一同念看什么。我告诉你二位，这后窗缝从打白天，早被我割开了，窗扇的栓也下了，一推就开。紧急的时候，你二位千万推窗跳进去；我可要冒险了！"二人忙问："冒什么险？"那阮佩韦已迫不及待地跳进北间去了。时、李料到阮佩韦必已窥见什么破绽，两人急急忙忙，重又扑到后窗根，预备内窥。

李尚桐心性急，暗将时光庭按了一把，教他俯下身来。时光庭也想抢先看看，李尚桐不肯相让，只得依着他。时光庭双手扶墙，将腰微俯；李尚桐轻轻一按时光庭的后背，双足跃上去，踏着时光庭的双肩。两个人接高了，恰好正对着上层一扇窗缝。李尚桐忙屏气凝神，将右脸微侧，右眼对着窗缝，往里面张望起来。

这时候，屋中的于锦、赵忠敏还在床上躺着，低声喁喁地说话。赵忠敏俯卧木榻，用手拄着枕包，抬起头来，低声向于锦说："我这两天直隐忍着，说真的……"一挑大指道："他们

几位老前辈，除了姜羽冲这个老奸贼，别位都还没有什么，顶可恨的是这几个东西。”说时一挑小指道：“我就不明白，我们平白在这里挨瞪，怎么就不能告退？我们不会说有要紧的事，非回去不可吗？”

于锦仍然躺在枕上，微微摇头道：“你那是小孩子见识，那不行。咱们骤然一走，他们更拿咱们当奸细了。”

赵忠敏说道：“依你的主意，非写信不可么？”于锦说道：“那是自然。一来，咱们现在事处两难，可以向大师哥要个准章儿，他教咱们帮谁，咱们就帮谁。二来，大师哥要说都不帮，要催咱们回去，他必定立派专人，假托急事，把你我唤回镖局。你我乃是奉命而来，遵命而去；他们绝不会疑心咱们是做奸细露馅，抱愧告退的了。”

赵忠敏默想了一会儿，连连点头，忽然坐起来道：“你想的固然不错，可是他们把得这么严，我们想什么法子，给大师哥送信呢？”

于锦说道：“你别忙，我自然有法子。”

赵忠敏又不言语了，半晌道：“你道大师哥教咱们帮谁？”于锦道：“你说呢？”

赵忠敏道：“若教我说，他们太拿咱们不当人了。索性回去告诉大师哥，咱们就给他一个弄假成真，反帮那一头。”

于锦冷笑道：“你真是这么想么？”

赵忠敏说道：“一阵气起来，我真就这么想。不过，反过来帮那一头，也太难了。只怕触犯镖行的行规。要是还帮这一头，冲着俞爷，倒是应该。无奈他们这些小杂碎们这么瞧不起人，不知三哥你怎么想，我实在气得慌；再跟他们一块参与，真有点不值。”说罢，往床上一躺，眼望于锦。

于锦浩然长叹道：“这实在骂人太甚了！我也是很灰心，只不知大师哥怎样看法。”

赵忠敏说道：“既然要给大师哥写信，你还是快写吧。”

于锦说道：“信是早写出来了。我现在正琢磨这封信该用

什么方法，送到大师哥手内。还得瞒着他们，教他们三四十人一点也不知道，都栽在你我手下！"

赵忠敏霍地由床上坐起来说道："真的么？三哥，我真佩服你。我跟你焦不离孟，孟不离焦，你多咱把信写出来的？还有信封、信纸，还有笔墨，你都是现买的么？"于锦说道："凭你这一问，便知你呆，怪不得人家把你叫傻四儿。你应该这么问，这封信是在店内写的呢，还是在店外写的？"赵忠敏笑了。

这时于锦仍躺在床上。赵忠敏坐在床边上，伸出一只手来说道："三哥，你别骗我！这么些人都瞪眼盯着你我，我不信你会悄没声地把信写好。你把信拿出来，我看看。"

于锦笑道："你不信么？我真写出来了，而且还是八行笺，共写了三张。"赵忠敏把一对眼睛瞪得很大，说道："你越说越神了！你到底是多咱写的？在什么地方写的？"于锦笑而不答。赵忠敏又问道："你拿出来，让我看看，成不成？"

于锦道："不用看了，信上说的话，就是请大师哥给我们拿个准主意；或去或留，或帮这头，或帮那头，如此而已。"

赵忠敏仍不肯罢休，再三催促道："你别说得那么好听，你是骗我，你准没有空写。"

于锦笑道："我就算没有空，没有写。"赵忠敏不由把话声提高，发急拍床道："不行！你得拿出来，给我看看。你拿不拿？你不拿，我可要搜了。"将双手一伸，就要按住于锦，搜他的身畔。

于锦的膂力，没有赵忠敏大，功夫也不如；他连忙蹿起来，站在地上，低声说道："你不要动粗的，你忘了这是什么地方了！给你看，你别嚷嚷，行不行？"

赵忠敏才住手，直蹿起来，站在于锦身边。于锦把衣襟解开，从贴肉处拿出一封信来，说道："刚才是冤你的，实在是只有一张半信，你看吧。"把未封口的信封一抽，抽出来两张纸，也不是八行笺，只是两张包茶叶的纸罢了。

赵忠敏便要看信，于锦扭头往前后窗看了一眼，说道：

“我说给你听吧。回头有人过来，教他们看见，无私有弊，又是一场是非。”

赵忠敏说道：“你看你这份瞎小心！都是你无端自起毛骨，才招得他们动疑。你像我这么坦坦然然的，再没有这事。拿过来吧！”伸手抢过信来，往眼前凑看。但是油灯不亮，赵忠敏立在床边，一点也看不清楚；就又举着信纸，往桌前走来。于锦也跟了过来，不住说道：“快快看，你不要大大意意的！”又说道：“就是那么回事。给我吧，用不着细看了。”赵忠敏连说不成，定要看看。

两人并肩立在灯前，赵忠敏展开用茶叶纸写的这两张信。于锦越催他快看，他越得一字一字数着念，他本来识字有限。于锦很不耐烦道：“你只看半边就行了……你看这么措辞，行吧？”

赵忠敏对灯看了一遍，折叠起来，说道：“你这信上还短几句话，你应该把他们逼咱们的情形，利利害害说一说。”于锦道：“那不都有了么？”重展开信纸，指着末一张道：“你瞧这几句，不就是那意思么？”

赵忠敏又低头看看，且看且点头，旋又仰脸说道：“倒是那个意思，可惜你还没有说透彻，简直有点词不达意。”

于锦生气道：“你当是坐在家里写信呢！我好容易抓了一个空，像做贼似的，潦潦草草地写了这两张纸，你又挑字眼了。有能耐，你自己写去！”

赵忠敏忙又赔笑道：“是我浑，我忘了这信是偷写的了。三哥别着急，信是写好了，明天无论如何，你也得想法把信送出去才好。你到底打算怎么个送法呢？”于锦仍含着不悦的口气，道：“你想呢？你别净教我一个人出主意呀！”

当此时，在窗外的李尚桐已然登着时光庭的双肩，附窗内窥良久，把隐情听了个大概，看得个分明。料到这封信必有情弊，恨不得立时推窗入内，将这信一把抢到手中。那时光庭被李尚桐踩着，一点也看不着。李尚桐只顾自己心上明白，忘了

脚下的时光庭了。

这时李尚桐脚踏同伴的双肩，竟要试着掀窗，轻轻地把后窗往外一带。这后窗早已被时光庭预先开好，所以很不费事，便拉开一点小缝子。时光庭在他的脚下，疑心他未得确证，硬要闯入，心中着急，又不敢出声明拦，忙伸手扯李尚桐的腿，催他下来，换自己上去，也好看个明白。李尚桐也不敢明言，只把手一比，用脚尖照时光庭肩头点了几下，意思说："你别动！"仍自匀着劲儿，往外拉窗。

但李尚桐做错了，他应该猛一拉窗，挺身直蹿，给于、赵一个措手不及；明攻明抢，便好得手。哪知他竟想一点声音不响，乘虚而入，掩其不备！于、赵二人还没被惊动，他脚下的时光庭再也忍不住了；以为李尚桐太已鲁莽，必要误事；推他的腿，他又不动。时光庭不由发怒，便把李尚桐的腿一拍。两个人发生了分歧的举动。

李尚桐闭口屏息，尚在上面鼓弄。时光庭猛然一蹲一闪，李尚桐顿时掉下来；后窗刚刚拉开缝子，顿时也随手关上。幸亏李尚桐手法很快，身子才往下一落，就知老时等急了。他忙用手掌一垫窗格，这窗户才不致发生大响；双腿又一蜷，这才轻轻落地。

但是就只这一点微微的动静，屋里边的于锦、赵忠敏两个行家立刻听出毛病来。两个人不约而同，一齐回头，道："唔？"又一齐道："不好，有人！"

时、李在外顿时听见。李尚桐大为焦灼，再不遑顾忌，一推时光庭，又一指窗口，附耳道："快进去，抢信！"立刻就要穿窗。

但当此时，屋中的于锦、赵忠敏早已发动身手。两个人四只眼盯着后窗，喝骂道："好贼！胆敢窥探，着打！"啪的一声，赵忠敏首先打出一物。于锦就顺手扇灯。噗的一下，灯灭屋黑；就用这扇灯的手，急抓桌上的信……

哪知道往桌面上一抓时，没抓着信纸，恰巧抓着了一只枯

柴似的手。于锦的手按在这瘦硬的手，瘦硬的手就捞着桌上的信。于锦方想是赵忠敏，但陡然省悟，晓得不对。赵忠敏的手肥大，这手却如此瘦硬。赵忠敏在自己身旁，他的手应该自上往下抓，这手却自下往上捞。这只手乃是阮佩韦的手！灯已扇灭，二目不明，仓促间于锦没有理会到。

但于锦到底是十分机警的人，灯光一暗，急凝双眸，恍惚觉出屋门口有人影一晃。于锦顿时察觉，右手按住这瘦手，用力一夺；左手便劈这只瘦腕，口喝道："好贼，放下！"展立掌，狠狠劈下去。不想这瘦腕紧握不放，刮的一声响，桌上的信纸撕掉一块。掌劈处疾如闪电；那瘦腕猛一抽，没有缩开。啪的一声，弯臂上挨了一下；可是信已被他夺掉一半去了。隐闻得喂的一声，夹杂着诡秘的冷笑，跟着喝道："打！"黑乎乎的影子，似一闪一晃，冲于锦扑来。

灯乍暗，眼犹昏，于锦大喝道："老四，进来人了，快拔青子！"连忙侧身，往开处一踏，就势将夺回的残信一团，往身上一塞。那边赵忠敏喝道："哎哟，好东西，着打！……三哥，桌上的信呢？快快收起来！"内间屋，黑影中，噼里咔嚓，声音很大；后窗已被扯落，震出四四方方的一块微亮来，还有一个脑袋影。

于锦一俯身，早已拔出绷腿上的手叉子来。急凝目光寻看，恍见一条瘦影往堂屋逃去，正像阮佩韦，他料定也必定是阮佩韦。顿时大怒，如饿虎扑食，喊一声："哪里走！"匕首一挺，恶狠狠照阮佩韦后肋扎去，间不容发，便中要害。

阮佩韦头往后一转，冷风到处，忙往左一塌身；嗤的一下，衣破皮穿，鲜血流出。阮佩韦却一咬牙，骂道："好奸细，滚出来！"嗖地窜向屋外，蓬登和刚闯进来的一个人正撞了个满怀，失声道："呀！我！"被那人一把抓住，往外一抡；阮佩韦就势一窜，挺然立在院心。

于锦跟踪追出来，那人当门拦住道："谁？"于锦一匕首刺下去，那人微微一退步，用力一架，"叮当"激起火花，把于

锦截住。于锦咬牙切齿，不管他是谁，定要拼命；一领匕首，重扑上来。

赵忠敏也将手叉子拔出来，又往床上一捞，捞着他的刀。左手提匕首，右手抡刀，两眼像瞎子似的，一闭一睁，略定眼神，急视后窗。要从黑影中、后窗口，寻找仇敌，后窗扇大开，上一扇的窗格早已扯落。

李尚桐飞身跃入窗口，骑着下扇窗格；于窗开处探身，厉声骂道："好不要脸的奸细！"

赵忠敏把眼一瞪，喊一声，跃上板床，挺刀刺去。李尚桐抡窗扇下打，"咔嚓！"刀砍在窗格上。李尚桐把窗扇一推，赵忠敏翻身退下床来。

李尚桐一跨腿，越窗而入，站在床上。啪哒一声，窗扇飞出来，照赵忠敏砸去。赵忠敏急闪身，窗扇直砸前窗上。咯噔一声，坠地音响很大。后窗口又黑影一闪，时光庭也跟踪窜进窗口，踏到床上。

那李尚桐是要扑下来，叫着时光庭，要一齐活擒这吃里爬外的奸细于锦、赵忠敏。时光庭忙扯李尚桐，大喝道："于朋友、赵朋友，趁早实话实说！要动手，没有你的便宜！"这时于锦刚追到外间。赵忠敏还留在内间，二人都摆出拼命的架势，并不理时光庭的吆喝。

于锦只拿着一把匕首，瞋目视敌，见对面的人把堂门堵住，已将抢信的阮佩韦放出去，心中越怒。对面这个人连问："什么事，什么事？"脸冲屋里。面目一点也看不清，只辨出身形体段很胖大，好像铁牌手胡孟刚，又像马氏双雄。

于锦不能装糊涂。厉声说道："对不住，你老哥让开，我和姓阮的有死有活！"回头叫道："赵四弟快来，姓阮的把信抢去了，你快出来。"

赵忠敏已被李尚桐、时光庭牵制住，也急得直叫道："三弟，咱们跟他们拼了吧，这里还有两个小子哩！"

阮佩韦站在院心，肋下伤破，往外滴血，他一点也不管，

只很得意地对门口叫道："姓于的、姓赵的，你真够朋友，真敢亮家伙。我倒要请问你，你们做出什么私弊事了，教姓阮的揭破，要杀人灭口？我倒要请问请问！"

从那后窗进来的李尚桐也叫道："姓于的、姓赵的！你们的真赃实据已经落在我们手里，你还说什么？你不是奸细，你二人嘀嘀咕咕写的是什么信？你们要是没私没弊，把信交出来，教大家看看，我李大爷就饶你不死！"又对时光庭道："时大哥，他们有一封信，是给飞豹子的。"

赵忠敏骂道："好你们一群小人，你把太爷们看成什么人了。于三哥，你快进来，这是李尚桐狗养的干的！三哥，咱们不能这么栽给他。姓李的，你们不把信退出来，我宰了你！"大骂着，抡刀向李尚桐乱砍。

一人拼命，万夫莫挡。李尚桐和时光庭一齐招架，竟非敌手。而且地窄屋黑，挡不住赵忠敏硬往前上。时光庭比较识得厉害，急喝道："姓赵的，咱们出来招架招架！"忙一拉李尚桐，穿窗退出。

赵忠敏就要往外窜，于锦大喝道："老四，不要遭了他们的暗算，快过来，上这边来！"赵忠敏依言奔过来，把自己的刀递给于锦。

外间屋门口那个高大的汉子，堵住门口，连声喝问什么事？于、赵二人气炸两肺，浑身乱颤；竟不问是谁，各顺手中刀，要拼命奋斗。师兄弟二人联肩并进，对着门口大喝道："朋友，你闪开，没有你的事，我们单找姓阮的。呔，姓阮的，我弟兄跟你远日无仇，近日无恨，你不该揣着一肚子脏心烂肺，拿人当贼！姓阮的，你趁早把我们的信放下，咱们还算罢了。你不把信交出来，那可不怨我姓于的、姓赵的翻脸无情。姓阮的，你是要命？还是退信？你说！"

阮佩韦跑到院中，就灯下一看，信纸只剩半截；忙奔过来，隔窗冷笑道："你找我要信，我还找你要信呢！你们鬼鬼祟祟的，你想瞒谁？你想要信么，这倒现成；咱们到上房，当

着大家打开看。只要信上没有毛病，我姓阮的给你磕头赔礼；刚才那一刀子，算你白扎。你要是吃里爬外，给飞豹子当奸细，到镖行来卧底；相好的，嘿嘿，我不问俞镖头怎么样，从我姓阮的这里说，我就要把你乱刀分尸！你识相的，趁早把那半截信交出来！”说罢，一迭声唤起人来。

这时候动静已大。于、赵二人在屋中，已听得外面奔驰呼叫之声。阮佩韦在前边叫骂，于、赵二人两张脸变成死灰色。此事已经闹大，情知要转过面子来，便须有死有活。于、赵二人喊了一声，抡兵刃齐往外闯；那堵门口的人依然堵着门口。于锦向那堵门口的人喝道：“闪开，闪开！你不闪，我可要扎你了！”

堵门口的人屡问不得一答，好像很惶惑。不想于锦话未住声，早和赵忠敏双刀齐上，照那人猛劈下来。当的一声，那人叫了一声，往后一退，于、赵二人飞身闯出屋外。这个人并非胡孟刚，也非马氏双雄；这个人正是受伤的松江三杰第二人夏靖侯。

于、赵二人闯到院心，不顾性命地向阮佩韦扑去。黑影中，奔到的几个青年，豁剌一分，叫骂着包围上来。松江三杰的夏靖侯听到阮佩韦的恶诋，于、赵的怒辩，方知果然生了内奸。他往后退这一步，乃是他老成持重，不愿伤人。他手中剑一顺，厉声喝道：“好朋友，你们做的好事，你怎么连我也要砍？你可知夏二爷不是好欺的！众位闪一闪，看我一只腿受伤的人，也要教训教训你！”剑花一转，急攻上前，腿受箭伤，依然勇猛。

店院只有一盏壁灯，这时忽然大亮，从四隅又挑出数盏灯笼。

柜房里的人忽然听见暴响，伙计们也都惊动。铁牌手胡孟刚正在柜房听候动静，一闻暴响，忙将店伙拦住，抡双牌抢过来，大叫道：“是哪位好朋友要想卖底？我姓胡的会交朋友，我倒要会会这位帮忙卖底的好汉！”其他镖客也都大骂，连高的人也忘了职守，跳下来要拿于、赵。

于、赵情知没有好；众镖客刀剑齐上，都冲他们攻来。他二人骂道："你们不问青红皂白，拿屎盆子硬往自己人头上扣！……"二人立刻一凑，背对背站好，各抡兵刃，振吭大吼："太爷跟你们这一群瞎眼的奴才挑了！"

有人吆喝道："相好的，只把信交出来，我们准给你留面子！"

于、赵骂道："什么叫面子，你们不用诱我，要信没信，要命有命！你们把太爷宰了，也不能给你信！"喧叫声中，夏靖侯、李尚桐、时光庭、岳俊超、孟震洋等纷纷乱窜。受伤的人如奎金牛金文穆等，也都奔出来，只有阮佩韦，却乘隙退到上房，忙着裹伤、看信。于、赵二人目睹众人攻到，昂然不惧，刀光挥霍，拼打作一团。

正在不得开交，忽然西墙上现出双影，是十二金钱俞剑平和智囊姜羽冲。忽又从东墙头现出二影，是夜游神苏建明和当日刚到的霹雳手童冠英。这四位老英雄潜藏店外，听候消息。乃是路照悄打暗号，催回来的。

十二金钱俞剑平本承望阮、李、时三青年暗中监视于、赵，哪想到一步来迟，闹成这样；教随行的海州捕快看在眼里，何等丢人？他急对姜羽冲说道："五爷，快教人上房，留神外贼乘乱夹扰，我先排解去。"一纵身踏到店院，摇手高呼："诸位朋友，快快住手！"

众人都听不见，听见也不理，仍在猛攻乱打。灯影中，俞剑平见于、赵二人眼看就要毁在众人乱刀之下，忙奔到近处，大喊道："朋友快快住手，我俞剑平来了。夏二哥、李贤弟，有话好讲，不要误会，不要自相残害。"连呼数声，夏靖侯首先撤退下来，欲诉己见；俞剑平连连摆手，仍教别人停斗。

时光庭、李尚桐几个青年，不依不饶，不肯退下来，只哓哓地叫道："俞镖头你可来了！咱们这里真出了奸细啦！姓赵的、姓于的明帮镖行，暗助飞豹子，他偷递消息，给咱们卖底了！拿住他，不要脸的东西，不要跟他讲面子！他现在有真赃

实据，教咱们阮大哥捉住了！他竟敢动刀子，要把阮大哥杀了！”

俞剑平十分着急。铁牌手胡孟刚、奎金牛金文穆忙道：“俞大哥，你也太厚道了。像这种东西，不把他乱刃分尸，倒是面子。你不教大家动手，你打算怎么样？”

夏靖侯也提剑摇头道：“这两个东西太可恶，明明是奸细，倒瞪着眼发横；把阮老弟伤了，还给我一刀。依我说，把他俩拿下来，捆着他们，见他们的大师哥去。”

俞剑平低声道：“得了，得了！夏二爷应该生气，胡二弟你是主人，你怎么也这么说？你想，他俩还跑得了不成？咱们有话好说，若是这么硬拿硬审，一定问不出真情来。还是拿面子挤他。”遂又振吭叫道：“诸位好朋友，请看我俞剑平的薄面，快快住手吧！你们再动手，我可要磕头了。”

夏靖侯、胡孟刚这才明白俞剑平的用意。同时，苏建明、童冠英、姜羽冲也一齐奔到院心。姜羽冲匆匆地把孟震洋调到一边，催他赶紧上房敌，不要管别的事；又另请一人上房帮助他。然后奔到众人身后，与俞剑平把李尚桐、时光庭等，做好做歹，一个个地劝住、拉开；立逼住手，退到一边。

俞剑平、姜羽冲把众人分别唤退，来到于、赵二人面前，齐声说道：“于贤弟、赵贤弟，到底是怎么一回事？为何闹得这么大的误会，竟动起刀来，岂不教人笑话？他们哥几个年纪轻，有言语不周的地方，请你二位跟我说，我给二位评理。”

于、赵二人动手的工夫虽然不大，但是双拳难敌众手，早被这一帮青年杀得浑身是汗，吁吁带喘。时光庭、李尚桐闪身骤退时，赵忠敏含嗔拼命，竟挺刀追砍过去。忽见俞剑平当头站住，冲他连连作揖，他故作看不见，利刃仍然递出去。

于锦忙喝道：“老四住手。”把赵忠敏扯到自己身边，便闪目四顾，见群雄齐聚，姜羽冲正在那里盘问时、李，俞剑平冲自己作揖打躬。于锦便把脚一顿，一阵难堪，不觉得一松手，当啷一声，把刀和匕首投在地上，他咳了一声道：“老四，咱哥儿们认栽了！”用胳臂一肘赵忠敏，低声道：“丢下青子！”

赵忠敏还要迟疑，但只一张眼，便见店房上，店院内，全是镖客。他们原来都没有外出，全藏在附近，预备要看自己的笑话的。他们冷嘻嘻，热哈哈，一个个地都看着自己。赵忠敏忍不住心头火起，竟冲众人大骂起来；连打架的、劝架的，都搅在一起。众青年都不是省事的，一个个愤不可遏，争着上前，又要交手。

于锦、赵忠敏先后把兵刃投在地上，并肩一站，挺身拍胸，傲然毫无惧色，却都气得浑身打战。俞剑平横身护住二人，急忙吆喝："诸位仁兄，快把兵刃放下，咱们有话好好说！"老一辈的英雄将一群青年拦住，劝开。俞剑平趁着这空，对于、赵二人道："二位贤弟，他们胡闹，全看在我的面上，快快跟我来！"

十二金钱俞剑平到底把于锦、赵忠敏稳住，直拖到上房，进了内间。众人立刻一拥而入，跟到上房。上房中灯火辉煌，照出众人的脸色，个个挂出十二分的瞧不起，个个拿眼珠子盯着于、赵。于、赵二人面似青铁，目眦欲裂。

俞剑平先请二人坐下，才待开言；时光庭、李尚桐竟持刀进来，把门窗看住；于、赵二人冷笑一声，面现鄙夷之色。俞剑平忙向众人一看，作揖道："诸位，咱们都是自己弟兄，闹一点小误会，没有解不开的。诸位请闪一闪，我和于、赵二位贤弟说几句话……"

于、赵二人突然站起来道："俞老镖头，我只冲着你！我得请问请问，这群人是干什么？"话未完，李尚桐骂道："别装糊涂不要脸了！你们自己干的好事，你们问谁？"顿时又要吵起来。

马氏双雄忙过来要将李尚桐、时光庭劝出去。李、时二人不肯走。李尚桐大声向众人说道："那不行，我两人不能离开，这不是打架。我说俞老镖头，这不是寻常闹误会的事，咱们这里出了内奸，这决不能含糊，咱们得三堂会审，当面对证；我和时光庭、阮佩韦是原告。姓于的、姓赵的，你还发横，觍着

脸想蒙人？当着大家，趁早说实话吧！我说阮大哥，阮大哥你过来呀，那封信呢？”

阮佩韦从人背后，应声挤过来，一只手高举那封残信，叫道：“现有真赃实犯，相好的，你还赖什么？”众人盯着那信，忙一闪，让阮佩韦进了内间。阮佩韦满脸得意，指着于、赵，对俞剑平道：“俞老镖头，你问问他二人，这封信是怎么个讲究？”

赵忠敏坐在那边，不由得一欠身，似欲起来夺信。阮佩韦忙往后一退。时光庭、李尚桐急横刀过来相护。阮佩韦冷笑道：“哼哼，相好的，你还打算抢回去么？小子你也太浑了！”

赵忠敏吼了一声，就跳起来，奔阮佩韦扑去，被于锦一把按住。十二金钱俞剑平早已一斜身，伸一臂遮住了于、赵，伸一臂拦住了时、李，大声说道：“时贤弟，你们干什么？怎么还打？”

于锦将牙咬得乱响，从鼻孔中哼出冷笑来，道：“俞老镖头，我只冲着你来说话，不错，我姓于的写了一封信。……”阮佩韦立刻应声道：“你写了一封信，你背着人做什么？”

时光庭也接声道：“你写了一封信，你要寄给谁？”李尚桐也道：“你小子有胆把信念出来吗？”顿时又对吵起来。

十二金钱一看这情形，急急地回身，把于、赵重让坐下，转脸对着时、李、阮三人，长揖及地说：“三位请暂不要说话，众位瞧得起我，请往外屋坐一坐。”

苏建明看出俞剑平要屏人密诘于、赵，忙吆喝道：“诸位哥们，咱们全往外闪一闪吧，别在这里了。”与松江三杰，分别将众镖客拖到外间，又暗向俞门弟子左梦云推了一把，指了指兵刃。左梦云点头会意，忙带剑进屋，侍立在师父身旁。马氏双雄拉过铁牌手胡孟刚来，低嘱数语，教他进去。胡孟刚依计，放下双牌，拉童冠英进了内间。

经这一番净堂，内间屋只剩下俞氏师徒站在中间，阮佩韦、时光庭、李尚桐三人站在门口，于锦和赵忠敏坐在桌旁，生气喘气。胡孟刚与童冠英走进屋来，立在赵忠敏身边，十二

金钱俞剑平就座在于锦身旁，说道："这是怎么说的，咱们有话不会好好地说么？于贤弟，消一消气，凡事都瞧我。阮贤弟，你这是怎么了？身上哪里来的血？阮贤弟受伤了吧，你请坐下。时、李二位也请坐下，咱们慢慢地讲。胡二弟、童二哥，你坐在这边。"双眼望外面叫道："姜五爷，姜五爷！姜五爷请进来呀！"

苏建明忙应声代答道："姜五爷在房上巡逻，他怕豹子乘乱进来。"

俞剑平心中暗喜道："还是智囊！"忙道："苏老前辈，请你费心告诉诸位，千万不要乱；快请几位上房，把姜五爷替下来。我在这里劝劝他们几位；外面的事请苏老前辈和夏氏昆仲，多偏劳分派分派吧。"

俞剑平做好做歹，把这七言八语的乱吵压住；把店内店外巡风的事情也派人戒备好了；这才亲自斟两杯茶，送到于、赵的面前。胡孟刚一见这番举动，他也抢到外面，取来壶碗，给阮佩韦、李尚桐、时光庭三人，各斟上一杯茶。

俞剑平眼望着这几个人的脸神，缓缓说道："你看这是怎么闹的，都是自己人，都是赏脸给我俞某和胡二弟帮忙来的，倒闹得动起家伙来了！这简直是笑话，看把赵贤弟、于贤弟气得这样。我说阮贤弟，我可不是撵你；劳你驾，你和李、时二位先到外间坐坐。我跟于贤弟，先谈几句私话；回头咱们再讲别的话，你看好不好？"

阮佩韦大笑道："俞老镖头，你也太客气了。这是什么事？这是什么人？是人，你老才能拿他当人看；做人事，你老拿他当人事办。你老怎么还这么客气？干脆一句话吧，咱们这里头出了奸细了！我可不是屈枉好人，俞老镖头，你瞧！"又将那两页残信高高举起，道："真赃实犯，让我抓着了，还跟他讲什么仁义道德？"

这时候，胡孟刚等拿眼盯住于、赵。那时光庭和李尚桐更横刀保护着阮佩韦。阮佩韦越说声越高，一指肋下道："你老

再瞧瞧我这里，他若不是情虚理短，他干什么扎我一刀！这不是要杀人灭口么？”复一指时、李道：“我自己说了还不算，你老再问问他俩。”

时光庭、李尚桐异口同声答道：“我们两个也在场，俞老镖头，我们可不该说，这种下流的奸细，你老还把他当客陪着，我们三个人可受不住了！我们阮大哥为你老挨了一刀。多亏他手底下还行。倘若不济，当真教人家给扎死呢？你老要明白，阮大哥可是为朋友，他不是专跟谁作对！”说到这里，外面有人喝起彩来。

阮佩韦将那残信连连摇晃，又发出得意的笑声道：“人家倒想扎死我呢！只可惜没扎准！人家江湖好汉为朋友两肋插刀，不算回事；我姓阮的挨一刀两刀的，更卖得值。……不过有一样，姓于的、姓赵的，你真不亏心，动刀子做什么？你们不是奸细，你敢把那一半残信交出来么？你敢给俞、胡二位看一看么？喂，你只要真敢交出信来，让大家一看，你只要没私弊，我姓阮的情愿给你磕头赔罪，这一刀算你白扎了。”

俞剑平本想拦阻，但一见双方互诋；看看阮佩韦，又看看于、赵的神色，忽然眉头一皱，口开复闭，暂不发言。

第三十八章

云破月来疑团得骤解
推心置腹婉辞慰前嫌

于锦闻言激怒，眼瞪着阮佩韦手中的残信，手指着阮佩韦的脸，骂道："不错！我扎你了，我就是扎你了！你抢了我的信，你还想教我献出来？哼哼，你做梦吧！你看我弟兄哪一点好欺负？……我，我，我枉在武林混了，我不能受这种无礼。俞镖头，我弟兄平白教人这么糟践，你老看该怎么办，我也听听你老的。姓阮的，他，他，他胆敢把我的信给抢去，还撕成两半！俞镖头，我得问问你，我弟兄是冲着你老来的。我们不错，是写信了，写信就犯私么？我是给你老帮忙来的，我不是来当罪犯的。我请问他凭什么抢我的信，凭什么拿我当奸细？俞镖头，我们得要问一个明白。我弟兄教人这么侮衅，我弟兄不能这样认栽！"赵忠敏也发话道："着啊！我们写信了，我们犯了什么歹意，就不许我们写信？我们得要问个明白。"

那弟兄二人，赵忠敏有粗无细，于锦为人却精明。十二金钱俞剑平偷窥他的神色，他也偷窥俞剑平的神色；于锦不由地动了疑心，一咬牙发狠，索性对着俞剑平发作起来了，把胸膛连拍道："俞镖头，我这里揣着信哩！但是，我却不容人家私

偷暗抢。只要有人明着来搜，我弟兄倒可以教他把信取了去。我弟兄在这里等着，净听你老的。你老看该怎么办吧！”说罢，气哼哼一拉赵忠敏，两人往桌上一靠，双手掩胸，二目微瞑，把剑拔弩张的众镖客都看成无物。

十二金钱俞剑平听了这话，把剑眉一皱，向阮佩韦瞥了一眼，又一看于、赵，又看看众人。众人在外间，伸头探脑往内窥，一时鸦雀无声，只听喁喁私议。似有一人说道：“搜他！”十二金钱俞剑平急急地往外扫了一眼，微微摇头。他仰面一想，忽复侧脸，向阮佩韦施一眼色；转身来，这才向于、赵二人朗然叫了一声道：“于贤弟，赵贤弟！”

二人睁眼道：“怎么样？”俞剑平笑道：“二位请听我一言。我倒是你几位为什么事，闹这大吵子，原来只是为一封信。我真真岂有此理，我刚才竟没问明白！我俞剑平这次失镖寻镖，承诸位好朋友远道奔来帮忙；彼此心腹至交，谁都信得及谁。我刚才出去查勘贼踪，半路被人叫回来；只听说你二位和阮贤弟三人闹起来，我实在不晓得是为一封信……”

阮佩韦忙道：“一点不错，就是为一封信。他俩鬼鬼祟祟的，背着人嘀咕，私传信件，泄咱们的底细，给飞豹子当奸细！”俞剑平摇手道：“贤弟慢讲！于贤弟绝不是那样人，这里头一定有误会，……于贤弟，刚才我不是说么，我在外面，你们在店里闹起来，我焉能知道？贤弟刚才那么说，倒像我引头似的，岂不屈枉我的心了？现在这封信在谁手里呢？可是阮贤弟私看了，还是拿去了？”

于锦寒着脸，目注阮佩韦，漫不答声。赵忠敏忍不住，指着阮佩韦说道：“就是他抢的，我们不见个起落没完。姓阮的，你眼瞎了。我们哥们就是不吃你这一套，倒要看看你小子能把我们怎样？”

俞剑平忙拦着道：“赵贤弟别着急，那不要紧……阮贤弟，来！我跟你说句话。”他凑近了一步，深深作揖，低声言道：“贤弟，你看我的薄面，把信退给他们二位吧。”

阮佩韦怫然道："那可不行！这是真赃实犯，我白挨了一刀子，反退给他，我图什么？俞老镖头，这信里一定有诡，不然他们还不至于跟我这么玩命。我要冤屈他，我情愿把脑袋输给他！"李尚桐、时光庭也立刻帮腔道："对！这是我们三个人的事，我哥俩的脑袋也赔上。他要不亏心，为什么写信怕教人看；要退给他也行，咱们当众打开信看。"阮佩韦立刻把抢到手的半截残信又拿出来，高高举着，就要舒展开。俞剑平哈哈一笑道："这信里也许有事，也不怪三位多疑。贤弟别忙，你们谁也别看，我一个人看，拿来给我。"说着把手伸了出来。

阮佩韦略一犹豫，立刻说道："你老可得念给我们听。"俞剑平道："这个自然。"阮佩韦这才递了过去。

于锦、赵忠敏两人，当此时一齐变色，四只眼齐看俞剑平的手。于锦仰头冷笑道："好好好！俞老镖头要亲自看我们的私信，足见赏脸！这就叫知人知面不知心，本来多好的交情，也当不了起疑。赵四弟，咱们倒要看一看，谁是英雄，谁是狗熊！你们只管看吧……"

不想众目睽睽之下，十二金钱俞剑平把这搓成一个团的残信，从阮佩韦手中接过，竟扣在掌心，连打开都不打开；立刻一转身，满脸赔笑，走到于、赵二人面前。俞剑平把残信往于锦手中一递，退一步，躬身一揖，说道："于贤弟，赵贤弟，对不住！我俞剑平交友以诚，只许我做错了事，教好朋友信不及我；我却从不敢信不及好朋友。这是阮贤弟一时鲁莽，眼拙心热，把事做得太冒失了。我俞某事前实不知道。就是阮贤弟，也总怪他年轻心实，不会料事，疑所不当疑，才闹出这笑话来。还看他一心为我，多多担待他吧。诸位贤弟全都是我拿帖特地请来的，我要有不周到之处，还请各位当面指教我，责备我。这一回真是误会，看在我的面上，我们揭过去吧。天不早了，大家散散，明天我再给二位赔罪。"

俞剑平满脸赔笑，向于锦道歉。然后扭转头来，复向阮佩韦说道："阮贤弟，我谢谢你。你这一番好心全是为我，反倒

得罪了人，况且又受了伤；我心上太过不去了！咳，让我来看看你的伤吧。”满脸上露出过意不去的神色，催左梦云：“快到那屋里，把我的刀伤药拿来！”

这一来出乎于、赵二人意料之外，也出乎阮、时、李众人意料之外。阮佩韦、时光庭、李尚桐全都瞪着眼看着俞剑平；阮佩韦连俞剑平的话全不答了。俞剑平一拍他的肩，他往旁一退；忽然面泛红云，眸含怒火道：“咳，我姓阮的栽了！”扭头就往外走。

俞剑平忙伸手拉住阮佩韦的胳膊，连声叫道：“贤弟，贤弟！”紧握着阮佩韦的手，连连摇动，又长叹了一声道：“贤弟，没法子，我实在对不过你。”又向众人道：“众位请回去歇息吧！”张目一寻，看见胡孟刚恶狠狠瞪着于、赵，又看见老拳师苏建明绰须微笑，和马氏双雄互相顾盼，似有会心。俞剑平忙叫道：“苏老前辈，马二弟，马三弟，你请费心，陪着于贤弟、赵贤弟，回屋歇歇吧。这一场误会都是俞某不才，未能先时开解，才招惹起来的；平白教于、赵二位和阮贤弟犯起心思来，我心上实在下不去。我要请阮贤弟到隔壁，我给他裹一裹伤。还有胡二弟、童二爷，你也跟我来。”说罢，向众人一挥手。

他又回顾于、赵，低声说道：“咱们今晚上，就算揭过去了，二位快歇着吧。赶明天，我俞某还得请二位格外帮忙，我还有话说。”又复一揖，瞥着众人，一齐往外间屋走去。

赵忠敏看了看俞剑平，又瞪眼看着于锦，不知该怎么办好了。那于锦一脸怒气渐渐消释，接了这两页残信，看了看，信手一团，要往怀中揣起。但见众人面色犹有不平，便倏地眉头皱起，径将那残信换交右手，往怀中一揣，霍然站了起来，向俞剑平招呼道：“俞老镖头慢走！”

俞剑平止步回头，蔼然答道：“贤弟，凡事全看我吧。”于锦大声道：“你老先别走。你老这么一来把信交还我们，实给我们留下偌大的面子；总是瞧得起我们，我们弟兄领情

了。……现在，咱们就明天再见。……”说至此，目视众人，又冷笑道：“这封信我可就揣起来了。可是别人有看不下去的，请只管出头。事情挤到这里，我们弟兄虽只两个人，也还没把自己看小了，刀搁在脖子上，我弟兄情愿接着！哪位有心思，不满意，哪位只管说！”说完了，叉腰一站，目光闪闪，吐露凶光。

赵忠敏也跟着并肩一站，顺着话茬叫道：“你们谁不愿意，只管上来，我哥俩今天卖了！”

这话一放，外间屋起一阵骚动，阮佩韦脸上一变化，脚步停住，顿时一拧身，首先冷笑道：“我姓阮的，就看不下去！我就不愿意！”童冠英恰在门旁，连忙说道：“算了，算了！”赶紧把阮佩韦推到外面，连时光庭、李尚桐，也推了出去。

老英雄苏建明急从里间走到于、赵身旁，轻轻一拍肩膀，说道：“二位老弟，回屋里歇息吧。你要明白，胳膊折在袖子里，打了牙肚里咽。咱们全是为好朋友来的，真要闹出吵子，岂不教外场笑话？况且咱们是冲着谁来的，咱们没给好朋友帮忙，另给添腻。来吧，天还没亮，二位先睡一觉再讲。别教俞镖头为难了。他够受的了！”

于锦抗颜不答，目注外间屋；见众人聚而不散，仍然呶呶纷议，俱各面现不平。

忽有人喊了一声道：“不行！这个信总得当众看看！这么完了，算怎么一回事呢？”

只听俞剑平连声劝阻，竟劝阻不住。于锦不由得怒气又起，面对苏建明，大声说道：“苏老前辈，这不能算完！我弟兄很明白，我弟兄平白教人折了这一下，就这么了结，我们也真成了无耻的匹夫了！我说俞镖头、胡镖头二位别走，我们还有话。”

胡孟刚回身站住，沉着脸说道：“二位有什么话，只管说出来。”

于锦看着胡孟刚的脸神，连声狂笑道：“我弟兄有话，当然要说出来。”

于锦说着，把身上那一团残信，与俞剑平还他的另一团残信都掏出来，前进一步，来到八仙桌旁，油灯之下，向众人厉声发话道："众位朋友！我弟兄和众位有认识的，有不认识的；有有交情的，有没有交情的，可总是武林一脉。我弟兄这回前来帮忙寻镖，完全冲着俞老镖头和我们钱师兄的交情。我弟兄不错是来帮忙，可没有犯法。我们弟兄不拘写信给谁，那是我们的自便；谁也管不着，谁也查考不着。想不到我弟兄由打前两天起，不知哪一点做得不地道了，竟有那瞎眼的奴才，把我们当了奸细，冷言冷语，也不知听多少。教我弟兄答对也不好，装傻装聋也不行。我们弟兄没法子，方才写了这一信。这一封信是我弟兄要寄给一个人的；信里说的什么话，咱也犯不上告诉交情浅的人。哪知道由这封信起，又教鼠辈们动起疑来！我就不明白，我弟兄哪一点像下三烂？阮佩韦、李尚桐、时光庭这三个小子，公然窥窗偷听我弟兄的私话，公然动手搜抢起我弟兄的私信来了；我于锦和师弟赵忠敏虽然无能，可不能随便教人家作践。有人硬要拿刀子，抢看我们私信，我就把性命给他，我也不嫌不值！现在这封信落在俞老镖头手里，多承他看得起我们，当场交还给我们了。这是他老人家讲交情、有眼力的地方，不怪人家名震江湖。按说我弟兄随便教人家这么诬蔑，这绝不能算完。可是我们看在俞老镖头面上，我弟兄就这么咽了……"

于锦一口气说到这里，外面嗤嗤有声；他也不暇搭理，把两团信交在手里，说道："……这封信不是有人不放心，要抢看么？好，我就拿出来，请大家看看。可就是一样，不许脏心烂肺的小子们看！"啪的一声，把手中的两团残信都丢在桌上，吆喝道："你们来看吧！谁要看，谁就过来。"气哼哼地往桌旁椅子上一坐，一张白脸气成死灰色。

他那师弟赵忠敏专看于锦行事，也就气哼哼地跟着坐在一旁，口中也骂道："你们来看吧！这信上有的是好话头哩！快看，看晚了，可是摸不着了。"

当下，铁牌手胡孟刚见信团摆在桌上，不觉得就要伸手，其他别人也要踅了过来。十二金钱俞剑平到底善观风色，急急赶上前来，横身一遮道："于贤弟，你这可是多此一举！贤弟，你怎么还是信不及我俞剑平？你们双方都是朋友，都是为我卖命来的。我刚才什么都说了，你还教我说什么？贤弟快把信收起，只要二位能担待姓俞的，从此我们就别再提这回事了。一错百错，全是俞某的错，诸位不是都冲我来的么？"

于锦道："老镖头，请你不要误会我们的意思。我知道俞老镖头拿朋友当朋友，不论自己受着多大委屈，也不肯教朋友为难。不过我这次为势所迫，不得不请大家看看这封信；也可以当面分证分证，到底谁是朋友，谁不是朋友。俞老镖头，我于锦就是这种贱骨头的毛病，他越拿我不当人，我偏叫他称不了心；想动我的信，我就敢拿刀扎他。杀人的偿命，我宁可死在刀头上，也不受这种欺负；除非把我们哥两个乱刃分尸，命没有啦，信自然由着小子们看了。俞老镖头行为光明磊落，待人热肠；就是块铁，也把它握热了。老镖头既拿我们当人，也不管我们弟兄做了什么对不过人的事，你信也不看，事也不究，更教我们心上过不去。你老越这样，我弟兄更得请大家当面把信看了，我们也好明明心。"

赵忠敏道："对！我们总得明明心！可有一样，这封信只许拿我们当朋友的人看。脏心烂肺的狗男女趁早别过来；只要过来，我拿刀子戳个兔羔子的。"

阮佩韦实在气不过，猛然回身，被众人拦住，急得他伸脖子瞪眼叫道："姓于的少说闲话，少放刁！姓赵的，你别装不懂什么！俞镖头听你们这套，我阮佩韦就不信这个，我倒要看看你们两块料是什么变的。姓于的，你凭几句花言巧语，想把大家拒住，不肯看你的信么！大家不看，我看！俞镖头不看，我看！我挨这一刀，我得挨个值得。就这么模模糊糊完了，从我这里说，就不行。你想拿唾沫把这层皮沾下去，你算想歪心了。来来来，我说老时、老李，咱们三个人一定要看看……我

只怕你小子亏心，不敢让太爷们看！”

时光庭一听这话，大声应了一声，就要往屋里挤。李尚桐却察言观色，颇有些疑虑；只挨过来，拿眼盯住了于、赵，要看他是否情愿。不料赵忠敏一见阮、时二人探身要看，突然瞪着眼把信拾起来。李尚桐迷惑了，在场众人也人人迷惑；到底不知道这封信是写给何人的，也不知道信中究竟有什么秘密。

他们双方又争吵起来。俞剑平横身挡门，把双方隔开，一迭声向众人说：“众位怎么一定要看朋友的私信？你们明是为我，可是比骂我还难过呀！”

赵忠敏一味倔强，不知起落，于锦却有发有收。心知此信不令众人一看，必不得下台；若教众人看，又未免丢人。心思一转，忙从赵忠敏手中，把信要过来，正在向众人叫板眼。

此时苏建明忽然迈步上前，替俞剑平向众人一揖道：“众位哥们，这可不是这么个闹法了。于、赵二位这一来，很够朋友了，你们不要再讧了，这封信咱们不看行不行？咱们交朋友，不就是凭着个心么？我说赵贤弟、于贤弟，你二位如要瞧得起我苏建明，我倒要向二位讨脸。我可不是要看信。我请二位把信念念，教大家听一听，就算解过这场误会去了。”

苏建明的话，就是给于、赵开路。赵忠敏还不明白！立刻冷笑连声道：“好好好！”面对众人道：“这封信我们就交给苏老前辈，我们只教他老人家看。”把信立刻递给苏建明。

苏建明把两团碎信举着，在灯前一晃，对众人说道：“这封信我敢保，决无对不住朋友的地方。若有对不住人的地方，于、赵二位不会烧了么？不过，我特为给于、赵二位转面子，明明心，我还得念给大家听听。”说罢，凝老目，开声朗读，却又说道：“这简直是多此一举。”

这两页信被撕成四瓣，团成乱球，没法子持读。夜游神苏建明把它展开，铺在桌子上，凑对着。众目睽睽，都挤过来。俞剑平、胡孟刚本是当事人，反倒被挤在一隅，马氏双雄立在众人背后，忙发话道：“众位闪一闪，在外间屋不也听得见么？”

众人都不肯往后退，只蠕动了动，一个个把脖项伸得长长的，眼珠子齐盯着苏建明的嘴。不想苏建明俯着头，对着灯，只顾寻绎信中的词句，口中啧啧有声，直看下去一整页，还没有念出声来。一个镖客催促道："苏老师，大家都等着您老念呢！你老别自己个明白呀！"

苏建明哈哈大笑，道："用不着念，这信不是给飞豹子的。哦，原来飞豹子姓袁，并不是绿林……于、赵二位实在是好朋友，咱们可真是错疑心人家了。"

众人一齐耸耳，待听下文；苏建明赞而不述，信的内容还是没说出来。胡孟刚实在急了，口中说道："不成，我得看看，我别憋死！"把人群一分，钻过来道："我来念吧。"低头一凑，嘿嘿，也一直地看下去，不言语了。

还是夜游神苏建明抬起头来，对众人道："我这就念，众位留神听。于贤弟、赵贤弟，二位真够朋友，众位请放宽心吧。"这才朗读道："正凯师兄大人万福金安：自别之后，想念实深，伏维道履清吉，式如私颂……"

这是极俗的几句客套，于锦的文理并不甚佳。但是，众人听了，立刻泛起一阵嗽嗽之声，都相顾道："原来是给他师兄的，不是给飞豹子的……可是他藏着不教人看，为什么呢？"

苏建明又念道："敬启者，小弟二人自奉师兄之命，前来助访镖银，深承俞剑平不加嫌弃，十分推信。弟等亦顾虑武林义气，事事靠前，不肯落后，以符彼此交情。此一月来，武林朋友到场相助者，络绎不绝；有镖行马氏双雄、金弓聂秉常等，还有拳师苏建明、欧联奎，亦有绿林没影儿魏廉，更有江湖侠客松江三杰、霹雳手童冠英、智囊姜羽冲诸公，人才济济，不限一途。奈劫镖者实是高手，分批奔访，迄未勘出下落。历时一月，始探得劫镖大盗绰号飞豹子，在苦水铺出没，乃辽东口音。弟等骤闻此讯，不觉心疑，犹恐传信不足为据，经弟加意探询，寻镖人等皆谓劫镖者为辽东武林，但不知其出身。又谓为首之人豹头环眼，年约六旬，能用铁烟袋杆打人穴

道，善打铁菩提。由此观之，此人定是寒边围之快马袁承烈袁场主矣。所可怪者，袁场主本非绿林，家资豪富，何故入关劫镖，做此犯法之事？此实令人百思不解；而察其年貌、武功，处处相符，则又断无可疑。弟本奉命助俞访镖，今劫镖之人倘为袁承烈场主，则双方皆为朋友。在此助俞不可，帮袁更属不可……”

苏建明念到“袁承烈”三个字，不觉把声音提高。内间屋、外间屋顿时骚动，互相传告：“飞豹子原来叫袁承烈，是辽东人。怎么辽东绿林，没听有这么一个人呢？”

马氏双雄也凑过来，询问俞剑平：“俞大哥，你可知道，跟你结过梁子的，有这么一个叫袁承烈的人么？”

俞剑平面现沉默，摇头不答；其实这信中的词句，他一字也没忽略，都留神听见了。但他外面不露形迹，反而凑到于锦身畔，握着于锦的手说道：“于贤弟，你原来是两面受挤！贤弟，我很信得过你，你对得起我俞剑平！”

于锦傲然一笑，道：“俞老镖头，我可不敢自夸，你再听苏老前辈往下念。喂，苏老前辈，请你接着往下念……小子们瞎了眼，拿爷们当了什么人了。不用我自己辩白，有信作凭证！”

这一句话，阮佩韦三个人又炸了。阮佩韦正被童冠英扯手拍肩，拦在外间；此时一听信的上款，和李尚桐、时光庭二人，不由相顾愕然，起初断定此信必是给飞豹子暗通消息的，哪知人家乃是给师兄钱正凯的！跟着直听到劫镖人是“寒边围快马袁承烈”这一句话，三人更加愕然。

于锦一发话，阮佩韦有点张口结舌；李尚桐却是能言善辩，立刻反唇相讥道：“小子，少要扯臊！你小子本是帮着俞老镖头寻镖来的，若得着飞豹子的实底，就该当众一说，你瞒在肚子里，究竟揣着什么鬼胎？你小子脱不了奸细的皮子，我们没有诬赖你！”

赵忠敏骂道：“你们这些东西，拿好朋友当贼，你还没有

诬赖我们么?”

马氏双雄忙又劝阻，俞剑平拉着于、赵的手道：“于贤弟、赵贤弟，你看着我，暂且让他们一句。”低声道：“他三位本已自愧莽撞了，贤弟让一句，就是让我了。”

夜游神大声道：“你们别拌嘴了。你们愿意听我念信，就少说一句吧!”

众人齐道：“咱们谁也不要说话了，苏老前辈快念吧。是是非非，真真假假，咱们全看这封信吧。”

苏建明又接着念道：“弟等今日进退两难，不知如何是好。由前天起，众人对弟等又似引起疑猜，处处暗加监防。弟二人在此，如坐针毡，十分无味。弟等此时究应速速退出局外；或仍在此滥竽充数；或佯作不知，两不相助。望吾兄火速指示，以便照办。专此奉达，别无可叙，即候德安!”

信中后边又写道：“再者，现在寻镖人众将弟等看成奸细，冷讥热讽，令人难堪。弟二人不敌众口，无法变颜与之争论，更不便骤然告退。依弟之见，最好袖手不管，各不相帮。望吾兄火速来一信，假说有事，先将弟等唤回，以免在此受窘。万一此间走漏消息，众人必疑弟卖底矣。一切详情容弟回镖局面陈，再定行止，此为上策……”

苏建明把信念完，于锦和赵忠敏面向众人，不住冷笑，时时窥看俞剑平的神色。

俞剑平扪须听着，起初神色淡然，好像不甚理会信内的话，只注意于、赵二人。但听到后页这飞豹子名叫袁承烈，又是什么辽东一豹三熊，不由脸上带出诧异来；尤其是“袁场主本非绿林”这一句，大值寻味。俞剑平不禁动容，眼望着马氏双雄，带出叨问的意思。众人立刻也七言八语地说：“飞豹子不是绿林么?”

俞镖头率众寻镖经月，因晓得飞豹子是辽东口音，大家都往辽东绿林道想去。想来想去，辽东绿林知名之辈连个姓袁的也没有，因此把事情越猜越左了。俞剑平半生在江南浪迹，北

只到过直隶；虽曾辗转托人，往辽东搜寻飞豹子的根底，至今仍未得到确耗。现在于、赵二人这封信上，却称飞豹子为场主，已经确实证明他不是绿林。辽东地多参场、金场、牧场，这飞豹子莫非是干这营生的么？

老拳师苏建明把念完的信，随手放在桌子，将大指一挑，朗声说道："诸位，我说怎么样？于、赵二位贤弟真是好朋友。这绝没错。人家是专来给俞贤弟帮忙的，他焉能给飞豹子做探子？……"还没有说完，早围上来几个镖客，伸手来抢看这封信。有的人挤不过来，就纷纷议论飞豹子袁承烈的来历，竟把于、赵无端被诬的事忘了。但是于、赵二人可没有忘了；阮佩韦、李尚桐、时光庭三人也没有忘下；俞老镖头更是没有忘下。

时光庭听完了信，悄对李尚桐说道："敢情这个小子真不是奸细？李大哥，你说怎么办？回头这两个小子一定冲咱们念叨闲话！"

李尚桐低答道："就不是奸细，他们也免不了隐匿贼踪之过。他们本是帮着俞老镖头查镖访盗的既然知道飞豹子的底细，不肯说出来，就是对不住朋友。他们还敢炸刺不成！"

时光庭强笑道："你说的不对！你我还好办，阮贤弟可吃不住劲，咱们把他调出来，商量商量吧。回头于、赵两个东西要找后账，咱们三个人合在一块答对他！"

第三十九章

惮强敌伉俪筹善策
揭真面仇雠针锋对

趁着乱劲，时、李二人忙把阮佩韦调出来。阮佩韦刚才的话很冲，此时果然垂头丧气地说道：“我看走了眼，白挨一刀子，丢人了！”时、李二人同声劝他，把他拖出正房。

却当阮佩韦往外走时，于锦早已瞥见，嘻嘻地冷笑一声，张口欲诮骂；环顾众人，忽又忍下去，脸上不由带出骄傲之态来。赵忠敏见众人已然释疑，也要发话，被于锦拦住了。两个人握手示意，各装出没事人的样子来，置身局外；往屋隅一躲，一言不发，静看俞剑平做何举措。

在场群雄纷纷究诘飞豹子袁承烈的来头。奎金牛金文穆自言自语道：“飞豹子不是绿林，这家伙是干什么的呢！跟俞爷怎么个碴呢？……我说俞大哥，这飞豹子袁承烈既跟你结仇，你一定认识他了？”

马氏双雄也凑过来对俞剑平道：“关外有金场、牧场，还有人参场，这姓袁的又叫快马袁，什九是干牧场的。我说俞大哥，你不是没到过辽东么？你跟他一个干牧场的，怎么结的梁子呢？”又回顾胡孟刚道：“喂，胡二哥，你和当年干牧场的人

有过节没有？”

众人都这么问，十二金钱俞剑平不遑置答，眼光看到外屋，听阮佩韦随着李尚桐、时光庭出去了。他便突然站起来走到于锦、赵忠敏面前，深深一揖，满脸恳切，手指着心口，慨然说道：“二位贤弟，你很看得起我俞剑平，我心上感激，我也不必说了。我和二位交情还浅，我和令师兄是换命的弟兄。二位信中的意思，我已经听明白了。二位是帮我来访镖的，可是现在又突然发觉劫镖的袁承烈也是朋友，你二位就为难了……”

刚刚说到这里，松江三杰再忍耐不住，就突然大声发话道：“于、赵二位是好朋友，咱们谁都很佩服的。刚才这个碴，咱们说破就算完，咱们谁也别提了，我们说正格的。我说于三弟，你二位是帮忙来的，还不愿意把镖寻访着么？我请问请问二位，到底飞豹子袁承烈这小子是干什么的？是怎么个出身？请二位赶快说出来，咱们大家听一听，好找他去，冲他讨镖。”

此言一出，顿时有数人附和，同声说道：“着啊，于、赵二位既跟飞豹子姓袁的认识，就请你二位费心，把这家伙的来头、巢穴、党羽，一一说出来。你就是给咱们镖行帮大忙了，一下子把豹子弄住，那就是你二位头一件大功。”

铁牌手胡孟刚哈哈大笑，很得意地说道：“这可好了！我们大伙费了一个多月的工夫，也没把豹子的准根掏着。二位贤弟竟能知道他的实底，这太好了。冲着俞大哥和我的面子，你二位就费心说说吧。就算二位跟飞豹子认识，也不要紧。我们不过是打听打听他的身世、来历，我们还是按江湖道，依礼拜山，向他讨镖；决不会把二位抖搂出，教二位落了不是。”

众人七言八语，于锦、赵忠敏一声不响，环视众人；猛然站起来，仰面大笑。笑罢，于锦将面皮一绷，用很冷峭的口吻，向众人说道：“对不住！众位的意思，是拿我们当卖底的人了？”众人忙道：“岂有此理，二位不用提了，二位绝不是卖底的。”

于锦大笑道："诸位起初疑心我卖镖行的底，现在又拿话挤我卖飞豹子的底；我弟兄不知哪根骨头下贱，竟教人这么小看！"

欧联奎忙道："二位错想了！我们看信，已知二位和飞豹子认识，决不能教你卖友，我们只求你把飞豹子的出身说一说。"

于锦怒极，将手一叉腰，正色厉声道："我明白！众位是教我弟兄说实话。对不住，我两人的意思全写在信上了；难为苏老师念了这半晌，诸位还没有听明白！我弟兄教人家瞧不起，拿我们当奸细，弄得写一封私信，也教人家抄抢了去。我弟兄如今的嫌疑还没有摘落清楚，我们呢，还在这里待罪，怎么诸位又说起别的话了？对不住，我弟兄的机密全都写在信上了。诸位要想询问这封信以外的话，哼哼，不管哪一位，不管怎么说，恕我弟兄没脸再讲。就拿刀子宰了我们，我们也不能多说半句！"说着，转对俞剑平道："俞老镖头，我弟兄静听你老人家的发落！"

众人一听于、赵二人犹存芥蒂，忙纷纷劝解。于、赵忍不住瞪眼大嚷起来。

十二金钱急急地将胡孟刚推了一下，向于、赵二人重复一揖到地，慨然说道："二位贤弟，再不要说了！这些朋友都是给我帮忙的一番盛意，恨不得把飞豹子的实底早早根究出来，好搭救我们胡二弟的家眷；他们可就忘了二位为难了。二位的苦衷，我俞剑平最为明白。我刚才不是说么，二位本来是帮我的忙的，助访镖银来的；可是现在忽然发觉这劫镖的袁某人也是你二位的朋友，二位这才做了难。觉得帮谁也不对，不帮谁也不好；二位这才背着人商量，打算洁身引退，事先要写一封信问你那大师兄。二位这办法实在很对，就是我俞剑平设身处地，我也要这样办的……二位不用着急，我俞剑平断不肯强人所难，教好朋友两面受挤……"

俞剑平转顾众人道："诸位快不要问了。凭众位怎么问，

他二位实在不能回答。他二位跟俞某是朋友，跟飞豹子也是朋友，那封信上已然说得明明白白；都是朋友，帮谁也使不得。我说于贤弟，可是这个意思吧？总而言之，既然有这等情节，我们应该抛开于、赵二位这封信，我们大家另想办法，根究飞豹子的踪迹，我们不应该从于、赵二位口中，打听飞豹子半点的消息，至于这封信……”

俞剑平叫着于、赵二人的名字道：“二位贤弟，这信我依然奉还二位。二位只管发出去，且看令师兄如何答复便了。我们这里，照样还是先回宝应县，再转奔火云庄，到子母神梭武胜文武庄主那里登门投帖；请他给我们引见飞豹子，我们定期会面，索讨镖银……”

俞剑平又向众人笑道：“再说，贱内大远地从海州寻来。我讲句笑话吧，她也许访着一点线索，特意邀着朋友，给我送信来了。我们访求飞豹子并不为难，何必定要挤于、赵二位呢？我说对不对，胡二弟？”

说罢，俞剑平站起来，把残信索到手中，仍交于锦。他一面劝阻众人，不要呶呶，催大家各归各屋，赶早安歇，明早好一齐上路；一面命人上房，把智囊姜羽冲换回；略将夺信还信之事，告诉姜羽冲。又抽空邀着老拳师夜游神苏建明和铁牌手胡孟刚，偕同去找阮佩韦、李尚桐、时光庭三人，把三人安慰一番，亲手给阮佩韦裹好伤，说了许多密话，是教三人不要灰心的意思。然后，十二金钱俞剑平回来，由姜羽冲陪伴着，重新极力安慰于、赵二人；但只说了许多好话，并不打听飞豹子的来历。

赵忠敏性直，于锦心细。两人你望我，我望你，虽深感俞镖头的推诚相待，仍有点余怒未息，同时疑诬顿雪，又很得意。俞剑平接着劝道：“算了吧！你二位和阮佩韦不熟，他一向如此冒失的。我们大丈夫做事，丢得起，放得下；既然自己的苦心已得大家信谅，我盼望二位明天再不要提起了。二位想想看，阮佩韦这时候该多么后悔？二位为我担点嫌疑，任劳任

怨，我俞剑平心里有数。”

智囊姜羽冲此时坐在俞剑平身旁，就跟着帮腔，往外引逗于、赵的话。姜羽冲先因众人只顾内讧，忘了外患，他就急急登房，暂代敌。等到乱过去，他这才跳下房来，忙找到苏建明、阮佩韦，先把信中原委问明；想了想，这才来到上房，故作不知，当着于、赵的面，向俞剑平探问：“刚才是怎的乱了这一大阵？”俞剑平又把刚才之事说了一遍。

姜羽冲顺着口气，把阮佩韦抱怨一顿：“交朋友不该这么多疑！”跟着向俞剑平道：“这个飞豹子原来姓袁，叫袁承烈，不是绿林，是辽东开什么场子的，又叫快马袁，这定是开牧场子的了。俞大哥，你从前可跟这样一个人物打过交道？有过梁子么？”说时，眼角扫着于、赵。

俞剑平绰须微笑道：“这个，先不用管他，我现在记不得了。好在内人快来了，我想她必不是空来。我的意思还是回宝应县，听听内人怎么说，随后再往火云庄去。”姜羽冲欣然说道：“这个我知道，我听说俞大嫂还邀来一位肖武官，是俞大哥的师弟，当然探出飞豹子的实底来了。大嫂一到，定有捷音；我想飞豹子这一回再没处藏躲了。”复用戏谑的口吻说道：“俞大嫂乃是女中丈夫，不愧为俞大哥的贤内助。当年你贤伉俪联剑创业，争雄武林；凡是俞大哥的事，俞大嫂一定纤悉皆知。并且女人家心细，俞大哥忘了，俞大嫂一定记得。这个飞豹子的来历，我敢说俞大嫂一定晓得。”

俞剑平笑道：“我最健忘，贱内比我年岁小，的确比我有记性。”

姜羽冲道：“那更好了。”

俞剑平道：“所以我说，不必再在此耽误，我们速回宝应县，实为上着……”姜羽冲做出踊跃的样子来喝彩道：“对！”好像一到宝应，一见俞夫人丁云秀，这飞豹子一准不能遁形潜踪了。俞剑平这样说话，姜羽冲已经明白。这意思就是说：“钩稽飞豹子的底细，我们另有办法。朋友不肯告诉我，我无

须乎教朋友作难。”

赵忠敏听了，不甚理会；于锦却觉察出来了。人家越是不肯问，就是越形容自己跟飞豹子交情近；当下默然。赵忠敏只看于锦的形色；于锦既不言语，他也就装哑巴了。

跟着，姜羽冲和俞剑平又提到回宝应县，访火云庄的步骤。因又问到俞剑平当年创业，得罪过什么人；飞豹子三字反倒轶出口边，全不谈了。可是仍不冷落于、赵二人，俞、姜二老照样的一句半句向于、赵谈谈问问。

于锦寻思了一回，忍不住了，朗然说道：“刚才那封信，俞老镖头只听见念诵，还没有看。这封信已经扯碎，我也不打算发出去了。”俞剑平道：“可以另写好了，再发出去。”

于锦道：“那也不必，俞老镖头，由这封信总可以看出，我弟兄绝没有泄漏我们镖行的机密。我们镖行本有行规，我弟兄就不管行规，也得看在我大师兄跟俞老镖头的交情上。前两天我弟兄无端被人当奸细看，心中实在不好受……”

姜羽冲忙道：“好在是非大明，已经揭过去了。”

于锦道：“误会是揭过去了，但是我们和这飞豹子究竟是怎样个来往，俞老镖头不肯问，我却不能不表一声。老实说，我们只是欠人家的情，没跟人家共过事。”

话到口边，姜羽冲趁这个机会，淡淡地问道：“这个人不是开牧场的么？你二位怎会欠他的情呢？”

于锦翻着眼睛，扫了姜羽冲一眼，面对俞剑平道：“俞老镖头，我们跟飞豹子的交道，本来不该说。我弟兄奉大师兄钱正凯的派遣，前来助访镖银，事先实不知这劫镖的就是飞豹子袁某；临到鬼门关一场斗技，方才断定是熟人。这个袁某的确不是绿林，的确是在辽东开牧场子的。我们跟他并无渊源。只在六七年前，我们镖局押着一票镖出关，因为押镖的镖客在店中说了狂话，行在半道上，竟出了岔错。我们的镖被马达子麦金源抄去了。大师兄钱正凯带着我，出关访镖；误打误撞，又和破斧山的瑞宝成一言不合，动起武来。我们人少势孤，被人

家包围。我们大师兄展开绝技，与瑞宝成苦斗，眼看不得了。适逢其会，这个飞豹子押着马群，从瑞宝成的线地上经过。他和瑞宝成素有认识，当那时他是路过破斧山；听说山下困住了关内的镖客，他就骑一匹劣马，由破斧山的二当家陪着，前来观战。”

于锦接着说道：“这时我们大师兄和我，还有两位朋友，已经危急万分，被人家围在两处，各不能相顾。可是我们大师兄视死如归，丝毫不怯，依然苦战不休。这个快马袁想是存着‘惺惺惜惺惺’的心思，手拿一根大铁锅烟袋，竟策马突围，扑到战场，把瑞宝成劝住。问明原委，知是误会，对我们两家说：‘同是武林一脉，不打不成相识。’极力给我们排解。瑞宝成很敬畏这个快马袁；当下颇留情面，不但把我们放了，还邀上山寨，当朋友款待。我们大师兄十分感激，在宴间与瑞宝成、快马袁，极力结识。到这时快马袁方才说，他并非山寨的主人，他也是过客，特来顺路拜山的。他好像很佩服我们大师兄的胆气和武技，拿着我们当朋友看；问我们大师兄是哪里人，开什么镖局？因何事出关？钱大师兄据实相告，这快马袁大笑，自说也是关内人……”

说到此，姜羽冲不觉回问道：“哦，他也是关内人，是哪省呢？”

于锦眼珠一转笑道：“这个我可是忘了。”俞剑平向姜羽冲点了点头，笑道：“恐怕是直隶人。”于锦道：“也许是的。”俞剑平道：“以后如何呢？”

于锦道：“以后嘛？钱大师兄就将失镖寻镖之事如实说出来。这快马袁十分慷慨，对瑞宝成道：‘这位钱朋友的武功乃是武当北派正宗，和瑞爷门户很近，你们二位很可以交交。不过人家到辽东来，人地生疏，全靠朋友照应。他这不是访镖来的么？瑞爷看在武林分上，何不帮个小忙，替他查找查找？’那瑞宝成就大声说道：‘钱镖头的镖，我倒晓得落在谁手里了，不过钱镖头这位趟子手说话太难听，所以我刚才不能不和钱镖

头比画比画。其实钱镖头的大名，我也是久仰的。’转脸又对我大师兄说道：‘老实告诉你，你的镖落在麦金源手里了。’我那大师兄立刻起身道谢，就要找麦金源去讨。快马袁和瑞宝成一齐劝阻道：‘麦老四为人古怪，只怕情讨不易。’这快马袁拿出自己的名帖来，又劝瑞宝成也拿一份名帖；由他二位出头，备下礼物，派破斧山的一个小喽啰，面见麦金源，以礼讨镖。居然只费了十几天的工夫，把原镖取回。”

于锦接着说道：“我们大师兄因此欠下了快马袁的情，至今已经六七年，始终未得一报。那时候，小弟本也在场，知道此人本非绿林，乃是牧场场主。他这人生得豹头环眼，手里拿着一根大铁锅烟袋，说话气度非常豪爽。我们乍来时，虽听说劫镖的人，生得豹头环眼，手使铁烟袋打穴，我们也是心中一动。但因不知劫镖人的姓名，而快马袁又非绿林，我们也就没有联想到是他。这一次在苦水铺，得知劫镖的人外号叫作飞豹子，我们这才知道一准是他了……”

姜羽冲道：“那也不见得吧！他一个开牧场的，无缘无故，跑到江南劫镖，做这犯法的事，又是何意呢？”

于锦又看了姜羽冲一眼道：“他为什么劫镖，我可不知道；我只晓得快马袁又叫飞豹子罢了。”俞剑平道：“快马袁真叫飞豹子么？”

于锦道：“一点不错！原因他在牧场，有这快马袁的外号，乃是……”说至此一顿，却又接口道：“我索性说了吧。他的岳父叫快马韩，这是继承他岳父的外号。后来他和辽东三熊因夺金场，比武争霸，仗他一人之力，把辽东三熊全都打败，并且把三人收为门徒。人家遂赠了这么一个外号，叫作‘飞豹子单掌败三熊’。现在这里劫镖的主儿生得豹头环眼，正和快马袁的相貌一样，论年纪也是五六十岁，使的兵刃又是铁烟袋杆，并且外号又都叫飞豹子，这十成十准是他了。飞豹子快马袁素日在关外寒边围子，开着牧场；我们却不晓得他究因何故，跑到关内劫镖？但是他既指名要会俞老镖头，猜想他或者

跟俞老镖头从前有过过节儿，我们可就不晓得了。俞老镖头，我已将真情实底说出来了，你老跟我们钱大师兄是患难弟兄，又是同行；现在这劫镖的飞豹子就是快马袁承烈，快马袁又对我们镖局有恩……我们先不知他是快马袁，还则罢了；既知道他就是快马袁，请你老替我弟兄想想，我们能怎样办呢？所以我们弟兄迫不得已，才想告退。又恐怕我们大师兄也许另有两全之策，我们这才偷偷写信，要请问请问他。我们决没有当奸细的心思，我们只怕对不住两方面的交情罢了，谁知道反为这个，遭大家白眼呢？"

于锦侃侃而谈，一口气讲罢，目视姜羽冲，仰面一笑道："我要说，不用诱供，我可以不打自招。不过要像阮佩韦那么拿我不当人，硬挤我吐实，我可就头可断，嘴不能输。或者哪一位拿我当傻子，总想绕着弯子来套问我，我也偏不上当，教他趁不了愿。我就是天生这种混账脾气！幸而俞老镖头大仁大义，拿我们当朋友，没拿我们当小孩子，我只得实说了。说是说了，我可就对得住俞老镖头，又对不住飞豹子了。我实不该给人家泄底，我现在只有和我们赵四弟赶快洁身引退。"说至此戛然而住。话锋冲着姜羽冲攻击上来。姜羽冲老练之至，脸上连动都不动，反倒哈哈大笑道："好！还是于贤弟痛快，于贤弟真是快人快语，我佩服之至！于贤弟是怕两面得罪人，其实你不会跟你们令师兄出头，给说和说和么？……真个的，快马袁的家乡在哪里？"

于锦摇头道："对不住，这个我说不出来。至于说和，只怕我兄弟没有那么大脸面！"

俞剑平心知于、赵犹含不悦，便向姜羽冲示意，抛开正文，只说闲话。左梦云从外面进来，趋近俞剑平，似要耳语。俞剑平道："有话大声说，不要这样了。"左梦云嗫嚅道："阮佩韦和时、李二位……"

俞剑平道："哦，他三位错疑了好朋友，心上不得劲，待我过去劝劝他。"向于、赵道："天已不早，二位歇歇吧。"急

站起来去见阮佩韦。

阮佩韦很懊丧地坐在另室，众人知他没趣，就劝说道：“阮大哥，多亏你冒险挨这一刀，咱们才得探出飞豹子的真姓名来。又知他是辽东开牧场的，这实在是奇功一件。”

苏建明扪须笑道：“别看我刚才那么说，若没阮贤弟出头做恶人，于、赵的信我们真没法子索看。阮贤弟这一回任劳任怨，给俞、胡帮忙不小。”这么劝着，阮佩韦稍微心宽，面向时光庭、李尚桐，叹了口气道：“我真浑！我这一来，算是得罪钱正凯哥们了……”

众人忙道：“那不要紧，等到事后，俞镖头自然会想法子给你们两家和解。”

不想九股烟乔茂蹭过来，忽然说出几句冷话，向欧联奎道：“交朋友全靠有眼珠子，瞎目瞪眼的人总得吃亏，饶吃亏还得罪人。人家于锦是我们镖局本行，有行规管着，人家怎会给贼做底线？拿人当贼，不是作贱人么？依我看，咱们得摆酒席，好好地登门给人家道歉。”

阮佩韦勃然变色，时光庭、李尚桐尤怒，站起来道：“对对对！我们三个人全是瞎眼的浑蛋，得罪人了！”

李尚桐口齿最厉害，冷笑道：“阮大哥，咱们冲着乔镖头，咱们也别在这里装浑蛋了！”

苏建明老头子很不高兴，道：“乔师傅这是怎么说话！”周季龙把乔茂推出去，大家又重劝阮佩韦等三人。

俞剑平跟着左梦云急急进来，向阮佩韦道：“阮贤弟，亏你这一来，我们得知许多线索。你一心为我，得罪了人，还受了伤。还有时、李二位，你们哥三个全是为友烧身……你三位别听闲话，我俞剑平自有道理。”

俞剑平两面安慰，费了许多话，才将事情揭过去。随后把老一辈的英雄都邀过来，一同揣摩这快马袁的为人。俞剑平想不起袁承烈这个名字，更猜不出因何与己结仇，马氏双雄熟知北方武林人物，也不晓得这个人的根底派别。

苏建明、童冠英等本是江南的武林，和辽东牧场简直如风马牛。大家你问我，我问你，乱猜一阵，谁也猜不出来。末后几个老英雄都说："这个人什九必是俞镖头的仇人转烦出来的。或者这个人现时开牧场，从前也是绿林；俞剑平当年创业时与他有过梁子，也未可知。"

姜羽冲道："不必瞎猜了，还是回宝应县，访火云庄。"于是大家略略歇息，转眼天亮了。十二金钱俞剑平即请夜游神苏建明率一半人，留在苦水铺一带设卡；其余的人都随俞剑平、胡孟刚、姜羽冲回去，吴玉明径由苦水铺回东路卡子。

童冠英坚欲跟俞剑平赴火云庄，至于南路卡子，他要转烦别人替他去。但赴火云庄是攻，看卡子是守，别人也不愿退后。闹了半晌，姜羽冲道："好在上南路卡子去，也得通过宝应县城，咱们到城里再定规吧。"童冠英方才不说什么了。

俞剑平、胡孟刚、童冠英和两三个受伤的人骑马先行。其余青年有的雇牲口；有的坐太平车子，一同出离苦水铺。俞剑平这几个人都骑的是自备的好马，由早晨动身，傍晚便进了宝应县城。

此时义成镖局的总镖头窦焕如，已与青松道人到火云庄去了。现在镖局的，只有沈明谊、无明和尚和义成镖局的几位镖客。俞剑平、胡孟刚先对无明和尚说了些客气话，跟着向镖局中人打听近日情形。

义成镖局说是郝颖先去了之后，一举一动，被敌监视，很不容易着手。窦焕如与青松道人等昨日才去，还没有回信。跟着吃完晚饭，喝茶休息，把受伤的夏靖侯、叶良栋几个人留在镖局，请医疗治。俞剑平就要马不揭鞍，连夜驰赴火云庄。童冠英道："俞大嫂不是后天就来么？你怎么不等一等？"

姜羽冲道："我们的人熬了好几夜，得歇一晚上。还有他们坐车的人，现在还没到，我们应该候一候他们。"

俞剑平心中焦灼，迫不及待。胡孟刚挂念狱中被扣的家眷，觉得既已访知飞豹子身世，就该立赴火云庄；如能抵面一

斗，立讨镖银更好；不然的话，便应设法到辽东，搜他的根子去。

俞剑平对众人说道："依小弟之见，我打算和胡二弟，再请几位，现时就动身；别位可以明早走。我和胡二弟赶到火云庄，恰在夜半，我们就索性乘夜入庄踩探一下。等到白天，咱们的人也到齐了，再登门投帖，拜访那个武胜文。姜五爷，你说这么办，好不好？至于这飞豹子，既知他在辽东开牧场，有名有姓，自然不难究问。我此刻就写信，请这里的师傅们给发出去，托北京、保定的同行，转烦辽东同业代访。"

沈明谊皱眉道："由江南发信到辽东，往来还不得一个多月？还不如由我们海州镖局，托海船送到烟台，转往营口。山海关的景明镖行，不是跟马氏双雄共过事么？"俞剑平道："这也可以，我们不妨双管齐下。"胡孟刚道："好！咱们就立刻办起来！"十二金钱俞剑平便索笔墨，亲自修书。胡孟刚也要写信，姜羽冲道："胡二哥，你念我写吧。"

无明和尚在旁插话道："这个快马袁原来是一个开牧场的，他不远千里，跑到这里劫镖，劫的又是盐镖！他不惜身罹重罪，做这等大案，猜想他和俞、胡二位必有极深难解的仇隙……"九股烟道："那还用说？"胡孟刚急急瞪他一眼道："你又……"

俞剑平一面写信，一面答道："是的，是的。这飞豹子一定是跟我过不去，无奈我和胡二哥实在琢磨不出来。"旁顾童冠英道："这飞豹子的姓名，我们昨天才探出来；明师父刚到，还不晓得，童师傅费心替我说说吧。"

童冠英就移座挨近无明和尚，把昨晚于、赵之事，对无明和尚说了。这无明和尚生得瘦脸长眉，好像个得道高僧，骨子里却是武技超绝、做事狠辣的拳家；他的外家功夫名震一时。他此来乃是过路，被窦焕如挽留住，请他照看镖局。他因听说静虚和尚正助俞、胡访镖，他也要和俞剑平结纳结纳，故此留下了；静虚和尚跟他乃是两个宗派，童冠英却和他很熟；两人当下说得很热闹，可是一句出家人的话也没有，完全说的是江

湖勾当。

不大工夫，俞剑平把信写好，投笔站起来道：“这时刚起更，胡二弟，走吧！”跟着姜羽冲也写好了信，各信都由俞、胡、姜、马等人共同列名，交给义成镖局的人，烦他发出去。

外面人已将鞍马备好，点着灯笼，兵刃、暗器也都检点了。俞剑平拉着胡孟刚，对无明和尚说：“明师父，火云庄的子母神梭武胜文和这劫镖的飞豹子袁承烈，一定素有认识，交情很深；现时飞豹子或者就在火云庄。……”

童冠英道：“这些话我都对明师父说了。俞大哥的意思，是要邀明师父一同去，是不是？我已跟他说好了，他说我去他就去；我自然是去。姜五爷，你快派人守卡子吧，我们一僧一俗，今晚陪俞大哥到火云庄去一趟。刚才听沈明谊师傅说，郝颖先他们就住在火云庄药王庙；明师父去了，更方便。别耽误了，谁去谁留，快点安排，咱们立刻出发吧。”

姜羽冲对胡、俞说：“就是这样，请松江三杰夏靖侯二哥留守宝应县，就便养伤。请夏建侯大哥、谷绍光三哥，暂守东路卡子。俞大嫂来到时，这里已经备好了公馆，再请留守的人赶快送信来。”

松江三杰本不愿意留守，俞剑平一再拜托道：“三位已经很受累了，守卡子也是要紧的事。”又道：“贱内若到，可以问问她有什么事，就教她赶快转赴火云庄，不必在这里耽误了。”

胡孟刚道：“我们走吧！”把腰带一紧，头一个站起来。蛇焰箭岳俊超道：“俞大哥，对不住，我得明天走。我的蛇焰箭全用完了，还得赶紧买办硫黄火药，动手现做。”

姜羽冲道：“岳四爷明、后天走，全可以。”又将俞门弟子左梦云留下，好招呼他的师娘俞夫人丁云秀。

十二金钱俞剑平、胡孟刚、智囊姜羽冲、霹雳手童冠英及其弟子郭寿彭，无明和尚，连马氏双雄马赞源、马赞潮，没影儿魏廉、九股烟乔茂，共十个人，带一个领路的趟子手，连夜出离宝应县，由趟子手挑灯先行，把马鞭力打，如箭似的飞驰

而去。这时二更刚过，晴空无云，天色黑暗。众人衔枚急走，但听得蹄声得得，冲破寂静的旷野。一口气走出六十多里，距火云庄还有二十里地；前面正有一座小市镇，应该进镇打尖歇马。胡孟刚说："我们只饮饮牲口，还是往前赶。"

姜羽冲道："就是赶到，恐怕也快天亮了。"

俞剑平道："赶着看。听说火云庄没有店，在这里歇歇马也好。"遂由趟子手上前觅店砸门，把牲口喂饱了。天气热，大家开了房间，忙着洗脸，擦汗，吃茶。这些人都是老行家，在店房内，一句话也不说。却是砸门声，马蹄声，仍惊动了住店的客人。

从别的房间，走出一个客人，到厕所解溲。俞剑平推门往外瞥了一眼；那人打着呵欠，走回己室。俞剑平便走出来，到马棚看了看。随后付了店钱，大家扳鞍上马。

再往前走，距火云庄还有二三里，大家把马放慢。一钩新月从薄云透出微光，已经是下半夜了，姜羽冲招呼路上多加小心。俞剑平把兵刃抽出来，一马当先，抢到最前面，紧护着向导走。九股烟乔茂夹在当中走，唯恐受了暗算。忽然一阵风过处，背后又有蹄声。无明和尚的马不好，落在后面，恰好听见，忙招呼大众留神，诸人驻马倾听，果然有马蹄奔驰之声，好像这匹马越走越近，忽然又转了弯，往岔道上走远了。

胡孟刚大瞪眼道："难道这又是飞豹子的党羽？"

姜羽冲道："不要理他！我们还是往前走。"俞剑平微哼了一声，心下恍然。无明和尚道："要是贼党，做什么不追过去看看？"俞、胡二镖头齐道："追就上当，他们要诱咱们走瞎道。"大家策马又往前行。趟子手举鞭指着前面道："到了。"众人在马上一望，黑乎乎一大片浓影，住户至少也有一二百家，那药王庙就在庄内靠东南隅。俞、胡、姜、马一行翻身下马，趟子手道："我们怎样进庄？"

俞剑平道："这时刻多早晚了？"趟子手道："有四更天了吧。"俞剑平道："人先进庄，马稍留后。"将马拴在庄外树林

内，留人看马。本想多留两三人，九股烟害怕不肯干，没影儿争功也不肯干，只可单留下童门弟子郭寿彭一人；其余的人一齐进庄。

俞剑平当先，无明和尚押后，急绕庄巡视一遍，一见可疑之处，便由趟子手引导，蹑足潜行。径往东南隅走去。不想在庄外绕看无人，刚刚进内，便听见嗖的一声，一条人影从人家房上飞蹿过去。九股烟乔茂叫了一声："有人！"

几位老英雄把兵刃握在掌中，身子全都没动。没影儿魏廉一声不响，往临街宅墙上一跃，登高急寻，那人影已隐匿不见。魏廉还想搜寻，被俞剑平轻轻唤住，催他下来，说道："天已快亮，不便动手了，咱们快找郝颖先郝师傅去为要。"

十二金钱俞剑平暗自诧异。这地方是火云庄，不是古堡，这武胜文不管他真面目如何，在表面上总算是当地绅士，他不该在本乡本土做出绿林举动。就是飞豹子胡闹，武胜文也该加以阻止；怎么这里竟有夜行人出现？俞、胡、姜等全都这么设想，不肯贸然动武，可是为防意外，俞剑平和童冠英便左右护着趟子手往庄里走。

转眼来到药王庙附近；俞剑平命趟子手上前叫门。童冠英叫着无明和尚，要赶奔庙后，从后面跳墙进去。无明和尚笑道："我不去！那一来，我真成了跳墙和尚了。"没影儿魏廉道："童老师，我陪你去。"马氏双雄道："咱们一同去。"四人立刻离开前边，绕奔庙后去了。

余众贴墙根藏在黑影里，由俞剑平陪着趟子手，来到药王庙山门口；登上石阶，轻轻弹指叩门，里面无人应声。九股烟乔茂此时忽然勇敢起来，抡拳啪啪一阵狂打。姜羽冲忙奔过来，将他拦住道："手轻点，别惊动四邻！"

九股烟道："怕什么？夜半叫门，不犯法呀！"

胡孟刚低声道："你这人说话总是另一个味道，咱们不是……"一句话未了，半空唰的一声，一道寒光打来。胡孟刚、姜羽冲往旁一蹿，俞剑平就一俯腰；山门上铮地响了一

下，一支暗器（袖箭钢镖之类）钉在门上了。吓得九股烟乔茂失声一喊，拼命蹿开。

众人急寻暗器来路；早又唰的一声，接着发出一支暗器，冲俞剑平打来。俞剑平一侧身，伸手把镖抄住，翻手还打出去；跟着把趟子手一提，提到墙根。发暗器的地方在侧面房上，距庙很远，暗器打得很有力。俞剑平还镖打到，那人影一晃，沉下房脊，隐隐听见一声冷笑。胡孟刚大怒，喝道："什么人？"

无明和尚怒吼一声，把戒刀一亮道："什么人胆敢扰乱佛门善地？"那人影从墙根黑影中蹿出来，飞身上房。俞剑平、姜羽冲、胡孟刚也忙搜索过去。头一个冲过去的是无明和尚。

那人影在房上伏腰飞跑，转眼间跳落平地。无明和尚追过去，往前一扑，抡刀就砍。那人狂笑道："朋友又来了？这回你可得不了便宜！"抖手又打出一镖，无明和尚急闪。

那人拨头又跑，转过一条小巷，忽然站住；口打胡哨，从暗处窜出两个人，把无明和尚打圈围住。无明和尚昂然不惧，用他那扬州土话，厉声喝道："好个劫镖贼，你就来吧！"

顿时对上手，刀锋乍交，敌人忽叫道："咦，这是个出家人？"无明和尚骂道："出家人也要开杀戒！"这刀光挥霍，力抗三敌。

俞剑平等跟踪寻到。月色微明，俞剑平略瞥战况，心头一转，急忙喊道："前面可有郝师傅么？"敌人倏然一退，内中一人应声道："我是程岳，来的可是师父么？"

两方面竟是自己人，顿时住手。俞、胡、姜三人凑近一看，原来是程岳、戴永清和白彦伦三个人。两边的人聚在一处，俞剑平道："白贤弟辛苦，你们三人埋伏在这里做什么？可是飞豹子来了么？那个武胜文就公然拿出绿林手腕，对付咱们人么？"

白彦伦环顾众人道："说不得，这武胜文刁滑极了！我们教他摆布得一点也动弹不得。大哥，我们进庙去吧！不然的

话，他又会支使出乡团来捣乱了。”

大家在外面不便多谈，忙践阶而上，来到山门口。胡孟刚道：“庙里还有人么？怎么总叫不开？”白彦伦道：“硬叫门，自然叫不开，我们有暗号。”

戴永清道：“待我来。”取出飞蝗石子，用一块白布包上，这白布上面有记号，抖手打入庙内。回头对俞、胡、姜道：“你瞧，回头就有人开门。”

石子投入一响，庙中竟无人开门。白彦伦道：“唔，难道都睡了不成？”

俞、姜二人低声：“不对！白贤弟，我们有几个人从后面跳墙进去了，别是他们闹起误会来了吧！”

白彦伦道：“都是谁？”胡孟刚道：“是霹雳手童冠英和马氏兄弟、没影儿魏廉。”

白彦伦道：“不好，咱们快进去看看。”

黑鹰程岳道：“我去。”才跃上墙头，那山门已然豁喇地开了。后面当真也险些动了手，童冠英刚刚跃上后山门的墙，背后便飞来了一石子。魏廉忙叫道：“我是镖行！”楚占熊方从隐身处出来。

白彦伦、楚占熊等引俞、胡、姜、童一行人，进了药王庙的一所跨院。这庙殿宇很多，有两个僧人和一个火居道人住着。前前后后，空房子极多，随便可住，就是失修太甚。因火云庄没有店，借民房不便，义成镖局窦焕如托人给住持僧许多香资，把三间禅房借妥；郝颖先等先后两拨人都住在这里。

大家齐进禅房，点着了灯，未遑就座，先由楚占熊陪着魏廉，把庄外的郭寿彭和那十一匹马，先引进庙来，拴在空庑内。黑鹰程岳道：“我们外面还得安放人，白店主请在这里说话，我去房上望。”白彦伦道：“就在庙里吧。”程岳点头出去，跃上大殿。

姜羽冲道：“你们戒备得这么严密么？”白彦伦道：“唉！这武胜文真真不是好货！我们这些天，教他们打着乡团的幌

子，监视得一步也施展不开。”

九股烟乔茂咧嘴道：“好，倒是我们探窥人家，还是教人家窥探我们呢？”

胡孟刚怫然道：“乔爷，这些话少说一句，行不行？你怎么跟谁都是这样？”

白彦伦倒笑了，说道：“九股烟乔爷的口齿，我早就闻名的。”

俞剑平道：“郝师傅怎么没见？窦焕如镖头、青松道人、九头狮子殷怀亮，他们由前天动身，难道全没到么？”白彦伦道：“他们昨天到的。”

胡孟刚最为心急，抢着说道：“豹子在这里没有？我告诉你，我们访出他的根底来了。他姓袁，叫袁承烈，又叫快马袁，是辽东开牧场子的。你们这里究竟怎么样？窦镖头他们几位全上哪里去了？请你赶快说一说，我们还打算此刻就到武胜文庄内去一趟哩！”

白彦伦忙将经过的情形扼要地说了一遍。原来白彦伦等第一拨人，和郝颖先等第二拨人，先后到武胜文家里投帖拜见，没得结果。

劫镖之事，武胜文先说一概不知。可是他又道：“俞镖头名气太大了，有人要领教领教他；也许得罪了人，有人要较量较量他。我倒也听见一点影子。”跟着又明白说道：“我这里倒真有一位朋友，羡慕俞镖头的拳、剑、镖三绝技，要想见识见识。”

白彦伦、郝颖先等一听这话，忙追问他这位朋友的姓名，武胜文却又不肯指明。他对郝颖先附耳低声道：“此人乃是绿林，说出来不便。我可以把这人的相貌说给郝爷听，就烦你转告俞镖头。这人的相貌正是豹头环眼，年近六旬。”分明影射着飞豹子。武胜文又说：“还有一位年轻的武林，也要见见俞镖头。”郝颖先忙把事情揽到自己身上：“既有这两位朋友，郝某不才，倒要自己见见。”武胜文忽又把话推开道：“郝师傅要

想会会敝友，现在他一老一少全在芒砀山。郝师傅不嫌辛苦，可以到芒砀山找他去，我可以派人陪了去。”芒砀山离此地甚远，郝颖先恐去了扑空，不肯上当。拿很刻薄的话挤兑武胜文，坚请武胜文把那人邀来。武胜文笑道：“那得过些日子。”

总而言之，行家遇行家，拿空话探实情，是一点也探不出来。末后只可动真的了。郝颖先和白彦伦、黑鹰程岳，几个人一商量，打算夜探火云庄；但是白彦伦和黑鹰程岳前已探过。这火云庄内外戒备森严；你这里没动，人家那里已经派人看上了。打更的，巡夜的，全不是寻常百姓，武功都很好。他们有时拿出乡团的面孔，来阻挡镖行；有时拿出绿林的手法，来搜探镖客。

白彦伦初到的当夜，住处便教人家搜了一回；幸被看破急赶，那人跳墙跑了。武胜文家出来进去的人很多；白彦伦等总想探一探飞豹子究竟在那里没有？可是挨不进门去。

有一次，黑鹰程岳瞥见两个美貌女子，骑驴来到武家门口，下驴时，看出她们穿着铁尖鞋。次日便见这两个女子，结伴前来逛庙。这药王庙不到庙期，一无可逛；两个女子却到处游观，连镖客的寓所也进去了。正赶上程岳回来，六目相对，互盯了几眼。其中那个体态轻盈的女子笑了笑，对女伴说：“咱们走吧。”

程岳急进屋检查，一物不短，却多了一支袖箭。再缀出来时，那女子不进武宅，反走到武家邻舍去了。

郝颖先和黑鹰程岳、白彦伦、楚占熊等，又分做两拨，由白天起，故意溜出火云庄，假装回县，藏在青纱帐中，耗到半夜，突然奔回去。哪知刚到火云庄口，不知怎的，人家早得了信；竟灯笼火把的，出来多人。那武胜文骑着马，把郝颖先、白彦伦的名字叫出来，对他手下人说：“这是熟人，你们怎么拿熟人当匪警呢？”给明着揭破了。

如此设计多次，总未得手。郝颖先、白彦伦都觉得武胜文明明可疑，却访不着一点实迹，自己面子上太难堪，因此含嗔

不肯空回。等到最后，经他们加意窥查，竟窥出子母神梭武胜文家必有地道通着外面，外面也另有巢穴。曾经一次、两次，望见大拨的人在武宅邻近，忽隐忽现的出没。白、郝等因此越发地流连不归了。却幸两家对兵互窥，彼此逗弄，武胜文还保持着绅士的面目，只防备镖客窥探，并没有认真动武。双方才没激出事来。

白彦伦把数日来的情形，对俞、胡、姜、童诸人说了，又说："现在青松道人、九头狮子殷怀亮、窦焕如，这几位已到，由郝颖先师傅引领，到西北隅搜探武家的地道和别处的巢穴去了。他们说好，要尽一夜之力搜一搜，大概也快回来了。"

众人听罢，都不信武胜文竟有这么大势派。胡孟刚尤为愤怒，恨不得报官抄他；只可惜碍着武林规矩，又没有抓着他的把柄。胡孟刚道："若真抓住把柄，武胜文就是窝藏要犯，这个罪怕他吃不起！"

俞剑平打算到武家附近看看，又觉着时候太晚了。童冠英跃然说道："我们只在门前宅的绕一绕，还不行么？"戴永清、白彦伦齐说："不行！他会支使乡团出来跟着我们。听说他还是这里乡团的什么头儿呢！"

众人都想去到武宅看看。白彦伦拦不住，终于先派几个人，前往试了一试；果然碰见巡夜的人，顶回来了。俞剑平道："算了吧，白赶了一夜；我们还是跟他明着来。"遂将禅房略加收拾，支起几个铺。大家安歇了，可是全睡不熟，便躺着商量办法。转瞬天亮，郝颖先、青松道人、九头狮子殷怀亮，连同巡视庄外的窦焕如，一同回来。俞剑平等一跃而起，相迎问讯。九头狮子殷怀亮道："郝师傅真可以，这一回居然把武胜文私设的地道探出来。就凭这个，咱们很可以禀官告发他。"

众人一听，齐声说道："妙极，妙极！武胜文刁滑万分。我们这一下子，岂不是抓住他的把柄了？"

童冠英向郝、殷三人道："你们诸位还不知道哩，飞豹子的姓名、来历，现在也掏着了。"姜羽冲道："诸位请坐！现在

一切都有头绪了，俞大哥、胡二哥可以好好地歇一会儿。我们吃完早饭，就一直见武胜文去。”

胡孟刚眉飞色舞说道：“我们找他要飞豹子的行踪。他如不说，便拿地道的话点破他，揭开了明底。我真急了，我是什么面子都不顾了。”

姜羽冲忙道：“不可如此。俞大哥、胡二哥，你二位可以客客气气跟他讲面子；至于威胁的话，不妨由别人代说。”童冠英道：“谁陪着去呢？这个可是得罪人、做恶脸的事。”马氏双雄笑道：“这可没法子，只可由军师爷出场了。军师的口才是好的，说话最有力量。”

姜羽冲皱眉道：“非我不行么？”众人笑道：“非你不行！”大家越说越高兴，可是全忘了问这地道长短如何，怎样探出来的。还是惯说破话的九股烟乔茂，忽然发话道：“这地道倒是犯法，倘若人家把它堵死呢？”郝颖先微笑道：“只怕他现在堵来不及，这地道有一里多长呢！”

在场群雄到底公推姜羽冲、郝颖先、白彦伦、童冠英四个人，陪同俞、胡二位镖头前往登门拜望武胜文。另跟着黑鹰程岳、没影儿魏廉，假装投帖的镖行伙计。

戴永清笑道：“乔爷总得跟去，全靠他认人哩。”九股烟很不情愿道：“这上桌面的事，可没有我。”

胡孟刚道：“不错，乔老弟总得去。”童冠英说：“我们何不请青松道长、无明方丈一同去？一僧一道去了，也显着我们俞大哥、胡二哥交游广阔。”青松道人、无明和尚一齐推辞道：“我们出家人排难解纷，是可以出面的；出头寻人生事，恐怕不便。”

姜羽冲道：“我倒想起一策，二位很可以同去；反正由我做坏人，说狠话就是了。我们去的人最多能代表我们江南武林各派。无形中警告他：得罪俞、胡，便要得罪我们江南整个武林。”

大家遂又转劝一僧一道，青松、无明只得首肯。跟着又劝

俞、胡、姜三位："赶快歇歇吧，省得到场说话没精神。"

当时议定，大家又躺下，可就忘了在外面安人了。那边武胜文在本乡是人杰地灵，早就得着了信息；镖行的秘密，他竟知道了多半。歇到辰牌，胡孟刚跳起来道："这可够时候了，我们去吧。"

白彦伦道："一清早堵被窝拜客，似乎差点。"胡孟刚道："不早了，乡下人起得早。"窦焕如道："总该吃过早饭。"胡孟刚唉了一声道："把我急死了！"楚占熊等全笑了。

姜羽冲道："胡二哥沉不住气。你脸色不正，带出熬夜的相来了。"

胡孟刚心中有事，实在不能成眠。十二金钱俞剑平到底与众不同，他居然说睡就睡，又很灵醒。歇了一刻，闻声睁眼，坐了起来；看看天色道："我们怎么吃早饭？这时未必有饭馆吧？"白彦伦道："这可没有，我们就烦庙里的火居道人代做。"胡孟刚道："赶紧做饭，吃完就走。"

于是又耗到早饭的时候。大家好歹就算吃饱。俞剑平、胡孟刚、郝颖先、白彦伦、童冠英、青松道人、无明和尚、九头狮子殷怀亮、姜羽冲一共九人，都穿上长衣服，袍套靴帽，打扮齐楚。由程岳、魏廉三人持帖，拿了预先备好的礼物，齐奔武胜文的家宅。

走进巷口，便见两个闲人遛来遛去；武胜文家门口还站着一个长工模样的人。一见镖行群雄来到巷口，那两个闲人抽身便走；向武家门口的长工打一手势，那长工立刻翻身进宅。群雄相顾，微微一笑。看这武宅，坐落巷南，是所高大房子；几乎压了半条巷，起脊门楼，高墙耸立，内似筑有更道，与邻舍的竹篱柴扉矫然独异。

众人便要驱马直抵门首，俞剑平摆手说道："不可。"就在巷外下马。武胜文交游虽广，像这些骑马客人也不常见，顿时引来好多看热闹的。

俞剑平、姜羽冲等昂然入巷，由魏廉、乔茂看马，程岳投

帖。武宅门房出来一个长工，赔笑说道：“你老找哪一位？”程岳道：“我们是江南俞剑平、胡孟刚几位镖头，专诚拜访贵宅主。”遂把名帖递过去。

长工接名帖一看，并列着九个人名，又看看礼单，笑道：“对不住，敝庄主现时没在家。请您稍候。我进去言语一声。”程岳忙道：“俞、胡诸位久闻武庄主大名，这次是打由海州专程来的，务必一见。”长工道：“是，是！我知道，请您稍候一会儿。”说完把礼单、名帖都拿进去，好半晌不出来。

俞、胡、姜站在阶前，余众在对门墙根立等。从宅内走出来一个人，又从巷东口进来一个人。良久，那长工才出来，满脸赔笑道：“刚才我们管事的说了，诸位都是远来的生朋友，偏巧庄主出门了，有失迎候，很对不起。不知诸位住在哪里，请留下地名，容庄主回来，一定赶紧答拜。礼单请先拿回去，敝管事不敢做主。等庄主回来，您再当面送……”这长工言语便捷，面泽齿皓，显见不是乡下人。

程岳冷笑道：“噢，武庄主没在家，未免太不凑巧了。这一次俞、胡二位镖头是专诚求见；不见佛面，不能轻回。我们久仰武庄主武功惊人，交游很广，断不会不赏脸。请仔细看看这名单。列名的这几位都是亲到的，人数不多，可都是江南各宗各派的武林知名之士；素常散居各处，如今聚在一起，就是专为向武庄主领教……是有事情才肯来的。请你费心再回禀一声。武庄主如在近处，不妨请他回来，我们在这里稍候一会儿。”程岳说这话声音很大，为的是要师父听见。

俞剑平、姜羽冲微然一笑，往前挪了一步，登上台阶。忽从里面走出一个长衫人，年在中旬，精神满面，用沉重的声调说道：“长福，什么事？客人还没有走么？”

程岳张目道：“足下是哪一位？我们是从远地专诚来拜访武庄主的。”长工忙道：“这是我们管事先生……先生，刚才我把庄主不在家的话说了。这位说，客人全是武林名家，各处聚来的，一定要看看庄主。不见佛面，不肯空回……可是这话么？”

程岳正色道："一点不错，就是这个意思。"

管事先生走过来，向程岳举手笑道："俞镖头是亲到的么？那可劳动了。敝东确才出门，不过今天一准回来。"且说且看道："哪一位是俞镖头、胡镖头？"

俞剑平打量此人，拱手答道："就是敝人姓俞，足下贵姓？武庄主究竟何时可以赐见？"

那人答道："原来是俞镖头，久仰久仰！在下姓贺。俞镖头乃是江南第一流有名武师，今天光临荒庄，真是幸会，只可惜敝东出去了。哦，怎么还有别位武林名士，越发地不敢当了。那么办，我替敝东暂且挡驾，你老先请回。敝东昨天看朋友去了，原说今天回来。回头我就派人请他去，我一定把诸位这番赏光盛意，告知敝东，敝东一定要答拜的。"滔滔不绝，坚词挡驾，却又力保今天回拜。这人又索过名帖，点名问讯众人。

姜羽冲发话道："我们这几个人已经具名在帖上了，请无须乎逐个动问。请你转告贵东，我们先回去，过午再来，倒不劳他答拜。"

胡孟刚大声说道："我们远道而来，定要见一见！"

俞、姜退下台阶，管事人还说客气话。众人早已走出来，出巷上马，径回药王庙；却有程岳、魏廉留在巷外把着。这一次拜访，武胜文竟拒而不见。

马氏双雄问道："这是怎的？"姜羽冲道："他们许是骤闻俞大哥亲到，有点惊疑，也许怕我们报官捉他。"童冠英道："对！他们闹得太不像话，可是避不见面，行么？"

俞剑平也觉这一次拒不见面，出乎意外。胡孟刚更是有气，拍案发狠道："不行，这不行！我看他一定不跟我们见面了，我们得跟他动真的！"

正说处，外面有脚步声。跟着听见一个响亮的喉咙叫道："俞镖头在这院住么？"戴永清忙迎出来道："你是哪位，要找谁？"

俞剑平、童冠英探头望见，道："哦，原来是武庄主家的

管事贺先生。”还同着一个黑脸汉子、一个瘦子，共是三人；前面由药王庙的火居道人引路，从大殿转向禅房来。

俞剑平等迎出禅房。这贺管事三人远远的作揖道：“俞镖头、胡镖头，没有累着啊！”让进屋来，未容逊座，便递上武胜文的一纸名帖，手中还捏着一大把红柬，道：“俞镖头、胡镖头、郝镖头、白镖头，诸位请了！刚才诸位走后，在下立刻打发人给敝东送信。敝东一听，后悔得了不得。敝东乃是乡下人，素日最好交朋友，诸位都是武林名人，贵客远临，敝东很觉荣耀，恨不得和诸位立刻见面。无奈敝东今天出门实在有事羁身，不能恭迎；所以忙着打发我来安驾。敝东一准过午回宅，申牌时候设个小酌，恭请诸位赏光，到敝宅聚聚。敝东理应回拜，不能亲来；因恐诸位怪罪，所以顺便教小弟转达一声。乡下地方没有可吃的东西，只不过是一杯水酒……”

他环顾众人道：“届时务请诸位英雄赏脸，通通全去。敝东本打算教听差长福来请，又怕他笨嘴笨舌；末后还是由小弟来了，真是简慢得了不得，诸位千万原谅。哦，我还忘了一句话，敝东自惭卑微，不足以待高贤；另外还邀了几位陪客，也都是武林同道，是诸位很愿意见面的。”说到这里一顿，眼盯看众人。众人俱都耸然一动，互相顾盼。胡孟刚失声道：“哦，还有陪客，是我们愿见的？”姜羽冲忙拿眼光暗拦他，大声说道：“贵东也太客气了。怎么还有别位武林朋友，都是谁呢？”

贺管事道：“谈不到客气，敝东还觉得抱歉呢。”把下半句问话，竟抛去不答。

姜羽冲不肯放松，又紧追一句道：“陪客都是哪几位？说出来我也许认识。”

贺管家笑道：“敝东交游很广，我也说不上来。”说着把红帖散给众人道：“俞、胡、姜诸位镖头，还有白彦伦白爷、郝颖先郝爷，都到敝宅去过，我是认得的。这位是青松道人，这位是无明方丈。这是请帖，请你哂收……还有别位，恕我眼拙认不清。哪一位是童冠英童老英雄？哪一位是殷怀亮殷老英

雄？……”他的意思要把帖递到每人手内，就此认清面目。

没影儿魏廉抢过来，把帖接到手内道：“你交给我吧，请坐下吃茶。”

镖行群雄想不到，子母神梭武胜文会来这一手，竟挑明帘，发请帖，邀请赴宴。胡孟刚瞪着眼，看看俞剑平，看看姜羽冲，不晓得敌人之宴，应否践约？别位镖客也很纳闷，刚才登门拒见，现时设宴相邀，猜不透武胜文弄何把戏。

当此时，镖客都看着俞剑平和姜羽冲，这一番或赴宴，或谢绝，要言下立决；当着人没有商量余地。俞剑平说道：“贺先生，谢你费心！不知申牌时候，贵东能到么？”

贺管事道：“敝东乃是主人，一定要到的。”

俞剑平脱然说道：“好！请帖我本不敢领，但既承贵东错爱，自当趋候。只要杯茗共谈，就很好了，赐酒却不敢领。我们是生客，焉有乍会面就叨扰之理；不过座上还有别位武林，我俞剑平又该替贵东当知客的了。”遂在请柬上，打了一个“知”字，仰面道：“我准时践约，请贵东务必准时到场……”

转瞬到了申牌。俞剑平、姜羽冲检点赴宴的人数。预备入座的只有八个人，除俞、胡、姜而外，霹雳手童冠英、汉阳郝颖先、无明和尚、青松道人和窦焕如镖头。随行的是童门弟子郭寿彭、俞门弟子黑鹰程岳。其余的人由九头狮子殷怀亮、马氏双雄率领，暗带兵刃，作为外援。俞剑平道：“赴宴的人太多了。”众人说：“不可不小心。”

八个人打点要走，忽又有人来到药王庙。那个贺管事陪着一个四十多岁的紫面绅士，骑马来请。见了俞、胡，说道：“宴已摆好，请诸位赏光。”

俞剑平笑道：“武庄主太客气，还用人催请？”竟慨然允行，一齐上马。来到巷口，离武宅尚远，忽然转了弯。俞剑平道：“怎么不在武宅么？”紫面绅士赔笑道：“武庄主说，窄房浅屋，难以招待高贤，他是临时借的屋。好在离这里不远，也在巷内。”童冠英和姜羽冲互看了一眼，也不言语，心中都想：

“武胜文到底有些顾虑呀！”

引到另一处宅子，比武宅较小，倒很整洁。紫面绅士下马，早有仆役模样的人过来照应；俞剑平也都下了坐骑。二门内闯然出来一个金刚般的大汉，穿一身华服，大声说：“俞镖头请来了么?”举目一看，贺管事道：“这就是俞镖头、胡镖头……”

那大汉笑道：“幸会，幸会！我就是武胜文，久仰，久仰！请里面坐。”跟武胜文出来的，高高矮矮，还有六七个人，一看便知不是乡农。

镖行群雄细看这院子，小小四合院，旁通跨院，似有一块广场。正房三间全部通开，已摆好了席座；俞剑平看了看东西厢房，心中明白，这里大概是个学房兼练武场，一定也是武胜文的产业。

第四十章 武胜文代豹约期斗技 俞剑平闻讯惊悉仇友

镖行群雄到子母神梭武胜文巷前，武胜文把镖客邀到另一处小院，让进上房，宾主落座；口致寒暄，互相打量，跟着各叩姓名。镖客八人自俞、胡以下，都据实报告。武庄主这边，那六七位陪客或自称是乡邻，或自称是朋友，仅只报出姓来。胖瘦二老姓王姓魏，壮汉姓熊，美少年姓云，又一个姓霍，一个姓许，一个姓唐，也不知道这些姓是否可靠。但看相貌，这七个人都不像乡农，个个眉目间流露出英悍之气；不过全不是豹头虎目。飞豹子依然不露面。

青松道人记忆力最强，坐在客位，一声不响，用冷眼把对方陪客的姓氏、口音、相貌，暗暗记下。铁牌手胡孟刚是当事人，到此不由精神奋张，双眸闪闪，蕴吐火焰，好像一触即发。智囊姜羽冲紧紧傍着他，潜掣衣襟，不教他发作。

临来本有约定：和对方开谈，教俞、胡二镖头专讲面子话，做客气人；所有较劲、找真、装恶面孔、说威吓话，都归智囊姜羽冲和霹雳手童冠英出头；无明和尚、青松道人，这一僧一道，就预备在旁边，打圆盘，往回拉，以免当场弄僵，下

不得台；那义成镖店总镖头窦焕如和汉阳郝颖先就管保护俞、胡，预防不测。

究竟此事也和鸿门赴宴差不多，万一弄僵，敌人或有过分的举动，那时窦、郝就给黑鹰程岳、没影儿魏廉、童门弟子郭寿彭、九股烟乔茂等挨个传信，可以快速地勾引外援；以应急变。俞、胡在桌面上谈，黑鹰程岳等在院中站；马氏双雄和蛇焰箭岳俊超密率镖客，潜伏在庄外；老拳师苏建明与大众留守庙口。只要说翻了，蛇焰箭的火箭一发，不到半顿饭工夫，他们镖行大众立刻驰进火云庄，抄庄搜镖，捉拿武胜文，缉捕飞豹子。

镖客这边剑拔弩张，布置得如此紧张，哪知全用不上！

子母神梭武胜文献过了茶，刚刚请教完了姓名，不待镖客发话，就开门见山，劈头说道："久仰俞镖头的拳、剑、镖三绝技名震江南。在下当年也很好武，心里佩服得了不得。近年马齿加长，家务缠身，久已不练了；可是仰慕豪杰的心，越来越热。近听人说，俞镖头为查找他已失的镖银，光临敝县，在下很想借这机会，见见高贤……只嫌无因至前，又未敢冒昧。这几天，我有一个敝友，也是个好武的汉子，不知他从哪里得着一点消息，他说：'俞镖头如要访究镖银，他倒有个主意。'俞镖头，你老久闯江湖，也知道咱们江南有个白沙帮吧。白沙帮的势力，可以说南北闻名。我这敝友和白沙帮想来有个小联络。他也是渴慕俞镖头的武技，早想求见，苦于无缘。他得着这点消息，就打算亲访俞镖头，一来献策，二来求教。可是他又怕……怕人家错疑了他，说劫镖一案，他也知情，岂不是引火烧身？因此，没人介绍，他又不敢贸然求见了。"

武胜文接着说："日前他路过敝庄，跟我说起此事，我就怂恿他：'何不借此机会，结识一位朋友？俞镖头是当代英雄，眼神一定够亮，耳目一定够灵的；你怀好意前往，断不会无故多心的。'他听了我这话，还是犹疑；他说：'素少往还，无因至前，知人知面不知心；劫镖案情过于重大，人们的嘴若是随

便一歪，我可就讨不了好，倒跟着打挂误官司了。’他总这么迟疑不决，我也不好过于劝他。”

武胜文身材魁梧，声若洪钟；他手摇一把大折扇，在主位比比画画讲着，好像很直爽，胸无城府似的。众镖客看着他的嘴，相视微笑，都觉得他这个人看似粗豪，他这措辞太滑太妙了，简直教人抓不着一点棱角。

胡孟刚忍不住要插言，武胜文又道：“胡镖头，且听我说完了。……敝友在我这里住了几天，随后就走了，紧跟着……”向郝颖先一拱手道：“俞爷的令友郝颖先郝爷，还有那位白彦伦白爷，先后光临敝庄，我就对二位说起这事。如果俞镖头信得过敝友，我倒可以介绍介绍。敝友如愿意帮忙，把已失的镖银的踪迹代访出来；可是要求俞镖头赏脸，把拳、剑、镖三绝技当面指教一下，他好开开眼界。这是敝友的一点奢望，也是在下仰慕高贤的一种痴想。不知俞镖头近日寻访镖银，已有头绪没有？如已访出线索，那就无所谓了；假如还没有访实，那么敝友这番微意，倒很可以请诸位斟酌斟酌。他是很想攀交效力的，只要不招出意外的牵连来。”说完，目视俞、胡。

十二金钱俞剑平陡然站起来，纵声大笑道：“俞某的微能末技，想不到庄主和令友竟这么看重，我一定要献拙了。承问访镖的事，蒙江南武林朋友慨然相帮，早已访出眉目。访得此人姓袁名承烈，外号飞豹子，又名快马袁，乃是辽东牧场场主；大概也是谬闻俞某薄技，愿求当场一赛的，倒也不是志在劫财的绿林。我们连日踩探，恰已根究出他的落脚地点；不过这里面还关碍着当地一个知名之士，要动他，还有点投鼠忌器。但是案关国帑，刻不容缓。我们已经想好了法子，这就要按规矩去讨。不过，若有好朋友出头帮忙，或者献计代讨，我们仍是求之不得的。小弟的意见，是公私两面都要弄得熨帖，总以不伤武林义气为要。令友既有这番热肠，我十分感激；但不知这位令友贵姓高名？何不请来当面谈谈？根究镖银的话，也可以和令友当面商计，倒觉得直截了当。武庄主，尊意如

何呢?”

俞剑平眼冲武胜文一看，又加了一句道：“令友要敝人试献薄技，足见抬爱；要么就在此时此地，也都可以。何妨把令友请来一会?”又往在座陪客瞟了一眼道：“在座的令友，也有愿赐教的么?”

俞剑平的话宛如巨雷，直截了当的发作出来。姜羽冲、胡孟刚、童冠英、郝颖先都知他平日最有涵养，如今也燃起少年的烈火来了。

武胜文始而一震，旋又大笑。那姓魏姓王的两人也都一动，互相示意。那美青年就冷笑了一声，要起身答话，被那姓许的陪客拉住了。武胜文忙把大指一挑道：“俞镖头名不虚传！俞镖头，我刚才说的，句句是实言。领教俞镖头三绝技的心，在下我和敝友正是相同；不过真要献身手领教的，却只有敝友。我不是说过了，在下本是武林门外汉，早年纵然练过，可惜学而未精；现在更完了，全就混饭吃了。我们可以这样定规……”掐指算了算，面露疑难之色，向王、魏二老那边凑过去，低声议论。那美青年此时突然立起来，以清脆的语调说道：“俞镖头，你如肯把你的拳、剑、镖三绝技当面赐教，后天一早，请你到北三河湖边一会，你看可好?”

铁牌手胡孟刚登时跳起来，前凑一步，双目如灯道：“后天一早？后天一早，你敢保教那飞豹子准时到场么?”美青年斜睨一眼，冷冷一笑道：“什么豹子不豹子，我倒不晓得。后天一早，准有人在那里，和你们镖行答话就是了。”铁牌手盛气虎虎，叫道：“那是什么话，我们找的不是你！”俞剑平剑眉一挑，急一横身道：“二弟且慢。”姜羽冲伸手把铁牌手拉着坐下。俞剑平转身对青年抗声道：“好！既承定期，大丈夫一言为定，阁下贵姓？在下愿闻大名。飞豹子和足下是怎么称呼，你阁下可否见告?”回首指着众镖客道：“这都是自己人，说出来敢保无妨。”

青年也抗声道：“后天一早，一言为定。在下行不更名，

姓云名桐。……”俞剑平紧跟一句道：“我还是请教，飞豹子是阁下什么人？”

青年道：“大丈夫四海之内皆兄弟也。我跟他就算是慕名的朋友，和足下一样。”

说这话时，武胜文变色欲拦，已经拦不住了。镖客这一边犹恐对方变计毁约，姜羽冲忙又挤上几句道：“武庄主，当着这些朋友，我们讲的都是桌面上的话。刚才云朋友定规的见面日期，可能算数么？”

武胜文忙全盘托住道：“请尽管放心，我们的话不管谁出口，有一句是一句。”说罢忙跟这二老一少重凑在一处，低声商量。最后由武胜文当众说道：“后天一早，敝友准时到场。不过我们处处得按武林道的规矩办，中间不许官面出头横搅。俞镖头乃是江南知名的英雄，这一点请你答应了，我管保敝友就是天塌了，也不爽约。”

俞剑平奋然道：“那是自然。”原打算教姜羽冲、童冠英出头做脸，现在事事不由人算，仍由俞剑平直接订约了。而且三言两语就定了局，并没有多费唇舌。

末后，镖客这边仍由智囊姜羽冲、霹雳手童冠英、窦焕如三人，和对方的二老一少，协议后日会面的步骤办法。讲定以武会友，当事人之外，双方都有观光的朋友；拳、剑、镖三绝技，当场领教；兵刃暗器随便使用。不过，这些全按镖行较技讨镖的路子走，武庄主担保飞豹子届时到场；俞镖头担保只由镖行出头，决不借助官势。临期得由双方派人巡风，以免惊动地面。

当下，双方的代表磋商细节，俞剑平和武胜文另换了一副面孔，客客气气，讲起交情话来。少时酒席摆上来，八个镖客分为三桌，连童门弟子郭寿彭、俞门弟子程岳、没影儿魏廉等，也都邀入座席。武胜文与那美青年、胖瘦二老、姓熊的壮汉，还有别位陪客一齐就座。

俞剑平笑道：“武庄主何必这样客气？”

武胜文道："诸位远来，理当共谋一醉。"吩咐一声敬酒，仆人早在每人面前，斟好一杯清酒。武胜文忙将俞、胡面前的酒杯先端过来，浅尝了一口，掉杯换斟，赔笑说道："这是一杯村酒，滋味还好，诸位将就喝一些吧。"

俞剑平笑了笑说道："武庄主太见外了，这不是鸿门宴，谁还信不过谁。"窦焕如和武胜文先本认识，就接声笑道："我们武庄主不卖蒙汗药，来啊，我们一块儿干一杯吧。"宾主举杯一饮而尽。

主人殷勤相劝，俞、胡、姜三镖头和到场诸友，各饮了三杯酒，略吃几口菜，互递眼色，相偕站起来，道谢告辞："诸位，我们后天再见！"武庄主亲送到巷口外，镖客拱手谢别，走出十数步，纷纷上马回庙。子母神梭忙把飞豹子请出来，商量怎么赴约。

镖客一行宴后归来，九头狮子殷怀亮、马氏双雄、夜游神苏建明，都争着询问赴会的结果如何。俞、胡答道："飞豹子还是没露面，但已订好约会，后天傍午在北三河湖边相见。"转问黑鹰程岳、九股烟乔茂等人道："你们在院内巷外，可曾见什么异样人物没有？"

没影儿道："巷内巷外，人出人进，他们的人埋伏不少。"黑鹰程岳和郭寿彭说："请客的院内似有别门，通着邻院，厢房里瞥见一人，戴着墨镜，窥探我们。"

俞、胡、姜道："这个人我们都看见了。"跟着又说道："别管他，我们先办正事。"先遣几个青年镖客在庙外巡逻，一些老手就在药王庙赶忙布置。派急足传书，知会各路；要调集群雄，借此一会，向敌人讨出真章来。一面又忙着备马，即刻派人驰往北三河，查勘地势，然后大家一起奔北三河去。

但这火云庄地方，仍要留下几个硬手；万一赴会不得结果，便要不惜翻脸，围剿子母神梭武胜文的家了。这次纵没有抓住武胜文通匪的确证，但汉阳郝颖先等已发现了两处秘密隧道，潜通着武宅。除了叛逆、教匪、剧贼、窝主、作奸犯科，

一般良民富户，岂有私掘地道的？这正好拿来威吓武胜文，到吃紧时，可以借此逼献飞豹子的行踪，也可以借此报官，搜剿武氏私宅。子母神梭初见面时，小看了郝颖先，口角上曾经大肆讪嘲。哪知道汉阳打穴名家并非浪得虚名，子母神梭密筑的三股地道，竟被郝颖先勘破两处。

大家商量完，忙忙地换班吃饭，预备上北三河查看斗场。忽有一匹马，从宝应县城如飞奔来。巡逻的镖客忙迎上去；原来是振通镖局镖客金枪沈明谊。他跑得浑身是汗，走进庙来。胡孟刚抢上前问道："沈师傅，有什么事？"

沈明谊不待问，面对俞剑平急忙报道："俞镖头，您的夫人俞大嫂已经快到宝应县来了；还同着一位姓肖的武官、一位姓黄的先生，还有一位姓胡的客人，是个瘸子。大概明天赶不来，后天一准赶到。"在座群雄道："哦，俞夫人亲身来到，必定有很好的消息。这位武官是俞镖头的师弟，这位瘸子是谁呢？"

十二金钱俞剑平乍听也是一怔，想了想道："她明、后天才能到么？这位武官是我们的九师弟，叫作肖振杰。这姓胡的又是哪个？既是残疾人，邀来做什么呢？"

沈明谊接过一条热毛巾，把脸上的汗拭净，又含茶漱口，精神一爽，这才说道："有好些要紧的话哩。这位姓胡的瘸子，据说也是您的一位师弟，名字叫胡什么业，我给忘记了……"

俞镖头矍然道："哦，我想起来了，不错，他叫胡振业，是我的五师弟。是的，由打六七年头里，我听人说，他得了瘫痪病，已经告病退隐还乡；可惜路远，我也没去看他，此刻他想必是好了。他倒出来了？……沈师傅，内人有什么话捎来没有？"

沈明谊道："有话。俞大嫂来得很慌张，她是从海州绕道邀人去了。据说她已经得知劫镖大盗飞豹子的切实来历。她说，这飞豹子不是外人，实在是你老当年已出师门的师兄，叫作什么袁振武……"

俞剑平大惊道："什么？袁振武？我的师兄？"

沈明谊道："不错，是叫袁振武，说是您从前的大师兄。"

俞剑平脸上倏然失色，道："飞豹子就是袁振武？飞豹子叫袁承烈呀！……承烈、振武，字义相关。哼！一准是他了！奇怪！奇怪！沈师傅，内人当真是这么说么？她从哪里得来的消息呢？"

在座群雄也一齐大诧，道："怎么，俞镖头还有一位师兄么？没听说过呀。"

俞剑平眉峰紧皱，喃喃自语道："不能，不能！袁振武袁师兄早死了，他不能……难道他又活了，他莫非没有死？"

那铁牌手胡孟刚尤其惊异，连声问道："俞大哥，你不是你们丁老师的掌门大弟子么？怎的还有一个师兄？你还拜过别位老师么？"

苏建明道："俞贤弟，你不是还有一位郭老师么？"

智囊姜羽冲只表惊异，暂未开口，这时方才发话道："俞大哥，这位袁振武可是你丁门的大师兄？是不是贵门中，有过废长立幼的事？"

俞剑平把眼一张道："唔，可不是！的确有这一位袁师兄，却不是大师兄，是我的二师兄。"

智囊姜羽冲坐下来道："我明白了，你们师兄弟平日的感情如何？"

俞剑平摇了摇头，手抚前额，忆起旧情，对这纷纷致诘的群雄，茫然还答道："诸位等等问我，让我想一想。……真是的，袁振武袁二师兄，我早听他身遭大难，杀家复仇，人已殁世的了，是怎么忽然复活？我又没得罪他，劫我的镖，拔我的镖旗，这是怎么说？……"

俞剑平的确有这么一个二师兄，并且当年曾在鲁东"太极丁"丁朝威门下同堂学艺。师兄弟的感情虽然不恶，但因师尊年老，封剑闭门时，偏爱俞剑平的性情坚韧，不满二弟子袁振武的刚锐性格，公然越次传宗，把掌门弟子的薪传，交给三弟

子俞剑平了。

那时俞剑平的名字是叫俞振纲，字建平；并且那时候，俞剑平的夫人、太极丁的爱女丁云秀，年方及笄，待字闺中；生得姿容秀丽，性又聪明，也懂得本门武功。那时候，袁振武元配发妻已死，正在断弦待续；从那时他便有意，打算自己艺成出师，就烦冰媒聘娶这个师妹。哪晓得丁武师竟越次传宗，弄得袁振武在师门存身不住。旋又看见这娇小如花的师妹丁云秀姑娘，终以父命，下嫁给俞振纲，而且是招来入赘！袁振武性本刚强，俯仰不能堪，终而借词告退，飘然远行，出离了师门。当时同门诸友盛传他已负怒还乡，从此要退出武林，不再习技了。

这样子，俞剑平对这袁师兄，本无芥蒂；这袁师兄对于俞剑平，难免不怡，也是人之常情。光阴荏苒，一晃十年，俞剑平夫妻到江南创业，忽闻人言：袁师兄已经凶死。……

在他故乡直隶乐亭地方，原有一个土豪，善耍六合刀，力大胆豪，和一个吃荤饭的秀才勾结起来，武断乡曲。袁振武的父亲是乡下富户，人很良懦，无势多财。每逢村中摊钱派役，抓车输粮，袁财主照例必被强派大份。又如乡间祈雨演戏，捐金修桥，袁财主更是吃亏；饶多破费，还要受人奚落。袁老翁为此生了一口闷气，豁出钱来，命长儿袁开文读书应试，命次子袁振武投师练拳，不为求名谋官，只为守护家产。

到后来，袁开文果然考中秀才，无奈他为人老实口讷，仍不能争过气来。等到袁振武练出武功，他为人却很勇健；回家之后，借端把土豪暴打一顿，替父亲出了一口恶气。既在师门传宗落伍，他就一怒引退，改名浪游，到异乡遍访武林名手，别求绝技。数年后，听人传说，袁振武家到底受了那个土豪的害，袁老翁活活气死了。袁振武闻耗奔丧回家，据说虽将仇人弄死，他自己被人群殴，也当场惨毙了。这是早年的话了。

现在事隔多年，这袁师兄已经死过的人，蓦地又复活了。二十余年声息不闻，想不到他一个富家子弟，竟做了强盗。更

想不到做了强盗，指名要劫去师弟的镖！

沉勇老练的俞剑平回忆前情，不由嗒然失神；坐在椅子上，叩额沉思，悄然无言。群雄看着他，喁喁私议，候听下文。

那个报信来的金枪沈明谊，分开众人，走到俞剑平面前，叩肩说道："俞镖头，嫂夫人还带来话，教您不要着急；她邀妥了人，立刻就要赶来的。她说，袁师兄埋头多年，突然出现，必有惊人出众的本领和强劲的帮手，教您千万不可轻敌。她说，她因妇道人家骑马不便，已经坐轿赶来。教您等着她，不见她的面，千万不要动手讨镖，千万不要和飞豹子见面！"

俞剑平似听见，似听不见，只唯唯诺诺地答应着；双目凝空，陷入深思，口中翻来覆去地诵念道："后天，后天！……"手指在那里掐算道："十五年，十六年，二十年，……呀，整整三十年了。……"镖行群雄道："你老说什么？"

俞剑平把精神一提，道："是的，整整三十年。……人死了，又活回来，可是的，这三十年，他上哪里去了？我没有得罪过他，他贸然出头，无端寻找我来……"

胡孟刚瞪大了眼，向俞剑平不住盘问；俞剑平未遑置答。他就转身来问沈明谊道："这飞豹子怎么会是俞大哥的同门师兄呢，靠得住么？是俞大嫂亲口告诉你的么？"

沈明谊道："千真万确，的确是俞夫人亲口说的，还会讹错么？"

胡孟刚搓手道："我就从来没听说过。喂喂，俞大哥，是真的么？"

俞剑平信口答道："是真的。"胡孟刚又问道："这飞豹子真是你的大师兄么？"答道："不是大师兄，是二师兄。"马氏双雄道："那么你呢？"老拳师三江夜游神苏建明道："你不是文登太极丁老前辈的掌门弟子么？"

俞剑平道："是的，我在师门，名次本居第三；我们老师是越次传宗的。"苏、马互相顾盼道："哦，你们大师兄呢？"俞剑平道："他因故退出师门了。"

苏、马道："那就莫怪了！这飞豹子一定是你二师兄，反倒落后了，你把他压过一头去，是不是？"

俞剑平变色点头道："咳，正是！"又道："你们先别问，让我仔细想想。若真是袁师兄，他的性情最滞最刚，有折无弯，寸步不肯让人的。这镖银就更麻烦了……"

众人闻言，越发耸动。俞剑平沉吟良久，面向沈明谊道："内人说她明天准赶到么？"沈明谊道："是的，大嫂说，至迟后天必到。"

俞剑平皱眉道："偏巧是后天的约会，要是后天她赶不来呢？"

沈明谊道："大嫂千叮万嘱，教您务必等她来到，再跟飞豹子见面，千万不可跟他硬斗……"

那霹雳手童冠英将桌子一拍，笑道："好关切呀！俞贤弟有这么好的一位贤内助，还怕什么豹子？就是虎，就是狼，又该怎样？你们看，人家两口子联在一块，足够一百岁出头，还这么蜜里调油，你恩我爱，你等我，我等你！……喂，不是劝你别着急么，你就别着急；不是教你等着吗，你就老老实实等着。好在咱们的约会在后天，俞娘子赶到也在后天，这不正对劲么？就是差一半个时辰，还支吾不过去么？俞贤弟，你还发什么怔？咱们擎好就结了。"

在座群雄忍俊不禁，纷纷欲笑；可是俞镖头待人和蔼，性格却是严整的人。众人觉着失笑无礼，忙忍住了。

童冠英不管这些，仍盯住道："俞贤弟，说真格的，偌大年纪，用不着脸红。你把令师兄飞豹子的为人行径，先对我们讲讲；我们也好因人设计，合力对付他。后天约会不是就到么，你何必一个人发闷？凭我们江南武林这么些人，还怕他来历不明的一个豹子不成？到底你们是怎么个节骨眼，难道就为越次传宗这一点，搁了二三十年，还来捣乱？还是另外有别的碴，受着别人架弄，有心和咱们江南武林过不去呢？"

俞镖头看了霹雳手一眼，道："我也是为这个不很明白。

不知内人从什么地方，查出他的根底来。且既已知根，想必访出他的来意。沈师傅，你来的时候，可听内人说过么?”

沈明谊道：“我并没见着嫂夫人，只是听她留下的话。大概这飞豹子有点记念前隙，还嫉妒俞镖头金钱镖的大名，方才出头劫镖拔旗。听说不止令师兄飞豹子，还有辽东三熊等许多别人，跟江北绿林也有勾结；势派够大的。若不然，他也不敢劫夺这二十万盐镖。我看还是等嫂夫人来到，问明真相的好。”

郝颖先插言道：“这是不错的，晓得症结，才好对症下药。这究竟是飞豹子自己寻隙，还是受别人唆使，必须先弄清楚了，方好相机化解。”

俞剑平道：“只是会期已定，我们必须如期践约。内人怎么不把详情全传过来呢?”胡孟刚道：“大嫂怎知道只有两天的限!”智囊姜羽冲道：“我们一面准备赴约，一面等候俞大嫂；现在俞大哥先把令师兄的为人对大家讲讲吧。”

俞剑平微喟一声，按膝长谈，把三十年前的旧话重抖搂出来。

俞剑平回想当年，带艺投师，拜到太极丁朝威门下；他自知后学晚进，技业太低，一向力持谦退，尊师敬业，礼待同门，谁也没有得罪过。现在这二师兄飞豹子，于三十后蓦然出世，劫镖银，拔镖旗，匿名潜踪，专向自己挑衅；这还有别的缘由么?不用说，自己横招他不快的，只有越次传宗那件事了。但是当年越次，纯出恩师独断，本非自己营求而得，而且出于自己意料之外。

那时候自己年幼孤露，饱尝艰辛，承郭三先生荐到丁门，苦于性滞口讷，只知埋头苦练，不会哄师父，哄师兄，哪知反由此邀得丁老师青目。丁老师那么刚愎的脾气，自己一个没嘴葫芦，反倒过承器重，好像师徒天生有缘似的。不久，大师兄姜振齐一时失检，侮慢了邻妇。师父震怒，将他逐出门墙。袁师兄便以二弟子代师传艺，俨然是掌门高弟的样子；不但袁师兄以此自居，同学也多这样承看。

过了几年，不知何故，恩师对袁师兄外面优礼如旧，骨子

里疏淡起来。于今追想，必因他脾气刚傲，老师也脾气刚傲，两刚相碰，难免不和了。未几，丁老师封剑闭门，广邀武林名辈，到场观礼，忽在宴间声说，同时还要授剑传宗。道是："有长立长，无长传贤，三弟子俞振纲资性坚韧，钱镖打得最好！……"竟突然把自己提拔上去！

那时群雄骤闻此说，无不惊讶；就连俞剑平自己，也震骇失次。恩师这番措置，自有深心，乃为同门小师弟打算；说自己性情柔韧，很得人心。袁振武师兄性情强拗，处处要出人头地，缺少容让之心；恩师想必怕他挟长凌压同门，就这么废长立幼，把袁师兄按下去了。

可是恩师丁朝威当日并不那么说，他废立的理由，是借口"金钱镖法"。本门三绝技，拳、剑、镖并重，尤其看重"钱镖打穴"。说师祖曾留遗言，太极拳、太极剑，已有次门，三门广传弟子，足可昌大门户；唯金钱镖飞打三十六穴，只有本门长支独擅，发扬光大，全在本门。师祖亲留遗训，再三致意。三弟子俞振纲镖法颇精，故此立为掌门弟子；二弟子袁振武，屡经督促，奈他性急，不喜暗器，也就无可如何。丁老师说了这话，遂当众传宗赠剑，把衣钵传给俞振纲。大庭广众之下，实在太教袁师兄难堪。

袁师兄当日不露形色，反满脸赔笑，情甘让贤。但在两三月后，他忽称老母抱病，告退北归，从此飘然远行，永离师门了。他自然抱恨极深！况且俞剑平自己拜入师门既晚，袁师兄久以掌门高足自居；今一旦易位，在自己固无争长之心，在袁师兄岂无落伍之怨？那么，他现在大举而来，正是为了雪耻修怨，毫无可疑的了；或者也许受了草野豪客的挑拨，特意替别人找场，也是有的。

这是俞剑平回溯前情所加的推测，但只测出一半罢了。他再也猜不出，除了争长，还别有一种难言之隙。他们袁、俞之间，还有"妒婚"的宿愤。这只是俞妻丁云秀当年略有一点觉察。彼时她虽是个小女孩子，可也觉得袁二师兄对己似乎有

意；可是旧日女孩子，也不能往深处想。并且袁师兄为人刚直，对师妹虽怀眷爱，仍然以礼自持，形迹上没有深露。

这样，在飞豹子可谓既失衣钵之薪传，又夺琴剑之眷爱，对俞剑平抱着两种隐恨，俞剑平怎能体验得出？袁振武又十分要强，不愿明面捻酸，只在暗中较劲，终于怒出师门，别走异径去了。到三十年后的今日，他卷土重来，已将别派武功练到登峰造极。昔日丁老师曾经指出他心浮气傲，习武似难深入，将来恐踏浅尝而止、炫才过露的毛病。飞豹子为了这句话，咬定牙关，忍而又忍，也往坚韧一点上做去；寻求名师，苦心励志，受尽多少折磨，终借一激，别获成就。

丁门以点穴成名，他苦学打穴；丁门以钱镖蜚声，他苦究破解钱镖之法。他把一根铁烟袋，造得铜锅特大，天天教门下弟子拿暗器打他。他或磕、或躲、或接，居然费了十多年工夫，终于练得能接能打任何暗器了；而且是敌人暗器一到，他能立刻就接，立刻还打。他定要寻找十二金钱俞剑平，和俞一斗，借此印证丁老师的预断，到底把他料透了没有，到底他是心浮气躁不是！他憋着这口气，足足过了三十年，今日该发泄了。

在高良涧、苦水铺，他已和俞剑平潜踪一试，俞剑平却很不知情。在鬼门关前黑夜比斗，飞豹子潜藏于半途中，拦路尝敌；在暗影里先和俞剑平交手。俞剑平钱镖七掷，竟全被他接打过去。他这才仰天一笑，心满意足。他以为俞剑平的伎俩不过如此，他这才和子母神梭武胜文商定；由武胜文出头，代向俞氏订期会见，由暗斗转为明争。他既经尝敌，确知自己敌得过俞剑平，确知自己立于不败之地，然后才挑明了帘。这就是他三十年来，受尽折磨，练出来的深沉见识；与当年的一团火气迥乎不同了。可是他的性情仍然那么刚，那么暴。

俞剑平把飞豹子袁振武被废的经过，和素日的为人，向在场武师约略说了。他又道："袁师兄一离师门三十年，声息不闻，山东江南河北久传他已死。不想现在突然现身，竟率大众劫镖银、拔镖旗、题画留柬，指名找寻我；做得这样狠，显见

他是要在我身上，找补三十年前那口闷气了。回想当年，实在是家师溺爱我这不材子，处置失当了。我们几个同门素日都怕袁师兄，一闻废立，都惴惴不安。内人在那时以师妹的地位，也曾极力圆场，劝过家师多少次，家师只是不听。后来袁师兄告别出师，内人又私抄下一本剑谱，交给我和胡振业五师弟、马振伦六师弟；暗嘱我们三人假传师命，赠给袁师兄，稍平他的郁忿。无奈他乘夜悄行，先走了一步，我们赶了一程，没得追上。我们三门师祖左氏双侠要把他继承到三门去，教他做掌门徒孙，他也谢绝了。我们二门师叔李兆庆背地里就说家师：'你当众立废，是怕日后同门争长；可是这样一来，自然不争长了，难免日后袁、俞结怨。'我们先师的脾气十分骨鲠，不听人劝，他说：'我是为小徒弟打算，一秉至公。'到现在，三十年都脱过去了，偏偏我已经封刀歇马，袁师兄终于找到我头上来；而且弄了这么一手，要多辣有多辣！说实在的，我在师门本是后进，我对袁师兄始终尊敬服从；我们两人间一点嫌隙也没有，只有废立这一件事伤着了他。前人种因，后人食果；先师过于看重我，把本门薪传交给我，也把苦恼留给了我。袁师兄的脾气何等刚决！他不出头便罢，既已出头，就不惜破釜沉舟。二十万镖银非同小可，怕我一剑、双拳、十二金钱，终非他那支铁烟袋的对手啊！"

众人听了，无不咋舌，武进老拳师三江夜游神苏建明喟然叹道："那就莫怪了！你当日入门在后，武功逊色，令师把你提拔上去，压过他一头，即此一端，已树深怨。何况你们师徒又成了翁婿，他更以为师门授受不公了。"

俞剑平默然不答，马氏双雄忙道："苏老前辈，你老这可猜错了。我们俞大哥乃是先接掌门户，后来才入赘师门的。"

胡孟刚道："对的，俞大哥实在是传宗在前，联姻在后。"

霹雳手童冠英笑道："反正是一样，东床娇婿变成掌门高足，掌门高足变成东床娇婿，颠颠倒倒，互为因果。想见俞贤弟那时在令师门下，丰采翩翩，深得宠爱，然后才赢得师妹下

嫁，可羡艳福不浅！那飞豹子定是个没度量、有气性的人，看着眼热，一准肚里憋气的。于是乎三十年前俞公子师门招亲，三十年后俞镖头拔旗丢银。这也是因果啊！你就别怨令师吧。”呵呵地笑起来了。

俞剑平笑道：“我们童二哥这两天啃定了我，要和我开玩笑，真是老少年兴味不浅！无如我结记着这二十万盐镖，实在提不起高兴来啊！”

青松道人看出俞剑平闷闷不乐，遂说道：“我看飞豹子也算不了什么昂藏人物。常言说：‘疏不间亲’，人家丁、俞既是翁婿，他在丁门不过是师徒，如此怀妒，也太无味了。”

童冠英仍笑道：“有味！冲这怀妒二字，就很有味。”

九头狮子殷怀亮道：“怀妒也罢，衔恨也罢，可是这飞豹子既然心怀不平，怎么整整三十年，直到今天，才突然出头？这也太久了，他早做什么去了？”

青松道人道：“这个，也许此公早先武功没有练好，自觉不是十二金钱的敌手，造次未敢露面。我说无明师兄，你看可是这样的么？”

无明和尚素来贪睡，打了一个呵欠道：“恐怕这位飞豹子怀着乘虚而至的意思吧！他料定施主忽然退隐，把镖局收市，必是老迈不堪，这才拦路欺人。”

汉阳郝颖先点头道：“这也许是有的。但是他若这么料事，可就错了；我们俞仁兄年虽望六，勇健犹似当年。只怕这飞豹子昔在师门，武功逊色，被俞仁兄压过一头；今当三十年后，俞仁兄仍未必容他张牙舞爪吧。”

无明和尚道：“究竟这飞豹子有多大年岁了？”俞剑平道：“袁师兄大概比我大三岁，今年他也五十七岁了。”

郝颖先道：“到底这事情有点奇怪，怎么隔过三十年，他早不来找场？怎么隔过三十年他还不忘找场？”

白彦伦道：“而且他找场，偏偏择了这么一个时候，偏在俞大哥歇马半年之后，偏劫官镖，这又是什么讲究？”

智囊姜羽冲道："这倒不难猜测，我看他这是毒！他一定看准了这二十万盐镖，数目太大，料想俞老哥就是要赔，也赔垫不起；他才猝然下这毒手，无非是做案贻祸不留余地罢了，可就教胡二爷吃了挂误了。至于他早年为什么不来，这也可以推测得出。据我们现在得到的各方消息，已知飞豹子是从辽东来的；他本在边外开着牧场，他就是辽东有名的寒边围快马袁。他并非绿林，也不是马贼。"

说到这里，座间突有一人问道："寒边围不是快马韩么？怎么又出来一个快马袁，怎么快马袁又是劫镖的飞豹子呢？"这问话的是蛇焰箭岳俊超。俞剑平转顾马氏双雄道："马二弟、马三弟，你可知道这快马袁、快马韩是怎么一回事么？"

二马摇头道："我们也只听说过辽东长白山寒边围有个快马韩叫作韩天池，这是几十年前的老辈英雄了。他是个流犯，遇赦免罪，不知怎的，发了一笔大财，在寒边围一带，大干起来；招纳流亡，开荒牧马，掘金寻参，在当地称雄一时。他在他的牧场边界，遍植柳条，作为地界。人们一入柳条边，就得受他的约束，遵他的王法；以此许多亡命之徒在关内惹了祸，都逃到他那里去，做逋逃薮。他是个杀人不眨眼的魔王。他这人肚里很有条道；气量很大，胆子很豪，颁的规约很严。人人都怕他、听他。官厅就不敢到他的地界里拿人，可是他的人也不许出界作案。他是有犯必诛，一秉大公；故此人虽怕他，不能不服他，他居然成了一方豪杰了。"霹雳手童冠英道："这人分明是个土豪。"二马道："说是土豪也可以，说是土王也可以。他本以贩马起家，马上功夫很好，故此人们送他一个外号，叫作快马韩，又叫韩边外，倒没听说有这么一个快马袁。"

老拳师苏建明笑道："你说的全是三四十年前的旧话了。快马韩若活着，足有一百多岁了。咱们说的是现在。"二马道："现在么，我们虽到过辽东，可没听说有这么个快马袁。"

智囊姜羽冲眼盯着青年壮士于锦、赵忠敏，看二人的神情，分明知道，可是智囊当着人不敢问，于是转脸向俞剑平示

意。俞剑平也不肯问，因为以前曾误疑过于、赵。又明知于、赵与飞豹子相识，当然不能率然出口了。

于锦、赵忠敏因众人以前曾疑他给飞豹子做奸细，后将一封私信当众打开，众人疑心顿释；可是于、赵心中生气，立即告辞要走。经俞剑平再三慰解，一场误会纵得隔过去，于、赵从此恍如徐庶入曹营，一言不发了。胡孟刚瞪着大眼，看定于锦，也有心要问问；于锦把脸色一沉，露出不屑来。胡孟刚也噤住了，可是非常暴躁，不住地骂街，骂飞豹子不是东西。众人拦他道："劫镖的是俞镖头的师兄啊！"

松江三杰说道："众位也不必猜议了。反正俞夫人一到，飞豹子的行藏必无遁形。现在我们应该怎样呢？是等俞夫人，还是照旧准时践约？要是践约，我们该打点走了。"

俞剑平迟疑道："我打算还是准时践约。不过，既知飞豹子就是我们袁师兄，不能不多加小心罢了。这一来，向他讨镖，还得另想措词的了。"说时目光一瞬，看了看胡孟刚道："我要请问袁师兄，我们师门不和，你可以单找我说话，不要连累了朋友。"俞剑平言下面露怅惘，微有难色；他实在愿候妻子到后再去践约，借此可以知道袁师兄身边都有些什么样的人物。袁师兄本是一个富家子弟，今于三十年后，忽然做大盗，劫官帑，犯着很重的案，保不定他已步趋下流，受宵小蛊惑，真个投身绿林了。若能获知袁师兄三十年来的景况，便可推断他的劫镖本意，也就可以相机应付了。

俞剑平眼看着胡孟刚、智囊姜羽冲；姜羽冲就眼看着俞剑平，说道："俞大哥，我们不必犹豫了，我们就这么办。此刻还是径奔北三河，一面准备践约，一面等候嫂夫人。等到了更好；等不到，我们就届时相机支吾，这是最周全的办法。武胜文指定的那个会见场地，我们必须先期看明。与其派人去，不如俞大哥亲自去一趟。"大家都以为然。

郝颖先道："索性我们全去吧。我们在这里，瞎猜了一会儿子，未免是议论多，成功少。"这些武师们嘻笑道："郝师傅

又掉文了。”

俞、胡、姜三人立即打点，和老少群雄或骑或步，前往北三河。并派出许多人，把各路卡子上的能手，尽量抽调，请他们一齐集会斗场。就是四面的卡子，也往当中缩紧，以北三河、火云庄为中心，打圈兜挤过来。现在仍依本议，凡是硬手，各卡子最多只留一人，其余一律克期奔赴北三河。

俞、胡并请金枪沈明谊仍辛苦一趟，去催俞夫人；不必再上火云庄来了，也请她径赴北三河。并告诉俞夫人，此间已与飞豹子定期会见，请她速到为妙，无须转邀能人了。因这里急等她来到，好由夫妻二人齐以同门谊气，向飞豹子索讨镖银。商定，镖行群雄又一阵风的奔北三河去了。

这是镖客方面的动静，火云庄子母神梭武胜文那边，把个飞豹子劫镖大盗窝藏在自己家中，也情知事情闹大，可是他也有他的迫不得已。他们此时自然更忙；散宴后，人出人进，邀这个，找那个；探这个，窥那个，人人脸上神情紧张，不知秘密的做些什么。

火云庄东药王庙内，还有几个镖客流连未走。武胜文这边不再派人前来窥伺；也不打着乡团旗号，再来盘诘他们了。留守镖客自然觉得诧异。殊不知俞、胡、姜三人策马一走，这边潜踪隐名的飞豹子，和代友延仇的子母神梭，立刻就知道了动静。于是由飞豹子起，他们散在各处的党羽，和那个美青年雄娘子凌云燕，立刻先一步，也秘密地到了北三河。

十二金钱俞剑平蒙在鼓里，不深知敌情；飞豹子那边却是据明测暗，情形不同。把俞、胡身边的动静，探得巨细皆知，而且俞剑平生平以拳、剑、镖三绝技自负，曾经打遍江南北，未逢敌手；飞豹子今与俞氏定期在北三河相会，好像有点冒险决斗，决胜负于一旦似的。其实不然，飞豹子此时早有了必操胜券的把握。此次往北三河赴会，飞豹子早已断定，凭自己一支烟杆，必抢上风；就不抢上风，也可以打个平手，自己稳立于不败之地。

固然，他们师兄弟结隙已有三十年之久。在这三十年中，飞豹子挟忿争名，苦练拳技，自知功候与日俱增；但是他会苦练，又怎敢担保俞剑平不会苦练？那么，飞豹子何以有这十成十的把握，敢和俞氏当众明斗呢？万一失败，自己又怎么收场呢？

在起初，飞豹子奋起辽东，乍到江南寻衅时，他确是一股锐气。积累了三十年的愤郁不平，真有立即登门，立即交手，立即将俞剑平打倒的气概。然后乘胜仰天一笑，说一声："到底谁行谁不行？"丢下狂话，拔脚一走；把俞氏的金钱镖旗摘去，从此勒令姓俞的不准再在武林耀武扬威。

飞豹子他确是抱这决心，他的谋士帮手纵然苦谏，他也不听，他一定要这样做。他斩钉截铁地说："姓俞的武功，我是深知。姓俞的自涉江湖，一帆风顺；他的功夫就算天好，可是他身处顺境，日久也易于搁下。"

飞豹子又道："他哪能比我？我飞豹子自闯荡江湖起，哼，也不说闯荡江湖起吧，我打由二十七岁，负气离开丁门，我就没有经过半天顺心的事。我受尽了折磨、顿挫、辛苦、艰难，人世间的憋气，挨蹶的滋味，让我一个人尝饱了。我如今整整苦历三十年，就凭我两只胳膊，一颗心胆，闯出长白山半个天下来。诸位朋友，你们知道我都受了些什么？你们只看见我现在一呼百诺，响遍关东了，你们知道我早年都受了些什么？"

飞豹子虎目怒睁，对手下帮友道："咱们不说别的，单说功夫吧。你们看我什么暗器都会接，都会打，你们可知我怎么得来的呀？常言说得好，来的容易，去的模糊。反过来说吧，来的不易，把握的就牢靠，你们全明白这个道理吧！"

飞豹子道："我为了学打穴，光跑冤枉腿，就走了好几省，磕了无数的头，耗了十几年工夫。朋友，这'十几年'三个字，一张嘴就说出来；你要受受看，别说十几年，就是十几个月吧，哈哈！"大眼珠带着激昂骄豪的神气来。他又说道："我同时学接暗器，学打暗器，这又是十几年。一共十六年的苦学，三十年的苦练。……唉，什么三十年，简直一辈子。你们

看，我今年快六十了，我有一天停练没有？”

袁振武又恶狠狠地说道：“姓俞的他可不然了！人家，哼！人家从在师门，就很得宠；没出师门，又娶了好老婆。出了师门，又干镖行，干镖行的有同门同派的朋友帮助，又有前辈提拔。……我姓袁的是什么？我敢说，一个人的光也没沾着。你想呀，我把名字都改了，连姓都差点换过；旧日的朋情友道，我自己全把它剥光。我从二十七岁起，赤裸裸光杆一个人，干，干！……我好比重死另脱生；他比我，他也配！我一步一个苦，人家一步一个顺。人家一个劲的顺心、顺手、顺气，自然得意已极，就免不了忘掉人世艰难。我敢说他的功夫练得未必扎实；就扎实，今日也必然早搁下了。你想，他都成了名镖头了，他还肯起早晚睡，像我这样自找罪受，自找苦吃么。我敢保他现在必不如我……”说罢，虎目一张，把铁烟袋狠狠一磕，顺手又装上一袋。

这是飞豹子初入关的豪语，也是实情。但他这实情，只看清一面，就是只看清他自己这一面，他却不晓得俞剑平那一面。在这三十年来，俞剑平也没一天放松了心，放松了手。他干的是镖行，乃是刀尖子生涯；固然凭人缘，靠交情，仍然依仗真实本领。在这三十年间，俞剑平也和飞豹子一样，起早睡晚，时刻苦学、苦练，未敢一日稍休。飞豹子日日教他的门弟子，拿暗器打他自己；俞剑平也日日教他的门弟子打镖、试剑、操手、比拳。若不然，俞剑平焉能保得住偌大的威名？

飞豹子与俞氏远隔，一在辽东，一在江南。飞豹子纵然“知己”，未免“不知彼”。士别三日，便当刮目，何况三十年的悠久时光！飞豹子的性情刚强，料事稍疏，于是把俞剑平看低了，于是乎险些没留退步。

第四十一章

飞豹子率众借地较武
女豪杰偕友振袂驰援

飞豹子到底进了关。入关之后，寻隙之前，他不能不打听对头的细情。一天过去，又是一天；他天天听人夸说俞剑平的武功。一剑、二拳、十二钱镖，据说都到了炉火纯青、登峰造极的地步。飞豹子这才憬然耸动，他说："这小子原来也很棒，不是浪得虚名啊！"可他又说："不信这小子一帆风顺，竟会没有养尊处优，把功夫搁下。他的本领竟这么大！"他一边说，一边摇头。一面不相信，一面又不由他不相信。

飞豹子的谋士又给他密出高招。访察而又访察，布置而又布置，然后猝然发动劫镖，一劫二十万；教俞剑平无论多么大的人情，无论手眼多么高，这二十万官镖足够他赔偿的！然后把镖一埋，人一躲，睁大眼睛看着鱼儿上钩；这样一来，教俞剑平赔不起、寻不着，定可压到元白；逼得俞剑平只有向袁公面前服输、讨情、求镖一条路可走。然后，可以为所欲为地摆布俞大镖头。并且，他们一豹三熊也不怕劫帑罪重；他们在寒边围称孤道寡，官军无奈他何。

他们想，乱子惹得太大了，关内不能存身立足，至不济一

溜，拔腿出关一走。一入寒边围，官家尚且瞪目，镖行又能怎样？宁古塔将军、盛京将军都不能剿办我一豹三熊，谅你俞三胜拳、剑、镖三绝技，只可在江南称雄；若到了辽东，人生地疏，只是送死罢了。一豹三熊打好了退身步，这才开手寻隙、劫镖、拔旗、留柬，在江北大闹起来。江北绿林又有人暗做他的居停主人，他们一切布置都胸有成竹。

但是飞豹子的本意，究竟非为劫财，只为出气。他们也早知道二十万鞘银无法运出关外，他们也不想运走。他们在范公堤劫镖一得手，立刻退出数十里，按预定计划把赃银潜运秘地，尽数埋藏了。他们抽身而退，潜踪西行，来到这高良涧一带，等候俞剑平和江南镖行。他们的本意还是先窘人，后比武；还是要和俞剑平邀期见面，挑帘明斗；看一看俞某的拳、剑、镖三绝技到底怎样？是不是江南武林揄扬过火？

飞豹子的谋士给他出毒招，也可以说是稳招，同时又在飞豹子本人和俞剑平对手明斗之前，先教同党尝招试敌，验验俞氏的本领造诣如何？然后飞豹子再亲自出头。如此就站好了稳步，不致冒险了。在鬼门关前，飞豹子的左辅右弼，王、魏二老，果然双双出斗，和俞剑平先后交手。而结果，俞剑平名下无虚，王、魏二老俱皆输招。二老的武功尽可比得过俞剑平，可惜持久力不行。

飞豹子同党所定的步骤稳极，在党友试招之后，更由飞豹子潜伏半途，亲和俞剑平试打暗器。于是，鬼门关前拦路邀劫，俞剑平钱镖七掷，全未打着那个长衫之客；那长衫客就是匿名改装的飞豹子袁振武。飞豹子至此有了把握，自信俞剑平虽负盛名，自己尚敌得过；自己就不能取胜，也不致落败。为了小心，仍在竹塘中埋下梅花桩作为退路；他又和俞剑平交了兵刃。俞剑平三绝技一剑、二拳、十二钱镖，他已尝试了两种。他深信自己的铁烟袋、铁菩提，足可抵御俞的剑镖。所未曾接手的，只剩了比拳；飞豹子越发有了拿手。

然后，飞豹子召集三熊、二老和子母神梭武胜文、雄娘子

凌云燕。他道："我要和俞剑平定期明斗了。敌人伎俩不过如此，我起初虽然把他看低，现在一经交手，我侥幸还不至于败在他手下。诸位朋友，你们多多帮忙。"

鬼门关的两试，古堡的一攻，镖客们费了偌大气力，原来只是"试斗"，只是飞豹子试敌之兵。镖客们当然不知道，还怕北三河定期决斗，飞豹子再有躲闪；俞剑平咬定牙关，要在北三河见个真章。哪知人家飞豹子也要在北三河和镖客们见个真章！

他们彼此针锋相对，都相聚在北三河；而且挑明了比斗，既抱决心，也就用不着掩藏了。一切窥伺、试探、游斗，也都用不着。不过子母神梭武胜文却闹到欲罢不能的地步，起初一片意气，把事揽到己身；如今见到江南武林云集，不禁瞠目失色，自恐无以善其后了。

子母神梭道："俞剑平的本身伎俩无须再试，可是他邀来的能手，我们也不能疏虞，该要随时看明才好。"飞豹子却以为："我指名要斗俞某，他的朋友又该如何？"现在大江南北，盛传俞氏威名盖世，南方拳家跟他齐名的固然不少，还没有听说有超过他的人。

飞豹子遂问武胜文："姜羽冲这家伙，我知道他是银笛晁翼的徒弟；汉阳郝颖先是郝清的侄子，我也晓得。听说还有青松道人、无明和尚，当年我在关内时，没听说有这两人。还有三江夜游神苏建明，我和他在鬼门关交过手，也不过如此，我俩都从梅花桩掉下来了。只是他年纪很大，还动弹得动，也算难得。还有个霹雳手童冠英，我只闻名，不曾会面，也不知他本事如何。此外还有马氏双雄、松江三杰，恐怕虚有其名罢了。我听我们手下人说，二马只是一勇之夫，松江三杰这一回在邱家围子上了我们一个老当，看来也没有出奇的本领。"

飞豹子和他的朋友连夜商议好，就赶紧地预备，正和镖行这边一样地忙。

光阴箭驶，转瞬到了赴会的前一日的清晨。北三河竟没有

店房。俞镖头在订约的当晚，密派青年镖客数人潜赴当地探道，并试往民家借寓。苦于人生地疏，借不出房来，黑鹰程岳和没影儿魏廉，正在街上溜达，无计可施。忽有武宅那个管事叫作贺元昆的，拿着子母神梭武胜文的片子，找到程岳和魏廉，说道："俞镖头不必为难，敝宅宅主早给诸位预借好住处了，就在这边不远，是七间房，够住的么?"

黑鹰程岳和没影儿魏廉听了这话，脸上很不痛快，冷冷说道："阁下贵姓?我们替俞镖头谢谢吧!我们这里还有熟人，已经把房借好了。"贺元昆笑道："在下姓贺，咱们前天不是还见过面么?二位不见得找好了房吧。刚才还听见二位在那边打听空房哩!"

黑鹰程岳大声道："你这位先生，请你费心告诉贵上，我们对不住，不能骚扰武庄主的高邻贵戚的。"回顾魏廉道："武庄主果然势派不小，人杰地灵!无奈我们不能那么办，我们打扰武庄主还许可以，若麻烦到外圈去，可真成了笑话了。"

魏廉笑道："那一来我们打个喷嚏，飞豹子也知道了。只可惜俞镖头老经练达，人并不傻。"说着，眼往四面看了看，并无别人，只贺元昆一个。

贺元昆满不介意，赔笑道："二位可是多疑了，敝上给俞镖头预备的，乃是七间小独院。二位先生不要猜疑，您何妨先过去看看房。"

黑鹰程岳道："对不起，我们不看。"

贺元昆笑道："敝宅宅主实在因为这里是小地方，没有店家；俞镖头远来是客，若没有住处，那可怎么赴约?所以连夜打发我来代借寓所。也怕诸位住着不方便，才人上托人，借出这么一所小独院来；没想到二位还有那么一猜。"

黑鹰程岳忙又满脸堆欢道："这倒是阁下过想了。我们是只怕无故打扰生人，心上不安，并且我们情实已经找好了房，用不着再找，刚才我们也只是闲打听，怕贵宅主和贵宅主的朋友临时来到这里，没有地方住，回头又闹改日期、改地方；我

们这才捎带着再多打听一两处住所罢了。”没影儿也接声道：“是啊，我们是替你们找房。”

贺元昆大笑道：“诸位倒给我们找房？”魏廉道：“可不是，我们是替贵宅的贵客飞豹子找房，省得他临时再托故不露。”贺元昆道：“这些事恕在下说不上来。既然二位不去看房，那么我们回头再见。”长揖告别，转过别巷走了。

黑鹰程岳大怒，一双黄眼睛直盯出老远，方才回头，对魏廉说：“这小子的意思是怎么讲？故意点我们一下么？”

魏廉道：“这又和苦水铺一样，反正搅惑咱们，教咱们捞不着住处罢了。”程岳道：“咱们的大批人回头就来，真个的找不着住处，可怎么办？”

魏廉道：“咱们找铁布衫屠炳烈去，他不是说有地方借么？并且窦焕如窦镖头也给找着呢，想来总可以有法子的。”

两人在北三河转了一圈，看当地形势，竟很荒旷。又重到双方邀定的地方一看，乃是河岔上一座大庙，前有戏台，本是一个庙集，现时已过了会期。两人溜达着，不时遇见异样的人。到一小巷，忽遇见小飞狐孟震洋和铁布衫。问他二人时，居然把房借妥。又问：“借了几间，可是单院么？”屠炳烈道：“自然是小单院，一共七间房，对付着住，总够了吧？”

没影儿魏廉、黑鹰程岳一齐诧异道：“什么，也是七间，在什么地方？”两人互相顾盼，不禁后悔；刚才莫如将计就计，跟那姓贺的一同去看房。

魏廉凑近一步道：“屠大哥，这个房主可靠得住么？跟子母神梭有认识没有？”遂将刚才贺元昆投刺献寓的话告诉孟、屠。屠炳烈道：“这不可能！”这七间房乃是屠炳烈的密友施松陵给匀出来的；前在苦水铺，屠炳烈就曾转托施松陵代探火云庄的动静。不过，恰值施松陵事忙，答应下，没有办。现在屠炳烈亲自登门，施松陵情不可却，就把一个跨院腾让出来。

屠炳烈性子直，抱怨魏廉道：“姓贺的一定又是诡计，你们二位当时怎不跟他去看看房，至少也认出他们一个巢穴来。”

没影儿魏廉摇头道："我们只顾跟他们较劲了，又猜疑他们眼见我们打听不着空房，故意露这一手，奚落我们；可惜没有转面想想。"

飞狐孟震洋忙道："别后悔了，二位答对得很好。你若真说没有借着房，反而跑到对头跟前寻宿去，那太丢人了。依我看来，他们也未必准借着房；就借出来，他们那七间也未必跟屠大哥借的七间是一家。他们看见屠大哥借好了房，才故意捣鬼，教咱们自己动疑。"

黑鹰程岳道："不要理他们就完了。咱们快看看房去，赶紧回去，给大伙送信。"

魏廉道："对！俞老叔跟大伙今天务必全赶来才好。若不然，又像苦水铺，教他们得机会戏弄人了。"

当下，铁布衫屠炳烈、飞狐孟震洋，急将程岳、魏廉引到借寓之处。这七间房是个小跨院，跟宅主另走一门，倒也方便，只稍嫌人多房少。屠炳烈道："若是不够住，还可以再找房东，把前院匀出三间。"程、魏齐道："够了，够了，这就很够交情；再说天热了，怎么都可以将就。"

借寓所、勘会场的事办妥；宝应县义成镖局的窦焕如镖头带着两个镖客，也已来到北三河。彼此寻踪相见，立刻往回走，给俞剑平送信。

俞剑平、胡孟刚、智囊姜羽冲、霹雳手童冠英、三江夜游神苏建明师徒、松江三杰、马氏双雄、汉阳郝颖先武师、阜宁白彦伦店主、九头狮子殷怀亮、奎金牛金文穆、蛇焰箭岳俊超、青松道人、无明和尚，这些成名的英雄；单臂朱大椿、黄元礼叔侄、金弓聂秉常、梁孚生、石如璋、路明、楚占熊、欧联奎、铁矛周季龙，这些有名的镖客；还有振通镖师双鞭宋海鹏、单拐戴永清、追风蔡正、紫金刚陈振邦；还有青年壮士阮佩韦、李尚桐、时光庭、叶良栋、孟广洪，以及俞门弟子左梦云、童门弟子郭寿彭；大批的武林拳师如潮涌，或骑或步，齐赴北三河。

各路卡子上的人，霍绍孟、少林僧静因等，凡可抽调的，也都一个一个抢先奔北三河，都想会会这个辽东大豪飞豹子。金枪沈明谊匆匆地返回去，催请俞夫人丁云秀快快赶来，不必再投火云庄，径可直奔北三河；好与俞剑平夫妻两个，会见那当年怒出师门的师兄，今日强劫二十万盐镖的巨盗飞豹子快马袁。

到了双雄会见的前一夕，北三河临河的这家民宅，顿然聚集了江南许多镖客、拳师。天气很热，满院扇子晃来晃去，小小七间房几乎容纳不下。那天初次宴见，已由智囊姜羽冲、窦焕如、童冠英等，与子母神梭武胜文那边的人说好一切。现在俞剑平等来到，那子母神梭又遣人来，登门投帖送了许多西瓜鲜果，无形中是来促驾。十二金钱俞剑平收下礼物，取出一张名帖来，说道："我也不答拜了，替我敬谢贵上，明天我们准时到场，彼此全不要误了。"

智囊姜羽冲调动群雄围着小院小巷，安下几个青年壮士，以防敌人万一再来打搅。但现在飞豹子要亲自上场，像这些遣人诱敌的举动早已不做了。现在他们倒防备镖客，怕他们暗与官府通气。因此，在镖客住处的附近，的确有人探望。镖客也派出人来，到各处巡视；彼此相逢，互瞥一眼，互相退藏。

到了下晚，俞剑平和胡孟刚一面预备明日的事，一面盼望着急。忽然，从外面跑进巡风镖客来，说是前途来了两乘轿，几匹马，好像是俞夫人来了。胡孟刚忙说："快迎接去！"

霹雳手童冠英拉着俞镖头说道："可盼来了，怎么样，贤弟还不快接娘子去？"

镖客晚辈居多，全要出去迎接；俞剑平忙紧走了数步，拦住这些青年道："诸位这是做什么？出去这些人，像接官差似的，教外边人看到眼里，太不好了。"

姜羽冲道："这话很对，咱们不要太露出形迹来。"俞剑平遂只命大弟子程岳、二弟子左梦云赶快迎上去，"省得教你师母挨门打听，引人注意。"程、左应声，立即出去。

俞、胡、姜等在屋中等候，霹雳手童冠英只于十七八年前

和丁云秀会过一面。那三江夜游神苏建明，机缘不巧，始终没见过这位助夫创业的女英雄。其余别人也极想晓得俞夫人怎样访获豹踪，忍不住全跑到院心来，几乎像站岗排班。俞镖头笑着皱眉，也没法子阻拦。智囊姜羽冲和铁牌手胡孟刚只得替俞剑平说话，请在场群雄各安就位，别教俞夫人乍进来受窘。

不一刻，程岳、左梦云把两乘小轿和四匹马引到门前。头一匹黑马，马上是一个三十几岁的男子，气度洒脱，白面无须，看着很眼生，又像个儒者。来到门前，甩镫下马，往旁一站；穿长衫，戴草帽，抽出一柄折扇，徐徐扇着。旁边一匹斑马，是一个青年壮士骑者；乃是俞门五弟子，名叫石璞，今年才二十一岁。前为回籍完婚，从海州北返关外；本说半年后方回转云台，现竟提早两月回来。此刻他骑着马，背着包，一到门口下马，忙向儒生拱手请进；自己趋至师母轿后，解下几个包来。

又一个骑马的人，还带着马夫，就是那个武官肖老爷，官印国英，原任守备，记名游击；先前是太极丁门下的小弟子，俞剑平的同门师弟。他在师门原名振杰，当时数他最幼；现下早已年逾不惑了，并且也发了福，少时呆相丝毫没有了。只见他当门下马，甩镫离鞍，抬头一看道：“是这里么？”脚一着地，显得身材魁梧，比俞镖头高半头；留着掩口胡须，穿着武职便服，目如朗星，面黑透亮，说话声如洪钟。程岳刚刚迎出来，忙请安应道：“是这里，师叔。”肖守备早一回手，将马缰交给马弁，也向儒生让了让，他自己一退步，忙去搀扶坐轿的人下轿。

这头一个坐轿的人，大家都以为是俞夫人丁云秀，哪知轿帘一挑，乃是一个病夫模样的老头儿。身材比肖守备矮得多，比俞镖头也差一二寸；瘦颊疏眉，须眉苍然，眼眶深陷，病容宛然；并且一只腿很不得力。肖守备俯着身子，伸手搀他，他到底不用肖守备接驾，容得扶手板一撤，便一步迈下轿来；武功是很有的，人虽颓老，双眸炯炯，偶然一睁，依然吐露出壮

士英光。只听他用很尖锐的嗓音笑道："九弟，你不要看不起我呀！我是病，不是弱。"这个病夫实已失容，教人乍见，几乎难以相认。

这人也是丁门弟子、俞镖头的五师弟，名字叫胡振业。在当年，丁门群徒共有九人，其中顶数飞豹子和俞剑平这两位高足武功深造；其次便是胡振业，略堪匹敌。到后来胡振业武功精进，与袁、俞俨然成了鼎足之势。不幸他狠斗罹疾，身受病磨，几致不起，终致落了残疾。现在骤看外表，好像五十多岁的人，比俞剑平还年长，实则刚刚四十八岁。

胡振业便笑着，眼望着门，冲那儒生说道："请啦，黄先生！"一瘸一拐，迈上台阶。师弟肖守备、师侄程岳，怜他脚步不稳，慌忙一边一个，过来扶着他；他甩着手，走得更快。却又催那儒生说："走走，别客气，咱们先进去。"且说且回头道："师姐，我们先进去了。"于是胡、肖二友陪着那个儒生一同走进院去。

那另外一乘轿，此刻轿帘一挑，扶板一撤，俞夫人丁云秀低头走下轿来，平身往巷口左右微微一看，然后回眸望到门口。门里外有许多镖客和拳师的脑袋，青年人多，老年人少，都侧着身子，歪着脖子，偷看俞夫人。俞夫人微微一笑："这些淘气的小孩子们！"不禁回看他们一眼，他们全把头一歪，退藏不迭；俞夫人不禁又想起当年的事来了。因她身精拳技，助夫创业求名，人们都拿她当稀罕看。

在她年轻时，几乎动一动便被人惊奇指目；直等到镖局创成，镖道创开，用不着伉俪联镖并骑了，她方才退处闺中。屈指算来，将近二十年，不遇此景象了；不意今天又年光倒流，重遇见这些好事的头、诧异的眼了；想着可笑，又复可慨。那二弟子左梦云站在身旁，还要搀扶师母。师母不用人搀，自己下轿，曳长裙，很快地迈出轿竿，健步如飞，上了台阶。

没影儿魏廉侧身迎上来，请安问好："大婶您好，您身子骨硬朗！我给您打发这轿去。"俞夫人道："哦，介青老侄，你

也出来了。”魏廉赔笑道：“大婶，您不知道么？我陪着大叔，也跑了一个多月了。您瞧这怎么说的，把大婶也劳动出来了。”

俞夫人笑道：“我有什么法子呢？你或许不知道吧，这劫镖的竟不是外人，乃是我们从前的一位师兄，跟你大叔有碴。我一听这个，才很着急，我不能不出来了。这位袁师兄武功硬极了，只怕你大叔敌不过他。依我想，硬讨不如情求！我这几天净忙着托人呢。”又道：“这轿子先不用打发，教他们连牲口带轿，全弄到院里来吧！可是的，院子容得下不？”魏廉道：“房东有车门，交给我办吧！”

说话时，九股烟乔茂一凑两凑，凑到旁边，忽然听出便宜来；忙一溜上前，也请了一个安。跟着又打躬，又作揖道：“俞大嫂，你老好，咱们老没见了！”

俞夫人愕然，忙侧身还礼，把乔九烟一看，并不认识。乔九烟面冲魏廉一龇牙，回头很恭敬地对俞夫人说道：“大嫂不认得我么？小弟我姓乔……”

正要报名，没影儿魏廉登时发怒，恶狠狠盯了乔茂一眼，大声接道：“大婶，您会不认得人家么？人家乃是鼎鼎有名的九股烟乔茂，乔九爷，还有一个漂亮外号，叫作‘瞧不见’。九股烟瞧不见乔爷，乃是很有名的人物。他总跟俞大叔套近乎论哥们；可惜俞大叔不敢当，总管他叫乔九爷。”

俞夫人丁云秀察言观色，连忙说道：“原来是乔九爷，久仰久仰！”笑对魏廉道：“介青老侄，你快给我安置轿夫和马匹去吧。”魏廉这才冷笑着出去，又盯了乔茂一眼。

乔茂一溜闪开，旁人相顾偷笑。左梦云恐师母误会，忙解说道：“这位乔师傅和魏大哥总斗嘴，乔师傅一攀大辈，魏大哥就抖搂出他的外号；乔师傅的外号是不喜欢人家叫的。”俞夫人只微微一笑，她其实早已听出来了。

她举步进院，霹雳手童冠英从旁迎上来，大声叫道：“大嫂才来么？俞大哥从前天就等急了。”

丁云秀抬头一看，也不认识，但仍很大方地敛衽行礼。童

冠英打量丁云秀娘子，徐娘半老，精神犹旺；看外表像个三十八九岁的中年妇人，其实她四十九岁了。个儿矮、身不胖、肩圆、腰细，眉弯、鼻直、瓜子脸依然白洁，不过稍带淡黄；一双眸子照旧清澈如水；嘴唇很小，已不很红润了，额上横纹刻划出年纪。美人迟暮，正与俞剑平这耆龄壮士凑成一对。走起路来脚步很轻快，却是气度很沉穆，于和蔼可亲中流露严肃，俨然大家主妇。童冠英心说："名不虚传！"回眸看了看俞剑平一眼，就微微发笑："这真是天造地设的一对！"

只见丁云秀眼光把全院老少群雄一扫，坦然说了几句"承帮忙，承受累"的话。胡孟刚、马氏双雄、姜羽冲等比较熟识的人抢先迎接、施礼、打招呼，有的叫俞大嫂，有的叫俞奶奶，旁边青年夹杂着叫婶母。

丁云秀逐个还礼，单对胡孟刚说道："二爷，我们真对不起您！您也听说了吧，这劫镖的还是我们一位师兄呢。教二爷跟着为这大难，我们无论如何，也得想法子给二爷讨出镖来。"又很郑重地说："您放心，现在我们有办法了。"

胡孟刚忙道："大嫂别这么说，这是我们大家的事！大嫂请屋里坐吧。"俞夫人又和姜羽冲、马氏双雄说了几句话，由二弟子左梦云引进上房。房狭人众，满屋都是人了。丁云秀极想和俞剑平说话，一时竟顾不得。在座这些老一辈的镖客、拳师，多一半她都认得，应酬话占了很大工夫。那一边，俞剑平镖头忙着接待多年未见的两个师弟和那个面生的儒生。

俞剑平待承朋友的本领，令他的老朋友都很钦佩。世故和热忱，被他调和得那么好，既恳切又自然。肖守备陪同中年儒生和病汉胡振业联翩进院。肖守备就大声叫道："俞三哥，小弟我来了！"俞剑平从屋中走出来，降阶而迎；向三客一拱手，竟抢一步，先抓着跛汉胡振业的手，一捧一提道："哎呀，五弟，你教我都不认识了！"

胡振业凄凉地一笑，叫道："三哥！"向四面一望，一弯腰，且拜且说："三哥，你还这么壮实，我完了，死半截的人了。"

俞剑平急忙把他扶住，紧紧握住双手，摇了摇，说道：“五弟，你你你，怎么……咱们哥们又见面了。我听说你大病了一场，痊愈了么？你还大老远地来一趟！”轻轻拍着胡振业的肩膀，侧脸来看肖国英守备，大声说：“九弟，你哥俩一块来了，嗬！你真发福了……喂，别行礼，咱们老弟兄，不要来这个。”

俞剑平把手一松，过来又把肖守备搀住。然后，面向儒生赔笑道：“您别见笑，我们老弟兄，好多好多年没见了。”这才向生客作揖，又问肖守备：“这一位尊姓？同你一块来的么？给我引见引见。”跛子胡振业笑道：“三哥猜错了，这一位和九弟也是初会。这一位姓黄，是我邀出来给三哥三嫂帮忙的。”

俞剑平道：“哦，承顾承顾！”忙又对生客致意。胡振业代为引见道：“黄先生，这一位就是名驰江南的十二金钱俞三胜俞剑平，我们的掌门三师兄。”俞剑平立即通名道：“小弟俞剑平。五弟，你怎么和我开玩笑？黄仁兄台甫？”

儒生道：“小弟黄烈文，久仰俞镖头的威名，今天幸会！”俞剑平道：“过奖，惭愧！”回身来，对肖国英守备道：“老弟，你做官了，怎么这么闲在？”且说且让，一齐进了上房落座，献茶。

俞门五弟子石璞，放下小包，抢着过来给师父行礼。俞剑平忙乱着；只点了点头，道：“你回来了，你父亲可好？”石璞答了一句：“托你老的福！”别的话也顾不得说。马氏双雄却知石璞是辽东人，他父亲白马神枪石谷风也是武林名士，遂一招手，把石璞叫到一边，低声盘问他话。

新来三客和在座群雄互通姓名，各道寒暄，乱过很大工夫。因为明早就是会期，有许多事今晚要办，三江夜游神苏建明老拳师用开玩笑的口吻道：“咱们都往外面坐坐吧。人家贤伉俪、贵同门，远来相会，有许多话要讲；我们这些人像虱子似的夹在里面，人多天热，腾让腾让吧。”

众人笑着，周旋甫毕，渐渐往外撤。上房除了新来的人，

只留下俞、胡、姜和马氏双雄；二马在江宁开镖店，和俞氏夫妇最熟。老拳师苏建明头一个出去又被请回来。上房议事的人，还是那些年高有德的前辈英雄。霹雳手童冠英、九头狮子殷怀亮、奎金牛金文穆、窦焕如镖头等都在座。青松道人与无明和尚，因俞夫人来到，自以出家人不便，悄悄退出去了。蛇焰箭岳俊超年纪轻，辈分长，也被请来。一切还是智囊姜羽冲调度。

俞剑平同两位师弟说了些旧话，跟着和这位生客黄烈文款叙新交。俞夫人丁云秀只和胡、姜对谈，直到这时还没得与丈夫说话。铁牌手胡孟刚忍不住开口引头道："大嫂，我们沈明谊沈师傅，迎你老去了，不知见着你老没有？"俞夫人欠身道："见着了，沈师傅忙着给别的卡子上送信，不然就一同来了。"胡孟刚道："听我们沈明谊镖师说，大嫂已经访出飞豹子的详细底细？我们这边也探出不少头绪来，我们明天就跟他会面。可是的，这飞豹子既和俞大哥同门，从前到底结过什么梁子？此人武功究竟怎么样？他手底下的党羽都是些什么人物？现在肖老爷和胡五爷一同驾临；二位既和飞豹子是当年同学，飞豹子的一切，想必很有所闻。咱们赶快讲一讲明天该怎么办，现在也好定规了。"

俞夫人咳了一声道："可不是么，这真得赶快定规了，明天就得见面。……若说起怎么结的梁子，话就很远了；可是当初情实不怨俞剑平，完全是师门中为情势所迫，挤出来的一桩变故。这里面内情，我们胡五弟、肖九弟知道得最清楚。"

说时，眼光往俞镖头那边看，俞镖头和两个师弟谈着，也正看这边。俞夫人丁云秀就一欠身，遥问道："我说剑平，你到底跟袁师兄见过面了没有？"俞剑平道："这个，总算是见过面了。"俞夫人道："是昨天在这里么？"俞剑平道："不是，还是在苦水铺、鬼门关，六天前我和他对了面。他自然假装生脸，我也没有认出是他来。"

俞夫人道："怎么，他的模样很好认，你竟一点也没有辨

出来么?”俞剑平道:“我当时怎会想到是他?况且又在夜间,他居心掩饰着,一见面就动起手来。”

俞夫人大惊道:“你们竟交了手么?”俞剑平道:“他派一个生人,假冒着他的名字,伺机投刺,邀我在鬼门关相会。可是他半夜里埋伏在半路上等着我;刚一露面,就乱投起暗器来了。”

俞夫人道:“他先打的你,还是你先打的他?”

俞剑平看着两位师弟,脸上带出不安来,道:“我并不晓得是他亲到。他在半途伏弩伤人,我只好发出钱镖来却敌护友。”俞夫人摇了摇头,胡振业和肖国英守备一齐耸动道:“原来三哥跟袁师兄招呼起来了。”俞剑平点头不语。

姜羽冲、胡孟刚道:“你们诸位不明白当时的情形,这飞豹子约定在鬼门关相会,他却率领多人在半途邀劫;彼时是敌暗我明,敌众我寡。他的用心就不是暗算,也是志在试敌。我们俞大哥猝不及防,自然要发暗器把敌人的埋伏打退的。那时还亏着蛇焰箭岳俊超岳贤弟,发出他的火箭,才把敌人的动静,全都照出来。飞豹子的举动,那一次实在不大光明。”

胡振业对那儒生黄烈文说道:“你听听,我们这位袁师兄,够多么霸道!……三哥,你到底把他打退了没有?”俞镖头登时眉峰紧皱道:“我连发七只镖,全被一个戴大草帽的长衫客接取了去;后来我们断定这长衫客就是飞豹子,也就是袁师兄。姜五哥猜得很对,袁师兄伏路邀劫,实在是要考较我,所以当时一攻就退了。”

俞夫人眉尖紧蹙道:“你们总算是过招了,他的武技究竟如何?你们只过暗器,没有动兵刃么?”

俞剑平道:“后来追到鬼门关,袁师兄竟在苇塘中巧设梅花桩。我和苏建明老哥、朱大椿贤弟全都追上去。袁师兄使的是铁管烟袋,跟我在桩上只对了几招,就急速走了。后来我们跟踪攻堡,又扑了一空,他的确是安心试技;只怕明天赴约,要动真的了。”

俞夫人道："听他的口气，到底为什么劫镖？是为从前的碴，还是为了别的？或是受了别人的鼓动？"姜羽冲、胡孟刚一齐代答道："这飞豹子明着暗着，说来说去，只是要会会十二金钱的拳、剑、镖三绝技，到底在江南为什么得这大名；好像纯为争名才起衅的，不晓得他是否还有别故？"

俞剑平道："唉，我料他必有别故，只是口头上不肯承认罢了。可是的，你问我半晌，究竟你访出什么来了？可知道他找寻我的真意么？"又问胡振业、肖国英道："二位师弟邀着黄先生，远来急难，我想一定有替我们排难解纷的妙法。我和袁师兄定规明天挟技相见，不过那只是拿他当一个争名寻斗、素不相识的武林看待；现在既知他是当年的师兄，这情况又当别论了。"又转脸望着俞夫人说："你看该怎么办呢？"

俞夫人丁云秀道："咳，你不该跟他动手！……真想不到你们会过了招，到底他的功夫怎么样？他自然是改了门户，可看出他是哪一宗派么？"

俞剑平道："他和我只一交手，便抽身走了；只凭那几下，实在验不出他的真实本领到底怎样。他的技功又很博杂，一时也不易看出宗派来。你总晓得：到他那年纪，必已达到化境了。他如今用的家伙，也不是剑了。他改用外门兵刃，是二尺五寸长的一支铁烟袋杆。"

俞夫人道："这个我比你还先知道的呢！"

俞剑平道："哦！他接暗器、发暗器的本领却不可忽视，比当年太强了。他的暗器是铁菩提子，也能在夜间打人穴道，不知他从哪里得来的这种绝技。他接暗器的手法很准，我的七只钱镖都被他接了。他自然不是用手接的，黑影中看不很清，大概他是用那支大烟袋锅扣接的。"

俞镖头把这当年的师兄现在的武功，向俞夫人约略述罢；跟着又说："那一次他确是试验我，没把真的拿出来。当然了，他一定是来者不善，善者不来；但是我看那份意思，我自料还不至于抵挡不住他。你无须乎挂心，我们明天跟他对付着看。

他的帮手是否还有能人，我就不晓得了。”

大家讲究着这个飞豹子，不觉全站起来，凑到堂屋。俞剑平又道：“我们在这里费了很大的事，仅只探出他的外号，后来又探出他现在的名字叫做袁承烈，不是绿林，是辽东开牧场的。我就越发纳闷了，我万没想到他就是咱们的袁师兄，更没想到咱们的师兄会干起劫镖的勾当来。”说到这里，开始询问俞夫人丁云秀：“你到底从哪里得着他的底细？”

第四十二章

俞夫人求援访同门
胡振业无心得豹迹

俞夫人丁云秀喟叹一声，这才细述原委道：“这真是想不到的事情！你们在外面闹得这么热闹，我在家里，起初是一点什么也不晓得。也不晓得你们东扑西奔，着这么大急，连劫镖主儿的真姓名和真来历也没访明。还是半个月头里，唉，也许有二十多天了吧，家里忽然闹起贼来。黑更半夜，贼人公然进了箭园，弄得叮当乱响，我这才有点动疑。我想，咱们家里万不会闹贼……”

霹雳手童冠英就笑道：“贤伉俪以武技成名，居然有贼光顾，真个吃了豹子胆了，恐怕比令师兄飞豹子还胆大！”

丁云秀听出他是讥谑，遂莞尔笑道：“倒不是那话。一来，我们那地方很僻；二来，跳进箭园的夜行人动静很大，分明不像小偷。我就恐怕是仇家，便急忙起来，把那夜行人追跑了。我怕中了调虎离山计，教仇人放了火，所以只追出村口，立刻折回。验看院里，才发现客厅门口，插着一把短剑，挂着一串铜钱、一支烟袋和一封柬帖。我就晓得要惹出大麻烦了。这分明是绿林人物插刀留柬，故意来挑衅。并且我琢磨着，这多半

跟你们寻镖的事有关。第二天一清早，就写好信，把那柬帖派人送到海州，烦他们给你寄来，你可见到了没有?”

俞剑平道：“不就是那张画儿么，我早见到了。我们这里也接到了一张，海州胡二弟镖局也接到了一张。”

胡孟刚道：“不是画着十二金钱落地，插翅豹子侧首旁睨，另外还题着一首诗的么?”

俞夫人道：“正是，原来你们这里也收到了。我居然没猜错，真是和劫镖有关了。”胡振业、肖国英一齐问道：“这画儿我还没见到呢！那首诗说的是什么?”

姜羽冲道：“回头我找给你二位看。”窦焕如镖头道：“诗是二十个字，我们这里寄到的是什么‘书寄金钱客，速来宝应湖；盐镖二十万，凭剑问有无。’”

胡孟刚面对新来三客道：“就是这辞，一共三张，画全一样，词句变了。另一张是‘速来大纵湖，凭拳问有无。’海州接的那张是‘速来洪泽湖，凭镖问有无。’列出三个湖名，指名要会俞大哥的拳、剑、镖三绝技。”

胡、肖二友啧啧议论道：“这可有点恶作剧了！袁师兄脾气刚直，不会弄这些把戏的，恐怕他身边必有狡诈的伙伴帮他捣鬼。”

俞夫人道：“那是难免的了，二弟且听我说，剑平等着听咱们访的底细呢。”

俞夫人遂又接着道：“我也是一看这画，晓得有人要寻你作对，可是我还不知道对头是谁？跟着……”

她一指侧立在座头的俞门五弟子石璞道：“是这孩子新婚之后，从他们辽东故乡访得消息。他的父亲白马神枪石谷风石老先生，在他们老家听武林人传言，有一位在寒边围开牧场的快马袁，很不佩服江南俞门三绝技。听说他跟人打赌，要邀斗找姓俞的。跟着又听人说，辽东武林有好多位成名的人物和寒边围的快马袁，搭伴邀斗，已经走了不少日子了。石璞这孩子回家娶妻，他父亲石谷风就说：‘你师父最近被人找上门没

有？’这孩子说：‘没有。’也就搁过去了；只当是江湖风传，也许不是事实。谁知上月又翻腾起来，他们那里传说快马袁已经到了江南，新近派人回来邀请助手，辽东沙金鹏已经秘密地率徒从海道南下了。白马神枪石谷风这才着急，赶忙打发石璞这孩子回来给你报警送信。石老先生只琢磨这快马袁乃是长白山的一位大豪，他就是争名斗技；再闹大点，也无非摆擂台，广邀能手，必求一胜罢了。再没想到快马袁竟走绿林的路子，率众拦路，公然劫镖！这孩子一到家，就问我：‘师父跟姓袁的比武去了么？’我当时反复一琢磨，觉得劫镖的人必是快马袁。可是他只为争名，闯这大祸，未免小题大做，他难道不怕王法么？石璞这孩子告诉我：‘师娘不知道这快马袁的声势，他在寒边围，承继岳父快马韩的基业，在长白山一带，俨然是个土王，连盛京将军都惹不起他。他劫夺官帑，惹的祸再大，可是他只要率众逃出榆关，人们就没法拿他了。他在寒边围召集亡命之徒，掘金、刨参、牧马。在他界内称孤道寡，生杀予夺，完全任意，我们不能拿关里的情形看他。”

俞夫人一口气说到这里，众人听了，齐看那俞门五弟子石璞；把这新婚的二十一岁少年看得面色发红，有点害臊。俞镖头因向石璞问道：“你父亲是这么说么？他现在哪里？他不能进关帮帮我的忙么？”

石璞忙肃立回答道：“我父亲在家呢，他老是这么告诉我的，教我赶紧告诉你老多多防备。哪知我一回来，这里早闹出事来了。我父亲也没想到飞豹子快马袁竟敢劫夺这二十万的官帑。他老本来也要进关，看望你老来；无奈他老现在也正有一件麻烦事，一时离不开身。只教我给你老请安，向你老道歉；等着把事撕捋清楚了，他老也许赶来。”

俞剑平道：“我和你父亲十多年未见了，他还很壮实？可是的，他也知道这快马袁就是我师兄么？”

石璞道：“这个他老可不知道，只知快马袁要找你老比武罢了。连弟子也都想不到这快马袁会是我们的师伯，还是师娘

告诉我，我才晓得。”

俞镖头又问俞夫人道：“你又怎么猜出来的呢？莫非从他的姓上推测出来的么？”

俞夫人微微一笑道：“我哪有那么大的能耐，岂不成了未卜先知了。”用手一指肖国英、胡振业二位师弟道：“这还是咱们这两位师弟，一个无心探明，一个据理猜详，才断定劫镖的飞豹子就是快马袁，快马袁就是袁师兄。总而言之，是赶巧了，一步步推出来的。”

俞镖头和在座群雄，齐看胡、肖二友。铁牌手胡孟刚对明天践约的事，心里着急，就抢着问胡振业道：“宗兄，是你猜出来的，还是肖老爷猜出来的？”

胡振业一条腿不得力，众人说着话，不觉立起，独他还是坐着，这时就扶着椅背，站起来说：“访是我访着的，猜还是我们肖师弟猜出来的。我现在不但手底下不成，心思也不给使唤了。我本来早就晓得袁师兄进关了。我们肖师弟大远地看望我来，告诉我江北新近出了一个大盗，劫了我们俞三哥的镖，还拔走镖旗。饶这么说，我竟没有往一块联想……”

他没头没脑说了这么几句，众人全听不明白。他唉了一声，连忙解释道：“是这么一回事，肖师弟没看我去以前，我恰巧听我们黄先生说……”说着一指儒生黄烈文道：“黄先生听咱们六师弟马振伦说，咱们早先那个二师兄袁振武，他没有死，现在又出世了，眼下在辽东大阔起来。据说他好几十年没有进关里，他总在关外混。哦，说他新近才进关，还带了许多朋友，还直打听我们俞三哥。黄先生把这话告诉咱们八师弟谢振宗，谢振宗又告诉了我。你看，这么着两下里一对，不就猜出来了么？”手扣住脑门子道：“他娘的，偏偏我就琢磨不出来，我真个成了废物了！”

胡振业的江湖气很重，说话也很乱。东一句，西一句，有点张口结舌，开言忘语的毛病。他这场病害得很重了。

肖守备笑着说道：“五哥坐下说话吧。我看你越着急，越

说不出话来。还是请三嫂子讲，比较清楚些。”众人道：“对，由一个人讲最好。”

俞剑平笑道：“怎么非得内人说不可呢？九弟，你告诉我吧。天不早了，赶紧说说，还得想办法呢。”

肖守备扪着胡须，把这事从头说起。这件事果然是由肖守备猜测出来的。肖国英守备在山东滨海之区灵山卫做官，最近剿海贼有功，擢升都司，加记名游击，调住江南，并给假三月。这时豹头大盗劫镖拔旗之事已然哄传各地，肖守备在官场已经听说。他姑念当年的师兄师姊，决趁就职之便，绕道往访云台山，慰问此事。

肖守备和俞镖头交谊很深，当年在文登县太极丁门下习武，他排行第九，年齿最幼。他的武功就是掌门三师兄和师姊丁云秀教的。俞剑平昔在师门，名叫俞振纲，字建平；后在武林创业，始以字行。又因他的太极剑驰名当代，人家顺口都管他叫俞剑平。他就索性改用“剑平”二字为名。

肖守备把官事交代清楚，要坐海船过海州，访云台，再转道赴任。还没有登程，忽闻人言，当年的五师兄胡振业死里逃生，身得重病；病治好了，终落残疾，现在山东十字路集住闲。听说生活很苦。肖守备一听这话，回想旧谊，不胜慨然。他本来和俞剑平、丁云秀夫妇最好。丁云秀是老师的女儿，照应他和老姊姊一样，现在又是他的师嫂。

其次同学，便是胡振业、冯振国跟他莫逆。他立即赶走旱路，到了十字路集，访着胡振业，带去不少礼物，还有现钱。胡振业大病初起，手头十分拮据，好像当年豪气也消磨垂尽。一见肖守备，已非当日小傻子的模样了；满面红光，人很发福，也长了见识，显得极精干，极魁伟。胡振业不禁长叹道：“九弟阔了！难为你还惦记着穷师兄。承你远道看我，我就感激不尽，你还送这些东西来做什么？”

两人很亲热地叙旧。胡振业身为病磨，孤陋寡闻，外面的事情，他近来一点也不晓得。连俞剑平停办镖局、退隐云台的

话，他也是刚听人说。面对肖守备，发着牢骚道："我是倒了运的人，想不到这些老朋友、旧同学，都没有忘了我。这两月也怪，好像是'宜会亲友'的日子。你知道谢振宗谢八弟么？他新近也来看望我了。还有马振伦马六弟，听说也混得不错。总而言之，倒运走背字的只有我。"

肖守备道："谢师兄现在做什么事情了？"胡振业道："谢八弟的操业，告诉不得你，你现在做官了。可是话又说回来，别看谢老八要胳膊根，究竟混整了，总比我强。他上月看望我来，也问到你了，他还向我打听咱们掌门师兄来着。问俞师兄还干镖行不干？外传他已经歇马，可是真的么？"

肖守备道："是真的，俞师兄目下退隐云台山了，离你这里也不算远，怎么五哥不知道么？"

胡振业道："唉，不知道；就知道，我也懒怠去见他。你看我混得这样，我谁也懒怠见了。"

肖守备道："五哥振起精神来，何必这么萎靡？这回小弟赴任，先到五哥这里，回头我就到海州去，看看咱们掌门师兄和丁师姊。要不然，五哥，你我一同去吧。"

胡振业摇摇头，看着他那条腿说道："你替我致意吧。你告诉俞三胜和丁师姊，就说胡老五混砸了，如今只剩一条腿了！"胡振业只是这么灰心丧气的谈了一阵，留肖守备吃饭，并预备宿处。掌灯联榻，又说起旧话。胡振业道："九弟，你可知道咱们那位二师兄袁振武和四师兄石振英么？"

这两个老同学顿然忆起当年师门的九友来。大师兄姜振齐被罪见逐，早已不闻声息，恐怕今已下世。其次是负气出走的二师兄袁振武和四师兄石振英。袁振武为废立一事，怀怒北归。石振英是和袁振武怄气，先一步走的。事隔多年，久不见二人的踪影了。

肖振杰道："石师兄改入武当门，我听人说过。袁二师兄听说死了。那家伙脾气刚暴，以大压小，说话就瞪眼。我和他顶说不上来。听说他在故乡有一个仇人，仇人打死他家里什么

人，他刺死了仇人，仇人同党又把他打死了。可惜他一身好功夫，落了这么一个结局！你还记得吧，老师总说他脾气不好，到底落在师父那句话上了。”

胡振业听罢，连连摇头说：“不对！不对！我早先也听人这么说，敢情那是谣言。袁老二没有死，新近又出世了！”

肖振杰道：“唔，你听谁说的？恐怕不确吧。”胡振业道：“千真万确，一点不假，是我听谢振宗亲口对我说的。谢振宗谢八弟是听黄烈文黄先生说的，黄先生又是听马振伦马六弟说的。”

肖振杰笑道：“这么辗转传说，恐怕又靠不住了。”胡振业道：“靠得住之至。谢振宗谢老八告诉我，马振伦亲眼看见袁老二了。”肖振杰道：“是么，什么时候看见的？在什么地方？”

胡振业道：“这个，可以算得出来。谢老八是在两个月前跟我见的面，他见马老六又在两三个月前。嗯，这大概是四五个月以前的事了。至于见面的地方，我可是忘记问了。……谢老八对我说，袁师兄没在直隶老家混，他一直跑到关外去了。谢老八还说：‘袁老二打死仇人的话并不假，不过仇人没有打死他。他报了仇之后，就变姓名出关，关外有名的寒边围快马韩，原来就是他的化名。’”

肖守备微微一笑道：“那就不对碴了。寒边围的快马韩拥有许多金场、参场、牧场，在长白山称孤道寡，将近四五十年了，怎么会是袁师兄？袁师兄今年就活着，也不过六十岁，五哥你算算……”

胡振业也笑道：“你到底比我强，怨不得你做官！当时谢八弟对我这么说，我一点也没理会。你可是一听就听出棱缝来了。谢八弟那天告诉我，寒边围有老快马韩，有小快马韩；有真快马韩，有假快马韩。袁师兄是小快马韩，他顶着老快马韩的名字在关外混。真是像你说的，他管着好些参场、金场、牧场，在柳条边称孤道寡，俨然是个土皇上。不知怎的，他突然进关，跟马振伦……哦，对了，他是在马振伦的老家跟马六弟

见的面。他是专心拜望马振伦去了，给马振伦留下许多值钱的东西，什么人参、鹿茸、貂皮褂、猞猁狲皮袍，还给马振伦的孙子留下一对金镠子，像他娘的手铐子那么重。这家伙手头很阔，据说口音也改了，完全是关外人了。他也打听咱们来着。听老谢说，袁老二莫看人老，精神不老，脾气还是那么冲，直打听俞师兄和丁师妹两口子的情形，好像当年那个旧碴一点也没忘哩。”

肖振杰道：“当然了，丁老师那年在大庭广众之下，废长立幼，不但袁、俞二位毕生不忘，恐怕连你我也不会忘掉的。我如今一合上眼，就想了起来。那天袁师兄一对豹子眼翻上翻下，纵然沉得住气，脸色到底变了，就是咱们哥俩也很发慌。听老师一宣布，都觉得像一个霹雳似的，太出人意外了……”说到这里，肖振杰猛然想起一事，猝然发问道：“五哥，你可听说，袁师兄现时住家在哪里么？”

胡振业道：“这个，我没有问，大概总在江北吧。”肖国英道：“五哥怎么就不打听打听？咱们这些老同学，我都想见见。”胡振业哼了一声，又一拍大腿道：“我打听那个做什么？你别把五哥太看扁了。五哥虽然穷，可是穷耿直，没打算贪小便宜……”

肖国英道：“五哥说远了，他总是我们的同学，我们该看望他去。”

胡振业冷笑道：“看望他去？怎么着，找他寻人参、鹿茸去么？胡老五混穷了，犯不上攀高。九爷，你该晓得，我跟他不大对劲！你别看胡老五现在受了你这些东西，那是咱们哥们过得多。老实告诉你吧，换个别人，就让他捧上门来，五太爷还不要呢！要不然，五哥怎么混砸了呢，我就是这种狗屎脾气！”

肖国英大笑道：“五哥急了？五哥到底不脱英雄本色。”

胡振业这才放下面孔道：“本来么，人家在关外发了财，咱们在关里混剩了一条腿，我干什么看望他去！不但他，俞三

哥跟我不错吧，我连他都不去看望。错过是九弟你，咱哥们又不错，你又找上门来，你又做了官，我哪能不怕官？”说着自己也笑起来了。

肖国英不再提袁振武了，忙又打听马振伦、谢振宗、黄烈文的住处。胡振业说：“这黄烈文是位教书匠，也喜好技击，眼皮很杂，常找我来闲谈。他和咱们谢老八也有交情，是这么辗转说起话来，才提到的。若不然，你问我马、谢现在何处，我真个说不上来。”因肖守备殷殷勤问，胡振业到底把这几个人的住处说了，肖守备听罢，当下也没说什么。跟着还是讲闲话，劝胡振业出山，跟他到任上去。胡振业自然仍是辞谢。

在胡武师寓所盘桓了两三天，肖国英守备便告别转赴海州，直抵云台山清流港。这时俞门五弟子石璞也刚从故乡沈阳完婚，回转师门，给师父师母带来许多土仪。听师母说老师已率师兄，寻镖出门，匝月未返；推测劫镖大盗，定是仇家。

石璞闻言跃然，就要追寻了去。被师母丁云秀拦住，说道：“你看，家里正没有人，你来得正好，你给我看家吧。你不知道，新近家里还闹贼来着，一准是仇人支使出来的。我一个人上了年纪，照顾不到，你夜里多灵醒点。你照看前院，我照看后院。”又把陆嗣清引见了，说是：“你老师新收的徒弟，是黑砂掌陆锦标陆六爷的次子。”

石璞遵嘱代师照应门户，并代师母传给陆嗣清拳技。不到几天，肖守备突然登门拜访，穿武官便服，佩刀跨马，跟着马弁，气度昂然。石璞认不得这个九师叔，上下一打量，忙说道：“对不住！家师不在家，家里没人，倒劳动你老扑空。”捧着名帖当门一站，不放这位生客进宅。

肖守备大笑道：“你叫什么名字？你是你们俞老师第几个徒弟？”石璞回答道：“弟子名列第五，叫石璞。”肖守备仰面端详着俞宅门楼门洞，说道：“你大概不认识我，你进去跟你师娘一说，她就知道了。……你对你师娘说，我姓肖，是由打灵山卫来的，一定要见见。……你老师不在家，我见你师母。

你老师不是丢了镖，找镖去了么？”

这个生客不摆官谱，竟拍老腔。石璞心中惶惑，忙捧名帖进宅，把来人行止一五一十对俞夫人说了，丁云秀夫人接过名帖看，说道：“唉，是他呀。肖国英就是肖振杰，孩子，这是你九师叔。”石璞这才放心道：“我当是官面登门找麻烦来呢。”

丁云秀道：“请进来吧！”石璞转身要开客厅，丁云秀道：“一直让进内宅吧，我跟他有几年没见了。”且说且站起来。石璞慌忙往外跑，先到门房，把睡午觉的长工李兴捶醒；自己高举名帖，侧身逊客道：“你老往里请！你老是我九师叔，你老怎么不告诉我？”跟着请安。

肖守备哈哈大笑道：“好小子，你把我当了办案的了吧？我还没吓吓你呢。”

俞夫人丁云秀率领幼徒陆嗣清迎出来，笑道：“九弟，这是哪阵风把你吹来的？”肖国英连忙行礼，叫道：“师姊！”他对俞夫人，有时叫三嫂，有时叫师姊。他虽为官，仍在丁云秀面前做小弟弟。礼毕回顾，对马弁说：“把咱们带来的东西解下来，把马牵到马棚。……咱们这里有马棚吧？……师姊，你这宅子太好了，哪像住宅！简直是座小花园，再衬着外面山清水秀，多好的景致！”转对石璞说：“小子，你别张罗我，你张罗我这个马弁吧。他初次登门，不知道马棚在哪里，你领他去。”

石璞忙催长工李兴，李兴揉着眼出来，忽见顶子蓝翎，眼神一亮，忙给请了个安；方才接礼物，接牲口，把马弁陪进门房。肖守备同着丁云秀，直入内堂，宽袍套落座。石璞上前献茶，陆嗣清站在师娘身边。

肖守备也是初次到这里来的。他目视全宅，欣然称羡；又看着陆嗣清问道：“师姊，这又是谁，是二侄子么？大侄子哪里去了？”

丁云秀道：“我们瑾儿上南京看他姐姐去了。这孩子不是我跟前的；这是一个老朋友的老生儿子，送到这里，拜你三哥

为师，学打拳的。他父亲是鹰游岭的黑砂掌陆锦标，你也许知道吧。……嗣清过来，见见你九师叔。”又笑道：“现在你三哥没在家，就是我管教他。”说到这里，看着肖守备，无端地笑起来了。别人不明白，肖守备明白。他拉着陆嗣清的手，忍不住也笑道：“好侄儿，你今年十几岁了？你的本领是师娘教的吧？咱们爷俩要多多亲近，你知道我是谁教的么？告诉你，也是你师娘教的。”

丁云秀笑道：“九弟做官了，兴致还是这么好。”肖守备道：“我敢在师姐跟前摆官谱么？”

姊弟二人笑语当年，寒暄已罢，肖守备忽然面色严肃起来，目视石、陆二徒，说道：“师姊，我有几句话，要对师姊说；我此来本是趁赴任之便，探望三哥三嫂。现在我无意中……可是的，石、陆这两个孩子嘴严不严？”

丁云秀吃了一惊，忙命石璞把陆嗣清带出去。又嘱石璞，看住院门，无事不必教人进来。然后望着肖国英，露出叩问的神气。

肖国英想了想，问道：“三哥上哪里去了？我听说三哥给人双保盐镖被劫，此时不在家，可是寻镖去了么？”丁云秀答道：“不错，你也听说了？”又问：“寻了多少日子，有眉目没有？”丁云秀答道：“我还没得着信，大概还没有头绪吧？怎么着，九弟有所耳闻么？”

肖国英不答，仍问道：“听说是劫走了二十万盐帑，劫镖的大盗已访出是谁来没有？”丁云秀道：“没有，……不过这工夫你三哥也许在外面访出线索来了。”

肖国英又道：“三哥的事三嫂尽知，你猜想这劫镖的人是谁？”丁云秀道：“我也想过，这自然不是寻常盗案，乃是仇家捣乱。”肖国英点了点头道：“对了！劫镖的大盗什么模样？”

丁云秀道：“听说是一个豹头虎目，辽东口音，用铁烟杆，善打穴，善接暗器，年约六旬的赤面老人，你三哥这里有信。这人的外号大概叫什么插翅豹子，只是我到底猜不出是谁来？

也不知是哪路来的?”肖国英听了,点头猝问道:“师姊,你可晓得咱们当年那位怒出师门的师兄袁振武么?”

丁云秀不觉矍然得站起来了,说道:“袁二师兄不是早去世了,怎么没死么?他又出世了么?他现在哪里?”

肖国英道:“他没有死,的确没死。他可是年约六旬,豹头、虎目、赤红脸,并且他现在说话正是关东口音。”

丁云秀一双清澈的眸子睁得很大,扶着桌角,面露诧异道:“这消息你从哪里得来的?”

肖国英道:“胡振业胡五哥亲对我说的,马振伦马六哥亲眼看见的。袁二师兄从关外发迹归来,到马振伦马六哥家去了,送了许多礼,直打听三哥三嫂。”

丁云秀道:“噢!”她的心思最快,登时把家中闹贼,题豹留柬,和石璞所谈,辽东快马袁访俞比武,率友入关的话,一一联贯起来。

袁二师兄确是豹头赤面,假使尚在,确已六十岁了,劫镖大盗确叫什么豹子,而快马袁一来姓袁,二来也有飞豹之号。丁云秀看定肖国英,满腹惊疑,脱口呼道:“不好,这一定是他!袁师兄负气出师,埋头多年;他这突然一出面,他那么倔强的性格,一向是折人折到底,这镖要是他劫的……这这这可怎么好?”说着话,搓手着急。

肖国英道:“师姊也不要心惊,如果劫镖的真是他,咱们想法子对付他。他不念师门旧谊,我们还怕他不成?况且他劫夺官帑,不止灭绝了旧谊,还触犯着重法。只怕他折不了人,人还折不了他?可是的,这事还在两可之间。我不过转听谢师兄说,他已经进关了。我固然也这么猜,究其实还是望风捕影。师姊怎么就十拿九稳,断定准是他呢?”

丁云秀搔头掠鬓道:“咳,我怎么不十拿九稳!我告诉你吧,我原听说劫镖的是关外口音,外号叫豹子,又听说快马袁要进关找你三哥比武。偏偏袁师兄也是豹头赤红脸,也赶进关来,你看,岁数又对,姓又对,相貌又对,不是他是谁?……

我说，喂，石璞，石璞，你进来，我再问问你！”

石璞慌忙从屏门进来。丁云秀、肖守备连忙把快马袁的年貌、兵刃、党羽，从头到尾又仔细盘问了一遍，正是一点没猜错。石璞说，快马袁名叫袁承烈，外号飞豹子，使铁烟管，会打穴；豹头赤面，六十多岁；手下有二老三熊，全是辽东人。

据俞镖头来信，劫镖大盗以插翅豹子为记，正也使铁烟管，会打穴，豹头赤面，六十来岁；党羽叫作什么一豹三熊，全是辽东口音。更据谢振宗所说，袁师兄恰从辽东进关已到江北，他正是豹头赤面，六十来岁。多方印证，年貌相同，所不知者只有外号、兵刃。可是飞豹子的外号，恰与二师兄的面貌相符；而快马袁正与二师兄同姓，名字也有关合。

肖守备与师姊丁云秀、师侄石璞，各举所知，揣情度理；一而二，二而三，层层推测，已觉得“三归一”，毫无讹错了。丁云秀毅然决然对师弟肖守备道：“这件事必须赶紧告诉你三哥。”屈指计算，俞剑平拔剑出门，已一个多月，料想还没有访出头绪；若访出头绪，必给家中送信。丁云秀吩咐石璞：“你快往海州去一趟，给他们镖局送个信去，你明天就动身。”石璞连忙领诺。

然后，丁云秀愣愣地看着肖守备，问道：“九弟，你有工夫么？”肖守备道：“上边给了我三个月假，现在还有两个月呢。”丁云秀道：“好！”深深敛衽道：“九弟，你帮三哥一个大忙吧。我此刻要找胡振业、谢振宗、马振伦去，这几位师弟我要挨个儿拜访，挨个儿问一问。这事一点含糊不得，万一揣测错了，可是了不得。九弟，你肯为师姊出一趟门么？”

肖守备看见丁云秀慌张的神情，心中感叹，忙道：“师姊，这何必说？你想我是做什么来的？我就是专为给三哥、师姊送信来的呀。我们这样办，一直找马振伦去。”又道：“师姊何必登门找他们？简直由三哥这里，拿出掌门师兄的地位，大撒红帖，把他们全叫来，岂不省事？”

丁云秀摇头道：“唉！这事若真，乃是三十年前的种因，

今日才结果。我想我们必须广约同门，给袁师兄顺过一口气来，我们怎好再摆掌门师兄的架子，袁师兄岂不更恼？”假使真是袁师兄，丁云秀已经打定情恳求和之计了。

当天，肖守备留在前宅客厅，由五师侄石璞陪着。丁云秀进入内宅，辗转通夜，反复筹划，写出数封信来。次日又把石璞叫到面前，说道：“你不用往海州去了。”对肖守备道：“你三哥蒙在鼓里；袁师兄是藏在暗隅。你三哥必然应付不了他。我昨夜越想越急，袁师兄的脾气你晓得的，刚强决辣，不发动则已，一发动就要压倒人，不容人翻身。我打算今天就走，先找胡振业，次找谢振宗，再找马振伦，再加上九弟你。我打算烦你们哥四个，拿出师门谊气来，同声面求袁师兄。还有冯师弟，若也能寻到，就算同门到齐了，由你们哥五个，一同替你三哥说话。这总算给袁师兄一个面子了。”

肖守备道：“师姊的意思是善讨？”丁云秀道：“不善讨，讨得出来吗？你还想拿武力来硬夺不成？那可准糟，他胜了，还许退给镖银，那你三哥就声名扫地了；他败了，必定埋赃一走，咱们往哪里找他去？寒边围是化外之区，连盛京将军都不能剿办他，凭你三哥，区区一个歇马的镖头，又能把他怎么样？”

肖守备冷笑道：“若照师姊这样说，天底下没有王法了！袁老二自觉不错似的，这回当真劫镖有他，他不但伤了谊气，还犯了重法。说小是个斩立决，说重就是个灭门大罪。师姊，你不要怵他，小弟自问还能给三哥、师嫂帮这个忙，有的是法子制他。”

丁云秀忙笑道：“九弟，你可别僵火。不管怎么办，现在我在家中心惊肉跳，坐立不宁。我一定要出门，先到海州，次访胡、谢、马诸位师弟。九弟，你如今做官了，你是官身子，你真能陪我走一趟么？”

肖守备道：“师姊不要激我，我没说不去呀！走，咱们这就走。”丁云秀笑了，说道：“九弟还是这么热诚，我也得收拾

收拾，安排安排。”

丁云秀把内宅该锁处全锁了，又就近托人看家，把长工嘱咐了；立刻雇轿，带同五弟子石璞，与九师弟肖国英先赴海州。面见赵化龙镖头和振通镖局的镖师，问过近情，得知俞剑平、胡孟刚现在淮安宝应一路。

丁云秀将劫镖大盗恐是袁二师兄的话，仔细告诉了赵镖头，又将几封信烦托镖行代为发出。赵化龙骤闻此耗，不胜惊骇。丁云秀又说，现欲广邀同门，以情讨镖。又请大家把这消息务必守密，免生枝节。赵镖头点头会意，以为情讨之举，论理必须有这一步。至于有效无效，却不敢说。

他们在海州只停得一停，立刻转赴鲁南十字路集。那抱病闲居的胡振业不期望当年恩师的爱女、掌门师兄之妻会突然坐轿来访。跛着个腿出门一看，不胜诧异道：“哎呀，您是三嫂子，哦，丁师姊！”

丁云秀道：“五弟，我来看你了，你真想不到吧？”又皱眉道：“五弟，你怎么这样了？九弟告诉我，说你有病，我想不到你会病得这么重！”

胡振业在此寄居，无妻无子，孑然一身。忙将丁云秀和肖守备让到屋中，叙礼之后，开口问道：“九弟，你去而复返，怎么把三嫂也惊动来了？三嫂子，我实在对不住，我应该给三哥三嫂请安去，无奈我这条腿……”

丁云秀笑了笑，说道：“五弟，我不是来挑礼的，我是来求你的。你知道三哥三嫂正在患难中么？这事非你不可，你肯出来，帮我们个大忙么？”

胡振业错愕道：“三嫂子大老远地来，一定有事。可是我一个废人，能做什么呢？”转看肖国英道：“九弟，是你把三嫂架来的吧……”

肖国英把桌子一拍，吆喝道：“五哥，告诉你，你不是晓得袁师兄从辽东进关来了么？”胡振业道：“唔，不错呀！”肖国英道：“你猜他干什么来的？他是找俞三哥捣乱来的！他把

俞三哥保的二十万盐镖给劫了！现在偏觅不见，不知他藏到哪里去了。”

丁云秀道：“五弟没听说范公堤有二十万盐镖被劫的话吗？那就是你三哥跟人合伙联保的，教咱们袁师兄带人劫走了！”

胡振业大骇，两腿都直了，手扶桌子站起来，道：“是真的么？……”忽然动了疑心，忙说道：“三嫂子，这事我可是毫无所闻。三嫂和九弟你们都知道我，我当年跟袁老二就死不对劲。他这次进关，倒是不假；可是他也没看望我，我也没看望他，他只拜访马振伦去了。他究竟是怎么一回事，我一点不晓得，我一点也不想晓得。人家阔，我穷，我只住这里对付着爬着，别的事我一概不闻不问。”

丁云秀和肖国英相视而笑道：“五爷，这是怎的了？谁疑心你跟袁师兄通气了？如今简短截说，你三哥教劫镖的豹子逼得走投无路，空访了一个多月，毫无踪影。如今既知劫镖的豹子就是当年的袁师兄，这没有别的，只好烦旧日同学，替你俞三哥在袁师兄面前求个人情。胡五弟，你还不帮这个忙么？”

胡振业脸色和缓下来，笑道：“吓了我一跳！人贫志短，我只道是疑心我跟贼合伙来着呢！……劫镖的真是袁师兄么？你们听谁说的？他难道真改行做起贼来不成？”

丁云秀、肖国英遂将推测的情形和打定的主意，一一说了。肖守备又道：“此事不能看作失镖寻镖，也不能看作俞、袁之争。五哥，这是我们掌门师兄有难，有人要跟我们太极门下不来。现在同门诸友顶数五哥年长了；我们同门要烦你率领我们出头，替本门说话。五哥，你义不容辞！”

胡振业听了，神色连变，看着自己这条腿，半晌作声不得；心中沸沸腾腾，万感交集，忽然间，目放威光，转向丁云秀道：“三嫂，我成了残废人了。但是为本门的事，我一定粉身碎骨，义不容辞。现在，三嫂和九弟打算教我怎么样呢？可是教我去找袁老二去么？这可不大好措辞，要是硬干还可以，软求只怕……因为九弟要知道，他不是我们本门中人了。”

丁云秀忙道："五弟，咱们不是那么样的打算。我的意思，是想请五弟领我去找谢振宗、马振伦，届时就烦你们哥几个，替你三哥服个软，给袁师兄留一个面，好歹把镖银讨回来。"

胡振业又复沉吟道："这还是软求！也罢，既然三嫂、九弟全觉得这么办对，咱们就先找马振伦去；谢振宗此刻早在几百里以外了。他和黄烈文黄先生很好，要不然咱们先找黄先生去。他这个人文武全才，出个主意什么的，比小弟强多了。小弟是倒运的人，一出主意，准钻牛犄角。黄先生在此不远，我们也可以烦他写信，把谢老八催回来。"

把话商定，胡振业收拾着就要上马。肖国英道："五哥还是坐轿吧！"胡振业大笑道："三嫂子坐轿，是妇道人家没有法子，省得教人看着扎眼。我也坐轿，岂不太难了？"一抖缰，用右腿踏镫上了马。

（未完见下册）

十二金钱镖

白羽武侠小说全集 一

白羽 著

第四卷

山西出版传媒集团
北岳文艺出版社 · 太原 ·

第四十三章

马振伦避嫌疑急脱遁
肖守备探掌门揭谜底

黄烈文的住处不远，即日找到门前，见了面，具述来意，并请他同去找谢振宗。黄烈文乍见俞夫人丁云秀，少不得寒暄数语道："久仰十二金钱俞镖头贤伉俪的威名，今日承劳先施，理当效劳。不过令师弟谢振宗谢八爷早不在此处，已经上直隶省去了。他倒说过，两个月以后，还要回家，必到舍下歇脚。快马袁究竟在何处，鄙人并不知道。谢八爷的落脚处，这里倒是留下地名了。等他回来也可以，由我写信催他速回也可以。"

胡振业道："谢老八跟我一样，也蒙在鼓里呢。只道劫镖是劫镖，失镖是失镖，和袁老二进关是两桩事呢。他若晓得劫俞三哥的镖的就是袁老二，他也不能脱心静了。黄先生，你就费心写信，催他赶快回来吧。可是的，三嫂子，催谢老八上哪里跟咱们见面呢？"

俞夫人踌躇不能立决，海州、阜宁，全是寻镖人约定接头之处。不过现在听俞剑平已从苦水铺转赴宝应去了。因问黄烈文和肖国英，海州、阜宁、宝应三处，应指定何处相宜。

肖国英道："师姐不是接到豹子的画柬，上面不是提到宝

应湖、洪泽湖、大纵湖三个地名么？袁老二多半就在这三湖附近。我们还是约定在宝应聚会吧！”黄烈文道：“肖老爷卓见很对，我就这么写信吧。贵同门马振伦马六爷住在草桥镇，离骆马湖不远，沿运河南下就到；上宝应县，恰好顺路。”

黄烈文急忙写好了信，俞夫人命弟子石璞，转赴附近镖局，火速发出去。第二步就该找马振伦了。胡振业道：“黄先生，你跟我们马六弟也认识，索性也有你一份，咱们全陪着三嫂子同去一趟。”黄烈文面对肖国英说道：“马六爷的府上，我倒去过。不过这一桩事，乃是你们太极门门内起了争端，我一个外人，掺在里面，恐怕说话不便。我看，还是由我领到马宅门口，单由俞夫人和肖老爷、胡五爷，你们三位进去，同他开诚布公地说，烦他出头了事，他或者不至于推托……”

肖国英道：“黄先生，我们一见如故，有高见尽请明白指示。你以为他要推托么？”胡振业道：“黄先生说的很对，马六弟如今娶妻生子，安居乐业，他也许想着多一事，不如少一事。我们陪着三嫂子，先去探望他；再给他老婆孩子带点礼物，咱们也学袁老二那一手。彼此都是同门，俞三哥可是掌门师兄，又是失镖受窘的人，他总得向着掌门师兄。他难道放着掌门师兄不帮，还要暗帮当年负气出师、今日劫镖犯法的袁老二不成？咱们走吧！”黄烈文因胡振业坚辞敦促，也慨然答应了，说道：“我们先找找马六爷试试看。”大家立刻分乘轿马，又由鲁南十字路集，前往苏北草桥镇。

马振伦是住在江苏新安县草桥镇镇南，距骆马湖不远。这骆马湖昔年也是水寇潜伏渊薮，后来被漕督痛剿，近年才告肃清。马振伦自出师门，没干镖行，他和谢振宗各走一条路。中年以后，北游冀鲁，观光燕市，不久发了财，甫逾中年，就归家务农，在骆马湖边买下数顷稻田。有妻有子，有家有业，已然成为当地绅士了。

当年他在师门和二师兄袁振武交情最深。后来大师兄被逐，师门突有废立之举，俞剑平以三师兄持掌门户，继承薪

传；袁二师兄怒出师门，飘然远行。他当时曾加劝慰，袁振武沉默无言；终于借故出走，从此一别三十年，声息不闻。

直到今春袁振武猝然登门相访，只带着一个青年携来不少礼物。人事变迁，两人抵面几不相识，及至通了姓名，这一对老朋友方才感慨相认，互诉别情。不过谈起话来，袁振武总是少谈近事，多叙旧情。自承是在关外混了些年，如今说不上衣锦荣归，只是年老思乡，苦忆少时旧伴。跟着打听师门人才，又打听俞剑平夫妻近年的生涯，又打听江南武林后起之辈都有什么人。盘桓数日，袁振武就告辞走了。

马振伦久游冀北，不熟悉江南武林情形；乍与老友重逢，只想到彼此念旧罢了。就是袁振武留下的礼物过于丰厚，在他想来，这是关东土产，也不算什么。但是不久江北突然传说，有一豹头大盗出现，此人年约六旬，辽东口音。马振伦听了，不觉愕然。跟着豹头大盗邀劫二十万盐镖的事又喧腾起来，马振伦心中又是一动。不过他住的地方较僻，只知被劫的镖银是海州铁牌手胡孟刚承保的，还不晓得与俞剑平有关。

直到月前马振伦因事赴淮，与同门师弟谢振宗相遇。马振伦说起当年的师兄袁振武久传已死，现在突又出世。谢振宗就说起掌门师兄俞剑平镖局久收，镖旗突又被拔。两人起初诧为奇闻，并未深想。

谢振宗忍不住向马振伦打听袁振武的近况和落脚地点，又问马振伦可知劫镖拔旗的豹头大盗的来路么？把两件事捏在一起问，问者无心，听者不由一惊。马振伦忙说道："不晓得，不晓得！我久已不在外边混了。"他急急察看谢振宗的脸色。哪知谢振宗此刻正有急事缠身，要驰赴直隶。他虽有心助俞，只是分不出空来。他现在不过带口问一问，教马振伦多留点神，好给本门师兄帮个忙。

马振伦也是久涉江湖的人了，心中着实吃惊，表面神气不露；和谢振宗谈了一阵，告别各去。回到家来，谢绝交游，把妻子家人全嘱咐了一遍。只隔了一个多月，丁云秀和胡振业、

肖国英便登门相访来了。

胡振业、肖国英两个男宾骑马先到，上前叩门。一个长工迎出来，把名帖接过一看，也不往里回禀，便说："二位老爷，我们当家的上北京去了。"胡振业道："怎么，他多咱进京的?"长工道："走了好些日子了。"肖国英就说："管家，我告诉你，我们是你主人的老朋友、盟兄弟，你把名帖拿进去。主人不在家，少爷可在家吧？少爷不在家，就见你们大奶奶。你们大奶奶是我的六嫂，你明白了?"长工呆头呆脑，恪遵主命，仍不肯回禀。胡振业生起气来，嚷道："马老六好大的谱儿!"正要逼长工回禀，女客丁云秀坐着轿也到了。

客人一定要进去，长工一定不回禀。胡振业怒极，要打长工，连肖国英也很动气，把长工一推，硬往里闯，回头对丁云秀说："三嫂不是见过六嫂的么？索性一直往里走就完了。想不到马六爷府上，比王府规矩还严。管家，莫非你想要门包么?"男女客一拥而入。丁云秀明知失礼，也无可奈何。

胡、肖二人闯进二门，就大声喊马振伦的名字，里面已经听见吵嚷，长工拦不住，也跑进去回禀。马振伦的长子马元良，是十七八岁的少年。他急忙迎出来，一见丁云秀夫人，忙又抽身，喊他母亲："妈妈，妈妈，客人来了!"

马振伦之妻朱氏是个很老实的妇人，也慌忙迎出来。胡振业和肖国英站在庭心，让丁云秀在前，俞门弟子石璞提礼物跟随在后。朱氏道："哎哟，这不是俞三嫂子么？你老从哪里来?"胡、肖就拱手抢着叫六嫂、六弟妹，迈步直往里走。忽从堂屋跑出一个小孩道："妈妈，我姐姐说，把客人让到客厅吧。"

胡、肖二人不听那一套，还是往堂屋走。马元良已猜知来客是谁，忙迎面拦住，作揖请安，叫了声："师叔!"胡振业道："好小子，我是你五师伯，你不认得我么?"

母子二人幸亏迎接得快，把客人挡住了。往客厅里让，已然不行，忙往东厢房让。进了东厢房，马元良母子先致歉意，

说是："乡仆无礼，不知回话；也因为村居少客，一见来了这些客人，主人又没在家，他就糊涂了。"

胡、肖大笑道："我说呢，我哥俩陪着三嫂，大远地专程来看望六爷，怎么竟挡驾不见呢。六爷是真的没在家么？多咱出门的？"朱氏道："他走了一个多月了。"马元良道："家父走了三十多天了，是一个朋友邀出去的，上北京去了，回来的日子还不一定。"

母子二人各答各话，被丁云秀和胡、肖二友隔别询问，起初答的还对碴。等到献过茶，坐久了，越谈越深，越问越多，可就答对得不一致了。但是话茬尽管不尽相符，话头落到终结，全都说马振伦早已离家，归期无定。

丁、胡茫然相顾，怦然动疑；更向他母子打听袁振武春来相访的事，和留下重礼的话。这母子二人登时变色，一齐否认，都说："倒听说有位姓袁的朋友来过。眼生得很，我们都不认识。他只来了一趟，谈了半天就走了；倒留下点水礼，也不值钱。"胡振业对马元良道："小子，这姓袁的客人，就是你从前的二师伯，我不信你爹爹没给你引见么？"马元良道："没有引见。那天赶巧我没在家，我一点都不知道。"胡振业道："六弟妹，你总知道吧？"朱氏忙道："我也不知道，他的事一向不告诉家里人的。……三嫂子大远地来了，家里留下谁看家了？"母子极力往旁处扯，但也不问俞剑平失镖的事，好像还不晓得。礼貌还很周到，谈了一会儿，买来许多茶点。男女三客套问良久，不得边际。

胡振业寻思了一回，正想揭开了明问，肖国英已先发话道："既然六爷不在家，现在天不早了，我们哥俩先回店。三嫂子，你老就住在这里好了。我说六嫂子，我们来了这些人，恐怕家里住不开。我们住店去，你给三嫂子腾个住处；你们是老姐们了，可以多谈谈。"说着就站起来，拍着马元良道："老贤侄，这儿哪里有店房？"

石璞也站起来说："五叔、九叔，我留在这里吧。六婶子、

马大哥，你不用费事，只给我师娘预备一个床就行。我不要紧，哪里都能一躺。”

母子二人不觉抓瞎，但不能把女客推出去。胡振业看着肖国英，忍不住又怒又笑。怒的是马振伦不顾师门谊气，怎么竟避不见面；笑的是肖国英守备正颜厉色地使坏主意，挤对小孩子、老娘们。丁云秀在旁边听着不得劲，又见朱氏窘得脸红，忙拦道：“六婶，你不要张罗，我们是因为旁的事路过这里。家里若是不方便，我到外头找店去吧。”朱氏更没了主意，连话都不知怎么答对好，只看着儿子发怔。马元良又是个年轻孩子，也不会说客气话。丁云秀和胡、肖全站起来告辞，朱氏这才说道：“三嫂子，吃了饭再走吧！”

丁云秀上了轿，胡、肖等上了马，径回店房。黄烈文已在店中坐候，忙问：“见着马振伦没有？”胡振业道：“没在家。他躲了！”

丁云秀低头琢磨，这一来竟出她意料之外。明知马振伦与袁师兄相厚，但那一面早离师门，自己这一面乃是太极门掌门户的人；彼此厚薄之间，马振伦似乎不该袖手坐视本门挫辱，反倒帮助劫盗。可是他现在竟躲出去了，莫非存着坐山观虎斗的心么？丁云秀是个很机智的人，此时当局者迷，竟没猜出马振伦的心理。马振伦唯恐别人疑他与飞豹同谋，他真要赴北京，不过今日还没有成行。数人在店中议论，还是黄烈文猜测一会儿，对胡振业道：“马六爷在本地已是绅士了，我看他不是忘旧，实是畏祸。此刻他也许躲在家里，也许藏在朋友家中。不知二位登门，可曾明述来意么？”

胡、肖道：“我们只见了一个糊涂老娘儿们，一个小屎蛋孩子。他们一个劲地往外推，一问三不知，可教我们对他说什么？”黄烈文笑了，对丁云秀道：“本来这话不是说给六爷的家眷听，是教他传给六爷本人听。我看俞夫人应该再去一趟，把来意透透彻彻说明；打算怎样烦马六爷出面，也该开诚布公，一字一板说周全了。回头马六爷一琢磨，是烦他说合人，不是

教他卖底，他自然无须避不见面了。”

胡、肖一齐沉吟道：“这话固然有理，可是我跟他同门多年，他并不是怕事的人呀！我猜他一定暗向着袁老二。”黄烈文道：“所以呀，你们是至近的同学，还这么猜度。他是个聪明人，也这么一反想，自然更要潜踪匿迹，设法逃出漩涡了。这不是小事，这是二十万官帑的重大劫案。在快马袁固然不怕，一出关便是他的天下。马六爷如今乃是安善良民，他岂肯坐守在家，等着打挂误官司？你们疑心他通匪，他自然受不了；你们不疑心，快马袁疑心他卖底，他也受不了。替他设想越躲得远越好。但如你们打开窗户说亮话，恳切请他说和，不逼他卖底，也不挤他帮拳。他自然为顾全两方情面，会很高兴地出头了事了。”

丁云秀听罢，首先赞扬道：“黄先生推测人情，真很细微。马六弟在师门，也很承先父喜爱；他素日和外子交情也很好；我真想不到他会规避。如今经黄先生这一解说，真是洞若观火。五弟、九弟，我想马六弟也决不会翻过来帮着袁师兄的，他只是谁也不愿帮，谁也不敢帮罢了；黄先生说得很对。这么办，现在天色尚早，我自己再折回去一趟，跟马奶奶开诚布公说一说。不过我看马奶奶是老实人，必定胆小怕事；马六弟就算在家，她也不肯改口了。这可怎么好？我们又不能在此久耗。”

胡振业说：“三嫂你再去一趟。如果仍无结果，就烦九弟今夜探马家大院，装贼纵火，把马老六吓出来。咱们在旁边等着，只要他一露面救火拿贼，三嫂子就上前揪住他，教他出头说合。黄先生，你说这主意好不好？”

黄烈文笑道：“好自然是够好的，只怕肖老爷一位现任武职官员……”胡振业道：“哎呀，我忘了这个了。九爷，你现在是都司游击、四品大员了，怎么着，你肯替本门师兄，再装一回贼么？”

肖国英脸上一红，哈哈大笑道：“五哥真会挖苦我，我也

是朝廷命官，你教我夜入民宅，我还在官场混不混？五哥出这高招，你怎么不来一手？”胡振业笑说：“我倒想去，你看我这条腿，可怎么办呢？”

丁云秀道：“五弟不要教九弟为难了，那不成了笑话了。我先去一趟，回来看情形，再想第二步办法。”遂吩咐五弟子石璞，重叫来小轿，立即重赴马府，石璞仍然跟随。……这一去，直隔过两个多时辰，店房已经掌上灯，丁云秀方才回来，面上怏怏不快。任凭她开诚布公地说，马奶奶母子仍然坚持说马振伦确已离家，确是归期无定。

丁云秀告诉了胡、肖。胡、肖道：“也许是真不凑巧，真出门了。”石璞道：“不太像，弟子这回跟师娘重去，马家的人更显得惊疑。他家那个长工也嘀嘀咕咕，听他跟那个小姑娘捣鬼，口气上似乎马六叔不但没出门，还在宅里潜伏着呢。”因道：“师娘，我看我们今夜真该去踩探一下。”

胡振业大喜道：“石璞，你真有这份胆量么？”石璞道：“只要师母准我去，我一个人去都行，不过得请五师叔、九师叔在外面给我打接应。”胡振业把跛腿一拍道：“好小子，你师父没白疼你！你九叔怕失官体，不敢去，咱爷俩去，黄先生，你怎么样？”黄烈文道：“探是可以探，不过探的结果，只使咱们心上明白而已，用处一点没有。马六爷既不愿出头，你们就是看见他，也没法强人所难呀。”

胡振业怒道：“那倒不见得，掌门师兄有难，同门诸友该出头帮拳。他敢说个不字，由我胡老五说起，那就不行！我胡老五就要替俞三哥行家法。”

胡振业大发脾气，闹了一阵，就跟石璞盘算；要教石璞假扮强人，夜入马宅；马振伦如果在家，势必挟技捕盗。把他诱出来，胡振业就趁势上前质问他，强迫他出头了事。因说：“这样办很稳当，九老爷总可以跟我去吧？”

转瞬入夜，胡振业催促石璞，换夜行衣，背刀出店。丁云秀觉得不妥，一时没法拦阻。黄烈文忽然发话道：“五爷，你

先歇一会儿，您先教我去一趟，行不行？我跟马六爷也是熟人，我又是局外人，他见了我或无疑虑。”丁云秀忙道：“黄先生能言善辩，您就辛苦一趟吧。五爷，您回头再去打接应。”

胡振业道：“三嫂子不愿我去，我就不去。不过黄先生肯去，也总得教石璞陪着；一来给你领道，二来也教他看看这位六师叔够多大架子！”

黄烈文微笑道：“好，就是这样，石老弟，咱们走。”与石璞长衣出店，走到暗隅，把长衣脱下包好，背在背后，施展飞腾术驰奔马宅。耗近三更，从邻宅上房往内偷看。哪知此时马振伦家早有了防备。

丁云秀这次登门，来得突兀，正把马振伦堵在家中，故此马的妻、子俱各惶遽。等到丁云秀二次亲访，马振伦备知来意，忙忙地避出本宅，藏在邻舍。天晚客去，他跳墙进家，把长子马元良、次女马元芳都密嘱许多话；自己竟出离本镇，投奔他乡。他仍然不放心，半夜又溜回来，登高远眺。黄烈文、石璞跟着就来窥探了，马振伦暗暗不悦：“自己一清二白，怎么三师嫂竟来踩探我？”

这时候，马元良和马元芳兄妹二人，预遵父嘱，更换短装，各持兵刃，站立在庭心。庭院四角，立着四盏戳灯；兄妹一个挺花枪，一个抡双刀，打在一起，似系白日习文，灯下习武。马元芳是个小姑娘，武功还没有门径，和马元良本非对手；如今一招一式，打得很慢。而且心不在焉，身手尽管施展，两人四只眼，四只耳朵都张皇着四面。马元良也只十七八岁，江湖道的事，夜行人的规矩，也不很懂，现在只是照计而行。天方入夜，他们便把街门上锁，又在内宅立了一架木梯，兄妹轮流着巡视前后院。他的小弟弟马元彤也跟着忙，他的母亲也把各房的灯都点着了，将全宅照了个通明。人们若来偷看，可以不必费事。

黄烈文与石璞从邻舍上房，本来声音很轻，但可以瞒外行，不能瞒内家；可以瞒不留神的人，不能瞒正注意的人。这

两人逼近马宅，刚一探头，犬吠声便起；原来马振伦家将两条大狗全放出来了，项上都拖着长链。马氏兄妹正在中庭，一刀一枪打得欲罢不能，十分腻烦；忽然听后院狗吠，登时精神一振。两个孩子住了手，互相告诉道："你听后院狗又闹了。"上房中的母亲朱氏也听见了，和寻常人家夜闻犬吠一样，重重咳了数声，跟着当门叫道："元良、元芳，怎么你俩还玩哪？你们听听，后院狗叫了。你爹爹没在家，门户得小心点，后门上锁没有？你们看看去。"

马元良提着花枪，马元芳抱着双刀，答应了一声，往后院走；好像小孩胆怯，只到角门，探头看了一眼，把狗吆喝了数声，就大声对母亲说："妈，这两只狗准是长工没给它放食水，饿得乱叫。"朱氏道："放了半盆剩饭呢，你们看看街门吧。"朱氏一劲地催这兄妹，这两个孩子说什么也不肯去。朱氏骂道："这么大的小子，那么点的胆子。"气愤愤地从上房出来，顺手提一盏灯，直奔后院。两个小孩吐舌缩头的笑，也跟随过来。

朱氏到了后门，忽然大喊了一声道："哎哟，不好，谁出去了，怎么没上闩？"登时哗噪起来，把长工也喊出，催着验看各处。验到前门，前门已加闩上锁，朱氏放下心；忙又率家众，重到后院；后门洞开，门扇半掩，实在有点悬虚。朱氏力逼长工出去查看。元良、元芳一看人多，似又胆大起来，催长工提灯；这小兄妹绰枪的绰枪，提刀的提刀，一直往后巷搜去了。家中只留朱氏和元彤。元彤害怕，直说："妈妈，他们全走了，只剩咱俩了，咱俩进屋吧。"朱氏怒斥道："这后门大开着，害怕又怎么样呢？"拉住无彤的手腕，提灯守着后门，等候长儿、次女及长工。但是迷迷糊糊的一个长工和稚气未除的两个儿女，竟像煞有介事地闹腾起来；又像真追贼似的，三人顺后巷往前追，竟一去没影了。

元彤仍闹着要回屋，朱氏似乎又害怕、又生气，申斥骂道："难道真追着贼不成？你哥你姐是小浑蛋，怎么长工也这么糊涂？把个空宅子丢下，光顾追贼，把家倒不要了。"朱氏

一面骂，一面领着胆小的马元彤，站在后门外，喊叫元良、元芳的名字。夜静了，连喊数次，不闻应声，朱氏连连顿足说：“不好！你爹没在家，这两个孩子别是真遇上贼了吧？不好，不好，贼要是追急了，就要拼命的！”朱氏越发沉不住气，领着小儿子，往后巷一步一步寻叫过去。

当此之时，马宅前庭中院已成了“空城”。潜伏房头的黄烈文早已看清一切，不禁摇头。俞门五弟子石璞低声说：“黄老师，我下去看看，你老替我着点。”黄烈文道：“用不着看，这都明摆在眼前了。”话声中，石璞忍耐不得，早如饥鹰攫兔，一侧身，掠空下跳，落到前庭墙隅，一挺身，张目四瞥，急奔正房。正房无人；抽身外窜，扑向两厢，破窗一窥，明灯辉煌，一目了然，各厢房并无一人。石璞就风驰电掣般改扑他舍，或穴窗侧目，或昂然入室。急搜急寻，片刻之间，把全宅三进院落，火速勘完两进；连跨院、内厕、厨房、柴棚以至囤米贮物的空舍全都勘完；又鼓勇搜到后院，后院更是空空。石璞抽身重到中院，细搜卧堂。卧室也搜完了，在桌上抓了一把。蹑足进了耳房，却有一个奶母正乳着小孩盹睡；此外再没人了。“六师叔原来真出了门，真是没在家？”石璞琢磨着，仍自不甘心，这边乱探，那边乱翻，以为还有许多细微处没有搜完，急得黄烈文已然口发胡哨催他速走；石璞仍不管不顾，又进了厢房。

外面已闻履声，黄烈文很着急，忙飞身下蹿，把石璞捉胳膊揪出来，上房走去。正是这一揪，也好也不好。马元良兄妹已经回来，再迟一步，就要碰上。可是厢房有一道夹壁墙，再迟一会儿就被石璞寻出破绽。

朱氏和元彤、元良、元芳跟那个长工，施施然一声不响，走进后门。一入内院，话声始纵；朱氏不住抱怨元良，元良不肯认错。黄、石二人刚退到邻房，忙又蹭过来听；影影绰绰听那口气，似有一个人影险被元良追上，元良还险些挨了一暗器。朱氏母子唠叨着，把后门上闩加锁，提灯将各处照看了一

遍，全都进了屋。黄烈文饶有心计，竟没看出真伪。元良母子早在各处门槛过道，人通行处，一一留下暗记，旁人摸黑一走，立刻改样留痕。马元良急入上房，往桌上一看，悄对母亲说："睡吧，妈妈。"朱氏往桌上一看，也点头会意；女人胆怯，竟不敢睡，马元彤才十三岁，胆子并不小，竟要出来看看；被哥哥拦住，强按着上了床。那长工也回转门房，就枕大睡。

马宅一家子全睡下了，黄烈文和石璞窥望良久，抽身回走，出了小巷，石璞把黄烈文扯了一把，从衣囊内掏出一物，说道："黄师傅，我们这趟没白来。"黄烈文低头看道："是什么？"街头黑暗无光，看不出字来，用手摸索，知道是一封信，两张信笺。石璞道："这东西就在正房桌上放着。"

两人亟欲一观内容，忙找一僻静处，掏出火折子一晃。俯身借光，还没等看明；那边啪嗒响了一声，有两个人影一闪。石璞忙将火折子收起，与黄烈文奔寻过去。前面人影低哨了一声，原来是跛子胡振业和武官肖国英在店中等得不耐烦，也溜出来了。

石璞道："我一猜就知道是师叔。"胡振业一晃一晃地凑过来，问道："你们捣什么鬼？到底马老六在家藏着没有？"石璞道："大概没在家。"肖国英道："你们看准了么？"

黄烈文笑道："你这位令师侄硬闯进人家，把人家搜了一个够，你问他吧。不过，这事情我总觉着古怪。"石璞道："我搜着一封信，是马六叔给家里人写的，我们还没顾得细看呢。"肖国英道："那么，咱们快回店，看看信上怎么说吧。"四个人举步同往回走。忽有一条人影，从邻巷出现，只一闪往南走去了，胡、肖全没留神，黄烈文瞥见了，欲言又止。

当下石璞随众回店，把偷来的信，呈给师母看。信封标着"烦驾寄至草桥镇青石坊马元良亲拆，外附乐善堂虎皮膏二十帖"。信笺确是马振伦亲笔，说的尽是些家常琐务和催租纳粮等事。口气像是第二封信，内嘱元良约束妹弟用功，勿受佃户欺愚等语。末尾才提到归期："此间事颇费周折，归期须缓。

如有妥便之人，可再捎银五十两，以资盘费……”丁云秀爽然失望道：“马六弟没有日子回来，我们只好不等他了。”

大家传观此信，齐劝丁云秀写一封客气信，给马宅送去。详述来意，敦请他重念同门之雅，出头说和。同时定规下明日登程。丁云秀便请黄烈文代笔，黄烈文依言写完，念给大家听，跟着伸臂一笑。

胡振业道：“黄大哥，你怎么总笑呢？莫非这里头还有什么把戏么？”黄烈文道：“那倒不是。也许是我多疑，我琢磨这封信，总觉其中有诈，我猜马六爷并没出门。”

众人问道：“他有什么诈？”黄烈文道：“也许他料到我们必来搜他，他便将计就计，故留此信，教我们睹信断望，催我们速离此地。”胡振业道：“有理！”把眼光又落到信上，搔头问道：“到底你们探宅，还看出别的破绽来没有？”石璞道：“我们窥望时，他们后宅门忽然拔闩脱锁，他们说是有贼，一家子全都追出去了。这一点似乎可疑。”

大家又乱猜起来，有的又要不走，打算重探；胡振业犯了脾气，要跟马振伦死耗，看他躲到几时。俞夫人是个女中豪杰，素执谦和，可是内蕴烈性，丁云秀微微一笑，对石璞道：“你五叔发脾气，你也发脾气？五弟，九弟，黄先生，我看此事不必强求。马六弟跟我们夫妇纵然同学，人家既不愿意帮忙，我们何必强人所难？我们明天还是赶紧上宝应县去吧。”

胡振业道：“去倒好去，马老六胆敢在掌门师兄面前摆闭门羹，我不能跟他算完！黄大哥，有什么高招没有？请你尽管拿出来。肖老九，你别一言不发。你把你那官势掏出来，施展施展；就说他是飞豹子的同伙，给他暗当窝主。”

肖国英只是笑。黄烈文道：“胡五哥别生气，你也得原谅他。二十万大劫案，谁听见也吓一跳。马六爷又不知我们的来意，又不知来的都是谁，更怕得罪了那一头；退一步想，他自然要躲一躲，先听听风声。便是，看人须往长处看，别看一时。这件事若讲善罢，还得由五爷、九爷和马六爷，你们哥几

个一同出头私了。马六爷若准知道我们这样的打算，他乐得的给两家说和，谁放着面子事不做呢?”

胡振业笑道：“黄大哥真会说！这事谁都知道私了好，无奈马老六这东西怕事装松，藏起来不露面，这又该怎么办呢?”丁云秀道：“黄先生体贴人情入微，您既说到这里，想必另有高见，就请您费心指教吧。”

黄烈文笑道：“我也没有别的好主意。胡五爷大概忘了，我在此地还有两个熟人，内中一个还是亲戚。我们不妨托他们二位，就近替咱们暗地访察马六爷的行止。我们明天走我们的。除这封信由俞镖头贤伉俪出名，另外再留下一封信，由五爷、九爷出名，措辞说得危急厉害一点，仿佛劫镖一案，袁、俞之争，马六爷再不出头，那就越闹祸害越大，越没法收拾。不但俞镖头倾家辱名，要一败涂地，就是飞豹子，也要大祸临身，罪无可逃。如今双方势成骑虎，欲罢不能；正盼着有人出头和解，好借此下台。如此一说，马六爷看着现成的人情，也许肯出头一做。”

黄烈文默体世情，说出此策，只是留为后图。大家都说有理，立刻这样办了。第二天黄烈文拿着信去托人；丁云秀坐轿往马宅辞行，依计再向马氏母子恳切谈了一遍，然后告别回店。立即由店房动身，离开骆马湖草桥镇，直赴淮安府。到了淮安，向镖店同行打听；俞、胡已由此处，往南踏访下去，现时大概已到宝应。俞夫人遂由淮安赴宝应，由宝应又赶到高良涧北三河地方，夫妻俩才得相会……

当下，俞夫人和胡、肖二友，把前情对俞剑平和在场群雄一一细说。俞剑平一听，飞豹子业与师弟马振伦先期会面，马振伦竟避不出头，对自己这个掌门师兄，摆出袖手旁观的样子来，在师门谊气上，实在说不过去。俞镖头口虽不说，心中着实不悦。

倒是胡、肖二友十分热诚，见俞剑平剑眉微蹙，似透愁容。胡振业首先说道：“三哥，你不必过于惧敌！你别听那么

说，什么善者不来，来者不善，袁老二那点玩意儿谁不知道！说真格的，他比三哥差远啦。要不，咱们老师怎会不要他呢。赶明天咱们跟他见面，三哥你装好人，跟他客客气气的，由我和肖九弟来抵面问他。咱们先跟他讲面子，叙交情，以礼讨镖。他若识趣，顺坡而下，就此善罢甘休。当真他犯浑蛋，恃强抗法，不顾交情；三哥你放心，咱们也用不着借仗官势，咱们只把咱们太极门的门规拿出来。他侮辱掌门师兄，就是侮辱太极门师法；我和肖九爷定要跟他讲个真章。”

这是胡振业的主张，他却忘了一节，飞豹子早已改换门户，早不是太极门中人物了。但是，明朝与豹相会，脱不开讲江湖的谊气，论武林的门规，就明知情恳无用，也须姑备一说。智囊姜羽冲、霹雳手童冠英等，也都道：“软硬不妨全试试。”

第四十四章

贤伉俪践约会群雄 师兄弟强叙师门情

明天就是双方会见之期。俞夫人趁空打听飞豹子近日的动静。俞剑平知她悬念，也把近情略说了一遍。智囊忙道：“时候不早，刻不容缓了，我们赶紧商量，好生歇一歇，明天免不了要大动唇舌。”胡孟刚道：“还得大动身手哩！”智囊道：“正是这个意思，我们快定规吧。”

这日的天气格外闷热，就在院中布下桌椅，大家全到院中落座。俞氏夫妻与两个师弟，和智囊姜羽冲几个主谋的人，连同当事人胡孟刚聚坐在一处；大家都小声说话。因即商定，有出头的，有帮话的，有劝和的，有争理的，有备战的，有巡风的；有的专对付子母神梭武胜文，有的专对付飞豹子。

议到归结，还是“看事做事”。看飞豹子怎么说，就怎么对付。在座群雄多有主张以武力较技赌镖的，因为事已至此，空口必不能讨回镖来。跛子胡振业就不信这话：“我不信二十几年没见面，袁老二竟会比别人多长出两个脑袋、四支犄角来；他还真要造反不成！”

大家未免各献各策，俞剑平和俞夫人到底把椅子挨着椅

子，夫妻俩并坐在一起，低声地讲究。霹雳手童冠英看着要笑，向苏建明努嘴低声道：“你看，两口子一月没见面，就说体己话；偌大年纪，一点也忍不住，比小两口儿还黏缠哩！”

苏建明推他一把道：“商量正事吧！人家夫妻乃是同学兄妹，现在劫镖的又是他们从前的二师兄，人家自然有些机密情形，不愿明白出口。你看，人家胡五爷、肖九爷，不是也凑过去了？童老兄，我劝你暂免开玩笑吧。”

果然听俞夫人叫了一声五弟、九弟，把胡、肖二人都叫过去了。同门四人反复议论飞豹子的脾性，该如何对付，才能把事了结，彼此面子不伤。

俞剑平叹了口气，听俞夫人道：“这实在怨我们老爷子当年种下的错，现在临到你我头上了。没别的，九弟你可多劝着五弟一点，教他别跟袁师兄翻脸才好。五弟，这不是你三哥怕事惧敌；这没有办法。谁教当年把他折辱得太甚了呢。”胡振业哼了一声道：“是，我是帮拳帮话来的。教我说，我就说，不教我说，我不说；决不能由我再生出枝节来……”

议论片时，然后由俞剑平把夫妻的打算对大众说出来。大家听了，有的以为然，有的不以为然。可是大家全都佩服俞镖头有容让，能忍人所不能忍。霹雳手童冠英道：“我们看俞爷的吧。我先说一句放在你这里，你能那么屈己从人，只怕人家并不容让你！”

事机紧迫，光阴过得分外快，转瞬到了三更。智囊姜羽冲仍管派兵遣将，把各人担当的事情派定，遂催大家作速睡眠，养精蓄锐，好准备明天竭力对付飞豹子。俞夫人由屠炳烈引见，到房主那边，借了一间房歇息。不久就鸡叫了。在房上和巷口梭巡的壮士，已经换过两班。此刻都撤了回来，都说：这一夜格外消停，敌人那边一点动静也没有，也没有来窥伺。

那子母神梭武胜文寄寓之所，并未隐匿，镖行群雄已经探明。但人家既未来窥看自己，自己这边为保持江湖道上的气度，自然也不能私窥人家。只由镖行高的人远远望去，见那子

母神梭借寓之处，在前半夜确曾有一些人出入；一过子时，便即关门闭户，不见人踪了。正不知飞豹子是否潜身在内，也不知飞豹子这次是否准到。好在此次订约会全由子母神梭出面，一切都冲着他说了。

天色大明，众人梳洗。俞夫人丁云秀从房东那边过来，大家忙进早点，预备出发。那武宅管事贺元昆，忽又陪同一个面生的人，骑马持帖，登门促驾。俞剑平、胡孟刚和智囊姜羽冲，忙迎出来。

贺元昆先致寒暄，随传主命："敝东听说俞镖头邀来观场的朋友很多，地方小了，怕容纳不下。现在觅妥龙王庙这个空场子，就在北三河河岔三角洲地段。这龙王庙一年只开两回庙，现在正好是空期。庙里地方很宽绰，有多少朋友，都可以装得下；只是房子太坏了，俞镖头不嫌屈尊，就请前往；如嫌不相宜，还可以另换地方。"

俞剑平笑道："武庄主太客气。其实武庄主指定哪里，就是哪里；我这里敬候示下，何必去看？"智囊姜羽冲接声道："地点日期，我们毫无成见，全听武庄主指挥。不过地方总是严密一点好，不然，教附近居民看见了，还当我们要械斗呢！倘因此惊动了地面，可不是镖行之过。"

贺元昆和那面生的人一齐答道："地方很严密，尽请放心。既然俞镖头那样说，现在时候也不早了，不知俞镖头预备好了没有？如已预备整齐，就请起驾吧。"俞、胡、姜三人道："好吧，谢谢你受累，请你上复贵东，我们即刻就到。但不知那位朋友来了没有？"这话暗指飞豹子。贺元昆不肯直答，信口说："敝东的朋友到的很多。你老只一去，就知道了。"

霹雳手童冠英走过来说道："朋友，你们贵东不是已经上龙王庙去了么？索性就烦你领我们一块去吧。"贺元昆忙答道："对不住，我们还有别的事，我们还得催请别位武林朋友去呢。好在您这边魏廉魏爷和程岳程爷，全都认得龙王庙的，就请他二位偏劳吧。"说时，施一礼，抽身告退，上马就走。却不敢

原路，竟带着那个面生的人，投到一个人家，一直进去。旋又一同出来，并马连辔，径回火云庄去了。

镖行群雄穿上长衣，潜藏暗器；手使的刀剑，教门徒晚辈代拿着。由黑鹰程岳、没影儿魏廉引路立即动身。此地骑马不便，大家全改步行。俞夫人丁云秀仍乘小轿，由弟子石璞跟随后行。北三河水道纵横，稻田竹塘很多，地势一层层起伏不平。那龙王庙就筑在水渠交错的河岔子口上，因水陆错杂，交通不便，此庙虽大，荒废已甚。距北三河镇甸，不过十里地，恰在西南；但若走起来，有沿路一片片水田间隔，竹塘掩阻，地势忽高忽低，须走十一二里方到。

十二金钱俞剑平、铁牌手胡孟刚、智囊姜羽冲一行大众，连同新来的黄烈文、胡振业、肖国英守备，共分两拨，各摇纸扇，大步徐行，直奔西南；连跨两道小渠，前有竹林挡路。绕过竹林，竹枝摇曳，沙沙作响；忽闪出两个人来，迎头叫道："来的可是镖行朋友吗？"

俞剑平抬头一看，一个长衫男子、一个短衫壮士，都空着手，抱拳阻路，打量众人。这头一拨人，乃是黑鹰程岳在前引道，忙上前答话道："足下可是武庄主宅内派来的人么？"那人一笑道："不是。"

霹雳手童冠英大声道："既不是子母神梭手下的人，一定是飞豹子竿上的朋友了。朋友你贵姓，你们瓢把子到了没有？"来人拿眼横着一扫众人，似点人数。短衫壮士一声不响，只注意俞、胡诸老。长衫男子怪声一笑道："你老兄不要错看了人，在下也是武庄主邀来观场的朋友。听说有武庄主的朋友，要以武会友，会会高贤，在下特意大远地赶来看热闹。我们久仰十二金钱俞三胜俞老镖头，以拳、剑、镖三绝技称雄武林。在下是抱着开开眼窍的心来的。不知诸位哪一位姓俞？莫非就是阁下么？"霹雳手童冠英道："你要想认认俞镖头么？那很容易，那就要看看你的眼力了。我不姓俞，我姓童，名冠英，有个匪号，叫作霹雳手童冠英的，那就是我。我也和阁下一样，是这

边俞镖头的朋友，特意观礼来的。不过不是冲着令友武庄主来的，是冲着飞豹子来的……”

俞剑平恐童冠英越说越不好听，忙出来要答话。来人毫不理会，反倒说：“原来诸位正是镖行，好极了。武庄主烦我在这里迎驾，请往这边走吧。”又道：“怎么才来了这么几位，听说不是有四十多位么？”黑鹰程岳道：“这些位全是候教的，还有几位观礼的，随后就到。朋友，我们谢你引路。不过这里的路，我在下还认识。我们自己走，还不致走错。”

长衫男子回身一指，笑道：“你是不是想往南走，跨过这条小河，就快到了是不是？但是，您可不知道，那条小河过不去了，那里的竹桥忽然断了；又没有摆渡，武庄主怕你们几位走不过去，又未必认得别的道路，所以烦我来给诸位指示一条捷径。现在这么说，诸位一定过得去，我就不必费事了。”侧身一闪，又一拱手道：“请吧！”

说话时，竹林后面簌簌作响，还有两个人没有露面。俞镖头不用看，便已猜出，他们点清了镖客人数，潜往送信去了；遂微微含笑，向长衫男子道：“朋友，我们先说一句，我们来的人全是镖店同行、武林同道；这里面没有鹰爪，我敢担保。在下我就是十二金钱俞剑平，这一位是铁牌手胡孟刚。我们是特承子母神梭武胜文庄主的美意宠召，要引见我和另一位武林朋友会面来的，倒不是净为以武会友。若是朋友看得起我，一定教我献丑，我也不敢藏拙；可是那绝不是我的本意。”俞镖头的话依然是软中硬。

长衫男子叫道：“哦，阁下就是十二金钱俞镖头，久仰久仰，幸会幸会！您也太客气了，我们武庄主久慕您的大名；还有他的几位朋友，都是久仰你的双拳一剑十二钱镖。俞镖头真是信人，既然如期到场，一定不吝指教，要大展绝技，教我们一饱眼福的了。现在武庄主和他的朋友都来齐了……”

铁牌手胡孟刚抢着问道：“令友飞豹子，他来了没有？”长衫男子笑道：“诸位愿见的朋友，该来的都早来了，全在龙王

庙恭候着呢。您就放心，请吧！”一侧身，做出让路的样子。

那短衣壮士始终未发一言，把俞剑平盯了两眼，暗扯长衫男子一把，说了声：“咱们前边庙里见！”两人缩身退入竹林后，竹林后簌簌地发响，又有两个人抹着竹塘边，飞奔西南而去。黑鹰程岳追踪往林后一看，刚才答话的两人仍藏在竹塘后，在一块青石上坐着，似正伸头探脑地巡风。和黑鹰一对盘，齐龇牙一笑，站起来说道：“您是引路的吧？前边竹桥有点不大好走，您若是不愿绕道，我们哥俩可以把你们诸位伴送过去，这边有斜道可走呢。”

黑鹰程岳冷笑道：“不劳费心，斜道总不如直道好走吧！天底下的路全不难走，只要生着腿。你们二位在这里还有贵干呢，我们不好奉扰。您值公吧。”程岳抽身回来，仍按昨天探的道引领镖行群雄，越竹塘水田前进，且行且对俞、胡、姜三老说道：“他们在前边不知又弄什么诡计。前面本有一道竹桥，刚才两个点子说，这桥不好走了。”

俞剑平道：“走着看，小心一点罢了。刚才那两个人不过是看一看我们来了多少人，有官面没有。真把人看扁了，我们要报官面，何至今天？”正说着，武进老拳师三江夜游神苏建明哎呀一声道：“可不是，你们看，他们把桥拆了！”

这座竹桥只剩了八对立柱，竹竿编的桥面全拆除了。这本是筑在岸面，只容两人并行的小桥；溪面一丈不足，本来可以跨过，只是两岸并非直接旱地，还有浅滩，乱生芦荻；当中只有一沟清波，深才过腹。连浅滩通算起来，宽度竟达两丈一二。

霹雳手童冠英走过来一看，不禁冷笑道：“这有什么用？能阻挡什么人呢？也无非别扭小脚老娘儿们罢了；连我们俞三嫂也难不住，对不对？”插纸扇，撩起长袍，踊身一跃，拔起七八尺高，斜飞如鸟，轻飘飘跃登对岸。蛇焰箭岳俊超也道：“这有何难？”一个箭步，也跨过去了。

三江夜游神苏建明有梅花桩的功夫，就不肯飞纵。他走到竹桥断柱前，邀着青松道人、无明和尚和奎金牛金文穆，说

道："你我四人恰好是僧道回汉四色人物，咱们就这么一步一根柱，渡过去也罢了。"说时眼往四面一看。

此时大众都聚到桥边察看。奎金牛听了这话，脸上一红，有点畏难之色。他身形伟壮，前次登坡，已上大当。唯恐这断柱被人暗暗刨活动了，一个登不好，落下水去，未免当众丢人。青松道人恐失出家人身份，敬谢不敏。肖国英守备服官数十年，专习弓马，把轻功夫久已搁下，胡振业一足残废，更不能单腿跳远。这师兄弟二人都是俞镖头的同门，都有点怕出丑。

智囊姜羽冲含笑说道："苏老前辈，你老上当了。人家故弄这一手，要考较考较咱们。咱们就这么听话；学台没来，自己就投考么？"

苏建明忙张目远望，隔岸恰有树林，林端似有人物，哈哈一笑道："可不是！"智囊道："怎么样，林子里就真有考官监场，拿冷眼盯着咱们呢！"

俞剑平俯察断桥，平视对岸，绰须微微一笑。胡孟刚又骂起来，大声道："真他娘的什么东西，弄这不要脸的鬼见识，当了什么？"忽想起飞豹子已经访实，是俞剑平的师兄，又不禁哑然，拍手打掌地说："难道咱们再绕回去不成么？"俞剑平笑道："我们使个笨招吧。也不用跳，也不用绕，我们不会现搭浮桥么？"群雄哈哈大笑道："对！"好在竹林现成，触处皆是；抽刀削竹，略加束缚，编成一条窄筏，浮放在桥柱上。俞镖头和苏建明都会梅花桩的功夫，立刻试渡一回，桥柱当流有两根岌岌动摇，转嘱大家小心践渡。虽已造桥，大家走过时，不过借这桥一垫脚罢了。竟为这断桥，耽误了一会儿工夫。

龙王庙殿脊上，正有人拢目光，盯视众镖客的举动。看他们全都渡过来，就互相传呼了一声："预备，托线过来了！头一拨二十多个，后一拨就到，倒是真没有鹰爪。后面还有一乘小轿，哦！到河边了，出来了；是个女子，也绕过来了。"所说的这个女子，自然就是俞夫人丁云秀，然而飞豹子已经认不得她了。一来路远看不清，二来年久容貌改，早不是三十年前

的如花美眷的小姑娘了！

于是十二金钱俞剑平率第一拨人，来到龙王庙门口。那金刚般的大汉、子母神梭武胜文庄主，衣冠楚楚，同着十几个长袍马褂的壮士，远远迎出。庙门大开，庙貌破旧；庙内本已遍生荒草，昨夜一夕之间，已被芟除得干干净净，露出土地。大殿佛像已无，供桌垂朽，庙庑门窗木格全落，里面自不免深积灰尘；此时也撣拂得清清洁洁。纵无禅床坐褥，却放着数十条白茬长凳。庙中的布置，是把东庑上首让给镖行，武胜文和飞豹子的朋友自据西庑。那正殿和庙门对面的戏台，就是预备较量拳技的斗场了。

庙很大，也有几层，山门内外路口，早有人把守。镖行一到，武胜文就客客气气往里让。镖客都想看看全庙的形势，探探豹党的人数，并欲一窥劫镖大盗飞豹子本人；就是胡、肖二友也同具此心；胡跛子更为心急，直往前挤。俞、胡二镖头见对手已出，再想绕庙一巡，已不得便，立刻向武胜文拱手还礼，叫了一声："武庄主，诸位！"霹雳手童冠英猝然发话道："武庄主真是信人，不晓得你那令友袁朋友来到了没有？"

武胜文微微笑道："哦，这个，诸位早来了。"在他肩下，那个貌若女子的青年，穿长衫，摇洒金扇，用朗若银铃的声音，从旁代答道："俞镖头真是信人，居然准时到场了。还引来这些武林名辈一同见顾，不才和敝友同深荣感。"这青年又一侧身，目望童冠英道："敝友久慕高贤，渴盼承教；他们要来的焉有不到之理？他们老早地来了，都在这里面恭候着哩。"胡孟刚大声说道："好！"

武胜文就侧身举臂相让道："借的地方，不恭之至；诸位英雄惠然光临，真是群贤毕至的了，诸位都在这里么？后面还有别位没有？"

俞剑平道："武庄主，不才遵约而来，该来的如数来了，不该来的一个外人也没有。刚才前边有一座小桥，不知哪位行家脚步重，给踩坍了。路途生，时限迫，小弟唯恐延误，有劳

久待，我们几个人就胡乱渡过来了。我们还有几位观礼的朋友，截在后面，没有过来。小弟打算在庙外留下一两个人，不为别的，好接引落后的人平安过来。武庄主想必允准吧？程岳，你陪岳师叔在外头，不要往远近去，不要东张西望。此处虽是一座庙，究竟是武庄主费心觅借的，我们要当心守规矩。”说完立刻把黑鹰程岳和蛇焰箭岳俊超，留在庙外，明为候人，实兼巡风。

武胜文不能拒绝，顺口说道：“俞镖头真是细心，我刚才已经听说了，桥断不要紧，我们已经烦人前去搭板了。请释尊念，令友一定平稳渡过来的。”在他背后，一个黄面汉子大声说：“我们武爷专做修桥补路的善举，除非不睁眼的人，才猜疑他过河拆桥。”武胜文拍他一下道：“别嚷嚷了，镖行朋友已到，立谈不便，请往里面走吧。”

老拳师三江夜游神苏建明、奎金牛金文穆、智囊姜羽冲、霹雳手童冠英等，簇拥着十二金钱俞剑平、铁牌手胡孟刚，与武胜文等十数人，相逊相让，走进了山门。没影儿魏廉引领众人，把庙中情形急急地辨认一回，便又出来，跟孟广洪二人，把蛇焰箭岳俊超、黑鹰程岳替换进去。

子母神梭武胜文这边的人，或在西庑内坐着，或在别院溜达，都不聚在一处，也不藏在暗处；散散落落，此出彼入，衣履也很不整齐。庙内备有两座兵器架，都摆在明处。那飞豹子还没露面。武胜文把镖行让到东庑，请大家在长凳上坐，又请宽长衫：“这里可没有衣架，请搭在兵器架上吧。”立刻又过来雄赳赳气昂昂的两个青年壮汉，提大瓷壶、大茶碗、木桶、满桶冷水，给镖行一人斟一碗。姜羽冲、俞剑平齐说：“不敢当，不敢当！彼此都是过客，都算主人。武庄主和诸位如此照应，教我们太不安了。”遂吩咐年轻的镖客，也帮着斟茶。

智囊姜羽冲和汉阳郝颖先心上不能无疑；举杯嗅茶，辨香试气。莫看是临时借来，给佃户佣工用的大粗碗，可是茶色碧澄，香气清芬，乃是顶上的绿茶。郝颖先试将银扳指投入茶碗

里，唯恐茶中有毒。敌人要施诡计，或者放下蒙药，教镖行当场出丑，也是有的。子母神梭似乎早已防到，最后亲从茶桶中，捞出四只银杯；即用银杯盛茶，献给俞、胡二镖头，抱歉说道："茶杯不够用，这四只银瓯子，请俞老前辈、胡老镖头对付用吧。还有这两杯，哪位喝，就请端吧。"茶确是无毒的，十二金钱俞剑平依然涓滴不肯轻饮。

双方坐下，说了几句酬酢话。镖行群雄冷眼打量这武庄主，豪迈之气依然逼人，只眉目之间似流露不安，又似有难心的事。在他身旁的人，也出来进去，好像怀着什么鬼祟。

俞、胡二镖头并不惧怕意外，只担心飞豹子再不出面。他们向姜羽冲施一眼色，按预商的步骤，由姜羽冲抱拳发话道："武庄主不必张罗，彼此全是同道，无须客气。我们大家的来意，是想会会令友。令友既有意指教，我们俞镖头也很想献拙；令友还要帮忙找镖，这更是求之不得的。我们这几人按照江湖道上的规矩，前来践约，敢说以武会友，决闹不出笑话来。但本地官面未必知道，他们看见咱们陡聚大众，他们非聋非哑，也许要出头拦阻。他们办的是公事，我们镖行倒无所谓，也无法拦他。只是武庄主乃是当地绅士，倘或掺在里头，受了误会，未免显着不合适。所以，我们既已如时到场，最好请把令友即刻陪来，当面一会，越快越好。省得睡久梦长。弄不好教官面察觉了，倒像是我们镖行勾引出来的，岂不负了武庄主给两家好意引见的盛情？"武庄主站起身来笑道："足下是怕给我找出麻烦来吧？但我们彼此都是朋友，献技求教，不是比武；帮忙寻镖，不是与贼通气，断断不会出错。本地官面和在下也有点小来往，我想他们总得给我留面。就是今日之会，也关照他们了，请诸位不必担心。倒怕外府来的寻镖官人，跟踪寻来打搅，那可就惹出麻烦，不干我的事了。敝友现已到场，刚才嘱我重问一句，贵镖行可惊动官面没有？"

胡孟刚道："武庄主不要小觑我们。我们照约行事，错了辙，你只管交江湖道公论。"童冠英道："我说武庄主，我也是

观礼来的朋友，让我保一句吧；俞、胡二位久在江湖上混，决不会做出鬼鬼祟祟的事来，教江湖不齿。你们贵友也在外面安着桩呢，请问我们这一伙，暗中带着不相干的人没有？您请放心好了。”

武胜文道：“如此很好，我们双方都照约行事，谁也不许错了辙。敝友早已来到，我这就陪他过来。不过话先说明，他是专心先来请教的，后事如何，那就全看诸位怎样对待人家了。诸位请稍候。”向镖行一抱拳，回身出离东庑。其余十几个壮士一齐跟了出去。东庑只剩下镖行，老拳师苏建明道：“这怎么讲，他忽然又叮问一句，可是又要变卦？”俞剑平摇头道：“随他闹去，我们有一定之规。我们迎出去吧！”

镖行群雄举步到庑下，对方的人已从西庑及别处出来，利利落落，共有二三十人，和镖行人数正相当。与子母神梭武胜文并肩前行的，一共七个人，其余稍稍落后，雁行而来。这七人自然是领袖人物了，内中一个豹头虎目，赤红脸，黑胡须，穿长衫，持铁烟袋，正是劫镖大盗飞豹子，也就是俞剑平当年的师兄，如今昂然出现了。胡孟刚也和黑鹰程岳、九股烟乔茂登时认出，急急关照俞、姜及群雄道：“就是他！”

俞剑平、胡孟刚、姜羽冲、苏建明、童冠英与青松道人、无明和尚，凝眸打量对方。这七位有老有少，多半是寻常身材，只有三个人较高，顶数武胜文魁伟。豹头虎目的老人和武胜文比肩并立，恰好一般高，一般雄壮。镖行眼光盯视这草野七雄，这草野七雄齐盯视镖客。但只一掠而过，几对目光终于都落在十二金钱俞剑平和豹头老人的身上。

十二金钱俞剑平，五十四岁年纪，穿米色绸长衫，黑色纱马褂，衣冠楚楚，如见大宾；皓颜剑眉，额横皱纹，气度如此地谦敬、沉穆，毫不似武夫，更不似践约赴斗。睁着朗星般的双眸，寻看来人；他只是这么抬眼一看罢了，并没有透出横目直盼的神色。

这一边，飞豹子挺然直立，六十岁以内的年纪，虎目灼灼

闪光，豹头似笼深雾，只穿一件肥袖短襟的绉袍，高腰袜，福字履，纯然武林打扮。天虽热，手不挥扇，头不出汗，右手只轻轻提弄着那管铁杆烟袋。一出西庑，目光远射，早早地看见俞剑平了。

双雄此日对面相逢，已在师门分袂三十年后了。两人全觉得心血沸腾往上一撞，但立刻都按下去。两人不由得流露出错愕之容。光阴荏苒，挟着恩怨悲欢，匆匆逝去，好像一霎眼间，已度过一世三十年。此日重逢，两人心目中都想象着对方年貌必变，却想不出究竟变成什么样。

二人心目中，都有一个二十几岁的少年壮士，浮现音容；而此刻抵面相看的，竟是矍铄一叟；把悬拟之相，拿来与对面的活人相印证，仿佛一幅白描人物画，涂上一层风尘苍黄之色，原形轮廓依稀可见，神情可太差了。

昔日的俞振纲是个口讷心热、内刚外和的小伙子，今日成了练达人情的老镖客了。昔日袁振武刚劲精悍之气逼人，今日另换上坚忍不拔的草莽豪风。不对了，两人全改样了！即使面貌犹昔，气度早截然不同。三十年光阴如电扫，把两人全改了；若不是指名相会，陌路相逢，实在谁也认不得谁。在鬼门关前，二人本已秉夜交斗过，但那时竟没有看清。如今，在光天化日下，四目相对，不禁百感交集。两个人都心中暗想："他原来这样了！"

武胜文在旁介绍道："俞镖头，这位就是敝友。二哥，这位就是俞镖头。你们二位多多亲近！……"介绍人这样说，两人竟忘其所以，呆然止步，忘了说话；只不知不觉，循俗礼向对面抱拳一揖；四目射出英光，你看我，我看你，打量、端详、回忆前情。

这时候九股烟乔茂躲在人背后，凑到跛子胡振业身边，嘀嘀咕咕说道："胡五爷你瞧，这位大瞪眼、赤红脸、大高个儿老头子，就是劫我们镖的那个飞豹子。你老仔细对对盘，到底是你们师兄么？那天当场劫镖，把我们胡镖头打败的，可就是

他。他可会拿铁烟袋杆点穴。”

胡振业和肖国英肖守备，早已盯住对面出来的七个人，并已看出谁是飞豹子来了。暗加指点道：“怎么样，这就是他！你瞧那嘴角往下奋拉着，虎脑门，大眼睛，分毫不差。”胡振业见袁、俞相对错愕，他就把九师弟肖国英一拖道：“你我先上前。”一瘸一拐，拉着肖国英的手，其实是肖国英搀着他的臂，突越众人当先，直抵飞豹子面前。双拳一抱，大声叫道：“袁师兄，三十年没见，你还认得小弟么?”

飞豹子不禁一侧脸，旁睨镖行群雄，人才济济。却从侧面，突然转过来一个满面笑容的跛子，脸黄肌瘦，颓然衰羸。胡振业早已丧失了当年的英姿，如今只剩了病后残骸，连身量高矮都差了，如今好像矮了半尺多。飞豹子一点也认他不出，心中猜疑：“这是哪一宗派的人物，他会认得我?”江湖异人不可以貌相，一个跛子敢越众上前，倒不可忽视。飞豹子猝问道：“哦哦！朋友，未领教您贵姓?”

胡振业立时耳根通红，发恼道：“他不认我了！”在他身旁稍后的肖国英肖守备，双拳高举，也要招呼；一见此状，摇了摇头，不肯鲁莽，登时改口道：“你阁下可是当年在太极丁门下，那位乐亭县袁家庄的袁二爷么?”

飞豹子又一侧身道：“哦，你阁下……”肖国英往前迈了半步，双眸直盯着飞豹子的双眸。四目对视，不错眼珠，肖国英嘴角上浮出假笑。飞豹子眼往下一看，又往上一看，忽然似有所悟，用手一指，失声道：“哦，你贵姓?阁下可是姓肖么?官印可是振杰?”

肖国英的模样，比胡振业改变得还厉害。当年他一派天真孩气，现在俨然是一位中年的精干军官。面容发胖，唇上生了短须，身量也高了，只面庞还仿佛罢了。可是飞豹子竟忘了当年在师门极其活跃的胡五师弟，偏偏想起这九师弟肖振杰楞九。肖国英不由一松劲，得意的人大抵愿与老友话旧，就欢然叫道：“袁师兄还没忘了我，小弟我就是肖振杰。袁师兄，多

年没见，把我们想煞、闷煞了。”

飞豹子道：“这这这，你真发福了，我一点都认不得你了！”胡振业退后一步，越发不悦，在旁大声道：“好么，我说袁师兄，你好大的眼眶子。你只认得做官的师弟，就不认得我这倒霉半死还剩一口气的胡老五了么？”

飞豹子袁振武闻声又一扭头，道：“呀，你是胡振业五弟么？多年未见，你怎么瘦得这样了？我的眼真该挖，可不是我眼眶子大；五弟，你的相貌变得太厉害了，我哪里认得出来呀？”口说着，眼光往镖行群雄这边搜寻，看还有熟人没有。他心中却在作念：“俞老三这家伙居然把旧日同门找寻出来，哼，你若想拿面子局我，你做梦吧！”

飞豹子立刻装出面孔来，像很念旧似的，和胡、肖二友恳切周旋。把镖行群雄丢在一边，毫不敷衍；俞剑平紧站在旁边，他连看也不看。

袁振武拉着胡、肖的手道：“二位老弟，我们三十年没见，你们想必都很得意吧！我在下可是混得丢盔卸甲，简直是死里重生的人了。我学无一技之长，在师门乃是不成器的笨货，我有自知之明。我就晓得江北鲁南中原一带，没有我插足之地。我一头钻到荒林穷山僻角落里，跟人家看宅护院，好歹混一口饭吃。不想人到老了，就会想家；我犯了思乡病，忽然回来了。我本是武林弃材，我不认得人，人也不认得我。我顺脚瞎闯，从直隶摸到江南，连半个熟人也没遇上。哪知道今天会遇见你们二位，最难得你们二位还在一起，这真是幸事了。二位老弟，咱们是老朋友了，总算都是武林一脉，我也不知二位如今贵干。我在下可是没出息，越混越往下去溜，我现在居然做起无本生意，跟人家当踩盘子小伙计了；却也是有一搭，没一搭，三七分账，没生意就闲着。二位别见笑，我实在不行；谁教我当年学艺不精，不能继承师门绝技呢！我新近才听说江南镖行出了一两位能人，我拜托武庄主给我引见引见，要跟这位能人会会，也好学两招。别看我人老，心不老，求学的心还是

很热。就在今天，就在此地，我们要见面。哪知二位也来了，这真是他乡遇故知了。好吧，二位，回头你二位跟着看看热闹吧，我还要跟这位镖行名人请教请教高招哩！”

他只对胡、肖滔滔说话，眼角扫着俞剑平；声色言辞分明拒人千里之外。只跟胡、肖叙旧，把这抱拳打躬的三师弟俞剑平抛开不理，他的来意果然不善！

胡振业连抢两次话，未得抢上，此刻忙大声道：“袁二哥，你别发牢骚了，你说这话可该受罚！你说你倒运，我比你更倒运。咱们丢开过去，讲现在的吧。二哥，你订约会，要找的那个十二金钱俞剑平镖头，不是别人，也是咱们的同学。你看就是这位，他就是咱们的三师兄俞振纲，俞剑平乃是他的号。我说，俞三哥……”

飞豹子故作不闻，急忙打岔道：“胡五弟，且慢。我告诉你，我是以武会友，专诚践约来的。我这回倒不是专为访友叙旧，乃是特为慕名求教来的。”霍地转身，对武胜文道：“武庄主，给我引见引见吧。我们老朋友光顾说话了，倒让十二金钱俞老英雄久等了。”武胜文便道：“俞镖头，我再引见一回，这位朋友就是敝友……”

十二金钱俞剑平见此光景，脸色微微一变，心中似旋风一转：“他瞪着眼装生人！”肖国英到底比胡振业心路快，忙赶上一步，硬给袁、俞二人拉合道：“俞三哥，这就是袁二哥。袁二哥，这就是俞三哥。你们二位全很老了，大概认不得了吧？你们都成了老英雄了。”

俞剑平立刻往前凑了一步，满面赔笑，高举双拳，大声说：“袁师兄！我猜想是你，真格的果然是你！这还用武庄主介绍么，你我三十多年的交情，三十年没见面了，可想煞小弟了。小弟我俞振纲，今日幸得与师兄相会，真是万千之喜。胡贤弟、肖贤弟这边来，师兄请上，小弟俞振纲拜见！”

俞剑平当着众人，要向飞豹子屈身下拜。飞豹子竟往旁一闪身道：“不不不，这可不敢当。俞镖头，你老不要认错了人。

我和阁下从前是慕名已久，今天才是初会。你怎么跟我来这个？”镖行群雄不知何人冷然说道：“好词，想不到堂堂好汉会装傻？”

飞豹子立刻应道：“那一点不假！在下素来就不聪明，我今天的来意，就是要拿我这个傻货，会一会智勇双全、聪明无匹的十二金钱俞老镖头。我说武庄主，咱们的话，您不是都对俞镖头讲过了么？”

武胜文在旁答道：“早已讲过了，也承俞镖头慨许了。”飞豹子把手一张道：“着啊！俞镖头，你的来意是寻镖，我的意思是求教。这里头委曲宛转用不着细描，反正彼此明白。咱们现在照约行事，二句话没有……”

铁牌手胡孟刚哼了一声，人家分明把挑战的话当面提明了。俞剑平仍不动声色道：“袁师兄说的是，小弟一定遵命。不过，你我从十几岁就同师学艺，相处有年，亲如骨肉。到后来师兄因母老归养，我和胡师弟亲自给你送行，直追到船上，只差一步，没有赶上。从此你我阔别，一晃三十年，今天你我老友重逢，请想旧日同门健在的还有几人？师兄，我们何妨先叙旧情，然后再谈正事？这不是胡、肖二弟也在这里了，师兄请邀令友到这边坐。不知师嫂是否健在，你膝下有几位师侄了？”

飞豹子摇头笑道：“不怕俞镖头见笑，在下流落江湖，一身一口，断子绝孙，太不值提起了。哪能比得俞镖头，妻财子禄，名立功成！我久仰俞镖头一剑双拳十二钱镖，威震江湖。我在下竭诚而来，非为叙旧，实在求教。武林道做事，是讲到哪里，做到哪里。彼此又邀来这些朋友，哪能一味净讲空话？早知那样，又何必惊动大家。我们还是先办正事，哪怕完了事，由我袁某摆几桌酒席，恭请诸位高贤，畅怀一叙，也是应该的。现在似乎不必。我说，武庄主，请你费心，给铺排铺排吧。”

第四十五章

飞豹子负怒断情绝义
丁云秀委婉巽辞求镖

飞豹子袁振武本和子母神梭武胜文商定：一到斗场，唯恐俞剑平辗转托出人来，请求私了。飞豹子不打算与俞剑平面谈，退到一边。另由武胜文引几个生人出头，直等到动手，飞豹子再上前。哪知一到庙内，胡、肖二友直冲飞豹子叙旧，俞剑平不嫌挫辱，也当众拜认师兄，把飞豹子所布置的章法全搅乱了。

飞豹子急忙向同伴示意，武胜文犹豫未进，那胖、瘦二老人和那美貌青年一拥上前，把袁、俞二人隔开。发话道："这件事不是说话办得了的。敝友此来，专为求教；至于帮忙寻镖，要等到过完招之后，敝友一定照办。敝友早对我们言明，万一生了枝节，或者硬有人出头劝解，敝友可就敬谢不敏了。说句不客气的话，他可是要走。"

其余豹党也起哄道："对呀，别净说话了，我们专为观场来的，请二位英雄宽衣服上场吧。我们久慕威名，是专程来观光的，俞镖头别教我们失望。"

智囊姜羽冲忙与霹雳手童冠英奋身拦道："诸位朋友慢着！

我们不是净为打群架来的，这也不是打架的事。就是打架，也得先礼后兵，把话说开了。像诸位这么着急，过完了招，到底怎么样呢？”草野群豪仍催着登场，一味嚷：“照约办事。”

童冠英含怒寻到武胜文面前道：“前天是我们几个人，替他们二位订约的，现在请武庄主费心，把别位大驾暂且拦一拦。咱们帮忙的朋友，总该替他们两位当事人安排好了，不要乱嚷才对。”

武胜文笑道：“那样很好，那正是敝友求之不得的。”智囊道：“好！咱们可以先商量一下。”

双方的中间人立刻凑到一处。此时胡、肖二友伺隙解围，突然拉住飞豹子的手，向俞剑平道：“俞师兄请这边来。袁师兄，你我乃是从小的弟兄，不说假话。今天群雄相会，自然有个讲究。我听说双方不过是要比量武功，又听说还赌着一支镖，这个我小弟全不过问。事有事在，现有中间人，可请他们几位商量；该怎么样，就怎么样。咱们弟兄可是三十年没见了，咱们同门师兄弟一共九个人；现在只剩下我们几个，难得今天我们四个人居然凑到一处了。我说袁师兄、俞师兄，我们谈我们的；我们真该亲近亲近了，同门师兄弟就是骨肉手足。”

胡跛子拉着飞豹子袁振武，肖国英拉着俞剑平，硬往一块捏凑。草野群豪一见此景，深恐飞豹子不是拘于情面，就是得罪故旧，事难两全，必坠僵局。那瘦老人和那名叫许应麟的壮汉，忙出言讥讽，仍要把飞豹子拦住。豹党更有一个青年大声狂笑道：“这是什么事，跑到战场上认亲来了？当家的可留神，咱们要真的。”

胡跛子一翻眼，抗声道：“朋友！……”想含而不露，反唇相讥，一时想不出辞来。肖国英忙接声道：“袁师兄，这位是你什么人？可是徒弟么！还是子侄呢？喂，少年，你不要担心，你们师父是老江湖，不会上当。我们是嫡亲师兄弟，也不会给你师父当上的。”

飞豹子微微一笑，也大声说：“战场上认亲，又有何妨；

你不要把师父看小了。你看我可是轻易受好话哄的么?”对胡跛子道:“五弟,你不要硬揪我,我现在跟江南名镖头小小有点说头;回头完了事,咱们哥们再讲交情。我还要敬陪二位,多盘桓几天。我已经混砸了,还要恳求二位给我点事情做哩!现在对不起,我很忙……”说时,拔身前凑。肖国英已将俞剑平拉了过来,连叫:“袁师兄,自己老兄弟,不要这样子呀!”飞豹子仰面而笑,不肯搭茬。

俞剑平很有涵养,一躬到地,笑道:“师兄现在很发福。前几天武庄主说,有一位武林朋友要见小弟;听说那神情意思,我猜着必是师兄。今天见面,果然不错。三十年久别,今天真是幸会!你我是同门老弟兄,我们用不着绕弯……”

胡、肖道:“着哇!自己哥们有什么不痛快,当面讲最好。”袁振武仍不接话。

俞剑平道:“师兄,那二十万盐镖,不是小弟亲保的,乃是小弟镖店同行铁牌手胡孟刚胡镖头一手承揽的;他不过借小弟的镖旗用用,壮壮声势罢了。这里面详细情形,料也瞒不了师兄。不幸这一票盐镖,不借小弟的镖旗还好,这一借索性整个全丢;连小弟的镖旗也被拔去。小弟托朋友寻找多日,直到近时,始知留镖银、拔镖旗乃是师兄手下人所为。师兄你我同门学艺多年,亲如骨肉。小弟年轻时,糊涂痴呆,口讷面嫩,常恐无意中惹得师兄生气。现在师兄不吝指教,我叨居师弟之位,理应尊师敬长。师兄既肯加责,小弟敢不拜领?不过这镖实是胡镖头保的,他的家眷已因此事押监勒赔,保家催赔又一天紧似一天。胡镖头无端被累,以致入狱,倾家丧业,情形太已可怜。只求师兄顾念无辜,先把镖银掷还。然后师兄愿意怎样处罚我,就怎样处罚我;小弟必甘心拜领,誓不皱眉。”

就到此往旁一看,夏氏三杰立刻把胡孟刚引过来。俞剑平道:“师兄,这位就是胡镖头。胡镖头,这位就是一手劫取二十万盐镖的飞豹子袁老英雄,实在就是我的师兄。”

胡孟刚蕴着怒,向飞豹子拱了拱手,说道:“这位就是袁

老英雄，我早就领教过了，还不止一次。袁老英雄，您是俞大哥的师兄，我是他的盟弟；您就是老大哥，我得给您行全礼。”随往下弯了弯腰。

飞豹子登时退身摇头道：“不不不，我可不敢高攀，我是山洼里的俗人，怎么会是俞镖头的师兄?”

胡孟刚道：“这个……袁老英雄，刚才您师弟的话，您总听明白了。这号镖是我在下保的，我和阁下实是初会，从前没有共过事，自然也无恩无怨。那天在范公堤，您也亲口说过，不是冲着我的铁牌镖旗来的，今天你阁下挺身出面，足见大丈夫做事磊落光明；我们有话讲在当面，再好不过。你阁下是久闯江湖的老前辈，没有看不开的，也没有不开面的。不怕你老见笑，刻下官面催寻催陪，急如星火，我在下现时就教两个捕快押着。可是，我们俞大哥自从探明劫镖的事是你老兄所为，他就谨守武林门规，没敢声张；只求面见情求，绝没有旁的打算。是的，袁老英雄，这可是官帑，我们只想情求；这也瞒不了你老兄和武庄主诸位，您只管打听。这回事若说是我在下得罪了人，我胡孟刚和阁下是陌生朋友，连这回才见过三回。若说您的师弟得罪了您，可没有我的事。这号镖实是我一人承保的，金钱镖旗不过是借来助威；这里头没有您师弟的事，也瞒不过您。若说我们开罪别位英雄了，您是替朋友找场，我们又真不晓得从哪里受病。现三方抵面，话已讲明，我先跟您道歉。您有什么不痛快，请尽管明挑出来；我们一定按江湖道，给朋友圆面子顺气。”

胡孟刚又抱拳向到场的豹党群豪作了个罗圈揖，说道：“诸位英雄，我叫胡孟刚，丢镖的就是我；我今天特来赔不是求镖。诸位都是给朋友帮忙来的，请众位费心给圆说圆说。今天的约会，别看袁老英雄说是要试招，我可不敢，我们俞镖头更不敢。袁老英雄是师兄，是老前辈，我们今天实在是借这一机会，撒帖子，邀朋友，专诚给劫镖的武林朋友拜山赔情来的。”

这招儿是软的，是昨夜预定的；由姜羽冲授辞，教胡孟刚当场说出，好让在场群豪听听是非曲直。胡孟刚是直脖老虎，经他枝枝节节一说，愤火中烧，话中未免带刺。

飞豹子把虎目一翻，发出诧异之声道："这话满拧了。俞镖头、胡镖头，你们二位不要把事看错。今天这一会，到底怎么个讲究？难道武庄主和诸位没讲明白么？……喂！我说武庄主，这两位说的话怎么全不对碴了！劫镖找镖是一档事，今天践约求教又是一档事，二位不要搅在一起；若是这么讲，越扯越远，越掰不开了。"

飞豹子把烟杆一提，比画着说："胡镖头，你我素不相识，一点不假。今天我竭诚而来，专找俞镖头献拙求教。若照你这么看法，你我简直过不着话了。"又一转脸对俞剑平说："俞镖头，我老实讲，我和阁下是天南海北，你不要冒认了人。我袁某一生沦落，当倒霉时，一个朋友也没有；今天我还没有转运，怎的就有人来攀亲近、套交情，认起同门师兄弟来了？请问我是哪一门的！我的师父又是谁？哪年哪月出师的？这不是太可笑了？"

飞豹子纵声大笑了几声，把烟叶装在铁烟袋铜锅里，打镰点火，小作喷吐，更横目一寻。武胜文正与胖、瘦二老，和镖行这边的智囊姜羽冲、夜游神苏建明、汉阳郝颖先等，抵面开谈。他们高一声，低一声，忽又笑了，忽又绷起面孔，料到也正在争执。飞豹子遂对那美貌青年说："喂，贤弟（他不肯明叫出姓名来），那天订约，不是也有你么？你看，这二位一个劲地冲我叙旧讲情，我又脸皮薄，受不了，好像他二位就忘了今天一会的本意。时候不早了，贤弟快替我钉一句，还是那句话，该怎么着，就怎么着。我早等不及了。若再讲闲篇，磨时候，我对不起，我要溜！"

面色一正，咄咄逼人；飞豹子是翻了脸，才好较量。他到底是饱经世故的老英雄，说出口的话可往桌面摆；他只否认与俞剑平同门，并不否认劫镖，也不率直担承。他说："照约行

事，专心求教。只要镖行肯照办，彼此一试身手，那二十万镖银，我自然想法双手奉上。”后催那美青年，替自己向镖行即刻索斗。

那美青年立刻说：“俞镖头、胡镖头，敝友的本意坚不可移，没有二句话可说。就请招呼朋友们一声，可该预备了。请看那边，就在那边试招，好么？……武庄主，你请过来。”

武胜文、胖瘦二老和智囊姜羽冲、夜游神苏建明、汉阳郝颖先等都装出笑脸，各替自己的朋友帮忙。草野群豪自然力促镖行照约献技，一决胜负。只一过招，不论谁胜谁败，飞豹子一定帮忙把镖寻回。武胜文说：“镖虽不是飞豹子剪的，可是他有法子代讨。”这自然是假话，拿来当真话说，镖客这边就揭开假面，直说本根。

夜游神苏建明年辈最长，和武胜文又有一面之缘，此刻绰须说道：“武庄主，你我当年也会过面，彼此都是朋友。咱们今天到场，是给他们两家了事的，决不愿激事。你阁下既然出头，他两家的事，想必你也深知。他二位年轻时本是同学，大概有点小意见。可是他们少时气盛，如今已有三十年了，全老了！老朋友、老同学于今健在的还有几人？像我们这大年纪，还有几年活头？真是亲近还来不及，何必再找旧账？找旧账又有什么意思？我们不晓得武庄主是怎么个看法？我们一起初真不晓得他二位是旧日同门；我们只想为了江湖上的义气、镖店的行规，朋友失了镖，我们应当帮忙拜山情讨；讨出来更好，讨不出来就当场比拳，也算不了什么，这都是道理的常情。所以前日武庄主一提见面比武，我们都说这也不错。只是今天可不行了，我们昨天才晓得他二位是旧同学；不管他们当年情感如何，我们做朋友的断没有眼看着他们二位同门阋墙之理。我们无论如何，也得给他们二位化解化解。如要不然，一旦传出去，我们做朋友的岂不是不能了事，反倒激事了？你说对不对，武庄主？”

智囊姜羽冲又接着说：“武庄主，我们再说句私话；他们

二位的武功到今日已经登峰造极。他二位若一动手过招，必分胜败。他二位如今都是成了名的人，手下都有徒子徒孙；真个谁栽了，也都受不住；只许两和，不许分上下的。只一分上下，请往后想吧，挤来挤去，必落到两败俱伤，还怕不完。他二位谁肯甘心认输呢？谁没有朋友帮忙，谁不再找二次场呢？我再说句私话，这里面关联着二十万官帑，官面焉肯放过？钱不是少数，还关联着地方官的考成。光棍斗力不斗势，斗民不斗官，这话我不便说。我只冲武庄主讲，武庄主不要错想。飞豹子是关里人，可是在辽东成名创业的；他现在辽东落户了，我们都已访明。这件事闹大了，凭飞豹子的武功，决不怕激出事来；就激出差错，他甩袖子一走，一到寒边围，就是他的天下，他自然有恃无恐。可是你我都是江南人，有身家的呀！我们为朋友，两肋插刀，死都不怕，还怕连累不成？只是得分什么事，明明可以善了，明明可以杯酒解嫌，我们乐得给朋友讲和。现在敝友俞镖头仍以当年旧情为重，情愿给师兄摆宴赔礼。他偌大年纪，功成名立的人，肯如此屈己从人，我想诸位很可以劝劝令友，顺坡而下；面子也圆了，事情也完了，当着江南这些武林，何等光耀？若一定抵面较技，胜者为荣，败者为辱，又是一番结果了。我们为朋友，决不愿把事激大。”说罢，听武胜文回答。武胜文果然一动，无奈他欠过飞豹子的情，他没法子怕连累。遂答道：“二位说到这里，我们索性开诚布公讲吧。这事不很简单，敝友自有敝友的意思。我武某如怕连累，也就不出头了。敝友要和俞镖头一较绝技，存此心已有三十年，恐怕不是空话解得开的。俞镖头真肯当众磕头么？”说时眼望胖瘦二老，二老是飞豹子的死党，大笑道：“俞镖头肯磕头，飞豹子还不敢受头呢！飞豹子渴欲求教，存心三十年，奔波两千里，来到这里；诸位，你教他只凭一杯酒、两句话，就夹着尾巴跑回家么？倘真个如此，敝友也有约法三章。”

姜、苏二人忙道：“令友有什么意思？只管明说。”胖瘦二老王文奎、魏松申道：“说出来，二位别挑眼。敝友的意思是：

第一是求俞镖头不再走镖，把镖旗送给敝友。第二是求俞镖头不再授徒，从此退出武林，不要再拿太极门三绝技的威名，震吓我们绿林道……"

姜、苏立刻双眸大张，转瞬又换了笑容，道："还有第三件呢？"

胖瘦二老笑道："我刚才说了，二位别挑眼。第三件是只还胡孟刚名下保的那十万盐镖；至于俞镖头名下那十万盐镖，敝友说了，只能退还一半，得留下一半……"

苏、姜道："这怎么讲，飞豹子要用么？"

胖瘦二老道："不然！敝友说，退还胡镖头名下十万、俞镖头名下五万；留下这五万银子，请俞镖头掏腰包补出来，普请天下豪杰，当场说明此事。然后大宴数日，共图一醉；把剩下的悬为赌注，请天下豪杰各献绝技，共夺锦标；谁的武功好，谁把银子拿去。不过，只限于少年英雄，成名的不算。这也是奖励后进之道，又与设擂台相仿，可是取义不同。敝友就是这个主意，定而不可移。至于磕头赔礼，当众道歉，敝友说得好，经多见广，不稀罕那三个头，可以免了。"

夜游神苏建明听完此话，哈哈大笑道："好条件，一件比一件有劲。令友没打听这五万银子到底是谁的么？"

二老说："敝友也讲到了，不管谁的，请俞镖头慷慨这一回吧！料想俞镖头人缘极广，财大势大；区区一点银子，还不至于垫不出来。就拿这五万银子，交了朋友，也不是不值。"

苏建明仰面大笑，姜羽冲也很不悦。两边说和的朋友越说声音越大，眼看也要吵起来。那边飞豹子板着冷面孔，和俞镖头相对，也是一点谦让的意思都没有。镖行群雄早已看出此事必非口舌所能解决，不过在动手之前，仍盼望拿情面话，拿将来的后患，试着说合一下。俞门五师弟跛子胡振业，看不惯飞豹子的骄豪神情，早有发作之意；被肖国英守备拦住，劝他稍忍须臾。两边哓哓不休，廊外忽有一阵脚步声，双方在场的人都张目外看。镖行所设巡风的人没影儿魏廉，急急走进来，到

俞剑平耳畔，低声回报道："三叔，我们三婶到了。"子母神梭武胜文所派的卡子，也奔进来两人报道："一群镖客和一乘小轿已然绕道过来了。"

镖客都知道来的是后一拨人。子母神梭和飞豹子明明晓得是践约的镖行朋友，只装作不知，故意问道："这又是哪位朋友来了？"边说边吩咐手下人赶快迎接。俞剑平忙道："不必费心，教他们自己进来吧。"吩咐魏廉领他们进来。

这后到的镖客，有马氏双雄等人，也是被断桥阻住。不过，俞、胡等人能借竹杠木板，现搭浮桥，空身渡过；他们末一拨因有俞夫人一乘轿，只可绕过，所以落后一步。绕小溪来到庙前，俞夫人下轿，劈头看见黑鹰程岳和魏廉，忙问见面情形如何。程岳答道："师父已跟飞豹子对面搭话了，看情形很僵。这飞豹子确是从前的袁师伯。"俞夫人道："哦！"忙与马氏双雄等，一齐往庙中走来。

刚进山门，山门左右侍立的豹党，头报已经进去；第二报把俞夫人盯了一眼，抽身也往里走，低声报道："当家的，武庄主，他们的人又到了。"武胜文道："我们知道了。"豹党道："里头还有一位堂客呢。四十多岁，不知是谁？"飞豹子听了，浑身一动，冲口说道："哦，她真来了！"忙向子母神梭打一招呼。子母神梭武胜文站起来，对俞剑平道："俞镖头，我们听说你还邀来女客，估摸是您夫人吧？久仰俞夫人是女中豪杰，我们礼当恭迎。"与飞豹子一齐抓起长衫，披在身上。俞剑平纵然老练，也觉得耳轮一热，忙说："袁师兄，您请坐，这是您的师妹……"飞豹子早已走到殿前了。

俞夫人恰好走进来，与飞豹子袁振武在院心甬道上迎面相遇。黑鹰程岳随侍师母，微微用手一指道："师母，这就是飞豹子，袁师伯。"飞豹子旁边也有一黑面青年，悄告道："当家的，这就是俞某之妻。"

师兄妹分别近三十年，此日此地重逢。俞夫人丁云秀张眼一巡出迎的群豪，唯有飞豹子身高。丁云秀停眸一看，豹头虎

目，形容魁伟，依稀可忆当年；只老态已呈，须眉如戟，额纹很深，身量好像更高了一些，轮廓意气大致不异。

飞豹子虎目横盼，先打量这后进来的一群镖客。眼光一巡，二十多位高高矮矮，老老少少，个个都不熟识。最惹他注目的，还是俞夫人丁云秀。飞豹子向众举手道："诸位刚来，失迎！失迎！请往里边坐！"眼角旁睨，重扫到人群中稍稍落后的丁云秀，陡然生出奇异之感："这就是她？……她这样了！"

在他心目中，丁云秀本是一个娇小玲珑，穿鹅黄衫，系长裙的十八九岁的少女。身量略矮，瓜子脸，樱红唇，皓齿明眸，梳着长长的发辫。一别近三十年，据闻她的儿女已经长成，想象着她必很老。

飞豹子自在脑中塑造了另一幅景象：矮矮的一个老婆婆儿，鸡皮皱面，腰背微俯。而今对面相逢，竟跟他的想象不相同；可也跟他的记忆全不似。果然女大十八变，何况三十年？飞豹子仅增老态，丁云秀不但年华已增，又已从闺阁少女变为少妇，又由少妇变为儿女成行的中年妇人，不但姿容体态全变，就是风度，一切都与飞豹子梦想多年的模样神情相去悬殊了。

她从前是七分闺秀丰姿、三分武林英气。有时她处事决断，颇见明敏；有时她又脉脉含笑，流露出小女儿的痴态。看待自己，跟同胞兄妹一样，向不见外，倍有亲情。现在她可就大相径庭了，这不是一个精明干练的主妇么？三十年前的她，怎么一点也不留痕迹了！

只见她一看飞豹子，脸上也带出忆旧之情；双眸凝定，颇露怅惘。但只一愣神罢了。转眼间，她脸上现出庄严、敏练的微笑出来，先哦了一声，又叫了一声："哦！袁师兄，三十年没见，您上哪儿去了？我们常扫听您，一点消息得不着。您比以前更壮硕了！"上前敛衽，深深一福，辞气似很亲近，态度上有着更多的谦恭，而且带出点世故。

飞豹子怅然了，情不自禁，也把双拳一抱，道："师妹，你……你好啊！"他把瞪眼不认账的话全忘了，不由冲口吐出

真情。飞豹子心上有些乱乱的了，顿忆前情，不胜感喟："这是当年戴珊瑚耳坠、穿鹅黄衫的那个垂髫小女娃么？这是管我一口一个'袁二哥'，叫个不住的那个云秀师妹么？"现在，立在迎面，向他含笑敛衽的，乃是一个中年洒脱妇人；窄袖长裙，削肩纤足，气度很谦和，礼貌很周至，俨然是大家主妇。当年那个娇痴小女孩哪里去了？"变了，人全变了！"飞豹子心上感到莫名其妙的凄凉，眼光旁扫，看到了俞剑平，腾地一股热气往心上一撞。他登时想起三十年前的深憾。

这时丁云秀妹子很恳切地问候他，他又蓦地想起自己三十年前，自从姜大师兄被逐以后，自己在丁门代师掌教，丁云秀师妹也跟自己学拳。自从师父太极丁的爱子夭亡以后，自己更替师主持家门琐事，不时出入内宅，和云秀师妹见面接谈。自己彼时在丁门，俨然是掌门师兄，又俨然是当家大哥。师父师母看待自己，如亲儿子一样，这小师妹也把自己看成亲骨肉，有了事就要找自己办。甚至买花粉，也专找自己，不用长工；嫌长工蠢笨，买的不好。一天不知听她叫几回"袁二哥！"她跟从自己练拳，丁老师也命自己给师妹领招、垫招。自己那时每天见她梳两个小辫，或垂着双髫，把头一摆，那耳垂的珊瑚坠子便打秋千似的乱晃。她小时整天在箭园玩耍，她输了招，就嚷："哎哟，二哥，你瞧你够多愣呀！"她赢了自己，就咯咯地笑，管自己叫"傻袁二哥。"如此同堂学艺，直到她十六岁及笄之后，方才形迹稍疏，可也免不了天天见上几次面……

突然，飞豹子又把俞剑平瞪了一眼，想道："突然俞振纲这小子带艺投师来了，拿着郭三先生的信，进门就磕头。丁老师竟会收下他；他这小子单会使的这一股软劲，不言不语，闷着头苦用功；教什么，练什么。说他笨，一教他就会；说他诡，又一锥子扎不出血来。跟别的同学也不很来往，可是胡振业他们全喜欢他；说他性子随和，没有架子。看他很瘟，不知怎的，竟会跟丁老师投了缘。我却不会这套，我代师父传艺，很认真地教他们，一点也不藏私；他们倒全怵我，说我比老师

还厉害！我受累不讨好，我也不管，我只求良心上过得去，我替老师办事，尽心尽力，我也不是为买好。哪知，结果弄了个废长立幼，把我刷了；把姓俞的拔上去了。我有好心没好报！我一想，拔腿就走；出离丁门，另行创业。他们全说我性子暴，不能成事；说我没有坚忍性，哼！我如今竟忍了三十年！……"

飞豹子年老健忘，独于师门废立一事，是生平最深的隐恨，一点忘不下，半点丢不开。一想起废立，就跟着想起俞剑平和丁云秀师妹。云秀的倩影不时在他心中打转，而今丁云秀本人立在他面前了，可是不对，这不像当年那个师妹！

飞豹子在辽东创业，娶了快马韩的爱女昭第姑娘；并且承接了快马韩的基业，把它扩大起来。他已与昭第生了一女。现在他面对云秀师妹，又想起这辽东之妻韩昭第："昭第这娘儿们，当初我也真爱她，她也真可爱。"

昭第二十几岁时，办事很麻利，说话很脆，生得又不丑，长身量，大眼睛，桃腮朱唇，颇富颀美；就是旗装大脚，飞豹子好像对她这脚有点芥蒂，因为他是关里人，又不在旗。然而昭第很知疼爱丈夫，性子很倔强，对丈夫竟能百依百顺。飞豹子和她伉俪之情很深，或者说甚于原配。只是近几年，昭第娘子上了年纪，有点不修边幅了，光脚不穿袜，说话嗓音又粗，脾气越来越近男性，一味闯奢，似乎渐渐缺失了女性的柔美。

夫妻俩每一拌嘴，飞豹子就不禁想起了丁云秀师妹；别看是武师之女，身会拳技，到底是名门闺秀，另有一种风韵。记得她未语先低头，说话先红脸，凝睇掩笑，似娇羞，非娇羞，另有一种醉人的风度。她实是大家小姐。丁老师本是山东富豪，累世簪缨，家教好，闺训严；不说别的，她嗓门先比昭第柔细，她又身子骨很娇小，非常婉媚。

昭第这娘儿们，人并不丑，可是她近来的嗓门真是讨厌极了。女人真怪，几年就变，今日的昭第不是初嫁的昭第了。还有那个红衣女侠高红锦，又是一种派头了。……飞豹子忽又想

起了高红锦。高红锦是他生平所遇三女子的第二人。

高红锦是个女侠，曾和飞豹子在鹰爪王家，邂逅一会。这个少女本比袁振武年岁小，却惯装大姐，把袁振武看作小弟弟。袁振武幸入王门，红锦女侠颇有助力。不幸她既嫁而亡其夫，犯了案，劫财逃罪出关，开黑店，做女贼，和飞豹子重逢。豹子因事出门，中宵宿店，误住在红锦女侠所开的贼店里。红锦施熏香，暗算飞豹子未成，反遭飞豹子暗算，把她活活擒住。

他俩已不相识，飞豹子恨她杀人不眨眼，竟把她捆上，剥去衣服，捆在旷野林中，教她不再害人。如不被狼吃，算你女贼走运。忽然间天明，彼此相认。红锦女侠本于飞豹子有恩，飞豹子忙放了她，叩头赔罪。红锦羞愤，就要自杀。飞豹子跪求不已，二人后来终成腻友。可是这一来，发生事故了。昭第娘子吃起醋来，找上门打架。两个女子对骂，不留余地。飞豹子左右做人难。这是以往的事了。飞豹子重遇当年师妹，此时不由把他生平所遇这三个女子，做一比较。

他的妻昭第娘子生长辽东，完全变成旗下妇人了。红锦女侠却是豪情逸致，放浪不羁；虽然孀居，偏好修饰，她也四十多岁了，姿容本美，打扮起来，净往少俊上装饰，轻描淡抹，浑身喷香；另有一种迷人的性格，忽嗔忽喜，不即不离，形迹上满不在乎。故意招惹昭第捻酸，她才笑得前仰后合。她是很放肆，可又惹不得；突然挑起过节来，又凛若冰霜。

飞豹子未尝不笑她狂，也暗嫌她装蒜装葱；可是唯其她这么装蒜装葱，才格外衬出她的特殊风格来。她实在是个尤物，放诞自喜，夭矫绝伦，难断她为贞为淫。于是飞豹子情不自禁，未免又回忆到这个师妹身上。固然使君有妇，罗敷有夫，但这少时的记忆苦难磨灭。他自想：还是大家女儿，全不见半点轻狂；淡而不厌，令人神往。

飞豹子悠然存想，直到入关，还怀着这样的痴想。而今抵面相逢，咦！丁云秀整个人全变了；面庞依稀犹昔，仪态早换

了另一韵调。他就恍然自失，爽然自笑；四十多岁的妇人，再有娇羞，岂不可笑？可是他记得最清切的，正是那个垂髫少女的娇笑！……

飞豹子脑海如风车似的旋转，登时把旧梦揭破，片片皆空。丁云秀很谦虚地叙礼，问好，赔笑叫着师兄。问师兄："多早晚进关的？二师嫂可好？小孩都大了吧？您跟前有几位令郎？都有多大了？"意气殷殷恳恳，且不谈讨镖的话；只向俞剑平望了一眼，微含叩问之意，似乎说："你们面谈的情形怎么样？"这时候夫妻自不便私谈，但察言观色，已经揣想过半。

丁云秀看了看飞豹子，又看了看自己的丈夫。飞豹子板着脸，右手平举铁烟袋，一袋一袋地吸旱烟。俞剑平又像平时，面笼着和光，吻含着谦笑；可是剑眉微锁，从眉心竖起两三道深纹，知道他正在强捺怒火。飞豹子口喷烟雾，昂立如僵石，瞠目似望洋。丁云秀忍不住，向自己丈夫招呼："剑平，你见过袁师兄了？你过来。……师兄，我们就在这儿给您请安吧。"

俞剑平往前迈了半步，夫妻俩丁字形和飞豹子对面。镖行群雄有的就摇头，一群豹党鸦雀无声，听他们交涉；今见俞氏夫妻又要双双行礼，就把眼珠子齐盯着俞剑平。俞剑平又将双拳当胸一抱道："我跟师兄谈过一会儿。"似乎一弯腰，飞豹子撤身退到一边道："这可不敢当！"不再搭理俞氏夫妻，却一仰面，对着刚进来的镖行群雄，很恭敬很谦虚地长揖到地道："诸位才来，我很失迎。这里不好请教，请上大殿吧。"侧身抬手一指迎面大殿，他自己先走进去了。俞夫人虽早已料到袁师兄的为人，到此时究竟不免脸色微变。子母神梭武胜文从旁帮腔道："诸位，这大殿很荒废，小弟勉强教人收拾了一回，还可以坐谈。俞镖头、俞夫人，就请令友到这里边来吧。"

丁云秀忙说："那很好，我们谢谢！您阁下贵姓？是我们袁师兄的令友武庄主么？"回答道："不敢，在下武胜文，是本地人。我们这位袁朋友他久慕俞镖头的拳、剑、镖三绝技。现在天已不早，人已来齐，就请指教吧。"旁边一个豹党道："比

试场子就在这边。”

霹雳手童冠英且怒且笑，插言道：“俞奶奶，您请上殿吧。刚才人家已经明点出条款来了，我们中间人还没顾得对俞镖头说呢。……诸位到场的英雄，我们江南镖行既然冒昧前来观礼，诸位就请放心。别忙，含糊不了。”

镖行大众全进了大殿，豹党群雄也络绎进去。俞氏夫妻和胡、肖二友都想找到飞豹子跟前，当面恺切一说。霹雳手童冠英和夜游神苏建明，恨豹党骄狂无礼，一进大殿，竟大声把那三条条款当众描说出来；扣留镖旗，不准再走镖；勒令闭门，不许再收徒；最甚的是末一条，镖银只退还十五万，硬扣下五万，逼俞剑平赔补出来，设宴普请江南武林；又要悬锦标，设擂台较技，谁得胜，谁把这几万银子拿走。这简直折人折到底，又拧两道弯！

铁牌手胡孟刚、奎金牛金文穆、蛇焰箭岳俊超首先动容，发出咄嗤之声；胡孟刚跳起身来，就要大嚷；十二金钱俞剑平颜色微变；俞夫人丁云秀刚刚来到，骤闻此说，也不由愕然：“袁师兄就折人折到这样！一点旧情谊也没有了么？”遂也欠身，要向豹子发话：“师兄真格地开这大玩笑么？”可是还没容她说出来，他们那两个师弟胡振业和肖国英，早已朗然递话了。

第四十六章 约法三章以武会友 胡跛愤怒拔刀掷豹

跛子胡振业直抢到飞豹子的面前，深深地作了一个揖，面向群雄一望，大声说道："诸位师傅别嚷嚷，请听我胡某一言。我叫胡振业，是山东太极丁丁老师门下第五个劣徒；这位肖老爷是我们师弟。诸位听明白了，这位俞镖头现在是我们太极门掌门师兄，这位袁当家也是我们的师兄。我们四个人从小同学。他们袁、俞二位今天这场事，由何而起，当然有个说辞，可是我全不管。现在，我和肖九弟只知道您袁二哥也是师兄，俞三哥也是师兄。师兄跟师兄要是有点小过节，我们做师弟的不能袖手。袁师兄，我可不讲理，我可不论谁是谁非，谁错谁对；我就知道咱们的旧交情得维持住了，大事把它化小，小事把它化无。袁师兄，咱们全是五六十岁的人了，老同学没有几个了，我们还忍得怄气么？同门兄弟就是骨肉手足，你不看金面看佛面，咱们丁老师待咱们不错……"

飞豹子哼了一声。胡跛子忙道："你不看我和肖九弟的面子上，你也看在我这条腿上。我一个倒运害病死半截的人，特意赶来，央求你们二位，给你二位了事。二位师哥，你就看宽

一步，现当着这些朋友，什么细节不用捋了。咱们来个哈哈一笑，天大的事，今天也得了啦！你就冲着我跛子了。我跛子是您的师弟，袁二哥总得给跛子留脸。"

说到这里，胡振业向肖国英招手道："我说来吧，肖九弟，你请俞三哥、俞三嫂子，我请袁二哥。喂，你过来，给咱们袁二哥作个揖，行个礼儿。咱们大家一乐，就完。回头袁二哥把镖交出来，这不是这位胡镖头也在这里了。我说胡镖头，当家子，您也过来吧。我们袁二哥最热肠，最好交朋友，您二位早先是没见过。……二哥，你把镖银交给人家，回头我和肖九弟还请二位老哥哥，和在场诸位朋友，到饭馆……这里也没有好饭馆。索性咱们马上加鞭，立刻全回宝应县；咱们大吃大喝，大乐三五天。咱们三十多年没见面，也该亲热亲热了。况且还有这些武林好友，咱们都聚会聚会，给二哥庆贺江南扬名；您这一手邀劫二十万盐镖，在武林道足可留名。您又只凭跛子三言两语，一手交还人家，往后江湖传说出来，谁不夸飞豹子胆大包天，义气干云？你这回劫镖、还镖太露脸了。您说啦，千军万马全不怕，我全冲着老同学一个跛子。你瞧，我也跟着露脸了……"

胡振业说着，哈哈地笑了起来，催他们快来见礼。

俞剑平、俞夫人全过来了。胡孟刚趑趄着也凑上来，心中总觉未必这么容易，眼睛不由盯着豹子的脸。肖国英守备也直看豹子的神色。果然，豹子直挨到俞氏夫妻一个抱拳、一个敛衽，全都过来，他忽然叫了一声："慢来！"身子往后一挫，手往背后一背，向武胜文、美青年叫道："喂，他们这一套又来了！"

武胜文横到胡跛子面前，笑说道："这位胡爷，您先慢着。……"刚要委婉地说调侃话，那美青年忍耐不住，仰面狂笑了数声，道："朋友，今天聚了这些人，大概他们不是净为听阁下高论的；敝友的来意纯然是以武会友。你阁下他乡遇故知，要想叙旧，未尝不可；只是我们都等不及了。俞镖头，我

在下要先领教您的拳、剑、镖三绝技，您请宽去大衣服，我们前面去吧。”

俞氏夫妻面面相觑，有心搭腔。胡跛子勃然震怒，喝道：“呔，小朋友，我不认得你呀！我是和你们当家的说话；你们当家的是我的师兄。你少插嘴接舌！”他明知青年必是豹子之友，故意大声道：“袁二哥！我说，你我兄弟讲话，请你少听别人的挑拨。你知道人家安着什么心，是不是坐山观虎斗？二哥，咱们哥四个眼看三十年的交情了，我也说了一会儿子了，俞三哥也给你作了好几次揖了。二哥，咱们是自家人，咱们别扯到外圈上去。咱们别听别人的僵火。二哥，我刚才的话，你总得赏个面。”

飞豹子虎目连翻，已看出自己若不说决裂的话，胡跛子势必黏缠不已，而且师妹丁云秀既已到场，也必有一番话；今日之事，若不翻脸，就不免云消雾散，落个虎头蛇尾了。想罢，竟哂然一笑道：“对不住，胡爷，刚才我称您贤弟，是我忘情高攀了。我是何如人也？我怎能跟你们哥几位论起同门来？我跟您哥几个叙旧，我也得配？我是太极门的人么？老实说一句，不怕得罪你。我是山洼子里的野人，我和你，和肖老爷还可以说是熟识人，我和这位大名鼎鼎的俞镖头，隔着门户，离得很远，身份更差得多。我这趟来，专为慕名求教。胡五爷，肖九爷，当年的事，你们总不能忘了吧。我是谁？俞爷是谁？你二位又是谁？你们怎么跟我论起同门来了。胡五爷，你知道我的受业恩师是何姓何名？你可晓得我会哪一门的功夫么？我不会太极剑，我不会太极拳，我不会十二金钱镖。我使的是这家伙！！铁烟袋杆！要凿凿‘刘海洒金钱’的法宝。闲话少讲，叙旧等明天再说！”

飞豹子公然揭起旧账。虽然含着笑，悻悻之态未露，悻悻之声已溢于言表。胡跛子登时瞪了眼。“果然他还是记恨废立那桩事，这可怎么措辞解说呢？越次传宗，气走了袁师兄；今日的袁师兄，早已不在太极门了……”

胡跛子也是怒气太盛，只气得发哼道：“好，你不认我这个师弟了！我且问你，你是太极丁的徒弟不是？你管太极丁叫什么？是不是叫老师？一日为师，终身为父。你真格地翻脸不认账？”

胡跛子翻了，肖国英连忙抢过来说：“袁师兄不要说笑话了！你是丁老师的门徒，你在师门最长最久，你身受师恩，比我们后学还重。你纵然因故没有出师，太极门仍有你的名。袁师兄，天地君亲师，五常大义无所逃于天地之间。小弟服官半生，只知事君以忠，交友以诚。不幸师兄和俞师兄有这意外一举，我论交情，论……”

飞豹子勃然道：“你跟我论王法么？你是官，你尽管把我拿下。”

肖国英大笑道：“岂有此理？我和袁师兄论的是师谊。论师谊，你我四人仍是三十年老同学。今天的事，胡五哥向您情恳好半天。袁师兄你无论如何，也念在师门当年……”

袁振武不耐烦道：“又是念在当年，念在当年什么？”

胡振业大声说：“念在什么？念在当年丁老师待你到底不错，没拿你当亲儿子一样看待么？你对他的女婿女儿，该怎么照应？你就居然瞪眼不认人？”

飞豹子大怒，狂笑道：“好！我本不愿提当年，你们偏要提。我本不是太极丁门中人了，你们偏说我是。好了，我的确在丁门混过七八年，我的确深受师恩；丁老师的确拿我当儿子看待过。可是后来怎样？饶用尽苦心，竭尽子弟之职；八月二十六日那天，大庭广众之下，把我送忤逆了！旧事请你们不要提吧，提起来不值一笑。你们也想一想八月二十六那天！”说这话时，面对胡、肖怒气汹汹，却不敢觑丁云秀一眼。

丁云秀拦住二友，暗掣俞剑平，敛衽上前；赔笑道：“袁师兄，你说得很对；想当年实在是先父做错了，很对不起师兄。可是师兄，我夫妻在师兄面前，没有错了一步啊！”

丁云秀道：“记得我先兄夭夭以后，舍下里里外外，全都

倚仗师兄。先母不是拍着你的肩膀，含泪说‘有这个二徒弟，比亲儿子还得继’么？那时二哥也不见外，事事替先父操心；我不知二哥心里怎样，我们是拿二哥当亲骨肉一般看待的。不幸先父过于看重师训，为要发扬金钱镖法，这才越次传宗，把你俞三弟提为掌门户的人；也不过教他代教肖九弟他们哥几个罢了。名分上，仍把二哥当大师兄看；还要把二哥转到三门左氏双雄门下。先父这一举，我们都觉得失当，但是你可记得……”

丁云秀手指俞剑平道：“他是何等惶恐不敢当？我又是何等替你着急发话？就是胡、肖二弟，又是何等代你扼腕？所谓公道自在人心，先父已经把事做错了；二哥外面失去掌门户的名分，骨子里先父还是处处倚仗你，教你当大师兄。不幸二哥因母病还乡，他们哥三个想奉师命，亲去送行，不过没赶上罢了。自从二哥别后，我们哪一天不在悬念？各处访问，音讯毫无。今日故旧重逢，我丁云秀父兄早殁，更没有骨肉亲丁，只剩二哥你一人了。二哥，你不看俞剑平素日敬事你的意思，你也不能难为小妹我啊！”

丁云秀的话转为凄凉的声调。飞豹子的怒焰渐下挫，也不禁失声一喟。他的眼神仍不敢正看丁云秀，心血直沸；前情旧怨，缠在一处。

丁云秀仍往下说：“我们三十年的旧谊，请二哥看宽一步吧。从前的错处，果然有教人下不去的地方，现在也无须细谈；我夫妻今天当着群雄诸友，特来赔罪。二哥，你务必接受我夫妻这番歉疚之情。我可以说一方替剑平道歉，一方替先父追悔。二哥总是给我留有余地。至于镖银的话，悉听师兄尊裁，教我怎样办，我就怎样办。事情总有一个了局，我们绝不敢违拗师兄的吩咐。常言说得好，有师从师，无师从兄，现在只有二哥了。二哥有话，只管说。”说罢，重复施礼。

飞豹子惶然了。飞豹子是个倔强汉子，软硬都不吃。然而现在，人家是夫妻俩双双抵面，一口一个师哥，再三作揖打

躬，道歉赔礼。人家已经自认“不是”了，而这“不是”又不尽是他夫妻本身的；自己再要深究，就是迁怒。飞豹子有点招架不开了。把旱烟袋吸了又吸，沉默不答。

那美青年和那姓熊的壮汉，忙替豹子解围道：“俞镖头、俞夫人！刚才我们提出三条，你们贤伉俪都听清楚了罢？那就是袁爷的意思，那就是袁爷的话，您何必再问？再问还是那三句话。我们武林做事，贵有决断；斩头沥血的汉子，并不是硬拿面子软拘的。到底怎么看，别人的话不能作准，我们只请问俞镖头你自己。还有童镖头、窦镖头、姜镖头，你们几位是中间人，别忘了前天约定的事。”丁云秀一听此言，秀眉一挑，耳根通红；不由得一转身，冲美青年和壮汉凝眸，从这人脸，看到那人脸。俞剑平微微一笑，很快地发话道：“朋友，我们师兄弟重逢，免不得叙叙当年。朋友，少安毋躁。我们和袁师兄谈的是三十年前老话，和这二十万盐镖是两件事。”壮汉道：“那很好，你们谈你们三十年前；我们不妨办我们的二十万。”

美青年和这壮汉直寻到姜羽冲等，大声说着，往外走去；越逼越紧，立等动手。那个姓霍的陪客，始终没有发言；只双眸炯炯，打量镖客，此时忽然大笑道：“好哇！人家愿意磕头告饶，我姓霍的看不惯这个，也不能跟着胡参与。我的来意是看比拳，镖行诸位可以不吝赐教，一试身手么？”

霹雳手童冠英、铁牌手胡孟刚也都愤怒；年轻的镖客纷纷站起来，甩衣衫，待动手。登时大殿上起了一片呶呶之声，眼看要乱。智囊姜羽冲趋至飞豹子、武胜文面前，道：“二位请看，快拦一拦吧！就是要动手，也要有条有理呀！”

飞豹子忙教子母神梭武胜文，向自己人这边吆喝了一声，暂把喧声止住。镖行中人也把自己的人约束住，重新落座。

飞豹子乘这一乱，遏住扰动的心情，向俞氏夫妻很客气地说道：“二位太客气了。袁某何人，绝不敢当。二位跟我叙旧，可惜旧事不堪回想，至少在我这一面是这样。至于道歉，更谈不到。你二位全误会我了，你当我还介意丁老师么？那可太差

了！我至今感激丁老师还感激不过来呢。丁老师不但成全了你们诸位好徒弟，连在下我这不材子，也很承他不屑教诲的教诲。我袁某得有今日，我头一个就感激太极丁。不过，你们四位全是太极门，你们全在这里；这里可没有我，我不是太极门啊！想当年我本是太极门不屑要的劣徒，丁老师给人留脸，没把我开除。虽没把我开除，我已在太极门存身不住。我不得已，拜受着丁老师不屑教诲的教诲，便告退出走；我就别走歧途，另觅门路，我也学了一两年粗拳笨招。太极门最讲究的是双拳、一剑、十二钱镖，那叫三绝技。我呢，一绝也没有，太极门把我抛出去了。今日，我们幸会，旁的话不用说，我是太极门门外汉，我是外门的狂徒；我定要请太极门掌门户的大师兄俞三胜俞老镖头，不吝赐教。当年丁老师也许有心成全我，我也许不负丁老师所望，略有成就；那么今天借此一试，不管谁胜谁败，总可告慰丁老师在天之灵。一看到今天，也许欣然含笑道：'好，我最器重最喜爱的门徒，已有成就了。我最看不起的狂徒，被我一激，也有一点成就了。他们二人比一比，居然全不错。'要么我今天就教俞镖头打败了，也是虽败犹荣，而且更证实了丁老师当年老眼无花。万一我侥幸竟不输招呢，这自然是万不会有的事了。比方万一会有呢，更证实了丁老师当年苦心，会成全人了。所以，无论如何，还是比一比好了。倘若俞镖头一定不肯赐教，那么，你岂不太辱没了太极丁丁老师当年的英名，也辜负了丁老师当年的热望，我想总不至于吧？况且又当着这些人，真格的，就凭三言两语，说和了，我也嫌害臊。话说到此为止，别的交情话，请您暂且免说。说了，我也听不入，倒惹得大家等得不耐烦……"

飞豹子信手抄起一只茶杯，当啷的一声，摔在地上，却满面含笑说道："现在一定恳求俞镖头赏脸比较比较。谁再跟我软磨，硬拿面子局我，谁就是骂我袁振武没有骨气，那么老大的个子，禁不住几句好话！"于是，他哈哈一笑，顺手缓缓地脱衣服、登鞋、勒腰带、抄铁烟袋杆，又懒洋洋地打了一个呵

欠，向俞剑平夫妻一拱手道："对不起，俞镖头，我先上场了。"

这态度，这话声，把俞夫人丁云秀羞了个白面通红；俞剑平纵能忍耐，也觉难堪了。可是飞豹子说这些话，始终是面对着俞剑平，始终不敢看丁云秀一眼；因为一看她，他的话就无形被禁住，说不出口。

俞夫人丁云秀气得嘴唇颤颤直动，愤欲发话，忍了又忍地忍住。俞剑平到底沉着，见飞豹子举步欲出，他就急一横身，拦在面前，仍然纳住气，好言答对道："师兄，您的意思，我已经听明白了。三十年前，咱们老师做的错事，现在已是不能挽回了。师兄总该记得，当日传宗赠剑，小弟是多么惶恐推辞；就在事后，小弟也曾替师兄扼腕，跟老师说了多次。无奈老师过于看重祖师的遗训，到底拗不过去。"

说到此，俞剑平见飞豹子意思怫然，急忙变转语气道："师兄，这都是旧事，不用提了，小弟现在总给师兄顺过气来。师兄有命，小弟一概谨遵。师兄不是教我退出镖行么，我早已歇马了，我可以再向镖行宣布一回。小弟的镖旗，师兄要留下么？好，您已拿去一杆，还有四杆，我一并奉上。师兄还教我退出武林，小弟蒲柳之姿，久存退志，我立刻从命，封剑闭门；不但退出武林，我还立刻遣散群徒，把太极门长门的门户闭了，从此没有俞门拳了。师兄的约法三章，我一一照办，只剩末一条了。师兄教我拿出五万银子来，普请武林同道，再摆擂台……"

俞剑平忽然脸堆笑容，提高嗓音，向群雄一瞥，接着说道："可惜摆擂台这件事，小弟没有这份胆量。况且师兄既命小弟退出武林，小弟就已成门外之人，怎好再摆擂台？师兄试一回想，恐怕也觉不对吧。还有这五万银子，数虽不多，搁在小弟一个镖客身上，罄其所有，也值不了许多，这可怎好呢？师兄还有别的法子，放宽一步，教小弟可以走得过去的么？"

约法三章条条严苛，俞剑平在表面上，居然要全盘接收。

跛子胡振业第一个听着不愤，狠狠哼了一声；肖国英守备一脸的冷笑；其余镖行也哗然不平。有的说："俞镖头怎么真怕他师兄？"独有丁云秀俞夫人却已听出俞剑平着恼了。姜羽冲和苏建明暗暗说道："别看飞豹子声色俱厉，到底还是俞三胜不好惹。你听他的话够多软，细琢磨又够多硬！你听听，看看飞豹子怎么接声？"

但是飞豹子并没接声，竟仰面哈哈大笑起来。笑罢，一挥手，讲道："什么约法三章，那是闲扯淡。俞镖头，咱们说正格的，我山洼子的人，不会绕脖子，我只请求俞镖头一件事，就是赏脸，赐教！您只管掉文，你可别忘了，我大远地来了，又惊动了这些位好朋友。您真教我听两句高论，就吹呜嘟嘟，夹尾巴往回跑么？……不用客气，走吧，您啦！"

飞豹子说完了，仍要往外闯。姜羽冲暗暗点头，对苏建明说："这家伙也有两下子！"苏建明道："哼，也不大好惹！我看我们该说话了。"

两个人才要发话，十二金钱俞剑平已然拦阻道："师兄，慢着！原来师兄的约法三章是和小弟开玩笑？"

美青年道："那也不见得！说真就真，说假就假，那全看俞镖头赏脸不赏脸了。"

俞剑平道："真也罢，假也罢，袁师兄一定要我献拙，那么长者之命，我俞剑平也不敢固辞。"

姓熊的大汉道："那么说，好极了，您就请吧。"

童冠英道："你们先别打岔，行不行？"

俞剑平道："……不过献拙是一件事，寻镖又是一件事，我还盼师兄把两件事分开了看。师兄，这二十万盐镖，情实并非小弟所保，可是人家胡孟刚胡镖头竟受了池鱼之殃。现在我求师兄看在江湖义气上，先把镖银赏还了胡镖头；然后您教我怎么样，就怎么样，我决不推辞。师兄定要把两件事串到一起，那就是逼小弟赌技讨镖了；那无论如何，小弟也不敢从命。莫说是师兄你，就搁在列位合字身上，小弟也不敢这么无

礼。我们武林道全凭义气当先，谁也不敢挟着微末技能，硬讨强索。”

飞豹子听了，嗤之以鼻。那黄面汉子也轩渠高笑道：“俞镖头一口一个师兄，叫得真响，怎么拿师兄当小孩子耍？还了镖，再赌拳，谁肯相信啊？”那美青年也道：“况且这里也不是叙旧的地方，俞镖头要认师兄，不妨换个日子。”飞豹子道：“着啊！战场上认亲的，不是没有，可惜不是我。俞镖头，您的高论，我已领教了，你还有说的没有？若没有说的了；咱们该上场子了。我竭诚要领教的，到底还是你的拳、剑、镖。”一挺腰板，一指中庭。

俞剑平脸色一变一变的，已到了忍无可忍的地步了，他仍然抱拳当前，还要说话。飞豹子赫然发怒道：“咳，俞镖头！你横遮在面前，你逼我就在这里请教么？”铁烟袋杆一插，抬双臂往外一挥。俞剑平剑眉一挑，丁云秀横身上前，锐声叫道：“袁师兄！”

飞豹子不禁退回一步，脸上微现窘容。忽然，那美青年见势状，忙上前解围道：“俞夫人，您别着急。我不才久仰女英雄的大名，您可否不吝赐教！”他这话非为索斗，是故意打岔。俞夫人丁云秀气得秀眉一锁道：“你是哪位？”

霹雳手童冠英、智囊姜羽冲看透这步棋局，终不免闹翻，也奔过来，对美青年说：“朋友，我也久仰阁下的英名，你可否赐教？”美青年一翻身，凝视二人道：“不敢当，咱们外面请。”童冠英道：“好极了，我先请教。我在下有个匪号叫作霹雳手童冠英，没领教您怎么个称呼？”

双方的宾友、助拳的人，纷纷讲起过招的话来。镖客中有路明、梁孚生二位，和子母神梭邀来的两个中年人，也啧啧地答了话。纷乱中看不出他们是素不相识，还是旧仇相逢；可是他们四个人都相邀着退出大殿，跑到外面去了。美青年雄娘子凌云燕和霹雳手童冠英，也正正经经地叫起板眼，各甩脱长衣，迈步往外走。在场余众也都骚然，好像已到爆发点，不打

不成了。

唯有飞豹子本人和俞剑平夫妻，还在殿中忍怒舌辩。飞豹子身量本高，跷足往外一瞥，忽然闭住口，躲着俞夫人丁云秀，往殿外走。俞夫人依然横身拦阻，由情恳带出诘责的声吻。飞豹子走不出去，就切齿回身，奔到俞剑平面前，厉声道："俞镖头，你别耗着！"双臂霍地一分，一探，似要抓俞剑平。俞剑平凝眸不动。

忽听有人厉声叫道："袁师兄！"胡跛子和肖守备突从背后转过来，一左一右，来拦飞豹子的双掌。飞豹子连头也不回，只将双臂一振，手腕一翻，倏地扭住胡、肖的手腕。只一抖，肖国英守备倏地往右栽去，胡振业倏地往左栽去。

肖国英猝出不意，抢出两三步，被旁边人扶住，登时听见四面起了一阵哗笑。肖国英大怒，登时变脸，喝道："袁振武，你好大胆！拿你当师兄，你偏往贼道上走。……王德胜，来呀！"他的马弁忙应了一声，带着腰刀走过来。

飞豹子也是一股猛劲，回身一看，不觉愕然。肖国英奋身抽刀。飞豹子冷笑道："也好，咱们有谁算谁！肖老爷，对不起，咱们别在这里，外面去！"

丁云秀一伸腕子，把肖守备捉住，按住他的手，道："九弟，你等等，你犯不上。"肖国英犹往前挣，俞剑平急忙横在前面。就在同时，按下这里，掀起那面。突闻一声暴喊，跛子胡振业绰两把匕首，从人丛中钻过来。

飞豹子这一抡，肖国英恰当右首，胡跛子恰当左首。敌人的左首，正是自己的右手，右手好用力；胡跛子骤被一抡，他只一拧身，跛着单腿，居然借势破势，只抢出一步，便凝然立定。他早已愠怒，枯黄的脸笼罩红云，倏地一伏腰，拔出两把匕首，大骂道："姓袁的，你王八蛋，你混账，你几个脑袋，连劝架的也打？"

旁边人忙拦他，他瘦小的身材只一扭，就扑过来；乱嚷道："这不是姓俞的事。这是姓胡的事！袁老二，你妈的是贼，

胡太爷是混混，你扎死我？我扎死你！”狠拍胸口，摆出“卖味”的架势。飞豹子是比武；胡跛子要拼命。两把匕首，一把自握，一把照飞豹子劈面掷去。

飞豹子探爪来抄，不防俞剑平、子母神梭武胜文都往前一迈步，奔匕首绰来。

子母神梭身高臂长，立身处又近，眼看被他接到手；忽从侧面袭来锐风，不由得身往旁闪。俞剑平一步争先，把匕首抄了去，递给镖客。

子母神梭愤然四顾，原来是三江夜游神苏建明那个老头子，长袍马褂，晃晃悠悠，往这边一冲，满面笑容道：“咳，自己哥们儿，别来这个呀！”

子母神梭吃了哑巴亏；飞豹子认为“输招”，冲胡跛子喝道：“胡老五，你会骂街！就凭你还要给人拔闯？”一拍胸口道：“你扎扎试试！”

胡跛子双眼一瞪，像狮子搔头般一晃，把匕首顺在腕下，一抬腕，猱身而进，直刺飞豹，飞豹子握起铁烟管，往外一削。当的一声，胡跛子吃了一惊，匕首幸而握得紧，几乎脱手。俞剑平忙把胡跛子拖住。丁云秀叫道：“岂有此理！袁二哥，胡五弟是病人，你不能跟他闹！”肖国英扬起刀来，也被阻住。殿里殿外聚满了人，胡、肖这一拔刀，顿时大乱。俞剑平大失所望，说合人已经翻了脸，善罢已不能够。但他仍不愿从自己口中说出动手的话。他拦住胡跛子，教他丢下匕首。豹党中那个黄面大汉发了话：“怎么讲得好好的，动起刀子来？要动刀，上外面来呀！”

俞剑平觉得“输口”，连忙递过话去：“袁二哥、胡五弟，你们不要为了我，伤了和气呀！”智囊姜羽冲、三江夜游神苏建明合声说道：“二位，二位！你们自己师兄弟，不要这样，教外人笑话。事有事在，别恼啊！”松江三杰更单冲飞豹子说：“胡五爷是有病的人，袁爷就把他摔倒，也不算本领；袁爷，索性咱哥俩过过招吧！”

这话本是挖苦飞豹子的，胡跛子竟不爱听，吼了一声，骂道："我不错只有一条腿，飞豹子，姓袁的，我偏要斗斗你，你给我滚出来！"挣脱了俞剑平的手，提匕首往外闯；肖国英守备也怒指飞豹，身往外走。

丁云秀低声道："九弟，你犯不上跟他闹。"说时又急叫俞剑平道："我看今天，口说已经不行了。快找姜五爷，跟他们定规吧。"

俞剑平早知不免，急寻智囊姜羽冲、霹雳手童冠英、义成镖头窦焕如三人，教他转向子母神梭说话。此时说合人童冠英，已跟豹党那边的雄娘子凌云燕出殿寻斗。只剩下姜、窦二人，他们忙向子母神梭过话："今天这事，我们不能看着决裂。朋友，也该拦拦呀！"

子母神梭摇手道："你那边那位跛爷给搅局了。敝友本意完全不是这样。这不怪我们，是贵镖行硬插进两个说合人，徒逞口舌，方才闹翻了脸。"

智囊姜羽冲道："不然！从前阁下瞒着飞豹子的名姓，只说是个生人，要会俞镖头。现在俞镖头既知飞豹子是他的师兄，当然情形有变。他们同门弟兄吵起来，与镖行无干。这不是镖行违约。……说句得罪的话吧，是阁下隐瞒真相，是令友飞豹子不够师兄气派。"

子母神梭蹙眉瞪眼道："我怎么知道他们是同门师兄弟？敝友比赛的心非常坚决，现在用不着多讲话，到底你们镖行怎么样？"

马氏双雄和铁牌手立刻说道："要斗又有何难？也得请阁下约束令友，分拨前赴斗场就完了。"子母神梭缓和面色道："那个容易。窦爷，姜爷！我们各安排各自的人。"

子母神梭武胜文与姜、窦二镖客，忙约束众人，不要乱窜，快排起来分赴斗场。正在安排，外面人喊道："你们快点吧，他们外头早打起来了。"姜、武忙奔出来，向自己人大声疾呼："诸位，诸位！咱们按部就班地来。你们快分几个人，

把他们动手的人拦住吧。”喊了几声，立刻由胖瘦二老率领豹党，贴右边往斗场走去。这一边由黑鹰程岳、没影儿魏廉，当先引路，由松江三杰、马氏双雄，率同一班镖客，贴左边也往斗场走去。

那跛子胡振业已先一步跳在殿前甬路上，面冲大殿，比手画脚，叫骂飞豹子，等他出来斗斗。俞剑平向青年镖客孟广洪挥手授意；孟广洪奔出来，劝阻胡跛子道：“胡五爷，您别着急，事到如今，打是打定了；可是咱们得跟他有里有面。”用好言相劝，胡跛子怒气勃勃，道：“我不骂了，我就在这里等着他。”只是不肯挪地方。马氏双雄走来，一拍肩膀道：“五哥，咱们上斗场，跟他打个痛快。走走，咱们别在这里。”

那肖国英守备拔出佩刀来，也被俞门弟子左梦云拦住，低叫道：“九师叔，您快把刀收起来吧。我师娘教我托付您，她说胡五叔腿脚不得力，有残疾的人肝火旺，动手太不钉对。他在气头上，别人拦不住，非得九叔才能哄住他。九叔，您快把五叔劝住了吧。”肖国英一时负怒，转瞬便回过味来，笑了笑，点头会意；插刀归鞘，走到甬路边，把胡跛子拖住，硬往斗场扯。说道：“五哥，走！等一会儿咱哥俩挨个跟袁老二斗斗。”当下胡、肖二友齐往庙前戏台走去。

大殿上只剩下俞氏夫妻和智囊姜羽冲、铁牌手胡孟刚几人。对面也只剩下飞豹子和子母神梭武胜文跟那姓霍的、姓尹的。俞氏夫妻面面相觑，以目示意。丁云秀见飞豹子，轩眉张目，气焰咄咄逼人，分明有恃无恐，论年纪他已约六旬，看气魄实在不可轻视，深恐自己的丈夫未必是他的敌手。

丁云秀心中疑虑，乘着众人纷纷外走，忙贴近俞剑平，低声叩问：“闹得这么僵，怎么办？真个下场子，你到底有没有把握？”

俞剑平微吁一口气道：“跟他对付着看，弄到哪里，算哪里。你只管放心，就胜不了，也未必败。”俞夫人又看了飞豹子一眼，又看了俞剑平一眼；一个剑拔弩张，跃然欲动；一个

凝神摄气，坦然而待，正是难分轩轾。

丁云秀双眉微颦，乘着敌友多撤，舐了舐嘴唇，又叫了一声：“袁二哥，我说……这当儿没外人了，我再问问您。你真格的非跟剑平动手不可么？到底剑平从哪一点上得罪了您？您可以说出来么？他得罪了您，您就不能冲着小妹宽恕他一过么？”说着冲飞豹子走来，面对面地凝视着飞豹子。

飞豹子袁振武不由往后倒退，他实在怕这个师妹当面情求。他在丁门时，不但以掌门弟子代师授业，更替老师料理家务。前院有什么事，用什么东西，往往由袁振武到内宅接洽。他可以直入内室，面见师父、师母。有时不惊动师父、师母，就单找丁云秀这个师妹。他可以说，眼看这个师妹从十一二岁长大，以至及笄之年。他和丁云秀俨如胞兄弱妹一样；师母待他更好，宛如母子似的。

有一年太极丁患病，飞豹子亲侍汤药，忙里忙外；师母曾经感激落泪，对飞豹子说：“你师父老运不好，把个大儿子死了。往后你老师和我全指望你了。”说得飞豹子感激动情，也掉下泪来。后来俞剑平挟技投师，初来时还不怎样。直等到太极丁续收徒弟越多，飞豹子代师传艺，一时手重，把四弟子石振英打伤；太极丁当时看见，意很不悦。若没有俞剑平比着，还不甚显；偏偏俞剑平这人当时口讷脸热，和蔼可亲，小师弟们全都喜欢找他，他居然很有人缘。他又很知自爱，极肯用功。这样，渐渐获得老师器重。

不幸后来师母死了，丁云秀也大了，飞豹子在师门代传技艺，代主家务，偶有几件事，露出独断独行、刚愎脾气来，招得太极丁表面容让，暗地心中不怡。日积月累，终有废立之举。废立一举所以激成，可以说多半起因于四弟子石振英。石振英跟飞豹子不和，两人吵起架来；回头石振英就辞师而去。别个同学也很有惧怕飞豹子甚于师父的。太极丁看到自己年已衰老，为了将来门户计，到底一狠心，越次传宗，立了俞剑平。

当时丁云秀很替飞豹子抱委屈，劝过父亲多次，又私自安

慰过飞豹子。飞豹子对丁老师可说有怨，对俞剑平也可说有隙；独对这师妹，却不能道个不字。因为这师妹一向对待他比对兄妹还亲。而现在，丁云秀又来说话了，二哥二哥的叫着，面对面问他："你不看同门，不看着剑平他，你难道不给小妹留点情面么?"

飞豹子可以明讥俞剑平，可以软逗胡、肖，独对这个师妹，未免束手无计，张口无话。丁云秀的妙龄倩影，在他脑中浮沉三十年，如今一旦抵面，纵然声容已变，却是旧情宛在。飞豹子不知怎么好了。

飞豹子到底是有经验的人，纵不能抵面招架，他就拿出了躲闪的招数；急急地一转身，对子母神梭说："怎么样，外面不是安排好了么？咱们快看看去。"侧着脸，眼望旁处，答对丁云秀道："师妹，我万分对不住。我刚才说过了，这不是我捣乱，实在是我要跟俞师兄比一比功夫，好教咱们老师在天之灵看一看。师妹，等着比完了，哪怕我摆酒宴，给师妹赔罪都行。我还保一句话，我们只比不斗，只许他伤我，我决不伤他。师妹，请放心吧。"说完立刻挣扎着往外走。

丁云秀很怒，满面通红，要责备飞豹子。俞剑平向她施一眼色，教她不用说了。丁云秀仍不甘心，飞豹子在前面走，已然急急的走出大殿。丁云秀立刻追来，俞剑平也赶紧跟出来，极力劝阻自己的妻子："你不要再说了，平白招他奚落，当不了事。"镖行群雄和草野群豪此刻都出来了，分批趋奔庙前看台。在看台四周，双方都派人把守着，凡是附近采薪牧牲的村童，都被驱逐开。这半颓的戏台，果然已有数人在上面比画起来。飞豹子望台上一看，立刻吼了一声，飞奔过去。戏台上的雄娘子凌云燕和霹雳手童冠英真个交起手来。那路明和梁孚生二镖师，竟与豹党中的二客，相偕而出，不知何往；忙乱中无人查问，众人只顾看台上打架的。

第四十七章

霹雳童辣手搏燕攫靴
雄娘子衔恨戕师遗疑

雄娘子凌云燕就是那个貌如美女、身材苗条的青年。他此时甩去长衫，露出一身月白色短衫紧裤，腰系着丝巾，脚穿着浅靴，和童冠英一拳一脚，往来比斗。台上除了他两人，旁边一边一个，还站着一个镖行、一个豹党，好像是监场人。飞豹子、俞氏夫妻等赶到，两人已然过了六七招。

这个美青年身手很灵活，年纪尽轻，武功竟不可侮。只是他生得貌美唇红，很带女相，体态轻盈，又像女子；就是他说话时那种轻柔脆嫩的嗓音，也不大像男子。看台下镖行群雄起初不甚理会；这时登台动手，众目睽睽，都聚在他一人身上，可就人人起了疑心，喁喁地私议。多半猜疑他是女子改妆，或者不是飞豹子之女，就是侄男甥女；再不然，老夫少妻，是豹子的姬妾。殊不知雄娘子凌云燕是新创出名头的江南绿林，镖行什九没见过他，也不知他的底细。他又行踪飘忽，出没难测；庐山真面目隐藏很严。能晓得他的绰号姓名的，也只有两三个人，别的更说不上了。

镖客们说道："这家伙真敢和霹雳手动手，胆量可不算小！

咱们看着他的吧，他要真是女人，可就要当场出丑了。童老英雄对付仇敌，一向是要毁就毁到底，决不留情面！”

这话是真的，霹雳手童冠英是老英雄了，武功已到炉火纯青之候；他的五毒铁砂掌又黑又狠，真是举手不留情的。其实他练的就是这门功夫，想留情也不行。他用一种恶作剧、假客气的口吻；三言两语，把敌人激出来，相邀着上了这庙前的大戏台。很有礼似的双拳一抱道：“朋友，请，别客气，发招吧！咱们都是为朋友的，自然过拳不过刀的喽！”凌云燕抗声道：“要过兵刃，也随阁下的便。”旁立的那一个镖行道：“还是先过拳吧。”

两人甩衣交手。刚刚迈行门，走过步，霹雳手童冠英忽然也动了疑。就上上下下，把敌人盯了几眼；然后眼光一抹，居然丢开敌人的眼光和手脚，漫不监防，反而窥定敌人的胸坎，偷偷凝视他的乳际，看到底胸前隆起了没有。雄娘子的腰肢这样细，身材这样小，容貌又这样美好，脚下偏又穿着这样一双浅靴，女子相已然十足。独独他的胸际，竟这么一往平坦；毫不带鸡头圆起之状。童冠英暗暗纳闷：“这家伙到底是男是女；莫非带着抹胸了？那总得稍微凸出一点来呀！”此时正是夏天，穿着单衣，可是仍看不出来。童冠英暗笑道：“不管他，且给他一下子！”

霹雳手童冠英将他这练过的手爪，倏然一伸一屈。腰本俯着绕场而行，此刻突然一直，喝声：“朋友，看招！”粗如巨箩的手指张开来，身往前一蹿，照雄娘子胸口抓下去，一按一撮。雄娘子早防备到，身躯很轻巧地一扭，便闪过了；头一摆，眉一挑，应招还式，握起粉团似的双拳，倏地照童冠英后背捣去，却是斜捣。童冠英也微微一闪，转身来，把练过铁砂掌的双手一错，又照敌人胸膛抓去；只抓不打，撮着人身，便要受暗伤。

雄娘子凌云燕不愧燕子之名，轻灵的手又轻轻一躲。跟着趁敌人还未收招，右臂虚晃，突飞起一脚，照霹雳手肋下踢

去。霹雳手往后一退，突伸左手，来抓雄娘子的飞脚。雄娘子急忙收回腿来；就势改招进攻，也伸二指，上取敌人双瞳。童冠英“狮子摆头”，这手掌来捋敌腕；那手掌抡起往下猛切，切是假，撮点是真。雄娘子连忙收招。

童冠英猛然想起：“我何不看看他的耳垂？”倏地往前一扑，由“黄莺托嗉”改“双风贯耳”，照雄娘子疾攻来。攻势很猛，欺敌过甚，竟像是拼命硬冲。雄娘子慌忙往下一伏腰，从霹雳手肋下疾冲过去。却运肘往后一捣，运腿往旁一绊，虽然避攻，仍就势攻敌。霹雳手童冠英也急急地一转，避开敌人的拳脚；趁势一瞥，早看清敌人的双耳。圆如贝壳，润如玉勺。咦，右边耳轮居然像穿着耳眼，用粉脂什么的涂塞住了。又急急看他左耳，左耳也像有粉痕穿孔；粉颗堵得尽严，耳眼穿得纵小，到底瞒不过武师锐利的眼睛，只一瞬便全看清。

“这无疑了！”童冠英忍不住一哼。娇宠的男孩子，父母怕他不长命，倒也有扎耳眼的；却只能扎一个，断无双穿耳轮的。这雄娘子居然穿了双耳，莫非他竟是女子么？“雄娘子”的绰号又怎么讲？莫非只当男妆的女子讲么？

霹雳手起了疑心，觉得犯不上了。眼带诧异，面现轻薄，口角上含着侮视的笑容；不肯更下辣手，突然把身手松懈下来；眼睛依然不闲着，上上下下琢磨对手，故意引逗雄娘子迸跳，故意地上取两腮，中捣乳房，下踩脚尖。

雄娘子骤然觉察，从耳根泛起红云，往后一退，喝道：“童老英雄，莫非看我不才，不屑指教么？”

童冠英往前赶了一步，往后退了两步，答道：“哪里，哪里。承您赏脸，童某敢不竭力给您接招？怎么您还嫌我没上劲么？”雄娘子怒斥道：“我云某不喜跟人游斗，更不喜鼓弄唇舌。童老英雄这么敷衍我，就是瞧不起我；我可要对不住了！”霹雳手童冠英哈哈一笑道：“别价别价，您年纪轻轻的，别赶碌我。您嫌我不解气吧？我偌大年纪，决不能怎么着，也就是对付。您没听说，男不跟女斗，老不跟少斗么。我老了，没劲

了；您别嫌恶我，咱俩对付着瞧。您把我揍下去，回头我再给你换年轻的。”

雄娘子凌云燕满面含嗔，星眼一瞪，锐声喝道：“我看你是成名的前辈，以礼相待；你瞎了眼，拿我当什么人了？云大爷今天不客气……”话未说完，跳上去唰的一拳，直取童冠英的上盘。人似美女，身手迅捷。霹雳手童冠英应招还式，把雄娘子的右掌一格。雄娘子早已掣回右掌，左臂一削，来切霹雳手的手腕。两人登时又打起来。

童冠英连架数招，看出敌手把很好的一手六合掌，如狂风暴雨似的施展出来，一味有攻无守，专找要害。童冠英兀自对付着，眼往台下寻找，叫道：“俞大嫂请来吧！这一位我斗不了；俞大哥还是快请俞大嫂替我来吧。咱们以武会友，得按着各人的身份来。”

凌云燕越愤，拳击越狠。旁边监场的那个豹党，恨霹雳手骄狂，也吆喝道：“刚才不是童老英雄单挑的我们这位么？你卖味别这么卖法。你年纪老，没人硬把你抛上台来。”镖行监场的人立刻代答道：“朋友，咱们是比拳，不是比话。等着童老英雄跟云爷比完了，您有话再讲，也不为迟。”

两人口角起来，此时比斗的两人渐紧急起来。童冠英连连两次险招，这才激起斗志。这似男似女的凌云燕原来真有两手。童冠英喝一声：“好斗！”往后一退身，双臂往下一垂，往外一分，又突然一拳；陡听骨节格格地一阵响。再伸直看时，他那一对粗壮的手掌突然变色，十个手指头全像小萝卜似的粗红，大指小指竟似无别了，骨节依然格格地发响。身势也为之一变，腿蹒跚若熊，腰伛偻似猿，进趋骤显迟钝，进攻骤显直挺。两眼那么样瞪视着，虎似的欺敌，鹰似的伸右爪，照敌人手臂就抓。

霹雳手露出怪相，台下蓦地惊呼：“这是红砂掌！”

雄娘子凌云燕前所未见，愕然却步，注视敌情。

霹雳手似周身气力都贯注在两臂，下盘移动无形中透慢，

只见他往前一跨步，顿地有声；往前再跨步，顿地有声，立刻逼到雄娘子面前，探臂扬掌又这么一抓。

雄娘子凝全神备战，急拧身往旁一退；突觉一股劲风，随敌掌一掠而过。雄娘子打了一个寒噤，面上随现严重之容；冷笑一声，捏起粉团似的拳头，唰的立掌欺身，趁敌手还未收式，唰的削下去。

这一掌是验看敌招。霹雳手果然不掣腕，不躲闪，反迎招往上一翻腕；掌心朝天，五爪箕张，就势来抄雄娘子的脉门。台下登时有人喊道："留神，别碰上！"

雄娘子早已觉出敌人的辣手，正是前所未见，闻所未闻。倏展开迅疾的身法，以十分快，敌十分强；右手急急掣回，一旋身，左臂也进捣童老的前胸乳下幽门穴。不等童老招架，迅如飘风，将轻盈的身腰伏转，突掩到背后，唰的一拳，拳出腰直，直照童老的后脑玉枕穴捣去。

童冠英走了空招，似很费力地一提气，一转身，恰迎着雄娘子；他左臂护脑外磕，右爪攻敌外扬，照雄娘子的手臂抓去，骨节格格地作响。雄娘子又迅似飘风，退窜开一两丈外；止步凝身，回眸瞥敌。童冠英已拔步跟过来，两臂错张，像只巨蝎。

雄娘子把嘴唇一咬，伏身作势，迎敌猛进，心说："我还怕你不成？"如飞隼般从童老左侧冲过去；扬腕一扇，猛击童老的面门。童老攘臂前迎，"白蛇吐信"，来抓雄娘子的臂膀。雄娘子腕取上盘，只是虚晃一招；一进一退，脚早凌空而起，照童老上盘猛蹬。这是借伏蹿之势，用全身之力，猛起疾蹴。

童老不慌不忙，身形移动似慢，两只巨灵之掌运用极活；竟一伛腰，容这雄娘子凭空踢到，他就哼了一声："抓！"将身掣转，把手探出。

台下重起惊呼。镖行、豹党纷然骚动。飞豹子大吼一声，拨开众人。

雄娘子凌云燕奋力踢空，一发难收；霹雳手迎头攫物，手

到擒来。刮的一声响，雄娘子一双浅靴被敌捋住，靴腰碎在霹雳手的掌心。凌云燕一步失着，缩足一褪，右脚急抽出来；果然如凌云飞燕一般，在一眨眼间，左脚借势一蹬敌臂，唰的掠空再起，直射出一丈多高、一两丈外，轻飘飘斜落；距地三尺，似旋风贴地一卷，拔身站住。借退为攻，转败为胜，到底把童老踏了一下。童老捉着那只碎靴，岿然不动，看了看臂上那块尘痕，欢然一笑道："年轻人真不容易。"

可是凌云燕很羞愧，恨恨说道："我又不是李太白，你阁下何必给我捧靴?"

霹雳手大笑道："我虽然不是高力士，可得了杨娘娘的一钩罗袜。"说着，一举破靴，靴中塞着不少棉絮；又一指雄娘子的脚。这右脚浅靴已失，竟露出瘦窄的复履来。软底软帮，鞋样尖瘦，很像女子的鞋。雄娘子哎呀一声，双颊绯红，张皇地觅路欲走。

台下尽是双方的宾友，他就情不自禁掩面奔到后台门去了。台下哗然道："女英雄，女英雄!"

这边镖行群雄什九诧异，豹党这边除了子母神梭及江北群豪外，凡是跟从飞豹一同进关的人也很觉奇怪。起初飞豹率友南下，苦无居停；承子母神梭武胜文引见，得与江北新出手的奇侠白娘子凌霄燕、红娘子凌云燕姊弟二人相会。即借红娘子的巢穴做豹子潜踪之所。这红娘子就是雄娘子的音讹。

红娘子凌云燕实是男子，幼时出身于跑马卖解的绳妓。白娘子确是女子，是他的师姊；红娘子是师弟。他二人身世颠沛离奇，幼遭掠卖。他们的师父郎双石、师母大金凤是江湖浪人，收下男徒女徒数人，跑马卖艺，不走正路。未几，郎双石的大徒弟玉面丁郎改邪归正，弃师逃走；临行还拐走了一个女徒，就是那个真的红娘子凌风燕。

马戏班中女的只剩白娘子一人，无法扮戏。郎双石和大金凤就硬把雄娘子凌云燕穿耳、缠足、蓄发、改妆，强逼他冒替了红娘子的身份，与二师姊白娘子走绳卖艺；两个女子做上下

手，才能耸动观众。他们的师父和师母，并不是寻常卖艺人，实是大盗。往往到富家卖艺，得机会就偷窃；而且拐卖人口，配卖蒙药，无所不为。可也因这个，凌云燕不仅学会了钻刀踏绳的技艺，也真学会了技击飞走的武功。

后来他师父作恶多端，对外得罪了仇人，在内又对俊徒潜起不良之心；逼得白娘子凌霄燕、雄娘子凌云燕，为全贞拒虐，把师父郎双石刺杀了，逃出虎口。（就是他那师母大金凤，当年也是他们的大师姊，以后被威逼利诱，嫁了郎双石，甘心为虎作伥。）

红、白二燕起初慑于淫威，不敢支吾；嗣见大师兄和红娘子双双潜逃，他二人心中不能无动。等到武功练成，人大胆大，终于拔身而出。却有一样，他们还有师叔，那个师母也不答应，要替夫报仇。

他二人幸逃恶魔之窟，却没地存身，也没法改做良民。人人看见这逃亡的女妆二人，就起疑怪，都认为是大家的逃妾逃婢。有的宵小，就巧言诱引二人，或者恃强威吓二人，要霸占他俩。这一来，横生枝节，二燕一方防备师母的追寻，一方应付旅途客栈的光棍，真个是寸步难行，苦无立足之地了。

两人大哭，就自居下流，割据荒山，做了强盗。雄娘子凌云燕本是男子，又生得俊秀。当他逃命时，遇见许多色鬼，百般调戏他，他怒极，愧极！与师姊白娘子得到安身之处，便及谋改妆。无奈他幼被女化，举止行动时露妇容，走路尤其难看。而且足骨已损，解放为难，索性不去改装了。故意扮成女装，勾引贪色之徒；一犯到他手，均被诛辱。他拿一般俗物泄愤，拿一般人当了他的师父。每见他眉毛一挑，樱唇一笑，他就要下辣手，诛淫徒。

白娘子凌霄燕是女子，究是和善些，苦口劝他恢复男妆，不要无故杀人。雄娘子凌云燕听了师姊的话，脾气渐改柔和。只是恢复男妆大非容易。他从八九岁便被拐卖，十一二岁便被残酷的师父郎双石怂恿师母大金凤给他缠足穿耳。现在要想解

放缠足，反觉举步艰难。

雄娘子以此俯仰自恨。他自己所以不能改做良民，也就因为自己这奇形怪态，不但被市井宵小侮视，也被官府捕役打量。当那时，又刚闹过菊部人妖王紫稼那一案，雄娘子偏偏与王紫稼相同。王紫稼已被捕拿，和一个妖僧同毙在杖下。雄娘子凌云燕为了全身远害，已然不再杀人，却仍得隐迹在盗薮。

凌云燕的为人很豪侠，并且疾恶如仇，以此颇为江湖人所谅。他窃据山寨以后，颇得众心。他又擅自修饰，忽弁忽钗，除了几个亲信人物以外，旁的人竟不知他的庐山真面目。有时人们认不清，就把他当作了白娘子凌霄燕；在他男妆时，人们又把他当作三寨主玉飞铃王苓。他的行踪十分诡异，他的武功苦苦修炼，也很有进境。不久他的党羽越聚越多，只是没有一准的巢穴，忽分忽合，聚散不定。

江湖上盛传着玉飞铃三盗，说是全伙共有二女一男；是红白二女盗，和一个十八九岁的粉孩儿，可是他们内部的真相，谁也捉摸不透。这就因为他聚着成百的党羽，从不拦路打劫，仍采他师父郎双石旧日的行径；偷而不抢，也不在准地方作案，故此引不起官府过分地注意。凌云燕的为人又很机警，自知己短，束身很严；绝没有淫掠的恶行，又做些杀富济贫的事情。以此江湖上就有大侠知道他的根底的人，也都惋惜他，矜恤他，不肯算计他。

他和子母神梭武胜文起初相识，也是由于无意中的盗案牵涉。雄娘子凌云燕的部下，误剪了子母神梭两个旧同伴的买卖，掀起了风波。那时子母神梭刚刚洗手，由北方归家；他的旧伙伴么鹅钱青和虎头老舅，突然登门来找。说是到口的肥肉，教人夺去；请武胜文无论如何，也得出头，替老朋友争回面子来。子母神梭皱着眉，打听两人到底怎样被剪的，出在什么地方？么鹅钱青把细情说了。

原因子母神梭洗手之后，他们那一伙已经散了帮。么鹅钱青跟虎头老舅，结伴要奔九江，改投白沙帮入伙。二人在半道

上，无心中拾了一票过路油水；虽然不够过下半辈，却是傥来的飞财，至少也够嚼用三两年。两人很喜欢，立刻趁夜改道改装，扮作迷路的行贩，到芒砀山附近民家借宿。

不意“得的容易，丢的模糊”，竟在快天亮时，中了薰香，也许是蒙药，原包油水被别的行家转挖了去。这不过是两个小包，已经两人拆包改装过，全是细软，毫不露形，临睡时，两人又都把它枕在头下。并且两人又都是道里人，竟想不出何时被人看破，怎样被人抵盗。原包如故，变成残砖乱草。抵盗的人一点也不客气，居然在包中留下了“双燕凌空共衔玉铃”的记号，似有意嘲笑虎头、么鹅的无能。

狼叼来，狗抢去，未免欺人太甚！二人焉肯甘休，在当地翻来覆去踏访；吃亏人地生疏，绿林同道又多不熟识，连访数日，终不知凌云双燕是何如人也，别的更不用讲了。虎头老舅这才说：“咱们再麻烦武大哥去吧。”于是乎扑到火云庄，给子母神梭添腻来了。

子母神梭不能推辞，只得出头代访，一晃十来天，也苦无踪迹可寻。那时雄娘子凌云燕也是刚刚窜到江北，开山立柜不久，知他根底的几乎无人。但经武胜文辗转托人扫听，燕踪未得，倒教凌云燕先一步得悉风声了。

凌云燕一听说“凌风双燕”的记号，立刻盘诘部下，方知是第三支桩一个小头目，名叫包和光的惹出来的麻烦。这事辱人太甚；现在子母神梭还不晓得真相，可是棉花里包不住火，迟早终不免揭穿。似这等劫赃留名，实在有失绿林义气。别的还是小事，单这“凌空双燕”的标记，十足透出挑衅的意味，坐实了自己人的没理。尤其不该的是，包和光转挖的这票油水，不过七八千金；他居然瞒心昧己，匿未交柜。所谓盗亦有道，这举动更违背了山规。

雄娘子大怒，和师姊白娘子凌霄燕商议，立刻飞传金铃，邀集各支的领袖，计共九个人，齐到第三支桩上开议。白娘子居正座，雄娘子居左，飞铃王苓居右，与包和光等九个头目，

坐在一处。饮酒数巡，由白娘子首先发问。起初好好地盘诘他，为什么转劫同道，还留名号？为什么撞采获财，匿不交柜？包和光面含愧色，支吾不对。

白娘子转问掌金头目："你事先一点也不知道么？"又问第三桩的副头目："你们都商量好的么？"副头目不敢说不晓得，也不敢说晓得，不由嗫嚅起来。

那掌金头目说道："当家的宽容包六哥这一节吧，其实是怪他疏忽了。可是他也有不得已，他实在要用这笔钱，办一桩好事。东山下打猎的蔡家遭难，包六爷打算抓一笔钱救救他，也是当家的素日容许的。不过六爷一时怕您怪罪，迟迟疑疑把事办了，总没得对您提。他托我了，我给忘了。这都怨我。"

掌金头目引咎分谤，替包六卸责，可是雄娘子不信。挥手命掌金头目归座，正色道："按照咱们公议的山规，弟兄们奉命出去打草谷，得到了采，照例拿七成交柜，外留三成给出力的人提兴。要是弟兄们撞采得红，那算外快，一向可照四六批账，或五五对分。包六哥你是老手了，难道还不明白？你怎么竟瞒起来？就这几个钱，就买得你坏了义气？再说我们作案留名，不是为出风头，是为教官厅知道咱们，省得牵害良民。你怎么就打劫同道，一点义气也不顾？怎么还留下双燕的记号，是怕人家不骂咱们么？还是教人家跟我姊弟结仇呢？你想想你犯了几过，你自己说该怎么办。"

雄娘子厉声诘责，自然是一不该劫同道，二不该留名，三不该匿藏。

包和光起初默然听着，到了末几句，有点承受不住了，愤然说："我错了，我认！当家的这么说，好像我居心不良故意陷害瓢把子了。我这里擎着，您还问我一个心服口服么？"满面通红，站起来了。

凌云燕喝道："你往哪里去？你还不服么？抓回来！"意思要请山规，责打包六。包六也发怒道："装得够像了，大家你捧我、我捧你罢了。真个的当强盗本就犯法，咱们把官牌子趁

早免了吧。何必拍桌子瞪眼，吓唬猫！”

包六羞恼硬抗，雄娘子怒火愈炽，必欲加刑。白娘子为维持山规，也申斥包六道：“包六哥，你不等说完，就跳起来吵，你太不像话了！你有错没有！快给我待着！”

雄娘子凌云燕一迭声喝命拿出山规来，包六犯了牛性，竟出口恶声，丑言相诋。千不该，万不该，说了一句错话，指着雄娘子道：“男不男，女不女；官不官，贼不贼！美不啧啧的，歇个鸟的吧。你当是唱戏打黄盖哩！”说罢掉头往外走。

雄娘子满面通红，锐声喝道：“好你个畜生！”突然窜起，往包六这边截来。包六回骂道：“好说你个畜生，你兔小子，太爷不干了！”

坏了！一句秽语骂着了雄娘子最恼恨的话头上了。“不男不女”一语，已辱他很深；“兔小子”一语更触大忌。雄娘子顺手推翻了坐具，伸手来抓包六，还想按倒地，教他受刑。

包六误会此意，抖手打出一镖；白娘子急急地一长身，把镖接住，喝道：“包六，你怎么动手？”

旁边的人齐来拦劝。哪知雄娘子凌云燕身手灵活异常，早从人丛中扑过来。包六急抓起一把椅子打去。雄娘子左手夺过，右手猛掣出短剑。众人惊呼：“别价，别价！”已经晚了。一声惊叫，血溅宴间，包六刚刚拔出一把匕首，刚刚一挥，剑已劈到，咔嚓的一声，半只胳膊掉落地上，掌中还握着那把匕首。整个身子立刻往旁一栽，卧倒在血泊中了。

白娘子凌霄燕跳过来抓雄娘子，只赶了一个后尾；仅仅抱住凌云燕，夺过了短剑，却没有救得包六。剑猛伤重，包六已然昏死过去。雄娘子狠狠往旁一退，身上溅了许多血点。部下八个首领，面面相觑。白娘子顿足嚷道：“云兄弟，你怎么这样手快？他骂，骂他的去；我们要评的是理。你们快看看，快救救吧！”八个头领忙来救治包六，拿药的，找布的，忙做一团。白娘子为安慰众心，亲给裹伤敷治；先把包六搭到一边，拨人服侍；又派一个亲信头领陪伴安慰。一面仍召集部下，问

这事该怎么办？二当家固然手急了些，包六的嘴也未免太难。

那第五位头领忙道：“这事的起因自然是包六哥犯规，刚才这一场也是他先动的手，这就教犯规抗上。这不能怨二当家的。”白娘子看着众人的神色，点头说道：“论理儿当然是这么讲了，不过自相残杀，总怨二弟不会御从。二十几岁的人，连几句骂都挨不起么？”

群盗经白娘子这样说，多半心平气和，遂又议到善后之计。第七位头领说：“包六哥总算犯了条规，在本帮不能待了。我们等他养好伤，凑点养廉，把他好好送走吧。”复经群盗共议，都说只可这样。

还有对外这一面，凌云燕即将包六处刑，交师姊白娘子办理后；第二步自己立刻赶办还赃。竟将包六的断腕和原盗的赃物，金珠未动，现银照赔，拿来打做一包。他亲自改装，送到子母神梭武胜文的别墅。只叩门投入，便飘然走开，他和子母神梭竟没见面。

子母神梭代友寻赃不得，两个旧伙伴住在他家，实已无计可施。忽然夜闻剥啄之声，未容开户寻视，便投进东西来。子母神梭提刀急追，未见人影；打开包一看，是一只人手和细软金珠，还留着名帖，画着“凌空双燕”，内说：“失察部下，得罪同道，已加薄惩，追赃返璧。特自登门道歉，三揖遥拜，后会有期。慕名友叩，名正肃。”

子母神梭反复看这留柬，初犹诧异，终则欣然大悦。对同伴说：“你看，你二位丢的东西找回来了。我这点薄面，在这里还吃得开！”这就叫面子，这就叫义气。子母神梭道：“这一对燕子还瞧得起我。”二友得赃，就打听到底飞燕是谁，这赃怎么找回来的。子母神梭道：“你二位就别管了，反正是慕名朋友罢了。”催劝二友赶快回家。从此子母神梭记住了凌云燕的名字。

那包六斩腕之后，已死复生。在养伤时，引咎自责：“实在怨我不对。应该受刑，受刑不屈。”等到伤痛稍定，向看护

他的人，寻找自己那只断腕。斩腕早送给子母神梭用以示威市惠了。看护人权词以答，包六苦笑了一声，不再索讨。又养了好些天，群盗慰解他，竟要资遣他；他竟潜谋私走。哪里走得开？早被白娘子防备了，虚打他一暗器，略示儆戒。随即用好言切实劝了一顿，把他送走。大家都明白本帮种下仇人了，可是全夸白娘子办得厚道。白娘子又把“好”移到凌云燕身上，对众人说：“这不是我的主意，这还是二弟教我代办的。你们不晓得他么？年纪轻，脸皮热，做错了事，很后悔。他现在就是不能对包六赔不是罢了。”

话虽如此，终埋隐患。雄娘子行法以保威信，固然维持住同道的义气，到底结怨于本帮。包六所伤是在右臂，他最恼的是：“砍一下子，不算回事，我本来有错。这小子最不该拿我的半条胳臂，送给外人买好。”他竟一面苦练左手兵刃，一面要暗算凌云燕。

包六给凌云燕造谣，诬他是采花淫贼，是桑冲、王紫稼一流，惯于乔扮女子，奸污良家闺秀。他知根知底，他造的谣格外能惑众。一再煽动武林豪侠，怂恿他们捉拿采花淫贼，替屈死的贞魂雪冤，替绿林道剔除败类。言之凿凿，有他一句，胜人十句。雄娘子凌云燕穿耳缠足，男人女妆，形迹本来可疑；自听恶谣，他俯仰愧恨，后悔难追。他遂改穿男服，力学武夫步履，又极力地检点形骸，教手下人替自己辟谣。又想自己的巢穴，包六备知什九，忙与白娘子商计，克日迁场，重寻秘窟；索性连准窝也没有了，改采流浪做法。部下只有那八个头领，能见他的真面目；其余小喽啰统由飞铃王苓和白娘子出头率领，雄娘子仅在暗中操纵。他用尽心机，回护己短，终被包六专心跟寻，掀起了祸难。

一天，凌云燕只身跨驴，暂改女装，偕一个小喽啰，出离了密巢；竟与仇人狭路相逢，正在夜深时间。凌云燕久不女妆，这一次为要作案探道，才易妆宵行。包六单等的就是这时候，呼啸一声，猝然率众把凌云燕围上。

包六布置狡狯，自知力不能敌，藏在暗影中，只远远指挥。却不知他从何处勾结来两个武功迅猛的剑客，是兄弟二人，受师门规诫，深恨淫贼，定要制凌云燕的死命。仇人相逢，恰在林边。

凌云燕策驴前进，忽闻林中叶瑟瑟发异响，急忙勒缰审视。火光一闪，响箭陡发；两个剑客仗剑齐出。包六掩在树后，哑着嗓子说："就是他，男扮女装，就是他！打！"喊一声打，箭如雨下，先抄后路。

凌云燕身后随行的那个飞行小盗，刚要报字号借道，忽见情状有异，喊一声急往回跑。被包六同党集中放箭，定要射死他，以剪断援兵。这小飞贼竟带箭逃走，包六拨人急追。但凌云燕潜出密巢，距此已远，呼救竟来不及。凌云燕下驴拔剑，还想动问；二剑客都很莽撞，举火一照，认定了面貌打扮，就一声不响，挥剑上前狠打。

凌云燕挥剑格架，且退且问："是合字，是鹰爪？是办案，是寻仇？"屡问不应，最后才说："你是凌云燕么？"答说："是。"对方哈哈笑道："是就没错！小燕，你到底是男人？是女人？凭你这打扮，只要不是女人，一准不是好货！"

两剑客奋勇进攻，凌云燕出力招架，心中未免惶惑。再三诘问：素不相识，因何动武？二剑客同声大笑："燕姑娘，你少要唠叨！咱们手底下明白，捉住你，再告诉你不晚，准教你临死落个明白。你要是想得开，快束手就缚，教二太爷验验你，就完。"又笑骂道："你是唱花旦的，还是唱武旦的？"

二剑客的话声带着侮蔑，剑术既精且快。若单打独斗，凌云燕还可抵御；如今双战，自觉不敌。凌云燕不愿糊糊涂涂地栽了，仍要穷诘敌情；敌人竟丑骂起来。凌云燕有些瞧科，忙将包六的名字喝出来。包六不肯应声出头，一味唆众包围凌云燕。凌云燕渐感不支，急思退逃，已经不能够。转眼之间，外面合围，当中仍由二剑客狠攻不休。两把长剑反复攻击他，左右有人拿孔明灯上下照看他。他要认一认二剑客的面目，二剑

客背着黑影，一点也看不出来。凌云燕眼看要遭擒，林中伏敌更喊出丑恶的话来，要活捉他，不要伤他；安心要羞辱他，要剥验他是男是女。

凌云燕陷于危败之局，再过半顿饭时，就要受辱。忽然绝处逢生，子母神梭武胜文邀着朋友，路过此地，听见了打斗声，寻踪过来偷看。望影听声，这两个剑客竟是武胜文的旧相识。武胜文不由挑灯策马，上前搭话，掏出他的子母神梭来，要帮助剑客，擒拿凌云燕。等到绕林近前，讯名问故，两个剑客说："这就是新出手有名的采花淫贼凌云燕。"

凌云燕孤掌难鸣，已被赶碌得喘不成声。闻对方斥骂，急欲自辩，可惜身世曲折，一言难尽。不意还未容他自表，那边子母神梭武胜文已先发话了，对两个剑客说："这里面怕有差错吧，凌云燕这个人和我也是慕名的朋友。他这人很义气，没听说他有什么不端的行止啊！"

当场劝住了双方，慨任鲁仲连，高举气死风灯，询问启衅的缘由，并替凌云燕保证人品。两个剑客还在迟疑，忙到林边，寻找包六；不想包六一听见子母神梭自报姓名，他立刻觉着坏事，早绕林溜走了。

两剑客盯着凌云燕，连连摇头，把子母神梭拉到一边，低声说道："这人真是你的朋友么？这人一定是淫贼，你仔细瞧瞧他，到底是男是女。"

子母神梭因为是初会，也很起疑，想了想道："二位先回去。这凌云燕和我有过来往；我把他邀回去，仔细问问。你二位也找那姓包的，再仔细问问。"

二剑客道："万一他真是淫贼，他要是跑了呢？"子母神梭拍胸膛道："二位全交给我，他真是淫贼，我也不能容他。咱们明天见面！"

就这样私议了一回，武胜文翻身赔笑，找到凌云燕这边。武胜文未即说话，借火亮先打量一回。见这凌云燕实是女子，心中也不能无动；遂也不称呼，只拱手道："请了！在下就是

子母神梭。从前多承你阁下帮忙，我感激不尽。舍下在此不远，我打算请你过去谈谈。”

凌云燕很乖觉，料到他们刚才必是侮蔑自己，现在即欲脱身，势必不行。遂慨然说：“多谢武君解围，我也有许多话，要向江湖前辈表白一番呢。”

子母神梭把凌云燕邀到附近朋友家，灯光照耀下，凌云燕全身穿着女装；又穿着铁尖弓鞋，蓄留长发，顶梳云髻。子母神梭越看得仔细，心中越发玄虚起来。但是凌云燕面无怍容，眉颦怒气，很坦然地坐了。武胜文倒不疑心他是女装的男贼，反疑他真是女盗了。无如这话不好当面致诘；子母神梭武胜文和他的朋友，让座献茶之后，一时犹豫无言。

凌云燕倒不介意，索手巾拭面，端茶来解渴，略微歇息，便发出银铃似的嗓音，先将自己与包六结仇的事说出，然后又说：“我这一生非常不幸。我本是良家子，遇着继母，落在宵小手内，竟把我当女孩子，硬给我穿耳缠足，逼我学习马戏绳技和打弹弓、耍刀剑的本领，给他铺场子赚钱，并暗地偷盗人家。因我不肯，饱受折磨。年岁小，抗不了他，一直苦混了将近十年。后来我岁数稍长，又幸逢侠士，帮我摆脱了马戏班；东逃西躲，好容易才脱开毒手。可是我已经无家可归，肢体又已残毁。武庄主你看，像我这个模样，走到民间，半步也行不开，简直没法做良民了。我这才和我同时逃出来的一个难友，隐遁在绿林中，苟全性命。我也不敢自夸行侠义，人为名，树的影；你可以打听打听去，可听谁说‘凌云双燕’做过不义的案子没有？我更因为身上的缺恨，处处自加检点；我至今没有娶亲，我还是童子身。你可以验看我的功夫，就可以明白，我练的是童子功。我对绿林同道，也不合伙通气，也不得罪；我在线上，又算是在线外。直到近来，我才得罪了人。这回得罪人，偏巧就是由武庄主你阁下而起。我手下有一个姓包的伙计，也领着一竿子人，十一二位，他竟贪财败义，背着本窑劫了令友；我一怒将他断臂驱逐帮外。我曾把原赃追出来，亲自

送到你阁下府上，并留书道歉。大概你总接到了吧。我是隔门抛过去的。”

武胜文欠身谢道：“哦！收到了，我真得谢谢你，给我的面子很不小。”

凌云燕挥手道：“小事一端，不必提了。可是我竟因这事，结下了仇人；包六不自悔过，恨我到极处，已经接连算计我两三次。我已为他迁场数次，并且轻易也不出门。本月实在有迫不得已的事，非我出来不可，我这才化妆夜行，路过此地。哼！偏偏就狭路相逢，遇上这事！不怕你阁下见笑，我自逃出马戏班主的毒手以后，早想改装。无奈我自幼落在拐骗手里，像这样打扮，差不多已经十年，有点习惯成自然了；穿上男子冠履，竟走不上道来，那样子更难看，格外扎眼。人家看见了，往往疑心我是女人改装男子。可是我还照旧打扮，人家又挖苦我是人妖。我一生不幸，都结因于马戏班！我跟包六翻脸，固然是被事情挤住的，也因他骂我的话太刺耳。刚才那两位使剑的朋友，不用说，又是包六调唆出来的。这两位朋友不容人张嘴，就好像我跟他有夺妻之仇、杀父之恨似的，真不晓得包六对他们讲了些什么……”凌云燕又道：“现在，我已将详情说明，我谢谢你给我解围。只是，我听那两位话里话外，还是不能原谅我。我的事本来曲折太多。我想他二位临走时，大概托付你阁下审问我，监视我了吧？武庄主，你说怎么办？我如今是狭路逢仇，人落单了。你我是马上一笑而别呢？还是你问完了，仍得听听他们那边的话呢？还是把我再交给他们呢？咱们是道里的人，有话尽管讲在当面，你不必为难。我自知年纪轻，出身又卑贱，我也不敢高攀，请你给我一句爽快的话。我反正不能坐受他们的侮辱，一刀一剑，杀剐存留都可以。要是想寒碜我，我可不能受包六的。”

凌云燕侃侃而谈，玉面晕红，辞意慷慨。遂引杯连喝三盅茶；站起身来，拍拍身上的土，又跺了跺脚。话虽激昂，态度上总似乎有点顾盼自惜，不脱脂粉气。子母神梭武胜文和他那

位朋友都听愣了。

那位朋友姓卢，叫卢天葆，插言说："凌朋友，你说那马戏班的班主，可是名叫郎双石么?"凌云燕答道："正是他，是他毁害了我一生，教我不能明面见人!"一提起来，凌云燕就恨得切齿，一口白牙咬得吱吱地响。

卢天葆转面对武胜文道："是了，这话一点不假。郎双石这东西实在万恶！我早年听家父讲过，他的确常常拐卖人口，把小姑娘小子长得漂亮的……"说到这里，见凌云燕有些难为情，连忙改口道："我很知道他。他把男孩子强扮成女子，把人卖了。他明着跑马卖艺，暗中配卖蒙药，罪恶滔天。凌朋友这么说，你也是受他的害了。我听说他早在十年前，遭了天报，被叛徒勾结过路的武林侠客把他杀了，他的巢穴党羽也全剿灭了。凌朋友，这件事你想必很知内情的了。可是真有其事么?"

凌云燕带出难过的样子，半晌才说："那就是我和我的一位师姊办的。我没有得着武林侠客的帮助，只是巧借着地方上一个土豪的力量；里外一闹，我们才得逃出魔手。郎双石的巢穴是起内乱散了的，不是剿灭的，他的党羽也只有几个人落网。郎双石的妻子，当时算是我们的师母，她还要替夫报仇，勾结同门，极力搜寻我们两人的踪迹。郎双石死了，首级被人割去，我们那位师母疑心是我俩杀的。其实我俩只求逃出火坑，哪里还敢动手戕师?杀郎双石的乃是别人。我们师母不依不饶，认定是我和师姊所为，把我们赶得走投无路；直逃到浙南，才遇上九莽大侠林青皓，靠他一挡，我们方才得了生路。"

说着，他又喟叹一声道："卢君既然知道我的下情，足见我不是扯谎，足见我不是害人的，实是受害的。话已说明，武庄主请看着办吧!"

子母神梭武胜文目视他的朋友，乍闻怪事，如梦初觉，也不禁叹诧道："我在下久闯河北，这里的事一点也没听说过。凌仁兄出于淤泥而不染，真不愧是火中金莲。既然这样……"

拱一拱手道："凌仁兄如有紧急贵干，你就先请吧。刚才那两位使剑的朋友，您就不用管了，我自然有法子对答他；他们的确是有话。凌仁兄不但品行高洁，武功超绝，而且见事也真快。他们二位是亲兄弟俩，那个黑的叫彭朝翼那个矮的叫彭朝翔，果然是受了姓包的蛊惑了。临走的时候，还一再叮咛，教我别上了凌兄的当。"

凌云燕哼了一声；忙问那包六呢？子母神梭道："那姓包的多半没有到场，我全看了。他们来了十多个人，没有短胳臂的。"凌云燕道："他一定到场了，他大概藏在林中。"

子母神梭道："也许，也许。姓包的如果在场，这可是冤家路窄，咱们三方一见面，看他怎讲。凌兄跟这位包爷结仇，本就是为朋友，由我身上所起，现在还落在我身上完，倒是正对劲。凌兄要是抽得出工夫来，何妨在这里多盘桓一两天，索性跟他见见，咱们可以撕扯清楚了。"

凌云燕脸色一沉，道："武庄主若还有所猜疑，我自然可以等等，索性见过了彭氏弟兄。"

子母神梭忙笑道："凌兄你这可是多疑了，你的行事我实在佩服。由打上回起，我渴望跟您订交，盼了不止一天了。这样办，由我起，由我落，我一个人找他们去。凌兄有事，请先行一步；哪一天得闲，你赏一个信，我们可以订期多盘桓几天。"

子母神梭实欲与凌云燕订交，凌云燕今天实不能留。又谈了一会儿，凌云燕告别。子母神梭武胜文备马亲送出来。笑对凌云燕说："凌兄，咱们不可不防备，我还怕包六在外面等着你呢。"

凌云燕冷笑道："好吧！我倒是真想见见他，只怕他未必肯出头；因为我们已经交过话了，他的戏法不好变了。我想此时外面倒真许有人等着我，只是等着我的保管不是他。"子母神梭笑道："他自然不肯在近处出头，也许同着别位，藏在远处，要暗算凌兄哩！凌仁兄，不管怎样，我总得送送。"

武凌两人和那卢天葆，一同出来。子母神梭没有猜着，凌云燕猜着了。走出七八里地，便遇上了大批的埋伏，不是包六，不是彭氏昆仲，是白娘子凌霄燕得到警耗，特引众救应师弟来了。

那个小喽啰身中一箭，舍命奔逃，竟奔回巢穴见了白娘子，报说二当家的中途遇事，被人围上了。又说不像鹰爪，也不像线上。白娘子霄燕大怒，想了想在肇事的地方附近，并没有什么出名的绿林，心中便有些嘀咕。急急地点齐部下；部下本散在各处，就近凑集了二十几个人，半骑半步，火速地踏寻过来。到了交斗的所在，搜遍林隅，渺无人影。白娘子把部下散漫开，往返地穷搜。

子母神梭陪着雄娘子凌云燕，从狭路荒径走上大道，突然撞在网上。响箭陡发，白娘子率众出来，把道挡住。子母神梭还当是包六出现。凌云燕摇头笑道："不是，不是！这是我们的人寻我来了。"他已经听出响箭暗号来，忙策马上前，也发出暗号。白娘子凌霄燕慌忙过来，下马问道："师弟，怎么样了？"雄娘子凌云燕忙说："先遇上仇人，现在又遇上朋友了。"忙与子母神梭引见，子母神梭自此又认识了这位白娘子。

白娘子凌霄燕是二十几岁的姑娘，比凌云燕大。他们两人的关系，也是一谜。两人始终是师姊、师弟，不是夫妻。便白娘子不嫁，红娘子（雄娘子）不娶，两人相敬如宾。所可惜者，是白娘子比凌云燕大了三四岁。两人各有着沉痛的经历、凄凉的身世。两人同病相怜，都想嫁娶。但男的娶谁、女的嫁谁呢？白娘子想给雄娘子掳一个少女为妻，雄娘子凄叹不允。雄娘子劝白娘子择婿，白娘子也只低头流泪，脸红红地看着雄娘子，叹道："姐姐这一辈子完了！"两人各有说不出的苦恼，坐令韶光似水地流去。

当下问明原委，白娘子方知师弟受了委屈，险些受辱殒命。白娘子勃然大怒道："这包六太可恶了，那时倒不如依着师弟，把他废了，也就完了。现在他到处诬蔑我们。武庄主，

像这样暗算我们，动刀动枪，还是好汉子所为。您不知道他，他竟学村妇骂街，信口作贱人。不行！我得找他去！他现在在哪里？”

凌云燕因为子母神梭在场，忙把师姊劝住。最后仍由子母神梭去找彭氏昆仲，要把这桩事彻底解决，请附近绿林给评评理。但是彭氏弟兄竟栽了跟头！

那包六当场听到武胜文报名，就知要败露；他果然不辞而别，一溜不见了。彭氏昆仲还要找他细问原委，好像搀人上墙头，半路上撒手不管了。彭氏昆仲气得大嚷：“上当了，上当了！”他二人却不肯虎头蛇尾，纵然栽跟头，也不能避不见面；竟找到子母神梭，拍手打掌，细说丢人之事，又作揖打躬地说：“我们太冒失了，得罪了这位凌云燕了。武大哥，没别的，替我们表说表说吧。”

彭氏老大很客气；彭氏老二仍说：“我们情实是鲁莽了，可是这位凌云燕的打扮跟女人一样，也未免惹人动疑。”武胜文道：“我不是说了吗？他的身世太离奇、太惨苦！”

二彭要面见凌云燕道歉，子母神梭代为辞谢了。这场戏就这样揭过去。凌云燕自然要找包六，无奈断臂包六藏匿不见，只好罢手。

自经此变，凌云燕和武胜文成了好朋友，武胜文劝他改装，练习男人行止。不久，飞豹子袁振武率领大众，到江南寻隙。因无地可以栖众，便由子母神梭引见，借了凌云燕的密巢，还借重了不少的人力。

现在，凌云燕和霹雳手童冠英登台比拳，凌云燕一身轻巧的武功，却非霹雳手的毒砂掌的对手。凌云燕凌空一纵，被霹雳手童冠英运气功，探爪一抓，刮的一声响，把浅靴抓碎，露出了复履，窄窄如钩。台下哗然。凌云燕面色一红，扭头就走。霹雳手哈哈大笑，也要下台；飞豹子奋声喝道：“别走！我来请教！”

第四十八章

黑鹰程岳战平对手
九头狮子攘臂争名

飞豹子在台下，看出霹雳手的毒砂掌，凌云燕必无法应付，他就奋身要上前。他的朋友早跳上一人，向霹雳手请教。镖行群雄忙看这人，就是七个陪客之一，那位姓许的。胡孟刚打听同伴："认识这人不？"汉阳郝颍先、夜游神苏建明、马氏双雄、夏氏三杰等，都说不认得。

东台武师欧联奎道："这位名叫许应麟，好像是颍州潘佑穆的门下。"胡孟刚道："他敌得过童二爷么？"欧联奎道："他也是练五毒红砂掌的，初生犊儿不怕虎！他敢上台，必有把握。咱们往下看。"镖行在台下窃窃私议，台上的人已然甩衣裳，预备动手了。

这许应麟正当壮年，约有三十八九岁；跃上这残破的旧戏台，长衫一脱，露出一身米色短装。他大眼睛，高鼻梁，圆颅黑发，气象很沉穆，两臂很粗；令人一看外表，觉得不可轻敌。他把衣袖一挽，冲童老抱拳道："童老前辈，在下久仰您的掌法，家师也常称道过。今天我来上场，非为比武，实为请教。童老前辈，请您不吝指点！"

霹雳手童冠英正容敛笑，拱手还礼道：“客气客气！阁下贵姓？令师是哪一位？”

许应麟答道：“在下姓许，名叫许应麟，家师是颍州潘。”童冠英道：“哦，令师是颍州潘佑穆潘七爷么？那不是外人。”许应麟道：“是的，我在下只想求老前辈指教，绝不是比试，请老前辈手下多多涵让。”

童冠英笑道：“你太客气了，我是老朽无能的人。你正当壮年，还盼您手下多多容让。”两人说完客气话，立刻一凑，准备动手。

忽然台下飞跃上一人，横身一隔道：“且慢！童老英雄，咱们得按规矩走。咱们镖行承人家看得起，邀来以武会友。咱们应该挨着个儿来，不能总教您一个人钉。刚才您已经跟那位凌爷比试过了。这一位许爷，我倾慕已久，就由我给接接招吧。”这人是南路壮年镖头孟广洪。许应麟把孟广洪打量了一眼，看他不过二十八九岁，好像北方人，生着微黑的面貌，通臂长爪，两眼炯炯有神，额角有一块很深的刀疤，从前是没有会过的。两个人通名拱手，走行门过步，说一声请，立刻开了招。

霹雳手童冠英含笑下场，几位镖客围上来，跟他说话，问他这凌云燕到底是男是女。童冠英说：“我可不敢保，你们问子母神梭去吧！”

那破戏台上，镖客孟广洪展开了他的“八卦游身掌”的招数，在台上像纺车似的乱转。那许应麟展开了他的铁砂掌，就如老牛破车似的，以迟钝的辣手，应付孟广洪的飞速拳招。正是一快一慢，看着令人吃惊。

忽见孟镖师旋身一转，左臂虚晃，右掌斜穿，嗖的照许应麟打去。许应麟微微一侧脸，双掌一伸，也格格地发响，也虚冒了一招，进步欺身；突然“恶虎掏心”，照孟广洪打去。孟广洪急用“斜挂罩鞭”往外一削，硬磕敌人的手腕，故意要给他一个硬碰硬。

许应麟一招走空，早又收回，却将左掌发出，“金龙探爪”

往起一直腰，出二指猛点敌人的双眼。镖客孟广洪似旋风般伏腰一转，侧身前进，左跨一步，破招进招，飞掌横击敌肋。未容得许应麟招架，他就一偏身，踢出一腿。许应麟连忙后退，挥毒砂掌往下一切，照敌手的膝盖切去。孟镖师缩腿不及，索性一登劲，全身像箭似的斜射出一丈以外，轻飘飘点地站住。许应麟蛤蟆似的横身追来。孟广洪旋身一转，又游走起来。

两人连过了二十余招，许应麟竟捞不着孟广洪。孟广洪的八卦游身掌功夫很熟，抱定主意，要遛乏了敌手，再乘机取胜。往来攻守，总是镖客躲闪，许应麟追逐，和刚才童、凌的斗法如出一辙。可是相形之下，孟镖师不如凌云燕的轻快，许应麟更不及童老的招数猛练。

台下的人料到二人半斤八两，一时胜负难分；且有珠玉当前，看着不甚起劲。那九股烟就对人说："孟爷何必露这一鼻子，不过如此呀！"马氏双雄也低声对苏建明说："我们不要一味跟他们打，我们得跟他们讲好了；见几阵胜负，胜了该怎样，败了该怎样？说好了，再打，才能打出二十万镖银来。"

苏建明道："刚才你没听见么？姜五爷和飞豹子、子母神梭很咬了一阵子呢。那飞豹子一味要先跟十二金钱动手，他说别人打了不算。他一定要考较考较俞爷的双拳、一剑、十二钱镖，必得这三样全请教完了，他立刻把镖银奉还。他的大话是这样说着，依我想，很可以答应他。只是人家俞氏夫妻俩总说服软的话，人家是同门师兄弟。咱们看吧，看他们讲到底，也脱不了这顿打。"

苏、马三人在台下议论。孟、许二人在台上动手，又走了数合，还是不分胜负。忽然，镖行这面由智囊姜羽冲，豹党这面由子母神梭，分开人群，走上破戏台，把两个比拳的劝住。然后，由武、姜二人面冲台下，向大家宣布道："诸位宾朋，诸位全是为朋友，为江湖上的义气来的。今天这事，本是镖行和线上朋友常有的事，较拳讨镖，也是老套子。不过这一回事稍有不同，因为俞、袁二位早年乃是老同学。我们不愿为这小

事，教他们二位伤了同门的义气，总想尽力给他们解开，不比试才好。不过双方的意思，想到既劳动了这些朋友，也想借这机会，大家凑凑，就便考较考较门里的功夫。现在我们两面接头的人，已然替他们二位讲好。是先请袁、俞二位的门弟子或邀来的朋友，认准了对手，挨个比试一回。再请俞、袁各试身手，请大家看看。言明只见十阵，只许较艺，不许伤人。比试完了，不论谁胜谁败，袁老英雄情愿将盐镖二十万，放在自己肩上，即时设法代找出来。这是我们接头的人，刚才商量好的，现在再问问当事人，可是这样？"

俞剑平、飞豹子分从左右，登上擂台，向大家一举手道："就是这样，我先谢谢诸位朋友赏脸帮忙。"两人说完，互相看了一眼，走下台去。遂由姜羽冲、武胜文，分派头一阵的人。先问孟、许，二人自觉没有胜敌的把握，知难而退，就此住手。武胜文向镖行这边看了看，私和豹党商量，派出那姓唐的陪客，对姜羽冲道："贵镖行有一位飞狐孟震洋孟爷，和我们曾有一面之识。现在我们这位唐爷，很羡慕他的武功，意思要请孟爷先来指教。"

智囊姜羽冲很诧异地打量这姓唐的，年约三四十岁，也像个镖客，只不晓得他和孟震洋有何碴口。忙说道："考较武技，也得估量对手，也得求对方同意，我先问问我们孟爷。"飞狐孟震洋已然听见，笑对智囊和俞剑平说："我认识这位，他的名字叫唐开，这还是上回我在火云庄留下的那点过节。他们疑心我是奸细，他们头一个就邀我。很好，我奉陪他走一趟。过兵刃，过拳脚，都行！"

子母神梭和唐开一齐说道："我们是考较功夫，谁跟谁也没仇，自然用不着动刀。"飞狐道："随您的便。"解下宝剑、暗器，脱去长衣，走了过来。唐开也忙扎绑利落，老早地上台等候孟飞狐。

孟震洋对子母神梭道："武庄主，我们久违了。上次我游学路过宝庄，深蒙款待，我先谢谢。这一次是我们屠朋友引见

我来观光，我和双方都是朋友，没偏没向。武庄主和令友既要指教我，索性请武庄主亲自登台，倒显得直爽，何必又惊动唐爷呢?”

子母神梭笑道：“孟爷会错了意了，我久仰孟爷的拳学，不用比试，我就心折。刚才双方讲好办法，这一回先由敝友这边挑出人来，再邀请贵镖行。下回就该你们镖行点名挑选对手了。我是中间人，不好由我破例。孟爷要想指教我，请容下次。”

孟震洋道：“那么我们回头见。”他分开众人，从左边走上戏台，和豹党唐开抵面。飞狐孟震洋先用猴拳开招，后改醉八仙。这唐开身高气雄，展开了纯熟的劈挂掌，和飞狐对招。

走了十数合，飞狐又改了猴拳，往前一扑，探爪照敌人面前一抓。被唐开闪身一躲，用劈挂掌一挂，竟捋住孟震洋的手腕，疾发右掌，照飞狐劈去。飞狐忙一翻腕，反扭住敌腕。刚刚用力一扣寸关尺，见敌掌劈到；忙将左臂从下一翻，往上一格，把敌招破开了。两人分往两边一错，唐开陡如旋风一转，抹转身来，振臂往外一劈，飞狐横肘急架；唐开唰的横腿，照飞狐一蹴。飞狐孟震洋疾急后退一步，伏身作势，往前进搏。子母神梭陡然大声喝住，哈哈笑道：“承让，承让！唐五哥，请下台歇歇吧。这回该由镖行派人了。”唐开也昂头一笑，飞身窜下台去。

飞狐孟震洋气得双眼直竖，说道：“这是怎么讲？难道胜败已分了么?”

子母神梭武胜文大笑道：“我们又不是报仇拼命，又不是夺彩打擂台；这不过是点到为止，难道非分个谁死谁活不成么？这么着很好，功夫也考较出来了，面子也不伤。刚才童老英雄胜了我们一位，现在孟爷又让了一招。两边八两半斤不输不赢，正好相抵。现在该着贵镖行派人了。”

孟震洋愤愤不平。智囊姜羽冲、夜游神苏建明忙将飞狐劝下擂台，低声附耳劝了几句。智囊早与俞、胡安派好了下拨斗

拳的人。镖行志在了事讨镖，不在求胜；命人把俞门大弟子黑鹰程岳替换进来。程岳短衣登台，抱拳施礼，往旁一站。智囊代说道："这位是俞门弟子，我们特意换他上台，请师伯指教。"

程岳立刻报名道："弟子我叫黑鹰程岳，早先我原实不知是袁师伯，现在知道了。据弟子拙想，袁师伯和家师都是成名的老前辈，真格的还教两位老人家上场么？有事弟子服其劳，请袁师伯随便派一位师兄，由弟子陪着走几招；师伯和家师可以含笑一观，指正我们。"

飞豹子正在凝眸观战。庙内外布置着严密的卡子，随时防备意外。他见俞门弟子登场，忙与子母神梭低议。由子母神梭代说："这位黑鹰程爷，据敝友说，前已领教过了，不必再赐教了。俞镖头如愿教弟子上场，可否另换一位？"当场把黑鹰撅下来，显与刚刚定的斗法不合。

胡孟刚要诘责，俞剑平皱眉道："随他们的便。梦云，你上去替你大师兄。"蛇焰箭岳俊超、没影儿魏廉一齐愤然说道："我们上去，我们就说是您的弟子。"俞镖头摇头道："不用，等一会儿二位再上。"

二弟子左梦云领命登台，替下黑鹰来，抱拳施礼，叫了声："诸位师傅！弟子左梦云，是家师的第二个门人，年幼学疏，恐老师们见笑。袁师伯既然不教我们的程大师兄出头，只可由我来献丑。袁师伯，请念弟子年幼无知，多多包涵，请您随便派哪位师兄来吧。"

豹党立刻派出一个很脸生的人出来。左梦云才二十三岁，此人足够四十五六，黑面长颊，浓眉大口，毛毵毵的脸，气如项羽，猛似张飞。此人便是辽东一豹三熊的第一熊。这人名叫熊伯达，武功坚实，膂力刚强。从前在关东，和族弟熊季遂、好友顾梦熊，霸据长白山金场，威震一时；在宁古塔一带，有名叫作金沙三熊。等到飞豹子崛起寒边围，收买金场，金场三熊抗拒不准入境。飞豹子以武力决斗，比拳争金场，由飞豹子

将三人战败收服，联成一家，认为师徒。

这次飞豹子入关劫镖，熊伯达也担着一路卡子，所以未与铁牌手遇上。今天他是初次露面，甩衣上场，气象赳赳，睁眼往前面一望；庞大的身形，比左梦云高半头。众镖客看到左梦云细瘦的身材，不由寒心。三江夜游神苏建明忙劝俞剑平："把令徒叫回来吧。比武较拳，必须量力，这一位个儿太壮了。"

俞剑平也不无惴惴，但是不愿输口。智囊姜羽冲也知不敌，正要提出换人。左梦云把腰一挺道："打不赢，还打不输么？"熊伯达早已看准对手，抱拳道："在下熊伯达，我是袁老师的一个不成器的徒弟。今天愿跟十二金钱俞镖头的高足请教请教！"竟往前扑一步，发拳打起来。左梦云并不惧敌，潜存戒心，连忙上掌，出力应敌。

熊伯达来势很猛，竟将左梦云冲退一步。左梦云急急一伏腰，欺敌还搏。熊伯达用的是少林拳；左梦云用的是太极拳；刚柔相碰，迭见险招。熊伯达疾如飘风，冲突上来，被左梦云软软地破开。飞豹子看着两人搏斗，不住摇头："这么个小孩子，也会有这一套。不信俞振纲这家伙门下一个弱手也没有！"两人台上疾斗十数招，忽然熊伯达一个"蟒翻身"，展开"大摔碑手"，照左梦云胸腹击去。

左梦云忙退一步，用"斜挂单鞭"，猛切熊伯达的脉门。熊伯达往上猛一抬腕，硬架硬碰，往外一磕；突又一拳，照左梦云胸坎捣去。左梦云倏然闪身避开，倏地又一扭身，"十字摆莲"，踢到敌人下盘。熊伯达吃了一惊，这一腿来得好快；忙移身换步，闪开左梦云右腿；两人成了背对背的样式。熊伯达就势进身，展"双阳塌手"，猛往外一推。众镖客失声道："呀！"左梦云识得厉害，一个"倒转七星步"，闪开了敌人这一招。左梦云忙扭身反腕，噗的把熊伯达的腕力刁住。太极拳借力打力往外一带，熊伯达一个踉跄。豹党不禁齐惊。但是，陡出意外，起了一阵喧呼。熊伯达虽败未乱，反腕一扭，倒抓

住了左梦云的手，往下抛，喝一声："倒！"

熊伯达直窜出三四步，摔身站住了。左梦云飞掷出六七尺，竟至于摇摇欲倒，单腿拿桩，方才站住。左梦云登时夹耳通红，忙翻身回来寻敌。子母神梭一声断喝道："住！"他又认为胜负已见，不必再打了。

镖客认为这样判断法不公。俞剑平摇头道："小徒持久了，终不是这位熊爷的对手。我们认输吧。"他遂向左梦云点首。左梦云负怒带愧，走下台来。

三江夜游神苏建明说："这回算输，刚才飞狐孟震洋那回可不能算输，姜五爷得跟他们再讲讲。"智囊姜羽冲忙和子母神梭当面说定，判断胜败，须由两家各推局外朋友公议。

武胜文替飞豹子答应了。镖行公推三江夜游神苏建明、九头狮子殷怀亮公断胜败。豹党到殿后请出两位面生的老人来。头一位是辽东有名的武师，叫作"半趟长拳震辽东"神拳沙金鹏；他还带着两个徒弟，乃是飞豹子上月才特约来，入关帮拳的。这老人黑面浓眉，年当耆艾，神情威猛，很显得腰粗手重，料想外功必然很强。

次一个，人矮而胖，比沙金鹏更黑，又穿着黑绸衫，浑身似一块黑炭。这人名叫哑巴尚克朗，乃是子母神梭特邀的朋友，是冀南的拳师。他嗓音喑哑，武功纯熟，在河北武林颇有名望。马氏双雄、智囊姜羽冲等全认识他。胡孟刚也晓得此人，忙问俞剑平："怎么哑巴老尚也跟飞豹子掺和到一块了。"俞剑平剑眉紧皱道："我和他没碴，想不到他是为何而来。我们不必管他，打到哪里，算到哪里就是了。"

说话间，子母神梭给双方首要人物引见了。神拳沙金鹏毫不客气，举步登台，向镖行拱手道："我在下名叫沙金鹏，匪号是半趟长拳震辽东。现在承两边的朋友不弃，推我跟尚老兄陪同镖行苏、殷二位，给两家公断输赢。其实高低强弱，是有目共见的事。我们四个人总得一秉大公，没偏没向，断出理来，不能教朋友口服心不服。可是我年老眼花，难保有断不

清、看不明白的地方，还请诸位指正我。”说罢，一闪身。那哑巴尚克朗也哑着喉咙，嘶嘶地说了几句谦辞，也往旁一闪身。

然后三江夜游神苏建明、九头狮子殷怀亮，也相推相让上了台，故意地做给豹党看。殷怀亮请苏建明发话，苏建明请殷怀亮发话，分外客气。然后殷怀亮咳嗽了一声，抱拳说道：“在下殷怀亮，这一位敝友苏建明，承双方朋友推我等做见证。我们自问学艺不精，所见不广，只怕断不出好歹来。好在已有沙、尚二位在前罩着，我们断的是与不是，诸位多多指正。”和苏建明向台下深深一揖，随往台边一站。

沙金鹏拿眼看了他一眼，摇了摇头，手团一对铁球，哗楞楞地响。这边九头狮子殷怀亮，也手提一串珊瑚念珠，一个子一个子的捻着。苏建明凑到哑巴尚克朗面前，很客气了几句，又商量公断之法。四个人异口同声说：“不一定非见胜败不可，只是点到为止才好。”

那熊伯达凭恃臂力，较短了俞门二弟子左梦云，他心中明白左梦云这小伙子也不太好对付，遂又抱拳道：“刚才这位左爷承让了，镖行还有哪位来指教在下？”

黑鹰程岳忍耐不得，忙请示俞镖头：“老师，弟子要替左师弟挣回面子来。”俞剑平道：“你忙什么？早得很呢，只怕他们不教你登台。”

黑鹰程岳怒道：“哪能净由着他们？弟子要上去试试。”竟一甩衣紧行数步，蹿上戏台。程岳先向沙金鹏、尚克朗施礼，跟着说：“这位熊师兄乃是我们袁师伯最得意的高足，刚才我们那个小师弟实在不知自量。熊师兄还在叫阵，我请老前辈准许我跟熊师兄接接招。”转身又向熊伯达连说：“熊师兄，我叫黑鹰程岳。”

熊伯达张口笑道：“我久仰铁掌黑鹰的大名，前次在范公堤，我的二师弟、三师弟已经领教过了。还好，真是名下无虚。”黑鹰程岳怒道：“不错，令师弟是赐教过了，我还没有领教你阁下的拳法。你若是不嫌劳累，不嫌弃我在下，我很愿意

奉陪高贤，走上几招。”黄色的鹰眸一瞪，炯炯发光。

大熊未及答话，两边见证神拳沙金鹏和九头狮子殷怀亮，一齐抢话。沙金鹏道：“程师兄，话不是这样讲，刚才咱们有言在先，一人只见一阵。……”殷怀亮道：“好好好，这位熊朋友既然叫阵，必然没累着，你们二位少说话，快动手。”

神拳沙金鹏不悦，提高调门道：“我的话还没说完呢。我们有言在先，一个跟一个，就是赢了，也不能两打一。熊师兄，你一个人要跟俞门两位高足比试，你这不是瞧不起人么？你可以请下去歇歇，换上别位来。哪怕隔过一位，你再上场，那就没说的了。我说苏老英雄、殷老英雄，这样办可是对么？”

九头狮子殷怀亮仓促答不上来，三江夜游神苏建明最能说，立刻道：“程师兄，你听见了吗？两打一，就累着了。两打一，那叫作兵法乘劳。我们比拳，以武会友，可不能把人较短了。你别看熊爷不下台，直叫阵，那叫作余勇可贾。许人家示威，不许我们认真。沙老英雄，我们这边程爷是上台了，请你点派另一位上来赐教吧。哪位都行，可得要年辈相当，功夫深浅差不离的，我们不能教一个末学跟您已成名的老英雄打对手。像刚才熊、左二位，就差池些，他二人年岁差大半截呢！”哑巴尚克朗愤然说：“哪里是比拳，简直是斗口！”

到底还是熊伯达退下，黑鹰程岳在台上生气等候。豹党竟挑出一个劲手上场；此人姓霍，名叫霍君普，就是刚才七个陪客之一。年约四旬开外，神旺气张，微带世俗之态，穿一身短装，一跃登台。俞剑平、胡孟刚只在那次桌面上跟他会过，以前素不相识。松江三杰夏建侯、夏靖侯、谷绍光，却知此人的底细；他是白沙帮九江帮的帮头，只听说他在水路潜有势力，还没听说他会技击。哪知此人的形意拳在帮中未遇过对手。

霍君普和黑鹰程岳抵面，双拳一抱道：“程师傅，我们前天见过面了。我名叫霍君普。我和武爷、袁爷都是新交；我和令师俞镖头也是慕名的朋友。我这回出场，纯为羡慕贵派的太极拳，要想请教三招两式，此外别无他意。程师傅，你我点到

为止。请开招吧！"程岳道："岂敢，弟子乃是末学后进，请霍师傅多多指教！"说完门面话，立刻交手。

这霍君普手法非常敏捷，拳发出去，嗖嗖有风，一招一式既沉着，又有力，并且迅速。黑鹰程岳因二师弟败在敌手，潜抱决心，必求一胜。太极拳本是以静制动，他却凝神一志，一面应敌，一面找漏，想用进手的招数，把敌人打下台去，一洗门户之愤；更可将范公堤的一败，借此找回。两人打得很猛，一开招，彼此都以守为攻，暂观敌人的路数。走过十几个回合，彼此渐渐越走越快。等到斗过二十几招，黑鹰程岳贪胜过甚，竟连逢两次险招。台下镖行都替程岳捏一把汗。

铁牌手胡孟刚走过来问俞剑平："大哥，你看程岳形势上不大得利，我们把他替换下来吧。"俞剑平踌躇道："这孩子素日沉着，今天他这是怎么的了？临敌换人是不行的，我们袁师兄又该得理了。"马氏双雄道："他大概是有点怵敌吧？在众目睽睽之下，一个沉不住气，就难免失着。"东台武师欧联奎听见了，忙凑来说道："我看程岳是太贪功了，求胜心切，难免吃亏。"

马氏双雄又看了一会儿，搔头道："程岳准要糟，我看我们本来就吃着亏呢。我们的人先上，他们后上；他们先看准了咱们的对手，然后再挑合适的人上台。这样的比法，我们非败不可。我得找姜五爷去，他上了当了。"忙找到智囊姜羽冲。

智囊也看出豹党取巧来，正和子母神梭发话，从下次起，要轮流先登台。不能一味教镖行先上，那一来，镖行净成了挨揍的了，未免太欠公道。子母神梭笑着答应道："对不起，我们没想到这一点。"

又走了几招，十二金钱俞剑平眉心紧皱，凝视台上；忽然放下心，深呼一口气道："还罢了，这孩子的确是求胜心切；现在他已知道敌人不是垂手可败的，他已然改走稳招了。"青松道人、无明和尚也在那里议论："年轻人跟中年人不同，总是开招猛，贪功切。现在好了，这位程高足越打越沉静了，不

致有大闪失了。”

黑鹰程岳果不出众人所料，一起头恨不得一下子，把敌人打下台去。心一浮，气一动，未得乘敌，反被敌人连找他的漏招。他至此方晓得这个四十几岁粗俗的汉子并不是软手。自知急求一逞，已然不行，他立刻改变斗法。不求有功，先求无过和敌人对耗起来了。

霍君普素知太极拳专好“以静制动”，因此暗怀戒心，反得连抢先着，有一次险些把程岳踢着。程岳改走稳招，与敌相持。两人来来往往，又走了十数招，霍君普渐觉不支。霍本来功夫很好，可惜贪色戕身，没有程岳健实；耗时稍久，渐渐头上见汗。镖行至此放下心来，豹党倒提起心来了。

忽然间，霍君普使一手“玉女穿梭”，往前一攻，又由“抽梁换柱”改为“白猿献果”，上奔敌人胸坎打来。黑鹰程岳微微一闪，让开正锋，“怀中抱月”，进步前粘，却是个虚招。霍君普改招反攻，侧一侧身，倏又“恶虎掏心”，欺敌猛进。黑鹰程岳嗖的一纵步，“野马跳涧”，飞蹿到前方。“大蟒翻身”，霍地一转，掩至敌人背后；趁敌人招式未收，力上加力，运双拳照敌人后背，“顺水推舟”往外一推。

霍君普觉到锐风贴身而进，要往前蹿，怕太极拳就招赶招，再推一下，那么自己必然被推倒；旁蹿也恐被粘上。就在这电光石火的一刹那，他立刻“旋转乾坤”，回身迎敌，竟不救招，反取攻势。左掌向外一挂，右拳翻起，恶狠狠照程岳面门打来。程岳“登山跨虎”，斜身错步，闪开来，攻上去。霍君普也一扭身，避开去，扑上前；两个人几乎肩碰肩，正应了拳家那话，“对招如亲嘴”。

黑鹰程岳急用太极拳招，不闪不退，依然粘敌前进，乘虚上招。这霍君普也和程岳一样心思，不退而进，奋力争先，倏然打出一拳。程岳以毒攻毒，也打出一拳。

两人来势都猛，不由各往旁一错；够着用脚的时候了，两人全都是双拳一晃。程岳偏身用力，右腿飞起，使横劲一踢。

霍君普用直踢，右腿也登空蹴起。忽然扑登一声，两人同时踢空，同时救招进招，回臂把敌人一推。两人同时跌出去，背对背栽在硬地上。两人倏地满面通红，一滚身窜起。

两人用的力都很猛，都以为自己遭敌突击，以致惨败；低头认输，无以自容。又听见台下乱喊起好来，两人越发愧愤，就要拥身下台。台下哗成一片，好久不歇。两人忍愧用眼角一扫；程岳看见满面通红的霍君普，霍君普看见满面通红的程岳。两人这才晓得自己跌倒，敌人也跌倒了。双方的中证沙金鹏和殷怀亮一齐笑说："好！二位势均力敌，不分胜败。"

程岳、霍君普一齐失笑，才把难看之情转过来。拂尘止步，相对抱拳道："承让，承让！"三江夜游神苏建明捋须笑道："没输没赢，二位全栽了。哈哈哈，你二位不打不成相识，倒要多亲多近。"

黑鹰程岳和霍君普各致敬意，先后下台。飞豹子慰劳霍君普，心中却在转念：这位霍朋友连俞剑平的大徒弟还战不败，何必露这一手？因为是武胜文的朋友，只好捧着说。黑鹰到师父十二金钱俞剑平面前说道："弟子给老师丢脸了。"俞剑平安慰道："这就不错。你刚上台，求胜心太切了！"俞夫人丁云秀也说："我们这里直替你着急，你一开头太慌了，咱们太极拳要持稳。"

头一场凌云燕和霹雳手那场比斗不算数，到此刻共已斗过四场。第五场由镖行请豹党先登。飞豹子袁振武和子母神梭推定一个脸生的人，姓汤名西铭。生得颧高头大，狮鼻黄牙，本籍铁山岭，初次进关。原是飞豹子新交的朋友，现替飞豹子管着一座金场。因他鼻短貌丑，绰号扭头狮子。

上台报名，扭头狮子抱拳叫阵："我汤西铭是山洼子里的人，头一回来到江南，要见见江南的老师傅们。我在下学会几手五行拳，很想陪着咱们五行拳本派的前辈走几招，一来考较考较南北的手法，二来也认认本门别支的人物。"

俞、姜等连忙酌派人物。镖行中会打五行拳的倒有七八

位，正在争先恐后地拟议。九头狮子殷怀亮，人老心不老，兴致仍然很高，听见“扭头狮子”自报其名，又看了看汤西铭的长相，竟忍不住了。他忙向对方的中证人神拳沙金鹏、哑巴尚克朗说道：“二位，我要陪这位汤爷走两招，可以换一位替我当见证吧。”遂经俞剑平、飞豹子两方同意，请松江三杰的夏建侯登台代证。

九头狮子脱下长衣，交给徒弟，把腰带紧了紧，重复上台。镖行因他年高，有的劝止他，竟劝不住。豹党不知九头狮子的来历，也就不知他上场的用意。子母神梭是晓得的，可是没法推卸，只得暗暗告诉飞豹子：“这位姓殷的老头子是江南成名的人物，不大好惹。咱们这位汤爷的武功到底怎么样？”飞豹子说：“对付吧，我们不能说了不算。”

镖行这边霹雳手童冠英对郝颖先说：“郝师傅你看吧，殷老九一定是嫌这位姓汤的犯了他的圣讳了。他外号叫九头狮子，就再不许别人重了他的外号。”郝颖先笑了笑说：“我也听人说过。”童冠英道：“他的别号是他包下的。当年有位外号叫玉狮子卓馨桐的，又有位叫九头狮子桑洪基的，他老人家都找了去寻隙，他若打胜了，一定逼人家改号。”

霹雳手的话并不假，九头狮子殷怀亮却是冲着“扭头狮子”的外号来的。他的专攻并不是五行拳，汤西铭点名要会的是五行拳。这老儿就收起自己专擅的拳技，拿出年轻时兼学的五行拳来，和汤西铭对招。抖擞老精神，走到扭头狮子汤西铭面前，双拳一抱，两眼笑得没了缝，说道：“汤师傅，在下姓殷，叫殷怀亮，我可不会五行拳，只懂得一点，您多指教。不敢承问令师是哪位？您的大号是叫扭头狮子么？您这大号是怎么个取义？”

汤西铭哪晓得话里还有故事？挺胸说道：“我们老师也是咱们关里人，直隶省的，姓党，我是我们党老师的小徒弟。我这外号是朋友改着我玩，硬给我安上的；您看我这鼻子，我这脖梗子。”汤西铭生的是狮鼻，又是满头黄发。殷怀亮瞧他的

脖颈，确乎有点向右倾。殷怀亮哈哈一笑道：“原来如此！狮子本是兽中王，您老兄一定也是五行拳的拳王了。您那老师我也闻名，不是大号叫作五行阴阳挡不住么？”汤西铭道：“不差，我们老师是文武不挡。”

汤西铭不知殷怀亮这老头子正是阴损他；他还是正正经经回答，挺着胸口，很不在乎。豹党证人沙金鹏也弄不清楚关里的武林情形，但刚才已同殷怀亮互讯姓名，登时猜出来，发话道：“汤师傅，您趁早下台吧。人家这位老英雄是江湖上闻名的九头狮子殷老师。您这扭头狮子斗不过人家九头狮子。您要知道，您跟人家重了字号了。”

汤西铭道：“哦！”双眼一瞪，重把九头狮子一打量，这才注意到殷怀亮额上累累有几个大包。汤西铭怒了，说道：“我好心好意拿你当老前辈，您问一句，我答一句，您怎么改我呀？来吧，我这扭头狮子要领教领教您这九头狮子。”殷怀亮笑道：“岂敢，岂敢！我这大年纪，就是不会改人。您叫扭头狮子，我也不能随便改您。不过，等一会儿咱们分了胜败，可得重讲讲。”

两人动起手来。两人斗口时，台下听不见。只有霹雳手童冠英和郝颖先，凑到台根留神听，就听了个清清切切。两人全都失笑，相视会心，于是凝神盯着双狮的交斗。

九头狮子殷怀亮精神矍铄，老有幼工；而且深通拳法精义，已到贯通神化的地步。五行拳纵非当行素习，运用起来，也不会太差。扭头狮子汤西铭是一勇之夫，拳招很熟，熟能生巧。一开招，猛力进搏，要把老头子打得爬不起来。五行拳的拳招，全取攻势，一招才发，二招又到，一刻也不容缓，要使敌人手忙脚乱。他运用劈、崩、攒、炮、横，五行生克，疾如狂风。刚和敌手一接触，汤西铭便突然发一拳，用“劈”拳，五行属金。殷怀亮忙用“横”拳来盖这手劈拳，横拳属土。汤西铭立刻改用“攒”拳，上击敌面；攒拳属水，在长拳叫作冲天炮。炮打上盘，九头狮子殷怀亮急忙“狮子摇头”一闪，躲

招还招，用“崩”拳往外一崩。

两人闪展腾挪，挨帮挤靠，都采取上手招，硬往上攻。此拆彼架，此打彼击；纵然是一个老手，一个壮年，行起招来，浑如生龙活虎，猛勇异常；和太极拳的持稳、黏缠，截然两样。

九头狮子却知自己年长，不宜持久，还是迅速取胜，最为上算。打定主意，故卖一招，用五行拳，往敌手面前一攻。未容还招，陡转败式，往旁退下去。倏然地翻身一拧，不知不觉，施少林外功弹腿，疾如骇电，照汤西铭肋下踢去。汤西铭跟踪进招，微微一让，直扑到敌手身边，展炮拳猛打。被九头狮子殷怀亮暗运内功，借力打力，趁汤西铭猛勇进袭，侧身让招，双拳顺送，照汤西铭背后一推。如倒了半堵墙似的，汤西铭随手前栽，轰然摔倒。

九头狮子殷怀亮哈哈一笑，旋转身躯，面对台下，道：“承让了，承让了！这位扭头狮子汤西铭汤爷拳术上很高，可惜年轻贪功，到底比我这九头狮子差点。可是用心学下去，一定可以成名。”又对扭头狮子汤西铭说：“汤爷，您瞧我这九头狮子，比您这扭头狮子怎么样？我用这外号够三十年了，不信阁下会不知道？依我看，这不是好名头，是栽跟头的名头。我就是这样。我劝您老兄趁早废了这个外号吧，这外号糟透了。”

扭头狮子汤西铭负惭蹿起，瞪眼把九头狮子看了又看，双拳交握，发狠道：“我领教过了，改日我一定再来请教。不过我不服气，刚才你是用什么拳招，把我打倒的？”

沙金鹏也代汤西铭评理：“你二位讲的是用五行拳，殷老英雄可是外功、内功，全拿出来了。您这杂样拳，无怪这位汤爷不懂。”夜游神苏建明忙道：“定规的是比拳，没定下比什么拳。沙爷若这么竞争，就没意思了。”飞豹子愤然道：“记着这一场！”

第四十九章

无明僧地趟拳斗大鹏
俞剑平太极剑战飞豹

九头狮子和扭头狮子一笑一怒，走下台来。九头狮子仍对扭头狮子说："您再用这个外号时，不要忘了今天这一场：江南还有个九头狮子呢。"遂穿上长衫，要把夏建侯替回。豹党发话，这不能随便换来换去。九头狮子笑道："好好好，咱就不换，夏大爷多偏劳吧。"

下一次该由镖客这边先拨人上场。十二金钱俞剑平、智囊姜羽冲都知豹党愠怒，忙选硬手上场。选了一回，竟找不出妥善的人来。因为这一场既由镖客先登，豹党便可量敌而进，针锋相对，专挑克敌的好手来斗。所以镖客的武功即使精妙，若偏擅一技，也必吃亏。须要挑选技搏而能精的人物，才能左宜右有，不管豹党教哪一派的人物上来，全能接得住。

俞剑平很为难，意欲求青松道人、无明和尚上场。这两个出家人全想看到最后，方才出头。姜羽冲想请松江三杰的第二人夏靖侯出头，夏靖侯负伤未愈，俞剑平以为不可。因为夏氏已是成名的人物，自己邀人家出来帮忙，决不应教人家栽两回跟头。

俞、胡、姜三人看了看这位，又看了看那位，心中着急。年轻的镖客倒愿抢先，只是不敢凭信他们；成名的人物又有这些难处。俞剑平道："索性我上去。"马氏双雄道："不行，俞大哥你还得接后场呢。要不然，我弟兄上吧。"俞剑平又因二马兵器最精，拳技知道的不博，也怕他应付不来，有累盛名。

最后汉阳郝颖先道："俞仁兄，不必为难，小弟不才，可以对付这第六场。"郝颖先脱去长衫，悠然缓步，走上比武的破戏台。俞剑平才放了心，知道郝颖先拳精学博，哪一派的武功全都懂得，不会应付不下来。

镖客这边几费踌躇，始定人选；豹党那边也是一理。虽然是比拳，好似押宝一样；而且胜负一分，两方同下，要换一个硬手，来报复一下，都不能够。这样子一对一，比过就罢，固然可免纷争缠斗，可也教败者找不回场来。胜者获胜而退，对方看着干生气，因此双方挑选对手，越发审慎。

郝颖先来到证人面前，报名求教。飞豹子在台下一看，道："哦，是他！"就要亲自出头，与郝一战。郝颖先在探庄时，已在暗中与豹党伸量过。此时明白出头，凡会过他的人，都要来会。飞豹子的左辅右弼，那胖瘦二老王少奎和魏松申，也想斗斗这汉阳打穴名家。

子母神梭对飞豹子说："我们先让让外邀的朋友。"话未说完，走出一个方面大耳的人物，是子母神梭代邀的一个过路绿林，姓侯名敬绰，向飞豹子和子母神梭说道："久闻郝某打穴的工夫很有名；现在我们是空手比拳，郝某总不会私带点穴镢，暗算徒手的人。你们二位何必犯斟酌？简直的由我小弟上去，会一会这位。"

飞豹子不知此人实力如何，面冲子母神梭，露出叩问的神气。子母神梭道："侯二哥要去，一定可以。不过，你要跟他快斗，不要跟他久耗。"侯敬绰道："行，要别的我没有，要急三枪，我会。对付他们打穴点穴的人物，我有的是招。"说罢，洒然登台，迅如猛虎，到镖行证人的面前报了名，次对郝颖先

抱拳通名，预备开招。

十二金钱俞剑平一见此人出头，愕然说道："西川八臂来了！我们袁师兄从哪里搜寻来的？这事越铺展越大了！"白彦伦道："西川八臂又是何等人物？"俞剑平道："他们一共哥四个，又是合字，又是帮会，很不好惹。"他要凑近戏台，关照郝颖先，又嫌太露形。

没影儿魏廉忙说："俞老叔，您交给我。"魏廉凑近叫道："郝师傅，这位是朋友，您多……喂，这位是朋友。"这一喊引得人人探头。台上的郝颖先早已展开行门过步，容得侯敬绰一拳打到，立刻开招。没影儿吆喝的话，他已听明。

这侯敬绰也看了魏廉一眼，心中纳闷："你们要套交情么？"当下不遑理论，故意藏拙，连发了三招，意欲先看看那郝颖先的拳法。郝颖先以虚应虚，连让三招，方才还手。侯敬绰误认郝颖先是太极门，也就由第六招起，展开本门心法，把双拳骤如狂风般打来。郝颖先文绉绉的，见招应招，有点应付不暇；一面招架，一面退闪。

侯敬绰且打且攻，欺敌猛进；果然是四川名手，招数不俗。只十数招，便抢招得势，把郝颖先逼到戏台边上。再要进搏，郝武师就没有回旋余步了。侯敬绰突然冲天一炮，照郝武师打去；却暗防他旋身旁闪，两眼盯住那郝武师的动势。

果然，郝颖先见招侧身，顺力一推，倏然伏身，要往左蹿；侯敬绰轩眉一笑，拳势不收，反往旁转。倏地单脚用力一捻，身如陀螺一转，恰好遮住郝武师的前路；单拳也随身改势，打到郝武师的上盘。郝颖先右腕一绕，微微往上一格，似要一托一捋。

忽然脚下用力，也这样一拧，要往右转。侯敬绰一下腰喝道："呔！"用足十成力，错脚开掌，照郝颖先狠狠一推。他把全身做成了侧立的弓形，这两掌平推如箭，力猛如山，倘若用实，郝颖先必要栽下台去。

哪知郝颖先预料敌招，一旋身，似把背后交给敌人；又伏

腰一拧，突然往上长身，轻飘飘拔高而起。不晓得怎样用力，会拔高斜射，倏然越过侯敬绰的背后。侯敬绰急忙旋身，探臂来抓；又一长身，跟踪进步，早已扑了空。郝武师箭似的跳落到台心了。

郝颖先拧身回顾，微微冷笑；刚才魏廉喊这位是朋友，既是朋友，为何下毒手？起初郝颖先竟误会了意，至此方才拿出胜敌之招。那边侯敬绰始终没把郝武师放在眼里，一招未胜，他就霍然疾进，又冲郝武师追来。

郝武师蓄意以待，两人重新交手。又经过二十几招，突然听台上证人哼了一声，台下飞豹子也呀的一声。眼看双雄倏然一合，倏然一分，各退出一丈以外，一点声音也没有，两人俱各住了手。

郝颖先往旁一站，拱手道："承教承教！"侯敬绰也往旁一站，脸向台里，一言不发；口咬嘴唇，侧目瞪着敌人。好半晌，才一转身，往台下侧目一瞥，突然回身，跳下台去了。郝颖先又微微一笑，向证人一拱手致敬，徐步走下戏台。

两人停斗，似乎胜败已分，台下很有些人没有看明白。但双方证人已然瞧透。子母神梭武胜文忙迎问侯敬绰："二哥，怎么样了？"侯敬绰摇手不答，直趋殿内。王少奎、魏松申跟了过来，不好问他受伤没有，只问道："侯二哥辛苦了，怎么样？"

侯敬绰突然蹲身俯腰，一张嘴吐出一摊血和两只牙。原来他受了郝颖先的迎面一拳，强忍着闭口无声，才免得当场露形，只是瞒不住两边的明眼人罢了。他拭去口血，幸无内伤，心中又愧又怒。飞豹子在台下早已看见，也忙进来慰问。侯敬绰的盟兄郁敬恒发怒道："好好好，打得好，我得会会这位汉阳名家！"立刻出殿，奔赴戏台。

戏台斗场已赌到第七场，应该豹党先登。飞豹子追出来，也要登台单挑俞剑平。子母神梭忙拦住飞豹子："袁二哥，你等一等。"又拉住郁敬恒的手，劝他别忙。郁敬恒已经含嗔脱

衣，必欲一斗；大声说："我们西川八臂早要会会江南镖行，我得再请郝武师指教指教。"

郁敬恒正在怒吼，不意豹党证人沙金鹏也等不及了。十场决斗，已过了六场，还得给袁、俞二人留一场，那么只剩下三场了。这"半趟长拳震辽东"沙金鹏往破戏台口前行几步，面对台下大声说："镖行诸位朋友，我在下叫沙金鹏，我要会会咱们江南武林人物。我说喂，武庄主、袁老兄！这个证人我先不当，请二位另烦一位朋友替我来吧。人家殷武师刚才不也是这么来着，我也学学人家；我当证人的也要请教。"

沙金鹏说着，不等人来代替，就脱衣侧立，向镖行叫阵。子母神梭这才松手，对郁敬恒说："得了，郁大哥你别生气，有人给咱们找场。这位沙师傅经多见识广，拳术厉害极了，打人只凭三招，你瞧吧。"

沙老白须飘洒，意气轩昂，当戏台一站，等候镖客。豹党忙推上一位黑矮老头儿，替沙老做证人。这人姓胡名朝栋，外号黑胡狐，早年是当铺老板，因好拳脚，混丢了饭碗，如今也是江湖上有名的人物了。

胡朝栋替沙金鹏发话："镖行诸位好友，哪位上来赐教？"镖行群雄纷纷议论，料这位金鹏气度矍铄，必不好惹。马氏双雄告诉众人："这位沙金鹏生平专擅一手长拳，练得膂力极强；一拳捣出，紧跟着又是一拳。换手不换招，力量足，招数快；听说很不容易破解，也不好躲闪。他倒没有什么出奇不测的绝招，就是一股子丹田罡气，有进无退。你别看他老，气度安闲；可是一开招，准是拼命。我看柔能克刚，俞三哥！要破他这手长拳，非得你亲自出马不可。"

十二金钱俞剑平凝神端详沙老，确有一派英锐之气，暗藏在穆然的态度之中。回头环视镖行，青松道人仍没有踊跃上场的意思，无明和尚眼望别处，似正寻视豹党中的一个中年人。

俞剑平说道："我就上去。"俞夫人很关切地说："台上这位别看上了年纪，你看他那眼神和手臂，再看他的下盘，足够

火候的了。剑平，你要上去，你可估量着；跟这个人动手，绝不是三招两式的事；你还得盯着袁二师兄哩。我看莫如烦夏二哥辛苦一趟吧！”

松江三杰连忙应道：“大嫂放心，我替俞三哥去。”夏靖侯、谷绍光二人，你争我让。青松道人轻轻一拍无明和尚，说道：“明师兄，你看什么？”无明和尚矍然回头道：“我看那边东看台根下，站在人群中的那位豹党很面熟，好像是骆定求。……不能，不能，他不会出头露面，我跟他有约在先。”说时又看，看对了脸，方才说道：“真奇怪，这人不是骆定求，或者许是他的哥们，模样太像了。”

青松道人道：“算了吧，你不要在这地方访友啦！现在这辽东沙金鹏正在叫阵，夏檀樾贤昆仲还在谦让，明师兄，你拿出你的罗汉拳，上去会会这神拳老沙吧。”

无明和尚往台上瞥了一眼，笑道：“我也未必是人家的对手哩，人家半趟长拳震辽东；我这朽僧笨拳一上去，必然挨打。松道友，还是你当先。”

青松道人笑道：“我才真不是人家的对手哩。我学的这门功夫，正好受人家的克制，久闻此老在辽东，半月之间连败十八家武林名手，连踢六座场子，实在威震长白。只有明师兄的罗汉拳和崩拳、地趟拳，三拳归一，足可应付得了。这人唯一的辣手，就是迎门三不过，三拳加一腿。无明师兄你拿出你那三禅加一滚，准能把他克住，万不会输给他。”松江三杰见无明和尚面露得意色，一齐怂恿：“明师父，教我弟兄瞻仰瞻仰吧！”

无明僧赤面秃顶，胖矮如缸；听了大家的话，把肚子一腆说：“你们是要看我出家人出丑，好好，我就出一回丑。”脱去僧袍，束上腰带，从人群中走到台边；只一伸腰，便跃登高台。众目睽睽，一齐喝彩。豹党尤其惊异；震辽东沙金鹏也吃了一惊，迎上一步，抱拳问道：“大师傅怎么称呼？”

无明和尚哈哈笑道：“好说沙老师傅，僧人无明，在扬州

因明寺出家。自不学好，教师父赶逐出来，从此游荡江湖，滥交些打把式的朋友，胡乱也学了几手笨拳。他们……”回手一指台下：“他们说沙师傅的长拳打遍辽东无敌手，他们教我上来承招，其实就是教我挨揍。沙师傅手下多多照应，请你发招吧。”

沙金鹏听了一怔，久闻扬州无明和尚的威名，不料今日在此相会，不禁又把无明打量了一眼。单看外表，竟看不出他有多大能为来；就只刚才登台一跃，显得身子很重，身法很轻罢了。殊不知这无明和尚性如烈火，手劲猛烈；生平好吃好喝，好交朋友。唯有一样短处，是喜怒不定，翻脸就打人；在南北江湖上很驰名，也是武林名僧了。现在他拉开架子，要跟半趟长拳震辽东沙金鹏动手。镖行群雄都晓得他，不由嬉笑私议：“我们多留神，看一看大鹏抓秃头，秃头斗大鹏吧。准有热闹看！”

两人站好脚步，谦让了几句，说一声请，倏然开招。震辽东沙金鹏最厉害的拳招，就是身手极猛极快，力量极强。刚刚一亮招，这老人白须一飘，身形一侧，左手护身，右手嗖的当胸捣出。无明和尚早已防备着，见来势太猛，当即伸臂一格；唰的一声，仅仅拨开。沙金鹏第二拳突又穿肘打到。一股寒风直扑面门，先天力和功力均有，其刚无比。果然人言不虚。

无明和尚登时觉得难以硬搪，忙一虚架，提一口丹田之气，突然半转身，一侧肩头；唰的一下，老拳打在无明的左肩臂上面，这是硬挨。无明霍地转身，双拳错出，要乘势还攻敌人。哪知沙金鹏的手真快，上盘不动，下盘一换，把无明和尚的拳一架；连架带攻，唰的一声，第三招又挟锐风打到。无明和尚忙又一转，未容招架；果然沙老是“三拳加一腿”，登的一声，无明和尚左胯幸躲开一踢，到底左肩臂又重重挨了一拳。

震辽东三拳一踢，无明只架住一拳，硬搪了两拳。这两拳足有二三百斤的猛劲，换一个旁人，早已应手倒地；可是无明和尚居然能硬挨。豹党不由出声道：“这和尚许会金刚力吧？”

旁观者看无明好像没事人一般。无明早已大嚷道："好哇，真棒啊！"往后疾一退，捻拳还攻上前。

沙金鹏一声不响，把敌人一看，拳行如风，不容敌人进招，第四招、第五拳穿梭打出去。无明和尚似招架不迭，又倒步一退，虚身一让，立刻挺身上前；唰的一声，疾如骇电，拳打敌胸；未容得沙金鹏招架，又霍地一退。沙金鹏拳已发出，被无明偏身一让，拳捣一空。

无明轩眉绕掌，似要抓拿沙金鹏的右手腕寸关尺。沙金鹏哼了一声，见招破招，将计就计；左掌往下疾劈，右手一绕，反咬无明右手。也就是彼此的手刚刚挨着，无明疾右掌一收招，左掌又穿肘抓来。沙金鹏忙收回右掌，改招进捋；左掌竟很快地反挽住无明的右臂，立刻往外一拧，要教他左臂不能相救；再伸右腿一绊，逼住无明的下身。这样只轻轻一放，便可放倒无明。台下哗然道："和尚输了！"

一言未毕，无明用"老僧摆袖""双环套月"一翻，夺出手来；立刻一栽身，胖矮身体似皮球般，滚落台上，一点声音也没有。沙金鹏竟倒退了两步。台下全没看清无明怎样破的招，怎样倒的地。无明和尚竟展开了地趟招。他全身骨碌碌一阵翻滚，肘、腰、臀、肩齐用力；双腿突伸，似夹剪一般，翻翻滚滚，剪到沙金鹏面前。沙金鹏内力外力混为一气的拳法，竟无用武之地。镖客至此嘘了一口气道："明师傅一准赢了！"

沙金鹏毕竟是斫轮老手，纵没有制服地趟招的绝技，也会想法子护身防败。他忙收起自己娴熟的拳术，改用猴拳，弯腰探爪，来破无明飞蹬扫踹的腿法。沙金鹏身材很长，白须白发飘飘；这一改招，居然缩成一团，和青年人一样灵活。

两个人在台上骨骨碌碌，盘旋绕斗。地趟招不利于久战，飞豹子和子母神梭等见沙金鹏只有退闪，不能进攻，还盼望他能持久。哪晓得只走了十几招，沙金鹏连挨了好几腿。幸仗他长于救败，会打人，也善会挨打；纵被踢着，吃亏还不重。饶这样，这老头子已经恚怒。一世威名，想不到千里迢迢，跑到

江北，败给秃头。他恨叫了一声，竟收起猴拳，改用谭腿，来和无明和尚硬拼。翻翻滚滚，苦斗二十余招。

当此之时，十二金钱俞剑平忙对智囊姜羽冲说："两虎相争，必有一败。我看这位沙老师傅也是久已成名的英雄；我们家门之争，何必跟外人结怨。姜五哥，我打算上去，把他们劝开，你看好不好？"

姜羽冲道："好倒是好，只怕你一登台，你那位令师兄立刻要跟你较量。你想立刻跟他比试比试么？"俞剑平道："这个……"一时沉吟无语，台上无明和尚与沙金鹏迭见险招，愈斗愈烈。

俞剑平道："不好！"刚要上前，陡见半趟长拳震辽东沙金鹏与无明和尚托地一跳，各往后一退。沙老的两个门徒如飞地跃上台来，把沙老扶住。沙老一声不响，面目变色。无明和尚滚成土球一般，敌手才退，便立刻挺身跃起，哈哈地怪笑了几声，拍手拂尘，刚说了一句："承让！"竟又扑登地坐下了。两个人大概已经两败俱伤。

飞豹子怒吼一声，飞蹿上台把沙老一看。镖行这边见豹党连上去三四人，也忙得各不相问，连蹿上青松道人、夏氏双杰；俞剑平也随后跃上台去。飞豹子忙命人将沙老搀扶下台，慢慢搀遛；俞剑平也忙看无明和尚。

无明和尚已经立脚不牢，所幸年纪不甚老，又是童工，尚能镇得住；说道："青师兄，俞镖头！咱们没输。"青松道人忙扶着他，暗问是否受了内伤，无明强支着说："不碍，没伤。"但是一条腿瘸了。

沙金鹏的弟子个个怒喊："和尚别走，我们还要请教请教你呢！"青松道人正搀着无明和尚下台，这几个弟子截住不让走。镖客道："这是什么道理？公证人还不给说句话么？"

三江夜游神苏建明、夏建侯一齐向豹党证人发话。哑巴尚克朗涩着喉咙叫道："别乱！朋友，还是按规矩来！"苏建明大声道："沙老师，你快把你的门徒拦拦吧，这可满不像那回事

了。”喊声未毕，沙金鹏的大弟子娄延庆和四师弟周金鹤，已经前扑到无明和尚的背后，截在无明和尚的面前，捻掌捋袖，就要下手，又似要圈住无明和尚不放。

青松道人双目一挑，喝道：“岂有此理？闪开！”一手搀无明，一手指敌，往前一上步。沙门大弟子娄延庆道：“别走！”把双拳一提，横身挡住了僧道。如箭在弦上，不得不发。青松道人叫了一声：“师兄，站住了！”双拳一错，立刻斜趋开道。娄延庆立刻虚掩一拳，往旁一蹿，扑到无明身边。

无明和尚立不住脚，正摇摇欲倒，看敌拳已到，念了一声：“阿弥陀佛！”单腿一跳，预备迎敌；青松道人早倏然抄过来。娄延庆回身一拳，青松一架；沙门四师弟周金鹤乘虚而至，猛地一扑，拳照无明打去。

镖客哗然。飞豹子勃然变色，忙叫：“周四哥，使不得！”如飞般奔来拦阻。情形吃紧，十二金钱俞剑平一股急劲，也飞跃过来，从侧面一冲，把周金鹤格开。周金鹤翻身一拳，俞剑平滑步微让，竟顺势一粘，把周金鹤的手臂托住。未容缓招改式，只往外一送，周金鹤不由斜退出数步。

俞剑平叫道：“对不住！我们要过招，请上台来，正正经经地……”“挨个比试”四字没说出口，背后冷冷应道：“对！挨着个来，俞镖头请这边来！”一股寒风袭到，其猛无比。

俞剑平大惊，未敢回头，霍地急往开处横身飞跃。后面果然是负怒寻仇的二师兄飞豹子，很快地掩来；手指上探，要提俞镖头的衣领。那边智囊姜羽冲、夏氏双杰，急忙奔来拦挡。俞剑平忙退步叫了一声：“师兄！”飞豹子傲然答道：“什么师兄！俞镖头，咱们也无须比十阵八阵，教朋友们比半天，当不了什么。还是我来请教！”

袁、俞双雄对面叫阵，自有镖客把无明和尚救回，同时豹党也叫回沙门弟子，把沙老搀入内殿，派人去救护。本是两败，沙金鹏独觉愧忿异常；无明和尚跛着一条腿，倒很得意。俞门五师傅跛子胡振业说道：“得了，明师傅跟我一样，成了

单腿虎了！”无明和尚道：“那不见得。五师傅，你别说闲话了，快看看你们俞师兄吧，他跟豹子动手了。”跛子胡振业忙叫着九师弟肖振杰，一同奔到台前。

十二金钱俞剑平已被飞豹子逼上擂台。飞豹子因自己这边末儿次连败三场，怒气甚盛，面对台下说：“刚才比了好几场，彼此都差不多。我姓袁的此刻不再教朋友替我拔闯了；我要亲自会会俞镖头。我的功夫自然不行，可是我本无心求胜，只是虚心求学。俞镖头，咱们比拳、比剑、比镖。你只要三样胜我两样，我就认小服低，立刻把镖银替你代寻回来。现在我要先请教俞镖头的……”稍稍一思索，说道：“比拳没意思，索性我请教俞镖头的剑法，剑里夹镖，你打我挨，倒直截了当。”

子母神梭武胜文、尚克朗一齐说：“好！我们都想瞻仰瞻仰二位的兵刃和暗器。”俞剑平说：“这个……”赔笑对子母神梭说：“武庄主，刚才讲的是以武会友，十场为定。”

飞豹子大声道：“不错，我知道，我这是破例的。但是俞镖头，别位朋友就见一百场，也不如你我过三招干脆。你不必多说，我姓袁的千里迢迢奔来，为的是什么？俞镖头，请上！”又回头吆喝道：“喂，过来！”

袁门弟子熊季遂忙走上台；飞豹子立刻甩衣，露出一身短装，手里仍拿着那根铁杆烟袋。俞氏弟子左梦云也忙捧剑上来，要给师父递剑。跛子胡振业和肖国英守备嘀咕了一阵，胡跛子突然甩衣上台。俞夫人丁云秀此时立在台根，很着急地驻足望着台上。肖国英也追上戏台。

胡跛子跳上戏台，往袁、俞当中一站，喝道：“袁老二，你不用找俞师兄，俞师兄是山东太极门的掌门户老师，你一个跳出墙外的弟子，你不配点名挑将。喂！我们南北太极门的师傅们听着，凭他一个山洼子跳出来的人，敢来找太极俞？姓袁的，我胡老五陪你走一趟！你把我毁在台上，你再会我们俞老师。你现在不配！”亮出短剑来，跛着一条腿，看定飞豹子，枯黄的眼冒出火色。

俞剑平只道胡跛子仍要拼命，方要拦阻，肖国英拉了一把道："三哥等等，你听听胡五哥的。"飞豹子往四面一看，冷笑道："胡五爷，你要怎么样？你还要替人拔闯么？"

胡跛子冷笑道："随便！你小子有种，你就扎死我。你没有种，五太爷可要扎死你！"

飞豹子鄙薄道："我袁承烈还没学会充混混卖味拼命；我也不会跟残废比武。胡五爷，请你把刀子收起来吧，不要比比画画地吓人。"

胡跛子连笑数声，翻身对台下说："好！众位全听见了么？我们从前可是师兄弟，是他自己学不好本门武功，是他自己告退走的，他现在又找回本门来算账。众位教徒弟、传功夫，可多留点神。我们丁老师是死了，我不该埋怨他，他实在是眼瞎心也瞎。他教出来的徒弟，临到末了，就起内讧，摘本门牌匾，还要毁他老师的门婿和爱徒。"①

①下面删去了三段400字，因为内容与第七十一章即重复，又有矛盾。——宫以仁注

第五十章

北三河双雄角斗技
火云庄官兵抄后路

飞豹子追到十二金钱俞剑平的面前，须眉偾张，就要动手。俞剑平退无可退，也只得预备接招。俞夫人丁云秀此时立在台根，很着急地望着台上，肖国英也追上戏台。

豹党全疑心俞镖头故意遣派有残疾的人，拿拼命缠窘飞豹。却不知胡跛子是要当众宣布飞豹子的罪状，可又说不漂亮。胡跛子结结巴巴说完这些话，当时喝道："姓袁的，接招！"把短剑一抬，照飞豹当胸刺去。

飞豹子微微侧身让开，并不拿烟管招架，也不还攻。他手指胡跛子道："胡五爷，你只管骂我、扎我，我还是要跟俞镖头领教。俞镖头，你教胡五爷跟我捣乱，你还想找镖银不找？"

胡跛子单腿一窜，唰的又是一剑；一连三剑，奇快无比。袁飞豹全都闪开了，登时发怒道："胡五爷，你打算怎么样？"胡跛子越怒，第四剑、第五剑，嗖嗖地攻去。

飞豹子再忍不住，把铁烟袋一提道："咳，胡五爷，你太难了！"胡跛子侧头，又递进一剑。飞豹子倏地用力把烟袋向外一削，硬碰硬，当的响了一声。胡跛顿觉虎口微麻，心中越

怒，一连又是数剑。飞豹子皱眉一笑，就势还攻，不再让招，猛往胡跛子面前一逼。

胡跛子微闪，为救全自己的跛腿，单足吃力，往开处一跳，未免跳得远些。飞豹子喝道："俞镖头，接招！"烟袋管随身一转，丢下胡跛子，突打到俞剑平的右侧。俞剑平急忙退步，两手空空；俞门弟子左梦云忙递过剑来。见来势甚猛，左梦云急划剑一架，护住师父。

俞剑平道："梦云，不得无礼！"忙将剑夺过来，挥手命左梦云下去；肖守备这时也跃上台来，拔刀跳在胡跛子前面。豹党一见，蠢蠢皆动。飞豹子喝道："你们别动！武庄主，拦住他们。我要一个人，会一会少年时的朋友。俞爷、肖爷、胡爷，你们全来。"豹党决不容飞豹独力应斗；辽东二老魏松申、王少奎忙抡钢鞭，拔点穴镢，纷纷齐上。镖客这边不愿把单打激成乱战；俞剑平连喝胡、肖二位，快快下台。

俞夫人丁云秀飞身蹿上台，把胡跛子苦苦逼劝下去。俞剑平也把肖守备拦住。双方证人各堵住台口，把自己人支使下去。台上台下一阵喧乱，旋即沉定，只剩下袁、俞二人。俞夫人退到证人背后，辽东二老也退到证人身后，站在戏台下场门边。俞夫人低声说了一句："喂！剑平，只过拳，别动兵刃！"俞剑平眉峰一皱，背身挥手，教丁云秀不要多言。

飞豹子张目一看，冷笑道："好，只剩俞镖头了，请吧！"烟管一提，举步上前。俞剑平回手插剑，交给左梦云，赔笑举手道："师兄一定要拔扯我，我只能拿双拳奉陪，我不敢动兵刃。我和师兄是嫡亲同门，我不说我兵刃不行；就说了，师兄也必不信，以为我是虚伪。可是，论情论理，我们怎好动刀？"束手一站，等候发拳。

飞豹子举着铁烟袋，摇头道："我不会把拳。俞镖头想拿太极拳赢我，未免取巧。我只拿这家伙，给俞镖头接招；我也决不伤人，这还不行么？"又对左梦云道："少镖头，请把剑递给你师父，别客气！"

俞剑平咳了一声。豹党证人发话道："俞镖头就不用客气了。你二位先试兵刃和暗器，随后愿意比拳，再接着比。这也很好，兵刃、暗器和拳法，正好三阵见输赢。俞镖头，请你不要谦辞，赶快发招吧。"飞豹子道："这话很干脆，来吧！"一进步，立即开招，铁烟袋登时照俞剑平面门一点。

俞剑平微微一退，弟子递剑，他竟不去接。飞豹子往前赶了一步，烟管一指，照俞剑平胸乳部灵台穴打去。俞剑平又往旁一闪，连让三招。

飞豹子大怒道："好！俞镖头不屑指教，这不怨我，我们弟兄告退！"回身要下戏台，镖行证人苏建明连忙拦劝道："袁爷，你忙什么？"

俞夫人丁云秀也从证人背后走出来，叫道："袁师兄，你是师兄，剑平他不能不让个礼，跟您客气，您还怪他么？"飞豹子道："是是，我不知好歹！可是三招一过，俞镖头还不用剑，岂不是太瞧不起我袁某了！"

俞剑平双眼霍霍放光，竟一言不发；接剑一抱，冲飞豹子一揖，又冲台上证人、台下群雄一揖；这才发话："我非退避，无可奈何！师兄一定以剑术逼我献拙，我只得从命。诸位朋友请原谅我不得已。"十二金钱俞剑平将青钢剑"怀中抱月"一抱，仍等候敌手发招。

飞豹子把铁烟袋一举，虎目一瞪，暗用青龙剑法，赶步发招；"猛虎摆头"，照俞剑平前胸刺去。剑尖快刺到敌身，又变成点穴橛，改打俞剑平的穴道。俞剑平略略退步，这才施展开太极十三剑剑法，往外一挥便停。飞豹子早将烟袋收回，"白蛇吐信"又照俞剑平攻来。

俞剑平立刻"左右描扫"，将来招破开，用十三字诀，粘、连、劈、闪、剁、戳、提、扑、速、耘、抹、撩、刺，把门户封得很严。飞豹子袁振武用青龙剑十字诀，托、摸、拨、点、卷、刁、挂、拆、刺、粘，专取攻势。两人由缓而疾，慢慢地过招，慢慢地往一处斗起来。

台下群豪见双雄已然会斗，都提神细看着。有那没见过俞镖头的剑法的，更是仔细旁观，盯着一招一式。年轻的人见二人打得不快，还以为二人持重不发；学精年长的已看出两人已拿出十分的精神，一面应敌，一面防身。两人不仅注意在台上，还防备着台下万一的不测，以及旁观人的放冷箭。几招过去渐渐展开功夫。

子母神梭武胜文对辽东二老说："袁大哥真不含糊，今天一定挣得回面子来。"马氏双雄对童冠英说："俞三哥吃亏不了，你瞧够多稳多准！"童冠英道："你再看看够多狠吧！"果然，俞剑平应招很稳，让招很谦；可是力量发出去，决无点到为止、用力落空之处。

飞豹子连试数招，轩眉一昂，唰的一退步，展开了另一套剑法。"猛虎入洞"，突刺下盘；用击、刺、格、洗四字诀的第四字，挥烟袋一扫。俞剑平轻轻顺剑往下一盖，忽往上一翻，不救下盘，却挥剑用"白虎搅尾"一格飞豹的铁烟袋；立刻"鱼跳龙门"，往开处一退。

袁飞豹跟踪而到，"仙人指路"，直点俞镖头的后背志堂穴。俞剑平"鹞子翻身"，回身发剑，用太极十三剑的粘字诀，往飞豹子右腿上一点，说道："师兄看招！"飞豹子道："不劳指教！"往回一带兵刃，"凤凰单展翅"，往左边瞄准，展"小魁星式"，"燕子入巢""灵猫捕鼠"，连发两招，紧跟着用"等鱼式"，展"左右挑帘"，猛挑对手的两肋。俞剑平忙用"巡风掸尘"，略架一招，抽身而退。飞豹子"忽星赶月""青龙探爪"，又将烟袋一伸。十二金钱俞剑平"野马跳涧"又一躲，勒马式一收，用"指南针"还击一剑。突然间袁飞豹又把招数一变，改用六合剑，紧紧迫来。

俞剑平不动声色，仍用太极剑法，粘、连、劈、闪、躲、戳、提、扑、速、耘、抹、撩、刺，一招一式沉着应战。飞豹子袁振武把一根铁烟袋杆使得呼呼风响，以为俞剑平有意鏖战，便也狠打稳走，一步不放松，可也不急于求胜。心里说：

“耗一耗吧，先比一比气力，也教俞老三尝尝。”可是为欲惊动俞氏夫妻，他一退一进，又换了一套剑法；片刻之间，竟连用了青龙剑、六合剑、八仙剑、峨嵋剑、青萍剑、三才剑、白猿剑、九天玄女剑，计共八套剑法，他偏不用太极门的十三剑。有时进招得便，就将烟管一伸，暂当点穴镢用，或当做判官笔，真个运用得神出鬼没。

台上台下，镖行诸友，豹党群豪，众目睽睽，都盯着台上的双雄。各各关切着自己人，暗防着对方的人。究其实这都是多虑，谁也不肯施诡计，挟诈求胜，贻笑方家。

袁、俞双雄，进攻退守，连斗了二十余招。飞豹子的铁烟管，不拘一格，变化无方，融合了各门各派的剑法，猛攻俞镖头的太极剑。忽然猛刺来，不容招架，突又撤回；忽然发这招，未等送到，半途又改施别的招，力量既猛，手法又快，目力尤其稳准。

俞剑平凝神应战、欲制先机，乍交手竟测不透飞豹子的来招。飞豹子的烟袋若不发出来，便揣不透他要奔何处；等到招式发出，又迅若飙风，再来应付，已嫌迟误。俞剑平起初本打算只守不攻，现在已觉得这办不到。袁师兄武功精纯，已入化境，若一味让招，显然不利；若要救败，只可迎攻。再打算以逸待劳，以守为攻，对别人还行，对袁师兄显然做不到了。

飞豹子招数尽管猛，可是半点不慌；尽管欺身进攻，可是身边不留可乘之隙，果应了那句话：“善者不来，来者不善！”不但俞镖头这样想，台下镖客也已看出。跛子胡振业更急得叫嚷：“俞三哥，可让才让，不可让就趁早还招啊！别自找亏吃，跌倒了，可是自己爬呀！”肖国英守备忙道：“俞师兄连这点还不懂么？五哥你沉住气。”

果然俞剑平遇上一个险招，被飞豹子挥动烟管，合身一冲，不由往旁闪动了半步；才要还招，飞豹子唰唰唰硬砍实凿，一连三下，硬磕俞剑平。俞剑平抽剑避实，不跟飞豹子硬碰；登时被逼得连退出两步，方才展开手脚。

台下登时一阵大哗，豹党欢声雷动；镖行发出咤叱之声。豹党一个老人摇头对子母神梭说："这不见得是姓俞的不济。我们袁大哥连换了八套剑法，忽前忽后的攻击。你看人家上盘纹风不动，下盘脚步一点没乱。刚才虽然往后倒退，可是一点没有漏招。"子母神梭道："十二金钱到底名不虚传！"

俞夫人丁云秀也大大吃惊。袁二师兄竟不知从何处学来这些剑法？最可怪的是连走十几招，竟没有偷用太极十三剑半招。豹头虎目，凝神进扑，屡次猛冲上来，锐不可当。难为他偌大年纪，六十来岁；更难为自己的丈夫，怎么竟会举重若轻地招架来，竟十分如法。所虑者是功夫能抵得住，不知气力能否持久！

霹雳手童冠英对夏氏三杰道："太极十三剑以粘连取胜。你看俞三爷用起剑法，好像不很吃力似的；其实他很用力了。你看飞豹子乱扑乱抢，好像把内力发泄无余；其实他外表出力很猛，骨子里还留着后劲呢！"又摇头道："俞三爷若是耗久了，怕不是飞豹子的对手。"马氏双雄道："不然，不然，你老往后看吧。我们俞大哥有名的是后劲长。"

袁、俞在台上拼斗。台下各宗各派的武师，纷纷议论。有的说袁飞豹可操胜券；有的说俞三胜可压倒飞豹。各观一点，各看一步。虽然这些老武师个个都是老法眼，竟也看不透彻。

袁、俞二人的功夫，均到了精纯的地步。飞豹子显然是把各家剑技的精蕴，冶为一炉。俞剑平显然是恪守本门心得，不杂他派法门。

俞剑平一面动手，一面想："要打一个不伤体面，又能对袁师兄稍让一步，这可是真难！"俞剑平深知袁师兄的能力，现在他的打算，是要掩己之短，避敌之长；用己之长，攻敌之短。袁师兄的武功已到精纯的地步，他的唯一短处就是年纪稍大，自己比他小着三岁。俞剑平认准这一点，与飞豹子苦苦地周旋。他只求暗暗压制他一下，再明明输给他一招，当场示败，再退而求镖。当下连斗数十合，不分胜负。袁飞豹一面顾

敌，一面也在仔细审视俞镖头的气魄与剑招。飞豹子屡用各派剑法，来试俞剑平。俞氏执定太极剑法来应付，精熟无比，居然应付裕如，内中毫不掺杂他派的剑招。俞剑平的太极剑，已与三十年前不相同，这必是自己负怒出师后，太极丁另将秘诀传授给他了。

飞豹子把一支铁烟袋倒提着，往来突击。俞剑平力封门户，不让得手。飞豹子奋力猛扑，接连也打进去数招，意思是要硬碰硬，考考俞剑平的膂力。可是不论他发招如何变幻不测，要想碰俞剑平的剑刃，竟不可得。

俞镖头剑是一块精钢，但是运用起来，宛如皮鞭挂面条那么软，任凭你用多大猛力，也砸不出剑啸的声响来。俞剑平的剑竟捉摸不着，打击不上。俞剑平不止有内劲，他的两眼朗若双星，顾盼竟这么快。他的眼、手、剑，和全身身法，和下盘步法联成一气；如同这把剑已经变成俞剑平的一肢体，如同从俞剑平身上生出来一只长手，又如长蛇吐出来的舌。明明是三尺二寸长一把锐剑，居然有软有硬；有时烟杆打到，他竟会疾接疾挡，猛退猛缩，缓缓地一粘，把铁烟袋杆的直力硬劲化解开；再往外一拖，软软地拖出，狠狠地荡去，使得铁烟袋的大力置于无用之地。这是太极十三剑的唯一秘要。俞剑平居然把它神化；好像闭着眼也会应敌粘敌，闭着眼也会攻敌自救。

飞豹子用尽各招，未能得手，觉得求胜渐难。同时他未免“贼人胆虚”，还虑着镖行群雄另有不测的举动。飞豹子料敌量力，心知以兵刃压倒太极十三剑，恐怕不易。飞豹子顿时想在兵刃交斗之下，兼用暗器。飞豹子的暗器是铁菩提子，但是他的本意并不想用铁菩提打胜俞剑平。俞剑平既以拳、剑、镖三绝擅长，既以钱镖善攻穴道成名，那他必是善打善接。飞豹子苦苦精练的乃是“夜接钱镖”，他打算诱引俞剑平，发钱镖来打自己。

他又一攻一退，唰的往围外一跳，也不知用了一个什么暗号，豹党证人立刻过来说：“二位兵刃俱各高明，不必再比了。

我们要请俞镖头把那久负盛名的十二金钱镖施展出来，给我们开开眼界。”飞豹子也举起烟杆喝道：“俞镖头，我要请教请教你的暗器！”一指胸膛，教俞剑平照这里打。

俞剑平抬眼一看，闪身一退。日前在鬼门关夜战，已足证明自己的十二金钱镖不能伤飞豹分毫。今天当面再打，又在白昼，万无获胜之理。俞剑平乘势抱拳拱手先向证人说：“笑话，笑话，我的暗器更是丢人！”转对豹子道：“师兄，小弟薄技不过如此，已经遵命献丑了，我们就此为止吧。”

豹党证人尚克朗细看飞豹子的神色，精力依然弥漫，毫无疲容；哑声道：“俞镖头不要谦让，你的三绝技，才试了一种，你们二位接着走暗器啊！教我们也瞻仰瞻仰。”说话声中，飞豹子早已抬手，叫道：“俞镖头，你吝教，我来献丑！”倏翻身，唰的打出一粒铁菩提子。

俞剑平凝立不动，眼看这一粒铁菩提子直如一条白线，奔自己咽喉打来，他就微微侧脸，铁菩提掠空打过去了。嗖的一声，飞豹子又打出一粒；俞剑平又一闪，飞豹子直扑过来，身随弹进，铁烟杆也扑面打到。俞剑平疾剑招架，两人又打到一处。

这一回再斗，是兵刃夹暗器。飞豹子连发铁菩提，铁烟袋也乘隙进攻。俞剑平连闪连退。镖客大嚷：“怎么不发镖？”俞镖头仍不发暗器。铁菩提子围着他身体上下飞驰，打得空中嗤嗤发响。台上台下各各提神，只恐流弹误伤。飞豹子的暗器竟不知有多少。人影乱晃，铁弹连发，铁烟袋也乱晃。人们只看见俞镖头左闪右躲。

霹雳手童冠英独到这时，方才吁出一口气道：“俞爷真行，真难为他！”忽然情形一变，飞豹子往开处一窜；俞剑平也往开处一窜。台下没看清，台上证人已看见俞镖头让过六七招之后，已然探肘发镖。飞豹子恰恰抡烟管杆打到，俞剑平外跨一步，抽剑一挥，就势剑交左手，右手捻起一枚钱镖，非为击敌，只是阻攻。只见他右手扣定一枚钱镖，大指、中指平端一

捻，铮的一声轻啸，未见使力，暗器突然出手。果然见飞豹子应招往后一闪，烟袋锅往前一扣，当的一声，钱镖坠地。飞豹子的攻势顿破；俞剑平已然转退为守。

飞豹子厉声喝道："好！"这边立刻铮的又一声，同时那边也唰的一响。两响相触，又当啷一下，一粒铁菩提，一枚金钱镖，同时往回一爆，掉在台上了。袁、俞二人一齐侧身，一齐凝眸，注视敌人的右手。宝剑和烟管一交一退，跟着铮铮、唰唰，掠空交错，台上的铜钱和铁球乱滚；武林双雄此退彼进，各各展开暗器的袭击。台上证人急忙退腾地方，躲得远远的，怕的是钱镖、铁菩提崩撞到头上。

袁、俞二人倏分倏合，只一分，暗器便出了手。钱镖到处，直指穴道；菩提子到处也直指穴道。两人随着暗器伺隙进攻。台上台下的人仔细打量二人的手法；俞剑平发镖的姿势稳而有力；飞豹子的铁菩提，发出来很准，似乎力量未必匀。但飞豹子竟能挥动烟管；扣接俞剑平的钱镖，只听得锵然一声，一枚钱镖已被取去；俞剑平似不能接取飞豹子的铁菩提。两两相比，正是难分优劣。

俞夫人丁云秀暗捏一把汗，到此固知自己的丈夫，论技功火候，均不至于败；但此斗有如赌博，谁也保不定会没有意外的闪失。丁云秀很盼有人劝开，又恐劝开后，讨不出镖银；正是双眸凝注，心绪沸腾，打不定主意。胡跛子和肖守备也跃跃欲试，打算借二人相持不下，再来强拦强劝。

那一边子母神梭武胜文在旁观战，不禁心中折服。怪不得飞豹子胆敢劫镖，与江北镖行挑隙，如今果然身手矫捷。武胜文可也存着"久赌必输"的心，私与辽东二老王少奎、魏松申商计："怎么样，袁二哥一定要抢胜招，方才罢手么？"三人拟议不决，魏松申以为飞豹子未必压倒俞剑平。那王少奎说道："你放心吧，我们袁二哥还有绝招没施展呢！姓俞的不行，你再往下看。再耗这么几十招，姓俞的就不是对手了。"

但时机突变，双方的中证未及商量到止争的话，突由西南

如飞地奔来两匹马，转瞬已迫近斗场。在庙外，原有镖行、豹党分设的巡风人物，望见来骑，一齐上前查看。镖客正要拦诘来人，豹党已经辨认出来，忙道："这是我们的人。"来骑跑得尘汗披颐，满面惊惶，乃是贺元昆武胜文庄主的管家，另外还有一人。

豹党迎住，连问何事？贺元昆张目四望，不遑回答，慌忙下马，一直往庙前戏台奔闯。巡风镖客暗拨一人，也跟踪过来。

贺元昆一阵狂风地找到子母神梭，喘息拭汗，叫了一声："庄主！"子母神梭与辽东二老，察言观色，一齐动问。贺元昆气急败坏道："不好了，庄主！"低声说出几句话，已经喘不成声。那另一人也断续插言："他们围了庄子，找咱们要人！"二老急问："现在怎样了？"答道："动起手来了，转眼就要抄过来。"子母神梭大骇，忙把贺元昆二人拖住，喝道："噤声！"他拖引二人，直入内殿，到无人处，急急盘问细情。辽东二老也倏然变色，踉跄跟了过来。同时镖客当中也听见动静，你告我，我告你，是："豹党那边来了两个骑马的人，神情很急！"

子母神梭在内殿，抓住贺元昆，一迭声问："你快说，到底来了多少人？他们怎么说的？咱们怎么答对的？"贺元昆道："咳，庄主，哪里容得问话答话呀！他们大队一来到，突然就把庄子包围起来。我来时，我们的人关了庄门，在更道上和他们对付。他们已经调起大炮！"

一听"大炮"二字，子母神梭耳畔轰的一声，道："好！满完！他们真个的就不问青红皂白！"贺元昆按住胸口，原原本本把事情说出来。

就在此时，火云庄突有一队官兵开到，老远地亮开了队，把村子紧紧包围，对着前后庄口，各架起四支"大抬杆"，还有一尊土炮。到底也不知从哪里泄漏了消息，官兵口口声声要进庄剿豹。

辽东二老匆匆听罢，狠狠一顿足道："糟！我们就知道要

连累武大哥。武大哥放心，我弟兄惹的，我弟兄出头。我叫我们袁二哥去。我们束手归案，不管怎么着，也不教武大哥为友烧身！”王、魏二老如飞地奔出内殿，扑到戏台交斗场。子母神梭一时心乱，未及拦阻。贺元昆道：“庄主，你瞧！”用手一指王、魏二老的背影。子母神梭顿足道：“好好好！”立刻满面热汗直流。

贺元昆告诉他：“我们的人一面对付，一面已经从地道撤退了。官兵别队不久也要搜到这边来。庄主，为朋友也有分寸，你老此刻看活一点。”子母神梭不答，把长衫一撕，抓起兵刃和暗器，暗器就是他那几副子母梭。

当此时，双雄还在台上比斗。辽东二老如飞地奔到人丛中，急急关照同党。同党大骇，各抄兵刃，二老道：“且慢，你们沉住了气，你们听我吩咐。”嘱罢，转身就走。他们来到台前，大声疾呼：“台上先别打，等一等！喂，袁二哥，我有话！”袁、俞二人都觉得情形有异。台下的呼声如在人丛中投掷骇浪。袁、俞二人不由停手，各往后一窜。俞剑平退到自己证人的身后，寻视敌情，忙问何事？镖行证人夏建侯和夜游神苏建明也在诧异，答不出所以然来，只指着辽东二老说：“不知道他们又弄什么把戏？”

飞豹子袁振武退到自己证人身后，也眼望台下，询问：“什么事？是镖行弄什么意外把戏了？”豹党证人尚克朗瞪着眼，发出沙哑的声音道：“好像听说……”话未说完，辽东二老从人丛中，往台上跑。台下镖客连忙截住，刚说：“朋友，这不又乱了？咱们不比拳的，谁也别上台。”辽东二老骂道：“放你娘的屁！你们这群东西，一点江湖义气也不讲。明说好听的，暗施奸计，给我躲开！”把镖客骂了个白瞪眼，糊里糊涂，不知所云。辽东二老就要用武力夺路上台。

那飞豹子还在台上张望，忽然一阵惊风扑来，子母神梭武胜文突从后台奔出。他由内殿绕过后台，他已将长衫马褂刮地一把撕碎，露出短装，金刚般的伟躯一晃，把他的兵刃、暗器

抓起来。贺元昆跟在后面，还在细告详情。子母神梭已无心再听，虎似的吼一声，箭似的抢上前台。

子母神梭已抢到旧戏台上，寻见俞剑平，大骂道：“姓俞的，你不是朋友！你们师兄弟争强比武，我不过给你们引见。你明面上冠冕堂皇，你暗下毒手！你讲的是以武会友，不许勾结官面，你竟支使官兵来抄我的家！我与你何冤何仇，你阴狠毒坏……”

子母神梭气急败坏，抗声厉语。飞豹子骇然恍悟，猛然一把，抓住了子母神梭问道：“是真的么？他们真敢胡干，不顾江湖道？”子母神梭武胜文两眼圆睁骂道：“就是现在，淮安府整队的标兵把火云庄包围了！好俞剑平，你……”一拨飞豹子的手，往俞剑平这边抢，叫道：“我姓武的跟他干！”这一句话是回答飞豹子。右手一探囊，掏出了子母双梭，要拿双梭对付俞剑平。

当此时台上双方证人俱都听明，人人惶恐。就是夜游神苏建明和夏建侯，也不禁动容。他们纵知俞剑平素日的为人，不致有这样事，可是眼下火云庄正在被剿。苏、夏二老不禁回顾俞镖头，发出惊讶：“这是怎么回事？”哪里晓得俞剑平也是一怔，俞夫人丁云秀也是一怔，不禁口出诧声道：“呀，唔？”

豹党更不用说，愤怒胜过了惊惶。证人尚克朗发出哦哦呀呀的语声，扭头看俞镖头，跷着脚看台外旷野，厉声说：“俞镖头，这怎么讲？”豹党一齐暴怒。辽东二老王少奎和魏松申已秘命三熊遍告同伴，急急地布置；还想登台私告飞豹，也用阴谋报复，暗算这明比武、暗报官、违规失义的镖客。但现在，子母神梭已公然喝破，这便只须“明干”了。

火云庄既已告警，这古庙相距不过三十里。飞豹子袁振武此时怒火腾胸，既悔且恨。辽东二老前曾劝他留神，不要累害了朋友。飞豹子只是摇头而笑，以为：“我料俞振纲还不至于这样泄气。”而现在，竟不出二老所料。官兵围庄，直等于飞豹子料事无知，嫁祸给良友。

飞豹子轰的一下，面目变色，赤红脸变得发紫，更一转，变成死灰色。一侧身，他双手拉住子母神梭武胜文。子母神梭刚把神梭取出。飞豹子吃吃地叫道："武贤弟，我一万个对不起你！武贤弟，我一定要对得起你！"飞豹子感情冲动，对子母神梭有无穷的歉疚，苦于无辞表白。

飞豹子说了这两句，子母神梭哪里听得进去？武胜文对俞剑平戟手一指，恶狠狠盯一眼，右手扬起来；在俞剑平面前，隔着证人，他一探身，唰的一声响，子母金梭一大一小，一轻一重。这神梭发出来时，后发者到得快，前发者到得迟。大梭凌空啸响，先发而缓进，专惑乱敌目；小梭只嗤的一声响，破空急驰，奔向俞剑平的咽喉。

俞镖头急闪，险些中梭，忙叫道："武庄主，且慢！"刚要开言，辽东二老突然夺路，从后台奔到前台，并不找俞剑平动手，直对台口大声喊嚷："朋友，诸位，咱们是比武来的！现在不能比了。姓俞的明面充好汉，在这里比拳；暗中违约勾结官兵，硬抄人家武庄主的家。人家武庄主与飞豹子有何干？与镖银有何干？人家给朋友引见引见，就惹火烧身？姓俞的，你瞧武庄主人家有家有业，你就吃柿子，专抓有把柄的捏。姓俞的，你真光棍！诸位朋友，你们也有向灯的，也有向火的，好汉抬不过一个理字。我们可要对不起了。这不是我们无理；你再想要镖银，姓俞的，咱们不用比拳，咱们白刀子进去，红刀子出来！喂，朋友，抄家伙吧！"二老说完，亮兵刃，齐奔俞剑平。

子母神梭武胜文一梭未中，立刻亮子母鸳鸯钺，也奔俞剑平。飞豹子也大发武怒，厉声喝道："俞剑平，你教我对不起人，你原来这么阴险！师妹，你可听明白，不是我不念旧，是你丈夫不顾江湖义气，使的招太毒！"一字一钉地说，把双膀一晃，似全身凭空加高，把铁烟袋一插，大喝："季遂，拿我的兵器来！"

三熊熊季遂立刻递上一支钩形剑。这剑飞豹子不遇强敌，

不肯轻用。钩形剑掠空一送，飞豹子抄在手中，回头对子母神梭说："贤弟，你随我来，咱们闯出去，赶紧救你府上的人！"子母神梭怒吼道："回去做什么？还用咱们回去，人家一会儿就抄我们来！他们不是派几个捕快前来要人，他们是大队官兵。咱们现在就是找姓俞的算账！"他挥动双钺，扑奔俞剑平。飞豹子喝道："好！贤弟，咱们专找姓俞的！"豹党齐声喊："打！"飞豹子立刻把二尺六寸长的钩形利剑往上一挥，探步照俞剑平刺去。子母神梭一摆鸳鸯钺，先一步攻来；辽东二老更从两侧剪到；俞剑平立刻被袁、武、王、魏四人团围夹攻。

第五十一章

官兵骤围剿豹党丧胆
炮攻火云庄神梭倾巢

十二金钱俞剑平始诧终悟，已料透此中曲折，亟欲声说这官兵不是自己透信勾来的。但刀剑无眼，更不容他开口辩白，只得提剑自卫。镖行证人苏建明、夏建侯，忙横身来掩护。但证人手中都无兵刃。飞豹子诸人的钩剑、双钺、点穴镢、豹尾鞭，森如密林，迅如电火攻到。

俞剑平叫了一声：“师兄且慢！”嗖的一声，豹尾鞭突然先到；飞豹子同时抄后路，绕到俞剑平背后。俞夫人丁云秀看得清楚，救夫心切，忙飞身上台，劈面与飞豹子相遇；竟展开了空手入白刃的功夫，横身截住飞豹子，锐声叫道：“师兄慢动手，我有话！”这时哪容说话？俞夫人忙道：“那官兵我们情实不知道，你师弟不是那样人。我敢保他。”

飞豹子冷笑道：“你敢保他，谁敢保武庄主的家？谁敢保官兵不来抄拿我！师妹闪开，对不起，我只冲他一人说话。”唰的一展剑，斜取俞剑平。丁云秀忙横身一遮。飞豹子不由轩眉，唰的又一展剑，照丁云秀头顶劈下。

丁云秀大怒道：“好！”忙一闪身，又一纵身，竟掩着长

裙，动手斗豹。

但是飞豹子并非真砍，这么一晃，早收招改式；从斜刺里，仍冲俞剑平攻来。俞剑平亮剑招架，连叫："师兄，师兄，你容我问一问！"镖行证人也喊："武庄主、袁二爷！你请住手，这关系着武林义气。请你容我们查究一下，江湖上自有公道！"

台上台下乱成一团糟，哪里容得人分辩？但见人影乱窜乱叫。镖行群雄还在七言八语，互相询问，惟豹党先一步得知火云庄有警。豹党互相关照，一传两，两传三；由二老授意，决不任意寻殴，不与镖客瞎打；只火速结聚在一处，直冲戏台扑来。

豹党按理说应该逃走，他们竟不走；反要包围戏台，似跟俞镖头拼命。镖客不容他们登台群斗一人，纷纷横身过来阻截，竟猜不透他们要以攻为退。黑鹰程岳、没影儿魏廉，首先大呼弛缓。老辈镖客仍想评理讯情，直等于妄想。见豹党都动了兵刃，也拔出兵器来，护友防身，只守不斗。只听东一处，西一处，一片声嚷："别打，别打，怎的，怎的？"这一片空喊，却不邀而同，各有趋就；豹党聚在左，镖行聚在右。并因变出意外，人心难测。

这其间只有智囊姜羽冲、马氏双雄、夏氏三杰这些人，敢信官兵剿武宅，与俞剑平无干。但仍纳闷，不晓得官兵由何处得信。但是别的镖客，知俞不深，料事不透，也不免怦然动疑，以为俞、胡二镖头，"也许明面斗剑讨镖，暗中报官捕盗。"因此，虽乱到这样，仍有人互相打听。"怎的怎的"的探询声和"别打别打"的劝阻声，连成一片。

铁牌手胡孟刚一见此情，已知大事成空，讨镖绝望，瞪眼大嚷道："这是岂有此理？我们凭什么勾结官兵？你们那是放屁！你们又想变卦耍赖！请问官兵在哪里？空口诬赖人，谁信！"把长衣一甩，把双铁牌举起，一直奔戏台来找飞豹子拼命；登时在台下被豹党许应麟截住，两人动手。

那飞豹子、子母神梭武胜文，把俞剑平围在破戏台上，各

动了刀剑，把双方空着手的证人夹在当中。飞豹子口口声声逼俞一同下台，去到林边空场决一死战。飞豹子其实意在以攻为退，要借拼命，夺路一走；可也未尝不想临走时，把俞镖头伤了。子母神梭却真想拼命，如一团烈火，猛扑到俞剑平面前，将一对子母鸳鸯钺一展，欺身硬上。

这子母鸳鸯钺，是一对短兵刃，长不到一尺，形如牛角交叉，一柄两刃，一短一长。柄有把手，刃形如镰刀，运用起来，勾挑刺扎，满是进手招，用的是“一寸短，一寸强”的口诀，尤善剪人的兵刃。①

那飞豹子也将钩形剑递上，俞剑平且支吾且退，喊道：“二位住手，你容我问一声！”镖客证人见俞剑平只是招架，由夏建侯与夜游神苏建明，慌忙各展徒手，横在当中帮助。豹党证人立刻也徒手拦住夏、苏二人。俞夫人丁云秀见状知危，急急从门人手中抽取短剑，去了长裙，拥身上前。弟子左梦云相

---

①白羽按:“现在洵阳老武师张玉峰先生客居津门,即精此钺,张君年逾七旬,精神矍铄,擅形意八卦拳;其子母鸳鸯钺,得自董海川所传授。尝挟技游塞外,屡捕大盗、胡匪、赌徒。近曾下顾,指示掌学,以秘本拳经见示。羽本病夫,既学文不成,更不知武;其撰述说部,多由意构,拳经口诀,徒资点缀耳。而张君殷殷见教,顿开茅塞。张君以形意拳为专门,仍通各家拳学,言之源源本本,如金刚八节、六合、长拳,皆一一精熟。其内家太极拳,则得自邓云峰,形意拳得自李文豹,皆晚近名武师也。兵器擅双枪大戟,于鸳鸯钺尤具心得。至今年当耆艾,犹能舞动生风,都市少年不能及也。世之谈拳学内外功者,间存‘入主出奴’之见,语其精微,往往过矜神奇,或涉不经。如轻功一跃数丈,壁虎游墙功可倚墙悬立数小时,皆传言过甚,恐不近情。惟张君所言,武术所以强身,亦可御侮;都无神怪之谈,大抵平易近人情,合物理,此最难得。尝闻某武师未及四十年,乃能遍精各派秘要。某武师之出身,曾为大鹰攫于空中,又于深山为熊所攻,闻之皆令人咋舌。英雄斗志,古有是说;或画一鹰一熊相睨互斗,以为寓言耳,诚不意见于近世。”宫以仁按:“先父白羽在此后不久,即为张玉峰老武师撰写传记武侠小说《子午鸳鸯钺》;而张武师以后即再未临舍下,恐已辞世而去矣,家父常为之感叹不已。”

随在旁相护。

子母神梭武胜文将一对鸳鸯钺照俞剑平急递，左手护身，右手照俞剑平的剑上搭去。才一接触，连发六七招，锐不可当。俞剑平不容他进身，展剑侧步，照武胜文肋下点去。飞豹子的钩形剑又到，斜剪俞剑平的手臂。王、魏二老的点穴镢和单鞭也打来。俞剑平出招神速，却也不能独斗四个强敌，也就是一辗转之间，往后连连退闪。俞夫人丁云秀奋抢到飞豹子面前，斥道："袁师兄，你太不对了！你不用跟他打，你跟我打。你连教我们说一句话的空也不容？"

俞夫人掩住俞剑平的右面，飞豹子并不回答，退身绕到左边，狠狠一冲，逼得俞剑平闪身一躲。飞豹子大叫："武贤弟，快上！"武胜文跟上一步来，竟敌住丁云秀。飞豹子邀住俞剑平，拼命猛斗起来。台上太挤，飞豹子大喝道："咱们往平地拼去！"奋力一攻，与武胜文催邀俞剑平下台决斗。台下姜羽冲忙道："截住他，不要教他走！"

飞豹子与子母神梭各展身手，猛攻俞剑平；俞剑平虽抵挡不住。但是武胜文连下毒手，飞豹子也连下毒手，总没把俞氏夫妻打倒。忽然间，听得西南方隐隐发出轰隆隆的声音，纷斗中全没人理会，飞豹子却立刻听出来了。

飞豹子一面动手，一面倾耳听、张眼望，他正是等着听这响声。飞豹子待此声一作，脸色一变，知道再不能久恋，喝一声："武贤弟，快跟我来。识时务者是豪杰，我们跟他有日子算账哩！"狠狠往前一冲，猛击俞剑平，意思是腾出空来，催武胜文走。

子母神梭哪里肯走，一味要伤了俞剑平，方才甘心。辽东二老预有布置，向手下豹党招呼一声，立刻有一个中年壮士奔上来，伺隙向豹党证人不知说了一句什么。证人尚克朗立刻明白，忙费了很大的事，把子母神梭拦住。子母神梭倾身一看，那壮士和尚克朗疾通暗号；子母神梭立刻变计，与尚克朗夺路往台下跳去。临行喝道："姓俞的，我不能跟你善罢甘休，你

等着我!"

豹党与镖客本已激成群斗，此刻纷纷移动，似要离开戏台空场，扑奔庙门。只有飞豹子与辽东二老尚在台上，左右突击；死斗俞氏夫妻。那豹党证人尚克朗竟与子母神梭率众夺路，奔向庙外。镖客马氏双雄道："不好，豹子要走!"忙抢过来拦劫，却不料智囊姜羽冲已经先一步赶到，横身把子母神梭一挡。子母神梭唰的一扬手，一对金梭出手，照姜羽冲打来。

姜羽冲挥剑一闪，子母神梭的双梭本是一快一慢，打出来，又是先发者后到，双梭看似对着智囊瞄准，梭打半途，会走弧形的路线。恰巧马氏双雄马赞潮奔来，于是金梭斜转，急闪不及；嗤的一声打在肩头，伤虽不重，鲜血直流。子母神梭骂道："教你尝尝!"竟抽身退入庙内，镖客没有截住。马氏双雄的马赞源一见手足负伤，勃然大怒，挥鞭奔向子母神梭。镖客奎金牛金文穆喊道："留神豹子，留神豹子!"众镖客忙来堵截戏台。戏台本是四通八达，四十几个镖客想牵制豹党，实在力量不够。豹党人数既多，又很有步骤，竟由辽东三熊率领群队，把住了庙门入口，接应台上的同伴。围满戏台根的几乎尽是豹党。

飞豹子展钩形剑连下毒手，俱被俞剑平架住；辽东二老从旁斜攻，又被俞夫人和弟子左梦云，护住了俞剑平左侧，也未能攻进。铁牌手胡孟刚、黑鹰程岳先后抢攻戏台，被豹党阻住了，上不去。双方刀剑一接，立生变化，当时情势很紧。飞豹子总想用兵刃，给俞剑平留下一两道伤，可是办不到。俞剑平想说话，更不容开口。豹党想发暗器，无奈台上仇友乱窜，实难下手。

那飞豹子怒吼如雷，钩形剑上下挥舞，到底伤不了俞剑平。

耳听西南隆隆之声又起，便不肯恋战；他猛然照俞剑平刺去一剑，剑钩直找敌人手腕。俞剑平急展太极剑，贴钩剑一粘，飞豹子猛又进欺一步。

俞夫人大骇，急仗剑来救。辽东二老乘隙来攻俞剑平，喝

一声："看家伙！"俞剑平唰的一剑，照胖老人王少奎上盘刺去；顺手一抹，又还了瘦老人魏松申一剑。俞夫人用短剑托架飞豹子的钩形剑，喝道："袁师兄！"一声未喝罢，铁牌手胡孟刚、黑鹰程岳、没影儿魏廉从侧面先后抢上戏台；同时后面也跟上来几个豹党。

豹党侯敬绰弟兄和沙金鹏的徒弟周金鹤等，不听三熊的约束，不肯夺路一走，个个衔忿提刀冲出。飞豹子大喝一声："喂，别来！"把手一挥，与辽东二老突然撤退，掠空一跃，由戏台左角跳下平地。铁牌手胡孟刚、黑鹰程岳、没影儿魏廉，同声大吼，可惜一步来迟。三人刚刚上台，豹子已跳下台去。

铁牌手胡孟刚焦急万状，冲俞剑平乱嚷道："打呀，别客气，不成了！"他又横身一跳，从戏台二番跳落平地。铁掌黑鹰与没影儿也张皇往下跳。胡孟刚首与侯氏弟兄相遇，唰的打来一阵暗器雨。胡孟刚狮子摆头急闪，刚刚闪开；飞豹子毫不留情，翻身一扬手，胡孟刚哎呀一声，中了一粒铁菩提。俞夫人喝道："好袁师兄！"对俞剑平叫道："快快，不能教袁师兄走！"把手一捻，铮的一声响，发出两只金钱镖，一个豹党也失声败退。飞豹子恶狠狠看了一眼，切齿叫道："好！"竟一长身，用力一抖手，相隔五六丈，居然打出数粒铁菩提，越过仇友的头顶，如飞地分奔俞剑平上盘。俞剑平变色张目，躲开头一阵暗器，不管续发的暗器，奋身迎着往下跳；蜻蜓点水，赶到胡孟刚面前。胡孟刚似负伤猛兽一样，不顾肩伤，抡铁牌，依然是奔向飞豹子。俞夫人跟在后面，一齐向飞豹子闯来。飞豹子跃身迎敌，催侯氏弟兄快走。侯氏弟兄怪喝一声，翻身夺路。

镖客这一边，铁掌黑鹰、没影儿魏廉紧迫着侯氏弟兄，且斗且走，绕着空地乱转。太极门师弟胡跛子和肖守备各亮兵刃，从人丛冲出，助俞斗豹。飞豹子摆出拼命架势，有谁算谁。当下，如电火般地与辽东二老结在一处，互相掩护着，铁菩提扬手飞掷俞、胡二镖头。

智囊姜羽冲结集镖客，与松江三杰、马氏双雄各摆兵刃，

袭夺庙门，一起阻截飞豹子的退路。夜游神苏建明、霹雳手童冠英，率领门人，奔抄后庙门，料到豹党不落荒走，反退入庙中，必在庙中另有把戏。于是互相招呼一声，众镖客一聚一散，分两处与豹党相斗，一在庙后，一在庙前。

飞豹子连下毒手，用铁菩提子打人。镖客连有数人负伤。立刻惹恼了蛇焰箭岳俊超，把他那蓝蛇焰火箭发出来，照豹党打去。登时有数人，中箭发火，倒地打滚；将火压灭，竟败进庙内。庙内还有几个镖客，已被豹党堵在殿内，一攻一守，堵门而斗。同时，也有几个豹党被镖客围在戏台旁，也在辗转突围而战。

飞豹子吼叫一声，奋身过来，破围而入，把自己的人接应出来，镖客竟阻挡不住。胡跛子瞪眼对肖守备说："我弟兄不能不卖一手！"各摆兵刃，攻到豹子背后。相隔尚远，飞豹子发出两粒铁菩提子，分击二友。俞剑平大喊道："袁师兄！"忙捻金钱镖，呛然一响，一对金钱脱手，把铁菩提子打落在地。

丁云秀俞夫人也掏出金钱镖，比试着未肯发出，锐声叫道："袁师兄，你不能这样，我们没有勾结官厅，你不能借口一走。胡镖头的镖银到底给不给？"喊声中，早有一拨镖客翻身来挡飞豹。飞豹子东攻一头，西攻一头；忽然用钩剑，忽然用暗器，往返冲突，似乎还不肯走。振通镖局的众镖师双鞭宋海鹏、单拐戴永清、追风蔡正、紫金刚陈振邦，由镖头铁牌手胡孟刚率领；他事不管，舍生忘死，专盯飞豹，以防他夺路逃走。

飞豹子的暗器一发一个准，一打一个着。镖客不怕受伤，依然苦盯不退。俞氏夫妻与弟子左梦云，忙各展金钱镖，专打飞豹子的暗器。原是飞豹子破钱镖，现在反是钱镖破铁菩提。

铁牌手胡孟刚喊道："飞豹子，你不是英雄！你诬赖人。你给镖不给？"飞豹子大骂："你们做的好圈套，你还问我！"奋力照铁牌手一剑，铁牌手挥牌一磕；飞豹子陡转身，把从背后掩来施暗算的追风蔡正一剑刺倒。

俞夫人丁云秀很着急，叫道："剑平，剑平！豁出去吧！

你还不快上?”俞夫人提短剑，临身奔到飞豹子前面。俞门弟子左梦云在左在右，保护师娘。俞剑平提剑轻轻一窜，也扑到飞豹子身旁。豹子切齿冷笑，挥剑来斗。

当此时，子母神梭被豹党强拖苦劝，早就住了手，把大殿内负伤的同伴引出来，由辽东二老相伴掩护，火速地往外夺路。镖客堵门而斗，豹党二老竟与子母神梭乱发暗器，牵住了镖客，使负伤的人另从边处退走。他们还有捷径，镖客没有堵住，忙忙地绕道来追。沙门弟子拼命断后，且战且走。

飞豹子在庙前拼命，环顾左右，似已晓得同伴已退。他情知镖客注意的是自己，故此横身恋战。哑巴尚克朗也提兵刃，奔过来与飞豹骈肩拒敌。西川八臂郁敬恒、侯敬绰二人，记恨着坠齿之仇，专奔汉阳郝颖先。郝颖先用点穴镢与二人战。二人志在雪耻拼命。郝颖先竟似支持不住，且打且退。

西南面隆隆之声越响越真。豹党倏斗倏退，忽然吹起呼哨，都聚在一处。他们预有布置，倏然地乱穿竹林，奔庙东而去。镖客大恚，决不放他们走。夏氏三杰、马氏双雄率十数青年，立刻去穷追子母神梭等。智囊姜羽冲、霹雳手童冠英、夜游神苏建明等，从西头搜庙，把自己人引出来。于是智囊姜羽冲急加指挥，分扼要路口，想把豹子的逃路截住。

飞豹子一面打，一面走。俞氏夫妻紧缀不放，连声喊叫师兄。飞豹子环顾冷笑，重翻身，竟与俞氏夫妻抵面而斗。辽东三熊的熊伯达、熊季达、顾梦熊突然奔到，冲飞豹子一喊，于是飞豹子立刻仗剑一冲。

镖客叫道:“豹子要跑!”果然是挨到时候了，飞豹子喝一声走，竟与尚克朗突围猛窜;觅定镖客稍弱的一方，奋力扑来。众镖客叫道:“留神!”飞豹子一暗器打倒了少年壮士孟震洋。辽东三熊从镖客后面发暗器，镖客急闪身，也发暗器打豹。飞豹子长笑一声，飞身急窜，与哑巴尚克朗全都突围而出。

镖客大怒，喝道:“你还想走!”唰的一阵暗器声，俞氏夫妻各发金钱，岳俊超发蛇焰箭。只见飞豹伏身一闪，好像往前

一栽，钩形剑也往后一扫，叮当响了一声；飞豹子竟然一挺身，骤然一回手，还打出数粒铁菩提子。

就在这刹那间，众镖客人人争先，又赶上前把豹子围住。豹子目露凶光，往开处一窜，急抬手，铁菩提连发；容得镖客微退，他翻身又走。镖客不舍，俞剑平夫妻一齐叫道："袁师兄，请你不要走！"紧紧缀豹，毫不放松。豹子奋发武怒，挥剑如狂风扫落叶，竟与俞氏夫妻死拼。俞氏夫妻沉着应战，似乎不肯下毒手又似乎要活擒他。豹子越发恼恨，由大怒转而酷笑，他张眼四望，蹈虚夺路。在他身前身后，还有十几个豹党。

于是迤逦而战，豹子奔东，镖客东挡；豹子奔西，镖客西挡。豹党人数本比镖客多，现辽东二老已将子母神梭等送走。大批人离开了飞豹，所以现在只剩十几个豹党，分明要吃亏。但是飞豹子悍然不顾，竟敢横剑断后。哑巴尚克朗提刀掩护，也无惧色。十数人左突右冲，渐聚在一处，迤逦往西退走。西边竹林当前，忽然间，听得竹林内骤雨似的一阵乱响，飞豹子轩眉叫道："姓俞的，你敢再追？"

众镖客喝道："你不能走！"奋勇追来。飞豹子却引大众，穿入竹林。众镖客防有暗算，稍稍落后。竹林中仅仅发出几支弩箭，便见竹叶簌簌地发响，人似穿林往西逃去。众镖客忙绕林追抄，林后竟有一道小溪，本有竹桥，已被拆断，另搭着浮桥。豹党竟一个个蹈板跳溪而过。镖客也想跳溪追赶，稍一瞻顾，飞豹子竟先一步得登彼岸，把跳板撤到对岸，将自己的人聚到一处，翩然往西面退去。智囊姜羽冲叫道："快截住，快堵西面，西面是洪泽湖！"

俞剑平夫妻和夏氏三雄等也都看出豹党且战且退，似有一定路线，大家努力地往前追，想把退路剪断，但是竟办不到。又转过一道竹林，前面白茫茫一片，已到北三河交错之处。一道道浅溪浅滩，崎岖阻碍，时时有冷箭从竹林发出；并且竹桥已拆，浮桥已撤，只有轻功飞纵术超卓的能够掠溪飞渡；飞纵术稍逊的人，立刻被截住一半。夏氏三雄与俞氏夫妻分二路追

截。好容易迫近豹踪，突然见北三河上游，一条白线似的飞奔来一伙人，远远吹起呼哨。铁牌手叫道："不好！"

说时迟，那时快！这一伙约有六七十人，倏然阻林断路，竟全是弓弩、暗器，把镖客挡住。飞豹子止步回头骂道："俞剑平，我跟你一辈子没完！"

俞剑平一行愕然注视，率领这一群短衣壮士给飞豹打接应的，竟是那个凌云燕和白娘子凌霄燕姊弟二人。白娘子引众拒敌，用强弩、利箭照镖客攒射。雄娘子接引豹党，顺河边急走。河边预先泊着几只船，这凌云燕与豹党陆续上了船。然后由那白娘子一声呼哨，也收队跳上了船，径往洪泽湖开去。

镖客纷纷绕道赶到，胡跛子和肖守备嚷道："不好，要跑！"有的镖客要泅水追赶，俞剑平道："使不得！"铁牌手胡孟刚大叫道："姜五哥，咱们的船呢？"智囊姜羽冲从左翼抄到河边，左右一望，向大家招呼道："快顺着河边追，咱们埋伏的船藏在洪泽湖里边了！"

众镖客除负伤的稍稍落后，余众立刻紧追下去。豹党那边，白娘子指挥水手，船行甚速；镖客脚程快的，就有的赶上了船。

船上立刻放箭。十二金钱俞剑平夫妻率俞门弟子也已赶到。黑鹰程岳、左梦云一齐高叫："袁师伯留步！"飞豹子、子母神梭武胜文与雄娘子凌云燕推开窗，手指俞剑平道："俞镖头，你的假面具全揭开了！还叫什么师兄、师伯？"

飞豹子把一支箭一折两段，叫道："俞镖头，你不仁，我不义！你再叫我师兄，你就是骂我畜生！你我现在是死对头，不要再装样子！"将折箭照俞剑平投去。武胜文更怒骂道："俞剑平，我与你何冤何仇，你把我卖了！"

俞剑平欲辩无从。胡孟刚替他还骂："官兵不是我们勾结的。你们硬诬赖我们，你们好借端一走。姓袁的，我姓胡的跟你有何仇何怨，你害得我倾家败产，子、侄入狱？"

转眼间，豹党之船驰向湖去。镖客追踪急赶，智囊姜羽冲

忙叫大众跟着他走；湖口东面果然有两艘船停泊，相距还有半里，镖客蜂拥上船，驾舟追蹑。豹党六十余众，加上凌云双燕的部下四十余人，已达百人以上。这百余人驾四艘快艇，先后如飞地向洪泽湖遁去。镖客共驾两艘船，拼命追赶。豹党的船极快，镖行的水手驾船术不行；又加上绕了半里路，一共相差便是一里多；因此不大工夫便落后二三里。铁牌手胡孟刚急得怪叫："快追呀！快追呀！怎么我们就忘了这一手，怎么就不堵飞豹子的逃路？"话风有点抱怨智囊布置不周。

俞剑平抓住他的手，说道："二弟，不要急，要没有布置，咱们哪来的船？"胡孟刚道："追不上，怎么好！"智囊姜羽冲笑道："你别着急。"忙对青年镖客说："你们帮着划船。"立时过来几个青年，加紧划桨。这两艘船也就箭似的追上去了。

但是，豹党一开初行船极速，双方越赶距离越远；在大湖波上，破浪追逐，瞬间走出一二十里。忽然间，镖客的船越赶越快，豹党的船却越逃越慢。铁牌手胡孟刚心头一松，大叫道："好了，好了！再有一里地，就追上了！"

十二金钱俞剑平眼望前面白茫茫的湖波，心情很镇定。今见要追上豹党，他忽然顾虑起来，忙与智囊姜羽冲说道："姜五哥，你来看，前面的船是划不动了，还是故意放慢？"

姜羽冲、苏建明、九头狮子殷怀亮、霹雳手童冠英、夏氏三杰、霍氏昆仲、马氏双雄一开初穷追尚远，都很喜欢；此刻迫近，也都有点嘀咕。一个个放目察看四周；前面白浪接天，时现沙洲，一片片浅滩草泽，交互掩错，正不知豹党夺路而逃，是胸有成竹，还是仓促避祸，还是怕官兵由火云庄跟踪前来追捕他们？

还有火云庄被围这件事，镖客只听豹党这样怒骂，究竟此事是真是假，不知是豹党借口赖辞，还是官兵真个闻讯前来打岔？在刚才苦斗时，人们都不暇探问，此刻首由三江夜游神苏建明向俞剑平询问："俞贤弟，刚才飞豹子说火云庄被官兵围抄，到底是怎么回事？是哪一路的官兵？"

俞剑平皱眉长叹道："连苏大哥都这么猜疑，我真是有口难辩了！我情实一点不知道。我既讲定和袁师兄较技讨镖，我焉能暗中勾通官兵？岂不乱了江湖道的规矩？我们袁师兄的脾气，我很知道，好好地按着武林道走，还怕他翻脸，我还敢耍别的见识么？岂为贻笑大方？苏大哥，你可以问问姜五爷、胡二爷，我们几个人始终没有离开过。"

又转问胡、肖二友道："二位师弟，我可不该问，莫非是你看着不忾，暗中知会官面了么？"

胡跛子把眼一瞪，肖守备连忙笑道："没有！三哥放心，我们就要这么办，总得先跟三哥商量好了。这回官兵抄火云庄，只怕不是事实，我们不是在火云庄留下人了么？"

胡孟刚道："姜五爷已留下人了。可是的，要真是有官兵抄庄，我们的人怎么不来送信？哼，我看准是飞豹子扯谎。"

姜羽冲摇头道："不过，刚才察言观色，子母神梭确是神色惨变；飞豹子也是怒中带惧。"汉阳打穴名家郝颖先道："抄庄之事必然不假。我们的人没有赶来报信，就怕他们帮助官兵，指点攻势，那就教飞豹子越发抓住理了。这事也怪，官兵倒怎么得着的消息呢？"

十二金钱俞剑平搓手道："我们其实瞒得很严，官面上一点不晓得。就是官府派来的捕快，这两天直打听，也教我拿面子拘，拿银子买，也跟我们顺了吧。他们也说，按江湖道讨镖，比报官拿贼起赃还有把握。我也教李尚桐贤弟、阮佩韦贤弟暗中盯着两个捕快。二捕快确没有报官，真不知官兵从哪方面得到线索？只是他们这一剿匪不要紧，袁师兄更不与我甘休，这可是……唉！"

胡孟刚见俞剑平着急，他越发着急，提高嗓音问众人，是哪位知会官面了？连问数声，众人谁也没有这么办。智囊姜羽冲道："胡二哥不必问了，就问出来，也没有用。"

夏氏三雄道："过去的事不用后悔了，现在且顾眼前的。我们快追，这不就追上了？追上他，咱们就抓破脸，跟他们

打。今天一定要把镖银讨出来。”

胡孟刚一听这话，方才高兴。他眼望豹党的船越追越近，一面拭汗，一面又提起双牌；他身上挨了一铁菩提子，却一点也不介意。

智囊姜羽冲忽然说道：“我们现在不是追，只是缀，我们只能跟住了他们，认准他们的巢穴，现在不能跟他们打。”胡孟刚回头道：“唔，那是怎的呢？”

姜羽冲目视前舟，微笑不答。前面豹党的船，也有人探头往后面望。武林中人目力都好，遥望隔船人的面貌，眉目都很清楚；这人正是那个雄娘子凌云燕。他和一个白衣女子并肩而立。那白衣女子正是白娘子凌霄燕。

此时俞夫人丁云秀坐在船上，双眉紧锁，很是烦恼，对没影儿魏廉说：“想不到袁师兄翻脸无情，闹到这样。他们的船一劲往西走，莫非要把我们引入虎口么？魏贤侄，你可知这洪泽湖有成帮的绿林没有？这个凌云燕是湖中潜伏的绿林么？”

魏廉道：“凌云燕的底细，小侄不知。这洪泽湖内中岛上，有红胡子薛兆的一竿子人窝藏在那里，不过薛兆老舵主实是熟人。”

俞夫人道：“我知道，薛老舵主跟你三叔也认识，我听说此人不是已经退休洗手了么？这一回，要是薛老暗助着子母神梭和我们袁师兄，我们可是身临险地了。我说，喂，剑平，我们直往前缀，到底使得么？你看袁师兄的船，一开头逃得很慌；此刻越划越慢，好像有点不在乎，有恃无恐似的。你问问姜五爷，咱们到底打算怎么样？我们是不是请会水的朋友预备预备？”

俞剑平未及答言，霹雳手童冠英笑道：“俞大嫂真是足智多谋！智囊姜五爷，你听见了没有？”

姜羽冲道：“你看！”用手一指，只见青松道人、孟震洋、霍氏双雄、宋海鹏、戴永清全走进船舱了。姜羽冲道：“他们几位换好衣服，自然要显显身手的。”

俞夫人道："我谢谢诸位，请诸位受累！"跟着叹息一声道："剑平，你看，将来的结局，要落到什么地步？官兵抄庄如是真事，袁师兄恼恨他的朋友被累倾家，必然迁怒到你我身上。我真的不知以后会闹成什么局面呢。"

胡孟刚也把双掌一拍道："我算倒血霉。这二十万两镖银，一辈子也讨不出来了！"

胡、肖二友忙劝道："师姐何必着急？胡镖头也无须担忧，姓袁的既然这么无情，他不是猜疑我们勾结官兵么，索性我们报官，搜湖剿匪就是了！"

单臂朱大椿寻问智囊姜羽冲和义成镖头窦焕如："现在我们可是深入虎口。他们的船直往里钻，难保没有别意。肖老爷的话很有理。我们就是不报官，也该预留退步；万一我们追进去，若是受了包围，谁救我们呢？我们也该派一个人，回宝应县预备援手才对。军师爷，你预备没有？"

智囊姜羽冲道："沿路都有我们的伏线。我告诉他们了，如一见比拳生变，立刻往回报。就是火云庄，我们也派人手去了。"

智囊的布置确很周到，并不是一味猛追，沿路全都留下传信的人了。不过，豹党遁入湖中的事，乃是变起不测；现在奋起直追，已经顾不得先探道后追赶了；故此镖行群雄觉着全军蹈险，实是危招。只是水路不比陆路，除了驾船直追，实无他策。夜游神苏建明坚劝十二金钱俞剑平夫妻，把两只船的人，分为前锋、后随两队，一队在前急赶，一队在后策应，并劝俞氏夫妻断后。苏老自告奋勇，要抢头阵。

那青松道人至此也振袂而起。对众人说："贫道不才，愿意在前面替俞镖头紧缀豹踪。不论他上天入地，我决不能把他追丢了。"

当下两只船上的人都抢前阵。俞氏夫妻和胡孟刚几个当事人，都在前船上。众人劝他到后船上去，俞剑平道："我深感诸位热诚，不过我已经在这船上坐了，我们不要再调换了。"

反倒吩咐弟子和青年镖客，取出食物和清水来，劝大家赶快趁这工夫进食，稍歇过一会儿，还得力斗。大家依言，且食且谈。

众镖客正在议论时，只见前面那四只豹党之船，本走江心，此刻忽然斜趋堤岸。这里并不是洪泽湖的主湖，只是湖岔子的浅滩。秋天湖水暴涨时，也可以水深数丈，变成一片汪洋巨浸。驾船而驶，随处可走。若在伏汛以前，又值苦旱，这一片湖滩便成东一堆、西一片的沙洲沙滩，苇塘大泽，随地皆有；所以洪泽湖才有这"洪泽"之名。在浅滩沙洲中间，处处有宽窄不等的河床，泡在浅水中，何处深，何处浅，全看不出来。行船者稍一不慎，误入沙滩，必致搁浅；就是误入河床，也照样上当。这必须熟练的水手，悉知洪泽湖的地势，方能通行无阻。

那豹党的船一路逃走，竟调转船头，冒险改趋支岔，船也越走越慢。众镖客引目一望，这一带湖岸高低起伏，乱草丛生，旷无人迹，岸上也没有农田；揣摸形势，恐怕已近盗窟。单按地势看，此地正是水寇出没最合适的地段。众镖客互相照顾，预备进关虎口。船上的水手却忽然惊喜起来，对镖客们说道："众位达官爷，这可好了，他们跑不了！"

铁牌手胡孟刚忙道："这话怎么讲？"水手道："他们走进死路了。这条江岔子，紧接着洪泽湖，可是这里地势高，江水全流到那边东岔子去了。这里再往前走，顶浅的水，人都可以淌过去；不过不能淌，因为是沙泥底，一下去就陷没到脖颈，你老看，他们的船直往这里钻，一会儿就走不动了。老爷们准备拿活的吧。你老可留神；他们走不过去，回头来拼命。"

水手之言确凿近情。镖客群雄人人大喜，各整兵刃，各托暗器；净等豹船前行遇阻，回帆夺路时，大家便与他死斗。还有会泅水的镖客，也准备下水拿人。夜游神苏建明、九头狮子殷怀亮，更嘱青年镖客，预防豹党暗遣水寇，不明攻而暗袭，从水底来凿船。会水的镖客依然戒备，目注着水波和前面的敌船。

第五十二章

凌云双燕援豹传柬
镖行群雄深夜求援

众镖客聚精会神，眼盯着豹党的船。九股烟乔茂向宋海鹏唠叨："宋爷，你水上的功夫很出风头，你怎么不下水，过去凿他们的船呢？凭宋爷你一个人的力量，把豹子的四只船，全给凿毁了，于是乎豹子落湖，宋镖头立奇功。我说的怎么样？"

九股烟的话，似乎是出主意，又似乎是挖苦人。双鞭宋海鹏把九股烟盯了一眼，说道："我谢谢九爷的指教。你不是也会狗刨么？劳你驾，咱爷俩走一趟！"说着一指波心，道："水很浅，走吧？"

九股烟一吐舌头，宋海鹏转对戴永清说："戴四哥，咱们就下去，也教乔师傅心上痛快痛快。"两个人全站起来，要往下跳。忽被黑鹰程岳听见，忙拦住二人，大声说："师父、胡老叔，宋师傅、戴师傅现在要下水水战，使得使不得？"苏建明道："咳，乔九爷，你口下留情吧。宋爷、戴爷，你二位别忙；你先等一等，我们得听军师的口令。吆，你们二位快看，他们要怎么样？"

当此时，那豹船的白娘子凌霄燕、雄娘子凌云燕一双璧

人，忽从船舱出来，各捧着兵刃，立在船头，眼望岸上，一阵风吹过来，似听双燕说了几句什么话；那飞豹子袁振武、子母神梭武胜文以及二老三熊，纷纷从舱中出现，唯有负伤的震辽东沙金鹏没有露面。

飞豹子与凌云燕似有所言，旋见白娘子、雄娘子各取一支呼哨，含在口边，吱吱地一阵狂啸，似有所关照。镖客忙寻岸上，只见断岸丛草乱生，河床甚矮，竟望不见岸上到底有何动静。青松道人道："待我来。"一面催船急驶；自己径走到桅杆前，右手单把一提，左手单把一换，嗤嗤嗤，攀上桅杆顶。

智囊姜羽冲在那一艘船上，也攀桅升顶；凝眸望了望，半晌不见动静，只见一只豹船忽然落后。智囊遥对青松道人说："青师傅，没有什么埋伏吧？可是他们不能不知道此处是死路。他们既明知是死路，为什么偏要这么走，我们……"说时一滑手，唰的落下来。青松道人也在桅上，唰然一坠，唰的又上去。原来有两支短弩箭从落后的那只豹船上远远打到，纵然远攻无力，却也不能不躲。

智囊姜羽冲冷笑道："飞豹子不愿意我们登高。"青松道人道："我偏要看看。"弩箭连发数下，青松道人在桅上扑打闪躲，始终不下。镖客群雄一齐哗赞，有的人见豹船放冷箭，也要还击他，俞剑平道："师兄，何必怄这个气，快下来吧！"俞剑平也拦住众人，劝其不必还手。因为相距太远，放箭徒劳无功。

这时一阵风过处，听见豹船上也有人喝彩道："好身法，好老道！"青松这才一笑，把身形一侧，头上脚下，唰的下来。穿着他一身道袍，毫不觉累赘。青松道人走到俞剑平身边，举手一扬，竟接了七支短箭。这箭全是由豹党船窗缝射出来的。青松问众人："可知是谁放的？"全说："是一个年轻人，不是豹子。"青松道："难为他手劲不小。"

落后的豹船又紧划数下，彼此的船又相隔数箭地。旷野声沉，一阵风过处，才听见彼此的话声。武师们目力好，望见飞豹子拉着子母神梭的手，与他喁喁对谈。忽然间，飞豹子向岸

边一望，又往镖客这边一望，桀桀地大笑起来，跟着高声叫道："俞剑平，俞剑平，姓袁的要告辞了！你有本领，尽管来追，尽管来攻湖！"

似闻豹船喝出一声口号，四只船顺着江函子，一味往斜刺里开，竟似要开到浅滩上。智囊姜羽冲首先发出惊讶之声，告诉大家留神。镖客一齐凝眸。此处河床道边，宽有六七丈者，窄有三四丈者。豹党择了一处最窄的河床，把船开到沙滩。白娘子吱地吹了一声口哨，四只船一字排开，列成浮桥，阻住了河床；眼见有十几个豹党"扑冬扑冬"跳下水去。船上的人也七手八脚，往下投掷连串的草捆。又从船内，搭出长长窄窄的竹筏木板，眼见他们很神速地把草捆垫沙滩，用板筏架草捆，转瞬做成两道浮桥。雄娘子一声呼哨，首先引领飞豹子、子母神梭十数人踏草桥登岸。随后豹党众人也陆续舍舟上陆。眨眼间，豹党四只大船成了空船，并且眼见四只船吃水已浅，往上漂起来。

十二金钱俞剑平、铁牌手胡孟刚、智囊姜羽冲与镖行群雄看得清清楚楚，忙说道："不好，他们真要这么逃走！"那几个青年镖客叫道："不要紧，我们过去夺船拆桥！"俞剑平道："使不得！"孟震洋、戴永清、宋海鹏等，早已掠波下投，泅入水中；却是水浅得很，人在水底，历历看得分明。船上的镖客一齐用力，要赶过去把船靠近豹船，就可以借船为排渡。

但未容镖客的船迫近，也未容泅水的过去夺船，那豹党的四只大船，忽然从舱中冒出浓烟；一霎时，卷出烈焰，烧成四团大火。水中镖客全都退回，从水底浮出头来看望。船上的镖客也都大惊，急忙把船驳回来，恐被烈火延烧。这一把火阻断了追兵；豹党发火的船居然在水中摇摇曳曳，做一字排开，塞住江面。而且暗中分明似有人在船底推动，直往镖客的船奔冲。船势来得虽慢，却也怕它延烧过来。

智囊姜羽冲忙喝命拨船倒退，越快越好。铁牌手胡孟刚急得乱叫："我们就眼看着把他们放走么？人家的人会在水中推

船，我们的人就不会在水底截住么？”遂大声向下水的镖客喊嚷；下水的镖客果然不待招呼，已泅水过去，竟欲夺舟救火。十二金钱俞剑平早看见飞豹子一行登岸以后，已然亮出弓箭。忙向孟震洋大喊道：“快不要过去，赶快回来。我们不会从这边上岸堵截么？”

飞豹子袁振武、子母神梭武胜文，此时已然纷纷登岸，没入林中。岸上只剩下白娘子凌霄燕、雄娘子凌云燕。这双凌燕子率领部下，用强弩断后，结成队伍，忽散忽聚，声势很迅速整齐。泅水的镖客还想与豹党泅水行舟的人，截舟水斗；但水中的豹党并不肯战，也不再推船；把火烧的船推到分际，立刻泅水退回去，在焚舟的上游一齐露面。白娘子吆喝一声，泅水豹党立刻游到浮桥边，纷纷上岸。临到末后一人上了岸，岸上人立刻曳动绳索，把浮桥跳板，连抬带曳，一齐抬上岸边，也放火烧了。

泅水镖客孟震洋、宋海鹏、戴永清等从水底潜渡，绕过了焚舟之处，也抢到上风，探出头来。目睹此情，互相传呼着，就要展身手夺浮桥、抢堤岸。刚刚往这一边浮，凌云燕一声狂笑，把胡哨吹响。岸上弩箭手奔过来，唰的一排箭，照水底水面攒射过去。孟震洋等急忙划水躲避，浮到稍远处，探头观望。眼看着敌人拆桥、放火、整队，不慌不忙，收拾利落；又一声呼哨，白娘子、雄娘子带队撤入林中。孟震洋气得无法可施，回望焚舟，仍是烈焰熊熊；再回看镖船，竟也在想法，要从别处拢岸。没影儿站在船上，连连催促。孟震洋一行只得泅水回转。

俞剑平容得泅水的人退回，立刻催水手划舟往回走。已问明水手，豹党登岸处是一座浅滩沙洲，实难停碇拢岸。但是这沙洲并不大，要赶紧往回绕，也许从别处登陆，可以追得上。俞剑平与智囊姜羽冲力促大家协力，火速行船。

众镖客眼望两岸，岸上尽是白茫茫的浮沙浅滩，情知没有下脚处；人既不能登，船更挨不上边。有的人仍觉不甘心，要

施展“登萍渡水”的功夫，先遣数人，掠滩上岸，冒险一试；也学着豹党那样，割草垫滩，引渡余众。三江夜游神苏建明首先发话，向单臂朱大椿说道：“朱四爷，咱们弟兄试一试，怎么样？省得往回绕，越绕越远越晚了。”

单臂朱大椿面有难色，搔着头转问孟震洋道：“孟爷、宋爷，你们几位是泗水的行家，你看这沙滩，能够对付着滑走不能？”飞狐孟震洋、宋海鹏、戴永清端详沙滩，说道：“滩太软，片又不大，轻功高的人也许能够掠过去。只是你老看，这里最浅的还有三四丈，沙滩又比土岸矮着好几尺，踏着软滩蹿高，怕不好冒险吧？”

苏建明不服老，邀着朱大椿、青松道人，要分一半人，掠沙飞渡。苏老对俞剑平说：“俞贤弟是头脑人，可以不冒这个险；我们哥几位先试试。”

这时候，船还是加紧往回趱行。俞剑平忙拦阻苏老：“老大哥，这决使不得，千万不要上去。”苏老笑道：“你怕我陷在沙里头么？”

俞剑平道：“那倒不会，我知老哥轻功绝顶，必能上岸。但是你得留神，登了岸还许上当。我们袁师兄，就能这么好好地走了么？他在岸上还许有埋伏。我们的人会青萍渡水的并不多，上了岸，人便落了单；算来我们的人能运轻功渡滩的，就只有六七人。他们焉肯容我们上岸割草，接引大众？”他坚决地拦劝苏老持重吃稳。智囊姜羽冲也说：“眼看就绕到登岸的地方了，苏老前辈姑且候一候吧。”

苏老到底不服，立在船帮上，用一枚蝗石，试往沙滩上一抛，嗤的一声，蝗石掠滩面而过，带起泥浆来；果然看出滩面太软，不能立足，不能借力。他这才仰面吁气道：“豹子这家伙诡计多端，单择了这么一个绝户地方做脱身处，难斗极了！”

大家动手，船行极速，用不了半个时辰，已驶到登渡处。这里仍不是泊舟之所，不过堤岸较低，沙滩面积较窄；岸上有一条汲道，上搭跳板。大家把船驳转，往跳板旁边拢靠过去。

距跳板还有一丈多，便不能行船了，只好将船泊住。镖行群雄道："我们往板上跳吧。"三江夜游神苏建明道："别忙，我先试试。"他立在船头，相了相形势，立刻俯身轻轻一窜，轻轻拔高，轻轻落下，恰落在跳板上。脚只一点，嗖地上了岸。这跳板很结实，居然稳稳当当，尽人都可落脚。

苏建明又抢到岸边高处，登高往四面一望，这才向众人招手道："上吧，没有埋伏。"说话时，朱大椿、青松道人、夏氏三雄，早已陆续跳上来了。

这跳板确是居民的汲道；豹党在此并未设伏。其实豹党这一走，也是变出不测。他们的本意，并没有打算退入洪泽湖，偏偏发生意外，官兵闻耗，火云庄被剿。子母神梭武胜文为友受累，竟致覆巢；这才激怒了飞豹子，料到武氏住宅一被围攻，马脚已露，决计不能回救；这才仓促变计，强劝子母神梭同往歧路上退去。幸而这一条退路，是事前防备万一，加紧准备的。当时一共准备三条退路，如今择取这一条水路。

但是镖客大举而来，志在借此一会，务必讨回镖银，他们焉肯空空放过？且此事既被官兵知道，再想私了，已不可能。更料知火云庄一变，豹子衔怒，今后已寇雠，镖行也就不存求和之意，索性苦追不舍，以期到底寻出结果。豹党镖行两方面实逼处此，越来越坏。飞豹子率党拔身一走，若只凭己力，恐怕也逃不脱。幸而雄娘子凌云燕失招负愧，奔了回去；白娘子凌霄燕，大举来援，这才双方凑巧，把子母神梭引入沙洲，由沙洲退往别处。

这些情形，在豹党自觉手忙脚乱，颇感狼狈。在镖行自然并不知情，还以为豹党布置周密，处处都有退路；他们既由沙洲遁入湖中，深恐他们在湖内摆布什么陷阱。因此，镖行追赶之际，稍涉顾忌。等到镖客绕道上了沙洲，豹党早已退得无影无踪了。

众镖客立刻在沙洲上分拨列队，要前后策应着，火速穷追下去。智囊姜羽冲忙寻了一株大树，先登高一望，把长葫芦似

的一座小小沙洲，前后情势匆匆看明。然后他请大众稍待，先问水手，后向众人说：“我望见北边似有帆影，恐怕豹党又已易陆而航。我们不能跟在他们身后，一味后赶；我们应当分拨追抄，可是横抄的人必须会水。并且湖中是不是有豹党临时现设的伏桩，他们是否还会藏着大帮的人，我们现在全不知道。可是机会稍纵即逝，我们又不能不追。诸位高朋，小弟的意思，要请大家协力，分水旱两路，入湖穷搜。我们却是不免要涉险。”

大家哄然赞道：“好！我们应当这样追。我们不怕险，我们为朋友义气来的，怕险谁还会来呢？军师，我们谁走水路，谁走旱路？”当下立刻分路。大家都认为豹党走得尽管快，此刻也未必离开沙洲，故此只请几位武林前辈，率领熟洪泽、知地势的人和全数会水的镖客，重复登舟，火速地掠湖而去。虽说此举志在追豹，也等于探道。唯有沙洲这块地方，由俞、胡、姜等大批的人赶来。

当下，水陆并进，急往前追。在船上只留下三两个镖客，守护着受伤的无明和尚诸人。十二金钱俞剑平以下，都不顾劳累，也不怕洲上居民惊讶，一个个拔步趱行，急搜下去。洲本不大，只有六七家渔户和数处看青的村舍。洲心一片片青纱帐，转望皆绿。

众镖客先赶到豹党登岸处，往滩边一望，遗迹犹在，人早没了影。又折回北头，分明看见北岸上，有泊舟的小码头；舟既可泊，当然豹党可由此处逃走了。大家立在岸头，遥望水面，一片汪洋，微见帆影，东一片，西一片，正不知哪一处是豹党逃走之船。俞剑平、胡孟刚一齐望洋兴叹，恨恨不已。更回望洲心，青纱帐掩映处，似有炊烟，可是看情形，这里决不像大盗盘踞之所。这地方太小，且只有北和南东三处出入口，巨盗实不能在此割据称雄。

大家怅望良久，不顾劳乏，只得往里搜；先找到土民，试一打听。果然此处只是水田渔区，常日很太平，并无匪人出

没。再打听刚才可有逃走的一百多人，从此没过；据土民回答说："刚才确有一大批争码头的人，也不知是在哪里械斗来着，刚才倒是奔上此洲。看样子，人数很多，个个鸦雀无声，急走不休；又好像是打群架，刚亮队，还没有交手似的。我们不敢凑近了看，怕惹出麻烦。后来他们就贴湖边走了。"

镖客忙问："你们看见西湖岔，船上失火没有？"土民答说："看是看见起火冒烟了，可是谁也没敢过去看。有一个年轻渔人刚跑过去，就被打群架的人硬给挡回来；拿刀动枪的，谁也不敢看了。"据此问答，确知豹党果然是路过此地，并非借地安窑。智囊姜羽冲说道："不用打听了，我们赶快地打水路追吧。"

镖行大众火速地退回，且退且搜索两旁。忽有一个短衣男子，在树林后一探头，又缩进去；缩进去，又探出头来，情形很蹊跷。好几个青年镖客大喝一声，持刀扑过去。没影儿头一个赶到，就要往前猛扑。只见那人连连摇手，似无敌意，同时上眼下眼地打量众人；众镖客豁剌地将那人围住。

没影儿魏廉、蛇焰箭岳俊超喝问道："你是干什么的？"这人年约三十多岁，衣衫褴破，分明是穷苦的渔夫，镖客冲来得凶，吓得这人缩成刺猬，连声说道："我是老百姓，我是渔船上的。你们诸位老爷可是镖行达官么？"没影儿喝道："抬起手来，让爷们搜搜。"

这人答道："你老不用搜，我身上有一锭银子、一封信。这信是给镖行老爷们的。银子是我的。"说时，从衣襟下取出一张污秽的信条来。另有一锭银子，他却紧握在手中不释，对没影儿说："这个字条儿，刚才有一位码头上的蔡头儿，亲手交给我的，教我当面递给海州开镖局子的胡二爷。"

此时众镖客都走过来，已听见此人的答话。铁牌手胡孟刚道："我就姓胡，是谁给我的信？"纸条儿早由没影儿魏廉抢出，自己先看一眼，忙递给俞、胡二位镖头。

胡孟刚最急躁，忙问渔人："是什么样的人，给你的这封

信？什么长相？”口里问，眼不闲，早将纸条抓过来，展开疾读。草草一阅，顿足叫骂道：“好豹子，他真就倒打一耙！到底是谁把消息透给官兵的呢？教豹子可捉住词了！”胡镖头如疯了似的，两眼通红，不知要咬谁好。

十二金钱俞剑平接过纸条，见众人都凑过来看，把渔人遣开，低声念诵道：“胡镖头，我与足下无冤无仇；北三河一会，本可当日了结。讵奈俞某违约失信，明来较技，暗下辣手；胆敢勾串官兵，陷害帮场之人。我友无端被累，所受池鱼之殃，恐较足下更甚！足下不过失镖，吾友则已破家倾巢，吾何以对我友耶！胡镖头，此非我无信，汝勿怨我，请质问令友。并烦尊口，转告令友，今后天长地久，大仇已结，誓所必报。我若不能复兴吾友已毁之家业，我若不能为彼雪恨复仇，我誓不与俞某并立于天地之间。别唉，胡镖头！请告俞某，从今以后，江南北，山东西，若有大案掀起，即是区区不才报答十二金钱名镖头妙计鸿施之计也。”

那信下款没有留名，照样只画着一只“插翅豹子”，涂抹得乱七八糟。看文笔字体，竟非豹子亲笔，不知是何人替他写的。这只是一张毛头纸，揉搓成一团了，倒确是刚写的。

还有第二页，字迹较少，也无署名，下款画着一支大鹏，文称：“无明师傅台鉴，拜领高拳。可惜用暗算，不是英雄。今生不能便休，不出一年，当图后会。”下款只押一个“鹏”字。

接着后面，另有一种笔迹，也写了一堆话，上说：“俞镖头，不才洗手归农，贼腔未改。何幸名镖头不弃草茅，惊动官军，破我别巢。我今迫不得已，铤而走险，又恢复当年旧营生矣。我敬谢俞镖头之成全，图报有日，言长纸短。”下画双鸳鸯钺和一对梭，正是子母神梭的外号。还有“凌云双燕”的小印，也钤在纸尾上，可是什么话也没说，只有“请了”两个字。

俞剑平看完这些留柬，竟有四人之多，不禁怒火上腾，转成苦笑，对大家说：“好，我就知必落到这步棋。诸位，我够多冤，官兵剿火云庄，咱们至今谁也不知道是怎么一回事。他

们硬按在我头上，说我勾结官兵，真是跳到黄河也洗不清！”霹雳手童冠英道：“那是脱不掉的了，也难免他们有此一想，眼睁睁官兵把火云庄围上了，他们不赖我们，可赖谁呢？现在算是抓破了脸，无可挽救了。我们赶紧快打正经主意，索性我们就请兵清乡，跟他们死干。”

胡孟刚道：“不管后来怎么样，咱们先管现在的。我们赶快上船，赶快追！”大家又把渔夫叫来，盘问了半晌。渔夫只说是一个年轻人，给了他这封信，还给了五两银子，别的事全不知道。倒是看见大批的持短刃的人了，可是他们走得很快，又下卡子，阻止居民窥探，所以他们的详情，一点也说不出来，这话和刚才那个土民一样。镖客听了，立刻奔到岸边，登舟起锚，径往洪泽湖驶去。

俞夫人丁云秀在船上留守，和几个青年镖客，持剑卫护受伤的无明和尚。见了面，迎问俞剑平：“没有赶上吧？可出痕迹没有？”

童冠英笑道：“嫂夫人料事如神，这焉能追得上？只得了豹子四个人留下的几张字条。他们四拨算是连在一起，要专心和我们江南镖行作对了。”俞夫人道：“哪四拨人呢？洲上还有埋伏不成么？”

俞剑平道：“他们只在洲上换舟登陆，再由旱路改水路，把咱们甩下罢了。洲上没有党羽，现在是袁师兄跟子母神梭、震辽东沙金鹏和什么凌云双燕，四派归一，更要跟我们过不去了。他们把剿庄的事，算在我们的账上。他们说还要在江南江北掀起大案，给我们栽赃捣乱呢！”

俞夫人惊道：“哎呀！这可得想法子，我们可以先一步向官府报案。”

肖国英守备道：“这事交给小弟，我们可以就近请兵。”大家纷纷议论着，船已悠悠到达沙岛前面。不但没有寻着飞豹子的船，连镖客缀下去的第一艘船也没有碰见。大家饥渴难支，虽有干粮，僧多粥少，一个个眼望湖面，目追往来帆影，心中

十分焦灼。

由北三河奔洪泽湖，乃是逆流而上，船行很慢；往来的船连樯结帆，并不算少，可是东来的多，往西去的较少。偏有几艘在前面行驶，大家便驾船拼命跟追；及至相距不远，看出不像豹船，便一阵气沮。如此数次，眼看天色渐晚，必须挪岸。智囊姜羽冲和夜游神苏建明，问俞、胡二人："这不能再往前追了。"胡孟刚仍不死心，说道："他们前脚走，我们后脚追，我不信会追没了影？"

俞剑平见众人皆有疲色，叹了一口气道："又是水路，又是旱路，歧中有歧。我们袁师兄又在事先就有布置；追不上才是意中事，追得上倒稀奇了。胡二弟，你知道我们袁师兄在船中摆着什么阵势么？万一追上他，敌众我寡，又快天黑了，我们还怕入了圈套。我们现在索性上岸投店吧。"

大家把船泊到附近小码头上，地名叫星子坝，立刻分觅店房，洗脸进食。几个年长的镖客商量着，一面派人折回宝应镖局，调请帮手；一面打算按江湖道，求请洪泽湖的大豪红胡子薛兆相助。此人在洪泽湖，包揽水陆码头、车船、脚行，手底下有许多打手和门徒，很可以借重。并且他久居洪泽湖，地理也熟，联络官绅也好，可称人杰地灵。

这个主意，人人都以为然。肖守备和白伦彦店主，都主张跟豹子无须讲面子，应该立即报官请兵搜湖剿匪。并说机会稍纵即逝，须赶快办理。这样办法，镖行群雄有多半不愿意，认为丢人，也怕没什么用。倒是围剿火云庄之事既属实情，官军拿不到要犯，势必要追赶下来；恐怕不出今晚明早，官兵必要赶到此处。那时候，镖客忙着搜镖，官军忙着剿匪，官私同办一件联手的事，最易引起枝节，闹出误会，至少也难免互相掣肘，泄漏机关。这件事必须趁官军未到，迎头先去疏通一下。俞剑平自然把这件事托付肖守备。

肖守备当即应允，脸上不无疑难之色，因为直到此时，剿庄官军究有多少兵，带兵官是何人，甚至是漕镖，还是抚镖；

是练营，还是绿营，目下全未探出，简直无法迎头求见。还有火云庄附近，本有少数镖客，在药王庙中算是留守，实是暗窥武庄主的动静。现在火云庄被剿，仅从豹党口中喝出，镖客自己人至今仍未赶来送信。大家对此不胜嘀咕，而且渐渐起了疑虑，生怕留守人遇着不测。

当时仍由军师智囊姜羽冲分派，请年轻的镖客时光庭、李尚桐两人，火速结伴，坐小船仍顺北三河往回里走。先到决斗之处；在那借寓的民宅中，原来还有几个留守的人和二十多匹骏马。就请李、时二青年，先到借寓处，转烦留守的人回宝应送信邀助。至于李、时二人，可以改走旱路，把那二十几匹骏马带到这星子坝店里来。

李、时二人应声而起，立即驾小船出发。他俩刚走，在北三河留守的镖客，已将那二十多匹马改由陆路送来。他们已得知大众追豹入湖，便自作主张，一路访问着；寻到此间，李、时二人竟扑了空。幸喜留守的人很心细，还留下一个趟子手和一匹马，跟房东也留下话。李、时一到，略一寻思，教这趟子手回宝应送信，李、时二人便又往回走。

这边码头上是俞剑平等大众，因投店已晚，各店客满；人数较多，一店不能容，就分住在两店，两店又隔在两条街上。俞、胡、姜等住在一处，俞夫人丁云秀另辟一室；马氏双雄引着一些青年镖客，住在另一处。饭罢吃茶，大家精神又是一振。决斗的时候，这些人并没有怎样交手，只在截豹时，拼了一阵；现在一路穷追，耗时过久，大家未免饥渴焦急。此刻饱餐痛饮，大家又纷纷地出主意，此时不到二更，这些镖客在店里哪能坐得住，这个借口要出去凉爽凉爽，那个借口要上街买东西，有的说近处有朋友，要去看看。

这时候，铁牌手胡孟刚屡跌之后，嗒然若丧。平素顶数他嗓门高，现在顶数他没有话；只有唉声叹气，喃喃地骂街，也不管豹子是俞剑平的何人了。倒是振通镖客沈明谊、戴永清、宋海鹏等，很替镖头招待诸友，向受伤的人道劳。

九股烟乔茂只搔头皮，冲着镖客们打听："我说，你在这湖里头，有熟人没有？"

岳俊超听了，只微微一笑。追风蔡正就接一声："我们的朋友只在岸上有，倒是乔师傅的朋友，许是在水里头住吧？"

乔九烟把眼一挤道："嗬嗬嗬！您别挑字眼，我问的是真的，哪个王八蛋才冤人哪！"戴永清笑道："我们乔师傅最有口才，善会挖苦人。"

他们在斗口；胡孟刚听不入，也没心思劝阻，站起来走到店院中了。院中月影迷离，很有人纳凉吃茶。胡孟刚走来走去，独自沉吟。沈明谊忙跟了出来，暗陪着镖头。

俞夫人丁云秀独住在一室，此时还未歇息，有她两位师弟跛子胡振业和肖守备，以及门下弟子左梦云、盟侄没影儿魏廉等，相陪共谈。俞夫人对左梦云说："你去请你师父来；或者你径直告诉你师父，请他和姜五爷商量一下，还是赶快找红胡子薛兆去吧。这湖太大，我们人少，是搜岸上，是搜湖中？实在调派不开。再说……"面对胡、肖道："再说你看袁师兄那意思，跟我夫妻成了仇人了。这件事情的结局，真不堪设想。"

左梦云应声出去，胡跛子对丁云秀道："师姐，你趁早怂恿三哥，就教肖九弟报官吧，这事决不能够善了。"俞夫人浩然长叹道："真真想不到，三十年同门至好，反颜成仇。我看袁师兄比从前更狠更辣了！"

胡跛子嗤道："他辣，哼！早晚教他尝尝。我说九爷，咱们得替三哥三嫂想办法。就凭咱们在江北，人杰地灵，还能教他远来的和尚给较短了不成？"

肖守备扪着微须，端坐思索：自己的假期已迫，应该怎么帮掌门师兄一下？其实报官正是正办，师兄、师姐意思犹豫，不以为然，该怎么办呢？肖守备想借端把胡跛子邀到外面；可是身未动，俞夫人已猜出来了；忙拦道："五弟、九弟，我谢谢你们的主意。可是你稍等一等，听你三哥的招呼好不好？为了寻镖免生误会，咱们报官托托人情，是可以的，你们可千万

别私下里请兵剿匪。你三哥请来的朋友，全是些江湖上的武夫，不晓得官面排场，内中又有绿林中的人。五弟、九弟，绝不能不顾虑这一点。”

镖行群雄全都七言八语议论，十二金钱俞剑平在船上，已与智囊姜羽冲商定办法，此刻向众人逐一道谢道劳。末后便由智囊姜羽冲发话：“诸位前辈，诸位仁兄，刚才我们已然商量过了，这湖地面辽阔，岸上湖心全不易搜访。俞大哥本打算明天备礼去拜访红胡子薛兆。可是转念一想，稍缓一步，恐怕访断了线索。现在我们的马已然来到，我们此刻就去拜客。诸位在店中千万小心，此地是红胡子薛兆的天下，又有地方巡检、水师营、绿营驻防。你别看豹子率领大众可以任意横行，我们当镖客的若是三五成群，乘夜乱走，就许碰在钉子上。咱们的人个个雄赳赳的，又带着兵刃；碰见了红胡子手下人，就许疑心咱们是来夺码头，闯字号。碰见了官人，见咱们人数多，他们把我们当作打群架的；倒可以把头一扭，把眼一闭，回头再来寻落子。若遇见三五个人，他们可就要办案。这种道理，诸位一定明白，我这是多说，不过给诸位提一个醒罢了。”

青年镖客听到这里，哈哈笑道：“这个我们懂得，请放心吧。我们决不会惹出枝节。不过天气太热，我们空着手出去遛遛，决不带兵刃，也不会跟码头人物生事。官兵查街，我们决不闪躲，也不硬顶，您只管望安。姜五爷吩咐这话，你现在就动身拜客么？这位红胡子薛老英雄莫非住在此地么？”

智囊姜羽冲微微一笑，真是光棍一点就透，不劳烦说。他遂与俞剑平穿上长衣，邀同发愁叹气的铁牌手胡孟刚，外偕黑鹰程岳、金枪沈明谊，共计五人。俞剑平把夜游神苏建明、霹雳手童冠英、夏氏三杰、马氏双雄以及青松道人、无明和尚都嘱咐了数语；无非烦他们约束青年，不要涉险，不要滋事。然后由那刚送到的二十多匹骏马中，选出五匹，备上鞍韂，立即出发，奔红胡子薛兆的寓所而来。

第五十三章

洪泽湖薛兆二番创业
红胡子怀旧智寻故剑

这红胡子薛兆起初本是绿林人物，是川寇罗思才的旧部，专在川边打劫出塞的行商。等到清兵征讨金川时，大经略张广泗招降土寇，以做向导，罗思才就率部归顺清营。大经略札委招降的参将杜钧声为翼长，把匪部编为三营；又将乡勇两营拨入，就派罗思才为五营统领。那拨人的乡勇，由两个精干的营官率领，明为罗思才部属，暗中实是监视人。

大小金川之战，清兵苦战夺攻碉堡，始胜后败；大经略也革职拿问，主帅换了别人，那杜钧声也被降调。只有罗思才这三营匪部，新换翼长，调上前线，经过一场苦战，伤亡了一多半；罗思才折了一只胳膊，到底把敌兵打退，攻战了险要之地。他们不明白当时的兵制，自觉建立奇功，盼望厚赏。等到事定之后，大官封爵，小官晋级，群卒也想高升一步；哪知忽然传说官家要裁汰老弱，遣兵归农。

那时候，红胡子薛兆正在壮年，已有五品军功，率领着一百多人。他眼光很锐，在同伙中已露头角，颇得罗思才的倚重。等罗思才冲锋受伤，失去一臂；薛兆竟舍生忘死，把罗思

才救回。罗思才既落残废，在官场已站不住脚；薛兆刚听见裁兵的谣传，就跟罗统带私下商量："我们不如早走一步吧。现在旗营、绿营、乡勇，聚了这些兵，朝廷的兵制有定额。我看乡勇到底必不免一裁，就是改编成绿营，也得编遣一下；我们又跟团练不同。以小弟之见，莫如趁机会，人人还在盼望升官发财，我们就急流勇退，另想办法。"

罗思才还有些疑惑，经薛兆反复譬说，方才歇了升官的心。两人各递禀"挂号"（清兵以挂号为请短假，以告退为请长假），一个说觅地疗伤，一个说回籍葬母。禀帖递上去，立刻批准了。两人向旧属话别，略示愁意，竟远走高飞了。

果然不久，廷谕寄到，颁赏裁兵。这些游勇身无一技之长，游手好闲已惯，既不能拿恩赏做资本当小贩，又不能回乡打锄耙。各领到半年恩赏，竟随手赌光花净，又变成空手人了。这些人免不得口出怨言，呼朋引类，重入山林。结果，在大战之后，游勇滋变，又闹起匪氛。官府重费了一番讨伐，很有些老军伍没得好结果。那幸免剿诛的，就是不变为赌棍，也必变为混混，总而言之，全难落好。

红胡子薛兆早看到这一步，不但自己脱出，还把老大哥牵引出来；事后把个罗思才佩服得五体投地，十分感激。罗思才身落残疾，无事可做；幸而他埋藏了许多财宝，等到事定，掘挖出来，要分给薛兆一半。薛兆不肯受，两人就合伙做起买卖来。不过两个人全是拿刀枪的手，乍改商贩，当然失败；营运数年，两人又变成穷光棍了。穷极无聊，两人又打算重整旧业，可是早又混伤了心。恰巧此时有大商贩，由内地运货，往西南云贵走；为防备路劫，就邀请镖客护行，也有的常年养着护货的打手。这罗思才和薛兆既弄得两手空空，不得已，就干起这种行业。

二人专持武技，护送行贩，由两湖护送到云贵。再带云贵土货到两湖，往返贸易，大获其利。二人心中生气，人家就干得好，自己就办不成；替人出力，人家就发财；自己亲自办，

就要亏本。却不知他二人大手大脚，又不懂商情，如何能赚钱？可是财东见二人很尽心力，也就多分给他二人股份，也给他们代办一点货。积少成多，两人又富裕了，两人便想起娶老婆来。这一娶老婆，两人十多年的交情竟致破裂。

折臂罗思才，声望大，认识人多；薛兆的武功好、智力高，两人相济相成，才有今日。既娶贤妻，女人家不免要看这两位密友到底谁倚靠谁。比较之下，各觉自己男人吃亏。女人家不免在耳畔嘀咕，两人交情眼看要破裂；突然又出一件事故，事情骤变。折臂罗思才年将望五，又有残废；娶妻年轻，就未免怀疑多妒，怕戴绿头巾。偏偏他这位太太却放诞自喜。忽然因一件事情他犯了疑，他天天记挂着捉奸；又嫌丢人，又恐靠不住；因此在事先，也没有告诉薛兆，独自一个人暗暗鼓捣，把真情瞒了个严实。

红胡子薛兆这人年纪轻，眼力准，倒不怕乌龟。这天晚间，红胡子薛兆与他妻子已在床上睡了，突然听见弹窗之声。江湖上的人耳音很强，立刻坐起，侧耳再听，竟是老大哥罗思才发出的暗号。薛兆十分诧异，暗想自从入伍，久脱贼皮，旧案决不会重提。那么罗思才夜来叩门，有何急事？忍不住问道：“是大哥么？”外面答道：“是我，你快开门。”问道：“什么事？”答道：“你快开门吧。”

薛兆披衣急起，他的妻子也惊醒了，欠身问道：“你做啥？”薛兆斥道：“别言语！大哥来找我，一定有事，你快起来。”薛兆起来开门，把罗思才迎入。挑亮灯光，看出罗思才面色惨黄，眉横杀气。这瞒不过行家，他已经杀了人，脸上有凶气笼罩，衣上左半身沾有血迹；他手中还提着一把刀，血槽依然有血。薛兆大骇，忙问：“大哥，你怎么了？”罗思才顿足道：“我把她杀了！”薛兆摸不着头脑，问道：“你把谁杀了？”答道：“我把他俩。”问道：“谁俩？”顿足道：“我的内人和她爹。”薛兆道：“哎哟……为什么？”罗思才道：“你快收拾跟我走！”薛兆仍要叩问真相，又让客就座；罗思才哪里坐得下来，

只在屋中转磨。薛兆之妻已然披衣起来，听见了这事，吓得藏在屋中，没敢露面。薛兆强把罗思才按在椅子上，一迭声问道："你到底为什么杀她父女俩？"

罗思才道："你你你别问了，回头我告诉你。我说的是现在，两个死人尸首应该怎么办？老弟，你得帮我一把，把这两个尸首先埋了再说。"

薛兆连忙进屋穿袜，薛兆之妻就下死力拦住他，不教他走。说："你怎么替凶手埋尸呢？"薛兆瞪眼说道："你不用管！"薛兆竟跟罗思才来到罗寓，果然血淋淋两具没头尸，横陈在内屋惨淡灯光之下，屋里院内都是血；罗思才这才说来误杀之故。

这一事乃是罗思才误捉奸，把他的妻子和岳父，当作夜半幽会的奸夫淫妇杀了。可是这也事出有因，罗妻之父本穷，才肯把自己娇滴滴的女儿嫁给一个年逾四旬的营棍子，外乡折臂汉。这老叟起初常来借贷，来得太勤，招得罗思才不悦；罗犯起了江湖脾气，大骂老丈人，不准再进门。这个老人性又好赌，每逢没办法，还是不断来找女儿。既不敢明来，就偷偷摸摸地来求帮助；这便引起跟他年纪差不到七岁的娇客生疑含妒。罗思才性情大暴，当然既敢骂岳父，当然对他妻也数落一顿。究竟老夫少妻，他还很疼爱这个少妇。可是中年娶妻，对太太百般溺爱，单只怕一样，就是当乌龟。自骂丈人之后，又过了数月，罗思才见家具时有遗失，墙隅有人脚印。他留心暗察，冷言询妻；见他妻变颜变色，似乎可疑。他就不动声色暗打主意。

不幸这一天，罗思才佯做外出，夜间暗地回来，在寓所附近潜察暗伺。一连数日，曾见他妻出去串门子，他恨得切齿。又一次，见有一人在他门口路过，仰望门楣，他又恨得牙根痛。到了出事这一夜，他眼见有一个人穿一身短衣，低头掩面在门口一巡，走到墙隅，似要跳墙而入，罗思才气得双眸冒火。

旋见这短衣人居然在墙根鼓捣一回，竟然攀墙而入；咕咚

一声，跳进罗寓。罗思才立刻跟踪，在房顶一探身，一俯腰，眼见这短衣人奔他卧室的房门去了，耳听他妻在屋中有声，眼见屋门响。

罗思才怒火万丈，立刻抖手一镖，把短衣人打倒，立即割头；然后持刀踢门，如一阵狂风，扑入内屋。他妻已听见外面有动静，半赤着身子，正在下床。她似已揣知她那没出息的父亲暗借之不足了，又来暗偷了。她就叹了一口气，把私房摸了一把，正要下床。不料一阵惊风扑入，连看都没看清，被一把匕首刺着要害，当时便已殒命，血淋淋倒在地上。罗思才手辣刀速，把这个不幸的女人糊里糊涂杀了，割下头来，就把男尸舁入院内；又把男女两颗头拴在一处。他还想捉奸要双，到官自首。

他提着人头，第一，先要认认这奸夫是谁。他记得他妻常到对门邻家串门。对门邻家有个年轻小子似乎不地道，直眉瞪眼总喜看女人，管他妻叫婶子，可是两眼却直勾勾地看他妻的脚；他的妻似乎不介意，居然似乎愿意听。罗思才心想，这爬墙的男子定是这人。他就点着灯，就灯光一照，这才晓得不对。这颗男人头分明有须，乃是个老头，不是那混账小子。罗思才诧异之下，再低头细看，须发血液模糊之下，这有须人头乃是他的岳丈；女人的头当然是他的妻。他这才大吃一惊，失声一叫；他这才知道误捉奸了，太也莽痴了。可是人死不能复生！

罗思才是强盗出身，杀人不眨眼。但是他杀人越货，出征戳敌，死多少人，他一点不动心。如今冤杀了同衾妻子，他立刻浑身颤抖，受着良心的惩治；他害怕起来，糊涂起来。他竟丢下人头，往外面跑，连屋中灯都未熄灭。一口气跑到街上，受凉风一吹，神智稍微清爽，他就一直找了薛兆来。他如今一筹莫展。

罗思才嗒然若丧，把这事告诉薛兆，求薛兆想法。薛兆呸地吐他一脸唾沫，骂道："你怎么这么浑？捉奸也不看看人的模样，就下毒手？你怎么也不先跟我商量商量？"

罗思才无可辩，只有作揖，道：“老弟，我没主意了，我索性投案吧！”

红胡子薛兆不搭理他，忙将男尸移入内室，就灯影下细察。好！这老丈人身上竟有小偷的窃具，这无耻的老人居然来偷女儿女婿。但不管怎样，若换一个人，还能架词说是捉奸；这已死的男女分明是父女，自首只是找死。薛兆皱眉苦想，咳了一声；如今救命只有一计。只可把两具死尸先埋藏了，把内外血迹涂净，第二步再打算别的。

罗妻家中只这一个无耻之父，此外并无他人，这便没有苦主。薛兆不遑再责罗思才，就赶紧在屋内起砖刨坑，把两具死尸深深埋入垫平。然后洗灭院内外的血迹，细检全屋全院和墙外；都做得毫无破绽，方才命罗思才倒锁房门，把罗思才带回自家，预备略看风色，打发他离开此地。这样似乎可以没事了。不意薛兆之妻听出缘故来，今见自己丈夫，把一个杀人凶手留在自家，这如何使得了！而且女人胆小，看见罗思才眉头上带有杀气，又看见自己的丈夫脸上，也带着一种难以形容的猥相。她这女人吓得不敢再劝，连大气都不敢出了。

薛妻只是寻常妇女，既如此胆小，似不至生变。偏偏薛妻之父是个刀笔吏，专吃荤食的黑墨嘴。等到他的女儿托词回娘家，可就免不了父女之亲，说及此事，何况她还害怕？这女人意思之间，要烦他父亲设法催劝丈夫，与罗思才断交，把罗思才撵走。女人家的打算未尝不对，而且她很谨慎，很有向夫之道。但是她父听了，起初毛发耸了耸，继而眼珠一转，他要借此生财。

这个老人与那个老人臭味截然不同；那个老人是短衣帮，这个老人是长衫朋友；可是其食黩之情一般无二。不然的话谁肯把少艾的女儿嫁给异乡光棍？无非是贪图财礼罢了。这个老人很惊讶地听完，嘱咐女儿：“千万嘴严，这不是闹着玩的，一个弄不好，就有性命之忧。”他又加细地打听女儿：“这姓罗的跟姑爷到底是什么交情？他的家道比你们家如何？也有个上

万的家富、成千的进账么?”然后又问杀人捉奸的细情。

这女人忘了她丈夫的告诫，以为最近者莫过夫妻，最亲者莫过父女。瞒别人则可，瞒自己的父母，有什么用?何况自己正没主意，本为要主意，才细告娘家父母。她就举其所知，细细告诉了他的父亲。

这老人把一切细情打听在腹内，吓唬女儿:“千万别泄漏，一教别人知道，可不得了。你别忙，我去劝劝姑爷，教他把那姓罗的好好送走;你们两口子就可以好好过日子了。我说的对不对呢?”他女儿道:“敢情那么好呢。你老不知道，这姓罗的一脸凶气，每天我给他送饭，只一挨近他，我就哆嗦。”

父女议罢，这老头子又细细推敲了一晚，次日果然带一包礼物看望姑爷来。寒暄、探问，渐渐说到正题;要替姑爷除害，要出首杀人凶犯!……口气很厉害，呈稿也写好，比比画画，做给姑爷看。他的用意，究竟是敲姑爷的朋友罗思才，还是敲姑爷本人，也很难捉摸。他的话却是一片大义，要替朝廷维持治安，要替人间除掉恶棍，要替屈死的冤魂报仇雪怨，并且还要替姑爷、女儿除去株连的祸患。满是大仁大义，口缝中微微透露这么一点小意思:“得钱便完。”他却不识得红胡子薛兆的脾气。

薛兆乍听颜色一变，登时又把惊诧之情止住;和老丈人此讽彼试，对付了好半天。老丈人一连站起数次，被他拦住几次。老丈人一脸的救苦救难:“你夫妻是安善良民，哪里见过这个!你们无非是怕他，再不然，是怕打官司受连累。你可不晓得蜂螫入怀，解衣去赶。一个杀人凶手找到你头上来，你要躲也躲不成，你越怕事越坏。咱们得跟他硬顶，用好言哄住他，不要受他的威吓。你在这里，我给你去办，官面上我有的是朋友，管保你夫妻受不了大连累。……你不要再顾交情了，我也晓得你跟姓罗的交情很深，可是朝廷的王法咱们得遵，咱们不能以私交灭大义。”

这老人非常难缠，几次将薛兆激得要翻脸，可是薛兆终于

咽下去。薛兆分明看出来意，不见得定要出首，无非是诈财。薛兆到底明知上当，勉赔笑脸来上当，千恩万谢，自掏腰包，拿出五百两银子。

这老人一见十封大银锭，眼珠子几乎跳出眼眶外。薛兆一伸手拦道："且慢，老爷子，你听我说，这姓罗的当年救过我的性命。……"这自然是借口，其实是薛兆救了罗思才。"他如今杀人犯罪，我也救不了他，可是我不能教他在我家被捕。你老既然是在官面上有朋友，我就拜托你了。这五百两银子要是能把大事化小，小事化无，我就甘心认头。万一还嫌少，那么我和姓罗的全认命了。他杀人，他偿命；我窝藏凶手，我愿打官司。你老先把你的女儿接回，我们情甘愿意，自找倒霉。你老先把这呈稿给我，银子你不妨先拿去，试着办办看。若是一定要姓罗的本人前去归案，到了那时，我们再看。不过，你老可要明白，我这位罗朋友是个什么人物，不要看错了人才好，并且他已然不在此处了。你可以问你令嫒。"

这老人满口答应了，把五百两银子带走。他的打算，这事很有油水，便须慢慢地挤。一下子挤猛了，难免挤炸。哪知道这么刚一挤，就挤炸了！

薛兆抓了一个空，找到罗思才藏匿之处，对罗思才说："大哥，我可是护不住你了。你那女人本是好女人，你把她杀了；我这女人却真不是东西，她唆使她爹来吓唬我。我这老丈人恐怕比你的老丈人更可恶，他要从我身上发财。我看大哥可以先躲一步，留我在这里，跟他们对付着看。"

罗思才不是平常老百姓，不等薛兆说完详情，也不等说出办法，他就立刻双眉一挑，哈哈一笑，道："好！我走！我决不累害了老弟的家室之好。我早知弟妹胆小害怕，妇道人家当然不愿在家里窝藏一个凶手。老弟的岳丈人呢，当然也要保护姑爷。"

薛兆递给他银子，劝他立刻投奔某处某人，劝他不要回家，恐怕老刀笔暗中报官，在那里等候卧底。又告诉他："不

出半月，我必找了你去，那时再商长远之计。目前之事，却是太紧急，恐有不测。”

罗思才笑着接了银子，拔腿就走。薛兆指定教他潜伏某处，他竟口头答应，实际没肯去。薛兆本欲略观风色，只要不生枝节，便找罗思才去。哪知迫不及待，刚刚到了五天头上，突然发生盗杀巨案。老刀笔之家进去一贼，把老刀笔的头割去。当夜在薛兆家中，也突从外面掷进好几块石子。薛兆奔出一看，在月影之下，阶石之上，摆着“蝗石阵”，暗示着“地危勿入”，“时迫速逃”的意思。掷石之人早已不见了。

薛兆很机警，心知有变，急忙追出去。他暂不归家，到次日竟探悉老刀笔之家遇盗被害。薛兆立刻省悟，一径找一地方，暂行潜藏。直到入夜，方才试探着回家一看。他自遭岳家讹诈，早已有准备。在暗地埋藏了一包珍物金银，此刻立即挖出来。带在身边；另备一把小刀，就用它护身；像做贼似的，到自家一看。他的妻已然不在家，只有女佣人在厨房，屋中凌乱，似有变故。他欲见妻子一面，此刻已不可得。他叹恨一声，竟带了钱，弃家出走。薛兆要追上折臂罗思才。罗思才竟不知已逃往何地。薛兆料到自己的妻子，必将杀父之仇疑到自己身上，那么自己也就摘落不开。然而因此一出走，又弄到无家可归。可是此事传在江湖上，都说薛兆为人有义气，够朋友。

最后，有洞庭湖的会帮，把红胡子薛兆邀入，不久很为倚重。等到洪泽湖争码头事起，薛兆与同伙前来帮夺码头，一战而胜，再战又胜；不久，升为副头目。又不久，当了头脑人物。

红胡子薛兆二番创业，声望渐高，在洪泽湖立下稳固的基业。人在得意时，往往顾念到旧情，因此想起了断臂罗思才，便托人设法查他下落，竟一时没访出头绪。这个断臂汉本有残疾，似乎易找，可是他竟会走没了影。薛兆又派二徒弟焦国强回到故居，密访他那年轻的妻子，今日究竟作何生活，是否已经改嫁？他记得自己临弃家出走时，他妻已有四个多月的身孕；他还要打听打听，临盆之后是男是女？是否养活？如果没

死，料此时也有六七岁。他还希望把自己的骨肉寻回，不能教小孩子随娘改嫁，管别人叫爹。

他又想此事过错，一半在老岳丈身上，一半在罗思才身上，本来和自己无干，在他夫妻俩身上更是渺不相关。只是命案已出，自己涉嫌很重，不得不出来躲躲。现在时过境迁，料也无妨，如果他妻未嫁，他还想覆水重收。他遂命二徒弟带了钱，专诚去打听；去了一个多月，辗转访求，才知他妻果然未曾嫁人。可是一提到薛兆，因他走得太怪，躲得无踪，由不得引起岳家的猜疑来。这女人说起来就切齿痛恨。认为她的生父惨死非命，必是罗思才和薛兆二人通同设谋加害的。若不然，人不亏心，何必避嫌？这女人再猜不到薛兆与罗思才当时已经各犯心思，这女人咬定死人之事，薛兆必然知情。这也是当然的，放在谁身上，也难免有此一疑。

多亏薛兆这回遣人寻妻，预留着退步，派去的这个焦国强也是一把好手，很能见机生情，东说西说，还不曾把实情说破，只拿寒暄话点逗几句，已经引得这女人流泪不止，恨骂不休。她对徒弟说："客人你听见过么，做女婿的会跟外人勾结，谋害他的岳父，这是人么？这还有点夫妻的情肠么？"

这个女人却真给薛兆生了个男孩，如今已经六七岁了。这女人自经惨变、丧父之后，丈夫又逃，她便痛哭着搬到母家，与老母内弟到官衙申冤告状。两件惨案俱发，官府自然要缉拿罗思才，至于薛兆当然也脱不过。这案子始终未能破获。这个女人等到生产之后，就守着无父孤儿，随着内弟苦度日月。后来老母去世，母家不能寄居，她就另立门户；倚仗还有些资财，好生支持着，放账糊口，兼做活计，居然把孩子拉拔大了。现在她依然度着像寡妇似的生活。

焦国强忽然来访，这女人勾起旧日苦情，不由骂道："姓薛的一点夫妻情肠也没有，他护庇土匪朋友，把先父害死，这个情理太难容。我纵然是个没有能为的女人，我只要知道姓薛的下落，我必定到官出首。他和姓罗的是一对强盗，全不是好

东西，剐了也不多。”

焦国强坐在客位上，老老实实地听，他眼见这位师娘如此痛恨，吐了吐舌头，把实话全咽回去。只委婉设词，留下五十两银子，对师娘说：“我也算是薛师傅的徒弟，他可是没教过我。我们老人家运货，曾经请过薛师傅押运过货。我这次来，是想请他老给我们护院，既然你老不知道他的下落，也就算了。这里是五十两银子的聘礼，别看老师没在家，我也应该孝敬师母的。”银子掏出来，这女人起初不受。焦国强说：“我这小师弟我得见见。这银子就算给师弟买书的吧。”一定请师母留下，站起来要走。

这女人很诡，五十两银子舍不得不收，可是要见他的儿子，她到底不肯引见。说是：“这孩子给人家学徒去了，穷家苦业，哪能教他在家里玩？”这小孩子据她说才七岁，七岁的小孩就会学徒，显见是假话了。

焦国强告辞出来，还是想认一认这个师弟。他想了个招儿，居然从邻居口中，探出此子的乳名，叫作薛时茂，他设法偷偷见了一面。这孩子是个很胖很黑的小子，看外表似乎很茁壮。看罢，又逗引着说了几句话，这才回来复命。

红胡子薛兆听见故妻健在，尚未改嫁，又给自己生了一子，且已能挟书上学了。他心中说不出的感慨，既心痛又悲伤，听徒弟细说原委，他不由骂了一句：“这女人也不是好女人，天生是刀笔的丫头，真有个狠劲儿，她还想告我？好老婆，妈拉个蛋的。可是的，我的小子，我不能平白给她。我得弄回来，这是我的种，可不能随便跟着她，管别人叫爹。我得想法子，女人的事靠不住，人家守寡到半辈子，还有改嫁跟人跑了的呢！”徒弟笑道：“老师这可能是想错了。师母这人我看很有骨气，人家守了这些年，焉能忽然改嫁？你老别看她说气话，我看你老一回去，准能破镜重圆。”

薛兆想了想，总是不肯轻离，对徒弟说：“我不能为一个女人，就一去好几百里，她又记恨杀父之仇；我又不爱见她。

你们谁给我想法子，把那孩子给我诱出来。”手下的朋友也笑道：“夫妻没有隔夜之仇。我想大嫂既不肯嫁人，当然惦记着大哥。大哥索性亲去一趟，保管把她娘儿俩全接来了。”

薛兆依然犹豫，过了半个月，到底重遣两个徒弟，带数百两银子，到他故妻那里，一面送钱，一面接眷。“万一这女人不肯来，你们就想法子，把孩子弄来，我还要教训教训他，教他将来好接我的摊子。”两名徒弟依言前往，果然不出薛兆所料，这女人铁石心似的，只不肯来。任凭徒弟如何劝说，又声扬现在薛兆已然混阔了，他老依然记念着家眷，师母不要辜负了师父的盛意。

这女人道：“我不告他，就是好事。你们回去吧，烦你们告诉他，这辈子别想见面了。”徒弟见不是话，忙又改口：“师母既不愿意去，在这边住也是一样。可是师父人老思子，他老的意思，是打发我们接师母。师母不能来，可以把小师弟接了过去，教老师看上一眼，他心下也高兴。”这女人勃然变色，说道：“不行，你们原来是给你师父领孩子来了，告诉你们叫他等着吧，等我改嫁后，他再来领孩子；再不然，等我死后。”把放在桌上的银子，全摔在地上了。

这女人不愧是刀笔之女，见事又快又辣；若不然，她也不会独撑门户了。两个徒弟全都红了脸，可也不由得暗暗佩服：这位师娘软硬不吃，真跟师父是一对。徒弟忙站起来，好好劝慰。这女人过了一会儿，也转嗔为喜，拿出主妇面孔，来敷衍客人；可是到底不放孩子。徒弟无法可施，只得依着老师的话，改用诱拐的方法，要把小师弟盗走。只是这师母很诡，防备很严；小孩也不傻，竟不上当。

两个徒弟去了多日，不能得手。越在附近徘徊得久，越引得师母留神。后来索性弄明了，师母把徒弟的阴谋揭穿。两个光棍居然斗不过这一个女人，徒弟当场挨撅，强赔笑脸，向师母再下说辞：“师母你是明白人，我们师父实在想孩子，才打发我们来。你老只把孩子送去，教他看一眼，哪怕你再带回来

呢？你得想想，我们师父现在是发财了，立了根基，这才有接家眷的心。你老一定不肯去，我们师父岁数很大了，有朝一日，一口气上不来，这份家当平白送给外人，你那孩子可就摸不着了。你老何不打发师弟承受家产去，你别怄气，你得替师弟打算。他小小的孩子，跟了我们去，立刻变成了家财万贯的阔财主少爷。师母你再思再想。”

这师母听了，忽然堆笑，旋又哼了一声，道：“我明白，谢谢你二位。姓薛的也许发了财，管保是横财。我的儿子，我就叫他讨饭，我也不教他承受光棍的产业，讹人、诈人、偷人、抢人的家产。”

徒弟相视吐舌，只得告辞，刚站起来，又坐下道：“师母，还有一节，我师父是发财的人了，他至今还是老光棍，别说另娶，连个小老婆也没有。你不肯把孩子还他，他盼子心切，他要是一赌气，纳宠延嗣。你那时候再替师弟想想：明明正枝正叶，反倒在一旁看着；是小老婆养活的孩子，反倒成了大少爷，承受家当……”

这师母更听不惯小老婆三字，一听这话，大骂起来：“你告诉姓薛的去吧，他只管娶小老婆。他只要娶小老婆，我立刻就改嫁……”徒弟笑道：“师母偌大年纪了，别说笑话了。”师母骂道：“哪个王八蛋才说笑话。我老了，就没人要了么？没人要，我不会倒贴养汉？”

这女人早已不是初嫁薛兆时那样了。这七八年守活寡，独撑危局，已将她磨炼成泼辣刚烈的人。她若没有刚性，决不会替父亲申冤，把自己男人告了。自从薛兆派人接眷，她就暗自寻思，早将全局从头到尾盘算了七八个过。她不是不为儿子日后打算，她心中老有一块疑团，觉得她父之死，薛必知情；薛之发财，并非正业。

她存了这样的念头，又因自己多年来苦度岁月，也积存下一笔钱，数目虽小，也够助她儿子自立的了。她预备孩子大了，开个买卖，母子平平安安过这一世。她早无破镜重圆之心

了。因为她父一死，薛兆立刻弃家一跑，任何人也要怀疑的。当下这女人瞪着眼，威吓二人道：“我的话说尽了，咱们今天客客气气的。赶明天我再见您二位在这里徘徊，我可对不住。……”说着从床席下抽出一把菜刀，往桌上一拍，她要拼命。

两个徒弟牵于师母的名义，饱受了一顿奚落，只得垂头丧气，跑回去报知师父；又对师兄弟们讲：“怪不得咱们师父够劲头，连咱们这位师娘，别看是寻常女人，居然够厉害的，不亚如粉面夜叉。我们两个大小伙子，简直栽在师娘脚下了。”

红胡子薛兆二番听了回报，搔头骂道：“这娘儿们，我倒看不透她，她还有这两手，大概是你们屎蛋吧？”又道：“她不给我孩子，我得琢磨琢磨她，娘卖皮的，看看谁行？”口头这样说，他心中也不禁佩服，真个的越发激动伉俪之思了。既然哄不出来，又买不动，吓不倒，薛兆立刻想出另一种办法。

择一日安闲，他率领几个小徒弟，亲自去了一趟。他先到近处，投拜同帮；同帮老大问他何故远出？他笑说：“接家眷来了。”可是言下求同伙帮忙，给他预备车船等物，还要蒙药薰香。

同帮老大很觉诧异，等到问出实情，禁不住笑了起来。嘲笑薛兆：“难为大哥怎么想来，这主意打的不坏。大嫂不肯走，不妨硬架。”跟着拍手打掌笑道：“老大哥，我再教给你一个好法。嫂夫人跟你多年久旷，别看她嘴强心硬，有的地方不能要强。喂，你索性把大嫂薰过去，可别全薰过去，只教她迷迷糊糊的，你就干脆跑到自己家来一个采花。把大嫂服侍痛快了，她一定要从你的，我说怎么样？这法子妙不妙？”这话说得薛兆也不由脸一红，他正是打的这个主意，被同伙冲口说破了。他当下笑道：“你别损人了！”同伙道：“我说的是真的，嫂夫人跟你久别胜新婚，你只勾动她的凡心，管保她好好地上了车。她自然乖乖地跟你走。”

薛兆大笑道：“你把我损透了。你别说闲话，我问你，你得给我预备车船，到底行不行？车上的把式、船上的水手，都

得要用咱们本帮的弟兄才好。你不晓得，我那内人是个刀笔的女儿，刁钻极了。我怕她半路上喊叫杀人了，教官面听见，又生枝节。这必得上上下下全是自己人。说是说，笑是笑，老大哥，你可得早早给我安排好了。”

同伙老大自然慨诺。于是红胡子薛兆暗作准备，先领着徒弟，到他妻子的住处，围着院子前后加以窥测。第二步，就择了一天的夜晚，薛兆亲率四个徒弟，乘暗袭入己宅，真个的和采花贼一样。徒弟们忍不住嗤嗤地暗笑，薛兆也忍笑不禁，笑着骂徒弟：“噤声！”

薛兆的女人独守空房，居然很有停机训子的模样，一吃了晚饭，便挑灯做活，和七岁的儿子在一个桌上。小孩子就灯下读书，她就运针走线，给人做外活。薛兆先遣两个徒弟入内，拿着薰香和拨门的小刀等物。这薰香是同伙老大借给的，同伙老大暗开玩笑，把薰香中暗掺了些鼻烟，力量未免不足。薛兆师徒哪里晓得，直耗到二更以后，女人带了儿子上床安歇，把灯也吹熄了。

过了一会儿，听声息似已熟睡，徒弟抽身出来，向师父暗打招呼，请师父自己用薰香。薛兆笑斥了一声，徒弟这才点着薰香，煽起烟来，吹入屋内。约有半顿饭时，听里面打喷嚏，徒弟们知道居然把师娘熏过去了。这才又一打招呼，薛兆从房上飘然而下；来到屋前，侧耳一听，又将薰香吹了一阵，然后撬门入室，就用火折子点亮了屋中的灯。

薛兆持灯低头，见这个女人风韵犹存，不过三十二三岁，比薛兆小着十多岁，面庞略见黄瘦，似乎带出寡妇相，此外似与七八年前无异。她此刻拥衾而卧，七岁的儿子傍着她；她眉尖微皱，显见生活不如意，在父死夫逃之后，饱受忧患挫折了。当年的娇态，在沉睡中也已消失不见。

薛兆更低头看小孩子，两手伸出衾外，圆胖脸，黑眉毛，黄头发，活脱是自己的模样。薛兆照看完了儿子，又照看他的妻子，听呼吸之声，知道已中了薰香。薛兆不觉得也大动凡

心，低骂了一声，遂一吹哨，要把徒弟叫入。两个徒弟偏偏隐在院内，替师父巡风，连叫数声，不肯进来。薛兆忙出来，笑骂道："你们怎么不进来，也太混账啊！"两个徒弟这才答应。

薛兆终命两个徒弟，进了屋内，把小孩连被一卷，立刻背走。只剩下小孩的母亲一个人在床上，这四个徒弟居然全要走开。薛兆喝住两个徒弟，教他二人仍在房上巡风，然后自己一个人重新入室，第一步先吹了灯。

薛兆之妻、孩子的母亲，在床上拥衾而睡，睡得很熟。虽然中了蒙药，可是这药早已掺了假，力量当然很小。薛兆居然摸着黑，凑到床边，刚要脱鞋，忽想不对。黑影中不辨面目，也许药力不济，被他妻子错认了人。薛兆忙又下了地，重新点亮了灯。又走到门口，往外一探头，怕的是徒弟偷听窗户，他然后回手闩上门。

红胡子薛兆是老江湖了，究竟也有点赧赧然。他情不自禁，先往床上看了一眼，他的妻微有鼻息，一动也不动。薛兆立刻就一点也不客气，就升堂入室，登陈蕃之榻，作入幕之宾；将脖颈一搬，略施温存，权行霸术。他妻像死尸似的随他摆布，可是薰香力薄，孤衾易惊；这女人睡梦中突然惊醒。这女人自从父死夫逃，守了活寡，早存了自卫的戒心，在她床下有一把菜刀，在她枕畔还有一把剪刀。

这女人突然惊叫，蓦地乱推乱抓，竟被他摸着剪刀，照薛兆劈面就刺。面面相对，不能回手，不能施力，这剪刀被薛兆格架在臂外，持刀的手被压在肘下。薛兆早防备意外，可是她也早防备意外，薛兆的手被她咬伤，脸被抓破。她的剪刀被夺出，抛在地上；薛兆连忙地低声叫他妻的小名。当薛兆出走时，儿子还没有生，自然不能指子称母。他就一迭声叫道："小招，小招！是我，我是薛兆！"他妻的小名叫招弟。

但是，他妻此时惊愧骇耻交迸，只当是强盗入室，哪里听得出口音来？而且她两眼大睁，其实还未睡醒，她也认不出是谁。她只知道这是一个野男子，被他得了便宜去。她疯了似的

要拼命。她是一个小矮个女人，她破出死力来，口咬，手抓，脚踹。薛兆居然应付不暇，受了好几处伤。

起初他低叫，末后竟大声嚷骂起来："小招，小招，你他娘的，别咬！你看看我是谁？哎呀！你松手，你撒嘴……哎呀，哎呀！你看我是谁？"他的太太倒一声不响，没有喊杀人，也没有喊救命；薛兆倒怪叫起来。房上徒弟没听见，院中的徒弟听见了，忙奔到窗前，只听屋里"噼里嘭隆"响作一片。他的师父和师娘在床上乱滚乱打。跟着房上的徒弟也跳下来，两个徒弟偷听不足，竟撒破窗纸偷看，两个徒弟全笑得打跌；可是竟忘了奔入拆解，情实也不好意思进去拦劝。

红胡子薛兆志在破镜重圆，胳臂上已被咬伤一大块，未忍下毒手。这女人咬住薛兆的胳臂，任薛兆呼喊拆夺；她狠极了，居然不作声，不松口。薛兆实在忍不住疼痛，忙用辣手，一托他妻的咽喉，狠狠扣喉一托，施"黄鸳托脖"。他妻不觉松了嘴，又伸手抓搔薛兆的脸。薛兆无法，突然捋住了他妻子的手腕，就势一摔。在床上不得用力，竟没有摔出去。这女人像雌虎似的又扑过来。薛兆被迫连叫"小招"，两个人在床上又滚成一团，撞得床吱吱格格乱响，靠床的桌上摆着的瓷器也叮叮当当摔落好些。这女人豁上性命，不依不饶，没完没散。薛兆把她一推，她仰面跌在床上，半截身子落在床下。薛兆这时从床上站起来，把衣服理好。哪知这女子好像是摔昏了，其实依然要拼命；又被她捞着席下那把菜刀，她爬起来，抡刀就砍薛兆的腿。薛兆正站在床上，却幸灯光辉煌，一看刀到，吃了一惊；也就顾不了许多，忙展开拳技，一侧身，突然飞起一腿，当的一下，把刀踢飞。女人大叫一声，持刀之手受了重伤。武力不敌，她这才大声喊叫："杀人了，有强盗!"

薛兆一迭声地骂："小招，是我，你娘的别嚷！你看看我是谁!"这女人充耳不闻，依然怪叫。两个徒弟实在不能坐视，万般无奈，明知人家是两口子，一个师父，一个师娘，没有徒弟横加参与之理。到此也只得弹窗推门，连叫："师娘，师娘，

你老别嚷！那是我师父，你别打了，你快穿上衣服，我们好进去。”两个人且说且着急，一使力，门扇喳的一声，被推裂了一条大缝子。

这女人回身一看，到此方悟，又低头一看，骇呼一声，连滚带爬上了床，拿被来乱掩一气。倒惹得红胡子薛兆哈哈大笑，一跳下地，过去开门。两个徒弟一拥而入，给师娘请安，替师父道歉请情。这女人一只手臂被踢得奇重，头时惊急，也没觉出疼痛，只一声不响，忙忙地穿上衣服。

薛兆跳下地来，把灯移到床边，忙忙地先将剪刀藏起来；这才对他妻说道：“喂，小招……”当着徒弟不好再叫小名了，改口道：“我说喂，你真够可以。你倒看看我是谁，你怎么就动刀？你回过头来，你仔细看看，是我，是我回来了。”赔笑站在他妻身旁，好像替娘子做肉屏风，好教他妻穿衣服。

徒弟们进来了，只远远地站着，七言八语帮师父说话。这女人拥衾穿衣，好好歹歹地登上裤衣，把眼揉了又揉，侧眼凝视薛兆。“果然是他小子回来了！”她又往四面偷看，还有两个生人，内有一个就是上次诱拐她儿子来的那个光棍。她明白过来，又盯了薛兆一眼，纵然久别，面貌未改，她认出来了。她忽然把嘴唇一咬，恨骂道：“好！你这东西，原来是你！贼骨头，贼眉鼠眼的不学好！你刚才那是干什么？你这小子天生贼胚子，跟你自己的老婆也来这个。不用说，你在外头玩这把戏玩惯了，不知道多少女人毁在你手里呢！”

两个徒弟一听要糟，这位师娘心思一歪，歪到这上头了。两人相对无计，看这块烂泥，师父怎么糊弄。这女人又说道：“不行，你给我滚！你跟你自己的妻子施这个，你跟别的娘儿们也一定这样。我不能跟采花贼，你给我快滚！你……”嗓子越说声音越大，似乎要大嚷。

薛兆左一躬，右一揖，满脸赔笑道：“娘子你也闹够了，你别往歪处想。我现在发了财，要接你娘儿俩上那边享福去。我怕你恋着老家不肯去，所以才偷偷地进来哄你。”

娘子骂道："放你娘的屁！你那么样地哄我，你一声不响，硬闯进来，跟我动手动脚！"这女人居然拉下脸来，挑明了说，一点也不害臊似的。其实她此时满脸通红，早已羞愧难堪，她口头上依然倔强。

两个徒弟进来的不是时候了；可是徒弟不进来，师娘必然还嚷。薛兆倒背手，往后挥他两人出去，二人悄悄地退出门外。薛兆看住了他妻的两只手，提防她再动手动刀；身子却直往前凑，靠着妻子身边坐下，再好言相哄。

两个徒弟退在门外，贴在窗前，替师父巡风望。这小院闹得不算不凶，幸亏是独院无邻，又在深夜，居然没有惊动四邻。两个徒弟龇牙咧嘴，暗说："师娘好厉害，看师父怎么要叉吧。"侧耳倾听，师娘还是高一声低一声地骂。

红胡子薛兆道："得了，娘子别骂了。我现在发财了，我没有忘了你，我派了两次人接你享福去。如今我又亲自来请你，你消消火吧！外头有车，咱们走吧！"师娘啐骂道："你这东西不用哄老娘。你有无穷的富贵，老娘偏不去享。老娘与你仇深似海，你趁早留着话，打点阎王爷去吧！你这东西太毒，一点夫妻情肠没有。你跟姓罗的通同作弊，害了我爹。我问你我们老爷子到底是死在谁手里，你说！"

薛兆连忙辩解："那自然是老罗干的。实对你说，我就为了岳父的事，才追了姓罗的去；一追追出百十里，也没有捉住他。你想，他跟我从前是朋友，我再也想不到他会杀害朋友的亲戚，而且还是长亲。你的父亲，你自然骨肉关心；我的岳父，我就会忘了不成？咱们是夫妻，和姓罗的不过是朋友。他犯了杀人罪，我可以护庇他；他害了我的岳父，我还能饶恕他么？我是要追上他，把他活擒住，教他给岳父抵偿。不想没追上，半路上听说舅爷连我也告了，我才吓得不敢回来。姓罗的害得我夫妻失和，倾家荡产，我恨不得吃了他。你怎么反咬我和姓罗的通同作弊呢？你太屈我的心了！我敢对你起誓……"

二徒听到这里，屋内咕咚一声，他们的老师给师娘跪下

了，居然对灯发誓："杀老丈人的不是我，我也不知道。我要是跟姓罗的通同作弊，帮着杀老丈人，教我活着当一辈子王八，死后再接着当。"

这样的起誓，勾得薛娘子也忍俊不禁，"嗤"的一声笑了。拿脚踢薛兆道："好东西，你是起誓，你是骂街？你别忙，老娘也想开了，总有一天，教你当当活王八。"这工夫缓过去了，薛娘子手臂灼痛起来；一阵挣扎，浑身也酸疼，连骨头都发酸。恨得她骂道："你小子够多狠！你看看你踢得我手腕子都要断了。"薛兆顺坡而上，笑着站起来，道："我看看，我给你吹吹吧。"又把脑袋送过去，迎着灯亮晃给薛娘子看，说道："你也看看我的脸，让你抓得稀烂八糟。你们老娘们就是会搔脸，跟猫似的。我的胳臂也教你咬掉一块肉……"

话没容说完，刮的一声脆响。薛娘子好不溜撒，一扬手，一个耳光正扇在红胡子薛兆的赤红脸上。薛兆道："好打，好打！打完了这边不算，还有那边呢！劳你驾，一边一个。"又把左腮送上来。薛兆满不在乎，一心要诱走这一妻一子。

薛娘子竟被闹得磨不开，这只手扬起来，打不下去了，劈面啐道："老没正经的东西，想不到你是这么一块货！我怨那死去的爹，不睁眼，毁了我一辈子。什么人不能嫁，偏偏嫁了一个活土匪，死不要脸的东西。"说着又当地啐了一口。薛兆越发大笑起来。

两人越说越不带气，话声越来越低，两个徒弟反而后悔刚才冒昧进屋，多此一举……果然师父的主意不错，"夫妻没有隔夜之仇"，师父这两个耳光没有白挨。两个徒弟是这么想，殊不知薛娘子虽然复心和好，仍无意同归。她心中仍有疑虑，猜不透薛兆今日作何生涯。二徒弟估量时候不早，就要进去，催师娘上车。

不知怎么一来，又说翻了。突然听师娘嗷唠一声大叫道："哎哟，我的孩子呢？我的孩子呢？"像疯了似的，往床上一寻。孩子早教薛兆那两个徒弟盗走了。因为蒙药中掺了鼻烟，

减了麻醉力量，这小孩子被背到半路上，便渐渐苏醒；还没到同帮家中，小孩子便大哭大闹。这工夫在同帮老大家中，也正撒泼打滚，闹得不成样子，和现时他的娘一样。

薛娘子全副心神都在这一个娇儿身上，娇儿不见，她立刻又翻了脸。薛兆正挨着她坐着，本已快和好了。现在动了她的心肝；她立刻张眼四寻，寻之不见，立刻伸手一抓。薛兆早提防着，看事不好，忙用胳臂一挡。薛娘子往床里一栽，她立刻一滚身，探手一捞，只捞着一个枕头；拿这枕头，照薛兆劈面砸去。薛兆登时又跳起来了。两个徒弟没听出所以然，看情形都知要糟。师娘一迭声地叫："你还我的孩子，你还我的孩子！"

孩子早就丢了。薛娘子孤衾独宿，突遭丈夫夜袭，一时惊愧忘情；直到薛兆讲起携子一同北上的话来，她方才想起。屋中闹翻了天，小孩子怎么会没醒？急急地一看，方才省悟；刚才孩子睡觉的窝儿，被孩子他爹占了去。孩子的窝早已没有孩子了。她登时急怒，孩子就是她的命。她的后半辈子全依靠这个孩子了。这不用说，她丈夫两次派人明拐，今次亲来夜偷，目的也全是冲着孩子而来。

旁的话好说，要教孩子离开娘，简直不行！薛娘子竟又跳下床，冲薛兆扑来；可是劲头已差、锐气似消。刚才她错当是野男子，为了全贞保节，豁出死命来拼，故此锐不可当。如今被薛兆踢了一下，觉得她丈夫果然是个把式匠；乾纲一振，自己不是敌手。而且旧日女子即讲三从四德，一向是怯着丈夫；况且这个丈夫不是寻常人，是要刀把的家伙。刚才她闹得那么猛，此刻竟不能再接再厉。

薛娘子一跳下床，扑势很猛，来势实慢。被薛兆轻轻一闪，快快一拿，把两手捉住，就势一抱，给稳稳地抱到床上。她无可奈何，又要大喊；复被薛兆轻轻一按，把嘴给掩住了。然后蔼声哄说道："小招，你又要发疯！孩子，你只管放心，此刻早走出五六里地了。你老老实实跟我走，母子照样可以见

面。不然的话，娘子，我可对不起你；我甩袖子一走，你们娘俩一辈子，再也别想见面了。”

薛娘子的弱点被抓住了，再强硬不起来，就纵声哭泣，且哭且骂，要死要活：“姓薛的，你在我们娘们身上缺德吧！我的爹教你的朋友生生给害了；我的孩子又教你们师徒生生拐走。你想尽法子算计我，孩子就是我的命，你竟要我的命。剩下我一个孤鬼，我也不活着了。那不是刀么？你索性杀了我吧！”

薛兆笑道：“我不杀你。你刚才可是真砍我。”薛娘子哭道：“你不杀我，你就走吧！闪下我一个人，我也不要孩子了。你是我前世的冤家，我是命里该当，你给我走吧！”她口气中似要寻死。

第五十四章

俞三胜偕友访薛兆 众镖师撒网搜豹踪

红胡子薛兆见她真个动了心，哭成泪人一样，不由动起怜惜之情。他忙侧身安慰道："你这不是傻了，我不是只要孩子不要大人，我是连你一块接。我怕你恋着故乡不肯走，所以把孩子先抱走。这孩子你亲生自养的，也是我亲生自养的。我也偌大年纪了，人老思子，我焉能不疼？那孩子跟着爹跟着娘，都是一样的。在你这里，不过是穷疼；在我那里，他就是阔少爷了。我告诉你，我几次三番打发人来，就为的是接大人、接孩子，孩子、大人我全都要。你快起来，收拾收拾。我都预备好了，巷外停着车呢。你快跟我走，管保你母子见面。不但你母子见面，在我也是父子相逢，夫妻重圆。咱们三口人，现在就算是大团圆。你不用胡思乱想瞎猜疑了。我现在混得很好，你跟我走，到那里一看，就知我不冤你了。咱们有福要同享，我不能一个人享。那边现成的新房子、新家具，现雇的丫头老妈子一大群。你一到家，你就是大奶奶，你还恋着故土做什么？"

薛娘子仍然呜咽道："你做的事太绝了，我可得信呀！你

诳我娘俩，我知道你现在是当强盗，还是要胳臂当老百姓呢？你们全不是好人！你说得好听，你们专讲究闯江湖，拿刀动枪，为非作歹。”

薛兆笑道：“我拿刀动枪，你可是拿刀动剪子，还不是一样吗？得了，别哭了。你只一去，包你母子团圆；你要是不去，你想想吧，剩你一个人在这里，我们父子可就享福去了。”

薛娘子哭道：“不行，你得还我孩子。任凭你怎么说，我也不跟你去。”说着用手推薛兆道：“你们把我的孩子藏到哪里去了？你快给我。”

薛兆道：“不给！不但孩子不给，连你大人我还要呢。别麻烦了，趁早上车吧。”

薛娘子似乎觉得动硬的不行，她就拿出女人的本领来。站起来，哭泣着，往屋中寻找，寻了一圈，似无所得。转回身来，冲薛兆叫道：“你把我的剪子藏到哪里去了？快给我。”

薛兆早已自笑存之，拿眼睛盯着她，笑道：“你还要剪子扎我么？对不起，我怕！”

薛娘子道：“扎你干什么？我扎我自己！孩子就是我的命根子；你把我的孩子抱走了，你索性要了我的命吧。你不给我剪子，你掏出你的刀子来，给我一下子痛快的。”她把脖颈伸得长长的，递到红胡子薛兆面前；薛兆笑着，反要摸嘴巴，施温存。薛娘子无计可施，狠了一声，骂道：“我是命里该当没儿子，你把我孩子弄走，看这样子，一定不还我了，我也不要了。”她面向窗外，对徒弟们说：“我算毁在你们爷们手里了，你们请吧！只剩下我一个人，你们反正得教我安生了吧。”

说到这里，她连孩子也不要了，还是不肯跟薛兆走。她自然是口头上如此说，她心中作如何打算，红胡子薛兆一时也猜不透。可是薛兆在当时离家出走，固然可以弃妻子如敝屣；此刻看见他妻子面目清瘦，孤衾独守，居然把孩子扶养大了，他心中自甚感动。见他妻连孩子也不要了，他越发不忍。真个的，娘子未动凡心，他倒动了伉俪之情。他遂又向太太花说柳

说，一定劝她跟己同赴洪泽湖码头。夫妻俩直折腾了半夜，两个徒弟在当院听窗根，太觉不像话；又看出此事非今夜所能解决，两人一声不响，溜回去了。

恰巧此时薛兆之子小闹，正在薛兆同帮家中哭闹。二徒回去，同帮老大笑得拍掌打跌地问："你们老师跟你师母怎么样了？那薰香里，教我给掺了些鼻烟，估量着大生效力了吧？"二徒笑道："好嘛，师叔！你老这一招真损，我们师父的脸都教师母抓了。现在我们师母还是不肯跟老师回去，你老有什么好的主意没有？"

这同帮老大一指鼻梁道："有何难哉？就凭我这两片嘴，准保把她一个老娘们说上轿。上回有一个寡妇，不肯改嫁，我老人家一阵哄劝……"说着大笑起来，道："何况这又不是劝你师娘改嫁别人，还是嫁你师父，我就不信劝不走她。"同帮老大是个半瓢子，立刻要看笑话；自告奋勇，穿长衫，要一直找了去做说客。命大家慰哄着那正在哭闹的小薛，并逗他说："小侄儿，别哭了，我去接你娘去。回头准把你娘和你爹爹一块接来。好小子，你乖乖地等着吧！"

同帮老大笑嘻嘻地命二徒引路，一直寻了下去。不一时，来到薛娘子家门口。同帮老大用手一推街门，没有推开，眼珠一转，问那两个徒弟道："你们哥俩临走时，关门没有？"二徒会心一笑道："哪可怎能倒上闩？"两人溜出来时，不过将门扇倒带，门扇原是虚掩着，这工夫可是推不开了。里面早已加闩紧扃。老大对二徒越发嘻嘻哈哈地调笑道："好了，你师娘跟你师父这工夫一准团圆了。"

说着，同帮老大抡起拳头，蓬蓬哄哄一阵砸门。半晌，才听红胡子薛兆含嗔带笑地跑出来，且行且骂道："你们这两个东西抽什么风？教四邻听见，什么样子？"

同帮老大在门外一晃脑袋，立刻接声道："老哥别骂！是小弟我，给大哥道喜来了。"跟着哗啦的一声，薛兆从里面开了门闩。同帮老大噔噔地往里跑，拉着薛兆的手说："大哥，

我得见见这位会咬人的大嫂子。……喂，大嫂！您老好！你老才睡么？”

薛兆果然是掩襟倒屣出来的，随着同帮老大往屋里走，笑骂二徒道：“什么咬人不咬人的，你这两个东西，加枝添叶，你们倒会改你师父了。”随着大声叫了一声道：“我说喂，来了朋友了。”这分明是通暗号，越发招得同帮老大笑声不住，直往里面闯。

四个人上了台阶，屋中灯光明亮，薛娘子慌慌张张由床下地，把被褥一掀。同帮老大先盯了薛娘子一眼，随后打躬作揖问好：“大嫂子，我给你老禀安了。大嫂子，今天破镜重圆，大喜事价，我得贺贺。可是的，大喜事价，大嫂怎么还哭得两眼通红？我们大哥欺负你老了吧？不要紧，他要欺负大嫂，我教小巴狗咬他！”

尽管老大肆恶谑，薛娘子消瘦的两腮微起红云，反倒拿出主妇的谱来，让座问姓。薛兆看着太太的神气，唯恐她再翻脸，忙冲老大递眼色。同帮老大毫不介意，仍然贼眉鼠眼，端详人家两口子的神气；又验看床帐，简直一脸的淘气。

薛兆笑着极力用话打岔。薛娘子退坐在一边。老大对二徒说：“怎么样，用不着我劝不是。你们俩怕师娘、师父拼了命，立逼我来说和，我说用不着，你们还不信。”二徒站在旁边，忙道：“师叔说笑话。弟子担当不起。”

老大道：“什么担当不起，我难道不是你二人催来的么？”他硬给二徒安上责任了。他为人很诡，一见薛娘子一声不响，似乎不对劲，便改口道：“大哥，大嫂，你们二位商量好了没有？打算在哪天动身呢？”

薛兆道：“这里也得略微收拾收拾，打算后天动身。明天就请老弟费心，给看一乘轿、一艘船。”薛娘子还是一声不言语。

同帮老大故意引逗道：“好吧，那是一句话，明天准给大哥大嫂预备好就是。可是有一样，今天怎么办？大哥大嫂只顾叙旧，你可不知道我那小侄子，您那小宝宝，这工夫在我家里

可就闹翻天了。依我看，大嫂不用在这里上轿，索性到我舍下去吧。你那令郎，这时候只是要找娘。”

薛兆忙挥手禁他勿语，薛娘子果然忍不住出了声：“不行！那小孩子长这么大，没有离开过我。你教他们给我送回来吧。”

薛兆好容易才把娘子对付好，瞪了老大一眼，恨他多口。薛娘子重得丈夫，暂忘儿子，如今又盯住要儿子。老大自悔失言，忙打圆盘，薛兆刚才说门口停着车，乃是哄娘子的话，此时老大忙叫来一辆，折中办理，把薛氏夫妻全接到他家，薛娘子这才不闹了。于是连日收拾，夫妻双双同到洪泽湖码头。红胡子薛兆的同帮朋友和地面上有势力的人，知道他们破镜重圆，给他大为庆贺，也和新婚差不多，送礼物、送戏，热闹了三天。

薛娘子总疑心薛兆干的不是正业，此日一看，方才安心，前嫌既释，好好过起日子来。小薛也延师学武修文，俨然是要子继父业。在红胡子重圆破镜之后不久，洪泽湖突起了夺码头的械斗，又到了英雄用武之时。

铁舵帮的下江首领赵七松，受人密约，率众来拜访薛二爷。跟着递过约单，明讨好处。红胡子薛兆闯江湖，看出赵七松不大易与，就说场面话，自己年老，早想退休：“既有好朋友来访，足见看得起我。来吧，老弟，我这摊子，你就索性接了去吧！”赵七松是个精悍的矮子，粗如石墩，猛如莽牛。却也识得场面话，忙道：“小弟不敢，小弟实是仰望威名，请二师傅当面指教。”

薛兆见脱不开，就又再进说辞。说来说去，渐渐揭开真面目，赵七松要看真章，薛兆又退了一步，索性说四六分成，赵七松不干。薛兆又说出二五对分，赵七松说不行；竟提出倒四六来，他要横插一腿，坐享六成。薛兆哈哈一笑，说道：“好吧！朋友拢道吧，小弟擎着。”

登时械斗开始。红胡子薛兆身为四方大长，身先士卒，早把性命看成儿戏。双方死斗两场，胜负难分，不能了事。

赵七松就提出恶毒的决斗方法来，要拢油锅、架刀山，问问薛二爷干不干？薛兆立刻答应：“小弟早想着还是这么办，直截了当！”

两边的人忙着预备。把热油锅烧得鼎沸，把两串钱用铁丝穿了，投入油锅；两边对比着，派人探油锅捞钱。探锅的人手只一下去，立刻灼焦，这人就残废了。赵七松手下颇有狠小子，薛兆的徒弟连有七个人舒爪探沸，敌方也有七个人奉陪。看的人惨不忍睹，当事人面色惨白，还在那里大笑充好汉。连毁了十四只胳臂，探油锅仍不能取胜，中证人拦住双方。赵七松依然不退。

红胡子薛兆黄焦焦的胡须立刻一炸，说：“好朋友！够味，还是咱们哥俩来吧。”他要亲自下场了。

手下人预备刀山。红胡子薛兆打量对方。这赵七松像个油篓似的肥而矮，便揣想他的武功，该属何派。想好，命人架好了刀山圈，自己将黄发辫一盘，长衫一甩，小衣服也脱了，紧一紧裤带。赤膊向赵七松一拱手道：“七爷，小弟有僭了。”嗖地从刀圈中钻过，身上没伤，举止轻捷；回头来便打量赵七松：“七爷，怎么样？”赵七松哈哈笑道：“这一招可不易，小弟胡乱试一下。”也脱了衣服，一挺身，钻刀圈跳出去，身上也没一点伤。

薛兆一看，忙又改换笨功夫，摆出石锁、石墩；这赵七松居然也能舞弄两下。薛兆急急地又换软功夫，软功夫也没有压倒赵七松。赵七松这家伙居然点到哪里，做到哪里。来者不善，善者不来！薛兆一切齿，拿出末后一着来。喊徒弟搬来长方木板，板上钉着铁钉，密如麻林，钉短刃尖。把这钉板铺在地上，另一头放一张小桌，桌上一桶水，两把刀，摆弄好了。赵七松愕然不解。

薛兆看了赵七松一眼，心沉住了气；走过来，抱拳说道：“七爷，小弟先僭了。”走过去，吸一口气，赤身往钉板上一躺，就地十八滚；脊背着钉，两手护两腹，只一翻滚浑身登时

被钉子扎得千疮百孔，滚身跳起来，孔破处滋滋地往外冒血球。薛兆哈哈大笑，跑过去，到水桶边，亲将一桶水提起，咕嘟嘟喝了下去。然后抄起单刀，嗖嗖地砍了一趟六合刀。然后当的一下，把刀掼在地上，叫道："朋友，请！"

赵七松吃了一惊，这一招从来没见过。受了伤，不能喝这些冷水；喝了水，不能带伤耍刀；可是人家点出道来，不能不走。回顾同伙，看神气没有一人敢接茬。赵七松把辫子一盘，突然狂笑起来说道："众位，在下可没见过这一手；我既然来了，也得舍命陪君子。好不好，别见笑！"遂也往钉板上一栽，翻了一个滚，登时也浑身千疮百孔，往外冒血。也走到水桶边，提起一喝，登时攒眉，原来是半桶辣椒水。一狠心，也喝了半桶水，也提刀一耍，勉强砍了半趟刀，停招笑道："这刀法在下不行，改日再会。"竟率领同伙，匆匆退去。

红胡子的部下，见首领获胜，对方不辞就走，登时喝道："朋友，没有这么走的，站住！"齐亮出家伙，要扣留赵七松；薛兆连忙喝住。徒弟们和弟兄们察看薛兆的神气，已然不好，立刻不追究对方，忙办善后。将薛兆扶上暖轿，飞送回家，连同别的受伤人，赶紧的延医诊治。已死的人们具棺成殓，厚恤遗族。薛兆很快养好了伤。这场惨烈无比的决斗，偏偏教薛娘子赶上，连炸七个人的事已然轰动当时。薛娘子初来享受这碗饭，只觉得阔绰舒服，享用过于世家，倒也安之若素了。不承望她的丈夫还是没脱本行，还是玩这一套；长袍马褂穿得整齐，打起架来，还是光膀子，豁个儿拼命。薛娘子起心眼里嫌恶；等到伺候病人伤痊，她就说："这碗饭我吃不消化！"她就要走。

薛兆不教她走，她索性提明："我没有大造化，天生守寡的命。你一定教我来享受，你就依我两条道。"薛兆忙说："好办，不是才两条道么？什么道？"薛娘子立刻说出来，第一劝丈夫立刻洗手；第二，不准把这衣钵传给儿子，教儿子专上学读书，不再练武。

薛兆想了想，这也很有理，遂又敷衍了半年，暗中物色替人。恰有第四个徒弟近日连挡风雨，口才和胆量都有，心路也快，就是对人稍差。第三徒颇有人缘，可是办事儿总迟一步。挑来挑去，薛兆把事业渐渐交与这两个人分掌。

过了两三年，很觉妥当，薛兆这才声明退休。在洪泽湖南岸铁板桥地方，收买了两处民宅，重加修建，做了自己的别墅。地方上羡慕他有财有势有人力，惧怕他半强梁半慷慨，全都尊敬他一声"薛二爷!"薛兆俨然成了地方上的绅士，轻易不再动刀把子了。

薛娘子到了这时，方才安心。至于码头上的买卖，经这二十年的经营，有两处船帮、三处脚行，归薛帮统辖。

水旱两路本是打通一气的，没人来夺码头就照常营业，和寻常商人无异。另外还有几处赌局、两家戏馆、一家饭铺和两家大店、一家堆栈，也都有薛兆的股份，人股、财股不等；仿佛地面上像这类营业，没有薛二爷的胳臂架着，就站不稳当。薛二爷官私两面全有朋友，内中有本帮上一辈给拉拢的，也有薛兆自己联络的。

今日的薛兆可以说一帆风顺，声势大张，在洪泽湖南岸，够得上称霸一方；和北岸的顾昭年，把洪泽湖水旱的出产，几乎完全包揽在二人手中。两个人起初也曾争夺过。后经好友和解，二人反倒互相关照着，成了莫逆之交。薛兆在铁板桥退居两年多，风平浪静。他也快六十岁了。

这些事都是旧话。现在，十二金钱俞剑平率镖行群雄，追逐飞豹子袁振武和子母神梭武胜文，由北三河直赶到洪泽湖东岔；被凌云燕半路划舟来援；又焚舟断路，忽水忽陆，曲折奔窜，到底没把飞豹子追上。

俞剑平见天色已晚，这洪泽湖方圆足够七百多里，一望无涯，孤舟难寻，只得领大家宿店。自己与铁牌手胡孟刚、霹雳手童冠英、智囊姜羽冲，策马备礼来访红胡子薛兆。要倚靠薛兆在此地人杰地灵，替他们设法寻豹踪。

俞剑平一行先找到码头上泰成栈内，跟栈中人打听了一回，方知薛兆业已退休，他的家离码头还有十一二里地。若一径找了去，如今天色已晚，按江湖道的规矩说，固然不相干；若按住户人家讲，远客夜临，似乎失礼。

泰成栈的掌柜说道："俞大爷不用为难，现有薛二太爷的四弟子倪天运倪四爷，就在隔壁。目下帮里的事全由倪四爷、鲍三爷主持，你老若是有事，跟这两位谈，也是一样。薛二太爷打由前年，就不很问事了。"掌柜的且说且站起来，俞剑平等只得跟着去。

他们到隔壁一看，原来是一家大赌局。门开处，一股热气扑鼻。六月天气，许多赤膊的人围着赌案，大呼小叫地豪赌。那位倪四爷是个矮而瘦的汉子，约有四十来岁；正在柜房和两个闲人谈话，拿扇子往桌上啪啪地打，且打且骂，好像正议论什么事。那两个闲人只说好话："这不怪他，四爷别生气。"

倪天运骂道："说什么也不行！你告诉他去，趁早把原赃吐出来，彼此面子好看。怎么一点面子也没有，自己人倒跟自己人过不去！"

正嚷得热闹，抬头看见泰成栈掌柜；眼光一扫，看见了俞、胡、童、姜诸人。这倪四爷立刻住口，重用眼光一扫量，回手抓起小褂，往身上一披，说道："嗬！吴掌柜，不忙么？这几位是……"

吴掌柜忙道："四爷，这四位是来拜访老当家的。这一位就是江宁府镖局总镖头俞……"还没说完，倪天运立刻大声道："喝！四位达官爷，我一瞧就瞧出来了。在下倪天运，家师薛兆，您这是从哪里来？咱们里边坐！"

吴掌柜把四张名帖递到倪天运手内，倪天运头一张便看见俞剑平的片子，一迭声叫道："您原来是俞老镖头，我可失眼了。您大概是胡老镖头，您大概……"他居然把俞、胡、童、姜全猜对了。他手忙脚乱地一路张罗，把四位镖客请到内柜房；又请四位宽衣，自己又将长衫披上；又命小伙计打热毛

巾、斟茶。礼貌很热烈，热烈之中似乎透出做作来。这就是倪天运做人稍差的地方，由谦虚流入虚声假气了。

霹雳手童冠英有些看不惯说道："倪爷请不要招待，我和令师是多少年的老朋友了。我们此来，有一点小事要麻烦他。"倪天运道："哦，是是！我知道您是家师的老朋友。你有事情，晚辈应当效劳。家师现时不在这里，你有话吩咐小侄也一样。"

童冠英正色道："对不住，我们专程来拜访令师，还有些别的话要跟他秘商。"

十二金钱俞剑平和智囊姜羽冲听童冠英的话太嫌刺耳，急忙打岔，把来意略表了一表，又委婉周旋了一场。

这倪天运早知师父跟这四人的交情，遂冲着俞剑平说道："俞老前辈、胡老前辈！上次您二位发的信，小侄这边也见到了。我们也嘱过同帮，遇事留意，可惜没访出一点头绪。现在您既然把飞豹子追到洪泽湖里来，这很好办；小侄立刻吩咐他们细细。这洪泽湖一向由我们敝帮和北岸的顾昭年顾四爷两边平分占据着。从来无风无浪，只有上年，有个叫什么水耗子的，打算在这里拔冲，教我们给赶走了。近来简直说，水旱线上的朋友，还没有好意思来打扰的。我想这飞豹子也无非斗败被追，迷无可逃，临时窜到这边罢了，恐怕在附近未必准有伏桩。"

智囊姜羽冲道："那个凌云燕，你老兄可知他在近处有党羽没有？"

倪天运笑道："不怕诸位见笑，凌云燕这个名字很生，从前我就没听说过。你老既想打听他们，你老等着，我这就教他们来。"

倪天运走到外面，似去叫人；童冠英很不痛快，对俞、胡说："咱们还是找他师父。"说话时，倪天运同着三师兄叶天枢进来。这叶天枢倒很恳切，以前辈之礼对待俞、胡。俞、胡俱说要面见薛兆。叶天枢道："家师退休已经两年多，可是渴念老友。您四位来了，他老一定欢迎。您四位不嫌劳累，小侄可

以陪您走一趟。家师的私宅离此处足够十一二里地呢。”

俞、胡想了想，还是面见薛兆；遂烦叶天枢陪伴，策马一直奔铁板桥而来。到了薛宅，时已夜半。六七匹马在门口一闹，未容叶天枢叩门，薛宅司阍便已听见，忙即开门。由叶天枢引领，把四位镖客让入客厅。

红胡子薛兆想不到俞、胡二人会半夜来访，他在自己静室中，早已睡下了。司阍持帖进入，薛兆一看，说道：“哎呀，这老哥俩上次失镖，托我代找过，又怎么会今天得闲，跑到这里来？莫非镖银还没有下落？”立刻披衣起来；幸喜薛娘子没有知道。薛兆连衣钮都没有扣好，便奔出来。

此时叶天枢正在客厅陪着俞、胡等人。俞、胡、童、姜等看见薛兆居然有这大势派，客厅内摆设得很阔绰；胡孟刚头一个心生感慨。人家也是要胳臂的，自己也是；人家究会功成身退，坐享尊荣。正自想着，听红胡子薛兆在院中大声道：“四位老哥，有什么邀会，凑到一块了？”一挑帘走进来。

智囊姜羽冲跟薛兆是初会，细一打量，是薛兆披衣倒屣而来。果然不愧叫红胡子，颏下生着很浓的一把黄髯，眉棱高耸，气势雄伟。虽逾五十岁，一点不露老态，只看表面，十分粗豪，哪知他跟他妻还有那么一段复水姻缘。

薛兆很恳切地与镖行四友握手寒暄。看到桌上堆的礼物，就叫道：“好嘛，这是谁出的主意，还拿我当外人？买这些东西做什么？”一面说话，一面逊座。吩咐把客厅中的灯烛全点着了，照得内外通明。

这时管事的先生已知主人有远客到，忙起来张罗，打洗脸水、泡茶，拿出许多芭蕉扇递给来客。一霎时，客厅中忽忽扇扇，全是扇子摇晃了。

薛兆容来客洗完脸，立逼着宽衣服，脱光膀子。他说道：“天气热，大哥，索性凉爽凉爽吧。”命小厮给客人打扇，又叫人到后面取果盘，备宵夜。他自己张罗着，信手将俞、胡送来的礼物蒲包打开，见有水果，笑道：“好好，天正热，咱们

吃！”红胡子薛兆另有一种作风，显得豪放不羁。管事先生命人开了车门，把客人的马牵到马号。悄悄问镖行趟子手，从哪里来的？还往别处去不？正问着，薛兆把来客安住了，立刻来到外面，对管事先生说：“现在什么时候了？”答道：“子正三刻。”薛兆道：“客人远来，住店不方便。蔡先生，你教他们快快把西书房腾出来，再腾几份铺板。俞镖头带来的人，就烦你招呼吧。”嘱罢，回到客厅，对俞、胡二友说道：“外面叫菜不行了，小地方，太偏僻！我教他们在家里的厨房，好歹弄点吃食，四位老哥别笑话。”薛兆殷殷地张罗。俞、童二友素知他的为人，倒也不理会。智囊姜羽冲暗暗点头，莫怪他能成事，的确有与众不同之处。

铁牌手胡孟刚首先发话道：“薛老兄台，你不要客气，彼此都是熟人。现在我们深夜前来打扰，正有一点急事奉求。”薛兆道：“噢，是什么急事？”胡孟刚道：“唉！还有别的事么？左不过寻镖，我们现在把劫镖的点子追到洪泽湖里头来了。这没有别的，老大哥得帮我们一把。”又道：“薛大哥你猜怎么着？这个劫镖的就是飞豹子！”

薛兆惊讶道：“你们没有把镖寻回么？这不都快两个月了。飞豹子又是何如人也？没听说过啊！”胡孟刚心急抢话，他的话别人又骤听不懂。

童冠英忙插言道：“薛大哥隐居自得，大概外面的情形一点也不晓得；这位飞豹子姓袁叫袁振武；原来是俞大哥当年的师兄。是他争长妒能，退出师门，衔恨三十年，现在才出头捣乱。由打半月内，我们凑了许多人，方才访出飞豹子的形迹来由；跟他讲定，在北三河比拳赌镖。被我们连赢数阵，飞豹子眼看要认输。不意横插一杠子，比得正热闹的时候，官兵忽来剿匪。飞豹子借端撒赖，甩手一跑，一直跑入洪泽湖。还有火云庄的子母神梭武胜文，也跟豹党结成一气；又有一个青年女装的飞贼，叫什么凌云燕的，也勾结在一处。现在他们三个人一伙，越发的如虎生翼，出没难以捉摸了。我们一直追他们，

他们忽水忽旱，乱躲乱窜。薛大哥请想，你们这洪泽湖方圆足够七百里，地方太大了，又是水旱夹杂，实在不易根寻。我们纵然根寻，也怕吃亏上当。我们就想到老兄身上，老兄久霸洪泽湖，可说是人杰地灵，手底下又有许多朋友。此地当真有匪人出没，你老兄一定不能容他。他们果真在此地潜安秘窟，老兄也必事先有所耳闻。我们专诚来访，想烦烦老兄，代为根寻，也是一举手之劳。现在，我们把前后经过细情全盘奉告。我再冒问一声，这个飞豹子，大概薛仁兄一定不认识他了；这个武胜文和凌云燕，你老兄可跟他熟识么？”

薛兆听罢愕然，搔首说道：“武胜文这个人，我倒见过。这个凌云燕，还是上年，我仿佛听谁说过。怎么着劫镖的人会是俞大爷的师兄了，你不是老大么？”又道：“你们老哥四个远道来找我，一定事情紧急。我自从退休，外面的消息很沉寂。连你们在北三河大举决斗，我也是直到昨天，才听人说起。我这里正要派人邀你们几位。”

俞、胡闻言也觉愕然，想不到今天决斗，人家昨天就知道了。如此看来，红胡子的声势确乎不小，求他帮忙，必不失望。胡孟刚立刻面露喜色。薛兆接着说道：“他们既然窜到洪泽湖，不管他是借道，还是潜藏，还是另有投托，我全不知。这就是咱们自己的事，我帮个小忙。等我想想……”

薛兆寻思了一回，仆人已将夜肴摆上。薛兆道：“我们先吃。”众人只感烦渴，倒不觉饿，但有冰镇的水果、好酒，就随意用来解热，且吃且谈。薛兆早将主意打好，说道：“我洪泽湖方圆七百里，就属我和顾四爷分管。”

胡孟刚心急，忍不住说：“薛二哥，我的话可太冒失，你要有法子，还是急不如快，今晚就办。他们可是一蹭就又溜了。”

俞剑平笑道：“薛二哥，我们胡贤弟窘极了，你别见笑。他的家眷还在州衙押着呢。”

薛兆忙道：“一定就办。只要飞豹子、武胜文和什么凌云

燕，跟北岸的顾昭年没有干涉，我小弟一定帮忙，把他们三人的下落全挖出来，那时再请诸位看着办。”

胡孟刚大喜道：“我先谢谢！”俞剑平、姜羽冲却不由皱了眉。薛兆先问明飞豹子一行人的相貌、年龄，立刻站起来，说道：“我立刻吩咐他们，教他们大搜一下。”

红胡子薛兆到隔壁吩咐徒弟，和叶天枢低议片刻，叶天枢立刻骑马翻回码头，大召同帮，秘密传令。限在明天午后，要得到初报。

这里，红胡子竟把四位镖客款留在家，他也不回宅内，特在书房联榻夜话，各叙旧情。这书房很大，原有高榻，更支板床，五个老头儿聚在一处。黑鹰程岳与趟子手另由账房先生邀到外面客厅安榻。

姜羽冲看这个书房，居然摆着二十四史、十三经、三通考，好些大部头的经史，都用檀柜锦箧装着，可是书本崭新，书架积尘，仿佛没人动过。另有几部水浒传、三国演义、隋唐全传堆在书架上，颇有手泽，想见书房主人是看过的。

霹雳手童冠英和薛兆较熟，信手把二十四史的木匣打开。上面真是绢面丝订的精本，下面剩了空匣，内中有宝盒、牙牌，还有一把匕首。童冠英忍不住哈哈地大笑起来。

薛兆也笑道：“我是个俗物，我连斗大的字只认识三升。你别看我这里摆着玩意儿，那跟帽桶、香炉是一样，摆着好看罢了。我新近得了一部什么唐伯虎的水火图，有人说不是唐伯虎，是仇十洲。管他百虎、十洲的呢！只是那些精光的人物太不像样子，念书的人一口一个子云诗曰，一肚子男男女女。教我太太看见了，给烧了。人家说值好几百两银子呢！”

薛兆还想附庸风雅，俞、胡一心要找镖银。童冠英说道：“老兄，我问问你。你怎么会发这么大财？我知道我们俞仁兄苦创了二三十年，至多只趁三万两万。你怎么只十七八年工夫，会铺展这一大片片？我说，你都做了多少损阴丧德的事？”

薛兆大笑道：“损阴丧德不会发财；就是发了财，来得容

易，丢得也模糊。不瞒四位仁兄，我小弟发财的秘诀，就是不怕死，拿着死的心肠来活。结果，越作死，越不会死；越贪生，反倒难免倾生。我小弟实对四位说，我老早就看破红尘；多活两年，又有什么趣味？少活两年，倒是少受两年奔波劳碌。我这么想，事事全看开了。无论创事业，交朋友，我都愿意吃亏，不肯多占便宜。我可不是傻，吃傻亏的人都是糊涂虫，一准倒运；人家不想倾他，也要倾他了；那就因为他傻，他不知好歹。我小弟不然，我吃亏吃在明处。我从来不藏奸，不耍滑头，我把人家的事当自己的事一样看。办坏了，我也不后悔；办成了，我也不太高兴。对朋友有真心，也有假意；看事做事，从来不耍花招，不肯欺骗人，所以人家也不肯欺骗我。人家骗我，我也看得出来，想得开。老兄，你要问我怎么发财，我就是这样办，一点儿高招也没有。”

童冠英点头道：“我明白了！我们俞仁兄一生吃亏的地方就是对友太热，看事太认真。我们薛仁兄就不然了，想不到你会这么达观。”姜羽冲道：“薛兄可说是视不胜犹胜，视成犹败，视死如生，足见高明！”

俞剑平微笑着说：“薛二哥还有这么旷达的高见，竟不像江湖人物，可比隐逸一流了。”

可是人们口头上的话，未必就是实情。薛兆的话很高，人品不见得准高。老实说，薛兆的成就，多一半还是撞运气。此外，便是他有人缘，敢死，有狠劲。和飞豹子袁振武很有些地方相像；并且他在地方上所做的事业，也介在良民与强暴之间，可说是不清不浊的人物。飞豹子在辽东长白山，也是为富一方的大豪，也会一样地招赌分赃。

薛兆扪着黄须，自述以往得意之事。末后，又归到飞豹子劫镖的话上，薛兆大包大揽，愿代寻镖。可是有一样，俞剑平早已听出口风，薛兆和北岸的顾昭年平分春色，割据洪泽的水旱运赈，两人对兵不斗。万一飞豹子一流，竟投到顾昭年那边去，红胡子薛兆就不便出头了。

到了次日，红胡子薛兆陪着四位镖客，回转码头听信。内宅出来人，问老爷子上哪里去？薛兆说："这不是来了远客么？陪他们进镇，吃吃玩玩去。"薛娘子监视得紧；薛兆隐瞒得更严。当天上午，帮友们纷纷传来秘信：昨天有人确见有大批短打的人，驾着大小四只船，似乎过路模样，斜穿洪泽湖往西而去。揣摩时候，恐还没有渡过洪泽湖西岸，因为横断这湖，总得一天半的工夫。

薛兆听罢点头，说道："好嘛，真有人跑到我的眼皮底下来了。"跟着又有人报说：北岸的顾昭年帮内，昨天确有生客来访，人数不多，也没认清面目。又说当天夜间，便见顾昭年把自用的船开出两艘，全是空载，已经迎投东岸而去，不晓得要做什么？

红胡子薛兆愕然，对徒弟说："这些情形，我们不必详告镖行，我们先探探底细。"遂遣一个能言善辩的帮友，拿着薛兆的名帖，前往拜访顾昭年。仍命人驾快艇，往东西两岸搜索下去，把飞豹子、武胜文的面貌一一详告众人。众人领命，急驰而去。胡孟刚要请派镖客做眼线。薛兆笑道："那倒用不着。"反倒要把店里的镖客全接到柜上来，预备大摆盛宴，好好款待。又把俞夫人丁云秀接来，由女徒陪宴，并且说："只要飞豹子没走，你就交给小弟办好了。"

俞、胡不放心，逊谢道："人太多，太叨扰了。"仍遣镖客从旱路向外踏访，并给邻近镖行同业送信，烦他们代为留神，只将水路嘱咐了薛兆。

大家加紧地忙，就在这一天，火云庄的卧底镖客，急匆匆逐步追来，给俞剑平、胡孟刚来送信。这剿办火云庄的官兵，竟是淮海镇总兵派来的，还会同着淮安府标兵和海州的捕快。领兵官是一位游击将军，得有大府檄调。不知从哪里探出来消息，得悉上月在范公堤，劫夺二十万盐帑的巨匪，现已窜入宝应湖、洪泽湖一带。大府特此密下札谕，檄调镇标，会合水师营，前来剿匪、缉贼。这水陆兵捕居然探出飞豹子的绰号来，

并且已经勘知大盗飞豹子刻下潜藏在火云庄附近。镇标、府标两边共派出二百多名兵丁，在当时可算是大举，并不算拿贼，俨然是清乡剿匪的派头了。

官军一开到宝应县，便力守机密；大兵屯在僻处，并不进城。宝应县官在事先也奉到密谕，办理粮台，府县得力的捕快改装秘勘，竟影影绰绰勘出飞豹子现时大概隐藏在火云庄子母神梭武胜文家中。据探确有数十个长工，不时有生客来投，显见不是良民的举动。捕快密报委员，委员密报官兵，立刻悄悄进兵。这子母神梭本与地面很有联络，也算是地面绅士；可是劫镖大盗竟在他家，县官已为他担着失察大盗的重罪。密札一到，已吓得县官亲自传集捕快，严加告诫，怕他们泄底，特地严告："劫镖的飞豹子在不在，我不管；要是跑了武胜文，我可是要你们的命。你们就是私自贿放走的。"

于是，官兵与捕快骤然掩到火云庄。这带兵的游击将军很是个干员，他把标兵藏在僻乡，只在夜间进兵；又命一部分兵改装成小贩、佃农，在附近钩稽贼踪。镖行这时跟豹党正在暗斗，偏偏这一来，镖行把改装的官兵当作了豹党，豹党也把官兵当作了镖行；两下错疑，官兵越发得手。就在豹党与镖行决斗的日子，官兵已然开到附近。忽见有大批的人在火云庄出没，这位游击将军说道："不好，贼人大概得着风声了！"原定乘夜掩袭进庄，如今来不及了；游击将军亲自率领本标兵，便与府标兵同时进发，把火云庄远远围住。

第五十五章

飞豹子歹心衔毒嫁祸
陆锦标无意巧截密信

那官军似潮水般猝然掩到火云庄，把全堡团团包围住；子母神梭本人还在北三河，家中留人不多。幸而庄前后下着卡子，巡风望，官军大队一亮，庄中登时得讯。

管家贺元昆慌忙报知舅爷谢同亮；谢同亮大骇，赶紧应付。第一步先曳起护庄壕的木桥；第二步把前后庄门掩闭上锁；第三步遣贺元昆趁官兵未到，火速飞马奔出，给子母神梭送信；第四步派管账先生长袍马褂，登上更道，和官军答话。跟着火速地打定了弃家逃走的主意，打开地道，命人保护姊姊，携带细软，先一步脱走。

子母神梭窝藏飞豹，他妻子和妻弟早断定有今日，如今悔不可追，择紧要物件，该带的带，该烧的烧；遣走全部女眷。这舅爷便率护院打手，在堡内火速布置，阴作抵御之策；非敢抗官，为的是挡上一阵，好容家众逃跑；更堆积火种，检点违禁之物，万不得已，就纵火烧庄。谢同亮二目如灯，满脸大汗，窜前窜后地奔忙。

那管账先生，也是子母神梭的死党，站在更道上，借垛口

护身，探出头来，下望官军，假装不懂，诘问来意："你们是干什么的？青天白日包围村庄，你们要干什么？"明明望见官军旗帜，故意懵懵懂懂；他说，官军也能假冒。县里的捕快夹在众中，此时也变了神气，抢出来大声吆喝："呔，县太爷驾到，快教你们庄主出来接见！"县令、县尉和委员、游击将军，都在阵后，策马督队；只由捕快和这小兵官先锋当壕呼喊，催令立刻铺桥开庄："县太爷这是来清乡！"

管账先生瞠目支吾，渐渐搪塞不开。先锋官变颜呼叱道："访闻大盗飞豹子，现时窝藏在你们火云庄附近；本标奉命清乡，快快开门！你们庄主避不出面，你们又落桥关门，你们要造反么？"

管账先生忙道："你老爷贵姓？你们真是镇标么？"群卒喝道："你瞎了眼不成！还不开门，该当何罪？"纷乱声中，官军已然布阵架炮，正堵堡门，安下四支抬枪，一尊火炮，镇标火炮手要放未放。县官还怕误伤良民；官兵步步逼紧，已然剑拔弩张。由先锋督率，就要抢攻土堡；却依然威吓着，催堡中开门。

管账先生急出一头汗，回望堡内，仍恐没有预备好，忙叫道："真是老爷们到了，我们一定开门。请稍候候，敝庄主这就出见，他正穿靴子呢。"

话还未了，堡中忽浮起一道浓烟。舅爷谢同亮容得姊姊逃走，立刻焚毁违禁诸物。火烟一起，官兵大哗；游击将军策马掠队，来到阵前一看，将令旗一摆，吩咐一个字："攻！"先锋得令，拔刀指挥；群卒越土壕，抢堡墙；大炮轰隆一声，先发了一声空炮，震得堡墙簌簌坠土。

管账先生连连摆手说："这就开门，拿钥匙去了，老爷们稍等等！"不意日光下，更道垛口后，已露出火枪口；刀光矛影，映日发亮，也被官军看得清清楚楚。先锋官立刻认定堡门一隅，喝令部卒："抢！"同时一指火炮，喝一声："放！"

火炮装上炮弹，拉开火门，群卒已攻过壕沟。堡中陡然投下矢石。官军大叫："火云庄拒捕了！"火炮登时连发了三炮；

"轰隆，轰隆！"堡上的望台立刻塌下一角。

官兵奋勇攻庄，管账先生倏然退下，换上两个短衣壮士，是子母神梭的死友，竟领护院打手，据堡墙更道，和官兵对抗。杀声大振，大骂官军全是土匪，胆敢攻庄。

两边一上一下，一拒一守。官军放箭，护院投石；官军开炮，护院放火枪。火枪不敌大炮，官兵打开一道堡墙，从破缺突入。围墙上的乡丁、壮士急打一声暗号，抄近道撤到武胜文宅中，立刻登更道再行防守。

官兵跟踪追到，一面分兵搜庄；一面由一员守备亲自督队，把宅子也包围起来。里面还是抵抗，胆大妄为已极；游击将军发怒，悬赏夺墙，以为这一下，把匪窟堵住，飞豹子也一定跑不掉。

突然宅中起了火。县官、委员和游击将军，越发证实，武胜文必非良民。宅内贺元昆和舅爷，率家中人已先一步陆续逃走；只留下武胜文两个死友，守宅断后。武家犯禁之物极多，全聚在佛楼，付之一炬，这样就可以销赃掩迹。那佛楼正是地道的入口，屋焚楼塌，余烬熊熊冒烟，正掩住隧道。子母神梭宅中老弱逃得一个不剩，只留下断后的死友还在拼命。

官兵步步逼紧，攻入武宅。武家断后之人众寡不敌，全宅顿破。官军长驱而入，宅中只剩空房。各处搜捕，只擒住三四个本村佃户。那两个断后的死友，竟在邻院房上搜获。宅中器物翻得很乱，各处冒烟。

游击将军与委员督兵救火，一面由守备、把总到庄中各处，搜缉嫌疑犯。把火扑灭之后，就在武宅拘审四邻。

武胜文的两个死友，神情模样，显与农民不同，而且身上负伤。经人指认，"这是武庄主的朋友。"委员遂严加讯问。两个死友忽然心一动，当官问到党羽时，他就供说："药王庙还有朋友。我们不是歹人，我们不过好武罢了。"拒捕之事，抵赖不承认，说是误会。他们把官军当作股匪，故此抵抗。

官兵据供，急拨人到药王庙。这药王庙正是镖客留守之

处。哪知官兵赶到一搜，镖客已先一步觉察，不知何时离庙他去了。官兵扑了空，又审问武胜文的下落，辗转严讯，竟究出武胜文现在北三河的确讯。游击将军立刻把犯人交给委员和县官，自己率兵，往北三河一带，拉开拨子，排搜着追缉下来。

药王庙的镖客因身临异地，时时刻刻防备飞豹子和武胜文的暗算，所以倍加小心。当官兵来剿庄时，他们正藏在暗处，监视武胜文来来往往的人。他们瞥见数十名化装的生客，绕道分奔火云庄。镖客就耸然诧异，互相警告道："飞豹子许是又邀人来了。"官兵攻庄，镖客十分惶惑。直等到官兵留少数搜庄，大队出缉；镖客便设法刺探。这一刺探，险些吃了挂误官司。镖客看出不妙，这才耗过紧急时候，抽空拔身，也往北三河，给俞剑平送信。一路上躲着官兵，以防误会。故此迟到了一步。

官军剿豹，空打破火云庄，毫无所得。当下，药王庙留守的镖客且绕道，且扫听，且来追寻俞、胡诸镖头的踪迹。直赶到洪泽湖南岸码头，才得在红胡子薛兆的铁锚帮公所内，和俞剑平相会。

俞剑平闻耗诧然叹道："咳，这事越发糟了！不知武胜文的家全剿了没有？他的家眷究竟有多少人被官兵拘捕？"四个留守镖客实不得其详。俞、胡二人踌躇道："想法子扫听扫听才好。不晓得我们比武赌镖的事，官兵探出来没有？"

义成镖店的总镖头窦焕如道："这事好办，县里的县尉和小弟认识，我们托他打听打听。"红胡子薛兆在旁听声，插言道："那么一来，窦爷还得回宝应县，莫如由我这边托人探探吧。其实官兵剿他们的匪，我们寻我们的镖，我想不致掣肘吧。"

薛兆这话只是劝慰俞、胡而已。官兵剿匪，和镖客寻镖，全都是冲飞豹子、武胜文两人来的。一官一私，一按公事办，一依江湖道走，哪能不牵掣抵触？头一样，武胜文因此倾家，当然疑心镖客卖底，把种种怨恨都放在俞、胡身上了。飞豹子

因自己私事，连累了好友武胜文，对俞剑平，正是前仇未了，新怨又加。起初不过想窘辱俞剑平，此时恨不得跟俞剑平拼命。

红胡子薛兆、窦焕如和俞剑平自己，各自托人扫听火云庄的案情；一面大举搜湖，勘寻豹踪。

闹到第三天上，官兵先锋队已到洪泽湖，淮海镇游击将军旋即带领全队二百多名官兵，盘搜着也赶来。一到湖上，立刻札知洪泽湖水师缉私营，一体令缉逃匪。官兵行军比镖客寻镖慢得多，可是二百多官兵齐到，向各处征船征车，地方官自然来找薛兆；薛兆登时得信。

那洪泽湖的水师营，不过五六十人，有四艘快艇，名为缉私，实与当地绅董，及顾、薛二豪互相结纳。水师营的管带已然吃饱喂肥。那淮海镇乃是海口久练之师，纪律严明。镖客想探他的剿匪实绩，竟而一点也访不出来。末后还是薛兆人杰地灵，由水师营的管带口中，钩出消息。

缉私营管带一奉檄调，说是有匪窜入他的汛地，教他率艇截剿；他就吓了一跳。当天便暗暗给南北两岸的船帮首领送去秘信，反倒邀船帮给他帮忙；又打听船帮，近日水上是否太平？红胡子薛兆由此得了线索，忙转告俞、胡。那洪泽湖边的驿丞，也忙忙地给官军备办军粮运输等事，跟薛兆再三接头；从这里也捞着官军的动静。

淮海镇标兵到达第四日，淮安府的府标兵也开到，水师营的老营也开到，并开来几艘战船，名为堵截逃匪，实似会师围攻。直等到各路官兵会齐，这才分水旱两路，开始往洪泽湖搜去。

红胡子薛兆，和北岸的顾昭年，也被带兵官传了去，由地方官陪着。大府委员和游击将军召见薛、顾，请地方绅士帮忙；又打听洪泽湖近日枭匪、水寇是否敛迹？可有大帮匪人由他处窜入此地？

顾、薛二人袍套靴帽地见了官，回禀了，旋即退了下来。顾昭年一把将薛兆拉住，说道：“老大哥。我请你到舍下谈谈去。……有点小事跟您商量。”

薛兆心中明白，忙道："好极了。可是，咱们能在近处找个小酒馆谈谈，好不好？"顾昭年道："好，我这里有一个朋友。"薛兆忙抢着说："我的盟弟老谢就在近处，咱们上他家谈谈，就便扰他一顿饭。"顾昭年笑了。两人竟投谢某家中，屏人密谈。

顾昭年比薛兆年岁小，长身瘦颊，通眉大眼，像个文墨人；哪知他手下率领皖北好几百船帮。他为人很机警，看外表似比薛兆高，可是办出事来，总比薛兆差一招。独有这一次，他倒比薛兆显出机灵来了。

顾昭年道："老大哥，您昨天打发人找小弟，小弟已把心腹话全告诉他了。我和这个点子，素不相识，我只认得他罢了。"拿手一比，做成投梭之状，意指子母神梭武胜文。顾昭年跟着说："他们只是过路，找我借船。我事先不知何事，哪能不借给？现在他们早擦着湖边，走到远下去了。这里面曲折太多，公说公有理，婆说婆有理。现时您宅中候信的那位俞某，我也早已慕名。若据小弟看，你我弟兄莫如全不得罪，全给他一个袖手不管。袖手旁观固然不像话，可是水往平处端，也只有这一着。他们师兄弟闹别扭，教他们闹去；咱们弟兄往后长着呢，犯不上淌烂泥。"

薛兆道："这话怎么讲？他们闹到咱们家门口了，咱们能够装聋作哑么？"顾昭年道："不装聋作哑，又该如何？现在大兵又追上来了，已经惊动官面。我们就想为朋友私了结，也不能够。"

薛兆道："着哇，在下就是这个意思，官兵已经寻上来，我们趁机给他们私下一了，比较好进说辞，这是一。再说，我们能看着他们惊动官府，往盗案上问去么？这事情已经闹大，弄不好，官老爷嘴一歪，匪案就变成叛逆案子。真个的，你我弟兄还怕盗案牵连不成？倒是他们当事人，吃不住这么大的罪名。我们为朋友，大事应该化小，小事化无。"

顾昭年叹道："老大哥心肠热，你是不怕事了；可是大哥

再想想，如今大兵云集，我们怎给他们私了？”遂又将自己的意思密说了一番；薛兆听了，也不觉面有难色。

顾昭年道：“您再想他们全是武林人物，腿脚很快，官兵没来，他们早得信了；官兵一到，他们早走得没影了。我们就想给两家拉和，也碰不上头。碰上头，还怕官兵捣乱。所以小弟我劝大哥设法把镖行劝劝，把他们对付走了，离开洪泽湖，他们爱上哪里去，就上哪里去，反而没有咱弟兄的事了。”薛兆笑道：“老弟，你太滑了。”顾昭年笑道：“不滑，又该如何呢？”

两人嘀咕了整个下晚，这才吃完饭告别。

薛兆一路细想，顾昭年大概是因官兵追来，不敢掩护飞豹子和武胜文了。自然，据他口气来揣度，飞豹子、武胜文二人，此时必已远走高飞。那么，自己当真袖手，不给镖客帮忙，传出去恐教这里人笑话自己滑。他暗想：“顾昭年有顾昭年的打算，我何必学他？他顾昭年已然宣言不管了；我自己倒可以出力帮镖客一下。”

薛兆打好主意，回转码头，正要找俞、胡二镖头商量。那俞、胡诸人所邀的朋友，这几天也逐渐都聚拢来；在宝应县留守的人也都赶到，立刻人数增加，声势大振。就是官兵的底细，火云庄被剿的情形，以及飞豹子逃窜的去向，经大家分头紧搜密访，也已获得大概的线索。薛兆一回来，俞、胡、姜、童诸人立刻来见，面向薛兆借船借人。

薛兆道：“怎么样，实底已经访出来了么？”俞、胡道：“刚才听镖行朋友说，飞豹子一行已然离湖投北而去。我们打算立刻追赶。”

薛兆道：“你们可访出详细地名没有？”俞、胡道：“还没有，洪泽湖地方太大，我们不过只得着一点影子罢了。不知官兵也探出他们的去向没有？”薛兆笑道：“大概没有吧。他们正预备明天大举搜湖盘岸。不过我倒从老顾口中，套出一点消息来。真假难说，你们几位斟酌。”

俞、胡二人忙道：“有消息请说。”薛兆道：“听顾昭年的

口气，子母神梭武胜文一行，大概真找他借船了。不过只借了两只船，恐怕是专给武胜文的家人用的。那个飞豹子和凌云双燕，他们早已连夜遁走，约莫方向，多半是逆流而上，奔宿迁徐州一带去了。不知这话是真是假。可是窥探官军的动静，他们极力征调船只，打听北路，恐怕也要往北搜。贼人的踪迹，官军大概也有耳闻。再说那个雄娘子凌云燕，不正是在淮北盘踞么?”

俞剑平、胡孟刚听了，面面相觑。想劫镖大众竟会逆流北上，实出情理之外。逆流逃走，脚程必慢。飞豹子、子母神梭全是老江湖，似不会作这样拙算。可是他们也不会南下，因为官军正打南来，并没碰上。揣情度理，飞豹子应该往东西两边逃窜才是。可是据镖行自己访来的，和薛兆告知的消息，豹党竟真个逆流北上了。

俞、胡大众，个个灰心丧气。一方海州勒限催赔的信，一天比一天紧；而豹党踪迹得而复失。如今又惊动了官军，办事愈加掣肘。若教官军捉住逃贼，起获原赃，镖客的脸面简直到了没法收拾的地步了。但是现在这丢脸的情形，已然摆在面前；胡孟刚尤其窘得要命，几乎要自戕。

俞剑平提起精神来，一面劝慰胡孟刚，一面赶紧想办法。他与智囊急急议定，即刻登程追赶。官军既然征调船只，估量什九要走水路；镖客便改走旱路。把镖行群雄分为六拨三路，以前下卡子的人，也全撤回，改做后路。立刻按“山”字形，渡过洪泽湖，直往淮北追赶下去。

唯有丁云秀夫人乃是女眷，胡跛子是有残疾的人，肖守备是官身子，他们随同逐豹寻赃，多有不便。这几人就同黄先生先一步返回宝应县听候动静。

红胡子薛兆只做了一会儿子居停主人，未得帮忙效劳，自觉说不下去；便命四个徒弟，率二三十位会水善驾舟的人物，也加入寻镖大帮内，一来做向导，二来通航运。

一群镖客或骑或步，火速北行。俞剑平、胡孟刚、姜羽冲

等，仍居于中路。左一路是夜游神苏建明为首，右一路是霹雳手童冠英为首，各率了一二十人，直寻出一百几十里地。官兵在后面布置什么，还没有登程。镖客一路急驰，一路打听，贼踪仍然乍明乍昧。到第二天夜间住店，已入宿迁县界，地名牛角湾；俞、胡二人和姜羽冲都翻覆不眠。……

突然听见外面马蹄声，惊破长夜。姜羽冲翻身跳起道："不对，这马蹄是奔这边来的，恐怕是寻咱们的人。"

胡孟刚哭丧着脸道："也许是驿差，哪有那么巧事呢？"又过了一会儿，蹄声渐近，已入街里；跟着听见砸店门，打听人。十二金钱俞剑平仍在店床上，闭目而坐，屏息纳气，默运内功；可也不由得心气浮动。倾耳听来，隐闻外面说道："喂，这里有保镖的住店没有？"听店伙答道："这里没有镖车。"又问："有镖客住没有？"店伙答道："也没有，店里没空了。客官另投别家吧。"

胡孟刚道："不对，真许是找我们的。"因为他们宿店时，没有自承是镖客。胡孟刚忙开屋门，姜羽冲忙说："胡二哥且慢，等我去看看。"

还没容他们去看，那铁掌黑鹰程岳早已在别屋听见，先一步赶到店门。外面的骑马人正要改寻别家，被黑鹰程岳唤住，问了一声："你找谁？"两方抵面，不由哎呀一声，道："是你！"来的是两个人，一个是右路寻镖人追风蔡正，这不足怪。那旁边还站着一个人，竟是初出寻镖，在涟水驿宿店，半路失踪的俞门四弟子杨玉虎。

俞门四弟子杨玉虎和六师弟江绍杰，同时被俞剑平的老友黑砂掌陆锦标诱走。俞剑平于月前率友偕徒，赶奔范公堤失事之处，当夜在涟水驿商议分路；他的老朋友黑砂掌陆锦标独出己见，要匹马单枪，自担一路，当时被俞剑平拦住。

陆锦标为人好事，就鼓惑俞门弟子，独担一路；结果，杨、江两个小孩受他怂恿，趁五更跟他一块跑了。一去至今无耗。这期间俞剑平很是着急。因杨、江二徒都是富家子弟，千

里献贽从师，怕有不测，无法向其家长交代。但因寻镖，比寻人更急，又料二徒随陆锦标，或无闪失，就顾不得了，却也时时悬系。

现在，杨玉虎突然回来，又居然寻到这里；程岳心一动，失声喊了一声。借灯影一看，杨玉虎形容憔悴，可是满面喜色。未容程岳来问，抢先叫道："哦，是师哥！"忙即请安道："师父呢，在店中么？教我好找，若不是您答声，又错过去了。这店家真可恶！"店伙就在旁边，说道："您瞧，您又不说找谁。"

杨玉虎无暇跟他顶嘴，扯着大师兄程岳，就往店中走。程岳诘问黑砂掌现在何处，杨玉虎还没有回答，铁牌手胡孟刚已经开门出来，一迭声问："是谁找镖行？"

追风蔡正在黑影中，忙道："老镖头，是我。是俞镖头门下的杨四师傅找到我，是我陪着他来的。"

铁牌手胡孟刚满盼失镖之事续有佳音，哪知只是失踪的人回来罢了。不由又把一团热望压了下去，哼道："是谁，是杨玉虎么？江绍杰他们呢？"杨玉虎忙答了一声道："老叔，是我。"且答且行，抵面行礼，问道："我师父呢？"

铁牌手料事不透，殊不知这失踪之人，正带来失镖的确信。杨玉虎随着铁牌手胡孟刚匆匆往屋里走。屋中人全都听出声来，姜羽冲已走到门口，俞剑平已然下床，把灯剔亮，老练的心强往下按，只淡淡地问道："是玉虎么？你们这些孩子真会跑！你们上哪里去了？我在这里呢。"就一转身，眼望门口。

杨玉虎抢上一步，给师父叩头，转身又给姜羽冲行礼，再给胡孟刚行礼。然后喜孜孜叫了一声，他怕师父当着人责备他私逃之罪，立刻说："师父，胡老叔，我给您道喜，咱们丢的那二十万盐镖有了下落了。好了，咱们赶快去，伸手就把它取出来，可得快。"

这一句话，在场的人听来，恍如惊雷；十二金钱俞剑平也不由全身一震。可是胡孟刚还当是说从别处勘得豹踪呢，丧声

丧气地说道："我们也得着下落了，都见过面了，可是他们又跑了。现在我们这不是又重追重缀么？"

智囊姜羽冲把杨玉虎从上到下打量几眼，忙催胡孟刚坐下，"咱们先听听玉虎的消息，你先别打岔。"

杨玉虎忙道："师父！"又转脸向胡孟刚道："老叔！您猜镖银现在哪里？原来连地方都没动，还在范公堤西北……埋着呢。我陆四叔……"

说到这地方，铁牌手突然叫起来，道："什么？在哪里埋着？"

十二金钱俞剑平喝道："噤声！"再沉不住气，急一指门窗，抢一步到门口一看，命程岳出去巡风，便返身掩门。

俞剑平一拉杨玉虎的手，把他拖到离窗远处，往木床上并肩而坐，低声道："你从头到尾，仔细说，小声说！你跟你陆四叔，这一个多月，到底上哪里去了？你们准知道镖银没走么？你且平心静气，仔细告诉我。"

姜羽冲、胡孟刚全凑过来。又把夏氏三杰、马氏双雄等要人都找来。杨玉虎瘦脸冒汗，胡孟刚忙给他斟来一杯水。

杨玉虎摇头道："我不渴，我也不累。"这才说道："师父，这一票现银二十万的盐镖，被这群蛮不讲理的恶贼把它劫走之后……"马氏双雄忙道："劫镖的就是你从前的师伯飞豹子袁振武，莫非你还不知道吗？"

果然杨玉虎很诧异道："是我师伯么？我跟陆四叔只探出劫镖的贼是塞外寒边围来的！倒是叫飞豹子，姓袁，从前跟师父有碴，怎么还是您的师兄，我的师伯？"俞剑平道："你不用问了，你快说吧，到底镖银现在何处？"

杨玉虎道："镖银现在□□□。"用极低的声音，说出这三个字的地名，只末尾轻轻道出一个"湖"字。

俞、胡、姜忙问："没有离地方么？"

杨玉虎道："没有。他们劫了镖，想是因为全是现银，没有往远处运，就近埋在了□□□。适逢凑巧，被陆四叔访出

来。您猜怎么样？陆四叔不是有一个大儿子，在十几岁的时候，因为父亲要娶后娘，他一怒离家出走了么？现在他和陆四叔父子重逢了，是他泄的底，他当时正跟凌云燕打交道。"

俞剑平恍然大悟道："哎呀，不错，你八师弟是陆四爷的次子，本是继室所生，他的长子叫陆什么，……陆嗣源。哦，是了，是了。陆嗣源竟跟凌云燕那个男扮女装的青年怪物打交道，真是出人意料。可是镖银全没出境，你陆四叔怎么不动手起赃？莫非有人监守着？你陆四叔现时又在哪里？他怎么不来？莫非他还在盯着了么？"

杨玉虎道："正是。不过陆四叔只由他儿子口中得了一点线索。真正的实迹，乃是陆四叔无心巧遇，得着劫镖人的两封密信。"

俞、胡、姜一齐问道："信在哪里？怎么得到的？"

杨玉虎道："信早教陆四叔扣留下了。他打发我来，就是催师父赶快去起赃，迟了恐怕别生变化，更怕飞豹子又改主意。师父能够现时就走才好。"

胡孟刚到此大喜，忙问："到底信上说些什么？豹党打算怎么样？可是要移赃他去么？"

杨玉虎道："陆四叔得的密信，没给我们看，连他怎么得的信，也都不肯说。他拿着当宝贝。连他儿子都不肯告诉。问他，他只说是贼人埋赃之地已然访得，埋赃的地图也被他获到，催我快来请师父去。"马氏双雄道："黑砂掌一向就是这么鬼鬼祟祟的。那地图也没有给你看么？"杨玉虎道："没有。师父，我们今晚能动身么？"

俞剑平和姜羽冲商量，姜羽冲也主张立刻动身。胡孟刚连受打击，心气甚馁，说道："万一又是谎信，岂不糟糕。"

杨玉虎忙道："消息决不会假。"俞剑平笑了，对胡孟刚道："二弟，你得揣情度理。黑砂掌一去月余，若是毫无所得，他就夹着尾巴溜回家了。"转身冲门叫道："程岳，程岳！"

黑鹰程岳应声进来，俞剑平道："你快请大家起来，我们

立刻就要奔宝应县。”把密信略告程岳。程岳大喜，忙去叫众人。夏氏三杰拦住道：“且慢，我们三路人全奔宝应县么？”俞剑平点头称是。俞又问：“玉虎，他们埋赃之处，是在湖内，还是在湖外？守赃的人多不多？”玉虎答道：“大概不多，可以说没人看守。埋赃的准地方，陆四叔也没有告诉我。”苏建明吸了一口凉气道：“这事未免玄虚吧！”

俞剑平低头寻思道：“玄虚也得去。不过我们大众一拥而去，似乎不妥。而且我们三路人全已散开，如今突然收回，改往回去，把豹党逃踪放弃不追，他们必然动疑。我们真得留一些人，假追假访，混乱他们的注意才是。”

马氏双雄道：“大哥主意真妙，正该这样。”俞剑平遂又与姜羽冲等斟酌谁去谁留。所有三路追缉贼踪的镖行，东路已与陆锦标相遇；那西路原人不动，仍教他们散开了到各处去访。中路的人只带走一半，留下一半另推首领，照常往北搜寻，教豹党测不透。却暗嘱能手，设法秘密抽身回来，以备起赃万一动武。红胡子薛兆派来的帮手，也都留在此路。仍密告中路的首领，此番行止，不必守机密，越虚张声势越好。

计定，命程岳暗将应去的人唤醒，略告大意，立即登程。就留下追风蔡正，给各路首领送信。

这头一拨只十个人，全都骑着马，一路急赶，未到五更，便赶出百十里地，投店打栈，给牲口上料，人也歇息一会儿。遂又往下赶，旋即来到宝应县城。

入城到镖局，义成镖局的管账先生迎出来道：“二位老镖头回来了，事情怎么样？听说不大顺手，诸位这是从哪儿来？我们窦镖头没回来么？方才我们刚收下一封信，是给您的。”末句话是对俞剑平说的。俞剑平道：“先生多辛苦了。是哪位给我的信？”

管账先生由账桌里把信找出来，递给俞镖头，道：“送信的人说是海州赵镖头带来的。”

俞剑平急急地将信拆开，竟不是镖行催问之信，也非豹党

挑战之书。这封信很怪，劈头一句就是“府台大人”，乃是一封告密书。

府台大人钧鉴：具书人小民无名氏，小民不幸陷身绿林，苟延残喘，无非劫富济贫，不敢戕害良民。今有海州镖行，奉盐道札谕，押运盐帑二十万，明为保镖，暗通巨盗，所以镖行中途，无端被劫，乃镖客勾结绿林之所为也，明眼人一见可知。小民亦是绿林，但劫夺官帑，罪同叛逆；小民不得已，畏罪出首。彼等劫镖，目无王法，小民不敢过问；今从无意中访获彼等阴谋。据闻该镖行与当地绿林，秘密勾结，已将该所劫之大批镖银，埋藏于□□□，并在附近拨人潜守。一俟时过境迁，镖行即与绿林偕往起赃，共同分肥矣。彼等自以密计阴谋，无人识破，故看守人寥寥无多。往来传信，均有暗号，以金钱镖旗为凭，见旗提赃，设计甚巧。今幸小民万般设法，窃得金钱镖旗一杆，另绘埋赃地图一纸，随禀献呈钧座，请大人火速派员持旗前往，按图起赃，举手可得。唯时机紧迫，望大人万勿迟疑，请派员迅往一试。若稍延缓，恐彼等运赃出境，则镖银永无完案之日矣。小民只在赎罪，此心皇天可表，若有虚言，天诛地灭。

看到此处，恰满三页半，下半页撕去了。埋赃地名三个字也被挖去，教人看了干着急，不知署名人是谁，不知埋赃地何在。翻检信封筒，所说的地图只是一张白纸，所说的镖旗也没附带在函外。信皮写的是“专呈胡孟刚镖头台启”，下款“自海州双友镖局发”。

俞剑平、胡孟刚全都惶骇，这分明是一封嫁祸告密的黑信，寄给府衙的，不知怎得会投到这里？这究竟是什么人弄的把戏？是仇，是友呢？是威吓，是警告？是抄本，是原信？众人齐问那管账先生。据说是两天前，午饭后在柜台上发现的。

俞剑平出了一头冷汗，连说：“不对，不对！这必是袁师

兄和我作对，真信必已投到府衙……可是他这样一来，抄个副本吓唬我，岂不自露马脚？”

智囊姜羽冲瞠目寻思，忙把杨玉虎叫过来道：“玉虎，你来看一看！”杨玉虎挤过来，念了一遍道：“呀，这许是陆四叔半途获得的那封信吧？”

一言道破，大家拥过来，十几双眼睛全盯在三页半信纸上。信中所讲，“以金钱镖旗为凭”，信外附上金钱镖旗。俞剑平越想越危惧，想不到飞豹子劫去此物，竟这么用来栽赃加害自己！

此时俞夫人丁云秀和胡、肖二友已先一步到宝应，住在店中，也被镖局请来。大家共同寻绎这封黑信，俞夫人也变色道：“袁师兄倒跟我们结仇了！”胡跛子骂道：“结仇就结仇，怕什么？”肖守备道：“三哥三嫂放心，他的陷害计无效，这封信当真是他写的，我们可以先一步报官备案，就不怕他反噬了。”胡跛子道：“对！还是九弟有高招，这封信要好好留着，这信就是老大凭据，三哥可以拿这个洗刷诬害。”智囊在旁听着，默默点头；对俞、胡说道：“这信，哼，恐怕得问陆四爷！”

智囊猜对了，这封信确是黑砂掌陆锦标看见过的那一封，确是飞豹子干的把戏。

飞豹子袁振武手腕狠辣，此刻把俞剑平恨入骨髓。他不怨自己设谋之疏，更不信官兵访盗缉贼，也自会获得线索。他一味痛恨镖行群雄违约背信，明面定期较技赌镖；不该暗地勾结官军，嫁祸给好友子母神梭武胜文。他连累了武胜文，致使倾家败产，他认为这是俞剑平违犯了武林成规。

飞豹子夜渡洪泽湖，弃舟登陆，又弃陆登舟，辗转退下去，退到预定地方；立即由凌云燕姊弟帮助，设计应付官军的追缉；同时派人接救子母神梭的家眷。

子母神梭武胜文之妻谢娘子，当日收拾细软，逃出重围，在她的胞弟谢同亮妥密护持之下，一气逃到洪泽湖。寻找北岸

的大豪顾昭年，借来快艇，绝踪飞逃。直到第二天，和子母神梭相遇。谢娘子很动怒，一定要找飞豹子谈谈，诉一诉委屈。谢娘子对武胜文说："我得谢谢袁大哥。我们隐遁了这些年，平风无浪，这场祸事可是袁大哥给我们找来的。我劝你，你不听；现在怎么样？你那两位盟弟也教官军拿去了。你跟这位袁大爷，究竟有什么交情？我得见见他，请教请教他，我们往后可怎么过？"

子母神梭之妻谢娘子，也是绿林世家。她父是有名巨盗，她的胞弟谢同亮跟武胜文同伙。她虽然没有什么武功，却也吃过绿林饭，尝过绿林风险。如今偌大一份家业，被一个生朋友飞豹子只用一月工夫，害得片瓦无存。她自然心疼。她并不深知子母神梭欠过豹子的情，她只觉得为友倾家，过于舍己殉人了，她免不了唠叨。

子母神梭一肚子怒气，听了妻子的怨言；把眼一瞪道："你老娘儿们家，要寒碜我是不是？我靠朋友挣来的家当，我为朋友把它扬净了，我不心疼；你闹什么？"内弟谢同亮把谢娘子说好说歹劝住。

飞豹子袁振武是饱经世故的人，早已想到此节；对武胜文说："我太对不住贤弟了。教弟妹涉险，我真难过。我简直没脸见弟妹，你替我说好着点。至于火云庄，搭救失陷的人，你全交给我。"

飞豹子躲着谢娘子，真个不敢见面。却与武胜文、凌云燕，三方聚在一处，第一步先安插武胜文的家眷。武胜文很讲面子，倒安慰飞豹子，不必介意："我们交情过的多，咱们弟兄是一码事。"凌云燕道："诸位一时找不着合适的落脚处，请先到我们那里去吧。"于是，在洪泽湖北岸只停得一停，他们赶紧分批改装，绕道趋奔到凌云燕的伏巢。

飞豹子更与手下三熊二老等人密议："这事已然惊动官府，官军已然出剿清乡。我们斗私不斗官，俞剑平和镖行是我们的死对头，我们不能轻饶他，我们下一步该当怎么样？"

辽东二老提出高招："应该把二十万镖银献给官军，教镖行栽死跟斗；我们索性反打一耙，就告发镖行跟我们原本通气。官方若信，教镖行打误官司去，我们可以出气了。官方就是不信，我们把镖银一献，官军自然要起赃庆功。就是不收队，也得缓一步；他们无论如何，得把镖银运回海州。缓过一步，把官军诱回去，我们再从别一方面起孤丁，再掀风波。咱们跟江北镖行这一辈子没完！"

凌云燕姊弟嘻嘻地笑了，说道："这招真歹毒，袁老前辈、武庄主以为如何？"

飞豹子虎目连翻，也觉得此计不甚光明，转眼看武胜文。武胜文怀着倾家之恨，对镖行怨毒已深，但求泄愤，什么都不顾；切齿道："他既不信，我就不仁。"飞豹子便一拍案说道："对！管他呢！"又看大家。大家都恨镖客卖底勾兵，一齐说："他们不顾江湖信义，我们又怎么样呢？眼睁睁武庄主教他们害得无家可归！"

武胜文不愿听"无家可归"四字，说道："我还不至于无家可归，我有三个巢穴呢。我明天就教我内弟把内人送到江西去。"飞豹子忙道："武贤弟是有办法的人，我们现在就这样办下去。"

飞豹子教大熊代笔，写下三封信，请大家传观。然后交手下人重抄一遍，立刻发出去。一封信给淮安府，一封信给镖行俞剑平、胡孟刚等，一封信通知守赃的人。

飞豹子埋赃之所，很为隐蔽，果然没有运到远处，只在劫镖场所范公堤的东北七十里外，埋在射阳湖中。

三方协商，计策已定，飞豹子立刻撤退。一方设计搭救武胜文手下失陷的那两个要紧人，一方和手下二老三熊一齐出动。凌云燕姊弟和子母神梭武胜文郎舅（内弟谢同亮），也都负怒衔仇，誓与镖行作对。官军这一剿匪，无形中给镖行增加了成倍的仇敌。

这是飞豹子那一方面的情形。

第五十六章

黑砂掌挟幼勘镖银 两少年助师摸实底

那另一方面，黑砂掌陆锦标自在涟水驿，诱走俞门两弟子杨玉虎和江绍杰，连夜骑马飞奔，往东扑下去。他自信朋友如此多，眼界如此宽，凭自己的能力，要访盗贼，有何难事？况且镖行访盗，绿林同道难免不顾虑。自己目下是一个事外人，从前又是个中人，附近有的是朋友。总可以假装没事人，于无意闲谈中，套弄出真情实底。绿林人关照着自己旧日的交情，必不会把自己看成奸细。心想："他们有什么话，不肯告诉镖行，总肯告诉我。"

陆锦标打算得倒好，哪知一访，满不是这回事。二十万盐镖突然被劫，到今日已然轰动江北江南。绿林中人都知事关国帑，风波甚险。个个也都派下采盘子小伙计，极力刺探这劫镖的，到底是道里哪一家？怎么惹这大祸害？就是外路绿林，新上跳板的合字，似乎也不至于如此犯浑。况且这又不像远路同道干的，因为路远了，这些现银必运不出去。这些附近的绿林道，更刺探镖行的行止和官府的动静。同时他们江北绿林也各起戒心："人家劫镖的冒险吞了这口肥肉，一定要从此洗手改

行，再不会接着往下干了。我们本是局外人，须要留神六扇门（指官府）抓不着茄子，倒找葫芦出气。我们犯不上替人顶缸，趁早避避风声吧。”“城门失火，殃及池鱼。”当黑砂掌出头独访镖银之时，正是江北绿林谈虎变色，力行敛迹之时。这一个软钉子，教他碰上了。

黑砂掌陆锦标记得落马湖、铁牛台、沙屯、杨柳行、土坝、松林围，这些地方全是绿林朋友出没之区。他就带着这俞门弟子，假装师徒访艺，按部就班，去拜山投帖。把杨玉虎、江绍杰都嘱咐好了，还备办了一些刀枪棍棒，丸散膏丹，令外行人一看，是爷儿三个卖野药的把式匠；让行家一看，也可以猜出他们是化装游学。再不然，就是闯江湖的，各人提一个小行囊，又有三匹马，倒真像跑马戏的江湖人物。只可惜一样，短一两个女子。黑砂掌对杨玉虎、江绍杰说：“咱们三个光棍汉，未免差些。最好是我装一个老江湖，你俩一个装男的，一个装女的，像小两口。咱们那么一打扮，打听什么事，就容易多了。”

俞门弟子全都脸一红，道：“四叔，难为你怎么想来。”江绍杰更诡，对杨玉虎说：“四哥，你长得俊，你装女人吧！你装张耀英，我装张耀宗，咱们算是姊弟二人。”杨玉虎笑骂道：“胡说，你岁数小，长得更漂亮，你装女的吧，咱们算是兄妹。四叔，你看我们六师弟，人家都说他男人女相。我说，回头咱们就买胭脂粉去，再买两件女人衣服，管保江师弟打扮出来，比女孩子还标致，可惜一样，两只大脚，四叔有主意没有？”

黑砂掌哈哈一笑道：“有主意。你哥俩只要商量好了，回头我管保把你们打扮成一个大姑娘，外带还是两只小脚。你们可得先学女人走路，还要学女人说话。”江绍杰道：“四叔就给四师哥买吧，他会学女人走路。可是他不会装女人说话。四叔，您一定会，您装一个样子，我们四哥好学您呀。”

黑砂掌哈哈大笑，说道：“你们别忙，现在还用不着。等到了时候，该装扮女人，你俩可不许推让。你们小哥俩全够俊

的，到了时候，你们二人抽签抓阄，谁抓着，谁就装女人，不许推托。”杨玉虎道：“就算我们装女人，四叔您也得装一个老婆婆呀。”黑砂掌一扪下颏道：“我呀，……你们只不嫌寒碜，我就装。可有一样，我脸上这些毛毛，可怎么办呢？”江绍杰把头一晃道：“有招，我这里有拔毛膏。”

黑砂掌满脸的络腮胡，他居然说：“你们别瞧我这样，我若装起女人来，我准会扭。若是有人叫咱们卖艺，我还真会登大皮缸。”

爷三个胡扯一顿，照样去办正事，头一步先投沙屯。沙屯地方有旱路绿林韩德利在那里盘踞。黑砂掌引着俞门二徒潜寻了去。俞门两弟子，向在俞剑平手下都很严肃规矩。如今和黑砂掌搭伴，黑砂掌人虽半老，兴味不老，好开玩笑，好说当年旧话，好说自己丢脸泄气的事，把两个少年勾引得兴高采烈。一路上说到寻镖之事，黑砂掌又大包大揽，两少年越发欣喜，自以为一举定可成功，跟着这位陆四叔，更可以增广见闻。黑砂掌把武林道的诡秘忌戒都说出来，二弟子很觉得闻所未闻。却不知俞门设教之法，艺不成，决不告诉外面的事情。

但是陆锦标尽管说得天花乱坠，走了一程子，在路上按理说，应该有把风的喽啰；可是林边地隅，竟没有什么眼生的人。黑砂掌索性引领两个少年，直进沙屯韩德利的密窑。入窑内，浑如空城，不想韩德利已然迁场，窑中只剩下几个看摊的小伙计。这几个看摊的一见黑砂掌来访，没等他问，反而迎着头说道：“嗬，陆四爷，老没出来，怎么今日这么闲在？您这是怎么了，您没听见外面风声么？”

黑砂掌陆锦标道：“外面有什么风声，我倒没听说。”看摊的人拍着屁股说：“嗬，近来风声紧急了。你老洗手多年，如今大概是又想玩票，可是现在玩不得了。”又一人说：“也不知是哪位新上跳板的，惹了个大祸，把二十万盐镖劫了。有人说是铁牌手胡孟刚保的，有人说内中也有十二金钱俞三胜的旗子，如今府里县里连省里都派出查缉的人来了。咱们江北的绿

林道，凡是人多的，窑老的，声势稍大的，全都怕吃挂落，躲的躲，搬的搬，连我们瓢把子，也怕惹火烧身，最近也挪了挪窝。骆马湖七达子，更来得小心，他把他那一竿子人全送到鲁南去了。陆四爷是老江湖了，您的耳目一定比我们灵，可知这个劫镖的主儿到底是哪一位？怎么这么胆大？还有失镖的主，到底是胡孟刚，还是俞剑平？昨天我们听说十二金钱俞剑平已然出来了。”

这家伙还想唠叨，黑砂掌已然听不下去，冲着俞门两个徒弟哑然失笑道：“好，如今说来，我们爷三个出来得不巧了。我本打算带着我这两个徒弟，出来历练历练，倒是真不想拾掇买卖；不过有一搭无一搭，撞撞彩罢了。若照诸位这么说，还是先避一避好。”看摊的道：“对！您怎么也得躲过这半年。官面上的事向来有前劲，没后劲。你听着哪一天发下海捕文书了，也就快搁起来了。现在不成，正在劲头上呢，咱们何必找麻烦。”又问黑砂掌：“可知道镖行近来的动静不？”又问：“可知道这劫镖的从哪里冒出来的不？”

黑砂掌本为访查，反被查问，肚子里忍不住暗笑，用话敷衍了一阵，又盘桓了半天，立刻告辞。出得窑外，冲着二弟子大笑，跟着搔搔头，又转奔到铁牛台。

到了铁牛台，照方吃炒肉。偌大的一竿子人，只剩下几个老弟兄。那位大寨主申老道和他的压寨夫人白眼观音，已将部下暗搬到海滨，跟鼓浪屿的海盗临时合伙。他们两口子留在老窑，居然做起隐士，闭门不出，已有十几天了。可是他们的耳目，比韩德利那一伙还灵，已然访出十二金钱俞剑平出山寻镖。劫镖的人留下插翅豹子的外号，他也晓得了。并且也晓得这伙劫镖的人物，全不是伏地绿林，全都是塞外口音。大概劫镖非为图财，实为修怨。因此申老道心中有了准根，倒不怕镖行来登门，只提防官人来找秧子。

申老道见了黑砂掌，就说道：“嗬，陆四哥，好久没见了，您这是夜猫子进宅，没事不来。你是受谁之托吧？我先告诉你

实话，那二十万盐镖是外码头干的，可给咱们落地户添了麻烦了。我小弟眼下是闭门思过，正提防祸从天降哩。”

黑砂掌道：“你别胡扯！你说了半天，我一点也不摸头。我如今是带着我这两个徒弟，打算寻找金士钊老人，给他小哥俩带带路，见见世面。你闹了半天，劈头就给我这一串话，到底怎么讲？”申老道笑道：“我是贼人胆虚。不过，这不能，你住在鹰游岭，跟十二金钱正搭街坊。他丢了镖，出来找镖，你不能不知道。”

黑砂掌道：“嘿嘿，我就真不知道么。我的老窝倒是在鹰游岭，可是这六七年，我没在家，净在江西混了。这里的事一点不摸头。刚才你说的，到底是什么事？”

申老道说：“你真不知道么？好，听我仔细道来。”申老道正在一字一板地讲拔旗劫镖的话，杨玉虎和江绍杰听得不耐烦，便伸头探脑。

忽见窗外人影一晃，一个身材高大的女人推门进来，后面还跟着一人。这女人正是白眼观音，进了门，也不管客人，就冲申老道叫道：“你还在家里瞎扯，你知道李起隆他们出错了么？不教你跟他们合伙，你偏要合伙，上了人家的当！”那一个男子也匆匆向黑砂掌打一招呼，便对申老道说：“当家的，你出来，我跟你说几句话。”

申老道先向黑砂掌道歉，旋即出去，对妻子说：“这是鹰游岭的陆四爷，不是外人。你来陪着说话。”白眼观音还是那么待答不理的。

黑砂掌扯开喉咙叫道：“嗬，大嫂子，您发了福，不认得小弟了吧？想当年大嫂跟我们前头那位大哥，在漕子营受困，一连四天没吃饭，又在树上趴了两天；那时候若不是小弟赶到，替你们打一个岔，把官兵引走……”

当面揭起根子来，白眼观音一张银盆大脸登时通红，眼皮一动，改嗔为喜道：“哎呀，我当是谁呢，原来是你。您不是黑砂掌陆四爷么？我真真认不得您了。您那时候黑敦敦的，光

嘴巴没有胡子，怎么现在成了刺猬了？”

白眼观音一屁股坐在下首椅子上和黑砂掌大笑大谈起来，又张罗吃的，张罗喝的，前倨后恭，比申老道还亲热。又问俞门二弟子，“这是哪位？是您的儿子么？”黑砂掌道：“不是，是我的两个徒弟。”这女人敞笑道：“我说又白又俊的不像呢。哎呀……”说时白眼观音目视黑砂掌，良久道：“我说陆四爷，您有几个儿子？”黑砂掌道：“你哎呀什么，我有两个儿子，全在家呢！”白眼观音道：“此外，您没有饶头么？”

黑砂掌道：“这怎么讲？大嫂子拖油瓶改嫁老道，我没有啊。”这女人脸红一笑，搔着头道：“我在淮安府遇见一个人，约莫二十多岁，跟你年轻时一模一样。我当时几乎叫出声来，后来一想，才觉着年纪不对。可是那年轻人也偏巧姓陆，也吃绿林饭，你说怪不怪？你的大儿子今年多大了？”黑砂掌道：“他大概二十……二十七八岁吧。”

白眼观音说这话，黑砂掌也没介意，只认为她是没话找话，闲取笑打岔罢了。他再也想不到，白眼观音的这一句话倒是真话。

黑砂掌心中有事，便绕着弯子，来套问白眼观音。白眼观音这女人也是老江湖，问了半晌，问不出一点什么来。白眼观音一面陪陆锦标瞎扯，一面拿眼睛打量杨、江二弟子。杨、江二弟子坐在下首听着，也摸不清这女人前倨后恭，害的什么病。

黑砂掌心眼多，阅历富，却已料到他们此刻必是出了什么岔，正在焦心，所以不顾搭理人。想到这里，事不干己，在此又打听不出什么。黑砂掌胡扯一阵，便要告辞。

白眼观音和申老道一体款留，可是虚声假笑，神色不属。黑砂掌赌气站起来，说道：“你们两口子蝎蝎螫螫的，怕我吃了你，是不是？”叫着二弟子道：“咱爷们走，别教人家拿咱们当汉奸！”正是天上不知哪块云彩有雨，黑砂掌若能多坐一会儿，便可获得意外的奇逢。他哪里梦想得到呢！

飞豹子劫镖之后，急渡射阳湖，把镖银埋在湖中，留人潜

守。留守赃银的人，力敛形迹，终不能瞒过行家的眼。首先，留守人的模样、口音，就显得眼生。这些留守人，被申老道的部下小伙计窥出可疑来，两下里误会，都把对方当了鹰爪眼线。如今申老道已得到部下的密报，正在派人暗缀暗窥；并且他的大部人马已经下海，与海盗暂行合伙。他怕航海的部下，不知情况贸然归来，被鹰爪咬上。当黑砂掌来访之时，正当申老道一面设法暗缀守赃的贼党，一面派人追赶部下送信。

黑砂掌陆锦标万想不到会有这等事。只认为申老道的部下本是旱盗，今与海盗合伙，想必吃了亏，所以发急。既与访镖不相干，他就引着俞门两弟子，离开申老道，径去寻找金士钊。铁牛台的金士钊，与他盗不同，是坐地分赃的土豪，专结交绿林，替他们销赃。他销赃的手法很妙，手下用着一些巧匠和造假银子、造假古董的高手。巨赃到手，必保留半年以上；准看出没有风险，再交巧匠改装改造，运到远处去卖。他表面上在外埠开着当铺，其实全是专销巨赃之所。金士钊是个穿长袍的大盗，外表一点也看不出。因为他谈吐风雅，很像个博古鉴赏家、古董铺的大掌柜。

十数年前，淮阳大盗飞白鼠盗取了盐商的一尊金佛，高如七岁孩童，雕铸得栩栩欲活，也是送到金士钊处，给销改的。不想盐商凭势力，花钱重聘，把江南名捕快鲍老舍请出来。鲍老舍不知用何手段，把飞白鼠制伏，一定要原赃圆回。飞白鼠无计可施，重找金士钊，可是那尊金佛早变成金首饰了。飞白鼠说："原赃不能圆回，我只可原犯去投首了。"实逼处此，金士钊这才说："你别急，你给我七天限。"七天限太长，改为五天。刚刚到四天，金士钊就把那尊金佛缴出来了；款式与前一样，色泽分量也同，就是放在水里，测验比重，也和真金无异。飞白鼠拿着交给鲍老舍，鲍老舍交给盐商，会集古董家、收藏家、金店、首饰楼，一同勘验，确是原物。这件案子就销案了。

飞白鼠很义气，原赃既已退回，那么自己从金士钊手里所

得的钱，应该退还。飞白鼠便将五百两银子交给金士钊道："金二哥多抱委屈吧。我现在手头只有这几两银子，其余不足之数，容我着后补付。"

金士钊笑道："老弟，你傻了！我只拿五十两银子，做他们孩子们的工夫钱吧。"只从银包取了两锭，把那四百五十两全退给飞白鼠。飞白鼠眼珠一转道："哦，这个……！但是，鲍老舍是个人物。咱们不能教人家栽呀！"

金士钊笑道："你放心，谁也栽不了。你是不晓得，那个行货子是空心的，我临销毁时，早套下蜡模子来，我就防备这一着。全靠着空心变成实心，才能不走样。他们若想知道真假，非得熔化了，不然，不会知道的。"在金士钊手下合作的假造匠，颇懂得比重的道理。他知道真金与铜的重量和外面体积不同。但这金佛当中有块空心，把空心变成实心，外包金皮，内换赤铜，居然用赝鼎瞒过了盐商。

这金士钊就是这样一个人物。他不但与窃盗勾结，又与吏胥交通，耳目既灵，手腕很高，稳吃稳拿，故此在铁牛台隐居多年，没有犯案。他有两个盟弟，分在省会地方，替他开着当铺、古玩铺，铁牛台就像是古玩铺的作坊。他不但替贼销赃，更兼造假古董。他为人敢做敢当，交游很广，所以黑砂掌登门来找他。到了铁牛台金宅，门口四棵大槐树，石阶石台，峻宇高墙。黑漆大门，绿屏门写着："斋庄中正"，俨然是绅董之家。

黑砂掌拍门而叫，出来了管家，通名索帖，很有官样。黑砂掌说："我没有片子，你告诉金二爷，就说鹰游岭的黑砂掌陆锦标，带着两个徒弟，登门来拜。你快去，不要拿眼珠子翻人。"管家其实是金士钊手下的小伙计，急忙进去通报。旋即奔出来，说一声："您请！"就前头引路，进大门，走二门，开客厅门，黑砂掌从鼻孔哼了一口气。

刚到客厅门口，主人从上房走出来，四十七八岁，绸衫云履，眉目清秀，颔下一缕微髯，远远抱拳道："嗬，真是陆四爷，陆四哥，失迎，失迎。您不是隐遁了么？这二位是谁？"

相偕到客厅落座，黑砂掌一对大眼，骨碌碌东张西望，鼻孔也乱嗅。金士钊笑道："四哥喝茶，你看什么？小地方，破房子，简陋得很。"黑砂掌笑道："房子很讲究！就是有点气味。"金士钊笑道："没有气味呀，我是个俗人，就是不喜欢养花草。这胆瓶的花是他们给插的，许是朽了吧。喂，我说，你把它拔下来。"管家斟完茶，把瓶花端了出去。

四顾无人，黑砂掌笑道："不是花味，我闻着这屋里别看很讲究，可惜有点贼味。"金士钊一指黑砂掌的嘴，说道："喂!"黑砂掌会意，眼望窗外，不言语了。

金士钊忙凑过来，摇着洒金扇笑道："四爷的嘴，还是那么吊儿郎当的，你可不晓得现在是什么年头？"黑砂掌道："现在年头不坏呀，彼此大发财源，还算赖么？……"

金士钊目露恳求之意道："别说了，四爷，您不知道，这个月风声紧得很。你没听说么，海州的铁牌手，江宁的十二金钱，两位名镖头，合保一笔盐镖，一共这个数。"黑砂掌道："两万?"

金士钊低声道："什么两万，二十万哩，全是现银。在范公堤，竟教外江人物给剪了去。前几天我听说，十二金钱邀出许多人来，向各处托情打探。我们柜上虽然也收些小道货，可是现银子整个元宝，又不是货品，又不是首饰，我怎会知道？俞大爷、胡二爷托了一位姓白的向我扫问，最近有没有来熔化大堆元宝的？我们柜上据实答复了，自然是说没有。"

金士钊接着道："回头我听见信，连忙赶去，跟他们叙谈了一会儿，答应下替他们帮忙，他们就走了。这是六七天前的话。数目太大，又是盐帑，外面闹腾得很紧，陆四爷今天突然光临，不知有何贵干？要是没有要紧事，我劝你避一避，先听一听风声。听说我们县里，也见着清乡缉匪、查拿宵小的密札了。咱们干的固然是买卖，可也不能不算是宵小。现在官厅上正在查拿宵小。"说罢笑了。

黑砂掌到此不禁搔头吐舌，各处全都这样谈虎变色，要访

贼踪，可怎么下手？反后悔自己不该单人独出，随着大帮，也可以无荣无辱。如今若没有出手的成效，拿什么脸回去见俞、胡二位？

黑砂掌脸上露出一点窘色。金士钊登时看出，忙将身子又往前一凑，附耳说道："怎么。四爷知道这事么？您要是觉得不好下台，小弟还可以帮忙。俞镖头跟我也有数面之缘，胡镖头更是熟人，我小弟可以出头打合，给你们两家一了。"

黑砂掌依然搔头道："您等等，让我想想。我这也是替朋友帮忙，不过托我探风色罢了；这么大的责任，我还是有点担不起来。这不是咱哥俩的事，你想我能那么愣么？得了，您听我的信吧。"

黑砂掌站起来告辞。金士钊抓住不放，硬要留饭留榻。黑砂掌坚决不应。金士钊还想拦住他，要向他打听这二十万盐镖的下落，"到底是谁干的呢？四哥，你只管告诉我，我决不泄露，我对你起誓。"

黑砂掌挣脱了手，大笑着出来了。俞门两弟子也忍俊不禁，嘴不敢敞笑，鼻孔嗤嗤地直响。金士钊弄得迷迷糊糊，临送到门口，还说："到底这件事……"黑砂掌早已迈开大步走远了。带着二徒，直走出半里地，回顾无人，黑砂掌放声大笑道："这小子，他还想从我嘴里钓鱼！他倒够乖的。可惜陆四爷也不比他傻。"

黑砂掌与二徒扳鞍上了马，算计着还有数处可去，可是未免有点气馁了。黑砂掌脸上渐渐透露窘容。俞门二弟子杨玉虎和江绍杰全是小精豆子，如何看不出来？两个人以目示意，齐向黑砂掌发言："四叔，怎么样？您要访不出来，咱们爷三个莫如回去吧，省得我们挨师父的骂。"

两个青年拿话挤黑砂掌。黑砂掌陆锦标瞪着两眼，咧嘴笑道："好小子，刚刚几天，你们就腻烦了。你们别灰心，你等着，大爷有的是招。"

当天不另访友，策马趱行，来到沙坞，径带二徒投店。黑

砂掌和俞剑平不同，俞镖头越遇难题，越发镇静；陆锦标却是沉不住气，他沉不住气，却不是低头发呆，反倒大唱大啸。你只听他高唱昆腔，他必是有为难的事窝在心里了。

这一天晚上，黑砂掌不但唱了一段醉打山门，还扭了半出小放牛；临睡时，他又来了一段老梆子腔。照前日的例，与两徒胡扯了一顿，说道："小子们，睡吧。明天我们要出远门，我领你们找一个朋友。"二徒道："又去拜客么？"黑砂掌笑道："不是拜客，你俩只听我说，早早地睡，早早地起！"

两个青年本打算私同陆四叔出来，可以见见世面，试试武功。访着劫镖的贼，他俩还预备着小试身手，把插翅豹子打服。正是初生犊儿不怕虎，可惜现在白跑了好几天，见不着虎或豹，仅仅碰了几个软钉子。两个少年大失所望，咕哝着吹熄灯也睡了。

睡到三更以后，杨玉虎突然觉得耳朵眼冒凉气，迷梦中漫不自觉，抡手掌啪地打了一下，立刻觉得手腕被人抓住。忙翻身一看，客窗明灯煌煌，黑砂掌一身短打，背插短刀，把手指比在唇上。杨玉虎受过武林训练，立刻一声不言语，从床上起来。低声讯问："四叔，要上哪里去？"黑砂掌答道："你别问，跟我走。留着绍杰，给咱们看摊。"因为店中还有他们的三匹马，所以把江绍杰留下；也嫌他年纪太小，恐其武功不够。

杨玉虎收拾利落，带了兵刃，又问陆锦标："我们怎么走？"陆锦标一指后窗格，杨玉虎过去一推，黑砂掌微微一笑；这窗户早经黑砂掌鼓捣好了，不但早已启开，还有一根筷子半支着。两人收拾要走，陆锦标低声道："且慢，得给他留一句话。"杨玉虎低顾江绍杰，江绍杰倚包代枕，侧身闭目，睡得正香。陆锦标从百宝囊里取出笔墨纸札，草草写了两句话："我们片刻即回，你千万不要走开。"

杨玉虎问道："这是做什么？"黑砂掌笑而不答，拿这纸条，走到床前，用小刀钉在木柱上极易见到的地方。低头来亲自验看江绍杰，江绍杰一只胳膊蒙着脸，看不见眼。听了听呼

吸，陆锦标有些迟疑。终于不管他，轻轻启窗，令杨玉虎跳出去，自己随后也跳出去。

两人一直驰奔沙坞，杨玉虎忍不住且跑且问：“四叔，到底咱们上哪里去？”陆锦标道：“你不用管，到了地方，你看我的眼色行事。”杨玉虎笑道：“我可不是夜猫眼，漆黑的天，您的眼色我看不出来呀。”黑砂掌道：“糊涂虫，你当是大爷冲你飞眼么？到了地方，你只注意我的举动，看我的手势。”

杨玉虎不肯含糊，笑道：“不行，四叔，您得告诉明白我，我才好跟您打下手。若不然，弄拧了，弄砸了，可是笑话。”黑砂掌道：“好小子，打破砂锅问到底。其实也没别的，咱们明访数次，一点眉目没有，白落得打草惊蛇。如今我要改计而行，咱们来个暗探。离这里不远，有一个武林同道，我打算偷偷去淌他，带着你，不过教你巡风。”杨玉虎点头道：“这么着倒也好，您一声不言语，低头直跑，我当您访出下落，前去讨镖呢。”黑砂掌道：“好小子，你倒会挖苦我！”杨玉虎不由也笑了。

展眼跑出数里，黑砂掌放缓脚步，杨玉虎看前面黑乎乎一片，问道：“快到地方了么？”黑砂掌道：“早着呢。”杨玉虎又道：“我们临出来的时候，真没想到这么难访。不知我老师他们大拨的人，如今是否已有所获？”黑砂掌陆锦标道：“保管他们比我们还难。他们是当事人，明面出头，不用他张嘴，人家就知道来意了。预备瞒他们的，一定先把词编好了。你瞧吧，小子，准是咱爷们先成功。”杨玉虎笑道：“就凭四叔您一个人，那当然了。”黑砂掌笑骂道：“你这小子说话带刺。”杨玉虎道：“我可不敢奚落您，这十来天把我蹓怕了。家师出头明访，您说不容易得真情；可是跟家师是朋友帮忙的，也就开诚布公答应帮忙了。像您这样，只探探人家的口气，不吐真意，我看倒不好办。”黑砂掌道：“你狗大年纪，懂得什么？我们现在不是要暗访么？别说了，快到了。”

黑砂掌带杨玉虎加紧趱行，夜走荒径，穿林拂木，奔驰十

数里，到了地头。前有一道小河挡路，走到河边一寻，糟了，没有桥梁，没有摆渡。循河而行，黑影中倒有一只小船，恰停在对岸，在这边也不能利用。黑砂掌退回来重寻，且寻且说："他们一定是把桥拆了。"殊不知此处有一座小桥，白天搭上，夜晚撤去。

黑砂掌找着了设桥之处，又看了看说："还好，还有桥柱子，小子，你渡得过去么？"杨玉虎说道："四叔，您背我过去吧，我哪里会登萍渡水？"黑砂掌道："别装傻了，这么粗的柱子，这么窄的空子，你还走不过去。"杨玉虎道："我还没有出师，我哪会这一套本事。"

黑砂掌道："好小子，你跟我玩这一套！我不管你了，爱过来，不过来！"遂一耸身，脚踏桥柱，腾越过去，连头也不回，往前就走。杨玉虎急得口发"嘘嘘"之声，请黑砂掌稍待，也就一耸身，渡过了小河。

杨玉虎追上黑砂掌，抱怨道："四叔真行，半路上竟要甩我。若遇上点子，您许把我卖了呢。"黑砂掌骂道："你跟你师父是一个传授，真滑就是了。走吧，将入虎窟，不要唠叨了。"

他们又往前行，黑压压一片浓影，黑砂掌陆锦标命杨玉虎紧随在自己肩后，一左一右，雁行斜进。忽然若有所见，回身一扯杨玉虎，两人分往旁边一窜，退到路旁树后。停了一会儿，没有听出异响来，也没有看出异样来，可是两人竟不敢再在大路上走。俯着腰，从田禾垄中，慢慢前进。只走了一里多路，杨玉虎觉得比刚才那十六七里地还累。前行一段路，地势忽然开展，遥望前面似有屋宇庄院之状，只是昏暗无有火光。黑砂掌暗扯杨玉虎一把，意思是教他留神，现在已到地方了。黑砂掌预备要进探这一所田庄。

黑砂掌命杨玉虎学着自己的样，像狗似的穿旁路，匍匐前进。大宽转，让开正面，渐挪渐近，到了庄院一望之外，停住了脚。陆锦标纵目四寻，择一棵大树，他命杨玉虎在树下巡视，专防正路。自己立刻攀树而上，往庄院内望。目光所及，

还是黑乎乎一片。但在行家眼中，暗中辨光识形，居然窥出堡院的格局，中有院落数层，当有民房几家。看罢下来，已认明自己要进窥的院落所在之处；揣摩形势，该从庄后绕奔西边，由西边入探庄院，比较着出入便利。

黑砂掌立刻引领杨玉虎，绕道往前走。杨玉虎低声问道："您要去的地方，就是这里么?"黑砂掌低声道："别言语，跟我走，你自己可别乱钻。"一步一探，行行且行行，逐渐迫近了庄院。转过北面，直迫近西墙，小心在意。借物掩形，不留一点动静，也不留一点形迹。找到合适的地方，恰是院落的一隅。黑砂掌向杨玉虎一指墙，自己立刻耸身跃上去。杨玉虎立刻往旁退闪，一俯腰，也蹿上墙。两人相隔两三丈。

黑砂掌贴伏在墙上，只露出头，急急往下看。杨玉虎到底不在行，把上半身全都露出，还要在墙上站起来直腰。黑砂掌侧脸看见，急急向他挥手。杨玉虎忙又俯下腰去。

杨玉虎以为黑砂掌要往院内跳，哪知不是。黑砂掌看了又看，忽又蹭到偏北面，似乎默默中对于下地落脚处有所选择。杨玉虎不很明白，只觉院内统统漆黑，像是富农的后场院。既然无人，何处不可下跳。

本来预定的是杨玉虎巡风，现在他竟不愿爬墙装狗，一歪身，头一个抢下去了；黑砂掌拦阻，已然无及，只得跟踪也轻飘飘地跳下去，口发低嘘，命杨止步。

杨玉虎一步一探，直往前走；闻声回头，方要问话，就在这时，突然听见破空之声。黑砂掌道："不好!"里面人已经觉察。

杨玉虎顿知已误，回身窜到黑砂掌旁边，张皇低问："怎么回事?"黑砂掌道："你这小子，假机灵坏了!"

第五十七章 陆嗣源黑夜剪径遇父 地头蛇暗潜觅银露迹

跟着这破空之声，又发出一声，院中高处突然有了灯光。就在黑砂掌绕着前进，时时躲避的地方，出现了两条人影。杨玉虎到此心中发慌，忙回手要抽剑，又低叫："四叔，您瞧这边！"黑砂掌笑道："小子，你再看那边，你再看那面。小子，你知道咱们落入重围了么？"杨玉虎后悔不迭，心想："这该应敌，否则就该撤步。"

再看黑砂掌陆锦标满不介意，反倒摘下小包袱，找出长衫来；把兵刃也解下，交给杨玉虎；并催杨玉虎敛剑入鞘。两人在平地上鼓捣，但闻院中破空之声，连发响箭。跟着挑出灯竿，从角落里前后走出十几个，远远把二人围住，可是这些人全不出声。

转眼间，听见一片关门开门声，又有三四人出来，奔到黑砂掌面前，相隔数丈。黑砂掌急急递话。来人也喝问了几句话。杨玉虎听不懂。那三四个人互相说了几句话，便出来一人，奔回直通内院的门口，仍把门掩上。黑砂掌居然跟那包围他的三人闲扯，问这个，问那个。三个人态度傲兀，不爱搭理。

旋听见开门声，从门中透出明晃晃的灯光，数人持提灯，一人空手走出来，叫道："是鹰游岭的陆四爷么?"黑砂掌向对面三人说："您听，准没错，这不是蒙人的事。……来的可是潘青山潘大哥么?"

灯光先到，陆、杨二人全形毕现。出来的那人赶行数步，与黑砂掌拉手，大笑道："我想准是你，不料果然，咱们哥们老没见了，请里面坐吧。这一位青年是您什么人？穿短打，带兵刃，很精神哪。"黑砂掌道："是小徒，喂，过来见过你潘大叔。"杨玉虎不摸头脑，只得上前作了个揖。

这个潘青山对手下人说："这是老朋友，你们哥几个照应着点。"语中意味似乎不好，杨玉虎也听出来了。潘青山竟把黑砂掌二人让到内堂。内堂明灯辉煌，不似偷窥时那么黑了，院子内外也都挂着灯。

宾主坐定，献茶寒暄，杨玉虎也被让坐在侧首。这时候在灯光下，相形之间，众人全是长衫，独他一身短打。黑砂掌盯他一眼，冲他一笑，又一摸脸；杨玉虎自知铸了大错，搭讪着也笑了。潘青山笑道："好么，陆四爷，哥们多年没见，一见就来这个。你们师徒二人挤眼歪嘴，这玩什么把戏？要算计我么？我这里近几年一不犯法，二不作案。任凭什么人，白天黑夜都可以来。"

潘青山说着站起身，走到外面，向手下人吩咐了几句话。未容黑砂掌自行辩解，外面就蜂拥进十几个人。

黑砂掌很乖觉，立刻知道潘青山的用意，忙站起来，向众人一揖到地，连连说道："小弟我该打该罚，实在对不住众位。众位想必是今晚上值夜班的。我本无意偷来访友，只因我这小徒不知天多高，地多厚，是我要警诫警诫他。教他在前头走，我在后面跟，好让他明白明白世面的艰难；别自觉不错似的，来到外面，一步也走不开。可是这一来，我把小徒警诫了，未免教众位面子上下不去。我再给众老哥赔个礼！"作了一揖，又作了一个罗圈揖。

潘青山立刻大笑道："好个陆四爷，真够老辣的。我的意思跟您正好一样，他们十几个人也是自觉不错似的。晚上值班，大大咧咧，总以为就是一只鸟、一条狗，也钻不进来。现在，哪知陆四爷带着徒弟，直走进院里，他们还不知道。我也是教他们认识认识，教他们从此以后，别自以为了不得。"说罢，潘青山命众人向黑砂掌谢谢"指教"之德，这才挥手命众退去。黑砂掌又一扪脸，说道："我这脸是橡皮的，倒不怕相好的暗损我。"说着纵声大笑。

两个老朋友全都轩然大笑，其实钩心斗角，暗挑起节骨眼。乱过一阵，黑砂掌命杨玉虎上前拜见主人，说道："徒弟过来，这是你潘叔父。"

杨玉虎连忙施礼，被主人拦住。他暗端详此人，身材高大，满腮虬髯，脸比黑砂掌还黑，腮比黑砂掌还多毛。这人是在杨刘行潜伏的江湖魁首，名叫潘青山。这小村俨如他的城堡一样。

潘青山对杨玉虎道："你是陆四爷的高足，真真好极了。你们老师真会教学生，肯下这大苦心。老弟，你将来一定能够出人头地，请坐下吧。"潘青山又转向黑砂掌道："四哥，你我弟兄不说假话。你黑夜临门，必非无故，你还有别的事没有？"

黑砂掌笑道："你还是当年那样，砸砂锅要砸到底。我自然有点事和你商量。第一句话我先问你，你们这里消停不消停？合字和六扇门有什么动静没有？附近的合字都还有谁？第二句我再问你，你耳朵够长够灵，听见什么稀罕事没有？咱们江北一带，可有眼生的人物窜进来没有？咱们是老爷们了，你不要装蒜，老老实实告诉我。"

潘青山道："这个……你打听这个，有什么意思？"黑砂掌道："自然有点意思，要不然，我还不会半夜砸你的门来呢。"潘青山笑道："那就请你把来意明说出来。我就一是一，二是二，有问必答。"

黑砂掌把大指一挑道："老兄弟，有你这么一说，我索性

全告诉你。你可听见二十万盐镖在范公堤被劫的话吗？不幸我有一个朋友，吃了挂落。我不能不替他想一个偷梁换柱的法子，好出脱他，所以我才麻烦你来。你在本地，人杰地灵，你告诉我实信。我还得求你搬人帮忙。”

潘青山还没听完，把头摇成拨浪鼓似的道：“不知道，不知道，我当是什么事，原来是范公堤劫镖那一案哪。按说这一案现在都闹翻了天，可是我也正在纳闷。因为劫镖的是外路人，凭空给咱们江北找了麻烦。我也正要扫听这劫镖的主儿的实底，只是摸不着一点棱角。”说到这里，又笑道：“四爷别瞪眼，我不是推心净，我真不摸头；不过看在老朋友份上，我可以指示给你一条明路。”

黑砂掌放下面孔，忙道：“潘二爷费心吧。”潘青山把椅子挪了挪，附耳低声，向黑砂掌说了一番话，然后嘱道：“我告诉你了，你可别说是我说的。”黑砂掌眼睛一转道：“那可不一定，他们要盘问我，我就说潘青山主使我来的。”潘青山道：“好，你没过桥，就要卖道。说笑是说笑，你陆四爷千万别给我玩皮子。”

黑砂掌大笑道：“你的话只要可靠，我就不露出你来。你骗了我，回头再算账。”随即站起，外窥夜色道：“我这就告辞。我们再见！”

潘青山立刻吩咐手下人，挑灯引路，仍有人跑出去，现搭木桥。黑砂掌携杨玉虎，走出村外。潘青山直送到桥边，这才告别。

黑砂掌和杨玉虎急急趋至大路，然后回望小村，似乎无人跟缀，这才吁了一口气，数说杨玉虎：“你这小子，害得我弄巧成拙，本想暗探，弄成明访。完了，我们快回去吧。”杨玉虎含愧支吾说：“这都怨四叔不先明白告诉我。”

两人且说且走，穿入丛林。黑砂掌还是抱怨杨玉虎。杨玉虎赔笑认错，道：“好在没耽误事，您跟这位潘爷又是老朋友，也没得罪人。”黑砂掌咄道：“怎么没耽误事？”杨玉虎道：“刚

才潘爷跟您咬了回耳朵，您连连说好，您不是得着好消息了。咱们没白来，您还瞒着我做什么？”黑砂掌失笑道：“他那是装模作样，跟我瞎扯；他什么也没告诉我，送空头人情罢了。你这孩子简直假机灵！”

且说且行，将次穿出林外，突然听见隔林那边，远远有奔逐殴斗之声，又听一人喊道：“看镖！”黑砂掌和杨玉虎不禁愕然，一齐止步。

黑砂掌和杨玉虎倚林侧耳，确是隔林出了争斗。时当午夜，非盗案，即凶杀，忙绕过林去，寻看究竟。林那边竟是四五个人影，追赶一个孤行客。这孤行客也似行家，且斗且夺路狂奔，正向林这边逃来。背后那四个人分散开急追。有两个人斜趋丛林，要剪断逃人的去路；其余两个人仍在背后缀。这斜堵的两人，内中有一个脚程很快，居然斜趋疾驰，先一步赶到林路。

那奔逃的孤行客形势危急，在背后的追者也已赶到，似乎一扬手，发出一支暗器。黑影中，只见那逃人侧身一闪，还想旁窜，却已来不及，顿时被后边的人赶上。那后来人往前一探，金刃劈风，照身后便砍。孤行客又急急一闪身，亮出兵刃来，前堵的第二人又到，登时又把孤行客围在核心。刀兵乱响，人影乱窜，又苦斗起来。

追兵似乎定要捉拿孤行客，只抽出三人来包围；那先奔到林边的追兵竟不过去截斗，依然横刃当林，看意思是唯恐逃者穿林而走。逃者依然且战且走，可是迤逦而斗；好像力尽技拙，已然走不脱了。

当此时，杨玉虎在暗影中看了个大概，忙低问黑砂掌：“这是怎么回事？可是剪径的贼，竟拿孤行客么？”黑砂掌道：“别言语，你等我调侃问问他们。”

黑砂掌往前凑，正要调侃，杨玉虎看出逃者势力孤危，恨不得立即奔出去相救。黑砂掌往前凑，他也慌不迭地往前凑。顿时弄得路边草簌簌地一响，那持刀阻林的追兵立即觉察，突

然一回身，没看见杨玉虎，恰与黑砂掌，面面相对。

黑砂掌把手一举，刚叫了一声："合字。"这追兵陡然一扬手，打出暗器。黑砂掌猝出意外，急急闪身，登时大怒，骂了一声："混蛋！"忙也掏出暗器，照这追兵打去。哪知这时候，杨玉虎的金钱镖也正出手；这追兵腹背受敌，又当昏夜，刚刚闪过这边，竟躲不开那边，登时负伤倒地。虽然倒地，挣身欲起，便立刻口发呼哨，向同伴告警。

黑砂掌大怒，赶过去一看，重将那人踢倒，先解除兵刃，次喝令杨玉虎："快捆上他！"匆匆提入林中，顾不得审问，叔侄二人抢着出战。黑砂掌一摆兵刃，大声喊喝道："好一群狗党，你们都是干什么的？怎么回事，你们全给我住手！"

黑砂掌一喊，那边围攻的情形早已转变。围攻的人已经闻警，知道林中有埋伏，忙分出两人，奔来迎敌黑砂掌，搭救自己人。那被围的孤行客，登时手脚松动，面前只剩一人和他对敌。同时也听出黑砂掌的喊声，忙即回答："四叔，是我，这是一伙路劫。您快把他们拿住。"

杨玉虎哎呀了一声，忙道："四叔，这是我们六弟。"黑砂掌道："少说话，打家伙！"遂不再问，一齐动手。这被围的孤行客正是留在店中的江绍杰。三下夹攻，三个夜行人渐渐不支。

黑砂掌一口刀就对付两个，杨、江二人合力对付一个；三个夜行人连忙调侃："相好的，是合字，是鹰爪？"黑砂掌道："是管闲事的祖宗。"一路猛攻。三个夜行人且抵抗且问："朋友，别骂街，你留个万儿！"黑砂掌道："你留个万儿！"

夜行人已知遇见劲敌，不得不认输，遂叫了一声："好，我们那一位可是交给你们了。相好的，咱们后会有期！"说罢，三人呼哨一声，立刻拨头狂奔。

黑砂掌骂道："你们不是勾兵，就是暗中缀我。爷爷不上你们的当。小子，追东西，一个也别留！"

黑砂掌催同杨、江二弟子，川字形紧缀下去，唯江绍杰累得呼呼直喘。直赶出半里路，夜行人照样要钻树林。黑砂掌冷

笑道："朋友，你先等等！"向杨、江示意，唰的发出一阵暗器雨。三个夜行人中又有一个倒地，其余二人投入林中不见了。

杨玉虎、江绍杰过去，把受伤之贼活擒捆好。江绍杰此时几乎酥软了，竟要坐下歇歇。黑砂掌冲他直笑，警告他："好小子，教你看家，你不在店里睡觉，偏出来现眼！喘得这个样。大爷再不搭救你，小命准完。起来吧，这个地方歇不得，我们得走出一段路去。"江绍杰勉强起来说："走就走，好吗，四师哥，四叔甩我，我没法子，怎么四哥也想甩我？"他还有一番抱怨话，黑砂掌道："别唠叨了，快离开这地方。"杨玉虎道："可是咱们捉住这一个，还有树林里捆着的那一个，该怎么办呢？"

黑砂掌又狠又坏，他打算只从现在这个人取口供，那一个被捆在林中的，是死是活他全不管了。当下命杨、江二弟子，牵着这个夜行人，自己用刀尖在后督着，把夜行人直带出半里外。找一个隐避地方停住，命杨玉虎巡风，略问了江绍杰几句，便来诘问这个夜行人。

江绍杰果然在店中半夜醒转，发现黑砂掌和杨师兄不见，立刻穿衣追出来。一路乱寻，误走歧途，在一股岔路上，紧挨水边，遇见这几个夜行人，鬼鬼祟祟，似有所为。黑影中望不清楚，江绍杰还疑心是黑砂掌遇上熟人，贸然往上一凑，刚打一声呼哨，被人发现了。这几人毫不客气，要扣留江绍杰。江绍杰初出犊儿，抽刀便砍，登时打起来。众寡不敌，人家要包围他。他很乖觉，夺路急跑。这几人穷追不舍，江绍杰且战且走，逃到林边，方才遇救。江绍杰说罢，转向被擒的人："你们在那小河沟子旁边，鼓捣什么？我喊了一声，也不犯歹，你们为什么定要追杀我？"

那夜行人冷笑不答，对黑砂掌说："朋友，听你的口气，你是老江湖了，要杀要剐，要释放，要送官，一听尊便。你们又不是鹰爪，问我做什么？又有什么用？"

黑砂掌道："你怎么看我不是办案的？"那人冷笑不语。黑

砂掌端详此人的身量，倒是个壮汉，听话声也正在少年。便问："朋友，你贵姓？你是哪条线上的？你别拿我当六扇门，咱们就算是同道。你把实话告诉我，我好放了你。"

夜行人道："放不放在你，至于实话，对不住，你逼我说出来的实话，你肯信，我还不肯说呢。再说朋友你要是栽了，你愿意留名么？"

黑砂掌道："好家伙，你这小子口气倒够味，不用说，你也是名门之徒了。"江绍杰道："四叔，您别这么问，这么越问越问不出来。"抡起刀把，狠狠打了几下。这一打，那夜行人嘻嘻地冷笑，往地上一躺道："朋友，你们这举动，满不是江湖道。你给我来个痛快的吧。"再问就连声也不出了。

这夜行人的派头，引起黑砂掌的高兴来，连说："够朋友，够朋友！"可是这夜行人这股劲，更引起江绍杰的反感，因为刚才他不过一探头，便被他们穷追乱砍。干镖行的和做绿林的，天然是两个做派。江绍杰还是要苦打取供。黑砂掌陆锦标把他拦住，说道："你先别打他，等我来问吧。"

黑砂掌在黑影中，冲那人问了几句，那人躺在地上，依然不答。黑砂掌笑了起来，忙摸索身上，取出火折子，用手一晃，可惜隔时太久，火折子晃不着了。便问杨、江二徒，身上可有？杨、江说："我师父不教我们带这个。您要火折子做什么？"黑砂掌摇头不答，忽然说道："有了！"忙扶起夜行人，细搜身畔，果然从这人的百宝囊中取出一支竹筒，内有火折。用手连晃，发出火光来。黑砂掌就拿火折，照看这夜行人的面貌。这夜行人还在地下坐着，见火光立刻低下头。黑砂掌看了又看，忽然疑讶道："唔？"

杨玉虎、江绍杰，借这火光，看出这夜行人年约二十多岁，非常精壮，圆脸大眼，穿一身短装，此刻也抬头扫了三人一眼，仍旧垂头不语。

黑砂掌迟疑道："朋友，我好好地请教你，你贵姓？你是哪里人？你到底是不是合字？"江绍杰道："你们刚才聚着好些

人，那是做什么？”

那人半晌才说：“对不住，我若是落在仇人手里，就痛痛快快，把我杀了。若是落在六扇门手里，咱们公堂上再画供，这时候问也白问。我若是落在合字手上呢，你们这举动，全不对劲，我还是不答。”

杨玉虎笑道：“好硬的一棵菜，你就当我们是合字。”那人道：“是合字，就不该这样问我。”江绍杰骂道：“这样问你，还是好的呢。”调转剑背，又要动手。黑砂掌忙又拦住道：“别打，别打，我再细细瞧问。”

黑砂掌又把火折子晃亮，直送到那人面前，左看右看，远瞀近盯，活像相新媳妇，招得那人恚怒。

忽然，黑砂掌说道：“我说喂，你到底姓什么？你可是姓陆么？”那人似乎一震，抬头望了一眼，复又低头不答。

黑砂掌再忍不住，把一个火折子举着看，眼看全点完，又把自己的火折点着，歪着头死盯那夜行人，夜行人越发低下头去。但是杨、江也起了诧异，也跟着细看，看完又看黑砂掌。黑砂掌与这夜行人年纪悬殊，却全是圆脸，圆眼。黑砂掌有一脸络腮胡，这人下颏也是青漆漆的。杨玉虎首先大惊道：“四叔，你看见么？这人跟你可是一个模样！”

黑砂掌立刻叫道：“你不是小福子么？你是我的儿子！”那人骂道：“我是你的祖宗！”可是骂出这一句，不由睁开了眼，这才借火折子，细看对方。

这一看，夜行人哎呀一声，不觉得站起身来，问道：“您您您贵姓？”

黑砂掌失声道：“好小子，你连你爹也认不得了。”杨、江二弟子惊诧万状，一齐代说道：“这位是鹰游岭的黑砂掌陆老英雄。朋友，你到底贵姓？”

那人不等听完，扑登地跪下，叫道：“爹爹，爹爹，我就是小福子！”

黑砂掌大声道：“好小子，你会骂我，你不是我祖宗了？”

那人羞惭无地，杨、江二徒于惊疑中忙替夜行人解了缚。这个人正是十余年前，因为父娶后母，一怒离家的陆嗣源，也就是黑砂掌陆锦标的长子，乃是黑砂掌前妻蔡白桃所生。

黑砂掌本是绿林之豪，他与蔡白桃当年活跃在江湖上，偷盗抢掠，无所不为。蔡白桃更比他厉害，故此多结怨仇。不久，蔡白桃生了陆嗣源。陆嗣源刚刚六岁，蔡白桃又怀了孕。正值黑砂掌远出，仇人寻上门来，蔡白桃束腰提刀，与仇人苦斗，结果两败俱伤，虽得手诛敌人，自己也伤胎而死。遗下陆嗣源，黑砂掌把他送到一个同门师妹家中，代为抚养。

黑砂掌自己独身一人，去搜寻仇人的党羽，报仇之后，悼亡灰心，洗手退出绿林之后，回转故乡，又迁到别处，做起良民来。随后鳏居无聊，就续娶了继室张氏。

这张氏乃是良家女子，她的叔叔是个做买卖的。有一年贩货，行在中途遇盗，被黑砂掌无意中遇见；用几句话，把围上来的强盗说走。张某为此感激，结成朋友。那时黑砂掌自称是镖客，恰巧张某家中有个年逾花信的侄女，既订婚就死了未过门的女婿，在叔叔家寄居。后来便许配给黑砂掌，作为继室。

这时，黑砂掌的长子陆嗣源，已经还家；他不赞成父亲续娶。后母在前门下轿，他竟从后门溜走。从此父子生离，一晃多年，黑砂掌也多方寻找，迄无下落。后来继室给陆锦标生了一个次子，取名陆嗣清，就是十二金钱俞剑平新收的末一个徒弟。这张氏嫁后不久，旋发觉其夫出身绿林，但因木已成舟，心中懊丧，也无可奈何；只是哭闹着，逼黑砂掌洗手。但黑砂掌早已洗手了，张氏又逼他移居，和绿林朋友脱离。

这是以往的事了，现在黑砂掌代友寻镖，竟在意外，和失踪已久的儿子骨肉重逢。

黑砂掌十分惊喜，把跪在地上的陆嗣源扯起来。两人对面，看了又看。十多年的久别，父子面貌全改。这青年已没有当年的孩子气了；黑砂掌满脸胡须，不似当年。可是父子面貌的轮廓，大致还看得出来。尤其是圆头顶，圆眼睛，南人偏生

北相，乍看便觉父子酷肖。

这青年夜行人陆嗣源悲喜交集道："爹爹，你老这些年上哪里去了？我曾到老家找您，都说你老携家远走了。你老现在何处？"黑砂掌道："好小子，自从你这个娘刚一进门，你就一溜走了。你只顾想念你的死娘，你连你的活爹也不要了！这十多年，你往哪里闯荡去了？"

骨肉阔别十多年，一言难尽，父子全说此地非讲话之所，黑砂掌要率子同回店房。陆嗣源道："且慢，还有你老人家刚才捉住的我那一位同伴，你老把他捆在哪里了？您得把他先放了，我好同您走。若不然，我去把他邀来吧？那人并不是外人，乃是我的盟弟高麟章。"

黑砂掌骨肉重聚，年老恋子，把儿子拍拍摸摸，不忍暂离。陆嗣源要翻回去，亲释盟弟；黑砂掌说："那又得折回一里地，何必费这事？可以教这师弟，把他放走。玉虎，你和绍杰辛苦一趟。你别对那人说实话，只说彼此是熟人。你把他解开一放，你二人再赶紧回来。"

黑砂掌又对陆嗣源说："小子，你这盟弟八成是你的同行吧？不用说，你现在又干起咱们的老事业了？你是和人结伙，还是单人独闯？你们的瓢把子是哪位？"陆嗣源道："你老容我到下处细讲吧。"

当下，黑砂掌与失踪又重逢的爱子先一步走。杨玉虎和江绍杰二人自去林中，释缚放人，略述数语，然后匆匆折回。四个人先后脚回转店房，时已黎明。

在店房中灯光下父子对面，看老的更老，小的不小。爷俩都很动情，悲喜交集。黑砂掌先看了看陆嗣源刚才受的伤，不过是浮伤，稍一包扎便得。跟着便问陆嗣源，这十几年的情况，和目下所作所为。

陆嗣源这才细诉以往，果然他已身入绿林了。他手下也率领着十几个人，乃是一处大寨的小竿子头。大寨主身死之后，全伙分裂，他新近竟和蛇头坞的夏永南两帮合成了一帮。夏永

南是大舵主，陆嗣源是二舵主。他们现在正在秘有所为。

父子二人各诉近情，追说往迹，旋又折到眼前的事。陆嗣源便问家中现在的人口。黑砂掌告诉他："你现在的这个继母，人很不错。多亏她规矩着我，我如今早已脱开绿林了，积了些钱，我在鹰游岭，买了一些山田。你想咱们爷们哪会拿锄把子？全是你这继母替我操持。我在家里享起清福来了。你这继母还给你生了一个弟弟，今年也十四了。我新近把他送到十二金钱俞三胜那里学艺去了。你这继母样样都好，也够贤惠，就是不喜欢咱爷们干绿林。想不到你这孩子也走了你爹的旧辙了。你现在成了家没有？"

陆嗣源听他父盛夸继母之德，他是不肯赞一词的；听说有了弟弟，倒也喜欢。他父追问他娶亲没有，他就摇头说道："没有，还没有呢。"

黑砂掌笑道："没有才好。你若成了家，你现在干的是这个营生，你的妻子自然也是这里头的人了，将来他们婆媳实在不好共处。你也不小了，你今年二十几了。今天你我父子重逢，你就洗了手吧。跟着我回家，我先给你娶个媳妇，回头你愿在家中照应田地，你就在家里一待。你若是耐不了乡农生活，现在我有的是镖行朋友，我把你荐到镖局。你别再吃绿林饭了。"

黑砂掌陆锦标说了许多话，却不问他儿子是否同意。但是陆嗣源和他的伙帮，刻下正着手做一件大事。他父亲的意思，立刻要带着他走，他实不能拔腿。他在江湖上也有小小地位，就算洗手，也得有个交代；况且现在他正是欲罢不能。他又素知他父亲的脾气，对儿女很溺爱，却不喜小孩子违背他的话。这本是做父母的常情。

黑砂掌陈芝麻烂谷子地讲了许多话，又告诉陆嗣源："我现在正忙，正缺少一个合字上领道的。如今有了你，好极了。你把近处的绿林道全告诉我，我要挨着找他们去。"

陆嗣源听他父亲的意思，现在就要带着自己走，不由心中

着急。黑砂掌好像不理会儿子的心情和面上神色，便要由店中动身，教陆嗣源跟着走。陆嗣源忙道："你老人家找绿林做什么？你老不是洗手了么？您此刻打算上哪里去？"黑砂掌道："现在我还没有准地方。我正要问你，近处绿林道最有势力的，都还有谁？"

陆嗣源随便举出几个绿林人物来，内中就有黑砂掌去过的。黑砂掌道："这些地方，我全去过了。你的垛子窑在哪里？莫如我到你们窑上看看。你们的大当家夏永南，我还没有见过呢。"

黑砂掌还是火炭似的脾气，说走就走。陆嗣源迟疑不肯就去，反问黑砂掌道："你老到底有什么事，要历访绿林？"黑砂掌看了他一眼，不悦道："你倒审问我么？我倒要问问你，你这孩子这么直打倒退，你有什么心思？可是的，你们刚才鼓捣什么了？莫非你们是正在作案么？"

陆嗣源起始不肯直说。黑砂掌越盯越紧，末后面带怒容道："我看你人大心大，你不是我的儿子了。你肚里有事，你瞒着我！看你这意思，把我抛开才好，是不是？"陆嗣源惶恐道："你老别着急，儿子情实是正有事。你老教我跟您走，我不是不愿意，您总得容我把事情撕罗开了啊。"黑砂掌道："到底是什么冤魂缠着你的腿，连你爹都不要了？"

陆嗣源窘得脸通红，万分无奈道："我是正同着伙伴，帮助朋友做一件事。因为这件事做成了，有几万油水可以分到我们手里。儿子的意思，我们已然布置了好几天，眼前就水到渠成。我恨不得发了这笔外财再走。也可以拿着这钱孝顺你老。"

黑砂掌立刻动容道："几万？"陆嗣源道："有五六万。"黑砂掌忙道："是一共五六万，还是你一个人分得五六万？"陆嗣源道："一共有二十万呢，我们这一股，可以独分五六万。……"

黑砂掌不等听完，立刻跳起来，抓住他儿子的手，一迭声动问："是二十万么？是怎么个来路，你快说！"陆嗣源吃了一惊，把头一低，立刻支吾道："详情我也说不清。这是我们大

当家经手的。”黑砂掌大怒，斥道：“好小子，你不知道你是贼羔子么？你不知你爹是个老贼么？你还跟我捣鬼？你小子把招子放亮了，老老实实告诉我，若不然，我把你送官，当臭贼办！你这东西跟你爹还玩花招！”

黑砂掌越说越怒，瞪着圆眼，要动手打人似的。杨玉虎、江绍杰连忙过来劝解。陆嗣源无可奈何，只得吐实。

果然不出所料，这外财二十万，正是那二十万镖银！

第五十八章

暗索豹斑盘湖搜秘
父子联手踩探渔村

陆嗣源等辗转从绿林道，探知新有外来绿林，叫作什么插翅豹子，因为报仇找场，特来跟镖行作对，把二十万盐镖扫数劫走。事情闹大，这插翅豹子已与当地绿林勾结，把这笔巨赃隐埋起来了。

夏永南、陆嗣源他们这一伙，正恼这外路绿林，胆大妄为，做如此重案，以致影响了他们伏地户的生意。他们也和镖行一样，合字相逢，互相刺探："这作案的豹子到底是哪里来的？现在奔哪里去了？二十万镖银，他们都弄到什么地方去了？"这时候，官捕、镖行四出寻缉。群贼人人敛迹；人人迁怒到豹子身上。

不想豹子独力难支，即与当地绿林勾结，头一个便是子母神梭武胜文，第二个又有凌云燕姊弟二人。那子母神梭武胜文秘密地传下绿林箭，给豹子做了窝主，又给豹子转邀朋友。这一来，逗上笋了；子母神梭暗遣手下，游说牛角湾的蔡九。蔡九大概是不愿跟人瞎跑，也不愿替人顶缸，听说是当时一口谢绝了。

但是这消息过了些日子，无意中，竟漏给夏永南。夏永南这才晓得劫镖的豹子，是子母神梭的朋友，但还不知道真姓实名。

夏永南又对陆嗣源说起。陆嗣源立时灵机一动，对夏永南说："大哥认识武四爷么？"夏永南说："慕名，没见过面。"陆嗣源道："那么，你跟这豹子更不认识了？"夏永南笑道："我前几天不是还问你了么？"

陆嗣源立刻眼光闪闪地说："好了！大哥，你想发财不想？"夏永南忙问："这话怎么讲？"陆嗣源屏退部下，把趁火打劫的主意说出来；要窥机挖包，转劫飞豹。夏永南道："这个，就是狼叼来，狗衔去。主意真好，只是，这不犯了江湖大忌了么？"

陆嗣源道："不然，您并没有受谁的托付，您也不认识劫镖的豹。再说，这只豹子是外来的和尚。他这一举，是找江南镖行算账，可也是把咱们江北绿林没放在眼里。水大漫不过桥，他把咱弟兄越过去了。大哥，我们可以动动他！"

夏永南眼珠乱转，二十万镖银非同小可，如果弄到手，与伙伴一分，从此后半辈子不忧衣食了。可以远走高飞，退出江湖，改行做一个好百姓。

夏永南又转念一想，连连摇头道："他们埋赃的地点，你可知道么？"陆嗣源道："我们可以推算，可以刺探。反正他们没有运赃远出。我们可以由今天起，秘密地盯住他们这两处：一处是武胜文，一处是凌云燕。"

夏永南点点头，又摇头。他总以为这是没影的事，人家藏银之所，局外人万难探出。况且武胜文有家，凌云燕有窑，赃银必有机密地方。就是探出来，也偷摸不着。难道还能硬抢硬夺，寻着了燕子巢，豹子窑，真格的硬打进去不成？夏永南左思右想，以为太难。

殊不知陆嗣源早已胸有成竹，他从另一人口中，访得射阳湖附近，忽来生人。又听说凌云燕的三舵主飞铃王玲，无缘无故曾在射阳湖两次露面，全都化装改扮，力避人知，更不断访

问当地的合字，鬼鬼祟祟，岂能无故？当下，陆嗣源把自己的所闻所见，告诉给夏永南，并且说："他们是在范公堤作案，由范公堤奔武胜文的火云庄，恰好得走射阳湖。我想，这劫镖的豹子，现在一定就在射阳湖一带潜迹。我们先搜搜他，如果见着他，就拿出江湖的规矩来，见一面，分一半。这地方是咱们的地界。他上咱们地界作案，不打招呼，就是他不对。"

陆嗣源拿出寻豹奔赃的主意，把夏永南说动。正是初生犊儿不怕虎，他竟不管这豹子好惹不好惹。在夏永南想："反正现在没事，你愿意趁浑水捞鱼，你就捞去。可有一样，千万别弄一身腥。"

陆嗣源说："大哥放心，或硬或软，我是看势做事。我如果寻着豹子，一定先拿话点他。我就算是江北绿林道公推出来的人，找他要落地钱。他若不给，……大哥你想，他不敢不给，他总得怕咱们卖了他。"

夏永南这才放心道："你不打算硬夺，只要硬讨，这还罢了；不过硬讨不如软拍。你只要真得着豹踪，嘿，这二十万，就分不到一半，也可以要个八万六万的。咱弟兄发个小财。"

夏永南这才遣兵调将，交陆嗣源率领，要在射阳湖、宝应湖，直通火云庄的这一带，搜寻劫镖大盗飞豹子的潜踪。凡事从外面摸，自然不易；若从里面翻，就事半功倍了。陆嗣源等正是近水楼台。但是结局却出意外，本为寻飞豹，敲竹杠，向他讨落地税。他们竟无意中发现了飞豹子的埋赃之所。

飞豹子本人没在射阳湖。他的党羽和武胜文、凌云燕的党羽，全都聚精会神在对付那名震江南的十二金钱俞三胜；只留下少数副手在射阳湖看守赃银，竟被陆嗣源的伙伴发现了。陆嗣源本不知豹党埋赃何处，更不认得这飞豹子本人。他连日率部下好手，暗中潜缀，第一步是要先认出豹党的头脑人物来，并且找出他们的确实落脚地点，然后就挑选硬手，径去登门投刺，以地主之权，向外来客明讨好处。

但替飞豹子守赃的人，也非庸庸之辈，他们的行踪极其飘

忽。陆嗣源和手下的伙伴，费了全副精力，昼伏夜搜，夜伏昼访，仅仅获得他们潜身之所的大略方向，好像是隐居在射阳湖畔；可是只见生人入，不见生人出。

陆嗣源心中暴躁，有一次好容易遇见一个形迹可疑的人，他连忙潜缀下去。哪知此人竟是附近江湖道金士钊的盟弟。金士钊的盟弟飞白鼠，独自一人也在近处鬼鬼祟祟。两人刚一对盘，全都掩藏不迭。

陆嗣源还当是金士钊跟豹子有勾结，殊不料金士钊的心思，正跟他一样。两下里各不打招呼，全想找这外路合字，讨取落地钱，全怕同行知道。两边的人竟弄得互相躲避起来。也互相猜疑起来。你猜他是豹党，他猜你是豹党。

陆嗣源此时正是一方避着金士钊的盟弟，一方又潜缀金士钊的盟弟，另一方还在加紧寻豹。

当这时，黑砂掌陆锦标可就亲率俞门二弟子，从当腰横插上来了。陆嗣源费了很大的事，刚捉着一条线索，正自黑夜率党，暗加摸索。恰在此时，父子动手，黑砂掌把自己失踪已久的儿子活擒住。父子就在店中叙旧述往，到底黑砂掌把陆嗣源的实话挤出来了。

杨玉虎、江绍杰二少年一齐大喜，听陆嗣源略略说罢他眼前的所作所为，二人立刻说："好了，四叔，您瞧这不是有头绪了！……"

黑砂掌忙拦道："少说话，我们爷们的事，你别打岔。"陆锦标虽然这样说，满面露出得意，向杨、江二人暗递过眼色。杨、江二人登时会意；知道陆四叔要要手腕，对待自己的儿子，要轧杠子似的挤出实话来。

陆嗣源转向黑砂掌："你老人家这么忙，到底想做什么？您那事要是能缓，您只容我几天空，我就交代利落了。那时我跟您上哪里去都行。"黑砂掌笑道："好小子，我的事比你的事更要紧，更吃重。我再告诉你一句实话吧，咱们父子别看十多年没见面，现在骨肉重逢，居然走到一条路上来了。你不用作

难了，你办的事，就是我办的事，咱们爷俩合伙吧。”

黑砂掌陆锦标扣住陆嗣源不放，就在店房，从头套问他们大当家夏永南同子母神梭武胜文、凌云燕等人的交情，究竟如何？到底子母神梭和凌云燕，与劫镖的豹子有何等深交？金士钊和飞白鼠意欲何为？都细细问了一遍。

据陆嗣源说，夏永南和子母神梭武胜文只是慕名；跟凌云燕是素不相识，还有些瞧不起，因为那江湖传言，凌云燕乃是新出手的绿林，惯好装男做女。至于劫镖的豹子，究竟跟凌云燕、子母神梭有何交情，陆嗣源也是局外人，当然也说不明白。至于金士钊，志在半腰捞鱼，已然显而易见。

黑砂掌问罢，默想一会儿，现在已知夏永南和豹党渺不相涉。夏永南既想算计豹党，那么试着找了他去，两下里也许可以合手一办。黑砂掌抬头看了陆嗣源一眼，见他很拘束地坐在下首，脸上露出为难之象。遂凑过去，一拍儿子的肩膀道：“小子，你别犯心思，你听我说。”

黑砂掌仔细斟酌之后，这才把自己的密谋告诉自己的儿子，说道：“小子，我劝你趁今天也改邪归正吧。你爹在绿林混了这些年，很经过大风大险。这个营生实在不是人干的。你想想你的亲娘吧，功夫够多好，又有她的父兄照应，又嫁的是我，可是临了还是死在仇人暗箭之下。现在你既然寻出这么一个发财的路数来，你却不知这一笔财很有险难。告诉你，小子，我也是冲着这二十万出来的。不过你们打的是转手挖包、落地讨税的法子，你爹做的却是寻镖索赃、给朋友帮忙的事情。我看你还是跟着爹爹混吧。……”

陆嗣源听了，说道：“你老是奉了官面的告谕，才出来的么？”黑砂掌笑道：“那倒不是。我若那么一来，岂不成了狗腿子的眼线了？我这回出山，乃是受好朋友所托，为了咱们江北整个武林道的体面，才肯出头的。小子，你来帮爹爹办一办吧。”陆嗣源还是面有疑难，黑砂掌道：“大概你还是怕对不住你们伙伴，对么？”

陆嗣源点了点头道："你老请想，我在窑里算是二当家的，我带着十几个人出来寻生意，竟一去不归。他们再想不到我是父子重逢。他们只看见我动手被擒，一定当我是落在六扇门手里，半途失脚了。他们必然设法搭救我，寻访我的下落。日后我忽然平安出面，我又随着您，没有离开此处，我们的伙伴岂不怪我破坏行规？怎么出了险，不给窑里送个信呢？"

黑砂掌道："你虑的也对。我看此事不跟你们大当家的说开了，也不好办。索性咱爷俩商量好了。一块儿见你们夏当家的去吧。"

父子在店内，商量好了话头。陆锦标久历江湖，心眼很多，竟预备了虚实两种措辞。父子二人便去寻找夏永南，那里果然闹翻了天。那败回的伙计报告了陆嗣源中暗箭遭擒。夏永南登时大怒，疑心他是受了豹党的暗算。跟着在林中被释的那个副手，也逃了回去，把杨、江二少年的话，照样学说了。说二当家遇上熟人了，天亮准回来。

夏永南半信半疑，久候不见陆嗣源回来。他越发生气道："你们上了人家的当了！好个豹子，捉住我们的人，扣下一个，还放回一个，他这是对我示威！不行，我们得把陆贤弟讨回来。"

夏永南很有义气，立刻整队出寻，要找豹党要人要赃。陆嗣源引领他父，刚到界内，便被巡逻的小伙计看见，叫道："二当家，你遇见什么了？真是遇见朋友了么？可把大家急煞了！"

陆嗣源走进窑内，内中只剩下几个人，全伙都已出去。陆嗣源目视他父道："你老看，我们这里是反了不是？"急忙派人，把夏永南寻回。杨、江二少年看了，心中暗服，果然盗亦有道，竟如此义气。

夏永南拉住陆嗣源的手道："二弟，你多辛苦了，他们说你遇见朋友，我只不信，当是你……得了，幸喜平安无事，给我引见引见吧。"

夏永南一端详黑砂掌，陆嗣源这才说："这是家父，这是我的两位师弟。"夏永南忙深深一揖道："老前辈，老伯！小子我叫夏永南，我和陆嗣源是盟兄弟，和亲骨肉一样。你老请上！"夏永南要行大礼。陆锦标连忙拦住道："夏大哥，快别这样！小孩子多承领导，我得谢谢！"

一阵寒暄，夏寨主吩咐在窑内摆酒。又要引见部下，与黑砂掌相见。黑砂掌心慌，他不愿拿真面目示人，当下极力辞谢，也不肯饮酒，连声说："夏大哥，你我一见如故，我这回是专心出来寻找小儿的，我已经给他订了一头亲，人家催娶多次。他这孩子贪恋着和诸位大哥一块凑热闹，连爹娘也不顾，连媳妇也不要，真不像话。夏大哥，我这回来，是给他告假。女家那边催我们秋后娶，夏大哥，您赏脸，准他回去一趟吧。"

夏永南诧然，因为陆嗣源从来没说过身世，更不知他至今未婚，也不知他是名父之子，私逃出来的。忙道："既然二弟要成家，我们大家该贺贺。"假是当然准了，还要欢宴送别。陆嗣源忙和夏永南说了一些私话，略提家有继母，少时私逃的事。夏永南看了黑砂掌一眼，这才说道："我们备一点薄礼吧，我想老伯也不能不收的。"

夏永南备了一些金银礼物，到底留黑砂掌在窑中小酌一回。宴间，欢饮酣畅，黑砂掌把真话略为提示出来一点。夏永南一听，却不愿跟镖行合伙，恐落绿林道的闲言；更怕和官面连手，教同行疑心他卖底。言谈之间，略露难色。黑砂掌见话不投机，就此把话咽住。敷衍了一阵，款留了一天。陆嗣源又背人向大当家说了许多解释的话，夏永南这才放行。陆嗣源也将自己经手之事，一一交出来。父子二人起身告辞，这才永离大寨，父子同归了。

黑砂掌父子这一合手，事情顿见开展。陆嗣源是当地户，门路熟；陆锦标却是资格老，经验富。父子二人又加上杨、江二青年，就在射阳湖地方，潜伏密搜，渐有眉目。也就在这时，十二金钱俞剑平在鬼门关和飞豹子交了手，跟着在北三河

又比了剑；加上官兵闻耗，大举缉匪，连累得武胜文倾巢丧家。飞豹子这才一怒变脸，要把这笔赃银暗献给官府，更借此消弭官军的穷追；同时要另掀大案，专跟镖行作对。

黑砂掌父子重逢不久，这飞豹子便败退下来。与凌云燕、子母神梭密议之后，决计绘图献书，把二十万镖银埋赃的地址，送给淮安府；同时通知官军，并关照射阳湖看赃的同伙，教他们一见官军前来掘赃，全拨撤退。倘万一被镖行探知机密，飞豹子另备下苛毒的办法；只要埋赃之处被搜获，便教守赃同伙把整鞘的镖银打开了，拆散了，一块块尽数投入湖底！这就是飞豹子的毒计！

不料这毒计的底细，竟被黑砂掌父子不费吹灰之力，一举手捞来。黑砂掌父子，潜藏在蛇子坞附近，命陆嗣源乔装匿形，仍去暗盯飞白鼠。他自己仍在暗搜豹迹。

钢杵磨绣针。盘旋数日，黑砂掌居然把豹党守赃的伙计，认准了两个。这生客穿着老百姓的衣服，外表土头土脑，毫无可疑，其实他们是子母神梭、凌云燕的部下，拨来给豹党做下手的。这两人白天不露面，一到傍晚，就出来沽酒买肉，样子是佃户，花钱很大方，买的吃食足够平常十几位吃用的。无意中被黑砂掌看见，觉得离奇，遂唆使杨玉虎、江绍杰上前搭逗。俞门两个弟子立刻假装玩闹，一个前跑，一个后追，从两个生客身旁跑过，故意把他们的盛酒肉的篮子撞掉在地上。杨玉虎哎呀一声，拨头又跑。

果然这两个生客大怒，骂了一句，立刻追擒杨玉虎。两人身法很快，杨玉虎几乎跑不开。黑砂掌这才挨身上前，把两个生客拦住，假装给他们劝架。两人无心中骂了一句江湖黑话，黑砂掌已断定二人必是江湖道了。黑砂掌装什么像什么，此刻扮成乡下佬，土头土脑，伧声伧气，劝解二人；结果教杨玉虎掏出钱来，赔偿了事。两个生客悻悻而去。黑砂掌忙打手势，江绍杰立刻溜在前面，假装闲逛，暗暗跟缀。只走出不多远，便见二客进了路旁小村。黑砂掌忙绕道缀进小村，随后杨玉虎

也远远地盯上来。此时正在黄昏时候，几个人挨到天色大黑，留江绍杰盯住村口，由黑砂掌率杨玉虎，追探村内。

黑砂掌登房，从高处往里窥看；由杨玉虎进村口，径走平地。两人刚刚到村口一半，村中忽吹起一种江湖上的低哨声，跟着起了犬吠。黑砂掌看此情形，唯恐打草惊蛇，同时心中有了一二分把握，知道自己没有走眼。忙在屋上伏下身来，招呼杨玉虎留神，一面由房脊后探出半个头，往里面望去。这小村只有三五十户人家，村后临河，像是小小渔村。就在临河前面一所茅舍中，忽瞥见三间草房灯光照窗，此刻突然熄灭了灯。又恍惚看见有一人从房内出来，仰面观天，似乎把手一扬，要发暗号。

黑砂掌陆锦标忙回头四顾，诚恐暗中有人埋伏。过了半晌，竟没有动静，草房中人又进去了。那杨玉虎不管不顾，依直道往前走。黑砂掌情知村中潜藏着行家，不敢再用弹指嘘唇的法子，来阻止杨玉虎。索性一溜房檐落到平地，和杨玉虎一前一后，明目张胆地走过去。

直到那草舍门前，看出是六七间小房子，房后正是那条小河。黑砂掌缓缓走过去，时时提防着四面。直绕到房后河岸，又转回来，再端详草舍门口。就在此时，从邻巷房上，突然探出一个人头似的，一晃又不见了。

黑砂掌暗觉风色不对，把暗器握在手中，以防不测。在村口绕了一圈半，仅仅认准了草舍的门户，便带杨玉虎出来。会同江绍杰走出村外，到田野无人处，找一棵大树，蹲在下面商量。黑砂掌认为这小村实在可疑："刚才往里面探看，人家竟在暗中安下巡风的人了。我们刚一进村，人家已经知道。并且他们还是老手，若是个初出茅庐的少年，我们一进去，他们必然出来答话，或者要跟缀我们。哪知我们绕村子转了一圈，他们防备得似松实严，竟不搭理我们。那临河小村准有毛病，现在所疑问的，是这一伙潜伏在小村的合字，是不是与镖银豹党有关。刚才我们已算打草惊蛇了，我看我们等到白天，把他们

打圈看住了，破出两天工夫，看看他们到底是干什么的，小房中到底有多少人？”

黑砂掌这样说了，杨、江二弟子全都听命。三人站起来，商量回店。江绍杰道：“四叔，我们要回店，这里我们得留一两个人盯着不？”黑砂掌皱眉道：“要盯，咱们爷三个就得全在这里盯，只留你们一两个，我真不放心。”想了想，又道：“不要紧，绍杰，你只藏在这土阜后面，远远瞟着，不到四更，我再来替换你。”

江绍杰不肯干，笑道：“把我盯在这里，当这份苦差，回头四叔又带师哥走了。这一回您该带着我。”黑砂掌道：“你倒怪诡的，这早晚还能上哪里去？不过是回店房，睡大炕。玉虎，你就在这里蹲一更天吧。”玉虎依言，黑砂掌携江绍杰回店。

过了一时，陆嗣源也回来了，父子交换情报。陆嗣源还是在前日那小堤附近琢磨。陆嗣源窥见飞白鼠乔装渔夫，连日在堤上垂钓，夜间又见他驾小船驰入湖塘，在芦苇纷披中，看似夜渔设置，分明是暗有所寻，暗有所伺。陆嗣源偷盯了半晌，把这情形告诉了黑砂掌。

黑砂掌陆锦标问道：“湖堤附近有沙洲没有？”陆嗣源回答说：“有，对面就有。”黑砂掌又问：“可看见他们洲上堤上船上，拿灯亮传递暗号没有？”陆嗣源道：“这个……有，有！”

黑砂掌哂然道：“好小子，你别自能，看看咱爷儿们谁在行，谁不在行？我没有去，我准知道。这里头既有飞白鼠从旁窥伺，我们可不能漏了招，让人家拣了便宜柴火去。”

黑砂掌认为，沙堤、渔村两边都不能放松。可是他手下就只有一子二徒共四人，不够分派。一只手掩不过天，好生为难。陆嗣源意欲转邀他那盟兄加入。黑砂掌拒绝不要：“多一人，多一个枝节，多一个泄底的漏洞。”

斟酌一回，黑砂掌吩咐江绍杰赶紧睡觉，挨到四更、五更之交，再去替换杨玉虎，仍要盯住渔村，看那一出一入的人踪。却不要迫近了，不要露出监视的形迹来。黑砂掌对江绍杰

说："你千万别弄诡聪明，教豹子党提了去，我可没工夫救你，我也没有那么大的本领。"江绍杰笑道："您别把我太看傻了。"

黑砂掌道："我只要你谨遵将令，你多加小心，管保没错。你要明白，那小村的人可是知道咱们窥探他了。"黑砂掌又道："换回玉虎之后，你也告诉他，不要满处乱钻，老实在店房睡大觉，等我回来再说。这里的店家，我已经跟他扯了一顿谎，说咱们是寻找拐带妇女的拐子的。你们可要跟我的话对了碴。"

叮咛而又叮咛，这才不遑休歇，随同儿子，奔往沙堤，查看飞白鼠的诡秘行踪，但却是扑空了，去迟了，湖塘的小渔船已然驶走，沙洲上的灯火已灭。黑砂掌不由搔头漫骂，叫着陆嗣源绕渡沙洲打圈搜寻。

第五十九章

黑砂掌调包计换密信
盗信号按图文测埋赃

这时候，小村中潜藏的人果然已经警觉，知道黑砂掌是来踩探什么的。不过他们为首的人，自信身上任什么犯歹的东西都没有，埋赃之处又距此尚远，因此并没把黑砂掌看在眼里。同时也是因为接到了飞豹子的信，知道十二金钱俞剑平大集镖行群雄，在北三河与豹子比斗。当此时，他们还没有比武，更没有官兵剿火云庄，情势并不那么紧张。这几个看赃人，料想黑砂掌四个人，不过是当地道儿上的朋友罢了，再不然就是鹰爪、吃荤饭的；没想到他们竟是俞剑平的朋友，所以忽略了。

那为首的人说："教他们来偷看吧！就让俞剑平本人进来搜搜，我们这里，连个屁也没有；他反正不能找咱们要镖。"

说这话、做这样看法的，正是一豹三熊第三熊，沙河顾梦熊，和凌云燕手下一个副头目，名叫霍元桐的。他两人率领六个同党，在此地守赃，内中还有子母神梭的盟弟，名叫罗宜朋，新近才派过来的。他们八九人中，真正知道赃银埋藏之处的，仅仅顾梦熊和豹党一人。其余的人全是凌云燕、子母神梭拨来帮忙的，只晓得埋赃的大概方向罢了。外面还有几个人，

专管传消息，凡火云庄和燕巢、豹窟，以及镖行的动静，随时报给顾梦熊知道。

黑砂掌父子潜缀他们，他们已然警觉。他们这些人没把黑砂掌等看在眼内。黑砂掌陆锦标遇见的那两个生客，就是他们派出来就近沽酒买肉、采办粮台的伙伴。他们在此地借房觅寓，全由飞豹子转烦子母神梭托情设法；本来早给他们备足食粮，谆嘱他们埋头潜踪，无事少在街上逛。他们江湖人物久居无事，口谗意懒，不禁要喝酒遣兴，赌钱消闲。他们的饭量又大，吃吃喝喝，嫌起不足来。又见行踪隐秘，似无人注意他们。他们便推举了本地口音的两个同伴，出来添办粮台。滨湖多鱼，他们都不喜吃鱼，把鲜肉、果藕、绍酒买得很多。殊不知在此僻静渔村，多是渔户小农，谁也舍不得如此肉食豪饮。他们的外表没有惹人打眼，他们的大吃大赌，先招得行家侧目了。

伏地豪客金士钊，头一个得到采盘伙计密报，近几天蛇头坞地方，似有合字腿子潜伏。紧跟着陆嗣源父子，也从肉铺酒馆，掏得这一条线索。豹党三熊顾梦熊纵然小心、戒备，纵然昼伏夜不出，可也弄得“唯口兴戎”“祸从口出”了！

好吃好喝好耍，正是豹党、燕群、子母神梭三拨人的通病公好。委因潜藏一个来月，一无事事，未免得历久疏忽，胆子越弄越大。起初还到远处沽酒买肉，后来索性在近处也买起来；他们仍存戒心，今天在这家买，明天准改别家。这法子用来哄瞒不留心的人，未尝不可。偏偏金士钊、夏永南之流，正在担心官府清乡缉盗；今见小小渔村忽寓豪客，他们怎能不动骇疑？既然骇疑，就要试摸。飞白鼠便来调线，陆嗣源也来捞合，不先不后，黑砂掌陆锦标也赶来了！

街头一碰，双方就此对盯上。沽酒的二客急忙报告了豹党，到晚上黑砂掌夜探渔村，已然认准了他们潜伏的民房。黑砂掌做得很小心，潜蹑豹党，略辨方向，并不贸然来搜，只在外边打圈暗摸棱角；因为他还断不定这潜伏的豪客，是否豹党？豹党却也趁机观望，不再出门，要看看这个络腮胡子到底

是不是镖行？

这天豹党守赃的九个人，全隐在草舍内，连那采办酒肉的人也没露面。如此对峙，到了次日夜间，豹党这才有人提议："我们静等人家刺探，太不是事，我们也该搜搜他们去。第一，我们总先探探他们的来路。到底是寻镖的密捕，还是镖行的走狗，还是不相干的官面，要吃外快。我们把他们的来意认准，该摆迷魂阵，就照这样摆下去。若看情形不对，还是一面给头儿送信，一面想法把他们收拾了。"霍元桐也说："昨夜他们的确是进了村，只是一走而过，没敢乱探头罢了。究竟他们是冲我们来的不是，至今还是料不透。他们究竟有多少人，这也得看明。"

辽东三熊顾梦熊道："我是不愿意轻举妄动，我们这事沉重太大，不能浮躁。我临来时，我们家师再三告诫我，说是胆要大，气要沉得住，千万不可自起毛骨。我们王师叔还告诉我一个诀窍，看守窖藏的人最容易犯嘀咕，看见生人多瞧他一眼，就起疑心。"他说："就是真有鹰爪和托线寻上门来，你只敞着门睡大觉！他不会来敲门的。可是点子还没来，你吓得拨头就跑，回窑就忙，那时准坏。王师叔的主意，就是以静制动。现在真有人摸来了，小弟打算就照家师的主意，尽让他们进村，只要不敲门，咱就别搭理他；只要他们不上房入院，你就别跟他挑帘动手。我们要守如伏兔，呆若木鸡，不知诸位意思怎么样？"

燕党霍元桐、武党罗宜朋，处在帮忙的地位，听三熊如此说，便道："大主意还是顾三哥琢磨。不过，若据小弟看，来人什九是摸咱们来的。"

那采买粮台的两个伙计也说："昨天露面的，他们是两三个人。一举一动全像武林道，绝不是打野食的官面，这一点我哥俩敢保。顾三哥你要仔细揣摩揣摩，他们露面的是两三个，敢保暗中就没有人了么？那十二金钱俞剑平和铁牌手胡孟刚，就许此刻全都来到，潜藏在近处呢。"

旁边传信的武党插言道："这倒不然，俞、胡二人现在正跟我们武庄主订约，就在这几天，要在北三河比武，与袁老英雄见面呢。"

旁边又有一人发话道："咱们可得防备人家声东击西呀。他们大拨人明着在火云庄、北三河，或许主事的人暗搜到此处哩。"巡风的人忙说："这决不能，小弟巡得很严，近几天没有大批人上蛇头坞来的。"

商量的结果，还是再看一两天，大家暂且不必声张。只烦子母神梭的盟弟罗宜朋，化装饰貌，乘夜溜出，去踩探这突然而来的生客。仍烦巡风的人，小心戒备。有人主张，先给飞豹子送个信去，顾梦熊等全不以为然；一点影子没有，就喧腾起来，恐怕无益有害。顾梦熊的主意倒很持重，但不料大局就坏在持重上了！

罗宜朋化装出探，居然找到黑砂掌落宿的客店。向店家绕弯子询问。店家说："不错，有两个客人，一老一少是一拨，今天早晨走了。听说他们是替乡亲寻找媳妇。他们老乡的女人，教人拐走了，托他们出来找。他们一落店，就很问了我们一会儿子：看见一个细高挑、大眼睛、三十多岁的男人没有？看见一个小脚、大盘头、二十多岁的女人没有？现在知道这里没有，就全走了。"店家说着笑起来，道："他们说是替乡亲找老婆，据我们猜，准是那个络腮胡子自己的老婆丢了；老夫少妻，不跑等什么？那家伙瞪大眼睛打听，急头暴脸，唉声叹气。您看吧，十成十是他自己丢了媳妇。"

罗宜朋觉得稀奇，忙又到沿路询问。真是凑巧，一个开小铺的，也说有这么一老一少，是追寻拐带的。说着也笑起来："丢了老婆，满街上问人；没等人问，自己就说可不是我的老婆，我是给旁人找老婆。那样子颟顸极了，天生是个王八头像。"

罗宜朋连问两三处，异口同音，都说有这么一个络腮胡子，圆眼黑脸，四十多岁的人，逢人打听小脚、大盘头女人，

顺口扫听近处的路径和孤庙荒园、堤津野店。看模样，听口气，分明是追蹑逃妻。罗宜朋听了，不由相信，忙回去报告三熊。三熊等半疑。

过了半天，巡风的人也回来报告，蛇头坞地方不大，遍搜更无眼生之人。只有这一老一少，还有两个学生模样的少年，大概是两码事。那一老一少悬赏缉逃："如果仁人君子知其下落，愿意谢犒五十串钱。那是乡亲的老婆，我们替他寻人。"

这就对碴了。遍搜渔村，既不再见面生之人，并且有人眼见那虬髯半老汉子和黑面长身少年，追寻拐带，已然离开此地。异口同声，有眉有眼，显见是不相干的人了。豹党群豪渐渐又放了心。

哪晓得上了黑砂掌一个老当，故意地杜撰这一段"呆汉寻妻"令人发笑的故事。引诱得人人竞传，灌入豹党之耳；豹党果然一笑置之了。黑砂掌潜引二徒一子，骤离此地，然后入夜重翻回来。不辞辛苦，不敢宿店，竟在荒林废宇、竹丛败棚下，好好歹歹潜伏过昼。一到昏夜，便分头出来潜搜冥索，手脸上被蚊虫叮起老大疙瘩，到底认准了三熊的潜伏之穴、常去之处。

可是还有一样为难，黑砂掌确已勘知这小小渔村隐伏着道上朋友八九人之多，整日玩钱饮酒，无所事事，当然有别的勾当。却还保不定必与镖银有关，也不敢说飞豹子就在此处。黑砂掌又把一子二徒调开，分头钩稽；同时还要提防着飞白鼠、夏永南拦腰打岔。人少不够用，久留无所得，欲走心不甘，黑砂掌急得暴发火眼。

忽然这一天，云破月来，真相大白。江绍杰眼见一个夜行人，由打火云庄那条路上，绕奔蛇头坞而来。临近渔村，忽发暗号，渔村小舍内蓦地走出一人。两方接头，低声密语；一霎时，两人并肩沿溪而行；一霎时又分开，一个回村舍，一个北上，奔向徐北大道。徐北大道正近燕巢。黑砂掌见状，忙命儿子陆嗣源，专力盯缀下去，要勘明他的去向。

到次日，渔村内外风声转紧。杨、江二徒奉命望小村的动静，在白昼瞥见村中走出数人，散开来往四面道。两人的行踪险被撞破；一个吓得远远躲开，一个忙藏入青纱帐，不敢动弹。

直耗到天黑，饿得肚皮叫，村中巡风人撤回去用饭。杨玉虎方得趁此机会，溜回送信，把这情形告诉黑砂掌。黑砂掌道："他们为什么挂起紧来？莫非我们把他弄惊了！"陆锦标忙提早接班，亲往渔村窥勘。上半夜没动静，只听见一声声狗叫；下半夜村舍中忽遣出数人，绕着全村布卡。随后便有两个夜行人奔往西北，折向西南。

黑砂掌到此恍然，他们这是往来传信。但他们潜伏多日，何故今天才传信？那就因为近日风声忽紧。近日风声何故一天比一天紧？那就因为俞剑平、飞豹子已然见了面，北三河决斗已然定了期。这一来，火云庄一带登时剑拔弩张，小小渔村当然受波及。这一来，袁、俞的决斗，子母神梭的帮场，凌云双燕的助拳，倒间接地助成了黑砂掌的访镖！他们各不相谋，彼此并不晓得异途同归，"相济相成"。

黑砂掌目送奔影，当时心中很作难。陆嗣源跟缀北行之人，尚未返转，依然是人少调度不开。陆锦标想了想，没办法，留二徒小心监视渔村；他自己腾身而起，箭似的亲去追逐这二人。这二人紧装短裤，果走上火云庄的大道，却非直抵火云庄地界。他们曲折而行，穿湖渡水，忽舟忽陆，紧贴射阳湖、宝应湖，又到达一处小村。这两人健步飞奔，将到地头，回身一望，这才投入村口。

黑砂掌望尘却步，欲要缀入，怕弄惊了；欲要远瞟，又怕对方绕影壁，弄丢了线索。仰面看天，骄阳当午，黑砂掌脸上冒汗；忙投入青纱帐。解下小包袱；急急地改装。他本是乡下做短工的打扮，只这一改，变成了摇串铃、走百户的卖野药郎中。他备有两件长衫，一新一旧，一绸一布，如今披上褪了色的布长衫，一步一晃，假装斯文，走入村边。

两个夜行人也都是乔装，先一步进了村，黑砂掌不敢逼

缀。当他钻禾田、改行装之时，这两人早已投入民舍。

黑砂掌迟一步赶到，绕村巡视，寥寥三五十户人家，到底他俩投奔谁家，这就该用江湖上的机智了。挨门审视，揣度形势，暗暗认定有两家可疑。陆锦标便在这两家附近吆喝起来："头疼，牙疼，肚子疼，红白痢疾，小肠疝气！"怪声怪调，卖野药没有串铃，话头里带着调侃。这一诱，果然在这两户民家中，有一家突然闩开门响。

门闩微响，可是门扇没开；半推门缝。有人探头往外偷瞧。黑砂掌眼角一眨，早已看明，更不逗留，抽身便走。出了村口，仍不回头；道里人就像背后有眼，已然觉出脊背后有人盯着。黑砂掌故意一松手，小包袱坠地；他弯身来拾，借着低头折腰之势，眼往后。这正是自己跟缀的一个。黑砂掌骂道："娘个蛋，爷们晚上见！"飘然走开了。其实没有走远，择青纱帐外高岗地方，倚树潜蹲，远远瞄住小村的出入路口。

黑砂掌要等到转瞬天黑，天黑才好办事。但竟没到天黑，约莫着只隔过一顿饭时，自己所缀的那两人，竟从村中徜徉出来。往四下里一望，也钻入青纱帐；眨眼间，从田地那边钻出，已然换了行头，掩变短装，也穿上长衫了。两人并肩而行，再上征途；路程所指，恰和火云庄相反，也不是往回走，也不是往前奔，走的是歧路。

黑砂掌犹豫起来，忙脱长衫，起身跟缀。缀出不远，回眸一望，从小村悄悄溜出来另外两个人，急装紧裤，提短棒背小包，绕穿青纱帐，从斜刺里趋向火云庄大路。

黑砂掌道："唔！娘个蛋，飞豹子好诡的举动！"登时恍然，飞豹子公然贯串着射阳、宝应、洪泽三湖，潜设着临时的驿站。这两人到，那两人走，一站一倒换，来往传递急报。黑砂掌搔头吐舌，多亏仔细，才没上当。立刻抽身回转，放弃了前缀的二人，一心跟缀这接班的两个人。

黑砂掌脚下加快，先找到附近小镇小铺，买些干粮，又到人家井边，寻喝凉水。疗饥止渴，立刻斜兜大路，继续跟缀不

舍。这两人似比前两人更在行，更擅飞纵功夫，脚程也很可以，只是比较疏忽。先前两人一面走，一面东张西望，闭口不说话。这两人一味紧走，毫不顾瞻，有时还喁喁讲究。这就因为前两人中有豹党，眼下这两人全是凌云燕拨来的同伙，一个叫李郁文，一个叫宋田有。态度也就截然不同；那是当事人，这是帮忙跑道的；再加上“艺高人胆大”。黑砂掌自然揣测不出，只觉得古怪罢了。

此行彼缀，一口气跑出一百多里。这一站比那一站长，而且这二人不走大道，不穿行市镇，落荒而走，专择捷径。当午不打火，入夜不宿店，一味趱程。把黑砂掌遛了个嘀嘀咕咕，唯恐上了当，人家故意往远处遛他。直到第二天太阳衔山，这才到达了他们私设的站头，两人投入另一小村庄。黑砂掌这才说：“罢了！”大概还没有上当。

这小村庄不是蚕桑之乡，不是渔村，是田庄，地名叫小舒家园，旁有小树林。黑砂掌来到村前，恰当饭口，农妇们就场院上，泼水去尘，铺破席，设矮桌，端饭共吃；东一堆，西一堆，散聚着男男女女。生客远来，他拿眼珠子盯瞧。黑砂掌深知此情，不愿赶在这时候入村。他略一逡巡，又退回去，只远远瞟着。

直耗到天黑，未见那两人出村；自己寻食已饱，这才溜溜达达，蹭进村巷。树下还有纳凉的人，正议论闯入村中的生客。侧耳听去，正讲的是自己所缀的那两人，并非说自己。便摸黑挨过去，要听个所以然；忽然背后嘘的一声响，回身急寻，吧嗒一响，又落下一块问路石。

黑砂掌道：“不好！”人家警觉了。闪目四望，人影杳然。暗下决心道：“就是露了馅，我也再啃口！”陆锦标抽身退开，负隅观望，不想这一石子只是一个疑问记号，投石之人只觉得有生人气，似乎可疑，还未能断定准有缀头。这一下是打草惊蛇，不是寻蛇拔草。

这一来黑砂掌陆锦标有点沉不住气了，在黑影里蹲了半个

更次，直耗过二更，村民睡觉关门，他这才拥身而出。把小村前街后巷，略略趟了一阵，嗖地蹿上民舍。在后巷人家，发现了闪烁的灯光透出纸窗竹篱；这地方似乎可疑，赶紧凑过去。

时近三更，像这样飞檐起壁，私窥民宅，在夜行上最为险难。除了做贼，实无大用。黑砂掌只为单身一人，不得已才出此策。黑砂掌脚下换穿剔边毛布底鞋，蛇行鹿伏，从人家草舍上慢慢挪动，渐次傍到灯影当窗的这人家。他想溜下平地，寻了过去；却又持重，在房上藏好身形，倾耳先听。突然间，远在村北大道上，随风吹来一阵蹄声，由远而近，似正由西向东疾驰。

黑砂掌大疑，忙直起腰，遥打一望。一片片青纱帐，一片片浓影，看是看不清，听却越听越真，蹄声越来越近。黑砂掌道："唔？"赶忙挪地方，攀伏在房脊后，借房掩形，只露出半个头，定睛凝视。眨眼间蹄声忽缓，骑影显现在村前路边。此地并非通行要道，单骑夜驰，不能无故。当下，出乎意外，入乎意中，蹄声嘚嘚，居然投向舒家园田径小道来了。

黑砂掌暗暗点头，心说："有谱！"猜想这匹马必然投奔有灯亮的村舍。哪知不然，反驰到前巷，距他伏身处还有十七八丈，在一旷院草舍前，骑马人翻身离鞍；走近门口，举鞭轻轻叩门。

黑砂掌慌忙地滚向房后檐，伏腰急行，攀墙过垣，也翻到前巷。在邻舍照样隐好身形，拢住目光俯察。这草舍没有灯光，疏疏七八间房，骑马人行急匆遽，叩门数下，不见应声，立刻从身上取出石子。啪的一声，投进院内，打入窗中，又吱地吹了一声口哨。

石子穿窗，如投骇浪，草舍正房蓦地火光一闪，倏然又灭，吱的一声窗开，嗖地窜出一人来，绕院一晃，就要从前面翻墙。院外叩门的人急急地隔门缝，递过几句暗号。同时屋门也开了，出来两个人，急遽动问："来的是谁？"穿窗出来的人正是那个宋田有，仓促不暇置答，忙着开街门；那骑马之客牵

着马韂，进了庭院。屋中灯火也蓦然重明。

这骑马客似带来惊耗，草舍中人纷纷围拢，诘问声、回答声，嗡成一片。黑砂掌居高临下，居暗窥明，从侧面窥看，骑马客将到屋门，回手褪解背后的一只小包。舍中人代为拴马解鞍，邀入舍内。隔窗而望，人影憧憧，语声喁喁，一字也听不出。忽又奔出一人，给马上料，跟着又上槽，另备上一马，便急急回身进了屋。

人全进舍，看不见了。黑砂掌决计冒险一试；从邻舍后檐腾身而下，身落平地，急趋后房，蹑足来到草舍房根下。这里瓦房全有后窗，窗小如斗，悬在后檐下。黑砂掌不敢施倒卷帘，忙从百宝囊中，取出双钉，慢慢用力，插入墙缝。先展眼四望，用壁虎游墙功夫提一口气，贴墙一拔，脚蹑双钉，手攀窗坎，伸一指微沾唾津，戳穿窗纸，侧一目往屋里张看。

正赶上机会，舍中人十分忙乱，没人觉察。这骑客带来了惊人一报：北三河比斗无结果，官军来剿，连累了武庄主，害得火云庄焚宅倾巢。舍中人把一盏灯放在方桌上，四五个男子围着这灯，骑客浑身尘土，满脸热汗；黑砂掌只一打眼，便已断定，对面两人便是自己跟缀的李郁文、宋田有。还有两人，一个像是屋主，形容很瘦；一个是豹党这段驿站的头目曹五。听动静，屋内像有许多人，其实寥寥五个，也没有女眷村妇。

屋主人忙着找掸子，打面水，泡茶。骑客似是要紧人物，挥一挥手，拭去脸上汗；众人围着他，盯着他的嘴。他唇吻开阖，低声讲说；众人都瞪直了眼，发出叱咤之声，带出震骇之容。骑客把小包放在桌上打开，取出四封信，一个黄布卷。

这骑客指点吩咐道："宋大哥、李大哥，你带回这一封，转告三熊，打点着献赃抽身。这两封可教人搔头，曹五哥，你辛苦一趟，把它转到前站。务必嘱咐前站，妥派胆大心细的伙计，小心在意一递，可别露出马脚。这不是闹着玩的，最好得三两位合办，一人巡风，二人投递，递出去，赶紧翻回，给头儿复一个信，好教他们几位放心。"又对屋主人说："劳你驾，

饮饮我的马，我还得连夜翻回去。”

骑客手中共有四封信，一封自己留下，一封教宋田有、李郁文带转蛇头坞。最要紧的两封，竟没人专送到地头。这小舒家园的驿站头目忙道：“四爷，这两封信，我只送到前站么?”

骑客答道：“正是，你可以交给葛大麻子。葛大麻子一来胆大心细，二来懂得六扇门的规矩派头。做这虎口里探头的把戏，非他不可。”

这样，驿站头目曹五怫然不悦，随说道：“葛麻爷前天刚派出去，他至早也得明天过午才能回来。前站没有人了。我们就死等他么?”

骑客皱眉道：“没法子，王、魏二老是这么再三嘱咐的。”曹五奋然道：“事情缓不得吧，与其一劲儿专等他，我看还不如由我一直投送了去。”宋田有也说：“您要是因为一个人，不放心，我可以跟随曹五爷，一同专办这件事。回蛇头坞，有我们李爷足够了。我们决不生事，决不和六扇门照面。何必非等葛大麻子呢？差半天，其实就差对头六个时辰哩。”

骑客低头沉吟，敲桌子核计道：“这么办，明天过午还不算晚，你们二位姑且候他一候。葛麻子若是过午还不回来，你二位就替他去。”

曹、李二人哼了一声。骑客忙道：“我可不是瞧不起二位。你二位担当的事更要紧。宋大哥，你得折回蛇头坞；你要晓得献赃更是险事。你的武功很好，何必舍其所长，做这斗心路、玩眼色的把戏？还有曹五哥，你也有更沉重的担子。现在咱们头儿都已退往淮北，咱们这里的伏线全没用了；你得给各处卡子送信，教他们预备收。我这里有一张图，画着应退应送的线路地名，你可以看看记下来。现在官军云集，镖行在各处排搜。咱们的人得躲着他们走。曹五哥，这得看你的。”

曹五点了点头道：“不过这个还可以缓。”骑客道：“那自然，还是送信告密献地图紧要。”

骑客把四路投书，大致派定，又将那黄布卷拿在手中，指

告众人道："这东西是随着北路这封信的，二位记住了，千万别弄错。"曹五道："这是什么？"

骑客随手打开，就灯光一展。黑砂掌一看，不由瞪了眼；这分明是一杆镖旗；黑漆杆、红绸底、青色飞火焰、金钱刺绣，环列金钱，分明是十二金钱镖旗。

骑客指这金钱镖旗道："这旗跟这一封信同递，别弄拧了。"众人忙道："信里说的是什么，我们看看行不？"

骑客道："这个，……诸位看了，得跟没看一样才行。我们必得照计行事，谁也不要独出心裁。谁要是掉花招，另要露一手，大辙一错，咱们可就对不起人了。我们受人之托，忠人之事，教咱们怎么办，就得怎么办。他们老哥五个认定此时非献赃不可，咱们就得随着大流走。"言外的意思，是怕众人见财起意，不肯献赃，倘或发书见图，挖包抵盗，就不够江湖道了。

众人对灯起誓，决遵公意。立刻灯影一晃，骑客向屋主要了一根簪，把已封的四封信，轻轻拆开，把那可以传观的，与众传观了。至于埋赃密图，仍扣在信筒内，请大家不必索看。谁看了，谁倒多担一份责任。

舍中四个人齐看这封告密信，喃喃地骂镖客："这群镖行真不是东西，是怎的明订决斗，暗结官兵，把武庄主倾在里头，太不够格了。对，对，这么献赃嫁祸，不算咱们狠毒。他既不信，我就不仁，到哪里也说得过！"

传观已毕，骑客对屋主说："劳驾，有糨糊没有？"屋主道："没有。"宋田有道："有白面没有？可以现打点。"屋主道："白面倒有。"

屋主开面缸，取小勺，就火打浆糊。骑客把已拆开的四封信，重新用糨糊封固。又叮咛道："诸位可记住了，千万别投错了地方。"原来这四封信全有副封，外面多包着一层，没标上款地名，所以怕投错。这时茶已泡好，夜肴也做熟，骑客匆匆吃了些，立即告辞。重嘱同伴，多加小心；飞身上马，投奔他要去的地方。

过了一会儿，李郁文打点小包，也顿时步行上路，折回蛇头坞。五个人走了两位，屋主一位，还剩二位，把密信、镖旗打包包好，关门上闩，熄灯上床。曹五和宋田有决计挟书自投，一显身手，何必苦等葛大麻子？葛大麻子有何本领？两人商商量量，不很服气。又骂了一回俞剑平和镖行，渐渐瞌睡虫来到，两个人呼天扯地，枕包而睡，不觉东方已白。

等到次早辰牌已过，两人起床，打呵欠，揉眼睛，浑身酸懒似的。催屋主做早饭，吃饱改装，立刻提包上道投书。却不知上了大当，包中书信已被人调换了！他二人仍不信葛大麻子比他两个加在一处还强。他二人上了当，误了事，到了还不晓得。他们为警报所震撼，没留神隔垣有耳，附窗有黑砂掌一只眼睛。

他们走的走了，睡的睡了，窗外窥视的黑砂掌不客气，抽出火折子，点着薰香，把薰香吹入草舍。然后现身，拨窗入舍，公然点亮了灯。由宋田有枕下抽出那个小包，掣出那两封信。就灯影下，公然坐在椅子上，拆封疾读。读毕吐舌：“好厉害的豹子！他竟倒打一耙，献赃给官府，反咬镖行一口，告发同谋！”黑砂掌眼光四射，心思像旋风一样，盗书而走是不妥的，豹子还可以再写。黑砂掌要窜改书辞，而又时有不暇。他顿时决计：“这两封信，爷爷应该给他调换一个过！”

这两封信，一封投给淮安府，是献赃嫁祸的告密书；一封投给胡孟刚，是示威泄愤的公开信。按次第，告密书先发，公开信后投。上款不同，内容迥异。黑砂掌呵呵一笑，偷梁换柱。告密书更附地图，黑砂掌抽出来，草草过目，叠好、揣在自己身上。从草舍寻取一方白纸，裁得一般大，先纳入原信封。信上说到埋赃的地名，匆遽中也用指甲给挖下来。

桌上有现成的糨糊，黑砂掌骂道：“娘个蛋，小子们给爷爷预备得倒齐全！”遂把两封信辞重读了一遍，照样纳入封筒。却将告密书装入公开信封中，将公开信装入告密信封中。这一来阴差阳错，豹党阴谋顿成虚牝！

黑砂掌轩眉一笑，照样用现成糨糊封好。又提起那杆十二金钱镖旗，想扣留，转想不妙；大件易被察觉，恐泄机谋，仍用黄布裹好，和信件打入原包。收拾完毕，直一直腰，闪眼往床头一掠，盯了三个睡汉一眼。三个睡汉如同死狗，中了薰香，鼻息咻咻。

黑砂掌做了一个鬼脸，挨过去轻轻给宋田有一个耳光；一搬脖颈，把原包仍塞在睡汉枕下。又作了一个揖，嘲道："对不起，爷爷走了！"

陆锦标蹑足回身，满屋搜寻了一回，探骊已然得珠，无物值得回顾；熄灭了灯，轻轻溜出。穿窗进来的，照样穿窗出去。出了屋，出了院，出了村，立刻一伏腰，如箭脱弦，奔向蛇头坞，要先一步赶到李郁文前头。

黑砂掌精神百倍，如肋下生翅，如足底生云，一点不劳累，果然赶过李郁文，先一步到达射阳湖蛇头坞。

一到蛇头坞，黑砂掌急命俞氏二徒杨玉虎、江绍杰，分两路寻找俞、胡，说是："豹子埋赃之地已得。"催俞、胡赶快率众来，"何须逐豹，起赃最直截。"

第六十章 丰林豹变锦标建功 湖底掘宝镖银复得

再说黑砂掌陆锦标打发走杨玉虎之后，潜伏在埋赃之地附近，观察豹党动静。这时他发现豹党守赃之人突然增多，来来往往之人日益频繁。却探不清豹党究竟是什么意图。

杨玉虎刚走了一天，陆锦标就骂起街来："杨玉虎这小子慢腾腾的，怎么还不带人来？俞剑平这老小子办事也不痛快！"黑砂掌心如火燎，唯恐事久生变。他们只有三个人，要昼夜暗暗监视动向，要严防豹党，又要防备当地绿林插手，更怕官兵前来捣乱。人手实在太少，的确分派不过来。

陆嗣源、江绍杰劝他："玉虎才走一天，最快也得三天才能带领人马赶回来，您别着急。"黑砂掌心急气恼，蛮不讲理，又骂起儿子和绍杰："你们两个小子不顶用，处处让老子操心！"捎带着骂杨玉虎废物，骂俞剑平办事拖泥带水。总之，陆锦标担心功亏一篑，内心烦躁，却迁怨于他人。

黑砂掌连着几个晚上没有睡觉，白天也睡不安稳。他心中搁不住事，实在不放心两个青年，实在不放心镖银。自从杨玉虎走后，陆锦标每天晚上总是亲自彻夜潜盯埋赃之处，防备发

生意外。白天也要借故远远望上几眼。

真是怕什么，有什么。在第三天夜晚，黑砂掌就发现十几个人驾驶两叶小舟，来到埋赃之处，先用长绳测量，量了半晌，竟有四五个人从船上跳下了水。这一下子，惊得陆锦标头上立刻出了冷汗。原来那几个人下水之处，正是赃银潜藏之所在。黑砂掌获得贼人埋赃之图，便按捺不住惊喜，立刻率二青年携带长绳，按图索骥，悄悄摸准了埋赃的地点。

此时黑砂掌睡意顿时全消，仗他轻功高超，急忙悄悄溜到湖边大树之后，仔细观看。这时天空微有星光，船上又有灯火，黑砂掌拢目光细看，竟然认出几人，其中就有当地绿林申老道和飞白鼠。黑砂掌心中暗骂："这两伙贼羔子真可恨，明面上跟我弄傻装怕，原来他们也是劫镖的同伙。"

黑砂掌陆锦标却不知道，当地绿林本来确实未参与劫镖、埋赃之事。但在官军剿火云庄之后，豹党怨仇极深，次夜即由辽东二老亲临埋赃之所，指挥党羽下水拆散盐课银鞘，随后才议定：一方面向官府告密，另一方面也向当地绿林暗暗泄底。豹党想让官府、当地绿林都来起赃，又都不能获取全赃。总之，他们想把事情搅得越大越乱越好。申老道和金士钊也是刚刚分别得知埋赃地点，两股盗徒立刻奔赴现场，经过商讨，竟然合起伙来，连夜前来勘探。只是辽东二老指挥党羽拆散银鞘之时，做得十分机密。彼时黑砂掌正跟缀豹党送信告密之人，陆嗣源和杨、江二弟子虽潜藏窥探，竟被瞒过不知。

此时，黑砂掌陆锦标在树后窥视，看不清楚，便轻轻纵上树梢，登高俯望，把眼珠子都瞪圆了。只见船上那几个下水的人，下水之后浮出水面喘一口气，又下水去了。黑砂掌见那伙贼人上上下下多次，仔细观看，见那些贼人浮上水面时，似乎没捞着什么东西。陆锦标心想："盐课鞘银是个大物件，自己不会看不见。"那两伙贼人整整折腾了一夜，直到天色微明，才悄悄离去。黑砂掌极目眺望，贼人似乎没带走什么东西。

等到众贼走远了，黑砂掌才敢动一动，略一活动，这时觉

着手脚都麻木了。他在树上喘息片刻，活动一下手脚，又用目光往四周搜查了一遍，便轻轻跳下树来。黑砂掌且走且环顾四周，走出不远，一眼瞥见陆嗣源已经提前走来接班。陆锦标装作生人，躲开儿子往回走，不料陆嗣源竟迎面过来，走到跟前，对父亲悄悄说道："俞镖头来了……"

陆锦标不让儿子再说下去，只嘱咐了一句："小心盯着，申老道他们也前来起赃了。别大意！"说罢，立刻施展飞纵术赶回潜伏之处。此时，他是不管不顾，竟在凌晨时刻飞奔起来。

黑砂掌赶到住处，见门口站着黑鹰程岳迎候。程岳连忙向前施礼，问安。陆锦标一把抓住程岳，问道："少来这套虚礼，你师父呢？"俞剑平闻声出了屋门。黑砂掌甩开程岳，一拉俞剑平，把他拽进了屋。

黑砂掌进屋一瞥，屋中只有六个人：俞剑平、胡孟刚、姜羽冲、杨玉虎、江绍杰，以及另外一个生人。俞剑平未遑开口，陆锦标急问："怎么只来这几个人？"俞剑平忙答道："大批人马也来了，在半里以外埋伏着哩！你捎信，也不说清楚。我不知道你葫芦里卖的什么药？我没敢把人马都拉进村，怕惊扰了敌人。"

黑砂掌这才松了一口气，说道："你这老小子急死我啦！你再晚来一天，鸡也飞了，蛋也打了，我也得上吊了！"胡孟刚更急，忙问："镖银在哪里？现在能去看看么？陆四爷，你怎么掏着的？可靠不可靠？……"胡孟刚直到此时还是半信半疑。他是硬被俞剑平、姜羽冲拉来的。

黑砂掌说道："飞豹子这小子真诡，可是比我陆四爷还差半截，我略施小计……"俞剑平知道黑砂掌要吹牛卖乖，一伸手紧紧抓住陆锦标道："老陆，你先别表功，也别卖乖，有给你庆功扬名的时候，……如今你说说镖银埋藏地点，豹党守赃的情况，现在没工夫听你说废话。"

陆锦标哎呀一声："你先松手，我受不了你的硬爪子。飞豹子把二十万镖银都扔在射阳湖里了。"

胡孟刚立刻发急道："那么大的射阳湖，那怎么捞呀？"这时智囊姜羽冲才顾得上插言："胡二哥，不要着急，等陆四爷说完。"俞剑平也说："老陆，你快把埋赃图拿出来，咱们边看边说。"

黑砂掌得意洋洋地从内衣里掏出两张纸，把一张图纸交给俞剑平。忽然想起一事，他对俞、胡、姜等人又说："不好，飞豹子把埋赃的底也泄给当地绿林了，刚才我还看见申老道、金士钊两伙贼羔子，围着埋赃的地方驾舟打捞，咱们得吃快，不然要让那群野狗叼走了。"

俞剑平急忙接过埋赃地图，放在小桌上，六个脑袋立刻都围了上来。只见这张图上有几个村名，还特意画着几棵大树。除此之外，再没有别的。从这地图上，实在看不出埋赃地点。胡孟刚急了，怔了半晌，叫道："这有什么用？……"

姜羽冲微微一笑，刚要说话。俞剑平手更快，二指往陆锦标面门点来。陆锦标急闪，跳起来道："怎么又动手动脚？"

俞剑平笑骂道："陆老四，什么时候了，你还开玩笑。拿出来！"陆锦标说："老兄弟，别动手，有话好好说，拿什么呀？"姜羽冲道："陆四爷，别藏一手啦，胡二哥都快急死了。把那另一张纸也拿出来吧，我知道，还有一张埋赃说明哩！"

陆锦标笑道："姜老兄弟，你不愧被人称作智囊，真有你的！"这才掏出另外一张纸。在这张纸上却标明了埋赃的准确地点。前一张图纸上画着三棵大树，镖银正埋在三棵树的交叉点上。这张说明，还标写了镖银跟这三棵树的具体尺寸。胡孟刚急道："赶快去挖吧！"

姜羽冲略一思忖，说道："胡二哥，别着急。你看，按照这埋赃地图，镖银正在射阳湖一个湖叉子的水中央。这飞豹子真狠毒，我们得到湖底去捞。"

胡孟刚又道："那么我们先去看看，量准地点，……哎呀，在水里怎么量呀？"

姜羽冲道："胡二哥，请放心吧，陆四爷早量过啦。"他用

手一指屋中床底下的一堆绳子，接着说："陆四爷还是有办法的，他早用长绳子量准了。"转脸对黑砂掌笑道："对吧？"陆锦标到此时也不由得佩服智囊的机智、灵敏，点头称是。[①]

姜羽冲又对俞剑平道："俞大哥，捞镖银可是麻烦事。咱们得赶快亲自面求薛兆薛老舵主帮忙，向他借人、借船，捞取镖银至少需用一二十位水性好的能人。咱们的人还得全力以赴，在镖银埋藏处附近保护，防备豹党前来捣乱。"俞剑平点头称是，对姜羽冲道："还得请你点兵派将！"

姜羽冲先对那面生的人说道："叶三哥，麻烦你再辛苦一趟，陪俞、胡二位立刻赶回去，面求薛老舵主派两只大船，多带一些水手，最快在晌午饭前赶到埋赃处。"原来这面生的人，正是红胡子薛兆的三弟子叶天枢。薛兆很讲义气，特派这个得意弟子一直跟随镖行，帮助访镖。

智囊转脸对俞、胡说道："最好敦请薛老舵主亲临坐镇，应付官私两面的麻烦事。"姜羽冲又吩咐程岳："你也得赶回去，务必请你肖九叔也赶来，越快越好。"胡孟刚道："请肖老爷干什么？"

俞剑平苦笑一声，说道："我这次算把袁师兄得罪苦了。我还怕袁师兄再挑动官府来捣乱。这就用得着借肖九爷的官势了。"

姜羽冲暗暗点头叹息，接着他派杨玉虎、江绍杰往各处送信，把各路强手迅速集拢到这里，并先告诉沈明谊镖师一声，请他安排诸人的食宿。请苏、童诸老速来小屋议事。

红胡子薛兆在午饭前，便亲率两只大船、二十多名水手赶

---

①白羽"原作"细写了俞、姜等人觅寻埋赃准地点；因为"埋赃说明"是用暗语写的，以湖边三棵树为标志，写了几句数字的顺口溜。众人反复猜测，才弄清含义；到湖边湖里又实地测量，才认准确处。我记不清"暗语"原话，更记不清距三棵树的具体尺寸，只得略写。——宫以仁注

来了，还带来十几桌酒席，请众人用餐。黑砂掌、胡孟刚连饭也不想吃，便要带领陆嗣源、杨玉虎、江绍杰几个青年，携带长绳，再去测量埋赃准确之处。别人劝他们先吃点东西，陆、胡二人各自抓了两个馒头，不顾他人，还是不肯入席。俞剑平托付苏建明、童冠英代为招呼众镖师，也只得与姜羽冲跟随胡、陆前去。

其他镖客也吃不安稳，匆匆吃了一些，也都奔赴船头。此时，黑砂掌等已测好地点，戴永清、宋海鹏、孟震洋众镖客早已换好衣裳，不等别人说话，跳入水中。红胡子薛兆竟带来二十名水性好的水手，也随着下水。

最能沉住气的俞剑平、姜羽冲，此时一言不发，双眸凝注水面，一动不动。胡孟刚和陆锦标却是把眼珠子都快瞪破了，在船头东张西望。忽然见一人浮出水面，船上众人还没看清此人面貌，这人在水面上深呼一口气，又沉下水去。

胡孟刚急问俞剑平道：“怎么回事？这人又沉下去了，是不是水底下有敌人？”俞剑平道：“你再等等看，……这是上来换口气。”

下水的人有二十多，这个上来，那个下去，竟没有一人奔向大船，看来谁也没有摸着镖银。约莫过了半个多时辰，胡孟刚急了，抓住黑砂掌的手，一迭声地问道：“陆，陆四爷，你摸准了么？别再上了当！”

陆锦标刚才指手画脚，得意之色洋洋，他满以为马到成功，戴永清等人一下水，他坐在船头又轻轻哼起京剧来了；待见到几个下水的人空着手上来喘气，他的嘴闭上了，头上的汗渐渐冒出来了。胡孟刚一问他，他张口结舌，答非所问：“不能啊，不能啊！”

此时俞剑平悄声问姜羽冲道：“你看怎么样？”智囊姜羽冲一直在船头凝思，听见俞剑平询问，忙答道：“再往上游摸摸看。”胡孟刚道：“那是为什么？”

智囊姜羽冲道：“我估量陆四爷探的消息，不会有误。我

只怕飞豹子把银鞘子拆开，银锭子散落在湖底，这里水流湍急，银锭被水流一冲，冲到上游去了。”胡孟刚道：“水冲，也是冲到下游，怎么往上游走？银子又没有长腿！”

智囊姜羽冲道：“不然。轻的物件，自然被水一冲，会顺流而下。重的物件，像五十两银锭，水流冲不动，只能在银锭前面冲出一个小坑，银锭滚下小坑，这样，银锭一点一点地往上游走。我猜疑飞豹子在火云庄被剿之后，怒恨已极，决心破坏到底，匆匆派人把银鞘全部打开。……时间长了，银锭慢慢往上游去了。”

胡孟刚还是不信，又恼又悲，又想到自尽。俞剑平仔细听了智囊讲的这一番道理，忙道：“有道理！军师爷，是不是先下令，请各位下水的人先上船歇息一会儿，吃点东西。咱们把船往上游先驶出半里地。”

俞镖头又劝胡孟刚道：“别灰心！我是信得过陆四爷的，他是老江湖了，决看不走眼。很可能他跟缀那几个传信盗徒的时候，豹党拆散了银鞘；也许他们逃走的当天，就下决心扔掉镖银，拆开银鞘，跟咱们作对到底。”

薛兆也说：“姜五爷说的有道理，对这事我有经验。胡二爷别着急。”

胡孟刚垂头丧气，一言不发，他完全没有信心了，心想：“再等一个时辰吧！再捞不出镖银，我就一头扎下湖去，了却一生，倒也干净。”

众水手上船歇息、吃饭，大船启锚前行半里。水手重新下水捞银。船上众人越发心焦，胡孟刚更是双眼紧盯水面，胸中越加绝望，轻生之念复萌。此刻真是度时如年。

约莫只过了半顿饭的工夫，距大船约有十数丈远的水面上，忽有一人浮上水面，只见他出了水面，深深换了一口气。胡孟刚更是失望已极，料想这一番换地捞银，恐怕又成泡影。上水这人却没再下水，却扬起一手，远远招呼，似在大叫。船上诸人却辨不出语意来。

胡孟刚精神猛然一振，似绝地逢生，急忙大呼：“开船。”可是大船早已抛锚，大船仍在原地摇荡。俞、姜、薛众老英雄也为此情景所动，极目遥望水面。但见水中人竟往大船游来。俞剑平人虽老，眼不花，视力最强，他已看清，游来之人是振通镖客戴永清。他心中惊喜异常。俞镖头忙对胡孟刚道：“胡二弟，别着急，来人是戴永清镖师，他既然游来，大概总有点眉目。”二人说话时，又见水中浮上几人，也往大船游来。

片刻间，戴永清已然靠近大船，船上众人已经看清，他时而高举一物，时而高呼：“胡镖头，镖银！”

此时声、形均已十分清晰。胡孟刚伏身扒在船头上，要拉戴永清。此时二人相距还有数丈，戴永清似乎越急越游不快。智囊姜羽冲忙命人从船上抛出长绳。薛兆部下水手抛绳很有准头。戴永清一把抓住长绳，船上两人一用力，很快把他拉到船边。几个青年镖客立刻七手八脚把戴永清拉上船来。

戴永清一边登船一边气喘吁吁地呼叫：“胡镖头，胡镖头！镖银！”他一眼瞥见胡孟刚，一登船奋身一跃，把一只五十两的银锭，递给胡孟刚。

胡孟刚捧双手接过银锭，反复观看，口中念道：“镖银！镖银啊！”热泪不由簌簌地流了下来。

胡孟刚转脸寻找俞、姜，连声问道：“你们看看，这是不是盐课镖银？”

胡镖头一眼瞥见黑砂掌，突然扑过去，一把抱住陆锦标，大声叫道：“陆四爷，我的陆四爷啊！……”他对黑砂掌感恩莫尽，此刻却说不出一句感谢的话来了。陆锦标也是激动得失去常态，口中只念：“老天爷，阿弥陀佛！”

俞、姜和薛兆诸人见此光景，也都惊喜、感慨不已。俞、姜二人此刻目光还注视湖面，只见一二十位下水的人，纷纷都往大船游来。转瞬间，众人游近船边，姜羽冲、薛兆忙命人接应，拉上船来。上船的人个个手中都拿着一只银锭。赃银埋藏地点勘探无误，众镖客皆大欢喜。只有俞、姜、薛诸老，心中

蒙上一层暗影，银鞘已被拆散，打捞不易，更不可能捞尽。

姜羽冲顾不得与狂欢的胡、陆叙谈，忙悄悄招呼俞、薛二人，说道："二位老哥，飞豹子太恶毒，把银鞘拆散，银锭散落在湖底，像这样一个一个地打捞，绝对是不行的。薛老舵主有经验，还得请你不吝赐教。"

红胡子薛兆道："我也想到这一点了。我立刻派人赶制几十个布兜，每个下水的人用兜子装上银锭，每下一次水至少可以捞取十几块银锭。"说罢，立刻叫来叶天枢，教他派人立刻做这件事，限定一个时辰送来。

俞剑平说道："薛二哥确有办法，我看请诸位下水的人先上船歇息一下。人的精力总是有限的，现在下水一次最多捞上两块，不如先歇歇精神，等布兜做好再下手。这样给下水的诸位留点精神。"

红胡子薛兆确实有些神通，也就是半个时辰，三十个布兜送来了。薛兆立刻招集所属水手，对众人说道："这次承蒙江南武林名家看得起咱们，请咱们帮忙捞取银锭。你们可得给我做脸，别干那对不起朋友的事情来。现在我请几位镖行朋友验收，从湖中捞上银锭，当即交给镖行验收的朋友；这么做，咱们也落得个清白。俞、胡几位老前辈，都是外场朋友。亏待不了咱们；我也还要另外表示一点小意思，决不让大家白忙！"

众水手齐呼："这样办最好，老舵主放心，我们一定给你老人家挣个整脸！"这一番话，倒说得俞剑平有点不好意思，连忙劝阻。

薛兆悄悄对俞、姜、童三人说："这话我只对三位讲，银鞘一拆，银锭散落湖底，无论如何是捞取不出原数了。从俞、姜二位脸色上也能看出，预计到这一点了。我这样做，一来为了防止个把人贪小便宜，败坏我的名声；二来，将来捞出的银子不够数，我也落个清白，免得背黑锅。"

俞、姜二人点头称是，不由叹息一阵。童冠英跟薛兆最熟，童老开玩笑地说："老薛呀！你是又精干，又滑头！"说得

薛兆哈哈大笑起来。

姜羽冲连忙分派振通镖局两位镖师带领几个伙计验收银锭。他一眼瞥见胡孟刚和黑砂掌守着银堆发怔。

一切安排妥当，众人纷纷下水。每人带着布兜捞银，果然快得多。下水一次总能带上十几锭。头一天到天色昏黑时，已捞出约有万两银锭。俞、姜深通人情，再三催促水手们上船休息，并备下丰盛酒宴，热情款待。并一再致谢，嘱咐大家早些休息，以便次日继续捞取。振通镖师戴永清、宋海鹏因是自家镖行之事，想要夜战，也被俞、姜、苏诸老英雄劝阻。众水手一直坚持三四个时辰，确实也疲劳不堪。酒足饭饱之后，忙去休息。

俞、姜、薛众人在饭后忙邀集各重要人物，商议明日怎样加速打捞。当事人胡孟刚这时喜中带呆，却很少说话。黑砂掌陆锦标乐得又有点发起疯来，净开玩笑打岔。俞、姜、薛三人却成了真正的主人。红胡子薛兆慨然答应，明晨再派二十名水手参与打捞。俞剑平托苏建明、纪晋光、童冠英三位老英雄负责，指派众人保护已捞出的镖银。俞、姜、薛三人专司打捞事宜，并请肖国英留在大船上，以备应付官兵干扰。胡孟刚是劳累、急躁过度，又突逢喜变，俞、姜婉言安慰他，让他看守镖银。又请黑砂掌陆锦标率领几个青年登岸巡哨，因为他认识豹党和当地绿林一些人物的面目。

黑砂掌这时是无可无不可，一听分派，立刻领命，只说："多备些好酒佳肴按时送来，我多日劳累，没喝半口酒，现在该先犒赏犒赏我。正好，我不爱听你们这些啰里啰嗦的议论。"他叫了几个青年，哼着京戏，立刻登岸去了。

次日黎明，众镖客已吃过早饭，薛兆调来的水手也来了。薛兆并准备下大量好酒，以备水手下湖驱寒。现值夏日，凌晨时刻，天气仍有凉意。一切安排妥当，众镖客、水手纷纷下湖。人多势众，又有头一天的经验，捞取镖银进展更快。

晨曦甫升，在船头桅杆巡风的黑鹰程岳忽然遥望远处开来

两艘大船，好像兵船。程岳急忙窜下，报告师父。俞剑平闻言大惊，他深知官军剿匪无能，欺压良民却是威风得很。俞剑平早料到飞豹子不敢公开骚扰，当地绿林也不敢再插手自找麻烦，却只怕官兵干扰。

这时肖国英守备连忙劝慰师兄："俞三哥，不要着急，我迎头过去看看。"红胡子薛兆也说："如果是水师营，我跟他们管带还有点来往，我陪肖老爷一同去。"

肖守备忙换上官服，薛兆也穿上长袍，二人带着几个随从，登上薛兆早已备下的小船，迎着两艘兵船驶去。

来船果然是水师营的兵船。肖、薛二人递上名帖拜见带兵长官。这带兵官是个管带，恰巧与肖守备是旧相识，他平时又早被薛兆喂肥了。

这管带昨天半夜接到紧急命令，令他黎明前赶到射阳湖某地起赃，若贻误时机，以军令处置。这管带当时睡得正浓，被马弁叫起，一见此令，也吓得一惊。他连夜传令，集中官兵。那些官兵早已懒散成了习惯，尽管长官着急，待把船开到埋赃之地，已经天色大亮。

肖、薛二人当面对这管带说明来意，他也面露难色。这管带道："我是奉上差所遣，连夜赶来起赃。我不起赃，对上峰怎么交代呀？肖将军，您在官场多年，应当谅解我的难处。肖将军，你我是多年同事，薛老舵主也是很熟的人，我也不能不给二位面子。你们二位得帮助我想出个两全的办法来。"这管带倒不算是十分奸诈的人。他的难处，肖、薛二人也懂得。

三人商议很久，才初步商妥，算是官兵和镖行联合起赃。还得由薛兆出面向水师营的上峰花钱疏通，由镖行向州衙、大府委员托情，讲清镖行已早一日开始捞取镖银数万，再由州、府向水师营咨文说明这一情况。这管带看着肖、薛的面子，算是做了很大让步。薛兆当然悄悄向这管带许了若干好处。

肖守备、薛兆回来对俞、姜等人讲了交涉经过。俞剑平心虽不愿，但也无可奈何。他知道，幸有肖、薛二位官私两面出

头，才落得这一结果。官兵来得这么快，不难预料，当然是飞豹子告了密，幸而官府办事繁琐拖拉，延迟了一天工夫，给镖行留下了说词的理由。

两艘兵船阵列湖面，管带只派出三人到镖行船上督促、协助；其实镖行这边又得派出三人耐心陪客，酒肴招待。俞剑平又得亲赴官船，当面致谢。官船光临，白白地惹出这些麻烦来。

幸而湖底捞银事宜，由姜羽冲指挥，抓得很紧。夏日昼长，日出到日落，足有七八个时辰，这一天四十多人竟已捞出六七万两银锭。四十多人倒班歇息也十分劳累，俞、姜只得请他们夜间休息。俞、姜二人晚上还要忙着其他各项杂事，每晚只得和衣歇息一个多时辰。次日清晨又得早起，督促捞银。

原来银鞘虽然被拆，但还有成堆的银锭在一起。大堆银锭都先捞了上来，湖底银锭越来越零星分散，有人下水一次，摸上半晌，只捞着一两块。花了三天半的工夫，总共才捞出十五六万两。可是水手们却更加辛苦。俞、姜很觉得过意不去，红胡子反倒劝慰他们："我已派人到远处叫水手去了，现在也该到了。我没有别的本事，多找几个水手，还能办得到。"果然从第五天头上，薛兆又派来二十个水手。人虽多了，捞银进展还是不快，又捞了两天，总共还差一万多两。

俞剑平心知不可能全部捞出，便与姜、胡二人商议，想从此罢手。红胡子薛兆却极力反对，他说："怎么也得超过十九万两，不够这个数，从我这里就不答应。"

俞、胡二人十分感激，姜羽冲、苏建明、童冠英等老英雄也真佩服红胡子薛兆的为人。又持续了两天，才算闯过十九万大关。

俞、胡二人一再主张收兵。胡孟刚直到这时，情态才算安定，他很知足，他自愿掏腰包，赔上这一万两银子。俞剑平却认为，飞豹子劫镖是冲自己来的，他应该包赔。二人又为这事争论不休。最后还是姜羽冲等老一辈英雄说了话："二位不要谦让了，我们看二位来个二一添作五，一人赔一半。"经众人

再三劝解，俞、胡二人才勉强答应。

镖行群雄取回镖银顺便解往江宁，先交代了公事。然后俞、胡二人大谢诸路英雄，这些琐事不再细说。

（《十二金钱镖》全书到此告一段落）

后记①

十二金钱俞剑平、铁牌手胡孟刚、智囊姜羽冲、俞夫人丁云秀、胡萧二友、红胡子薛兆、镖行群雄，既拨云见日，大举驰来，按图索骥，撤水捞赃。而豹党燕群亦驰至，局外人侧目垂涎，思窃一脔，土豪金士钊、独脚盗飞白鼠、拉拨子夏永南，亦皆横插一足。于是射阳湖畔，掘赃、护赃、转挖、旁移，纷试身手，竞智争奇。俞、胡辈纵得披豹一斑，终憾璧之不获。而豹之腻友红锦女侠忽传入关，豹妻韩昭第心燃妒火，亦遽携女寻夫南下。俞之爱子俞瑾适自石头城，转道寻省父母。豹女俞儿，仇家子息，乃当貌相若，玉树争辉；冤家聚首，较技而目成心倾。儿女情事，深窘飞豹；豹子顿足大詈，夫妻勃豀。豹姑娘羞愤，险致乳药玉殒。而丁云秀、韩昭第、红锦女侠，徐娘半老，三妇不能争艳，顾犹然争闲气，掀起可笑之波澜焉。

中华民国三十二年九月十六日初版

①此“后记”系白羽生前自撰，刊在《十二金钱镖》卷十六第八十章后，写于1943年9月16日。——宫以仁注

整理后记

《十二金钱镖》是白羽武侠小说的成名作、代表作，始刊于1938年2月天津《庸报》，卷一初版于同年11月，由天津书局印行。其后，天津正华出版部先后分十五卷出版单行本，每卷五章，各卷初版年月：卷二，1939年3月；卷三，1939年4月；卷四1939年6月；卷五，1939年8月；卷六，1939年11月；卷七，1940年2月；卷八，1940年6月；卷九，1940年7月；卷十，1940年9月；卷十一，1940年12月；卷十二，1941年10月；卷十三，1942年9月；卷十四，1942年12月；卷十五，1943年8月；卷十六，1943年9月；至此，十六卷共八十章。20世纪40年代在天津《天声报》继续连载，卷十三、十四、十五封面曾另加副题“豹爪青锋”。1946年天津《建国日报》续载最后5章，即第八十一至八十五章，更名《丰林豹变记》，约八万字，但未出版单行本。从1938年至1949年，共再版6次，其中二版、三版16卷本由天津正华出版部印行，1948年8月，上海百新书店以“（修订四版）”之名，出版十二卷本，经白羽作较大修订，但仅收六十章，全书未完。

我社此次出版的《十二金钱镖》，以2017年版为底本，同时参照各种版本作了认真的校订，第81—85章从未收入单行本，由于连载的报纸至今未找到，由宫以仁先生根据原作8万字的大意，取其连载原题《丰林豹变记》，凭记忆写成1万字的故事梗概，以补其缺。

第一章　小隐侠踪闲居传剑术　频闻盗警登门借镖旗

第三章　浴血战群寇铁牌亏功　长笑拔镖旗飞豹留柬

第四章　武弁怀嗔镖师下狱
黑鹰赴诉剑客寻仇

第七章　两番探古刹贪功被擒
三度讯真情扯谎受辱

第九章 知己谈心衔杯论盗
缓急呼助策马访贤

第十一章 探盗巢九烟做向导
露马脚二客诈镖师

第十三章　拨草寻蛇环参唇典
临流买渡蓦遇骡夫

第十五章　三镖客结伴探贼巢
九股烟怀妒甘落后

第十七章　走荒郊伏贼试轮战
入古堡壮士拒环攻

第十九章　紫旋风狭路逢敌手
苦水铺霜刀输空拳

第二十一章　得警报俞剑平登场
闹店房乔九烟示威夫

第二十三章　论贼情座客滋疑窦
讨盗窟群侠争先鞭

第二十五章　插草标假豹戏单臂　抛火箭镖客惊伏桩

第二十七章　狭路相逢智囊问衅　短兵乍接飞盗争锋

第二十九章　林下捞鱼空烦撒网
关门捉豹浪掷金钱

第三十二章　巧植梅花桩大豪竞渡
轻挥吴钩剑苏老凌波

第三十四章　十二金钱逐豹踏荒堡
七张铁弩连弹困三杰

第三十六章　阴持两端缩手空招忌
穷诘内奸众口可铄金

第三十八章　云破月来疑团得骤解
推心置腹婉辞慰前嫌

第四十章　武胜文代豹约期斗技
俞剑平闻讯惊悉仇友

第四十二章 俞夫人求援访同门 胡振业无心得豹迹

第四十四章 贤伉俪践约会群雄 师兄弟强叙师门情

第四十六章　约法三章以武会友　胡趵愤怒拔刀掷豹

第四十八章　黑鹰程岳战平对手　九头狮子攘臂争名

第四十九章　无明僧地趟拳斗大鹏
俞剑平太极剑战飞豹

第五十一章　官兵骤围剿豹党丧胆
炮攻火云庄神梭倾巢

第五十三章　洪泽湖薛兆二番创业
红胡子怀旧智寻故剑

第五十五章　飞豹子歹心衔毒嫁祸
陆锦标无意巧截密信

第五十七章　陆嗣源黑夜剪径遇父
地头蛇暗潜觅银露迹

第五十九章　黑砂掌调包计换密信
盗信号按图文测埋赃

武林争雄记

白羽武侠小说全集 二

白羽 著

山西出版传媒集团
北岳文艺出版社 ·太原·
BEIYUE LITERATURE & ART PUBLISHING HOUSE

图书在版编目（CIP）数据

武林争雄记／白羽著. — 太原：北岳文艺出版社，2022.1
（白羽武侠小说全集）
ISBN　978-7-5378-6468-8
Ⅰ.①武… Ⅱ.①白… Ⅲ.①侠义小说—中国—现代
Ⅳ.①I246.5

中国版本图书馆CIP数据核字(2021)第215693号

武林争雄记

白羽／著

出品人
郭文礼

选题策划
孙茜

责任编辑
刘晓京

印刷监制
郭勇

封面插画
杨苇

封面设计
阎宏睿

出版发行：山西出版传媒集团·北岳文艺出版社
地　　址：山西省太原市并州南路57号
邮　　编：030012
电　　话：0351-5628696（发行部）　0351-5628688（总编室）
传　　真：0351-5628680
承 印 者：山西人民印刷有限责任公司

开　　本：890mm×1240mm　1/32
总 字 数：5280千字
总 印 张：200.625
版　　次：2022年1月　第1版
印　　次：2022年1月　第1次印刷
书　　号：ISBN 978-7-5378-6468-8
总 定 价：1380.00元（全25册）

鲁东武师丁朝威，封剑闭门，众弟子筵前为前来捧场的武林前辈献艺。二徒弟袁振武拳、剑技惊人，三徒弟俞振纲镖法更胜一筹。丁朝威当众越次传宗，立俞振纲为掌门弟子，心高气傲的袁振武结怨在心，弃师飘然远引，另投师门以求绝技，终赢得辽东豪侠快马韩父女宠信，称雄牧野……

目录

提要

争雄记为“十二金钱镖三部作”之一，名为续集，亦可谓为前传。叙十二金钱俞剑平与大豪飞豹子，当年同师习艺，争婚妒长故事。

鲁东武师丁朝威，封剑闭门，越次传宗，超拔三弟子俞振纲（剑平）为掌门高足。二弟子飞豹袁振武大恚。丁复有爱女名云秀，艳质英姿，武功可观。袁先丧妻，谋俟艺成，媒聘师妹。讵有此废立之一变，云秀亦以父命，下嫁于俞；此又一恨也。袁振武乃藉辞母病，飘然告归。变姓名，跋涉江湖，别求绝技。而有志竟成，远走辽东，创业争雄于牧野，绿林盗侠一一为袁所败；卒令一豹三熊之威名，震于边荒；而塞外之牧场、参场、金场，皆倚飞豹为护符。又娶牧场场主快马韩之爱女为妻，于是业就名成，年亦渐老，于少时隐忿，浸亦淡忘矣。

忽有客贩马入关，归述江南镖客有俞剑平者，以十二钱镖压倒武林。又有亡命客逃罪出关，得见飞豹子，具言俞之身世宗门。飞豹乃知此名镖师即彼当年之师弟也。既怀夙怨，又妒时名，一豹三熊奋起辽东，身到江南，劫镖斗剑，向俞挑衅。俞之妻丁云秀亦得悉劫镖大盗为伊当年师兄，遂仗剑来援。夫妻以情恳师兄，求还镖银。飞豹子桀桀然大笑曰：“吾乃师门之不才子也，感师门当年不

屑教诲之教诲，别走歧途，幸获薄技，三十年来亦复小成。愿与师弟及师妹一较身手，上告恩师在天之灵！”奋然折箭绝交，必求一斗，遂于武林中，引起轩然大波——收书之主结也。其他琐絮，赘兹不叙。

第一章

丁武师封剑闭门

这一天，晨曦甫上，微风送爽，雀鸟尚在枝头喧噪。山东省胶东文登县城内，一条大街上，路东有所住宅，哗啦的将大门开了；出来仆役模样的两三个人，把木刻的朱红楹联装在门榜上，又在门楣上悬结彩绸纱灯。这一望而知，本宅是有什么喜事。顶城门进来的菜贩，刚刚挑菜来到门前，就问道："借光！二哥，这里是绸缎丁家吗？"于是又出来一个厨子模样的人，把菜挑领进去，跟着送鸡鸭鱼肉的也来了。

这家宅主丁朝威，字伯严，在本城经营丝店，专营本省土产大丝绸，行销冀辽，和山东祥字号等有来往。但丁朝威却是一个武术名家，为了学武，几乎把家产丢去一半。现在，他居然成为北五省武林中的巨擘了，可是人也老了。

丁朝威幼习技击，幸遇名师，获得太极拳、奇门十三剑、十二金钱镖的三绝技；大河南北，名重武林。当他研习武术时，他的已经分了家的叔父，骂他是败家子，他毫不介意。只身游遍河北、江南，直到技成名立，方才归来，于是他不做丝店财东，反要给绸缎本行祥字号等保镖护运。他这保镖与镖店

不同，可以说是玩票。

当他押着山东特产，行经冀北时，身旁只率领一个弟子袁振武，和一个趟子手、两名伙计。绿林人物折服他的武功，没有人敢动他的镖。可是镖行的一班名镖师们，因为山东地面现放着七八家闯出“万儿”的镖店，他竟敢挟技擅走“黑镖”，这分明是藐视山东省保镖的无能；曾经唆使出人来，向他小开玩笑。但是敌不住他的奇门十三剑、十二金钱镖；被他一战成功，到底打开了冀辽这条镖道。他的师父知道了，把丁朝威数说一顿；又把北方著名镖客，给他引见了。镖客们提出条件：丁大爷要是押运自己的镖货，我们不管；可是你不能外揽生意，破坏我们的行规。这样说好，才得相安无事。

丁朝威想保镖，不过是高兴，随后也就不干了。他又改了，在自己家拆了一片房，设下把式场子，招收徒弟。结果，陆续收了九个弟子；内中一人，姓袁，按师门排号，名为袁振武，后来以“飞豹子”三字的绰号，蜚声于辽东牧野。又有一人，名俞振纲，字建平，后来江南武林中称他为“十二金钱”俞剑平。

丁朝威出身豪富，交游颇广。光阴荏苒，壮士已到暮年。他的膝前唯一的爱女丁云秀，劝他闭门颐养。到了这一天，丁武师撒请贴，备筵席，宴请山东、直隶的武林至好和同门师友，要择吉日实行“封剑闭门”；同时呢，还有一个意思，就是要把本门心法传授给获得薪传的弟子。

丁武师把这事预备了好几天。凌晨时候，早早起来，步至厅房；门弟子也都衣冠楚楚的，来到丁宅伺候。二弟子袁振武，赤红脸，豹头虎目，英姿豪气，武功早得升堂入室。三弟子俞振纲，白面剑眉，外和内刚，精神内敛。四弟子石振英，早已出离师门，远游在外。五弟子胡振业，年纪虽少，武功也颇出名，太极拳打得很精熟。其余各弟子，也各人有各人的特长；就中以九弟子萧振杰年纪最小，功夫也差。

丁武师穿着肥大的袍子，袖长过指，襟长及踵，乍看很像

个老儒。身材短小，朗目疏眉，精神壮旺；谈起话来，声若洪钟。虽然年及六旬，还是齿不豁，顶未秃，乍看也不过象四十五六岁。早晨起来，由内宅款步徐行，来到厅房太师椅上一坐；眼望群弟子一瞬，含笑拈须道："你二位师祖呢？"群弟子答道："还没起来呢。"丁朝威道："不要惊动他，路太远，他老人家一定累了。"因又问："老六、老七呢？"二弟子袁振武答道："他们到柜上借纱灯去了。"丁武师眉峰微蹙道："值得这么铺张！"随又笑了，说道："我看看你们布置的。"丁武师站起身来，三弟子俞振纲抢行了一步，挑起门帘，丁武师率群徒来到院中。

院中抱柱上、角门上，全都挂上朱底黑字木刻的匾联；厅房门口还挂了彩绸，居然是办喜事的景象。丁武师道："谁出的主意？怎么还挂起彩绸来？"三弟子俞振纲忙答道："这是师妹教挂的。今天是师父封剑闭门的好日子，师妹说师父以武功成名，临到收场，一帆风顺，正是可喜可贺的事。"丁武师笑着，微把头点了点，道："我丁朝威一生好武，临到今日，能够这样收场，我不能不知足。只不知你们将来怎样？振武，你们这些弟子，老大不用说，触犯门规，被我除名，逐出门墙了；现在就数你和振纲年长，你们将来，打算怎样去做，才对得起我老头子十几年来教导之劳？你们可以说一说你们的志向，给我听听。"

二弟子袁振武，眼望三弟子俞振纲，向师父面前凑了凑，控背鞠躬道："师父，弟子仰承师恩，不敢说'报答'二字。弟子今后唯有刻苦精练，为本门放一异彩；使本门武功独霸武林，这才是弟子的私愿。至于做得到做不到，那却不敢说，总之，我们不能不勉力振奋一下，使师父大名永垂来世，这就是做弟子的一点孝心。"

丁朝威点点头，又向三弟子俞振纲问道："你呢？"俞振纲谦然答道："师父，弟子武功造诣，没到炉火纯青之候；弟子不敢骛远，打算着师父就是封剑闭门，情愿在师父身旁，多服

侍几年。弟子的家境，师父是知道的，弟子我也没有地方去。只要师父不嫌弃，我情愿留在这里；诚如二师兄所说，但能尽一分孝心，必尽一分孝心。”

于是，丁朝威又问五弟子以下。有的自说亲老要回家，有的自说家贫要做事；各人有各人的志愿，各人有各人的打算。

丁朝威与弟子们闲谈着，又举步往把式场中走去，笑着说：“你们不要尽自围着我转，也照管照管前后各处，看都安排好了没有？把式场子的香案设好没有？今、明天来的宾朋和同门师友，多是武林中成过名、闯过‘万’的人物；你们要好好的款待，别教人家笑话咱们外行侉闹。”袁振武道：“师父不用操心，从昨晚就吩咐好了，把式场地也布置妥了。一共预备了二十桌席，还怕不够用吧？”丁朝威道：“用不了这些，太多了。”带着弟子往把式场走来。

迎面从内宅转出来一个少年女子，浅月色的衣裳，头挽乌云，耳垂珠珰，瓜子脸，不施脂粉，正是丁武师的爱女丁云秀姑娘。一见乃父，往旁一站，先叫了声：“爹爹！”一转身，又向一班师兄弟招呼道：“袁师哥！俞师哥！”袁振武赔笑道：“嚇，师妹今天起得更早了，怎么你还没换衣裳吗？”

丁云秀笑而不答。俞振纲道：“师妹到把式场去了没有？那里香案都摆好了。”丁云秀道：“我早去看了。这香案大概是你摆的，是不是？俞师哥，你漏场了；你把香炉蜡扦都摆上了，可是怎么还没把师父那把剑挂上呢？你忘了，这不是封剑闭门吗？”俞振纲道：“我倒是没忘，想着了；不过剑在内宅呢，师父、师妹又都没起来。”丁武师道：“走，咱们都看看去。”众人一齐来到把式场。

这把式场乃丁武师特地搭造的，是很大的一所罩棚；这样的建筑，就是雨天也可以聚徒传技，不致阻雨停练。这时候，果然在把式场坐北朝南的方位，摆妥供桌，供好祖师牌位；香花供品，罗列满案。丁朝威素日所用的那把纯钢剑，已由丁云秀姑娘从内宅取来，系上彩绸，悬在案前。由香案两旁起，雁

翅般排起数行桌椅，以备来宾宴集观礼。罩棚很大，虽然排列供桌和宾席，仍空着很大一块空场。丁武师说，封剑之后，还要当场考验弟子的武学。

丁武师来到场中，兴致勃勃，又指点着安排了一回。丁云秀姑娘忙前忙后，众弟子也都相帮着操劳安排。不久门上进来通报：本城陆华堂师傅，跟海阳县拳师周达，相偕来到了；丁朝威忙率群徒迎接进来。随后，丁武师的师弟太极拳李兆庆，率四个门徒，也赶来道贺。于是，远近的贺客陆续到场，见面之后，互道契阔。这里来到的人，有五龙山设场授徒的铁掌钮禄、直隶的阴阳脸辛德寿、青州的半趟长拳震辽东翟云鹏、泰安的五行拳韩志武。还有丁武师的两位师叔左世恭、左世俭，这老弟兄二人，隐居冀南，也不传徒，也不传子；这次居然肯为本门长门的师侄，远奔文登县来，实是丁朝威想不到的事。这二老由前天赶到，就下榻在丁宅；还有别位远道赶来的朋友，丁武师不肯教他们住店，特腾出三间客厅来款留。

此外陆陆续续又来了不少客人，大抵为武林中人物，也有镖行中的达官。在丁朝威少时，虽曾因保黑镖，与镖客闹过意见，可是后来早恢复了交谊。这日来的，有曹州府镖客崔起凤、济南老镖师铁胆谷万钟、三才剑徐勇、铁铃镖乐公韬，和乐公韬的盟兄赵梦龙；东昌府吕氏双杰吕铭、吕铸，也全来道贺。共计来宾八九十位，还有些人没有下贴，闻讯赶来的，丁朝威对他们好生抱歉。

太极拳李兆庆，陪着师叔左氏双侠谈了一会，转向丁朝威说道："师兄，巳时已过，该入席了。"丁朝威道："人还有没来的呢。"李兆庆道："那可以留出两桌来，现在可让大家先吃杯喜酒。师兄可以先不拈香；等到午正，那就不管还有来的没有你们师徒径行大礼，也没有包涵了。"丁朝威又稍候了片刻，便请来宾入席。丁朝威亲自执壶，安座敬酒；晚辈的就由袁振武、俞振纲把盏；人客未齐，却已坐了十四五桌。

丁朝威设场授徒，与众大有不同。别人铺场子，不过是倚

此为生；丁朝威却是家资富有，自己拿出钱来赔垫。二弟子袁振武、三弟子俞振纲、五弟子胡振业、六弟子马振伦，都里外照应。内中苦了九弟子萧振杰，年岁既小，入门最后，并且来自乡间，礼节未谙；随着师兄们接待来宾，时时的提心吊胆，看着二师兄袁振武的神色。袁振武的一双虎目，有时射出强光，萧振杰便吓得低了头。

转瞬午时，暗数来宾，已请未到的计有十四位；可是不速而来的倒有二十多人，二十桌酒席，险些不够用的。丁云秀姑娘笑说："俞师兄，你瞧，若依着你的主意，一准坐不开了；你打算的道儿总是往后退一步。可是，若依着袁师兄，预备三十桌，可又多了。"俞振纲微微一笑，说道："这宴席的事无多无少，就是少两桌，挤一挤也坐下了。"丁云秀道："所以这才是你的见识啊，你和二师哥再不会一样。"说着，二师兄袁振武忙忙地走来，就插言道："这有什么难办？少两桌，到饭馆现叫，多了更不要紧，不会退回去嘛？你瞧这会子很忙，老五哪里去了？老三快来张罗张罗吧。"俞振纲应了一声，连忙过去。丁云秀笑道："还是二师兄有主意，多了会退，少了会再叫，我就没想到。"一扭头进去了。

袁振武不做理会，仍是寻前觅后的找五师弟胡振业。寻着了，就厉声斥责了几句："你怎么跑到这里来？前头的酒喝完了，快去拿去。李师叔尝着咱们的酒好，快再灌两壶去。"又道："师妹别走，你领着老五灌酒去。"胡振业忙即起身入内，一面问道："就要两壶吗？"袁振武道："喝，你真死心眼，我说两壶，你就拿两壶？"丁云秀已经进去了，听着他们的话，转身道："二师哥，你到底说明白了，究竟是两壶还是几壶？"袁振武收去怒容，笑道："嗐，这是我的口头语；我说两壶，就是几壶的意思，师妹看着办吧。大概十几壶也不够，他们都说咱们丁家收藏的陈年家酿，外面有钱没处买去。"丁云秀道："本来嘛，收藏了好几十年，从我祖父那时埋存的，总舍不得喝；他们倒尝出口味来了。走，咱们拿去。"

胡振业跟着丁云秀，到内宅灌酒；袁振武又一阵风似的到了厨房。九弟子萧振杰刚刚到了厨房门口。袁振武一眼看见，问道："老九，你上这里来做什么？我不是叫你在西房照应客人嘛？"萧振杰嗫嚅道："三师兄刚才告诉我，教我来催菜。翟云鹏师傅他要尝咱们这里的五香焖雏鸡。"袁振武哼了一声道："他自己不会来催！你不知道这西房客人，全是清真教友嘛？你要好好地伺候着，不要教他们不干不净的。快去吧！老三他干什么去了？"萧振杰道："他本要来，师父把他叫住了。"袁振武道："师父叫他做什么？"萧振杰道："我不知道。"袁振武笑了，把萧振杰一拍道："你这孩子，就知道吃！我眼瞧你偷吃席上的山楂糕了。"萧振杰脸一红，同时觉得肩头上热辣辣的疼痛；原来袁振武这一手拍得重了点。袁振武进了厨房，对厨子吩咐了几句话；匆匆出来，转到前边去。只见三师弟俞振纲、六师弟马振伦，正在师父身边服侍着呢；一见袁振武，俞振纲忙将酒壶递过去，马振伦也忙退下来。

华筵初开，丁武师到各筵上周旋，长辈、平辈由丁朝威亲自把盏，晚辈的就由弟子代劳。袁、俞二人年齿较长，自然周旋中礼。在这二十桌宴席上，倒坐着老老少少，百十多位宾客；武林中人占了多半，本地绅士豪商也都来祝贺。头几桌是远客和上宾，首席正是老镖师铁胆谷万钟。其次便是丁朝威的两位师叔左世恭、左世俭。这一席的来宾各个都须眉皓然。那铁胆谷万钟年齿尤高，论武功又是终南北支形意派的老前辈；更有一手绝技，善打鸳鸯铁胆（就是人们常团弄的保定特产铁球）。他这对铁胆打出去，十丈内可取敌人性命；谷万钟将这一对铁胆镇日的团搓，搓得铮光如银。这时候他高据首席，却将铁胆揣起来，手绰酒杯，欣然欢饮。他有很好的酒量，一面饮，一面向左氏双侠谈谈当年在江湖上闯万儿的旧事，说起来，都是四十年前的老话了。

丁朝威在末座相陪，等到酒过一巡，丁朝威站起来，手提着酒壶，要到各桌再敬第二巡酒。谷万钟却将手中的筷子一

指，说道："喂，伯严！"丁朝威站住了，谷万钟笑吟吟的说："我说伯严，你太客气了。"大声对四座来宾道："诸位老哥，我说咱们跟丁大爷全是知己的朋友，和武林中多年的同道；今天是丁大爷大喜的日子，依我说，咱们把这些俗套子免了。……伯严，你不要把盏，咱们点到为止，敬过一回酒了，咱们大伙谁喝谁斟。"大众一齐说："这话对极了，今天是丁大哥封剑的好日子。要说敬酒，我们应该借花献佛，先敬你三杯才是。"丁朝威赔笑道："这可不敢当！"陆华堂师傅道："这么办，有事弟子服其劳；丁大哥现有这些徒弟，这敬酒的差事，你就派了他们吧。丁大哥，你不要忙前忙后的，你老老实实入座，咱们弟兄好久没在一块喝酒了。再说谷老前辈又是海量，你应该陪着他喝个一坛半坛的。"谷万钟将筷子一转，望空画了一个圆圈，哈哈大笑的说道："你看，大家都是这个意思不是？来吧，你就陪着老哥哥喝几盅吧。我说袁老弟、俞老弟，你替你师父把盏。"袁振武、俞振纲肃然含笑应诺。那铁铃镖乐公韬，恰挨着丁朝威的座次，就凑着趣，果然把丁武师按在椅子上，道："谷老前辈这么说了，主人就说恭敬不如从命吧。"

丁朝威谦然笑道："这可是太失礼了。今天是弟子封剑的日子，承诸位先辈英雄不弃，远来捧场；我丁朝威无以为谢，这一杯水酒总是要敬的。各位师傅，总要赏脸宽量。"顿了一顿又说："我弟子今日邀请诸位师傅来，也是因为我弟子由封剑之日起，从此就不再论武。可是我教的这几个徒弟都年轻无知；说到本领，更是有其师必有其徒，个个都是糠货；往后仰仗诸位先辈指教照应的地方很多。所以借这杯水酒，把诸位请来，教他们和诸位先辈见见面，日后好求老师们的照拂。不过这么凉的天，劳动众位，我心上太过意不去。还有舍下这里是个僻地方，诸位路稍远的，我都没敢惊动。可是诸位不嫌弃我，竟有的大远道赶来，这更叫在下不安了。"

来宾答道："客气，客气！我们不知信便罢，既然知道了，自然要来道贺的。至于令徒个个都是英才，我们也正想见见。"

丁朝威还要说谦谢的话，谷万钟道："得了，你这几个徒弟都很漂亮。老伙计，你不要客气了，咱们先喝两杯，划两拳吧。"把手一伸，道："来来来！四喜呀！五魁呀！"谷万钟人老兴致却不老；这一划起拳来，丁武师也不好再敬酒了。于是在座的武师们，也五啊六啊，捉对划起拳来；宾主之间，喝得十分痛快。

丁武师没忘了心中的正事。容得稍酣，自己站起来，挨到师叔左世恭、左世俭面前，又敬了一杯酒，这才说道："五师叔、六师叔，今天弟子封剑闭门，二位老人家赏脸驾临，这是弟子的大幸；少时还请二位师叔给弟子拈香赐训。"

左世恭、左世俭老弟兄二人含着笑，接了丁武师的敬酒。左世恭把酒放下，说道："贤契，你不用客气。我们弟兄在本门中，虽比你长着一辈，但是论到武功造诣，真没你锻炼的精纯。能够昌大这'山左太极派'的门户，全仗你们师徒了。你也算在江湖上闯了半世，到今日安然封剑闭门，又有这几个顶起门户的弟子克承衣钵；丁家三绝艺，足可执武林中的牛耳，连我们弟兄的面上都有光荣。这股香是你一个人赚得的，我弟兄却不便代庖。"说到这里，触动一桩心事；微顿了一顿，长吁一声，侧脸看了看左世俭，转向丁朝威说道："我弟兄将来的结果，只怕还不易落到你这样的一个收场哩。我们弟兄早年间锋芒太露，遇事不知抑敛，以致欠下了不少冤孽债。俗语说：'父债子还'，可是我们哥两个直到今日全是孑然一身，虽有几个不肖的子侄，也当不了大用，再说这一种债，又不是子弟们所能代偿的。我们弟兄自身的事，自身了。粤东的多臂禅师，三两年内必来找我；你想，我们两人的收场，自己还没有一点把握。这祖师面前的头股香，我们又怎能替人交心愿呢？"

丁朝威听了，不禁动了同门中同仇敌忾的义气；一时间，竟把自己今日盛会的意思忘了，慷慨说道："师叔，您不必把这事索绕在心里。多臂和尚不守沙门戒律，当年师叔只不过略施儆戒，他还要二次寻仇吗？他如果敢来，届时师叔赏弟子一

个信，弟子替师叔打发他吧。”

丁武师方说到这里，旁边跟左氏双侠联席的铁胆谷万钟，掀髯长笑道：“丁大爷，算了吧！你忘了你今天办什么事了。我没见过已然封剑闭门，还要替人出头抱不平的，你们这太极门真够惹的了。这些事干脆让我们弟兄露回虚脸，也显显咱们山左武林的义气。左老哥，哪天多臂和尚来了，你赏给我一个信。”左世恭、左世俭立刻向谷老师父抱拳拱手，道：“多谢谷老师的盛谊。左某不才，不能为我们山左武林争光，也就很觉愧对同道的了；哪敢再劳动师友们？”复侧脸向丁朝威道：“时候不早了，你快拈香去吧。”

丁朝威这才依次来到宾席上各武师的座次，谦让了一番，然后退到香案前面。由仆从们把红烛燃起，又点起一炉檀香。那二弟子袁振武也把一束料香的纸箍划去，递了过来。丁武师举起这束香，向烛火上燃着；双手捧香向上一举，插到炉中。香案前的红毡早已铺好了；丁武师虔诚叩拜，又叫门下众弟子挨次行礼。

礼毕，丁朝威转身站在香案前，向阖席来宾深深一拜，道：“弟子丁朝威，猥以菲材末技，得列太极门下。我山左太极派，比我丁朝威门户长、辈分高的，还有三两位；不过早已封剑闭门，一心归隐，不愿再传弟子了。我丁朝威秉承先师遗命，不得教山左太极门嗣绩中断；我在下负这重责，因此愚不自量，收了几个弟子。又蒙本门的尊长宽容奖借，这几个徒弟也还肯于用功，如今他们已经略窥本门武功的门径。不过要说到顶立门户，还差得很远，若按他们所学，还得虔心锻炼几年，方能小成。只是我丁朝威今年虚年五十九岁，只为内功火候不纯，以致近来很觉体力日衰，精神日减，尘寰中怕不容我久恋。所幸者朝威叨列武林，数十年来踏遍江湖，多结朋友，罕树仇敌，无恩无怨，幸免大过。人贵知止，及早回头，朝威此日封剑闭门，以后就绝口不谈武事了。朝威这点末学微技，也已倾囊传与了这几位顽徒。今日请诸位武林前辈到来，一者

当众封剑闭门，二者为得是教他们把所练的武功，当筵一试，敬请老前辈们指教。如以为他们堪承衣钵，可以附骥武林，弟子就把本门的薪传交付他们。他们将来能否昌大门楣，还请老前辈们推情诱掖，朝威感激不尽。我在下从此退出武林，聊保残躯，这全拜众位老前辈之赐了。”

丁朝威致辞甫毕，老镖师铁胆谷万钟首先站起来，向阖座的宾客说道：“我们山东六府的会家子，以人家太极丁伯严的武功造诣最深；丁家三绝艺，说得起压倒武林，给咱们山东道上争光露脸，这不是我当面奉承吧。今日丁老师封剑闭门，像他四十年来驰誉武林，今日收场落个完整，实在难得。我们大家幸叨盛会，我说我们应该公贺一杯！”众宾客齐声欢呼道：“该贺，该贺！”

于是列筵群雄各举杯盏，四座生春，欣然一饮而尽。丁老武师自然陪饮答礼，由徒弟们斟过一杯来。丁武师举杯在手，道：“诸公过称，愧不敢当，但是盛情不能不领！”当下也是一饮而尽。

谷万钟又说道：“丁老师今日封剑传宗，叫他及门弟子接掌太极门，使山左太极门发扬光大，这尤其是可贺的事。丁老师并叫他的弟子当筵试艺，这更妙了。我们都晓得：丁家三绝艺名震江湖，太极拳独得秘要，为各家拳术所不及。奇门十三剑尤属剑术中难得的绝技；十二金钱镖擅打三十六道大穴，会此种绝艺的，大河南北更可以说绝无第二个人。我想丁老师既以衣钵传授他的门下弟子，这丁家三绝艺，他门下弟子定已获得薪传。我们得趁今日，看一看丁门众位小英雄各试身手，藉此开开眼界，也是件难逢罕遇的事。这也值得公贺一杯吧！”

谷万钟话才说完，在座的众武师噼噼啪啪鼓起掌来。欢赞声中，众武师共举酒杯，仰脖一饮而尽；酒入欢肠，分外的快意。莱州府散手名家张毅侯插言说道：“贺酒应该连敬三杯；我说众位师傅们，咱们应该再来一杯呀！”众人凑趣道：“好好好，咱们来个连中三元。”正要再举这第三杯，老镖师谷万钟

忙将酒杯一按，道："且慢!"众人停得一停，齐看谷万钟。

谷万钟精神焕发，伸二指当筵前悬空画了一个半圈，朗然说道："我们这第三杯贺酒，可是不能现在喝。依我说，我们要等得了丁老师那几位高足，把本门的绝艺，当筵试练出来，给咱们大家开过了眼；我们就把这第三杯贺酒，敬献给丁老师的掌门大弟子。你们说对不对?"说着回顾这位散手名家张毅侯。张毅侯欢然跳起来，拍掌道："对对对！我说袁老弟，你就好好的大卖一手吧。丁门三绝艺：一拳、二剑、三钱镖；袁老弟，不用说，你是样样精通的了。"

群武师的眼光一齐注视到侍筵捧壶的丁门二弟子袁振武、三弟子俞振纲。袁振武面皮一红，忙将酒壶顺手递给三师弟俞振纲，垂手向前，逊辞答道："弟子年少无知，虽承恩师教训，我的功夫差得很远。只不过先前的大师哥误犯门规，被逐门墙之外，弟子拳、剑、镖是矮子队里出长子；其实弟子是拳、剑、镖一无所长。"

这样说着，丁武师微微一笑，屏后的丁云秀姑娘也微微一笑。座客们齐声说道："丁老师，你瞧你这徒弟，够多精神！够多有礼貌！说出话来，不亢不卑；真是的，你这二弟子足可以给你支撑门户了。""大竿子"于隆道："只可惜丁老师的大弟子姜振齐，他的武功已然很可以了，是怎的误犯门规，被你老斥逐了?"于武师把眼光注视着丁武师，等他回答。

丁朝威忽然脸上罩上了一层暗淡之色，想起了这个开山门的大弟子；讲体格，论资质，说聪明，样样都比二弟子、三弟子强。他却恃长而凌暴师弟，挟技而侮慢乡党；更有一件要不得的毛病：言大而浮夸，飘忽而无信。曾有一次，对待邻妇竟说出昏诞的话来；虽然是言者无心，具见他轻狂在骨。丁武师为此发怒，又因为别的几件小事上，看透了姜振齐的为人，遂毅然决然，毫不姑息，把个相随长久、得艺较深的弟子赶逐了，当时险些把姜振齐废掉。如今时过境迁，却给丁武师留上很深的戒心，深知择徒不可不慎，否则必为门户之玷。当下微

吁了一声，道："还提他做甚？左不过小浑蛋罢了。"

在场的来宾齐声赞扬丁家三绝艺，又转而赞扬袁振武。袁振武面色赧赧的虽在谦辞，可是少年得意的神气，未免流露出来。丁武师微微含笑，说道："小孩子们，功夫差得远哩；众位师傅们不要过奖了，没的叫他们张狂。"立刻向七个弟子说道："你们今日当着诸位前辈，和本门师祖、师叔，把各人的功夫好好练一回，请老前辈指教，也可以长长见识。"

九个门徒，在场的七个人，是二弟子袁振武、三弟子俞振纲、五弟子胡振业、六弟子马振伦、七弟子谢振宗、八弟子冯振国、小弟子萧振杰。此时由二弟子袁振武率领着，一齐领诺，肃立筵前。

二弟子袁振武晓得今天是师父授衣钵，自己接掌"太极门"的日子，这哪得不努力一显身手？"嘛"的先应了一声，唰的将长衫一甩，回头看了俞振纲一眼。俞振纲慌忙过来，给师兄接衣服；小师弟萧振杰慌忙递过那把剑来。袁振武微微一摇头，把手一挥；萧振杰退回原处，俞振纲捧着师兄的长衫马褂，也归了班序。只见袁振武虎目豹头，口角微向下掩，而呈着英武亢爽之气，果然英雄出少年。在场的武师，齐声欢赞；尤其是他这一出位、一甩衣，真个是矫若游龙。

这长衫一脱，但见他穿一身短装，二蓝绸子短衫，黄铜纽扣，青绉绸的中衣；百忙中，已经打好了黑、白两色倒赶水波纹的裹腿，换上山东造千层底搬尖鱼鳞沙鞋。又见他将黑松松的长发辫往颈项上一盘，登时身躯微转，向众人深深一揖；手指自己的短装，向众人道："请恕弟子放肆，弟子只好脱了长衣服。"倏回身，立在师父面前；双手一拱，道："师父，弟子愚昧无能，在老前辈面前献丑，只怕贻笑大方！"当袁振武筵前甩衣，将要开练时，老武师丁朝威眼光正看着小弟子萧振杰，打算叫末一个弟子当先练起；八弟子、七弟子，依次下场；初学先练，高足继登，也显着一个比一个强；不想袁振武已经下场了。丁朝威哂然一笑："好一个子路！"目含着笑意，

说道："振武，你就练吧。"又望着当前的众弟子道："你们务要各展所学，好好的练一趟；老前辈们定然指教你们，哪能笑话你们呢？"

筵设在练武场中，罩棚之下，本已预留下一大片空地。袁振武精神满腹，笑脸堆欢，走到练武场中，回头顾视道："师父，我先练什么？是剑是拳？"

众宾的眼光都随着袁振武的身子转，转注到空场上。那丁武师的师弟太极李兆庆，忽回头看到屏门后。屏门后露出半个粉面、一只玉手。这只手正捏着绿云盘顶的发辫，是个妙龄少女。李兆庆高声大笑，道："等一等，等一等练。"且说且走到丁朝威面前，道："大哥，你的徒弟全到场了么？"

丁朝威愕然道："我只有这九个徒弟，大徒弟教我斥逐了，四弟子石振英为着家贫，已经弃武习商。就是五弟子胡振业、六弟子马振伦、八弟子冯振国，也是我现把他们找来的。我面前就是袁振武、俞振纲和谢振宗、萧振杰，常在我家里。"

众武师听这师兄弟二人说话，有的回了头来看，铁铃镖乐公韬道："哦哦哦，丁大爷，你还有一位女弟子哩。你怎么不教她出场，练一套给我们瞧？"这话一出口，屏门后噗嗤的一声笑，那粉面玉手蓦地不见了。左世恭、左世俭齐声说道："可不是，我还有这么一个女徒孙哩。喂，云秀，云秀，你过来练练，别跑啊！"

丁朝威方才想起他的女儿丁云秀来，赔着笑道："丫头子家，她任什么也不会，师弟，你怎么琢磨起你侄女儿来了。"李兆庆只是笑，连声叫道："云秀侄女儿，云秀侄女儿！"

左氏双侠这一对白发老头儿更是凑趣，竟飞似的追到屏门后，把云秀姑娘寻来，定要逼她先练。丁云秀满面娇羞，眼望着父亲，模样儿很窘。场中的袁振武此时已经走入场心；双手往下一垂，眼观鼻，口问心，凝神敛气，脚下不"丁"不"八"，抱元守一，刚刚展开了太极三式。忽见师妹入场，哎呀一声，慌忙收式，往旁一让，道："可不是，我怎么忘了师妹

了。师父!”叫这一声,来到丁朝威面前道:“师妹比我们谁都强,请师妹先练吧。”丁云秀一双盈盈秀目把袁振武盯了一眼,将身子一扭,对父亲说道:“爹爹!”又摇了摇头:“我不练。”扭头又要跑,师祖左世恭、左世俭,师叔李兆庆,三个老头儿把丁云秀姑娘的去路挡住,笑道:“姑娘,你不练可不成;你有本领把我们三个老头打跑了,我们让你回去。”

丁云秀姑娘从耳根下烘起两朵红云,锐利的眼光把左氏二老一瞅,又向师叔李兆庆一望,情不自禁的一双玉手摆出了一个“如封似闭”的架式。忽复省悟,双腕垂下来,低头道:“师祖,我真是不会;师叔,你老怎么作弄起侄女儿来了!”

众武师一齐喝着彩,怂恿云秀姑娘起拳;丁家父女再三逊辞,只是推托不开。谷万钟老英雄看丁云秀神情踧躇,急忙从中解围,含笑说道:“左老兄,算了吧。依我说袁老弟已经下场了,就叫他先练。他练完了,再请我这侄女儿一展身手,列位你看好不好?人家女孩子家,叫她劈头一个先练,怪不好意思的。你说是不是,李贤弟?”说时,眼望着正堵门的李兆庆,李兆庆一笑作罢。

左氏双侠这须眉皓然的一对老头儿,笑嘻嘻的一边一个,守住云秀姑娘,说道,“姑娘听着了没有?咱就这样办。老头子求你这半天了,你回头可一准练,不许溜!”

丁云秀姑娘已于摆筵时,趁空换好一身新衣。瓜子形的清水脸,不擦脂粉,自来皓白,只于樱唇上略点红脂,耳坠珠瑙,腕戴金钏,窄窄袖口,露出春葱,微与寻常闺秀不同的,是满手的指甲剪得短短的。穿淡黄绸衫,系深月色短裙;缦立在筵前,双蛾微蹙,两靥泛红;似欲规避,又躲不开,只管笑着谦辞。袁振武说道:“还是师妹练吧。”丁云秀似笑不笑的说道:“二师哥,你也作弄我!”说时双眸一转,觅路欲退。

三师兄俞振纲正提着二师兄的长袍长褂,侧立在对面,群弟子散立在隅角,微微含笑;小师弟萧振杰凑上来叫道:“师姐,你这边来吧。”丁云秀姗姗的走过去,对俞振纲道:“三师

兄，你倒做了跟班啦！二师兄很得练一会子哪，这衣裳还不给他挂上？”俞振纲依言，把袁振武的长袍马褂搭在兵器架上，丁门中六个门徒、一个爱女，一齐侍立旁观二师兄袁振武的演拳。

第二章

群弟子筵前试艺

丁朝威重新吩咐道：“振武，你就先练一趟拳吧。”袁振武领诺道：“是！”再向筵前一揖到地，想好了几句客气话，赔笑说道：“弟子袁振武蒙恩师不弃，收归门下，名列第二个门徒。弟子虽然名列第二，可是大师兄早不在门内了；现在恩师门下，就属弟子居长。可惜弟子年空痴长，于本门武术毫无心得，练出来恐怕给师门丢丑。既奉师命，不敢不前；弟子练的有对不对的地方，还求诸位老前辈指点。弟子放肆了！”又复一躬，登时亮开太极拳的起式，往下一杀，露出一手“揽雀尾”。拳式既起，但见他一招跟一招，一式跟一式，逐段走开。果然名师门下，不同凡品！演到第十一式“如封似闭”、第十二式“抱虎归山”最难练的这两招，腕、胯、肘、膝、肩，处处见功夫，招招很严密。才一开招，还看不出什么特色；直到这拳势走开，身手起落，吞吐撒放，英华内敛，精气神自内贯达四梢。掌风发出后，力厚劲猛，进退疾徐，无不如意。在座诸武师停杯不饮，注目谛观；看到精彩处，多半离了座位。

袁振武直练到第三十四式、第三十五式“退步跨虎”和

“转脚摆莲”，这两手更见精熟。众宾不禁喝彩道：“好！”当下一套太极拳从头到尾，练到“弯弓射虎”末一招；袁振武一个收式，仍还到“无极含一炁”原式上。气不涌，神不浮，徐徐走到宾筵之前，向上深深一揖，口称：“弟子献丑，前辈指教！”意度安闲，如行所无事。

兖州府铁铃镖乐公韬、五龙山老拳师铁掌钮禄，一把拉住了袁振武，将大拇指一竖，笑嚷道：“高！”回头对丁朝威说道：“老哥哥，你瞧，多难练的功夫，难为你怎么教来！名师手下无弱徒，凭袁老弟这几手，足能给你支撑门户了。”乐公韬却又回脸来，向袁振武说道：“老弟，你就好好的下功夫，将来成名露脸稳拿没跑。二十年后，山左太极拳名家，一准是你的了，保管成就在俺们以上。”钮禄又特对大竿子于隆说道：“臭于，你说是不是？长江后浪催前浪，一辈新人换旧人，咱爷们算是顶到这里啦，往后只有多长抬头纹了，尽瞧着这班娃娃们称雄逐霸了。”大竿子于隆嘻嘻的直笑，说道：“钮老五，你又倚老卖老了。袁老弟的功夫实在不坏，一招一式都很到家。”

座上客人盛夸袁振武的拳技，老武师丁朝威拈须微笑，一时无言。小弟兄们胡振业和萧振杰，在场隅低声悄话。丁云秀姑娘独立在一边，忽有所思，走过来，到三师兄俞振纲面前，眼望着五师兄胡振业，说道：“你们讲究什么？一拳、二剑、三镖，二师兄眨眼这就练完，回头就该轮着三师兄、五师兄你了；你们还不换衣裳，拿兵刃去嘛？”胡振业道：“哦！可不是！三师兄你还不打裹腿，换鞋去？”俞振纲应了一声，轻轻说道：“师妹，你不练吗？”丁云秀道：“我练？这有我的什么事？我告诉你，三师哥，回头你聚精会神的好好练吧！还有五师哥，你们也争点气，别那么懈懈怠怠的……”往场中瞥了一眼，不再往下说了；改口道：“我一准不练；三师哥，我可是告诉你了。”俞振纲迟疑道：“但是师妹……”丁云秀嗔道：“我不练吗！……你们瞧，袁二师兄这就要练剑了，你们也瞧

着点。”众弟子一齐住口，忙看着袁振武。

袁振武得了全场的好评，精神越旺；笑嘻嘻的复向座客一揖，道：“弟子末学晚进，粗拳笨脚，老师父们过于抬爱了。弟子对于恩师所授技业，不敢不努力精修；只是限于天资，实在百不得一。现在弟子再把太极剑练几手，一发的求老前辈指教。”说罢一回头，萧振杰两眼直勾勾的正听师妹丁云秀和三师兄、五师兄说话，却忘了送上剑去。袁振武点手叫了一声，萧振杰慌忙紧行数步，把袁振武常用的那把青钢剑，双手连鞘递了过去。袁振武看了他一眼，伸手拔剑，低声说：“你心里惦记着什么？”萧振杰脸一红，慌忙接过剑鞘，退了下来。

袁振武亮剑在手，重走到场子当中；站好方位，剑交左手，右手往剑柄上一搭，向阖座宾客一举手，说了声：“弟子献丑！”倏然右手骈伸食指、中指，将拇指、无名指、小指一扣，紧贴掌心，掐了个剑诀，向前进三步。左手倒提剑柄，右手剑诀往前一圈，立刻把剑换交右手，剑尖外吐，往前面一指；左手却掐剑诀，一领剑锋，立刻展开了奇门十三剑的招数。剑走轻灵，“金针度线”，剑锋递出去，如龙飞蛇舞，如电掣星驰。

这趟剑本是太极门顶门户的功夫，袁振武精心苦练，深得奥秘，比他的太极拳格外出色。剑势走开去，夭娇如龙游，奔腾似浪翻，封闭吞吐，进退起落，无不如法；“点、崩、截、挑、刺、扎”，六字诀一一精到。袁振武躯干魁梧，却是身法轻快，剑术纯熟，身剑合一；一招一式走起来，如狸，如猿，如轻絮一团；速小绵软巧，色色惊人。在座武师，济南徐勇以三才剑出名，东昌府吕氏双杰吕铭、吕铸，也深通剑技。一见袁振武这套太极奇门十三剑，果然招数变化神奇不测，确比三才剑高妙。徐勇不禁首先喝彩，吕氏双杰也指指点点，讲究起来。

转眼间，袁振武把六十四手太极剑，练到第九手“大鹏展翅”、第十二式“丹凤朝阳”、第十四式“寒鸡拜佛”、第二十

四式“恨鸦来迟”。这几手最为难练，袁振武却能操纵自如，身法手法，于迅疾中见稳练，于沉雄中见轻捷；果然是“得过名师授，下过苦功夫”。曹州镖客崔起凤、泰安五行拳韩志武、青州翟云鹏、五龙山铁掌钮禄，异口同音，赞不绝口。就是师祖左氏双侠左世恭、左世俭，这两位老头儿也绰着白须，含笑夸奖。那一边小弟兄们，五师弟胡振业、六师弟马振伦、七师弟谢振宗、八师弟冯振国、九师弟萧振杰，也在啧啧哝哝，称说哪一招巧，哪一招妙。三师弟俞振纲一双眼也瞧着二师兄的剑光身影，上下乱转。忽然丁云秀姑娘说道：“三师哥，看呆了吗？你瞧二师兄比你怎么样？”俞振纲恍然若悟的说：“还是二师兄，若只论剑，实在比我们都强。”丁云秀微微一抿嘴，笑道：“一个人不要自暴自弃！你留点神吧，你看他末几路。”

当下，袁振武如骇电惊涛似的，剑势越走越快。练武场中泛起一团剑影，倏高倏低，倏左倏右；六十四太极奇门十三剑，一招也不落，从头到尾演完。袁振武骤然收式，把剑仍交左手，归返原式；赶紧的一正身，向宾筵施礼道：“前辈指教！”又一点手，小师弟萧振杰慌忙上前，接剑归鞘，退回一旁。登时罩棚之下，宾筵之前，噼噼啪啪起了一阵掌声。

一拳、二剑、三钱镖，丁门三绝技，袁振武练了两种，博得满堂的彩声；现在该练第三种绝技了。袁振武走了过来，走了过去，稍稍的活动筋脉；转到丁武师面前道：“师父，这里地方窄，人又多；现在就打镖呢，还是等一等？”丁朝威未及还言，众宾客齐声怂恿道：“袁老弟，你就打吧，我们给你腾地方。你有十来丈地方，足够用的了吧？”

来宾纷纷起动，亮出一片广场。小师弟萧振杰，先意承志，把袁振武常用的镖挡子搬了过来。这个镖挡子与寻常箭靶子大致无异；一块寸半厚的木板，高有五尺，略如人身，宽才一尺五寸。上画三个红光子，也就是三寸的直径，茶碗口那么大；板子上打得一点一痕的，尽是些钱镖袖箭的眼子。萧振杰督促着众人，把这镖挡子立在广场南头。

老武师丁朝威眉峰一蹙道："怎么搬这个来，那打穴图呢？"袁振武忙过来说道："师父，我就用这个吧。"丁朝威拿眼看了看袁振武，不禁说道："你打这个么？"袁振武赔笑说道："弟子不打这个圆光子，我可以另画圆点。"丁朝威道："你不用打穴图么？"袁振武低眉无言，忽然抬头笑了笑，悄声道："大庭广众中，弟子怕……回头你瞧瞧，我先打这个。"说时，扭头看了看四面。丁武师唇吻微动，不再说什么了。

袁振武急忙到罩棚北厅廊下，从众兵器架上，摘下那个皮囊；从囊中掏出十二枚康熙官厂铸造，加大的青铜钱；这钱磨得铮亮。又取了一块土粉子，急急地走到镖挡子前面。手捏白粉子，由木板左上角起，一连斜画了铜钱大小，半寸直径的三个小粉圈。每个粉圈中点上一点，三圈相隔五寸。从第四个粉圈起，又由右往左下，斜画下来；也是三个粉圈，也相隔五寸。反复转折，四层共画了十二个粉圈。画完，把土粉子扔在地上；袁振武轩眉一看，退了几步，又相了相，这才把十二枚金钱镖扣在掌心。旋身走回来，向阖席的宾客又施一礼道："诸位老师们，弟子这一手功夫还欠精练，只不过会打个准头罢了，老师们多多指点我！"袁振武每试一番身手，必交代一场话，颇有惯家子登场试艺的派头，有的武师就禁不住微笑。当下，袁振武又复一揖，霍地翻身，一双虎目只一睁，吐露英光。乘着这一转身，又一长身的功夫，暗将掌中十二枚钱镖，分交在两手，左掌心握着九枚铜钱，右掌心只留着三枚。

这金钱镖是武林中最方便的防身暗器；名为金钱，实在就是十二个青铜大钱；正如金刀银枪，也并非真是金银打造的，不过是叫着好听的字眼。这铜钱随身随手，袖口襟底，都可以放置。不过钱小力飘，练得不精熟，腕力、指力没有真传授、真功夫，便打出来不能及远，不能伤敌，有时反误事。袁振武从师有年，于丁门三绝艺，殚精研习，以剑术为最高，拳法也胜过同门诸友。唯有钱镖，打得也有准头；只是打三十六处穴道，总觉没有十分把握，不能得心应手。今日当筵试艺，他在

师门同辈居长，于师门三绝技怎能不勉？又想到师父此日封剑闭门，传授衣钵，自己更得要在人前夸耀，一念及此，立刻把精神抖擞起来。魁梧的身躯，昂然立在镖挡子前面，中间相隔三丈以外；一双虎目又往前一看。立刻把身躯侧转，斜身错步，“狮子摇头”，一抬手，唰的发出一只镖去；立刻当的一声响，第一支金钱镖正打在镖挡之上。钱唇嵌入木板内，恰打中第一个白粉小圈上，贺客们一齐说一声：“好！”袁振武“犀牛望月”式，早又发出第二支镖。跟着，当当！当当当！当当当！当当当！镖挡子一阵响，几枚青钱飞似的脱手出来，一一镖打在木板粉圈之上。

这最难得的是十二支金钱个个都中的，没有一支打空，也没有一支打出粉圈以外的。一群武师哗然叫好，有的就奔过，到镖挡子上验看。这一验看，更见功夫；难为十二枚青钱个个深入木板，不偏不倚，小粉圈正嵌着钱唇。真是又快又准，又有手劲；在场武师个个都交口称扬。

袁振武连试三绝艺，幸未辱命，不觉的欣然大悦。尤其是末一手打镖，自己事先未尝不悬着心，深恐一招失手，贻笑方家，现在竟通场腾欢，众口称颂。袁振武立刻上前周旋道：“弟子实在练的不好，太欠功夫了。老前辈们不要过奖，给弟子指正指正手法吧。”铁掌钮禄拍袁振武的肩膀，满面笑容的夸奖道：“老夫今天开眼了。袁老弟，你真有两下！还客气什么？”泰安五行拳名家韩志武，又殷殷的问他打金钱镖的功劲，又问他练了多少年。

袁振武很高兴的露出了天真的欣笑；就把金钱镖的打法，滔滔讲说起来。腕力、指力、目力，这处处都有讲究。手该怎么扬？指该怎么捻？钱该怎么发？怎样才有准头？怎样才有力量？陪着韩志武、钮禄几位前辈，袁振武一字一板的说。一面说，一面谦逊道：“弟子实在不行，弟子的同学现有六位，他们都比我强；顶数我年岁大，天资笨。若说起打金钱镖，你老还没有看见我师父打哩；他老人家的打法，真是神妙……”武

师崔起凤、吕氏双杰都凑过来听，听得很入神。大竿子于隆，和阴阳脸辛德寿、镖师赵梦龙，就到镖挡子前面，用手试起那嵌入板面的钱镖，试一试嵌入的力量。辛德寿连起下三个钱镖，眼望赵梦龙道："唔？……哦！"微微的点了点头，又摇了摇头。赵梦龙笑道："好！十二支镖，镖无虚发，这就很难得了。"辛德寿笑道："是的，很难为他。"这些武师们依然七言八语，赞不绝口。

然而场隅那边，一帮小弟兄们，胡振业、马振伦、谢振宗、冯振国，以及萧振杰等，却啧啧哝哝，互相耳语。丁云秀姑娘忍不住走了过来，到镖挡子前望了一望；忙扭身退了回去；向那三弟子俞振纲、九弟子萧振杰一点手。俞振纲、萧振杰挨过来就问怎么样；丁云秀姑娘低声说了几句话，俞振纲笑着点了点头。萧振杰就忙忙的也跑到镖挡子那里，看了又看的，回头从人丛中挤了出来，咕咚咕咚，又跑回场隅，对丁云秀说道："师姐，真是的……"俞振纲、胡振业一齐拦阻他道："老九，你又张扬了，你瞧二师哥正瞪你呢，回头你又鼠避猫了。"萧振杰是乡下孩子，年纪最小，立刻的一吐舌头，躲在俞振纲身后了。但是袁振武这时眼光虽罩到这边来，却并没有看见萧振杰；眼角传神，刚刚的瞥见丁云秀姑娘，和三师弟俞振纲正在说话。袁振武不由凑过来，说道："师妹，你瞧我打的怎样？"丁云秀笑道："好极了，你瞧你十二支金钱全打得正准，比你往常打的更好。"袁振武道："师妹别笑话我了，我哪里行？"

丁朝威老武师本立在罩棚北面，陪着德高望重的几位来宾观场，此时就微微把头一摇，对谷万钟说道："小孩子家，功夫实在荒疏得很，没的教老前辈见笑，晚生惭愧无地了。"谷万钟未及开言，青州翟云鹏含笑过来，说道："丁大爷，你这可是假客气，咱们武林不来酸的。其实袁老弟这一手也就难得了，武林中能及得上他的，还有几个？"

丁朝威不以为然，对师叔左世俭、师弟李兆庆说道："师

叔，你老人家以为他打的怎样？李贤弟，叫你说！”左氏双侠拉着谷万钟、翟云鹏走了过去，李兆庆也随着丁武师，来到镖挡子面前。李兆庆把没有起下的九枚铜钱，逐一验看了一遍，笑道：“可不是，深浅不大一样。”丁朝威道：“这不完了？就能打准，那可怎能打穴道？”左氏双侠点了点头，承认道：“比起他的剑来，可就差多了，但是这也就难得。”谷老英雄捻着一对铁胆，站在镖挡面前，左看一眼，右望一眼；一面揉眼道：“不行了，眼花了，看不真切了。……”顿了一顿，向丁朝威说道：“丁门三绝艺，你这大弟子总算八九不离十，你别不知足了，他哪能比你？依我说，这就很够瞧的了。”

丁朝威含笑道：“老前辈过于抬爱了；我在下今日封剑闭门，以后我就很放心了。不过，若说到打镖……”一扭头，看见三弟子俞振纲正在那里，和胡振业、萧振杰说话，也不知说的甚么；俞振纲只是摇手往后退，好像正在谦让。丁朝威叫道：“振纲，你过来！”

俞振纲“嗻”的答应一声，立即走了过来，到师父面前一站道：“师父叫我？”丁朝威道：“你看你师兄打的这镖如何？”俞振纲脱口说道：“师兄打得很好，很准。”丁朝威眼光一张道：“什么？”俞振纲微微一震，忙道：“师兄还是剑法好。”丁朝威方才放下脸来，点点头道：“这还像你们师兄弟相知最切的话。”师徒一问一答之间，左世恭手捻着颏下的灰髯，也微微的把头点了点。俞振纲自知失言，不由垂下头来。

袁振武正和丁云秀说话，忽一抬头看见了，忙走过来，要对师父说话，铁胆谷万钟却已说道：“丁大爷，你们掌门大弟子的功夫，我们全瞻仰过了；可否再请这位俞师弟一显身手？”

丁朝威不由脸露笑容，答道：“他倒……”袁振武恰已走到近前，不等师父说完，就抢着插言道：“叫我俞师弟练吧。我虽是叨占了师兄的名分，论到功夫上，俞师弟可比我高的多。”俞振纲轻声笑道：“师兄别这么抬举我，看教外人笑话了。”铁胆谷万钟道：“你们亲师兄弟，还这么客客气气的。来

吧，俞老弟，练一套，给我们开开眼。”俞振纲赔笑道：“弟子更不行了。”口说着，眼望师父的神情。丁朝威道：“振纲，这该着是你练了，不用噜嗦，过来练吧。你们的功夫自然拿不出手去，好在师伯、师叔们一定指教你们。不要怯场，只管拿出本领来，好好的练；不许敷衍了事，我可不答应你们的。”

俞振纲诺诺应命，转身脱袍，到场心一站；面皮赧赧的，颇有惭容。却是站在那里，踌躇起来，向师妹丁云秀望了一眼，露出叩问的意思；丁云秀皱眉摇头，她一定不肯下场。俞振纲又一侧脸，看见袁二师兄一双虎目，正注视自己。俞振纲不觉的有点慌张，也学着袁师兄的样子，一拳、二剑、三钱镖，要从头练起。转身对众，正要施礼；忽听师祖左世俭叫道：“俞振纲！”俞振纲急答道：“是！”回身垂手，道：“师祖喊我吗？”左世俭道：“我听说你的金钱镖打的还不坏，这里现成的镖挡子，你就先打一回镖，我们瞧瞧，回头你再练拳、剑。”俞振纲应了一声，抬眼看着师父，见师父是个默许的意思，却又张眼望了望镖挡子，向师父面前紧行数步，侧身问道：“师父，我可以把上面的钱起下来吗？”丁朝威道：“那还用问？”

俞振纲过去，把镖挡子上的九枚铜钱，都起下来。阴阳脸辛德寿道：“这里还有三个哩，俞老弟接着！”开玩笑似的，抖手打出来；三个金钱散漫空中，当头罩下。俞振纲不暇思忖，倏地一侧身，又一探身，右手一抄，把三枚金钱都抄入手内。登时听耳畔喊了一声：“好！”回头看时，是师兄袁振武。俞振纲方才省悟，自己有点忘情了；可是，断没有使钱落地的道理。

俞振纲把十二枚金钱扣在掌心；那边场隅，丁云秀姑娘向五师弟胡振业说了一句话：“老五，你知道三师哥的打穴图么？”胡振业道：“知道。”萧振杰一阵机灵，跑过来问道：“三师兄，你要打穴图不要？我给你搬去呀？把这个镖挡子换下来吧。”别人不曾留意，俞振纲心中是明白的，暗向二师兄看了一眼，心中一动，道：“这可使不得！”遂一摆手，低声道：

“我就用这个吧。”萧振杰道：“你瞧师父不是说……”俞振纲摆手，道：“快躲开吧！老九你糊涂！”萧振杰笑道：“你才糊涂呢。”咕咚咕咚又跑开去了，对丁云秀姑娘道：“他不用。”丁云秀冷笑道：“活该！”

第三章

俞剑平三掷钱镖

俞振纲亲自过去，把这三环套月的镖挡子，稳了一稳。拾起那块土粉子来，照师兄那样，重画了十二个小粉圈。一面走，一面寻思，到了筵前，主意已定；于是向众宾一揖到地。见众人都看着他，不由讪讪的赔笑道：“诸位师长，弟子俞振纲献丑……”又作了一个揖，退下来，一转身，这才把精神一振；十二金钱登时分握到两手内，左、右手的拇指各按住六枚。身心一整，身形一亮，亮出了太极拳“揽雀尾”的架式。左脚往前一抬，健步急进，走近镖挡，十二步站住。在场的武师们差不多都会打暗器，只不过暗器各有不同罢了。像袁振武，手打金钱镖，打出三丈六远，已很难得了。现在，俞振纲竟相隔十二步收住，这距离已有六丈了。俞振纲的钱镖还没有出手，只这一番功架，便耸动了在场的群雄；个个说：“这小伙子比他师哥还强？”

只见俞振纲脚下一停，右脚趋前，向左一抢步；侧身斜转，“叶底偷桃”，左掌横于胸前，右手连用阳把，将拇指捻动钱镖；拧指力，攒腕力，往外作劲。铮的一声微啸，一枚铜钱

脱手飞出去。就原式不动，铮，铮，连发三镖，当，当，当，镖挡粉圈中，钱唇横嵌，连中三下。发镖自有先后，中的却在同时。阖座突然的喝起来了一片彩声道："好！"

余音未歇，俞振纲身形陡转，左脚尖趋左向后一划地。"鹞子翻身"，左掌随身势一翻，唰，唰，唰，又是三镖。这三镖却下打镖挡最末的三个粉圈；打的是竖锋，钱唇直立，嵌入木板中。指力、腕力暗暗加重，镖挡被震得札札有声。阖座群雄不觉的又喝采一声！

俞振纲倏又换式"跨虎登山"，右手甩腕发镖；这一次却一发双钱。跟着往右一个收势，反手捻镖，左手下穿右腕底，唰地又连打出两镖。这时候，左右掌心尚还各扣着一枚钱镖。却从右往左一换，换成太极拳"野马分鬃""玉女穿梭"两式，把双掌的镖一攒力，唰的齐打出去。镖挡上当当的连响了最后的两响，俞振纲早已收招还式，又回为太极拳"揽雀尾"的原样。撤步回身，到筵前一躬到地，道："弟子献丑，师长指教！"铁铃镖乐公韬"啪"的将桌子一拍，直着嗓子大喊道："好——镖！"跟着把大拇指一挑，却将筵上的酒杯带翻了，洒了一襟的酒，跳起来了。别个武师也都赞不绝口。

俞振纲试镖已罢，退到师父面前，叫了一声："师父！"丁朝威把俞振纲看了又看的说道："你！你怎么也用这三环套月的镖挡子？"俞振纲忙道："我，我还没听师父的分派……"丁朝威双目一张，道："甚么，我没告诉你们吗？教你们各展所长；要好好的练，不要敷衍了事。你怎么就不听我的话？"

丁朝威在这里责备俞振纲，座上的来宾也有人说了话，道："久仰丁门三绝艺，十二只金钱镖打三十六穴，威名震山东，盖河北。可是他这两位高徒各展身手，果然与众不同；只是打穴的招数至今没露，不知我们可有福分，看一看十二金钱镖飞打人身三十六穴道的绝技没有？"又一个武师笑道："人心不知足！我想我们丁大爷的绝技，也许还没有传给他的二高足哩。丁大爷，我们烦求你老人家亲自下场，把你那一手绝活，

当众演一遍，咱可不许藏招。”说着又嘻嘻哈哈的笑起来。说这调皮话的乃是丁朝威的同乡野鸡毛毛敬轩；那先说话的是姚振中老武师，两个人简直有点起哄。

丁朝威听了这反嘲的话，不禁轩眉一笑，正要答言；不想他的老师叔左世恭已经先答了腔，笑着说道：“姚老哥、毛老哥，说这话可该罚你。我们伯严可不是那藏私的人，他的玩艺儿从来不肯自秘；只要来学的天资够，谁愿学就教谁，不过今天大庭广众之下，在场的高朋贵宾，各个都是练家子，我这袁、俞两个小徒孙，在人前试艺，可真是班门弄斧了。他们自然要把他能够拿得出手的技业，应众试练出来。稍微含糊一点的功夫，他们当然不敢轻于一试，免的在高人前献丑。我说是这话不是，伯严？”

丁朝威笑道：“师叔的话，真是我心里要说的话。这金钱镖打穴，我不是没教过他们，只是练这种暗器，当然难得多。他们还没有练熟，倒不是我藏私不教，也不是他们会了，不肯当众试练。”紧走两步，到毛敬轩面前，笑道：“毛老哥，只有你挑眼吹毛，你没瞧见我这里正数说三徒弟吗？他倒是练过打穴镖，老哥少安毋躁，我这就叫他献丑。”。

毛敬轩笑道：“也饶不了你。”丁朝威道：“那个自然，我也得练一回，请毛老哥指教。”丁朝威立刻吩咐俞振纲，快将打穴图取来。

俞振纲连声诺诺，即待往取，早过来五师弟胡振业、八师弟冯振国和小师弟萧振杰，自告奋勇，跑回去搬打穴图。萧振杰小孩子淘气，向俞振纲扮了个鬼脸，道：“三师哥，怎么样，挨说了吧？小弟的话说对了吧！”俞振纲嗤的笑了一声。不大工夫，胡振业、冯振国两个同门，从后面各扛出来两副奇形怪状的镖挡子来，萧振杰窜前跑后跟着过来。

众武师多有看见过打穴图，可也有从来没见过的。这打穴镖挡子舁出来，众人都把谈锋顿住，眼光全看这两副镖挡子。胡、冯二人把这打穴图立好；是两副活叶的木牌，高矮恰如人

身；画着人形，分为两扇。一扇画正面，一扇画背形，用油漆绘得和人的肉色一样，五官四肢都全；只于在上、中、下三盘，反、正两面，都点出三十六个穴道来，是小小的一个黑色点，并没有文字注脚。有的贵客沉不住气，竟离席走到广场南头去看；这一看，不由点头称赞起来。

自来点穴的功夫是用手指，打穴的功夫是借重于器械。虽用器械，可是这门功夫不仅难在打的方位准，尤其难在打的力量均；使的劲大了、劲小了，就是点着穴道，也难收功。打穴用的器械，不外是点穴镢、判官笔，也有的用外门武器打穴的，那自然又难进一层了；到底都在掌握内，总可收得心应手之效。若用暗器出手，飞打穴道，在武林中可说是罕见难得。

丁门三绝艺，尤其这十二金钱镖名噪一时，其故就在这一点上了。有没见过丁朝威飞镖打穴的，未免疑心他盛名之下，过甚其辞；所以一听毛敬轩、姚震中等怂恿丁朝威下场亲试，个个都眉开眼笑，愿意看一看丁武师的手法。现在听丁武师说：钱镖打穴的功夫，他的三弟子俞振纲居然也会，众人越发的欢噪起来；一迭声催促道：“俞老弟，快打一套，我们瞧瞧。”

此时胡振业、冯振国已将两扇打穴图立好，那三环套月的镖挡子当然用不着了。萧振杰走过去，把它扛开；对三师兄说：“三哥好好的打，给咱们丁门露露脸。”俞振纲笑道：“老九，你的嘴讨人嫌，你自己大概不理会。”萧振杰把小眼一瞪，道：“三哥，你不知道好歹人，我告诉你……”俞振纲回头看了看，道：“是呢，是呢，走你的吧。”

俞振纲接过十二只金钱镖来，又稳了稳打穴图，方要转身，跟着走过来好几位武师。有终南北派形意门的邵云章师父，他身获形意门神拳李的真传，兼擅大拿法、卸骨法，在南派武林中是很有名的。有直隶省的阴阳脸子辛德寿；他素以点穴术，被称为北派武林名手。还有那位诙谐老野鸡毛毛敬轩，他是懂得打穴的，虽然不精，却并不外行。这工夫，三个人都

来观摩丁家的这副打穴图，验看上面的穴道。少年武师中也过来两个人，一个是地堂拳江啸源，一个是摩云神爪司徒瞻。俞振纲忙站住了，一侧身道："各位师傅们多指教。"

邵云章含笑不答，直凑到打穴图对面，拿手指按着，竟数起穴道来：

正面图形，上盘头面上，眉中心神庭穴，眉央阳白穴，身旁听会穴，上唇承浆穴，喉门天突穴，眉梢后卢里穴；这是六处大穴。

中盘胸腹部，咽喉下璇玑穴、华盖穴，肋骨旁乳下二寸五分天池穴，肋骨上大乙穴，脐下一寸五分气海穴，脐下二寸五分关元穴；也是六大穴。

下盘六穴，唯有会阴穴是死穴，尚有膝骨上的血海穴，胯上的伏兔穴，腿胫上的三阴穴，胯后的风市穴，膝下三寸三里穴。

那一边"摩云神爪"司徒瞻，却也和"地堂拳"江啸源，站在打穴图背面前；两个人一个念诵，一个指点，也数说起来：

背面图形，上盘是六处重穴、死穴、哑穴。头一穴是百会穴，下面是脑卢穴，穴旁一寸，穴下五分是五枕穴，再下五分是风府穴，再下五分是哑门穴，两耳后是窍阴穴；这是上盘背面的六处大穴。

背面中盘，腋后脊旁一寸天宗穴、灵台穴，肋后魂门穴，脊背第七节玄枢穴，此穴下一寸五分为阳关穴，及后肩下、臂后一寸的乘风穴；这也是六大穴。

下盘背面，脊尾会阴穴，胯上环跳穴，胯下阴市穴，膝后承筋穴，腿胫的外环飞阳穴，此穴下一寸为悬中穴；也是六穴。

这正背面三十六穴，和少林、武当、玄门各派，不尽相同。这就因为点穴与打穴的手法不同，钱镖打穴更有差异，所以穴道的方位自然有同有异了。创这钱镖打穴的人，自然非同

纸上谈兵，一一必须本诸实地的证验，才得运用一举手之劳，致敌人于或死或伤。邵云章只看完正面打穴图，便向辛德寿欣然一笑，说道："好！莫怪邱老四夸说人家这三十六穴全是重穴，我在先还不敢深信；今天这一看，果然人言不虚。"辛德寿回顾道："俞老弟，你果真打得很准，那可真是难得了。你今年二十几了？"俞振纲答道："弟子今年二十四岁。"野鸡毛道："怎么，你才二十四？我不信，我不信。"又道："这更难得了！实在难得。"说着闭目摇头，以为太不容易了；把辛德寿拉了一把，道："咱们快过来，教人家孩子练吧。你不见他们直瞪咱们，嫌咱们打搅了？"三个老头子嘻嘻哈哈的走了开去。

俞振纲容得他们走开，立刻移动身形，由打穴图起，走出十二步，约六十尺，将身一站。反转身来，向阖座一拜；便又侧身，眼望着师父。师父丁朝威道："你就打吧，照往日那么打，不许随便。"俞振纲应声双臂一分，亮式为"牵缘回环手"，左臂一晃招，左掌作"擒拿手"的第一式"金丝缠腕"；铮的一声，第一只钱镖脱手打出去，直打在第一副穴道图正面的上盘神庭穴上。这一镖打得不差累黍，阖座来宾鸦雀无声，齐将眼光注定了俞振纲。

俞振纲口唇微敛，双目炯炯，倏向右"搂膝拗步"，脚下暗踩"七星步"；"仙人换影"，运擒拿手"倒挂金莲"，斜卧身躯，一足着地，一足微蹺。右手只一抖，铮的一声响，金钱镖发出第二只；当的一震，钱镖嵌在打穴图上，正打中了中盘华盖穴。身手迅捷，几乎眼力追不上他那手法。

观众的眼光刚刚由俞振纲的手，追到打穴图那边；俞振纲这边早又换了一种身法。左脚上步，倒踩"七星步"，反走四步。没容停脚，一斜身，"海底捞月""金波戏鲤"，铮的又一声，镖打穴眼，趋奔下盘伏兔穴。

三镖连发，更缩身形，突往起一长身，"鹤冲天"，俞振纲凌空拔起一丈六七。——这一手劲，观众谁也没想到。只见他轻飘飘斜身往下飘落，竟到打穴图前，伸手轻轻将打中的三只

镖起下来。野鸡毛毛敬轩首先怪叫道："好小子，真有两下子么！"众武师同声夸好。

但俞振纲才发三镖，突然住手，众宾客正不晓得他是什么意思。不想俞振纲刚刚拔镖到手，他师父丁朝威就吩咐弟子冯振国、萧振杰道："振国、振杰，你给你三师兄抱挡子。"二人应了一声，雄赳赳跑过来，到打穴图前，立刻转到图板后面。板扇后面原有预选好的抓手，两个少年人就像打挡牌、打执事似的，每人扛起一扇打穴图来。冯振国扛的是打穴正图，萧振杰扛的是打穴背图；两个少年一个站在东，一个站在西，一声不响，立在那里，却在众目睽睽下，忍不住要发笑。这一笑，两扇打穴图一动一动的乱晃起来。

众武师有的就不解，有的暗暗点头。只听丁朝威朗然发话道："众位老前辈，刚才小徒末学后进，连试三镖，过承诸位称奖。不过这打穴的功夫，若照刚才这样打，恕我说话放肆，这还不算功夫。怎么讲哩？使用钱镖，击敌制胜，全凭手法熟，腕力强；认穴须准，运劲要匀，这道理诸位老师们全都明白。但有一节，要打在敌人的穴道上。要他软麻就软麻，要他死伤就死伤；像刚才那样打法，可就不见得准行了。敌人是活的，他不会立准了，站稳了，把穴道摆在你眼前，静等着挨打。"说得众宾都笑了，野鸡毛道："那是自然喽！"

丁朝威道："所以，运用钱镖打敌人的穴道，除了打得手准，运得劲匀之外，还要跟得眼神快，发得镖路疾。才能够在这与敌交手，奔胜搏斗之际，趁机运用，窥隙进击，攻敌人的不备。若总是这么把打穴图立在地上打，就练熟了，还是没用……"大家听到这里，不由欢呼叫好道："对极了！丁大爷，快请你那高足，打一个活的试试。"

丁朝威把眼看了看俞振纲，又转向众宾道："刚才毛老兄笑我藏私，现在可知我不是藏私了吧。不过小孩子们练得不准，那却难说。现在我叫小徒献丑了。振纲，你快照往日打一套，给老师们看看，一发请他们指教。只是你不要慌，不要怯

场。”遂又向冯、萧二徒，举手一挥。

此言一出，俞振纲刚刚答了一声是；只见冯振国、萧振杰两个师弟，登时扛起打穴图来，一个由东向西，一个由西向东，登时游走起来。起初是徐行，随后是疾走，再后是大洒步跑，最后越跑越快，一来一往，一往一来，竟穿梭似的飞跑过来。虽然跑着，却是斜扛着打穴图的木板！板面总冲着北面。两个少年扛着这一人多高的大木牌子，好不逗笑，众武师哄然叫起好来。

就在哗笑声中，三弟子俞振纲早将十二只金钱，分握在两掌中。依然站在十二步开外，侧身作势，目注双牌；左手一扬一落；右手一扬一落；只听得铮铮当当，铮铮当当，竟照那飞动的打穴图镖打起来。一阵响，响罢十二声，丁朝威喝声道：“住。”冯振国、萧振杰将打穴图扛了过来，请师父验看准头；丁朝威命异到筵前传观。十二枚钱镖一个一个都打在穴道上，而且分为上、下、中三盘，每一盘两镖，一点也不差，一点也不走；钱唇吃入木板中，一样的深浅。罩棚之下，宾筵之中，登时彩声如雷。

“好，实在是好。难得，实在是难得。”众武师正在盛赞中，那野鸡毛毛敬轩喝得红颈胀脸，突然走到丁朝威面前，道：“丁大哥，我要考考你这徒弟，行不行？”丁朝威微微一怔，旋即露出笑容来，道：“毛大哥要考考小徒，正是指教小徒，就是抬爱我师徒。毛大哥，你说怎么考法吧？”

野鸡毛眼看众人，众人立刻住了欢赞之声，要看看这位野鸡毛，怎样考验人家丁门弟子。野鸡毛道：“我想给令高徒作镖挡子，好么？叫他发镖尽管往我身上招呼，手法上轻着点。我能够接的接，不能接的就躲，躲不过去就挨。只要别把我野鸡毛废在这里就行，你说这个考法怎么样？”

众人闻言，又是一阵哗笑。有的说道：“这个考法却新鲜。”又有的说：“这可不是闹着玩的！”

丁朝威却脸色一变，嘴唇一动，正要答他一声“好”，忽

然想道："且慢……"忙说："这可使不得！大哥赏脸来捧场，虽说他小孩子手法不济，大哥你又擅长躲镖，只是我师徒断不敢如此放肆。"野鸡毛道："那没有什么，就打着我，我也无怨。"把身子一拍，道："俞老弟，你来，我这一身贱骨肉，还能挨两下子。你就往这里招呼吧。咱们相隔六丈，我跑你追，你打我接，你若打着我，小伙子，你就成名了。"

丁朝威诧然，说不清野鸡毛是酒醉卖狂，还是故意捣乱。但今天是自己封剑传宗之日，野鸡毛是邀来的高朋贵客；真个教徒弟跟他打，打着了他，弄个不欢而散；打不着他，丁门三绝艺威名何在？丁朝威看定了毛敬轩，胸中炽起了少年的火气，正在默筹应付的话，不想他的师叔左氏双侠又接过话来了。左世恭哈哈笑道："毛师傅今天要以身作'的'，足见你老哥抬爱了。只是你这么一来，我这小徒孙怎敢那么胆大妄为？别说是我这小徒孙，就是伯严吧，他也不敢当着众位，拿你老兄当活镖挡子啊。"

形意拳专家、点穴名手邵云章老师傅，也觉着毛敬轩这番举动离奇，走了过来，笑向野鸡毛说道："毛大哥，你是酒入欢肠，未免的太高兴了，你的本意，是器重人家丁门三绝艺；可是老哥你就忘了丁大哥今天设筵的原意了。"

众武师想过味来，也多有不以为然的；可是恐怕过分劝阻，太扫了野鸡毛的高兴。只有镖师崔起凤，和野鸡毛素称莫逆，过来拍着野鸡毛的肩膀，低声点醒道："毛老弟，你一喝酒，就要闹毛。你可明白，跟一个小孩子较量，胜之不武；败了，可就栽得更着实了！老弟你要想想，别惹得宾主不欢哪！"

野鸡毛省悟过来，但是不认错，强笑了笑道："我倒没想到这些过节儿，我不过想跟俞老弟凑凑趣。既然这么说，好了，咱们这么办吧。"一晃一晃的站起来，道："俞老弟，我给你扛镖挡子，我念你打。我念哪一个穴道，你就打哪一个穴道，这么来可行了？我知道我们丁大哥，怕他的令高足一下子打死我，会出了人命，可是呀，你不会叫你的徒弟，别往死穴

上打呀！”说罢，嘻嘻哈哈笑了起来。在场诸宾也立刻笑起来，连说：“这么办，好极了。”把刚才紧张的空气又和缓下来。

但是丁朝威仍有点为难。想这野鸡毛，倘若故意作弄人，把穴道图念得飞快，只怕俞振纲没有这么快的手法，要当场出丑吧？不过事情挤在这里，若不依着这位毛爷办，丁门三绝艺多少当众栽个小跟斗。

俞振纲素常最谦退的。此时看出师傅迟疑不决的神色来，遂来到跟前，说道：“毛师傅这么抬爱弟子们，弟子们怎好辜负毛老师的盛意。弟子不敢准说打得上来，唯有勉力练一回看，也许不致出丑。倘或失手打走了，那也保不定，却是弟子心粗之过，并不是师傅督教不严。……毛师傅，你老多指教，念慢着点。”抬头向丁朝威一看，轻轻说道：“师傅放心，弟子可以试试。”

丁朝威目注俞振纲道：“你……”俞振纲道：“师傅望安。”丁朝威这才欣然点头道：“你就练一下看，毛老师的盛意是不能推辞的。你是晚辈末学，打走了手，不过是大家一笑，老师傅们还要指点你的。”说着哈哈一笑。野鸡毛也哈哈笑道：“你们师徒倒很好的一派做作！得啦！俞老弟。你就赶快练，我可要念啦！”丁朝威连说：“好好！就请毛师傅带小徒下场子吧，我先谢谢你费心。”

野鸡毛毛敬轩晃晃荡荡走下场子，姚振中瞪了他一眼，以为野鸡毛未免多事，野鸡毛还是不理会。于是俞振纲跟了过来；两个小师弟冯振国、萧振杰忙将打穴图预备了，站在那边，静等招呼。阖座的武师谈锋顿敛，都眼含笑意，望着这不识起倒的野鸡毛，场子里鸦雀无声。野鸡毛嘴里啧啧咴咴，先来到打穴图前面，把两副打穴图穴道看了又看，却将丁门所定与别派不同的穴名，默记了几个。返身来，对俞振纲道：“俞老弟，我念错了不算，你打错了也不算，咱们对付着来。”说着向冯、萧二位一挥手道：“小伙子，你们跑起来，我就要念了。”

冯振国、萧振杰两个人各扛着一扇打穴图，一个往东、一个往西，又穿梭似的游走起来。到底师兄弟有关照，谁也没嘱咐他，他两人不约而同，竟都走得慢多了。俞振纲立身于十二步，六十尺以外，凝神调气，视听并用，唰地一亮拳式，双拳扣住十二枚钱镖，却另外有二十四枚青铜钱暗藏在衣袋内。

那野鸡毛毛敬轩双手一抱，丁字步立在俞振纲身旁，忽然仰面大笑起来。阴阳脸辛德寿道："老毛，你犯了什么病了？"野鸡毛回头道："我犯了什么病？我什么病也没犯，我只瞧着这两个小伙子，扛这两块木板，溜跶着很有意思。正像娶媳妇打执事的，又像跑旱船的，只是太稳当一点。"丁朝威微笑不悦；突然厉声喝道："萧振杰、冯振国，跑快点！俞振纲好好的，就是试练也要认真，不准儿戏！"

冯振国、萧振杰立刻飞跑起来。突然间，似破锣一般，野鸡毛叫了一声："听会""天地"。旁人方一怔，倏见俞振纲拳势一变，用"截手法"，里封外展，唰的一抖手；连两镖，吧吧，全打在冯振国那扇打穴正面图上，一在头部，一在身上。

野鸡毛忽又急念道："会阴""魂门"。俞振纲就"懒龙出洞"，用左手甩腕一镖，正中会阴穴。可是那魂门穴却在背面图上，萧振杰才由西跑到东，尚没翻回来。俞振纲用了一手小巧的功夫，自左往右一旋身，藉回身旋转之力，"蜻蜓戏水"；头胸朝地，脊背朝天，横窜出七八尺。身躯往地上一落，左臂向外穿，穿掌回身；一抄手，背图上吧的一声响，镖又打上。这一镖打得迅妙，全场宾客哄然叫绝，毛敬轩也不禁大喝道："好！"跟着他又"神庭""悬中"，连念了两个穴；一个是正面第一穴，一个是背面第末穴。俞振纲用"云龙三现""怪蟒翻身"，二指拊镖，连打二穴，铮铮当当，一一都中。

野鸡毛双手拍张，把脖颈伸得很长，连声叫了七八个穴名；忽上忽下，忽左忽右，忽前忽后，没有一个穴道是挨着的。可是俞振纲应声发镖，眼快手疾，一镖一个姿式，一镖一个打法；身手矫捷，意思安闲，登时把阖座武师喜得欢声雷

动。十二个钱镖打完，大家竟不管打得准不准，只就野鸡毛这种念法，俞振纲这种打法，大家已经是不胜称羡了。立刻跑过来两三位少年武师，把俞振纲拉住，握手拍肩的给他道贺。野鸡毛还是不放过，见冯、萧二徒把打穴图一扛，照例的来请他师傅丁朝威验看成绩，野鸡毛就吆喝拦住道："小伙子，你别给你师傅看，你得先给我这正考官看。我看你师兄打得到底对不对，准不准呀?"

众武师又一齐围上来，看这两扇打穴图。丁朝威最为关心，逐一看去；十二枚钱镖个个打得很准，用力也很匀，这才放了心，露出得色来，但是野鸡毛忽又说出异乎寻常的话来，把脑袋一晃道："可是的，我刚念了十二个穴名，到底哪个是先念的，哪个后念的呀？俞老弟，你没打错先后的次序么?"

丁朝威噗嗤一笑，众人也哄然大笑起来。左世俭拈须笑道："毛老兄真有趣，你自己念的，难道都忘了不成?"野鸡毛道："你看，我真就忘了呢，怎么好?"丁朝威皱眉道："忘了不要紧，教他再练。"辛德寿、姚振中都嫌毛敬轩太捣乱了。两个人硬把他拉开，道："人家丁大爷今天是封剑闭门，毛大爷耍滑头，也不看看黄历，挑个时辰嘛?"

俞振纲把身上带的二十四文青钱，掏出十二枚来，向野鸡毛说道："弟子不过是侥幸。若不然，毛师傅你老把三十六个穴道随便写在单子上，你老照单子念，弟子应声打，这就好考究中的次序了。"又回头向师父说道："师父看，这么办，可行吗?"

丁朝威哼了一声。吕氏双杰走过来，把俞振纲一拍道："俞老弟，你打的实在好，十二只金钱镖，镖镖打中，我们叹为观止了。你就不要听老毛瞎胡闹，他是耍酒疯。丁大哥，你也不要怪他，他素常就是那样。俞老弟，索性请你把太极拳、太极剑练一套，给我们开开眼好了。"铁胆谷万钟、五行拳韩志武、铁铃镖乐公韬，一齐怂恿练拳试剑。丁朝威方才回嗔作喜道："小徒的本领不过如此，实在拿不出，像毛大爷这么指

教，我师徒都很感谢他。诸位既是这么说，那就不必再教他练镖了吧？”姚振中道：“不用打了，再打还不是百发百中；快请令高徒练拳、剑吧。”

丁朝威又看了毛敬轩一眼，扭头来对俞振纲说道：“听见了没有？把你的剑拿来。”俞振纲正要取剑，二师兄袁振武把自己的剑递过来，道：“老三，我要看看你的剑法，一定比我还强。”俞振纲怔了一怔，方才说：“我哪能比师兄呢！”袁振武道：“哼，你还客气！这正是人前显耀的时候，快好好卖一下吧。”俞振纲蓦地红了脸，不再言语，默默的接了剑；袁振武徐徐地走了开去。

冯振国、萧振杰这时已将打穴图撤去，却也把俞振纲常用的那把剑捧了过来。俞振纲只得将剑换了，仍用自己的剑，把袁振武的剑赔笑送回。左手倒提剑，来到场上，即将右手往左手上一搭，躬身施礼，道：“弟子现在要在老师们面前献丑。弟子剑术上的功夫太浅太差，练的不好，求老师们指教。”又望了望师傅，这才随手亮式。他左手提剑，右手掐剑诀，指尖抬到眉际，步眼移动，前进三步。倏然一矮身，双臂往胸前一拢，剑换右手，右手握剑柄，双臂唰地往外一分，左手早掐好剑诀。又连退三步，然后行招开式。施展开奇门十三剑，崩、点、截、挑、刺、扎，剑走轻灵，连走十数招。在座的宾客擅用剑的，像三才剑徐勇、吕氏双杰等，都注目观看。只见俞振纲进退疾徐，吞吐封闭，处处颇见功夫。只是剑式走开来，四梢不能与剑合为一体，觉得运用上还欠自如，泰安韩志武对崔起凤道：“你看，他这趟剑可不如他师兄了。”崔起凤点了点头。

不一刻，十三剑练完，众宾喝彩。俞振纲插剑归鞘，递给了小师弟，随向众武师说：“弟子的拳、剑功夫太差了，请老师们正误。”谷万钟嘻嘻的说：“哪里的话！满好满好。我们贪得无厌，再请你走一趟拳可好？”俞振纲道：“是。”复又走到场上，立起太极拳的门户；从“揽雀尾”起，一招一式练起来，崩、提、挤、按、采、挒、肘、靠、进、退、顾、盼、

定，十三字拳诀，越走越快。只练得一半，在场武师大觉情绪又复一振。俞振纲这一套太极拳虽俱是丁朝威所授，却与师兄袁振武练出来的不同，两个人可说是各有心得。俞振纲深得以巧降力之妙，功夫以沉着稳练见长；那袁振武却是大气磅礴，运用起招数来，有走挟风雷，坐拥山岳之势，功夫以雄奇迅猛取胜。

俞振纲将这一套太极拳走完；左世恭、左世俭两位师祖俱都喜得笑吟吟，不住点头。师叔李兆庆更对自己的门徒低低议论、夸奖，仍向丁朝威说道："难得，难得！大哥，你就凭这两个徒弟，便足以称雄山左了。我这两位师侄一定给我们太极门争光露脸。"丁朝威谦笑道："外人还没有夸奖，怎么师弟你倒戏台里喝起彩来了！"一语未了，野鸡毛毛敬轩，突然喊了一声，道："好嘛，我在戏台底下喝彩来了。真真的好嘛！丁大哥，你这几个徒弟真不含糊。我问问你，你怎么教来的？你一共七个徒弟，个个都这么棒吗，老哥？"姚振中笑道："醉鬼，你就睁大眼，等着开窍吧，你不要打岔！"

在场的武师三五成群，依然不住的议论、称扬。按大家的意思，是袁、俞二人各有所长，各有所短。大抵袁振武的太极十三剑，功夫最为精熟；俞振纲的十二金钱镖，技艺最为神妙。说到太极拳，则就两个人各有心得，取径不同，造诣自异了，可是将来皆足以自立。

众人又猜议袁振武，怎的镖法比他师弟相差这么远；也有人议论俞振纲，怎的剑法如此的差池，两个人不是一同学艺的吗？局外人自然不晓得，丁朝威的师弟李兆庆却明白。袁振武素日就不喜欢暗器；俞振纲呢，本是带艺投师，早先就学过几种暗器。李兆庆当场对铁掌钮禄说道："钮师傅你老不知道，我这三师侄他素常是用太极棍的，剑法上本来稍差。今天师门试艺，指定要练拳、剑、镖三种，他只好舍长用短了。"韩志武也询问左氏弟兄："你老这个二徒孙，大概不会打穴吧？"左世恭点头道："是的，袁振武一心要学的就是十三剑。他的马

上步下的功夫都可以，盘马射箭，逐步射飞，样样都来得；他本来不是江南人。”

众人在啧啧称赞，丁门七弟子还有五个未得试艺。丁武师遂向三弟子俞剑平说道：“你们几个师弟也该换个下场子，把自己所学都练一下，叫老师傅们一发指教。”五弟子胡振业站在场隅，正和丁云秀姑娘，及几个同门说话；萧振杰催他赶快上场，胡振业只是退缩道：“方才两位师兄各展绝艺，我哪里比得上袁、俞二位师兄。珠玉当前，像我这砖头瓦块还不藏在一旁呆呆。免的教外人耻笑，倒给师父丢脸。”丁云秀抿嘴一笑道：“五师弟又犯酸了，我看你有本事脱得开！”刚说到这里，俞振纲已然穿好长衣，走过来道：“五弟、六弟，你们怎么还不预备？师父教你练呢。”一声未了，丁朝威已经又催促了，大声的道：“振业、振伦！”胡振业“喳”的应了一声，忙同六师弟马振伦上前。

丁朝威一看胡振业，长衫未脱，意中不悦，道：“该你练了……”胡振业道：“弟子实在不行。”丁朝威道：“那有什么？不但你，连振杰也得练。不过时候不早了，这么吧，你们两个人不如一同下场子，全练对手好了。你们两个人先练拳；好好的练，别怕丢人，不许敷衍。”胡振业、马振伦不敢违拗，立刻甩衣下场。丁朝威忽又说道：“你们俩不大合手。这么办，振业，你跟振国对手练一趟拳；回头再叫振伦和振宗练一套剑。”众宾一听大喜，连忙让出更宽绰的场子来。

五弟子胡振业果然和七弟子冯振国做了对手，两个人相率下场。胡振业尚老练一点，那冯振国才十八九岁，尤其腼腆，满脸通红地走过来，连头也抬不起来；也不向人说客气话，就要动手开招。胡振业忙拦住他，同向席前作了一个揖，这才开门立式，展开了太极拳，对面过起招来。两人功夫虽浅，可是搂、打、腾、封、踢、弹、扫、挂，运用拳诀，都很认真用力。胡振业不过二十二三的年岁，居然发出拳来，轻捷沉稳，和袁、俞两高足比，居然具体而微，座上的武师们看了，点头

称许。

霎时，两人把太极拳三十六式走完；冯振国输了四招，大庭广众下，脸上越发挂不住。丁云秀姑娘躲在场隅，看着冯振国和胡振业练完了拳，不由微微一笑。冯振国讪讪的退下来，到丁云秀面前，道：“师姐，本来顶数我不济，师父硬要教我下场子，当着外人，让我现眼，不现又不行。惹得师姐也笑话我！”

丁云秀道：“你疑心生暗鬼，你怎么就知道我笑话你？我还替你侥幸哩。你这是跟五师兄对扫，要是二师哥给你领招，像你那手‘高探马’，二师兄一定气你不记心，非狠狠的摔你一下不可。你振业师兄哪肯毁你？”又笑道：“你们二位，瞎猫斗死耗子。老五那手‘玉女投梭’，招儿也用老了；你要是跟着用‘白鹤亮翅’，他那条右臂岂不就卖给你了？你却有了漏，也不知道捡；我看你简直有点怯场，对不对？”

这话正说着冯振国毛病上。冯振国红着脸，嗫嚅道：“谁说不是？当着这些人，心上总发毛，手底下也发慌。”又道：“我也不知怎么回事，那‘高探马’和‘七星’两招，总练不对劲。就只这两招，我也不知挨了二师兄多少回打，越挨打，越弄不转。”丁云秀笑道：“笨！”

胡振业练完了，便催马振伦和谢振宗下场子。马振伦道：“不对，还是五师哥和八弟对手试剑。你们把拳、剑、镖都练完了，才该着我们哩。”胡振业道：“不是，不是……”才说得“不是”，丁朝威已然叫着马振伦、谢振宗的名字，催两人试剑。丁朝威的意思，好像就要这么跳过去；拳、剑、镖三绝技，只叫他们这四个小弟子，捉对儿分试一种。

马振伦、谢振宗勉从师命，开始对手试剑。谢振宗的太极剑功夫太差，腕力也弱；勉强和马振伦走完这一趟剑，已是气嘶面红。二师兄恶狠狠看了谢振宗一眼，来到老师面前，道：“师父，你瞧，还叫九师弟下场子吗？要不然，倒是叫师妹练一趟。……师妹的武功，倒很看得过。”

丁朝威并不言语，只把手一挥，叫袁振武退下去。老镖师铁胆谷万钟道："丁大爷的令爱，我们久仰她颇得丁门真传，正好请她试一试身手。"大家又重理前说，不邀而同，齐催丁云秀下场。丁朝威笑吟吟说道："一个女孩子家，有什么本领？就教她练练，也没有什么……"随向场隅一点手，叫道："云秀、振杰！"

第四章

丁云秀踏沙行拳

丁云秀姑娘情知再脱不过去，只得俯首走到父亲面前；小弟子萧振杰也跟着过来。这些来宾含笑旁观，要看看丁武师的爱女，于本门武功有何心得，比别个门徒成就如何。铁胆谷万钟笑对左氏昆仲说："我就爱看女孩子们练拳，有意思极了。"有几位年轻的武师，更睁大了眼，来看云秀姑娘。当下，丁朝威想了想：这一个爱女，一个幼徒，两人功夫相差太多，本来不好做对手；但是别的徒弟都练过了，现在就只剩下他俩。略一沉吟，遂命云秀和振杰，用太极剑和太极棍对招。叫云秀用剑，振杰用棍；两个人一面行招，一面试镖；要他们动着手，互用镖来相打。众宾听了，越发欣然，互相告语的说："这更有意思，这倒要欣赏欣赏。"

但这师姊弟二人，并不是真用钱镖来对打；他们另有试练的器械。萧振杰领了师父的吩咐，立刻把太极剑、太极棍抱来；随手另提着两个镖囊。囊内盛的是核桃大小许多小纱囊，内装白粉子和铁砂子。丁门群弟子寻常对手试镖喂招，就用这小小的粉砂囊，代替金钱镖。打在穴道上，只留下一团白痕，

藉此可验技艺的准头，也不致误伤了人。因金钱镖又名“罗汉钱”，所以这粉砂囊也有一个名色，叫作“罗汉珠”。萧振杰把剑递给师姐丁云秀，将一袋罗汉珠也递了过去；振杰自己就手把盛罗汉珠的镖囊挂在肩上，然后把太极棍横在手内。

丁云秀微微一抬头，在场百十多位来宾，二百多眼睛，都灼灼的望着自己；不由忙将头低下来，睫毛下垂，两颊绯红，心上也不觉的有点发慌；却又被师祖、师叔逼勒定了，不练不成。低头垂项，立在父亲身旁，轻声道：“爹爹，我不练……”丁朝威道：“不相干，那大丫头还怯场？都是叔叔大爷，怕什么？”丁云秀无法，只得说道：“我和九弟只对一套剑棍，就算了吧，省得白耗工夫，你老还得拈香传宗哩。你老看，天不早了。”

丁朝威明白女儿的意思，勉励她道：“你只管随便练。老前辈们都要看看你，也不要太敷衍了。”又道：“振杰功夫太差，你兜着他一点。”说着，又命振杰、云秀，各换上一件练武的青衫，这是专为打“罗汉珠”穿的。

丁云秀赧赧的捧剑下场；萧振杰把个小腰板挺得直直的，单手提棍，跟着也来到场中。他倒满脸的不含糊。师兄冯振国嗤的笑了，溜过来说道：“师姐，好好的打罗汉珠，不要跟他客气。我们今天又可以看花鸡蛋了。”谢振宗也呕振杰道：“九师弟今天可以在人前炫耀了。人家会撒手棍，打出手。打急了，撒腿就跑；回手就把烟火棍丢出手，师姐可留神。”别位师兄，胡振业和俞振纲低声说话，马振伦在旁听着。独有二师兄袁振武，一手扶着屏风，默默的看着场子；一双虎目翻上翻下，面现沉着之色。他那微向下掩的唇吻，此时紧闭成弧形，越发显得往下掩了。

云秀姑娘没有更换全副的武装，此刻就只穿了那件青衫子，脚下仍穿着弓鞋，裙子却已解下来了，露出洒花的深月色敞脚裤，腰间只系着一条紫巾。那罗汉珠粉砂镖囊就斜挂在右肩头、左肋下，宝剑倒提在左手。本想向这些老前辈说几句客

气话，到底弱颜，没有说得出来；只偷眼看了看左氏二师祖和李氏师叔，又看了看老英雄谷万钟。老英雄们一齐说道："姑娘不要害羞，只管把你爹爹掏心窝子的能耐都使出来，给俺们看看吧。"丁云秀趁此机会，客气了一句话道："侄儿实在不行，教老伯见笑了。"于是向萧振杰一点手，催他过来开招。

九弟子萧振杰年纪顶小，外乡人憨头憨脑的，却极活泼，一点也不怯场。素常他只怕二师哥；圆溜溜的一双眸子，此时向人丛中转了一圈。随手将太极棍一提，走了过来，方向师姐说话；忽听冯、谢二师兄讥笑他。他就一探脖颈，道："你们不用讲究我，我今天一准挨揍，那是没什么说的。可是有一节，今天师姐用的是剑，你反正不能真宰我，我一点也不怕。今天是老师的好日子，师姐憋着点劲，多少给我留点面子，回头我请客。"丁云秀目含嗔，道："咄！"萧振杰是不怕云秀的，将棍一撅，道："师姐说，咱们怎么打？别看我岁数顶小，功夫顶糟，我绝不含糊。不过，你老那粉砂镖，可要手下留情，别往我脸上打呀！看眯了眼睛，不是玩的，我师父也不答应你的。"丁云秀也不答理他，只将剑交在右手，意待发招。

萧振杰还是要说话，说道："师姐，他们要看我的哈哈笑。你老人家千万别听他们的；这可当着外人哩，真格的，你老别叫我当众丢丑。"云秀姑娘双眉微颦，轻轻斥道："老老实实快练吧，哪来的这些废话！你再淘气……"一拍罗汉珠囊，道："我一定先打你的鼻子、眼睛。"

萧振杰吐舌道："别价师姐。好意思的吗！师姐别生气，我好好的练，你也别打我。"说到这里，左手提棍，右手往握棍的左手背上一搭，说道："师姐请！"立刻把太极棍一抡，一个盘旋，将棍往身后一背，用走势，斜身侧步，往右盘走。丁云秀姑娘左手提剑，也用斜身侧步，往右盘旋过来。两人却是背道而驰，按行拳的规矩，一个由右而左，一个由左而右，来回盘旋了两趟。眼间，萧振杰复又绕到起手的地方；倏然回身，向丁云秀叫道："师姐赐招！"

丁云秀也倏然回身；旋身变势，立刻将青钢太极剑，换到右手。身随剑走，唰的一纵步，来到萧振杰面前。剑锋突往外一展，亮了一招“金蜂戏蕊”；嗖的一剑，照萧振杰华盖穴刺来。萧振杰忙挥太极棍，往外一拦。丁云秀的剑变招极快，立刻化为“玉带缠腰”，拦腰横砍。萧振杰左脚尖往外一滑，“怪蟒翻身”，甩棍梢，悠地带起一股寒风；翻身一棍，照丁云秀的太极剑砸来。棍势迅猛，云秀骤往回一撤招；萧振杰的太极棍吧的一声，砸在地上，登时带起一团浮尘。丁云秀轻轻一跃，把小师弟这一棍闪开。微微一笑，回身献剑，唰地一变招，“乘龙引凤”，直奔萧振杰左胯点去。萧振杰一招扑空，慌忙一带，将太极棍翻转来；用“青龙摆尾”，棍尾往外一拨。

云秀姑娘倏复收剑，用“金针度线”，一展剑锋，猛照萧振杰右腋刺来。这一招太险太骤；萧振杰还想用“怪蟒翻身”的招数，借回身旋转之力，展棍梢，自下往上翻，可将这一剑磕开。哪知招疾剑猛，身才半转，丁云秀娇叱一声：“呔，看招！”剑尖已刺到腋下，萧振杰再躲来不及了。把式场中，轰然如雷鸣，起了一片彩声。丁云秀姑娘容得剑尖一沾敌衣，赶紧的往回一撤。乘危进招易，骤攻停招难，丁云秀居然悬崖勒马似的，硬将这一招收回。全场武师看了个明明白白，个个说：“好得很，真不容易！”

萧振杰吓了一跳！一个“猛虎出洞”，往后一撤身，直蹿出一丈多远，圆脸顿时一红。但是他也有些诡聪明；就在这往外一纵身时，急欲找场，早将太极棍交到左手；障身探囊，暗把罗汉珠扣入掌心两个。丁云秀姑娘笑道：“振杰别跑！”一矮身，脚下一点，轻登巧纵，随后追赶过来。萧振杰背着身子，回头一看；故意一吐舌，急顿足，往前又蹿出两三丈。只听后面丁云秀喝道：“追！”萧振杰暗喜，立刻微微一偏身；估量着够上远近，猛然一个斜翻身，微扬手，猛喝一声：“打！”一个白影向丁云秀姑娘上盘卢里穴打来。满以为出其不意，败中取胜，这一下可以捞回本来。

霎时，眼看罗汉珠扑到云秀脸上；丁云秀纵身急迫，似不介意，却俟到暗器迫近，只微微一侧身，用剑往外一拨，早把一个罗汉珠打落地上。萧振杰却又一抖手，第二个罗汉珠照云秀中盘天池穴打来。丁云秀忽地一仰身，一个“铁板桥”的功夫，全身后仰，单足立地，这第二粉团贴胸而过。——铁胆谷万钟大喊了一声：“好俊功夫，好铁板桥！”

但是，萧振杰连发两镖未中，急急的左手压棍，右手再探囊取镖，把这粉砂袋罗汉珠，一把取了三个。正要撒个赖，满把的扬出去；却未防丁云秀姑娘用这铁板桥的功夫，挺身只一收，就势又一蹿，早已猛扑过来。娇叱一声道：“看剑！”嗖的一下，“泰山压顶”，急砍过一剑来。萧振杰暗道：不好！霍地倒退，挥棍一搪。殊不知丁云秀这一剑是虚。左手中早藏着三个粉砂子；便趁萧振杰手足失措之际，一抬手也飞起一团白粉。吧的一响，萧振杰眉心神庭穴上，重重的挨了一下。哎呀的一声，粉屑簌簌，几乎眯了眼。萧振杰掩面又逃，背后吧的又挨了两下。武师们哄然大笑，连丁门几个弟子也笑得前仰后合，齐说：“萧老九管保要给打成花鸡蛋了！”

萧振杰抱着太极棍，很难为情。这时候丁云秀挺剑急迫，将次赶到。萧振杰一想，要赢师姐，非用虚实莫测的法子不可。索性不嫌丢人，倒提太极棍；嗖嗖的连连纵跃，连连退逃，仗身形轻快，眨眼间蹿出四五丈。围观的武师们齐往两旁闪躲，把场子让出来。丁云秀追了几步，低声招呼道：“振杰，你要是总跑，就收场吧，不用练了。”萧振杰不答，猛然一旋身，厉声道：“怎么不练？着镖！”蓦然一扬手，三个粉点照丁云秀中路洒打过来。这显见是中盘面积大，好歹可以打着。丁云秀一偏身让过，正没好气，要数说他不打穴道。哪知萧振杰这三镖是假，突又一抬手，一团粉影奔云秀上盘承浆穴打来；丁云秀又一闪身躲开。正要还镖，不想萧振杰满把粉砂袋，一个劲连打起来，没上没下，忽上忽下，十几个粉团围着丁云秀乱舞。丁云秀顾上不能顾下，闹了个手忙脚乱。萧振杰还嫌不

趁心，竟打着倒赶过来。两人相隔越近，躲闪越难，霎时丁云秀姑娘在下盘膝盖上、中盘腰间，留下了两三处粉迹。

丁云秀不禁脸一红。看萧振杰得理不让人，也不知他打出了多少罗汉珠，满武场全是粉迹了。云秀姑娘不由娇颜生嗔，随手往皮囊中一探，也摸出三个罗汉珠。却暂不往外发，一伏腰，往前一纵，竟冲开罗汉珠，赶到萧振杰面前。身到剑到，剑走轻灵；突然一撤招，“鱼跃龙门”，照萧振杰左臂便削。萧振杰方自欣然，不防剑到，微微一吃惊，将一把罗汉珠足有四五个，信手劈面打来。喝道：“师姐看镖！”腾出这只手，往右一上步，双手推棍，“斜栽杨柳”往外一封。丁云秀急侧脸，鬓边又挨了一粉团。像这么乱打，实在撒赖得气人。

丁云秀红颜愈绯，恨了一声，没容得剑棍碰在一起，赶忙左手掐剑诀，一领剑锋；一个连环绕步，剑随身转，立刻变招为“霸王卸甲”“金鸡抖翎”；一招分两式，对萧振杰毫不留情的攻来。萧振杰手忙脚乱，“横架金梁”，把头一招架住；第二招“金鸡抖翎”，再也搪不开了。嗤地一声响，青衫肩背上早划了一道口子，吓得他“嗳呀”一声，立刻往前一纵身，蹿出七八尺。脚方沾地，不防丁云秀的剑追踪又到。这一剑更为迅猛，萧振杰不禁吓得出了声。紧跟着只听“啪”地一响，丁云秀突将剑锋一扁，作作实实，斜拍在萧振杰后肩背上。“吓，好疼！”这一下，分明打得极重。

萧振杰拼命的又一蹿，纵出一丈多远；虽然挨了打，却将罗汉珠又抓了几个。猛然一回头，抖手照丁云秀关元穴打来。这是下部的穴道，丁云秀姑娘粉面倏然飞红，恚怒起来。一拧身，右腿抬起，“金鸡独立”式，却将手中剑往下一扫；嚓的一声，把这罗汉珠打出两丈多远。一声娇叱：“好振杰，可恶的东西！”剑换左手，右手一扬，“着打！”连发出三个罗汉珠。头一珠奔萧振杰的下盘环跳穴，这一镖先招呼，后镖打；萧振杰一拧身，往右一滑步。丁云秀是故意叫他躲；容得萧振杰闪在右边，丁云秀倏地续发双镖，噗！噗！两个罗汉珠全都打

中。一个正打中天突穴，在腋后脊骨旁；一个打中在头上后脑风府穴。

这虽是试艺的粉砂袋，内有铁砂子，分量也不轻，况又距离得很近，这两下最属风府穴打得重，萧振杰头一晕，险些摔倒。慌忙的把太极棍一拄地，伸出一只手来，捂着后脑海，咧嘴吸气，道："师姐，你干什么真揍人家？我认输吧！……"一句话未了，丁云秀姑娘喝道："看镖！"嗖嗖嗖，一连气又是三镖，直奔上盘打来。萧振杰一点也没有提防，哎哟一声，"啪哒"的一响，太极棍坠地。这个小师弟萧振杰一只手捂着不够使的，竟两只手捂起脸来；三个粉砂袋都打在脸上，果然又眯了眼。在场武师哄堂大笑，喝彩道："好镖法，好手法！"

丁云秀姑娘一笑收剑，用左手倒提着，笑着低头跑到场隅那边，插剑归鞘，就要弹尘拂土，换穿长衣服。她那师祖左氏双侠和师叔李兆庆含笑拦阻，道："云姑娘先别忙，你们打了一阵，我们倒要验看你们的手法和准头呀！"丁云秀闻言，慢腾腾走了过来。萧振杰眯得眼泪交流，也揉着眼走过来；眼圈上依然带着粉迹泪痕，真像个小花脸似的了。几个师兄无不指他窃笑。

丁朝威道："师叔、师弟，不用验看了。振杰这孩子一点也不用功，一味瞎胡闹，实在该打！你看他只是信手乱打乱扔，管保没有一处打对穴道的。"原来这师姐弟下场试艺，丁朝威老武师负手观看，只看了几招，便生了气，骂这萧振杰胡闹、欠槌，当着人，还不好生练。太极棍运用得不熟，镖打得不准，这还没有什么；他却功夫既生疏，又不按规矩练。若不是当着众宾，丁武师定要揍他。但云秀姑娘却正正经经的试技，众武师一齐称奖。铁胆谷万钟和左世恭、左世俭、李兆庆等，细细的验看两个人的青衫；果然萧振杰身上的粉点，处处都被丁云秀打中穴道。丁云秀身上粉迹虽多，却是一处轻，一处重，仅仅有一处打着了穴道，而且也偏了。铁掌钮禄称扬道："将门出虎女！丁大哥的令嫒手法实在准；罗汉珠虽然不

是金钱镖，打到这个地步，可算是升堂入室了。这位小师弟，他的手法其实也罢了，才多大年纪呀，不过认穴稍差，他可是够诡透的。不过火候不到，将来好好用功，也一定有成就。小伙子，你有这么一位好师父，你再肯用心用力，将来不愁不成名。”泰安韩志武、野鸡毛毛敬轩和吕氏弟兄，都盛称丁云秀的剑法。

野鸡毛又出主意，对众人说：“我们还没有瞻仰丁小姐的拳法哩。云秀姑娘给我们走一趟太极拳，行不行呢？”太极李兆庆笑对铁胆谷万钟说道：“我这师侄女，拳、剑、镖都练得不错。谷老师傅你只知道她的剑法好、镖法准，你还不晓得，她还有一手绝技没露呢……”谷万钟把脸一俯道：“噢，还有一种绝技，是什么绝技呢？”李兆庆正要说，丁朝威恰巧听见，笑着走过来，道：“别人不作弄你侄女，贤弟你怎么也作弄起她来了？她小孩子家，有什么绝技！”李兆庆笑着正要还言，谷万钟、钮禄齐说道：“丁大爷，你就教我们开开眼吧。李贤弟，到底你这师侄女有什么绝技？”李兆庆道：“我这师侄女，她的轻功提纵术实有过人的地方。尤其是她的‘轻身太极拳’，打出来更叫人爱看。”

铁胆谷万钟听了，欢然发话道：“原来云姑娘还有这一手奇技，我们更得要瞻仰瞻仰了。云姑娘，你可肯一试身手，叫我们得饱眼福吗？”

丁云秀脸一红，立刻向铁胆谷万钟说道：“老伯，别听我师叔的话，我哪会什么轻身太极拳？我不过小时候，刚练功夫时节，因为站桩不稳，下盘不固，所以我父亲教我练一练，也不过是练着玩，练过几天就不练了。没的教师叔看见了，就硬说我会，其实我哪里会呢？”但是这些武师不容丁云秀谦辞，大家一齐怂恿，定要她练一套看看。丁云秀还是再三推辞；丁朝威见推辞不过，遂笑道：“云儿，既然你师伯们这么说着，你不练一场，也不能替你李师叔圆谎。你就练一回吧，反正是练不好，大家一笑。”

丁云秀无计可施，忽一眼瞥见萧振杰，想起他刚才试艺时的撒赖可恨来，遂说道："爹爹教我练，就练吧。不过还得找个对手才好，教谁跟我对手呢？"丁武师眼光一寻，看见了三弟子俞振纲，便喊道："振纲！"俞振纲应了一声，忙走过来。丁云秀忽然脸一扭道："爹爹，还是叫振杰跟我对手吧。"萧振杰把头摇得像拨浪鼓似的，连忙说道："不行，不行，练这个我更不行了。师姐你还没打痛快吗？"丁朝威瞪了振杰一眼，道："又不是真打真斗，有什么行不行？快跟你师姐下场子。"萧振杰扭头冲俞振纲一吐舌头，轻轻说道："三师哥你替我行不行？"俞振纲肃立在师父面前，还是听候吩咐。

丁朝威道："不教你了，你去教振国、振伦把沙簸箩搭来。"俞振纲应声教着冯振国，一同跑到后面。霎时从小厦子里，搭出一个大簸箩来，往场子当中一放。冯振国直起腰来，向丁云秀说道："师姐还用打穴图吗？"丁云秀一挥手，道："不用。"冯振国道："师姐可是叫振杰接招吗！"丁云秀道："只好教他跟我练。"冯振国看了萧振杰一眼，道："九师弟看你不出，你倒敢陪师姐练这套功夫，难得的很！"

萧振杰道："师哥别捧我了，师父硬教我来，我不来行吗？你瞧吧，回头我的脑袋准肿了。"冯振国笑道："你别冤枉师姐，师姐历来手底下不狠。要是你跟二师哥接招哇，小伙子，可够你受的。"

正说着，丁云秀走到簸箩前，叱道："振杰、振国，你们唠叨吧，怎么还不把沙子掏出一半来，等什么？"冯振国、萧振杰慌忙俯下身去，蹲在那里，用两枝木杓，往外掏那簸箩里的沙子。一面掏着，两个人还是低声斗口、嘻笑。忽一眼瞥见二师兄袁振武从那边走来，振国忙扯了萧振杰一把，两人立刻不敢言语了。袁振武道："当着这些客人，嘻嘻哈哈的，是什么样子！"萧振杰低着头，不敢答言，只忙着拿木杓舀沙子。

萧振杰一抬头，又一扭头，袁振武忽然走开了。萧振杰拿着那枝木杓，便仰着脸儿，翻着眼珠，对丁云秀道："师姐，

簸箩里沙子不多啦，三师哥可就是这样练的。师姐你叫我全掏出来吗？”冯振国道：“吓，那多么悬哪？”丁云秀眉一蹙道：“我要这么练，碍你什么事！用不着你替古人担忧，教你再掏出一半来，你就掏出一半来。”

萧振杰见丁云秀隐含怒意，不敢再絮叨了，赶忙把簸箩里的沙子掏出一半来，满装在一个布袋里。丁云秀道：“不用再掏了，就这样吧。”萧振杰依言，把布袋和木杓往旁一撂，回身来向云秀道：“师姐还用什么不？”丁云秀道：“不用什么了。这次教你接招，用不着你嘀咕，只有你的便宜，没有你的当上。我在这簸箩上，只接招不还招；只许你打我，我绝不打你。这么练，你总合算的？”萧振杰笑逐颜开道：“敢情那么着好……”

丁云秀道：“可有一样，我们三招见输赢。却不是只练三招，是我输三招才算完呢。只要搭手，你能够把我从簸箩上打下来，你就算赢了我一次。你连赢三次，就不用再练了，算你战胜了，听明白了没有？”

萧振杰大喜，这算是最合算的事，自己先栽不了跟头。笑嘻嘻的点头道：“谨遵师姐之命。你请练吧，我就跟你接招。”丁云秀道：“你别尽往占便宜上想。我若是走完了这趟太极拳，你还不能把我打下来，可算你输！咱们有话说在头里，我不爱看你吃了亏，乱嘟哝。你发招用不上，可赶紧往回收；我就是不还招，我可得拆你的招，你拆慢了招，上了当，挨了摔，别怪我呀！我反正脚不能沾地。”萧振杰暗想：“你真不还招，我不论怎样不济，也得把你打下来。”心里觉着便宜，不觉的形于辞色。丁云秀微笑，又向冯振国、马振伦说：“劳驾，你们把那个镖挡子也给我立好了，我要来打几镖。”

一切预备舒齐。丁云秀站在簸箩边，向在座的群雄道：“老前辈多指教。这轻身太极拳，我真练不好。”谷万钟、乐公韬道：“练吧，云姑娘别客气了。”丁云秀向众人一福，又一回身，这才轻轻一提气，轻轻的蹿上了簸箩边。把身形一亮，展

开了太极拳的起式，脚下斜八字形，仅仅踩着簸箩边沿。又往前上步，两臂做了个“揽雀尾”式，步移目转，身法走开；绕着簸箩边，慢慢地走过了一圈。由徐而疾，绕行三匝，身法沉稳，如履平地一样。众武师啧啧喝彩。

这沙簸箩的分量很轻，寻常人蹬在上面，就不易站住。力量拿不匀，只一侧身，或者步眼稍重，就会将簸箩蹬翻；何况还要在簸箩边上行拳？但是丁云秀居然在沙簸箩上，回环奔驰，步法这么稳，手法这么快，身法这么轻；拳随身转，已将太极拳一招一式打开。萧振杰这小孩子却也早早蓄势以待；按向来过招的手法，容师姐绕行三匝，方才交手。窥定了丁云秀的拳招，走到“抱虎归山”这一手上，萧振杰乘虚而入，一纵身，到了丁云秀身旁。

丁云秀身蹬簸箩边，把这“抱虎归山”的招往外一展，半转身势，一脚踏实，一脚提空，随即收招换式。萧振杰扑过来，立刻用“高探马”，往上一跃，照丁云秀上盘打来，这要是招架，却非容易，簸箩也并没有招架回环的余地。但是丁云秀纵身一跃，凌空蹿起来，轻飘飘，落在簸箩边的对面。萧振杰使足了劲，捣出这一拳，却扑了个空；赶紧收招，拿桩立稳。丁云秀微微一笑，轻说道：“来！”

萧振杰往四面看了一眼，老实说，他已输了一招。这时丁云秀跃过去，唰地连赶了三步，眼盯着萧振杰，依然把掌式展开。轻巧迅捷，眨眼间连走数招；百忙中一抬手，只听镖挡子上吧，吧，吧，连响了三下。众镖师暴喊如雷的喝了一声彩。萧振杰忙又蓄足了势力，再发第二掌；第二掌是“弯弓射虎”，来势猛狠，而且很快。丁云秀腕底生风，把萧振杰的手臂一拨，突然似蜻蜓点水，柳腰一闪，似要掉下来；却只一挺，双足一跃，似风摆荷叶般，轻轻落到簸箩另一边上；同时又听见镖挡子吧，吧，吧三下。萧振杰连忙的一抹身，追赶过来，不想丁云秀脚尖一找簸箩边，借劲一点，早又反蹿回来，拳招依然接着往下演；刷然一抬手，喝一声打！三只钱镖直从萧振杰

头顶上打过去，利落的全钉在镖挡上。

萧振杰吃了一惊，不自觉的往旁一闪。看了看，健步如飞，立刻又赶回来，邀截到丁云秀前面；用“玉女投梭”，劈胸一拳。丁云秀不慌不忙，“怪蟒翻身”，左脚上步，脚点簸箩边；又一拧身，玉躯半转，右脚往回撤，脚尖急找左踵后的簸箩边缘。玉腕轻挥，展“七星手”，往下一按萧振杰的手背。萧振杰应招一撤，唰地往后怀外一撤掌，就势反照丁云秀腰腹击来。丁云秀急用小巧之技，“金丝缠腕”，一捋萧振杰的手腕，“顺手牵羊”，往旁一带；急忙的脚先一踩簸箩边，嗖的跃到对面簸箩边上。身形似金蜂戏蕊般乱晃，却只一拿桩，“金鸡独立”，猛然将身躯站稳。一足独立，屹立如山，身子一点不动了。可是右手“手挥琵琶”式，倏然捻出三镖；跟着又一翻身，又打出三镖。小师弟萧振杰却被这一牵之势，带得往前直栽；侧闪而又侧闪，拿桩而又拿桩，到底没拿稳；扑登登地一个嘴啃地，栽在簸箩旁边。拚命的，往外挣，才把脸躲开，没磕在簸箩上。观众哗然鼓掌，乱叫起好来。

丁云秀灿然一笑，一个女子在人前如此显耀，当然欢欣。她就趁势收篷，嗖的跳下平地来，向阖座武师，深深一拜道：“弟子献丑了！”眼角一瞥，看见萧振杰还赖在地上；忙过来要搀扶他，道：“师弟，别生气，我收不住招了。”萧振杰不等搀扶，一骨碌爬起来，努着嘴道：“回回收不住招，回回给我苦子吃。不是讲的你不发招吗？冷不防给人家这么一下子，那功夫倒不如我跟你动真的呢。”同门师兄们嘻嘻的嘲笑他，道：“算了吧，老九，你还吹大话；你干什么不把真的拿出来？”萧振杰做了个鬼脸，道：“拿出真的来，我更吃亏。我要真打着师姐，师姐一发狠，哼，保不定就把我扔在沙簸箩里头。还像上月那次，叫我吃了一嘴沙子，把眼也眯了。”唠唠叨叨向三师兄俞振纲、五师兄胡振业诉冤。俞振纲笑着安慰他道：“你年纪小，输了也不算出丑。”

在场这些武师个个对丁朝威夸奖云秀，难为她小小年纪，

骨格又像单细似的，功夫却这么纯熟。难为她一面走沙簸箩行拳，一面招架萧振杰，一面还打出十二镖，镖镖都打中。将门出虎女，真是一点不假。那个不得人心的野鸡毛毛敬轩却说："丁大爷偏心眼，教出来的徒弟，只教他给自己女儿喂招挨打，当镖挡子使用。"说得太极李兆庆直笑，丁朝威却没有听见。

但是丁武师到底也发了话，对谷万钟说道："云儿太好争强，这是不对的。"正色的向丁云秀说："你怎么不顾振杰的功夫深浅？刚才你那一手太重了。其实你轻轻拨他一下，岂不也拆开他那一招了嘛？摔他做什么？对待小师弟哪许这样子！"说得丁云秀红头涨脸，轻声道："劲儿拿不准，我一着急，怕输招，手就重了。"低着头，看了萧振杰一眼，萧振杰这才心平气和些。

群弟子试艺完毕，天色已经不早。丁朝威向二弟子袁振武、三弟子俞振纲一点手，两个人一齐走过来请命。丁武师道："振武、振纲，你们预备着；等我换了衣服，就拈香行礼。"袁振武应了一声，精神一振，转身来，率领俞振纲重整香案。那萧振杰躲在一边，仍对师哥胡振业、谢振宗、马振伦等，诉说师姐的不是："哪有当着人摔同门师弟的？连师父都说她不对了。"丁云秀凑过来，穿上长衣，向他赔不是，哄他；谁想越哄他，他倒越有了理，唠叨起来更没完。

忽然二师兄大踏步走了过来，道："还唠叨什么？快把香案收拾干净，师父这就拈香了。"萧振杰和冯振业等你看我，我看你，谁也不敢答言；低着头，相率奔了香案。拂尘的拂尘，剪烛的剪烛，一齐忙起来；事少人多，反倒有插不上手的。俞振纲把剑谱一册、剑一口、钱镖十二枚，都摆在案头；袁振武抢着接了过来，重新布置了一回。俞振纲退到一边，自去取来几个跪垫，一一列在案前。

于是各弟子齐在案前伺候着，俱各穿齐长衫马褂。丁云秀姑娘却趁人不见，溜回内宅去了。

第五章 太极门越次传宗

丁武师向阖座来宾，一一周旋，又向师叔左氏弟兄施礼告僭，然后重拈起一束香来。群弟子左右侍立，丁朝威插香下拜，向祖师神位肃然叩头；叩罢起立，复又跪倒，向逝世的恩师顶礼。礼毕退立一旁，令这一班及门弟子，挨次向祖师前，和师祖前叩拜。直等到末一个弟子萧振杰叩拜完了，众弟子雁翅般分立左右。

丁武师站在香案前，微微偏向右首下位，身躯半侧，复向阖座众宾深深一揖，谦然发话道："弟子滥竽武林，四十年来，深承先师教训、前辈庇护，得至今日。今日是不才闭门封剑之时，又承武林先进不弃，远道光临；武夫至此，幸感何如！不才叨列太极门下，仰承恩师错爱，教我接掌山左一派。"又向师叔左氏弟兄一拱手，道："又承我左师叔隔省嘘植，使我得以太极门拳、剑、镖三末技，开门授徒，这都是在下叨窃过分之处。在下自问年老，从前年就打定主意，封剑闭门；但因几个小徒武功还差，所以又延迟了两年。现在不才自顾精力日颓，衰龄谈武，实不应该。今日当着诸位师傅，在下我先行封

剑。由封剑之日起，不再拔剑，不再谈武，也不再收徒了。使我全始全终，这都是祖师的大恩，我当顶礼叩谢!”

遂由弟子左右环侍，丁朝威回身肃立，将案上的纯钢利剑双手捧起来，一按崩簧，呛的拔出半尺来长。对祖师圣像高举过顶，口中低祝：“弟子今日封剑，誓不再用；全始全终，祖师保佑。”祝毕默立了顷刻，即插剑归鞘，展剑囊包起，放在案前；然后躬身下拜，三叩首，一揖起来。——封剑的大礼，遂在庄严的仪节中完成。众武师啧啧赞叹：“武林中得这结果，真是难得；四十年一点挫折没有，煞非容易。”

丁朝威设誓封剑已罢，又向来宾致谢。这封剑闭门的仪式，所以广邀武林宾朋到场，这就是隐拒江湖同道，从今不要再以武学相鹏。人家已对祖师封剑设誓了，再有请求拔剑助拳的事，当然不好开口了。而丁武师又不止为封剑闭门，他还要传宗授剑，还要求武林有朋友承认他的掌门高足，照应他的门下弟子。

丁武师转身来，退到供桌右首下方，对众抱拳，朗然发言：“多谢师傅们赏光，弟子丁朝威今日封剑闭门，诸位就是见证。弟子邀请直、鲁群雄光临蓬荜，一来封剑，二来传宗。敝派太极门，我左师叔贤昆仲向在冀南，以太极拳、剑，持掌第三门门户，老人家向不授徒。我师弟李兆庆，以太极拳、剑，昌大长门次支门户。我丁朝威仰承恩师遗嘱，令我以太极拳、太极剑和十二金钱镖，在山左一带，延续一门宗派。可惜在下无才无能，年轻不正干，空自持掌太极派长门第一支的宗派，竟一事无成，没有克绍师门绝学。收了这几个顽徒，竟没有一个把拳、剑、镖三末技一手兼擅的；会了这个，就不会那个，没有一个全才。按武林传宗的成例，向来是衣钵授受，纯依弟子入门先后，这就叫‘传长不传贤’……”说到这里，武林群雄竟有几个人睁着诧异的眼，猜想丁武师下文要说什么话。

丁朝威果然接续说道：“只是在下的大劣徒姜振齐，触犯

门规，已被在下逐出门墙；衣钵授受，再没有他的份了。若是序齿传宗，那自该二弟子袁振武来继掌我长门第一支的门户……可是我丁朝威仰蒙先师授艺十余年，曾受师门谆谆至嘱，选徒授技，继承宗派，第一要人才可靠，足以昌大门户；第二要拳、剑、镖三末技，色色兼精，尤其侧重的是十二金钱镖。因为太极拳，太极剑，还有三门的师叔，次支的师弟接着往下传；唯有这十二只金钱镖，先师切嘱，要教本派负起担子来，必须把这一种技艺流传下来，发扬开去。就到这一点，可就实令在下痛心。我那大弟子姜振齐天才膂力，在在都是可造之资，偏偏他人品有瑕。自此以后，我在下选徒授技，越加审慎，头一样要人品，第二样才要人才……”

说着，喟然叹息了一声。众武师听丁朝威这番话，个个摸不着头脑，丁门弟子更是惶惑。那二弟子袁振武双目大张，已然听呆了。

丁朝威陡然把话收转，折到本题，道：“现在不才封剑之后，就要传剑授谱，派定掌门弟子了。大弟子已被开除，‘传长’已属不能，在下就只好‘传贤’了。传贤的准则，自然是慎选人品，奉行先师的遗嘱，要从群弟子中，选取那拳、剑、镖三末技全有所擅的人才，尤其是侧重镖法。”

二弟子袁振武听到这里，一双虎目倏然一转……

只听丁朝威道：“我这几个门徒，论功夫，就属二弟子袁振武；三弟子俞振纲还看得过；五弟子胡振业也还罢了，其余六弟子、七弟子以下，就差多了。论人品，他们都还知道尊师敬业；只是二弟子性情刚点，三弟子韧点，五弟子精干，六弟子朴质，七弟子、八弟子、九弟子是小孩子。我如今就参照着他们的功夫、人品、才气，我认为将来要昌大我太极派长门的拳、剑、镖三末技，是以……是以三弟子俞振纲，比较的合适些……”此言一出，群雄互相顾视。丁朝威这样做，似要越次拔取三弟子为掌门弟子。那么，把个二弟子袁振武可放在什么地方呢？

丁朝威也似看出了众武师的疑讶，忙又大声说道：“是的，我把这件事仔细考虑了两年。我曾把二弟子、三弟子仔细考校过。二弟子的剑法好，三弟子的镖法好，他们两人的拳法都好，正所谓八两半斤，势均力敌，各有所长，各有所短。我又考查二人的性格，二弟子英锐，三弟子坚韧，性情也是各有所偏。但若论到持掌门户，昌大宗派这一点上，那可就以三弟子较为相宜了。怎么说呢？太极派本得‘柔’字诀，三弟子的性情恰近于韧柔，二弟子却偏于刚烈。况且先师遗训，既然教我昌大本门三末技，却偏重在金钱镖上；现在我这七个弟子，只有三弟子的金钱镖打得最好，若以他为掌门弟子，恰符先师之望。因此我左思右想，左右为难。我情知二弟子相从日久，素无过犯，无奈我今日，有长立长，无长传贤，从各处比较，只有三弟子接掌太极门，较为相宜。并且还有一点很要紧，掌门弟子的重责，是在领导师弟。若说到指教师弟，细心耐烦，三弟子又比二弟子强些。我这二弟子为人刚强，替我办事，是把好手；可是教他传授技艺，指拨师弟，我看他总似乎没有耐心似的。为了日后的领导群弟、调停同门起见，我看俞振纲好得多……”

滔滔说了这些话，丁朝威最后毅然把装在剑囊里的那口太极剑，又双手捧起来；叫道：“三弟子俞振纲过来，听我授训赠剑！”

二弟子袁振武如晴天霹雳一样。听了这意外惊人的师训，竟几乎晕倒。但他是个硬汉，把胸中沸腾的感情，按了又按，费了很大力气，竟把“难堪”按住。任众宾客的眼光一对一对的向他扫射，他默默无声，挺然侍立着，并不低头，也不开口。

然而师叔李兆庆却发话了。这样越次选拔掌门弟子，在武林中真是少有。众武师不知内情的，都以为怪事；却是互相耳语窃议，一时还没有发言的。只有那个野鸡毛毛敬轩刚叫了一声，被他的同乡韩志武阻住，叫他先看看听听，不要多嘴惹嫌。

李兆庆是太极本门中的人，听师兄这番措施，以为大悖武

林成例，先看了看袁振武；袁振武虽然力遏心情，扬扬如平时，到底赤红的脸泛成灰白色了。又看看俞振纲，白素素的一张脸，已是刺促不宁，泛成了赤红色了，可是俞振纲受宠若惊，一时也愣住了！他师父叫他过去，他竟茫然失措，不知所为。李兆庆就忍不住了，又转而看师叔左氏双侠；左氏双侠却只点头，还没说话。李兆庆对自己的弟子低声商量了几句话，奋然走过来，大声叫道："丁大哥慢着！"

丁朝威回眸一看，笑道："二弟，有什么话见教？"李兆庆道："大哥，你先别授剑，我有几句话，要请教！"丁朝威看了看李兆庆的神色，徐徐说："二弟可是对我这越次传宗的事有什么意思吗？"也放低了声音道："贤弟，你可以问问左师叔去，我这是不得已。"李兆庆摇了摇头道："我也不用问，我只请教大哥，我这二师侄袁振武，可是素日为人品行不端吗？"丁朝威："笑话，他要品行不端，我早把他逐出门墙了；我那大劣徒就是榜样！……"还要解说，那野鸡毛毛敬轩，到底也挤过来，质问道："丁大爷，你这么废长立幼，越次选拔三弟子为掌门户、承衣钵的高徒，到底是怎么个讲究？我本是外人，不应该多嘴，可是我打听打听，行不行？"

丁朝威想不到这些人替袁振武抱同情；女儿丁云秀曾悄劝自己，这样子办要小心，不可当众废长立幼，恐怕有人说闲话。丁武师只是不听，他说："这是我们自己的事，外人犯不上干预。"况且他这番废长立幼，多一半为几个年幼技弱的小徒弟将来打算，觉得选一个性情和蔼的人为群徒之长，可以拢住人心，可以昌大本门技业。袁振武不是不知自爱，不是不肯用功，只是他性情刚傲，缺欠人和；而他的金钱镖又确乎打得不好，所以丁朝威一再筹思，两年考核，到底看中了俞振纲。他当众宣布此事，正也有一番深心，为得是好教大众承认，把俞振纲立为掌门弟子后，将来可以有人照应；省得二弟子退有后言。虽知袁振武必然难堪，他还想另行设法安慰他一番，却不料袁振武不肯再受他的安慰了！

李兆庆、毛敬轩一齐质问丁朝威。丁朝威力说二弟子并无过犯——“我只为谨守师训，要发扬钱镖打穴的技艺，所以才立俞振纲。刚才俞振纲的镖打得好，诸位都看见过了。”仍然又提起二人的性格：俞振纲的性格学本门的技艺，可称资性相近，袁振武却似乎格格不投。可是丁武师尽管这样解说，在场武师有一少半不以此举为然，但也有一少半武师认为俞振纲的谦和韧柔，有当大弟子的气度；另有一半不置可否，只想看看此事如何了断。

丁武师志决意坚，定要立俞振纲为掌门弟子，见众人不满，赔笑说道：“诸位先辈，诸位同仁，我在下设场授徒，已非一年了。教导这几个弟子，倾囊倒箧，绝无半点偏私爱憎。不过他们的性情各有所偏，因此就对本门武功各有所好，各修各路，各尽所长，他们的成就自然各个不同了。现在选择掌门弟子，为的是继承先师遗志。先师既命我以昌大本门三未技为务，又叫我格外侧重十二金钱镖法；我苦心筹思多日，无可奈何，这才为了将来打算，越次拔取了振纲。艺能所限，我有什么法子呢！”

但丁朝威尽管有理由，这件事在武林中究是破例的，并且掌门弟子只是一个宗派的宗法所系的主体，并不一定要技艺绝伦，压倒同门的。各派中掌门大师兄武功不如师弟的，一向很多很多。在座武师总以为丁武师的话乃是饰词，也许骨子里另有难题。他们既然不知道，也就不便多嘴了；却还是低声啧啧的窃议，脸上带出了种种不同的神气。

僵了半晌，太极李兆庆到底忍不住了，就又朗然发话道：“伯严大哥！”丁朝威道：“福同贤弟。”李兆庆凑过来，说道：“大哥，你这么办，实在好像差点。振武的镖法稍逊，这是无可讳言。但是学问无止境，现在他所差的，将来难保他不迈进轶伦。若是他没有什么大过犯，何妨激励他一番，叫他潜心苦修，再将镖法锻炼几年。延缓传授衣钵，这也是一个变通的法子，唵？”又低声道：“到底老二哪点差事呢？”

丁朝威笑了笑，答道："师弟，你误会了。我对振武没有不满，我的心就只在恪遵师训，绝非意气用事。三弟子镖法精纯，我料他再有两三年，便要青出于蓝。我这二弟子袁振武却不然，他生性豪迈，不喜细琢细雕，不喜练金钱的。最近这几年，我哪一天不催他好好的练镖？无奈性之所远，我到底不能硬勉强他……"说到此，他把袁、俞二弟子叫到面前，正色说道："振武、振纲，你们跟我不止一年了。你们说，我这师父待承你们，有没有偏心眼？我传徒授技，是不是把你们几个人一视同仁？我的拳、剑、镖三末技是不是全搬弄给你们学？振武，尤其是你，你想想看，我这几年是不是逼着你练镖？我说本门中拳、剑、镖三技并重，顶要紧的还是镖法，这句话是不是我天天叨念？现在到了选择掌门弟子的时候，我万不得已，才越次拔取了振纲。振纲，这不是我偏爱你，这是你自己镖法挣出来的。振武，我更不是不满意你……虽然这么说，我也知道叫你难过。但是，你师祖的遗命如此；我今日封剑闭门，为光大门户计，我只可如此做。振武，你也用不着难过，我已经另想了办法，我自然另有安排你的道理。"

只见俞振纲垂头望地，只偷睨了二师兄一眼，一句话也没敢说。二弟子袁振武，此时面色已经如常，晃晃悠悠，竟赔着笑脸，走了两三步，来到香案前面，突然大声回答道："是是！师父的安排很是！弟子实在不及三师弟。论技艺，论品性，我全不如！老师这番安排，诚然是'选贤与能'的意思。弟子我袁振武从师有年，久承训诲，老师的苦心，弟子我很明白。这只怨弟子自己没有耐心，没把镖法学好。现在老师为发扬本门镖法起见，选取我三师弟为掌门高足，这是弟子求之不得的事。弟子情愿退让！"说罢，他一揖到地。侧身来，向三师弟俞振纲突然改口，叫了一声："大师兄！"忽地他又一翻身，走到太极李兆庆面前，颤声说道："师叔，你老不要替弟子费心了！常言说得好，知徒莫如师，弟子的不肖，师叔知不清，我老师却看得最真。老师这样办很好，只要借这一番废立，本门

武术将来日益发扬，那就是弟子的大幸！”顿了一顿，他又满脸赔笑对丁武师说：“师父，你老不要为难，弟子的心事，你老是知道的；弟子是专为习武健身，并非争雄逞胜。弟子远道从师，忝列门墙，就是一个心，来学能耐；绝不是为承继宗派来的。这次俞师弟继掌本门，最好不过；弟子从此以后，倒可以虚心受教，专心独善了。再用不着陪伴各位师弟，喂招传技了。现在各位老前辈们全候着师父授剑传宗。就请老师赶快完成大礼吧，别叫诸位老前辈们久等了。”说罢，俯首而退立到群弟子的身后。

这时候全场中百十对眼睛，一齐注视着袁振武。袁振武侃侃而谈，不动一点声色；俞振纲却慌忙拉住了袁振武，道：“二师兄，你不要折杀小弟了。小弟是……绝不敢当！”袁振武笑了一声，把俞振纲的手甩开；俞振纲忙又向师父说道：“师父，弟子我实在不敢越过二师兄，我哪能比二师兄呢？……请师父务必收回成命。”袁振武倒很镇定；俞振纲却惶恐失措，万分不安起来。

丁朝威武师也不禁动容，双眸注定袁振武，点了点头。却又侧脸来，对俞振纲说道：“振纲，你不许违拗我！”

丁武师这回举动，在大庭广众之下，废长立幼，实在弄得不很漂亮。但他却是一生阔大爷的脾气，不认错，不服输的。当下，只向师叔左氏双侠使了个眼色。

左氏双侠道：“且慢！”众人一齐看这一对老人。要听听丁武师的这两位前辈的说话。左氏双侠由上首席次，转到香案前，向众人抱拳道：“诸位师傅们！伯严这一回封剑传宗，单单择定了俞振纲徒孙，情实差点；可是他也有他的难处。在事先他曾经向我弟兄请示过，他并没有别的意思，更不是有何爱憎之见。他所以这样，一来他是为奉行我们先师兄的遗命，二来是为了他这些小徒弟将来的技业打算。刚才他自己也对众说过，其实是肺腑之言，绝非饰词。袁振武这孩子很自爱，伯严也常夸奖过他。这一回废长立幼，伯严心上也很为难。他这番

越次择取了俞振纲，在伯严扪心自问，固是一秉大公，良非得已；可是伯严他总觉对袁振武这孩子，有点歉然。况且振武从师多年，有功无过，一旦越过他去，伯严实在难过了好些天。所以才对我弟兄商量，求我弟兄给他想个变通的方法，可是我也想不出法子来。这怎么办呢？后来还是伯严自己想出一个主意，教我弟兄把振武承继过来。我弟兄也想到自己空修武术多年，一个可心的徒弟也没有；现在我就把振武收揽过去。教俞振纲这孩子，仍旧跟伯严，承继山左太极门。振武呢，跟了我弟兄去，就教他承继我这冀南太极门一派。如此，他二人各得其所，也就没什么为难了吧。不过这一来，我这一对老头子却不费一点力气，凭白拣了这么一个掌门户的大徒孙，我老头子倒拣了便宜柴禾了。”说着哈哈大笑起来。

“好！”野鸡毛毛敬轩首先喊了一声道：“这还罢了。若不然，可真叫人家孩子窝心呀！”

丁朝威微微一笑，道：“在下这片苦心，左师叔说得明明白白。振武，你听见了没有？你就转在你师祖门下吧。可是，这只是名分上的事；振武，你不要难过，你就是承继师祖门下去，你还是照常在我这里练功夫，我还是照常指点你，我叫振纲他们仍然称你为师兄。只不过我把这传剑授谱、继掌门户的事，传授给你俞师弟罢了。也无非是叫他多担一分责任，替我管教你这几个师弟而已。这么办，总算对得过你了。”

袁振武一声不响，听到此，抢行一步，跪了下去道：“我谢谢师父。弟子不肖，师父还是这么成全我，弟子实在感激，至死不忘！”拜罢，又退回去，立在群弟子背后。丁朝威看了他一眼，道：“振武，还有你左师祖，从今后两位老人家，可就是你的嫡亲祖师了，你还不过去行礼？”

袁振武诺诺连声，道：“是，是！”这才又走到左氏双侠面前，道：“师祖，我谢谢你老，给弟子留……”话没说完，头面一俯，双眸一转，赶紧的跪拜下去。拜罢起身，堆下笑容来，又退回群弟子背后。

在场群雄看见这个样子，各个转念。丁朝威的师弟太极李兆庆点了点头，也不再说什么。众宾有的就欢声敷衍道："这么办很好。丁大爷，你就赶快行礼吧。"

丁朝威笑了笑，先向师叔左氏双侠谦逊了一声，转身伸手，把那柄青钢太极剑捧起，随手将剑囊褪落下来。又回身向外，叫道："振纲，过来。"俞振纲很踧踖的应了一声，走到师父面前，垂手一站。丁武师眼光向全场一瞬，肃然捧剑当胸，说道："振纲，我今日授剑传宗，选定了你。你要敬谨拜受我这把剑！"

俞振纲心中一惶乱，应了一声："是。"偷眼一看，迟迟说道："师父！弟子不敢……"丁朝威道："什么？"左氏双侠道："振纲，你就不要谦辞了。你要遵从师命！"左世恭把手掌一伸，俞振纲前趋半步，跪在丁朝威面前。

丁朝威捧着剑，将面色一整道："振纲！我今日广邀武林同道，封剑闭门，同时授剑传宗，把这柄剑传授给你。你接了这柄剑，你就是掌太极门山左一派门户的人了。从今以后，昌大本门三绝技，保持已往的名声，发扬以后的声望，全系在你一人身上。这把剑该授到你身上，并不是你随随便便可以推辞掉的，可也不是轻轻易易就接得过来的。我今日把这柄剑传授给你，振纲，你可知道我为什么传到你身上？你知道你该怎样使用这剑？从今以后，你担着什么责任？"

丁朝威发出这一问来，在场众宾一齐看俞振纲。俞振纲跪在恩师膝前，心神稍定，却还是扑通扑通的心跳；骤承师问，颤声答道："弟子愚笨，辜负师恩，弟子实不知自己有何寸长，得邀意外的期许！不过弟子既承恩师赐剑，弟子今后唯有尽心竭力，精研本门绝技，恪遵门规，昌大门户。将来仗剑跋涉江湖，能不辱没老师这把赐剑，这便是弟子的一片痴望。只怕弟子有心无力，未必能做到。"

铁掌钮禄喝了一声彩，道："答得好！"对野鸡毛道："老毛，你别看他年轻，说话哆哆嗦嗦的。这几句话不傲不狂，答

的实在好。”野鸡毛从鼻孔哼了一声道：“谁不会说话呢。这有什么！”

丁朝威听了俞振纲的答辞，点头说道：“你说的话大致不差，你果能如此存心，倒也罢了。不过我所以授剑给你的一番微意，你难道体贴不出来吗？”俞振纲嗫嚅道：“弟子实在糊涂……”丁朝威笑了笑，道：“看你样子好像聪明，你竟这么粗心吗？振纲，你听我告诉你。我自承师训，在江湖上浪迹将四十年，幸没玷辱了恩师的赐剑。今日我授剑给你，自然我也望你不要玷污了我这把剑。我从今日起，封剑闭门，就不再谈武，也不再授徒了。可是，我本身上说不定还有未了之事。将来万一有人找到门上来，也许是朋友相烦，也许是仇敌来扰；那时节你是掌门弟子，可就该由你替我出头，这是一点。并且我又收了你这几个徒弟，在你以下还有五个小师弟；我既然封了剑，闭了门，这以后指教他们、约束他们、照应他们，可又是你这掌门弟子分内的事。本门中全副的担子，全丢在你一人身上了；担得动也得是你，担不动也得是你。你可明白了吗？”俞振纲俯首答道：“弟子明白了。”丁朝威突然反诘道：“你明白了什么？”

俞振纲本在跪听师父解说他被选为掌门弟子的缘由，不想老师只说了些掌门弟子应尽的本分，便突然反问过来。登时面红过耳，又不知所答了。

丁朝威道：“振纲，你听着。你接剑之后，你的责任是很重的。你刚才说得好，你须要昌大门户，发扬本门拳、剑、镖三绝技；但是你将由什么法子来做到呢？这第一要着，便是由你本身做起，要精研三技，以尽所长，谨守门规，以善其道。另一方面，便是开门授徒，把本门技艺广传出去。可是开门授徒乃是后话，眼前的事呢……”用手一指道：“便是你这五个小师弟，全要你好好的操心，把拳、剑、镖三绝技，认真教给他们，一点也不许藏招匿技，一点也不许偷懒懈怠。无论如何，你要造就他们。你明白了吗？”

俞振纲这才有点明白了，老师的言中微意，原来是在这一点上。

丁朝威又道："你接掌门户之后，第一不许妄自尊大。管束他们自然要严，督促他们自然要勤；但是你不要忘了师兄弟还是师兄弟，你不许颐指气使，任意凌辱他们。你看待他们，要如亲兄弟一样，要耐烦，要柔和，不可动不动就骂他们笨。他们有的是初学不得门径，当然教着费力。试招喂招，不可用力逞强，打重了他们，误伤了他们，那都是你的不对。我深盼你宁宽勿严，宁严勿苛。将来你持掌门规，清理门户，你又不可一味护庇瞻徇。同门中如有挟技为非做歹的，你该罚则罚，该惩则惩；总以剪除害马，力保门风为要，不要滥充好人。振纲，我言尽于此，你要努力自爱！我把这口剑传给你了，我可也把五个小徒弟托付给你了。你要尊师、敬业、守法、爱群。对待师弟们，要倾心授技，不得藏私，不得偏待；你好自为之，勿负我望。来，接剑！"

俞振纲恭聆师训，赶紧叩头起来；往师父面前，抢行半步。丁朝威俯身授剑，俞振纲双手捧接过来，便要放在香案上；丁朝威忙道："振纲，先不要释剑。来，你站在香案这边，受师弟们的参拜。"

俞振纲局促起来，但是礼不可缺，依言退到香案前下首。却不料师父先不呼唤群徒，竟缓步走到拜垫前面，侧身朗然说道："振纲，你今日接掌本门，受我丁朝威托付，昌大门户，一肩重责全在你身。但盼你一心向上，不负我丁朝威的一番期待！"说到这里，深深一揖。俞振纲慌得捧剑答礼，手忙脚乱起来。

丁武师满面春风道："振纲，我拜的不是你，拜的是我山左太极长门这一枝接掌门户的传人。你受我这一拜，我愿你来日能替我丁某发扬光大本门的艺业。"说罢回身，向两旁侍立的弟子说道："现在我立振纲为掌门弟子，以后便由他替师父持掌本门门规；凡属本门的弟子，全应受他的约束，你们理应

上前拜见。不过，我这次越次他，我也情知是破例的事。你们如有非议的，要趁未行大礼之前，赶快说出来；此时他的身份尚在存废之间，尽有议论余地。若是一行大礼，名分已定，他就是掌门户的人了。你们个个都要遵从他，受他的训戒管束；有敢蔑视他的，那就是叛规悖师。你们可有什么说的吗？”

群弟子相顾错愕，只偷看二师兄袁振武。袁振武本立在首位，却退处五师弟胡振业的背后，悄然无话。丁门弟子胡振业以下，一时愣住，既不持异议，也忘了行礼，更没人出言。丁朝威又说了一句：“这正是该讨论的事，我正要问问你们的意思；你们有话，尽管说出来。要是你们认为师父这番举措不为无理，那你们就上前来，拜见你俞师兄。”

群弟子到此才微微蠕动起来；但由胡振业起，竟迟疑不敢举步，只等着二师兄袁振武的举动。袁振武忽然微吁了一声，从胡振业背后闪出来，笑声答道：“是啊，快拜见大师兄去，我们很久很久没有大师兄了。”笑涌满脸，拔步上前，向丁武师说道：“我山左太极门幸得传人，乃是我本门中天大的幸事。凡属同门弟子，谁不欢庆；哪有当着老师的面，倒非议的？老师快别这么说，我们都愿意。弟子自己比师弟们痴长了几岁，就由我引头行礼吧。”

袁振武龙骧虎行，趋行至拜垫前，将长袍一挎，口称：“师兄！小弟袁振武，给师兄叩喜。”说的快，拜的更快。左氏双侠、丁朝威刚要说话，袁振武已经拜了下去。俞振纲十分惶恐，赶忙把剑放在香案上，回身拦阻，已经不及。急忙一栽身，也还拜下去；袁振武早已拜罢，站立起来。俞振纲颤声道：“二哥，你别这样，叫小弟无地自容了！”袁振武哈哈一笑道：“礼当如此，这是师父的意思。师兄若不受小弟一拜，小弟更无地自容了，那我可真是门外汉了！”立刻拜罢，立刻回身，立刻退到原立处。

左氏双侠摇了摇头，便看丁朝威；丁朝威板着脸，不说话。左世俭向袁振武点手，道：“振武，你过来。”低声说道：

“振武，这个不是这样的。我告诉你，你还是振纲的师兄，振纲还是你的师弟，你师父不过教他接掌门户罢了。”袁振武笑道：“师祖快别这样说。俞师兄持掌门户，当然是大师兄；名分如此，不能乱来的。你老还不知道弟子的性情，我师父是很清楚的。弟子只是一心学武，对这名次先后，一点芥蒂也没有。况且俞师兄样样比我强，弟子心又粗，又没耐性，又不会教导师弟们；现在老师授剑传宗，名分已定，弟子不是那糊涂人，弟子绝不敢再叨窃大师兄的名分了。”

袁振武只是二十几岁的人，这番话光明正大，倒说得左世俭一时没话了。点了点头，拍着袁振武的肩膀道：“振武，你很好！我老头子很爱惜你。你是有志气的。要不然，你就跟了我去吧。我们老哥俩还有点糟把戏，索性都传给你；将来你就替我持掌门户。”袁振武怔了一怔，答道：“那是师祖的抬爱。”并未说出愿否来，就又退回原处。

丁朝威任由两位师叔安慰袁振武，他仍叫着五弟子胡振业、六弟子马振伦、七弟子谢振宗、八弟子冯振国、九弟子萧振杰，挨次拜见掌门师兄；胡振业等欣然行过礼，俞振纲一一答拜。群弟子拜毕退下，低声的七言八语，悄悄议论起来。这里面顶喜欢的是萧振杰和谢振宗。六弟子马振伦却叹了口气，悄对胡振业道：“这真想不到！五师哥，你想这工夫，袁二师兄不知怎么难过呢。”胡振业摇头，道：“少说话。”

俞振纲也要退下来，却被师父叫住。丁武师在香案旁，复将案上一具金漆拜匣似的东西，取过来打开。这是丁门三绝技之二的奇门十三剑的剑谱，和太极拳的图说，剑谱末页还附着剑术传宗的题名录。丁武师展开剑谱，抬笔题名，在自己名下，添写上俞振纲的姓名、年岁、籍贯，和某年拜师、某年继承门户，这末一项就填得今天的日子。然后丁武师投笔捧谱，对俞振纲说道：“振纲！这本剑谱，乃是我前两年亲手抄摹的。当年我出师时，也承恩师手赐一册，我依此谱，传授了你们，现在我封剑闭门了，我就把这一册传给你。你可照这本剑谱，

自己用心参悟；你的剑术本来差些，你要好好用心，太极剑的诀要都在这谱中了。你自己弄熟之后，再挨次传给本门弟子们。凡我门中的弟子，先练拳，次练镖、剑，不锻炼到火候，不得以剑术示人，免贻门户之羞。”又拿过“太极拳图说”来，道：“这一本拳谱，是你师妹替我抄写的。你可以照抄一份，交给你这几个师弟。但是不得允准，千万不准他们转授别人。”

丁朝威说罢，将两本谱仍放入匣内；另将自己常用的十二个金钱镖拈起来，也放在剑谱匣内，对俞振纲道：“这十二个金钱镖，虽是平常的康熙大钱，却曾用它打败了江南贼一撮毛，和鲁南巨寇七爪狼。我由此在武林中，赢得虚名，立定脚步。现在我也送给你，做个念想；今日我算是倾囊相授了，但愿你将来也倾囊授给你这几个师弟，替师父尽一番心，给本门争一口气。此后本门的名声，全在你一人身上。做师父的不再多嘱了，你要勉力自爱!”

俞振纲叩头拜受，接过来仍放在香案桌上。丁朝威命振纲亲手拈香，插在香炉中；重新行礼，叩谢祖师、业师，拜见本门长辈、武林先辈。丁武师封剑闭门、俞振纲受剑掌门的大礼，到此完成。丁朝威率这新授的掌门弟子，重与到场众宾周旋致谢。跟着撤下香案，重开华筵，和大家欢叙。

第六章 飞豹子飘然远引

随后筵罢，群雄一一告辞，握别时，丁武师向大众重重托付一回，请大家照应这个掌门弟子俞振纲。到场武师都是友好，自都欣然领诺；那捣蛋鬼野鸡毛毛敬轩也挑大拇指，说："丁大哥，你还不放心？你这掌门弟子满不含糊，我们自然互相关照，说实了，我还要求你们爷们照应呢。"

众宾有从远道来的，当日假馆于丁宅，盘桓了一两天也就陆续回去。到第三天，宾朋散尽；丁宅内外除了主人师徒，只剩下师叔左氏双侠，和师弟太极李兆庆师徒数人，没有外人了。李兆庆到底闷不住，背地埋怨丁朝威："大哥，你这事办的不漂亮！"丁朝威笑道："怎么不漂亮？你说我废长立幼不对么？但是我没有法子呀！"李兆庆摇头闭目，道："废长立幼本来不对。左师叔告诉我了，你是为了你几个小徒弟，不得不然，这还有的说。但是你不该当众宣布呀！你不会不请外人，暗含着只叫本门的人到场，不就完了嘛？何必当着这些人，废长立幼，岂不叫你那二弟子太过不去了嘛？人有脸，树有皮；大哥，你想一想，况且年轻人谁不争先要强？"

丁朝威微吁一声，道：“唉！二弟，你不知道，我正为废长立幼，才挤得没法子，广邀武林到场观礼。若不是越次选拔俞振纲，若是顺条顺理的办，我邀这些人做什么？”李兆庆愕然不解，左世恭道：“福同，伯严的意思就是怕将来有争长的事情，这才迫不得已，广邀大众。他不只为邀武林同道观礼，他是无形中邀他们做见证。你明白了？”左世俭叹道：“究竟不很妥当，振武太难堪了。我只怕他和俞振纲，从此不争长，难免将来结怨！”

丁朝威默然不语，半晌才说：“事难两全！”转对李兆庆道：“福同师弟，你只知这样一来，太教振武难堪，你可不知道振武这孩子太教他几个师弟难堪了。他的规矩比我还大，贤弟你是没看见；他一下场子，师弟们都得把应用的器械给他预备好了。练的时候，手法又重；一个不钉对，他把眼一瞪，那几个师弟竟会吓得一哆嗦。练完了，他往那里一坐，这几个师弟就像小跑似的，给他打热毛巾，斟茶，弄这个，弄那个。我的四徒弟就是跟他合不来，呕气走的。若论他这个人，很知要强，也很自爱；就是脾气不好，太刚太傲，眼中没有别人。说话更嘴冷，随便一句话，就把人的心扎一下。”

李兆庆微微一笑，师兄丁朝威批评袁振武的性情，倒有半停跟丁朝威当年的脾气相类。丁朝威就是生性傲冷，只是看待同学不甚严刻罢了；别的毛病简直跟今日的袁振武难分上下。丁朝威当年也是没有耐性；李兆庆记得自己那时候以小师弟的地位，跟大师兄学艺时，丁朝威往往不肯耐着性子指点，总嫌自己笨。现在，转眼四十年，易地而处了，他这徒弟袁振武指教同门，也是不耐烦，他倒看不下去了。可见两个人的脾气禀性，如果真是一样，反倒不易投合。丁朝威的性格偏于刚直而冷傲，他却看中俞振纲的韧柔而肠热，这真是相反相成，刚柔相济了。

丁朝威既不受劝，成事不说，遂事不谏，李兆庆也就不再言语了；半晌，才笑着说：“大哥，你还记得咱们那时候不？”

但左世俭却说："伯严现在就是这样办了；不过，还得安排将来。你以后怎样发付袁振武呢？"

在封剑传宗的当晚，左氏双侠看出袁振武的处境难堪；为了安慰他，曾特地把振武找来，屏人很劝慰了一阵；打算临别时，就把袁振武带走。双侠既然答应收他为掌门户的徒孙，就要认真把他收归门下；一对老头子说是趁着还能动弹，要好好的指拨他，成全他。袁振武沉了一沉，称谢道："师祖的意思，是怕弟子在师门不好看。师祖，你老看错了，弟子实实在在绝没有争长争名的心思。弟子跟我老师多年，我们爷两个脾气非常投合，跟亲父子一样。他老人家这回废长立幼，实在一秉大公。若依着我老师的私心，倒恨不得把衣钵传给我；无奈弟子镖法不行，我老师又得遵行先师祖的遗训，没法子，才选中了我俞师弟。究其实我老师心上最偏疼我，我不是体贴不出来……弟子的技业还欠钻研，弟子打算仍在我丁老师门下学习几年；只要老人家不撵我，我绝不走。别看弟子不得当掌门弟子，弟子还是舍不得离开这里，我还想让师父好好的教给我钱镖打穴法呢……这么办吧，弟子还是先伺候我丁老师两三年。等到三年以后，师祖如不嫌弃我，那时我再往冀南找你老人家去，那时节我再求二位师祖栽培我。"

说话时，态度自然，毫没有惭恨怨妒之意流露；左世恭、左世俭这对老头子，倒教他这一番话感动了，拍着袁振武的肩膀道："好！振武，你这孩子真明白，真有容让，难得的很，我最喜欢像你这样的。你今年二十几了？"袁振武道："弟子二十七了，实在没出息。"左世恭眼看着老弟左世俭道："不忮不求，这孩子真是难为他。我一定要收下他。振武，三年之后，你只管投奔我去。"袁振武道："师祖过奖，弟子一定要去的。"

大礼已成，华筵已罢，丁宅上下还是很忙。袁振武照平常一样，忙前忙后，提起精神来，给师父照应一切。但由授剑之日起，名分已定，自然不便再教师弟们练武了；就有同门找他，他也笑着推辞，道："找大师兄去吧，我还要找大师兄

呢。”这句话倒像扪之生棱似的，可是他也不得不这么说。同门群弟大半跟俞振纲不错，自然这是俞振纲好脾气，有耐性所致；他又口慵，不好说人。但马振伦却与袁振武交情深厚，最谈得上来。马振伦避着人，私问袁振武将来的打算；并且说：“老师这一回办的实在不大妥……”袁振武连忙摆手，道：“你不要瞎说！振伦，我盼望你揭过这一章去，你别跟我谈这一段，好不好。”马振伦看着袁振武的神色，忍不住又叩问他的心思，和将来的打算；袁振武通通拿别的话岔过去。一晃五天，左氏双侠走了，李兆庆师徒也告辞回去了。

袁振武和往日一样，照常替师父料理家事；只不过有的地方，只帮忙，不再作主了。遇事请教俞振纲，称俞振纲为师兄，俞振纲再三谦拒，又禀知师父。丁朝威道：“振武，你还是师兄，你不要这样称呼他。”但袁振武说道：“师父，这是什么话？弟子不能由我这里错了辙，乱了行辈。”丁朝威年虽老，禀性依然倔强；闻言怫然，遂吩咐俞振纲：“你二师兄既然总这么说，你何必谦让，由他叫去吧。”

袁振武一切都和往日一样，只有三样不同；第一是改了称呼，第二是不再教学，第三是他往日常上街闲逛，现在有事没事，总在自己屋里坐着看书。丁朝威也时到他屋里看他，他忙站起来侍立；丁朝威翻动袁振武所看的书，只是一部《三国志》罢了。振武平日不好看闲书的，现在却是上场子练功夫，下场子就到屋里一坐，看书，练字，写大楷。这是他先前没有做过的事。一群师弟们遵师切嘱，称俞振纲为俞师兄，袁振武为袁师兄，礼貌照前。可是下场子教功夫，倒是胡振业的事了。袁振武依礼不再教，俞振纲据情不好教；丁朝威明明看出来，背地里把俞振纲数说一顿，教他以后当仁不让，不许再谦退了。

光阴有时过得迅速，有时过得迟慢。自经授剑之后，袁振武觉得光阴过得太慢，好像挨过一整年似的，实际才两个月有零。到第四个月头上，袁振武忽然接到家信，掉着眼泪，告见

师父。一进上房，便磕了一个头，道："师父，弟子的母亲病了，病得很厉害。这是弟子的家信，催我赶紧回去。"丁朝威道："哦！你母亲病了？是什么病？"袁振武满面凄惶道："信上没有提明，不过家母原有肝气病的病根，一定是又犯了。家中又没人，叫人很不放心……"丁朝威望了望袁振武手中的信，袁振武忙双手呈上去。这封信上写着："字寄山东文登县东关丁府袁二爷振武平安家报"，下款便是袁振武的故乡"直隶乐亭南乡袁家庄"。丁朝威只看了看这信的封皮，就把信原封交还了振武，沉思一回，道："你母亲既然病了，那么你打算怎么样呢？你可是要回去，看望看望吗？"

袁振武侧立在师父面前，自己将信笺由信封筒内掣出来；是两页花笺，写得满满的字。信手翻动着，对师父丁朝威微喟一声，道："弟子此刻心乱如麻。家母是上了年岁的人，她老素有气喘的病。弟子打算跟你老告几天假……"

丁朝威"哦"了一声。袁振武忙道："弟子也知道自投师门，技艺未成，实在不应该半途而废。但是家母上了年岁，又是老病，弟子的内人又打五年前死去了，家里实在没人服侍。这封信催得着急，叫弟子马上就动身。老师，你老瞧，这不是说着：'病重思子，见字速回，迟之一日，恐贻终身之悔。'……你老瞧这话！"双手又把信举过来。

丁朝威摆手道："不用看了。我们武林中人，最讲究孝、义二字。你老娘既然抱病思子，自然你应该赶紧回去才是。但盼吉人天相，你母亲早早告痊，你再敞开功夫学艺，也易得安心，作老师的焉能强留你？不过是，这信你多会儿接到的？我听说你是行二，你大哥呢？他现在家吗？"

袁振武道："信是咱们文登县本城威远镖局给捎来的。我的大哥倒不常出门，不过他也有时候到保定铺子里看看，这信里没提到他，也许他上保定去了。你老看，这信上不是说，家中一个男子也没有，连请医生抓药都为难嘛？我大哥多半许没在家。"

丁武师沉吟道："那么……就是令兄在家，你母亲若是真格的病了，她自然也盼望你回去，你打算哪天走呢？"

袁振武皱眉道："师父府上这两天也没什么事。若不做什么的话，弟子打算今天就走，我可以到烟台搭海船。"丁武师笑道："今天就走？那太疾促了。你我师徒也相处多年了，你这次回家……"改换话头道："我想你母亲既是老病，也不见得迟误两天就怎么样。我还要给你饯行呢！你看明后天走，可行吗？"

丁朝威非常和气，坐在椅子上，伸手一指茶几旁的坐凳，命袁振武坐下，和他蔼然叙话。袁振武肃立不动，嗫嚅道："老师给弟子饯行，弟子万不敢当。况且家母病愈，弟子稍为在家耽搁个月期程，还要立刻翻回来呢。弟子既然忝列师门，总盼望恩师始终成全我，等到我学艺粗成，才肯拜别师门哩。老师既然这么说，弟子就多耽误一天，明天一早走。弟子打算现时就打听船去。"丁武师默然寻思了片刻，道："你明天一定走，我也不勉强拦你。本来我立的门规，弟子艺业未成，绝不愿他轻离师门。你这回却是例外。你关怀母病，归心似箭，做师父的绝不能强把你留下，耽误了你的孝心。就是这样，今天晚上，我和你这几个师弟，给你送行。你我师徒也可以借一杯水酒，畅谈一回，你不要推辞了。"又说了几句闲话，把手一挥，令袁振武下去预备行装。

丁门中群弟子立刻全晓得这件事了——袁师兄接得家信，要旋里省视母亲去了，头一个就是得承师传的俞振纲，先来到袁振武的房下；口称师兄，黯然动问。他口齿素讷，很想开解几句话来，只是说不出口。袁振武看了振纲一眼；特别的客气，却将方才的话照样说了一遍：别师门，探母病；母病痊，就回来。别的话却没有。跟着胡振业、谢振宗、萧振杰等，也都来见袁师兄，慰问叙别，商量着也要给袁师兄备筵相送。袁振武笑道："诸位师弟们，咱们不过是小别；家母病好了，我还回来呢。刚才师父说，也要给我饯行，没有折杀我吧？我在

师门中，鬼混了这些年，于师门三绝技毫无心得；我又不是出师，只不过暂时告假，你们送的什么行？不过我比小弟痴长了几岁，又早投师门几年，在俞师兄没接薪传前，师父命我给诸位领招；我呢，笨手笨脚，常不能善尽先导之责，我就很觉对不住大家了。大家还要给我饯行，这不是骂我吗？”只匆匆的打点行囊，看觅船只；对师门饯别，坚辞不肯当受。

六弟子马振伦，和袁振武交深莫逆，听说袁振武突然告归，心中诧异，趁振武到各处辞行，抓了个机会，忙来陪他一同上街。暗中动问道：“二师兄，你这回可真是老伯母有病了吗？”袁振武豹头一低昂，虎目一翻，微微笑道：“六弟，你这是什么话？还有拿老娘有病说着玩的嘛？”马振伦紧握着袁振武的手，叹道：“二哥，你我弟兄彼此换心，你不要瞒我。你心上不痛快，我们是晓得的。我问你，你这一去，还回来吗？”袁振武不答。马振伦又问了一句；袁振武低着头方要张嘴，却又笑了，大声道：“六师弟，我怎么不回来？我的金钱镖法直到现在，还没有练成。既入师门，必得绝艺，我怎能半途而废，一去不回呢？”

马振伦非常叹息，徐徐说道：“二哥，你的心我最明白，二哥，咱们学的是能耐，争的是志气。若叫我说，你竟可投到左师祖门下去。左师祖老哥俩既然那么爱惜你，我看你要是投了去，一定能得他老哥俩的重看，好歹把功夫学到手里。哪里不能学能耐？哪种功夫不能争名露脸呢？二哥，你千万不要因为这小小的波折，就灰了心。老实说，师父这一回事办的并不很对，我们作徒弟的敢说什么？那天李师叔和毛敬轩都不服气。说句不中听的话吧，二哥你性子太直，脾气太刚，你又爱憎是非太明，不像俞师兄有个韧劲。你那样教导我们，你是一份好心。可惜有好心，没好话，招得这几个同学都闹着受不了，有的说师父好伺候，师哥不好伺候。二哥，你就吃了这个亏了。只有我知道二哥的，二哥你是刀子嘴豆腐心，别看话厉害，心上满没什么！”

袁振武默然，跟着咳了一声，道："我知道萧师弟嫌恶我。"马振伦道："他是小孩子，他的话有什么干系？"袁振武恍然道："这一定是俞……我明白了，我袁振武就只知道凭良心一直做下去，我不会讨人的欢喜，我也不会哄师父；我不如俞，我很明白。"不觉的脸上变了颜色。但是马振伦却说："二哥，俞师兄人前人后，总是那样，他也没有什么。我告诉你二哥，你存在心里，可别说出来；这里头第一个不痛快你的，实在是我们那位师妹云秀姑娘，和胡……"

袁振武矍然说道："是她不满意我呀？"这却是袁振武不曾想到的事。他自五年前丧妻之后，家中老娘屡催他续娶，他大哥袁启文也曾来信劝他。他抱定了初娶由父母，再婚由自家的主张，竟把母兄给他几乎聘定了的一门亲事，硬打退了。他要于武林中，物色一个女同好。而这个小师妹，虽比自己小着六七岁，他想自己久当掌门师兄之责，等到艺成出师之后，便可以敬烦大媒。哪晓得遇着这废立之事！俞振纲一个后起晚进，带艺投师，入门既浅，技艺平常，想不到他竟越过了自己。他更想不到这个小师妹，平日载笑载言，同场习艺，师兄妹间似无芥蒂，怎么她会对自己大为不满呢？

袁振武忍不住了，陡然转脸，抓住了马振伦的手，道："这是真的吗？你怎么知道她不痛快我？"马振伦道："唉！过去的事不必提起了。"

袁振武道："不然，不然！我知道师父素常没有看不起的意思。前月这回事，真出我意外，我正不知道从哪里受病。这么说，竟是我得罪了云秀的结果吗？我可是怎么得罪她的？她是老师的女儿，又比我们小，又是女的。我，我，我怎么会惹恼了她？"马振伦道："二哥不要误会了。云师妹倒没有说出不满意你的话，她却是每逢看见你和俞师兄争胜，或者你跟我们练对手的功夫，你偶然失手，打重了我们，云师妹就不很痛快。她常说，袁师兄挟长恃艺，总想压人一头；这是她常说的话……"

袁振武爽然大悟了，半晌道："好！我明白了。不错，你瞧云姑娘跟你俞师兄怎么样？她又说俞师兄如何呢？"马振伦道："她说俞师兄有耐性，心细胆大，将来一定有成就。"

袁振武道："噢，这不是跟老师说的话一样了嘛！她一定说我没成就了？"

马振伦道："她倒没有那么说。她说二哥你有个狠劲，将来也有成就，就怕将来要多碰钉子；她说你性情暴！"袁振武猛然笑起来道："好一个女孩子！她是说我有个狠劲吗？她说我性情暴，没有人缘，将来要多碰钉子，可是这样说吗？"马振伦道："大概师父跟她都是这样说。"

袁振武竟忘了走路，沉思道："她也算是我的知己了。她说我有狠劲；哼，我就不会那么娘娘们们的，细嚼烂咽的，所以我就练不好金钱镖打穴道。但是，走着瞧吧；我和姓俞的天生就不一样；他会柔，我会刚；他会和气，我会硬气。我是男子汉，我不是女人！"

说到此，袁振武陡然咽住，觉得说话太多了，忙又换出笑脸来，对马振伦道："练武这种事，也不过是健身而已。我呢，到底也不过是奉了先父之命，叫我学会一套武功，在家乡住，省得受那帮土混混的气。你还不知道，我们乐亭那地方软的欺、硬的怕。我父亲万贯家财，常受本县绅士们的欺负。我先父就叫我大哥习文，考秀才，中举，求官，借此支撑门户。又叫我习武，练功夫，应试武场，也无非是顶门户、守家业的意思。可是我既入门径，我又不打算跑马射箭了，我偏爱我们拳家技击；我觉得做了武官，也没什么意思，还不如做个武林名拳师，倒也可以镇慑乡党肖小。我们邻县的名武师童敬林，家有两顷地，徒弟盈门，谁也不敢欺负他；他的功夫我是很羡慕的。只是那时他已经闭门不授徒了，承他推荐，把我引到咱们丁老师门下。我已经学会这一套太极拳，又学会一手太极剑，够用的了。实告你说吧，我这次回家看望家母的病；母亲病好我也不回来了。我从此要洗手不再练武，我要在家务农了。有

这点功夫，足可以支撑门户；再练得更好，又去作什么？我不想开门授徒，我也不想保镖为业，我从此不干了。”

马振伦道：“倒是我说错了，二哥千万别灰心，还是更求深造。依我讲，还是投左师祖去的好，他也是直隶人，和三哥同乡。”袁振武微笑摇头。马振伦不觉凄然，喟叹道：“这么说，你我弟兄相见无日了！”言下颇有恋别之意。袁振武收拾起一切的话，转而安慰他，道：“六弟，那日后的事也不一定。没腿的山碰不到一处，两腿的人说不定何时何地，再会凑到一处；你不要惜别呀！你家的住脚，我是知道的，你我弟兄今日暂别，咱们还可以常常通信。青山绿水，我们相见有期！”

到了傍晚，丁府上果然摆上酒筵，给袁振武送别。袁振武不再推辞，开怀畅饮。群师弟问他：何时归来？他答得很好，只要老母病愈，把家事稍为料理料理，即便回来。他笑说：“我在家里是呆不住的。我在这里，上有老师，下有同门师弟，多么乐！到乡下一蹲，出门看见庄稼，回家看见土炕，多么闷？”说得话气很自然。又对师父说：“这里没有外人，老师，何不把师妹也邀出来，一同坐坐？”丁朝威笑道：“她女孩子家，哪有她的座位？”袁振武向师父一屈膝，道：“弟子这就走了，老师赏弟子这回脸吧；她也是你老的徒弟啊！”丁朝威笑了笑，无所容心的把女儿云秀叫来。丁云秀不肯出来，但被催请不过，就来到内厅筵前，在她父肩下坐了。

袁振武眼望师父，又看到俞振纲，然后看到丁云秀姑娘。又对一群师弟胡振业、马振伦、谢振宗、萧振杰看了一眼，他就欢然斟酒，敬献在师父面前，道：“弟子借花献佛！”丁朝威接来一饮而尽。众人又依次向袁振武敬酒；袁振武欣然不拒，依次还斟。然后酒过数巡，又斟起一杯酒，向群师弟说道：“小弟几年滥竽师门，奉师命替师父传艺，给诸位领招；在小弟自己，尽心竭力，从不敢藏奸偷滑。只是小弟性情粗鲁，未免有望成太切、喂招太猛的地方。这是小弟的大错，想起来就很自悔；纵然安心为好，也许无意中，有面子上叫诸位下不去

的时候。这实是小弟的糊涂，还求诸位老弟原谅我个居心不坏罢。”他竟将这杯酒送到俞振纲面前，道：“俞师兄赏脸饮这一杯，就算我向大家谢过！”然后又斟一杯，仍推到俞振纲面前，站起来说：“小弟这番回去，省侍母疾，所有师门一切服劳之事，有掌门师兄在，倒也用不着小弟越俎操心。小弟此去虽暂，可是本身功夫绝不敢放下。我这人天生粗坯笨料，性子又不好，不像俞师兄这么有耐性，时常惹得师父替我着急。我以后知过必改，一定努力振作一下；就拿这趟小别，作为我袁振武悔罪知非的起日。俞师兄，你就看我的将来吧！”

俞振纲脸色一变，站起来方要答话；丁武师微微一笑，早把话接过，道：“好！但愿你将来出人头地，不但振纲，就连我做师父的，也在这里睁着眼盼望着你呢！振纲，把你师兄这杯酒喝了，我也陪一杯！”袁振武叫道：“好！我谢谢师父，谢谢俞师兄。”

袁振武又斟上一杯，意欲还敬丁云秀；顾及男女之嫌，遂推杯交给萧振杰。道：“九弟，你替我敬师姐一杯。我袁振武自入师门，上承师父、师母的错爱，下承师妹没拿我当外人，相处这些年来，真像一家人一样。现在暂别，请师妹赏饮这一杯。我今后一定把自己的坏脾气极力改掉，我得要自勉，就到十年、二十年以后，我也绝忘不了师门相待之恩！”丁云秀忙道：“师哥，这可不敢当。我父女始终没拿师哥当外人，师哥也看得出来。我敢说我父亲待承二哥，跟我亡故的大哥一样。只盼二哥回去之后，老伯母早占勿药；二师哥还是赶紧回来，咱们在一块好好的研究镖法和打穴法。你想，你在这里，忙前忙后，我父亲省去多少心？我父亲一天也离不开你，你还不明白吗？”袁振武笑道：“我明白。”丁朝威道：“你能明白，很好！这就全在你了。”

袁振武酒泛上脸来，满脸通红，不禁说出几句话；跟着连饮数杯，忽然呕吐起来。众弟子齐说：“袁师兄醉了。”把他扶到屋内，众人终席而散。

丁云秀进了内宅，找到内书房父亲面前。丁武师正饮茶看书，抬头看了看女儿，道："你还没睡？"丁云秀立在案旁，手扶桌边道："爹爹，你看袁师兄他这次回家，还回来吗？"丁武师道："怎么，你以为他不回来了？"丁云秀道："只怕是吧。"

丁武师眉峰微蹙，道："我倒看不出！我辛辛苦苦教了他将近十年，固然也受过他们的贽敬；他们总该明白，我姓丁的不是指着授徒过活。我传给他们的是真实本领；我哪点对不住他，他会不等出师，藉词告退？"丁云秀默然的笑了。丁武师就好像真看不懂袁振武的悻悻之态，半晌又说道："你莫非说我待他有不好的地方？"云秀姑娘低头道："不是这话，还是爹爹传宗的那一回事；女儿可不该说，那好像太跟袁师兄过不去了，又当着那么些人。爹爹你看，连李师叔不是都说了话了？何况袁师兄素来心高气傲，近几年他早以掌门师兄自居，爹爹却把他按下头去……"丁朝威怫然道："我为什么越次传宗，我还不是为发扬门户吗？振纲比振武强，我自然传给振纲。振武要争气，怎么不好好的练能耐，练镖法？怎么，你也嫌我传得不公嘛？"

丁云秀粉面通红，知道父亲又发了那不认错的倔强脾气了，忙打岔道："爹爹，你老怎么又这么样想了！谁说你老不公平？只是说你老越次传宗，该给袁师兄留点情面。女儿不是早就说过么，你老等他们俩全出师的时候，只对自己的人一说，在自己家里行个传宗礼，就可以了；你老却大请客，当着大庭广众，废长立幼。袁师兄又是刚强的人，他怎会下得来？胡师弟私自告诉我好几次了，从那回事以后，直到现在，袁师兄看表面上驯如绵羊，可是他心上非常难过。胡师弟说他夜夜都没有睡着过，总翻来覆去的折腾。爹爹只是看他面子上好像满不在乎似的；若叫女儿看，他未尝不是暗中较上劲了。他这一走，女儿早就想到，只怕……"

丁朝威把书本一放，冷笑道："他较劲？好！我盼望他较劲；他能要强，岂不是更好？你们总以为我废长立幼，当众辱

了他；你可不知道我为什么当众传宗？我正为有这废长一节，我才当众宣布。我若暗地把衣钵传给俞振纲，哼哼，只怕将来我死之后，就有同门争长的戏唱哩！一个年轻人不想要强，肚子只装着一罐子醋，我老头子就看不上。我真没想到他还有这一种坏脾气，我总算没瞎眼。他刚才那种话，我就听不惯！我倒要等着他！”老头子越想越怒，就拿自己女儿当了袁振武似的，闹了起来；其实袁振武何尝吐露出不着迹的话来！就是别筵上那几句话，也不过引咎自勉罢了。丁云秀粉面愈发通红，也似含嗔的说道：“你看，你老人家倒和我吵起来了。我只怕袁师兄这一去，不再回来，还是小事；我只怕他后来和俞振纲作对啊！”

丁朝威霁颜道：“你说的也是。不过，我不懂什么叫作对！我既以俞振纲为掌门弟子，若有个风来雨来，他竟一点挡不住，我也就要不着这掌门弟子了。你不用过虑，袁振武这孩子，我早就看透他了；他刚傲有余，沉着不足，我看他只怕压不过俞振纲去！但是丁武师的片面推断错了，袁振武这个人不仅骁雄，他还有个坚忍沉着的狠劲！”

饯别筵上，袁振武扶醉归寝。掌门弟子俞振纲在终席之后，师父、师妹回归内宅，一群弟子也都散去，他就怀着不安，退入私室。袁师兄的话风，已经微露棱角，自己怎么连一句表白心情的话都造次说不出来呢？袁师兄的脾性是这样，师父的脾气又是那样；当着师父的面，要想对袁师兄表说两句，也真是左右为难。

反复思量，俞振纲辗转不能成寐；悄悄的起来，邀着胡振业，要到袁师兄房中，做一度剖心惜别之谈。但是袁振武已经沉醉大睡，呼唤未醒；与他同舍的马振伦，也已解衣而卧了。俞振纲退了出来，心想着明天早晨，可以亲送袁师兄登程，有话那时再说；想了想，遂解衣归寝。

直到次日天晓，鸡鸣三唱，俞振纲起来，率同门师弟胡振业、谢振宗、萧振杰等，来到袁振武房门。与袁振武同舍的马

振伦刚刚起来，穿着短衫往外走；一见俞振纲，迎着叫道：“俞师兄，你瞧！袁师兄也不知道什么时候，竟悄没声的走了！”俞振纲、胡振业一齐诧异道：“昨天说得好好的，师父还叫我们大家送袁师兄上船呢，他真自己个走了吗？”几个同门随着马振伦，一齐进了屋。只见袁振武的房内四角空旷，床上只留下一条薄被、一床褥子；他昨日打点好的网篮被套等物，已经先时送出去了。这时屋中是人去楼空，任什么也没有了。

俞振纲不由一呆。胡振业道：“这不能吧！他昨天喝得大醉，怎么会老早的就走了？”忙到门房询问，门房道：“袁二爷由打四更，就自己开门出去了。临走叫醒我，教我关门。我问他：‘袁二爷这就走吗？’他说：‘不，我先去看车。’”胡振业道：“这么说，袁师兄恐怕还没有走。”马振伦摇头道：“不然，我猜他什九走了。”

萧振杰道：“这得禀师父一声去。”胡振业一把将他扭住，道：“你先别忙。俞师兄，师父本来吩咐你我三个人亲送袁师兄登程，现在他若没走倒罢了，他要是真走了，咱们是不是进去回一声？”俞振纲略一沉吟道：“好在袁师兄昨夜就说过了，今天走得早，就不再惊动师父了。袁师兄也许真是看车去了，我们先找找他。”

于是俞振纲、胡振业和马振伦三个人，急忙穿上长衣，去到车骡店打听；但是车骡店竟没见袁振武来。又到城里镖局询问，镖局也说袁振武并没有来请搭伴同行。文登县城地方不大，三个人找了一圈，没得袁振武的影子。胡振业道：“也许袁师兄这工夫回了南大街了，我们回去看看呢？”三个人又折回丁朝威的宅内。

此时天色大亮，丁朝威早已起来了。按照平常的规矩，就该督促徒弟下场子、练功夫了。从封剑之后，这督促之责，便交归俞振纲。丁武师一起来，记起女儿昨夜之言，漱洗已毕，便问了下来：“袁振武起来了没有？”萧振杰冒冒失失的答道：“袁师兄天没亮，就悄没声的走了；现在各位师兄都出去找他

去了。”丁武师奇怪道：“他悄没声的走了？他什么时候走的？叫你俞师兄来。”萧振杰见师父面色似不平善，慌张的答道：“俞师兄、胡师兄、马师兄都出去找袁师兄去了。袁师兄是起四更走的，我们都还没起来呢，我们都不知他走了。”

丁武师勃然大怒道：“好，他公然不辞而别！他还没有离开我眼皮底下，就敢这么狂傲忘恩。我老头子有什么亏待他的地方，惹得他寒心？去，快去到码头上，把他追回来；我倒要问问他！若容他这么离开文登县，我丁朝威没脸见人了。”

萧振杰吓得连声答应，只是站住了发怔。丁武师把桌子一拍，喝道：“怎么还怔在这里！你这小废物，快把你俞师兄找来。”

丁朝威大发雷霆，丁云秀姑娘忙走过来，劝道：“爹爹别生气，袁师兄昨天不就说了嘛，他要赶船，怕动身要早；走的紧，就不惊动你老了。他昨天不就给你老磕头辞行了嘛？你老别听振杰这孩子胡说，他有好事，也说不出好话来。振杰，你快去把俞师兄找来吧。”

萧振杰如逃难似的退下来。刚刚的晃悠着，要出去找俞振纲；恰巧俞、胡、马三人已经一同回来。萧振杰一五一十告诉了俞振纲，道：“师父又发脾气了，嫌袁师兄私走，要找你要人哩。你快把话编好了，再上去吧。”

俞振纲道：“袁师兄走了，师父怎么找我？”萧振杰道：“你不信，师父刚才就直找你。”胡振业：“得啦，又是你这个砸锅匠，把师父招翻了。”正说着，丁云秀不放心，已然走了出来。忙对俞、胡关照了几句话；又嘱咐了几句话；叫俞振纲自己上去，把胡振业、马振伦全留在外面。

俞振纲见了师父；丁武师铁青着面色道：“振纲，你上哪里去了？你可知道袁振武不辞而行了嘛？”俞振纲道：“弟子知道！袁师兄这可不对了，他简直像叛师忘恩；所以弟子才一晓得，就擅作主张，跟师弟们赶下他去了。弟子追上他，要当面请问他，师父哪点错待了你，你这么拔腿就走！他若说不出个

所以然来，弟子就不能好好放他离开文登县！”

丁武师的怒火稍息，倒背手，说道：“对！好孩子，是这么着。你刚才没有打听着他的去路方向么？”俞振纲道：“刚才在城里找了个到，他竟没在城里，也没人见着他。”丁武师想了一想，道：“他一定奔码头去了。”

俞振纲：“弟子也这么想，弟子这就奔码头找去。”转身就要走。丁武师道：“且住！你一个人去，差点。”俞振纲道：“弟子还是叫胡师弟、马师弟，我们三个人一同去。”丁武师道：“好，就是这样，越快越好。你对他说，师父有话，要当面对你讲。他只要胆敢说出一个不字来……”俞振纲道：“那，弟子哥三个就不能叫他容容易易的走了。”丁武师脸上的怒容越发消释了，并且露出笑容，道：“对！可是，你们也不要太鲁莽，你们还得拿他当师兄看待。”俞振纲道：“那是自然，只许他无礼，咱们可不能错了辙。师父的心，弟子很知道，你老只管望安。”

丁武师十分快慰，一摆手，叫俞振纲退下；临行又催了一句，道：“你们立刻就去。”俞振纲道：“是的，弟子不吃午饭了，我们在外面买点什么吃。”说着，大岔步走了出来，丁武师倒背手进了书房。丁云秀姑娘在旁听着，借了个机会，跟着出来。

俞振纲来到外面，抹了抹头上的汗，群师弟纷纷动问：“师父交派了什么了？”俞振纲摇手道：“振业，振伦，快穿上长衫，咱们赶紧到码头上走一趟。”三个人忙忙的穿上长衫。丁云秀追出来，叫住俞振纲，道：“俞师兄，你真要追赶袁师兄去吗？”俞振纲皱眉道：“师父正在气头上，怎么办呢？”云秀姑娘道：“我告诉你，你当真把袁师兄追回来，老爷子一定要先责罚他一顿，再把他逐出门墙。那岂不更反恩成仇了吗？俞师兄，你要明白，袁师兄为什么灰心？岂不是因为爹爹传宗赠剑，把他越过去了？你务必要从中转圜一下子。现在顶要紧的是，先把老爷子哄得不生气，也就罢事的了。”俞振纲沉吟

道："师妹说得是，我这一去，见机而作。"

云秀姑娘摇头，道："不然，不然！我告诉你，你赶上他，最好开诚布公的，先安慰安慰他，然后催他赶紧回家。"说着，又把自己手抄的一本剑谱找出来，交给俞振纲；低言悄语，说了几句。叫他万一赶上袁师兄时，可以假传师命，把这本剑谱赠给袁师兄；反正他是不回来的了，倒也不必再说别的。俞振纲点头默喻，立刻率两个师弟，奔往码头。

俞振纲想：这一次见了袁师兄的面，好好的剖心露胆劝劝他，第一，恢复了师门感情；第二，化解了同门怨恨。却是打算得尽不错，哪里知道，奔到码头上，寻遍各船，何曾有个袁振武的影子？

袁振武飘然远引，正不知他是走水路，还是走旱路？也不知他究竟是回家探母，还是别走异途？总之，他从四更一走，自此文登县就不再见他的面了。就是在山东地界，起初还有人偶尔见过他一两面，以后就销声匿迹，中原武林中，再不闻袁振武这个名字了。丁朝威老武师当然忿怒，经爱女开解，爱徒哄劝，日久天长，也就把这件事忘怀了。

文登县城南大街"绸缎丁家"，自从广宴众宾、封剑闭门之后，丁朝威这老人果然不再谈武。但是丁门中，照样的由掌门弟子俞振纲代师授徒，把拳、剑、镖三绝技，日日精练。却是起初在袁振武未走时，丁武师督促俞振纲还不甚严；自有这一变，丁武师口头上任什么不说，却逼迫俞振纲和胡振业的课艺越严，就是女儿丁云秀，也天天催着她下场子了。

还有袁振武的故乡——直隶乐亭县城，本来没有镖局，却有信局。丁朝威托了朋友，打听过两回。打听的结果，袁振武之兄袁启文先曾出仕，现时在家。袁振武早婚丧妻，已生一个女儿；家资富有，是当地首户。袁振武却是回家了，却是稍住便又出门。——这样看来，丁朝威这老人表面刚傲，骨子里并不是没有心计的人，他似乎无形中也有了戒备，也有顾虑。

日移月转，一晃半年。忽一日山东济南府盛字镖局，来了

一个行色匆匆的少年，求见总镖头铁胆谷万钟，和镖师三才剑徐勇。虽只半年，这铁胆谷万钟谷老英雄，已因年衰告休了；三才剑徐勇也已押镖出去，不在镖局。这少年又打听其余的镖客，恰有滁州名武师楚宝珩，接任盛字号总镖头；一看名帖是袁振武三个字，想起来是文登县太极剑名家丁朝威二弟子，立即接见。袁振武以晚辈礼，拜见了楚宝珩。楚宝珩让座献茶，看袁振武满面风尘之色，动问来意，说是路过此地。问他近来做什么？说是给一家大户护院，刻下护着宅主的少爷、少奶奶进京赴试。此来不过是过路，来看望看望谷老师傅，此外别无事情。手上还提着几包点心，都是济南的土产，是在街上现买的。

坐定闲谈，楚宝珩问候袁振武的师父，近来精神可好。袁振武起立恭答，道："家师托福平安。"慢慢谈到师门中事，楚镖师盛夸丁门三绝技，又夸袁振武得遇名师，跟着说："我在下和令师只是慕名，没见过面；得便我还想到文登县，看看令师去。"袁振武信口应对，渐渐露出不宁贴的神情来。忽然，袁振武反问道："楚老师傅，我向你老请教一件闲事。这武林中传授掌门弟子，向例是论能耐好歹呢，还是论入门先后？"楚宝珩不知原委，据情答道："这掌门弟子，照规矩一向就是大师兄；谁先进门，谁就是大师兄，不论年岁大小的，我们敝派就是如此。"袁振武道："这大弟子的功夫要不如二弟子呢？"楚镖师道："功夫就是稍差，他也是要替师父持掌门户的。五个手指头，哪有一般齐的？掌门弟子是个名分，不论功夫。就说我们敝派吧，我们一共师兄弟十一个人，顶数九师弟功夫硬，顶数老大、老四糟。可是掌门户、持家法的，还是我们大师哥。我们大师哥不但武功稍差，而且岁数也小。论岁数就是我们老三最大，跟我们老师只差四岁。"袁振武道："哦，原来如此。"楚宝珩道："一向如此的。怎么，袁老弟，你忽然问起这个来？"

原来袁振武把这传宗之事，很打听过几个人，认识的人知

道他们这件事的，自然不肯实说，只权词安慰他。他就成了心病似的，但凡遇见武林中人，定要盘问盘问传宗掌门的事。

袁振武停了一停，又问道："听说家师聘女儿了，你老人家接着请帖没有？"楚定珩诧异道："接着了，怎么你不知道吗？"袁振武脸色一变，道："弟子到南边去了些日子，没有得着家师的知会，半路上我才听人说。也不知聘给哪一家？也不知道是哪天办喜事？所以我要跟你老打听打听；我好预备点礼物，亲去一趟。"楚宝珩道："那就是了。我说郝先生，丁老师父是哪天聘闺女来着？他给咱们的那帖呢？"账桌上的司账郝先生站了起来，从一堆单据中，找出那份请帖：

谨詹于某年某日某时，为小女云秀于归之期，洁治樽觞，恭候台光！席设山东文登县南大街本宅。

丁朝威载拜

袁振武看着这帖，郝先生道："这里还有一张帖哩。"看时：

谨詹于某年某月某日某时，为长侄振纲授室之期。洁治樽觞，恭候台光！席设山东文登县剪子巷。

俞松城载拜

袁振武虎目一瞬，陡然醒悟过来，道："噢，吓，原来是这样，怪不得了！"一语出口，掩饰不迭。楚宝珩疑疑惑惑的问道："你说什么？怎么样了？"袁振武满脸通红，愣呵呵的说道："我听说，我们老师是招赘，这新郎原来是我们同门师兄弟啊！"

楚宝珩道："我也听人说了，入赘的新郎是丁老师父的一个最得意的弟子。"

第七章

鹰爪王北游铩羽

流光易逝，草绿春城。忽一日，文登县南大街，“绸缎丁家”又复悬灯结彩；出来仆役模样的两三个人，把木刻的朱红楹联，照样装在门榜上，里里外外比前更忙。——那已是到了丁云秀姑娘于归吉期的前一天了。

老秀才俞松坡从故乡远来，给孤侄主婚。在文登县城剪子巷，暂租下小小一院，作为新房；可是一切花费，全出自丁家。俞振纲是这么孤寒，最亲最近的长亲，就是这位远房五堂伯了。

他这是入赘，恩师丁朝威膝下无儿，只此爱女；东床选婿，老早的看中了这第三门徒。自从封剑闭门、传宗授剑之后，这第三门徒便做了丁门掌门户的大弟子。二弟子既因母病，出离师门而去，现在一切事都由这第三弟子代师主持了。

三弟子俞振纲颇知自爱，感恩知遇，敬业尊师，对同门师弟倾心授技，颇代师劳。上得师父爱重，下得同门欢心，只半年工夫，他的人材越发秀出了，他的武功更孜孜日进，他的老师督促他仍然很严。他的太极剑本来练得不甚精纯，他常常用

他自己最得意的太极棍；丁武师却天天教他习练太极剑，直等到获得剑术诀要为止。至于更求精进，那就专靠学者的自修了；到这一步，丁武师才稍稍放宽，不亲眼督促了。

这师生的脾气，一个外刚内热，一个外柔内韧，似乎性情相反，而实际上竟很相投。弟子的武功日臻大成，老师心上越发欣悦，自以为老眼无花，承授得人。就时常把弟子叫到书房，随便谈心；往往清谈彻夜，师生宛如良朋，简直可说这是一种前缘。

忽一日，丁武师的良友曹州府安利镖局老镖头崔起凤，被邀来到文登县。欢宴之后，这位崔老镖头就把俞振纲叫到客厅，屏人告诉他几句话。俞振纲脸红红的感激无地，口中说道："弟子幼丧生父，身世飘零，多承弟子的始业师乖爱，把我从学徒的地位上提拔出来，一力成全我六年。后来看弟子菲材可教，我郭老师父就又恳恳的写了一封信，把弟子转荐到了丁门。在这里数年，又蒙丁老师过于错爱，把我这带艺投师的后进，超拔为掌门弟子。弟子今日莫说学有寸进，深感师恩；就是弟子当年得免沟壑，也都是生受郭、丁二位老师的大恩。弟子感恩知遇，视师如父，并不知将来如何才能报答！不想恩师又这么看重我，不嫌我出身寒微，竟要把他老人家膝前唯一的爱女，下嫁给我这个孤独贫贱的小子，我实觉对不住恩师，怕耽误了师妹的终身！"

俞振纲素不善言，对这提媒的大宾感激零涕的说了这些话，连自己也不知道这是感激，还是推辞；但是他口头说得尽管欠明白，他脸上的神气，却带出感切入骨的真情来。大媒捻须答道："俞老弟，你不要心里不安了。你师父没儿子，你应了这头婚事，你从此便是你师父的爱徒，又是你师父的爱婿，你将来正好拿这半子之分，继子之亲，来好好报答你老师。日后养老送终，全都靠你了，你还愁没机会报答恩师吗？"哈哈的一阵大笑，跟着道："老弟，你说我这话对不对？你要是愿意，来，跟我见你师父去；磕上三个头，改了称呼，亲亲热热

的叫一声岳父，不就完了嘛？”又一阵大笑，登时拉着羞涩惊喜的俞振纲，到内室拜见岳父、岳母。

同门众师弟闻此喜信，个个来给老师、师兄、师姐道喜。老武师丁朝威这天却真是喜动颜色，俞振纲更是说不出的欣幸。丁云秀姑娘在事先，早已知道父亲的意思，这天叫小师弟们一哄，禁不得娇羞满面，俯首不能仰视，索性躲在内室，不敢下场子了。丁武师把这事预备得很快，一提亲，便纳采；才过礼，便备妆奁。只两个月的工夫，俞振纲便和丁云秀涓吉成婚了。

表面上是亲迎，实在是招赘。丁武师不愿叫自己的爱婿落个赘婿的名称，所以地点，虽在文登县办事，仍请俞振纲的族伯来主婚。一切花费，丁武师变着花样，替爱婿措办。

到吉期这一天，悬灯结彩，鼓乐喧天，高搭喜棚，盛开吉筵。山东、河南、直隶、江苏各地的武林同道，和绸缎丁家的亲旧友好、同业同乡，纷纷前来道贺；车水马龙，装满了文登县半个县城。丁武师精神欢旺，捻须含笑，款待众宾。到账房一看，竟收了一千二百多份贺礼；那喜幛、喜联，添妆首饰，一盒一轴，不可胜计，都是先期送来的。内中却有一份飞来的礼物，直到发轿时才送到。不过是一轴喜幛，账房登簿时，首先诧异起来；这送的礼怎么会姓“段”，名叫“段贤”？再看幛词：做成金字，乃是“如兄如弟，共效于飞”八个大字。这“如兄如弟”四字出于《诗经》，上句是“燕尔新婚”，但是这么引用，和“共效于飞”的这个“共”字合起来，未免视之刺目，扪之生稜。

账房觉得离奇，忙盘问那送礼的人。送礼的竟没等开脚力，丢下礼走了。账房急叫来门房根究来人。门房说：“这个送礼的不是生人，就是本街上那个负苦的老柯；他说这顶幛子是今天早上，一个外乡人出了一吊二百钱，临时雇他来送的。送礼的人嘱他放下就走，不要谢帖，也不许要脚力。”这分明是故意恶谑了！账房先生盘算了一回，晓得此事若被家主知

道，必然发怒，大喜事也许生出枝节来。忙将幛子的金字藏起，又嘱咐了门房，把这事揭了过去。丁武师忙着聘女儿、款来宾，一点也不理会，依然欢天喜地的，但是男家俞振纲那边却惊动起来。

丁家这边于千数份贺礼中，收到这份怪幛子；俞家那边，只收了几十份贺礼，竟而也有这么一块红幛子。下款是“愚弟段贤敬贺”，题辞更是恶谑。被新郎的伯父俞松坡看见，不禁骇异，盘问起来，道：“振纲，这是谁送的？是你的同学吗？”俞振纲过来一看，登时变色。俞松坡不由含怒，道：“这必定是你的同学，跟你作闹；这太过了，太不像话了！”以为俞振纲跟同学顽皮惯了，才抬出这样恶谑来；俞振纲竟无法分辨，被俞松坡抱怨了几句，自然也将幛子藏起来了。入洞房后，新郎俞振纲，和新娘子丁云秀，鸳枕私语，话引话，说道这骂人不带脏字的幛子；俞振纲疑心是谢振宗、萧振杰干的。丁云秀姑娘笑着问幛词，略一寻思，便猜出这个送幛子的人来。但是一场喜事，到底不因这两幅幛子的恶作剧，便打破了人家的高兴。新人夫妇依然两情欢爱，丁武师依然大慰老怀。

成婚对月之后，新郎辞退了新租的新房，仰承老岳父的雅意，小夫妇搬回丁府。丁武师特辟了三间精室，给这娇婿爱女居住。三间房陈设着精致富丽的嫁妆，另外一个陪嫁丫环，服侍着姑爷、姑奶奶。自此不久，俞振纲竟在丁府作了少主人。丁朝威把家产分成三份，一份给了女婿、女儿；一份分给同族，堵住了远房侄儿的闲言；另一份说是自己留的养老田，实在也要留给女儿的；——这更是俞振纲不曾梦想到的事。但是，当俞振纲在师门中欣得艳妻、享尽艳福的时候，那飘然远引、怒出师门的袁振武，竟为别求绝技，跋涉风尘，受尽了坎坷！

袁振武自离师门，先回到故乡乐亭县，探看老母，一叙天伦之乐。在家里勾留了些天，怏怏无聊，还是想出门。母亲和哥哥劝他息游家居，择配续弦；袁振武摇头不肯，把他的小女

儿仍然交与祖母抚视着，乳母护养着。袁振武决然束装上道，多备资斧，先游冀南，又折入山东省境，在山东徜徉经月，一事无成；愧然住在店内，盘算了一番，想要更进一步远游访艺。屈指算来，本省武强周家，他已竟登门拜访过，没见着本人，不得要领而退。顺路又到大名府去了一趟，也是徒劳奔走。从大名府折到曹州府，可惜曹州府佟家坝的佟老英雄，据他门上人说，已经北上进京了，机会不巧，也未得遇上。

于是怅怅盘游。这一日来到鲁垣，往访盛字号镖局。未得会着铁胆谷万钟，由新来的滁州名镖师楚宝珩接见。匿情闲话，潜访师门动静，竟在镖店柜房上，看见了师弟俞振纲和师妹丁云秀的完婚喜柬！不由得精神一振，失声大呼！楚镖头摸不着头脑，疑疑思思的看着袁振武的脸，说道："令师招赘，听得新郎是令师门下一个最得意的弟子。你不去贺喜去吗？"

乍闻喜讯，刺耳椎心，袁振武仓卒不能置答。半晌，心神稍定，唯唯诺诺的应了一声，道："是的，是的，弟子这就要去。"不由得呆坐在那里，默默发愣。

但是袁振武神思不属，也不过片刻之间，旋即提起精神，口头上和楚镖师讲些闲话，心中暗打算盘。忽说道："弟子这是路过来拜访铁胆谷老师傅的，来得不巧，没有遇上。楚师傅，我再向你老打听一件事。现在武林中打穴、点穴的功夫，顶数哪家有名？会打暗器，和会接暗器的，顶数谁呢？"

楚宝珩道："讲到打穴，头一位自然是令师，他能用金钱镖打人穴道，这门功夫太难太好了。其次曹州佟家、武强周家，这都是有名的；可是点穴一功……"袁振武道："这几位，弟子都听说过，是北方的名手，不知道南方还有谁？"楚宝珩道："南方嘛，听说鄱阳湖有一位出家人，叫做五峰山僧，也擅点穴，又擅按摩接骨之术；四川也有一位能人，好像是姓解呀，也不知是姓谢？此人也擅点穴。至于会打穴的，除了令师而外，成名的人历历可数，不过三五个人罢了。江西南昌有一位老英雄，叫做什么金刚圣手范海阳的，善用点穴镢，曾经单

人匹马，惊散了一伙江洋大盗，听说此人现时还在。”

袁振武忙问：“这位范老师傅现时在哪里？”楚宝珩道：“大概还在南昌设帐授徒哩。不过他这人选徒弟很苛，专挑品貌清秀的，又讨厌北方人，有的远道慕名，登门献贽，只要不入他的眼，他就峻拒不收；合了他的脾胃，他又多方罗至门下。这位范爷总算是最负盛名的了。还有，湖北汉阳城内，也有一位名声不大响，功夫实在高的打穴名家，此人姓郝名清，乃是一个大财主。（说起来，这郝清就是后来的汉阳打穴名家郝颖光的叔父。）

楚宝珩接着又道：“河南乌龙集的银笛晁翼，是用判官笔打穴的。山西龙门薛筠，是用点穴镢的，就中以龙门薛筠的年纪最轻，威名也大；但是薛家向例只传子，不传徒的。那银笛晁翼字良弼，也是才四十六七岁的人；为人知书能文，兼通内外家的拳技。有一个心爱的徒儿，叫做姜羽冲，这小伙子就很够料。晁翼不但打穴的功夫好，也善接暗器。”

袁振武问道：“是吗？这位晁师傅现在河南吗？”楚宝珩道：“此人还在他的老家乌龙集住着。听说此人曾经出仕，做过两任守备，后来就退休了。我们这里的汪开平汪师傅，跟他师徒有个认识。据说这位晁老夫子最初是以判官笔打穴成名的；成名以后，他倒不用判官笔了。他这人喜欢吹弄笛子，他打造一管银笛，天天摆弄着；他能用这笛子，点打人的穴道。他这人外表满不像个武人，倒像个黑墨嘴、耍笔杆的，他的爱徒姜羽冲，也是个清秀文雅的少年人。乍一见面，师父文绉绉的，像个绍兴师爷，徒弟像个小书僮儿，外行再看不出他们有本事。这爷俩常常骑驴游山逛景。旱路上的大盗狗眼张飞，冒冒失失的拾买卖，被晁氏师徒遇见，上前好言拦阻。狗眼张飞糊里糊涂，把他看成平常人，一不搭碴，动起手来。狗眼张飞一连发出七支飞叉，都被晁氏师徒接了去。姜羽冲这小伙子手疾眼快，比他师父也不含糊，竟接了三支叉。狗眼张飞这才看出不好来，撒腿要跑，没有跑开，竟被人家点成残废。至今狗

眼张飞还拄着拐，跑到江北跳槽，靠吃赌局为生了。这便是晁爷成全他的！”

楚宝珩说得高兴，屈着手指头，几乎把当代有名的英雄说尽。随后讲到善打暗器的名手，这比会打穴点穴的人又多了；一口气竟举出二十多个人来，暗器的种类也是无奇不有。内中能打又能接的，也有这么七八位。八臂哪吒叶天来，如今已是六十多，奔七十的人了，他就善打连环镖，又善接镖。早年能够在夜间听风接镖，近年老了，二目昏花，只能白天接镖了，可是手法照样很利落。“不过听人说，这个人去年已经谢世了。”

袁振武听了，细追问善接暗器的名家，现存的都还有谁？言者无心，问者有意；楚宝珩想了想，也举出几个人来。如子母神梭武焕扬，如阴五雷冯静、阳五雷冯泰，如鹰爪王奎，如驴脸葛春茂，如纸捻儿郑三多，都是善发善接的好手，都是现时健在的人。袁振武记忆力特别强，聚精会神的听着；这些人也有他听说过的，也有他不知道的；他却把这些人物的能耐、年岁、籍贯、住处、收徒不收徒，一一打听来，都谨记在心。

又谈了一会闲话，袁振武道：“楚老师这一席畅谈，开我茅塞不少。弟子涉世浅，哪里知道这些名人前辈，真个的芥子不知江湖大了。弟子现在告辞，改日再来候教，谷老师、徐老师面前，就烦你老代达吧。”起身抱拳，行礼告退。楚宝珩拦住道：“吃了饭再走吧，忙什么？我还有事烦你哩。”袁振武忙问何事。楚宝珩道：“我这里要给你令师备点人情。你师父又没有儿子，只一个女儿，这回出聘，这理当亲身往贺，无奈顶着这份生意，不能分身。我们这里备了一副屏，和一些匹头，我现在打算托你捎了去，对你令师，替我说客气一点……”

袁振武道：“这个，你老人家最好还是……因为弟子现在店中还有雇主等着我哩，这样办吧，我先出去办事；你老要是没人送，等我回来也好。不过，路程远，只怕弟子半月里翻不回来。”说着匆匆的往外去，口中还是盘问一两个善打穴、善

接暗器的名手的住址；因为他对这一两个人还没有打听明白。

袁振武且问且说，直走到镖店大门，楚宝珩直送到大门以外。袁振武深深施礼，抽身告辞；楚宝珩眼看他下了前阶，走入大街，低着头一步一步，转弯抹角走开去了。楚宝珩这才回身归内，含笑说道："这个小伙子真爱打听，把那一对豹子眼都听直了，真是阅历浅。任什么不晓得，听什么都觉着新鲜。"说过了，也就自干己事，丢在脑后了。

袁振武一路上寻思："跟子母神梭武焕扬素有认识，无奈赶上人家不在家，白扑了一空，只遇见他的儿子武胜文。那鹰爪王的下落，总算打听出来了，却不知准对不对。那郝清是可以的，但又距此太远。现在投奔哪里去好呢？"又想到那两份喜帖："师妹丁云秀果然下嫁了俞振纲了。果然传言不虚，一定是招赘；不然，怎么俞振纲的伯父俞松坡，反倒上文登县来办喜事？……"深思默揣，忘其所以，猛听对面吆喝了一声；急抬头，忙闪身，才晓得自己行路忘情，险些把人家一个三十多岁的妇人碰倒，不禁自己脸红起来。那妇人一手提竹篮，一手拿着半捆大葱，竟泼刺得很；顺手抡葱，照袁振武打了一下，破口大骂起来。袁振武把一对豹子眼一瞪，碗大拳头一举，忽的微喟一声，急急的抽身跑开了。隐隐听见背后闲人们的哄笑，和那个妇人的恶声秽语，袁振武夹耳根烧起来。但是他仍然一言不发，只顾像被鬼赶似的紧走，于是走出了这条街。

回转店房，往床上一躺，店房中当然只他一个人，也没有雇主，也没有旅伴。直到万家灯火齐照，方才迷迷糊糊的走出来，寻到一家饭馆，买酒独斟，喝了一斤半女贞。醉眼强睁，重返店房；命店伙泡茶浓饮，对着灯愣了一晌。把俞振纲入赘的日子掐算了一回，随即倒头睡下。次日起早，离济东行。半月后，没精打采的出了山东境界。

袁振武踽踽独行，心怀余恨。古道驴背上，茅店灯影里，怅念前尘，惟有一叹。一者，师门废立之事，予以难堪；再者，云秀下嫁，振纲入赘，说不出口的留下一种遗憾。马振伦

私告自己的话，丁云秀对己不满的话，一想起来，就疑恨参半，“真的吗？”

翻来覆去的寻思：“在丁门这些年……年未弱冠，初入师门，那个小师妹才十二三岁，一派天真，娇如小鸟，同堂习艺，载笑载言；至今记得她蹬小蛮靴，披鹅黄短衫，打起拳来，玉腕轻挥，纤腰俏转，每每的叫着自己：‘二师哥！二师哥！’这一招发的姿式对不对，那一招打得力量匀不匀，互相切磋，毫无避忌；似乎倍有亲情，视己如兄。等到她的胞兄夭逝，身在师门也已日久，越发相待如家人父子了。并且师母在病中，也曾滴着眼泪说道：‘振武，你师父老运不好，把个独生大儿子糟塌了，往后我们只指望你了！’自己也感激零涕，替师门服劳，代操家事，毫不外道。就是师父也说过：‘师徒如父子’的话，叫我给师妹领招，把她当胞妹看承。……既而光阴荏苒，云秀及笄，她还是照常下场子；只不过在内宅独练的时候较多，逢到练对手时，才换上萧振杰，给她接招罢了。起初自己‘使君有妇’，未存他想；等到身赋悼亡，不由得潜动了求婚之念。又虑到年岁稍差，恐有不合，一时犹豫未言。到了这时，可就俞振纲带艺投师来了；渐渐的情形有变！……而现在，旧梦成空，‘罗敷有夫’！自己那番打算，幸而没有冒昧烦冰啊！……从今以后，自己将如孤鸿断雁，飘泊江湖，另寻际遇了！还有什么说头呢！”

思索着，袁振武摇了摇头。因又想起了俞振纲，看外表平平常常，他倒会买住了师父的欢心。又想起石振英，和自己吵过架；还有胡振业、萧振杰；只有马振伦，是个直肠人，和我不错。……又想起了师父丁朝威，可怜自己一番热忱，临到末了，大庭广众之下，废长立幼。……封剑传宗那天的情景，火似的兜上心来。“我袁振武至死要争这口气，到底谁行谁不行！”啪的一鞭子，胯下骑的驴被打得一迸，箭似的飞奔起来。后面的驴夫慌忙跟着飞跑。

袁振武忿然的踏上“访艺”的程途。楚镖头所说的南北武

林名手，他定要挨个儿访到；不过这自然要由近而远。师祖左氏双侠情意拳拳，颇有垂青的意思，本要投了他去。转念一想："算了吧！除了太极门，就没有别的路子不成？"脱然的离开冀鲁，决计走河南，访江南。

一路上栉风沐雨，饱受旅途颠顿。袁振武出身富家，人甚能干，在路上少不得与车船店脚捣乱。但他已然自觉性情刚硬，居然处处检点，痛加克制着。一路平安无事，这日到达豫南；历访武林，专心求艺。

在豫南空劳跋涉，竟无所遇；盘算着，要投乌龙集，拜访打穴名家银笛晁翼，和他弟子姜羽冲，学学判官笔打穴的招数。又想要南下汉阳，投奔鹰爪王王奎；王奎鹰爪力在江汉一带，称得起威名远震，他又会接暗器，正是袁振武要访的人。正在计拟不定，忽从豫南一家镖局中，扫听到鹰爪王的下落，说是鹰爪王现时正在豫北彰德府，是知府老爷邀他去当教头去了。

袁振武听了皱了眉头；大远的扑到豫南，这么说，又得翻回去，越发的徒劳奔走了。但是，豫南这边并没什么出色的拳家；乌龙集的银笛晁翼，据说新近家中出了岔事，被仇家寻上门来。豫南武林中盛传他身受重伤，已经闭门养伤谢客了。袁振武听了，又是一愣，道："那么说，这位银笛晁师傅的武功也不怎样啊？"

镖局那人笑道："强中自有强中手，不过这里面还有别情。银笛的武功当世无比的，你只听他受了伤，你可不知他把仇人毁得怎么样了。十几个仇人夜袭他家，被他师徒二人料理了七八个；他那徒弟姜羽冲一手就打倒了三四个。"袁振武道："噢，原来是这样，仇人是谁？"镖局道："晁家避讳不肯说，只以寻常贼情报官；人们猜想着，这仇家脱不了还是狗眼张飞支使出来的。"又劝袁振武道："现在乌龙集闹得风声很紧，地面本来就不大太平。你老兄去了，恐怕不大妥当；还许被他们疑心是卧底来的呢。"

袁振武很懊丧，银笛这里只好留为后图。默想一回，终于

打定主意，略歇征尘，重复折回豫北。

到彰德府城，先觅店投宿，第二日便忙着打听那个鹰爪王的行迹。好似走了背运一样，又不凑巧，鹰爪王竟在当地因了某种罪嫌，被官家抓去了。袁振武不由大恚，出门访技，一连数处，竟连半处也没有爽爽快快访出眉目；回想前情，越发的怨恨了。当下把鹰爪王犯案原由，仔细打听了一回。据说这鹰爪王果然武功出众，膂力刚强，被湖南一家巨族，聘请来护送远嫁的小姐，由湘入豫。因妆奁豪华，诚恐路远不稳，所以特聘名武师护送。鹰爪王贪财好利，欣然应聘；带着他四个得意的弟子，又借用了湖南镖局几个趟子手伙计，亲手护行下来。听说半路上真就遇上成帮的强盗，被鹰爪王王奎施展鹰爪力的功夫，镇住了盗魁。盗群中的二当家的武功很精，尤善打暗器，和三当家的、五当家的一齐动手攻围鹰爪王。鹰爪王以少御众，一点也没有伤。群盗用镖箭等暗器，远远攒打他，也被他将暗器接了去。大当家的一见这种情形，遂一笑借道放行。

鹰爪王从此声威远震。得意之余，可就未免骄狂。雇主聘请他，礼貌本优，他还要挑剔。半路住店，因争待遇，他的大弟子将人家一个亲信的管家，打得险些呕血。本家随行的二老爷很不满意，向鹰爪王说了几句话，教他约束弟子。鹰爪王又性情护短，竟与二老爷闹翻了。这位二老爷一见鹰爪王瞪着眼，直着脖颈大嚷，闹得很不得下台；知道镖客们武夫气质，翻了脸就许别生枝节。虽说护行的还有家丁兵卒，究竟可虑。便换了一副笑脸，倒赔小心，把鹰爪王安慰了一回，才将这场过节揭过去了。二老爷既是巨室，又是捐过功名的职员，怎肯认栽？无形中衔恨下了。等到到了彰德，办完喜事，会过新亲，把这镖客无礼的话，告诉了男亲家彰德府知府。知府就将鹰爪王师徒抓了来，打了二十板子；把鹰爪王和肇事的徒弟，一齐送入监狱；先押他几天，折一折他的野性。心想押些日子，圆过面子，便可以开释了。

哪知武夫们宁死不辱，鹰爪王师徒在狱中闹得翻江搅海，

把二老爷和知府丑骂得不堪。他的二徒弟、三徒弟、五徒弟闻警先期逃走，却潜伏在狱外，一心要给师父报仇出气。粗鲁汉子，糊涂主意，一下子把事弄大了。鹰爪王的徒弟一面通贿赂、递消息，一面盘算怎样帮助师父越狱，一面又要骚扰仇人。一着错掷，满盘全输，外面的三个徒弟也有两个被捕了，只逃走一个。师徒四人竟饱尝缧绁之苦，而且罪名也弄得吉凶难测了。

幸而有湖南镖局派来的那一个趟子手、两个伙计，还算是有心计、有担当的人。出事时，他们没有回去，忙忙的先藏起来，略避风色，跟着找到彰德府武林中的朋友，和当地镖局同业，拿着江湖道的义气，请求他们帮忙。

彰德府的名武师田鸿畴，和泰记镖店的总镖头尤敬符吓了一跳，相顾说道："想不到王五爷成名的人物了，竟不晓得民不斗官，力不斗势，我们又有什么法子呢?"当不得鹰爪王的徒弟愣头羊屈励才，和趟子手方大福再三的央求，田鸿畴和尤敬符勉强答应下，先给托人打听案情。按理说，应该先从受祸处入手；田鸿畴便托当地绅士，求见二老爷，劝他看开一步。又道是："我们仕宦人家犯不上跟这些武夫结怨，有坏处，没好处的。就是把鹰爪王毁了，他们还有同门同派；固然我们不怕他们，可也不值跟他们一般见识。"这位二老爷也觉得把事做得过火，心上未免有点疑虑；但是这一案可惜已经弄到能发不能收的地步了。

那位知府正在气头上，对人说："这些亡命之徒胆敢阴谋破狱，幸亏我查觉得早。若当真被这个鹰爪王锯断锁镣，破狱逃出来，他又有好几个徒弟，怕不要弄炸了狱，连死囚也许被他放出来呢。他们太目无法纪，情同叛逆了；不重办他们，怎么能行?"话风中，又捎带着打听狱外是否还有鹰爪王的同党。这一来，那个说话的绅士也不肯多管了；反而有枝添叶，故甚其辞，对田鸿畴、尤敬符学说了一遍，劝二人不要蹚浑水，把祸害揽到自己身上。

田、尤二人越发的头皮发麻，立刻把鹰爪王的徒弟屈励才，和那趟子手方大福找来，一五、一十，照样学说了一遍，抱怨他们：“既然托我们说人情，就不该瞒着我们胡鼓捣，敢情你们爷几个竟往狱中传递犯禁的物件了，你们倒说得稀松？现在知府大爷很动怒，口口声声说是叛逆，还要查拿党羽。这可不是闹玩的，我劝你们哥们赶紧奔回去想法子吧。这几天，外面风声很不好，你们又是外乡口音，一个弄不好，都打在网里，更坏了！”连连的摇头叹气，把事情说得很凶险。鹰爪王的徒弟愣头羊屈励才又惊又怒，就在泰记镖店大骂起赃官劣绅来：“娘卖皮的，赖我们造反，我们就造反！我爷们倒要斗斗这赃官！”把武夫的粗鲁脾气发作起来，不住的拍大腿，顿足乱跳。趟子手方大福愣呵呵的听着，也不知道该怎么好了；镖头尤敬符和田鸿畴却吓了一跳。

田鸿畴就抓住了屈励才的手，按他坐下；尤敬符就掩住了他的嘴，变颜变色的说：“这是胡嚷的嘛，爷！这镖店紧挨着大街，要叫做公的听见，你们俩一个也跑不掉，连我们也吃不消啊！”异口同声，催屈励才和方大福赶快离开彰德府。仍恐二人在此逗留，生出别的枝节来；尤敬符急急的到柜房上，支出三十两银子，分做两份，拿来塞在屈、方两人手内。田鸿畴也从身上掏出一锭银子，说：“这几两银子给你们哥几个买路菜吧，千万千万别在这里闹事；那么一来，反倒给你师父添罪了！”

愣头羊冷笑着告辞。真个的不出二镖师之所料，出离镖店，他就跟趟子手方大福商计，求方大福火速翻回去，给他师母、师叔送信。方大福很热肠，满口答应。

屈励才自己竟藏伏在彰德府关厢外小店内，想了三整夜的主意。起初要探狱救师，又要找二老爷行刺；随后想出一个“插刀留柬”的法子，他要夜探府衙。可惜他仅仅认识有限的几个字，连封明白的信札都写不出来；若要漂漂亮亮、厉厉害害的写一封柬帖，把知府郁锦棠威吓一顿，叫他把鹰爪王开释

出来，可惜他又办不到。这愣头羊真有个猛劲儿，买了两张信纸、一个信封，想好了辞句，拿了几百钱，就奔大街，要找摆卦摊的先生，求他代笔。

出离店房，一找便得。却不意屈励才二天三夜，憋出了这么一个好主意，才对算卦先生一说，便把算卦的吓得摇头摆手，峻拒不遑，道：“爷台，你老这是做什么，跟谁开玩笑啊？这可不是作耍的！”任凭愣头羊出多少钱，怎么说法，算卦先生一定不肯代笔，而且瞪大眼睛，倒把屈励才看成半疯，再不然就是陷害谁。愣头羊又问别的卦摊，也是依然推辞。

愣头羊怒极，气哼哼的走开。猛抬头一看，街上有一个茶馆，灵思一动，走进去吃茶，就便问茶柜上借笔砚。研好了墨，他就在茶桌上，满把握着那枝破笔，一笔一划，像耍小杠子似的，自个哼哼唧唧的写起来。这才晓得笔太重，信纸也买少了；核桃大的字写了好几个，墨淡了，竟润了一大块。赌气扯碎，重买了一叠信纸，如意细写。费了一顿饭工夫，扯了好几张纸，居然写成了七八五十六个大字。文云：

“字谕赃官郁金棠，不该陷害忠义良；我今与你三天限，快快释放鹰爪王。三天若不将他放，钢刀之下命染黄。赃官问我名和姓，江湖人称愣头羊。”

屈励才镂心刻肝，想出这么八句诗，写成看了看，非常痛快。只有一节，把知府郁锦棠的名字写错了一个字了；“忠义良”三个字大约也很费解；“钢刀之下命染黄”更希奇了，大概只有他一个人明白：“黄”字下还有一个“泉”字，被他趁韵删掉了。

屈励才拿着这枝秃笔，当杠子耍时，茶桌旁也有一两个茶客看见了，觉得很蹊跷，就试着盘问他：“我说二哥，你这是写什么？”屈励才把眼睛一翻，道：“少管闲事！”直等到写完，装入信封，便会了茶钱，交还笔砚，傲然的走出去了。

用过晚饭，在小店闭目养神。挨到三更时分，是夜行人活动的时候了，愣头羊屈励才穿上长衫，拿着一个小包袱皮，内穿短衣装，不带钢刀，只携匕首。问路石子没有，却预备了几块碎砖头。轻轻出来，倒带房门；出离店房，脱下长衫，施展夜行术，嗖嗖的奔向城门。不意身临切近，城门早已关上了；屈励才矍然骂道："娘卖皮的，忘了这个了！"

屈励才绕到城墙僻静处，思量着要爬城而过。这个愣头羊，人虽然愣，功夫并不含糊；只是壁虎游墙功，他不曾深究过，现在他要干一手了。寻到一处，城墙稍颓，灌木丛生；愣头羊四顾无人，把匕首插在裹腿上，书柬揣在怀内，长衫包在小包袱内，系在胸前；单找城墙砖缝，用手指扣住，脚先登牢，就这么脸面朝外，一步一步往上倒步。也亏了他，居然累了一头汗，眼看要爬上去了。却在他翻身换把，要往城垛上跨大腿时，一脚悬空，一手搬垛，一个劲儿没拿匀，手把虽没捞空，那一只脚竟滑下来；暗道：不好！急急的手爪用力，双手搬垛口，使劲往上一翻。身悬力重，把这半圮的垛口上的砖搬了下来；哗啦的一声，连人带砖全坠落下来了。

愣头羊身往下坠，情知城墙的建筑是往上倾斜的，必要抢破了脸。就在下坠时，愣头羊脚往内踹，头往外探，贴着墙滑坠下去了，"咕咚！"一声落地。多亏他预备着挨摔的架式，没很摔实，拂土立起，拍拍手，顿顿脚，只把手蹭伤了一些，头脸幸没抢破，腰腿也没墩坏。愣头羊骂了一句："倒楣！"愣呵呵望着城墙，束手无计。沉了一会，还不死心，试着又爬了一回；照样功败垂成，又掉落下来。早知道城门已关，就该暗带钉鞋，便容易爬城了。

愣头羊绕着城又转了一圈，哪里都一样，都不好爬，顿顿脚走回去了。翻墙入店，幸未遇上人；倒在铺上，翻来覆去睡不熟。

次日天明，便去买钉子，要穿在鞋帮上，以备爬墙之用。买来回店，鼓捣了一阵，把铁钉一个个穿入鞋帮之内。弄完

了，忽然捶头顶，自骂了一声浑蛋；“你何必定要一死儿爬城，你就不会白天先搬进城去嘛？”真是当局者迷，愣头羊不能不自骂浑蛋了。

愣头羊屈励才立刻算还了店账，迁入彰德府城内一家店房中。挨到三更，心想这一去，如果马到成功，定可以把知府吓酥，就可以救出师父来了；也算给田鸿畴、尤敬符一个难堪。又想：事情如不顺利，我可以不回店，一径翻城墙，逃回故乡去；面见师母、师叔，再想办法。那么，这双钉鞋仍还有用。遂照样穿了钉鞋。候至夜阑人静，悄悄的溜出店房，雄赳赳的奔到府衙附近。先绕衙一转，觑定出入路口，飞身上房。

愣头羊只是一个乡下小伙子罢了，夜行功夫并非行家，也没有踩道，就撞来了。在店房设想：一入府衙，立可寻着知府的卧室，轻撬门楣，掠身入室，把帐子挑开。认清了知府，把匕首刺入案头，将书柬穿在匕首上；然后把桌子重重一拍，喊道：“赃官！无故屈辱英雄，小心你的项上狗头！”把他惊醒，自己就飞身出去；知府醒来，势必吓得抖衣而颤。一定连夜找师爷，想善后之策，把我的师父开释出来。我们师徒欣然还乡，我师父从此一定要看重我了。”

愣头羊想得这么好，不意一入府衙，竟茫然失措。站在房上，往下一看，想不到府衙前前后后，竟有这么许多房间。各房间多半熄了灯，当中一层层的仪门、大堂、二堂、花厅、签押房、内宅、穿廊，左右一处处的四合房，数也数不清；这和愣头羊理想中的府衙太不同了。他想府衙不过是一所三进的四合房罢了，左跨院是监狱，右跨院是库房，三班六房都在前院，夫人小姐都在后院，当中院子便是大堂。再不料府衙房舍虽然破旧，格局竟如此之大。

愣头羊既然奔来，有进无退，飘身下落，躲避着巡更官役，乱摸起来。没灯光处，先不寻着，单找有灯光处。他却小看了府衙的关防。绕到一处花厅，猜想不是大堂，定是二堂，堂前挂着气死风灯，四周阒然无人。愣头羊伸头探脑，往花厅

内一窥；屏风之后，似通着过道。愣头羊从黑影中钻出来，蹑手蹑脚，东张西望，头像拨浪鼓似的，刚刚走了几步，陡听一人喝道："什么人?"

愣头羊急急的一看，平地无人，更楼上有灯光闪耀，黑影中一排厢房的门扇却猛然一开阖。蓦然间，有两三处地方听得厉声叫喊，愣头羊抽身欲逃。这一来，越发使府衙中人看出破绽来。从东一处、西一处的回廊墙隅，转出十几个人来，有的往里跑，有的往外跑。乱嘈嘈中，有两个人提着花枪，虎似的奔来。

愣头羊屈励才尚欲留恋，把身形藏在黑影中，不往来路跑，仍往里面钻。登时府衙内外喧哗成一片，里面砰的一声，似关上大门了。灯光纷乱，竟有人高喊道："有贼了，外花厅进来贼了！不好，贼奔延晖堂去了！"又有一人大声招呼道："快传大班来，快快护狱！"当下，又由班房窜出两个彪悍的大汉来，抡铁尺追赶愣头羊。愣头羊一伏腰，将匕首拔出来。早有更夫一枪戳到，被愣头羊一闪，伸手便来夺枪，竟被他一用力，把更夫抡倒，将枪夺过来。更夫爬起来，大嚷便跑。那两个快手立刻迎上前，齐声呐喊："伙计快告诉鲁头，护内宅要紧!"

声喊之际，听见一片关门加栓之声。愣头羊挺匕首，傲然顾盼；见又有府衙捕快赶到，遂耸身一窜，抢奔西面墙根；要找一面倚靠，以免腹背受敌。腾身一蹿，脚落实地，方一个转身；那两名捕快中，一个黑大汉很凶猛的扑来，喊骂道："瞎了眼的贼，也不看看这是哪，竟敢来送死！这是府衙!"

这黑大汉特为叫出府衙二字来，威吓愣头羊。话到人到，铁尺也到，照着屈励才，搂头盖顶，就是一铁尺。愣头羊还骂道："爷爷正要宰你们赃官恶吏!"往左一上步，"砰"，那铁尺打在墙上，崩得碎砖飞溅。愣头羊"夜叉探海"式，斜探身，一匕首，竟嗤的一下，把黑脸快班的右胯扎伤一大块。黑快班哎哟一声，往左拧身，急急的一闪，不知怎么的脚下一绊，扑

通，像倒了一面墙，摔倒在台阶之上。

愣头羊哈哈一笑，道："叫你尝尝三太爷的厉害！"那第二快手大叫道："贼人拒捕伤人了！快来人，快来人！"只顾救护同伴，竟不敢抢奔愣头羊。愣头羊心想：府衙的快手原来这么脓包！不由胆气越豪，转身仍往里闯。

忽然，从回廊下，又窜出一名逻卒模样的人，抡一把单刀，拦腰便剁。愣头羊见来人又是一个力笨汉，用匕首一拨，刷地一个"扫堂腿"；噗通的一声，又把个逻卒扫躺在地上。吓得逻卒鬼叫似的连滚带爬，拼命逃走。愣头羊此时颇有虎入羊群，目无余子的气概，得意之余，竟任那倒地的逻卒一路翻滚，逃奔后堂去了。

愣头羊飞似的夺路再往里闯，竟一点顾忌也没有了。连跃数丈，前面有一道角门阻路。正要奔过去，忽然见角门一开，钻出两个人来，两个人都手拿着腰刀。愣头羊大喝道："闪开！"凶神似的扑过去，不防那两人惊叫一声，翻身退入角门以内。忽隆的一声，把角门闩上，在后面顶上什么东西，一叠儿声的叫："卢头、李头，快来！贼在左角门呢。"

愣头羊用肩头一扛，角门并不严紧，险些被他撞开；角门内越发惊叫起来。但是，在这纷乱之际，全衙早已惊动。从前面涌来许多人，借廊柱隐身，看不清人数；唰的一响，斜奔角门射来一排箭。愣头羊耸身急闪，幸而地势迂回，处处掩错，不能支支瞄准。但虽这样，愣头羊便已支持不住了。唰的又一排箭，愣头羊挨着一下，急忙一蹿，藏在一片墙后面；伸手拔下箭来，血流不止。愣头羊这才觉得情形不妙，慌忙抄夹道，奔逃过去。后面人声呼噪，挑着灯笼，利落追来。

愣头羊出离夹道，蹿上墙头，往下一望，情势愈非；一层层院子，都已灯明人晃。更一张望，院中人登时瞥见了他，乱喝道："贼在房上哩！"立刻从两层院子，上上下下射出来几枝箭；却未取准，都掠身而过。愣头羊大骂道："赃官郁锦棠！……"正要往上报字号，猛一回头，吓了一大跳；府衙中竟有

能人。在他立身处的东面、北面，不知什么时候，竟上来两个人，登房越脊，如飞扑了过来。两人手中，全拿着明晃晃的刀，身法敏捷，至少也是个行家。跟着又听见一阵阵梆子响，和逻卒奔驰呐喊的声音。

愣头羊道："不好！"张眼急夺逃路，就在这一顾盼之间，蓦地见又有十几个人上了房。嘞的一声，那先上房的人追到切近处，一抬手，竟打出两枝暗器。愣头羊闪身急躲，耳畔又听得弓弦响，乱箭如飞蝗，从墙下往上射来。愣头羊慌忙跃身一跳，落到夹道内；又一拧身，蹿出墙外，墙外便是府箭道。愣头羊前瞻后顾，顺箭道飞跑，那两个人竟施展轻功提纵术，飘身翻墙落地，一步不放松，跟缀下来。

愣头羊这才晓得自己轻敌太甚了，拼命的奔去，耳边还听见府衙内喧成一片。奔出箭道以外，才吁了一口气，忽又见一小队兵卒，打着灯，搜缉过来，刀矛如林，人数至少也有三五十个。愣头羊越慌，顿足一跃，跳上民房。

群卒急喊，愣头羊连连奔窜，穿入小巷以内。回头一看，幸已抛开了队卒；那两个行家却一步不放松，跟踵追赶下来。愣头羊不敢回店，只得乱藏乱绕。也不知奔跑出多么远，才渐渐听得屁股后头没有脚步声了；把愣头羊累得气喘如牛，藏在僻巷内，良久良久，喘息才定。愣头羊至此始知自己的一条妙计，原来是一番拙想。当夜幸逃出逻卒之眼，竟耗到天明，另投入别一家店房中。

这一夜府衙闹贼，上下人等俱都惊扰。次日知府传谕查拿匪类；茶寮酒肆、旅店妓馆，有许多做公的来盘查。愣头羊越发存身不住，第三天便弃掉行李，逃回故乡，给师叔、师母送信去了。最侥幸的是：知府只知昨夜衙中曾闹飞贼。那时恰有个飞贼名叫"云来雾"的，在豫北闹得正凶，府中人都猜疑愣头羊必是"云来雾"，还没有人联想到鹰爪王身上，这是鹰爪王最便宜处。

第八章 飞豹子访艺探监

鹰爪王照旧在彰德府囚禁起来，案情仍然苦不得解。袁振武老远的奔走，访艺投师，偏偏就遇上这等事。袁振武思前想后，不禁恼恨自己运气太不济了；在店中唉声叹气，走来走去。忽然灵机一动，道："疾风知劲草，患难见交情，我何不到狱中探望探望他去呢？"

打定了主意，他买了几包礼物，带着银两，竭诚敬意，投奔监牢。袁振武虽然精明，这一手可露怯了；这几包礼物全被狱卒打开，搜检了一个到。凡是食物都用银针刺过，连点心都给掰开。袁振武恳请探狱，也被拒绝了。

那牢头说："王五爷是个人物，我们不能错待了他。无奈他是炸狱犯，案情太重，上头很紧，要不看尊驾是个外场朋友，恐怕就是送这点东西，也于你不便。依我说，袁爷你算了罢，只把这十两银子送给他，倒真当用。这几天王五爷正苦着没有使费哩。"那点心都搓成碎末，也不好拿进去了。

袁振武打定主意，百折不回；牢头的话，他倒听懂了，顺口答音的说："这王五爷和我也不认识，他是我们镖局子一个

姓郭的同事的师叔，他们托我来看望看望，我不好不来。不过大远的来了，总得有个交代，见不见倒没什么。”遂将鹰爪王的案情，有一搭没一搭的问了一遍，把自己的姓名也说了。道是：“姓袁，名叫袁振武，在山东济南府镖局做事，专程来看王五爷。”重托牢头，务必把这话带进去，然后告辞回店。

次日，备了数十两的贿赂，重去探监。走出店房不远，忽想不对，竟往街上闲溜了一转，径复回店。直隔了三四天，方才穿上长衫，重到牢狱来。把牢头陈头调出，在小酒馆谈了一回闲话，定要跟陈头交朋友。将三十两银子送给他；另外二十两，烦陈头替鹰爪王铺垫一下。陈头满面笑容收下了，不待细说，就应允明天设法，叫鹰爪王跟袁振武会面，而且还可以多谈一会。牢头说：“明天的机会太巧了，上头昨天刚查过监，明天一准没事。”

到了这天，袁振武居然顺顺利利的见了这大名鼎鼎的鹰爪王；王武师却早已囚磨得蓬头垢面，越显着凶相了。

鹰爪王今年五十一岁，虽是南方人，高身材，圆眼睛，黑面孔，颇带北方人的相貌；满腮短髯，目光如炬，两只手爪瘦而且长，青筋暴露，胸膛很宽，此外没什么异样。拖着刑具，直着眼说道：“是哪位姓袁的瞧我？”牢头说：“就是这位。”鹰爪王细看袁振武，二十六七岁，豹头虎目，气度英锐，一看便知是会家子。遂说道：“你这位老哥，是从济南来的吗？”袁振武高高拱手道：“是的，弟子……在下是由打山东济南府盛记镖局来的，在下名叫袁振武。因为受了你的老朋友郭师傅的托付，特意来看望你老。”鹰爪王一愣，上眼下眼打量袁振武，道：“哪一位郭师傅？”袁振武道：“就是你老的老朋友郭爷……”一回头，见牢头稍为闪开，特意的给他们留出说话空儿来；袁振武急忙将自己来意说出，却只说是：“我在下久慕王老师的英名，闻知惨遭不白之冤，稍尽寸心，特来看望。因恐牢卒猜疑，所以在下假托出姓郭的名字来。”忙忙的说道：“老师的案情，在下已经粗粗的访明；只可惜在下在此处人地

生疏，恐怕没有力量设法帮忙。可是要照应你老，或者给你老跑跑腿、送送信，弟子还可以略尽绵薄。”

袁振武这番举动，在鹰爪王看着，却是突如其来，未免有点惶惑。鹰爪王性子虽粗，年纪不小，不是一点世故不通的人；呆着脸，把袁振武端详而又端详，沉吟半晌，先致谢意，随后说出一番话来，是：“总怪自己不好，情屈命不屈，我倒认命了。”说罢，又看袁振武的脸色。袁振武一片至诚，慕名访贤，但初见不便吐露真情，先说道：“弟子自幼好武，访求名师，老师鹰爪力的功夫盛传江湖，弟子在北方久已钦慕。不远千里，投奔此处，不想老师遭着这番逆事。老师如果有什么事，要找外面人办，只管吩咐下来，弟子当效微劳。”

这一次探监，袁振武轻描淡写，略表慕名访贤之意，别的话没肯深谈。鹰爪王更是心存顾忌，只信口说了些感谢的话；并没托袁振武打听什么事，代访什么人，也没有深询袁振武的身世和来意。袁振武旋即告辞出来。

隔了几天，袁振武又去探监，所有鹰爪王师徒的监饭，竟由袁振武出资供给。等到下一次探监，鹰爪王这才诚心实意的道谢。半个月以后，袁振武方才重明己意，说到访艺求师的话。鹰爪王唯唯诺诺敷衍着，说出：“不敢当，不敢当！”顺口谈及武功，鹰爪王重新把袁振武的身世、技业、门户、师承，扯东拉西问了一番。袁振武略陈身世，自承学过太极拳，别的话仍没详说。临别时，鹰爪王托付袁振武，请他到自己原住的客店内，找一找姓屈的和姓方的；后来，又托袁振武替他找彰德府某某两个人。袁振武尽心尽力的都替他办了。但是姓屈的、姓方的早不知跑到哪里去了。袁振武却已打听出屈、方二人曾在外面设法；设法无效，才先后失踪的，把这话也悄悄告诉了鹰爪王。鹰爪王听了，皱眉无语。

一晃过了一个多月的工夫。鹰爪王大鱼大肉吃惯了，在监中苦得不得了；自从袁振武给他立了饭折子，中间虽经牢头剥一层皮，到底食能下咽了。这是鹰爪王师徒最感激不尽的。

但是，任凭袁振武这么苦心积虑的照顾这师徒，鹰爪王的官司却依然没有指望，出狱更是遥遥无期。袁振武借着探监的时候，用话来试探鹰爪王的本意，和下一步的打算。在头几次见面时，鹰爪王口口声声说是："虽然陷身囹圄，自己绝不敢生怨忿之心，判什么罪，领什么罪而已。"等到现在，相处日久，鹰爪王又知道了自己真个一时半时不易出狱了，就未免显露出愁烦之态、怨忿之言。耳风中他又听得罪名深重，将来判罪之后，一收到后监，恐怕再不能像前监这么舒服了。

鹰爪王想到自己年齿已大，生还恐怕无望，对于来日之事不能不加紧盘算一下。等到这次，袁振武重来探监，鹰爪王正色说道："袁老弟，我倒绝没想到我在患难中，竟遇上你这么一位热肠的朋友，来照顾我们爷们，实在难得！不过我这官司不大好摘落，罪名一定不轻。你的来意我也知道了……"袁振武插言道："弟子实在羡慕老师鹰爪力和接暗器的绝技。"鹰爪王摇摇头，浩然长叹一声，道："还提绝技哩，我若不会这劳什子绝技，怎会钻到牢狱来！……无奈你这番盛情，这时我可太对不过你了。只要我王奎这口气不咽，咱们总能后会有期。可是据我想，你无须乎在这里空耗光阴了。你年轻轻的，一个出门在外的人，总往衙门口溜，一点益处也没有。况且贼咬一口，入骨三分，我这场官司就是个好榜样，你何必自找不心净？你听我的话，趁早离开此地。假使我不死，挣扎出来，隔过一二年以后，我们再图相会！"鹰爪王说罢凄然，从浓眉虬髯中带出一种惨淡的神情，颇有些英雄末路之悲了。

袁振武听了这话，也为之惨然；但是他绝不失望，向鹰爪王慨然说道："老师傅，据弟子看，这场官司既是负屈含冤，怎好就这么认命领罪？还是竭力的斡办一下子；万一能够摘落出去，也未可知。老师有用什么财力、人力的地方，请尽管言语；弟子只要力所能及，绝不叫老师傅失望。所差者，弟子在此处乃是作客，一点门径也没有，有力气没处施展。你老人家千万不要过意，只要有可用力的地方，尽管说出来；不瞒老

师，弟子还薄有一点家私，动个千二八百两的，还来得及。”

袁振武的意思说到至矣尽矣。但是鹰爪王微把头摇了摇，沉吟半晌，从眼角往旁瞥了一眼。见那狱卒在离开四五步远近，来回蹓跶；鹰爪王抽冷子低声道：“我不是……我有些话想跟你细谈，但是他们监视的太严，有许多不便。你能……夜间来吗？你可估量着，不可勉强。若是没有把握，千万不要涉险；既把你个人害了，我也被累。”说到此，把一双迷离的眼一张，炯炯放光，紧盯着袁振武；轻轻又递上一句，道：“晚上，你明白？”

袁振武憬然一震，但见鹰爪王不错眼珠的看住自己，忙将面色一整，一口应承下来，绝无难色，道：“老师放心，我明白了。”随即放大语声道：“你老不必客气，买个一二两银子的东西，算不了什么。你老没有事，我走了；咱们过两天见。”鹰爪王道：“过两天见，我谢谢你。”复低声悄嘱：“十七号监，单号，三更后。要来，务必带飞抓、钢锉和破锁的家伙，若不便，就罢。”袁振武做出不理会的样子，却暗暗点头，转身举步，道：“好，一定来看你。众位爷们，你多受累。我要走了，咱们过两天见。”这一句话，却是面对牢卒说的。狱中人因为袁振武话硬钱硬，格外对他闪面子，站得远远的，故意给他留出跟犯人说话的空来。鹰爪王和袁振武暗递约言，他们竟似不曾觉察，装着笑脸说道：“袁二爷，会完朋友了？忙什么，这边喝茶。”竟陪着袁振武，出离大狱。袁振武仍照往日，托付了几句话，从袖中递出二两银子。狱卒一声不响的接了，送到门外，抱拳作别。

默默的回转店房，袁振武不禁搔着头，犹疑起来。罪犯越狱，加重本刑；外人助恶，罪刑尤重，这简直与叛逆同科。想一想自己的本领，学会了轻功提纵术，却从不曾夜入民宅，试用过一回。又想：自离丁门，流浪半载，虽也结纳几个江湖豪客，自己却不敢作奸犯科。像这样轻蹈法网，夜探牢狱，却不是作耍的事呀！鹰爪王的话，含而不露，可是他分明要越狱，

已无可疑。他先说的话，是劝我速离此地，免受连累。后说的话，分明要我私进监牢，相助一臂了。若不然，他三更半夜，邀我带飞抓做什么？

袁振武唉了一声，倒在床上，不饮不食，肚里揣摹此事的利害。想到自己为怄一口气，才别寻门路，访师学艺；现在竟为求师，要偷进监牢，甘冒国法，这个可值吗？我袁家世代务农，只为了争执田界，受不了吏绅土豪的欺凌，我先父才于恚病中，坚嘱叫我弟兄一个习文，一个习武。文得中举为绅，武能挟技御侮，在故乡图个再不受欺负便罢。现在我们已经争过这口气来了，哥哥是廪膳生员，我又会这么一点武功。东乡苏秀才每遇征发，已不敢硬向我袁家来派大份，捏肉头了。本街蔡大个子仗着半套长拳，无事生非；自经教我摔了他一溜滚，再也不敢拿刀唬人了。我弟兄求文习武，志在守护产业，如今已经办到。我又何必深求？我又何必怄气？……还是算了吧！这样退一步想，顿时索然兴尽。可是又一转念：鹰爪王现在患难之中；学成武艺，就该仗义急难，义无反顾，那才是大丈夫。

袁振武睁开了眼，从床上坐起来。暗道：我真要丢开手，我这不成了懦夫了吗？我不过是二十七岁的年轻人，鹰爪王人家乃是成名的英雄。他现在陷入缧绁之中，空有豪气，难脱牢笼。他把我看成患难之交，有忘年之好。我学艺不学艺，还在其次，我下了这一两个月的苦心，来结纳他，到了这紧要关头，我难道竟缩头一溜，甩手不管吗？鹰爪王他把我看成什么东西了？岂不以为我满口的交情，稍担沉重，立刻脱缰？岂不骂我是个畏尾的小人！况且我刚才如要不肯，就该当面明言推辞；我却一时激于义气，人家怎么说，我竟怎么应。末了给人家一个不见面，人家岂不要唾我！大丈夫想在江湖上创荡事业，伈伈伣伣，成何人物！莫说是探监，他就叫我劫狱，不答应便罢，既已面允，就应赴汤蹈火，誓死不回！

想罢，袁振武奋然的一拍床，道：“干！我姓袁的是人，

应了不能不算！……我倒要夜探府牢，看看鹰爪王做何举动，我只小心一些就是。”复又从头盘算了一回，暗道：我应该改装，多加小心，也可以试试我的本领。我不要带凶器，不可伤官人。料想凭我现在这点能耐，还不至于叫他们掩捕住。是的，我一定如此，不可犹豫！

袁振武赋性刚决，把这事翻来覆去的筹虑了两过，反正两面，利害两端，都斟酌过了，便不再多想，多想徒乱人意。遂从床上一蹶劣跳下来，吩咐店家，沽酒市肉，大吃大喝。醉饱之后，拿定主意要践约，便将践约的入手办法，前前后后再盘算一过。怎么去，怎么出，带什么，不带什么？一一相妥，就脱然的丢开。披上长衫，到彰德府街市上，又买了几样东西，又尽情游逛了一番。直到夕阳下山，万家灯火初上时，才暗溜到府牢前后，转了一周，这就叫踩道。

踩道已罢，回转店房，用过晚饭，袁振武早早的歇了。睡到二更后，坐了起来，听了听，阖店之人多半入睡。遂将油灯挑得半明，挪到近窗的茶几上，不叫窗户上现出屋中人影来。又看了看窗纸，遂将白天买来的几样东西取出。一双千层底的软布鞋、一叠火纸、一包松香末、四寸多长的一根竹筒、一个干的猪尿泡、一块白粉子、一只铁抓，二丈长一根绒绳、一只布袋，另外一把钢锉、一把剪刀、一把小刀、几根铁钉、一把匕首；袁振武自己本有匕首，这一把是给鹰爪王预备的。

袁振武把这些物件摆在桌上，眼看着想了想，自觉应有尽有，一物不缺了，便动手做起来。将猪尿泡浸在脸盆里，先里外洗了一回，刮净擦干，比照自己脸面的轮廓，用剪刀剪好。然后往脸上一蒙，比量剪裁得熨帖了，便轻轻揭下来晾着。晾得稍干，便将口、眼、鼻孔剪挖出来，做成一个面具。又将火纸铺在桌上，用酒先喷一次，将松香末撒上一层，折叠一次；再喷一次，再撒一层松香，一共叠起四层纸，弄好放在桌上阴干着。然后吁了口气，歇一歇，又看了看窗，复又鼓捣起来。用小刀把布鞋底全划破，使它一缕一缕，毛毛毵毵的，也洒上

一层松香末，将鞋底破绽处粘合起来。又将铁抓系上绒绳，做成一具飞抓。收拾略毕，把火纸摺子取来，就灯火试燃着了，吹熄火苗，再试着一晃，居然能够晃着，这才装入竹筒内。其他应用之物都收入布袋内；袋口系上绳，以便携带。直收拾了一个更次，将这些刺眼的东西都包藏在小包袱内；然后解衣熄灯就寝。

次日清晨，袁振武盥漱已罢，心神浮动，在店中竟坐不住；便又披上衣衫，出去逛了半天。复到府衙府监前后，蹚了个第二遍。直到天晚掌灯，方才施施然回店用膳。记得鹰爪王嘱他三更再去，不能过早；袁振武只得在店中转磨，抓耳搔腮，坐立不宁。耗到街上梆锣敲了三下，袁振武先已结束停当，便霍地窜下床来。换上软底鞋，复将鞋底喷了一口酒，撒了一些松香；腰间带着现做的百宝囊，绷腿上插上两把匕首，却将那猪尿泡挖成的假面具提在手内。熄灯开门，蹑足轻走，向屋外一探头。全店早入睡乡，但闻轻一阵、重一阵的鼾声，不时起于各房间罢了。

在白昼，袁振武早将出入之路看好。于是张眼四顾，蹑步急行；出东厢房，试了试脚下，非常得力，鞋底既无声，又不滑。然后一伏腰，蹿上房头，翻短墙，下小巷，直奔府牢而去。夜深人静，正可放胆而行；袁振武枉自学艺多年，这夜行功夫还是初试，心头小鹿不由怦怦跳动。直走出两三箭地，伏在暗隅，倚墙而立，调了调呼吸，摄了摄心神，这才把胆气一壮，雄赳赳的走向西箭道，寻监狱大墙。

狱墙高够两丈，袁振武自料自己的轻功提纵术，还可以一提劲，跃攀上去。不过墙头上密排着铁壁，凭自己的本领，要想超乘而过，实在不敢轻试。袁振武忙戴上假面具，把飞抓取出来；抖开绒绳，相看好了，扬手只一抛，将飞抓扔上去。却不能得心应手，吧嚓一声，没抓牢，竟滑落下来。

夜静声清，袁振武吓了一跳；忙纵身窜到墙隅，倾耳细听，墙内幸无动静。袁振武重复扑奔狱墙，连抖飞抓；这一下

恰巧抓住了铁壁，用力一揪，扯绳而上。到了墙头，但见这铁壁三叉倒须钩，森如排牙，既不能跨腿而过，也不能攀手而登。外行疏忽，忘了带一床棉被。袁振武就像耍猴似的，扯着抓绳，在上面尽打“提溜”，没个入手处；心一慌，便又掉下来。他的夜行经验，和那愣头羊比，除了心细，强得有限。

袁振武抓耳搔腮，盘算主意。把飞抓抖下来，心想：这上面有铁蒺藜、铁篦子，不好上。我莫如不走这里，换个地方进去。围着府狱大墙，火速的又转了半圈，分明都是一样的铁壁高墙。袁振武仰着头发怔，无可奈何，只得铤而走险，硬往上蹿了。听了听，墙内巡更的似有两拨人，一拨刚绕过去，一拨还没绕回来，隐隐的听见梆锣在偏东面响。袁振武重抖精神，仍戴上面具，把飞抓一抖，连抛了两次，抓住了铁篦子，双手扯上去。纵身倒绳而上，到得墙头，左手捋牢了抓头下的绒绳，腾出右手，把末一段绒绳捞上来，往脚上一套，估量够了长短，把脚蹬在绳套内。随即用迅捷的手法，把末段抓绳，往一根铁篦子上紧紧一拴，做成了一个悬套。左脚蹬在绒绳套内一试，有力，够劲！蹬好了，然后一长身，把整个身子都悬踩在绒绳上；腾出双手来，抓住了铁篦子。然后手抓铁篦，往身后一看，夜深无一人；又往狱墙内一探，狱内更夫鸣锣而来。

袁振武急急的一缩身，将身藏下墙头。直等到更夫走远，吁了一口气，便换右脚踩绳；伸左手握铁篦子，用右手抓着另一铁篦，使劲一晃。他要拔下一个铁篦子来，以便爬进监牢。

这铁篦子嵌在墙头内，很牢固。袁振武用力往上拔，又往里外晃。悬身用力，很是险难，又不敢拔猛了，恐怕灰泥掉落得太多，叫人听出动静。慢慢的牵就着，费了很大的事，居然把一个铁篦子晃离了槽。跟着用力一提，碎土簌簌的落了一阵；其实远处听不出来，袁振武却大吃一惊，忙往墙内看看，又往墙外看看。隔过一会，没有什么动静，这才将铁篦子整根的拔出来。这铁篦子露在外面，不过尺许，却是砌在墙内的，足有二尺多长。就这样跋前顾后，累了一头大汗，方才得手。

略缓一口气。看这空隙，足可爬过去了，便不再拔。将这根铁篦子挂在旁边铁篦子尖上，自己轻身提气，翻上墙头。这空隙过过二尺宽，袁振武伏在那里，重往墙头内端详。这里正是狱中的大门里，二道栅门外，在狱门上有一只破灯笼吐出淡黄的光来。高墙峻宇，四面影得昏暗异常，阴森森另有一种怖人景象。又听了听，不知哪里，好像有一种啧啧喳喳的声音，随风一掠而过；再倾听时，又听不见了。

袁振武虽然胆大，到了这时，也不由悚然毛戴。却已窥定无人，不敢俄延；正了正胆气，解飞抓，抽绒绳，倏然的轻轻翻身而过；越过了墙头，悬身于墙头之内了。却嗤的一下，把裤脚扯破一块；同时簌簌地又响了一阵，自然是把墙头碎土又拂下来一片了。

拔下来的铁篦子，仍旧虚按在原处，免被人看出。飞抓团在掌心，不敢涌身下跳，就依然轻轻的倒着绒绳，溜下墙来。于是袁振武午夜蹈险，已竟身入监牢。

袁振武他的脚刚一着实地，立刻连右手，一抖飞抓，把铁抓抖落下来。不待它触地有声，忙伸左掌接着；张皇四顾，掏土粉子，在墙上画了个记号。立刻嗖的一个箭步，扑奔狱内；倏又将身形一隐，藏在暗影中，蹲身稍停，耳目并用，急急的又一寻。

近狱门一排屋内，猛听见有人说话："喂，我说卢头……"不待听清，早把个袁振武吓得惊悸亡魂。急垫步，撑身蹿上近身处一间屋顶，快快的伏在屋脊之后，凝神屏息，倾耳潜听。矮屋内有一个哑喉咙，睡里懵懂的嚷道："谁呀，谁呀？……蔡头是你吗？"又一个人应声发话，只听得一句，道："你又炸庙！……"底下的话喔喔哝哝，更是含糊不清，但听语气，似是抱怨同伴，无故惊扰。那哑喉咙辩道："怎么大惊小怪！你睡得死狗似的，你娘的什么都听不见。喂，外头是卢头吗？……我分明听见哗啦的一声。"那另一人说道："你耳朵尖，你耳朵长，你出去看看，无缘无故的闹，叫上边知道了，又该给

大伙找晦气了。”屋中人哓哓的争辩，话音忽高忽低。袁振武极力倾听，也不能听清。但是已猜出屋中人已经被惊动了；越发的伏在房上，不敢动弹，两只眼窥定下面，暗暗预备着逃路。哪知屋中人乱了一阵，一个也没有出来，只空问了几声便罢了。

袁振武稍稍放心；刚要纵身移动；忽然对面屋门一响，出来一个瘦长人影，一只手提着灯笼，另一只手拿着一物，猜想像是皮鞭。这人口中也是嘟嘟哝哝的，来到院内，往四面一看，重重咳嗽了一声。矮屋的哑喉咙忽又隔窗诘问道：“是卢头吗?”那瘦长身人影丧声丧气答道：“做什么？我的班，怎么不是我？你要替替我吗?”屋中哑喉咙还骂道：“剥皮卢，爷们好好的问你一声，你犯什么病？积点德，少剥皮吧，也教你老婆少靠二百五十六个人。”剥皮卢扭头对窗骂道：“陈癞狗，你娘还在家吗?”

这剥皮卢提灯拖鞭，竟奔栅门。到了门前，把灯笼插在栅上，摸摸索索，从身上掏出一物，大概是一串钥匙。跟着对栅门鼓捣了一会，哗啷一响，栅门大锁已开。剥皮卢提灯迈步，推门进去了。袁振武到了此时，就一咬牙，乍着胆子，从房上一跃，翻过一道墙，进入第二道栅门以内。

栅栏门里面，是很长的一道甬路，和一排排的监房，全是一色的黑色牢门。每一个门上，有一个不足一尺的长方洞，从那方洞中透出来暗淡的微光，可是甬路中并没有灯亮。只仗着七八个黑门中透出来的光亮，辨出那剥皮卢的身形，提着灯笼，拖着皮鞭，轻轻走着；每到一牢门口，便伸头探脑往里偷看。这一排排的监房，全建在东面；袁振武却是立身于西面房顶，倒正可以看到对面监牢里的情形。轻身提气，从西面的房后坡绕过来，可是仍不敢欺近了，只在两三丈外远远的瞭望。

只见剥皮卢巴着那不足一尺的长方洞，挨门偷看；忽然哗啷一响，剥皮卢开锁推门，进入一间牢房。猛听得一声断喝道：“哇，该死的囚徒，深更半夜里，竟敢不守监规！你敢炸

刺，我教你炸刺！”跟着听吧吧几声鞭子，里面的犯人失声惨号了一声，却又吞声忍住。半晌，只听得囚犯低诉道：“我不敢，我没有……”

袁振武听了，不由毛发森然，心头跳个不停。想着又不得不看看这犯人是否熟人；遂悄悄从后坡挪到前坡，仍然伏身，往这面监房里看。昏惨惨的灯光微透，那黑色的木板门已竟陡开，里面迎门一铺炕。灯影里恍惚看见在炕上，躺着五六个犯人，囚首垢面，乱发蓬蓬，如死人一般，挤卧在那里，一动也不敢动。那个剥皮卢嘴里依然不干不净的骂着，那被打的犯人辗转哀告。剥皮卢冷笑道：“小子，你只要有骨头，你就跟爷们耗耗。你这东西进监牢不抛杵（给钱），反倒比谁都不含糊。你要打算在这里闯出天下来，哼哼，我倒没把你看透！”一边说着，一边跨出监门，一边把那扇牢门一关，仍将铁锁锁上。

又往里溜，走到第五个牢门前站住了；从那里板门上的小方孔，又往里看了看，喝叱道：“怎么挺尸还不好好挺，是哪一号说话了？”监房中竟没人答声；剥皮卢勃然大怒，骂道：“好小子们，你们敢装聋，好，我就不问好坏，一律看待！”气哼哼又把牢门挑开，走进监房，劈劈啪啪，登时皮鞭乱抡起来，登时起了一阵同声的低号。连打数十下，已竟有一个犯人，在囚床上忍受不住，哀号着道：“卢老爷，我可没言语一声。你老趁早问那姓宋的，全是他要闹茅（大解），才叫喊值班的头儿们方便他。只顾他这么一闹，我们跟着受这种冤枉。多冤哪！”

剥皮卢嘿嘿冷笑一声，道：“冤？我看一点不冤！既到这里来，就没有好百姓。”挪了两步，到一个犯人跟前，低头看了看，冷然说道：“哦，敢情是你这小子；莫怪呢，别人也不敢这么半夜收封后炸毛的。你在外头横吃横拿，跑到狱里吃牢食不解恨，撑的你又要闹茅了！”话没落声，手中的鞭子啪啪的一连几下，打的犯人哎呀哎呀鬼叫，往旁一阵乱扭乱闪。铺小人多，车动铃铛响，鞭子落一下，满铺犯人的脚镣项链，便

哗唧唧一阵乱响。这一阵暴打，只疼得那犯人爷娘乱叫，剥皮卢方才住了手。

剥皮卢又提着那只破灯笼，走出这段甬道，转向后面另一院落去了。袁振武目睹心惊，不由动怒。又一看这牢狱，不知有多少监房，十七号也不晓得在何处。听剥皮卢脚步声已经走远，便轻身提气，从房上一窜，落到甬路上。把心神一凝，闪目再看；黑影昏昏中，不知从何处何人，不断的发出轻微的呻吟之声来，夹杂着镣铐擦动之声，比在房上，越听得清晰了。

袁振武禁不得头皮发炸，身上起鸡皮疙瘩；忙急趋到本栅门前。门左右两排矮房，左三间，右两间，门窗与别的监房不同。一垫步，轻窜到左首房窗下，就纸窗破洞往里偷窥。两明一暗的房子，明间迎门设着一张公事桌，案头疏疏的摆着硃笔、钤记、印泥盒，不多几样物事；还有几十根红头的、黑头的白油木签，都是六寸多长，又叠着一堆簿册公文之类。后山墙一只木架子上，有着大小不同的许多木格子，每一木格标着天地元黄……的号码。却是下面木格子也杂置着衣服什物，凌乱异常；这都是从犯人身上没收的东西，更窥看暗间，却有四具床，睡着三个人。袁振武已经看明，这大概是狱吏狱卒的办事所在了。

袁振武又抽身，到对面两间房前。这两间房连在一起，靠东山墙有四副板铺；西山墙也有一副木架子，上面堆置着多件囚衣。在近门处墙上挂着脚镣、手铐、项链、皮鞭子、大小竹板子等物，墙根下两个木墩子；自然这不是囚所。遂一转身，扑奔监房。到头一号，往那黑板门的方洞上一凑，未等注目，便有热腾腾一股骚臭之气，扑入鼻观，令人欲呕。袁振武倒噎一口气，闭口捏鼻，重向内看。东墙上挂着一盏瓦灯，光焰闪烁不定，黑烟突出；墙根下放着一只尿桶，迎门一铺大木炕，头向外，脚蹬墙的，排睡着七个犯人。自然看不见面貌，只看见乱蓬蓬、一团团、鸟巢似的七颗罪犯的头颅。再看入去，是七身罪衣横陈炕上，紧紧挨挤着，侧身而卧，个个不能动展。

身上没有被子，却在脖项上横加一根大木杠，长满炕床，距犯人脖项只悬起一寸来高。罪人的脖锁链就由木杠上穿绕过来；任凭罪人怎样难过，要想转侧，却是不能。

袁振武不由惊慌起来。“像这样，我又怎能搭救鹰爪王呢？”七个犯人穿在一处，一个动，六个全动，这却怎么好？犯人项上那根大木杠，也不容易抽下来。袁振武一咬牙，火速的退步，火速的转身，于是一滑步，又奔另一监房。“十七号，十七号！”十七号监究竟在哪里？黑影中，监房前，似挂着木牌，却又不敢取火摺照看。袁振武挨到监房门口，用手一摸，确是六七寸长，四五寸宽的木牌，牌子上有签子。这签子一定是犯人的名姓号头；但是信手一摘，竟没摘下木牌来，却将木签摘下两根来。

袁振武大喜，忙凑到监房的方洞前，就微光一看，红头白油的木签，上写地字第一号；反过面来再看，罪人的姓名、年岁、籍贯、案由，一一写的明白。袁振武忙把木签子挂回原处，不再看别的了。心中略一爽快，便往后急走，逢门便窥。这一排八间监房，每间的犯人，全是五名以上，到十几个人不等，并没有单间单人。一直走到尽头处，袁振武又为难起来，不晓得往哪边走，往哪边去。而且更有一层失计，鹰爪王只告诉他十七号，却没说哪个字的十七号。

袁振武抽身走出甬路，藏在墙后，往前前后后一看。左也是监房，右也是监房，大海捞针，监房究有多少呢？鹰爪王究在何处呢？像这样在平地搜寻，未免太蹈险；若被狱卒看见，或者惊动犯人，反倒误事。袁振武一转想，便又腾身，上了南面的屋顶；拢目光，往南瞥去。南面黑沉沉一条长弄，那格局比这边地势大，监房多。风过处，隐隐传来叫嚣叱骂之声；黑影中浮光闪动，似有一只灯笼奔这边来。袁振武不敢动，伏身屋顶，略等片刻。果然那剥皮卢查监转回来了，幸而他不再折向这边短弄，反直向前边走去。前面一片监房乍闻人呻链响之声，却跟着剥皮卢的脚步声、叱骂声，倏然止住。狱吏之威，

果然是胜过百万军了。

剥皮卢闹了一阵，瘦长的身躯，挑着破灯笼，晃悠晃悠的，直奔栅门前的矮屋。袁振武想：必是他查看完了。遂容得剥皮卢进入公事房之后，没有动静了，登时伏身急走，转到往南拐的这条甬路上去。这一带的监房不过七八个号头，往后走还有一道黑门。

袁振武眼望黑门，不敢硬闯。遂又一蹿下地，走甬路，到门前，溜墙根，一纵身上了墙。在墙上往门内一看，这门内果然又是些监房，里外并没有人。然后一放心，由墙又翻到房上。房檐倾斜，颇难立足；袁振武却仗着把鞋底收拾过，居然纵跃如飞，迫入这一道门内。探头往下一看，这里的防守陡见紧严，丁字形甬路上，竟有两名狱丁，来往梭巡。袁振武明白了，这里一定是死囚重罪，待决的犯人。赶紧缩身退回，潜打主意。要怎样躲开狱卒的眼目，过去挨间探看一下才好。可是两个狱卒竟像是通夜值守，耗了好一晌，仍在丁字形甬路上梭巡。袁振武头上冒起汗来。

这里是险地，似应留为后图，先探别处。丁字形的甬路西面，还有几间监房，可以在房上绕过去。袁振武无计可施，便打定主意，先从西面溜过去；西面寥寥六七间房。袁振武在房上，下看无人，便腾身下去。身法轻灵，颇得太极丁的薪传，落下地来，只微微有一点声息，外行人是听不出来的；便挪步前寻。落身处恰好是一号监房，房门也照样有尺许方的小洞。

他急急的往方洞一探头，连看三处，这里情形与前不同，这里房间囚床上睡的犯人也少；每一间房不过两三人，五六人，像是优待的监房，又像是重犯的特号。一眨眼连看数处，罪犯蓬头直躺，不见面目，不能辨认出是谁来。袁振武仍用故智，摘监房门口的木牌子，查看号数。刚刚的摘了几号，突然听一个喑哑喉咙喝道："好大的胆子，真敢往这里凑啊！"

袁振武吃了一惊，急回头四顾，四顾无人。却在邻监，又听那个哑喉咙低着声音呼叱道："这老鼠，好大胆子，真敢往

身上爬！十七号的老鼠真厉害！”

袁振武恍然大悟，这是鹰爪王。这监房却正为巡视的牢卒目光所及；袁振武不敢到前门，急急的寻声摸到监房后窗前。这后窗高及头顶以上，窗上也没有木框子，是用核桃粗的铁柱子排成，只隔着四五寸的档子，上下全牢牢嵌在坚固的横木里。袁振武侧耳又听了听四面，并没有别的声息，遂微一耸身，单臂挎住窗台。监房中昏黄的灯光映在没糊纸的铁窗上，若是贸然的往窗上一凑，一点藏闪没有，须要防备监里的犯人，如要不是鹰爪王，岂不是自找麻烦？遂偏着身子，右手按着窗上砖台，慢慢的侧着脸往里看。只见这间监房，只睡着两个犯人。内中一个犯人忽的坐起来，嗯了一声，双眼盯着门；忽又一转脸，往后窗寻看。虽然灯昏，袁振武却已看出，乱发纷披的头颅，深而且巨的眸子，灼灼放光，果然是鹰爪王。

目光一对，鹰爪王阴森森的一笑，低哼道：“小伙子，好大的胆子！真来了？”

袁振武惊喜交集，因监房有同囚的罪犯，不敢答言，只轻轻应了一声。鹰爪王在囚床上略略一动，锁镣微响，又微微一笑，面露喜容。袁振武一指那同囚犯人，鹰爪王把乱发蓬蓬的头颅摇了摇，用急促的声口道：“不要紧，都是难友……喂，你可是有约会的朋友么？只管言语。”袁振武只得贾勇报道：“老师，是我。”把面具摘除，将脸往后窗一凑；急匆匆道：“钢锉带来了。是破前门，是破后窗？”

不想他们话声虽低，那同囚的犯人竟已惊醒，也忽的坐了起来。被鹰爪王双目一瞪，伸手爪把那人一按，道：“相好的，老实睡吧，别乱动……”那犯人想是受了痛，哎呀一声躺下，低低的嘟囔道：“有活路，大家走，可别忘了难友啊！”鹰爪王喝叱道：“少说话，你知道这是谁？这是管狱的朋友。”忙向窗前，对袁振武低低说道：“你真可以。我一句戏言，你竟当了真。你可晓得你的罪名吗？”袁振武听不入他的话，只努力要破窗，又把钢锉投入屋中，催鹰爪王破锁。

鹰爪王再忍不住，脸色一变，猛又失笑，霍的站起来；看了看同囚犯人，低吓了一声，然后拖链扑到窗前，急急的对袁振武道：“你别乱弄，这使不得。你附身过来，告诉你，我只是一句戏言，试探你的，你真来了。你要晓得，我还有几个徒弟一同落难，我要是走了，岂不苦害了他们？你快快的回去。你不要管我，我自己已经有了办法。”袁振武听这话一愣，忽又一想，鹰爪王也许是试探自己；急急说道：“老师，弟子死而无怨，只可惜弟子不懂破狱的法子，你快说出来，我照办。这可刻不容缓，别耽误了好机会。”鹰爪王不答，只催袁振武赶快回去。袁振武只是不走，鹰爪王不由急了，忙从身上摸出一物和一张字纸条，隔窗递给袁振武，两个人隔窗共语，口耳相对。鹰爪王这才低言嘱告袁振武，教他照字条上写的地名人名，给自己的妻子和胞弟送信。

袁振武力掬真诚，坚要试着破窗盗狱，把鹰爪王放出来。催促鹰爪王，快将锉断铁链的法子施展出来，道：“师父就走不动，我可以背出你去。”言下十分躁急，鹰爪王却镇定下来；他决计不去，反倒满面诚恳，催袁振武赶快出狱。王奎探窗握着袁振武的手，说道：“少年，你这一片血心，我已经领情。只是我门下三个徒弟，都为搭救我，落在这个狱中了；我自己走了，怎对得住他们，也给他们找来罪受……”袁振武连连摇动王奎的手，道：“老师，你出来，不会再救他们吗？快快，天不早了。你老英雄做事，怎么倒犹疑起来？你老难道不相信我？”

鹰爪王咳了一声，不由微愠道：“你好糊涂！我不走，自有不走的道理。你如果把我当作师父，你就该晓得我真心爱惜你，你就该遵从我的嘱咐，赶快给我送信去！”

袁振武很失望，道：“老师不过是叫我送信，何必让我夜里来，冒这大险？老师一定不放心我！”鹰爪王嗤的笑了，说道：“我明白你的心意了。少年，你不要难过，你此行并不虚。你来的很好；你这一来，第一总算你看得起我；第二你给我送来的这点东西很当用；第三你只把我的内人和舍弟找到，把今

天的情形告诉他们，他们自然有法子救我。你此来，究竟于我有很大恩。少年，你不要嘀咕，你的盛情，我已经知道。你若是愿做我的徒弟，你连半天也不要耽误，你就火速前往湖北汉阳系马口，找王泉王六爷，把我这副镂花合金四个纽扣，跟这信交给他，再叫他引你见我内人去，我的内人对你必定有一番安排。不过你要赶快去，赶紧走，我限你十一天，赶到汉阳。你明天一早，务必就动身。你要是误了，那就是你误了我的性命了。”

袁振武嗫嚅道：“难道你老人家一定不……”鹰爪王咳道：“你瞧我也在武林中薄负微名，我岂肯以清白之身，落个越狱犯的名声？少年，你错会我的意了，越狱图逃，我绝无此念。你再看我身上这份刑具，岂是吹灰之力，就可锉断的？你太冒失了。”

鹰爪王如此一说，袁振武不由十分失意。鹰爪王登时明白，忙安慰他道：“少年，我知道你志在求学，我鹰爪王本无奇才异能；可是你既然下这大苦心，皇天不负有心人，我迟早必有一报。你只管快去，见了我内人，我内人一定设法报答你……”袁振武忙道：“我谨遵台命。不过我把信送到之后，是否也要讨来回信？老师限我十一天到达，我只要寻着师母和师叔，我准于二十三天内返回来，好教你老放心。”

此言未及说完，鹰爪王哎呀一声道：“不不不，你别回来！你在那里等着！”附耳低言，忙又嘱了几句话。袁振武错愕道：“那么，弟子何日再见师颜呢？”鹰爪王略一沉吟道：“半年之后。”袁振武道：“在何处呢？”鹰爪王道：“好麻烦，那怎能定准？”说着，再催袁振武快走。

袁振武心慌意乱。似尚恋恋，鹰爪王一愣神，道：“不好，你听，又要有人来了，你快快走吧……呀，不行了，来到了！你别慌，你快上房，躲着前边。”鹰爪王立即一倒身，躺在囚床上，口中催道：“快上房！”袁振武急忙一耸身，蹿上监房屋后坡。

第九章 狱中人飞书求救

果然不差，前面又过来一人，也是打着一只破灯笼，提着一根皮鞭子，打着呵欠，偶偶然走上甬路来。这人的身量没有剥皮卢高大，却是那凶相、那凌虐犯人的伎俩，和剥皮卢真不知谁劣谁优。但听他身到之处，立刻浮起叱骂、鞭挞和犯人的呻吟之声来。

容得查监的过去，袁振武飘身下来。恐怕鹰爪王还有什么话说，特意溜回后窗，仍要往上攀着。不想刚到后窗，便听见这十七号监房内，铁链乱响，夹杂着嘶喘、狺怒之声。袁振武骇然，急急双手攀窗，探头往内一看。吓！好一个鹰爪王王奎，竟如猛虎似的扑在同监那个犯人身上。双手双足虽戴镣铐，他竟拖着链子，横身压住那犯人；双手如鹰爪，紧紧扣住犯人的咽喉，正在用力发威。那犯人身不能动，双腿乱缩，似欲断气。

这犯人也是个剧贼，他听见鹰爪王和外面的人攀窗私谈，料想定有情弊，不由得生了觊觎的贪心，又起了惧祸的戒心。想着试向鹰爪王发出冷话，威逼他吐露实言。鹰爪王对他说：

“伏窗的是这里的牢头。”这犯人哪里肯信?对鹰爪王说:“难友,趁早说实话,光棍别骗光棍。什么牢头,放着门口不进来,扒窗眼做啥?要是有什么活路,相好的,咱们可是一块往外挣。有祸同受,有福同享,别一个人独吃啊!”鹰爪王喝道:“待着你的吧!”那囚犯坐起来,道:“你们别瞒我!越狱不是闹着玩的,我可不能留下给人顶缸。”鹰爪王大怒,骂道:“你少嚼嘴,骨头痒,找挨揍吗?”犯人冷笑道:“你不肯说吗,我都听明白了;查监的这就过来,咱们讲讲。有好事,趁早说出来,你要蒙我,那可不成,我喊谢头啦!”

一言惹恼了鹰爪王,一伸鹰爪,和身压过去,直掐得这囚犯两眼翻白,眼看要绝气,这才轻轻松把。容这囚犯缓过气来,鹰爪王狺狺的骂道:“我看你喊!太爷不过一条性命,多饶上你一块臭肉,也不过是一个死!”犯人呻吟道:“王爷,你,你,你这可不对,我说喊,我可哼了一声没有?咱们都是难友,你有活路,我也喜欢。你能够携带我一步,我忘不了你的好处;你不能携带我,我也犯不上坏你们的事啊!”鹰爪王道:“你这东西还敢胡喷!什么活路,活路在哪里?这外头的乃是别号的牢头,他和我认识,要看看我,这也算不上犯监规。就犯监规,也没犯在你小子手上。小子,你给我老老实实的躺着,不许你多嘴,不许你乱动。”犯人喏喏连声,摸着咽喉,真个不敢言语了。——鹰爪王的手劲竟这么大!

袁振武在外面轻轻一弹窗,鹰爪王忽然失笑,扭身回头,对袁振武说道:“你怎么还不走?快去吧。我的话已经说完,你只快着办去,我们后会有期……”袁振武还要开口,鹰爪王不高兴起来,道:“你们这些少年人,你当是在你们家里呢!现在是什么时候,你还打算出去不?”袁振武喏喏连声,说道:“弟子去了!”忽又想起一事,忙打听鹰爪王的妻子和胞弟的年貌;问完,说声:“再见!”便一松手,轻轻落地;闪身一转,窥定房顶,嗖的蹿上去。

大狱戒备森严,他又是乍试夜行,居然来去自如,没被人

瞥见；比起愣头羊，不啻胜强几倍了。固然是他为人精干，却也是太极丁门下功夫，被他学得六七，毕竟与众不同。当下翻出狱墙，回转店房；第二天便即登程，奔湖北省走下去。

约走了十一天路途，被他用了九天半的工夫，便来到汉阳系马口。连歇也没歇，立刻照着鹰爪王所开的地名，一打听擒龙手王泉，居然很不难访。这擒龙手王泉也是当地有名的武师，袁振武即登门求见。想不到竟扑了个空，应门的人说："王六爷早不在这里了。"

袁振武这人很精明，那应门的人也像是个会家子，只有二十多岁的年纪。袁振武忙拦住这人，先请教他的姓名，那人含含糊糊说是也姓王。袁振武立刻将鹰爪王所给的信物拿出来给少年看，又忙自承是鹰爪王新收的徒弟："现在他老人家，不幸打了官司，困在彰德府狱。我这是不远千里，奔来送信求救。师叔不在这里，务必求你费心，引领我面见师母。"又道："事情紧急，罪名不测，现在已经刻不容缓，我今天务必见着师叔和师母才好。要赶紧想法子，搭救他老人家。我给他老人家带来口信来了。"

说罢，袁振武两眼盯定少年，又问少年，和鹰爪王是怎么称呼？

那少年乍闻此言，脸神居然很镇定，一点也不带惊讶的相；直到听见"带来口信"这句话，才见他眉峰一蹙，眼睛里也露出惶惑的神情来了。忙答道："在下也姓王，是擒龙手王六爷的徒弟，你我也算同门。你老兄且在这里等候，我进去言语一声。"袁振武忙给他喝破，道："王师兄，这可不是我着急，事情太紧，一言难尽。我奉命而来，只怕把事情误了。王师叔如果在家，求你立刻领我见他；有许多话，不能……"眼望四面，道："不能在这里细讲。最好请你借一步地方，咱们屋里谈。我把话对你说了，你再转达给师叔、师母知道也可以。"

少年有点慌张，想了想，转身走入门内，回头道："你先

等一等，你把那合金镂花的纽扣给我。可是的，你老兄有他老人家的亲笔信没有？”袁振武道：“老师陷身府狱，不便写信，是我设法子夜入……虽没有亲笔信，可是这里有他老人家亲笔写的字条。”将字条、纽扣都交给了少年。少年立刻认出来，慌忙拿进去了，袁振武站在门口等着。不一刻，出来一个金钢似的大汉，把袁振武看了又看，随即拱手道：“你这位贵姓？你什么时候拜在鹰爪王门下的？”袁振武忙说：“弟子袁振武，我认老师时，老师已经陷入狱中，这里面很有情由。”大汉道：“哦！”又一拱手道：“请！里面说话。”

进了院子，是小四合房。主人把袁振武让到西厢，命人献茶。外面忽然一阵木头鞋底声音，走进来一位五十多岁黄脸婆子，和二十多岁的一个姑娘。老婆子身量很高大，却很瘦，眉短眼圆，一看便令人生奇异之感；嗓子像破锣似的，衣履很华丽。那个年轻的姑娘梳抓髻，穿青宽边月白褂，曲眉大眼，脸圆唇红，不村不俏，不瘦不胖，脸上似带着怒容；看年纪像二十二三岁，至多二十四五。入门之后，只由那老女人说了一句话道：“客人，你辛苦了。”便在下首，一齐坐下来听话。不再置一词。四只眼睛尽管打量袁振武，倒把他看得局促起来。

大汉开始盘问袁振武。袁振武在探监时，已向鹰爪王打听过擒龙手王泉叔嫂二人的年貌，觉得这大汉和这老女人的相貌，都不很对。心上不禁有点为难，站起来拱手说道：“在下衔命远道而来，这事情关切着王老师的安危。他老人家嘱咐我面见了师母、师叔，再倾吐一切。恕我无礼，我请问你老贵姓？和王老师是怎么称呼？”那大汉只称姓鲁，和鹰爪王是朋友，说：“现在鹰爪王的妻子，和他的二弟王六爷都不在此，有话尽管告诉我们，也是一样。”

袁振武怔了，欲待不讲，似乎不对；如要说出来，见不着正主，岂不是冒失一点？自己也徒劳此行，脸上不由带出难色。想了想，却将鹰爪王得罪巨室，被诬下狱的情由，先草草说了出来；自己夜探监牢的话，一时不晓得该说不该说。不意

他这一犹豫，被那少年女子看破，向那老女人低低的说出几句话。那老女人点点头，突然发出尖涩的声音，很快的说道："小伙子，你不要疑疑思思的。你不要害怕，有话尽管讲。我告诉你，鹰爪王是我的妹夫，我姓鲁，我就是鲁大娘。"指那大汉道："这一位是我的兄弟，他叫鲁桓。我们正为了鹰爪王的官司，大远的奔到这里来。你要面见擒龙手吗，他早走了……"

那大汉鲁桓似嫌老女人的话太着实，尚想拦阻她；老女人怪笑一声，道："老九，你不用嘀嘀咕咕，你要看谁跟谁。这个小伙子的来意，你还看不明白？人家是一片至诚。小伙子，我们谢谢你。你有话，只管放开喉咙对我们讲。鹰爪王的老婆不是外人，那是我三妹妹，她如今没工夫见你。小伙子，你可以都告诉我。鹰爪王现在怎么样？受了官刑没有？他的腿脚没伤吗？可能动弹得动？鹰爪王大远的打发你来，必有交代，他都对你讲了些什么？"

老女人冲开话篓子，滔滔的诘问起来，一丝一毫的掩饰也没有，袁振武倒愣住了。直等到重问他一句，方才站起来，重新拜见，坚要行晚辈叩见之礼。老女人摆手，道："你远来不容易，不要弄这些酸文了，咱们讲要紧的话。你且把你肚里的话都倒出来吧，然后我们自然把我们的打算告诉你。"

袁振武侧过脸来，对鲁老婆婆说起自己跟鹰爪王遇合的缘由，和自己冒险探监，要搭救他出狱，他不肯出来的话，一点不漏都说了。鲁老婆婆和鲁桓都奇怪起来，齐问道："他是说不愿越狱吗？"袁振武道："是的，老师说怕徒弟逃不出来，连累他们吃苦；他自己也不愿担越狱犯的罪名，怕一辈子洗不掉。"

鲁老婆婆、鲁桓，和那少年女子面面相观，互相咨嗟。过了一会，由鲁桓站起来向袁振武道谢；便吩咐备餐，款留袁振武用饭。鲁老婆婆跟那少年女子起身入内，进了上房。由鲁桓陪着袁振武在西厢谈话，细细的盘问鹰爪王在狱中的情形。

也就是只停得一停，上房中出来那个姓王的少年男子，对鲁桓道："九爷，大姑和三姑请你老说话。"鲁桓向袁振武告罪，叫少年坐下相陪，退厢房，也到上房去了。跟着饭来了，请袁振武吃饭；跟着上房中听见高一声、低一声的说话，又像争执什么。

饭后，鲁桓重复出来，向袁振武举手，道："袁老弟远来辛苦，太简慢了。为家姐丈这件事，多承费心，我们都感激不尽。咱们到里边谈谈吧。"立刻引领袁振武，同到上房。鲁桓亲手挑帘，谦让着，袁振武侧身进入堂屋。

只见这三间正房，两明一暗；屋内空空荡荡，没有什么陈设，仅只寥寥几件木器。迎面八仙桌上，放着一只茶壶，几只茶杯。却不伦不类的供着达摩像，又放着一只古铜炉，一对景泰蓝的花瓶，和几本经折。东间是暗间，垂着蓝布帘，西间壁上挂着刀、剑、弹弓、沙袋、镖囊、虎头钩、短戟，十多样的兵刃。墙上也还有一两幅字画，陈设简朴，屋内纤尘不染，饶有武士门风。

一个三十八九岁到四十一二岁的妇人，正倚着茶几站着。身材细长，发光可鉴，只双眉微微上挑，一双俏眼也顾盼犀利，看出不似寻常妇女。鲁桓引见道："这就是三家姐。"正是鹰爪王之妻，南方武林中闻名的鲁三姑，原来她并没有出外。

袁振武抬头一看，忙抢步下拜，道："弟子袁振武，给师母叩头。"鲁三姑侧身敛衽，拦阻道："请起，请起！不敢当，不敢当！袁少爷请坐。我说，你什么时候认的师父？"逊让落座之后，袁振武便要从头细说缘由。鲁三姑截住，道："详情刚才我已经听说了。我只问问你哪天拜的师父？哪天探狱，你师父当场对你都讲了些什么？他怎么说，你怎么答，你一字也别漏，细细学说给我听。他大远的打发你来，没告诉你教我们给他怎样想法吗？"

袁振武道："老师没说，只催我快来送信。他说，只要把他老人家现时在狱中的情形，对师叔和师母说了，师叔、师母

自然会想办法。当时只催我赶快起身，限我十一天赶到；弟子紧赶了几天，是九天半赶到的。”鲁三姑道：“噢，那就是了。他还有什么话没有？”眼望鲁桓道：“你姐夫就是这个脾气，你得替他猜闷。”鲁桓道：“这倒不尽然，狱里本来不易说话。”鲁三姑道：“好在袁少爷刚才说，已经将一把小钢锉，给他带进狱里去了，这就好多了。”袁振武陡然醒悟过来，哦了一声，忙道：“不错，他老人家催的我很紧，限我立刻离开彰德。他老人家说，常入公门没好处，叫我少来。临别又再三叮咛我，叫我送信之后，千万别再返回彰德，我现在这才明白过来，他老人家是怕连累上我……”

鲁三姑扶茶几立起来，却又坐下，道：“是不是，他一定是这个打算！袁少爷，你这番义气，我们实在感激不尽。道隆（鹰爪王的号）他一生脾气暴，很吃亏。他又吃吃喝喝，享受惯了；一入狱，哪里受得来？苦倒不怕，只是他一生嘴馋，没酒没肉，一天也受不了。你一个年轻人，又在局外，竟冒着险，担着罣落，肯这么照拂他，我们心上有数，绝不能忘了你。刚才我已经听我们九兄弟念道了，你的意思是为求学绝艺。这可真难为你，下这么大的苦心！我们绝不能辜负了你！他出了狱，一定对得起你；不但他，我们也得想法子，成全你的志愿。不过，不瞒你说，我们现在正忙着搭救他，好歹把他弄出狱来，连他那三个笨徒弟，既是吃连累了，我们也得一包总想法儿，把他们都鼓捣出来。你呢，我也想透了。不过，现在……”

说到这里，陷入深思之境，尽翻着皂白分明的一对俏眼，仰望屋梁，筹划安置袁振武的办法：他可靠呢，不可靠呢？留下他呢？不留他呢？现在留呢，日后再说呢？……可惜愣头羊屈励才奔回求救，现在已经打发他出去请人去了；他若在此，也可以对一对。鲁三姑为此踌躇，那鲁桓却怕三姐姐为了一时感激之情，造次轻诺，又怕她说出别的话来，就立刻插言道：“三姐，咱们总得过了这一场……”

袁振武实在机警，听话听音，已知他们必有搭救鹰爪王的秘计阴谋。立刻自告奋勇，站起来说：“师母、师叔，你老容禀。弟子年轻，没能耐，却有一片血心。王老师十分看重我；我固然是新拜门墙的后进，可是报答师恩，无分早晚，都该效劳。师母、师叔哪一天上彰德府去？弟子我情愿追随。别的不行，跑跑腿，探探监，总还不致误事。那些狱吏狱卒，都跟我不错，被我买嘱好了。那狱中的情形，经我一番夜探，出入路线，我都很熟。”

鲁桓、鲁三姑都笑了。鲁桓闭眼摇头道：“袁少爷，你好大胆量！你这意思，难道说光天化日之下，谁还敢劫牢夺狱，做这砍头不带疤的事吗？我们武林中，也有得是亲朋故旧，有窗户、有门子的。我们大家凑在这里，也不过盘算一条好道：打算人上托人，钱上花钱，把我们人保救出来。真个的，单刀一摆，越墙而过，把犯人背出来吗？背出来又往哪里放？那是闹玩的事嘛？”说着，鲁桓两眼盯住鲁三姑，接着道：“袁少爷，我们三姐丈不是嘱咐你送信之后，叫你回家等候吗？他说一句，自然算一句。老弟，我们现在忙着救人。是的，我们扒裤子当袄，正在筹办钱……我们忙得很，满处都得奔走，想法子，找保，托人情，实在没工夫顾别的。你的热肠，我们绝不能忘，可是眼下实在没有工夫。你就先请回家，半年之后，我们一定找到你家；把我们鲁家门中，和他王家门中的那点玩艺，一点不剩，都传给你。就是我们不去，我们三姐丈出来之后，他也一定要亲身找你去的……”他又转脸道：“我说三姐，这话对不对？”又对袁振武道：“你大远的辛苦来到，我们已经预备了一点路费，是二百两银子……”

袁振武一听，话越说越远了。奔波千里，来求绝艺，怎么再回坐等，谁知道人家准来不来？眼珠一转，把利害筹算了一下，立刻说道：“师叔误会了！弟子求学，早晚都可以，那一点也没什么。现在顶顶要紧的是救王老师；弟子既然预闻，焉能落后？”坚求要跟着他们奔走效劳。他本意是希望自己有所

归着，最好住在鹰爪王家内，只是苦于不好开口。正在踌躇，不想鲁老婆婆掀帘子，闯然出来。对鲁桓、鲁三姑发话道：“你们打算的倒好，可没给人家孩子想想！千里迢迢的，人家奔来给你们送信；怎么大远奔来，再大远折回去吗？好徒弟最难得，就凭他这份苦心，我就喜爱他。况且他又这么热心肠，萍水相逢，就给三妹夫帮这大忙，又冒着好大的险。固然人家一步来迟，咱们早得着信了，人家可不知道啊！人家可是连夜赶来的呀！你们还瞒个什么劲！凭人家这份好心眼，咱们也该实话实说，难道还怕闪了舌头？人家是为什么来的，你们总得对得住人家才行。”又哼了一声道：“这样好徒弟，还推托！”

鲁老婆子的话，并剪哀梨，痛快无匹，把两方的意思都道破了。袁振武睁着感激的眼，向鲁老婆子一瞥。老婆子笑扶桌子，往前一探道：“我说是不是，小伙子，说对了你的心思了吧！唵？”

那边鲁三姑沉吟起来，半晌，换了一种腔调，对袁振武说道：“我们大姐姐说话最干脆。可是，袁少爷，你不用多疑，我们绝忘不了你。这里的事，你也多少总知道了，索性我也不必瞒你。这次你师父陷身在彰德府，遭这种冤枉官司；就是一个平常老百姓，无缘无故受了这种气，也不能硬咽下去。况是咱们江湖上人，汉子作，汉子当，怎么吃，就得怎么吐；不拘怎么样，我们也得赶紧设法，把他营救出来。不过案子里还牵连着三两个徒弟，未免多费手脚。要一齐搭救他们爷四个，这种事就更……不是你应当干预的了。我说对不对，大姐？”

鲁老婆子道：“那是自然，小伙子，你去不得。”鲁三姑又道：“你年轻轻的，热心肠，我们怎么看，也不能辜负你，更不能拖带你冒险跳坑。我们为了这个，才要请你回家听信。你放心，你不要因此疑虑，我们一定一定要教你趁愿。既然你不愿意回去，我想想看……”

袁振武仍告奋勇道：“弟子已经在深夜探过监，就再比这个险难的事，弟子也义无反顾。弟子情愿跟随师叔、师母，同

到彰德府，稍效微劳，死而无怨。就是师母要做……什么极险难的事，弟子更应该跟去了。弟子到那边去，是轻车熟路……”

话里含话，双方都挑明了。鲁氏姐弟依然峻拒着袁振武，不要他偕行；只退一步，盘算目下如何安插他。鲁老婆子的意思，是既然决意收留他，就叫他留在鹰爪王这里看家，鲁三姑又复不肯。要把他送到鲁家去，鲁桓又说家中无人招待。盘算了半晌，不得结果。

鲁老婆子见袁振武忐忑不宁，鲁三姑、鲁桓又犹豫不决；这老婆子很不高兴，气哼哼向一弟一妹说道：“你们商量你们的，你总得先把人家今天的宿处安排了。大远的来了你们好意思赶人家住店吗?”向内间叫了一声，道：“红啊！红啊！来把小南间收拾收拾，支上一架床。”那个高身材、大眼睛少年女子应声出来。鲁老婆子竟拿出作祖母的身份，把袁振武当小孩子看，挨过来，拍肩拉手的说道：“我先给你拾掇一个倒着的地方，千里迢迢的奔了来，一定很累，是不是?你先躺躺歇歇，不用管他们；你就冲着我，我老婆子一定对得起你。回头鹰爪王出来，我教他传给你掏心窝子的本事；他不掏，我就不答应他。小伙子，人要是有热心肠，处处占便宜；别学他们嘀嘀咕咕，一点也不像江湖人物。我这三妹妹、九兄弟最胆小怕事。丢死个人！”鲁桓等都笑了，道：“大姐姐又发脾气了！”鲁老婆子道：“不是我发脾气，你们，哼，对不起人了！”

老婆子迳叫着少年女子，引领着袁振武到了小南屋。进了小南屋，回头看了看，方才说道：“他们姐俩嘀咕到一块了；你在那里，他们闷闷绌绌的，更商量不出所以然来。你躲开他们，我回头追问他们去。你的意思，是愿跟了我们去！老实话，这不行。救一个人好办，救四五人，可就热闹了；你一个好人家儿女，犯不上跟我们蹚浑水。我看你还是留在这里等我们，你想对不对?”袁振武道：“老人家待小侄如此热诚，你老看着办吧。弟子的一番苦心，你老已然知道了。你老既是王老

师的内姐，你老如不嫌弃，我愿意拜在你老膝下，做个义子。”

老婆子看了那少女一眼，薄唇一抿，嗤然笑了，说道：“我可不好认干儿子，我的干儿子足够三十六罡了；我的干女儿也足够八抬轿抬不完。小伙子，这个姑娘就是我们最小的干女儿，跟我学本领的；她叫高红锦，她的父亲是……”那少女道：“干妈，少说吧。”老婆子道：“那怕什么？瞒外人，还瞒自己人做啥？”

袁振武果然伏在地上，就磕头，认义母；被老婆子只一伸手就架住，袁振武竟跪不下去了。惹得那红锦姑娘立在一旁，掩口而笑。

当日，袁振武留宿在擒龙手王泉家，实在也就是鹰爪王王奎的家。饮食起居，由鲁老婆子招呼着高红锦，帮忙照应，款待一如家人父子样。

到次日早晨，袁振武心想，鲁三姑和鲁桓必未见自己。既经隔夜，安插自己的办法一定商量停当，该抵面说出来了；不意鲁桓从这天便没再见面。看这王家，似乎并没有仆妇、丫鬟；宅中本有两三个壮年男子，此时也都不见。所有端茶送饭，只由那少年女子叫高红锦的亲手送来。却是宅内人来人往，行色匆匆。到下晚，连鲁老婆子、鲁三姑这姐俩也不见了，竟把袁振武一个生客，孤零零丢在小南屋，没人看顾。

袁振武惟恐给人不好的印象，毕恭毕敬，坚坐在小南屋。乍到人家，又不好到院中随便走动，也不肯伸头探脑，向外窥看；只可侧耳倾听室外的动静罢了。有时候外面脚步声杂沓，有时候人声忽起。男女老少语音各别，旋又寂静下去。由早晨到晌午，只不过两三个时辰，把袁振武扃得六神浮躁，抓耳搔腮；站起来，在屋内走来走去。偶尔听院中有人走来，就试着咳嗽一声；渴盼惊动一个人进来，理他一理，也好趁便问，到底把自己怎处。却是外面的人又隔得远，惊动不过来。

到午饭时，鲁家三姐妹还不见出头，袁振武再也沉不住气了。他是机警人，不由又起了疑虑；莫非他们已经走下去了，

把自己抛在这里？胡思乱想，忍不住伏门缝，破窗孔，往外偷瞧。忽然听莲步细碎，似由正院，正往这边走。袁振武巴窗缝注目一看，正是那高红锦姑娘提着小食盒，往南屋这边走来。

袁振武慌忙归坐。刚刚坐下，那女子一阵风似的已来到门前，也轻轻咳了一声，方才挑帘入室。两只大眼把袁振武看了看，侧着头又看到纸窗。这却是袁振武的错，若把窗纸戳破一个大洞，也就罢了。他却不，他竟是用指爪蘸唾津，只点破了小小的一个月牙孔。高红锦不顾起身迎立的袁振武，只凝眸看这窗纸上的月牙小孔。看罢，双眸一转，脸冲袁振武微微一笑。袁振武自己怎能不明白，不由羞得脸起红晕，十分磨不开。

第十章 鲁姐妹夜会群侠

那高红锦姑娘放下食盒，打量袁振武道：“袁大爷，憋闷急了吧？可以到院中溜溜，这里没有外人。”袁振武不能答，含糊应了一声。高红锦便给他拭桌子，摆杯筷；从食盒端出四碟、两碗、一壶酒。

袁振武不知怎的，素来豪爽健谈，此时竟噤住了；勉强说道：“谢谢姑娘受累，我自己来吧。”便抢着来端菜，菜早端完了；便又抢着盛饭，可是饭桶还没有端来。高红锦姑娘道：“我给你端饭去，他们很忙。”说罢，翩若惊鸿，扭身出去；袁振武要想问话，已经来不及了；怔怔的站在屋里，看着桌上的菜，竟不归座就食。

转瞬间，高红锦二次把饭桶提来，右手还端着一碗汤。到了门口，没法子掀帘，便扭着身子，要肘起门帘来。袁振武忙走过去，代为挑帘。不想高红锦一扭身旋脸时，两个人几乎碰了个对脸。高红锦道：“呦！……费心！”袁振武倒碍了路，高红锦右手汤碰溅出来。袁振武赶快撤身。高红锦抿嘴一笑，把汤放在桌上，便蹲身来盛饭。袁振武侧立桌旁，意颇歉然。高

红锦道："袁大爷请用饭，看菜凉了。"袁振武说道："给姑娘添麻烦了！"高红锦笑道："这有什么？又不是我做的，我不过端一端，还弄撒了。"

果然这几样菜多半是现成的，皮蛋、豆豉、火腿、咸鱼等，配了四碟，现烹调的只有两样。高红锦抽手巾，拭去手上的残汤，看袁振武似不好意思当着自己归座用膳，便一扭身，又翩若惊鸿的挑帘出去了。袁振武亟想问话，先咳了一声，道："啊……"高红锦早姗姗的步出小南屋，抹墙角走开了。

袁振武赧赧的归座，拿起竹筷，把火腿咬了一口，又斟了一杯酒，却只是烧酒。自己暗嫌自己，竟会无端腼腆起来；在这个女子面前，自己怎的这么局促不宁呢？

沉思忘食，忽然间一个妙龄少女的面影，浮现在面前：瓜子脸、粉腮、细腰、削肩、柔媚而又英挺，尤其是那两道秀眉，宜嗔宜喜，还有那小小的红唇……那是谁？那便是太极丁的爱女，自己的师妹，今日的俞振纲之妻——那便是丁云秀姑娘。

这面影似电光石火般，在眼前一闪不见，袁振武凝眸再一看，眼前只是杯酒盘餐……微微一喟，回想前情，不由得引杯连啜了数口。于是，停杯再想：这个高红锦姑娘比丁云秀高半头，是细高挑，也是削肩细腰，轻盈隽爽，只不如丁云秀那么蕴藉，那么雅淡，那么……有那么一种说不出的独特风格。好似丁云秀把"女""侠"二字调和得那么匀称。这高红锦姑娘，虽看不准她会不会武功，却仿佛英气多些，柔美之气少些，那一位如果是闺门弱质与女侠的化身，这一位却似小家碧玉与英雄的合体了，这一点截然不一样！

袁振武胡思乱想，现在又胡思乱想到别一端上去了。跟着联想起那一天，丁师父封剑闭门的那一天，袁振武勃然，一双虎目闪闪发光，把酒一口气又连吞下数杯。情不自禁，失声的哼了一声，道："好！咱往后看！"

猛然听外面嗤的一声；袁振武一动，急侧目一看那纸窗月牙孔，露出黑若点漆的一只眸子。那白纸窗也映出黑影，是细

长的一条人影。于是窗外一眸和屋中双眸一对。窗外那一只眸子似含着笑意，骤然收回去了。隐隐听得娇笑，道：“往后看什么呀？自己一个人说鬼话哩！”跟着木底弓鞋“格登格登”的一阵响，分明莲步细碎，又走开去了。袁振武才觉得自己深思忘情，这必是高红锦姑娘来收杯盘来了。而自己只顾呆想，只顾喝酒，竟忘了吃饭。

袁振武抄起筷子来，匆匆的把饭吃完。屋中有毛巾，取来抹了抹嘴，往桌旁一坐。忽然想起一策：“我何必坐在这里，等着这位姑娘撤食具？我莫如自己把杯盘拾起，送回厨房。借这机会，就可以出院子寻看寻看了，而且又显着客气。”武林中最忌讳生客借寓，伸头探脑，胡乱刺探；所以袁振武宁在屋内憋得出汗着急，也不愿轻离一步。现在有了借口，忙忙的把杯盘、饭桶收拾起，端起来就往外走。

刚刚走到中庭，那高红锦姑娘已从堂屋历阶而下，翩然走来。迎面相遇，叫道：“吆，你吃完饭了？撂着吧，怎么着自己个拾起来了。”袁振武赔笑道：“在下又不是外人；姑娘，你告诉我厨房在哪里，就得了。”说着话，眼睛往四面寻找；院内空旷，鸦雀无声。好像除了袁振武，就剩高红锦一人了。鲁家三姐弟和那几个年轻小伙子，俱已见不着面，也听不见说话。高红锦伸手来接食具，袁振武极力谦辞。因高红锦梗在前面，走不过去，只好把饭桶递给高红锦。袁振武自提着提盒，向东耳房指问道：“这里可是厨房？”高红锦点点头，于是二人相率把食具送到厨房内。袁振武还想帮忙归置起来，高红锦皱眉微笑，道：“丢在那里就行了，有人管，用不着你……”袁振武抱歉道：“又教姑娘受累了。”红锦道：“我也做不着，我才不会弄这些事哩。”

把食盒等都堆在案子上，高红锦首先走出厨房，袁振武急忙也跟出来，高红锦一直奔上房走，袁振武不知不觉，也往上房去。高红锦上了台阶，袁振武走近甬路。那高红锦一手掀帘，忽然回眸一看，见袁振武似要跟过来，笑了笑，说道：

"请往南屋坐。"

袁振武不由得讪讪的也笑着站住了。可是他再不能放过，忙叫了一声："姑娘，请留步。"高红锦手一松，帘子吧哒的一响，落了下来；柳腰一扭，侧过脸来道："我也忘了打脸水了，我给你沏茶去。"袁振武搓手低头，缓缓的说道："不是，我不渴。姑娘，我请问你一点事。"高红锦道："什么事？"

袁振武四面看了看，低声道："师母和鲁老姑太她二位，还有师叔，可在屋吗？"

未等说完，高红锦噢的一声道："你是打听他们？他们三位出门了，一会儿就回来。你是不放心，怕他们走了啊？那焉能够。鲁姑太临走的时候，留下话了，教我款待你，别把你饿着。她老人家就是这么热心肠，喜欢年轻人。你只好好的等着吧，她老人家自然有交派。"又放低声音道："你是想学能耐，是不是？你真走运，遇见老姑太了；你要是只遇见三姑太，哼，哼！"袁振武道："三姑太是谁？哦，可是师母吗？"高红锦道："不是她是谁？她这个人，别看能耐大，可就有一样，最不好管闲事。"说罢一扭身，挑帘登阶，到上房去了，把袁振武一个人抛在庭心。

袁振武徐徐的走回小南屋，心中纳闷。这个高姑娘，真摸不清是怎么个路数。说姑娘不姑娘，说小姐不小姐；又像会功夫的人，又像不会，却是身量儿真高，森森玉立，比起振武自己，竟不差上下。真个的跟师妹丁云秀比，大不相同了。而鹰爪王这一家子，人物也觉着个个特别。

过了一会儿，高红锦端着一壶茶进来，道："喝茶吧，你在这里闷得慌，是不是？你可以到外面溜溜。他们老姐儿三个大概到天黑时，才能回来。"袁振武起身道谢，忽然想："她一个女孩子，怎么倒把我噤住了，我何必怯场？"就朗然发话道："姑娘请坐，我向你请教请教。我是鹰爪王王师父新收的徒弟，他老人家的为人、武功，和从前的行事，我一点也不晓得。姑娘和他们这里既是亲戚……"高红锦登时把话剪住，道："哼，

我更说不上来。我和鹰爪王王大叔、王大婶，一点也不熟识，我和鲁老姑太，我们是通家至好，我是受她老人家邀来帮忙的。”

袁振武道：“姑娘也是来帮忙的吗？这么说，姑娘的功夫一定很好了。”高红锦道：“唉，我说什么来着？我可什么也不会，谁说我会功夫啊，你听谁说的？”振武道：“姑娘不是来帮忙的吗？”高红锦道：“不错呀，噢，你是这么猜了。我倒是给他们来帮忙的，我是给他们洗衣裳、煮饭，帮这种忙来的。”说到这里，掩着嘴，噗嗤的笑了。一扭身子，推门出去，临行道：“我不会说话，你别听我的。”竟又飘然走去了，任什么话也没有套问出来。袁振武暂在鲁宅住下。

这一天直耗到天黑，鲁氏姐妹一个也没有回来。这一顿晚饭，这位高红锦姑娘可就弄不出来了；直到快掌灯，她还没有做熟。袁振武忍不住了，出了小南屋，在院中走来走去。忽见高红锦满头大汗，从厨房奔出来，一见袁振武，就嚷道：“你饿不饿？”袁振武道：“还不饿呢。”高红锦道：“嗐！糟透了！灶堂里火不旺，添点柴禾吧，不留神，忽的一下，蹿出一股烟来，差点燎了眉毛。煮饭吧，也煮不熟；炒菜我又不会。你会不会？你给我看看去。”原来她一个人看火，又看锅，又煮饭，又炒菜，忙不过来了；不但累得脸上粉汗淫淫，连小汗衫也湿透了。喘吁吁的，屋里又热，天又黑，越着急，越没办法。

高红锦说着话，跑到上房，拿出一把扇子，一面拭汗，一面跑到院子里，站在阴凉底下，扇扇子纳凉。口中不住抱怨道：“吃饭容易，做饭敢情真麻烦；谁会干这个呀？”她那里发急，袁振武却心中窃喜，忙说道：“姑娘别着急，待我来。”自幸有机会，可以攀谈打听事了。忙走进厨房一看，幸亏来得巧，再晚一会，怕要失火了。满地都是碎柴禾；她又把灶堂塞得柴禾过多，一阵阵犯风，便往外倒烟冒火。袁振武忙用扫帚，先把地上柴禾扫净了。再看菜砧、盘碗、瓢杓堆得很满。煮的饭把水放少了，锅底已经焦糊，可是上面的米依然很生。

乱七八糟，饶这样，倒把高姑娘累得直唠叨。

袁振武也是位富家公子哥，他也不十分懂得烹调；看了看，深感没处下手。对高红锦道：“姑娘不用着急，我看还是上街，买点现成的吃吧。”

高红锦道：“也好，这工夫饿得我肚子直叫。做饭不行，吃饭我可一顿也不许错过。给你钱！”从上房拿出一些碎银子，就往袁振武手里递。袁振武道：“不用不用，我这里有。”急急的走出院外，到街上找一饭馆，随便叫了两份菜饭。可是这一来，要想帮忙做饭，趁便打听闲事的机会又丢失了。

从饭铺出来，已是万家灯火齐上时。引领送饭的小伙计，来到王家门首，街门已经紧闭。上前叩门，门扇忽隆的分开，高红锦姑娘当门侧立，道：“怎么样，找着饭馆没有？”袁振武笑答道：“找着了。”吩咐伙计，把菜饭先端到上房；给红锦姑娘叫的是四菜一汤。

这高红锦姑娘容得菜饭摆好，坐下来就吃，用筷子指着袁振武道：“谢谢你，我真饿了。你怎么还不吃去？”竟一点也不客气，非常的豪爽。袁振武叫小伙计，把自己的那一份，送到小南屋，草草吃完。容得伙计把食具撤去，高红锦闩上街门，给袁振武送来一壶茶；她就老早的进了堂屋，关上屋门，把灯熄了，悄然睡去了。袁振武还想跟她搭讪几句话，竟不能得闲。

袁振武只得枯坐在小南屋，对灯喝茶，皱眉寻思；鹰爪王家上上下下，连本家和亲戚，怎的一个不剩，全出门了？只留下一个高红锦姑娘看家，据说也是外客，他们自己人都做什么去了？难道都走下去了？自己本为争强负气，才别寻名师，看这鲁家姐妹举动诡异，言辞惝恍，看来定有什么不轨的打算。事到临头，自己究竟该当怎么办才对？思思量量，好半晌，方才和衣睡倒。

迷离恍惚，似睡不睡，听更楼似已打过三更。忽然间，庭院中吧哒的响了一下。袁振武耸然惊异，霍地坐了起来，揉揉眼，侧耳细听。似乎屋后墙上，唰唰啦啦的又一阵响动，像是

灰土剥落。袁振武忙披上短衫，登鞋下去。外面嗖的一声，分明听出，由院外跳进一个人来。

袁振武大诧，急趋至屋门口，伸手便要拔闩，忽一想：且慢！忙走近窗前，就窗纸破洞，往外一看。这小南屋前面，恰有半堵墙，挡住视线，看不着庭心的动静。赶紧一转身，挪到临院那面窗台畔，把窗纸弄破，合一眼，睁一眼，仔细往外窥。倏见一条人影，疾如箭矢，由西墙根一掠而过，径奔正房。正房仍被墙障着，望不见堂屋门，只瞥见半窗灯光。原来正房的灯光已灭复明了。

袁振武恍然，更扯大窗孔，张目一寻。哦，偏北左有一条人影，晃来晃去，在庭心打旋。东墙上也有一人，正向外瞭望。跟着眼光不及处，又听见一声吹唇低啸；墙头人影飘身下来，两条人影一纵步，齐奔正房。旋听见吧哒一响，似挑帘放帘。

三间正房只能看见半间，袁振武极力窥窗，仍然看不出所以然来。心中疑闷，而且着急，想了想，忙往门口一凑，这才轻轻拔栓，徐徐曳门，只开了半尺许的门缝，侧目重窥，倾身再听。半晌，院中没动静了，却听见正房之中，唧唧喳喳，有人密语。忽然，唰地一声，正房中一个妇人声口，喝道：“么七吗？”正房东檐上忽然噗嗤的一笑，又听屋中一个壮汉道：“是蔡七。”檐头一个童子音答道：“三姑，是我。”妇人道：“是你怎么不进来？淘什么气？”童子音轻笑道：“没淘气，我来个‘夜叉探海’，看看你们听得出来不？”妇人怒道：“快给我下来吧。”

袁振武忙一侧身，推门出来，往前一垫步，蹿到前面那堵墙后；借墙障身，向外探头。仅仅瞥见一个矮小的人影，正在悬身檐抱柱，玩那“单扯旗”的花招。正房门帘一响，一个长身妇人掀帘出来；短衣佩剑，正是师母鲁三姑，不知道什么时候回来了。那矮小的人影一个虎跳，翻下平地，一长身，高才四尺，原来是个十几岁的小孩。鲁三姑一手挑帘，忽然向这边一笑，却一拍那小孩，道：“淘气的孩子，偷看什么！”跟着一

回身竹帘吧哒的一响，一同进去了。袁振武愕然，忙一缩头，退回身来。

沉了一会，袁振武更耐不住，复又贴墙探身。遥望堂前，灯光通明，隔帘映出碎影；晃来晃去，尽是屋中人影，乍高忽低，尽是谈笑之声。袁振武为这灯影人声所吸引，忍不住轻轻挪步，往庭心走，一双眸子直注到堂屋内了。却才转出墙角，忽听背后簌簌的一响，一条细瘦的人影突从黑隅中如飞的蹿出，挟着一股子锐风，猛袭到身旁。

袁振武吃了一惊，方要回身，骤然间软绵绵一双手掌从肩后伸来，往自己左肩头一按，力量很大。袁振武倏往下一矮身，待要施展拿法，拆破敌手，不想来人嗤的一笑，嗖的一蹿，退出两丈以外。袁振武方才看出来人的身形轮廓，细腰削肩，包头软履，正是高红锦姑娘。她向袁振武含嗔低喝，道："喂喂喂，放着觉不睡，你要干什么？"说话时，又似微含笑意。袁振武忙凑前一步，道："原来是姑娘，我要……屋子里很热；我要到院里溜溜！"高红锦道："咄！不老实，说瞎话！还不快进去，你好大的胆子！"

袁振武满面怀惭，往小南屋去；回头一看，高红锦已跟了过来。忙将油灯挑明，又将衣纽扣上，这才说道："姑娘还没睡，请坐。"高红锦姑娘不答这话，站在屋心，似笑不笑，似嗔非嗔的说道："你年轻轻的真愣，胆子真不小！你是要到堂屋，偷听窗根去，是不是？"袁振武忙道："不不不！我绝不敢那么胡来……"高红锦道："你还瞒我？告诉你，你是不知道，这屋里什么人都有。保不定有那手黑的，冒冒失失，就许给你一下子；你又未必防备，他们又不认识你。"

袁振武辩道："得啦，姑娘，你真把我看成一点世故不通了，我焉能偷听窗根？我不过……因为鲁师叔和师母整天没见着，我的事又不知怎么样，住在这里，心上很不安。刚才听见师母回来了，打算上去问一问；我哪能一声不响，偷听私语去呢。"高红锦道："得了，不用说了，你就不会明天问？你想他

们在屋里聚议，院外哪能不安放哨的？幸亏是派我放哨，换了别人，哼哼……”把手一扬，道：“你看，你就得挨上这一镖。”袁振武诺诺连声道：“姑娘说的是！我太莽撞了。不过，师叔、师母把我搁在这里，我实在不知道我该怎么着才好。姑娘，你费心给我问一声去。若要去彰德，千万求他们把我带了去，我也可以稍尽微劳。”高红锦摇头道：“不必问，她绝不会教你上彰德去的。你擎好吧，再不要伸头探脑的了。赶明天，不用你说，鲁老姑太也一定先找你，一准有个交派。你只好好睡觉得了。”竟不容袁振武再说话，举步往外就走，又回头一摆手道：“我还得巡逻去哩，老老实实睡吧。”

袁振武没想到高红锦竟这么英明，急急追出去，低声道：“姑娘，姑娘！我别看是新来的，究竟也是王老师的徒弟。姑娘我求你答应我，我又睡不着，我帮着姑娘巡逻吧。姑娘替我想想，我又不知是怎么回事，一个人扃在屋里，实在闷得慌。”高红锦回眸一笑，停了停道：“也罢！”一点手道：“你跟我来。”

高红锦把袁振武引到庭隅，指了一个隐僻地方，教他蹲下。又给他三只镖，但又嘱告道：“千万不可乱打，这只是防备万一罢了。你只听我的招呼，叫你怎么样，你就怎么样。”然后高红锦自己也寻了一个地方，把身形隐藏起来。

袁振武藏身的地方，恰好可以隔帘窥见堂屋；这番安置自是高红锦无形中帮忙，袁振武心中很感激她。隔帘遥望，堂屋中的陈设已经改动；那张方桌搭在屋心，围着方桌，挤挤挨挨，坐了七八个人，男男女女都有。一盏明灯，又数只蜡烛，分放在案头几上，闪闪吐出明光。桌子杂陈着酒杯食物，在座这几个人正在一面喝酒，一面喁喁密议。鹰爪王之妻鲁三姑擎着一把剑，比比划划，和那个小孩子说话。

过了一会，忽然屋顶簌簌的又一响，嗖的一下，从外面连蹿进来三条人影：两个男子、一个女人。那个女人原来就是鲁老姑太，年纪高大，身手却非常矫健，也穿着一身夜行衣。一

到庭心，便尖着嗓子嚷道："三妹妹，蔡七子、老五来了没有？"屋中人哄然起坐，道："老姑太来了。"鹰爪王之妻鲁三姑应声道："大姐姐回来了。蔡七子来了，这不是。"一个少年首先起身迎出来道："姑太叫我，我还不赶紧来嘛！"座中人一个个全迎了出来，鲁老姑太倒像贵客一样了。

这老太婆子向众人寒暄着，就让同来的那两个男子先进屋。她自己落后，也绕着院子一巡。忽然到袁振武藏伏之处，厉声道："咦，你怎么不睡？谁叫你在这里的？这么放肆，你好大胆子！"当下就要翻脸。高红锦急急蹿过来道："干娘别着急，是我叫他帮我巡哨来着。"鲁老姑太才转怒为喜，道："那就是了。好，小伙子，你多受累了。"又道："你们两个人别都伏在院里。你们两个人应该分开，一个在院子里，一个在屋顶上。"高红锦道："我上房。袁大爷，你还蹲在你那个原地方。干娘，人都邀齐了吧？"鲁老姑太道："差不多了。"然后匆匆的走进堂屋。

高红锦对袁振武吐舌说道："怎么样，我没有冤你吧？差一点你就落了包涵！"袁振武道："谢谢你，大姐，小弟不懂事！"不知不觉的改了称呼了，高红锦并没介意。

鲁老婆婆一回来，屋中声音立刻放大，再不像刚才那样低言悄语了。袁振武在外面听了个真真切切，却是多一半说的是隐语。大致猜来，这些人都是邀来救鹰爪王的，如何救法，却未闻提出。他们只商量怎么登程，怎么样改装，怎么样进彰德府，以及还得再邀甚么人。旋且议罢，这些客人有的翻墙出去，有的留宿不走。

鲁老婆子出来，到院中一站道："红啊，红啊！"高红锦蹿下房脊，来到面前，一同进入屋内。隔了片刻，高红锦独自出来，很忙的对袁振武说："老姑太说，没事了，叫你回小南屋睡觉去。"袁振武愕然半晌，道："高姐姐，我可不可以见见他老人家？"高红锦嗤的一笑道："见她做啥？我猜你就憋不住。老姑太说，教我替她谢谢你打更。叫你先回小南屋，她老人家

回头就去见你。你先别睡，好好回房等着去吧。告诉你，若不是我帮话，你得到明天才能见着老姑太呢，又憋你半夜。我知道你年轻人性子急，是我替你催的。”袁振武连声称谢，自回小南屋等候去了。

堂屋中的人声依然嘈杂。隔了好久好久，竹帘声动，脚步声起，夹杂着笑语告别声。忽一个清脆的嗓音道：“就是这样，伯母请回，咱们在汤阴见吧。”一个中年男子的腔口道：“今天二十八，我们准在初七接头好了。”跟着听见嗖嗖的蹿房越脊之声，似已走了一拨人，却还有一拨人。旋又听鲁老婆子尖着嗓子，似在庭院对某一人说道：“你别回去了，住在这里吧。你一个孤行客，住店不行。”一个低而宏的喉咙道：“不要紧，我有地方住，你老不用费事了。”又听见开门启栓之声，鲁老婆子、鲁三姑称谢送客之声。旋又听见关门上栓，掀帘回房之声。一刹那，各种嘈杂的声音归于沉寂，却已听见鸡叫声了。

袁振武心中着急，正在胡思乱想，忽然听隔门招呼道：“袁大爷，老姑太来了！”袁振武矍然站起，这是高红锦，忙应了一声，奔到门首。那高红锦姑娘已推门进来，拿着沉甸甸的一个手巾包，含笑入内。见屋中昏暗，微微一皱眉，道：“怎么这么黑？”伸手把油灯挑亮，袁振武往门外探头，道：“大姐，老姑太真来了吗？”一言未了，鲁老婆婆已然疾步走来。

第十一章 高红锦留情陌路

这鲁老婆婆已非复白天的神气了。偌大年纪，穿一身夜行衣装，瘦削的面庞含着凛然之色。袁振武抢步上前，才要行礼，鲁老婆婆不耐烦的把手一挥，向椅子上一指，道："请坐！"她自己就坐在靠桌旁的床上，匆匆说道："袁少爷，我现在很忙，顾不得细说。"回顾高红锦道："把包拿来。"信手打开，是两封银子、一封信。

鲁老婆婆道："这是一封信……你的事，我们已经替你盘算好了，你志在求学，愿意投拜在你师父门下，有你这种资质，又有这分苦心，你实在是个好徒弟，我们求之不得，无奈现在不是时候。我已经跟你师母商计好了，我们不愿教你在这里傻等；况且你住在这里，也不相宜。我又忙，一切详情不便对你细讲。这里有一封信，你现在就可以动身，把这封信投了去。"

袁振武一看这信，下款是"汉阳王缄"，上款是"鄂豫交界蓝滩刘四爷家祺台收"。鲁老婆婆指着道："这刘家祺也是你师父的师弟；我把你荐到他那里，你可以在他那里借地学艺，

也不妨拜他为师……”袁振武忙道：“义母，弟子不愿……”

鲁老婆婆摇手道：“你别打岔，你听我讲。这刘家祺不仅是你师叔，我还救过他的性命。我吩咐他的话，他不敢驳，一定好好的照办。我把你荐到他那里，他一定错待不了你，他一定倾心传给你武艺。你要明白，这不过是暂时，至多半年罢了。半年之后，你师父或者我一定找你去，验看你在他那里的学绩。不管你学得如何，到那时你师父一定把你领走，找一个地方，便由他自己亲手传给你本门心法。你在刘师叔那里，不过借这半年闲空，叫他把本门初步筑基的功夫传给你，省得叫你傻等着，空耗时候罢了。你这刘师叔，他在蓝滩设场子，授徒为业，你在那里住，也可以安心。”

她把两封银子也送到袁振武手内，道：“这给你做路费。”又道：“现在已经鸡叫，等天亮，你就赶紧走。”

说罢，她站起身来。袁振武还想说话，但是老姑太的言谈、神色，十分匆遽，又似不容袁振武有置喙余地。袁振武性本刚直，不觉心中不悦。

但是这鲁老婆婆就好像看透他的心一样，虽然站起来，似乎要走，忽又一转身，凑到袁振武面前；伸一双枯腕，往他肩上一搭，满脸上堆下欢容来，蔼然说道：“小伙子，我实在爱惜你……”又低声道：“你是个明白的孩子，不用我多说……我的意思，你总可意会吧？你又是个富家子弟，安善良民，我绝不肯叫你往恶道上走。你这刘师叔虽也是一个武夫，他却是在蓝滩住家，平素专以设场授徒为业，循规蹈矩，非常可靠；你在那里住上半年，好极了。你要知道，你这人又机灵，又热心眼，我们绝不能把你丢在脖子后头。咱们不用说废话，也不用说客气话，你只好好的上进，咱们总有再见的机会……你听明白了没有？”

袁振武回过味来，便要叩头称谢，又要求见师母。鲁老婆婆却又道：“小伙子，你放心，我们一定对得起你，你师母和我是一个意思。你对你师父有恩，我们不会忘了你。咱们各凭

天良，你不负人，谁能负你？你师母很忙，她已经走下去了；你不必见她。现在天快亮了，你赶快歇一歇，好赶早走路。”

袁振武又要叩问师父鹰爪王何时能出狱，何时才能够会面。鲁老婆子笑道：“小伙子，你很精明。你想他什么时候能出来，什么时候能见你呢？我们这不是正想法子救他吗？救出他来，他自然……要先歇一歇……是的，要先歇一歇。歇好了，我一定叫他第一个先去找你。……好了，好了，是时候了，就是这样吧。千言万语，总归一句，你放心。我们走了……总对得住你！”说至此，指一指天，又指一指心，更不多说。鲁老婆婆便一松手，骤回身，带高红锦出离小南屋，便要回转上房。

袁振武已经听明白，可是又不能完全明白。急急的跟踪叫了一声：“老姑太，义母！”鲁老婆婆一回身，瘦眉微皱，忽又笑了，说道：“你还是疑疑思思的，这也难怪。红姑娘，我很忙，你有工夫，跟他细讲讲好了。”鲁老婆婆洒然回到上房去了。

高红锦姑娘应命留后，重回小南屋，往上首椅上一坐，对袁振武道：“师弟过来！”她忽然改了称呼了，含笑说：“你有什么疑难，快对我说，我都告诉你。”鲁老婆子的这番安排，居然把个强项的袁振武安慰得十分感激。拒绝他同行，荐他到别处，他本来已潜蕴不悦；但是鲁老姑太的匆忙堵住了他的嘴，鲁老姑太的诚恳终于又感动了他的心。

袁振武略为思索，赔笑说道：“我吗，倒没有什么疑难了。老姑太这番替我打算，我已经明白了。我焉能不识好歹，稍背她老人家的一番盛意。不过我抱愧的是，师父身在难中，别人都要尽力营救，我竟不得稍效微劳，反倒退身事外，袖手旁观，心上总觉着过不去。”

高红锦秀眉微颦，微微一笑，忽用开玩笑的口吻说道：“算了吧，有什么过不去？你一走，不就过去了。”又正色道：“小伙子，你有这份良心，莫怪老姑太这么照顾你，你算赶巧了。小师弟，你只管奔蓝滩去吧，你师父的事，你不伸手也是

一样。你就伸手……”把自己的手一伸道：“恐怕也跟我的手一样，弄不出什么漂亮的活计来吧。”

袁振武脸一红，方要辩解，红锦姑娘忙抢着说：“你又不爱听了，是不是？老实告诉你吧，老姑太因为你是好人家的儿女，不愿意叫你跟着蹚烂泥，往险道上走。这是不肯累害你，你别犹豫了。你就依着她的话做去，她自然越发的欢喜，这比什么都强。这门里的徒弟不止一个，能邀得老姑太这么刮目的，也就只你一个人罢了。你别自己弄砸了，没的招起她不耐烦来，倒坏！我叮咛你几句话，你在这儿，当着师门中的人，你这么至诚热心；离开这些人们，你也能时时以师门为念，那时要求得本门绝艺，又有何难？我没有什么帮你，这几句话就算我这个师姐姐送给小师弟的一份虚礼吧。”她格的笑了一声，站立起来，向外就走。

袁振武平素以师门高弟自处，这位红锦姑娘却惯拿他当小孩子看待。其实高红锦不过二十三四，袁振武已然二十七岁了，她却一口一个小师弟、小伙计的叫着，又是什么好人家的儿女啦，她倒把阿姐的身份端得十足。袁振武负气出走，脱离丁门，自己反倒晚了一辈下去；回想起当年旧情，也不禁感慨系之了。但这高红锦姑娘忽嗔忽笑，倜傥不羁的神态，又好像有一种魅力；倒把个袁振武摆布得心旌摇摇不定，忸忸怩怩，另有一种滋味似的。一见她要走，忙站起来，抱拳道：“师姐，别忙着走！我还有话呢。”

高红锦一手挑帘，回头说道：“你还有什么话？……你的话太多了，我忙得很，回头再讲吧。快快的收拾收拾，不要磨烦。你看这就天亮了，你别忘记，你还得赶早动身走呢。”说罢，竹帘吧哒的一声落下来，苗条的影子翩然走去。

袁振武忙忙的跟踪送出来，抱拳躬身，说道：“师姐，您好走。”但见高红锦姑娘脚才出户，嗖的一个箭步，飞似的蜻蜓三点水，早已跃上了正房台阶。侧身掀帘，一回头，有意无意瞥了袁振武一眼。黑影中，但见她似把头微微一摇，手儿一

挥，跟着竹帘又吧哒的一响，已经走入堂屋去了。

袁振武重返小南屋，想了一想，只得先投奔蓝滩去。看这情形，鲁家三姐弟搭救鹰爪王，也还是没有什么新奇妙策，也还是定而不可移，仍采武林中的惯技罢了。那么，他们拒绝自己，也正是爱护自己；自己虽是武林中人，却不是干这种事的人。盘算停当，忙将随身的小包裹收拾利落，两封银子、一封信，也顺手打在小包袱之内，就倚枕略歇了歇。

听外面一阵阵鸡声报晓，纸窗上曙色渐透。又过了一会，院中木底鞋格登格登的响，猜是红锦姑娘脱去夜行衣装，又换上家常妇女的衣履了。忙坐起来，把小衫衣纽扣齐；揉了揉眼，便来开屋门。

果然莲步细碎，红锦姑娘已到门前，轻轻一弹窗，叫道："袁师弟，该走了，我可要下逐客令了。"说话时，门开帘启，红锦姑娘满面春风，走了进来。上眼下眼，打量袁振武道："你还不如我哩，你脸上带出熬夜的气色来了。"那是自然的，袁振武奔波千里，又加上一夜失眠，脸上神色当然显得劳瘁。

看这红锦姑娘，红绣袄，紫绢巾，足穿弓鞋，腰系长裙，脸上薄敷脂粉，猩红一点点在小小的口唇上，丰容盛鬋，姿态艳美；不但与昨夜神情不同，就与前昨两天的打扮气度，也迥乎有异。只看这外表，恰似一个过新年、要出门的闺秀姑娘，可说是一身盛服，浓装艳抹了。

袁振武心中不解，猜测着好像她是要离开王宅了。不禁迎问道："姑娘，哦，师姐，您要出门吗？"高红锦点了点头。袁振武迟疑道："师姐不说是看家吗？"高红锦道："你听谁说的，我也要走啊。你怎么样，收拾利落了吧？我这里静等着你呢。"袁振武看了看自己的小包袱，笑道："早收拾好了。"再一穿长衫，把小包袱一提，便可登程。高红锦道："那么你就走吧，我送你走。"袁振武忙道："谢谢师姐。"

袁振武伸手从屋墙挂钩上，摘下长衫，披在身上；向红锦姑娘作了一揖，跟着说道："师姐费心，领我到上房去一趟。"

高红锦道：“做什么？”袁振武道：“我还没有辞行哩。”高红锦格的笑了一声道：“你这人好懵懂，你跟谁辞行啊，她们都走了！”袁振武愕然道：“怎么都走了，这么早都走了吗？”高红锦笑出声来，说道：“看你很精神，很像个行家，刚才的动静，不信你会一点没有听出来。”袁振武呆了一呆，说道：“师叔、师母，我知道早都走了，老姑太是什么时候走的？”

高红锦笑而不答，只催他快走。袁振武反倒坐下来，在木榻上仰着脸，问道：“师母、师叔、老姑太都走了，邀来的朋友也都走了……可是的，那么一来，小弟再一走，这院里不就剩师姐一个人了吗？”高红锦道：“你这人没耳朵，我也要走的啊！”袁振武道：“唔，师姐再走了，这宅子交给谁呢？”高红锦掩口笑道：“交给谁，交给房东！你别操心了！反正这个家……”说到这里，换转话头道：“反正这个家有人管。”

袁振武恍然了，顿了一顿道：“师姐请坐，我跟你打听打听，现时这宅子里，是不是只剩下你我两个人了？此外还有别位看家的没有呢？”高红锦秋波微漾，做出顽皮的样子，道：“傻子，你想呢？”袁振武脸一红，道：“我知道一定没有别人了。但是，师姐不要瞒我吧，你得告诉我，是不是师父一家从此要弃家远飙？”高红锦笑着点点头，道：“有那么一点。”

袁振武不禁爽然如有所失。抬头看这红锦姑娘，倚着桌子，曼立在自己面前，两眼正瞅着自己。袁振武想了想，嗫嚅道：“师姐，你老人家可到哪里去呢？”高红锦笑道：“我嘛，我的去处不能告诉你。”

袁振武俯下头来。停了片刻，复又抬头，目注着高红锦；欲言又止，似有孺恋之意。高红锦等了他一会，见他一时没话了，便把身子一直，手指轻轻的一弹桌子，说道：“师弟，你真该动身了。你走后，我立刻归置归置，也走。你总得走在我头里才行，我还得等候车哩。”又看了看窗，道：“请吧，天可真不早了，咱们后会有期。我给你开街门去。”

袁振武再不便俄延了。本想再问问，却又没的可问；可问

的话本来还多，无奈红锦姑娘不肯往深处讲，自己也就不便刨根问。于是毅然站起来，复向红锦姑娘深深一揖，道："师姐，我走了！师姐待我这番厚意，小弟也不说谢了。此番小弟得入师门，师姐的转圜之功、提携之德，小弟心上是有数的……"高红锦嗤的笑了，截住他道："有数便怎么样？"袁振武想不到自己一往豪迈之气，摆在这么一个姑娘面前，反倒弄得左一阵红脸，右一阵红脸，竟从来没见过这么闯奢的姑娘。

袁振武忸怩了一阵，也嗤的一笑，说道："小弟也不能怎么样，不过是山高水长，永志不忘罢了。小弟真想不到和师姐萍水相逢，竟这么一见如故……"贾勇说出这一句来，忽又自嫌冒昧，人家终竟是个姑娘，不由得又赧赧然把下面的话咽回去了。改口道："师姐，咱们改日再见吧！"

高红锦毫不理会，也接声道："对！袁师兄，山高水长，咱们改日再见！"掀帘子先走出来；又一回身，脚蹬门限，含笑招手，道："来吧！别愣怔了；是时候，该走了啊！老这么恋恋不舍的，人家都走了，只剩下这些空屋子。你就舍不得走，也见不着你老师，学不上鹰爪力呀。我说对不对？傻兄弟，走吧。"越说越亲近了。

袁振武这才踵随在后，提行囊，来到院中。这时候空庭寂寂，旷落无声，仅只有他们两人的轻举足音。各房门俱已倒锁，竹帘却依然虚悬，庭心也扫得很干净，丝毫没有搬家的景象。除了悄静一点，满不像人去楼空的样子。高红锦提着长裙，姗姗的来到前庭，便奔街门。袁振武紧缀上来，低低的又叫了一声："师姐！"高红锦道："怎么样？"

袁振武到底忍不住心中的疑闷，凑近来，又悄声问道："师姐，我可不该问，师姐，你这种打扮，跟昨天截然不同，我猜师姐一定也要奔彰德。你穿这身衣裳，你可是怎么个走法呢？"高红锦低头看了看自己的衣裳，道："我吗？……打破砂锅问到底，我知道你现在肚里憋着一个大疙疸。这幸亏是我罢了，若是换了我们黄师姐，像这么审贼似的，粘粘缠缠的，怕

不早挑了你的眼！小伙子，你闷一会吧。我什么话都露给你听了，就这一点背着你，也不算对不起你。你多包涵吧！”又格的笑了一声，一直走到门洞；玉腕轻舒，钏镯铮然，把开栓嘭隆的拔开。却只将门扇拉开一扇，便一侧身，道：“师弟，请吧。”

袁振武撩长衫，提小行囊，徐步走出街门。高红锦陪到阶前，一脚站在门限内，一脚跨在门限外，身倚门框，做出送行的样子。袁振武下了台阶，回身施礼，告别道：“师姐，我走了！我……”还要再说几句感情的话，忽然见高红锦面色一沉，眉峰一蹙，把手一挥，低声道：“噤声！”探头向外面瞥了一眼；立刻一缩身，退入门洞内。嘭隆的一声响，将门扇重掩。隔着门，听她轻轻说道：“师弟快走吧，我不远送了。你留神，别叫街上人看出来；南头估摸有人看你哩。”跟着弓鞋细碎，似已走入内宅去了。

袁振武忙也顺着街，往前后一看。晨光曦微，晓路无人，只街南头似有一个走道的人。袁振武不敢枯立在鹰爪王的家门口，急急的离开，放缓脚步，往巷外走下去。将出一巷口，忍不住回头一看：晨街悄静，仍然无人，南头那个走道的并没过来。

袁振武不禁止步，重往鹰爪王家门口送了一瞥，那高红锦居然将双扉重启，红衫微露，从门缝现出半面来，正睁着一双盈盈秀目，向自己这边看。一见振武回头，她便将手中紫巾一扬，面含微笑，缩了回去。跟着嘭隆一声，双门重掩了，好像听见她催迫道：“快走吧！”袁振武站在巷口好久好久，方才举步。

走出一段路，陡从后面辂轳轳的驰来一辆太平车。车帘未掩，车中坐着一个女子。袁振武侧立回头一看，正是那红锦姑娘；红衣艳装，盘腿坐在车上。车后打着一个红包袱，恰似一个回娘家的新嫁娘。跨车沿的是个长袍马褂的壮士，赶车的车把式也分明是个改装的壮士。三个人向袁振武微微一笑，登时急驰过去了。

袁振武一双虎目直直的看着车走过去，愣了一会，又向四

面看了看，把小包袱一提，连夜踏上旅途。走出去不过十几站路，忽然听见各关津要隘，纷纷哄传，河南彰德府越狱逃了十四名大盗和教匪，而且刀伤狱吏，纵火烧了库房，府县官俱已受了处分；河南大吏发五百里加紧驿报，行文各地，画影图形，严拿逃犯。道路谣传，越狱的主犯叫王什么；帮助越狱的，内中有三个女飞贼：一老妪、一少女、一个中年妇人……

袁振武吃了一惊。一路上越发小心在意，也不敢随便打听，也不敢沿路耽搁，急急的奔豫陕交界走去。在半路上，住在店里，袁振武也未尝不往回处想过。只是他这人一生择定一条路，不走到头，绝不肯住的；惧祸之心，竟不敌访艺之热。终于晓行夜宿，又走了几天，来到蓝滩地方。

第十二章 少年客假馆蓝滩

到蓝滩，一打听刘四师傅刘家祺，在当地果然很有名头，是个设把式场、开门授徒的名武师。袁振武留下心眼，先投店，后投书。歇了一晚，次早把那封书信拿着，逢人打听，寻到刘家祺设场子的所在。立在门前，略一端详：竹篱柴扉，院落宽展，真像是个练武人家。把式场子就在庭心，地铺细沙，架插兵刃；倚门而望，便可看见几个少年，正在院里抡刀舞棒，又笑又说。还未容袁振武敲门，便被一个粗壮少年瞥见；吆喝了一声，奔来问讯："喂，相好的，你是干什么的？你要找谁？"袁振武客客气气作了揖，自说是从汉阳王五爷那里来的，有一封信送给刘四师父。

那少年顿现愕然之态，把眼上下打量袁振武，半晌问道："你贵姓？这里可是姓刘，不过，……你等一等，我给你问一声去。"抽身而回，把袁振武扔在门口；一直跑到人丛里，向那三五个少年同伴，说了几句话。那几个少年一齐注视袁振武；只听一个人说道："大师兄，你过去问问吧。"

立刻有一个年约二十八九的细高挑汉子，从院中走过来，

站在门口，把袁振武重问了几句话；也照样把袁振武打量了一回；也抽身入院，一直进了上房。其余少年陆续凑过来，盘问袁振武从哪里来，有什么事，袁振武毕恭毕敬的回答着。那个大师兄忽又出来，把这几个少年都唤进上房。

又隔了一会，大师兄二番来到门前，向袁振武说道："我们老师确是姓刘，不过他老人家并不行四，也没到过汉阳，我们老师也没有姓王的师兄。你莫非找错了人吧？你可以把那封信拿出来，我拿进去看看。要是不对，我再退还给你。"袁振武道："哦，是的是的。"手摸着衣底那封信，不由有点犹疑，低声对那少年道："写信的姓王，手底下很有功夫；会鹰爪力，是在下的老师。他打发我来，投奔这边的刘四师傅，叫小弟在这边住个一年半年。请老兄费心，领我见见四师父去……"袁振武胸怀着路上所闻杀官越狱那件事情的戒心，不觉吞吞吐吐，言不尽意的表说了这么几句话。那大师兄猜疑的眼光越发显露，突然把脸一沉，道："听你说话的口音，分明是北方人，你怎么会从汉阳来的？你说的话全不合辙，你到底是怎么一回事？我们这里跟姓王的一点也不认识，你不要弄错了啊！"

那海捕鹰爪王的告条，已散布在各处，蓝滩这里已然晓得了。袁振武察颜观色，更不多言，忙向这位大师兄连连拱手，道："老兄，不要动疑，在下是专心投书访艺来的，此外绝无他意。王老师老远的把我荐到这里来，只要这里姓刘，那就没错。我就依着你老，请你把这信拿进去，请四师傅一看，自然明白了。"又加了一句道："这绝没错。"

大师兄很不耐烦，道："刚才不对你说嘛，这里倒是姓刘，可是从来没有姓王的亲戚朋友。并且这里也不会武功，也并不教徒弟；不过是几个年轻人，在这里借地方，打拳消遣罢……"

袁振武晓得空言不足解疑，就把那封信掏出来，看了看封口，道："老兄费心，把这封信拿进去；万一不对，千万赏还我。"壮年人笑道："信不对，谁留下它做什么？你信里还有银子、庄票吗？"还要往下说，袁振武已将信递到他手。他只一

看封皮，顿时注意，先验看笔迹，道：“咦，这不是姓王的写的呀？”一句话说漏了。袁振武意含不悦，假装不懂道：“是王老师家里人鲁老姑太烦人写的。你老兄就不必琢磨了，你只费心把信拿上去，给四师傅一看，四师傅自然明白。”

壮年人不答，瞪了袁振武一眼；接过信来，转身就往里走。却刮的一把，竟将信皮撕开，把信笺抽出来，且走且看。直到上房门口，回头又瞥了袁振武一眼，直入内去了。

袁振武偏听了鲁老姑太的话，就没想到刘四师傅家里人还有这么一手，睁着眼不肯相认。若依鲁老姑太说，信一到，刘四师傅还要远接高迎；哪知人家竟如此冷淡，而又如此猜疑，仿佛要拒门不纳了。袁振武呆呆的往院内望着，心中懊恼，奔波数百里，莫非鲁老姑太诓骗自己不成？

隔了好久工夫，突听院内正房竹帘呱哒一响，一个少年掀帘，从中走出一个不到五十岁的黄须男子来。穿着一身蓝绸裤褂，挽着又肥又长的袖子，形容瘦削，恍似病夫。来到门口，把袁振武盯了一眼，道：“兄台贵姓？找哪一位？”

此人一出，几个少年都随着侍立在他背后，这人分明是个长辈。只可惜袁振武匆遽接信，未遑打听刘家祺的面貌。当下冒叫一声道：“四师叔，弟子袁振武，是王老师打发来的。有一封信，刚才由这位师兄拿进去了。”前迈半步，欲行大礼。

黄须男子连忙架住，道：“原来是袁兄，不敢当，不敢当，请到里面谈。”很客气的把袁振武让入上房。

袁振武侧身逊让着，请教道：“王老师派弟子投书拜师，你老既是四师傅，和王老师正是一样。并且王老师打发我来，本叫我投到师叔门下附学的……”黄须男子微然一笑道：“袁兄别要误会，我不是刘家祺。刘家祺乃是舍下的教师，是我跟前几个小孩子喜欢习武，所以把四师傅请到舍下。不过现在四师傅已经出门了。”

袁振武闻言愕然，情不自觉的站住了，失口道：“你老贵姓？”黄须男子笑道：“我也姓刘。但是四师傅和我是宾主之

分，又是至好朋友。他不在家，他的朋友我也接待得着。咱们屋里谈吧。你带来的那封信，我斗胆拆看了；内中意思，我不很明白，还要请教袁兄的。”

宾主齐入正房，正房中的陈设亦雅亦俗，不贫不富，是中等旧家。案头既有图书，壁上也挂着刀剑，却有着很讲究的木器，桌椅皆是上好紫檀花梨木的。黄须男子让袁振武上座，自己在下座奉陪。那几个练武的少年却没全跟进来；只有那三十来岁的男子，和一个二十来岁的短装少年跟到屋内，给斟了两杯酒，退到一旁，侍立伺候。袁振武未肯上座，也退到茶几旁；偷眼看那八仙桌上，笔砚杂陈，鲁老姑太给的那封信就拆开了，散放在桌上。

黄须男子坐在下首，把信纸拿起来，重读了一过。抬头一看，见振武也跟着两个少年站着，坚不就坐；便含笑伸手，做了手势，道：“袁兄，请坐下说话。这封信大概你先看过了，我还要请教请教你呢。这封信到底是哪位写的？你是王老师的高足，但不知是什么时候拜入王门的？这位王老师的外号叫什么？你可晓得吗？”

袁振武肃然足恭的答道：“这封信是封好交给弟子的，弟子未敢擅拆，只知大意，不晓得内中辞句的。弟子是新近才投入王门，距今不过两个月。信是王师母和鲁老姑太教人写的。王老师的外号鹰爪王。”遂将来意略说了几句。

袁振武为人机警，猜想这个黄须男子必非泛泛的人物，大概未必是刘家祺的学东；多分是刘家祺的本人，或是他的家里人；不过存着顾忌，不肯直认罢了。但是自己却不可疑虑，略一低头，打定主见；莫如有一句，说一句，直直爽爽，把与鹰爪王的遇合，和鲁家三姐弟的关情处，从实说了出来，也叫他们看一看我的眼力、胆力。盘算着，要开诚具告，却又顾虑到侍立的两个少年；疑难之状被黄须男子看出来，便挥手命两人退出去。袁振武这才侧坐在一旁，说到慕名访艺、探监投师的话；把鹰爪王结怨被陷的缘由，鲁家三姐弟邀友议救的情形，

和他们安插自己的原意，略略说了。只有自己夜探监牢，鲁家姐弟阴谋劫狱的事，仍旧留下一份小心，未肯贸然说出口来。

那黄须男子拈着黄须，看着那信，一言不发，倾耳听着；忽而微微摇头，忽然噢的一声，笑着站起来，说道："袁兄，你看看这封信吧。这封信的意思，好像打发你来寄宿附学，可又要我收你为徒。你既是鹰爪王的徒弟，怎么又是鲁老姑太给你写信？你师父现在到底怎么样了？可是的，鲁家三姐弟你都见过他们了，现在他们几个都走了没有？你一定知道的了？"

袁振武站起来，双手接信，刚要回答；忽然听那黄须汉子语露破绽，他已无心中，自承为四师傅刘家祺了。袁振武把信放在茶几上，拱手一立，道："你老是四师傅！弟子听出来了。你老一定不嫌弃我，你老请上……"恭恭敬敬，口称老师，叩下头去。磕了四个头，起身肃立在黄须男子的身旁。

黄须男子起初愕然，又一想，明白过来，哈哈笑道："好！听话听音，你真聪明！我也不瞒你了，你坐下吧。咱们俩慢慢的谈话。到底你师父现在怎样了呢？我在十来天头里，刚刚的听人说，你师父在彰德遭上官司了。说的人不知道详情，我这里很僻，得信又太晚；才一听说，吓了我一跳，就想奔去看看。哪知道过了几天，又哄传起来，说是彰德府出了大案子；现在官面上正在通缉要犯，我越发迷惑了。跟着就是你来找，所以我们不由得不多心，这倒对不过你了。"袁振武忙道："自己师徒这可说不到；本来这事也该小心，万一大意了，就许吃上罣误。"黄须汉子道："是啊！所以我嘱咐他们，只要有生人来找我的，就别说实话；不想你来了。看这信上的话，好像你师傅这回事，你也帮过忙。"袁振武谦逊道："弟子有何德能？不过给王老师跑跑腿，送送信罢了。"说着，低头看那几上的信。

黄须汉子道："你太客气了。唔，这封信的辞句你既然没见，那么你现在可以先看看，回头我再细问你。这封信也不知道是哪位马二爷写的，说得糊里糊涂，简直看不懂。半文不武的，好像抄'尺牍句解'，掉着掉着文，又忽然冒出大白话来，

怪透了！好在信上本叫你详细告诉我，你只管对着信，向我细说。”

袁振武重拿起信来，从头到尾细看，上写道：

家祺四弟大人武安：自别之后，日月如梭。恭维道履清吉，合宅平安，武如私颂；敬启者，叨在知己，套言不叙。缘因愚兄命运多舛，逆事缠身；该下书人袁其姓，振武其名，直隶乐亭人也；其为人也，天性好武，欲投本门，求学绝技。愚兄本想不收，只因感其盛情相助，谊不可却，业经当面允收为徒。无奈愚兄身在难中，有心收徒，无计传道：望洋兴叹，无可如何。

素仰贤弟德高学富，望重武林，胜兄百倍；为此修书一封，推荐前来。务乞本同门之义，曲予成全，将其留下，则愚兄感同身受，图报靡涯矣。所有愚兄之事，书不尽意，可问来人，当以详告。但盼吉人天相，不久脱身，即当趋诣崇阶，面陈一是。现下大姨姊、贱内、九舅、舍弟、天来、福基，与五弟、么七、红锦侄女、九如外甥，一切人等俱已仗义前来，搭救于我。不日定有佳音，勿念可也。

尚望贤弟诸事小心，勿来看我，勿见生人。如有打听于我，尽可告以素不相识，为妥。别无可叙，修此寸牍，敬颂福安。

愚兄王奎顿首

再者：此信乃大姨姐敬烦马二爷代笔。大姨姐谆嘱贤弟，袁姓少年立志可嘉，务求另眼看待。俟愚兄出头之日，多则一年半载，定然前往蓝滩，将其领走。万一愚兄不克分身，大姨姐亦必代我一行，绝不久劳分神也。至恳看兄薄面，暂收为徒，将本门初步武功传授于他。愚兄及大姨姐、贱内，同声承情不尽矣。

这封信意思倒很恳切，只是措词支离，颇难捉摸；袁振武看完了，也忍不住要笑。刘家祺眼望着袁振武，问道："你看明白了吗？"袁振武笑道："弟子看明白了。"刘家祺笑道："看明白了，可真不易。那么我问问你吧。你师父大远的把你打发了来，自然是因为他身子不自由，怕把你的学业荒疏了。不过我们师兄弟数人，就数长门的功夫硬；说到传艺，只怕我教不了你，倒把你耽误了……"袁振武忙道："师叔客气了，弟子虽然一心好武，不过我实是初入门墙，本门技艺一点还没学过呢。"

刘家祺道："哦，你从前没有学过吗？"袁振武想了一想道："是的，弟子简直可以说是门外汉。"刘家祺道："是吗？"又拿起信来看了看，抬起头来道："不错，你是新近投入师兄门下的。只是信上说，你在师兄眼前很出过力，我的大师兄很感激你。这必有情由，到底是怎么回事呢？近年来我和大师兄音信少通，他的近况我一点也不详细。究竟他怎么打的官司，怎么出来的？现时他究竟在哪里，我一点也不晓得。你新从那边来，你一定可以知道底细了。现在系马口，你王老师家里还有人吗？"

袁振武愕然说道："这个……"刘家祺却又看了看信，接着说道："你遇见过鲁老姑太，他们鲁氏三姐弟在江湖上很有名气的。信上说他们都上彰德去了；前五天，或者是前六天吧，我听说你师父……"低声道："越狱出来了，这话可真吗？"袁振武忙也低声答道："是真的，我师父大概是越狱走了，老师家里人也离开系马口了。"

到了这时，袁振武料无可虑，便将在鹰爪王家所闻所见，以及在路上所听的越狱传言，仔细对刘家祺说了。刘家祺叹道："你师父是我的师兄，按理我不该讲究他；他实在是太不修小节了，方才惹出这些事来。我几次劝他，不要使酒任气，不要滥收徒弟，我们武夫不要跟绅宦阔人交往，他只不听，果然教人陷害了这一下子。多亏有好朋友好亲戚搭救，算是逃出

虎口了。可是这一来，就成了黑人，再不能在江湖道上出头露脸了。我看他最末一步，挤来挤去，免不了要挤入绿林！”说罢喟然。

跟着又细问袁振武，到底在鹰爪王跟前，效过什么力？袁振武不肯夸功，也不肯泄秘；尽管刘四师傅再三盘问，他只说不过给鹰爪王跑跑腿、送送信、探监赠银罢了。谈了一会，听刘家祺的口气神情，觉得此人性情狷介，似是武林中的隐士，对作奸犯科的行径，深露不满；袁振武就把自己深夜探监的话咽回去了。

复又盘问袁振武的志趣、学业，刘家祺殷殷动问：“我看你体魄、骨格、精神、目力，一定是经过武功的锻炼。你不要客气，究竟你学过什么？练过几年？你投入我们师兄的门下，你想学哪种功夫呢？”

袁振武忽然存了一分戒心，觉得自己若把那负气出师门，别求惊人技的话说了出来，恐怕反招疑忌，也显着丢人。眼珠一转，急口的说道：“弟子实在可以说没有学过功夫。弟子倒是从小好武，无奈没有遇着明师。弟子的私心，愿学打穴的功夫；还想练会一两种暗器，要练得能接能发，能取人穴道才好；这是弟子一点痴想。我听说王老师善打九只纯钢透甲锥，非常厉害；暗器的分量既沉，手法又准。只要发出去，敌手不死必伤。可是听说他老人家从成名到今日，只用过一次。他老人家又会鹰爪力，善接各种暗器；不管铁蒺藜、三棱瓦面镖、甩手箭、飞刀、袖箭等，常人不能用手接的，他老人家都能用鹰爪力的手劲硬接。这两门功夫，弟子都爱；所以才千山万里，投访到王老师的门下。”

刘家祺听了，寻思一回，道：“你喜好打穴？这可难学，学会用暗器打人穴道，这更不容易。至于学接暗器，也有难有易，现在武林中没有几家会的……”想了想，又问道：“我看你英华内敛，你一定练过内家拳吧？”

袁振武吃了一惊，忙说：“弟子可不会内家的功夫，弟子

只练过八卦掌，也没练好。”刘家祺道：“唔，你会八卦掌吗？那就莫怪了，八卦掌本来跟内家太极掌相近。”

袁振武顺着说道：“是的，弟子小时候，也胡乱跟人练过几天太极拳……”刘家祺道：“你师父是谁？”袁振武又一愣，顿了顿，赔笑道：“弟子哪有师父？不过是跟家里护院的瞎练，只学会了半趟八卦掌和几手太极。”刘家祺道：“那就是了。”沉吟了片刻，笑道：“你的志向我明白了。你是想学鹰爪力、接打暗器和打穴法。”袁振武答道：“弟子的私愿正是如此，只怕菲材愚陋，不堪教诲。还求老师推情鉴诚，把弟子收列门墙；弟子定要尊师敬业，不负老师的期望。”说着站起来，请行拜师大礼。

刘家祺也立刻站起来，把袁振武扶肩接下，往身旁一坐，蔼然说道：“老弟，快不要这样。你既是在大师兄跟前效过劳的弟子，我绝不能外待你。并且我看你的身形、骨骼，实是可造之材；漫说你还学过功夫，你就没学过，也足够个好徒弟的资质了。不过你想学的这几种功夫，除了点穴、打穴不是本门武功外，其余鹰爪力和破解暗器，可说是本门武术的精华。你若是打头学起，可就非一日之功……可是的，你今年二十几了？”袁振武道：“弟子二十七了。”刘家祺道：“哦，二十七，正是始发愤之年。老弟，我说句不怕拦你高兴的话吧，要练鹰爪力，恐怕非童子功不可；你大概早已成过家了吧？”袁振武道：“这个，弟子现在还没有妻室哩。”

这句话可就答得太模棱了。但刘家祺并没十分理会，只点了点头，又复沉吟起来。半晌，抬起头，说道：“老弟，你千里迢迢的寻师访艺，足见你志气坚定；你的体格又强，又学过几天；除了鹰爪力，你要学别的功夫，一定可收事半功倍之效；你大远的投奔来，又有大师兄、鲁姑太的推荐，我无论如何也应当拿你当本门入门弟子看待。只是本门门规最重长门，就是次门的师叔，有时还要服掌诚师侄的约束哩。这么办，你尽可在我门下，考求本门的技艺；名分上我可断不敢和你正师

徒之分。”

袁振武还要恳求，刘家祺道：“你看我还能跟你假客气吗？你若因我年辈稍长，你就管我叫一声四师叔。你愿意练什么功夫，只要本门有的，我能教的，你只说出来，我绝不能自秘，一定倾裹倒箧传授给你。你在名分上，还是鹰爪王的弟子，我不过代师兄传艺罢了。况且信上说，你师父不出半年，就来接你；这么样，倒是两全其美。”说到这里，仁至义尽，再想拜师，已不能够了。袁振武这才起立，行了叩拜师叔之礼。

这个刘家祺果然是武林中的隐士一流，性情似乎偏于冷僻。叫着袁振武的名字，慨然述怀道：“振武老侄，不瞒你说，我可不能比你师父啊！我们师兄弟好几个，顶数你师父鹰爪王技艺精湛，声震江湖。想当年你师父练鹰爪力，可真不容易，年轻时受的那苦，简直一言难尽。本门中的功夫，他一个人可以说拔了尖；要不然，他怎会是长门大师兄呢？按名次说，他实是行二。你师祖却嫌过去的刁师伯本领不济，竟越次传宗，把你师父超拔为掌门弟子；因此才把你刁师伯恼得一跺脚，永离武林，再不谈武。你刁师伯总怨恨你师祖授受不公，他可忘了他自己，脾气既坏，功夫又松；我们几个做师弟的，人人都比他强。他还永远端着个大师兄的架子，张口就骂我们，举手就打我们，比老师的规矩还大。我们几个人一多半闹着要辞师告退，说受不了刁爷的气了；我也是当时说抱怨话的一个。所以你师傅的本领实在是本门中的杰出人材，他当年待同门也很义气，就是太好滥交。至于我呢，和你师傅的脾气恰好相反，他健谈好交，我却连几句寒暄话都不会说。现在年纪大了，自然好多了，会应酬了；可是遇上隔行的朋友，或心中厌烦的人，我还是跟他说不上来。

“我的功夫比你师父百不及一，我又举动冷涩，语言无味，我简直没有人缘。这些年几位师兄弟，人人都比我混得好。三师兄更阔，听说做了副将了。六师弟在三师兄手下，也混得不错，大概不是游击，就是守备。只有我，给人看家护院吧，在

房东跟前伺候不下来；干镖局吧，又不会哄总镖头；做官，我更头痛。我干什么好呢？只剩下练把式，当街卖药；和设场子，教徒弟，混饭吃了。卖艺卖业是咱们武林中落了魄的人干的，比讨饭强不了许多；就好比穷秀才卖文、测字、摆卦摊一样，倒八辈子楣，才干那个，我还拉不下脸来。因此，我在年轻时，瞎混了好些年，一点起色没有；我就一赌气，放下刀枪，抄起锄头来了。我这一身功夫，练来一点也没用，饥不能充食，寒不能当衣。我这才明白过来，练武只可说是一种癖好，绝不是一种艺业，比画画儿、写字、吟诗，还不如。我在老家种了几年地，再有江湖上朋友邀我出山，我全谢绝了。”

说至此，他忽然低声说：“老侄，你一心学武，下这大苦心，究竟图什么呢？实不相瞒，‘学成文武艺，货卖帝王家’；这是骗人的话，朝廷上才不要咱们这群拳师哩。像三师兄能做到副将的有几个？可是朝廷不访贤，线上朋友却真下苦心，访求能人。你知道现在正在陕西闹哄的一窝蜂吗？他们不知怎么，会访知我的根底。竟重金礼聘，请我出马去当二寨主。那份聘礼价值不赀，是宝刀一口、良马一匹、人参一盒、锦缎两匹、黄金一百两、银子五百两，一骨脑派人送来。真个是断草分金，金块拦腰剪断，夹着一束草……”

袁振武怔怔的听着，不禁插言道：“你老去了没有？”刘家祺哈哈笑道：“你想，官还不敢做，我怎敢做贼？不过我也不愿得罪他们。礼物全不收，怕他们恼，我就只收下那两匹缎子。我亲自上山，面见一窝蜂大寨主金蜂李、三寨主游蜂赵，费了好些话，才得辞聘下山。我可就不敢在老家住了，一来怕他们再来麻烦，二来又怕地面上找寻是非；我就携带妻子，搬到蓝滩这个僻地方来。于今也六年了，百般无聊，才又设场子，教几个徒弟，好歹混碗饭吃。我有一个盟弟，前年给我拾掇了一个小买卖，劝我弃武经商。我推辞不掉，就胡乱领东，开起饭馆来了。这一来，把式场子非收不可；可是他们磨着我教，我推不出去；我这才把场子交给我的大徒弟迟云树，他就

算代师传艺。”

停了一停，他又道：“这两年我实在是误人子弟，我简直不常回家，更不用说下场子了。你看我今天正在家，你可知道今天乃是破例，我一连好几天没上饭馆了。缘因是……我正要预备着出门。你师父这档事，这里大概也知道了，声气实在不大好……现在一切说开了，你就先住在我家里。我得先出去一趟，回来咱两人再仔细考求功夫。现在我先把我这大弟子迟云树叫来，给你们两人引见引见。我不在家时，你可以跟他们在一处，先把本门筑根基的功夫练练。等我把事办完，我再教你。”

刘家祺和袁振武谈了好久，跟着把大弟子迟云树叫来，别的徒弟也招呼进来，挨个儿指名和袁振武相见。

刘家祺现有三十几个门徒，倒有一半是记名徒弟；真正升堂入室的弟子，天天来下场练武的，不过八九名。大弟子迟云树就是应门接信的那人，年已二十九岁，身量比袁振武高点。腆胸挺肚，很露出有潜力的样子，专练本门铁扫帚功。但因他是掌门弟子，凡是师门技艺他都通晓一点。

二弟子名叫蔡云桐，年纪倒比迟云树大，已有三十二三了；学的是刘四师傅最得意的功夫——十二路锁骨枪，每天只上午来学艺。这人功夫倒很好，却是时候不长，也替老师传艺。三弟子刘云栋、四弟子刘云梁，是刘四师父的儿子，学本门三十六路大拿法和锁骨枪法。五弟子赵云松，学暗器听风术。六弟子黄云楼，也学暗器。七弟子、八弟子现时不在此处。九弟子窦云椿，学劈挂掌。十弟子、十一弟子，是当地两个富室子弟，也不常来的。

当下刘门群徒都和袁振武见过了。袁振武抱拳拜揖，请照应，求指教；客客气气，说了一套话，把当日在丁门当大师兄的气概早收起来了。

刘家祺吩咐大弟子迟云树和自己两个儿子道：“你们把西房单间给这位袁师兄腾出来。”看待袁振武一如宾友，礼貌上

很是周至，鲁姑太的话果然不假。袁振武由迟云树引领，到了西耳房。

原来这几间西厢房，全是弟子们寄宿的房间，每一间房差不多安放着四五个铺；独有一个单间，只放着两个铺，都空闲着。刘家祺特为款待袁振武，命他独据一室，自占一铺。那另外一铺却仍空着，是专为阴天下雨，不住宿的弟子阻雨，临时休歇用的。袁振武把行囊安置在室内，和刘门弟子周旋了一阵。又到外面，买了些礼物，补献给四师父。又求见四师母。这四师母却是个文弱的妇人，跟前还有一个十六七岁的女儿；好像这母女都不懂武术似的。

吃过晚饭，刘家祺把大弟子迟云树和两个儿子唤到上房，嘱咐了许多话。掌灯以后，又命人把袁振武重请到客室，叙谈了一阵。对振武说："我就要出门了。不管我在家不在家，你尽管安心住着。我方才已经嘱咐他们了，有什么事，可以对云树、云栋说，也可以跟他们练练手法。"说罢，站起来道："就是这样。你远来辛苦，想必困了，早点歇歇吧。"袁振武一听未免失望，忙站起来说："四师叔，你老这要出远门吗？……"

四师傅看出振武有点为难，忙解说道："你放心，我打算后天走，大约有十几天的耽搁。我可不是躲你，正因为你来了，给我带来这些消息，我必得出去一趟。你是明白人，你师父已经出来了，我总得见见他去。你只管住在我家，安心等我回来。我这里粗茶淡饭，一天三顿，你不要嫌恶，也不要客气。使的用的短了，可以找我两个小儿要。"仍恐袁振武新来不安心，又将迟云树叫来，当面重嘱了一回。到了后天清晨，刘家祺果然微行走了。

自此，袁振武暂留在刘家祺家中，每日三餐果然不菲，礼貌上也款待得很好。只不过刘门中这些弟子对待他，总觉有些客气似的，称呼上也尊他为长门师兄。袁振武窃觉不安，极力和迟云树、刘云栋、刘云梁兄弟搭讪，亲近。

袁振武住在小单间，一灯独对，想起月来所遇，不胜感

喟。刘家祺说起师门废长的旧话，更给他不少刺激。于是他把当年做大师兄的气度完全收起来，对着刘门群徒极力的虚心谦让；请迟云树把他看成师弟，不要客气。他居然能屈能伸，丁朝威竟把人看错了。

袁振武初到的这几天，刘门群弟子已有好几天停练技功，已经露出门里有事的样子来。但过了几天，复又开练。这一天清晨，忽听得窗外把式场中，人语声喧，步履杂沓，正似有人开招练拳。赶忙坐起来，侧耳倾听，只听一人说道："你那是怎么练，你瞧你的腿！多么笨！"正是掌门师兄迟云树的声口。袁振武急忙披衣，略事梳洗，寻到场子来。

一进场去，果见东一堆、西一堆；刘门弟子十多个人，俱皆盘辫子，穿短打，各练各的功夫。也有练拳的，也有练枪的，也有举石踢桩的；也有一个人站架子的，也有两个人打对手的。在把式场的西南角上，立着一副长架子，下垂长绳，绳拴许多沙囊；刘门六弟子黄云楼正站在当中，自己挥拳推打那些沙囊。把沙囊打开，荡回来，再打开；他一个人居然能打动七八个沙囊。练武的站立在当中，就是不叫沙囊碰着身体。

袁振武看了一晌，暗暗点了点头。复往北面一看，掌门大师兄迟云树穿着件灰短衫，大襟的纽扣全敞开，把小辫子盘在头顶，正在那里指手画脚，指点着两个较小的师弟，上手拆招。只有两个人拄着锁骨枪，在旁且听且看。袁振武忙走上前，给大师兄迟云树行礼。

迟云树回头看了看，向袁振武点了点头，赔笑说道："袁师兄起得早！"便住了手，吩咐两个师弟道："你们自己练吧？"很客气的把辫子放下来，把纽扣也扣上，对袁振武说道："袁师兄不要见笑，我这里给他们看招呢。师兄洗过脸没有？我叫他们打脸水去。"袁振武忙说："洗过了。"

两人站在那里，说起寒暄话，那两个练对手的也住手了，生辣辣的似乎不能合拢。袁振武忙说："师兄不要见外，请练吧。小弟很想看看，也好领教。"那两个人笑道："我们都是闹

着玩的，不过借这个，磨练磨练身子，袁师兄不要笑话我们。”

袁振武满想看看这一门的功夫，可是人家似乎因他是师伯的弟子，功夫必定好，不愿当着他练，似有点藏拙的意思，个个只对袁振武闲谈。袁振武不是不懂眼色的人，忙借辞躲开这里，心想：“我是才来，等着熟悉了，再下场子，请这位大师兄指点。”遂说道：“师兄们请练吧，别耽误了您的功夫。”

抽身离开这里，信步往场心走来。靠东西的一带短墙下，是四师父的第九弟子窦云椿，正在那里练着操手的功夫。面前放一个高仅一尺五六的木墩，上蒙一层猪皮，下衬数十层双抄毛头纸，面积一尺二寸见方。九弟子窦云椿站在木桩前，用短马桩的架子，两臂探出去，抡双掌照着木桩猪皮上面，一下一下的拍去；劈劈啦啦，一连双手四掌。拍打完了，身形不动，又一连反着手掌，在木墩猪皮上连拍了四掌。反复循环，连拍了三十二次，直身站起，来回在墙下遛了四五趟；随后在那木墩旁一个矮木架上瓦盆内洗了洗手。袁振武溜近前，一看盆内并不是水，是药物煎的汤。

第十三章 游子试叩听风术

袁振武在蓝滩住了几天，刘四师傅已经出外，一时不能请艺，便想看看刘门弟子所练的功夫。清晨早起，走到场子来，看见刘门弟子各练各艺；见了袁振武，都很客气的住了手，向他寒暄。袁振武又走到练武场东边，九弟子窦云椿正在那里拍打猪皮木墩。打完了，便遛；遛完了，又向瓦盆内洗手。袁振武凑近前一看，盆内贮的并不是水，是药物煎的汤。振武心下恍然：这大概是练铁沙掌，功力和药力兼用的。遂远远的站住脚看。

九弟子窦云椿洗完手，旋向贴墙处一根木柱前面站住。顺眼看去，在这木柱高有二尺八寸的地方，钉着一块木板，长一尺六，宽一尺二，也和木墩一样，上面钉着猪皮。袁振武有些不大懂，凑到近前，向九弟子窦云椿说道："窦师兄，你这是练铁沙掌的功夫吧？"窦云椿回身一看，便即停练，招呼了声："袁师兄，刚起来？"跟着笑道："我哪有练铁沙掌的天分？本门这种功夫轻易不妄传人；我不过是练劈挂掌的功夫，因为掌力太弱，师父怕我先天内力不足，把掌法练好，限于手劲，不

能运用，才叫我练铁沙掌、铁臂的初步功夫。我入门又晚，年纪也大了，至多不过把掌力、臂力练得强点，就很好了，别的可说不到。”

袁振武方才明白，再一琢磨，可不是吗，就他方才所练的情形而论，实在掌上没有多大功夫。他这铁沙掌的功夫，要是练得有点根基，像他刚才连拍数十下，那木墩上猪皮下的毛头纸总得拍破几十张。他却空拍了一阵。只破了几张纸，足见功夫不够。但他拍完了，手掌不红不涨，血脉已和，究竟也算得到初步功力了。

袁振武看了一会，窦云椿倒不躲避他，但是他的功夫实在没有看头，遂向窦云椿说道：“师兄，你请练吧，打搅了。”

踯躅而行，又走向别处。只见南面一片空地上，还有两个人在那里演对手的功夫。这两人正是刘四师父的两个儿子，刘云栋和刘云梁。哥两个正操演三十六路大拿法，两人操手的功夫居然很够火候，两方真拆真打，屡见险招。袁振武不觉得站住了；深知这种拆手的功夫，全凭腕力、掌力。刘门中的三十六路擒拿法，可说是武林中最易练、最不易使的招数。看了三二十招，觉得他这掌法的解数，似跟别派练法不同；招数里面生克拆解，非常活泼，能够见招破招，见式破式。两下里浮沉吞吐，封、闭、擒、拿，抓、拉、撕、扯，挨、帮、挤、靠，搂、打、腾、封，踢、弹、扫、挂，种种上手的功夫颇能各尽其妙。袁振武不禁看得十分入神。

刘氏弟兄练完了这趟擒拿法，互有胜负。两人全弄得一身浮土，收住式子，掸尘遛腿；一看袁振武在一旁站着，刘云栋忙打招呼道：“袁师兄，让你见笑了。我们手底下太没有功夫，不过是瞎抓乱打。”袁振武欢然答道：“二位师兄这种拆解的功夫，我虽然是门外汉，可是很听人讲究过，最难施展，最难使用。二位师兄练到这种地步，已经获得个中三昧了，难得得很。二位师兄果然不愧是名师之子，自有薪传，四师父的盛名实在不是幸致的了。”

这四师兄刘云梁粗眉大眼，胸无城府，很显得坦易近人。笑对袁振武说道："袁师兄，咱们里外是一家人，不要过奖。小弟的玩艺差多了，家父整天骂我不够料，我学的不过是粗枝大叶。若讲到本门中独有的功夫，固然全仗着功夫火候，可是有的地方还得靠本人的天资悟性。我们哥俩又笨又懒，别看跟家父是亲父子，学起能耐来，有好几种我就摸不着边；我们还不如五师弟赵云松哩。"袁振武道："四师兄太客气了，但不知五师兄学的是哪一种功夫？"刘云梁把腰一直，用手一指东北角，道："吓！他学的可难极了！是本门中最精巧的功夫，就是'暗器听风术'。他就在那边练……"

"暗器听风术"是多么动人的一个名称；袁振武倾慕已久，亟思学到，连忙向二刘请问。三师兄刘云栋却拦住云梁，对袁振武说："袁师兄，你别听老二瞎吹！……老二，人家袁师兄乃是王师伯门下的得意弟子，长门高足；咱们本派这点玩艺，袁师兄难道不晓得，你还胡说个什么？"袁振武拱手道："三师兄，小弟入门日子太浅，我实是本门中的门外汉。三哥、四哥，千万不要见外。不怕二位笑话我，我连什么叫'暗器听风术'都不懂得。四哥，你费心告诉我，叫我也开开窍。"

刘云梁也想过味来，笑说道："袁师兄，咱们是一家人，你可别装假，你真没学过暗器听风术吗？"转向刘云栋道："哥哥，父亲有话，袁师兄愿意学什么，就叫迟师兄教他什么。袁师兄想看看暗器听风术的练法，咱就领他去，怕什么？……袁师兄，这暗器听风术，没有好耳音，好眼力，绝学不上来。我们这些同学里面，只有老五赵云松够格，家父就单传了他。现在他正练着呢。走，咱们一块看看去。"

刘云梁引领袁振武，从把式场东北角一道小门穿过去；走尽小小甬路，到了后面，另是一方较小的场子。北方有一房厦，五间通连，深有三丈，广达六丈；板墙茅顶，搭成一罩棚；也和丁朝威老武师家中的练武房差不多，只不如丁家讲究罢了。棚内毫无装饰，屋顶上开着几扇天窗，仅透阳光，也不

如丁家豁亮。遍地密铺细沙，贴墙陈列着兵器架。棚下偏东面，画出一丈五尺见方的一块地段，在四角各竖起一根木柱，高有一丈；上架两根交叉的横木，就在交叉处挂下来四根绒绳。绳端距地三尺六寸，各系着一个磨光的铁球，大如鸡蛋，恰对天窗，映着日光，闪闪的吐出耀眼银光。更看偏西面，可着罩棚两丈见方，由棚顶悬着一座“田”字形木架子，上用铁环吊着，下面垂下来九根绒绳；绳端系着一个个的带铁针的黑铁球，也距地三尺六寸，恰当人胸。九个铁球悬空悠荡，一个奇装短服的少年，正在垓心乱窜乱进；身上披着白色马甲，手上也戴着白惨惨的手套；身子不停的转，手也不停的向那铁刺球挥打。

袁振武注目看时，那些铁刺球打开又荡回，闪过又激转，满场子飞球乱舞。那少年就在夹缝里，闪展腾挪，游走推打，身手迅如猿猴，教人看得神迷目眩。到底铁球太多，不时触及人身；那少年有时躲不开，就转过背来死挨。袁振武在丁门有年，于各门武功颇谙一二；走进跨院，看见这情形，已经猜知原委。

那个奇装少年的耳力、目力真个敏锐，虽然他心无二用，身手瞬息不停，却未容袁振武走近，便知外面进来生人了。突然施展了一手“双推掌”，唰地把贴身的刺球推打开，唰地一伏身，从斜刺里纵步退了出来。袁振武这才看清刘门中这位五弟子赵云松生得五短身材，齿白唇红，相貌不俗；尤其是他那一双杏核似的眼睛，莹然皂白分明，清澈如水，闪烁如星。再看穿戴，原来身披一件双层哈奇布的马甲，头戴一顶护耳掩项的牛皮头盔；从耳根垂下来两根皮带，扣上钮子，恰好护住下颏，只留出鼻、眼来；手上戴的也是牛皮手套。

他很精神的迎过来，把皮帽盔和手套摘去，向袁振武拱手道：“袁师兄见笑！”说话时，口音不是当地人，操的是直隶大名府的方言。帽子一摘，顶上涔涔的出汗，面含笑容，跟着也向二刘打了一声招呼。看了看袁振武，又低头看了看自己身

上，似乎脸上有点忸怩。

刘云梁拍肩说道："老五，你练你的，袁师兄知道你的功夫最拔尖，想看看你的能耐。来，快练一套，给袁师兄看看……"赵云松脸又一红，赔笑说道："师哥又改我，我哪里练得好！"袁振武上前恳请，二刘从旁怂恿，这赵云松局局促促，只不肯练；好像年轻面嫩，当着生人，说什么他也不肯下场子。刘云梁笑向赵云松道："赵小姐总是偷偷摸摸的练本领，你越求他练，他越拿捏人。"更故意窘他道："师父可是有话，叫你陪着袁师兄一块练，看你怎么藏招！"赵云松无话可答，半晌，嘻嘻的笑道："三师兄，别胡说了。"他这人虽是二十二三岁的少年男子，又是个练武的壮士，总有点女人气似的，一说话，就要脸红。

袁振武不便强嬲，搭讪着只看这"暗器听风术"的练武场子。那田字形的悬空木架子，垂下来九根绳，挂着九个铁刺球，通体乌黑，有茶杯大小。每个球上面，全有三个锋利的刃子，长约一寸五。每个铁球相隔五尺，错综列成外八内一的九宫形。铁球的大小、轻重、高低、远近，全是一样。此时没推打，自然不再摆动，静静的垂下来，跟地面相距三尺六寸。在铁球架子的对面，是那四个银色钢球，此时也静止不动，斜映日光，仍然光辉耀目。

袁振武看罢，手指这九个黑铁球、四个亮银球，问道："赵师兄，你练的可是本门中的'暗器听风术'吗？"赵云松道："是的。"只说了这两个字，便又默然；跟着把马甲也脱下来，露出一身青色短装，蜂腰熊背，体格很英挺可爱。

袁振武又问道："这里铁球可是练身法、手法的吗？"赵云松赔笑点了点头，道："是的。"又一指那银色球，接着问道："那亮银球也是练暗器听风术的吗？"赵云松看了看袁振武，答道："也是的。"袁振武忙道："赵师兄，我真是本门中的门外汉；我实在不懂，这亮银球有什么用处？也是练腕力的吗？"赵云松摇头道："不是的，是练目力的。"袁振武道："噢，怎

么个练法呢？”赵云松不觉又看了看袁振武道：“袁师兄，不要见笑，这还能瞒得过你老嘛？我的身法、手法、目力、耳音，全很糟。”说着脚步趑趄，要想走开。

刘云梁忙拦住道：“赵小姐，好大的架子！人家袁师兄好心好意的问你，你怎么连个明白话都不肯说，真是贵人语话迟！……我告诉你吧，袁师兄，这九个铁球是练身法的，那四个银球是练目力的。你不见这银球整对着天窗吗？阳光照进来的时候，就叫赵小姐睁开凤目，瞪这个放光的银球，就好像鳖子瞪蛋似的。”说着把那件马甲抢来，就硬往赵云松身上披，开玩笑的嚷：“五小姐给我乖乖的练！练好了也没人给你红顶子，练砸，也没人喊倒好；别装千金了，露一手吧。”

赵云松满面通红，登时瞪了刘云梁一眼，一退步，展手一封，不觉提高了嗓子，道：“四哥，你又想跟我动手，我可不客气了！”袁振武看他两人要恼，连忙相劝道：“四师兄、五师兄，千万别动手，那可不好意思的……”刘云栋笑道：“袁师兄别理他，他们俩一见面就斗口，斗急了就动手。也没见这位五师兄，袁师兄求你这半晌了，你就到底不上去练？算了吧，老二，走！”

二刘陪着袁振武走出来，剩了赵云松，倒觉得不好意思了，追着叫了一声，道：“袁师兄，对不起！我练了好半晌，累了。我明天再献丑吧。”袁振武正要和赵云松敷衍，刘云梁道：“袁师兄别理他。他自觉不错似的，其实他那点玩艺，谁不知道？袁师兄人家新入门墙，不很懂得，要跟你讨教讨教，你又端架子，明天练了。袁师兄，这‘暗器听风术’要练好很难，初学乍练，很没有什么。你要想知道，你瞧我给你比画一下子。”说着又把袁振武拉回来。袁振武极想晓得这“暗器听风术”的练法，闻言欣然向二刘拱手道：“二位师兄请你费心告诉我，也好开我茅塞。”

二刘引袁振武重到罩棚底下，刘云梁指着那银球、铁球才待讲话，五师兄赵云松方才相信袁振武真是不懂，陪在一旁，

遂将这手武功的入门练法，解说出来。

这“暗器听风术”便是练习接取暗器的一种根本方法。练成之后，不拘什么暗器，不拘黑夜白天，敌人只要发出来，都可以招架躲闪。就是被十个八个敌人用暗器攒攻，也可以伤不着。练这种功夫的技巧，全凭目力、耳音、身法、步法；身法、目力尤为要紧。所以这门武功的初步练法，就是先练目力。练的人站在四个银球当中，把球推起来，且打且闪，身手可以任意展动，脚却不许移动分毫。四个银球各重半斤，倒不很重。悠荡起来，借着天窗的日光，照得银光闪烁，耀眼难睁。练的人偏要努目凝神，观定银球；看得准，闪得开，架得住，不教银球撞着头项胸背才行。练法的诀要，着重在“闪躲圆滑”四字。初练时站在四个银球当中，要推得慢，把银球一个一个推动。第一，不许绒绳绞在一起；第二，不许银球碰在一处。初练目力，是在白天瞪视这耀眼的银光；继续练下去，便须兼在夜间。这就全靠手疾眼亮，同时还要借重耳音。

打银球时，同时也要练打那铁刺球。九个铁刺球全是空的，约重十二两。初开练，只推打四个铁刺球，在一百天后续加两个。续练一百天，再加两个。三百六十天，要把九个空心铁球一齐推动。自然初练也要推得慢，越练越要推得快才可；与银球的推打闪躲的练法，大同小异。人站在空心铁刺球当中，用力推打，也可以窜跃躲闪，也可以发招挡架，但以球不触身为第一要义。

一年期间，把九个铁球推动得很快，闪避得很灵，然后再将铁砂子装入空铁球内。每三十天，加重一两铁沙子，每球加到二十四两为度。球上既有三个铁尖，伤人甚重，练时须穿哈奇布的马甲，和牛皮做的头盔。就是这样，铁球碰一下也很沉重，所以练来颇非容易。三年之后，练到功夫纯熟，铁球加重；九个球推打悠荡起来，往返越快，闪避越难，功夫便越练得巧捷快妙。直等到功夫确有十二分把握了，然后脱去马甲和护脑的头盔，改用轻功提纵术，穿行在铁球激荡的核心。展开

行功八式，猫窜、狗闪、兔滚、鹰翻、松子灵、细胸巧、鹞子翻身、金雕现爪；任凭九个铁球飞舞，练的人毫发不伤，游行自在，然后这暗器听风术方算小成。

以后再实地练习，由同门师兄们，用各种的暗器来试打试接。可以伸手接取的是铁胆、蝗石、铁莲子、菩提子；可以探指抄取的是飞镖、袖箭、弩箭、甩手箭；不可以接取，尚可以闪架的是弹丸、金钱镖、铁蒺藜、飞刀、飞叉、梅花针……各色暗器，不下四十余种。先由三两个人，从四面用镖打他；再由十来个人，从四面攒攻他。必须练到手发的、机发的、力大的、力小的，各种暗器全能躲架得开，这才算功成过半。然后由白天再改到夜间。一到夜间能接架暗器，那可就全恃耳音听风辨物了。然后这暗器听风术的一门绝艺，算是完全练成。

赵云松原原本本对袁振武说了，又说自己现在刚刚练到初步第二段功夫上，还差得很远哩。袁振武听罢跃然，不由问道："譬如现在，我要用金钱镖，在白天镖打赵师兄你的穴道，你可以能接吧?"赵云松方要明言，刘云梁插嘴道："美死他，他也配呀！别说是金钱镖他不敢接，怕打伤他的王八爪子；就是飞镖，他也不过才会躲，还不敢接呢。"

刘云梁故意当着袁振武怄赵云松，果然赵云松又红了脸，道："四师哥，你就会挖苦我。若说金钱镖，我还不敢贸然用手去接，但是我还可以躲。你只给我一件兵刃，我也敢拨打。可是太近了不成；三丈以外，只怕你打不着我。飞镖又算什么?上回你连打我三镖，不是叫我抄着两只嘛?第二只我接不着，是你胡打。"刘云梁哈哈大笑，道："袁师兄，你看赵老五扭扭捏捏的，像个大闺女似的，他专会说大话，专蒙生人……喂，你又敢接飞镖了。来，来，来！我打你三镖，你接接试试。"

袁振武大喜，立刻从身上掏出一把铜钱，选了一般大的几个康熙大钱，赶紧递给刘云梁。转面对赵云松说："师兄赏脸吧，你接一回，叫小弟也开开眼。"一力怂恿着，刘云栋也在

一旁帮说。

刘氏弟兄有点故意炫才似的，定要逼赵云松练一手，也好叫这寄寓附学的长门弟子看看我们刘门的功夫。赵云松却面有难色，道："迟师兄有话，不许同学私相较量。三哥、四哥难道忘了？"二刘道："别听他那么说，他是怕较量出意见来。你放心，当着袁师兄的面，我们一定手下留情。绝不会打伤你，让你下不了台。"

赵云松越发不悦，二刘是师兄，又是老师的儿子，却是这亲哥俩竟一般浑。怎么当着外人，伸量起自己人来了？老师不在家，这哥俩就要生事故。赵云松暗中作恼，刘氏弟兄各拈着三枚铜钱，竟要用钱镖法来打自己。打着自己，自己栽跟头；打不着自己，二刘面子上也不好看。赵云松不由哼了一声，道："你们这一对难兄难弟，还是师哥呢，可惜老师的大米饭都装在草包肚子里去了！"二刘笑道："你别损人，趁早练来吧！"

少年人究竟各个都好争胜的，赵云松忍耐不住，忿忿说道："你们二位一定要打，就打吧，我有甚么法子呢！"噘着嘴，走到空场子一边上站住。袁振武看出赵云松不乐意的神色，自己究是外人，不好说什么。却是渴望一观接避钱镖的手法、身法，其心很切；当下自己闪在一边，不敢再多嘴，静看二刘的举动。

刘云栋、刘云梁走过来，两个人都嘻嘻的直笑。刘云梁忽又说道："嗐嗐嗐！赵老五，你别站在那一边呀？敢情那么好，你站在一头，我们站在一头，你倒容易躲；快过来吧，我们俩要前后夹攻你；你站在当中，我们哥俩从两头拿金钱镖打你，你能躲得开，才算能耐呢。别看我们不会打金钱镖……"说着把三枚铜钱一捻道："我们俩给你一阵乱打，照上、中、下三路齐来，管保叫你手忙脚乱。快过来呀！"赵云松恨道："咳！……"气哼哼走到场心，说道："打！让你们打，爱怎么打，就怎么打，还不行吗？"

不想二刘才一拈铜钱，那角门边突然探进一颗头来，厉声喝道："老三、老四，你们俩又作耗了？师父没在家不是？"忽噜的闯进来三个人，头一个就是刘门大师兄迟云树，后面随着两个师弟。

原来，二刘引着袁振武进入跨院，已经很有一阵工夫了。迟云树是掌门师兄，素来心细；忙跟过来，察看他们，果然二刘和赵云松捣上乱了。迟云树进了场门，板着个面孔，向刘云梁发话道："又是你引头打搅！人家好好练功夫，你不练拉倒，怎么你倒引着头妨碍别人？"二刘呵呵的笑了，说道："你看，你看！谁打搅来？袁师兄要看看老五的暗器听风术，我们好心好意的给他打下手，试招……"

迟云树一面往里走，一面摇手，道："得，得，得！我全看见了！老五正正经经的练功夫，你横插一杠子，又是要打镖了，又是要发箭了，你还算没打搅，怎么才算打搅？三个字批语，老师没在家，袁师兄才来，你这是'人来疯'！老五，别搭理他，你练你的。老三、老四，跟我出来，你们的'锁骨枪'连一套还没对完，就乱串起来了，给我走出来吧。"刘云栋只是张着大嘴笑，不言语。刘云梁歪着头说道："咦，咦，咦！怎么没完？你看见我没练完吗？"

到底拗不过掌门大师兄，二刘是被迟云树架弄出来。迟云树却向袁振武一抱拳，赔笑说道："我们这两位师弟就是这个样，他自己逃学，还搅和别人。袁师兄请到前边坐罢，已经沏上茶，小七子也买来早点了，你请随便用点。"

袁振武十分扫兴。人家师兄管师弟，自己不能多嘴，只轻描淡写的说道："师兄，小弟不吃早点。赵师兄练的这门'暗器听风术'，小弟最为羡爱。小弟愚昧无知，老远的投奔四师父来，就是专来学习'暗器听风术'和'鹰爪力'这两门绝技。还求大师兄不要见外，费心指教我。"袁振武这番话可谓谦卑已极，恳切至深了。不想迟云树答的话比他还谦卑，只是说："忝列师门，功夫疏浅，哪敢在袁师兄面前献丑？不但这

几个师弟，就是我在下还要请袁师兄指教呢。”翻来复去，讲了许多门面话。

这迟云树习武有年，人又精明，他只一看袁振武的外表，便晓得他必非碌碌。又素知长门王师伯武功最硬，本门相形之下，最好是藏拙为妙。袁振武越说不会，他越疑心是伪谦，把个袁振武恭敬得如上宾一样。袁振武要下场子，他自然不能拦；可是他却很想让袁振武自己先练一套，看一看他的功夫深浅。偏偏袁振武也不是傻子，把自己从太极门学来的功夫，一古脑全装起来，专心一致，要从刘门学绝招，自然不肯炫才了。不肯炫才的结果，反被人疑为藏奸，这却出乎意外。刘家祺又出门去了，这么几天的功夫，袁振武和迟云树竟弄得互相猜疑起来。

当下袁振武请问本门中练鹰爪力的人，迟云树答的话很可笑，说是：“鹰爪力这门功夫，必得像袁师兄这样的天资才能练呢，本门中个个都是庸材。你我弟兄全是同门一脉，谁也不能瞒谁。不怕袁师兄笑话，我们师兄弟十来个，一个会练的也没有。”

袁振武从迟云树口中一点真的也问不出来；倒是刘云栋、刘云梁兄弟，傻乎乎，还坦白些。不过也是头几天如此，过了几天，立刻说话也有顾忌了。却是背地里被迟云树数说了一顿，说是：“老师没在家，袁师兄是远来的客，师父告诉咱们：人家不过是在咱们这里暂时借地方附学，住不长的，咱们犯不上现眼。人家功夫一定比你我都强，以后袁师兄再找你们掏换绝招，你们要留一分小心。说的对不对的，让人家笑话咱们，岂不是给师父丢人了？”别个同学也受迟云树的嘱咐，从此袁振武在刘四师父门下，越发显得隔阂了。

刘家祺出了十来天门，袁振武就算在刘家闲住了十几天，一点能耐也没学。也曾再三央求迟云树，迟云树满以谦词婉拒：“袁师兄不要骂我了，这里场子随你练，我还要求你教我呢。”反正就是这一套，倒把袁振武激得冒火。左思右想，明

明看出这位大师兄迟云树，对待自己露出“敬而远之”态度，自己再往前亲近，只有惹人厌烦罢了。一怄气，连着两天没进把式场子。终日扃在小单间，展转筹划，还是早早另投别的门路好？还是在这里株候半年，等着鹰爪王来了，再定行止？……

他又想四师父刘家祺的意思，待自己还不坏，倒莫如等候刘家祺归来，索性把这番情形，明说出来。四师父如肯传艺，他的门徒如能化除畛域，不再歧视，自己就在此地耐心附学，静候鹰爪王王老师。若要不然，“哼哼，我索性把一切挑明了，请四师父把王老师和鲁姑太的住脚告诉我，我走我的！我与其在这里遭人白眼，还不如仍在山东丁门，低头服气呢！”

袁振武怅然的又想起废立的恨事，心血顿然沸腾起来；愁肠辘辘，辗转不能成寐。最后打定主意，忍耐还是忍耐。可是他天生的倔强性格，尽管自己劝自己，要学个卧薪尝胆、悬梁刺股的古人，却到底露出锋芒来。

把式场子还是一连数日未去，袁振武把自己扃在屋内；吃饭的时候，听他们的招呼。吃完了饭，到院里遛遛，也和他们谈笑，只见他们练武的要预备上场子，他就藉词躲开；把长衫一穿，一径出门，到蓝滩街上，信步闲游。但是自己学会功夫，绝不敢搁生疏了。或早或晚，没人看见的时候，就自己练一回。却又每一练，便勾起心头之恨，这忿恨又不知不觉迁怒到迟云树身上。一时懊恼起来，恨不得下场子，和这位刘门大师兄较量较量，打他一拳，踢他一脚，也出出胸中恶气。可是这一来，自己怎好在刘门存身？也不能等候鹰爪王了。

袁振武虽是负气，他究竟是精明人，人家既对他做出“敬而远之”的神气来，他就做出“望望然而去之”的模样来。和迟云树“取瑟而歌”，针锋相对，藉此聊泄积忿。

迟云树是掌门师兄，轻易见不着他自己练功夫，只指点着同门师弟，给他们领招、喂招，无形中也就是自己练。袁振武暗暗的瞥着他，要看看他到底有多大本领，到底他这满口谦

词，是藏奸，还是藏拙。但是连憋数日，没有憋着，袁振武已改了主意。迟云树率师弟下场子，袁振武故意装没事人，一步闯进去；却不容迟云树开口，自己立刻止步，抽身，道歉，说是："对不起，我不知道大师兄在这里练功夫。"扭头就走出来，十足做给迟云树看。

这两个人手底下功夫没有斗上，可是心里已经较上劲了。只玩了两回把戏，迟云树便看出来。他也有点吃不住劲了，准知道师父回来，袁振武免不了要告诉抱怨，自己犯不上得罪人；于是他又想和振武拉拢。这一来情形才较为和缓一点，不过两个人终于存下芥蒂。

这天晚饭后，袁振武在屋里闷坐一会，老早的睡下。一觉醒来，出去小解，忽闻得后面笑语之声，跨院隔着墙透出光亮来。袁振武心中一动，暗想：从来武林中有偷招窃艺之事，他们这几天还是背着我。我满盼日久熟悉了，或者好点；无奈迟师兄还对我那么较劲，我看我永远不会和他投缘了。哼，他们这时就许是背着我，私练本门绝艺，我莫如偷着去看看。想罢，自以为这倒是一法。

看了看院内悄无他人。他急急折回屋中，结束停当，悄悄从屋中溜出来。往墙上房上一看，又一听，自己对自己说道："我不可冒昧，我要做出大方的样子来。不可登高爬墙，叫他们看破了，还拿我当贼呢。"他盘算着：他们如果碰见我，我就说：睡不着了，要把从前学的六合拳自己练一练。唉，这就对了，他们总藏躲我，我简直引头先献丑，他们就放心了。可不是，他们藏奸，我就装傻。从明天起，我不必跟他们较劲了；我应该上赶着他们，跟他们一块练本领。我却故意的练不好，他们就不至于多心我了。

袁振武想到这点，登时又后悔自己这些天做错了。"针锋相对"的办法实在不是好办法，打定主意，明天一定改变态度。当下便轻轻的往跨院寻去；转过角门，就在五师兄赵云松练暗器听风术的那罩棚内，聚着刘门四五位弟子。东南角、西

北角各点着一架铁灯，场子大，灯光暗，仅仅辨出人的面庞来。

袁振武避在门边，展眼一寻，大师兄迟云树竟没在场。二师兄蔡云桐却在那里，手提着一把单刀，指指点点，领着刘门四个弟子，忙忙碌碌，来往穿梭，正在那里搬砖。细辨面目，才看出场中有三弟子刘云栋、四弟子刘云梁、六弟子黄云楼、九弟子窦云椿。每人搬着一摞砖，全散开来，摆在地上。二师兄蔡云桐用刀指点着放砖的方位，把百十块砖，摆成九宫八卦式。

袁振武远远的望着，有点不大明白。仔细偷看，这些砖都是横立在地上，排成方形，纵横各九块，相隔二尺五寸。刘门这些弟子一面摆砖，一面打打闹闹，说说笑笑；有的就跳在摆的砖上面，踩着砖棱走；蔡云桐仍在那里，拿着那把刀，比比划划，分派什么。

袁振武暗想：这大概是练提纵术的吧？还记得师父丁朝威说过：踏沙、登竿、走梅花桩，都是练轻身功夫的法子，倒看不出刘门弟子还有会这种功夫的。正在思猜，忽听一个徒弟叫道："喂，是谁在那里？大师兄吗？"

袁振武想撤身，已来不及。索性迎上去，突的向蔡云桐拱手，道："师兄们练功夫了，恕小弟冒昧，小弟是来……晚上睡不着，闲遛遛的。"一直走入场子里来。

第十四章 群徒乱踏青竹桩

蔡云桐正在引着四五个师弟，和他一同登砖。闻声迈步跳下来，扭头一看，道："哦，袁师兄还没睡吗？"别的同学也都住了手，把砖丢在地上；你看着我，我看着你，眼盯着蔡云桐，听他的吩咐，看样子就要停练。袁振武忙向蔡云桐说道："原来是二师兄！二师兄一定是在这里练本门绝技了，请恕我无心打搅。你请练吧，我还是回去。"放了这几句话，转身就走。却被刘氏弟兄走过来，拦住道："袁师兄别走！这有什么，袁师兄也是想趁着夜里清静，要自己用用功吧？"蔡云桐赔笑过来，说道："袁师兄别走，你老不是外人，我们哪里是在这里练功夫？我们简直是瞎闹。"

袁振武不觉止步。这几天冷眼看来，觉得这蔡云桐和迟云树好像也并不投合似的；心头一动，忙向蔡云桐极力答讪。又向众人举手，敷衍了几句话；竟站住不动，闲闲的问道："这些砖究竟做什么用的？是练本门哪种绝技？"蔡云桐把刀插在地上，说道："嘻！袁师兄，我们还练什么绝技！回头我们练起来，不由你不笑。我们不过是借着这个，练练下盘功夫罢

了。”袁振武想了想，道：“这可是梅花桩初步的功夫吗？”蔡云桐笑道：“不是梅花桩。这是按青竹九九桩的练法，拿砖来代替的。师父因为我们内中有几个人轻功提纵术太差，下盘总不稳，所以改用青砖代替竹桩练练。不怕袁师兄笑话，我们连这个也走不好，走起来还整个的往下掉呢。”

说话时，袁振武已凑到砖前，一只脚轻轻踩着横立的一块砖，笑道：“二师兄，不要谦词了。你可是要在砖上行拳吗？青竹桩和梅花桩练法一样吗？”

蔡云桐道：“青竹桩与梅花桩大同小异，难易却不同。梅花桩比较易练，在平地插上柏木桩，着脚的地方是平的。青竹桩初练是用砖代，再练便上平顶桩；平顶桩练成之后，须把竹桩的顶削尖了，练得在上面游走自在，如履平地，还能行举应做，才算到家。咱们本门中传了好几代，会的不多；顶到现在，只有两个半人算会。鹰爪王王老师父是会的。鲁老姑太也成，能够跟王老师打个平手。至于我们刘师父，据他老人家自己说，只可说学会一半；走竹尖还不行，只能把桩顶削成半斜坡罢了。师父教我们轻功提纵术，嫌我下盘不固，才给我出了这么一个主意：拿砖代替竹桩，叫我在砖上行拳试招。我练了这些日子，弄不好还是踏翻了砖。不过比从前进步多了，身法、腰眼、脚力，都觉着稳得多。”

蔡云桐又笑指众人，道：“这几位师弟看出红来，就逼着我教给他们；我自己还不成，怎能教人呢？而且迟师兄知道了，还不答应。可巧我们迟师兄今天下晚回家了，他们又怂恿我教；我不教，他们就说我藏奸，我说我不是藏奸，是怕丢人。他们挤兑我夜里练，顶数我们四师弟、六师弟闹得厉害。我实在没法子，只可陪他们来一下。他们不过看着新鲜罢了。”

他又手指这摆好的砖，说道：“袁师兄你看，这是九九八十一个步眼，一块砖就顶一根竹桩。这些砖我可不敢直立起来，我只能这么横立着练。再有几年功夫，才敢上去行拳。好在砖浮摆在地上，就是登空了，也不致摔重。可是看着没什

么，乍一上去，步眼明明和寻常迈步一样，却总走不准；弄不好，就整个栽下来了。我实在不行！”

三师弟刘云栋、四师弟刘云梁接声道：“你不行，我们更不行。二师兄就不用客气了，好容易今天抓着这个空，你不管怎么说，也得陪我们练一回。”二师兄无奈，笑着说：“你们一定叫我当着袁师兄丢丑，咱们就来一回热闹的。袁师兄回头你看煮元宵吧！”说着，六弟子黄云楼又问袁振武，道：“袁师兄，你对这门功夫怎么样？”

袁振武想要说不会练，恐怕他们疑心自己藏奸；要说会练，自己却是真不懂。他心眼来得最快，登时答道：“不怕师兄见笑，我也练过几十天，总挨摔。诸位师兄好在都不是外人，来来来，咱们一块挨摔。”扎手舞脚，做出跃跃欲试的样子来；只要二师兄蔡云桐一上去，他便要跟随着。

袁振武虽没练过青竹桩，却练过轻身太极拳。自想还是胡乱跟他们试一下的好，与其藏拙，莫如献丑；献丑倒可以清释他们的猜忌。当下蔡云桐向袁振武微一拱手，道：“师兄看笑话吧。”走过来，倏然一并足，两肩微晃，身形腾起，往下落，正落在西北第一块砖上。八十一块青砖代替九九青竹桩，一切的走法身法，都按着青竹桩的规矩来。这西北面第一块砖，便是主桩乾卦。

蔡云桐脚尖点着砖脊，左脚在前，右脚在后，身形微塌，一换步，沿着第一桩往左奔正北，走坎宫，踏艮位，向正东震门。到了东南巽方，折回来，走中宫，踏乾方，转右方兑位，复由正西折奔西南。这是反正八门，相生相尅。袁振武不懂九九青竹桩，但卦象生尅顺逆之理，却是太极门的要义，丁朝威教授太极拳时，早已指拨过。蔡云桐这样的走法，袁振武是明白的，不觉点了点头。

只见蔡云桐未曾行拳，先行走场；将这八十一块砖走完，这才把身手施展开。身法轻灵，步眼沉稳，一口气在青砖上盘旋了两周；八十一块砖，一块也没有倒，果然走得不错，劲儿

拿得很匀。然后仍回到主桩上，身形微停，向三师弟、四师弟、六师弟、九师弟点手，道：“你们上罢。”刘云栋、刘云梁、黄云楼、窦云椿四个人立刻哄然答道：“上啊！”

四个人各趋一面；刘云栋从东面上，刘云梁从南面上，黄云楼从西面上，窦云椿从北面上。二师兄蔡云桐又向袁振武一拱手，道：“袁师兄怎么样，也来凑凑趣吗？”袁振武把腰带紧了紧，应声道：“好！”一拧身，嗖的一蹿，直蹿到八十一块横砖的垓心；身形连晃，哎呀的一声，两只脚把砖蹬倒了两块。慌忙扶起来，又慢慢的蹬在上面。他这么在当中一站，把人家的线路都挡上。刘云梁忍不住笑道：“袁师兄，你别站在那里，你挡道了。你你你往这边来。”惹得众人也都哗然失笑，却不知袁振武是故意装呆。

二师兄蔡云桐连忙拦阻，道：“你们别闹唤，行不行？袁师兄，请你从南面离宫上步，顺着坤卦奔西面，从兑卦走就对了。”袁振武诺诺连声道：“原来这砖真不好走。”索性跳下平地，走到离卦，慢慢的踏上去，眼望着蔡云桐等人，看他们的举动。

刘门四个弟子，遂由二弟子率领，在青砖上游走起来。三弟子刘云栋由东面上起步，脚下倒还稳健，步眼也很准，走得也快。六师弟黄云楼，和刘云栋的身手不差上下，不过走得稍慢；但他塌身下式，腰板挺直眼光平视，身法姿式都很得法。两只手伸出来，一掌应敌，一掌护身，架子也能拉得开。再看九师弟窦云椿，可就差得多，也不过仅能在砖上走罢了。唯有刘云梁，才上桩，还撑着架子；只走出六七步，便顾不得了。渐渐的直起腰来，两只胳膊不知不觉的扎煞出来，脚下越走越晃，如临深渊，如履薄冰。未等人家攻他，刚刚的把九九八十一块砖走了半匝，就扑登的踩翻了一块砖，掉下来了。忙说道：“这不算！”重把砖立好，重新再走。把个袁振武看得强咬嘴唇，极尽忍笑。

全场各人各展身法步眼，各穿行两遭。二师兄招呼道：

"开招了！"陡见刘云栋欺身进步，连跨过三个步眼，右脚一找当中第七桩，左脚跟着一上；虚点中左第六桩，用劈挂掌的"耘手"，双掌横分，喝道："看招！"照二师兄打来。二师兄蔡云桐恰由右圈回左方，刘云栋的一招刚到；蔡云桐右脚往前一蹿，一步跨两桩，左脚一点砖脊，右脚轻提，"斜身打虎掌"，反击刘云栋的右肩臂。刘云栋一招递空，忙伸右脚，往左一抢步，将将的避开蔡云桐这一掌；却身形连晃，退出两块砖，才得拿桩站稳。

九师弟窦云椿从北面欺过来，往前一赶步，"顺水推舟"，照蔡云桐的后腰击来，口中喊道："攻其无备，二师兄接招！"蔡云桐微微一笑，故意的容窦云椿的拳扑到切近，这才倏地一斜身，往旁轻轻一跨步；身形往下塌，右掌往上扬，只轻轻一挂窦云椿的手腕子。

窦云椿急一闪，这掌倒闪开了，却不合还想败中取胜，手腕一翻，要用"顺手牵羊"，把二师兄拖下来。一把没捞着，被蔡云桐"顺水推舟"，猛一送，窦云椿身躯一栽，连抢出两三步，扑通的倒在地上了，脚下的砖被登翻了三两步。左膝盖无巧不巧，恰跪在砖角上；痛得他龇牙咧嘴，跳了起来。那二师兄蔡云桐也身形微微的一打晃，立刻轻轻一纵，跃到西南角；脚尖一点，把身子立稳。

四师弟刘云梁刚刚由西北盘过来，走向当中；一见二师兄奔自己这边走来，急忙振臂迎敌。先往边桩上一闪，照蔡云桐侧面打出一拳来。蔡云桐扭身招架，还未等发出招数，刘云梁发拳过猛，脚下一慌，身往前一冲，也登滑桩了；"扑噌！"脚踏实地，两块砖一齐登翻，身子往蔡云桐这边栽去。蔡云桐叫道："你看你！"一语未了，刘云梁连抢数步，双手箕张，劈面扑过去。蔡云桐急闪不及，竟被刘云梁撒赖推下去。全场哄然大笑道："二师兄可输了！"

蔡云桐毕竟不弱，身虽落地，脚下砖一块也没倒。当时又好气，又好笑，申斥刘云梁道："你怎么掉下来，还推我？"刘

云梁笑得打跌，道：“在桩上我可怎么打得着你呀，这就叫拖人下浑水。”蔡云桐生气道：“那还练什么劲？算了，算了，别现眼了。”刘云梁忙说道：“二师哥，不练可不成。你有本领，你敢在桩上行拳，让我在平地上跟你过招吗？”蔡云桐道：“都是你的了！我躺在地上，叫你打好不好？”

几个师弟最数刘云梁调皮，他又是老师的儿子，蔡云桐没法对付他，一跺脚，说道：“你闹吧，反正我不练了。当着袁师兄，也不怕人笑话！”把盘在顶上的辫子一放，就要走出去。刘云栋忙把刘云梁推开，道：“老二，你又引头捣乱！你不愿意练，你出去。二师兄，我们还是练吧。快把砖立好了，二师兄别跟疯子怄气。”群徒将躺倒了的砖都扶立起来，仍横摆在原步位上。向二师兄再三说好话，请他继续开招。

蔡云桐经师弟们强掰着，只得重新开练。连袁振武一共六个人，四方四隅，各据一面，方位很有富裕。遂由袁振武和蔡云桐分占一面；三师弟、四师弟、六师弟、九师弟这四个人也各占一方。刘云栋预先约定了输赢的标准，对众人说：“这回咱们先讲好了，只许在砖上交手，掉下砖来，就立刻停练。先着挨了打，不算输；掉下砖来，就得认输。我说对不对，二师兄？”蔡云桐道：“单这样还不行，回头六师弟又该净躲不打了。咱们讲定了，被人追赶，只要赶过八十一桩，也得算输。”六师弟黄云楼笑应道：“是啦，我一定迎着跟你打。”

几个师兄弟还是一面练，一面耍笑。袁振武看了，心中起了一阵无名的感触。想起自己当师兄时，师弟谁敢这么胡吵瞎闹？可是就因自己管束师弟太严，才落了不好。复又想道：这二师兄引头练青竹桩，可是去不了三招两式，也掉下来了；看起来，真还不如丁云秀的轻身太极拳。她踏着沙簸箩行招，九师弟萧振杰就在平地上进攻。丁云秀一个年少女子，居然能招架，还都取胜，比蔡云桐强胜多多了。思索着，见众人已经游走起来，自己也便提一口气，蹑足登砖，试走了数步。两眼仍盯住众人，看他们的走法和打法。

这时，二师兄、三师兄、六师兄、九师弟俱已踏破开招。二师兄蔡云桐这一回换了打法，竟不再递招；精神一整，脚下加快，蹑足疾行；巧点轻登，进退蹿跃，眼也不往脚下看，走得轻快异常。袁振武暗暗点头：这位二师兄毕竟可以的。

刘云栋和黄云楼立在一方一隅，刘云梁和窦云椿立在一方一隅；这四个人也约会好了，各不对打，竟分两路，展开拳招，脚下一齐加快，分头来追击二师兄。二师兄蔡云桐越走越快，踏遍八十一块砖。四个师弟齐上，左堵右闪，前扑后进，竟不能把蔡云桐截住。蔡云桐瘦削的脸上，露出得意的神色来。

刘云栋和黄云楼下盘较稳，步法也轻，有时还能追得上二师兄。不过拳招才欺身发出，蔡云桐便抽身提足，潜过去了；连截数次，招都没递上。那刘云梁和窦云椿脚下都不行。走得很慢，越发的赶不上二师兄。但是他们两人闹得最凶，嚷得最欢。见袁振武脚在砖上，却似置身局外，忙招呼道："袁师兄，别客气，快追他呀！二师兄真了不得，我们四个人都堵不住他。来吧，袁师兄，咱们不来个三英追吕布，也得来个五马破槽。袁师兄，喂喂，快堵，快堵！到你那边了。"

说话时，恰巧二师兄从面前驰过，眼光四射，面含笑容。袁振武不由得跃跃欲动，也要把自己从太极丁得来的轻身太极拳施展一下，可是又心中犹疑。展眼间，蔡云桐已然跳过去了。却仍回头吆喝了一声："袁师兄，你很在行，咱们不要客气，只管玩一玩呀！"

袁振武笑答道："不行啊，脚底下太没根，走着还不行呢！再动手，更忙不过来了。"眼看二师兄蔡云桐巧登轻窜，又迎面驰来。袁振武便往前一拦，伸出一只拳头；忽然身子一闪，失声道："哦呀！"边晃数步，从砖上掉下来；踉踉跄跄，栽到蔡云桐面前，搓着手说道："我不行！"刘云梁、窦云椿同声嘻笑起来，道："袁师兄，你真不会呀？"

二师兄蔡云桐登桩立定，正在对面，双眸闪闪，灯影下看得清清楚楚。袁振武虽然连抢出数步，但是脚下没登倒砖，两

臂也没有扎煞出来；左手掩胸，右掌半伸，如封似闭，分明脚步很轻灵，身手很活便，是个会家子。蔡云桐哈哈一笑，很客气的说道："袁师兄从前练过吧？别客气，请上来，只管练……"

一言未了，背后陡喝道："不客气！"六师弟黄云楼忽然很快的从后掩来，道："请下去吧！"相隔只两道砖，一窜扑到，展"双推掌"，照二师兄后背猛推过来。出其不意，蔡云桐急闪不迭，右脚往外一上步，左脚一提，身躯倒转，伸猿臂让过拳锋，把黄云楼的右腕勾住，只一带，"扑登"，黄云楼踩翻两块砖，躺倒一块砖。他却"顺手牵羊"，一翻腕子，把蔡云桐的手抓住；就势一带，也把蔡云桐拖下桩来。四个师弟同声哗笑道："老六赢了，哈哈！二师兄今天可栽了！"窦云椿道："这可难得，二师兄到底掉下来了。"

蔡云桐面皮一红，笑道："你们撒赖吧，你那是怎么打人！你已经脚踏实地了，你还推我一把，那能算你赢吗？我要不跟你们练，你们像怎么回事似的，翻来覆去的磨烦人。我跟你们练，你们又不讲理。讲的是掉下来就算输；你输了，你还把我拖一把，也不怕叫袁师兄笑掉大牙！"

黄云楼拍手打掌的笑道："不管怎么说，反正二师兄掉下来了。"刘云栋道："可是，人家二师兄就算教你拖下来了，人家可没有碰倒砖，轻轻就跳下来了，你看你呢？"又对袁振武道："袁师兄，你给评个理，二师兄算输不算？"当下嘻嘻哈哈笑道，他们还要催二师兄练，二师兄连连摇手，道："你们还没有丢够人吗？"

到底几个人又走上砖桩，重新练起。黄云楼也很调皮，怂恿刘云梁跟袁振武对练。袁振武有心推辞，忽想那一来，未免又生隔阂；好容易得与他们同练了，正该做出亲近的态度来才对，便陪刘云梁，走上青竹桩的西北角。刘云梁赢不过二师兄，却自信胜得过袁振武这个门外汉，暗想大师兄谆嘱留神，不可当着袁师兄献丑；但是这个袁师兄分明任什么不会，就同

他打打，又有何妨？便在青砖上，一面游走，一面对袁振武说："袁师兄，你打我躲，你追我跑。"他就觉着他的功夫够多强似的，立刻先走起来，同时催袁振武动手。袁振武暗笑着，只得也走起来。那一边刘门弟子也凑成两对，练起对手来。刘云栋勉强与二师兄对手，却只许二师兄挨打，不许二师兄还手。黄云楼与窦云椿做对手，两人随便推打。

展转练了一遭，二师兄蔡云桐到底把刘云栋诓下砖来。黄云楼一招失手，反被窦云椿赢了。袁振武和刘云梁打对手，却很艰难，既不便逞才，也不好装傻。他的轻身太极拳不如丁云秀，走青竹桩当然不行，走这横立的青砖，却绰绰有余。与刘云梁交手，若动真的，只一举手，便可把他打下去。现在只可敷衍着，不施展太极拳，改用六合拳，与刘云梁对面游走起来。

刘云梁轻轻一蹿，迎面扑来。左手掩胸，右手进攻，喝道："袁师兄，接招啊！""黑虎掏心"，坐坐实实的打来。掌风一到，袁振武往旁一错步，右脚往左一抢，脚尖轻点左边的青桩；左腿一提，唰地往右一悠，反转到刘云梁的背后。刘云梁一拳捣空，自己整个后身全卖给人家；忙得两脚一错，左腿提起，右脚点砖，也往后一拧身，转过脸来。微微一打晃，双臂下自觉的张开来，借势一悠，稳身作势。

再看袁振武，已然一步一晃似的，窜出三四步以外。刘云梁连忙追赶，恰追到尽头。袁振武后退有敌，前进无路；往左一看，恰有蔡云桐绕来；往右一看，黄云楼恰在五步以外，刚刚登上桩去。这只得往右闪避；袁振武左脚一抬，右脚一点砖，身形半转，蟹行横窜，嗖的蹿出两块砖去。黄云楼看了个明明白白，大声喝采道："袁师兄，不含糊啊！"刘云梁已经连抢数步，追了过来，喝了声："着！"右拳一点，左拳从下往外一穿，"肘底看拳"，照袁振武打来。

袁振武方待闪退，黄云楼故意的往前一蹿，把路挡住，失声道："哎呀，袁兄，看人！"刘云梁的拳风已经打到，整个身子也已扑来。袁振武骤见招数危迫，不由把精神一提，虎目一

张，单足点砖，“金鸡独立”式。容得刘云梁的“肘底看拳”这一招，堪堪打到自己身上，突然用左手的掌缘，往刘云梁脉门上一搭，用“外剪腕”，轻合指掌，把刘云梁的腕子刁住，往怀中一带。借劲打劲，借力使力，自己的身子往前一窜，占了刘云梁的地位；刘云梁栽到袁振武的地位上，“咕咚!”掉了下来。耳旁边顿起两声喝彩：“好手法!”

袁振武猛然憬悟，脚下一错，“咕登”也掉下砖来。身躯前栽，直冲出四五步，登翻两块砖，躺倒三块砖，方才站住。刘云梁好容易没有栽倒，登翻了一块砖，却抢出三四步去，直冲到黄云楼的身上，方才立住。袁振武忙道：“真糟，刘师兄慢着点，差点抢着我的脸!”俯身扶砖，连声道歉，极力的说自己不济，却被黄云楼看得分明。

刘云梁人虽傻和，并非一窍不通的人。只被这一拖，觉得袁振武掌力很猛，手劲既稳且准，就大声嚷道：“袁师兄，你真有两下子；错非是我，换个别人，真得教你白扔下来。二师哥，你过来瞧瞧吧，袁师兄很会哩!”黄云楼微微一笑，道：“四师兄，别自己贴金了，你到底还是教人家白扔下来的。”袁振武道：“哪里，是刘师兄把我拨下来的，他自己扑空了。”黄云楼道：“我可得信哪!”

刘云梁把砖扶起来，有点不服气，说道：“袁师兄，咱们再来来，你一定是个会家子。小黄，你过来，跟袁师兄斗斗!”袁振武还在掩饰，二师兄已然登砖驰来，说道：“天不早了，可以歇了吧。袁师兄，你很有两下子，你瞒得过老四，你瞒不过我呀!”说着笑起来，道：“袁师兄不要见外，有这么好的功夫，很可以指点指点我们，咱们大家考究。”

第二天，大师兄迟云树回来。这些师弟们都瞒着他，怕说出来，受他的唠叨。但刘家弟兄素来多话，只瞒了半天，刘云梁便走了嘴，说：“这位袁师兄很有两下子，六合拳打得不含糊，居然还会走青竹桩。”迟云树一听愕然道：“你怎么知道他会青竹桩？是听他自己说的，还是看见他练了？”蔡云桐一指

刘云梁的嘴，刘云梁嗤的笑了。迟云树道："老二你又捣鬼！这不用说，昨天我没在家，你们一准是在人家眼前献丑了吧！我本来说过，人家是王师伯门下的弟子，功夫一定很硬，人又不常在咱们这里，所以我才嘱咐你们，少给师门丢丑。你们只不听，倒像我一个人藏奸似的。老师临出门时，特别嘱咐我，教我们好好款待他。他要练什么功夫，随他的便，不要管他；有什么事，等师父回来再说。难为你们连老师的意思都不明白！"

其实迟云树自己，倒把刘四师傅的意思没弄明白，刘四师傅嘱咐的话，是叫他"客气"一点，不是叫他"外道"一点。

蔡云桐连忙解说道："我们没有跟他掺和。昨天夜里，是他们哥四个磨着我练青竹桩；都二更天了，想不到教袁师兄看见了。"迟云树眼珠一翻道："教他看见了？他一定加入一块练了吧？"众人道："可不是！"迟云树就问："是他抢着加入的，还是你们邀他的？"二刘道："谁邀他来？他要练，还能把人家赶出场子外不成？"蔡云桐忙道："别抬杠，别抬杠！其实我们也没邀他，他也没有抢着往里挤，不过是练着练着，马马虎虎的就一同登上砖，玩起来了。"

迟云树问了一回，也不再说什么，只一味向蔡云桐问道："到底这位袁师兄的功夫，比你我如何？"蔡云桐素知迟云树好胜，故意怄他道："大概比你我都强吧，反正我不如他。"迟云树脸色一变，道："哦，你们昨天栽给他了，是不是？……他比你我还强吗？他比你强，我更不如人家了！"

刘云梁把头一昂，说道："真奇怪，怎么大师哥你总把这位袁师兄抬得这么高？若据我瞧，别看他是大师伯门下的弟子，他的功夫究竟稀松平常，跟我一样。刚才就是我跟他练青竹桩来着，热锅下元宵，我们俩一齐骨碌下来了，也没见他有什么拿手的本领。"蔡云桐微然一笑，道："可不是，真打起来，你把你那'三十六路大擒拿'的绝招掏出来，他还是你手下的败将呢！"刘云梁一拍胸膛道："那可说不定！"黄云楼、

窦云椿全笑了。

刘云栋忍不住说道："二师兄，你不要挖苦人。老二听不懂，我可听得懂。这位袁师兄的功夫虽没露全，可是我敢说他不是门外汉，手底下准得有几下子。"迟云树道："明白人在这里呢！还是老三有眼力，你们简直全是睁眼瞎子，给本门丢了丑，还得意哩。"

刘云梁不高兴起来，站起来说道："我就不懂，袁师兄即便功夫真强，那又有什么？莫说我没输给他，我就是真输给他了，也不要紧呀？他又不是外人。况且人家大远投到咱们这里来，人家不是为学武艺嘛？咱们总背着人家，算怎么一回事呢？你不给人家领招，又叫我们躲着他，老爷子难道专给他单开一个场子，亲自教他一人不成？我知道大师哥的意思，你是看不出人家的功夫深浅来，怕教不了人家，栽了跟头。其实这有什么？回头老爷子来了，我替说开了，把你这块心病除治了去，你就不埋怨我们了。真是的，凭空来了这么一位袁师兄，我们都跟着犯了私了。本门就只这点玩艺，这个不该当着他练了，那个不该当着他练了；有那么着，简直叫老爷子把他端出去就结了，大家都心净。"

蔡云桐在旁又恶作剧的加了一句话，道："把他端出去最好，第一个大师兄先痛快。"

迟云树一听这话，气了个脸白，不由嘿嘿冷笑，道："我可不是痛快吗，我就怕丢丑！我本来教不了人家；不但姓袁的，你们哪一位我也教不了。师父硬派给我，我不给诸位领招，师父又不答应我，我这是受累不讨好。"他抬头眼望刘云栋道："老三，你是明白人。老师临出门说得明明白白：姓袁的是客情，住不常，叫我对他客气点。又说人家是会家子，再三嘱咐我，千万别拿人家当门外汉，别端大师兄的架子。你们听听，这话怎么讲？……我倒是听老师父的话，还是听谁的话？好在过几天，老师就回来了，我趁早向老师告饶吧。连这位袁师兄，和你们几位，从此以后，我敬谢不敏。"

刘云栋忙道："大师兄别理他，他素来嘴讨厌！"刚要解劝，谁想刘云梁也炸了，把眼一瞪，道："好嘛，你又要使坏，告老婆状？你还像前几年我小的时候，你出损主意，叫我挨打？你就凭着老爷子爱听你的话，你又要毁我？"

刘云梁、迟云树这两人，竟丁丁当当，高一声，低一声，拌起嘴来了。蔡云桐、刘云栋连忙劝阻，又压服刘云梁给大师兄顺气。刘云梁天不怕，地不怕，刘四师父又不在家，他就造起反来，连他哥哥刘云栋都制服不住了。

黄云楼、窦云椿要把他架出去，他拧着身子不走，仍对迟云树说："你不用花说巧说，大师兄！你是掌门户的老大，你还是这么怯敌怯场，怕丢丑，藏奸！"迟云树道："哪个狗种藏奸？"刘云梁道："你不是藏奸，就是藏拙。姓袁的一个鼻子两个眼，你干什么这么怯人家？你有能耐，敢跟人家碰碰去吗？"

他的话专往病上碰，越发将迟云树堵急了。已经气白了的脸倏又变红，忍了又忍，忽翻出一阵怪笑，道："好，好，好！我怯人家，我怕人家，我本来就是怕人家嘛！我没本领，藏奸，怕出丑，我就是不敢当着人家练功夫……哼哼！我凭什么不敢当着人家练功夫？也不过是怕给你们刘家门丢丑罢了！老四，有你的，我这就找姓袁的比量比量去。我教他打败，这才于咱们刘家拳有光呢，这才趁了你刘二爷的愿，是不是？"口说着，猛然立起来。众人又扯又拦，迟云树一个劲的往外挣，道："不行，不行！我若不栽给姓袁的手下，由打刘二爷起，他就不饶我。我怕人家吗！我非得教姓袁的踢两脚，打两拳不可！走，你们大伙一块来，一块看我的哈哈笑来！"

三言五语，把场是非闹大了。刘云梁自知冷嘴僵起了热火，再想收，也收不回了。刘云梁是刘四师傅的二儿子，在师门名列第四；可是年纪不大，才十九岁。素日常因练功夫，练得不好，挨他父亲的骂。迟云树既是大师兄，引着头和师兄弟们切磋功夫，倒颇有掌门师兄的气派，待人也不苛碎，却有点量窄护短。有时候刘云梁胡搅蛮缠，和别人淘气。刘云栋说他

不服（他两人只差三岁），大师兄当然不能袖手，必须调停劝诫。刘云梁身为老师的次子，迟云树恐落怨言，遇见他和别人怄气，总是压服刘云梁的特别多。刘云梁心中就很不忿，认为大师兄不向着他。前几年，像这样的纠纷是时常闹的。

刘四师傅颇明大义，教子甚严，不喜欢这个呆头呆脑的二儿子。又为约束门规，总得给掌门弟子留脸，迟云树说的话是要照办的。刘云梁越发不服气，不说自己歪缠，反说父亲偏心眼，疼徒弟，不疼儿子。前两年他常把这话挂在嘴边，近来年岁渐长，不甚胡搅了；可是秉性难移，仍免不了一阵一阵的偶尔犯浑。今天他父亲已经出门，无心中引出吵子来。他想：这一回父亲回来，自己又免不了挨揍。索性一不做，二不休！向迟云树挑大姆指道："老大，你真敢和姓袁的比量比量，我给你磕三个头！只怕你说着好听！……我去教他去！"

几个同门乱七八糟的拦劝，刘云栋哄师兄，斥胞弟，横着身子直嚷。看这几个师兄弟，只有黄云楼、窦云椿真是劝解；二师兄蔡云桐暗中发坏，不似劝架，倒像挑拨。刘云栋真急了，把眼睛瞪得滚圆，申斥云梁道："老二，父亲不在家你造反吧！回头我叫爹爹当着你媳妇打你！还不给我出去！"催喝黄、窦二人："快把傻东西推出去吧。"

黄、窦二人一边一个把刘云梁拖住，往外推搡。刘云栋复向蔡云桐嚷道："我的二师兄，蔡二爷，你别看笑话了，还不快把大师兄拦住。"迟云树奔到屋门口，被刘云栋拉进屋来。黄、窦二人把刘云梁推到院中，刘云梁竟在院中嚷道："袁师兄，袁师兄！我们大师哥要跟你比量比量呢。"

他们在院子里闹得很凶。袁振武何等精明，乍听隔壁喁喁大声，便已留上神；料到大师兄回来，他们必定诉说昨夜之事。急忙侧耳倾听，竟听出迟云树要跟自己比武的话，不由一愣。知道是昨夜的文章，今天要闹大了。

可是，过去所说不会武的话，此时绝不能改口。袁振武深悔昨夜的事不善藏拙，过于猛浪。现在真要承认自己是太极门

的二弟子，显见前言迹近欺瞒了。刘云梁隔着墙，一个劲的招呼；袁振武装聋作哑既不可，出头答腔又使不得。一时不知所措。正要抓起长衫，溜到外面，躲开这场是非，无奈这个刘云梁师弟已经站在院口，连声喝喊着自己的名字。袁振武溜到屋门口，才一探头要走，早被刘云梁瞥见；急忙缩身，已经来不及了。

刘云梁晓得袁振武是故意的规避。这时迟云树已被别的师弟劝住，若再教袁振武走开，眼看着一台好戏要散。明知父亲回来，必要受责，索性给他们搅和搅和。姓袁的当真是“真人不露相”，手底下有两下子，挤到不得已的时候，他必要露一手；好歹给老迟一点亏吃，教他往后别再那么阴损。倘或袁振武打不过老迟，那么更可以奚落老迟了；定要挖苦他眼拙胆小，见了一个门外汉，都吓酥了。刘云梁左思右想，以为得计；猛向前一纵身，跃开七八尺去，奔向袁振武住的屋中。推门扇，掀门帘，直寻到卧室床头。口中嚷道：“袁师兄，你装睡可不成，我们迟师兄要跟你比比呢!”

第十五章

飞豹子比武生嫌

袁振武提着长衫，刚刚的退回来，坐在床上；再想掩饰，如何能够？刘云梁哈哈大笑道：“袁师兄，我们拌嘴被你偷听见了。你当我看不见吗？你刚才扒门缝了。来吧，你有本事趁早露露，别装傻。我们大师兄说你有很好的功夫，早想跟你较量，你还藏个什么劲呢？再不练，你就是小看人，难道我们堂堂大师兄就不配叫你揍一顿不成？”袁振武被刘云梁从床上扯起来，只得说道：“我哪会什么本领？四师兄，你不要闹，回头看大师兄怪罪下来。”极力的推辞，不肯比较。

刘云梁连推带搡，往外架弄袁振武，大声说：“对不住，请你不论如何，也得招呼一下子。你想不下场子，拿空话搪塞，那算是白费。走吧，走吧，大师兄在场子等着你呢。”袁振武且闪且说道：“刘师兄，刘师兄，我焉敢小看人？我绝不是装着玩。迟师兄可错看我了，我实在没有一点能为。刘师兄别闹，看叫人笑话。”

刘云梁不听那一套，拖着振武一只胳臂，往外硬架。将出屋门，忽又低声道：“袁师兄，你干脆别再瞒着了。我为你已

受了好大的埋怨，你索性把你掏心窝子的本领抖露抖露，一下子把老迟的嘴堵住，也给我们大家伙儿出出这口气。袁师兄你不晓得，他那狗屎脾气可恶极了，偏偏老头子专爱听他的话。我给你作个揖，你好歹跟他对付两下子。”

袁振武忙道：“刘师兄，这可不像话。自己弟兄，谁还能伸量谁不成?”刘云梁只是笑，不肯松手，放开了喉咙招呼道：“迟师兄，人家袁师兄可没叫你较量短了。人家可是真出来了，你别含糊哇！出来吧，人家等着你啦！”

迟云树顿如火上浇油，猛然分开众人，抢步出屋。屋中的两位师弟竟拦不住，二师弟蔡云桐又不真拦；迟云树一甩袖子，来到院中。一看袁振武，果然立在院中。迟云树勃然大怒，袁振武竟敢出来索战，这分明是藐视人。就不再客气，向袁振武招呼道：“袁师兄，来来来，咱们到场子里走两招，咱们互相印证印证。我早知道你功夫很高，咱们都不是外人，咱们谁也不许藏奸，好好的过几招。”袁振武忙说：“迟师兄别误会，我哪会什么功夫？迟师兄，别听刘师兄的话，他是要叫我挨打。”底下的还没容袁振武说出，这位掌门大弟子迟云树冷笑一声，暗骂道：“好酸，好狂！”竟掉头一点手，只厉声说了一个“来”字，昂然往把式场走去。闹得袁振武木在那里，进退不知所以。

刘云栋已从屋中赶出来，声色俱厉的向刘云梁喝叱道：“你也太胡闹了，哪有这么浑搅的！你还不给我躲到一边去！袁师兄别理他，他是人来疯。”刘云梁一翻眼珠，向刘云栋道：“哥哥，你今天好歹让我一回，我跟老迟的事你别管；我豁着挨老头子的打就是了。”双手推着袁振武，赶进把式场子。

袁振武欲施展手法，把刘云梁推开；无奈刘云梁乃是刘四师傅的儿子，大师兄得罪不得，小师弟也得罪不得。况且不下毒手，摆脱不开他；若施绝招，又不能给自己圆谎。只得踉踉跄跄，顺着刘云梁的劲，往把式场里栽进去。连绊了数步，方才站住，不住的说：“刘师兄别推，别推，看绊着，摔倒了！”

方到场中，迟云树早已插手立在场心。袁振武忙向迟云树拱手，道："迟师兄，这位刘师兄真好顽皮，总得当着师兄面前，把我作弄一下，给大家一笑。请师兄多担待吧，我真是不行。"迟云树呵呵地笑道："袁师兄，真人面前不说假话，我小弟有一句讲一句。袁师兄乃是长门王师伯门下的高足，对本门武功定有心得。就是没有老四撺掇，我小弟也早想领教的。今天也没什么事，咱们就一块儿考究考究。"

袁振武把手连摇，赔着笑脸说道："迟师兄，这可真是笑话了！……"跟着又说了许多推辞的话。迟云树微微冷笑，漠然不顾道："师兄不肯跟我过招，自然是我小弟功夫太糟，不值一比的了。但是，你看看，我若不陪你走两招，我这位四师弟饶我不饶？咱们心照不宣，我今天若不败在袁师兄的手内，也有人不肯甘心哩。"说罢大笑，又拱了拱手，道："袁师兄，咱们全是明白人，甚么话也不用全挑亮了。你多少总得露两手。袁师兄要是当着他们能练，当着我不肯露半招，那岂不是太显着我迟云树不成人样了！"

迟云树的话一句跟一句，袁振武徬徨四顾。他自己当过大师兄，知道大师兄的心情。迟云树的话既然这样，他心里的滋味自然可想而知。皱着眉，向四周看了看，正要设辞解说，刘云梁早把话接过来，道："大师兄，别这么冤枉人，你说到底谁不甘心？你不用酸，你要有本事……"一指袁振武道："跟人家招呼招呼啊！你酸溜溜的，想吓唬人家，不敢跟你动手，那不成。袁师兄，练把式过招，打不死人。谁也别跟谁装傻；干脆，今天你们练练。大师兄，我反正是不守规矩的，净擎着师父来了，告老婆状，挨揍，可也不能把脑袋揪下去，我豁出去了。喂，人家袁师兄上场子了，就请你发招吧，不用叫板眼了。"

迟云树怒目嗔视，半晌哼了一声，径向袁振武说道："袁师兄，您听见了？我这班师弟们全愿意你露身手，就请师兄你赐招吧。"说完，走到把式场心，复一点手，道："袁师兄，咱

们就在这里吧。”

袁振武情知不动手，是不行的了。可是预想比武以后的结局，胜固不可，败也使不得，真是把人难煞。迟云树一步紧一步的催逼着开招，人家已经挽好袖子，站好脚步。其余的刘门弟子此时也不再拦劝；看面色，反而跃跃然，似正渴望着自己与迟云树比量一下，方才豁然。刘云梁在旁敲边鼓，更催得十分紧；二师兄蔡云桐冷嘻嘻，热哈哈的，也在一旁吹气怂恿。只有刘云栋比较的持重，可是被黄云楼劝住；两个人不知附耳低言，说了些什么话，刘云栋也不再拦阻了，只很谦和的说：“袁师兄不要客气，咱们都不要客气。我们都是同门，大师兄说了这半晌，你就下场子玩一玩，没什么。迟师兄也不会乱来的，袁师兄只管放心。”蔡云桐插言道：“着哇！练武不练对手，怎么能长进？袁师兄只管练，别胆怯。我们大师兄一定要让着你的，上啊！”

袁振武欲避无从，正在潜怒；一闻此言，双眉一挑，少年的烈性不由复燃：“我一口一个师兄的叫着，他们倒不依不饶，我难道真怕你们不成？”徐徐的走下场子来，唉了一声道：“好吧！诸位强拉鸭子上架，我只好给大师兄垫垫拳头吧。我挨了摔，诸位别笑话。”

口说道，他往场心一站，心如旋风一转，暗想：我若完全装傻，一定瞒不了行家；我若完全逞能，一定在此地无法存身……咳，自出丁门，我倒一步步做起小媳妇来了！又想起俞振纲、丁云秀，蓦地将一双豹子眼瞪大，一对长眉蹙紧，脸上显然摆出一个怒言。

迟云树看了个清清楚楚，暗暗发恨道：这小子，他倒瞪起眼来，我叫你一百二十个不服气！立刻展开了门户，双拳抱拢，说了声：“袁师兄请发招！”把身形一矮，往右一斜身。袁振武这里张目一看，也只得把身形一矮，拔步奔趋左侧。两下里走行门，迈过步，全是绕走偏锋。

袁振武绕过半周，堪堪与迟云树碰上；倏的一翻身，依然

反走边锋。迟云树见袁振武竟不递招，一定是先要看清了自己的路数，才肯发招。立刻一拧身，叫道：“袁师兄怎么不发招？”袁振武佯笑道：“还是师兄先请！”

迟云树不再客气，往前一纵身，身随势进，扑到袁振武的右侧。相距不过半步，左掌往外一撤，喝声：“接招！”左掌虚点，只在袁振武的耳轮边一晃；右掌撤招，展开劈挂掌“单推手”，掌锋倏照袁振武右耳轮扇来。袁振武不封不架，往下一塌身，左脚往外一滑，整个的身子蹿出去三四步去。拿桩站稳，口中喊道，“师兄勒着点，我接不住啊！”立刻仍转到左半边。迟云树一掌击空，一声不响，二次翻身，揉身进步。袁振武拿铁了主意，不抢招，不求胜，可也不愿意一上场就败在迟云树手下。

迟云树展开了劈挂掌，袁振武展开了六合拳，两人展转走了六七招。袁振武佯运六合拳应敌，他却神明内敛，气凝丹田，手、身、法、步、腕、胯、肘、膝、肩，一切的运用，都潜循太极拳的拳诀；身形绵软巧，外形不露，把门户封了个十分严实。左闪右避，窜高纵低，倏前倏后，忽进忽退。双掌不发招，不破招，只封闭闪错，步眼丝毫不乱。于是两人又走了七八招。

迟云树以自己的身份和武功造诣，来测度袁振武；连发几招空招，顿将火兴煽起，遂把本门心法全施展出来。两下里骤分复合，展转相斗。迟云树猛如狮子似的追赶袁振武；袁振武就像鼠避猫似的退缩闪绕。眼看招发出去，见硬就回，一味奔避。

刘云梁嘻嘻的笑着看热闹。黄云楼、窦云椿也上眼下眼，追随两个人转。只有二师兄蔡云桐、三师兄刘云栋连吸冷气，暗推同门道：“都是你们起哄，你瞧，到底应了大师兄的话了，人家姓袁的不是力笨汉。”刘云梁仍不认账，黄云楼也不肯信。

袁振武展开多年在丁门所得的技功，轻身盘走，闪躲圆滑，竟暗中连拆了迟云树的五次险招。这一来越把迟云树激怒，深知袁振武确有实学，暗卖一手，诚心从不施展中施展出

功夫来。他不道袁振武竟存退让，反以为含着藐视戏弄之心，暗想：我要不给他一手厉害，我在本门怎生立足？迟云树一转念，就要再展绝招，务求必胜，好歹把袁振武撂在场子上，方能挣回面子来。心存此意，立刻步眼发松，反不似一上场时那么紧迫急赶了，在场子里连转了两周。

那刘云梁起初只怀恨迟云树挟长逞能，歧视同门，只是此时也已看出这个袁振武果然不是平庸的身手，大师兄连下毒招，勇猛进攻，人家竟很不费力的闪开；看这情形，真不知鹿死谁手。又看到袁振武始终没有还招，究竟他居心是戏敌，还是让招，却很难说；刘云梁不禁有点懊悔。其余刘门弟子，起初虽然挑拨着大师兄来动手，如今一看出袁振武功夫太强，也觉着不是劲了。各个的生了敌忾之心，暗替迟云树担心，恐怕他真个栽给人家，也是大家丢脸。

这时袁振武正由东西游走过来，转向偏西。那迟云树相隔着不过三四步，突然往前一纵步，猛扑到袁振武的背后，故意的喊了声："袁师兄接招！"立刻探右掌，猛向袁振武背后一击。袁振武往左一抢步，斜转半身，打算反从迟云树的左侧窜出去。不料迟云树这一手竟是诳招，右掌往回一撤，左掌猛从右臂下穿出，用"燕翻盖手"，横出袁振武的左腰肋。

这一招迅捷非常，用的是重手法，掌风锐而硬，猛而重，唰地已到肋下。袁振武再想闪躲，已来不及；而且形迫势危，不得不拆招急救。袁振武双眸一张，急用"野马分鬃"，左掌往外一拨迟云树的左臂，身形往右一探；闪过这一招重手，本意仍不还手。哪知迟云树左臂往下微沉，倏然变招，"金丝缠腕"，反压着袁振武的左臂，往下一挂，右掌猛翻出一手"劈山掌"。吐气开声，大喝道："嘿！"迅如骇电，直向袁振武的胸前华盖穴劈来。指尖沾衣，掌心往外一登。袁振武蓦的一惊，这个迟云树竟要用内力来伤自己。慌不迭的凹腹吸胸，胸口缩得离开迟云树的指尖寸许；忙翻右掌，一挂迟云树的腕子，"手挥琵琶"，左脚上步，"退步跨虎"，借撤招展臂之势，

暗把掌力唰地往外一送；迟云树踉踉跄跄向前扑去。袁振武乘势往外一窜，也往前连栽，又一挺身，方才立起来，道：“嗳呀！……迟师兄，我输了！”身躯连退，好容易才站稳。

迟云树也跟着撑住了身躯，面红耳赤，抱拳说道：“领教领教！袁大哥有这么好的身手，怎么还装外行？足见谦德，佩服佩服！”扭转头来，冷笑着又向刘云梁发话道：“刘二爷，怎么样？我输了，你这该心平气和，趁了愿了吧？”

袁振武虽然矫作失着，故形一蹶，被迟云树的话一敲，不由脸色一变，张口欲答；可是又恐越描越黑，只索让人家一步，低头哑口无言。刘云梁却仍然一句话不让，嘻嘻的笑着说道：“迟师兄，你这种话趁早少说。动手过招，输赢胜败是你的事，我凭什么趁心如愿？咱们没有深仇大怨，好歹总是亲师兄弟。你要是栽了，我们脸上也无光。得啦师哥，别拿屎盆子往脑袋上扣，凭师哥你还会栽了？你分明赢了人家一招，你倒说栽了，栽了怎么不躺下？”刘云梁说了这些话，连声笑着，跑出了把式场子。

迟云树脸上寒得笼起一层秋霜。袁振武走也不好，不走也不好，弄得很僵。刘云栋过来向袁振武说道：“袁师兄，你真不含糊，你还客气什么？你比我们强多了。天不早了，该歇着了，我们明天再练吧。”扭头又向迟云树说道：“迟师兄，还是你的功夫纯，行拳过招，能发能收。像我，招数发出来，有时就收不住。迟师兄，明天我们也得跟这位袁师兄拆两手。好在全是自己人，输赢没有什么相干。”蔡云桐也搭讪了几句闲话，却酸溜溜的暗讥袁振武藏奸，潜笑迟云树无能。随即散了场子。

袁振武回到屋中，说不出来的觉着不是味。从这夜起，决计不再到场子里去；自己明知不论怎么掩饰，跟迟云树已生误会，空费解释，也不见得他能相谅，反不如等刘师傅回来再说了。

又过了四五天，天色刚亮，袁振武乍醒未起，尚在惺忪。忽觉有人晃着枕头，凑到耳边招呼：“袁师兄！袁师兄！”袁振武睁眼看时，正是四师弟刘云梁。袁振武急忙翻身坐起，问

道："四师兄，这么早起来，有什么事？"刘云梁道："我父亲回来了。那天晚上的事，我们大师哥很不痛快我，我想他一定要在我父亲面前告我，我父亲又最听信他的话。袁师兄，你得帮我一点小忙，别叫他抢了原告。"袁振武一时矍然道："我怎么帮你？迟师兄分明连我也怪罪了。"忙改口道："四师兄，你打算教我怎么样呢？"刘云梁笑了笑道："你只说你们两人自愿过招，别说是我怂恿的。再不然，你就说是他欺生，总想摔你，就没有我的事了。"

袁振武暗道：好嘛，看你傻，你倒不傻，你想拿我当傻子吗？一面与他敷衍，一面忙着穿齐衣服，自己思索：迟云树总是人家的掌门大弟子；我一个寄寓客居、新来乍到的人，怎好跟人家较量短长？我别净听这傻小子的聪明招，我应该话里话外，捧着迟师兄才对。不过迟云树不肯教招的话，我必须绕弯子描出来……打定了主意，赶紧梳洗完了，遂由刘云梁引领，来到刘四师傅的住房门前，挑帘进内。

刘四师傅正在迎面桌旁坐着吃茶。刘云栋、蔡云桐等人均没在屋，掌门大弟子迟云树恰恰正在一旁侍坐。一见袁振武，迟云树脸色一变，站了起来。袁振武蓦的心中微动，看这神气，果然应了刘云梁的话，终归被人走了先步："唉！我怎么到处犯小人？"定住了心神，上前施礼道："师叔，你老昨夜才回来的吗？你老可辛苦了。"刘家祺含笑站起来，点了点头，把手一伸道："请坐！"

袁振武细看刘四师傅，满面风尘之色，想见半月来很受奔波之苦。不知他这一去半月，可曾寻见鹰爪王？鹰爪王现时潜踪之所，料想刘四师傅当能知晓。思索间，方要动问情由，那四师弟刘云梁和师兄迟云树抵面相对，他竟自起毛骨，蓦的红头涨脸，冒冒失失的说道："爹爹，咱们当面对质，我反正一句谎话没有；你老别听他的话，这回我可没有引头闹！是他们俩自己要摽劲！"迟云树在一旁既不接声，袁振武对于这没头没尾的话更不好答碴。刘四师傅把面色一沉道："什么，你说

的什么？是谁要摽劲？”听这口气，好像还不晓得袁、迟比武的细情。

刘云梁站在当屋，看了看迟云树，又看了看袁振武，迟疑起来。把那只粗手，搔着头皮，说道：“我说的是他跟他……”两手分指着迟、袁二人道：“他们俩摽劲来着，跟我不相干，这里头没有我的事。”

刘四师傅诧异的看着迟、袁二人，重复问道：“什么？”迟、袁二人都臊得面皮一红。

袁振武急忙打岔道：“四师叔，你老……”底下的话竟不知怎样说才好。既然刘家祺实尚不知比武之事，没的叫刘云梁先抖落出来，反倒不好。但又恐迟云树已先告诉，显得自己新来无礼。同时更怕刘云梁这个傻小子，和迟云树当面互控，惹得刘四师傅当着自己叱责自己门徒，给自己难堪。自己在这里，深了不是，浅了不是；一时也跟着窘在那里了。

迟云树眼看着刘云梁，眼角扫着袁振武，隐隐透出诡谲和笑容来；似乎要看着刘云梁这个傻小子不打自招，自己出丑。刘云梁果然惶惑起来；只见他父亲刘四师傅面含怒容，厉声喝叱道：“云梁，你说的到底是什么话？怎么说着又不说了？你又犯浑了吧，唵？”

刘云梁斜瞪了迟云树一眼，脸上露出可怜相来。他父一叠声的催问，他越发的慌了，喀喀巴巴的说道：“你，你老不知道啊？”刘四师傅斥道：“你这东西，半吞半咽的，到底是怎么回事？”刘云梁回过味来，忙道：“没有事，没有事！你老出门，我们都好好的，没有吵架，也没有拌嘴。”说罢，翻身要走，刘家祺一声断喝，道：“站住，到底是怎么回事？到底谁跟谁摽劲？准是你这东西犯浑蛋，又无事生非了！”

刘云梁满面通红，又斜睨了迟云树一眼。他父亲越催问他，他越答不出来，半晌才说：“哪里是啊，是……是，是袁师兄和迟师兄，他们俩比试来着。”嗫嗫嚅嚅，又说了些有声无词的话，连他自己都听不出来。

刘四师傅察颜辨色，把三个人看了一眼，又复申斥道："不叫你说话，你偏唠叨；叫你说话，你又喔喔哝哝。滚开这里吧！"糊里糊涂，自找来一顿骂；刘云梁睁着怨悔的眼，把迟云树恶狠狠瞪了一下，扭头往外就走。袁振武干在那里，弄得很难为情。

沉了一沉，四师傅刘家祺忽然换出笑脸，让袁振武坐下，迟云树告退出来。刘四师傅凑过来，坐在袁振武身旁，又亲自给振武斟上一杯茶。袁振武急忙站起来，连声逊谢，刘四师傅和颜悦色说道："请坐下！坐下说话，不要客气。"

坐定，屋内无人，袁振武开言道："师叔一路辛苦，不知可见着王老师没有？"刘家祺望了望纸窗，把头微微一点，低声道："咱们晚上细说……"轻轻吁了一口气，道："这半个多月，简直把我跑坏了。振武，你看，从你到我这里，来了这些日子，我就没得在家安闲过。事情赶碌得我吃不得吃，睡不得睡，把你丢在家里，一切也没得跟你细谈。好在你也不是外人，绝不能怪我。要是疏远一点的人，还疑心我这是诚心躲着人呢。好了，现在我总可以在家里稍歇几天的。振武，我今天白天还有点事，索性今晚定更后，你上这屋来，咱们仔细谈谈。还有你师傅的事，你一定很惦记着，今晚上我都告诉你。可是我有两句话，先对你说明：你千万不要听你云梁师弟的话，这小子傻头怪脑，生事惹祸，向来总是他引头。这些师兄弟们，就属他不是东西，你可不要听他胡闹。"

袁振武看了看刘四师傅的面色，似乎话中没有什么特别的含意，连忙站起来，答道："四师兄性情直爽，一派天真，他和小侄非常投缘。师叔不用挂虑，这些师兄都很好，没有拿我当外人的。"刘四师傅笑了笑，摇头道："你看他直爽，你不知他多么浑蛋呢。我嘱咐你，你少答理他。我那大小子还罢了，比他明白得多。这半个多月，我没在家，你想必也天天下场子吧？"

袁振武应了一声，道："是的！……也不常下场子。师叔

走得急，还没有分派我学什么，大师兄又很客气……”把下面的话咽住了。心想：我先别说什么，我倒要先听听四师傅怎么说。

哪知刘四师傅把话扯开了，只讲些平常的闲话；出门的事不谈，传艺的话也不谈。敷衍了一回空话，刘四师傅站起来道：“我还有事，咱们晚上见。”手拍着袁振武的肩膀，又重复了一句道：“今天晚上见。”站起来，就摘壁间挂钩上的长袍，披上了，又皱眉对袁振武说：“我还得进城去一趟。”袁振武一看，没有再说话的机会，只得告退回房。

这刘四师傅远行初归，并没有急急的要和袁振武谈话。袁振武似乎和刘云梁进来得莽撞了。

袁振武坐在小屋中，心中疑惑，更不知刘四师傅对自己安的是什么心，是否他已听了掌门弟子的先入之言？反复思量，疑云莫展。忽然门扇一响，刘云梁又跑进来，当着袁振武，把迟云树臭骂了一顿。说他刁钻奸滑，最可恶不过。袁振武拦不住他，只好听着，也不敢赞一词。

四师傅刘家祺在早饭前出去，直到晚间才回来。袁振武闷在屋中，已经听见。但刘四师傅并没教自己，自己也不好冒冒失失的请见，只在自己小屋内转悠着听候呼唤。

那刘云梁却抽冷子又来了两趟，口中嘟嘟囔囔，还是骂大师兄。袁振武向他盘问刘四师傅的意思，连他也摸不清。可是他却断言：“老迟这东西，一定告了老婆状了。”又对袁振武说：“货到街头上，反正今晚就见了真章啦！我总想着老迟绝不能善罢甘休。我们老爷子专爱听他的话，就许等到晚上，把师兄弟都聚齐了，当着大伙，给我来个好看。袁师兄，你可不要看热闹。别看你也是在股在份，我却知道老爷子对你总有个面子，不好意思说什么的。你千万给我求情，别把我晾起来。袁师兄，你别瞧不起我，我真不怕打。我就怕老爷子当着我媳妇的面，罚我下跪，那多么难看哪！”

袁振武笑了笑，道：“你没有什么大错，师叔也不会责备

你的。就算你怂恿着我和迟师兄过招了，那也不能算是非。难道老师不在家，师兄弟一块儿较量较量拳招，也算犯规吗！”刘云梁从鼻孔中哼了一声道：“看你像个聪明人，原来你也这么糊涂！我们较量拳招，输赢不相干，你能跟我们比吗？”袁振武吸了一口凉气，停一停说道：“我怎么不能比呢？”刘云梁道：“你别装傻了。”

袁振武只得改了话头，安慰刘云梁道：“你放心，师叔不会责罚你的；当真责备你，我就是共犯。你叫我讲情，谁给我讲情呢？我也要挨说的呀！”刘云梁怫然道：“好、好、好！闹了半天，你也会耍奸，跟老迟是一道号的，完啦，完啦！……”

正在不愿意、发牢骚，忽闻门外似有脚步声音。袁振武深恐被别个同门看见，又生是非，连忙用闲话岔开，不叫刘云梁再往下说。刘云梁越发的不高兴，说道：“你看看吓的这样！我们说两句话，还犯私不成？”袁振武道：“四师兄别误会，我怕迟师兄听见了，好像咱们背地议论人似的，见了面，怪不合适的。”

刘云梁生气道：“吓，吓，吓！你刚来几天，就这么怕他，他还了得嘛！我不跟你谈了，别连累了你。我也不烦你讲情了；你放心吧，老头子反正宰不了我！”一赌气要走，袁振武急忙拦住，只得权词安慰他，他究竟是四师傅的儿子。不想两个人正在一拉一扯，外面竟有人叫道：“云梁，云梁，老爷子正找你哩！你又跟袁师兄闹什么了？”却是三师兄刘云栋的声口。

袁振武忙往屋内让，刘云栋并不进屋，隔着窗，把他兄弟叫走。听声音，且走且说，似正埋怨云梁。跟着听见刘四师傅招呼二师兄蔡云桐，又招呼窦云椿，又招呼黄云楼，末后又听见叫大弟子迟云树；这话声一一传入袁振武耳畔。袁振武默然侧耳，可是任什么听不真。

隔了很久工夫，袁振武独对孤灯，怙惙起来：“莫非一场比拳，真个引起是非来了？”心中打鼓，只盼望刘四师傅招唤自己，抵面一谈，也可以吐露己志，表白一二。不料直耗到二

更过，别的弟子一个换一个的进去出来，总不见招呼自己。袁振武有点沉不住气了。在院中遇见刘云栋、刘云梁，忙暗地打听二人。刘云梁说："不知道，他老没叫我。"刘云栋说："家父路上累了，现在躺着呢。你问刚才吗，不过是问问我们几个人的功夫。"

袁振武嗒然若丧，站起来，便要径直开口求见。刘云栋道："师兄稍为候候，家父过一会，就要见你谈谈的。"说着，大弟子迟云树在外弹窗，叫道："袁师兄，睡了吗？师父有请！"

袁振武忙应了一声，随着来到内院，要奔上房；迟云树一笑，说道："师父在客屋呢。"袁振武脸一红，转身趋奔客屋。

第十六章 夜猫眼突造蓝滩

客屋中只有刘四师傅一人，其他弟子全都不在，迟云树也撤身退出。袁振武心中安然了许多，就是刘四师傅对自己有什么责难，没同着别的人，也可以给自己保全脸面了。上前给师叔行了礼，刘四师傅欠了欠身，让袁振武坐下。三师兄刘云栋旋即进来，倒了两碗茶，也坐在一旁。

刘四师傅蔼然说了几句闲话，袁振武急于要知道鹰爪王的行踪，遂眼望刘家祺，说道："师叔这些日子来奔波劳顿，想王老师的事，师叔一定很替他老尽力了。只不知他老人家现在……"刘四师傅眉峰一皱，说道："他现在还好！……"向刘云栋挥手，道："你到后面歇息去吧，这里没事了。"刘云栋忙站起来，向袁振武说声："师兄，你坐着。"随即走出屋去。

刘四师傅略一沉吟，辞色吞吐的说道："你不用牵挂，他已经出来了。"

袁振武欣然问道："师叔，王老师是用钱贿买出来的，还是越狱出来的呢?"刘四师傅迟迟顿顿的答道："他吗?……自

然是朋友们帮忙出来的。他那个性情，焉肯用钱买路！……”说到这里又顿住。袁振武忍不住又要问鹰爪王现在哪里，只刚一张口，刘家祺拦住说道：“振武，你不用问了，他不久就要到蓝滩来；他自然把前后情形说与你。等着吧，为期不远，大约不出半个月。”

袁振武已经觉察出来，刘四师傅似不欲深谈鹰爪王出狱的事，遂不便再问；掉转话锋，向刘四师傅道：“师叔叫弟子来，可有什么事吩咐？”

刘家祺笑道：“也没有什么事，只不过想和你谈谈。振武，我们既属一门，彼此推诚相与，才显得情真谊挚。你一来时，我就看出你的体格气度，似受过武功锻炼；只是你谨守武林规戒，善自藏锋，不轻炫露罢了。你这一来不要紧，几乎令我自疑，真个看走了眼。振武，你纵然对我不肯实说，我却能体会出你的心意来。这倒真是练武的保身免祸之道。不过，这也得看在什么地方，对什么人说。现在我们全说开了，我们究竟是一家人；我说你倒是跟哪位老师练过？练过多少年的功夫？尊师怎么称呼？提起来，或者我也许认识。”

袁振武愕然：“这话里可有意思！”忙站起来，答道：“师叔，你老错疑了。弟子实在没有练过什么功夫。弟子跟师叔说过，不过会几手庄家把式；哪里是善自藏锋，实在是见不得人罢了。我知道，师叔一定是听迟师兄说的；足见小侄年轻，不知藏拙，不自量力。前几天，弟子竟跟大师兄试起招来。迟师兄处处让着我，就那么着，还险些摔个嘴啃地。这是师兄弟们亲眼得见的事，真要是会武功，还至于在大家面前出丑吗？”

刘四师傅微微一笑，道：“振武，你要总这么心存顾忌，可就差了。我已经把话说在前头，我绝不怪你瞒着我。你应当知道，我这个师叔是多半生在江湖上浪迹，还稍为明白一点世情，最能谅人，能容人的；我最深恶痛绝的是对人苛责。所以一知道你的情形，很想跟你一谈肺腑，也好计划计划你的前途。你们哥几个试拳，那手‘如封似闭’，借力打力，完全是

内家拳的手法，你一定练过内家功夫。你到现在还不肯明言，难道你看我这个师叔不足与言吗？”

说到这里，含笑看着袁振武。袁振武被这番话挤得面色一变，不知不觉的把话声提高，连忙答辩道：“师叔，你老不要误会！弟子我实因为自己武功粗浅，不敢拿那一知半解的庄家把式，班门弄斧，妄向一班师兄弟们讨教；因为弟子是来学武的，不是逞能的……”

袁振武方说到这句，忽觉言重了，才待改口；刘四师傅把手一指，做出拦阻架式，也高声说道：“振武，你听我说。其实你身上有功夫没有？是哪一门的功夫？你说不说，本没有什么干系。不过有一节，我这里虽不是你久居之地，你总该明白，我跟你王老师乃是一派亲传。你既然带艺投师，要在我门户中掏换点本领去；我若不知道你学过的功夫和功夫的深浅，请问我怎么教你？你也是门里人，教初学和教带艺投师的，当然教法不一样。我若教得深了，万一你是初学，连初步根基还没立住，那一来我可就落了包涵；不知道，一定说我故意拿功夫挤你。若是教的太浅了，你的功夫却深；那一来又容易叫你师父疑心我是藏奸。所以从开教之前，我一定要问明白了你，就是这个原故。好在我绝没拿你当外人看待；我就是不传你一招，无非对不过鲁老姑太，对我王师兄面前，我倒不怕他责难。前几天，我也当面向我们王师兄说过；就是我这回问你，也是他的意思。他叫我问明白你，才好量材施教，替他先教教你。不久他来了，他自己恐怕也要先问明，然后才开教呢。”

袁振武听了，方悔自己措词失当，现在只可承认会武术练过功夫，但若说自己是山东太极丁的掌门弟子，这话也很难启齿。倘若他尽情追问我为什么改投门户，我可说什么？袁振武眼光一转，打定了主意，做出言下大悟、开诚布公的样子，向刘四师傅道：“不瞒师叔，弟子自幼便好武功，只恨机缘不巧，未得名师，空负好武之名，没学会一点真实本领。后来立志访求名师，藉求深造，这才在彰德府遇见王老师。弟子从前拜过

的老师，弟子不是瞒着，实在是不好意思说出来。常言道：‘一日为师，终身是父’。弟子哪敢便菲薄从前开蒙的老师呢！”刘家祺道：“话不是这么讲，这话你得看是对谁说。”袁振武忙抢道：“那是自然。师叔既然问，我还能总瞒着嘛？弟子初入武门的这位师父，是我们同村李大户家中特请的武教师，兼带护院的。这位老师姓张，名叫张鸿泰，是直隶沧州人。据说他当初很在江湖道上闯过，可是张老师的武功并没有什么出奇的地方。他当初在江湖上创业争名的事，只是他自己说的，谁也没见过。弟子跟这位张老师练了二三年的光景，一无成就，这才决意另访名师。随后又在密云县地方，遇见一位以双刀成名的武师项华堂项老师。此人在当地很负盛名，据说他的六合拳最为擅长；门下的徒弟也不多，只有六七个人，可都是当地富户子弟。这项老师能够双手使刀，双手打镖，人们全夸项老师很有功夫。不过跟他习武的，全是有钱的子弟，要是家境稍为含糊的，简直不易进他的门户。弟子投到他的门下，每年的束脩就是五十两。弟子在他那里耽误了一年多，才觉出项老师武艺好，似乎有点嫌贫爱富，并且武断乡曲。”

说到这里，他把刘四师傅看了一眼，跟着道：“他又似乎很重乡谊，拿弟子总当外人。这话弟子可不该说，弟子空在那里待了一年多，只学会了半趟六合拳。后来家母有病，弟子就辞师回家来。弟子空抱着习武的心，始终没有得着机会，遇见良师，因此始终没练出什么功夫来。师叔说弟子会内家拳，连迟师兄也这么问过我；弟子实在不会内家拳，弟子只会这种六合拳罢了，此外任什么都不懂。这就是弟子习武以来师承经过；弟子在师叔面前怎能瞒着呢，不过太没有说头罢了。”

刘家祺听了，微把头点了点，向袁振武说道：“原来如此，你是只练过六合拳吗？”沉吟一回，又道：“你的志气很好；你的意思，必得遇上名师，学好了惊人的本领，能加人一等，到那时才肯拿出来。这足见你心胸很高，外面上又能谦退，这样实在是很难得的。不过名师可遇不可求，像我也真够不上名

师，我恐怕也未必教得了你。看起来你跟大师兄这番遇合，实非偶然。若不是我师兄在彰德府摊上官司，你也遇不上他；你遇不上他，也就不能够进入我们门户了。现在好了，良缘巧遇，得逢名师；你只安心在我这里稍待几时，你师父就来找你，他一定能叫你得偿夙志。尽你个人的天才，来探究本门的绝技，敢说不出数年，定有成就。我呢，既然受了鲁老姑太和你师父的嘱咐，我就不能不略尽寸心，给你指点指点门径。不过这绝不能算师徒，只和同学一样，彼此观摩罢了。咱们明后天就在一块，先试练试练看。可有一节，我这点武学，在本门中最为不济。我有个练走了，说错了，振武，你可别笑话我。说真的，像你这种带艺投师的，交情若是远点，我还真不敢教。跟你还有什么说的呢，从哪一方面看，我也不敢那么顾忌。像云树他们，虽说练了这么些年，可是一点心得也没有；自修还不行，哪能教人？这幸亏你是本门的人，要放在外人面前，不止于他栽了跟头，连我全受了；振武，你说是不是？”

袁振武脸一红，忙说道：“师叔千万别信迟师兄的话。这话我可不应当说，迟师兄他们实把我形容的过火了。我这种本事，哪能跟师兄比？”

袁振武还想解说，刘四师傅微笑道，“算了吧，过去的事不必提了；索性明天你就跟着下场子吧。”袁振武答了声：“是。”刘家祺打了个呵欠，又道：“就是这样吧。天不早了，你也该歇着了。咱们闲着再说话吧。”

袁振武站起行礼，退出屋来，回转己室要歇，心中却翻来覆去的犯想，琢磨刘四师傅话中的意味。但是鹰爪王不久就到蓝滩来，自己总可以正经从师了；刘四师傅的话就是带刺，也不用管他了。我这回跟鹰爪王精练技能，进窥堂奥；十年以后，再走着瞧！这么想着，欣然就枕，不一时睡熟。

第二日天刚亮，赶紧梳洗完，来到场子里；本门弟子已经早到了。袁振武见了迟云树，赶紧很客气的打了招呼。迟云树蔼然酬答，好似把上次的芥蒂全忘了。又沉了片刻，刘四师傅

走进了把式场子。袁振武向前请问早安，刘四师傅颔首答应着，绕着场子转了一周，吩咐群徒开练。复又走过来，单向袁振武说道："振武，你把你学的功夫练练，我也看一看。"袁振武不由迟疑道："弟子练过几天六合拳，弟子不必在师叔面前献丑了吧？"刘四师傅"哦"了一声，随即微微一笑道："好吧，不练就不练，可是你打算跟我先学些什么呢？"这却把袁振武问住，想了想，方才答道："弟子久仰师叔这门的大拿法跟别派的手法不同，师叔可以教弟子几手吗？"原来他这话还是听刘云栋、刘云梁说的。并且告诉他，若练大拿法，拳脚功夫必先有了根基，才能开练。刘四师傅尚没答言，刘云梁站在一旁，就立刻插话道："袁师兄，当真要练大拿法，你的拳脚还没有……"这底下的话没说出来，刘四师傅登时把眼一瞪，叱道："练你的去，没有你胡搅和的！"

刘云梁被申斥得一咧嘴，赶紧走开，找刘云栋对拳去了。刘四师傅这才把面色一转，又缓和下来，向袁振武道："你想学三十六路擒拿吗？这也很好，我也琢磨着你学着合适。这种功夫倒没有什么难练，只要手把有劲就成。这里面有十八字的要诀，必须把这要诀心领神会了；并且最要紧的是对手拆招，应招试力。这十八字诀是：浮、沉、吞、吐、封、闭、擒、拿、抓、拉、撕、扯、括、挑、打、盘、拨、压。还有十八格，也是很要紧的，搂、打、腾、崩、速、小、绵、软、巧、踢、弹、扫、挂、闪、跃、锁、耘、拿，这全是上手的功夫。我给你亮两个式子看看。不过这种功夫不能单摆浮搁一个人练；一亮式子，就得两个人对手对拆，才容易学，容易记。"

刘四师傅讲到这里，向空场子一指，道："振武，你来，咱俩先拆两招。你不是练过六合拳吗？你就拿六合拳的式子来打，我就运用擒拿法，见招拆招，破给你看。"说着，信手亮了一个封招闭门的架子，静等袁振武发招。

袁振武非常高兴，忙往前一进步；忽然想起一事，忙又缩步，说道："师叔，我焉能那么放肆？并且我拳招上也太不行，

哪能在您面前递手？”刘四师傅把脸放下来，把手也放下来，正色说道：“振武，你，你怎么这么外行？”说到“外行”二字，声音特别加重，跟着道：“你要学擒拿法，你不动手，我可怎么教你呢？我教你比划比划，为的是试这擒拿法拆招的诀要。你会什么，你就使唤什么。你就是一招不懂，你还不会瞎打吗？”

袁振武一想，这话可也是的；擒拿法不擒不拿，可怎么教，怎么学呢？遂不再俄延，立即往前进步，说道：“师叔，弟子失礼了！”右臂往前一探，“劈面掌”倏的发出来。

袁振武这招是平常的手法，不过掌势很疾，猝然击到。刘四师傅倒也没敢轻视袁振武，立即运用虚实莫测的手法，左掌突然往下一沉，用“里剪腕”，噗的把袁振武的腕子刁住；右掌却用“单推手”，从左臂下往外一穿，正奔袁振武的左肋。袁振武若不舍招，整个的身子便会被刘四师傅制住。急往右一上步，右掌猛然反往刘四师傅左腕子上一搭，唰的买实了；一斜身，右肘猛撞刘四师傅的乳盘。刘四师傅蓦地一惊，想不到袁振武竟有这种身手；倏然右臂翻回，用了招“牵缘手”，右掌掌缘往袁振武的右臂三里穴一戳；势猛力重，不过一划，竟自把袁振武一条右臂荡开。左臂“顺手牵羊”，往后一带，左腿往下猛然一拦，袁振武立刻顺势栽了出去。刘四师傅仍然故卖一手，霍地转身，右掌往外一探，用“仙人指路”，伸拇指、食指、中指，轻轻把袁振武背后的衣服捏住。喝道：“站住吧！不算不算，咱们重练重练。”

袁振武挺身站住，心中却也吃了一惊。这一回装傻，竟上当了，刘四师傅掌法竟这么紧，忙向刘四师傅说道：“师叔掌法迅猛，实在叫弟子佩服得五体投地。弟子若能常得师叔指教，弟子再不存一毫奢望了。”

刘四师傅这时面色非常郑重，向袁振武看了看，微把头点了点，遂说道：“你只要肯用功，绝错不了。你这时应该知道我说的话不假吧，这擒拿法必须对手习练，才容易有进步。你

还真有两手；居然一上手，能够跟我拆下三招来。这正见你当年没白练；据我看，你很有心得了。”

袁振武谦然答道：“弟子这么笨手笨脚，师叔亦看不出来么？我的本事全摆在这里了，往后只求师叔多多教导。”

但是藏拙不易，欲盖弥彰，刘四师傅早看出袁振武在武术上用过功夫。赶到一发招，袁振武竟忘其所以，只顾了封招破式，却忘了话应前言。刘四师傅不但看出他发招亮式，受过真传，并且在两下里一搭上手时，暗中竟试出袁振武的膂力颇强。当下也不说破，只虚与周旋，心里十分不快。

两个人接着仍往下试招，又连拆了二十几手。刘四师傅依然捺着火性，把擒拿法的诀要，指示了几处，那刘云栋、刘云梁、迟云树，全躲在一旁，一面自己练功夫，一面很注意的偷看袁振武递手的情形，也都觉出袁振武绝非初学。这一来，师兄弟们跟袁振武无形中又多了一层猜忌；连愣头愣脑的刘云梁也觉着袁振武有些诡秘，闹得貌合神离，一点亲密的意思全没有了。

刘四师傅本说这次回来，先不走了，哪知只在家待了三四天，又照旧出门。忽出忽入，仿佛很匆忙，下场子教功夫的时候越发少了。袁振武倒很知足，认为刘四师傅实有一身惊人艺业，自己不论学点什么，全能争胜武林。

一晃便是半月的光景。这天刘四师傅没下场子；到了定更后，又打发人来招呼袁振武。袁振武正在场子里，自己贴着墙根，练习擒拿法；听见师叔呼叫，忙跟着来到客屋。刘四师傅正在灯下看书。见袁振武进来，遂指着侧首椅子，叫袁振武坐下，说道：“振武，我告诉你一件喜欢事，你王老师眼下就要到蓝滩来了。”袁振武一听，喜上眉梢，忙问师叔：“你老可是接着王老师的信了吗？”刘家祺点点头道：“不错，我这是才得着信。”袁振武道：“是托人带来的吗？”刘四师傅道：“我还不知是哪位同门到了，我连送信人的影子都没看见呢。”

正在讲论着，突然外面檐头唰的一响。刘四师傅蓦地吃

惊，噗的把案头灯吹灭。一纵步，到了屋门口。隔门外望，从檐头轻飘飘落下一个黑影，坠地无声，浑如鬼魅。袁振武一个箭步，也跟到门首，从刘四师傅的背后，往外张望。那团黑影已挺然站起，是个夜行人，身形非常矮小，像个小孩。刘四师傅厉声喝呵："什么人？快报万儿，我可要动手了！"来人忽然一声轻笑，尖锐的嗓音叫道："刘老师，请你高抬贵手，我这把子瘦骨头，可是当不住。"刘四师傅听了，呵呵一笑，道："计五弟，你怎么还是这股子劲？我要给你一暗青子，管你又得叫唤三天。请进来吧！"外面这人依然带着嘻笑的口吻说道："你不把亮子挑起来，我有点不放心。"刘四师傅冷笑道："刘四爷犯不上暗算你，给我走进来吧。"一边说着，忙摸着火种，把灯点亮。袁振武忙问："师叔，这是哪位老师？"刘家祺道："是我的一个同门。"

灯光复明，帘子一起，来人闯然走进来。袁振武凝眸一看，不由一愣。这人好怪的相貌，瘦小身材，高不过四尺三四；瘦削面庞，两只圆圆的黑眼睛，尖鼻子，尖下颏，居然像猴子似的；穿一身青色短装，身上斜背着一个黄包袱。进得屋来，两只黑眼珠被灯光一照，骨碌碌的来回乱转，好像夜行过久，有点羞明。只见他揉着眼，向刘四师傅龇牙道："刘老师，你别怪我心眼子脏，实在好心眼的人太少，我怕你暗算我。"且说且转，忽一眼瞥见了袁振武，顿时眼望着刘四师傅，问道："刘老师，这里有外人，你怎么一声也不哼，你成心装糊涂吗？"

刘四师傅道："这怨你管前不顾后，刚进门就信口开河，你怎么就知道我这里没有外人？往后你要少这么张狂吧！一个人生了一张嘴，也可以仔细一点用。"刘四师傅说到这里，向袁振武一点手道："振武，这是鲁老姑太的娘家胞弟，名叫计林风，排行在五，在江湖上人称夜猫眼计五。"

袁振武立刻上前行礼，夜猫眼计五把手一摆，道："免！"瞪眼看着刘四师傅，道："你们两人黑更半夜，在这屋里嘀嘀

咕咕，有什么奸情盗案，从实招来！”袁振武一听不像人话；只是他既是鲁老姑太的胞弟，更不敢怠慢，便肃立在一边，取过茶杯，要给他倒茶。刘四师傅皱眉一笑道：“不要胡说！”面向袁振武道：“你别看他是个长辈，嘴里不说人话，你别答理他。”

这个夜猫眼计五就一屁股坐在床上，一仰身躺在枕上，向刘四师傅点手，叫道：“老四，滚过来，陪我躺躺。”刘四师傅呸的啐了一口，道：“狗嘴吐不出象牙！”袁振武听他两人斗口，一旁侍立，不便多言。那计五向刘四师傅道：“老四，别跟我没规没矩的。说真的，字帖你看见了，虎头万儿已往鄂北访那金刀陆四去了；大约从鄂北回来，只要不出别的事，就往你这里来。我这是前站，你别糊涂着心，计五爷不是专为给你送信来的，你猜是为谁来的？”

刘四师傅笑说道：“我知道你肚子里全装的什么？我没有那么大本事猜。”夜猫眼计五道：“我说出来，你可别骇怕。我奉本派掌门领袖的勒令，到蓝滩来，秘查一个不守门规、重财轻艺，不顾义气的不肖门人。叫我调查实了，就地清理门户，把那东西料理了。”

刘四师傅不禁愕然，向计五问道：“这犯规的是谁呢？怎么我就不知道蓝滩一带还有本门的人，这可是怪事。你告诉我，是哪门里出了这么个不争气的门下，我也可以帮着你查查。”计五道：“不用劳你刘四爷的大驾，我已经查完了。”刘四师傅越发诧然，问道：“这人究竟是谁？计五爷你别闷人，你说到底是哪一门的门人？犯的究竟是什么条款？”计五噗哧一笑道：“这个人姓刘，还是辈分不低。”刘四师傅道：“唔，姓刘？”猛然悟会过来，抡手掌，啪的一下，照计五打去，骂道：“好东西，你当面骂我，你倒得说说我怎么重财轻艺，怎么不顾义气？说不出理来，我掐死你！”说着就要动手。计五忽的从床上窜起来，躲到床里头说道：“你学成惊人功夫，收徒弟赚钱，是不是重财轻艺？我跟你有同门之谊，千里迢迢，奔来送信，你知道我计五爷好喝两杯，你连一杯水酒全舍不得

给我喝，你是不是不顾义气？刘老四，你拍着良心想一想，你岂但犯门规，你简直该天打雷劈！”说着把眼一瞪，道：“你认罪吧！”刘四师傅被他一片话怄得恼不得，笑不得，指着计五说道：“计五，你是越闹越得意，你把我床上的毯子都踩脏了。我也不跟你分辩，我就是不款待你；你要想喝酒，刘四爷这里没开酒馆。”

两个人哓哓斗口，嘲戏了一阵，这才重新坐下叙话。刘四师傅刚要向计五询问要事，因见袁振武侍立在门隅，就又住口，想把振武先支使出去，道：“振武，你受点累，把云栋、云梁叫来……”转脸对计五道：“便宜便宜你，我还有半瓶子烧酒，赏你喝了吧……振武，你顺便告诉他们，做点酒菜。”

振武应诺了一声，才待转身，夜猫眼计五忽然拦住，道：“别走，回来，我问问你！”对刘家祺说道：“小刘！……”刘四师傅道：“胡说！”计五哈哈一笑道：“小刘，我骂你重财轻艺，你还不服气。你把本门技艺随便发卖，腆着脸误人子弟，你简直是死财迷。不用说，这一个又是你新收的徒弟。喂，小伙子，你是刘四的第几个徒弟？我说，刘四，到如今你到底一共收了多少徒弟了，够一百个了吧？……小伙子，你一年给你师父多少钱？”

袁振武已经把门扇推开，被计五一呼，忙又回身。但是计五、刘四两个人不住的调舌，自己是晚辈，又是新进，实在不便插言。见计五不住的问，就垂手恭答道：“弟子袁振武，入门不久。四师傅是我的师叔，弟子是鹰爪王老师新收的弟子，入门还不到半年。”

计五正又仰卧在床上，一听这话，忽的坐了起来，道：“哦，你就是袁振武吗？”说罢，上眼下眼，把袁振武打量了一遍；回头来，就看刘家祺。刘家祺道：“你们早先认识吗？”夜猫眼计五把头连摇，道：“我怎会认识他，我可知道他。告诉你吧，你当我闲来没事，大远的跑来陪你说笑话的吗？我就是专为他来的。我是鹰爪王王老大的前站……小伙子，你不是在

彰德府遇见了鹰爪王，他把你打发到汉阳，由我们大姐姐鲁老姑太写信荐你来的吗?”

袁振武心中欢喜，忙应道：“正是。师叔，你老人家一定见着我义母鲁老姑太的了。”

计五未及答言，刘四师傅不觉一愣，道：“什么，义母?你是鲁老姑太的义子吗?多咱认的?”袁振武道：“就是在汉阳认的。义母临打发我来时，承她老人家不弃，把我认为义子。”刘家祺道：“哦，原来还有这么一档子事。”

夜猫眼计五站起来，走到袁振武面前，拉手拍肩，把他看了又看，道：“好！小伙子，你这身子骨就不含糊。刘四，我们大姐专好认干儿子，这不算希奇，就跟你专好收徒弟一样。人家认义子，可不图什么；你这家伙收徒弟，可是找人家要钱。刘四，我这趟来，便是奉你师哥之命，又受了我们大姐姐的托付，专来问询他的。看他到了没有，找着你没有。并叫我审审你，待承人家孩子好不好，把你那些玩艺教给人家没有?刘四，咱们俩来谈谈吧。”

他信手把枕头一拍，催刘四师傅也陪他躺下，却又向袁振武摆手，道：“小伙子，我听说你很有热心肠，这很好，千万别跟刘四学。刘四这小子又奸又滑，顶不是东西哩。”把个刘四师傅罗咤得真有点怒了，便要向他发作。计五却诡，看见刘四放下脸来，立刻又作揖道：“四哥，四哥，我说笑话，你别恼……小伙子，我真犯了馋虫了，你快把两个小刘傻子叫出来，给我预备酒。刘四，刘四哥，我可不净喝酒，我真还没吃饭呢。你再给我预备点吃的，回头我吃饱喝足，再把你们大师哥鹰爪王这一回惹的事情都告诉你。”

刘四师傅本是淡泊严肃的人，禁不得计五嘻皮笑脸一阵胡闹，也没有法子了，扭头向袁振武道：“振武，你快招呼云栋、云梁，教他们给你计师叔预备酒饭宵夜。”

袁振武答了声：“是。”转身出了客屋，来到西跨院，把云栋、云梁招呼起来，告诉他们哥俩：“有位计师叔到了，四师

傅叫师兄快给预备酒饭。”刘云栋、刘云梁一听，互相顾盼道：“夜猫子又到了，你瞧吧，他的事可多了。”

刘云栋一面向厨房走，一面对刘云梁道：“老二，快着点，别找着挨骂，赶紧把嘴头子给他抹抹。一个打点不好，连父亲全跟着遭殃了。”刘云梁答应着往外走，口中抱怨道：“好久没来，这不知又冒什么热气，半夜三更的来了。母亲也早睡了，还得起来伺候他。”刘云栋道：“好在吃食东西全在厨房呢。招呼母亲起来，有什么用。别看他闹的凶，三杯入肚，立刻就不炸了。走，咱们上厨房搜寻去。这可是半夜下饭馆，有什么，算什么就是了。”扭头向袁振武道：“袁师兄，你先去告诉一声，就提给他烫酒啦。”袁振武道：“师兄，不用回话，我也在这里帮帮忙，酒有现成的吗？”刘云栋道：“有。”

袁振武随着刘氏弟兄来到厨房。幸而刘四师傅也好喝酒，平常总要存个三瓶、四瓶的；云栋、云梁在厨房里一路搜寻，居然七拼八凑，凑了四个冷菜，和一盘子米糕，一壶陈绍。

在收拾的工夫，袁振武乘间问起这位计师叔的来历。刘云栋说道：“袁师兄，你别小瞧他。咱们这门里，就属鲁老姑太武功高。旁人不过获得本门三两种绝技，已足夸耀武林；唯有鲁老姑太独得本门全部心法，凡是本门绝技，没有她拿不起的。这位计师叔是鲁老姑太的娘家亲弟弟，一身本领由老姑太亲手教成。别的本领还不怎样，唯有轻功提纵术，独擅胜场，纵横南北，没遇过敌手。就是性好诙谐，嘴里总是那么不干不净的。本门中长一辈、晚一辈的全要惧怕他三分。”刘云梁插言道：“什么惧怕他三分，简直讨厌他七分罢了。”刘云栋笑道：“那也不假。尤其是江湖道上，水旱两路找横链的，只要听见夜猫眼计五的名字，全有点脑袋疼；他专爱管别人的闲账，天生是捣蛋鬼，只有王师伯还管得住他。袁师兄，我们有这么位师叔，将来踏入江湖，总可以少吃好些亏。就有一节，真难伺候。”

袁振武听了，不禁有些怀疑，向刘云栋道：“师兄，计师

叔既跟鲁老姑太是亲姐弟，怎么相貌很差，年岁也很悬殊呢？”刘云栋道：“他是鲁老姑太继母的老生子，怎会不差着呢！”说话时，一切全收拾齐整；这刘氏弟兄和袁振武三个人分端着酒肴，往客屋送去。刘云梁道：“袁师兄，你看计师叔有多大年岁？”袁振武道：“我看着他至多有三十五六岁。”刘云梁噗嗤一笑道：“人家四十二啦！身量矮小，举动诙谐，怎么不显着年岁小呢！”

师兄弟三人一同进屋。二刘先把酒菜杯箸放在桌上，齐向前给计师叔行礼。计五坐在床边，看着两人下拜，连谦让也不谦让。刘云栋道：“师叔，你老好！你老这一晃，六年多，没到我们这里来了。”计五只说了声：“好小子，全长这么高了。练什么功夫呢？”

刘云栋、刘云梁拜罢站起来，由刘云栋赔着笑脸，答道：“小侄太废物，空练了这么些年，没有一点成就。本门中还属我们大师兄迟云树，已经练得有了根基，师叔多指教我们吧。”

夜猫眼计五从鼻孔哼了一声，道：“好小子，在我面前，还弄这些花活！你当我不知道呢，是亲三分向，你老子有高招不教你们教谁？反正这门里，总得出两个拔尖子的，大约徒弟总没有儿子亲吧？”

刘四师傅听着，把计五的腕子抓住，道：“计五，你诬蔑良善，该当何罪？我刘家祺历来就不懂什么教藏奸。我这门里的徒弟，就没有出过半句怨言的；我偏向自己儿子，怎么你知道这么清楚？你又不是我的徒弟媳妇，红口白牙，别随便乱喷吧。”扭头来招呼道：“云栋，你们别听他胡嚼，赶紧给他灌酒虫吧。再耗着，他更要胡数落了！”

计五哈哈一阵大笑；刘云栋、刘云梁赶忙把桌椅调好，把酒菜全摆上，斟上两杯酒，请计五入座。刘四师傅饶这么被他啰嗦着，还得陪着他。

这计五果然贪杯好饮，连尽了五大杯，方有酣容，抬头看了看二刘，又瞥了袁振武一眼，见袁振武在外间伺候，忽然向

刘四师傅低声问道："刘老四，我跟你说点正经事，这个姓袁的实在怎么样？老姑太叫我背地问问你，看他够料，就传给他本门的武功；若是没有恒心毅力，就别两耽误。他已经二十六七，奔三十岁的人了，筋骨已老，练本门中的武功，有许多不相宜的地方。老姑太的意思，他在我们人身上尽过心，出过力，不能辜负了他；给他几百银子，打发他另投别的门户，也是一个办法。刘老四你别昧着良心说话，咱们可不能屈枉人家，到底他行不行呢？"

刘家祺面容一动，借故先把振武遣出去，这才低声答道："你总先藏着脏心烂肺！这小伙子我也十分爱惜他，很想把我们这点武功全教给他，无奈人家别有用心，从来到我这里，就没说过一句真心实话。明明看他从前练过武，他偏偏告诉我一窍不通。我们师徒全是傻瓜，我和我顶门户的大徒弟迟云树，全险些栽在他手里。冲着他这么世故，真叫我摇头。我就是真想教他两手，你想我怎么下手开教？练咱们这门功夫，不是拳脚上筑好根基，哪能探讨？我是一片热诚，屡次拿话引逗，盼望他把从前的师承告诉我，我好斟酌他的情形教他。哪知小伙子竟这么老辣，一点口风探不出来；我只想等着王师兄来了，我交代给他，没有我的事了。王师兄教他不教，我绝不置一词；反正我是教不了他。这个人太精明，太世故了。"遂将前情，细说了一遍。

夜猫眼计五听了，并不答话，只翻着两只黑眼珠，看着刘家祺。刘家祺被他看得倒疑惑起来，不知他是什么意思。遂用筷子，往计五脸上一划道："嘿，看什么？快灌吧，这半瓶子全是你的；喝完了，可别撒酒疯。"

计五只把头微点了点，冷笑着说道："你说的话，我看未必靠的住吧。相好的，尽凭你一面之辞不算数，我得对一对。"刘四师傅方要辩别，计五道："少说废话。"随向站在门旁伺候的刘云梁一点手，道："小子，把那个姓袁的叫来。"

刘云梁依言把袁振武找来，计五向袁振武点手道："小伙

子，过来，咱爷儿两个谈谈。”袁振武忙来到计五身旁，恭恭敬敬的说道：“计师叔，你老有什么事吩咐？”

夜猫眼计五道：“你是在彰德拜的王老师吧？”袁振武道：“是的。”计五道：“你离开系马口时，我差一天没赶上你。我听老姑太说，你很是条汉子，跟我们这种人还对脾气。小伙子的热心肠竟能把老姑太感动了，实在不容易。可是你当日往蓝滩来时，老姑太是怎么跟你说的？”袁振武道：“小侄那时本愿追随义母师母的左右，前往彰德，营救王老师，以表我做徒弟的一点微忱。只是当时二位老人家，全不容我跟去，只催我往蓝滩来。小侄来到这里，深蒙四师叔收留款待。义母本想叫我跟四师叔练练本门的功夫，只是小侄来的日子太浅，四师叔他太忙。从前几天起，承四师叔教了我几手擒拿法，弟子是这么不长进，还不能十分领悟……”

夜猫眼计五道：“哦！你是愿意练，你来的日子不多，你这位刘四叔事情忙，没有工夫教你，是不是？”袁振武道：“这个……不过四师叔的事情实在太忙，新近才出门回来。小侄很盼望师叔们指教指教。”

夜猫眼计五斜着眼睛，瞟着刘家祺，冷冷的说道：“刘老四，你一共教了人家孩子几手功夫，你简直有点蒙差事吧！咱们谁也别说外行话；他说实话不说实话，是他自己不诚实，咱们应当各尽其心。你这么对待人家孩子，你怎么对得起老姑太？”

刘家祺听出计五的话风，又要跟他捣乱，忙道：“我倒想多教他几手，你问问他来了多少天？我出去多少天？我多教，他能多学吗？计五爷要挑眼，得挑出道理来。我有什么对不起人的地方？”

两个人哓哓不休，突听得院中铮的响了一声，好似一枚青钱落地。刘四、计五霍地推杯站起来，齐往外走。计五回头道：“小伙子，好了，用不着低三下四，央求别人了。你师傅来了，还不快迎接出去？”袁振武应了一声，也跟踪一蹿，来到门首。

第十七章

鹰爪王荐贤自代

乍从屋里出来，院中情形看不甚清；对面房脊上，窜下来一条人影，轻如飞絮，落在院中。刘四、计五全蹿出屋外，迎接过去。袁振武拢住眼神，凝眸一看：肩阔腰圆，身长颀巨，巍然站立在院隅，正是那戕官越狱的鹰爪王王奎。刘四师傅向前招呼道："师哥，你来的真快！"说着单腿请安。夜猫眼计五也迎上来，说道："大哥，你的脚程比我还快！我紧跑慢跑，差点走在你后头。"鹰爪王向刘四、计五略打了一个招呼，只说了几句话。

袁振武也紧走几步，近前施礼道："师父，恭喜你老平安出来了。弟子想念你老，一日未尝去怀。不知师父是哪天出来的，见着师母没有？"鹰爪王一语不发，只微微点了点头。刘四师傅忙往上房相让。鹰爪王抬头看了看，竟迈步登阶，往客厅走来，众人跟随在后。

客厅中明灯辉煌，鹰爪王进入屋中，闪目环视众人，众人一一上前见礼。袁振武借灯亮一看，只见鹰爪王面目憔悴，颧高眉耸，绕颊的浓髯剃了个干干净净，越显得面黑颏青，气象

丑怪。只有目光如炬，威棱慑人，与在狱中不大相同了。随即坐在迎面椅子上，刘云栋、刘云梁给师伯叩头，献上茶来。

袁振武重新拜见，道："师傅，弟子奉命到系马口，本意传信之后，赶回彰德，为师傅的事，稍尽绵薄。只是师母和鲁老姑太再三催促，坚命弟子到四师叔府上附学。长者之命，弟子当日又不敢固辞，这是弟子最觉愧对的地方。今幸师傅不弃，远道眷顾，不知老师今后的行踪要往哪里去。弟子虽然愚懦，一到师门，誓随几杖；就是赴汤蹈火，也不敢落后。老师把弟子带了去吧；天涯地角，不拘往哪里，老师只要肯去，弟子就敢跟着。"

说到这里，刘四师傅两眼看着他的嘴。夜猫眼计五"嗷"的一声，跳了起来，把大指一挑，道："好徒弟，真够味！大哥，你算摸着了，这孩子比愣头羊强的太多了。你听他这意思，又聪明，又大胆。刘四，你瞎眼了！"

说得鹰爪王欣然大悦，便要绰髯一笑，可是一扪下颏，只剩光嘴巴了，就摸着下颏，含笑向袁振武道："振武，你我相逢日浅，可是情深谊重，绝非一般武林中的师徒可比。你的热肠侠骨，叫我不能把你忘下。我是不轻然诺的，当日我既然答应了你，我断不会把你扔在一边不管，我一定成全你的志向。你来到这里，大概你四师叔这门的武功全见过了，你自己觉着哪种相宜呢？"

袁振武侧睨了刘四师傅一眼，又抬头向鹰爪王脸上一望，只见他双眸炯炯，正注视自己；袁振武赶紧低头答道："弟子来到蓝滩，深蒙刘师叔推情优遇，只可惜来日过浅，刘师叔正在事忙，尚未得多承教益。师傅这一来好了，这总可以使弟子长侍左右，得偿夙愿；弟子稍有寸进，绝不忘师父成全之德。"鹰爪王听了，抬头看了看袁振武，又看了看刘四师傅，道："你一点什么的也没有学吗？"

刘四师傅脸一红，夜猫眼计五含着微笑，冲他点了点头。刘四师傅立刻涌起怒颜，瞪眼看着夜猫眼计五。夜猫眼计五把

嘴动了动，向刘四师傅龇牙一笑，竟没开口。刘四师傅急声厉色的向计五道："你不用跟我做这样面孔，我没有对不起谁，我没有情屈理短的事。"

夜猫眼计五笑道："刘老四，你是贼人胆虚。你对得起人对不起人，与我什么相干！别跟我瞪眼啊！"

鹰爪王向计五道："老五你总是这一套，不管当着谁，说来就来。四弟，别理他，你越理他，他越闹得凶。"又道："我半夜奔波，非常劳累，四弟，可将杯中酒，拿来给我润润喉咙。"说着不容刘四师傅回答，转向袁振武道："振武，你先下去歇息去。我有许多话要向你说，不是一言能尽的，回头我再教你。"袁振武忙答道："老师在此，弟子应该伺候。"鹰爪王摇头道："不用，你先下去！我还有别的事，和二位师叔商量。"袁振武只得答了声："是。"转身退出客厅，回到自己屋中，坐在灯下等候。这里离客屋只隔一道角门，夜阑人静，云栋、云梁出来进去的伺候，门开处客屋说话的声音直透出来，可是语音模糊，只听见夜猫眼计五尖着嗓子嚷，跟刘四师傅一阵阵的争辩，鹰爪王的声音倒细不可辨。

袁振武直坐到四更后，听不见前面说话的声音了，心中又疑虑起来；生怕刘四师傅还有后言，鹰爪王万一丢下自己走了，自己岂不是空费心血了？因想：看刚才的情形，这位计师叔分明有袒护我的意思，只是我这一不在屋中，刘师叔就许在师傅前给我说坏话；先入为主，王老师果信谗言，我的前途越发暗淡了。

袁振武正在怙惙不安，刘云栋进来招呼道："袁师兄，王师伯叫你了。"袁振武忙随着来到客屋，见刘四师傅已不在屋，只鹰爪王跟计五正在说话，桌上肴骸狼藉。袁振武招呼了声师傅，又招呼了声师叔，向桌上取过酒壶，想给师傅、师叔敬酒。鹰爪王摆手道："不喝了，你坐下，我有话问你。"计五乜斜着醉眼，向鹰爪王说道："你们爷儿两个谈着，我实在乏了。"一边说着，一歪身躺在床上，竟自睡去。

袁振武在一旁凳子上坐下，刘云栋给师伯倒了一盏茶，打着呵欠，退了出去。只留下鹰爪王和袁振武师徒相对，半晌无言。袁振武忍不住问道：“师父，你老出来多少日子？这一向在哪里安了身？”

鹰爪王唉了一声道：“我闯荡了二三十年，想不到竟弄了这么一场事，竟混成黑人了。我自己无能，又累赘了妻孥亲友。从你离彰德府算起，差不多前后二十七八天，才得出来。从入狱算起，足够两个月，唵，至少也有五十多天。我这些日来……”说到这里，顿了顿道：“脱不过在朋友处搅扰罢了。”

袁振武问道：“师傅，我那几位师兄也全平安离开彰德了吧？”鹰爪王点点头道：“那当然，若不为他们，还不致那么费手脚哩。”袁振武道：“师母和义母鲁老姑太全回去了吗？”鹰爪王笑道：“老姑太吗？到你计师叔家去了，你师母现在跟我一样，到处打游飞哩。振武，你要知道，只为被我一人牵累，连她们全不得安生。在最近一年半载内，她们的行踪，你就不必问了。可是，你来到你刘四师叔这里，怎么不把你结识我的实情，和你原有的本领告诉你四师叔？我方才很怪他不该外待你，听说他并没有把本派技艺的门径告诉你；我说了他几句，他才把你到这里的情形告诉我……”

袁振武脸一红，抢着问道：“师傅，刘师叔说我什么了？”鹰爪王道：“振武，你不用多疑，你四师叔是作长辈的，焉能暗地褒贬你。只错在你没把你的师承实况告诉他，反叫他从旁知道了你的武功深浅，你叫他怎不灰心？振武，你太世故了！”袁振武忙辩道：“弟子初到这里，未容细说我的情形，师叔就出门了。”鹰爪王道：“那么他回来以后呢？”袁振武道：“师叔回来，我……咳，这里面一言难尽。”往窗外一看，低声道：“你老要知道，弟子本来是外人！这里还有四师傅的几位徒弟，他们……”说着又不言语了。

鹰爪王微笑道：“过去的事不必说了，你只说你此后志向吧。”袁振武道：“弟子志求绝艺，唯有求师父成全弟子，把师

父的绝技酌传一二，弟子没世亦感师恩。”鹰爪王摆手道：“振武，往后少说这种浮泛的客气话。你我不是平常的师徒遇合，你志求绝技，我更愿意把我身上这点玩艺传给你。不过我现在有难言之窘，这豫、皖、湘、鄂一带，不容我有立足之地了。你是好人家子弟，跟在我身旁，我觉着对不住你，而且也彼此俱有不便。你把你的出身以及武功造诣，的的确确的告诉我，也好叫我盘算盘算。你原学的是哪一门的拳术？你师父是哪一位呢？”

袁振武随答道：“弟子不敢瞒哄师父，弟子学的是太极拳，不过也就是初窥门径。至于教我的师父，在武林中没有什么名头。并且当初教我练武时，说在头里，不准我往外宣扬师承，弟子是为这个不便深谈。”

鹰爪王唔了一声，低头一想，随向袁振武说道：“你练的既是太极门，太极拳在南、北派武林中，是仅有的宗派，哪会师承不明？你是直隶乐亭人，你许是在大名府左氏双侠的门下吧？”袁振武吃了一惊，登时红了脸，忙道：“不是不是，弟子不知道有这么两位老前辈。”鹰爪王道：“你是跟那河南太极陈门下练的呢，还是跟那山东绸缎丁门下练的呢？你或者不明白，这太极门目下本没有多少宗派，讲究起来，屈指可数。振武你这么不肯明言，恐怕必有不可告人的隐情，你只管对我实说一切。你要知道，你是谁？我是谁？我在危难中，承你帮过我的大忙，你我明为师徒之分，实是患难之交。你就算是在太极门，有了犯规叛师的大过，做下杀仇避祸的大案；振武，你看看我的脸，我难道还有什么不能担待你的地方吗？”说时，四目对视，满脸现出诚恳之色。

袁振武是个果断的少年，听了这些刻骨铭心的话，不胜感动。略为一寻思，毅然站起来，走到鹰爪王面前，慨然说道：“师父你老这么剖心露胆，真叫弟子感愧无地。请恕弟子不得已之情，弟子实是山东文登县绸缎丁的弟子。弟子也没犯规，也没有犯法；只为师门授受不依伦次，立幼废长，无罪被贬，

弟子才忍了一口气，退出师门。游遍江湖，别求绝艺。无非是心之所好，立意求精，自己给自己争气罢了。弟子实实没有仇人，弟子不提是绸缎丁的弟子，也不过怕武林同道笑话罢了。”

鹰爪王问起袁振武师门废立的详情，袁振武遂把当年师门越次传宗，自己居长被贬的事，说了一遍。鹰爪王听了，不禁点头叹息道：“你原来是以拳、剑、镖三绝艺驰名江湖的绸缎丁的高足，是因居长被废，中途退学的……若按咱们武林中的规矩来说，既有这等事，我就不便再收你。不过你我的情形不同，莫说你还是发奋争名，你就是再不济的，我也要成全你到底。按你的情形，你一定是愿学鹰爪力打穴，和接暗器的绝技。但是，鹰爪力乃是童子功，得用后天功力，培养先天真元之气，才能练这手功夫，你大概已经成了家了吧？”

袁振武脸一红，道：“弟子现在没有妻室。”鹰爪王微微一笑道：“再说也非一年半载，所能练得出来的。依我想，你只可在打穴和接暗器上深求了。这两种功夫，只要你肯下苦功夫，更兼你已得太极门的初步功夫，练起来必然事半功倍。我想把你转荐到山东曹州府佟家坝佟焕伦那里去，他门中的打穴法是另有过人之处的……”忽又摇头道：“不行，不行！这佟焕伦和你的旧业师绸缎丁乃是同乡，恐怕他关碍着情面，不肯收留你。”说到这里，低头不语，半晌才道：“有了，我把你荐到直隶省武强周家吧！一来他是你的同乡；二来跟我交情还厚。你看如何？”

袁振武心中不悦，只得说道：“你老说的这周家，可是天罡手周远帆吗？”鹰爪王道：“正是，这天罡手周远帆以善打三十六大穴，跟善接暗器成名。江湖上以为三十六穴正合天罡之数，所以送他这个绰号。你跟他学得打穴、接暗器的绝技，足可以纵横江湖了。过个三两年，我的风声稍息，咱们再行聚首，我定把本门三十六路擒拿法的独得之秘，和暗器听风术、青竹桩，悉数传给你。你有这一身武功，足可以争名吐气了。”

袁振武听了，未免气沮，向鹰爪王说道：“弟子过去因为

志求绝学，遍访名师，到处遭人白眼，空在江湖奔走了数省，饱受风霜跋涉之苦，毫无所获，已经十分灰心。这次得承老师收入门墙，自分可以稍偿夙愿，不料事与愿违，依然不能追随老师左右，我想师父不用再费事转荐弟子到别处了。弟子缘悭命薄，也许与武术无缘，弟子想就此先归故乡。何时老师有暇指教，弟子再来投托吧。”

鹰爪王不由微微一笑道：“振武，你怎么这么不经挫折？你要知道，我此番冒着多大风险，潜到蓝滩来；全为你当日对我难中援手一片真诚；我绝不是再把你置之不顾。我深知你抱着一番热望，投拜到我门下，我不替你想一个两全之道，于心何安？我既想将你转荐到天罡手周远帆名下，必是有几分把握；若叫你再失望，我就不嫌自愧吗？少年，你不要心存疑虑，我绝意不会叫你瞎撞去。我暂时不能亲教你，其中实有难处；你要明白，我现在是个黑人啊！有我这点薄面，量他不会不收录你。你只要刻苦用功，把他那门的功夫锻炼出来，一样能在武林中成名露脸。我只要有了安身之处，等得外面风声稍为平静，我定然寻了你来；把我这点薄技，倾囊相赠，全传给你。告诉你吧，我门下那几个徒弟，就没有一个能够接我的衣钵，掌得起门派的。我跟老姑太论过你的骨格、胆气、识见，处处全高人一等。将来我愿意你能够承继我的门宗，也不枉我在江湖道上奔驰这些年了。”

袁振武愣了一会，慨然说道：“并非弟子灰心习武，也不是弟子刚愎任性；实因弟子自出丁门，遭际侘傺，枉费了许久时光，空耗了多少钱财，一无所获。最后才遇上师父您老，又承义母过分的厚爱，弟子虽没得着本门的绝学，总算叫弟子衷心有所寄托。只要师父不嫌弃，肯提拔弟子，弟子定当唯命是从。”

鹰爪王温言抚慰道：“我现在是亟须远赴边荒，有一桩重大的事，必须我亲自了当，无法延缓。我只能为你稍留数日，我想把我门中的三十六路擒拿法的诀要先传给你。你嗣后再自

下功夫，揣摹锻炼；时日虽暂，好在你于太极正宗造诣已深，学来自易。你只要把诀要领悟了，至于拆招变式，全是活的。门径已得，熟能生巧，你只要自己多下上些功夫，定可运用自如，得心应手了。”

袁振武见鹰爪王待承自己的情形，算是一派血诚，愿把一身绝技倾囊相授，只为身处难境，不能如愿而已。心中感激，随向鹰爪王道：“师父这么厚待，弟子没齿难忘。弟子唯有努力进修，好不负师父跟义母的期望！……”刚说到这里，刘四师傅掀帘而入，袁振武把底下的话顿住，忙侧身迎着刘四师傅让座。

鹰爪王向刘家祺道：“四弟，我们爷俩还得在这里骚扰你几日，少则五天，多则七天。可是我得求你一件事，这两间客屋必须归我独占，你不再往这里让朋友。这么办未免有些不讲理，四弟你多包涵。没别的，临走多给你些房租费吧。”说罢彼此一笑。

刘四师傅听鹰爪王暂先不走，倒很高兴。时已五更，鹰爪王把夜猫眼计五叫醒。计五睡眼模糊从床上爬起来，愣呵呵站在床前，道：“怎么样，天多早晚了，该走了吧？”鹰爪王道：“你看你，是没有多大酒量，偏爱贪杯！老五快醒醒，拿冷手巾擦擦脸。五更交过了，还不赶紧走，等什么？郎家窝的事，你别给耽误了。”

夜猫眼计五揉了揉眼说道：“我绝不会误了事。你放心，我这就动身，太阳出来以前，我要赶到通山驿哩。”说着把床上放着的那只小黄包袱抄到手里，往背后一背，两手捏着两个包袱角，往胸前斜着一系，仰天打个呵欠，又将一对圆眼瞪一瞪，向鹰爪王道：“我头前走了，你多时动身？”鹰爪王道：“我今天不走，少则五天，多则七天，我准到郎家窝。”计五道：“怎么你又变了卦了，有什么事？”

鹰爪王一指袁振武道：“我传给他两手功夫。”计五向袁振武道：“小伙子，你真有两下子，三言两语，居然把你师父粘

住了。莫怪老姑太直夸你，你真有抓鹰的好本事！小伙子，咱们再见吧！”袁振武方说：“师叔喝杯茶再走吧！”计五已经跨出门口，不答袁振武的话，却抱着头招呼道：“刘老四，咱们再会啦。”刘四师傅跟袁振武紧随后跟，赶出来相送时，夜猫眼计五已如一缕轻烟，只在北房檐头一晃，一瞥即逝。

袁振武暗暗咋舌，这位计师叔的轻功提纵术真有不同凡俗的巧妙；自己空在太极门练了这些年，跟人家比起来，真有霄壤之别了。只听刘四师傅转身说道：“瞧这份骠劲，临走还露一手，给谁看哪！振武，进屋吧。”说着走进客屋，袁振武也随了进来。刘四师傅向鹰爪王道：“师兄，计老五大概白了胡子，也改不了诙谐的毛病吧？”

鹰爪王也微微笑着说道：“江山易改，秉性难移。老姑太多么严厉，对这个胞弟也奈何他不得呢！”刘四师傅又陪着鹰爪王，说了会江湖近来的事情，东方已然破晓。刘四师傅忙站起来道：“师哥一夜未眠，请歇息一会吧。”袁振武也站起来告辞，鹰爪王道：“我倒不困，四弟，我还有事要跟你谈谈。”又道：“你嘱咐他们一声，我的形迹要严密一点。”刘四师傅道：“我就告诉他们停练五天。”鹰爪王道：“也可以。”回顾袁振武道：“振武，你歇歇去吧，你要把精神歇足了，晚间咱们再见。”袁振武答应着，退出客屋。

到了午饭后，袁振武正在假寐养神，刘云梁忽推门进来，拿着一本书，递给振武道：“袁师兄，你真走运，王师傅怎么这样喜欢你？连我们老爷子，都为你受埋怨了。这是王师伯给你的一本书，叫你快看；本门三十六路擒拿图解诀要，全在这本书上了。王师伯叫我告诉你，先把三十六路的名称、式子、诀要记熟了，今天晚上就用，可没有全看的工夫。”袁振武如获异宝，大喜道谢，就倚枕看起来，这是个抄本，图解详明，看起来可收事半功倍之效。

赶到了晚间，鹰爪王把袁振武找来，屏人说道：“我现在先把三十六路擒拿教给你，俟我事情完了后，再聚到一处，尽

我所学所能，全数传给你，足可偿你期望之心了。”袁振武惟惟称谢。鹰爪王随命振武，把厅房中的陈设略事移动，地势稍觉开阔些；向袁振武道：“你先把你所学的太极门拳术练一练，给我看看。”

袁振武不似先前那么心存顾忌，答了声：“是。”看了看客屋中地势，东西较长，南北较狭。随即来到东边，面向西立起太极拳起式“无极含一炁”。门户一开，立刻矮身换步，按太极拳正宗，一式一式演出来。手、眼、身、法、步、腕、胯、肘、膝、肩，一处有一处的功夫，一招得一招的要诀；手眼相合，身心相摄。崩、提、挤、按、踩、劂、肘、靠、进、退、顾、盼、定十三字拳诀，字字见火候。演到三十五式“转脚摆莲”，一杀腰，回身换式，变招为“弯弓射虎”，一收式，立刻仍还到发招处地方。气不浮躁，面不红涨，神色自如，向鹰爪王抱拳道：“弟子的拳招荒疏日久，难免错误，师父多多指教吧。”

鹰爪王摸着下颏，连连点头道：“难得难得！果然名家所授，毕竟不同。”随又正色说道：“振武，你不要跟我客气。像你这样太极拳，虽还说不上火候纯青，已算开堂入室了。并且你得自名师传授，脚跟立得先好，再学别派功夫，驾轻就熟，事半功倍。咳！可惜我志与愿违，我若没有事牵缠，我绝不愿让你转入旁门。振武，你有这点根基，耐得劳，受得苦，什么绝技不能练？好自为之，有志竟成！来，咱们别尽自耽误。这里不是我久居之地，你我先演几式换手的功夫。你的太极拳一定也经拆过招吧？”袁振武答道：“当场倒也跟师兄弟们一处练过，不过没上过真阵仗，还没有跟外人上过招。”

鹰爪王道：“临敌的经验固须有，可是底子扎得实在，更是重要。你把你的拳术拆着打，我顺着你的势子来破，这么讲着教总还容易。”袁振武大喜道：“我就遵命，不过师傅务必搂着点，弟子怕接不住。”鹰爪王道：“不要紧，难道我还真跟你动手吗？来吧，你随便发招吧。”

袁振武不敢延宕，立即欺身进步，说声："弟子无礼了！"展开太极拳的身手，往前一递招，就是"进步栽锤"。鹰爪王容得拳已欺进来，轻舒铁臂，身形连动也没动，只顺着袁振武的掌锋，用"叶底偷桃"，一翻腕子，竟把袁振武的手腕刁住。袁振武这才觉出鹰爪王的指如铁钻；忙把左掌往外一撇，从右臂下穿，用"云手"，来击鹰爪王的华盛穴。鹰爪王左掌一松，右掌往起一翻，一点袁振武的左脉门。袁振武知道不好，来势甚猛，急将左掌往下一沉，用力一拧身，"白鹤亮翅"，右掌挥出来，斜打鹰爪王的丹田。

师徒二人连换数招，本为学艺，并非比武，所以发招还招格外加慢。鹰爪王微笑着，展开擒拿法，应付袁振武的太极拳，心中很高兴，袁振武更是欢欣鼓舞。但是会家遇会家，不知不觉，就把招数加快了。袁振武一掌打到，鹰爪王忙往下一沉右掌，顺势往腕子上一切，又往外一拦。袁振武身形被拦，急往左一斜；鹰爪王铁掌轻舒，突出右臂，照环跳穴一搭，一按，振武突觉右臂发麻，不敢勉强发招，忙一撤身。鹰爪王道："振武，你这条胳膊卖给人家了！"袁振武道："弟子拆不了这招，师父指教吧。"

鹰爪王道："第一式用的是'叶底偷桃'，是三十六路擒拿的'擒'字诀。第二手我用的是'拿'字诀。第三手本是用的'沉'字诀。你那手'白鹤亮翅'颇为有力，掌锋上也真见出功夫；所以我不得不用'贴身掌'来拆你的招，用'盘'、'压'两字诀，把你的右臂买住了。这三十六路擒拿法，分上手十八字，是：擒、拿、封、闭、浮、沉、吞、吐、抓、拉、撕、扯、括、挑、打、盘、驳、压。又分为十字，是'双拉牵虎式，暗藏金龙形。'又有卧十字，是：猛、获、滚、镰、城、耘、卧、担、捞、裉。这是三十六路擒拿的诀要，你要牢牢记住。我逐式给你拆着讲解，你把擒拿法的招式记个大概，再把十八字诀细细揣摹研求，只要多下些功夫，不用人当面指教，也自能心领神会。"

说到这里，又叫袁振武发招。鹰爪王不惮烦劳，且练且讲，边拆边说。直拆到五更将近，鹰爪王这才吩咐袁振武去歇息。袁振武谢过了师父，回转自己卧室。

但是袁振武虽则回到屋中，哪肯就睡；自己又把师傅教的，比照拳谱，从头到尾全重演了一遍。遇有解不开的地方，自己反复的思索，想不出来，便暗暗记下，预备明晚再问。那鹰爪王白昼藏在刘四的内室睡觉，一过二更，便到客屋给袁振武教招。

刘四师傅也闭门谢客，整天陪着，只到教招时，刘四却不来旁观。原来他率领栋、梁二子，和迟、蔡二徒，专给鹰爪王打更司警哩。一连两夜过去，袁振武学有根基，人又用心，居然把这三十六路擒拿法的诀要记在心头。鹰爪王扪颏大悦，连声夸奖。暗对刘四说：四弟，你失眼了！

到第三天，袁振武起来，想到客厅给师父请安，哪知客屋门忽然倒锁；袁振武心里一惊，深怕师父走了，赶紧到把式场子去看，场中只有刘四师傅和云栋、云梁，正跟迟云树、蔡云桐，悄悄的练拳说话。袁振武来到刘四师傅面前，给师叔行了礼，随问道："师叔，我王老师……"刘四师傅赶紧一摇头，不叫袁振武往下再说。凑到了近前，低声说道："你师父昨夜四更后，有事走了。这时你哪能见的着？"袁振武登时失色道："走了吗？"刘四师傅向弟子们一盼，不觉笑道："你放心，他今天晚间一准回来；你安心等着吧。"

袁振武这才放心，回转屋中。自己白天也没出屋子，躺在床上，歇息了半日。到夕阳衔山，鹰爪王果从外面回来；面上红润润的，显见在外吃了酒饭来的。

袁振武到客屋，见过师父。鹰爪王道："我从昨夜到现在，又奔驰了将近百里，尚不觉得劳乏。不过酒用得过多了，头目有些昏沉。你先歇着去吧，到了三更天，我再叫你。"袁振武应了一声，忙到街上，买了许多水果，切剥好，献给鹰爪王解酒。鹰爪王笑了笑，吃了一些，一挥手道："你先去吧。"袁振

武答应着退了下来。

到掌灯时，鹰爪王又把袁振武叫到客厅，继续传给他三十六路擒拿。袁振武苦心孤诣，夜教昼习，竟自用了三日四夜的功夫，把三十六路擒拿法学得十之六七。这固然因他武功有根基，可也是他把全副精力用在这上面，才能突飞猛进，得这样的成就。鹰爪王也十分痛快，自己得这么个好徒弟，实是毕生之幸。直到第五日晚，袁振武把这三十六路擒拿法已经学全了；不过实际运用，还得有一二年的纯功夫，才能应付裕如。

鹰爪王当夜遂向袁振武说道："擒拿法你已得着其中奥义，只是你要想临敌制胜，还要多下些纯功夫，不要妄予轻试。我们门中虽有这种绝技，却不是临敌常用的。除非遇上大敌当前，敌强我弱，不易制胜，才肯用这三十六路擒拿法，保全我派的名望。这路功夫专能懈力，敌手不论怎么强，也不易容他攻进。耗的功夫久，敌手精力一弛，乘机进取，足可以败中取胜。这种功夫不用则已，用时必须当场制胜。你想着若是火候稍差，功夫未到，妄自施展它，只怕空贻门户之羞。你要牢牢记着我这几句话，不要叫我在本派中，落了同门中的责难才好。"

袁振武立刻正色答道："师父放心，你老这么推诚教诲我，破格的成全我，我岂能辜负你老一番厚意？你老也记着弟子的话，弟子我纵不能给师门争光，也不能给师门现眼！"

鹰爪王道："好，话到这里为止，不用多说了；你这么存心，哪能不成名露脸？咱们该走了，你去收拾你的衣物，天一亮咱们师徒一同起身。"袁振武道："弟子的东西好收拾，没有什么麻烦。师傅几时走，都行。"鹰爪王点头道："好！你把你刘四师叔请来，我有话跟他说。"袁振武答应着，刚要出离客厅，刘四师傅已然推门进来了。

鹰爪王道："师弟，我们师徒在这里搅扰已久，该着走了。咱们再见面时，大概总得在一二年以后。"刘四师傅凄然说道："师兄，我深盼师兄往后行止多多检点。像这回事几乎身败名

裂，细盘算起来，对手实在不值。我很盼望师兄锋芒稍敛，免得叫我们再担心吧。”鹰爪王摇头一笑道：“人情鬼蜮，不知道要险诈到哪时才算完。荆棘江湖，使我无立足之地了！”又一拍胸口道：“山河易改，禀性难移；四弟，我的命并不比谁格外值钱！”话到愤慨处，鹰爪王又不禁须眉偾张，目瞪齿错了。过了好一会，刘四师傅复又婉言劝解了一番。两人跟着谈到将来昌大门户、择徒授艺的话，天色已近五更。

师徒二人预备起身。袁振武站在客厅门首，抓了一个空，走上前来，恭恭敬敬向刘四师傅道：“师叔，弟子在这里承蒙师叔的厚待，整搅扰了您这些日子，弟子感激万分。王老师已定今日带弟子起身，弟子这就给师叔辞行吧。”一边说着，一边磕下头去。刘四师傅急忙拦阻道：“不要多礼，我这很慢待你了！”袁振武叩罢头起来道：“师叔怎么还跟小侄这么客气，越发叫小侄不安了。”刘四师傅道：“往后你要有事，路过蓝滩时，务必住我这来。按你这份心胸志气，将来定能成名；你两个师弟，还仗你提携呢。”袁振武连说：“弟子不敢当。”

鹰爪王笑吟吟，看了看刘四师傅跟袁振武，说道：“你们爷两个这么客气！天不早了，快收拾吧。”袁振武答了声，回转卧室，把随身衣物收拾好了。看了看窗上，已现曙光，遂提着行囊，来到客厅。

这时刘四师傅也正从后面出来，提一个小黄布包；包袱不大，分两很沉重，跟袁振武一同走进客厅。

鹰爪王遂站起来说道：“天不早了，我们真该走了。”刘四师傅把小包袱往桌上一放，说道：“师兄，我本意想留师兄多盘桓些日子。无奈师兄去意已决，我不便强留。这里是几件衣服，跟二百两银子；这是小弟一点心意，请师兄赏收吧。”鹰爪王笑道：“师弟，你太周到了。衣服我用不着，银子倒要叨扰你几两。”坐下来就在床上，打开包袱，将一件件衣服抖露在床上。这是一套新的长袍马褂，一套旧的粗布短衣；分别穿起来，便可改为绅士模样或小工的打扮。这并不是寻常的赠衣

赠钱，乃是刘四师傅夫妻俩连夜给师兄特备的避难衣服。

鹰爪王看了，欣然会意，连说：“好，好，这衣服我也得收下。”却将那四封银子，只取了一封，计五十两，命袁振武包了。站起来拍一拍身上道：“我们走了！四弟，我也很愿跟你多聚几天，无奈我现时在哪里待着也不安心。四弟，我们相见有日再叙吧。”刘四师傅道：“师兄怎么还跟我客气？穷家富路，客途上用钱的地方是多的。说句笑话，前些年师兄就向我要，我也拿不出来。自从干上这个小买卖，小弟身边还有些富裕。师兄！师兄不全拿着，叫小弟太难过了。”鹰爪王道：“好，师弟你一番热心肠，我别辜负了你。”说到这里，向袁振武道：“振武，把这银子全包在一块吧。”

袁振武立刻收拾好了，复向鹰爪王道：“师傅，你略等片刻，我得向各位师兄们辞辞行，这么走，太失礼了。”刘四师傅道：“振武，我替你说一声就是了。”鹰爪王道：“四弟，不要拦阻他，叫他跟师兄们叙别，礼不可失。”刘四师傅道：“既然如此，索性我把他们叫来吧。”立刻命云栋、云梁，把大师兄迟云树、二师兄蔡云桐等叫到客厅，先行叙别，跟着给王师伯送行。鹰爪王遂偕袁振武起身，刘四师傅师徒父子相继送出来。却不走大门，直送到后门外，出了小巷口，才彼此作别。

鹰爪王带着袁振武，于晨光曦微中，离开蓝滩，踏上征途，径赴直隶省武强县，投奔天罡手周武师的门下……

流光易逝，忽忽十年。辽东道上忽有一壮年行客，豹头环眼，体格矫健；孤身一人，踽踽独行。用一条核桃粗的紫藤棒，挑着小小一个行李卷，由龙岗岭北麓经过，往柳河口寒边围走。这个行客不远千里，出关渡辽，一路打听快马韩的牧场，特来投效。

第十八章

快马韩争雄牧野

快马韩是塞外的豪家，名叫韩天池；祖籍北直，自幼好勇使气。二十几岁时，曾因械斗杀人，被流到宁古塔。不久，被他逃出配所，展转亡命，寄迹在边荒草莽之区。旋逢大赦，得脱重罪，他便做起贩马生涯。他少遇名师，获得北派拳技真传，擅长掼跤，能骑劣马。以一杆八母大枪，一骑花斑马，名闻辽东，争雄牧野。

仗他为人胆大心细，长于规划，又知人善用，颇得到几个好帮手。只二十一二年光景，便名成业就。计拥有大小牧场两处，谓之东场、西场；又有一座山林，附开着数座木炭窑；田地不多，只有一方半。打前年起，又收买了一方熟垦地，三方荒地；招集关内流亡难民，开垦农田，事业越来越大。遂在龙岗岭北，起盖下一大片庄堡，堡墙有碉楼箭道，俨然一座小城。这堡围子起初无名，后来人家叫开了，称它为“寒边围子”。乃是把他的姓叫俗了，望文生义，捏成这么一个古怪的名字。

快马韩黑面长髯，头大身短，外表气象粗豪；他却智勇兼

备，好客轻财。上则结交官府，下则结纳江湖豪士，在塞外蔚成一种势力。韩家牧场放出去的马群，走遍关东三省，从没有失过事。手下用了许多人，给他帮忙；有一个结义的盟弟，名叫魏天佑，专替他照料牧场，人称为二当家的。

快马韩现年五十八岁，结发之妻早已死去，只给他留下一女。现在他房下却有一妾，是在当地娶的；生得白白的，矮矮的，并不十分漂亮，但会骑马。他的女儿名叫韩瑛，乳名昭第，已经二十一岁了，现尚待字闺中。

这姑娘处在辽东荒寒之地，竟出落得俊目修眉，容光照人，一把长头发，漆黑柔亮。快马韩偌大家业，只此一女，把她爱如掌上之珍。从小就请了家馆教师，教她认字；又将自己的一身本领，悉数传授给她。昭第姑娘遂深娴骑术，又擅长弓矢，从七八岁时，就敢扬鞭控辔，驰骋于山原绿野。赶到十几岁上，骑术愈精，往往鞍鞯不施，驰骤于重山叠岭间。牧场中的马师偶然陪着昭第姑娘，小试身手，有时就被她窘住。快马韩手下的健儿，把瑛姑娘看如公主娘娘一般。

东牧场设在孤山子下，广漠无垠的原野，茂草丛莽，一望无际。地旷风高，一阵阵风过处，卷得那乱草摇青，直似碧海翻波。西牧场设在河口，水草丰肥。两座牧场占地各十余里，筑短栅墙，环绕牧场一周，作为屏藩，四周各辟巨门。沿木栅墙每隔里许，有一间木板小屋，四面挖着方才盈尺的小洞，在木屋里，依然能查看四周。这木屋专为马师们夜间巡守马群而备的，遇到严寒风雨之夜，可以作栖息之所。木栅外更挖起一道十余尺宽的壕沟，一半为防群兽，和盗马贼的骚扰，一半是防雨季的雨水，跟秋冬的野烧。在塞外草原地带，这种野烧最为厉害；野火燎原，有时能够延烧数十百里，在辽东一带是常见的。

快马韩经营牧场多年，尚无疏漏。在进牧场不远，一片旷场，用细砂子铺得颇为平整。这片旷场上，埋着不少的拴马桩，正是训练烈马的所在。在这牧场的中央，有一座两丈高的

平台，用碎石叠起的；台面一丈见方，登上平台，全场一览无遗。上面也有一座木板小屋，其构造也跟下面防守栅墙的板屋一样，可以居高临下，瞭望四面。这种设备，就是专为防备盗马贼。

辽东一带，在当年拉大帮的掠马贩，和接财神的绿林豪客，几乎遍地多有。虽全做的是没本钱买卖，却讲究硬摘硬拿，以勇力服人，鼠窃狗偷之辈绝不容在关东立足的。单有一种马驳子，专吃牧场，一下手，就许掠个二三十匹走。可是也有小帮的盗马贼，三个五个成群，十个八个便算一帮。他们练就了一身小巧之技，选马的眼力极高，能在昏夜微光下，大批的马群中，挑选神骏的好马；在严密防守下，把马盗出牧场。牧场里常常吃这种哑巴亏。快马韩这两座牧场，仰仗着场主的威名大，交游广，倒不怕大帮的马贼、结伙的胡匪；但防范这些窃马小贼，从来不肯稍为疏忽。这就是丢得起马，丢不起脸面。

这日秋阳当午，山风吹面，快马韩手下二当家的魏天佑来东牧场中，看着相马师跟掌竿的师傅们，督率马夫，调驯烈马。数十名马夫个个剽悍精强，持鞭在旁等候。马师们选马分群，把那分好的马交给掌竿的。哪一拨马归哪一竿子管，分拨定后，再交马夫去“压”“遛”。那已上笼头的马，野性已去了一半。由马夫先“压”后“遛”，骑上它沿着场中的木栅墙，如风驰电掣的奔驰数趟，看看马的脚力。

这种马虽上笼头，烈性仍有，不时盘旋蹴踏，掀腾人立，想把背上的马夫掀下去。只是马夫全是深有经验的能手，贴在马背上，如同粘上了一样。直到把马累得力尽筋疲，马夫反振起精神来，不容它稍缓。鞭策驱驰，直到这马驯服，不再犯性，这才缓缓的去遛它。

那未上笼头的生马，由马夫用套马竿子捋住了，挥动长鞭，吧啦啦！吧啦啦！或前或后，忽左忽右，直往马身上暴打。长鞭抡得山响，似雨点般往下抽打。那如同猛兽般的怒马，哪肯受这么鞭挞，铁蹄翻腾，蹄登口啮，如风似狂的乱

捶。马夫们都将套马竿牢牢握住，长鞭不住手的叱打，毫不容情。马夫调弄一匹烈马，也累得热汗蒸腾。直到这匹马见了鞭子，只有忍受，不敢抗，不再惊；这才套上笼头，绾上缰绳，另换马夫去压马。有时遇上没法羁勒的烈马，马夫调制不下，便由相马师们接过去；用他那特种的手法，长鞭一动，专打马身上几处极护疼的地方。这一来就把马制服住了，只一见鞭影，立刻全身战栗。马鞭子的巨响只到它腿前，便不敢再咆哮了。不过马师这种手段不肯轻用；倘遇良驹，经过这番挫折，恐它雄威尽敛，不能再临大敌。

当时牧场上调马的数十条长鞭，响震数里。数十个健儿各压着鞍辔不施的烈马，奔驰于短栅墙内。所有的马师们都聚在木栅内平场里，把这批才贩到的新马极力驯调；再调个三五日，就能够上缰绳，跑大圈了。

二当家魏天佑负手观望，场门上的伙计忽进来通报，盛京将军派了差官前来采办军马。魏天佑忙把这位差官迎接进来，引他到围子里，面见快马韩。快马韩衔着大锅旱烟袋出来，立刻吩咐设筵款待。赶到一接头，据这差官说："这是官马，不论沟计算，要有一头算一头。挑选能够立刻入营编队的，一共要选二百五十匹，一色黑马，杂色不要。本场不够，可以兼往别场采办，但立须派人护送到盛京。将军见喜，定有另外的赏犒。"

快马韩把这位采办军马的差官好酒好肉，先买住了，又教了两个土娼陪着。跟着先把差官买马的回佣银子二百五十两递过去，另送程仪五十两，合成三百之数。差官毫不客气，很爽快的笑纳了。立刻挑着大拇指，向同座称赞快马韩，果然是开眼识面子的外场朋友。这水买卖就算成交。

原来牧场里原有这种规矩：除了马贩子，凡是来买马的，经手人倒得一份丰厚的回佣。可是别的牧场没有这么大方；必得把马交上，领下马价来，钱赚到手，才肯花这笔钱；早花了，诚恐一个卖不上，这笔钱就要落在空地上。快马韩眼力

高，看的准，拿的稳，重人轻财，舍得抛杵（花钱），敢办人家不敢办的。即如盛京将军这号生意，一向本在吉林范家马场采办。快马韩以为我近彼远，我界内的生意反倒越出省外，未免丢人。居然被他亲赴盛京，不惜大倾资财，极意联络；终从将军的亲信人手下，把这号买卖承办过来。范家马场干生气，没法夺回。近六年多来，差不多关东三省的官马，都到他的牧场采买。他有这大的手眼，这才造成了偌大声势，人也落了，钱也落了。

当下，快马韩一面叫二当家的款待买马的差官，一面亲自到牧场马圈，站在高台上，监视掌竿的挑选马匹。就在这时，马师宗仁路站在快马韩身旁，突然“咦”了一声，用手一指场外，道：“场主，你老看，这人好快的身手！看情形，不是奔碗口街，就是往咱们这里来的。”快马韩顺着宗马师手指处一看，在半里地外，有一骑白马奔来；马背上驮着一个人。那马撒开了四蹄，超尘疾驰，迅如脱弦之箭；马上人挺腰踏蹬，纹丝不动。快马韩点点头道：“果然是好身手。”

说话时，这骑马越走越近，穿着荒林茂草，时隐时现，眨眼间已来到近前。快马韩不禁失声道：“吓！原来是他！糟了，马群一定出岔子了！”马师宗仁路也是瞠目惊呼道：“陆老七怎么半途回来，大约是路上有事了！”彼此惊诧之间，疤脸子陆七已直入马场，翻身下马，喘吁吁满头是汗，衣服上尽是黄尘。

宗仁路迎上来问道：“陆老七，你怎么回来的恁快，可是路上出了错吗？”疤脸子陆七喘息方定，忙答道：“可不是出了事了！咱们的马群，头两天按站赶着走，没出一点事。就在第三天太阳刚落，赶到了烟筒山附近；因为大批马群不能进镇店，我们择在店后水草方便的地方，安上围子，把马圈好。不料就在当夜，被人盗走了十七匹马！”马场中的人听见这种警报，都围上来问讯。

这疤脸子陆七正是奉了场主之命，陪同三当家的吴泰来，押着九十八匹好马，往吉林送去，不想中途失了这些。宗仁路

急将陆七引到快马韩面前。

快马韩举着一根大锅旱烟袋，走来走去，瞪着眼看定陆七，道："马丢了这些，又是在野地现打的圈，难道你们就没派人守夜吗？"陆七答道："我们焉敢那么大意！我们除了三当家的和赵伙计，是通夜宿在店里；其余这些人全分上下班，守着马群，连吃饭都是换班去的。一到天黑，就由齐、邱二位武师，各带四个伙计，分为两班，绕着马圈来往梭巡。圈内是马师和掌竿的，分班看马上料，里里外外防备很严。直到下半夜，傍天亮的时候，马师查点马匹，方才晓得失盗了，到底也不知道偷马贼什么时候下的手。"

快马韩道："你们连失盗的时候全断不出，贼人怎么偷的，一定更不知道了！"陆七满面羞惭说道："猜是猜出来了，大概是在下半夜。"

快马韩含嗔不语，半晌道："猎狗放出来没有？"陆七道："放出来了。最奇怪的是猎狗前半夜还号叫，下半夜就没听见咬。"快马韩道："不用说，你们喝酒了？"陆七低头道："值班的时候没有喝。"快马韩哼了一声道："吃饭的时候一定准喝了。……旷野地方，夜里又冷，你们会不喝酒？我也得信哪！"想了又想，复问道："这一夜，马没有炸群吗？"陆七叹然道："不错，约莫在四更天的时候，圈中的马炸了一回群，可是没有出圈。"

快马韩听了，忍不住怒焰炽腾，面对众人大笑道："我说怎么样，马丢了十七匹，怎会一点动静没有？那马炸群分明是贼人下手露了形，难道你们都睡死了不成！你们就没有把值夜的人挨个儿都盘问盘问吗？尤其是吴老三，整天价吹牛，肚子里有妙计千条似的，怎么马行半途，既是店里住不开，他反倒离开马群，跑到店里睡了？"

陆七的疤脸一块块通红，接着答道："失马之后，我们立刻就报知三当家的，三当家把值夜的人，挨个都盘问了一次。据说他们全没有睡觉；那天夜里就是风太大，委实没有听出别

的动静来。只在三更左右，我们听见狼嗥了；跟着又有人看见对山山根，有火光一闪一闪的。值夜的齐师傅曾经叫我们预备火枪，多加留神。跟着又没有动静了，就是这么胡里胡涂的把马失的。现在吴三当家的后悔的了不得，连邱、齐两位武师也都觉得对不住你老，他们现在都极力想法子哩。”快马韩笑道：“想法子，让他们想去吧。不是才丢了十七匹马吗？没有全丢，还算不错。那匹艾叶青也丢了吧？”陆七道：“也丢了，丢的全是好马。”

快马韩又嚷起来道：“这匹艾叶青乃是我许给朋友的，原来也丢了！吴老三只会说大话，一向是那样的人物。随行的齐、邱二位武师，乃是久走江湖的，怎么事前竟没有一点觉察，事后又没有一点办法？我这牧场开了这些年，就没有丢过马，这还是头一回！告诉你们，十七匹马是小事，这个跟头我栽得起吗？”

陆七忙道：“场主息怒！这回失事，齐师父倒没看出什么来。邱师父是个中老手，在前两日白天，已经动了疑；看出一个走道的小矮子，说恐怕是风子帮踩盘子的伙计。这小子打由半路上缀下来，邱师傅曾经拿话点他，又提出你老的字号来，这小子就躲了。没想到他真个的在我们头上动起手来。现在三当家的跟齐、邱二位师傅，正在根究失马的踪迹。我临来时，他三位已经查出：偷马的贼大概是往西北走下了。因为沿途留有马粪蹄迹，不难踩访的。大概这些东西们绝不是久闯关东的老江湖；若是在关东有个万儿的，他怎么也得摸摸咱们是怎么个主儿。”快马韩道：“别吹了！凭咱们这个主儿，才一丢十七匹马哩。现在马群呢？吴老三打发你来，就是专给我添腻来的么？还有别的话没有？”陆七忙道：“现在马群已经赶过一站，落在黄土坑；那里有大店，暂且住下来。三当家的意思，是一面请齐、邱二位根究偷马贼的老巢；一面叫我回来，请你老的示下，可不可以暂补出十七匹马，把这号买卖先交了，回头再认真抓贼抓马。”

快马韩素日为人脾气最暴，但是闹过去便完。手下人做错了，一向由他自己揽了过去。当下大发雷霆，闹了一阵，忙叫着陆七，回到私宅。那二当家的魏天佑急着赶来，督促马师，精选良骥，替快马韩把采办马匹的差官打发走了。跟着出离牧场，到韩家围子，面见快马韩。

快马韩在本宅大客厅，聚集手下头目，共筹应付失马之策，面向众人说道："马是在烟筒山丢失的。我想烟筒山附近，北方乃是马贼霍一溜的巢穴，南边又是肉头麻子时常出没的线路。这两处跟我们牧场都有来往，只是肉头麻子已死，由他的老表金贵贤代领着。这金贵贤却是新上跳板的，只闻过名，没有见过面。刚才陆七说，吴老三和齐、邱二位武师，已经预备拿我的名片，求见霍一溜和金贵贤去了。吴老三云天雾罩的，我恐怕他成事不足，败事有余。我打算就照他们的话，先拨出十七匹马，把丢失的数补上，由我亲自押送，一面根究盗马的贼踪。"

二当家魏天佑忙道："仅仅十七匹马，得失何必介意。当家的若是不放心，可以由我亲押了去；一面多带几位武师，到那里看事做事，务必把马找回就完了，用不着你老亲自劳动。"快马韩摇头道："我们的马丢了，找得回，找不回，还是小事一端；我们的面子，却必须找回。老二，你不知道，这回事我很起疑。我觉得这不是寻常的偷马，这件事说文就文，说武就武，弄不好，就许像那年闹起大吵子来，打群架也说不定。他们不是勘得偷马贼的踪迹，似奔西北去了吗？你可知道西北方是谁在那里？"

二当家魏天佑憬然道："西北方半山沟，有兴记牧场在那里。"快马韩扪须笑了，看着陆七道："大概吴老三也把这事看小了。我只怕这偷马贼把马一转手，弄到别家牧场。但是，不拘他们弄到哪里，我也得把原赃掏回来；掏不回原赃，我快马韩还在关东闯个什么劲？"又道："咱们现在先吃饭，老二，你就连夜挑选二十四匹好马，我这一回要多带打手去。这场里的

事，请老二和司账马先生、书启赵先生，多多费心。”当下把从行的武师、马师派定，也邀到客厅，告诉此事。

快马韩又口顾伙计，道：“你们把姑娘找来，我们要多带几两银子，说不定我们还要借重官府的力量哩。烟筒山东甸里有防营驻着，是一位守备，带着马步五百多人在那里。”

伙计应命转入内宅，少时出来道：“姑娘从一早带着陈伙计，出去打猎玩去了。姨奶奶问老当家有什么吩咐？”快马韩眉尖一皱，旋又堆欢道：“这个丫头，简直是个野小子！出去打猎，有时连火枪也不带，万一遇见猛兽，怕不吃大亏！下回告诉陈伙计他们，如再陪着姑娘出去，千万带火器，不要一味倚仗弓箭。你告诉姨奶奶，把我的好酒拿出几瓶来。咱们今天好好喝一阵，赶明天一上路，咱们就滴酒不准入口了。告诉厨师，把咱们腌的鹿脯子肉，也给收拾出来；再宰一口猪、一只羊。”魏天佑面向众人道：“别看今天是丢了马，我们倒要吃犒劳了。”大家哄然一笑。

酒筵摆好，无非是肥肉好酒和野味。魏天佑忙命伙计，把围子内的小铺掌柜、牧场炭窑掌杖的同人，凡在近处的，也都请来。快马韩不敬酒，由二当家魏天佑代做主人。快马韩趁这闲空回转内宅，安排出门的事。

就在这时，从牧场外，风驰电掣，飞奔来一骑白马，一骑黑马。白马上的人，头戴紫风兜，男子装，系皮带，窄衣紧袷，脚蹬控云“鹿唐玛”，背弓带箭，挎刀顺枪；人骑在马鞍上，伏腰微前，稳若泰山，迅若飘风，倏然策马，奔入围墙。直达到宅门前，戛然而止。把马上横放的一只土豹子丢下地来，然后翻身下马。后边那匹黑马，是个短衣黑脸汉子骑着，驮一些新猎来的野味，也如飞追到，跳下马来，把白马牵过。来的人正是快马韩的爱女昭第姑娘和陈伙计，到柳林一带，游猎归来。

昭第姑娘直奔出二三十里地，才打得一头土豹子、两只野兔、一头獾。一进家门，就嚷道：“可惜！可惜，忘了带火枪，

把一群野鸡空空放过了。”宅中别的长工将两匹马牵走，打来的野味也送到厨下。只有那只土豹子，约如狗大，勇猛异常，却是最狡猾、最难猎取的东西。

昭第姑娘笑吟吟的命陈伙计扛进宅来，向迎出来的女仆问道：“老爷子呢？”女仆说：“在姨太太房里呢。方才老爷子找你呢，你老快去吧。老爷子就要出门，说是咱们牧场里把马丢了。”昭第姑娘愕然道：“马丢了？可是遇上狼群了吗？”连忙抢进堂屋，自到内间，大声叫道：“姨妈，老爷子在屋吗？”

快马韩正在房里套间，命侍婆开柜取银，应声叫道：“是瑛儿吗？你又打猎去了？这几天柳河口直闹狼群，你怎的这么大胆！”昭第姑娘笑嘻嘻的挑帘进来，说道：“爹爹，我给你老打来下酒物了。可把我累了个不轻！两个野猫儿诈极了，我也没带鹰，也没带狼头棒，直追了六七里地，才把它射着；这东西好快腿呢！最可恶的是，它专钻马走不过的地方。这个还不新鲜，你老瞧，我还打着一只新鲜物呢！”

快马韩心中实在不快，但一见爱女，立刻欣然道：“捉这种野味，全靠鹰扑狗掏；你连火枪也不带，硬拿马腿跟兔子比赛，你也不怕把马糟踏了？”昭第立在桌旁说道：“爹爹，我这匹马好极了，跑不坏。你老瞧，我还打着这么一只土豹子哩！”

侍妾见昭第已将风帽摘去，一身男装，遍体黄尘，发际有许多汗，就笑着说：“姑娘，你这一回出去的更远了吧？”忙代喊女仆，给小姐打洗脸水。昭第姑娘一边更衣净面，一边问道：“爹爹，我听说我们的牧场丢了马了，是真的吗？他们还说你老就要出门，可是的，丢了几匹马，你老出去做什么？”快马韩叹了一口气道：“傻丫头就知道吃喝玩闹，打打猎，放放荒。告诉你吧，丢了马是小事，有人要跟你爹暗中作对哩！”

昭第姑娘虽是个关内女子，已濡染塞外强悍之风；听了这番话，蛾眉一耸，杏眼圆睁，嗔道：“真有人敢大胆惹我们吗？咱们父子在关东城，乃是一刀一枪闯出来的天下；谁要跟咱们下不去，咱们就叫他看一看。爹爹你老打算往哪里去？我陪了

你老去吧！”快马韩失笑道：“你陪我做什么去，可惜你又不是小子。”昭第粉面一红，道：“小子怎么样？闺女怎么样？难道我就不如男子了？”快马韩道：“好丫头！是你爹爹的女儿，谁说你不如男子来？不过有的地方，你就不能替你爹爹。比如上衙门见官，和官场拉拢，你能行吗？”昭第忙道：“爹爹，您要知道，我并不怯官呀！”快马韩道：“你是不怯官，无奈官场中并不让女子进门，你又有什么法？”遂命昭第姑娘坐下，缓缓吩咐道：“我现在就要出门；这里家务事，里里外外，我就是要全交给你。我正想把你找来，嘱咐嘱咐你。我明早就走，你遇事可以内与姨妈商量，外与魏二叔商量。咱们父女，一个守内，一个出外。丫头，我不拿你当闺女，我从来就拿你当儿子看待啊！”当下将烟筒山失马之事，和自己的打算，详详细细告诉了昭第姑娘，然后又嘱咐她小心照应家事。

昭第姑娘听了，摇了摇头，道：“原来是在外道丢的，我当是咱们牧场丢了马呢。爹爹，这也许是新上跳板的黑道上的小卒剪去的，我们要是跟他们斗气，可就有些犯不上了。”

快马韩摆手，道：“真要是折在黑道上，或是落在风子帮的老合们手里，咱们非要找回场面来，那算是我们爷们小题大作。不过这些年来，凡是遇上江湖上的朋友，跟吃风子行的老么们，我没有不开面的；要面子给面子，讲用钱就帮钱，没有照应不到的地方。这时竟会出这种事，不论他是哪路人物，显见着有点诚心跟我们爷们过不去。所以我这一趟，必须彻底根究一下。”

昭第姑娘恨声说道：“这是明欺负咱们了，咱们非根究个水落石出不可。爹爹，您就入手办吧。家里的事您就交给我，女儿纵然无能，也绝不能给爹爹输脸。”

说话时，二当家魏天佑进来报说：筵散客去，马已选妥。快马韩请他坐下，因说道：“二爷，您看我们瑛姑这份心胸，真胜过男儿；我虽没有儿子，有这个女儿，也跟儿子差不多了。”魏天佑道：“场主说的一点不差，昭第姑娘心灵性巧，有

胆有识，又有你亲传的这一身本领；漫说女流中，就是男儿队里也很少见哩。”说着笑了。昭第脸上一红，道：“别人不捧我，就是爹爹和二叔捧我。我有什么本领呢？刚才我要跟爹爹去，爹爹还是不教我去。”魏天佑道：“当家的要自己去，连我还不去呢。我和姑娘，咱们爷俩一内一外，专管留守，也是一样。”快马韩道：“二弟刚才只顾照应客人，大概也没吃饱，你就在这里吃吧。你侄女给咱们打来下酒物了。”昭第姑娘站起来，说道：“你老这就吃？我叫他们收拾去。”

当晚，快马韩和魏天佑、昭第姑娘设家筵共饮，一面商量出门的事。所有内宅、牧场、炭窑、山林，都已分别将负责人叫来，谆嘱一番。所有从行人也都备好行囊、火枪、兵刃。每人还有一套貂皮帽子，和不挂布面的老羊皮袄，以防半途上天气骤变时御寒之用。

这时，劲风吹面，秋草朝阳。快马韩骑上他那匹花斑马，率领二十四骑，分成两行，如飞而去。疤脸子陆七也夹在群中，应赔的十七匹马，就在这二十四骑以内。魏天佑和昭第姑娘直送出数里，方才回来。

快马韩去后，昭第姑娘不回内宅，竟到牧场柜房，和二当家魏天佑，以及司账、别位马师们攀谈。她一心想打听这次马群失事的来路，到底是像哪路人干的。魏天佑莫说真不知道马贼的踪迹，就让他猜测出来，也不敢率尔向昭第姑娘说。因为瑛姑纵惯了，平日任性而为；场主不在家，她要听了自己的话，依仗自己工骑善射，单人独骑的出去找场。倘或出了什么差错，魏天佑却真担不起这份沉重。所以任凭昭第姑娘怎样询问，他只是不着边际，随便搭讪。

正在说话的当儿，外面守场门的伙计进来报道：“启禀二当家的，外面有一个姓袁的，说是从关里来，求见场主。”

魏天佑道：“什么？求见场主？你不会告诉他，场主没在家；问他有什么事，可以留下话，请他改日再来吗？”守门伙计答道：“我已经这么说了，只是这人说跟咱们场主慕名已久，

深知场主仗义疏财，收穷恤难。他从关里奔来，好容易才找到这里，不论如何，也求场主相见。他又提出一个熟人来，他说跟咱们牧场里的赵庭桂赵师傅是乡亲。他这次是千里迢迢，为投奔赵师傅来的。要烦赵师傅给他引见，求场主把他留下。听他的话，说得很恳切。我们做不了主，场主又早有话，我们也不肯过于拒绝他。现在他在棚房等着呢；二当家的，你看，该怎么办？”马师杜兴邦插言道：“这个人多大年纪？听口音是哪里人？”守门人答道：“大约三十多岁，很透着精神，倒是乐亭口音。”司账马先生道：“这个人许是投效告帮的吧？”

魏天佑一听，不禁沉吟。这个姓袁的自说是投奔赵成桂师傅来的，赵师傅偏又没在家，刚刚押着那二百五十匹马跟着差官，上盛京去了。有他在这里，当下一认，也就完了；现在却是没招没对的事，不得不加小心。眼望着昭第姑娘，一时拿不定主意。

昭第姑娘却沉不住气，向马师们说道：“众位师傅们，这要在平时，按着老当家的场规来说，我们用不着犯掂算；脱不过收留一个年轻力壮的小伙子，把他搁在那里，全闲不下。只是牧场刚出了这场事，场主头脚走，这人跟着就来投效，未免太凑巧了！说不定就许是贼人的爪牙，到咱们这里卧底来的；这倒不能不见他，不能不收他了。我们索性盘问他，谅他弄什么诡，也逃不出咱们眼皮底下去。别管盘问得出，盘问不出，先把他留下，好在他是自投来的，我们没找他去。二叔，你看怎么样？”

这一番话说得面面周到，众人无不暗服。魏天佑连连点头夸好，却又说道：“这个人真是来的太巧了，姑娘这番打算绝不是多虑，咱就这么先诈他一下子。”说到这里，他又向屋中共坐的马师杜兴邦等说道：“杜老弟，你赶紧出去找人；千万别露声色，至少调二十人：要十名刀手、五名硬弩、五名套索，全都伏在柜房左右。你在柜房门口守着，听我的招呼。只要我咳嗽一声，十名刀手一直入柜房，把来人看起来；那五张

硬弩、五挂套索，把柜房一围，提防着来人，倘有真功夫，叫他想来就来，想走就走，我们可就栽了。”又吩咐守门伙计道：“这姓袁的就是单身一人来的吗？”伙计道：“没有同伴，他只提着一个小行囊、一根木棒。”魏天佑道：“行囊里准有暗器，牧场外没有人暗等着他吗？”伙计道：“这倒没有留神。”魏天佑忙道：“你要登高瞭一瞭。”

魏天佑这番布置，自是谨慎。杜兴邦是个性情刚急的汉子，刀搁在脖子上，不带皱一皱眉头的。听魏天佑这么小心，不禁冷笑道：“二当家，你怎么把来人看得这么重，把自己看得这么轻？别说来人未必就是奸细，就算他是，他难道就不先摸摸脑袋长结实了没有？韩场主在关东三省，是一天半天的人物么？真要应了二当家的话，我看他是活腻了！”

昭第姑娘忙说道：“杜师傅说的倒也是实情，只是场主没在家，咱们小心无过错。要没有新出的这场事，咱们也就不多心了。杜师傅，你就照着二当家说的预备去吧。”杜兴邦见昭第姑娘这么讲，遂不便再说什么，只从鼻孔哼了一声，答道：“好吧，小心没错。这件事交给我，不用管了。”立刻转身出了柜房，暗中去调集场内的弟兄。

这里二当家魏天佑心中不悦，向昭第姑娘道：“你看兴邦这种二愣子的性情，没个改了。他碰的钉子也不少，就是教训不过来他。”马师冯连甲笑道：“杜师傅净碰钉子不行，得叫他多坐几回蜡，倒许可以回回味。”众人哗然大笑，二当家魏天佑看了他一眼道：“你胡说什么？也不怕失了身份！”冯连甲猛地省悟，这里还当着女少东呢，不由臊得红头涨脸，很难为情。司账马先生忙打岔道：“杜师傅这种二膘子脾气，场主也是恨他，不过杜师傅的心肠热，场主爱他直爽，没有一点自私自利的事；所以虽是事情办砸了，也担待他。”

魏天佑点点头，令众人退去，只留司账马先生和昭第姑娘，向守门伙计说道：“把这姓袁的领进来吧。”伙计转身出去。

工夫不大，把来人领了进来，指着魏天佑，向来人道：

"这是我们魏当家的，场主没在家，有什么事朝他老说，也是一样。"

这来人挺胸健步，趋走如龙，来到柜房一站，双眸环视，先向魏天佑看了看，又向昭第姑娘瞥了一眼；立刻转身，面对魏天佑抱拳拱手，道："魏当家的，在下姓袁，名承烈，原籍直隶乐亭。只因来到辽东，访友不遇，谋生无路，流落在江湖，没有安身之地。久仰这里寒边围韩场主慷慨好义，威名远震，在下冒昧的投奔前来，恳求场主曲予收录。在下是一个武夫，没有什么能为；只有一把笨力气，愿供场主的驱策。"说罢，深深一揖到地，神情爽朗，吐属不亢不卑。

二当家、昭第姑娘一语不发，一面听着话，一面细细的打量来人。只见这人年约三旬以上，豹头环眼，身材魁梧；满面风尘，掩不住英挺之气。浑身旧衣，毫不带寒酸之相。

第十九章 塞边围雨夜失马

快马韩天池场主才走，生客忽来，又在马群失事之后，牧场中自不免生疑。那个投效的壮士袁承烈说完慕名投托的来意，又复一揖。二当家魏天佑忙站起来答礼，顺手一指椅子，道："老兄不要客气，请坐，请坐！"姓袁的壮士躬身说道："魏当家的，是前辈长者，在下后生晚进，不敢借座。"

魏天佑哈哈一笑道："老兄别这么称呼，我一个粗人，在韩场主这里，也不过是混饭吃。老兄既然在江湖上跑腿，咱们全是一样；快请坐下，咱们好讲话。"来人这才落座。魏天佑道："老兄，看你这份仪表，大概是武林一脉，没领教老兄属于哪个宗派呢？"

袁承烈道："我在下哪敢提武功二字？不过在少年时，倒也操练过身子，学的也只是庄家把式；这些年奔走谋食，连当初学的也全忘了。论到练功，我真可说是门外汉。不过若是承这边场主不弃，肯把我收留下，我在下手头没有本领，腔子里却有一股热血，卖给知己。这是我交友事上，敢说得出口的。"

昭第姑娘听了，微微一笑。魏天佑也含笑点了点头，道：

"袁老兄太客气了！我们江湖道上的人，彼此以诚相见，若是处处存着谦虚，那就不是我们江湖本色了。韩场主也是关里人，穷汉子出身，这些年在关外闯出小小一点事业，也不过是刚能糊口。只是他老人家一生好交，乡里乡亲投奔来的，但有一技之长，或者有人举荐，他总竭诚款待，量材任用，再不然就帮盘川。因此，在江湖上，落了个好客的虚名，究其实这边规模小得很。这虚名也真误事，常常把有本领的英雄诓来，不想今天承你老兄枉顾了。你老兄来得不巧，韩场主有些不舒服，看病去了，这里就由小弟暂代。我们敝场主现有两处牧场，一座山林，和几处炭窑，倒是处处用人帮忙，不过都是负苦受累的事罢了。老兄大远的光顾到我们这里，但不知从前干过什么事情？现在打算怎么帮韩场主的忙呢？"

袁承烈看着魏天佑的脸说道："我从前嘛……倒是干过几天镖行，现下还没有正业，只算是一个流民。我因久闻韩场主任侠尚义，最能提拔江湖上的难友，我方才腆颜投来。若讲到帮忙效力的话，我在下情实一无所长，既不会相马养牲，也不会耕田造炭；只有一份力气，三份胆量。若有什么护院巡更、守桩防匪、看围子、看马群，一刀一枪，卖命出力的差使，我袁承烈不敢夸口，情愿报效场主。"

魏天佑听了，不由一动；那边昭第姑娘也哼了一声。"原来这人专为当更夫，做护院来的！可是这种差使也最容易当奸细卧底。"魏天佑面一整，暗向昭第姑娘摆手，两眼盯着袁承烈，微微摆头道："你老兄就是这种来意吗？你真是想给我们打更坐夜吗？"

袁承烈不解其故，率然说道："当家的，我们江湖上的人最忌夸口；我在下既是竭诚前来投效，我若一味说自己废物，你老也笑我太谦。我若过分自告奋勇，又迹近自炫。你老这里如果用得着看夜护宅的人，在下不才，实愿效力。而且我也是半生潦倒的人，一不求名，二不求位；只有糊口之处，存身之所，于愿已足。你老若能费心，领我见一见场主，更是求之不

得的。不过我的意思就是这么一点，和你老说，也是一样。”举一举手道：“还请魏当家的，代为美言一二。”

魏天佑听了，又沉吟不语：“这个人说话倒很世故。”昭第姑娘在旁忍不住问道：“袁客人，你不是投奔赵庭桂赵师傅来的吗？”袁承烈一侧脸答道：“这位姑娘……我在下确是投奔赵师傅来的。”说到这里，似有所悟；忙站起来，对魏天佑道：“我袁承烈在营口就听人说，快马韩场主乃是塞外的孟尝君，千里好客，来者不拒，去者不留。我在下因此一步一打听，跋涉山川，慕名投来。至于赵师傅，我们乃是同乡。贵场主不在家，诸位要是不便做主，请把赵师傅邀出来，我们当面对认。我本是直隶省乐亭县袁家庄的人，家里也有房有地，有田有产；只为怄了一口闲气，方才跑出来。赵师傅跟我是邻村，只隔着十八里地；我的根底他总知道。”

袁承烈说了这些话，魏天佑和昭第姑娘互相顾盼，并不答碴；只由魏天佑欠身道：“袁兄请坐下说话。”半晌，那个司账马先生忽然插嘴道：“我听袁大哥的口音，好像久闯关东的吧？”袁承烈旁睨了一眼道：“也有几年了。”马先生道：“这关外的事情，你老兄一定很熟识了？”袁承烈道：“这倒不见得，像这么荒远的地方，我还是初次来。”魏天佑接声道：“哦，你老兄是初次来？早先你常在哪里呢？”

袁承烈低头一想，抬头答道：“我早先在营口、沟帮子、盛京、孤家子等处混过，最近才由千金寨转到贵处。”魏天佑道：“您是老关东了。可是的，你老兄久闻关外，像这马达子的事情，想必深知。最近听说烟筒山附近，又闹偷马贼了；我想你老兄必然晓得，可不可以告诉我们？这也是跟牧场有益的事情呀。”

这个投效的袁承烈闻言愕然，道：“这等事情，我怎会晓得？”魏天佑面视马先生，冷然笑道：“你老兄太谦虚了！你老兄久在关外混，我不信会不晓得马达子的事。你老兄尽请放心，如果实有所闻，只管说出来。我们彼此全是江湖道上的

人，绝不能把朋友当点子看待，也不能卖了谁。况且老兄这么坦然而来，更是看得起我们。我们场主虽然不在家，我们也能竭尽地主之道，教老兄面子上过得去。请问老兄，现下是在哪一竿子上的？你们当家的是哪一位？我们韩场主固然好交，可是近年来人也老了，交朋友难免有疏忽之处。好朋友如肯见爱，只管指明；我敢说我们场主有礼有面，不能教好朋友白忙活了。”

昭第姑娘插言道：“袁客人，我们魏当家说的全是实话；你有什么意思，尽请明说，我们总给朋友留面子的。”马先生也嘻嘻地赔笑道：“对了，话讲当面最好！”说罢，三个人，六只眼睛齐视袁承烈。

袁承烈不禁一怔，佛然说道：“魏当家的，你讲的究竟是什么话，倒教我好生不懂！照你这番话讲来，你们是把我姓袁的看成绿林了吧？哈哈哈哈，我袁承烈现在虽然落魄江湖，说句不客气的话，我若想干绿林，也用不着千里跋涉，跑到你们这里来了。关里关外，绿林道邀我的，就不止一处，不止一家。我袁承烈若肯干那无本营生，何处不能开山立柜？实不相瞒，我在下也是好人家的儿女，富室出身。不过自幼好武，误交匪人，在故乡惹出一口闲气，跟着打起一场官司，把一份家业全断送了，乡里乡亲全笑骂我是个败家子。我为此才怄上一口气，只身出关，立志要闯出一番事业，回去好见我们乡里父老。我这一双手并没有半点血腥，我这半生也不曾做过犯法的事情。好在贵场的赵师傅可以替我作证，你把他唤出来，一问便明。我却不知我袁承烈身上，由哪一点露出不地道来，落得诸位多疑！这真是想不到的怪事；莫非因我贸然远来，招起疑忌吗？但是我袁承烈望门投止，决非冒失，我实在打听了数月，访闻快马韩韩场主实是招贤好友，来者不拒；我在下这才抱着‘愿给好汉牵马坠镫’的心，大远地跑来投效。一来托庇英雄门下，找个安身立命之处；二来还想攀龙附骥，创业图名。谁想江湖的传言竟这么不足为据，我大远地奔来，连个佛前真面也没见着，便听了这么一套话。这总是我来得冒失了！

恕我打搅了，诸位请坐，在下告辞!”言至此，奋然立起身来，同魏天佑抱拳，又一转身环揖，拔步就往外走。

魏天佑看了昭第姑娘一眼，刚要出言拦阻；忽然门开处，闯进来看牧场的武师冯连甲和马师杜兴邦。两人当门一站，大声说道：“袁朋友别走，我们当家的还要请你吃酒哩!”袁承烈侧身止步，笑着说道：“不敢当，不敢当！我的来意已明，贵场的意思我也晓得了；天色不早，我还要赶路。”冯连甲道：“朋友，你忙什么？我们场主旧有例规，江湖上的好朋友来了，不问知与不知，识与不识，进门必有欢宴，临行必有盘川。你先别忙，你的贵同乡赵师傅这就出来。”

袁承烈挟着一肚皮闷气，本要甩袖子一走；听到设宴赠金的话，哂然一笑，意含不屑。但一听到“赵师傅这就出来”，便立刻止步，脸上堆出冷笑来，道：“好极了，赵师傅出来，跟我对证对证最好。”说着重又坐下，专看他们的举动。

杜兴邦仍立在门旁，冯连甲紧走两步，到二当家魏天佑面前，附耳低声，说了几句话。魏天佑点点头，一指内间屋，冯连甲迈步进去。魏天佑站起来道：“袁兄，你倒多疑了。我们因你是老关东了，不过是带口之言，向你打听打听，你怎么误会起来了？不要走，不要走，你请稍候一候。”只留马先生陪着来客，魏天佑竟转身进入内间，昭第姑娘也忙跟进内间，齐向冯连甲问道：“检查的怎么样？”

冯连甲低声报道：“检查姓袁的行囊，只有一把防身的匕首、十几粒小铁球，像大拇指头那么大，也有几件衣服。倒带着很多的银子，足有一百五六十两。另外一个小锦囊，内有两本书，好像拳谱。还有一对赤金箭环，分量很重。一只扁圆的漆黑‘酒鳖子’，分量更重，似钢非钢，似铜非铜。我看像是银子打造的，外面敷着漆。此外没有扎眼的东西了。”

昭第姑娘道：“这个人身上带着这些值钱的东西，究竟是个干什么的呢？”魏天佑摇手止住低声续问道：“包内有没有信件和地图、人名单子等物？”冯连甲道：“这倒没有。”魏天佑

道："你们可全仔细检查过了？"冯连甲道："没有一点遗漏。"魏天佑目视昭第姑娘，想了想，又道："你们把他的行囊，照原样给他打好了。"冯连甲道："已经打好了，绳子扣、东西堆叠的样子，一切照旧。"魏天佑道："好。"

冯连甲道："杜兴邦杜师傅叫我告诉你老，这人实是投效来的，劝你老不要多疑了。"魏天佑笑道："我自有道理。"遂低嘱数语，冯连甲含笑点头，转身出去。杜兴邦还在门口等着，两人一齐退出，仍藏在柜房两边，听候动静。

魏天佑问昭第姑娘道："姑娘你看，我刚才硬拍他那一下，怎么样？"昭第姑娘道："拍的好像太猛了。二叔，这个人依我看来，还是把他留住。这个人一举一动，非常强傲，绝不像素常投帮的人。"魏天佑道："况且求帮的人绝不会带那些值钱的东西。此人言谈举动处处，确是可异，等我再诈他一下子。"

当下一同出来，魏天佑换了一副亲亲热热的面孔，向袁承烈说道："袁兄，你刚才实是多疑。我们韩场主待承投奔他来的朋友，诚如老兄所说，是来者不拒的。他老人家却有个老病根，新近又犯了。在这么荒野的地方，没有好医生，他老人家自己带着个伙计，出去看病去了。缘因有一位朋友晓得医道，就住在八道江；韩场主他老人家连看朋友，带瞧病配药，已经出门三四天了。有他本人在场，照应远道的朋友，自然周到。他既然不在场内，我们是他手下人，未免礼貌上差点，你老兄不要怪罪。刚才我们不过是闲谈，你老兄千万不要心存芥蒂，更不要往别处想。你老兄放心，既然你远道光临，自然是瞧得起我们韩场主，拿他当个人物；又承你老兄不弃，想给他帮忙，这更是我们引为深幸的事了。凭老兄高才，我们场主回来，一定要借重的；我们在一块凑凑，这更好了。我们场主现时不在，我就替他做东。我说冯伙计，教他们快备饭，要多热点好酒，咱们都喝喝。"外面答应了一声。

袁承烈尚在推辞，却也将话语放和缓了些，说道："既然场主不在，在下不便给你老添麻烦。这么办吧，我在你老面前

暂时告假，趁着天色尚早，我先出去找店。多咱韩场主回来，还求你老替我美言几句；只要场主赏我一个信，我一定再来投谒。”

袁承烈口中如此说，心中却很失望；他以为传言误人不浅，快马韩手下这些人太难了。他只想告辞出来，仍折回盛京，魏天佑极力挽留，竟留不住。

韩昭第姑娘发话道：“袁客人，我们可不是强留你，这里近处并没有店；你要住店，还得走出三十里地才行哩。你不要客气了，就在这里吃饭；吃完饭住下吧，场子里有的是地方。况且，你跟我们赵师傅不是乡亲吗？你大远地投奔他来，你也得见见他，叙叙乡谊才是啊。怎么忙着要走呢？”魏天佑道：“着啊，你老兄更不用走了。我说冯伙计，你们快把赵师傅找来，告诉他说：有位姓袁的乡亲，看望他来了。”外面又答应了一声。

魏天佑复又面对袁承烈道：“赵师傅这就来，你请坐着吧，不要忙着走，走干啥？我也是咱们关里人，多年没有回家了，我还要跟你打听打听咱们家乡里的情形哩。”

袁承烈明白了他们的用意，笑道：“如此说，我一定不走了。你老就教我走，我也不能走，我总得见过了赵师傅。”

说话时，距开饭尚早，却故意提前半个时辰。武师冯连甲装做小伙计的口气，进来说道：“回禀当家的，给袁客人预备的酒饭，已经摆好了。”魏天佑说道：“开在哪里了？”答道：“开在客屋了。”魏天佑立刻拱手相让道：“袁老兄，你先用饭。”袁承烈道：“不必，不必，我还不饿。请你先把赵师傅唤出来，我们认对了，你老再赏饭，我吃着也舒服。”魏天佑哈哈一笑道：“袁老兄，赵师傅已经在客屋候着你呢。”

袁承烈站起身来，也笑道：“好！我就先领您一顿饭，我也试试我的眼力。魏当家的，实不相瞒，我和赵师傅，已有十多年没有见面了；贸然一认，我就许认不得他。我记得小辫顶上有一块秃疤，是个特别记号。就怕他也认不得我了，我比他小着七八岁哩。但是我们究竟是乡亲；他家，我家，见了面，

总能说得上来。魏当家的先请，我不认得道。”又回顾马先生、昭第姑娘，虚让一声，道：“还有哪位？请！”

他昂然拔步，走出柜房。不防他走得急些，外面又忘记知会，杜兴邦领着十余个刀弓手，分立在柜房两厢，竟来不及调动，被他全都看见。登时他把海口一撇，浓眉一皱，一对虎目傲然四顾，从鼻孔哼了一声。魏天佑急忙跟出来，举手相让，引路当先。那昭第姑娘素来不赴客宴，这一次父亲不在家，她要根究来人的底细，居然也跟出来了。

客人紧跟在魏天佑背后，昭第姑娘紧跟在客人背后，三人齐赴客屋。冯连甲忙赶上一步，暗暗地卫护着场主的爱女，紧盯着来客的双手。昭第姑娘大大意意，毫不理会，睁俊眼，只仔细打量这虎背熊腰的健夫，于是同进了客屋。这里说是客屋，实是很宽敞的饭厅，摆着十几张方桌，下首是五桌，已经坐满了人，见生人进来，一齐站起，哗然让座。一个个都是短打扮，穿蓝袄、蓝裤、扎青搭包。

袁承烈走入饭厅，魏天佑和昭第姑娘齐往上让座。袁承烈道：“且慢，待我先见过了敝同乡。赵师傅在哪里？”闪目一寻，这些个人竟没有一个像他老乡赵庭桂的。冷笑一声，回顾魏天佑道：“当家的，这可是笑话，我们敝同乡并不在这里，教我怎么相认啊？”魏天佑故作诧异道：“怎么不在这里？我说赵师傅，你们同乡袁爷找你来了。”第三桌下首座位上，一个四十多岁的矮胖子，应声出位道：“我在这里呢，哪一位同乡找我？”

袁承烈急一回头，定睛一看，纵声大笑道：“这一位也姓赵吗？恕我眼拙，却是不认得。当家的，我和这一位素昧生平。我的同乡赵庭桂赵师傅倒也是个四十岁的胖子，可比这位高半头……我说你老兄怎么称呼？也姓赵吗？也是乐亭人吗？”

那人站起来道：“您贵姓？我叫赵广全，我是乐陵人。”袁承烈拱手道：“老兄是乐陵人？我一听口音，就知不是敝同乡。”转面说道：“魏当家的，在下别看眼拙，还不会看错人。

我和这位是初会。”魏天佑哈哈大笑道：“你们二位不认识？不是同乡吗？”他拍着袁承烈的肩头说：“原来你是乐亭人，跟这位不认识。你们传话的怎么传错了，乐陵乐亭，只差一个字，赵庭桂呢？”这矮胖人答道：“当家的找他吗？我叫他去，他估摸在炭窑呢。”

魏天佑摆手道：“吃完饭，再教他吧。这位袁大哥请入座，咱们先吃饭。”袁承烈笑了笑，脸上摆出了不在意的神气，坐下来，向四面让了让，抄起筷子就吃。敬他酒就喝，他非常直爽。魏天佑在旁陪着，翻来复去问话；昭第姑娘不吃饭，坐在旁座上看着，偶而也插问一两句。魏天佑心想：“这个人很透亮，与众不同，只是来历太突兀。”暗中打好主意，决计暂不放他走。

几十人在饭厅吃饭，说说笑笑，素常很热闹；此时却鸦雀无声，恍入斋堂。冯连甲、杜兴邦凑着向袁承烈说话，套问事情。袁承烈有问必答，不亢不卑。少时饭罢，重到柜旁，献上茶来；魏天佑坚留袁承烈下榻。袁承烈道：“韩场主既没在家，在下是生人，新来乍到，不好打扰，不便给诸位添麻烦，我告辞了吧。等场主回场，我再来一趟。”

魏天佑摇头道：“袁仁兄错会意了。场主不在家，我们一样可以款留远客。你看……”说时一指外面，外面一色长天，作昏黄色，朔风正紧。魏天佑接着说：“天色实在不早了，你老兄就出去了，也没有歇脚的地方；这里小地方，没有店。敝场有的是客房，你老兄不嫌屈尊，就多住些天吧；敝场主不几天就要回来的。并且我们差不多都是关里人，直隶的，山东的都有，很想知道家乡里的事，要跟袁兄谈谈。”冯连甲道：“可不是，我也是咱们关里人，他乡遇故知，咱们得交交。”

袁承烈这个投效壮士，自觉牧场中人款客之意不甚诚恳，坚欲告退。他越要走，魏天佑这些人留得越紧。袁承烈踌躇半晌，微然一笑道：“既然当家的不让我立刻走，我就打扰一两天，也没有什么。在下久慕韩场主的威名，实在很想一见。还

有敝同乡赵庭桂赵师傅，我们是老邻舍，我很想跟他谈谈。”说着站起来道：“请当家的费心吧。我该宿在哪里，烦哪位领了我去。你老事情忙，我不打扰了。”

魏天佑也站起来道：“好！袁兄远来辛苦，我们可以早些安置安置。喂，你们把客房开了，把袁爷的行李搬了去。被褥不够，把我的被拿一床去。”当下，冯连甲衔命把袁承烈引到新客房，收拾卧处，给沏了一壶茶，坐下来，说了一阵外场话。跟着杜兴邦也寻来，凑合着打听袁承烈的身世。旋又进来几位马师，有唐山的，有滦州的，和袁承烈也叙起乡谊。彼此全是冀北的人，渐渐谈得亲切，由塞外风光、牧野情事，又转到故乡风土上。有一位马师拿来一大包落花生，和些枣子之类零食，几个人且吃且谈，居然一见如故。那冯连甲在牧场也是头目，闲谈了足有一个时辰，便把照应来客之事，转托一位名叫周诚的伙计；他自己抽身出来，径奔柜房。

柜房中韩昭第姑娘还没有走，正与魏天佑说话。冯连甲走进来说道：“我已经套问这个人了。说起关外的马贼，他是真不懂，没有问出什么来。他的住处，我给他安置在新客房，一出一入，就在我们眼前。哪怕他来历不明，也摸不了什么去。他刚才要看看咱们的牧场马圈，我托辞把他谢绝了。我告诉他：‘今天太晚，明天领您看看我们这小场子。’看这人的言谈举动，倒很光明磊落，似乎没有什么鬼祟之处，也许是我们走了眼，自己起疑。”

昭第姑娘沉思道：“就是他来的时候太不巧了。”魏天佑道：“也就是太凑巧了……是真投效呢，还是奸细呢？大姑娘，据你看呢？”

这句话未落声，那马师杜兴邦闯进来，粗声暴气地向魏天佑道：“二当家的，你这卦没有算准，人家真是投效来的。我跟他谈了好半天，一点可疑也没有。我们把人家搜检了一顿，要教人家知道了，太笑咱们沉不住气呢。我历来最怕这种瞎疑心病。大概没有我的事了吧，我管的那两圈该着放青了，我可

走啦。人家不是奸细，咱们倒真当奸细了；再有这种事，二当家的，你另请高明！”说罢一翻身，走出柜房。魏天佑闹了个面红耳赤，气得脑筋绷起，两眼瞪着那杜兴邦的后影。

昭第姑娘忙劝道：“二叔，你别理他，他像疯狗似的，得理不容人。咱们往后不论有什么事，全不找他，别跟他瞎怄气。这种人就是这种脾气；你们又全是老弟兄了，谁还不能多担待谁吗？”

魏天佑“咳”的叹息了一声，坐在桌旁，点点头说道：“我还敢当担待二字吗？看这情形，若不是当着姑娘面前，我就许被他唾沫啐到脸上。我要像他们几位，抱着不哭的孩子，什么事不多管，不多说，倒乐得大家心静。姑娘你不知道，场主就常说我小心过火，可是我焉敢大意呢！”昭第姑娘道：“别看我父亲那么说，到底我父亲最信服你老呀。”她竭力安慰了一番，才把这件事岔开，彼此又评论一回，看这投效人的神情态度，倒真不像绿林道的人物，不过总是多提防一二为是。

晚饭后，魏天佑亲自骑着牲口，围着牧场围墙外圈，转了一周。将场外细细察看了一番。然后令守卫弟兄紧闭棚门，全上了锁。又绕着棚墙内圈，巡视了一番，嘱咐各更楼上守夜的弟兄，千万要比平日多卖些力气。场主不在家，更要齐心努力，不出一点差错，才对得起场主厚待之谊。守卫牧场的弟兄全都慨然答应，决不敢偷懒，忽视守卫的重责，请二当家尽管放心。魏天佑查讫全场，又赶到各马圈上，把守马圈的弟兄也全叫到一处，嘱咐了一番。又遍告场中人，务必要多留神这远来不速之客。场中这班弟兄全是跟随快马韩多年，共过患难的；对于二当家魏天佑，也都听他指挥；这时一一答应，各自整顿精神，各尽其职。由各圈上掌竿的师傅们督率着，分头去巡查守卫。

赶到黄昏后，天气忽然变了，浓云密布，星斗无光，西南风嗖嗖的，刮得草木“唰啦啦”阵阵作响。这里离着老林虽还有几里地，但是一无遮拦的草地，风起后远远听得无边的林

木，发出巨声，如同怒涛澎湃，万马奔腾。

昭第姑娘策马回宅，到了自己屋中。歇了不大工夫，猛听外面天气转变，赶紧出来查看。只见天阴如墨，星斗无光，伸手不见掌。再一查风向，便知准有雨来。推测天气的阴晴风雨，凡是久居边塞的牧人，或者浮家泛宅的舟子，全有这种本领。昭第姑娘慌忙转回屋中，抄起一身雨衣，点起一盏孔明灯，唤起家中人，抢着收拾庭院，遮挡仓库。忽然想起牧场，狂风骤雨的时候，那马骡闻惊雷，最易炸群；父亲不在家，自己应该操心。忙请姨奶奶看家，要亲赴牧场，指挥一切。姨奶奶极力拦他："有魏二爷，何必姑娘去？"昭第道："姨妈，你不用管。今天来了个生人，我怕出错！"竟率领伙计，提火枪，跨马赶奔牧场。牧场此时，早由魏天佑率众纷纷出来，防雨防变。

快马韩的牧场距家不远，却须通过旷野，昭第姑娘策马奔来，时候并不算晚，却很黑；天上电火一条条闪光，霹雷一个跟一个，风吼草动，声势惊人。场中人万想不到昭第姑娘这么勇敢，一个弱女竟敢在这山雨欲来之时，天昏地暗之际，摸着黑，来敲牧场的门。守门的伙计听出声音来，忙讨钥匙开棚，把昭第姑娘放入。人们不禁佩服道："姑娘好大胆！漆黑的天，你也不怕狼？"

风越刮越大，昭第姑娘哪里听得见伙计的话，一直扑奔马圈。魏天佑恰率一班掌竿的师傅出来，在望台前相遇。昭第姑娘下马相见，把魏天佑吓了一跳，道："怎么了？家里有事吗？"昭第摇头笑道："家里没事，是我不放心牧场。"魏天佑不禁动容道："好姑娘，你真行，果然父是英雄儿好汉，可是你二叔不是白吃饭的呀。"昭第忙笑道："二叔，您可没挑眼，牧场交给您，我父亲都放心，我还不放心吗？我是惦记着这小子！……"翘着手指一指那新客房。魏天佑道："不碍事，有人监视着呢。咱们先忙着防雨吧。"昭第姑娘道："这天气变得太快，大概这场雨下起来，就小不了吧？"魏天佑道："今晚这场雨下起来，绝小不了，并且还快。你嗅着这股子雨水气了

吗？姑娘，你回柜房吧，我们到圈上，招呼伙计们收拾。”说罢，一班人匆匆向后面走去。

昭第姑娘提着灯，反奔了前面，亲自到柜房看了看。伙计们早把雨帘放下来，把绳子结好，提防风大时，雨帘被风掀走。这里并有四五个得力弟兄，守护柜房。昭第姑娘重奔棚门一带查看，用灯照看壕沟，并无壅塞之处，这才放心。又嘱咐值班守夜的伙计，严防雨至马惊；把雨具兵器预备在手下，省得雨来了，临时慌张，抓什么不是什么。正在吩咐的当儿，一阵风过处，卷起地上的浮沙，触物有声。跟着雨点落下来，啪啪的打到草木沙地上，顿成繁响。天上电光如蛇，一道道青光映得人脸青白。昭第姑娘赶紧把雨衣披好，往回紧走，任凭脚下怎么快，经不得雨来很疾，猛然一个霹雳，大雨倾盆而至。虽有雨衣雨帽遮体，可是雨势太猛太大，跑到柜房，身上全湿了；尤其是脚下，出来慌促，没穿雨鞋，刹那间雨水深没胫骨。

昭第姑娘跑进屋中，把手中孔明灯往桌上一放，取毛巾抹去脸上的雨水，把雨帽摘下来，顺着衣帽往下流水。伙计过来，赶紧把雨帽接了过来。柜房中只有司账马先生，跟四个兄弟。马先生站起来，向昭第道：“姑娘，你怎么这么大雨还到外边去？快请回去歇歇吧。风势雨势再大，有我们大家在这里了，姑娘请放心吧。”这时外面风声“砰腾”，屋中说话全听不清楚，得提高嗓音，才能辨得出来。

昭第姑娘因已夜深，自己在这里很是不便，遂告辞出来，命伙计挑灯打伞，来到她父亲快马韩住的那间屋内，这间屋正和二当家魏天佑连间。过了一会，魏天佑浑身雨点，打伞进来道：“马真险些炸了群！看雨势，一时不能放晴，我只惦记着山洪。西牧场地势高，场子小，倒没有妨碍，就是这里吃紧。”又道：“姑娘不在家里，跑到这里来，怎么办？若不然，我送你回家吧。家里防雨的设备很好。”

昭第道：“不不，二叔只管忙您的去。您老人家不用管我，我不是给您添烦来的，是给您老帮忙来的。”魏天佑见昭第一

定不走，也知此时天黑，冒雨难归，便不再催，却又说：“姑娘，你就在你父亲这屋里歇着吧。我教陈老头在外间给你值夜。”

昭第摇头娇笑道：“二叔只管马吧，不用管人了。我困了，就在这床上一倒，不碍的。”魏天佑道：“那么你歇着吧，我打算带几个人，到西牧场看看。”说着起身出来。

外面风狂雨骤，骇目惊心。昭第姑娘生长辽东，恶天气倒是常见。只是像今夜这样声势的风雨，究竟少有。生恐勾起山水，那一来，只怕牧场就要付与狂流。昭第坐在板床上，惴惴不敢入睡。直耗到约摸三更左右，雨势才稍煞，这才把悬着的心放下去。

又过了一会，淅淅沥沥地下起细雨来。昭第姑娘仍旧披上雨衣，戴上雨帽，换蹬油鞋，提着灯到外面巡看。一出屋，突觉凉风拂面，细雨如丝。场地上的积水未消，低洼处约有尺许深。全场挂起许多盏风雨灯，可也被风刮雨打，灭了好些盏。趁着雨势稍戢，场中弟兄纷纷披着雨衣，分头持灯奔向马圈查看，有那遮不严、漏进水去的地方，大家忙着收拾，遮挡好了，怕是再下起来。马师们也全出来，督率着伙计们，分头的查看全场。直到把各处全查看完了，细雨霏霏依然没住，可是场中积水逐渐消下去了，平沙场地上冲出许多小沟来，直似小河。这种暴雨别看来得疾，积的水多，可是雨水退得也快。

场中马师们仰看天空，鼻嗅雨气，觉得雨势收转，不致再有大雨，人人把心放下。本来近山的地方，就怕山洪降下来，那就立刻酿成巨灾。昭第姑娘在马圈上遇见了二当家魏天佑，心中非常欣幸；向魏天佑道：“二叔，你看这场暴雨，真把我吓着了。不到雨季，又没有堤防，真要是勾起山洪来，岂不把人毁死？我长了这么大，真还没经过这么暴的雨。”

魏天佑道：“莫说姑娘你骇怕，我也十分担心。像这么暴的雨，要再下几个时辰，就险了。天有不测风云，人有旦夕祸福。好了，虽然还没有跟着放晴，总不至于再出什么差错了。

姑娘，你也歇息去吧，这里不用你牵挂了。”

昭第姑娘答应着，回转父室，掩上屋门，把身上沾了雨的衣履，能脱换的，全脱下来。造次之间，本没有替换的衣袜，她就把父亲存在这里的小衣服包儿打开，挑了一件小衫穿上。把自己的长袍、小衫、袜子、湿透了的雨衣，全晾在椅背上。昭第姑娘是在关外生长起来的，没有缠过脚，此时就光着一双白足，拖着父亲的鞋，收拾这个，收拾那个。姑娘好洁，一点也不将就；末后把外面的裤儿也脱下来，晾在床头上，然后就穿着红粉衫裤和父亲的白小衫，赤脚上床，扯过被单，往身上一搭，就枕安歇了。屋中的灯并不熄灭，墙上挂的兵刃也摘下来，压在枕下。

方才朦朦胧胧睡去，蓦地被一种巨响惊醒。昭第姑娘翻身坐起，迷迷糊糊叩额一想，刚才那声音好似雷音，又似胡哨。再侧身倾听，又没有动静了。自己正在迟疑不决的当儿，突听得住房两边，连响了两声胡哨，跟着东南北三面全接了声。吱……吱……吱……尖锐的声音。在夜间听得格外刺耳。这分明是牧场中的伙计们发的信号。这种撮唇音哨，场中弟兄人人皆会，用以示警。

昭第姑娘耳熟能详，此刻一听到这种连发的警号，不禁大惊，料到场中定有事故发生，急忙跳下床来，把床头椅背上晾着的衣服摸一摸，半干微潮，匆遽间只索性不管了，抓过来，就往身上穿。赶紧结束好，浑身短小打扮，蹬鹿皮“鹿唐玛”，左手把枕下那一柄七宝穿云剑抽出，开门奔到隔室一看，魏二叔不在，堂屋值夜的陈老头也出去了，堂屋内大开着。昭第姑娘心中明白，必定出了事，忙仗剑跑出屋外，立在牧场心。

快马韩的住宅是在场中单间木石圈起一道小院落，为是居中可瞭见一切。昭第姑娘一到院中，耳中听得西北一带，一片哗噪声音，比屋中听得真切，并夹杂着一片马蹄奔腾之声。昭第姑娘不敢迟延，急践雨路，扑奔西北。黑影中后面蹄声忽起，昭第姑娘赶紧往旁一停身，跟着一道昏黄的光焰扫过来，

往昭第姑娘身上一晃，灯光顿敛，随听蹄声错杂中，有人喝问："喂，道旁站的可是昭第姑娘吗？"昭第姑娘一听，大概是掌竿的刘义，忙答道："刘师傅吗，是我，场中出了什么事？"

掌竿的刘义忙说："别提了，马圈中走了七匹好马，连场主亲自选的那三匹好骏马也在数。冯连甲冯师傅正在验看，派我们查看从哪儿挑的道。我们业已验明贼人是从西面偏北进来的，出水可是从正南挑了一段棚栏。验看他们做活的情形，大概全是个中老手，手底下很利落，跟明摘明拿差不多。姑娘，细情还得问冯师傅，我得赶紧报告二当家的去。"

昭第姑娘诧异道："真又丢马了？二当家呢，可是上西牧场了吗？"刘义道："可不是，还是冒雨走的呢。"这时候雨还是时停时下，却小多了。昭第姑娘一挥手道："你去吧！催魏二叔赶快回来。"掌竿的刘义答应着，脚踵一磕马腹，如飞奔去。昭第姑娘暗暗气恼；这几年父亲把万儿闯出来，一向风平浪静，万不料一出差错，接二连三。莫非暗中有人作弄，不教我父女再在关东三省立足吗！咳，事出偶然就罢了，真要是有人算计我父女，我们宁可把这事业全抛了，也得较量较量。

昭第姑娘心中盘算着，遥望西北，一片火光。忙寻了过去，眨眼间到了马圈前；一班马师们，打着二十多只灯笼，正在马圈四周，察看地上的蹄迹，七言八语地议论。昭第姑娘来到近前，冯师傅冯连甲也随着火把，往圈外走去，昭第姑娘急忙招呼着："冯师傅，您请回来，我有事跟您商量。"冯连甲听出昭第姑娘的声音，转身来，立刻脸颊耳根红起，不禁叹了一声道："姑娘你来了。完了，我冯连甲算栽到家了。我有什么脸面见你父亲！"昭第姑娘忙用话劝慰道："冯师傅不要介意，也许是雨天，马炸了群。等到天亮，咱们派人出去找找。"冯连甲一挥手道："姑娘，现在不是那个事，马圈内外盗迹显然，绝不是炸群。我们不捞着失去的马，我们拿什么脸去见场主啊！"

杜兴邦拍着头发狠道："也对不起二当家的呀！人家临上西牧场的时候，就把这里的事托付给咱们俩。不到两个更次，

就出了这错！”两人引咎自责，十分着急。韩昭第姑娘忙安慰二人道：“咱们先验验马圈，二位先不用着急，这回出了错，也是我的责成哩，我不是替我爹爹正驻场吗。”

大家匆匆地借灯火内外查看；偏是不作美的风雨，不时将灯火吹灭。大家踏行雨路，验视失马的踪迹。几位有经验的马师不住的吆喝：“你们大家小心，不要踏乱了脚印，赶明天天亮，更不好查看了。”一人道：“这就天亮了，还是等一会验。”杜兴邦发急道：“不成，这时赶紧勘查，回头再来一阵暴雨，任什么形迹都冲没有了。”马师赵金禄道：“这话很对，我们得赶紧查看，大家脚下多留神吧。”长竿挑灯，紧贴着地皮照看，里里外外又搜了一遍。

忽听一片蹄声，双骑破暗驰来，正是掌竿马师刘义，把二当家魏天佑寻来了。

魏天佑浑身是汗，下了马，便叫：“冯师傅呢？”冯连甲满面通红，走了上来，正要报告，魏天佑摇手道：“不必说了。不是丢了七匹马吗？快领我到失马的马圈看看去。”大家重奔马圈。这失马的圈栅已被贼人拔下两处；偷得了马，又给活按上。牧场西北围墙的木棚，有一处也被拔下两根木柱，一处拔下三根。盗马的人实是高手，地上蹄迹错乱，看不出趋向来，栅墙外面，贼人未留一点痕迹。

魏天佑勘罢，仰面浩叹道：“真是有人跟我做对！”昭第姑娘忙道：“二叔别这么说。这是跟我们父女做对！这明明和烟筒山是一档子事，有您什么事？”魏天佑看了昭第一眼道：“咳！你爹爹没在家，把整个场子交给了我，这才几天，就出错了！而且上半夜我们还都出来防雨，大忙了一阵，下半夜竟被贼人乘虚而入，这简直给我一个大难堪！……”说完，就从破栅口走出来，往外面踏看。

此时实已到黎明时分，只是阴雨天，夜幕犹浓。遥望西北，黑忽忽一片旷野，夹着林莽，任什么看不见，四外连点火号也没有。待侧耳倾听，也听不出什么，只有阵阵野风呼呼啸

响，和细微的雨声罢了，猜想盗马贼早已远飙无踪。昭第姑娘凝眸望了一会，道："怎么样，二叔？"魏天佑不答，面对东南，愣了半晌，一跺脚道："走！我猜贼人必是奔这面走的。"说时一指前面，道："这场雨固然害得我们失盗，可是靠这场雨，路上准能留出蹄迹来；我们赶快追，也许追得着……我们分两路搜寻，赶上他们，把马夺回来。若是夺不回来，我魏天佑就没脸在这场子里混了！"

昭第姑娘忙道："这个，丢了马总得找。不过二叔何必这样挂火？这盗马贼也许是近处吃'风子钱'的，二叔可知道他们谁跟咱们闹过气的？"

魏天佑道："姑娘，事势紧急，你先不要问了，你只紧守底营。我这就追下去。明天能够回来，咱们还可再聚。要是回不来，好姑娘，你告诉你父亲，我魏天佑要把这条命报答知己了。"说完这几句话，向伙计们一点手，要过一盏孔明灯，拔步径奔柜房。急急安排一切，便传齐一班马师和掌竿的，抱拳发话道："众位师傅，我如今要连夜出去寻马。唔，是的，紧一步是一步的便宜。诸位有愿意跟我走的，就请预备家伙，一齐上马，咱们分两路往下淌。我看贼人得手后，不是奔西北，就是奔东南。西北是李家店、营城子、下九台有一拨吃'风子钱'的，新在那里安窑立柜。不过还没有听谁在近处拾过买卖。可是咱们这回事很像，他们从西北角入栅，正和他们的老窑方向相对。刚才刘义刘师傅也这么猜测，怕是下九台来人掏的。可是我又看挑开的道，往东南去还有蹄迹，那就是奔老林、霜头寨、黑石岩、宁古塔的去路。这条线上也有两处老窑，一处是赤石岭，一处是商家堡，这两处也有马贼，也是最有嫌疑。我们必须分往这两条路上，溜一下子看看。我们先奔东南，再转西北；哪位跟我走，请随我来。"魏天佑这么交派完了，就要收拾兵刃，往场外走。

昭第姑娘喊道："二叔，你就要走，也得留人看家，还有白天来的那个小子，怎么样呢？"

魏天佑矍然道："可是的，这也是块病！这小子不知醒了没有？冯师傅，你过去假装没事人，去看一看他，探探他的口气，验验他的鞋底，有泥水没有。此时他若是醒着……"司账马先生道："那一定有毛病。"魏天佑道："不然，这大雷雨，他若是真是投效的人，就该惊醒，他若是奸细，他一定蒙头装睡。冯师傅，你务必偷偷看看他的鞋。"

冯连甲依言，奔往北客屋。魏天佑却不闲着，忙着分派留守的人和寻马的人。他还是不放心牧场，派的留守人多，出寻人少。大家就说："二当家的出去寻马，要多带人才好。不管怎样，您当天总得赶紧回来；或者有了眉目，先打发一个回来送信。"魏天佑哼了一声，忽然那从外面进来的冯连甲大声嚷着道："二当家不好，那小子没影了！"

众人一齐吃惊。魏天佑拿眼盯着冯连甲，冯连甲盯着杜兴邦。杜兴邦蓦地红了脸，跳起来骂道："这小子敢情真是奸细，可把杜大爷冤苦了！"翻身就往外跑。

昭第姑娘这些人也都忍不住了，更无暇细问，打起灯笼，齐往北客屋寻视。

那投效的壮士袁承烈，不但人已失踪，连小包袱也已不见了。屋地上泥迹脚印，历历分明。此人必曾冒雨出去过，然后回来，带包逃走了。魏天佑骂道："我说怎样？这东西一定是盗马贼派来卧底的奸细。杜师傅白天还说我多疑，究竟还是我们太大意了。咱们找他去吧！"杜兴邦抓耳搔腮，愧忿难当，立刻自告奋勇，要随魏天佑出发；他抽出一把刀，比比划划，恨不得见了奸细给他一下。

魏天佑把场中事重托了司账马先生和昭第姑娘。他自己刻不容缓，率领十几位马师，出离牧场。牧场中混进奸细，以致失马，固然很可耻；可是反面一想，寻人认贼，又似添了一层把握。魏天佑打定了主意，要遍访各马贼的老巢，指名问人讨赃。当下放开马，带着猎狗，如飞地寻下去了；沿路的蹄迹和马粪做了追踪的线索。

第二十章 韩昭第凌晨缉盗

过了一会儿，雨未放晴，天已大亮。昭第姑娘知道魏天佑此次非常震怒。场主把全场的事业、财产，一手交给他照管，不想竟在他手中闹出事来。偏巧又是在烟筒山三当家吴泰来失事之后，这不啻凑对儿给场主添烦；因此魏天佑越琢磨越心窄，自觉无面目再见场主。听他的口气，此去不访着贼踪，再不肯回来。昭第姑娘容他走后，和司账议论此事；司账说："魏二爷要拜山寻赃，恐怕弄出差错来。"昭第听了，不禁着急，魏天佑不只是父亲的患难至交，并且是条得力的膀臂，绝不能教他有了失闪，这可怎好？

昭第姑娘一只脚踏着凳子，手拄账桌，默想了一会："魏二叔率众出去，踏迹寻马，自是无妨；若真如司账所说，他要拜山讨赃，那可就不好了。魏二叔和近处马贼素少拉拢，人又性急口直，弄不好，倒许给父亲惹出事来。"

昭第一拍桌子，站起身说："这个，我得追他去！……我们想个什么法子……"

话没说完，吓得司账马先生连忙劝阻道："姑娘，姑娘，

这可使不得！恕我多嘴，我不过这么猜想；魏二爷是老关东了，也不会激出错来。您是场主的千金，您可不要出去。您要出去，咱们这里成了空诚计了，一个主事人也没有了。贼再来捣乱，那可怎么得了？姑娘，您趁早别去，千万千万去不得！”连说了好几句去不得。

昭第姑娘微笑道：“我想去，也得敢去呀？”又谈了一会，昭第姑娘打个呵欠，说道：“闹了一夜，好困！雨住了，我要回家睡觉去了。这场子里，马先生多偏劳，日里夜里应着点。陈伙计给我备马，我要回家去了。”且说且起身，出离柜房，趁雨住天明，复到马圈上，重勘一过。已拔的棚木，早已经重按牢固。

有几位马师正在那里讲究，见昭第姑娘走近，一齐招呼。昭第姑娘笑说：“我们真是贼走关门了。”便凑到失盗的马圈旁，加细复验。当下看出贼人下手，非常巧捷；并有驯马的高手在内，所以那样的生马，竟老老实实容他牵走。

这丢去的七匹马中有三骑是快马韩亲自选出来的骏马。据说这三匹马全是难得的良骥，虽不是千里驹，全有六、七百里的脚力；要是驯出来，全能价值千金。这三匹个个不在场主那匹银鬃雪尾马之下。不过凡是良马，天生的力猛性烈，不容易受羁勒，比较平常的马调着费事，还得有真经验，有真本领的马师，亲下功夫，排、压、控、纵，须懂得马的脾性，才能着手。若是驯调不得法，反容易把这种良马糟踏了。快马韩在这拨马群里，得了这三匹良驹，非常高兴，每天亲自调练。在十分忙时，只教老马师刘义帮着自己，概不准别人妄动。

这三匹良马，内中单有一匹火烟驹，浑身毛皮如同赤炭，夹杂着一片片的黑毛，正像烟火燃烧似的。这一匹尤其性烈力大，不受羁勒；在马群里没挑出来时，已伤了两三个伙计。每回都由快马韩亲自动手，才能给它挂上笼头。直下了七八天的工夫，还是不时的犯性；并且爱咬群；在大圈里，也是单立槽口，不跟别的马挨近。不料这三匹烈马竟被盗马贼一举盗走，

这等身手怎不惊人？

昭第姑娘验看大圈里所失的四匹，还不怎样惊异；贼人只是用极好的刍豆，诱得牲口贪食，便把它一匹一匹牵引出圈。只那三匹烈马，绝不是刍豆能诱得住的；可是小圈里的蹄迹并没有凌乱挣跳的形迹，猎狗也没有闹，这就可怪了！只不明白贼人用什么法子，犹能仓卒间驾驭得了这种烈马。并且三匹马便被盗马人的威力镇住，凭这种马，就是不咆哮，也得嘶鸣一两声，在马圈邻近的守夜伙计也可以听见，怎会一点声息没有？或者是马走蹄声虽有，却被雨声遮过，这是天与其便，由不得人了。

昭第姑娘验看完马圈，复到牧场外围看了一遭，看罢又是惊异，又是愤怒。嘱咐一班掌竿师傅，多加小心照管马圈，自己折奔马圈后的排房。

牧场里伙计们住宿的房子，跟场主住宅的夸房瓦舍截然不同，这只是板筑的窝铺罢了。全用木板搭盖，方丈小屋，高一丈二，每间只容两个至四个人住宿。通体是木料，只有顶上盖木板，外加一层茅草，为是搪雨雪渗漏。每一排八间，却占十五间的地址，第一间跟第二间隔开一间木屋的地方，为是防备火灾发生。假如第四间木屋着火，第三间、第五间不致被延烧。这些木屋拆卸时极易，再移挪到别处，依然能用。这因为畜牧的事业本是游牧性质，水草一断，这个地方便不能再住，立刻得迁移到水草丰肥的地方去。天时地利，变化无常，本是水草丰足之区，经过数年，或许水源干涸，土脉起硝，或野烧太广，也不得不迁。如到极边远的地方，连木屋全不用，一律用帐篷，全为迁移便利罢了。可是像快马韩所设的牧场，地在龙岗山麓，襟山带水，实是大好牧场，不会有变化的，不过不能不提防。

这木屋每五排，四十间是一部，在第五排排房后是一座庞大的饭厅。饭厅倒是按土著民房建筑，是圆形苇把泥坯墙。光圆茅草的顶子，里面轩敞异常，足容百余人吃饭。后圈也是照

样搭着木板排房。另有客屋，其实也是板屋，无非稍为高大罢了。

昭第姑娘径奔前面排房第二排查看；这里的弟兄已全数出动散布开，每排只留一人看守。昭第姑娘查问白天那个自称姓袁的奸细，现已逃跑，昨夜他有什么口风没有。

那留守第二排房的弟兄忙将周诚找来，周诚本奉命暗中监视袁承烈，不幸昨夜风起防雨时，他也抢出来帮忙；一时大意，竟令袁某逃走。此刻站在昭第面前很觉抱愧。昭第姑娘抱怨他几句话，跟着就问他昨夜监视盘诘的情形。

据周诚说：此人口风很紧，一点什么也套问不出来。我们故意的拿江湖道上的话引他。听他口气，不过一知半解，好像实非此道中人。至于他是不是故意装做那样，就不得而知了。当时我们又跟他谈起走关东，练武功，打把式卖艺，到处吃香，受好朋友另眼看待；别管会的多会的少，总要手底下明白两下子，才能在关东三省吃得开。这个姓袁的听这个话时十分叹息，据他说：关东三省是好汉出头、英雄用武的地方，可也全靠老江湖，眼睛亮，有人缘才行。若没有真才实学，眼里又不认得人，好汉子一样吃亏上当，跌倒爬不起来。手底下有根，满不如心眼里有数；江湖饭还得让江湖人吃，言下颇有吃尽亏、上过当的意思。

昭第姑娘听了，眉头紧皱，向看守排房弟兄和周诚等一挥手道："好吧，你们小心守护。如若那姓袁的万一装没事人，溜回来，你们就把他看住了，别教他走了。他如敢支吾，你们就赶紧鸣警，召集留守的老师们，把他先拾掇了，等我来场发落；现在我要回家了。"弟兄们连声答应着。

昭第姑娘又亲自把排房里查看了一遍，认定这新来投效的人，是盗马贼的内应。自己赶紧上马，折奔本宅，向姨奶奶屋里打了个晃，忙返自己屋中。匆匆换了一双鹿皮包尖靴，背铁胎弓，挎弹囊，佩双股剑，提一根花枪，收拾出来，对姨奶奶说："牧场闹贼，我要代父守场。"

快马韩的侍妾固是长亲，却非嫡室，素日怕着小姐的。她看出昭第姑娘面容紧张，全副武装，要问不敢，装不知又不能，刚叫了声：“姑娘，你昨儿晚上……”

昭第姑娘回眸一笑道：“姨妈，我不会偷跑！就是昨晚下雨，才闹的贼。二当家追贼去了，我得替他守场子。”边说边走，已经上马了；陈伙计策马跟随在后。

昭第姑娘重返牧场，进了柜房，对司账马先生说：“我要带几个人，出去勘道。”

马先生说：“这个……”昭第把眼一瞪道：“丢了马，不找行吗？”又放缓声音道：“马先生，你多偏劳，好好看着咱们的牧场。二当家往东南去了，我只打算往西北验验蹄迹；不到午饭，我准回来。”马先生搔着头皮道：“姑娘午饭在哪里吃呢？”昭第道：“我叫他们带着干粮水壶，不过是个预备，我也许午饭前赶回来呢。”

马先生和一班马师都劝不住，只得嘱咐道：“姑娘多加小心，多带几个人去，能够不再出事故才好。”

昭第笑道：“我也是关外土生土长，这种生活过惯了，有什么可怕？何况又不是临敌上阵。并且我这匹玉雪驹，只有场主的银鬃雪尾驹追得上，可也就是短趟子；要是跑长趟，哪匹马也比不了。万一路上遇警，我纵马一跑，立刻化险为夷了。我这回只要勘出形迹，一定先翻回来，和诸位从长计议，断不教老师傅们悬念。诸位只把场子看好，不再在白天出错，就很好了。”

司账马先生和留守的马师们，被昭第姑娘这一番话，说得稍稍放心。昭第姑娘更不迟延，忙选了三位武师、一位马师，伴她出寻。选人时她用了一番心思，单选那气豪胆大的莽壮少年，免得他们畏慑不前。遂将玉雪驹牵来，接过缰绳，左脚微点镫眼，腾身翻上鞍去。那根花枪就顺在腿下。又一抖缰绳，这匹骏马一声长嘶，四蹄放开，冲出场去。随行武师也忙上马，跟了出来，却忘了携带猎狗。

出离牧场，略勘近处，有许多蹄迹，越过一片草原，折向东南。众人都说："这是魏二当家率众蹑贼的遗迹。"

昭第姑娘志在寻人，尤要于追马，便说："我们先勘东南。"

众武师听了，一齐加鞭策马，往东南荒径上走去。两边半人高的荒草，被野风振撼，沙沙作响，夹着老林发出来的涛声，倍增荒凉之感。举目一看，天高地旷，把人越显得格外渺小。在这一望无垠的野地上，只有这几骑骏马奔驰；昭第姑娘虽说胆大，但也觉得气虚。走了一程，遇到有积水的地方，恐怕陷入泥泽，就得觅着较矮的草径绕过去。草中的爬虫狐兔之类，猛被铁蹄惊起，吱吱发着怪声逃窜。人们听了，未免有些心悸；走久了，也就不理会了。遇到有岔路的地方，就驻马审视地上是否有蹄迹。

昭第姑娘一气儿中法出四十余里，面前忽逢歧路。有三股岔道，都没有蹄痕，更没有一点马粪遗溲。魏天佑带着不少人，总该沿路留有蹄迹，怎的会一个追不上，连蹄迹也没有了？莫非他们是踏荒走的？

韩昭第心中怀疑，下马细勘。勘完，揣度情形，择一条道，又走出十数里，估计着已到黑石岩不远，离宁安只有一短站。蓦地想起魏天佑临离牧场，曾说这一带有绿林的垛子窑，自己太疏忽，怎的当时竟没留神；离牧场时也没有向留守的马师们细问。在平日闲暇时，郊原控辔，虽见过两处小村落，但是绝不像绿林人出没之区。迟疑了半晌，问随行武师，他们也和自己一样，只知近处有绿林，不知巢穴确在何处。昭第姑娘想了想，决计蹚到宁安城；实在追不上，只好翻回牧场，再作计较。

昭第姑娘拿定了主意，立刻重往前蹚。这一带已近老林，无边林木涛声更大了，风过处，猛如牛吼。昭第姑娘拭汗扬鞭，骏马如飞地又往东奔出十几里的光景，前面又有一条道，分成两股岔路，不知道该奔哪里去。遂勒住了牲口，往南北望了望，什么也看不出来。

昭第姑娘遂从马上下来，走上一道高坡，凭高眺望。北面那股岔道，荒草甚深；南面那股岔道，不远便有一片积潦，哪还看得出有人迹蹄迹。昭第本着先难后易的道理，立刻直趋南道。从草地里，越过这段积潦去，走出十几丈外，地上见了没有积水的地皮。遂低头仔细查看，发现地上确有蹄迹。往前又查看了十几步，不禁大为失望，敢情只是一匹马的蹄迹。忖度着魏天佑决不会一个人蹚下来；还有随行的那班人，断不会不紧跟着魏天佑的后踪缀下来。这一定不是牧场的人了，当然也不是单行的贼踪。昭第姑娘十分怅惘的折回来，复向北道寻去。

不意这一带地势凹凸不平，往北去的路口，又有荒草掩遮。直走出一里地，面前忽现泥泽，水面更大、积水更深，地下不能往前再走。昭第姑娘遂上了马，招呼随行武师，教牲口蹚着泥水往前探。直蹚了半里地，才见着平燥之地。昭第姑娘下得马来，抽枪拨草，逐步往地上寻看。忽发现几个蹄印，再搜下去，立刻惊喜十分。只见地上蹄迹散乱，留有马粪，分明像是马群经过的情形；并且雨后泥湿，尤易辨认。

昭第姑娘寻得了马群趋向，心里略微安慰。可是又想到这条路十分生疏，自己从前并没走过，也不知这条道究竟通到哪里。虽查出蹄迹，准是不是，还不敢定。万一是别的马拨子，那可糟了！昭第姑娘这一转念，愈觉前路茫茫。她带来的壮士却很欢喜，不住说："这里还有蹄印！那里还有蹄印！"以为很有把握了。

昭第姑娘默然不语，拄枪四望，暗打主意。无意中，忽一眼瞥见通左十数丈外，荆棘上挂着白素素的一团东西，远望辨不出是什么，可是格外刺目。昭第姑娘遂提枪拨草，一步步蹚到近前，往荆棘上一看，原来是一块长大的布巾，正像自己牧场中人所用的。这种布手巾二尺长、一尺宽，两头全有蓝色横条子；这是快马韩在宽城子布机房定织来的，凡是牧场里的兄弟，每人全发给一条；工忙用他拭汗，不用时往脖颈上系，用作本场人的标记；虽在昏夜，也可以一望而知是否自己人。

昭第姑娘手持这条布巾，不禁精神一振。心想：这定是场中弟兄由此经过时，遗落下的。这一来，足可以证明魏二叔确是从这里蹚下去的；这倒免得教我大海捞针、望风扑影子。赶紧告诉三个武师、一个马师；大家齐喜，遂飞身上马。一抖缰绳，很踊跃地蹚了下去。

这条道盘旋曲折，忽左忽右；昭第姑娘走着，微微动疑。天然的草径，绝不会这么曲折，看着颇像用人工开出来的，幸而走了一程还没有什么岔路。约摸又走出有五六里地，仍不见魏天佑等人的踪迹。那个马师说道："怎么蹄印马粪又没有了呢？"一个武师答道："你得下马细看。"

大家正在议论，昭第姑娘猛抬头，望见前面林丛，忽有两三只飞鹰，盘空打旋，忽上忽下。趁着这荒天旷野，振振风鸣，另展开一种图画；昭第一心勘迹，也无心领略。一个武师在后面望见，出声嚷道："姑娘你看，那边林子后头，一定有什么……"

一言甫了，忽听林后"扑"的一声，惊破长空，紧跟着又"嘭嘭"连响两下。顿有一只鹰双翅一旋，一翻一覆落下来。其余两只鹰突然疾如骇电，穿云直上，飞开了。一个马师叫道："咦！莫非是蒙古猎户吗？我们可是白蹚了。"

一个武师道："绕过去一看，便知道了。"

哪知：他们五匹马刚刚放开铁蹄，远远地便听见林边道旁，草丛之中，"吱"的响起一声胡哨。昭第姑娘这时恰在第二骑，不由诧然一惊；急一勒马缰，把牲口放慢了。头一骑那个武师也就勒住了坐骑，一齐张望。突见五六十丈外荆荆丛中，嗖嗖窜出两个短衣壮汉，当途而立，高声喝道："来人少往前闯！是朋友，早报万儿，免得误事。"

昭第姑娘一听，附近真有绿林道的垛子窑。昭第姑娘懂得规矩，忙翻身下马，侧身站住，刚要举手发言；那第一骑武师早已抱拳高声答道："在下是快马韩牧场差派来的，有紧急事，要在贵窑的线上借道。当家的请念江湖义气，借道放行；改日

快马韩定然亲身拜山道谢。”随行的众人全都下了马，站在路边。

那两个绿林道彼此私语了一阵，才由内中一人答道：“原来是韩当家的牧场来的，我们久候了。但不知这个女子是谁？也是你们场里的吗？”武师答道：“那是我们姑娘。”

二贼相顾，私语道：“谁的姑娘？”一贼又大声道：“你们诸位大约是找人来的吧？先下来的那些位，全在敝窑歇马；你要见他们，请上马吧。喂，这条线上，你们走过没有？”

昭第姑娘此时不便抗言，知道一近他们垛子窑，定有埋伏；不如说实话，免得上当。连忙抢答道：“二位辛苦了。在下头一次到这线上，请分神指示路径吧。”

那人答道：“我们奉命守土，不便擅离。从这儿到我们垛子窑，还有五里地，共有三道卡子，从这里往北，走出八里多地，见着树林，早早打招呼。那里自有人指点道路，躲避埋伏。过了那片树林，奔西南走，又是三里多地的苇塘泥潭。把泥潭走尽了，就可以望见堡墙了，那里设有两道卡子。再走一段路，只要看见堡墙前的马棚，你只管把牲口交给他们，自有人领你进堡。听明白了没有？别乱走，别处的埋伏很多，告诉你也没用。请吧！”两对贼眼不住地打量昭第姑娘。在他们心中，有许多奇怪猜想。

昭第姑娘已跟匪人答了话，不论前途怎样，也只得闯一下子看。说了声：“有劳指教！”腾身跃上马鞍，一抖缰绳，冲了过去。随行的武师自恃场主与这边绿林有交情，竟不阻拦，反而紧跟上来；连魏天佑的情形也没打听，打听也怕二贼不说。那两个贼登时往旁一闪，让开了路。昭第姑娘马走如飞，率众闯出不远，隐隐听得那两贼一阵狂笑的声音；昭第姑娘看时，已竟隐入草莽中，又看不见了。

昭第姑娘一边走着，一边盘算，就算魏天佑确已率众奔到这里，但是这里匪巢是什么情形，自己懵然不知；硬往前进，实在危险得很，只好硬着头皮，往前直闯。这时马走的不敢太快了，慢慢地往前蹚。不大的工夫，见前面黑压压的一片丛

林；昭第姑娘知道第二道卡子到了。离着很远，把牲口一勒，按规矩一打招呼；果然有人暗中出来答话，盘诘一过，指点了道路。

昭第姑娘过了第二道卡子，顺着草塘泥潭往西南走。这一带形势非常荒凉险恶。右边是苇塘泥潭，左边林深菁密。所幸雨早住了，并且这一带土地是沙粒地，雨后水都泻入泥潭，路上倒十分好走，尘土不扬。昭第姑娘和四个武师提起全副精神来，提防着暗处。又走过一大段泥潭，目光所及，西南远远浮起三两点星星之光，测度着尚在半里地处。她虽说胆气豪壮，究竟在这时，既不知人家底细，未免有些惊耸。眼前这条道是荒林夹峙的一股窄径，有的地方枝叶低垂，人在马上就得伏下腰去，不然枝叶会扫在头面上。叶上面雨水未干，只一碰便唰唰地落下来，洒人一脸一身。

五个人穿行林间，猛然间从左边树林里发出“嘿”的一声，跟着发出一件暗器，“啪”的打在马前五六尺外的一株老树枝上；枝叶随响，纷纷落下。昭第姑娘正策马当先，一勒玉雪驹，左脚退出蹬眼，往后一斜身，把铁胎弓摘下来，右手探囊扣弹丸，预备迎敌。

韩昭第方要喝问，只听左边树林里有人发话道：“魏当家的连所带的人，都陷身在商家堡，凶多吉少；姑娘明去不得，最好请回；如要救人，也必得乘夜暗入，骑马不行的。我先走一步，姑娘还是请回吧。”跟着听得一阵轻微的脚步之声。

昭第姑娘忙惊问：“说话的是哪位？你先别走！”哪知林中寂然，声息顿渺。

昭第姑娘急忙下马，往林中搜寻，暗中示警之人已然去远。此骑彼步，丛林荆棘，牵着马难以穷追。昭第心中不禁着急。怎的魏天佑跟所带的人全陷入贼巢？这一定是跟寻着盗马贼的巢穴，一时失计，着了人家的道儿了。只这暗中示警的，却是何人？为敌为友，善意恶意，都不可知，也许是故意吓唬人。魏天佑落在贼巢，是真是假，也很难猜，怎的他们一群

人，就会被人一网打尽？

昭第姑娘满腹狐疑，一时拿不住主意。随行武师说；“既已到此，不能后退。”昭第终于咬牙说道：“不论如何，我们也要见个水落石出！”遂与四个武师低声商议，为小心慎重计，一齐下马步探。只是到了敌境，这几匹马却须藏好。大家说着话，取出水壶和干粮，略进饮食。

这时候天色已然不早，日光渐落；大家歇了一会，起身牵马前行。在这辽东深山大林的地方，最容易迷路。乍走进去，还可以记住方向，工夫一久，入林渐深，稍不小心，就要迷忽。昭第姑娘五个人且探且用器械在树杆上留标记。挨到夜晚，就可以辨星认方向了。

众人走了片刻，渐近盗巢，昭第姑娘想要把这几匹马隐藏起来，却须藏在林深树密的地方，才免得被人盗去。大家在树林中钻了一阵，拣了一片枝干较密的地方，把这匹玉雪驹和四个武师的马，都拴在树干上。然后大家把弓剑全备好，穿着树林，往正南蹚下去。曲折而行，不到三箭地，林尽见山，便已望见山麓下那商家堡的土围子了。

昭第姑娘和四个武师停住了脚步，借林木障身，侧目细细地打量着前边土堡的形势。这时候已到黄昏时分了。

这座商家堡建在山麓，地势并不算太大，也就是方圆一里地大小；围子尚不过丈余，四角上也起着更楼。围子上黑沉沉，看不出什么来。五人所站的地方，只能看见堡墙北门；那里出现两三只灯笼，被野风吹着，不住地摇摆。在暗淡的灯影下，隐约有人来回走动。距堡门数丈，东西各有一间房子，是否就是那放哨贼党说的拜山接马的所在；离着过远，看不真切。

昭第姑娘打量盗窟形势，想往里闯，还不致费事。急忙退回林中，命那个马师看马，自己决计亲率三个武师，进探土围。当下绕林穿行一片片的蓬蒿荒草，从侧面扑奔土堡的东墙，避开堡门上巡守的匪徒，伏身猱进。

昭第姑娘最擅长骑术，对于轻功提纵术会而不精；但是登

土围墙，却还不难。今晚她是初试身手，和三个武师，轻登巧纵，转眼间来到土堡切近。这时已看清：这土堡只有南门上站着四名匪徒，全是短衫裤，光着头顶，不打包头，辫子盘在脖颈上；每人提一口双手带的大砍刀，来回在堡子附近走溜。堡门前东西两排草棚，果是歇牲口的地方，马棚黑洞洞的，并没有马。

昭第姑娘向三个武师暗打招呼，轻身提气，拨草伏行，来到壕沟前。腰上一叠劲，借着腾身猱进之势，扑向围墙。用“八步赶蟾”的身法，脚点土墙根，唰地腾身上了土围子；三个武师也跟踪而上。昭第已登堡墙，恐怕上面有潜伏的贼党，赶紧向围场箭垛旁一伏身，往左右查看。见两旁并没有瞭高的人，自己这才放心，一长身直起腰来。

只见这围子内，附近没有房屋，有住宅也全在数丈以外。揣这情形，里面房屋不在少数；当中走道纵横，颇形宽敞。西南方一片火光，人声鼎沸。昭第和三个武师听这种声音，心头腾腾跳个不住。忙稳了稳心神，往四面看了看，径奔那盛张灯火的地方扑过去。沿着东墙走了一半，前面的灯火之光反被房子挡着，看不见了。昭第姑娘轻轻现身，凝目往下面看。下面院子内也是黑暗无光，从这所房往西去，房屋相衔，接连不断的有好几十间；不过这些房子，散散落落，都不成格局；有的四五间一段，有的四面全是一排十几间。当中有数十丈的大院落。很像堆谷场院，又像练武用的武术场子。

昭第姑娘与三个武师分做两起，往土堡深处探视，越过两三箭地，立刻眼前陡现光明。灯火挂在木栅上，木栅前面又是一片极空旷的地方；远远望见对面的堡门。在这空地旁，又有一道木栅栏墙，圈起一大片房子。这里的房舍盖造得较够格局，数排长房，很是高大。从栅隅房角隐透灯光。更历历听见人声喧呶，可是听不清一个字。昭第观看良久，相度形势，恐怕正是全堡的主房，必须冒险一窥才好。

昭第姑娘向伴行武师一点手，先后溜下平地；那分路踏勘

的两个武师就势也跳下土墙。四人遂又合在一起，伏身急行，窜到东面；借着房屋隐身，仔细往栅院内看时，不禁蓦然心惊。

栅栏内，正房前，灯光之下，赫然入目的是一个敞穿长袍的匪首，身旁站立着四五名头目，两边散散落落聚着匪徒。倒有二十多只灯笼火把，或手持，或插壁，照耀着全庭。离开匪首数步，地上倒着几个人，内中有一人身边似有一大片血迹，不知是死是伤。又一拨匪人，各持着明晃晃的大砍刀，监视着地上被捆倒的六七个人。这被捆之人衣服穿着，越看越像是自己牧场的人。

空庭当中，有五个匪徒，牵着五匹枣红马；每匹马全用绊绳拴牢马身。绳子的那一头，紧拴在地上被捆的一人身上，两手、两足和脖子，各拴一套。这分明是匪首要用惨无人道的酷刑“五马分尸”法害人。地上这人手足脖子既被巨绳缚住，那边五匹马各拽一绳，只要牵马的一松嚼环，一挥马鞭，五匹马五处一挣，这个人就得被马分裂。即不然，也被绳套勒项，气绝而毙。这本是塞外牧场相传的一种酷刑，没听谁实行过。

昭第姑娘乍见之下，十分惊骇。尤可诧异的是，所用这五匹枣红马驹，很像自家牧场选出自用的马匹。这样看来，魏天佑等一定陷身这里了。只是将被这五马分尸的人，和地上别个被擒的人，究竟全是谁？自己隐身处，只看见背影，竟看不出面貌。

昭第姑娘心中着急，便忘了危险；一手提弓，竟顺着栅墙，藏在黑影内，鼓勇往前面绕去。正面全是很轩敞的空地，栅门已经紧闭。昭第藏在木栅后，从栅缝往里窥看。三个武师也照样做；内中也有持重的，要把昭第拖出险地；昭第甩手示意，誓不后退。却幸火把的光只照及空庭三两丈以内，昭第伏暗窥明，居然看见那地上被擒之人，正是牧场中的马师、伙计；一个个捆绑在地上，不能动转。再看那将被裂尸惨刑的，正是魏天佑。

昭第姑娘这一看明，倍觉惊疑，想到魏天佑一身武功，并

非泛泛，做事精干，素为爹爹重视；这次竟会被人一网打尽，足见匪党厉害。自己人单势孤，要想伸手救人，未必能行。只是目睹生死呼吸，哪有见危不救之理？她这里焦急惊恐，进退两难，急出一身汗来；她手下那三个武师全是鲁莽少年，此时竟也不度德，不量力，一齐跃跃欲动。

就在这工夫，火把光中，群贼往前挪动，似得动手行刑；那匪首冷笑发话道："牲口拴好了，赶紧动手。这几位好朋友大远地寻上门来，足见看得起我们。我们要好好待承人家。他们不是找马来的吗？咱们就教他跟着马回去。"

匪首这一发话，立刻就有手下头目们豁剌往前一冲，全扑奔过来。

昭第姑娘，这时刚把匪首的面貌认准。只见这个匪首年约四十来岁，肥头大脸，下颌透青，一脸酒糟疙疸，从眉宇间流露出塞外一种犷野之气。这班匪党往前一冲，看这情形就要动手收拾人。

地上被缚的魏天佑好像才醒转过似的，忽的破口大骂起来。昭第姑娘按剑细听，只听魏天佑高声骂道："我魏天佑在关东道上总算是条汉子，什么样的英雄人物全都见过，就没见过姓姚的你这种朋友。好汉子讲究一枪一刀，脑袋掉了，怨它长得不结实。你这么对付魏太爷，我就是栽在你手里，绝不心服，使暗算的是什么人物？姓魏的不过是牧场小伙计，可是，明去明来，我哪点不够朋友，请你点出来。我要有违背江湖道的地方，你就是把我寸剐凌迟，我死而无怨。你这么摆治人，我就是死在你手，也不心服；只算我瞎眼上当，日后总有找你算账的。"

魏天佑一阵狂骂，那匪首勃然震怒，立刻奔过来，俯着身子冷笑道："魏朋友，到了这时，你还道什么字号。你还想唬我吗？任凭你说得天花乱坠，我也得给我们拜弟报仇。你伤了他，让他一辈子落残废，我只好对不住你。我商家堡在这条线上，这些年没有招扰过好朋友。你们自寻苦恼，找到我们头

上，这是你们不睁眼。我要不给你们个厉害，也教别的好朋友们看着商家堡是容易沾的主儿了。姓魏的，就着你没死前，把话听明白了。你是英雄，教你死的也英雄；你是贩马的，教马送你的终！我还教你放心，快马韩他不是你们的头儿吗？他在关东道上也有个万儿，跟我也认识，我这是替他清理门户。我发送完了你们哥儿们，我自然就去找他。我倒要问问他，上门口欺负人，这是怎么讲。我姓姚的专斗的是人物，从这时起，算是定下约会，我倒要看看这名震辽东的快马韩，是怎么样的英雄，我要领教领教他！话已说明，这总教你死得明白了。你就闭眼吧，相好的！”

匪首说到这里，转身挥手。那五个拴马的壮汉，各把鞭子一举，眼看魏天佑被五马分尸，惨死在商家堡。

第二十一章 飞豹子孤掌解纷

昭第姑娘再不能俄延，一咬牙，开了扣弹，将要冒险救人。就在这刹那间，突听得侧面木栅，有人用沉着的声音发话；“你们别动，先看我的！”

昭第姑娘回头惊顾时，一条黑影于身旁数丈外，斜掠而过；跟着身形一起一落，已到了魏天佑的头前。这人手里只拿一把短短的匕首，用轻灵迅捷的手法，“嗤”的把捆魏天佑的五根绳子，全都割断。在场群贼哗然惊叫！五个牵马的壮汉离得最近，就往前猛扑过去。

那救魏天佑的人忽然哈哈一笑，把手里的匕首反往地上一扔，抱拳环揖，高声说道：“朋友们，暂请手下留情！可否容我说几句话？我在下明知油锅，硬往里跳，我没有打算逃走！商家堡是哪位当家？我要会一会高人，请当家的答话。”

匪首姚方清立刻向前叱问：“什么人大胆，擅闯我商家堡？你藐视我姚方清，相好的，你是谁打发来的？报上万儿来！”

当此时，魏天佑乘间挺身跃起，在火把光焰闪烁中，急看来人：年约三旬以上，豹头环眼，巍然站在那里，不怒自威。

再不料此人竟是牧场中头天来投效的那个姓袁的汉子！事非寻常，不但此间寨主惊诧，便是魏天佑和昭第姑娘也都觉得离奇。

这个袁承烈把魏天佑的衣袖一拉，教他跟自己并肩站立；复又面对姚方清，抱拳拱手道："尊驾就是这商家堡当家的，很好！我袁某本是局外人，跟快马韩一不沾亲，二无友谊；不过是路经贵窑，见当家的你竟因一时的气忿，要用这武林中不齿的非刑，来对付江湖道上的朋友，岂不招英雄耻笑？今日姓袁的不避刃锯斧剑，要出头领教领教，请姚当家的明示结梁子的情由。你要是不敢斗快马韩，想杀人灭口，在你垛子窑里，那当然由着当家的你施为了。你要够得上关东道上的朋友，你应该大仁大义，放了他牧场的人，教快马韩出头。常言说得好，打狗看主。"

袁承烈用手指被擒的人道："这些人全是快马韩牧场中的伙计，他们做事有不对的地方，姚当家的应当看着快马韩的面子。你若是硬把牧场伙计杀了、剐了，固然出气了；可是凭你的身份，跟伙计一般见识，岂不是小题大做？好汉做事，要能摆在桌面上讲。我在下既然多事，我再告诉一句话：快马韩现时没在家中。你把他手下人都杀了，只算是乘虚而入，人家总有回来的那一天，人家要是邀集附近出头人物，登门赔罪，拿场面话来问你，你怎么回答人家？……一枪一刃，您得跟快马韩比划，跟这班人生气，怕不值吧？"

商家堡这位姚方清寨主，自从成势以后，十几年中，就没遇见人敢这么指名排揎他。今夜这青年竟敢如此目空一切，哪得不惹得他怒气填胸？赶前一步，戟指指着袁承烈的鼻子，纵声大笑道："好辞！好辞！你不要管我做的对不对，我先问问你，你凭什么，敢跟我说这话？我把快马韩的手下人扣下了，要处置他们，不是我不通人情。你知他们赶上门来，是怎样欺负人么？他们说是丢了马，抽冷子闯到我线上来，三言两语，跟我们的周老弟动了手。他们难道不知周老疙瘩是我的盟弟么？这姓魏的硬给砍伤，还削掉了四个手指头，把我们人害成

残废。我若不把姓魏的处置了，我手下人要笑我欺软怕硬。袁朋友，承你出头了事，你且报个万儿来，我和快马韩是怎么个称呼？我听听你的，再讲我的。”

袁承烈插腰一站道：“当家的，要问我的来历吗？在下姓袁，名承烈，和快马韩是慕名的朋友。我因访友，路过贵处；既知你们两家不和，不量斗胆，想给二家息争，绝不敢偏向哪方，这一点请放心。”

姚方清把双手一张，大声道：“好！天下事本是天下人管的。袁朋友，你是光棍，你匹马单枪，硬敢给我们了事，我先谢谢！你说快马韩不在家，这话可真？”

袁承烈道：“快马韩若要在家，我也不到这边来了，他们也不到这边来了。”姚方清把眼睛瞪得很大，登时将主意打好，突然说：“快马韩和我是邻居，彼此对兵不斗，逢年遇节，也常来往。这回他手下的人太无礼，他们丢了马，竟寻我的晦气，我不能受这个。你阁下既然出头了事，我别看不知你的来历，只看你这股劲儿，我也得和你交交。来呀，把人全给我放了。”

手下匪党怔了一怔，交头接耳私语。姚方清不耐烦，又大喝一声：“听见没有，把人全放了！”手下人这才把地上被捆的人，一齐松绑。

袁承烈举手道：“我谢谢当家的！”姚方清忽然一笑，挥手道：“慢着！袁朋友，我把这几个人放了，固然冲着我老兄，我还冲着‘快马韩没在家’这一句话哩，你要明白！”

袁承烈颜色一变道：“我知道，我再替快马韩谢谢！”姚方清猛然将身一横，双眼徬徨四顾道：“我现在把人放走，以后就专等快马韩回来再讲么？”

袁承烈将身子一退，抱拳道：“我听你老的吩咐！只要赏脸，教我怎么样都行。”姚方清冷森森的又笑了一声道：“对不住，我们商家堡这小地方，有这么一条规矩；不能教人家拿一口空唾沫，给了结正事。你阁下空手而来，我们这些人眼看着

你阁下就这么走了，我们未免短礼！”

袁承烈道：“哦！我在下确是空手而来，浑身只有刀剑口，两掌并无百炼钢。当家的不嫌我末学后进，要面加指教，我当然不敢退缩。……”

姚方清大喝道：“你们别看热闹了，过来陪袁朋友玩玩！”商家堡群贼嗷应一声，各亮兵刃，往上一围。内中一个年青汉子，名叫裕海的，手底下又黑又快，挺七星尖子（较匕首长，比单刀短）刷地刺来。袁承烈猛翻身，往右一晃，铁臂陡分，“砰”的一掌，打在裕海的胸口华盖穴上。手爪箕张，又一探，刁住敌腕，只一拿，裕海立刻呻吟倒退。他的七星尖子不知怎的，竟到了袁承烈掌中了，手法非常的快。

贼人过来的不只一个，四周五六个贼，蜂拥齐上，把明晃晃的家伙，上上下下递过来。袁承烈已曾防到，缩身抢步，要踏虚而进，先放倒一两个示威。二当家魏天佑血脉已活，大吼一声，与被擒才释的同伴，纷纷动手……

突然听弓弦响处，啪啪啪，从栅外黑影中，飞来弹雨。扑扑扑，火把的火焰骤被打灭数只。两边的人不明敌己，霍然窜开，一齐扭头，往栅墙缝影里寻视。持火把的贼也骚动起来。寨主姚方清急急抢过一把刀，厉声喝道：“什么人在暗处捣鬼？”

栅外一个清脆的喉咙叫道：“姚大叔，是我来了！”魏天佑大惊，这是昭第姑娘。“这可糟！”魏天佑惊惶无地，场主没在家，自己失马丢人，累得场主爱女来临险地，简直把他急坏。抬眼看时，昭第姑娘凭栅一跃，率三个武师，直走向空庭。

寨主姚方清也是精神一耸，火把余光中，急看来人：竟是二十许的一个姑娘，身量颀长，面容仿佛很美；穿着似旗妆、非旗妆的急装紧裤，手弓背剑，姗姗走了过来。

姚方清忙道：“这位姑娘你是哪位？”韩昭第回手挂弓，双手一垂，柳腰微俯，行了一个“蹲安”，含笑叫道：“姚大叔，不认得我了？您的好朋友快马韩，那就是我父亲；我就是他跟

前没出息的姑娘。记得前五六年，我还见过您老呢。那时您不是同着一位姓周的周大叔，到我们马场参观去了吗？你老临走，还赏了我一副碧玉镯子，我父亲教我给您道谢。另外我父亲还送给您一匹狼掏臀的马……我的名儿就叫昭第。"

姚方清把身子一挫，道："哦！您是韩大姑娘！……五六年没见面，你真成了大姑娘了。你从哪儿来？你父亲呢？"

昭第笑道："我父亲真出门了，我是刚从牧场来的。你老还不知道吗，我父亲从来不敢得罪人；这回不知怎的，牧场接连出事。昨晚下雨，又丢了几匹马。丢马是小事，无奈我父亲没在家，场子里的人吃不住劲，可就乱碰头，瞎胡找，错扰到大叔您这根线上来了。我一听就很着急，才连忙追来。真是的，伙计们不知咱爷们的交情；你老别生气，我给您陪罪。"又深深一安，群贼愕然。

昭第姑娘明面出头，姚方清窘住了，把脸扭到别处，口中说道："姑娘你真不含糊，将门出虎女……"顿了一顿，转脸来，一指昭第背后的弓，把语声加重道："姑娘的弓箭真高，刚才……"

昭第忙道："让您见笑！我只是闲着没事，常打鸟玩。刚才大家要动手，我怕谁误伤了谁，都不好，才胡乱将火把打灭。侄女可不敢在大叔面前逞能，我是劝架啊！"又赔笑前挪了一步道："大叔，我跟您讨脸，把他们放回去。他们得罪您，我父女赔罪。我父亲过几天就回来，他一定登门负荆。"

姚方清道："这一位朋友又是何人？我却没听说过，也没有见过。"昭第姑娘道："这位袁壮士吗，人家是新朋友，大远的慕名拜访家父来的。听见这事，也替我们着急，人家也是赶来劝架的。大叔，你放我们走吧。话说回来，您不赏句话，侄女可不敢偷溜走，你真格的不看我父亲的老面子吗？"

武林道中，男女界限很严，长辈尤不能跟晚辈较量。姚方清无计可施，抱拳笑道："姑娘，你这是什么话？冲着你父亲，我绝不敢胡来，刚才我是故意试试这位袁朋友的胆气，我商家

堡不论吃多大亏，伤多少人，天胆也不能扣留快马韩牧场子的人哪。”信手一挥道：“姑娘，这几位既然都是贵场的人，你就把他们带回去吧。”

昭第道：“那敢情好，我再谢谢！……大叔您可别跟侄女开玩笑，您教我领走，我就真领走了。来吧，伙计，咱们改日再来道歉。大叔，不怕您见笑，我们还得找马去；我们丢了七匹马呢，太丢人了。”

姚方清道：“姑娘太客气了，姑娘先别走；大远来了，我这里有一杯水酒，略表地主之谊，要请大家赏脸。诸位放心，在我线上，如有人动诸位一根汗毛，那算我姚方清纪律不周。”吩咐手下人：把扣留之物也都检还。又向魏天佑举手道：“得罪，得罪！”

魏天佑道：“见笑，见笑！今天承寨主大仁大义，我魏某永远记在心……”袁承烈忙推他一把，方不言语了。

袁承烈就说：“天已不早，赐酒改日叨扰。既承当家的仗义释嫌，我们就含愧告退了。”

牧场众人都觉得这样下台，似乎太易；大家凑在一起，羞惭无地，齐向姚方清告辞。这个新来壮士袁承烈，不明白塞外豪客相处之情，心中更不无惴惴。

看那姚方清，真如没事人一般，向手下的党羽挥手道：“排班送客出堡！”堡中的党羽互相传呼，各持兵刃，列队相送。姚方清手下受伤的人都不甘心，只碍着首领，全怒目相视。这一齐队，大约商家堡的党徒全出来了，由栅墙起，直排出堡门；两行灯笼火把，照着一排雪亮的刀枪，光芒闪烁。魏天佑等走在当中，真觉得冷气森森，韩昭第脸上也微露惊容。只那袁承烈，昂然举步，目不旁视，好似眼中没有这些人似的。

姚方清督率着手下党羽，往外相送，那几个头目就紧随在背后。姚方清也只注定这姓袁的穿着打扮：此人绝不是久走关东的江湖道，居然穿行枪林，旁若无人，到底是从哪里冒出来的这个人物呢？姚方清是一寨之主，不由把袁承烈多看了一

眼。心想：快马韩这家伙不知从哪里搜罗来的，这人准是把好手。

当下直送到堡门前，这就该告别了。袁承烈和魏天佑，一先一后，夹持着昭第姑娘，回身抱拳。姚方清直到这时，猝然发话道："袁朋友这回翩然光临，我深以为幸。可是的，韩场主哪天能到敝处来呢？这件事，请袁朋友保证一句。"

昭第姑娘道："姚大叔，家父只要回场，准先到这边来赔礼。"

姚方清笑道："那可等不了，谁知他多咱回来？诸位是明白人，这件事不算了结；如果这样模模糊糊完了，我怎么对得住手下受伤的那几个弟兄，我若不给他们顺过这口气，往后我怎么再用他们？"

魏天佑脸都气紫了，就抢着说："那容易，五天以后，敝场一定有人来赔罪！"

姚方清不搭这碴，转而看袁承烈。昭第忙道："大叔，咱们一言为定，五天后准到您跟前来赔罪。"

姚方清笑了笑道："咱爷们是自己人，姑娘，我不能跟您说什么。老实说，我愿意听这位袁朋友一句话。"

这简直要的是这么一股子劲。袁承烈也不由红了脸，道："堡主把我太看重了。我说是快马韩的生朋友，堡主大概不相信……"

姚方清笑道："你这么出力给我们两家了事，不是韩老哥的亲信，不会这么卖命。"袁承烈一听这话，咄咄逼人，也激出火来，抗声道："堡主既然这么看，我也无须多辩，这件事就算我的事吧。刚才韩场主的令爱已经说了，我再重说一句：五天以后，我们准有人来，给您顺气。"

姚方清大指一挑道："痛快！我谢谢您阁下赏脸。我说弟兄们，都听见了吧？不是我姚某怕事，这里头碍着朋友面子；这样办，你们觉得怎样？"紧跟在姚方清背后那几个副头目，闻言相顾低议。内有一人姓周，用布缠着手，便是与魏天佑动

武，被砍落手指的人，此时忙说：“大哥看着办，咱们弟兄不是不开面的人。我的伤不算回事，四个手指头值什么；脑袋掉了，不过是碗大的疤。五天后，咱就五天后；不过我得请魏朋友也到场。”

魏天佑冷冷地说道：“我一定给周爷赔礼来。”

袁承烈忙道：“就是这样子吧，我们一言为定。天实不早，这里有韩姑娘，是女眷；堡主没有不开面的，我们可以早走一步吧？”

姚方清抱拳道：“请！”

袁承烈又道：“堡主，我们还有一个无礼的恳求，堡主可否派一位弟兄，给我们引路？”

姚方清哈哈笑道：“大丈夫一言出口，如白染皂。咱们已然说定，前途一准平稳无阻，尽请放心。……我还有一句话，不说不明白。大姑娘和这位袁壮士，你们以后如要光临敝处，还请你在线上挂号，别这么自己进来。你们几位悄没声的闯进来，固然显得武艺高强；您可知道我们卡子上的弟兄，有多少犯了疏阶之罪？我若不罚他们，以后倘有急警，卡子岂不成了虚设？我若罚他们，诸位面子上过得去吗？”这句话说得最辣，姚方清手下人听了，方才心平气和。

袁承烈和韩昭第微微一笑，口头上连说：“对不住，对不住，是我们心急鲁莽了！”这样说法，就算很让面子了。

姚方清顺过这口气来，把腰板一挺，说道：“恕不远送！天实不早，诸位上马吧。”跟随魏天佑出来的一位马师道：“我们的马，姚堡主还没有发还呢？”

姚方清故意矍然道：“忘了，忘了！来呀，你们怎么不把人家的马牵过来呢？”

魏天佑明知姚方清恶作剧，却也无法。姚方清只送出堡门便回，另由副头目率党羽，持灯笼火把，伴送着出了头道卡子。马师向这伙绿林豪客作别；众人牵了马，走出数箭地，这才站住；回望盗窟，犹透火光。昭第姑娘见魏天佑垂头丧气，

懊恼异常，也顾不得安慰；命手下武师，先入林中，找着看马的马师，把藏着的五匹马牵出来。然后向袁承烈再三道谢："若不是你露这一手武学，只怕我们不能好好出来。"

这个投效壮士却把昭第姑娘钦佩不止，以为有胆有智，巾帼丈夫，对昭第说道："我还得谢谢姑娘哩。要不是你飞弹打灭灯火，我也要吃眼前亏呢。"

昭第姑娘转问魏天佑："您是怎么和姚方清闹翻了？咱们的马是落在这里吗？"

魏天佑咳了一声，道："我们一路寻马，被猎狗误引入他们的卡子。他们那个姓周的太不讲理，三说两说，就给我一枪。我不能不还手，就把他的手掌劈了。姚方清一出头，就施诡计，把我们诱入陷坑。饶没访着马，伙计们反倒全受了伤。姑娘，我这回栽到底了！你爹爹把留守的事交给我，我竟给你爹爹丢这大脸，我没法子再干了！"又问道："姑娘，你怎么也出来了？这太险了，你是闺秀千金，万一出点岔，我拿什么脸面见你爹爹！"双手交握，样子很难过。

武师们齐劝道："二当家不要难过，麻烦遇上了，也没法子。咱们是好汉搪不住人多，一刀一枪到底没输给他们。他们施的是埋伏计，不是咱们盯不住。咱们人受伤，他们受伤的更多；算起来还是他们吃亏，我们虽败犹荣。"

昭第姑娘问："都是哪几位受伤？"这一回合打得很凶，周老疙瘩固然吃了大亏，牧场里边几乎个个挂彩。所幸伤都不重！只是先中箭，后被擒，缺药救治，失血稍多；此时都撕衣襟，缚住伤口。魏天佑伤得较重，他并不介意，只是心上难过。

昭第姑娘和大家都和袁承烈道劳。这个投效的人来历不明，起初人们还猜疑他，想不到当晚便深得他的用。他是第一个发现盗马事件的。大家慰劳他，他只向大家客气，胸中另有秘计，要待机施展。

昭第姑娘总是惦记着失马，忍不住又问众人："你们跟姚方清打了一阵，到底得着盗马贼的线索没有？"

一个武师道："没有访出来，所以二当家的才格外着急；跟姚方清手下的周老疙瘩乍见面就说僵了，跟着动起刀来。"

昭第道："哦，那是怎么的呢？"

魏天佑负惭不愿详说，别个武师刚要述说原委，另一个拦阻说："反正今夜没法子访查了，咱们先离开这里。现在乍离匪巢，耳目切近，我们回场细谈吧。"

大家都以为然，魏天佑更怕牧场再出岔错；当下各整雕鞍，立即遄返。查点马数，竟比人数少了两匹。那报效壮士袁承烈没有骑马；魏天佑一行中，和贼动武，伤了两匹马，还短一个人。魏天佑便挑选健马两匹，教体矮身轻的四个人共跨两马。给袁承烈匀出一匹来，立刻大家扳鞍认镫，向牧场出发。他们仍恐中途被袭，虽有灯笼，竟摸着黑走。他们的骑术个个很精，居然黑夜扬鞭，疾行毫无闪失。报效的壮士袁承烈，似乎骑术稍差，夹在马群中，有人开路，也可以控纵自如。一路上但闻野风怒吼，荒草哀鸣；马师们仰看天星，辨路前进。走了好久，居然一路平安。他们望见牧场中心挑出来的天灯了。

魏天佑长吁了一口气，招呼大众，把马放慢。到牧场栅门前，下马叩门。早有瞭望的人看见来骑，向柜房讨来大锁的钥匙；略作问答，把大家放入。司账马先生披衣起来，说道："二当家和大姑娘一路回来了，你们在哪里遇上的？寻马的结果怎样？"忽抬头看见袁承烈，被大家客客气气地让进柜房，马先生不由一愣。

昭第姑娘用手巾拭汗，说道："马先生，你先别问，快给我们弄点茶水来。我们全没吃饭哩，赶快叫他们做饭。"所有出门的马师、武师，全让进柜房；柜房已经人满。昭第姑娘又忙命手下人，找刀伤药、膏药、棉布和人参汤、定痛药，给负伤的人调治。忙了一大阵，各武师、马师饭后都回宿舍歇息，柜房只留下昭第姑娘、二当家魏天佑和这位投效便立功的袁承烈。昭第姑娘很优礼地说："马先生，您不知道，人家这位袁大哥，新来乍到，当晚就露了一手。这一回多亏人家，才把魏

二叔救了。”底下的话没肯再说，怕魏天佑脸上挂不住。

魏天佑自以对快马韩交深责重，虽然栽了跟头，口头尽表歉意，实际仍须勉为其难，负责往下干。歇了歇，便把访马结怨，和姚方清、周老疙瘩动手遭擒的事，勉强说出来，跟着商量五天后应付姚方清之策。

原来魏天佑在牧场里，一发现有盗马贼光顾，登时愤火中烧。想到快马韩拿自己当亲弟兄看待，这次烟筒山出事，快马韩亲往查究，把全场留守的事，全托付了自己；竟在受人重托之后，不及三日，出了这事，自己有何面目再见场主？所以在盛怒这下，先放出猎狗，绕场勘查了一回。认定西北和东南两路可疑，这两处都有蹄迹马粪，未被雨水冲没。遂将马师、武师点派好了，分两路勘寻下去。

魏天佑晓得西北和东南很有几家绿林，在那里安窑立柜；不过他们多半都跟快马韩有过来往，猜想他们关照情面，不会唆人出头盗马。却有两处绿林，不敢保准，东南一处是黑石岩的风子帮（马贼），西北一处是赤石岭的红胡子。但这两处的匪党首领历来不在这附近百十里内上线开爬，并且他们不大跟江湖上的朋友通气，和快马韩的交情也比较疏淡一些；因此牧场中对于这两处的细底也不大清楚。不过塞外吃风子帮的马贼，历来还没有到寒边围这一带做过买卖；如此推测，又似乎只有黑石岩、赤石岭，这两家难脱嫌疑。魏天佑遂决意分一拨人奔赤石岭，自己便往黑石岩这路上蹚下来。

一路拈行，紧赶出十几里路，细雨如丝，野风阵阵，广漠的原野，越走越没有一点踪迹。猎狗在路上乱嗅，因当天大雨，也嗅不出什么征兆，反而仰天狂吠起来。

魏天佑暗暗着急，徬徨无计。随行的武师有花刀吴鹏远、飞行圣手刘痽，这两人全是关东道闯荡多年的江湖道。魏天佑向两个招呼道：“吴师傅、刘师傅，你看这种情形，恐怕咱们哥们要栽跟头了。按场里勘查的情形，从出事到发觉，工夫可没有隔多久，我想这伙风子帮的老合定不是俗手，我们场主的

威名，他们一定有个耳闻。他们竟敢捋虎须，往太岁头动土，他们做的活又那么干净利落，得赃之后，他们‘出水’，必有安排。我想着他们要往东南下去，奔营城子、九下台，虽是岔道多，可全是明线，未必走得脱。我断定他们全是个中老手，定然走岐路，避眼线，往霜头寨、商家堡这一带绕下去的。这条线既有两处垛子窑，最易逃窜潜踪。只是咱们紧赶了这一程，路上一点踪影不见，难道咱们推断错了不成？”

马师飞行圣手刘雍答道：“二当家，你先别急躁。你老推测的跟我心意一样，我也觉得我们的马怕落到这趟线上。不过这伙老合颇觉扎手；马要是他盗的，他既得了手，绝不肯扎窝子不动。偏偏今夜这场雨给他留下老大便宜，道上一点脚踪蹄印没留下，猎狗的鼻子也靠不住了。我们还得提防他们离开了帮，穿老林，从草地里走下去；那一来，我们就是追到宁安城，也未必能踩着他们的脚印。他们要是踏草地走，我们在大路上奔驰，我们马拨子的响音，在这黑夜旷野地里，离着几里地，就能被人听到。那一来不啻给人家送信，他们知道已经有人跟踪缀下来，他们必然闻声闪避，我们岂不暗中吃亏？依我说，我们不要成群结伙的从大道上追，我们还是一匹一匹散开了，从青纱帐里往下趟。我们有三四盏亮子，沿途可以留心查看草地上的马粪，也许能够究出点迹象来。我可是胡出主意，二当家瞧着怎样？”又道：“众位若有什么高见，也请说出来，咱们大家斟酌办。”

魏天佑忙答道：“刘师傅说哪里话来？我是当事者迷，只顾了气忿，这种地方全没想到，就依刘师傅的主张办吧。”立刻把这队人分散，成为两队，每隔开几十丈，便放一骑马；果然这样穿行纱帐，尽管马走如飞，竟没有多大声息。

约又走出二三里地，掌竿的于二虎用孔明灯忽照见路旁草地，遗有一堆马粪。于二虎忙招呼大家察看；他自己也顾不得脏净，竟自下马，把马粪拾起来，破开验看。他知道遗粪不久，准是马群过去工夫不大。魏天佑一见大喜，如逢暗室明

灯，忙招呼右边那一路的马师弟兄，全归到左路，沿着这片草地追下来。

将次追到黑石岩，在路上又发现了一堆马粪，魏天佑等越发断定贼人是奔这条道下来的了。大家精神一振，各抖丝缰，往前急蹚下来。时已黎明，雨住云浓，天色依然昏沉，十数匹马并成一路。赶到距离商家堡岔路不远，最前头的是掌竿的于二虎，忽然把牲口一勒，向后面的武师们打招呼，说是前面有了动静，请大家把牲口勒住了。后面听见招呼，全把牲口勒住了；一齐侧耳，果然听见远远的草地里一片蹄声。

飞行圣手刘雍跟掌竿的于二虎，向二当家魏天佑说了一声，忙翻身下马，蹑足轻步，从青纱帐里趋奔前面，伏身在暗隅窃听。刹那间，从东北的丛莽后，窜出一拨马群，大约有十来骑，从大道横驰，奔商家堡那趟道跑下去了。这时雨虽已住，阴云未开，马奔飞速，一掠而过，辨不出马的颜色、人的形状。

魏天佑跟踪赶到，望着驰过的马群，不由目瞪口呆，半晌说道："唔?"……他固然断不定是否失去的那七匹马，但是这马群出现的地方跟时候，很惹猜疑。魏天佑还在发愣，那于二虎催大家赶紧上马追赶。于是在这稍纵即逝的紧急的夹当，魏天佑等不由得各自飞身上马，横穿上路，往商家堡这条道紧追下来。只是稍一耽搁，那拨马已经走得没有踪影了。

武师刘雍、吴鹏远一齐叫喊道："快追吧！现时好容易得着踪迹，千万别二愣。"大家匆忙急促间，不暇深思，豁剌的奔过来；全抱着一股勇气，想追上盗马贼，把马夺回来，而结果反酿成极大的误会！众马师展开熟练的骑术，扬鞭控纵，飞似地疾追。并将带来的猎狗唆唤，也箭似地扑上前去。追出二三里之遥，傍林纵目，已望见马影，众人欢呼，说道："加快，加快!"

猛然间，将近林边，听见一声断喝，众人才一愣，陡然破空嗖嗖地连响起两支响箭，从林丛和林丛对面丛莽中，奔窜出

两拨人，各三四名，往当路一横。一个首领似的人厉声喝道："呀！来人少往前进！是哪条道的朋友，赶紧报万儿！要敢乱闯，我们可拿暗青子，拾你们了。"

第二十二章 魏天佑断指结仇

魏天佑吓然一惊，驻马凝眸一望，忙招呼马师们，把牲口一齐勒住；自己上前答话，先礼后兵，免得教人家挑眼。众武师马师也都是行家，见对面有人拦路，立刻勒缰退后，纷纷跳下马来，往路旁一站。

由二当家一人上前，勒住马缰，手掌一按马鞍前的铁过梁，立刻从马头上腾身飞纵下去。脚尖点地，挺腰站住，抱拳拱手道："朋友，在下是龙岗山寒边围快马韩牧场来的。在下姓魏，适才奉场主之命，缀下一拨吃风子帮的朋友，一路跟追，瞧见他们落在遗窑这条线上了。这里既有安桩的朋友，我们不能不打招呼。请问老兄，贵窑大当家的，可是商家堡姚方清姚寨主吗？姚寨主和敝场主都是朋友，请老兄赏面子，让让道吧。"

那守卡子的匪徒们一听，互相低语，把魏天佑连看几眼；仍由那个头目大声答道："喂，朋友，你是快马韩牧场来的，亲眼见有吃风子帮的朋友落在我们这里了？可有一节，我们眼拙，竟没看见，再说我们也不认识你阁下呀！没别的，我们先

给你回复一声，你多等一会吧。”

魏天佑听这话口风既硬且紧，暗含不悦，正色答道：“对不住！在下姓魏名天佑，在快马韩牧场里做点小事，难怪列位不认得我；可是提起来，你们姚寨主不会不晓得。我们是缀下风子帮来的，稍一耽误，可就追不上了。列位，光棍一点就透，话不用多说。我们深知贵窑不在附近线上做买卖，可是别被外道上的老合扰了咱们两家的交情。光棍借路不截财，我们不过借道用用，绝不骚扰贵窑。朋友请赏面，暂且撒开卡子。你们当家的跟敝场有交情，绝不会教你们落埋怨。就是姚寨主有什么说的，我姓魏，访马回来，一定面见姚寨主，有一番交代！”

守卡的贼人嫌这话不好听，一齐厉声说道：“魏朋友歇着吧！听你口气，跟我们头儿好像很有交情，可是我们没听说过。我们奉命守卡，没有头儿的话，莫说是人，就连一只狗也不敢私放过去。你们倚仗人多，一定要往里挤，那就请便吧。”

魏天佑想不到这伙强徒公然不留情面，而且末句话近乎当面骂人了。卡子这一阻拦，前面马群定已隐藏；一旦翻脸，证据毫无，反容易被人问住。况又当着自己部下这些人，脸上太下不去，立刻激起愤火，不顾利害，一声断喝道：“朋友，你们太不顾面子了！你再不借道放行，我姓魏的奉命出来，没法子回去交差。只可……”贼人道：“只可怎样？”

魏天佑抗声道：“只可追我们的马！”说到这里，回身向一班马师弟兄喝道：“上马追！”立刻众武师、马师、手下弟兄，潜提兵刃，各抖嚼环，豁剌剌冲了上去；一个个马走如龙，蹄翻如飞。魏天佑横刀跨马，一骑当先，向手下人喝道：“加快，加快！他们如敢动咱们，咱们就用暗青子打他们！”

商家堡弟兄见这边人多势众，公然夺路，便打了一声胡哨，闪开了路，不加阻挡，可是嗖嗖地连射了三支响箭。魏天佑只想飞马追上那马拨子，把商家堡群贼，只可置之度外。可是那商家堡也不是好惹的，头道卡子发出响箭，那商家堡各处

伏桩全接着警报，立刻全往下传声报警。任凭魏天佑一行人马走得怎么快，也没有人家响箭疾。一路飞奔，魏天佑心存戒惧，诚恐贼人中途暗算，哪知连闯过第二道、第三道卡子，反倒一点阻挡没有；不过先前追的那马群，已走得无形无踪。

魏天佑十分懊恼，只这一耽搁，饶与贼人生隙，失马反追没了影。既已入卡，还得前赶，一面和同行的马师们商议：这失去的马是否落在商家堡，却很难说。只想着商家堡不论怎么难惹，好在快马韩在这一带没跟人结过怨；纵稍有失礼的地方，也不会闪一点面子。索性登门拜山，当面揭破，尽拿客气话挤兑他。如果马在他处，把马交出来，和平了解，两不失面子。魏天佑和武师、马师低声商量一回，认为这样打算不错；遂不再迟疑，竟往商家堡的垛子窑扑来。

前行泥潭当路，忽从丛草后，远远地冲过来两骑快马。马上两名壮汉，各持利刃，转眼间驰到近处；相离五六丈远近，“吁”的一声，把牲口勒住，高声嚷道：“喂，朋友们可是快马韩当家的手下人吗？找马的随我来，我们堡主恭候多时了。”说罢，不等答话，拨转马头，在前引路。

魏天佑一看来人说话的神情，知道商家堡已有准备。来人说完话，回马就走，分明不愿再等自己的答话。却见东南一带，林木掩映，高高立起一杆红旗，四下里嗖嗖的响箭胡哨连鸣。魏天佑等情知已深入商家堡的腹地，说不上也不算了，向众马师招呼道：“堡主既然看得起他们，倒不能不领盛情，咱们上吧。”大家也知道闯入商家堡的围地，再退出去也是栽，便各抖缰绳，紧追着前面两匹牲口，奔红旗驰来。

越走越近，不一时绕过林莽，现出一片土围子，一座宽大的栅门大开，两行排列着十名刀光闪烁的匪党，当中站着两三人，远处看不甚真切。又往前行，离着这有两箭地，前头领路的两个壮汉各自挥鞭，如飞扑向围子前去报信。

魏天佑容二人走远，向马师吴鹏远道：“吴师傅，商家堡的瓢把子姚方清虽没会过面，可是听说此人很有些难惹。我们

虽是缀着点儿来的，他要是不认账，还要费些口舌。我们的人只拿面子跟他讲交情，不到不得已时，千万不要莽撞了！”

武师吴鹏远笑道：“魏当家不用嘱咐，我们按着外场的规矩走；看他怎么来，咱就怎么接。”刘雍道：“人家是主，我们是客，我们总该以礼当先。”

魏天佑答道：“好。”用脚踵磕马腹，一直窜向前去。距离堡门不远，魏天佑头一个翻身下马，牵着牲口，高举一手，往前紧走。商家堡的人仍在堡门两旁直立，并不上前迎接。魏天佑纳着气来到近前，把缰绳往马上铁过梁上一搭，往前走近了几步，抱拳拱手道：“哪位是姚当家的？我在下魏天佑是韩家牧场来的，特来拜望。”说罢一躬身。

只见堡门前当中一人，越众走出来。这人年约三旬，正当少壮，赤红脸，鹰鼻巨口，目闪黄光，有一种难惹的气象。披长衫，系搭包，手团一对铁球。两人抵面，此人把铁球往怀中一揣，拱手道：“少会少会，台驾姓魏吗？你跟快马韩当家的怎么论？彼此初会，我得先领教领教！”

魏天佑道：“在下跟韩场主是朋友，不过在场里帮忙。我此来是因为……”那黄眼珠壮汉“哦”了一声，把这话截住道：“你们是朋友。……快马韩名震辽东，江湖道谁不敬仰。魏老哥今日到我们这里来，真是赏光！魏老哥往里请，有什么事，咱们里边谈。”这时后面的一班马师、伙计全赶到，纷纷下马，全听魏天佑答话。

魏天佑往里一让，论理既到这里，不论是什么阵式也进去。只是魏天佑等不是这种来意，遂含笑答道：“当家的，这倒不敢从命，我们因事路过，衣帽不整，不敢拜山骚扰。只为昨夜有吃风子帮的老合，在敝场吃下一水买卖来，我们跟踪追赶，眼看落到商家堡这趟线上。我们万分不得已，才惊动到当家的这儿。请当家的帮个忙，这伙老合既走这趟线，贵窑伏桩守土的弟兄是多的，绝逃不出当家的眼皮底下，请当家的念在江湖道的义气二字，指示一二。改日定教敝场主登门拜谢。”

那壮汉把铁球又掏出来，“豁朗豁朗”的团着，呵呵笑道：“怎么？我就不信竟有风子帮的老合，敢动韩当家的一根汗毛，他是不要命了！可是又亲眼看见到了我这条线上，我们更不能脱干系了。魏朋友，咱们打开窗子说亮话，这水买卖别是我手下无知的弟兄们剪的吧。我手下的人太多，难免他们要找个外快。要是外路的老合，魏老哥，说句不怕你见怪的话，凡是我商家堡安桩下卡子的地方，他未必有这种鸡毛胆子敢闯吧？可是话也难说，连快马韩老人家的马也动了，我商家堡又不是铜墙铁壁，焉能挡得住人家不走这趟线？魏老哥，先请里边歇歇脚；我敬不起别的，一杯清茶总管得起了。”

魏天佑忙答道：“当家的不要多疑，我们来得虽则冒昧，但是当家的在这趟线上，从没剪过买卖，人所共知，我们绝不能无故诬蔑朋友。这次敝场失事，已经算把万儿折了，无论如何也得把面子找回。我们到贵窑来，也只是请教朋友帮忙代访。既然姚当家的不知道是哪条道的老合剪的，我们还要往前追赶那拨马群，免得教他逃出手去。姚当家的这番盛情，我们不敢当，请容事后再领，我们告辞了。”

那壮汉脸上不耐烦，把头一扬，冷然说道：“我不姓姚！……”魏天佑道：“唔，这怪我眼拙，把你老兄认错了，没请教你老兄贵姓？”

那壮汉面色越冷道：“我是无名小卒，倒无须乎叩名问姓。魏老兄，我请问你：你们诸位的来意，究竟是为什么？咱们全是江湖道上的朋友，谁也不能跟谁说假话。魏老哥你们是懂得拜山的规矩的，请你看看你自己的身上，跟你们贵场的这些位好朋友，全是陈兵布阵来的。凭我周老疙瘩这么远接高迎，也就很够朋友吧？”

魏天佑被他这几句话说得脸一红，本来按着登门拜山的规矩，讲究寸铁不带。自己这次率众深入商家堡，个个带着全份的兵刃；若论拜山，实在是输理，只得答道：“您老姓周？周当家的，我们有言在先，此来衣帽不整，实是访马路过，不是

专诚拜山。既是当家的非教我们到贵窑骚扰，我们违命不入，似乎不识抬举；我们遵命入窑，实在又非本意。周当家的，请你暂释疑猜，替我们想想。我们固然是拿刀动杖，但我们本为追缉风子帮出来的，我们能空着手吗？”

周老疙瘩微微一笑道：“魏老兄这话很漂亮！但是，不论怎么讲，好汉登门，我们得尽地主之道：您就是瞧不起我姓周的，也不会过门不入，硬教我丢脸吧。”侧身拱手道：“往里请吧！”

魏天佑倏地变了色，一咬牙，厉声道：“我就遵命！”回身向花刀吴鹏远等招呼道：“弟兄们既来到这里，要不进堡，也教这里周当家的看着咱们太不识抬举了。来，咱们随周当家的进堡。”魏天佑这一招呼，明是告诉大家赶紧戒备，死活也得往里闯了。商家堡的四寨主周老疙瘩把大拇指一挑道：“这才够朋友，魏老哥往里请吧。”

魏天佑明知进堡如赴鸿门宴，已经到了油锅边上，哪能不往下跳。跟着也答了声：“请！”立刻带一班弟兄们，齐往里走。前面早有四对枪手当先引路，周老疙瘩陪着走进堡门。魏天佑一看围子里，只有外边这几十名匪徒，堡内空空洞洞，并没有什么巡守的人，房舍也有限，只二十来间。此处竟不是商家堡的总盗窟，只是一道要紧的卡子，由周老疙瘩守着罢了。

魏天佑才随着周老疙瘩走进围子不远，后面吱吱的两声胡哨响过，堡门外亮队的匪党分为两队，一小队仍在堡门前留守，一大队立即随进堡门；“砰”的一声，把堡门紧闭。匪党各持兵刃，竟自双抄手镶在魏天佑等两旁；同时从堡门起，一声声胡哨连鸣，里外四下接声；只听得沿着的土围子四周，阵阵步履杂沓，却不见人踪。魏天佑等早知周老疙瘩不怀好意；一见这般举措，随即暗向吴鹏远、刘雍示意戒备。

魏天佑一行人的马匹，都由马师牵随在后，周寨主向身旁随行的一名弟兄喝道：“你们越来越不成规矩了，难道还教好朋友自己把牲口送到槽头上吗？”喝叱声中，奔过来几名弟兄，

把马师们的牲口全接过去。却是匪党们接牲口的神色颇令人难堪，全是一声不哼，把缰绳夺过去，牵头就走。

魏天佑冷然一笑道："周当家的，何必这么费事！这几匹牲口已进了贵堡，哪还怕它跑了？请当家的吩咐一声，不用多费手脚，我们跟着还用哩。"

周寨主道："高朋贵客，我招待不起；几匹牲口来到我商家堡，我要连顿草料都不管，也显得我做主人的太穷了。"说罢哈哈一笑，把手中的铁球豁朗豁朗，团个不住。

魏天佑暗骂好个姓周的，拿我们当畜类，立即还口道："我倒没想周当家的还会服侍牲口！"

周寨主一声不响，引客人来到土围子中心；忽的一回身，向魏天佑道："魏老哥，我跟你商量点事：请你们众位把所带的兵器先交出来。这商家堡不是我一人的，我还有几位弟兄，性情太坏；你们哥几个带着刀枪暗器往里走，他们一定误认是抄我们来的。并且我周某的晚生下辈又多，我这家大人又不会管孩子，他们一点礼节不懂。一见你们哥几个带着家伙，说不定就许先摸了你们。请老哥们别教我为难，把家伙先下了吧！"

魏天佑见周寨主咄咄欺人，实在有些捺纳不住火。内中那位掌竿的于二虎，历来浑愣，早想答碴，只碍着有好几位武师在头里，自己不便多插嘴。此时再忍不下去，未容魏天佑话说出口，他立刻从身后答了话道："周当家的，不但武艺高强，恃众唬人；并且还能口头讨诮，利口伤人，足见是个人物！不过像这么倚着家门口发威，恐不是关东道上好汉子所为吧。你这商家堡就是摆着刀山剑树，我们已然进来，就算够朋友。你要想教我们把家伙下了，你应该早说。已然来到你家炕头上，你这叫关上门打老虎，纵然我们全折在你手里，你也不算人物。当家的，你不嫌输口吗？"周老疙瘩一声怒叱道："呔，你是什么人？敢出这种狂言？"

那花刀吴鹏远厉声道："于老二不要多言！"回头来向周寨主道："当家的，咱们全是江湖道上的朋友，说话用不着绕脖

子。你既是想教我们把家伙全下了，一定连人也不想放走吧？可是你是干什么的，我们是干什么的，彼此全明白。只凭你这点阵式，就想教我们哥们丢盔卸甲，舍脸求活，你大概看错人了。当家的，说痛快的，你划出道来，我们准含糊不了，你就招呼吧！”

周老疙瘩双臂一扎，怒吼道：“你们找上门来，寻我们的晦气；教你们交兵刃，还是看在快马韩的面子上。你们预备了，我姓周的这就摆道！”话没落声，把长袍一甩，待抄兵刃；突然身旁窜出一名贼党，手使一柄二刃双锋夺，恶虎扑食似的，窜奔魏天佑。

魏天佑早预备好了，正要迎敌；那花刀吴鹏远一声断喝，挥刀上前。来贼姓肖名龙，生得身量高大，形如黑塔，力大刀沉，扑过来，挟着一股劲风。吴鹏远纵身一闪，没容这黑大汉再扑过来，一个揉身进步，青光闪烁的折铁刀，“五带围腰”，照着这姓肖的拦腰就斩。这姓肖的是堡主姚方清手下最得力的头目，为人凶狠暴戾。凡是“上线开爬”，大半全由肖龙带人去做。只要遇上买卖，吃得狠，剪草除根，一个活口不留，只为他不在老窑近处开爬，他这商家堡又是隐僻的地方，所以能够没被官家抄捕。这次遇到韩家牧场失事，找到他门上来，依着他，一照面就把来人全拾了。那四当家周老疙瘩却是个谋士角色；姚方清临时派他来，把守卡子，查问韩家牧场的来意；不想三说两说，到底动起手来。

肖龙亮二刃双锋夺，向马师骤攻过来。花刀吴鹏远却非弱者，略避锋锐，将折铁刀掣到手，施展开万胜刀法，跟肖龙拼到一处。周寨主厉声向手下的党徒喝道：“好朋友全想露一手，给咱们开眼，你们还不上去奉陪？”这一发话，商家堡手下有功夫的人立刻齐往上围，把韩家牧场的马师伙计，团团围住。

魏天佑见已翻了脸，任说什么也挽回不得了；便把青铜厚背刀一抡，扑奔周四。周四早把发辫盘在顶心，甩衣紧带，抄取一杆长锋漆杆皂缨枪，指挥党羽。魏天佑似水蛇般，从夹缝

里抡刀砍到。周四便将枪一颤，未容敌人近身，先照着魏天佑右臂就扎。魏天佑见敌人枪风甚劲，随即往回一坐腕，往外一封敌人的枪，急往旁撤身，亮开动手的地势。

周四两眼瞪着魏天佑，冷笑道："我要领教领教！"立即上步，一抖漆杆枪，倏地抡枪盘打，照魏天佑的下盘扫来。魏天佑咬牙切齿，往起一纵身，让过枪锋，揉身进步，刀点周四的华盖穴。周四立刻往起一提枪把，朝天一炷香式，往外一拦，把刀磕开。

魏天佑施展开六合刀，崩、扎、窝、挑、删、砍、劈、剁，一招一式，沉稳轻健。两人对走了十几招；这四寨主周老疙瘩的花枪倒也有功夫，不过遇上劲敌，渐渐门户有些封不住了。兵刃中"一寸长一寸强，一寸短一寸险"，虽是这么说，也得在人运用。使用长兵刃，固然占着便宜，却须封住门户，不能教对手欺进来。只要门户一封不住，定立于必败之地。

魏天佑欺身进步，一招紧似一招，一式紧似一式。周四已觉出敌人厉害，自己枪法一散，稍一失神，定要伤在刀下，不如用败中取胜的绝招胜他。正赶上魏天佑的刀劈到，周四单手抖枪，用枪杆把魏天佑的刀荡开。跟着用退步拖枪，往下一败，口中连喊："哥们快接应，这家伙真扎手！"口中嚷着，嗖嗖地竟纵出丈余远。

魏天佑拽刀就追，堪堪追近，那周四陡从右往前一带枪攒，枪头的血挡唰地已到了手中；微一斜身，枪尖从左肩下疾如飞蛇，往后穿出。魏天佑正追的是一条直线，枪锋奔胸膛扎来。魏天佑认得这招枪的厉害，只要往左右闪避，或是用刀往外封枪，准得受伤。这招是连环三式，刻不容缓。你往右闪，刀往右封；他的枪疾如电转，倏然往回一吞，枪抽回来，复从左胸下穿出来，正扎你往右闪的势子，往左闪也是一样。

魏天佑此时箭在弦上，不得不发；故意的往右一斜身，刀往外一封，脚下步眼早变了式子，拧着身子，反往前一滑，周四果然的一吞一吐，枪头又递出来。魏天佑旋身挥臂，"乌龙

探爪”，一个转身，身形贴着枪杆一转，反往周四的面前一欺，手中刀顺枪杆往外一滑，“噗哧！”周四“嗥”的一声惨叫，松手丢枪，身躯往后一窜；陡见鲜血迸溅，四个手指头随枪坠地，周四登时黄了脸。群贼哗然大噪，奔来一人，把周四搀入屋内。魏天佑往回一撤身，把刀一收，说道：“哎呀，对不住，我失手了！”

当此时，堡主姚方清已赶到，藏在窑内，没有出头。今一见拜弟负伤，成了残废，登时一跺脚，叫道：“好！”随又大嚷道：“老四毁了，我们跟他拼吧！”提刀就要往上扑。

突然有人拉了他一把，附耳说了两句话，姚方清怒叫道：“对！……姓魏的，敢堵门口，伤我拜弟，我姚方清要教你们这群小辈逃出一个，我不姓姚了！”立刻传令，教大众往里边栅门前撤退，栅门里“邦邦邦”一阵木柝暴响。

这时魏天佑所带的马师弟兄，一场混战，也伤了三四名。忽的群贼往下一退，这边刚要跟追时，从左右唰唰连射来四五支弩箭。商家堡的群贼一齐退到二道栅门边，又一声胡哨，群贼竟自纷纷窜向栅门。就在这刹那间，围墙四面梆子连珠般暴响。魏天佑情知不好，刚招呼大家往外撤退，左右身后，“啪啪”的弓弦响处，嗖嗖的弩箭，向众人立身处射来。魏天佑顿觉情势危急，见群贼才退进栅门；想到贼人一退净，迎头再一发箭，四面受敌，自己人难逃活命，忙大声招呼：“弟兄们别等死，索性往里撞，还可活得了！”一边招呼着，头一个先扑向内栅门。

里面正要闭门，被魏天佑跟马师们抢进来，刀闪处，闭门的人竟自撒腿就跑。急望栅门内，人影乱窜，似一个个正由首领引导，向里逃去。魏天佑估摸那人许是姚方清，就大喊：“姓姚的，你枉是商家堡的瓢把子！相好的，你跑到哪里，爷们也得掏出你来。”头一个纵身就往里闯。马师、伙计们明知越往里走，更入了匪巢的腹地；只是弩弓从后三面逼来，只有往内栅门里闯。大约贼党因为有他本堡的人，不敢乱放箭，马

师遂拼命的全闯进内栅门。

这内栅门当中，是一趟平坦的土道，约有一丈五六宽，两边全有房子。再追出去十几丈，才是一片宽敞的院落。商家堡的群贼奔到房檐下，全回身站住；突从两旁冲出来十二名弓箭手。魏天佑跟吴鹏远脚底下快，一顿足窜到院心。伙计们稍稍落后，可也全闯进院心来了。这时梆子连响，利箭唰唰的射来，魏天佑一面用刀拨打，与吴鹏远不约而同，往后一退。从外面闯进来的马师也被后面箭手迫得往前挤。两下里凑到一处，正在栅门内的中间。

为头贼人忽一阵狂笑道："姓魏的，你已入姚某的掌握之中，死在目前，还不自知？下去吧，相好的!"

花刀吴鹏远猛然醒悟，说声："不好，这块地方有毛病!我们赶紧退。"这个"退"字没说出口，突然听得一声暴响，有四五丈的地方，"悠"的往下一沉。魏天佑等猝不及防，还想往外跳；搪不住飞箭如雨，顾得了脚下，顾不得了四周，轰然一声，翻板翻落!

这块翻板长有十丈，在当中有横轴，有专人管着拨闩。只要踏到这十丈长的翻板上，前后全能往下翻。姚方清在这商家堡，预备下这咽喉要路的埋伏，并不是预备任意捉人。他们只想到据守商家堡为盗窟，终不能保永久不败，一旦被官家抄捕，有这设备，阻挡追兵，好脱身逃走，没想到今夜先用来拒敌。翻板往下一翻，魏天佑等全落到陷坑里；依然逃走了两人。一个是飞行圣手刘雍，一个是杜兴邦。刘雍出身绿林，颇擅纵跃；在翻板往下一塌时，纵身窜上旁边的檐头。杜兴邦因为腹背受敌，抡刀拨打栅门外的利箭；翻板一塌，身离栅门很近，便不顾命的往外一窜。外面的箭手见发动翻板的信号一起，登时停箭不发；杜兴邦乘机逃走，直扑土围子下。

刘雍跃登房顶，逃出陷阱，杜兴邦夺路逃出虎口。

商家堡三当家郭占海在外面督促箭手，登时瞥见杜兴邦，喝一声："拿下!"众箭手见翻板收功，只顾喝彩；郭占海连喊

数声，众箭手方才放箭。杜兴邦竟跑出围子；却不防商家堡二当家蔡占江在外埋伏，只一箭，把杜兴邦射倒；杜兴邦白挣了半晌命。

那飞行圣手刘雍身法轻捷，居然从房顶跳落后墙；从更道闯上围子，翻到外面，逃了出去。

大寨主土太岁姚方清哈哈大笑，认为把仇敌一网打净。因这翻板是从外边一头翻起的，栅门这边的翻板往下沉，里边的翻板往上起，正挡住姚方清这边的视线。当即喝令匪党，往上起绳网，把魏天佑等挨个上了绑。在牧场中人一入卡子时，他们早就暗记了人数；现在逐个点数，才知漏网两名。姚方清大怒道："这可糟！他们在外面留下巡风的了吧！"说时，二当家蔡占江把杜兴邦押来。周四呻吟道："还短一个。"

姚方清到此势成骑虎，不再顾忌什么后患，立刻喝令手下弟兄，把这被擒的人，全押回总窑，在内栅门外旷场上，处置他们。又命同党往外搜缉逃人。

快马韩手下这班弟兄久走关外，视死如归；身虽被擒，决不输口。竟一递一声的讥诮姚方清，不够汉子，用翻板赢人，可惜失了身份。这么肆口谩骂，姚方清越不得下台，竟一怒要五马分尸，把魏天佑处死。到危机一发的时候，袁承烈翩然驰至，跟着昭第姑娘也赶来相救。短刀示武，片言解纷，才得将危局暂掀过去，改为订期相见。这在姚方清，关照着快马韩的声势，已是很留情面了。

魏天佑述罢前情，昭第姑娘忿然说道："二叔，姚方清这么不留余地，我们无论如何，也得跟他拼一下子。我看这事，五天限期，转眼就到，我们也不用等我爹爹回来，我们调集全场的弟兄，跟他械斗，先把他的窝给他挑了。既动他，索性就闹个大的！"

魏天佑似乎意气很消沉，半晌说道："姑娘不要性急，咱们从长计议。"随又向袁承烈问起闻警逐贼、仗义相救的情形。

袁承烈方待述说经过，突听得前面一阵砸门声，疾如风

火。魏天佑眉峰一皱，赶紧派弟兄们隔门盘问，先查看来人。

弟兄们赶奔栅门，不一时回来，向魏天佑报道："二当家的，来的是咱们自己人。不知怎么得着信，由冯连甲冯师傅，督率着西场和房窑里几十名弟兄，接应二当家来了。"

魏天佑等忙迎出去，来的人果然是冯连甲，带着西牧场的武师季玉川、李占鳌，率领几十名武勇力壮的弟兄，赶来问讯。他们都听说魏天佑因寻马，和商家堡肇事了。魏天佑问他们，怎么知道的信息。

冯连甲说：他正代守西牧场，是刘雍刘师傅从商家堡逃出来；因知东牧场的人大半派出寻马，刘雍这才折奔西牧场勾兵。又在半路遇上牧场派出来往西北追贼的弟兄，遂借骑了他们的牲口，疾奔西牧场。冯连甲得着这信，知道事情紧急，场中弟兄有知道商家堡底细的，断定他们非遭毒手不可。冯连甲立刻鸣锣聚众，仓卒间，先招集了这几十人赶下来。本要立刻扑奔商家堡，行至半途，遇上东牧场放哨的人，才知魏天佑已经安然出险。冯连甲道："幸亏我们没有鲁莽，这一定是姓姚的讲面子，不愿跟咱们结隙了。"

冯连甲这样说着，那刘雍跑得满头大汗，忽一眼瞥见昭第姑娘，跟那白天投效、事后失踪的姓袁的，并坐在屋隅，不禁"咦"了一声，向魏天佑道："怎么这位也在这里了？他、他什么时候回来的？"

魏天佑忙低声道："人家是好朋友。我们若不亏人家，还想回来？这时早没命了！"刘雍和冯连甲不知袁承烈单刀解围的事，都很诧异。杜兴邦立刻跑在人群中，把大指一挑，叫道："刘二哥，你早跑了，你哪知道？这位袁老哥真够朋友，真给我姓杜的做脸；若不是人家，我们个个玩完大吉！哼，你们都说……哪知人家是真投效。人家才入场，就亮了这一手；匹马单刀的叫字号，把姓姚的小子问短了！"

魏天佑皱眉道："你嘴上清楚点！冯师傅，回头我告诉你。"冯连甲满腹狐疑，只得先和武师季玉川、李占鳌，向昭

第姑娘打了招呼，又向余人道惊，把带来的人都安插了。魏天佑重把陷身商家堡，已经瞑目等死，竟蒙这新投效来的袁朋友奋身相救的话说了。万没想到这人竟是不露形迹的英雄，不止于胆子正，手底下还有真功夫。跟着又说："我们虽然是暂时得了活命，事情并不算完；不但马没访着，又和姚方清约定，五天内咱们场主亲到商家堡领教。这种约会，也是这位袁朋友替咱们做脸，一口应承的。我们无论如何，也得圆这个场。"韩昭第道："那个自然。"

众人七言八语，还在絮絮盘问；冯连甲站起来说："天气不早了。姑娘和二当家都很受累，该歇歇了。有什么事，明天见罢。"大家这才出了柜房。

昭第姑娘仍然留场，次日早晨，派人回宅送了个信，密嘱司账马先生："二当家此番栽了跟头，很是难过；请你告诉大家，说话千万留神。"嘱罢，转到魏天佑那里。魏天佑果然脸色异常难看，似有病容；那一种强打精神的样子，尤令人不忍看。昭第道："二叔怎样了？"

魏天佑摇了摇头，道："不怎么样，我们先商量正事。"昭第暗暗叹息，和魏天佑坐下来，计议了一阵。遂在饭厅，摆了几桌席，无非肥肉好酒；即烦马先生和冯连甲做陪，普请出力受惊之人。另在场主快马韩的屋内，单摆一宴，专给袁承烈道劳；并向他打听前夜失马、昨日寻马的情形。这袁承烈既已挺身而出，失马当时必有觉察。或者他已缀着盗马贼迹，也未可知。

傍午，魏天佑和司账马先生亲到客屋，去请袁承烈。哪知才一进门，便见屋内热闹异常。许多位马师、武师，围着袁承烈，以酒代茶，又吃又喝，大说大笑。这一群大汉俱是热肠，把袁承烈佩服得不得了。魏天佑笑道："我一步来迟，你们先偏我了。"

杜兴邦嚷道："二当家来了，喝一盅吧。我们正跟袁爷打听他前夜冒雨追贼的事呢。"魏天佑道："好，真有你们的。袁老弟，那边摆上酒了，请到那边谈谈；我和大姑娘都候你入座呢。"

袁承烈道："这可不敢当！"魏天佑道："走吧。"过来拉手腕就走。袁承烈道："还有别位没有？"魏天佑道："摆了好几桌呢。咱们大家先乐一乐，跟着还得办正事，走吧，走吧！"马先生向杜兴邦摆了摆手，另把众人引入饭厅。

来到场主私室，早摆好圆桌，昭第姑娘已然在那里恭候。屋内只有昭第姑娘和书启赵先生、武师刘雍、吴鹏远。大家逊座，推袁承烈首席。袁承烈忙道："当家的，别客气，我袁某虽是新到，可是专程投效来的，我就是你老的部下，这座位我绝不敢僭。"

吴鹏远"喝"了一声，首先落座道："圆桌子四面为上，咱们谁也别跟谁客气，袁老兄从直坐下吧。"魏天佑道："请随便坐，咱们好细谈。"几个人到底把袁承烈推到上首；魏天佑就了主位，昭第坐在末位，赵、吴、刘恰是陪客。敬酒之后，魏天佑向昭第姑娘微一点头，昭第姑娘会意，站起来，跟魏天佑站在一处。

魏天佑向袁承烈深深一揖，昭第姑娘也恭敬致礼。袁承烈忙不迭地站起来，往旁撤身，还礼道："二当家，姑娘，不要这么客气，我不过略效微劳，值不得介意。二当家和姑娘要总这么着，倒教我袁某无地自容了。"

魏天佑道："袁老兄，俗话说，大恩不言谢，我这不过是略示感激之心。此次本场失事，全由我疏忽所致。马既没有找回，反倒跟商家堡结了这个梁子；不止我栽跟头，还给牧场留下祸患。我可不是当着袁老兄说人物话，遮羞脸；我倒愿意一刀一枪，死在姚方清手里，省得活着遭擒，当场现眼。哪知道教人家一翻板，全给诓在陷坑里；足见我遇事不善应付，害得好些位弟兄，也跟我一块挨捆，场主的威名全被我一人断送了！顶糟的是我只顾硬闯人家的巢穴；反忘了在外面预留一个巡风的人，以致于全伙失陷，连个回场报警的都没有。人家吴鹏远吴师傅舍命卫护我，也跟着掉下翻板去。还亏着刘雍刘师傅，从虎口挣出来，奔往西牧场求援。可是远水不救近火，我

们当场眼看栽给人家。想不到袁老兄匹马单刀，从天而降，才免了我们那场耻辱。这一来教姓姚的看看，我们牧场还有人物；好比快马韩的牌匾教我弄砸，袁老兄竟给只手托起来了。不但救了我们的性命，更保全了快马韩的脸面。我魏天佑但有人心，至死也忘不了袁老兄这份大恩。只怪我们肉眼不识英雄，一切怠慢之处，还望袁老兄多多原谅！”

昭第姑娘也说道：“袁大哥，你这次舍身急难，救了我们；更保住我父女的微名，我父女受惠实深。这种情形若是出在我们老东老伙，已是感恩不尽，何况袁大哥又是才到这里。袁大哥！这人心都是肉长的；我父亲没在家，我先替他老谢谢您！”说着又施一礼，满脸堆下笑容来，要亲给袁承烈把盅，慌得袁承烈耳根一热，忙伸左手按住酒杯口，连说：“不敢当！”右手往外一挡，却不防豁剌的碰翻邻座酒杯，洒了一桌面；他虽老练，也臊得面红过耳了。

昭第姑娘毫不在意，笑嘻嘻地接着说道：“袁大哥别客气！我还向你打听，您到底怎会竟知道我们魏二叔误走商家堡呢？我们丢的马是否就在商家堡？或是教别路风子帮给拾去了？袁大哥，请你务必费心，告诉我们，我们好想法子找找呀。”

袁承烈谦让着，请魏天佑和昭第姑娘落座，自己遂把昨夜的事略说了一遍。

袁承烈自从跋涉山关，远慕着快马韩好客的名声，前来投效；原期一快瞻韩，开诚自荐，借此立足创业，深怀热望而来。偏逢牧群肇事，魏天佑动疑；虽将他安置在客舍，却暗中防备着他。袁承烈不是不懂骨窍的人，冷嗤一声，潜有去志。客舍紧挨着排房，那些牧场中的武师、马师们，这个过来盘问一阵，那个过来搭讪一回；自己明说投效，他们仍问来意，自己已陈身世，他们仍问来由。这些人内中也有受魏天佑密嘱的，也有不知底细，闲来打听的；问得袁承烈很不耐烦，应酬一阵，便称疲倦要睡。不想外面又豁剌的进来数人，讲起他们的场规来。从他们话中，得知牧场范围很大，规约很严。前面

圈各有掌竿马师掌管，他人不能随便走动。

有一个愣头愣脑的汉子，自称同乡，对袁承烈说：“你是新入场的，我可不知派你归到哪里帮忙；这里的场规，我是告诉你一声，这里一到起更，凡是不值夜的伙计，全得回排房睡觉，不准谈笑赌博。熄灯后，排房栅门不论闭门没闭，无事不准私出栅门一步。夜间随意出去，不止犯规，也很蹈险。守圈的猎狗二十几条，入夜便全放出来，你既在关东道上走，总知道这种狗的厉害，含糊一点的小伙子，有两条狗就许给活拆了。最好没有事早睡。有用人的时候，响哨齐队，那是大家的事。只要不生事，不打架，不赌博，绝碰不了钉子，吃不了亏。”袁承烈听了，微微一笑，信口把这位头目对付走了。

这时也就是正当酉末戌初，各处不值班的弟兄全回排房，这里立刻火炽起来；人语沸腾，三个一堆，五个一伙，聚在一处，笑语欢欣。袁承烈默处客舍，心中暗想，快马韩能得这么大的威名，能成这么大的事业，决非幸致，一定有过人之处。就看牧场这班人，山南海北的全有，一个个粗暴狂野，快马韩居然能驾驭得住，一个个甘心为他效命，他一定有足以服众的手段。自己来到这里投效，快马韩恰没在家，他手下人自然要加细盘查；塞外本多亡命之徒，他们这等慢待，也是情理之常。如此想，又把闷气消释了好些。

袁承烈又一转想，自己奔波数百里，前来投效，也不必过争礼貌，轻于去就；不妨等快马韩回来，再看形色。但自己本想在此立足，若是没点惊人的本领，不做两件震动群伦的事情，就这么碌碌的混饭吃，哪能树立事业？这就要看机缘了；若没有机缘，空有雄心，英雄也无用武之地，徒唤奈何！

袁承烈思前念后，把以前失意的事全兜上心头；越思索往事，心里越烦。转瞬天黑，管守排房的头目提着盏孔明灯，到各号房察看。袁承烈辗转不能成寐；直到二更过后，外面狂风骤起，人声嘈杂。袁承烈不觉欠身起来，向门外窥视。听邻舍的人说：“不好，要下雨！”一齐穿鞋奔出去。外面管排房的头

目果然提着灯带着人，纷纷出来防雨。跟着风声愈紧，草木振动，全牧场的人声、狗吠、马嘶，汇成繁响。又听一人大声吆喝，命各头目从每排房里，抽派弟兄，盖草帘，挡马棚，紧拴烈马，唆回猎狗，检查围棚里泻水沟的水道。出入奔呼，忙碌异常。

袁承烈是生客，坚坐不出，只侧耳倾听。转眼间，一阵阵的东南风刮得非常猛，跟着大雨倾盆而下。雨声繁密，再夹着阵阵的风鸣，任什么旁的声音也听不见了。排房竟被风雨震撼得有些颤动，门窗虽都有雨帘子，哪里遮得住疾风暴雨？工夫一大，屋顶未漏，风却卷着雨水，从门窗洒进屋来。板铺位置靠里，幸不被水淋，屋中人究竟不能安睡了。袁承烈只得坐起来，借着电闪之光，见门内地上已然水汪汪的，雨点子有时随风往脸上飞；恐怕被褥包裹被雨淋湿了，遂把包裹放在墙角，把被褥也推到墙根，避开迎门这一带。自己盘膝坐在板铺上，觉得气候立刻被这场雨变了，冷嗖嗖的，遍体生凉。隔墙排房里的人也闹起来，虽听不真切，但是隐约听去，想也因为雨水进屋才嚷。

过了好久，雨势略刹；跟着门外灯光闪烁，哗啦哗啦的，有人蹚着地上的积水走过来，向隔壁排房，大声发话道："喂，歇班的师傅们，起来看着排房的水道吧；屋里进点雨水，算不了什么。你们想想出去加班的哥儿们，顶着那么大雨，连气全喘不出来，人家还一样干哩！你们这么嚷，教头儿说两句，图什么呢？"

袁承烈听这人吩咐完了，灯火移照，又来到客舍门口。旋听这人在门外跟随行的人说："哦，这里是新来投效的那位，不晓得醒了没有？"板门骤启，昏黄的灯光一闪。

袁承烈忙将身一倒，闭眼装睡；微启一目，欲看他们的举措。在昏黑中乍见灯火，眼光一花，反看不清来人。凝眸偷认半晌，才知这是个生人，并不是魏天佑。这人晃着手中的孔明灯，把屋中遍照了一下，问了一声："哥们，怎么样？铺上还

可以睡吗？要是全湿了，换了地位。”袁承烈佯做乍醒，含糊答道：“不要紧，铺上还可以睡。”

这人跟着出去。又沉了一刻，排门夹道的栅门传出一阵落锁的声音，和踏水的脚步声，似有好多人，立在各排房的箭道里，疏通泻水的明沟。客舍的板门没有关严，外面的灯光射进来。

袁承烈俯视屋地，犹留水痕。只是狂风稍戢，雨水不再刮进来了。遂下了板铺，从门缝往外张望；只见许多人穿着雨衣雨帽，和高筒油靴，在那里忙，雨仍一阵大、一阵小的下着，这班人浑身全都披着雨水珠，被闪烁的灯光照着，发出一种异光。一个头目手拿一支荆条木杖，指点着几个壮汉，用长杆铁锹，正在豁通原来的泻水沟。果然经过一番通掘，深有半尺的积水，转瞬间畅泻下去。不一时这里修治完了，由那头目率领着一班壮汉，走向别的排房箭道去了。

袁承烈站了一会，才把板门关紧，和衣重睡。也不知睡了多久，忽然冻醒，跟着又觉得一阵内急，似乎感受夜寒，亟须赴厕。记得白天看见墙角挂着一套雨衣、雨帽，黑暗中摸到手内。把雨衣、雨帽穿好，开门看了看，外面黑沉沉，雨声淅沥。好在厕所就在栅内近处，只要不出栅门，不算犯场规；遂悄悄出来，走向栅门。虽有雨衣，脚下并无雨鞋，借着天上闪电之光，看准了地上水迹少的地方，连窜带纵，到了厕所前，脚上幸喜没湿透。

由厕所出来，方往门外迈步，袁承烈突然发现了一件意外的事，在栅门侧面，陡现一条黑影，伏腰来到栅门附近，骤然止步。一摸栅锁，竟用弹指传声的江湖手法，回身连弹三下；“嗖”的一个箭步，又退回去了。

袁承烈急缩身凝眸，见栅后西北一带，竟蹲着三条黑影。那人奔过去，登时全站起来，窃窃私作数语，陡然的散开。袁承烈听得末后两句话道：“这是排房，风子圈还得往后走。”跟着黑影一晃，果然齐奔马圈而去。

第二十三章

风子帮借交修怨

袁承烈目睹此状，骇然心惊。这几人举止飘忽，定非善类，也决非牧场中人。自己既遇见了，就该察个水落石出。按说目睹歹人窃入，便应报告场中主事人。可是自己新来投效，万一认错了人，深恐轻举妄动，徒惹笑柄。想到这里，忙往马圈那边一望，漆黑无光，但听雨声滴嗒，此外不闻一点别的声息。

袁承烈心想："不对！这几个人一定有毛病。"忍不住心头跃然，欲往一观究竟，猛又想到："自己赤手空拳，任什么没带。"遂一转身，施展轻身功夫，脚尖轻点，腾身跃起，嗖嗖的连纵数步，已到了客舍门首。进得屋来，黑影中，抓着自己的包裹，把护身的短刀摸到手中，转身往外走。身上穿的雨衣是油布的，非常生硬；只一转动，立刻发出"刷刷"的声音。袁承烈心想：穿这种衣帽，哪能暗缀歹人？有多笨的夜行人，也给惊走了。遂不顾雨淋，回身把雨衣雨帽全都甩掉，另取一块油绸，顶在头上；又把一双鞋掖在腰间，包裹藏在别处；又取了一盏孔明灯，以便照看。然后急急出来，轻轻掩门；准知

道来人奔了马圈，便蛇行鹿伏，曲折先奔向东栅门。

栅门前悬着羊角灯，门旁木栅有人驻守。袁承烈想：刚才人影如是匪徒，必不敢从这里走过。未获歹人确迹，自己也不愿现形。他忙伏身木栅边，别寻出路。果然履行不到数步，发现左边木栅，被拔下两根栅木。袁承烈闪目回顾，暗道：是了！这一定是那几人刚才走过，留下来的道，便微然一笑，伏身也从这两根栅木空缝钻了过去；仍然弯着腰，向马圈那边摸去。

这时雨仍未住，场中的一切景物，全隐在黑沉沉的雨夜中。袁承烈拢目光看了看，侧耳听了听；但闻风雨声，不见刚才的人影。袁承烈道："唔？……"东张西望，往来搜寻半晌；突听西南一带，隐约似有踏水之声。袁承烈忙从黑影中，循声蹚了过去；一面走，一面设法匿形；深恐场中人瞥见，难免动疑，又怕歹人听见，必要逃跑。讵知他慢慢地一路勘寻，刚近马圈，忽闻扑登一声响，有人说出一句黑话；紧跟着蹄声杂踏，似有人低喝了一声："吁！"

袁承烈骤然收脚，顿然明白；雨夜中确真出了意外事，牧场中确真有了盗马贼！心似旋风一转，打定擒贼炫技之心。一下腰，施展开轻身提纵术，在浮沙积水的地上，身形如飞鸟低掠，扑向马圈侧面。远远辨出西圈有黑影晃动，忙追过去一看，人影渺然不见。回头再看柜房一带，依然黑洞洞无光。

袁承烈一点不放松，此处扑空，脚下加紧，急急又赶到东马圈前，逐一验看。马圈上全挂着雨帘，却有数处马棚，所悬雨帘全被摘去，丢在地上。袁承烈心中一动，不顾一切，急纵身闯进圈去。张眼一望，见有三个马槽，全没有牲口；守马圈的猎狗也没有放出来。这一定是被盗，殆无可疑！袁承烈抽身出来，便打开孔明灯板，微露隙光，到别处往来照看；在另一马圈，居然又发现三个单槽，槽已空，马不见了。

袁承烈飞步出来，绕围墙，寻找贼踪，贼已得手，逃走无踪；所有遗痕，尚未被雨冲尽。袁承烈把贼踪勘准，冷笑数

声，急急扑回马圈；一俯身，把绷腿上的匕首拔下来，选取一匹马，割断缰绳，牵了出来。却没有鞍辔，好在马上功夫，自问还有把握。火速带马出圈，左手扯截缰绳，一按马背，腾身窜上去。

这匹马刚进大圈，还没压出来，烈性犹存，倔强特甚。骑者才挨上它的脊背，便猛然一扬头，撩起前蹄。袁承烈忙一合裆，使出九成力，幸没被掀下来。右掌还握匕首，未及插入绷腿，缓不过手来；赶紧往口中一衔，腾出右手，一捋马鬃，左手紧缰，这匹马"希律律"一声长嘶，陡打一个盘旋，要将骑它的人甩落；袁承烈裆下加劲，双腿一扣，再用拳家所谓内力；这烈马方才伏贴，不再咆哮。用两脚踵，往马的后腿腋一磕，又一抖缰；这匹马四蹄放开，奔了出去。袁承烈不敢大意，右手把马鬃，不敢撒开，怕马再犯性，把自己扔下去。

袁承烈驱马直趋东边墙，到了墙根，把马拴住。循墙根提灯搜寻，把围墙木桩逐一摇晃；费了好久工夫，发现数根栅木，借雨后土软，也被拔下来，又浮按上。袁承烈大悦，顺手拔下栅木，带马出栅；仍复虚按上，以防别贼。

于是，袁承烈纵目外望，这里果然荒僻，从黑影中辨出紧贴围墙，掘着一丈多宽的壕沟；过沟就是黑压压的深草，高及人身。围墙内东西南北转角处，高筑更楼，派专人防守瞭望，备有芦哨、响箭、望远筒。每一角楼，尚有一两杆打铁砂的大抬枪，用以御侮。各要口复有值更守夜之人，内外戒备。可是饶布置得这么严密，设备得这么周到，偏偏出了盗马贼，他们竟没有一点觉察，袁承烈不由暗笑。却不知刚才一阵防雨，众人大忙了半天；及至重入睡乡，未免睡得死些。牧场地面又大，马圈又多，加之因风雨交作，人们难免疏失一些，也就获得疏失的结果了！

袁承烈出得围墙，忙将脚跟一磕马腹，一提马缰，乘着往前疾冲之势，窜过濠沟。他此时已打定缉贼立功的决心；到了场外，凝目张望，黑忽忽任什么看不见，只远远听见斜向东北

一带，荒草丛中，似有许多马蹄声，在那一带奔驰，袁承烈遂也踏着荒草，瞄着声音，追赶下来。

这事很凑巧，越追越听得马蹄声近，居然没有追错。这自然是他发觉盗贼很早，又跟踪急蹑，才得奏效。遥望前途，袁承烈叫一声“侥幸！”忙将马放慢。他心想：马贼人少，我便上前夺回，返场献功。倘若人多，我就直跟到他们的老巢，认准地方，再回来报信。

袁承烈继续追了一程，居然从黑暗中，望见马群的浓影。更察见前面盗马贼所走的道路，全是荒僻的草地密青，绝不往正路上走。这么忽东忽西，倏南倏北的绕走，工夫一大，竟自迷了方向。虽是道路荒凉，满途荆棘，又是在昏黑的雨地里，不致被前面的盗马贼发觉，可是袁承烈也不敢过于贴近了。约摸又追出四五里地，这簇人马窜出草地，竟大转弯，改往东南大路奔驰下去。袁承烈仍然穿着一段的丛莽密青，往下紧缀。此时他全身被雨淋透；远远见那些贼人，仍不敢径走正路，只是横穿大道，又往落荒走去，分明是要不留逃走的准方向。

袁承烈约摸又追出十余里，前面贼人竟把牲口放缓了。他心想：贼人这一缓辔徐行，于己十分不利。他们紧走时，蹄声杂沓，我离的稍远些，还不致被他们觉察。他们如今慢走，我这么跟缀，非被他们听出来不可。相度两旁道路的形势，赶紧下马，牵到一片林木深密处，匆匆拴马在一株小树上；自己赶紧穿林而出，步行跟缀，这一来倒觉得便利了。仗着身势轻灵，虽则耽搁了这一会，好在马贼在前面走得慢，不似方才的疾驰，一会儿又被追上。借着林木丛草隐身，反能紧步贼人后尘了。

袁承烈侧目细看：盗马贼一共四人，个个全是短打扮，不加鞍缰，骑着四匹马、牵着两匹马，显示出矫健异常。内中两匹烈马竟跟驯马一样，夹在马群中，伏伏贴贴被驱着走；袁承烈看着十分惊异。果然这吃风子帮的人另有一种降服牲口的本领，竟不知他们用何方术，驾驶烈马，能够任意听他的驱策。

他们一边冒雨驱马走着，一面在马上任意谈笑，似没事人一般，一点也不顾忌后面有人追赶。

内中一个短小精悍的汉子，骑在马背上，像个活猴子似的，扭着头，向他旁边并骑而行的同党说道：“喂，刘老幺，你这回还能不服我马殃神的手段吗？没有点出手的能为，焉敢在老虎嘴上拔毛？这一下教姓韩的也尝尝咱的厉害，教他栽了跟头，连影子全摸不着。”

那一个同党答道：“侯二爷，你真成！冲着你一入窑，在圈里那几下子，凡是在关东立脚的风子帮，就得全拿你当祖师！我看小子们不追来，是他们的便宜；只要一追了来，咱们往商家堡领他，先教他们撞个大钉子。姚方清那家伙素来难缠，周老疙瘩更气粗，没枣的树全要打三竿子；咱闪绕着商家堡的线上走，只要快马韩派人来追，让他们两家里先干一场，咱们坐山观虎斗。这回快马韩可要栽到家，任他有天大的本事，也禁不住这些好朋友照应他吧！然后咱们去见这个主儿交差，准得落个满堂好。”

先前发话那个瘦猴，名叫马殃神的笑答道：“这么照应快马韩，准有他的乐；早晚还不把老东西照应得归了位？”又一个匪徒答腔道：“侯二爷，你别当是笑话，快马韩好容易立起万儿来，名也有了，利也有了；如今连着栽跟头，还有什么脸活着？气也把他气死了。”

第四个匪徒说道：“我可不是架起炮来往里打，替姓韩的说话；咱们这是受人之托，忠人之事，为朋友卖命，没有办法；其实姓韩的跟我们没冤没仇。这回就是把姓韩的扳倒了，究竟是暗算人家，也不算怎么人物。这个主儿既跟姓韩的过不去，即便自己不是敌手，邀了助拳的，也该明着斗斗人家；明斗不过，改使暗算，就够泄气的了。他竟连头也不敢露，只用借刀杀人的手段，教雕头儿给他顶缸，未免给闯关东的老朋友丢人现眼。我不知道咱们瓢把子跟他有多大交情，依着我看，这种事犯不上管。我说侯二爷，你说是不是？”马殃神哼了一

声，道："别胡说了，雕头儿也是情不可却，被逼无法；谁教雕头儿欠人家的情呢？"这四个盗马贼，一个是马殃神侯二，其次便是姓刘、姓彭和姓萧的三人，他们全是坐山雕刁四福的部下。

四个马贼驱着六匹马，且谈且走；袁承烈纵步下赶，只顾注意偷听，稍一疏神，竟自把道旁的一丛茂草，带得"唰拉"的响了一声；急忙一闪，脚下又滑了一下。后面这姓肖的匪徒，听得了些声息，猛一回头，出声道："咦！"

袁承烈早一拧身，斜窜出丈余远，急往一丛乱草后一蹲，隐住身形。这匪徒一出声，其余匪党全一领牲口，豁剌的散开。

那为首的马殃神侯二喝问："萧老五，你又炸什么，活见鬼了！"姓萧的答道："我恍忽看见，好像有个人往草棵子一晃；咱们得搜一下子，别真有对头缀了下来。"说着一抖缰绳，连牲口带人，愣往草地里蹚。

马殃神侯二忙喝道："萧老五，别犯膘劲，留神人家的暗青子！"尽管马殃神这么招呼，萧老五竟把这一片半人深的荒草全蹚过来，任什么也没有发现。他自己觉着怪不得劲，嘴里骂骂咧咧，把牲口圈回来。却不知袁承烈身法何等轻捷，未等人到，早伏身旁窜，闪到另一边去了。

那个叫刘老幺的笑骂道："萧老五又炸尸！你是背得命案太多了，冤魂缠腿；你可千万别走单了，提防着四眼井那个女冤家，早晚把你活捉活拿了！"

萧老五也骂道："刘老幺少说现成话，我若没有看出岔眼来，我抽这个疯干什么？你小子蒙头浑脑，你懂什么。萧老五使唤剩下的招儿，全够你学一辈子的。萧老子除了怕饿，就是阎王老子犯在我手里，我也要剁他三刀，一个死婊子，算得了什么？"刘老幺笑道："萧老五你不用吹，你这工夫头皮子准得发炸。你东张西望，你准是害怕，你别扯谎！"

萧老五摸了摸脑门子，仍要还言，被那马殃神拦住道："别管他是人是鬼，离商家堡已近，道上留点神吧。教姚方清

手下的人撞上，顶多闹个没意思，若教牧场的人缀上了，那可是真栽。哥们，马前点吧。”

群贼道：“侯头说得对，咱们别骑着马瞎闯了，还是牵着走吧。只要出了姚头的卡子，咱们再上马。”于是纷纷下来，四个马贼牵了六匹马，轻轻地落荒往岔道上走。

袁承烈这一路奔驰，弃马步蹑，早累得通身汗下。这时雨虽住了，身上的衣服被雨淋汗蒸，也全湿透了；身上十分难受，欲罢不能。却幸贼人越走越慢，也改为步行，袁承烈心中大喜。只是贼人已动了疑心，时时提防被人追赶；袁承烈便多了许多顾虑，不敢迫近，只远远跟着。匪党们一味往岔道上走，好像取路前进，有所趋避似的。

袁承烈蹑迹跟追，又走了一段路。突听见前面飞箭破空之声，匪党马群倏的往四下一分。袁承烈只道他们真撞上商家堡什么姓姚的卡子了；不料那盗马贼为头的马殃神竟昂然显身，厉声叫道：“这是哪位这么胡闹？故意卖两下，教我姓侯的见识吗？”

倏从草地里，嗖嗖连窜出四五个彪形大汉，各提利刃，才露面，往两下一分，散开了群。内中一个发话道：“来的可是侯二爷吗？头儿不放心，教我们给你们打接应来。刚才听见马蹄声，我们猜着是你们几位，不过昏天鹞儿盯不清，侯二爷别摆在心上。这回彩头旺，一共六匹，我们哥儿个喝你老的喜酒吧！”

马殃神一行四人这才聚在一处；侯二爷一边缓缓往前走，一面带玩笑的笑道：“好小子，原来是你。你小子心眼真不错，打算喝喜酒，先请你二爷吃暗青子。小子你等着二太爷的，早晚准教你尝尝。”彼此笑骂着，两拨合做一拨，复往前走。

前面忽现一片浓影。马殃神对同伴说：“你们慢慢走；我先进去了。”同伴道：“你别忙，咱们一块走，这不有六匹马了吗？”立刻有六个人，抢着上马，一直奔黑影跑去。还剩下三个人没马，就骂道：“好东西，抢着报头功去了。”三个人只得

在步下走。

越走越近，袁承烈已辨出前面浓影，似是小小一座土堡，心想：这一定是贼巢。见前面三贼还在慢慢走，便要上前急袭，把三贼捉住讯问：但又怕三个人要嚷，距贼巢过近，似乎不妥。心中稍一游移，三个贼已经向土堡发出暗号，土堡也有人答应。袁承烈不敢再动，忙伏身蹲下，眼看三贼进入土堡去了。

袁承烈心中作难，这里已是贼巢无疑，理应入探；但自己地理不熟，连这地名和方向都不知，进窥似乎太蹈险地。又想暗处必有巡风的贼人，贸然硬闯，被人喝阻，未免给武林道丢脸。搔头寻思一回，忽然得计；退身草丛中，把附近地势看好，随将孔明灯板打开，把灯火捻亮，立刻冲着土堡，举灯连晃两下。黄光如电火似的扫射，登时惊动土堡藏伏的人；“吱”的一声胡哨，奔出两个贼来，搜寻火亮的来由，袁承烈早把灯板关好，抽身退到别处去了。

两个贼打圈寻找，口出诧怪之声，只疑心是同道所为，喊出好几句黑话来，见没人答对，又寻不出踪迹；两个贼骂骂咧咧的回去了；仍藏在暗处，盯着这一面，不敢大意。袁承烈远远窥见，暗想：贼人的戒备，到底比牧场强，觉得此时已然不早，先远远地绕土堡周围，踏勘了一遍，潜记住附近的形势；打算等天亮，探明此处地名，和盗窟首领，即返牧场，教他们前来讨马。但又转念：贼人存着嫁祸于人的心，我还是赶紧回去送信为是；免得牧场中人和什么商家堡的姓姚的惹出枝节来。

袁承烈打定主意，回身趋向原路，留神寻找那个藏马的小树林。预备找着马，便可骑马回场。哪知他究竟地理不熟，追贼时又很心急，乱钻一阵，那匹马竟找不着了。

袁承烈颇有点内愧，心想：我一个夜行人，当真忘了地方，迷了方向，可未免丢人！

此时天已破晓，雨已稍停，袁承烈非常发怒，正在四下张望；突听得迎头上一阵蹄声杂踏，不时的烁起灯光；同时又在

背后岔道边，也隐隐听见蹄声。袁承烈心中诧异道：这都是马贼不成？因不知两者的来头，遂赶紧缩身，走到草木深处。

迎头来的马是往东走，袁承烈忙侧身让道，从丛莽中往外察看：这一拨马群匹数不少，却并不坦然地顺着大道走，反而不时出没于两旁荒地。袁承烈越发心疑，欲观究竟。刹时间，两下里越凑越近，相隔不到数丈。袁承烈借物障身，侧目偷窥。这来的马群走得很慢，时进时停，孔明灯也乍明乍暗；看那样子，似一面走，一面察勘地上的踪迹。再看岔道上的那一拨马群，就在这时，如风卷残云般，远远地穿斜路，落荒走了。

袁承烈料这两拨马群心有蹊跷；这徐行的马群大概是牧场中寻马的人，这疾行的马群却不知是另一拨马贼，还是过路的马群。但看人马数倒有七八个。断定决非快马韩丢的那一伙。又想：快马韩的牧场马圈很多，也许东圈失马，已被发觉；这一拨马是另一拨风子帮偷的？现在既被自己遇上，理应根究，不可空放过。但有一样，自己是追蹑这疾行马群，寻究贼踪对呢，还是跟追这徐行的马群，向牧场中人报警对呢？一手不能遮两处，万一自己推断错了，岂不是顾此失彼，招人笑话？

此时天已大亮，袁承烈略一沉吟，顿足道：“还是追这徐行的马群，比较要紧。”从潜藏处现出身形，斜抄着追过去，眨眼缀上，看这徐行马群，果然是牧场中人，当头那人正是魏天佑。袁承烈正要上前招呼，突见迎面丛莽中，“吱”的一声响，窜出来几名彪形大汉，把路挡住。魏天佑一行人纷纷下马，上前答话，跟着似闻哓哓抗辩之声。

袁承烈不由倒吸一口凉气，心说：必要出事！忙伏身绕道，往前凑了凑；要看它们遇到卡子，怎么应付。不料他们三说两说，忽然喊了一声，魏天佑率众猛冲上去，把守卡子的大汉竟不阻挡，往旁一撤，公然把马拨子放过去。袁承烈猜疑道：“这分明是绿林道设的卡子，他们竟闯过去了；必是投字号，讲交情，卡子上答应借道了。”

可是事实又不像；马群才过，丛莽中便闻连声狂笑；并且

有人发着笑声道："小子们不用叫横，来得高兴，管保碰钉子回去，教他们快马韩知道知道咱爷们的厉害，往后得拿正眼看咱们来。"

袁承烈一听，蓦地心惊，恍然大悟，暗道：不妙，这里多半就是什么商家堡？……这样看起来，魏当家势必要中狡贼的嫁祸诡计！我既然知道了，我、我……该怎么样呢？

袁承烈越遇难事，越有准主意；虎目一转，当机立断。忙把腰带一紧，绕过卡子，斜跟着魏天佑后影，也一步一步，潜闯入商家堡的腹地。此时天已不早，绕过苇塘，忽逢栅院。袁承烈也和魏天佑一样，把这里当作商家堡贼人的老巢了；却不知狡兔三窟，这里只是他们的别巢。袁承烈稍稍落后，魏天佑等业已进栅。袁承烈独留外面，绕了半圈，竟不得近前。

贼人把魏天佑诱入自己的重地，把外面卡子撤回去一多半，改守栅院外围，不住梭巡，此时又当白天，袁承烈武功尽好，却不会隐身法；只可伏在暗处，远远瞭望，替魏天佑做了巡风人。探巡半晌，只望见贼人出入频繁，不见魏天佑出来，也没有见他到底怎么进去的。

经过好久工夫，日影高悬，殆已过半，袁承烈饿得肚皮叫，有些耐不及了；距贼巢很远，更听不见动静。忽见一大拨人，刀枪如林，跨马从远处奔来，直入栅院，也不晓得都是谁跟谁。袁承烈道："不好！"他已是有阅历的人，自知孤掌难鸣，不肯白昼冒险，正打算办法。

隔过一会，忽听栅院马蹄声乱，忙探头外窥；栅中拥出一批人马，穿丛莽走了。这许多人马中，有十多匹枣红马，不是人骑马，却是马驮人。袁承烈瞥见大惊，这正是牧场的一行人。他们被贼诱擒，捆在马上，往老巢押解；手脚倒剪，驮在马背上，一声不哼，料想魏天佑也必在内。

袁承烈十分懊恼，现在救人又比找马吃紧了。从草丛一跃而起，摸了摸绷腿上的匕首，连忙追缀下去。当下见群贼把魏天佑等押进商家堡的老巢；袁承烈悄悄退出，急找民家，打算

觅食果腹，挨到天黑，再独探匪窟……恰巧遇上昭第姑娘，于是各显身手，各吐辩才，入商家堡，见姚方清，单刀解缚，飞弹打灯，把魏天佑等从危发千钧中救出来。却又话挤话，定了个五天后再见面的约会；这才从商家堡退出来，返回了寒边围东牧场。

袁承烈不矜不傲，把自己寻马救人之事，一一述完。魏天佑、昭第姑娘，和陪座的武师，俱各惊服。魏天佑站起来，亲给袁承烈斟上一杯热酒，面向众人说道："行家一伸手，便知有没有。袁师傅不但陆地飞腾术令人望尘莫及；就是武功，也很精熟。但不知你老兄属哪一宗派呢？"

袁承烈道："二当家不要这样说，我在下倒是自幼好练，也许会个三招两式；但从闯荡江湖以来，实只靠着两膀子笨力气，跟一条不值钱的命罢了。你若夸我有胆，我可以说不含糊；要讲到武功，我哪有什么宗派师承呢？"

飞行圣手刘雍道："袁爷还是客气，你的脚下竟这样神速；拿两条腿的人，追四条腿的马，若没有真实本领，焉能办得了？"

袁承烈笑道："那倒不是。我发现盗迹，起始追赶时，也是偷骑了牧场一匹马；追上之后，才改为步行。"

众人道："哦，那么，咱们只丢了六匹马？"

袁承烈道："正是，牧场丢了七匹，贼人实只偷了六匹。不过说出来是笑话，我偷骑的那匹马，被我临时藏在小树林中，跟手找不着了。"

众人说说笑笑，又归到寻马御敌的办法。魏天佑向袁承烈请教，袁承烈道：姚方清这一档事，我们固然必须预筹应付之策；追缉盗马贼，更是刻不容缓。他们的下落，侥幸已被我缀着，只是地名不大清楚，大约在商家堡西边一带。我看那地方，是他们临时落脚地点，我们必须快去。若隔时间稍久，还怕他们迁场。他们动手偷马时，一共四个人，为头的叫做马殃神。据马殃神说：他们这次偷马，不为图赃，实为出气；乃是

他们的瓢把子受人所托，故意来跟韩场主捣乱。究竟真相如何，该怎么下手，在下新来乍到，不明内情，这还得二当家和诸位师傅主张。”

魏天佑骇异道：“是马殃神吗？他是受谁的指使呢？”

袁承烈道：“他们说的全是黑话，在下没有听出来。”

昭第姑娘瞿然道：“这个马殃神名字好怪，可知道他姓什么？”袁承烈道：“大概姓侯行二。”

昭第姑娘道：“我说，魏二叔，你可知道这人的来历吗？”

魏天佑侧首沉思道：“知道一点。吉黑牧场确有过这么一个人物，从前他是在小白山；后来闹了一件事，他们头儿要惩治他，他不辞而别，盗马逃走了。他们的头儿曾经关照过我们，如遇此人，万勿收留。现在可就不知道他投到哪里去了？”

刘雍道：“既有这个人中，好办多了，我现在就去查问查问。咱们的马师什么样人都有，或者能知道他的根底。”立刻推杯站起，径到饭厅去问。稍过一会回来，向魏天佑、昭第说道：“这马殃神果然姓侯，叫侯二旺，赵金禄赵师傅知道他。从前他也是牧场伙计；却会几手功夫，人瘦力大，善调劣马。只是脾气很坏，因争嫖暗娼，把暗娼杀死，把牧场同伴砍伤。他见出了人命，就弃凶刀逃走；不知怎的，加入了风子帮，做起马贼来。总是六七个人做一伙，不搭大帮，聚散出没无常。恐怕要找他，不很容易，他本就没准窝。”

昭第姑娘为难道：“这不成了大海捞针了吗？”袁承烈忙道：“常时我还听见他们四人互相问答，有姓刘的，姓萧的；姓萧的大概叫萧老五。听他们的口风，他们上边的确还有总瓢把子。这次盗马，仅看人数，他们至少来了十几个人，这马殃神一定加入吃风子钱的大帮了。”

魏天佑、韩昭第一齐问道：“他们有瓢把子，可知叫什么名字吗？”

袁承烈道：“这个？可惜我……没有听清。”贼人当时确曾说过什么“雕头儿”，袁振武也影影绰绰听见了；却错疑这

"鸟头儿"一词（鸟字丁了切）是句脏话。当着昭第姑娘，他迟迟不能出口，索性咽回去，只推说："他们一定有瓢把子，可惜我没听明白!"哪知贼人说的这"刁头儿"，正是他们的瓢把子，姓刁，外号叫坐山雕。魏天佑以为袁振武既没听清，不便追问，就把这线索白丢下了。

当时筵罢，众人向袁承烈深加慰谢；魏天佑立刻传集武师马师，就马殃神的去向，细加推敲了一回。命书启赵先生，修书一封，派遣急足，给快马韩火速送信；言说场中出事，催他速回，以顾根本。又写信分送附近出头人物，转烦他们，向商家堡姚方清递话；能和解就和解，不然，索性械斗。

这些事先安排好了，随即商定：先派人根寻马殃神的下落，次集众应付商家堡的械斗。这两事全很吃紧，却以寻贼之事稍纵即逝，刻不容缓，魏天佑决计亲往。坚嘱韩昭第留守，把快马韩宅中的火器，分出大半来，放在牧场，以抗外侮的再来；所有巡更、放哨，自不必说，加倍加紧。然后，魏天佑亲率武师刘雍、冯连甲、季玉川、洪大寿、马师杜兴邦、张金朋等，共二十一人，由袁承烈做向导；立刻预备干粮水壶、兵刃弓箭，上马出发，直赴袁承烈当夜所到之处。当夜袁承烈走了大半夜，现在白天，可就用不了这大时候，按照沿路所留的标记，只两个时辰，便已找到马殃神投宿的土堡。袁承烈藏马的小树林也已寻着，只是拴马处只剩断缰，那匹马想已饿极，挣缰逃走。

众人暂不管它，忙扑进土堡一看，竟是民家。找到堡中首户，客客气气，细加询问；果然前昨两天，堡中来了一拨老客，约有十几个人，在此地借宿。原知他们是马达子，但他们明说过路借道，堡中住户只得竭诚款待。这情形在常年荒原乍辟，本来常有清乡的官兵来了，民家须好好支应；过路的马贼来，也得好好款待。有时官兵与土匪会走个前后脚，贼刚去，兵便来；兵才去，贼又到。民家遇此，更得妥为应付；否则马贼要给庄院扰乱，轻者放一把火，将柴垛烧了，难免延烧住

房。官兵跟民家过不去，又会加以通匪的罪名，捉去轧杠子。

魏天佑拿出快马韩的名望，向土堡民家，盘询盗马贼踪。关外民户对待过路马贼，也有不成文法律；贼人的姓名、去向，他们向来不敢打听，更不敢对人说，就说也不可靠。贼人借住民宅，临去全是大队先发，末留断后之人。走时也必采迂回路线，眼看他往东，实则他们投奔西方。若认定他们是奔西，半路上他们也许忽然折回，又改奔东面。

魏天佑明知是白问，也不能不试着打听一下；仗他设词诱探，居然将马贼的人数、马数，和人的相貌，打听出来，算来此行实在不虚。跟着告辞出堡，与马师们商量；仍勘蹄迹，往前根寻。可是贼人所留的蹄迹，也不尽可靠。他们每人的脚底下，会装蹄铁，用人脚故意假造出倒行的蹄痕；也会把马蹄包上，隐没了蹄印。但任凭贼人用何方法，魏天佑一行久干牧场，还带着有经验的马师，若非遇雨，又逢意外，终能寻勘出贼人的行踪。

魏天佑等二十一个人散开来，各穷智力，四面勘查。偏偏这盗马贼十分狡狯；他们当夜忽东忽西，一路乱走，在堡稍歇，未及天亮，便急逃走。把他自带的马群，和盗来的马，分成三队，按三个方向，分开走去了。魏天佑直寻到歧路口，发现蹄迹纵横，顿觉计穷；袁振武也抱愧起来，虎目乱转，潜思别策。杜兴邦说："我们当时穷追就好了，偏偏商家堡给打了扰；如今缓了一天，事情越发难了。"

二十一个人打算分三处，按蹄迹分勘。魏天佑权衡轻重，瞪眼说："我们别忘了商家堡的事，现在只剩四天了！"袁承烈愤然道："二当家无须着急！寻马的事，我看可以交给我；你老拨几位师傅跟着我，我们试着往下蹚。你老自己可以速返牧场坐镇，专筹划商家堡践约之事。现在我们牧场并非泛泛失盗，实是有仇人暗中作对；你老回去最好，须提防再生别的枝节！"

本来魏天佑所处在此，听了袁承烈这话，眼望众人，进退

两难。杜兴邦是一勇之夫，虽为马师，偏好打架，当下就说："我陪袁师傅去，我管保寻着马殃神，我要逗逗这小子！"季玉川笑道："寻找马殃神，斗智不斗力；你想逗人家，你可是找不着他，有劲没处使！依我说，我们暂且别管这六匹马，我们还是合集众力，专心应付姚方清……"张金朋道："刚才袁师傅说得很对，这不是寻常失马，乃是仇人寻隙；现在不根究，五天后更没影了。我们总得两面并进，双管齐下。"

魏天佑叹了一声，道："我只好做没脸的事吧！我可不是临阵退缩。"向袁承烈举手道："寻马的事，袁大哥，你多分神！可有一节，无论采访的情形如何，两天之内，务请你返回，咱们还得对付姚方清呢。"袁承烈道："那是一定，我和他有约会，焉能不到！"

立刻把二十一人，分给袁承烈十四个人，内中三个马师，六个武师，五个有力的伙计。魏天佑又谆嘱道："诸位前往，总以寻着贼巢，访明对头为要，千万不可动武。不是我经不得险，胆小怕事，我们总该小心，不再生枝节为妙。商家堡一招，就怨我胆粗惹事。"把带来的干粮，都给袁承烈十五人留下；魏天佑灰心丧气，带余众返场；却不一直走，仍存着万一之想，绕走别途，要顺道寻勘马贼的踪影。

袁承烈容魏天保去远，自以新人做了领袖，先向十四人客气了一阵，刘雍、季玉川这十四人心佩他武功出众，甘受指挥，都无异言。这就是袁承烈年来饱经挫折，学出来的乖；再不像当年那么豪气凌人了。遂虚心商计，把十五人分为三拨，分路访下去；仍以两天为限，无论成果如何，必须返回。

袁承烈这一拨，是飞行圣手刘雍、洪大寿、李泽龙、杜兴邦五个人。杜兴邦地理较熟，就由他当先引路。塞外荒凉，纵目四望，往往十数里，不见人影。只在草原起伏处，初垦荒田边，不断发现土堡、庄院。僻区荒庄没有店房；可是任何民家，都可以叩门求食，打尖借宿；就是投住十天八天，也不要钱，和蒙古包的风气一样。袁承烈、杜兴邦就依着这塞外的风

尚，每遇庄堡，便登门求饮、歇脚；顺便用两种措词，打听马殃神的去向。或说：这马殃神是他们的伙伴，路遇放荒的野火，中途失散，现在是专意寻找他们。或者径说：自己是快马韩牧场中的人，因场中有几个伙计，起了不良之意，拐马潜逃，故尔奉派沿路追求。饶这么急迫巧探，寻访出一百多里地，连投五六处庄堡，竟一点线索也没问出来。人家异口同声说："这两天就没看见马群。"这话是真是假，也自难言；袁承烈一行渐觉得一步来迟，无计可施了。

又走了一程，天色渐晚，亟须投宿。袁承烈在马上昂首远眺，沉思不语；杜兴邦指着地上深浅的蹄印，还要往前再赶一站，以观究竟。刘雍仰面看天道："不能尽往前赶了，越走越远，错过宿处，明天可就赶不回去了。"杜兴邦不以为然，两人对拌起嘴来。洪大寿等齐说："你们二位别乱，咱们听听袁大哥的。袁大哥，你是我们的头儿，你说咱们是退回一站寻宿好？还是再赶出一站好？"袁承烈憬然若悟的说道："诸位大哥别这么捧我，那可是骂我了。若依小弟愚见，寻马自然是急事，可是商家堡的事更要紧。若教我看……"眼望杜兴邦道："咱们就此退回一站，好不好呢？不过小弟地理不熟，杜大哥，前站离这里近不近呢？"杜兴邦忙道："回去就回去，你别看我这么说，我是跟老刘抬着玩。前站离这里倒不很近，足有二十多里地，赶到准得很晚了；干脆我们就往回走。"

大家都知照此访法，决访不出什么来，全愿意就此折回。杜兴邦满心敬服袁承烈，头一个拨转马头，往回路走；仍不循旧道，略绕小弯，改走来时没有走过的路。走了不远，便逢岔道，隔着一片树林。李泽龙道："这么走，对吗？"杜兴邦道："没错，这么走抄近；你闭着眼，随杜二爷走吧，绝不会寻不着宿头的。这里也有好几个蹄印，我们凑巧了，还许摸着马殃神的后影哩……"

天色说黑就黑，众人纵马疾行；忽然间，刮来一阵风，听见林后一片铃声。洪大寿道："怪呀！这半晌我们就没遇见半

个人影，这儿可有了铃声了？”李泽龙道：“像是拉骆驼的。”飞行圣手刘雍道：“不对！”但是旷野闻铃，究竟蹊跷；袁承烈道：“咱们追过去看看吧。”

一言未了，铃声哗啷啷大响着过来，众人急勒马寻看；从树林中飞驶出一匹紫色健骡，和一辆“草上飞”大轮轻车，两头猎狗。这健骡项挂一串银色铃铛，这架车的牲口是一头青骡，骡项也挂着一串银铃。车上一个蒙古打扮的少女，穿蓝坎肩，枣红旗袍，头蒙红巾，自己勒缰驱车；车上堆着许多野畜，狐也有，兔也有，鹿狍也有；还有火枪、弓箭、钩叉，顺放在车箱。那一匹紫骡，由那个男子骑着；男子肩背标枪，手提马棒；挺腰揽辔，气象强健。牧场群雄方在错愕，听那男子喝了一声：“喂！”一车一骑从林后出来，疾如电驶，斜奔北方走下去；两头猎狗窜前逐后，跟着飞跑。

这男女与牧场五个壮士隔着路，斜打了一个照面。那女子似乎不甚理会，只微转秋波，斜投了一瞥。那男子却张眸直待纵骡过去，还回头打量这哥儿五个。这哥儿五个也相顾疑讶了，觉得当此时，在此地，不会有此种人出现。刘雍、杜兴邦等初疑这男女必是蒙古猎人，或者是满洲射手；哪知隔路迫视，才瞧出这女子唇红齿白，眉目清扬，身段儿竟也苗条，脚下穿着“唐唐玛”（一种短腰皮靴），也非常窄小，似是纤足女娘，故意改扮了旗装。那男子远看着腰板笔直，气度英挺；这一对面，才发现他苍颜皓首，长须飘飘，是个很上年纪的老头儿；更不带塞外粗犷之气，眉目面型分明是南方人。

这一老一少，男女二人，竟引起牧场群雄的注意来。袁承烈目光犀利，虽只一面，已觉出那老汉不是寻常猎人；两道苍眉，一双巨目，顾盼之间，猛如少年。那女子尤为奇特，“草上飞”巨轮疾转，跑得飞快，颠得车中的活狐狸、活兔儿吱吱的叫。可是那女子盘一腿，垂一足，跨辕驱骡，不用鞭策，只用纤纤玉手，提着两根缰绳，控纵自如，很有一种悠然自得之态，真是很好的驾御术。车尽管轱辘辘的猛颠，她把纤腰直

挺，纹封不动，稳如泰山。杜兴邦失声叫道："好俊的手法呀！"骡在前，车在后；那女子似乎听见了（其实只听见喊，没听清喊什么），又回眸送了一瞥。把头一昂，喊了一声："驾，窝！"那老头也回头一看，回手一马棒，巨骡狂奔起来。那"草上飞"同时加快，连那两头猎狗，一阵风似的走过去了。

飞行圣手刘雍、李泽龙、洪大寿这几人齐说："怪道，怪道！"一个个把眼光直投了过去。他们此行只为寻马，不相干的事应该少管。并且他们不是没看透，这男女二人一车一骑，携火枪，俘狐兔，分明是莽原游猎，饱载而归。但他们竟为这老叟少女的诡异形色所动，一个个着了魔，心头跃然，都要追下去。再看袁承烈，驻马垂鞭，也似直了眼。刘雍叫了一声："袁大哥！"袁承烈忙回头道："刘大哥，你有什么话？"刘雍道："刚才这个老头儿和这个蒙装的汉家姑娘，好像是爷儿俩，瞧着很透邪行。咱们是不是缀缀他们？"洪大寿道："可不是，这两人真有点不伦不类，碰巧了，就许跟盗马贼有关。"

袁承烈道："追好吗？"李泽龙道："追！要追还是快追，你瞧人家绕过这林子去了。"袁承烈道："只恐怕错过宿头？"杜兴邦忙道："追吧！寻宿的事你全交给我，那边有的是人家；半夜砸门也不碍，只要咱们一报字号，再掏出咱们这条手巾来……"李泽龙掏出牧场特制的手巾，对袁承烈道："咱们场主快马韩的威名，在这塞边围方圆百十里内外，叫得很响，人人都关照着面子。场里的人只要有这条号巾，到哪里寻宿，都不用费话。"他只顾替牧场吹大话，可忘了新近碰的这两个钉子；刘雍是在商家堡吃过亏的，忙拦道："你别让袁大哥见笑了！咳呀，人家的车可没影了。"洪大寿道："快追吧！"拍拍的一阵马鞭子，五个壮士如飞似的赶下去。（老实说，他们多一半是为瞧女娘，看稀罕事；只有袁承烈和刘雍，却知老叟少女不是泛常之辈，因存窥察之心。）

路边浅草因经践踏，长才尺许；人迹不到处的荒草有时高过人肩，遮蔽视线。五个人放马直追，绕过丛林，那健骡和

"草上飞"大轮车不见了;不知他们是钻入林中,还是绕投别处。杜兴邦嚷道:"赶紧追就好了。"刘雍道:"我不信我们的马,会赶不上人家的骡子;咱们往林子里搜搜。"杜兴邦道:"刘爷,你外行了。人家那两匹骡子真不含糊,比咱们的马还许快。"

几个人在林边探望,此时暮色渐合,林中似有曲折的狭径。有的人主张进林去搜,杜兴邦道:"别闹了,道很窄,他们那辆大轱轳车进得去吗?"袁承烈道:"我们只绕林边看看吧,进去怕涉险;倘是歹人,又要受暗算。"众人果然牵马步行,绕看林边。塞外木客们入森林采樵,惯在要口潜留标记;或者折枝,或者刻木,或者把几条枝绑住一起,用来指示前途的险阻,林中的虫蛇;留给后来人看,以资趋避。袁承烈、刘雍等都知道这一点,寻了一回;这林子很不算小,一时走不到头,也没寻出暗记。袁承烈手指天色,道:"杜大哥,找不着,算了吧。前边如有人家,我们还是先投宿,一面跟人家打听打听。这男女奇装异服,一定可以问出来。"众人恍然道:"对!打听马达子,住户们都不肯说;打听猎户,他们用不着避讳。"

杜兴邦道:"我也找腻了。寻马还寻不着,干啥又寻大姑娘?你们跟我来,快投人家歇歇吧。饿倒不饿,我是真渴。"五个人又扳鞍踏蹬,再寻土堡人家。走出一段路,忽见一带草原,冒起炊烟,独不见堡院。众人驱马迫近一看,有一带高岗,环抱如半环;环内果有两排草舍,大约每排五间七间;四周也挖着防火壕,立着防兽木栅,栅内也有柴堆、炭堆。这地方很隐僻,四面土冈满生荒草,远望看不出中有人家。大家吐了一口气,道:"这里有人家,咱们过去寻宿吧。"杜兴邦驻马登镫望了望,说道:"这里不行!"袁承烈道:"怎么的呢?"杜兴邦笑道:"袁大哥,你到底在关外呆得不久。你瞧那草房,不是才两排吗?这一定不是垦田的农家,这是一座小小炭窑;那几间草房定是他们的锅伙,地方必定很窄很脏,又没有马棚,我们投宿去,人有处睡,马可没处放;拴在露天地,弄不

好，半夜就教狼给咬炸了群。”刘雍道：“准是炭窑吗？那窑呢？”杜兴邦道：“你瞧冈后黑忽忽的，那准是窑。”众人还想过去看，杜兴邦道：“别走冤道了，我说这里住不得，一定住不得。你们顺着我的手看，这边那几棵树后头，不到五里地，就有座大庄堡，足有百十户；我记得堡主姓黄。咱们一到那里，好铺好床，有吃有喝，还有好高粱酒，比这里强得多了。而且咱们回牧场，又是顺路。”

众人听他这样说，也很有理，就道：“好吧，咱们就再赶五里地。”……却不道天色渐黑，四野荒旷，杜兴邦记错了地方；直走出十六七里地，才寻着一座较大的庄堡；堡主也不姓黄，堡门也已上了锁。杜兴邦叫了半晌门，才得问明放入。

这堡主知道他们是快马韩手下的人，居然很款待。堡主出来客气几句，便命他的侄儿陪着客人；特备酒饭，请他们吃。又沏了一大壶酽茶，拿来一大包旱烟叶，并给他们特腾出一排长炕。杜兴邦等饭罢道谢，向堡主的侄儿设法套问话。问及马群的事，答说是头几天在堡前过了一拨马，有四十多匹，这话不很对碴。问及一个老叟携少女驱车打猎的话，这位少当家的连说了好几句：“不知道！”声色似乎不大可靠。又闲扯些别的话，少当家打呵欠告辞，请客人安歇。袁承烈、刘雍、李泽龙、洪大寿、杜兴邦五个人低谈了一回，只好脱去衣服，上炕就睡。关外人睡惯了热炕，夏天也不能睡凉炕，冬天也得脱光了，才能睡熟。这五个人，杜李洪等都是这样睡法，只有飞行圣手刘雍和袁承烈是和衣而卧，只脱去长衫罢了。

刘雍这人不管心里有多大烦事，该吃就吃，该喝就喝，而且该睡必睡。看那袁承烈，却并不然；坐在炕边，捧茶碗低头深思；刘雍连催他就枕，方才脱鞋上炕。把油灯拨得小小的，侧身闭目，呼吸细微；过了好久，很像睡熟了，其实没有睡着。跟着杜兴邦把马殃神骂了几句，把打猎女子胡批了一阵，翻了一个身，渐渐打起鼾声来；和李、洪二人一递一声，越睡呼声越响。刘雍翻了两个身，也就迷迷糊糊，渐入睡乡了；并

且含糊催道："袁大哥睡吧，有事明天再讲。"

刘蕹沉睡良久；此地庄堡较小，只有值更之人，没有打更的梆锣，也不知经过了多大时候，猛然间，似头顶刮来一股凉风。刘蕹登时看见那商家堡的姚方清，用板刀削自己的脑皮，那周四又拿花枪扎自己。刘蕹一个抵挡不住，要跑又觉伸不开腿，急得呻吟了一声，把眼睁开。定睛一看，长炕一排五个人脑袋，除了自己，只剩下杜兴邦、李泽龙、洪大寿三个人；那袁承烈只留空铺，不知哪里去了。

刘蕹把眼揉了揉，才看出油灯微光之下，已闩的屋门此时半掩，留下尺许宽的空缝，便从门缝刮进夜风来，正吹自己头顶，自己的睡处最靠门口。刘蕹心里仍然迷糊，想道：袁爷许是出去解手了；等他回来，得教他闩上屋门。关外是大陆气候，晌午极热，早晚很凉；就到夏天，也须预备皮褥棉袄。这工夫夜已很深，刘蕹冻得缩了缩脖项，裹被重寻前梦，不一时又睡着了。

这一觉又睡了很久的工夫，忽听见一阵犬吠，飞行圣手刘蕹蓦然惊醒。欠身望窗，微现曙色，屋中灯犹未灭。同伴杜兴邦直挺挺睡在本宅借给的被内，一只眼睁，一只眼闭，似刚醒转，还在恋枕未起。袁承烈穿一身短衣，正坐在炕沿边，似要穿鞋下地，又似脱鞋上炕。杜兴邦喃喃的说："天还早呢，袁爷再睡一会吧。本家没起，咱们老早的起来闹腾，显着不大合适……"袁承烈道："是的，是的，我要解手……"忙把身子背过去。

杜兴邦说完话，又闭上眼了。飞行圣手刘蕹蓦地心一动，忙拥被坐起，揉眼打量袁承烈，叫了一声："袁大哥没睡吗？"袁承烈忙又把身子扭过去，含糊应了一声；把一物往枕边一塞，跟着脱鞋上炕，重欲入睡。但是刘蕹早已看明白了，袁承烈并不是久睡乍醒，也不是要下地解手。他分明穿得衣履齐整。衣纽腰带也都好好系着。他一定刚从外面回来，却不是解手。解手没有穿戴得这么齐全的；况且他双目炯炯，额上又有

汗。刘雍看了看屋门，屋门已关；又看了看袁承烈的卧处，被褥虚摆，不似有人睡过。再看看袁承烈的神情，把脸躲着自己，匆匆的脱袜子、解腰带、扯被。可是他乍睡时，分明是和衣而卧，现在怎么又要脱光了？

刘雍猛然一笑道："袁大哥，您先别睡，我跟您打听打听……"说着掀被起来，下地，穿鞋。袁承烈道："刘大哥，怎么就要起来吗？天还早呢。"伸手一扇，把残灯扇灭。刘雍早趁探身觅鞋之际，把地上袁承烈的鞋摸了一把，很湿，有泥。笑说道："袁大哥！"凑到袁承烈枕畔，低声说道："大哥别瞒我，由打二更天起，你就出去了，直到这时候才回来，你上哪儿去了，唵？你可以告诉我吗？"

袁承烈本来要脱衣就枕，闻言住手，冲刘雍笑了笑，道："我刚才出去解手了。"刘雍道："你是真人不露相，你上厕所，还带兵刃？咱们是一家人，他们糊涂，小弟可是门里人；这么办，出你之口，入我之耳，你只告诉我一个人行不行？你瞧，你的鞋都湿透了，您至少在外面奔波了半夜。"指一指枕底，又指一指地；把笑脸对着袁承烈。

袁承烈愕然一愣，不由得瞧着刘雍的手，看了看自己的枕头。刘雍索性上了炕，挨着袁承烈，打叠精神，询问他只身夜出，奔驰竟夕，究竟为什么？再三说："我不是刺探你，也不是信不及你；我是打听打听你，出去这一趟，有何发现？请恕我鲁莽，我看你的神情，好像不甚得意；莫非徒劳奔走了？还是碰上劲敌了？和商家堡、马殃神，有干系没有？"

袁承烈笑道："你老兄可是多疑，咱们五个人访了一白天，还没访着；怎么我只身夜出，就会访着马殃神吗？太笑话了！"刘雍赔笑道："那么说，你可是搜寻那个短衫老叟，和那个蒙装汉女去了吧？"袁承烈仍然摇头道："哪里的话！我实在出去解手了。他们这里的狗直咬，我没法子，才带着匕首，出去了一趟；解完手，我就回来了。"刘雍也摇头道："大哥，你还骗我！你要知道，从半夜里您一不见，我就没睡；直等到这时

候，你才回来，两个更次了。当时我不好意思跟缀你，怕误了你的事。说实在的，你要是访敌，有我跟着，虽当不了大用，也可以给你巡风。”正面问不出，他又从侧面挤；但是袁承烈兀自不肯认，刘雍只得罢了。

他哪里晓得：袁承烈真个追那老叟少女去了。却不是他多事往寻，乃是老叟找了他来。当他们绕林搜巡，已被人家窥见。当他们行过高冈，驻马遥望，杜兴邦把草舍误认做炭窑，哪知这正是老叟父女的隐居之所。当他们七言八语的猜议，人家父女也动了疑心，把他们当做没安好心的马贼。当他们驱马寻宿，投入庄堡，老叟父女可就遥加跟蹑，认准了他们的下落。

二更以后，五人就枕，忽闻一声犬吠，旋即寂然，跟着听见弹窗低喝之声；袁承烈忍不住携刃潜出，欲勘真相。才出户外，陡见群犬争食地下的馒头；一个人影向他点手，回身飞奔堡外。袁承烈挺刃急追，不料奔波竟夕，不但未捉着人影，反被人影诱出大远，更遭种种侮弄。不但未探着人家底细，反被人家猜出他们的来历，知是快马韩牧场的人，为丢了马，出来寻贼。但是袁承烈的胆气武功，却颇为老叟所惊讶。这老叟实是南方大侠，自以不得已之故，携女避怨，来到这边荒之区，更名隐居，已有多年。这父女自与袁承烈有这一番的冲突，后来竟种下一桩意外姻缘。

第二十四章 商家堡对仗应敌

袁承烈一味支吾，刘雍自以新交，未便深问；跟着杜兴邦、洪大寿等先后醒转，天光照窗，大家悉起。宅中少当家的出来款待，打脸水，冲茶，备早餐。餐后，马师们拿出一锭银子，赏了宅中佣仆，又向堡主道谢；把马牵出来，告辞出堡。一路曲折行走，仍不断的寻问；结果一无所得，大家只得老老实实的回牧场。

这时的牧场顿易旧观，内外呼应，戒备森严；瞭望台上架着火枪抬杆，围栅外派出放哨的人，几乎十步一岗，百步一卡。袁承烈五骑离着牧场还有一里多地，便遇上一道岗。两个牧场壮士持武器迎上来，问道："袁大爷，杜师傅辛苦！访得怎么样？"跟着说："二当家和各拨出访的人已陆续返场，外面只剩一拨未归，可惜都没得着确耗。"袁承烈忙问："韩场主回来没有？"值岗的未及答，洪大寿插言道："早呢，他老人家上烟筒山去了，最早也得五六天，才能转回来。"

大家越过守岗，直往前走，又遇上两道卡子，方近牧场。未到场门，早由牧场瞭高的伙计，看清来人，报到场内；立刻

由魏天佑率众迎出来。袁承烈到此方才钦佩：人家快马韩的牧场果然很有布置；前夕之事只是积渐疏忽，出于意外罢了。

袁承烈翻身下马，伙计们忙接过牲口。魏天佑上前握手道劳，越过柜房，把五人径让进议事房。这是座大厅，座上已经坐满了人。一见袁承烈进门，纷纷起来，打招呼让坐。环视在座的人，有好几位不认识；却是快马韩附近的知交，闻变前来慰问、帮忙、献计的。

魏天佑忙把袁承烈给来客介绍了，彼此互道钦仰。逊坐之后，略说出访的情形；昭第姑娘便道："袁师傅，你来得正好；访不着马殃神的下落，姑且丢下吧。现在商家堡的事很急，他们刚才又来了一封催驾的信；好像他们准知道场主没在家，怕我们失约不到。"刘雍道："场主有信回来没有？"魏天佑皱眉道："倒有急足送来回信，教咱们相机应付；他说他届时恐怕赶不回来，想是那边的事缠手。这里我们正在计议着，后天无论如何，也得请大家帮忙，践约赴会。商家堡就是摆上刀山剑树，我们也得去比划一下子。不然，对手绝不说场主没回牧场，一定说是快马韩不敢践约。"

昭第姑娘拍掌道："姚方清这小子真把姓韩的父女料短了！袁大哥，请你不要客气，该怎么预备，有高招务必请你提调一下。"又向大家说："诸位叔叔大爷，没别的，请多捧我们父女这一场吧。"这位姑娘性情特急，一口气说出这些话来；就请大家分派践约的人数，和践约的步骤。魏天佑遂忙拦住昭第姑娘的话锋道："姑娘，袁师傅他们几位刚回来，大概都还没有吃饭呢；商家堡践约的事还有明天一整天的工夫，咱们尽可从长计议。"随招呼伙计们斟茶，打净面水，备饭。

袁承烈见满座是生人，忙说："我们到饭厅吃饭去，别在这里打扰了。"遂与杜兴邦等一同出去。饭罢，擦擦嘴，连忙走回来。

大家环坐在议事房中，商量赴会的办法，众人因袁承烈是立过功的，都推他定计。袁承烈一力谦让，谢不敢当。最后仍

由魏天佑，把已商定之计，对袁承烈说了。

这回与商家堡定约，本由袁承烈代快马韩答应的；故此赴会名帖共备三份，一是快马韩，帖到人不到，二是魏天佑，三是袁承烈。商家堡姚方清部下的实力，牧场中人很有知道的；据说他们全数不及百人，有四位贼头，姚方清为首，周老疙瘩居末。不过自己这边现下大邀帮手，姚方清那边也难免邀助；经派人前去密访，还未得回报。魏天佑与昭第姑娘细细核计一下，把牧场师傅、炭窑伙计、垦田佃户，全数凑起来，有的留守，有的赴会，计可赴会的仅能凑足六十人，势力未免不敌。魏天佑、昭第姑娘事先早已料到，已从寒边围西四十里外柳树堡老何家，借妥三十名壮汉、两位武师，说定明天准来，帮同赴会。现在老何家的少当家何元振，正在座参议，当即答道："明天我回去，一定早早把他们带来。"但东西两边牧场经过这番抽调，留守马师也稍感不足；遂又由魏天佑向开源牧场场主，借好二十人，驻场代看马群。外援既已请定，再点本场赴会的人。魏天佑、袁承烈两个首领以下，又点起季玉川、洪大寿、李泽龙、刘雍、黄震、李占鳌六位武师；还在邻堡借来护院武师二名，连老何家那两位武师，恰凑足十位武师。又牧场内掌竿的马师，也不乏力健善斗之人，从中也拔选出四位，是于二虎、张四愣、胡六、丁德山。

践约之人派妥，再支配留守之人。以昭第姑娘为首，派冯连甲、周诚为副；用火枪、抬杆、弓箭，为御侮的武器。万一贼人明面订约会斗，暗地潜来偷马，那就不客气，开火枪轰他们。械斗向来以刀枪当先，不许妄动火器；但若敌人暗袭庄围，那么，就用火枪打他们，到哪里也说得下去。跟着，又将留守牧场、巡风值岗之人派妥。

众人通盘计议之后，觉得大致已无遗漏，当下便要定局。昭第姑娘站起来说：不愿留守，要替父亲，前往商家堡践约。经魏天佑等再三劝阻，她赖怏怏的坐下来，有点不高兴。那边袁承烈看了看众人，似要说话；魏天佑忙道："袁大哥还有什

么高见？何妨说出来，大家参议。”袁承烈这才推椅子，站起来道：“刚才的打算十分周密，赴会的、留守的、巡哨的全有了；只是从这里到商家堡，似乎还缺少几位传递消息的人。我们的人深入敌人重地，最忌前方和后方，两边的信息隔绝。我想这也该派几位弟兄，用连环报马的法子，专司联络情报。不知众位老师以为怎样？”

魏天佑、昭第姑娘一齐点头道：“这一着很要紧；还是袁师傅虑事周详，我们全忽略了。”遂又派定西牧场的师傅崔振基，带八名弟兄，专司报马。魏天佑复又问道：“袁师傅还有什么高见？”

袁承烈道：“还有一点意思，不过说出来不大好听。临敌之机似应未虑胜，先虑败。我们这次践约拜山，按比武的常规，胜负一见，便该罢手。就按械斗讲，打败了，逃回本村，也不致全军覆没。我们这一回却是深入敌寨，名为拜山，实是决斗。敌人又是一伙剧盗，须防他们蛮不讲理。比如我们胜了，他们是否甘休？我们败了，他们是否放我们出来？这一点，我们必须虑量一下。”

大家听了，耸然道：“这可要紧，我们不能不虑。”魏天佑道：“袁师傅，依你之见，我们该当怎样？”袁承烈道：“据我愚见，似应另外埋伏下一支接应之兵；万一不胜，可以接应自己的人后退。幸而我们打败敌人，须防他恼羞成怒，不肯认输，到那时难免别施奸谋；我们有这支援兵，便可突阵上前，把失陷的人接救出来。”

在座武师哄然喝彩道：“好，袁师傅真有大将之材！”

但现有人数安排已定，哪一处人少了都不行，又从何处抽调这一支援兵呢？众人齐望着魏天佑，面现难色；昭第姑娘问道：“二叔，我们明天还得另邀人吧？”魏天佑沉吟良久，忽然道：“有了，请打接应的兵，我已想好法子，全交给我吧。咱们先商量别的，众位还有什么妙策没有？”

座上又有一人，因“深入敌寨”这一语，也想出一策，对

众说道："这一次说拜山不是拜山，说械斗不是械斗，我们深入人家腹地，实在涉险。我们能不能跟他们说，另换个会面的地方？"昭第姑娘道："怎么不能？他们不是刚来了信，我们就答他一封；快马韩别看没回来，照样有人践约。不过我们不能堵人门口无理，也不能容人守着家门口发横；要械斗，干脆在别处。"魏天佑忙拦道："别这么说，我们仍得说是拜山赔礼。干脆我们预先指定一个地方，要介在牧场和商家堡之间。"遂命书启赵先生写好一封回信，指定一片疏林旷野，准于午前，双方相会。

昭第姑娘密问魏天佑：接应兵究竟怎样调派？魏天佑不愿当众说出；容得议罢，大众退息，方将袁承烈和几个要紧人物，请到己室，低声说："赴约的人已近百名，可将善用火枪的抽出二十名；再向邻近猎户，邀二十名助手，借数十支火器，凑足四十人，作为接应，埋伏近处。倘遇意外，自己人往两旁一败，立刻开火枪轰击敌人。"这一招极毒，但只作为万一之策；非待敌手逼人太甚，暂勿轻施。

当夜议毕，一宵无话；次日天明，赶忙调派。催借兵的，探敌情的，送信件的，纷纷出动。不到辰牌，外援均到；便提前开饭，盛设酒馔，请这些拔刀助战之人。酒筵甫罢，整兵要走；那赴商家堡投书之人，气急败坏奔回来。急问原委，方知他们距贼寨尚远，便被捉住；盘搜再三，才派人伴送到第三道卡子。匪徒把信代投进去，好半晌，那姚方清拿着信跑出来，又跳又骂，不知哪里来的怒气，竟当面撕碎了信。也不写回书，只喝命送信人："快滚回去，告诉你们场主；你们的人堵门口无礼，怎的不上山来赔话？倒教太爷跑到露天地，跟你们见面，你们懂人事吗？我这里是虎口，咬着你们没有？"一味叫骂，把送信人硬往外赶。那个周老疙瘩还追出来说："你们识相的，赶紧到这边来；不敢来，我们可要找上门，掏你们去了！"

魏天佑听罢大怒，立与袁承烈，率十名武师、四名马师、

七十个壮汉，刀矛并举，整队牵马出发。那接应兵二十人已于天破晓时，由两位武师分领，秘带火枪，悄走后门，先到达猎户家；与二十个猎户乔装打猎，早早到埋伏地方去了。昭第姑娘带冯连甲、周诚留守牧场，把魏天佑一行送出场门外，恳切嘱道："二叔保重，不要中了他们的激将计。"魏天佑道："姑娘放心！这一回我再挣不回面子来，我只有死了痛快。"让牧场群雄一齐上了马，他这才搬鞍踏蹬，说了声："姑娘请回！"把马豁剌剌放开。直等到赴会之人去远，昭第姑娘双蛾微蹙，慢慢走开牧场；一颗芳心又有一番打算。

这八十六个人一色短装，鞍马鲜明，刀光矛影森然如林，踏行荒野，声势分外惊人。由李泽龙、杜兴邦当先开路，魏天佑与袁承烈督队在后；已商定办法，这番不必绕走径取直路。届时或直入贼巢，或当门索战，且待到了地方，再相机应付。于是走了一程，将到傍午时候，前面有一片丛林阻路。绕过丛林，便是商家堡头道卡子；那里本设着暗桩，如今竟改成明桩。十名匪徒遥闻蹄声，立刻现身，一字儿排开，把路挡住。杜兴邦勒马扬鞭，大叫一声道："呔！前面朋友听真，快马韩拜山来了！"跟着向魏天佑打一手势道："前面有人，十个数！"魏天佑在队后厉声喝道："不管几个，闯！"回手一鞭，越队先发，豁啦啦窜到前面；袁承烈也急忙策马紧跟过来。到步子上，魏天佑瞥了一眼，略一拱手，刷的下马，说道："辛苦！"又跃上马去，身法极快。后面马师照样各逞身手，才下马抱拳，便嗖地超乘而上。

那守卡头目一见这举动，左手提鬼头刀，右手向刀锁上一搭，说道："快马韩拜山来的吗？好，朋友们往里请！"这拨武师策马如飞的走过去了。那头目目逐征尘，对同伴说："那是什么拜山？他们弓上弦，刀出鞘，分明是械斗来了，待我来报个信。"从喽兵手内，讨过弓矢，嗖嗖的连发五支响箭；这是说，来人够百，并非少数。又射出一种奇响的响箭，通报老窑，说是：来骑都带兵刃，并非徒手。

后面卡子登时得了警号，第二道卡子照传响箭，通知了第三道卡子；第三道卡子也忙关照总窑。在这时候，商家堡的群寇大半聚在第三道卡子上（就是魏天佑刀削周四手指，姚方清发动翻板，擒拿众人之处）。那姚方清闻警，急急的爬上瞭台；台上立着高竿，他又急急盘上高竿，凝神一望。牧场这一拨马队单排驰行，远望足像一百数十号。姚方清摇摇头盘下来，忙与本寨头目，和邀来的各帮匪首，打点迎敌。

那边，魏天佑、袁承烈已率大众，闯近二道卡子。林边登时过来十六个贼人，骑着马，上前迎接。为首贼目抱拳大声说："哪一位是快马韩韩场主？"武师李泽龙也抱拳大声道："朋友请了，这里有帖。"翻身下马，把三份名帖，一份礼单递过去。贼人下马，接帖一看，帖写："韩天池、魏天佑、袁承烈，率同人载拜候教。"单开："谨具良马六匹，鞍辔俱全，奉申……"这贼人哈哈一笑道："诸位太客气了，咱们这一回分明是'刀矛候教'，何必备礼具帖？"魏天佑道："不然，我们只是'专诚候教'，究竟是'以武会友'，还是'杯酒解纷'，悉听尊裁。请你把这帖拿上去，我们在这里候寨主的吩咐。"

贼目陡说一个好字，把众人逐个盯了一眼，飞身上马，持帖奔向三卡。余贼十五骑就当先领路，请牧场群雄上马："既然来了，快请入寨！"魏天佑等一声不哼，策马扬鞭，跟着他们前走；越走越近，不一时望见三卡栅院。果不出牧场所料，栅前贼人已列出大队，姚方清预备的人比他们还多，足有一百六七十人。魏、袁相顾示意，走到相隔数箭地，魏天佑潜择形胜之处，喝一声："住！"八十六名牧场壮士一齐下马。伴送贼党道："只管前请！"魏天佑道："我们应该望门设谒。"

魏天佑、袁承烈立刻把七十名壮士，全留在空场；请本场武师李占鳌，外邀武师戴崇侠、褚永年，三个人在此督队，相机而动。复请本场武师洪大寿、李玉川、黄震、刘雍，和外邀的顾宪文、施景仁，计共七人，随同魏袁，齐摘兵刃，按拜山的做派，徒手前进。魏袁穿上长袍马褂，正着脸色，向伴行贼

人拱手。大声道："请过去言语一声，就说快马韩派人拜山来了；已到门前，不敢擅入……"话没说完，就住了口。

两边相隔甚近，已能听出话声。这十五个盗马贼监视着众人，不肯离开。那先去的贼目又捧帖奔出来，喝问道："诸位朋友，我们瓢把子说了，不敢当诸位的大礼；只请问一句，快马韩韩场主可是本人亲到的吗?"

魏天佑登时怒起，对袁承烈冷笑道："姚寨主好像明知故问，瞧不起我们。"转脸笑道："韩家牧场不是快马韩一人的事，我们能替他来，有事就能替他担；请上复姚寨主，无须乎凿真!"说时，记恨前耻，声色俱厉。袁承烈忙道："朋友费心，请转达贵寨主：我们是话宗前言，韩场主有事不能前来，又恐失约，才托牧场二当家魏天佑，和在下袁承烈，专诚登门赔罪。贵寨主如认为草茅后进，不屑对手，那么失约之罪，牧场不负；改期之事，还请再议；不过，那总得容韩场主回来。这话请你婉达，就由贵寨主看着办吧!"魏天佑和洪大寿等一齐应声道："对！你们愿意改期，你们看着办!"

这贼目也是个利口，登时说："哦，闹了半天，韩场主有事不能来吗？可教我们足足恭候了五天。敝寨上下三百多人，满承望一瞻快韩，如登龙门；哪知道一场空欢喜，贵场换来换去，还是您这几位。固然诸位也都是人物，无奈我们早领教过了；明珠虽是宝，见惯也不惊。……"魏天佑越怒，厉喝道："这话怎讲？你认得我，我却不认得你，我只知你是贵寨的一位头目。刚才那张帖，就有我的具名；我来拜的是贵寨姓姚的，不是拜阁下。请你不必啰嗦，趁早把我这话原封传过去!"

双方的话越说越毒，偏这传话的贼目不肯就走，拿出惫赖神气，一句跟一句，和客人对项。同时，栅前群盗忽然移动，有一二十位领袖模样的贼，现身出来；这里面就有大寨主姚方清，二寨主蔡占江，三寨主郭占海，四寨主周老疙瘩周占源。袁承烈忙将魏天佑拦住道："当家的何必跟他们费话；你看，那边姚寨主不是迎出来了吗!"

魏天佑登时面现鄙夷之色，向传话贼目睨视一眼，即刻把两胁一拍，道："我魏天佑和今天这几位伙计，寸铁不带，前来拜山。我倒不知姚寨主的山规，会这么七嘴八舌。——伙计，咱们走，找他们主事的人去。"把贼目丢在一边，抢行数步，冲姚方清走去。姚方清与三位寨主，越众而出，也恰同这边迎来；并且抢先嚷道："快马韩在哪里？韩场主在哪里？怎么韩场主没到吗？"

牧场群雄叫了一声："姚当家！"忽然背后如风卷梨花，豁喇喇奔来双骑白马。马未到，人先接声；遥听娇脆的口音答道："姚大叔，快马韩本人没到，他的女儿亲来赔罪来了！"

魏、袁大惊，回头，齐看果然是韩昭第姑娘，那并马而来，是一个中年儒生，姓何，名延松；轻衣缓带，举止英迈，是少年何元振的叔父，当地的豪绅，有势力，有钱财。因与快马韩交厚，特赶来排难解纷；却不知这场事内有宵小暗中"拢对"！

后记

牧场英雄与商家堡盗群，既率党羽，当场会见；虽各有知交，居中排解，顾仇家作祟，从中播弄，盗焰愈炽，终成僵局。盗贼助手有张开山者，为塞外剧贼，深以技击自负，单人比拳，乃猝为马师所败。以此激怒，掀起械斗。忽快马韩，偕友驰至，喝破宵小嫁祸阴谋，姚周二盗憬悟，事暂得解。即而争参场、夺金场，袁承烈屡试身手，连败劲敌，快马韩大加刮目。其爱女昭第姑娘与少年何元振，年貌相当，快马韩将选为婿。而昭第意忽不愿，独于袁承烈，情有所钟。辽东侠隐（即蒙妆少女之父）又与袁承烈邂逅示武，终结忘年之交；以绝技授袁，亦阴欲以女嫁袁焉；漠野边荒，惹起情澜。

中华民国三十年十一月二十五日初版

※　　　　※　　　　※

《争雄记卷四》此日出书，就报刊原稿，遍加增削；内容变换，面目一新，既人物亦有出入也。中添辽东侠隐父女，既所谓蒙妆汉女是也；此女后与袁承烈自有一番姻缘。少年何元振，本与昭第姑

娘为青梅竹马交（昭第较长二岁），讵女大三变，竟弃儿时旧侣，倾心于袁。而红锦女侠，既嫁丧夫，亦逃罪出关，以贼店女盗，与袁重逢。“三女为粲”，遂生波折。牧野雄风，最壮观感：盗马贼之生涯，亦恢诡动人。初稿未遑细绘，今稍增益，犹嫌未足。读者有熟悉当年边荒情事者，深愿指匡，俾期近真。

羽自初夏患病，绵历半年，今始痊复。笔墨生涯，不免废顿；劳读者纷询，谨此歉谢！后当加勉，月呈一卷。

三十年十一月廿日白羽记

整理后记

《武林争雄记》是《十二金钱镖》的前传，系白羽“钱镖四部作”之一部。白羽曾在本书初版的封面上标明“十二金钱镖三部作”。

本书始载于1939年12月北京《晨报》，第17章以下系白羽倩友、技击小说名家郑证因代撰。1940年8月至1941年11月由天津正华出版部先后分四册出版单行本时，白羽为求文笔的一致性，执笔重写。这次出版就是根据白羽重写的正华版整理、校订的。

第一章　丁武师封剑闭门

第四章　丁云秀踏沙行拳

第六章　飞豹子飘然远引

第八章　飞豹子访艺探监

第十一章　高红锦留情陌路

第十四章　群徒乱踏青竹桩

第十七章　鹰爪王荐贤自代

第十九章　寒边围雨夜失马

第二十二章　魏天佑断指结仇

第二十四章　商家堡对仗应敌

牧野雄风

白羽武侠小说全集 三

白羽 著

山西出版传媒集团
北岳文艺出版社 ·太原·

图书在版编目（CIP）数据

牧野雄风 / 白羽著. — 太原：北岳文艺出版社，2022.1
（白羽武侠小说全集）
ISBN　978-7-5378-6468-8
Ⅰ. ①牧… Ⅱ. ①白… Ⅲ. ①侠义小说—中国—现代
Ⅳ. ①I246.5

中国版本图书馆CIP数据核字(2021)第215697号

牧野雄风

白羽 / 著

出品人
郭文礼

选题策划
孙茜

责任编辑
孙茜

印刷监制
郭勇

封面插画
杨苇

封面设计
阎宏睿

出版发行：山西出版传媒集团·北岳文艺出版社
地　　址：山西省太原市并州南路57号
邮　　编：030012
电　　话：0351-5628696（发行部）　0351-5628688（总编室）
传　　真：0351-5628680
承 印 者：山西人民印刷有限责任公司

开　　本：890mm×1240mm　1/32
总 字 数：5280千字
总 印 张：200.625
版　　次：2022年1月　第1版
印　　次：2022年1月　第1次印刷
书　　号：ISBN 978-7-5378-6468-8
总 定 价：1380.00元（全25册）

飞豹子袁振武负气别师后，欲另拜高师。不想回故里之际，恰遇家难，飞豹子只身复仇，避祸出关。沿路因打抱不平被官府缉拿，得冀北人魔相助幸免罹难。

飞豹子为求师义救鹰爪王，习艺五载，终学成绝技，为塞北牧场主快马韩解围御敌，娶快马韩爱女为妻，继承岳父事业，威震辽东。

目录

缘起

飞豹子袁振武，和名镖师十二金钱俞剑平，当年轻时，在鲁东太极丁朝威门下，同堂习艺，成为太极丁门下两大高足。俞剑平性情坚韧，袁振武性情刚强，同门小师弟全都畏惧袁师兄，胜过老师。师傅太极丁因此看错了袁振武的性格，以为他倔强傲慢，不足承学，太极丁有九个弟子，大弟子姜振齐，早因过犯，逐出门墙，袁振武是二弟子代师授艺，已历数年，同门诸友全把他看成大师兄，他也以此自居。不想临到这一年，丁朝威封剑闭门，广邀武林观礼，竟当场越次传宗，赠剑赠谱，把本门衣钵传给了三弟子俞剑平。

俞剑平惶恐不敢接受，群徒也骇然相顾。可是太极丁的说话，一向斩钉截铁，不许违拗。袁振武见这情形，势在必行，竟引群弟子，拜见俞大师兄。众人见他扬扬如平时，有替他抱不平者，有赞叹他有容让者，有好言安慰他者，他都很谦虚的答对了，而不知他心中怨愤已极。复数月，他竟以母病，告假回籍，临别赠筵，袁振武痛饮大醉，向师门告歉，微吐不平，太极丁傲然不顾道："但愿你能发愤自强！"太极丁的爱女丁云

秀，即当场劝慰袁师兄，席散后又暗告其父：“袁师兄此去，恐不再来了罢？”太极丁道：“他为什么不再来？”丁云秀说：“袁师兄心中不悦，我恐怕他将来与俞师兄存下芥蒂。”太极丁怫然笑道：“我既一秉大公，选拔了俞振纲，他若不能替我遮风挡雨，我也就用不着教他持掌门户了。袁振武不痛快，我教他不痛快去。但愿他有志气，把那枭强的脾气改一改，也算我成全了他。”

太极丁的脾气也是越老越刚的，可是他暗中也有打算，他并不怕袁、俞结仇。

袁振武果然一去不再归来，他更改名姓，漫游江湖，报定决心，要别访绝艺，师傅既说他性格刚愎，不能成事，他为了这句话，他做出一个样子来，教师门看看。于是，袁振武不辞劳苦，跋涉风尘，各处探访名师。后来他遇见鹰爪王，正陷在狱中，袁振武倾囊相助，供膳供酒，贿买狱卒，与王相见，愿出死力营救，鹰爪王起而猜疑袁振武无因而来，最后吐露肺腑，鹰爪王乃烦袁振武远道送信求救，由豫北直奔到汉阳。鹰爪王之妻鲁氏三姊弟，此刻已先得信，可是未详实情。袁振武细说鹰爪王的近况，尤其是“未受重刑，手脚能动”的话，鲁氏三姊弟打听得十分仔细。鹰爪王之妻还有疑虑，鹰爪王的妻姊鲁大姑是个老妪，却很喜爱袁振武的勇决，和见事机警，又有红衣女侠高红锦在旁垂青帮话，这才由鲁三姑（鹰爪王之妻）潜修密札，把袁振武转荐到师弟刘四师傅处，暂为假馆习艺，容得鹰爪王出狱，再亲自传技，袁振武不了解他们的布置，坚欲随鲁氏姊弟，一同北上救师。鲁三姑峻拒不允，鲁大姑又抚肩劝道：“你是好人家儿女，不要跟我们胡参与。你的苦心我已明白，我准教你拜得成老师，学得着绝技就是。”女侠高红锦亦笑唤：“师弟，我们暂别，半年后我们再相见，到那时候，管保教你见着鹰爪王。”袁振武无奈，持书而行，走了三几天，半途忽听传言，大盗鹰爪王戕官越狱，有三个女人，里应外合，而且放了一把火，杀了好几个牢卒，现在海捕

文书已下。袁振武至此大骇，自己本是富室子，为护产才习武，为争一口闷气，才出来续访名师，至于作奸犯科，心上实在不肯。

但是环境逼迫下，袁振武不久终于重遇上鹰爪王，获得王门绝技，鹰爪王又把他转荐到一位点穴名家门下，又学会了接暗器的“听风接箭法”。而故乡忽于此时祸起，他的胞兄被土豪纠众殴伤要害，吐血而死，袁振武骤闻惨变，怒火满腔，竟变装还乡，杀家复仇，然后逃罪出关，开始了流浪生涯，经过许多的遇合。他的武技一天比一天精，他的事业一天比一天往下降！

当此时，塞外有大牧场，场主快马韩，名韩天池号韩边围，上与官府通声气，下与草莽广结纳，身拥两座牧场，一座炭窑，手下养着许多马师、牧师，声势阔大，俨为一方之豪。每逢他贩马到关内外各地，沿途豪客无不推情借道，护送放行。如此多年，未生事故。忽有一天，遣副手押良马一群，赴盛京贩卖，行经烟筒山，竟中途失盗，风不鸣，草不动，无端失了良驹九匹，内有一匹名马，乃是送人的礼物。韩天池大恚，率众策马，亲往查勘。牧场内留守之事，交给了他的副手魏天佑，家中之事交给了爱女韩昭第，无论场中家中，柜上窑上，遇事都由这爱女与魏天佑商办，魏天佑是快马韩的盟弟。

韩天池刚刚走了两天，袁振武改名袁承烈，别号袁啸风，偏偏一个人前来投效。持木棒，棒内灌铅，负行囊，囊有涂漆银壶，翩然登门，说是久慕快马韩的英名，自己游踪已倦，要择主托庇，苟延岁月。魏天佑等大疑，因设法盘诘其人，又潜派人搜检其行囊。这不速之客怫然不悦，就要告退。自说：“我听说快马韩是今日的孟尝君，来者不拒，量材给事，我才远道来投。不想这路传闻，和实事不同，我连韩当家的面还没见着。诸位请坐，小弟暂且告退，改日再来。”

袁振武越要走，魏天佑挽留越坚，说：“我们场主现到第二场去了，已经派人去请，少刻就到。足下远道而来，必想本

场规模很大，其实不过我们几人在此穷凑。足下既然肯光顾，想必认识敝场中的谁吧？”袁振武心想他们这是要对证，便笑道：“贵场赵庭桂师傅，和在下同乡，请你费心把他请来。我们可以谈淡，您就放心了。”

偏偏赵庭桂已经押马赴沈，不在场内，魏天佑和韩昭第密商：“此人无端而来，我们不能放走他。”魏天佑遂对袁振武说：“请袁爷到饭厅吧，咱们先吃饭。”袁振武笑道：“还是先请赵师傅见见面，我吃着也痛快。”魏天佑和韩昭第以目示意，也笑说：“赵师傅就在饭厅恭候着阁下哩。”袁振武慨然起身，来到饭厅，饭厅已有数十位马师在座。袁振武登时明白，魏天佑是考较自己的眼力，便往各桌一巡，并无赵庭桂在内，魏天佑故露讶容道：“这不是赵师傅吗？赵师傅，有人找你。”应声从东隅站起一人，道：“谁找我。”此人是个矮子，滦河口音，袁振武却是乐亭人，相差无几。袁振武看了一眼，对魏天佑说：“在下眼力很拙，这一位我却不认识，我找的是敝同乡赵庭桂，是个高个儿，瘦子。”魏天佑大笑道：“那么是错了，赵庭桂呢？”旁有一人道：“赵庭桂从早晨就上炭窑去了。”魏天佑：“快去请他去。我们先吃饭。”亲自逊座，给袁振武斟酒。袁振武满不介意，酒来就饮，菜来就吃，一面吃，一面谈，魏天佑还是反复绕着弯子试探。饭罢天已不早，魏天佑坚留下榻，袁振武不推辞，遂在客馆歇下，魏天佑拨人相陪，暗加监防。

当晚在柜上议论这不速之客，韩昭第说：“也许是真投效的，我们莫慢待了他，传出去不好听。”司账说：“姑且留他住几天，细细看看他。”魏天佑点头道好，过了一会儿韩昭第回宅。一晃到二更以后，忽然狂风大作，阴云四合，一阵惊雷，暴雨骤降，魏天佑惟恐久雨不休，山洪大降，又虑霹雳惊了马群，忙起来巡视，韩昭第姑娘已然回宅，也忙起来，穿雨衣，骑快马折奔牧场，宅子离牧场不过半里多地，但是狂风暴雨，大地昏暗；她一点也不怕，揣火枪、弓箭，带一马夫，如飞赶

到牧场，与魏天佑合力防雨，直到三更后，方在她父的寝舍内宿下，浑身湿透，虽有雨衣，也遮不住大雨淋漓。

韩昭第姑娘换穿上她父的衣衫，把自己的衣服晾在椅子上，这才就枕。忽然听见场中警哨狂吹，人喧马叫，连忙起来。先到魏天佑的寝舍一看，魏早已出去。直寻到牧场北隅，连遇马师，方知大雨之中，又丢了六匹马，而且全是好马，众马师提羊角灯验看雨路，发现木栅数处已拔上来，又浮按下，这是又被盗，已无可疑，可是地上蹄迹竟奇怪得很，只有来踪，没有去迹。

韩昭第大惊，忙随魏天佑去验看客馆，那位不速之客袁承烈竟也失踪。只有他的小包袱还在，打开验查，银物俱在，众武师人人惶惑大哗，断定不速客必是盗马贼的底线。魏天佑尤其愧愤，多方防范，仍不免瞪着眼上当，立刻披雨衣，带兵刃火枪，率几十个武师、马师，揣测迷路，分两路急追下去，坚嘱韩昭第姑娘留守。大雨已住，荒原草湿，魏天佑曲折投奔西北方。

魏天佑竟一去没了影，韩昭第久候无信息，心中焦灼，也要出勘马迹，司账苦劝不听，韩昭第姑娘自恃骑术很精，火枪和弹弓又打得准，到底踏着魏天佑的行迹，也追奔西北。草原湿迹，略辨马蹄痕，韩昭第姑娘直撞到商家堡，天已黄昏，突然发现商家堡的大盗姚方清，已将魏天佑等九人生擒，正在安排马匹，要用口外相传已久的酷刑，——五马分尸法，把魏天佑置于死地，魏天佑被缚骂不绝口。韩昭第父女和姚方清本相识的，今目睹危状，忙摘弹弓，先救一步，把火把打灭。姚方清大声喊问："谁来扰局？"韩昭第正要现身，忽于丈余外，有一人影低喝道："姑娘且慢！"这条人影箭似的越栅栏而过，一伏身，把捆魏天佑的绳索剪断，随即一正身，投刀在地，面对姚方清叫道："姚寨主，暂请息怒，听我一言。"姚方清愕然注目，这人正是那个不速客袁振武，袁振武竟救了魏天佑。黑影中栅栏又一响。韩昭第到底也涌身而至，直趋到姚方清面前，

先请一安，后叫一声："姚叔父，侄女我来了！这是怎么回事?"

三方对面，敬问误会；方知牧场二当家魏天佑率骑追贼，步寻蹄迹，遇见商家堡的马群，竟误犯盗卡。双方言语失和，和商家堡的四当家起了冲突，双方答话是在副窑广庭上，四寨主挺花枪猛刺马师，魏天佑挥刀拒战，连斗数十合，刀锋横扫，竟将四寨主的四个手指头削掉。因此大寨主怒极，敲动梆子，招集弓手，扬言要用乱箭射死这九个马师。魏天佑等九人见事迫危殆，不能退逃，一逃则乱箭集身，乃吆唤一声，反而往贼寨猛扑。却不料这一来正中贼计，一声呼啸，掣动翻板，九个马师只逃走两人。

到了这时候，不速客袁振武突然出现，他既在当夜窥见真的盗马贼，一路追下来，已发现盗马贼的本意，不是为财，纯为复仇。他们用人脚踏着马蹄铁，盗得良驹，故意贴着商家堡的地界逃走，借此安下嫁祸于人的心。袁振武不晓得这些内幕，只不过一路跟缀，既巧获贼踪，又听得半懂不懂的贼人密谋，他就急忙往回走，有意炫才，要给牧场一个信。这一来，偏偏遇见策马急追的魏天佑，远远望见商家堡的马群，认作形迹可疑，要赶上前一问，结果身入重地，引起纷争，姚方清既诱擒众马师，本与快马韩相识，苦不得下台。马师骂不绝口，姚方清这才一怒，要尽杀九人。

当下，袁振武炫技示武，逊辞求和。韩昭第姑娘又以晚辈之礼，当面求情，一口一个"姚叔父"，又说："我父亲没在家，他们不懂事，你无论如何，也得赏一个面，我这里给你赔礼啦。"于是请一个安，又请一个安。

商家堡大寨主姚方清竟被窘住。男人不能跟女人斗，长辈不能跟晚辈斗，姚方清搔头无言可答。昭第姑娘又赔笑向前挪了一步道："大叔，我跟你讨脸，把他们放了吧，他们得罪你，我父女给你赔罪。"姚方清面含不悦，指问袁承烈道："这一位又是何人?"昭第道："这位袁壮士么，人家是新朋友，听见我们这事，很替我们着急，人家本是劝架来的。大叔，你放我们

走吧，你不说句话，侄女可不敢偷着溜走。你真格的不看家父一个老面子吗？”姚方清寻思良久，终把众人释放，可是到底放下话：“大姑娘既然这么说，我们四弟子的手指头就算白丢了，你们走吧。……可有一节，咱们五天为期，你父亲不是没在家吗，留这五天空，务必请袁壮士和大姑娘把韩大哥请来，我们老哥俩还要讲讲。”

韩昭第还在情恳。袁承烈看出风色，竟一口代为答应下，“五天以后，一定有人来登门赔罪。”言外也许是快马韩亲到，也许是别人替他来。姚方清这才传令，开放卡子，把众马师直送出界外，叮咛后会，一揖而别。

归后，魏天佑抱惭无地，场主不在家，不幸二次失马，除勾起一场麻烦，魏天佑直似走了真魂，十分懊丧。韩昭第再三劝慰，先设小筵，向袁承烈道劳贺功。忙派人给快马韩赶行送信；料到五天内，快马韩势难赶回，韩昭第、魏天佑、司账马先生，和袁承烈急急预备届期赴会之事，同时加紧巡视全场，恐其仇人再来生隙。第三天布置齐备，赴会人物选定；袁承烈年在三十余岁，正当壮年，人既精干，出谋划策又稳当，又透彻；他居然后来居上，大为魏天佑所推崇，无形中成了要紧人物。

到了五天头上，三更起来，四更进食，五更出队，牧场共选了七八十人，前往践约。地点在牧场和商家堡之间，个个拿着武器。这一场约会，不可言喻，是一场凶险的械斗。

及至双方相会，姚方清那边也邀集了许多帮手。有一个铁臂无刚张开甲，年约六旬，精神矍铄，气派异常，群贼全很尊敬他。牧场中人也早都闻过他的大名，今见他高居宾位，未免有惧敌之意。张开甲也庞然自大，他手下还带着许多门徒。两边的人在一片广原相会，旁有小庙，做了会场。双方照样以礼相见，先说场面话，后归事件本题，群盗邀来的朋友齐责马师无理，强犯入界，出口不逊，又刀伤地主，致令残废终身：“相好的，这太说不下去！”马师们便说：“误入卡子，就处五

马分尸，姚寨主是不是太不讲面子？”越说话风越硬，那张开甲老英雄突然用鼻子哼了一声，说道：“口头上穷咬，有什么意味，朋友，咱们还是手底下明白！”脱衣束带，捻拳上前，他叫道：“哪位朋友陪在下走两招力笨拳？”谦以为傲，显出老不服气的势派，飞豹子袁振武微微一笑道：“张老师傅，在下晚生末学，愿请教高明。”

袁振武挺身而出，两人交手。袁振武惟恐敌人势强，处处持重，未虑胜，先防败，走了几招，万想不到这位张老英雄是个银样镴枪头，只会下马威。又走过几合，竟被袁振武措手不及，挥拳一捣，打破了鼻子，哼哼的直骂，他的手下门徒哗然大噪，就要脱衣抽刀，和袁振武拼命。

忽然有一人从盗群中闪出来，张两臂如翼，连呼：“别乱，别乱！”按住众人，转对袁振武，上下打量，突然发出冷笑来，说：“我道这位是谁？原来是熟人，好好好，我们有三、四年没见，老交情了。今天我才访着阁下，这是踏破铁鞋没处寻，得来全不费功夫。想不到尊驾又改了名字，怎么不改姓呢，你可记得虎林厅咱们那回交情吗？”

在场的人听见这话，俱都疑讶，齐视望这发话的人。

这发话的人是一个赤面大汉，脑门子上有一条刀痕。袁振武骤见此人蓦地一怔，及至注目一望，不禁怒气塞胸，喝道：“原来是你！你这无耻的赌棍，你还配叫字号！你本是袁二爷掌上偷生的鼠子，你反而结官厅，要加害我，今天我们相逢，好好好，当年旧账倒可以彻底一清！”

牧场中人也有一两人认识这赤面大汉的。这人是虎林厅大赌局的局头，姓邓名熊，绰号火鹞子，和土豪陆万川勾结，专做腥赌骗人。飞豹子袁振武复仇避祸，初出关外，孤身漫游，闯到这虎林厅，正值这火鹞子邓熊，喝命赌局打手，痛殴姓孙的两个商人。姓孙的是父子二人，儿子贩皮货，受了他们的赌骗，不但输了一千多两银子，还把皮货扣下。姓孙的父亲赶来查问，声言控官，殊不知地方官面也和赌徒勾结，一任赌徒殴

打孙氏父子，竟无人过问。飞豹子路遇此事，劝架几乎挨打，他遂一怒，下毒手砸了赌局，救走孙姓父子。孙姓父子幸得遇上同乡，护送出险，赌徒们把全副怨恨都放在飞豹子袁振武身上，假仗官势，扣留不放，意在敲诈，引起祸端。后来弄假成真要把袁振武送官，袁振武看出强龙不压地头蛇，就在大堂上，打散隶役，飞身越墙逃走。官府立刻以捉飞贼的名义，派马队穷追袁振武。飞豹子袁振武空有绝技，到此也无计可施，只得落荒亡命，爬过乱山，潜投荒村。又被群狗惊吠，泄露行藏，袁振武只得攀树潜匿，险遭毒手。好容易抓了一个空隙，再乘夜逃亡，如此两夜一天，狂奔迷路，饥渴交迸，力尽筋疲，登土岗遥望，看见相隔数里，有黑乎乎一堆浓影，又从浓影中，透出一星星火光。袁振武挣扎着投过去，打算叩门寻宿求食求饮。迫近了一看，这是一段荒林土谷，土谷内藏三间土屋，外环木栏，从小窗透射灯光。袁振武攀窗试往里看，有一老婆婆正在堂屋蒸食物，好像一笼一笼的馒头，另有一老叟，似在内间睡觉，两人似是老夫妇。袁振武退至院内，反观四邻，这竟是孤零零一座小院，不但左右无邻，而且前不着村，后不挨店，距大路也远，若非夜照灯光，外面行人看不出此间会有住家。

袁振武心中纳闷，“这么孤零零的一座小屋，这么孤零零的一对老夫妇，他们是干什么的呢？”正在作想，忽觉背后有脚步声，回头一望，渺无人影。屋内却发了话：“朋友，别看了，请进来吧。”

袁振武随着这话，不禁一松手，不再攀窗，脚落平地，再一回看背后。一个枯瘦老叟，手持火捻，含着诡秘的笑，立在自己身后，恰将退路堵住。

这个老叟果然不是寻常百姓，实在是冀北人魔焦焕，和他的妻子罗刹，因巨案逃居关外，又和当地土豪玉九起了争执，夫妻齐下毒手，玉九惨败，纠众再来寻斗。焦焕夫妇仍将敌人逐走，可是焦焕的一只腿也受了伤。夫妻俩自知寡不敌众，迁

地养伤，暂隐侠踪，防备玉九暗暗遣人来刺探他！飞豹子袁振武恰在这时候，奔来攀窗偷窥，焦氏夫妻顿生疑怒。

当下，二老把袁振武强邀入屋内，献汤献食，然后细谈他的来意。两方越说越龃龉，当此时外面追寻飞豹子的马队已到。袁振武至此吐实，二老也就顿释疑猜。说：“原来阁下和我们一样，也是逃罪的人吗。你放心，我夫妻替你挡一下，回头还有话对你讲。”……牧野雄风的故事就如此开场。

第一章

飞豹亡命逢怪叟

飞豹子袁振武，大闹官衙，从如狼似虎的隶役手中，挣逃出来。夜走荒郊，逐着灯影，寻到土岗边孤零零一家民户，袁振武攀窗窥视，意欲寻宿，哪知一瞥之下，看出屋中一对老夫妻形容古怪，似非常人。言谈所及，全是武林凶殴的事；又似乎觉出窗外有人。袁啸风心中纳闷，不知叩门投宿是吉是凶，正在俄延，那个古怪老人突然走出来，双眼炯炯，似识破袁啸风的来路，手持火捻，上下打量，面含笑容，往屋里让道："朋友，进来吧。怎么过门不入，只爬着窗眼瞧呢？"

袁啸风很窘，已窥见小屋中只有老夫妇二人，好像蒸卖馒头为活，可是举止诧异；在这荒野中孤零零筑屋而居，夜闻狼嚎，土匪出没；也不是寻常百姓所能做得到。忙对老人说："我实在是迷路的。"老人笑道："是呀，是呀，我明白，我晓得，请屋来吧，我这里不是龙潭虎穴。"立催入内，飞豹子袁啸风大胆迈步，老人持火把后随。

那老婆婆发了话："到底是哪位呀？"意思是问老人，袁啸风忙答道："是我，我是走道的，错过了宿头，求老人家方便

方便。在下在你老这求点水喝，歇息半夜，天亮了就走，绝不敢多骚扰。”那老婆婆慢吞吞地站起来，说道：“原来是过路的客人，这没有什么，请进来吧。”辽东一带，民风强悍，可是民风也很朴厚。凡是行路的客人，走迷了道路，或是错过了宿头，就可以向民家借宿、求食。不论是大家小户，绝不会拒绝你；必要把你请进去，饮食住宿，必尽地主之谊。客人临走，要是稍酬主人，可以多少给主人的长工，或是平常的农家，留下点钱，可是就是白吃白喝，骚扰完了，主人绝不稍存怠慢之意，这是塞外风俗好的地方。当时这老人往里把袁啸风让了进来，走进了西房的明间，对老婆婆说：“喂，你给款待款待，我还得躺躺。”竟一言不问，走进去了。这老婆婆却请袁啸风在迎面石桌旁落座，问道：“客人贵姓？这是从哪里来？”

袁啸风不由心里一动，自己想到自己已是黑人，不便再露袁承烈的真名，遂说道：“在下袁啸风是直隶乐亭人，来到关外访友，不料走迷了路径，竟自奔驰了半夜，老太太有水赏一些吧，我口渴十分。”这位老婆婆上眼下眼打量了袁啸风一番，这才把开水给斟了一碗，又把现蒸出来的馍馍给捡了一盘子，又拿出一盘子腌咸蛋来，一碟子老腌咸萝卜，向袁啸风道：“客人，我们这种小户小家没有别的好吃食，客人奔走了半夜，一定饿了，随便吃一点吧。”袁啸风此时也实在又渴又饿，可是又惦着那追赶的官兵，只怕追到这里。自己若是不跟这家主人说明，真要追找上门来，自己岂不是坐等人家捉拿，当时虽则口头上向这老婆婆谦谢着，只是心里头惦着追兵的事，未免神不守舍，惶惑不安，把碗端起来，把这碗水喝下去。可是喝着水，不住地向门口张望。那老婆婆好似正忙着收拾蒸出来的馍馍，对于袁啸风毫无注意。但是袁啸风把馒头拿起来吃了一个，别看又累又饿，心里有着急的事，再也吃不下去了，遂把盘子一推，这时老人走进了屋，没再出来。只有老婆婆往来蹀躞，袁啸风赶忙站起，向这老婆婆道：“老妈妈，请把这食物收起吧，我吃饱了。”这老婆婆看了看桌上的食物笑吟吟地说

道："客人你怎么这么不诚实，这么几个馍馍还吃不了吗？"

袁啸风道："妈妈推诚相待，我怎能客气，实是吃不下去了。"这时屋里老人忽然招呼道："喂，你把客人请进来，教人家也好歇息歇息吧。"袁啸风忙说道："妈妈，我是走迷了路，急得有些颠倒，这么招待，也没有领教老妈妈贵姓，也没拜见老伯太似失礼了。"这位老婆婆道："客人不要太谦，这些小节，何用挂怀。我们姓焦，我们当家的把腿摔伤，尚没有利落，因为有病缠身，未免的肝火过旺，说话很是放肆，恐怕得罪了客人，所以由我款待人，请客人不要怪罪我们这种乡农人家，不经意的得罪客人，客人到里屋歇息歇息吧。"袁啸风很纳闷，遂随着这焦老婆婆走进里间。只见这里间屋跟外面判若两样，虽然也是贫家的情形，可是布置的雅洁得不染灰尘。近着门是一张白茬的桌子，上面放着一把宜兴红泥壶，几只茶碗，后面放着几件不完全的文具，尚有两套书一只铜蜡台，里面绝没有烛泪尘污，在后墙放着两只凳子，靠前檐是一铺土炕，土炕上也是洁净异常，那老人坐在炕头上，年约六旬，瘦小枯干，十分难看，简直除了骨架子，就是两层人皮，又像个猿猴。脸上两眼深陷，高颧骨，下颏一绺山羊胡子，那种怪异的相貌，非常刺眼。这干瘦的老头，坐在炕上两腿伸着，手里搓着一对铁胆，锃光雪亮。袁啸风向这干老头拱手道："老伯，在下袁啸风，夤夜间来到老人家这里打搅，实在不安。听老妈说是老伯身体欠安，在下这么贸然打搅得老伯不能静养，尚求老人家担待。"袁啸风从进了屋里，说了这些客气话，这干老头只说了一句："我明白。"连动也没动，就好像偶像似的。袁啸风颇有些不悦，只是自己方在一转念间，只见干老头把面色一沉，向袁啸风微把头点了点道："朋友，你请坐。你既来到这里，我也不便客气了，咱俩索性把浮文搁起，说点正经的。"一边说着，用左手向炕对面的凳子上一伸，意思是让袁啸风往凳子上坐。

袁啸风听干老头的话风，十分扎耳，只是想到那焦老婆婆

已说在头里，这老头儿病缠的肝火极盛，自己一个借宿骚扰，哪好挑人家的礼节。遂坐在了炕对面的凳子上。这时那干老头手中的铁胆，依然在掌心转个不休。袁啸风心想着，自己一个半夜里投到人家，蒙人家盛谊款待，只得蔼然说道："这位焦老伯，没领教尊甫？"

这干老头把两只凹陷的眸子一翻，冷然说道："朋友，你我是推诚相见，还是虚伪的周旋呢？我们还是撂下远的说近的吧。我的情形，朋友你总可以了然。在下现在是一半废人了，一切全仗着一班老朋友们照应，可是朋友你的来意，我很明白。我既把朋友你接进来，就不能再教朋友你空着手出去，听朋友你的口音，大约你是关里人，来到这一带不久吧？"袁啸风听这些话，说得没头没脑，颇有些诧异，我与你这干猴子样的老头子，并无一面之识，我来意不过是借宿，难道我被人追赶，他怎么会知道，这老头子说话怎么这样尖锐，遂漫然答道："老伯说哪里话来，在下虽则年轻，可是历来以真诚交朋友，从不知什么虚伪，老伯的话，小侄颇有点不明白，还请老伯赐教。"干老头微微一笑道："朋友，你是从哪里来？"袁啸风道："在下是……"说到这，微微一顿，随即说道："在下是从宁安来。"那干老头一声冷笑，干瘦的两颊，和那灰色的嘴，往两下一撇，道："朋友你别是记错了吧！我看你是从沈阳来吧？"袁啸风不禁有些按不住怒火，遂也把面色寒着说道："老伯，你怎见得在下是从沈阳来？我们是素昧平生。在下不过为迷路，冒造尊府，深夜打搅，一饭之恩，绝不敢忘。只是老伯话语之间，对于在下的来路颇有些怀疑，我的出身来路，惟有我自知，老伯你这么见疑，我倒不便再在这里骚扰，其实我就是进了深山丛林，这里的虎狼虽恶，姓袁的还未必就到得了它口里。老伯！咱们再会吧！"说到这，袁啸风站了起来，就在同时，隐隐一阵马嘶声入耳。

那老者嘿嘿冷笑了一声道："袁朋友，你听见了吗？这许是尊驾一道来的吧？"袁啸风越发怒不可遏，深觉这干老头太

似无情无理。自己真是背运走到了家，什么事全遇得上。好容易投到个食宿的地方，反倒找了别扭。更看不透这老夫妻两人是怎么个路道，反正是不愿留自己，急不择言，气恨恨答道："老人家所猜测的全不对，就是这一宗猜对了，一点不假，是一道来的。"

干老头儿把面色一沉道："好得很！多来几个凑个热闹，那么你老兄随便招呼吧！你别看我这种废人，像没有什么似的，手底下还可以凑合凑合，不论来多少位，决不会教哥儿们空着手回去！"

袁啸风一听不像话，他这满嘴里全含着锋芒，遂点头道："好吧！咱们再见。"说到这才要转身，就觉着从两肩头如同两把钩子一搭，往肉里紧，顺着肩头往两胳膊下握。自己说声："不好！"丹田一搭，气达四稍，双臂一抱，用的是十成力，往右一斜身，"关平捧印"右肘往外一撞，这是擒拿法的"渔父搬家"。就在一现肘，已看清正是那老婆婆，一脸的诡笑，右掌往自己肘上一搭，自己就觉着吃不住劲，往回一晃，算是错了一步，拿桩站住。更得提防那干老头，因为离着他只有两步，袁啸风怒叱道："这是怎么讲？"

这位老婆婆冷笑道："客人怎么说走就走，你这岂不教我们落慢客之名！客人你来了，就不能再走，要是安着走的心思，就不能来，客人你就别想走了。"袁啸风见这老婆婆虽是鬓发成霜，身手十分利落，他们既怀恶意，自己若不早脱虎口，定遭毒手。这时见这老婆婆依然堵着门，分明是不容自己走，遂也变色说道："咱们不必再假作痴呆，请教你们二位的心意，打算把我姓袁的怎么样？莫看我无能我还接得住，你们有什么道儿，只管画出来，我倒要领教领教。"那干瘦的老头点头说道："好！你倒真够朋友，我有两句话跟朋友你说了，听也在你，不听也在你。你姓袁也罢，姓方也罢，我知道你定是盛京金玉科老儿请出来的，可是据我看你多半为人利用，贸然就一口应承。我这老头儿若不是发觉你武功派别，和我们有

些渊源，也就打发朋友你上路了。我这人一生恩怨分明，我痛恨玉九那小子，因为他就为了他个人一点微名，累次和我作对。玉九这小子也不是不晓得我的手段，岂容他人轻视妄动，只是这小子利欲熏心，他想到把我捞着，又是名又是利。这一来叫他害了许多同道，我已听说玉九这小子知道我这下盘不久就要痊愈，所以在当我没恢复行动之时，他谋我之心更急，不过玉九这小子是迷了心窍，他忘了我冀北人魔是那么由他算计的吗！我已预备在两三个月内，先给他些手段看看，叫他亲口尝尝我冀北人魔的滋味。不料，朋友你来了，只是你手底下竟有三十六路擒拿手的功夫，故此才强忍着不肯贸然动手。朋友你真与鹰爪王奎有什么渊源，你要明白见告，免得自误！”

袁啸风听这干瘦老头自报名是关里著名的飞贼，江湖人称冀北人魔焦焕，十余年前就是妇孺也知道有这么个活鬼偷富济贫，颇著义贼之名。冀北人魔性情古怪，江湖同道中要行为稍差，他就立刻反去偷他，把同道们惩治得全是敢怒而不敢言。袁啸风踏入江湖之后就听说绿林中有这么个怪杰，想不到今夜竟在这里会见，真是意想不到的事，再参酌他的话风，其中实含了误会。遂抱拳道：“原来朋友你就是名震江湖的焦老师，失敬得很。焦义士，听你的话，分明是拿我姓袁的当了官家差弁前来不利于焦义士，这真是笑话了。实不相瞒，我现在也是难中人，我身还背着官司，自顾尚且不暇，哪能不度德，不量力，妄自多管他人之事。焦义士不要误会吧！”

这冀北人魔哈哈一声道：“这么说是我输了眼了。”袁啸风谦然道：“焦老义士，说哪里话来，我们全是武林一派，不必客气，在下实曾拜在王老师的门墙，不过师徒相聚为时很暂，所以对于王老门中绝技，缘悭福薄，未能得王老师的长时教诲。在蓝滩传了我几手擒拿，在下自到关东，更不知我王老师寄身何处了。在下已实言奉告，不知焦义士肯置信否？”冀北人魔焦焕，听袁啸风说出来历，点点头道：“袁师傅，我倒有几成信，只是袁师傅你现在是否已在关东道上，跟六扇门结

识，我还不敢断定。只看今夜的行径，显然是有所图而来。袁师傅我们既然全是江湖道上朋友，彼此相见已诚，谁也别和谁再动虚伪的客气。我不怕袁师傅你见怪的话，袁老师若不是一蹚进我这小小的蜗居，已露了手师门的真传擒拿手，我们早就动手了。王师兄的三十六路大拿法，与内家外家的传授迥然不同，他自己精究出三十六手擒拿的招数，为江湖独步。所以袁师傅你只略一施展，已为拙荆所识，才不肯暗下毒手。袁师傅你既是带艺投师，那么你在未遇王老师时，在哪位门下，派中哪一家呢？”

袁啸风被这一问，自己又没预备话，一时不好回答，嗫嚅着说道：“我以前嘛，没有正式投过名师。不过胡乱学过几年，提不到承师了。”冀北人魔焦焕，抬头向立在门首的老妻看了一眼，面色一沉，很是难看，忽的嗤嗤一笑：“我明白了，袁师傅莫非已流落绿林，作着夜走千家盗百户的买卖了吗？劫富济贫，更是英雄所为，有什么不可告人的，袁师傅这么闪烁其词，焦某倒不敢请教了。”袁啸风见他错会了意思，自己想了想，遇到这种江湖怪杰，喜怒无常，还是实话实说得好。遂叹息道：“老义士，不要误会，在下实有难言之忍，不愿提当年旧事，提起来实在痛心。我索性实说了吧！我实是山东绸缎丁的掌门弟子，丁老师竟自废长立幼，我一不犯门规，二不曾做过什么辱没师门的事，丁老师为了儿女的私谊，擢拔我师弟，接受了衣钵；我实无面目在师门立足，这才遍历江湖，实指望重访名师，别求绝艺，将来要在师门中一吐冤抑，只是奔走了数年，毫无所遇，我是运蹇时乖，不仅没访着名师，还是屡遭逆事，真令我灰心已极！老义士请想，我但分得已，我绝不愿再提旧事了。”这位焦老听了，愕然向他老妻道：“哎呀！我们若不是稍许慎重，几乎误事。原来袁师傅派出名家，又经两湖大侠王老师的指点，哪会含糊，我们倒失敬了。袁师傅你是心胸过大，要想成为一代著名武家，这倒是英雄抱负，不同凡俗了。”

这时那老婆婆忽地走向这位风尘奇人焦焕的身旁，附耳低声，不知说了句什么。那焦焕却从鼻口哼了声，竟没答言，老婆婆跟着走开，焦焕慢吞吞地向袁啸风道：“袁师傅，我这拙荆忽地想起，以前曾听同道说过，以三绝艺名震江湖的山东绸缎丁，门下有两个最得意的弟子，一个姓俞名振纲，一个姓袁名振武，这两人全是深得太极丁的真传，全精通丁门三绝艺。袁师傅的姓氏相同，名则各异，可是另有一人吗？”

袁啸风不禁脸一红，忙说道：“老义士所说，那袁振武就是弟子，这倒并非弟子不说真姓实名。只为当年在师门学艺，师门中全以振字排名次，我负气出师门，在未能重学绝技之先，不愿再提是丁门弟子；所以到处只用我原名袁承烈，不再提振武二字……”袁啸风说到这，突的觉得又已失言，自己虎林厅遭祸，袁承烈的名字已落在官家的耳内，打定了主意，暂时先避避风声，更名袁啸风，怎的自己把真名又脱口而出，太不检点了。自己脸一红，看了看这位江湖异人焦焕，似乎没理会，心里稍一松，回头看了看老婆婆，不知什么时候也出去了。袁啸风刚要再说自己的事时，那位老婆婆，身形轻悄地闪进屋来，又到了焦焕的面前，附耳说了几句。那焦焕突然眉头一蹙，陡露凶相，厉声向袁啸风道：“袁朋友，方才那伙马队去而复转，袁朋友，你要是果然跟他们没有牵连，深更半夜，我这里绝不容他们这么骚扰，我可要给他们些颜色看了。”袁啸风一听，果然远远有人马声音，不由脸上变色道：“老前辈已是一家人，我焉能再瞒哄，只是时候仓促，无法细告，这拨马队是虎林厅的捕快，实是为追赶弟子而来，弟子的事，少时再详禀一切，弟子连夜逃罪，气力垂尽，弟子先往附近躲避一时，他们就许进来搜查，义士也好应付。”

这位冀北人魔焦焕一声冷笑道：“袁朋友，你这话可是真？”袁啸风正色答道：“弟子若再有一字虚言非人类了。弟子要论对付这几个狗腿子，还不致落在他们手内，只为他们有两杆火枪，弟子只要一动手，就得伤人。所以但分能躲避得开，

不愿多惹是非。”焦焕听了，点点头道：“只要你明白江湖道的信义二字就是了。你既来到这，我看在你师傅的面上，也不能再袖手不管。你在我这儿，我要教你钻大梁子（唇典爬高粱地），我也太丢人了。”随向老婆婆说道：“这可全看你的了，要教这伙狼崽子讨了好去，我们就栽到家了。”又向袁啸风道：“你到房上去坐一会儿，不用你多管，看看热闹吧！”随向袁啸风一挥手，复向老婆婆说道：“你把他们引了来，别再让他们走了。”

袁啸风此时惟命是从，听得人马的声音越来越近，不敢再耽搁，匆匆走出屋来。将出屋门，只见两道黄光直射过来，袁啸风忙一俯身，身随黄光一闪中，已飞纵到屋面上，俯身在后房坡上。就在自己才伏下身去，只见追赶自己那拨马队，已一窝蜂地驰到。这一到近前，袁啸风已看出这六名官人，大约追出很远去。马身上汗气蒸腾。这一行六人到栅门前，各把牲口勒住了，一个个翻身下马，内中一个粗暴的声音道：“有人吗？出来两个接牲口！”这一喊嚷，非常凶暴，袁啸风看着十分愤怒，自己在暗地潜身，不便搭腔。跟着听得屋中的老婆婆慢吞吞地口操着关外口音答道：“谁呀？这么大惊小怪的，哪赶来的？”外面的发话的官人，厉声叱道：“混账！老爷们是办案来的，你是什么东西，找挨揍吧？”这老婆婆慢吞吞地把栅门拉开道：“我说是牲口从哪儿赶来的，没敢说错话呀！”官人们一听说话的是个老婆婆，拿孔明灯的，持灯向这位老婆婆面上一晃，想看看面貌，那老婆婆竟自呦了一声道：“这是什么呀！”立刻用手把脸挡上，官人中有背火枪的，名叫韩世乾，同手弟兄中全管他叫寒石干。这小子阴险损坏，手黑心狠，把缰绳往短栅上一拴，来到栅门口，向这老婆婆喝道：“你这老梆子绝不是好东西，不用跟老爷们来这一套，你是卖什么的，我们早有个耳闻。你出来，为是三言两语，把我们挡走了，是不是，没有别的说的，我们是整缀了多半夜，好容易来到你这儿，我们看着他进来的，索性教他缓缓气，我们也想跟你们当家的朝

朝相，多交一个朋友，你是教他出来，还是我们进去?”

这位老婆婆却缩回一步去，道：“老爷这全是什么话呀，我一个妇道人家，可不懂。我们当家的倒告诉过我，这关东的拉大帮的好汉爷们全会调侃，你们众位一定是道上的了。我这儿是卖馍馍的穷人，就指着卖几斤馍馍，赚几个钱度命。我的两个孙子昨天晚半天下刚打飞禽，哪想到打上了一只挺大的飞禽，也看不出是什么怪鸟，竟连网子带着飞走，虽是带着网子飞不高，它不往地上落，也捉不着它。我这两个孙子因为打不成米，反丢了口袋，说什么也不舍，竟赶了飞禽去，顶现在也没回来。好汉爷们可怜我老婆婆吧！我孙子要在家，一定来伺候爷们。没别的，爷们自己照顾自己吧！”寒石干听老婆婆说的这片话，颇有些个语带双关，牵缠得不清不白，这六名官人扑奔这里，一半是因为这里孤零零的现出人家，十分扎眼，六人骑着牲口追出十几里去，没有赶上，翻回来撞到这里，疑心怕窝在这里，再者多半夜的工夫，人也渴，马也渴，正好有人家，也可以歇息歇息，这六个人要是一看人家应门的是老贫婆，出语和蔼一点，进屋去又没贼证，打搅一阵，干脆一走，也就许没事。只是这班虎狼官役，到处倚官仗势惯了，拿着威吓乡愚，敲诈老百姓当作公事一样。更加这寒石干尤其可恶，这才险取了杀身之祸。

寒石干竟自一声断喝道：“老梆子，你哪来的这些唠叨。你不看明白了，就敢胡说，不看你是个女人，先给你一铁尺，教训教训你。我问你刚进来的那小子他怎么不出来，真还等我们掏他才算啊?”说到这，向身后的弟兄们招呼道：“喂！哥儿们，把牲口交给杜老五，教他蹓饮，咱们亮家伙进去拾。”众人嗷应了一声，单刀铁尺，故意地往地上碰出响声来示威。那老婆婆似乎吓得声音发颤的道：“老爷们别着急，我这乡下人不会说话，我们情实是好人，哪敢收容匪类。”嘴里这么念叨着，一溜歪斜地往里撞，闯到屋门口，把门抓住，哎哟了声，险些没摔在那里。

寒石干带着四个同伙弟兄闯了进来，屋中的冀北人魔焦焕，却发话道："妈妈，咱孙子回来了吗，教他们快进来吧，把我这半死不活的爷爷全要想死了。"寒石干一听，更加恼怒，算起来，我们全变成孙子了，遂不顾什么，厉声答道："孙子没来，你祖宗来了。好小子，你敢绕脖子骂人。"立刻一纵身窜了进来，大叫，"说话的小子你出来吧！"那老婆婆却在家人身后，哭丧着道："老天杀的，你不看看来的是谁！坐在屋里就惦着你那讨债鬼的孙子，这几位老爷可疑心了。"寒石干进得屋来，一察看是两明一暗的屋子，这西房明间热气腾腾，果然是做馍馍的情形。寒石干跟着抢到里间门首，把门口一横，手中单刀把前身护住，往里一看，心说道："这可真糟，哪有什么值得一顾的人物？"这真太猛浪了，羞刀难入鞘！一声断喝道："呔，你是干什么的；见了老爷们，大模大样的难道你就这么不懂理性！"

冀北人魔焦焕，慢吞吞地向这寒石干愕视道："我什么也不干，我已是废人了，想干什么，也得干的了哇。老爷们摸到我这有什么事？"官人中有一个叫王德的，厉声说道："少弄这一套，我们一不是请安，二不是问好，我们是奉官差派，到这里办案。你这里有虎林厅作案脱逃的犯人，落在你这里，你趁早把人交出来，别教我们哥几个费事；你跟我们动鬼吹灯的把戏，你可是自找憨蠢。"

这时这位老者，冀北人魔焦焕，立刻冷笑一声，"你们老爷们这可叫硬拍，我一个残废人，不过指着老妻带着几个小孩子们在这里卖馍馍，赚蝇头之利来度活，我们不懂什么叫窝藏匪人，容留逃犯。我这家家业业，全在这了。老爷们随便查看吧！"那寒石干道："我们没问你这些闲话，我们明明看见这名犯人是逃到你这儿来了，就是你现在没给隐匿起来，也一定从你这又逃走的，你说对吧？你想用这种轻描淡写的话，来打发我们，那是你想偏了心，你就干脆说实话吧。"

冀北人魔焦焕，愤然说道："我是实事本有，实事本无，

我这没见这么个人，老爷们教我说什么呢？”那老婆婆也随着进来，向众官人们道：“老爷们多恩典我们吧，你就是把我们逼死，我们也说不出什么来呀！”那寒石干把提着的一柄铁尺往那老婆婆的身上一拨，立刻嚷道：“你是别找不自在，我们这是官差，你这么随便说话不行。”他这一用铁尺拨老婆婆的脊背，自己可觉着没用多大力，那老婆婆一溜歪斜往门框上一撞，砰的一声，门框吱吱直响，屋顶上簌簌地往下落土，那老婆婆哎哟着嚷道：“你们这是要打死人不偿命啊。好好，你们这伙土匪不把老太太打出个样儿来，咱们是你死我活，你们打吧。”说着立刻往门槛儿一坐，放起泼来，连骂带哭。这一来把这五个官人给震住，立刻面面相觑。你看看我，我看看你，全没有主意。那官人王德是背着火枪的，立刻从肩头上把火枪摘下来，随即厉声向老婆婆道：“你这是做什么？你别倚仗着你是个女流，这么胡缠，别说我们可要给你个苦子吃。我们办的是案，可管不着你是女的是男的。来呀，把这个泼妇锁上。”这位冀北人魔一见这伙虎狼官役，要蛮不讲理，因为还没到动手的时候，遂向老婆婆说道：“你这是做什么，到底是女流之辈，教人家看不起的。你也不想想，你是什么年纪了，已经快往土里爬的人了。死生二字，跟我们没有一点动心的意思了，我们别说还没做了挨刀的事，怕什么？话又说回来，收原结果，落了一刀之苦，我觉着比瘫在床上病死，痛快得多。傻老婆起来吧，别教老爷们笑话了，你不信问问众位老爷，各位全是好汉子，脑袋全掖在裤腰带上。干人家这种差事，怕死贪生的干不了，出来办案，哪时也许挨了刀，送了命，教你这种傻老婆听着，还吓死哩。滚起来吧！别招众位生气了。”说到这那老婆婆站起来，溜出屋去。

官人们方要发话，这焦老头子，竟口似悬河地说道：“老爷们请搜查我这两间屋子，有一点犯法事，情愿凭老爷们处置，爷们高升吧。”

这班官人，见这不能摆动的老头子，和这老贫婆说出话

来，忽软忽硬，有心跟他们认真。可是他这两间屋子又没有什么形迹可疑之处，不好无故翻脸。寒石干扯了王德一下子，向大家道："算了吧！遇上这种无知的乡愚，跟他们认真起来，倒显着咱们欺负他们了。身在公门好修行，哪不行个方便呢，交他这个苦朋友吧。咱们又渴又累，先在他这歇一会儿，缓缓气，天也快亮了，好在那小子也逃不出咱们手去，咱先吃点什么。"一边说着，走出里间，焦老头子却望着这伙官人的背影说道："老爷可多包涵点，我们这傻老婆，脾气太滞，惹老爷们生气时，千万多担待吧。"官人们谁肯搭理这种无谓的闲话，五个人走出来，在外间的板凳上并排地坐下，向老婆婆道："你那锅里热气腾腾的煮的是粥是饭？快给我们盛上来。"

这位老婆婆气狠狠地道："饭啊，粥啊，任什么没有！只有蒸馍馍的水，愿意喝吗？"官人们听了皱了皱眉头，此时口渴得厉害，只得向这老婆婆道："你给盛几碗来。"这位老婆婆，拿了几个黄沙碗，从锅里舀了几碗，放在官人们面前，那股子碱味冲鼻，只得先解渴要紧。遂抢着各喝一碗，喝完了全龇牙咧嘴的。王德道："你把屉里的馍馍给我们拣一盘子来。"老婆婆听了翻眼皮道："什么，吃我的馍馍么，我那可是卖钱的，白吃可不行。"王德呸了一口道："你这老东西真可恶，你怎么知道是不给钱，白吃你的？不开眼的东西，白吃你的那是赏你个脸，老爷们饶不追问你窝藏匪人的事，你倒看老爷们可扰了。惹恼了，先把你这老家伙捆上，吃完看你找谁要钱去。"

那老婆婆哭丧着脸子道："那可不行，你就是阎王老子，白吃馍馍也不行，我老婆子就指着这两屉馍馍活着，钱就是命，不要命也得要钱。你不先给钱，我就跟你们拼了！白吃馍馍就是不成，你们拿刀先把我宰了吧！"一边说着，竟两手按着笼屉，怕人抢她的。官人们见这老贫婆这样情形，教人哭不得笑不得，寒石干道："王老弟，咱们犯不上跟她怄这种闲气，我们拿现钱买。"说着从腰中拿出一串钱，一包散碎银子，往桌上一拍道："你看，老爷们有钱，会白吃你的吗？"这位老婆

婆遂用盘子给拣了十个馍馍，往桌上一放道：“你给四十个大钱，四文钱一个，我们绝不讹人。”官人们遂真个如数给了钱，其实他们哪肯受这种挟制，绝没安好心，预备吃完了再摆治这老夫妇。

第二章 人魔诡笑戏恶奴

这时这位老婆婆却似见了钱心里痛快了似的，向前说道：“你们几位尽吃馍馍多难吃啊！我这里还有几个咸蛋。你们买吗?”这时这个官人王德一听，忙说道：“买，老爷们有钱，怎么不吃。”当时这位老婆婆忙把咸蛋拣了一盘，给端进来。老婆婆绝不客气，立刻要钱，把钱接过来，往屋里走着，嘴里念叨着道：“我多卖一文，多落一文，倘若遭了事，也全便宜了野狗。”这老婆婆走进屋去，那官人寒石干向王德道：“咱们挨了这老梆子多少窝心骂，咱们总得教训教训她，要教她这么便宜了，我们也太栽跟头子。”那寒石干忽地想起，向王德道：“我们吃饱了，外面还有一个呢，给杜老五也拿几个馍馍咸蛋去。”王德道：“可不是，让这个穷婆子搅和的，把咱们杜老五全忘了。”一边说着，赶忙拿了馍馍咸蛋往屋外走去，只见那杜五正牵着牲口进来，一匹一匹地往木栅口拴。王德把馍馍和咸蛋交给他道：“你也吃点，缓缓气，咱还得走哩。”杜老五脸带着不快的神色道：“我疑心你们哥几个把我给忘了，你们吃饱了就行了，我吃不吃的不算什么。”王德笑道：“兄弟，你这

可是错怪我们了，我们绝没把兄弟你忘了，你不知道，这里的两个老东西太可恶了，诚心跟咱们捣乱，全是被他们搅和的，把兄弟你给忘了。兄弟，你要不然也到屋里歇会儿去，这里又没有什么人，牲口还会丢了吗？”杜老五道：“咱别那么大意，这关东三省，吃风字帮的遍地皆是，真要是架走两匹牲口，咱们怎么交代？告诉头儿，这里既没有什么，还是快点儿走。咱们弄了个劳而无功，灰头土脸，赶紧走吧。”王德点头道：“好吧，这就走。”王德转身回到屋中，刚进了屋还没坐下，突听得外面的杜老五咦了声，跟着骂道：“他妈的，真邪性，人要倒霉，喝口凉水全塞牙，我就不信真会有鬼，我杜老五就是不怕那些邪魔外道，有鬼，我连鬼一块揍个舅子的。”

屋里的官人们听杜老五这一吵嚷，不知出了什么事了，赶忙齐向外面来查看。这杜老五正端着一碗热水，向门口射出来的灯光下往碗里注视，那头目韩世乾一看这种情形，就知定有了意外的事。忙问道：“杜五弟，你闹什么？你许是要归位吧，活见鬼，你还想活吗？”杜老五气狠狠说道：“韩头别跟我捣乱。”说着把端着的碗向韩头的面前一举道：“你们看，我说我喝口凉水全塞牙，不假吧，你们看，这是什么？”大家一看，只见他这个黄沙碗里，一块砖头，许多灰土，众人看着十分诧异，遂问：“可看见什么岔眼的事了吗？”杜五道：“真他妈的丧气，我是又累又渴，我这人对于自己同伙弟兄，不肯分斤较两。你们哥几个到屋里足一歇，我还得照看牲口，其实我撂下不管，谁也不能说什么。我是怕把牲口作践了，你们哥几个想起我来，这才给我拿出吃的喝的来。我刚一要喝这碗水，碗还没凑到唇上，立刻噗的一块砖头，正打在我嘴唇上，落在碗里，我想是有人暗算我，顺着这块砖头的来路一看，只有一团黑影，不到四尺高，如飞的向东而去。我看是人，绝没有那么快的，你们想我这不是丧气吗？我要是也跟你们一块儿进屋去，何致有这些事呢？”

官人等一听，也全十分惊异，猜不透这是怎么回事。韩头

被杜五这几句话埋怨的，真无话可答，只得安慰道："五弟，这倒实在怨我疏忽了。五弟，你进来歇一会儿，管他有鬼有神的，要是再有邪魔外道的，索性拿火枪轰他个小舅子的。五弟，进来，不要紧，这是圈熟了的牲口，自己全回得了虎林厅。"杜老五赌气了，把黄沙碗连水带灰土扔在地上，说道："好吧，我把火枪拿进来。"杜五转身到了北单间空屋子的窗前，咦了声又怪叫起来。

这一怪叫，屋中的官人们，全跑出来齐问杜五："你是怎么的了？"那杜五叫道："这真是邪了，火枪我就立在窗根底下的。我没离地方，这才一扭头的工夫，怎么会没有了？你们哥几个别跟我玩笑，我可真急了！"大家全来到近前，王德道："五爷，没有跟你玩笑的。再说全在这里，这不是全从屋里出来吗？孔明灯呢，拿灯照照，别是立错了地方了吧？"杜五急得暴跳如雷地骂着，往台阶上拿孔明灯时，台阶上空空如也，连孔明灯也没有了。杜五急得跺脚道："连灯也没有了，这是我该死了，怎么全出在我手里？"

这时连那阴损多谋的寒石干也慌了手脚，向院中转了一眼道："五弟，你别闹，这里定有毛病。"扭头向王德道："屋里把灯拿来。"王德转身跑进屋中，伸手抓起一盏孔明灯，才要转身，眼中似觉兵器中短了一件，停步看着，不禁叫道："韩头，坏了，快来吧，怎么这里这杆火枪也不见了呢？"院中站的韩头一听王德在屋里一嚷，自己真如沉雷轰顶，嗡的两耳齐鸣，眼冒金星，差点没死了，也跺脚道："毁了，这可怎么交代？"一边说着，闯进屋中，往那张破桌子一瞥，已看清那根火枪已无影无踪，韩头立在那一语不发，那老婆婆慢吞吞从屋里出来道："老爷们怎么的了？这么嚷闹，敢是牲口脱了缰吗？我早跟老爷们说了，这里偷马的贼可多，不留神就许吃眼前亏。唉！真就有太岁头上动土的，胆子多大呀！"这位老婆婆嘴里乱七八糟地叨着，往他们面前凑。那王德正在怒焰头上，厉声叱道："滚开，不用装疯卖傻的！来这套假门假氏！在你

这丢的，在你这找，我看准了，你们不是好人！”那韩头皱着眉思索着，突向这老婆婆道：“你这里就只你老两口子住着，没有别人吗？”这老婆婆道：“老爷们已经知道，何必明知故问？我还有两个孙子，没有回来。”韩头道：“那么那间小屋里，谁在那里住着？”老婆婆道：“现在没人，我两小孙子赶飞禽没回来，他们在家，他哥俩在那间里睡觉。”韩头冷笑道：“你两个孙子大约是回来了，扎在那屋里不出来见你，我猜的准对。来，咱们看看去。”说罢向同伙弟兄一使眼色道：“屋里的老头儿也得照管着。”跟着不容分说，四个官人圈着这位老婆婆往外走，老婆婆蝎蝎蜇蜇的不肯痛快跟着，嘴里含含糊糊地道：“我没听说过，谁家的孩子回来不找大人的，老爷们这是何必呢？”官人们只不作声，边推带拥，一到这间小北屋前，把门拉开，先用灯往里照了照，屋中只堆积着些笨重的什物，土蔽尘封，更没有睡眠之处。韩头进去，用灯仔细照了照，那老婆婆也走进来。这时那王德、杜五等也全随进来。韩头转走到门口，堵着门一站，铁青着面色道：“老婆婆，你说实在的吧，我们两杆火枪你给弄到哪儿去了？你不把盗枪的点儿交出来，你们就别想脱干净。来呀，拿绳先把这老梆子码上。”

那王德、杜五立刻一撩衣襟，各掏出一根绳子来，两人齐往这老婆婆身旁一凑，就要伸手捆这老婆婆，这位老婆婆往后一退，摆手道：“老爷们你怎么不说道理，你们丢了东西，凭什么找我们！我们这两个废人，始终没离屋子，你们自己把东西看丢了，怨自己不小心，难道把东西交给我们了吗？你们要这么蛮不讲理，难道还要逼死人吗？你们这么来，是倚官仗势，倚势欺人；你们就是把我老婆子杀了，我也不知你们的火枪是谁拿去了。”韩头冷笑道：“我们还倚官仗势？我们空是官人，再要是不给你这老梆子点真的看看，教你把我们全卖了。我先问你，你说你两个孙子在这屋里睡，这屋里明是空闲，难道全在这土地上睡眠不成？你想再用花言巧语，有谁肯信？你想不说真情实话，我教你逃出手去，我们就枉在六扇门里混这

些年了。”

那老婆婆冷笑声道：“你们要是这么血口喷人，诬良为盗，那真是要官逼民反了。”这时韩头看了看这屋中的弟兄，已全明白了自己的意思，两边镶着这个老贫婆，那王德把门把住，自己也提着刀，看情形，就让她手底下有功夫，凭弟兄四个料理她一个人，也不至再教她逃出手去。当时这个捕头韩世乾，看出这个老婆婆是江湖绿林道，她是乔作乡农，在这里潜踪匿迹，不下手收拾她，难道我们还等他们逃出手去吗。所以故意把她先调出来，好单独收拾她，恐怕他们万一得手，他们两个点子合到一处，就费了事了。

韩头一看时机已到，不下手等什么，遂向同手弟兄喝了声：“不用再跟她费这些话，捆她。”韩头这么一喝令捆，那杜五跟一个叫侯勇的，两人一左一右，猛地向这位老婆婆的两臂抓来，忽然间一人抓住了胳膊。韩世乾把手中刀向老婆婆的面门上一晃道：“你敢挣扎，我先把你废了。捆上她！”这两个虎狼似的捕役，立刻各自手中用力，想把这老婆婆拖倒。这位骨瘦如柴的老婆婆，忽地一声狂笑，这笑声尖锐得十分难听，好似夜猫子叫似的。在这狂笑声中，猛然叫骂道：“鼠子们，瞎了你们的狗眼，滚开吧！”她双臂猛然一振，杜五、侯勇，觉得这老婆子的胳臂忽然往外涨起，硬如铁石，再也把握不住；更被这老婆子往外一抖，两人齐向两旁抢出两三步去，险些栽倒。

那韩世乾一看情形不好，遂也不顾一切，手中刀顺势往外一划，往老婆婆头上便削，这位老婆婆竟自恶狠狠的一口唾沫向他脸上啐来。同时这位老婆婆，身形晃动，刀已削空，自己寸关尺脉门上被敲了一下，只觉着一只胳膊疼彻骨髓，当啷啷，刀已坠地。

那王德是在门口堵截，这时见这老婆子果然厉害，遂蹑着脚步，只用脚尖一点地，猛扑到了老婆子的背后。抡铁尺，斜肩带背就砸。这位老婆婆往右一个拖步斜身，反往王德的怀里

一欺，立刻伸出来形如鹤爪的铁掌，往外一穿，砰的一声，正打在了这王德的肩头；吭的一声，竟把他打得撞出了门外，跌倒院中。同时正房屋中也怪叫起来。

两名官人高嚷着：“韩头快来，这老家伙实是老合，我们挂了彩了！”韩头一听，终日打雁被雁啄了眼，不由大怒，这时老婆婆立敛那种龙钟老态，两双深陷的目光如炬，满面杀机，向外一纵身，来到院中。那王德刚爬起来，被老婆婆一俯身抓起，喝了声：“狗奴，先饶你们一死，给我滚吧！”悠的竟把官人王德扔到木栅外。

这时韩世乾等，知道身入匪人巢穴，中了这乞婆的圈套，向侯勇等招呼了声，齐往外闯。上房里两个弟兄也逃出屋来，不用说，教那老头子打出来的。侯勇等十分诧异，凭两个壮汉，手底下又有三招两式的，屋中那糟老头子，又是个废人，两腿不能行动，怎的竟会全受伤了。遂高声叫道：“怎么那老家伙难道是乔装残废骗我们吗？”

屋中逃出来的两个兄弟忙道：“韩头，那老家伙残废倒是真的，可是真扎手。我们一个弟兄挨了他一袖箭，一个吃他反扫了一掌。老家伙连坐的地方没动，竟叫他把我们两人全赶碌下了。韩头，拾不下来，咱俩别全都在这里，扯活吧。”

这韩世乾觉着跟头栽得太厉害，这么下了，往后虎林厅不能再呆，咬牙说道：“不行，跟这两个老梆子拼一拼！”嘴里虽这么硬，手里可不成了；连着身上，头顶上，一气挨了四五掌。这老婆婆并不下毒手，可是形如干柴的手掌也够劲。最损的是头顶这两下子，头一下是一拍，韩头被拍得耳中嗡的都眼花耳鸣，身躯连晃了两晃，没摔下。愤怒之下，手中的刀使足了劲，照着老婆婆的脊背斜着劈去。此时是急怒交加，顾不得了；一刀把这老婆婆劈为两段，再拿主意，所以当时刀下的是十成劲。焉想到堪堪刀刃已挨到老婆婆的背上，嗖的如飞鸟腾空，这老婆婆身形如一缕黑烟，蹿起一丈六七，往后落去。韩世乾刀既劈空，其势过猛，猝然收势变招，已没有这种本事。

刀锋向下落去，正赶上同伴一个叫牛三的，这次破出死去，想把这老婆婆撂在这里，运足了力，抡铁尺，连人带铁尺一块奔这老婆婆来。这一下若真招呼上，准得被砸个骨断筋折，血肉横飞，只是这种粗浅的武功，在这位隐迹边荒的女盗侠面前，不啻蜻蜓拔石柱，绵羊斗猛虎，连影子全击不上，没砸上老婆婆，可正砸在韩头劈空了的刀上。当的一声，韩头哎哟的一声长号。

恶作剧的老婆婆更同时蹿起来正落在他的背上，一掌往他头上一按。他号叫的声音，被这一按头，后半截声音给按回去，吭的一声，几乎把脑袋给挤进腔子里去，脖子疼得说不出的难过。这次韩世乾可再不敢抗碰了，滚身爬起，拼命地蹿向木栅。无奈负伤之下，虽只这么矮的栅墙，依然没窜利落，脚尖碰在木栅上，这一下子又碰了个整个的，咬着牙，连滚带爬，逃向青稞子去。于是这办案的官役已有逃走的了。

这里王德跟牛三没得走脱，被这老婆婆捞着，把两人一手一个给抡出木栅外。其余的见势不佳，登时东的东，西的西，各不相顾，各逃各的命。一刹那，云消雾散，里外寂然。

老婆婆仰头向屋顶上招呼道："小伙子，全散了，请下来吧，还想看啊，别忙，等两天有比这个更热闹的。"袁啸风这才涌身一蹿，挟着两杆火枪，落在院中，速速地随着这位隐迹风尘的女盗侠焦老婆婆追到栅外看看，然后走进屋来。里间的冀北人魔焦焕招呼道："怎么样？这几个小子打发了吗？"焦老婆婆道："哪还禁住我拾掇，今夜算便宜他们了。"

这时袁承烈竟自规规矩矩地到了这位老英雄面前，往地上一跪，叩头道："救命之恩，绝不敢忘，老前辈此番援救我袁承烈于穷途末路，我只要稍有寸进，永当图报。"叩罢头起来，冀北人魔焦焕含笑道："这群狼崽子，就是没有老弟你这场事，犯在我手内，我也不能空空把他们放过。只教他们稍稍吃点苦头，算是沾了我宿疾未愈的光了。我若是病魔退净，焉能教他们再生还虎林厅？老弟你我虽是素昧平生，可是老弟你既然曾

入王老师的门墙，我们颇有渊源，我与你纪师叔为生死之交，与尊师更有互传秘艺之谊。你误打误撞地来到我这蜗居，真有些鬼使神差，你到底惹出什么事来，教他们跟追你？老弟你此后的行止，决定投奔哪里，可否相示？”

袁承烈道：“弟子来到辽东，行止未定，原冀投名师，访益友，在武功上求深造，不料命运不济，屡遭挫折。把原到辽东的热望，化作寒冰。为今又在虎林厅闯了这件事，冤遭诬陷，形同罪人，只有变姓名暂时避祸。我有意追随老前辈左右。虔执弟子之礼，求老前辈推爱屋及乌之情，慨予收录。弟子得老前辈的覆荫，谅这辽东道上，不会再有奸人敢来加害弟子。不过弟子这种请求，颇觉冒昧，老前辈指示弟子吧。”冀北人魔焦焕慨然说道：“袁老弟，论我与王师兄纪师弟的交情，以及武林中的义气，对于保护老弟此后的安全，义无反顾，只是我还有不得已苦衷，老弟你可莫要误会在下是推托。实告诉老弟你，我身上的事情比起老弟你这点小事来，实有天渊之别。在最近数月中，恐怕还有几个出类拔萃的朋友访我。我绝不能再像以前隐迹潜踪，变名易服了。因为这寻来的人，只要踏到辽东道上一步，我绝不能给辽东道上的好朋友们现眼，好歹我们得有一个算一个的比划着看了。那时鹿死谁手，我也不敢断定。你只要不离开辽东道上，不会不知道，我只要把这几个朋友的事了当了，我定然在辽东扬扬万儿，也给我们关里的弟兄争一席地，所以我现在实不敢奉屈老弟跟我在一道，总而言之，我夫妇此刻正是生死荣辱关头，自身尚且不保，焉能令你跟着我们蹈险呢？”

袁承烈道：“弟子一身漂泊，并没我立身之地，可称得起浪迹江湖，到处为家。我现在冤遭诬陷，只得远走边荒，变名避祸，并非弟子胆小怕事，焦老前辈，你老一定能体谅弟子，光棍不斗势，我们倒是不把‘死生’二字摆在心头，不过也得分事。真要是落在这种暗无天日的胥吏手里，就是你有天大的本领，惨死他们手中，只不过落个异地冤鬼而已。我想着情愿

追随老前辈左右，可以多得教益，就是把性命断送了，为老前辈稍效绵薄，倒也甘心，比落在官人手中强得多，求老前辈不要推却才好。”

这位冀北人魔焦焕，遂蔼然说道：“老弟，我们相见以诚，我要以浮泛之情相待，老弟你的去留就任凭你了。我们既是一家人，我把我的行藏奉告，绝无丝毫虚伪之情。此后我的下盘调养得如初，也正是我后半生的生死关头，我应付这几个对头，只有凭我夫妇之力，不能借重他人。因为我们自己了结了，后患全无，还可以在辽东道上建立一点根基，树后半生的事业。若是一借外援，反给自己招来无穷后患。袁老弟你想，我怎好不趁这次把关里所悬着的事，把它全结束了呢？”

袁承烈忍不住问道：“弟子愚浅的见识，固然是莫测高深，只是若不请示老前辈指示明白，弟子就是离开老前辈，也悬系着。听老前辈所说的情形，并不是跟敌人的约定什么时候较量，敌人对于老前辈的行踪似已侦得落在辽东。老前辈已知道他们最近就要追踪到辽东，可是老前辈的病未大痊，倘若在这时来了，老前辈怎能应对？”这位风尘豪客呵呵一笑道：“袁老弟，你倒是肝胆少年，我此后多得你这么个知己，倒是件快事。你这么关心，愈令我心感，我倒不能再掩饰了。实对老弟说吧，我原是脊骨的尾关上被仇家重手法所伤，任何人也知道我的下盘算废了。可是我当日自知不是仇家的敌手，把伤势故意的加重了一半，从那时起，不论亲疏远近，全知道我是个废人了。其实我当日受伤是真，我仗着师门的疗伤秘法只养了百日，就能行动。当日受伤后，我只在关内潜踪，可是那时行踪并不十分严密。我虽是治好了伤，依然乔作废人，连同道中，全相信我这人算废人，他们把我缠绵病榻的情形向外传扬出去。又值我那仇家因事远去江南，我夫妇趁机逃到关外。我们到辽东来，就是亲如我本门的人，我全没教他们知道。可是我们来到辽东，仍然不敢稍形大意，依然乔作残废。我暗暗锻炼内功，练了一种‘金刚坐禅法’和‘盘桩’的功夫，总算这点

苦功夫没白下，操练得颇有进境。我这么韬光养晦，直到今年，才被我这仇家探着我的行踪。大概他已猜知我是乔作残废，隐路辽东，待时而动了。”

冀北人魔焦焕，说到这里，稍顿了一顿道：“我因为当日在顺天府撂了两件案子，案情重大，好几年的工夫总没把这案圆上。事主又是朝中当权的主儿，哪时想起来，哪时追问，故此我的事，一时总完不了。我这仇家也是半为私仇，半为公事，不把我圆了案，决不甘心。我们这次再一‘朝了相’，决难两立。好在我尚有把握，不致落在他们手中。我的事大概如此，我把我的事情全告诉你了，你定能谅我不得已之苦衷了。”

袁承烈这才明白这位老英雄，敢情身背巨案，他的案情一定重大，自己前些年耳闻着北京城出过几件重大案件，最厉害是某府邸失去价值连城的珍宝，伤了多少护院的。为这案毁了好些官员捕役。这么看起来，一定就是这位老前辈办的了。自己不敢多问，遂恭敬说道：“原来老前辈尚有这些牵缠，真是弟子想不到的，弟子妄为老前辈担忧，真是井底之蛙，以管瞧天了。”

冀北人魔焦焕道：“老弟，你说哪里话来？这正是你热肠侠骨的地方。我索性教你看看，我的状况你也就明白了。”说到这里，霍地站了起来，随向袁承烈道：“承烈老弟，你来看，这就是我来到辽东操练的这点功夫。”随说着把炕上的席子揭起，敢情下面全是木板，老婆婆也笑吟吟地走过来，把一扇扇木板揭起，只见下面并不是土炕，下面深有三尺，埋着四根木桩，高高架着炕面上的木板。这位焦老英雄说道：“你看过这么操练功夫的吗？大约你定没见过吧？”袁承烈道：“弟子没见过，请老前辈指教。”焦老英雄道：“这就是我来到辽东道上的所得。这就是我方才说的‘金刚坐禅’和‘盘桩’的功夫。我操练这种功夫，只有今夜教你看了，原来我是十分谨慎严密的，只有我老妻帮助我移桩换木。你此后口头上还要谨慎，千万不得向他人道及我的一切，你要知此事关系我今后半生荣辱

成败，倘若被我那仇家知道了，他就要另谋对付我之道了。”说罢哈哈一笑。

袁承烈道：“老前辈，这种功夫怎样动用呢？”老英雄道：“这种‘金刚坐禅’和‘盘桩’，全重在锻炼下盘的功夫。你来看，这种功夫，就是这样练。”说着立刻跳到假炕内，就着两根木桩前盘膝坐好，竟架好架势，沉默着不言不动。可袁承烈是太极门真传，明白这叫内家的功夫，神功内敛，沉肩下气，气纳丹田，眼观鼻，口问心，舌尖舐上颚，齿稍扣，这是倒转三车渡蕉桥，内家练的功夫。

这时见那位冀北人魔焦焕把气调匀，双掌在胸前翻动，掌心向下，手背向上，回环空推揉了数次。猛的右足伸出，用脚踵一捋木桩，就凭那么粗的木桩，被这焦老英雄盘桩力，勾得木桩嘎吱嘎吱直响。就在下盘一施为，双掌往外一翻，用双推手，双掌猛击在木桩上，咔嚓一声暴响，木桩竟从当中折断，袁承烈不禁咋舌，这真是出人意料的功夫。只凭这坐禅运用下盘之力，何能折桩，实非一般武功家所能望其项背，这真可以独步武林了。当时这位老英雄含笑站起道：“袁老弟，我这点功夫，尚能与武林中人一争强弱吗？”袁承烈道：“老前辈这种非常的身手，实令弟子佩服，老英雄若是临阵对敌，这种功夫是怎么运用制敌呢？”冀北人魔焦焕道：“这种功夫在武林中，我敢说是少有练的，因为金刚坐禅和盘桩，对于动手摧敌制胜，实非所宜。可是练时又须三冬两夏刻苦地锻炼，始能有成。那么有这种功夫既不宜于临敌制胜，练时既须有真传，更须有恒心，究竟有什么用处呢？袁老弟你要知道这两种功夫，运用若精，实能制强敌于俄顷，转败为胜。这种功夫要在身遇强敌，自己已非敌手；遇到这种局势，那么身败名裂只在目前，只要运用这种功夫，就能制强敌之死命。再佯败佯输，就可以用上了。只要敌人用掌力击到自己，自己被击倒地，乔作已受内伤；敌人若是到近前察看，那就省了事，猝然发动这两种内家气功，用双足一捋敌人的两腿，双掌猝发，就让他是铁

打的金刚，也要立刻丧命在掌下。”

冀北人魔焦焕说完，立刻从那假炕里走出来，彼此重新落座。袁啸风这才知道这位老前辈苦心孤诣的，自己精究出来这种武功，要与仇家一决存亡生死；用心之苦，令人钦佩，自己更是景仰千分。不过这位老前辈，既然说是不教自己跟随着，自己也不好再勉强，遂向这老夫妇告辞，并谢了陌路援手之德。焦老英雄道：“袁老弟不要忙，你我一道走吧，我在此处的行藏已露，更和这班虎狼胥吏结梁子，我也不能再在此立足，只好迁地为良了。”

当时遂略事收拾，打点起两只包裹，一口袋干粮食物，这里有官人留下的五匹牲口，两杆火枪，摔坏了的两盏孔明灯，用两匹牲口驮着。焦老英雄夫妇各自骑了一匹马，袁承烈也得了一匹坐骑。

第三章 雪中人深山访仇

这时天已过五更，东方将要发晓，出得屋来，宿露未消，野风扑面。焦老英雄遂令袁承烈略候，向老婆婆道："你索性把这两间屋子付之一炬，免得狼子们重来，给他们作歇脚之地。"焦老婆婆答道："我也想这么办，狼子再来了，教他们连一点形迹全找不着。"一边说着，进了正房，把灯台端起，立刻把纸窗全引着了。这种屋子，除了木就是草，立刻火苗子扑到外面。焦老婆婆走出来，这才各自上马。

冀北人魔焦焕，喟然叹息道："这几间茅草舍，与我相伴了数年，今日断送了这两间可爱的草屋，今生再不能看见了！"老婆婆接着道："人生聚散无常，生死难测，这两间小屋子又值得什么惋惜。"袁振武却觉抱歉，若不是自己拖累，何致使人倾巢？连表歉疚，老夫妻只是一笑拦住。说话间各自上了马，离开已经起火的小屋。冀北人魔焦焕竟一马当先，不走大路，反奔了一股子蓬蒿没胫的羊肠小道走来。看这条小道，虽有路径可循，可是有的地方就全被荒草把路径隐去。所幸走没多远，天光已亮，袁承烈在先是不敢问，后来见走的道路越是

荒僻，按方向说，实是背道而行，袁承烈遂问道："老前辈，弟子实不知老前辈走这种荒僻小道，是打算投奔哪里呢？"

焦老英雄含笑道："老弟不要着慌，这地方是一条捷径，只要出了这股小道，就到了博伦地面，佛力山的山口。只要入了佛力山，就是让那群狼崽子再追下来，教他依然失望而去。这片山里，崎岖险峻，他们就是有多少人来，我们亦无所惧了。我把袁老弟送得进了佛力山，我们再分手，我就放了心。你从那里再奔边荒之地，另寻寄身安善之所，还有什么可虑？"

袁承烈这才知道这位老前辈竟是为自己，绕走这种隐僻之区，为是既没有马匹行程的迹象，更可以出了虎林厅管辖的地面。对老前辈这种关怀照顾，真教自己感激涕零。走到辰时光景，才到了佛力山的北半部黄沙岭。果然这里越发荒凉，有时数里不见人迹。这座山尤其是危崖峭壁，榛莽丛生，一入这座山径，简直连个打尖的地方全找不到。又走了一天，到了傍晚时候，才在山坳里找着几个猎户簇居的所在，就在他们这里借宿。关东民风朴厚，只要是行路的错过了宿头，就可以在民家投宿，主人不论贫富，必食宿兼供，决不至拒绝，不怕这家子是极寒素的牧家，食无细粒，房无余室，家中虽是妇女同屋，也不肯教客人露宿去。就是客人太多，他们也分送到四邻，实在热心无比。当时这位冀北人魔焦焕，带着老伴和袁承烈，投宿猎户家中。这猎户倚山而居，木石叠屋，倒还有空闲的住室。夜间这位风尘豪客冀北人魔焦焕，悄悄把袁承烈叫起来，立刻向袁承烈道："袁老弟我们竟日奔驰，尽走这里崎岖的山道；直走到这种荒僻的地方，我们才投宿，你可知我的意思吗？"

袁承烈道："弟子思是为避着虎林厅的恶役们了。"这位风尘豪客焦老英雄点点头道："你说的倒也不差，不过不尽是这个意思。我们天明后，就要各自东西，此后看个人的缘法，是否还有重聚之日，或者也许就此长别，竟成永诀。我若死在仇家之手，我这老妻也绝不独生，势必与仇家拼了命。老弟你现

在虽然困在风尘中，早晚总有出头之日，我深盼你到处把眼力放开，也许另有遇合。这关东是英雄荟萃之区，草莽间很有些奇才异能之士，不过越是有真实本领，挟有过人绝技的，越不肯轻炫轻露，很是难求。所以我说得看自己的缘分遇合了。我来到这里的缘故，半为躲避虎林厅恶役，半为我们以后的打算。此处还是佛力山，可是已到饶河交界的地方，任他虎林厅的官役怎样不甘心，大约他也奈何不了我们。因为他没有海捕公文，不能越界来找迹我们。你在这边荒暂避一时，历来官家的事是，吏不举，官不究。只要时日一久，就不要紧了，你此后就用袁啸风的名字，寄身边荒，谅不会有人窥破你的行藏，自己再处处多谨慎，能够在潜踪避祸期中，加意细访得技击名家，武林前辈，一样能够得着一身绝技。何况你原有的一身功夫，已非一般平常武师所能望其项背，若能再给武林前辈有精练武功的一指点，就能有深奥的造就，那时得偿夙愿，岂不因祸得幸？这里有点零碎的银子，一共有二百余两，老弟你把它带着，节省着用，也能花个一年半载的，这是我们夫妇一点意思，你收起来吧。"

袁承烈见骤遇人魔这样慷慨之情，出于意外，不禁感激涕零，站起来道："老前辈千万别这么办，弟子与老前辈贤伉萍水相逢，既蒙不畏顽强，拔刀相助，使弟子免遭缧绁之苦，弟子感激老前辈已铭心刻骨，没齿难忘。弟子本意思要追随老前辈左右，一来稍报鸿恩，二来也可以多受些教益。只是老前辈自身有仇家未能解决，弟子纵有报效微忱之心，只是弟子武功太浅，历世未深，此中情形，难测高深，所以只好遵从老前辈的指示，暂时作别，变名避祸。弟子萍水相逢，受恩深重，涓济未报，心中本以难安。并且弟子囊中尚有余资，哪好再领老前辈的厚赐，请老前辈收起吧，弟子还有用的，弟子心领了。"

这时焦老婆婆，眼望着袁承烈，带着十分亲切的神情说道："承烈，你这话就说远。实不相瞒，我们老两口子，自从避祸辽东，所有从前的同门师友，江湖同道，多亲近的朋友，

全都一笔勾销。我们夫妇直等于已脱离这个世界，我们也不愿再和泛泛的人来往。这几年真如陷身绝域一样，如今忽然与你相遇，一见面，我们不知不觉，就好像天涯做客，困厄异乡，遇见亲丁骨肉似的。说不出来的那么安慰，你说这不是缘法吗？所以我们早商量定，不能教你落在他们手里。其实你和我们一面没见过，只不过与我们的老友王奎有些渊源，可是我们觉着要教你受髭发之伤，就对不过你和你师傅了。你不应再和我们作假，你身边所有，不足百金，还连你那只银铸的水壶算上；你以后寄迹边荒，谁也保不定什么时候就有安身寄命之所。你也许二三个月就有了遇合，也许三年五年找不着托身之地。并且你出身富厚之家，虽则流落江湖，尚没走入歧途，你一个窘住了，就怕寸步难行。不怕我笑话，我们却是生财有道，我们手头一紧了，还可以照顾照顾贪官污吏、土豪奸商。所以你身边总要多富裕备些用资，以备不虞。你也在外飘游这几年了，难道还没见过异乡作客，举目无亲，好汉无钱，寸步难行，是一点不假的。你想我们对你这么关心，人各一方，各难相顾，我们不替你打算了好，教我们老两口子怎会放心？承烈，你快快收起来，到了大铁甸上，兑换些金子，以便携带。你再客气，反教我们难过了。”

袁承烈自从双亲见背，为兄报仇，浪迹江湖，天伦之乐早就被命运剥夺净尽。每每走在各处，有见人家母子兄弟，未尝不艳羡殷勤。只有暗暗叹息而已。如今在逃亡身背大祸，逃到荒山，居然有这位老婆婆情同慈母，殷殷爱护，不觉触动身世飘零之感。自己虽是历来心肠硬，性暴，不惯温婉的酬报，此时竟被这焦老婆婆一团热肠感化过来，两只豹子眼中，几乎落下泪来。真是英雄气短，儿女情长了。遂往二位老前辈面前一跪，叩头拜谢。焦老英雄忙说道：“承烈，你怎么又这么俗得起来，你我还提的到谢字吗？”

当时袁承烈叩头起来说道：“不怕老前辈见怪，弟子在故里时，家道小康，还有些财产。自从与豪强结怨，家产一败，

变卖最后仅有的一点产业，弟子在外漂流这几年，倒还没窘住过。弟子落魄江湖，说不起挥金似土，但是江山易改，禀性难移，总还没把铜臭看重了。弟子不是谢的老前辈赏赐，弟子衷心感谢老前辈这份热肠。老前辈拿我当子女看待之情，弟子此生但有一息，决忘不了，现在浮泛的话不便说，也不愿说。只要弟子不葬身边荒，稍有寸进，定当重报。弟子这里依实地收下了。"

这位风尘豪客才含笑点头道好，又嘱咐了一番，令袁承烈把银两放好，复说道："我们分手之后，你只走二三十里，就出了佛力山的边界。这五匹牲口，我们本想全教你带走。只是我们想着，嗣后或许还有用它之处，所以我们还是留两匹，你牵三匹走，到了城市的地方，你把它全卖，不论贵贱合算不合算，越紧脱手。论起来你本可留一匹自己骑，不过你要知道这是官家的牲口，莫以为这一带牧场又多，一样皮的牲口多着呢，绝不会有人来认。你不知道，这种官马，在鬃毛底下，或是马腋子里，马毛上已烙有火印，只是日子多了，毛长起来不细看不易看出来，但是凡事不宜太大意了，总以谨慎为是，不要因小失大。"袁承烈道："那么索性老前辈还是照样的带五匹走吧，还得驮行李呢。"

老婆婆笑道："你哪里知道，我们得穿山而行，不能再骑牲口，只有两匹驮衣物行囊就足行了。"袁承烈只得遵命。这时天已到了五更左右，全把包裹打好，袁承烈自忖前路茫茫，不禁一阵阵看着两位老前辈发怔。这位老婆婆几次对袁承烈欲言又止，有两次老婆婆凑到焦老英雄面前，眼望着自己，低声向焦老英雄耳边说话，焦老英雄只是摇头。这位老婆婆遂不再言语，立刻预备起身。一会儿天色大亮，焦老英雄等遂略事梳洗，这里的猎户已然在晓色朦胧中进了山。只留下一老一少，一个是看家，一个收拾兽皮。焦老英雄厚酬了猎户，一同起身，原是打发袁承烈先走，应在离开猎户家里一箭多地的一段山道上分手。袁承烈惜别情殷，哪肯就走。袁承烈在先只是念

到这位风尘侠盗，陌路相逢，慨然相救，得脱虎狼官吏之手，全仗他们老夫妇之力，已是感德难忘。自己本想从此追随这位侠盗身旁，不再作别图，虽明知自己也得归入绿林，自己也认了命；反正不做伤天害理的事，本着真正侠盗的行径，劫富济贫，锄强救弱，未始不是英雄好汉的本色。并且这位焦老前辈名重武林，一身绝技，自己想要虔诚敬奉，绝能邀的他眷爱，传授几手惊人绝技，一样能够到旧日师门，一显身手，吐一吐当年受辱的恶气。自己主意打得虽好，看他老夫妇的口气，对自己倒也垂青，无奈焦老前辈有难言之隐，他老人家是避祸潜踪，环境跟自己相同。可是老人家还有仇家，已经寻到辽东，不久就要一拼生死，绝不容第三者参与其间。有这种情形，把自己一番热望又化作寒水，自己也不敢过切要求，恐怕爱之足以害之。只抱定只要自己不埋骨边荒，能立起一点事业来，定要报老前辈的大恩。这番心意，可全是在未到佛力山以前打的主意，及到了佛力山黄沙岭，这一路上，焦老英雄不过推诚相与，把以前的隔膜全无。惟独这位老婆婆有如慈母一般，对自己从不知不觉中十分的爱惜亲切，自己不由也怀了十分依恋之情。若说是短短的时间，哪来的这么厚的情感，这真得说是有宿缘了。从黄沙岭猎家一起身，袁承烈就觉着像是当年在故乡决定别离故土，愤走辽东，留恋家乡，不忍别去时的情况。自己只不愿就这么分手，当时全是牵着牲口，到了这条山道上。焦老英雄挥手道：“承烈老弟，咱们再见吧。”

袁承烈凄然说道：“老前辈，好在你老的去处尚远，你不论如何不愿意，也教弟子再送你几步行吗？”焦老英雄见袁承烈这种情形不忍再拒，可是看袁承烈那种英勇刚强的相貌，竟令有这么厚的情感，殊出所料。自己是心里也不愿把他打发走了，也是事不由己，徒唤奈何。遂想了想，看了看老妻，点了点头道：“好吧，盛情难却，我们再共谈一程，好在这段还平坦，走吧。”袁承烈欣然相随，果然这段山道倒是好走，一边走着，焦老英雄不住指点着这一带的山形地势，以及入山深

处，哪儿可以樵采，哪儿是猎人常到的地方，只是绝不提自己去的道路。且谈且行，走出约莫有二里多地，前面是一道高岗。冀北人魔焦焕停步道："袁老弟，俗语说得好，送君千里终须别，不要再送了。"袁承烈道："老前辈，何必忙呢，这次一别，后会无期，让弟子送过岭去就是了。"冀北人魔焦焕眉头一皱，方要说话，被老婆婆拦着说："承烈，你是一片好意，只是他不愿你再往前走，因为前面尽是崎岖难行的山道，一个记不清，就许迷了路，岂不是反而不美了。"

袁承烈见冀北人魔焦焕老英雄，神色上已有不悦之色，忙说道："既然是老前辈不愿弟子再送，弟子谨遵老前辈之命，咱们再会了。"当时这位老英雄点了点头，走出几步，到了这道岗上。袁承烈结牵着三匹马在岗下怔着。眨眼间，焦焕和老妻已下了这道山岗，袁承烈把这三匹马的缰绳全往一处一结，飞步上岗，到了上面。只见那老夫妇已奔了一条曲折难行见的草径，所经过的地方，尽是一排排的小树，和高与人齐的荆棘和荒草。跟着再看时，这老夫妇已经被丛蒿蓁莽蔽住。

袁承烈张目远望，想不到二老竟这样走去，突然不辞而别，不住叹息着，退下高岗，自己懒洋洋地骑上一匹马牵着两匹，竟从原来的道路走回。顺着那平坦的山道，奔山外走去。走出也就是三四里光景，这一带难是不难走，只是已在佛力山中央地带，哪有个人影子？只有一群群奇狼怪鸟，不时被袁承烈的马匹蹄声惊起，再也看不见别的。空山寂寂，在道上走着，心中十分闷倦。赶到又走了四五里远近，眼前见是一片树林，山风吹处，唰啦啦时起繁响。袁承烈将将转过这片树林，突听得身后高堤，有人招呼："袁承烈慢走，我还有话吩咐。"

跟着一扭头，只见从树林坠下一人，正是冀北人魔焦焕的老伴焦老婆婆。袁振武从见她老人家面起，就没见她正式施展飞腾绝技，这次看得清清楚楚，敢情这夫妇二人全是一身绝技。只这种轻飞迅捷小巧的功夫，已非常人所能望其项背。当时这一声非同小可，忙即翻身下马，抢步上前，口尊："老前

辈追踪弟子，可是有什么吩咐吗？”

老婆婆来到近前，止步站住，依然是老态龙钟之色。这位焦老婆婆虽是追赶自己这么远，这般年岁，居然气静神宁，呼吸匀停，丝毫不带奔驰的迹象。莫说自己比她老人家，相去何止天壤，连身负三绝技的太极丁，也没有这么纯的功夫，不由越发惊叹。焦老婆婆道：“承烈，你可不要把我们夫妇的心意看左。听我把口风说与你，可不准你随意胡来，那就辜负我们待你的心了。”袁承烈见焦老婆婆这么远的奔来，定与自己有要紧的话，随满口应承道：“老前辈放心，弟子一切事惟命是从，绝不敢妄自主张，请老前辈指示一切。”

这位焦老婆婆立刻说道：“承烈，此次我们匿迹荒山，并非专是避仇躲祸，不过现在就着敌人未来之先，略事预备。跟你分手之时，见你依依不舍之情，令人心感。我们也深盼事完之后，早早与你相聚。你可要记我们告诫，不可忽视我们的话，不到教你来时，可千万不要来。我们此次从佛力山黄沙岭，沿着那条孤岭往东下去，走到岭头，约莫有十六七里，那地带越发荒凉。那里有一片松林，横阻着往东去的道路，看着是无路可通，可是只要方向不弄错了，穿着松林往正东走，只有二里多地，就可以穿过这片松林。若是走错了方向，不论往哪边走斜了，也不易再出来了，过了这片松林，就是佛力山最高峰接天岭。到了接天岭，再往东南不足二十里，便是千豹峰。那里是此山野兽最多的所在，我们就在那千豹峰落脚，你在半年后，如果思念我们，可去寻找。届时我们如能尚活在尘世，必是已把强敌克复。倘或寻不到我们，必是已经埋骨荒山，我们只可来世再见了。你可要听从我们嘱咐，不可早去，去时必酌准了早晚时候，你能够依从我们的话吗？”

袁承烈一听有了指望，正悲喜交集，立刻答道：“弟子蒙老前辈推诚相待，敢不拜命。弟子谨遵老前辈的嘱咐，半年后，到千豹峰相见。但愿老前辈逢凶化吉，遇难呈祥，能够令弟子追随左右，弟子于愿已足。”焦老婆婆立刻把手一挥道：

“对！相见有日，去吧。”跟着翻身一纵，捷如飞鸟，没入探林，转眼无踪。袁承烈欣然自慰，想不到有这种遇合，立刻打定主意，现在既已知道这位老前辈的下落，倒不必忙在一时，现在要是跟踪赶了去，就许好意反成恶意，招他老人家的厌烦。听他老人家说过，他的仇人找来，总得在三个月左右，自己这时先往边荒一带转一周，如有所遇固好，届时自己悄悄赶去，虽不能助他老人家一臂之力，自己能够不露面还是不露，暗中也见识见识老前辈的对头，究有多大本事，致令名震江湖的焦老前辈夫妇那么重视。万一自己有可以相助的地方，也许暗助一臂之力，不致就会找老前辈的招恼。

袁承烈打定主意，遂先赶奔饶河州。到那里落店时，用袁啸风的名字落店簿，教店家把两匹马给卖掉。稍住了两日，仍然起身往北走，到昂甘喀兰山，奔河套，绕边境，到处访寻武林名家，技击妙手。只是一晃两个多月，不只毫无所遇，反倒一再扑空，教自己十分灰心，每到一处，自己必要向人打听当地谁是武林前辈，哪里有好武师，虽不能到处有，可是随便到一处，总可以听到人谈论，某人武功怎样好，以什么兵刃成名，曾经跟已成名多年的老武师较量过，两人才打了个平手。如此听来，关外练武的人不能算少。说的人又绘影绘色，形容如真，袁承烈在先听到有这种能人，岂肯失之交臂，满腔热望扑去。赶到一见着，不是徒负虚声的把式匠，就是盘聚当地的匪棍，袁承烈连着撞到几处这种路道，渐渐明白了盲目访求能人，不啻缘木求鱼，白落得一肚皮闷气。更知道真有非常本领的，绝不会这么轻炫轻露。像荒原所遇的冀北人魔焦焕，名震大河南北，不是自己被官役赶得误投他家，哪会知道住在那荒野里的卖馒头的老贫婆，和病废的老人，竟全是风尘侠盗呢？

连连碰壁渐渐灰心，轻易不再作那种冒昧的举动。一晃已是深秋，塞外天寒，在边荒游落得实觉意味凛然，心中计算起来，已距焦老英雄与仇家会面的时期不远，遂决计投奔这位老前辈。如能收留，多少传给自己一点武功，也不枉游荡了这几

年，遂从边荒折转来，自己仗着有一骑快马代步，免却许多劳顿。

这天来佛力山境，自己一想，当日焦老婆婆赶来，虽是把地势说与了自己，说是他夫妇在佛力山人迹不到的千豹峰隐居，虽则是有了地名，可是明明说是那里见不着人迹，连猎人错非有纯功夫，或是走迷了路的，误撞到那里，终年不会见到人迹。那么自己去了，深入这种荒山，没处打听路道，能否到得了，却是个疑问。万一找不着，再把道路走错了，定有想不到的意外危险，此行实是拿命去换未来的前程，自己必须有个预备才好。袁承烈想到这里，这匹牲口还是不骑的好，倘或到了山深处，只宜步行的地方，反为牲口所累。打定了主意，遂在佛力山口外，把牲口卖掉。自己在店中把干粮预备一袋，除在东边鲁家园子带来的十香鹿脯，又买了些可以收存放的干菜，全打点好了。自从身到塞外，虽则没遇上有奇技异能的人，自己可不敢轻武道中人。就是遇上几个跑江湖糊口的，以武勇标榜，徒负虚声的，也是敬而远之，不敢随便轻视，故此绝不肯把自己有武功的形迹，示露于人。连兵刃全不预备，只用一柄手叉子，作为护身之用。结束好了，背起包裹，随即起身。

入了佛力山，时序已深秋。关外气候特别冷，山里头尤其山风凛冽。袁承烈虽则来到关外数年，可是在酷寒的时候，还没在荒凉山径里走过。此时未入严冬，自己只有一身初冬穿的棉衣，又因为身边带着干粮，衣服太多子了觉得麻烦，更觉没有多日耽搁，索性容到有了准安身之处再置备，这一来可上了当。进山的第二日，山里的风起，已觉得有些衣服单薄。但因边山一带还有人家，一到日没时，早早投宿，还可御寒，也不甚觉酷冷，投宿时，山居的人除了樵采的，就是猎户，人家见了他这种行装神色，未免有些怀疑，遂向他盘问进山来做什么，袁承烈只说是自己有个胞兄，在这佛力山当猎户，这是找他胞兄来的。别人看他情形可疑，好在投宿时还规矩客气，遂

也不再追问，只说若是有投奔的地方还可以。因为他穿的这身行装，倘若一变天，非冻坏了不可。等到入山以后，全是贫农人家，就是袁承烈想置办这些衣物，也没处置买去。袁承烈赶到找到黄沙岭，已走了三天。其实道路并没那么远，只因从北山口入山，道路全走错了，所以多走了许多冤枉路。

赶到一过黄沙岭，便没有常行的山道，树木丛莽，满山谷里到处阻滞得无法穿行。岗峦起伏，仅仅有几段樵采的小径。赶到入山愈深，连那继续樵径全没有了，路上崎岖，更加难走。赶上晴天，有太阳照着，还不显怎么样，一赶上山风大起，日被云蒙，居然比内地的严冬时候还要冷。袁承烈十分后悔，入山时只顾了预备干粮，却忘了这一带气候很冷了。有心转回去，又想到这种难得的机遇，自己怎好白白错过，遂打定了主意，不论受多大艰难困苦，也要拜见这两位老前辈。自己遇到实在太冷的时候，拣那平坦的山道上，练一趟拳，立刻把身上的血脉活开了，稍觉可以御寒。赶到过黄沙岭的第三天上，才找着那片松林。自己觉着方向并没走错，可是按那日老婆婆所说，度过黄沙岭，不过十六七里的山道，就是那片松林，怎的已经走了两天多，还没见松林的影？这真是怪事。可见山行最是困难，明明方向走得不差，无奈心想往哪里走，哪里竟是绝涧高峰，没有通行的道路，任你多么会辨方向，也教你走迷了。

袁承烈又走了一程，赶到一入松林，袁承烈越发步步小心，不敢丝毫大意。只是此地人烟绝迹，松林连绵，全是千百年来无人采伐，有的年代久的，竟有数抱粗的巨树。上面的树帽子又大，遮天蔽日；有时好几箭地见不着天日。容得有露出天光的地方，再辨方向，已错走了好多道路。袁承烈自幼生长富厚之家，虽然身入江湖，总是没吃过多大苦，此时走到这种荒山里，衣不御寒，饮食无地，夜宿山崖古洞，说不尽的苦况，时时得提防猛兽。好容易走过了千百年的松林，山路益形险恶，气候愈冷。自己心想，照着老婆婆所说，必须到了接天

岭，再走二十里，才到千豹峰，他们夫妇就在千豹峰下匿居。若是按平常行路，不过走半天就可以到了，只是天公有意给袁承烈加些苦了吃，才出了松林，天上阴云密布，朔风凛凛，颇有严冬景象，袁承烈原本想到山道难行，自己计算到新走的山道，最多不过三天。还算是没少预备，所事的干粮尚够五天用的，可是在边疆海口，带了两小匣鲁家园子的特产，十香酱鹿脯，这种路菜是东边的特品，不仅终年不变味，就是最热的三伏里，也绝不会坏。当时本打算没有别的孝敬老前辈，想到老前辈，山居不便，伙食一定很难得的。东西虽薄，总还用得着，这种江湖人，必要投其所好，这点东西带去，虽不值钱，定能稍博老人家的喜欢。这一来无意中反倒救了自己的急，走到第六天上，所带的干粮已吃完，只好用这鹿脯充饥。自己觉着方向没弄错，可是怎么走了一天，只不见什么高峰，袁承烈此时十分懊悔，心想要早知这样，怎么也得行装食物预备全了，这一来天上降雪，一个找不着这位老前辈，不饿死也得冻死，不过现在后悔也有些来不及了。遂冒着飒飒的寒风，走着崎岖的山路，往前走，登崖，越涧，有时道路不通，真得攀藤附葛。这样翻过两处崇岗深涧，心里一松，见数箭地外，一排插天高峰宛如屏障，这种情形必是插天高峰无疑了。当时的精神一振，也显着道路好走多了，但是刚一松心，天上的阴云越发沉了，赶来到离峰最近一道山岭上，这里一丛的小树，一人多高的荒草，倒足可以藏身，遂先从密菁中往前试着察看。

只见那岭下形如一片广场，比他藏身的地方矮着两丈余，只是这片地方十分奇特，除了一丛丛的参天古树，就是棱棱的石笋，犬牙交错，十分难走。在高峰下，形如一面城墙，上面挂了不少积雪，虽是将到严冬草木全枯的时候，但是这一带多耐冷傲寒的树木，松柏树仍然是绿生生的，十分古茂，地上的荒草，虽色枯黄，只因没人去芟治，依然是乱蓬蓬的，遮蔽着道路。

这时袁承烈仔细查看了半晌，只见下面寂静无声，不似有

人到过这里，可是凡是行人的地方，地上除了突起的石棱，所有较平坦的地方，满似有人修整过，袁承烈在这因为离着峰下，还有二十多丈，又有树木荒草遮蔽着，不能把峰的全貌入目。想要下去，见往峰下去的道路，除了明现着的一道斜山坡，别无道路可以下去，只是峰下又不见人家，似乎可以下去察看察看。自己想到已经食粮断绝，尽自耗下去，危险实多，遂不再顾及一切，从一丛茂草往外移身，就在身形刚要出这隐身之地，突听得离开自己面前约有十几丈远的一片小树丛中，唰啦的一响，袁承烈听觉灵敏，急忙缩步，向那边察看，只见树丛中隐约是两人，全是一身青衣，身形很是轻快，一晃就看不见两人的踪影。袁承烈和冀北人魔焦焕夫妇相处的时候虽然很暂，可是因为彼此间一见如故，所以心目中已存了两位老前辈的影子，此时林中人虽只一瞥，可是已认定绝不是焦老前辈的踪迹，自己心里一动，两足轻步隐蔽着身形，从密菁中往前进身，察看在转过对面那片树林的一角，竟看见两人竟从那片林中蹿出。这时暗中已然看清，两人是一老一少，老的可不很老，少的也不很少。这个老的年约五十上下，身形瘦不露骨，黑髦髦一张脸面，目射英芒，两撇燕尾黑髦须长不盈寸，身上搭着一个长约三尺的包裹，身形矫健。那个少年也有二十六七岁，细条身材，只是眉宇间颇现奸猾之色，也是身上搭一个长形包裹，两人先后施展身手，只一点地，腾身跃起，窜向另一丛林木里，身形立隐，袁承烈一看那两人举动，觉两人实非平庸之辈，遂更加了一番警戒，自己伏身在这片荒草丛中。惟恐出了声息，惊了来人，自己一挪动，这片荒草必要发出声来，必要等待那山风过处，草木全受了摇动了，自己才借势往外移动，呆了很大工夫，突然离自己站的地方，只隔着丈余，荒草唰啦的一声响，这一下把袁承烈惊得几乎出了声，想不到这两人竟同时也蹿进荒草里，这真是突如其来。袁承烈生怕两人，只要往这边一凑，自己非被他发觉不可，并且自己又不能在这时躲避，只要一有声响，绝瞒不过这两人的，索性伏下身去，

静以观变。那两个人伏了不大工夫，那年轻的忽的低声发话道："师叔，他们分明在这峰落了脚。就那岩洞中情形看起来，一定是在这里住了很久，他们绝不会离此他去，可是怎会没有两人的踪迹呢？"那年老的也悄声答道："我不是嘱咐你了吗，沉住了气，这两个老鬼不是容易应付的，所幸那老鬼还没离开拐杖，洞门里那根棍子，不是已用坏了一根木拐吗，现在没在这里许是因为已有了雪，恐怕往后食粮断绝，再见不着野兽，岂不把两个老家伙饿死。所以他们尽自不回来，许是搜索野兽，预备冬粮，我们无论如何，也得暗中先察看他们一下儿，我们绝不能冒昧下手。"

那少年略一沉吟道："师叔倒说得不差，可是我总犯疑惑，我听我师傅说过，这两个老怪物，足智多谋，十分扎手。别是再弄什么花样，强龙不压地头蛇，这里他虽也是客居，可是总算早在这安下根，我们是人地生疏，别再着了他的道儿？"老者道："他们的诡计不可不防，可是谅还不致就让他制住了咱们，我看咱们无须在这耗着，咱们还是回那里歇着去。"

说话间两人身形移动，不一刻，已离开这片草丛，袁承烈始终屏息等待着，更看准了他两人的去路，自己容这两人走远，转过了一片树林，遂轻身纵跃，跟踪过来。只见这一带的树林后，是一片较高的危崖，袁承烈到了崖顶上，慢慢探身往后查看，原来那两人竟自在崖后一座石穴里存身，袁承烈只伏身看着，只见两人把身上的包裹解下来，放在身旁，各据一块巨石坐下，那少年却从石洞里提出一只荆条编的提包，从里拿出两只水袋，一个盛食物的软包，里面盛着腌肉、炒米、馍馍，各提着一只水袋，且啖且饮，十分惬意似的。一阵风吹来，吹过一股子浓烈的酒气，袁承烈这才知道两人所喝的不是水，敢情是酒，莫怪这么凉天，两人越坐越热得面上全透着红了。

这两人在先只是尽力地吃喝，这时老的把水袋的口塞严放下，向那少年道："我只怕他有个万一遇了意外，已经'吐露

点’可把我害苦了，你想那件东西，他们未必带在身边，必然隐藏在别处，两人一遭意外之祸，那件东西定然白白的埋葬在荒山里，我们恐怕再没有得他的指望了。”说到这里，那少年立刻眉头皱了皱，向那上年岁的说道：“我看还不至于落到这步上。咱们好在食粮足够耗个十天八天的，我们待着也是闲着，索性往后山再探一下子，倒是看看后山有什么地方，万一他两个已不在这千豹峰下，我们岂不是白等了吗？”那年老的似乎无可无不可地站起来，那少年把地上放的食物全收进洞去，两人并不把包裹系在身上，飞身纵上崖壁，眨眼间没入荒林蔓草中。

袁承烈容两人走了一会儿，自己暗中打定主意，遂踊身跃上崖头，这次却是分毫不敢大意，脚下全拣着草隙走，恐怕脚步太重了，把这附近的草践踏得太显出痕迹来，容易惊觉了雪中人。到了先前他两人坐的那儿，见外面没有什么，那石洞原来被荒草遮蔽得只看见一片崖壁，不是先看着雪中人出入，极容易被蒙混过去，袁承烈到石洞口往里一看，敢情这石洞里面有一间小屋，要是两人全在石洞里歇息，全得坐着，他们方用完的食物，袁承烈仔细一找，才找着，莫怪这雪中人一老一少，存置食物那么放心，不怕被野兽给饱了馋，原来洞内石壁上离地四尺高有一块崩塌的，正崩下一个石穴，里面能存许多物件，口上用一块重有二十余斤的巨石，堵在那里，任什么也钻不进去。

第四章

少年客洞崖搜奇

袁承烈看明白了。心想：我袁承烈走入江湖，自立定志愿，要不贻门户羞，不取不义之财，哪又知道，今日竟来到佛力山中，竟挤得坏了操守；看起来为人真是盖棺论定，我今日一偷取他人食物，就算跟孀妇失节差不多了。可是刚一要搬那堵穴口的石头，又把手缩回，这么欲取又止的好几次，恨声说道：“管他那些事呢，我又不是见财起意，有什么对不住自己。”遂把那块石头搬下来，往地上一放，见里面盛菜的荆条小菜篓子，干粮袋和酒瓶子，几样的冷食，每种全是许多，足见雪中人，入山后已打定了主意，预备可以吃十天八天的，可见他们有备无患。袁承烈不敢尽自耽搁，自己把食物拿了两样，赶紧把其余的原封装好，放在原处，仍把石头给堵好。自己转身形窜进草丛里，把包裹包扎好了，往背上一背，胸前斜打麻花扣，收拾好了，绕着窜上高岗往前看了看，见前面是乱山起伏，看出很远去。自己心里索性且自由他，遂折转身来离开崖上，仍然藉丛草树木隐身来到千豹峰对面，只见峰下仍是静荡荡地跟方才是一样的情形，自己回头看了看来路，也并无

一点别的迹象，轻身纵下山坡，时时借着一排排的树木隐身，赶来到峰前，只见壁立的石屏下满长着荆棘藤萝，这一座峰脚足有十几丈长，可绝看不见哪里有洞穴。袁承烈看着好生疑惑，方才明白那雪中人已指定是这里，两人向这边看那么些时候，哪会错的了，并且绝不会崖洞开辟在峰腰上，可是这片藤萝倒足可隐蔽，袁承烈想到这，蓦地想起，自己实在是蒙住了，这藤萝长得过密，大约在这里了。想到这遂不再隐身，急忙现身出来，仔细察看，果然不大工夫就被自己发现有一段的藤萝，全是干枯的，赶到拨开一处，原来根子早已拔下来，浮搭在地上草棵子里。赶到再拨着一细看，那洞门突现，这座石洞门前有五级石凳，所以洞门较地面高出四尺多来，俨然制了一副木门，袁承烈随即上了石阶，见木门虚掩着，自己大着胆子轻轻把门推开了一些，侧着身子往里偷窥，洞中本应当黑暗的，可是石洞里虽没有外面亮，可也不很黑暗，只见里面却是空空洞洞的，自己放了心，把门推开，进了石门，回身先把门掩上，虽明知道是焦老前辈所居，可是总以为能亲眼看见老前辈，万一这里不是焦老前辈，这人贸然回来，自己无故侵入人家所居，对方虽以强暴的对付，自己无言答对。总以小心为是。把门掩上，还怕洞中人贸然回来，自己躲避看视木门后有一块石头，看情形正是顶门用的，可是分量太重，自己费了很大的力气，才把这块巨石挪过来，估计这块巨石，足有三四百斤重，仗着是在地上，自己尚能勉强地搬动，若是想把它硬从地上扳直，自己实没有那么大的膂力。袁承烈把门顶住，这才回身往里走，一过洞门是很短的一段过道，再往前，里面地势很大很宽阔，成半圆形。上面有两处天然的洞穴，倒做了这座石洞的天窗，故此洞中并不显得黑暗。袁承烈一面注意到外面响声，轻着脚步，进里面细看，深服焦老前辈夫妇果然是英雄豪侠的胸怀抱负，毕竟与平常人不同，这份坚苦卓绝的地方，一览无遗，只在靠左边右壁下架了一副木铺，并没有整洁的木板，只用那剥去树皮的较直的树枝子搭架的，上面铺着一层苇

草，苇草上更铺着一层豹皮，床里石壁上挂着一只极大的葫芦。迎面用厚约尺余，长约四尺，宽约二尺架起一架石案，上面放着一只四不像子的灯台，这只灯台，用一块天然较齐的石笋，把尖上削平了，凿了个凹窝，里面放上折脂，搁上几枝细草做灯用，石案上另有几只碗和一把壶，袁承烈认识是入山时带来的，石案两旁还是两个石墩，当作坐具。靠右边石壁上，是一个用石块架的火灶，旁边放着一只铜钵和一把铜壶，全被烟火燎得乌黑，仅平常摸的地方，略辨本来面目。在墙角的墙半腰，用木柴架起一个粗笨的木架，上面摆着些烤熟的肉食，和一瓦罐枣酒。墙上还挂着几只风干了的鹿腿和鹿脯。袁承烈看到这种情形，已确知这里是焦老前辈所居了。自己看了看那木架上的食物，实非平常人所能忍受，自己虽则放了一半心，可是这一不见两位老前辈的踪迹，又有些怀疑，焦老前辈夫妇怎竟全离开这里，这样看起来，焦老前辈竟遇了意外也未可知。当时袁承烈满腹狐疑，看了看天色已到了酉末戌初，自己赶紧退出石洞，恐怕焦老前辈回来被他撞见，太不合适，遂把木门给带好，拨开遮蔽洞门的藤萝蔓草，先往外看了看，见没什么可疑的情形，自己遂仍然从那片草径里飞奔上对面的山崖，自己仍然在那片树木丛中隐住身形，耐着阵阵寒风，把身上带着食物拿出来，因为是腹中饥饿过甚，不过聊解饥渴，在这寒风料峭中，吃这种冷食，实在是不宜，可是也无可奈何。当时自己既要留神那对面崖洞，更须留神那两个雪中人，这时天色渐晚，暮色苍茫，处处的烟封雾锁，远处已经看不真切，遂坐在这座树林中，这种时候任什么看不见，只有等待月光上来，再察看下面情形。自己一阵阵几乎不能耐这种寒冷，坐了一个更次，东方月光渐渐涌上来，袁承烈站起来，从树隙中往外看时，只见对面石洞一带，靖疏疏的看得清清楚楚，就在这时，突见那片藤萝往两下一分，从里面出来一人，在月光下看出正是自己舍死生之心地奔了来，投奔的前辈老英雄冀北人魔焦焕。袁承烈惊喜之下，几乎喊了出来，自己遂强自忍着，先

看着这位老英雄作何举动，这位焦老英雄出得石洞，在这一带空旷的地上转了两周，随即转身向石洞连击了两掌，那蔽洞门的藤萝一分，又出来一人，正是那位焦老婆婆。袁承烈越发惊疑，心想自己始终没离开这里，怎会有两人进石洞，自己竟毫未觉察，这真是怪事。自己遂伏身察看，是两位老前辈，凑到自己隐身的树林前。袁承烈是居高临下，焦老夫妇是在下面，所以说话的声音虽不甚大，可也听得十分真切，只听那焦老前辈说道："我看时日已然紧迫，他们没有多日的延迟了，我们最近务要留意，别教他暗中侵入，这一带的草木，还是全除去，免得阻碍着。"

那老婆婆却冷笑一声道："我看还是留着的好，有这片草木拿它还当作网呢，他只要一到，必借这天然的隐身的屏障，看我们虚实动静，我们即以其人之道，还治其人，我们索性就借这片草木反来监视他们。四娃送信说是萧二蛮子，不仅是他个人来，大约还许邀了帮手，可恨四娃儿办事太荒唐，就没把二蛮子究竟邀的是哪路人物摸清了，看那种来去慌张样儿，要不是我们信得及他，真不敢再教他出去了。"

冀北人魔焦焕从崖下走过去，又听他似带着不屑的口吻说道："我倒丝毫不走四娃的心，那小子，虽是贼滑得令人沾他全头疼，可是他却是真得过麻面温佛的真传，不要小看他，就是那身轻功，北派中，就找不出多少是他的对手的，莫看他信送得慌张，我倒真信得及他，绝不会错误，只是这小子的顽皮的毛病，依然改不了，方才我看洞里的食物像有人动了，你却说我多疑，其实我倒不是疑心那对头萧二蛮子。萧二那老儿的短处我是尽知，莫看他功夫怎样好，他无论怎样的小心，凡是他到过的地方，多少总要留点痕迹，只要是他到了，应该他还逃不过我的眼去，所以我疑心是四娃儿没走，他也许是不放心我的事，知道明说是不成，我绝不会容他在这里逗留一日，他暗暗藏起来，他别的全成，就是饿不起，嘴又馋得厉害，就许趁咱们住后山，来偷嘴吃，你说我猜的许是吧？"

这时两人已各据一块石头坐下了，那焦老婆婆却仍怔柯柯的似在想什么，这时忽然探了探头道："我总觉着你说的固然近理，只是不大怎么像吧，四娃儿是个忙人，错非咱们的事，他肯跑到关东来吗？你别太量大了势，万一那萧二蛮子，早来到佛力山，要先摸清了咱们的底，也未可知。我们还是各处找一下才好。"

这时冀北人魔焦焕似乎心意较比方才活动了，遂点点头道："不是我固执己见，实因为我对于萧二蛮子知之较深，所以敢断定进我们石洞的定非是敌手，我们先到后洞安置安置那个玩意，索性把它弄好了，免得临时措手不及。"焦老婆婆点点头，两人说着站起来，焦老婆婆道："你看今夜月色很好，天气别再缓的回暖了，你这最后一着可就要用不上了。"焦老英雄抬头看了看天空说道："不要紧，这辽东的气候苦寒，气候风向只要一变，就不易再回暖了，你不要以为天晴了就可以再暖起来，那是绝不会的。"

袁承烈暗中听着，有的听清楚了，有的没听清楚，大致总明白，暗中诧异，他们预备对付强敌，听说这萧二蛮子定是自己所见那两个人中的一个，只是那人分明是北方口音，怎竟管他叫蛮子。还有那天气的寒暖毫无关系，焦老婆婆竟会看得那么重，这全是非常的举动，自己倒要看它个起落。忍着深夜的寒风，静看着那焦老前辈的行动，这位焦老前辈负手来回在洞前空地上踱了两趟。

这时忽地从洞前荆棘丛中飕的飞起一只蝙蝠，这只蝙蝠两只肉翅展开，足有尺许，焦焕已经转过身来，被这蝙蝠飞的声音惊动得驻足回头，很不耐烦地说道："讨厌的东西，我记得这里没有它的窝了，怎么还有这东西？索性把它除了吧。"焦老婆婆却说道："咱的石洞已没有它的窝巢，免不掉的别处飞来的，何必跟它怄气，好歹也是条性命，让它飞去吧。"冀北人魔焦焕冷笑道："女菩萨，又把慈悲心勾起来了。你要是想作善人，只怕不容易吧，这座佛力山仅猎户就有五六十人，这

还是些坐地整年倚这佛力山猎兽为生，那临时向这里游猎的，还不在数。这要论到杀生害命，不知每年得作多大孽，你把这全山的猎户全养活着不教他们再打猎，那可以少杀多少生、少害多少命，善人，活菩萨，你说是不是?”

焦老婆婆愤愤说道：“我说了这句淡话，就勾出你这些闲话来，你少作孽吧，有我们这样善人，世界上全是善人了，你口角上别作孽了。”正说着，忽见那只找死的蝙蝠又飞了回来，只在这一带盘旋，冀北人魔焦焕向老婆婆说道：“你看这东西多讨厌，这可怨不得我，索性我教它留在这吧。”说着一伏身，似向地上拾起一点什么，抬头就看那蝙蝠，焦老婆婆忙不及地拦着道：“你看我的吧，我试试手法怎样。”冀北人魔焦焕竟缩住了手，也是这只蝙蝠活腻了，非找死不可。焦老婆婆虽也是纵横江湖的女盗侠，可是在大江南北绿林道中也做过不少惊天动地的事业，这时怎会见了这么头小小生物，就不忍害了呢?这就是恻隐之心，人皆有之。并且终归是个女流，更兼已到了垂暮之年，火兴全消磨殆尽，错非是切身利害，引不起杀机。当焦老婆婆知道丈夫的怪脾气，无论大小事，向例不准人拦阻。有时他本是不经意说句话，想做一件事，你若不理他，也许说过就算了，可是若是不知道他脾气的，贸然从旁一劝他，这一来明是可以不做的，他非做不可了。他们这患难夫妻，固然可以另当别论，并且老婆婆也犯不上因为不值的事跟他斗口，因为他一想打这头蝙蝠，知道他只一举手就可把这只蝙蝠入掌握，自己故意用闲话略一阻拦，不过心中想把这只蝙蝠惊走了，让它逃这条命。哪知它突然不走，既见人魔已捡起了石头子，知道他手法过重，一动手，蝙蝠准死。自己不知怎么的一心卫护起这只蝙蝠来了，遂说了声：“我试试我的手法怎么样，搁生疏了没有?”焦老婆婆还是想略打伤了它一点，它还会不逃走么，说话间一俯身，捡了一枝树枝子，信手折了一段，这时那头大蝙蝠正在盘旋着重又转了过来，焦老婆婆喝了声：“该死的东西，偏来找死!”那枝树枝儿脱手掷向空中，吱

地叫了两声，蝙蝠在空中受伤往下坠，快要到了焦老婆婆的头顶上，唰的又飞起，吱吱连叫着，向西南飞去。冀北人魔焦焕哈哈一笑，挑着拇指叫道："果然名不虚传，这一下蝙蝠伤得不轻了，你看这不是血流下飞到我手上一点吗？"焦老婆婆摇头道："这一说我的功夫可实不行了，这么打伤这算是巧劲吧，我是向它胸腹打去，教它受伤仍能活着，这一来它飞不多远去准死。"两人一边走着，一边仍然说着话，就在这时，突然听得西南一带的黑暗空中，丝丝呼呼的风声夹着一种异声，似乎像是蝙蝠的叫声。这时冀北人魔焦焕和老婆婆已经全听见了，全止步回头向空中察看。

只见从西南上忽忽地飞过来一大群蝙蝠，有三四十头，大的两翅展开足有二尺多宽，小的也有尺许，齐向这广场飞来。当时袁承烈在暗地里不禁惊异，心说，这真是尚未听说过的奇事，原来山林草野，行围打猎，杀生害命，本是常有的事。要说是杀一头野兽，就得防它报复，谁还敢做游猎的生涯，只是现在这种情形，分明是方才被打伤的蝙蝠，因为无故被伤，勾来同党前来报仇，若说是适逢其会，没有这么巧的，这里要有蝙蝠的窝巢，还有可说，只是这里没有它的窝，这种两类兽，虽是昼伏夜出，也轻易看不见这种成群结队的，眨眼间已然证实，果然这种兽是因要报复来的，到了这里，并不再向前飞，全在半空中盘旋起来。

那冀北人魔焦焕，已然看出这群蝙蝠来势甚凶，向焦老婆婆说了声："你得留神，这群东西大约是找咱来的吧。"果然这句话没住声，突有四五只大的蝙蝠往下扑，纷向冀北人魔焦老英雄夫妻的头面噬来；虽则这种怪禽不是什么厉害东西，可是飞得既快，更兼发着凄厉的嘶号，在这深夜荒山，令人毛发皆竖。焦老英雄见到这种东西，居然这么可恶，一声怒叱，往旁一纵，窜出两三丈去，这四五只蝙蝠扑空，那蝙蝠群中又有七八只，结队展翅齐向焦老英雄落处扑去，这边焦老婆婆也被蝙蝠追到，也仗着轻灵的身手，飞身避开，只是尽自闪避是不成

了，这群蝙蝠比平日里见的凶厉，追噬的一步不肯放松，可是这群怪蝙蝠算是遇上了煞星。冀北人魔焦焕，见这种东西留着它没用，除了它也不算杀生害命，立刻捡那扑到近前的挥动铁爪，立刻击毙了六七只，焦老婆婆却也折了一段枯荆条，把欺到面前要咬自己的打得毛血纷飞，觉着这样足可以惊走了，谁知都是死的死，伤的伤，可是依然猛扑狠噬，冀北人魔焦老英雄不禁把怒焰陡炽，大声叫道："这真是气死人的事，我们运败时衰，就有这种教你呕心的事。老伴别教这东西剩一个，你看还了得吗？谁也防备不到他们也能作祟，手底下稍慢一点的，遇这类东西非教他折了不可。"

说话间，冀北人魔焦焕倏地一俯身，摸了两块石子，全有桃子那么大，突然一合掌，全击成弹丸大小，跟着往洞前一纵身，这回退去有四五丈，天空的蝙蝠想继续追捕，就好像有人指挥似的，这次可好看了，焦老英雄掌中的碎石块，像连珠弹似的飕飕的打来，石弹绝无虚发，扑过几头来死几头。可是那位老婆婆虽也觉着这群怪蝙蝠禀赋狠戾，自己仍没像老头子下狠手，依然用丛条护身，不到近前的不去追杀，焦老英雄可就不然了，因见死亡过半的蝙蝠，虽不像先前的猛扑，可绝没有一只逃走的，依然是行退又进，或是在这一带盘旋飞逐，吱吱叫的声音愈发凄厉，这一来更把个冀北人魔焦焕惹得火起。非把这些讨厌的蝙蝠杀尽了不可。于是有那没扑过来，或是扑过来又不逃，只在空中盘旋伺隙而下的，自己索性反追前去。焦老婆婆这时也感到这群恶蝙蝠实留不得，遂不再顾什么杀生害命，手扬处，她这树枝代箭，手无虚发，可是依然是没了几分焦老英雄手底下厉害。手扬处，石弹一出就是三四头，应手而落，可是这一追赶，袁承烈倒加险。有时这位焦老前辈追逐到了崖下，随手发石弹，蝙蝠逃窜得飞向树丛时，石弹打入林中，袁承烈躲闪得稍慢，就被石弹扫一下，石弹的力量很大，不躲闪开，被打上就不轻，可是又不敢慌张，恐怕一个不小心，形迹就易败露。这时外面把这群怪蝙蝠追杀得仅剩了十几

只，这位焦老婆婆看到遍地鲜血淋漓，和死的蝙蝠东一只西一只，只剩那被打落没死了的，尚在吱吱的惊叫作临死的挣扎，按这种情形，其余的任凭多么凶狠，看到它的同类这样死亡枕藉，惊心惨目，总该把其余的吓跑了，哪知并没有一个跑的，这真有些不近情，看着非常怪道，焦老婆婆对这情形就注了意，不大工夫，已看出来，原来这群蝙蝠竟有领袖牵带着。这只蝙蝠两翅展开，足有四尺多，身形像个狸猫，两只怪眼，两点闪烁的灵光，两翅扇动展开，呼呼的风响，时发怪声，这头大蝙蝠在先本就在高处，因为它飞到五六丈高，成群的蝙蝠全在它下面，它叫的声音虽大，因为有成群的嘶鸣，所以没理会，这时蝙蝠已少了，剩了十几只，只要它叫一声，凡是往后稍退的，立刻冒着石弹又冲上来捞噬，焦老英雄、焦老婆婆看准了，遂忙招呼道："喂，你往天空上看看吧，这类东西还有首领，不把它除了可不算完。"

在这焦老婆婆一招呼的当儿，焦老英雄也发现高空有一只巨大的蝙蝠，也不知是这东西已成了气候，或是赶巧了，就在焦老婆婆语声未落，那只巨蝙蝠已经疾如电光石火般猛扑下来，带着一股子劲风，挟着刺耳难听的叫声，竟到了焦老英雄的头上，焦老英雄任凭身手多么好，也有些猝不及防，手中的石丸，恰已打净，只得往旁一纵身避开，就这么快的身形，左肩还被这头巨蝙蝠扇了一下，这时已经窜出两丈余，那巨蝙蝠更是矫捷得出奇，一击不中凌空飞起五六丈高，二次扑下，焦老婆婆却乘机发了两支木箭，可是竟被这巨蝙蝠的翅膀轻轻扇掉，这时焦老英雄已捞到所拾起的暗器。这时巨蝙蝠三次扑到，焦老英雄略一侧身，抖手就是一石弹。哪知这头巨蝙蝠是狡猾得出人意料，双翅斜着一抖，已经横飞出三四丈去，跟着石弹嗖嗖的又赶着打到，蝙蝠又腾空而起，叫得越发惨厉，焦老英雄气得骂声："该死的东西，难道我就没法除去吗？"说话间脚先一点地，身形飞纵起来，用一鹤冲天的轻技，跳起有三丈多高，掌中的碎石弹随手打出，这头怪蝙蝠又往右首一扇翅

膀，嗖的一声，横扑向左首，冀北人魔焦老英雄猛然凭借轻功绝技，往下微一沉，不容身躯下落，嗖嗖连打出三个石弹，竟没容这头巨蝙蝠飞逃开，噗噗全打中了，一声惨叫，坠落地上，果然被焦老英雄石弹击死，焦老英雄也随着落在地上。天空中其余的蝙蝠全逃了个干干净净。焦老英雄和老婆婆看着地上的腥血淋漓的几十只死的蝙蝠，皱了皱眉头，向那头巨大的蝙蝠落处看了看，只见这头巨蝙蝠虽是受伤不能动转，可是不时还做最后的挣扎，一阵阵的两翅振动，两只怪眼一眨一眨的，那浑身的肌肉不时颤动，看情形一时还不致死，焦老英雄看这巨蝙蝠怪模怪样，长得这么庞大的身形，凶恶的样子，这时若遇见走单了的人，足可被它咬死。当时这位焦老英雄遂拾起一块石头，照定脑袋上砸去，一声惨叫才算死去。

第五章　萧蛮威胁罗刹女

老夫妇一商量，把这地上的死蝙蝠，全扔向山涧里。地上的血污，收了些尘土，满垫了。这样费了半个时辰的工夫，才把这一带收拾干净。袁承烈在林木中静静看着，虽然山风凛冽，只被这惊心动魄的事，闹得把冷全忘了，等到这两位老前辈收拾完，进了石洞，自己才敢移动。只是四肢已几乎被冻僵，在林木中活动了半晌，才把血脉疏散开。这广场中虽是把那死蝙蝠的残肢断骨全收拾净了，但是一阵阵山风过处，依然有血腥气扑鼻。跟着那石洞前微光闪动，藤蔓分处，焦老英雄又举出一支松枝火把来。火焰熊熊，火光中夹着一股子黑烟。这位老英雄原来是察看地上的未打扫净的血迹，由那老婆婆拿着一柄荆条绑的扫帚，把地上的血痕污迹全打扫完了。又耽搁好半晌，才见那冀北人魔焦老英雄站在那里，笑哈哈向老伴道："你看这一晚，倒真是意想不到的奇事。这样看起来，我的际遇倒是真有些莫名其妙，造化弄人，实在是有不可思议的力量。我这人就是不服气这种事，我倒要看看天爷就把我折弄到什么地步。"老婆婆遂正色说道："你在江湖道中这些年来，

饱经世故，应该把火性全消磨净尽。不想你依然是遇事捺不住火兴。这样看起来，你那日说的只要把这场风波闯过去，绝不再在是非场中留恋，要找一处依山近水的地方，买几十亩良田，终老是乡，今夜看你这么易动杀机，哪能安享田园之乐？前日所说，不过是一句空话了。”冀北人魔焦焕冷笑道：“你这老婆婆，说出话来真是太似武断，你怎就看出我说话不算数，我难道就被你看成这么不值一顾吗？”这老夫妻一边口角着，一边走了过去。

袁承烈一看，两位老夫妇是由打这里，转奔后面，奔了千豹峰的转角处。这时约莫已是四更左右，袁承烈心想：这时这两位老前辈是往哪里去呢，我索性跟缀到底，倒要看看他们做些什么。自己在暗中忍着一阵阵的寒风，穿着一丛丛的疏林密菁，来到了千豹峰的转角处。

那位冀北人魔焦焕，已带着老伴儿走出老远去。那焦老英雄依然持着那支火把，这种火炬虽是仅用松脂松枝绑扎的，可是极其得用，越是烧到半截，火亮子越大，因为把松脂全烧化了，越有风，火苗子被风拔得越大。袁承烈离着这老夫妇已有半箭地，在这昏沉的乱山里，远远的只这一片烟腾腾的火苗子闪动，倒不怕把夫妇失了踪。走了不远，见这老夫妇正是转入了石洞的后面一带。不过按着方向说，是石洞后，可是一座高峰的前后，就不下半里之遥，袁承烈看着十分诧异，心想这老两口子往这里来，打算做什么呢？并且尤其可异的是，这一带这种荆棘丛生的高峰背后，正是虫蛇怪蟒出没之处，怎么走了这么远，慢说野兽，就连爬虫也没有，真是怪事。又往前走了不远，更是岔眼了，只见较平坦的一座矮峰头，上面约有二十丈方圆，也不像别处那么荆棘丛生，大约是已经芟治过，地上只有较矮的荒草没除尽，已经能辨的田地上的石路，易放着足。这位焦老前辈竟在这里站住；随即向那跟在身后的焦老婆婆低声说了句什么，将那支火把插在一块巨石后，那焦老婆婆随即从山根下一块乱草里，又取出四支火把来，就着这支已点

着的火把，全点着了，分插在四下里，立刻显得这里一片清幽微明的气象。

这时袁承烈已看出这位老前辈必是另有所图，自己也不敢欺近了，遂在远远的看着，还得顾虑着恐怕被他们老夫妇发觉了自己隐身之所。好在离得稍远，更兼有夜风吹着，那一丛丛的野草被风摇撼着，有种种的风声草声杂着。袁承烈就是稍有些声息，也不致被发觉了。这时这位焦老英雄忽站在那一块巨石后，向那焦老婆婆指指点点地说着话，焦老婆婆立刻点头答应着。袁承烈站得较远，连一句也听不见。仅仅望见两人指划，赶着这几支火把照耀得光华闪闪，这才更看出这一带地上，每隔四五尺，必有一堆石头。石堆也有整块的，也有碎石块堆起的，高有三尺上下，全是一样高矮。这一片的石堆，估计约有六十堆，袁承烈渐渐看出了大概，遂静静地看着。

果然这位焦老英雄竟自把两只肥大的袖子卷起，从地上拾了一块尖锐的石子，往鞋上划了划，把光石抛掉，回头向焦老婆婆道："你怎么样，可以陪我上去走走吗？"焦老婆婆立刻摇头道："我没有这种本领，你自己练吧。"焦老英雄立刻哈哈一笑道："你哪是不敢，分明是看不起我这两腿才好，不是你的对手吧，强求不是买卖，我倒教你看看我这初愈的废人，还不在他人以下。"说罢，立刻把身形展动，脚下一点，飕飕飕飕的纵跃如飞往石堆上落去。身势轻灵迅捷，令袁承烈看着怀疑这位焦老英雄另是一人，绝不会是自己三月前见的两足拖曳着的情形。袁振武遂屏息静静地看着，这位焦老英雄是只拣那靠四周的石堆盘旋着，来回已转了三周。赶到第四周过来，老英雄却用拳势飞腾纵跃，进退回环，只用脚尖点着石堆的头端，可是有几次落的时候，稍用的力大些，身形一晃，赶紧腾起。踏到三十余处，袁承烈已看出这石堆上有些毛病了。逢是那一只脚落在石堆上，身形显得不稳的，那石堆反倒纹丝不动。可是反过来，那身形饶是一飕即起的，有时反倒石堆的尖上倒落下些小石子去。

这种情形已看出内中实有蹊跷。果然在这冀北人魔焦焕，施展了十几式后，业已看出那石堆实是暗藏机械。这种布置，定是想要暗算敌人，在他也施展轻功提纵术时，万不会想到这种登石换掌暗中藏着计策。袁承烈看到这老夫妇的各负一身绝技，还要这么处心积虑地来对付他的敌人，更可想见他这敌人必非易与之流了。自己并非过虑，这倒是袁承烈这几年奔走风尘，无形中增长许多见识阅历，自己又处处留心江湖上一切的行径，所以深知江湖险诈百出，贤愚不等。自己多遇一件不平凡的事，就多长一些见识。今夜遇到冀北人魔焦老英雄，袁承烈已经了然一切。这种情形只要稍知双方的出身来路，武功造诣的，就能看这双方的心意所在。因为冀北人魔焦焕是北五省的绿林侠盗，有一身非常的武功，平平常常的武林道中人，真少有被他看到眼内。如今为应付自己的敌人，竟不惜寄身荒山绝顶，锻炼了一身武功，自己依然不能自信，还要在正式较量之外，更设了这种狡计，想制敌人的死命，这就足以看出来这位老人虽有一身绝技，尚无十分把握，敌人绝非平常之辈可见一斑。

那焦老英雄，把这登峰换掌的功夫施展一过，赶到收住式，袁承烈暗中见出这位焦老前辈把这六十六处石堆全踏遍，那种不着一点浮躁之气，内功若非已达炉火纯青，绝练不到这种境地。这时这位焦老婆婆却拔起一支火炬，把这所有的石堆全挨次查看。有的石堆踏动了的，重把溜下来的石堆儿堆上，内中竟有十二处石堆，与其他的迥然不同。在先只见这位老婆婆用些砂石往石堆的顶端堆积，可是后来才看出这种石堆全是用水泼过，凝结成冰。顶尖上用沙石蒙上，从浮面上看着，跟别处是一样，只一着脚，就觉出任凭多好的轻功，一登上也得栽下来。袁承烈到这时才完全明白了，这是暗用无法着足的石堆来与敌人一拚生死。可是这种布置任凭敌人有多大的本领，也不容易讨了好去。焦老婆婆把石堆全收拾好了，看不出一点作伪的痕迹，遂把火把的余烬熄灭，夫妻俩这才转过了这座高

峰，回转了石洞。

袁承烈仍然远远地跟缀着，到了峰根下，石洞外看了半晌，知道今夜不会再有事了。自己可是依然忘不了那雪中人，自己总怕万一焦老前辈再受了暗算；遂仍然在那对面峰头上林木中，耐着这飒飒寒风，和难忍的饥渴，挨到天明。天公好似故意来磨砺袁承烈，帮助冀北人魔焦老英雄克服强敌，自己枉替人家担了一夜心，这时天上依然阴沉得很厉害，竟自要落雪似的，这时袁承烈所受的苦楚，实非笔墨所能形容。袁承烈虽有时想起，倘或因为强忍着饥寒，一个支持不住，摔到深涧荒草里，准死无疑。只是自己若是不能忍受饥寒，贸然地去见焦老前辈，只怕徒惹老人家不快，一定要怪罪我不听他的嘱咐，贸然前来，自己反复思索，还是以暂忍饥寒为是。遂立刻在林中连用了两趟掌术，冻得要僵硬的筋骨舒息了半晌，这才稍觉得筋骨全活动了。自己仍是潜伏在林中，不敢贸然出来。

这时约在黎明时候，因天气又阴沉得很厉害，浓云四合，四下里阴沉沉的跟傍晚将黑未黑时一样，这里尤其因为贴近了千豹峰，更有重叠的高峰，就是晴明时候，这一带因为蔽阳光的地方太多，也是黑暗时候多，只有中午时候才显得山林道路清晰。袁承烈倒是因为这种阴晦，自己行踪倒容易隐蔽。自己正在思索着，雪中人若是没找到这里来，把道路走错了，他们直从来的道路走下去，可把自己害苦了，那自己是等得起，可饿不起，再说等几天不一定，到那时候得弄个里外不够人。想到这里，不觉心里急躁，正要往林外走，忽的听得自己隐身的林外似有异声，这就是练武功的耳音有特别的听觉，绝非一般平常人所能企及。

袁承烈顺向发声的地方查看，只见在五六丈外一片一人高的茂草，唰唰一声响，跟着从茂草中蹿出两人。身形极快，不过一瞥间，又因为这一带景色阴暗，见不真切，并没看出这两人的身形面貌，跟着隐在临近的岩头地方。袁承烈心里很是着急，自己怎的竟没看清。这时竟不知这两人是否还在这里，或

是已从荆棘丛中扑向洞口。这时也不知老前辈已睡醒了没有，别再遭了人家暗算。正在焦躁的当儿，忽的岩头那里发现两人的踪迹，这才看出来果然正是那两个雪中人。

当下袁承烈精神一振，随即潜身隐迹，到了那岩头不远荒草丛中。这时那两个雪中人飘然来到岩下，跟着在这一带略一察看，随即扑奔了那藤萝掩蔽的石洞。袁承烈心想，天亮了这么半晌，他们老夫妻应该醒了，莫非洞中黑暗，还疑心没亮么；真要是这样，只真要误事，自己怎好不设法帮他个小忙，只是这两雪中人的武功造诣，全非平庸之辈，自己一个应付不好，就许弄个劳而无功。

这一迟疑，才发觉这个雪中人敢情尚不知那老夫妇就在这里。果然两人顺着这石洞，仔细查看了半晌，似已看出些形迹，但还不能决定。遂又俯身，把地上查看一遍。忽的两人指着地上，低声说着话，渐渐到了那掩蔽石洞的藤萝前，竟自发现了那石洞。果然洞口紧闭，情形颇似那焦老前辈还没起床。

当时那少年用手推石门，回头看了看那个年长的，彼此一做手势，似要先向左右再看看形势。就在一怔的当儿，见那洞前被掀起的藤萝一阵颤动，簌簌的全从上面断落下来，眨眼间掩闭洞门的藤萝全堆在石洞前。

这俩雪中人，一面抬头向上察看。哪知那高处的藤萝竟有长及十余丈的，也有蔓生入石隙的，上面这段石壁，凹凸起伏不平，往上看不了几丈就被突出的岩石阻住视线。这样两人竟看不出是怎么断下来的；可是那个年长的雪中人，此时却又履着一个紫藤萝，往头上察看。赶到履到了藤萝的顶端，不禁皱了皱眉头。向上又抬头看了看，又向那少年一挥手；看情形是令少年离开石洞口，恐怕石洞上面隐藏着人。

就在这刹那间，猛听得石洞上面，最高处噱噱声若雷鸣，跟着砰然一声巨响，那石洞前像是落了一阵雨似的，碎石纷飞。那年长的雪中人猛喝了一声："飞步后退！"跟着就见这洞中人忽的往下一矮身形，蹲裆骑马式，双手往上一翘，上面这

时竟滚下一块巨石，悠的一下，眼看碰到了这人头顶上。这雪中人双掌往上一托，轰的一声，双臂一振，这块方圆有四五尺的巨石头，被这雪中人给托送得离开他头顶。轰的一声，落在距洞门六七尺的地上，砸得这一带山石全发了回声，溅得地上沙石纷飞，弥漫洞前，成了一片烟雾。那少年已退到洞旁丈余外，此时面目变色，巨石落地之后，飞纵到那雪中人面前。

袁承烈也惊得目瞪口呆，几乎吓出了声。因为这块巨石重有千斤，凭这雪中人竟有这种神力，真是意想不到的事，自己深为诧异，这人内家的功夫练到了火候，竟有这种不可思议的情形。

那雪中人已经退了两步，抖去了身上的尘土。那少年也凑过来，雪中人眼望着石洞的上面，一阵冷笑，猝然发话道："好个鬼孙，事到如今，还跟我弄玄虚，太似无味了！你这块活魔，有什么鬼吹灯的主意，尽管施展，我看你躲到什么时候算完！"

袁承烈隐在暗中，见雪中人说这话时，脸上那种狞笑隐含着一片杀机，教人看着可怖。就在袁承烈略一怔神的当儿，突听得石洞上面竟有人应声："畜生，你真是讨厌，好心好意的任你逃命，你偏要找到我的面前送死。我若不把你这两个狼崽子弄死，你也不知我的厉害。"说到这里，语声戛然而止，上面哗啦一声响，从最高处落下一根枝多叶密的巨树。这棵树因为树过重，坠下来和山崖石壁磕碰摩擦，枝叶碎石，纷纷如雨，任凭雪中人身形轻快，躲得开树，那碎枝碎石到底落了他一身。

雪中人勃然大怒道："鼠辈欺人太甚，难道我就这么任你猖狂吗？"

说到这里扭头向那少年说了声："把守洞门，我倒要看看他是怎么个出类拔萃的人物。"说话间，这雪中人已腾身跃上了对面的石洞上，施展开轻功绝技，登着那壁立无所攀缘的崖石，轻似狸猫，快似猿猴，眨眼间已上去几十丈。

这雪中人也算是胆大包身，这里往上去的并没有攀登的道路，就是在平时，没有阻碍，不是有轻功绝技的，也不易上去。何况现在一面明明的已有人暗暗埋伏，这雪中人竟似有恃无恐，决不把暗算放在心中，轻登巧纵，又往上猱升了四五丈。上面唰唰的一阵响，败叶枯枝，泥沙碎石如雨，劈头盖脸打来。雪中人陡的一声长啸，震得林木萧萧。横着一晃身，往左窜出去有一丈五尺，身形也没有看出怎样使力，已然立在布满苍苔蔓草荆棘蓬蒿的石屏上，这次斜着往上蹿，忽左忽右，忽远忽近，上面的木石虽也不住往下打，可是越是雪中人快到了上面，那飞来的木石土块越少。

袁承烈竭尽目力，见这雪中人似已猱升到极顶，自己十分惊异：这人好厉害的身手，莫怪焦老前辈那么全身的武功，尚且那么谨慎提防，足见敌人的来路，早在他们老夫妇意料之中。这时上面情形已看不甚真切，只渺渺茫茫的，可是上面绝不见第二条人影。

这雪中人把这上面排搜一遍，绝不见有什么敌人的踪迹，只找着了方才推下巨石的痕迹。跟着这位雪中人似大怒叱了一声，也听不出他是说什么，跟着纵身下来。随即向那少年一点手道："这块魔头似乎已欺人，我们要不是因为江湖道上的规矩，得先礼后兵，真就得给他个伸手硬拾，你向前叫门，我这人就不信这个，看这情形，他定已早得着咱们爷们来的信息，必已设下埋伏，或是邀了外援，我们本当先察明他的虚实动静。现在讲不得，我倒要看观这块魔头有多大道行。"

那少年诺诺连声，这时石洞门的障蔽已去，那木门仍然紧紧关闭着，少年竟向前叩门，手举处，那扇木门哗啦一响，竟自往里缩进去。少年不由得倒往后退了一步，只见这洞门内有人发话道："我这穷山野谷，难道还有贵客光顾吗？"说话间门里慢吞吞地走出一个老妪，正是那焦老婆婆。这时袁承烈见着倒也是一怔，只见这位老婆婆，顿时变了一副形容，好似老得更甚，已经步履蹒跚，手中扶着一根漆黑的木拐杖，目光呆

滞，鬓发如霜，罩着青绢包头，一步挪不了四指，颤巍巍地来到了这位少年的近前。抬头看了又看，似乎老眼已花，很带惊诧之色地问道："哟，小伙子，年轻轻的你怎么也干这种杀生害命的勾当？小伙子，别嫌我这上年岁人嘴碎，你这个年岁，干什么去，也得吃好的喝好的，何必非干这个不可。你也看见过哪个打猎的得个好收源结果，不是把命送掉了，就是落个残废。你这一定是迷了路，错走到我这来，这还算你的幸运。倘若你走到后面乱山里去遇上豹群，小伙子，莫说你仅仅一个人，就是有个三五个人，也是白送掉命。你来到我这里，也是缘法，我给你找些食物吃了，我指给……"

这少年早已听得不耐烦，听出她错把自己当作猎人迷路，这么不容人说话，尽听她一个人的。那雪中人在数步外站着，却是一脸不屑听她的颜色，斜睨着这老婆婆，袁承烈暗中看得真真切切，那老婆婆却是眼皮也不撩，还要往下说。少年忙挡着道："你别跟我们装样子，我们认得你，你在江湖上混了半生，积案如山。慢说你还是本来脸目，就让你变装易服，变姓易名，也不过骗那山居的猎人，和樵夫牧子之流，你想来瞒我们，只怕不大容易。现在我们打开鼻子说亮话，谁也别跟谁弄玄虚，我们此来的意思，谅你尽知。现在请你们贤伉俪把我们两造的事弄个清楚。你想用这种拖延敷衍的手段，来对付我们，那是妄想！"

少年说了这番话，焦老婆婆丝毫不为所动，冷然说道："你这小伙子好生无礼，我老婆子这般年岁，跟你说偌许好话，你怎的倒这么拒人于千里之外，我真是对驴操琴了。"少年才要发话，那雪中人突然转到面前，大声说道："罗刹女靳三姑，别来无恙，你还记得二十年前齐东旧友萧老二吗，我与冀北人魔焦老兄结下梁子之后，只知道我上了他的大当，没料到他背后，给他主持和我较量的，究是何人？直到近日才知道，敢情我焦老兄的贤内助，竟是齐东旧友，这倒好，有靳三姑你在场，我们这件事，更好解决了。"

这时那焦老婆婆面色一变，自己以为这前来的仇家并不认识自己，遂假作不知他们的来路，想要仍按着焦焕的主意来戏弄他们一番。孰知出乎自己意料之外的，是这萧二蛮子竟是当年齐鲁境内一时误会成仇的人，这一来，不由愕然，详观了一会儿，立刻把方才那种戏弄的神色一敛：“原来是萧二师傅，这才真是人生何处不相逢了。我这老眼昏花，真比不上老英雄的目光如剪，事隔这多年，居然不把我这老村妪忘掉，真是令人佩服。只是萧老英雄乃是武林前辈，此次驾临荒山，实是我这两个魔人之福，我自从听得我们当家的说起，我们开罪于玉九觉罗，竟又惊动了江南武林国手萧老英雄出头，为这权贵献殷勤，和我们为仇作对，这一来我们自知再想着洗手江湖，埋骨荒山，也难得如愿了。可是我想我们这当家的索性成全成全萧朋友你，教你成名露脸。拿我们这两个无用人的血，换萧朋友你后半生的衣禄食禄，这也真值得。萧朋友，你应该怎样只管吩咐，我们惟命是从了。”

焦老婆婆这几句话说得十分刻毒，这一来那萧二蛮子面色倏变，随即说道：“齐东旧友，你这种话，我萧老二可不敢接受。我们全是江湖道上人，谁也用不着逞口舌之利。要说我萧老二卖友求荣，那可有些冤枉了好朋友。我也不敢平白地就接受。我要是那么对待江湖朋友，我也不致这般年岁，依然为人作牛马，怎么也可挣下养生送死之资。如今我仍然是两肩荷一口，与初入江湖时，差不了什么，我被谁所累？自然有人明白，你们贤伉俪只顾逞一时的小忿，不为我萧老二稍留地步。幸亏我三十年来所作所为，还有人看得明白，哪件事稍微地含糊一点的，身陷囹圄，这辈子哪还有生出狱门之望？老友你也得反躬自问，是你们撒得风火过多，还是我逼人过甚，请老友你说一句公道！”

焦老婆婆微微冷笑道：“萧老英雄，现在无须乎再说这些理论的话。官打现在的，我只请示萧老英雄此来本意，我们也好敬谨受命。”萧二蛮子道：“齐东旧友，我此来实不知二十年

前的老友，我只专诚拜访焦老英雄而来，无论如何，也得见了焦老朋友，方好讲目前所要解决的事。这可得请老友你多多原谅；恕我萧二这种无理的要求。老友，你能答应我吗？”焦老婆婆慨然说道：“我？你还得要我们这个待死荒山、行将埋骨的老伙伴，一同匍匐玉九之前，受他那惨无人道的非刑拷问才肯平心么；萧老英雄，得放手时且放手，得容人时且容人。我们是如何人也！萧朋友你是怎么个人物我老婆子也无须再费话。我夫妻一对不值一顾的老厌物，对于他人这样的逼迫，我是否就能甘心忍受，谅你也明白。不过事办来人，谁让是我们老朋友来的，我只得委曲求全教老友把这件事圆上。我自己陪你走一遭，也足可以了结这篇帐了吧！咱们是板上钉钉，说了就算。你来到这里，我哪能不稍尽地主之谊！山居可没有佳肴美酒来供客，略备薄酒，咱们稍作盘桓。你说几时走，我绝不稍作迟疑。老友你看这已经是对得起你了吧？你要体恤我们那老伴儿是残废人哪。”

萧二蛮子听了，不由沉吟，过了一会儿，脸上立刻现出一种神秘难测的颜色，呵呵笑了一阵，向焦老婆婆道：“我多谢齐东旧友成全我的盛情，我不是土牛木马，哪好不遵从你的舍命全交的妙计？我只是有一点对不过你们贤伉俪的地方，就是让你成全人成全到底，那十粒宝珠得请你先交出来。我要拼着这条老命，在玉九面前力保；教你们贤伉俪从此再无牵连。有塌天大事，有我萧老二一人担承，我把这条老命赔上，也算值了。我萧二蛮子虽是干的微贱行当，尚还知道行事磊落光明，不愧于天，不怍于人，绝不是尽为自己打算，不管朋友的死活。现在我们把话说定，任凭再有天大祸，有我个人担承，绝不再带累你们。我这种办法是不是够朋友？请你们自己忖量。我想这么办，总比你们夫妇到案打官司强得多吧？”

当时萧二蛮子这番话说得倒是十足够朋友。可是那焦老婆婆仍是神色冷冷的，向萧二蛮子道：“怎么，我想不论到了哪里，也是罚了不打，打了不罚。这种案子要是把正点给圆了

案，不能不算奇功一件。那十粒宝珠，我们倒想着给你们圆面子，只是对不住，十粒宝珠早已出手多时。就是把我们送到渔阳市口，我们也没法办。这只可请你萧老英雄多担待，给我们维持到底。我看国家王法虽厉害，也得讲人情。我个人顶着到案打官司，难道还有什么不能交代吗？萧老英雄你得明白，任凭怎样碍难，吃进嘴的东西，拉得出来，吐不出来，教我老婆子有什么法子呢？”

萧二蛮子登时把面色一沉道：“好！齐东旧友，你这可叫不开面了。咱们全是寄身江湖道上，处处应当以信义待人接物。我是虚怀若谷，历来全替人设身处地想想。我只请你们贤伉俪把原赃交出来，不用你们再到案打官司，也就很够朋友了。若是依你那么讲，只要有个人顶着到案一走就行，我萧二蛮子然想为朋友尽点力，只怕也力不从心。那就只有请你们贤伉俪多受点委曲，双双一同陪我到案打官司。这种事，咱们不用细说，谁也别存心跟谁狡展。我是顾全友谊顾不了公事，顾了公事顾不了友谊。没别的，你既是有心成全朋友，何妨成全到底！既是说什么十粒宝珠已然出手我实不相信，请你念在江湖道上的信义，把十粒宝珠交出来。那一来两全其美；你们若是不为我设想，那只可对不住好朋友。十粒宝珠既不在手下，我也无法过事深究，惟有请你们贤伉俪随我去见玉九，免得教我做出对不住你们的事来，教江湖道上也笑话我萧老二逼人太甚。至于你们贤伉俪到案后，是否愿意在那里小住，或是立时脱身，全在你们自己了。我把肺腑的话全说出来吧！像你们贤伉俪这种身手，到了玉九那里，只要我萧老二不再多管，谅他手下那班人哪还有敢跟你们一较身手的。你们若想走，谁又留得住你们；光棍怕掉个儿，你们也替我萧老二想想，我此番到这里来，是但凡有一线之路，可以推展拖延，我也要使尽了。只是现在本主儿已经丝毫不能容忍，我若再没有个交代，只有萧老二替你们打这场官司，你只要看着那么办对呀！请你不要再教我萧老二为难。请你们辛苦一趟！”说话是一步比一步紧

了，飞豹子偷听私窥，听了个毛骨悚然。

但见焦老婆婆把两只深凹的眼光一瞬，立刻寒笑说道：“这一说我们非得到案打官司不成了，啊呀！这件事我老婆子可恕不能应命！老朋友，不是我们不肯随着你去，也不是我愿意连累朋友，无奈我二老年纪太大了，人不济了，心想充光棍，已然不能够了。只为我们当家的自从在冀北负伤之后，已是九死一生。经我竭尽全力医治；虽勉强能行走，只是形同废人，下盘的功夫已散，武功全毁了，就是多走些路，全不行了。这样人哪好教他再到案打官司，况且他也不能长途跋涉，难道还有用八人大轿子抬着罪人去的吗！依我看，萧老师你做人做到底，还是请你成全我们老夫妇，萧老师若不忍看我打这场官司，我们绝不能坐观着老英雄的危急不顾。你倘若把我们放出罗网，我们必能教你平安归还乡里，享受暮年太平岁月，虽不教你作富家翁，总可教你衣食无缺。这样一来，彼此交情无伤，萧老英雄你成全了我们夫妇，我们有生之日，全是萧老英雄你赏赐的。我的话已说顶到这里，行不行的，只可这么办了。萧老英雄，你在大江南北，山左山右，谅来也有个耳闻，可是这个话说出来教人笑话，好汉不提当年勇，我如今已经年届古稀，行将就木，不应该再提旧事。只是你我全是武林旧友，可以不在此例，想当年我在江湖道上，凡是我罗刹女所对付的，全是成名的英雄，武林的能手。可是我历来做一件事，只要打定了须那么办，就是有多大阻拦，我也要把它做成了。有阻碍我罗刹女的，我誓与之周旋。不到了他俯就我的意思，我绝不能罢手。现在老了，想那么做，精力气血全不给做主了。我哪还敢那么任性，现在只有请我们武林老友，萧师傅捧捧我这威名空存，实力已不如当年的老贫婆，把我所说的话给我照办了吧！”

萧二蛮子一听这罗刹女靳三姑说出这种无情无理的话来，怫然说道：“齐东旧友，你这番话可错了，咱们这么说吧！倘若不是我来的，换到旁人来求你们夫妇归案，你们该如何呢？

我们全是江湖道中人，谁也不能和谁说空话，只要自己的事情犯了，有好朋友一到，应该一句话没有，跟着人家走。脑袋掉了，不能皱一皱眉头。像你们贤伉俪这种人物还会做出含糊的事吗？现在我既然画出道儿来，我萧老二决不能说出掉牙栽跟头的话。”当时这萧二蛮子一番话似是入情入理，那焦老婆婆此时倒颇有些狡展，不说情理话。此时被萧二蛮子用话逼得颇有些恼羞成怒，把那双怪眼一翻，向萧二蛮子道：“萧老英雄，你这可有些逼人过甚了，我们要是愿意到案打官司，何致等到现在？只为我们历来最恨这班贪官污吏。如要是换他们前来，嘿嘿！不怕萧老师傅你见怪，只怕只有来路，没有去路，我看还是好朋友来了，我们倒还得稍尽地主之谊；若是换到他人，岂不反失了江湖的义气。”萧二蛮子此时实有些抚不住火兴了，立刻面色一沉道：“希望你不要这么固执才是，我这番好意本想把这件事了在我手里了。就是你们夫妇一身的安危，全由我萧老二担承。可是顶到现在，我把话说尽，你置若罔闻，教我也没法可想，只有请你们自己斟酌。这件事是势在必行的，就只有两条道：一面是把十粒宝珠交出；一面是若没有原赃，请你们贤伉俪到案，把我的责任交代了，我绝不做卖友求荣的事。这两条道若是不能依从，没别的，咱们只可把交情撂开了，公事公办。我此来不能把老前辈请出去，我没法维持面子了，只有跟老朋友们一同埋骨碎身。”

萧二蛮子说到这里，声色俱厉。这一来两下里已经渐渐地有些透露锋芒了。袁承烈在暗中看着连动也不敢动。听到两造把所有的事渐渐从口风中露出真相，袁承烈此时才知道，敢情这位老婆婆竟是当年名震江湖的女盗侠罗刹女靳三姑。这位女盗侠当年在江湖道上，不论绿林道，还是武林中的威名人物，全要惧她三分。袁振武当年在太极丁门下曾闻丁老师说过。这罗刹女以一个女流，单身闯江湖，负着一身绝技，手底下一对鸡爪双镰，有神出鬼没之能。女流中用这种兵刃的，是绝无仅有，罗刹女竟用这两柄兵刃和十二枚三棱透骨钉，把绿林道中

多少成名的怪杰，全送了命。这位独脚女盗在齐鲁一带，威名震草野，直到中年，她忽然销声匿迹，后来才听人说，她已嫁了冀北人魔焦焕。这一来两个江湖怪杰凑在一处，更如虎添翼，更不知江湖道上要多出多少惊天动地的事了。可是事实竟不是这样，女盗侠自从离开江湖之后，再没听人提起。有时冀北人魔焦焕，在大河以北偶然一现形踪，可是仍和他先前一样，是独脚大盗，自己作案，并没有帮助。

这一来传说纷起，就有说是女盗侠并没嫁了冀北人魔，可是那冀北人魔生性怪僻，虽得这么个贤内助，可是他绝不肯借重他太太的力量，反倒不教罗刹女重在江湖道上闯，所以这名震一时的女盗，嫁后倒谨守闺范，不再出头了。这话也是大家的揣测，谁也得不着确信。哪知道这位罗刹女暗中依然拣那值得一顾的，猝然下手拣一回，可是江湖上轻易见不着她，想不到她竟帮着她的丈夫冀北人魔在暗中很作了几件惊天动地的大案，直到后来，冀北人魔焦焕一举饱载，夫妻俩这才洗手江湖，潜踪避祸。只是据平常的江湖道上说，他们是应该一了百了。只要一洗手，过去的一切事全算完。不过他们这两个怪杰，这祸事惹得太大，这案内并有十粒价值巨万的明珠，被这冀北人魔盗走。这事主又是朝中勋贵所谓玉九爷，为这十粒明珠，已经坏了许多官吏。许多有名的捕快，依然把这两个正点捞不到手。

直到数年前，从两江总督那里要来这个名捕快萧二蛮子，才又重新海捕起来。这萧蛮子是江南七省最有名的捕头，有一身绝技。平常的案子休想他伸手，你就是强迫他，也不过是虚应公事。并且就是案情重大，作案的够得上江湖大盗，这萧二蛮子去还得看看事主是否好人。要是奸商劣绅，贪官污吏，他还是不办。就是你的势力压着他，他宁可受到处分，也不肯给你十分出力。这样的做事，虽是毁在他手里的巨盗不少，依然提起来令人敬服。这冀北人魔焦焕在北省作案，跟萧二蛮子毫无沾染。罗刹女靳三姑，也是在齐鲁豫燕一带作案，和萧二蛮

子也是素无嫌隙。

焦氏夫妻颇有侠盗的行径，论起萧二蛮子的行为，对于这两位侠盗的事，本不能管。无奈案子牵连得太大，竟自毁了许多武林中的朋友。萧二蛮子又因为玉九爷卑礼厚币地一再恳求，这才答应了。自己这一伸手，竟是惹火烧身。要不是早把对手认作强敌，几乎死在了冀北人魔焦焕和罗刹女靳三姑手里。只是冀北人魔焦焕和罗刹女这两个劲敌，虽是出力来对付这名震中原的老捕快萧二蛮子，终于在江湖道上也无法立足。这夫妻两个自入江湖以来，这算临结尾栽了个大的跟头。那次两下里朝了相，依然只是冀北人魔一人，罗刹女仍然没露面。直到这位萧蛮子用了撒手绝招，施展内家掌法，运内力来伤了冀北人魔，于是双方反颜成仇。罗刹女当时虽没有露面，在暗中却早盯着萧二蛮子。此时忽见丈夫遭了人家毒手，遂也不再留情，用她的百发百中的三棱透骨钉，三环套身的打法，照敌人发去，任那萧二蛮子身手怎样矫捷，终于中了罗刹女两钉。

这一来，罗刹女算是救了丈夫，可结了大仇。他们算是各走极端。这位萧二蛮子也是从打作捕快以来，头一回栽跟头。这次跟这个冀北人魔焦焕算是结下不解之仇。他定非把这名震江湖的巨盗扳倒了不可。遂在玉九爷面前请了限，自己要破死命地把这案圆下来。

第六章

罗刹女抗捕献酒

这一案轰动了江湖，全要看他落怎样个结果。这冀北人魔焦焕老夫妇，更是也拼着把命搭上，也要把萧二蛮子扳倒了。倘若成功，就决意从此洗手绿林，不再在江湖道上闯。可是经过这场事后，他们两下里销声匿迹，再听不见他们两下里对于这案提起。当日这件案子就好似哑了下去，但在暗中双方并未歇心。

这冀北人魔焦焕下盘负伤之后，自知十粒宝珠在自己手中，罗刹女又伤了萧二蛮子，他哪能善罢甘休，遇上这种劲敌，焉能忽视。遂和老妻罗刹女，秘作商量，悄悄地用金蝉脱壳的法层层设疑阵，把自己的病势作成了十分沉重，为的减少敌方注视之心，缓些时日，好以全力来对付萧二蛮子。所以连次挪移了几处隐秘的地方，估料着一时半时那萧二蛮子不会搜寻着。到潜踪到辽东以后，想不到会遇到了身遭师门歧视，蒙废长立幼之羞，欲以坚苦卓绝之志，历尽艰辛，别求绝艺，雪耻师门的袁承烈。冀北人魔焦焕，看出这袁承烈胸怀大志，是个有作为的少年，自己要把自己的一身绝技倾囊授予他。自己

老来退隐山林，可以借着他得全首领。所以这次要下辣手，把萧二蛮子除了，斩草除根，寸株不留。

这一方面的萧二蛮子，自从败在罗刹女的三棱透骨钉之下，自己恐怕冀北人魔暗算自己，遂也把行踪隐匿起来。预备只要不伸手则已，只一伸手，就得把这案给圆上。两下里全走的是一样的步法。赶到后来这冀北人魔焦焕被罗刹女救护到了虎林厅北之后，他们的踪迹更加隐秘。可是萧二蛮子居然把这冀北人魔的踪迹搜寻着，并且更查明当初暗中用三棱透骨钉伤自己的，正是当年自己在齐东会过的江湖女盗侠罗刹女。萧二蛮子知道，这冀北人魔已是劲敌，再加上那罗刹女，不啻猛虎添翼。自己估量着不易把他擒下来。自己遂用了一整年的苦功，昼夜不休，练了一种绝技。这种功夫是内家最厉害的掌力，名叫“混元一力掌”，能打散横练混功夫。这两下里算各以全力制敌。冀北人魔焦焕竟练了一种秘技，来预备着和萧二蛮子再决雌雄。

事隔二年余，全以为他们这件事，暗中消灭了。哪又知道萧二蛮子已经派出好几拨人去，暗中踩探搜寻这潜踪匿迹的巨盗。焦焕夫妇俩匿迹佛力山之后，萧二蛮子已得着他的踪迹。萧二蛮子到此哪还肯再等待，遂借他本门下惟一的弟子，小霸王申凌风二次出马，来访这冀北人魔焦焕。

师徒二人一到辽东，变姓易名，把冀北人魔的底摸着了，侦知已移到佛力山，遂悄悄排搜过来。不料在虎林厅遇上了夜猫纪五，萧二蛮子知道纪五和焦焕夫妻全有极密切的渊源。这才把话风透给纪五。为是教他给焦焕带信，自己百日内一定要去会他。果然纪五那魔鬼灵精，居然真给老萧做了传话人，果然悄悄来关照冀北人魔，告诉他萧二蛮子带着他本门弟子小霸王申凌风，已经到了辽东，百日内准来与他们相会。

焦氏夫妇骤闻警讯，知道再难避免，只有一决生死输赢。这焦焕本是狡诈多疑的巨盗，再加上足智多谋的罗刹女相助，这两人遂暗设机谋，要用险谋，来收拾这位萧二蛮子。这两下

里一照面，那冀北人魔竟自早已发觉，悄从秘密门户出去，没露面，先给萧二蛮子个先兆，用巨石来阻击他。当时那萧二蛮子已明白冀北人魔焦焕不露面的缘故。既非是不敢露面，更不是意存退缩。这老婆子这么搪塞拖延，定是故作缓兵计，来绊住自己，他必是暗中有什么布置。赶到这位罗刹女说出这种傲慢已极的话来，这位萧老英雄实难忍耐，遂向这位罗刹女说道："我们现在应该推诚相见，我们本着江湖道义来结这件事。现在只有请焦老英雄来，亲自和我萧老二见一面，我们是一了百了，没有解决不了的事。若是像你这种说法，我萧老二实难从命。"

焦老婆婆桀桀一声长笑，笑中隐含着一片杀机。目闪精光，从眸子中射出一股子凶焰。萧二蛮子已看出她怀着恶意，眼瞅着这罗刹女向石洞门招呼道："喂！要知道贵客临门，应该好好接待。你这么慢客，太失礼了！"跟着庞大沉重的木门一开，冀北人魔焦焕，从里面蹒跚出来。手中还拄着一根拐杖，形容也带着憔悴的样子。赶到石洞门外，向外面看了看，好似没看出来人似的，慢吞吞地向他那老伴说道："你吵什么？有事不到里面去，叫唤管什么？要是有人来投宿求食，你难道还得用我来照应吗？"这时那萧二蛮子不等到他再唠叨，径奔到冀北人魔焦焕面前，抱拳拱手道："焦老英雄别来无恙！还认得我这曾经一犯尊颜，作你手下败将的齐东旧友吗？"

冀北人魔焦焕倦眼一翻，向萧二蛮子看了看，故作惊诧，失声招呼道："哎呀！原来是萧老英雄，这种穷乡僻壤，居然蒙萧老英雄光临，真是我梦想不到的事。萧老英雄一向可好？"萧二蛮子忙答道："齐东一别，屈指三年，时时把焦老英雄挂在心。早想和老英雄一会，只为力与心违，不能如愿。我现在是腼颜来望看老朋友，现在居然如愿以偿，真是毕生之幸！"

萧二蛮子说到这，那小霸王申凌风却不待招呼，自己凑过来，向前说道："师傅，这位敢就是名震江湖的老英雄，冀北人魔焦老前辈吗？"冀北人魔焦焕向这小霸王拱拱手道："这位

是哪位门下？萧老英雄怎么不给我引见引见。教我慢待江湖道上朋友，太觉失礼了。”

萧二蛮子忙答道：“焦老英雄，不要客气，这是我们门下弟子，是我一个徒侄，名叫小霸王申凌风。”申凌风又重新给这冀北人魔见过了礼。这时焦焕向罗刹女说道：“老贫婆，贵客临门，怎么连待客之礼全不懂，难为你也是江湖道上人，还不赶紧地把萧老英雄请到里面吗？”罗刹女忙往里请，这位萧老英雄、小霸王申凌风，绝不带一点迟疑惧怯之色，略一为礼，哂然说道：“来此就要骚扰老英雄。”此时冀北人魔焦焕和罗刹女两人在头前引路，这师徒二人遂坦然随着两位江湖怪杰往石洞里走来。

来到石洞中，只见里面虽是四壁萧然，可是净无纤尘，令人看着另起一种出尘之想。这冀北人魔焦焕令罗刹女去沏上茶来。萧二蛮子遂向焦焕说道：“焦老英雄，我们师徒的来意，你一定能够了然，我们一来看望老友，二来要请焦老英雄把我们两下里的那件事了结了，免得岁月迁延，永无结果。谅老英雄定能原谅我师徒是奉官差派，有心维护老友，可惜无力，请你无论如何，得给我个结果。焦老英雄可能赏给我师徒个面子吗？”

焦焕此时把面色一沉，冷然说道：“萧老英雄，我们两家的事何用为难？我们是交情说交情，公事说公事，二位的来意，在下早已了然，不过恐怕多半要教老英雄失望。这次我们匿迹荒山，埋名避难已决定不再在名利场中再现身手，对于和老英雄这件事，我都有些一厢情愿的心意，不过实在不好启齿。请老英雄要多多担待。”说到这，把话顿住，不再往下说。萧二蛮子也是整着严肃的面孔，向冀北人魔焦焕注视着说道：“老英雄有话尽管讲，我萧老二只要力所能及，为老英雄帮得了忙，绝不能含糊了。”

冀北人魔焦焕道：“老英雄既这么成全在下，我倒不敢辜负盛情了。我对不住的是已把那十粒宝珠出手；现在想给老英

雄圆脸，可惜已经力与心违。宝珠不能圆案，我这病废的人，谅萧老英雄也不忍这么逼迫我吧？那么就请老英雄结个江湖未了缘，替我把这场官司料理下来。我们这一对行将就木、风烛余年的朽骨，咸赖萧老英雄之赐。”萧二蛮子没料到冀北人魔赫赫一代绿林豪杰，竟说出这样无耻话来，立刻冷笑一声道：“焦老英雄，你这话说远了。咱们是江湖道义之交。这场官司真要是平常事主，我要等着焦老英雄说出口来，再给你卸肩，我就不够朋友了。朋友是遮风避雨的，有了事，朋友不给朋友维持，那还要朋友做什么？秦琼为朋友两肋插刀，我还不能给朋友帮个小忙吗？只是这件事的事主，是何如人也，谅你尽知。莫说我担不了，就是比我萧老二再身份大的，也恐怕不易就那么容易交代得了吧！我方才已经对令夫人把话说明。我是有成全朋友的心，没有成全朋友之力，只有焦老英雄多担待我这无能为力的朋友，随我辛苦一趟。”

当时那冀北人魔焦焕把一双怪眼一翻，随即冷笑一声道：“这么说起来，这件案子，只有把我这两个风烛余年的老夫妇填了馅，才算给朋友交代好了公事了吗？”萧二蛮子冷然道：“那只有应了俗语说的，‘岂能尽如人意，但求无愧我心。’事情是必须这样办才能交代，教我萧老二有什么法子呢！焦老英雄，你不要叫我为难，只有请你赶紧地和我到案，谅焦老英雄这身绝艺，那玉九爷虽布着网罗，也挡不住你的来去。据我看这不过教你多辛苦一趟而已。你们贤伉俪就不要再教我萧老二作难了。”冀北人魔焦焕冷然笑道：“这一说，我是非随萧老英雄到案不可吗？这可是笑话，倘若我们不能随萧老英雄到案，应该怎样呢？”萧二蛮子道：“那么焦老英雄也是此道中人，还用我来说吗？那恐怕要十二分对不住贤伉俪了。我们手底下见明白！”

罗刹女靳三姑一旁说道：“老天杀的，你怎么这么挤对朋友，这事还用朋友说么，有贼交贼；没有贼，人到案，我们要是不打算到案，只可把交情扔到一旁，公事公办。教萧朋友费

点事吧！我看咱们不必栽二回跟头，现二回眼，赶紧跟人到案打官司吧！”冀北人魔焦焕，这时把那嬉笑的脸色一变。向罗刹女靳三姑一声轻叱道：“你唠叨些什么？我们是汉子做汉子当，哪能让好朋友为难，我们自然是让好朋友如愿而去。不过我有点小心愿，就是素仰萧老英雄的掌法绝伦，在下要在投案之前，敬谨领教。想萧老英雄定能不吝赐教。”

萧二蛮子忙答道：“这可笑话了，我这点末学微技，哪值得老英雄领教。不过对于焦老英雄的盛意，我倘能了然。在我没离开佛力山之前，凡是焦老英雄的命令，我定要敬谨领命，绝不会道出一个不字来，致令老英雄失望。”

萧二蛮子刚说到这，那小霸王申凌风从这夫妇露面后，自己一直忍气吞声地听着，不愿多语。顶到现在已全听出来，无论怎样委曲求全的，也是白费了。这两个刁狡之徒，绝没有一点江湖的义气。不跟他们比个输赢，决不会善罢甘休，跟随自己到案。遂怒冲冲地站起道：“焦老前辈，咱们全站在江湖道上，应该谁别教谁说出话来。敝师徒是奉上命所差，官差由不了自己，来到千豹峰，本可以伸手办案。我们却遵守着江湖的义气，一再请求老英雄，体谅我们不得已之情，要给我们留一线之路，容我们把这案圆上。我们并且再声明，愿保全老英雄的一切，这样委曲求全，也就算对得起朋友了。可是老英雄竟自强人所难。既不交还十粒明珠，更不肯随我们到案。请想我们怎能回去复命？现在我们只有勉如遵命，我师徒要在焦老前辈前献丑，请老前辈到石洞外赐教吧。”

申凌风这一叫阵，那冀北人魔焦焕，见这少年申凌风居然敢向自己叫阵，这倒是意外想不到的事，遂笑吟吟地说道：“这位少师傅既肯赐教，敢不应命！”那萧二蛮子立刻一声怒叱道：“凌风，你过于胆大，敢在老前辈面前放肆，你有几个脑袋！”那少年武师小霸王申凌风，被师叔呵斥着，自己虽则赶紧后退；可是，话已说出，倒是稍展舒胸中恶气。当时是虽则后退，仍是蓄势以待。这时萧二蛮子却乘机站起来，向冀北人

魔焦焕道："老朋友，可否到外面赐教？"

罗刹女忙道："萧老英雄，我有最后一言，还望萧老英雄采纳。我们现在身背重案，匿迹荒山，不能再说那撑门面的假话，我们不敢再以当年江湖的盛名，来对你老英雄胡扯。我们是匿迹荒山，埋名避祸。很指望着萧老英雄本江湖中道义帮忙，使我夫妇得正首邱，这是我夫妇三年来眠思梦想的。只是老英雄这一到，竟使我们失望，老英雄不能相容。我们若是真个随老英雄到案，落个渔阳市口餐刀，老英雄就不嫌逼人过甚了吗？我想请老英雄念在我们江湖道的义气，把这件事给我们化解了。我们得保全首领，定要竭尽全力，保全萧老英雄未来岁月，使老英雄安享暮年的清福。不过萧老英雄若是非把我们夫妇纳入法网，我们这一个气血已衰，一个病废的人，绝不是老英雄的敌手，可是萧老英雄定明白盗亦有道。我们虽是已非敌手，尚还有几个不怕死的宾朋，与萧老英雄并力同旋，到那时只怕要落了个两败俱伤，同归于尽。依我看老英雄何必以自己的未来岁月，作孤注一掷？"

这时萧老英雄，遂抬头看了看，略点了点头："齐东旧友，你这番话，我很是了然，不过我的话已说到，无须赘述。我是官差由不了自己，我有周全老友之心，无周全老友之力。老友我已把话说明。这次事，只有两条道：一是把那十粒宝珠缴回，二是你夫妇自行到案。除开了这两种办法，除非是我萧老二从此脱离江湖道，与你们贤伉俪皆隐佛力山，可是依然是不能这就了结。你有几位朋友，事主就没有朋友吗？在下就没有朋友吗？只怕继我之后的大有人在，那时来者不善，善者不来，贤伉俪依然不能置身事外。何苦白白把我们这个稍微顾友谊的朋友，好心来了结这件事的倒给卖了呢？"

这位冀北人魔焦焕点头道："话也倒是实情，我们不必勉强了。"那萧二蛮子也站起来向冀北焦焕道："我们可以到外面谈吧。"这位少年武师小霸王申凌风，正在怒目相视地站在一旁，并且听出这冀北人魔夫妇两人居心不良。他所说的这番话

全是骄敌诱敌之计，绝不是出于诚意的话。此时见师叔已经开口往外让焦氏夫妇，遂忙向前抢一步道："老前辈请到外面吧！弟子给老前辈们带路。"冀北人魔焦焕笑哈哈的，向小霸王申凌风道："申师弟，你倒是喜热闹的好事的少年，你先不要忙，我们是早晚总要比划的上。我们是生死关头，只要一接上招，就要判生死存亡，总有一方埋骨在荒山里的。你们师徒这来，我尚没稍尽地主之谊，哪好就遽然动手？我虽没有佳肴美酒，也得稍尽地主之谊吧！再说又是我们夫妇生离死别的时候，哪能就这么草率地完结一生最后之日，我与令师徒要小饮三杯，萧老英雄定能赏我这点薄面吧？"

萧二蛮子道："焦焕老英雄不必费事，我师徒是裹粮入山，早已用过。请你不必费心了。"冀北人魔焦焕道："萧老英雄难道疑心我夫妇另有别计不成？我们纵然不成材，也还不能那么下作。我们武功分强弱，掌下见输赢，胜败全不足介意。若是用狡谋诡计，来对付江湖朋友，我们就算不得英雄豪杰了。焦焕不才，还不敢那么自弃哩！"

萧二蛮子道："我是不敢过事骚扰，至于有别的疑心，还不至于吧。我自入佛力山以来，早把此身的存亡置之度外，焦老英雄既然要小饮三杯，我倒要叨扰了。"

冀北人魔焦焕，遂含笑点头道："这才是良朋快聚，不忘旧谊哩。"说话间罗刹女靳三姑把一张白茶木桌子拉开，把那石凳全摆上，从壁上的石穴中，取出一盘盘的风肉鹿脯。虽全是野味珍荤，倒显别致。这位江南老捕快萧二蛮子，仍是神色坦然，丝毫不带介意的模样。小霸王申凌风仍是怒目相视，十分不忿，竟自悻悻地坐在于下首。那焦老婆婆取了一大瓶自酿的酒来，竟不知她这是用什么酿的，香烈盈杯。冀北人魔道："山居的野人，没有什么佳肴敬客，只这粗肴薄酒，慢待嘉宾，令人抱歉十分。我们是应当畅饮一番，才算良朋快聚哩。"

萧二蛮子已经喝了三杯，忙即站起，向冀北人魔焦焕拱手道谢道："过蒙款待，我师徒已感谢不尽了。"他哪里喝得下

去，不过略示整暇罢了。焦老英雄这时三杯酒入腹，立刻面色红如赤炭，狞笑说道："萧老英雄，我要再敬一杯，祝你此番成功立名；既交代了自己的公事，又保全了江湖的道义，这真是我毕生不敢忘的事。"这时那罗刹女靳三姑送过一对巨杯，这两只杯如同古时的爵，形式古雅，看不出是瓦是铁，这时冀北人魔焦焕把这两只巨杯全斟满了酒。焦焕随即擎起一只巨爵，往萧二蛮子面前一送，说了声："萧老英雄！我这一点诚心，谅还不致招萧老英雄的白眼吧！"

萧二蛮子见冀北人魔焦焕，用这种巨爵来敬酒，这种举动来得突兀，绝非无故而发，内中定隐有机谋，赶到一见冀北人魔焦焕，举杯姿势，已了然他是想暗用内家的混元劈空掌来伤自己。一个接不下来，莫说被双掌打上，就是两臂被他沾上一指，自己也落得残废。当时忙把气纳丹田，抱元守一，气提丹田，贯于两臂，注意掌心，内力充盈。两人本是隔桌对面坐着，冀北人魔是双手捧杯，萧二蛮子也是双手来接杯。这口古杯是方形，冀北人魔是用两拇指抵住杯身，食指中指刁住杯口，往外递。萧二蛮子也是照样一丝也不差，也用两拇指来挡这只杯身，用食指来刁杯沿。两下里这种杯经各联欢，互相谦让，哪能看得出来已经各怀机械，暗呈杀机。

两下里旗鼓相当。冀北人魔焦焕，用的这种内家功夫是北派的秘传，十分厉害，非同凡俗。这种掌力软如棉絮，坚逾金刚。莫视是一双肉掌，凭血气之力，有无坚不摧之妙。可是这种功夫，绝非三年两载所能练得出来的。这种掌力，要在武功已经登峰造极时，加以名师指点，有刻苦的功夫，才能有成就。冀北人魔焦焕，施展这种手法，是为得能发能收。若是对手果是劲敌，自己声不动，可能把发出的掌力收回来；若果然敌人没有自己所想象的那么厉害，自己立刻出以全力，把敌人立毙掌下。冀北人魔居心诡诈，哪知萧二蛮子这个劲敌，岂是他想象所能测透的。

当时两下递杯接杯，立刻暗较上力，赶到推拒之间，萧二

蛮子已知道这只杯是纯钢所制，外面涂着漆，所以看不出来是什么所制的。两下这一较力，一边遁不出来，一边接不下去。这萧二蛮子已知道这冀北人魔果然厉害，自己不给他个厉害，他也不知道自己的来头。横目一看，冀北人魔焦焕竟有些吃力了，脸上原本被酒壮得赤红，再加上内力敌不过萧二蛮子，气已经沉不住了。萧二蛮子不再迟延，遂喝了声："焦老英雄这么厚爱，我这里倾谢了。"声如迅雷，话声才收，只见双掌的三指往外一推一收，把丹田的力量全叫上来，这只巨杯已落到萧二蛮子手中。更神色不变，把一巨杯酒喝完，连坐也不坐，把杯往桌上一放，笑向冀北人魔焦焕喝道："我们过事叨扰，拜领厚赐，无奈酒量过浅，不能再行叨扰了，我们请到外面谈谈！"说到这，不待冀北人魔再答话，向小霸王申凌风一挥手，小霸王申凌风跟随师叔往外就走。

第七章 焦人魔坐石诱敌

这时罗刹女靳三姑也愣柯柯地木在那儿，不料萧二蛮子居然有这么精纯的内家功夫，一半是对当时铁杯献酒栽在他手内惊异，一半是对于两下里未了的事，更感到不易取胜，只怕这萧二蛮子不容易打发走了。见这师徒两人已经往石洞外走去，遂皱了皱眉头，向冀北人魔焦焕暗暗示意道："怎么样？"冀北人魔摇了摇头道："不许多言，不妨事，走！我们现在虽是栽在他手内，往后的事，还正不知鹿死谁手！"罗刹女靳三姑听他这么说，不敢再多言。冀北人魔焦焕在萧二蛮子师徒将将走出石洞门，忽的耸身一纵，蹿到石洞的顶子上。上面有一块凹去的巨石，冀北人魔焦焕单臂捋住了那块巨石，右手探进了石凹内，摸了一件东西，纳入怀中，然后飘身而下。这番动作，不过一眨眼间，身手这份矫捷，实非平常武师所能望其项背，罗刹女靳三姑却长吁了一口气，暗中悬心。那冀北人魔焦焕，却把那支木杖拿在手中，到了石洞门首，脚步依然放慢，佯作脚步不利落，往外慢吞吞地走出来。

那萧二蛮子师徒已走到广场中间，回身站住。冀北人魔夫

妇也相继跟过来，焦老婆婆已知丈夫暗有打算，自己倒不便先动手了。遂紧随在冀北人魔焦焕的身旁，暗中保护着他。这时两下里对面这一站，彼此是各自有各的心思。那萧二蛮子虽是老江湖，但是对于这冀北人魔夫妇，实不愿把他毁在自己手内，颇有成全他的心意。本想，只要把他原赃十粒宝珠交出，自己决意出力斡旋，教他夫妇保全末了之名，设法把他夫妇拣落出来，自己尽了江湖道的义气，而公事也将就交代下去。不过对于这冀北人魔焦焕那种跋扈狂骄的情形，自己早已尽知，若是和他好说，未必就肯那么善罢甘休，多少总得露出两手。又赶上边塞上气候不准，天气变得非常快，竟在入佛力山的第二日，降起雪来。这一来这师徒二人受了意外的苦处，也是因为天时还不到初冬，有件冬衣足以防风霜。焉想到气候突变，一场风雪，寒冷不减严冬。他们师徒带的御寒衣服，顿觉单薄。这师徒仗着全有一身精纯的武功，更因这萧二蛮子和小霸王申凌风颇爱杯中物，故而带来两袋美酒。这师徒对于干粮倒没怎样用。只要一觉寒冷，立刻借酒解寒，还算稍壮行色。及至搜寻到千豹峰下，发现了冀北人魔正在此潜踪匿迹，赶到一见面，罗刹女那番做作，萧二蛮子已看出这里早有提防，早有布置。遂立刻拿定主意，要防备他有什么诡计。果然冀北人魔焦焕嘴里说着一派的大仁大义，暗用狡计，要把萧二蛮子折在千豹峰。“铁杯献酒”竟没讨了好去。冀北人魔竟又防到，恐怕自己布置的“巧摆乱石桩”未必能取得了胜。遂把秘藏多年，轻未一用的十分刮毒的暗器“九星钉形针”，取来带在身旁，预备最后一拼生死。自己这种暗器，连老妻罗刹女全不知道，这件暗器一向收藏很是严密，直到临到这次出石洞，仓促取它，才被罗刹女发现，石洞顶子上竟有收藏。自己没看清是什么，可是看到冀北人魔那种情形，颇是怕被敌人看见，自己认定了这是不利于敌人的举动。

这时两下里一照面，那小霸王申凌风，已把这两个江湖巨盗的心情看透。知道这两名巨盗心存叵测，绝没安着好心，赶

紧低声向师叔说道："师叔！你若是一味退让，可要吃他们眼前亏。这一对豺狼，绝没有好心。你要是一大意，可要上他们的大当，吃他们的大亏。焦焕老儿，说话时目光旁瞬，定非善良之辈。罗刹女那个老妖精，更是万恶。师叔，事到如今，你再处处存忠厚，讲义气，只怕咱们就要上他的大当，咱们爷们再想走出佛力山就不容易了！"

萧二蛮子点点头，从鼻孔中哼了一声，低声说道："凌风，不要多言，你自身先要小心留意，不要轻惹是非。我跟他们动手，就有死生须臾之险，你若跟他夫妇比，可差得太远了。他们这夫妇全有惊人绝技，过人的功夫。你若贸然沾惹，立取杀身之祸。你倒真个不易再得生出佛力山了，你要记住，你是专给我巡风报信的，你不要管我，见危急走为要。"小霸王申凌风见师叔这么谆谆嘱咐，自己虽不以为然，可是他不敢不信，只得点点头答应。

这时那冀北人魔焦焕向萧二蛮子一拱手道："萧老英雄，咱们今日是以武会友，地点又是荒山野谷，我们彼此谁也不要秘术自珍，把个人所学施展施展，彼此换换招。萧老英雄把你看家本领，三十六手通臂拳全拿出来赐教，我也把我这不值一提的劈挂掌在萧老师面前讨教，咱们谁也不要藏拙。"萧二蛮子哈哈一笑道："焦老英雄既然这么看得起在下，我焉能不惟命是从，我是愿承教益。"两下里一拱手，各自拉开式，走行门，迈过步，把门户一立，莫看这萧二蛮子虽已年届五旬，这一动上手，精神矍铄，不减少年。英风锐气，颇有气壮山河之势。那冀北人魔焦焕，更是一撒开势子，一派凶猛犷厉，手脚起处，全带着劲风。萧二蛮子沉着应付，寸步不让，两下里，一换上招，真是棋逢对手，一个是以绵软巧见长，一个是勇猛沉着兼而有之。两下里乍沾即合，忽起忽落，疾徐进退，倏闪倏避。这一动上手，约有二十余招，那萧二蛮子用了手"白鹤亮翅"，右掌往冀北人魔焦焕的中盘一挥。冀北人魔焦焕忙用"斜挂单鞭"，往下一沉，右掌立刻往下一封，哪知一甩头，一

闪面门，萧二蛮子竟是虚式，突的一变式，竟用了手“白猿献果”，焦焕一甩头，一闪面门，萧二蛮子的掌已搭到冀北人魔的肩头上。一声冷笑道：“焦老英雄，我萧二蛮子承让了。”话声中往旁一纵，蹿出两丈多去。往下一落，那冀北人魔觉肩头上发疼，不过不妨动作，自己脸一红，知道已输给人家。恼羞成怒，再顾不得交代场面话。脚尖一点地，腾身跃起，蹿出三丈远去，往下一落，脚点一堆乱石，回身向萧二蛮子一点手道：“掌法果然高明！我已拜服！我还有一身小巧的功夫，就在峰后，萧老英雄可敢一试吗？”

萧二蛮子见冀北人魔居然连场面话全没有，还敢二次叫阵，遂也冷笑一声道：“你划出道儿，萧某一定奉陪。”那小霸王申凌风见焦焕是一个成名绿林名盗，竟这么不要面子，脱口喝道：“好不要脸的匹夫，已经输招……”萧二蛮子已然耸纵身出去，扭头喝声：“住口，你懂得什么！”一边呵斥着，立刻飞身追赶那冀北人魔焦焕。焦焕前行，罗刹女后随，这老夫妇各自把身形施展开，果然是身子轻捷，不同凡俗。萧二蛮子和小霸王申凌风，紧缀着后踪，从那千豹峰绕过去。这一带岗陵起伏，山势嵯峨，道路曲折，走出一里多地。见前面地势陡然耸起，越走越高，赶到走到了一片高岗上，那冀北人魔焦焕忽地回身站住。罗刹女也站在一旁，好似没事人似的。萧二蛮子也跟踪赶到。彼此相距有一丈五六，相向站住。

那萧二蛮子把眼前的情势看了看，微然冷笑了一声道：“这里敢就是尊驾所预备的较量武功之所吗？这原来是巧踩乱石桩的绝技，我对于这种功夫心仪已久，想不到今日竟遇见高明的焦老英雄，真是我毕生之幸，请焦老英雄赐教吧！”那冀北人魔焦焕冷笑一声道：“萧老英雄，不要着忙，不错，果如萧老英雄所言。这次我是虔诚求教。当年在师门练过这种巧踩乱石桩的功夫，只是荒废已久，早把这种功夫忘下。久闻萧老英雄轻功提纵术，已有超群绝俗的功夫。在下要借着这次聚会，领教领教，正是抛砖引玉之意，想萧老英雄定能不吝赐

教。”

萧二蛮子并不答言，先把这一带仔细打量一遍，只见这乱石桩，是明按八门，暗合九宫，按“休伤生度景死惊开”八个字，这种明暗反正，全关着生克制化。萧二蛮子惟有对于他所堆的乱石有些怀疑，不过心念一转，并不介意。敢情这乱石桩是每堆高有三十六寸，诸合三十六天罡，只是这种石堆是借着山岗上的乱石堆起。本来有碎的有整的，应当碎石整石掺杂。可是他这石桩，有的是用整石攒起，有的竟是一律碎石，看着颇为扎眼。这要是施展开轻功提纵术，可就要凭个人的轻功造诣，来断胜负了。力用不匀，脚上就不易准了。萧二蛮子自己对于这种轻功虽没练过，可是名称虽异，练法相当的青竹桩等，倒操练过，很下过深刻的功夫，倒还不至于被他较量下了。遂向冀北人魔道：“焦老英雄，我们现在无须逞口舌之巧，还是武功分强弱，掌下见输赢。焦老英雄既划出道来，我是舍命陪君子，咱们较量完了再谈！”

冀北人魔焦焕拱手道：“萧老英雄，先不要忙，我有两句话要跟萧老英雄交代。咱们丑话说在头里，免得事后再有怨言。我虽是划出了这条道，可是决不愿强人所难。萧老英雄要是对于这种轻功不屑于赐教呢，也可以另请划出道，我就依着奉陪。若是能赐教呢，那么我们就是这场功夫下论胜负。不论谁走手失脚，那就算是自己功夫不到，学艺不精，不用对手说话，自己认败服输，不得再腆颜狡展，萧老英雄可愿意吗？”

萧二蛮子正色道：“我们不用徒费唇舌，请焦老英雄放手赐教。”冀北人魔焦焕忙道：“萧老英雄请先赐招，在下虽是不才，还不敢那么狂妄，我好歹总是主人，萧老英雄先请。”萧二蛮子知道自己不先上，他绝不肯就动手。遂向身旁的小霸王申凌风，低声嘱咐了声：“不要妄动，我自有主张。”说到这里，把身形移动，转到正面。把衣襟稍掖，向那焦焕一拱手道：“焦老英雄，请！”立刻踊身蹿上了乱石桩，暗中早辨清了生克之机、阴阳之理，脚点西北干宫的石桩，把身形展动，莫

看那般年岁，居然身手十分矫捷。起如飞絮轻鸿，稳如泰山。这种功夫，全凭提丹田之气，六合四稍归一，精气神，手眼身合到一处，全能运用圆转如意才行，起落进退，全仗着身势轻灵，没有登萍渡水的轻功，上不了乱石桩。那冀北人魔焦焕，也抱腕当胸，从离宫起步。这种乱石桩是他摆的，当然他更是熟练稳健，身形在上面展动，捷如飞鸟，嗖嗖嗖，一连几纵身形，已到了东南石桩跟萧二蛮子面面相对。萧二蛮子却是左足尖轻点着乱石桩的顶子尖，右足拳起，金鸡独立式，双手合拢，成童子拜佛式。这边的冀北人魔焦焕，右脚尖虚点乱石桩的尖子，身形却是前仰后合。可是行家瞧门道，力笨瞧热闹，冀北人魔莫看身形那么摇摇摆摆，好似武功造诣上没有根基，下盘的功夫也不坚固，但一放到行家眼里，看出这焦老英雄的轻功造诣，已经登峰造极，实非一般稍擅轻功的能够望其项背的。他脚登乱石桩，上身尽管摇摆，可是齐脚腕子以下，纹丝不动。足见武功造诣，已然炉火纯青。

两下里这一开式，各自把真实的功夫施展出来，彼此不约而同地各自一拱手，道了个请字！立刻各把身形展动，一个往左，一个往右，腾身纵跃，全是轻如飞燕惊鸿。那乱石桩虽全是浮石堆积的，可是虽经这两位江湖豪客，脚下轻登巧纵，依然是一点声息没有，绝无崩坠之事。连着纵跃了四五个石桩，那江南老捕快萧二蛮子，却已有些明白，觉出脚下的石桩的力量不一样，有的就好像是自己的轻功尚有余裕。可是内中就有两个石桩，居然是凭自己的轻功造诣，险些失脚。心中作念，暗暗加了几分小心，可也暗中起了疑心。遂自己把气贯丹田，抱元守一，轻登巧纵，身形快似猿猴，把这乱石桩走了十几处，两下里才往一处一凑。只见这冀北人魔焦焕是连掌生风，内力充沛，只要是一够上步眼，掌势发得既准且狠，萧二蛮子当下并不进招，只用封拦格架，闪展腾挪，只用守势，不取攻势。两下里在这种乱石桩上动手，并不敢像在平地上，只要两下里搭上手，换上招，就是一招紧似一招，一式紧似一式。这

上面动手换招，是两下较量轻功，不能连着进招，只有两下里一换招，立刻分开，谁也不敢恋战贪功，久停速进，每次最多连拆上几招，就得赶紧闪转两避。这种轻功提纵术，所最难的是，既用轻身术，更须能在这种下盘借不上力的地方，连用掌力；这种掌力发出来，武功造诣的深浅，一点掩藏不了。这种地方绝不容稍事迟疑忽视，精神内力，稍一松懈，就有噬跻之悔。

萧二蛮子连着跟这冀北人魔焦焕，拆了五六招，两下里已经各知道对手是劲敌，绝非弱者，可是两下里谁想着占优势也煞非易事。这冀北人魔焦焕，依然是施展的劈挂掌。掌锋迅捷异常。萧二蛮子施展开三十六路通臂拳，一招一式，全下过精纯的功夫；行家眼里一看，就懂得这种掌法够了火候，非平庸者所能望其项背，萧二蛮子把平生所学全施展出来，不过在先还想着只要能胜了一招一式，立刻罢手。谅他这么个名震江湖、威震绿林道的冀北人魔焦焕，是个大人物，绝不会说了不算。萧二蛮子早先安定这种心意，尽管自己小心应付，却没防到别的。哪知两下把势子走开，萧二蛮子不由动了怒，因为看出这巨盗居心叵测，一招一式全是进手的功夫，掌势撤出来全是重手；哪一掌教他打上，全有性命之忧。自己遂把掌力也贯足了，用重手来应付。

两下里越走招数越紧，越跳身势越快越轻。于是萧二蛮子把掌风一紧，要运用自己精研的三十六手白猿掌，来胜这冀北人魔焦焕。这种白猿掌更非一般平常的武功家所能企及，轻灵出众，掌力更重，只要掌锋扫上，休想得脱毒手。当时这边一撤开招，真是身形快若飘风。冀北人魔焦焕见对手萧二蛮子把招数一变，施展三十六手白猿掌，正合自己心意。因为有一处暗藏机诈的乱石桩，似乎敌人已有些警觉。他若是仍然轻登巧避，工夫一大，没个看不出来。那一来，自己岂不枉费了心机？现在萧二蛮子这一变式进招，正合自己心意，自己正要他进步欺身，好乘机下手。焦焕遂也把身手施展开，封拦格架，

一招一式不肯落后。

这时两下里一进一退，已然挤到了偏西边一带乱石桩附近，在西面这一带是一片荆棘茂草，后面更隐藏着一条极深的山涧，是一条死路。那暗中跟缀不肯稍离这冀北人魔夫妇的，还有飞豹子袁承烈。这时这两位江湖怪杰动手的情形已然很激烈，袁承烈此时颇觉惊心骇目，两下里是各走极端，知道眼前就要衡溅乱石堆。袁承烈暗想这位焦老英雄，和这位三十年前，横行江湖杀人如麻的女侠盗罗刹女靳三姑，全是积案如山，杀人不眨眼的巨贼，现在就是洗手江湖，回心向善，可也未必遮得过当初的罪孽。自己虽是疾恶如仇，只是自己曾受他夫妇阻敌相救之恩。眼前二老正在生死关头，自己怎能坐视不救？可是若是乘机暗中帮忙，救了他夫妇，倘若后来仍然在江湖道上作恶为非，岂不是自己助纣为虐？只是我袁承烈虽是潦倒江湖，求名师未遇，壮志未酬，心愿未遂。可是历来自己是抱定了一生不做负恩人之念，若是现在任他二老自生自灭，他倘若真有把握，能够保全首领，自己此来是原为投奔他，倒还罢了。这时虽是发觉他夫妇的当年枭张暴烈的性情依然存在，自己就只可仍然一走，可是自己的食粮已断，恐怕不易再生出佛力山。况且万一行藏不慎，被他们两下里任何一方发觉，自己要落个蓄意不良，两个不讨好。像他们这种人，手底下全是既黑又狠；只要一翻脸，就有死生须臾之势。自己对于应付现在局势，更宜格外慎重。自己既然抱定了不做负恩人，对于这位冀北人魔焦焕有救命之恩，哪能稍变初衷。拿定主意，不便再三心二意，索性等待时机。自己若是能得手，定然要竭尽自己所学，为焦老尽力。当时袁承烈打定了主意，仍然伏身暗处静看两下里动手的情形。

两下里这时已到了危机一发，那冀北人魔焦焕，便故意地往西半边的乱石桩诱斗萧二蛮子。萧二蛮子已看出敌人内藏机诈，暗蓄毒谋，绝不是只凭轻功拳力所能决输赢定胜负的。那冀北人魔焦焕见萧二蛮子跟踪追到，呼地一翻身，跟萧二蛮子

成正对面。萧二蛮子用揉身进掌，用了几招“三环套月”“灵猿献果”“如封似闭”“排山掌”。这种招数是一式跟一式地往前进招，功力稍微弱，不敢用这种招数。这种连环掌法，有阴阳生克之妙，一招一式，全暗藏着巧妙的变招变式。

冀北人魔焦焕见这位江南老捕头萧二蛮，运用他本身一生成名江湖的独门绝技，来对付自己，这种掌力非同凡俗。莫说还真格的被这种掌力打上，就是被这种掌力的掌锋扫个正着，相距三尺，正合一个石桩的距离，也得被敌人打得翻下乱石桩。要是内家拳到了炉火纯青，大约在六尺内准得被打下去。这种内家拳的厉害，就在这种地方。当时这位冀北人魔焦焕，见对手的掌锋已到，遂往旁一错步。萧二蛮子的掌锋堪堪地已经沾到肋上，萧二蛮子的掌式一斜，冀北人魔突然施展“饥鹰搏兔”，掌锋往外一挂，身形随着一斜，脚下步一换，立刻变招为“孔雀踢翻”，斜着照着萧二蛮子的右肋打来。

这种招数很毒，只要用上，就把敌手打得不死必受重伤。可是萧二蛮子武功已筑下坚固的根基，见冀北人魔的招数来得迅捷异常，忙把掌风往下一沉，用了手“倒打金钟”，一掌往冀北人魔的脑门上切来。两下里变招全快，用的全是进手的招数；谁的招数稍差一刹那，就得败在当场。冀北人魔焦焕，见自己的右首连着是两个暗设计谋的乱石桩，萧二蛮子只要往左一换步，就得中计。若是再把这机会错过去，莫说不易再引他上当，只怕自己也得丧命在他手下。当时遂用欲取故与，欲擒故纵之法，自己不给萧二蛮子个便宜，不易教他上当。乘着萧二蛮子掌风打下来，故意的往右一溜倾斜，身形晃动，立刻往右边撞出两步去。身势已失平衡，脚点乱石桩，已显出下盘不固，气浮神散。

这种情形任凭你多精明的人，也要上当。萧二蛮子果然往左一斜身，右掌撤回，左脚往左一上步，一点左边这块乱石桩。左掌从胸前猛往前一推，右掌突从左掌虎口穿出，“乌龙探爪”，照冀北人魔的脊背打去。萧二蛮子这一招施展得很快，

是脚下和掌法一块儿发的。赶到脚下一点乱石桩，觉着往旁一滑，下盘力一散，全身的力全完。当此之时，那冀北人魔身形斜转，反欺到萧二蛮子的左首，一矮身，右脚飞起。斜身蹬脚，用斜踢柏木桩的功夫，照萧二蛮子的左肋踢来。

萧二蛮子在此时莫说还有他这一脚，就只这一踩中了埋伏，已经是无法挽救。再加他这一脚，萧二蛮子只要被他踢上，就得当时废命。那守在乱石桩旁的小霸王申凌风，也是目不转睛，看着师叔，惟恐或有失闪。此时突见变起俄顷，眼看师叔就要丧命在冀北人魔之手，惊惧惶急之下，伸手扣了三支三棱透骨钉，一扬手，喝声："老贼！还有小爷照顾你！"往外一打，就觉着胳膊被人一敲，整个的右臂发麻。三支透骨钉只打出一支，还是乜斜着出去的，那两支吧嗒吧嗒，全落在地。

这时乱石桩上的情形一变，连暗中隐伏在草中的袁承烈，也是惊愕几乎发声。只见那萧二蛮子身形已离开那里，落在乱石桩旁，那冀北人魔却反跌在乱石桩的夹空中，面如黑纸，两眼珠几乎努出眼眶外。左手忽地向衣襟下一摸，听得哧哧似乎撕碎了什么。随见他一举手，一串明珠光圆莹润，宝气外宣，向萧二蛮子招展，萧二蛮子一声冷笑道："这才够朋友，我必留你的命。"袁振烈见此情形，骇然欲动。就在刻不容缓间，萧二蛮子飞身扑来，可是一纵身，身形已十分笨滞。离着冀北人魔还有五尺远，必须再一纵身，才能到了冀北人魔面前，哪知发生意外！

萧二蛮子才一落脚，脚尖还没站稳，那冀北人魔焦焕面色一变，忽的右手一扬，嘎巴一响，立刻从他掌中飞出九点寒星，直奔这萧二蛮子打来。任凭萧二蛮子身形怎样轻快，这种暗器也不易躲，何况他现时已经身受伤创，轻身的功夫远不如前，竭尽全力往起一蹿，只躲开了左半边，右半边竟中了三支九星钉形针。身形一栽，吭的一声，摔在尘埃。

那小霸王申凌风本可以协助他的师叔，只是这时已被那罗刹女绊住，不得脱身。这时萧二蛮子身形着地，紧咬牙关，往

起猛的一纵身，二次蹿起，向冀北人魔扑来，其势既疾且猛，却是一声不哼，已具玉石俱焚之心，要跟这冀北人魔一拚生死。当时要被他扑上，焦焕必死无疑。哪知那罗刹女靳三姑，竟在这时向那小霸王申凌风，虚点了一掌，双臂一抖，一个“巧燕穿林”，身形腾起，正落到了冀北人魔焦焕面前。那萧二蛮子竟也赶到。身躯往下一落，距离着冀北人魔焦焕只差两步，不是当中有这突来营救的罗刹女，两下里竟隔断。萧二蛮子在此时身受敌人的暗器所伤，只仗着提住了一口气，要在毒伤发作之前，运足最后的掌力，用绵掌击石如粉的力，把冀北人魔击死当场。这时靳三姑突加拦阻，萧二蛮子知道自己不易再复仇了，把一腔惊恐，全移向罗刹女靳三姑身上。脚尖才一着地，双掌的指尖向靳三姑一点，看情形分明是“双照掌”，双掌的指锋硬照罗刹女的面门戳到。

第八章

萧二蛮子误中毒计

罗刹女认识这种掌力，只要一封一架，休想逃得活命。这罗刹女靳三姑竟把头微往后稍一扬，反用双掌的食中二指，向萧二蛮子的腕下脉门上点来。

要论罗刹女，这么封招，也是虚实难测，变化灵活，只要对手一撤招换掌，就得上当，立刻得被她双撞掌的招数击上。哪知强中更有强中手，能人背后有能人，萧二蛮子倏地双掌往外一翻，掌心向罗刹女的华盖穴击来，这一手名叫“双推掌”，用的是“小天星”之力。罗刹女虽知道他是急于狠斗，但是这没料到他竟会在负伤之后，还能下此毒手。为救险招，罗刹女忙往后一仰身，上半身向后倒去。这么一来，倒真个凭这种巧力把这手掌力给懈了力。双足一顿，脚踵用力一蹬，立刻全身倒着往后蹿去。这手功夫除非内力充足，身形巧快，绝难施展。这一飞身纵走，那萧二蛮子的伤势已经发作，再不敢强着支持，忙往后一纵身，回头向这边冷笑一声道：“你们敢用这种毒谋诡计来暗算你萧二老子，我只要有三寸气在，也要报今日之仇。”

那冀北人魔焦焕，此时内伤已早发作，也是强自支持。小霸王申凌风此时扑奔到了师叔面前，伸手就要搀扶，那萧二蛮子立刻一摆手道："不要这么张罗，我们师徒不能取胜，自怨无能，还不与我快走吗？"小霸王申凌风满怀气愤，怒目瞧了冀北人魔焦焕和罗刹女靳三姑一眼，狠狠说道："弟子很有心跟他们拼一下子。我们要是凭个人武功高下来见输赢，死亦甘心，他们用这种狡谋诡计来算计我们爷们，我们爷们要是这么吃亏一走，也太教江湖道上朋友笑我们师徒无能了。"那萧二蛮子变颜变色，抓着申凌风的手，摇头说道："小子，你要明白，留得青山在，不怕没柴烧。我们只要留得三寸气在，何愁报不了此仇，走吧！"小霸王申凌风恨恨地扶着师叔萧二蛮子，往千豹峰里走去。

袁承烈暗中看着，见两人这场恶斗，算是向所未见，自己在暗中噤不出击。直到这位江南名捕头、萧二蛮子走远，再偷看那冀北人魔焦焕，此时竟自双目紧闭，气息微弱，面色惨白。那罗刹女靳三姑，竟自按着穴道给那焦焕按摩推拿，推血过宫，用自己本身的内功，来调冀北人魔焦焕的闭滞的气血。可是这种医疗，并不是根本的调治，只是救急。当下这位罗刹女靳三姑按着穴道，把一切推拿的手法，全给焦焕施用了。那焦焕稍缓了缓，才睁开了眼，看了看眼前的景象，微把头点了点，向这位罗刹女靳三姑说了声："他们全走了吗？"罗刹女点点头道："走了。"焦焕气息紧促地说道："你搀扶我回洞。"

罗刹女靳三姑满面忧愁，搀扶着这位英雄一世的冀北人魔焦焕，也奔了千豹峰。这时可难坏了袁承烈。自己本意是看他们有了起落，自己再出面见这夫妇两人，叩求他收录，只是现在事情的局势陡变，恐怕自己这时一露面，万一他夫妇起了疑心，自己反倒落个劳而无功。这一来自己落个两头见不了人，自己前功尽弃，岂不是自找后悔。按袁承烈的本心，实不满焦氏夫妻。并且很代萧二蛮子扼腕；但又一转念，自己志在求学绝技，萧二蛮子是捕快，二老是巨贼，依自己地位说，还是隐

居山林，从二老求艺为宜。当时袁承烈一心愤懑，自己拿不定主意，遂不敢贸然出来。只得仍在丛林茂草中潜伏着，不敢出来，悄悄随在这二老夫妇的后头，赶到转过千豹峰，只见冀北人魔焦焕，已经不似先前那么提得起精神，步履蹒跚，有些支持不住了。那罗刹女遂用力搀扶着慢慢走向洞口，虽只两箭的地方，哪知二人走了半晌，才到达。

这老夫妇二人进了石洞，袁承烈仍然转到了石洞的对面，只见石洞前静悄悄的，只有野鸟不断飞来飞去。袁承烈自己一盘算，蓦地想起，我在这里耗日子，有什么用？那两个敌人现在是否已上归途，那萧二蛮子已然受伤，这种山道，就让他是个强有力的壮汉，也走不快，我何不追他一程，看一看究竟？想到这里，遂立刻藉丛林茂草隐蔽着身形，离开这千豹峰，顺着崎岖的山道，往前搜寻。一口气追了有三四里，只见隐隐地看见有两个人影在那乱石丛草间时隐时现。袁承烈遂更把身形隐着，往前追下来，哪知前面那两条人影倏地失踪。袁承烈很疑心那两条人影定是萧二蛮子师徒无疑，自己遂脚下加紧，赶紧换过去。赶到了近前，只见那人影没处，是一片丛岗茂草，地势非常险峻，看那形势，正是绿林豪强潜踪出没之区。袁承烈虽则看不见这业已受伤退走的萧二蛮子，可是这种强手当前，岂敢漠视？自己遂紧隐匿着行踪。慢慢趟到了这片丛岗附近，借荒林茂草，蔽着身形，在近处遍寻不见。袁承烈把这一带的形势全测度完了，知道多半这师徒没离开这一带，自己倒要看看他有什么法子，把行踪隐匿起来。

当时袁承烈拣了一处，只能向外面察看，外面的人无论多精明干练，也不易发觉里面有人潜藏的地方。这位风尘豪客真是处处吃亏受苦的命。来到这佛力山竟自波折横生，现在又受了这种凄风冷雪之苦。可是在这待了工夫不大，那萧二蛮子竟现了踪迹。原来这隐身的地方，任谁也不会想到，萧氏师徒潜身处，竟在一座满布着荆棘苍苔的石壁上，暗隐着一个石洞，半腰上没有什么可以驻足的地方，谁又想得到这上面会隐藏人

呢？只见先是上面荆棘蓬蒿先轻轻移动，渐渐露出那小霸王申凌风的身形来，袁承烈不由精神一振，不禁把冷饿全忘了，只见小霸王申凌风也似怕有人在暗中窥视自己，他先往四下里看了看。这一带虽在初冬，树林山花野草虽全凋谢，可是因为这一带没有什么樵采的人能进来，草木荆棘全是多年堆积的，把那石壁全布满了，山壁虽有几处洞穴，也不易看出来。小霸王申凌风手中提着一只布袋，拨着荆棘丛草，往四下里看了又看，不禁紧皱眉头，似露难色。

这位小霸王申凌风停身之处，高有四丈左右，这位小霸王申凌风遂一缩身，似又回去。袁承烈心说："这可糟，他怎么又回去了。这一来我怎敢再往前欺身察看？"就在自己停身惊疑观望的当儿，只见那上面的荆棘丛草，蠕蠕而动，颤动的地方是渐渐往下。那丛草的波动簌簌而下，约莫有一丈左右，停住了，果然那小霸王申凌风跟着二次现身。袁承烈这才明白，这么高的山势，申凌风是不敢贸然往下纵身。这个地方，在石洞下有一段磴道，有丈余长，也被荆棘蓬蒿隐蔽着。申凌风直退下丈余来，这一来还有不足三丈高，只要轻功提纵术有把握的，也足可以上下自如了。

小霸王申凌风身形一现，这次不再迟疑，一耸身，翻到下面。可以时时防着有人来追蹑他的踪迹；在那丛草乱石间，身形时隐时现。

飞豹子袁承烈却是始终不敢移挪，仍然伏身不敢稍动，看他究竟是奔哪里。只见小霸王申凌风仍然是严防着那四下里，一边往前走着，一边往草中拨着查看。直走过一道孤零零的小峰头，站在峰顶上往四下看了看，猛扑奔一道小山坡，见他似乎看着了什么，兴冲冲地奔了过去。旋见他俯身把手中提的袋子向地上掏了又掏，似乎往里弄什么。这一耽搁，天色越发不早，那小霸王申凌风挺身站起，只见他似乎把那只布袋子没拿起，两手不住地搓了又搓。不时地合着两掌，向掌心里嘘气。袁承烈这才明白，大约他这是找水来了。本来在这种地方找

水，最是不易。看这情形居然一下就被他找着，这是真很难得。山居之人往往在山上，十里八里见不着滴水，很不算奇事；这是被他快打快撞地找着泉眼，或是涧沟子。更赶上天气倏然的变冷，就是有水的地方，水也一定不多，不过是浅浅的沟涧，已冻了冰，所以他这么活动手上的血脉，可是那萧二蛮子始终不见出来，一定是受伤很重。真要是那样，只剩这萧二蛮子的师侄，只他一人，我虽也未必是人家的敌手，总可以易于应付。

袁承烈虽是这样想，可是依然不敢大意。遂仍悄悄地暗中察看他的动静。小霸王申凌风稍微地缓了缓，立刻一俯身，把那只水袋提起，果然那布袋已经满满的。小霸王申凌风提着布袋仍循原路扑奔那壁立的峰下，临回来不似去时那么东瞧西看了，径直到了峰下，一耸身到了上面，穿过荆棘丛蒿，眨眼即逝，看他匆遽的神色，那萧二蛮子定然已十分危险，不然，就是他腿脚不灵活，也得在这上面看看这弟子的来去。

袁承烈容这小霸王申凌风到上面好一会儿，自己心想，索性我先把他方才停身的地方看一看，看他是否真个取水。若是有水，自己也要取些。因为刚才偷看离着还远，始终算没看真。

袁承烈遂仍借那蓬蒿乱石遮着身形，扑奔到小霸王申凌风所到的那儿一看，果然是一道已经干了的山涧，既浅且窄，只剩下面一点已结薄冰的涧底浅水，不是天寒结冰，只怕那一点水也不易存着了。可是看到他所弄去的，也不过仅仅是一层冰雪。袁承烈也趁势用水袋，掏了些冰雪，也留着融化了，好解渴。自己把水袋装好，随即折转身来，返奔那壁立的石峰。到了峰下，已是暮霭苍茫，昏沉沉的，远处的景物已难辨别。遂潜踪隐迹，飞身蹿上了石峰的磴道，只见上面这密布的荆棘丛草，把里面这条斜山坡隐蔽得一丝也看不出来。遂沿着这通斜山坡，往上奔往洞口。到离洞口还有两丈左右，赶紧把身形隐起，先仔细地往洞口看了看。

这里比较那冀北人魔焦老夫妇所住的千豹峰可差多了，不过是就着的原有的一处山洞，稍事修整，也没有门窗，看着那种阴湿的情形，令人望而生畏。袁承烈虽是明知那萧二蛮子的伤势够重，此刻恐必不能动转。可是自己心里总是怀着疑虑，趑趄不前，迟疑不敢径向洞口贴近。一步一望，一步一停留，最难的是踏行草间，不会发出声音来。赶到袁承烈走到了洞门口，天已经黑了，更兼又有荆棘藤萝蔓草蔽着，里面更是黑暗得伸手不见掌。

袁承烈来到洞口近前，只见从那阴湿的洞口闪出一点昏黄闪烁的火光。这点昏黄的光焰，更衬托得洞口这里鬼影憧憧似的。袁承烈虽说是闯荡了这些年江湖，险恶的事多少总见过，哪还至于这么害怕？只是像袁承烈这种武林中人，虽是寄迹风尘，江湖浪迹，实非本愿。自己不过为求名师，投益友，别求绝艺，报师门当年废长立幼的奇耻大辱；虽是愤走辽东，并没经过大凶大险，大风大浪，虽是免不了露宿风餐，可没到过穷荒野旷的地方。今夜在佛力山，是身临险地，饮食断绝，又遇到这么两个凶残无匹的江湖怪客，已经是触目惊心，赶到两下里千豹峰较技，生死呼吸，更见凶残。自己虽是暗地潜踪，与他们两下里无仇无怨；可是自己暗地偷窥，深犯大忌，当时倘或稍一不慎，就有性命之忧。不料事情变得非常，那萧二蛮子竟与冀北人魔两下受伤，全是各自施展辣手，全想把对头置之死地，结果弄得两败俱伤，玉石俱焚。自己跟踪的缀下来，事出意外，萧二蛮子竟在离千豹峰不过十几里地的隐僻之地潜踪匿迹，自己一个旁观局外人，居然恋恋欲观究竟，直又耗到昏夜，一来山风凛冽，周体寒冷如冰，二来身临险地。萧二蛮子是否真个病倒，尚在疑似之间，自己此时慢说落在萧二蛮子手内，就是落在那小霸王申凌风手内，也不易讨了好去。就算自己胜得过申凌风，可也不愿替别人顶缸，做焦焕的替死鬼。自己冒着奇险，可不能不亲身察看一下了，当下潜身洞旁，又有枯藤蔓草，风过处，摇动发声，洞中又闪出那形同鬼火的微

光，令人不得不疑鬼疑神。

袁承烈才往前一探步，还未到萧二蛮所居的洞口，只在邻旁一洞一溜而过，从这邻洞突然有枭鸟跟蝙蝠全被惊起，吱吱的连声惊叫，这种刺耳的声音，令人毛发皆竖。自己忙收拢心神，把气提住了，容这怪鸟飞远了，再往前进。哪知那洞口的昏黄微光一暗，突然有人探身向洞外察看。自己在暗影中细辨这人，仍是那小霸王申凌风，袁承烈稍微地放了心，自己遂在暗中注定洞口，先看看四面，好在申凌风略事查看，就又缩身退回洞中。

那时山风愈大，草木皆兵，那洞口昏黄的微光渐渐隐去，袁承烈道声惭愧，这真是天假其便，自己遂慢慢移近洞口，只见洞口这时风声很大，自己纵有声息，丝毫听不出来。来到石洞口，见洞内前半段黑暗暗的，遂悄悄蹑足进了洞口，贴着左首的石壁往里看。先是任什么看不见，赶到仔细一瞧，见入洞口往里丈余远，又现微光。这才看出来，洞口往里经过丈余的小巷，得往右拐进去，大约萧二蛮存身所在，就在转角处。

袁承烈蹑足潜踪地来到转角处隐住身形。往里看时，只见阴沉沉的，里面没有多大的地方，山洞只有两丈见高，深却看不出。靠东面石壁，像有一床石榻，石榻上是黑暗暗的，隐约地看着似有一人。灯昏洞暗，看不出是否就是那位萧二蛮子。这时忽见那小霸王申凌风猛向洞口走来，袁承烈吓得赶快往后一撤步，想要退出这石洞的夹巷。只是生怕一个脚下稍稍放重了些，被小霸王申凌风觉察，反致误事。事到临头，退也无益，索性给他个豁出去，真要是他撞出来，也只好凭自己这身武功，跟他拼着斗一下。

当时袁承烈这一破出死去，想跟敌手拼，倒算对了，那小霸王申凌风倒是往洞中这夹巷走来；可是只往内洞的转角，走了两步，似乎拿了件什么东西，脚步慌张，跟着仍旧回去。袁承烈竟也被他闹得胸头怦怦跳个不住，自己稍稍稳了稳心神，又悄悄溜到了内洞口，往里察看。

那小霸王申凌风把一个石块堆的火灶燃点着了，用一铜鼓子烧水，洞里弄得烟气腾腾。在墙上有一个凹进去的石窟窿，里面摆着一个满盘着松脂的石碗似的灯火，已经燃着。只是这种形如鬼火的灯焰火光既不大，又夹着一团烟雾，更显得黑暗暗的。

这个小霸王申凌风眉头紧皱，生火煮水，不时地回头听听看看。小霸王申凌风一闪身，这才看出那石榻上躺的正是那名震江湖的萧二蛮子。萧二蛮子这时面色如同青砖，这份难看简直如同活死人一样。不一时，小霸王申凌风把水已煮好，端到床前，把墙上石盏的松脂油灯端到床前，俯着身形低头问道："师叔！你老这时可好些了吗？"石榻上那气息仅存的江南名捕快萧二蛮子，用微弱的声音，颤声说道："你不用害怕，我大约一时半时还不致死，不过我要想生出佛力山，只怕不易了。"

那小霸王申凌风凄惨惨地说道："师叔你不论如何，你不能死。我们爷们江湖道上闯荡一生，若是这么无声无息地扔在这里，也太不值得了。你能够将就支持着，容我把你保护着离开这佛力山，我把师叔你安置得落个善终，我再给你报仇雪恨。你要是这时有个好歹，教我怎样把你的遗体运出山去呢？"小霸王申凌风说到这里，不禁落了两点英雄泪来。哪知自己一低头，泪珠落在萧二蛮子的脸上；萧二蛮子被这一滴热情的泪，激得精神一振，把倦眼睁开，哑声说道："你再给我点水喝。"小霸王申凌风见师叔要水喝，似乎欣喜得不知所以，忙答："有，有。"立刻把那用冰煮成的水送到师叔口边，把师叔的头搬了搬，给喝了两口，随说道："师叔，你老不要心窄，你老一定不要紧，你的五福七宝追魂丹，不是有起死回生之力吗，难道轮到自己本身，总没有效力了吗？"这位萧二蛮子叹息了一声道："唉！你哪里知道，你等一等，我少时说与你，就明白了，你把我扶起来。"

小霸王申凌风随即慢慢地把萧二蛮子扶了起来。这一坐起来，萧蛮仅仅地往起一坐，立喘得肩头起伏得不定，袁承烈藏

在黑暗中，暗暗点头，心说这么一个惊天动地的英雄，如今一受伤，竟自无法支持。看起来盖世的英雄也禁不得伤和病。萧二蛮这次又和平常的患病不同，身受内伤，离死已近，哪还有一分气力。那小霸王申凌风已经把他师叔扶得坐好了，即挨身坐下，半扶半靠。萧二蛮子喘息了半晌，随即向小霸王申凌风微点了点头，立刻道："你不要想那些傻事了！我这种内伤过重，就是有灵芝仙草，也难续我这条性命。冀北人魔焦焕，想不到竟敢施用九星钉形针。我连中了三针，还全打中了穴道，试想我就是铁打的金刚，也搪不过去了。我还仗着内功已臻炉火纯青之候，又有五个七宝追魂丹提住了中和之气，元阳不散，苟活一时，我在先还梦想着能够将就着出去佛力山，不料这种九星钉形针，终是奇形阴毒暗器，发作起来，厉害无比，我实敌不住了。看这种情形，我至多能挨到明日午刻，所以我教你把我背到这样隐僻的洞中。凌风！你不指望别的了，这就是我埋骨之地了。"

这时小霸王申凌风听到他师叔说出这种没有指望的诀别的话，不禁簌簌泪如雨下，强忍着悲痛，向萧二蛮子道："师叔！既然是身受奇形暗器，无法挽救，弟子也无面目再生出佛力山了。弟子不手刃此贼，誓不为人！"说到这里，怒眦欲裂，痛不欲生。那半迷半醒的萧二蛮子，此时又躺在床上，似也听得小霸王申凌风这句话，似要拼命，立刻把倦眼微睁，看了看申凌风，微微叹息着，摇了摇头，声音喑哑地说道："凌风，你扶我起来。"申凌风道："师叔！你要坐起来吗？我看你还是躺着吧！坐起来，恐怕不大好吧，您有什么话，躺着说不一样吗？"

萧二蛮子在枕上摇了摇头道："不要啰唆，快扶我起来。"小霸王申凌风不敢再多言，忙轻轻把师叔扶了起来，半躺半坐地倚在那里，紧紧地被小霸王申凌风搀扶坐起，就一阵气喘吁吁的，缓了半晌，才把气沉下去。教申凌风把那松脂油灯焰又拨大了些，随即向申凌风又要了口水，润了润喉咙，抬头向小

霸王申凌风脸上注视了半晌，把小霸王申凌风看得不禁心头怦怦跳个不住。自己也向师叔面上注视着，见师叔的脸惨白得如纸，非常难看，心中十分难过，想不到轰轰烈烈的名捕头，竟落这么个结果。可是要看这时的情形，或许还有挽救的可能，只是这依然是空空洞洞，毫无把握，自己哪能断定？想到这，心里又凉了一半，遂静待师叔发话，自己不敢妄加言语。

那萧二蛮子微喘着向申凌风道："我有两句话，你要牢牢记住，千万莫作耳旁风。此番我与冀北人魔焦焕来清算旧账，我们两人是赌生死，定存亡，哪想到我是终把敌人看得太轻了。我虽不是轻敌，想敌人久在江湖，不致拿出诡计来暗算我，就是暗算我也有法子防备，我又自恃在江湖道上数十年间，没有受过多大折辱，更以为与冀北人魔焦焕一别十载，我自己曾经刻苦地锻炼，把武林中仅有的绝技绵掌练好，在大江南北山左山右，精于这种掌力的寥寥，我想定能跟这匹夫一决雌雄。"一说到这里叹息了一声，随又缓了半晌，才接着说道："我就毁在了成见太深了，这就应了《拳经》上所说：'骄敌者必败。'我在江湖道上这些年，历来不敢那么狂妄过，顶到我竟自厄运当头，自己竟把江湖大忌忘了，以致自蹈危机。更有意料不到的，罗刹女靳三姑，这个劲敌贸然出现。九星针形钉，为江湖道上绝无仅有的暗器，三下夹攻，我哪会不毁在老匹夫的手内？虽是我临险撒掌，给了老贼一下重手，我这种掌力，能打金钟罩，善破铁布衫；他虽是内外功均够了火候，也不易逃得活命。"

萧二蛮子说至此，喘了口气，又道："只是所差的，他有那罗刹女靳三姑，做了帮手，这女人也是江湖绿林道中女侠盗，你哪里比得上她？她或者就许千方百计，救了那老贼的性命，我是准死无疑了。你不要痴心妄想，我还有什么指望，你只要打定了主意，想法子生出佛力山，再图将来。至于我的死后的尸骨，你不必挂在心上，你只把这石洞封堵严了，这就算我埋骨之地，哪里的黄土不埋人？我能免为豺狼所嚼，我也就

很知足了。"

申凌风含泪恭听着，萧二蛮又说道："你要照我的话行事，我有一纸绝命书，你把他拿回沈阳城，面见盛京将军。告诉他，我们师叔无能，只好来生再报答他的恩德了。这纸绝命书给将军看过之后，不要被他留下，千万把原书索回；不论受多大艰难困苦，要到广西苗疆，找你那师伯，威镇苗疆伏虎将军鲁龙滔。把这纸绝命书教他看看，他要是不肯再起争缠，你只跪在他面前，就提我临终说过，请他念在当年师门封刀立誓，传给他衣钵，获得本门最难得的绝技时，师傅在祖师座前，谆谆告诫他的话，他大约就可答应了……"

说到这里，萧二蛮竟力竭声嘶，把身子一仰，没有什么声音了。小霸王申凌风，吓得赶紧扶住了萧二蛮子，给抚摸胸头，又把热水送到唇边。萧二蛮子努着力地强呷了一口，发出低呻。袁承烈在外面看着，倒替这萧二蛮子十分凄惨，凭这么个惊天动地的人物，竟落了这么个结果。真是三寸气在千般用，一旦无常万事休，这种临死挣扎，令人好生难过。这位萧二蛮子竟自有虑死贪生之意，这倒不足怪他，蝼蚁尚且贪生，为人岂不惜命，看起来，生死是大难的。

那萧二蛮子又缓过气来，小霸王申凌风随又低声问道："师叔！你老这时好些，可要躺下吗？"那萧二蛮子颤声说道："孩子！别教我躺下，我一躺下，只怕再不易起来了，我的话你听明白了吗？"小霸王申凌风道："听明白了。师叔，我一定照着您的话去做。我若是能托祖师的保佑，能找着师伯，我按着您的话说了，师伯真能够答应吗？只是当年师爹倒是说的什么，师叔可能告诉我吗？"

萧二蛮沉吟了半晌才说道："我们恩师所说的话，并没有什么奥秘，只是教我们本着门户中的戒条：'为师门保名誉，虽死犹荣，为门户争存亡，舍生取义。'就是师门的唯一誓言，你想既有这种规诫，我那师兄，是师门中掌门户人，他或者不能推诿了吧？你扶着我，我还要写几句话。"小霸王申凌风道：

"既有这种门规，我去了极力苦求，谅能邀师伯的允许，助我复仇。师叔，弟子绝不能有负师叔今夜之言。师叔你老现在精神这样不振，怎好再写信呢？"

萧二蛮子慨然说道："你不要耽搁，我这仅余的一点精神气力，只怕是也就耗不长久了。快把那柳枝烧两段来，我用它代笔，好写我这最后遗书。"小霸王申凌风立刻到那洞角，把方才煮水的余燃又重新燃起，烧了几支细条儿的柳炭。小霸王申凌风自己先试了试，将就可以用了，遂拿到萧二蛮子的面前；又从包中找出一张纸来，已折皱得不成样子。申凌风又把一块平整的石头，放在了萧二蛮子面前，随又把那盏焰光闪烁小灯拿过来，放在那平石上。

这时萧二蛮子面色惨白如纸，形神非常，满面痛苦之色。小霸王申凌风更是一脸的惊恸之色，低声向萧二蛮子招呼道："师叔！您若觉着精神不振，还是稍歇一刻再写吧！"

萧二蛮子更不答言，只把头摇了摇，立刻把这无力的手伸出来，随即将那烧好了的炭枝拿起，向那纸上划了划，自己眉头一皱，把那炭枝一掷，立刻喘了半晌，低头往纸上看了看，用喑哑的声音说道："你看，盖世的英雄也当不得这伤痛病发，我连一枝炭条的力量全没有了，完了！完了！你看字不成字，你把那白纸再找一张来，再写吧！"

萧二蛮子只得将那炭条重新拿起，手颤得几乎把持不住，强努着力，向那纸上划了又划，跟着一阵干喘。小霸王申凌风两眼不住落泪，生怕被师叔看在眼内，不时借故扭头。萧二蛮似乎才写了几个字，又停住喘息，忽的一阵连连的咳嗽，竟自一扬头，喷出一口鲜红的血来，把个小霸王申凌风吓得不住地用布巾给师叔去抹拭口角的血迹。萧二蛮子又一仰头，竟放重了，咯噔响了一声，倚在石壁上。那小霸王申凌风忙得手足无措的，悲痛难忍，来扶捧师叔。这时袁承烈在外面也看得惊心动魄，惨不忍睹，自觉着气结神夺。

停了好半晌，萧二蛮子略微地缓过气来，倦眼微睁，看了

看小霸王申凌风，随即勉强挣扎着坐好了，又把那枝炭条拿起。这次手颤得更厉害，简直凑不到纸上。小霸王申凌风含泪说道："师叔！你老写不了，别写了，老天这么压着我们的头，不教我们喘气，我们认了命吧。弟子教师叔放心，凡是今天的事，我一定全都转陈大师伯，你老就不写，也是一样……"却又切齿生恨道："弟子莫看是剩有一身，弟子已经横了心，要不能手刃了那两个老贼，弟子绝不生出佛力山……"

萧二蛮子忽地把那炭条往石头上一放，立刻双皱眉头说道："你你……你说什么？你见我死，你难道尚不念我待你十余年爱护之恩、师门中的情谊，就这么忍心地把我这血深冤仇置之不顾了。完了，……可怜我……英雄一世，惨死在……仇家手内，你那么小不忍，我可就连个报仇的人也没有了。"说到这里，那业已枯干的两眼里，流下两滴清泪来，只有唏嘘不止，也看不出是哭来，还是叹息。

小霸王申凌风忽地往那石榻前一跪，两手拉住了这位萧二蛮子的手，失声哭道："师叔！师叔！我焉敢稍背师叔的命令，弟子是抱定了与师叔共生死同存亡。弟子虽是无能，既有小霸王的绰号，总还有师门中的些许功夫，我要手刃不了此贼，我还有何面目再见江湖的同道？弟子纵然是铁打心肠，哪忍抛下师叔的尸骨，独自逃命？弟子我要凭师叔的护佑，潜入千豹峰，刺杀冀北人魔焦焕和那罗刹女靳三姑，我明着不敌，还可以暗算。他们怎么暗算师叔，我就怎么暗杀他！弟子我若不能如愿，死也就不瞑目了！"

申凌风怨气冲天，一番苦诉。那萧二蛮子此时被小霸王申凌风这一阵哭，给哭醒了过来。睁着两只昏沉无光的眸子，向申凌风看了又看，喉中似有痰拥着，竭力低着头，往下咽了又咽，长吁了口气，向小霸王申凌风道："你这是作甚？唉！事到如今，你急死也无益。前世冤家，今世冤家，今世对头，我们就是愿意解冤解怨，也无用了。凌风，你还是快快扶我把这纸绝命书，替我写了吧！现在一分一毫的时光，不要给空空耽

误过去。我这有限光阴，要带去无穷恨事！”忽地抬起头来，向身旁和洞门这边注视，两眼竟是精光闪烁；跟着又往洞顶上翻了翻眼波，一咧嘴，格格地笑起来了，这种笑，笑得无因，跟着从外面吹进一阵风来，只见洞内那个光焰惨惨的石灯，灯火被这风吹得往下一塌，眼看着要灭，倏地光焰骤长，夹带灯上火苗子长起数寸。

袁承烈看得一阵脊骨冒凉气，自己几乎就得赶紧逃出来。虽则一身的武功，闯荡江湖，不能信那怪力乱神之事，只是眼前这情景，太觉触目惊心了，这潮湿的石洞，里面四壁阴霉，已经久无人迹。这萧二蛮子形同活死人，面色惨白中带着青砖色，再衬上这盏昏沉黑暗的油灯，洞中已如鬼域。更加难听的是萧二蛮这一声惨笑。那哪是笑，简直比哭还难听。袁承烈这时毛发皆立，再忍耐不住，闭着气，一步步悄悄地退了出来。自己长吁了一口气，立刻精神一振。自己暗叫自己：“袁承烈，袁承烈，你枉在江湖上闯荡了。这已到紧要关头，你不看他个水落石出，反倒撤身出来，你怯的是什么？”自己想到这里，精神重振，立刻重新蹑足轻步，进了石洞，再往里偷窥。里面的局势一变，已不是方才的景象了！

只见萧二蛮子那脸上红润润的，似乎病势已有转机，面色不像方才那样惨白。这位萧二蛮子口中话已有了声音，不像方才那么力竭声嘶。手中正拿着那枝炭条，振腕疾划，刹那间把那纸绝命书写完，把那支炭条倏地往石桌上一掷，好像心事已了，立刻闭上眼，而在同时，脸上的神色一时比一时又变难看。小霸王申凌风道：“师叔，您所惦记的只有这事了，师叔，你还是歇一歇吧！”

萧二蛮子突然睁眼，厉声说道：“对了，我该歇歇了！我没有什么挂念的了，我现在心意空空……现在是什么时候了？”小霸王申凌风道：“现在已是三更过了。”萧二蛮子哦了一声，神情陡呈死色，一时比一时难看，跟着汗珠子像黄豆似的往下流。两眼一闭，身上有些颤抖。

这一来，小霸王申凌风已看出不好，可是自己也是束手无策。想把师叔的伤药拿出来，再给服些，也可以暂延一时。忙在师叔身旁，把那药瓶子找着，方凑到了面前。哪知那萧二蛮子这时忽地把眼皮撩起，看了看，把头微摆了摆，向申凌风只说了声："你不要多费事了。今日今时，是我归期，凌风，凌……风……"申凌风忙叫道："师叔！师叔！这是怎么？师叔！您真舍我远走了……"

申凌风痛放悲声，号啕大哭。只见那萧二蛮子往后一仰头，喷起一口鲜血，身子一挺，立刻绝气身亡。小霸王顿足抱头哭了半晌，把那盏石灯挪开，自己环顾石洞，任什么没有，真是一筹莫展。不禁顿足切齿道："师叔！您在天之灵有知，可得请你助我复仇，师叔，我不能遵从你的遗言了，我不杀此贼，绝不生出佛力山了。"

申凌风目送逝者，精神大受刺激，他竟忍耐不下去，他也无心再料敌人的强弱。先把那纸绝命书折叠好了，揣在怀内，然后把萧二蛮子的遗体放平坦了。可怜一世英雄，临死竟落了这么个结果。小霸王申凌风自己拭了拭泪痕，把身上的衣服结束停当，把一个包裹拿在手中。忽然又向死者的身后找出一件包裹，打开了看了看，里面是萧二蛮子的遗物，仅是些零星物件。当时小霸王申凌风把里面两件要紧的东西拿到手中，放在自己包裹里。把些无用的衣物，全扔在死者身旁。

第九章 申凌风衔恨行刺

这时也就是三更将过，在没有人烟的地方，凡是久涉江湖的，全能够望着星斗，辨时辰，不爽毫厘。当时这申凌风把自己身上全收拾好了，跪在萧二蛮子的尸体前，恭恭敬敬拜了四拜，热泪夺眶而出。袁承烈知道这申凌风定要誓死报仇，这事实多危险。冀北人魔焦焕已经身受内家掌伤，这时生死尚且不保，小霸王申凌风虽是武功和他相较，相差甚远；可是，一个是已受伤，一个是矫捷的少年，那么焦焕定要遭他毒手。袁承烈转想到自己，既已目睹此情，到底是袖手旁观，还是驰往告警？还是此刻过去，与申凌风一较身手？袁承烈左思右想，不得主意，因思想第一步先得躲开此处。自己方才转身，突听得那小霸王申凌风咦了声，跟着跺脚道：“赶情师叔也把梅花定形针带来了。这种暗器既在手中，怎的竟自心存忠厚，不肯使用。可是老贼竟施展毒手，师叔你死得太冤了！”

袁承烈这时已回身来查看，只见那小霸王申凌风拿着一个圆竹筒，仅比袖箭略粗些，比袖箭筒短寸余，形式奇特。小霸王申凌风把这只暗器，就着灯下看了又看，随又向死者的衣襟

下摸索了半晌，拿出一个皮折子来随手打开。只见皮折子里一排插着十只钢针，虽是洞内灯光黯淡，皮折内的棱角钢针也烁烁放光。申凌风把这皮折子放在怀内，脸上的情形不似方才那么惨淡。仰面一声惨哭，转身向那死者祝告道："师叔，你在天之灵有知，定能原谅弟子的一番苦心。弟子生死已置之度外，无论如何，也要与师叔报仇雪恨。我若手刃不了此贼，绝不罢手。弟子只不知师叔何以不施用最后一着，既已防到对手要用撒手暗器，自己也把立誓轻易不一用的梅花定形针带出来，自己怎么还是甘受人家的暗算，师叔师叔？你你你不肯一试本门的绝技，你存心忠厚，谁肯以忠厚来待你？把一世英名，断送在佛力山，埋骨石洞，实在太冤了！弟子虽落不尊遗言之罪，亦要与焦焕老儿，拼一拼最后生死！"

小霸王申凌风咬牙切齿，忿忿祝告完了，回转身来，已先一步向洞外就走。这时袁承烈翻身蹿向石洞外，匿身枯藤蔓草中，见那小霸王申凌风往那石洞门，搬运那枯枝乱石块，来封堵住了。袁承烈揣测申凌风这种情形，定然得耽搁不少时刻再走，自己夜行术的功夫，未必是他的敌手，还是赶紧跑到前头等他去。遂悄悄地移动身形，往这石壁下退。退到了下面，仗着黑夜里，又有山风吹着，草木作声，自己脚下虽有些声息，倒不致被小霸王申凌风觉察，沿着一片荒凉的丛岗，往千豹峰斜趋而行。走了一个更次，千豹峰已在目前。自己在僻处歇息了半晌，重把身上结束了一番，看了看千豹峰前，并没有一毫动静。袁承烈悄悄地来到了千豹峰的石壁下，随即掩到冀北人魔焦焕的石洞前，侧耳听了听里面，似乎隐隐发出呻痛的声音。

袁承烈冒着险，往里探了身查看，只见里面的光亮不住地闪动。袁承烈知道自己现在身临险地，此处比刚才凶险多了，一个不小心，把里面的人惊动，那罗刹女靳三姑手黑心狠，不比小霸王，弄不好自己还许做了小霸王的替死鬼，袁承烈预计到这一点，自己把身形潜移着，时时顾及着退路，又生怕那小

霸王申凌风在这时赶了来，自己落个腹背受敌两面不讨好，其势更糟。袁承烈把身形隐蔽着，往里一查看，只见里面靠石床上躺的正是冀北人魔焦焕。那罗刹女靳三姑却是忙忙碌碌，奔走不迭，正收拾着一切，看情形是预备着迁移的模样。

忽然听那冀北人魔在床上发话道："你不必费事，我的伤痕过重，不经过多日的调治，不易活了。何况我这是二次重伤，哪能那么容易逃得过去？更有那小孽障，暗地潜伏，你既算定那老鬼出了佛力山就得毙命；那小孽障你莫要轻视他，他是武勇不足，拼命有余。你不要再顾忌我了，我是只能有这点余气，还有什么顾惜的。你不要以我为念，我是绝不想再离此地了，你不必费事了。"袁承烈半听见，半听不见，猜测人魔定不想迁居。

那罗刹女靳三姑果然说道："负伤虽重，还不致就有意外，你别气馁。你要知道我罗刹女靳三姑历来不肯安心认命，无论遇到多大阻拦，我也得尽我全力，争取一步算一步，我是不服气，不认输的。什么小霸王申凌风，不过小屎蛋罢了，可是这小屎蛋不随手除去，终为后患。我叫你避开，我正是为放开手脚，才好斩草除根。你明白吗？"那冀北人魔焦焕咳了一声道："我看我是空自撑命，未必能多活几时。你要背走我，不过教我再受一回活罪罢了。你还是不必费事了，你容我安安静静地死吧。"

那冀北人魔焦焕还要说话，那罗刹女靳三姑锋芒毕露，沉着脸色一摆手，立刻把一只包裹提起，一矮身，以脊背凑到冀北人魔身前，冀北人魔面色十分难看，万分无奈地把双臂向这罗刹女靳三姑的两肩头一搭，立刻被这横行江湖的女盗侠背起来。

这时袁承烈不敢再在这里耽延，赶紧地撤身退到外面；藉丛草荆棘遮住身形，再容这两个名震江湖的怪杰离开洞门。见这位罗刹女靳三姑背着这么个受伤的丈夫，毫不显得累赘，顺着千豹峰下，绕向峰侧从洞门这里往后峰走，是个斜坡。冀北

人魔夫妇匿居的石洞，是在这千豹峰下。这时往峰后去，得顺着峰侧一片越走越高的巉岩小道上行。这时虽有斜月疏星，可是到处树木丛杂，极容易隐蔽行踪，袁承烈冒着寒风冷露，一步不肯放松，暗中仍然紧缀着走。罗刹女靳三姑白发飘飘，两鬓泚着一缕白发，背着重伤的丈夫，纵跃如飞，两只光若寒星的眸子，往四面一顾盼，傲然拔步，不东张，不西望，辨着崎岖的山路，眨眼之间，已奔到离峰后不到一箭地。

袁承烈暗暗佩服，这个母老虎白发盈头，居然还有这么精纯的本领，可见盛名之下，无虚士了。自己远远溜边，蹑足跟缀，突然听身旁的荒草，唰啦的一响，嗖的一条黑影，如飞的向前蹿出去，袁承烈吓了一跳，仔细一看，果是个夜行人，当时袁承烈竟被吓了一身冷汗。这一来自己暗叫自己，袁承烈，袁承烈，你这可是命不该绝，这要是来人有心料理自己，不论人家明着暗着，自己全算完事；想到这越发悚惧不宁，虽是觉得一身危险过多，当前最紧的还是得看明白，这暗袭过来的夜行人究是如何人也？或者就是那萧二蛮子的师侄小霸王申凌风？想到这里，重振精神紧纵身形，往前追赶，还幸亏山风劲疾，风过处，草木有声，袁承烈的轻功提纵术，比起所遇的人，似乎略逊，可是有这片风吹草木声，算是无形中帮助了他。往前几个飞身纵步，已离那新追来的夜行人仅有四五丈远，那夜行人竟也与自己不谋而合；他也是避着前面的男女两个绿林怪杰，在这时，袁承烈脚下的声音似乎大了一点，这人似已惊觉，猛一回头，脸正对着斜月，袁承烈不禁一惊，急忙缩身止步，往旁一藏。

这夜行的正是袁承烈时刻悬系的小霸王申凌风到了。袁承烈知道已到了紧要关头，这时自己正停身在一座数尺高的石笋后，纹丝也不敢动。见那小霸王申凌风略向自己这里看了看，并没扑过来，仍自躲躲闪闪，跟定前面二老。袁承烈这才知道他赶情还是没有发觉自己的形迹，把悬起的心又复落下；仍然是暗中缀着前面这三个夜行人，这么暗中追迹着前面的两拨三

个人，袁承烈惟恐怕露了行藏，哪还理会走出多远。袁承烈只觉得夜风更大，气候更冷，仔细一看，已到千豹峰半腰。前面的二老折转方向，竟向一段凹下的斜坡走去。

袁承烈留神往前边一打量，只见再往前走，那段乱石坡被长林丰草所掩映，连星月之光全照不到了，满目尽是一片漆黑。看这情形，前面的罗刹女靳三姑一定另有诡谋。自己悄悄地隐蔽着身形，只离着二三十丈远，忽见那前面的小霸王申凌风不时地缩步停身，不再往前疾走。袁承烈知道愈追愈近步步展危蹈险，可是不能把自己所打定的主意变了。袁承烈此时唯一防身的利器，就是一柄犀利的随身匕首，一串极大的青铜钱，旧日师门的三绝艺之一的金钱镖。自己虽曾因为习练不精，受辱师门，本决意要另投名师，别求绝艺，与师弟俞振纲（即江南成名的十二金钱俞剑平），一较长短。可是自己变名易服，流浪江湖，名师未得，壮志未酬；为的这种暗器十分便利，俯拾即是，遂仍在行程中，背人不时借它练手练眼，仅以防身备患，虽是没肯下纯功夫去练，无形中不知不觉地竟自较在师门中有了进步。今夜把自己夹放在他们双方死对头的中间，须防顶缸，又恐迁怒，自己手中又无别的暗器，遂仍然拈了几枚较大的铜钱，扣在掌心，以备万一之用。

袁承烈冒着奇险，每到山风一过，草木唰啦啦的一响，赶紧的乘机一纵身，这样眨眼间，只距着脚步放慢的小霸王申凌风十六七丈远近。再看那罗刹女靳三姑，竟纵身一跃，超越过两丈宽的山涧。

袁承烈好生着急，因为这一带已渐形黑暗，竭尽目力，才看出那罗刹女真个胆大包身，敢情飞渡到深涧那边，那边竟不是平坦的山道，竟是片乱石淫积的斜山坡，也看不出这片山坡往上去有多高。这种地方，慢说是还背着一个受伤的人，就是空身一人，往对面纵身下落，也危险万分。既是斜坡，又尽是浮石头块儿，往上一落，下盘功夫稍差的，脚下一个捋不上劲，脚下的碎石一滚，掉在山涧里，就得粉身碎骨。罗刹女靳

三姑在那里乱石坡上，略一驻足，真如置身鬼域，再看那小霸王申凌风，也是站在涧边上，止步不前，略略地迟疑了一会儿，看情形是查看对面的虚实。随见小霸王往后退了两步，猛的一耸身，也蹿过涧去。这一来可把袁承烈难住了。自己蹑足来到方才他们两人立足之地，仗着这一带连月光全被峰岭遮住，一片漆黑，身形还比较容易隐蔽。这时一细看这道山涧，宽约两丈左右，那边是一道斜起的石坡，乱石堆积，间或有的地方长起乱草树秧，往上看去，五六丈外，黑沉沉一片，竟看不出形状来。那罗刹女靳三姑，以及小霸王申凌风，全是踪迹渺然，不知去向，袁承烈急的心如火炽，此时反不觉着凉了，自己忽地毅然决定，不论若何危险，自己绝不能半途而废。

袁承烈看准了这道山涧，宽在两丈以内，若在平地，就是两丈五六，也可以一跃而过。不过这危如叠卵的地方，任凭怎样胆大，也未免心情较平时差得多。袁承烈遂把身上结束利落，暗想自己若是与冀北人魔有缘，或可一跃而过，若是自己和他没缘，也就葬身涧底，再不然便被他们发觉，惹起误会。自己想罢，往后退到六七步远，腾腾地往前紧闯，到了这边，脚下用足了力，嗖地往涧那边蹿去，赶到身形往下一落，倒是脚点着石坡，就觉脚下的石块一滚，自己身形哪还收得住势，悠的竟倒着往下翻来。心说：“完了。”眼看着就要滚到涧去，忽的左脚又一滑，伸手急一抓，又扑的往前一栽，无意中，手捞着一根藤萝。袁承烈生死关头，哪还敢放手，牢牢抓着这根藤萝。虽是仗着这根藤萝没滚了下去，危险万状，虽然胆大，也吓了一身冷汗。

袁承烈略缓了缓气，定了定神，小心翼翼地站了起来，往石坡上一步一步试着走，往上走了十几丈，这才看出：莫怪他在那边竭尽目力，只是看着上面一片漆黑，原来前面是壁立的一般峰腰，阻住上去的道路。袁承烈仔细一看，这上面已经无路可走。不过明明见他二老已经奔这上面来的，这时忽地失了踪，这岂不是怪事？赶到沿着这壁立的峰，一查看，这才明

白，原来这峰侧另有一条道路通着旁处。

袁承烈这么失足滑倒，有很大的声音，这可全仗着山风阵阵，把一切的声息全遮过去。自己绕着峰来，往前查看，一条荒草没径的小道，非常难走；自己设着往前试了下去，直走到山峦阻绝，不见人影，忙又折转回来，往四面搜索，如此多时，忽在山凹深处。隐隐于二三十丈，陡现一片鬼火似的，有人在那里打火。那火光，只一闪不见，看情形似又折转身，随火光，往前试着查看，果然那里竟是一个隐秘的所在。自己还提防着小霸王申凌风，生怕被他撞上，赶到切近这才看出那紧贴着峰后，乱峰环抱处，是一所茅棚，那里升起一片枯枝的火，照耀得那茅棚时隐时现。却在四面被林岗所蔽，越登高越看不出来。那罗刹女靳三姑已把那冀北人魔焦焕安置在里面，想必见到此处隐秘，不易被仇人发现，但是燃火取热，竟泄露了隐秘。罗刹女在此时却不时地出入。唯有申凌风，想是走错了道，此刻又已不知去向了。袁承烈试着从草木丛中，欺到茅棚侧，才看出这地方绝不是罗刹女亲自布置的。这茅棚很像是修道人苦修之所，被她发觉了，利用在这里，作隐匿行踪之所。遂见那罗刹女靳三姑，忽的面向芦棚里说道："你看这个所在可够隐秘的吗？量那小孽障纵然精明，也不容易发觉。你在这暂时忍耐，我去弄点水，给你服药，顺手把小孽障了却了，以除后患。"

跟着听得芦棚内那称雄一世的冀北人魔焦焕，竟自力竭声嘶的，很带着气急败坏的声音，不住拦阻。那罗刹女靳三姑，却有些不耐烦，略嘱咐了两句，居然连说："不要紧，我立刻就回来。"丢下病人，转身就走，袁承烈伏身在深草中，连动也不敢动。那罗刹女靳三姑匆匆顺着山峰后的那条僻径，直趋峰前，眼见得罗刹女靳三姑身形已没入黑影中。袁承烈此时不禁不由得竟自心头惴惴跳个不住，自己也不明白何以忽的抑制不住自己的心神，莫非眼前就有什么巨祸？敢情他倒是推测着了，就见临近芦棚前的一排小树后，倏地一条黑影晃过，一眨

眼已到了芦棚前。虽仅看见这人背影，但是已看出这人竟是那小霸王申凌风，他到此时也摸来了。那对鸡爪双镰仍在背后背着，在暗影中身形站定，向左右前后察看了一过，虽不时地有风吹草木摇动摩擦之声，小霸王申凌风并不介意，各处一望，一耸身已到了芦棚前。

袁承烈不禁大骇，仓促不遑思忖，双臂一分隐身处荒草，立刻腾身一跃，扑到了芦棚的右首。心想："罗刹女失着了！冀北人魔要坏，要栽！"但是那芦棚内冀北人魔焦焕，他已经发了话，他竟有觉察，发声道："什么人大胆窥探，不要命了吗？"哪知小霸王申凌风绝不隐藏，反因人魔这一呼，心花一放，自庆得手，往芦棚前欺了一步，公然发话道："冀北人魔瞎了你那死肉眼，相斗半月，连你小爷全不认识了吗？小爷特意来找你要命！"

袁承烈这时也欺身到离芦棚仅仅相隔三两丈左右。那小霸王申凌风，只注定了芦棚内的冀北人魔焦焕，绝不疑这种幽秘之地再有第三人，袁承烈在先只能看到小霸王申凌风，芦棚里是一点看不见，此时也就不顾一切，悄悄从乱蒿中移到斜对着芦棚的一堆隆起的巨石后，这里把芦棚一带一览无遗。

这座芦棚有两丈见方，全是茅草搭架的，只有后面用巨石挡风，做成一面墙似的。左右前三面，没有遮拦，里面用青石搭了一架石床，在芦棚前，用石头砌着一只炉灶，这里不是山林隐士之居，就是采参客暂栖之所，赶到他一走了，竟把这芦棚丢置在这里，没人用了。这种地方平常人休想到得了，就是那惯走山路的，也没法子飞渡这道深涧。哪想到这种隐秘之地，依然有人发觉呢？这袁承烈偷往芦棚仔细一看，只见石床上端坐的正是那冀北人魔焦焕，脸色说不出是灰是白。这种地方，莫说他还是个受重伤的人，就是好人，遇到这种黑烟腾腾，昏黄的木柴火光，时明时暗，不时被山风吹得它摆摇欲灭的景象，若不是准知道面前是何如人也，必得疑心遇了鬼魅。冀北人魔的两肩头不时往起耸动，可见他内伤够厉害的了。此

时映着鬼火似的那两只深陷的眸子，竟蕴含着凶焰，注定了芦棚外面。

这时小霸王扑向芦棚，冀北人魔嘴唇一动，右手一抬，突听小霸王厉声叱道："老匹夫！你敢动手，我先要你命，把手放下。"可怜冀北人魔焦焕，在江湖道上是多大的英雄？此时直似是困笼之兽，网中之鱼，哪还敢挣扎！伸出的手真个缩回来，喟然长叹道："小畜生！你这算得什么英雄？我焦焕现在身受创伤，形同木偶，慢说你这小畜生，就是个妇人孺子，也能把姓焦的置之死地；不过你这算的什么英雄！你把江湖朋友的脸面丧尽，小畜生！你的来意我不问便知！"说到这里，哈哈一笑道："我准知道萧老二已经奔鬼门关先走了！你这小畜生胆大包身，竟敢来报仇。你不用这么横眉怒目，你那该死的师叔，他竟不全告诉你，我焦焕是何如人也？你想动我，是否如了你的愿？你纵然得手，你出得了佛力山出不了，你全没打算好了，小畜生！你管前不顾后，这也是你阳寿已终，该着你们爷们全埋骨在这里，你死在目前，尚梦想杀人。小畜生，我早算就你一定要来的，我这里早有提防，小畜生你看，我这里可是没人吗？"

说着用手一指左侧，袁承烈吓了一跳：只疑自己行藏已被识破。哪知那小霸王申凌风一声冷笑道："老匹夫！任你怎样鬼灵精，也是白费了，小爷不会上你的当。就是那老虔婆来了，我也是先杀了你这老匹夫再讲别的！我只问你，我爷们与你有什么深仇大怨？竟敢下这种阴谋毒手？我师叔两次饶你这老匹夫不死，你是恩将仇报，竟敢潜施暗算，我师叔早就察明你这老匹夫有一种九星钉形针，为最阴毒暗器，我师叔想着与你没有不共戴天之仇，你绝不能使用这招江湖大忌的暗器。我们爷们此来实具开脱你这条老命之心；只要你能教我们爷们在玉九面前交待得下去，我们必不再逼迫。哪想到画龙画虎难画骨，知人知面不知心，老匹夫你竟恶狠心毒形同禽兽。我师叔过分仁厚，才遭了你老匹夫的暗算，我们拿着大仁大义来对江

湖道中人，你却要一心用阴毒险诈来害我们师徒。上天有眼，居然你们也有漏的地方，斩草没除根，留得你小爷在依然是要你的命。那老虔婆比你还狠辣！她居然想到小爷身上，要追取我的性命！老匹夫，可惜晚了。要在我师徒败走时想起来，我这条命早断送在你们手里，你们依然可重踏江湖，再显身手，江湖道上还得让你横行。这才是人容天不容，天夺你魄，让你费尽了心机，也是枉然；老乞婆竟会丢下你这死鬼，滚到别处，这才是害人终害己，我要不把你这老贼亲手料理了，教我师叔在九泉之下也难瞑目！话已向你说明！老贼你死吧！”

猛然间小霸王将右手一扬，在暗中潜伏的袁承烈，竟忘其所以，禁不住要伸手来争难救危，他只知道小霸王申凌风的暗器一出手，那冀北人魔定要当时废命。他已无暇细评谁是谁非，人总是同情于弱者，他也不管手法准不准，把金钱镖觑定小霸王申凌风就打，唰！唰！两枚金钱全命中了小霸王申凌风的脉门上。

小霸王申凌风一甩手，当地把掌中的那支梅花定形针摔在地上。小霸王申凌风痛极愤极，往旁一跳，袁承烈真想不到自己有这么重的手法，两枚金钱竟把敌人的腕子伤得很重。那小霸王申凌风立刻把两眼一瞪喝声：“老匹夫！你暗伏党羽，我没想生还，我依然能要了你这老匹夫的命！”

小霸王申凌风竟想以性命相拼，要扑过去和这冀北人魔焦焕作最后的一击，哪知冀北人魔焦焕先往袁承烈这边看了一眼，竟自转面怒叱小霸王：“小冤家，还妄想和老夫拼命！你死在目前，空发狂言，你回去吧！”

冀北人魔焦焕猛的一扬手，袁承烈此时乘他们两下怒骂中，自己欺身到了芦棚的左侧，预备小霸王申凌风果然若是真个和冀北人魔二死相拼，他就不再顾及一切，伸手动他，也不想和他拼个生死存亡，只打算施展暗器，或用匕首，把他吓走了。故此这时袁承烈竟不计利害，欺到芦棚前；见两只钱镖完全命中，此时小霸王申凌风竟不惧暗中埋伏，安心要与冀北人

魔焦焕以死相拼。那焦焕身躯纵不能行动，两手尚能动作，就见他右手一扬，袁承烈一眼瞥见他掌中扣的正是九星钉形针。袁承烈大惊之下，知道他只要拇指一动，小霸王申凌风又要继萧二蛮双双殒命，自己既不顾焦老英雄遭了意外，也不愿下井投石，赶尽杀绝。飞豹子袁承烈又一个不遑思索，竟自把掌中预备没打出来的三枚钱镖，唰唰唰，照焦老打出来。

莫看袁承烈在太极丁门中打这种暗器没练到家，可是名家传授，毕竟不同。此时相离又近，敌人又在明处，自己却在暗中，处处占着便宜。故此两次连发钱镖，一一打中。向焦老发的这三镖，是一只奔拇指，一只奔腕子，一只奔三里穴，人魔焦焕已觉出暗中有人救己，此时蓦地见暗中也有人暗算自己，仅仅把第一只钱镖躲过，可也没完全躲开，两枚钱镖竟打在手腕子上。袁承烈虽没敢用重手，可是相离过近，镖镖见血，焦焕竟把他暗器脱了手。那小霸王申凌风本是往这边扑的，及见冀北人魔依然握着那狠毒的暗器，自己哪还敢再往前欺，只得往旁一纵身，出于无心中，正落在袁承烈隐身旁边，袁承烈低低喝道："你不赶紧逃命，罗刹女这就转来，你死无葬身之地了！"

小霸王申凌风还在游移，冀北人魔竟扯着喉咙，怪叫了一声暗号，外面跟着起了回响，罗刹女似已赶到。小霸王叹恨一声，暗中既已有人伤了自己，又伤了焦老，救了自己，现在又有人催促自己赶紧逃命，此时把来时那种无名火已经压下去。想到自己此时既然报不了仇，还想把命送了，真是傻事，留得青山在，不怕没柴烧。想到这里，立刻一转身，因为危机环伺，不敢多言，向暗影中一揖，纵跃如飞，向那峰岭转角处逃去。

第十章

飞豹子弄巧成拙

袁承烈仍不放心，望了焦老一眼，悄悄蹑着小霸王的后踪，追赶来了。赶到才一转过峰角，看见小霸王申凌风已到了深涧的斜坡。袁承烈想着他渡过涧去，一定是走了，这才抽身回来，打算再伏身在旁处，等候罗刹女他们老夫妇，看他们究竟作怎样打算，自己好乘机相见，以免冻饿死荒山，自己才一停身，突见那小霸王申凌风往地上一躺，偃卧在荒草里，纹丝不动。袁承烈想："这是见着什么了？"刚一怔的当儿，竟从西南那边，飞奔来了一条黑影，虽看不出面貌，鬓边两绺白发，一纵身被风吹得在耳旁飘飘飞起，分明是罗刹女靳三姑无疑。赶到嗖嗖的身形一起一落之间，已从自己的面前过去，登时看清，不是她是谁呢？

小霸王申凌风容罗刹女过去之后，自己也匆匆爬起，飞跑过涧，赶忙逃走。（这小霸王申凌风从此一走，后来约请了本门前辈，二次下辽东，与冀北人魔焦焕对掌。罗刹女怒摆石桩，与仇人拼死斗。）袁承烈见申凌风果然是走了，自己算是暂时放了心的，折转身来，仍奔峰后芦棚，要看看他夫妇怎样

打算，是否仍回千豹峰石洞。拔步急行，转过这座高峰的转角，只见芦棚那里又升起一堆火来，远远地就看见那芦棚内的景象。忽听那罗刹女靳三姑失声锐叫了一声，旋望见她奔出，在芦棚内似乎很忙。袁承烈料想罗刹女必是听人魔诉说适才之事了，再不然，便是忙着给人魔煎水煎药，遂稳定心神，向这芦棚前走来。

这时才看出那罗刹女靳三姑是出芦棚取水，定因为没有汲水的器具，只用一条布巾，往那枯泉里兜那带着冰雪的水，芦棚以内，那冀北人魔焦焕，竟自躺在石床上，双目紧闭，似已昏迷。那罗刹女靳三姑自用梧桐子大的药丸子，塞向冀北人魔口中，用那手巾上的冷水，来滴向口中送那药丸。

这种凄惨的情形，恰与萧二蛮垂死时的情景作一个对照。正在张望着，偶一失神，只见那芦棚中只剩了冀北人魔一人，那罗刹女靳三姑不知去向。袁承烈方在愕然，忽的背后唰的一响，一股劲风袭来。袁承烈才心中说了声不好，要受暗算，自己忙着往前一纵身时忽觉得两肩一麻，跟着如两把铁钩似的，往双臂上一束。袁承烈虽没回头，已知来者是谁，自己不敢妄施手法，双臂自动往背后一送，表示绝不抗拒，立刻口中说道："别动手，是我！"这时背后忽然冷笑一声："好明白的孩子！你认败服输，我绝不难为你，走吧。"袁承烈见背后人不动手，遂说道："老前辈，我不是萧老头子一党，我姓袁。"说到这里身子被人一扭，面面相对，果然背后正是鬓角如霜的罗刹女靳三姑。

罗刹女靳三姑出乎意外地咦了一声道："原来是你！"随着双掌向袁承烈的肩头一按，往外一攫双臂，袁承烈觉着疼若针刺了一下，跟着双肩恢复了常态。这位罗刹女靳三姑忙道："你竟不失信，不爽约，这么风寒雪冷的天气，你敢冒这种奇险，深入佛力山，真是不易的事。你怎竟会找到这里？"袁承烈忙道："弟子一言难尽，少时再行奉告吧。焦老前辈可有危险，老前辈可否领我到芦棚里去看望看望么？"

袁承烈连说了好几句，罗刹女靳三姑初有所疑，继有所思，好似没听似的。这时月色正照在罗刹女的面上，袁承烈只注定了罗刹女，目不转瞬，忽的罗刹女靳三姑把两只眼一睁，两道碧汪汪的光芒，含着极可怖的煞气。袁承烈心说不好，要生误会，赶紧一低头。罗刹女靳三姑忽然脸上现出一种狞笑，在这荒凉的佛力山中，月色下，好像一具僵尸，突然喝问袁承烈："喂，姓袁的，你是什么时候来的？萧二蛮子是否真死，那小孽障潜藏何处？你趁早实说，你可知罗刹女和冀北人魔绝不容任何人来欺骗。我要听到你敢有半字虚言，我可要手下绝情，教你粉身碎骨，毫不客气。我们这两个老伙伴，一个是已成残废，一个是风烛残年，但是像杀你这样人，尚费不了吹灰之力！"这位罗刹女靳三姑说这话时，声色俱厉，绝没有初见面时那种温和之色，任何人见了，也要胆战心惊。袁承烈却沉得住气，赶紧一字一板说道："老前辈，我不敢在老前辈面前欺骗，我……我实在早来到了！那姓萧的和老前辈的事，我完全知道。老前辈不要误会弟子通敌，弟子是专为访师，目睹其事，不过适逢其会罢了。弟子是怀着报恩来的，弟子衣裳单薄，已耐了两昼夜的饥寒，现在知道老前辈的大敌已去，特此过来拜见。弟子在老前辈面前，决不能也不敢恩将仇报。弟子实是遵着二位老前辈之意而来，弟子现在也自知身涉嫌疑，不过我绝没有那么大胆，敢勾结外人与老前辈为难，请老前辈放心，还是先设法把焦老前辈赶紧救醒为是，我刚才的情形，焦老前辈一定知道，等他醒转，您再问问他，就明白弟子的苦心了。"

罗刹女靳三姑略作沉吟，点点头说："好吧！我们快进芦棚。"袁承烈很懊丧的，随着罗刹女向芦棚里走去。再引燃起火光熊熊。只见冀北人魔焦焕，仰面朝天地躺在厚铺干草的石床上，那胸口微见起伏，内部气息十分微弱，看那样子，还在迷惘未苏。罗刹女靳三姑紧守在床头，两眼注定了冀北人魔，略沉了片刻，亲自用手给焦焕抚摸穴道。用推拿手法，来给这

位诡诈百出、不可一世的人魔治疗病伤。又沉了一刻，罗刹女从怀中取出了一只小葫芦，把上面的塞子拔开，倒出三粒红药丸来，给冀北人魔纳入口中。袁承烈始终在一旁，想伸手帮忙，见罗刹女犹含敌意，只得袖手旁观。

这时见冀北人魔竟自四肢渐动，跟着哎哟了声，微往榻外偏了偏，分明是身体渐渐回复了知觉，跟着依然把脸扭过去，胸口起伏得比较方才气粗些了。那罗刹女靳三姑此时脸上的愁云略展，看出来是因为冀北人魔可以救了，袁承烈也觉稍可宽心了，罗刹女这才扭头来，向这鹄立在一旁的袁承烈说道："你看见了！你此来险些不能再与我们相见了，此次我们绝没想到会一败涂地。这次萧二蛮子，竟举全力来图谋我们，你大约也看出大致情形，萧二蛮子心狠手辣，定欲置我夫妻于死地。我们死中求活，哪好不用撒手的功夫来争未来的岁月，可是你到底从几时到这里呢？"

袁承烈立刻答道："弟子不敢欺骗老前辈，弟子到千豹峰已经两日了。"罗刹女靳三姑不禁咦了一声道："怎么？你……你已来了两日，你在何处存身？怎么不露面？你躲在暗处捣什么鬼？你要从实说，敢有一字虚言，休怨我无情！快说。"

袁承烈心中不高兴，遂俯首说道："弟子自从在虎林厅闯祸，夜走东山岭，为了一班虎狼捕役追赶得走投无路，那时若不是遇见老前辈，我虽不见得就被他们所擒；可是我已经力尽筋疲，究竟是双拳难敌四手，好汉架不住人多，倘若没有老前辈解救，我正不知是生是死。莫说弟子稍有血性，粗识人情，恩怨二字任何人也能看得分明。对于老前辈这么相待，我时怀感戴之心。我可不敢说报恩二字，只是心里总想着要得个机会，稍尽一点虔诚之心，以表心意。这次和老前辈分手之后，远走边塞，访师寻友，结果空劳奔走，未获寸进，益增了弟子追随老前辈之心，遂赶回佛力山。只是弟子一入佛力山，立刻猛想起，从黄沙岭把弟子打发走的时候，已略略说出有十年未了的旧债，要在此处算清。弟子想到以焦老前辈那种威震江湖

的声望，对于这件事还这么重视，足见对手定为身怀绝技的武林魁首，不过当时弟子只知焦老前辈是威震河朔的侠义道，还不知道你老更是江湖推崇、武林倾倒的女英雄。弟子只想焦老前辈和那对手一见面，势难两立，这场凶杀恶斗，绝不是平常人看得到的。并且这件事更是危险，自己若能早去两天，倘若赶上，见机行事，能够稍助焦老前辈一臂之力，也好算作进见之礼。不过弟子这种举动，实觉有犯江湖道的规矩，可是弟子自觉着问心无愧。弟子打定这种主意，遂不顾利害，潜踪匿迹，径奔千豹峰。只是这次弟子不仅做事有背江湖规矩，更兼来得冒失，我竟把这初秋已入、日渐酷寒的关外气候忘了，所带衣服单薄，赶来到千豹峰，弟子已然受两天的饥寒。所幸不期而遇，暗中算是缀上了萧二蛮子师徒。老前辈，所有他师徒一举一动，全被我探查个明白。这一来，我本意也想伺机要给师徒一个警戒，只是这萧某气度异常，又好像洞知一切，倒把我管住了，我自知自己肤浅功夫，莫说那萧老，就是那小霸王申凌风，也比我强得多。我为此疑虑，深恐打草惊蛇，无益有害，我是越发不敢下手了。直到焦老前辈和他较技，两下里各用独门暗器，萧二蛮子负伤之下做困兽之斗，那时你老要是不动手接应救护，我也就再隐忍不住了，只有伸手邀击他，以助老前辈一臂之力。我才敢伸手用金钱镖给他一镖，不料你老已把那萧二蛮子挡回去了。弟子当时又一转念，两家的事绝不能就这么算完，我与其在此旁边，还不如暗搜他们的党羽和寄寓的巢穴。我打定主意，还是暗中监视着这师徒二人，他们师徒只要真走了，那才算完，不然实有后患。弟子遂仍耐着饥渴酷寒，跟缀了下去。那萧二蛮子果然负伤奇重，大约老前辈这种暗器实在厉害，竟于离开这千豹峰时，那萧二蛮子寸步不能行动，支持半夜，竟死在山洞里了。”

罗刹女忙道：“萧二蛮子是真死了吗？你亲眼看见了吗？”袁承烈道：“是的，我是目睹。”跟着又说：“那申凌风把师叔送终之后，立誓要来行刺。弟子要为报效你二老，故此我暗缀

下他来。但是那小霸王申凌风十分狡诈，竟自故意把行迹乱了，忽东忽西，忽南忽北，有时还反往回下来一程，还在那未融化的雪地上故意留些印迹。可是无论多诡，我暗暗跟缀他，一步也不放松。他这种倏进倏退的走法，论他的精明干练，和我这种浅薄本领，实不是他的对手。好在是他只认定了这佛力山中，只有两个强敌，一位已然受伤，一位势不能立刻来搜索他。他想不到会再有第三人，我这暗缀，算是出乎他的意料之外了。就连前辈这里何尝不是这样，心目中全注定萧二蛮子师徒身上了。”

说到这里那罗刹女靳三姑哼了一声道：“你这话说得倒是很对。要不是那萧二蛮子师徒来势太急，焉能容你在千豹峰这么来去自如?”

袁承烈连连点点道：“是是，老前辈说得分毫不差，弟子若不是趁乱混迹，哪会逃得过老前辈的眼下。当时我知道自身危机一发，故此小心远蹑，这萧二蛮子师徒，潜藏的地方，形势颇与这千豹峰老前辈所居石洞相似，较这里似尚隐僻，可是他们到底没有看出我在暗中潜缀，他们师徒也大意了。”

罗刹女靳三姑突地从鼻孔中哼了一声，怒视着袁承烈道：“怎么，千豹峰蓬蒿隐蔽的石洞，你也到过了吗?”

袁承烈虽见这位罗刹女老婆威棱可畏，只是事到此时，只好有什么，说什么。遂满不介意地说道：“弟子实已到了老前辈的洞门外，只为缀着那师徒二人，所以未敢现身叩见。”

罗刹女靳三姑面上仍是凛然怒色，说了声：“往下讲！萧二蛮子伤势又是如何？你要打头上讲。”袁承烈接着说道：“一起头么，弟子既先发现那萧二蛮子叔徒，竟在那秘密石洞隐身，因为山中道路地形生疏，说不清那里叫什么地名，我遂在暗中守候，看他们究竟有怎样举动，只那小霸王申凌风在那仅余冬雪的山沟里，取了些冰雪回石洞。这石洞在石壁的半腰上，又有藤萝乱草遮住；我若不是早发现了小霸王申凌风的踪迹，万不易想到那里会有人隐身，赶到小霸王申凌风把冰雪取

进洞去，我趁着天已冒黑，遂到了秘密石洞外，察看动静。那里那份凄惨真令人看着惊心，萧二蛮子躺在一张石榻上，面如白纸。那小霸王申凌风真个能干，竟于这种地方，仓促间还能燃起一盏松脂灯。那萧二蛮子竟自哼哼不止，那小霸王申凌风忙着在洞内用一只铜锅，装上冰雪，放在干草枯枝点的火上，煮这冰雪水。老前辈，这次弟子在他洞外察看，倒十分放心了。因为小霸王申凌风那时是悲痛交加，心情是只注定在石榻上的奄奄一息的萧二蛮子身上。身外其他一切视而不见，听如不闻；更兼着萧二蛮子哼唉不住，壁角燃烧的枯枝干草噼啪不住作响，外面的山风吹得草木嗖嗖的，莫说弟子这是屏息的静伏在洞口，就是稍有声息，小霸王申凌风也听不出来。”

袁承烈这样仔细说，罗刹女嫌啰唆了，眉头连皱，说道：“你快讲！”袁承烈忙道：“不一时那煮的水已经沸起来，小霸王申凌风先给那萧二蛮子喝了少许，随即取出疗伤的药来，给萧二蛮子服药，不料那萧二蛮子似已自知伤重不救，竟不肯再服药，还是小霸王申凌风跪在石榻前央求，萧二蛮子才肯服了少许，这一来小霸王似乎越发灰心。那萧二蛮子竟于饮了些热汤后，令小霸王申凌风扶他坐了起来；小霸王申凌风竟疑心他师叔有了转机，及至一叩问，立刻绝望，那萧二蛮子说出弥留遗言来了。”

罗刹女靳三姑听到这里，不禁动容道：“那萧二蛮子，说些什么？”袁承烈道：“萧二蛮子面作惨笑，向小霸王申凌风道：‘傻孩子，你在武林中也筑了根基，随我在江湖道上也闯荡了这些年，怎么连我现在身上的伤，遭受怎样地步，全看不明白了呢？’那小霸王申凌风泣然泪下地说道：‘弟子不是看不出来，师叔。’顿了顿，随接着说道：‘你中了人家的九星钉形针，伤势过重，不过弟子想着师叔也是内家的功夫，把内丹正气提住了，用咱们的现成药先顶住了，对付两日。我把你老人家背出佛力山，再用九转霹雳神火针一提伤毒，总可把命保住了。弟子是这样看，觉着它不过是寻常毒药暗器，或许不至于

有多大危险，至于别的情形，弟子就看不出来了。’萧二蛮子唉了一声道：‘要真像你说的情形，连这里我全不教你停留了，我定然教你破出死命去，保我逃出佛力山，以便设法医治。要知道，他这九星钉形针比毒药暗器不在以下，况又满打在穴道上，这比毒药暗器又厉害了，若换在第二个人，当时就离不开那里，从中暗器时，我就知没救了，所以我教你奔到这里，免得把我尸骨扔在山道上，我死后还落个白骨现天。现在我实在是绝望了，傻孩子不要悲痛，我你寄身武林，哪一天不是在刀尖子上滚，生死两个字，放在我们身上，还算得什么？再说你也知道我们此来，原知道凶多吉少，现在落到这样结果，正是我们来时料定的，不过所痛心的，是我们居心想和冀北人魔解仇释怨，不想身遭暗算，令人有些不能瞑目。’……”

袁承烈说到这里，罗刹女靳三姑截着底下的话说道：“萧二蛮子，自知不救，又不肯甘心，才有这临危遗嘱的手段，逼迫这小霸王申凌风来行刺。只是这萧二蛮子心肠太可恶了，他的徒侄，论武功论本领，教他前来，不过是送死！萧二蛮子对他自己门下弟子尚这样阴险狠毒，此番假手于我们把他除了去，正是该着上天来报应他。”

袁承烈心说：“你这可猜错了，这才是以己之心度人呢。”自己说话时还得处处留神，恐怕一个走了口，把话说错了，自己就是眼前有大麻烦。当时赔着笑脸说道：“老前辈，这倒不是这种情形，当时那萧二蛮子是深知小霸王申凌风的武功技击，绝非老前辈的敌手；他还又生怕小霸王申凌风作出莽撞事来，在他死后，不自量力，强来报仇，当时那萧二蛮子竟在将死的一刹那，向那小霸王申凌风谆谆告诫，不许他涉险。他说他已经是不救的人了，自己死后，只把他这尸骨葬在这秘密的石洞里，埋骨荒山，这是前因后果，自己算认定了该落这么个结果。嘱咐申凌风，不论如何，也不准强行往外面移运他的遗体，更不教小霸王拼命寻仇。只是小霸王申凌风痛哭着，要舍命给他师叔报仇。萧二蛮子那时已经危在目前。听到小霸王申

凌风的话，立刻好似被一种最关心的事一刺激，立刻精神振奋，遂以严明的态度，嘱咐申凌风，要遵照他的遗嘱，在他死后，赶紧逃出佛力山，到……”说到此处，袁承烈忽然想起：“我这是何必。”但再想改口，已经不及，罗刹女极力催话，面带怒火，袁承烈只得说道：“萧二蛮子要教小霸王到川边找他的本门师兄来替他报仇，并写了一封绝命书，教小霸王申凌风，带赴盛京，找玉九将军那里，叩求将军念在他已身死佛力山，不要再追究此案。当时小霸王申凌风虽是口头上答应着，可是弟子从他脸上、神色上，以及行为举动上，带出了拼命的神气，看他来势，是要行险侥幸，乘着焦老前辈负伤难动，他就抓空子，试行一击。他师叔咽气之后，他跪哭起誓，掩穴塞洞，就一路奔来，弟子也忙缀来，这就到了刚才那一刹那间了……”

袁承烈看了罗刹女一眼，说：“你老出去打水，他乘隙急袭来，焦老前辈不能动转，小霸王狂喜以为得志。他再想不到暗中还有弟子我，我手中捻着三只金钱镖呢，果然他抽出兵刃，把着暗器，先对焦老前辈说了些狂话，他就一跃上前，弟子在此时，忙发钱镖，把他阻住……”

罗刹女听到这里，眼现猜疑，半晌才说：“小伙子，你道是我们就一点准备没有，我就离开病人了吗？那个小霸王，准是你赶走的吗？”

话到口边，箭到弦上，袁承烈不能不说，遂说道：“我知道焦老前辈身子虽不能动，但是手中握有暗器，照样可以防身。申凌风只要往芦棚前一扑，他是一准要受焦老前辈的暗器，但是你老别忘了困兽犹斗，他不能进攻行刺，还可以放火焚芦棚……”

罗刹女一听这话，不由失声道：“哎呀，我就忘了这一招，以后到底怎样了呢？”袁承烈观风望色，已知这个女魔王被自己话打动了，于是袁承烈详述小霸王如何行刺，自己如何把他赶走，说得有声有色，却忘了一样，他还打了焦老两镖。

飞豹子袁承烈说完了前情，接着又道："弟子赶走小霸王，论当时的情形，他是受了我的暗算。我一暗算，焦老前辈这才得救；若不然，他带着火种，明着行刺，进身不得，只可就要纵火烧棚了，反正焦老前辈已然寸步难行。当时我和他朝了相，我本可追出他去，他已负伤力疲，我本可除了他，无奈我怕芦棚中虚无一人，保护焦老前辈，我只得折回来，暗暗在门外巡风。我急盼你老归来，我就上前拜见，不想没容我出面，就被你老识破行藏，这就是弟子我一往的真情，并无半字虚谬，请你老详察！"

罗刹女靳三姑听罢此言，渐渐息怒释疑，脸上的表情，愠色渐敛了。又沉吟了一会儿，方要答言，那仰卧在石榻草褥上的冀北人魔焦焕，忽然哎哟了一声，身形转侧，气血已经缓和，人已苏醒，罗刹女上前慰问，焦焕呻吟而答，慢慢一转脸，眼光所及，看见了袁承烈，口中"唔"了一声，似有所思，转脸又看了看老妻罗刹女，带着惊异的神色，抬头向袁承烈问道："你……你……你怎么来到这里了！"

罗刹女靳三姑见他作势欲起，忙过去按住，又问他心里怎样？冀北人魔答说："谅没妨碍，那小孽障不要教他走脱，斩草不除根，终成后患，现在不就是榜样吗？他怎么来到这里？"说到这时，语声放得极低。那罗刹女口耳贴到焦焕的口边去听，这个冀北人魔焦焕，用一种离奇的眼光，盯着飞豹子袁承烈，用一种很低哑的声音，向他的老妻不知说了些什么话。罗刹女后又附耳低声，对人魔焦焕耳边，喁喁报告了一番话，冀北人魔且听且点头，点头又摇头，夫妻低言，不断地眼光往袁承烈身上转来。

飞豹子袁承烈本该在冀北人魔焦焕苏醒之后，上前行礼拜见才对。可是不知怎的，心中竟生游移，而且从感觉上忽然觉出情形不大很对。他身子晃动着，欲前不前，叫了一声："老前辈！"突然，听那冀北人魔叫道："喂，你，姓袁的，你会打金钱镖吗？"当此时，冀北人魔把自己的瘦腕抬起来，直送到

罗刹女的眼前，罗刹女借火光细看，突然狂叫了一声，道："好！你这个奸细！"

罗刹女竟像兔起鹘落那么快，挺腰又伏腰，唰的冲袁承烈扑来。袁承烈猝不及防，慌不及言，竟倒转身一跃，从直觉上起了自卫的心，他只一蹿，蹿出了芦棚，口上连忙发出自辩之言，但罗刹女竟不想听，喝道："你还不束手就擒！"也跟踪一窜，紧追出来。

袁承烈十分怒激，但自料不是罗刹女的对手，只有舍命飞逃。时当昏夜，可惜还有月光，不利逃人，袁承烈往乱草丛中奔藏，罗刹女竟像疯了一般，必要追擒袁承烈。那人魔焦焕嘶声喊叫罗刹女，不教她追人，袁承烈也且跑且辩，并警告罗刹女："你老留神仇人，不要只顾追我，你的仇人还没有离开此地！"罗刹女竟有恃无恐，又像顾前不顾后，且追且骂："你就是我们的仇人，我看你往哪里跑！"

越追越近，袁承烈也由忿激转为愤怒，他竟要回身和这女魔一斗。忽然他心头一动，不往远跑，竟绕着山窟草舍打转，然后赶路要寻奔那小霸王申凌风去。可是他又想，对付焦氏二老，已然化友为仇，自己曾手伤申凌风，也怕申凌风把自己当作这边的奸细。自己如今果然弄得两面不讨好，袁承烈复又另觅逃路。就在这一犹疑，情形有变，远隔二三里多地以外，忽然起了一片熊熊大火，山风正往草舍这边吹，这午夜的野火，看火势正趋奔焦老藏身之处。

火光一现，袁承烈大叫："老前辈，你还追我？你看看你的仇人，这火可是你的仇人放的！"

但是罗刹女已不容飞豹子喊叫，她自己已觉察出来。这老女人一眼瞥见火光，立刻凝身止步，往草舍那边看，又侧耳细听。正是关心者切，她恍惚听见焦焕嘶声的喊叫又似听见了铜笛吹响，这半夜的野火，起得奇怪，必是申凌风无力复仇，下此毒手，放火之计，十之八九就是调虎离山计。这老女人登时不再追，掏出暗器，照飞豹子连发三下，相隔太远，当然都不

中。这老女人骂道："姓袁的，记着这笔账吧！早晚有遇着你的一天！你这东西为什么用钱镖打我们老头？"飞豹子也喊道："你就想吧，我能打他，我就不会杀他吗？你还不快回去，仇人没走，你跟我这不相干的晚辈苦苦地追，你失算了！我的心事，你们老夫妻大概也不明白。我虽年轻，我不愿欺弱，我宁愿斗强。我见危必救，遇见不平必然要管！请了，请了，算我眼拙，不识你们老夫妻这对英雄，我实在不敢承教！我们再见吧！"

袁承烈这样喊，已道破心情，忽又后悔，何必把真意告诉这杀人不眨眼的巨寇？可是他尽管后悔，那罗刹女早已抹转身重奔回草舍，忙着营救她的男人去了。袁承烈吆喊的话，她连一半也没有听着。

袁承烈急急奔出一段路，望了望野火，又望了望焦氏夫妻隐身的草舍，心中说不出什么滋味，而且又劳碌，又饥渴，一路狂奔，倒忘了冷了。左思右想，自悔应付事机失当。他连夜择路，离开是非地，另奔前程，别觅出路。

光阴荏苒，一晃两年，飞豹子竟得与那鹰爪王王奎，在城塞相逢。这鹰爪王自从豫中陷狱之后，赖他妻子鲁三姑，和内姊女怪侠鲁大姑，内弟鲁桓，多方在外面设计，一方面买狱卒，探得实底，一方由鲁三姑邀同红锦女侠高红锦，化装犯人的妻女，天天送饭，天天对付狱卒，不是利诱，就是色迷，突然间看准路数，大举越狱。他们办得凶狠，把牢狱也烧了，还放走了几名大盗。狱吏遇上鲁大姑，鲁大姑一向手狠，竟一刀一个，把牢狱头，连杀了三四个。这一来，罪状奇重，鹰爪王逃罪西奔，先在川陕潜伏，后又不妥，竟辗转也到了长城边。

袁承烈此时也正在塞外漂荡，这一日独在店中，思量着眼前的出路，日后的结局。他曾经计划在塞外投资开垦之事，非为所能，他就招雇佃户。但塞外地旷人稀，人工极贵；他又不得法，只招了一两个力笨汉，好吃懒做，不能垦荒，只会吃饭。等到预备买荒地，又觉到财力不足。临到开垦，他又外

行。他本出身富户，虽是农人，却生平没有拿过锄把，他的打算，和他的性格不相宜。结果，袁承烈经营二年多，垦荒失败，把身上所有的资斧也全弄光了，立刻觉得非找点事混饭吃不可。这一天，他困在店中，思量糊口之计，正不知再干什么好，至于学本领，寻名师的打算，已被眼前的饥荒所打消，暂时作为罢论了。

飞豹子在店中，刚用过晚饭，天色已黑，忽然店伙跑进来，喊道："袁二爷，店外有一位客人找你老。"边荒小店，罕遇此事，袁承烈诧然道："谁找我？我在此地没有熟人。"话还未毕，门口已出现一个瘦小如猴的人，尖着嗓子叫道："袁二爷，好久没见了！"袁承烈抬眼一看，黑影中看不清面貌，但听口音，看骨骼神情，已知是个熟人，却想不起是谁来。

这个人竟直入店房，容得店伙退出，这人方才将貂皮大帽摘下，露出眉眼，瘦腮短髭，四十多岁年纪。袁承烈不由惊叫一声："这不是纪五叔……"那人连忙用手一比口唇，袁承烈立刻住声。打量此人，数年不见，已然颇呈老态，这人正是鹰爪王的五师弟，算是飞豹子在王门中五师叔。袁承烈再想不到他会在此地相遇，连忙阖户上拴，上前施礼问安。又问："师叔既到此地，不知我老师也来了没有？还有师母，还有义母鲁大姑，还有红锦女侠。"尤其是鲁大姑，与袁承烈有恩，红锦女侠可与袁有旧谊可念，不觉脱口问候。

夜猫纪五随便坐下，让袁承烈也坐下，已不再像从前那么滑稽顽皮了，拿出长辈的面目，对袁承烈道："你教我好找！你知道你师傅在关里也不能混了吗？他现在营口，他打算在秦皇岛安家立业，他想你来，知道你家中也出了事，要找到你，一来传艺，二来你们师徒相聚在一处，也可以成一番事业。打发我出来，找了你七八个月，如今刚刚算是把你寻着了，你近来混得怎样？你的功夫搁下了没有？还打算学不学？"

这一句话，又促起飞豹子雄心。当下长叹一声，道："师傅还没忘了我！弟子不幸，家遭横祸，家兄被仇人连打带气，

一场重病殁了。家嫂痛不欲生，我知信赶回，先把家嫂舍侄遣走，暗将家产折变，我就跟仇人拼上了。结果，大仇已报，我在故乡也不能存身了，就带着全部财产，分给舍侄六成，教他改姓埋名，迁居避祸，我就为掩饰仇人的眼目，诱引仇人的跟寻，故意逃到关外，所以我故乡的人全都知道我携眷出关了，其实只是我一个人，在关外鬼混。不意我经营不善，把所带浮资全赔在开垦上，我现在也无颜归寻舍侄，我只好孤身在此地漂流，好在我无妻无子，我只一个小女，已交给家嫂了。我只混上一个人的吃用，于愿已足，倒是学艺之心，至今未歇，师傅师叔既然不忘我，这正是我的万幸，我又可以承学绝艺。"

其实袁承烈此刻已将争名求艺之心放下了，他究竟是良家子，心知他现下这个师傅为势所迫，必将流为绿林，他还不愿这样堕落下去，故此对夜猫纪五说，志在求艺，意思之间，是不愿随师作贼。

夜猫纪五听他述志已毕，点头说道："你们师徒同运，事情挤着你们这么干，想学好，谁容你呀！你想见你师傅吗？你若想见他，你就跟我走。我是奉你师傅的差，专诚来找你的，一来传艺，一来师徒合伙重整事业。"夜猫的话不离本题，袁承烈唯唯诺诺地答应，立刻跟随夜猫，起程奔牛庄营口，再奔秦皇岛。

到了秦皇岛，出乎意外，只见着师母鲁三姑寻个人，那义母鲁大姑，和红锦女侠，娘两个已然相偕走了，去向不明，也不知干什么去了，袁承烈微微失望，他与红锦女侠一见倾心，他心目中只有两个女人，一个是丁门师妹云秀，如今早嫁给十二金钱镖俞剑平了，一个便是红锦女侠高红锦。

从鲁大姑那边论起来，算是他的义姊，可是论年纪，比飞豹子还小两岁。说是义姊，也等于师姊，袁承烈当下见了鹰爪王之妻师母鲁三姑，这鲁三姑还似旧时，半老佳人，风韵犹存，白面孔微微淡黄，两道秀眉长可入鬓，另有一种春风，以晚辈之礼，见了袁承烈，扶他起来，叫他不要磕头，问候他的

近况。随后问到师傅鹰爪王，方知鹰爪王也出了门，不过不出半月必回，教袁承烈在此稍候。鲁三姑道："袁承烈，你是你师傅末后收的一个弟子，你师傅很喜欢你，上次无暇传艺，现在你师傅定要把生平技艺，倾囊传授给你。他还打算把你荐到佟家园佟庆麟那里去，你愿意学点穴，佟家一派正是点穴的名家。"

数日后，鹰爪王方归，竟打扮成一个老道模样，进了寓所，方才卸去伪装，袁承烈上前拜见，鹰爪王甚喜，略叙前情，即叩问袁承烈今日作何打算。袁承烈仍说志在求艺，鹰爪王点头，夸道："难为你有这决心，数年如一日！很好，我回头就传你。"

飞豹子袁承烈此日与鹰爪王重逢，鹰爪王刮目相看，切实传起艺来。但鹰爪王不能隐遁，仍在秘密里有所营干，也曾试探着问袁承烈，劝袁承烈跟着他在江湖上混。袁承烈推以学艺未成，不敢问世，婉言拒绝了入伙。幸而有鲁大姑的前言放在头里，鹰爪王夫妻也就不再强人所难，一听袁承烈的便。不过遇上跑腿送信的事，袁承烈跟着帮忙，只不多染一水罢了，凡事都有界限。仗他机警，师徒居然同器相安。

辗转五年，鹰爪王本派的绝技，袁承烈已颇有所获。师母鲁三姑，师叔纪五，也都帮忙教技。做绿林生涯的，不论多严密，也难免招风，这一年正当秋天，忽然风声吃紧，鹰爪王的潜身所在，似被官面捕快能手看破。鹰爪王是老作手，立刻机警，立刻迁场，把秘密巢穴连夜迁出秦皇岛，由夜猫纪五把捕快诱到歧路上，然后再抽身退回。

如此又在新巢穴过了一年半，突然又得到警耗。上次是新案破露，此次是旧案重翻，豫中海捕越狱戕官的案子，追到这边来。鹰爪王又存身不住，遂召集家中人和手下人，共议当前避捕之策，及今后如何安身。夜猫纪五说："索性我们落草吧。这么偷偷摸摸，做黑道生涯，还不如开窑立柜，纠众大干。像这黑道生涯，颇同虎居闹市一样，藏躲得尽管严，改扮得尽管

好，也挡不住六扇门的高眼。捕快难对付，还是官兵好支吾，我们落草吧。”

鹰爪王那几个绿林徒弟，也都主张落草。鹰爪王和夜猫纪五，把鲁大姑和红锦女侠找来，又重商议一回，落草之事就此定局。然后众人商议安插袁承烈之举，乃由鹰爪王夫妻，请鲁大姑和红锦女侠在半夜的时候，把袁承烈叫到密室告诉他现在的危险，和来日的打算，问他怎样。

袁承烈和红锦女侠，这方见面，红锦女侠早已嫁人了，她的丈夫关梦严，也是一个绿林中后起之秀，生得英姿爽露，身形稍矮，武功很可观，为人胆大气豪，口角神情，天然带着一种少年傲兀之气，和高红锦正好是一对。高红锦跟随着义母和丈夫，来见鹰爪王夫妇，已早知袁承烈现在师门，二人重逢，红锦女侠笑道：“师弟久别了，上次咱们见面，是你初入师门，是你老师身遭险难。今天我们重会，又到了你将出师门的日子了，你们老师又遇上对头了。师弟，你我算是有缘。”

飞豹子看红锦女侠，已然是少妇模样了，衣饰鲜明，眉清目秀，苗条的身材，拖着长裙，俨然是大家的少夫人，哪里像个绿林女寇？倒是她的丈夫，短小精悍，如一个小铁人似的，看外表便知道外功很强的人，竟没有文弱之气，因此也就不像少爷，像个少年镖师。袁承烈目对这曾有一日之雅的师姊，心中另有了种似酸似甜的苦味，他心中叹气，脸上陪出笑容，忙说：“师姊，我不知师姊已经出阁了！姊夫您大喜，师姊您也大喜！”高红锦娇笑一声道：“大喜大喜，彼此同喜，你多咱大喜呢？”

飞豹子头一低，虎目一翻，强笑道：“我大喜？我这一生哪里还有大喜的日子？”红锦女侠道：“这是什么话？这话怎么讲？年轻轻的，旺生旺长，哪来的这些牢骚？你不是一心想苦学得技艺吗？如今你老师果然不出我所料，把他老人家的心窝子的本领都传给了你，你算得其所了，还有什么不称心？哦，我明白了，你别是现在还没有成家吧，你想媳妇了吧？我说干

娘，三婶子，你瞧你这徒弟干儿子也二十好几了，你该给他张罗张罗了。你可知道我们黄师姊她的那个李家二表妹么，今年也十八九了，上年跟梁家订了婚，没等出阁，姑爷遭事了，现在李家二表妹还没主儿，若不然，你二位老人家就给我们袁师弟说说呢。”

她只顾放言高论，把正事都丢在一边。鲁大姑这位五六十岁的老太婆，此时高据卧榻正有所思，笑了笑说：“红姑娘刚出嫁，就惦记做媒，这可真是自己乐，忘不了别人也乐。现在你们还顾不得保媒了，我听纪老五说，河南的海捕已然一路踏访，跟到这边来了。我们三妹夫三妹妹可得搬家，他们实在搬腻了，他们要改变门风，要大大地干一家伙，省得教他们六扇门像屈死鬼似的，老在屁股后头跟着，人要上了山，开山立柜，他们六扇门也就弯了气了。三妹夫的朋友，快马汤金望劝三妹夫投他们这一行，三妹夫已然活了心，打算此刻就改行。不过他不想跟着汤金望走，他要开门另创。这已然定局了，我这回是专问问袁承烈，你打算怎么样？”

飞豹子袁承烈忙道：“弟子的事，请师傅、师母、义母你们三位老人家做主。”鲁三姑道：“论你的为人，心眼义气本领，足够十成，你师傅实在爱你，不愿离开你。但我们都知道你……知道你是良家儿女，教你跟我们染一水，我们心上不安。我们的意思，打算给你打点盘川，送你回乡。故乡回不去，你可以找你那隐居的侄儿去。再不然由你师傅写荐信，把你转荐到别处去。你愿做事，就把你荐到镖行，你还想学别的绝艺，就把你荐到别处去。你跟着我们也好几年了，我看你提心吊胆，你实在不是我们这里头的虫，你不要再跟我们混了。”

本夜在密室反复商量，袁承烈不必明言，师门已完全尽知他的心事。遂由鲁三妹，取出一包金珠，两封荐札，把袁承烈再荐到别家。

袁承烈和红锦女侠刚刚再见面，如今就要永别，心中未免茫然，事实呢，又难避免，鲁大姑和高红锦都把承烈劝了一

阵，还是拿出“后会有期”的话安慰他。催他打点行装，可以先一步避开这是非地。据鹰爪王说：他要开山立柜，此刻免不了还要拒捕闯山。

鹰爪王当夜密议，外面风声加紧，已然布上卡子，远远只把鹰巢包围了。

包围鹰巢的指挥人，乃是中原有名的捕快，设计周密，不动声色，竟调了二百多名官兵，还有当地的捕快，他们任听鹰爪王呼朋引类，纠党集众，他还只监视出来的人，放宽进去的人。鹰巢是设在岛边滨海的小山山脚。表面做着脚行生涯，专接海道而来的船舶，暗地却干着据舟劫货的把戏。鹰爪王本非水寇，在岛中寄居，这是避祸的意思大，糊口的打算也当然有，他连家眷弟子同门道，也有三十多人，如今官军大举，竟调了二百多名海防的缉私水师。据河南跟下来的海捕推测，这只鹰必要落海当海寇，哪知这只鹰还是要投山恢复陆地生涯。

鹰爪王夫妻，和红锦女侠夫妻，以及鲁桓、鲁大姑姊弟，连夜布置出走的事。第一步，是先把飞豹子送走，事已刻不容缓，到次晨，夜猫纪五同一个朋友，慌慌张张奔回来；他是出去探道，并窥看官军的动静。据他所探，海边上已不能走，海口子已然卡住，这情形鹰爪王已先知道了，他养的几艘小海船，已然被扣，官军以抓官船运粮为名，把大小民船商船全都扣留。鹰爪王睹状知危，竟命夜猫纪五，伴送飞豹子袁承烈脱离虎口，鹰爪王并预备亲自送出五十里外，红锦女侠也要送行。

士别三日，便当刮目相看。今日的袁承烈，武力大进，又异于初出关的时候。他又多历险难，心思更加细密，今日可当得起“胆愈大，心愈细”六个字的考语，若在昔年，他必不烦人送行，他此刻竟不推辞，愿送就送，也省得出了差错，令师门动疑自己卖底。打点齐备，结束停当，挨到夜里，预备往外一溜。出乎意外，官军不但勘破他们的明窟，把他们的密窟也盯上了。他们送行的人也稍为多些，官兵严窟监防，潜搜他们

的密窟，似已看准了他们的底细，这就要下手。官军起初跟缀很松，但实在是许入不许出，许一二人来往，不许好多人出入，他们这一行众多人，官军干捕决不放松，于是鹰爪王大怒，鹰爪王在暗中调遣；官军也在暗中移动，鹰爪王喝道："不行，打出去吧！"这的确已不能善走，众人随声附和，也说："打出去！"

鹰爪王的明窟在海滨，密窟在岛内荒村中，背后倚山接谷，十分荒僻，鹰爪王连日将主力都退在这一处，只留下数人，在海滨假守着那座明窟，他们从外面进入，从明窟移到密窟，全在夜半秘密行动。但就是这样，也已看出改装的干捕，在荒村附近伸头探脑，已暗地里扼住要路。鹰爪王决定爬山，从山后夺路，官兵若来阻挠，就此动手拒捕。

山后在白天看，还没有官兵，一到夜间，也有人卧底了。鹰爪王夫妻，红锦女侠，夜猫纪五，与袁承烈一齐出了密窟。红锦女侠把袁承烈拦住，黑影中低叫了一声："师弟。"袁承烈连忙止步，红锦女侠将一只黑绸面幕，塞在袁承烈手内，手碰手，这一只绵软如嫩玉、如春笋的手，和数年前在汉阳那一握，正是一样，袁承烈心中不觉得怦怦一跳，侧目回头，那红锦女侠的丈夫关梦严恰立在妻子的身旁，如铁人一样，短小精悍，手持一对钩刀，双眸闪闪顾盼傲然。袁承烈忙咽了一口气，敛住心神，口称谢谢！把面幕要往衣囊里装，红锦女侠笑了笑，说道："你还是不露真面目的好，你现在就戴上吧。"袁承烈又谢道："是的，师姊！"如嘱挂在耳轮上，黑幕掩面，只露口鼻，从目眶中透出了一对虎目，也闪闪含光。

然后他们从黑影中散开了，零零星星，几个人分批往山坡溜。大野漠漠，黑夜沉沉，丛林乱草沙地摇风，小山如土坟，林柯如怪兽探爪，恍惚见黑隅暗角，有人头窥探，夜猫纪五掏出暗器，要抖手先给他一下，鹰爪王低喝道："住！犯不上，留在前面再用！"

夜猫纪五当先开路，鹰爪王从侧面翼护着飞豹子袁承烈，

红锦女侠和她的丈夫关梦严，紧随在后，虽在紧迫的局面下，夫妻俩兀自喁喁细语，夹着红锦女侠和她的娇笑微哂声。鲁三姑姊妹又在最后，各持着兵刃，暗器。其余鹰爪王门下弟子，同门好友，同道良朋，也都三三五五，分别撤防回窟，从窟中出来，先是以守为退，跟着试探着得溜就溜，不得溜就硬闯。都有一个秘密约定："千万不要散了帮！"虎落平阳，还要吃亏，何况是一个人，走了单，必要受祸。

爬上山坡，幸而没有遇上伏兵。夜猫纪五露出怪声对鹰爪王说："你不是说已然露出了馅了吗？怎么此地空着，他们会没有埋伏呢？"两人手拉手，登山下望，旷野一片漆黑，定睛窥看良久，推测地势，那边有一片矮林，恰好是设伏的要地，但是左看右看，没有人影，没有火光；鹰爪王更俯首下望山脚，山脚却是更加漆黑，以他那一对鹰跟，也看不出所以然来，因骂道："管他娘的呢，往下闯吧。"

他们全是有功夫的人，虽然夜行山径，横穿丛莽，他们只用长兵刃，作为山杖，他们并不用裹毡下绳之法，还是一步一步硬往下踱。暗中互相关照，如遇难行的崎路，磕绊的坎坑，就低低嘘唇。不敢高呼，恐被埋伏听见。可是红锦女侠，鲁氏两姊妹乃是女人，女人缠足，脚登铁尖鞋，宵行乱莽中，磕磕碰碰，到底不及男了，鲁大姑和鲁三姑互相扯着手，他们的胞弟鲁桓也从旁搀扶，红锦女侠就和自己的丈夫拉着手，结成一串，侧斜身子往下寻路。忽然哎哟一声，红锦女侠腰肢一晃，如风摆柳，一栽二栽，竟骨碌碌直滑下去了。关梦严急救爱妻，也被互牵互拖，骨碌碌地一同下去了。

下面竟是深谷，飞豹子袁承烈恰在红锦女侠的旁边，见状失声一叫，急忙探爪一抓，没有抓住，急得忘情，纵身急往下救，也是一脚蹬空，骨碌碌地栽下去了。

鹰爪王、夜猫纪五吃了一惊，闪目往四面一瞥，各展飞腾术，如燕子掠空，如饥鹰捕雀，双双往下面深谷蹿。但当此时，飞豹子只一栽，只一翻，立刻团身如圆球，张爪如蜘蛛，

一下子，捞着一块崖石角，把全身之力，全运在爪掌上，鹰爪王的“鹰爪力”传给他，他现在用上，右手使劲抓，左手一按山坡，立刻拧身立起来，急凝步拿桩，将身立住。仍不以自救为足，眼往下方，侧身下滑，他还想捞救红锦女侠。

红锦女侠也捞着山上的灌木，刚刚要借力站起，不想她的丈夫落下来，恰砸在她的身上，哎哟一声，两人全倒，又往下溜，飞豹子袁承烈一股急劲，滑步而下，他为贪速，竟冒险一纵，唰的一声，一落数丈，倒越过了红锦夫妻，趴伏在下面。红锦夫妻顺势下溜，两口子齐砸在飞豹子的头顶肩膀上。

红锦女侠失声一叫，“哎哟，是师弟吗?”关梦严几乎坐在飞豹子的身上，红锦女侠的铁尖鞋蹴着飞豹子头，把袁承烈连砸带踹，踏得哼了一声，道：“是我！师姊，你怎么滑倒了?”三个人摔倒在一处，红锦女侠忍不住咯咯笑起来，头顶上之鲁氏姊妹们连打胡哨，禁她住声。红锦三个人互相搀扶，勉强站起，全都砸破了许多浮伤。红锦女侠左手抓住飞豹子，右手拉着自己的丈夫，低声哎哟，道：“把我的脚挫了，你们俩把我拉着点，咱们就此往下走吧。”

说时，鹰爪王和师叔纪五已腾身而下，虽然身轻似燕，可是错夜瞎跳，提气上拔，终不免落地有声。在红锦三人互相扶挽，要往上走时，鹰爪王已然跃到，忙说：“这么走不对！还得上去。”夜猫纪五道：“这么走也好，不过稍为绕远，只是他们上面的人，也得跟着跳下来，才好。”互相传呼，就从这山谷半坎，斜往下走。红锦这一摔，竟摔出是非来。他们轻嘘低啸，不料已被官兵听见，还没容他们爬出山谷，突然听山坎的胡哨，跟着放起“旗火”。跟着山脚蓬然大响一声，开了一炮，乃是重炮。就在看不出有埋伏的地方，突然出现了埋伏。官兵竟有大行家，竟料定山险之路，是贼人逃走必由之路。当下，火光连闪，伏兵四起，全抄上来。

鹰爪王大骇大怒。鲁氏姊弟还在上面，一见旗火，立刻知警。鲁大姑这老太婆好不厉害，喝一声道：“喝！我们先把这

东西料理了！”头一个提兵刃，扑过去。旗火起处，有三个伏路兵，通了暗号，正要溜走，回归本队，鲁大姑提刃当先，鲁桓后随，鲁三姑也扑过去，鲁氏三姊弟，只有两人动手，竟把伏路兵砍倒在山坎。索性掏出铜笛，大声一吹，把自己人一齐调到这边。鹰爪王忽命红锦夫妻和袁承烈退后，命夜猫纪五，和自己分两面当先开路。走下集合地点，容得鲁氏三姊弟，和同伙诸人陆续到齐，这就分别往下硬闯。

官军火把齐燃，全奔山谷攻来。鹰爪王如猛狮一样，一手提兵刃，一手握暗器，头一个冲下去。官军放箭，被他连闪带挑，冲开箭雨引领一行人奔东闯。由鲁氏姊妹二人断后。夜猫纪五引领一行人奔西闯，由鲁桓断后。红锦女侠夹在纪五队中，袁承烈夹在鹰爪王队中。官兵很勇，干捕也有功夫，却挡不住这亡命徒拼死忘生，硬拼硬碰。竟被他们这两队人冲开一条路，闯出深谷。

鹰爪王大展雄威，先冲到指挥官面前。这指挥官本隐在林中，此时有八名小队子，排刀持叉保护，四只官衔灯照耀着，倒做了群寇攒攻夺路的目标。鹰爪王避实踏虚，如一阵风，如一条曲折的蛇，东冲一头，西冲一头，望见这指挥官跨马提刀由手下兵挑着一只高竿提灯，作为号令，指挥这些兵左围右攻，很是得法，鹰爪王竟卷扑到兵官马前，兵官喝命放箭，鹰爪王手起刀落，砍倒那提灯的号令兵，又一转刀锋，猛砍兵官的马头。这马是良驹，不容刀到，便往旁闪，鹰爪王一咬牙，抬刀往上一架，那兵官的刀已然劈下来，刀刃砸刀刃，腾的一声，竟把兵官的腰刀磕飞，又复一刀，下削兵官的大腿。兵官大惊，但他马上功夫很好，急急一抬腿，躲开刀锋，就势带马抽枪，枪在鞍下插着。鹰爪王不容他抽枪，刀锋只一转又一伏身，突然下砍马腿，马负刀伤，连声嘶叫，拼命猛蹿，这马已越刀出口，却是蹿得急剧，把兵官掀翻在地下，仰面朝天。马竟不跑，站在主人身旁。兵官摔得发昏，见鹰爪王刀到，瞑目待毙。部下群卒见状驰救，鲁氏姊妹两个妇人已到，纵刀乱砍。

鹰爪王乘此时机，轮刀一蹿，要斩兵官，忽然暗中发来一箭，连忙一闪，群卒不顾捉贼，不顾迎敌，竟全队大噪，全来搭救主将。鹰爪王大喜，喝一声："还不快走?"把刀尖往上一指，往西一扬，引群寇由东方奔了西方。

夜猫纪五所率实力稍弱，已被官兵包围，身中一箭，幸不致命，已被他拔下，带伤苦斗。断后的鲁桓忙抢上来，一面掩护，一面替代他。兵多贼少，又被包围。忽然间，阵势松动，急张目一瞥，才知鹰爪王擒贼擒王的战法，砍倒号令，战败官兵，官兵大队已乱，溃围的群寇至此大喜，互相传呼一声，并力夺路，一同东奔西逃，又大反转，迎上鹰爪王，两队相合，如飞地落荒奔逃，逃出不远，鹰爪王停步提刀，回顾自己人，按名呼唤，本队幸无落伍之伴，也无被擒之人，连说："好好!"连催："快跑，快跑!"

鹰爪王又跑出一段路，忽然想起，又复停步道："哎呀，小袁呢? 还有红锦呢?"

只这一番溃围拒捕夺路，查点人数，别位不短，单单短少了三个人，一个是专诚来护送出险的飞豹子袁承烈，两个是相伴送行的红锦女侠高红锦，和红锦的丈夫关梦严。那年老气雄的女侠盗鲁大姑，那徐娘半老的鹰爪王之妻鲁三姑，和内弟鲁桓，师弟夜猫纪五，以及鹰爪王的四个共患难的弟兄，十多个生死的朋友，只有少数负伤，全得出虎口庆更生，偏偏短少了他们三个少年。询问纪五，纪五也说不上来，因为他已负了伤，一味顾命，忽略了别人。

鲁大姑到底年老，喘吁吁拄着一杆枪："怎么我也没看见他们三个呢? 我们回去找找他，别是走岔了道?"鲁大姑又问胞弟鲁桓："你和纪五爷不是跟他们三个人一路吗? 纪五爷不晓得，是因为他当先开路，你可是断后的人，你也没留神吗?"

鲁桓诧异道："记得一出山谷，我就恍惚没有看见他。"鹰爪王忙问："没见谁? 是红锦还是袁承烈?"鲁桓道："我说的是袁承烈，我们一意是送走他，倒没想到惊动官军，连我们也

闹了一个跑。我只注意他，没有留神红锦夫妻。”说时面有愧色，黑影中，战疲了，也无人理会。

鹰爪王回身望背后，恍惚潜有火光，迟疑半刻，一咬牙，一顿足道：“我们全始全终，全出全聚，我不能害了他！你们先走，我回去找找他们。袁承烈与我有好处，红锦又是干侄女，又沾着亲，就是关梦严，也是老友之子，人家为急难而来，我不能断送了人家。抬腿一走！”

说话时，双眸霍霍，吐露威光；把兵刃一挥，向妻子要了一把暗器，迈步就往回返。

鲁三姑忙道：“我同你去。”

鲁大姑道：“我同你去。”

鲁桓道：“我同你去。”

夜猫纪五左臂有箭伤，但也一顿足道：“走，咱们全回去找。”

但他们这一来，只是激于一时的义气，他们苦战奔波通宵，谁都感觉疲劳。鹰爪王点着火折，看了看众人的神气，只率同妻弟鲁桓，前往寻找。请鲁大姑率领众人，速离这是非场，好在未有预定的逃避之所，众人便散开了溜过去。鹰爪王就同鲁桓重返旧路。鲁大姑尖着嗓子叫道：“你们俩可务必把他们三个孩子寻回来，万一寻不回来，也得打听一个准下落，咱们再想法子。”鹰爪王只哼了一声，心中闷，鲁桓也很烦恼，鲁大姑不悦，又厉声叫道：“到底你们听见了没有？”

鲁桓知道他这老胞姊又动脾气，连忙诺诺地答应了，又把鹰爪王肘了一下，鹰爪王也大声回答了。鲁大姑这才罢休。这老婆子一搀鲁三姑，又向夜猫纪五招呼道：“咱们先走一步。”立刻没入黑影分投西方去了。

鹰爪王佩带暗器，提兵刃，与内弟鲁桓，先汲取凉水，痛饮一回，瞭望地势，立刻摸了回去。

凡绿林中人物，全都能够夜观星光，辨南北，辨辰夜。两人走了一段路，仰面看天，知道已将五更，转瞬就要天亮。两人退到林丛，晃动火折，验看衣襟，果然有星星的血迹，随风

已干，却瞒不过明眼人。又汗流浃背，短衣服后面起了汗斑，像这行色，一到白天，实不能瞒过行人。两人急忙预留退步，寻找近处人家，翻堵穴窗，暂作穿窬小盗，偷了几件民衣，仍给丢下几两银子，为的是要个借名，做大盗的不愿当小偷。

两人把偷来的衣服穿上，打点已毕，又点上火折验看了，大致无甚可诧，这才又往回寻。没走出多远，东方已透鱼白色，群鸟噪林，晓露沾足濡面，两人冲围时，忘了雾露，现在方才觉出，摸了摸刚才的衣服也被露水打湿了。鹰爪王提了一口气，说道："快走！"刚才溃围时，不觉得努力，可是走得很快，此刻努力加快，还是不如刚才快。摸到旧居附近十余里外，已到了日上三竿时候。两人又往前走，不敢迫近，先爬山远望，就在他们的旧居，已换了大旗，远远看见官兵出入，后山坡也有官兵似在搜山。两人看模样，白昼实在不好近前。两人不由怔住了。

寻思良久，忽然得一计较，两人一先一后，爬山穿林，潜入山坎，隐在暗密处。屏息等候。直耗过很久的工夫，居然得手。有五个小卒，各提兵刃，奉官命搜山寻缉余贼，这五个小卒踏破空山，没见人影，竟投到山下小庙中歇息去了，预备挨时候，回营交令。鲁桓从林中探头，要一径进去，鹰爪王忙拦住道："留神他们还有同伴，只一喊，再取铜笛子一吹，我你就费事了。你看我来。"

鹰爪王挨到小庙畔，伏在树身后，捏鼻孔叫了几声："营里老爷们快来救命啊！"连叫几声，果然不出所料，立刻出来两个兵，左张右望，大声询问："是什么人喊？"接连问数声，不再见回答，只听哼哎了几声。三个兵立刻拔刀出鞘，互相诧异着，雄赳赳地奔来。鹰爪王向鲁桓一点手，两人一边一个，预备停当。果然三个兵扑到林边，左窥右窥，两个兵当前，一个兵在后，喝问着寻进来。鹰爪王、鲁桓就如饥鹰捕兔，倏地一蹿，让过第一人，专奔第二人。第一人必然胆大，末一人必然持重，只有居中这一人定是乏货。两个江湖巨寇便专冲着乏

货扑来。只听怪叫一声，鹰爪王施展出鹰爪力，把这乏货擒住，鲁桓帮忙，一举手之间，把前后两人也给撂倒。

这只是一种暗算，鹰爪王立刻把这乏货，往肋下一夹，如飞地跑去。鲁桓在后紧跟，跑出一段路，两人替换着，把这活掳的人拖到僻密处，先验看鼻息，还有一口活气。立刻把他平放在地上，摊开四肢，施行推宫过血之法，不大工夫救活。然后倒缚双臂，刀加脖颈，讯问昨日官军剿匪，到底捉了几个人。

这一讯问，又问出奇事来，鹰爪王一党共计失落了四个人，内中有红锦夫妻，有袁承烈，还有王门一个弟子，实已殒命并未遭擒。可是一问这兵，官军竟捉了十几个“道里朋友”。鲁桓听了不信，以为这兵是信口胡说。“这大概不错。”把鲁桓扯到一边道：“这一定有无辜被捉附近居民，也被官军碰上，活捉住充数了。”

鹰爪王这一猜，倒有一半对。其实官军也真搜捉了四五个宵行的闲人，只认为嫌疑犯，还等着审讯保释呢。这个兵被鹰爪王收拾得头昏眼花，疑鬼疑神，为免受苦，就信口编造口供。鹰爪王反复讯问数遍。鲁桓也讯了两三次，这兵倒很在行，咬定牙关，决不改供，前后供词如一。鹰爪王又问他这十几人的相貌年岁口音。这兵说：“我是个小卒，我实在挨不到上边，我只听我们哨官说，我们这才捉了一个，人家别的哨比我们多，人家一共捉住十几个，教我们弟兄多辛苦，仔细搜搜，别的情形，你二位就打死我，我也不知道，我也不能信口瞎造，你二位只得向别人打听。”

这兵好像也是贼盗出身，颇懂诀窍，有问必答，好像很诚实。问罢，鹰爪王便有主意，这兵看出不妙来，忙央告道：“二位问完了我，我是有什么说什么，二位多留面子，我也不敢求二位放我，我只求二位留我一命，别把我丢在这里，又捆着手，那我不到天黑，准教狼吃了。二位多积德行好，保佑您顺顺当当的。我敢起誓，我就回营，我也决不把今天的事说出

来，这跟我有害，长官知道了，一定押着我，探寻二位，我不但无功，还要受罪。二位放心，您就放了我，我回队，谁也不告诉，决误不了二位的事。”

这话说得鲁桓心动了，鹰爪王猛然狂笑道：“朋友，你真在行，可是我也是老在行，我不能上当。我决不阴你，也决不能放你。朋友，你撞大运吧。”即掏出麻核桃，命这小卒张嘴。小卒极力央告道：“二位，二位，留面子，你要一堵我的嘴，我可准教狼吃了。你老行好，别堵嘴，您把我吊在树上，行不行？我管保半天不出声，您二位走开了，我再求救。”

这兵满口江湖话，说得有情有理，鲁桓有些听不进去，他说：“把核桃免了吧。”鹰爪王摇头道：“这位是朋友，我们本不该这样。但是，这位是行家，我们不能不小心。”到底逼这兵张开口，给塞上这东西，又给勒上套，教他吐不出来。然后，将反缚改为缚前，把一条腿拴在松树底下。鹰爪王这才说：“朋友。我这么对待你，我也知道差事，可是你要明白，缚虎不得不急，现在我这样给你上绑，我们走后，你只稍微费点事，大概有两个时辰的工夫，也是可以把绳套挣断磨断，只不过稍为受点苦罢了。我告诉你，钢杵磨绣针，你可以慢慢地把手上的绳，往这株松树上去蹭。但不要太心急，慢慢地蹭，不到半天，一定蹭断。你要是心急，那可就不但疼痛，越蹭越热，留神伤了手。”

鹰爪王又似半恶作剧的，向这兵作一揖，说道：“相好，我们后会有期。我们这就去打听，只要你的话没骗我，一到夜晚，你还不能磨断绳子，我准回来，把你放了。你要是诓骗我，我可对不住，我也不杀你，自然有狼来吃你。请了，请了！”

鹰爪王和鲁桓立刻离开此地，奔往旁处，仍去伏在林中，打算再捉一个兵，对一对口供，证一证消息。无奈这也是轻易不遇的事，再想活捉散伍出来搜缉匪贼的小卒，已不可得，又到天午也不好下手，鹰爪王来回绕了一圈，深感棘手，遂与鲁桓找一僻密处，潜伏不动，静候天夕，再行活动。

此时官军大剿匪寇，指名捕索的要犯竟是无所得，却将附近别派的海寇，居然剿了两竿子。刚才那兵只说到他们本营本哨，他们是陆营，现在水师营颇获大功，纵然剿拿鹰爪王未能得手，但既有两竿子海寇落网，带兵官和地方官核计，把上详的公事措辞议好。他们不肯承认地方上的过失，纵容大盗，罪名太大，公文上认定海寇是外海蹿入的。带兵官一面督兵清乡，地方官一面设筵庆功，鹰爪王一案仍然以“杳无其人”了事，并给被擒的海寇，捏了一个名字，叫作“阴曹王”，说这阴曹王就是鹰爪王的传讹。把河南海捕下来的捕快，也是连申斥，带贿买，教他承认了访拿有误，一桩大案弄得变了相。

鹰爪王那边，先到附近探听了一会儿，挨到入夜，展开夜行术，重返故巢，来寻找袁承烈和高红锦夫妻。先在后山踏寻，用铁笛发出暗号，如有自己落伍之友，还可以拔救出来。吹了一阵，不见动静，倒惊动了官兵，应声放箭，大闹了一阵。鹰爪王和鲁桓早已抽身下山，溜到平地；这才施展武功，冒险去故居寻访。时当昏夜，往来密搜，虽有官军站岗布防，这两个大盗如入无人之境。

第十一章 高红锦溃围袁俪

鹰爪王王奎，夜猫纪五，为了寻救袁啸风和红锦女侠关梦严夫妻，重入虎穴，时当昏夜，官军正在执讯囚虏。官军就在鹰巢房舍中，设起公堂。宅中全布着岗，防备得很严密。这两个大盗还返故居，当然熟知虚实，因此竟得躲避官人眼目，蛇行而前，袭入院内，跟着疾如鹰隼，嗖的分蹿上房。两人藏身在房脊后，凝眸下望。院中灯火照如白昼。正房台阶上，摆着公案，袍套花翎，坐着三位官，是一位武官，两位文官，文官便是省里委员和地方官。

鹰爪王眼见由厢房累累押出许多囚犯。他查点自己陷的人，不过数名。可是现在阶下囚竟有十六七个。这十六七个人，鹰爪王认识的连一半也不到。其中也有邻舍，也有过路倒霉的孤行客，全被官军一网打入了。

纪五、鹰爪王注视良久，才发现一个真正的伙党，可是人已然死半截，受了很重的伤，不能说话了。看了好久，红锦女侠、关梦严和袁啸风，依然不在数中。鹰爪王不禁诧异，到底他们逃出去没有呢？

直耗到四更以后，讯囚已毕，官兵就在盗窟设了行营。鹰爪王留恋不走，潜踪暗寻。围着他的巢穴，专搜官军所下的卡子。不想在数里外，一处山坎下，往来寻搜，竟得发现了红锦女侠和她的丈夫关梦严。

他们两人全都受了伤，被官军活捉。他们二人已逃出虎口，被官军马队追逐，因内有神弩营一小队弓兵，逐着背后，一阵乱箭，先把红锦女侠射倒。红锦女侠的丈夫关梦严为救爱妻，舍命负救，结果也坠在网中。他武功枭强，官兵捉他，被他刺伤好几个，因此遭擒时身上受的伤比他妻子既多又重。他们是刚刚受擒，还未及解往大营，被鹰爪王搜索，居然发现。

鹰爪王望见血淋淋的少年夫妻，被拴吊在树上，有兵环守。忙和夜猫纪五私商，想下去抢救犯人。但又怕二人伤重不能行动。可是眼看天将破晓，此时再不下手，转瞬天明，更不好营救了。两人一狠心，决计放火。这小队官兵寻搜逸贼，在这山坎下小村中歇马，果然是预备着等到天亮，就押犯回营报功。鹰爪王命纪五在民宅后面柴堆，放起一把火，只是存着侥幸万一的念头。不意火势一起，官军真的哗乱，纷纷乱窜，疑心是贼人又攻回来了。呼啸一声，小兵官立刻集队，退入民舍，扼门而守，因为他们只有二三十人，立刻摆拒守的架势。鹰爪王趁此时机，由房上翩然而下，院中树上拴吊着关梦严夫妻，还有八名兵丁看守，这一乱，不由得也跟着乱窜，八个人只剩下三个。鹰爪王怪吼一声，扑上前去，刀光一闪，刺倒一个，吓跑两个。那夜猫纪五如飞的赶来，用小刀一挑，把关梦严背起来就跑。向鹰爪王通了一个暗号，头也不回，奔入夜影。

鹰爪王瞪了一眼，好一个纪五，太滑了，他竟给自己留下红锦女侠。患难仓促中，也就顾不得。也用刀挑，把高红锦接抱下来，背在背后，如飞的逃走。官军骇奔声中，连说："劫差事的来了，差事走了，快截，快追!"零零落落，放出几支箭，当不得鹰爪双侠飞纵功夫超奇，利用山林夜影，只跑出不

远，便窜入丛莽平躺在地上，连大气都不喘，让过了追赶马队，这才站起来又跑。

但是鹰爪王和纪五功夫尽管强，困于人单势孤，又赶上时机不利，眼看天就要亮。两人背着红锦夫妻，凑到一处，藏身暗处，验看二人的伤。关梦严竟受着极重的箭创，极深的刀创。当他力尽遭擒时，他又破出性命和官兵死拼，杀一个赚一个，只顾瞪眼狠斗，及至失手，官兵恼恨这个拼命强盗，首先把他的腿筋挑断了。唯有高红锦，受伤在先，受伤较轻。伤处可以疗救，鹰爪王背负二人狂奔时，关梦严这家伙一声不哼，在纪五背上张眼观前观后。回头看见官兵还在追赶，仰面又看见东方透露鱼肚白色，他立刻打定主意。对着耳门叫道："五叔，您给我一把青子，我的青子全教六扇门洗去了。"忙乱中，未遑细想，纪五便将一柄匕首交给他，他接取在手，轩眉一笑。等到鹰爪王背负红锦追到，两边会在一处，落荒而走。一霎时天就亮了。四个人蹲在乱草中喘息，他们江湖人物都能忍耐饥渴，他们在草中直蹲了一个整白天。窥见官兵拉开拨子寻搜，四人紧伏不动。窥见无人时，便给红锦夫妻治伤。鹰爪王和纪五看了关梦严遍体鳞伤，全都皱眉，心说这孩子毁了。他脸上一点血色没有，一阵阵发昏，醒来昏去一连数次，竟忍住依然不哼，汉子够硬，但是伤重已然无救。

四个人困在穷荒野地上，必须挨到入夜，方能起动。关梦严失血太多，口渴欲呕，嘴唇颤动，都知道他想喝水，他不肯说，人们全没法给他去讨。好容易耗到黄昏，夜猫纪五决计出去找食寻水，鹰爪王却要背着二人赶路，到这时，关梦严实在忍不住了。就对妻子说："你渴不渴？我实在受不住了，从哪里弄一点水，润润才好。"鹰爪王叹了一声道："我们一面赶路，一面寻水。"

重背起二人又往前走。不料夜猫纪五既渴且疲，脚下被什么东西一绊，一个趔趄，栽倒在地。他的飞纵术最好，到此时勉强爬起来，再往前挣，脚程竟然发慢，再快不起来了。他哎

哟一声，也说嗓子冒烟，非得先喝一点不可。到底是鹰爪王，还支持得住。四个人竟有三个主张寻水解渴，比寻路逃命还紧要。

鹰爪王无计可施，把红锦女侠放下，说道：“我去寻去。”

鹰爪王爬上一株树，极目力远望，瞄着前边有一片浓影，前面果然像是村庄，却远在数里之外。跳下树来，要与纪五一同奔往，纪五皱眉说：“我们在这里等吧。”鹰爪王无可奈何，只身投村，前去寻水。这一来，可就散了帮了。

鹰爪王展开夜行术，进入村中，不想官兵清乡，此庄也有一队兵，鹰爪王运用江湖机智，掩入人家，盗了一只木桶，也不寻井，就在人家水缸中，汲取满满一桶。自己先喝足，便提着桶出来。有这么一只木桶，不好登房蹿高，只得走平地，不料这么一来被人发觉，两盏孔明灯照了过来，任凭他百般掩藏，形迹就是未露，已然引起了官军的猜疑。他提桶伏腰，往回逃跑，后面官兵竟望风扑影，开了一排火枪。鹰爪王知官兵这是瞎摸乱打，反疑心自己形迹被官兵察觉，连忙钻入草中，潜伏不动，那桶水始终未肯弃掉。伏了一会儿，再不闻响动，他这才提桶钻出来，重寻伙伴。刚走不多远，村中又起了火枪声，知是官兵炸庙，连头也不回，径返潜伏处。不料找到地头一看，只剩下关梦严一具死尸，夜猫纪五和红锦女侠都不见了。

鹰爪王黑暗中，把关梦严摸了一把，湿漉漉的，脖颈上还在冒血，他已然自刎了。忙张目四寻，月影下西北上，晃晃悠悠，有一圆黑影。鹰爪王对着关梦严的尸身，滴下了伤心痛泪。忙用刀掘成土坑，把关梦严草草掩埋上，提起水桶，再追黑影。直追出一里地，口发低哨，赶上了黑影，果然是夜猫纪五和红锦女侠。

红锦女侠泣不可抑，也要自杀，寻了她的丈夫去。刚才那一排枪，没有打着鹰爪王，却令纪五、红锦，大吃一惊。齐说：“不好，王大叔遇险了！”全站起来观望，全没有理会关梦

严。关梦严自知伤重，已明死念，此时望着他妻子背影，惨笑了一声，竟把匕首取来，往项下一勒。他叫了妻子一声：“喂，咱们再见吧！”他不再挣扎了。

嗤的一声，噔的一响，纪五、红锦一齐回头。关梦严本已趴倒，自刎时强坐起来，这时候割断喉管，身体栽倒了。二人大骇，各俯腰抢救，各摸了一把血，各失声一叫，旋又再声。个个的试扪口鼻，扪胸口，诊验死生，当这时村中又响了一排枪，纪五惊骇眺望，远远见了火亮。纪五叫道：“不好！”忙拉起高红锦，催她速逃，红锦恋夫，也要自刎。纪五咳道：“你别糊涂！他的伤分明无救，这是他光棍处。你犯不上啊！”硬将红锦架起，背起来便跑。

这一番寻水，落了很惨的结果，渴竟比饥还厉害。

红锦痛夫惨死，尚在伤心，纪五却如释重负。眨眼间，鹰爪王追寻过来。这才知道他并未失手，刚才火枪响，只是官兵瞎闹。倒害得关梦严提早自绝，几个人同声一叹，也就无法可想。连掩埋也没有顾得，三个人痛饮凉水，两个男子，搀护着红锦一个女子，没入荒郊夜影，一路逃亡下去。

关梦严是死了，问及飞豹子袁啸风，据红锦女侠说，大概是刺倒一个马兵，寻马落荒逃走了。恍惚看见好像是他，究竟是不是，终难断定，鹰爪王灰心丧气道：“听天由命，随他去吧！他是有运气的人，总比我们强！”

鹰爪王一番辛苦，只救出红锦女侠。对于袁啸风，经事后扫听，只知他没死，也知他没有遭擒，他的下落竟从此不得而知了。哪晓得他果然冲出虎口，逃到塞外去了。

鹰爪王搭救了红锦女侠，又会着了他的妻子和妻弟、外甥，与夜猫纪五，果然话应前言，径去落草。

飞豹子袁啸风溃围夺路，本与红锦夫妇搭帮，他观出关梦严傲慢来，又似乎对自己起了猜疑。红锦女侠娇憨不羁的气派，和袁啸风似很亲昵，做丈夫的关梦严大概心上有点挂劲。红锦女侠满不介意，袁啸风何等英明，为了保持身份，便小心

避嫌。红锦女侠凑合着跟袁啸风搭讪说笑，关梦严就翻眼睛。红锦夸袁啸风，关梦严就嗤之以鼻。红锦蛮不当回事，袁啸风就留了心。他们相处才几天，他们两口子似为袁啸风拌过嘴。袁啸风懔然起了戒心。等到逃难、送行、夺路、越山，袁啸风见红锦女侠纤足爬山，不良于行，她的丈夫一人搀扶她，有时还不行，她就叫道："袁师弟，你往前钻什么，你扶我一把呀！"袁啸风不能不过来扶，而关梦严从鼻孔中竟发出哼来，他显然是不悦。

飞豹子袁承烈不痛快，为了避嫌，就远着些。等到遇官兵夺路，这个关梦严依然用他那傲慢的态度，冷诮的腔口，支使袁啸风："喂，相好的，你有胆量，你就往前开道。如若是不行，你就跟你师姊靠后，我来给你们开路。"他的话带着这么一种味，酸溜溜、辛辣辣的，袁啸风哪肯吃这一套？他也冷笑一声："师姊靠后，我袁某不才，情愿开路！"把兵刃一顺，拔步当先。

猝遇官兵，横阻在前路。关梦严又是这一套："袁哥们，怎么样？你在前头行吗？"

袁啸风笑道："这小弟不怕风吹，不怕雨激！"激字说得特响，把兵刃一提，捻出暗器，照官军大队猛扑过去。奋勇夺路，索性把面罩也摘去。他的刀劈过去，如热汤泼雪，打开一条血迹，他硬闯过去了。

关梦严态度尽管傲慢。他夺路之力有余，护妻之力实觉不足。他闯过去了，红锦没有过去；红锦过去了，他可被阻在后。当时若态度稍微和缓，则两男夹救一女，必能脱险。而他天生傲骨，天又太冷，在凶险的局面下，由斗口而犯心思。袁啸风好容易夺到一匹马，催红锦女侠快骑上去，关梦严又酸溜地扔出一句俏皮话，惹得红锦女侠也听出来了，气得女侠说："梦哥，你这是怎么说话？袁师弟呀，你快上马吧，不要你谦我让的了。"

袁啸风本不肯独自上马，却受不住关梦严的冷诮，怒气一

冲，说道：“我这是好意！师姊的底下不方便，我们男子……”话没有完，黑影中放来流矢，关梦严竟说：“不劳费心，我还照顾得了自己的妻子。”袁啸风一怒，竟飞身上马，夺路而走。他居然闯出去了，关梦严结果连自己也没护住，把妻子也陷在官军手中了。直等到二十余年后，袁啸风才与红锦女侠重逢。

袁啸风离开了鹰爪王，偷偷进关，看了看嫂嫂和侄儿。终于又转投到长白山，塞边围。他听人说，塞边围的快马韩本是关里人，亡命客，他居然凭恃着胆大英雄，交友热肠，只十数年光景，在塞边围开创了很大的事业，有着大规模的牧场、炭厂，招纳流亡，牧马开荒，声势很不小，有着孟尝君的派头，快马韩起初也是孤身一人，居然在关外混整。飞豹子袁承烈想到自己，也是一身一口，自己身边还有丰厚的资斧，人家能创业，我自己为什么不能？袁承烈倾心向慕，要会一会这个人物。他就只身仗策，奔波数百里，前往投效。欲窥韩门，自求出路。他来到韩家牧场，赶上了机会不巧，也可以说机会凑巧，那快马韩没在场，韩家牧场刚刚的丢了十七匹骏马。

袁啸风会不着快马韩，所以说机会不凑巧。又赶上人家丢马闹贼，他此去正赶上热闹，教人家动了疑，把他当作卧底而来的马盗，所以说不凑巧。但是，竟因这一动疑心，趁着快马韩没在场，他才得挺身炫才，一试身手。他为了洗刷疑诬，当下卖了一手高招，他不但目睹盗马的贼踪，他又夜探商家堡，把牧场二当家魏天佑救出贼窟，他立刻邀得了牧场场主的爱女韩昭第姑娘的倾慕，二当家魏天佑也立刻推心置腹，很感激地任用他。

袁啸风在商家堡，用江湖上很漂亮的措辞，较量了商家堡大寨主姚方清。又用独特的武功，镇住了商家堡群盗。然后和姚方清丁是丁，卯是卯，叫了一回板眼，言明五天之内，必由牧场场主快马韩亲自登门负荆。即使韩场主届时不能回场，不能践约，那么，我们牧场也自有人代表前来。双方话挤话，击掌立誓，姚方清这才开寨门，排大队，把擒获的马师一一释

放，直送出商家堡地界以外。

飞豹子救了魏天佑，当夜回转牧场。到次日，场主爱女韩昭第姑娘，替父主持一切，在家中摆了一桌酒筵，一来是酬劳这投效立功的不速客袁啸风，二来是安慰二当家魏天佑，三来是商量五天后践约之事，该如何预备。什么是五天后践约赔罪，其实是订期械斗罢了。场主没有在家，如同群龙无首，昭第姑娘不得不广征众意，详商五天后应敌之策。还有一节，如今为了寻马，平白和商家堡结此大隙，可是在雨夜里，失去那几匹良驹，还没有勘得确实下落，这也得接着想法。

昭第姑娘和魏天佑坐在主位上，坚让袁啸风坐了客位。魏天佑因遭商家堡擒辱，很是懊丧，此刻提起精神，和袁啸风攀谈。起初袁啸风突然而来，场中都曾经纷起猜疑，此时袁啸风是立过大功的人了，当然刮目相待，但是魏天佑依然要打听袁的来路，这却是钦佩之心居多了。

魏天佑和袁啸风欢谈，屡次问到袁的身世，听袁的口风，对他从前的身世、师承、来历，好像不愿深谈。魏天佑刚一问，袁啸风便立刻用眼下的事岔开，据袁说起，听盗马贼的口风，是由宁古塔赤石岭来的，这话很近情理。魏天佑暗想，袁啸风讳言身世，恐怕他在关里背了重大案子，不能立足，才越到关外，就连他所说的姓名也未必靠得住。好在现在已经知道他是安心帮场主来的，本场中有这么一个有本领人，多添了一条膀膊，即使他身上背着多大案子，这里也敢收留。他既不肯说，倒不便过于追问了，遂接着他的话风说道："袁老兄适才说的那伙盗马的风子帮老合，长久落在宁安府乐东南赤石岭，却也贴理。那里的瓢把子，名叫镇山王刁四虎，此人素常对于武林道上人落落寡合，各行其道，抱着人不犯我，我不犯人的行为。跟别处向无来往，可也不在附近招扰，跟我们韩家牧场也没有过节儿。此次突来盗马，猜想定是有人主使，我们倒要摸清了他倒是受何人主使，事是由他赤石岭起的，怎么也得跟他招呼招呼。可是，袁老兄路上听他们私议，曾说什么赤石岭

是为朋友帮忙的话吗？”袁啸风点头道：“听他们低言悄语的说什么阴鹭文叶某傲的，近处可有这么样个人物吗？并且那姓侯的匪徒很抱怨他们瓢把子不该轻信那姓叶的一面之词，跟韩场主结这种不解的梁子。在下也正在想着请教魏当家的，场主可有这么个姓叶的仇家没有？究源溯本，找出正点儿来，倒好下手了。”

魏天佑听了，眼望着昭第姑娘愕然道：“这可怪了，听袁老兄所说的情形，分明是小白山新场，现改为茂记参场的场主叶茂了。只是场主跟他是多年合伙，现在他们二位虽是各自干各自的，明面上依然是好孔好面，虽则暗含着不满，论事论情，亦不致这么悖情悖理地跟我们为仇作对。姑娘你想，他至于这么不念旧交，暗中作祟吗？”

昭第姑娘道：“事情也保不定，就许是他暗中主使，老叶的外号叫作阴鹭文，绝不是夸奖他，就因为他做事阴险，明面上极其随和，暗含着比谁都厉害。像我爹爹那种直爽豪放，胸无城府，一点话一点事全在心内存不住，不论对交情深浅的朋友，一是一样。老叶就不然了，明面上谦和柔顺，不言不语，暗中却是狡诈异常，一点小情节也不让。当初开参场的事，我就觉着老叶一定办不好，就是把老场交到他手里，他也不过把天生的灵药，委弃给毒虫猛兽糟践了，可是他未必能够反躬自问，知道自己的短处，他一定反怀恨着我爹爹不把老场让给他。这么看起来，这次暗中跟我们作对的，如果真是他，那一定想把我们扳倒了，好把我爹爹这片事业都归了他。因为他准知道势力不敌，不敢挑开帘明干，暗中布置，直到这时才买出这班绿林道，暗暗发动，想把我爹爹这一下子扳倒了，借刀杀人，这种卑鄙行为，谁也不肯这么做，只有他这种阴险小人能够做得出来。我看这件事一定是他，没有别人。魏老叔，不必犹疑，咱们径直先找他。”

魏天佑道：“姑娘！事情固然是得这么办，可是也得仔细地摸真了再动手。这次我已经误撞商家堡，把事办莽撞了，虽

说是商家堡也在仇人主使之数，究竟人家尚没露头，我总算冒昧了，一误不能再误。袁老兄暗中听匪徒们的话，决不会错，不过我们还是设法先探实了赤石岭，是否真是叶茂主使出来的。果真是他，那可不能教他痛痛快快死，把这一带的出头露脸的请出来，教咱当家的在桌子面上当面折他。”又转向袁啸风道：“袁老兄你大约不知道这个叶某怀恨的原因，我大致地说吧。当初是咱们当家的创立起牧场、炭窑，全是当家的自己力量，自己的资财，他只是初开创的管账先生罢了。后来事业混好，他看着不忿，说是在参场里不东不伙，枉担虚名，情愿退出去，另立事业。咱们当家的不愿落交友不义之名，把老场新场所赚的钱如数清算，二一添作五地平分给他，老场新场由着他自选。这老场新场相差很巨，老场在宁古塔，历来仙品人参全是由宁古塔出来的，新场就在小白山。老场是天产的参苗，不全凭人力，新场是也有野参，也有养参，不过是有一定的利益。可是老场天产无穷之富，一须资本，二要精于此道的内行，三要人多，四要武勇兼备的能手，五须得人心，这五样缺一样，白伤人、赔钱、栽跟头。这是大概的情形，要细说，三天也说不完，袁老兄等着有闲时候，我再把这里的身家命脉告诉你。这位叶茂当时就一口咬定，要老场，咱们当家的准知道到他手里变糟，当时赔着笑脸把老场写给他。不过咱们当家的可跟他说定，如若他干不好，许他再换接新场，可不准他把老场让给别人。当时老叶自以为得计，觉着从前在两人合作时，宁古塔的野参场，年年得大量的新参，多少总能采十几支老参，自己干上十年，总可以剩个十万八万的。当时他那份得意的神情，不用嘴说出来，谁也看得出来。哪知把老场到了他手里后，竟枉自喜欢了一场，临到下场采参，不只没有得着什么，反倒被毒猛兽伤了两三个人，这一来差点没把老叶气死。只为有言在先不能反悔，竟自把老场交还了咱们当家的，把小长白山的新场换回去，直到现在仍然是他干着。可是到了咱们当家的手里，依然是一年比一年兴旺，差不多吉林省的采参的

名手全到了咱们丰记参场里，这可并非是咱们当家的运气好，财旺。这就是我方才说的，干参场全仗着那五样，最要紧的就是得人心，能用人能服人。那阴骘文叶茂是心黑财黑，只要在他手下一长了，没有不跟他离德离心的。有真本事的绝不给他使唤。所以老场交给他时，好几位好手全立刻辞事，有几个脱不走的，也不肯给他卖命，只是敷衍塞责而已。像那种情形会不失败？赶到仍归咱们当家的接办，所有先前走的人，全陆续回来，老叶认定是咱们当家的暗中主使这班人故意挟制他，不过他想跟咱们当家的套过节儿，那不是自取其辱吗？当时虽放了许多疯话，当家的因为是过耳之言，也没放在心上。事隔数年，彼此相安，万没想到他这时竟仍然暗使这种小人手段，借刀杀人。袁老兄，你看这个事若果是他办的，我们倒不能轻轻放过他去了。”

袁啸风道：“魏老师这一说一半是他主动了，拿蛇先拿头，我们从根子里先给刨断了，别处就容易料理了。现在可是得头疼先顾头脚疼先顾脚，那商家堡的约会，无论如何先得践约。韩当家的到烟筒山，办理失马找场的事，可以先搁一搁，我看魏当家还是先派人把当家的请回来。真要是当家的回不来，姚方清找上门来，咱们就栽。况且这里已算大致摸出这件事的主使人，说不定就许连烟筒山的事也是一手办得。魏当家你琢磨琢磨，我可是没有什么经验，不过按着江湖道的俗浅办法，商家堡这件事总得先招呼下来。”

昭第姑娘向魏天佑道：“魏二叔，人家袁师傅说得很对，咱们既跟商家堡定了约，绝不能失信。赶紧打发人，把我爹爹追回，免得再落他老人家的埋怨。”当时小酌已罢，一同回场，魏天佑立刻教账房先生写了一封信，差派着得力的弟兄，骑快马，赶奔烟筒山，面禀场主，请他赶紧赶回。把送信人打发走了之后，这时已到了巳牌时候。魏天佑与昭第姑娘商议吩咐大厨房，给全场的弟兄在饭厅里，开上酒饭，随又在柜房摆上一桌酒席。魏天佑、昭第姑娘仍请袁啸风上坐。袁啸风道：“魏

当家，你要这么拿我当高朋贵友，我就不能在这里待了。如若看得起我，容我在你这稍效点劳，我倒能安在这里待了。”魏天佑见这袁啸风出言爽直，并且若是太跟他客气，更显得生疏了。遂请前后圈的马师、武师，大家随便落座。昭第姑娘给大家斟了一巡酒，站在席前说道：“我这可不算客气，不过因为我爹爹不在场里，出了这种意外事，众位伯叔老师们，全是不计若何危险，想保全咱们全场的脸面。虽然事情并没闹整了，众位这番爱护本场的感情，已经令我父女心感。众位伯伯叔叔还是多年的老弟兄，像袁师傅才来到这里，更因为场主没在这里，魏二叔也没肯就指定归哪里帮忙，按说应当按朋友敬奉。不想袁师傅真瞧得起我们，竟肯这么卖命，我们绝不敢说些个浅薄感谢的话，我先当众替场主敬袁师傅一杯，不过表示我父女一点虔诚敬重的心意吧！”说到这里，又给袁啸风满斟上一杯，袁啸风赤红的脸面更红涨得连筋全暴起来，连眼皮也不敢撩目，看着酒杯说道：“姑娘别这么客气了，在下是粗人，不会说话，姑娘你再这么客气，我可坐不住了，姑娘你请坐吧。”

昭第姑娘一笑，一旁坐下，彼此在酒席上议论那暗中主使盗马的阴鸷文叶茂，也有主张着到小白山茂记参场找他的，就有主张暗中先探一下子，是否就是他，免得再生意外枝节。有的又说应该先经赤石岭探一下子，众议纷纭，莫衷一是。那袁啸风却不再参与见解，低头暗打主意，不一刻酒足饭饱，袁啸风却向魏天佑道：“魏当家，我跟你告假，我到宁安府看望个朋友，晚间赶回来。”魏天佑听着一愣，看了昭第姑娘一眼。昭第姑娘坦然地说道：“魏当家，这位袁师傅既然有事到宁安府去，可千万请袁师傅早些回来。牧场中现在是多事之秋，保不定有什么事。说不定有借重的地方，务让袁师傅帮忙到底才好。”魏天佑立刻向袁啸风道：“袁师傅，我们是知己弟兄，不必客气，这里的事，你老兄可不能中途袖手。无论如何，亦请早回，别的话我也不便嘱托了。”

袁啸风点点头道：“二当家的跟姑娘放心，在下多承看得

起，我焉能那么不知好歹。二位放心，只要是牧场的事，赴汤蹈火，万死不辞。我只要把手底下事办完了，定然就赶回来。”当时彼此这一片场面话，魏天佑忙赔笑说道：“袁师傅，这可言重了，我绝不是怕袁师傅回不来，只为事情棘手，此后多有借重。盼望袁师傅多给我们帮忙，我们全是放言无忌惯了。心里有什么，嘴里说什么，咱们往后，一手共事，袁师傅还得多担待。”袁啸风笑道：“得了，咱们既全是一家人，就不能这么处处时存顾忌。魏当家可算越说越远了，在下还是先向您告假吧。”说着站起来向外走，魏天佑道：“袁师傅你等一等，教他们备一匹牲口，宁安府不是近路哩。”

袁啸风道：“我打算步行，别教弟兄们费事了。”魏天佑知道袁啸风这是自己留身份，新近场中除了昨夜追贼事急，平常不肯擅用场中的良马，遂仍吩咐外面的弟兄，把自己的牲口给袁啸风备来。袁啸风却到排房里，换了一件长衫，仍把那柄护身的手叉子插到腿绷上，见屋中已由别人收拾干净，淋湿的被褥，也由管理排房的头目全给搬到广场上风干。在雨后，这排房里打扫得更显得净无纤尘。袁啸风来到前面，魏天佑正站在柜房前，见袁啸风从后面出来，迎着说道：“袁师傅，这里已给你备好了牲口，快不要客气，韩家牧场里的师傅们出去，反没有牲口骑，太教人笑话了。”袁啸风见魏天佑这么诚意相待，遂含笑拱手致谢，从伙计们手中接过鞭绳来，说声：“魏当家，我不客气了。”随即拉着鞭绳，紧走了几步，立刻结紧镫鞍，飞身上马，径驰出场去。

第十二章 飞豹子单骑缉贼

袁啸风策骑离开牧场，他并不是真到宁安访友。牧场的马师武师们，全是在场主手下做事惯了，一切事全是秉承场主的意旨行事，不肯当机立断。现在事起非常，袁啸风不露声色，只说是到宁安访友，他自己实要单人独骑，夜入赤石岭，查他个水落石出。这时天色尚早，沿着丛林密菁的地方，往西蹚下来。荒凉的大道上，积雨初消，泥泞未干，袁啸风立刻向宁安城这条路走下来。约定两日必归，此时天时尚早，遂先到宁安城内，打了早尖。此地是这数百里内唯一的商家集聚的所在，更兼有将军驻守，军流戍所也在这里，地方上颇显得繁华。袁啸风在这里访查一回，这才从宁安府起身。

一出宁安城，已是黄昏之后，斜月初升，依然是黑沉沉的，只能微微辨出路径。纵辔疾驰，眨眼间已是五六里的道路，到了奔赤石岭的岔道。袁啸风因为昨夜缀贼，已然蹚了一程，路径依稀可辨，估摸快到了有伏桩的地方，绕着丛莽深林，越了过来。这座赤石岭，从前没有到过，究竟是怎么个形势，里边有多少匪党盘踞，自己全不知道。袁啸风不敢过于忽

视，越过第一道伏桩，约莫又走出一里多地。前面的地势渐渐高起，遍地是丛林，当中现出一条宽敞的大道，袁啸风把牲口仍然隐在林深处，用手叉子把经过树干上做了记号，为是回来时，好易于寻找。又辨了辨眼前道路，顺着一道山坡，往前蹚下来。此时是提着全神戒备，防着匪巢安的卡子，以及贼人巡守的暗桩。袁啸风仗着在江湖道闯荡有年，经验已多，对于江湖道上的一切伎俩，全明白个大概，此时全用着了。暗查一路上的情形，已知道赤石岭定是个隐僻之地，匪党绝不是多大帮口，大概他这垛子窑绝不是有名的山头，离着通行的道路也远。

月影下走出二三里地，只觉着地势渐高，一处丛莽密菁阻路，慢说是在昏夜，就是在白昼也看不了多远。袁啸风心里颇为犹疑，深恐再走迷了路，又往前瞠了半里多地。面前陡现两条道路，一条道是往正西去的。袁啸风隐身在丛莽中，借着斜月疏星，仔细查看。半晌看清，这两条道全是人工开辟的，全是五尺多宽的道，夹道仍是荆棘蔓草，夹杂着不成行列的榆柳杨槐之类的树木，可是这两条道上平坦异常。袁啸风测度着情形，蹑足匿踪，穿着林木，奔到往正南的这条路上，绕过往南来的路口，约几丈远，站住了，想了想，这真应了那句俗话，欲知山前路，顺问过来人。我这么瞎撞，不啻盲人瞎马，还是设法诱他这里伏桩，告诉我垛子窑的所在。遂俯身摸了一块石子，一抖手向才绕过来的路口一带打去。吧嗒的一声，落在了道旁草地里，这一下居然有了效验。跟着就见路旁草地里，唰唰响处，窜出三四条黑影，闪烁着刀光，内中一人发话道："喂，朋友，是盘道的，是换桩的？赶快亮万，今夜可不许玩笑。"这个发完话，稍微一沉，跟着又一个乌鸦嗓子的喝道："喂！这又是谁这么胡闹？我说你要是紧自闷条子不亮钢，我们可用暗青子招呼了。"唇典说是：来人要不开口，不答话，可要用暗器打了。这几个贼党说完这两句话，见仍没有搭腔的，彼此竟惊讶着互相诘问起来。袁啸风自顾藏身的所在，十分严密，自己连动也不动，暗中看着贼党们捣鬼，贼党候不见

答，一窝蜂似的往这里查看过来。袁啸风这时已看清，暗地上一共是四个人，两人提着双手带大砍刀，两名背弓跨箭，走过来有四五丈远，就全站住。内中一人笑道："我们这真是活见鬼，这种时候哪会换桩？今夜是该着水牛姜老的班儿，他腆着大肚子只会找吃的，他哪肯下这种辛苦。"一人说道："反正小心一点吧！我看咱们这里，早晚总有一回热闹的。快马韩在这一带，也是数一数二的人物，咱们瓢把子自找麻烦。我们多小心点，桩上把紧了，有什么乱子，没咱们的干系……"这四个匪徒，一边说，一边走，仍然退向路口。

袁啸风容他们走开，自己已知赤石岭的垛子窑准在这条路上，遂顺着这条道往南走。这条路迂回曲折，斜出不多远，前面黑压压现出一座山口。只是近山一带，反没有草木，山口一条平坦的山坡，一处处岩石起伏错落，石峰矗立，在黑夜中看着，更觉阴森可怖。袁啸风相度形势，知道山口一带，有巡守的匪党，敌暗我明，从山口往里一蹚，必先被伏桩所阻，遂先从草地里斜奔山口的东南；轻身提气，纵出来，奔到一片危岩下。隐住身躯，看了看，东南一带虽没有山道，可是并没有多高，只不过处处峥嵘突兀。袁啸风估摸着自己的轻功提纵术，足可从这一带猱升。遂择那凹凸不平的地方着足，轻登危石，巧着攀缘，升到三四丈处。到了上面，借着星月之光，一辨前面，虽是童山，可是处处有奇峰怪石障蔽着，看不出多远去。袁啸风拢目光，四下辨了辨形势，遂从那乱山磐石间，往里穿行。

走了不多远，这才看出，这里原是不生草木的童山。可是天生的奇形怪状，不但没有单行的道路迴然错落，地方很低且乱，难以遮蔽身形，并且不论走到高矮的山道上，只能看出数丈远，不是石屏，就是奇峰蔽前。所幸自己只拣那平常身手不敢着足的地方走，且没遇上阻碍。入山口约有一里之遥，不止于没见匪踪，连一点别的声息也没有，袁啸风不禁有些急躁，深恐自己误撞空山，匪巢不在此处。前行数步外，一段高岗，

接连一座高峰，袁啸风一端详，自己必须到了峰头上，才可以瞭望匪巢的所在。若是一升到这座峰头，倘有伏桩巡逻的贼党，自己也易被人家觉察。不过要想在关东道上成名露脸，怕死贪生，畏首畏尾，绝不会能成事的，遂一狠心，耸身一跃，纵到这道孤峰下。轻身提气猱升到峰巅。四下一望，只见沿着峰下这条山道，再转两个弯子，有一道山口，往里去，形如盆地，是一条深谷，从山口起，环绕着这个深谷，是一道长岭，天然的像一座城堡，把这道深谷，圈了一周，远望谷中，星星点点的，有好几处似有灯火。这一站在高处，也隐隐听见谷中马嘶之声，山口有黑影来回走动，似有人把守。相度入谷的要道，除了这道山口，四围的长岭，虽有矮的地方，也有三四丈高，并且还不知谷内沿着岭下有没有埋伏，看情形多半非由山口进去不可。

袁啸风虽是伏身在上面，不敢过于拖延，遂仍悄悄到了下面。一路上借着嵯峨耸立的怪石障身，转过西边山坳，那谷口已然在望。袁啸风恐被防守的贼党看见，遂绕向谷口东边，从上轻登巧纵，到了山口切近，在谷口入口的附近，两边对峙的岭脊只不过两丈多高，入口处是十几丈长，两丈多宽的一条夹街。可是越往里，上面越高，袁啸风伏身岭脊居高临下，看得格外真切。下面山口内，并不是灯笼，是在两边山壁上，各有一个石槽，里头注着松脂，冒起半尺高的烟火来。火光冒黑烟蓝焰，倏明倏暗，又被一阵阵夜风吹得蓝火苗子时吞时吐，照着两边的山壁，更显得阴森森如入鬼境。有两名匪党，全穿着土黄布裤褂，在山口内来回走溜，松脂火光映出的人影子，黑影憧憧。这两个匪党似乎有些困意，提着手中刀，不知不觉地刀尖子往地上直撞。

袁啸风心想：我要打算入匪巢，非得先把这两个小子诱出山口不可。遂纵到岭脊上，鹿伏鹤行，仍来到靠山口前。在上面悄悄找了两块碗大的石块，又找了两块拳头大的石块，全预备到手底下。探身往下看了看，两个匪徒并肩往里走去。袁啸

风把两块大石抓起，运足了力量，一抖手，把石块向山口前半空中抛去。没容头一块石头落下去，第二块也跟着飞出去。猛然山口前砰砰两声巨响，碎石回溅，山口内两名匪党惊叫了一声，齐奔到山口外查看。袁啸风在上面一个箭步，窜回一丈多远来，一叠腰往下一纵身，落在山口内道上。身快手快，用手中的石块，先把身旁的这盏油槽火焰压灭，跟着觑准对面石壁道那油槽，一抖手，吧的一下，竟用石子把那灯焰也打灭，山口内愈形黑暗。袁啸风贴着山根，纵跃如飞，闯进里面。守山口的两个匪徒，方在查看山口外的暴响，正在疑神疑鬼，忽的山道内又一响，再回身查看，两边山壁上的火光全灭，两人更是惊疑得不知所措。忙取出火种，重把松脂灯燃起，袁啸风早已入到谷内了。

广大的深谷，并不像平常传说的绿林道占据山头开山立寨，里面有多大声势。袁啸风一到谷内，若不是已遇上把守各路口匪徒，真有些疑心这里不是匪巢的所在了。广大的谷口，只散散落落，有六七处简陋的木板房，跟几处茅屋，在正面是一排木屋，足有六七间长，纸窗上隐现灯光。沿着东西一带山壁下，三三两两的小屋，也有有灯光的，也有没有灯光的。在西南角一带，一座宽大马棚，马棚内隐隐射出灯光，颇像山居的农人猎户似的。

袁啸风贴着岭根下，扑奔那正面的屋子。来到近前，先查看了四外，没有什么动静，只提防着谷口防守的匪党。好在距离稍远，只要听到声音，隐蔽身形不迟。这排木屋，只靠东首灯光较亮，在荆藤编的窗格上，全糊的是桑皮纸。袁啸风用手指蘸着口中津液，点在窗格上，容它湿透，恐怕桑皮纸厚，用指甲点它，出了声音，容易被屋中匪党发觉。遂立刻把腿绷上的手叉子拔出来，用锋利的尖子扎向窗纸上。扎进一分去，微把尖子一转，撤回手叉子，听屋中依然没有什么声息，西边一带时起鼾声。袁啸风从点破的纸孔中，往里一看，只见木屋虽是简陋矮小，可是里面地位还大，建筑得不伦不类。东半边三

四丈长，两丈五六宽，全是明敞着。在西首有一段隔断，木墙上开着小门挂着门帘，这明间颇似敞厅。正对着窗子的迎面，是一张巨大的木案。木案两旁，一列是八把白茬的木椅子，上面铺着狼皮垫，在靠墙一带，放着一张木凳，一边一架青石板架的案子上，一共放着四盏油灯。不过光焰如豆，在西面墙下，设着两座板铺，上面睡着两人。在东边暗间的隔断板墙前，微起鼾声，也似有一两人在那里睡着，虽看不清面貌，可全是和衣而卧，在身旁枕下，全放着兵刃。

这袁啸风心中惶惑，匪党全入了睡乡，偷听不着他们的话，便不知这里哪个是匪首，哪个是这次盗马主动人。正在思索如何下手探查，耳中忽听得那山口一带，一阵人声杂嚷，袁啸风赶紧一纵身，窜到了木屋旁，隐住了身形，往山口一看。只见从外面冲进来一伙人马，约有二十多骑，可是没有灯火，一阵吁吁勒马抛缰，立刻纷纷下马。这一阵声喧，立刻把里边的匪人惊动出来，从东西两边的小屋，走出三名彪形大汉。在西南角上的马棚里，也跑出几名马贼，赶过来迎接。内中一名匪徒向来人招呼道："喂，陆老五，您这趟彩头真旺，咱们瓢把子方才还叨念你们哥几个哩。"一边说着，从几处茅屋里又走出五六名匪党，帮着把马匹牵进马棚，跟着听得正面屋门一响，立刻有一名匪党招呼道："陆头，瓢把子已经起来，叫你们哥几个进来问话。"随听得一阵脚步声，齐进了木屋，这片广场上又寂静下来。

袁啸风见那一干匪徒，把马匹送到马棚，各回自己屋内，他便趁机蹑足轻步，踅到了窗前。屋中灯光较先前亮，一个声若洪钟的人正在笑话。袁啸风从窗孔往里张望时，只见先前在板铺上睡觉的匪党，已全整衣坐起。迎面木屋两旁的椅上坐着三个匪首，右首一个有四旬左右，身高体胖，面若猪肝，两鬓胡子可是新剃的，两颊全是青色，浓眉巨目，在左额角有一道疤痕，是曾受过很重的伤的，手里抟着一对铁胆。左首坐着一个人，年约五旬上下，瘦削的面貌，细眉鼠目，唇上疏疏的数

的过来的黄焦焦的断梁胡子，手里摇着一把折扇，文不文，武不武，两眼盯着地，似在思索什么事。右首下首坐的正是昨夜跟缀的那个姓萧的匪首，看这情形，那个魁梧的高大的定是这赤石岭的匪首镇山王刁四福无疑了，只不知那瘦小黄髯是什么人。

只听那匪首镇山王刁四福道："陆老五，我这里正不放心哩，我恐怕你们拾不下来这水买卖，正想教萧老二带弟兄去接应呢，你们怎么这时候才回来？"那姓陆的匪徒忙答道："这次上线开笆，险些栽在线上，本想着点子全是空子，哪知内中竟有能手。黑心杜兴邦，手疾眼快，把点子料理了两个，才把买卖拾下来，一共得了二十六匹牲口，半途脱缰两匹，只带回二十四匹来，唯有我们金伙计，太废物了。竟会被空子打了一马棒，这一下子还真厉害，差点没把金伙计的左眼打瞎了，因为下手的时候耽搁了半日，所以直到这时才赶回来。"

那匪首镇山王刁四福道："这倒难为你了，好吧！你们哥几个歇息吧，等着把这两批牲口出了手，定要教你们换换季。"那陆老五答道："当家的说哪里的话来，我们应当效力，哪能在乎酬劳。不过我们临回来，遇上商家堡的弟兄，他们说是教当家的可多多留神，韩家牧场的人已经夜闯商家堡。商家堡的姚当家的已是预备下人，只要快马韩到商家堡践约赴会，绝不容他再逃出掌握。他如果五天一过，不敢践约，那就是他自认关东三省没有他这份英雄。我们要联合两处的弟兄，前去接收快马韩的事业。并且说如若茂记参场的叶大爷到咱这来，千万请到商家堡一谈。这次事请叶大爷放心，既已伸手动了他，绝不能中途袖手。"

这陆老五说完这话，那个黄髯的瘦矮子，正是阴鸷文叶茂，点点头道："好吧，我正想到商家堡去。我不过候着烟筒山的人来了，咱们再定行止，看一看那快马韩的手段。这次我跟他不拼个起落出来，绝不罢手。关东三省有姓韩的，没有姓叶的，我们这次总得跟那快马韩算清旧账，一决雌雄。"这时

那匪首镇山王刁四福含笑说道："叶二哥，据我看快马韩也不过徒有虚声，要按江湖道上的传扬，快马韩好似有三头六臂。这次我这种无名小卒，居然也动了他，我为的是看看他有什么过人的本领。叶二哥，你尽管放心，不是我刁老四背后说大话，我既然敢摸了他，就接得住他，不用听那种江湖道上瞎哄，姓刁的历来是轻易不跟江湖道们结梁子，可是既跟他们比划上，我绝不能中道罢手。我刁老四的脾气，金钟也敢撞，瓦罐子也一样摔，你看着吧。"

阴鹭文叶茂连忙恭维道："刁当家的，我要是不放心你，我焉敢推心置腹地拜托当家的。反正这次只要能够把快马韩扳倒，我情愿把从快马韩手中夺回的事业，全让给帮忙好朋友，别看我现在垫办花费，我只要把这口气争过来，于愿已足。"

镇山王刁四福立刻吩咐陆老五去歇息。这时天不过四更左右，袁啸风随即撤身躲到一旁，容这伙匪徒从里面走出来，各回自己住宿的屋内歇息，屋中的匪首刁四福道："叶二哥，商家堡居然敢这么招呼一下子，这倒真是出人意料之外，姚方清既是跟我们互为声援，我们倒不能辜负他的感情。我想，姚方清既已跟快马韩定约，快马韩五日内定然践约赴会，我们哪能袖手旁观？我们明朝到商家堡走走。"叶茂道："好吧，我也正该到商家堡，稍伸谢意，这时不过是四更才起，当家的请歇息吧！我来到这招扰的当家的昼夜跟着操心，教我心上不安。"刁四福道："我们交非泛泛，何必客气，叶二哥，我看你从昨夜就不能安然入睡，可是担心我这赤石岭不能保护你的安全吗？叶二哥，你敬请安心去入睡，我敢保这赤石岭高枕无忧。你要是不大安心，请到里屋，跟小弟一块儿歇息如何？"叶茂一笑道："请安心，当家的，你这真是笑话了，我自到您这垛子窑以来，才知道当家的现在已经具有一种非常的力量。就凭您麾下这班健儿，哪个不有好身手，莫说是在您贵窑一住，稳若泰山，安如磐石。就是在赤石沟的这趟线上，就再没有人敢正眼相视，这么好所在，我还有什么不安心。当家的，你请安歇。"

这时所有别的头目人等，全退出去，那明间的两人睡觉的地方，现在因为另一个头目出去盘小道，所以外间只剩了叶茂一个人歇息。镇山王刁四福，随即教手下弟兄把明间的灯火的焰拨小了，自己走进了内间，袁啸风赶忙地蹑足轻步，把这广场中巡视了一周，再来后窗前，见窗上的灯光微小，屋中的人已起了鼾声，袁啸风不禁自己盘算，这种江湖的勾当，自己尚是初试，若是一个算不好，就栽在这里，被人窃笑。赶到了木门前一试，屋门没闩，只是虚掩着。暗自庆幸，轻轻把门推开一线，侧身往里张望。屋里不明不暗，灯焰发出的微光，照着屋中一切，似有似无。听了听那阴鸷文叶茂，实是已睡着了。袁啸风提着手叉子，蹑足轻步，只用脚尖点地，连一点声息没有，先扑奔了里间。贴近门首，先侧耳听了听里间，只一片轻微的鼻息声，这屋中两人真是大反个，那镇山王刁四福相貌粗暴，睡眠反没声息；叶茂那么瘦弱，反倒起极大鼾声。

袁啸风自己深入腹地，不能不加以慎重，遂把里间的软帘掀起一角，复往下一撂，唰的微微响了一下。复把软帘掀起了一些，往里注目看了一会儿，板铺上那个匪首，纹丝没动。袁啸风知道这匪首实是睡着了，遂身踅来到叶茂的卧榻前，立刻轻轻把叶茂拖在枕上的一条辫子给扯顺了，用锋利的匕首，从当中割下半段来。把断发提着，想到里间，送到那镇山王刁四福的面前，教他知道快马韩非易与者。方往里间屋门一凑，突然里间木榻一响，袁啸风屏息止步，在外间略一停顿，听了听，是那匪首呼地翻身。略沉了一片刻，那外间的叶茂，又转侧翻身。袁啸风一眼瞥见外间的白茬子木案上放着一支秃笔，一块破砚。遂变了主意，见桌上有现成的粗糙纸，遂把碗里的余沥倒在砚上，把秃笔蘸了蘸，在纸上写了两行字是："夜入宝山，亲履贵寨，略试钢锋，割发代首，狐鼠伎俩，毋再舞弄老夫面前。"下款写了一个字。在黑影沉沉的灯光下，潦潦草草地写完，抬头看了看，屋顶用极大树干，架直房梁，自己估量着丈余高还可以上下自如。遂把气纳丹田，凝神嘘气，用太

极门的轻功提纵术，把一条断发跟纸笺衔在口中，往起一耸身，双手抓住横梁上，把叶茂的断发跟纸笺拿出来，把手叉子拔下来。潜运内力，把断发跟纸笺全钉在横梁上，略缓了缓气，飘身落在下面，轻如飘絮。随即蹑足来到门首，轻闪到屋外。外面仍是静悄悄，空谷无声，斜月西沉，越发黑暗，遂翻到了山口。只见那两名守谷口的匪党，仍在那把守，只是两人大约因为夜静更深的时候，山风很大，借酒祛寒，两人全喝醉了。一个倚着山壁，一个坐在石墩子上，睡得很是沉甜，身旁有酒壶。袁啸风瞥了一眼，安然出了谷口，自己想着，这一来足可示傲于这群鼠辈。方自庆幸，突觉得头顶上嗖的一股子疾风过去，袁啸风急忙一缩身，立刻定睛看时，只见一条黑影，疾如飞隼，出去有三四丈，往下一落，跟着又腾身跃起，往远远的一着脚，正站在一块六七尺高的危石上，恍惚看着似向自己点手。

袁啸风大骇，心想这是什么人，看情形好似存心对付自己。袁啸风四面一望，恐陷虎口，脚下一着力，腾身而起，如飞地追奔下来。前面那人忽快忽慢，倏疾倏徐，眨眼间出来有三四里地。袁啸风略一辨方向，暗暗着急，自己应该奔东北，按天上星斗的方向一估测，知道所走的道路是奔了西南，这一来越走越远，何况自己马匹，尚在这赤石岭道卡子附近。抬头看了看，那条人影似已失了踪迹，自己正在琢磨着还是赶紧往回赶自己的路，别上了冤枉当。方待转身，猛见那人又复现身，此次竟发话道："喂，朋友，随我来，这里有你的好去处。"

袁啸风勃然怒声厉叱道："朋友你是江湖道上英雄，可敢跟我较量较量？你要用这躲躲藏藏，你真是匹夫之辈了。"袁啸风任凭怎么诟詈，那人竟是充耳不闻，眨眼又跑出去不远。袁啸风立刻施展开轻功提纵术，从后追赶，那人忽隐忽现，竟绕出了后山口，东方已现鱼肚色，面前竟是一人高的高粱地，一条羊肠小道，也不过只容两个人走。又追赶了数箭地，只见那人在那羊肠小道往左一拐，赶到再追到近前时，可是一条岔

道，那人的踪迹又渺。这时晓色朦胧，一望碧绿的野地，被晓风吹着，如同波涛起伏。袁啸风虽然一夜的疲劳，被这清新的朝气拂面，精神陡振。顺着这条道路，走出有二三里之遥，见那远远的黑压压似有一片丛林，一缕青烟袅袅地冲上天空。袁啸风看出前面不是村庄，也有乡农在这里住着，遂扑奔这片丛林而来。到了切近，才看出一片浓荫匝地的密松林。当中一条小道，穿着松林，如同一条长街。在松林前有一所石屋，也就是四五间，四围圈着一道短垣，全是用巨石堆垒的，一座坚固的木门，在门前数步外一座水井，上面放着两只吊桶，更有一架马槽，横在井旁，一只木桶满注着清水，一只歪在井台上，情形是预备给过路牲口饮喂歇脚的地方。

这种隐僻之地，居然有人敢在这里住，不是武勇的健者，也是惯居山的猎户。几缕炊烟，点缀着丛林石屋，显得格外的有一种世外的隐居之象。袁啸风奋身来到近前，忽从一座坚固的木门中走出一人，年约六旬上下，鬓发斑白，可是肤色十分滋润，瘦不露骨，穿着一身短衫裤，左大襟，大黄铜钮子，脚下是白粗布裤子，大洒鞋，手里擎着一杆旱烟袋，烟锅儿好似酒杯似的，烟袋杆上挂着一只皮烟荷包，一边坠着火镰火石。缓步踱出门来，口中还在吸着，烟锅儿不断地冒着烟。袁啸风转至近前，向老者拱手道："老爷子，在下走路迷了，误撞到这里，不知贵处叫什么地名，这里离着宁安府还有多远，有劳指教。"

这位老者抬头看了看，慢吞吞答道："你老兄是往宁安府么，真是走差了，越走越远，这是往东去的一条岔道，往宁安府得往西哩。老兄是从哪里动身，怎会来到这里？"袁啸风忙答道："在下是从宽城子到宁安访友，半路上遇着了匪人，人单势孤，把行囊衣物全被匪劫去，慌不择路，竟从丛莽密菁中迷了方向，直在草地里奔驰了一夜，饥渴交加，来到贵处。老人家这里可有卖饮食的么，我买一些充饥解渴。"老者笑吟吟道："你老兄看这里不过是我们几户人家，在这里全是取其樵

采打猎方便，又全是单身汉子。老兄你想，这里不成村，不成镇，哪有什么卖饮食的。老兄既然饥渴，在下还做得起东道，老兄请到寒舍一叙。”袁啸风道：“萍水相逢怎好叨扰，我还没领教老人家贵姓哩？云老者道：“在下姓云，单名一个龙字，老兄你贵姓?”袁啸风道：“在下姓袁，名叫啸风，原籍是关内人，来到关外，也不过是做个笨力活，有膀子笨力气而已矣。”老者道：“这里不便立谈，老兄随我来。”

第十三章

探山岭割发悬梁

袁啸风立刻随着这位老者走向那座石屋，袁啸风跟着一进门，看出这位老者，不是平常乡民。这座木门，全是用整根合抱树干做的，是三根树干合在一处。顶木门的是一块巨石；已挪在门旁，足有三四百斤重。只看这重木门，两膀没有千八百斤膂力的，绝不易开闭。

袁啸风暗暗惊疑的当儿，老者是毫不注意袁啸风对木门的注视，回过身来，往里相让。袁啸风随着老者，走进了石屋，明窗净儿，净无纤尘，石屋是三间长，两明一暗，非常轩敞，后山墙开着一个窗洞，窗子已经支起，从后窗看见后院，是一段长方的院子，四围全是石墙，看情形很像个练武的场子。

老者一进屋，就招呼道："牛子，干什么了，快来，有客人来了。"里间屋有人答声，嗓音闷声闷气，跟着从里间走出一个黑大个，身高足有六尺，浓眉大眼，翻鼻孔，大嘴岔子，厚嘴唇，大包牙，肤色黝黑。穿着一身土黄布裤褂，白骨头钮子，脚下穿着一双草鞋，到得堂屋，愣柯柯地往那一站，瞪着眼看着老者。云龙道："你看，你这么大了，还这么一点什么

不懂，烧好水了么，给客人泡茶。”这个黑小子翻了翻眼皮，看了袁啸风几眼，立刻一声不响地走出屋去。袁啸风一边落座，一边向云老者说道：“老人家不要客气，萍水相逢，这么叨扰，实在不安，这位少年，是老人家什么人，好威严的相貌。”

云老者道：“这个傻小子与我非亲非故，我祖籍是关内人，这小子却是这辽东土著，生长在龙江以东青狼堡。提起这小子的来历，稍有血性的听了，全要替他愤愤不平。这小子姓熊，乳名叫牛子，他们祖居青狼堡，已有三代，熊牛子的父亲还做过守备。在牛子十一二岁，他父亲已经不做官了，家中拥有二顷多土田，几十头牲口，青狼堡没有多少富户，这位熊守备在青狼堡算是首户，不料在牛子十四岁那年，熊守备竟染病身亡，遗下寡妻幼子。这位熊夫人还不是牛子的亲母，她是熊守备的继配，比熊守备小着七八岁，虽是生长僻乡，颇具姿色。为人虽不怎么贤能，不过事事颇知大礼。可是这个牛子，从小就浑浊猛愣，不受羁勒，这位熊夫人持家极严，只无法管教这个前房子，未免对待牛子显得疏远。这牛子生来力大无穷，家中的长工伙计，一个稍拂他的性子，立刻就要把长工们打个鼻青脸肿。这一来熊家闹得家宅不安，同时有熊守备一个近支的侄子，早就垂涎熊守备这份家产。不过在熊守备生前，虽是存心觊觎，不敢过露形迹。熊守备这一死，他这本家的侄子遂立刻下手。渐渐地在熊宅把持家务。竟用促狭手段，引诱着这天真烂漫的牛子胡行起来。本来这小子就够浑愣的，哪禁得他这族兄暗中支使他，愈发无法无天，渐渐熊宅中几个有年岁的长工家人全打跑了。那留在宅中的，只是一个会趋奉牛子的长工，待长了，当时这熊宅的情形已呈破败之象，熊夫人更是气得终日忧郁。牛子这个族兄这一暗中挑拨，母子间感情日恶，牛子的族兄竟引诱着牛子到赌局中赌博。牛子手中哪有钱去赌博，可是他这族兄给他设法，除了偷就是盗，把家中的银钱衣物偷出许多来，全填了无底洞。熊夫人知道了，和牛子大闹一

场，不准他再出去，禁闭在宅中。试想这生牛烈马的牛子，哪肯受这种拘束管辖，何况还有他这族兄时时助着他。他这续母越是管他，他越是闹得厉害。渐渐地散布开流言，说是所有的家产，是他父亲撂下给他享受的，继母把持着，一定没安好心。她只要再这么把持着，早晚非把她弄死不可。这种谣言散布得非常快，关里纷纷窃议。牛子这小子憨头憨脑的，对于这种话虽也听到耳内，只是他一个胸无城府的人，哪把这些事放在心上，只听旁人说，不往心里放。赶到了过了几天，谣言稍息，大家把这事似乎忘了，哪知竟在第五天的夜间，牛子的继母，竟得暴病身死。是日当地官人，竟得了一封无名信，指明是熊夫人身死不明，请官家主持公道，为死者雪冤。官家按着信上所说的一调查，果然熊夫人身死不明，赶到把死者一检验，果然中毒身死，把牛子跟他家人全押进衙门。熊家当时门庭冷落，已没有什么人，只有一个家人，两个长工，一个雇使的婆子，用刑一拷打问，熊家的长工仆妇异口同音地只请老爷拷问少主人，并把近日传出来的谣言说出。官家接得匿名信中，也隐约着指出是逆子杀母，官家遂往牛子身上追问。试想就是钢筋铁骨，也禁不住那种严刑拷问，牛子虽是天生的骨骼坚实，也难受拷刑，竟自要含糊招认。只是这种逆伦罪，供状不能稍涉含糊，再有两堂也就要问实了。就在这时，竟有江湖道上的朋友，不忍教这傻小子背这逆名惨死，把这小子救了出来。把这暗中谋产下毒的熊氏族侄，置之死地！……”

云老者方说到这里，牛子从外面进来，用一只方盘，托着两只粗瓷碗，泡来两碗枣茶，似乎在进门时，听见了老者说的话，把两碗茶放在老者跟袁啸风的面前，低声说道：“师傅，你又提我的事了，一个生客人，何必提这些闲事哩，知道人家是干什么的？”

云老者微笑着说道：“不用你多虑，我老眼不花，我若看不透人家来路，我还不往家里让呢。再说咱们爷们也不怕事，也不惹事，谁好意思找寻咱们。去吧，把馍馍蒸一大盘来，把

腌蛋，腌肉也弄一盘来，这位朋友，跑了一夜冤枉道，还没吃什么呢。”牛子嘴里嘟囔着走出去，袁啸风道：“老人家不要费事，这么招扰，在下好生不安。”云老者摆手道：“朋友，咱们全是在外边跑的，到处为家，到处交朋友，喝一碗水，扰一顿饭，算得了什么，你要这么客气，我倒不敢屈尊大驾了。”袁啸风见云老者说话爽直，遂不再说那些浮话，随又问道：“老人家所说令徒的事，倒是谁给救的呢？”云老者略一沉吟，微笑着说道：“这人么，见义勇为，拔刀相助，功成身退，不求名，不为利，直到今日，还不知究竟是何人呢？”袁啸风道：“那么你们师徒是怎样的遇合呢？”

云老者含笑道：“我不过是见这小子一片天真，骨骼坚强，天赋的一种雄壮的体格，我把他收到身边，把我的几手粗拳笨脚的把式教给他，教他将来撂在土地上，也可蒙碗饭吃。”袁啸风听老者所答，恍惚不实，绝不是真话，测不出老者是何居心，遂不再细问，把那碗枣茶端起来，一饮而尽，烦渴顿消。那牛子把食物从外面端进来，摆在桌上，云老者请袁啸风同桌共食，虽则是粗食野菜，吃着颇觉别饶风味。饭罢，云老者向那牛子道：“你应做的事做完了没有，我还有事呢。”

牛子一边收拾着桌子，一边答应着。云老者站起来，向袁啸风道：“老兄不要忙着走，我们再谈一会儿。这里还有一个把式场子，是我们爷们操练身子骨的地方，老兄你不要见笑，我们爷们可不会什么功夫，不懂什么派别，我们不过只练膀子笨力气，袁老兄你看得起我们爷们，请你从旁指教。”

袁啸风道：“老人家不要客气，我不过是流浪江湖的粗汉，也只有膀子笨力气，对于武功，也只会过三招两式的庄稼把式，教我指点，那岂不是班门弄斧么。令师徒能教在下开开眼，那是在下求之不得的。”云老者含笑道：“咱们全把虚伪的客气收起来，谁会什么功夫，请练两下子，不会的也别强练。”

云老者一边说着，一边往这屋后走，转到这屋后。只见一道重门，是一段石墙，一扇木门，这扇木门也是跟前面的一

样，是用整根的树干做成，看情形分量很重。那门虽是坚固，只是不知为什么，只浮立在门框上。那云老者向牛子叱道："你看你这么不干正经事，这座门怎还没搁牢，这么浮搁着，出来进去多麻烦。"牛子道："我倒看着没有什么，这时安上也不晚呢。"说着走到门前面，把这像木排似的重门轻轻提起，一转身，偌大的一扇门，把他高大的身躯掩住。那袁啸风正在一脚顿住，一侧身，把云老者让过来，哪知那愣小子猛地把这扇重大的木门撒了手，往袁啸风身上碰来，口中却喊着："喂喂，快接着，别把门摔坏了。"袁啸风见这木门虽是重大，可是要凭自己两臂之力，还不至于接不住，伸两臂一接，只觉着像一面墙似的倒过来。忙重振一口气，力达四肢，就这样，右脚还往后倒了一步，才把这扇门接住，蓦然这么一来，竟把自己急了一身汗，随即忙暗运内力，把双臂一伸，把这扇木门举起，轻轻地放在了门旁。那牛子笑嘻嘻地向袁啸风点点头道："袁老师，你真有力气，你比我有本事，我服气你了。"云老者回头看了看道："牛子，你又弄什么了，不许你傻闹。"又瞥了袁啸风一眼，袁啸风此时脸上通红，云老者好像没有看见他浑浊猛愣的徒弟故意作弄自己，遂随着走进后院。只见这段后院，占地约有十几亩，成长方形，除了前面房子的后墙占了一面，那三面全是石墙。地上细石砂子铺地，这么大的练武场子，并没有兵刃。只在北边的墙下，立着八支柏木桩，两边墙下立着一个高有丈余的巨木架，木架横木上，垂下来一只形如巨球的皮袋，里面似乎装着很沉重的东西。在墙根下放着一棵四丈多长的白杨树，是整棵的树，只去了枝叶根子，树身的一面，树皮已经剥磨得没有什么了，另一面的树皮一点没动，袁啸风看着不懂这是做什么用的。又见那东北墙角落上，放着两只矮木架，上面放着两只木桶，一桶是绿豆，一桶是铁砂子。袁啸风对于这种操手的功夫倒认识，还是鹰爪力铁砂掌初步的功夫，自己仔细一看，这木桶里的混合的绿豆和铁砂子，知道这里的云老者跟他这愣徒弟，外面上看着一个是老迈残年，一

个是缺欠聪慧，不像有什么功夫。人不可貌相，敢情这师徒武术的造诣，深不可测，自己索性处处只装作不懂。

云老者缓步进了场子，向袁啸风道：“老兄，我自幼年就好习武术，只是未遇名师，不过学会了几手庄稼把式，练了几年笨功夫。赶到一入江湖游荡，见过些武林中名手，人家一施展出，动手知道我所学所练的，不仅门径没有，连一个平常的武师，全不是人家敌手。看起来，教我武术的师傅，真算把我害苦了，白耽误了好几年的工夫，闹得我高不成，低不就，文不文，武不武，半瓶子醋似的，我们爷两个总想访求一位名师，指点指点我们，不过早看出老兄你是武林中的能手，没别的，请老兄你指点指点我们师徒，教我们师徒也长长见识。”

当时袁啸风一听这云老者简直是硬扣，自己哪敢就承认，遂含笑说道：“老人家不要这么过奖，我早跟你老说过，我不过会个三招两式庄稼把式，你教我指点，那不是问道于盲吗？老人家我不怕你老过意，我说我会功夫与不会功夫，是无凭无据，可是你老现在可摆着会真功夫的凭据。”云老者笑道：“老兄你别看摆的像那么回事，可是真练真不会。我们不过当初听教武的老师傅们说过，这种功夫这样练，我试试看，敢情没有老师指点，绝不成。这种功夫是非有名家指点不能练，所以我们只要遇见了武林一派，我们就厚着脸地恳求，盼望人家不吝赐教。不过这武林中的人全是一样的脾气，你越是求得切，越是拒绝得厉害，今日我遇见你老兄，谅能念在我师徒的一点愚诚，定能不吝赐教。”

袁啸风忙说道：“这可是笑话了，我要是真有本事，也就到不了你老这里了，没听见有一身绝好功夫，会教匪人给拾掇了的，我也别辜负老人家一番盛情。你们爷们把会的功夫露两手，我们一见如故，谁也不要存客气，我只要是懂得，一定彼此研究研究，武学是练到老，学到老，谁也不能说准行，咱们谁会什么，练什么好了。”云老者点头道：“很好，就依袁老兄的主意，咱们谁也别藏奸，袁老兄先露两手吧。”袁啸风道：

"我绝不敢应命，还是请老人家露一手吧。"云老者笑吟吟说道："我们谁先练全是一样，在下有了几岁年纪，筋骨已老，并且当初也没下过真功夫，哪还练得了呢。"当下这一谦让，那个愣小子竟答了话道："袁老师，你看我练两手给你看看，你可别笑话我，我可是只会笨功夫。"袁啸风忙答道："这位熊师兄先练两手好极了，我们有言在先，谁也不许客气，咱们随便练吧。"

云老者向牛子道："你这小子倒真脸皮厚，你不嫌栽跟头，你就练吧。"牛子走到场子里，向袁啸风道："袁师傅，你看我给你练一手笨功夫。"说着来到墙根下柏木桩前，这一排柏木桩，一共是八根，每根全是四尺长，入土一尺五，砸得极坚实。牛子往下一塌腰，立刻亮式，是潭门的弹腿下盘的功夫，用连环进步，头一式是"乌龙盘柱"，往前一横右腿，用里胯往柏木桩上一搭，咔嚓的一声，第一根柏木桩已经有了裂纹。那牛子却跟身进步，向前一换式，是潭门弹腿的下五招，"铁牛耕地""走树盘根""十字摆莲腿"，只听砰砰，嘎吱一阵暴响，那柏木桩竟自挨根的震动，也有倾斜了的，也有震裂了的。

牛子把这一行木桩踢完，一收式，居然面不红，气不涌，神色跟平时一样。这位云老者遂向袁啸风道："老兄，我说得不假吧，我们没内家的真功夫，只凭着笨力气，踢木桩。只能练到这种地步，搪不过行家的眼吧！"

袁啸风忙答道："师傅过谦了，像下盘功夫练到这样，已非容易，在下还没有这么纯的功夫哩。"袁啸风口中虽是这么说着，止于知道这一师一徒，绝不是像他自己所说的庄稼把式之流，可也不是什么惊人武学，论自己一身所得，尚还能对付得了他们。自己方要答话，那云老者突然说道："袁老兄，小徒这种浅俗的末技，已当面献丑了，我看老兄对于此技，必也下过功夫，老兄别驳我的老面子，请你指教指教，老兄你肯赏脸吗？"

袁啸风一听，好生为难，练武的对手拆拳，可以凭着自己灵机进退，该进则进，该退则退，因势制宜，容易给对手地步，自己也容易藏拙。惟难练这软硬的功夫，无法遮掩，人家练到这种情形，我练出来比不上人家，他们一定疑心我留偷手。我练到超过他去，明显着炫才好胜。自己说没练好吧，这是武术家基本功夫，人家绝不相信。遂向云老者说道："老前辈，令徒的柏木桩的功夫，练到这种地步，也足算是有功夫了。我莫说当初还没有在这上头下过纯功夫，老师傅既是此道中人，定搪不过你老的眼去。我就是练过，也不会再比令徒高，老人家别教我献丑了。并且木桩已被令徒踢动，重立费时，老人家非教我献丑不可，我跟令徒对练招拳，老人家倒可从旁指教，在下也可多得些教益。"

云老者微微一笑道："袁老兄不必推辞，咱们相见以诚，我们师徒虚心请教，柏木桩虽已挪动，重立好了，不过一举手之劳。在下就是这种别扭性子，我偏不教你老兄借着这事推辞乱来，你老兄监工，看看我收拾的手段如何？"说到这，挽挽袖子，走向柏木桩前，身躯略俯，用手掌往第一棵柏木桩上一按，没看出用力来，柏木桩竟深入土半尺，矗立在原有穴内。到第二棵木桩前，仍然是照前式，掌按处，木桩随着沉下去。

袁啸风已看出这是内家的气功——"大力千斤掌"，这一来袁啸风立刻骇然震动，这云老者的武功造诣，高不可攀，深不可测。那么夜来赤石岭所遇那条黑影，把自己引到这里来，说不定就许是他吧？名师难遇，自己奔走风尘，既遇上这种高人，怎好轻轻放过？可是自己要先沉住了气，不要贸然出口，遂故作不懂，在一旁静看，见云老者一刹那已把这一行柏木桩依然立好，转身来向袁啸风道："袁老兄，你看，我这把子年纪，这点力气还成吧？你这再没有推托了吧，请你一试身手，教我师徒也见见世面。"

袁啸风说道："老人家，咱们全是江湖道上人，行家一伸手，便知有没有。你也别说不成，我也别说不会，请老人家不

要讳莫如深。在下也把所练过的功夫练出来，咱们印证印证。老人家，请你多指教吧。这柏木桩我对于下盘，实没有那么纯的功夫，不过推手的功夫，还练过些日，我试试看，不定成不成。”说到这里，遂把衣袖略卷，到第一棵木桩，往下一缩身，脚下暗探短马桩，气纳丹田，双臂一晃，轻轻往木桩上一搭，暗试这木桩的力量，自己估量着还可以降得了这木桩。遂把双臂一晃，暗用太极掌的“盘马弯弓”，略把式变化了变化，暗运掌力兼用鹰爪力，对掌照定了木桩上击去。双掌落处，第一棵木桩竟被震得绽裂；那第二棵木桩也是照样变换着掌式，唰唰的连运掌生风震得尘土飞扬，木桩全倾斜，把这一行木桩全用掌力震倒了。到了末一棵木桩，一收式向云老者师徒一抱拳，道：“在下对这门功夫实没有功夫，教你贵师徒见笑了。”

云老者笑吟吟说道：“袁老兄，你这掌上的功夫，已经足以傲视一切了。袁老兄，你拳术上一定也下过功夫。来吧，咱们索性拆几招，试试我这已搁生疏了的拳术。”袁啸风一听云老者想跟自己过招，不禁暗喜。因为武林中的门户太多，会武功的不算，有许多不轻见、不轻传的秘技，自己没见的功夫很多。他这场子内所悬的沙袋子只一个，和那棵白杨木，自己就不知他这练的是哪一门的功夫。倒是对手拆招，可以给自己留退身步。纵然不知这老头儿是何如人物，武功到怎么个地步，不过自己，若是把门户封紧，把招数用严了，先不致吃着大亏，自己也可看看这云老者究竟是哪一家哪一派。所以云老者一提过招，自己欣然承诺，不过口中尚是谦让着。云老者遂纵步到了场子当中，依然是原来的衣衫不整，肥衣大袖，往那里一站。袁啸风把辫发松松地盘在了头上，向下首一站。云老者道：“咱们可是点到了为止，我老朽的身躯，可当不了妙拳一击。”

袁啸风道：“老人家别客气，我在老人家面前哪敢放肆？只是您既然是吩咐下来，我哪敢不遵命，我不过给你老垫垫手

罢了。我还望你老掌下留情，别和我一般见识。”云老者遂向后退了一步，彼此亮开架势，云老者道：“袁老兄，请进招吧。”袁啸风往后也一撤身道：“老人家先赐教，我给您接招吧。”

云老者含笑说道：“我们谁也别客气，一块发招吧。”袁啸风道：“那么我可要放肆了。”随即一立门户，故意掩饰本来面目，把右手往左手背上一搭，立刻走行门，迈过步，往左侧旋。云老者身形略展，往右略一盘旋。两下里复往当中一凑，云老者仍然不肯发招。袁啸风遂说了声：“在下抛砖引玉，请老人家指教。”这个教字方脱口，立刻往前一上步。暗发一手“七星手”，往云老者的胸前便点，这也是虚实并用，变化莫测。堪堪地打中胸头，云老者往外一封，袁啸风倏然撤招，往右一斜身，变式为“白鹤亮翅”。云老者喝声“好”，立刻把左臂往下一沉，食中二指，往袁啸风的门上便划。袁啸风急撤招变式，哪知云老者把身形展动，已到了自己身后。忙往前一纵步，蹿出已有一丈五六，自己觉着很快，脚方沾地，只觉得背后一股子风声袭到，忙用“怪蟒翻身”翻身现掌，哪知云老者的掌锋已沾到了自己的背上，这一翻身，才将将闪开。这位云老者哈哈一笑，道：“袁老兄，你这么不真露两下子，哪能分得了高下呢?”

当时这位云老者竟自把身形展动，立刻飘忽若风。袁啸风也展开了身形，把自己的拳术篇展开。云老者行前忽后，行左忽右，动手到二十余招，袁啸风始终看不出云老者的拳术是哪一门。休说胜了人家，就是指尖连人家的衣服，全未沾上，自知不是人家敌手，随即往外一纵身，立刻一收式，说了声：“我这是班门弄斧，贻笑行家，承让了!”云老者也一收势，向袁啸风道：“袁老兄，你是真人不露相，原来袁老兄乃是武林名家的真传。恕我眼拙了。袁老兄你这么好身手，定有师承，请你明白见示，教我也好明白明白。”袁啸风忙答道：“老人家不要过奖，在下这点俗浅功夫，实没有经过什么名师，老人家

不要多疑。我若真是有名师做师承，哪有隐瞒的道理，并且我现时正在访师，老人家请你念在下我奔走江湖，名师难得，求你不吝赐教一二，我袁啸风终身感戴。”云老者微笑答道：“袁兄你这可是输眼了，我这种粗浅的功夫，也值得你老兄这么重视，太教我汗颜无地了。你说我功夫好，好在哪里？不过我倒看出你老兄是内家的功夫，你说你没有师承，谁能见信呢？袁老兄，你真个拿我们爷们当庄家头，任什么不懂，你算输眼了。再说辽东道上，快马韩也是数一数二的英雄，你老兄若是没有两下子出手的，焉能在快马韩手下做顶门立户人？老兄你倒是哪一家武术，趁早实说吧。”

袁啸风一听老者的口风突变，并且已知自己是快马韩的人，面色也不像先前那么和蔼，自己如坠云里雾中，不知这位老者究竟安有着什么心意。自己装相，仍不答他的话，蔼然说道：“老人家这可是笑话了，我们萍水相逢，承师徒这么招待，在下铭感五中。我因为老人家相待之情，不敢再以虚伪相见，才把我这几手见不得人的功夫施展出来，不过是抛砖引玉，想不到倒引起了老人家的误会，这实在教我袁啸风失望得很。老人家既不肯赐教，我也招扰了这半日，我还要赶路，改日再行答谢，跟你老告辞吧。”说到这里，深深一揖，云老者竟傲然不顾，向袁啸风道：“怎么你老兄这就要走？不成，我这老头子有个毛病，我不问清了你老兄的来踪去迹，我顶死也闭不上眼。你老兄究竟是哪道的朋友，请你实话实说吧。你要想这么不明不白，把我们爷们蒙过去，那真是笑话了。袁老兄说实话吧，要教你这么着出了这个门，我们爷们肯答应，只怕还有不答应的哩！”

袁啸风愕然道：“老人家怎竟说出这种话来，我跟令师徒素昧平生，无恩无怨。我一个过路人，你老把我当朋友，是令师徒的慷慨。就是闭门不纳，那也不算悖人情。可是我已经登堂招扰，人非草木，孰能无心，一饭之恩，自当还报。不过因为谈到武学，竟惹得老人家不快，真使我懊悔万分。只是老人

家竟不教在下逃出这个门去，这真使我莫名其妙。我们有什么深仇大恨，致令老人家不能相容？难道我们还有什么梁子不成？老人家不用以言语相激，在下虽然是末学后进，寄迹江湖，早把死生二字忘却。老人家有不令我走之心，我倒没有什么介意。不过我自觉我一身之事，纵有隐瞒的地方，与令师徒毫无沾染。老人家要想留下在下，那倒是小事，不过也得说出个缘由，姓袁的绝不会教令师徒失望。”

云老者冷然说道：“朋友，你的事你明白，你把我赤石岭商家堡看成无人，我的部下晚生下辈也太不争气，竟教你三番两次地侮辱。我再不教你尝尝厉害，也显得我们关东道上的绿林道，尽是些酒囊饭袋了。识相的趁早随我到赤石岭商家堡，登门谢罪，我老头子倒也爱惜你这小伙子的过人胆量，像我手下那只会说大话，没有真本领的晚生下辈，死几个，少糟蹋些粮食倒不错，真情实话全告诉你了，你难道还等我们爷们费事吗？”

袁啸风万料不到这云老者师徒，竟是赤石岭商家堡的一党。今日既落到他们手内，这倒得要跟他们一决雌雄了。往后退了一步，冷笑一声道：“人不可以貌相，想不到令师徒竟是绿林道的朋友，商家堡跟赤石岭两处垛子窑，全是朋友你做瓢把子，这倒失敬得很。朋友，你不用关上门做皇上，瞪眼发威。你既已知道了姓袁的出身来历，咱们不用多说没用的话。不错，商家堡赤石岭的事，全是姓袁的一手所为，今日既落得你们师徒手内，尽请朋友你随便招呼。姓袁的要是畏刀避剑，还不敢多管快马韩的事哩。不过你想教姓袁的随你到赤石岭，那也容易，可不能只凭朋友你这么一句空言，你得给我看点什么。”

这句话没落声，突然间身后一声断喝道：“小子，你先看这个吧。”话到人到掌到，袁啸风霍的一个“怪蟒翻身”让开来势，见正是云老者徒弟牛子，从背后猛袭过来。袁啸风喝声：“来得好。”随着欺身进步，左臂往外一挂牛子的右掌，右

掌照牛子的肩头便卸。牛子倏地往右一斜身，双掌一分，掌力夹着风，照着袁啸风的软肋击来。袁啸风忙抽招换势，身随掌走，往右一个斜转身，左肩头往下一沉，“跨虎登山”式，右脚飞出，斜踢牛子的下盘，牛子的武功，绝不像他相貌那么粗野猛愣，身手矫捷异常，往起一耸身，蹿起五六尺来，往下一落，已离开数步。

袁啸风一边跟牛子动手，还得留神那云老者，怕他从旁暗算。两下里分而复合，牛子竟施展的是“岳家散拳”，手底下颇见功夫。袁啸风蓦然想起，自己已知他们师徒是贼巢的党羽，险些落在他们手中，若不是赶紧打算脱身之计，那老头儿再一动手，自己纵然有一身本领，双手难敌四手，好汉架不住人多。还是急早抽身，再作打算。想到这里，遂虚晃了一招，抽身蹿上石墙，回头招呼道：“朋友，姓袁的认识你们了，咱们后会有期。”说完一飘身，就往墙下纵身。耳中听得云老者的语声喊道：“相好的，你这一走，可对不起我们爷们了。快马韩的朋友竟会丢人现眼啊！”

袁啸风只做听不见，辨了辨这后墙外并没有通行的道路，荒草多深，自己猛然往深草里一蹿，草地里的啄食的野鸟，惊得扑棱棱，振翅飞逃。地上的虫蛇狐兔，也在草中乱窜。袁啸风慌不择路，穿过一人高的荆棘蓬蒿，往东飞奔。走出里许，只见这一程越发荒凉。走了这么半晌，竟没有正式的道路，也罕见住户，自己只看着日影作方向，往东南一带走。

这时已经是午后，又走了三四里之遥，面前陡现一片阴森，横遮去路，森林遮天蔽日！一辨别方向，似乎得穿过这片森林，可以到达那条奔宁安府的官路，就是这种森林中极不易走，里面定多虫蛇野兽，护身的手叉子又留在赤石岭，手无寸铁，实有许多危险。遂不敢过形大意，找了一棵树叉子，攀折了一枝，拿它做护身的器械。依然不敢径穿深林，从偏着东北林木较稀的地方，往前偏下来。这一带愈形难走，刚刚地往里走了没有一箭地，因为上面树帽子密，日色已经偏西，更透不

进日光来，在森林中穿行，更显得阴森。刚刚越过一段较疏的丛木，突然迎面一声暴喊："这岂是你走的道路，回去！"语声未落，唰啦的一声，从对面的树帽子里，飞出一块巨石，砰地落在了自己面前，相距不过两步。袁啸风忙往后退了两步，一看这块石头，足有四五十斤重。暗中袭击，纵然离着近，也要在两丈左右。

袁啸风亦非弱者，哪能被这一击就肯退缩？忙向前一纵步，上面藉树障身，用折来的树叉子护住面门，仔细一查看，左近一点迹兆也没有。正在查看的当儿，突然左首又一声暴喝："打！"唰的又是一块石块，不过这次的石块小得多，略一徘徊，右边又打过来一石块，只要往前稍一进身，暗中就有石块袭击。袁啸风虽是万分愤怒搜寻不着敌人，只可改了方向，横穿着林木往北偏。明知道只要是昨夜走的方向不差，非走到赤石岭的附近不可。只是为势所迫，无可如何。因为往西走，是方才出来的地方；往正南走，自己不知路径，关东道上，往往荒野之区，森林草原，竟有绵亘数百里，一个走迷了路不被野兽毒蛇吃了，也得困在里头，所以不敢轻视。一路上竭力留着神，往前疾行了里许。见前面林木较疏，心里才觉一宽，只要没有林木阻拦，就不怕再有人暗算了。才一转念，猛然左侧里又有人喝道："回去！"跟着唰啦的一声，一块巨石，挂着碰掉的枝叶飞来。

袁啸风急错步闪身，砰的一下，巨石落在了面前，溅得尘土飞扬。一看这块巨石，足有四五十斤重。这一来越发触怒了袁啸风，厉声叱道："这种鬼祟行为，匹夫之辈，够得上江湖道的朋友，跟你袁二太爷一招一式地招呼，你这么暗算，我可要骂你了！"无奈任对着丛林叫阵，暗中袭击的人，绝不露面。只是往前一闯，暗中就有人邀劫。只可折转来，仍奔东北。这样往前偏到里许，仍被邀劫，往返这一折腾，日已偏西。袁啸风不禁恨得切齿，只是这么屡次被人算计，连敌人的影子全没见，自有生以来，没栽过这种跟头。眼看着太阳一落下去，被

敌人再一包围，那非落在敌人手内不可。此次自己投效韩家牧场，方自庆幸机缘凑巧，牧场中出事，正是自己略试身手的时候。给快马韩暗地帮忙，立足稳固，将来可以借着快马韩这点声势，树自身的事业。今日竟遇劲敌，被人折辱，竟弄得一筹莫展，想到这里，只有凭一身的本领，跟敌人一决存亡，死生置之度外，把胆量壮起来，索性振奋精神，转身扑奔了来路，不管暗中算计自己的是否就是云老儿师徒，自己既从赤石岭来的，还是从赤石岭出去，循着来路前进。

第十四章 弄夜影龙沙戏豹

这时天色愈晚，野风陡起，这一处处丛林荒草，被野风摇曳着，声势非常惊人。袁啸风时时防备着暗中袭击，往回走了有四五里之遥，斜阳西坠，只剩下暮霭残辉，依稀辨着路径。这种荒凉的草野，在白天里尚觉着十分险阻，天色一晚，越显得荒旷。看了看前面，离着那云老儿所居已近，脚下加紧，想抄着那数幢石屋过去，能够不跟他师徒会面，今夜先退出赤石岭，把商家堡践约的事办完了，再找他师徒算账不迟。自己这么盘算着，那云老者所居已然在望，天已昏黑，伸手不见掌，远远地望见那云老者所居附近，浮起了几点星火。袁啸风穿着丛林茂草往前疾行，离着云老者的石屋还有一箭多地，正往前走着，突觉左侧一股子劲风袭来，只觉得左肩头被人一按，立刻往右边一纵。周身查看时，恍惚见有一条黑影一晃，隐入丛蒿荆棘中。袁啸风一下腰，纵步急迫，那蓬蓬的荒草中，唰唰的一阵响，也辨不清是风摇的，是人带的，踪迹顿渺。袁啸风见迫近云老者所居，步步戒备着。只是没走出多远来，倏然右侧里有人喝声："才来！"唰的右肩后又着了一下，只是并不甚

重，不过被人按了一掌。

这次是早提防，忙往右一撤步，用“翻身打虎拳”，奋全力向身后一击。虽是这么快，只瞥见一条灰影，疾如飞箭，投向茂草深处。袁啸风怒喝道：“你这还往哪里走?”脚下一点，腾身追赶过来。身形起落，不过刹那之间，只是那条灰影竟如昙花一现，一瞥即逝。袁啸风愤怒交加，恨声骂道：“这种狐鼠伎俩，可是关东道上的好朋友所为吗?”哪知话声未落，突觉得背后磔磔一笑，袁啸风忙一回头，在相距五六丈外一片林木中，有人发话道：“你这种本领，也敢在关东道上充好朋友，你别现眼了。放着道路不走，只在这里缠磨，你接家伙吧!”唰的对面树枝叶一响。袁啸风忙预备躲闪袭来的暗器，哪知突然左边喝声：“打!”唰的一块飞蝗石擦着耳旁打过去，袁啸风猱身往左直冲过去。竭尽目力，见五六丈外的草丛似乎一阵波动，遂不顾一切地扑过来。才一落脚，唰的右侧又一声呵斥：“在这了!”

袁啸风蓦地想起，自己身边向有几十文大钱，自己只顾愤怒，忘了用暗器打他。自己钱镖虽没有很好的功夫，可是在这时先镖他几下，纵然打不准，也叫他少这么张狂。在这一转念之间，右首突一发声，急往旁一撤步，已把囊中的青铜钱摸到手中。循声抖手，唰唰的一连发出三只钱镖，照着发声处打去，这里钱镖出手，只听得暗影中冷笑着说道：“相好的，你想拿钱买道走，你错翻了眼皮，原贴璧谢，拿回去吧!”话声未落，唰唰的立刻三枚青铜钱打来，袁啸风此时志不在较技，是找着他潜踪的所在，耸身一跃，扑向那丛林深处。身形才落，突然那暗中袭击的又到了身后。这样行东就西，忽前忽后，倏避倏追，任凭袁啸风是铜筋铁骨，也禁不得这么奔波，累得喘吁吁身上已见汗了。

在盛怒之下顾不得许多，袁啸风明知定是云老者有心戏弄，自己这么奔驰，早晚还不累死。索性仍然闯云老儿居所，跟他拼个强存弱死就完了。这一改变了主意，立刻振奋精神，

扑奔那云老者的石屋。相距不远，身形展动，已到了石墙下。仗着荒草隐住身形，更怪的是那暗中一死跟缀的人，竟没有声响。自己稍事歇息，往起一耸身，单臂跨墙头，探身往里查看。只见石墙内一片黑暗，只有前面石屋的后窗，透出一线的灯光。

袁啸风右掌一按墙头，踊身翻上墙来，飘身落在下面，蹑足轻步，来到后窗下，听里面人声寂然。轻轻把纸窗点破了一些，瞄一目往里窥视。见后窗下的案上，一盏孤灯，光焰如豆，被窗门隙的风，摇曳得闪烁欲灭，那前面的屋门，并未关闭，也只虚掩着，显得屋中死气沉沉，里间似有声息，只是听不真切，那里间没有后窗，他遂想绕到前面去，查看屋中是否有云老者的踪迹。方一移动，蓦觉得背后似有一些动静，惊弓之鸟，哪敢俄延，往右一纵身，跃出丈余远，往那石屋的转角一落，瞥见一条黑影，嗖地从头顶上飞跃过去，一瞥即逝。看情形竟奔向东北角墙外，袁啸风不去追缉，仍然返身移奔石屋的前面，转过石墙。沉沉的院落，只有这排石屋里间的前窗，微现着昏黄的灯光。

袁啸风凑到暗间的窗下，侧耳一听，里面一阵窸窸穿衣之声，这屋子的前窗，原有些破洞。凑到破洞往里看时，见屋中更为四壁萧然，只有两座木榻，一只粗劣的茶几，那云老者坐在了板铺边上，赤着双足，趿着双鞋，手中擎着杆旱烟袋，青烟缕缕的不断由口中喷着，神情暇逸。那牛子却躺在迎面的板铺上，似乎已将睡着，只是还没睡实了。听那云老者扭着头向躺在板铺上的牛子招呼道：“喂，小子别睡这么实在，留神听着点，这几天有些个屈死鬼，冤魂不散的，跟咱们这缠磨，搅咱们不能睡，还是赶紧把他们打发了，省得教他不得脱生。”

只是这么说了许多话，那牛子依然似睡不睡地口中嘟囔着，一转身，而冲着里边扯起鼾声来，那云老头从鼻孔中吭了一声，道：“好，你不在乎，我还怕什么？”把那杆旱烟袋往枕旁一放，手一扬，离着那搁灯的桌子有六七尺远，没见怎么用力，只一扇，灯焰应手而灭。这时眼前一片黑暗，板铺压得嘎

吱吱吱响了一阵，似乎云老头已经睡了。袁啸风不禁狐疑，心想：看这情形，暗中袭击自己的莫非不是他师徒？那么终日暗中跟缀，难道另有别人吗？我不要惹火烧身，多惹麻烦。遂决意仍奔赤石岭，先设法退出是非地。念头才一转，身形才一动，别处也没见什么声息，突然肩头被人一按，呵呵一声轻笑道："朋友，你还想走吗？"

袁啸风蓦地一惊，因为贴近窗格，无法闪避。往下微一缩，从左往后一翻身，用擒拿法韵"白猿偷桃""摘星换斗"的拿法，随着转身之隙，左掌一翻，刁来人的腕子。袁啸风这种招数，得自鹰爪王的亲传，运用得灵活巧快，绝不用转身，看见敌人再发招。凭耳音的觉察，身形半转，招已进出，非常巧快，敌手稍弱，就是腕子被摸不住，也得被右掌打上。只是强中更有强中手，能人背后有能人，招数空这么快，只觉得掌往外发，黑影已如电掣风驰地退出去丈余远。这人并没躲闪，哈哈一笑道："朋友，你已是败军之将，还敢班门弄斧吗？算了吧，老夫跟随你一整日，你全没觉察，你还想逃出手去吗？可怜你也是条汉子，你只要肯归服到老夫我手下，不愁江湖道上不能成名。相好的，你难道还教老夫我费事吗？"

袁啸风心知道就是云老者，云老者这种隐现无常，真如神龙见首不见尾。就凭隔窗窥视，探掌熄灯，不过刹那之间，只会这样快法，暗袭到自己背后。武林中要论较量功夫，自己就得甘拜下风，可是若一认输，就得俯首从贼，自己要是想入绿林，当初早就誓死追随鹰爪王了，何致流落在关东道上。这时一听云老者这么用话威胁，遂也厉声喝道："姓云的，不用这么张狂，想叫姓袁的'归舵'（入帮为匪），那是妄想，姓袁的要想入绿林道，还会等到今日吗？姓云的，你就尽管招呼吧，粉身碎骨绝不能含糊了，朋友你就请过来吧！"

云老者呵呵一笑道："相好的，你这算栽了，好朋友做事，应当一点就识，你非要栽到家才算完，那可是你自找。朋友见好不收，难道给你师门把脸面丢尽才算完吗？"

袁啸风道："你不用倚老卖老，既然是江湖的朋友，就该明吃明拿，你这么暗中戏弄我，姓袁的绝不认输，你就请进招吧。"说罢不再迟疑，脚下轻点，腾身猱进。这次袁啸风已明知是非栽到这不可，只是箭在弦上不得不发，总得跟云老儿拼一下算了。

袁啸风一进身，把鹰爪王所授的三十六路擒拿施展开，全是进手的功夫。这次动手，与白天判若两人，在先，袁啸风本着自己历来不轻炫，不轻露的心意，竭力地掩着本来面目。莫说太极门的功夫不肯轻露，连鹰爪王的擒拿手也不肯轻易施展，这时已知不易逃出敌人手去，还顾忌什么，遂把一身所得施展开，挑砍搁切，封闭拦拿，蹿高纵矮，挨帮挤靠，一招紧似一招，一式紧似一式，把身形施展开，那云老者竟不似先前那么闪闪躲躲，竟也一招一式，用截手法的功夫来接招。步履如风，身形轻快，两下里忽进忽退，乍离乍合，对拆了十余式。云老者忽地往外一纵，退出两丈左右，回身招呼道："袁老兄，你莫非与鹰爪王奎亦有渊源？你再隐瞒，可是自误了！"

袁啸风封拳止步，忙答道："你既看出我与鹰爪王有渊源，又该怎样？"老者哈哈一笑道："袁老兄，恕在下相戏之罪，实不相瞒，赤石岭、商家堡，与我毫无沾染。在先我只看出袁老兄是山东太极丁的门下，直到这时，才看出老兄更得过鹰爪王的亲传。我与王师兄是总角之交，袁老兄请里面细谈吧。"

袁啸风还在迟疑，云老者率然说道："袁老兄，你既然能得三十六路擒拿的真传，与王师兄定非泛泛之交。我提一个人，你或许听王老师提过，十年前，在大江南北，有一个人云龙沙守纪的，不才就是在下，袁老兄可听王老师说过吗？"

袁啸风愕然道："原来是沙老前辈，弟子肉眼不识真人，老前辈要多多担待。弟子在老前辈前不敢说谎，弟子原为山东太极丁的门人，后来曾献贽于王老师之门，承蒙王老师的垂爱，使弟子列入门墙，将本门绝技三十六路的擒拿，倾心传授。弟子追随王老师几杖时，曾经王老师盛道老前辈当年寄身

江湖，行侠仗义惊世震俗的伟绩。弟子景仰莫名。不过听王老师说老前辈已经厌弃江湖，毅然归隐，江湖道上再见不着老前辈的侠迹。想不到老前辈竟隐迹辽东，弟子竟能一瞻老前辈的风范，实是三生之幸！”（沙老戏袁故事，为人代撰。时在病中，未遑执笔，今复阅成稿，觉与旧作文情不尽相合。若似无中生有，近于找事，幸识者谅之！）

这位化名云龙的入云龙沙守纪老英雄，浩然长叹道：“王师兄分明是爱护老友，不肯道他人之短，说什么厌倦风尘，我实是惹火烧身，掀起滔天大祸。我若不是急早抽身，一身死不足惜，不定要牵缠起多少是非，饶上多少条性命。这才远走辽东，在这里潜踪隐迹。这几年来，与江湖道中人隔绝，倒免去多少麻烦，落得个眼前清静。前些日无意中与老弟相遇，一望即知老弟是武林中的健者。虽则老弟你那时风尘仆仆，却依然搪不过我这双老眼去。是我见你这种少年有为之身，若是投身绿林，岂不自误？我暗中跟缀着老弟你，见你投在快马韩那里，我深喜老弟的心胸远大，快马韩在辽东道上实是一位英雄，老弟能够依附了他，前程远大，定能树一番事业，不料昨日偶然出游，竟遇上老弟你与商家堡赤石岭较上身手，是我看不出老弟你是关内哪一派武林同道，一时疏狂，把老弟领到蜗居，略微相戏，老弟竟百折不回。先前我已看老弟是太极一派，可断不定是丁陈两家哪位的门下。直到老弟施展擒拿法，这才知道更与王师兄有渊源。我们现在是自己人了，老弟如若不怪罪我，咱们到屋里细谈吧。”

袁啸风把适才怨恨之心完全消释，忙答道：“恭敬不如从命，老前辈里请。”入云龙沙守纪遂同袁啸风来到屋中。那牛子也从里间出来，却冲着袁啸风龇牙一笑。袁啸风却坦然说道：“熊老兄，我一切鲁莽，熊师兄还要多多担待。”

入云龙沙守纪呵呵一笑道：“袁老兄不要跟他客气，你只要看得起我们师徒，不记恨我们，就足是了。”说到这里，向牛子道：“现在不许再跟袁老兄胡闹了，你去预备酒菜，我要

跟袁老兄对酒畅谈，一吐胸中的块垒呢。”牛子答应着，先给两人倒上茶来，随即出去给师傅预备宵夜。这里入云龙沙守纪跟袁啸风灯前对坐，畅谈起来。袁啸风遂向沙老英雄问道：“弟子请示老前辈，跟王老师是怎样交情？老前辈跟王老师是怎样称呼？”

入云龙沙守纪遂把自己跟鹰爪王的结识情形，说了一番。原来这位入云龙沙守纪是当年关内江湖道上的一位惊天动地的豪侠，寄身江湖，行侠仗义。虽是做着绿林生涯，却生来侠肝义胆，疾恶如仇。凡是绿林道中人，提起这位入云龙沙守纪，全是畏惧三分。这位侠盗的武功，是获得西岳华山云霞观玄门剑客柳青虚的亲传。轻功绝技，名震中原，武林道中送给他入云龙的绰号。只是沙守纪性情刚愎，对于绿林道结怨太深，仇家日众。只为他武功出众，艺业惊人，虽有仇家不断地找他报复，却是白白地栽在他手内。赶到七年前为了一时仗义，管了一件不平事，对头却是朝中勋贵，竟自买出武林中的高手，严缉入云龙沙守纪归案。所买出来的，全是武林健者，竟严兵布阵，大举来对付这位风尘侠盗。

要论入云龙沙守纪的武功本领，足与一班对头周旋。只是想到这班人不过是为贪图重赏，来给这勋贵卖命，究竟跟自己无冤无仇，倘若自己真格的跟他们较量，保不定就得多结些仇家，不过对手网罟已张，自己就是竭力退让，轮到那时恐怕也要弄到不可收拾的地步。自己想到二十余年风尘浪迹，早怀厌倦之心，趁此罢手，倒也是绝好的机会。入云龙沙守纪毅然洗手绿林，内地里风声过紧，隐匿不住行踪，遂远走辽东，埋名隐姓。

先数年自己在边荒一带，结茅为屋，隐迹在农夫猎户中，把锋芒力掩，谨慎行藏，真就没有一人识得他的来历的。赶到过了数年，渐渐地静极思动，不愿再在边荒上寄迹，才来到宁安一带，相度了这么一处隐僻之地，建筑了数间石屋，打算从此终老是乡。可是江山易改，禀性难移，有时忍不住，在辽东

道上一显身手。可是全是暗中行动，一点不露声色。江湖道上只知道有这么一位隐侠，却始终没有人见着他的本来面目，此次也是无意中遇到了袁啸风愤走辽东，投身快马韩的牧场；入云龙沙守纪，巨眼识英雄，一见却知道袁啸风绝非平庸之辈，恐怕他误入歧途，误却一生事业，暗中注意了他的行动。结果事出意外，那阴鸷文叶茂，跟快马韩结仇报复，买出商家堡、赤石岭，想把快马韩扳倒了，好得快马韩这片事业，袁啸风适逢其会，遇到雨夜盗马，仗义舍生忘死地为牧场效力。入云龙沙守纪暗中全看得清清楚楚，越发动了爱才之心，这才把袁啸风从赤石岭引了出来。自己因为看出袁啸风也是名家所授的功夫，只是辨不清他的派别，这才一心相试。袁啸风不屈不辱，引起老人的欣爱，沙守纪决意把一身本领，全传给袁啸风，这才把袁啸风引了回来。直到袁啸风把鹰爪王门的功夫露出来，沙守纪不由十分惊诧，遂把真实姓名说出。

袁啸风道："弟子不敢在老前辈面前说假话，弟子曾入山东太极丁的门下受业，老前辈已然看出，不过弟子在太极门中已是被废的弟子，自出师门，再不提丁门的弟子了。"遂把太极丁越次传宗，废长立幼的情形，据实地向入云龙沙守纪说了一番。这位老英雄入云龙沙守纪，不禁喟然长叹道："想不到太极丁竟致这么悖谬起来。"遂立刻向袁啸风道："论武林中规诫，绝不许这么做事，丁老师竟这么率意做事，难道就没有个说公道话的吗？"

袁啸风道："论当时颇有些人代弟子抱不平，可是弟子那时灰心已极，不愿再觍颜争执。因为那时弟子好在只为与师傅性情不合，行止上不会过事殷勤，也没做出那背叛门规的事来，既是师傅这么看不入眼，我何必再强求？从那时负气出师门，自己决意地要别访名师，重学绝技，再练功夫。哪知我空负大志，时运不济，到处碰壁，在江湖游荡了数年。直到遇见鹰爪王老师，才算是稍慰初衷，只是王老师身背重案，不能教我常随左右，王老师为了我向道心虔，才把王老师本门的三十

六路大拿法传给我，王老师又被官捕所缀，师徒分散，我如今依然难偿夙愿。我是抱定了只要有三寸气在，我必要尽力求访名师，所谓到死方休。只是名师难得，数年中，奔走风尘，毫无所遇。来到辽东道上，也不过是跟着别人鬼混。后来听得辽东道上的朋友常说，快马韩慷慨好客，轻财仗义。我才决意投奔到他这里，为是借着他这点事，自己好先站住脚跟，再图进取，不想我来的正赶上闹事的时候，快马韩正遭着逆事，有人摘了他的牌匾。我到牧场正是快马韩跟仇家已经各走极端。仇家暗买出风子帮来，把快马韩的马群，在烟筒山一带给劫了，快马韩亲自出马，到失事地方去踩缉仇家，我正是那天到的。雨夜又出了一场事，我既赶上了，哪好袖手旁观？遂在暗中相助场中的马师，到商家堡，幸解重围，救出了韩家牧场的众位师傅。不过我当时代快马韩订约，五日内准在商家堡践约赴会。我因为这次快马韩被仇家暗中唆使一班江湖道的人，一再寻仇，其中定有主使之人，故此决心暗地一摸。果然是当初跟快马韩一手共事的阴鹭文叶茂，图谋快马韩的事业，勾结江湖道，与快马韩为难，掀起绝大风波，致使快马韩几乎不能立足。我想老前辈既然寄迹辽东，对于此事，定有所闻，还望老前辈指教弟子。不过弟子对于快马韩的事，实近于不度德，不量力，可是已抱定了决心，百折不回，要竭尽我的力量，跟这班风子帮一拼，成败二字，倒不敢预料了。只是弟子奋走辽东，为的是访名师求绝艺，弟子命途多舛，时运不济，空在江湖上奔走，这些年，依然没得着什么，如今幸遇老前辈，求老前辈念弟子一点愚诚，收录弟子，列入门墙，弟子稍有寸进，绝不敢忘了老前辈成全弟子之谊。”说到这里，不待沙老英雄答言，遂往面前下拜道：“老前辈俯念弟子，数千里风尘奔走，不得绝艺，此生绝不能再履故土，只有埋骨边塞，葬身异域了！”袁啸风提到自己心中郁闷的事，不觉又剑拔弩张了。

入云龙沙守纪听袁啸风这话，说得十分恳切，不禁动容。忙伸手把袁啸风搀了起来，道：“老弟，不要这么多礼，我们

一见如故，何须这么客气。我们彼此相知，谁也不能跟谁说假话，你既为海内知名、武林称霸、精擅丁门之绝艺的掌门大弟子，更列徒名震大江南北鹰爪王的门墙，这两位老师全是海内闻名的技艺名家。在他们两家门下的高足，没有不驰誉江湖的。在下不过是会两手肤浅的功夫，哪能收老弟子你做徒弟？我就是不怕现世，不怕栽跟头，可是我所会的功夫，你未必没练过，我这么愚不自量地妄收老兄你，我又不能在你两家以外的功夫教你两手，我岂不是误人误己？总之，传艺则可，拜师不敢当。”

袁啸风嗒然若丧说道：“若不拜师，弟子于心何安？老师不使弟子得偿夙愿，弟子实无面目再出老前辈之门了，老前辈不要这么谦辞了，弟子无论如何，也得求老前辈俯允收录。”沙守纪老英雄见袁啸风意出至诚，遂慨然说道：“老兄既然以此事一再相迫，我倒不好过却。不过我们有言在先，你我是半师半友，我尽我所长，我把身上的功夫，全抖搂出来，绝不留偷手。你只要把已经会的，须要直截痛快地说出来，不要不好意思的，你别白耽误工夫。我们相见以诚，不要拘于形迹，将来我与王老师见面时，我也好不落轻视老友之罪。”

袁啸风道：“老前辈不用这么顾虑，我这次也算是半奉师命，远走辽东，只为王老师不能教我追随左右，曾经数次嘱咐我辗转别投门户。只为我缘悭福薄，虽是投拜过几位武林名家，总是机缘不洽，一无所得。如今得遇老前辈，不仅是弟子之福，亦是王老师所乐许。”说到这，袁啸风不容沙老英雄再阻拦，竟自跪在沙老英雄面前叩起头来。沙老英雄只受了半礼，这才算定了师徒的名分了。

这时牛子从外面端进一只木盘子，里面放着酒菜杯箸，摆在迎面桌上，沙守纪令牛子与袁啸风重新叙礼，嗣后以师兄弟相称。并把袁啸风的出身，约略地说与了牛子，随复笑说道：“你看我这老眼准不花吧？我那时跟你说，袁师兄武功定是武林中名家所传，绝非平庸之辈。果然是名震江湖的武林老辈的

高足，真是盛名之下无虚士，你此后得这么个练武的伴侣，你定能比以先长进得快了。”牛子笑嘻嘻地说道：“老师的眼力会差得了？袁师兄要不是名家的门下，哪会出得了咱们掌握？”这时，杯箸酒菜全摆好，沙老英雄道：“袁师兄，来来来，咱们畅饮几杯。”

袁啸风忙道：“老师往后再这么称呼，那简直是不以弟子为可教了。”入云龙沙守纪道：“好好好，我就不客气了。啸风，你坐下，咱们好细说。”袁啸风遂入座，向沙老英雄道：“老前辈，我可尽量，我是自入师门，历来禁酒。近年来游荡江湖，稍事放纵，可是也不敢贪杯误事，我这里陪着老师傅，您请先尽一杯。”随即执壶把盏，连敬了老英雄沙守纪三杯，自己也斟了一杯，向老英雄沙守纪道：“老前辈跟王老师倒是几时见过面了，前在秦皇岛，仓促夺路，一别之后，消息便断，近来他老人家在哪里存身？我看了前辈似有不愿提王老师之意。我想老前辈既跟他老人家是挚友，不会不知道他老人家的行踪去处，好在他老人家的事，及今又隔多年，谅不致再有什么妨碍了。”

入云龙沙守纪慨然说道：“倒不是我存什么顾忌，只为王师兄那场事惹得太大，那彰德府上下全受了处分，那府台自己掀起巨案，自己落得丢官罢职，为此衔恨，发了誓非把案圆上不可。竟掏腰包暗暗买出两个退职的老捕快，定把这案破了，在先他这样办，十分严密，但不久传出风声，大概在你师徒到秦皇岛之后。这两个捕快，手段十分厉害，已踩探出你王老师的去向，反倒故意地辞谢了府台，向人扬言，这次一时猛浪受聘，到老来白白栽这回跟头，实在不值。越狱犯中最要紧的几个点子，全远走海外，谁能够办这种案子；从此再不多贪一点事，老死家门，谁肯摆上万两黄金，也不敢多管一点闲事了。这两个老捕快，果然全回转家乡，连村庄全不出，这样约有一年的光景，局外人谁也相信这两个老捕快是知难而退。可是王师兄虽是远走海疆，老姑太一班人尚在内地潜踪隐迹，你是知

道的。像夜猫纪五爷是多么扎手的人物，哪会没有信息？纪五爷直跟缀这个老捕快两三个月。尚守着本门门规，人不犯我，我不犯人，没肯贸然动手。后来见这两个老捕快真个安分守己得整日在庄稼地里亲手耕耘、灌溉，绝没有一点可疑之处，这才罢手。哪知这两名老捕快，全是老谋深算，机警过人。纪五的举动总有疏忽的地方，竟落在人家眼内，人家更是竭尽智能，暗中与纪五较量上。终于悄悄地约集了同道中六七名好手，易形变貌，远奔海疆，王老师那时竟毫无所觉。还是夜猫纪五数月后见着老姑太，闲话到这事，老姑太勃然变色，痛斥纪五枉在江湖道上纵横，这两个老捕快是数十年的老江湖，鹰爪王的威名他不是不知道。他又是告退的人，非在官应役的可比，他尽可婉辞。可是他在先慨然应诺，硬取一捋虎须，必有所恃，应聘受赏，也要见出起落来，哪能那么没见一点动静，竟自悠然引退，这分明是稳军计，声东击西，欲擒故纵之策。我们还不赶紧动手等什么？纪五爷历来不服人的，当时受老姑太这么埋怨，哓哓抗辩，心里并不甘服。老姑太看出他的心里，教他再赶到老捕快家中，查看一下，管保准是没在家中。老姑太却率领一班人马，立刻起身，往营口兼程而进，也全自变貌易服，一路上暗察捕快的踪迹。果然竟在快到营口地方的，得着线索。那纪五也星夜追上，是探明了不仅两个老捕快，先后借着探亲访友为名，悄然离家，并探出他们所带一班帮手的姓名武功本领，全是有字号的人物。纪五这才深服老姑太果然老谋深算，机智胜人。遂不敢稍事耽搁，赶上鲁大姑，大家全力来对付，终于逃出虎口。至于他跟这二捕快怎么了结的，好像是给二捕快家中送去了三千银票、十一把匕首。老捕快两家正是共有十一口人。自经这次事后，王老师的行踪更加严密，不是至亲近人绝得不着一点信息。听说那老捕快一击不中，到底不肯认栽。我那时正因事，到了老君山的地方，才与王师兄会着面。因为这件事，王师兄愤怒几难遏抑，意欲重返中州，再试身手，索性搅他个地覆天翻。是我跟他托在知己，

一再劝阻，才把他那一腔愤懑打消。我们小聚数日，他到边荒访友，我也径到辽东，一别多年，两无音耗。当年他也曾说是数年之后，或许一到辽东，只是这些年来音耗渺然，更不知他寄身何处。那时我们见面时，他也曾向我提到他那一派中，竟在闭门户时，意外收了一个得意的弟子，将来他门户中定能昌大于武林，嘱我在辽东道上多多留意。故此我一见你的行踪，即引起了我的注意，果然在下老眼不花，果真是心目中所物色的人。我们这番遇合，虽似偶然，其实是早已伏下了因缘了。”

袁啸风听沙老英雄这番话，不禁十分悬念鹰爪王的近况，没想到彰德越狱，竟惹下天大的风波，直到这时，旧案难销，反倒越挤越大，鹰爪王这一生能否重回故土，可想而知了。遂向沙老英雄道：“弟子拜别老师这些年，无一时不怀念，只是当时王老师一再谆嘱，不教我徒事奔波，去访寻他老人家。并且弟子也曾对王老师说过，不论怎样艰难困苦，也要别求一些绝技。弟子来到辽东，空在江湖上奔走了数年，毫无所得，实觉得汗颜。就是知道了王老师的踪迹，也没有面目去见他老人家。”袁啸风言下黯然。

入云龙沙守纪道：“你不用灰心，像你这么苦心孤诣，志访名师，只要是遇到机缘，自能教你得偿夙愿。在下不才，愿把一身所得，传授给你，不过我所学全是些俗浅功夫，恐怕难满足你的期望哩。”

袁啸风道：“老师傅不要再客气，莫说老师所擅长的武功，弟子难测高深；即以适才所施展的轻功提纵术，即足以称霸武林，遑论其他。只求老师把你老轻功提纵术的诀要，跟暗器接打的功夫，指点给弟子，弟子于愿已足，当年弟子在丁老师门中，是以金钱镖打穴，见辱于同门，弟子发下大愿，只要有三寸气在，也要从别派中另求暗器中的绝技。老师有成全弟子之意，望求老师傅不吝赐教，使弟子此生能够重洗当日之羞，死亦瞑目了。”

入云龙沙守纪道：“你不必总怀着愤慨之心，像我们既然

涉身江湖，要能屈能伸，能柔能刚，锋芒力敛，壮志不消。纵然遇到挫折，只要把脚步处处站牢了，终有扬眉吐气之时。你只要看得起沙守纪，我一定把我这点薄技，全传给你，将来你再访寻武林名家，力求深造，只要你志向坚定，何愁不能成名。但是，我盼你也不要把旧愤永挂在心头。”

袁啸风唯唯受教，这师徒二人越说越投机，彼此谈论武功，沙老英雄酒酣耳热，把自己一生游侠事迹，一身所擅的功夫，全滔滔不绝地讲了出来。袁啸风听着不禁为之神往。沙老英雄又把袁啸风所练的功夫，细细问了一番。袁啸风把自己一身所得，以及鹰爪王所授的，全向老英雄细说了，沙老英雄不住点头：“要论袁啸风所练的功夫，也足以在江湖上闯万立业，可是他竟怀着大志，要更求惊人艺业，其志可嘉，我倒要成全他在关东道上轰轰烈烈，做一番事业，也不枉收录一翻，他比牛子实在强得多。”

彼此又谈一回关东道上的事，案上的烛泪烧残，烛光渐渐黯淡，抬头一看，窗上已透曙色。老英雄沙守纪推杯而起，说道：“天色不早了，你也奔驰了一昼夜，也该稍为歇息，回头咱到场子里先试试彼此的功夫，我是否能教？你是否能学？”袁啸风忙道：“弟子蒙老师父慷慨收录，列入门墙，以弟子求艺之殷，实愿立时受教，不过弟子现在为快马韩的事，不得不先耽误几日，再下场子了。”沙老英雄听这话时，似乎不甚入耳，袁啸风复申说了一遍，道：“弟子想，做事总要有始有终，虎头蛇尾，反不如当初不多事了。”遂将商家堡五日之约，细对沙老说明。

沙老这才说道：“我看那商家堡、赤石岭的事，没有什么了不得，不过暗中主使人放了两三把野火，令人难免厌烦。将来这事，总要用釜底抽薪之法，这场纷争据我看不难化解，你说怎样？”袁啸风听着心里一动，暗自打算，沙英雄分明是教我从这次暗中主使人阴鸷文叶茂身上动手，正与己见相同，遂立刻答道：“老师傅所见极是，弟子定常遵老师的指示。”

第十五章 韩昭第秣马厉兵

沙守纪走出屋来，这时晓风习习，朝露未消，外面一股清爽之气，扑人眉宇。老英雄头前走，袁啸风随着向后面走来。来到把式场中，只见牛子已经独自在里练功夫，正在墙角那里，蹲裆骑马式，站在木架子前，双掌推动那只沙袋，悠出去，再撞回来，又用双掌推出去，由双掌复换单掌，来回推动这只沙袋。袁啸风乘机问道："老师傅，熊师兄练的这是哪种掌法？弟子以前没见过这种练法。"

入云龙沙守纪含笑道："莫怪你没见过这种掌力，这种操掌的功夫，实与他派练掌力不同。我们这种功夫是在拳学中一种操掌练铁布衫的功夫，用自然之力，取柔中有刚，发动中和之力。这种功夫练到了，虽比不了铁布衫的功夫能避刀枪，可是平常的掌力，只要打上，能把敌人的掌力还给他，他打出几成力，我们就能还他几成力。我因为牛子骨骼坚强，天赋颇佳，只是太欠灵活，将来一入江湖，只怕他难免受人家的暗算，所以我让他练这种功夫，便可以保全他自己。只要他把这种功夫练出来，足以补救他的缺陷。只是这功夫，练来绝非一

年半载能收全功的，必须有五年的纯功夫，才算小成。好在牛子这孩子最有恒心，最有毅力，只要告诉他须操练什么，他是耐着性地往下用功夫，绝不会一日间断。我不发话教他练别的，他绝不肯撂下，所以我叫他操练这种功夫。我倒十分信他能有成就，别人有几个能下这种辛苦的呢？”

袁啸风遂问道：“那么这种功夫是武林中的不轻传的绝技了？”这时忽见那牛子变双掌推着，倏地一长身，立刻一换式，身形陡转，竟把这只沙袋荡开，身形往那沙袋间穿行起来。进、退、闪、避、挨、帮、挤、靠、搂、腾、封，居然身形巧快异常，绝不似平时那么笨滞。袁啸风不禁十分诧异起来，人不可貌相，他居然也练得闪避圆滑，足见沙老英雄所说的话不虚。谁说牛子限于天赋，不能习小巧的功夫，却能把笨工夫练到如此灵巧，可见沙老因才设施之功了。

这时熊牛子已把身形施展开，这只沙袋已经悠得疾似流星，熊牛子也不似先前只用两掌推打，肩背脑腹肋，全要抗这悠行了的沙袋。只要这沙袋跟他一撞，很快地撤回，这种抵撞沙袋，全依着拳式。一会儿工夫，熊牛子收住式，退了下来。这才向入云龙沙守纪招呼了声：“师父！”随向袁啸风也打着招呼说道：“袁师兄，你可别笑话我，我生来身体过笨，这种小巧的功夫，我实差得太多哩。”

袁啸风道：“师兄不要过谦，这种推沙袋，是武林中一种绝技，我往后还得求师兄多多赐教哩。”入云龙沙守纪道：“我历来对于武功上，虽属独得一秘，亦不肯过于珍视秘藏，只不过不敢妄传于平常人，致令授者徒费心血，学者空负虚名，毫无所得。我很愿意传给有资质的门人，便可把我一身武功所得，倾囊相投，只是全才难得，求师难，求徒也非容易。像他练这种功夫，你看着绝没有什么深奥难学吧，只要把纳气初步的功夫练到了，即能运用自如。只要能够别间断，有武功根基的，练上三年的工夫；根基浅的，练上五年的工夫，全可以有所成。”

沙守纪一面讲解着，向场中走来。只见那熊牛子已经把墙下放的那棵杨树干，搭在场子当中。枝梢那边嵌在距地五尺高的墙上预凿好的窟窿上，树根这边却放在地上。这根三丈多长的白杨木，早成了斜坡式，那熊牛子却两臂齐张着，塌腰下式，在杨木的两侧，来回盘旋了两次，随即身形展动，走上这根木干。袁啸风见这木干，一面树皮脱落，一面尚是丝毫没动。熊牛子往木上一走，着脚的地方，正是树皮脱落这面，树干已经十分平滑。看牛子扎撒臂腿，走在上面，十分熟练。在先走得十分慢，十分稳，走到树干的尽头，一个鹞子翻身，仍是原来的姿势，返了回来。赶走到这起脚的地方，依然翻身回转，往上重走。反复数次，越走越疾，居然用夜行术的行法，只用脚尖点着树干飞驰。

袁啸风旁观良久，默默记着。牛子一共走了三十六次，跳下地来，把树干又长起三尺来。这根杨木干已成三角的斜坡，牛子竟把树干架好，这次却不是那么慢腾腾地往上走了，身形在下面很快地盘旋了一周，随即脚尖一点地，腾身跃上了那白杨树干。身形飞快，木立三丈多高，一连换了四步，已到了杨木的尽端。身形却不似先前那种翻身盘旋，竟自把步眼一停，亮了个“大鹏展翅”式，随把右脚往后斜侧，用脚尖一抵树干，把身形定住，慢慢地转过身来，一步步往下退。只退下来三步，一个身式收不住，腾腾地竟疾纵下来，临到距地丈余高，竟自脚下一个登空，滑了下去。

入云龙不禁笑道：“你怎么又怵起阵来，步眼别慌，脚下只要找准了，气纳丹田，抱元守一，自能收放自如了。”牛子这时也是脸上红红的，二次跃登树干，这次竟从正面往上走，全把步眼差了。竟在将到尽端，脚先点空，滑了下去。总算身式还拿得住，未曾跌倒，自己闹得脸像紫茄子，这一来气也浮起来，力也散了，只要上去，立刻跌下来。连着三次失脚，赌气地向沙守纪道：“师傅，我不练了。”入云龙沙守纪道：“笨货，你看我再给你练个式样。”

袁啸风暗暗欣幸，自己得一瞻这位老前辈一试绝技，真是难得的机会。往下连看，到五尺左右，突地身势一收，稳若泰山，定在那里。稍一停，仍然换步往下去，这么倏行倏止，随心所欲，如履康庄，如步坦途，眨眼到了下面，身式一收，陡转身形，腾身再上，这次竟不借纵跃之势，只取蹑足提气之力，凭下盘的功夫，在木干上只用脚尖轻点，唰唰的较第一次纵跃尤疾，眨眼间到了顶端，翻身一个“大鹏展翅”式，飕地似箭离弦，已到了下面。最难学的是，不往地上落，左脚点在距地三尺余的树干上，身躯连晃也没晃，便凝住了。这种力量实足惊人，这种斜坡式的木干，能够进退自如，已足震俗，可是凡是练轻身术的，只要把功夫练纯了，尚能练到这种境地。不过飞纵疾驰的当儿，要猝收遽敛，这非有内家上乘的功夫，绝不敢轻于一试。

赶到老英雄沙守纪施展的第三次，这位老人家竟在往下退时，忽地面冲着墙，身躯不转，唰唰的往下退了下去，脚步一点不乱，稳若泰山，轻轻地落在地上，回身向袁啸风道：“我这种功夫早已搁得生疏了，大约你对于这种轻功提纵术也练过了吧？来，你也试试。”

袁啸风忙道：“老师父这种绝技，慢说弟子不成，就是武林中也很少见。”当时沙老英雄也不再强他去练，遂把这种轻功里的诀要，一一地给牛子重新讲解了一番，教袁啸风也听着。袁啸风听了一遍老英雄所传的诀要，果与别家不同。这种轻功提纵术，各派的练法不同，所传诀要亦异。这位老英雄沙守纪，更是在武林中有过人的武功，对于飞扑之技，得过异人传授，所以练法与别派亦异；更有三十年的辛勤苦练之功，才到了这种境地。袁啸风佩服得五体投地，自己本愿从这时就归到老英雄沙守纪门下，以便早得绝艺。只是牧场的事，自己已经是全揽到身上，责无旁贷，欲罢不能。只这一夜之隔，就是商家堡践约赴会之时，怎能背信见讥于江湖？这种事绝不能稍示犹疑，遂向沙老英雄婉言告辞，哪知这位老英雄好似对这事

无甚关心，不甚介意，微哂着说道："你怎么不能担当事，商家堡、赤石岭，不过跳梁小丑，对付他们不过一举手之劳。你不要忙，我这人的脾气，是不对脾胃的人，不愿跟他交接，要是性情相近的人，又嫌相见太晚了。我这一腔子牢骚，正苦无处发泄，幸与贤契，正可一倾积愫，消我心中块垒。"

袁啸风只有唯唯答应着，自己虽是着急，也不能再说要走的话。老英雄沙守纪遂同袁啸风来到了石居中，牛子随着泡了茶来，老英雄兴致勃勃地谈论起自己当年师门受艺的艰难，以及成名以后寄身江湖所有的经历，谈论得绘声绘色，把袁啸风听得十分动容。老英雄口若悬河，把自己的身经目历，全向袁啸风说了一番。

这时已到午时后，沙老英雄仍然不露让袁啸风走的口风，并领着袁啸风在所居附近游览了一番。这里果然十分僻静，终日不见行旅，偶有过路客人，大都是这东边一带土著，熟悉道路，往宁古塔去的穿着丛莽深菁走，可以近着百十里路。所有的荒凉草野的道路就是老关东也不易辨认，所以这一带也没有多少行旅经过。这位老英雄沙守纪自隐迹居到这里后，也曾见过几个赤石岭的匪党在这里经过。"全经我把他们挡回去，小小吃了我一点亏。从此知道我这倔老头子不大好惹，再不敢往我这里招扰了。你往后再到这里来时，单有一条捷径，从我这住处，往东南过去里许，有一片草地，可以通行，因有泥塘大泽，步步陷入，不知道的绝不敢往里蹚。可是这条道有一点标记，可以辨认，就是这片苇塘草地里，只拣有新柳秧子的地方往前走，只要走出里许去，就到了通宁安的那条大道。你记住了，往后来去可不露形迹。"

此时袁啸风忆起自己还有一匹快马，隐藏在赤石岭的山前丛林中。这时日已偏西，再一耽搁，又怕走不得了。遂向沙老师说道："弟子临来时，本说是到宁安访友，骑着牧场中一匹快马来的。因为探山时，留在赤石岭前，弟子此时归心似箭，只得跟老师告辞，先得赶奔赤石岭，把马匹寻回，才能返

回牧场，还得老师指示弟子道路。老师得原谅弟子事非得已，但愿快马韩的事能早早完了，弟子也好早承教益。”

入云龙沙守纪微然一笑，道：“我这里也养着一匹劣马。你先看看可作代步吗？”袁啸风暗中着急，这位老英雄是老江湖了，怎竟这么一些不明白世故？我是初入牧场，借人家马骑，哪好不给人家送回呢？心里虽是这么盘算，口中却说不出来，只得好歹答应着。不过尤其纳闷的是，这位老英雄住的地方，全已入目，哪里又有马匹呢？这时沙老英雄已移步走向井栏北首一带密松林，袁啸风只得随在身后。沙老英雄穿林拨枝，往里走了一程，约有半里之遥，先一入林，分枝拂叶，尚没有道路，到深入林中，似从来没人经过的地方，树木稀疏，再一细看，好似剪芟过，但是绝看不出剪芟的痕迹，袁啸风看着诧异，只不便问。又往前走了一箭地，突听得希律一阵马嘶。沙老英雄扭头道：“啸风，你既干游牧生涯，对于马匹定能闻嘶声辨别优劣，你听这匹马怎么样？”

袁啸风摇头道：“弟子是才入牧场，对于相马术还算门外汉，看牲口只能识个大概，听嘶声哪敢妄断，老师父多指教吧。”入云龙沙守纪含笑说道：“这没有什么，不过是多见多识，久而自明，并没有什么繁难的方法。”沙老英雄一面说着，往前引路，忽见面前一丛小树，密杂杂横阻面前。沙老英雄一分前面这丛矮树，袁啸风随着进入树丛。里面竟是个空阔的场子，在一株小树上，拴着一匹骏马，地上堆着一堆草料，鞍韂齐全，全散置在地上。袁啸风先还没有留意，及见鞍韂，才看明正是自己骑来的那匹马。惊异之下，遂向沙老师拜谢道：“原来弟子的坐骑，已蒙老师傅寻回，足见老师傅关怀弟子，弟子不敢以浮泛感激的话申谢了。”沙老英雄微笑道：“你安顿这匹马时，时当深夜，没有来往的行人，这匹马纵发嘶声，也不致就被人得去。可是在白天，一有来往的行人，只怕你这匹骏马，终要落在他人之手了。”袁啸风遂把鞍韂整理好了，牵着这匹马，走出丛林，到了石屋前，遂向沙老英雄告辞。

沙老英雄不再挽留，向袁啸风嘱咐："你此去务循我告诉你的那条捷径，径向韩家牧场，中途不论遇见什么事，不要多管。你这次在快马韩牧场仗义相助，不仅帮了他人，也帮你自己；这正是关东道上留给你创万立名之时。商家堡纵然摆上刀山剑树，你也要鼓着勇气，守信践约，不能稍涉犹疑，致贻虎头蛇尾之讥，你不论遇到什么风波险阻，只抱定了豹死留皮，人死留名之心。成名立业，绝非倖致，你只要抱定了既已多事，便得把这件事办个结果出来。只要你不畏难中辍，自能转危为安，终能教你在关东道上，名成业就。言尽于此，你好自为之，我也不再多嘱了。"

袁啸风对于老英雄的话，有些听不甚懂，却知话风隐有用意。自己归心似箭，更不多问，遂一揖拜别。沙老英雄一挥手道："请！"袁啸风牵着这匹骏马，按着老英雄所指的路径，从草地里穿行。才走了不远，突然身后的乱草一阵响，袁啸风方自回身戒备，随听得来路上有人招呼："袁师兄慢走，我来送你一程。"

袁啸风回头察看，来者正是牛子。袁啸风忙向前说道："熊师兄，你方才正下场子，我不能打搅，并且我这次走，三五天也就回来，那时就可以跟师兄常常相聚，所以没有向师兄辞行，如今反劳师兄到来相送，小弟太失礼了。"牛子一把将袁啸风的胳膊拉住道："袁师兄，你可千万早早回来，我一人每天闷在场子里，难过极了，好容易盼得师兄能够跟我做伴，你这一走，教我空喜欢了。你是真的过三两天就来吗？我告诉你，你可别说是我说的，你如若到商家堡、赤石岭，只管放开胆量去干，别含糊了。真要是到接不下来时，师傅定要助你一臂之力。师傅有这种打算，可不教我告诉你，师兄你跟他们比划吧。辽东道上，有咱师傅在头里招呼着，定然教咱们栽不了跟头。师兄遇到了用笨力气的地方，你想着点师弟，别的本事没有，拆个房子，劈个活人，那算不了什么。"

袁啸风见这熊师兄，一片天真，语出至诚，对自己这种

关心，实令人可感。遂含笑答应，握手竭力地请他不必再远送，牛子遂又往前送了一程，才恋恋不舍地回去。袁啸风望牛子远去，这才径循着草地中的暗记，往前走了里许，只见前面草地渐渐地现出道路。又走了不远，已到了宁安大道上，这么一抄捷径，果然近了数十里路，袁啸风这才飞身上马，疾走如飞，顺这条道路冲下来。

这时袁啸风在马上远远地望见了牧场。此刻的牧场已不是往日的气象，栅门紧闭，场中弟兄们四人一拨，骑着马，持着兵刃，在栅门外梭巡，场中四角更楼，虽当白昼，也都派人守望，内外戒备非常严厉。袁啸风把马一放，哗啦啦扑过去。离着还有半里地，牧场弟兄已然冲过来，远远喝问："少往前进，不报万儿，我们可发暗青子了。"

袁啸风一听忙把牲口勒住，高声答道："在下姓袁，是本场的人，弟兄们多辛苦了。"场中弟兄们一听是自己人，又是新投效便立奇功的人，立刻从栅墙前过来一人，走近了细看，看出袁啸风果是前日新入场的弟兄。遂向前打着招呼，过门前一声鹿角，栅门大开。场内有两位马师，督率着弟兄们巡逻，袁啸风不肯失礼，遂早早下了牲口，向守栅门的武师们道了辛苦。两位武师中，正有那位杜兴邦，上前招呼道："袁师傅，怎么这时才回来？我们魏当家都待急了。"

袁啸风忙答道："我本是预备当日赶回，只为有事耽搁住了，未能即日赶回。杜老师，场中可有什么事吗？"杜兴邦道："场中这两天倒还安静，只是众位老师傅全盼袁师傅回来帮忙，咱们场主到现在还没回来。姑娘性情又急，从午后就很着急。魏当家也直叹气，因为场主既没回来，袁师傅也没在牧场，商家堡之约，必须实践。这次如果不践约赴会，快马韩就算折在辽东道上，不能在这里立足。姑娘已经调集了全场武师，跟那两场的师傅们，预备后日无论如何，也得跟他拼一下子。这时大家正在柜房，商议商家堡赴会的事呢，袁师傅里请吧。"

袁啸风一听，说一声对不起，举步扑奔柜房，他骑的马早

有下手接过，送入马棚。他健步而行，心中作想：“我迟归一日，他们如此心急，若没有我，他们难道一筹莫展不成？”

但其实这是他片面着想，韩昭第姑娘、魏天佑副场主，此刻早将践约赴会的办法，布置了大致已定，但与姚方清击掌订约，既有袁啸风在场，自然届时赴会，也由袁出头，显得更好。至于正场主快马韩韩天池那里，既在烟筒山，查看失马，需事正殷，实难抽身回顾。而并相隔路远，估计五天限期，驰赴报信的人纵然连夜紧赶，恐怕也得两天后才见着韩场主。韩场主骤然得耗，立刻拔腿往回返，往返只有四天空闲，也怕赶不上。因此韩昭第姑娘早与魏天佑打定准主意，她要以女子身，率领群雄，与姚方清抵面践约。魏天佑却因场主的女儿，闺秀千金，不能做这孤注一掷之事，坚劝她留守。袁啸风回场时，他们正对这谁去谁守留之事，仍未商议，还在争执。

袁啸风一挑门帘，进了柜房，屋中人登时释然道：“好了，好子，袁二爷回来了，这就好办了。”司账马先生抢着让座，对昭第姑娘说：“姑娘您放心吧，还是请魏当家和袁二爷一同前往最合适、最妥当。”昭第姑娘、魏天佑，也一齐让座、欢迎，吩咐下手，给袁二爷打脸水、泡茶、慰问辛苦，探问袁二爷：“您上哪儿去了这一趟？”

袁振武洗去征尘，扯了一个谎。跟着参加群议，急转直下，定规了昭第姑娘留守，袁、魏率武师马师八十余众，如期赴约。当夜派兵点将，磨刀拭枪。

第十六章

飞豹子设谋抗敌

牧场群雄赶紧布置，决计如期赴约，飞豹子袁承烈无形中成了领袖。这回跟商家堡订约，本由飞豹子和姚方清鼓掌明誓，替快马韩答应下的，故此赴会投帖，也备了三份。一份名帖是场主快马韩天池，帖到人不到，一份是副场主魏天佑，又一份便是飞豹子袁承烈了。提早吃饭，整队待发，先派一个人，把三份帖送去。

商家堡群雄，姚方清的部下，人数不少。牧场中人颇有知道他们的底细的，据说他们全伙约有一百来人，有四个首领，姚方清是大当家，周老疙瘩周占源最毒最勇，但已被魏天佑削断了四个手指头，那二当家名叫蔡占江，三当家名叫郭占海。不过牧场中人全想，自己这边大事布置，商家堡也难免四出邀助。魏天佑已经派人前去密访，还未得回报。当下把全场的人点数，算来能够赴会的，至多能凑足六十人，势力未免悬殊。魏天佑、韩昭第派人到韩边围四十里外，柳树堡何家，借了三十个壮丁，和两位武师帮同赴约，跟着柳树堡何老当家，很有义气，同时把侄儿何先振派来，魏天佑又向开源牧场，借了二

十个人，请他们驻场代守马群。外援派定，再派赴约之人。

魏天佑、韩昭第，点起六位武师，计洪大寿、刘雍、黄震、季玉川、李泽龙、李占鳌，这六人武功全很可观。连外邀的武师，共凑了十位。牧场内掌竿的马师，也有会拳技的，从中拔选了于二虎、张四愣、胡六、丁德山，计共四人。又将留守之人派定，是冯连甲、周城两人为首，用火器、抬枪、弓矢，为御侮之具。万一贼人明订约会，暗里扰场盗马，那就不客气，开火枪打他们。

计划全定，飞豹子袁承烈口角一动，似有发言，又忍住了。魏天佑一眼看见，忙请问道："袁仁兄还有什么高见，尽请明言；千万不要客气。"飞豹子这才说道："刚才已将赴会留守之人，分别派定，似乎还少几位递达消息的人，诚恐我们深入敌境，前防后防消息隔断，未免不利，不知众位老师，以为然否?"魏天佑、韩昭第道："这一招很要紧。"遂又派定了八个人，由西牧场师傅崔振基带领，专管报马。

跟着又有人议定了援应之兵，暗暗地抽出二十个火枪手，另向邻近猎户，借来二十个好手，又借来火枪，凑足四十人，作为接应之兵，埋伏在牧场之北，会场之南。倘遇见意外，自己的人不敌商家群雄，自己的人往旁一败，贼人若追赶不舍，这四十名火枪手就可以开火，把贼人震住，这一招是救护牧场最要紧的一招。魏天佑只跟韩昭第秘密商定，连袁承烈都没有事先告知。

当夜安排停当，次日天明，外援齐到。提前开了饭，立即整队。那投书的人先一步进了商家，大队等他的回信。好半晌，投帖的人方才气急败坏地回来，急问缘故，方知他持名帖行近商家堡头道卡子，便遇上埋伏，夺去名帖，把人赶出来了，竟未面见姚方清。

魏天佑一听大怒："何必多这书礼，硬闯啊！"说罢，立刻督队开拔。韩昭第姑娘也要跟了去，魏、袁二人再三拦阻："姑娘还是留守本场要紧。"昭第姑娘闷闷不乐，只得暂且守

场。魏天佑率十名武师、四名马师、七十名壮丁，刀矛并举，开出牧场。接应兵已然秘带火枪，悄走后门，先投到猎户家，由那里改装猎人，早早到埋伏地方去了。

赴会的人共八十六名，一色短装，鞍马鲜明，刀矛如林，直踏荒野。李泽龙、杜兴邦，当先开路，袁承烈、魏天佑在后督队。大队进发走出一段路，前面有一座大林当道。正是商家堡头道卡子。在此处本设有伏桩，此时既为明桩，有十个贼人持刀带箭，倚林而待。牧场前站才到，匪徒立刻涌身当前，一字排开。

杜兴邦勒住了马翻身离鞍，大叫一声："呔，前边的朋友请了，你们可是商家堡的好朋友吗？我们当家的快马韩如时拜山来了。"把手扬了扬，算是行礼，那李泽龙却将马拨转，奔到后队，向魏天佑打一手势，"前边有挡头了。"手指一伸，"是十个数。"

魏天佑在后队把马一催，喝道："不管几个，闯！"回手一招，就手一鞭，越大队先后，豁刺刺窜到队前。飞豹子袁承烈向武师说了一声："众位督队。"也急忙策马紧紧钉上去。魏天佑直到头道卡子前面，四面瞥了一眼，十条大汉当林而站，林后飞尘隐隐，料想商家堡大队或者就在这边，魏天佑哼了一声，甩镫下马，挺身直到十人面前。说道："朋友，辛苦了，姚当家现在哪里？我们在哪里见面？"

十个卡子微微一笑道："原来是魏爷，咱们又好几天没见了，您的伤好了没有？我们姚当家恭候已久了，就在后面。"

出语冷诮，暗含着奚落。魏天佑脸色一变，杜兴邦忙接过话来："朋友，我们列位都托福，不知你们四寨主周爷的手指头，贴上膏药了没有？"

互相讽刺，互相捻白，魏天佑不屑与这等小辈斗口，说道："杜头，哑言，既然姚当家已然来到，恕我们无礼，道太长，行走不便，来来来，上马，往前赶！"头一个上了马，后队众牧场打手，一个个下了马，立即上了马。下马是行礼，上

马是能耐，各一抖擞，超乘而下，超乘而上，奇快无比，于是放开了缰，直闯进头道卡子。卡子上十个贼人往旁一闪，马师们陆续过去了。

十个贼人把马师放过去，却才取出一张弓，扣上了箭，唰的向林后射去，飞箭凌空，飕飕发响，原来是一支响箭。

这一支箭发出，后面第二道卡子登时得报，登时也发出一支响箭，通知了第三道卡子。第三道卡子登时接报，也发出一支响箭，通知了老窑。老窑上立有高台高竿，早有人登高瞭望，也就望见了牧场来人，大约看清了人数，立即通知大寨主。大寨主姚方清眉峰一皱，说道："他们来了多少人？"答道："约有二百来人。"远处估计的数总比确数多，姚方清听了，不由讶异："他们从何处凑来这些人？"立刻亲自出来，登上瞭望台，凝眸盯望了一时，数了又数，方才释然道："大概有上百数的人。"忙走下台来，吩咐亮队，连本窑，带外邀的人，共凑集了一百数十人，早将赴会办法议定，此刻抱拳向邀来的朋友说："他们来了不少人，诸位朋友，多多帮忙吧。"阴鹭文叶茂也说："哥们多费心！"草野群豪道："自己弟兄，您就望安。"于是点齐人数，全伙一齐开到第三道卡子上，等候牧场中人。

那边魏天佑、飞豹子，已率领大队，闯进了二道卡子。

二道卡子上的贼目立刻迎住，杜兴邦重道名帖，贼目把名帖一看。说道："哦，这一位是魏爷，这一位是袁爷，我们全会过了，还有快马韩韩爷，他来了吗？在哪里呢？"杜兴邦道："您就不用管，反正我们的人该来的，全都来到了。"贼目张目四寻，且寻且笑道："韩当家在哪里？他回来了吗？"正在针锋相对，互相对咬，忽然飞来一个骑马贼人，传令道："牧场韩当家的人不是来到了吗，咱们当家的请。"

魏天佑一声不哼，带马扬鞭，跟着他们往里闯。越走越近，不一时望见第三道卡子的大棚院，果然不出牧场所料，贼人列队迎出来，足有一百五六十人。魏天佑、袁承烈互相示

意，敌众我寡料有一番死斗。此地是一片旷林大野，魏天佑走到相距不远处，把大队约束住，择一形势较优之处，把人驻扎下。八十六名牧场壮士一齐下马，备好了兵刃。伴送他们的贼人，向魏天佑道："姚当家还在前面呢，你们只管往前请!"魏天佑道："不然，我们应该望门投帖。"

牧野群雄大多数留在空场中，请武师李占鳌，和外邀的武师褚永年、戴崇侠，在此督队，复请洪大寿、季玉川、黄震、刘雍，和外邀的顾宪文、施景仁，凡七个人，随同魏天佑、袁承烈，一齐摘下兵刃，按拜山的规矩，空着手，往三卡上走。魏、袁二人为首，穿上长袍马褂，向伴送贼人说："请过去先言语一声，就说快马韩派人来拜山了。已到门前，不便擅入，听候姚当家的吩咐。"

伴送的贼人笑了笑，上马奔向三卡。刚刚跑到半路，已有一个贼人奔出来，大声喝问："诸位爷们，我们瓢把子说了，不敢当诸位的大礼，只教我请问一声，快马韩本人到底来了没有?"

魏天佑目对袁承烈，哈哈一笑，转向来人说："姚当家是明知故问，看不起我们。我们牧场不是快马韩一个人的事，是我们大家伙的事，我们既然替他来，我们就能接得住。请你费心上荐姚当家，我们几个人就是快马韩的代表。"袁承烈在旁也道："朋友，请你转达贵寨主，韩场主有事不能分身，又恐怕失约，所以打发我们几个人前来守诚践约，登门负荆。贵寨要是看不起我小弟几个人，不屑跟我们做对手，那么失约失信之罪，可就不在我们这边了。贵寨要想改期，教我们换人，也未尝不可，这话请你婉达，我们倒是怎么样全可以。我们既替快马韩前来，就能替快马韩承当一切；不过姚当家要是瞧不起我们，我们也不敢强人所难。"杜兴邦也说："对对，你们愿意换人，咱就换人，你们愿意改期，咱就改期。"

这贼听罢，从鼻孔发出鄙夷的声音道："说了半天，你们韩场主还是不肯出头，教你们几位顶缸来吗?诸位固然都是人

物，不过敝寨恭候了五天，满望瞻仰瞻仰大名鼎鼎的快马韩，谁知还是见不着面。”

魏天佑大怒，厉声道，“朋友，我要见的是你们姚寨主，也不是阁下，刚才那三张帖到底投进去了没有？姚寨主见过了没有？你这番话，是你的意思，还是姚寨主的意思？若是你的意思，恕在下口直，我不想听你的话。若是姚寨主的意思，我们登门特来领教，他既然挑剔，我们对不住，可要回去了。”

双方越说越拧，眼看要翻盘子。遥望第三道卡子，商家堡的大众已然列队出来。大队在后，姚方清率群雄出了栅门，似乎迎接，另有一个贼目，如飞奔到这边，催问道：“韩家牧场的朋友不是来了吗？寨主有请，怎么还不进来？”

魏天佑登时抛开跟他吵嘴的小贼，不犯再跟他争执，径自迈步迎接了上去。此时姚方清以下四位寨主，和邀到的宾朋，也迎过来，两方相对，姚方清首先发话：“快马韩韩场主在哪里？快马韩韩场主在哪里？”眼光四巡，把牧场群雄看了一圈，说道：“怎么韩场主没来吗？”牧场群雄叫了一声：“姚当家！”仍由魏天佑、飞豹子袁承烈抵面对答，双拳一抱，连连：“请！请了！”

姚方清冲魏天佑一笑，说道：“阁下贵体还好？”转对袁承烈道：“袁爷也来了，袁爷果然是个信人，如期到场了，但是我们渴盼一见的韩场主，怎么不肯赏光，莫非还在后队吗？”魏、袁一齐答道：“姚寨主，刚才我们已对贵寨头目说过，韩寨主另有公干在身，不能登门面见，故此派在下几个人作为代表，当面道歉。”

姚方清把嘴动了动，也说了几句讽刺的话。因他是一寨之主，不肯过分奚落人，随即面向魏、袁二人，手指牧场武师，说道：“这几位都是哪位？贵姓高名？”魏天佑代为报名引见，这一位是左臂金刀洪大寿，这一位是金镖李泽龙，这一位是马师刘雍，这一位是武师季玉川，这一位是黄震，全都引见了，全都抵面说了几句久仰久仰，幸会幸会。商家堡这边，有二当

家蔡占江，三当家郭占海，四当家周占源，和外边邀来的恨铁无刚张开甲等，内中又有赤石岭的刁四福，这几人全在姚方清的背后，也按名引见了。于是姚方清双拳一抱道："此地不是讲话之所，也不是会高贤的地方，请诸位往里面请。"说着侧身相让。

魏天佑、袁承烈与李泽龙等，哈哈一笑，把两肋一拍，表示身上没带兵刃，立即举步，跟着商家堡的人，往三卡栅院里走。商家堡的人全是刀出鞘，弓上弦，排起队伍森立在大道上。袁承烈昂然举步，目不旁瞬，在这盛阵兵卫之下，与魏天佑直往虎穴龙潭闯去。进了三卡门，斜穿而过，直投商家老窑。这老窑已然布置好了，曲折行来，进内入堡，里面是一道宽阔的敞院，有二十丈见方，高搭天棚，院中铺着细沙子。迎门五间大厅，厅前有土台，高有四尺。在这月台的四边，摆着四个兵器架子，厦檐下悬灯结彩，颇有招待嘉宾的样子。把守大门，有十六名贼党，一手持着长矛短刀。另有四个长衫贼党，像是茶房。姚方清赔笑相伴，少时觑看袁、魏二人的神色。魏天佑一肚子怒气，存着拼命的心；袁承烈俨然徐步，满不介意；李泽龙等也是视死如归，何况未必准死。只是看出商家堡的举动竟如此铺张，明知少时说翻了，必有一番洒血的苦斗，此刻全都沉住了气，专看敌人的来派。

当下宾主相偕，进了厅房。厅房十分宽大，用几张方桌对拼成长桌，上蒙红毡，算是临时的会客桌。姚方清请魏、袁二人入座。魏、袁坐在左上方，商家堡这边的朋友一字儿排坐在右首，姚方清自己便坐在主位上，三个副寨主也挨肩坐下。叫一声倒茶，穿长衫的人立刻端上茶来，每人一盏，其色碧绿，袁承烈等全不敢喝。主客相让，只举杯比一比。

飞豹子袁承烈闪目观看在座的匪徒，在门外窗前，聚了许多。随同姚方清入座的，只有九个。在右首客位上，第一位来宾，是一个年约五十岁的老叟，身材魁梧，相貌雄壮，掩口的黑胡须，根根见肉，赤红脸堂，酒糟鼻子，气派来得很傲。穿

着一件蓝色绸长衫，黄铜大纽扣，米色的中衣。白袜云履，手里团着一对大铁球，哗啦啦地直响，两眼闪闪，顾盼自如。这个老人便是辽疆颇负盛名的铁臂无刚张开甲，很有虚名，门徒颇多。在这个老者下首，便是一个四十来岁的枭强汉子，面如火炭，大眼浓眉，大耳拨风，巨齿掀唇，相貌凶丑，也穿着一件绸长衫，拿着一把秋扇，下面可是兜裆裤，打裹腿，登沙鞋，江湖气派十足。在此人肩下，又是一个汉子，三十多岁，细眉朗目，瘦脸尖头，穿灰布长衫，足登青缎快靴。第四位在座的，便是赤石岭的贼首，坐山雕雕头儿刁四福了。挨肩坐的，便是盗马的祸首，马独神侯二。袁承烈依稀还认得出他来，当下只装不认识，仍向商家堡姚寨主姚方清请问诸位的万字。

土太岁姚方清哈哈一笑，手指首座老叟，说道："这一位你会不认识吗？"袁承烈道："恕在下眼拙。"姚方清道："这位老英雄，在我们边外，提起来大大有名，这一位乃是松岭的铁臂无刚张开甲张老英雄，外号又叫恨铁无刚。松岭一带的马上哥们，全都奉张老当家为一方领袖，袁爷不认识，魏当家只该认识的了？"

魏天佑听了，心中一动，"原来是他！"不由哼了一声，正要开言，袁承烈早已发话道："久仰久仰，在下初到辽东，眼拙之极，对于本地成名的英雄，无由拜识，今日幸会，也是在下的光宠。还有这几位，也请姚当家引见引见。"

姚方清指着那面如火炭的匪首说道："这位是双头寨的白马神枪罗二当家的，官名罗信。"袁承烈听了，也说了一个"久仰"，禁不住心中暗笑："可恨白马神枪一个好名色，原来是这么一块火炭头，没有把白马银枪小罗成骂苦了。"跟着把坐山雕刁四福，马独神侯二也给引见了。袁承烈、魏天佑对这几个人，全都说了客气话，彼此照例寒暄，随后便开谈判。

那恨铁无刚张开甲，在群豪中最数年长，神情上也最数他傲慢。手中团着那对大铁球，哗朗哗朗地响着，神情旁若无

人，目空一切。牧场群雄都有点不入眼。当下这张开甲首先发言，向魏、袁二人道：“这位魏朋友我是久仰过的，你袁朋友咱们是初会，不知令师是哪位，今年多贵庚了？你是哪一门的，跟韩天池韩哥们是怎么个称呼？”

这一张口，倚老卖老的味十足。飞豹子哪肯受这个？立刻还言道：“好说你张爷，在下哪一门的也不是，我不过乍到辽东，只可说是武林外门的无名小卒罢了。诚然咱们是初会，好在今天也不是相姑爷，用不着知根知底，谁活了多大岁数，说实了竟不相干，多活几年，不过多糟践几年饭。在下此次是按时应约，要会会姚当家的。我既然能替快马韩到场，我们的交情大概是过得着，我跟快马韩是怎么个辈分，好在跟局外人也无关，你说是不是，姚当家的？咱们还是抛开远的说近的，我们今天话接前言，我们是赔罪来的，我们敬听姚当家的吩咐。”

这一套话够刻薄的，张开甲听了，满不介意，倒哈哈地大笑起来，笑得一对肉眼泡几乎流泪，方才向群宾朋说道：“这位袁哥们倒是棵硬菜，手底下不知怎么样，嘴头子居然很有刺。佩服佩服，年轻人很有两下子，话可说回来，听袁朋友的口气，你是新到我们关外来的，当然跟快马韩也不很熟了，大概总是新交。我们耍胳臂根的汉子，要是出头给朋友拔闯，总要估量自己个人的能力，不要虚冒热气。想当年我张开甲，也像你老那大岁数的时候，正是初生犊儿不怕虎，接不了的也要接，管不了的也要管，不知天多高地多厚，一味硬出头，结果碰在钉子上了，吃了很大的亏，往后再不敢说大话，冒热气了。好比栽一回跟头，学一回乖，但凡不是临头的事，再不肯多管了，这就是人不经磨炼，不知艰难。我年轻时，跟你老兄一般模样掏出热肠，替朋友帮忙，不想朋友不给做脸，我把话接得很满，朋友竟从后头不给使劲，把我撂倒了，所以我姓张的自上了那几回当，交朋友寒了心，事事不敢强出头了，没想露不了脸，倒现了眼。不过人不得一样，像我们姚二哥就不然，我们相处共患共难，我就是他，他就是我。他有事，我不

能不问。袁老兄既然替快马韩出头，想必跟人家有过命的交情，才把牧场全部的荣辱，一手交给你老兄。那么，你老兄的师承武功，我们当然要领教领教了。袁老兄既然是初到辽东，在下不知进退，我还是要问，不知，你从前在关里武林中，何处创过业，哪道上成过名？我们问明了，才好请问阁下的功夫哩。”

袁承烈见这张开甲还是钉问，遂佯笑道：“在下忝列武林不过会个三拳两式，哪里提得到本领。这一回韩家牧场和商家堡姚当家起了误会，我不过赶巧了，当面遇上，按照江湖义气不能不给他们化解化解。又赶上韩场主不能分身践约，我这才替他来赔罪。你听明白了，我是替人赔罪不是替人拔闯，可是我也有一份私心，借这机会，在下得以会一会辽东道上的前辈英雄，顺便可以在诸位老师面前讨教讨教，这可是我的福运了。在下实在是人微言轻，但既闯荡江湖，为了义气，倒也不惜两肋插刀，把一腔热血卖给识主。至于我自己够份不够，配也不配，我倒没有料到，所以这才是我们青年人浑吃蛮干的派头，比起你老年高有德，大有身份的人，可就差多了。”说到此张目四顾，又道：“在下再发句狂言，今天的事，我愿代替快马韩，向诸位明公讨教，在下只凭双拳一身，只要你老划出道来，我一定竭尽绵薄的努力奉陪。倘或我学艺不精，一个接不住，栽了，好在我不过是一个无名小卒，韩家牧场还有别位师傅要继续着向姚当家面前讨教。”又环指在场的马师道：“这几位既然到场，也都想替韩场主担承一切。只要在座诸位把我们来的几个人，一一指点过了，我们就算替牧场顶了差事，为朋友出了力，至于胜败荣辱，倒是在所不计。”

在座登时有一个来宾冷笑道：“那不是来了跟没来一样吗？不问胜败，敢情合适，栽了白栽，输了不算，这样的拔闯，我也肯干。”

袁承烈瞪了这人一眼，说道：“朋友不要误会了我的意思。我这话是说胜负乃是常事，谁也不敢预保。现在干脆说明白了

吧，我们若是落败，我们便把快马韩的一切事业，双手奉献给胜家，你看如何？”张开甲道：“好大的口气，你就能替快马韩作了主？他回来了万一不肯承认呢？”

袁承烈用眼一瞪正要顶上去，到场马师早哄然齐答道：“我们几个人全敢担保，我们既然出头，我们就驮得住。这位朋友你这么不放心，只有一招，你等快马韩回来，我们要走了。”

又有一个贼党，索性厉声道：“你们说得够多么轻松，想来就来，想走就走，太打如意算盘了。诸位没别的，既然自觉不错，能够驮得住，那很好，那好极了，就请诸位露一手吧。”

魏天佑登时纵声大笑，磔磔然说道：“好嘛，我们是干什么来的？我们要不为领教赔情，我们何必登山拜寨？你阁下不用拿话激了，你要明白，我们是干什么来的！”

把“干什么来的”五个字连说了两遍，斩钉截铁，声色俱厉，眼看要抄家伙。

那铁臂无刚张开甲依然狂笑了两三声，说道：“好好好，诸位哪里是替快马韩赔罪来的？你们的来意，我已知道。你们分明是到人家商家堡，叫字号叫横来的，足见诸位是硬汉子，可就忘了，咱们是在桌面上说话，还没有说到把式场抄家伙呢。”

飞豹子袁承烈道：“不然不然，这乃是话赶话，在座诸位硬拿话挤，我们自承代表快马韩，你们却不承认，你们既不承认，又要估量我们，你们诸位的话自相矛盾了。现在舌辩无益，我们弟兄几人谬承快马韩以大事见托，不拘栽跟头，活现眼，我们自然是认了命，我们现在敬请姚当家的快快摆道，我们顺着道走，按着规矩接，别的闲话可以不说。”

第十七章　商家堡群雄决斗

双方的人辩到这样的地步，这时从厅外走进来一名贼党，向姚方清回道："当家的，酒筵已然备齐，请示你老，在哪里入座？"宾主至此，方才各息怒容。土太岁姚方清道："就在这里摆宴。"立刻从外面进来几个喽啰，把桌摆开，设了三席。姚方清请牧场群雄坐在东边这一席，西边一席由铁臂无刚张开甲坐了上首座，其余都是帮拳的贼党。另有一席设在主位，是商家堡各位窑主。土太岁姚方清只在末座相陪，自己亲自敬了一巡酒，随即起立向袁、魏二人及一干匪党们说道："众位老师，今日肯驾临敝堡，足使我们商家堡生辉。也给我姚方清面上增加于无限的光荣，才聊备了点儿水酒，稍表敬意，请诸位老师们各尽一杯。"说到这里立刻把杯举起，向众武师一让。袁承烈和群雄全把酒杯唇上一沾，略饮了一些，土太岁姚方清又敬了一次酒，随又说道："这次我这商家堡和这里威镇辽东的快马韩，韩家牧场，出了点小事，我要请大家主张公道。"遂把起衅的经过，向大家说了一番，含着冷笑，转向铁臂无刚张开甲道："张老当家的，我们是交情放在一边，就事论事。

我商家堡虽是吃横梁子的，可是江湖道也有江湖道的规矩，绿林道也有绿林道的理性。我姚方清在附近一带，从来没招扰过。不论哪道上的朋友，我没薄没厚，一列看待。我对于韩家牧场，历来更没有得罪过。这可不是我说大话，壮门面，我跟快马韩也是朋友，彼此关着情面，我们是井水不犯河水，谁也碍不着谁。这伙风子帮的弟兄，敢捋虎须，竟到韩家牧场，剪了一拨牲口走。快马韩不能立刻扣下人家，事后有他贵场的弟兄，夤夜闯进商家堡，硬给姓姚的把这件事扣上。你们众位都是外面朋友，请想这是什么事，快马韩要是辽东道上无名小卒，我倒可以低头忍受侮辱，可是快马韩名气太大了，我要是这么低头忍受了，我从此哪还能见江湖同道，哪还能在辽东道混？所以我奉请众位到此，也就是请大家按着公理来说话。光棍怕掉过，这回事放在别位身上，试问能容得下去容不下去？只要众位说是我们周老四伤得残废，无足轻重，我情愿从此离开商家堡，我自认我不会交朋友，自取其辱。要是认为我们周四弟的手指头，不能教人白白砍掉的，那没别的，怎么砍掉的，怎么给赔上。再请快马韩普请武林中的朋友，在桌面子上，给我商家堡谢罪道歉。能这样办，我们两家化干戈为玉帛，从此后各约束自己的弟兄谨守江湖道规矩，各不相扰。若不然，我姚方清只有跟韩家牧场的好汉一决雌雄。我们全是在辽东来创事业的，咱们先说定了咱们就个顶个，开手比划一下子，谁要把谁压下去，谁就得挪挪地方。我的主见就是这样，众位有什么主张，自管指教；只要在桌子面上说得下去，让我即日退出辽东，我抖手就走，绝不能多延迟片刻。众位对这事有何高见，望乞赐教。”说罢举起酒杯，向阖座一让，自己一饮而尽。这时土太岁姚方清立刻眼望众人，静待答话。

那铁臂无刚张开甲，首先发话说：“我这局外人，既然置身事内，我倒要不怕袁老师及众位老师傅见怪，我要进几句忠言，这次韩家场的事，实在有悖江湖道的规矩；我虽是寄身江湖，更得处处占住理字。这次贵场失事，既然当时未能把这光

顾的朋友捞着，事后跟踪追缉，可又始终没跟对手对盘，又没摸出对手的底来。贵场的人只看见这伙风子帮的弟兄曾从商家堡的这条线经过，那么是否就是商家堡的人，就未可定了。黉夜间深进商家堡的腹地，这是你们众位失礼的地方。既要拜山，莫说明带着家伙，讲起规矩来，连暗青子全不能带。众位到商家堡竟是以威力要挟，颇有进堡搜查之意，想商家堡要是低头忍受了，从此就算折在辽东道上。明知道斗不过快马韩，宁落到瓦解冰消，也得跟你们哥几个比划了。光棍怕掉过，设身处地一想，这件事放在姚当家的身上，是否能吃这个，彼时姚老哥和周四爷盛怒之下，就有得罪诸位的举动，也是激出来的。你们要真是出于一时失误，那么一误不能再误，到了吃紧时，就该大仁大义，把兵刃一抛，交代几句场面话，说明事出两误，决非故意寻隙，姚老哥为人义气，当下也就把梁子解开了，你们彼此处在近邻，互有相扰，各不相犯，姚当家的既见你们诸位肯于认错，他还有什么说的不成？我们姚当家的最是外场朋友，只要你们几位肯低头认过，他就是受着万分委屈，也不能跟诸位过不去了，难道他真格的一点面不留吗？无奈诸位既然恃强动手，又伤了人家许多人，又是堵着人家的家门口，他们四当家的又伤在你们手下，终身落了残废，试问这口气谁能咽得下去？莫说姚当家是商家堡一寨之主，就是放在一个旁人身上，他也是吃不消啊！我张开甲可不是跟姓姚的朋友，屈着良心来偏向着他，凡事都要往理字上讲，金砖也不厚，玉瓦也不薄，我的话是一碗水往平处端。这场是非，起根发苗，完全是你们韩家牧场方面，措置失当，遇事太狂，才落得这么一个结果。但是麻烦已然惹出来，事情总得有个了结，你们既给快马韩扇起纠纷来，你们就该想个解决的法子。快马韩在辽东道上，不是无声无息的人物，按理说，他得通情理。人家商家堡吃大亏，冲着快马韩，虽不算栽，可是你得教人家顺过这口气来。况且快马韩的名头太大了，姚当家的若是捏着鼻子，低头一让，那一来，还怎能在这里立脚？姚当家这一回

真有点万不得已的苦衷，别人能让，快马韩不能让，这就是人争一口气。可是话又说回来，不拘有多大的事，总有一个了结，你们诸位既然出头，替快马韩承担一切，自然你们也愿意息事宁人，把大事化小，断不肯扇动火扇子，教他们两家各走极端。依我拙见，你们诸位不妨吃完了酒，就此回场，教那快马韩亲自出马，到人家商家堡来一趟，总得赔罪赔罪人家，这是一点。其次，再教快马韩普请辽东江湖道，在桌面上，公评是非，由快马韩当场认个错儿，哪个动手伤人的，就把哪个交出来，任凭大家公平处置。这样一办，不管姚当家心上愿意不愿意，我一定劝他答应了。这么一来，从我这里说，这场是非算是完。倘或你们不以为然，要拿别的法子，硬来了结，我可告诉你们，了是可以了，不过，那又是一种结局了。你们可再思再想，免落后悔。”

张开甲这一席话，完全偏向一方，末后更带威吓的口吻，牧场群雄头一个，便是副场主魏天佑，先就气得面目变色，张开甲指明要快马韩请客赔罪，还要献出肇事之人，那不啻是要魏天佑的好看。因为刀伤周老四，就是魏天佑所为。魏天佑从鼻孔中冷笑数声，即要抗声发言，飞豹子袁承烈悄悄扯了他一把，说话的另外有人，自己犯不上费话。于是牧场武师洪大寿微微一笑，从旁答道：“我们先谢谢张当家的一番盛意，你所说的倒全是人情。不过当时的事，不尽如你所说的情形，韩家牧场在这里不是一年半载，平时对于江湖道全是高抬高敬，韩当家的历来最重朋友的，就跟姚当家的别看隔着道，也是呼兄唤弟，交情很好，别的绿林，更不用说，都一样看承。这次想不到会有不开面的朋友，摘他的牌匾，诚心想拆他的万儿；韩场主又没在场，我们不论如何，也得追缉这个正点，方算对得起场主，我们由一班武师分头追捕，食人之禄，忠人之事，我们亲眼见了这伙风子帮的弟兄到了商家堡这条线上经过，就搪不过贵堡沿路卡子和伏桩的眼下。我们一时冒昧，意欲登门叩问，那时本想请姚当家的帮忙，替我们向手下弟兄查问。我们

想这姚当家的，念在江湖道的义气，定能指示我们一条线索。哪知他们周四当家的竟心怀恶意，把我们诱入商家堡。张老当家的，你也是久走江湖的，我们弟兄纵然无能，遇到这种情形，也只可接着比划了。刀山油锅摆在那里，就得往那里跳，这叫事情挤住了。商家堡要是当时稍留余地，何至于闹到不可收拾的地步。”说到这里，四当家周占源就要发话，洪大寿向他拱手道：“请容我说完了。……这件事据我们从旁一摸，跟我们套事的这个主儿，大概是跟我们两家诚心拢对，他要是够朋友，就该明着出头；既不敢明着找上门去，跟人家比划，只会借刀杀人，潜施暗算，这种人物，我们真没把他放在眼里。这里姚当家的明是被人利用。我们的人固然太鲁莽，可是周四当家的也太辣了。我们绝不敢捕风捉影，冤枉好人，是这样情形，不是这样情形，反正姚当家的是明白人，请你想想好了，我们诚然伤了周四当家的贵手，这是当时我们被诱被擒，这里当家的竟下毒手，我们的人一个接应不到，我们来的人定被五马分尸，那又该怎么样呢？事已闹到这种地步，我们当众赔情，容敝场主回来，定然登门亲自来谢罪。至于背后弄诡，故与快马韩为难的人，快马韩自会去找他。姚当家的，你能够闪个面子，我们从此多进一步，周四当家的伤，肉断不能复续，我们只能赔罪，可是赔不起别的，若是像张老英雄说的话，人家总是给了事的，不是激事的，我们不敢说什么，我们只听姚当家的一句话。”

洪大寿话谈而不厌，暗含着把张开甲骂了。土太岁姚方清忙道：“洪老师，你这话倒是说得十分有理，本来手指头掉了再接不上，我们的人论起来，死在你们弟兄手里也有几个，讲人物得算自己无能。可是洪老师既讲到交情，我们若是就这么算完，我姚方清得立刻把商家堡放火焚烧，我得立刻离开辽东。今日我既请众位大驾光临，就得给姚方清一个公道。若是这么办，手指断了换两句空话，脑袋掉了换两杯白干酒，实在让我姓姚的有些不甘心。至于洪老师说的暗中定有主使的人，

这真有些血口喷人，洪老师你得给我个赃证，就凭这么一说，我们焉能心服。”

袁承烈突然接声道：“我们在辽东道上立足，别管是立山头当家的或是武林中朋友，或是吃横梁子的，讲究明吃明拿，硬拦硬要。谁跟谁有梁子，桌子面上明打明斗。暗箭伤人，暗中图谋，那全不是汉子所为。这个人姚当家的你认得他，认不得他，那全在你。我们认定你们是为阴险小人利用，你要赃证，也有，到时候自然得挑明了帘。像贵堡所到的也全是朋友，说句不怕过意的话，即或是彼此言语不合，动上手，跟着全染上浑水，也全是好朋友所为，没有人敢小看一眼。姚当家的，你既然不肯把这件事了结了，那么也没法子，只有请姚当家的划道吧。我们只知道杀人偿命的话，那是跟老百姓们说，我们来的人不多，寸铁未带，当家的你想替朋友出气，更是容易，你除非是把我哥几个都撂在这儿，那算把仇报了，事也完了。姚当家的，你看我们哥几个哪个身上刀口最顺手，请你就自管招呼，我们哥几个绝含糊不了。”

姚方清正要答言，那商家堡客位中的白马银枪罗信，冷笑一声站起来道：“袁朋友，你们这韩家牧场出来的老师们，真够横，走到哪儿也得叫字号。好吧，打姓罗的这说，你们今天的事，就是把嘴皮子说破，恐怕也是白费事，咱们索性比划下来看吧。可虽说是姓姚的事，能把我们这几个局外人撂在这里，周四爷的手指头算是白砍，这场事打我们说算完。”

那陪在姚方清身旁的赤石岭匪首，坐山雕刁四福，马狭神侯二说道：“罗当家的你这种办法，我们看很对，索性我们把这件事了结了。不论是哪面的朋友，也不说我们过于好事。他们两家的事，要是从我们这里了结完了，多少给他们省些事吧？”

这时袁承烈奋然起立道：“好，既是这位罗当家的肯这么成全我们两家，这太够朋友了。这么血心交友的实在令人可敬，我们只有恭领盛情了。罗当家的，你既然是拿着商家堡的

事当自己的事，这最好了。没别的，请罗当家的就赐教吧。”

武师左臂金刀洪大寿也站起来道：“对，这位罗当家的既然这样成全我们，我们别辜负了人家的盛情。事到现在，我们谁也别客气了，索性就请这位罗当家的赐教吧！”

金镖李泽龙也站起来道：“可是我要请示一句，这位罗当家的是秦琼为朋友，两肋插刀，这真是担当的汉子。不过这里姚当家的是否真按着罗当家的所说的应承，请示一言，我愿意当面请教。两家胜败只在这一手了。”

土太岁姚方清道：“姚某从来言行相顾，决不愿妄发一言，至落言行不能顾之讥。今天的事，既有好朋友给我做主，我姚方清不论落到哪步上，决不含糊了。”

袁承烈道：“好吧，君子一言，各无反悔，罗当家的，跟众位朋友们请赐教吧。”说到这，自己先站起来，向外就走，丝毫没有迟疑的意思。当时这一班绿林道随着全向外走来，这里韩家牧场来的武师们，自魏天佑以下，全跃跃欲试，相继随着往外走，出得厅房，到了月台上，彼此不言喻地分东西站住。袁承烈却向这双头寨的白马银枪罗信抱拳道：“罗当家的，该着怎么试试你的身手，请您不要客气，自管吩咐，在下唯命是从，绝不教您罗当家的失望。”说罢，立待答言。

当时罗信尚未答话，那铁臂张开甲走出匪群，向袁承烈重问师承，袁承烈仍不肯答。张开甲道：“袁老师，您虽然抱定真人不露相，可是你老兄来到辽东道上闯万，必有惊人的本领，我们借着你们两家这件事，我们在袁老师跟前讨教讨教。我张开甲好在厚皮脸，我先抢个先，给袁老师接接招儿，让我张开甲也见识见识名家的身手。我想，罗兄弟定能让我莽张飞一场了。”张开甲说完这话，把胸口一腆，颇有旁若无人之势。

袁承烈冷笑一声道：“张老当家的，你这么捧我，只怕捧得越高跌得越重。不过到现在也提不到名家不名家了，既是张老当家的这么看得起我，我别不识抬爱，只好舍命陪君子。张老师下场吧。”铁臂无刚张开甲才待往下走时，袁承烈身旁的

左臂金刀洪大寿往前抢了一步，宽洪高亢的声音说了一声：“二位先别忙，这位张老当家的在松岭开山立柜，名震江湖。我洪大寿从打六七年头里，就耳闻大名，在下从前在离松岭东北五十多里，那时就听江湖上朋友们盛道张老当家的威名，我总想着拜望拜望。偏是快马韩把我硬架弄到宁古塔参场里帮忙，更没工夫去了。今日竟在这里得会张老当家的，可算是得偿夙愿了。没别的，我也请我们袁老师让一场了。张老师，久仰你的拳术上有独到之处，通臂拳在绿林道上没有一二份。更有铁臂功夫，我洪大寿不度德不量力，这把瘦骨头想挨你几下，张老当家的，你就屈尊赐教吧。”

张开甲在先引见时，并没怎么注意随来的人，这时听到洪大寿的嗓音，声若洪钟，高壮的身材，年纪有四五十岁。一张赤红脸，粗眉浓目，一部达鬓络腮的红髯，气度极其沉着勇猛。穿着件灰褡裢布的长衫，大黄铜扣子，下面穿着青布薄底快靴。穿着打扮，跟保镖的差不多。从外面的神色上看来，颇有些不可轻侮的态度。原来这位左臂金刀洪大寿是清真教徒，原籍是直隶沧州人，自己闯荡江湖，于武功上曾受过名师传授，在中年又遇上以左臂刀驰名大河南北的卢殿凯，把自己独门刀法倾囊相授，全传给了洪大寿。只是这洪大寿性情刚烈、喜打抱不平，竟在京师惹了一场大祸，远走辽东潜踪避祸，十余年的工夫，没敢回故乡。先在那黑狐峪铺了几年场子，倒教了不少的徒弟，跟快马韩结识，日子不多，可是彼此气味相投，一见如故。适值快马韩从阴鸷文叶茂的手中重把参场收回，没有人主持参场，遂把这位左臂金刀洪大寿请来了。洪大寿自入参场，颇为出力，更兼武功卓越，威望足以服人。一到了参场出采期，左臂金刀更能督率着采参把头们，深入宁古塔的腹地，只凭他掌中一柄金刀，除了许多毒蛇、恶蟒、凶禽、野兽。所以自从洪大寿到这里后，较前收获上增加了好几倍。左臂金刀洪大寿忠于所事，快马韩更是推心置腹，把参场全部的事都交给他了，参场的事不再过问。这次牧场突遭意外风

波，洪大寿并不知一点信息，赶到了赴商家堡践约的头一天，才由昭第姑娘和魏天佑等，商议着把左臂金刀洪大寿和金镖李泽龙请了来。好在这班人跟快马韩都是过命的交情，定能舍命帮忙。

这洪大寿是老江湖，胸有城府的。从没动身到商家堡时，就一切事全凭着大家的计议，自己不赞一词，对于牧场武师，更是十分客气，可是对于袁承烈反倒没什么崇仰的话。这种情形，明面上好像跟袁承烈十分疏远，不屑交谈的。其实这位左臂金刀洪大寿是衷心器重袁承烈，佩服这种肝胆照人的人，所以反倒不做浮泛的客气了。自己拿定主意，要在商家堡竭尽自己一身的艺业，帮着袁承烈把快马韩这事给解决了。故此旁人说什么时，自己只是点头称赞着，好像是对商家堡践约赴会，不甚关心，只虚应故事，敷衍面子似的。杜兴邦等在旁看着，心上有些不快。暗想快马韩待你不薄，自从把你给请出来，参场的事，全权交给了你，推心置腹，哪一点也不含糊。像魏当家的，自从快马韩没有筑下根基的时候，他们就在一处混，顶到现在，也没有让他独当一面，只是在场中做个副手罢了。独对洪大寿竟如此信服。养兵千日，用在一朝，快马韩不在家，现在场中遇到这样事，正该激发义气，卖性命，才是做朋友的道理。他们看着洪大寿不闻不问的样子，哼着哈着，随着大家，不置一谋，也像要置身局外。杜兴邦这些人心上都有些不痛快，只因为事情正在吃紧，不愿自己人先起内乱，彼此隐忍不言，心中实在不悦，暗鼓着劲，想要遇到机会，准备讽刺他几句，赶到大家来到商家堡，这左臂金刀洪大寿突变冷落的态度，随众当死，向对方挑战，真个是义形于色。洪大寿跟张开甲，叫起板眼，杜兴邦这一伙人方才暗叫了一声惭愧，原来人家憋足了劲，到这时才拿出来，英雄到底是英雄。洪大寿竟这么沉得住气。尤其是只卖力气，不出主意，更是少见！

当时洪大寿一发言，土太岁姚方清、铁臂无刚张开甲，相视愕然。张开甲把话听完，向前拱手，冷笑一声道："洪老师

过于抬爱在下了，我是辽东道上老而不死的小卒，值不得你老兄如此推重。但是我素来抱定舍命陪君子的心，不论哪一路的朋友，只要看得起我，划出道来，我一定出力奉陪。洪老师，咱们闲话少说，就此下场子吧。”

第十八章 赤鼻翁大言惊人

张开甲、洪大寿两个人谁也不肯示弱，立刻相偕，要往场子里走。魏、袁二人忙问姚方清："我们在何处讨教？"姚方清道："请跟我来！"宾主一齐站起，袁承烈这才把外面的自己人，一齐接引进来。姚方清也把他的人传齐，就列在广场中。左臂金刀洪大寿往场子里下首一站，那铁臂无刚张开甲毫不客气，向上首一站。彼此一抱拳，洪大寿向张开甲道："张老师，咱们是过家伙过拳，请张老当家的示下！"

铁臂无刚张开甲冷笑道："兵刃上没眼，我与洪老师既无深仇宿怨，一个走了手，反为不美。"张开甲这话说得十分狂，就好似准有把握似的。左臂金刀洪大寿心藏愤怒，更不多说，向张开甲一拱手道："当家的请赐招吧。"张开甲这时本应当还有两句场面话，可是张开甲并没往下说，把双拳一分一错，一立门户，立即开招，走行门，迈过步，欺了过来。左臂金刀洪大寿用劈掌一立门户，也随着开招。两下里往一下一凑，那洪大寿竟用"黑虎掏心"，拳势挟风，向张开甲心窝便点。张开甲见洪大寿的拳到，左脚往上一滑，劈掌往洪大寿脉上便切。

洪大寿倏地右掌往回一带，一横身，双掌一分，“白鹤亮翅”，左掌奔张开甲的小腹便击。张开甲身形一个盘旋，闪过这一招，揉身进招，从侧面欺过来，“黑虎伸腰”，双掌向洪大寿的肩背击去。左臂金刀洪大寿随即往下一塌腰，张开甲的双掌击空，洪大寿借势打势，“白鹤献果”，双掌打向张开甲的腰腹。张开甲左掌往下一穿，往外一拨，右掌“仙人拂路”，向洪大寿的双目点去。洪大寿竟用“翻身打虎掌”，闪过了张开甲的招数，反向他左肩胛便卸。两下里见招拆招，见式打式，连斗十数合。

洪武师的武功确受名传，虽过壮年，依然是精神矍铄，手、眼、身、法、步、腕、跨、肘、膝、肩，处处见功夫处处见火候，疾徐进退，封闭吞吐，深得武功中的窍要，因铁臂无刚张开甲的武功虽也真下过功夫，可是沉实有余，轻灵不足，在武功上吃亏在“滞”字诀上。两下里走到二十余招，张开甲用了招“金龙探爪”，哪知招数用老了，变化不能灵活。洪大寿竟用“金丝缠腕”，扑地把张开甲的右腕脉门捋住。张开甲虽有铁臂的功夫，无奈洪武师用的是巧劲，借力打力，借他往外递掌之势，掌上潜用足了力量，往外一带，张开甲竟没把这条右臂夺出去，脚步踉跄撞出三四步去，强自拿桩站住，脸上涨得像紫茄子。

洪大寿随说道：“张当家的你是诚心让招吧？”张开甲苦笑道：“姓洪的，用不着挖苦人，众目共观，谁也不是瞎子，怨我学艺不精。你没有给张开甲脸上贴金，倒给人抹狗屎了。我还要领教领教洪老师的左臂刀，你肯赐教吗？”

左臂金刀洪大寿笑道：“那有什么不可。不过在下没带着兵刃，我们遵约赴会，空手而来，只可向姚当家的借把刀使用了。”张开甲道：“对，咱们一样，我也是照样的没带着兵刃，咱们全借人家的吧。”两人立刻向兵刃架子走来。张开甲抄起一杆大枪，他在这种兵刃上下过十几年的纯功夫，自己拳脚上已然输给人家，要从大枪上把面子找回，左臂金刀洪大寿拣了

一把厚背折铁刀，试了试，比自己平常使的稍嫌轻点，还可以使用。

两人来到场子中，张开甲道：“洪老师，咱们丑话说在头里，这一过兵刃，可不比过拳，一个收招不及，难免当场挂彩，我们谁带了伤可得自认晦气，可不能怨对手手黑心辣，洪老师可别疑心我这是卖狂，我可没说我是准成。”洪大寿冷笑答道：“张老当家的说得极是，我们这一对家伙，谁也保不定怎么样，顶好说在头里，死生认命。”往后一撤身，依然在下首一站，右臂抱刀，左手成掌式，一立门户，立刻按着六合刀法，往前一亮式，刀换左手，右手成掌式。那铁臂无刚张开甲一立式，是六合大枪。洪大寿暗道：“很好，我是六合刀，你是六合枪，论起来是旗鼓相当的。不过我这左臂刀，教你尝尝是怎么个滋味吧。”两下里亮式开招，张开甲这杆大枪，实有真功夫，右手握住枪，左手一摆大枪后盘，一合把，一起枪头，噗噜噜，枪头的鲜红血挡，颤成桌面大的一块红云，刷刷刷一连三把，枪头锐劲。已完了，跟着往前欺身进步，走中锋，直奔洪武师。洪大寿是不慌不忙随机应变，金背砍山刀封住门户。

张开甲大枪够上部位，一抖枪，唰的带着劲风，“乌龙出洞”，向洪大寿胸前便点。洪大寿见枪已递到，忙用“烘云托天”，左臂往枪头上一拦，一扁腕子，顺着枪身往里一划，刀头往张开甲的右面便削。张开甲抽式拆式，两下各自施展开招数，乍一动手，倒是旗鼓相当，张开甲这杆大枪，沉、拿、崩、拔、压、劈、砸、盖、挑、扎，枪法真见功夫，吞吐撤放，进步抽身，这杆大枪施展开，恰似一条懒龙。

左臂金刀洪大寿这趟左臂刀，更是不同凡俗。崩、扎、窝、挑、删、砍、劈、剁，砍到紧处，飕飕的一片刀风，疾似闪电。更兼他这趟刀法，是左臂刀，全是反着的招数，张开甲未免先吃着亏。两下里对拆到二十余招，张开甲的枪身几次被洪大寿的刀裹住。勉强地应付，赶到又走了几式，洪大寿立刻

故意卖了个破绽，往前一个“怪蟒翻身”，情形是想用“乌龙摆尾”。张开甲这时丝毫不肯放松，往前一个赶步，竟用“玉女投梭”，往前一穿。这杆大枪竟如羽箭离弦一样快，直奔洪武师的后心扎去。

洪武师听得背后枪风已到，往右一滑步，一个斜转身，右手一拔枪头，左手的金背砍山刀，竟用“大鹏展翅”，刷的一刀，照敌人胸前斜着劈来。张开甲努力斜身闪避，将将把胸口闪开，右臂上竟被刀尖给撩了一道口子。

张开甲喝了一声，拖枪一纵，已退出丈余远去。把大枪往上一扔，左手按着右臂上的伤口，面已变成铁色，向洪大寿道：“好，姓洪的刀法真高，我张开甲想不到在辽东道上闯荡了这些年，今日竟栽在阁下手内，咱们后会有期。”复向土太岁姚方清一拱手道：“姚贤弟，我算栽了，咱们再会。”说罢翻身向外走去。

这时土太岁姚方清，以及罗信等，全十分羞忿。尤其是张开甲，一向气焰熏天，倚老卖老；哪知一触即败，弄了个虎头蛇尾。又是头一阵竟栽了个大的，脸上十分难堪。那罗信自忖自己掌中三十六路白猿枪，还足能应付他这趟左臂刀，遂向袁承烈拱手道：“我先跟贵场这位洪师傅走一趟，回头再跟阁下领教。”说着就要往外纵身，忽然罗信身后转出一人，招呼道：“罗当家的，你先等等，让小弟先见一阵，罗当家的还是跟那位袁师傅招呼吧。”罗信一看，说话的正是赤石岭的马狭神侯二，他是赤石岭新入伙的头目，外号马狭神，排行第二，名叫侯震，在辽东道上吃风子帮中，是一把好手，专擅小巧的功夫，和控制烈马的本领。今日他既然要抢头露一手，定与韩家牧场有个讲究。罗信不肯拦他的高兴，遂拱手道：“好吧，侯当家的给我个助威。”马狭神侯震含笑道：“我要不是人家对手，罗当家的可接着我点。”说罢，立刻扑向月台下。

那左臂金刀洪大寿方要回身，马狭神侯震大声招呼道：“洪老师，请你给在下留招，我也要领教领教你这打遍辽东无

对手的左臂刀。”说罢，向站在阶旁的喽啰一点手，有他赤石岭带来的党羽，立刻把他的兵刃送过来。侯震使的是折铁轧把翘尖刀，刀锋犀利，那洪武师见是赤石岭的马独神侯震，知道全是商家堡的一党。听场中武师们讲过，赤石岭早就想斗斗快马韩，只是总没有机会。更兼快马韩也不是好惹的，所以总是两下里暗中较劲。这次，赤石岭群寇，居然挑明了帘，出头比划，据说这次所劫去的马，大半是他们的部下。自己倒要好好地对付这小子，好歹先给他点苦子吃，教他尝尝韩家牧场的厉害。遂冷笑答道：“侯当家的，你这真是抬爱在下，我只得舍命陪君子，侯二当家的请赐招吧。”

二人各立门户。这位马独神侯震，立刻在下首一站，那左臂金刀洪大寿也跟着往对面一站，两下里走行门，迈过步，立刻各自把刀法施展开。马独神侯震身手灵滑，手法紧妙，身形轻快，窜、纵、跳、跃、闪、展、腾、挪、挨、帮、挤、靠、速、小、绵、软、巧。洪武师看侯震这种小巧的功夫，实是惊人，遂把刀法一紧，六合刀毕竟与众不同，劈剁闪砍、封拦格拒、吞吐撒放、撤步抽身，一招一式全有真实功夫。

走了二十余招，两下里居然走了个平手。洪武师暗暗惊奇，这侯震听说不过是个偷马贼，挖窟窿，钻狗洞的家伙，他居然有这么小巧的功夫。自己赶紧把手下招数一紧，立刻一变招，改用劈闪单刀的招数；这一来马独神侯震竟有些应付不了。突然间左臂金刀洪大寿施展了“连环进步三刀”“封侯挂印”，左臂刀往马独神侯震的咽喉一点，立刻变招为“玉带围腰”。马独神侯震手忙脚乱，急用上崩下划，想把洪大寿的来势拆开。哪想到洪大寿手底下非常迅捷，虚实莫测；在第二招往外一撒，立刻变招为“乌龙摆尾”，刷的一刀，向下盘扫来。马独神侯震踊身一跃，蹿起六七尺高，往下一落。洪大寿一个翻身，盘旋着身形，从左从后一个“凤凰旋涡”。同时马独神侯震已经腾身下落，无论身势如何轻灵，也变不过式来。刀来甚骤，闪避不及，竟被刀尖子扫在脚踵上，算是身形快，只把

靴后跟给划破了；虽没受伤，也算是栽在人家手内。

左臂金刀洪大寿立刻一收式，哈哈一笑道："侯当家的，刀法高明，在下承让了。"马狭神侯震不禁脸一红，自己初进赤石岭，满想人前显耀，张开甲与洪大寿相斗，他看了个清清楚楚，自觉已知敌招，下场可以得采，哪知今日竟栽在这里，有何面目再在这条线上立足。眼珠一转，想起当场报复的法子。遂不再退下去，反倒提刀往里一站，立刻说道："洪老师，你的刀法，我实在佩服。不过我想再跟洪老师领教领教拳术上的功夫。只要是再赢了我侯震，就从此算是死心塌地地佩服你老师傅。知道我当年教我的师傅误了我，以致使我栽跟头现世，我不知道洪老师肯赐教么！"

洪大寿冷笑一声道："那么侯当家的还要跟在下过拳术，很好很好，我焉能那么不识抬举！我已说过舍命陪君子，只要是侯当家的划出道来，我一定奉陪。"洪大寿是亢爽的汉子，虽则奔走风尘，有些阅历；可是机诈之心，不屑施为。当时本在刀法上胜过他，这时又要求跟自己过拳，自己哪能不答应，遂毫不思索地答应他。哪知侯震容洪大寿答应完了，立刻说道："咱们要是按着平常的拆招对拳实在没有什么意思，我想出个笨主意，凭洪老师这种身手，一定不把这点微末的技能放在眼里。咱们把这里两丈五见方较拳的地方，竖立起十二把尖刀，咱们从这尖刀的丛中擦拳对掌，谁被地上的刀阻住了，谁算输。可是谁失脚，谁受伤，可自己认命。洪老师你看这么较量不比光较拳好吗?"

洪大寿武师一听，立刻暗暗后悔，想不到这小子竟用这种阴险的主意来骗我。我既已说出口，焉能反复，莫说只竖立着十几把刀，就是摆上刀山，也说不上不算了。哼了一声，向马狭神侯震道："很好，侯当家的竟想出这种道来，我只有勉力奉陪。不过武林道上，好朋友做出事来，该光明磊落，较量武功谁也难保必胜。侯当家的应该把话说在头里，我姓洪的有个接不下来，我可以厚着脸走。现在我先答应完了侯当家的，我

要是再说不敢奉陪，我栽跟头也没有这么栽的。不过刚才侯爷讲的是比拳，如今又兴出这个道来，未免差点味儿罢，我说侯当家的是不是?”

马狭神侯震蓦地脸上一红，向洪大寿说道：“洪老师我绝不敢强人所难，洪老师要是脚底下不大利落，咱们可以说了不算。”

左臂金刀洪大寿呵呵冷笑道：“侯当家，咱们谁别阴谁。我洪大寿是铁铮铮的汉子，头可断，人不可侮，莫说只这几把尖刀，就是刀山油锅，我们也得比划一下来看了。侯爷，你不用藐视我姓洪的，还不定谁行谁不行。侯当家的就请你赶紧预备吧。”马狭神侯震又含愧又觉得计，向商家堡的壮汉一点手，过来四人，从东西兵器架子拿过十二把刀来。兵刃架子以刀为最多，刀的种类也多，当时所以毫不费事，立刻取来应用。壮汉们用大枪把地上穿出窟窿来，把刀钻埋在地上，刀尖子在外面露出一尺多长来，这十二把刀散布开，占了三丈多的地势。

洪大寿愤愤不平，向马狭神侯震道：“侯当家的，刀山既摆好，请你赐招吧。”马狭神侯震，立刻一亮式，是通臂拳，这趟拳是轻灵巧快。左臂金刀洪大寿把刀递到伙伴手中，自己想到已上了人家的当，说出来又不能不算。立刻在侯震对面一站，微一拱手道了一个“请”字，立刻把门户一立，施展五行连环拳，在刀林之中，与敌相抗。他这手拳法，轻灵不足，沉实有余，但一招一式全下过功夫。洪大寿十分小心，不敢轻视敌手。尤其是左眼处处得要留神，虽不是步步有刀阻着，可是进退也得时时当心。这一来两下里未免较平时稍慢。

洪大寿与侯震斗了数合，渐渐把招改快。心想这种插刀较拳，利于速战，一耗长了，自己非伤在这里不可。招数越来越紧，施展连环进步，一招变三式，欺近了侯震，用了一招“白猿摘果”，往侯震的面前一点。侯震往外一封，洪大寿倏然往回一撤招，左掌往外一穿，变招为“黑虎掏心”，拳锋直逼侯震的中盘，侯震往后退避，已给赶上埋的步眼；随即斜着一耸

身，立刻蹿出丈余远去。洪大寿跟身进步，往前一纵身，立刻跟踪赶到。“黑虎伸腰”，立刻往前一探掌，照着侯震，劈胸就是一掌，侯震用“鹞子翻身”，往回一翻，也想用虚实莫测，欲进姑退，乘旋身败退之势，猛然反扑过来，揉身进掌，疾求制胜，击洪大寿于掌下。洪大寿跟招应招，也是利于速战，侯震一翻身，洪大寿也往左横身，往下一斜身，用足了十成功，一个“偏身躲子脚”，右脚照侯震下盘踹了出去。

侯震回身反扑来势也快，这一来洪大寿的右脚踹着侯震的右脚迎面骨。但是他全身的力量，正往洪武师这边撞，两下里势疾力猛，侯震仰面向后倒去，洪武师也被震得往下倒回来。只听两下里一齐哎呀了一声，马狭神侯震被地上的刀尖穿着左肋扎过去。洪武师也被刀尖穿着左肩头，扎了过去，立刻鲜血窜了出来，两人立刻全晕过去。

两下里全过来人，各自救护自己的人，那马狭神侯震受伤反倒较重，血迹殷然，作法自毙，自己划出道儿，自己反倒受了重伤。姚方清忙过来查看，教手下人，把这两个受伤的全搭到屋里，给敷药扎伤，牧场群雄咬牙愤怒，分了一个人，去照应洪大寿。这里商家堡的人，立刻把地上埋的刀全撤下去。

这里袁承烈愤然向对面姚方清说道：“我们话宗前言，还是请这位罗老当家的下场子，由在下奉陪。”哪知道这时赤石岭的坐山雕刁四福，有些吃不住劲了。自己的同手弟兄一同来的侯震，当场受了重伤，生死难卜，自己若不上去接一场，就这么回去，未免对不住朋友。况且这事弄到商家堡头上，骨子里还是自己这边，才算是快马韩的正对手，若不出头亮一手，既教阴鹭文叶茂耻笑，也无颜面回见本山弟兄。坐山雕刁四福鬼念已罢，遂从带来的弟兄手中，要过来自己常用的那把七星尖子，左手倒提着，走到场子里，向飞豹子袁承烈一点手，口中说道：“袁师傅，我刁老四不才，要跟尊驾台前，讨教讨教。我说袁爷，你可肯赏脸下场子跟在下走两趟兵刃吗？”

飞豹子袁承烈哂然一笑道：“你太客气，我是干什么来的？

哪有什么不可以的地方？你老兄是赤石岭的当家的，在下慕名已久，我不只要奉陪，我还要找刁当家的有一点小讲究，咱们该算一算。韩、姚两方的事，没有你尊驾，也完不了事，你大概也许不明白，在你贵窑屋梁上，插着一点东西，你老兄不要忘了，那是江湖上一个朋友，手下留情，特为给您留的，若不然的话，嘿嘿，朱老祖夜探连环寨，窦寨主没有死，那是人家姓朱的留下一丝厚道。窦寨主后来明白了，果然知情感情，做了一手漂亮活。我们讲今比古，我说刁当家的，你要往这里看一看，往那里想一想。”

飞豹子把话明点出来，哪知坐山雕刁四福面色一变，勃然大怒，说道：“好好好，那天的事，原来是阁下玩的把戏，好嘛，您既然露了那一手，咱们总算有交情了，我今天更得就这现成的场子，补一补前情。”把七星尖子一顺，就要和飞豹子算账。飞豹子也就往前上了一步，把兵刃一提，彼此正待开招。蓦然间，从魏天佑背后，转出来一人，大笑了一声，横身一拦，把袁承烈拦着道：“袁仁兄，你先等一等，这位刁当家的，我久想向他领教。再说他们同伙的弟兄受了伤，栽在这里，他们同伙立刻出头跟着钉上来。难道我们的人，就没有一个替手吗？袁仁兄稍为候一候，还有这里的姚当家的呢，我李泽龙不才，要跟刁四爷七星尖子，比划一下子。”说了这话，回手拔出兵刃。袁承烈侧身一看，知道金镖李泽龙和洪大寿乃是莫逆之交，这回他要上场，是江湖道上朋友交情应当做的，自己只可姑且让他上前，遂拱手道：“李师傅只管请上，只要刁四爷肯的话，小弟没有说的。胜败没有关系，反正我们韩家牧场人物，哪一位也含糊不了。”李泽龙说：“好吧，我先来钉一下，我玩不转袁老师给我接着点。”

坐山雕刁四福在东边一带，很有声名，身上的功夫颇有几下，惯使一口扎把翘尖七星尖刀。当年在宁古塔一带，也曾踢过两次把式场子，只身劫过骆驼队，把万儿闯出来了。后来联合了辽东道上几个风子帮中的能手，在赤石岭开山立柜，居然

一帆风顺，很拾过几次大油水。可是他自从受了叶茂的怂恿，在韩边围子，强应了这回劫马的买卖之后，同伙弟兄都以为快马韩不是好惹的人物，这好比在老虎嘴上拔毛，有胆子动了人家，还得有本领接得住后场，方不致栽了跟头。刁四福因近年气顺，很走时运，便把它看成不重要。此时见李泽龙代替袁承烈上前来会自己，心中颇有不屑之意。且凝神打量这位马师，年在四旬左右，巨目浓眉，紫黑面皮，虎背圆腰，似乎也不是容易对付的敌手。当下李泽龙来到场心，向坐山雕叫阵道："刁当家的，我久慕大名，今天算是初会。你是赤石岭的瓢把子，在下不才，乃是武林中的无名小卒，可是羡慕能人的心，比旁人更热，今天跟阁下动手，实算高攀，就请阁下不吝指导。咱们就过一过兵刃吧。"

刁四福登时哼了一声，面看别处道："在下一心要会的，是这位袁师傅，我倒跟阁下无缘。"竟一掉头，向本帮中呼喊了一声："我说老五，你来替我陪这位李师傅玩一玩吧。"人群中，登时过来了一个细高挑，黄脸膛的汉子，此人正是刁四福的族弟，名叫刁五福。这一来好比走马换将似的，刁四福向李泽龙笑了一笑，闪身退开了。

李泽龙心中大怒，反而也冷笑道："不管是谁，我手中的双怀杖，都愿陪着走几趟。"遂把兵刃亮出来，向刁五福打招呼道："刁五爷，咱们哥们凑凑。"

李泽龙这一亮兵刃，坐山雕本已转身要走，一眼看见双杯杖，不禁心中暗吃一惊。拳经上说，兵器是一寸长，一寸强，一寸短，一寸险。练武的人若没有熟练的本领，轻灵的身手，绝不敢对付这又软又硬，不短不长的双怀杖。人家这只怀杖，运用起来，在一丈五六以内，你就不容易欺身攻进去。错非是手底下真有本领，才能对付得了。刁五福的拳术还算不差，可是他也使得是七星尖子，若比起刁四福，可就差得多了。但是大话已然说出，刁四福也不好再转身回来，只得向刁五福招呼了一声："多小心一点。"刁五福正在年轻，哪里把敌人放在心

上，把七星尖子一抱，露了一手武功，掠身一跃，来到李泽龙面前，说道："李师傅，咱们来一来吧。原来李师傅使的是这种兵器，这种兵器有软有硬，可不晓得我刁老五接得住接不住，咱们是点到为止，你老兄请赏招吧。"

金镖李泽龙哈哈一笑道："刁五爷怎么也这么客气？咱们是比划着瞧，咱们谁跟谁也没有夺妻之恨、杀父之仇，咱们是各尽本力，为朋友帮场。话说开了，您就上吧。"把双怀杖往左臂上一抱，右掌往左手上一搭，立刻做了个请字的姿势，走行门，迈过步，由左往右一盘旋，那青眼鸡刁五福也是左臂抱刀，右手虚掩，随着李武师，各把式子亮开，也照样从左往右盘行。两下里是对面亮式子，这么一盘旋，恰是背道而行，彼此各走了半个圆周，立刻缩步还身，各往四下里盘旋，一来一往，双方往当中一凑，这便够着了招式了。那青眼鸡刁五福长长的身躯，往下一挫，立刻刀交右手，揉身进招，唰的掩来一刀。金镖李泽龙也把左臂抱着双怀杖，往两手里一分，双腕一抖，哗啷啷亮开了招，立刻合掌一撞，哗啷啷再一分，两支双怀杖的上节，全合到掌心。脚下一点，往旁一让，往前一蹿，欺敌进身，和刁老五照了面。左手怀杖往外一撤，唰的直奔刁五福的面门打去。刁五福便一斜身，左手怀杖点空，跟着李武师的右手怀杖唰啦的一下，如电光般，搂头盖顶，直砸过来。刁五福才一照面，只发出一刀，便连受两杖，当下不敢硬接硬架，急急往旁一叉左脚，让过了这一杖，紧了紧手中刀，唰的往敌人兵刃上一封，为得不教敌人再发招，然后刀锋一扫，顺着怀杖，往外一滑，用刀来斩切李泽龙的手腕。

李泽龙看破必有这一手，右臂往下一沉，一个鹞子大翻身，双怀杖"玉带缠身"，照着刁五福，拦腰又打。如疾风横扫，直剪过来，刁五福托地往上一耸身，好长的身材，居然"旱地拔葱"，蹿起六七尺，斜往外一落，李泽龙的双怀杖这才扫了空招。武场中登时起了一阵喝彩声，坐山雕却替刁五福捏了一把热汗。

青眼鸡刁五福的脚一顿地，脚尖一旋，恰恰翻转身来，未容李泽龙追到，他便揉身还攻，翻尖刀一探，喊一声："呔！"照李泽龙的小腹，斜扎下去。李泽龙刚刚追到，立刻凝身，把双怀杖往外一带，顺势往下一抡，嗖的挟风，照敌人刀背上便砸。刁五福很不含糊，用进步连环，往四下一抽刀，偏腕子，顺刀锋，唰的照李武师的下盘剪削下去，李武师立刻往起一纵身，也来了一个"旱地拔葱"，身势往下一落，双怀杖"大鹏展翅""双风贯耳"，一分一合，照敌人双耳门扇打过来，刁五福缩背藏头，往下一短身，就势鸭子步，往外一探右臂，翘尖七星刀随着往外也那么一展，"乌龙入洞"，照李泽龙腰骨上翻手下扎，连扎带划，嗖的撩将出去。李泽龙一个"拗步翻身"，抬腿躲足，双怀杖抡起来，斜肩带背，顺着旋身之力，往刁五福下盘打过去。刁五福抽招换式，抡刀进攻，猛然间旋身挥刀，横砍敌项。李泽龙闪腰让开，双怀杖哗啷一响，下打脚面，刁五福斜身跨步，往旁一窜，"怪蟒翻身"折回来，两个人又对了盘。李泽龙的双杖，如懒龙打滚滚上滚下，刁五福的刀，如长蛇吐信，卷后卷前，两个人口说着客气话，什么是点到为止，依然是拼命进招，把兵刃使得呼呼生风，上下翻飞，人人都提出全副精神来，要把敌人毁倒在这二三百人的面前，做一个人前显耀，一举成名。虽然是替朋友拔闯，也是无形中给自己做脸，两个人使尽招数，眨眼间，对拆了三十六七个照面。

那一边，坐山雕刁四福，事不关心，关心则乱，已看出他这个族弟渐渐招数透慢，年轻人实在是把全力用得不匀。那快马韩这一边的人，都已看出李泽龙李武师，果然名不虚传，把一对双怀杖运用活了，而且气脉延长，越打越似乎带劲。又走过十来招，刁五福往李泽龙面门上，突然虚点了一刀，故意诓招，有心冒险。然后一拧身，刀拖在右边身旁，往前一拱腰，装作败走之势，把一个后背，故意卖给敌人。李武师见敌人后防空虚，整个后背卖给自己了，哪还肯缓，哗啷的一带双怀

杖，抡圆了，照着刁五福后背，狠狠便砸。这双怀杖用足了十成力，堪堪已然落在敌人身上。不妨这青眼鸡刁五福新学了这一败中取胜的险招，立即来一个"怪蟒翻身"，身随刀转，拖刀计，"探臂刺扎"，唰的施展出来，大喝一声，就直点李武师的心窝，心中思谋看你哪里跑？

这一刀又狠又快，金镖李泽龙也是贪功心切，把一手双怀杖招数用老了，再想变招闪避，哪还来得及？魏天佑等牧场群雄全都大吃一惊，有的失声叫了一声："哎呀！"

哪料想，竟在这一发千钧之时，生死呼吸之际，李泽龙到底不愧老手，虽然贪功勾来险招，却是武功纯熟，善能救败。但见他往左一拧身，仅仅错开半尺，刀锋已到，闪开要害，没闪开全身，唰的一下，翘尖七星刀滑左肋扎过去，登时血液流离。但在这已被刀伤之下，右手双怀杖往上一提，唰的一下，兜在刁五福兵刃上，翘尖刀伤敌成功，余势难收，立刻的被兜起来，啪登一声，飞起来两三丈，才落下来，把他的虎口震裂。而且李泽龙左手的双怀杖也已发出来，泰山盖顶，直砸刁五福的顶门。刁五福才待一喜，刀已失手，方才骇然，敌杖已到，叫一声："哎呀！"拼命往旁一闪，也没闪开。李武师左手双怀杖整个地落在他的右肩头，哼哼一声砸了个骨折肩颓，晃一晃，栽倒在地，就地一滚，窜出圈外。李泽龙也挺身一窜，还想追敌，当不得血流如注，面目失色。早过来双方的人，把两人接过去救治。刁四福搀住了刁五福，杜兴邦扶住了李泽龙，向掌竿的弟兄于二虎叫道："快拿药来！"

第十九章 众马师竞显身手

当双雄决斗时，两边的人全都聚在场中，注视自己的人的胜负。起初大家都以为刁五福必败无疑，不意刁五福新学了这一招败中取胜的施拖刀，居然先伤了李泽龙。李泽龙虽然一时大意，到底手疾眼快，居然在既败之后，获命救招，把敌人一条右臂打折，而且打飞了敌人的兵刃。若评判起来，只可说是两败俱伤，不能准说谁是略占先者。坐山雕刁四福却十分挂劲，忙着给族弟治伤，定要下场，把这面子找回来。那边牧场方面的人，一齐安慰李武师，李武师连说惭愧惭愧。幸亏他们预先带着刀剑药，由二虎取将出来，急忙递给魏天佑，魏天佑亲自给李泽龙敷治。刀伤左肋，有三寸许长一条口子，深有三四分，无怪乎血流很多，连皮肉都翻起来了。杜兴邦帮助魏天佑，将药粉按在血上，再用布条围腰一缠。这种刀伤药十分灵效，要是刚受伤，立即敷上，准能当时血止疼定。武师李泽龙咬牙忍痛，另有刘雍给他喝了一点朱砂定神散，向李泽龙说道："李大哥是大意了，到底您的功夫熟，临了还把小子毁一个不善，你看，你这伤不到半月准平复如初。那刁老五伤筋折

骨，只怕接骨匠不现成，就许落了残废。”杜兴邦也说：“至不济这小子也得哼哼半个月，临到一百天，你看吧，他的右臂完了。”大家尽管安慰，李泽龙仍然惭愧道：“韩家围子的威名，算是教我给毁了。”魏天佑见他戚戚不已，深以失招为辱，忙亲自鼓舞道：“这算得了什么，比武决斗，谁也保不定准赢，咱们是自己人，没有什么说的。若教您这样看法，我前日被擒，我才是亲手砸了韩家围的牌匾的祸首呢。反正今天我们抱定决心，出死力和他们周旋，宁教人不在，也不教气输了。他们别看人多，也未必讨得了好去。”

牧场武师群雄低议，飞豹子袁承烈只安慰了李泽龙几句话，便去注意敌人方面的动静。他们双方对阵比武，把空场子做了斗场，他们恰好各据一边长墙，牧场中人全在东，商家堡的人全在西。场子很大，彼此相望，个个扼腕捋肩，跃跃欲动。那刁四福已将族弟刁五福搀进大厅去了。土太岁姚方清依然立在场心，自以主人的资格，过来向魏天佑、袁承烈客气了几句话：“他们受伤的朋友，与其在这里，不如请到敝堡客房中，去歇歇吧。”魏天佑忙道：“行行，姚当家不要客气，我们不好太打搅了。我们受伤的人，打算暂时把他们送回去，堡主以为可以吗？”土太岁姚方清阴死阳活地笑了一声道：“魏场主怎的倒说出这话来？我们商家堡哪敢强留贵客？像诸位乃是快马韩韩场主那边来的人，来既自便，去也请自便，何必问我。”

魏天佑尚不知今日结局如何，犯不上和他抬杠，遂淡淡地说道：“既然堡主这样讲，我们暂将受伤的人送回。”刚要吩咐人送，姚方清忽然冷笑道：“这时就送，不似乎早一点吗？依我看，索性再过一会儿，打总得做一趟送，岂不省事？”言外的意思，还有更多的人要受伤，即在眼前呢。魏天佑哼了一声，答道：“但不知那位刁五爷的伤势如何？敝场请着一位好外科先生，莫如把刁五爷也送到敝场，还有贵堡别位，也可以同去。”

两个人互相讥讽，袁承烈忙过来说：“姚当家的，咱们且

谈正事，贵堡还有哪位，要指教弟等？”姚方清道：“我们早已预备好了人了。你们正忙着给李爷治伤，我就没有顾得说。现在我们在下有几位外邀的朋友，打算会一会诸位，尤其袁朋友，他们全要会会。”

说着，正要点名派人比量，突然由外面跑进来一个贼党，来到姚方清面前报道：“报告当家的，现有虎林厅单掌开碑陆万川陆三爷，带着朋友到了，请当家的示下，是让到老窑客厅，还是一径请到这边来？”土太岁姚方清一闻此报，脸上顿现喜容，随向袁、魏二人抱拳道：“众位请稍待，在下有几位远道过访的朋友来到，我得去迎接迎接。他们几位也全是咱们道里的人，我还要给诸位引见引见。”说罢，不待袁、魏答言，带着身边两个党羽紧行迎了出去。

工夫不大，土太岁姚方清从外面走进来，陪着高高矮矮十几个壮汉。跟姚方清并肩走着、且行且谈的，是一个面黑如铁、满脸乱蓬蓬胡须、十分野相的怪汉，说话声如破锣，扇子面的身影，显着十分猛勇。稍后一点的，是一个黄面瘦子，却生着很凶的一双暴眼。再后便是一群短打壮汉，一个个凶猛强捷，一望而知，绝不是寻常老百姓。看姚方清且谈且笑，对待黑面怪汉，好似非常客气，又像是十分厮熟的老朋友。满面堆欢，一行人走上月台。此时袁、魏二人全在月台上，姚方清即向魏天佑、袁承烈引见道：“二位，我给你引见几位朋友。这位是我们辽东道上的朋友，姓陆名叫万川，有击石为粉的铁掌功夫。江湖人的弟兄们送了他一个外号，叫作单掌开碑，又叫作铁掌陆。差不多我们辽东道上的朋友们，全都推崇他，称他一声老大哥。”陆万川听了，磔磔大笑，手搔头皮道：“我们姚三哥不呕我，谁会呕我呢。我又不是什么了不得的人物，我不过一个吃宋江的好老罢了。”

姚方清也哈哈一笑，手指袁、魏二人道：“这一位袁承烈袁爷，这一位魏天佑魏爷，他二位全是我的近邻快马韩手下的朋友。只因近日我们有点小交涉，要在今天，在此地做个交

代。陆大哥赶来了，很好，你可以瞧瞧热闹。大概我们商家堡跟快马韩韩家牧场的交扯，你陆大哥也听说了。你们几位都是道里人，回头你帮帮场。”

那黄脸瘦汉子，忽然口吐尖锐的声音道：“这一位叫袁什么烈？”姚方清道：“这位么！这位叫袁承烈，怎么着，二位从前有个认识吗？”黄脸汉子不答，却向率领来的人一点手，叫了一声：“邓老弟，你过来看看，这位可是你念叨过的那一位姓袁的吗？”立刻从那七八个短衣壮汉群中，走出一人，赤脸肥躯，面有刀疤，直凑到袁承烈面前，盯了一盯。突然往后一退，到了姚方清和陆万川二人的中间，这才说：“好好好！这一位袁爷，我早就访他，今天幸会，我可遇见你了。”对黄面汉子道：“倪六爷，你猜得不错，正是这小子……我说，喂，姓袁的，我记得你从前报过万儿，叫作什么袁啸风，又叫袁振武，怎么今天又叫袁承烈了？还算不错，你还没有改姓，总算够人物。”立刻双手一拍，戟指着飞豹子，大声说：“姓袁的，邓二爷居然也有找着你的日子，咱们今天好好地清一清旧账吧，伙计！”翻身又向陆万川说：“那天跟咱们捣蛋的，就是这家伙，陆大哥，今天瞧您的了。”

这黄面汉子，和这赤脸有疤的人，这么一闹，袁承烈不由愕然，魏天佑也是一愣。齐看此人，素不相识，袁承烈想而又想，忽然想起来了，凑上一步，注目细认，此人是在左眉靠鬓处，有一块很深的刀疤，连眉毛都中断了。身子骨又肥又矮，活像油篓。穿一身短打，把一件长衣服搭在胳臂上，十足透出匪气。魏天佑望着袁承烈，目露疑问：“这是何人？”飞豹子袁承烈和这人回目对睨，已然想起这个人名叫火鹞子邓熊，哦，他正是虎林厅的一个赌棍。又一想，想起当年飞豹子只身一人，初闯关东，正是跟此人结了仇，才把自己支使得东跑西奔。袁承烈也不觉怒骂道：“好东西，原来是你呀！我也正要找你！”

原来飞豹子只身闯荡，在虎林厅，曾经遇见过一群土匪殴

打姓孙的两个皮货商。姓孙的儿子，贩货到了虎林厅，被赌棍诱入赌局，一场腥赌，输了一千多两。终被孙某看破，不禁骂了出来，说了几句威吓的话。哪知赌徒暗与地方勾结，听孙某的口气，似要归官涉讼，控告他们骗财，他们先下手为强，把孙某打了一顿。孙某的父亲赶到，也被凶殴。这件事恰被袁承烈目睹，不禁起了不忿之心，上前劝解，一言不合，飞豹子把赌棍舍命周七打了，舍命周七忙回去呼援，把这火鹞子邓熊勾来，二人合谋，竟赶追得飞豹子在店中存身不住。那孙某父子吃了大亏，也被赌徒监视，雇不着车，回不了家。飞豹子为此大闹赌局，把火鹞子邓熊擒住，当时折了他一个口服心不服。飞豹子这才救人救彻，一力担承，把孙某父子送出虎林厅。殊不知火鹞子邓熊在此地颇有势力，他本人虽差，他还有领袖，就是这单掌开碑陆万川，在当地是数一数二吃腥饭的人物。如今无端被外乡人拆了牌匾，焉肯甘休？偏偏出事时，陆万川已然出门，未在虎林厅。遂由舍命周七，与火鹞子邓熊，把当地的捕头寻来，请吃酒，递钱财，三人嘀咕了一个下晚，打定主意，要把飞豹子当作匪类，抓入官厅，先打他一顿，再拘他一两日，借此出出气，并且维持赌局的威力。飞豹子是一个孤行客，平白的惹了这场麻烦，果然落了世俗那句话，强龙不压地头蛇，当下颇吃眼前亏，可是话又说回来，那天赌棍打人的情形，也真令人不忍目睹。飞豹子奋不顾身，把孙家父子救了，他自己的行踪，到底被赌棍监视住，由一个姓杜的班头，带领伙计，作为查店，找到飞豹子，三言两语，认为形迹可疑，立刻由店中抓他上衙门。

袁承烈是机警人物，登时明白自己是何处受了病，向官役放出几句外场话，竟不迟疑，跟着他们走："你们教我上哪里我就上哪里，我决不规避。"他想，他自己没有私弊，也不怕他们，岂知一到虎林厅，过起堂来，厅上的官府偏听一面之词，又暗中受过赌局的贿赂，遂要上刑先打，袁承烈跪在堂上，一看蟒鞭，若真打在身上，便要吃大亏，恐不能生出虎林

厅。他竟一怒，陡然跃起身来，把锁链一抖，照管役打去，立拔身飞上房逃走，由此被马兵追逐，才遇上了人魔焦焕。

现在事隔数年，不想与这火鹞子邓熊遇上了。这邓熊出面一认，回手一招，那单掌陆万川哦了一声，忙指着飞豹子，问邓熊道："这人就是那个姓袁的吗？"邓熊本是飞豹子手下败将，今天有恃无恐，大声说："就是那小子，拆了骨头拔了毛，我也认得他。"凑上一步，厉声叫阵道："袁朋友咱们今天见面了。咱们的老账今天可要算算。"又对土太岁姚方清道："这位袁某，我们跟他有交代。我刚才认了半天，方才认出来。相好的，咱们下场子说话。"

飞豹子发怒道："姓邓的，你少要张牙舞爪，你本是袁二爷手下的败将，你还想呲毛？你敢跟我再来来吗？你不许教别人给你替死，你放出狼烟大话，我只要你本人下场。"飞豹子叫得真够板眼，火鹞子邓熊吹了一气大话，其实是在人前逞威，他还是要请他们领袖单掌开碑陆万川替他斗一斗。他却装得活灵活现，居然抄兵刃，要斗雪前仇似的。那单掌开碑陆万川立刻接了声，往前一横身，说道："且慢，袁朋友，我听我们这位邓弟兄，久已讲究过阁下的行藏，我早要找你。你趁我没在家，到我们虎林厅宝局中，胡搅了一顿。你又大闹厅衙，作奸犯法。我为了我自己的生意，更替官面上追捕要犯，久已抱定决心，要找你有一番交涉，可惜陆三爷的家务事分了心，没有工夫赶一只野猫。今天好了，你又跑到我们姚哥们这儿卖起字号来了。姚哥们想必又碍了你的事了，你倒想充好汉，到处呲毛。无奈我们辽东道上，还有一两个人物，由打我这里说起，我要打发你老兄回老家。你何必找我们邓爷，伙计……"说着一指鼻头，面横杀气道："你趁早冲着我陆老三来。"随一转身，甩脱长衫，讨过兵刃，催逼袁承烈跟他下场。

当这陆万川、邓熊大声大气宣布飞豹子的罪状和前仇时，牧场群雄都留神听着。因为飞豹子袁承烈只身投效，大展身手，这些马师武师自然全很佩服他，只是对于他的来路，袁既

讳言，众人也不好追问，人家是刚到牧场，便立了奇功的人，群雄只有钦仰，未便多疑，可是人人心中都怀着疑团，正不晓得袁承烈从前是哪一宗派的武师，也不知他以往做了些什么事业。据袁承烈说，只听口气，好像新到关东不久，从前是在关里混，现在，在牧场和商家堡双方决斗之时，袁承烈忽然遇上旧仇人，这仇人又是虎林厅的人物，那么袁承烈从前一定到过虎林厅了，他却不曾明说过。牧野群雄此时全想从陆、邓口中，听听飞豹子当年的行为。陆、邓二人一口一声诋毁飞豹子，牧场中人自魏天佑以下，都侧耳谛听，初疑飞豹子必然做过杀人越货，戕仇避祸的事，所以才讳言身世。但等到邓熊再往深处讲，才觉得不是，飞豹子大概是扰过他们的赌局，魏天佑还在留神欲听下文，飞豹子是个心思很快的人，登时觉出这一点，向魏天佑瞥了一眼，又向敌人瞪了一眼，立刻拿话顶上去，无形中是替自己辟谣。

飞豹子厉声叫道："陆某人，你就是在虎林厅开宝局，施腥赌，倾害良民，纠众殴打皮货商的那位局头啊！我久仰久仰的了，朋友，你接娼包赌，这也是江湖上人物干的？你们可是做得稀奇，既然合伙通谋，把一个老实商人骗了，你们还不依不饶，要打折人家的腿，不教人家生还故乡，连人家的老父也几乎打死。你们这举动比合字还不好，你血口喷人，硬说我姓袁的作奸犯科，大闹官厅，你怎么不说，你们勾通恶吏，要把我诬良为盗？你们在拳脚上敌不住袁二爷，你们就借仗官势，想扣留我。姓袁的别说没犯法，我就是犯了法，也是被你们一群赌棍，买嘱了恶吏贪官，施展丢包计，故意地拖我进入你们的圈套。你们却瞎了眼，你们竟不知你袁二爷素常不吃这一套。相好的，你当着大庭广众，你诬蔑我闹官衙，你们怎的不说，你们花了多少钱，才买得贪官污吏受你支使？陆三爷你手下这姓邓的所作所为，你晓得不晓得？你若晓得，你就是下三烂，你若不晓得，你就是浑蛋。光棍汉子只凭粗胳膊，在赌场娼窑卖味，那也是活人干的。唯有你们这一伙，比这个还不

好。你们挨了打，按照江湖道，应该一声不哼，躺在地上卖打，这才是叫得起字号的人，你们这位邓伙计却不然了，跟我比拳，比不过了，就跑；跑不开，挨了揍，就爷爷奶奶地叫，什么好听的话都央告出来了。等到袁二爷手下留情，放他得了活命，他若是另请高明，替他来拔闯，这也是道里朋友的常行。哪知他不然，他倒买嘱了班头捕快，要把我拉入牢狱，呸，别不要脸了，这叫什么江湖？"

袁承烈也大声宣布对头的丑态，对头也大声吆喝，陆万川听着太不像话，立刻向袁承烈点手道："朋友不必瞎吵了，我们下场子，拿拳头刀把子说话，准比口舌讲的空话响亮，来来来！走！"

飞豹子立即甩衣束带，把一柄钢刀索过。想了一想，复又把刀递给杜兴邦，转问陆万川："朋友，我们是过拳脚，还是过兵刃？"陆万川眼光往四面一看，两边的群雄正都盯着他们，遂厉声说："我们邓伙计是从拳脚上输给你阁下的，我们当然还从拳脚上找。等着我请教完你老兄的拳术，我再向你讨教刀法。"袁承烈道："好好好！"两个人立即奔到场子。

这时牧场的武师黄震，忙从人群中闯出来，奔过去道："且慢。"转向姚方清道："我们袁师傅，和我们魏当家的，乃是我们一伙的领袖，说句老实话吧，他魏、袁二位得跟贵窑出头露面的人对手，才能相当。这位陆爷，跟在下倒有点旧过节，我不量力，要陪陆爷走两趟。"这话有点侮人太甚，单掌开碑陆万川猛然一回身，把黄震上下打量了一眼，仰面大笑道："你老兄看我不配吗？我倒不知这位袁二爷是你们的领袖，他是你们的领袖，可不是我们的领袖，我总不能说是犯上作乱。你阁下要先跟我动手，你不要忙，等一会儿我一定奉陪，不过我倒要请教，你阁下从前跟我有过节，怎么我不认识你呀？"

黄震笑道："陆爷，你真是贵人多忘事，你还记得当年在杀虎口胡家牧场，被你扰散营业的那位胡四爷吗？他就是在下

的盟兄。我为了换帖的义气，久想找寻你老，总未得其便。今天你我也算故人相逢，你别找袁爷算旧账，你先跟我姓黄的叙叙旧情吧。”

众人一听，这二位又是有前碴的了。飞豹子袁承烈此时已然下场，和陆万川对面而立，黄震跑过来，站在二人中间，捋胳膊，挽袖子，就要打上来。飞豹子已知黄震的用意，是要替自己先挡一阵，考一考陆某的能为。飞豹子心中十分感激，因为大敌当前，自己倒是应该最后动手才好。但是他们牧场的打算，商家堡的人已然看出来，在姚方清邀来的朋友中，也有两个人，要下场来斗黄震。那陆万川带来的人，有一个黑脸愣汉子，早一声不响、扑到黄震背后，厉声喝道：“你要斗我们陆当家的，你还差点！”嗖的一拳，照黄震一翻身，刚要招架，袁承烈早抢上一步，从斜刺里一探手，把那人手腕刁住。陆万川大怒，把身子一转，突然踢出一脚，照飞豹子肋下踹去，飞豹子忙使力一带，把那愣汉抡到一边，就势一闪，又一扑，奔了陆万川。黄震这时也奔了陆万川，那个愣汉凝身站定，猛回身就来打袁承烈，黄震看见了，急忙把他挡住。四个人一齐动了手，魏天佑、姚方清慌忙奔下尺台，把两边劝住。袁承烈和陆万川，为保持身份，全都哈哈一笑地退回，场子里只留下愣汉和黄震比拳。这个愣汉名叫房纪文，也是虎林厅的赌局的打手。飞豹子斗赌局的时候，他正跟陆万川出门。现在他安心要撂倒黄震，教火鹞子邓熊看着自己的能为。黄震志在斗陆万川，既已下场，把房纪文看了看，发出冷笑道：“你阁下倒会打冷拳，来吧，咱们明打打。”说一个明打，猛烈发出一拳，直击踢人面门，拳势很猛，却是假招子，虚晃一下。房纪文应招还招，把身子一侧，刷的踢出一腿。黄震立即闪开了，展开六合拳，容得房纪文收招改式，打出一拳，便微微一错身，左手把敌掌一拨，右手“恶虎掏心”，还击出去。这房纪文往左一闪，身子偏一偏，又是一腿，原来他会的是一套潭腿，黄震旋身一转，绕到敌人背后，也登的踢出一腿，直蹴敌人后腿

弯。房纪文忙翻身，探手一抄，黄震早把招收了回去。他这一收招，房纪文跟踪而上，左手掌虚往外一领，右手往上一递，刷的一手“龙探爪”，像红萝卜的二指，倏向黄武师面门两眼点下去，咬牙切齿，好像准能点上。

黄震微微一顿，身躯往外一跨，左掌忙往外一挂，右掌嗖的斫上去。房纪文疾将招收回，左掌就势也一抡，突然反砍，照黄震的右手腕狠切下去。黄震把右腕卫缩，左掌猛然捣出来，身随拳进，整个身子直抵敌人怀内。房纪文吃了一惊，赶紧收招，往回撤退。仍没有忘了他的潭腿，稍稍地腾出脚步来，他又嗖的蹴起一腿，直登黄震的小腹。黄震大喝了一声：“呔！”快如飘风，旋转身来，竟又抹到敌人后背，“金蜂戏蕊”，直击房纪文的后心。房纪文一腿踢空，身子往前一冲，又往前一挣，刚要回身救招，立时发招。黄震哈哈一笑，刷刷刷，骤如惊雹，连发出七八拳，把个房纪文打得手忙脚乱，连自己最得意的潭腿也来不及施展。商家堡的人看得明白，不由咧嘴，这样身手，何必出来现世？单掌开碑陆万川也很挂火，恨不得奔过去，把他换回。却是时不及待，房纪文越打越没有还手的力量，竟被黄震赶得连连倒退，一面退，一面吆喊，骂骂咧咧。黄震却一声不响，愈逼愈急。忽然间，房纪文又抓着一个机会，好容易立稳脚步，把他的潭腿又施展出来，却被黄震唰一转，又扑到房纪文的后路。这一回定要把房纪文放倒，直容他一脚踢了出去，只剩了单腿立地，黄震立刻下绝情用一招“进步双推”狠狠地平出双掌，照房纪文后心一拍，喝一声：“倒下！”扑登一声，房纪文乖乖地栽倒地上了，一个狗吃屎，背朝上，脸朝下，全场哗然，不但牧场中人喝彩，连商家堡的人也叫起好来。

武师黄震这才停手，往旁一退，面对月台，说道：“承教，承教。我说，还是陆爷下来吧。”陆万川恨叫了一声：“老房太不像话。”正要下场，不妨房纪文滚身而起突然的一摸腰，把衣襟底下缠带着的绳鞭解下来如受伤猛虎似的，照黄震扑来。

扬手一鞭，直攻要害。

房纪文负怒含愧，简直要拼命。黄震寸铁未带，连连躲闪。全场人一声吆喝："别傻，别傻!"商家堡的人干喊没人过来拦，牧场中怒恼了武师季玉川。立刻抄起一把刀，如飞赶到，让过了赤手空拳的黄震，把房纪文挡住。房纪文不管三七二十一，把绳鞭没头没脑地就照季玉川打来。季玉川展开八卦刀法，和这条绳鞭相打，姚方清这才缓步过来，把房纪文唤住。魏天佑也走下来，向黄震大声道辛苦，向季玉川大声笑道："季师傅，你着什么急，你教这位房爷打一顿，也好转面子啊。"姚方清哼道："胜败乃是常事。魏师傅先别得意，你不要忘了五天前那场笑话。"飞豹子忙道："姚当家的，我们不必多费话，咱们把比武的事，应该规定一下。既要过拳，就不可动刀。咱们到底是几阵见输赢，我也要听听您的意见。只要阁下划出道来，我们牧场的人一定奉陪，不过这事情得有理有面，不能乱来。"

飞豹子这样说着，姚方清那边的人，哗成一片，都因为连比数场，虽然互有胜负，可是算起来，终是牧场抢了上风。那坐山雕刁四福因五弟吃了亏恨不得立即跟牧场中人狠斗一下，把面子找回，那单掌开碑陆万川，也因房纪文给他扭了脸，也要亲自下来找场。你争先，我先抢斗，乱成一团，又同是来宾，姚方清也不好强阻。再看人家牧场，却有条有理，一点不乱，此刻正冷笑着，看自己这边人捣乱，姚方清心中很不得劲。本来是一群马贼，焉有纪律？快马韩的人，都是拿军队纪律来约束马师，故此就显得整齐。乱了一阵，姚方清十分生气，此时商家堡邀来的宾客，也出来一人，认为太不像话。此人名叫单宏德，年约四十来岁，自然也是江湖中人，本与张开甲是同乡，二人却是谁也不服谁。当下把姚方清和几个要紧人物，调到一边，私下说道："咱们的人太显乱了。我是关里人，我们关里要胳膊的人，要是起了械斗，总由双方推举中证，预先定规好了，是几阵见输赢，比完了，输的就得听凭赢的划

道。或者让码头，或者请客赔礼，那全在当时当面讲定了，我看你们两家的事早该在事先商定，再行动手不迟。刚才有张开甲张爷，他一个人大包大揽，我也不好说什么。现在他老人家赌气走了，姚当家的，你得估量一下，料敌行事。若看出胜败准有把握，趁早和韩家牧场讲好，或是五阵见胜负，或是十阵，都可以随便，反正不能乱打一锅粥。或者是单打独斗，或者亮起阵势来，来一个群殴。那都使得，姚当家的，你自己揣摩揣摩。”

这单宏德把商家堡群豪调到一边，说了这些话。姚方清很以为然，皱眉道：“我们原先预备的也就是这样，先单打独斗，比拳之后再比兵刃，如能取胜，当然很好。若不能取胜，我这里预备好了，就要跟他们牧场决一死战来一个群殴。不意还未容我们讲出口来，张开甲张老英雄就跟姓袁的翻了脸，一点眉目没讲好，就一个挨一个地乱打起来；又都是我姚方清红书大柬请来的朋友！我能拦谁呢？”单宏德道：“那不要紧，姚大哥可以从来宾中，推举出几个居间的人物来，由来宾约束来宾，就不落包涵了。”

姚方清颇以为然，向单宏德说：“得了，我还用推举别人吗？我们就烦老兄多多帮忙，给我们做个居间人好了。对付牧场，约束来宾，这全仰仗你老兄一个人了。”单宏德哈哈一笑道：“我这叫自找麻烦，咱们自己哥们，我也义不容辞，不过只我一个人不行，得再推出两位来，由两位约束到场帮拳的宾朋，由一位专对付牧场。和他们好里好面，骨子里只管较劲，表面人家来此就是客，我们不可跟他们对吵。”

当下急急私议停当，张开甲已去，别人都肯出头了。张开甲本领只管不济，在松岭久负盛名，徒弟很多，大家都尊他为长者，他又好喜这个，事事惯抢上风。现在他栽了跟头，一怒而去，来宾中你推我，我推你，又举出两个人来。一位是宁古塔的大马金刀程三娄，一位是八棵树的虎头旺子施金林。仍由单宏德，陪同姚方清，向牧场提出条件。至于陆万川、刁四

福，也由程、施二人劝住，请他二位少安毋躁，我们挨着次序和牧场中人算账，不必抢先，反正轮得上。

单宏德就陪同姚方清，向牧场定规决斗的步骤。牧场中仍由魏天佑和飞豹子袁承烈二人出头，见对方推出中间人，他们也从外请的帮手中，推举出顾宪文、褚永年二位，作为居间人。说来也可笑，双方见面就吵，吵着就动手。打了一阵，这才重新讲究比武办法。中间人替双方说了一回，定规下单打独斗，先比拳，后比兵刃一共六次，然后会起来，结队的斗三次。结队比斗，并非群殴，也是双方配好了人数，再行决斗。

第二十章

戴崇侠折服银枪

中间人议定，姚方清、魏天佑立即向自己人宣布。大家听了，个个摩拳擦掌，跃跃欲动，都要抢先。牧场中人来的是客，先由他们派人，魏天佑和袁承烈低声议论，先推季玉川上场。季玉川大喜，走到场心，把腰带一紧，脚上早换好洒鞋，登了一登，向大马金刀程三娄和单宏德说："在下是韩家牧场的一个小伙计，我学了几手拙拳，要请商家堡的宾朋贵友赐教。我身上寸铁不拿，我决不施暗算。你们哪一位肯来指教？"

话刚说完，刁四福一肚皮气怒，不择人而施，大叫一声道："在下奉陪。"单宏德、姚方清忙说："您先等一等，这还得请您接后场呢。"姚方清向自己这边寻看，有一位名叫谢梦同的，乃是姚方清手下的头目，上前告奋勇，要与季玉川动手。姚方清看了看二人的体力，说道："谢老弟，你多小心，我听说姓季的会一手劈挂掌，你别教他刁住腕子。"谢梦同道："当家的擎好吧。"一蹿身，扑到季玉川面前，双手一抱道："季师傅，在下先请教您一两招。"季玉川道："不要客气，请您发招。"

谢梦同突然喝道："有僭了！"猛上一步嗖地打出一拳，迅雷不及掩耳，奇快无比。季玉川既已下场，焉能不防备，急急的一闪身，道一声："慢来，慢来！"把左掌硬往上一抬，给他一个硬架。右手"金龙探爪"，唰的向谢梦同面门抓去。谢梦同急掣回手来，双臂一分一隔，左臂推开敌招，右臂照季玉川胸坎捣去。季玉川果然施展劈挂掌，先将左臂往外一挂，右手立即来拿谢梦同的左手腕子。谢梦同慌忙退一步，季玉川疾往前赶了一步，右手一取面门。季玉川突然一伏腰，直扑过来，双掌平分秋色，照谢梦同双肋直捣下去。谢梦同大脱袍，忙往左一旋身，季玉川一招紧跟一招，把劈挂掌施展开来，左劈右挂，右劈左挂，一招紧接一招，谢梦同应接不遑，猝然间他也劈出一掌，竟被季玉川就手拿住，使劲一扣脉门，往回一带，往外一拧。谢梦同还想争夺，却已身不由己。要拧转过来，那一来，势必将后背卖给敌人，他不肯吃这亏，忙将左臂横着一插，把季玉川的招隔开，咬牙大叫了一声，运用全身气力，努力往回一挣。这可就上当了，季玉川正要如此，猛然松手往外一送，就势一推。谢梦同本使出十二分气力，往回硬捋，季玉川却借劲送劲，用了个八成力顺势一搽，谢梦同登时受了二十分力量的打击，扑登一声，仰面就倒。却在要倒未倒之际，身子斜着往旁一挥，便斜插杨柳式，栽倒在地上了。多亏这斜着一挣，把力量破解了不少，因此没有十分摔实，身才沾地，就地一挺，霍然蹿起来。大愧之下，怪叫一声，又扑奔季玉川，还要接着打。

牧场中证人，顾宪文慌忙上前拦阻，商家堡的单宏德也忙过来相劝，说道："谢哥们，输赢是小事，咱们还有下场呢。你过来歇歇吧。"谢梦同十分不得劲，退了回去。姚方清更是不悦，想不到第一阵就输了。忙回身向众人询问："哪位接第二场？"

坐山雕刁四福昂然过来道："姚大哥，我已然看过他们的来派了，这一场我一定要跟他们斗斗。"姚方清道："既然如

此，刁四哥你多多小心，你不比他们，可是栽不得的，你还得替小弟助末阵呢。”刁四福也不言语，气昂昂走到空场中心，向飞豹子袁承烈叫阵道：“前日夜间，你阁下到我们敝窑露了一手，其实在下早知贵客临门。咱们旁的话不用说了，我今天一定要补你的前情。袁朋友，请你下来吧。”飞豹子袁承烈答应了一声，说道：“好极了！”牧场别位武师急说道：“袁师傅，你等一等，这人是坐山雕，有名的马贼，不大好斗。待我下去蹚一蹚，您再接我的后手。”说这话的乃是武师刘雍。但刘雍实不是刁四福的敌手，那外邀的武师，以戴崇侠武功最好。魏天佑向戴崇侠作了个揖，刚要说话，戴崇侠已然明白了，说道：“我去会会这位刁老四。”刚刚紧一紧腰带，登一登脚下的鞋，那牧场的刘雍早已一个箭步，蹿到刁四福的面前了。

刘雍直抵坐山雕面前，抱拳说道：“刁寨主，在下山东历城县刘雍，要在您面前献丑。”刘雍是五矮身材，刁四福是大高个，二人一比，好似羊比骆驼。但刘雍昂然不怯，心中似操有十成的胜券似的。坐山雕刁四福低头看他一眼，微微冷笑道：“刘师傅，我们也久仰大名，你在韩家场也有年了。但是在下要想会一会姓袁的，你我回头再比，怎么样?”刘雍笑道：“我已然出来了，你叫我回去，我岂不丢人呢? 我绝不敢与刁寨主比试，我不过求教罢了。你把我打败，我再换我们袁师傅，也未尝不可。”刁四福道：“那么一说，你不成了替袁某人蹚道的小跑了?”刘雍笑道：“好说你老，我在韩家场，本来就是小跑。我倒不怕人嘲笑。刁当家的，咱们别说闲话了，开招吧。”小矮个一跳，唰的劈面一掌。

刁四福看不起刘雍，冷不防挨了这一掌，不禁倒退一步，双掌一封，立即开招。忍不住怒斥道：“你这是什么规矩?”刘雍笑道：“我这是小跑的规矩。小跑还有什么讲究不成?”两人登时打起来。两下一凑，踢腿挥拳，一来一往，只听得噼噼啪啪一片响亮。两人的身手都很快，蹿进跳纵，闪转腾挪，蹿高伏下，左一掌，右一腿，居然打得风雨不透。飞豹子袁承烈在

旁望着，暗暗佩服，原来这刘师傅身量虽矮，技击倒很有两手。只是比起刁四福来，人家总是身大力不亏，刘雍吃亏身材太矮，有点够不着敌人的要害。但刘雍也有取巧的地方，行起拳来，连走下三路，倒把刁四福逗得弯着腰来对付他。刁四福身高臂长，拳招发出来，能够及远；刘雍胳臂短，身子矮，未免显得吃力。二人连走数十招，刘雍虽是左闪右避，避实捣虚。魏天佑看在眼内，对袁承烈说："工夫大了，刘哥们势必落败。"他打算亲自下场，把刘雍换回。只恐临敌换人，对方必要说闲话，袁承烈把魏天佑劝住，说道："稍候一会儿，还是在下下去。"

说话间，二人又走了十几招。刁四福手法忽然一变，放开门户，嗖嗖嗖，一连六七拳，倏攻倏守忽左忽右，左插花，右插花，搂头盖顶，追肋捣胸，如旋风般，这边一个刘雍一见这情形，突然往地上一栽，施展开他的燕青十八翻地躺招来。在沙土地上，骨骨碌碌，两肘腰胯着地，两腿上登，满地上一阵乱翻。刁四福拳术很高，偏偏没跟地躺招交过阵仗，眼看要取胜，到了这时，反倒吃了亏。大腿上连被刘雍踢了两下。不禁大怒，把本身罗汉拳收起，忙换了猴拳八大拿，把长方身躯弯下来，屈伸两臂，俯抓敌人。他这里左一腿，右一腿。起初刘雍连踢敌人数下，无奈这地躺拳不能持久，实在太费气力。刘雍把他的燕青十八翻使完，还没有把敌人踢倒在地，忙忙地往外一翻，突然立起身来。双足一顿，往旁一窜，刁四福喝道："哪里走？"一个箭步，追赶上前，两人重又过起拳招来。小个子刘雍往外一败，把后背交给敌人，容得刁四福追到，陡然旋身，施展出他的绝招，玉环步鸳鸯飞脚，把腰一拧，嗖的踢出一腿来。刁四福恰恰冲到，这一腿直踢到面门。刁四福急忙往旁一闪，伸手一捞。不妨刘雍这一腿刚飞起，倏又收回，早将那条腿飞踢出来，整踢中刁四福。刁四福身子歪了歪，就手一捞，竟把刘雍的腿腕捉住。大喝一声，用尽平生的力，往起一抡，这一下心想定把刘雍抡个半死。哪知刘雍身轻如叶，腿被

敌人捉住，心知不好，就趁敌人一抡之力，借劲使劲，腰眼用力，猛往起一挺，唰的如飞箭一般，把自己的身子直射出去，轻轻地往下一飘，刚刚及地，刁四福翻眼望见，大吼一声，扑过来，一个腕子脚，这才把刘雍刚刚跃起的身子，重新踢倒。全场登时起了一阵哗噪，人人叫好。

小个子刘雍满面通红，一跃而起，颇觉难为情。杜兴邦赶紧过来，好言相慰，魏天佑和飞豹子袁承烈也同声劝说："刘师傅多辛苦了。"飞豹子更特意表说："刘师父是有意替小弟喂招，我先谢谢您。您是吃亏身量矮点。"刘雍摇头道："总是在下学艺不精，把式场中焉能较论个头高矮？反正是我丢人罢了。"魏天佑说道："等一会儿，我们还要过兵刃呢，我们还要看刘师傅的兵刃，一定能找回场来。人人都知道拼命刘的锁子鞭带单刀，在牧场数一数二。咱们拳上输了，在刀上找。"

商家堡那边，都吐了一口气，觉得刁四福一战而胜，这回面子不小。刁四福也洋洋得意，向人们说："一个小迸豆，胜之不武，诸位别捧我了。我的心意，是要跟姓袁的叮当两下，我才心满意足。"遂转向牧场叫阵，点名请飞豹子下来。双方的中间人忙说："刁当家当先歇一歇，这一回该着牧场的人上了。"

牧场的人果然照约定的办法，推出一个人来，此人正是戴崇侠，乃是魏天佑由近邻何延松家请来的护院武师，有名的好拳脚，曾以一人一手之力，打散六个马贼。戴崇侠慨然出场，向单宏德、姚方清报了名，然后说："在下乃是局外人，这次我们东家，为了朋友义气，派我来给你们两家了事。不意今天竟动起手来，动手也好，彼此研究研究武学，只是不必拼命，咱们点到为止好了。哪一位英雄来指教在下？"

商家堡的二当家蔡占江说道："大哥，我去会会此人，此人是何家围子的护院头儿，何家倚重他，好像祖师爷似的，只怕他也跟……"低声道："只怕他也跟张开甲一样，总自觉了不得，倚老卖老，十九也是糠货。我要过去，把他的糠掀出来。"

蔡占江说着，背后有人接了声："嗐，蔡当家的咱们要朋友干什么？你们哥俩乃是事主，人家派出朋友来，咱们也有朋友啊。姚大哥，小弟罗信要会会这个戴什么侠，我要看看人家是怎样的侠法。"

此人乃是双头寨的二当家，白马银枪罗信。他的外号是抄袭白马银枪小罗成罗士信。他的长相却活活气死张飞，更不用说罗成了。这位罗信罗寨主生得白惨惨一副驴脸，连眉毛都是白的，脸上长着白癜风，左腮还有巨疤，像是谁把一个热煤球丢在他脸上，所以才烫出核桃大这样一块赤红疤。两眼离离即即的，嘴角也歪。他惯使的兵刃是枪，他骑的是一匹良驹，狼掏腚的白马。他会的是醉八仙拳和花拳。武功可观，为人狠辣；不知是何人跟他开玩笑，送了这么名不副实的挖苦外号。这白马银枪罗信取得了中证人的同意，抢到场中，向戴崇侠叫道："戴侠客请了，我罗信要陪您走几趟八仙拳，不知您拿什么拳来赐教？咱爷们可以好好打一打，我一生最佩服侠客。"

戴崇侠一听，心中愠怒，忙打量对手，反唇相讥道："原来是双头寨的罗寨主也到了。在下只是混饭吃的把式匠，说什么侠客，活狗腿罢了，久仰白马银枪小罗成的威名，今天有缘，得以请教您的拳招，我倒不知罗家拳也很高，您就露两手吧。"

两人立即开招，戴崇侠恨罗信出言冷诮，手下绝不留情，展开了自己的拳学。戴崇侠今年四十二三岁，正在年富力强之时，一向擅会八卦游身拳，也颇精外家拳，他把两家拳治为一炉，他行拳向以刚猛迅捷著称，偏偏这罗信的醉八仙拳，招数也很迅快，东倒西歪似的，乱晃乱扭。戴崇侠却忽前忽后，乱绕，两个人在场中一开招，把人看花子眼，只看见二人乱转，看不清谁是攻，谁是守，飞豹子不由侧目，想不到这个面貌不扬的汉子，也会这么好的功夫，素知关外英雄，以弓马擅长，原来也颇有好拳家。却是戴崇侠毕竟名不虚传。两人才一接手，戴崇侠就随随便便抢了先招，如电光石火般，唰唰唰，连

攻十数招，罗信应招还招，也展开心得招数，两人都把门户封闭得严紧无间，一来一往，尽管乱窜却步法分毫不乱，居然谁也没有递进招去。

斗够四五十个照面，戴崇侠脸上挂着劲，暗中已将敌招探明。忽然一顿足，双臂上下挥动，脚步一前一后，只听得噼噼啪啪，一阵乱响，把全盘武功都施展出来。臂如穿梭，拳似流星，脚步身法如骤雨惊风，翻翻滚滚，两个人直打得如火如荼，难分难解。陡然间戴崇侠捉住了敌人一只手，刚刚的一拧，要往怀里带，忽然间，罗信救招上攻，探二指直点敌人双瞳，戴崇侠急忙地还掌自救，罗信趁势夺回了手腕，陡然间，罗信抓住敌肩，扣住衣衫。忽然间戴崇侠横臂一格，“恶虎掏心”，猛击敌人，好像是攻取，实在是自救。罗信也已看破，可是自己不能不松手，这“恶虎掏心”真真假假，虚虚实实，你若贪功，不肯撒手，这一拳打中心坎，势必吐血。于是白马银枪罗信好容易捉着这一手，又不得已放弃了，把抓肩头的一手一放，回来横着一格，这才把戴崇侠当心这一掌破开。戴崇侠救败转胜忙着应招续招，唰的又捣出一拳。罗信闪招避招，唰的往旁一跳，不等敌到，抹转来，猛攻敌人的后路。戴崇侠防到这一招，倏然的一伏腰，贴地一转，嗖的一个扫堂腿，照准敌人下盘横扫过去。

全场登时哄然叫险，叫妙。叫险的是商家堡中人，叫妙的是牧场群雄。敌人之险，正是自己之妙。妙字才落声，场中砰的一声，全场数百对眼珠全凝神盯视，认为这两人逢着对手，打得最凶，戴崇侠一个扫堂腿，罗信立即来一个旱地拔葱，往上一蹿，戴崇侠的扫堂腿空扫过去了。白马银枪罗信双臂外张像飞鸟似的才往下一落，不意脚才着地，戴崇侠使的是连环腿，这一腿贴地刚过，双手点地，那一腿唰的又横扫过来。躲得开头一招，躲不开第二招，连环腿实在难对付。

众人一惊，这时就看出功夫来了。罗信起初贪功，才被敌人转守为攻，此刻他便料到敌人必定有此一招，眼看他被敌人

扫着，他竟脚尖一顿地，刻不容缓，唰的斜蹿出去。如箭脱弦，蹿出一丈以外，免不得踉踉跄跄，栽出数步；忽然金鸡独立，居然凝身立住，惨白的脸不由通红，怪吼一声，翻身索敌。他刚索敌，敌人早已追到。戴崇侠猛欺上去。两个人二番乍转，戴崇侠凝神应付，罗信却如狂风一般运动双掌，上上下下，有攻无守，同时两腿一错一转，紧跟着也是左一扫，右一扫，把他的扫堂腿也施展开。晴天白日下，两方群雄分立两厢，众目睽睽作壁上观，只看见两团人影闪来闪去，比起初更加险恶，更加迅疾，突然间白马银枪罗信抓住一个破绽，掌风一展，排山倒海，把下盘一收，拳招往上一起，直攻敌人上盘。双风贯耳，拼命打出两掌，戴崇侠挺然不退，双臂一合，由下往上一翻，唰的把敌招破开。罗信收招改式，就在这转瞬间，两人连换了六七手。罗信越发愤怒，久战无功，再行进取，腾身一招，故意诱敌来追。敌人追到，蓦地施展开急三招，第一招打肋，第二招捣心，第三招“黄莺托嗉”，上取戴崇侠的咽喉。却不知戴崇侠招数变得更快，刚刚拨开来招，立即一伏身，滚进敌人后路。两掌往下一抄，将敌人的腰带捋住。罗信大惊，旋身一拧，没有拧脱，唰的收招还手，用一个关公大脱袍，扣住了敌人手腕，紧紧地按住寸关穴，刚要往外抡，那戴崇侠舌绽春雷，怪喝一声：“呔，去！”双臂的力量似乎也往外甩，罗信情知敌人要往外抡自己，立即借劲使劲，把大脱袍的招不变，也顺力往外一窜。

这一来上当了。戴崇侠用的是诱敌计，好像要往外抡敌人，却突然松了手。手一松，臂一抬，又喝一声：“呔！”蓦地下绝情，一拳捣心，一掌上挝敌面。罗信把力量用空了，忙待改招，敌招已到。急急忙忙的，狮子摇头，把脸一扭，双手折回，来护心口。心口护住了，脸没有躲开，噗的一掌，躲开眼鼻，没闪开腮。戴崇侠这一掌整整捣在他的左脸腮帮上。不由得失声哼了一声，忙又吞声，双手不由得举上去才要捧住脸，又忙收回。戴崇侠哈哈一笑，抽身就退回。

牧场群雄齐声欢贺。白马银枪罗信面目铁青，垂头走回，一言不发。姚方清是主人，忙迎上来慰问。罗信摇头不言，回头恶狠狠看着戴崇侠的背影，把姚方清一抓，急急走进厅房。他然后一张嘴，哇地吐出一口鲜血。原来戴崇侠这一下打得太狠，白马银枪罗信强挣着走到这没人处才免得当场出丑，教对方奚落。但是在场群雄都是行家，都看出罗信受伤不轻。

姚方清也很动怒，骂道："这姓戴的手下太黑了。罗仁兄，心上怎么？"罗信半晌才说："心上一点也不妨碍。我一定找他算账。"罗信的盟兄铁石铺的萧贵，追进来一看，忙问姚方清："下面不是该我们人先上场吗？"姚方清道："正是。"萧贵哼哼道："我去会会他们，罗贤弟，你先缓一缓，我一定也把他们人打得吐血，才算完。"

萧贵甩去长衫，从客厅飞奔出来，早已晚了一步。此时商家堡的二当家蔡占江，已然照约上场，单挑魏天佑，要给他的四弟周四疙瘩，报那削落四指的深仇。并且口出秽言，大骂魏天佑："韩天池不出头，教你们一群人物来，你们还躲躲闪闪，尽找外人替你们抗场。这不行！我蔡老二定要会会你们正主子。"

牧场本推褚永年上场，蔡占江不肯答应，一定要与魏天佑或袁承烈交手。魏天佑恚道："我还怯你们商家堡不成？我要逃避，我就不来。我既来了，就是抱着拼命陪君子的心来的。好好好，蔡二当家的，你是商家堡二当家的，我是韩家牧场的二掌柜，你我也算门当户对，咱们就打打也好。"

别人全拦不住，魏天佑、蔡占江双双下场。这蔡占江站在场子上。捋袖子系腰带，擦掌，跺脚，预备好了，向魏天佑打一招呼，叫了一个"请！"字，登时弯着腰，侧着脚步，绕场子走了一圈。魏天佑和他斜对着脸，也是凝眸虎盼，伏腰抓步，相反的对走了一个圈，然后两下里往当中一凑。蔡占江毫不客气，立即发招。

第二十一章 龙沙叟纵火解围

蔡占江是个黑懔懔的矮胖汉子，魏天佑是个中身量，气度精强的黄白净子，两人恰好相当。魏天佑已失败，此次矢志报仇，蔡占江要给四弟出气，两人都有拼死一斗的决心，两人对了面，手一抬，立即开招，蔡占江直抢先招，双臂一屈一伸，虚晃了一招，立即递出一拳。魏天佑微微侧脸，左臂往下一掩，右臂发招，照敌人咽喉打去。蔡占江恶狠狠往外一封招，身手如风车翻转，斜掉着角，抢到敌人左边去。凡是拳师，都是右首灵活，专取攻势，左首持重，多取守势。蔡占江专奔敌人左首，教敌人不好招架。魏天佑当然明白，脚一侧，身子旋转了半圈，两人又对了脸。蔡占江早把拳招撒放出来，拳风上攻要害。下盘移动，容得敌人招架上面，他立刻收拳，把脚一偏，照魏天佑膝盖登去。魏天佑侧身一躲，手来抓。蔡占江倏地收回腿，跟招而上，硬来摘取魏天佑的头发。魏天佑双手急分，把敌拳一拨，左掌护身，右掌立即发出去，“毒蛇吐信”，虚点一招，却滑步旋腰，如陀螺般一转，也抄奔敌人后路。盘前绕后，连发出一拳，踢出一腿。蔡占江急急忙翻身进招，两

人又对了面。恰巧魏天佑欺敌进招，直逼到敌人立身处二尺以内，插腿一剪，运内力，伸右手托敌肋，左手护住自己，得便也要进招，蔡占江旋身自救，正好也迫近来，两个人抵面对掌，蔡占江打一拳，被魏天佑一把捋住。右手既擒住敌腕，左拳立刻发出来，上摘敌领，蔡占江慌忙一侧脸，立即往下一栽身，双臂外分，先破敌招，趁势双拳一扣，直取魏天佑的两肋。

魏天佑暗吃一惊，慌忙收招，右腿如弯弓，左腿如按箭，下盘用力一绷，突然的如箭脱弦，把整个身子斜射出一丈六七，这时候，蔡占江收拳已然合围，自己抓住敌人的衣裳边，出乎意外，魏天佑居然脱身逃出掌心。

在场群雄又哗然惊叫。杜兴邦心肠热，性最烈，忍不住向袁承烈叫道："袁二爷，你看我们二当家的，他拳脚上不大很行，你别叫他再栽了。袁二爷，还是你下场把他换回来吧。"李泽龙道："嗐，不能换，都讲好了。我们不能违约，回头教他们取笑。"牧场群雄低声私议，唯有飞豹子袁承烈看出魏天佑，确于拳学不弱。看他的战法，也许要溜乏了敌人，再下杀手。不过有一样，此番决斗，是生死存亡的交关，别看现在有里有面，临到末了但恐不能善出商家堡。败了或者能够出去，那必饱受耻辱；胜了的话，商家堡如同虎口，岂能容易地就让牧场中人倏然退出？那么此刻比拳，理应速战速决，好留出余力，预备接后场。想到这里，自己不便发话，低告杜兴邦，向魏天佑通了几句暗号。

他们这一通暗号，商家堡的人全拿眼看他们，不知他们的用意。单宏德就发了话："我说诸位，咱们有话，应该先规定下，不要这么喊，我一桶水往平处端，您别教商家堡挑出过节来。"飞豹子诺诺道："是的，是的，我们本没有背约的话，我们杜头只是关切魏当家，教他快点，教他保持客气，不可再伤了商家堡的人。"

他们这里拿话绕兑，场中魏天佑已然默喻，立刻改变拳招，这一回再和蔡占江对打，果然满是上手招数，有进攻，无

退守。蔡占江也喊了一声："有劲！"登的也把拳风一紧，唰的一个"金龙探爪"往上三路走，直点魏天佑的面目。魏天佑往后稍稍一退，蔡占江的招数走空，他就倏的一个"怪蟒翻身"，陡又合上来，施展他的得意外家拳，"大摔碑手"，立起右掌，骤发出来，挟着一阵锐风，恶狠狠照魏天佑的肋下打来。魏天佑急急地让招迎招，右手掌往下一沉，左手掌仍护身心，用"斜挂单鞭"，一面自救，一面猛切蔡占江的右掌脉门，这又快又狠。蔡占江怪吼一声，缩掌不迭，往开处一闪，立即还抢上来，唰的一个盘旋式，展开他的十八罗汉手，"腿力跌宕"，一荡一开，照魏天佑攻来。魏天佑二目凝定，容得蔡占江的招数已然发动出来，不能再收回，不能再改变，这才轩眉吐气，霍然地往前一上步，一个"跨虎登山"顿将敌招破解。倏又一变招，伏腰进取，倏又一变招，"十字摆莲"，借招进招，反来往下攻取蔡占江的下三路。

蔡占江到这时候，方才识得魏天佑的实力。心中尽管诧异，身手依然不乱，闪开了，迎上去，"移身换步"，极力地往旁躲闪，于是魏天佑的拳风紧抹着蔡占江的身子掠了过去，这一招很险，蔡占江大惊，又继之以大怒，立即一抢，抢出敌人背后，忙把腰杆一挺，展双掌，推窗望月，猛往外一推，先把敌招封得一封，立即欺身进前。趁魏天佑刚要旋身之际，他就斜跨一步，又扑到敌人背后，用"双阳塌手""小天星擒拿手"，掌力直打到魏天佑的后心。

魏天佑一招走空，见敌人往自己背后绕，便知敌人用意不好。便倏的一个转七星步，弯腰伏背，如车轮般一转，猿臂突伸，长身一展，恰恰地等到蔡占江的拳打到，恰恰地探手一抓把蔡占江的手腕捞住了。登时借力往外一带，蔡占江走了空招，身不由己随势一扑，他却有着十多年苦练的拳学，见势不妙，赶忙地来一个"怪蟒翻身"，借此回身泄力，以免跌倒，哪知魏天佑一招跟一招，一腿跟一拳。乘着敌人拼命挣扎，回身自救之际，魏天佑蓦地蹿上去，一声不哼，陡然踢出一脚。

这一脚用了十二成力。正踢在手忙腿乱，失招救招的敌人身上，恰当中盘以下，下盘以上。这正是兜裆的一脚，这一下踢出去，哼的一声，蔡占江仰面翻天，直跌出一丈以外，倒地不动一动了。

原来魏天佑这一下，整整踢中要害，相距极近。膂力十足，商家堡的二当家蔡占江，竟只哼了一声，登时殒命。

全场哗然。就是魏天佑，也不由一愣。

商家堡大当家姚方清，三当家郭占海，四当家周占源，一见这样，一个个如飞奔来。周占源首先赶到，过去一扶，扶不起来，伸手一摸，呼吸已绝。不由怪吼了一声："好，你个魏天佑，你们这是赔不是，还是堵着门行凶？大哥，大哥，喂，三哥，你们快来，咱们二哥不行了，教这魏天佑王八蛋给踢死了。"

周占源跳脚怪喊，姚方清早从月台上，一跃而下，箭似的跟踪来到。也照样双手一扶，探手一摸。三当家郭占海从人群中奔到，蹲下身子，仔细验看。想不到仅仅这一踢，居然会登时倾生。郭占源放声大哭，姚、周一齐落泪，魏天佑也不禁失措，固然有意取胜，实在没有安心杀人。况且他们志在求和，和不能求，方才比斗，实在打算抢上风，却不愿多伤人，免得再生枝节。他们会议时，已然商定。哪知道空手斗拳，便伤了他们的要紧人物，再讲到动兵刃，更无以善后了，并且眼下便是不了之局。

魏天佑很踌躇地站在那里，正要挨过去慰问搀扶。其实人已踢死，何须再扶，他却是不能不交代一下外场话。魏天佑正要凑过去，周占源早已大叫着，扑奔他来。

周占源竟从身上拔出匕首，怪跳怪喊怪骂着，右手已伤，用左手提着手叉子，照魏天佑便刺。

魏天佑两手空空，寸铁不带，急急地躲闪，且躲闪且说："我们讲的是格杀勿论，怎么你们……怎么，怎么，我又不是成心。"

周占源大骂道："姓魏的，你不是成心，谁是成心？你削掉四大爷的四个手指头，你不是成心；你一脚踢死我的二哥，你又不是成心？你王八蛋，你鳖犊子，你妈巴子，你龟孙，你兔蛋！"四当家周占源简直不知骂什么话，才能解恨。手中的刀，是没头没脑的砍、刺、划、扎，一下狠一下，把整个身子直挤到魏天佑身上，恨不得一下子，把魏天佑的灵魂从肉身中挤出，也教他到阴间给蔡二爷赔罪去，他才甘心。

魏天佑是空着两手，连连退闪。当此之时，飞豹子袁承烈、黄震、刘雍、季玉川、李泽龙，以及双方中证人，先后扑到。救死扶伤，劝阻动手翻脸的周、魏二人。

飞豹子身法快，在牧场这边，他是第一个赶到的。本来趋奔蔡占江的尸体，看见魏天佑正在危迫，也就顾不得许多，空着手来劝。

马师杜兴邦灵机一动，忙抓住戴崇侠，叫道："不好，不好，这就要翻脸，群殴。戴大爷，你多偏劳，快调动咱们的大队吧，大队还在棚栏那边呢。"戴崇侠也是心慌，忙奔向大队，吩咐整顿兵刃，快往场子里面开。大队皆惊，立刻抽兵刃，往里面驰援。

杜兴邦这边，就慌慌张张，叫着两个伙伴、四个马把式，把魏、袁诸人的兵刃抄起来，火速地往场子核心送。

商家堡群豪全体哗然骚动，也纷纷地你告诉我，我告诉你，抽刀，拔剑，开弓，取箭。大械斗登时掀开。

姚方清急命部下人，把二当家蔡占江的尸体舁回总窑。他自己跳着脚地向大众宣布牧场群雄的歹毒可恨。大众早已看清，立刻抄家伙，包围袁、魏二人。飞豹子袁承烈勃然变色，也急急传话，向魏天佑招呼一声："快走！快走！别像上回再受围困了！"这时杜兴邦恰将刀矛递到。魏天佑、袁承烈各取兵刃，却是稍迟了一步，他们往外夺路。

他们牵领的大队，往里救应自己人，竟被商家堡群豪拦腰截住。周占源、郭占海认定魏天佑是祸首，各提利刃，围住魏

天佑乱刺。袁承烈得到兵刃，忙过来，抵住了郭占海。魏天佑挡住周占源，二人且战且走。

大寨主姚方清牵领部众和来帮忙的宾朋，刀矛齐上。牧场李泽龙、刘雍等，都被分截开。飞豹子、魏天佑，更被困在核心。飞豹子大吼一声，向姚方清叱道："你们真真岂有此理！不是说的是格杀勿论，为何乱打起来？"乱打吵声中，也听不见答话。袁承烈忙向魏天佑招呼，两人立刻凑在一处，背对背互相保护，齐向外闯。

姚方清虽然督大众来截牧场外队，却是此地乃是他们的第三道卡子，不比大寨，仅有木棚墙，没有砖墙。戴崇侠、褚永年等，努力一冲，把木栅冲倒，外面的人立刻冲突进来。袁承烈、魏天佑奋力外奔，恰恰里外合了帮。因望见高台上商家堡群豪，正在调动弓箭手，弓箭手已然摆好阵式，只因自己的人夹在中间，一时不敢乱射；齐向场上的群贼，大声招呼，教他们地上的人闪开，他们台上的人便好开弓放箭。地上的群贼听不清纷乱的呼声，但已看明情势，不邀而同，齐往东边聚。

这样子，弓箭手刚刚得手，不妨牧场群雄的前面，立刻没人拦阻了，飞豹子大呼一声："赶快夺路！"他们一个个全是武功精强的武师，立即各展身手，向侧面的敌人虚晃一招，纷纷列成一条直线，往棚外抢去。月台上群贼只射出两排箭，牧场群雄已然躲避着箭道，贴墙根逃了出来。

姚方清看见这情形，大叫："不要放箭，跟他们刀对刀，枪对枪，一个也别放！"可惜喊晚了，斗场中的十个牧场武师陆续闯出棚外，与自己大队合在一处。姚方清立刻把自己手中长枪缨一摆，往敌人那边一指，商家堡群寇立即扑过来。

商家堡的人在厢房中还藏有后队，司号令的贼人，发动暗号，所有伏兵全部扑出来，前前后后足有一百六七十人。牧场的人只有一少半，势力显然不敌。飞豹子按预定计划，请魏天佑奔到前边开道，自己挺一口利剑，与刘雍奋身断后，先与贼人交了手，不等分胜负，立即鼓噪一声，往回败下去。

姚方清骂道："你们跑回韩家场，我也要追到韩家场，我不放火烧了你们的牧场算我不是人。"大队蜂拥，分两路开来，似双龙出水阵，穷追牧场群雄，一点不放松。

这时有六七个牧场中人，一步落后，被群贼围住，登时有两人负伤。飞豹子单剑断后，一眼望见，大吼一声，奔往接救。李泽龙也跟过来，两人刀剑并举，杀出一条血路，把自己人居然救出来。

姚方清已督大队，猛扑魏天佑，忽回头望见袁承烈如入无人之境，恨得他大叫一声，请刁四福督同大队，仍追魏天佑。他自己挺长矛，来斗飞豹子。黑缨枪一抖，照袁承烈后心就刺，袁承烈往旁一闪，挥剑一磕，顿觉这杆枪十分有力，姚方清果不愧是一寨之主，他的枪又快又重又稳。飞豹子忙把剑一顺，猛然一蹿，直抵姚方清身边，唰的一剑，上砍敌首。姚方清把枪一抬，当的把剑格开。袁承烈还想抹枪杆，来斩敌人的手，姚方清如何肯上这当？枪缨一摆，掉转来，猛往外一弹，这一下如果弹上，剑必被磕飞。袁承烈也不肯上当，立即抽剑。两人只斗了十几个照面，飞豹子一看，自己大队已然远去。自己救出来的人也已逃出来，敌人大队要来抄自己的后路。他便不肯恋战，虚砍一招，一声不响，抽身便退。施展飞行术，立刻追上大队。

此追彼走，迤逦行来，已穿过树林。贼人前队立刻招呼自己人："小心埋伏！"不想林中并无埋伏，只这一迟延，牧场大队已然奔到自己拴放马匹的那个土坡后面了。魏天佑忙带十几个人，出死力挡住追兵，其余的人纷纷上马；上了马，立刻往牧场逃。这杜兴邦独不肯上马，他却牵定两匹马，一匹自骑，一匹是袁承烈的。直等到袁承烈如飞奔到，他这才把马缰交给飞豹子；他这才飞身上马，也往回逃去。转眼间断后的人只剩下飞豹子、魏天佑一行了。飞豹子忙替魏天佑断后，仍催魏天佑快往前赶。魏天佑点头会意，也飞身上马，豁剌剌地逃走了。

姚方清远远望见，不由愈怒，这时刁四福刚刚也到，忙向

姚方清道："不好，他们要跑。咱们不能教他们跑了。"姚方清冷冷笑道："他们倒想跑，我们前面还有两道卡子呢，他们有本领闯出去，我才佩服他。"且说且追，再往前看，哪知牧场群雄忽然改了道，不走来路，揣他的去向，似因前有卡子，他们便不回本场，要往西逃似的。姚方清忙说："他们要落荒！快走！快走！前边卡子上有马。后边我们三伙计一定也要调动马队的。"

刁、姚二人健步前行，一口气奔到第二道卡子，卡子上果有十几匹马，立刻上马再追。他们的大队也调出一百多个骑马的人，越过步队，追赶上来，登时合在一处。牧场的人落荒逃，他们就落荒追。眨眼之间，追出一半路程，再看逃人，遁入前面一道土岗之后。遥望土岗，马奔必起飞尘，却是牧场群雄一到岗后，便望不见飞尘了，似乎他们已然停住，又似他们弃马步行了，姚方清正在疑惑，刁四福道："管他娘的呢，快抄过去，看他们跑到哪里是一站。"

两个人并马而奔，此时放缓了，要揣测敌情。姚方清部下，有十来个人，竟不服气，一直扑过去。忽见土岗上，那飞豹子、魏天佑两人现身而立，向姚、刁喝道："你们快给我回去，你们再追，我可就对不起了。"姚方清道："放屁，有本事，你们只管施展！"

这一句话说出，敌人那边，袁、魏二人冷笑两声，一齐跳下土岗。他二人才跳下去，突然见土岗后火光一闪，姚方清眼力尖，失声叫："哎呀，快退！"一言未了，翻身下去，抢到一个小土坡后面。果然中了敌人之计，火亮闪处，突然的轰然一声大震，魏天佑已将埋伏发动，二十名猎户，二十名牧场火枪手，把大抬杆点着，五杆一放，分为两拨，轰轰的几声大震，登时把商家堡群贼的前队打散。有好几个贼中了铁沙子，被打下马来。

那姚方清退到小土坡后面，气得怪叫如雷。刁四福道："我们上当了！"姚方清道："刁四哥，你往后看吧。我们这边

也有布置。他们有火枪，我们难道说就没有了吗?”放下那话了，容得牧场放七八排枪，那商家堡后队开到，果然也有预备。后队有二十多匹马，驾着十六辆耙犁车，车上竟也有五六十杆火枪。姚方清立即指挥，不必和他们迎面招呼，快快地绕到他们后方，攻他们的后路。

当下，照样用双龙出水阵的阵式，把十六辆耙犁车分为两队，包抄到土岗后，寻好地势，架上火枪，照那牧场群雄开枪处，轰轰地还发了十一二排枪。

此时双方已决斗群殴，变成大队作战了。有火枪拒住，谁也不敢上前，商家堡的人前队后队陆续开到，都选择形胜之地，摆好了阵式。姚方清和郭占海商量，要另分出一队，带火枪暗袭韩家牧场的本场。阴鹭文叶茂忙献一计，最好同现在的人数中，只留下一少半，和他虚比划，大队慢慢撤下来，绕道偷营去，快到快马韩牧场内和他的私宅内，放一把火，这一来就可把快马韩的根基，一举覆灭。叶茂说出此策，那姚方清正在气头上，连声说好，不过仰望天色，此时正当申刻，日光未落，恐被敌人看破，还是稍支持一刻，挨到天夕，太阳一落，便照计行事。商定后，把火枪节省着用，只零零星星几声，留着火药，作为攻打牧场之用。

他们这样打算，可是再听敌人那面，火枪声也稀少，不知是火药不足，还是另有诡计。姚方清环顾部下，要选两个身手轻捷的人，穿林拨草，速到土岗后探看一下，看看敌人是否大队溜走，抑或别有战略。这时刁四福手下的窃马贼，闪出两个自告奋勇，要过去暗探。姚方清举手道劳:“二位多辛苦吧。”二人立即跃然前往。施展出盗马的伎俩，蛇行而前，径奔土岗后路，眼看着二人溜过去了。

姚方清便在草坡后听信。直候了半个时辰，未见二人回来。正在心焦，忽然由第三道卡子上，飞奔来两匹马，大叫道，“当家的，请你回去吧，咱们的老窑大概走水了!”

商家堡群贼一齐大骇，他们此刻全伏在坡后，故此没有望

见。据这卡子上的人报说：伙计们正在瞭望台上观望四面情形，偏有一片树林遮住视线，望不见敌人底细。偶一回头，竟瞥见总窑附近飞一缕浓烟，不知是本窑走水，还是近处放火。

是一个警报，姚方清大惊失色，顾不得抗斗牧场，急急绕出草坡，奔到第二道卡子上。卡子筑有瞭望台，慌忙上台一望。此时夕阳要落未落，引颈回望，果然在老窑北边泛起火光。塞外旷原，风势极猛，火光一起，顿成燎原之势。姚方清顿足大骂道："坏了，我上了敌人的调虎离山计了！"

姚方清一阵着急，几乎摔下来。手下人忙把他扶住，立刻替他传令，把三当家郭占海、四当家周占源，一齐请来，又通知邀来的助手，火速地收队，回救大寨。只留下四十多人和六根火枪，在此断后，大队全数上马，往回飞奔。

快马韩牧场，和商家堡的决斗，竟因这黄昏时的一把火，给他们解了围。姚方清率大队，赶回救火，早把一座大寨烧得片瓦无存了。

他们一面努力救火，一面根究放火之人。他们都猜疑是牧场所为，但是又没有捉住真赃实犯。姚方清恨极、怒极，收拾残兵，仍要攻打牧场，以泄火烧本窑之仇。不意就在失火的第四日，姚方清睡在第三卡上，半夜中大辫被人割去，还留下一柬，写着一个大"沙"字。

原来这把火并非牧场放的，实是飞豹子夜探赤石岭，遇见的那个老叟，在暗助牧场一臂之力，在最吃紧时，放了这把火。

这把火也好也坏，好是当时救了魏、袁二人，坏是由此更结大仇。

不过快马韩这人很讲外场，做事最有妙法。过了半月，快马韩回场，询知此事。不等姚方清来找，他便请出许多人，登门道歉，答应下代为重修已烧的房舍，只是蔡占江的一命，周占源的四指，无法补偿，所以姚方清仍不肯甘休。偏偏快马韩遇难成祥，逢凶化吉，那姚方清的独生儿子，年方十八岁，忽

然被仇人架去。快马韩居然只凭一张名帖，替他救回，这样一来，双方这才暂且解开了死扣，姚方清一时不便再找快马韩了。

飞豹子袁承烈，竟从此大得快马韩的器重，不久快马韩便把自己唯一的爱女，许嫁给飞豹子，又不久，魏天佑患病呕血，缠绵病榻年余，便死去了。快马韩立即提升飞豹子，做了自己的助手。

那魏天佑一死，姚方清这才没得话说，正对头既已不在人间，便不好意思再与快马韩做对了。这都是以后的事情了。快马韩旋又接办人参场，飞豹子代为划策，制服了扰闹参场的雪山一怪，又为夺金矿威服辽东三熊，单打独斗，一举而打败了三熊，三熊竟拜飞豹子为师，飞豹子的威名越发的震动了辽东，牧野雄风的故事至此结束。

整理后记

本书是“钱镖四部作”之三《武林争雄记》的续集。

本书初稿撰于1942年，系郑证因代笔，在报刊连载。1943年由天津正华出版部出版单行本卷一时，白羽大加增删，如“高红锦溃围丧俪”“赤鼻翁大言惊人”“戴崇侠折服银枪”等章的故事，均系白羽所加。正华版共分四卷，卷四约在1944年初印行，这是正华出版部印行的最后一部白羽小说。“正华”亦从此关闭。

本书虽是《武林争雄记》续集，但故事并不直接衔接，且有若干矛盾。如《武林争雄记》的末尾出现的辽东侠隐父女在《牧野雄风》中则变为“师徒”，女性也变为男性。《牧野雄风》的内容前后亦有若干矛盾，如“缘起”叙袁振武战败张开甲，第18章却写成洪大寿以左臂刀伤张开甲，结构上亦欠严密。为此，宫以仁先生曾改编《武林争雄记》和《牧野雄风》，在结构上将袁振武在关内活动部分划入《武林争雄记》，袁投入寒边围以后的故事编入《牧野雄风》，并抽出郑证因代笔部分拟《飞豹奇遇》书名，署名宫、郑合著，附于《牧野雄风》之

后（见1989年3月中国民间文艺出版社出版的改编本《牧野雄风》）。

1947年上海励力出版社分上、下两册再版，白羽再次修改润饰。本社此次出版，即依据励力版排印。

第一章　飞豹亡命逢怪叟

第二章　人魔诡笑戏恶奴

第四章　少年客洞崖搜奇

第七章　焦人魔垒石诱敌

第九章　申凌风衔恨行刺

第十章　飞豹子弄巧成拙

第十二章　飞豹子单骑缉贼

第十五章　韩昭第秣马厉兵

第十八章　赤鼻翁大言惊人

第二十章　戴崇侠折服银枪

白羽武侠小说全集 四

联镖记

白羽 著

第一卷

山西出版传媒集团
北岳文艺出版社 ·太原·

图书在版编目（CIP）数据

联镖记 / 白羽著. — 太原：北岳文艺出版社，2022.1
（白羽武侠小说全集）
ISBN 978-7-5378-6468-8
Ⅰ.①联… Ⅱ.①白… Ⅲ.①侠义小说—中国—现代
Ⅳ.①I246.5

中国版本图书馆CIP数据核字(2021)第215707号

联镖记

白羽 / 著

//

出品人
郭文礼

选题策划
孙茜

责任编辑
孙茜

印刷监制
郭勇

封面插画
杨苇

封面设计
阎宏睿

出版发行：山西出版传媒集团·北岳文艺出版社
地　　址：山西省太原市并州南路57号
邮　　编：030012
电　　话：0351-5628696（发行部）　0351-5628688（总编室）
传　　真：0351-5628680
承 印 者：山西人民印刷有限责任公司

开　　本：890mm×1240mm　1/32
总 字 数：5280千字
总 印 张：200.625
版　　次：2022年1月　第1版
印　　次：2022年1月　第1次印刷
书　　号：ISBN 978-7-5378-6468-8
总 定 价：1380.00元（全25册）

名镖师狮子林廷扬武艺高强，为人厚道。早年拜师艺成，不意护镖生涯中与剧盗邓飞蛇结下仇怨。邓飞蛇为报兄仇，设计骗得武林高手小白龙援手复仇。小白龙率群盗劫镖，与林廷扬安远镖局众镖师恶斗。林廷扬一念之差遭人暗算殒命，幸遇永利镖局过天星拔刀相助。无奈剧盗预谋经年，势多人众，镖局大败。邓飞蛇赶尽杀绝，欲将林之妻儿斩草除根。众镖师庇护孤儿寡母，易名潜踪，埋下复仇火种……

目录

提要

少年壮士林剑华，其父惨死剧盗之手。剧盗为除后患，乃搜杀剑华母子，赖师叔魏豪救护，乘夜逃亡，得免于难。其母亦工技击而不甚精，乃携子避仇，隐居僻邑。剑华年稍长，不肯向学；其师叔阴令人殴辱之，以激励其志气。既乃与其母程玉英，出其亡父林廷扬遗物、剑谱及仇人之剑；语以父仇未报，令焚香设誓，必雪父仇。

已而闻仇人者（小白龙方靖），武技愈精，林之所学，未足与敌。其师叔因偕之浪游江湖，以历练其才，且访名师。游踪所到，时逢伏莽，每遇豪侠，林多与结纳；而所访名武师可制怨敌之死命者，犹未可得。会仇人有女，名方若桐，年始笄，时方择婿。林陡生奇计，变姓名，往访仇人之门；与女较拳技，犹不能敌。而女忽倾心于林，故让一着，遂谐婚媾。

既结缡，林恋女美，不忍复仇。其师叔潜责以大义，林犹豫久之，夜试行刺妇翁；则其妇翁者，武功已臻炉火纯青之候，微闻声息，即已警觉。林又向其妇翁请益时，试投以暗器，仍不中。而妇翁小白龙则已窥见孺子之心，将有不利于己者。密诘其女，女含愧不忍言，但云闺房之内，伊婿少年轻狂而已。而不知乃夫之玩物视之也，而又恩与仇、爱与憎相牵缠也。

其妇翁既隐为之备，剑华犹懵然。一夕迫于师叔严命，及其母

临殁遗书，不忍杀其妻，再图刺妇翁；施薰香，邀助手，而竟事败被擒。妇翁穷诘其情，闭口不吐实；小白龙震怒，痛擒之，缚之空舍，将加诛也。其妻恻然，潜纵之逃，竟致父女反目。其妻幽怨难伸，遂变装为男子，漫游四方，千里寻夫焉。

夫妇尝几度重逢；剑华衔宿恨，又为同辈所嘲，反欲加刃其妻。厥后数经险变，卒得破镜重圆。其关键则在剑华被掳于盗窟，大为淫娃所迫辱；仗妻之救，得脱虎口。剑华不知其为乔装女子也，感激跪谢，口称恩公，誓不相负。迨夜阑人静，一榻相对，则此救命之恩公，忽易弁而钗，挥泪相看，责其无情。剑华至是，感其妻十年寻夫，守贞不嫁；于时已踞名山，为盗魁，而犹眷恋故夫，为深可感焉；故遂报诉旧情，终归好合。而其时，妇翁小白龙，亦已前逝矣。

第一章 小白龙斗剑劫镖

清乾隆末造，盛极转衰，吏治贪污，民生渐窘。清仁宗嘉庆帝即位之三年，诛权相和珅，朝政一新，吏治一肃，但是国运已渐呈败征。西北白莲教、东南海盗蔡牵、朱偾、中原八卦教，相继作乱；官军出动，兵差徭役，天下骚然。于是江南河北，群盗如毛，商旅几为裹足，镖局生涯转见兴旺。

有一日，苏境运河上忽驶来十一号货船，头号船扯着一支镖旗，上面绣着“安远镖店”四字。这一起货船满装苏绸杭纺，价值数万金，由打苏州起碇，北上进京。押镖的不是他人，即是安远镖店镖主狮子林廷扬，亲自出马。

因有几家商人联合出名，许下重聘，这才率领五个师弟、六个镖师和三十多个伙计，一同出发。也实因路上很不太平，水旱绿林道颇有几个不讲交情、硬吃硬摘的蛮汉，劫了镖一跑，连窑也卖了，叫人无法根寻，所以镖行不得不加倍小心。

这天船行到清江浦码头，便拢岸停泊。因这十一号货船，内有三号货要送往安徽凤阳的，乃是凤阳二家望族的订货。由清江浦到凤阳的，须穿过洪泽湖。林镖头和众人商量货船分途

的事，访闻洪泽湖时有强人出没，原打算亲自护运，另八只船的随船商人孙四维却不愿意。他说：“北路八只船的货价，比西路往凤阳的三只船沉重得多，以此坚留林镖头。”当下便即改计，派两个师弟、三个镖师，率十几个伙计，押送这淮河凤阳一路，自己仍保北京这一路。次日清晨，往凤阳去的三号镖船先行起碇。押镖的便是三师弟连珠箭何正平、四师弟虞伯奇和镖师力劈华山黄秉、七星剑丁宏肇、大力神李申甫。其余八号镖船，却因商人孙四维到淮安城内办事，耽搁住了。

林镖头闲着没事，也到码头上访友，游逛一番。午后返船，忽见岸上有一壮汉，担着两只水桶，似在河边打水，却直着眼，上下打量镖船。此人体格魁梧，二目有神，左额上有一巨瘢。徘徊得久了，被镖船上七师父摩云鹏魏豪在船窗一眼瞥见。恰巧此时林廷扬已从码头徐步归来，正和这壮汉相遇。那壮汉眼光一扫，把林镖师看了正着，扭转身向街里走去了。只走得几步，忽然想起，还有两桶水没挑，便又翻身挑起水桶匆匆去了，情形很是尴尬。林廷扬脚踏跳板，愕然侧目注视。七师弟已从船舱出来，林廷扬上了船，便向魏豪探问。

魏豪道：“刚才这个壮汉古怪得很，恐怕是沿路缀下来的。今天一早总在这河边盘旋，那时他是手提着一篮子菜，在河内投洗。今夜我们要小心点。”因问林镖头，“大哥你看怎样？”

林镖头道：“这人分明是有功夫的人，绝不是挑水汉。你没有看他那两只手吗？”

魏豪点头，复又低声对林镖头说：“今早大哥刚走，便来了一个人，说是姓李，是江宁镖局新请的镖师，特来问候你。我见此人来历突兀，他又再三问你在船上没有？我便说，‘本人不在此处。’他就走了。”

林廷扬道：“哦，还有人打听我吗？”又细问了一遍，遂暗暗关照各船护镖的伙计，今晚要格外惊醒些。林廷扬先派五师弟许振青、好友流星顾立庸，护住第四号镖船，别的事休管。因为这八号镖船中，唯独第四号载货最重。顾立庸善打弹弓，

五师弟精通水性，可以护船。然后把其余诸人也都嘱咐了，自己却手按长剑，腰佩镖囊，在末号船上一守；面前是一壶酒、几碟夜肴。

哪知他们轮流值夜，防护了一通宵，却一点动静也没有。除了同泊在运河的三两只渔船，灯光闪烁，似乎夜间聚赌，此处只闻风吼波声。七师弟魏豪道："也许我们看错了？"

林镖头摇头道："不然，你再往下看吧。"

挨到天明，商人孙四维回船，便命货船起碇。林镖头忙拦道："且慢，我在此处候一个朋友，多耽误半天吧。"商人孙四维也是久走江湖的人，忙过来探问："总镖头真是候朋友吗？"林镖头含糊答应。耗到过午，只见后面来了一只小船。船上只载着两个客人，还有几只大筐，不知装的是什么东西。到了码头，乘客搭筐下船进街，那船便泊在镖船之旁。恰有一伙客商喊船，几艘小船的水手都争来兜揽生意，唯独这只小船不动。那个船家蹲在船头上吃东西哩，两眼东看看、西看看，样子很悠闲。候了个把时辰，孙四维已催问两次，林镖头只说还候候。直候过两个时辰，见那两个客人从街里空手回来，后面随着三条大汉，匆匆地向镖船瞥了一眼，随即上了小船。那船家便划起双桨，如飞地向来路驶去。平常人坐船，总是面向前途；这几个客人却并肩倒坐着，眼看着后面。眨眼时，小船越走越远，看不见了。林镖头沉吟良久，对魏豪说："我只担心凤阳一路，这里倒没有什么。你看这小船，又向回路去了。"

这时商人孙四维却等得心焦，对林镖头说道："现在正是顺风，林兄还等不等呢？"林廷扬微吁道："开船吧。"一迭声吆喝，八号大船立刻起锚张帆，瞬息间走出三十多里。正走处，陡见背后有一叶扁舟，箭似的驶来。相隔尚远，便听见喊道："前面镖船站住！"

五师父许振青眼尖，早看见来人乃是四师兄虞伯奇，不禁蓦地一惊道："四师兄吗，怎么样了？"

林镖头也不由一震，忙喝令大船停泊。一霎时，小舟靠

近，来人嗖的一个箭步，蹿上大船。林镖头一手拉住，急问道："路上怎么样？"来人道："舱内说话。"

几个人一齐进舱。来人便道："船行三十多里，未进洪泽湖，便被歹人盯上了。先是一只小船，不远不近，总跟在镖船后面；那时三师兄何正平便已有些疑忌。谁知又行了八九里，迎面突然来了一只小船，船上只载着三个空身汉；船划得飞快，直闯过来，险些撞着。幸亏我们的船夫用篙竿撑了一下，才得错开。那船上的大汉，把我们的船盯了几眼，竟折转船头，也不前不后地跟起我们来。那缀在后面的小船，却又直驶到我们前面，一径向洪泽湖划去了。黄秉大哥一看不对，就拿话点逗道：'朋友一路辛苦啊，跟着太吃力，何不请上来谈谈？'那小船上的一个蓝衣大汉竟站起来，口出蛮言道：'官河官道大家走，敢是你安远镖局包下的吗？看见你们的镖旗了，叫你们姓林的出来，咱们见见。'我们还没搭言，趟子手钱六，大哥你是知道他那脾气的，他竟恶声答道：'问姓林的做什么？姓林的不错，是在船上呢，人家乃是天下有名的英雄，岂肯见你这三不知的无名之辈！识趣的趁早闪开，休要绕在这里，窜前窜后地装绿豆蝇了，谁不懂得？洪泽湖的盖天齐盖老板，我们也认识，有交情。'这话说得原欠含蓄，恰巧七星剑丁宏肇丁五哥，拖着他那把剑钻出船舱来吆喝钱六道：'老六，不要乱说。我们镖行全靠江湖上朋友维持。朋友你贵姓？'刚讲到这里，那小船中突又站起一个黑脸汉子，抖手便是一石子，口中喊道：'姓林的接着！'那先发话的大汉一把没拦住，这石子直打过来。丁五哥一闪身，虽没打着，却直打入舱内，打伤一个伙计。因此招恼了我们，就交起手来。我们船高人多，他们船小人少，竟没占分毫便宜。三师哥把他的连珠箭施展出来，我还怕万一走了眼，惹祸不小。谁知人家早有准备，一个个伏身下舱，亮出挡牌、钩枪来；一面挡，一面退，口中还不住嚷骂：'姓林的，领教过了，不过如此嘛！'气得丁五哥顿足道：'哪里来的这伙蛮子，不要放他走。'李申甫李四哥竟把船头上

四十多斤重的大锚抛过去，满想不碰翻他的船，也就阻住他们了。不料却被那蓝衣大汉迎面一托，顺势一甩，甩到河心去了。那小船只一打晃，便被他们打千金坠给镇住。他们行船的功夫实在利落，竟拨转船头，往洪泽湖驶回。临行时又打了丁五哥一镖，并且说，'姓林的有胆，前途相会。'我们也曾追呼朋友留名，人家只顾走。那小船又划得快，我们又是重载船，竟赶不上他。事后我们一商量，三师兄说：'这不像劫镖踩盘子的冒失鬼，竟是特来寻仇的。却又怪道，既是仇家，他们却不认识大哥，好像误认了丁五哥的那把剑，口口声声喊姓林的。但他们既敢明目张胆地来叫阵，恐怕是善者下来，来者不善，这洪泽湖有点不易闯过。'当时我们就把这三号镖船，退回十来里地。由三哥做派，叫我火速追赶大哥，快来护镖。又恐怕已隔了多半天，一遇顺风，追赶不及；所以另打发趟子手快腿马起云，起旱路到清江浦永利镖局，敦请过天星金兆和金镖头，拨派能手，速来相助。我一路紧赶，唯恐追不上你们。怎么你们才走到这里，莫非也遇见了什么?"

众镖师一听，俱各愕然。原来这镖局生涯是卖得起命，赔不起镖的。但凡知道前途扎手，若没有能手护镖，是轻易不敢冒险硬闯的。狮子林听完四师弟虞伯奇一番说话，不由勃然大怒，便吩咐："赶快预备，我只可先护洪泽湖这一路了。倒要会会这一伙蛮汉，究竟是何等人物！这太不像话了，踩盘子的公然敢动手，绿林道居然要叫阵，真是奇闻！"又对大众说，"至于北上这一路，究竟是漕道，多少稳当一些。"

林廷扬遂向好友顾立庸举手道："贤弟多偏劳吧！沿途一切应行应住，都有你和许五弟商量办理。"又对商人孙四维解说开了，遂亲率七师弟摩云鹏魏豪，跟四弟虞伯奇，一行三人，跳上小船，如飞而去。八号北上的大船，只留下五师弟许振青、六师弟郑广澍、流星顾立庸和姚元朗、周志浩几位镖师，照旧解缆起程。

当下小船火速趱行。林廷扬手按长剑，右手捋着短须，眼

望前途，只是一语不发。七师弟魏豪却与虞伯奇，悄悄谈论日里所遇的事。魏豪问道："虞四哥，你看这伙强人是怎样个路数，可是水路上的吗？"

虞伯奇道："大概是洪泽湖潜伏的水寇。"魏豪又问道："你们可派人往前途探路去了吗？"虞伯奇道："三师兄已派两个伙计，往前面踩探去了。"谈论时，船已折回清江浦，眨眼便驶上淮河的路了。

再说那小船上的三个大汉，果然是强人的踩探头目；但并不是潜伏在洪泽湖的水寇，乃是外来的旱路大盗。这三人原奉命教他专踩访安远镖局的行程和虚实，只教他暗中窥探，不露形迹。偏生他们性格鲁莽，被黄秉等拿话一点，又错认了人，不但没探准镖船的虚实，他自己的行藏反被镖行看破，由此得以先行布置。

这一伙强寇，乃是镖头狮子林廷扬的仇家。为首的盗魁叫作飞蛇邓潮，从十几岁上便跟他哥哥飞虎邓渊在川陕一带，做抢劫私商勾当，杀人越货，横绝一时。被林廷扬少年好勇，夺剑杀死飞虎邓渊；邓渊的妻与子为夫父复仇，又死在林镖头手下，因此结下极深的冤仇。那飞蛇邓潮虽是强盗，颇有手足之情；明知武力不敌，他仍旧断发设誓，必报此仇。经他十几年来，辗转访请能人，专心寻找安远镖局的差错。居然有志竟成，被他邀来一位少年豪杰，名叫小白龙方靖。又勾结了一伙剧贼，和他哥哥的旧部，还有林廷扬的两个仇人，在洪泽湖附近，大举埋伏。

当下林廷扬催船疾驶，将到黄昏时候，船过洪泽湖，只听前面杀声震耳。四师兄虞伯奇站起来，手遮一望，道："不好了，快走！"

众人纷纷站起。林廷扬将剑插在背后，跃上船头，往前细望。只见三艘镖船被十来只小船围住，一伙贼人执长兵刃攒攻镖船；镖船上几个镖客，正在拼命拒敌。小船之外，另有一只巨船停在上流，船头站着两个大汉，在那里指挥。林廷扬飘身

而下，喝命加紧趱行；魏豪等也相帮划船，这船便如箭似的赶上前去。

忽然虞伯奇叫道："不好！"只见前面镖船上，七星剑丁宏肇好像中了暗器，扑地跌倒船头；一个贼人从小船上蹿过来，举刀便砍。魏豪大惊道："哎呀。"却不道林廷扬猛将魏豪往旁一拉，手一扬，一点寒星凌空一闪，直奔贼人。那贼人却也了得，一个飞跃，从丁宏肇身上栽过去，立刻翻身跳起。丁宏肇也跳起来，照贼人劈头一剑，那贼急忙抵住。六七回合后，船头地狭，施展不开，那贼连架数剑，一翻身跳入水中。林廷扬的小船已然赶到，各使暗器纷纷乱打。那边贼人早有防备，俱停手不攻，取出挡牌来，护住船面。

林廷扬趁此时机，将小船靠近，蹿上镖船，手抱长剑，向对面一举道："朋友请了，我林廷扬来也。"此言方罢，各小船纷纷扰乱。忽听呼哨连响，那只大船浩浩荡荡驶来，船前船后，站着一群高高矮矮的壮汉。内有一个赤面长髯的大汉，同一个白面少年英雄并肩站着，气度与众不同，好像是领袖。那大汉倒提金背刀，胁挎豹皮囊。那少年背插一口宝剑，两手空空，只拿着一把折扇；面如白玉，两道剑眉，在左眉心生有一颗红痣，神情潇洒，气宇不凡。只见那赤面大汉向那少年指指点点，说了几句话；那少年眼望着林廷扬上下打量一眼，朗然说道："来者可是林镖头吗？"

林廷扬将手一拱道："不才就是林廷扬。兄台何人？在下眼拙，未得识荆。在下保这几号镖船，路过此地，不知贵窑设在何处，未能投帖拜访，我这里赔礼了。请兄台看在江湖义气上，借道放行，我林廷扬保镖回来，必定登门重谢。"那少年回头望了望道："在下久闻林镖头的大名，深知足下剑法高强。我此次出来，非是劫镖，只为受了朋友重托，特来会会林镖头的剑法。林镖头，请你赏脸赐教！"林廷扬听了，仰面一笑道："兄台定要叫林某献丑，我一定奉陪。在下浪迹江湖，结交的是有名英雄，请兄台道个万儿来。"那少年听了，微微一笑道：

“我与林镖头往日无冤，近日无仇，我也不是来与镖头寻衅。我不过学了几手粗拳笨脚，受了朋友嘱托，前来领教。我既不想在绿林成名露脸，也就无须留名了。只要领教了林镖头的剑法。我拨头就走，寸草不沾。”

原来这少年素闻狮子林剑术高强，诚恐不敌，所以预留退步。林廷扬冷笑道：“好汉既然不肯留名，也罢，我们先过招；只等兄台把我打败了，那时再留名不迟。请问你我是陆战，是水战？是单打，是群殴？”这时那赤面大汉又低声向少年说了几句，那少年便道：“在下先在船上，给林镖头接一接招吧。”林廷扬只说了个“好”字，陡听得在赤面大汉背后，一个不服气的嗓音锐声叫道：“慢着！瓢把子，你也太把姓林的看重了！我剁不了他，再请方师父动手。”

林廷扬侧目急视，只见从贼丛中转出一人，一下腰已到船头。此人身躯矮小，一身青色短装，青绢包头；黄中带青的面色，目光锐利，左肘下压着一口七星刀。林廷扬料知来人手底下必是又黑又快，自己往后退了数步，恐怕人多碍手，忙令魏豪等后退。那盗船上的赤面大汉也令群贼后退，让开了船头地势；船也紧欺过来，为的是两船衔接，较易动手。这个贼人不待船头相接，脚下一点，早轻飘飘落在镖船上，用手一指林廷扬道：“姓林的，有什么惊人本领，做哪些张致？叫你先尝尝海燕子桑七爷七星刀的滋味。”一面说，已把刀换到右手。林廷扬左手掐着剑诀，右手剑一指贼人，厉声叱道：“无名小卒也敢无理，怨不得林镖头无情了！”

这时两船已对到一处，可是镖船载货吃水重，比贼船低着一尺。那贼人怒喝了一声：“少废话，接家伙吧。”猱身而进，七星刀向林廷扬心窝扎来。林廷扬久经大敌，静以制动；容得刀临切近，右足一提，身躯微往左一倾，剑锋下削，“金鸡抖翎”，向贼人右腿斩来。贼人刀走空招，霍地往下一扑身，往右斜着一个半长身，“探臂撩阴”，反向林廷扬的小腹下点来。

林廷扬见贼人手底下这么快，也自不敢小看他，左手剑诀

一领，左腿拧劲，身躯半转，右脚一划船板，剑随身走，翻身一剑，向贼人左肋斩来。贼人的七星刀二次扎空，林廷扬犀利的剑锋又到。贼人怪蟒翻身，翻回七星刀，往上一蹦，要想变招为盘手刺扎，向外一展。任凭林廷扬怎样快，也不易逃开。哪想林镖师却早拿定主意，不叫他再逃开剑下。见贼人一变招，不容刀往剑上崩，却用腕底翻云，倏的一剑，向贼人右肩胛刺去。贼人再想变招封架，却已来不及，只有拧身外窜。林廷扬哪能容他走开！往回一撤剑，倏地偏左脚，照定贼人背后踢去。这一脚踢个正着，贼人腾出六七尺去，扑通落在了水中。

林廷扬长剑一摆，手向贼人一指道："朋友，叫那有本领的过来，像这种鼠窃狗偷之辈趁早回家！"这句话没落声，立刻又从贼队中窜出一人。此人面如赤炭，扫帚眉，大环眼，翻鼻孔，血盆口，满嘴黄牙龇出外；手提一口鬼头刀，窜过船来，厉声喝道："休得口出狂言，看苗二太爷取你的狗命！"话到，人到，刀到，鬼头刀"搂头盖顶"劈来。林廷扬见贼人力大刀沉，急向右一上步，鬼头刀劈空。林镖头一展剑锋，"推窗望月"，直斩贼人的咽喉。贼人缩颈藏头，往下一蹲身，鬼头刀倏向林镖头拦腰斩来。林镖头一领掌中剑，猛往下斜塌身形，用卧地龙，侧身一闪，早将鬼头刀闪开。跟着"毒蛇寻穴"，一剑向贼人小腹点到。贼人努力抽身，林镖头剑术高强，变化不测，点下阴，挂两腋，哧的一下，竟把贼人的右腿划伤。贼人踉跄倒退出三四步去，急要翻身逃走。林廷扬往前一上步，剑照贼人的腕子一点，喝道："把兵刃留下！"剑尖点伤了贼人脉门，当啷，鬼头刀落在船板上了。林廷扬哈哈一笑道："鼠辈，知道林镖头的厉害吗？"

一语未完，突从贼船上跃起一人，腾身上起，轻快异常，用轻功提纵术"一鹤冲天"绝技，倏地往下斜探，轻如飞鸟落在镖船，"金鸡独立"式一站。林廷扬一看，正是那贼船上首先答话的少年豪客。那带伤的贼人趁机却已逃回贼船。这少年豪客发话道："林镖头剑术高明，名不虚传。不才拜服之下，

越发要讨教了。林镖头，就请赐招！”林廷扬闪两眼，把来人端详了一下，微笑答道：“在下实在没有什么功夫。既承尊驾如此抬爱，我林某只好献丑了。请！”

这“请”字才出口，倏然亮了个“举火烧天”的架势。少年壮士也道得一个“请”字，却往前进步欺身，踏中宫，走洪门，突前直进。但见他剑到人到，身临切近，够上部位，立刻掐剑诀，左手往外一展；右手剑“拨草寻蛇”，向林镖头下盘便斩。林廷扬身躯矫捷，倏地闪开，接招相还。右手握利剑，左手托右腕，剑走轻灵，“白蛇吐信”，照少年小腹便刺。少年急闪，林廷扬早早将剑锋撤回，唰的一翻手腕，剑尖一摆，复奔少年左股砍来。这少年壮士双足一顿，斜窜过去。林廷扬一个箭步，跟踪袭来，利剑横扫，“玉带缠腰”，斩向少年的中盘。少年“腕底翻云”，回身一剑；叮当一声，剑刃碰剑刃，激起火花来。少年喝道：“来得好！”两个人蓦地收招，举剑再斗。

林廷扬在一接近少年时，已看出这少年左手的中指、无名指、小指，右手的无名指、小指，全带着护指甲皮套。他心知这少年平日不用武时，必将长指甲用温水伸开，顿幻成温雅书生。战斗时，定将指甲泡软一卷，戴上皮套，便不碍用剑。贼党中竟会有这样人物，真是异事。林廷扬不敢轻敌，忙把三十六路天罡剑术施展开，一招紧似一招，抵住少年。少年也是剑术高明，一式疾似一式。两下旗鼓相当，忽而跃上贼船，忽而落到镖船，剑身合一，旋进旋退，倏攻倏守。两把剑浑如龙蛇交斗，剑光霍霍，泛起两团白气，裹定两个英雄。林廷扬越遇劲敌，越能气定神闲。下盘坚实，进退沉稳，两眼炯炯，注定敌人，不慌不忙，专寻破绽。

这少年壮士也将自己的得意功夫施展开，二十四路三才剑，吞吐撤放，果自不凡。他从来未逢敌手，今日得遇林廷扬，果见得老练稳健，名下无虚。这少年杀兴大起，点、崩、截、挑、刺、扎，一剑狠似一剑，一招快似一招。果然英雄出少年，手法是攻多守少，气概是目无全牛。忽见林廷扬一剑攻

到，按理本该闪身避招；这少年却艺高人胆大，不避正锋，反取攻势，猿臂一伸，剑尖照林廷扬右腕点来。他满以为林廷扬一定要收招还架，自己便占先着。哪知林镖头却是把稳处稳如泰山，惊险处险如骇浪；右臂倏往怀内一拢，剑身突往一上翻，剑尖反取敌人咽喉。这一招迅疾无匹；少年暗道声："不好！"脚跟一蹬，身向后仰，唰的倒窜出数尺，急拿桩站稳。这也是少年的身手矫捷不群处；换在他人，绝没这闪避的功夫。少年蓦地脸一红，将剑一挥，立刻反扑过来。林廷扬一着得手，早已赶到，喝一声："着！"长剑一展，分心就刺，追击太疾，相离太近。这少年后退无路，急咬牙切齿，横剑一崩。林廷扬却倏地将剑收回，往后一甩，忽往后一进，"泰山压顶"，向少年猛砍过来。少年慌忙挺剑一拨，却不防林廷扬实中有虚，剑锋一偏，疾如闪电，竟向少年剑身一搭，腕上用力一颤。叮当一声响，火花乱射，两口剑已有一口被打落船头。

少年大吃一惊，急伏身外窜；哪里来得及，林廷扬"金针度线"，又是一剑，一股寒风吹到。少年势虽落败，仍不慌乱，突然地合身向林廷扬这边猛扑过来，劈面一掌，倏然身躯微退；将身一侧，飞起一脚，踢向林廷扬右腕。林廷扬略一闪身，才容得少年右腿飞起，蓦地一伏身，连环跺子脚，反向少年扫来。少年闪避不迭，咕咚一声，被踢倒在船上。蓦然两船上起了一阵惊呼，欢喊！林廷扬一长身，将剑一举，才待往下戳，猛然想，"得饶人处且饶人！"又想道，"夺路不如借道"。遂将剑一停，道："承让！……"一言未了，蓦地觉背后一道寒风袭来。林廷扬急回身一抄，一只金镖从贼船后打过来。林廷扬霹雳一声怒喝："休施暗箭！"倏然第二只镖和数粒弹丸抄身而过。

正是"人无害虎心，虎有伤人意"！林廷扬闪开了暗器雨，才接得金镖在手，方待还发出去。那少年战败倒地，羞愤交迸，骤然一个虎跳，从船头蹿起，"燕子惊空"袭来。伸右掌，迅如电光石火，照林廷扬的玉枕穴猛然扑到。林廷扬急闪不

迭，脑海一震，如耳畔轰了一个焦雷，蓦地一阵昏惘，狂吼一声，将手中镖猛向身后一抡，哧的一下，横穿透少年左臂。这一镖，乃是林廷扬被狙拼命时的一股死力。那少年一阵奇疼，又听得咯噔的一箭，猝不及顾，负伤带镖，一头窜入水中去了。那箭掠顶而过，也落入水中；那把剑依然丢在镖船上。林廷扬紧跟着也一头栽倒在船头，两只手微微发抖。

众镖客一齐大惊；镖师黄秉挥动双斧，四师兄虞伯奇挥动单刀，一齐从船尾蹿过来，大骂道："无耻强贼休施暗算！"两人当先抢上迎敌。七师父魏豪便来抢救林镖头。盗船上那赤面大汉和手下党羽早已看得分明，林廷扬被狙击倒地。群贼欢然大喜！林廷扬甩手镖打得少年豪客落水，群贼顿然大惊。赤面大汉一声怒吼，将手中金背刀一摆，立刻响箭连鸣，群贼纷纷出动。先有两个贼党，各穿着水靠，应声窜入水中。另有两个贼党，当先抢上第一号镖船。这便是一个面如黄蜡的头陀僧，舞动铁禅杖；一个面目丑怪的虬髯汉，手挺一对铜鞭，嗖的窜过船来，鞭、杖齐举，照林廷扬身上便打。

说时迟，那时快，镖客这边，四师兄虞伯奇、力劈华山黄秉，已如飞赶到，双方迎了个正着。七师父魏豪手疾眼快，一伏身，抓起林廷扬，回身便走。贼党更不容情，铁禅杖如一条怪蟒，夹着一股寒风，拦腰砸来。这一边，虞伯奇仗一股子急劲，抡钢刀"泰山压顶"，狠命地剁来。噌的一声响，那头陀一阵风似的，急收回禅杖招架；刀锋砸禅杖，只激得火星乱射。虞伯奇的刀刃竟缺落一块，震得掌心发热。那个头陀也惊得一跳。七师父魏豪趁此时机，背起林廷扬，一抹地窜回镖船。那使双鞭的虬髯大汉刻不容缓，向虞伯奇虚晃一鞭；直抢到魏豪背后，右手举单鞭，照林廷扬后心便下绝情。黄秉急顿足一跃，挥双斧倒追过来，大喝一声："着！"贼人急掣鞭回扫；魏豪头也不回，跳入船舱去了。

力劈华山黄秉大骂："恶贼竟敢猖狂！"一双利斧横扫直劈。虞伯奇更是二目圆睁，气冲牛斗；将一把单刀使得风旋电

掣，与两个贼人狠斗在一处。船头地窄，胜负易分，黄秉斧法纯熟，只十几个照面，寻得一个破绽，一斧子削去。那使双鞭的贼人，急忙惊身一闪。黄秉卷地追来，双斧一送，喝一声："下去!"那贼扑通一声，倒翻身栽到船下去了。那黄面头陀勃然大怒，趁势将禅杖一推，倏然收回，急扑到黄秉这边；铁禅杖横空一扫，突然旁击，只听得呛啷一声，黄秉左手斧子竟被砸飞。黄秉吃了一惊，唰的窜开。四师兄虞伯奇挺刀猱进，刀尖直向头陀后心点来。这头陀一杖扑空，左手撒把，右手一带，抹转来向后一扫；扭身躯跟着一转，呐喊一声，将禅杖抡圆。虞伯奇不敢力敌，急忙收招改式；与黄秉一前一后，忽左忽右，夹击这个头陀。这头陀身大力雄，将禅杖紧得一紧，在船头施展开，按花庄八打的招数，铁禅杖上下翻飞，带得呼呼风响。黄秉、虞伯奇二镖师反被逼得团团乱转。

这时候三只镖船抛锚下碇，并排儿停在波心，列成一个川字形。第一号镖船正在当中，和贼人那只大船，船头对船头地相距着。三师父何正平一见总镖头受伤，急吩咐水手起锚，自己早将弩弓装好。但见那个黄面头陀越杀越勇，百忙中又将身边戒刀掣出；右手抡戒刀，左手挥禅杖，把黄秉、虞伯奇杀得满脸汗下。何正平觑得清切，将弩弓一端，咯噔一响；那黄面头陀怪叫一声，拖禅杖便走。这分际，镖船已经起锚。湖水荡漾，三只镖船顺着波流，悠悠后退。第一号镖船距盗船已隔开一丈七八，那头陀后退无路，大吼一声。四师兄虞伯奇已然一个箭步窜了过来，钢刀一挺，扎向后心，却扑了一个空。那头陀蓦地飞身一跃，竟跃回盗船。他把一支弓箭，从左肩头拔下，折为两段，戟指大骂："什么人暗算我?"一语未了，咯噔一声，何正平第三支弩箭又已发出。这一箭，黄面头陀已经留神；唰的一声，将禅杖一挥，把弓箭直打飞六七丈外。原来这头陀就是西川路上有名的伏虎罗汉金面智开僧。智开和尚一眼看见了发箭的所在，将手一探，倏然扬了扬，把三只铜钹抛了出来。何正平急忙闪躲，铜钹散开来。智开和尚大叫道："还

有你哩。”又将手一扬。虞伯奇哎呀一声，倒在船头，急一挺身，又复窜起，一只胳膊鲜血迸流，急忙退回，用手巾扎住。

紧跟着第三号镖船又窜来两个贼人，一高一矮，面容凶猛，各持着挡牌、钩刀，手起刀落，砍倒一个镖行伙计。这第三号镖船，此刻是由七星剑丁宏肇把守，他急忙一摆七星剑，趁贼人立脚未定，想将贼人逼下船去。这二贼武功矫健，脚一挨船帮，蜻蜓点水，已由第三号镖船，抢向第一号镖船。丁宏肇大怒，横剑邀击，左手剑诀一领，倏向矮贼先递过一剑。矮贼一晃挡牌，当的一声响；右手钩刀“叶底偷桃”，照丁宏肇扎来。丁宏肇早已似旋风一转，垫一步，利剑转取高贼。高贼也将挡牌一摆，抡刀杀在一处。七星剑独斗双贼，情势见绌，竟逢劲敌。

那一边，三师父连珠箭何正平早将弩弓一端，唰唰唰，连发出七支弩箭。高矮二贼不慌不忙，挥动挡牌，前遮后挡，狮子滚绣球，东冲西杀；何正平的弩箭全打在挡牌上，竟不能收功。高矮二贼圆眼怪睁，大骂：“镖行小子休放冷箭，快滚来见我！”何正平咬牙切齿，再将弩弓照样装好，低呼李申甫道：“破挡牌非李四哥不可。”

李申甫将四十多斤重的铁棍一抡，窜身跃到第一号镖船，照贼人抡棍便打。高矮二贼急闪。李申甫单手抡棍，霍地一扫。力劈华山黄秉恰从一号镖船，飞身窜到这边应援，吓得黄秉急伏腰窜开，叫道：“李四弟留神，别打着自己人。”李申甫道：“打不错。”霍地又一棍，将那矮贼挡牌打落，碎成两片。这矮贼却也厉害，一钩刀扎来，险些削着李申甫手指。李申甫急将棍一挥，当头砸下，不亚如泰山压顶。矮贼不敢横刀接架，脚一顿，窜向一旁。那高身量的贼人，却从李申甫背后掩来。丁宏肇岂容他夹攻一人？七星剑一挺，急从侧面刺来。当下两个镖客，两个贼人，在船上穿花似的大战起来。力劈华山黄秉兵刃短，不能近前接应，又见贼人小船欺过来，忙掖起板斧，从镖局伙计手中要过一杆花枪。盗船上的贼党正伸过挠钩

来，搭人腿脚。黄秉急挺花枪招架，一面招架，一面喊道："何三弟快点，何三弟快点，招呼开船啊！"

何正平怒睁二目，把全副精神，盯着贼人大船的动静。只见赤面大汉已指挥小船，重新围抄上来。这些小船前前后后，错错落落，一齐来抢攻这三号镖船，如群蚁附羶一般，将镖船退路阻住，连声呐喊，逼令镖船拢岸。众镖客更不答言，只拼命夺路拒战。

七师父摩云鹏魏豪，此时已将总镖头狮子林廷扬安置在船舱以内。他将一支钩镰枪抓到手中，瞪着两只血红的眼珠，从船舱钻出；厉声对何正平说："三师兄，今天咱们有死没活，有进没退，咱们跟他拼了！"何正平也顾不得搭话，情知势危，难脱虎口。趁着贼船尚未完全迫近，急命众伙计，各持挡牌、兵刃，先护住水手舵工要紧，吩咐水手划船后退。众水手多半惊慌失措，有的竟把桨掉在水内。何正平怒发如雷，喝命镖行伙计相帮划船。群贼哪肯容他退后？立刻将小船内预藏的石块和镖箭等，如骤雨飞蝗般向镖船打来。

这伙贼虽是旱路大盗，却也布置的很得法。共计十号小船，每号小船都有两个水手、两个贼党，拿着挡牌、挠钩，一面掩护水手，一面钩搭镖船。另有三个武艺高强的头目，各持利刃，容得挠钩搭上镖船，便抢上来，先砍水手，或者把水手踢下水去；镖船自然不能走了，然后可以为所欲为。这种办法，全是那赤面大汉的布置。

镖行这边，总镖头突遭暗算，劲敌当前，人心未免慌乱。幸亏三师父何正平久经大敌，随机应变，急急招呼众镖师，分护住三号镖船，各人都把一根篙竿抢取在手，吩咐伙计休管迎敌，只尽力摇船夺路。各镖师远攻用暗器，近守却仗篙竿。贼人船稍一迫近，何正平便挥动篙竿，将贼人小船一点，立刻冲出数丈以外，决计不令小船靠近。可是贼船却也不肯甘休，石块、暗器飞击过来，水手们在船面上都站不住脚。所幸镖行这边也有预备，各用挡牌抵挡暗器，努力行船。第二号镖船当

先，第一号镖船在后，竟得悠悠退出。独有第三号镖船，激战正烈。那高矮二贼奋不顾身，由第一号镖船窜上小船，复驾小船疾袭过来。那矮贼赶上第三号镖船，刚刚飞身一蹿，身悬半空。力劈华山黄秉趁势将花枪一抡，一个盘打，啪的一下，把矮贼搧在水中。那高贼急忙抢救，不防又是一个盘打，高矮二贼竟一齐掉到江中。

此时第三号镖船一个水手也没有了，全钻入船舱，不敢出来。黄秉急忙抢过来，亲自把住船舵，连呼李申甫、丁宏肇，赶快划船张篷。丁宏肇也一迭声招呼两个伙计相帮，拼命将船开起。李申甫却将铁棍一拄，和趟子手钱六，对着贼船大骂叫阵，急得黄秉不住催促。

刹那间，贼人果有三只小船抢上来。当先一个蓝衣大汉，气象凶猛，背插八卦刀，手中提着二丈长的链子椎，用手一指李申甫道："朋友，看你棍法纯熟，报个万儿来。"李申甫将鼻头一指道："我吗？陕西大力神就是我。你叫什么玩意儿？"蓝衣大汉怒叱道："你是什么人物，竟敢出口不逊，看椎！"抖手一椎，照李申甫打来。李申甫闪身挥棍一挑，将椎挑开。蓝衣大汉将链子一带，倏地又发出一椎。椎长棍短，一连七八椎。李申甫只有招架，不能还攻，气得破口骂道："你小子敢上来打吗？"蓝衣大汉冷笑一声道："上来又有何难？"猛将铁椎一带，哗啦一响。李申甫急将铁棍一顺，心中暗道："你只要一窜，我就一捣！"却不道铁椎迅如流星，人未窜到，椎竟向黄秉砸来。力劈华山黄秉紧把船舵，正提防这一着，急急一闪身，伸手将铁椎链夺住。两下里一较劲，镖船、小船呼噜一声响，如水激箭射似的，往一处撞来。七星剑丁宏肇大喜，心想，小船碎了！哪知贼人队中颇有能手，两船刚刚要往前对撞，忽然一个灰衣少年贼人，一长身，也将篙竿照大船一点，登时两船错转。

那蓝衣大汉趁两船衔接，猛将左手中铁链一松，早回手掣出八卦刀，一跃上船，搂头盖顶，手起刀落，照黄秉砍下去。

黄秉急闪身抽斧，蓝汉趁势夺椎在手，将椎链一抖，抡起来，啪的一下，竟将镖船船舵砸坏。黄秉一斧头劈去，蓝衣更不还招，倏地撤身一闪。李申甫一抹地抡棍打到。蓝衣大汉早一声长笑，翻身跳回小船。小船飘摇如叶，丁宏肇急将篙竿一点，想将小船捣翻。那灰衣少年贼手脚很利落，急展篙竿，两人便打在一起。气得李申甫拒住船头，戟指大骂。镖船船舵已坠落在水上，顺流漂走。这镖船在湖心立刻打起横来。

贼人三只小船更不迟疑，纷纷伸挠钩便搭，抛石块便打。李申甫暴跳如雷，挥动铁棍，来砸打挠钩。力劈华山黄秉急，将一只船杆在船尾拨动，当了船舵。他大叫众人："快快划船夺路。"因为这时候，第二号、第一号镖船，且战且走，头尾相衔，已然冲开贼船，向来路退去。只有黄秉这第三号镖船拒敌落后。那一边，三师父何正平连声叫喊："黄大哥快跟上来！"黄秉便与丁宏肇、趟子手钱六，拼命趱行。李申甫也将铁棍放在脚边，把一支篙竿舞动起来，昂然立在船头。任石头如雨点掠来，他只不住手拨打那飞击过来的石子和那横伸过来的挠钩；一面点冲贼船，不令接近。仗他骁勇，倒也拒住贼人。这一来招恼了蓝衣大汉，一抖大铁椎的链子，忽而砸船，忽而砸人。

贼人大船上，那赤面大汉乃是旱路绿林，这次却也邀来四个水寇。当下群盗开动座船，竟放松余船，专攻林廷扬隐身的第二号镖船。镖船上防守得很严密，船窗内不时发出暗器，群贼攻不上来。那四个水寇一声呼哨，持锤凿翻下水去。第二号镖船舱内猛听得咚咚咚，船底连响。舱中守护林廷扬的镖客们心知坏事，慌不迭地报知何正平。

何正平也早已防到，喝令四师弟虞伯奇，火速下水救护。虞伯奇已然负伤，却也顾不得，急披水靠，带两名会水的伙计，窜入水中，与先下水的贼人斗起来。船舱中已然漏进水来。七师父魏豪慌忙督促伙计，撕开被褥，将棉絮堵塞破漏处。水手也备有堵漏之具和防水之物。大家一面忙着堵漏，一

面趱行。那盗魁赤面大汉率领党羽，催动大船，便前来趁乱夺镖。

却幸虞伯奇一经下水，凿船之声立刻打住。但见波浪翻腾，倏然泛出一片片红涛来。工夫不大，忽见水底翻上四个人来，乍沉乍浮，顺流直漂下去。镖船人等仔细看时，内中一个尸身，正是虞伯奇。

又过了一刻，一个镖行伙计水淋淋钻出水面，抓住了镖船后舵大叫："快拉我上来！"魏豪忙投下飞抓。那伙计刚刚捞住了抓绳，不意贼人那边催船迫近，倏地发出一件暗器来。那伙计惨叫了一声，手一松，沉入水底；翻了几滚，也漂浮起来。不用说，人已经死了。下水的三个镖行，一个也没有上来；那四个水贼也没见露面。凿船之声却从此打住。

这时候第二号镖船，只有何正平和魏豪。贼人却纠合党羽，拼全力来攻这第二号镖船。何正平的弩箭，箭无虚发。魏豪挥动钩镰枪，紧护船面船舱。无奈贼人势众，已是危机万分。猛又听得一声暴喊，群贼一哄而上。何正平情知此船不保，急叫魏豪速背林廷扬退到第一号镖船。自己咬牙切齿，将弩弓不住手地向贼人乱射。箭尽抛弩，何正平掣刀一跃而起，扑向当先撞过来的贼人，手起刀落，把贼人砍下船去。魏豪趁此机会，退到尾接在后的第一号镖船上。何正平横刀邀住群贼，拼命拒敌。容得镖行伙计，架着押镖商人陆续逃过去；何正平这才且战且走，也退向船后。却是晚了一步，被一个贼人挥动长矛，把船点开两丈多远。

那赤面大汉一阵狂风也似扑上镖船，抡金背刀，大叫："朋友留名！"何正平大骂贼人："太爷乃是连珠箭何正平，林镖头的师弟！太爷今日有死没活，也不能叫你们囫囵回去！"脚一顿，话到刀到，照贼人一刀剁去，用了个十二分力量，赤面大汉急忙一窜闪开。何正平刀光挥霍，如疯如狂，横冲直扫，已摆出拼命的架势。那赤面大汉金背刀一举，才要还招；早有一个贼人舞动双枪，赶来迎敌。何正平有攻无守，一味死

斗，只走了两个照面，一个“金雕捕兔”，刀落处，把一贼砍倒在船上。可是贼人的枪也同时撤出招来，何正平的大腿也被枪刺通，登时血流如注。虽则受伤，何正平仍然拼命死战，登时间刀伤二寇。那赤面大汉一个败式，在身躯一转时，金背刀暗交左手，斜转身，甩腕子一镖，奔何正平打来。何正平明明看见，却是力尽筋疲，闪避不灵；这只镖擦着颈项过来。镖躲开了，竟不能兼顾余贼，大腿又被一把挠钩搭上，只一拉便倒。

何正平已倒，赤面盗挥刀便剁。恰巧第三号镖船的黄秉、丁宏肇催船赶到。黄秉连发暗器，将盗魁挡住。丁宏肇飞身窜过来，剑随身到，倏地一剑，向贼人刺来。剑尚没到，哐当一声，三号镖船撞着二号镖船，震得船上人俱各拿桩把稳，身形乱晃。力劈华山黄秉却趁着这时窜过来，将何正平掩起便走。丁宏肇也忙退回。大力神李申甫容得自己人皆已退回，怪喊二声，慌忙把篙竿用力一点，立刻两船离开；与第一号镖船一同夺路，一面战，一面走。不料第三号镖船竟被贼人夺去；那贼人反倒驾驶这第二号镖船，跟他们那只坐船，紧紧追赶过来，一毫也不放松，其势似非将这三号镖船全劫去，方才甘心。

迤逦追来，眨眼间，已追出三四里路。黄秉等将众人分配在两只船上，势力反得集中。只是远攻之器已尽，只将篙竿舞动，不令贼船追近。又耗了一里多地，正苦于不能脱身，忽然从下游驶来两只小船，船上站定两个壮士，坐着十来个短打人物，口打呼哨，如飞而来。魏豪眼尖，已看清那两人内中一个就是在运河边洗菜的人，不用说也是贼党了。魏豪深知腹背受敌，想脱身更不容易了！他急呼众人：“留神前面小船！”

哪知事出意外，这两只小船并不迎头截杀，反倒发出响箭报警。赤面盗魁督催党羽，力追镖船，忽听得放哨的小船连发响箭，急命停船。等得小船临近，两船一搭话，赤面大汉立命折转船头，收队而回；全数贼船驶回洪泽湖而去。只是在贼船退却时，向镖船叫骂道：“姓林的首级暂且寄存，少时我们再

来取。让你们多活半天吧，镖行小子们。”

黄秉、魏豪等俱各满头大汗，也顾不得搭话，只拼命划船，夺路后退。这时已到黄昏，河面上竟没有一只商船往来，也没有渔舟停泊。此刻，黄秉等心知还没有离开险地。又走出数里，天色愈暗，忽然间近岸处陆路上，有一片快马奔驰之声。蹄声蓬腾历乱，来人似非少数。魏豪等俱各心慌，忙令水手，把船上才点着的灯笼一齐吹灭。灯光才灭，那骑马的竟一直奔河岸而来；骑马的人挑着一口灯笼，上面似有字迹。七师父魏豪年轻眼亮，已然有些看出来，急忙告诉黄秉。黄秉拢住目光，极力远望；只听岸上骑马的人突然振起喉咙，大喊：“窝和威鸟！”竟是喊镖之声。黄秉、李申甫、魏豪一齐惊喜道：“好了！”急命趟子手钱六，也引吭一呼。呼声才罢，那骑马的一群人接声下马，镖船也急忙拢岸。

第二章

过天星赴援拒寇

这来的并不是过路镖客——当头骑马的，正是安远镖店的趟子手马起云。后面紧跟着九匹快马，乃是永利镖局总镖头过天星回族人金兆和，率领八个好手，从旱路奔来。为了同行的义气，特来应邀赴援。却是一步来迟，安远镖局已经惨败了！

力劈华山黄秉、李申甫、魏豪，急忙下船相见。那过天星金兆和年甫四旬，气象沉雄；手下率领四个镖客、四个干练的伙计，齐来相见。金兆和道："你们把林大哥赶回来了没有？"魏豪咬牙切齿道："赶是赶回来了，他已经遭贼暗算，死了！"

金兆和大惊道："怎么，林大哥竟会死在贼人手里！贼人真如此厉害吗？"登时眉头紧皱，拍掌咳声道："林廷扬林大哥一世无敌，竟丧在贼人之手，我金兆和如何有制胜护镖的把握！"黄秉忙重复一句道："是中了贼人暗算，那贼子也被林大哥临危时一镖打入湖中了。"金兆和愣了一晌，叹气道："想不到林大哥一世英名，落了个这样的结果！镖船却幸护住了？"李申甫道："就剩下我们几个饭桶，哪里护得住？三只镖船，被劫了一只。我们总镖头一时不忍，纵敌竟遭反噬。我们虞老

四更惨，护船水战，尸骨无存，也不知漂到哪里去了！现在只有林大哥的遗体。何三哥身受重伤，在船内挣命呢。”

众镖客一齐切齿大骂贼人：“此仇非报不可！”黄秉道：“报仇还是后事，今晚贼人必不肯轻易放过，还怕追踪再来个第二回。这不是寻常水贼，乃是林大哥的仇人。”金兆和道：“既然如此，事不宜迟，我们赶紧预备预备！”又道，“我先看看何三弟去。林大哥的遗体，我也得祭一祭。想不到昨日一别，竟成永诀！嗐，这就是我们干镖行的收源结果！”

金兆和说了这话，满面凄凉，十分感叹。黄秉等引着金兆和上了第一号镖船。由大力神李申甫，把永利镖局一班镖师，让到第二号船上，歇息，待茶。金兆和随着黄秉，走进船舱。此时何正平的伤势，已经敷上了镖局的刀伤药，疼痛略止，已能说话。他一眼望见金兆和进来，咳了一声，说道：“金二哥，多谢你赶来接应。我们弟兄栽了！”金兆和惨然道：“三弟，不必难过，胜败乃是常事；我们想法子护镖报仇就是了。”安慰了一番，又到林廷扬尸体之前，眼含痛泪，说道：“林兄，我弟兄一步来迟，竟成隔世了！”泪随声下，拜了下去。黄秉、魏豪等更忍不住痛愤，都失声痛哭起来。趟子手忙进来劝道：“众位师父，这可哭不得！贼党难免有哨探子，叫他们听见了，更是不利。”

众人勉强止住悲声。金兆和把烛台端起，将灯光照在林廷扬的尸体上。众人看时，黄淡淡的脸容，双眉紧蹙，眼角大张，两只散了光的眼睛，空空洞洞地仰望着上空，似乎不能瞑目。金兆和是个慷慨昂藏的汉子，看了这种景象，禁不得泪珠滴滴，流在脸上。摩云鹏魏豪情切同门，更不禁泪落如豆。金兆和惨然长叹道：“任你盖世英雄，到了这步，恩怨名利一笔勾销了。”

金兆和遂又和魏豪、黄秉，把林廷扬的尸体前后验视，只有脑海玉枕穴上一处致命伤，脸上破了一些，是当时栽倒时磕碰的浮伤。金兆和俯身细看，后脑脑骨已经内陷下去。暗想：

“此贼似是略谙点穴；但手法很重，又似学过铁砂掌而不甚精。”看完诧异道：“林大哥当代豪杰，久历江湖，怎么动上手，竟把身后卖给敌人呢?”

魏豪咳了一声道：“命里该当罢了！那个白面少年贼党，也使得是剑，上场时又很有礼貌。看我大哥的意思，大概是想把他打倒，略胜他一着，先去掉他手中的兵刃，故意停剑不杀；再扶起来，说几句场面话，化敌为友广借道让镖船过去，也就完了。不料贼人手狠心毒，我大哥刚说了句承让，那贼党中突然发来一镖。我大哥回身接镖，贼船的暗器又到。这时候，那个少年贼子竟趁机窜起，恩将仇报，蓦地下此毒手。我大哥临危怒吼，带伤给了贼子一镖，把他打入湖心。贼子的生死不知，只是这后患依然未了。听贼人的口气，这伙恶贼意在复仇，不专为劫镖。林大哥当时负伤栽倒船上，贼党们尚不肯饶，其势非把林大哥分了尸，方才罢手。我大哥一世英名，这一回失事，简直是慈心生祸害！一念不忍，伤了性命，想起来令人可痛可恼。揣度当时的情形，贼党似大概还不准知道林大哥是死是活。我们拼命夺路，虽然侥幸退了下来，只是贼人招招毒辣，只怕他们今晚上必定再来。现在我们心乱如麻，金二哥不论看在死的、活的上面，务必请你们诸位拔刀相助，代为布置布置，一解此厄；就是我大哥阴灵有知，也要感激不尽了。”说着落下泪来。

金兆和慨然说道：“老弟，你这是什么话？咱们用不着客气。我和七弟你交往还浅，林大哥和我乃是二十多年换命的交情。我现在一步来迟，已经万分抱愧，太觉对不住死者了。这以后的事，老弟只管放心，我金兆和决不能含糊。即便把这条命卖在这里，也得算着。你就伺候受伤的去好了。船上的事，我和黄大哥包总。来来来，黄大哥，咱们快着盘算一下。事不宜迟，咱们是吃快!”

正说着，一个镖行伙计提着一把剑，走了过来道：“七师父，金镖头！你瞧，这就是那个少年贼人使用的兵刃，叫我们

总镖头给打下来了，贼子死不要脸，我们总镖头饶了他一条狗命，他反倒潜使暗算，简直不够人味！”

大家急就灯光看剑：此剑长有三尺八寸，精钢打就，锐利异常，剑柄上打着红色灯笼穗。金兆和、黄秉细细端详，才看见剑柄上镶银镂字，这一面是“戒淫忌贪”四个字，那一面镂着小小一条银龙的花纹，还有一个篆文“方”字。众镖师七言八语地议论这使剑的人物。金兆和忙拦住众人道：“我们先不要讲究仇人是谁，咱们现在最要紧的是赶快布置一下。我想贼人若果再来寻仇，必在三更上下，现在已经不早了。”说罢，引领众人，一同走出舱来。

金兆和往四面看了看，向魏豪、黄秉道：“这里太荒旷，不是进攻退守之所。我们还是往回退一站吧。”魏豪吩咐开船。船本重载，这十四匹马不能上船，仍在陆地上，傍着江岸退了回去。两只镖船也缘岸而行。天色越暗，景象阴森。只听得船行水声，冲破昏夜而已。不一时退了十多里，到达一个野渡地方。此处江边略有几户人家，也有些小船停泊。黄秉与金兆和商议，觉得此地林木掩映，港湾分歧，似可以停泊；急令拢岸，吩咐镖行伙计，速到岸上，采办远攻的兵器。

这里本是一个小港口，轻易不停大船，哪里有卖镖箭的？也亏得伙计们饶有急智，将铁斧木棍、碎砖石块，凡可以做武器的东西，尽量搜集了一些。向民家出重价买来抬筐，把水边一座土谷祠的砖壁拆了，将这砖块急速运到船上岸上。又买了些干粮水果，大家草草吃了些，分头忙起来。把砖砸成拳头大小，可握可抛，暂代飞蝗石子。且喜永利镖局的镖师伙计们，随身颇有一些袖箭镖枪；大家也分配了，以备使用。

于是公推过天星金兆和、力劈华山黄秉两人，合议主持一切。两人把安远镖局和永利镖局的镖师、趟子手、伙计人等，全招齐来，分担护船拒盗事宜。由摩云鹏魏豪先用两床棉被，把总镖头林廷扬的尸体包裹起来；又用棉被把受伤的三师兄何正平围起，就使这土谷祠的两副门板，将这一死一伤两个人，

抬出船舱来，潜藏在这土谷祠内，以免万一拒敌战败，被敌人残害。

这土谷祠本已年久失修，又被镖行伙计们拆毁一道短墙，更显得破烂不堪。七师父魏豪立命伙计略事打扫，在地上铺上乱草；把何正平由门板上搭下来，连被褥放在草上。何正平失血过多，敷药后心神略定；却经这番折腾，又昏晕了两次。魏豪忙斟了些热水，给何正平喝了。

沉了一刻，何正平缓过来，睁眼一看，自己铺草盖被地躺在地上；七师弟魏豪蹲在旁边，两名镖局伙计正忙着遮蔽灯光，防敌掩击。那总镖头林廷扬的尸体，就在门板上托着，停放在山墙根。何正平一阵心酸，颤声道："七弟，我们安远镖店自从走镖以来，也经过大险大浪，谁想今天竟落到这样地步！林大哥英雄一世，凭掌中剑，囊中镖，走遍天下，焉想到惨死在无名贼子之手！老四虞伯奇更死得可惨，水战护船，直落得尸骨无存。他年轻轻的，又刚成了家，还没有小孩。现在只剩下你和我，怎么回去见我林大嫂、虞四婶啊？这伙强盗赶尽杀绝，不肯放手，还不知今日落个怎样结果？我们干镖行的人有什么意思！"

这断断续续一番话，直说得魏豪毛发皆张，眼含痛泪道："三哥，是福不是祸，是祸脱不过。今天你我弟兄活就活在一处，死就死在一处。万一贼人到此，小弟带着刀哩；这把刀给你，这把刀给我。我就堵住门，与贼死战；战不过，咱弟兄就横刃自刎；大家落个不愿同日生，只愿同日死！万一咱们脱过去呢，贼人不肯甘休，咱们就肯甘休吗？咱弟兄但凡有三寸气在，必定给大哥、四哥报仇。四哥的尸体到白天再设法打捞。还有咱们三个伙计呢，都死在水里，这也得打捞。好在有过天星金师父拔刀相助，我们也未必真个一败涂地。我们现在是听天由命！"

何正平点点头道："我们只可跟他们拼一拼。不过贼势猖狂，不可轻视。七弟你赶快回船吧，多一个人，也可以多壮一

点声势。反正我的伤已经很重；就是好了，怕也成了废人。留着我给林大哥做伴，你快回去吧。”魏豪摇头道：“三哥，不要这样想。三哥和死去的大哥，虽说离开险地，但距离镖船并不很远。万一被贼人寻着，一个保护的也没有，只怕随便一个人都要把三哥置于死地。三哥自然不怕这个，但贼人志在寻仇，我们岂可失着，叫贼人称愿？刚才分配已定，护镖另外有人。三哥好好歇歇吧，不要说话了，多说话恐怕伤气。”

这时候镖行伙计已将土谷祠布置停当。土谷祠中只点着一盏小灯，用一个留着豁口的破瓦盆，把灯火扣上；祠内只微留着一点灯光，外面却看不出一点光亮。摩云鹏魏豪挺刀藏在祠内，进门处也设下埋伏。两名伙计隐在土谷祠前黑暗之处。来路上，歧路上，也各安放了一个人。其余的伙计，魏豪全打发他们回转镖船。镖船之上，过天星金兆和，率四个武功矫健的镖客、四个精壮的伙计，拔刀相助，赶来应援。这时候正派兵点将，忙着布置一切。未防胜，先防败，既知敌人是来寻仇，并非专为劫镖，金兆和便和魏豪、黄秉商量好，先把林廷扬、何正平运走，以便万一战败，余众还可以弃船而退，不致把伤亡的人落在贼人手内。然后将这仅余的两只镖船，船头接船尾地停泊在岸边。却将两家镖局的镖师、趟子手、伙计人等，分为两拨；一拨守护镖船上，潜藏在船头船尾；那一拨人却埋伏在岸上，各找可以隐身之地，蹲趴在黑影中，各持兵器。那些砖石等物，也全都分配开了。

这一番布置，竟是以永利镖局为主，安远镖局为辅。因为安远镖局的众镖师、众伙计，自经一番苦战，个个都疲劳不堪；所以金兆和便叫自己的人先当头阵。水陆布置就绪，金兆和、力劈华山黄秉，又亲自查看了一遍。金兆和说：“相好的，多加劲呀！”永利镖客们嗷然应道：“总镖头放心吧，含糊不了。”各人都聚精会神地握着兵刃，看定贼人的来路。金兆和把大指一挑，夸奖了几句。黄秉又向众人连连称谢道劳。众人道：“黄师父，瞧好吧。咱们都是为朋友，为义气。贼子来了，

准叫他找不了便宜去。”

这些镖师在江湖道上闯荡多年，都是久经大敌，用不着过嘱。这两只镖船是船尾向东南，船头向西北；因这江湾方向不正，从洪泽湖退回来，正是由东南往西北走。当下分派已定，防守镖船者，是以金兆和为首，身率永利镖师双刀谢锦堂、水鬼姜辉，和安远镖师七星剑丁宏肇、趟子手米占标、马起云等，可以说是主力。那边防守江岸的，便是安远镖师大力神李申甫和永利镖师神枪手陶志刚、飞行无影上官聪和趟子手钱六等。黄秉潜藏在船岸边，专管策应水陆两面的。此外仍派出了两个伙计，往贼人来路撒开了哨探。

这几位在船上的人互相约定了，只要有强徒二次寻仇，定然先动后船；只要一闻动静，便用兵刃或鞋底，震动船底为号，立刻就戒备起来。如果陆路先行闻警，即以投石击水为号。要是贼人大队来攻，我们就鸣锣示威，水陆一齐动手。

过天星金兆和与力劈华山黄秉，又逐个密嘱众人：“千万不要动手早了。我们不动手则已，既动手，就要诱敌深入，制敌死命。若是贼人来者不多，那就不必全数出动迎敌。务要蓄养余力，以备通夜鏖战。要沉机观变，要以逸待劳。”

嘱咐已毕，然后金、黄二人叫镖局伙计们，把灯笼火烛全隐蔽起来；立刻这荒江野渡一带，通统黑暗下来。风吹浪打，船身微摇；两岸边草木萧萧，发出凄凉之声。不时夹着一两声的马嘶，忽然声大，忽然声小。这正是永利镖店众镖师骑来的那十来匹坐骑。恐怕隐藏近处，易露形迹；金兆和便叫手下伙计，把这十来匹马全牵出半里以外，拴在树林里面。若是不知底细，即使你听得一两声马嘶，也许不致起疑；就起疑，也距战地已远。这一回布置，真是小心万分，前前后后，或胜或败，都已有了成算。这不是金兆和心思阅历高过林廷扬，实在是金兆和心惊大敌当前，加倍的当心。林廷扬却是变起俄顷，出于意外，并且林镖头名震武林，终有骄敌之心，以致一念不忍，才遭了毒手。

金兆和回到舱中，把灯光掩熄，他料到贼人寻踪，须在二更三更以后，此时可以歇息一下。那船上埋伏的镖师们，也都按刀屏息而待，不时从板缝、窗隙，向外面张望。永利镖师们与安远的镖师们低声谈话，讲究贼情和林廷扬遇害、二号镖船被劫的情形。

正谈处，忽然把谈锋顿住。永利镖师水鬼姜辉，用双手向七星剑丁宏肇和双刀谢锦堂胳膊一搭，两个人立刻住口，急侧耳倾听。果然听见江边砰的一声，是投石击水的声音；原来陆地上已然看见动静了。谢锦堂问姜辉："可看见什么了？是贼人到了吗？"姜辉低声说道："我还没有看见形迹。不过我敢断定，船上已然上来人了。"

丁宏肇倾耳寻了寻，却没听见什么；急还手一推姜辉。姜辉暗暗说道："刚才咱们说话的时候，船上一震，向左侧倾了倾，准是上来人了。二位快分开，向外瞭望，把前后舱先守住了。"

丁宏肇等不再多问，立刻分开了；各自紧握利刃，潜带暗器，将要道入口，分别把守。水鬼姜辉凝神静气地向外察看，却依然不见人影。正自猜疑，忽地又觉得船身向右一倾，跟着船头上微微一响。水鬼姜辉此时正在前舱，当下急遽地一转身，右手把分水刀提起，轻轻摸到后舱门口；轻轻把门推开，轻轻窜到舱外，用"老子坐洞"把门封上，往舱旁黑影里一藏。

倏然，后舱棚堆货处，闪出一个人来。水鬼姜辉刀交左手，才待伸右手，探囊抽取暗器，忽见这贼刀光一闪，似正由后船要窜向前船。水鬼姜辉心想："好大胆的贼！"将暗器取出来，正待发放。突听后船上有一人喊道："哎呀，风紧！"咕咚一声，似已有一人窜到江中去了。这一个贼仿佛愕然一惊，刚一徘徊；水鬼姜辉一声不响，蓦地一长身，右手一扬，一道寒风吹去。只见那贼似已警觉，只将身一闪，手一挥，似已将姜辉的镖抄在手中。却不知怎的，此贼也突然哼了一声，把手一抡，这镖奔船舱打来。姜辉一矬身躲开，啪嗒一响镖已落空。

水鬼姜辉抡刀抢过去；不想那贼一伏腰，也一头窜入水中去了。

水鬼姜辉心中诧异，他却没有看清此贼已受了过天星的暗算。姜辉唯恐船上还有余贼，急窜到船面一寻。果然觉得船身又微微一荡，有两条黑影一冒，立刻从前船抢上跳板。后船上，从船舱内唰的打出两件暗器来，紧跟着追出两个镖师。这两个贼人，但见身形一晃，已一前一后，登上了跳板，似乎要往江岸上窜。埋伏在岸边的刀劈华山黄秉，已如飞地从隐身处窜出；邀住子二贼，一声不响，抡斧就剁。这二贼却也不言不语，各亮兵刃，与黄秉打在一处。船上岸上埋伏着的众镖客，已有约言在先，不得命令，不许全上；须看贼党来人多少，自己这就出动多少人。力劈华山黄秉力斗二贼，只走了几个照面。水鬼姜辉便忍耐不住，如箭脱弦似的，跨跳板追下船来；抡劈水刀，照贼人便砍。陆地上，也有一个镖师挺枪攻到——这便是永利镖师神枪手陶志刚。

三个镖师围攻二寇。二寇连战到十数合，喊一声："扯活！"冲开了敌人的包围，夺路抢奔西南。神枪手陶志刚挺枪要追，忽然听高处一人吆喝道："不要追！"那过天星金兆和已从船桅飘身纵下，止住了众人，走上岸来。他对黄秉道："黄大哥，这才是头一阵，刚挡完。但是，咱们还得等着他们，不要把力气使尽了。"正说着，猛听西南一声大喊道："好贼，来是让你来，回可不让你回去了。"金兆和道："这是谁喊？"黄秉道："傻李罢了，还有谁？"那埋伏在陆地上的大力神李申甫，抡动了四十斤重的铁棍，已然将那登陆的二贼截住。埋伏在岸边的镖行伙计们，也都合拢来，齐将砖块照贼乱打。这二贼的功夫很好，李申甫本想将二贼打倒，到底被二贼夺路闯出去了。

船中的镖客，又有两人钻出来，打听道："捉住了没有？"金兆和一看，有自家永利镖局的双刀谢锦堂和安远镖局的七星剑丁宏肇。他们全藏在舱中，没有看见全面来攻的贼党人数，

向黄秉问道："黄大哥，贼人来了几个?"黄秉道："就是这四个人。"金兆和挥手道："这时候才二更多天，早得很呢。众位请回吧，各守防地，留神下半夜要紧。"大家依言，又分头藏起来。

也就是刚刚藏好，忽然听见前船后舵，后船船头交接处，哗啦的水声一响。这时紧守后船的，是过天星金兆和和马起云、米占标。紧守前船的，是双刀谢锦堂和水鬼姜辉、七星剑丁宏肇。一闻动静，两船的人一齐侧耳留神。过天星金兆和急将背后的厚背翘尖刀撤下来，将左肋挎着的豹皮囊，按了一按；倏然起身，将身贴在前舱门后，微启门缝，向外偷瞧。

只听呼啦一声，水花四溅；早有一个水贼，登前船后舵，唰的翻上船头。金兆和暗中冷笑了一声。不意此贼身法甚快，才眨眼间，早已飞身一窜，来到后船帮；水淋淋地穿着一身泅水衣靠，背后插着兵刃，像是分水峨眉刺。却一纵身，登到高处，似将手一扬。立刻又听前船那边，也哗啦一响，从水中又冒出一个人来。先上来的这贼，脚步轻灵，踏板无声，滑脚尖已到舱门，只用手试着轻轻一推。这舱门板之内，正埋伏着过天星金兆和。他故意将身一侧，这舱门便应手推开了。贼人如果探头内窥，过天星立刻便给他一刀。

这贼却也怪，信手把门推开了，却蓦地一退步，窜开了数尺，回身把峨眉刺抽出来。过天星金兆和趁这机会，猛将门一带，嗖的窜出来，暴喊一声："好贼，看刀!"厚背翘尖刀一挥，对准贼人的胸窝，就是一下。这水贼霍地闪开，身形疾若飘风，往左一偏身，峨眉刺一领，喝道："太爷抄水燕，来讨林廷扬的脑袋来了!""脑袋"二字还未容叫出来，过天星金兆和刀法更比舌尖快，早一招落空，第二招一紧，突向贼人拦腰斩来。口中喝道："太爷等候多时了！小子送脑袋来，趁早伸脖颈!"话到刀到，似骤雨飘风，金兆和据住船头，与贼人交起手来。

这贼却是劲敌，任金兆和二十多年的功夫，刀刀迅疾，也

只与贼人打个平手。过天星金兆和不由惊怒，这不过是头一阵探道的贼，竟这么棘手，今晚的事还不知怎样了局！金兆和一想到这里，心中焦急；咬咬牙，展开了十二路滚手刀法，与贼人狠命相斗，连拆了七八招。忽然听船后艄，有一个破锣似的叫声，在黑影中喊道："风紧！"这使峨眉刺的贼人，应声还叫了一句，突然将峨眉刺一展，向前一冲；倏地往旁边一闪，飞身一跃，竟从跳板上，直超越过去。居高下窜，借势窜到江岸上；这一窜，足有两丈多远。

这一边，是金兆和力斗此贼。那一边船上，也上来一个水贼，使一把吴钩剑，从水中翻上船来。还未容他站稳，这号船上藏伏着的镖师双刀谢锦堂、七星剑丁宏肇、水鬼姜辉，你也想出来，他也想出来；三个人齐往上一冲，三角形把贼人围在当中，刀剑齐下，叮当乱响。这强贼武功不弱，无奈双拳不敌四手，何况人家是三个人？只支持了几个回合，竟有些招架不及。更兼船面上地势窄狭，亮不开架势；一个周转不及，被双刀谢锦堂噗的一刀，剁在左肩上。登时贼人挣命的一退，忙忍痛招呼了一声；用夜战八方式，猛旋身划起一个剑花。众镖师急忙让招。这强贼猛一个旱地拔葱，竟越出重围，纵上岸去。

贼已逃到陆地，守船的镖客们忙打了一个招呼。陆地上埋伏的人，早不待关照，已预备好了。大力神李申甫、力劈华山黄秉，棍斧齐挥，将贼拦住。过天星金兆和叫道："这两个贼是水路来的，上流必有贼船把风。伙计们，努力呀！"

这一声才罢，船上众镖客奉了金兆和的派遣，由水鬼姜辉当先，带两个会水的趟子手，竟往前面搜探过去。这一边两个贼人，一个已受重伤，被黄秉、李申甫苦苦地围住；忽然一声狂叫，受伤的贼人已被李申甫打倒。那贼倒地狂叫道："哥们，快扯活吧，我完了。快回去报信，不要恋战了。"李申甫大怒道："好贼，临死还鬼嚎！"噗的一棍捣下去。黄秉急忙拦住，要留活口，却已无及——贼人脑浆迸裂，死在地上。

那使峨眉刺的贼人破口大骂道："林廷扬，林廷扬，太爷

不烧了你，对不过你。等着吧，太爷叫你快活这半夜！”口中骂着，手中峨眉刺招招歹毒；猛然抢了一个破绽，照李申甫一点，得空抽身，霍地冲出来，抢奔西南。黄秉嚷道：“截住他！”一声未了，陆地上窜出来好几个镖行伙计，展兵刃阻住贼人退路。这贼人情知抢不过去，却竭力一冲，抹转头飞奔向扛边；双足一顿，扑通，一头窜入水中。却又冒出来，骂道：“镖行小子们，等着太爷吧！”众镖行将砖块往水中乱打。贼人一分水，唰的浮出十数丈以外；昂首在水面，连声大骂，黑影中竟找不见他。

水鬼姜辉恰巧回来，大笑道：“朋友，骂街没用，水战我来奉陪。”金兆和叫道：“追他！”水鬼姜辉道：“跑不了狗日的！”姜辉也没有换水衣靠，把劈水刀交在左手，向腕下一顺；赶到江边，一头窜入水中。那贼人吃了一惊，急忙双足一蹬，唰的浮出数丈；水鬼姜辉也双手一划，双足一蹬，唰的追出数丈。那贼人回头一看，倏然没入水底；姜辉也一头钻入水底，逆着江流，直追下去了。但是夜色已深，虽有月光，不能水战，贼人浮水竟逃去。水鬼姜辉追出一段路，前面预有贼人小船潜伏接应。贼人从水面跳上小船，驾船退回了洪泽湖。水鬼姜辉只好折回来。

当下众镖师不觉地走上第一号镖船，在船舱内一只灯笼下面，相聚研究贼情。力劈华山黄秉正对金兆和说话，忽然神色一变，向大家摆手道：“别响，后船又有响动！”众镖师连忙侧耳倾听，陡听得第三号镖船上高喊：“众位师父亮家伙，伤了咱们人了！”

力劈华山黄秉赶紧噗的一口，将灯笼吹灭了。众镖师拢了拢眼光。永利镖师飞行无影上官聪持一对判官笔，头一个窜出舱外；过天星金兆和也跟着出来。大家想不到贼人第二拨来得这么快。上官聪一换腰，窜上舱顶，往那后面船上一看。只见那后面船上，已有贼人和七星剑丁宏肇动上了手；趟子手马起云背着一个受伤的，飞奔过一号船来。上官聪忙问：“受伤的

是谁?”马起云道:“我们米三哥。”原来是安远镖局的趟子手米占标。

上官聪这时无暇再问伤势如何，急飞身窜过三号船来。这一次来的，共是四个贼党。一个身量高大，穿一身蓝短衣，青绢包头，舞动一口八卦刀，上下翻飞;一个头陀和尚，黄面怪眼，力大刀沉;一个黑面大汉，使一柄鬼头刀;一个是青衣白面的贼党，舞动着一条十三节亮银鞭，哗啰啰的连响。这四个强徒非常枭勇。上官聪大喝道:“好一伙不懂绿林规矩的小辈!安远镖店既然栽在你们手里，也就够瞧的了。你们还要赶尽杀绝。难道江湖道上，就没有人来管教你们了?”觑定了那蓝衣大盗，“飞鸟穿林”，身随刃进，判官笔直点强徒的后心。那蓝衣大盗十分了得，一个“浪里旋身”，往左上一步，上官聪的判官笔就点空了。贼人的刀用了手“凤凰展翅”，向上官聪斜肩带背砍来。上官聪见贼人来势甚猛，不敢用判官笔往外硬封，急向后撤半步，蓝衣大盗刀劈空了。上官聪趁势挥双笔，一找敌人的刀背;借式外展，立刻用“金丝缠碗”，向蓝衣大盗腕上斩来。

上官聪跟使八卦刃的蓝衣敌人交手;七星剑丁宏肇与那个青衣敌人，打得难解难分。水鬼姜辉等也全冲过来应援。这二次来袭的贼人，个个武功矫健，个个是劲敌。永利镖局的镖师，全不曾与贼党“朝相”，所以并不晓得贼人谁强谁弱。力劈华山黄秉已认出那蓝衣大盗和头陀和尚，正是白天劫船的贼党;忙告诉永利各镖师，不可轻视二贼。

于是水鬼姜辉忙抢过去，帮着上官聪，二人双战蓝衣大汉。力劈华山黄秉便喊大力神李申甫，离岸上船，挥四十斤重铁棍，与那黄面头陀力战。那黑面贼人趁势从后面来袭击李申甫。力劈华山黄秉忙命趟子手马起云和永利趟子手沙得胜、孟金波，三人合攻此贼。那双刀谢锦堂挥刀，赶到助战。一见众人捉对儿厮杀，只有那个使十三节亮银鞭的青衣贼人虽然年轻，却是手底下既滑且贼，这条亮银鞭上下翻飞;丁宏肇一口

七星剑，又赶上船窄天黑，竟非贼人之敌。双刀谢锦堂急抢上来，替换于丁宏肇；舞动双刀，直逼敌人，不教他的亮银鞭贴近他人。

两只镖船上早已挑出灯来。灯光影里，五个镖师、三个趟子手，攻打四个贼人。四贼人昂然不惧，在两只镖船上来往飞跃，兵刃叮当乱响；却是一声也不言语。只有那个头陀僧说了一句话："镖行小子，快把林廷扬的首级献出来，我出家人就把你们放过！"

这时候，只有过天星金兆和还未动手，他挺厚背翘尖刀，观看众镖师，全是拼命拒敌。金兆和昂然站在船舱顶上，静观敌我动手的情势，预备自己相机策应。那力劈华山黄秉手持双斧与丁宏肇，一个站在跳板旁，一个在船舱前，协力护住了镖船；专司留守之责，以防贼人援兵的袭入。

这四个强徒乍来时，本想分两拨，向两船动手。谁知才登上第三号船，已被船上潜伏着的趟子手米占标看见，立刻从黑影中暗袭过来，照定先上船的强贼，不言不语，就是一刀。哪知道也是米占标倒霉，偏偏这当先上船的，就是白天那个最凶狠的黄面头陀；此刻却换了一把戒刀，特来结伴，讨取林廷扬的首级。米占标这种本领，如何是他的对手！被黄面头陀智开僧一个如封似闭，将刀磕开。这黄面僧手黑心狠，倏然伺一变招，施展"举火烧天"式，戒刀向米占标斜肩带背劈来。幸而米占标闪躲得快，竟被贼刀划了五寸长一道伤痕。多亏马起云跟得紧，没等黄面僧智开缓手进招，急将米占标背起来逃走，米占标这才逃出毒手。

双方在船上大战，真是旗鼓相当，各不相下。到底趟子手马起云、沙得胜、孟金波的功夫差得很多，三个人围攻黑面贼人，竟围不住。才走了几个照面，黑面贼人一鬼头刀，又把沙得胜砍倒船上。被水鬼姜辉一眼瞥见，急撇下蓝衣大盗，抢来相助，马起云、孟金波忙又把沙得胜救回。只留下姜辉与贼人一来一往，斗了十来招。

姜辉见敌人武功并不弱于蓝衣大盗，自己不敢大意，一面动手，一面往下撤身。快到两船衔接处，姜辉斜身错步，嗖地纵上第一号船，回身喝道："鼠辈，这里来！"这使鬼头刀的贼一步也不放松，脚下一点船板，腾身跃起，蹿过船头；刀随身落，向镖师水鬼姜辉，斜切藕劈来。姜辉"鹞子翻身"，唰的让过刀头；一反臂，刀随身转，"玉女穿梭"，刀尖随向黑面贼扎去。黑面贼刀已走空，急提刀纂，往外一挂。被姜辉往回一撤刀，斜卧云式，"扁踢卧牛"，噗的一脚，正踢中黑面贼大腿的迎面骨上，噔噔倒退了两步，身躯一晃，跌倒在船面上。水鬼姜辉不肯容情，蹿起来，双手捧刀，恶狠狠地往下便剁，用了个十分力量！

那黑面贼人毕竟功夫老练，招虽败而心不乱；就船板上懒驴打滚，唰唰两个翻身，嗖地蹿下船去。姜镖师用力过猛，收不住势，当的一声响，刀刃剁在船板上，深入寸许；反把自己身躯栽了一下，险些扑倒。

姜辉骂了一句，咬牙将刀拔起；方要翻身接应别人，猛然听呼哨声四起。这呼哨声响得个别，是两声一歇，尾声拖长。在这荒江野渡上，显得凄厉惊人；这哨声先发自两岸，后波及港心，声声传递。那袭击镖船的三个贼人，立刻接声，也口打呼哨，纷纷收招，夺路窜上港岸，竟往西南退去。

众镖师哪里肯饶？各挺兵刃，便要追赶。过天星金兆和一看这情势，显见将有大队贼人即刻前来。金兆和忙止住众人，对护船的丁宏肇和岸上的力劈华山黄秉说道："黄大哥，丁五哥，贼人大队这就来攻！我们只有两只船，势力太孤；贼党要是来船多，我们怕要被他包围。我看还是换个地方，只挡他一面，厚集兵力，较为得势；这个地方太散漫了。"黄秉、丁宏肇齐说："金二哥，你看该怎么办，就怎么办，尽管吩咐。事情这样紧，你就不用客气，咱们拼着干。"

众镖师一场战后，齐来听命。过天星金兆和吩咐散布在陆地上的镖行人等，一齐归队上船，然后吩咐水手开船。一位镖

师道："金镖头，咱们往下退，咱们在土谷祠的人，可不能随着退吧？"金兆和想了想道："这倒不妨事，那里很安稳。看贼人索战寻殴的情形，必疑心林大哥还在船上；你们只顾保住镖船要紧。不过这船往后退，实在不好，还是往前赶对。"

第三章 邓飞蛇夜袭焚舟

于是乎金兆和招呼水手开动镖船，反向前赶过。但是，四面呼哨声由远而近，紧跟着冲涛破浪之声；遥见上流火光如点点繁星，一艘巨舰鼓浪而至。后面另有四只快船，上面全是弓箭手。隐约似还有十几只极小的瓜皮小艇，隐在快船之后；没有灯光，也看不清上面的人。相离切近，大船上掌着十几只火把，船头站着那个赤面长髯大汉，以及许多党羽。过天星金兆和手按厚背翘尖刀，站在船头极目观望；忙叫镖船赶快拢岸，反倒顾不得选择形势地点了。这却是金兆和的失计：岂有大敌将临，反而移动阵地之理？

七星剑丁宏肇遥指贼船，对金兆和说："金二哥，你看贼船上那个拿金背刀、赤红脸、长胡须的，大概是贼人的首领，想必就是林大哥的对头。金二哥可看清楚了，认识此人吗？"金兆和摇头道："看倒看见了，却不认得。"口说着，却在心中暗暗计算贼船上的人数，这一次贼人竟是大队来攻了。丁宏肇又对黄秉说道："黄大哥，你仔细看看，那个狙击林大哥的少年贼子，可在贼船上面吗？"

力劈华山黄秉眉峰紧皱地看，看了半晌。见贼队中高高矮矮许多人，似乎那个白面书生模样、少年使剑的贼人，并没有在船上。他遂对众人说了，又叫过趟子手钱六和大力神李申甫跟别的伙计，叫他们仔细辨认。众人看了又看，果然船上并没有狙击林廷扬的少年贼人了。黄秉、丁宏肇吁了一口气道："这还罢了，那贼子一定叫林大哥一镖打伤，淹死在湖中了。"

众人正揣拟着，贼船已将来到。两号镖船加劲疾驶，找出了一个形势较好的地方，立刻拢岸准备抗战。忽然听迎面贼船上，有人大声发话："呔！镖船上众人听真，我们并不是图财劫货。我们乃是奉了两湖独行大侠小白龙方靖方当家的派遣，特找安远镖店总镖头狮子林廷扬来报仇，与你们无干。你们只把姓林的首级献出来，我们立刻放松你们。小白龙方靖方当家的，乃是江湖上有名人物，言出法随，说一不二。谅你们镖行一伙子废物，断非他老人家的敌手。趁早把眼珠放亮了，方当家的自然留些情面，放你等逃生。要是执迷不悟，我们一把无情火，叫你们死无葬身之地，休要后悔。"贼人接着又喊道："林廷扬鼠辈，你也是个男儿，不要钻在船舱里装死，趁早把首级献出来！"

过天星金兆和勃然大怒，敌人虽众，贼势虽强，他岂肯认栽？他站在船头上，一阵狂笑，厉声道："呔！朋友，你要想拿几句空话，吓唬小孩子，可惜我过天星也痴长四十二岁了！咱们手底下见功夫，休要虚声恫吓！朋友，你们也太不懂江湖道的规矩了。安远镖店已经折在你们手中。朋友，光棍做事有起有落，这也就够样的了，你们就该见好便收，这足够你们在水面上叫字号的了。杀人不过头点地，你们有梁子，现在也该隔过这一场去。你们还这样赶尽杀绝，叫江湖上的好朋友岂不笑掉大牙？告诉你，朋友，我不是安远镖局的人，我乃是清江浦码头永利镖局总镖头过天星金兆和是也。今天特为了江湖的义气，和我们镖行的行规，特意赶来，和解此事。朋友闪面子，看在我金兆和身上，多多包涵，借道放行，日后自有承情

的地方，若要不然……”唰的回身掣刀，道：“我金兆和今天要凭这把刀来借道！”

过天星这一报字号，有两个用意：第一说出杀人不过头点地的话，暗示着林廷扬已然惨败，报仇人可以趁风转舵，让过这场，无形中就是让贼人一步；第二是报出自己的名字来，把事情揽在自己身上，那就是拿两个镖局的力量，拼命来借道。贼船上也许有熟人，或者可以闻名推情让道。哪知贼船上那个赤面盗魁，一听见这番话，反而一纵身来到船头，那先发话的贼倒闪过一旁。那赤面盗魁登在船头高处，借火光怒目向镖船这边一望。又侧着脸，拢着眼，看了又看，然后大声说道：“喂，前面可是永利镖店金镖头吗？”

贼船迫过来，两船相隔已近。金兆和也闪眼打量这赤面盗魁。这人面横杀气，雄伟异常。金兆和看罢，答道：“在下正是金兆和。舵主何人？请报个万儿来。你和林镖头有什么过不去的梁子，说出来，我也许能够破解破解。”

赤面盗魁微微冷笑道：“果然是金镖头，久仰久仰！我在下素闻金镖头是江湖上一个人物，今夜要是你的镖船由打此处经过，我若动你一草一木，那算我……那算我不懂面子，不会交朋友。不过我这次却是访得千真万确，这是安远镖店姓林的亲自承揽的买卖。金镖头，你不必参与我们的事。我这次不为在道上打劫，我们有十几年不解的梁子。金镖头只要甩开这一场事，水旱两路，只要遇着永利的镖旗，我是一定远接高迎，准叫金镖头知道我是朋友。至于今天，不便多说。金镖头，我请你闪给我一个面儿。我们劳师动众的，专为找姓林的来的；请你把林廷扬叫出来，当面搭话。”

这盗魁犹恐林廷扬未死。金兆和立刻搭话道：“朋友，你一定要找姓林的？姓林的和我是朋友，又是同行。他有对不过你的地方，我来替他赔话。相好的，请你道个万儿来。到底是你老兄找姓林的，还是小白龙找姓林的？”

盗魁眉峰一展，看见金兆和这样强出头，心知林廷扬凶多

吉少，不由放下一多半心。当下面色一整，厉声叫道：“金朋友，我已经告诉你了；我不是剪买卖，我们是跟姓林的算旧账。他知道我，我知道他；你也不必打听是小白龙找姓林的，还是我找姓林的。反正是小白龙要跟姓林的交代几句话。请你把姓林的叫出来，废话少讲！……”

金兆和道：“舵主不肯留名也罢，我要求你一件事。我金兆和先告个罪，你们两家的事暂且罢手。既有梁子，我三天内在清江浦撒红帖，普请附近水旱两路江湖上的朋友，邀你两家到场，公断是非，给你两家了结这场事。我敢担保，安远镖局的镖船寸步不移，听候了结。了结不成，还有你两家的事在。……”

那盗魁冷笑一声道：“金镖头，你就不必废话了。你的好意，我很领情，你却不晓得我姓……我和小白龙方师父，专程等候林廷扬，就在这洪泽湖一带，已经有半年之久了。……”这盗魁说着，提高了嗓子，叫道：“林廷扬鼠辈，太爷和你有十多年的交情，好容易今天才遇见你，你还认得我吗？你休要躲在舱内装死，请朋友替你顶缸打叉。你但凡有口人气，趁早滚出来，不要装奴种！”

这盗魁又挤了一句。金兆和怒不可遏，正待答言，这时节力劈华山黄秉、大力神李申甫和永利四位镖师，全在船面上提防着。大力神李申甫见盗魁这么豪强，不禁气冲两肋，嗷的一声，振喉咙大骂道：“好一个赶尽杀绝的恶强盗！我们林大哥慈心生祸害，一时不忍下毒手，遭了你们的暗算……”一句话走漏了底细，力劈华山黄秉再想拦他，话已无及。那赤面盗魁顿然决心，再不跟金兆和废话了。突然将手一挥道：“呔！镖行小子，休要卖狂，太爷叫你们痛快！金镖头，对不住，没有你的事，你趁早下船。不然的话，在下可要得罪了！”

过天星金兆和听贼人挑战的口吻已露，便立刻一侧身，将厚背翘尖刀一亮。哪知这盗魁并不想亲自交手，将手一摆，捏着一管铜笛，拿来在口边一吹，吱的一声，笛声悠长；倏然

间，四只快船从两侧窜到盗魁座船的前面，强弓硬弩如雨点般向镖船攻来。镖船上众镖行急用挡牌遮箭，也照样地以矢石还攻。

忽然，十几只瓜皮小艇，飘摇飞驶，越过了巨舰，扑向镖船。小艇上轰然凸起着，黑黝黝的，看不甚清堆的是何物。借巨舰上的火把余光照耀所及，隐约只看见小艇上似各有一两个水手。众镖师正在错愕防战，不想小艇上竟满载着干柴枯草引火之物。突然呼哨声中，火光一闪，十来只小艇一齐火发。小艇上的水手全穿着水衣水靠，手持长篙。待到火势一旺，扑通扑通，全跳下水去；竟潜身水底，在水中推动小艇，往前进攻。烈焰飞腾的小艇悠悠荡荡，向镖船撞来。浓烟卷冒，火焰随风大起；东一处，西一处，噼噼啪啪地乱响。任凭镖船上有弓箭砖石，只是全等于无用。

贼党水手推着火艇往前移动，六七只小艇渐渐围近镖船，浓烟扑过来，镖船上的人被呛得睁不开眼，烤得站不住人。任凭过天星金兆和有多大本领，也束手无计，弄得英雄无用武之地了。力劈华山黄秉连叫："坏了，坏了！"他与双刀谢锦堂趁贼人的火艇逼近时，连忙挥动了篙竿，将贼人小船撑翻了两只。无奈艇上全是灌了油的柴草，依然在水面上忽忽突突地燃烧着。

过天星金兆和两目如灯，怒发如雷，只是没办法；一迭声地吆喝开船后退。永利镖店所来的镖师，只有水鬼姜辉精通水性。水鬼姜辉仗劈水刀，奋身下水，要来刺杀水中行船的贼人。只是这一批贼人又不比白昼那伙，乃是那赤面盗魁飞蛇邓潮，从水路上的绿林道中，临时邀请来的有名水寇，个个都精通泅术，善会水战。水鬼姜辉仗着这一把劈水刀，既无帮手，人单势孤，又在夜间，不利水战；而且这一群水贼非常狡猾，水性好而武功弱，好像可以取胜，但是这些水贼却散开了。姜辉追到这边，他们便逃到那边；追到那边，却又逃回这边。他们只顾乘机推船，不肯来水斗。

水鬼姜辉连伤了两三名水贼，依然无济于事，竟有三号四号燃火的小艇，撞到第三号镖船上。那四只快船依然不放松，趁夹缝里攒攻过来，使镖船上的镖师伙计手忙脚乱，缓不过手来抢救。四面呼哨声吱吱地乱响，格外令人惊心动魄！火势烘烘，眼看第三号镖船已被火烘着，一阵阵烟火卷起。那几只火光熊熊的小艇，如火球似的全偎上来。在浓烟烈焰中，群贼的长箭短弩仍如雨点般横扫直射。镖船上的人叫苦连天，不等号令，拼命摇船，夺路后退。

那一边，潜身水中、苦战驱贼的水鬼姜辉，挥劈水刀，东逐西杀，仗他水性高强，不一时，在水中连伤了数名水贼。有两名水贼被迫逃上了盗魁的座船，赤面盗魁方才晓得水底下鏖战方烈，急急地向那临时请来助阵的洪泽湖著名水寇，连连举手，请他们下水接应。抄水燕、斗海龙、横江蟹、戏水蝎，这水中四霸，立刻披水衣水靠，两个使分水鱼叉，一个使三棱峨眉刺，一个使倒顺钩镰枪，唰的窜下水中，把水鬼姜辉困住。镖师水鬼姜辉独木难支，久战力疲，被洪泽湖水中四霸，哧地攻过来，唰的浮过去，猛然一击，骤然一刺，防前遮后，护上顾下，一个躲闪不及，竟被戏水蝎的钩镰枪点伤了左胯。哧的一下，水靠破裂，登时灌进许多水去，左裤腿顿然肥大沉重。水鬼姜辉咬唇忍痛，急踏水逃走；这四名水寇紧紧追逐过来。

水鬼姜辉一踏水，冒出江面，急闪眼搜寻，见镖船已退出数丈以外；忙努力泅水，赶奔镖船。第一号镖船船篷已然起火，第三号镖船幸尚无恙。过天星金兆和亮厚背翘尖刀，正掩护一号镖船上的人，往三号镖船上撤退。姜辉露出水面，力尽筋疲，大叫："总镖头，我栽了！"用力一蹬水，已然傍到船舷，立刻踏水伸臂，上攀船帮。

后面一个水贼已经紧紧追到姜辉身后，也努力一踏水，将身形露出水面；挺分水鱼叉，一声不响，照姜辉身后点来。姜辉没防到贼已追至，又是战疲，又是背着身，分水鱼叉已点到后心，却被过天星金兆和一眼瞥见，来不及招呼躲闪，霍地一

伸手，从镖囊抓出一只凹面透风镖，抖手一镖，舌绽春雷道："呔，着!"这一镖如一点寒星，直奔贼人咽喉。这贼人急将身子一沉，镖却发得更快。这贼人啊的一声，面门上钉了一镖，身子向下一倒，死在水内。

水鬼姜辉一回头，吓了一身冷汗。急忙一按船帮，跃身翻上船头。但是，贼党愈逼愈近，眼看第一号镖船半为烟火所弥漫，第三号镖船的船尾也快被火艇烤着了。过天星金兆和怒吼如雷，挥厚背翘尖刀，还想抢救。力劈华山黄秉已看出情势不好来，率领群镖师从第一号船退到第三号镖船，把舱内四只珍贵的箱子，抢护下船，连声招呼，赶紧弃舟登岸。

众镖师在浓烟中抡兵刃，极力冲突，抢奔跳板。李申甫、双刀谢锦堂且战且走，据岸断后。过天星金兆和二目圆睁，督促永利镖师姜辉、上官聪、陶志刚决计与贼死拼。七星剑丁宏肇撤退稍迟，被三贼人围在第一号镖船后艄上。群贼大叫："快快献出狮子林的首级来!"

过天星金兆和挥厚背刀，向贼人大骂："万恶的强贼，不顾江湖义气，你家金镖头今天与你们拼了！姓金的要见识见识你们瓢把子，到底有什么惊人本领，敢这么赶尽杀绝！以多为胜的不是好汉。真是好汉子，到岸上跟你金爷爷过过招。烧了船一走，那是狗盗行为！金镖头要不追到你老巢，连你的窝给挑了，算我枉当了二十年镖头!"金兆和振喉咙一阵狂骂，在浓烟乱舞、喊杀声中，贼人并不回答。但闻那赤面盗魁连声狂笑，笑声磔磔。仍有两只快船，还嫌第一号船烧得慢，竟欺了过来，往镖船上连抛引火之物。

过天星怒气冲肋，横刀奋身一纵，窜上了贼人的快船。厚背刀挥霍乱砍，浑如凶神下界；咔嚓咔嚓一阵乱砍，登时间刀锋起处，血溅贼船。有四五个贼党被砍倒船头，两个贼党被逼落水。贼党们一阵鼓噪，竟举起燃着的柴把，照金兆和掷来。金兆和一闪身，抡刀一磕；火把迸散，火星乱射。过天星金兆和的须眉被火焰燎着，烧了好些。金兆和就如饥饿的狮子一

般，用手一抹脸，狂吼一声，骂道："好狗贼！"冲开火焰，直扑过去。吓得这掷火贼人，慌不迭地把身子一仰，扑噔一声响，翻落在江心。

过天星金兆和趁此机会，由围攻的贼船上一蹿，蹿到第三号镖船；又由第三号镖船，蹿到第一号镖船。这第一号镖船火势已成，篷帆尽燃，火光熊熊，噼噼啪啪乱响。七星剑丁宏肇眼看身陷火窟，被三个贼人挥长篙乱打，竟逃退不出来。过天星金兆和冒着火焰赶过来，掏凹面透风镖，咬牙切齿，扬手一甩，立刻把一个贼人打伤。过天星大叫道："丁五哥，快这边来。"蹿过了烈焰，丁宏肇抡剑夺路而退。过天星挥刀接应，连连发出两只凹面透风镖。这镖伤人厉害，伤处极易溃烂。一连三只镖，打伤两个贼人，丁宏肇一抹地逃了过来。

不想眼看就离险地，贼人那边却也发出暗器来。那黄面头陀智开僧，猛然将铜钹取出，火光影中，扬手一抛。过天星金兆和急忙闪身一蹿，大叫："丁五哥，留神！"一语未了，丁宏肇狂喊一声，竟一头栽到火窟里。过天星不顾死活，往前一跃，抓住丁宏肇一只胳膊，往外猛地就抡。丁宏肇借力蹿起来，衣服依然烧着，仓促间无法扑灭，慌忙往岸上一跳。这船却离岸足有三丈多远，扑通一声，落在水中，未得达岸。丁宏肇更不会水，倒在水中，被浪头一打，连翻了几滚，卷入波心了。

过天星金兆和哎呀一声，无可奈何；复又翻身蹿回第三号镖船，双足一顿，抢上一号贼船。这贼船正欺过来，仍往镖船上乱掷引火之物。金兆和急冲过去，挥刀便砍。飞行无影上官聪、神枪手陶志刚，也跃上贼船拼命；先砍驾舟之贼，再斗纵火之盗。

贼党的大船疾驶过来接应。那赤面盗魁没想到火攻之计已经得手，镖行之人还这么拼命。赤面盗魁不由震怒，金背刀一挥，暗传号令。这两号贼船竟不摇自走，载着上面狠斗着的三个镖师，竟荡悠悠地往江心驶去。原来水底的贼人，又已奉命

推船游动了。过天星金兆和深知船到江心，再被贼人围住，于己大有不利，急急招呼一声，一齐撤退。几人纵身蹿回已起火的镖船，紧贴着船帮，一抹地蹿向跳板。可惜镖船已然晃动，距岸已在三丈以外。力劈华山黄秉、大力神李申甫、双刀谢锦堂，各持兵刃力保退路；却冷不防被水中贼人把跳板打落水中。过天星金兆和率上官聪、陶志刚退到三号镖船后艄，眼望岸边，没有法子登岸。火光影里，被水鬼姜辉一眼望见，大叫："总镖头只管跳，我来接应。"

于是过天星金兆和、飞行无影上官聪、神枪手陶志刚，不遑他计，急急地由三号镖船上，双足用力一蹬，嗖的往岸上蹿来。三个人脚下一较劲，这镖船立刻又往后坐了数尺。黑影中只听一阵扑通扑通声，三个镖客全掉在水里，距岸七八尺，水深及腰。过天星金兆和到底不弱，虽然不会水，却借劲一拔身，蹿上岸来。飞行无影上官聪身轻如叶，也呼隆一声，分水窜了出来。陶志刚是末一个离船的，船已被金兆和二人荡远；他努力往岸上一跳，竟整个身子掉在水中；脚下一滑，险些淹没。幸被水鬼姜辉浮水赶到，急救上岸。此刻，贼人又从水中赶过来。岸上众镖师使暗器，纷纷一阵乱打，将贼阻住。

当下镖船上的水手、镖行伙计、趟子手、两镖店的镖师，先后撤退到岸上。一场水战，夹着火攻，货船全焚，镖行大败。那两号镖船火焰弥天，照得波水泛霞。眨眼间，只剩下两片船槽了。

贼人大小战船耀武扬威，在火光中出没。受伤落水的贼人，他们都捞救上来。若按劫镖说，是得不偿失；若按报仇说，却痛快淋漓，火攻计太歹毒了。镖行这边，枉费一番拼命苦斗，又伤了几个人，只救出四只箱子来，这却是一场惨败。过天星金兆和浑身水淋淋的，须眉尽失，满头冷汗。右手抡着厚背翘尖刀，左手紧握拳头，如疯似狂、两眼瞪定了起火的镖船。力劈华山黄秉手持利斧，也瞪视波上，厉声对金兆和说："金二哥，我们怎好与贼人善罢甘休！"

金兆和翻身一把抓着了黄秉，也厉声说："我金兆和没这么栽过！我们在岸上跟他们拼！"倏然一回头，望望众镖师，查点人数；短了丁宏肇、沙得胜、钱六、米占标等人。黄秉、金兆和一齐发话："诸位怎么样？我们可要拼命了！"众镖师谁肯落后？虽然有的力乏，有的负伤，可是江湖道上，争的就是一口气！众人嗷应道："拼！谁退后，谁是贼种！"立刻起了一片喊杀之声，立刻的众镖师各展兵刃，在岸边结集起来，对江心一齐大骂叫阵："万恶的狗强盗，使火攻计，不靠真本领，男盗女娼，下三烂，不是人生父母养的！好汉子下船来，跟爷们走几招！"

这一伙武夫不要命地一阵乱骂狂喊。过天星金兆和和力劈华山黄秉，更指名叫那赤面盗魁："小子有种，下来跟金二太爷、黄大太爷过两招！"这一场叫阵，勾起了赤面盗魁的怒火，激起了群贼的杀机。登时见盗魁大船晃晃荡荡，开驶过来。大船拢岸，抛铁锚，横跳板，群盗相率下船，口中也是乱骂。

这一群盗党全扑下船来，有十几只火把照着，大叫："金兆和，不识抬举的东西！趁早把林廷扬的狗头献出来，太爷放你们逃生""太爷放过你们，你们一定还要找死？"登时仍由那个黄面头陀、那个麻面大汉和一个矮身材、大脑袋的中年汉子，各展兵刃，当先抢来。镖行这边，飞行无影上官聪，摆判官笔，一跃上前。神枪手陶志刚、大力神李申甫，一个挥枪，一个舞棍，呐喊一声，也直冲过去。那赤面长髯的盗魁，飞身下得船来，向两边一看，立刻留下二十多人守船；将手中金背刀一挥，吩咐余众，分两路抄击过来。

力劈华山黄秉还打算分一拨人，留守那从船中抢救下来的几箱贵重货物。但一见贼人竟遣大队来攻，足有五六十人，自己这边人单势孤，实在分派不开。他忙向过天星说："咱们全上，不用留人了！"话才出口，永利镖店的双刀谢锦堂早将刀一错，应声喊道："砍一个够本，砍两个有赚头！留人做什么，全上啊！"对水鬼姜辉、趟子手马起云，打个招呼，督率两镖

局的伙计，迎头截了过去。

两边一凑，登时与群贼混战起来。那赤面长髯的盗魁，怀十五年的深仇，积八九年的苦练，将这一口金背刀练得精熟迅快。他早一眼盯住了过天星金兆和的厚背翘尖刀，蹿过来厉声叫道："金朋友，不是我不留情面，烦恼皆因强出头。"过天星金兆和恶声还骂道："我宰了你！不要脸的无名下辈，火攻计暗算人！"搂头盖顶一刀剁来。这盗魁霍地一闪，让招还招，一刀向金兆和撕来。两人对刀步战，杀了个难分难解。

这盗魁大举复仇，劫镖焚舟，竟犹未足，他定要割取仇人狮子林的脑袋，以祭亡兄之灵，以偿当年誓愿。白日邀劫，他本来要紧追不舍。第一、第三号镖船冲围败退，盗魁就命群盗驾着夺来的第二号镖船，跟追下去。不意巡风的小船忽然迎面驶来飞报：下游河道见有缉私营的快艇游弋，恐怕他们闻警向洪泽湖开来。水寇尽管杀人越货，总不愿抗敌大批官军。赤面盗魁无可奈何，怒骂一声，吹动了呼哨，将所有盗船和劫来的货船，一齐遁回洪泽湖去。但是这个盗首不甘心，这才二次夜击镖船。数番挑战，林廷扬终未露面，群盗已料定林镖头必死无疑。只是这盗魁眼见林廷扬受伤时，曾将使剑的少年打落水中。他不知林廷扬脑海被震，人已受了致命伤。他却猜疑林廷扬或许是受了自己的暗器，受了重伤。他下决心赶尽杀绝，摘取林廷扬的首级。

这盗魁却不料到，二次袭击镖行，镖行竟能在败后，声势依然这么倔强。清江浦的过天星金兆和，居然不知什么时候，被他们勾来赴援助阵。推测起来，林廷扬大概没在船上，好像他负伤以后，已逃回清江浦去了。赤面盗魁以为金兆和定是林廷扬亲自邀来的替手，因此，把满腔怨毒，都移在金兆和身上。

当下盗魁展开了九宫刀法，与金兆和力战。走了二三十个照面，两个人棋逢对手。就在这时候，大力神李申甫挥四十斤重铁棍，与群贼混战，觑定那个麻面汉，搂头盖顶便砸。麻面

大汉见棍的来势太猛，不敢接招，斜身撤步，让过棍梢，将手中刀一展，向李申甫手腕截来。李申甫力大棍沉，暴喊一声，展开了少林棍，如排山倒海之势。只听当的一声，火光影里，敌人的刀脱手飞去。复一棍砸去，麻面大汉慌不迭地往斜刺里逃窜。李申甫骂道："哪里走!"探身又复一棍。这危急情形，被赤面盗魁看见，他抛开了过天星，急忙抡金背刀窜过来，将李申甫挡住。过天星金兆和翘尖刀一指，一个箭步追来。

李申甫从背后追击麻面大汉，盗魁从侧面截住李申甫，金兆和就从背后追击盗魁；如走马灯似的，此追彼赶。那黄面头陀恰施展开手中禅杖戒刀，将水鬼姜辉战退；急忙飞身一跃，来到这边，也从侧面，照金兆和递过一刀。过天星金兆和因是夜战，格外小心。忽见一条黑影扑到，忙收刀封式，将身一转，恰与黄面头陀打了照面。一根禅杖、一把戒刀，和一把翘尖刀，交斗在一起。

过天星金兆和盛怒之下，将十二路滚手刀法施展开，删、砍、劈、剁，崩、扎、窝、挑，刀刃过处，挟起一股寒风。与黄面头陀智开僧酣战四十余合，不分胜负。这黄面头陀武功超绝，只可惜白天受了伤，饶他将禅杖、戒刀上下挥霍，咬牙力战，却是到底攻少守多。那过天星金兆和急于求胜，趁头陀一禅杖走空，急使夜战八方，大厚背刀随身一转。黄面头陀略往后一撤身，却将禅杖递过来，趁势向前进扑。没想到火光夜影中，金兆和猛身捩刀，一个败式，刀已潜交左手，右手抽出一只凹面透风镖来；斜身反背，忙用阴手发镖。倏然间，一点寒光直奔头陀咽喉。黄面头陀欺敌太近，急闪不及，忙一侧脸，这一镖打在右肩井穴上，黄面头陀竟第二次受伤。

这凹面透风镖非常歹毒，敌人只要被镖打伤见血，轻则残废，重则殒命。黄面头陀怪喊一声，铁禅杖坠地，一顿足倒蹿回去。过天星抡刀追扎后心。不想黄面头陀人虽败伤，仍不好惹。只见他猛地转身，把手一抡，也发出一件暗器。过天星身法快极，陡然往左一扑身，也是一道寒光过去。黄面头陀借此

阻力，已跃回船上。当时急用金创药救治，但是这一条右臂两处受伤，从此竟成了残废。他自己用刀将臂截去，江湖道上以后却闯出一个独臂枯禅僧来，横行武林，屡次跟过天星寻仇。

过天星金兆和战败智开，见那赤面长髯盗魁，挺金背刀，邀击李申甫。李申甫空有气力，却非敌手，竟被盗魁的金背刀圈住。李申甫四十斤重的铁棍施展不开，已被赤面盗魁砍了一刀，正浴血力战。力劈华山黄秉被蓝衣虬髯大汉和两个短小精悍的贼人围攻，也显出不支来。这是西北边近处的战况。那东南边，是谢锦堂、陶志刚、上官聪、马起云等人，却被二十多个贼人包围了。喊杀声中，辨不清吉凶胜败，但贼党却是人多势众。

过天星金兆和将手中刀紧了紧，扑到李申甫这边，大叫："李师父快接应黄大哥去！这个贼头交给我，我给他有交代！"口说着，刀早上去。那盗魁霍地一闪身，冷笑还刀骂道："金兆和，你还没死！"于是一个盗魁，一个镖头，这才各施展一身本领，对敌起来。李申甫拖棍蹿开，撕衣缚住伤口；挥棍协助黄秉，跟三个贼人打在一处。镖师们陆续受伤，渐渐地显出不敌来。镖师伙计们被群贼连伤了好几个，渐渐被逼得向四外溃退。

过天星金兆和与赤面盗魁，辗转苦斗，又走了几十个照面。这盗魁相貌雄伟，招数却极滑贼，专好趁虚抵隙，不肯力敌。两个人囊中全有暗器，这个想趁空窜出来发镖，那个也想百忙中潜发一镖。赤面盗魁蓦地卖个破绽，将身往外一蹿，将金背刀交在左手；这边金兆和却也不追赶，也趁势往外一蹿，将厚背翘尖刀也交在左手。两个行家于无言中，默喻敌情，两个人一声不哼，嗖地齐将手一扬，两点寒星，一先一后，破空掠过。两个人登时齐一伏身，让过了暗器，要趁机袭击敌人。倏然间，各将刀交到右手中，一个箭步，递刀猱进。两个人不约而同，刀锋乍碰，唰的又撤回来，各将手中潜藏的又一只暗器，偷空发出来。相逼过近，两个人都慌不迭地窜开了。

赤面盗魁怒骂道："使暗器的不是好种！"金兆和骂道："贼子惯使奸计，金二太爷偏不上当！"两个人又斗在一处。

但是这时候，飞行无影上官聪忽然惨叫了一声，托地一蹿，蹿出贼围；抢奔了几步，竟栽倒在地。李申甫也负伤失血，那四十斤重的铁棍竟有点舞弄不动。力劈华山黄秉，觉出大势不好，再要恋战，恐怕大家都要死在贼人手中。贼党人多势众，分明要用车轮战法，三四个人打一个；工夫长了，镖师们定要全军覆没！力劈华山黄秉招呼镖行伙计，且战且退。众镖客一面打，一面往一处凑，打算溃围夺路退走。群贼依然追杀不舍。黄秉冲出来，扑到过天星金兆和身边，且走且叫："金二哥，走！"

附近岸边，偏南有一带浓影，似是荒村丛林，那里足可退去存身。众镖师一面打，一面退。那赤面盗魁缀住金兆和，厉声臭骂："逃走的不是好汉。太爷今天把你们全杀了！"金兆和、黄秉愤极，挺兵刃断后。且战且走，直退出二三箭地，众贼就追出两三箭地，依然是辗转缠斗。

正在危急时候，远处已闻鸡叫。一路退却，距岸渐远，蓦然间，岸边停泊的盗舟突然吹起呼哨来，是招呼群寇收队。江流的下游，忽然远望见点点火光。顿时间贼船的呼哨连连吹响，紧跟着贼船的灯火突然全灭，立刻有三个贼人狂奔过来。那盗魁正挥金背刀，率领群寇，苦苦地追赶金兆和，要他交出林廷扬的首级。却就在这时，这盗魁忽然止步不追。立刻听那追击的群寇，也应声打起呼哨。这群贼一起返回去，抢奔江岸，纷纷上船。那盗魁也一翻身，抛了金兆和、黄秉，连连飞跃，窜上大船。一霎时，群贼全退；就是贼人中负伤倒地的，以及伤重立时死的，也都由群贼抢救回去。黑影中，遥闻弄棹鼓浪之声；原来大批贼船，竟又忽然撤退回去了。

众镖师相顾骇异，喘息着聚在一处，正观望敌情，议论行止。陡听得下游水面上，仓啷啷敲起一片锣声，夹着呐喊。那水面上点点火光游动着，越迫越近。过天星金兆和、力劈华山

黄秉互相告语道："好了，怪不得贼人无端退走，这大概是官船。"果然黑影中，火光里，从港湾驶出几只快船，每只船上都挑着一对方形的官衔灯。蓝白两色的布帐篷，虽然看不分明，但一望而知，不是商船，不是渡船，也不像盗船。

这些船如两条线似的分两队驶来，正是缉私营的巡船和漕标的快艇。因近来有大批盐枭，贩运私盐，胆敢拒捕伤人，惊动了官府；所以缉私营统带奉檄查缉，会同漕标的巡河快艇，派一员管带，率部前来剿捕盐枭。在运河一带游弋半个多月，盐枭已闻风敛迹；师出无功，只捉住几个小贼，正苦无法销差。据探报洪泽湖窝着大股水贼，缉私营统带和漕标带队的守备，正商量着要进湖搜捕；但又深知洪泽湖港汊分歧，屡有官兵在彼失利，所以踌躇未决。这时候，却望见众贼火攻镖船。那一股冲天而起火光，照出数里以外；遂尔惊动了官兵，难再漠视。缉私营和漕标巡船立刻传令，火速开船进剿，往洪泽湖鼓浪驶来。

过天星金兆和慌忙告诉大家："官船来了，快快收起兵器，把永利镖局的字号灯笼挑起来，省得黑更半夜闹出误会来。"又对力劈华山黄秉说，"你我赶快上前搭话，不要等他们盘诘。"趟子手孟金波道："如果是水师营，咱们还可以禀请他们协助剿匪夺镖。"金兆和道："别要丢人了！"黄秉道："这也不妨试一试。"

二人喘息着，带趟子手孟金波，往江岸迎过去。只见这些巡船一共是八艘，灯火辉煌，驰向江心；好像已经望见岸上有人影闪动，有几只竟往岸边拢来。就在这时，从上游顺风吹来盗船中几声呼哨，声声渐晰。江岸边金、黄二人听见了，巡船上官弁，自然也听见了。

金兆和远远站住，刚要举手招呼，那头号船头上早有两个兵丁打扮的人，大声喝令站住："岸上什么人，赶快搭话！"金兆和急忙高举右手，大声说道："老爷们辛苦，我们是……"这话未等说完，忽见第二号巡船上，火光之下，四杆抬枪竟调

过来，对着岸上瞄准，八名火枪手四个拿着火绳。金兆和、黄秉齐吃了一惊，急叫：“留神！他们要开火！”把趟子手提着的灯笼一把夺来摔灭。金兆和急一推黄秉，黄秉一拉趟子手。三个人唰的将身躯摔倒在地，急急地一滚，滚出三四丈远。也就是刚刚扑倒，第二号巡船上陡听一声喊：“放！”四枝抬枪已用火绳点着两杆火门，从枪口冒出两道火光。火光才一闪，轰地大震了一下，登时打出一大片铁砂铅子来。金兆和、黄秉吓得三魂皆冒，将身躯紧贴地皮，黑影中急忙蛇行鹿伏，往低洼处爬。其余各镖师猝出意外，人人张皇失措，乱窜乱躲。

这第二号巡船开了枪，第三号以下各船，也都以为岸上一定看出了什么不稳的情形，或者长官已发出命令；登时这三十二个火枪手，十六杆抬枪，挨个将火绳点着，枪口吐出火光，船头发出砰砰轰轰之声。每船上的抬枪，两杆放，两杆装，此发彼往，此歇彼发，轮流向岸边和上游港汊，分三面轰射起来。船上巡丁射手各张弓箭，齐声喊杀，把这一群遇劫战败的镖客直打得落花流水，各不相顾，都匍匐在地上，往黑暗处，隐蔽地方，挣命逃躲。八艘巡船摆成人字阵，扇面形，一齐往前冲锋。铜号呜呜连吹，杀声震耳；火枪轰隆噼啪乱响，直冲杀出半里多地。

众镖师如狗似的伏在旱地上，有的借物障身，有的弯着腰奔逃。这期间最凶险的是过天星金兆和、力劈华山黄秉。这两人与趟子手孟金波距岸最近，多亏掷灭了灯笼，趴在一个土坡后面。这抬杆火枪最厉害不过，铁沙子发出来是一大片，漫天迸飞。幸而金兆和识得厉害，船上火枪手也没有瞄得很准，摸着黑影乱放，三个人才幸逃活命。那安远镖店的趟子手米占标，负伤逃躲不迭，竟与扶救他的钱六，一同骈死在火枪之下。

八艘巡船将抬枪连连扫射，百十名兵丁水手齐声鼓噪，对岸边攻击了一阵，然后调桨往前冲杀，直追到镖船被劫处。那两只被劫焚余的镖船，只烧得剩两个船底，残烬犹冒浓烟。那

群盗纵火的小船却被烧得没影了，只有一条贼人快艇，还在突突地冒火焰。船上巡兵急忙禀报到船舱之内；那漕标守备与缉私营管带，先后出舱察看。将灯光照看着，已推测出：必是水贼行劫，商船被焚。两个兵官传令下碇，两人会商搜捕之计。这两人都以为刚才一战，已将盗贼击散；眼见贼党一部分遁入湖中，一部分溃逃到岸上去了。夜间进兵，多有不便；遂命八号巡艇，择一形势有利之地，分两队停泊在岸边。然后拨派兵丁，放哨巡更，防备贼人夜袭。至于入湖剿贼，最好是明天。不一时天色大明，两员武将这才选派三十几名健卒，由两名什长率领着，各持弓箭刀矛，分登两岸，往前途放哨搜寻下去。又命几名兵丁，到附近民村，征发小鸡、猪肉、好酒，找地方上出头露脸的人来，问一问近日地面的情形。

那派出放哨的人走出不远，竟捉住两个土匪和十四好马，忙用绳子拴上。又走了数箭地，竟在土谷祠前边不远，又瞥见两个行踪可疑的人。这两个人俱都面无人色，手持兵刃，身穿短装，伸头探脑地藏在树后；不像土民，很像土匪。十八个兵丁，由一个什长督率，呐喊一声，将两人包围。厉声喝问，立逼两人将手中兵刃交出来，次后就要捆缚这两个人。这两个人变色分辩，自称是保镖的。而先捉住的那两个人也抢上来，说是一块的，都是保镖的。

什长哪里肯听这一套？瞪着眼睛问道：“你们是保镖的？你们的镖呢？你是镖头，你叫什么名字？是哪个镖局？”那个细高挑、穿黑短衫、登快靴、持钢刀的年轻人说道：“我姓魏名豪，是安远镖局的镖头。我们的总镖头是林廷扬，诸位想必是官面，想必也有耳闻。我们的总镖局开在保定府，南北二京、苏杭二州，我们都有分号。”那两个土匪也插话道：“我们也是保镖，我是咱们清江浦码头永利镖局的。这十四马是我们镖头过天星金兆和跟四位镖师、五位伙计骑来的。我们跟水上的绿林道动起手来了……”这两个人还要说下去，那个什长大剌剌地说道：“还是那一套，谁听你的！有话跟我到船上去，

见了我们官说去。”

七师父魏豪万想不到这些兵竟拿他们当贼办。不由怒气冲上来，将手中兵刃一摆道：“众位老爷们，请你们看明白了，我们说的没有一字虚言，现在有证见。请看我这把刀，上面镌着字哩，这不是‘安远’两字吗？这边是个魏字，就是在下的姓。”魏豪拿着那把刀，比比画画，倒把那位什长吓了一跳。他倒退了一步，把手上腰刀往魏豪刀上一磕，怒斥道：“好大胆，你还敢动手不成！”

魏豪急忙往后倒退了一步道：“老爷不要误会，我是请你看一看这刀上面的字；我天胆也不敢动手。副爷要不信，现在还有证见；诸位到那边察看察看，那庙里头就是我们的总镖头和我的三师兄，都因拒盗护镖，受了重伤。告诉诸位，我们保镖的焉能没有镖？不幸我们遇见大批强人了，我们和贼人打了一通夜。贼党势众人多，我们人少抵敌不住；我们的总镖头当场殒命，尸身就在庙里停着呢。诸位可以进去看看！”说着用手指一指土谷祠。

那个镖行伙计也忙插言道：“诸位疑心我们大清早拿刀动枪的，在这里做什么？不瞒列位说，我们是遇见绿林道的仇人了。我们的镖头好几位受伤殒命，现在藏在土谷祠内，我们还怕贼人不甘心，再来寻仇；所以我们又临时邀请清江浦永利镖局他们哥几个相助护镖，这两位就是。我是跟我们这位七师父，在这里瞭望，怕的是贼人抽冷子寻来；我们看见了，好有个防备。众位老爷请到土谷祠一看，就明白了。对了，我想起来了，这庙里还有我们一个字号的灯笼呢。”

那什长和兵丁很不耐烦，只催四个人一同跟着上船，见官回话。魏豪再三请他们到小庙看一看。这什长似信不信，看了看自己这边人，又看了看土谷祠那座小庙，似乎藏不住很多的人，就进去看看，也不致上当。与部下的兵丁合计了一回，这才把魏豪等人的兵刃要了过来，叫二人空着手，前头引路，往土谷祠走。

原来七师父魏豪留守在土谷祠，虽未目睹贼人二次夜袭之情，但已听见群盗聚舟夜战之声，也望见镖船被焚的火光；心知自己这边，已陷于大不利。金兆和等虽然拔刀相助，料想必不是贼人敌手，否则必不致火起。魏豪持刀瞭望，只盼黄秉、金兆和的消息。谁知候了一通夜，只望见江面火光冲天，金、黄二人一个也没有回来，别人也没有跑来送信的。正在心惊肉跳地观望，又需不时进庙将瞭望的情形，告诉负伤的何正平听；又恐何正平闻败灰心，横刀自戕，魏豪还得设词安慰他。好容易挨到天色渐明，火光渐熄，忽又传来火炮轰击之声。何正平又催魏豪出来探望，不意众镖师已被官兵一顿大抬杆，打得四散。魏豪引颈极望，没盼着金兆和、黄秉的踪影，却被放哨的官兵搜寻过来，简直把他们当土匪看待了。

这个什长命两个兵丁傍着一个人，前导后拥地监视着，进了土谷祠；看见受伤的何正平和已死的林廷扬，以及持刀守护的一个镖行伙计。问了问，各人的话都与魏豪所说的相符；满想捉住几个土匪回去可以报功，谁知全不是。但是这一番清剿的差事，总算有交代了。这才向何、魏等人细问遇劫的情形，和贼人的人数、船数，来踪去影，盘问了一个够，末了还是叫魏豪随他到船上回话。

魏豪焉肯离开一死一伤的二位师兄？他为难作色道：“众位老爷们，我不是怕去，我也不是亏心不敢去。我只怕我一离开此地，万一贼人寻仇找来，我这位三师哥受着伤，我们大师哥又死了，万一叫贼人给什么了，那可怎么好？”这什长把头摇得跟货郎鼓似的，努着嘴说道：“这是什么话！我们干什么来的？官差不自由，我倒想把你们放了，我可怎么交代？魏朋友，你就辛苦一趟吧。你见了官，有什么话，说什么话。问明白了，说清楚了，也没有你的事了，也没我的事了。走，别啰唆。”

正在争执着去留，忽然庙后有一个沙哑的声音说道：“别是糟了吧！怎么一个人也没在外面？呀，这十匹马怎么也……”

说时，突然闯进几个人来。什长和众兵丁一齐愕然回顾，只见从土谷祠破墙头先后跳进六个人来，全是短打扮，持兵刃，多一半浑身带血。什长哎呀了一声，将腰刀一拔，与众兵丁厉声齐喝道："什么人？站住！"魏豪急抬头一看，这跳进来的，正是过天星金兆和、力劈华山黄秉、大力神李申甫、双刀谢锦堂和安远趟子手马起云、永利趟子手孟金波。

第四章 不速客挟诈吊丧

过天星金兆和、力劈华山黄秉、趟子手孟金波，一路滚爬；容得缉私营巡艇枪火乱发，直冲过去以后，方才爬起来。众人叹了口气，相顾惨然道："九死一生了！没死在贼人手里，想不到差点葬送在水师营手里！咱们算是全赶上了；开镖局的末路，教咱们走绝了！"三个人拭了汗，发了半晌怔。本来应该立即招呼同伴，集合在一起，但是还恐怕吆喝出麻烦来，再闹一场误会。三个人索性坐在土堆后，直候到天明，方才唉声叹气地起来。溜到高处，向四面望了望，一个人影也没有。镖行同伴，固然一个也看不见；就是附近村民，也没有出来种地的。原来这一夜的恶斗，又夹着火攻枪轰，吓得人们全不敢出来了。

天色大亮，金、黄二人这才怏怏地站起来。一路寻找，前前后后叫了一个到；方在一个洼坑内，找着了双刀谢锦堂，人已负了伤。又在林子里，找到大力神李申甫；只见他握着那四十斤重的大铁棍，躺在一棵大树底下，闭眼歇气呢，身上也受着刀伤。众人望见缉私营的船已然驶远，几个人这才大声地呼

唤，呼喊了好半晌，又把趟子手马起云叫唤出来。一共就聚拢来这么六个人，其余的人不晓得溃逃到什么地方去了。却在旁岸土坡上，寻见趟子手米占标和钱六两个人的尸体！由镖船抢救下来的那几只箱子，还有狙击林廷扬的那个少年贼子所遗下的那把宝剑，却都放在树林子里面。但是看守的人没有影了。

六个人一齐动手，把箱子抬着，先奔土谷祠。众人心想，糟到这种地步，还不知庙中藏着的人是吉是凶。过天星是走一步，咳一步。大力神李申甫把铁棍当拄杖用，走一步，骂一句。力劈华山黄秉见过天星过于扫兴，还得于无可为慰中，设词慰劳过天星。过天星万分的沮丧道："黄大哥，这叫作天意！你说怎么这样巧法，遇见了贼不算，还挨了官兵一顿枪打！不是我过天星说句卖狂的话，我自从干这镖行生意，二十年来也遇上不少风险，还没有像这么一败涂地过。我金兆和这一次为朋友帮忙，不止没把朋友面子找回来，竟连我永利镖局十几年的万儿也扔了，我实在不甘心。这不是当着你们哥几个，咱们把话搁在这里，不论这劫镖的鼠辈走到天边，我也得找他，跟他比画比画。"黄秉叹道："金二哥，劳你拔刀相助，我们感激不尽。谁想到贼人竟施这等毒计，临了还放一把火呢？逆事顺办，咱们还得打起精神来，料理眼前的事要紧。"大力神李申甫道："仇是总得报，我傻李从来没受过这个。回头咱们就下手访一访这伙贼的来踪去影，咱们决不能认栽，咱们一定要跟他们算一算这笔账。那个赤面贼，到底也不知叫什么？劫不了镖，放火烧船，江湖道上哪有这么没出息的！"黄秉道："现在先不必论后事，咱们先看看七师父怎么样了！咱们的人叫官兵打散了，也许都奔到土谷祠聚齐呢。"

六个人不一时来到土谷祠庙后，竟没见镖行巡风之人。金、黄二人相顾吃惊道："坏了！"六个人急急从破墙头跳进去，不想七师父魏豪等侥幸未逢意外，可是正被缉私营兵逼诘得不了。金、黄六人进来了，带着四只沉甸甸的箱子，人人拿着兵刃。这什长又立逼着开箱验看，又要众人交出兵刃来。这

什长怒目横眉地厉声盘诘。大力神李申甫把铁棍当地往地上一掼，骂道："奶奶个儿，俺们倒血霉，又遇见这个放着成群的贼不惹，抓着俺保镖的出气？走就走，俺们正要见见你们官哩，你们打煞我们人了！"

那什长横了李申甫一眼，越发翻腔，喝道："你好大胆！你还敢撒野讹人？"说时眼向四面巡视，见众镖客都含怒容，不由把气焰挫下去。力劈华山黄秉将李申甫劝开。过天星金兆和这时候也有点忍不下去了，心里说："丧气！怎么倒运倒得出奇了！这官兵跟我们摽上了，往哪里走，哪里等着！"过天星噎了一口气，抢上一步，向什长拱手道："副爷！我们全是保镖的。我在下姓金，叫金兆和，在清江浦开着永利字号的镖局，副爷尽管访察。我们镖船被劫，又不幸教巡船拿我们当匪人，一阵排枪，把我们镖师、伙计，打得死的死、伤的伤。劫镖放火的匪人可是早跑了，我们现在简直是替他顶杠。副爷，你们就高抬贵手，放宽一步吧，我们够受的了。"

这话头很挖苦。什长立刻大怒，向金兆和斥道："你少冲爷们说这个！你说你是镖头，脑门子上又没贴报条？无凭无据，我知道吗？我们办的是公事。没别的，你跟我们辛苦一趟，见见我们管带。误伤了你们这般好人，我们大人还许断给你烧埋银子哩。"将手对众人一挥道，"走吧，别等我们费事。"

摩云鹏魏豪、力劈华山黄秉，一齐愤不可遏，厉声说："副爷，什么叫费事？这是什么话？我们保镖的奉公守法，是领着谕帖开的买卖；我们没犯条款，何必一点情面也不留呢？我跟着，您说往哪里去吧？"魏豪转脸来，对过天星道："金二哥，太对不住了，叫您受累，跟着麻烦！请你们八位在这里陪着我何三哥，我跟他们去一趟。"把盘在头顶的辫子放下来，没有长衣服，就将身一拍道，"走吧，我跟你们去一趟。"七师父魏豪两眼如灯似的，眼珠子都红了。

那个什长把鼻子一耸道："你一个人去，就行了吗？你们全得跟着走，把刀放下，箱子也抬着。"

力劈华山黄秉从鼻孔哼出两声冷笑来，把喉咙突然提高道："全走，这是什么事？庙里的情形，你们几位也都看见了，死的死，伤的伤。副爷你非叫全去不可，我们只好用门板给你抬了去。还有你们放排枪打死的几个人呢！副爷你别忙，我们一块给你搭来，一块求官验尸缉凶！我说哥们，别怔着，抬死尸来呀！副爷一定要全带走嘛！人家是公事。"对过天星道："回头见了管带大人，咱们有一句，说一句。"

这什长觉着不太像话，恶狠狠瞪了黄秉一眼，道："你少跟我胡缠！我们是缉私营，拿的是枭匪，管不着你们那本闲账。少时见了我们长官，你们是好人，不是好人，碍不着我的蛋痛。"一转身，向兵丁一招手，吩咐留下四个兵，看守土谷祠内何正平等人和外面的马匹。自将金兆和、黄秉、魏豪、李申甫、谢锦堂、马起云一干人等，全都带走，并叫众人把兵刃全都撂下。那几箱抢救来的货箱，也命镖行自己搭着，见官请验。金兆和忍气吞声，率领大众，跟随这什长扑奔江边。不一时来到，只见那八艘巡船，已然列成一字形，拢在岸边了。那什长大声吩咐兵丁，把众人看住，他自己就径上官船，先去回话。沉了好一会儿，只见什长从船舱里走出来，向金兆和等一点手道："管带大人单叫你们永利镖局和安远镖局，各来一个人，其余人等全在下面等着。"魏豪道："不是全得来吧？"什长恶狠狠翻了一眼，斥道："少说话！"于是只由金兆和与魏豪上船回话，走上跳板。船舱口立着四名护兵，各挎腰刀，虎视眈眈地看定金、魏二人。把二人搜检了一遍，才放进舱来。舱里地方很大，迎门陈着一座短榻，侍立着两个年轻的听差。那什长抢行一步禀报道："跟大人回话，人已带到。"随一侧身，用手向金、魏二人一招。金、魏二人前行一步，施礼旁站。只见短榻上坐着的官，便是缉私营的吴管带，穿着半官服，手里托着水烟袋，吱喽喽地吸着。他把口中烟徐徐地吐出来，将金、魏二人上下打量一过；半晌，才慢条斯理地说："你们是保镖的吗？你叫什么名字？"

金、魏二人垂手立在下面，把个人的姓名、年贯，镖局的字号、地址，一一回答了。这吴管带吸了口烟，又喷出来，把头点了点，便问起镖船失事的情形。金兆和具说原镖本归安远镖局承保，由苏州运往凤阳。行经这洪泽湖，突遇大帮水匪。安远镖头林廷扬护镖受伤，死于贼人之手。自己这永利镖局，为了同行的义气，赶来应援。不幸贼党二次夜袭，纠众甚多，竟纵火焚船。三艘镖船，两条被烧毁，一条被劫夺去了。贼人一共足有七八十人，十几条贼船。吴管带听了，眉峰略皱，哼了一声，道："这么些贼？你们既从白天出事，怎么不早报官呢？"魏豪忙道："回禀大人，匪徒二次劫镖，事出情理之外。按保镖的行规，护镖防盗全凭自己力量。若是遇上事，就请官家保护，便失掉商家保护的信任了，往后谁也不肯再找了。"金兆和见吴管带脸上不耐烦，暗把魏豪推了一把，忙接着说："这些匪徒出没无常，来去无时。就在事前，小人们也不知道他们要来打劫，更想不到他们还要打劫二次；到了事后要报官，又来不及了。大人明鉴，这冒报匪警，是担着很大罪名的。"魏豪道："贼人二次夜袭，小人们本要报官；不意遇上大人营里开枪剿匪。现在镖行里叫火枪打伤的，就有好几个。"

吴管带把纸媒吹熄道："我们是缉私营，职责专管巡拿盐枭。我们的巡船，因见江上泛起火光，恐怕是枭匪滋事，所以赶过来。果然有大帮匪徒。深夜之间奋勇开枪，把匪众击溃了。倒没想到是劫船的，这倒把你们救了；这是你们机会赶得巧。唔，听说你们有一两人误伤了？那自然是剿匪混战，你们任意乱窜，碰上枪子了。历来我们官面剿匪，就有告谕：但凡安善良民，不得在匪人出没之地区逗留，不然就格杀勿论。你们明明看见官船剿匪，就该早早避开；闹不好，还要以通匪论呢。下次可要小心，别再这么着了。刚才我已经亲验过，果然有烧毁的商船。念你们已经护镖失事，只好格外矜恤着办，你得明白。下去吧，赶快到地面上报案去吧。"

魏豪气得脸都白了。金兆和忍气吞声道："谢谢管带大人

的恩典！”管带又道：“本营专管缉捕盐枭，至于剿捕劫掠商旅的水贼，那是水师营的事，本营不便越俎。你们安远镖店的人，可以到清江浦报案。”这管带说完，把手挥了挥，吩咐护兵，把金兆和、魏豪领出来；所有被官兵看管的镖行，也全都放了。镖行救出的四箱货物，也都抖搂出来，验了一个够，这才算公事已完。那个什长对金兆和说道：“我没说吗？一见了官就没事了。你们正经买卖，怕什么？”金兆和冷笑了一声。那什长又道：“你不信吗？告诉你，你别不认便宜。这是遇上我们这位管带罢了，说没事，立刻就把你们放了。要是遇上二营那位王管带，你想走，还得费点事；没有连环保，你就别打算脱得了身！”金兆和明知道他这是送人情，细想却也是实事；敷衍了几句，走下船来。

黄秉等人忙聚拢过来，一面收拾箱子，一面问了问见管带的情形。金兆和略说了几句，众人不由愤然。官面上开枪打死了人，还怨死的人不该找死，这真是向哪里讲理去！众人顺脚到江边失事的地方一看：岸边水面上还有烧残的那两只镖船，只剩下焦炭似的两片船底了，铁锚还在，船未漂走。贼人所放的火艇，一片片碎板，顺流漂了下去；只近岸湾叉处，还有焦板浮着。众人相看，倍增悲愤。然后聚拢在一处，向土谷祠走去。只见土谷祠那边，走出来几个官兵，全向官船走去复命。大力神李申甫道：“金二哥你瞧，他们发够了威，全撤回去了。”这几个兵一上了巡艇，八艘巡艇立即敲起一片锣声，一齐开船，折向三岔港驶去了。

众人来到土谷祠，战乏的战乏，负伤的负伤，又加上一通夜没睡，又饿又渴，全有点支持不住了。土谷祠地方甚小，大家只好坐在地上，略为歇息。一查点人数，相差得太多了。三师父何正平伤势稍定，欠身坐起，向过天星金兆和抱歉道劳。金兆和咳了一声说道：“何三弟，自己兄弟说不着那个，腻事是叫咱们摊上了，有罪大家受，我还对不住你们哥几个呢！”

何正平心里难过，听金兆和这么说，面上笑了笑，可是笑

的颜色很惨。大力神李申甫把粗眉一蹙，说道："得啦，全不用说了，咱们算倒透了霉。我瞧咱们该喊一喊，凑凑人数，再打正经主意吧。"

趟子手马起云、孟金波，没等何正平说话，两人互相招呼着，同到江岸，扯开嗓子一喊。这一回喊镖，却不是真喊镖，实在是集众；为的是溃散在各处的镖师，可以寻声找来。

人的心情是随着际遇变的。这一回由趟子手马起云、孟金波，振起喉咙一喊，声音是一样的声音，大家听来，都觉着韵调苍凉，人人听着觉得不是味。马、孟二人在江边喊了一阵，然后顺路走下去；一面走，一面还是寻喊。只走出不远，没有喊出活的来，却又寻着了一个死的，是安远镖局的一个伙计，身上受了数刀，想是挣命逃走，随后又死了的。金、魏诸人不由喟然叹息，忙将尸体舁上轿车。又往前走，行不多远，居然又寻见了两个镖行伙计：钻得满头是土，浑身带血，也是安远镖局的伙计。魏豪见二人受伤很重，总算对得起镖局，好好地慰劳了几句，扶两人上车。

于是众人又走出来六七里地，那永利镖局的水鬼姜辉，居然也出现了。但是伤痕很重，兵刃也没有了，拿着一根树枝当作拐杖，一步一瘸的，从一个小村钻出来，正往清江浦大路上走来。一闻喊镖之声，立刻止步，也引吭一呼，把众人叫住了。过天星金兆和与力劈华山黄秉，忙跑过去，握着水鬼姜辉的手道："姜师父，辛苦了！"脸上都带出十分的感激。姜辉道："惭愧，惭愧，都怨咱们无能！"魏豪也迎上来，叫道："姜大哥，我背你上车吧。"

天色大明，晨曦斜射，晓风习习，显得十分冷清。这些镖师们骑着马，坐着车，也有的跟车步行。每个人不是低头沉吟，便是面目发呆，连一个说话的也没有，全都默默地走着哑路。赶到清江浦，已近辰牌了。

过天星暗嘱伙计，遇见了熟人，千万不要提林镖头已死的话。车上装着死尸，若被官面知道了，一准不叫进镇，那一来

可就大费周折了。伙计点头答应，自知小心。那雇来的车夫却十分唠叨：“讲的是装活人受伤的，没讲装死尸，脏了我的车了。”过天星心乱如麻，一瞪眼要打车夫。

七师父魏豪忙许下多给酒钱，又吓唬他：“你再嚷嚷，叫官面听见了，从你这里出了麻烦，你可估量着，你也脱不了心净。”车夫本来就为多讹几个钱，也就住了嘴，不敢再说什么了。众人来到清江浦码头，直奔永利镖局，连车辆马匹都赶进镖局院内。那镖师飞行无影上官聪和一个镖行伙计，已然先一步回来。上官聪负伤之后，幸得挣扎逃出战地；被缉私营巡艇开枪一阵乱打，把他弄得摸不清路数，只好往黑影中乱窜，一路败逃下去。直到天亮遇见一个镖行的伙计，也受了伤；两个人没寻着别人，商量着便垂头丧气地逃回镖局来。到镖局却没见总镖头回来，两个人正对同事述说护镖惨败的经过，议论总镖头的吉凶。一见金兆和率众才返回，上官聪不由有点赧然。金兆和以为变出非常，倒也不在意，随口慰问了几句。上官聪的伤也并不轻，不过比水鬼姜辉好点。

金兆和顾不得歇息，先忙着安排死人的停灵之处，然后预备活人的养息之所。打水净面、敷药治伤已毕，金兆和把魏豪、黄秉、李申甫都邀在一处，就在何正平卧床歇息的面前，几个人坐下了，开始盘算今后之计。该办的事太多了。魏豪说：“这第一件大事，是得先报告地面。”金兆和说：“此地有驿丞，有管河通判。”黄秉却说：“还得烦你二哥，雇人打捞尸体。我们的四师父虞伯奇和七星剑丁宏肇，还有两个伙计，都死在水里了。还有金二哥镖局的陶志刚镖师，恍惚看见他是死在水里了，还有一位伙计。嗐，淹死的人真不少！”

金兆和和魏豪掐指算了算，死在陆地上的，是四个人，死在水中的，倒有五个。镖师几乎是人人受伤，只有魏豪一个人没有受伤；就是金兆和也被火燎伤了须发面皮。黄秉因抢救火患，两手都烫破了。

随后又谈到亡人的入殓和报官，这是一桩事。几个镖师商

量报官的禀词；就提因为走镖，在江湾失事，遇着了成帮劫江的巨盗，以致镖船被劫，镖头林廷扬当场身受重伤。永利镖局是念在同行义气上，拔刀相助，不料同遭惨败。林镖头受伤过重，救治无效，因而殒命。请官府备案，缉盗捕凶。至于安远镖局失去的镖船货物，自然由安远镖局按照镖局成规，办理赔偿。金兆和说道："就照这个意思写禀，就很好。"遂烦人写拟禀稿。那写禀的状师指指点点地说："诸位镖头，这个禀帖有一点不大妥当。那'成帮巨盗'四个字，叫官府看了，有点犯忌讳，好像地面纵容了大盗似的。依我说还要改一改。"于是将禀帖改好缮就，众人看了称是。金兆和张罗着嘱托人情，请免验尸。何正平、魏豪等感谢非常，歉然说道："这可给金二哥添麻烦了！这一切全仰仗二哥维持，我们弟兄是心照不宣。"金兆和道："自己哥们，说不到这些个；何三哥你就望安吧，谁叫咱们赶上了呢！"

大家赶紧给林镖头预备后事。那四师父虞伯奇、永利陶志刚等人的尸体，经金兆和雇人打捞，费了两天的工夫，方才寻着，一齐买棺盛殓起来。魏豪对何正平说："金二哥这么卖命帮忙，咱们已经承情不尽。人力方面，全靠人家人杰地灵；这钱财方面，可就别再叫人垫办了。"当时由七师父魏豪，商承三师兄何正平的意思，写了一封专函。把出事的情形及仇人一再寻仇的经过，详详细细写明；请二师兄解廷梁见信立刻派妥人，送一笔款来，好料理总镖头的身后事。如果二师兄能够分身，亲来更好。大师兄生前的仇家都有谁，也请二师兄就近跟张士锐打听打听。至于镖局经此惨跌，必须变产赔镖，并须抚恤伤亡的镖行，恐怕镖局这一下就要倒。除了已经保出去的镖不算，新买卖暂请不要再应了。又说凤阳一路，既已出此大故，不知北上的八条镖船，是否已平安运到北京。也望带个信来，以免悬念。

魏豪把这封信写完，一直写了五页；另外又写了一封信，是向分号先支一批款来应急。然后派本镖局两个能办事的伙

计，向金兆和借了一匹快马；命二人分水旱两路，一个奔往保定总镖局送信，一个奔往苏州分号支钱。那北上的伙计临行时，魏豪又嘱咐了些言语，教他雇快船连夜北上，最好能赶上那八条镖船更好。因为何正平、魏豪和黄秉等，心中都惦记着这一路船，怕贼人寻仇，也许再找这八艘捣乱。两个伙计听了吩咐，立刻起身分途走下去了。

何正平命魏豪，把随身所带的公款四百两银子，都拿出来，交给金兆和道："金二哥，我们现在凑手不及，手底没有多少钱，这四百两银子先交给二哥，作为给大师兄、四师兄这几位亡人预备衣衾棺木之用。钱不够，就请金二哥暂且垫办一下，等候我们镖局子把款拨到，再如数奉还。至于这凤阳府赔镖的事，也得烦二哥维持。我们这镖船，本是凤阳府方四老爷、窦翰林两家定织的嫁妆和婚礼床帐等物。现在我们事败人亡，把人家的订货丢了，势必误了人家的喜事；就算是认赔，也还怕人家失主不依。因为这比商人办货不同，虽然是从苏州商家起保，可是到凤阳窦翰林、方四老爷那儿交镖。人家窦翰林和方四老爷是儿女亲家，两头办的喜礼，一旦全失；万一人家借仗官势，给咱们一个眼色看，这更吃不了。小弟年轻，眼皮子窄，恐怕还有意外的麻烦。"过天星慨然答应设法。

力劈华山黄秉道："咱们把这一切的后事安排完了，腾出身子来，一定要访一访这伙贼人的根底。我们这镖局，二十年来创的牌匾，叫这个小白龙和赤面盗魁硬给摘了，咱们焉能输了这口气！我想解二哥交游很广，江湖道上认识的熟人，不在林大哥以下，必能究出这几个贼人的来历。咱们只要存这个心，慢慢地走着看。君子报仇，十年不晚！至于咱这镖局，我看还是不收市，还是维持下去为好。一个总号，四个分号，当年创业实在不易。要是从此就哗啦了，未免太可惜，而且也叫林大哥的仇人趁愿。这票镖虽然丢了，我想我们还可以赔得起。"

何正平喟然长叹道："若讲赔镖，还有这份余力。只不过

开镖局全仗着一个威望。我们今日一旦失镖货，丧镖头，牌匾砸得粉碎了；就想对付着开，无奈这威名受挫，信用顿失，将来一定行不开了。所以我和魏七弟商量着，不收市怕是不行的了，要收市还是越早越好。”说着，眼光望着黄秉，又转到金兆和那边。金兆和点了点头，默喻无言。

原来这力劈华山黄秉一生好赌，手头一点储蓄没有；镖局一收市，他就立刻要受窘。何正平却也明白，胸中已安排下安置黄秉的办法。当下仍对金兆和商量目前之事。随说道：“金二哥，我们安远镖局的幌子可不小，倒了却摔得更脆。眼前主持人没有了。登时就会情见势绌，办上事难免掣肘。金二哥你是人在事上，说话有斤两，这一切事只好多偏劳吧，我也不说感谢的话了。”

于是一切善后事，都由过天星金兆和主持奔走。报官之后，地方官派了人来，只查问了几句话，把尸体看了看，就算是检验已毕；立刻就把死者一个个棺殓起来，停在永利镖局后院。到了下晚，大家商量着运灵赔镖，打算等着苏州镖局分号拨款到来，就起船运柩北上。赔镖的事却须大费周折，误了人家的喜事，不能一赔便了。想着还得由过天星托人写信，再由苏州分局，催分局镖头纪良臣赶来，拿着托情的信，备好应赔的款，专程到凤阳办理此事。

大家都觉得这赔镖的事不好办，但是黄秉说：“这不要紧，凤阳府我倒有个熟人。再说这一回洪泽湖贼人大举劫镖焚船，林大哥当场护镖殒命，必已轰动远近。窦翰林、方四爷就是不愿意，我们人把性命都卖在里头了，想来他们也得有个谅情。何三弟不用为难，等着款到了，我跟纪师父去一趟。”

正说着，忽然门上一个伙计进来回话道：“总镖头，众位镖头，刚才来了一个人，说是四川振兴镖局的镖客，要找保定安远镖局林廷扬总镖头。是专程来的，有要事相商。”四川镖局的镖客，是远道专程来的，要见林镖头；他怎的就会晓得林镖头落在此处？此处却是过天星的永利镖局，并不是林廷扬的

安远镖局！客堂内聚座议事的众镖师，都是久走江湖的人，一听这话，相顾愕然。大家一齐向这回事的伙计发问：“这个人姓什么？什么长相？哪里口音？”金兆和奋然抢先站起来，道：“我看看去。”迈步就向外走。那伙计道：“这个人已经走了。”众人纷纷说道：“走了？快追去看看。”

过天星金兆和、黄秉、魏豪，以及李申甫、姜辉、谢锦堂众人一齐扑出来，直到镖局门口，又赶到街外。那个四川振兴镖局的镖客，早已走得没影了。金兆和等人一齐转回来，把回事的伙计叫到面前，仔细盘问。这伙计说：“这个人三十多岁，倒是四川口音，重眉大眼，很像个会功夫的；穿着打扮，也像咱们同行。”魏豪道：“他怎么打听我大哥来？他怎么知道我大哥在这里？”伙计道：“他说是他已经到过安远镖局，知道林镖头押镖出来了；一路打听，才由苏州到这清江浦。有很要紧的事，要面见林廷扬总镖头，因为听说林镖头在这里歇脚，故此赶来。他问我：‘到底林镖头是不是住在贵宝号呢？’我就回答他：‘林镖头已经故去了，尚在陈尸未殓。’那个镖客听了这话，很是惊慌，连连地顿足道，‘是真故去了吗，得的什么病？’很盘问了一会儿子；一面问，一面跺脚道：‘糟了，一步来迟，把个事情耽误了。’我就问他：‘什么事？林镖头虽然故去了，还有他的师弟和几位同事，全在这里呢，你可以见见面谈。’当时那个人连连叹气道：‘这可是意外！我还有同伴一块来的呢，我先回去送信。我得备点奠仪，我们少时一块再来。’我们当时想让他到里边坐坐，他竟等不得，揉着眼径自走了。”

过天星金兆和听了，冷笑一声道：“他没说他姓什么吗？”伙计哦了一声道：“说了，他说他姓赵。”

金兆和面对何正平、魏豪道：“林大哥可有姓赵的四川朋友吗？”

魏豪摇了摇头，突然站起来骂道：“赵钱孙李头一个姓，他偏偏就姓赵，这准是个奸细！”力劈华山黄秉也道：“这可真有点蹊跷，他怎么不见我们就走了呢？”遂向伙计细细盘问此

人的年貌和所说的话。黄秉问罢，瞑目想了半晌，转脸向大力神李申甫说道："李四弟，你在四川混过，你可知道有这么一个振兴镖局吗？"李申甫道："有，有这么一个振兴字号，就开在成都南关。我记得总镖头姓鲍，叫鲍开山。"那回事的伙计插言道："这可就不对了，他说他们的总镖头姓白。"

过天星金兆和沉吟一时，吩咐伙计道："往后你们要留点神，再有人来打听安远镖局的，你们一面搭讪着，把人绊住，别叫他走；一面赶紧叫别人进来通报我们。若是来人说了话就走，留他不住，你们就索性缀下他去，要摸清他的来路和落脚的地方。"说罢，命回事的伙计退去，叫他转告别人，一定留意。这里，众镖师还在猜疑来人的用意，过天星很不高兴地说："不用猜了，这多半还是那伙劫镖的贼党。他们仍旧不死心，大约没有看准林大哥的生死，所以再派人来摸底。他们大概以为林大哥是受伤之后，折回清江浦了。林大哥近年做事，多留余地，怎么会跟这帮匪徒结下这样的深仇呢？真叫人又疑又恨。我们把眼前的事料理过去，倒要破出工夫来，彻头彻尾地访察一下。到底这伙劫镖贼是怎么个来路，怎么结的仇？那个赤面盗魁和那个叫小白龙的，到底谁是对头仇家？咱们访清楚了，总要摆个样子给他看看。"

魏豪狠狠地说道："金二哥这话很对，就算安远镖局收市不干了，这仇也得报；叫他们绿林道知道知道，我们干镖行的，是不可以欺侮的！"何正平浩然长叹道："这口气呢，是总要争。要说到访仇，小弟我跟大师兄也这些年了，这仇人究竟是从哪里结下的，我实在想不出来。"

黄秉说道："说到这小白龙，倒听张士锐张二爷说过，乃是两湖的独行大盗，他姓方名叫方靖。只不知是不是这个人，也不知他和林大哥因何事结过怨仇？"何正平道："说到张士锐张二爷，他和我们大师兄，早年曾在陕甘一带创过业，我大哥少年的事，他知道得最清楚。若要详究仇人的根底，我们真得请教他。前年他还在我们镖局管账，后因年老，已然告退还乡

了。我想我们可以去信问一问他。”金兆和道：“访凶报仇的事，咱们暂留后议。可是林镖头的灵柩，你们打算怎样安置呢？”

三师父何正平惨然说道：“我林大哥数十年闯荡江湖，别看开了这五处镖局子，势派好像不小，其实内瓤很空，不过是为了维持朋友。我林大哥家中只有娇妻幼子，人口孤单；虽有本家，感情并不好。这些年镖局买卖固然不错，可是到手钱财，随手开销出去。我们算计着我们大哥就图了个眼前风光，实际没有什么积蓄。只于前几年在曹州府，靠着我们林大嫂的娘家那里，置了不到两顷地；至于浮财，却也有限。这一番遭遇这么大的风险，我们自然先从镖局子里面想法子；实在不得已，还怕免不了要变产赔镖。金二哥你想，万一落到变产这步田地上，我林大嫂寡母孤儿，将来可怎么过活呢？我师兄待朋友一片热肠，有求必应；待我们这几个师弟，不是同门先进，简直是师徒一样。我们哥几个，除了二师哥和虞四弟，是老师亲自传授的技艺，别位都是我林大哥以掌门师兄教训出来的。林大哥不幸惨死仇人之手，我等同门七人，后死者五个，当然把这副担子好好地搁在肩膀上，这是责无旁贷的事。因为我那个师侄林剑华，还小得很呢，今年才六七岁罢了，将来还不知怎样呢？我弟兄没有别的主意，只等候二师兄赶到，就要着手设法寻凶复仇。至于赔镖，恤孤，运灵，处处需款；不怕金二哥笑话，我们哥几个一个赛一个，全是穷光蛋要人的，谁也不算富裕。只有我们虞四弟手头还好些，他从来不赌不嫖，善能储蓄，手里倒有个千儿八百的。可是虞四弟这一回护镖水战，已经把条命跟着林大哥一块卖了，我们还得给新娶的虞四弟妇想法子，来养生葬死呢。我们现在只可尽其所有，各掏腰包，跟镖局的公款凑起来，一面赔镖，一面运灵柩。况且还有这些死的伤的镖行伙计，还有二哥你这永利镖局的几位死伤的朋友，我们焉能不报答人家？人家真为朋友卖命，我们能不尽一点人心吗？这么算计起来，用钱的地方太多了。我们只可尽力

凑，凑不够数，也就免不了累赘林大哥的遗产了。金二哥，你说我们难过不难过？我们拿什么脸面见林大嫂去呀！”

这些草野壮士尽管豪气干云，却是一讲到钱财上面，可就没办法了。何正平、魏豪两人不由得慷慨洒泪。力劈华山黄秉、大力神李申甫，久与林廷扬共事，也不禁纷纷雪涕感伤。

何正平呜咽了一阵，接着说：“至于我们林大哥的灵柩，据我想，唯有趁这时候，赶快运回家去，入土为安才好。好在曹州府是漕道，水运不费事。我受着伤，不能动转，这件事不便久搁，不必等候二师兄了。七师弟可以辛苦一趟，也可以把详情告诉林大嫂。仇人那把剑你应该带了去，将来好交给剑华侄儿，让他替父报仇。剑华侄儿年纪太小，办丧事眼下就没人主持。七师弟你就留在那里，代为操持一切。林大哥死在仇人手里，林大哥家里只有孤儿寡母，太叫人不放心。七师弟你可以请示林大嫂，帮着照应门户。至于别的事，你就全不用管了。金二哥，你看是不是该这么办呢？”

金兆和点头叹息道：“林大哥家中，就只林大嫂母子二人吗？”何正平凄然说道：“可不是。说起我林师兄的家况，却也很可怜。他就只这么一妻一子，人口非常单弱，连个倚靠也没有。他原籍是浙江绍兴府人，在曹州府本是客籍。听说林大哥从十几岁上，就负气离乡，漂流在外。当他困苦时，本家同族没个照顾他的。当他发迹时，尽有同乡来投奔他，他的本家却没脸来找他。缘因林大哥自幼命独，七岁丧父。他名下应该拥有几十亩地的田产，却被他两个伯父霸占了去，他的生身母还险些被逼改嫁。林大哥自幼豪爽好勇，不喜读书，他伯父骂他是个败家子，曾经打过官司。有一次他们买下见证，竟把林大哥送了忤逆，硬说林大哥殴打生母，侮辱其父，险些给毁了。林大哥的老娘哭喊着说，我的儿子很孝顺，可是衙门竟进不去。后来多亏林大哥的一个母舅，一个穷秀才，出头来保救外甥，又引起了城内绅士的义愤来，这才把林大哥营救出来。林大哥母子二人抱头痛哭一场，知道在故乡难以存身，又值荒

年，这母子二人变卖了什物，随同灾民逃出原籍来，骂誓赌咒地说：‘从此再也不姓林了。’两位伯父兄觊觎这份家产，生生要把嫡亲侄儿毁害了。这居心未免也太狠毒，林大哥提起来就切齿痛恨。我林大哥搀扶老母，一路躲避家难，北到中原。林伯母就给人佣工缝洗，林大哥便给一个小茶馆当学徒，母子二人受尽人间的艰苦。后来林伯母穷愁病殁，草草葬埋。林大哥哀毁逾常，伤心过度，大病了一场，形销骨立，不成人样，被茶馆的掌柜赶逐出来。这时林大哥真是危殆已极，重病苦饥，躺在林边。幸而巧遇我那恩师白雁耿秋原道长，游方路过，看见林大哥十五六岁的一个少年，呻吟在树荫下，树枝上却挂着一根腰带，似要自尽，又没有力气了。我师父慈悲为怀，询问原曲，恻然援手，先给林大哥治好了病，后又收他为徒。我大哥感激师恩，励志苦学；九年光景，练成一身绝技。恪遵师训，不准为盗，也不为官；我大哥便挟技游侠，经多年的苦挣，渐渐创出一番事业来。他又在曹州府，得遇老镖师铁掌黑鹰程岳。赶上程老师父为女择婿，看中了林大哥少年英俊，体健技精；遂将林大哥招赘门下，把爱女程金英嫁给林大哥，这便是林大哥的前妻。后来，程金英嫂嫂得病死了，遗下了我那林剑华小侄儿。金英嫂嫂放心不下这个失恃的幼儿，临殁时对父亲和丈夫说，要求把她的叔伯妹妹程玉英续娶过来，好给她抚养幼儿。于是我这程玉英嫂嫂又嫁了过来，这便是我们现在的林氏嫂嫂。我林大哥便在曹州府落户，铁掌黑鹰程老英雄只有一女，并无男儿。他心怜爱婿，年老退休时，就将他一手创办的保定安远镖局交给了林师兄。林师兄曾历艰辛，为人胆大心细，办事很有干才，交友能得死力。镖局归他主持，日有起色。程老英雄看着甚妥，遂又将南北两京两个分号，也交给了林师兄。林师兄费了二十多年的辛苦，镖行生意日臻兴旺；镖旗走开去，绿林豪杰无不推情假道。林大哥又跟苏杭二州胜字号两家镖局做了联号。有这五个镖局，我林师兄安插了不少武林朋友。但凡混窘了的武学朋友，投奔了来，林大哥必有一番

款待。有事给他找事，没事就让他在镖局住闲；要回家呢，就赠送盘缠。以此林大哥势派很大，却落钱有限，他都拿着钱交朋友了。林大哥人最念旧，他饮水思源，感激他那岳丈程老英雄，胜过本家同族的叔伯。他积财置产，也就不在故乡绍兴府，反在曹州府落了户。就为这个缘故，林大哥生前尽管轰轰烈烈，可是一旦逝世，在曹州府除了他岳丈家，此外别无亲人。”

何正平接着说道：“所以我才打算叫七师弟去一趟，就因为林大哥一死，林大嫂家下太也孤单了！我实在有些放心不下。说句过虑的话吧，林大哥是栽在仇人手里了。看这意思，仇人意狠心毒，还怕他追根究底，我们必须格外小心。七师弟尽管专办这件事，在曹州府不妨多耽搁几天；早回来，晚回来，都不要紧。反正这里的事，有我们这些人呢。金二哥，你说是不是?”

过天星金兆和听了，很以为然。当下商量定了，即日便将林镖头的灵柩运走。那四师父虞伯奇的灵柩，是交给马起云运送。那丁宏肇是个光棍汉，没有家口，家乡又离此太远，就在清江浦浮厝起来。那米占标和钱六却是林镖头一手拉拔起来的人，连媳妇都是林镖头给他娶的；这次为走镖殒命，镖局当然要给一笔养赡，灵柩也给送回原籍。永利的陶志刚镖师和其他伤亡的人，也都照此办理。至于受伤的人，自然由镖局代为医治；另外多给一个月的劳金，只候款到，立刻就办。金兆和特别帮忙，疗伤殓死，托情垫款，都由他出力。只几天的工夫，都已办得有眉目了。

由清江浦到曹州府，要先走运河漕道；到山东济宁州，再改旱路。七师父魏豪把运灵的事预备好了，带安远镖店两个伙计，一个叫黄麟，一个叫邱良，帮同护灵。这两个人都曾到林镖头家去过几次，将来到了地方，还可由他二人照料丧事。于是一切安排就绪，运灵的船也雇好了，这就该动身了。忽然，永利镖局一个伙计慌慌张张走了进来，回话道；“跟镖头回，

现在外面又来了一个打听林镖头的！并且打听林镖头的家眷住在什么地方，问林镖头的少爷来接灵没有？我们不敢回答，我们告诉他……”还未等伙计说完，过天星金兆和霍地立起身，面色陡然一沉，道：“好！绊住他，别叫他走了。”

过天星金兆和面含秋霜，拔步往外走。七师父魏豪、力劈华山黄秉也都立起来，道：“人在哪里呢？别放走了他。”这伙计忙拦住道：“镖头们别忙，这人走不了；他还叫我进来回一声，他还要见见安远镖局的师父们呢。他说不论哪位全行，他立等着要跟师父们见一见，还有别的事要面谈呢。”

这一来，倒出众人意料之外。金兆和回顾魏豪，面显惊讶道：“这许是咱们安远镖店的朋友吧？”魏豪、黄秉齐问伙计道：“这个人姓什么？什么长相？哪里的口音？”伙计回答道：“我们听他说姓胡，没问他叫什么。听口音好像也是江北人，三十多岁，是个黄白净子。”金兆和道：“你去把他请进来，让到客厅里坐。”又对魏、黄二人说道：“这个人还不知是仇是友，咱们要留神。由我答对他吧，你们二位先别言语。”

这里众镖师猜不出来人是谁。工夫不大，那伙计已将来人让到客厅。

魏豪、黄秉隔着门望看来人，不由一怔；两个人全不认识此人。只见此人瘦挺的身材，眉目疏朗，神光四射，自具一种英强之气，穿一件灰布长袍，下蹬青缎快靴，左手提一小包，步履矫健得很。过天星金兆和向魏、黄二人使一眼色，二人把头微微一摇，是暗示不认识此人。过天星金兆和立刻加意提防着，抢步上前。那伙计把客厅门帘挑开，将客人让进去。然后金兆和在前，魏、黄二人随后，也进了客厅。只见来人把小包袱往桌上一放，直着腰，回身侧目，向三人一照面，立刻抱拳当胸道：“哪一位是安远镖局的师父？”魏、黄二人俱不开言。过天星金兆和暂不答他的问话，却一举手道：“哦！你老贵姓？找安远镖店的哪一位呢？”

来人把金兆和上下一打量，拱手道：“在下姓胡。我是林

镖头的好朋友，要找安远镖局的师父们，打听打听镖头的事情。足下贵姓？”金兆和道：“请坐，请坐，倒茶来。在下姓金……”还未等金兆和往下说，那来人又站起来，向金兆和重新见礼道：“原来是过天星金镖头，久仰久仰！这永利镖局，在下听说就是你老兄主持的，在江湖上久传盛名，在下末学后进，不胜佩服。在下今日冒昧登门，很是失礼。”说到此，眼光又望到魏、黄二人道：“二位请坐。”

来人接着却转脸对金兆和道：“金镖头，不瞒你老说，在下无事不敢来骚扰。在下和安远镖局总镖头林廷扬大哥，乃是知己的患难弟兄，又是同乡，又是同盟，有十几年的交情。但是在下却在杭州设场授徒，我林大哥却在北方创业。我林大哥曾经屡次的来信，约我到他那边去，我却终年穷忙，不得前往。近因在下有别的事，来到贵宝地，偶因闲谈，突闻我林大哥护镖失事，折在线上了。先前只听说，是受了重伤。小弟一听这信，就很觉着奇怪，凭林大哥那么样的一身功夫，又有那么广的交游，当真会失脚不成？等到我赶到这里细一摸，竟有的人说林大哥已经吐点（死了）！这真是意外的飞灾，越发叫人难信了！小弟与林大哥多年友好，交情并非泛泛，骤闻凶信，肝肠欲裂。所以我立刻拔步前来，一来要打听打听真相，到底是怎么一回事；二来要哭奠一番，以表哀感之忱。至于林大哥身后一切事，正是用得着朋友的时候。我既然知道了，更不能袖手旁观。小弟虽然是武林无名之辈，可是也决不能含糊了。我身边现在带的钱力有限，但是我可以到别处周转周转。究竟林大哥这身后事，办得怎样了？也请金镖头费心告诉我，我好量力而为。”

这来人侃侃而谈，非常慷慨激昂。只是这人的来历，魏豪等人始终没听说过。魏豪与黄秉两人互相顾盼，脸上带出错愕的神色。这时，旁边的过天星金兆和已然看出来了。金兆和遂向来人举手道：“你这番慷慨好义之处，实在令人佩服。恕小弟眼拙，没领教老兄台甫贵处？”那人答道：“我嘛，姓胡，名

建章，原是丹阳县人……”说到此，忽然改口道，“可是我在曹州府落户。”

金兆和闻言，向魏豪递过去一个眼色。魏豪微微冷笑，力劈华山黄秉把头摇了摇。过天星金兆和心里有了底，当下命伙计献茶，说道：“久仰，久仰！胡爷你这么热心仗义，关切亡友，实在难得，令人可感！胡爷既与林镖头是知己之交，想必跟安远镖店的朋友也很厮熟吧？”

那人神色自若地微微一笑道：“我刚才不是说嘛，我和林大哥是从小的哥儿们。只是我从来没到过北方，所以跟林大哥镖局的朋友，倒不怎么熟识，也不过只有一两位慕名罢了。不晓得安远镖局的师父们，有哪位现在这里，可不可以请来谈谈？我听说林大哥此次失事，手下镖师还伤了许多位，可是真的吗？究竟有几位吐点？还有我林大哥生前死后的详情，我极想知道知道。有一位力劈华山黄秉黄师父，我素常听林大哥念叨过，不知现在镖局没有？请你费心把他邀来谈谈。”黄秉刚一欠身，金兆和忙摆手阻住，道：“提起林镖头这回事，真是令人可叹！现在安远镖局遭这场意外飞灾，可以说是塌天大祸，一败涂地，买卖从此不能干了。我在下和林镖头，也算是朋友。他们既在清江浦遇上事，我们同行焉能袖手？所以我在下也只有量力帮忙。林镖头的身后事，算是安排完了。至于安远镖局的师父们，张罗赔镖呀，搬运灵柩呀，个个都很忙，全都回苏州去了，也有返回保定总镖局去的。现在只有一位姓霍的师父，还在这里养伤。至于你老兄所说的那位姓黄的师父，是昨天刚走的。他们这回遭上事，无处落脚，暂且把灵柩停在此处。但是我这里本是镖局子，不能借地方给朋友办丧事，而且我在下又是隔着教。这次停灵，实在是事情挤在这里。所以地面上的朋友，有来吊唁的，我都给挡驾了。这太觉对不住朋友，可也没有法子。”

来人听了，忙说道：“正是这话！镖局子本来不能摆丧棚的。不过小弟和林大哥多年交情，若不到灵前吊祭一番，良心

上太觉下不去。但是我们都是外场朋友，我可也不能不知进退。金镖头，我只求你领我到林大哥灵前看一看，我总算没白来。”说着站起来，一躬到地道：“金镖头，我太觉对不住了，我只到灵前磕一个头；我也用不着烧纸哭奠，只凭一片真心罢了。这务必烦你费心！”又喟叹一声道，“林大哥一世英雄，而今安在？这太惨了，这太惨了！”说到这里，又复目光一扫黄秉、魏豪，问金兆和道：“金镖头，这二位我也忘了领教；我从一听林大哥噩耗起，心绪就乱到极处。失敬之处，还望原谅。”

金兆和道：“胡爷不要客气，彼此全是江湖道义的朋友，要脱俗才是。这是敝镖局的镖师，田师父跟韦师父。”这来人即向魏豪、黄秉抱拳拱手道：“田师父，韦师父，久仰，久仰！在下失敬得很，二位师父多多担待！”魏豪答道：“胡爷太客气了。”

金兆和恐怕来人还要从两人口中套问话，遂忙截住魏豪的话锋道：“韦师父，田师父，陪胡爷到跨院吧。”魏豪、黄秉先不往外走，站起来引手作势，向这来人说了个“请”字。这来人却向金兆和抱拳道：“金镖头请！”金兆和停步不前道：“胡爷先请！”来人遂不再客气，昂然向门外走来。

魏豪趁这迈步的当儿，用手一指墙上挂的刀，又一指那人放在桌上的小包。过天星金兆和微把头一点，复将手一挥；魏豪、黄秉会意，紧陪着来人，走出屋外。金兆和稍稍落后，从桌前一掠而过，顺手把小包裹一提，又用力一捏；里面软软的，硬硬的，分量不重。微微一笑，拔步追出来道：“我给胡爷引路。”跟来人并肩而行，走入庭心，手向西边一指道：“林镖头的灵柩就在那边跨院。”来人点点头并不搭话，目光四瞩，有意无意向过天星说了句：“宝号地势倒很宽敞。”

金兆和笑答道：“小局面，像胡爷这样人，还能把这个看在眼里，没的教你见笑。”金兆和外表看似粗豪，但是久涉江湖，阅历又多；对于来人一举一动，早已特别注意。来人这时

借口夸赞永利镖店的局势，暗地正是踩看出入的道路。金镖头按住了火性，沉机观变，一心要看来人的举动。这时已走到了西跨院角门。金兆和往里相让；来人大步走进角门，抬头一打量这跨院的地势，也非常宽敞。靠西面是一段矮墙；在北面是三间小厦子；在南面是一座藤萝架。藤萝架前是一个石板桌子，两个石墩，乃是热天乘凉的地方；东边角门旁种着一片花草。靠北厦檐下停着四口白茬的棺材，棺上题着林、虞、丁、陶四位镖师的姓讳卒年。灵前各放着一张灵桌，点着一盏瓦灯、一对烛台，并设有香炉跟焚化纸钱的火盆；连这只瓦灯，还是魏豪等不管金镖头愿意不愿，硬主张着给添的。因为江北的风俗，死者灵前这盏长明灯绝不能少，说是没有这盏灯，夜台长暗，幽魂不能到长生极乐之地。但究因金兆和是个教友，所以这四口棺木的灵前，没有烧香化纸。

来人一望见这四口棺材，眉峰一蹙，脸上顿时现出戚容；回头向金兆和说道："有这些位吐点了！哪一口材是我林大哥？"说时不待回答，抢步上前，找到林廷扬的灵柩，看了看旌题，突然失声一嚎道："林大哥，我怎么没想到你竟弃我而去了！"号叫着往前一扑，双手向棺盖上一搭，叫道，"林大哥！兄弟我胡建章来了。大哥，你阴灵有知，九泉之下，总看得见你这兄弟给你报仇。"说话时声容越发悲怆激昂，两手一扶，头往棺盖上一低，竟似放声欲哭，又强自吞声似的，猛然一跺脚，那棺材盖咔嚓响了一下。

七师父魏豪这时候勃然大怒，两眼一瞪，就要上前。不想过天星金兆和双眉一挑，早抢先一步，右臂照来人双臂一穿，猛往上一抬，摆出劝解的样子，突然说："死了死了，一了百了！胡爷不要难过，请客厅里坐！"

金兆和暗中一较劲，已试出此人的臂力非凡。金兆和双臂一抬，只将来人的双臂架起，他的身躯竟寸步没移。

魏豪、黄秉一齐逼了过来。只见来人趁金兆和这一托，登时抬起头来，把金兆和一看，口中唏嘘不已道："小弟一见林

大哥的遗柩，不由得心肝欲裂，实在也忍不住了。金镖头，这太对不住了，我知道金镖头是忌讳这个的，请恕我忘情吧！”金兆和微微冷笑道：“请到客厅坐吧，这也没有什么。人不是死了吗！”

这来人非常沉着。尽管魏、黄二人一左一右紧盯着他，他依然不慌不忙，拧着眉毛，叹息说道：“这真是天有不测风云，人有旦夕祸福。我林大哥英雄一世，却落了这么个结果，实令人愤恨天道不公！林大哥的家眷住在哪儿？金镖头费心告诉我，我也还薄有家资，我打算略尽寸心，提出一份来，给我林大嫂跟我侄儿，作为将来的养赡。我跟林大哥相好一场，也算是留下点念想。叫林大哥九泉之下，不再挂念这孀妻孤儿，我在下也可于心稍慰。至于镖局子的事，我是个门外汉，这全仗着金镖头诸位多帮忙，恕我不能管了。”

金兆和见他居然还要摸索林廷扬遗孀的实底，这种胆大妄为的举动，就好似有恃无恐似的，又好像自作聪明，把镖局中人都看成无物似的。过天星金兆和也不禁动怒，就要直截了当地揭破来人的来意，但是回眼一看到力劈华山黄秉，抓住了魏豪的手腕，两人神气正似有所争执。金兆和诚恐魏豪翻了脸，叫来人见笑，显得自己太沉不住气了，便强将怒气按了按，暗想：“敌人既是暗来，我们正是跟他暗着较劲。”遂递过一个眼色，对来人索性不点破，依然虚与委婉地说道：“林镖头的家眷住在哪里，这个我们倒说不很清。胡爷这番热肠，足够朋友；回来我一定把胡爷这番盛意，如实地转告林镖头的家族，也叫他们明白明白。容得林镖头之子长大了，也好报答阁下。”说到此，语调特别沉重，又带着冷峭。跟着说：“胡爷，我还没有问胡爷的住脚呢。”

来人看了金兆和一眼，说道：“这不过各尽其心罢了。我的住脚，我林大哥尽知。既是金镖头要问，好，我就开一个地名。”要来纸笔，写了个地名条，是什么“杭州东门外大吉巷”。来人跟着说道：“方才金镖头说，还有安远镖局的一位师

父，住在这里养伤；请你费心请他出来谈谈，可使得吗？”金兆和道：“对不住，这位师父伤势很重，还不敢见风呢。”来人逼紧一句道：“那么，我在下到他屋里看望看望。我不过略问几句话，绝不敢多扰病人的精神。金镖头可能先容吗？”

金兆和微含笑道：“那倒没什么不可，他也许正想见你。”一扭头向魏豪道：“韦师父，你去看看霍师父。你就提有林镖头的好友来看望他，并向他探问林镖头的家属。”

魏豪答应了一声，立刻转身出去。工夫不大，有一名伙计进来，向金镖头道：“霍师父将才敷上药，又吃了汤药，好容易才睡着了，不便惊动他，得候一会儿子。”金兆和道：“这么不凑巧！可是我听这位霍师父说过，大概林镖头的家眷许在他们保定镖局附近，只是我们全没到这位林镖头家里去过。胡爷若想找林镖头的家眷，还是到那保定安远镖店探问，就知道了。若是有什么祭奠赙赠之物，就交给在下，由这边转过去，也是一样。”说罢，看着来人一笑。

这来人随即站起，信手抓起小包裹来，掂了掂，向金兆和告辞道：“那更好了。既是这位霍师父病伤很重，林镖头家眷的住处，诸位知道不清楚，我也就无须再琐渎了。霍师父面前请金镖头替我问候吧！我打搅了半天，很对不住。好在我们跟林镖头全是一样的交情，我也不谢了。今后安远镖店丢镖赔镖，种种善后，全仰仗金镖头费心；咱们改日见吧！至于在下的一份人心，等我备办好了，我就亲送过来，烦金镖头费心转送好了。”说完，向黄秉也拱拱手道：“田师父再见。”力劈华山黄秉满脸的愤怒，按住气，一字一顿地说道：“好，再见！胡爷不怕慢待，没事只管常常来，我们都想见你！”来人忙答道：“田师父别客气，我在下已经深领盛情，金镖头尤令我佩服。我在下把事情办完了，一定还要来向金镖头、田师父面前讨教，我在下也好多长些见识。我告辞了，改日再会。”

金兆和一面起身相送，一面答道：“胡爷肯屈尊到这里来，那是瞧得起金某，给小字号永利镖局增光。胡爷不拘哪时，都

可以来，金某竭诚恭候着。”说着话，来人已经走出庭院，金兆和往外相送。这来人回身阻拦道：“金镖头留步，在下不敢当。”

金兆和道：“初次来，哪能不送？”彼此谦让着，到了镖局门口，这才拱手作别。

第五章 林镖头遗棕北归

金兆和眼望来人的背影，一回头，看见力劈华山黄秉，满脸露出悻悻之色。金兆和且顾不得说别的，急对伙计说："缀下他去！"把黄秉一拍道："黄大哥绷着点劲，咱们到屋里说话。"又对伙计说，"你们去两个人，千万别叫他走脱了。倒要看看他落在哪里？"于是有两个精明干练的伙计，应声更衣，赶紧缀下来人去了。黄秉跟金兆和回到里面，魏豪已经在客厅等候。魏豪一见金兆和进来，便愤然说道："金二哥，人家竟欺侮到咱们门上来了，我们难道就这么忍下去吗？这姓胡的当着我们大众的面，胆敢伸手动我林大哥的棺木。依着我不管怎样，也该揭破他的奸谋，当场给他一个过不去。只是在金二哥这里，我们弟兄承情已多，所以当时不便冒昧，却便宜了这东西！"

金兆和晓得魏豪意有不悦，忙解说道："七师父，咱们弟兄全是至近的朋友，不同泛常交情。说句不客气的话，我金兆和若是怕事，绝不敢接这后场。明知道只有祸，没有福；只有麻烦，没有顺利。可是有我们的交情在，落到我身上，不论有

多大风险，我全得算着。何况出事时，连我一块折给人家的？我就为我永利镖局的名声，我也不能善罢甘休！不过我适才一看这来人，绝不是平常的盗匪，棘手得厉害。他竟敢进到我镖局子里，指点要找安远镖店的镖师！行为、胆量异乎寻常。而且这回事，也与一般江湖寻仇不同。林大哥既已惨遭无常了，多大冤仇也就算解了。可是他们仍不肯罢手，一再跟寻踩探；一半是不放心林镖头的生死实况，一半好像还要盗得亡者的遗体，拿回去圆誓。或是盗去证物，以坚主使人的信心。所以我一再隐忍，是要看看他的来意究竟何在？"

魏豪矍然问道："常听人说，内功绝顶的人能够隔着棺木，伤害亡人的遗体；莫非这东西灵前一祭，已经潜下毒手了吗？"金兆和摇头道："那只是江湖上一种谰言，未免过甚其词了；内功不论多好，也不会隔物伤人。我见他扶棺一痛，不过是要试一试棺木中是否真有林镖头的尸体罢了。当时我知道我要再不戳破贼人的诡计，你弟兄就要动手了。我这才潜运气功，把九成力运到臂上，用'铁门闩'的式子，一穿他的双臂。幸而我是拿他当作劲敌，若不然，我还险些当面栽给他。就这么用气功掀他，反只把他的双臂托起；他的下盘居然寸步未移，可见是个劲敌了。正是来者不善，善者不来。我心里盘算，与其当面闹翻了，还不如缀他下去。你来窥探我，我却跟缀你，倒是针锋相对的办法；还可以根究出贼人的主使人，究竟安窑何处？将来也好替死者报仇。这是我的一点暗打算，倒不是怕事。七弟你放心，我金兆和若是怕事，也就不揽这场麻烦了。"

魏豪连忙说道："金二哥，小弟年轻，见事不透，捺不住火性。金二哥这打算很对，是我不明白。只是来人一再探问我林大哥的家属，居心叵测，实在可虑。金二哥，我们林大嫂和那小侄儿，我们该怎么保护他们，才不致遭人毒手呢？"

金兆和道："这却应该加倍小心。嗣后再有打听林镖头的家属的，我们大家千万要留意，不要泄了底才好。等着运灵柩的时候，还要好好地安排一下。"

说罢，一同来到何正平床前，把来人心怀叵测的情形告诉了何正平。何正平气得面目变色道："林师兄经营镖局二十余年，热心交友，没做过赶尽杀绝的事，不知何时结下这伙仇人。人已经死在他们手里，尚不肯罢休，这也太叫人难忍了！"

说到这里，打发出去的伙计已经回来。金兆和见他们回来得太快，心中十分诧异。这两名伙计说道："我们奉镖头之命，缀下那人去，直跟他在这几趟街上转了一遭；哪知道他依然转回来，竟落在鸿发客店里。容他住了，向店里伙计一摸他的底，据说：这姓胡的客人昨天才到，自称是到清江浦访友来的，态度很大方，不好说话。住在店里，连句闲话也没说过。店伙计曾碰了他几回软钉子，索性他不招呼，也不往他跟前去了；别的情形一点看不出来。随身只带一个包裹，一把宝剑；此外没有什么行李。也不欠账，也不在柜上存钱，晚饭后就把明天的店饭钱都付清了，看情形是没打算长住。"金兆和听了，点了点头，向二人说道："你们两人赶紧酌量着派一人，到鸿发栈安桩；如果此人一走，立刻缀下去。"

伙计答应着退下去，立即如命办理。这里金兆和向魏豪、黄秉道："黄大哥，魏七弟，你们看怎么样？我估量他未必肯甘心就走，如今果应了我的话。我看他定然要再来镖店搅扰，我们要好好地提防；疏于防守，就要再栽在他手内了。咱们这里何三弟、李师父身已负伤，不能行动；只有尽我们现有的人，多受些辛苦。"遂吩咐众镖师："夜间要分班巡守，保护着林镖头的灵柩。但盼匪徒今晚不来，明天还是赶紧起灵为要。一到山东，把林大哥遗骸送到曹州府，亡人入土为安。棺木下葬，别的事咱们也好展开手脚了。"

这安远镖局的镖师们，几乎是个个带伤。只有七师父魏豪是个好人；力劈华山黄秉、马起云伤势较轻；别的人都是呻吟病榻，正在调治。夜间巡守的事，只好全拜托给永利镖局，由镖师徐庆增、苏德文、纪祥林、谢锦堂四个人，帮忙值夜。魏豪和黄秉是分上下夜，照顾病人和林镖头的灵柩。

说话间天色已晚，众人用了饭，由魏豪和过天星金兆和，到受伤的镖师屋内，审视了一遍。却幸受伤的人，都住在一明两暗三间西房内，晚间倒好照应。受伤最重的是何正平和水鬼姜辉；至于李申甫和上官聪，敷药之后，此时颇见轻减。魏豪把受伤的人一一安慰了。掌灯以后，众人聚在一起。原打算叫七师父魏豪扶柩北上，现在事情有变。贼人一再地窥伺，灵柩单行，恐怕半路再生意外；魏豪一个人孤掌难鸣，未免应付不到。何正平对魏豪商量了一阵，很不放心；决计只留黄秉在永利镖局，等候二师兄解廷梁来到，协同办理赔镖善后。安远镖局其余的人莫如提前北返，随着灵柩坐船走；到了济宁，灵柩再转旱路。魏豪听了，也以为然。半道上万一贼人出来要截棺梓，竟把灵柩送不到家，那就更对不住故去的师兄了。

金兆和到各处巡视一遍，走回屋来。魏豪起身让座。何正平欠身道："金二哥，给你们添麻烦了。"过天星坐下来，道："三弟好些了。我说七弟，可是打定主意，明一早准动身吗？"魏豪说道："正是，强贼窥伺，这决不便再耽误了。车船也雇好了，明早天一亮，我和三哥一块走。"过天星深以为然，遂说道："刚才我和黄大哥，还有我们谢师父，也商量了一会儿，早走很对。不过七师父一个人护灵车，总觉势孤些；我们打算叫我们徐庆增徐师父、纪祥林纪师父，陪你们走一趟。看路上的情形，或送到济宁，或者直送到曹州府，这么办比较稳当些。二位看怎么样？"

何正平一想："这一场事，已经把人家永利镖局搅了个不善，临到现在，倚靠人家的地方还很多。人家镖局只有这几位镖师，为我们的事，连买卖都不得应了。再叫人家镖师跟着护灵，我们于心何忍？"何正平想到这里，忙答道："金二哥处事谨慎，我很感佩。可是据我想，这路上起灵的事，不便再累赘二哥了。这一路都是漕道，大概没有什么凶险的地方；沿途再小心点，跟随着大帮的商船走，也许不致再出意外。您这里也正是处处需人，已经为了我弟兄的事耽误您的生意了；再这么

一来，小弟如何过意得去？好在这一回，我和老七跟李申甫李师父一块儿动身；我们分成两拨，远远缀着大师兄的灵柩，就有个风吹草动，也还可以彼此照应。到了济宁州，灵柩改成旱路，我们再分手，也就放心了。我看这么办足行，金二哥以为如何？”

金兆和点点头道：“只要何三弟估量着能行，不致再出差错，我这里人够用不够用，倒不在话下。反正目下大票的买卖，我打算暂先不应，我们得缓一缓锐气再说，人倒是有富余。”

七师父魏豪很明白三师兄的意思，不愿过于累赘同业；但想到今日白天所遇的情形，他心中总觉悬虚。又见金兆和真心实意地帮忙，遂插言道：“三师兄，金二哥的话是有斤两的。他要派两位师父送行，这是金二哥血心待朋友的地方。三哥要不然，咱们只请金二哥派一位师父送行吧。你想，这回就是咱们一路走，三哥伤很重，不但不能动转，还需要人照料。李申甫李四哥现在好些了，我们全算上，才这么几个人，我们实在人单势孤。”

何正平正要开言，金兆和忙说道：“何三弟，你就不要客气了，我回头就叫徐庆增、纪祥林两位师父收拾收拾，明天陪你哥们走一趟。还是持重一点好，就是耽误了工夫也有限，至多有半个月，他哥俩就返回来了。”何正平还要说话，金兆和拦阻道：“就是这样办，三弟就别犹豫了。他们二位手底下都有两下子，足可倚仗。”当下吩咐伙计，把徐、纪二人请来。即将刚才的打算，对二人说了，二人慨然应允。何正平、魏豪向二人道谢。晚上值夜的事，便把二人撤出来，只叫二人管上半夜；叫黄秉、谢锦堂、苏德文等，照顾下半夜。

分派已定，金兆和又对何正平、黄秉、魏豪说道：“起灵的事，咱就算定规了。这眼前的事，也得安排安排。刚才我已派镖局伙计，到那姓胡的住的鸿发栈里卧底去了。我们还要留神他今晚上来骚扰；何三哥歇着吧，我再去巡视巡视。”于是

何正平等养伤的人，即由过天星金兆和，点派徐庆增、纪祥林二人陪着，都在西屋歇息。金兆和告诉二人："外面万一有动静，你二人千万不要全都离开此屋，恐被贼人乘虚袭入，戕害受伤的人。到了不得已的时候，你们哥俩只可出来一个人。"

然后过天星金兆和跟魏豪、黄秉，一同起身来到西跨院停放灵柩之处，将哪里是贼人入袭的必由之路，按着院落的格局，全忖度好了。金兆和皱眉说道："这一群恶贼实在太狠！今天晚上我们如果所料不虚，贼党必来。来的若只姓胡的一个人，我们可以不跟他挑明了动手；只暗中给他一下子，教他认识咱们干镖局的还有活人，也就行了。只要把他赶走，我们就派一个人，暗中缀下他去。他要是一回鸿发栈，那里有咱们卧底的人，叫他盯住这姓胡的，看看他是不是还要缀着灵柩走。如果他居然暗缀灵柩，苦缠不舍；那就是赶尽杀绝，情理难容！我们只好多多派人，一同起身；离开清江浦，咱就来个先发制人。走到合适的地段，不等他动手，咱就先下绝情，把这东西废了，以除后患。要是他不过来踩探的呢，有咱们卧底的伙计跟着他，也要盯住了，别叫他滑脱了；抓机会把小子废了完事。这不可以含糊，贼人太歹毒，一点也不可以留情。"

过天星为了朋友，打起全副精神来对付贼人。又对黄秉、谢锦堂说："现在保护受伤的人，有徐、纪二位；保护死者的遗榇，今晚上也须有专人，还是请黄大哥偏劳吧。我和七师父魏豪、苏德文、谢锦堂，专管埋伏。"遂又与魏豪商量，"我们四个人就分四路埋伏；贼人一到，咱们就用暗器伤他。他往哪面逃，哪面就飞暗器拦挡他。不到不得已的时候，就不必跟他照面。这样虚实不测，最是拒敌的良计。"

魏豪道："我们埋伏在哪里呢？"过天星金兆和道："咱们分散开了，各占一方。我守东北角，七师父守西面，苏师父守花棚，谢师父在厦子上面看着。有暗器的使暗器；没有暗器，前面有的是飞蝗石子，可以人人多带些。诸位全要取黑暗的地方，不要露了行藏。"金兆和吩咐已罢，众镖客各依照总镖头

的话办理。

这西跨院因为停着灵柩，原来点着两架戳灯，金兆和吩咐伙计把灯撤下去。在林镖头等人灵前的那几盏长明灯，本来十昼十夜地点着，晚间微吐青光，倒能约略辨出院中的景象。过天星以为不妥，亲自动手，把长明灯的灯焰拨得渺小如豆，只剩一星微光，外面仍用物件挡上。金兆和还不放心，忽眉头一耸，叫来几名伙计，单把林廷扬的棺柩舁起来，竟抬到别院屋内。却在停棺原处，放下两张八仙桌，桌上搭着芦席。此外装殓虞、丁、陶的那三具棺木，也都蒙上席，乍一看，倒正像是四口灵柩。这座跨院如此一布置，昏昏暗暗，阴沉悲凉；一阵阵微风吹过，吹得花棚沙沙啦啦地发响；再衬上这芦席下的白茬棺木，倍显得鬼森森的。

过天星金兆和把院中安排已毕，又飞身蹿到房上，察看一遍，这才下来，随同大众来到前面，把长衣服脱了，各自收拾利落。又喝了一会儿茶，听得外面已交二更二点。金兆和道："是时候了，我们到跨院等着去吧。"魏豪道："好。"站起来，与苏德文、谢锦堂，跟同金兆和，出离客厅，径奔跨院，各按预定的潜身地位，把身形藏好。

这时候夜气沉沉，跨院内外悄然，除了风声，别无一点声息。众镖师屏息静候匪踪。直到交过三更，依然没有一点异动；众人渐渐有些不耐烦，估量着贼人未必真来。彼此正自伸头探脑，互相窥视，忽然见西墙头黑乎乎的人影一闪。过天星等立刻各拢眼光，注视西墙。果然略沉一沉，从墙外蹿上一个人来。隐约辨认，似穿着夜行衣，靠在墙头，露着一半身躯，正探着身，往里窥察。金兆和等明明看见来人，却各个忍住，绝不惊动他，只聚精会神地看盯来人的行径。

来人在墙头一晃，跟着从墙上投下一块问路石子。啪嗒一声，石子落在地上。来人立刻的一按墙头，飘然蹿落院内地上，身法轻快，并无什么音响。院中的灯光萤火似有如无，看不出来人的面貌，只辨得身形举止。只见此人一落平地，脚步

轻轻，只扭头向四面一望，立刻驰奔停灵之所。来人的来路，恰与七师父魏豪把守的地段相近。魏豪早将飞蝗石子握在手内，只要来贼一有异动，他这里便抖手一石子，专打贼人的头面。过天星预有约定，宁使暗器，不得与贼人对盘。

当下此贼如一条线似的扑到灵前，一伸手将长明灯挑亮。唰的一撤身，退出丈远，闪眼向四面看了又看。然后一个箭步，重窜回来，扑在林镖头停灵的旧处，唰的把席掀下来一看，咦了一声道："怎么是两张桌子？"又一拧身，窜到第二口棺木处，把芦席掀下来；顺手把长明灯挑亮，细一端详，低言道："这是一口棺材。却是谁呢？"只见他又一扭头，灯光照处，魏豪和谢锦堂已看清来人面貌。来人像旋风似的一转，倏地又扑到第三口、第四口棺木前，把芦席全掀起来，又把长明灯全都挑亮了，便将一盏灯端到手内，往棺前一照，又一照，三口棺木全照看了。

这工夫，金兆和、苏德文等，也都看清了来人：来人正是白昼登门、借词吊丧来的那个胡建章。只见他青绢包头，黑色短装，软底快靴，斜背一口宝剑，肋悬豹皮囊；两只眸子闪烁发光，比起白天来，格外显得迅猛、精强。只见他把头向四外一瞧，从末一口棺材瞧起，把三口棺材重又仔细辨认了一回。听他低声地骂了几句，道："这些东西诡计多端，我也不能白来，且捎回一颗去。"此人说罢，立刻扑到第二口棺材前——棺内正是四师父虞伯奇的尸体。此人立刻把灵前的供桌轻轻端起，移到一旁。从身上解下一个包袱，抖开了，铺在地上，包袱上隐约看见还铺着一块黄色的油纸。待到将包袱铺好，此人立即用左肩头一扛棺材的大盖。肩头一用力，只听咔嚓一声响。众镖师至此明白来人的用意了。众镖师不由人人愤怒，恼恨贼人赶尽杀绝，至死不饶。

摩云鹏魏豪、过天星金兆和，不约而同，各将手一扬，一个飞蝗石子，一只凹面透风镖，变成两道寒光，从西面和东北面，一上一下，直向来人后脑海打来。正当此时，来人刚把棺

材盖扛动。材盖一响，骤间破空之声，他就往下一煞腰。噌的一声响，凹面透风镖先到，钉在棺材板上，紧跟着啪的一声，飞蝗石子也到了。两件暗器从贼人头上掠过，全打在棺材头上，正是间不容发。贼人吃了一惊，急顺暗器的来路，瞥了一眼。黑暗暗的院落，情知镖局有人埋伏，可是暗器已经打空，人还不肯出来，镖客的居心也很难测。

这贼人心知遇见了劲敌，赶紧一拧身，眼光投到那两间矮厦子前面。随即霍地一伏身，一顿足，直奔厦子蹿去。身躯才往厦子前一落，脚还没站稳；突然听咔啪一响，哧的一道破空之声迎面打来。他暗道："不好!"猛一低头，一支袖箭擦耳根打过去。

四面埋伏，三面已经发动。贼人觉得腹背受敌，急"鹞子翻身""倦鸟投林"，嗖地斜扑到南面，想翻上花棚。他料想镖局中人已有防备，在此恋战，必然吃亏；此贼非常机警，立刻打定了逃走的主意。不料他刚往南一落，花棚之中，黑影之间，唰的两声，迎头又打来两样暗器。贼人手脚利落，忙往左一斜身，把迎面暗器躲过；背后的暗器掠风之声又到。贼人顺势往左滑步，稍微慢了点，哧的一支袖箭，被钉在左肩后。来人咬牙忍痛，仗身形矫捷，一扭身，用"燕子钻云"，身法疾如鹰隼，唰的飞纵蹿上北墙。右脚刚找墙头，猛然听墙外有人喝了一声："下去!"一点寒星直奔面门。墙头甚窄，不过仅有落脚之处，哪容得挪步闪躲？贼人急往后一仰头，脚下一滑，轻飘飘竟从墙头翻掉在院内。也就是刚一落下，只见他腰上叠动，眼看落在地上，却一提气，挺身顿足跃起。肩后袖箭觉得痛不可忍，急回手拔下，趁势一摸剑把，把剑亮了出来，厉声叱道："暗箭伤人，匹夫之辈。是朋友，出来跟二太爷较量较量。"

话还没有收声，又是一点寒星从西面打来。贼人愤恨之下，容得镖到，急用剑一拨，当啷打落地土。方要开口诋骂，早有飞蝗石子、袖箭、金箭，如骤雨疾雹，从四面上下纷纷打

来。夜暗灯昏，但闻得破空之声，正不知镖行有多少人潜伏暗中。这贼人立刻打定主意，用声东击西之法，一按剑，骤然抢奔东墙；扑到东墙，往墙角下一耸身。埋伏在两侧的人仍依过天星之诫，暂不现身，一左一右，发出两件暗器。只见这贼人往下一扑身，让过了暗器，暴喊一声道："打！"也把手一扬，照着发暗器的所在，各还打出一镖。却趁此机会，塌身躯，用"卧龙戏水"，伏腰唰的一个盘旋，捷如飞鸟，翩若惊鸿，一顿足，嗖地反蹿上了西房。两边埋伏的人急用暗器来打。这贼身法极快，一跃两丈，由西房一磨地连蹿带蹦，早又跳到南墙；一溜烟地又由南墙头，翻落镖局中院。

众镖头呼哨一声，齐从潜伏之地窜出来；两个在地上，两个在房上，绕道追赶下去。过天星先蹿上房，望着贼人后影，连发了两镖，均被贼人闪开。贼人竟由中院扑到东南墙上，一顿足上了墙头；从墙头一飘身，落在墙外巷内。众镖师已然赶到。过天星忙打招呼，叫回众人；只由七师父魏豪和镖师苏德文二人，按照预定之计，从跨院绕出去，潜踪跟追贼人。

贼人已逃，金兆和招呼谢锦堂，赶快通知黄秉和纪祥林等人；然后又赶紧扑奔跨院，到四面查看一回。这一查看，却出人意外！这时候，突又从西墙上，跳进来一个贼人；鹤行鹿伏，溜墙根扑到停棺之处，那意思也似要乘隙盗棺毁尸。

过天星金兆和勃然大怒，立时甩出一只镖来。力劈华山怒火中烧，再忍耐不住，大骂道："万恶的贼人，再三再四，今晚上你就别想囫囵回去了！"双斧一抡，窜过去，劈头就是一斧。这贼人忽地一长身，把手一扬，一道寒风袭来。力劈华山急侧身一闪；当啷一声，一件暗器碰在砖墙上，落到地上。

贼人一声不响，借这暗器一挡，急伏身一蹿，立刻蹿上墙，就要翻墙逃走。过天星抖手一镖，喝一声："打！"贼人将身形一晃，过天星第二只镖又到。贼人哼了一声，一头栽出墙外。过天星蜻蜓点水，连蹿三蹿，已到墙根；却绕到西北角，蹿上房，往外一望。贼人正避在墙根下，往上仰望。一见过天

星，此贼唰的一抬手，咯噔的一声，发出一支袖箭；被过天星抡刀弹开。力劈华山黄秉此时也蹿上房头，身才站稳；这贼人回头又是一箭。力劈华山急一闪身，袖箭躲开了，身子却没立稳；一晃两晃，急急地顺势往墙下跳，落到地上。贼人又一袖箭，黄秉伏腰躲开。过天星也飞身蹿下来。贼人一见有两人追出，竟也不再恋战，一顿足，跃登对面墙上，叫道："相好的，看住了瓢。三天以内，小白龙一定来摘！"蹿房越脊，夺路逃去。

黄秉恨气未出，便要追赶。过天星连忙拦住道："黄大哥快回镖局子，看守受伤的人和灵柩要紧，不要上了贼人的当。"黄秉恍然省悟，立刻翻过墙头。两个人一个照顾跨院，一个照顾西客厅；仍叫别位镖师和伙计，作速到各处巡看。

金、黄二人唯恐贼人又是大批前来，三次寻仇；不得不提心吊胆，前前后后搜寻一遍。却幸贼人来者只此二人。金、黄二人捏了一把汗，来到西厢房，见了那些养伤的镖师，有徐庆增等人守护着，贼人并没来打扰。大力神李申甫心粗胆豪，睡得很熟。三师父何正平和水鬼姜辉却不放心；欠起身来，齐询金、黄二人："贼人当真来了没有？"金兆和特意安慰二人道："只来了一个探道的，赶走了！也许不再来了。三师父歇着吧。"

金、黄二人忙退出来，又到跨院停灵之所，拿灯照看了看，已经别无动静了。这才将贼人遗下的包袱，拾起来一看，只见外面是一个黄布包袱，里面却还有一层油纸。力劈华山黄秉不由怒冲心肺，骂道："万恶的狠贼！金二哥你看他们，还算计着残毁林大哥的尸体呢。若不是金二哥先机预防，林大哥临死还要落个没头鬼；这些贼子们，穷凶极恶到极处。林大哥闯荡江湖多年，我们就没听说他对待绿林道赶尽杀绝过。却怎么遇见小白龙这群东西，人死不结仇，他们却至死还不饶。"过天星道："这就叫'贼情难以常情测'了，这里面必有缘故！真是，我只担心林大哥的后嗣啊！"

金、黄二人将贼人遗留下的包袱收起来，吩咐伙计掌起灯火，把打落在院中的暗器，全拾了起来；将灵桌也放好了。在西墙下地面上，还发现了点点血迹。金兆和道："贼人已经带伤，足可警戒他一次了。"金、黄二人遂各持兵刃，登房上高，沿墙头梭巡警备。约莫过了一顿饭的工夫，忽见两条人影疾如箭驶，从西奔东，如一双燕子似的，托地飞掠；双影一晃，又登上西墙头。金、黄二人急伸手抄取暗器，那二人却已手撮嘴唇，连打了两个呼哨，做了一个暗号。金、黄二人赶忙住手，呼道："来者可是七师父、苏师父吗？"来人应声道："小弟是魏豪……小弟是苏德文。"

两人飘身而下，问金兆和等道："贼党再没有别人来吗？"金兆和回答没有。因问，二人追缉逃贼如何？二人道："姓胡的那个贼子实在利落，竟被他滑走了。"金兆和道，"店中还有咱们卧底的伙计，怎么竟叫他走了？"魏豪脸一红，很有些挂不住；急将手中提着的东西一扬道："姓胡的贼子虽然滑走了，且喜还碰着这个杀胚！被我跟苏师父临回来，顺路碰见。这个杀胚慌慌地滑墙根黑影走。我们还没动手呢，不想他倒找死；先给了我一镖，翻身就跑。被我们两人一追，两头一截。想是此贼该死，再不然地理不熟，立刻给堵住了。我们俩把这东西围上了，拼命一打，把他打倒，卸下一只胳臂来。我们还想问问他的底，谁知此贼狠辣，他自己把舌头挖了。我们一恼，给他摘了瓢。"

金兆和、黄秉忙问道："贼人的尸体呢？"苏德文道："二位放心，这个我们绝不会漏招。我和七师父把他的首级割下来，立刻把死尸拴上石头，给推到水里去了。没个三月两月的时间，再不会漂上来的。"金、黄二人遂要过人头来。这人头有腰巾包着，血已透过来。就灯影照着，血迹模糊，正是那天冒充四川镖头、首来探问林镖头的那个奸细。过天星眉峰一皱，心想：既成仇敌，杀死他也不为过；只是割取首级究竟不妥。贼人是穷凶险恶，我们开镖局的到底是奉公守法的人。但

是已成事实，只得想法子把人头给消灭了。遂将人头给何正平看过，这才将适才之事，告诉了何正平。然后当夜把人头埋弃。

过天星向魏、苏二人问道："那一个姓胡的贼却是个劲敌，他是怎么走脱的呢？"魏豪和苏德文报告经过：贼人逃出镖店之后，绕着镇甸，奔走如飞，不时回头窥看。魏、苏二人隐身暗缀，眼见贼绕了一圈，径回鸿发栈；好像已不疑心有人跟踪。略回头瞥了一眼，竟翻墙入店。魏豪、苏德文也一先一后跳入店房，再找贼人，已然不见。急扑到西厢房，找那两个卧底的伙计，竟双双地昏睡不醒；连连弹窗，两个伙计鼾声如雷。魏豪等心知有异，急忙破窗进去，才晓得卧底的伙计也不知何时，已被贼人窥破行藏，遭了贼人的暗算；两个人大概受了蒙药。

魏、苏二人慌忙用冷水把两人喷醒，草草一问。两个人说："吃了晚饭以后，忽然瞌睡起来。"必是吃的东西被贼人用什么方法，潜下了蒙药。那店家和永利镖店本是熟识的，当然不是店家所为。魏、苏二人候两人苏醒过来，急命他们快回镖局报告。魏豪、苏德文慌忙开窗，直入贼人住的房内；见房间内残灯犹亮，贼人的一个马褥子犹在，人却已不见。

魏豪大怒，与苏德文急急出店，再搜索贼踪。姓胡的贼人已然逃得无影无踪。二人无法，绕着镖局子，重新踏寻了一遍，却遇见那个首先来窥探的贼人，被金兆和、黄秉逐出，正在东寻西看，口打呼哨，找寻姓胡的贼人。冤家路窄，被魏、苏双战打倒，割去了首级。两个卧底的伙计赧赧地回转镖局。过天星向他们诘问情由，两个人竟说不出何时遭了贼人的暗算。贼人的党羽和踪迹，更说不上来了。

过天星看了两个伙计一眼，道："二位老弟，这幸亏是蒙药，要是毒药，你二位可就卖了命，还不知是怎么死的呢。这岂是闹着玩的？"黄秉忙道："好在也没误事，魏、苏两位已经把贼惊走。贼人把马褥丢下就跑了，足见他人单势孤，已有惧

敌之意，这就不妨事了。二位老弟辛苦了，请下去歇歇吧。”魏豪也道：“金二哥，咱们先谈正事。闹了这半夜，金二哥，你看我们运灵的事，这就走好呢，还是改期的好呢？”过天星道：“贼人来了两个，伤了一个，到底是他们栽在咱们手里了。我想姓胡的贼人此时必是奔回去送信，必不敢在此地留恋了。他这一走，七师父趁这机会，赶紧起灵更好，我看用不着改期。”

魏豪道：“那么，我们还是天亮动身。”金兆和道：“不过这一来，道上更得小心。我再派几位吧。”何正平道：“有徐、纪二位足够了。”金兆和摇头道：“咱们是宁可过虑，不可失着，总要事事拿稳，务保万全。”转脸对徐庆增、纪祥林说，“二位多辛苦一趟吧。”徐、纪二人道：“金镖头哪里话！咱们都是自己人，你跟林镖头是好朋友，我弟兄跟林镖头也不远。况且何三哥、魏七弟，我们也是老交情。您就是不派我们帮忙，我们还要自告奋勇呢！我们这就拾掇去。七师父，我静听你的支派。咱们不要客气，说走就走。”

何正平、魏豪见永利镖局自金兆和以下，都这么热心仗义。两人心中非常感激，也就不再推却了。何正平坐在病榻上，连连举手道：“金二哥，徐师父，纪师父，我也不说什么了，咱们是心照！”金兆和把大指一挑道：“好，该这么干脆！哥们，天可不早了，咱们可该着忙活忙活了。”

此时四更早过，众人俱不再睡。过天星金兆和将送行的伙计，也点配好了。除徐、纪二位镖师外，加派趟子手张德禄、串地龙焦五和四个年轻得力的伙计，都是手下最矫健、出门极在行的。其中以趟子手张德禄和伙计卢凤山，最为精干。这张德禄眼底下最有本事，不管什么人，只要跟他一照面，他就十成八成可以断出这个人的来路，再不虚惊虚乍，错看了人的。而且记性特别强，跟人见上一面，十年八年再见，他还能记得清清楚楚。如果通姓名，他还能在久别之后，一见面就叫出这个人的名字来。卢凤山另有一种特长，耍鬼聪明，心眼来得极

快；随机应变，滴水不漏，就是武技差得多。此外别的伙计，也都是挑了又挑的，各有一技之长，在路上深可倚仗。

金兆和遂把六人全叫了进来，对他们恳切地说明，护灵到山东济宁州；如果路上情形不对，就一直送到曹州。嘱告众人："这趟护灵，比护镖还要紧。这是咱们同行义气上的事，我也不多嘱咐了，几位多辛苦吧。一路上多加小心，一切事要听七师父的话。人家七师父是客情，对不对的不肯说。咱们若是落了包涵，可就对不起好朋友了。你们几位也看得出来，这一回我拼命似的，都为的什么？还不是跟林镖头生前，有着过命的交情吗？你们哥几个多多尽心，别叫我落个有始无终；别的话我也不多说了。"向众人一拱手道，"我拜托了。"趟子手焦五忙抢着说道："镖头，您就放心，我们决不能给您抹了脸。路上的事，我们净听七师父的。还有咱们徐师父、纪师父呢。我们一定要多加小心，您老擎好吧。"魏豪忙道："焦五哥，你们哥几个多受累吧。连你们镖头这里，我全没说客气话，咱们弟兄是彼此心照不宣。"

当时一切事预备停妥，所有随行的人，都将随身的行装打点齐备。受伤的人何正平、李申甫等，也全挣扎着起床。遂由伙计们趁着天色没亮，把双套车叫来，大家忙着先将林镖头的灵柩装上车。等到一切装毕，最后才由伙计扶着受伤的人上车。

何正平几乎走不动，大腿上失血过多了，创伤忒重。李申甫的伤较轻，已能自行上车。然后七师父魏豪出来，向永利众镖师抱拳殷殷道劳告别。力劈华山黄秉却留在永利镖局，等着二师父解廷梁办理善后。此外四师父虞伯奇、七星剑丁宏肇、永利镖师陶志刚，以及两镖行护镖而死的趟子手钱六、米占标等人的灵柩，该运的运，该葬的葬，也同时派人办理了；永利镖局是不便久停棺材的。于是林镖头的灵车先出发，为防意外，走的时候格外提早，并沿路派下人去，潜行蹚道。过天星金兆和热肠待友，随着灵车，一直送到码头上。

在清江浦码头上，共雇了两条船，管船的都是跟永利镖局走过镖的，船价低廉，照顾周到，怎么吩咐怎么办，非常顺手。金兆和预先嘱咐过，这两艘船虽是一条路，却是走起来要故作不认识。运灵的这只船，由魏豪和徐庆增等人随船保护；那另一只是由何正平、李申甫、纪祥林乘坐着。何正平坐的这只船在后，远远地缀着，没事谁也不要招呼谁；有事只要一听招呼，立刻上前接应。金兆和又密嘱水手："沿路若有打听这船来踪去影的，切记不要说出实情；只说是往北京的贩运南货客商，姓杨。打听别的事，就回他一个不知道。"船家一口应了。

灵车趁黎明时候，开到码头上。蹚路伙计从潜身处迎出来禀报，说是没有看见眼生的人。灵车由镖局出发时，沿路上也经金兆和、魏豪等暗暗留神。因为走得早，路上并没碰见什么行人，大家都略放宽心。于是魏豪、金兆和、徐庆增、纪祥林四位镖师站在码头上察看着；由伙计们帮忙，和车夫、船家一同动手，把灵柩舁上船。起运灵柩，按说都是停在船面上的。金兆和过来吩咐：把林镖头的灵柩，一径搭到船舱里，以免被人打眼，又将病伤的人，扶到二号船舱。

装船已罢，过天星金兆和亲到船舱，向何正平叙别。何正平、魏豪弟兄二人对金兆和这番盛意，感激不尽。金兆和先走到林镖头灵前，默祭了一回，这才洒泪告别下船。船家一声招呼，头号船先开，二号船过了一会儿也就随着起碇北上。

一路上众镖师小心在意，唯恐贼人跟踪寻仇，再行找来，所以在开船的时候，魏豪和安远镖局的人全不敢露面；船面上尽由永利镖师纪、徐二人和永利的伙计照应一切。头一天，船走出八十里路，看天色略晚，便不走了，拣那商船麇集的码头停泊下。当夜魏豪等全提心吊胆地防备着，却幸这夜平安过去。到第二天，仍没发现异样的船和异样的人，魏豪对何正平说："大概没事了。"由第三天起，两只船仍是随着商船走。直走了八天，船到济宁州。真是波平浪静，没有一点事故发生。

众镖师这才把心放下。

这就该换走旱路了。两只船聚在一处，何正平、魏豪把徐庆增、纪祥林请到船舱，商量着一径雇车，奔曹州府，不再落店了。依着魏豪的意思，打算叫三师兄何正平和李申甫，坐船径回保定，由魏豪自己运灵起旱，到曹州府东南乡卧牛庄。至于永利送行的人，便在此处道劳辞谢，开发船钱，请他们坐原船，返回清江浦。何正平凄然下泪道："我虽然受伤，但既已到此，我也想见见林大嫂和剑华侄儿。我怎能过门不入呢？多走百十里路吧！"徐庆增也说："我们哥儿个反正没事。我们金镖头再三嘱咐过了，叫我们务必送到地方。"魏豪道："不过，这一路很平稳，小弟实在不忍再劳动诸位了。"徐庆增慨然说道："林镖头一生好交，和我徐某也曾共过事。既是这样，纪大哥可以率领送行的诸位回去，就由我自己到林府上去一趟。金镖头说过，礼不可缺；叫咱们务必去一个人，一来祭奠，二来帮着忙活忙活。"

众镖师全要到林镖头家里去一趟，以表镖行的义气；可又怕去多了人，给人家添烦。商量了一会儿，就依徐庆增之议，由徐庆增率趟子手张德禄、串地龙焦五，陪着何正平、魏豪、李申甫，改走旱路，奔曹州府。纪祥林等仍坐原船，返回清江浦复命去了。

此时李申甫的伤已经全好。只有三师父何正平面无血色，一条腿伤口未合，化脓流血，腿筋似已受伤。走起路来，一瘸一拐，非常痛楚。在船上过了一夜，次早分途，雇好车辆，几个人赶奔曹州府。一路上毫无耽搁，第三天过午，已望见曹州府城。

众人在城里打尖。林镖头的家，魏豪跟何正平都来过几趟，路径不用费事寻找。魏豪一盘算，要是这么冒冒失失地到林大哥家里，林大哥好好一个活人离家，如今却躺在棺材里回来，事先一点信息也没听见，叫林大嫂猝然看见这样惨象，急痛交加，说不定就许出了意外。那一来岂不落了包涵？遂向何

正平说："还是押着灵柩在后，先去一个人送个信好些。"何正平叹道："这话极是！七弟，你先去吧，我们随后就到。"魏豪骑上马，立即由城动身；马上加鞭，一直奔卧牛庄而去。这边，何正平诸人在店中略歇了歇，然后上了车，慢慢地往卧牛庄走。

林廷扬镖头卜居的这卧牛庄，虽是个村庄，却是曹州府附郭最大的村落，居民足有三百多户，一条街有二里多长。林廷扬的家宅就在卧牛村内横街子，路南第四个大门，有名叫作："保镖林家"。虽是客籍，却是筑宅置用，已经落户了。林镖头的岳父铁掌黑鹰程岳，就住在邻村榆树坡。只是铁掌黑鹰程老英雄，在前年已应挚友之邀，远赴晋南，现时没在家中。

程老英雄无儿有女，现时榆树坡老宅中，只有程岳的一个族侄，替他料理田产。这个族侄粗通文字，并不是武林中人。当初程岳把自己的爱女嫁给林廷扬时，本有意把镖局交给女婿女儿，把全部田产也交给女婿女儿。无奈本族中很不乐意，镖局子是外行觊觎不得的；程老英雄那顷半良田，一片房舍，却为本族所想算。程老英雄固不怕同族觊产捣乱，但老族长说的话，总不能不留面子。林廷扬彼时正在英年，与程岳的爱女程金英一双两好，伉俪情笃，对老岳父颇尽孝心，可是一听说老岳父要把全副家产赠给自己，并已因此招起程家本族晚辈的不悦来，林镖头可就很不高兴。她对妻室说："我们夫妻到处可以吃饭，谁想望那顷半田亩？不过岳父的盛意，不忍不听就是了。既然你那本家不高兴，依我说，咱们就让了他们也罢。你不要介意了。"

程金英愤愤不乐地说道："我爹爹这些年，挣了这份家当，他们早就算计上了。这个叔叔要把他小儿子过继过来，那位哥哥又要把他的小弟弟过继过来。哪里是怕我爹爹没有后？只怕这份家当便宜你我罢了。我听见这个就生气，曾劝父亲趁早继娶，父亲却坚决不肯。我这回不是为别的，我就嫌他们太贪心了，偏不叫他们称愿。没有一个人疼他老人家，可是人人都要

算计他老人家。你说多么气人!”

林廷扬笑道:“算了吧!我可不要。”程金英只是不依。林廷扬无奈,私自找到岳父面前,吐露己意,劝程老英雄道:“何不在本族中,择一个称心的侄男,过继过来?只要承继有人,本家也就不再觊觎了。您老人家就是心疼女儿,可是您女儿挨不着饿呀?”然后,程岳才挑了一个侄儿,支派稍远,人性很好,家里又贫穷,把他过继过来,这就是舅爷程继良。

以后程金英给林廷扬遗下一个男孩,她得病身死。临殁时不放心这个遗孤,才怂恿父亲,把族妹程玉英给林廷扬做了继室,好像有点托孤的意味。这程玉英比起程金英,武功差多了。程金英虽是女子,却颇得她父铁掌黑鹰的武技秘传。这程玉英姑娘,从小也跟铁掌黑鹰习过武,程金英也曾教过她。姊妹俩情感素笃,天天常在一处盘桓。但是程玉英天性不近武林,始终没有练好。

程玉英嫁到林家做继室时,年将花信,她一进门就当家主馈。程玉英娘子武功虽不佳,却另有她的长处,相夫抚子,治家务农,颇能吃苦耐劳。林廷扬在外面经营镖局,把整个的家都交给了程玉英。那时林廷扬之子剑华,年才周岁,虽有乳母养护,林廷扬仍不放心。临行时,曾找到岳丈面前,磕了一个头,求岳父照料。不意程玉英这位新娘子,居然很拿得起来,抚视剑华,大有母教;管理佃仆,也很精明。林廷扬因此对这继室之妻,非常惬意。何期变生意外,娶过来只六年光景,程玉英竟年轻轻地骤失所天呢。

魏豪来到卧牛庄横街子,上前叫门。从宅内走出一个老家人,名叫金老寿,从前也是镖局中的伙计,出过力的人。因为年纪老了,不好再做走镖的营生。林廷扬怜他老迈,知他恂谨,便叫他给自己看家。金老寿开门一看,见是魏豪,忙紧行几步,上前施礼道:“七师父,您老好!您这是打镖局来,还是路过?您往里请吧。”

魏豪一面走,一面问道:“大奶奶呢?”金老寿道:“大奶

奶在上房呢。”他抢行几步，把魏豪让到上房，隔门帘回禀道，“奶奶，七师父来了。”转脸又对魏豪道，“七师父您坐着，我给您沏茶去。”魏豪把这堂屋看子一眼，不禁百感交集，因向金老寿说道：“我不渴，你不用张罗。铃哥儿呢？”金老寿答道：“上学去了。”他又隔着门帘叫了一声：“大奶奶，镖局子来人了。”屋内没人回答，那个奶妈却已出来，说道：“大奶奶在后场院收粮食呢。金大叔，哪位来了？”金老寿道：“镖局的七师父。王大妈，劳您驾，你给张罗一壶茶来，我请大奶奶去。”

金老寿忙到后场院，去请林廷扬的继室程玉英娘子。乳母拿了堂屋的茶壶，到厨房烧水沏茶。不一会儿，只见一个三十上下的青年健妇走了进来。

第六章

未亡人灵前设誓

这青年健妇，想是久在田亩，只生得紫棠色面庞，唇红齿白，中等身材；穿着称身的衣裳，没有系裙，头蒙着个包巾，身上微有浮尘；手里拿着一杆大秤，一进屋随手放在屋隅。

魏豪一见此妇，早站起身来，恭恭敬敬地施礼道："嫂嫂，小弟魏豪拜见！"那健妇哦了一声道："魏七弟你呀，你可辛苦了！请坐吧，你打哪里来？你们大师哥他可好？"又说道："七弟，别见笑，我刚看着他们过囤来着，弄了一身土。老寿你来，快给七师父打水泡茶。七兄弟，你先歇一歇；怪肮脏的，等我换过衣裳。"

这位健妇正是程玉英，林廷扬镖头的继配之妻。只见她拿着秤，扭身进了套间，叫乳母打了盆凉水，略事梳洗，拂去身上的尘土，撤去头上的包巾，换了一件干净衫子。她满面含春地走了出来，道："简慢，简慢。七兄弟，你多咱到的？你没有吃午饭吧？我知道你们吃饭晚。老寿来呀，叫做活的快给七师父做饭去，打斤酒来，炒几个鸡蛋。"

逊座献茶之后，程玉英拿出做主妇的身份来，请魏豪上

座，她自己坐在茶几旁，殷殷恳恳地招待自己丈夫的师弟。不住问长问短，打听林廷扬的起居，竟把个七师父魏豪噤住了。

原来林廷扬自与程玉英成婚至今，虽将六年，可是夫妻之好，闺房之乐，相处日子实在不多。程玉英一见魏豪来了，头一句便打听林廷扬身上好否？何时回家？她说道："七兄弟，是你大哥打发你来的，又给铃儿带东西来了吧？我们铃儿天天想念爸爸，他爸爸总不回家，把我们铃儿想坏了。小孩子家成天打问我，说是人家同学的，放学回来，都有爹爹给买东西，怎么我的爸爸总不回来呢？"魏豪强作笑容道："铃儿很聪明。"玉英娘子道："小东西鬼极啦，就是贪玩，天天哄着他，他才肯上学呢。"

玉英娘子说着，起身看了看日影，道："放学还得等一会儿呢。七兄弟，回头他来了，只一见面，他一定先找你打听他爹爹。"又叫金老寿道："老寿，你忙完了，快把少东接回来吧。你给他向学房老师请半天假，就说他爹爹打发人来啦。七兄弟，我知道你大哥惦记着他。本来四五十岁的人了，就只他这一个嘛！可怜的孩子，他娘又死得早！回头把他叫来，七兄弟你看一看，回去告诉他爹爹，好叫他放心。"

魏豪听了这些话，不觉心酸，慢慢地俯下头去，半晌才说道："铃儿念什么书？他也喜欢练武吗？"

玉英娘子叹道："怪机灵的孩子，就是不喜欢念书。七岁的小子，属马的，尽长淘气的心眼啦；身子骨很单薄，叫人悬着个心。吃饭也不好好吃，很尖馋，不给他单弄点可口的，他就吃不下去。若说练武，更讲不到了。他父亲在家时，倒对我说过：'别心疼孩子，一到六岁，千万叫他上学；一到七岁，千万叫他练拳。'我也叫金老寿陪着他玩似的，练一两套拳脚。只是这孩子干什么，都有够呢；没两天新鲜，就不好好干了。叫我哄一顿，吓唬一顿，本想加紧管束他，可是我想你大哥半辈子的人了，就他这么一个。我那苦命的姐姐去世又早，临咽气的时候，把孩子推在我怀里，叫我给她拉持着。七兄弟，你

看我怎么管得下去呀？”说着，不由眼圈一红，从眼角上亮晶晶地滚着一对泪珠。

七师父魏豪暗暗叫苦，这肚里的话，可怎么说出口来呢？只见玉英娘子拿衣襟抹了抹眼角，说道：“净顾说闲话了，七兄弟你喝茶呀。我们过乡下日子，渴了就喝凉水。这茶叶还是你大哥上回带来的呢。你这回大远地来了，你大哥可有什么事情交派给你吗？上次我们那个族侄长海，他想着要到镖局子混混。是我推辞不开，就写了一封信，打发他去了。还叫他给你大哥带了几件衣服去，还有几双袜子。不知道长海这孩子在镖局行吗？”魏豪道：“长海在镖局很好，大哥叫他照应门面。嫂嫂，我这趟来，是跟着大哥……”说到这里，声音微颤，肚子里斟酌话辞，正要往下说。只见程玉英嫂嫂，忽然满面堆下笑容来，眼光外射，把手一点，站起身来道：“七兄弟，铃儿来了。铃儿，铃儿，你看谁来了？”

七师父魏豪把话咽住，闪眼往外看时，只见角门一转，家人金老寿左手提着个书包，右手领着一个六七岁的孩子，走到庭院。那小孩子穿着青缎圆领的半截蓝衫，蓝裤子，镶缎边，白布袜，挖云紫缎鞋；梳着个小辫，留着刘海发，漆黑的一双小眼睛，闪闪放光，唇红齿白；像小欢老虎似的，虽然老仆扯着他，他还是跳跳钻钻地挣着往前跑。一到庭院，往堂屋里看，就大声地叫道：“娘娘，娘娘，是我爹爹回来了吗？”从金老寿掌握中夺出手来，一直跑到堂屋，往程氏跟前一扑，回头看了魏豪一眼。这小孩子立刻跑到暗间门口，把门帘一撩，往这边一探头，又往那边一探头，口中说道：“爹爹在哪里呢？爹爹没来，金老寿又说瞎话！”随即往玉英娘子的怀里一靠，磨烦起来。小眼睛盯着魏豪，拉着娘的手，唠叨道：“娘娘，娘娘，爹爹准是没回来。”

程氏娘子皱眉笑道：“铃儿又揉搓人了。起来，起来，别腻烦人。你看看，这是谁，怎么也不作个揖？”

那个孩子上眼下眼地看魏豪，回过头问道：“娘娘，这是

谁？他可是我爹爹镖局的伙计，给我带了玩意来的？”魏豪细端详此子，眉目之间，果然露出又聪明又顽皮的神气来。因为是在乡下，小脸蛋晒得通红，虽然唇红齿白，可是唇边抹着一块黑，显见是写字吮墨，把念书的幌子带出来了。两只小手像黑老鸹爪子似的；衣裳浆洗得很干净，却是上面蹭着好些土，想必是上学时也很淘气。那面貌和林廷扬十分相像，只是果如程氏娘子所说，似乎瘦点，个儿倒是不矮。魏豪心中更觉得越发难过。

那程玉英娘子满脸流露出慈爱来，看了看魏豪，又看了看小铃子，脸上很是高兴。程氏娘子一只手拍着铃儿的肩，一只手摸着他的头，说道：“小铃子，不要胡说！这是你七叔叔，快过去给你七叔叔请安。”小铃子一听这话，不但不动，反倒屁股往后靠了靠，将头一仰，几乎躺在程氏怀里，口中发出撒娇的声音，道：“娘娘，老寿给我请假，他告诉我，说是爹爹想我啦，回来啦；他竟冤人，金老寿，臭狗肉！”程氏把脸一沉，照小铃子头顶上拍了掌，怒道：“你又人来疯，我可打你啦！老实点，快给七叔行礼。你不听话，娘娘生气了！你七叔给你带了好些个好吃的呢。”

程玉英做出生气的样子。小铃子这才从娘怀里起来，走到魏豪面前，双手一举，作了一个揖，又请了个安，道：“七师叔，你老好。我爹爹怎么不来？我爹爹是嫌我淘气，生气不来吗？”

魏豪苦笑道：“可不是。小铃子，你，你想你爹爹吗？”小铃子道：“想！爹爹一回来，给我带来好多好多的东西。我爹爹多咱来？好七叔，你告诉我，我不淘气了。”魏豪道：“你不淘气，你爹爹就回来了。”小铃子道：“不淘气，我没淘气，哪个坏种才说我淘气呢。”程氏娘子喝道：“你又骂街！”小铃子笑道：“我忘了，我不骂街了。七叔，我不骂街，骂街是野孩子，当学生的不许骂街。”

魏豪道：“你念什么书了？”铃儿道：“我呀，念千字文。”

魏豪道："你的学名叫什么？"小铃子道："我姓林，我的学名叫林剑华。树林的林字，宝剑的剑字，草头的华字，才不好写呢。七叔，你的学名叫什么呢？"

这个小孩子一面说着话，一面眼睛往桌上看，往茶几下面寻。魏豪道："铃儿，你找什么？"

小铃子笑了笑，跑到娘怀内，摇着娘娘的手，说道："七师叔怎么没给带一点吃的来？"程氏娘子笑道："没羞没臊。"小铃子一听这话，打起腻来，口中说道："唵嗯，唵嗯！"

这母子二人一派天伦慈爱，映在魏豪眼中，把个魏豪急得头上冒汗，坐立不宁。心想，我这话一出口，就把人家母子一片欢愉之情，立刻打破了！脸上流露出极难看的神气。程玉英有点看出来了，说道："七兄弟，你有什么为难的事情？莫非你大哥闹脾气了，还是你没钱花了？"魏豪摇摇头，手扪胸口，一字一顿地说："嫂嫂，这些年来，我大哥创立镖局，经营很好，不知家中也落下些钱财没有，可以够过活的吗？"

程氏娘子叹道："也不过那两顷来地，几亩园子，还有十几间房。你大哥一生好交，你们哥几个还不晓得吗？浮财现钱，到手就花净了，没有多大的存项。七兄弟，你问这个，难道保镖出了差错了？那也没法子，该着赔人家，咱们一定得赔；就是典房子卖地，也说不上不算。我可不是那种女人，只许男人往家挣钱，不许往外拿钱。他能挣，就能花，怕什么？有人就有钱。七兄弟，可是你大哥打发你要钱来了吗？究竟是怎的？你大哥现在在哪里？自己个又出去保镖了吗？"

魏豪道："嫂嫂！嫂嫂是女中豪杰，不拘摊了什么逆事，没有看不开的。你老不要干什么，不要太难过。……你老先叫金老寿，把铃哥儿领出去玩一会儿。我有一件事，要跟你老说说。"说着眼角不禁掉下泪来。

程氏娘子吃了一惊，登时脸上变了颜色，站起来道："七弟，你说这话，敢是你大哥遇见什么了吗？"

魏豪不复言语，只用手一指铃哥儿，又一摆手。程氏玉英

忙叫道：“金老寿，你领少东出去玩一会儿。”金老寿应声过来，便要往外领铃哥儿。这时，忽听门外啪啪一阵敲门，金老寿又慌忙出去看门。

程氏道：“这是谁呀？”魏豪愕然站起来说道：“嫂嫂请坐，等我出去看看。”

魏豪抢步出来，刚刚走到庭院，只听门扇呼隆一响，三师兄何正平扶着一个镖行伙计，一瘸一拐，走了进来。金老寿跑着说：“大奶奶，三师父也来了。”魏豪赶过去搀何正平道：“三哥。”何正平皱眉道：“嫂嫂呢？车都到了，你说了没有？”魏豪低声道：“还没有说呢。我，实在说不出口！”

程玉英娘子一见何正平，面无人色，显带病容，似已无形中透出不祥消息来。程氏娘子不由心头小鹿突突乱跳，叫了一声道：“三兄弟，你来了。你病了吗？你大哥，他怎么了？”

何正平苦笑了一声道：“嫂嫂，你老好！请到屋里说话。”一同来到堂屋。程氏让何、魏二人坐下，伙计也坐在一旁。程氏娘子给斟了茶，一手按着茶壶，两眼看定两人，声音抖抖地说：“三兄弟，七兄弟，你们俩都来了。你们告诉我，你大哥怎么样了？他现在哪里？他遇见什么事了？你快说。”

何正平看了魏豪一眼，魏豪看了何正平一眼，低声说道：“三哥你说！”何正平先请程氏娘子坐下，把声音极力地镇定着，说道：“大嫂，你老请把心定一定。凡事你老都要冲着铃哥儿这孩子，看开些！我大哥，他不幸，已经过去了！”

程玉英娘子蓦地惊叫了一声：“唉哟！”身子往下一堆，竟坐在椅子上，两眼发愣，瞠视着何正平，半晌道：“你大哥，过去了？……多咱过去的？”

何正平道：“四月二十三，申牌时候。”

程玉英娘子从眼里忽然流出豆大的两颗泪珠……哑声道：“四月二十三？他得的什么病？”面容一蹙，忍不住要痛哭。何正平、魏豪慌忙站起来，道：“嫂嫂，嫂嫂，你老千万忍一忍，小心吓着铃儿。”铃哥并没有走，倚在娘身边，怔怔地听话。

听见他父亲“过去了”三个字，就问道：“我爹爹多咱过去了？他怎么不回家来呢？”

程玉英极力按住悲愕，看了铃哥一眼，忍不住伸手把孩子揽在怀内，一阵心酸抖战。魏豪忙叫金老寿把少东领出去，到外面玩耍。铃哥儿很是机灵，虽不懂什么叫“过去了”，也瞧出屋中气象的不对来，偎着母亲，不肯出去。魏豪忙掏出一个小银锞子来，说道：“铃哥儿，听话，快出去给七叔买点杏儿来，咱俩吃。”

容得金老寿把铃儿哄走，那个奶妈忙走出来，立在主母身边，服侍着。程玉英面容惨淡，神魂若丧，用衣袖掩住了嘴，眼中热泪蓦如雨下。何、魏二人相视无言，半晌，低声道：“嫂嫂！”

程玉英忽然仰起头来，说道：“他，到底得什么病死的？这些天了，你们怎么才送信来？”何正平看着魏豪说道：“你老千万节哀。嫂嫂，你看我这不是受伤了？我和大哥一同保镖。不幸，遇见了敌手。我大哥和我们护镖苦战。大哥一时厚道，遭了暗算，死在贼人手里。我们哥几个，死的死，伤的伤……哎呀，嫂嫂，嫂嫂！……”两个人一齐立起来，手足无措地，催奶妈扶起程氏娘子，程氏娘子竟晕过去了。

程氏娘子和林廷扬做夫妻仅仅六年，又是会少离多，何期今日竟赋黄鹄，顿成永诀！而且林廷扬又是惨死的。未等何正平把话说完，程氏娘子已经痛倒；女眷上前救唤，哭声顿作。直哭得程氏娘子肝摧肠断，血泪欲枯，喉咙喑哑。何、魏二人相视惨然，从旁再三苦劝道：“嫂嫂，嫂嫂，你老人家千万看在孩子身上，务必保重。……大哥不幸中年暴殁，这以后许多大事还要靠大嫂主持。况且，况且，嗐，大嫂，大哥的灵柩这就运到，我们还得赶快办大事，叫大哥入土为安哪！”

程氏哀哀欲绝，泪眼模糊，手扶着佣妇，看定何正平、魏豪，问道：“他在哪里遇上的事？”何、魏二人忙答道：“是在洪泽湖。”程氏道：“是怎么死的？”何正平看着魏豪，语涉吞

吐。程氏催促道："你们瞒着我吗？到底你大哥是怎么死的，是叫谁害死的？镖行里的人就是他一人死了，还是也有别人？你们师兄弟好几位，镖局里还有好些位镖师，难道说你们……"说着放声号啕起来，"你们还不告诉我吗？"

何正平、魏豪蓦地满面通红，一齐站起来道："嫂嫂，我们绝不敢瞒着嫂嫂。我们师兄弟六人，一同保镖；由苏州北上，到清江浦，我们又分途。由清江浦往凤阳，是大哥和我，跟老四、老七，还有几位镖师。不意行到洪泽湖，遇见一群水寇。他们不尽是劫镖，乃是为寻仇。嗯，他们竟是来寻仇！我们师兄弟情同骨肉，大哥上阵，我们还能袖手吗？无奈，贼人是志在报仇。一个少年贼人出其不意，用暗算把大哥狙击。"何正平用手一指后脑海道："一掌打在玉枕穴上，登时殒命。"

程氏娘子扪胸口听着，听到这里，不禁打了个冷战道："他没有别的伤？你们别是不肯说吧？"魏豪说："实在是打中要害，登时绝气，没有受什么苦楚。"

何正平接着说："我们弟兄一齐上前，与贼拼命。嫂嫂，我们死了好几个人哩！嫂嫂请想，总镖头当场身死，我们还不拼命吗？虞老四水战拒贼，死在江内。小弟力敌群贼，身受重伤。只有七师弟没伤。这不是他临危退缩，是我叫他抢救大哥的尸体。大嫂，这一伙不是寻常强盗，乃是我大哥的仇人，他们还要割取……还要残害我大哥的尸体。唉，这一回事，不仅咱们自己镖局的人伤了许多，就是临时现邀来的永利镖局，看在同行义气上，与贼拼命，也死伤了好几位。两家镖局一共死了九个人。而且仇人过于歹毒，就在劫镖之后，再一再二仍要寻仇，所以我们忙把大哥尸身运来。我们还怕贼人赶尽杀绝，再来找寻我那侄儿，所以我们要见嫂嫂。"

程氏娘子听到这里，毛发皆竖，浑身乱抖，双眼大张，不由霍地立起来，手扶桌案，瞪视着何、魏二人，声如裂帛地叫道："怎么，他们还要找寻我们铃儿？"颓然地坐下来呻吟，忽又站起来，向何、魏二人道："这仇人叫什么名字？"何正平

道："那狙击我大哥的贼人叫小白龙，是个使剑的少年。还有一个赤面长髯大汉，不知叫什么名字，也不晓得谁是主使人，谁是邀来的。"

程玉英口中念道："小白龙，小白龙！"切齿骂道："小白龙，好你个恶贼，我们林家跟你有多大冤仇，你除治了老的，还要除治小的！我一定要报仇，我一定找我伯父去！唉，偏偏他老人家又往山西去了。"把眼泪拭了拭，向何、魏二人道："三弟，七弟，你大哥活活叫贼人害了，咱们镖局子这么些能人，就没有一个捉住一两个贼，问出他们受谁主使？你们难道就算完了不成？"

魏豪惭愧道："贼人当时势众人多，我们本来力不能敌。贼人二次寻仇，到镖局窥探，我们本可以捉住一个活的；不意一时失手，给弄死了。好在这小白龙是不难找的。这东西虽把大哥伤了，可大哥临危，余威犹在，也曾把此贼一镖打在水内。贼人的剑已被我们得着，凭此剑就可以查找此贼。这不用嫂嫂说，我们把大哥的后事料理完了，定要寻访此贼，给大哥报仇。"

程玉英道："贼人那把剑呢？"何正平道："已经带来了。"说着打了个咳声道，"大嫂，你老暂请止哀。我大哥的灵柩已经来了，还在村口外车上呢。"

程玉英娘子泪如雨下，一听说林廷扬的灵柩已到村口，便要奔出迎接。何、魏二人连忙劝住。何正平对程氏说："这是铃儿的事，大嫂快张罗着缝孝衣吧！还有迎榇、停灵、卜宅，有许多事该办，又须唁告亲友。大嫂不要着急，这统可以交给七弟办。铃儿年纪小，嫂嫂要小心照顾着他。"魏豪便道："待我把铃儿找来。"何正平道："你别吓着他，我看还是瞒着他点。"

程氏哭道："苦命的孩子，棺材一到，他一定要找他爹爹，我可怎么瞒着他啊？"魏豪也皱眉道："铃儿是孝子，有好些事都得用他，那怎好瞒着他呢？"何正平摇头道："不是全瞒着。

大哥不幸惨死，我想决不可叫外人晓得。要说是叫仇人害得，传出去恐怕有许多不便。铃哥儿孩子家，更要嘱咐他。小孩子不会撒谎，叫人一套问，就说出实话来了。报仇的事，等他长大成人，再对他说不迟。现在只说大哥是病死的。大嫂也要加倍留神，恐怕声嚷出去，万一被贼人寻仇跟寻了来，可就防不胜防了。就是办丧事，也是越哑秘越妥当。”程氏娘子含泪点头，心中痛恨异常。何正平又将宅中女眷嘱咐了：若有人打听，只说是得急病，患绞肠痧死的。

何、魏二人把林廷扬失事的经过，详细对程玉英娘子说明，然后商计后事。顶要紧的是，一要快快安葬，二要小心防备仇人。当下，由魏豪出去把金老寿和铃哥找回来。铃哥好像觉出什么预兆似的，他虽是个七岁的小孩子，在外面玩了一会儿，回到院来，两个小眼睛不住地打量何三叔，又打量魏七叔，露出惊讶不安的神情来。何、魏二人非常的叹息。一入堂屋，看见程氏娘子眼圈通红，面有泪容。这小孩就扑过来，挨在母亲身边，叫道：“娘娘，你怎么了？”程氏把铃哥一抱，搂得紧紧的，不禁又失声哭起来，口中说道：“我的儿啊，你小小年纪，怎的这么命苦啊！老早的没有了亲娘，你现在又成了没爹的孩子！儿啊，你可晓得你爹爹舍了咱娘儿们撒手走了？”

铃哥虽然聪明，可是到底不懂“过去了”和“撒手走了”的语意。他就紧揽着程氏的脖颈，叫道：“娘娘不哭，爹爹是走了吗？他走了，我找他去。七叔你给我找爹爹去，我娘想他了，叫他快回来吧，别走了。”程氏越发悲痛道：“傻孩子，你不知道，你爹爹死了，再也回不来了！”

铃哥一听这话，不由一呆。他的嫡母死时，他才一周岁，他是记不得了。但是，什么叫死，他却懂得。他小小年纪，在他经验里，已经有几次和“无常”抵面。家中的小猫不饮不食，不动不叫，大人们告诉说小猫死了，回头就给扔出去了。邻家一个大姑娘，不知为了什么事，服毒死了；当挣命施救时，铃哥曾经溜过去偷看。那个姑娘神色很怕人，人家就说她

要死。不久就抬出一个白木长柜，名儿叫作棺材；而人是一装入棺材，便永远看不见了。此外，他还看见过一个老太婆得痢疾病死了。什么叫作死，铃哥是很懂得。在他幼稚的心中，也迷迷糊糊领略到死是很可怕的。现在在这堂屋中，由他的娘娘起，以至他的奶妈和何三叔、魏七叔等，各个人的面上，带出了异样的神情，显得这堂屋里，有一种可怖的空气，逼得人不好受。这小孩子一见他的娘娘搂着自己，泣不可抑，他可就忍不住，哇的一声，也哭了起来。一面哭，一面把头拱在娘娘怀里，哭叫道："爹爹死了，爹爹看不见了。"这一来，越发勾起程氏的悲痛。

母子二人相搂相抱痛哭良久，何、魏二人也止不住泪落纷纷。铃哥哭着说："我爹爹死了，我看不见我爹爹了。娘娘，那不行，我要找爹爹，我要找呀！"程氏娘子强咽悲痛道："儿啊，你爹爹的灵柩就在村外，你从今以后就是孤儿了！你要长志气，给你爹爹……"何正平忙拦道："嫂嫂，嫂嫂，不要说了，快叫铃哥去迎灵吧。"魏豪站起来，叫金老寿把中门开了，堂屋门也卸下来，安排停灵的地方。仓促间，也来不及请阴阳，看方向，只查了查皇历，避开了太岁；商量着灵柩进宅，就停在正房堂屋。

当下，何正平亲领着孤子林剑华，站在大门前，恭候迎榇。金老寿流着泪，跑去打烧纸，借杠借绳，就便邀人襄理丧事，并打发邻人到程家报丧。魏豪便跑出去，到村口迎接灵车。这时候灵车停在村上，工夫已经很大。徐庆增、李申甫众镖行人等候得心焦，便把车慢慢地赶着，往村里走，恰与魏豪迎着。魏豪抢上一步道："徐师父，太慢待了，叫你久等。"

李申甫道："怎么耽搁这大工夫？"魏豪凄然说道："林大嫂欢天喜地的，见了我问长问短，把我噤住了！"徐庆增叹道："本来嘛，孤儿寡母，冒冒失失地听见当家人死了，真叫人看着伤心。"魏豪道："可不是！"遂吩咐车夫，快把车赶进来。一辆灵车，几辆骡车，和众镖师、趟子手雇的牲口，一齐赶奔

南横街。这村庄人口并不少，有的人看见丧车，拿诧异的眼光来看。有的人迎着问道："喂，二哥，这是谁的灵柩啊？"魏豪默然不答，李申甫道："走你的路吧。"

灵车拉到保镖林的家门口，金老寿上前焚化纸钱；孝子林剑华由何正平等搀扶，在门口跪着，哭泣迎灵。这程玉英娘子，在堂屋哪里忍得住？早也扑出来，放声痛哭；意欲到门前，抚棺一痛。被佣妇再三劝住，竟在大门内，傍着儿子伏地大哭，哀咽欲绝。众镖师纵是铁石心肠，到此也忍不住英雄泪横颐沾襟，替这青年的孀妇、七岁的孤儿，洒一掬同情之泪。

保镖林家门前哭声一起，登时惊动得四邻出来看热闹，打听新闻。魏豪等人概不搭理，只顾张罗着往院内舁棺。众镖行伙计和车夫们，拿绳拿杠，七手八脚地把棺木舁下车来，然后往门内抬。佣妇奶妈搀扶着程玉英娘子，何正平和一个镖行伙计，搀着孝子林剑华，依礼迎榇，哀号着到了内院。那徐庆增镖师和永利镖局随行护榇的趟子手们，一时无人照料，就由李申甫扶伤引领，来到院中，叫着魏豪的名字道："七师父，这几位朋友往哪屋让啊？"抬灵柩的人吆喝用力，林宅内外乱成一团。

在这初夏天气，丽日和风，草木繁荣的时节，林宅内外竟笼罩了一层愁云惨雾。七师父魏豪忙着移榇，此时叫着金老寿，把停灵的地位，指告诸人；自己腾出身子来，忙招待永利镖局的诸位师父们。徐庆增和趟子手张德禄连忙说道："七师父，你怎么倒张罗起我们来了？我们是来帮忙的呀。你只告诉我们在哪屋里放东西就行了，我们自己动手。"七师父魏豪忙叫金老寿："哪间房子可以住客？"金老寿慌忙一指西厢房道："这儿是客屋，众位师父请屋里坐；众位的行李，回头我搬吧。"趟子手焦五道："大师父，你别管了，我们自己来。于是众镖师自己动手，把铺盖搬下来，放在西厢房。趟子手张德禄抢在头里，给张罗一切。焦五就叫宅里人领到厨房，帮着烧水冲茶。

七师父魏豪忙着先开发了车脚钱。此时灵柩已经直舁到正房；在堂屋预先放下两条矮脚材凳，这棺木便安放在堂屋中材凳上面。这口棺木本是仓促入殓，没有上漆；白茬寿木，护着铁叶子，原是行柩。在材头上悬着一块红布，前挡只题着亡人的姓讳、生卒月日；另有一只白公鸡，放在材前，作为引路仙鹤，此时已取下来。

金老寿搬来一张桌子，系上一条白桌围，摆起一对烛台，插上三炷香，火盆内放着纸钱。草草地赶办，也还没有什么遗漏。何正平负着伤，临时做了礼生，搀扶孝子来到灵前。灵桌前没有白垫，便临时撤下椅垫，蒙了一块白布。何正平遂叫铃哥道："铃儿，你来磕四个头吧。你父亲故去了，这应该你哭了。"铃哥磕了四个头，站起来，对着棺材发愣，仰着脸问道："三叔，我爹爹死了，我要看看他在哪里呢？"

这时候，程玉英一见这白茬棺木，从佣妇手中挣出来，叫道："铃儿他爹，你舍下我们走了！"往棺前一扑，双手拍打着棺盖，放声哀号起来。众人连忙上前劝阻："大嫂不要敲棺，恐亡人不安。"程玉英哪里还顾得这些禁忌？把头抵在棺上，哭喊着，叫着。宛如孤鸿哀泪，声声断肠。铃哥见他母亲这样，这小孩子竟不肯在灵前跪哭，反而跑过来，抱着他娘的腿，又哭又跳的，要掀开棺材，看一看里边是不是他父亲。程玉英娘子搂着铃哥，抚棺叫道："铃儿爹，你一世英雄，不想你落了这么一个下场！铃儿爹，你有灵有圣，保佑铃儿长大成人，给你报仇啊！铃儿爹，你听见了没有？"何正平叫道："嫂嫂，不要说了，别忘了刚才的话呀。"程玉英这才想起，丈夫被仇人所害，还得瞒着铃儿，不叫他知道。这么想着，越发悲痛，搂着铃儿，越发哭不成声了。

那铃儿却还闹着要开棺看看他父。程玉英娘子想，丈夫惨死，到底是受的什么伤？临死时受了苦没有？她总疑心何、魏二人瞒着她，未必肯说实情。自己必要亲睹遗尸，方能释然。这母子两个竟向何、魏二人哭着，要叫大家把材盖打开："叫

我娘俩看一看，也好放心！”

何、魏二人相顾惨然，忙劝解道：“四月天气已然很热，大哥的尸体隔日已久，这是看不得的了！恐怕一打材盖，那气味要伤着铃哥。”再三地把程氏劝住。铃哥却不懂得那些个，他要自己找斧子去。七师父魏豪忙蹲下来，揽着铃哥儿，说道：“铃哥好宝贝，你别闹了。你一闹，你娘娘又难过，要哭了。好孩子，你不是怕娘哭吗？”好说歹说，才把铃哥哄住了。

何正平见程玉英娘子哭成泪人一样，脸色非常难看，怕她天气热晕厥过去，忙嘱女眷们把程氏娘子搀扶起来，到内间先歇息一会儿，再谈别的。

于是家人哭奠已过；何正平、魏豪师兄弟二人穿上长衣，忍住悲痛，上前祭奠。铃哥是孝子，就由金老寿照顾着，跪在一旁陪灵。然后永利镖局徐庆增、张德禄、焦五，和本镖局李申甫等人，都来到正房。何、魏二人此时又赶忙做了知客，陪着众人，到灵前行礼；孝子叩头答谢。徐庆增镖师又代表永利镖局，见了林大娘子程玉英，敬致吊唁之意。程氏娘子哭着拜谢。

程氏娘子一番痛哭之后，忙即摄住心神，来操持大事。对众人道：“总镖头不幸去世，奴心胆已碎。我一个妇道人家，没有主心骨，一切款待多不周到。这以后的事，和我们铃哥，全靠叔叔、伯伯看在死鬼面上，多多费心照料。我不说感谢的话了，诸位全看在我们铃儿他太小，多心疼他吧！”

这一番话说得又婉转，又悲痛；众人听了，既佩服，又觉惨然。那李申甫头一个就掉下泪来，说道：“大嫂，你老不认得我；我叫李申甫，我和林大哥是一二十年的老交情。你老放心吧，我们不是来挑礼的，我们是来帮忙的；他们谁也不能挑礼。大嫂你就好好地拉扯孩子吧。这些丧祭大事，你老放心。我们早就说好了，就叫我们七师父来拿总，我们大伙一齐忙。七师父，你可多卖力气，你不看死的，还看活的呢！不看活的，还看死的呢！”众人也忙回答道：“大嫂，你老望安，你老

千万保重！照应铃哥要紧，别的事你老不用操心。这是到哪里啦，我们还做客不成？”徐庆增镖师接着道：“林大奶奶，你老请歇着吧，我们到前边去。”遂向众人举手告退，大家一齐回到西厢房。

这些人果然毫不做客，都赶着帮忙。程氏娘子却还是催着金老寿过来，给众人献茶；又命做活的给大家备饭打酒，又请魏豪引着铃哥，向众人挨个儿道谢。直乱过一阵，程氏娘子方才拉着铃儿，来到堂屋里间，枯坐在炕边上，手摸着铃儿的头，止不住纷纷落泪。她对铃儿说道：“孩子，你和我怎么都这样命苦！你从小没了亲娘；我呢，如今……嗐，我二十三岁进了你林家的门，现在二十九岁就守了寡！我呀，我这是什么命呢？……你父亲一世的英雄，临了落个外丧鬼。天长日久，咱娘俩往后可怎么过呀？”

铃哥到底年纪小，拉着他娘的手，睁着黑眼睛，想了半晌，往怀内一偎，说道：“娘娘，爹爹是真死了吗？爹爹也是得痢疾死的吗？我想看看，七叔怎么不让打棺材看呢？”说时看见程氏娘子两眼落泪，铃哥双手把娘一抱道，“娘娘又哭了！得啦，你别哭了；他们说啦，天气热，劝娘别哭，看哭昏过去。”

小孩子的话似痴不痴，更刺人心。程玉英娘子听着格外的怨怆，说道：“娘不哭了。好孩子，你从此可就成了孤儿了！孩子，你可要争气呀。”铃儿道：“争气？娘娘，我怎么争气呢？……是啦，我知道啦，我一定好好地念书，我也不逃学了，我也不淘气了；我要整天的争气，对不对？”忽又眼光一转，心思想到别处。他想起了别家死了人的景象来，叫着娘问道：“娘娘，咱们是不是也要穿白袍子呢？”

七师父魏豪做事细心，运灵下船时，他已在济宁州买下了几匹白布；遂拿出来交给程氏娘子，由宅内女眷一齐动手，把孝衣赶忙制好了。程氏玉英和铃儿母子二人，都穿上了重孝。程玉英娘家的人，此时已得林姑爷在外病殁、灵柩到家的凶

信。黑程岳远在晋南，只有他过继的侄儿程继良夫妇在家。这夫妇二人慌忙赶过来，与程氏娘子相见，不禁又痛哭了一场。

何正平和林廷扬谊属同门，恩若手足。林大哥一死，人丁单弱，门户萧条，他依情依理，应该帮着照料丧事。不意何正平经这一番劳碌，又受刺激，竟动弹不得了，那条受伤的腿又瘸了起来。他心中很是着急，只得叫魏豪与程舅爷商量着；赶快办开吊安葬的事，越快越好。

但是林廷扬虽在曹州府落户置产，可是还没有购置坟地。他前妻程金英死时，就在自己的菜园内拨出一块地，浮厝起来，还打算将来归葬祖茔。现在停柩在堂，还得赶紧勘置坟地。舅爷对姐姐程玉英说："可以先把姐夫的灵柩也浮厝起来，慢慢地找好风水地。"七师父魏豪不以为然，力劝嫂嫂："好歹在自己田里选择一块地，叫死者早早入土为安。"

程氏娘子略一迟疑，立刻依了魏豪的主意，向舅爷程继良说："你姐夫干这刀尖子营生，我姐姐活着的时候，总劝他急流勇退，趁早歇马，他只是不听。现在竟落得仰着脚回来，还顾得什么好风水？我打算就在家里园子上，挑块高燥的地方，把他跟我姐姐合葬了。剩下我和铃哥这一对苦瓜星，反正是命独的人，还顾忌个什么劲儿呢？"又谈到择卜葬期的话，程氏娘子掐指算了一回，叹道："就停两七；天气热，不能久停！"说着又滚下眼泪来。

程舅爷是个年轻的乡下人，读过几年书，很有些迂气；以为婚丧大事，哪能这么潦草？把魏豪看了一眼，意思很是不悦。当时虽然没说什么；到了晚上，便向程玉英娘子磨烦了许多话。程氏娘子别有苦衷，看屋中无人，这才将林廷扬惨死之事悄悄对舅爷、妗子说了。程舅爷大吃一惊，也主张赶快下窆，也以为对外不宜声张；并劝姐姐小心照看外甥为要，这乃是林家的一根独苗："万一有个好歹，姐姐将来可指望谁呢？"这书呆子虽然是过继来的，却很有亲戚之情。

那永利镖局的徐庆增和张德禄、焦五等人，因见林宅只有

一个年轻未亡人，又见程舅爷已到；当下便向何正平、魏豪二人说明，已将林镖头的灵柩护送到家，一路幸未出岔，料想贼人未必追踪再来。便说："在这里也就用不着我们哥几个了。此时天色尚不算晚，愚下就此告辞，恕我等不送殡了。"何正平、魏豪等晓得徐庆增等是避嫌的意思，忙齐声恳留道："徐大哥，一路劳你们诸位费心，你哥们怎么着也不可见外。我林大嫂莫看年纪轻，也是女中豪杰，最开通不过。你我弟兄肝胆相照，无论如何要多住几天；一来歇息歇息，二来还要仰仗诸位帮忙。"徐庆增听得末一句，知道不好再推辞了，又打算到外面住店。至于等到下葬再走，他们人数较多，在此实难久滞。逊让良久，方才答应了何正平等，开吊以后再走。林府上赶办丧事，诵经开吊，一切如仪。开吊以后，徐庆增等告辞，返回清江浦。何正平见这里没什么事，遂见了程玉英娘子，要即日动身返回保定，办理镖局善后，和赔偿镖银的事情。即照原议，把七师弟魏豪和两个精干的镖局伙计，留在卧牛庄，帮着照应门户。恐免不了有江湖上朋友，闻讯前来吊丧；林大嫂未必全认识，正需有几个人在这里当知客，叫魏豪等过一个月二十天，林宅一点事没有了，寡母孤儿可以消消停停安居度日子，那时再走不迟。并约定同门诸人在保定聚齐，预备设法子根究仇人。至于小白龙遗留下的那把剑，自当给林大嫂留下；将来好交给林剑华，长大成人，替父报仇。

不想事不凑巧，何正平这几人刚刚离开卧牛庄，那二师兄解廷梁却由保定登程，乘马如飞，奔卧牛庄而来。只差着两天，师兄弟二人未得聚在一块。

解廷梁一闻噩耗，立刻动身，赶到卧牛庄，天色已晚。他心中悬结着掌门师兄林廷扬惨死的事，不去住店，竟来叩门。这时候林府上刚刚撤了经坛，人们正在打扫前后院。忽闻外面叩门甚急，魏豪叫众人不要上前，他自己当先来到门洞，喝道："外面是谁?"听搭话的声音，才知是二师兄到了，忙开门迎接。只见来的人，一共四位。除了解廷梁，还有一位镖师，

名蔡文源。两个伙计，一个挑着安远镖局的字号灯笼站在门旁，另一个伙计牵着四匹马。那解廷梁一身尘土，满头热汗，与魏豪一见面，立刻说道："老七，你在这里了，你多咱来的？还有谁在这里，大哥的灵柩运来了？"

魏豪向前施礼道："大哥灵柩早已运回，再过七天就下葬。现在只有我在这里，何三哥、李四哥前天刚走。"解廷梁拭汗说道："蔡师父里面请。老七，大嫂和剑华侄儿呢？她娘俩可还好？"魏豪道："大嫂大概还没有睡，剑华许睡了。"解廷梁一顿足，咳了一声道："真是的，谁想得到！……"只说了半句，眼泪已夺眶而出。遂一转身，让蔡文源先行，且走且说："我们一路紧赶，连尖都没打，赶到这里错过宿头了。大哥的灵柩停在哪里？"

众人全出来迎接；解廷梁要径奔上房，到灵前一哭。金老寿过来行礼道："二师父！"解廷梁看了一眼道："老金，你还好！大奶奶呢？"金老寿道："大奶奶还没睡呢！她老知道您老来了，这就出来见您。您请到客屋坐吧，大远的来了，您先歇歇。"魏豪遂引着镖师蔡文源、二师兄解廷梁先到厢房，洗脸献茶。

二师兄解廷梁把身上的土掸了掸，含口茶漱了漱嘴，在屋里坐不住，对魏豪说道："灵柩就停在正房吧？我去吊一吊，回来再说话。"不想刚刚举步，林大嫂程玉英已然在外面咳了一声，叫道："是二师弟来了吗？"解廷梁忙答道："大嫂，小弟来了！"忙将门帘挑开，将身一侧，程玉英娘子姗姗地走来。解廷梁看时，见嫂嫂穿一身重孝，灯光之下，脸色惨黄，和前年见面时的神气大不相同了。解廷梁忙躬身行礼，忍不住掉下泪来，涩声叫道："嫂嫂，想不到我大哥竟遇上这等事……"叔嫂二人不禁失声哭起来，镖师蔡文源也相陪落泪。

解廷梁强咽悲声，请嫂嫂坐下，又把林廷扬惨死的事说起来。且说且哭，好一会儿，这才齐到灵堂。解廷梁偕着镖师蔡文源，来到堂屋一看，棺木停在堂屋中，已经涂上七道漆，用

席挡着。材头偏向东北，灵桌上一对绿烛，随风摇曳，香炉上三炷香。香炉旁摆着一副杯箸，几色祭品，内有一碗虾子烩冬菇、一碗红烧鲤鱼头，这全是林廷扬生前嗜食之物。而现在，空陈在灵前，人却一瞑不起了；正是所谓“灵前空奠千杯酒，一滴何尝到九泉”！

解廷梁一阵心酸，取了三炷香，点着了，高声叫道：“大哥，小弟解廷梁来了！大哥！……”泪随声下，跪倒灵前。镖师蔡文源和带来的伙计，也都磕了四个头，俱都洒泪。孝子林剑华此时已然睡了。程玉英娘子不忍唤醒他，便亲自跪下陪灵，哀哀痛哭。解廷梁抚棺大哭了一场，魏豪上前劝住，女眷们也将程氏娘子扶起来。

半晌，解廷梁道：“铃儿睡了吗？我看看他去。”便与魏豪、程氏，来到上房内间。程氏娘子将油灯拨了一拨，只见那个奶妈守在一旁，铃哥盖着一个旧被单，睡在炕上，两只脚都露出来。解廷梁坐在炕边看了看，通红的小脸睡得很热，鼻头微微有一点汗。程氏娘子忙取来一块小手巾，把汗给他擦了，又把头扳了扳，给他放好了枕头。她忍不住说道：“苦命的孩子呀！”铃哥忽然眉头一皱，把手一抡，啪的一掌打在床上，口中喃喃地发出呓语道：“你也配！我爹爹开镖局子，你爹爹干什么？拾粪的，能打得过我爹爹？”好像在睡梦中，正和小同学拌嘴呢。

解廷梁暗自叹息，侄儿这么幼小，嫂嫂这么年轻，将来敢说怎样呢？可怜林大哥一生辛辛苦苦，经营了南北二京、苏杭二州和保定府五个镖局，赢得武林称雄，声闻大河南北；如今惨遭贼人杀害，撒手归阴，抛下这孤儿寡母，什么也完了！解廷梁默想着站起来，向程氏娘子说：“大嫂，铃哥是林大哥唯一的根苗。往后千斤担子都在大嫂身上，你老打起精神来，好好照应孩子要紧；也不要太管严了，也不要太宠了他。镖局的事，自有我们哥几个照顾着，大嫂不用操心。现在天不早了，天气很热，我看大嫂气色不好，你老快歇着吧。我有好些个

事，要请示嫂嫂，等明天再谈。你老千万把心放宽着点，你老这时可害不得病呀！”又对奶妈说：“大奶奶心里难过，你好好服侍着。”

此时程氏娘子头痛如劈，也不能深谈。解廷梁又安慰程氏一回，起身告辞。遂与魏豪、蔡文源退出上房，一面走，一面把院内前后看了一遍。乡间办丧事，很少搭棚的，只在院内草草地搭了座席棚，棚中挂了几盏白纸灯，还是阴阴惨惨的；也不知是景象悲惨，还是人心悲凄。这时是五月初，天气闷热，一点风也没有，格外显得郁闷烦躁。

解廷梁来到厢房，与魏豪共语。这一回解廷梁一闻失事，筹了一笔巨款，仓皇起程赶来。所有林廷扬猝遇仇敌、殒命失镖的经过，已听报信的趟子手说明。那个赤面大汉，解廷梁也想不出是谁；那个小白龙的根底，解廷梁却略知一二。知道这个小白龙，乃是两湖的一个年轻独行盗侠，一向单人独剑，劫富济贫；却是武功超绝，做事机密，罕与绿林中人物来往。故此江湖上知道他的人并不多。却与林廷扬向无交涉，正不知因何结怨。魏豪询问解廷梁：“可曾问过张士锐张二哥没有？张二哥和林大哥相处最好，共事多年；可晓得林大哥的仇人，有这么一个赤面大汉吗？”解廷梁道：“我不知道，他也说不上来。这赤面大汉，你可听清他是哪里口音？”

魏豪道：“口音听不出来，想是久闯江湖，哪里的口音都有。如今想来，大概是北方人物，但必不是洪泽湖附近坐地的强盗。”

这师兄弟二人又谈及善后之事。解廷梁道：“现在就是先忙着赔镖。至于收市的话，我仔细盘算过了，这个办不到。五个镖局，哪能立刻就关门？恐怕半年也结束不了。咱们姑且往下做着看。好在那八艘镖船都平安运到了。就赔这三船货，尽力筹划一下，我想我们还有这个力量。”魏豪忙道：“可是，我们很担心，怕贼子既劫了凤阳这路，难免不扰北京这路。现在还好，竟平安运到了。”解廷梁道：“唉，也险得很呢！”

这八号货船，由五师弟许振青、六师弟郑广澍，镖师顾立庸、姚云朗、周志浩等，协力押护北上；因为预有戒心，一路上小心防备，幸未出错。到第二天上，顾立庸暗自留神，竟察觉有两只小船在后面缀着。顾立庸关照大家，一齐当心。事有凑巧，这本是运河漕道，往来商船如梭，镇江同行万胜镖局恰也押护着九只镖船北上；两方镖船会在一处，互相关照着，竟搭了帮一同北上。那两只小船直缀出四站路，方才折回去。众人捏了一把汗，侥幸却得脱过。

解廷梁和魏豪商讨了半夜，方才睡下。次日早晨，草草用完早点，便偕往上房；叫金老寿在前引领，要面见程氏嫂嫂，把盘算好的办法请示一下，这也是尊重寡居嫂嫂的意思。程氏娘子此时刚刚地给铃哥洗完脸，正要领着他过来见见二师叔。当下遂把解、魏二人让到正房明间坐下，命铃哥给二师叔磕头谢孝。

解廷梁忙把铃哥拽起来，拉着手问了一会儿话。铃哥并不怯生，一字一板地答对着。解廷梁又是心痛，又是爱惜，摸着铃哥的头对程氏嫂嫂说道："大嫂，你看日子过得多么快？大前年我来的时候，铃哥不过刚会说话，还说不很清楚呢。现在这么高了，成了小学生了。你看他多么精神，说话多么机灵！大嫂你老放宽心吧，这孩子将来错不了，你老有熬头呢。你老年轻轻的，能把铃哥抚养大了，教子成名，节慈两立，谁不佩服大嫂，谁不尊敬大嫂？"程氏娘子苦笑一声道："二师弟，这孩子单单细细的，将来谁知道怎么样呢？就算熬得他大了，我这薄命的人，还不知我熬得到熬不到呢！往后的事，哪敢指望？就是眼前的岁月，叫我怎么过法？二师弟你想，我给你大哥做了六年的夫妻，他整年在外，在家的时候连头至尾也不到两年，就把这个小肉蛋孩子丢给我，伸腿去了！想起来我还有什么活头？我熬个什么劲呢？"

程氏娘子满怀的酸苦，不觉得说出这哀怨的话来。简直说，有点恨着死者不该死得这么早。解廷梁听了，默然不答，

他暗想："嫂嫂太年轻。这将来，嗐，谁知道呢，谁敢保呢？"……默想移时，解廷梁冲开了沉闷的空气，用很深重的声调叫了一声嫂嫂，即说道："嫂嫂，你是贤惠人，你老总得退一步想。铃哥虽然单细，到底他已然七岁了，拉扯着究竟容易。比方说，他要是只二三岁呢？他要是个女孩子呢？难道大嫂你就不过日子了？大嫂你是女中豪杰，我们也不用多劝；劝得了皮，劝不了心。大嫂总看我大哥生前轰轰烈烈一场，不幸死在仇人手内，我们还不给他争一口气？我大哥一世的豪杰，他的后辈香烟绝错不了。铃哥这孩子不是没心的，你把他恩养大了，他将来一定孝敬你老。你看他偎依着你老，比亲生的还亲呢！我敢说你老不能白受苦，日后必有报答，老天爷不是没眼的。"

程氏娘子叹道："若说这孩子，在我跟前倒也罢了。可是，谁知道呢？现在他很拿着我当亲娘，将来长大成人，又谁能料得准怎么样？做后娘的不容易，做寡妇后娘的更是万难。我把他抚养大了，他将来可晓得我这个后娘的苦处吗？"

解廷梁把头微微一摇，心中不怿，便要开言。不想铃哥听话听出音来，把小头一仰，仰在程氏娘子腕子上一躺，昵声地叫道："娘娘，我拿你当娘，你才是我的好娘呢。谁说你不是我的娘，我打他的嘴。娘娘，金老寿告诉我了，他说娘娘拉扯我不容易，叫我好好地孝顺你。你等着吧，我长大了，挣多多的钱，都给你。我也保镖，我让你坐在镖车上。咱们娘俩一块儿保镖，娘娘你说好不好？咱们娘俩老在一块。"

铃哥这几句孩子气的话，说得程氏很感动，又很悲凉。把铃哥一搂，脸儿相偎地说："铃哥，你长大了，可孝顺我？"铃哥道："我长大了，一定孝顺你，一定不惹你生气。"程氏娘子道："你可听我的话？你不听话，娘可就不要你了。"铃哥道："娘娘要我，不要不成。我准听话；奶妈对我说了，他说我是没爹的孩子了，就是娘一个人疼我了，叫我也疼娘一个人。娘啊，我一定一定疼你，咱们娘俩好。"

程氏娘子失声道："唉哟，我的儿啊，你可别这么说了。乖儿子，娘不疼你可疼谁呢？"竟情不自禁地，把铃儿像抱小乳儿似的，紧紧揽在怀里；那眼中的痛泪滚滚地落下来。引得铃哥也撇着嘴要哭，双手抱着娘，不住地叫："娘娘不哭，娘娘不哭。好娘娘，你别哭呀！"程玉英越发地动情，呜咽着说道："二师弟，七师弟，你说我怎么不难过？这孩子实在叫人心疼！想不到这孩子跟我一样命毒……孩子，往后就是你跟我了。你是没爹没娘的苦命孩子，我是无夫无子的苦命女人。孩儿呀，咱娘俩可是一对苦瓜星，都赶到一块来了！"

解廷梁目睹此情，眼中掉下泪来，忙偷偷地拭去，看了魏豪一眼。魏豪把头扭到别处，也正在心酸欲泪。解廷梁暗想，这位续弦嫂嫂，看起来大概不至丢下铃儿不管吧？他眼看着这母子二人相抱悲酸，他更不相劝，只怔怔地想心思，盘算着怎样尽他的朋友之情。

只见程氏娘子酸楚了一会儿，张嘴似欲有言，却又止住。慢慢地把铃哥放下来，叫金老寿道："老金，你把少东领出去，玩一会儿，千万别上远处去，我要跟二师父商量事情。"金老寿应声来领铃哥。铃哥小小的孩子，不知心中想起什么来，竟叹了一口气，看了看程氏的脸，说道："娘，我玩去了！"乖乖地跟金老寿走了。

这铃哥一步一回头地走出去，程玉英哭得红肿的眼，也直看着铃哥。沉默了好一会儿，程氏娘子把悲容一整，忽然变了一种腔调，对解廷梁说："二师弟，你来了很好。你们哥儿个，现在就数你年长，我正要跟你商量商量。"解廷梁愕然，忙欠身道："嫂嫂有话，只管吩咐。"程氏娘子道："二弟，你跟你大哥是好兄弟不是？"解廷梁道："嫂嫂！……"程氏正色道："二弟，你大哥浑身的本事走南闯北，听说没遇过什么敌手。现在，他竟死在仇人小白龙手内，这正是我做梦也想不到的事。你大哥死得一定很惨，他们不过瞒着我，怕我难过；可是我也学过两天武，不是一点也不懂得。你想，我若不把你大哥

的仇给报了，我还有心肠活吗？更不用说拉扯孩子了。二弟，别看我是个女人，我一定要给你大哥报仇。铃儿这孩子，我一定把他抚养大了，给你大哥留一条根。二弟，七弟，刚才你们不是说我给你大哥争口气吗？我现在，就拿死的心肠来活着，我一定把铃哥抚养大了。万一铃哥有个好歹，这不是当着你大哥的灵柩，嗐！铃哥要是拉扯不住，我程玉英那时一定跟了孩子去。有铃哥，就有我；没有铃哥，我也不活着。别看我是个女子，这一件事，我说到就做到。但是给你大哥报仇的话，铃儿年纪小，我的功夫不行。若是姐姐活着，这就好办了；她又死了，我大伯又没在家。二弟，七弟，这全在你们身上了，你弟兄可不能含糊。可不是我女人撒赖，你们弟兄好了一场，你们能够袖手不管吗？"

程玉英说着这话，声容突转激楚，站起来忽然跪倒地上，痛哭道："二弟，七弟，你得给你大哥报仇！你可得答应我。我一个年轻轻的寡妇，只有两条路，一个是替夫报仇，一个是抚养孤儿。抚孤是我的事，报仇我只能拜托你们哥儿个了！"

程氏娘子且哭且说，解廷梁、魏豪心中一震，慌忙跪倒，失声叫道："嫂嫂，嫂嫂请起，我弟兄一定忘不了今日。我们要不给大哥报仇，我们就非为人类。嫂嫂快起来，折煞小弟了。"

程玉英哭道："二弟，七弟，你弟兄果有此心，也不枉你们相好一场。我盼望你们，不但口头答应我；现当着你大哥的灵柩，你们是他的好兄弟，我也是他的好妻子。咱们来，对棺盟誓。"

解廷梁到此才晓得，这位续室嫂嫂是这么样的一个激烈女子，果然不愧是名武师的侄女，名镖客的妻室，自己刚才的揣测，真是以小人之心度人了！

三个人起来，一齐来到棺前。程玉英娘子亲自点上三炷香，当先跪倒，高叫道："当前的亡人有知，我程玉英今日对你立誓，抚养孤儿！你有灵有验，好好保佑我们的铃儿，叫他

壮壮实实，长大成人，给你争口气。亡人啊，我告诉你，有铃儿就有我程玉英的活路，铃儿万一有个好歹……那时节，你我夫妻亲子可就要在地下相见了！你要保佑我这无能的女人，你给我仗胆子。我要有对不过你的时候，亡人啊，我要是三心二意，你有灵有圣，你把我活抓了去，叫我不得好死，万世不得翻身！”祷罢，失声号哭起来。随即忍痛立起，用手一指灵前，很悲愤地说，“二弟，七弟，你们怎样……”

解廷梁、魏豪两人，忙一齐拈香奠酒。解廷梁举杯跪倒，叫道：“死去的大哥听着！你阴灵有知，要好好佑护我的苦命侄儿，和立志抚孤的嫂嫂，叫他母子无灾无病。大哥，小弟解廷梁一步来迟，与你永别！今日我与七弟一同立誓，要等赔镖以后，寻访仇人，给大哥报仇雪恨。大哥阴灵有知，叫我们访得仇人的下落；我解廷梁一定要纠合同门诛恶贼，雪深仇，照应寡嫂孤侄，尽心尽力。皇天后土，实鉴此言；我解廷梁若有言不应口、口不应心、忘仇负义之时，叫我……”当啷一声把酒杯掼碎在地，厉声道：“叫我解廷梁粉身碎骨，不得好死！”

七师弟魏豪也跪发了誓愿，与解廷梁两人奋然站起来。程玉英挥泪拜谢。

噫，他们这里立志复仇，怨气不出；仇人那里，也是怨气不出，于是第三次寻仇，前来刺孤儿，火焚灵棚。

第七章 海燕子纵火搜孤

林廷扬镖头既死，未亡人程玉英娘子慷慨陈词，眼看着亡夫的师弟解廷梁、魏豪，一一对棺盟誓，允为复仇，忙走过来挥泪道谢。摩云鹏魏豪道："大嫂，我们弟兄跟大哥相处多年，推诚相爱，誓共生死，就不待大嫂嘱咐，我们也得各尽天良。况且大哥待我们，又与寻常不同；他实在对我们情同手足，恩若父师。我们哥几个，哪一个不是大师兄一手提拔起来的！我们从学艺时，就是大哥传授的；我们出世时，又受大哥的吸引；甚至我们成家立业，也是大哥给操持的。大嫂望安，我们早已约定，各尽各心。我三师兄打发我来，便是叫我运灵护丧以后，还要替嫂嫂、侄儿照应门户；我二师兄也是这个主意。至于将来报仇，我大哥和四哥都惨死在贼人手内，这乃是我二哥的事；连我三哥、五哥、六哥，一共四个人把命卖了，也得给大哥、四哥出这口气。不过现时我们为难的，是还不知仇人的主谋究竟是谁？那个小白龙，也不晓得何时何地跟大哥结的仇。听他的口气，又好像是受别人邀出来的。不过看他们后来的举动，一切都打着小白龙的旗号，又好像小白龙竟是发纵指

使之人。这一节，我们必须容出工夫来，彻底根究一下。大嫂您就不必惦记这事，这事统统交给二哥们办好了。”

程玉英娘子点头道：“我只拜托你们哥几个了。事到如今，我是认了命啦。我知道万般由命不由人，心比天高，命比纸薄。莫说是我，连你大哥全是满腔争强好胜的心，想在武林中轰轰烈烈留个名声，哪想到落得这么个下场！我早知道我没有享福的命，做了填房，又当了寡妇，往后只有苦度日月，给你大哥留一条香烟。你大哥走镖遇祸，本来干这种刀尖子上的营生，就难保不受害。真是那话，怎么活着，就得怎么死，我也看得开。就是江湖道上寻仇拼命，也是有去有来的事。只是这最叫人难忍的，是恶贼太也赶尽杀绝。是怎么你大哥死了，他还不饶，又要毁尸首，又要除后代？这种仇不报，我怎么活得下去？我更不明白的，是你大哥这些年来，没听说跟绿林结过大怨；这一伙仇人，是从哪里冒出来的呢？七弟你说，你也不晓得贼人的来历，那么我们将来防备贼人暗算，寻找贼人报仇，这不是都没法子下手了吗？我想你们跟你大哥共事多年，总得知道一点影子；不像我嫁过来才六年，你大哥生前的事，我知道得很有限。你们总得仔细告诉我，你们不过怕我听了难过；可是你们要总瞒着我，将来铃儿大了，他要问他爹爹怎么死的，我拿什么话答对他呀？”

解廷梁听罢，看了魏豪一眼道：“你没对大嫂细说吗？”魏豪道：“倒不是瞒着，三哥和黄大哥怕大嫂贸然听了，精神上受不住，叫我只说了个大概。”解廷梁摇头道：“不然。大嫂乃是女中豪杰，你还看不出来吗？我看什么话都得跟大嫂说透了。”程玉英道：“对呀，你可以瞒小孩子，怕他漏言，但是你们不该瞒我呀。”魏豪这才将遇仇的详情，如实细说了一遍。林廷扬击落下小白龙的那把剑，还有贼人夜入镖店，遗下的那个包人头的包袱，前已交出。此时由程氏娘子取出，给解廷梁看了。那剑柄上镶着“戒淫忌贪”四字，又镶着一条小白银龙和一个篆文“方”字。那包袱却是寻常一块黄布和一块油布。

又有贼人打来的镖，镖行的人也抢来两只，这镖上并没有什么暗记。

程玉英娘子转而诘问解廷梁道："七弟跟我一样，都说不清。二弟你总该多知道些事了。到底你大哥这些年来，闯荡江湖，都是跟谁结过仇呢？"

解廷梁立刻双眉紧皱道："大嫂，我在保定一得到信的时候，我就和张士锐二哥揣想了一夜。"解廷梁转脸来向着魏豪道："据你们来信所说，劫镖寻仇的，露名的是小白龙方靖。此外是一个赤面长须大汉，还有黄面头陀、虬髯大汉、麻面大汉等等，我们都挨个想过了。留名的小白龙不算，没留名的，我们一个也没猜出来。大嫂，我大哥少年出世的时候，我是不甚知道。但从设立镖局起，大哥老早的就把我邀出来，一同创立安远字号。从那时起，我就始终没离开镖局子，也没离开过大哥。只是说到这小白龙，跟大哥一个是山南，一个是海北，简直井水不犯河水，一点交道也没有，更说不上结怨了。小白龙在两湖隐名游侠，向来不与绿林道来往，也不曾与镖行交过阵仗；而且我大哥就没在湖南久留过。所以我和张士锐张二爷一听这噩耗，就断定仇人主谋，必不是小白龙。小白龙自报字号，也明明说出是受别人的邀请，这恐怕不是假话。魏七弟，你亲眼在场，你说对不对？"

魏豪点头道："林大哥临终把小白龙打落水中，以后小白龙就再没有露面。所有以后焚舟劫镖，全是那个赤面大汉和黄面头陀等人干的。二哥这番猜想，自很有理。不过以后他们一再寻踪肆扰，却都是打着小白龙的旗号。究竟他们谁是主谋，谁是附从，也很难断定。"

程玉英嫂子道："这赤面大汉、黄面头陀又是谁呢？"魏豪皱眉道："不知道。解二哥，你试想一想，就你所知道的，大哥跟江湖上人物有过梁子的，都有谁？这么推测一下看，或者猜得出来。"

解廷梁道："若说大哥近年来，事事谦和，处处谨慎，很

少得罪过人。不过当年初创字号时，的确跟绿林道有过不少交手……”解廷梁一面寻思，一面说道：“像贼人劫镖，被大哥拿武学逼退，没有伤过他们人的，这却不算。我们姑且单算伤过人的。那头一次，就是在直隶杨三木，雁过拔毛的线上，遇见过一伙子旱路强盗。为首的叫作急三枪奚凤奎，被大哥一剑刺死，从此大哥才打开了北路镖道。那大概是三十多年前的事了。那时我记得大哥刚二十六岁，正在少年气盛之时。”

魏豪屈指计算道：“这是一桩。后来有什么报复的事情没有？”

解廷梁道：“这倒没有。杨三木的那伙贼，自从奚三枪一死，他们陷于群龙无首的境地，不久就被官兵剿办了。”接着说道：“再后，大哥曾在川陕交界，跟一伙巨寇动过手。这却不为护镖，乃是路见不平。大哥因事入川，路过巴峪关，突遇见一伙山贼，刚把一票买卖做下来。那为首的强盗姓邓，不但刀伤行商，把货财劫下；并且仍围住两个镖客不放，定要一个活的不留。林大哥看不过去，上前通名解劝。这姓邓的盗首，竟自恃骁勇，蛮横非常；正在过着话，他抖手一镖；出其不意，差点把大哥打了。大哥一怒拔剑，将此贼伤了；竟把被围的镖客救出来，把已失的镖货也给夺回。”

程玉英娘子眉峰紧皱地听着，说道：“这是两桩了。后来呢？”

解廷梁道：“这后来可能就有了麻烦啦。我大哥那趟出门，本是跟川陕的同行，接头联镖的事件。那一趟刚把西路镖道打开，不想出了这一桩事以后，我们安远镖局不揽西川路上的镖便罢，只要一承揽西路镖，路上一准出事。随后一打听，果然就是那个姓邓的川匪怀恨在心，纠合陕贼，意图报复。那时大哥就想，好容易才把这西路镖闯开了，如今尽自出事，焉能认栽？我大哥可就自行出马，亲押西川这一路，意思要根究根究。如果准是这姓邓的作祟，能和解便就近托人和解了；不能和解，大哥便要再会会他。”

程玉英娘子耸然问道："和解了没有？"

解廷梁道："还说和解呢！大哥押着镖刚入川边，头一站宿店，便得了同行的警报；姓邓的盗魁公然扬言：'西川道上，绝不容安远镖局的镖旗入境。'彼时我们大哥历练已多，只想着了事，不愿跟绿林多结怨；哪怕撒帖请客，给姓邓的圆场都行。无如姓邓的声势咄咄，对说合人讲出极不情理的话。两下里终归决裂，与林大哥动起手来。我大哥怒极，展开辣手，竟把姓邓的置于死地。这安远镖局的威名，从此震动了西川道。镖旗是闯开了，字号是叫响了，买卖也多了，可是林大哥却潜存了戒心，西路镖轻易不愿意再应。如果一应，林大哥必定亲自出马，多方戒备。如此过了几年，在西川路上居然没再出什么大乱子。又风闻姓邓的那一拨匪徒，死了首领，闹起家窝子来，不久就散伙了。我大哥然后才放了心。"

程玉英道："这是哪年的事呢？你大哥还有别的仇人没有？"

解廷梁道："等我想想……这是十四五年的事吧！自从大哥娶了前头那位嫂嫂，这是您知道的，大哥多承您那伯父程老英雄的抬爱，遂在苏、杭二州，办了两个分店。这一来在江南闯开了，我们就不常走西路了，我们改走南路镖。南路镖走了这些年，靠着您伯父的威名，倒很少出差错。……哦，对了，还有一桩呢！大约七八年前，在淮安地方，又遇见一拨新上跳板的绿林，为头的是个二十多岁的青年。这青年非常狂妄，他竟敢纠众在官道上，白昼拦路打劫。却是行踪飘忽，出没无常，好像流寇似的。他的外号更气人，叫作火烧林。"

摩云鹏魏豪道："哦，这个我晓得，大哥生前对我们念叨过。"他遂向程玉英娘子说道："提起这个青年贼人，到底也不知他是怎的一回事，他这外号好像故意跟我们大哥挑衅。我大哥正要找他，他这小子公然剪起我们的镖来，并且报字号，指名要会会我大哥，要看看狮子林的三十六路天罡剑，究竟是怎样的高明。我大哥不禁狂笑，晓得这个小子年纪轻，必是新上跳板，要来闯字号的。大哥诘问他的姓名，他不肯说，当下动

起手来。这小子手下得很凶猛，但他岂是大哥的对手？被大哥将他打得大败，削去半个耳朵；怜他年轻无知，惜他志高胆豪，便放他逃走。不意此贼恼羞成怒，等到我们中途宿店，竟又有刺客来扰，被陆嗣清陆老前辈追出去，把刺客擒住，才知就是那自号称火烧林的少年贼。陆嗣清老前辈追问他的缘故，盘诘他的姓名；这青年贼竟这么狠辣，不吐实情，反把舌头咬断，然后被陆老前辈挥刃诛死。”

程玉英道：“吓，好狠！这是几桩了？三桩了吧？”

解廷梁又想了想道：“唔，我还记得一次，比这次事故更离奇。可是两档事紧接着的，不过隔着一两年。大哥在北京分店住了半年，忽然有一个妇人，四十多岁的年纪，带着一个十几岁的女孩子和一个中年男子。她自称是官宦人家，她丈夫做京官，是工部郎中，得病死了，她们要回南。先派了一个长随，许下重聘，要邀请林大哥，亲自护送她回浙江原籍。说是有许多箱笼财物，路上不太平，又有年轻的小姐，所以要雇个好镖客，沿途护送着。那时候，林大哥本不愿去。我记得大哥当时要派黄秉黄大哥去送这一趟的。谁知那个长随说：‘奉了主母之令，请别人护送不放心，一定要请安远镖局的总镖头狮子林才行；多花保金是可以的，多少银子都使得。’林大哥依然推辞不去。到第二天，这位官太太又打发舅爷来；也不知是真舅爷，是假舅爷，一见面就把大哥颂扬了一阵，说这是仗义的事。路上很不安静，林镖头不看在钱上，还要看在这位寡居太太实在可怜的分上。把大哥的心说软了，又因苏州镖局也正有事，大哥这才答应了。哪里想得到，这个官太太竟是个刺客，她安心要暗算林大哥的！”

程氏娘子诧异道：“竟有这事？”

解廷梁道：“可不是，这太叫人想不到了！这幸而是大哥，换一个人，准栽在她手里。”遂接着说道，“我还记得讲定之后，那个自称为舅爷的中年男子，就引领大哥到西城砖塔寺的一个大宅子，见了那位官太太；问明南下的日子和行李箱笼的

件数。行李真不少，箱子有十几件，人口一共是男女八个。记得好像是一位太太、一位小姐、一个老妈子，此外都是男子了。林大哥并没理会，两厢说好了，除了总镖头，另外再派一个镖师、一个趟子手、两个伙计，一共五个人保这八口。那位太太还说，用不了这些人，只有林镖头一个人给仗胆，就足够了。出了京城，一直南下。这位官太太很大方，款待镖客，很舍得花钱，一路上好酒好肉。就是在路上走得很急，这位太太又常闹病。病了就在店中耽误下了，好一点又尽催着快走。有一天，这位太太在半路上说是犯了病了；由舅爷传过话来，叫车夫加紧走，要赶出一站路，好到地方请医生。这一天把车夫、镖行都累得不轻，傍二更才赶到站，竟越过去一站路。这位太太就拿出十两银子来，给大家做酒钱；又拿出自带的好酒，叫了许多菜，犒谢大家。又叫老妈子传话告诉大家，明天不走了，要歇一天，请大夫治病，叫众人尽管畅饮歇息。这位太太走起路来，这么忽急忽慢的，林大哥当时很觉得奇怪，又很后悔，不该揽这买卖。不意到了三更天，大哥刚刚睡下，长随忽然来请，说是太太有要紧事，请镖头商量。林大哥意很不悦，不过这位太太是四十多岁的人了，当然不会有什么嫌疑。林大哥只得穿起长衣服来，面见这位官太太。人家是雇主，又是女人，大哥当然不能带着兵刃，竟空着手进了屋。哪料想那个舅爷把大哥稳住，他们突然亮出兵刃来。那位有病的官太太和官小姐，连老妈子突然撩帘子出来，都是短衣衫，小打扮，手里拿着刀。林大哥突然省悟，那个官太太一抬手，就发出一袖箭。那几个男子，有的说是二老爷的，有的说是表少爷的，有的算是长随的，有的算是门房的；这时候可就全从外面掩进来，全换了夜行衣，拿着短兵刃，立刻堵住屋门。那个舅爷甩长衫，亮出单刀，与那妇人前后夹攻，把大哥围住。我大哥当时也慌了，一抖手，先把灯砸翻；甩手夺路外窜，被那妇人连打三袖箭。那妇人好生凶悍，手抡钢刀，咬着牙只骂出一句话，“林廷扬，我叫你死！”就与众人一齐动手。我大哥变生不

测，身陷重围，施展空手夺刀的功夫，与他们拼命，一面狂喊随行的镖师伙计。随行的镖师就是张士锐张二爷，竟光着膀子，奔出来救出大哥。这个官太太以为这一番暗算，定把大哥伤了。不意他们人虽多，势虽众，仍斗不过大哥。大哥身上也受了两处伤。可是一挣出屋来，可就展开了手脚，他们更显着不行了。大哥认准这个假官太太是主谋，就抛开了余众，夺得一把刀，展开了他那三十六路天罡剑，用左手剑与这妇人苦斗。这妇人一看情形不对，八个人围不住大哥一人。张士锐张二哥又递过剑来，趁手兵刃一到手，他们更支持不住了。这个妇人竟窜房逃走；我大哥仗剑紧紧追去，一步也不舍。这个假官娘子竟钻入树林。但是大哥恨极了，一点也不放松。跟踪追进树林，把这妇人的手腕砍断，活活把她捉住。把她放躺下了，大哥持剑逼住，厉声诘问她："跟你有何仇何恨，这样暗算我?"

这事情非常奇突，程氏娘子早先就没听说过，当下竟听呆了。解廷梁继续说道："大嫂，你看这个女人也真够可以的！这女贼当时放声大哭，只说：'姓林的，你把老娘杀了吧。老娘跟你仇深似海，有命可拼，没话可讲。'无论怎样逼她，她是一句实话也没有。就是问她姓什么，她也说，'告诉你也是假的。你趁早杀了我，咱们下辈子再算账。'大嫂，你总晓得大哥那脾气的，他哪里搁得住这个！他心上尽管恼恨这妇人阴谋毒辣，可又看她下如此苦心来暗算自己；一个女子，竟有这样的决心，大哥是又恨她，又禁不住服气她。到这时候，可就显出大哥做事漂亮来了。大哥长叹了一声，叫那妇人道，'你这位大嫂，也难为你了。我林某最敬重的是贞烈女流！我虽不晓得哪一件事上和你结了怨，可是竟恨得你下这番苦心，显见林某有不对的地方了。你这位大嫂请起，我现在补过还来得及。我就放了你，从此以后，只许你再找我姓林的报仇，不许我姓林的伤害你的性命。你可以回去，好好地养伤，或者重练好功夫，或者另转请能人，过个三年五载，再来找林某，林某

必定叫你称心如愿。林某家住山东曹州府卧牛庄，镖局子开在保定、南北二京和苏杭二州。你这大嫂，你就打起精神来，再接再厉，我林某一定等候你。你五年不成，十年；十年不成，二十年……’我大哥这么说了，又设法套问她的姓名。还把旧日的仇敌急三枪奚凤奎、飞虎邓渊、火烧林这几个人，都点着名挨个来问她。不想，这个女人好生强硬，她还是咬紧牙，一言不发。大哥就说放了她，她还是不走。可是她的伤非常重，已经疼得她直打战，血流了满地，她竟忍着一声也不哼。大哥看着可怜，叹了一口气，说了一声后会有期，就回来了。”

程氏娘子忙问道：“到底这女人是谁？”

魏豪道：“这却始终没有猜出来。大哥事后琢磨着，觉得此妇人跟那个绰号火烧林的少年强徒，两个人面貌很相似，大哥很疑心她们是母子。这也只是这么揣测着罢了，究其实还是难断定。”

程氏娘子道：“她不是还有几个同党吗？那个装小姐、装舅爷的呢？也都放跑了不成？就没有盘问他们吗？”

解廷梁道：“嗐，别提了。大哥放了这个女贼，回去一看时，那些同党一个没剩，全都跑了。我们镖行的伙计，还让他们给伤了两个。打开他们的箱笼一看，里面全是败絮破被，包着碎砖石块，可见他们是处心积虑地要暗算大哥。大哥深以为耻，觉得自己眼力太差了。回想起来，他们这一伙人冒充官眷，在北京住的那所大宅子，局面虽大，可是进出的人很少，客厅中的陈设也过于简单，这便是个破绽。就是一路上，他们也每于无意中，露出可疑情形来。那为首的女贼谈吐举止，也过于拿捏，掩不住她粗豪的本色，实在不像官娘子。不过，这也是事后的追想罢了；在当时谁能想得到请镖师的雇主，会是刺客呢？但是我大哥却难过得了不得，认为是生平从没栽过的大跟头！只我们这几个人晓得，他从来不愿对别人讲的。”

这一桩寻仇的往事，程玉英娘子听得非常入神，心中暗想，这个女人倒了得！人家也是个女人，我程玉英也是个女

人！……如此存想，那解、魏二人也看出寡嫂发怔的神气来了。两人说道："大嫂，人在江湖上闯荡，混这刀尖子营生，恩恩怨怨是免不掉的，谁也不敢说一个仇人也没有。可是话说回来，人家会找咱们寻仇，咱们就不会找人家算账吗？有志者事竟成，人家还是个女流呢！现放着我们师兄弟哥几个，还用叫大嫂烦心吗？"

程玉英也不言语，只是低头寻思，半晌才说道："你大哥他还有什么仇人没有？"

解廷梁道："这一时想不全……这以后大概也没有什么了。一来大哥也闯开了，南北绿林道也都闻名丧胆，不敢轻惹；二来大哥也老练多了，此后遇事都有擒有放，不净讲究拼命了；所以近年来很少出事。……哦，我记得八年前，或者六年前，也还出了一档事，跟一个水路绿林交过手，镖被他们劫去了，镖师败了回来，告诉大哥。大哥登门拜山，亲自讨镖，跟那大舵主比画了一阵子。因为没有抓破脸，以后还是请客了结的。"

魏豪面向程氏娘子说道："这个我很知道。那是新请的一位镖师给惹出来的麻烦。二哥还记得不？这位镖师是个旗人，名叫桂宝善，是北京齐五爷荐来的。功夫很不弱，又当壮年。初生犊儿不怕虎，押着一票镖，在人家线上闯过去。他也不拜山，也不扬旗，还大声地喊镖趟子，有点瞧不起人，又好像成心滋点事，卖味似的。人家白洋淀的水上漂孙子腾，可就开玩笑，把镖旗给留下了，并没有劫下镖货，二哥你是记错了，这位孙子腾当时对桂师父说：'叫你们家里大人来，我再还你镖旗。'桂宝善人小胆大，他公然单枪匹马，跟人家大帮的人动手。要不是马起云再三地圆说，桂宝善就怕卖了命。"

解廷梁道："不错，桂宝善当时寡不敌众，吃了亏没脸回来，要抽刀自刎。多亏马起云好歹劝着，这才送到镖，交了货跑回来，现从苏州把大哥找回。大哥只得老远地奔来，备着礼物，带领桂宝善，投帖拜山，求还镖旗。孙子腾跟大哥嬉皮笑脸，说是林大哥，我想你了，不扣你的镖旗，你再不肯看我

来。我大哥顺着坡下，也就说笑一阵子，一同入席。不意孙子腾手下的副头目陶老四，也是个浑小子，他在宴席上，对大哥说，‘林镖头，镖旗一定奉还；可是你不能空手来，你得让我们开开眼。’那意思要叫大哥露一手。后生小辈如此无礼，我大哥愤然不悦，因此激出火来。林大哥遂站起来，一点手道，‘陶四哥，咱们就来来。’那一回，眼看着就要出事。幸而有当地江湖上的朋友在场，一力说合，把事压下去。孙子腾申斥陶老四一顿，我大哥也申斥咱们桂师父一顿。这一场风波才揭过去。”

解廷梁又道：“当时闹腾得也够凶的，可是双方都留着面子；这只能算是一场纠葛，够不上结怨。我却记得两三年前，还闹过一场是非。徐州地方，旱路绿林有个叫步步挡的，一时失脚，被官兵擒拿，他的同伙也被击溃。却是不知怎样闹的，江湖上竟讹传这步步挡犯案，乃是由咱们安远镖店苏州的分店给献的底。因为这个，招起了当地好几处绿林的公愤来。他们曾经公推芒砀山的冲天炮左伯涛左老疙瘩给咱大哥捎信，严词诘问此事的真情。口风很厉害，说是：安远镖店的镖旗通行江南北，我们哥们无不推情照护，自问很尽朋友之道。不意竟有这等讹言出来，是镖行跟绿林道过不去？还是绿林道给镖行过不去？安远镖店若不痛痛快快给个切实的回话，那可就对不住了。江苏全省不敢说，反正江北和鲁南的旱路朋友，从此要联合起来，给你们安远镖店搁两个苍蝇，叫你食不下咽。”

解廷梁接着说：“这件事一起头闹得很凶。但是步步挡犯案，乃是因他拦路行劫，误伤官眷。这本与安远镖局无干，乃是别人给种的毒。后来一经说明，江北绿林道也承认误会了，事情也就完结了，这很够不上结仇。”

程氏娘子与解、魏二人，把林廷扬的仇人反复揣测了一回，到底也不能断定准是何人。魏豪对程氏说：“大嫂就不必顾念这个了。好在现在这小白龙方靖，乃是有名有姓的人物。天下无难事，只怕有心人。我们赔了镖，就一心一意地去访这

小白龙。如果这小白龙被大哥打落水中，并没淹死，我们只要访着他，其余的人就刨出根底来了。那个赤面长髯大汉和那黄面头陀、虬髯汉子，一个也跑不了他。”

解廷梁道：“对！我们就冲着小白龙来。七弟，这小白龙一定没死。你不知道此人水中的功夫很好；若不然，他的外号怎会叫小白龙呢？”魏豪恍然道：“可不是，我们就没想到。”

随后议论后事。解廷梁也说林廷扬的灵柩应早早安葬好；又对程氏娘子说：“现在赔镖的事，料着镖局的力量，还可以应付得来。我们觉着嫂嫂和剑华侄儿，独居在这卧牛庄荒村中，没人照应门户，我们很不放心；何况又有仇人呢？我们的意思，要等大哥安葬之后，把大嫂和侄儿接到保定去。大哥虽然故去，这买卖还是大哥的，赚了钱依然给嫂嫂拿头一份。熬着剑华侄儿大了，就好了。”

程氏娘子道：“你们不是商量着要收市吗？”解廷梁道：“那不过一说。三师弟觉着大哥一死，安远镖局的招牌就倒了；又加上一赔镖，怕弄不周转，所以才有这个打算。小弟在保定，已和张士锐张二哥合计过，昨晚上我跟七弟也商量了一通夜；觉得偌大事业，关了门可惜，还是支持着看。我们把大嫂和侄儿接去，一来有个照应，二来就拿剑华侄儿当少东。全镖局算他半股，我们大家算半股，嫂嫂往后的衣食决不用担心。”

解廷梁说的不是假话，乃是打算过的主张。程氏娘子很是感激，却是她不愿意离开故乡，当时也没有说实。商量着容得解廷梁到清江浦，办完赔镖之事，就便把苏杭两个分局的账拢一拢，回来仍到卧牛庄，再行定规一切。程氏娘子叹道：“二弟、七弟，你哥们这番热肠，我也不说什么了。你们这样顾恤旧交，怜惜孤寡，只盼铃儿大了，补报你们吧！”

解廷梁在卧牛庄耽搁了三天，这才告辞道：“现在办正事要紧。大哥下葬，我应送殡；如今等不及了，就叫七弟代表吧。”遂给程氏娘子留下二百两银子。魏豪暗问赔镖的钱够吗？解廷梁道：“不够有什么法子，我们难道还刮擦林大哥的遗产

吗?”魏豪点头叹息。解廷梁又暗嘱七师弟魏豪许多话，要好好尽心照料孀孤。解廷梁这才拜别程氏，率领镖师蔡文源、镖行两伙计，飞身上马，直奔清江浦，与力劈华山黄秉、过天星金兆和见面。又到苏州分局，提取巨款，改起旱路，到凤阳赔镖。一切交涉，少不得大费周折。

那七师父摩云鹏魏豪，自在卧牛庄料理丧事。程玉英娘子空帏独守，抚视孤儿，为了死的活的，打起十二分的精神来支持着；叫魏豪看了，钦佩异常。林廷扬生前的朋友闻耗前来吊唁的；竟有不少。这还是镖局中发出的讣闻，声言在保定开吊。可是江湖上义气朋友，依然备下重礼，亲到本宅吊丧，还要采执绋送葬。多亏留下魏豪照料着，就当了知客。因为程氏娘子是续弦，林廷扬生前的好朋友，她多半不认识，有魏豪在就方便多了。

光阴迅速，出殡期已近。民间有许多牢不可破的麻烦禁忌，程氏因此劳累异常；但仍挣扎着应祭必祭，该哭即哭。天气这么酷热，程氏娘子自夫榇归来，不到一七，人竟失了形。紫棠色胖胖的面颊，此时枯瘦得露出颧骨来；两只眸子本来清澈，这时也发锈了。

这天是发引的前一日。程氏娘子叫女佣把五色绸子找出来，剪了五个绸条，拴在棺钉上。寿罐上蒙上红布，插上红箸，一应下葬的用物，都打点出来。一桌祭席已经备好，等到子时一过，就在棺材前辞灵上祭。程氏娘子对魏豪说道：“明天该出殡了，亡人就在家待一夜了。我把铃儿招呼起来吧，好叫他给他父亲伴灵。”魏豪道：“论礼是该伴宿的，只是铃儿不是睡了吗？半夜三更的，又这么闷热，我看不必了吧！”程氏娘子叹了一口气，点点头，遂叫女佣把祭席摆好，灵前绿蜡点着，立刻焚化了许多纸钱，又点起三炷香。程氏娘子全身素服，跪倒灵前，含泪跪拜，禁不住又放声痛哭起来。那个奶妈却走过来说道：“大奶奶，铃哥儿醒了，叫你老啦！我们哄不好，他只闹唤。”程氏汗泪满面，一闻此言，不由住了声。奶

妈道："你老听，这不是铃哥儿哭着叫你老了？"程玉英踉跄站起来，由奶妈搀扶，掀起灵帏，奔到卧室去了。

这里众人全拜过灵，连金老寿也磕了四个头，这才将灵前收拾利落，众人坐夜守灵。程氏娘子回到卧室一看，铃哥果然醒了，可是并没有哭，正跟舅母说着话，要穿衣服下地，找他娘娘去。程玉英遂将铃哥哄得躺下，告诉他："明天还得起早，给你爹爹打幡出殡呢！"铃哥儿迷迷糊糊的，躺下又睡了。程玉英疲劳已极，觉得头脑涔涔的发晕。因为天气热，将外面孝服脱了，把冷茶喝了一气；拿着扇子，一面给铃哥儿扇，一面自己扇；斜倚着凉枕，缓缓地歇息。到了这时，程玉英只剩下说不出的难过，也不知是悲哀，是困惫；另有一种意气消沉的苦闷。越是疲倦，越是翻来覆去地睡不熟。忽然无故一惊，自己就把自己吓醒了。

夜色沉沉，灯光如豆，程玉英扇着扇子，在这五月的暑夜中，转侧不宁。有时听见院中灵棚意想不到的响声，就毛发森森的一乍。程玉英叹了一口气道："怎么呢？……亡人哪，你莫非灵魂要离家了，来给我托梦吗？怎么我心里这么忐忑不安起来呢？"

程氏娘子呆呆地坐起来，对灯怔了一会儿，向床头看了看铃哥，见他睡得呼呼的。程氏娘子看了看窗户，又叹了口气，侧身重复躺下。渐渐地手中越扇越慢，要睡着了。……忽然，她倦眼一睁，恍惚看见门口有一个人探头。程玉英蓦地一惊，惊出一身冷汗，登时间睡魔尽去。急揉眼再看，这并不是梦，灯光影里，分明是一个夜行人，穿着一身黑；一侧身时，分明背后明晃晃插着一把刀。程玉英娘子猛地心一动，顿时觉得不妙。"铃儿爹是叫仇人害的，莫非他就是仇人？……"一想到这"仇人"，程玉英急一翻身坐起来，厉声斥道："什么人？干什哩？"

但是，那个人一声也不哼，旋风般一转，嗖地把刀掣出来，往屋内一上步，两眼炯炯注视床头。程玉英失声喊道：

“哎呀，有贼，你们快来呀！”程玉英突然一窜身，信手一摸，只摸得那个凉枕，急横身挡住床头。贼人抡刀上前，低声喝道：“贱人敢嚷！嚷就宰了你！林廷扬的女人、孩子在哪里？”这个行刺的贼，正是海燕桑七。

惊忙中，程玉英娘子往外一指道：“在那间屋子呢。”贼人一回头，程玉英猛然抡凉枕照贼人便砸，贼人一侧脸，凉枕直打过去；咯噔一声响，打在格扇上。贼人把刀一扬，忽一眼瞥见了铃哥儿，一声冷笑，抡刀便剁。突然间，背后一声大喊，灵前坐夜的金老寿，从瞌睡中惊醒，踉踉跄跄奔进来；从背后把贼人拦腰抱住，下死力一扳，狂喊道：“七师父，有刺客！”这贼人急还刀倒刺，金老寿蓦地狂号，双手一松，咕噔倒地。

就在这时候，间不容发，程玉英娘子早往床上一捞，把铃哥没死没活地拖起来，往肋下一挟。铃哥儿惊叫，贼人大喜。仗程玉英也有几分功夫，陡然她挟定孩子，如电光石火般一闪。贼人当门，前不能逃；踢窗外窜力恐不逮。立刻的电光石火般，程玉英往后一窜，窜到套间门口；抢进去，急急地把门扇掩住，将铃哥丢在身后。上门闩来不及，程玉英下死劲把整个身子倚着门扇；仓皇之间，她竟退入死路。铃哥儿被摔倒地上，哇地失声大哭。

那刺客好不凶猛，虎似的一跳，来到套间门前，当的一脚，门扇被踢得一张掀。程氏娘子狠命地一挤靠，门扇又闭上，发出吱扭的声音。

程玉英直着喉咙喊救命，狂喊老七快来，嗓音岔了声。贼人回头瞥了一眼，把肩头一侧，挥身用力，排山倒海地照门一撞。贼人力大，程氏力弱，门扇撞开尺许长的缝子，贼人的刀尖竟扎进来。程玉英不顾性命的横身一挡，门扇又阖上，将刀挟住。这只是两叶木门扇，如何抵得住？不知贼人怎的一撞，咔嚓一声响，门板碎裂了。程玉英惊号了一声，贼人的刀已经得手。就在这时候，忽听雷鸣似的一声大吼：“好恶贼看镖！”贼人的刀倏然撤回去。程玉英肩上已负划伤，鲜血迸流。

这大吼的，乃是一个镖行名叫黄仲麟、在灵棚坐夜的；仓促间手中没兵刃，却将灵前的蜡台、香炉、供碗，一件件没头没脚照贼砸去。一迭声地喊叫：“你们快出来！有刺客！有贼！”

程玉英娘子在内间惊慌失措，却如母狮子一般，信手又一摸，摸着那杆大秤，急急抡秤奔出去。忽又跑回来，想起了仇人小白龙那把剑，是收在橱内，橱门未锁；程玉英喘不成声地开橱，摸剑。剑到手，她狂喜，嗖的一声，拔剑出鞘；抡剑又待奔出去，却被铃儿一把抱住腿，只叫得一句道：“娘娘！”已然吓得说不出话来。程玉英猛然省悟，急急地抱住铃儿。屋门已破，无可据守。程玉英抱子挺剑，藏在门后，两眼死盯住门窗，喘息，发抖，急得要死。

这时节全院皆已惊动。镖行黄仲麟砸了贼一蜡扦，自己却被贼打了一镖。黄仲麟却也了得，从伤处拔下镖，抖手照贼还打出去。贼人一闪身躲开，将刀一摆，急欲奔路，喝骂道：“挡我者死！”正要向外抢；不防七师父摩云鹏魏豪，已从厢房如飞地奔窜过来。挺身扬刀，不顾一切，一直地抢奔上房，恰与贼人相遇。魏豪大叫一声，跃上台阶，横刀把门堵住。这却是一步争先，贼人情知出路被阻，把手忽一甩，发出一只镖。摩云鹏挥刀格开，大骂：“恶贼，看你哪里跑！”但是这贼身法好快，只看他眼光四射，忽地一扑，倏然撤回身，竟窜回里屋。魏豪吃了一惊，道：“不好！”竟不管贼人手有暗器，不要命地追进来；连叫，“大嫂有贼进屋了！”不意这贼人忽从斜刺里蹿上床头，由床上踢窗蹿出屋外。摩云鹏跟踪扑进里屋，里屋中的寡嫂和孤侄此刻全不在，只剩下残灯空床。屋门口血泊中，躺着一个人，是抱贼被刺的金老寿。魏豪这一惊，惊出一身冷汗；顾不得救视金老寿，失声叫道：“嫂嫂，嫂嫂，我那侄儿呢？”程玉英在里间应道：“七弟你吗？我们在这里呢，你快进来。”

魏豪慌忙奔入里间，只瞥了一眼。见程玉英娘子小衣衫，

敞着怀，一手提着剑，一手揽着铃哥；铃哥只穿的兜肚，光着屁股打战。魏豪抹去头上汗，低嘱道："嫂嫂别动，快吹熄了灯，千万别出来。我去追贼。"魏豪迈步要走，程玉英急忙拦住，语不成声地叫道："七兄弟你别走，这恶贼知道他们来了多少人？你可得救我们娘儿们，你、你、你走不得！"

摩云鹏一想有理，正不知贼有多少。遂不敢向外面去，忙搬过桌椅等物，堵上了门，回身吹灭灯，叫程玉英和自己一边一个，藏在门后，把暗器握在掌内。铃哥小孩子，吓得小手冰凉，一声也不敢哼，紧偎在母亲怀内。

这来行刺的海燕桑七破窗遁出，身落院内，口中一打呼哨，便挺刃夺路待走。这时前后院已乱成一片，人们纷喊有贼。从外院客屋，从内院厢房，奔出好几个人来；有照应丧事的镖行伙计，有远来执绋的同行至好，也有亲戚故旧，有会武的，也有不会武的；可是闻警全部持刀张拳，抢出来捉贼。林廷扬生前的朋友谢济舟，操了一条木棒，就奔出来；恰已瞥见一人窜窗跳到庭心。谢济舟忙大喊："贼在这里呢！"往前一扑。冷不防从房上凭空打来一片瓦，正打着他脖颈后肩头上，谢济舟几乎被打倒。人们这才晓得贼人来的不止一个，房上还有巡风的贼。厢房中又奔出一个人，便是安远镖局的伙计邱良。他抡刀挺身，连蹿数丈，已扑到贼人身后，喝道："恶贼哪里逃！"照贼人斜肩带臂横劈下去。这贼一闪身，让过刀锋，身子往下一扑，一个横身踩子脚，把邱良踹出多远。贼人趁势一窜，便奔西房。那邱良早一个懒驴打滚，翻起身来。幸而刀未出手，咬咬牙，大喊着，竟又摆刀猱进，苦追贼人。这时候，上房有人连喊道："不是贼，是刺客！众位捉住他！乘丧行刺，好歹毒的东西。诸位别放走他！"这喊话的是安远镖局的趟子手黄仲麟。

但是，就在这哗骂声中，这贼已经飞身蹿上西房；借脚一垫力，轻轻一点，翻上灵棚。口中喊道："并肩子，撒亮子，扯活！"黄促麟、邱良，一齐吃了一惊。两人慌忙扯喉咙喊道：

“七师父快上来呀，贼人没安好心，要撒亮子。”院中人一听有人放火，这一惊非同小可。谢济舟不顾疼痛，找了一把刀，嗖的蹿上房去。又有一个林廷扬生前的朋友赶来吊丧的，名叫刘振才，见贼在西北面，便跑到东南面，爬棚杆，猱升上去。趟子手黄仲麟也跟到上房。邱良功夫不济，就一迭声乱喊拿贼，一面寻梯子。果然听见灵棚上咯吱吱一阵响，跟着见西北角上席棚顶子，轰的冒起烟火。房上贼人也不知来了多少，只听得西北和北面的房上、棚上，厉声喊骂道：“呔，下面听真！我们乃是湖南大侠小白龙的伙伴，专找保镖林家来的。你们谁敢救火，先杀你们全家！”满房上小白龙、小白龙地乱嚷，这动静好像至少也有五六个人似的。席棚易燃，登时浓烟大起，夹着硫黄硝烟的气味。竟有两个贼奋然下来，抡刀抢攻灵堂，被宅中人拼命挡住，公然在院内交起手来。藏在正房、保救程氏母子的摩云鹏魏豪，此时几乎急煞，正不知贼人来了多少？意欲上前救火杀贼，又放心不下程玉英和铃哥。程玉英更是惊恐万状，紧抱铃哥，连叫魏豪：“咱们堵住这里，别活活烧死了，咱们跑吧！”魏豪道：“可是堂屋里就出不去，怕贼人在房上，要暗算咱们的。咱们不要紧，铃哥可怎么办？”抬头一看套间的窗户，问程氏道，“窗户外面，是死夹道，还是活夹道？”程氏道：“是活的。”

摩云鹏魏豪有了主意，急忙蹿上套间的砖炕，把窗纸撕开，向外一望；见窗外小夹道有厢房掩着，果然黑洞洞的。魏豪急急地卸下窗来，冒着险先窜出去。这套间窗外的夹道，恰通后面的场院。这时候，贼党的四五个人和吊丧的客人，一边放火，一边救火，正在厮打。魏豪不顾那些个，忙跳进套间，把一把椅子丢出去，把一个被单搭在自己肩上。急叫程氏：“嫂嫂，赶快跟我逃走！”程氏张皇失措道：“往哪里逃？仇人来了，怎么好？”魏豪不答，只嘱道：“铃哥别哭，别说话！”急急抱起铃哥，挽着程氏，登上炕头。到了窗前，魏豪放下铃儿，先窜出去一看；却幸谢济舟等正与贼人苦斗，贼人全神注

意放火。魏豪趁此机会，忙把椅子放好，站在椅子上。程氏已知他的用意，忙抱起铃哥，低声道：“铃哥可别喊，有贼来害咱们了。”把铃哥隔窗递出来。魏豪双手接过，急急地一伏身，撕开被单做腰带用，把铃哥勒在自己背后。程玉英已持剑从套间越出窗外，蹬椅子下了平地。

好魏豪，身背铃哥，右手持刀，左手就来搀程氏。程氏不用他搀，虽然腿软，却还能支持得住，反倒持剑保护着魏豪的后背。她低嘱铃哥别害怕，又问魏豪：“你大哥的灵柩呢？怎么办？”魏豪道：“顾不得了，活的要紧！”魏豪、程玉英、铃哥急急地溜出夹道，贴墙滑出来，奔向后院。一面走，一面东瞧西看，偷开后门，跑到场院去；往草垛下一蹲。魏豪眼望前面黑乎乎的一片，向程玉英道：“那是哪里？”程氏道：“就是咱的菜园子。”魏豪道：“走！”背定铃儿，与程玉英逃到菜园子里面极隐暗的地方。三个人全趴在地上，暂不敢动。

这时候宅内的灵棚，火光已然扑高，内外人声喧成一片。林宅上下的人全惊动出来，一齐吆喝着救火拿贼。左右乡邻也已闻警；乡下人最怕的是火灾，立刻鸣起锣来。

魏豪保护着铃哥母子，潜藏了一会儿，见贼人寻不到这里来，便放了心，悄嘱程玉英：“嫂嫂千万别动，我去救火，就着看看大哥的灵柩。”说罢，忙溜出菜园子，却不走后院，绕到前门。刚刚到了前门，门前已经聚集了许多乡邻，齐喊：“保镖的林家走水了。”大家忙着扑救。

这行刺孤儿、灵棚纵火的贼人，一共来了七个。两个在外巡风，五个潜伏着放火，行刺的就是海燕子桑七。满想着先纵火，趁林家救火，再潜入刺杀林廷扬的妻儿。不意灵棚之下，不时有人，放火的鸡冠子邹瑞，未能得手。

海燕子桑七却悄悄地掩入内宅，一路寻找，看见停灵之处，坐着两个人打盹，一个是金老寿，一个是黄仲麟；两边卧房似有灯火。海燕子竟溜进去，出乎意外的是程玉英手上很有两下子。一击未中，攻门未得，金老寿舍命夺刀，只阻得一

阻，便嚷起来，登时惊动了院中人。那放火的本该先下手，反倒后下手了。

魏豪进院时，灵棚正在发火。谢济舟、黄钟麟、邱良、刘振才等人，正与五贼动手。众人不令五贼放火，贼人也不叫谢济舟等人救火。两边人在房上、房下，走马灯似的乱打起来。林家的四邻，守望相助，出来许多人，鸣锣救火。林家的长工、佃户大喊拿贼，乡邻们也连喊拿贼。巡风的贼人一看情形不对，急忙连打呼哨，催群贼快走。

群贼见火势已起，吆喝一声，相率跳墙逃去。末后一个人，站在房上大骂道："你们这些东西，败坏小白龙的大事。你们留神吧！太爷不把你们全烧了，对不住你们。太爷去了，狗头们等着吧。"嗖地窜下来，如飞奔去。谢济舟提刀便追。摩云鹏魏豪恰好迎着，一同追赶。追出不多远，连忙翻回去，且先忙着救火抢棺。

不想魏豪等刚走到东墙，猛然间。一条黑影从东夹道窜出来，如箭似的逃出宅外。魏豪抖手打出一镖，贼人只一闪，竟从黑影中逃去。魏豪想不到院中还有贼人窝藏，正在吃惊；突然眼前一亮，只见东夹道一间小房冒出火光。魏豪大叫："不好！"哪敢怠慢，与黄仲麟、谢济舟，翻进东墙；邱良不会蹿高，便绕走正门。

贼人似已逃净，贼人放的火却又烧起来，众人七手八脚忙着救火。灵棚内的火先发，小东屋的火后起。但是山东地方的房屋，建筑得很结实，多用砖石，防火最严；除了门窗，都不易延烧。这小东屋却是个柴棚，轰的烧起来；谢济舟等拼命抢救，也是无济于事。且喜夜间无风，众人截断火道，只烧去这一间柴棚。那一边灵棚乃是浮搭的，火势是由西北往东南延烧，黄钟麟等人从未延烧到的灵棚下手，抡刀一阵乱砍，呼啦一声，棚杆折断，棚席塌下来一角。从人连忙拆救；往起火处泼水，火势虽猛，却顿时烟消火灭。摩云鹏魏豪等又忙着抢救灵柩，这却费了事。闹贼失火，人心慌乱；这口棺木，简直越

着急，人们越搭不动。好容易推倒半堵墙，才搭到后场院空地上，可是火也救灭了。

众人挥汗说道："不碍事了。可是棺材抬出来，难道再抬回去吗？"许多人摇头说："这可没有这个规矩。"齐问魏豪该怎么办。

第八章　摩云鹏画计远飏

摩云鹏魏豪眉头一皱，心想，贼人竟寻来了！沉吟一回，问道："现在什么时候了？"一人答道："四更多天了。"又一人说道："不到，不到。四更多天就快亮了，这不是还很黑吗？我看还不到四更。"魏豪道："那么，且等一等；你们几位在这里看着点儿。黄头，你费心到正房看看。金老寿受了伤，你看看他怎么样，拿刀伤药救救他。"

摩云鹏魏豪嘱罢，立刻扑奔菜园子，找到程玉英。那铃哥倚在母亲身旁，很是惊恐；两只小眼睛尽往黑影里东瞧西看，却又不敢看，拿手蒙着眼，从手缝里往外偷瞧。程玉英娘子惴惴地问魏豪道："七弟，怎么样了？火是不是灭了？贼人呢？"魏豪答道："贼都赶跑了，火也救熄了。"程玉英深呼了一口气道："还好，这万恶的贼！……七弟，你怎么去了这半晌才来，没的把我急煞！我这里眼巴巴地望见火起来了，听着乱喊乱叫的，只不见你回来。"说到这里，改口道，"你大哥的灵柩呢？不碍事吧？"魏豪忙答道："大哥的灵柩不碍事，叫我们搭救出来了，就停在后场院。"程氏这才放了心，又问："都是烧了哪儿？"

魏豪道："哪里也没烧着，多亏这些吊丧的朋友，又把四邻也惊动了，一路吆喝，追贼救火；核算只烧毁了灵棚，小东屋那间柴棚是烧了，别处都没有烧。顶侥幸的是柴垛，这要是叫贼点着了……"魏豪把话止住，道："大嫂，我要跟你老商量。棺木搭出来，俗例没有再搭回去的，这还没什么，不过，你老也明白，这是仇人放的火。仇人是缀下来了，还怕有后患。我们既得照顾死的，也得保护活的；二师哥又走了，我两手捂不过天来。叫我看，大嫂，不如此刻趁早下葬，不用等杠房僧道念经了。"

程玉英听了，呆了一呆，看一看魏豪，神色是很慌张；又看一看铃哥，吓得傻了似的。程玉英很迟疑地道："七弟，你知道我们铃哥，要不是金老寿舍命抱住贼，这条小命就叫贼人害了。你大哥苦挣了一辈子，按说临终时候怎么也得风光风光。可是，现在贼人到底找寻来了；不是我胆子小，我就几乎叫贼刺杀，肩膀上划了这么一下子。我倒不要紧，我们的铃哥可是不由叫人提心吊胆。嗐，埋就埋了吧！"

程玉英虽是不到三十岁的女人，却很有决断，又说道："好在已经破土了，就快着下葬吧。"弯腰抱起铃哥，只走了几步，一阵发晕，险些晃倒。摩云鹏魏豪慌忙道："嫂嫂把铃儿给我。"魏豪抱着铃哥，程玉英跟着一齐来到后场院。

此时院内乱糟糟的，满地都是水，余烬犹冒残烟，救火的人满脸尘汗。程玉英顾不得别的，回到房中，忙给铃哥穿上孝袍子，戴上麻冠。自己还是一身短打，也忙穿上孝服。在棺前焚了冥钞，孝子和未亡人磕了头，遂由一个长工抱着铃哥，打着纸幡，程玉英张着嘴踉踉跄跄跟随。魏豪、黄仲麟、邱良、谢济舟等人，持刀保护。围着葬地直到林宅前后，也都派人持刀把守，以防意外。大家一齐动手，把林镖头的遗梓搭过来；另由几个人打着灯笼，前后照着，一齐扑奔后面的菜园子。

乡邻救火未散，看见这等光景，无不讶怪。灵棚失火，丧家闹贼，他们也就猜想出来；料到保镖林家一定是有仇人，免

不了窃窃议论，探问。魏豪等只是摇头，也没法子隐瞒，却也没心肠解说。

于是舁棺下葬。这是合葬，棺木下圹，真不是外行所能办的。这些镖行伙计帮着林家长工，勉强把林廷扬的新柩，和他原配程金英的旧棺，一并搭到圹穴，掩上了土；却是草率终场，太不成样。程玉英和铃哥都忍痛不敢纵哭，等到双榰入圹，程玉英含泪匍匐，低声祷告："死去的丈夫，死去的姐姐，我只能顾活的，不能顾死的了！我这么草草地给你们合葬，心上实在过意不去。无奈万恶的仇人寻踪已到，小妹差点被贼刺死。小妹看顾铃哥要紧，我顾不得许多了！丈夫，姐姐，你们有灵有验，保佑我们娘儿俩逃出仇人的毒手。等到铃哥长大成人，再好好迁葬吧。或者我这薄命人苦到头，到命合尽的那一天，也许我能全尸归葬。那时候咱们三口再同穴合葬，在地下咱们再相会吧！"

程玉英虽是低声诉告，听见的人无不觉得凄惨。那铃哥打幡摔盆，依礼而行，格外叫人看着心疼。程玉英和魏豪更多怀着一份戒心，眼看四面，左右不敢离开铃哥。等到双棺入殡，众人培土起坟，摩云鹏魏豪悄悄对程氏娘子说："大哥的坟，最好先不起坟头——恐怕贼人盗墓毁尸。"程玉英矍然点头，这虽似过虑，却是贼情歹毒，不可不防他们这一着。遂吩咐众人把土垫平了，只在入土一尺深的地方，暗埋上标记。却在菜园子另一隅角，用浮土堆起一个假坟，把墓碣树在假坟前面。又秘嘱管园子的佃户，若有人打听，千万别说实话。又叫他在新坟上，移种一些菜秧；这不过暂掩贼人的耳目。只等转过了年，事情缓和下来，便不要紧了，照旧可以起坟立碑的。

下葬已竣，天色始明。那预先雇用的杠房执事和念经的和尚，直到辰牌，方才按时到场；却是棺材早埋了。魏豪把这些人照样地开发钱遣去。这一番举动本来为的是守秘避仇，倒惹得卧牛庄全村的人，个个猜疑，纷纷议论。又加上失火闹贼这件事，邻舍们都拿来当作闲谈资料。不到两天，早闹得阖村皆

知，都说是保镖林家被仇人找上门来了。这些话反传到七师父魏豪耳内。魏豪不禁皱眉，心中暗暗盘算消弭浮议的办法，却是竟想不出法来。而且这浮议还没等冷下来，跟着又出了一桩事故。

程玉英娘子挣扎着回到屋里，缓过好半晌，想起了金老寿，多亏他舍命抱贼夺刀，母子俩才得乘隙脱逃。忙向众人打听金老寿现在怎样？受的伤重不重？趟子手黄仲麟答道："金老寿在东厢房，上过药了。"金老寿忠心卫主，当时拦腰抱住贼人，他还想把贼人抡倒。贼人却还刀一扎，肋下被刺伤很重，登时松手倒地，不能转动了；忙乱中也无人救他。直到赶走群贼，方被一同坐夜的黄仲麟想起来，忙到正房寻找；金老寿已匍匐地上，卧在血泊中了。老黄忙把他背到厢房，给他敷药裹创。无奈金老寿年纪已高，伤口又深，血流不止，当时只是呕吐口渴。黄仲麟情知不好，果然他喝了一杯水之后，就昏迷过去了。

程玉英娘子喘息稍定，忙领着铃哥，过去慰问他。只见金老寿面色苍白，呼吸微细，眼睛迷离，样子很衰弱。程玉英说不出的感激痛惜，忙请人加紧医治，又拿好言来安慰他。他只是昏沉不语。祸不单行，金老寿强挨磨了两天，到底救治无效，创重身死了。程玉英伤心落泪，命人买棺，厚加盛殓。她对魏豪说："七弟，这金老寿简直是替我们娘俩死的，他实在是我们林家的恩人。要不是他，我是不免死在贼人刀下，我们铃哥也难逃贼人的毒手了。金老寿这么大年纪，赤手空拳，舍着自己的性命，跟贼硬拼。嗐，总算对得住我们死鬼了！"遂叫铃哥给金老寿磕了四个头，就便也埋在菜园子了。

保镖林家办丧事，失火，闹贼，又死一个老家人，是叫贼扎死的。虽然程玉英和魏豪极力嘱咐家中人，对外不要乱说，可是人们的嘴不净是为吃饭用的，闲是闲非总好抖搂抖搂。而且老邻旧居，婆婆妈妈，夏夜纳凉，少不得张家长李家短，胡乱讲究一番。就有那多嘴婆娘，公然串门子打听闲话。村中闲

汉们一遇到林家的佃户长工，也要拦住盘问。结果，保镖林家在洪泽湖保镖，遇见了仇人的话，不久就弄得全村都知道了。甚至于仇人的名字叫小白龙，他们不知怎的也都晓得了。本来力求哑密，反而越加宣扬。七师父魏豪一听见这些个情形，心上说不出的着急，担惊。于是来到正房，见了程氏嫂嫂；要商计商计今后的办法。像这么人人拿着保镖林家当作了话靶，信口胡嚼，虚实尽露，若叫仇人访着，那还了得！

这时候丧事已了，武林中远道赶来执绋送殡的朋友，一个个都告辞而去了。林宅里只剩下七师父魏豪、趟子手黄仲麟、伙计邱良。此外便是亲戚及那舅爷程继良夫妻。按照原来的打算，二师兄解廷梁、三师兄何正平，都曾嘱咐过魏豪，在大师兄林廷扬下葬之后，由魏豪酌量情形，看事做事。如果诸事就绪，寡嫂孤侄可以在家安居度日，魏豪就可以折回保定。现在，林廷扬的丧葬是料理完了，但是往后的事更加艰难起来。仇人已经跟踪寻来，虽然已经赶跑，谁能保贼人不再来呢？魏豪暗想：自己固可以不顾生死，舍命保护寡嫂孤侄；无奈孤掌难鸣，来寻仇的贼人正不知有多少。不论自己武功怎样，可是好汉不敌人多，明防难敌暗算。倘若贼人成群地来扰，在这荒庄四顾无援，万一落在仇人手内，只怕落个同归于尽。那时候自己有何颜面，再见同门诸友？又怎么对得过死去的大师哥？

摩云鹏魏豪设想到这后事上面，登时五内如焚，坐立不安。信步走到院中看了看，灵棚焚后，已经拆卸下来，满院凌乱不堪，格外觉得凄惨。魏豪眉峰紧皱，背着手在院中走过来，走过去，盘算主意。三师兄已回保定，二师兄已赴清江浦。现在当机立断，只有自己问自己，别无可以商量之地了。魏豪想，凭自己这一把刀，贼暗我明，贼众我寡，若担保嫂嫂娘俩必无意外，那只有迁地为良，在这里实在住不下去了。

七师父魏豪快快地走进客堂，此时舅爷程继良尚没有回家。魏豪咳了一声，把自己忧虑的情形，对程继良轻描淡写地说了。无非说此地既经仇人寻到，还怕贼人一计不成，又生

二计，一次无功，二番又来。最后问道："程大哥，你看怎办呢？"程继良搓手无计地苦想了一会儿，说道："最好叫铃哥不要出门，也不要上散学了。"但是魏豪说："贼会黑夜到家来找的！"

程继良沉吟良久，打算把程玉英和小铃子，接到榆树坡暂避一时。魏豪摇头道："贼人赶尽杀绝，再三再四，是要斩草除根。这一回把金老寿一条老命送了，侥幸把铃哥保住。贼人放火不成，听贼临走时说的那话，他们决不肯就此罢手。到你府上暂避，固然也是一法；可是这哪能哑密住？不久全村就知道了，贼人也就会访出来了。万一那时被贼人寻踪缀过去，岂不叫你府上也受牵连？假使程老镖头在家，仗他老人家一世威名，谅区区蟊贼必存顾忌；偏偏老人家又远赴山西去了。就凭我魏豪，若是有个照顾不周，一朝失计，叫贼人得手，我有何面目见程老英雄？"程继良听了这话，打了一个冷战，迟疑疑地说："那可怎好呢？我们是至亲，理应祸福分享。我们姑奶奶遭这逆事，我焉能袖手？叫我继父回来晓得了，必说我们没有骨肉之情。我想办得严密一点，贼人也未必会寻到榆树坡的。我们榆树坡姓程的是一大户呢，全村十有七八都是本家，贼人也许不敢去。"

魏豪把头微微一摇，依然皱眉深思。程舅爷看见魏豪神情非常忧愁，也慑慑起来，遂站起来说："七师父，你候一候，我去跟家姐斟酌斟酌去。"魏豪道："把大嫂请出来吧，这是大意不得的。"程继良答应着，走出客堂。

安远镖局的趟子手黄仲麟和伙计邱良，恰从外面走进来，也向魏豪讨主意道："总镖头别看是下葬了，只是险象有增无减，一步紧似一步。现在卧牛庄家家户户，街谈巷议，都知道保镖林家出事了。贼人要来寻仇，不必费心打听，只在树荫下一坐，立刻就知道林家的实况了。七师父，你老得打正经主意呀！不怕您笑话，自从闹贼以后，我们哥俩天天夜里悬着个心。叫我们哥俩看，这里简直是待不得了。"

魏豪蹙额道：“我何尝不知道这种情形实在危险！只是现时生生扔下这份家业一走，这里的主母如何舍得？而且要走，也得有去处。要是上保定的话，那倒是……”正说到这里，程玉英娘子已经领着小铃子，跟程舅爷一同进来。黄仲麟、邱良立刻站起来，要告退出去。程玉英道：“黄师父、邱师父别走，请坐吧。我正有事，想跟你们几位商量呢！”程舅爷也在一旁让座。程玉英带铃哥坐在主位，众人也都坐下了。

摩云鹏魏豪看程氏娘子，这一场丧事，如走了魂似的。这么一个青年健妇，不过二七，眼眶都塌下去；面色本来微红，此时憔悴枯黄，笼罩了一层暗色。就是小铃子，本是欢蹦乱跳的小孩，此时也好像发萎了；天气虽然热，跟着他娘不是偎着，就是靠着。或者是人一穿孝服，便自然带出一种晦气来，再不然，就是人的眼光随着心情变了。程玉英怔怔地坐了一晌，方才说道：“黄师父、邱师父，这一桩事，多承你们几位帮着七兄弟忙活，把铃儿爹安了葬。又在这儿，昼夜提心吊胆，出这么大力，还带累得二位都受了伤。这一回，要不是你们几位，就怕总镖头的棺材没搭出去，我们铃哥就没了命啦。这是救命之恩，我也不能空口尽说感激的话了。现在只叫铃哥给你们几位磕两个头。等着这孩子长大了，再报答两位伯伯吧。”

铃哥却是经程氏娘子教训好了的，这时一说，这孩子就趴在地上，磕了几个头。黄仲麟、邱良慌忙站起来，把少东拉住，没口地说：“使不得，使不得！大奶奶千万别这么着，更叫我们心上过不去了。我们弟兄受总镖头的好处多了，我们应该效力。”铃哥的双臂，被黄、邱二人一边一个扯住。铃哥扭着头说：“娘娘，娘娘，他们不叫我磕。”魏豪也站起来说：“嫂嫂不用多礼了，这都是自己弟兄，应当应分的。既然赶上了，就得舍命卫护着。嫂嫂请坐吧，咱们还是商量正事要紧。”

程玉英娘子又敛衽拜了拜，让黄邱二人归座，这才提起精神来，把眼揉了揉，说道：“刚才我听继良兄弟说了。我这工

夫心里乱七八糟的，一点主意也没有了。你们看，该怎么办才好？仇人是寻上门来了，躲可躲得开吗？可是又往哪里躲呢？我知道静擎着不是事，而且还得赶紧想法子。贼人是认得门了，贼在暗处，我们在明处，简直防不胜防。黑夜白里，叫人整个提心吊胆。……七兄弟，不是我胆虚，这两晚上，我简直不敢睡，整夜抱着一把剑，看着我们铃儿。外面有一点小动静，或者村子外有狗叫，我就吓一跳，不由就扒窗户看看。可是，七弟和你们二位不辞劳苦，给我们轮流值夜，家里那几个做活的也还都热心，个个都加倍小心。无奈日子长着哩，像这样子，我们怎么过活？你说躲躲吧，我也知道不错，可是我往哪里躲呢？刚才继良兄弟叫我带着孩子，到榆树坡躲几天去；但是我伯父没在家，他的几个徒弟，也都跟着出门了，榆树坡比这里更旷。继良兄弟又不会武，没得把仇人引到我娘家去，那可怎么使得？我这两晚上，也不住地盘算，我一时想回铃儿爹他那浙江老家去，可是他那老家，我从嫁过来，就没去过。婆家的人，听说叔叔、大爷都有，我却一个也没见过。七弟你想必也晓得，你大哥生前就跟本家不和。那么，娘家不能去，婆家也不能回；两眼乌黑，我可往哪里去呢？况且这个家，虽然没什么，也有两顷地、十亩园子，还有这十几间房。我要是搬走，这个家又交给谁？我娘俩躲出去，万一要叫贼人放一把无情火，把这家给烧毁了，将来我母子可就真个弄得无家可归了。”说到伤情处，竟是无计可施，禁不住又呜咽起来。接着说：“我现在左思右想，没有法子办。我只想到一个法子，就是请七兄弟你们几位别回镖局了，给我这里看宅护院。可是这又有一节难处。七兄弟呀，这不但耽误了你们几位的前程，况且我年轻轻的一个寡妇，我我我……”再也忍不住，失声痛哭道：“这是多么不方便呀！”

程玉英娘子虽遭大丧，却是方寸不乱；这一番筹计，面面都想到了。魏豪听着，也觉得寡妇门前是非多。这程玉英嫂嫂才二十九岁，魏豪自己二十七岁，在丧葬期间，事繁人多，咭

吊亲友纷集，这倒没什么。可是日后过起日子来，自己一个年轻男子，长久留在孀居的师嫂家里，虽说是志在全力护孤，却是稍一不慎，便落闲言。一念及此，魏豪抓耳挠腮，觉得此事实在进退两难，不晓得如何是好。

程玉英娘子为难多时，哭着道："你们看，这不是真难煞人吗？你们有什么法儿？我现时实在昏了，你们说怎么办才好？"

摩云鹏魏豪低头沉吟良久，抬起头来，看了看程舅爷，又看了看黄仲麟、邱良二人，叹息道："嫂嫂，事到如今，空难过一会儿，也没用；处境虽然难，我们也得想法子。嫂嫂乃是女中豪杰，嫂嫂存心抚孤复仇，这嫌嫌疑疑的话，不要管它，我们只求对得过天理良心。况且这是什么时候？贼人这么歹毒，我们避祸要紧。至于小弟在这里看宅护院，照顾小铃侄儿，乃是我们同门师兄弟几个人的公议，我决不怕闲话。只不过仅仅我们三四个人，小弟实在担心，诚恐贼人狡计层出不穷，万一卫护不周，稍有闪失着，那就对不起死去的大哥了。总而言之，现在避仇要紧，避嫌是顾不得了。嫂嫂和铃哥还在家里住，实在不妥，总得赶紧迁动才好。我们现在先盘算往哪里躲吧！"

程玉英道："就是避仇，现在也很为难！世路茫茫，我娘俩可往哪里躲呀？"

魏豪道："这么办！我和黄师父、邱师父留住在这里看家，嫂嫂带着铃哥，可以在乡村近处，赁几间房……"还没说完，自己便觉得不妥当了。魏豪眉峰一皱道："这也不行。地方近了，贼人还是要寻到的，没人护院还是不放心；地方远了，可是往哪里去呢？程舅爷，你看可以上哪里避避去呢？"

程继良更是没有主意，只是皱眉叹息。魏豪又问黄、邱二人，可有什么别的高见？黄仲麟想了想道："大奶奶可以带着少东，往远处暂避三五个月。这里的家，就请七师父和程舅爷照看着。"

这似乎是一个法子。但往远处避难，投亲呢？程氏母子都在热孝期间；身穿重孝，投奔亲友，除非是至亲，别人家是要忌讳的。程家又去不得；若到远处去租房，另立门户，那又谈何容易？而且就避到新居去，也必须有护院的人，方保无虑。现在事情又很紧急，要是在三五天内，确定了出走的地方，打点了出门的行囊，安排妥一切一切……这岂是仓促之间就能料理好的？现在，最要紧的，还是出走避仇的地方。可是，到底往哪里去好呢？

摩云鹏魏豪又反复盘算了一回，道："嫂嫂，现在我看只有一条道好走。解二哥这趟来，曾经说过，要接嫂嫂到保定去。守着镖局子，一来有人照应，二来这里也用不着变卖家产；嫂嫂的用度，就可以按月从镖局支取。这五个镖局都是大哥一手承办起来的。有大哥，是大哥的事业；没大哥，也是大哥家眷的买卖。解二哥的意思，这镖局还是接着做下去，维持是由我们大家维持，财东还是大嫂的财东。大嫂到保定，可以说财也有，人也有，比住在这个荒庄，放心多了。解二哥原打算他到清江浦，办完了赔镖，回头来就接大嫂带着侄儿上保定府去。一到保定，大嫂可以住在解二哥院内；有解二嫂同院，也很方便。就是贼人跟踪寻仇，那里守着镖局子，照护也很方便。解二哥大约得六月初才回来，目下情形很紧，依我看我们用不着再等他回来了。现在嫂嫂就收拾收拾，安排安排，咱们五天以里就动身北上。这里的家具都不要动，田产就请程舅爷照应着，这所房子也可以借给亲友住。好在避仇的事，只要躲过一两年，贼人连次扑空，便不再来了。那时等事情稍冷，嫂嫂愿意回家，照样可以回来。"

程玉英听罢沉吟不语。黄仲麟、邱良齐说："七师父这么打算很稳当。大奶奶千万不要犹豫，这江湖上寻仇的事，逮住就不放松，狠毒极了，可大意不得呀。等到祸到眼前，后悔可就迟了。"

程玉英望着这院子，六年故居，一旦舍之而去，自己一个

年轻女人，现在要带着一个小孩子，远离乡井，投托到亡夫的朋友家去，心中实觉不安。但魏豪极力劝驾，说是：“嫂嫂，这不是孤儿寡妇投奔亲友，乃是内东到自己开的铺子那里去。嫂嫂要知道，按买卖道说，我们全是嫂嫂铺中的伙计；按交情说，我们又是大哥的师弟，您是老嫂。嫂嫂不要为这个犹豫了。”

程玉英点了点头，看着程舅爷，手摸着小铃子的头，叹道：“死鬼生前劝我到保定住去，已经赁好房，他叫我住两三年再回来。我只是舍不得这个家。这几亩园子和地，要不是自己种着，哪能有这样的收成？我进他们林家时，你大哥只有一顷多地和十二间房。我那死去的姐姐就整治不好。自从我进了门，我就自己经营着，才这么五六年光景，就生发了两顷地。七兄弟大概也知道，这南乡五十亩地和后面这十亩园子，还有东跨院五间房，都是我给置的。这里头就是买园子的时候，找你大哥两次要了五百三十两银子，剩下的添地盖房，都是我自己种地挣出来的。要不然你大哥怎么服气我呢！你看我冲寒冒暑的，不辞劳苦，自己下地，好容易才创造出这份家当；现在叫我丢下手，跑到外乡去，我虽然不是守财奴，究竟心上舍不得呀！要说交给继良兄弟，我倒不是不放心，不过他年年操心，我过意不去。”

说到这里，程继良对魏豪说：“七师父，我这位姐姐，治家务农实在是把好手，谁也比不了。她这两顷地比我们那顷半田，收成起来简直强两三倍。”程玉英道：“你本来年轻，又是个书呆子。”

这姐弟二人倒论起家常来。魏豪听了，说道：“嫂嫂，你是有决断的人，眼下抚孤避仇要紧，不要恋恋田产了。”程玉英面容一蹙，浩然长叹道：“我也不过这么说说，我是很看得开的。嗐，这恶贼们，真真害得人有家难奔！七兄弟，我带着铃儿，上保定好吗？还是上别处去好呢？”程继良插言道：“姐姐和外甥去那么远，我们很不放心。”

魏豪道：“别处往哪里去好呢？”程继良道：“我想姐姐可

以到我的岳父家避去。昨天我跟他妗子说了一回，她妗子说可以。她娘家离这里有七十多里地，很僻静，是个小村，人口不多，有眼生的人立刻就能看出来，不像卧牛庄这么热闹。搬得再哑密一点，大概贼人不会寻了去。只要姐姐带着外甥，在那里待两三个月；姐姐你再亲笔写一封信，催我继父赶紧回来。他老人家一听爱婿被害，贼人寻仇，焉能甘休？是一定要返回来的。他老人家太极十三剑名闻南北，藤蛇棒更无敌手。他老人家一来，自然要保护亲侄女、亲外孙，还要给姑爷报仇。"

程玉英已给铁掌黑鹰程岳去信，讣告他爱婿惨死。虽说怕老人家痛心着急，可是到底不能隐瞒，这信早已发过一封了。但是程岳远在晋南，老人家一时怎能丢下手底的事，立刻回来？程继良的岳父又是小户人家，住在荒村，只有几间土房，狭门浅户。保镖林家若是穿着重孝，再带着魏豪等三四个护院的壮士，到人家寄居，岂不很扎眼？恐怕不到十天，就闹得议论纷纷了。所以程玉英择地避仇，最好还是投奔都会热闹地方，没入人海之中，就不会惹人注目了。程继良这番打算，不过只见得他很关切就是了，法子却到底行不得。几个人商量了好半天，觉得投奔哪里也不便，只有上保定去还比较妥当。

摩云鹏魏豪便道："嫂嫂不用犹豫了，程老伯没在家，嫂嫂还是上保定去的好。我看嫂嫂尽着这三四天工夫，赶紧把箱笼家具打点打点。该带走的细软，不要过多；笨重不好带的，可以统统寄存起来，就烦舅爷运到榆树坡暂存。这房子可以赁出去，或者借给人住。田地现时不好租了，就烦舅爷给照顾着。若是嫂嫂不打算在保定久住，容事情稍冷，随时还可以回来。若是保定住着合适，那就索性把这里的田产房舍都变卖了，也可以的。现在就这样赶着安排，等到第三四天头上，咱们就雇车辆。我和黄、邱二位，保护嫂嫂和铃儿，起早路奔保定。"

程玉英听了，低头思索好久，点头道："论起来，我一身生死还有什么可惜！这种命到哪里也不甜。不过有这个孩子，

就把我拴住了。为了这个孩子，我不能不躲避。唉！我们程家在这曹州府，子一辈，父一辈，住了百十多年；我们虽然没有什么势力，可也没人敢堵上门来欺负我们的。我伯父干了一辈子镖行生涯，也没大栽过。如今，他的女婿、女儿，竟叫贼人赶落得上天无路入地无门。我要是这么一走，也真给我们黑鹰程家丢透人了！可是要等他老人家回来，又不知哪一天。万一铃儿有个闪失，我的罪孽可大了。七弟，你既然这么说，我只好躲一躲吧。到了保定，我是人生地不熟，可就依靠你们哥儿个了。继良兄弟，你说怎么样？事到如今，我只好这么办了。伯伯没在家，我实在不好上你家住去。弄不好，倒连累了你。那岂不是由婆家嫁祸到娘家，你说是不是？”

事情已经说开，利害已经分明，程舅爷也不敢强留了。程玉英娘子怏怏地带着铃儿入内，忙着收拾一切。田产是交给舅爷照看，房子暂且留下几间，给长工看房人居住，其余就借给邻人住。笨重家具，该封的封存，该寄放的寄放。卧牛庄的一切事，都托付了舅爷。家中长工照旧雇用着，种地看家。家中存粮都用贱价赶着粜出去。值钱之物都装了箱，存的钱都兑换了银两。上下人一齐忙，直忙了三天，还没有打点利落。魏豪心中着急，催促程氏娘子赶快收拾，他说：“该割舍的割舍了吧！这是避祸，不是寻常的搬家。”

又紧着忙了一两天，方才归置得有点谱了。程玉英娘子对程舅爷说，到保定只打算躲一年半载。只要伯父黑鹰程岳回来，孤儿有人保护，她还是要携子回来的。当时由摩云鹏魏豪和黄仲麟、邱良，督同着长工们，装箱笼，打行李，一共装了十几个皮箱，二十六七个行囊。这东西未免太多了，摩云鹏只是皱眉。

第四天下午，魏豪面见程氏嫂嫂，问她安排得怎样；要是明天动身，可行不行？要是可以走，现在就该去雇车辆去了。程玉英忙得晕头转向，挥着汗说：“行李打点好了。就是粜出去的粮食，得后天才能收回钱来。这本来卖得太急，又不是时

候，连平常一半的价钱还卖不到呢。”

魏豪道：“这星星点点的，吃一点小亏就算了吧。这几夜我们总是提心吊胆的，还是早走一天，早一天安心。”程氏娘子道：“可不是，这个我不是舍不得，只是钱还没有归上来。只要把钱收回来，七弟你再兑成银子，咱们就立刻可以动身了。这些行李，大概得雇几辆车呢？”魏豪道：“嫂嫂和铃儿坐一辆轿车，再不然坐驮轿舒服些。行李、箱笼也就是两辆车，连我跟黄、邱二人，一共四辆车足够了。”此行既是避难，行李自是越简单越好，现银却预备了不少。程氏娘子把她的首饰，和她亡姐的首饰，都找出来，叫魏豪变卖了。她从此一洗铅华，要做孀妇了；这些首饰既然用不着，都要换了钱。魏豪道：“这个不必在这里卖，就是要卖，还是上保定卖去好。那里金银首饰，比这里好出手。”于是将出门所带的，挑了又挑，一共只打点了四只箱、九个行囊、两小箱首饰珍物和七百两银子。还有四百多两银子的粮价，这得后天才能收到。程玉英娘子说：“现在可以雇车了。”魏豪便要进城，黄仲麟、邱良道：“七师父何必自己受累？现在放着我们两人，我俩雇去吧。这曹州府城内，仁和车骡店，跟咱们镖店也交过买卖，咱就雇他的牲口车好了。”

到第五天上午，黄、邱二人出离卧牛庄，前往曹州府雇车。魏豪留在卧牛庄照应着，劝程氏母子把重孝脱了，可以暂穿灰孝衣，等到了保定再换。出门的人，身穿重孝未免刺眼。程玉英娘子毫无世俗之见，依言脱去重孝，换了素服，又问七师父魏豪：“这次远离故乡，老邻旧居是不是要辞行？”魏豪想了想道：“贼人火焚灵棚之后，没有即刻就来，大概回去邀人去了。看这样子，一时不要紧。不过辞行的话，彼此见了面，不免要问搬到哪里去；还是悄悄一走，不去辞行的好。”程舅爷也说：“等姐姐走后，我替你到各处辞行吧。”

几个人又商量定了，如果有人探问，就说是回林镖头的浙江老家去，不要说是上保定。

第九章 横江蟹窥门蹑迹

这一次粜卖粮食、寄放东西，都用的是林、程二家自己的牲口车辆，往来搬运。虽然不够用，并没有找别家借，是免得惊动人的意思。车来车往，连运了好几趟；邻人们晓得了，果然又来探问。有的打听搬到哪里去？有的就说，大娘子要是搬走，这些锅碗瓢杓、破破烂烂不值一带的，都别扔，给我们拿去吧，我们用得着。有的更讨厌，这里上下都忙，他们却蹭进来，口说帮忙，趁便看见什么，就要什么。不客气地就自己动手，硬要硬拿，出来进去非常碍事。程氏娘子心上很讨厌，又不好得罪他们。这都是老邻旧居，大妗子、二婶子地称呼着，多少还许沾点亲；不比大都会地方，关门过日子，谁也不理谁。魏豪却看不下去，将脸一沉，把这些男人们都借词赶了出去，又把老婆婆们也支走。然后将大门关上，吩咐长工看住了门，再有送行串门子的，不要放进来。

“保镖林”这个家只这一搬动，情形顿然改观。东西厢房都成了空屋子了，正房的木器也空了，只有打好的箱笼行李堆在炕上，屋里也很凌乱。程氏一面收拾着，见了这情形，心中

不胜凄惨。铃哥自从丧后，程氏娘子再不敢放他出去玩耍，此时只叫奶妈哄着他在院里玩。小孩子不住口地打听："我们这是做什么？"说是要搬家。这孩子又问，"搬家干什么呢？"问了这个人，又问那个人。家中什物都翻动了，他又觉得奇怪。把自家的东西寄放到别家，小孩子更是舍不得。他问，"为什么好好的东西，自己不要，都给了别人？"铃哥睁着一双眼睛，看看这人的脸，又看看那人的脸，嘴里唠唠叨叨地打听。奶妈信口地敷衍竟糊弄不住他。奶妈哄他说："咱们要回老家了。"铃哥就说："回哪个老家呀？"答说："回你的老家呀！"铃哥更不相信道："卧牛庄就是我的老家，绍兴府是爹爹的老家，榆树坡是娘娘的老家，我们可是回谁的老家呢？"奶妈道："回绍兴府老家，你爹爹的老家，那才是你的老家呢。"

铃哥听了不悦道："不，不回那个老家。爹爹说过，至死也不回绍兴府老家了。老家的人没有跟咱们好的，你当是我不知道吗？"忽然又想起一事，问奶妈道，"大娘，我问问你，干什么把我的小车也给小福子呢？我还要呢，那是我的镖车。"这小福子就是程舅爷的五岁儿子。程舅爷听见了，就说："铃儿，你舍不得你那小摇车呀？不要心疼，我再给你拿回来。你是大孩子了，不坐摇车了。"

这一回避难，东西带得有限，家中的男妇也是一个不带。程舅爷不很放心，恐怕他继父铁掌黑鹰程岳回来时，要埋怨他；对程玉英娘子说，要自己亲送姐姐到保定去。程氏娘子当然不肯。程舅爷说："父亲他老人家最疼小铃外孙，出这么远的门，又是避难，我们这里一个送行的也没有，父亲一定要怪我。要不然这么办吧，程玉川正要上保定，回头我就打发他辛苦一趟，路上也好有个照应。"这程玉川就是在镖局做事，程玉海的弟弟，是程氏的内亲。他本要秋后到保定去的，现在就叫他送行，倒是极其顺便的。程玉英娘子一想，这才答应了。

于是把程玉川找来。程玉川立刻打点好了，当天就住在卧牛庄，也跟着忙活搬家的事。当下一切安排就绪，静等着车辆

雇好，粮价收齐，第三日就成行。

赶到天黑的时候，雇车的人还没有回来。程玉英娘子找到摩云鹏魏豪，问道：“这位黄师父和邱师父一大清早就去雇车，怎么这时候还不回来？别是他们认不得路吧？”魏豪正忙得一头汗，拿一条手巾抹着脸，回答道：“估摸也该回来了，道本来不近。他哥俩常出门，就到生地方也不会误事。”正说着，只见黄仲麟、邱良急匆匆地已从城里奔回来，一进门便问：“铃哥呢？”程舅爷忙道：“小铃子在后院呢，车雇好了吗？”黄、邱二人道：“车雇好了。”只说了一句，便找七师父魏豪。魏豪也问二人：“怎么才回来？车雇妥了没有？”

黄、邱二人跑得满头是汗，小衫都湿了，向魏豪一使眼色，同到厢房。坐下来四顾无人，方才说道：“七师父，我们雇好了两辆车，我们擅作主张，车只雇到大名府，已交了一半脚价，叫他们今夜三更把车开来。七师父，咱们趁早走吧。”魏豪骇然道：“怎么讲？你们看见什么了？”黄、邱二人低声说道：“贼人又寻来了！”

这一句话却似一个平地焦雷！摩云鹏不由一震，忙问二人。黄仲麟喘息着说道：“我们哥俩暗缀了他们一个晚半天，确是贼党无疑。七师父，依我说，先劝大奶奶到别处躲一躲。再不然，就是今夜三更时候，咱们保着大奶奶提早走两大。贼人连咱们出门的日期都访出来了！”

魏豪大惊道：“贼党有几个人？”黄、邱二人把手指一比道：“六个，至少六个。”魏豪又问：“在哪里看见的？”答道：“在车骡店隔壁升平栈。”

黄仲麟抹着汗，对魏豪说：“我们哥俩到了府城，就找车骡店。我们熟识的那家，他们竟说眼下不揽长趟买卖，我们只好另雇。直到西关韦驮庙街，才雇好了包趟的两辆轿车、两辆大车。言明脚价先交一半，到了地方再交一半。开了揽单，说明后天天一亮，车准到不误；沿途不许支草料支饭费，也不许带客货，直送到保定；只是价钱还没讲妥。我们正讲着，忽从

外面进来四个扎眼的汉子，全是暗藏兵刃，一进骡马店，就问：'有姓罗的客人没有？'骡马店的伙计答道：'没有，我们这里是车脚锅伙，不住行客。'那四个人并不走，催伙计再问问。几个人正在大声说话，不意骡马店里靠南头的一间屋子里，有一人出来搭话道：'嘎，哥几个才来吗？真有个稳劲。'竟邀着四个人进入店内。那时我和邱师父在柜房隔着竹帘，把他们看得很清楚，不期而然地觉得很蹊跷。我们俩就跟柜上搭讪起来。适逢凑巧，这几个客人谈话的屋子，跟这柜房只隔一层板。不过他们说话的声音很低，听不清；我们又不能做出倾听的样子来，还得跟柜上谈生意。就这么着，也隐约听见他们念出'卧牛庄'这个地名来。这一来，我们更不敢放松了。邱师父跟柜上磨价钱，我就侧耳倾听，可是再听不见什么了。"

魏豪便道："这却可疑，不过这也难断定呀！"黄仲麟接着又说出跟踪暗缀之事。两个人既然留了神，等着跟车骡店讲好了脚价，又交了定钱。两人出了车骡店，到别处绕了一圈，略商量几句，重复回来，潜藏在车骡店附近小巷内，暗窥这四个客人的行藏，耐心地等候了个把时辰，果然这四个客人，又同着两个人，从车骡店出来，进了一家客栈。在客栈内耽搁了好几个时辰，又出来下饭馆。黄仲麟、邱良这才暗缀到饭馆，也找了一个饭座，坐下来吃饭。且喜这几个人全都没有看见黄、邱二人的面貌，竟没有理会。黄仲麟接着说，这六个人入了饭座，酒酣耳热，嘈嘈地说笑起来。内有一个人竟说江湖黑话，对同伴讲："相好的，人家叶子万的底细，我可是摸准了，听说人家后天一准开码头。一挪窝可就更难找了。你们来得还算巧，再晚到两天，要叫莲果带着秧子扯活了。嘿，咱们可怎么交代？几个大活人瞪眼看着鸡飞了，多么丢人。告诉你们吧，这几天人家整车地往外运东西，那是准溜无疑的。"（这其中，"莲果带着秧子扯活"是"那女人带着孩子要跑"的意思。）

此人一说，立刻有一个年约四旬的人，向四面闪眼一望；瞥见了黄、邱二人低头吃饭，竟注视了一眼，回头向同伴说：

“念短吧，招子也不放亮点，就信口放笼?”吓得黄、邱二人只顾端着碗吃饭，越发不敢抬头了。黄、邱二人又偷听了一会儿，候到这六个人饭罢付账走后，两人方才捏了一把汗出来。两人一盘算，立刻又找到另一家车骡店，另雇妥一辆轿车、一辆敞车。地名不敢直说到保定，暂且先雇到大名府，以免露出形迹。两个人然后认准了贼人落脚的店房，慌忙跑回来送信。

趟子手黄仲麟说罢前情，魏豪面色顿变，半晌道：“黄师父、邱师父，你二位也是久走江湖的人，决不至输了眼。我们的行期，当真叫贼人访出来了吗?”邱良道：“七师父，你就赶快想法吧！我们在饭馆听得逼真，一点也没错。我们这里东一头，西一头，乱存放东西，外面早哄嚷动了，贼人哪会访不出来?”魏豪又问：“贼党一共来了几个人?”黄仲麟道：“看到我们眼里的是六个人，恐怕还不止此数，店房里面还许有同党。”

摩云鹏魏豪站起来，在屋里一转，道：“贼人既然又来到了，我们就必得赶快想法；可是双拳难敌四手，我们逗留不走，真有些不好对付了。可是说到走，我们是不是眼下还能走得开?你们哥俩一路回来的时候，可曾看出，贼人已经安了桩没有?”黄、邱二人道：“看那个意思，贼人是刚到。还没有缓开手，要走还是赶紧走。”魏豪道：“那么，这得跟大奶奶商量了。”程继良在旁听得目瞪口呆，闻言忙道：“我去请我姐姐去。”魏豪道：“不必！咱们一块到正房去。”

魏豪烦舅爷程继良在前引路，率领黄、邱二人一同来到正房。程氏娘子刚刚又收拾了一阵，一见黄、邱二人，便问：“二位雇好车没有?”黄仲麟道：“雇好了。”魏豪这才将黄、邱二人在城中所见的情形，和缓着对程氏娘子说了，随又说到打算提早走的话。程玉英一闻贼人追踪又到，反倒把惊惧之情一扫而空，陡转了激怒。她把手中的东西往地上一掼，咬牙道：“好哇，又寻来了！七兄弟，你们看，照这样子，我们娘儿俩还能逃得出去吗?贼人这么赶尽杀绝，逃到哪里能成?索性跟他们拼了吧，不用搬家了！”

魏豪忙劝道："君子报仇，十年不晚。嫂嫂别这么想，贼人越这么狠毒，我们越要跟他们斗斗，越不叫他们称愿。我们不管怎么着，也得把铃儿保全住了，将来好给大哥报仇争气。叫他看看姓林的，就只剩下孤儿寡母，也还是不容易受人欺负，姓林的还有朋友哩！大嫂，咱们早也走，晚也走，还是趁这机会，贼人乍来，还没放开手，咱们早早地离开卧牛庄，叫他捞不着影儿。一到保定，就有办法了。嫂嫂，三十六着，咱们还是走为上着！"

程玉英叹恨道："贼人这么死缠，一步也不放松，只怕我们走不开吧？万一白挣一回命，逃出来了，又叫贼人暗缀上了，在半路上落到他们手里，还不如死在家里爽快呢！况且我们人单势孤，这逃活命避仇的事，我能累赘谁呢？"

摩云鹏魏豪眼光霍霍地说："大嫂放心！我魏豪不是贪生怕死之辈！大哥惨殁，我魏豪受师门的公派，身任护眷托孤的重责。贼人来，贼人不来，保护大嫂母子，都是我的事。我就拼了命，也要做到。"趟子手黄仲麟、邱良也奋然立起来道："大奶奶，我们受总镖头的恩待，我们情愿把这条命卖给少东！你老望安，贼人若是缀来，我们就凭这把刀，跟他招架招架。"魏豪道："好！大嫂放心吧，现在事不宜迟，贼人既到，行期已泄，我们不要等后天走了。依小弟说，今天三更天，我们就走。"

程玉英道："但是，车呢？"黄、邱二人道："大奶奶放心，我们擅作主张，已经交定钱，把车雇妥了。先雇到大名府，到了大名府咱们再换着雇。一站一站往下走，贼人就没法子再跟寻了。"

于是匆匆商定当夜逃亡之策。摩云鹏魏豪振起全副精神，决计要跟贼人斗一斗。为要稳住贼人耳目，定下了声东击西、偷梁换柱之计。定规三更天，车到立即登程。将箱笼行李装入车中，叫黄仲麟、邱良，押车出发，直走大道。却是暗叫程玉英娘子带着铃儿，改换服装，潜带细软，于二更半悄走后门，

由魏豪保着，先一步行走小路，出离卧牛庄，绕周家庄，奔小辛集。先打发一个长工，骑着驴在周家庄等候。一等程氏母子赶到，就骑上驴走，再奔五里铺，到老河套口河堤，就在河堤聚齐。双方约定，既然分两路走，贼人便不易琢磨。而且黄、邱二人押着一辆轿车、一辆大车，走正路北上；随行的还有保镖林家的长工，势派较大。如果贼人已然在附近安了桩，必先注意大车，就放松行人了。就是黄、邱二人，魏豪也预先对他们俩说好，路上如果情形吃紧，就只管弃车而逃，务必把贼人诱到歧路上才好，以便放松程氏母子，好乘机逃走。至于车上的东西，能保则保，千万不要顾惜；因为贼人志在寻仇，不在打劫。

魏豪又嘱咐程氏道："万一遇上贼人，不管贼人有何举动，我们看情形来。能躲则躲，不能躲时，小弟我就单独迎上去，嫂嫂就乘机带领侄儿，赶紧潜藏，不要露面，径奔预定的路线上，等着小弟好了。"程氏道："七弟，你可不要一味死斗，不要跟贼人拼命呀！"魏豪道："那是自然。小弟迎过去，不过是量力而行，把贼人挡一挡。贼人若少，就趁便撂倒几个出口气；贼人要多，小弟一定不跟他们力敌，我总要把贼人诱到别处去。诱开了，小弟自然立刻奔回。我是保护嫂嫂和侄儿要紧。"魏豪又对黄、邱二人嘱咐道："你们二位也是如此，千万不要逞强，免误大事。"

嘱咐已罢，分头忙起来。程玉英娘子先把奶妈打发走了，又把该遣去的长工们挥泪遣去。魏豪见程舅爷是个文弱的人，留在这里，无益有害，遂请舅爷早回榆树坡。程继良竟有不忍，眼见这位姐姐和外甥乘夜逃亡，前途有险，自己打算眼看他们离开卧牛庄，才觉对得过继父。程玉英惨然落泪道："继良兄弟，你不要在这里留恋了，没有一点益处。我还怕贼人寻不着我们，迁怒到亲戚身上。继良兄弟，你还是趁早回去，赶紧给我那伯父写信，叫他回来给你姐夫报仇吧。白留在这里填馅，反叫我难过。"魏豪也在旁边连连催促，程继良这才挥泪

告辞。继良又叮咛程玉英："抵保定时，务必快来一封信。"那个程玉川，程玉英也想打发他回去，说是："你小小年纪，犯不上跟我担这风险。"程玉川年轻胆怯，经这一说，也就跟程继良一同回去了。

眨眼入暮，夜暗无星，大家已打点得差不多。摩云鹏魏豪、黄仲麟、邱良，各自结束停当，身带兵刃。魏豪到上房，催问程氏娘子，收拾得怎样。程氏娘子业已收拾利落，一身青色短装，头上罩青绢帕，把自己从前练武穿的一双铁尖窄靴，蹬在脚下。打得一个小小包袱，内有她的鞋袜、裙衫和几样女人用物。所有细软银钱过于沉重，不好多带，只得装箱上车；身边携带的，只包着四封银子，已经不算轻了。然后把铃哥的随身衣服也包了几件，又给铃哥脱换孝服。铃哥溜溜失失的，紧随在她娘身后；娘到哪里，他就跟到哪里。那小孩平素最好唠叨，今日却怪，睁着诧异的眼，不住地端详众人的匆遽神色，半晌才问出一句："娘娘，咱们做吗？"

于是程玉英把铃哥打扮起来，脱去孝衣，找来月白色的汗衫单裤，要给铃哥穿上。魏豪道："有深色的没有？"程氏娘子道："有。"遂另给铃哥换上一身深蓝色的小裤褂和一双青鞋。铃哥道："娘娘，咱们换衣服做什么？"程氏道："乖孩子，别说话，问得娘心里怪乱的。"

天到二鼓，摩云鹏魏豪把应该装车之物，都已编好号数，点给黄仲麟、邱良等。告诉黄、邱二人："车一到，立即装车出发。"又告诉留下看家的长工："大车一走，你们就赶紧关门上锁，熄灯睡觉。"

看家的长工们见镖行这几人神色匆遽，都害怕不敢留守。魏豪眉峰一皱，又跟程氏娘子商量，也怕贼人再度来扰，扑空就许捉着看家的人，苦刑追问，反易泄露行踪。魏豪遂吩咐看家的人："既然悬心，就等候大车走了，你们将门倒锁，一齐躲避躲避。等着过了五六天以后，你们再回来。"众长工求之不得，都答应了。

然后摩云鹏魏豪，把一口厚背刀磨得锋利异常，身佩镖囊，腰系小包，雄赳赳地到前后院一绕；旋又嗖的蹿上房去，往远处瞭望片时；然后蹿将下来，扑到后院，不开后门，越墙跳出来，往外探道，由后面探到前面。五月盛暑，昏暗无光，天上繁星都隐，似浓云密布，大有雨意。街前街后，平时都有纳凉的人；此时却因二更已过，农家早眠，人们都归寝了；正是静悄悄无人，要走恰是时候。

摩云鹏魏豪重返回来，跳墙进院，暗告程氏娘子道："是时候了。"程玉英手领铃哥，重来见黄仲麟、邱良二人。到二人面前，一推铃哥道："给两位叔父磕头谢谢。"程氏挥泪说道："二位不管担多大风险，全看在死鬼身上吧！只要我娘儿俩逃出活命，决忘不了叔叔们的好处。"黄、邱二人连忙还礼道："大奶奶这话太远了。别说是押车，就是上刀山，下油锅，也应当应分。"程氏谢完黄、邱二人，又把看家的长工嘱托了："刚才七师父对我说了，我们走后，叫你们也躲一躲。缓个七天八天的，你们再回来，好好给我看家，门户要严紧一点。"

一切吩咐已罢，程玉英手领铃哥，从房内来到院中。怅望这多年的旧居，一旦诀别，不禁落泪沾襟，满怀凄凉。"好好一家人，叫贼人害得七零八落，死走逃亡。现在眼看就要离开这所住宅，离是好离，正不知何日报得仇，避得祸，重返故园！更不知今夜携子逃走，能不能脱离毒手，安抵保定？"程玉英一念及此，肝摧肠断，竟扯着铃哥的小手，嘘唏悲怆，一时按不住，低低地哭出声来。魏豪慌忙跑过来，搓手劝说道："嫂嫂……"

程玉英娘子抬头一看魏豪，慌忙收泪忍悲问道："咱们这就走吗？"魏豪道："走！"将刀往背后一插，把程氏嫂嫂上下看一眼道，"嫂嫂这么打扮，晚上走很好。可是白天的衣服呢？"程氏一指小包袱道："这里有。"魏豪道："嫂嫂，你还没有兵刃。"

程玉英在家练武，学得是双刀；可是嫁过来以后，早把功

夫扔下了；登时眉峰紧皱道：“我的双刀大概在木箱子里头。可是箱子又存到继良家去了，我还带家伙吗？”魏豪道：“有备无患，嫂嫂又不是不会。”程玉英略一低头，急命黄仲麟打开一个铺盖卷，从里面抽出两把剑来。这两把剑，一把是林廷扬的遗物，一把是林廷扬的仇人小白龙的兵刃。铁刃无情，恩仇俱泯，如今并摆着放在一处了！但是林镖头的剑，尺寸较长，分量也重。程玉英把这两柄剑拿在手内，又不由动了感情，对魏豪说：“这两把剑遗失不得，要都带在身边。”当下，程玉英娘子背上小白龙那把轻些的剑，林廷扬那把重的剑叫魏豪带着。

此时月暗星黑，阴云低垂，热风扑面。既是避仇逃亡，也不能挑灯夜行，只好摸着黑走。程玉英把铃哥领过来，低嘱道：“铃哥，乖儿子，跟娘走！”寥寥几句话，满腹凄戚。由魏豪提包袱前行，程玉英领着铃哥，悄悄溜到后院。后院是一片漆黑，黄仲麟、邱良等人跟在后面相送。魏豪摇手止住，只叫黄仲麟一人跟着关门。铃哥这半晌只有瞪着两只水灵灵的黑眼睛，肚里说不出得觉着古怪。才跟着走到后门，阴风狂啸，树叶吹得沙沙作响，跟着落下雨点来。铃哥不由把程氏娘子一抱。程氏低声道：“铃哥，别这么着，这可怎么走啊？”铃哥向门外张了一眼，忽然说道：“娘娘，外头多黑呀！”程氏娘子低身偎着他的脸道：“铃哥，听话。跟娘走，你是害怕吗？”铃哥又向外看了一眼道：“我，我困了！”

程玉英娘子不由眼中落下泪来。摩云鹏魏豪一听，铃哥要打麻烦，赶紧过来，将小包袱系在腰间，伸手把铃哥抱起来对程氏道：“我抱着他走，嫂嫂别难过。”低声哄着铃哥道，“好孩子，你不是乖吗？你困不要紧，你靠在我肩膀上，叔叔抱着你走。”铃哥道：“七叔，咱们是搬家吗？”魏豪道：“是，是，别说话了。你一闹，叫坏人听见了，他们可要拿刀剁咱们了。”铃哥把脖颈一缩，立刻不再言语了。这时小雨蒙蒙，大地阴霾，伸手对面不见掌。多亏程玉英娘子粗会一点武功，走起黑

路来，还挣扎得动。院中又是熟路，摸着黑走，辗转来到后门前。后门早已上了锁，却忘了带钥匙。程氏道："嗐，我简直没头魂了，这还得回去找钥匙。"魏豪忙道："不用开门了。这面短墙，嫂嫂不也可以蹿过去吗？"程氏道："空身人还行。"魏豪道："那么嫂嫂可以先蹿过去。"忽又说道："我先过去看看。"把铃哥放在地上，飞身越过墙头，在墙外说道："这里是实地。"遂又蹿上墙头，跨着墙一骑，向下伸手道："嫂嫂把铃哥递给我。"

黑影里，程玉英把铃哥举起来，魏豪轻轻接过道："嫂嫂跳过来。"程玉英依言退了两步，一下腰，嗖地纵上墙头，手一扶墙，轻轻地蹿落墙外。她把手指戳了一下，很有点疼。魏豪从高处把铃哥递给程氏，不想这么一来，铃哥很害怕，竟失声叫了一声。

魏豪跟着蹿出墙外，伸手来接铃哥道："天太黑，嫂嫂把铃哥给我抱着吧。"哪知铃哥这时，忽然紧抱住程氏娘子的脖子，不肯撒手道："我不。娘娘我困啦，我跟着你。"

程玉英、魏豪都慌了，一齐低声来哄铃哥："好孩子，千万别出声。咱们是逃难，你不怕贼人拿刀剁你吗？你娘抱不动你，好孩子，跟叔叔走。"做好做歹地哄着铃哥。铃哥心中害怕，一定要程氏抱。程氏道："我先抱他两步吧。铃哥到前面，你可跟你七叔，你不怕把娘累死吗？"魏豪听外面已有车轮声，知道大车将到，催程氏道："嫂嫂咱们赶紧走，别落在车后头。"那趟子手黄仲麟跨在墙上，意欲跳过来相送。魏豪摇手止住，叫他速回。黄仲麟道："大奶奶多保重吧。"程氏涩声道："你们多费心吧。"

程玉英不敢再耽误，抱着铃哥，从昏暗中，深一脚、浅一脚地往前抢。魏豪带剑持刀，紧紧随着，从小巷走过去。这小巷更黑，两个人只是循着墙，一步一步紧走，彼此相隔三四步。将到巷口，程玉英娘子抱定铃儿，眼望前途，踊身便要出巷。魏豪很着急，刚要伸手拦住，却又缩回来，心想："嫂嫂

还是名武师的侄女，怎么这么不检点，连一点防敌夜行的规矩全不懂？”魏豪又不好出声阻止，一个急劲，从后面腾身一蹿，由程玉英身旁直掠过去，横身把程氏挡住。程玉英冷不防吓得噢了一声，道：“怎么了？”魏豪低声道：“噤声。止步！”

这巷口外转角处，通着村口，绕出来却正对着保镖林家门的西墙。魏豪向外偷窥了一眼，黑影中听得轱辘辘的车轮响，远远闪着昏黄的灯光，料是黄仲麟、邱良所雇的大车来了。魏豪回身低声告程玉英道：“嫂嫂不要这么走路。你要留神，要看清楚了前途再走。我在前头吧，嫂嫂随后跟着。幸而是咱们雇的车来了，若是碰上眼生的人，就露相了。”程玉英方才省悟过来。魏豪又低嘱几句加小心的话，又叫程氏一路上行止急缓，千万看他举动行事。遂引着程氏娘子，贴墙匿影而行。

才走出不多远，正要拐过转角，奔横街，出村口，忽然听见前面近处，似有嘘唇弹指之声。摩云鹏魏豪心中一动，急忙止步，回转来，叫程玉英藏在一个人家门洞里，揽着铃哥，千万噤声，自己把包袱也放下。程玉英骇然要问，魏豪急忙止住，掣出刀来，蹑足溜过去，贴墙侧耳；再听时，近处又没有动静了。只听得簌簌的细雨声，冲破了沉闷空气；远处却听见大车轱辘轱辘，一辆跟着一辆，由远而近。约莫方向，恰到林家门前停住了。跟着听见两个把式互相问答：“是横街第四个门吗？”“错不了啊！”跟着听见敲门问户，“劳你驾，这里姓林吗？雇车没有？”

摩云鹏魏豪心上这才把一块石头落了地：“是车来了。”往外探了探头，便要转身找程氏速行。

忽然，听见车声骤住，一个沙哑的嗓子失声叫道：“嘿嘿，那边是什么呀？吴老根，你瞧瞧那边像个人来了不是？”另一个腔口接声道：“别瞎炸庙了，黑咕隆咚的大雨天，有他娘的啥人？天热浇着凉快不成？”这问答可想而知，是两个车把式。沙嗓子仍然固执地说：“你瞧吧，铁是个人就结了，别是大便的吧？喂，我说，谁在那边啦？你瞧着，我拿砖头投一下。”

一个生疏冷涩的外乡口音道："少管闲事，找倒霉！赶你的车去吧。"沙嗓子咦了一声，跟着咕哝道："幸亏没投砖头，我说是个人不是！唔，怎么还不开门？没错呀？喂，借光二哥，姓林的住在这里没有？你们雇的车来了！"跟着砰砰砰，又一阵砸门。

七师父魏豪惊了个毛发皆竖。事情明摆在这里，仇人跟着车缀来了。但望他是蹚道的，不是全伙。可是……嗐，只好尽人力，听天命，闯着干。大车箱笼行李，虽有黄仲麟和邱良，这岂是贼人的敌手？自己势难兼顾了。有心回去警告黄、邱二人，先不要走，可是程氏母子还在那边藏着哩。……魏豪咬牙切齿一狠心，只得不顾一切，急忙撤身回转，蹑足伏腰，溜回小巷，来寻程氏母子。隐隐约约又听见黄、邱二人的开门声。魏豪暗叹一口气，忽又听见大声地喊叫："相好的，你们这是干什么？你是要找谁？"这声音是邱良。又听见呼喝道："把招子放亮点，朋友少动这一套！"这是黄仲麟。

魏豪到底丢不下，又停步侧耳细听，听见连声的冷笑："官街大道，爷们谁也不找，愿意在这里泡泡。"又是几声冷笑。跟着脚步声起，由前边往这里走来；伏视人影，恰是两条。两条人影一左一右，溜溜晃晃，奔横街去了。这两个人，一个是横江蟹米寿山，一个叫黑牤牛蔡大来，正是飞蛇邓潮的党羽。

魏豪暗道："糟！"

第十章 青纱帐冒雨夜奔

摩云鹏魏豪惊怒交加，容得两个人影离远，急抽身回来。程玉英娘子潜藏在人家门洞底下，半跪半坐，搂着铃哥，附耳低声哄着他，怕他出声惹麻烦。铃哥虽然害怕，又很困乏，竟把头偎在娘的怀内，乖乖地一声也不响。细雨蒙蒙，越下越紧，母子俩的衣服都淋湿了。阴云浓重，天气反显得闷郁。魏豪奔到面前，俯身低声告程氏；匆遽间不遑细说，只说得两句话："横街子走不得了，有人卡上来了！我们快绕奔那边小巷吧！"

说罢，不容程玉英搭话，魏豪伸手接过铃哥来，低嘱道："叔叔背着你，你别出声。"蹲身把铃哥背好，又勒上搭包，兜住了铃哥，跟着说："嫂嫂快跟我来。"伏腰一蹿，扑到对面又一条小巷内。程玉英改提包袱，也跟踪蹿过来。这小巷曲折狭窄，只能容两人并行。天黑不辨路径，土路已被雨淋得半湿了。两个人惴惴急行，磕磕绊绊，越怕有声音，声音偏大。程玉英、魏豪张皇四顾，又不敢慢走，又不敢急奔。一路提心吊胆，不一刻，奔来小巷尽头处。

出这巷口，迎面是一道斜坡，坡外便是田野地了。魏豪把铃哥交给程氏，他不敢径出巷口，飞身蹿上巷内民房；隐身脊后，先向外一探看，似乎并没有人。又辨了辨方向，揣了揣地势，才复蹿下来，暗向程氏一指前途，要从小巷溜出去，傍着土路斜坡，奔前面庄稼地；斜抄过去，绕回后庄。再从人家田地里，穿小径往西绕，再往北绕，再奔周庄。

程玉英道："那不太绕远了？"用手一指直径道，"这么走，岂不省好几里路？"魏豪摇头不答，只向程氏一点手。程玉英只得悄悄地跟着魏豪，顺斜坡走到田边。听得村中一阵阵夜犬狂吠之声，两人不禁回头望了望，也还没有什么异样的动静。略微放点心，走上大路。二人斜抄着走，刚走出不到半箭之地，前面便是卧牛庄一股小岔道，这条路也通着庄内。突从岔道前、村口民房上，嗖地蹿下两条黑影来，啪啪连声击掌。跟着从旁边暗隅，也蹿出一条人影；跟着从村口对面岔道空地上，也蹿出一条人影。四个人影互相鼓掌，往一处凑拢来。分明听见说出切语来："并肩子，点子出窑了！"

危机四伏，摩云鹏明知事坏！急急地一扯程氏，低声说："庄稼地！"三个字才吐出唇边，程玉英微微一怔，早被摩云鹏魏豪抬起一只手，往程氏肋下一搀，踉踉跄跄，立刻不管道路坎坷，一头钻入田地内，但也立刻被那人影看见，互相招呼道："在这儿啦！"程玉英吓得毛发悚然，挣开魏豪的手，嗖地把剑拔出来。魏豪发急道："使不得！"又一拖程氏，直往高粱棵深处，钻了进去。也不管脚下磕绊，也不管脸上被高粱叶刮划，只是埋头前进。那四条黑影，已有三条黑影如飞地追扑过来；那另一条黑影，反而折入庄村去送信。

这三条黑影直抄过来，向着高粱地叫道："喂，相好的，你估量着你能逃出去吗？爷们早料到了，早已给你们处处安下桩了。趁早滚出来吧，钻高粱地还算什么人物？"

三个贼人面对着高粱地叫骂，魏豪和程玉英早已连连奔窜，钻入数丈以外。分拂着禾茎高秆，尽往里面急走，未免碰

得高粱秆叶唰啦啦作响。幸而雨势越来越大，雨打田禾，也发出一片簌簌沙沙的声音来，把两个人奔逃的声响，遮掩了不少。贼人在田外寻踪追声，一迭声辱骂。程玉英和摩云鹏魏豪面面相觑，作声不得。程玉英尤其惊恨痛怒。在黑影中，程玉英忍不住伸手来摸索铃哥。铃哥这孩子伏在魏豪背上，吓得把一双小手，紧紧地搂住魏豪的脖颈。魏豪几乎被他勒得喘不出气来。程玉英扯着魏豪的衣襟，低声说："七弟，我们毁了，跑不开了！"魏豪怒道："不要听他们那些诈语，咱们闯着看！实在躲不开，嫂嫂背着铃哥走，我就出去跟他们拼拼，也能挡他一阵。"

两个成年人，一个小孩子，慌不择途，索性在高粱地里面乱绕，三个贼人在外面丑诋毒骂，要诱得魏豪还口出声。魏豪岂肯上当？一言不发，只顾急走。高粱秆的叶子也很锋利，拂面如刀。魏豪手分禾秆，往前面钻；一挽手一松把的时候，高粱秆就崩回来。不意偶一松手，崩回来的高粱秆把铃哥的脸扫着一下。铃哥失声喊叫道："娘娘，七叔扎着我的脸啦。"

这一句话，程氏娘子吃了一惊！只当是魏豪持刀开路，误伤了铃哥。魏豪也吃了一惊：这么一喊，定叫贼人寻声知踪了！果然外面的贼闻声向这边兜过来，讥骂道："果然是你们。好好好！相好的，接家伙吧！"顿时间，一阵暗器随着骤雨，纷纷往里乱打过来。方向虽不很准，也很惊人，黑影中更不好防躲。魏豪顾不得许多，捂着铃哥的嘴，急忙改变方向。程玉英也忙挨过来，要接抱铃哥，脚下一滑，险些栽在魏豪身上。魏豪又吃了一惊，急回手扶住，低问："嫂嫂受了伤吗？"程玉英忙说："没有，你把铃哥给我吧，他尽叫唤。"

摩云鹏魏豪不答，狮子似的一把将程氏的右臂抓住，左手持刀，右手拖定程氏，身后背着铃哥，抢步向前飞奔。忽然听嗖的一声，打来一件暗器，竟贴身不远地掠过去。他暗道一声不好，急急地紧走了几步，忙将铃哥解下来。不敢再背在身后，恐铃哥受伤；便将铃哥移在胸前。移好了，他一拉程氏，

再往前走。

雨声潇潇，电光闪闪，禾稼秆随着人踪乱摇，连发出唰啦啦的响声。天色沉黑，贼人未必听得见，看得准，魏豪等却未免自己心惊。三个贼人在外面盯着，不时用暗器往里瞎打。恼得魏豪恨不得奔出去，与贼人拼命，然而这又使不得；只得在田地里乱钻。转眼间，三人忙走到高粱地的尽头处；中间有一条道，道路那边又是黑乎乎的一块庄稼地。魏豪到此，暗作计较，急叫程玉英止步，把铃哥重放下来。程玉英以为魏豪累了，伸手便要接抱。魏豪急忙道："嫂嫂别抱！"摩云鹏魏豪重将搭包展开，往上兜了兜，仍将铃哥背在背后。把一件暗器藏在手下，然后对程氏说："我们要往外闯了，嫂嫂千万留神外面，跟着走！"又低嘱铃哥道："铃哥，不许出声！"

摩云鹏魏豪走到田边，往外探头，觑定对面，嗖的一个箭步蹿出去。程玉英把刀一顺，也嗖的一声，跟踪蹿出去。

程玉英刚刚蹿出去，三个贼党，已有一个贼人绕到这边来截堵。此贼看见影影绰绰有人一蹿，这贼暴喊一声："并肩子！点儿在这里呢！"立刻挥刀追来，一迭声地招呼同伴，"喂喂，快过来，又钻高粱地了！"于是田地后边，登时有人应声跟到："截住他，截住他！"一阵乱喊。

摩云鹏魏豪才蹿入玉黍地内，急忙回头一看，程玉英娘子竟被贼拦住。程玉英张皇失措，竟翻身要往回退，贼人赶过去动手。程玉英复又省悟过来，抡剑狂喊道："七兄弟，我把铃哥交给你了！"突然窜出，她竟要与贼拼命。

魏豪越发着急，怪叫一声扑出来，一抬手，嗖的一支袖箭射出。贼人一闪，魏豪身背着铃哥，竟横刀上前，抡刀便刺，口中喊："嫂嫂快快来！"

程玉英夺路跳过来，用剑一分玉黍秆，急急地一抹蹿到田里面。她又不放心铃哥和魏豪，持剑翻身，复又探出头来往外看。摩云鹏魏豪咬牙切齿，一连六七刀，贼人不能抵敌。魏豪嗖的又一袖箭打来，喝骂道："恶贼看箭！"贼人急忙一闪，地

上微泞，贼人一斜身跌倒。魏豪趁势挺刀便往下扎。贼人霍地滚身躲开。魏豪狂吼一声；“再看袖箭！”虚将手又一抬，贼人往下一退，魏豪回身窜入玉黍地。程玉英招呼道：“我在这里！”魏豪奔过去，急偕程氏，往田地深处便钻。

贼人吃了亏，越发地打呼哨，催同伴上前。那两个贼党已从高粱地后，转大路绕过来。但是一步来迟，魏豪、程氏已远远地逃走。三个贼人叫骂着，恋恋不舍，循着庄稼地，紧紧跟缀。口中一迭声地打呼哨，隐隐地听见卧牛庄内，已有呼哨声远远应答。

雨势渐大，雷声殷殷，狂风突起，牛毛细雨一变而为骤雨，漫天阴云，时有一条条电光横空闪烁，气象倍觉惊人。贼人借着闪电之光，来寻摇动的禾秆，要从禾秆的摇动处，搜索男女三个亡命客的行踪。但是，适有天幸，风势渐大，吹得庄稼都东摇西摆；魏豪、程氏的行踪，只能隐约猜度，不能确实看清。

魏豪等慌不择路，拼命奔逃；更侥幸的是一片片青纱帐，搭救了他们。于是一眨眼间，觉得贼人距已渐远。起初贼人尽只打圈绕，现在却相隔有十几丈远了。贼人竟寻错了方向，魏豪、程氏暗暗庆幸。

可是不一时，青纱帐走尽，前面展开了一片荒原乱草。通过荒原草地，再走三五里，才是周家庄。摩云鹏魏豪、程玉英和铃哥，三个人通身都已湿透。程玉英更是气喘吁吁，热汗淫淫，紧走两步，追问魏豪道：“怎么样，咱们逃开了吧？”

摩云鹏魏豪不遑答言，抢步往外探看，黑黝黝的，寻丈以外，任什么也看不清；只有电光闪过的刹那间，可以看见附近的景物。魏豪心想，我看不见他们，他们也自然看不见我。回头对程玉英说：“嫂嫂还走得动不？”程玉英道：“还行。”魏豪道：“那么我们还得紧走。你瞧这旷野难闯，我们还没离开险地呢！”摩云鹏这才领着程玉英娘子，鼓勇犯险，离开青纱帐，径投奔周家庄。

程玉英觉得铃哥叫魏豪背了很远，竟欲接过来，又要叫铃哥下地，领着他走。魏豪认为不可，连连说："嫂嫂快走吧！"背定了铃哥，东张西望，冒雨突入旷野，走得比前更快。程玉英持剑紧紧相随。幸有一片青纱帐，高低遮掩，不一刻摸进了村子口。

已到村口，远远闻得贼人奔驰呼哨之声，似还围着那青纱帐旋转。两人如释重负，都吁了一口气。趁这机会，摩云鹏急忙将程氏母子引到村内人家门洞内，把铃哥放下来。各人身上都可以拧出水来，铃哥被雨浇得尤其可怜。但这小孩子一声也不言语，半晌，才摸着程氏的手、哑声地低叫道："娘娘，你在哪里啦？"程玉英搂住铃哥，又不禁落泪。

三个人歇得一歇，程玉英把小包袱打开，拿出一件稍微干燥的衣服来，要给铃哥换上。不意村舍都喂养着狗，风雨中吠声稍寂，此时忽闻人声，竟有几只狗隔门缝乱叫起来。跟着引动野犬，围上来一递一声地叫唤。气得程氏发狠道："怎么这些畜生也欺负起我们来了！"

摩云鹏更是着急，恐将贼人引来，遂把刀交右手，往前一纵身，低声微叱，刀花一转，将群狗赶开。这群狗跑着，叫得更厉害了。魏豪急遽地说："不好！这群狗却是麻烦！嫂嫂快领着铃哥，往那边小巷里避一避，我把这群狗引开。"方才转身，又扭头道，"嫂嫂可别离开地方，我这就回来。"

程玉英便俯身要抱铃哥。铃哥忽然说："娘娘，你领着我，我自己走。"母子二人，依照魏豪的话，进了斜对面小巷，将身藏好。狗还是对着他们狂吠。魏豪持刀乱赶，把群狗引到村南头去；魏豪这才飞身蹿上一座房舍，向村外窥看贼踪。电光一掠，竟看见旷野上，恍惚有几条人影。这一群野狗狂吠，当真做了贼人寻仇的线索。群贼逐吠声，竟抢奔村南追寻过来。

摩云鹏魏豪愤怒万分，连蹿过几处民房，急忙地飘身蹿下平地，如飞地奔寻程氏母子。来到狭巷，对程玉英说："嫂嫂快起来，这群狗果然把贼引来了！"程玉英失声叫了一声，急

忙从门墩上站了起来，便要抱铃儿。魏豪如何肯？急说："还是我来吧！"铃哥更忍不住带哭说道："娘娘，我自己走吧，带子勒得我疼。"魏豪这才晓得是抄包勒得太紧了，忙哄铃哥道："好孩子，咱们兜松点，你不知贼人又追来了吗？"急将铃哥重新背好。因见贼人奔来的方向，大概是从东南两面扑来，这小村，只有东、西、南三个路口，魏豪遂引程氏抢奔西口。

三人绕小巷广路迂回，走不多远，好像周家庄，竟成了恶狗村似的，不知怎么又引起几只狗的乱叫。魏豪异常焦灼，程玉英也很惊恐。正在要藏不敢藏、要躲怕躲不出去的时候，突然间听见贼打呼哨的声音。

雨还是簌簌地下，电光还是一道一道地打闪，雷声在西北角沉沉地响，风势也还不小。魏豪不知贼人来了多少，恍惚看见横穿旷野过来的，至少也有四五个人。若自己这边，仅也两个大人，还可支持的了；如今带着一个小孩，却是万难的了。

摩云鹏魏豪急得二目如灯，张皇四顾，仓促间陡生一计。急忙引着程氏斜穿小巷，寻到一家没狗的村舍，越过一道短篱，掩入人家的柴棚以内。外面的野狗既散复聚，又跟过来，对着门一声两声地嚎叫。摩云鹏忙嘱程玉英，屏息潜藏；外面无论有何动静，千万不要出来。程氏道："你呢？"魏豪道："我吗？嗐，还得把狗引开！"

摩云鹏魏豪立刻持刀蹿出，把这几条狗都赶到一头，然后自己撒身飞跑。果然狗子惯追逃人，立刻成群地追了过来。魏豪越发飞跑，把这三四条恶狗，直引到村南，这才飞身上房，溜了回来。

但是，摩云鹏魏豪虽然把狗诱开了，外面的贼人，却已寻声赶到。摩云鹏潜伏在一家房脊上，一道电光过处，已然望见两三条人影，骤从南口扑入村东。摩云鹏魏豪随起急智，不敢再寻程玉英，顺势只一溜，溜到人家院内。刚刚藏好身形，便听见吠声大起，跟着一声惨嗥，似有一只村犬已被来人所伤。摩云鹏侧耳细听，觉得这些贼人已入村中，动静很大，好像有

七八个人似的。

贼人这回寻仇，来得人很不少，一共有十六个人。但是分路设卡，未免把势力分散开了。缀着黄仲麟、邱良的，追逐魏豪、程氏的，从卧牛庄起沿路把风的，十六个人，倒分成五伙，因此魏豪、程玉英携幼逃亡，才比较容易。当下扑进村来的，实际才只三个人，另外两个人是在村口把着。这三个人口打呼哨，有的蹿上房，有的在平地上搜寻，越引得群犬乱叫。

摩云鹏潜藏了一会儿，觉得贼人似已搜过去了。他放心不下铃哥母子，急忙持刀溜出来，往来路上寻找程氏。刚刚来到小巷口，似有两团黑影，正在拼斗。魏豪吃了一惊，忙叫道："什么人?"黑影中一个人锐声叫道："七弟快来，我受伤了!"

魏豪登时一哆嗦，忙一摆手中刀，飞身扑过去，刀尖一展，照贼人猛砍。那动手的贼一见对方来了接应，虚晃一刀，抽身便走，却吱的一声，连打了几个呼哨。

魏豪大惊，急横身遮住，搂头盖顶，挥刀急攻。贼人横刀一架，魏豪把刀一紧，用滚手刀，"金丝缠腕"，一翻腕子，刀尖点中敌人左肩。一咬牙使力，扑哧一下，把贼人的肩胛穿透。贼人唉哟了一声，急翻身往墙根一蹿，还想跃房遁走。程玉英一声不响，从贼人背后掩来，双手抡剑，直劈下去。噗的一声，鲜血四溅，立刻把贼人砍倒在地上。贼人又一声惨叫，滚了滚；程玉英赶过去又一剑，贼人不动了。

魏豪忙叫道："嫂嫂，行了。铃哥呢?"程玉英霍然道："还在院里呢!"魏豪道："快着!咱们赶快躲，贼人一会儿必定来。"程玉英先行，魏豪紧随，在另一人家门道中，寻着铃哥，已然把铃哥吓坏了。莫说程氏凄惨，就是魏豪也甚心酸，小小的孩子吓得捂着眼偎在门隅，连话都说不出来了。魏豪把铃哥抱着，也顾不得慰哄，却问程氏道："嫂嫂哪里受伤了?你藏在柴棚里，怎么又出来呢?"

程玉英气喘吁吁地说："嗐，我藏得好好的，等你总不回来。柴棚子人家有一个老头直咳嗽，要开门出来似的，我怕叫

他堵上，闹了起来。我只好抱起铃哥，刚溜出来，没等着藏好，就从那边房上，窜出一个人影。我当是你哩，我就一打招呼，谁想这东西扑了过来，顺手就给我一刀，我才晓得误把贼招来了……”

摩云鹏魏豪没等听完，暗暗叫苦。嫂嫂到底是女人，怎么一点防身机智也没有？忙截住她道：“嫂嫂的伤要紧不要紧？”程氏道：“还不碍事。幸而我躲得快，又连发了两支袖箭，仅只臂上，叫这东西划了一下子。”说时，自将衣襟撕下一条，把伤口缚住。看了看贼人，横死在地上，一动也不动，略解心头之恨。她又向魏豪问道：“追来的就是他一个人吧？你看前途不要紧了吧？”摩云鹏摇头道：“怎会是一个人？至少也三四个！他们在村口还把着两三个人呢。进村搜来的，连这个也有三四个人。”程玉英一听，不由一怔，立刻觉着左臂痛彻心腑，急口问道：“咱们怎么办呢？”摩云鹏魏豪忙说：“贼人只把着西口、南口，咱们绕奔东口。”

立刻，魏豪抱起了铃哥，掩护着程氏，仍从小巷绕奔村东。这时群犬狂吠，正聚在村南头。魏豪躲着吠声，贴着村子往外绕。低声嘱程氏：“嫂嫂千万不要再这么慌张了！藏好地方，千万别动。贼人赶尽杀绝，断不会放松一步的。我们闯着看，如果闯得出，我们就改道先奔到柳树岗，再投小辛集。”程玉英踉踉跄跄地跟着，通身雨淋，左臂奇痛，好像有点支持不住，对魏豪说：“万一前途再遇上阻挠，只可由我上前，跟他们拼。七弟你背着铃哥，尽管先逃，不要两耽误了。只要你把我们铃哥救出去，我们林家就算有后了。我看我们还得这么办！”

摩云鹏魏豪回头道：“嫂嫂振起精神来，不要气馁呀！”摩云鹏自觉刚才的话，似乎勾起程氏烦愁了，遂又悄声地鼓舞她道：“嫂嫂你看，咱们这就出离周家庄，贼人竟没有追来。嫂嫂晓得吗？你把那个贼撂倒，好极了。他们来了一帮，一进村忽然短了一个人，他们一定顾不得尽追咱们！他们一定要查齐

了自己的人。死人不会打招呼，他们说不定怎么瞎摸呢。等着把死尸寻找着了，他们又得设法子舁救，又得疑鬼疑神地自己先乱一阵子，咱们可就松缓开了。嫂嫂放心，险关已过，咱们可以说逃出来了。”程氏叹道：“哪能那么容易？”魏豪一指前面道：“你看前边的浓影，很像是柳树岗子。嫂嫂是不是累了，要想歇歇？咱们奔到那里，藏一会儿歇歇再走也使得。嫂嫂你得放宽心，你我从虎口中脱逃出来，最难得的是铃哥，他一点也没有受伤，他也没哭也没闹，这孩子真叫人心疼。”铃哥此时正瞌睡，听得叫他的名字，伏在魏豪的背上，喃喃地说道：“娘娘，我没有说话。”

程玉英咬牙提剑而行。当此夜雨荒郊，避仇负伤，虽说略会武功，究竟女人心窄，一时气短起来，恨不得托孤自刎，免落仇人之手。经魏豪一阵激勉，又见爱子安然无恙，遂把眼泪拭去，勉自振励着说道：“唉！我们走一步算一步吧！只是，我这胳臂上，想是沁进雨水了，很有点疼，火烧泼辣的。”摩云鹏道；“嫂嫂的伤一定不轻。”可是黑夜中，又不好点火看伤。他略一思索，对程氏道：“既然如此，咱们索性到前边避一避，我倒带着刀创药呢。”又道：“我还有一招，贼人当真追逼不舍，到前边咱们还是无法脱身的时候，我们索性投入小辛集，把那里的联庄会惊动起来，那时我们再想脱身之计。”

程玉英微喟道：“伤不伤的，倒没什么。但是我们走得这么机密麻利，到底叫他们逐步跟缀过来。我怎么想，也觉得脱身不易。可是为了死的、活的，我又不能不挣命。只不过太累赘七弟你了，我娘们心上怎么下得去？铃哥儿，你要好好地记住了今天。你七叔救咱娘们，可真不容易。要不是七叔，哪还有你的活命？你的娘也就死在仇人手里了！你没有见那贼刚才拿刀砍娘吗！”

摩云鹏魏豪惨然道：“嫂嫂快不要这么说了。他小孩子家，倒没的叫他害怕！”不想两人这么疾走悄说着，铃哥这个小孩子，经这通夜的逃亡，早已困极了，迷迷糊糊，伏在魏豪的背

上，竟睡过去了。魏豪这一回，用褡包把他兜得比较舒适。小孩不能熬夜，任上面夜雨淋漓，下面奔驰颠顿，他居然倾着个小头，双手揽着魏豪，睡得呼呼的。夜雨已久，两个大人都觉得遍体湿漉漉的寒凉。程氏娘子紧走了几步，低低叫了铃哥一声，又跟上去摸了一把，铃哥的手脸冰冷，额发湿透。程氏忙将一件小衫，给铃哥搭在上身，聊以护雨，但已淋透。忽想起包袱里有隔湿的油布，匆忙中忘了使用，忙叫住了魏豪，打开包袱，取出油布来，给铃哥轻轻蒙上，可惜是蒙晚了。程玉英暗叹："铃哥这孩子怕是冻着了。这万恶的贼们！还有万恶的天气，竟也像仇人一样，专跟人作对！"这时候，道上越发的泥泞了。程玉英娘子虽然健壮，却是身在丧难之中，像这么冒雨疾行，也是越来越支持不住了。

两个人冒险潜行，绕出周家庄，借物隐行，迂回奔避，不一刻又穿过了几片青纱帐，四顾无人，方才放缓了脚步。两人约莫着方向，往柳树岗子奔走，不敢走大路，只一味斜穿田径，单挑黑道僻路。约莫着走过的里数，觉得也有六七里，该着到了。可是遥望前途，一片片黑影起伏，还是无穷无尽的青纱帐；尽目力所及，迎面望不见村庄。在左边影影绰绰，倒像个小小农村。

摩云鹏魏豪背负铃哥，腰系银包，铃哥倒不显得多么压人；这银包不过四百两，却越走越沉重，觉得非常累手。程氏几次要接孩子，魏豪全都拒绝；只将银包交给程氏。魏豪青年英勇，依然支持得住。只是程氏娘子，脚步踉跄，跟随在后，隐隐听得鼻息咻咻发喘。魏豪心中有些不忍，又觉得这一阵乱钻，单寻黑道走，恐怕是走错路了。又走了一程，估量时候，三更早过。魏豪回头低语道："嫂嫂，咱们越走越不见柳树岗子，我看东面好像是的，再不然，也许是另一个村庄。"说着寻一个较高的地方，登上去，借闪电之光、极目眺望，随说道："那边确像个村庄。贼人却没有追来，也许真格把他们甩开了，他们忙着救死人哩。嫂嫂估量着怎么样？要是走不动，

我们就投奔到东边那座小村里去，试着借地寻宿。”

程玉英见魏豪忽然走上高坡，正自讶怪；听魏豪这么一说，原是他怕自己累了。忙道：“不要紧。七弟你直背了铃哥一夜，他倒睡着了，你一定很累了。要是不碍事，我们歇一歇。”又张目四顾道：“咱们也走出这么远了，咱们这可是好不容易才逃开了贼人的耳目。可是的，贼人不会再追来吧？”

魏豪心知程玉英怕再遇上贼。看这地势，如要投奔那座小村，虽然是在东边，却好像又往回返似的。摩云鹏道：“贼人追不来了，投小村可以使得。”程玉英迟疑着说：“像这么慢慢地往前溜，我还勉强对付得了。万一再遇上他们，七弟可估量着点，若叫我再像刚才那么拼命狂奔，我可有点来不及了。这包裹别看不重，越走越沉。道又太滑，脚底下没根似的。”缠足妇人雨天走急路，顺着劲紧行还可以，要是摸着黑，一步一试地瞎闯，觉着一溜一栽，非常地吃力。幸而程玉英穿着铁尖窄靴，若不然奔驰在田野胶泥地上，一步一陷，恐怕早把鞋粘掉了。两个人都已疲劳，低声商量着，终于打定主意，试奔东面，投荒村借宿避雨。

才走了一箭地，程玉英忽然想起一件难事，对魏豪说：“我只怕这一歇就更乏了，今晚上再走更难。若是投到村里住一宿，这里又距贼太近，怕他们搜过来，明早白天再动身，我怕一个不好，又碰上他们。”魏豪瞿然道：“这一层我也想到了。我们投到那边村子里，天这么晚，叫门投宿，就不大容易。好容易惊动人，把门叫开了，咱们就不能歇一歇又要走。咱们就说是探亲遇雨，要在这里寻宿。”程氏道：“咱们这种打扮，哪像投亲的呀？”

摩云鹏魏豪道：“那不要紧。我们一到村中，就可以先换上长衣服，把兵刃藏了。就怕小铃子信口说出实话来，我们可以嘱咐好了他。不过嫂嫂说得很对，我们一寻宿，就留下了形迹，明早就是碰不上贼人，他们也容易履着脚印，跟寻我们了。这倒是个难事。”

程氏一听魏豪也说出为难的话来，不由一愣。她实在深盼投村寻宿，暂缓一缓气力，并且敷药裹伤。当时她失声长叹道："又累又不敢歇，这可怎么好？要不然，咱就拼命往前赶吧。可是，又怕道不对！"

摩云鹏劝慰道："嫂嫂也不要太过虑了。咱们还是到村里，一面借宿，一面问路。我们可以把话编好了，我是您婆家的兄弟，您是嫂嫂住娘家去。我是因为哥哥有急病，来接嫂嫂回家，半道上遇着雨了。"两人把话打点好了，提起精神来往东走。

哪里知道，他们果然迷了方向，自以为是往正东走，其实是往北。这遥望似是荒村的浓影，投奔过去一看，原来是一带荒林古刹，旁边有座坟园罢了。程玉英不由精神一阵颓懈，叹道："这可是走到绝地了！这里连个人家都没有，可往哪里寻宿去？"摩云鹏魏豪忙道："嫂嫂，这里没有人家更好。咱们到这破庙里避避雨，不惊动人，更省事放心。"

摩云鹏先绕庙察看了一遍，便引程氏进庙。这里庙门已无，神像已坍，墙倒屋漏，阴森森地怖人。寻到偏庑下，魏豪迈步进去，突然听得扑棱一声，飞出黑乎乎的一物，把程氏、魏豪都吓了一跳。黑物飞走，二人惊心略定，料到不是蝙蝠，就是枭鸟。他们找了个不漏雨的地方，魏豪把铃哥轻轻放下，就叫程氏把包袱打开，铺在地上，暂做了坐褥。又拿一个小包袱做枕头，轻轻地把铃哥放躺下，这小孩子居然睡得很熟。

魏豪不禁叹息，请程氏偎着铃哥坐下歇息；自己退到一边，拭汗稍息，把身上的雨水拧了一拧。当这昏夜无人之地，程玉英是青年孀妇，魏豪是青年男子，两个人一时疲倦得要死，一时又心上局促不宁。程氏娘子暗中祷告，神明保佑，亡夫有灵，叫我们逃出虎口！她身上湿漉漉的，很不好受，外面的雷声依然隆隆作响，荒林木叶萧萧鸣风，倍增了惨戚气象。魏豪道："嫂嫂你在这里歇着，千万别离地方。我到外面探一探，近处若有人家，也可以问问路。"程氏皱眉道："要是

有人家，还是投了去，寻宿为好。不知怎的，我在这里心上总发毛！”

魏豪点头，持刀出去。程玉英趁魏豪不在，忙忙地把身上的雨水也拧了拧，摸索着找衣服，打算给铃哥和自己换上。这偏庑中霉气很重，地上积尘很厚，房顶也滴滴地漏雨。过了一会儿，还不见魏豪回转。程玉英一只手摸着铃哥，一只手握着剑，倚墙坐地，稍苏已疲的精力，心中只盼魏豪寻着人家。

摩云鹏魏豪挺刀出去探道，这一路背着铃哥逃亡，实在累人不轻！如今空身而出，好像去了千钧重压似的。在荒林内外绕了一圈，才晓得这破庙大概不是庙，也许是阔家坟地的阴宅。魏豪打算找到看坟的人，就可以寻宿探路了。他冒着雨前前后后勘了一遍。

在这夜影中，摩云鹏魏豪忽见前面似有火光，他心中一惊，心想：“奇怪！”似这等黑夜雨中，野外怎么会有火光？魏豪急忙撤身缩步，绕躲着仔细窥视，只见大道上火光一闪复隐，恍然听见有人说话之声。更拢目光，看了又看，似有两三条人影正在奔驰。

摩云鹏魏豪暗道：“不好！”慌忙一翻身，往回便跑，穿林取路，扑奔古庙。将到林边拐角处，又回头瞥了一眼，前面大道上火光一闪，乍明忽灭，这决无可疑了。立刻地奔入庙中，先低低叫了一声：“嫂嫂！”程玉英从偏庑中应了一声：“七弟吗？”魏豪一跃蹿上台阶道：“嫂嫂，快收拾起来，铃哥醒了没有？”

程氏道：“怎么了？铃哥才醒，我给他换衣裳来着，找着了人家吗？”魏豪道：“咱们赶快走，贼人又追寻过来了！”程玉英唉哟一声，不禁坐倒在地上。一咬牙，复又挣扎起来，把铃哥抱住呻吟道：“真的吗？是几个？”魏豪摇头道：“没看清，嫂嫂还是把铃哥给我。”

程氏问：“从哪里来的？”摩云鹏一面回答，一面俯身摸铃哥，道：“铃哥，我还背着你，你可别喊，别害怕。贼人打西

南来的。”

摩云鹏重新背起铃哥，程玉英手忙脚乱地把包袱收拾起来。两人溜出偏庑，不敢再走前门，绕走后山门，躲避着火光的来路，只往黑影深处钻。

走出一二里地，迎面闪出一带青纱帐。越过青纱帐，遥望前途，又有一大片浓影，遮在对面偏左边。魏豪急走着，回顾程氏道，“嫂嫂你看，这才像是柳树岗子呢，咱们真是走错路了。”程氏呻吟道：“哦！”

两人一先一后地紧走，一面走一面回头。转瞬间，面前又是疏疏落落的一带树林。摩云鹏当先走过去，仿佛辨认出此地地势高亢，树木都是柳树。魏豪道；“无疑了，前面一定是柳树岗子，咱们迷了方向了。”程玉英道：“多走冤枉路了？”魏豪道：“可不是。”程玉英道：“到了柳树岗子，就不要紧了吧？”魏豪道：“是的。到了那里，也就快天亮子，嫂嫂还能走吧？”

两个人正要绕林而过，林那边像是柳树岗。柳树岗是个通大路的村庄，也有联庄会。魏豪才走到林边，突然听见一声异响。魏豪急忙缩步，低声道：“留神！”

一语未了，林后一阵狂笑，嗖的蹿出一个人影，呼哨声大起。那扑出来的人影喝道：“并肩子，叶子万的正点儿在这里哪！哈哈！呔，姓魏的，你倒有两下子，趁早把人给我留下！”跃过来唰的一刀，一缕青光，挟着一股劲风扑来。

摩云鹏大吃了一惊，缩步不迭，飞身一闪，急向程玉英说了声：“嫂嫂后退！”复又抡刀上前，把贼人挡住。紧跟着，林后又蹿出一个贼人。程玉英回身便走。

魏豪把厚背刀往上一翻，运足了力气，容得贼人一招扑空，二招又到。魏豪立刻施展“红霞贯日”，厚背刀直兜在贼人刀锋上，呛啷一声啸响，火星四射。贼人往后一退，蹿出丈余远去，虎口震麻，刀锋已缺。摩云鹏不敢跟踪进步，忙也往后一退，来掩护程玉英娘子。黑影中，疏林内，呼哨过后，又

蹿出二人。前面那人叫道："并肩子马前！叶老二你来拾；拾不了，盯住了！小赵你赶快招呼他们拔桩撤卡子，往这里攒！"立刻这两个人，一个上前邀截，一个翻身便跑，口中连打呼哨。

摩云鹏这一急非同小可，贼人的暗话，也不用听，便已看出来。这分明是还有大批余党散布在各处。他们分出两个人来上前动手，却另分一个人去招呼余党，聚齐进攻，这法子更歹毒。看这样子，三个人的性命，今晚难逃出此地！摩云鹏张皇四顾，心忙意乱；程玉英娘子惊恐失色，持剑无措。摩云鹏一稳背后的铃哥，把牙一咬，这就要拼命了。但是还希望在大批贼人未到之前，杀退拦路二贼，冲到柳树岗，也或者有一线生望。

摩云鹏哑声地叫了一声："嫂嫂跟我来！"大吼一声，挥厚背刀，又不往后退，反而猛往前冲，早摸出一只镖，藏在左手。拦路的二贼，第二人抡七节鞭冲上来。魏豪猛抢先招，奔那敌人，"夜叉探海"式，斜身递刀，照贼便扎。贼人一鞭扫空，翻身接架，七节鞭哗啦啦一响，横蹦上来。魏豪抽刀一蹿，背后的铃哥哼了一声。虽然孩子小，也有几十斤，魏豪便纵跃不得自如。但是魏豪并不慌，这一刀只是一个虚晃，左手镖突然一甩，厉声喝道："着！"唰的一道寒风脱手而出。贼人在黑影中，急忙顿足，嗖地一蹿。魏豪如怒狮一般，回身一转，叫道："嫂嫂，前面树林！"

程玉英情知势危，一抹身逃回树林那边。那持刀的贼叫道："哪里走！"一刀劈来。程玉英回手一剑，叮当一声响，险些利剑出手；她就不应该横剑硬搪。

幸而魏豪抢上来，厉呼："看镖！"唰的一下，贼人一伏身，这镖飞过去，贼人挺刀猱进。摩云鹏道："嫂嫂，快发箭！"程玉英叱道："恶贼看箭！"咯噔一声，贼人闪了一闪，那持鞭的贼人也发出来一件暗器。双方全都打空，程玉英已经一溜烟进了树林。二贼涌上来，把魏豪挡住。

摩云鹏魏豪不敢直奔，他还要掩护背后的铃哥。只得斜身挥刀，往旁闪退，只听七节鞭哗啦又一响，贼人搂头盖顶，照魏豪打来。魏豪一伏身，反扑过来，招数一紧，用小连环，进步裹手，刷！刷！刷！连进三招，把二贼的招数冲得一散，二贼立刻闪退。未容贼人换招，摩云鹏乘机抽身，斜身急蹿，又一转身也投向树林中。

二贼分左右便追。那使刀的贼叫道："我盯这一个，并肩子你盯那个莲果！她是正点儿，别放松了她！"刀光一闪，这贼扑奔魏豪。七节鞭一响，另一贼也立刻紧追程氏。魏豪就怕是这样，心中猛想，非先打倒一个，今晚决逃不开。摩云鹏背着铃哥，连连旁窜，反而倒追到那持鞭的贼，口中喝道："恶贼，我叫你追！看镖！"镖未发，刀却猱身递出去，奔贼人背上扎来。贼人早有防备，一边追程氏，一边留神身旁，忽闻破空之声，急一撤身。魏豪恨不得一刀制胜，把贼人一下刺通，身势进得太猛，竟收不住势。这一来，贼人反而得手，刀锋一个盘旋，竟照摩云鹏魏豪剁去。这一刀下去，相隔极近，铃哥、魏豪全要受刃。

忽然噌的一下，贼人哎呀一声，身躯往左一栽。就这一栽，贼人的刀却依然斜抹过来，魏豪挣命地一窜，刚刚地躲开。……是程玉英娘子的第二支袖箭，救了魏豪和铃哥。

程玉英虽然奔入林中，她依然心悬着爱子，左手提利剑，右端袖箭筒，喘吁吁回头窥看，盼着魏豪随后而来。不想贼人倒先截过来，魏豪反阻在林边。这工夫，铃哥忽地叫了一声。程玉英一咬牙，探身溜出来，抬手一箭；这一箭，竟侥幸打中贼人。贼人却也不可侮，身虽中箭，猛往旁一窜。魏豪左手往后一托铃哥，右手刀不放松，趁机来取仇人的性命。贼人蓦地"鲤鱼打挺"，从雨地里窜开，跟着一滑，又复扑倒。摩云鹏大喜奔来，猛听得一声断喝："着！"紧跟着又听一声叫，"七弟快来！"黑影中，摩云鹏急忙一闪，左肩头热辣辣地挨了贼人一下。贼党的这一下，却又救了自己同伴的性命。

摩云鹏贪敌负伤，伤幸不重。程玉英一声叫："七弟，七弟！快给我铃哥！"魏豪回手摸了摸铃哥，铃哥吓得小鼠似的紧搂住魏豪，贴伏在背后不动。那受伤倒地的贼怒吼一声，又蹿起来，大骂魏豪，七节鞭哗楞楞一抖，搂头盖顶打来。魏豪一个"鹞子翻身"，厚背刀力劈华山，随身趁势，照七节鞭反砸下来。贼人负怒而来，身手很快，腕子一挫，立刻抽招换式，往回一撤，突撤身扬鞭，反向魏豪拦腰扫来。

摩云鹏此时虽说破出死命，要想拼倒一个贼人，才好脱身；但是背负一个小孩，任你怎么出力，也是应付不来。他勉强招架了几合，趁持刀的贼人未到，急攻一招，猛翻身便退。两贼更不容缓，已看透魏豪要跑，立刻一声呼啸，两人往当中一挤，又把魏豪的去路阻断。

魏豪恨叫一声，牙关紧咬，立刻改计，将厚背刀一摆，奔那使鞭的贼人冲来。施"进步刺扎"，刀尖将次点到贼人的身上。贼人猛然一下"退步连环"，翻云覆雨，七节鞭哗啷一响，旋身展臂，又向魏豪下盘扫来。魏豪急腾身一跃，这背后的铃哥却累赘煞人，猛使劲，刚刚窜出不多远。那持刀的贼人狂笑道："看你有多大本领！"唰的一刀，趁势照上盘斩来，摩云鹏回身招架。七节鞭在背后哗啦一响，魏豪急急地风旋电掣，抽身往旁一蹿，这才闪开了七节鞭。那贼人的钢刀却又"叶底偷桃"，唰的自下往上递到。摩云鹏浑身浴汗，挥刀避开。心中想，我命休矣！但是，程玉英娘子隐身树后，眼睁睁看见魏豪被围，早装上第三支袖箭。比了又比，认了又认，一声不响，觑定了一个间隙，噌的一声，撒放出来。然后才喝道："看箭！"二贼应声往旁一闪。程玉英叫道："七弟快来！"摩云鹏趁此机会，一阵风逃入林中，投入黑影里，深深地喘了一口气。

两贼哪里肯舍？挥刀扑过来，虽不敢穷追入林，却绕林而转，把来路去路看住，口中不住地吱吱连响，声声惨厉。程玉英娘子和魏豪会到一起，隐匿林中。程氏急遽地说："铃哥怎

么了？怎么半晌没叫唤？”禁不住伸手来摸。

魏豪道：“嫂嫂快走，他好好的哩。”铃哥摸着母亲的手，叫了声：“娘！”程氏这才放了心。

一带疏林，魏豪与程氏钻入林之深处，喘息着来回盘绕，觅路欲逃。这二贼却非常狡猾，竟贴地往内窥看。两个人刚刚逃到一头，贼人竟会闻声寻去。贼人不敢冒险入林，却将暗器照着林中乱打。看这样子，二人既不能突林逃出去，而且贼人连声打呼哨，遥闻远处已有应声，又不能与贼持久。

摩云鹏隐身在一棵大树后，不由扪心长叹，心想：“这么区区两个贼人，自己背上一个小孩，不啻打去了五百年的道行，竟斗不过他？少时之间，大拨的贼人一到，长幼三人必死无疑的了。”摩云鹏万不得已，滴一粒英雄泪，低声嘱程玉英嫂嫂：“我们只好硬闯了！趁这工夫，贼人没有全到，或许可以闯得出。嫂嫂呀，万一到了不得已的时候，嫂嫂你……”说至此，切齿道：“嫂嫂你可要横剑自刎，不，不，不要落在仇人手中！嫂嫂你明白！”说罢，霍然站起来。

程玉英也明白，惨叫道：“七弟，你放心！我程家女儿，一定对得住你大哥狮子林一世的英名！我自有我的道理。七弟，你快走你的吧。你若能把我们铃哥搭救出去……嗐，简直是妄想，你带不走他的！你把他留给我，我们母子死在一块吧！”

第十一章

亡命客款关求救

程玉英是个有决断的女人，一咬牙，伸手便来接小孩，提起宝剑。摩云鹏如何下得去？把手一格，猛然厉声说：“嫂嫂别错会意！咱们就是死何必这么死？咱们先闯，拼给他们看！他们现在就这两个人，大拨的人还没来。走！”摩云鹏把铃哥托了一托，厚背刀一挥，准备夺路。

窥定了夺路的路线，这一带疏林西边的一面，距着青纱帐不远。相了相，青纱帐前有几行大树，青纱帐后黑影甚浓，又似距村不远。摩云鹏魏豪挟着必死的心，来寻生路；引程玉英穿林窥隙，仔细端详外面的形势。他先隐在树后看，又蹲在地上看；路线看清，又偷看外面人的动静。两个贼人起初是绕林狂骂，此时却骂声、脚步声顿住，暗器也不往林里打了。魏豪揉了揉眼，看这四面黑乎乎的，并不见二贼的踪影。摩云鹏不敢冒失，忙又绕到东面，窥隙外觑，也不见二贼。这一来，魏豪又胆怯起来。贼人的诡计一变，竟不知两个东西隐藏在何处，暗地偷窥着自己了。

魏豪自恨忙中大意，不由搔头踌躇。起初奔入林中，是贼

明我暗；现在要夺路出林，却是贼暗我明了。但是，事情已紧急万分，远远地已听见散漫的呼哨声，看光景，贼人的接应不久就要寻来。满盼望林外潜伏的二贼也应声打起呼哨来，自己立刻听出二人藏身之处，便好躲避着往外闯；偏偏这二贼一声也不响，这举动更是可恶。

魏豪在这一发千钧的时候，哪敢耽误？在林中东探一头，西窥一头。无可奈何，被那远处的呼哨，声声催逼着，只得又引着程氏，溜到西面林边。西面林边依然悄静，青纱帐前，那疏疏落落的几行大树，被雨打得簌簌发响。魏豪算计着夺路出林，应该一口气奔到大树下，再径窜入青纱帐里，然后再一步一步地往前闯。他盘算好了，把手中刀一挥，又探囊取出两只镖，低低地叫了声：“嫂嫂跟我走！”猛然间两个人一先一后，从林中奔突出来。

摩云鹏照旧在前，程玉英照旧跟踪在后。摩云鹏才说得个“走”字，一纵身便往外窜。陡然觉得离身旁不远处，一棵老柳树上，树叶唰啦一声微响，一条黑影如飞燕掠空，窜落在平地上，身法轻灵，竟没有什么大响声。跟着又一挺身，把路拦住。程玉英吃了一惊，不知不觉缩住身形，不敢往外窜了。摩云鹏却已窜出林外丈余远，也是吃了一惊，回头一看，程玉英竟没有跟上来，大为着急，失声叫道：“嫂嫂还不快来！”抖手一镖，照来人打去。来人哈哈大笑，急忙一窜，一撮口唇，打了一个呼哨。从树林那一面，应声奔过来一条人影。哗啦一声，亮出七节鞭来。果然还是那两个贼人，却分两路，把魏豪、程氏的来路去路都截住了。

这二贼也是行家，见魏豪等奔入林中，一任破口恶骂，竟不答声。二贼料定魏豪未必敢跟他耗到天明，抓住机会还是要逃跑的。持刀的贼诡计多端，猜想魏豪不跑便罢，要跑只有两条道，一路是往回跑，一路必是奔西面，再钻高粱地。因此二贼乱骂瞎打了一阵，立刻由持刀的贼出主意，自己在青纱帐前埋伏下，却叫同伴持七节鞭，埋伏在来路上。果然把魏豪等又

截住了，闪过了魏豪的暗器。持刀的贼狂笑一声，叫道："喂，朋友，你大概姓魏吧？魏朋友，你今夜钻入爷们摆下的天罗地网了，再想脱身，那是做梦！识趣的趁早把林家母子献出来，爷们念在江湖上的道义，原谅你各为其主，我们一定放你逃生。你再要东藏西躲，给姓林的老婆、孩子当奴才，妄想逃出爷们的手心。嘻嘻，朋友，你也估量着点！你也看看什么时候了？你再听听动静！"又一撮口唇，呼哨连响，与那远处连续吹来的呼哨声，遥为应答，果然贼人的接应打四面兜来，越来越近了。贼人的话并非是虚声恫吓。摩云鹏魏豪听了，越发惊惧，恨怒非常。程玉英娘子尤其惊慌，不由失声叫道："七弟，你顾不了我们了，你逃命去吧！"

摩云鹏魏豪腰背一挺，破口大骂："无心的恶贼，以多为胜，欺负人家孤儿寡母，你还有脸在江湖上叫字号？太爷不错姓魏，太爷就是狮子林的师弟摩云鹏魏豪七太爷！狗贼，太爷做的是救孤儿，拯烈妇，仗义全交。你们这群狗党干的是什么？赶尽杀绝，不过欺负的是小孩子、堂客！你们但凡有点人心，就该放我们过去。我姓魏的把人家孤儿、寡母安顿好了，一定回来跟你算账。你小子可有种，你敢做人事吗？"两个贼人狂笑不答，得意声里，刀鞭重举，早又猛扑过来。摩云鹏张目四顾，挥刀迎敌，大叫："嫂嫂快闯过来。"

程玉英娘子于绝望中，掉下几滴感激的泪来。猛一想，还不拼命，等待何时？将四百两的银包投弃地上，把腰带一紧，又将脚下窄靴蹬一蹬，扬一扬手中的利剑，立刻叫道："七弟，我来了！万恶的贼，我娘俩跟你们有何冤何仇？我程玉英今天就死给你们，也落个全贞全节！狗强盗，我伯父铁掌黑鹰少不得找你狗贼算账！"突然飞身蹿出来，奔到魏豪那边，依旧是刀剑并举，和二贼拼命死斗。

摩云鹏估量敌情，知那使刀的贼武功矫健，是个劲敌；那使七节鞭的本领却不济。但在昏夜密雨中，他那七节鞭却不大好招架，怕程氏嫂嫂抵敌不了。摩云鹏只可抢先一步，挥刀先

敌住持鞭的贼人，叫程玉英娘子对付那个使刀的贼人。二贼似已定下狡谋，程玉英是个正对头，二贼却刀鞭齐上，专攻魏豪一人。而且不攻正面，单掩击魏豪背后背负着的小孩。魏豪立刻识破贼人的诡计，双脚攒劲，不容敌到，先飞跃到仇敌面前。持鞭的贼才一抖兵刃，持刀的贼已然当先拦住了魏豪。魏豪狠一狠，将厚背刀一摆，照贼人心窝就刺。贼人忙挥刀招架。程玉英娘子紧紧跟在后面，挥剑卫护着爱子铃儿，双眸看定持鞭的贼，不容他夹攻一个人。登时双方捉对厮杀起来。魏豪虽是拼命死斗，却又无心恋战，始终眼光注视着青纱帐，要伺隙逃亡。一面打，一面不住地警告："嫂嫂留神！"是叫程氏留神机会。程玉英连声应道："晓得！"两个人相喻于无言，但仇敌也不用听，早已懂得。这两贼一边动手，一边一迭声地打呼哨，招呼接应之贼，横身挡住了二人。

摩云鹏刀法凶狠，巴不得杀死一个贼，便可乘机逃走。那持刀的贼招数狡猾，一味游斗，要跟摩云鹏耗时候，等接应贼人赶来合围。摩云鹏也早识得敌意，嗖地一连三刀，刀刀险毒。这贼人如风摆荷叶，左闪右闪，连躲开三刀，骤然大怒，倏地一翻手腕，刀锋斜照魏豪的下盘扫来。未等魏豪招架，忽似旋风一转，转而又扑奔魏豪背后，背后背着铃哥。程玉英叫了一声："好恶贼！"狠狠地一剑，照贼人削去，贼人击刀自卫。黑夜中，七节鞭哗啦一响，抛开程氏，转向魏豪对面砸来。贼人的刀也趁势夹攻，照魏豪后心便扎。七师父魏豪一招走空，早攒劲蹿出一丈以外，立定脚跟回头看。

持刀的贼却又顺手一刀，照程玉英划去，七节鞭也趁空一收，哗啦一下，也向程玉英悠打过来。当的一声震响。程玉英失声唉哟了一声，闪刀架鞭，霍地一窜。摩云鹏大惊，不要命地奔冲过来，厉声喝道："看刀！"刀锋一闪，直向扬鞭的贼人扎下去。贼人回手掣鞭，魏豪挺身欺敌，用"大鹏展翅"，嗖的一刀，向敌手右肋斜削过去。这一刀厉害，贼人躲得稍迟，刀尖下扫，却划着右胯，贼人忍痛往旁一纵。魏豪忽觉脑后生

风，他急忙缩颈藏头，回身一刀，就劲脚下一蹬，也要往外窜出去。哧溜的一下，雨地泥滑，背人身重，不由己地踉跄斜栽出去。贼人大喜，跃过来叫道："也给你一下！"都只为背后累赘，魏豪十分本领减去了一半。摩云鹏一挺身反手刀一架，很不得力，当啷一声啸响，自己的厚背刀竟被磕飞。贼人又复一刀，魏豪拼死命地往外又一窜，被贼人刀锋一带，登时臂血流离。

摩云鹏狂吼一声，把左手一扬，喊道："打！"一缕寒星射出，不管打着打不着，自己趁势连连纵跃，逃出战斗场。只叫得一声，"嫂嫂快来！"钢刀已失，唰的一下，把林廷扬那口遗剑掣出，右手只一挥，左手掌也一张，分拂禾秆，没命地突入青纱帐里。贼人扬声大笑道："姓魏的，看你跑到哪里去？姓魏的真够朋友，再给太爷招呼招呼，钻高粱地的不是好野猫！"又叫骂道，"你就放开兔子腿也不行，白挣命！你小子钻到哪里，太爷也要把你掏出来。趁早把林家那个小兔蛋献出来！"立刻禾秆乱摇，跟着唰啦啦一阵乱响，青纱帐里跟踪闯进两条人影。摩云鹏虽然狂奔，却不敢以背向敌，怕伤了铃儿。他一味侧身往里钻，一霎时已钻入十数丈。猛回头，又不见程氏嫂嫂跟踪逃来，却听得贼人丑骂，真个是被迫得走投无路，被骂得怒火中烧。摩云鹏咬牙切齿，想生平未受此辱，男子汉死就是死，眼见得不易逃脱，略缓了一口气，不由得复又翻身，意欲拼命。只听后面禾秆唰啦唰啦的，地上泥水扑嚓扑嚓的，黑影中，一个人磕磕绊绊奔逃过来，这自然是程氏嫂嫂。后面贼人紧追不舍，竟也追进青纱帐来。追来的贼人却只一个，想必是那一个贼已经受了伤。摩云鹏吁一声，抡剑堵截。用剑一分禾秆，奋身一跃，也不管地上是泥是水，扑哧往下一落，却呼啦一声，整个身子滑倒。铃儿连摔带吓，失声狂号，连叫："娘娘，娘娘！"小孩子有了事，就知喊娘。

程玉英舍命狂奔，险些被贼截住。幸而到底闯进来，却叫贼人紧紧地缀上。一入青纱帐，两眼黑乎乎，不晓得魏豪背着

铃儿钻到哪边去，心中正在惶急，忽闻铃儿狂喊，吓了一跳，立刻寻声钻寻过来。摩云鹏已腾身窜来应援，滑倒跃起，相隔切近，已闻得程氏喘息。摩云鹏把嫂嫂让过来，贼人跟踪追到。摩云鹏手疾眼快，一声不响，从斜刺里，陡然探身挺剑，往前一刺。只承望一下出其不意，可以奏功脱险；哪想此贼真是劲敌，追得狂，却闪得更快，只恍惚见禾秆一摇，便留了神。魏豪的剑扎来，贼人陡然撤身，往旁一滑，只听稀里哗啦，禾秆排山倒海地倒了一片，贼人已然横躲到一边。跟着扑哧一声响，贼人似乎也已滑倒。摩云鹏魏豪大喜，尚想挥剑上前，寻仇下手。不防贼人早把手一招，狂叫道："好东西，看家伙！"摩云鹏急闪不迭，热辣辣的肩头上又挨了一下。后面禾秆唰啦唰啦又响起来，分明追进来第二个人。就在这时候，呼哨声又一迭地吹起来。

摩云鹏、程玉英两个人登时不顾一切，抹头又跑。两个人力气已尽，只得最后挣扎，溜得一步算一步，踉踉跄跄又奔出去数丈，抓着禾稼，止步喘息。听后面禾秆拨动声，泥水迸溅声，居然隔得远些了。两个人晓得一阵瞎钻，或者已经逃出贼人的眼底。摩云鹏暗暗地触了程氏一下，程玉英暗暗地摸了铃哥一把。只等得稍微缓过一口气来，两人这才轻轻地、悄悄地挪动。他们不敢乱撞，顺着地垄，扶着禾秆，一步步往外试探着溜。溜出不远，再倾耳听四面的动静。忽闻后面没响声了，前面又唰唰啦啦地响，地面上也听见烂泥吧嚓的声音。两个人吓得不敢动，索性蹲下来屏息细听。

听了半晌，在雨声聒耳中，听不出什么动静来。这更令人可怕，准知道贼人埋伏所在倒好防备；如今一点动静没有，正是说不定贼人是在身旁，还是在前面。程玉英娘子此时心胆俱裂，有求死不得的苦处。摩云鹏魏豪更是满腔焦急，铃儿小孩子赘手，程氏女人家赘脚，自己就有出众的本领，当此疲难之局，也要束手待毙。可是人生但有三分气在，又焉肯束手待毙？

魏豪踌躇着，忽然霹雳一声，天上响起一个焦雷，倏地数十道电光横空乱闪，照得旷野霎时间通明。魏豪也不禁一震，程氏娘子吓得一哆嗦，铃儿更大大吃了一惊，登时逃难的三个人倒有两个失声，喊了一声。只魏豪还镇得住，没有出声，却更加着慌。他急急地站起来。向程氏潜打招呼，旧地方势不可留，就该作速再往外逃。跟着又是一阵殷殷隆隆的雷声，又是一条条电光。电光过处，看见前面林木掩映，似乎有村舍，似乎就是柳树岗。摩云鹏立刻从青纱帐窜出来，要横越小径，就往村岗上抢。

不想魏豪才从青纱帐窜出来，侧面小径上一声暴喊，突然扑出好几条人影。魏豪心惊，却并不慌，这本是意料中的事。急忙翻身退回，再回头向程氏急叫："不好，贼都来了！"叔嫂二人不敢径抢村岗，竟退入青纱帐，踏着烂泥，往斜刺里逃。田中土软，又泞又滑，而且步步陷脚。魏豪道："不好！还得寻田中小道走。"但是时不暇待，贼人奔寻声，呼哨声，声声惊人。既已望见魏、程二人的踪影，立刻合拢来，往一个地方追寻过来。前前后后足有五六个人。不用说，贼人的接应已然来到了。

程玉英这一宵逃亡，越走越慢，只仗着深夜豪雨，寻丈外都辨不清身形。贼人虽多，也很小心，叔嫂二人借此才得稍缓了一步。摩云鹏寻路，东闯一头，西奔一头，听见动静便退转，遇见阻碍又回身。他似热锅蚂蚁，盘旋了几遭，贼人的呼哨只是打圈跟着转。魏豪急得两眼怒睁，只是没办法脱险。他唉了一声，觉得这样逃法，累也累死了，逃却逃不出去。这时候雷声雨势越发惊人，震得人耳欲聋，浇得人身上滴水。魏豪猛然切齿道："还是得闯！"

摩云鹏到底不弱，说一声走，首先窜出青纱帐，一溜烟地抢上村岗。程玉英奋力跟过来，可是回头一看，在她背后，竟有一个贼人从旁边蹿出，看看也要抢上来。摩云鹏急中生智，往村前紧窜了两步，倏地一换步拧身，斜往旁一纵，急又往下

一塌身，潜伏在路侧。剑锋插在地上，一伸手，掏出两个飞蝗石子，赶紧觑准了贼人的来路。程氏塌着身子，努力奔逃过来，张眼四顾，找寻魏豪和铃儿。魏豪一声也不响，容得程氏窜上土岗来；眨眼间头一个贼人箭似的追逼已到，刀尖一挺，再一窜，便要扎程玉英。程玉英一回身挥剑，贼人略闪一闪；魏豪慢慢地探出身来。果然是“明枪易躲，暗箭难防”。摩云鹏一抖手，贼人猝然哼的一声，咕噔一滑，倒栽下岗去。

魏豪急忙又将身形一伏。只见程玉英回头怔了一怔，复又翻身往村内奔去。再看贼人，后面又跑过来两个。一见自己的人翻下岗来，一齐停步，抢问那个受伤倒地的同伴：“怎么样？是滑倒了，还是受伤了？”那受伤的贼人不待搀，懒驴打滚爬起来；怒骂道：“姓魏的，我不宰了你，誓不为人！并肩子，快上！我叫这小子打了一暗器。他在黑影里闷着呢。快上，快上，先把这小子拾下来，好报仇！快着啊，怎么还怔着！”一迭声地催促，又连声打起呼哨来。贼人那两个同伴却不尽听他的话，拢着眼光先往土岗上看。土岗当前，不敢直闯，两个人倏然分开，往两边一撤，打算从两面抄上去。气得受伤的贼骂不绝口，嫌两贼胆小。呼哨声中，青纱帐外，应声寻迹，又窜出两条人影。跟着从小径上，扑嚓扑嚓的又跑来一个人。

贼人陆续地互相招呼着，扑奔高岗来。摩云鹏据住高岗，这第二个石子便不敢再发，眼见得贼人正在寻找，暗器又是打了一个少一个。摩云鹏忙转身躯，往后一溜，撤回来，又往左一窜，直窜出一丈来远，已觉着不易。然后伏身纵步，循着程氏嫂嫂的逃路，跟追下去。摩云鹏身法本来很快，虽然疲极，赶出去没多远，已望前面黑影，知道是嫂嫂。他不敢出声招呼，只微微地吹唇作响。程玉英回头看了看，依然沿着村道直跑，越跑越慢，二目乱寻。魏豪努力追上去，前后距离还有一两丈，立刻奋身一跃，到了程氏娘子的身后。程玉英娘子一声不响，猛翻身，唰的就是一剑。幸亏魏豪早有戒心，急忙一闪身，撤步低叫：“嫂嫂，是我！”程玉英止步收剑，喘息着说：

"吓，七弟是你！你怎么倒落在后头了？"魏豪答道："我藏在土岗后，略缓一缓追兵，给了他们一石子。"程玉英道："哦，我说怎么找不着你！七弟，你说进了村就不要紧，进了村他们还追，怎么好？"回头看了看，忙说："你说联庄会，联庄会哪里有？快找他们吧！你听听那里直吹哨，他们又赶来了，咱快跑吧！"不等魏豪搭话，程玉英拔腿便想跑。但是口说跑，心想跑，她实已不能跑。放眼一看，看见了村舍，又急急地说："咱们先藏一藏吧！"

前面不远，就有一座大庄院，似是乡下富家的大宅子。这一回程氏娘子不知从哪里挣出来一股气力，虽则喘不成声，却向魏豪一点手，随即抹转身，奔那大庄院跑去。庄院高墙大门，门扇紧闭。程氏娘子扑到大门旁，两脚用力，一伏身，往墙头上便扒。竟未蹿过去，咕噔一声摔下来，急忙一偏脸，把手中剑抛开，幸而斜摔了一下，没有抢破脸，只弄了一身泥水。程玉英一翻身跳起来，摸着了剑，急插在背后；如垂死挣命似的，急退出数步，一叠腰，一垫步，嗖的复又一蹿，两只手扒住了墙头。但是壁滑墙湿，抓了两把泥，复又滑下来。费了很大气力，到底没有蹿过墙，跳进院，程玉英绝望地呻吟了一声。

摩云鹏惨吁一声，已晓得程氏要投入人家院内，避祸求救，连忙过来帮忙。哪知程玉英忽又变计，跑到那庄院大门前，用力把门一推。门扇掩着，内加双闩，下加门槛，纹丝推不动。程玉英猛伸双手，下死力，啪啪地一阵乱砸。用着破裂、尖涩、惊慌的嗓音，高叫："救命啦！强盗杀人啦！……"手拍着还嫌不响，竟回手掣剑，将剑柄倒提起，当当的一阵狂敲。这却把摩云鹏惊呆了，急坏了。这自然是呼救，可也等于喊贼。荒村雨夜，女人狂喊，听起来果然惊人。但只是雨声潇潇，风声瑟瑟，夹杂着这呼救之声，人未必惊得动，狗却惊得狂吠起来。就在这庄院门内，呜的一声，扑出来几条狗，竟隔着门缝，在里面乱窜乱嚎。

摩云鹏情知非策，拦阻不及，也只得将错就错，急忙用眼一寻，另择得一处大庄院，提起刀柄，用劲猛砸，厉声呼救。却只在一家门前连喊数声，急敲数下，便霍地窜开，另换一家门口，再敲再叫。他以为如此，可将全村惊动了。又想着乡下人最怕火警，放起一把火来，可将村民全吓起来；可是雨夜中，又无法发火。

摩云鹏捶门乞救，连移了四家门口。程玉英娘子竟像失了神似的，还在原来地方死敲不动。魏豪无奈，忙又窜回来，喊了一声："嫂嫂！"叫她不要尽在一处拍叫，还是一面呼救，一面找寻藏身之所。程玉英省悟过来，但她想，这一家墙高峻宇，必是大户，反催魏豪跳进墙去求救。她却不承想，夜雨犬嗥，女子惨叫，就是把村民惊醒，岂敢贸然开门？就跳到院内，人家也要疑鬼疑贼。况且山东多盗，村户家家多有防盗的警备，门关严扃，墙筑望台。这时节，路南第五大门，已有大胆的居民惊动起来，在暗中潜登更道，向外窥望，并已派出人，悄越邻墙，到乡团报警去了。

当下，摩云鹏只催程氏嫂嫂疾走勿停，不要耽搁，速觅妥处。两人刚刚走出两三箭地，到一小巷口，正要投进去，忽见对面黑影中，似有人影一闪。摩云鹏急忙缩步。程玉英惊道："糟！"悔之不迭，两个人翻身往后退，这如何来得及？只听吱的一声呼哨，巷内窜出四条人影。前三条人影如猛虎似的直扑过来，后面两条人影却从斜刺里奔绕过去，似欲堵退路，又似出去勾兵。但这一回被贼追入村中，程玉英出声呼救，倒也收效；贼人竟有所顾忌，挥兵刃围上来，一声不响，只微微吹哨。

摩云鹏、程玉英一夜奔逃，到此实已力尽。摩云鹏毕竟英挺，双眸怒张，回身迎敌，急催程氏快跑。贼人低喝道："哪里跑！"倏然围攻，已到身边。

摩云鹏顿足痛恨，把手中剑掂得一掂，料想逃不脱，竟要横剑自刎。但这又如何甘心？况也来不及了！贼人分三路进

搏，头一个贼人把刀锋一展，劈面砍来。摩云鹏不知不觉，一挫身闪避；右手剑一翻，又不知不觉，照贼人削去。三寸气在，依然与贼人拼斗起来。

摩云鹏一把剑力敌三寇，三寇是一把剑，一柄刀，一只鞭，把魏豪走马灯似的裹在街心。贼人冷笑热骂，魏豪苦斗死战。背上的铃哥较才背时，显得越发沉重，越发运转不灵，跳闪不迭。三贼连笑挥刃，诮道："姓魏的，认输吧！看你蹦到哪里去！"魏豪不住手地且战且走，如风旋磨转，连斗了二十几个照面。小孩子在背上，格外地险恶吃力。喘息越粗，苦战越吃力；不自觉地叫道："嫂嫂还不快走！"也没有想到催她往哪里走。但程玉英娘子这时候，竟已逃进一个小巷。

又斗了数合，一个闪躲不及，摩云鹏右肩头上，被对面贼人扫了一剑。摩云鹏负痛一跃，右边贼人趁隙递过来一刀。魏豪奋力招架，又拔身一闪，忽然背上的铃哥也失声惨号了一声，跟着叫起娘来。魏豪情知命尽今日，心神一乱，倏然间又被贼人的鞭扫着了一下，踉踉跄跄险些栽倒。

三个贼人三叉形把摩云鹏魏豪围住。摩云鹏困兽犹斗，虽然力尽，累年苦学来的本领识见，不因临险而忘却，反因濒危而拼命，把生平功夫都施展出来。忽然夜战八方式，把敌人一冲。敌人略闪，摩云鹏抓个机会，窜到那大庄院墙隅角前面。两墙相对，交成人字形，摩云鹏托地跃过去，贴墙倚背，负隅障身，保住了后三路。

贼人还以为他要跑，忽地追过来。哪知魏豪双目一瞪，厉声喝道："狗贼，老子跟你们拼了！"把亡故师兄林廷扬的那把剑，上下挥霍，使得呼呼风动，敌住了前左右三面敌人的兵刃。

这时候，摩云鹏生望全无，自分必死；但有一分力，就争一口气。又苦斗十数合，志在拼命，可是已经力不从心。忽然听程玉英娘子远远狂喊了一声，略一分神，险些被敌人削断手指。百忙中，黑影里，偷向两边一望，恍然见程氏嫂嫂喊着狂

奔过来，却在她身后紧紧缀着十多条人影。这程氏嫂嫂怎么不往小巷里藏，反倒往这里跑，岂不是送死？摩云鹏咬牙切齿，发恨道："想不到今日全完……"终夜奔命，逃生无路，喊救无灵，终不免于同归于尽！最不甘心的是落在仇人手里，死还受辱！摩云鹏登时一颓懈，胸中沸腾腾的热血撞上来，眼冒金星，耳轮轰鸣，似闻得一片锣声。跟着一声狂喊，又似身边响了一片焦雷，也不知来了多少贼，黑影乱窜，竟都攻到了自己面前。

摩云鹏已然失神了，慌忙中挥剑乱砍，忽上忽下，遮前挡后，这才是人于望断力绝时，发出来的挣命狂力。原打算的主意，见危授命，横剑自刎，决不落到贼人之手，此时已然虑不到，而且也来不及。就只顾得一把剑照前面、左面、右面，狂扫乱刺，口中喷沫，一边死斗，一边狂呼。

猛然间，周围哗然一阵大噪，前面人影乱晃，耳畔听头顶上越发嗡嗡作响。魏豪此刻越发耳鸣眼花。只听一人喝道："呔！休要动手！"魏豪吁吁地狂喘，依旧不住手地抡剑乱砍。苦战累乏，只剩了眼面前，扫、剁、挑、扎，这几招。忽然，大腿上被挠钩搭住，他还想挣开，努力地往旁一蹿，气力早不行了。急忙变招收刀，抡剑把钩竿一挑，却又没挑开，黑影中又来了一杆挠钩。魏豪一挣，挠钩一拖，地上湿漉漉的滑，蓦然一扯而倒。敌人哄然齐喊了一声道："捉住了！活的！"

但是摩云鹏狂吼了一声，背着铃儿，霍地起来，凝眸只一扫；黑压压十多个，二十多个，敌人全上来了。摩云鹏又一声怒吼，手中剑急急地一摆，往前一冲，骤又往旁一退；利剑倏然横过来，猛往颈下一勒。果然来不及，前面、后面、左面、右面，许许多多人把他围住，胳臂上、手背上，重重地挨了一下。同时从后面袭来两三个人，把自己抱住。摩云鹏拼命一挣夺，登时丫丫杈杈地又伸过来许多手。摩云鹏的剑竟被人夺住。耳边听人笑骂："抹脖子，算什么光棍！"同时，背后的铃哥也惨叫起来，直着小嗓子狂叫："救命！"

可怜的七岁幼儿，也不免惨死！摩云鹏如乱箭穿心，情知落到仇人手内，摩云鹏钢牙一挫，如带箭虎，如折角牛，破死命把浑身筋力一攒，一声怪叫，突然挣脱出来，又破死命地拳打，脚蹴。只听哎哟一声，似乎踢伤了一个仇敌。魏豪这时刻，只恨两拳力薄，两脚劲小，现在是打一个，便宜一个；打一下，便宜一下。临死也不叫贼人称心。仇人若是一怒，给自己一刀，自己倒换来一个痛快。于是，恶狠狠地一扑，却又被人家拦腰抱住，跟着两脚也被人拘住，跟着两臂也被人拿住。

摩云鹏掀天撼地的一阵狂叫乱挣，只是这一回再挣不出来了。只听周围乱哄哄的七手八脚，把自己乱推乱搡，又七言八语地乱骂道："这小子真玩命！先把他撂躺下！"摩云鹏知道完了，一阵急怒，精神越发迷惘。耳畔又听见一个女子的腔口道："诸位行好吧，他是累昏了！……七兄弟，七兄弟，你怎么不认人了？"这却是程玉英嫂嫂的口吻，同时也已听见小铃子哇哇的放声大哭着叫娘。摩云鹏手足不能动，已然被人撂倒捆上，他强自支持着，把眼睁了睁。但是眼前直冒金花，任什么也看不见。当下，长叹一声，昏厥过去了。

第十二章

联庄会传檄御贼

摩云鹏魏豪通夜避仇，数番苦斗，到底被许多人擒住；他急怒交加，只长叹一声，登时昏厥过去。隔过好久，突觉得鼻孔钻入一股子辛辣呛人的烟气，不由大嚏了一声，两只手抬起来，一阵胡捋，把口鼻护住。耳边听得一个生疏的山东口音说道："行了，缓醒过来了。"魏豪迷离中，猛将眼一睁，眼面顿然另换了一种境界。丽日当窗，身在屋中，自己是躺在一副门板上；只觉头脑昏昏沉沉，眼皮撩不开。耳畔又听一个人大声叫道："喂喂，起来，怎么还装死？"口吻强横。摩云鹏又睁开眼详看，这是三间大房，却四壁甚空，桌椅甚旧；倒高高矮矮，老老少少，聚了许多人，自己一个也不认识他们。他们个个都拿眼珠子正盯着自己。还有一个短衫男子，端着一只水碗；一个中年男子在手里拈着一个草纸卷，纸卷还在冒着烟。定醒片刻，摩云鹏慢慢地明白过来了。这才觉得浑身酸软，筋骨酸疼，一点气力也没有了。回忆雨夜逃亡之事，恍如一场噩梦。现在置身处既不像盗窟，那必是幸脱仇人之手，这大概是村户人家了。但不知林嫂嫂和铃哥的生死吉凶如何？魏豪记忆

恢复，立刻挣扎着一翻身坐起来，揉了揉眼说：“这是哪里？是哪位恩人，把我们救出恶贼之手？”抬眼寻看，程玉英和铃哥俱不在眼前，不禁又惶急起来。看了看这屋子里的人，多是年轻力壮的男子，都穿着短打，有的手里还拿着木棒、皮鞭。在迎门一张旧八仙桌旁，坐着两个人，一个红脸，四十多岁，穿夏布小衫，手摇折扇；另一个是个瘦老头，手拿着烟袋，正自一口一口地喷吐。

摩云鹏眼珠一转，便已了然。这两个人气派不同，很像是个乡绅；又看这三间房子大而且旷，不像住家，那么自己昨夜被捉，竟是落在乡团联庄会手里了。揣度着不错，便要下地拜谢，询问程氏母子的下落。没想到他刚刚坐起，便过来两个人，把他按住。另有一个人，便拿出一根绳子，要把魏豪捆上。魏豪究竟年轻，昨夜虽然失力昏过去了，此时却还有劲，把手一格，忙道：“你们别这样。我是走道遇见匪人了，我们不是歹人啊！你不见我们还带着家眷吗？”

正在纷呶支拒，那个赤红脸的绅士已然转过头来，突然发话道：“你们不用捆他，等我们先审一审，看他也跑不到哪里去。”又向那瘦老人道：“这个人身上带着银子，还有剑，还有镖。”瘦老人道：“是的，二爷说得不错，总得细审一下。我说何老三，七金子，你们俩把他押过来。”

立刻过来两个壮丁，一边一个，把魏豪押了过来，紧紧地抓住了魏豪的手腕。魏豪沉住了气，更不支拒，直挺挺地一站，向两个绅士点一点头。这两个绅士就大模大样询问起来。摩云鹏叩问程氏嫂嫂和侄儿铃哥，绅士并不搭理，只板着面孔，究问魏豪的来踪去影，姓什么，叫什么，干什么行业？为什么黑夜手持凶器，携带妇孺，闯入村庄？又挨家敲门怪叫，是什么意思？那一个妇道和那个小孩子，自称是你的妻子、孩子，这话可对？你们究竟是要做什么？那许多人追你们，又是为什么？你们是怎么一回事？

问的这些话，摩云鹏细细听了，不由愕然，想了一想，暗

道，莫非程氏嫂嫂对他们自称是我的妻子？……这，岂有此理！魏豪到底在江湖上历练有年，只略一盘算，连忙说道："那不是，那不是。那位妇道乃是我的嫂嫂，那小孩是我的侄儿。我们是卧牛庄林家，我是接嫂嫂来的，不幸遇上了仇人。"

摩云鹏半虚半实地把自己的行藏，说了一遍。那两个乡绅模样的人互相示意，脸上缓和多了。摩云鹏现在说的话，和刚才他们盘诘程玉英娘子，哄问铃哥儿话，恰好大致不差。他们都疑魏豪持剑夜行，多半是拐带妇孺的匪人。但男女三个人说的话既然无异，他们便释然了。跟着又问，怎样遇见的恶人？魏豪有问必答，自称是保镖为业："师兄去世，奉命接送师嫂、师侄回家，不想遇见我们从前保镖结下的仇人，是一伙绿林大盗，结伙邀劫我们。仗着我们事先得着信息，把细软行囊全先运走，我们乘夜取路避仇，倒运竟在半路上遇上他们了。在下的师兄，就是卧牛庄保镖林家，诸位想必也有个耳闻。"如此这般，细说了一遍。这两个绅士便把原来的猜疑一扫而空了。但是那四十多岁的绅士依然沉着脸，很是恼怒，似乎非要把摩云鹏重办不可。摩云鹏自是不明白，昨夜拒仇拼命，他竟把人家联庄会的壮丁，连伤了三四个。

这地方正是小辛集联庄会的公所。当摩云鹏被贼围攻时，程玉英娘子竟得逃出，奔入另一条狭巷中，但已浑身无力，寸步难挨了。强自支持着，往巷内黑影中一窜，竟扑地滑倒。又强支着，刚刚扶墙爬起来，还未及觅地暂避，猛听前面有人语践踏声，紧跟着那边巷口，一道黄光如车轮般一扫，影影绰绰闪出来好几个人。程玉英哎呀一声，骤然蹿起来要跑。忽又想再逃不出仇人的毒手，慌忙贴墙，把剑横在颈下。却不料孔明灯黄光又一扫，这几个人影徘徊不进。有一人突然发了话，分明听得山东的乡音道："贼人在哪里？"分明这腔口不是仇人，是本村的人。紧跟着灯光对自己来来回回照射过来。又一个人大喝道："什么人敢来探庄！"

程玉英猛然省悟，这别是联庄会吧？她正在惊惧、猜疑，

那几个人竟齐声威吓着，也是不敢过来。程玉英仍把剑横在颈下，倚着墙根喘息，贸然叫道：“我们是逃难的，遇见土匪了！我兄弟那不是叫匪人围上了？”黑影中听得咦的一声道：“真是个妇道，你是谁？”人影中灯光闪动，似有人往这边走来，且走且吆喝道：“不许动。站住了！”但是，程玉英气力早懈，就要她动，也须缓过气来，才能动转了。

俄顷之间，锣声忽起。对面脚步践踏声中，挑出一对灯笼来。跟着这对灯笼往程氏这边，一晃一照，一晃一照，几个人影走了不多远，忽然踌躇不前，似正挑灯往这边端详。果然照了又照，似已看清巷口墙根，确像是个女子，倚墙发喘。跟着这才有一个少年人呵斥着，似要奔上前来。忽然，又听见一个浊重的声音喝止道：“嗐！你别冒失，你不瞧那妇道手里还拿着什么哩，留神看给你一下！……喂，我说你这女子，你别动，我们得验看验看。”只听又一人道：“你们看住了她，我去禀报副会头去。”履声橐橐，一个人撤回去了，五六个人扑过来了。

程玉英娘子已看出对面灯笼“守望相助”四个红字，登时如绝地重生，把颗心一放，不由浑身酥软，瘫在地上了。喘息着向来人说道：“乡亲们快救人吧，我兄弟叫好几个贼围上了，还有我的孩子呢！”

这伙联庄会本是乡下力笨汉子，没有什么本领，专恃人多为胜。但这里的副会头辛佑安和他的三兄弟辛佑平、大侄儿辛宏明，却不含糊，手底下颇有两手武功。五更风雨，乍闻得人呼犬吠，旋听得会丁报到面前，知有匪警，立即鸣锣。片刻间，聚来三四十人，纷纷寻声搜索起来。有几个登高瞭望，在墙头要道上，恰好瞥见群贼攒攻魏豪。又有几人抄小巷搜寻，恰遇见程玉英。辛佑安率众人挑灯提枪，先赶到程玉英面前，查看盘诘。程玉英挣扎起来，诉说前情。辛家弟兄本晓得狮子林的威名，立催会众上前拿贼。人多势众，气势汹汹。程玉英居然支撑着，挺剑当先，引领联庄会众扑奔镇口。正是天下事

难以逆料，程玉英倒救了摩云鹏。

这出剿的三十多个会众分做两路，多一半拿长花枪，少一半提单刀、木棒。辛佑安恃勇当先，率领十数人，直扑向魏豪被围之处。辛佑平和辛宏明却引十余人，绕道斜抄贼人的退路，以收夹击之效。督队急进，相隔已近，一抬头，突见两个贼人蹿房越脊，迎面奔来——这正是追搜程玉英的二贼凉半截和纪花脸。邪不侵正，贼人胆虚，这二贼突然间瞥见联庄会的红灯，又听见锣声喤喤，人声杂沓，两个人哼了一声，抽身便往回走。辛佑安断喝一声："好贼子，往哪里跑？"抬手打出一石子，率众急追过去。一霎时，小辛集内外锣声四起，邻近各村庄先后闻警，灯笼火把，东一处，西一处，冒雨冲出来。守望相助，齐声鼓噪，倍显得声势惊人。穷追寻仇的贼党，不由得倒吸了一口凉气。

那包围摩云鹏的贼人，还想把仇人撂倒再走，但这如何来得及？海燕桑七、降龙木胡金良挥兵刃，兀自急攻。他的同伴却已看着不妙，鸡冠子邹瑞嗖地蹿上临街的矮房，往四面望了望。这一望，登时看见这村镇和邻村三三五五的火光，在雨中闪烁，齐奔这边扑来。若缓走一步，就怕走不脱；而且估摸时候，早已五更，只是阴雨天暗，显得昏沉罢了。那矮房对面高大的庄院，并已有据住更道，往自己这里乱投石块。鸡冠子邹瑞急跳下房来，一声呼啸，催同伴作速退出村外。

这时联庄会辛佑安已率众赶到，辛佑平也从后绕过来。有几个大胆的壮丁，年轻快腿，也不等火把，也不等梆锣，竟挺花枪，紧随辛佑安和辛佑平，分两路抄来。两厢一挤，贼人海燕桑七、降龙木胡金良大吼了一声，急招呼同伴乌老鸦叶亮功、凉半截梁文魁、九头鸟赵德朋等往外冲。胡金良就是身探清江浦镖局，自称名叫胡建章的那人，他的真名叫降龙木胡金良，善使齐眉棍，此时却使的是刀。桑七挥刃开路，胡金良横刀断后，招呼同党撤退，向辛佑安喝问："什么人敢搅太爷的事？"联庄会众一阵乱骂，没人正经搭话，却已刀枪齐上。胡

金良厉声怒骂："太爷乃是来报仇的，你们倚仗人多，竟敢胡搅，早晚太爷把你们洗了！"胡金良放下这话，这才翻身退出村外。联庄会呼噪着追出镇外，又搜寻了一程，便结队而回。

辛佑安把程玉英母子领到自己家中，由他妻子款待着，更衣敷药，煮粥治食。只有摩云鹏魏豪苦战失神，把联庄会救他来的人，误认作贼党，竟被他连伤了三四个。联庄会众哗然大怒。辛佑安叔侄急忙过来，一齐动手，把魏豪擒住。程玉英哭着呼唤，摩云鹏昏厥过去，半晌没有苏醒。辛佑安存了一番顾忌，不愿舁到自己家，遂吩咐会丁，用木板把魏豪抬到乡公所，留下三弟辛佑平设法熏救。辛佑安便回转家来，向程玉英打听遇盗的事情。

摩云鹏独留在乡公所，直到雨住天晴，太阳升起很高，方才微吁一声，缓醒过来。正会头夏二爷，和镇中素常出头的人物，都到公所来询问。因恼着魏豪误伤会众，盘问起来，声色俱厉。摩云鹏浑身伤痕，又看不见程氏母子，问他们，他们又不好生回答他，偏偏辛佑平也回去了。摩云鹏应对之间，辞色渐不平静，双方越说越拧。有的人就要照联庄会平常治盗的法子，把魏豪捆起来，活埋了。正在翻脸相闹，忽听院外一个响喉咙叫道："那个逃难的救活了没有？"

摩云鹏抬头一看，此人年约三十六七岁，长眉毛，大眼睛，身材魁梧，神情粗豪，另带一种豪爽之气，并不像乡下人。此人身穿山东茧绸短衫，敞着衣襟，捏着一把九根柴大扇子，呼扇呼扇地扇着，大叉步走进来。身后跟着一个十八九岁的少年，面貌微黑，也很透精神。会首夏二爷就是上首坐的那个绅士，忙欠身站起来说："辛二爷才来。"这进来的人便是联庄会副头辛佑安，那少年便是他的侄儿辛宏明。

辛佑安一到场，立刻把误会全解了。公所里联庄会的壮丁此时只剩下十几个。辛佑安张眼四顾，问道："他们呢，都散了吗？"夏会首道："正是，我想没什么事了。这时候田里正忙，不过是几个过路寻仇的小贼，赶跑也就完了。想着也没什

么后患，所以我就打发他们回去了。”辛佑安道：“哦！”说了几句闲话，遂向夏二爷道，“夏二哥，你不晓得这位？这位魏朋友说来还不是外人，就是咱们邻村卧牛庄保镖林、林廷扬镖头的七师弟。二哥，原来咱们昨夜救的那位妇道，就是林镖头的娘子。林镖头那样英雄，你可知道竟死了，还是叫一伙水贼暗算的。”

夏二爷道：“我刚才也听说了。不过这个人说话口音很特别。辛二弟你说这事怎么办？我们后街四房里的老五，大胯上叫这人扎了一刀，伤很深。我们怎能够模模糊糊地就把他放了？况且二弟街上的人，我也听说有受伤的。”辛佑安赔笑道：“别提了，一动上手，真刀真枪，哪能不带伤？说真了，这可真是一场误会。二哥的本家受伤了。还有我们八房上的辛老台，也叫这位魏朋友打了一拳，把眼眶子都打青了。我们大侄子，也挨了一腿。这里顶重的还是张拴叔，那可是被贼人伤的，恐怕要落残废。……我说魏朋友，我们尽喊着别动手，别动手，你怎么还打？贼早跑了，你老哥背着个小孩子，抡着把剑，一个劲地乱喊乱砍，连林大娘子招呼你，你都听不见。拿钩枪把你搭住了，还被你挣脱。要不是我冒着险，从背后把你抱住，你真个的就要抹脖子。”辛佑安说着哈哈地大笑了，把大拇指一挑道，“魏朋友，你真够味！刚才我听见林大嫂说到你了，你们倒是真义气，可算得是生死之交，存亡不渝！”

摩云鹏是外场朋友，人家对他客气，他倒越发惶恐起来。回忆前情，若不是人家联庄会出来，把贼人惊走，自己准得死在群贼手里。当时自己力竭失神，目昏耳鸣，只顾一味乱砍乱打，哪晓得伤了人家的人？不由满脸惭愧，这才问明了公所在座的各位姓名，咬牙忍痛，向众人一一周旋拜谢。误伤致歉，相救承情，说了许多感激不尽的话。又说出：“误伤的各位，在下行囊中还有几两银子，可以拿出来给各位调治调治。就请二位会头费心，给看着掂配一下，我实在太对不住了。”正会头夏二爷一见这情形，也不好再说什么，只好作罢，把面子都

送给辛佑安。辛佑安见摩云鹏言动如常，虽然脸上气色难看，料想已无妨碍，这才把摩云鹏也邀到自己家来。摩云鹏的兵刃包裹，也都由辛佑安叔侄代拿着。摩云鹏一步一瘸地跟着走，来到辛宅，让到客厅内。辛佑安吩咐长工打脸水，看茶，备饭。

这一番逃难，摩云鹏肩头受了贼人一暗器，腿上受了联庄会一钩镰枪，头上也好像叫什么东西砸了一下。他受的伤不算重，只是背着个小孩子，挣了一夜命，又是且战且逃。若不是他体质素强，换个人怕不当场吐血？程玉英娘子臂受刀伤，铃哥林剑华后臀上被划伤了一条口子，头脸上也有浮伤。虽然都不甚要紧，只是一路颠顿惊恐，又被大雨淋浇，七岁的小孩子有多大抗力？此时鼻塞面红，周身滚烫。程玉英娘子守着孩子，在生人家里，不敢哭泣，吞声流泪，拉着铃哥的手，扪头抚胸，寸心欲碎。多亏辛佑安、辛佑平和大哥辛佑良弟兄三人，轻财好义，患难中倒成了程氏母子的一路福星。

辛二娘子把程玉英让到内宅寝室，更衣寻药，恤难询情，颇尽地主之谊。又见铃哥小孩子神气不好，叫程玉英娘子给他脱去湿衣，敷上刀创药，拿被单盖了，放躺在炕上，对程氏说："这位大嫂不要着急。人谁没有一步难呢？你歇着你的，别过意。这小孩了他是吓着了，叫雨水激着了，睡一觉，吃点药，烧就退了，大嫂别害怕。"又给煮粥，又给找药，把牛黄镇惊丸和红灵丹取出，也不管对症不对症，乡下人以为是药就治病，催着程氏娘子给铃哥服下去。粥熬好了，辛二娘子又催程氏母子吃粥。铃哥吃不下去，倒喝了许多水，忽地叫了一声娘："娘，怎么我的外祖父还不来？娘娘，这些贼还欺负咱们来不？"小孩子禁不得大险，更不待他娘慰答他，小眼睛一闭，又迷糊过去了。倒引得程氏娘子满怀凄楚，吞声下咽。

辛二娘子劝程玉英躺下歇歇。辛大娘子、三娘子当作稀罕事，也来打听逃难遇仇的情形，听了都很叹息。又问："那个昏过去的男子是谁？你们这是打算投奔哪里去？"又打听程氏

怎样用剑发箭，跟贼人对敌的情形。程玉英娘子急装紧裤，背剑袖箭，武功虽然弱，在寻常妇女眼中，究不免诧为奇人。辛三娘子又说："林大嫂不要客气，尽管躺着说话儿，别价起来。你老不知道，咱们才隔着二十多里地，乡里乡亲的，都不是外人。保镖林家谁不知道？我娘家的表妹就嫁在榆树坡程五爷家，是二儿媳妇。你们老人家铁掌黑鹰程老英雄，一只手掌劈断一棵小柳树，那是我亲眼看见过的。"程玉英答道："那是家伯父。"三娘子道："哦，不是你的老人家呀！你是他老的什么人？"二娘子笑道："三婶子好糊涂，自然是侄女儿呀！"三娘子拍掌道："哟，我懵住了。"竟说长道短，谈起闲话来。后来还是辛大娘子见程氏疲惫的样儿，这才把两个妯娌邀出去，替程氏放下门帘，任由程氏娘子在东间内室躺着歇息。

程玉英娘子是个健妇，但这时候头脑上如压着重铅，浑身竟如散了板一样，脚底下尤其酸痛，只是忍住不呻吟罢了。她和铃哥、魏豪浑身都滚成泥团，连头发里都是泥水了。这时母子全换了干燥的衣服，把伤处也包扎停当。居停主妇已出，再也支持不住，身子一倒，不禁低低咳了一声，落下几滴眼泪，偎着铃哥躺下了。悄悄扪着铃哥的额头、手心、胸口，觉得这孩子的小手竟一时一时地痉动。程氏娘子不由担心害怕，这孩子是吓病了。万一有个好歹，那可怎么好？想到此，万分痛恨仇敌，心想伯父铁掌黑鹰若在家中，何致如此？可是不幸中的大幸，还有这一个仗义急难的七师弟魏豪。若没有他，娘儿俩到今日，还不知是死是活哩！可是七师弟他竟失神乱砍，瞪着眼连人都认不得了。等到把他按住，他竟闭过气去，面黄息微，呼之不醒，生生地累坏了。他还微有鼻息，公所中的人说不要紧。万一他真个累死了，那么，自己一个孤孀，铃儿一个孤儿，大仇当前，未必甘休。若依然穷追不舍，现在困在这小辛集，前进，后退，事在两难。还有押行李车的黄、邱二位……

程氏娘子万虑萦心，思索到极苦处，又不禁把铃儿一搂，

把牙咬得连响，思量着，容得这家主妇辛二娘子再进来时，便须央告她烦人到公所，看看七师弟魏豪，到底救转没有？她在东内间思虑己事，帘外却听见居停主人辛家三个妯娌，隔着堂屋，正议论自己的事。是怎么公所里的人恼着魏豪，还有人不很答应，要拿来当匪人办他。程玉英听到这一节，不禁惶急。但又一想，听这口气，魏豪当然是没死，便又心头为之一宽。

到了傍午，辛佑安把摩云鹏邀到家来，更衣进膳，两个人很客气地谈起来。辛佑安便打听贼人的来路，怎么结的仇。摩云鹏见辛庄主性情豪爽，脾气相投，遂不隐瞒，索性将实话说了。辛佑安闻言叹息。摩云鹏又向辛佑安询问自己昏过去以后，贼人怎样被逐，联庄会可曾捉住贼党没有？辛佑安笑道："我们这联庄会，不过人多势众，凑到一块起哄。说真格的，如何是贼人的对手？我们联庄会前前后后出来五六十口子，贼人看光景也不过十一二个，简直是麻秆打狼——两头害怕。我们全仗着嚷得凶，好像惹不得；又加上天快亮了，才把这十几个贼赶跑。你老兄还问我们捉住几个？实不相瞒，一个贼也没捉住，倒叫贼人伤了一个。"说着大笑起来，跟着又将逐贼的情形说了一遍，把贼人临走时放下了怨言的话，也告诉了魏豪。魏豪听了，怦然一动。对辛庄主具说仇人歹毒，穷追不舍，他虽然负伤疲极，仍不敢多有耽搁。于是说了些感激的话，向辛佑安拜谢，请他把程氏嫂嫂和铃儿招呼出来，商量着即刻赶路避仇。

辛佑安不知贼人的厉害，说道："魏仁兄你忙什么？仇人虽然恶毒，你住在我们这里，决无妨害。我看仁兄伤劳过重，你走不得吧？"魏豪执意要走，辛佑安自不强留，遂进入内宅告诉娘子，把程玉英请了出来，陪到前院，与魏豪相见。

叔嫂见面，才隔半日，却生死呼吸，恍如隔世，不由都掉下泪来。互问了伤势，魏豪便问起铃儿："他没吓着？可受了伤？"程氏娘子叹道："苦命的孩子倒很皮实，一点也没哭闹，刚才睡着了。"魏豪道："到底他受了伤没有？"程氏忍泪道：

“屁股蛋上划了一道子，侥幸还不深。头脸上也有点浮伤，我给他敷上了药。小孩子疼得只吸凉气，说出来的话更扎人。他扯着我的手，把小脸蛋偎着，尽只问他外祖父，和打听七叔你，连他爹爹一个字也没提。问我仇人还来不来，对我说咱们别走了，看路上再碰见仇人。唉，真是的，要有他外祖父在这里，我们何致受这大罪？”摩云鹏默然。

程氏又道：“我摸他的头，滚热的，身上也很烧。刚才多亏这里二娘子给找出药来，我给他吃了。现在他睡了，喘气粗点，也许不要紧。”程玉英一边说，一边滚下泪来。因在生人家中，只好强自吞声。复向魏豪问计，究竟应该怎样？摩云鹏魏豪略一迟疑，仍对程氏说：“嫂嫂，你看铃儿到底怎么样吧？如果能走，我想还是赶紧走，不能在这里多耽误。嫂嫂忘了，老河堤还有黄仲麟、邱良两个人，押着行李等着咱们呢！唉！也不晓得他们两个人怎样了？”

程氏低呻了一声，把两手紧握着，半晌道：“走！我抱他去。这孩子一夜没睡，连浇带吓，发冷发烧的。要是这就走，还得雇车。要是步下走，那我可是……”摩云鹏魏豪攒眉良久道：“嫂嫂，你把铃儿抱出来，我先看看他。”程氏拭泪道：“我就抱他去。”

辛佑安见这叔嫂二人商量行计，进退为难。起初本觉自己不便在场，早应退出；可是他又憋不住，到底留住未走。此时就插言对魏豪说：“魏仁兄，你我武林一脉，一见如故。若叫我替你们打算，避仇之事，自然不便在路上停留。但现在你们三个人，人人负伤，说句不忌讳的话，你们恐怕要害病。大人或者还支持得了，小孩子可不行。你看这工夫，天倒晴了，路上却滑得很，你们怎么走法？魏仁兄，你们不要不安，你尽管在我舍下歇两天。等着天晴路干，雇好了车再走，也不为迟。你们可以坐轿车。魏仁兄你说对不对？坐轿车又省力，把车帘一放，谁也看不见。你们三位可以雇两辆轿车，这个我可以替你们想法子，准给你们雇着。”

魏豪慨然对辛佑安说道："辛庄主，承你陌路仗义，济困扶危，我敢不披心露胆？这一番，我们原提防着贼人寻仇不舍，才把行李箱笼等物，遣派镖局趟子手，装车押运，走大路先奔老河堤。另由小弟保护我们大师嫂和小师侄，乘夜潜出，单走小道，躲避仇人的耳目。谁想仇人布置周密，我们没有躲过去，到底叫他们缀上了。我们那两位押运行李的，一位姓黄，一位姓邱。辛庄主你想，仇人能把他俩放得过吗？我们实怕仇人仍不死心，明明晓得我们落到此地，难保不再寻来。我们落到这个样子，说起赶路，简直是咬着牙走。承蒙庄主款留，我们感激不尽，还顾得假客气不成？我们也曾打算再骚扰你一两天。无如再三盘算，实在不敢逗留，总以速走为妙。贼人既被庄主逐去，一定回去勾人。趁这机会，我们一走完事。一来叫他摸不着影，二来也给庄主省去许多麻烦。这是两全其美的事。庄主的盛谊隆情，我们只有心领。若是脱过大难，我们再图补报。……嫂嫂，我说我们还是赶紧走。"程玉英娘子在旁点点头，惨然道："可不是，还得赶紧走……不过铃儿怕要病倒，真得雇车！"

辛佑安已听明魏豪左右为难之故，不由激起了豪气，立起来，走到魏豪面前一站，奋然说道："我就不信贼人这么难惹！魏仁兄放心，我们这联庄会虽然尽是一些庄稼人，力笨汉，可是全号召起来，一共四个庄子，足可凑一百六七十人。难道一二百号人庇护两个大人、一个小孩还办不了吗？贼人就算凶横，好汉敌不住人多。还有小弟和舍弟和舍侄，自信手底下还对付得三招两式。贼人不寻来便罢，当真找寻来，怕叫他也得不了便宜去。真格的就没王法了，他还敢烧庄子不成？魏仁兄，咱们虽然素不相识，可是铁掌黑鹰程老英雄，乃是我们本地的前辈英雄，林大嫂是他老人家的侄女儿。狮子林镖头英名在外，我们都是本乡本土，老邻旧居。我们不知道了便罢，既然知道了，小弟我就要管一管这桩闲事。你们就放心住下，瞧着我的吧。我就不信十几个臭贼，敢在我们曹州府堵上家门口

子来欺负人，把我们山东人都看扁了！”

程玉英道：“只是这伙子仇人，人数实在太多，他们这就有十几个。他们吃了亏，叫庄主赶跑了，他们一准要再勾更多的人来。”辛佑安更加生气道：“他们能够有多少人来？嘿嘿，我辛老二就是不受欺负，不怕人多势众！我辛老二定要跟他们斗斗，我这就鸣锣聚众，把联庄会全招了来！给他一个昼夜梭巡，里外戒备，看贼人有什么坏招，敢对我小辛集施展！”说着，在当地走了半圈，双眼一瞪，把额角一叩道：“我还有一招！喂，老计，老计！”

一个年轻长工走了进来听命。辛佑安吩咐道：“老计，你快骑上马，到柳树岗子、杀马营，把老师父跟钱大爷都请过来。要快，请他们立刻就来，今天务必到。”顿了一顿道：“你对老师父，不提旁的事，就提咱们这里昨儿个闹贼了，请老师父把他那两位少的一块邀来。千万，千万。到钱大爷那里，也是这样说法。老师父要是有个疑疑思思的，不肯来，你就找二爷，叫二爷怂恿他老。”长工老计领诺，转身要走，辛佑安却又叫住，道：“你对老师父和钱大爷讲，不是小蟊贼，是成帮的匪人，一共来了二十多个，要跟咱们联庄会作对。你再告诉他们，匪人昨夜来搅闹了一通夜，直到五更天亮才走的。临走还放下恶言，要邀同伴再来，要放火烧咱们。你听明白了吗？要说得厉厉害害的。”

辛佑安一时动了气愤，要替狮子林的妻儿、师弟，跟贼人比量比量。辛佑安只觉得摩云鹏过虑太甚，他却万想不到狮子林的这个对头，必欲把林家的遗族一网打尽，一个活口不留，方才甘心罢手。若问他为什么这样的歹毒，说起来就连他的同党，也觉得这么寻仇做得太过。但是人各有心，他做得太过，自有他太过的缘由。

当下，辛佑安坚留摩云鹏宽住两天，借以养创息力。摩云鹏深知仇人的厉害，尚在游移。程玉英娘子却支持不住，又觉得铃儿这么可怜，只顾心急赶路，小孩子万一有个好歹，满怀

希望岂不尽付东流？又想到半路上，再有个走不利落，还不如在小辛集。有辛庄主这么一个居停主人做护符，呼救还易些。怔了半晌，抬起头来，看看魏豪道：“七弟怎么样呢？”

摩云鹏双眉紧皱，筹思良久，方才拿准了主意。就请辛佑安代雇两辆轿车，行期暂且不定。现在还不晓得黄仲麟、邱良两人的吉凶如何，打算自己改变服装，先到老河堤，寻寻他们。如果两人竟得脱出仇人之手，安抵老河堤，便可依照原计，定明后天半夜，由小辛集起程北上。万一黄、邱二人竟遭毒手，未得闯出，那只可另做一番打算。

商计已定，程玉英母子暂留在辛庄主家。魏豪忙装作乡下人赶集的，借了一头小驴，溜出小辛集，往老河堤访下去。不意找到老河堤，在约定地点，前前后后找遍问遍，竟没有黄、邱二人，也没有那样的重载大车。路旁小摊，附近店房，都是同声一词。摩云鹏心下打鼓，情知不妙，又沿路加细访下去。到了周庄北边一座小村子上，竟听得乡民三三两两，哄传起前途出了路劫惨案！

摩云鹏吃了一惊，这事乍闻一震，转想这是在意料之中的。摩云鹏忙逢人设词探问。就在今天清晨，有看青的乡下佃夫，在雨停后，扛着农具下地，忽听见邻田庄稼地内发出惨嘶声音。乡下人伸头探脑，仗着胆子过去一看，只见庄稼地踏倒了一大片，有一匹牲口，拖着一辆空车，倒在地上悲号。山东地方素来多盗，这户下人一望，早已了然，忙跑回去告诉了乡长、地保。立刻引来许多人，吆喝着闯进去查看。到近前时，才看出这是一匹老马，马腿被什么兵刃砍断了一条。车上车下扬着空箱子、空包袱，散抛着东一件、西一堆的衣衫行李，都被雨淋得湿透了。这当然是匪警。又往四面一寻，距离空车不远，就发现了一具无头死尸。又在半箭地外，找见另外的一辆空车，驾车的牲口却没有了。地边土路上泥泞已极，留下许多脚印、蹄痕和血迹，远远地还抛着一把刀。

这件事在周庄已然轰动传开了。摩云鹏一路踩访，访明抽

身。离开乡人，面对旷野，禁不住潸然泪下，咳！贼人歹毒，人数又多，这个无头死尸，看起来不是黄仲麟，就是邱良了。摩云鹏心中戟指痛恨道，万恶的贼子，你们害他们做什么呢！这死者到底是谁呢？黄、邱二人功夫都很平常，不是贼人的敌人；可是黄仲麟那把刀还有两下，这死者，多一半是邱良了！但是黄仲麟又逃到哪里去了？这样看来，他们必是从卧牛庄硬闯出来，走到这里被围失着的，他们俩可是把主意打错了！既然被仇人寻上门，他们俩就该不走才对。是怎么不度势，不量力，还打算开车硬往前闯？唉，我本来再三告诉你们，万一事到紧急时，尽可丢下东西一跑，千万不要跟他们拼命。这两个人不用说，一味护车，竟以身殉了！林大哥待他们好，他们这样生死不渝交情，我若任听他们尸体暴露，于心何忍？可是我这时候竟去认尸领埋，又万无此理。我是跟着打人命官司，还是救活的去呢！

想到这里，魏豪越发忍不住，几乎要放声一喊了。他又想，这死的一定是邱良无疑，他空有胆气，手底下太没有根。不错，一准是他。可是，黄仲麟呢？难道他临难缩手，先溜走了不成？

摩云鹏这么猜想，他哪里晓得，这大好头颅被人砍去的，竟不是邱良，乃是黄仲麟，那趟子手邱良，非但没有逃，也是拼着命与贼支撑，到后来身负重伤，竟活活地被贼掳了去，要用极残酷的刑法，从他口中逼出林氏母子的下落来！

摩云鹏魏豪思索良久，不能任置不理，便跨上驴，扑奔肇事地点。也装作没事人，绕尸场前后偷看了一遍。这时那具无头的死尸，早用芦席盖住，已然有人看守，不容闲杂人等近前。但是空车上遗留下劫余的行囊物件，只一瞥便已认明，果然是林家之物。地保和乡长为着保存物证，报官请验，都将这些东西聚拢到一处，就放在空车上。黄仲麟使用的那把刀，也俨然放在车厢中。魏豪听那看热闹的人纷纷议论。有的人说，昨夜不到二更天，在风雨声中，听见人狂喊，夹杂着车马奔腾

声音。看起来，这劫道的顶少也有二三十口子。(闲谈的人大抵形容过分，究竟他说的话可靠不可靠，也还是疑问。)

摩云鹏牵着驴，傍着尸体呆看。愣了一会儿，就一忍心，一甩手，牵驴出场，跨上驴，头也不回，径返小辛集。时已到未末申初。魏豪火速地与程玉英嫂嫂，商量逃亡之计。现在行李细软，已被仇人倾囊劫去，押车的人已经殉难，访闻仇人来得很多，料想不出明晚必然有人来窥探。不出后天，必然要找上小辛集来。魏豪道："为今之计，更无别法，我们只有火速离开山东，越快越好。头一步，要赶快离开小辛集。孩子有病也说不得了，咱们只好改装坐轿车逃走。"程玉英听了，张大眼睛，登时面目改色。魏豪又向庄主辛佑安下拜，恳求道："辛庄主，我也不说客气话了！我们如今穷途末路，生死难保，庄主得搭救我们。……"辛佑安愤然道："魏仁兄放心，你交给我，我已经请人去了，不一会儿就到。我就不信，贼人竟这么胆大妄为，我倒要斗斗他。你只管在我这里住，你看我剥不了他的皮！"

摩云鹏摇头惨笑道："唉，我们还是赶紧走的对。你看贼人步步逼紧，我们逃到哪里，他们一定缀到哪里。我们分两股道逃走，他们就分两拨人堵截。我们跟他有仇，我们押行李的人跟他没仇，他们竟也下这样毒手！贼人至死不饶，你看他还割首级，多么歹毒。我们要只是两个大人，还容易潜逃，偏偏有这个小侄子，岁数又太小，未免累赘。辛庄主，不是我过虑，我们必须设法悄悄一溜，叫他们踩不着我们的脚印才行。我们原打算扑奔保定，看这光景，我们也不敢定准了。我们逃到哪里是哪里，必须把贼人甩开，才算逃脱了。我们只求辛庄主两件事，头一件求你给我们雇两辆轿车，现在就用。"

辛佑安道："不是后天夜晚走吗？"魏豪摇头道："时候不好预定了，这就全看机会怎样。等你费心给雇好车，我就到外面查看查看，只要贼人蹚道的还没有来，我们打算立刻就走。第二件，还求庄主费心关照联庄会各位，替我们隐瞒一点。"

辛佑安还想挽留，魏豪却心惊肉跳，揣度贼情，怕他们立刻勾人寻来，恨不得立刻拔腿就走。当下催促程氏嫂嫂，把铃儿唤醒领出来。拉着手，摸了摸额角，烧已大退，还有一点余热，小手却微觉发抖。心知铃儿病象依然未去，但也顾不得了，再三向辛佑安告辞要走。辛庄主方才答应，派人雇了车来，直开进庄院。

程玉英、魏豪都在外院客屋里，打点动身。辛佑安道："且慢，你们就走，这工夫天色还早。你们的仇人要真是穷追不舍，还怕他们在镇里镇外，埋伏下眼线，暗等着你们。你且候一候，我打发人到外面看一看，有眼生的人没有？没有眼生的人，你们吃了晚饭，等天黑了再走，岂不保重一些？你们头一站到底打算先奔哪里？你们总得告诉车夫，才好按程赶路啊！"摩云鹏只顾一味地守秘，到这时候，还没把地名说出来。辛佑安未免心中不大高兴，暗想怎么连我也瞒起来？我是救你们的，还能走漏消息，害你们不成？摩云鹏无奈，这才惶恐说道："这是在下疏忽了！我们打算不直奔大名府，想绕着道走，叫贼人跟寻不着。头一站打算从小辛集，先奔崔旺营。"

辛佑安道："那就是了，你得告诉赶车的。"当下叫来两个长工，吩咐二人到集里集外寻一寻看，"只要有眼生的人，或打听昨夜匪警的，探听联庄会的，你们就赶紧认准了他，回来告知我。"这小辛集本是乡村间一个小市镇，并不是通驿要道，除了运粮车，轻易不走商旅的。并且户口也不多，当真有外路人在此流连，本地人一望便知。两个长工领命出去了。辛佑安看着魏豪收拾完毕，也就溜溜达达从家里走出来，到镇内查看去了。

摩云鹏魏豪和程玉英母子，早已装扮停当，程玉英扮成男子，头戴草帽。两人原穿的衣服全都雨渍泥污，此时一律换上了乡下毛蓝布的男旧衣裳，打扮得土头土脑，就在外院客厅静等着时候。铃儿还是困，程氏把他放在土炕上，小孩子迷迷糊糊地又要睡着。

辛佑安的侄儿辛宏明在旁看着，和魏豪闲谈，魏豪勉强答对着。所换的衣服，全是辛家所赠。又特叫做饭的蒸了些干粮，带了些乡下咸菜，装了一布袋，预备送给避难的人在路上吃。辛佑安一家在待承上很热肠，魏豪连声称谢。辛宏明道：“魏镖头你就不用客气。刚才家叔告诉我们，你老这次犯险拼命，全是为了故去的朋友。像你老这样仗义全交，保救孤儿寡母，我家父和二家叔都佩服得了不得。家叔说，若不是你老有要事在身，真想留下你老，给我们当教师，护院子。实对你说吧，我们爷几个都喜好练练，可惜没有机会。刚才我二叔打发人去请的老师父，姓陶叫陶成泽，外号叫醉尉迟，就是他老人家有工夫时，教给我们练一练。只是他老好喝，不常教我们。还有老师父两位少的，一位叫陶继尧，一位叫陶继唐，算是我的师叔。我们没事就跟他二位练，他们二位应名还是我们这联庄会的教头哩。本来我们这里不很消停，东洼里有一伙子蟊贼，偷鸡摸狗，常常来骚扰。他们倒稀松，可是有时候勾结邻县的土匪，不断生事，这才闹得我们四个村子成立起联庄会来。”

辛少庄主年才十七八岁，不管人家心上有事没事，只顾扯开了闲谈。忽然那派出去的两个长工，有一个走进来道：“二当家的呢？”辛宏明问：“什么事，可看见眼生的人没有？”长工答道：“没有。不知道秦二怎样，我是什么也没有碰见。”

辛宏明放了心，又问：“那么你忙什么呢？”长工道：“老师父爷三个全来了。”辛宏明欣然站起来道：“魏镖头，我们老师父来了，我给你引见引见。他们爷三个在哪里呢？”长工道：“在西院呢！”说着，只听窗外道：“避难的在哪里呢？”辛宏明对魏豪道：“你听，老师父寻来了。”忙应声出去。跟着履声橐橐，魏豪抬头迎看，由少庄主陪进来一位苍颜赤鼻的老人，和两个黑面皮、大眼睛的壮年汉子。三个人都是暑天的短打扮，摇着大扇子，走进屋来。这个赤鼻老人便是老师父陶成泽，年有五十多岁，精神很矍铄。那两个黑面汉子，就是陶继尧、陶

继唐昆仲；继尧年约三十以内，继唐不过二十一二。二人体格雄壮，一望而知是山东人。

陶成泽拈须发话道："宏明，到底是什么事？昨夜真闹贼了吗？我们那里没听见呀？刚才我来的时候，你们联庄会又出队了，怎么连镇口也下了卡子？想必是闹得不轻，难道说洼里倪老茄子又龇牙了？"又道，"听说你们还救了两个逃难的，这位可就是？"

这个老头子嗓门很高，说话就和吵架一样，还没落座，就挺胸腆肚地嚷起来了。辛宏明忙见过了礼，又替魏豪引见道："老师父，避难的就是这位魏镖头，是咱们武林同道。人家可真不含糊，就两个人，竟和十几个贼招呼起来了，人家是仗义救友。"立刻互问了姓名，叙座开谈。这陶老师父兴致很旺，不过上了年纪，有些气粗，好像发喘似的。坐下来，对魏豪说道："哦，原来是你老哥遇上劫道的了。不要紧，有我们辛二爷办的联庄会，十个八个的蟊贼敢来奓刺，活埋不了他！"又向辛宏明道："你二叔哪里去了？不过十几个蟊贼罢了，又找我做啥？你们还整治不了他，就短我老头子不成？"辛宏明道："老师父，您哪里知道，这伙贼不是东洼那一帮，这是外路来的绿林，专找寻这位魏镖头报仇的。你老可知道卧牛庄保镖林家？"陶成泽道："唔，怎么不知道？那是咱们县里的人物，跟我还是朋友哩。头些年，我在保定还跟他共桌喝过酒，他也是很好的酒量。怎么，他也来了吗？"辛宏明道："您认识林镖头，那更好了。你老猜这位魏镖头是谁？他就是林镖头的师弟。告诉您，这位大娘就是林镖头的夫人。"

说话时，男装的程玉英本偎着铃儿，在炕边上侧坐着，此时闻言，忙欠身施礼道："老大爷，你老也认识先夫吗？"陶成泽回头看了一眼，微微一怔，忙也欠身答礼道："哦，原来是林大嫂。这可不是外人。怎么着，林大哥……这两年保镖的买卖可还好。"程玉英凄然道："先夫他过去了！"陶成泽大惊道："怎么，过去了？多咱过去的？他才不过四十五六岁嘛？"

魏豪道："陶老英雄也认识我师兄，这可真是故旧何处不相逢。不瞒你老说，我林大哥是四月二十三遭了贼人的暗算故去的。仇人至死不饶，又来找寻我林大哥的家眷。我们避仇，这才逃到辛庄主这里。昨晚要不是亏了辛庄主救我们，我们都得死在恶贼手里了！"

陶成泽闻言大怒。他的两个儿子陶继尧、陶继唐也无不且骇且愤，齐声询问究竟。摩云鹏魏豪一心惦记着出去，对陶氏父子又不得不敷衍着，只可将前情略述了一遍。

陶成泽这老人起初惊怒，大骂贼人无理："人死不结怨，怎么还找寻人家的家眷？"后来又备闻贼人截江焚舟、盗棺毁尸、闹丧刺孤，太已绝情，这老人却骇然深思起来。面向儿子和辛宏明道："这可就古怪了。贼人这么狠毒，必有缘故。魏老兄，你们打算这就走吗？"魏豪道："是的，车都雇好了。不过辛庄主怕贼人在镇上潜藏着底线，特意派人巡视去了。如果镇里镇外，没有眼生的人，在下打算傍黑的时候，改装坐轿车一走，速离此地。贼人就是勾兵寻来，我们一走，也就完了。要不然，还怕他们在镇上滋事捣乱。"

陶成泽听了，沉吟起来，半晌道："你们打算傍黑的时候，坐轿车走？"魏豪道："是的。"陶成泽站起来道："那么走，只怕走不掉吧！贼人不是傻子，你能走，他们就能缀啊！"

摩云鹏还没有搭言，程玉英娘子着急道："那可怎么好？老师父还不知道哩，他们把我们押行李车的趟子手都给害了！我们走又走不开，留又留不得，我们非死在他们手里不可了。老师父，你老人家年高有德，你老费心给我们出个主意。不怕你老见笑，我一个寡妇家，怕什么？死就死，活就活！只可怜先夫一辈子争名好胜，临了死在仇人手里，只留下这一条根，就是这孩子。你老看，他才七岁，又是我前屋姐姐留下的，没爹没娘。我们费劲拔力的，总得保住他一条小命。就是我七师弟舍生忘死，也是为给他师哥留一条后！老师父你老瞧，我们到底怎么着才好？……"程玉英泣下数行，向陶成泽下拜问

计。摩云鹏却脸上带出很难堪的神气来了。

陶成泽谦逊道："林大嫂别难过，有的是法子，咱们大家想。"正说着，只听竹帘一响，庄主辛佑安已经从外面进来了。

第十三章 老拳师仗义助逃

程玉英母子，赖摩云鹏魏豪救助，千辛万苦，逃出贼手。打算当晚由小辛集坐轿车，改装逃亡。不想老拳师陶成泽听了，竟摇头道："你们这样走，怕走不掉吧。"程玉英不禁着急道："贼人当真在外面埋伏着，我们可怎么办呢？"忙向陶成泽下拜问计，务求他代设一谋，把孤儿铃哥救出虎口，给林家保一线香烟，将来也好报仇。说着掉下泪来。

陶成泽安慰程氏道："大嫂不必难过，人都有一步缓急，有法子咱们大家想。林镖头一世英雄，和我们也是旧交，我们一定不能袖手旁观。咱们还能叫贼人欺负到家门口来不成！"一眼看见摩云鹏魏豪面含愧色，站起来走到魏豪身旁，说道，"魏老弟，咱们商量商量。"

老拳师先把魏豪所定时出走之计问明，沉思良久，认为夜间改装出走，实为险着。群贼都是行家，这瞒不住他们。管保从今早起，小辛集哪怕走出来一个闲人，放出一辆空车，贼人也必要盯上两眼。所以今天走，时候是不对的，至少要多隔过几天。要走最好是白昼公然登程。林大嫂改扮男装，倒是不

错，可是小孩子怎么样呢？若在冬秋天，把他装在空箱子里，留个气眼，一点也憋不着；无奈现在又是五月，天正热。陶成泽反复琢磨，皱眉说道：“大人好办，这七岁的孩子，不比吃乳的小孩，揣又揣不住，藏又藏不严，实在累赘。”半晌，把桌子一拍道：“这实在难，这非得先把贼调开不可！”

魏豪、程氏齐问道：“怎能把贼调开呢？”陶成泽摆手道：“你们别忙，等我想想。”沉吟了一会儿，抬头问道，“可是的，林大嫂会赶车不？”程氏道：“不会。”魏豪道：“我会。”陶成泽爽然道：“会赶车，装车把式也好。”又沉默良久，忽然大笑起来，道：“有了。我只愁小孩子没法办，一味苦想隐藏小孩子的法子，所以才越想越想不通，其实这才叫钻牛犄角呢。现在我有一个法子，简直可以明明白白抱着小孩走。”

程氏、魏豪俱各惊喜道：“老师父有什么妙策？”陶成泽不答，自言自语道：“这必得用诱敌之计。是的，先把贼人诱走，然后你们抓空一溜。”眼望二子道：“你大姐现在家呢！你姐夫武艺差点，但也可对付。”抬起头对魏豪、程氏道：“你们听我说，我的主意是要用诱敌之计。我想着先派两三拨人，扮作林大嫂、魏老弟的模样，乘夜坐轿车一走。贼人一定要追。容得贼人离开，然后林大嫂、魏老弟竟可安然离开小辛集，再奔跑马营。在跑马营再安置下接应的人，这样一步步往前倒。”程氏大喜道：“那可好极了。”魏豪道：“但是，那诱敌之人却冒着很大的凶险，我们往哪里找去呢？”

陶成泽道：“自然我有法子找人去呀！”遂低着喉咙，把自己的打算，仔仔细细告诉了魏豪、程氏。又说，“如已闯出了第一步难关，便可另换装扮，再闯第二步。第二步难关闯过去，便可径上前途了。沿途仍派人暗中护送，如此万无一失。”老拳师陶成泽拍胸脯，自告奋勇，却是越说喉咙越响，吵得院中都听见了。忽然外面一阵脚步声音，陶成泽戛然住声，侧耳道：“你们听，进来人了？”摩云鹏一欠身，只听竹帘一响，庄主辛佑安已然探头进来。陶成泽道：“唔，辛二爷回来了。”方

才放了心。

辛佑安到了屋内，向众人都打了招呼。随即对陶氏父子说道："老师父，你们才来？"手指魏豪道，"他们这桩事，老师父听说了吧？"陶成泽道："听说了，刚听说完，我们这不是正商量着哩。你干什么去了？你瞧，竟有人欺负到咱们家门口上来了。老弟，你办得对极。这位魏老弟和林大嫂，都不是外人，咱们不能不管。我刚才给他们打好一个主意。你瞧，我说……"

辛佑安道："是的，是的，我是到联庄会公所去了一趟，又在镇上转了一圈。"忽地站起来，道："我先到里边去。魏仁兄你坐着，老师父请你这边来，我有一句话对你老说。"陶成泽道："什么话，这里说，里头说不一样吗？"辛佑安眉峰微皱，旋又笑道："是一件别的事，不相干的。老师父，你老前头走。大哥，二哥，你也来。"辛佑安把陶氏父子强邀到内宅去了，叫侄儿辛宏明陪着魏豪。摩云鹏魏豪是久闯江湖的人，虽然年轻些，到底懂得眉眼高低的，不由心中打起鼓来，暗想："还是早走的好，不要叫人嫌恶。"只得与辛宏明闲谈着，一时打听打听路程，一时又问陶氏父子的为人。才晓得陶成泽少时，外号叫猛张飞。如今老了，有了阅历，可是性格依然粗鲁。至于武功，据辛宏明说，是很有两下子的，要大竿子，最有拿手，并且擅用弩弓。近年贪酒过度，两眼昏花，手也颤抖，弩弓的功夫也差多了。

过了很久的工夫，魏豪急得头上冒汗，还不见主人出来。铃儿呻吟了一声，醒了过来，想是哪里疼痛，竟把头藏在母亲手里，低低地抽噎起来。程玉英摸他的头仍然发热。程氏心中悲怜，不敢啼哭，极力遏制着心情，哄慰铃儿。铃儿道："咱们多早晚回家呀？我要找外祖父去，那些坏人还来不来？"摩云鹏在旁听着，坐立彷徨不安，凑过去低哄铃儿。程氏娘子暗暗地着急，孩子好好的，不哭不闹，还可以在人家避难；孩子哭闹，可就背如负芒了。

又挨过一刻，外面脚步响，辛佑安、辛佑平弟兄，陶成泽、陶继唐、陶继尧父子，五个人才从庄院外面走了进来。魏豪迎过去，说道："庄主出去了？"辛佑安含笑道："是的，我们爷几个刚才到镇上，转了一圈。"停了一停道："我说魏镖头，你瞧我们这小辛集，前后街口，凡是出入的地方，我们联庄会全都拉开拨子了。别看小地方，人不多，看外表也很虎势的。你要愿意看，我们陪着你出去看看。"

魏豪没有瞧热闹的心情，可是看了看众人的神色，似是有事，忙说："庄主，刚才在下跟我们林大嫂商量好了，我们打算就此告辞。"辛佑安摇头道："咦，这是怎么说！咱们不是都讲好了？我们老师父出的招很高，刚才他都跟我说了。这招实在不错，你别游疑。今天你无论如何也不能走，明天也不行。爽快说吧，你得看情形，至早也得过了后天。"魏豪还在推辞。陶成泽这老头子瞪着眼发话道："魏老弟，你这个人怎么不爽快？辛二爷不叫你走，自然有不叫你走的道理。来吧，咱们出去遛遛去，你也瞧一瞧我们辛二爷布置的阵势。"立刻催魏豪一起出去。

才出了屋，早有辛家的长工，拿来一件长衫、一顶草帽。辛佑安催魏豪穿上，又掏出一副墨镜，叫魏豪戴上。摩云鹏魏豪至此恍然大悟，忙问道："哎呀，辛庄主、陶老师父，我谢谢你们诸位！诸位待承我们这番盛情，我至死也不忘。可是，诸位别瞒我，外面可有什么不对的情形吗？是不是我们的仇人，已经寻到镇上来了？他们缀下来几个人？可是叫联庄会捉住了？"

辛佑安一笑，正要开言，陶成泽早把大拇指一挑，道："光棍眼里塞不下沙子去。魏老弟你真有的！刚才辛二爷遇见两个眼生的人，已经派联庄会的人，把这两东西给看住了。我们不愿冒冒失失地告诉你，怕林大嫂妇道人家担心，所以才把你调出来。你明白了，更好。走吧，咱就看看去。这两个东西子，你认他一认。不是仇人，就放开他；当真是仇人，就把这

东西扣起来，活埋了他。魏老哥，你安心擎好吧。……”

摩云鹏吃了一惊。果然不出所料，仇人赶尽杀绝，竟又缀到小辛集了。这一伙贼人把魏豪、程氏追入小辛集，竟将联庄会惊动出来。那降龙木胡金良、海燕子桑七，两个人艺高胆大；那横江蟹米寿山气粗胆豪，不杀死程氏母子，都不肯罢手。那乌老鸦叶亮功、九头鸟赵德朋和凉半截梁文魁、纪花脸纪长胜四个人，却贼人胆虚，首先退出小辛集。胡金良只得招呼同伴，一齐后退。鸡冠子邹瑞也跟着退下来。却留下乌老鸦叶亮功、凉半截梁文魁，伏在集外小树林内。眼见联庄会众三五十人，打着灯笼，喧嚷着扑出来，围绕集镇搜了一遍，收队而回。梁、叶二人立刻摸出来，不时要往路口查看，又挨过一会儿，天色大明，两个人见集内已无动静，便作为过路人遇雨投店，径投进小辛集，要暗暗地踩访魏豪和程氏母子的落脚地点。

两个人心想，一男，一女，一个小孩，被赶了一夜，此时一定落在小辛集，避雨歇乏，很不难根究的，也绝不会溜走的。并且小辛集这地方，就只一家店房，猜想魏豪等当然要落店，民家不会招留他们的。凉半截梁文魁、乌老鸦叶亮功两个人，十拿九稳地去投店。谁想店中只寥寥几个客人，并无妇人孺子。而且凉半截、乌老鸦浑身也都像泥蛋似的，冒冒失失投入店房，形迹上很是扎眼。店中人正在讲论闹贼之事，见了两人，不觉得人人侧目，窃窃私议起来。

两个人究竟是江湖上的积贼，很能沉得住气。众人的眼神，尽管只往他俩身上转，两个人却依然不动声色，叫吃叫喝，大说大笑；胡诌昨夜冒雨赶路，迷途错宿的话。跟着坐在店房大土炕上，说凉着了，骨头痛；买红糖，寻生姜，要在店里歇两晚上。随后放倒头就睡。扯起浊重的鼾声来，却微闭着眼缝，偷听旁人的闲话。住店的人事不干己，信口放言。联庄会昨夜拿贼，辛庄主救下一个娘们、一个孩子和一个保镖的这些话，无意中流露出来，竟被二贼听得。二贼大喜，果不出所

料，狮子林的妻子果然落在此地。本来嘛，追赶了一通夜，她一个女流，她难道会飞！

实底已经不费吹灰之力，一举捞着。凉半截、乌老鸦就该适可而止，赶快回去报信。偏偏二贼自恃老行家，别人看不透他。两人装睡片刻，又跑到店外，向人探听庄主的住宅。恰巧问到联庄会丁跟前，这一来没容他细问，联庄会的人反而把脸一板，严词盘诘起他们来。把二贼暗暗地看住，联庄会丁分出一个人来，忙找副会头辛佑安去送信告密。辛佑安恰巧溜达过来，急忙找到二人面前，从旁边暗暗打量二人。二人的兵刃已经藏起，可是神情打扮总显着匪气。辛佑安突然开言，厉声盘问二人是做什么的，从哪里来，往哪里去？小辛集不是通驿要路，做什么要在这里打旋？两眼盯住了二人，一句紧似一句地跟问。凉半截昂然不惧，信口胡诌地编了一套话。辛佑安听了，越加动疑。略一沉吟，说道："去吧！"却悄嘱会丁，暗把二人摽住，留神他打听什么，窥伺什么？两个东西走到哪里，就跟缀到哪里，千万别让他满处乱窜，也别叫他溜了。嘱罢，辛佑安急赴联庄会公所，吩咐集众出队，沿全镇路口，多加上几道卡子，禁止生人出进。

两个贼人立刻被五个人缀上，漫散开，或前或后地盯住他俩。乌老鸦把他那又黑又瘦的脸一沉，把尖嘴一撇，瞪眼道："我说老乡，我们一个走道的，又没犯法，你们这是干什么？"会丁吆喝道："干什么？什么也不干！告诉你，伙计，眼珠子睁亮着点，你瞧我们是干什么的？"说话时，小辛集前前后后，都已散布下许多壮丁，花枪长竿把住街口，单刀、短棒往来梭巡。风势越来越紧，这工夫简直戒严了。

凉半截、乌老鸦看出情形不对，急忙折回庄房，算还店账，提起小包袱，就要出镇。可惜晚了，才转了一个弯，扑奔镇口，带出要离开的样子，登时赶过来两个人，迎面又截上来四五个人，把短棒一拦，喝道："站住！"凉半截暗吃一惊，看了看乌老鸦，一翻眼珠道："做吗？"迎面那个会丁道："你是

干什么的？”答道：“走道的。”那会丁道：“知道你走道，往哪去？”乌老鸦把手一指道：“那边去。”会丁道：“那边堵死了，过不去！”乌老鸦道：“咦，怎么啦？”还要说话，会丁瞪眼道：“回去，少废话！”凉半截装傻道：“这里干什么？好好的道，又不叫走啦？”联庄会的人一向恃众发威，也不讲缘故，扬着木棒，硬逼凉半截、乌老鸦退回，反正只一句话：“这里不叫走，会头这么吩咐的。”乌老鸦还要争执，凉半截似笑不笑地嘻嘻了两声道：“这可怪，大白天价，不叫走了？这里不让走哇，咱绕两步，走那边，那边可叫走吧？”

两人彳彳亍亍走了回去。凉半截假做提鞋，向后瞥了一眼，见后面十几对眼睛盯着自己。而且另有四五个人，照样慢慢踱着，缀在自己背后。凉半截捏了一把汗，心想：“怪了，没有露出行踪来呀？”抢行数步，追上乌老鸦。两个人并肩而行，悄声私语：“盯上咱们了。看这意思，怕要挑帘。”乌老鸦道：“怕那个，还有完？他们这是昨夜的余波。”两个人低声商量，不回店房，佯作不理会，径又扑奔另一条街口。却是当真不对劲了，这条街口未容两个人近前，便有六七个人走拢来，横身把路一挡。凉半截急回头看，背后跟缀他俩的那五个人，内中有一个向对面正打手势。

凉半截梁文魁怔了一怔，装作不解，拔步直往前闯。把守街口的会丁立刻喝道：“站住！”上来两个人，一人拄花枪，一人拖单刀，怒目横眉，诘问二人，“你们是干什么的？”两人照前说了。对面的人又道：“这里不许走，你们回去！”凉半截左右顾盼道：“咦，干啥不让走喂？”拖刀的壮丁哼了一声道：“你不瞧，这里戒严了？会头有命，不准生人外客出入。老乡，瞧你也是常在外的，别装糊涂，趁早回店歇一会儿去。”乌老鸦道：“怎的戒严了？俺们来的时候还没有呢，这是干啥呀？”拖刀的说道：“干啥，拿贼，搜奸细。”那拄花枪的也道：“哪里那些废话，回去！这里不许人走。”

凉半截和乌老鸦这才焦灼起来，嘴头上嘟嘟囔囔，说着纳

闷抱怨的话，只得返回来，心中却暗打主意。约退回一两箭地，乌老鸦低声道："梁二哥，他们别是要扣下咱们吧？"这已是不言而喻。凉半截低答道："情形很不对，八成拿咱们当奸细了。"乌老鸦道："怎么办？咱们就给他硬往外闯！"凉半截道："使不得，你我落了单了。"乌老鸦回头看了看道："这几个力笨汉，还怕他拦得住咱们不成？"凉半截道："不对，这些个乡下汉子狗仗人势，咱们本不怕他，可是咱们外面没来接应，我怕闯得出，却是跑不开。犯不上叫他们成百的人，把咱们赶一个跑，弄不好倒落在他们手里。好在他们还没真动手，不过装模作样下了卡手，叫咱们不能回去报信罢了。咱们先挨着，挨到天黑？咱们的人来了，那时候咱们给他一点脸色看看。"乌老鸦道："万一挨不到天黑，他们先来动咱们呢？"凉半截道："那就说不得。到那时候，咱们就动手，硬往外闯。"乌老鸦道："对。"

两人仍不回店房，故意在街上信步流连。缀着他俩的人一点也不放松，也不检点形迹，公然亦步亦趋地跟在后面。凉半截、乌老鸦并肩走着，看见一个鲜果摊，便过来买梨。那跟着的人也凑过来问梨。乌老鸦一拍凉半截道："别买梨了，咱们喝茶去。"两个人径奔茶馆。缀他的人也就跟进了茶馆，在邻座坐下，也泡了一壶茶。乌老鸦心中冒火，不由骂道："屈死鬼，娘的要找倒霉！"那缀着的人一点也不怕事，也骂道："贼奸细，瞎了你的狗眼，上这里装孙子来了！活埋不了你！"乌老鸦大怒，便一挺身，要过去动武。凉半截连忙使眼色了踩脚趾，把乌老鸦强按住。索性给了茶钱，两人一赌气，重又返回店房。那缀着的人就一直跟到店房。

这两个人二番回转，店中人越发地留了神。内中一人说道："客人不走了，又回来了？你老瞧热闹吧，这里的联庄会，四个村子壮丁全聚齐了，回头就挨门按户搜拿奸细。我们这里昨晚上闹贼了，会头说，贼人一定要派探子来。"又一个人就说："上年联庄会跟洼里的那伙子贼党交了仗，活捉住六七个，

先是吊打，灌尿；随后问出口供来，也不送官，也不报案，就由会里公议，把六七个狗贼全活埋了。贼子们吓得再不敢小觑我们这里了。”凉半截唯唯诺诺地听着，脸上并没有挂神；乌老鸦却被骂得起火，又不好自认为贼，凭白来挺身捡骂。二贼暗使眼色，不跟他们闲谈了。侧身倒在大炕上，说道：“走不了，睡觉吧！”把眼阖上了。

过了一刻，店中忽然进来几个人。店家招呼道：“联庄会查店的来了。”凉半截偷眼一看，一个中年男子绅士模样，率领六七个人，一哄而入。进了店房，向旁人瞥了一眼，并未盘问，竟一直找到凉半截、乌老鸦这边来，把两人唤醒，盘问了一会儿。众人中一个赤鼻子老人，对两人说起江湖唇典来。凉半截装作不懂，只承认是负苦的，路过此地。

乱了一阵，查店的人走去。凉半截自觉答对得并无破绽。谁想过了一会儿，又进来一伙查店的，为首那人便是辛佑安。这一伙人不但盘诘，而且把凉半截、乌老鸦两人随身带的小包袱，也都打开搜检。包袱内犯碍之物，早经凉半截梁文魁预先防到，藏到树林中了。查店的搜检一遍，内中并没有绿林道常用的链子、抓、火折、火筒、百宝钥匙等物，却另有一把单刀、一根短棒。搜完，厉声诘问二人：“带这凶器，却是怎的？”两人很镇定地答说：“出门在外的，哪能不带防身家伙？”

这伙查店的壮丁十来个人围住了凉半截、乌老鸦，七言八语地盘问。凉半截极力支吾着，猛然抬头，看见店窗撕破处，露出半个人脸，一只炯炯的眼光正注视自己和乌老鸦。两厢里眼光对触，那窗外人脸即缩了回去，并没看准是谁。凉半截心中诧异：“这偷看的人不像小孩，莫非就是那个姓魏的？”心中一动，想要出去看看。

那查店的却拦住凉半截，说是：“没有盘问明白，不许溜走。”公然像犯了罪似的，叫人家看上了。凉半截双眉一皱，看了看乌老鸦，又看了看查店的众人，徐徐说道：“你们问吧，到底问完了没有？”

查店的人并不搭理这话，留下几个人看住凉半截二人，分出三个人出去，在外面隐隐听得低言悄议。也就是一杯茶时，三个人又进来，吩咐凉半截道："我们这里正闹贼，你们两个来得太巧了。我们也不能难为你们，这么办，你们得把兵刃留下。"

凉半截和乌老鸦面面相觑，看着那把刀，说道："这是怎么说的，俺们犯了什么罪啦？"查店的人说道："留下兵刃，就放你们走，我们决不能刁难人。"凉半截愣了愣道："俺们那把刀可是六七串钱买的哩。"查店的人说道："那不要紧，我们赔你。我们只要你们两个把凶器交出来，空手放你们走。"凉半截向乌老鸦示意，乌老鸦脸色很难看，就要翻脸。凉半截忙沉住气道："你们得给我七串钱！……"查店的道："那个自然。我们不是土匪，不会硬劫留人家的东西。"一个人就点数钱票。

当下，联庄会决计要扣留两人的兵刃。两人支吾着，不肯撒手，情形越来越紧。联庄会十来个人无形中已将两人提防住，七言八语威吓着，声势咄咄逼人。凉半截、乌老鸦心中作念，两个人久闯江湖，并不是傻子。口中搭讪着说："这是怎么讲？我们出门在外的人带一把家伙，仗胆子防身，谁知道犯了这里的规矩了。给你们就给你们，别找别扭。我说喂，老三，咱们有六七串钱，不会再买一把吗？对不对？"

乌老鸦当即说道："不行，不行，那把刀是俺祖传的……"一语未了，凉半截梁文魁凑了凑，早已凑到炕边。嘴里说："给他们吧，七串文，少一个不卖。"却猛然一探身，右手一抄，早将那把刀、那根短棒抄取在手，佯做一递，道："给你！"刀光一闪，直劈下去。切身处那个联庄会丁怪吼一声，往旁一蹿，骂道："好贼！"凉半截又一翻身，抬腿一脚，踢倒一个人，厉声大喝："并肩子，走！二太爷不陪了，相好的！"刀闪人喧，出其不意，凉半截当先夺门外窜。百忙中，将短棒递给乌老鸦，乌老鸦信手打倒一个会丁。

联庄会众十来个人，内有辛佑安和陶氏父子，四个人却只

有辛佑安带着刀。老英雄陶成泽大吼一声道："好贼，还敢使诈语！"空手夺刀横扑过来。不防其他会丁仓促遇变，一阵乱窜，反而妨碍了自己人。两个贼一个抡刀，一个舞棒，趁机冲出店房，店房内登时一阵大乱。

第十四章

二贼徒踩盘落网

凉半截梁文魁在前，乌老鸦叶亮功在后，两个人拼命地往外闯。查店的联庄会丁齐声喊拿奸细。店院中恰有两个会丁，见店房扑出那两个人来，将花枪一抖，当胸便扎。凉半截梁文魁在旁一错身，顺手夺住了杆枪，右手刀一挥，猛将另一杆枪往外磕，就势一转刀锋，喝道："看刀！"唰的划下去，这个壮丁应声一栽，斜肩带背挨了一下，手中枪已被凉半截硬夺过来。那一个壮丁大惊，急待闪逃，却又失措，被乌老鸦从伙伴身边窜出来，挥短棒一敲，正打在手腕上。哎呀了一声，撒手磨头便跑，且跑且喊："好贼，杀了人啦，截住他！"店院中还有两三个闲人，也吓得乱钻。内中一个穿长衫戴草帽的，掩面逃到屋后。

梁、叶二贼放心大胆地冲到院心，急急张眼四顾，寻求逃路。那店院街门竟已阖上，门道中竟有四五个乡下汉子挺着红缨枪，堵着门大喊。这些联庄会丁只有笨力气，没有真本领。凉半截是个猾贼，百忙中且先回头一看，只见店房以内，从门窗上已飞蹿出四个人，便是陶氏父子和辛佑安庄主。这四个人

都不好惹。凉半截眼光只一绕，登时打定主意，便不去夺门，唯恐有劲敌当门，便要落个前后夹攻。凉半截遂将右手刀尖千指东墙，左手夺来的花枪却猛一抡，喝道：“并肩子接着！”嗖地直投过去，被乌老鸦操取在手。凉半截破口大喊道：“挡我者死！”一顿足，往门前一扑，却又急抽身抢奔东墙。他那同伴乌老鸦，振开哑喉咙连喊，握枪在手，也一指东墙。两个贼立刻脚下攒力，齐奔墙头，这便要越墙逃出。

查店的辛佑安和陶氏父子，一见二贼情急生变，夺刀抢路。四个人勃然大怒，急呼众人追赶。不意所带的壮丁和店家仓促失措，反而挤做一团，挡住了道。老英雄陶成泽到底见机甚快，竟不走房门，踢开窗户，头一个窜出屋来，身躯落地时，恰巧正当贼人逃路。这赤鼻老人仓促没取得兵刃，就将嘴唇一咬，双手一抬，怒骂道：“好小子，你敢在老太爷眼前奓刺！”伏身一窜，空手横遮在二贼前面，把东墙挡住。梁、叶二贼一个抡刀，一个抡枪扑过来，大喝道：“闪开！”老英雄哈哈一笑，猛把手一扬，哗啦微响了两声，一对手团的铁球，照二贼打去。凉半截一挫身，乌老鸦一斜闪，当的一响，铁球落地。凉半截躲开了，乌老鸦却被打得哇哇怪叫。仗他皮糙肉厚，摸了摸大胯，急将枪缨一颤，照准陶成泽，直点前胸。凉半截短刀一挥，也同时劈到。被陶成泽腾身闪开，展开长拳，照凉半截便打。乌老鸦枪尖一颤，金鸡点头，复照陶老英雄后心刺来。陶成泽收招让式，乘隙又递出一拳。二贼的刀枪齐下毒手，把这两手握空拳的赤鼻老人裹住。

这时，陶继唐恰巧赶到，一见大惊，忙迫间抄起院中一条板凳，大吼着扑过去。二贼一声呼啸，倏然分开来。凉半截仗单刀，仍斗陶老英雄的空拳，乌老鸦的花枪就直攻陶少英雄的板凳。二贼有得力的兵刃，二陶没有兵刃，情见势绌，有兵刃的却只为夺路拼命，没有心情恋战。陶老英雄老眼不花，早看出贼人的心意，是且战且转，不住脚地变换脚步，分明要绕奔南面，冷不防还是要跳墙。陶老英雄大吼一声，叫道：“老大

快给我拿刀来，你们快奔南面！你们快来，这两个东西可要跳墙跑！”

声喊时，联庄会辛佑安先将店房中受伤倒地的一个会丁扶起来，立即拔刀，如飞地闯到店院。闪目一看，又急急地扑奔店门。店门已闭，而未加闩。辛佑安急吩咐会丁将门闩住，这才霍地转身索敌。那陶继尧操得一把刀，却才穿窗追出。辛、陶两个人大吼一声，催动会丁，各亮兵刃，从两侧剿击贼人。

凉半截、乌老鸦二贼一面狠斗，一面张皇四顾，防备着被人包围，打算乘机逃走。不防辛佑安抡刀当先扑到，让过陶老英雄，嗖的一刀，照贼砍来。乌老鸦回身一扫，咔嚓一声响，辛佑安的刀沉力猛，乌老鸦的枪杆竟被削折，不由失声叫道："并肩子风紧！”这时候，陶继尧如飞赶到，把陶继唐替下来。会丁大集，眼看要将二贼围住。陡然间，凉半截狂笑道：“二太爷真要失陪了！相好的长着点眼珠子，趁早把三个狗男女交出。今儿晚上多留点神！”一言才罢，凉半截倏然挥刀往前一攻，骤往旁一蹿，忽又一旋身，夜战八方式，将敌人冲开，低叫道：“扯活！”嗖嗖嗖，一连几个箭步，果然又抢奔店墙。乌老鸦也紧跟着要跑。老英雄陶成泽喝道：“歇下吧！”赶上前，啪的一腿，将乌老鸦叶亮功踢倒在地。乌老鸦就地一挺身，才要站起，陶继唐早举起板凳来，哼的一下，又把乌老鸦砸倒。父子二人急忙上前按住，解腰带便捆。

凉半截已经跑开，回头一看，吃了一惊。同伴被擒，焉能不救？急忙一扬手，喝一声：“着！”一只暗器奔陶氏父子打来。陶继唐急闪不迭，肩胛后挨了一下；一松手，险被乌老鸦挣脱。陶成泽闪开暗器，慌忙一回身，抬腿一跺，又把乌老鸦踩住，不住口喊道：“你们快来，贼要跑！”说贼要跑时，凉半截连发暗器，已然跃上墙头，顺墙头跃上房顶。辛佑安急喊道：“不好，你们快搬梯子，上房截住他。”

凉半截站在房上，往外一瞥，复又回头，恋恋不欲走。伸手揭瓦，还想救援同伴。乌老鸦头脸抢地，已被陶氏父子按

住。这乌老鸦果然是悍贼，身虽被擒，口中大声叫道：“并肩子马前扯活，昏天窑庙碰盘吧，不要管我了！”凉半截尚在游移，辛佑安将手中刀一抡，也要登墙上房追赶，却被凉半截抖手打下瓦片来，不得近前。贼人竟在上面叫骂：“赶早放了我们的人，两罢甘休！”正在恣口喊叫，陶氏父子已将乌老鸦捆牢，丢在地上，急忙扑过来。登时之间，陶成泽、陶继尧、陶继唐、辛佑安各持兵刃，分两面登高赶来。联庄会的壮丁也聚来十几个。有的搬梯子，有的开门绕出店外，从后面堵截，有的一味摇枷呐喊，却都忘了觅弓箭，远攻贼人。

贼人凉半截已看出形势不利，人单势孤，再不敢恋战，这才连打下数瓦片，由房顶蹿到墙上，便要寻路往北逃走。陶成泽大叫道：“谁往北面截去呀？”人全聚在东南两面，西面、北面竟一个人也没有。气得陶成泽怒声喊叫，又骂儿子陶继尧、陶继唐，不该傻跟在自己屁股后头。陶继尧、陶继唐被骂猛醒，哥俩急忙跳下墙来，抢奔北面。可是贼人已经奔驰到北墙头，眼看要翻墙跳到邻舍院内。陶成泽拍胸道：“你们是死苍蝇，攒一团做什么！”

眼看贼人乘隙要逃走，忽然间，从店房西面一排房后尽头处，飞蹿出个人来。长袍草帽，纵跃如飞，似一支箭一般横截过来，正好把凉半截的前路截住。凉半截再想抽身改道，已不能够。后面辛佑安和陶继尧也已如飞追到。辛佑安急闪眼注视，只见这个穿长袍的人，正是乔装的七师父摩云鹏魏豪。

摩云鹏魏豪，身穿长袍草帽，戴墨镜，摇翎扇，随辛庄主窥店察贼，本不敢露面；只探窗一望，便藏在隐处。但一见贼人要逃走，一时情急，这才把草帽推在背后，袍襟掖在两旁，眼镜一摘，翎扇已丢，慌忙地蹿了出来，人刚已挨近，便抬手发出一件暗器。口喝道：“看镖！”贼人刚刚从墙上一翻，蹿过平地。冷不防这一下，贼人凉半截一闪一晃，把这镖躲开。后面辛佑安大喝一声，飞身一跃，“力劈华山”，搂头盖顶，剁来一刀。凉半截急忙翻身，抡刀招架。摩云鹏魏豪疾如狂飙地奔

来。凉半截暗叫不好，一个败势，收刀要跑。摩云鹏哪肯容情？迫近将单刀一晃，一个垛子脚，把凉半截踢倒坠地。

凉半截却也了得，鲤鱼打挺，霍地蹿起来。陶老师父又已赶到，手腕一转，抡刀背将凉半截打中。凉半截一声狂吼，疼晕过去，如倒了半堵墙，咕咚栽到地面。摩云鹏咬牙切齿，钢刀一举，照贼人脖颈猛砍，便要摘取仇人的首级。辛庄主急叫："使不得！"想拦阻已经来不及，忙将刀腕底翻云一架，叮当一声响，这个凉半截方才免做魏豪的刀下之鬼。

摩云鹏的刀将要落下，被这一拦，急忙掣刀闪身。辛庄主道："魏老哥，我们还要留活口。"摩云鹏微黑的面庞不禁泛红，自己太冒失了。连声诺诺道："我是怕他跑了！把他的腿砸折，他就跑不了啦。"大家一笑而罢。摩云鹏很觉不得劲，搭讪着说："我谢谢诸位！辛庄主，这两个贼怎么处置？"辛佑安道："且捆到公所。"眼望老师父陶成泽道："咱们从长计议。"

联庄会丁把二贼撮弄到一处，此时二贼已经缓醒过来。乌老鸦眼望凉半截道："并肩子，你太想不开了。叫你扯活，你偏应战。"凉半截微微冷笑道："相好的，咱们哥俩有缘，生一处，死一地，怕什么，别含糊了！"联庄会丁照二贼身上连踢几下，骂道："臭贼，还穷嚼！"陶继唐抢过一根木棒，把凉半截狠狠地敲打了几下，骂道："该死的臭贼，射我一袖箭，回头我叫你好受！"凉半截骂道："你是什么人物！有本领咱们一刀一枪比画比画，我才佩服你。我如今被擒，我是甘心一死。你是人物，别折腾我。你再给我罪受，我可要对不起，胡骂你了！"陶继尧过来道："别跟他胡对答。喂，你们拿块沾布来，给这东西堵上嘴，看你还骂不骂？"

陶氏二弟兄正在收拾二贼，辛佑安慌忙拦住道："二哥别这么着，咱们不能挫辱不能招架的人。我说道上朋友，你不要骂街，我们也不难为你，咱们是公事公办。"凉半截半仰面朝天地被缚着，眼珠向辛佑安翻了翻道："庄头，我谢谢你，杀

剐留存，随你的便。你是人物，你可嘱咐他们别作践我。”辛佑安道：“朋友，那一定，我们决不作践你。该怎么着，就怎么着。可有一节，回头我们问你，你们要说实话。”乌老鸦、凉半截一齐答声道：“庄头，你们只要拿我们当江湖待承，我们准够朋友。”辛佑安一挑大指道：“好！就是这么着。”吩咐众人，把这两人先抬回店房。辛佑安和二贼过话，陶成泽老师父捋着胡须听着，哈哈大笑，向两个儿子点手道：“老大，老二，你学着点。你们两个浑小子，比辛二爷差远了！我说魏朋友，对不对？”魏豪点点头说道：“该是这样。不过咱们得仔细盘问盘问他，再洗洗他住的屋子。”辛佑安回头答道：“那个自然。”

众人一齐进入店房屋内。这时候小辛集前前后后哄嚷动了，男男女女聚来许多人，齐说姚家店拿住匪人啦。便有的人硬往店里挤，要瞧瞧热闹。辛佑安眉头一皱，此时店门才开，忙吩咐把店门再关上，把闲人驱开。店里的掌柜紧缀在陶老师父身后，嘀嘀咕咕地敷衍说话，意思之间，自己店里住了匪人，怕会头不答应，求老师父给疏通疏通。陶成泽摆手说：“不相干，没你的事。你是本乡本土，谁还猜疑你有别的不成？”

把闲人轰开以后，辛佑安、陶氏父子，叫店东当场把二贼的小包袱再打开，两人身上也加细搜检了。两人睡觉的床头席底也都搜了，一点犯禁的东西也没有。然后把二贼架在土炕上，仍旧捆着，由辛佑安发言，开始盘问二贼的来历。凉半截梁文魁神色自若，一点也不带害怕的意思；乌老鸦叶亮功却紧闭二目，低头无言。摩云鹏魏豪戴上了墨镜，坐在旁边，仔细打量二贼。这凉半截一脸粉刺，竖目横眉，三十多岁，显露着一股子猛悍之气。那乌老鸦叶亮功面皮乌黑，连眼珠都是黑多白少，生得个哑喉咙，所以才有这乌老鸦的外号。

辛佑安向二贼问了许多话，乌老鸦还是一声不哼，只由凉半截搭话。这凉半截狡猾至极，问了半晌，一句实话也没有

说。却是口头上尽管夸辛佑安拿他当江湖道看待，他一定有什么说什么，决不隐瞒。口说不隐瞒，却是他只承认是过路的绿林道，现在打算到曹州府作案去。误打误撞，落到这里了。跟着说："现在我们不幸露相被擒，你们诸位若肯放过我们一步，我们哥俩在道上很有些朋友，也小小的有点名头，将来我们自有一份人心。我敢招呼我们的同道，从此以后让开小辛集这一趟道，决不妄动你们的一草一木。你们诸位一定要办我们，那也是我哥们活该认栽，死而无怨。"说罢也闭上了眼，神色上很带着江湖气派。盘问他在小辛集，到底打的什么主意，是否曾在卧牛庄保镖林家寻仇？凉半截矢口不认。据他说，一向在山西混，只偷不抢，专干黑道，连这保镖林的名字都没听见过。讯到昨夜的匪警，他两人更推得干干净净。他自称从来没有做过明火路劫的案子，这一回还是头一趟到山东道上拾买卖。

辛佑安越问越觉着支离，忙问他二人到底是上山东干什么来的，凉半截把双眼睁开，又说出一套话来，这话更加离奇。他说，一向在山西作案，山西拿得紧，才辗转溜到直隶。上月因访闻曹州府大户绸缎顾家第十七房，新近在天津卫得了几件宝贝，叫作什么碧玉瓜、乌金蛤蟆，还有一架用女人头发织的软烟幔，在北京城潜伏的蟊贼已经哄传动了。就有一两同道特为此宝一直缀下来，想乘机窃取到手。不想这来的同道本领还差，一时失慎，盗宝不成，反被绸缎顾家护院的擒获送官。这一来不但没有镇住群贼，反倒掀动了一帮黑道朋友，各要显一显身手，闯一闯字号。凉半截自称他和乌老鸦搭伴，投到曹州府来，也是打算盗宝逞能，并借此发一笔大财。因为北京城有一位黄带子，争买此宝，未能得手。目下悬赏千金，求买此物。哪怕是偷来的，抢来的，黄带子全不管，也不问。只要有人弄来，他便储银以待。凉半截又说，他是为这个来的。不想一到曹州府，无意中得罪了当地的同道，险些出了意外。故此他又连夜逃出曹州府，邀请乌老鸦来给他帮忙，哪知道又在小

辛集蹈上嫌疑之地。

凉半截、乌老鸦提述前情，只承认自己是窃贼，非劫盗；是为盗宝，非为寻仇。说得来踪去影，有眉有眼，很像有这回事似的。而且曹州府顾家得了异宝，又是山东地方刻下正在哄传的事。辛佑安犹如听了一件奇闻似的，不觉面现狐疑之色，眼望着陶成泽、摩云鹏魏豪道："你们听见这话吗？"魏豪微微摇头。陶成泽察言观色，心中也有点疑惑起来。手掌攒力，照凉半截一拍："相好的，你们一个说，一个哼，咱们是光棍不瞒光棍。我们这里是联庄会，只求守望相助，保卫自家的田产，向来不多管闲事。你只要不碍着我们，我们也犯不上跟你们为仇。可有一节，你要放亮了眼珠子，别拿我们当傻瓜。相好的，你得实说。你们尽拣好听的讲，你可忘了你们俩乌鸡眼似的，尽自在我们小辛集溜达，要说一点想头没有，你蒙小孩子吧！"狠狠地拍了凉半截几掌。凉半截一阵奇疼，强忍着说道："老庄主，你收拾我，我可没有还手之力，随你的便。我们可是实话实说，把来意都抖搂出来了，难道你还逼我捏供不成吗？"陶继唐，又来敲打乌老鸦。乌老鸦叶亮功只把长脖颈一缩，挺住了劲，也不呼疼，也不告饶，噘着尖嘴，哑声嘟囔道："我们倒霉就是了，碧玉瓜连影也没望见，却在这里吃仙人掌。你们打吧，我们卖上了！告诉你们是过路的，你们不信，我有啥法子！"

两个贼人咬定牙根，不吐实情。这也是辛佑安这些人一时疏忽，竟在店房讯起供来，却忘了把二贼调离开。若个别拷问，砍的不如旋的圆，总可以分别诈出两歧的话来。两个贼面抵面的，用不着串供，早就彼此心照不宣了。空问了半晌，什么也没有打听出来。辛佑安对魏豪暗道："这两个人的模样，你一点也不认得？"

摩云鹏认不得二贼，二贼自然也认不得魏豪。可是细辨二贼的口音，分明不是晋冀人，说的话不南不北，不留神处总多少带点川音。这与那横江劫镖、夜袭焚舟的贼党，很有相类的

地方。魏豪想了想，忙站起来，来到辛庄主身边，附耳低言。老师父陶成泽道："你们说什么?"魏豪凑过来，又对陶成泽，也低低说了几句话。陶成泽道："这话对!"立刻吩咐联庄会壮丁，搭来两块门板，用条手巾，把二贼头脸耳目蒙住，手脚也捆牢，一径出店，搭到联庄会公所。

一到公所，登时把二贼分隔在两个房间，拨壮丁看守住。摩云鹏向辛佑安、陶成泽说道："这两个贼一定是我们的仇人派来的。多谢众位把他们擒住，仇人的眼线暂时隔断，在下要乘这机会立刻走开，叫他们摸不着踪影。"

辛、陶二人沉吟道："这还得斟酌。可以先派人到镇外蹚一下，看看贼人还有眼线没有，才能定规。"魏豪道："是的。"又道："我们林师兄与贼结怨，至今不晓得仇人的主名是谁；只知内中有个叫小白龙的，也说不上因何结仇。在下打算求诸位费心，把二贼分别提上来，好好地拷问一下，将来我们也好趋避防备。"

辛佑安道："那个自然，我们总得盘问盘问。"因想这两个贼以凉半截为最狡猾，遂吩咐庄丁，先把乌老鸦提上来；摘去蒙面之物，解开捆腿的绳子，把乌老鸦依然倒剪二臂，押到公所上房。

第十五章 乡公所讯贼诱供

乌老鸦略为定醒了一下，张眼四顾，只是低头不语。辛佑安、陶感泽想着种种话头，来诱取实供，这乌老鸦叶亮功咬定前言，不肯改口。反复盘问，他只承认是过路的绿林，也不想在小辛集作案，也不是找谁寻仇。脸上居然带出冷傲的神气，已把生死置之度外。

摩云鹏魏豪看着很生气，拿刀背敲打贼人的胫骨，大声说："咱们也不必活埋了他，也不用把他送官；依我说，只把这东西的两条狗腿剁下来，省得他下次再做贼。"乌老鸦听着，脸色一变；旋即镇定下来，仍然紧咬着牙，一字真情不吐。老师父陶成泽又用他那一套江湖话，向乌老鸦软诱。这乌老鸦浊气冲上来，软硬一概不吃。百般套问，只问出他的姓名，自称名叫乌老鸦叶亮功，伙伴是凉半截梁文魁。再问时，还是那套话，要到曹州府，偷碧玉瓜。

摩云鹏恨极，便要当真把乌老鸦的腿砸断。辛庄主连忙拦住，他心中另有一番打算。贼党来得不知有多少，既敢和狮子林寻仇，声势当然不小。一个村镇良民，有田有产，犯不上跟

绿林道结下恶隙。把贼人捉住送官，他们并不记恨，因为这乃是常情；可是私用毒刑拷打他们，毁害他们，他们做贼的是要衔恨的，遂劝住魏豪，徐徐说道："魏仁兄，不要着急，咱们慢慢地问。"不留神，叫出一个"魏"字来。只见乌老鸦忽然把眼睛睁开，恶狠狠瞪了魏豪一眼，哼了一声。同时摩云鹏魏豪也哼了一声，说道："相好的，我认得你，你小子是小白龙的狗党！"乌老鸦把眼又一翻，尖嘴一动，黑脸一沉，双睛闪闪地吐出火焰似的，满脸露出凶恶之相。

这个情形，辛佑安和陶氏父子全看出来了。魏豪本已改装，但是二贼被擒之后，他忘了戴墨镜。这个被擒的贼竟和魏豪四目相对，露出要互噬的神气。陶成泽老师父哈哈大笑，道："相好的，你这才招了！你嘴头没说实话，你的脸神可是画了供了！"辛佑安也大声笑着说："好！把他押下去，再把那个什么凉半截押上来。"壮丁依言，把乌老鸦带下去。

陶成泽说道："魏老哥，你的话猜对了。"辛佑安道："这本来毫无可疑，他们一定是林镖师的仇人。就是这个黑小子嘴太硬，至死不招。可是，魏仁兄你真认得他么？"魏豪摇头道："认不清，劫镖时贼人太多，又在黄昏时候。"陶成泽道："一定不认得，你没看么，他一听你叫出魏仁兄来，他才一翻眼，可见他们谁也不认得谁。咱们再诈诈那个凉半截吧。"

说话时，凉半截被提上来。这回由陶成泽盘问，仍用巧言诱供，问他混进小辛集，到底受谁支使？他们的瓢把子是什么万儿？在哪里安窑？到小辛集究竟为什么事？警告凉半截："痛痛快快招了吧，你不要自误。你不招，你的伙伴可招了。你们跟小白龙是一伙，你们是跟卧牛庄的林镖头有梁子，对不对？你别觉着我们一点不知道，我们也是武林中人。告诉你，光棍遇光棍，有什么说什么。我们这里是联庄会，不是官面。我们只知道守望相助，卫护乡里，管不着你们寻仇的那笔闲账。只要你们不来扰害我们，我们才犯不上给你们过不去哩。你说出真情实话，当真跟我们小辛集无干，回头我就可以禀明

会头，把你哥两个放了。”老师父又一指魏豪、辛佑安，道：“这两位就是我们联庄会的教练，我们这里人最好习武，人人都会玩两手。可是我们只晓得看庄稼，防偷盗，素来是‘人不犯我，我不犯人’。刚才你们那个伙计倒很敞亮，知道我们不愿多事，他都把实话告诉我们了。你姓梁，他姓叶，对不对？你们这是跟他们卧牛庄有个过节，对不对？卧牛庄有个姓林的，他是托线的保镖，大概跟你们瓢把子有梁子。你们是冤有头债有主，只要你实话，说的话跟你们那个伙伴句句相符，那就是你眼睛亮，没有蒙我们，我们自然也犯不上跟你过不去。话不说不明，相好的你可估量着点。”

辛佑安听老师父这么说，微含笑意，觉得这么问很不坏。再看凉半截，脸上也像很感动，低下头来，沉吟良久，好像很为难似的。半晌，方才长叹一声，说道：“老爷子，你老最圣明，我们的事真瞒不过你老。你老肯拿我们当江湖道看待，我们很领情。我若再说假话，那可真不识抬举了。掏心窝子说，我们情实是过路的绿林，毫不与你们小辛集相干。”讲到这里，辞涉吞吐，忽然面现毅然之色，大声道：“说，说了罢，顶到头不过把我们宰了，还有什么？告诉你老，我们真不是平常的小偷路劫，我们在南方绿林道上，也是有名有姓的。我们的瓢把子，就是江湖上闻名的小白龙方舵主，我们两人就是他老的踩盘子的小伙计。”

辛佑安、陶氏父子、魏豪同声说道：“哦，小白龙？”凉半截眼光一绕道：“不错，是小白龙。他是我们二百多人的老大哥。”魏豪道：“什么，二百多人？”陶成泽也故作惊讶道：“我们久闻得小白龙方靖方舵主，不是泛泛之辈，他乃是三江五湖，大名鼎鼎的飞行盗侠，怎么他迁了码头，要到北方来不成？你们两人全是他的弟兄么？”辛佑安也道：“你们俩都是小白龙的部下？我听说小白龙乃是单人独骑、闯荡江湖的独行大侠，一向是孤行无伴的，怎么又有踩盘子的来？”凉半截似笑不笑地说道：“江湖上的传言不能全信。我们方舵主早年倒是

匹马单枪闯曹营，从来没有伙伴；现在可是手底下足有快三百号的部下，不过局外人不晓得罢了。”魏豪大睁眼，厉声问道：“又是三百人了？我问你，小白龙他现时在哪里安桩？你们的老窑又在哪里？”贼人道：“他嘛，离着这里远得很哩。他现时是……咳，诸位，这不是我不说，单我自己卖底，太不地道；若叫我们舵主晓得了，他一定不肯轻饶我。这，我实在不好说。”魏豪冷笑道：“你可要找倒霉，你不怕王法，你怕你那瓢把子！你那同伴起初也不肯说，等着割了一只耳朵，又全说了。你可好好地想想，别落后悔。”

凉半截看了魏豪一眼，暗暗切齿，脸上不露相，仍是缓缓地供道：“别价，别价。这可是没法子的事，我也顾不得了。我们的舵主现在曹州府城，我们真是冲着卧牛庄那个姓林的来的。”辛佑安道：“小白龙可是跟卧牛庄的林镖头有仇？”魏豪道：“是他个人和林镖头有仇，还是别人跟林镖头有仇，特地邀你们舵主来报复的呢？”

这个凉半截梁文魁眼珠一转，心中暗暗盘算该怎么回答，众人却一迭连声催他快供。

凉半截道：“自然是方舵主跟姓林的有仇了。”摩云鹏魏豪道：“胡说！他两个人，一个在河北，一个在湖南，谁也不认识谁，谁也碍不着谁，他们怎么会有仇呢？”凉半截道：“这个，我一个踩盘子的小伙计，实在说不清楚。可是我听我们伙伴念叨过，我们方舵主有一次独游北方，曾经吃过林某一个哑巴亏。说起话来，总恨姓林的。到底怎么吃的亏，他嫌说出来丢脸，从来没有仔细告诉过人。还有方舵主的岳丈人，听说也栽在姓林的手里，后来丧了性命。所以他的大舅子特烦他来找场报仇。”

摩云鹏魏豪不由瞠目猜思起来，这却是想不到的事。急追问道：“小白龙的岳丈叫什么？”凉半截道：“他叫什么呀……我也说不上来。”魏豪大怒，抓过一根木棒，扬起来就打。凉半截往后微闪道：“你别打人，咱们可好说好问。他的岳丈听

说叫滚、滚、滚地雷胡金堂。”魏豪道：“唔，胡金堂？”

魏豪一句顶一句穷究下去，他想，林师兄惨死，素来没听说跟小白龙结过怨；莫非小白龙真是替别人报仇来的？可是这个胡金堂又是何人？贼人在洪泽湖结伙寻仇，分明有一个赤面长髯大汉，很像是主谋，莫非他就姓胡？还有那天在清江捕镖局，假装吊丧，夜来盗棺的人，也自称姓胡。这二胡是否一人？还是一家？还有那个黄面头陀，那个麻面大汉，究竟是何等人物？这必须从贼人口中究出实底来，将来也好设法指名复仇。这么盘算着，在公所虽是辛、陶诸人一齐审讯贼情，到了这工夫，魏豪可就再忍不住，也顾不得客气了，竟抢先追问起来。当下也就锋芒毕露，贼人用冷眼偷端详他，他也端详贼人。

起初贼人的供词，摩云鹏还不敢相信；但凉半截虽似有点掩饰，却说得有眉有眼，真像是被逼无奈，方才吐露出来。内中又隐藏一桩秘闻，揣情度理，好似真有其事。凉半截说，小白龙当年艺成游侠，正在年少，专做独脚生意；林廷扬林镖头那时也没有入镖行。有一年，小白龙遇见一桩买卖，直缀了五六天，好不容易才在江南水路上，抓着了一个机会，便要下手。不防狮子林狭路相逢，路见不平，给打起岔来。黑夜劫江，小白龙被林镖头打了一镖，吃了个暗亏，抽身而退。这件事小白龙深记在心，却轻易不肯告诉人；直到这次大举复仇，他才对部下几个机密头目，略说了说。可是表面上，还是算替他岳父报仇。他的岳父胡金堂却素常在北方混，曾经纠众劫镖，被姓林的重伤，当场瞎了一只眼，不久因伤殒命。他的儿子便找到小白龙，求他协力复仇，才有洪泽湖这一场事。……

凉半截如此这般，说了一遍，跟着说：“我的实话全说了。我们俩是踩盘子的小伙计，是奉命来打听林镖头的根底的。我们是奉命差遣，概不由己。我都招了，杀剐存留，随你们诸位的便。你们看在江湖道上的义气，不愿跟我们绿林结怨呢，你们就把我们俩放了。我们小白龙方舵主最讲究江湖结纳，他必

然有一番人心；你们要是秉公办理，把我们捆送官府，我们的脑瓜子等着哩，我们也不能含糊了。你们问够了，该怎么着，就怎么着吧。”

凉半截说罢，现出了视死如归的神色，把眼睛一闭，不再言语了。摩云鹏魏豪心上却非常疑惑，把凉半截敲了一下，仍问道：“喂，你们在洪泽湖劫镖的时候，你一定也在场了？那个斗剑的青年是小白龙么？”凉半截睁开眼，一双眸子直注着魏豪，说道：“小白龙不错，是使剑；我可没有劫湖，我也不会水性，那天我没有在场。”

魏豪道：“你扯谎！小白龙不是很年轻么？你怎么说他早年跟林镖头结的仇？”凉半截张口结舌说不上来，众人齐声催问。凉半截怔了怔道：“我不是说，我是小伙计吗？我是听他们这样说的。我一个踩盘子的，哪里知道底细！不过你说小白龙年轻，这可不对；他已经四十二岁了，他长得少相。”

魏豪道：“四十二岁，怎会那么少相？你这东西还是胡说！”凉半截道：“我句句都是实言，你可见过我们方舵主么？”魏豪不答，含怒斥道：“你倒询问起我来。你少要支吾，我问你，洪泽湖劫镖的都是谁？有一个赤面大汉，好像是主谋，他叫什么？还有一个头陀，一个麻子，很凶猛的，又是什么人？”

凉半截拿眼看着魏豪，魏豪也拿眼盯着凉半截。凉半截梁文魁道：“索性都告诉你们吧，其实这满与你们小辛集无干。那个红脸的就姓胡，叫胡少雷，是小白龙的大舅子。那个头陀，我不认识他，他是我们方舵主邀来助拳的朋友，我们只晓得他叫金罗汉。那个麻子外号叫什么纪花脸，姓纪，叫纪长胜。”

魏豪仍究问贼人的党羽、巢穴和现时安桩的地方。凉半截不再支吾了，眼珠一翻一翻的，有问必答，把话都说了出来。他说，他们的头领实在是为着报私仇来的，他们这些人不过是受着小白龙的情恳利诱。他已承认刚才所说访大户盗宝的话，乃是谎言。他们这伙人从前潜藏在洪泽湖一带；他们是水旱两

帮，合成一伙，共推小白龙方靖为首。因为小白龙水陆两面的功夫都很强，他们的伙伴一共二百来人。可是专为找寻狮子林报仇，来到曹州府的，不过一半人，八九十名罢了。昨夜搜寻林镖头妻儿的，果然就是他们的同党。他又说，林镖头已死，本该罢手；只是小白龙不听人劝，一定要斩草除根，赶尽杀绝。因此，他们的副舵主还很不乐意。就是凉半截自己，也说这事情做得太过分了。他们来的这八九十人，已经分路散布在卧牛庄、周庄、小辛集、柳树岗、榆树坡附近。

凉半截把寻仇的事，有问必答，完全吐露出来。就像畏刑怕打，迫不得已，才供出底细；却是话里话外，暗含着说，你们小辛集不过小小的一个村镇罢了，我们又碍不着你们的事。冤有头，债有主，你们弹丸之地，就算有联庄会，你们犯得着跟三百多水旱绿林大盗结怨吗？不过凉半截实在是个老油子，话中虽然隐含着威吓的意思，口气仍然装着受刑无奈的样子，他的口供听着并不刺耳。

果然庄主辛佑安听完了凉半截的话，嘴里没说，心上踌躇起来。陶成泽老师父却似信不信的，容得把凉半截押下去，便问摩云鹏魏豪："魏老弟，这个贼说得有谱吗？你们大师兄林镖头可是这样跟小白龙结的仇吗？"魏豪心上也正犯着掂夺，忙回答道："老师父，贼人的话实在出我意想之外。我师兄跟小白龙怎么结的仇，我们连点影子也摸不着。也许我师兄当时少年气盛，无意中贾怨绿林，连他自己也不曾理会。那个叫什么滚地雷的，我倒仿佛听谁说过，是死在我大师兄手内。这个姓梁的贼说的话倒有点贴题，可也不尽相符。"

陶成泽呼了一口气道："那么这东西说，他们的党羽一共有二百多人，这话对么？"摩云鹏魏豪回想月前在洪泽湖遇事的情景，贼大驾船拦江，劫舟纵火，驱使着十几号船，声势果然浩大。此时却不便实告，摇头回答道："他们的老巢，百十号人是少不了的，也不见得那么多。昨夜追赶我们的却人数有限，算来未必过十人。我看这个贼伶牙俐齿。招的话有虚有

实。你老没听他还有点吓唬人的劲么?”陶成泽笑道:“有那么点意思。休管他,我看咱们还该把那个姓叶的提上来,把他两个人的话对一对,这就讯出真假来了。”

辛佑安道:“我也这么想,该证一证。”遂吩咐庄丁,把乌老鸦叶亮功又提上来。陶成泽老师父拈着胡须,换出满脸的和气来,说道:“朋友,我知道你很不含糊。你在江湖上混,足够光棍的。从你嘴里一点也露不出泄底卖友的话来,你真行!”说着,把大拇指一挑,眼看众人说,“好一条汉子,你别瞧,我们都很佩服你哩。”辛佑安附和道:“可不是,这位跟那个姓梁的可不一样。”

陶成泽道:“人比人,气死人。”命庄丁把乌老鸦的捆绳松动了一下,笑吟吟地说,“喂,你请坐下来说话。相好的,咱们这里,一来不是衙门,二来我们又不当差,又不吃粮,我们傻了,也犯不上为不相干的事,跟你们绿林中的朋友结怨。我们乃是联庄会,我们只想问明你二人的来意罢了。我说,你们二位绝不是要盗什么碧玉瓜吧?你们是为狮子林来的,对不对?”

乌老鸦叶亮功屹然沉默,却一闻此言,不由身子一动。辛、陶二人和摩云鹏全看出来了。陶成泽哈哈大笑道:“朋友,你带相了!实对你讲吧,你们那个伙伴把实话都说出来了。这可不算他胆小,乃是他眼睛亮,看透我们是干什么了。你也不是眼力不真,你是太义气了。你们那位伙伴告诉我们,你们的头儿是小白龙,跟林廷扬镖头有梁子,你们是往卧牛庄去的。你们是要找一个女人、一个小孩,是不是?你们人很不少?”

陶成泽就用凉半截的话,半真半假地来探乌老鸦的口气。乌老鸦性格粗鲁,像这样诱供的法子,他在江湖上混了多年,岂能一点不懂?可是到底上了陶成泽的当,顺口答音地招供,不觉证实了凉半截的话。他们一共来了三十多人,潜藏在曹州府城厢骡马店内;这是凉半截没有说出来的,他却不留神吐露出来。只是他也说狮子林的仇人是小白龙,两人的话正是相

符。摩云鹏魏豪这才相信为实了。魏豪哪晓得，正中了那个真对头赤面长髯大汉“嫁祸”的阴谋！

狮子林的真正仇人，实在是那赤面长髯大汉。小白龙方靖，可以说是受愚。赤面长髯大汉与林廷扬有杀兄、辱嫂、歼侄、灭嗣的深仇。他的名字就叫飞蛇邓潮。

第十六章　降龙木寻仇见逐

飞蛇邓潮煞费苦心，布置复仇，劫镖焚舟，着着得手；可是盗棺毁尸，空葬送一个同党；焚灵棚，刺孤儿，又没有成功。飞蛇邓潮这才大发雷霆，离开了潜伏之地，率领三四十个同党，分为数批，乔装改扮，第二番扑到曹州府城厢，与党羽约定在城厢一家骡马店和一家客栈内聚齐。头一拨留在曹州府安桩的是七个人，在飞蛇未到之先，不时往卧牛庄窥探。狮子林家所有人来人往，他们已然窥探了一个大概。旋即探明狮子林家意欲逃走，并已猜出由摩云鹏魏豪护送，要奔到直隶保定府安远镖局。

踩盘子伙计忙给飞蛇送信。飞蛇邓潮冷笑数声，心中一转，立刻派同党十二个人，前往探庄邀劫。会合安桩的人，由降龙木胡金良、海燕桑七等率领。以下有九头鸟赵德朋、黑牤牛蔡大来、纪花脸纪长胜——就是那麻面大汉，凉半截、乌老鸦等人，共有十六个人，就在卧牛庄前后，暗布下卡子。飞蛇邓潮自己却另率领十六个人，赶过去，在老河口埋伏下，扼住了林家逃亡的要路。飞蛇邓潮打定主意，叫胡金良等打头阵，

他自己做后援。

胡金良等在卧牛庄内外，窥伺了一个多更次，没有动静。天色越来越黑，忽到二更时分，竟听见庄前车道上，咯噔咯噔，车轮碾地之声，是由城厢方向开往卧牛庄的，这就是趟子手黄仲麟、邱良两人雇来的两辆轿车。同时天昏降下雨来，众贼人料到这般时候，忽有车来，一定是保镖林的逃亡之车。群贼互相打招呼，却在村外留下了三五个人巡风，其余都从暗中聚拢过来。

趟子手黄仲麟、邱良，当所雇的车来到时，竟堵着门发现贼踪。依理说应该变计，但两个人急急地商量了一会儿，觉得这个运行李的车，最要紧的用意，本在淆乱贼人的眼目，好容魏豪引着程氏母子逃走。两个趟子手把脖颈一拍，发怒道："装车！不管他，咱们还是走！"

把行李好好歹歹往车上装，虽然暗影中已瞥见有人窥视，他二人公然不惧，也不告诉车把式。却故意地耗时候，等到装完，又等了一会，说一声："走！"两个人把兵刃亮出来，形态自若，傍车而行。两个人却稍稍落后，离开车有半箭地；潜藏在暗隅的胡金良、海燕桑七，立刻暗打呼哨，把人聚来七八个，预先跑到车前，扑出庄外。两人打算着，容着车开出庄外，到一个前不着村、后不着店的旷野，再动手劫它。不想走出几里地，忽得同党驰报，狮子林的妻儿已由姓魏的保护着，从别路逃走了，凉半截和乌老鸦已经跟踪往西南追了下去。胡金良、海燕桑七闻言一愣，急忙分派黑牤牛蔡大来等，暗缀着轿车。胡金良和海燕桑七却急忙抽身，翻回卧牛庄来，也往西南追赶下去。

这一来，十几个贼人竟散了帮。有一伙是追车，有一伙还在庄外巡风，又有一伙发现魏豪和程氏母子落荒逃走，直追下去。胡金良这几个人，却弄得两边都没有够着。又赶上暴雨狂风，在昏夜旷郊之外，东一处西一处的庄稼地，觅伙伴，搜仇人，两皆不易。海燕桑七、降龙木胡金良等振吭狂呼，连打呼

哨，召唤同伴，望风捕影地急赶下去。但摩云鹏为防躲仇人，一味穿田禾乱走，连他自己也迷了方向。追逐的人分头堵截，盲目乱窜。等到贼党聚合，魏豪已逃入小辛集去了。

那一边，黑牤牛等缀着轿车，直走出十来里地，还没得下手。埋伏在老河口的飞蛇邓潮，越等越无动静，已过三更，也忍耐不住了，忙派踩盘子的小伙计，迎上前来讨信。踩盘子小伙计于涛直顺着大路，往卧牛庄走。

这边黄仲麟、邱良二人，驱车迂回而行，专择有人烟的地方走，一力躲避着荒郊。大雨中，黑影里，黄、邱二人确已觉察：前面背后都有人缀着。将近周庄，黑牤牛与踩盘子伙计相遇，暗打招呼，说是点子缀溜了。踩盘子伙计慌忙折回，给飞蛇邓潮送信。邓潮一听缀来的是空车，竟被仇人落荒逃走了。若不是胡金良、桑七布置周密，又要落一场空。邓潮咬牙切齿道："姓魏的竟弄金蝉脱壳的把戏！我们不要在这里傻老婆等汉子了。来，哥们，先把这车料理了，捉住他们，究问狮子林妻子的下落。"飞蛇邓潮率众出离老河口，往前迎上来。

遥见大河堤南面，大雨中，隐隐一道黄光。电光雷声中，仅仅听得大车溅泥之声。群盗呼啸一声，往前扑去。于是，择要路口，一带丛林暗影中，亮开拨子，分头藏好，把火亮预备在手下。

不大工夫，两辆轿车扑噔扑噔地溅泥路，奔大堤而来，越来越近，渐渐辨出车形。相距切近，踏盘子伙计于涛一撮口唇，吱吱地连响了两声呼哨。潜伏在堤下、林中的匪党，立刻各展兵刃，一声断喝，把车前的道路横截住。同时车后的道路也闪出人影来，把退路也给剪断。几个匪党把预备的孔明灯，就雨地里拉开灯门。

迎面而来的两辆轿车，立刻勒住。跟在车后的黄、邱二人，互相招呼了一声，把兵刃亮出来。料想这时魏七师父已率程氏母子走开了，两人便将刀一抱，方要答话，飞蛇邓潮早用金背刀一指，喝道："呔，对面的安远镖局走狗，太爷小白龙

在此等候多时。姓魏的在场，快把林廷扬的老婆孩子交出来！”邱良未容贼人说完话，一扬手，先下手为强，打出一件暗器来。

飞蛇邓潮一纵身闪过，一阵狂笑道：“镖行走狗，不知死活！”他部下十几个人，早已吩咐，纷纷闯出来。当先一道黑影，抡刀照邱良便砍，另有一个贼便奔向黄仲麟。黄、邱二人连敌人的面貌都未看清，赶紧抡刀接架。

这过来动手的贼，一个叫花面狼黄启泰，一个叫开花炮马鸿宾，全是江湖积盗，手底下又黑又狠。才一照面，花面狼黄启泰，竟展开十二手连环锁骨刀，把黄仲麟裹住。那开花炮马鸿宾也用的是刀，施展的是抹眉刀法，武功虽稍差，可是邱良仍非他的敌手。黄、邱二人冒冒失失地遇上了劲敌，再想依原计，弃车而遁，已然没法子抽身。

那盗魁吩咐同党上前，另外只留下三个贼帮助黄、马二贼。其余的人一齐抡兵刃，扑向两辆轿车。此时两个车把式，已然照江湖上的规矩，插鞭子蹲在道旁。飞蛇邓潮督同群盗，把轿车上的行李箱笼，全打下车来，车中果然空空无人，飞蛇邓潮急闪眼一看，黄、邱二人尚在与贼苦斗，一面打，一面退，似欲逃走。飞蛇邓潮大喊道：“镖行走狗，太爷小白龙和林廷扬有十几年的交情，你只要把林廷扬的家小交出来，我就饶你狗命。”黄仲麟呼呼喘着，大声回答：“狗贼，有本领你自己找去。狮子林的家眷，不错有能人保着走了，你想从太爷嘴里问出底细来，你妄想！太爷能卖命，不能输口！”

飞蛇邓潮恨极，把金背刀一抡，霍地蹿过去。黄仲麟还想拼命招架，却早被花面狼盯住，花面狼用了手“金丝缠腕”，摆肘献刀，这一下把黄仲麟五个手指险些削掉。可是已有两指划伤，虎口也破，当啷一声，钢刀坠地。黄仲麟究竟是个硬汉子，一声也没哼，斜身一蹿，弯腰把绷腿上的匕首，用左手抽下来，方要忍痛夺路逃走。飞蛇邓潮已然迎面截住，唰的斜劈来一刀。黄仲麟躲闪不及，后面花面狼又赶下来，飞起一腿，

兜定黄仲麟的后腰，踢个正着。黄仲麟竟被踢出一丈外，啪嚓一声，跌在泥路上。飞蛇邓潮急喊："留活口!"暗影中早蹿出一个强盗，就势一刀，把刚刚蹿起的黄仲麟重复撂倒在地。那强盗上前来捉。不意黄仲麟的匕首还在掌中，翻手一下把贼人刺伤。贼人怪吼一声，道："好东西，扎死我了!"这贼人恶狠狠就手又复一刀，哧的一声，黄仲麟登时殒命，这贼人也坐倒在泥路上。

趟子手邱良早知情形不好，大吼一声，挥刀夺路。群贼扑上来，一齐动手。邱良越发不支，张目四望，雨骤天昏。邱良拼命乱砍，冲出一条路来，拔腿往黑影中便跑。飞蛇邓潮怒叫："捉住了他!"邱良已然跑出一段路，却被群贼举起孔明灯，寻声照射，紧紧地追逐过来。双拳不敌四手，邱良二番被围，群贼挥刃攒攻。不大工夫，邱良中了一暗器，竟被群贼打去兵刃，活活擒住。可是邱良已经身受重伤，满口流血。

飞蛇邓潮把车上的细软都抢掠了，捆着邱良，先寻找一个落脚潜身之处。在附近遍觅古刹废宇，一时竟寻不到。飞蛇邓潮浓眉一皱，打定一个主意。命余党押住邱良，藏在林中；身率九头鸟赵德朋、黑牤牛蔡大来、开花炮马鸿宾、花面狼黄启泰，往荒村僻道，跑了过来。摸出不多远，在树林荒岗处，发现孤零零两排草房、正房三间、耳房两间。深夜大雨中，屋内没有灯光，也不闻人声。邓潮四顾左右，果然是前没有邻家、后不挨道路的一所孤舍，只有矮矮的院，院内盆儿罐儿很多。邓潮暗打招呼，九头鸟、开花炮立刻上前，一个开窗，一个拨门，直袭入屋内。

屋内只有三十多岁的一对夫妇，和十几岁的一个小孩，小孩另占一间房。九头鸟晃火折照看，火折已被雨淋，不能点着。开花炮跳出去，把一盏孔明灯讨来，重复入内。急举灯一照，才晓得这里是个瓦窑，怪不得院中盆儿、罐儿很多。正当夏天，那土炕上的两口儿赤身露体，仰面拉叉地躺着，鼾睡正浓。地下又是盆儿、罐儿，骚气烘烘，汗臭浊气钻鼻。

开花炮唾了一口，回身出来。九头鸟持刀东寻西看，一个不留神，左脚竟陷下去。低头一看，地下原来装置着旋盆的一具旋磨，坑似的摆在屋地，直矮下两尺多。那另一间屋睡着的孩子，光着油黑的身体，好像是学徒。九头鸟低声说道："留神！"一语未了，开花炮也一脚蹬空。屋中的女人竟先惊醒了，忽见孔明灯的黄光一闪，吓得她一时愣住，不敢喊，也不敢动，只侧耳朵听，瞪着眼看。

开花炮、九头鸟看明屋主人毫不足虑。二人出外，便把口唇一撮，吱地响了一声，飞蛇邓潮始率众扑进来。屋中那个女人把她男人一抱，忽然尖声地喊叫起来："有贼！"重重地把她男人掐了几把。那男人迷迷糊糊地爬起来，也跟着喊："有贼，有贼！"

飞蛇邓潮等几个人都蹿进来，开亮了四盏孔明灯，把三间草房照得纤毫毕露。赤膊的男人，赤身的女人，吓得跪坐在土炕上乱抖，半晌才说："你们老爷们要啥？"九头鸟抽出钢刀来，说道："把他料理了吧？"一对夫妻叩头求饶性命。飞蛇邓潮将头微摇道："用不着！"却叫捆住他，把嘴堵上。

群贼立刻依言动手，把盆窑的外掌柜、内掌柜，赤身露体，双双地倒捆起来。那另一间屋中的小徒弟，睡眼还没有睁开，也被抓起来捆上。每人嘴里塞了一个麻核桃，另用绳了勒住，免得被他吐掉。遂将这男女三人抬猪似的抬到屋隅，用东西挡起来，把头脸也都蒙住。这三间草房做了贼人临时的窟穴，开花炮和花面狼然后把邱良也押进来。

飞蛇邓潮等身上的衣服俱都淋湿，却也顾不得收拾，只略略拧了拧水。邓潮便命黑牤牛蔡大来、花面狼黄启泰，用酷刑拷打邱良，向他究问狮子林的妻小，和狮子林师门中的人物，以及至亲挚友。问完，把邱良也照样倒捆起来，堵嘴蒙面。由九头鸟把他提起来，放在耳房那两间房内，藏在一堆瓦盆后面。省得邱良听得他们的话，看见他们的动静。

然后，飞蛇邓潮赶紧分派人，三人一拨，两人一伙，冒雨

再搜寻下去。邓潮既已晓得狮子林的妻室竟是铁掌黑鹰的女儿，又被狮子林的师弟姓魏的保护着逃走，回想起早年的情事，深知做事断不可容留余地；否则一步放缓，便留下祸根。当下与众人商议道："咱们还得追！我和姓林的仇恨，不是一条命抵一条命的事！众位哥们，大雨的天实在讨厌，可是没法子。这个狮子林的女人跑了，狮子林的儿子又没有落到咱们手里。没别的，诸位还得帮小弟一点忙！"向众人做了个罗圈揖道，"咱们还得连夜赶下去！一步放宽，后悔无及！"

黑犷牛应声道："那是自然，斩草除根，这个含糊不得！"开花炮道："咱们男子汉，还怕一两个雨点不成？"花面狼一拍头顶道："五黄六月大热天，有雨浇浇，更凉快。我说的是不是老蔡？"黑犷牛蔡大来道："对极了，哪个不追，是小舅子儿！"黑犷牛是河南巨贼，从前吃过安远镖局的亏，他这次也算是寻仇的主谋人之一。他们这样一说，内中就有嫌麻烦的，也不便说话了。

邓潮又嘱咐道："诸位仁兄，可别忘了一节要紧的，万一咱们遇上了该答话，报字号的时候，千万可想着……"没等他说出来，黑犷牛、九头鸟首先答应道："那是一定，咱们都算是小白龙方靖师父邀出来的。小白龙师父跟姓林的有仇，咱们是给朋友帮忙。"说着，又哄然笑起来。

开花炮就说："小白龙真有个傲劲儿！"九头鸟插嘴道："你瞧人家那派头！也该都给他搁上。"这时有人哼了一声。开花炮接着说道："好在人家不怕这个。咱们一定这么说，可别改嘴。"黑犷牛道："那是自然。"

群贼立刻出动。九头鸟又道："这里怎么办？"用手一指屋舍。飞蛇邓潮仰面略一寻思，道："这里倒很稳。"又对那个受伤的伙计，叫作草上飞陈二达子说道："你叫那个姓黄的小子扎了一下，怎么样，重不重？我看你可以在这里歇一晚上。"陈二达子道："就我一个人吗？"飞蛇邓潮不悦道："你看你这份胆量，我怎会叫你一个人在这里？"遂即发令，留下四个人，

就在这瓦窑临时安桩，作为聚众传信的落脚地方。命留下的四个人，务照规矩分拨放哨，千万不要大意，并留下暗号。然后其余这些人一齐出来，冒雨疾行，先奔卧牛庄，再奔西南。

这班人全是横行江湖的积贼，杀人越货，视作寻常。此时受了首领重托，都想乘机露一手。沿着庄稼地畔小径，一路斜抄着走。约走了三五里地，卧牛庄已在前面。忽听隔禾田，发出惨厉的一声呼哨。飞蛇邓潮急命止步，倾耳细听，呼哨声又起。邓潮忙一撮口唇，吱地响了一声，同伴众人也一齐打起呼哨。果然呼哨声才罢，从田地横穿过两个人来。一个是双头蛇丁六，一个是苗长鸿。两个人青绸短装，全被泥水溅满，连脸上都有泥点。

双头蛇丁六上气不接下气地说："舵主在这里，好极了，你老往哪里去?"邓潮说了来意。双头蛇丁六忙道："你老不用上卧牛庄去了。由这边走，穿过这片高粱地，快赶奔小辛集那个庄子去吧。"苗长鸿也道："咱们的人东一处西一处，全追散了，三个正点全蹿进小辛集去了。海燕子桑七爷，降龙木胡二爷，走岔了道，不知道摸到哪里去了。现在三个正点，倒叫乌老鸦、凉半截、横江蟹他们哥五个给追上。那个姓魏的很棘手，倒把李老幺撂倒了。姓魏的跟那个女人，好长的气脉，居然挣扎脱了。小辛集那里怕是有他们的接应。咱们的人来了不少，可惜盯上的人不多，怕要吃亏。"

飞蛇邓潮一闻此言，双目如炬，道："怎么?胡金良、桑七也走散了?"双头蛇丁六忙道："我们哥俩始终没有看见他们二位。"邓潮吸了一口凉气道："莫非桑老七、胡老二也跟小白龙一样，半路上要看我的哈哈笑?这真是可怜，来了三十多个人，有本领的人一个也没缀上仇人!"没有接应，也不能得手，飞蛇邓潮懊恼异常，把金背刀一挺，切齿道："还是这个靠得住。"立刻催丁六、苗长鸿引路，横穿田地，冒雨直抢奔小辛集。

飞蛇邓潮，他的心比他的腿还急，正是用出了全身气力，

像一阵风似的往前飞奔。他率领的人被他落后一半，一面跑，一面回头催促。无奈泥中飞跑，夜间寻路，一个不留神，就有滑倒的。开花炮且跑且叫道："邓二哥，悠着点劲，你只顾尽力，跑到地方，没有劲了，怎好跟仇人搭话？"邓潮明知此言有理，但是不肯放松，还是如飞地往前跑。曲折走出一大段路，双头蛇丁六用手一指前面道："舵主，请看，那边有一片黑乎乎的高岗，那就是柳树岗，绕过柳树岗就是小辛集。你老只要一到柳树岗，就可以望得见小辛集。咱们的人这时大概跟姓魏的接应，动起手来了。刚才听见他们敲锣来着。"

飞蛇邓潮道："哦！这小子还有接应？"更不敢再延，一下腰，施展开轻身术，踏着这泥泞的雨路，健步如飞地赶上前去。一口气跑出数里地，将到柳树岗子，忽闻柳树岗子村庄内，锣声大作。群贼诧然道："这里什么事？莫非我们的人在这里了？"双头蛇丁六且跑且说："不是不是，咱们的人还在前面呢！"

于是群盗虽知柳树岗子昏夜鸣锣，必然有事，他们居然不介意，大宽转绕着走，仍然斜奔小辛集。也就是刚刚拐过去，突然迎头蹿过来几条黑影，黑影后面，闪烁着一星一点的火光；当中有一带疏林阻隔着，昏夜中看不清，却听得分明。在簌簌雨声中，显然有人声呐喊。那几条黑影竟穿林扑出来。飞蛇邓潮哼了一声，急忙一探囊，抽出一支钢镖，然后一捏口唇，还未等打出呼哨，后面紧紧跟随他的苗长鸿，早已吱的一声，先打起招呼来。

那前面的黑影，果然是自己人。这一声呼哨才罢，人影应声止步，也打过招呼来。两边的人立刻凑至一处，来的人正是横江蟹等。双方稍一过话，拔步便跑，风驰电掣般奔入疏林中。

穿过疏林，便已望见小辛集，灯笼火把，拥出许多人来，并且一迭声地呼喊。飞蛇邓潮往外一张，忽然退回林中，拉着横江蟹问道："这是怎么啦？你们把村子里的人全惊动起来

了？”横江蟹吁吁喘息道：“别提了，三个正点已经全进了小辛集。小辛集出来一大帮联庄会。”

飞蛇邓潮怒道：“联庄会，怎么着，碍着联庄会什么事？”但是邓潮没等人答言，他早已猜出来，道：“不用说，姓林的女人是这里人，本乡本土，她把联庄会的人勾出来了。”跺足道：“你就是勾出全营来，我也要宰了你！那桑七爷、胡二爷又哪里去了？”凉半截答道：“他们哥俩刚到，已经闯进小辛集了。”邓潮忙问：“你们跟他们动上手了？”横江蟹道：“可不是，我们是叫他们追出来的。他们人多势众，咱们人弄得七零八落，眼看着姓魏的那小子，背着那个孩子，跟着那个女人，一头蹿进小辛集去了。我们紧跟着往里追，挨了他一暗器。”

正说着，又有三条人影奔来。头一个是海燕桑七，第二个便是胡金良，第三个是九头鸟赵德朋。邓潮嘘唇成声，把三人唤入林中，忙问情形。海燕桑七说：“糟糕！这里联庄会出来搅乱！我们已经把姓魏的围住了，眼看要得手；他娘的，联庄会敲起锣来。我们不管那一套，一定要把姓魏的撂倒；谁想联庄会的小子们，从房上直往下飞砖头。二哥，真对不住，竟把点子追溜了。”胡金良道：“好在点子还在小辛集，没跑开呢。”横江蟹道：“舵主怎么样？天可是不早了，已经鸡叫快天亮了。”

邓潮眼望前面火光，恨恨不已道：“娘拉个蛋，攻！咱们攻庄子！”把刀一挥，率众又扑出林外。可是抢出来，遥望前面，人影绰绰；查点自己这边，三十多个党羽在四面埋伏，一阵乱奔，弄得眼前才有十四个人。其余的人竟不知瞎摸到哪里去了。

飞蛇邓潮是个智饶于勇的人，虽然恨怒，却不肯负气乱来。回头问海燕桑七道：“七哥，他们联庄会有多少人？可有行家子没有？”降龙木胡金良答道：“人可不少，也有两个会家子。”飞蛇邓潮不肯放手，向同党一打招呼，十四个人分两拨，一拨奔东，一拨奔西，慢慢地溜出来，蛇行鹿伏，一步一停，

借物障身，往小辛集踩探过来。

这联庄会梆锣连敲，起初追出来的不过三四十人，后来越聚越多。不但小辛集，连邻村守望相助，也都闻警纷纷响应出来。这些人互相传说道："洼里的那帮土匪又蠢动了！"

飞蛇邓潮钻入高粱地，从禾隙往外凝神窥望。小辛集这座村镇，居然号召出来百十多号壮丁，赤膊的，披短衫的，花枪、单刀、木棒、长竿，乱哄哄地将出入的道路把住。灯笼火把，闪闪烁烁，从镇口往两旁拉出来。临街的平顶房俨如堡垒，临时做了瞭望台，居高临下，也闪着火光。原来房上面也敲着梆锣。竟有一簇一簇的联庄会，花枪上挑着灯，分别向沿镇外面一带吵嚷着搜寻出来。孔明灯一道一道的黄光也往镇外照射。

飞蛇邓潮料敌而进，未敢冒昧。远远地绕走，从南面绕到北面，又从北面绕回来，仍到林边。看清这情势，不禁搔头。仇人竟唤动联庄会，横来保护他们。这要是上前与他们对盘，定要免不了一番恶斗。飞蛇邓潮一回头，海燕桑七紧紧跟在后。其余同党也都渐渐挨过来，个个被雨淋得水鸡似的，个个托着下巴，面露疲累之容，还有两三人受了伤。再窥镇前，遥闻联庄会喧骂之声。邓潮心中犹豫，正在欲进不可、欲退不甘之时，忽然听见轰地大响了一声，好像是土炮，又像是大抬枪。这一声炮，却是冲东面发出去的。方向虽然不对，却又把众贼吓了一惊。九头鸟失声道："呀，他们还有鸟枪哩！"

飞蛇邓潮吸了一口凉气，降龙木胡金良、海燕桑七都凑上来，黑影朦胧中，互相握手示意。十四个人中，倒有一多半人不以攻庄为然。大雨已住，天色将明，本来已非寻仇之时了。这应该聚集党羽，作速离开险地，找一栖身之所，待天明再作第二步计较。但是，别个人乃是被邀请来相助寻仇，不好说出打倒退的话。海燕桑七和黑牤牛蔡大来也是此番寻仇的主谋，首先开言道："邓二哥，你看什么时候了？"飞蛇邓潮点点头。海燕桑七又说了一句道："天可真不早了！唵？"

飞蛇邓潮无可奈何地骂道："娘拉个蛋，这个村子叫什么名？他们联庄会的会头是谁？"胡金良道："前面是小辛集。二哥你瞧那边，叫柳树岗子。联庄会的会头可不知道是谁，也不知这联庄会共有多少壮丁。"九头鸟赵德朋打了一个呵欠道："这可要天亮了，真他娘的，有个地方先睡一觉才好。要让我瞧，姓魏的那个小子，和林廷扬的女人反正也跑不了，他们蹿进小辛集，迟早总有个出来。"纪花脸纪长胜不好对邓潮说话，却向横江蟹说："米大哥，你瞧我，真他娘的成了个娇小姐了，我这工夫竟发冷，像叫雨激着了似的。"

这时候联庄会出镇搜索的人，越搜越近，竟奔飞蛇邓潮原先隐身的树林去了。邓潮等此时却是蹲在庄稼地里密语。九头鸟赵德朋道："我看看他们去。"站起来要走。纪花脸纪长胜一把将他扯住道："且慢，咱们先问问舵主，挤到那里，咱是动手不动手？"海燕桑七道："别动手！你瞧，这要不是阴天，早天亮了。你要慢着点，别叫他们看出来。喂，我跟你出去吧。"

海燕桑七和九头鸟一同站起来，溜出庄稼地，暗暗溜过去。邓潮也站起来，从庄稼地中往外探头。

不大工夫，海燕桑七和九头鸟回来，报道："这一伙出庄搜寻的人，一共二十四个人。听他们说话，他们这里的会头叫什么夏二爷、辛二爷。姓魏的和林廷扬的老婆、孩子，大概和这联庄会没有干连。听他们念道，还要审问那男的，这一定指的是姓魏的。"邓潮注意听着道："焉见得不是咱们的人，叫他们捉去了？"桑七道："咱们这边没有人失脚啊！"

（未完见下册）

白羽武侠小说全集 四

联镖记

白羽 著

第二卷

山西出版传媒集团
北岳文艺出版社 · 太原 ·
BEIYUE LITERATURE & ART PUBLISHING HOUSE

第十七章 邓飞蛇激众奋战

此时阴云乍敛，凉风吹湿衣，群盗个个身上觉着发冷。飞蛇邓潮骂了几句，窥看镇口，联庄会的人又是不时出没。心中盘算了一会儿，顿足道：“不行了，咱们先找地方躲了吧！”邓潮悻悻地带群寇，穿田地退回来。仍由凉半截、乌老鸦两人留在暗处，监视魏豪，免得被他溜走。

飞蛇邓潮等十几个人，不敢在一处走，分散开溜回来。且喜大雨甫过，路无行人，不一时又溜回瓦窑。放哨的弟兄从潜藏处溜出来，看见舵主神色若丧，忙迎上去。邓潮问这里的动静，却幸这里地僻，没有被人识破。众人匆忙走进了土房，留守的人给众人烧汤烘衣；把屋主的存粮弄出来，胡乱做熟；人多粥少，每人吃了一些。

有的人就往土炕上一躺，意思要睡。飞蛇邓潮道：“这可不行，我们只能在这里再待一个时辰。”他们本有潜身之地，和集众之所，但是远在曹州关厢，往来奔波数十里，分明不便回去。邓潮思索了一阵，又向众人道劳：“为了我的私事，叫诸位受累！”然后调过海燕桑七和胡金良，商量现下藏身之处，

和今晚寻仇之计。他们在老河堤周庄一带，杀了人，劫了车。当时只顾追赶仇人，没有把黄仲麟的尸身埋起来。料想今、明日难免破露。他们三十多个壮汉，异乡口音，无论住店投庙，全嫌刺目，瞒不住捕快行家的眼。又一夜乱摸，派出去的人都没有遇见。猜想他们不是奔老河堤，就是回了曹州府关厢骡马店。趁天色还在朦胧，要动身还是时候。飞蛇邓潮这才向众人一举手，道："哥们，说不得，多受点辛苦吧！这里咱们可待不住呀！"有的贼人懒洋洋地说："这里这座瓦窑好极了，前不着村，后不着店，怕什么。"

飞蛇邓潮笑了笑，目视海燕桑七。桑七道："九头鸟，这里可不是死赖的地方。"由胡金良、桑七一再催迫，众人无奈，一个个伸腿打呵欠，爬起来道："咱们往哪里去？这里我可地理不熟。"

飞蛇邓潮看了看手下的人，连留守的不到二十个人。立刻分派开了，叫两个人接应凉半截等，又叫两人回曹州和奔老河堤，专为找寻走散的人。找着他们，催他们赶快回来。今天定要夜探小辛集，搜杀仇人。然后把余众分成两拨，留一拨仍守住瓦窑，其余一拨却潜藏在瓦窑附近的人迹不到处。把荒草斩除，这些个强汉就往草地上一躺。仍派两个人，去到前面村镇采办干粮。幸而他们从清江浦缀下来，早将绿林的本色，竭力掩饰下去。也有的扮作小贩，也有的假装苦工，也有的乔扮作乡农。只要不成群结伙走，还不易被人看破。

等到派出去的小伙计，把干粮买来，瓦窑的人又送来热汤，大家倒换着班，把午饭吃完。飞蛇邓潮谆嘱众人坚伏勿动，他自己和鸡冠子邹瑞，跟同伴调换了衣帽，溜溜达达绕出来，走上高岗，把附近地势看了个明明白白。随又走下来，邓潮不愿白天在这里露相，叫邹瑞引着，把由小辛集，奔冀南的前站村镇看了看。邹瑞熟悉曹州府的地理，此时邓潮就请他做向导。但是这个小村小镇，邹瑞也并不熟。飞蛇邓潮踏勘完了，又派两三个人，分头到外面梭巡。又加派两个人在小辛集

的西北面，暗地安了桩。心中想，姓魏的，除非你往回走；你要想奔保定，你却闯不出我的手心。

隔了一会儿，派赴老河口的伙计匆匆折回来。在老河口大堤，只迎回来五个弟兄。这五个人昨夜仓皇迷路，既没追上点子，又没碰见同伴。猜想魏豪等也许逃出来，就一直往前站老河口赶过去，却不想反倒扑空。飞蛇邓潮看见他们，眉头一皱，心中不悦，口虽不说，暗暗怪他们太不上心。可是一眼看见火烧云苗福森，正瞧着自己，立刻放下笑脸来，对这些人说："哥们多辛苦了。你们想点子溜了，是不是？可是他竟没有闯出圈外。"判官郭义堂忙说："怎么着，他们还在卧牛庄吗？"邓潮道："他们钻进小辛集了。现在更好办了，我们已经放下卡子，看狗日的往哪里跑？"

火烧云苗福森过来，拉着邓潮的手，说道："二哥，我们太现世了，我真对不起你！昨晚上一阵乱追，转了向了！"因问："现时谁在小辛集把着？"海燕桑七道："是凉半截梁文魁和乌老鸦叶亮功。刚才我们正和邓二哥商量着，静候梁、叶二人摸得实底，回来一报。咱们还是在半路上等，打算不进庄，省得多生枝节。"

正说着，在小辛集沿路安桩的小伙计，有两个跑来送信道："舵主，小辛集的举动很怪。今儿早晨，他们里里外外还很松。由打过午起，忽然又紧张起来，三个镇口全有联庄会的人把着。梁文魁、叶亮功二位舵主从一早进镇，直到这工夫，没见出来。打接应的纪舵主恐怕他二位有差错，吩咐我回来报信。问舵主看是怎么着，是不是再派个人进去蹚一蹚？"

飞蛇邓潮道："唔？"面对着胡金良、海燕桑七、黑牤牛蔡大来，心中怙惙起来，莫非两个人露了相，栽在小辛集了？降龙木胡金良就说："怎么样，我本来说不进镇的好，叫他俩只在外面盯着。"胡金良想起他身探镖局的经验来，以为进镇硬闯太不合适。接着说："这两个宝贝一定是在外面伏得腻烦了，就进镇了，可就露相了。"

海燕桑七道："既往不咎，邓二哥也用不着担心。据我看，他们哥俩也是老江湖了，不至于掉在坑里。他们俩没访得真章，自然不肯早回来，我们不妨再候一会儿，如果到晚上，还不见他俩回来，那就顾不得许多，咱们就只好聚众搜庄，救友寻仇。联庄会也不过一群笨汉，至多也不过百十个人，邓二哥放心大胆豁着干，不必顾忌了。"火烧云道："我们邓二哥是诸葛亮，一生谨慎。其实这一回不比上次，姓魏的和林廷扬的老婆、孩子，断不会跑出手心去。"

飞蛇邓潮点点头，心中暗恨拆帮落后的同党，昨夜人数如果不散，那简直当下就可以攻庄。寻思一刻，向海燕桑七一拱手道："七哥，这事还得麻烦你，你去到小辛集蹚蹚吧。可是，最好别进去，只在外面打听。"桑七道："我这就去。"火烧云道："我也去吧！"桑七和火烧云站起来走了。

飞蛇邓潮坐在草地上，等二人去远，捶地叹道："嗐！他们那些个人也不知摸到哪里去了。"独自支腮沉思着。又过了好半晌，忽然黑牤牛蔡大来叫道："那边来了几个人，是干什么的？"群盗纷纷站起来。飞蛇邓潮忙道："你们快坐下，怎么全站起来了？"

蔡大来隐身树后，注视好久，回头说道："哦，来的是咱们的人。"邓潮起身看时，正是昨夜走散的又一批人，这时候刚打曹州府关厢骡马店，寻找回来。黑牤牛迎过去把这几个人引到草丛中，大家席地而坐。问起来，这些人迷了路，竟奔回卧牛庄，扑入保镖林的住宅，前后闹了一阵，把房子放了一把火。因值大雨，火也没有烧着，他们就翻回关厢了。邓潮把满腔懊恼藏在心里，只得将目前之计告诉了他们。

看看天色，已近申牌。海燕桑七和火烧云苗福森分两路赶了回来，向邓潮报道："二哥，你真料着了！凉半截和乌老鸦两个蠢材真格的都折在小辛集了。"邓潮一拍手道："糟！这是怎么弄的，他俩的性命能保不能保？"

海燕桑七道："这可难说。我和苗三爷依着二哥的话，先

不进镇，只在外面窥探。老实说，也混不进去。他们联庄会把上卡子了，并且禁人出入，我们眼看两辆大车被阻，不叫进去，我和苗三爷更不愿莽撞了。我们俩正在打旋，事有凑巧，有两个联庄会的人，好像奉派出来有事，一直奔跑马营走下去，内中一人还拿着一封信。他们一边走，一边说话，我们就缀过去。谁想他们一味闲谈，没有正文。我们俩就想动粗的，要把这两个东西活捉过来。可巧走到十字路口，他们遇见熟人，他们就叙谈起来。这一下，可就摸着实底了。他们俩是到跑马营，给什么陶老太爷家里人送信的。”

飞蛇邓潮忙道：“到底姓魏的怎么样了？林廷扬的老婆、孩子跑了没有？还有咱们的人，被他们伤着了没有？”桑七道：“你听我说呀！”遂将小辛集的虚实，魏豪、程玉英、铃儿的下落，凉半截、乌老鸦的失脚，依据所闻，略加揣测，散散落落述说了一遍。有遗漏的，火烧云在旁补说。虽不甚详确，但已访得大概。火烧云又说：“梁、叶二人在店中遭擒，依着别人，就要把他俩活埋了。可是联庄会的会头那个姓辛的不肯。他大概是怕事，现在梁、叶二人还押在公所。”

邓潮听罢，十分愤怒，忙问二人：“到底这小辛集的联庄会棘手不棘手？有能人没有？”海燕桑七和火烧云苗福森齐道：“有能人，并且不止一个。听说那会头姓辛的，就是个练家子。还有个姓陶的什么老师父，大概从前是设场子教徒的。听他们说，凉半截、乌老鸦这两个宝贝，并没有泄气。他俩行藏一露，就在店中跟他们联庄会招呼起来，并不是上了当，束手被擒的。听说狠打了一会儿子，叫他俩伤了一两个人，落后才被捉住。听他们送信人的口气，姓魏的和姓林的那个女人，跟这联庄会倒没有什么干连。他们好像是听见姓魏的黑更半夜的喊救命，喊杀人，才惊动了他们。”

邓潮听到这里，重重地哼了一声道：“这份出息，还是他娘的镖头呢，喊起救命来了！”群贼哄然笑起来。海燕桑七接着说道：“保镖的也是怕死。他这一喊救人，他们联庄会守望

相助，又听咱们是绿林道，他们自然出头来给咱们打搅了。我猜想是这么回事，二哥你酌量一下，咱怎么下手。”

飞蛇邓潮听完，心中有了谱。因又问会丁送的那封信，可曾截取过来？桑、苗二人说：“正在大白天，有走道的，不便动粗，所以没截。”邓潮点了点头，向二人举手道劳说：“我谢谢七哥和三爷。咱们现在是，一面要救自己人，一面要挖出咱们的仇人来；一面还要跟姓辛的兔蛋算算账！他娘的，他倒硬要出头多管闲事！”

此时暮霭苍茫，将到黄昏时候。出去梭巡的人已换了两回班。群盗再拿出干粮来，大家饱餐一顿，就借草而卧，净等半夜。飞蛇邓潮心中焦躁，才耗到天色黑，更锣响，便忙传命集众。这伙剧盗揉眼睛，打呵欠，个个倦眼迷离，坐的、站的，齐望着舵主邓潮道：“是时候了吗？还早得很哩。”散在各处安桩瞭哨的人，离得近的也凑过来，听舵主的号令。

飞蛇邓潮一算全班人数，现下共总凑到三十来人。又看众人的神色，个个疲劳倦厌。邓潮双拳一抱，向众人作了一个罗圈揖，低声发话道：“诸位弟兄，昨天一夜太辛苦了。又偏偏赶上下雨，真是捣他娘的蛋。没别的，今天夜里，哥们再捧捧我邓老二。我邓潮怀着十五年深仇，请众位弟兄帮忙，再一再二，满打算这一回斩草除根；谁想平地起蘑菇，小辛集这一伙子联庄会硬给搅了局。没得报了仇，反倒把梁哥们、叶哥们给撂在里头。我若不把他两位救出来，我邓潮实在无面目重返老窑。况且他俩是给我一个人帮忙，又不是公事。我若撒手不管，还算人吗？我就是死，我也要跟小辛集的联庄会，见个起落。可是哥们太累了，现在哥们谁还肯再帮我一场，请弟兄们答话；不愿去的只管言语，也可以留在这里。给我邓老二打接应，我也一样承情。今夜探庄入镇，动手不动手，还在两可。可是不管怎么样，我们必得这么预备着。你们哥几个要晓得，咱们这一次不只为寻仇，咱们还要搭救咱们自己的人。哥们，哪位不去，快点说！”

群盗闻言，立刻把呵欠声止住，齐告奋勇。纪花脸纪长胜道："二哥不要多疑，我们不过看着天色还早。我们跟二哥共事，总得有始有终。眼睁睁我们两个人陷在镇内，我们焉能退后不管？二哥看着是时候了，请你只管分派。我们本领虽然稀松，卖命交朋友还行。别说探庄，就是进了镇，跟小辛集的人比画上了，我们谁也含糊不了。来吧，该怎么着，二哥你就赶快发令。"

邓潮把大指一挑，道："罢了，还是咱哥们。我姓邓的交朋友真没白交。我只怕哪一位或者也像人家小白龙似的，我不得不请问一声，诸位这么捧场，我邓老二心上有数。现在时候倒是早点，可是分派一会子，再赶了去，也就差不多了。"又向众人作一揖，这才开始派兵点将。

头一拨，邓潮先派四个弟兄，到小辛集前后镇口换防。仍要密藏在镇外，安桩下卡。一遇到情形可疑，或有大批人进镇，安桩的要立刻用飞箭传声，火速报警，由沿路上放哨的弟兄接报转递。

第二拨又派花面狼黄启泰和双头蛇丁六、冲天雷苗长鸿，跟两三个帮手，仍伏在此处，作为临时的垛子窑，以便遇事在此集合。守窑的如听见撤退的警号，临走之前，要赶快跑到瓦窑空房内，把那个镖局趟子手姓邱地杀了，省得留下活口咬人。

双头蛇丁六忙问："还有瓦窑的那一夫一妻，和那个小徒弟呢？"邓潮道："这三块料倒是个麻烦。嘻，犯不上杀他们，随他去吧，可是也别给他们松绑。"接着又派第三拨、第四拨的人。

这第三、四拨才是探庄、寻仇、救同党的正兵。即请降龙木胡金良，分率着纪花脸纪长胜、九头鸟赵德朋、杂毛刘继清；海燕桑七分率着火烧云苗福森、判官郭义堂、冯三胜。共分成两队，另外再各带着四个弟兄，暗进小辛集东西镇口，潜伏在镇内人家房上，由开花炮马鸿宾和一个助手做向导。听得

一交三更，两下里赶紧动手放火。但是不要跟联庄会的人照面，只不过借此诱虎出洞，然后乘虚而入，径取乡公所，先救梁、叶二人。

胡、桑二人问道："邓二哥，你呢？可是在外面打接应吗？"飞蛇邓潮双目霍霍闪光道："我吗？我要率众搜寻林廷扬的孩子、老婆和那个姓魏的。我要请水中二霸横江蟹、斗海龙和黑牤牛蔡大来，三位跟着我，再请鸡冠子邹瑞做向导。这小辛集的举动，很像有能人操纵主持，这次我们偏要斗斗他们。我邓潮不把狮子林的老婆、孩子得到，至死不能甘心罢手。哥们，若是没有什么说的，咱们就该着上线了。"众人齐声答道："邓二哥，你就放心，谁也窝囊不了。"

邓潮目光向众人面上一扫，黑影中看不见容貌。于是他用沉着的声调说道："哥们多捧我吧，我们心照不宣。"说到这里一挥手，除花面狼黄启泰、双头蛇丁六、冲天雷苗长鸿三个贼人守窑看票，其余的一干匪党，各按着舵主支派，分拨扑奔小辛集。

派赴小辛集安桩的四弟兄，抄小道先走下去。降龙木胡金良，跟海燕桑七一商量，由胡金良奔东镇门，海燕桑七奔西镇口。胡金良向海燕桑七道："咱们的人还是散开了走。这么成群结伙地走，虽说天黑了，究竟叫行家瞟上，咱们就不好下手了。七爷，你慢走一步，我先奔小辛集东镇口。"

桑七答应了一声，降龙木胡金良遂带着纪花脸纪长胜、九头鸟赵德朋、杂毛刘继清，跟手下四个弟兄，穿过西南一段庄稼地，蹿到前头，往小辛集东镇口埋伏。海燕桑七容胡金良走后，这才带着火烧云苗福森、判官郭义堂、冯三胜，跟四个得力的弟兄，绕东北一片树林，斜穿庄稼地，抢奔小辛集的西镇口。海燕桑七一身小巧的功夫，夜行术最为擅长，施展开轻身提纵术，拔步伏身急走，嗖嗖地只看见一条黑影摆动。跟他一路的几位弟兄却受了罪，拼命地紧赶，还是不免落后。

胡金良、桑七两拨人既已出动，飞蛇邓潮潜留草地，四望

黯然。倾耳听了听，远处梆锣才交二鼓。此地离着小辛集不过十数里，动手也不宜过早。只是他心气浮动，已经按捺不住。便站起来，绕草地走了一圈，重嘱咐在高处瞭望的人，要小心把守着。只要听出或看见什么可疑的动静，赶紧报知留守的人，千万不要任性动手胡来。嘱罢，身率水中二霸横江蟹、斗海龙，和黑牤牛蔡大来，竟取中路，径奔小辛集。

也不过一顿饭时，小辛集的浓影已然在望。越走越近，远远的已望见把守镇口的联庄会的灯火，穿疏林，透淡光。

第十八章 小辛集群寇攻庄

邓潮与部下借田禾隐身，渐渐地往小辛集镇口欺进。相隔两三箭地，已看得清清楚楚，沿镇口一带，把守着两小队联庄会壮丁。每队约莫不过七八名，打着方形的号灯。镇口的木栅已然紧闭，沿着小辛集后镇边上，隐隐也有灯火移动，看出是梭巡镇口的壮丁。横江蟹用胳膊一碰飞蛇邓潮，低声说："舵主你看，那边镇口对面的庄稼地，一准潜伏着联庄会；要不然，那片高粱梢不会无风自动。"

群贼急扭头看。邓潮正要答言，倏地听侧面一阵风动，高粱的叶子刷啦啦的一响。飞蛇邓潮、水中二霸、黑牤牛等，立刻往四下里一分，各急伏身，齐拉兵刃。人影未现，先听见一声吹唇的低啸，跟着听见低微的声音道："并肩子才来!"

飞蛇邓潮，听出来人是降龙木胡金良的语声，这才撤回。同时降龙木胡金良也从黑影里现身出来，身后尚跟着九头鸟赵德朋。飞蛇邓潮才说了个"胡"字，降龙木胡金良忙低声拦阻道："念短吧，瓢把子。"飞蛇邓潮忙把底下的话咽回去。

降龙木胡金良往前又凑了一步，说道："小辛集的点儿，

全够棘手的，他们这种布置真不容你轻视。舵主你看，这庄前一带不是明安上卡子么？这还不算，敢情昏天道上（黑道上），也全暗派壮丁把守。我们刚到这里，也只疑惑不过是在东西窑上，摆上青子阵（刀枪阵），吓唬吓唬外行罢了。哪知我们才往前一摸，险些露了相。靠窑口前面的庄稼地里，竟蹿出七八个壮丁来，正是他们自己换班。这总算我们彩头旺（机会巧），要不然准得跟他们朝相。我恐怕自己弟兄们不知底细误撞上去，所以我留在这儿等候二哥；另派杂毛刘继清，赶奔西镇口，关照桑七爷。二哥，咱们要打算暗入的话，还是留神他们卡子上的人才好。”

飞蛇邓潮眉头一皱，略一沉吟，从鼻孔中哼了一声道：“好，我邓潮很愿意会会这有本领的人，像这样才值得跟他斗斗。”这时黑牤牛蔡大来，拾了一块土块，一抖手往对面的一丛高粱棵子打去。啪嗒一声，落在高粱地内；跟着就见那高粱地里一阵响，三四条钩镰枪举起来。更有几个打黑包头的壮丁挺身起立，在附近搜索了半晌，依然伏身隐藏起来。

飞蛇邓潮扑哧一笑，带着睥睨轻蔑的神色，向黑牤牛蔡大来看了一眼，低声道：“就是这种脓包，也配往线上安桩？船不翻，自己先往河里跳。这不是亲口告诉我们，他们在这里埋伏人了？我邓潮绝不把这群脓包放在眼里。”降龙木胡金良不由脸上一红，这一来很显着自己过甚其词，胆小怕事了。讪讪地说道：“邓二哥，咱们按照原定的时候进攻，二哥你可该着往里头去了吧？”

邓潮点头道：“好，我这就进小辛集。胡二弟，你也早点摸进去才好。”胡金良答应着，遂与邓潮分手。邓潮带着水中二霸、黑牤牛从高粱地绕着，直奔小辛集偏东北一带。在民房的后身，择了处较为幽僻的地方，又相了相附近，揣度联庄会足可掩藏放哨壮丁的地方，试用问路石子，骤然地投过去。试了试，居然这黑影中没有潜伏着人。这才从民房上，翻进了小辛集。

村中的居民，早奉到联庄会的传谕：这两夜没有紧急的事，起更之后，不准出入；就有急事，也须预先声说。所以此时全镇老早地断了行人，连铺户都提早上了门。只有联庄会下夜巡逻的人，不时在各街巷来往梭巡。邓潮等在民房上，各展开身手，轻登巧纵，扑奔联庄会乡公所。

飞蛇邓潮调兵遣将，竟分三路袭入小辛集。他分遣胡金良、海燕桑七，纵火救友，他自己却专搜程玉英和魏豪。但程玉英和魏豪母子究竟在哪里，他并不晓得，这只好见机行事了。他率水中二霸，跃登房上，连连蹿越，已入镇里。偌大的一座村镇，此时家家关门闭户，昏然无光，阒然无声，但闻梆锣。遥望那条通衢，有几处灯光闪烁，人影绰绰，却正是下夜的、守街的会丁。

横江蟹竟溜下房来，伏身暗隅，打算奔去逮捕壮丁，持刀威吓，可以逼他供出真情来。飞蛇邓潮连忙拦住，说："这可使不得。"自和黑牤牛蔡大来，仍在房上瞭望。并低嘱水中二霸："二位在地上由此往前蹚，千万不要露了行藏。"水中二霸依言潜进，贴墙循壁，慢慢往前溜。邓潮却从房头高处，偕同黑牤牛，往北探去。

二霸溜到小巷口，蹲在地上，往街上探头。只见四个联庄会壮丁，扛着花枪，打着灯笼，远远地走来，慢慢地走过去了。水中二霸互相招呼一声，急急地跟缀过去。

飞蛇邓潮带黑牤牛，连蹿过四五处院落。忽见伏身处对面街上，隐浮火光，二人忙一长身，往下端详。隔铺房坐北，有一处高大房舍，门外灯火辉煌。背后较远处一条横街上，也有一处高大房舍，门口却无灯光，院内似有光亮。邓潮一拉黑牤牛，用手指示有灯火处。黑牤牛注目细看，近处这所宽大的民房，是虎座子门楼，高大的风火墙，墙头上满筑着箭垛子，上面显见有平台更道，人可以在上头走，并可瞭望远近。在山东地方上，凡有几顷田地的居民，住家多半有这种建筑。门口更有上马石，拴马桩，大门左右砖墙上，各挂着虎头牌。看这势

派，很像是富户豪家。

黑牤牛悄悄告诉飞蛇邓潮道："姓林的娘儿们未必在这里。要找他们，我看得找店房。"飞蛇邓潮摇头微笑；把黑牤牛一拉道："过去一探便知，我猜这个必是。"黑牤牛道："必是什么？"说话时，飞蛇邓潮已一跃上房，顺墙飞驰；又一跃下地，钻入小巷。黑牤牛见状，紧紧跟随。

一眨眼间，两个人先后来到那虎座子大门前，对面一家民房后。黑牤牛便要往外探头，飞蛇邓潮用手一指墙头，说："上！"两个人立刻蹿上房去，这才伏在房脊后，探出半个头来窥视。这迎面的房距邓潮藏身处，不过四五丈，两个人目力都很好，门前又有灯火，看得很清切。这大宅门，门前悬挂的虎头牌，分明写着"公所重地""禁止喧哗"。

黑牤牛道："哦，这里是乡公所！"

飞蛇邓潮不答，先凝目光细瞧。在虎头牌下，台阶旁，立着两根黑红鸦嘴棍，门边戳着两架长方形官衔灯，隐约辨出似有字迹，字迹笔画却看不分明。大门紧闭，微闻人声，似门道内、更道上，还有人站岗。

邓潮看罢，微微一长身，往四面抛了一眼，急忙伏腰，抽身下房，黑牤牛蔡大来也跳下来。两个人蹿落平地，寻暗影将身藏好。黑牤牛蔡大来忙道："这里是联庄会公所，咱们的人囚在这里面。瓢把子，怎么样？咱们攻进去吗？"邓潮浓眉一皱道："且慢。"却引着蔡大来，围绕这乡公所，远远地蹚了一圈。竟没有遇见人，只在大街道口上，看见七八个壮丁。这些壮丁全是青短装号衣，青包头，号衣上嵌着"乡勇"两个字，打裹腿，穿沙鞋，样子很精神。人人手中拿着兵器，有的双手带，有的钩镰枪，一个个雄赳赳地立在街口；有两盏纸灯笼，插在铺房门口。

飞蛇邓潮不肯打草惊蛇，急一引黑牤牛唰的退下来。避着人，把乡公所前前后后，都相度了一过，不禁冷然一笑。这乡公所内外森严，房顶更道上，四面都有值更站岗的。可是东面

有一条窄巷，只容一人出入；附近民房全是小户人家，蓬门茅舍，高低仅及公所大庭一半，这不啻做了道上朋友垫脚地方。老实说，布置情形虽严，防守却有破绽，墙巷内外，联庄会似乎并没有设防下卡。

邓潮仍不肯大意，相度出入之路，用白粉子画了记号。然后又退到后街，奔横街路西。到一所大宅附近，略一窥看，知是寻常一所较大的民宅。于是飞蛇邓潮飞似的掠过来，掠过去，一霎时登房伏脊瞭望，一霎时踏地伏隅窥察。果不愧飞蛇之名，雄伟的身躯却跳跃如活猴，奔腾似灵蛇。不一刻把小小的小辛集两条大街、三条横街，凡是通衢要巷，都躲着联庄会丁的视线，大致探看明白了。

这小辛集约有三四百户人家，一共七个路口，现在大半堵塞了，只留下三个大道口，今夜都驻着联庄会丁，居然把守得水泄不通。只就这镇口和镇内交道口看，里里外外足有六七十个乡丁。飞蛇邓潮暗暗咬牙，心想："这些笨汉们，他们就准知道我们今晚要来探庄吗？娘拉个蛋，叫你们瞎比画！"

飞蛇邓潮一路勘寻，在偏南口瞧见了自己人，是降龙木胡金良。但只他一个人，伏在墙根，正装出大恭。飞蛇邓潮哂然一笑，忙通暗号，凑近来互相询问。邓潮道："桑七爷哪里去了？你找着他没有？"胡金良道："奇怪，竟不晓得他又摸到哪里去了。"邓潮咳了一声，道："难道又散了帮不成？可是的，胡二弟你率领的那几位，他们都到哪里去了？"胡金良低声一笑道："二哥你看！"用手一指斜对面一家铺房，铺房门板上贴着四个字："此铺出倒"。邓潮不由欢喜，用手拍胡金良道："二弟，你真行！"空屋子里藏人，最稳当不过；而且又是铺房，人来人往，也可以偷听他们过往行人的谈话。

胡金良告诉邓潮，他已觅好纵火的地方，在房后另一家，有两个大柴火堆。又说道："联庄会会头的住宅，我已经误打误撞寻着。"飞蛇邓潮喜道："你怎么寻着的？"

胡金良又一指那铺房道："在这里偷听来的。"邓潮大悦

道："二弟，你真是多辛苦了。你领我认认门，都说这联庄会的会头棘手，咱们倒看看他是怎么个阵仗。"

飞蛇邓潮把黑牤牛蔡大来留在空房中，他却招呼着胡金良一同出来。由胡金良引路，直奔联庄会头的住宅。转过横街，只走得一半，邓潮止步道："你说的联庄会会头的住宅，不是后横街路西侧大门么？"胡金良道："不错，就是那里。"邓潮道："我晓得了。刚才我们已经蹚过一遍，那里只像个富户住宅，虽有几个值更的，也稀松平常，一点不见得棘手啊。别是不对吧？"

原来他们听说的这地方，正是联庄会正会头夏二爷的住宅。

飞蛇邓潮迟疑了一阵子，对胡金良说："回头再说，咱们先找二霸去，我叫他哥俩往那边蹚去了。"两个人重复折回来，到了一条僻巷，是飞蛇邓潮与水中二霸现约定的接头地点。邓潮、胡金良东张西望，左闪右避，摸到僻巷口内。那水中二霸横江蟹、斗海龙二人，已然绕回来，蹲在那里等候。

双方见面问起来，横江蟹已将小辛集那座唯一的店房寻着。谨依邓潮之诫，未敢进店窥探。只在店房口，用白粉子，画了三个圈，作为暗记，预备少时容易寻认。横江蟹米寿山向邓潮问道："舵主，怎么样了？那样暗摸，只怕不易把实底得着。人家已经处处暗有防备，不挑亮了，怕白费事吧？"斗海龙接声道："依我说，咱们还是进攻乡公所。我猜咱们失陷的那两个人，现时一定押在乡公所里面呢。"

邓潮两眼灼灼放光道："不错，不错！但是你猜狮子林的老婆、孩子，现在哪里藏着呢？"斗海龙回答不出来，胡金良搔着头猜道："我想他们一共三口，若是没离开小辛集，他们不是藏在店中，就是寄住在人家。他们是本乡本土，这里也许有亲戚。若叫我说，咱们该把三路的人凑一处，不用各处乱摸，我们径直扑进乡公所就结了。一来救乌老鸦、凉半截，二来捉住乡公所的人，持刀逼问狮子林的老婆、孩子的下落。这

一来一举两得。”

横江蟹摇头道：“二哥，咱别忘了这里有劲敌呀。”凑过来，低声对邓潮说，“二哥你看，一进镇口，靠那边，第五个大门，就是有更道有高墙的那一家，那里一定有会家子。昨夜我们追赶那个姓魏的，我们一直扑进来了。狮子林的老婆砸门求救，就是这个大门先敲的锣。他们勾出好多人来，乱抛砖头，乱喊乱叫……”

飞蛇邓潮听到这里，猛然站起来道：“什么？是这一个门？”横江蟹道：“在这里。”说着眼望墙头，嗖地蹿上去。飞蛇邓潮急忙跟上去，只有斗海龙还留在地上。

横江蟹引着飞蛇邓潮，蹿上房顶。伏身房脊之后，用手一指前面，低声说道：“二哥，你瞧那边那棵大树，树右边，那所高大的房子，那就是。”

邓潮极目看去，相隔尚远，在黑乎乎一片浓影中，似在房顶上，微微闪着一点火星。原来这第五大门，就是联庄会副会头辛佑安的家。此时宅内宅外，戒备森严。飞蛇邓潮往各处蹚道，独有这一面没去，是他交给水中二霸了。水中二霸暗摸到此处附近，因他预存戒心，也未敢一直近前窥探，只远远瞭望了一会儿。看见黑影中似有联庄会丁埋伏着，所以没有过去。

飞蛇邓潮和胡金良在高处，匆匆看了一下，急急蹿下平地，四个人立即定计。胡金良还是主张先攻乡公所；横江蟹却主张擒贼擒王，要先攻辛佑安的家；斗海龙却要先入店房。飞蛇邓潮浓眉一皱，说道：“哥们别乱吵了，快跟我来吧。”率众人立刻奔向那所空铺房，把自己的人都聚在一处，按名点查，三路人已到齐两路。只有海燕桑七那一路人，明明见他袭入镇内，却不知他遇见了什么事故，至今还没有露面。

飞蛇邓潮哼了一声，斩钉截铁地传令道：“众位弟兄，现在将近三更，正是时候。众位弟兄，咱们还是按照预定的办法行去。”

当下命胡金良率纪花脸、九头鸟、杂毛刘继清，和四个兄

弟，先撒亮子（放火），候火势已起，立刻直攻公所；他自己身率水中二霸、黑牤牛蔡大来、鸡冠子邹瑞和几个手下弟兄，仍奔后横街大宅。飞蛇邓潮订下毒计，要把会头活捉住，用酷刑收拾他，要他献出狮子林的妻子。如果此处不得志，再抢店房。

于是群盗从空铺房出来，飞蛇邓潮率众径扑后横街。相离已近，不走平地，却飞身蹿上邻近民房，由邻房再往这夏宅逼去。

飞蛇邓潮抽出金背刀，吩咐同伴暂伏在后，自己先行蹿到东面，往夏宅院内张望。头一趟踩探时，院内本来昏黑，只有一两处房内闪着灯光；此时宅内三四十间房舍，倒有十几处点起灯火。邓潮往下一看，心说："怪事！"忙由东面绕到北面，再往下窥视。

忽然身后偏西北一带，锣声大震，仓啷啷连响起来，跟着听得呐喊之声。飞蛇邓潮不由一愣。也就是一眨眼之际，背后房下，吁的一声微啸，向导鸡冠子邹瑞竟急匆匆地奔窜过来，在身后墙下，向邓潮打手势，调他下来。飞蛇邓潮正要蹿下去，突然间下面宅院有人声。邓潮忙又止步，注目下看。

只听呼隆一声，由第二层院内厢房中，门开处蹿出几个人来。这几人各拿着火亮，互相喊问，相距稍远。邓潮只听见人声，辨不出语意。一霎时，院中陆续出来十几个壮丁，拿火把的，搬梯子的，操兵刃的，顶门闩的，一阵忙乱。

一片火光中，越发照得三层院中，里外通明。有一个年轻一点的壮士，穿一身短装，光着头，将辫子盘在脖颈上，手提一把明晃晃的钢刀，最后从房中出来，很带着英挺的神气。到得院中一站，只见他眼往西北角一望。西北角一带，锣声喤喤中，已掠空浮起一道浓烟。烟起处霍地冒起火苗来，人声越发喧成一片了。邓潮回头往西瞥了一眼，微微冷笑，晓得必是胡金良发动了。但是方位却不大对，胡金良本说定了是在东面，这起火处却在西北。邓潮心想："莫非是桑老七干的？"

邓潮此时要看看院中壮丁的举动，暂不管火光，忙向墙下的同伴鸡冠子邹瑞打一手势，叫他别动；又用手一指院中，又做了个手势。邹瑞不知就里，从地上一纵身，也蹿上了房。幸而身法轻捷，距地稍远，没被院中人听出。却把邓潮吓了一跳，忙将邹瑞止住，用手一比口唇，又一指院中。

院中的少年壮士指指点点，似像发令。只见他说着话，用手一指西北角，又一指上房，那个搬门闩的人，把门闩丢在一边了；搬梯子的，也把梯子立在院子了，四个壮汉，被这少年派到中院上房。锣声越加响亮，火光已经大起。内宅的女眷，出来好几个，站在正房台阶上，往天空瞭望。正房看不见，又走过游廊，绕到南边台阶上，仰面寻着西北角的火光，夹杂着咦呀哎哟的声音。有的妇女还嫌台阶上看不真，竟又登上游廊的栏杆，抱着明柱，引颈张望。

忽听一个清脆女子的口音道："这是谁家失火了？咱们往平台上望望去吧。"一言未了，那少年壮士率四个人，已由前院走进角门，奔到院内。一见这群妇女，厉声喝道："全进去！这是什么事，还要往当院跑？"几个妇女，七言八语地不听指挥，道："看个失火的，又碍什么？"那少年壮士忽一声断喝道："这是贼人放的火，你当是敲锣救火吗？这是鸣锣聚众拿贼！"一个青年女人正要上平台，登时被那少年壮士赶逐下去，一迭声地把女眷逼进屋去。邓潮身在邻舍，虽听不清他们说话，但见女眷们进屋之后，各屋的灯火立刻全灭了。邓潮心说："好小子！"

这个少年壮士指点着那十几个人，将内院外院，前门后门，都把守住。叫一两个持刀枪的，一两个拿弓箭的，组成一小队。一共十几个人，居然分成五队，令众人都藏在暗处。另派两个人，速往乡公所查问动静。又嘱咐先到公所，次到辛二爷家，打听打听去。叫两人千万不要声张，不要奔火场。少年亲自开门，把二人送出大门，然后他自己身率四个人，就要往屋顶平台上去。

这时候，上房的灯火已灭复明，出来一个五十多岁、绅士模样的人，颤颤哆嗦地招呼道："小椿，小椿，你快进来！你，你，你不要上房。今天这火可不对呀！"那少年应声道："不要紧。爹爹，我只在房上看看。"那少年又在屋中，取出来一个皮囊，似是暗器，竟将老绅士搀回上房，他自己奋然走上平台，叫四个壮汉也上了平台。又吩咐将抬枪、铁砂子、火药，样样装好；只要有大批匪人模样奔本宅，只听号令，立即开枪轰击。

全宅各院的灯火忽又全熄，全宅陷于黑暗之中。外面西北角却火光腾起，夹杂着浓烟，乍明乍暗。锣声震耳，随风送来一阵阵呐喊之声，倍觉惊人。这少年壮士双眼如星，时时刻刻照顾到院内各处，和院外前后各街；却没想到肘腋之下，已藏伏着匪人。

飞蛇邓潮在暗中，虽未听清他们的谈话，却已看了个明明白白。心中暗笑："好大胆的一位少爷，看样子也像是个惯家子。狮子林的老婆、孩子，保不定就窝藏在这小子家里哩。"邓潮等这少年走上平台，安好火枪，就唰的先退了下来。退下房脊，一拉鸡冠子邹瑞，轻轻一蹿，两个人早落到平地。会着水中二霸斗海龙和横江蟹，与黑犍牛蔡大来等人，悄悄疾行，来到小巷中，这才低声私议。

邓潮道："你们哥几个看怎么样？这里定是点儿窝藏的所在。要知山前路，须问过来人。我们要想见见对头人，不动手是不行了。哥几个替我瞭着点，我要先拾掇这个小秧子，叫他先尝尝邓老二金背刀，锋利不锋利！"

邓潮说罢，就要转身，鸡冠子邹瑞忙道："舵主，你先别忙。这里的情形，不像有狮子林老婆、孩子，这里不过是个土财主。舵主你看，西北角火势已起。桑七爷又不知撞到哪里去了，莫不是被联庄会包围，动上手了？我看还是咱们先扑奔有杀声的地方看看，咱们这一回虽不是开耙（打枪），也得要个彩头。打不成米，再丢了口袋，我们就太栽跟头了。况且凉半

截、乌老鸦两个倒霉鬼，也不知救出来没有？若叫我说，我们寻仇还在其次，先要援救自己的人才好！”

这几句话直刺入飞蛇邓潮的心曲。邓潮大怒，却立刻把怒火遏下去，摇头冷笑道：“不不不，桑老七跟我共事多年，手底下很有两下子，攒儿（心眼）也来得快，我倒放心他。胡金良去到乡公所，就是为救梁、叶二人。胡老二也是老手了，他不会扑了空耙。这里咱们已经入了窑，就不能走空。无论如何，也得动他。你瞧我的吧，我要活捉这个小秧子，从他嘴里挤出实底来。”

黑牤牛蔡大来忙说：“邓二哥，你可小心火枪，这不是闹着玩的，来，我陪二哥下去一趟。”水中二霸道：“我也来。”这一来倒把鸡冠子邹瑞搭了一下子，弄得很难为情。忙忽找话道：“二哥既然看准，还是我陪二哥。”

飞蛇邓潮这个人说到就办，毫不游移。遂只留黑牤牛蔡大来在外巡风，命鸡冠子邹瑞登房诱敌。飞蛇邓潮自己一顺金背刀，垫步拧腰，蹿上檐头，轻声提气，生怕踩碎了屋瓦。身到房脊之后，藏好身形，再向水中二霸一做手势。水中二霸立刻也偷偷上了房。飞蛇邓潮等人都是久经大敌的剧贼，知道这时若被少年惊觉，鸟枪抬杆是惹不得的。这必须用迅雷不及掩耳的手段，才能突然袭击，一举成功。

容得水中二霸，蹿上平台东面邻房，邓潮急将庞大的身躯一伏，脚尖一点，立刻捷如狸猫，轻轻跃到平台的西面。伏身挪步，越挨越近，屏息吹气。三个人各借墙头房脊，隐蔽身形。此间的地势，飞蛇邓潮早已看好，落脚处，障身处，袭敌突击处，施展身手处，一一揣度过了。然后双目睃定敌人，静等鸡冠子邹瑞发动诱敌之策。

这时午夜昏黑，暑气蒸人。邓潮距夏宅平台，不过三丈多远，水中二霸距敌三四丈内外。那鸡冠子邹瑞衔命诱敌，却从平地上，循墙远绕，直绕到隔街夏宅后面民房，嗖地腾身上房。第一步，先看看这院宅主的动静——宅中悄然，内外昏

黑，这毫不足虑；第二步，急觅好藏身避攻之处。

这最要紧，鸟枪抬杆一发出去，大片的铁砂子，厉害非常，若被瞄准了，再也躲不开。然后鸡冠子估量时候，从房坡上揭起一片瓦，把鹿皮囊中所带的火折子，从管子里拔出来。

鸡冠子邹瑞蛇形而前，身临高处，急一长身立定。瞄准夏宅的平台，用足了十分腕力，一抖手，将瓦片打出去。鸡冠子邹瑞趁这一下，把火折子一晃，忽地晃起一团火光。就在这时候，瓦片横飞，从高下落，咔嚓一声暴响，落在平台院中。夏宅平台上那几个人，不觉一齐失惊。少年壮士咦了一声道："留神，这是有人抛的！"内中一个壮丁，忽一眼瞥见背后邻家房头，火光一闪，忙嚷："不好！有贼放火了，快快开枪！"

少年壮士霍地一转身，双目炯炯，骤见邻家房头，人影一晃。跟着又听自己后院中，啪嚓、啪嚓地响了两次。少年急喝道："不要慌！快看前院……"话还没说完，平台上早已晃火绳，点火门，轰的一声，四杆火枪不约而同，同时打出去。少年再想拦阻，哪里来得及？枪口喷吐一团团火光，似闪电般，照得平台上五个人面目历历，毫无遁形。跟着一阵浓烟火硝气息，障目扑鼻。飞蛇邓潮、水中二霸，一霎时如箭脱弦，跟随枪声，突然一纵身，腾空跃起，由邻舍一蹿再蹿，早已分三路，袭上平台。

少年提刀张目凝神四顾，陡见东面两条人影扑来，厉声喝问："什么人？"来人未答，叱咤声中，少年一个箭步，急截过去，抡刀就剁；想这一下将贼人逼坠墙外。哪知水中二霸随风摆柳，往两旁一闪，答道："嘿，朋友，小白龙借道！"哧的两点寒星，迎面打来。少年喝道："去！"急一闪身，一扬手，也发出一件暗器，并立刻又一刀砍去。哪晓得水中二霸未到，飞蛇邓潮的来势尤为凶狠，脚找平台，身落实地，金刀背往外一展，顺水推舟，突从后面掩袭过来，刀锋恶狠狠，横腰截斩少年。

少年耳聪身快，猛一掠，回身侧闪，甩刀换式，一个旋

身，暂抛开东面劲敌水中二霸，变招为“凤凰展翅”，斜转刀锋，照邓潮右臂斩来。一面厉声喝道：“朋友，报个万儿来！”邓潮怪叫道：“太爷小白龙，要会会你小辛集的能人！”两个人在平台更道上，交起手来。

四个壮丁空托着四杆抬枪，再想装砂子发火，哪里还行？竟吓得出声大喊：“歹人攻上来了！”一个人就往台下飞跑送信，两个人仓促间，要拿抬炮做兵刃。独有一个黑大汉，百忙中操起一杆花枪，照贼人便扎。邓潮回刀招架。横江蟹赶过去，将那要下去送信的壮丁，一个踩子脚，直踢下去。唉哟声中，这壮丁直栽下来，动弹不得了。水中二霸趁这工夫，把平台上举抬枪的两个壮丁，挥刀背砍倒。一个人失声大号：“救命呀，杀人啦！”登时间平台上只剩下少年壮士，和那一个黑大汉护院壮丁。两个人被飞蛇、二霸三个贼前后夹攻，陷身重围。斗海龙恼着壮丁们喊叫，顺手抡刀，把那倒地喊杀的壮丁，照头上猛打一刀背，立刻不哼了。

水中二霸，肃清了平台，让飞蛇邓潮对付那少年壮士。他两人一摆兵刃，跳过来把那黑大汉围住。这黑大汉一条花枪，拼命乱扎，凶猛异常，却不是二霸的对手。那一个少年壮士，一见贼人扑上来，情知不妙，一展手中刀，想要脱身下台，鸣锣拒盗；只不过飞蛇邓潮早有打算，晃金背刀，横身挡住去路，一连三刀，刀沉力猛。少年壮士便知不敌，牙一咬，仍在拼命突击。飞蛇邓潮立刻施展开九宫刀法，刀环哗啰啰一响——“狮子摇头”“封侯挂印”“金针度线”，一刀紧似一刀。

那少年壮士，手忙脚乱，且躲闪，且招架。飞蛇邓潮更不容缓招，一个盘旋，“饥鹰捕兔”，金背刀挟一股寒风，当头盖下。少年壮士挺钢刀，攒劲往外一蹦。叮当一声响，少年的刀竟被磕掉。把他吓了一身冷汗，一抹身，待上房而逃。不想黑影中，鸡冠子邹瑞已经扑来，冷不丁被邹瑞一个靠山背，扛了个正着。少年壮士倒栽出好远，摔在房上面，轱辘辘一滚，就势要想下房，被飞蛇邓潮跃过来，一把拖住，只一甩，摔在平

台上。

鸡冠子乘势抡刀，照少年便砍。飞蛇邓潮已飞蹿过来，急救不迭，一展手中刀，扁刀背，手腕一坐劲，仓的正兜在鸡冠子的刀锋上。邹瑞的刀反激回去，险些撒了手，震得虎口冒火。就在这时候，又听一声怪叫，那个黑大汉也被水中二霸，一个扫堂腿，一个翻手刀背，给扫下平台，咕噔摔了一个半死。平台已被贼人占领。

鸡冠子邹瑞叫道："二哥，你真使劲，我虎口全要裂了！"飞蛇道："你怎么乱来，不知要留活口么？"

少年已被摔晕了，水中二霸上前把少年接住。一刹那间，平台下面，夏宅内外，早已乱成一片。火把高举，人声嘈杂，两个人一杆抬杆，亮出好几杆。有的开弓箭，有的持刀矛，在下面大叫："了不得了，少当家的被贼人逮住了！"

火光影里，飞蛇邓潮看得分明，角门后露出三四根抬枪，抬枪口正对着平台。

好飞蛇，如生龙活虎般，猛一扑，把少年壮士劈胸抓住。少年的两手，早被二霸倒绑。飞蛇邓潮抓小鸡似的，把少年捉到平台上，金背刀一抡，往少年头顶上一按。当此时，水中二霸每人手中一把刀，一个火折；火折子已然晃着，火光闪闪，吐出光辉。鸡冠子邹瑞一个人，横刀怒目，照顾后路。

飞蛇、二霸正对前面，舌绽春雷，厉声大喝："呔，下面联庄会听真！太爷小白龙，今天到小辛集寻访仇人，本来与你们无干！你们敢放枪，你们只管打，你们的少庄主已入太爷掌心！你们看！"对少年道："相好的，怎么不言语？"又转脸叫道，"你们敢动手？太爷先把他杀了，再把你们全家杀尽，一个不留！"

平台下的壮丁仰头一看，飞蛇邓潮凛若煞神。清清楚楚地看见夏少庄主，落在贼手了。登时人心骚乱，不知所措；空有火枪，不敢燃放。如要燃放，玉石俱焚！

那少年壮士，身落贼手，刀加头颈，却不料他竟很倔强。

朗然大叫道："你们先别开枪！"对邓潮道，"朋友，你们到底是什么来意？要借盘缠，只管言语，我们都是武林道。你若寻仇，我和你却素不相识。"

邓潮吼道："我要的是狮子林的老婆、孩子！你们只要交出来，咱们两罢干戈，立刻算完。"少年道："什么狮子林，我们不认识。"水中二霸急忙插言："我们两位朋友，落在你们手里，你们趁早放出来。再把狮子林的老婆、孩子交给我们。我们拍腿就走，寸草不沾。"

少年竟不知狮子林是怎么一回事。平台下的人却已听明白，正要答话，忽然上房门大开，宅主夏二爷竟奔出来。这老头子爱子心切，不顾女眷们拦阻，没命地抢到院中，对众人吆喝释兵罢战。他自己敞着衣襟，独对平台，大睁眼叫道："椿儿，椿儿！"少年壮士吃了一惊，忙应了一声。

夏二爷略略宽心，急对飞蛇邓潮道："道上的朋友，你们找的不是昨天逃难来的一男一女和一个小孩吗？"邓潮切齿道："老子要的正是他们三条狗命！你们只要交出来，我们好打好散；我一定把你们少庄主好好放还，毛发不伤。伤了他，算我姓……小白龙不是人！"

夏二爷没口地答道："诸位好汉，那三口不在我们这里，他们跟我们无干，我们这里姓夏；你找姓辛的去，是姓辛的窝藏他们，没有我们这里的事。你们那两位朋友，现在联庄会公所里押着哩。你放了我们少庄主，我们就放你们的人，两个换一个。朋友，咱们哪里都交朋友，我们联庄会就是守望相助，不管别的事！"

夏二爷素日胆小，此时敞胸露肚，只披小衫，两眼急得通红，竟不要命地与强人对面答话。院内外的壮丁，所有兵刃、火枪全被他吆喝着放下，只求释放他的儿子，贼人要什么他都肯给。

少庄主夏少椿虽落贼手，本甚倔强。不想一见他父出来，爷俩一个失计，岂不都落在贼人手里了？心中一着急，又一阵

心酸，不禁掉下泪来。在台上扭项对邓潮抖抖地说道："朋友，你们的来意，我明白了。我可以陪你要人去，我一定把你们那两个朋友要出来。狮子林的家眷是姓辛的事，我们不晓得，你们自己找他去。我可以陪着你们走下平台。大丈夫一言为定，我们决不会暗算你们。至于我，杀剐存留，愿听你的便。你是光棍，只别伤害没本领的人，我至死承情。"

飞蛇邓潮道："好，小伙子是条汉子！太爷冤有头债有主，我自会找对头算账去，碍不着你们。现在你陪我辛苦一趟，把我们的人弄出来。"

少年壮士夏少椿一面和飞蛇对答，一面不断地眼瞟着下面。此时听邓潮说得如此堂皇，立刻答道："朋友，你既然不伤害我，你容我向下面交派两句话，咱们就走。"说着转身移动，要往平台边上凑。

水中二霸和鸡冠子邹瑞，三把刀齐展，把少年挡住，向邓潮道："当家的，终日打雁，别叫雁啄了眼哪！若叫他滑了，咱可栽不起。"飞蛇邓潮嘿嘿冷笑了两声，道："没有金刚钻，不揽碎瓷器。"向少年一挥手道："请说吧，太爷不怕你逃躲。"

夏少椿不再答话，站在平台上，向院中人说道："你们千万不要乱动，这来的都是外场朋友，我陪他们到乡公所去一趟。你们只把灯挑起来，兵刃、抬枪都撤下去。你们只可守院子，不要出来。告诉老当家的，老老实实在家睡觉，千万不要跟寻我。辛二爷那里，你们……不要知会他。"说着两眼看定他父夏二爷。末两句大有深意。

下面的夏二爷无可奈何，急命壮丁撤下来，后院全空了。少椿又命人，开了后院的街门。然后对邓潮说道："朋友请吧。我给你领路。走后门，奔乡公所。"遂一侧身，虚探了探。

少年一言一动，横江蟹、斗海龙、鸡冠子等，都提神监防着。人人手中都暗藏着暗器。看这少年只一想逃，抖手便是一下。这少年壮士却没有打算逃走，他的眼力尖，早看见邓潮手中，也有一件暗器。

少年正要引路往下走，邓潮忽道："且慢。"大声向台下叫道，"那位老者听着！你一定是宅主，告诉你，我们不想绑票，你别害怕。你儿子在我手心，我决不害他；可不许你轻举妄动。我们现在就要人去。要得出来，好好地还你一个儿子。"突然一探身，向少年一扑，把少年往肋下一挟，喝一声："走！"竟不走平台正道，仍从房上，一头跃到院外去，迅疾无比，出人意外。水中二霸跟鸡冠子，立刻纵身也跳下来。

夏二爷目瞪口呆，大喊着，没命地便往后门跑。黑影中，奔来一个黑大汉，便是黑牤牛蔡大来。凶神似的横刀一挡，大喝道："滚回去！"那一边，听他儿子夏少椿，也大声叫道："你们别跟我，快快回去呀！"一面声音颠顿，竟与贼人没入黑影中去了。夏二爷被黑牤牛一掌打入院内，栽倒在地上。

邓潮活捉着联庄会会头儿子夏少椿，奔出十数丈，这才放下他，说道："朋友，对不住！我们身入虎口，不得不然。现在你快领我去。"夏少椿冷笑道："朋友，你也太不放心我们了。咱们走，去乡公所往这边拐。"邓潮道："住，我不先到乡公所。相好的，你先领我到姓辛的那小子家里去，你得替我诈开门。你只要给我诈开门，把狮子林的老婆、孩子寻着，我不但决不加害，立刻把你放了，我还要感谢你，日后必有补报。"

少年壮士夏少椿牙咬得乱响，半晌道："我就陪你诈门去。诈开诈不开，那可是碰机会。你就砍了我，我认命，你可别叫我零受。"邓潮怪笑道："那也犯不上。你只不玩花活，我总对得过你。"

邓潮率水中二霸、鸡冠子、黑牤牛，押着夏少椿，直奔小辛集南镇口，联庄会副会头辛佑安之家。夏少椿依然倒绑双臂，由群盗押着，任他自己走。

不一时已到地方，飞蛇邓潮咦了一声。只见这一所大宅，又不是先头初踏勘时的景象了。院前后，街南北把守的人，已然一个也没有了，围着辛宅却有一片灯光。这灯光竟是由高墙更道内，探出来很长的竹竿，上悬灯笼，直垂下来，光明照

耀，把墙外的夹道暗隅，都照得毛发毕现，物无遁形。可是墙上头、平台、更道，黑乎乎一片，一点光也没有。也就是院内的虚实，从外面一点也看不透。贼人袭入小辛集西北角，及夏宅内进去贼人的情报，辛氏兄弟已然全晓得了。

飞蛇邓潮逼着夏少椿，前来诈门。灯影中鸡冠子邹瑞诈装壮丁，陪伴夏少椿，走到辛佑安大门前。飞蛇邓潮和水中二霸稍稍落后，潜藏在暗隅。将近辛宅，突然听更道上有人厉声喝道："站住，开枪了！"灯光一闪，露出来两杆抬枪和一个老头。但是灯光又一闪不见了，上面还是黑洞洞的。邓潮大惊，暗推夏少椿叫门。飞蛇邓潮一怒，嗖的窜上一家民房，到最高处，遥探辛宅内布置的内情，却已看不出来了，前后院黑乎乎，连半点灯光也没有，不但辛宅如此，连四外邻舍也一样。

只听夏少椿猛然发言，大声叫门道："喂，辛二叔，是我！我是夏少椿，我父亲请你老人家答话。江湖道上的朋友，小白龙白老英雄，上咱们小辛集，寻找狮子林来了。你老人家快把狮子林交出来，就没有咱们小辛集的事了。"

更道上一个苍老的喉咙答道："是夏少爷么？辛二爷没在家，你找他往乡公所找去吧，他们到西北角救火去了。狮子林是谁呀？我们这里不知道。"

答的话不得要领。邹瑞不知道如何是好，只催夏少爷快叫辛家开门。夏少椿被逼无奈，又复叫道："辛二叔没在家么？你，你，你们开开门，让我进去。"说出来的声音，忽然另变了一种腔调，好像害怕似的。

房上的老头子叫道："夏少爷，你呀，你等一会儿。……我这就给你开门。"夏少椿吃了一惊，道："你，你，你是谁呀？你给我开门吗？"夏少椿被鸡冠子狠狠地捣了一下，只得说道："快点吧。"

房上说："我这就下去。门全锁了，前门后门全锁了，等我找钥匙去。辛二爷没在家，他上乡公所去了，由那里奔西北角救火去了。你等着，我这就下去。……你身边那是谁呀？夏

少爷，你瞧那边黑影，那是谁呀？”

邹瑞不言语，只低催夏少椿。夏少椿道：“这是做活的。我们家里现在来了朋友，你们快开门，那边黑影不是人。”

半晌，上边不言语。直等了好久的工夫，邹瑞叫夏少椿再催，房上竟没有人回答，竟这么耗起来了。

邹瑞猛然醒悟，不由大怒。忽然，那边人影一闪，飞蛇邓潮已然低吹口唇作响，用另一种声调，催邹瑞快退。邹瑞再逼夏少椿，再对房上递了几句话，道：“我们先不进去了，我们上乡公所，找辛二叔去了。”两个人退到黑暗处。这时候杀声震天，锣声哇哇，那边乡公所已然打起来了。

飞蛇邓潮怒目圆睁，把夏少椿揪到黑影中，啪啪打了两个嘴巴，骂道：“好小子，你给太爷误事！”夏少椿口鼻喷火叫道：“朋友，杀剐存留全在你，你怎么挫辱我！我怎么误你的事了？”邓潮骂道：“有你的快活！你刚才那是怎么说话，你竟敢当太爷捣鬼！告诉你，这回你快跟我叫乡公所的门去。只要你不把我们的两个人，和狮子林的家眷交出来，我不但要你的狗命，还要你一家男女老少的脑袋！小兔蛋，你跟我捣鬼！”

飞蛇邓潮暴怒如雷，向夏少椿一迭声怒吼。夏少椿的生死已在飞蛇掌握中。若不是还有用他处，只怕三尺青锋，早砍在夏少椿的脖颈上。夏少椿也不告饶，也不退缩，叫他走，他就走，立刻来到前街。前街上喊杀叫骂之声越大。夏少椿不住心头突突跳个不住。顺着街道看，乡公所附近火光闪灿；人声呐喊，把铜锣敲得响成一片。原来乡公所内，由辛佑安指挥着，已经和贼党降龙木胡金良等冲突起来。

飞蛇邓潮怒催水中二霸，挟着肉票快走。二霸更不答话，左右挟持着夏少椿，赶奔乡公所而来。越走越近，火光中已看见不少的联庄会丁，在房脊上，更道内站满；街头路隅，影影绰绰，也是人影乱窜。

邓潮一摆手中刀，刚往前一纵身，嗖的一条黑影，疾如飞鸟，由房上下来，一柄钢刀明晃晃地随着往下一落。飞蛇忙一

收式，右脚往后一撤，把身势一闪，左手按刀背作势，才待细辨来人。这人的身形一落，口中似说了句什么。就在这当口，那边轰轰连发了两火枪。飞蛇陡然喝了声："好，你先来送死！"挺身而进，一翻腕子，"夜叉探海"，金背刀照来人的小腹便扎。这人用刀往外一封，大声急嚷："邓二哥，是我，是我。"

飞蛇这时才辨出声音，来者正是纪花脸纪长胜。邓潮已预备进步换招，这时急将刀往回一撤，立刻问："怎么样？栽了么？"纪花脸道："没栽，可是扎手得厉害。邓二哥，今夜咱不下绝情，这事大约完不了！"

飞蛇邓潮冷笑一声："没想到小辛集，真敢跟咱们这么招呼！纪老弟，我们不给他个厉害，他决不肯痛快交人。可是的，胡金良呢？"一扭头，看见水中二霸挟持着夏少椿，复向纪花脸道："那姓辛的会头可在这里吗？纪老弟，我捉了一个秧子。"纪花脸道："秧子在哪里？"一眼看见夏少椿，不由大喜道，"还是二哥！"又道："跟咱们拼死支持的就是那姓辛的。他现在乡公所里面，胡金良二哥正跟他较劲哩。"邓潮道："好！我正要会会这姓辛的！"说到这里，把金背刀反交左手，倒提着，闯向前去。

这时胡金良亲率着一班弟兄，正在疯狂似的要硬闯乡公所。只是乡公所的大墙上，已经安排下好几杆抬枪，十几名箭手；贼人只要往上一欺，不是抬杆轰，就是飞箭射。群贼竟无计可施，只围着乡公所乱转，总是打不开进去的路。但乡公所的壮丁，有一小队留在外面，分布在附近民房上，竟跟贼党交上了手。乡公所墙上的抬枪不敢乱发，要不然这一群贼党更无法近身。邓潮蹿在前面，喝令群贼退后，抬头向乡公所房上一照，即令党羽齐声大喊道："呔，我们舵主小白龙，请你们小辛集的会头答话！"

乡公所更道上一阵骚动。突有一个人探身露头，接声答话道："喂，我就是本镇的会头。朋友，你率众到我们小辛集，放火杀人，到底要怎样？你们谁是领袖，谁是小白龙？请你们

报个万儿来，我姓辛的也好认识认识这个朋友。”

飞蛇邓潮已蹿到乡公所对面房上；黑牤牛蔡大来、鸡冠子邹瑞，分伏在后面，保着邓潮的后路，以防暗算；水中二霸和纪花脸，押定夏少椿，藏在街旁小巷拐角处，静听首领的号令。飞蛇邓潮于火光中注视对面，只见这辛佑安一长身，亮出上半截身子来，短衫敞怀，手提兵刃，昂然往这边看。旁边还有一个矮身量的壮年人，是邻村的壮士钱介尘。更道上人影闪动，藏着许多联庄会丁。群盗互相嘱告，这最要提防的是火枪抬杆，须防他突然开枪，攻己不备。

强敌抵面，四目相对。飞蛇邓潮厉声道：“你就是姓辛的？很好，我找的就是你！你问我们首领吗？好汉行不更名，坐不改姓，太爷就是两湖的小白龙！”辛佑安道：“咦，你是小白龙？”

飞蛇邓潮不拾这个话，却叫道：“小白龙仗义游侠，一向是恩怨分明，人不犯我，我不犯人。你们小辛集团练乡勇，守望相助，本来与我们无干；但是，你们最不该倚仗着联庄会的人多势众，来管闲事，把太爷的仇人狮子林的老婆、孩子窝藏起来。你却不晓得太爷和这狮子林仇深似海，有着三剑十五年的交道。太爷眼看探囊取物，把他们三口拿住了；你们却偏来多事，横插一腿，把他们救下来。你们更不该把我们蹚道的两个弟兄扣留下来。姓辛的，光棍眼里不插棒槌，太爷最讲究的就是恩怨二字！姓辛的，系铃解铃全在你。你只要把我们三个仇人、两个朋友乖乖地交出来——辛庄主，萍水何处不相逢？山高水长，知情感情，我……小白龙迟早必有重报。你要是恃强倚众，不肯交出来，嘿嘿，姓辛的，你有本领，你可是有家有业！”

邓飞蛇把金背刀一弹，续说道：“相好的，再不然你有本领走下来，陪太爷走上三招两式。你若是胜得过我这把刀，太爷我拍腿就走，立刻算完；你妄想着你们人数多，有抬枪火器，你妄想跟太爷斗斗，哼哼，朋友，太爷若不把你小辛集烧

成一片焦土，把你们男男女女，老老少少，一个个斩尽杀绝，鸡犬不留，那算我小白龙说大话，吓唬鬼！太爷口说无凭，喂，姓辛的朋友，我先给你看个榜样！"

飞蛇邓潮立刻厉声喝了一声，"抓过来！"登时间，水中二霸横江蟹、斗海龙从墙角转出来，把夏少椿架到联庄会灯火所及处。二霸齐声叫道："相好的，你瞧这是谁？"

夏少椿倒剪二臂被拖出来，乡公所更道上的人蓦地一惊。更有一人失声喊叫道："哎呀，小椿呀！"夏小椿急抬头看时，登时一阵悲楚。更道上除了辛佑安、钱介尘，又钻出来一个五十多岁的胖子，呼呼地喘息声音，连夏小椿也都听见，这正是他父夏庄主。为救爱子，奋不顾身，将家财搜索了一大包，没命地率人奔到公所来求救。他要破产取赎，又想用武力、财力，双管齐下，把少椿救回。

不想他才到公所，贼已潜从背后掩来。那联庄会副会长辛佑安，遥望西北起火，早派三弟辛佑平，偕二陶，引会众驰往救火拿贼。又料到贼党救友寻仇，必遣大队来扰，便挺身留守，把排枪架在平台上、所门里。他本人和友人钱介尘，藏在更道内，瞭望远近，等候动静。

于是噩耗频来！初报贼人夏宅，续报少椿被掳，三报夏庄主喘息着奔来砸门。欲待不开门，夏庄主狂喊哭骂；方才开了门，贼党吱的一声呼哨，乘隙猛袭过来。

幸而有备，辛佑安厉喝一声："开枪！"轰然大震一声，火药浓烟过处，贼人才狼狈撤退下去。公所的门已开复关，夏庄主到底挤进来，却已面无人色。所带的人只进来一半，竟害得乡公所险些失守。

群盗仍不甘心。降龙木胡金良率群贼，纷纷跃上狭巷邻房，一声不响，二番进袭。只见人影头颅一晃，钱介尘大喝一声："开枪！"火光一闪，轰的一震，却打了一个空，众盗已然闯上来。"开枪，开枪！"平台上喊成一片。辛佑安早将弓箭取过来，嗖的一下，当先一贼，一头栽下去。大抬杆又轰然地连

响数声，贼人没命地跳下墙头。

胡金良大怒，第三番结队，分派开，往四面环攻上来。辛佑安、钱介尘拼命拒战，贼人终不得逞；反倒阵亡了两个贼，伤了一个贼。于是飞蛇如飞地奔到公所来。

当下，邓飞蛇昂然立在乡公所对面房上，声势咄咄，向辛佑安索要三仇二友。辛佑安连声冷笑，自恃布置周到，料贼党的伎俩，不过乘夜纵火；一到天明，不用赶他，他们也得自己溜跑。因此并不怕邓潮威胁的话。但是夏少椿落在贼人手中，心中究竟有些疑虑。

那正会头夏二爷更是惊慌，未容辛佑安发话，他就颤颤地叫道；“小白龙白舵主！你们找仇人，我姓夏的和你无仇啊！你把我的儿子绑去做什么？你不是要你的朋友吗？你不是寻什么狮子林么？我们都献给你，你只要放了我儿。”便催促人快快把乌老鸦、凉半截，松绑释放。副会头辛佑安一把将夏二爷扯住，往后用力一拉，道：“夏二哥，你别做糊涂事。”夏二爷把眼睛一瞪，双手乱推辛佑安，跺脚道：“你不知道你侄子的命，现在人家手心么？你，你，你不知道我就有他一个吗？”

辛佑安用沉着的语调说道：“二哥，你不要心乱，你要顾全大局！少椿的性命由我担保。你不要在匪人面前示怯，你叫他捏住了，更坏！二哥，你瞧我的吧！”随声叫道，“呔，对面小白龙白舵主听着！我小辛集是不受威吓的……”

一声未了，夏二爷老泪纵横地嚷道：“辛二弟，你没见少椿叫他们收拾得那样吗？自己的肉，谁不心疼？我不管你们，我一定要把白天逮的两个贼跟他们换。两个换一个，不就把我儿换回来了？”辛佑安道：“二哥，咱们一定跟他们走马换将；可是得对付好了，别上了贼人的当。二哥，你先沉住气。”

钱介尘等也忙劝夏二爷忍痛顾全大局，低声道：“二哥，你不要往下看，越看心越乱。这件事你交给辛二爷办，一定把少椿救回来。你千万别说输气的话，那一来贼人更要挟得厉害了。二哥是明白人，你不过是蒙住了。”

夏二爷拭泪呜咽。他们在乡公所更道上，闹起内乱来，早已被飞蛇邓潮看在眼内。立刻大声催促道：“呔，小辛集的会头，太爷说的话，你们是依不依？趁早说，赶快办，太爷没有闲工夫跟你泡！我说并肩子，亮一手给他们看！”

水中二霸立刻暴应了一声，大叫道：“联庄会姓夏的会头，你要你的儿子不要？”抡刀背冲夏少椿连连敲了数下，满想敲得夏少椿惨号出一两声来，好收要挟之效；偏偏夏少椿是个硬汉，反而敲打出一阵狂笑来。夏少椿冷冷地说道：“相好的，你们来这一套，也不怕叫行家耻笑么？”

那辛佑安已看了个明明白白，怒目圆睁地叫道：“小白龙，你是什么人物？你就砍了姓夏的小孩子，又当得了什么？相好的，你少玩这一套，你不怕叫姓夏的小孩子笑掉大牙？你不是要拿姓夏的孩子，换你的三仇、二友么？你要愿讲和，你把姓夏的孩子先放开；我自然叫你称心如意，只怕你没有这份胆量。”

飞蛇邓潮紫酱色的面孔上，泛起一片羞云。突从羞愧转成激怒，道：“姓辛的，你说出天花来，老子也不听那一套。你不把我的三仇、二友放出来，我绝不把这个秧子轻饶。告诉你，太爷还是没工夫跟你多耗。我限你立刻献出来，若要不然，我把姓夏的胳臂先卸下一只来还你。”说着唰的跳下房来，金背刀一挥，抓住夏少椿，就要抡刀砍臂。

这一来，乡公所更道上登时骚乱。夏二爷恨不得一头跳下来，替儿子死，没命地向辛佑安撞头，又向飞蛇邓潮没命地喊叫。

辛佑安急命好友钱介尘，把夏二爷抱住。他也激怒起来，吩咐把抬枪亮出，自己握定一杆。也把乌老鸦、凉半截，倒剪着押上来，都堵住嘴，不叫他们声喊。又用灯一照，吆喝道：“小白龙！告诉你，你敢伤夏少椿一根毫毛，二太爷不把你们轰了，算我不是人！你莫道伤了夏少椿，可以吓住我们；嘻嘻，你会伤我们的人，我也会伤你的人！”却将抬枪一放，也

抡刀背，啪啪啪，打起二贼，连敲数下，道：“你只管砍，你砍我们一只胳臂，我砍你两只。相好的，咱们看看谁合算！”

辛佑安毫不示弱，却把邓飞蛇气了个半死。怪吼一声，抡金背刀，扑到夏少椿面前，恶狠狠举刀待下。夏少椿把眼一张道：“你砍！”横江蟹连忙拦住，仰面大叫：“姓夏的，你要你的儿子不要？”辛佑安也叫道：“小白龙，你要你的伙伴不要？”双方针锋相对，不得开交。

钱介尘忙接声道：“小白龙的朋友们，你们可看清楚，你们的头子就这样对待朋友！不管救朋友，只管寻仇人，这叫什么江湖道？”

看见横江蟹拦住了邓潮，口中哓哓，似有辩论。钱介尘忙给加上几句挑拨话，跟着又叫道：“小白龙，告诉你，我们守望相助，人不犯我，我不犯人。你们无故闹到我们镇上来，不是我小辛集无理。你只有把夏少椿放了——相好的，咱们好打好散，我们立刻把你的两个朋友放出来。两个换一个，你不算吃亏；你要想来硬的，哼，我们小辛集不吃这个。”

飞蛇邓潮狂叫道：“姓辛的，我要的是狮子林老婆、孩子，和那个姓魏的！他们是老子的仇人，十五年三剑的仇人，你不给我，我老子把命拼给你，决不含糊！”

辛佑安冷笑道：“你要拼命，我的命也不格外值钱。你要救你的朋友，我却要救我的乡亲。你还要狮子林的老婆、孩子么？实告你说吧，你一步来晚，他们早走了。”

飞蛇邓潮道：“放你娘的狗屁！”辛佑安道：“朋友，别带脏字！老实告诉你，姓林的老婆、孩子，不错，曾逃到我们小辛集来，这与夏家父子无干，是我姓辛的念在江湖一脉上，收留了他们一夜。我在下和狮子林素无一面之识，我不过看他们孤儿寡母可怜，是我把他们放走。相好的，你要识相，你把少椿释放了，我们把你的两个朋友释放了，两个换一个，公公道道，这是你上算，面子上又好看。江湖道上的事，将来说不定谁用着谁。你要找狮子林的妻、子，他们早已离开小辛集了。

你有本领要报仇，你自己赶快追寻去，别在这里瞎磨烦！”

两下里相持不下。飞蛇邓潮尤其着急，惟恐中了联庄会的缓兵计，一狠心，便要抛弃二同伴，刺死夏少椿，叫联庄会两个首领自起内乱，他便率众焚杀小辛集，以泄深愤。只是又一想，这不啻应了钱介尘挑拨的话，怕招得同伴寒心。倘或有人说，当家的只顾寻仇，别忘了救友啊！这可怎么受得？

邓飞蛇委决不下，暴跳如雷，持着刀，对准夏少椿，比了又比。夏二爷一见这情形，就疯了似的，恨不得一头跳下来，与爱子共命。他把全部怨恨都种在辛佑安身上，与辛佑安大闹。辛佑安左右为难，也是不得开交。这越弄成僵局了！

但是，事情陡然一变，竟急转直下。后街上呼哨连响，数条黑影奔寻过来。鸡冠子邹瑞迎上去一看，原来是海燕桑七在西北角放火得手，把藏伏镇外的人都引入进攻。忽听说北面镇口外，有一辆车奔驰投暗而去。海燕桑七急忙纠众奔逐下去，又急命开花炮马鸿宾等，给飞蛇送信。

飞蛇大喜，匆忙的问明，立刻变计求和。嗖地跳上房，向辛佑安叫道：“姓辛的，拿姓夏的一个秧子，换我们两个伙计，就算依你。狮子林的妻、子，你到底把他窝藏到哪里了？你趁早说出来，太爷自己找去。你要是欺骗我……哼哼，你可是有家有业，溜不了，躲不开的！”

辛佑安大笑道：“好汉说话，有一句算一句，我说狮子林的老婆、孩子没在这里，一定没在这里。他们早跑了！”黑牤牛在旁叫道：“相好的，你一定把他们藏在别处了。”辛佑安道：“我和他非亲非故，我藏他们做什么？我们起初收他们，只像搭救逃难的难民一样。我也不瞒你，他们逃出小辛集，往西北跑去了。你们有本领，自己快追去。我们犯不上永远窝藏他们，跟你们结仇。”

飞蛇邓潮暗想，这和海燕桑七报来的话正好对景。当下提出走马换将的办法，先由联庄会把乌老鸦解了绑，从更道上系下来；然后又要换夏少椿和凉半截了。飞蛇邓潮突然不放心，

要辛佑安先放他的人。他怕辛佑安换了人之后，再放抬枪轰击他们。辛佑安拍胸起誓道："朋友，你太小瞧人了。你只要不扰害我们，我们犯不上跟你们作对。"

双方互相提防着，开始换末一对。更道上的联庄会全撤退下去，群盗也往后退。乡公所押着凉半截，开了公所旁门，用长绳拴着他；贼人那边，也用飞索系着夏少椿，藏在小巷。放风筝似的，把两个人放出来，放在街心。辛佑安和邓飞蛇都站在高处提防着。走马换将式，双方喊了一声，牵绳的人把绳一松，夏少椿和凉半截擦肩奔过自己这边去。

凉半截奔入小巷，向黑牤牛叫道："丢人，丢人！"夏少椿直奔入乡公所街门以内，夏二爷扑过来，一把抱住。虽仅一顿饭的时候，恍如隔世，父子二人几乎失声痛哭出来。

两边的俘虏都没有受暗伤。飞蛇邓潮这才向辛佑安叫道："朋友，在下小白龙承情了。咱们后会有期！我一定往西北搜去。搜得着，咱们两罢干戈；搜不着，咱们还有见面的日子！"说罢，一声呼哨，率众退出。水中二霸当先开路，飞蛇邓潮与降龙木胡金良，横刀断后；凉半截、乌老鸦蹿房越脊，倏高忽低。来似一窝蜂，去如风扫叶，一眨眼退净。

夏二爷容得儿子生还，贼人撤退，直着脖子骂道："好贼！喂，快开枪轰击他们！"一迭声催会丁开火。辛佑安、钱介尘忙拦住道："这可使不得！"夏二爷还是怒气不出。虽因辛佑安沉着应付，把夏少椿换回；他到底恼着辛佑安，以为漠视别人的骨肉。夏少椿却明白，抱住父亲道："爹爹算了吧。咱们有身家的人，这些东西是亡命徒，跟他们结仇不是事。你老看，我这不是一点也没有伤，好好地回来了么？"

夏二爷眼望着黑影，喃喃地怒骂，拍着儿子，叹了一口气道："上阵还是父子兵，外人谁管呀！"说得辛佑安老大不痛快，却也不好接茬，只得说道："二哥，不是我心狠，拿着别人骨肉不当事；无奈贼人意在要挟，我们越将就他，他们越来劲。二哥你是心疼没想开，少椿你可明白。我问问你，我答对

的话究竟对不对？”

夏少椿赔笑道：“二叔别过意。我爹爹气糊涂了。二叔看着我吧，现在还是办善后要紧。二叔你快回家看看去吧，贼人可是押着我，到您家里去了一趟。贼人逼我诈门，二叔你别怪我嘴直，贼人可是单冲着二叔来的，跟我们父子无干。贼人口口声声说二叔把狮子林的老婆、孩子藏起来了。我们父子吃的是挂落，似乎冤点，也难怪我爹爹着急。”说着，笑了一声。

辛佑安蓦地耳根发烧，倒叫小孩子给了几句，真是哪里的晦气！刚要还言，夏二爷半晌没开口，忽然问道：“对呀，我说辛二弟，你把那个狮子林的三口藏在什么地方了？险些为了人家，把自己人饶在里头。谁叫我只有少椿这么一个儿子来？我要有三男一女，叫贼绑了去，我也不心疼。”

辛佑安说：“这是怎么说的，我藏他们做什么？那个小孩是黑鹰程岳程老英雄的外孙，那个女子是程老英雄的侄女。这三口真要从咱们手里，被贼人要出去，哼哼，人家程家怕不告咱个通匪帮凶！好在这三口奔马头村去了，我也没有藏他们。二哥愿意献出来，可以给他们送信去。”夏二爷说：“我凭什么给贼人送信！”

夏少椿忙过来一拉他父亲，说：“得了，得了，事情过去了，咱们快回家吧。咱爷俩尽在这里，家里我娘和我姥姥还不知怎么着急呢？辛二叔，您费心料理吧，我爹爹心乱了，他也不行了。”

辛佑安气得面目更色，还要说话。那钱介尘连忙推劝说：“二哥少说两句，办正事要紧。”辛佑安忍了又忍，这才登高一望，黑乎乎看不见什么。只听西北一阵犬吠，猜想贼人全都奔西北去了。辛佑安下了更道，率领联庄会丁，挑灯持兵，急到各处巡哨了一遍。在各要道增人安岗哨，直到天色将明，然后收队回家。

到了家门口，陶老英雄藏在更道上，先问明，又看清，这才开门。辛佑安动问：“贼人没有到家里闹么？”陶老英雄说：

“哼，也够瞧的。老二你不知道，贼人架着夏家小椿子，到咱们这里诈门来了。你想我岂肯上他的当？”

辛佑安愕然，刚才夏少椿说到诈门的事，在气头上，并没有听清。此时急忙诘问情由。陶老英雄答道：“没事了，你别着急。是几个贼押着夏小椿子，到这里来拍门找你。这个夏少椿别看年纪轻，倒有种。贼人拿手叉子比画着他，逼他诈门；这小子竟敢当着贼要花招，小伙子真不含糊。其实他就不说，我也看得出来。他两只胳膊明明齐肘绑着条绳哩。笨贼只当我看不见，真他娘的屎蛋，叫我冤了他一顿好的。”辛佑安道：“你老怎么冤他们了？”

陶老师父捋须笑道：“我老头子装傻，只跟他耗，磨磨蹭蹭找钥匙。嘿嘿，到底把兔蛋们耗跑了。武戏文唱，你没在这里，有意思极了。现在外边怎么样了，贼人都退了么？”

辛佑安道：“别提了。你老人家倒高兴，你不知我叫夏老二啰唆了一大顿。”陶老英雄道：“他啰唆你做什么？”辛佑安道：“他儿子叫贼绑去，他就讹上我，嫌我不跟他一块泄气，他还抱怨我，不该收留狮子林的家眷。”说着坐下来，拭汗问道：“咱们先说以后的事吧。老师父你看，贼人还来不来？还有，你老办的那事怎么样了？不致有闪错吧？”

陶成泽捋须笑道：“贼来不来可难说，反正贼人们得上我一个当。我叫小婿、小女专办这一件，又有晏扬初晏老四帮忙，沿道上又有人接应，管保没有错。你擎好吧，明天下半晌，准能听到回信。”

辛佑安点头称是。陶成泽又道：“这个小白龙气焰好凶，真得防备他扑空上当，再来第二回。”辛佑安道：“我们只要提防到明天。我已经报官请兵，我算计不出三天，就有官兵来到。”陶成泽放低声音，把手指伸出三个道：“他们呢？”辛佑安摇头道：“噤声！夏二爷正为这个跟我闹。现在咱们不但要躲避贼人的眼目，就连联庄会，也得瞒着他们。咳，做好人真难。狮子林是死了，咱们这番苦心，有谁知道？”陶成泽用手

一指上空道："天知道！二爷，咱们就求对得起自己的良心！扶危救孤，是大丈夫的本分！"于是辛佑安不遑宁处，又和陶成泽忙着安排起来。

那一边，飞蛇邓潮率众退出小辛集，如飞地先扑到一片柳树下。预遣同党吹呼哨、绕镇口，把攻庄瞭哨的人都聚拢来。先慰问凉半截、乌老鸦。梁、叶二贼都说被擒之后，没有受刑伤。然后，邓飞蛇拉着开花炮马鸿宾，盘问他巡风见车的详情。开花炮竟说，这辆车不是由小辛集北口闯出来的，乃从一个不知名的小村奔出来的。也并非开花炮亲眼所见，只是巡风小伙计瞭见的。邓飞蛇忙问："车中人是男，是女，可是三个点子么？"开花炮愕然道："这可不知。不知这小伙计怎么告诉桑七爷的……可是，我想这一定有谱。要不然，桑七爷不会丢下攻庄的事追出来。"

飞蛇咳了一声，道："马爷，你怎么就不细问问？这是能模糊的事么？"马鸿宾青筋直暴，怫然道："二哥倒说得好听，你就不知道当时哪有问的空？我们放火得手，联庄会四五十人赶来救火，我们就打起来。踩盘子的一报信，桑七爷抽身便退，拔腿就追，忙忙叨叨的，催我给你送信。二哥，你叫我怎么细问？我可怎能细问？"

邓潮一想也对，一时情急，又得罪朋友了。他忙拉着开花炮的手，连连赔礼。黑牤牛道："自己哥们没说的。二哥，咱们还追么？"开花炮道："追不追的，大主意，二哥拿。"横江蟹推他一把，道："得了，马爷。"

飞蛇邓潮急忙站在高处，向西北角一望，黑影沉沉，一点什么也看不见，却隐隐听得群狗吠声。想而又想，小辛集说狮子林的妻、子奔西北角去，海燕子已奔西北追去。海燕子是老手了，决不会干没影儿事。邓飞蛇一顿足道："咱就往西北追。追不上，回来再跟小辛集算账。"把现有的人全集聚起来，留三分之一，仍在小辛集埋伏，亲率着胡金良、黑牤牛、水中二霸、九头鸟、鸡冠子等，决计前追。

第十九章 寻仇客歧路亡羊

“狮子林的老婆、孩子往西北逃去了。”小辛集的人这么说，巡风的同党也这样说。飞蛇邓潮遥望西北浓影，略一沉吟，决然道：“追，就先往西北追！”海燕桑七虽已急蹑下去，飞蛇还是不放心，要亲自率众追赶。就在林边，查点人数，同伴只有十几个人在身边，其余的人分散到各处去了。黑牤牛道：“那些同伴怎么办？”邓潮道：“咱们一面先追，一面聚人后赶。这一回再放走了狮子林的老婆、孩子，我简直不成人了。有咱们哥几个，还杀不了他们么？”

飞蛇邓潮打着呼哨。围绕小辛集，又寻唤出几个巡风的人来。复命两个同伴，到各处送信，把人聚合来。吩咐他们：留几个人看守小辛集。再打发几个人，到砖窑把镖行邱良杀了。然后聚齐了，同趋西北。遂亲率降龙木胡金良、黑牤牛蔡大来、开花炮马鸿宾、九头鸟赵德朋、纪花脸纪长胜、鸡冠子邹瑞和水中二霸，这几个脚程快、武功好的人，先往西北追去。

邓潮不顾劳累，望风捕影赶出一段路。后面同党忽又追上人来，连吹呼哨，催邓潮速回。说是有人在小辛集东南邻村，

瞥见一辆车，从村中蹿出，往东落荒逃去，已经分人追下去了。问邓潮究竟该追哪一面，邓潮愕然，愣了愣，跺脚道："又不准知道哪一面是点子，只得全顾着。"向胡金良拱手道："这么办，胡贤弟你费心，往东路追，我还是追西北。"邓潮访知程玉英母子，预备逃往直隶省保定府，西北方恰是赴保定的正道，所以他要自己亲追。

分拨追兵已定，邓潮率众拔脚，又往西北追赶。偏偏那双头蛇丁六，又喘吁吁地从后追来，一面跑，一面喊叫。那守砖窑的同伴也派人送来信，说刚才也瞥见一辆车，从砖窑驰过。黑影中看不清坐车的有没有女子？可是同伴刚持刀上前拦问，那跨车沿的人竟扬手打过来一镖。跟着跳下车来，是个细高挑，穿青衣，持钢刀，很像那个摩云鹏魏豪。这人功夫很好，竟先下手，打起来。丁六说："我们留守的人竟不是这小子的对手，被他连砍伤了两个人；到底被他驱车夺路，奔南边逃走了。当家的，快去看看吧，就许是狮子林那一窝。"

飞蛇邓潮一听这话，人家竟伤了自己人，他倒猛然仰天狂笑起来，笑得同党无不诧异。邓潮停笑说道："好好好，姓魏的，到底我也寻着你们了！这里才真是仇人呢，西北方和东方的车一定不是。"立刻吩咐全伙，一齐跟着他，扑奔砖窑那边。一面飞跑，一面不住声地盘问丁六，并催促快走。

但是事情往往不由人打算。飞蛇邓潮不要命地穷追逃人，率领十几个剧盗，一阵风地逃过砖窑。砖窑上放卡的人迎来报告，已遵命把囚在砖窑的镖行邱良杀了。可是那派出去跟追那辆车的人，竟追得没影儿了。飞蛇邓潮暴跳如雷，一直往前赶，直赶到马头村，才在村外遇见了一个同党。问起来，那辆轿车已经直开入马头村。及至再往马头村里赶，却是鸡声连唱，天色渐明了。

飞蛇邓潮不是铁打的身子，到这时也有些支持不住。一咬牙，抢入村中，与党羽穷搜之下，这小村中连个轿车也没有。邓潮顿足失望，复又出村穷搜。直搜到村外三里地，竟在青纱

帐里，寻着一辆轿车。车是空的，牲口却没有了。这一推测，便可想见坐车的人已经弃车而逃，改骑着马跑掉了。

邓飞蛇大怒，冲那守砖窑的同伴大闹，但也无济于事。邓飞蛇疯狂了似的略想了想，复又盘问追车的人。追车的人说："那个跨车沿的小伙子，非常扎手，四个弟兄竟截不住他，反倒被他用暗器打倒了两个。所以无计可施，才打发一个弟兄给舵主送信，打发一个人退得远远的，在暗中缀着他那辆车。眼见这车开入村中，竟不知什么时候又溜出来的。最奇怪的是，没听见车轮响。"飞蛇发狠道："你们瞧瞧这车轮子，它自然不会响了！"原来车轮包上软东西了。

飞蛇邓潮搔头盘算了一阵，对水中二霸道："这里还得搜，这就请二位费心吧。"水中二霸道："那么，二哥你呢？"飞蛇邓潮道："我嘛，我还得奔西北。狮子林的老婆、孩子不会滚到别处。他们一定是奔保定府。"飞蛇说罢又慌慌张张，要奔西北赶去。却又将余众分散开，叫他们以卧牛庄、小辛集为中心，往四面八方排搜下去。北到双合岭，西到刘庄，南到定陶，东到钜野，都要下心细搜。又指定了传信的地点，限定了踩访的日期。飞蛇邓潮这才一直往西北赶下去。他先要赶到濮阳。如果还追不上，便嘱余人于约定之日，务必全返回老河堤店房，以便聚齐，听各路的报告，想第二步办法。

飞蛇邓潮此时身边，只剩了鸡冠子邹瑞、黑牤牛蔡大来、纪花脸纪长胜、九头鸟赵德朋、开花炮马鸿宾了。所有桑七、胡金良、水中二霸的横江蟹、斗海龙和杂毛刘继清、火烧云苗福森、判官郭义堂、冯三胜、凉半截梁文魁、乌老鸦叶亮功以及双头蛇丁六、花面狼黄启泰、滚地雷苗长鸿这些人都已四散开，替舵主分路跋涉寻仇。但是飞蛇邓潮催得太紧，赶得太绝了，就有人认为飞蛇做事太过分了，闲话也隐隐约约闹出来了。飞蛇邓潮还是不管那一套，还是要搜杀狮子林的家属，还是要斩草除根。不把姓林的满门废于刀下，他死也不肯甘休。

飞蛇邓潮率领着鸡冠子邹瑞、黑牤牛蔡大来、纪花脸纪长

胜、九头鸟等这几个人，一口气追出直、鲁交界，竟未和桑七碰上，却略得仇人的一点踪迹。邓潮一路急追，逢人打听，把寻仇实情瞒过，自己是奉主人之命，追拿拐带。诬说程玉英娘子是他主人家的寡居弟妇，小铃儿是他主人的侄儿，摩云鹏魏豪是他们宅中的护院的。这个护院的竟忘恩犯上，与孀居的二主妇通奸，胆敢拐带财物逃走，还把少主人拐走了。这番措辞，居然装得很像，并且极容易引起好事之徒的同情。结果居然在顾家营，听见一个野店伙计说："看见了一个妇人坐车，一个少年赶车，在店里打了一个尖，当夜起四更走了，神色是慌张的。"

飞蛇忙问这一男一女的面貌，回答说："女人像个乡下人，紫棠色的面貌；那少年脸瘦而长，倒像是个镖客。"飞蛇忙又问："他们奔哪里去了？"店中人说："由这里奔曹州府去了。"这倒往回走了，飞蛇不由迷惑起来。接着打听，忽然又在家店中，得到水中二霸的消息。二霸竟在柜房中，留下一封信，信上说："一路奔寻，那一男一女一小孩，似已奔到直隶边界，复又折向南走，好像要逃回去。"这话和刚才访的消息很相接近。可是，旋又得到海燕桑七派人带来的一个口信，竟说这一男一女一个小孩，似乎往东北逃去了。

同时水中二霸没有追上逃人，也没有访出确耗。飞蛇怏怏地返回老河堤，在店中蹲了两三天。一面打发人四面暗访，一面汇集各方消息，竟都是迷离恍惚，没有一点准影。在小辛集附近放线的人，也回来送信，说是没有看见小辛集逃出人来。还有返回卧牛庄林宅的贼党，也奔来送信，报告狮子林的妻、儿，的确没有再逃回家来。

飞蛇邓潮竟束手无计了。查点党羽，还有没回来的。顶要紧的是桑七，以前还不时派人带来口信，以后竟也追得没了踪影。飞蛇在店中，如热锅蚂蚁一般，直盼了四五天，桑七和胡金良等，才先后垂头丧气地回来。两拨人都说："二哥，我对不住你！把点子追飞了，简直不知他们是怎么遁走的！"

飞蛇邓潮道："你们几位也把人追丢了。好啊！可惜我忙活了十五年，布置了整一年，末了一场空，还留下了两条祸苗！我，我，我……"一口气倒噎，半晌说不出话来。定醒移时，飞蛇邓潮睁开眼，看着这些伙伴，有的面含愧色，有的竟似乎不大乐意，俱都默默无言。飞蛇邓潮独自盘算了一会儿，在店中秘议，终有不便，遂邀同伴，出离房店，找了一片丛林。命九头鸟、双头蛇，在林外巡风，他自己与同党藏在林中隐僻处，密计今后的打算。飞蛇邓潮叹了口气，道："诸位哥们，你们辛辛苦苦，跟着我忙活了这些天，风里雨里，大热的天，我心上很下不去。无奈，我们的事情没有办完，我们实在不能就此罢手。"

寻仇最急的黑犍牛蔡大来，此时也有些厌烦了。他眼望众人的神色，对邓潮道："狮子林是二哥的仇人，也是我蔡大来和桑七爷的仇人，其余的别位也跟姓林的拐弯抹角有茬，寻仇的事，不只是二哥一人的事，乃是我们大家伙的事。不过有一样，咱们各人身上都有正事，如今全把它搁下来，专寻找姓林的，也整找寻了一年了。我不知别位怎么样，我个人就有点耗不起了。我们不能净报仇，我们也还得吃饱饭。再说这寻仇的事做到这样，也算很可以了。姓林的性命是断在咱们手里了。他们师兄弟和朋友也饶了好几个。他的家是破了，他的镖局也得关门。咱们可算是报复尽情，顶头顶梢了。现在只不过剩了姓林的一个年轻老婆，和一个屎蛋的孩子。这一母一子满不用我们料理。你看他那老婆才二十几岁，一定要改嫁别人。那个屎蛋的孩子更不足虑，一准活不长久，这一路吓还吓不死他？依我说，做到这里，完了就完了吧。"

降龙木胡金良也道："姓林的弄到今天，可以说是家败人亡，我们的仇可以说是报到头了。再赶尽杀绝，也怕江湖上的人笑话咱们哥几个欺孤凌寡。……"

飞蛇邓潮一听这话，脸色一变，忽地满面堆下笑容来，说道："是的，诸位哥们全是这个意思么？……诸位哥们若觉着

不用穷追了，我也不能太干什么。”眼望众人又道：“说真格的，你们众位看着怎么样？若说干到这里，可以罢手了，就请说出来，我一人不违二人意。”

群贼多半搭腔道：“胡二爷、蔡五爷说得很不错，我们就算了吧。姓林的只剩下一个寡妇、一个孤儿，很不足为虑。况且我们好汉寻仇，一个顶一个。咱们是找姓林的本人，跟老娘们、小孩子不相干。咱们光棍做事，吃柿子单捏硬的，犯不上一死劲儿盯那软的。”飞蛇往后一挫身道：“大家都是这个看法么？”

鸡冠子邹瑞道：“其实闹哄了一年了，也够劲了。”

飞蛇邓潮陡然立起来，声如裂帛地叫道：“好！大家都这样想，我，我就谢谢大家，咱们就从今天起散伙！”说到这里，海燕桑七、降龙木胡金良等，突觉邓飞蛇声色不对。再一看邓潮的脸，虬髯缭绕的紫面，陡然泛成惨白，豆大两滴眼泪，倏地从眼角滚来滚去。海燕桑七道：“二哥怎么了？您别着急，有话咱们好好地商量。”

时在白昼，飞蛇邓潮毫不顾忌，竟大叫道：“好好地商量？还商量什么！一人不违二人意。你们大家都觉得我报仇报得过劲了，我姓邓的还有什么说的？”双眼一阖张，一串串的热泪滚流下来。飞蛇邓潮不管这些，信手向脸一抹，抢过去抓着胡金良的手道：“别人不清楚我的事，胡二爷你是明白的。我欺负孤寡？不错，我欺负孤寡了！我赶尽杀绝？不错，我赶尽杀绝了！可是我为的是什么？”霍地一翻身，面向众人道：“你们诸位给我帮忙，我谢谢。天长日久，我一定肝脑涂地，报答你们诸位。”趴在地上，就一气磕了三个头。海燕桑七等人面面相觑，连连拦劝。飞蛇邓潮疯了似的叫道：“你们诸位不愿意欺负孤寡，我姓邓的可不行。我姓邓的一定要把姓林的一条根也不留！我不但要报深仇，我还要除后患！你们诸位难道不晓得吗？姓林的把姓邓的一家四口，毁了三个，只剩下我一口。我忍气吞声，我整整苦挨过了十五年，到底叫我翻过手来。难

道姓林的老婆、孩子就不会么？”

鸡冠子邹瑞忙道：“二哥别着急，咱们可以再追再赶。”邓潮苦笑一声道：“再追，那是我姓邓的一个人的事！诸位哥们也许不知道详情。实对诸位说吧，我大哥邓飞虎，叫姓林的一箭，射着胸口，血淌了我一身！我们家嫂，那时候就逼我立刻报仇。我说我能力不够，我大嫂就骂我，说我不是人生父母养的；小猫小狗惹急了，还会抓人咬人。”飞蛇回头来叫着桑七道：“七爷，你晓得我从十三岁上没了爹娘，我老早就跟着哥哥嫂子过。我哥哥我嫂子疼爱我，我就拿哥嫂当爹娘一样。我哥哥叫林廷扬打死了，我按天理良心上说，能不报仇吗？但是，我斗不过姓林的。是的，我斗不过人家！我不肯冒昧，白白地把命饶在里头，反而报不了仇。我劝我嫂嫂，无论如何，打了牙，肚里咽，稍微忍耐一下。君子报仇，十年不晚。我嫂嫂张口唾了我一脸唾沫，又哭又骂。我那侄子也说，‘二叔，天理良心呀！’我嫂子、我侄子都骂我没心肝，拿我不当人，说我胆小怕事。我整憋了十五年，我整挨了十来年的骂！”

飞蛇邓潮说到此，更忍不住，放声号哭起来，且哭且说：“我为这报仇的事，苦心预备了好几年，食不甘味，睡不安枕。我家嫂直逼我，叫我马上就去。我越劝，我家嫂越来劲。我哥哥的旧相识也瞧不起我。”

胡金良等齐劝邓潮。邓潮道：“不行，我得说说，要憋死了！我给我嫂嫂跪着，求她持重一点，她不答应。我那糊涂侄儿，尤其少年气粗，把林廷扬当作一个平常镖师。后来，果然不听我的话，把一条小命饶在里头，叫姓林的伙计杀死了！这一来我家嫂更和疯了一样，又来逼我。我一听侄儿死了，我大哥这一支就算绝了，我能不扎心吗？我恨不得自己抽嘴巴子，我恨我怎么就拦不住他。我就哭着再劝家嫂，我说我不是没见到吧？我说这不是硬拼的事，我们要想出一举歼仇的绝招来，我们再不可轻举妄动了。我说我已经托人试探敌人去了。敌人太硬，我们这些人全不是人家的对手。我说嫂嫂你把这事交给

我，你容我几年的限。饶这么讲，我家嫂还是又哭又闹，当着我的面，自己打嘴巴，哭天嚎地的，叫着我大哥的名字，说是，'死鬼呀，你看看你的好兄弟吧！'她哭了一阵子，到底自己走下去了。她自己聚拢了好些人，她要自己找姓林的去。我一听这信，我又慌了。我连夜赶去劝阻，我家嫂竟藏起来不见我。她不但这样，还打发人来挖苦我！后来，果然不久，我就得了凶信，我家嫂到底也死在姓林的手下……被人家砍落一只胳臂，死了！我大哥这一门，就算从此灭绝！"

说到此，邓潮据地呻吟起来。跟着又蹶然而起，瞪着血红的眼睛，向降龙木胡金良、海燕桑七、黑牤牛蔡大来、鸡冠子邹瑞、水中二霸等人，说道："不几年的工夫，我大哥，我侄儿，我嫂嫂，全都断送在姓林的手里。我家嫂临咽气时，还捎来绝命书。她说……嗐！她到九泉之下，变为厉鬼，她不找姓林的，她要先找我这没心肝的小叔子！诸位哥们呀，人心都是肉长的，我邓老二也是个人哪。……我是我哥嫂一手拉扯大的。……你们想，我受得了吗？所以，我才下了十来年的苦心，自己先练功夫，一口气练了四五年，自觉练得差不多了。可是绕着圈子，拿出来一试，还是敌不过姓林的。我可就灰心极了，我跑在我大哥的坟上整哭了一夜。我实在没法子，我这才访求能人，打算邀好帮手，也可以找姓林的报仇。我走南闯北，拜这个，访那个，好不容易访着小白龙这家伙，从种种地方试验，觉得他似乎敌得过姓林的了。可是我一张嘴，就碰了钉子。无论我怎么央求，无论我想什么法子，他只不肯出头帮我。我无计可施，又下了好几年的苦功夫，才逼他答应下来，帮忙我了；却又只允许替我找场面出气，不肯给洒血歼仇。等到临头，他小子又只露了一手；这一手也稀松，差一点还误了我的大事。这些事你们都亲眼在场！……"

邓飞蛇说至此，惨叹一声，接着说道："我不是不知道人死不记仇，我也不是不知道男子汉欺孤凌寡，江湖见笑。但是你们几位想想，姓林的把我一家弄死三口，只剩下我这一根祸

苗，到底叫我翻过手来。我能翻手，人家就不能翻手吗？我还能斩草不除根，给自己留下祸害吗？不过，诸位哥们帮我忙这些天，耽误了你们好些正事，我心上很感激，我日后必有补报。至于今天以后的事，我不怕诸位见笑，我一定要搜根剔齿，把姓林的……”邓飞蛇目眦尽裂，切齿叫道，“把姓林的老婆、孩子一个也不留，一个个都剁了，我然后才称愿，才对得起我亡兄、亡嫂、亡侄。我然后才对得起我十五年的苦心，我然后才安然，死也心净。……姓林的十五年的旧账，今日我才得清算，也不过刚刚捞回本来，还差着两笔数，我就再糊涂，也不能留下这两笔利息，叫姓林的儿子、老婆，过十五年加倍找我讨债来！”

飞蛇邓潮喷喷薄薄，吐露了这些话，群贼登时听得毛发悚然，倒吸凉气。半晌，海燕桑七慨然说道：“那么，邓二哥既然是怕后患，咱们还是再搜下去，咱们该怎样着手哩？”

飞蛇邓潮惨然笑一声道：“我不过要找林廷扬的老婆、孩子，这比林廷扬本人容易得多，也用不着这些人。诸位仁兄，哪一位愿意帮我，我就再烦烦他。哪一位不愿穷追，也敬请言语。……我的意思，我要先奔保定府，找林廷扬的镖局，把他的镖局给放火烧了。再破出工夫，搜一搜狮子林的老婆、孩子，是不是也藏在保定。如果保定没有，那时候啊……”又深叹一口气道：“我可要胡来了！卧牛庄，小辛集，苏杭二州，南北二京，不论是林廷扬的老家，不管是林廷扬的亲朋乡邻，我邓老二定要挨门搜户找到。我邓老二卧薪尝胆，受尽苦处，我如今可要发作一下了。我不怕江湖上万人笑骂，我只要对得起我死去的哥嫂，我就什么也不顾了！”说罢，呜咽不成声，咕咚一下，又跪在地上，向众人告罪：“诸位仁兄，恕我出言无状吧。”叩罢头，突然站起身来，扶着树，哇哇地呕吐起来。

群盗经飞蛇这般痛诉，一齐感动。首由胡金良、桑七，伸手把他扶住，与众人纷纷劝道：“二哥不要难过，你的事就是大家的事，你的仇就是大家的仇。咱们还是仔细合计合计，大

家一块去访。”飞蛇扪心摇头道：“诸位仁兄，不是我邓潮向好朋友撒泼撒赖，我说出来真丢人，不说诸位不明白。你们只见我一死命地要追杀姓林的妻、子……”他抓着胡、桑二人的手，闭目切齿说道：“你，你知道家嫂是怎样死的？……她，她，她是活活教姓林的羞辱死的……我怎能饶他呀！”越发掩面泣不成声了。

原来林、邓旧怨，群盗皆知；飞虎邓渊是被狮子林手诛的，小虎头邓仁路替父报仇，是狮子林手下镖客杀的。独有飞蛇的嫂嫂母大虫高三妗，只听说是生生气死的。飞蛇邓潮这些年奔走江湖，寻访仇人，对这场怨仇本来极力守秘，但对同党并不讳言。只有他嫂嫂惨死这桩事，他始终不愿详说。因为他接到他亡嫂临死的遗书，自说曾被林廷扬活活捉住，受了莫大的羞辱；词句之间，似乎林廷扬对这仇人之妻，曾加以无礼的污辱。邓飞蛇捧书痛哭，引为奇耻。所以对朋友谈起来，一向讳莫如深。他并不晓得他嫂临死时这封遗书，乃是故意这样说，为的是刺激邓飞蛇。那信上对邓潮百般怨恨：“难为你哥哥那么拉扯你，比亲儿子还疼；你竟忘了杀兄的大仇，一天一天往下推延！”又说：“我死之后，在地下见了你哥哥，我夫妻俩一定先找你这忘恩的小叔子算账，后找仇人算账。”信上的话满是类乎这样的词句，把个邓飞蛇激得痛哭了好几夜，有两天两夜勺水没有入口。

飞蛇邓潮的老谋深虑，竟始终不为寡嫂孤侄所谅解。连他亡兄的旧部，也很有几个人瞧不起他，说这位二当家的太懦弱了。——但是林、邓二姓到底怎样结的仇？邓飞蛇身为剧盗，何以如此手足情深？他的嫂嫂母大虫又是何样人物？这十五年旧仇，一旦得雪，邓飞蛇事先都做了些什么事情？那盗侠小白龙又是何等人物？是怎么被飞蛇牢笼，甘受欺绐？现在，追溯前情，从头叙起。

距今二十余年前，川陕交界乱山中，潜伏着一伙大盗，为首的盗魁，便是那著名的陕匪飞虎邓渊。初起时，部下共二三

十个悍匪，专在川陕边界，做些杀人越货的勾当。偏值吏治不修，年成饥馑，过了不多几年，忽然啸聚到一百多号人了。渐渐地官厅也注了意，要剿办他。而飞虎邓渊的声势，一天比一天跋扈；渐渐闹得商旅裹足，不敢经过他的地界。他越发大胆，有时率党羽，出离窟穴，竟到一二百里以外，成伙地打抢。

飞虎邓渊可以说是强盗世家。他的爹娘当年也是有名的积盗，在川省大盗活阎王的手下，当二舵主；素以骁勇，为伙匪所慑服。有一年，惊动了官府，活阎王的巢穴被川陕总督年羹尧剿办。那时候，飞虎邓渊正在少年，骤闻官兵掩至，伙党都持兵刃，纷纷出窑拒捕。飞虎的父亲更率众当先，早迎出去了。邓飞虎急登高一望，官兵如潮涌来，情知不好，忙跳下来，要搀母亲逃走。他母亲苦笑一声，操起一把刀来，一摆手，催飞虎作速逃命；她却持刀也出去拒捕拼命。

邓飞虎双眼一转，立刻把他的小弟弟，就是后来杀害林廷扬的飞蛇邓潮，一把抓起来，挟在肋下，舞动尖刀，从垛子窑后面逃出。后面也有官兵埋伏，人数较少，被他捞着一匹马，挟着幼弟跨上去，催马抡刀，如飞地冲出去。

战后，伙匪十九被擒，飞虎的父母不知是死是活，猜想着当然不是当场殒命，就是被擒正法。这个邓飞虎一口气逃出数百里，把马弃了，带幼弟逃入乱山中，潜伏起来。不敢入村庄有人烟处，只藏在人迹不到的山窟中。弟兄二人挨了两三天的饿，然后邓飞虎把小弟弟飞蛇邓潮藏在山洞里，洞口塞上石头。邓飞虎乘夜下山，出去打食。打来食，弟兄共享；打不到，一同饿着。苦挨了一个多月，风声稍定，打听得官军已经奏凯而回了。飞虎邓渊访了访父母，既无下落，只是痛哭一场。做惯强盗的人，没的可干，不免又重整起旧业来，天天教邓潮练功夫。恰巧近处有一帮一帮的土匪，邓飞虎入了伙，依旧劫夺行旅，杀人图财。不久又遇见旧伴，日积月累，居然又凑了三十多人，声势炽张起来。

飞虎邓渊武功精强，胆大气豪，为群贼所爱戴。不久升为

二当家的，和他父亲一样了。过了些时候，大当家的因事下山，被人卖底，断送了头颅，飞虎邓渊居然做了盗群魁首。他又颇得人和，渐渐啸聚越多，只几年，又凑上百十多人了。官府也知道他了。

飞虎邓渊虽是强盗，友爱甚笃。抚视他这小兄弟邓潮，很是尽心。他自己的本领，都教了邓潮。邓潮也是天生强盗性格，作案打抢非常勇猛，于是群盗捧场，又拥他为二当家的。

有一年，弟兄二人率部出去打抢，劫夺了一伙行贩。内中有一个卖艺的老头子，领着一个老伴、一个女儿。这女儿便是后来的母大虫高三妗。高三妗不肯老老实实地就缚，父女抡兵刃，与邓飞虎打起来。自然打不过飞虎邓渊，被飞虎活捉过来，威逼软磨，高三妗竟做了他的压寨夫人。两三年后，生了一子，便是邓飞虎的长子、邓飞潮的侄儿、小虎头邓仁路，后来为雪父仇，改名“火烧林”。

飞蛇邓潮跟着哥哥为盗，弟兄们情感很厚。到飞蛇邓潮二十一岁那年，忽一日，奉兄命，到附近一个县城，去踩探一件事情。邓飞蛇年少贪欢，“公余之暇”，穿上豪华的衣服，不免到花街柳巷，冶游买笑。孽缘凑巧，他竟在一家妓馆上，爱上一个妓女，名叫于素珍，外号叫小青椒的。这个小青椒粉面缠足，也只是个庸俗脂粉；不知怎的，邓飞蛇竟迷恋得一住两个来月，把他哥哥交派的事都抛在脑后了。

邓飞蛇正在少年，举止豁达，言语粗俗。跟他后来磨炼过的沉着性格，截然不同。他竟陷入迷魂阵，将大把钱财，做了缠头费。给小青椒扯衣料，打镯子，又跟老鸨商议，要给小青椒赎身。老鸨只是玩弄他，小青椒也估不透他的为人。听他自己说为富家之子，却不带一点纨绔豪华气。猜他是乡下土财主，又不带一点财奴吝啬气，所以只不即不离地笼络着他。但其时正值白莲教嚣张之时，官府查拿教徒正严。邓飞蛇孤踪客寄，来历不明，挥霍无度，不知不觉，惹得地面上的狗腿子动了疑。起初他们把邓潮当秧子看，颇想吓诈他；邓潮不是省事

的人，自然不受，并且几乎惹翻了他。这么一闹，弄假成真，官面上真就要动他的手。

一天夜里，邓飞蛇宿在娼窑小青椒处。小青椒受官面上的密嘱，叫她诱取邓飞蛇的实底，遂拿从良的话诱入，委曲盘问起邓潮的家乡身世来。邓潮信口胡诌，怎么阔，就怎么吹。但小青椒早受了明人的唆使，绕着圈子来骗他。他不由得掉在圈套里，把自己的真姓名说出来；把有一个哥哥，有一个嫂嫂，都会武艺的话也泄露出来。这里狎客与妓女在枕畔昵昵私语，隔壁竟伏着两个官人。

等到飞蛇睡熟，小青椒悄悄穿衣爬起来，把屋门敞开。官人一拥而入。邓飞蛇猛然惊醒，霍地蹿下床来，赤着身子，和捕快动手，竟被他徒手打伤两三个人，穿窗逃到院中。院中埋伏的人掷椅凳把他绊倒，一阵乱打，到底把他擒住，押到县衙中，熬审起来。

偏偏不凑巧，关厢外半个月前刚闹起一桩明火，失主被抢的赃物，恰与邓飞蛇给小青椒打造的那副镯子一样，这越发佐实了盗案的罪嫌，况且他又曾拒捕伤人，他又供不出家乡庐里来。飞蛇邓潮便陷在县狱中，受尽苦刑，逼问亲供。邓飞蛇竟是年纪很轻的一个硬汉，被县官几次严刑拷打，没吐出半字实话来。但是他尽管不招，官人们已经断定他是大盗。

这件事不久被他胞兄飞虎邓渊晓得了，勃然大怒，既惊且诧。立刻定计，要亲自搭救胞弟，将全伙事务交给副手照料。他身率十几个面生的精干同党并他的妻室母大虫高三妗，一齐乔装打扮，出窑下山，多带金银财帛，前来县城，策划着劫牢行贿之计。

飞虎邓渊不惜使费，暗托底线，把县衙上下打点了。所有他胞弟犯案被捕的缘由，以及现受刑伤的情形，都已访明。当下又是气，又是恨。算计着罪名既重，贿释是不容易了；而防备甚严，劫牢也有许多难处，遂留下他妻高三妗，在县城策动一切，邓渊自己立刻返回盗窟，把情形对伙党说了，恳求大家

帮忙，“替哥哥办这点私事。”群盗素服飞虎的慷慨义气，又喜飞蛇的年少英勇，大家一口答应。飞虎大喜，这才将全伙盗党，调动了五分之二，共有六七十人，一个个改装分批下山，陆续混入县城。

这工夫，高三妗已经扮作一个乡村里俏妇模样，贿赂了狱卒，探监送饭，向小叔子飞蛇邓潮，通了暗号。她又不惜小惠，不吝颦笑，诱买动这些牢卒。高三妗年才二十七八，自恃姿容，和这些公门中的人，嬉皮笑脸，打牙斗嘴。公门中人没有什么好小子，惯好占女人的便宜。和这样一个青年村妇调舌，打情骂俏，自以为美得很。哪里知道，高三妗是个雌虎，他们硬要往老虎口边拔毛龇牙。他们不晓得高三妗似笑非笑、似怒非怒的放浪样儿，隐隐地含着一把刀！

于是，高三妗一天送两回饭，便跟狱卒一天斗两回口。这些狱卒个个着了魔，简直把这位何三奶奶（高三妗乔称姓何），当作开心解闷的至宝珠。一天两顿饭，日久天长，一个多月的水磨工夫，这些牢卒们对这位何三奶奶，不但毫无疑忌之心，反而当作了逐日常课。有一顿饭不见她亲自送来，这些狱卒反倒互相诧异，互相询问：“怎么到这时候了，何仙姑还不来呢？”

于是水到渠成，该是要下手的时候了。忽一日，何三奶奶给她的小情人又送饭来。这个小情人的怪话，便是高三妗故意的说法。对狱卒们，她以一种顽皮的样子，自己是狱中犯人的姘头。这样说法，越发引动了狱卒的癫狂。只想着调皮，更忘了盘查了。这一日送来的这份饭菜大是可口，原来是三条烹鱼，半罐老米饭。狱卒一见这鱼，就开玩笑道：“何三奶奶送饭，怎么老是一套，也不怕叫你那相好的倒了胃口？头些日子，你总送蒸肉给他吃，一连十来天；这些日子，你又总烹鱼了，你就不会给孩子他小干爹换换口味吗？”高三妗虚眯着眼一笑，道：“怎么着，我一个人的马二爷，你倒挑眼了。我们那一位还没嫌恶，你倒嫌腻了。不要紧，赶明天，我准给他换

换口味，捎带着也让狗种们偷尝点。”嘻嘻哈哈，啰唣了一阵，狱卒把鱼饭都给端进去。高三姈转身要走，忽又站住，这才又和狱卒打打闹闹，逗了半晌。直等到囚犯吃完，又央告狱卒，把空盘空桶端出来。高三姈这才眉开眼笑地走了。临走时，又把狱卒拍了一下道：“相好的，赶明天我一准给你带点好吃的来。”笑着徜徉走回去了。

回到下处，她男人飞虎邓渊正在坐卧不宁，在屋地走来走去地着急。一见高三姈安然回转，忙迎过来问道：“怎么样？没出差错吧？”不等回答，急急地验看饭篮，又把吃剩的鱼刺鱼骨检视一过，不由喜动颜色道：“哈哈，真打通了？”高三姈却不置答，愤愤地把篮子一丢，顿足道：“你这位令弟，可真把我们折腾苦了！明天动手的时候，你无论如何，也得把牢头马二、窦金生这两个狗头给我宰了，他把我啰唣透了！”狠狠地往床上一坐，想起来，很是着恼。邓飞虎忙把她好哄歹哄，安慰了一阵，然后这夫妻两人忙又密议了半晌。依着高三姈的意思，次日夜里，就可以动手。邓飞虎不以为然，说：“万一老二没有鼓捣利落，岂不耽误了？还是持重一点，再多耗两天的稳当。”

到次日晚上，果然都不动，只由邓渊一人，乘夜出去踩勘了一趟。到第三天，飞虎催妻子高三姈，火速回窑。又吩咐同党，准于第四天夜半三更，动手劫牢。大家依计而行，静候时辰来到。只有高三姈，不肯还山，她也要明晚出场。

—
第
二
十
章
—

邓飞虎劫牢救弟

飞蛇邓潮囚在狱中，百般受苦，自拼一死。这一日，狱卒对他开玩笑说：“邓朋友，你的女相好的来看你了。”邓潮心头一动，满以为是那个妓女小青椒情深犯险，前来探监；谁知走进来的是一个搽胭抹粉村里俏的少妇，正是他的嫂嫂母大虫高三妗改扮来的。邓飞蛇吃了一惊，立刻狂喜过望，他却很乖觉地说：“嗽，你来了，真难为你，你们当家的呢？”高三妗顺口答应，敷衍了几句话，当着狱卒，只暗暗地验看邓潮的周身。

邓潮被囚多时，蓬发如鬼，两只眼依然灼灼放光，铐镣加身，鳞伤遍体。高三妗细加端详，却幸邓潮的手脚都未残废。遂用隐语探问：“你身上可还好？”邓潮皱眉道：“那还好受得了，只怕挣出狱来，一两月动弹不了哩。”高三妗故意抹着眼泪，抱怨邓潮的任意胡为。在牢卒监视之下，不能吐露过分着迹的话，只劝邓潮：“稍安毋躁，吉人自有天相。没有为非作歹，早晚会有救星凭空来到的。”邓潮看着高三妗的脸，又问了一句：“你当家的现时来了么？”高三妗不答，只微微一点头，低声说：“你好好保养身体，努力加餐。你放心，我天天

来给你送饭。”

飞蛇邓潮只听到“天天来”三个字，登时喜形于色。高三妗忙瞪他一眼，末后又很有意思地瞟着邓潮说：“吃饭留神，不要多愁，身子好，官司是打得出来的。”邓潮点头默喻。高三妗临行时，又问邓潮：“还想吃什么？下回我给你送来。还有什么托付的话没有？”邓潮脸色一变道：“我只想吃一口鲜青椒！要新鲜的，不要枯的，你费心给我弄到才好。”高三妗冷笑一声，道：“好吧，你还想吃青椒？……下回给你送来。”

邓潮这场官司，自此忽然缓和下来，一连多日没有过堂，监牢中看待的情形，也改了样，比先前宽松多了。邓潮晓得这是钱能通神，哥嫂的打点已经到了。自此他天天盼望出狱。但他一时竟想不到哥嫂究竟用什么法子，把他营救出来。天天候着，连候了十几天，仍没有动静。他又着急，又纳闷。却由那天起，他的嫂嫂天天给他送饭来，经牢头的手，送到他面前。他依着暗嘱，天天留神菜饭。又过了十几天，菜饭也还没有什么异样，邓潮的心，加倍焦灼。他的哥嫂在外面，就好像揣知他的心一样，每到他急不可耐时，他嫂嫂又来探监，嘱咐他：“慢慢熬着吧，案子快有头绪了。”高三妗的一双俏眼依然打量他受伤的肢体，问他，“还能走路不？”邓潮如实答对了：“还是差点。”高三妗叹一口气告别，临行时照样又嘱咐那两句话：“努力加餐，保养身体。”

转瞬二十多天，堂上忽然提讯邓潮，只威吓了一顿，竟没有动刑。邓潮自是不明白，他哥哥邓渊在外面却晓得，忙又出钱打点了一阵，于是又不过堂了。日月如梭，邓潮的刑伤不再被拷问，便日见好转。高三妗还是天天送饭。在放茅时，邓潮拖镣走路，暗中自试体力脚力，觉得体力恢复了，只有臂股脚胫的伤太重，走起来很痛楚，两只手腕却还好。

又一日，嫂嫂复来探监，对邓潮说：“你好好熬着吧，官司兴许不要紧了。在府里给你办着哩，过几天，可以得着准信。”临别时又瞟了一眼，很有意思地说：“留神吃饭。”脸上

带出来的神气，比话语中透露出来的意思还多。邓飞蛇忙又向他嫂嫂要青椒吃，但仍要鲜的，不要枯死的。高三妗仍然冷笑答应着。这时候，那个在旁监视的牢卒，睁着一对色迷眼，只顾和高三妗调舌，忘其所以了。

于是这一天，高三妗送到三尾鱼，半桶老米饭，并且预先递过话去："留神吃饭，黄大老爷准要救你的！"

飞蛇邓潮把鱼餐慌忙地、仔细的吃下去。吃到第二尾鱼，格的把牙垫了一下。飞蛇一口咬住，急闪眼四顾，眉峰一皱，囫囵吞入口内，嚼了一嚼。却又把饭碗一举，似鱼刺鲠喉，把口中吃的鱼吐到饭碗内。趁人不留神，偷偷地瞥了一眼，忙忙地吐到掌心。原来这是小小的一根细钢条，长才二寸余，宽共二分半，上有细密的锯齿，正是小小一把钢锉。

飞蛇邓潮一阵狂喜，掩饰着吃了几口饭，忙把钢条含入口内，就拖着刑具，倚墙瞑目而憩。真是"度日如年"，好容易挨到起更，放茅，收封已毕，群囚都睡了觉，邓飞蛇立刻把钢锉吐出来，慢慢地在黑地里摸索着，锉动起来。铁杵磨绣针，被他运用起水磨的工夫，一天，两天，三天，先将镣铐锯断，再把脚镣锯折，都让它多少连着一点，乍看寻不出破绽来；只稍微一用力，就可以从锯裂处，挣断了这全副的锁镣。

光阴迅速，到送鱼餐的第四天头上，狱外群盗由飞虎邓渊率领着，个个预备齐楚，仍潜藏在下处，整睡了一白天。耗到定更，群盗先后起来。全伙六十多个人，以县衙监狱为中心，在四面分布一半，城门口内外也埋伏下人。还有那个娼窑、老鸨和妓女小青椒，经飞蛇邓潮对他嫂子一再示意，恳求给他报仇，小青椒特别要活的。飞虎邓渊居然也应了他。

二更以后，飞虎邓渊亲率党羽十六人，俱是擅长飞檐走壁的能手，分批改装，溜出潜伏处。飞蛇邓潮被囚的监房早经贿买狱头，认准地方。飞虎邓渊手持巨斧，当先袭入。两个伙伴持大铁锤，两个伙伴持绳梯，两个伙伴各抱着两床棉被，两个伙伴持背带兜包，另有四个伙伴持巨绳和一块巨木。其余党

羽，也各有所持，各有所司。那狱墙本甚高峻，跳不过去。飞虎邓渊与一个同伴，分两面溜到墙下，就用飞抓软索，同时爬上墙去。立刻将棉被铺在墙头铁蒺藜上，援引着同伴，一个个跳下来。

十七个人陆续跳入，一声暗号，立刻动手。一个人飞奔大门，斩关脱锁；一个人飞奔监房，也斩关脱锁；其余三个把住了出路。飞虎邓渊站在狱房前大喊："黄老爷来了！提十二号犯人！'"

那监房中的飞蛇邓潮，一闻得"黄老爷到"，立刻知道救援到了，猛然从囚床上蹿起来。同囚的罪犯，和本号的牢头，正在惊诧呼喝，飞蛇邓潮大喊一声："啊！"使足气力一挣，手铐应声挣断，双腿一较劲，脚镣却没有崩断；百忙中用手一扭，这才扭开。牢卒大呼，持鞭来打；邓潮就用断铐，狠狠猛砸，牢卒脑浆迸裂，死在地上。

群囚大叫："难友帮忙，别只顾一个人呀！"邓飞蛇瞥了一眼，哪里顾得及，狂吼一声，大叫："十二号在这里呢！"如脱缰驹，如出柙虎，嗖地往外一蹿。不想囚禁日久，两腿麻痹，只一顿，便斜跪倒在监房门内。监房门上扣着大锁，飞蛇爬起来，用手擂门，二目如灯竟逃不出，不由大叫起来："喂，并肩了，鹰窑口线挂的咳呼，挑不下来，要栽！"说是弟兄们，狱门锁得紧，断不下来，要坏事。

飞虎邓渊早有布置，连叫着："黄老爷来了，黄老爷来了，提十二号犯人，提十二号犯人！"才闻得飞蛇喊声，他就猛一扑，扑到十二号囚所，向同党一呼。那同党抡铁锤，当的一下，照铁叶门砸来。飞虎邓渊抡大铁斧，用力连砸带劈，但仓促间，门虽裂而未开。飞虎又喊一声，那四个同伴立刻把巨绳、巨木拴好。百忙中飞虎叫道："老二在哪里？"飞蛇急应："我在这里！"飞虎道："快闪开，我要撞门！"飞蛇应声急退到一边，四个周党把巨木两头套上绳，扯绳悠荡起来。这巨木虽只百余斤，借这悠荡之力，一发劲何止千斤？只听当的一声巨

响，牢门竟被撞碎，扑噔向内倒塌下去。浮尘飞扬，碎屑乱舞。飞蛇邓潮险被砸着，只停了一停，立刻从监房跳出来，飞虎一把抱住叫道："老二！"飞蛇道："大哥，我！……"飞虎道："快，快！"拖飞蛇便走。贼党中的一人便晃火折，放起了数十道火花。

群贼得手，飞蛇脱出囚牢。此时县衙早经惊动，有三四个牢卒，已被群盗砍倒，其余官人狂呼乱窜。县官从睡梦中爬起，急急地招呼捕役，快守花厅，护住内宅。

飞虎邓渊一手抡斧，一手拖邓潮，百忙中又喊了一声。一个贼党背抄包的，立刻奔过来，把飞蛇一兜，背在背后，把一柄尖刀递给飞蛇。立刻又有两个贼，各持利刃挡牌，左右护着飞蛇，想要破墙逃走。但此时那砸大门的二贼，已经斩关脱锁，将监牢大门破开。留一个人守住，那一个便飞奔来，招呼首领，赶快从大门逃走。飞虎大喜，一声呼哨，催告同党赶快出笼。一摆巨斧，当先冲出，接引同伴，陆续外闯，藏在狱外巡风群盗，立刻奔来接应。群贼怕的是官人放箭。但仓皇中，衙中人正不知袭进多少强人，疑心是教匪造反。那县官更沉不住气，和太太、小姐，从后衙逃到民宅去了。守备得讯在后，防卒调遣不及，偌大县衙成了空城，竟任这二三十个贼党纵横。这次强人劫牢反狱，连一个敌手也没有遇上，安然逃出县衙以外。

那一边，娼窑中也突然闯进来八个贼人，把鸨母、龟奴、嫖客，不分皂白，一阵乱打乱砍，持刀威逼着，将那小妓女小青椒指名寻着，立即倒缚二臂，由一贼背起来就走。别个贼人看见娼妓，也就动了凡心，顺手牵羊，照样架绑了两个，如是按预定路线，齐奔南门。

另一边，母大虫高三妗藏在下处，到得三更已尽，忽闻呼哨之声，仰望空中，连飞起数十道旗花，便知劫牢的人已经得手。这女人立刻飞身上马，率领党羽，也抢奔南门，来打接应。

这一边，飞虎邓渊命三两个年轻力壮的伙伴，调换背负他的弟弟飞蛇邓潮，按预定路线不直走，曲折奔逃。逃到了一个地方，吹一声呼哨，立刻从黑影中蹿出几个同党，跟着牵出来几匹马。两方见面，匆匆地只说了一两句，登时九个人飞身上了马。飞蛇邓潮身受刑伤，自然先骑马。飞虎邓渊不肯舍众上马，只命几个弟兄，骑马护送胞弟，飞虎自己仍抡巨斧，拔步飞奔，也趋南门。

当下，群贼三路会师，齐骤到南门。南门旁，城墙上，早有他们的埋伏。为了持重，八个强贼拥着飞蛇，奔到南城根，一齐下马。飞虎打一声呼哨，由城头抛下来飞抓软索，先把飞蛇系上了城墙，再系出城外。城外也有埋伏，也有预备的马匹。飞蛇刚到，母大虫高三妗已率党赶来，也越城而过。到了城外，叔嫂二人把同党留下大半，只带十来个人，个个上马，一溜烟地奔老巢而去。

飞虎邓渊步行落后，到得南门，检点同党，一人未失，心下大悦，便也想越城逃出去。群盗心笑官人怯懦，竟叫骂着要砸城门出去。飞虎道："那何必呢？"群盗都说，可惜十多匹好马，弄不出去。又一贼党道："况且，这还有三个花姑娘哩！当家的，咱们不管三七二十一，还是砸城！"群贼一哄，立刻挥兵刃，一拥而上。把守城的营卒砍的砍，赶的赶；砍断大锁，砸开城门，纷纷地蹿出来。

这时候已经四更多天，群贼挟着三个妓女，星夜扑奔老巢。到达老巢，飞虎邓渊查点匪党，只短了一名，恐怕是落在后面了，余人都无伤损。他心中欣慰，忙向众贼道劳。跟着看他弟弟，已经糟蹋得不成人样，心中不由气恨，把飞蛇邓潮数落了一顿。飞蛇只有惭愧，低着头，一语不敢说。随又把那妓女小青椒押上来。这个妓女姿色虽平常，却双瞳含媚，皮肤雪白，又缠得一双小脚，当时的人看了便入魔。飞虎也是好色之徒，心中暗说："这真他娘的是个浪货！"小青椒落到盗贼手心，百般哀告，粉面含泪，玉体筛糠，宛如带雨梨花似的，使

出那妓女伎俩来，向盗魁跪求活命。她说，告发之事，实不由她，乃是老鸨子干的：“老爷们想情，我出得去门么？”又说，“我实在感念邓二爷挥金如土，自己才免受鸨母毒打。天天盼望二爷给自己赎身，好逃出火坑。”随又跪爬到邓潮跟前，一口一个“二爷救命”，柔情软语，情愿侍奉二爷一辈子，报答二爷。

这位邓二爷在狱中，恨不得把这个小婊子捉住生嚼；只这一见面，就把杀人的心肠软了一半。又听她这么苦苦哀告，邓潮不禁脸红起来，只张嘴，不能把心意说出。怔了半晌，才向哥哥说：“这个小娘们也没什么，害我的倒不怨她，她说的倒是真话……”他的嫂嫂母大虫高三妗在旁冷笑一声，道：“谁说不是真话！你二爷挨屁板子，把你哥哥急得要死要活，那也不是虚话。就是嫂子我，叫那群牢卒狗养的们百般啰唣，也不是虚话吧！这不都是小婊子一人害的，怎么又不怨她了，怨谁呢？……哼，你们这些男人！”说得邓潮低下头。

飞虎邓渊看看弟弟，又看看小青椒，心想，这个小娘儿们倒生得真不错！又想自己有老婆了，弟弟也二十好几岁了，至今没有一个婆娘，无怪他狂嫖乱逛。他盘算着，信口说道：“这话倒许不假……”飞虎还要往下说，不想他那压寨夫人高三妗猛然站起来，气愤愤地说道：“不假？你也说不假！这个浪货，祸害渣子，你看她把老二害的，虎背熊腰的一条汉子，只剩几根骨头了。依我说，宰了她！”

小青椒吓得越发爬到邓飞蛇膝前，哀声求活。邓渊沉思了一会儿，看了看弟弟的面色，转脸对妻子说道：“你老娘们家不懂得娼门中的事……”这下文还未说出，顿触母大虫之忌，嗖地拔出刀来。邓飞虎、邓飞蛇一齐拦阻道：“别，别……”高三妗手疾刀快，一个斜切藕，刀从飞虎肘下斜抄过来，猛然一声惨号，竟把小青椒连肩带臂，砍了一刀。飞虎刚走到跟前，飞蛇刚伏腰伸手要拉，热血哧地溅出来，竟弄了这哥俩半身血。飞虎不由顿足大骂道：“你这臭娘们，怎么这么愣！”飞

蛇急叫了一声，从血渍中，来救小青椒。小青椒已经肩断臂折，人是没法子活了。飞蛇邓潮横着瞪了嫂嫂一眼，咳了一声，跺脚扭头，走向自己房中去。

叔嫂二人由此事生出了误会。高三妗仍然不依不饶，骂他兄弟二人色鬼，叫臭婊子迷昏心了。

飞虎邓渊却晓得弟弟正当慕少艾之年，小青椒断了一条胳臂，是完结了。为了安慰弟弟忙跑到屋内，答应给他另觅佳人，又把高三妗骂了一顿。遂忙着给飞蛇邓潮调治刑伤，将伤养好，便设法给飞蛇觅掳来一个姓柯的少女，硬给拜堂成亲，算是他弟媳了。这姓柯的姑娘本是良家少女，不幸陷入盗窑，如何反抗得来？竟日日跟着这杀人不眨眼的二寨主厮守。这二寨主尽管做出百般温存，她却又害怕，又耻恨。邓飞蛇纵然爱她，但可惜少女心惧狂暴，不解风情，床第之间，只有战栗，好像羔羊上屠场似的，闺房之好也就索然乏味。

邓飞蛇心中还是忆念那个小青椒飞扬放浪的样儿，看不惯柯家女这块木头，因而就对这母大虫的嫂嫂总耿耿不快。偏偏姓柯的女子抑郁耻恨，在下嫁给强盗的第二年，诧傺而死了。邓飞虎再想给弟弟弄个人来，弟弟发起牢骚话，先叫哥哥问问嫂嫂吧，嫂嫂可心才成呢。叔嫂又叮当起来。母大虫的嘴偏又厉害，讥笑小叔，就捎带着丈夫。邓渊疼爱弟弟，就瞪眼骂高三妗。高三妗也不饶，气得直骂闲话：“人家是亲哥们，亲手足，一个娘下的；拿我姓高的当坏水，是外姓人。”邓渊一听这话，兜头照高三妗唾了一口，抬手又打嘴巴。高三妗扪着脸，跳，闹，吵，叫，却不敢惹她的丈夫大寨主。大寨主固然是强盗，却善御内，把老婆制得服服帖帖。因此兄弟之情越深，叔嫂之情越坏了。

飞虎邓渊看见弟弟只想心思，为慰弟心，立刻派喽啰下山，用重价骗买来一个叫小桃红的妓女，叫这妓女服侍二爷。这个小桃红好像命中注定要为强盗娘子，这女人起初入山，自然大惊；旋即认起命来，晓得逃出了鸨子手心，却逃不出虎

口。她就打叠起精神，用十万桶米汤来灌群贼，把群贼灌得迷迷糊糊，齐夸二当家的桃花运好，得了这样一个好压寨夫人。最难得她跟丈夫一个心，起心眼里佩服丈夫是个绿林英雄。小桃红居然成了盗窟中的一朵花，把强盗大伯子、强盗嫂子，一齐哄得心花开放。人们说新娘子贤惠，嫁夫从夫，果然是个好女子。妓女没有不会哄人的，凭着她柔情妙舌，把母大虫的雌威都挫下去。从前叔嫂不和，现在居然妯娌很相投了。

强盗的家务至此小安，强盗的事业忽然拮据起来。邓飞虎啸骤着一百数十名大盗，在川陕纵横，西川路上官兵为之侧目，西川道的镖行便逢年遇节，好好地来送贡奉。年羹尧既死，群寇越无忌惮，焚掠得越凶。这么一糊弄，西川道上谈虎变色，商旅顿然绝迹。飞虎弟兄足足有两个月，一点油水没进。飞虎觉着蹊跷，忙和弟弟核计。不晓得是踩盘子的不尽心，还是有谁跟自己捣乱，在前途把自己的买卖半腰剪去了；再不然，就是路上风声太透了。弟兄二人都觉得，这不是小事，照这样半年下去，就要饿干瘪了。旋即商定，二邓要亲自出马观风，到外面撞彩。

飞虎、飞蛇乔装改扮，定好路线，由老巢分途，各率十几个部下，假装小贩，分两路出去一二百里地，细细查看。约定了会面的地点，以便两下接头。至于部下，巡风、放哨、安桩、踩盘的人，则照样各守本分。二邓出去绕了半个月，心中很是纳闷，只觉路上商旅稀少，难道他们这些秧子，忽然都蹲在家里了吗？怨不得做不着买卖，实在没的可抢。他们却忘了他们人多势众，早害得商贾避道而行了。

弟兄二人在马峪关相会，飞虎邓潮连说：“怎么好？看这样子，咱们一百四五十人，真要饿煞了，我蹚了这半个月，走道的只有穷光蛋、单身汉。依着我，趁早迁场。”飞虎邓渊说：“一动不如一静，我们在这里地理熟。”飞蛇就说：“那么咱们怎么办呢？断不能坐困空山，活活耗黄了啊！”

二邓在马峪关客店中，用隐语捣鬼；不想次日临动身，忽

然遇见了一大群行旅客商，车骡摆开，足有十四五辆。二邓侧目偷看，是一票镖车，镖客一老一少，老的也不很老，少的也并不小。邓飞虎跟他们毫不认识，暗中揣算，这票镖，少说也值一两万，不但有重货，而且还有搭伴同行的阔客，上上下下，四十多口。

飞虎、飞蛇不禁馋涎欲滴，况又值饥渴之时，便要伺机伸手。他们仍加仔细，在暗中缀了两三天，把这镖客的动静看了又看。第四天下晚，邓飞虎和脚夫搭讪着套话，猛听有人叫了一声："大哥！"急回头看时，是邻近放线开耙的排山羊杨大头，他也跟下来了。

第二十一章　狮子林联镖搏虎

排山羊杨大头把二邓调到一边，低声盘问："可认识这两个托线的不?"飞虎摇了摇头。排山羊又道："这两个家伙大大咧咧，究竟怎么回事?是手底下有玩意呢，还是混蛋?"

邓飞虎听了，也很纳罕，猜不透这两个镖客的来历，又不肯冒昧动手了。看这两个镖客大模大样的神气，恐怕手底下必不好惹。再三窥探着，两个镖客忽然警觉，竟念出秧儿来，向邓飞虎递话。排山羊杨大头恰巧这两天也是穷急，所以派踩盘子伙计跟了一程，竟又亲自率党羽赶上来。排山羊仍和飞虎密谈，笑道："我这排山羊遇着你这过山虎，我可要吃亏。老哥哥怎么样呢?这票买卖算谁的?"

飞蛇说道："我们哥俩跟了四天。"排山羊一笑道："我们这个踩盘子的吴老二，可是缀了整七天。"飞虎很仗义，忙说："我们就让你。"排山羊道："要不然，咱们哥俩分了吧。"

镖客率趟子手、伙计与商人等，驱镖车赶路。他哪里知道，两个盗魁已经暗议其后。这两个镖客也算是内行，是同门叔侄的辈分。那个师叔名叫姜锡侯，那个年轻的师侄名叫陈叔

远。两人本是武当派的名手，新近改行做了镖客。陈叔远在先本跟一位知府，做护院的武师。姜锡侯自在故乡设场授徒，只因同门中有开镖局的，最近初通四川路，自觉人才缺乏，才邀这叔侄二人出场。两个人不是没有江湖上的阅历，无奈在这川陕路上，生疏得很。他叔侄又都是浙江人，不甚懂川陕一带的土语，所以贼人已经缀下来，他们一时没有听出来。

但是排山羊和邓飞虎缀得太紧了，姜锡侯和陈叔远终于放出话来，暗暗点逗排山羊和二邓，排山羊忍不住，竟上前接了茬，对陈叔远说道："朋友，我们哥几个困在这里了，混不上落子。没法子，向你老哥开口，打算请你老哥费心，借给几两银子做盘川。"陈叔远笑了笑道："那好办。"竟一时莽撞，做出外行事来，只拿出十两银子，放在排山羊手内，把个排山羊臊得脸通红，佯笑道："这些银子全是给我的么?"陈叔远说道："相好的，你先拿去对付着用，等我们回来，另有一份人情。"又道："朋友，你住在哪里?"

排山羊越发着恼，冷笑了一阵，竟开口要价，向镖客不多不少，一口价索借一千两银子。两下里登时闹成僵局。陈叔远把那口折铁刀一拍，怒道："相好的，想借一千两银子也行，你看我这口刀，足值两千两，回头我就卖给识家。相好的，你等着收银子吧!"师叔姜锡侯正跟邓飞虎答话，已经说得很外场，可以借道了，不想陈、杨这一边说翻了，再赶过来拦阻，业已不及。排山羊气哼哼的，把银子掷给陈叔远，站起来，拨头就走。走出数步，又翻回脸来，对陈叔远说道："相好的，我也有一点货色，要卖给行家，咱们前途再见。"

排山羊碰了一鼻子灰，不由大怒。这一伙客商，连镖师和同行的伙伴，足有四十多个人，自觉有恃无恐。排山羊对飞虎道："这两个秧子不识抬举。邓大哥，我可要不客气，硬摘了。"飞虎邓渊道："那个姓姜的已经许了三百两银子。"排山羊连连摇头道："不行，不行，至少也得一千两，你五百，我五百。你瞧吧，这两个拖线的吃硬不吃软。邓大哥，咱们合伙

儿做这一票生意吧。”邓渊道：“只怕他们武当派不肯栽跟头，将来有麻烦。”排山羊道：“管他呢，他们把杨大爷骂苦了，拿我当讨饭的了！”邓飞虎因问飞蛇，此事该当怎样？邓飞蛇也主张“摘”。飞虎这才说道：“杨大哥，你先打头炮，我们哥俩给你接下场，四六批账，我们哥俩四成。”排山羊杨大头连连摇头道：“不不不，二一添作五。”

镖车行过马峪关，到了一座险恶山林脚下，排山羊早率党羽，把要路口预先挖下一个大坑。镖车到此，必先修道，才能通行。于是车行坑畔，姜锡侯霍地跳下马来，叫道：“叔远你照顾后面，我照顾前面。”急吩咐趟子手和随行的镖行伙计，赶紧垫道，防险，将镖车停在路边，前后都拨人把守了。刚刚布置好，从背后嗖地响起一支响箭；跟着前面和侧面，也飞起四支响箭。跟着在密林山道后，突然闯出来一拨壮汉，分三面抄过来。为头的盗魁正是排山羊杨大头。

排山羊本人从后面掩过来，恰恰与陈叔远照面。陈叔远唰的跳下马，按镖囊，抡折铁单刀，抢奔排山羊。熟人见面，立刻红眼，把镖客遇盗应行交代的一切过节全不顾了。陈叔远恶狠狠地蹿过去，就是一刀。排山羊刚叫得一声：“相好的，我买刀来了。”话才出口，镖客的刀已经砍到，两个人登时交起手来。

姜锡侯却在前路与排山羊的副手照了面。这副手也是浑小子，未容姜锡侯递完话，跳起来，就是一鞭，骂道：“姓陈的，给脸不要脸，把你的镖连脑袋一齐留下吧，太爷都买。”姜锡侯也很着恼，一摆手中刀，与副贼打起来。群贼一声呼啸，便过来抢镖，姜、陈手下的镖行伙计，登时与贼人混战在一起。

陈叔远人在壮年，武功不弱，排山羊竟不是他的对手，只五六个照面，便被陈叔远的刀划了一下。排山羊抽身急跳，打一声呼哨，连呼“风紧”，率部火速退下。姜锡侯和那副贼交手，副贼更显得不行。姜锡侯人很持重，刀拐攻得尽猛，未下绝情。猛然间，裹手一刀，把副贼的兵刃磕飞，竟停刀不砍。

副贼兵刃既失，惊忙中骤然一退，险些跌倒，一翻身跳起来，回头一看，姜锡侯将刀柄交在左手，右手托着一只镖，笑着叫道："朋友，承让了。我们只是向你老哥借道！"一抖手，这只镖嗖的一声从副贼头顶上飞掠过去，啪地钉在路边小树上。

副贼羞愧难当，拾起兵刃来，叫道："姓陈的朋友，你请吧。咱们后会有期，我火鹞子承情了。"也火速率部退下去。镖行伙计一拥而上往前蹚了一阵，姜锡侯便催众人火速垫道蹚行。

排山羊竟大败而回，与副贼连吹呼哨，收合党羽，把四面布下的卡子十九调回来，绕岗穿林，急急地奔回老巢去。仍派小伙计，给二邓送信说，这两个镖行很扎手，邓大哥看着办吧，我们可是盯上他了。

这时候飞虎邓渊、飞蛇邓潮，早已凑上前来，潜伏在林丛，看了个大概。镖客陈叔远乘胜笑骂道："人都说川陕盗匪如毛。什么毛，鸟毛稀松！"连骂了好几遍。邓飞虎隐隐听见，气得不得了，骂了一句："捣你娘的鸟毛，叫你尝尝！"一摆手中钩镰枪，就要出马，接应后场。他弟弟飞蛇邓潮一把将哥哥拉住，低言道："哥哥，你要做啥？"邓渊道："劫个王八蛋的！"飞蛇笑了笑，低声道："等一等。"飞虎诧异道："等什么？"飞蛇笑道："哥哥这工夫出去，算是跟排山羊合伙；凭白分给他六成，太不合算。"飞虎省悟过来，道："依你怎么着？"飞蛇道："若依我，今天不动，先缀下去。"

邓飞虎看了飞蛇一眼，这个弟弟诡计多端，一年比一年有出息了。但仍不依着邓潮的话办，率部下三十多个喽啰，绕山冈，立刻从旁跟缀下去。缀出十七八里路，天色将暮，却是距前站镇甸已近。邓飞蛇想着排山羊必不肯认栽，怕他找后场，再赶下来，遂与邓飞虎一说："一定要下手，就该吃快。"邓渊笑着一点头，这弟兄二人登时把胯下的马一催，也放出响箭，哥俩在路两头留下巡风的，各率十余名喽兵，分两路邀截过去。

姜、陈二镖师战退排山羊，刚把颗心放下，突然二邓又飞奔过来。姜锡侯认得邓飞虎，举手抱拳，就要答话。陈叔远竟误认二邓是排山羊的同伙，立刻催马迎上去，大骂道："不要脸的臭贼，挨了一刀，还不认输，别给江湖道丢丑了！"和邓飞蛇迎对头，同时翻身，同时下马，很凶猛地打在一处。飞虎见弟弟上线，立刻也扑过来。姜锡侯忙将镖车退到山根，也拍马上前索战。邓飞蛇少年骁勇，有进无退，与陈叔远斗了数回合，险些吃了亏。不由激怒，冲着哥哥大叫，定要把这两个镖客放倒才解恨。又吆喝手下三十几个喽啰，从两旁上前劫镖。镖行趟子手拔兵刃，拼命挡住。这镖车中的客商吓了个半死。辗转苦斗，忽然间山后呐喊声大起，排山羊果真勾来手下三舵主、四舵主，带领二三十个硬朗的小头目，前来雪那一刀之根。

陈叔远武功真不含糊，一扬手，又打出一镖，正打中邓飞蛇左臂。飞蛇叫了一声，收刀而退。陈叔远竟追击过来，多亏手下人把陈叔远挡住，飞蛇方得退下去，忙拔下镖来，撕衣襟裹创，持刀再奔上前。当此时，排山羊风驰电掣地扑到，老远就冲二邓叫道："并肩子，我们要人不要钱！"那邓飞虎见胞弟受伤，勃然大怒，应声排山羊吆喝道："这一伙拖线的是他娘的畜类，给脸不要脸！并肩子卖力气呀！二一添作五，一个也别留。"两拨盗党起了同仇敌忾之心，一共聚了六七十人，把四十多个镖行、客商、车夫，裹在山路边。

一霎时惨号声起，鲜血四溅，已有三四个人被贼砍倒。又一声呼哨，贼众雁行式，两党并成一伙，一伙分四群。这两群上前动手劫镖，那两群就把两个镖客包围起来，故意把姜、陈二人截在两处，叫他彼此不相照顾。

姜锡侯、陈叔远辗转苦斗，百忙中回头一看，大势已去，不由怒恨异常；想不到改行保镖，头一趟就栽了。眼见群贼刀伤客商，搬掠财物；两个人被贼裹住，竟冲不出来救援。这一败涂地，就算逃出性命，将来有何颜面见江湖上的朋友？登时

间，姜、陈二人浑身是汗，怒吼连天，拼命往外闯。贼人竟把二人缠住，不叫二人蹿出圈外，也不叫二人往一处凑合。贼人毒计，分明要把他们各个击破，赶尽杀绝！

陈叔远对姜锡侯叫道："姜师叔！"姜锡侯还叫道："叔远，不对了，赶快扯活！"陈叔远应声往外攻，当然攻不动。十多个贼人用挠钩长枪，把他围住。飞蛇夹在贼群中，挥刀督战，叫骂道："相好的，还想扯活么？别扯活了，呜呼吧！"陈叔远厉声大骂，冲飞蛇攻来，又被排山羊等挡住。

眼看二镖师就要覆败，群贼大喜，方庆得手。忽然，前路山上，巡风放卡的喽啰嗖地放过一支响箭，跟着又嗖嗖嗖，连放过三支响箭来。飞虎、飞蛇一齐大惊。邓飞蛇便要过去查看，飞虎把飞蛇留下，他自己退出围阵，飞身上马，驰到前路去看。前面大路上，未见人踪，先闻得"喔吓威"！一声摇曳的喊镖呼声，自远而近，飞虎不由一怔。跟着山麓边浮尘大起，三匹快马如飞地奔来。随后，浮尘中涌现出十六七个短打扮的壮汉。

姜、陈手下的趟子手正在危急，猛闻喊镖之声，如百死中又获得一线生路，急忙引吭，也喊了一声镖趟子，更发出镖行求援的呼声。立刻，前路上，那三匹快马加紧扑来。这来的正是三位镖客，头一个是安远镖局的总镖头狮子林廷扬，第二个是他的好友张士锐，第三个是河南和胜镖局少主人高青林。这一行安远镖店与和胜镖店，二家联镖，初次试走西川镖道。

镖行行规，陌路中同行遇见危难，理应相救。狮子林廷扬策马拔剑，如飞地奔过来。林廷扬挟一身武技，此时正在创业求名；那黑骑张士锐张二爷，这时候也才二十六岁，正当青年好勇之时；那高青林更是个刚猛青年。三个青年镖客，立刻拍马争先，赶到这是非场中来了。

高青林的马快，第一个赶到，大叫道："道上朋友请了！"邓飞虎策马横枪邀住，叫道："朋友，做什么的？"高青林早已看明，这里是绿林道作案，忙即答话道："舵主贵姓，小字号

是和胜镖局。”回手一指道：“跟保定的安远镖局林廷扬林镖头，双保着一票镖，路过贵宝地，请你费心借道。不知道舵主在哪里安窑立柜，我们这里有礼了。”甩镫下马，抱拳作揖，却向后一摆手，催趟子手快上。一霎时，狮子林廷扬，黑骑张士锐，各将兵刃拔出，纵马赶到。跟着两家镖局的趟子手，掌着两杆镖旗，也驱马来到，一齐下马，将镖旗连举三举，这就算是拜过山了。

这时候，姜、陈二镖师越发危急，他手下的伙计也连连发出求救的呼号。高青林一眼瞥见大叫道：“舵主手下留情，我们有话！”

邓飞虎、邓飞蛇、排山羊杨大头一齐惊愕，眼看到嘴的食，忽然来了打岔的。邓飞虎忙命群贼，暂把姜、陈二人围住；转对来人，遥望征尘，看明这只是镖行，没有官兵。更细看后面，两家镖客的车也只有六七辆，趟子手、镖行伙计寥寥无多，连客商也不过三四十人。三镖客一齐通名递话，请问万儿。邓飞虎这才放了心，又激起怒气，把手中的钩镰枪一挥，叫道：“朋友，你也不必问我的万儿，我也不必打听你的宝号。现在俺们两家合做这一场买卖，没工夫招待好朋友。朋友你请回吧，改日再请茶待客。”

邓飞虎的意思，不叫高青林和狮子林多管闲事。狮子林等既然出场，哪肯退后？林廷扬迈步上前，一抱拳叫道：“舵主！舵主做的这票买卖，不是寻常过路商客，乃是我们敝同行。我们行规所限，撞上了，不好装聋作哑，总得求情。可是，舵主这些弟兄忙了一阵，我们也决不能叫诸位徒劳。舵主，务必赏个脸，容我这个情。我们两家镖局和这家被劫的镖局，我们三家一定奉上借道的礼物。务请费心，容让我们一步。青山绿水，交情常在，我狮子林……”高青林接声道：“我高青林……”林廷扬道：“我们两家知情感情，以后必有补报。”张士锐也帮了一句道：“舵主快叫他们住手吧！”

邓飞虎怔了一怔，道：“相好的，你打算怎样个相与在

下？”狮子林道：“且请舵主休兵罢战，我与这两镖头核计，我们一定要叫舵主看得过。只求借道放行，我们回来，一定加倍奉上。”排山羊也赶过来，听了个逼真。这个林镖头的意思，还是先请借道，随后才拜山献礼。这在没动手之前，倒很可以放过，现在却是翻过脸了。排山羊叫道：“相好的，不见真章儿，就想空口借道么？”林廷扬闻言不悦，把面色一沉，大声问道：“你这位舵主贵姓？”排山羊刚要答话，邓飞虎忙拦过来道：“相好的，冲你们二位，这条道我们奉让了，你们两家尽管过去。不过这姓姜的、姓陈的这号生意，我们已经做下了。讲过一千两银子，少了不行。不是我不懂交情，这里头还有过节。”

林廷扬听说有过节，仍向二邓一羊，哓哓讲情，并问他有何过节，可否调停？高青林却已看穿贼人恶计，是要耗时候，忙把手中刀一摆。和胜镖店的伙计一见镖头出马，立刻纷纷往前移动，却还没有翻脸动手的意思。贼队中一个小头目，冷不防放出一支冷箭，把和胜镖店举镖旗的趟子手射伤。高青林更忍耐不过，勃然变色，叩刀大骂道：“好恶贼，给脸不要脸，暗箭伤人是什么东西！”跳过来，照那小头目劈脸砍去，小头目应手倒地。狮子林廷扬也大怒，霍地一甩长衫，喝道：“张二弟拔剑，拔剑！”张士锐掣出剑来，与林廷扬双双一扑，剑锋往空一指，手下镖客一齐出动。两个镖局，与两拨匪党打了起来。

这一场混战，林廷扬唰的一剑，把排山羊刺伤，倒地不能动。林廷扬又抬手一袖箭，把排山羊的二舵主打伤。张士锐与高青林赶过来，双战邓氏昆仲。两镖局的镖客、趟子手、伙计，有的护镖车，有的冲上来，相助镖头，与贼搏斗。

林廷扬手疾眼快，趁二邓有人敌住，长剑连挥，一攻而上，当先抢救那被围的两个镖客姜锡侯和陈叔远。一把剑横攻斜扫，如猛虎出林，如狂风扫叶，把那些喽啰打得纷纷倒地。林廷扬竟率手下镖行，将姜、陈二人援救出来。林廷扬又回头

一看，高青林、张士锐被二邓和十几个喽啰围住，二邓红了眼，咬牙切齿，与高青林拼命，高青林似乎抵挡不住。狮子林大吼一声，猛然冲过去，一连数剑，把个邓飞蛇砍得手忙脚乱，邓飞虎呀的一声惊叫，连连吹了几声呼哨，招呼飞蛇速退，邓飞蛇虚砍一刀，抹头待走。狮子林蹿过来一剑，飞蛇急闪。林廷扬拔剑一送，刺中后肩胛。邓飞虎猛喝一声，挺钩镰枪迎上来，与林廷扬打在一起。

邓飞虎也不是林廷扬的对手，战不数合，容得手下人把飞蛇救起，便向林廷扬叫骂道："姓林的，我和你井水不犯河水，你搅了我的买卖，伤了我的人，太爷一辈子也不能与你甘休，你等着吧！"说罢收枪抽身而退。林廷扬怒道："我偏不等着！"抖手一镖，飞虎往旁一蹿；不防张士锐也打来一镖，接着林廷扬又打出一镖。飞虎只闪开张士锐那一镖，林廷扬的那第二镖却打在大腿上。飞虎忍痛蹿上马，猛加一鞭，率群贼如飞地逃去——林、邓二姓从此结下深仇。

狮子林、张士锐、高青林，把姜锡侯、陈叔远救下来，那被劫的镖车自然也夺了回来。姜锡侯、陈叔远叔侄二人浑身浴血，满头大汗，极力向狮子林、高青林拜谢。那伙客商有三四个被匪砍伤，其余俱都无恙，便拿出数百两银子，酬谢林、高二位镖头。林、高二人以为这太叫姜、陈叔侄难堪了，自是力拒不受。但是群寇临走时，口吐怨言，这些客深恐前途不稳，因此拜求安远、和胜两家镖店，联镖再护送一程。姜、陈二人也负惭恳谢救命之恩，再三邀请林、高、张三位，绕路同行，以保万全。林廷扬情不能却，就答应了。押镖入川，一路却幸无事。林廷扬与义弟张士锐，交镖之后，分谒川陕镖局同行与武林豪杰，很联络一番，不久回返保定。姜锡侯、陈叔远交镖之后，回转河南盛新镖局，向镖主劳玉柱，盛道狮子林的武功、义气。劳玉柱通书声谢，并求联镖。林廷扬自此打开了西川镖道。

但是飞虎邓渊、飞蛇邓潮，却衔恨入骨。对姜锡侯、陈叔

远，倒没有芥蒂，对高青林也轻轻放过，独对狮子林，不但痛恨他破坏己事，更记恨他一镖之仇。遂派人密访狮子林的根底。辗转刺探，知他是安远镖局的总镖头，在北方新创字号，姓林名廷扬，浙江绍兴府人，是云南狮林观天罡剑派的传人。师父是有名的白雁耿秋原道长，乃狮林观第四代观主。林廷扬已得乃师真传，善使三十六天罡剑，又善打连珠镖、双筒袖箭、飞蝗石子，又会甩手箭。据说他共会六种暗器，又说他兼工骑射，马上的功夫也很在行。年纪才三十来岁，是最近五六年刚出头闯万儿的一个青年镖客。又传说绿林中，栽在他手中的人很多。飞虎邓渊越发恼怒，抚着镖伤，一定要找狮子林算账。

但又遇见了打岔的事。小桃红自从被买上山，下嫁飞蛇邓潮，她就畏惧盗焰，曲媚求活，邓潮被她媚得晕头转向，反自庆得着嫁鸡随鸡、嫁狗随狗的一个娇妻贤妇。却是山寨的风水，就像从此走了一样，买卖一天不如一天了。邓飞虎既忙着寻仇，又忙着救穷，一下子劫了一家官眷，惹起很大的乱子来。川陕总督又调动大兵，前来剿匪清乡。二邓先期闻警，急忙率部逃入豫西。人数尚多，只好改装良民，分开了逃走。这一路过帐——迁移盗窟，沿途走散了一多半贼党。等到邓飞虎寻好了险僻巢穴，再把群盗纠聚起来、查点人数，只剩不到八十人了。邓飞虎唉声叹气，痛骂狮子林搅了他的运气。这新觅的盗窟，地势又局促些，遂将全伙分为三拨，分散着窝藏起来。又派出八九名踩盘子的小伙计，四出打探油水。这一年间，飞虎、飞蛇正忙着复兴事业；把寻仇的事，只好暂先搁下。

狮子林的镖行事业却一帆风顺，声气越来越大，朋友也越交越广了。两年以后，邓飞虎又啸聚到一百多人。这一次他采取了流寇的做法，老巢又搬回川边，打劫却不在近处，不限一地；总是忽然而来，饱攫而去，出没不定，人数聚散也不定，这倒把剿匪的官军难住了。邓飞虎大喜，自以为这样子不招声气，却得实惠，是很好的做法。

等到元气恢复了，顿忆起前仇，二邓特派出十二名干练的小伙计，出去专找寻安远镖店的棱缝。不久，确探得狮子林的镖旗又在川边出没，邓飞虎、邓飞蛇急忙缀寻下去，勘得这票镖是安远镖店与河南一家镖局联保的，狮子林没有出马，押镖的镖客都是名手；人数不少，防备得也很严，而且呼应联络又很灵便，走的又在本线以外。二邓觉得不容易动手劫，就算动到手，也不容易起回老窟。弟兄俩抛开劫镖的心，专意复仇；暗暗溷入店中，竟伺隙放了一把无情火。虽然扑灭，镖货不无小损，那杆镖旗竟丢了。押镖的镖客引为奇耻，直搜查了三四天，一无头绪，方才生着闷气走了。

林廷扬旋派得力镖师，到西川路上办事。这镖客在路上，险些遭了暗算，住店时，竟发觉喝的酒有毒。……像这样的事不止一桩、两桩；安远镖店的镖，但凡一入西川道，大小必有闪错。狮子林留心，嘱托附近的镖行同业和武林的朋友，暗中访查；始知还是邓家兄弟忿气不出，劫不了镖，从暗中伺隙捣乱。

狮子林起初大怒，与张士锐筹划了一会儿，朋友们劝解着，这才抛开武力斗争，仍按江湖道上结纳的成例，托人找邓飞虎、邓飞蛇，请求和解。邓飞虎捣乱得很如意，便口出狂言：“要讲和也不难，我姓邓的只求一件事，就是从此以后，请姓林的镖旗不要再在川陕豫这条道上走了。他只肯让出这三省的线，我们就让他的镖旗敞开了走北直、江南、辽东三个地方。既有朋友调停，咱们说好了，我跟姓林的各走一条道，各守疆界，各不相扰，谁也别砸谁的饭锅。”口吻倔强，一步也不退让。还有附带一个条件，说是：“姓林的还打了我一镖，这可揭不下来。朋友出头了事，水往平处端，请问这一镖的交情，我们怎么交代法？”往返两次，终归决裂，二邓的狂傲，把说合人也招恼了。狮子林正当壮年，意气甚盛，事情又很顺手，哪肯吃这种折脖颈的跟头？竟对说合人撰辞道劳，暗中跟飞虎邓渊较上了劲，镖旗偏走西川路。至于关东这一路江南这

一路，倒可以不走。

狮子林率二弟解廷梁、义弟张士锐、好友流星顾立庸，故意扬镖，直闯西川。邓飞虎口说大话，暂时竟不敢轻动。但不久狭路相逢，仇人又遇上了。

邓飞虎探得安远镖店，又押来一票镖，可是押镖的是一个生人，并不认识。邓渊、邓潮忙率手下现有二十多个喽啰，上前拔旗劫镖，不防狮子林突然出现。邓飞虎急命手下副贼，回老巢调集大队；自己带领群盗，先上前邀劫，向林廷扬大骂索战。林廷扬仰面冷笑，展开了天罡剑法，与邓飞虎交了手。仇人见面，更不容情，只十几个照面，邓飞虎手臂上挨了一剑，虽只划了一下，也已鲜血迸流。二十多个喽啰分成两拨，一拨围攻镖客，一拨由邓飞蛇率领，抢掠镖车。流星顾立庸一看贼人来得凶狠，忙将一袋铁蒺藜撒开了，照贼人乱打。林廷扬把飞虎伤了一剑，手脚顿时松动，也将暗器施展起来，钢镖、袖箭、甩手箭、飞蝗石，一阵暴打，贼人不支。邓飞虎呼哨一声，拔头便往山坳败退下去。

林廷扬霍地上马，摘弓搭箭，飞马急追，看看够得上，嗖的射出一箭去。飞虎回身用钩枪一扫，把一支羽箭打飞。林廷扬嗖的又一箭，一连三箭。邓飞虎左闪右蹿，好容易躲开这连珠三箭，慌忙奔到战马旁边，扯断马缰，一蹿上去；回手用枪杆打马，夺路急走。林廷扬一声长笑：“哪里走！”拍马追来，嗖嗖嗖又是三箭。邓飞虎镫里藏身，滚鞍一闪，利箭探空过去，邓飞虎又一翻身，霍地带转马头。不想林廷扬的箭先射人，后射马，嗖的一下，第三箭竟射中马头。飞虎这马负痛猛蹿，林廷扬的马更快，早挡在前面。飞虎勒马急退，勒得太猛，这负伤的马竟站立起来。林廷扬从侧面又一箭，恰恰射中飞虎肩肋。邓飞虎狂喊一声，倒栽下马来。

林廷扬插弓抽枪，拍马来刺邓渊。邓飞蛇大惊，抛下流星顾立庸，拼命奔过来搭救。哪里来得及？邓飞虎真不亚如猛虎负伤，刚刚栽倒在地，竟带箭霍地跳起来，伸手拔剑，热血从

创口喷出。林廷扬喝道："呔！"拍马一跃上前，唰的又打出一甩手箭。飞虎一跳，力气不支，这一箭竟打在胸口上，再挺不住，仰面而倒。

群盗一见舵主挂彩，大惊狂喊，从各方奔过来，抢救的抢救，拒敌的拒敌。邓飞蛇尤其惊急，抡手中刀，使足十二分力量，照林廷扬的马头砍来。林廷扬勒马摆枪，探身往下一扫，噌的一声响，刀枪相碰，林廷扬抖手打出一石子。飞蛇往旁一跳，咬牙切齿，抡刀还战，在马前蹿左蹿右，破死命挡住林廷扬。容得手下喽啰把邓飞虎背起来，飞蛇大叫："风紧，扯活！"急急地引群贼往山根深莽丛林内，狂逃而去。林廷扬举枪招呼手下镖客，漫散追赶下去。

林中有贼人设下的卡子，八张弓乱射出来，把林廷扬等挡住。林廷扬招呼手下伙计，也开弹弓回击，双方乱打了一阵。邓飞蛇保护着胞兄邓飞虎，已远远逃走了。跟着林中贼党的箭射完了，也退回去了。

第二十二章 金牛寨丧酋离心

邓飞蛇叫手下喽啰，替换着把胞兄邓渊背救到安桩的所在，竟直奔出十七八里地，才到了地方。邓飞虎箭伤深重，夺命奔窜，血流遍体，救活不及，人已竟说不出话来。邓飞蛇抱着哥哥痛哭，忙着给哥哥敷药治创，派人飞奔金牛寨老巢，给嫂嫂、侄儿及自己妻子和副贼送信。直到定更，母大虫高三妗方率小虎邓仁路与副贼白牤牛蔡福来，带着五十多个喽啰赶来，却不是闻败赶来看伤，还是得着头一报，特奔来应援劫镖的。高三妗再想不到丈夫惨败，箭镞深入，已伤肺叶。

邓飞虎面如枯蜡，仰面躺在板床上。高三妗跪在床前地上，抱着飞虎的头大哭。小虎邓仁路跪在床前，抱着父亲的腿哀叫。邓飞虎只强将眼睁了睁，眉头一动，唇吻微动，似乎不愿听他们的号叫。邓飞蛇哑着喉咙，急拦嫂嫂、侄儿："嫂嫂别哭，哥哥心乱！仁路，你也别哭了！"又低声问："哥哥你觉得怎么样？哥哥，哥哥，你有什么话？"邓飞虎目瞪半晌，不能言语。

这里是盗群出没的要道，地方很荒僻，自然没处请医求

药。飞蛇邓潮只将人参汤、刀创药，极力给飞虎灌下，敷上。这何济于事？副贼蔡福来便忙着奔到邻近乡镇，硬架来一个年老医生。乡下医生如何会治这样重的金创？倒险些把医生吓出病来。等大夫颤颤抖抖开一药方，飞蛇忙又打发人去抓药，药还没煎得，邓飞虎已经快断气了。

母大虫高三妗和小虎邓仁路母子，飞蛇邓潮和小桃红夫妻，以及大小贼酋们，围着飞虎的伤体，忍不住落泪号叫。副手白牤牛急得跺脚道："别乱啦！你们就别弄这些娘们腔啦！还不问问正事？"怒冲冲地分开众人，过来搬着飞虎的枕头，大声叫问："大哥，大哥，你快交代几句吧。你死了，谁顶你这摊子啊？"

邓飞蛇与高三妗等也一齐哭问。邓飞虎不是病，乃是伤；病危还有回光返照，伤重却变得很急。邓飞虎服下参汤去，强睁开二目，但已看不清人了，嘶声说了几句话，为哭声所掩，都没听真。白牤牛和邓飞蛇忙又拦住高三妗母子。小桃红呢呢喃喃地哭大伯子，被飞蛇打了一拳，于是哭声顿住。再摇枕叩问飞虎，飞虎唇吻微动，断续听出几个字来："蔡老三，你保着老二，老二，你报仇……你嫂嫂，你侄儿，你，你……"半晌无声，忽又猛然瞋目，张吻涩吼："我死，不杀狮子林，我死！……"双瞳瞪视，喉头微响，但见他脖颈一挺，登时气断。

群盗放声大哭。连夜束尸回窑，买棺盛殓，设誓报仇。然后依大当家的临殁遗言，由白牤牛蔡福来出头，择日拥立飞蛇邓潮为金牛寨全寨之主。贼中军师高抬轿高七戛，却要拥立大当家的娘子高三妗为女寨主。另有几个副贼，素常与飞蛇不睦，竟不待终丧，引领十几个人悄悄地叫伙出窑，改投别处，另创事业去了。

邓飞蛇寸心如割，既痛心胞兄的惨死，又不愿与嫂嫂争位，更搪不清嫂嫂、侄儿天天哭闹着要他报仇。他年纪尚轻，笼络手段差些，又扰着家务事，越发地摆布不开了。他哥哥飞虎邓渊是积年大盗，性格暴烈，交友豪爽，颇有人缘，能得众

心。飞蛇这个人却偏于阴沉这一路，外面显着冷酷些。因此这一帮群盗，自飞虎一死，眼睁睁人心离散，景象不好起来。

白牤牛蔡福来一看不对，急邀群盗，公议来日之计。面子拘着，大家到底还是公推飞蛇为大当家的；却与寡妇高三妗一同主事，白牤牛与高抬轿算是从旁参赞。这样一来，有了四个领袖，倒害得群龙无首，遇上事七言八语，一人一个主见，越糊弄越糟。百十多个人，不到半年，走的走，散的散，后来只剩下六七十人了。

跟着飞蛇又连受重重打击。高三妗日日哭啼，催逼飞蛇报仇："当家的创了这些年，死得太窝心，我们不能糊里糊涂就算完。姓林的不入川，咱们不会找上门去吗？"她并没想由川入保，该走多少日子，人生地疏，是否容易下手。飞蛇手腕虽嫩，心眼却多。自料武力不敌，这样去找碴，简直白送给姓林的，仍派踩盘子的去暗访狮子林的动静。狮子林偏又放弃了西川路，改走江南镖，仇人不得相见，更无从下手。飞蛇四处托人打听林廷扬的根底，暗对嫂嫂说："寨中情形不好，莫如分金洗手，就此散伙。"他打算把嫂嫂、侄儿，和自己的妻子小桃红，潜带细软，远送到异乡地方卜居，改姓更名，暂作良民，先隐僻些时日，然后由自己改装出游，一来访求武林能人，二来搜寻狮子林的对头，以便结党，一同找姓林的算账。挨个三年五载，好歹把姓林的首级弄来，给大哥坟前设祭圆誓。君子报仇，十年不晚，这是飞蛇的打算。

母大虫高三妗摇头不以为然，她说："什么叫'十年不晚'？那是赖汉子扯臊的松话，自己遮羞脸罢了。现有六七十个同伙，尚不能倚众报仇，反要全把他们解散了，只剩下姓邓的一个男，一个女，一个小孩子，更不容易报仇了。"她以为小叔子这么打算，简直是看山寨运气不佳，要洗手吹台。她恨恨地说："老二，你别忘了，你大哥他怎么疼你来着，你拍拍心口想想！"

邓飞蛇情知嫂嫂恼怒，仍然坚持说："求人不如求己，报

仇乃是邓家的私事，烦本伙弟兄们，怕人家不肯下那么大苦心。虚口承应着，临头反倒误事。”

高三姈更不喜听，说：“你大哥一向好交朋友，人心换人心。不信你问问他们，看他们愿去不愿去。他们早对我说过，为大当家报仇雪恨，赴汤蹈火，卖命都甘心，只有你一个人怵头罢了。你拍心口想一想，别尽往人家身上推！”高三姈把人家的外场话，当作了真事；把邓飞蛇的把稳主意，看成怕事。邓飞蛇本与高三姈摒人秘议，高三姈动了气，竟把这些话对众贼抖搂出来，招得群盗格外寒心，恨飞蛇说话口冷，太看不起人。有那真义气的，听见这话也起了反感，瞧不起邓潮这种畏畏缩缩、缓不济急的法子，大伙放出了许多闲话。

邓飞蛇陷在内外交谪的苦境，气得要死。嫂嫂是女人，这么没心计，连远近都分不出来。邓潮越发地小心，连真意也不敢轻露了。左思右想，筹计了几夜，遂向嫂嫂和大众告别，亲率七八个精练的助手，竟改扮出窑，历晋陕，北入直隶。寨中事务，统统交给了嫂嫂和侄儿小虎，及高抬轿等人。三当家白牤牛心肠热，不放心，竟跟飞蛇同行。两人盘算好了主意，武力敌不过林廷扬，只可还用阴谋，不明着斗力，只暗中计划着行刺。

临行时，飞蛇对嫂嫂说：“小弟一去，三年为期。嫂嫂好好照料着本窑的事务，一切要小心，不可过贪。小虎这孩子，人小胆大，你要好好管着他点，不要叫他一个人出去作案。”又道：“高抬轿这小子太浑，嫂嫂少听他的蛊惑。”

高三姈见飞蛇肯下山复仇，很是高兴，满口答应着。说到高抬轿高七戛子，这个人却算是高三姈的本家，高三姈最好听他的话，不由又不悦起来，说道：“你放心走吧。小虎不要紧，孩子很听话，又不好色，又不好嫖，怕什么？就只贪赌罢了。不叫女人迷，不入女人关，一点凶险也没有。我是谁的话也不听，你就用不着操心吧。”语含反射，飞蛇又挨了嫂嫂这几句，叹了口气，便告辞下山了。

林廷扬这时正像红运当头，英名日盛。邓飞蛇与白牤牛，

用种种法子，尝试敌力，费了两个月工夫，窥准林廷扬的武功实在太硬，决惹不得。邓飞蛇便依原计，连下三次毒手，要暗算林廷扬。但林廷扬一来机警，二来帮手多，三来正走运，邓飞蛇的诡计竟遭失败，反把自己带来的人折了四五个。白牤牛蔡福来也被打瞎一只眼，邓飞蛇也险些露了相，受了镖伤。他们竟不敢再逗留，连忙翻回来，向嫂嫂报告。哪知一别两年，回到金牛寨老巢，老巢早改样了。

高三妗也不知怎样捣鼓的，把手下党羽竟拆散了二十多个，只剩下寥寥三十余人。她竟与高抬轿高七戛子动了贪心，在豫西冒险劫夺官帑，不但没劫成，反惹了一场烧身大祸。官兵调来一千多名，围剿清乡，把部下群盗冲得七零五散，还死了好些同伴。飞蛇好不容易才寻着高三妗的下落，小虎邓仁路幸而无恙。高抬轿、白牤牛的弟弟黑牤牛蔡大来也都健在，独有邓飞蛇的妻子小桃红不见了。问嫂嫂时，嫂嫂高三妗把嘴一撇道："这小娘儿们我们竟没有看透她，她跟人逃跑啦!"

邓飞蛇陡吃一惊，夫妻关情，登时脸上变了色，忙向嫂嫂细问。据说他们被剿逃走时，高三妗慌慌张张率部溃围，由一个副贼叫小唐的，背负着小桃红逃走。有人眼睁睁见她已经逃出来，不知怎的，出险之后，就没了影子。有的说小桃红跟小唐姘上了，两个人离群投荒，乘乱私奔，做露水夫妻去了，也不知这话是真是假，把个飞蛇邓潮激得倒噎气，竟没有地方搔痒去。转问别人，别人吞吞吐吐，也这么讲。邓飞蛇很爱小桃红，面上恼怒，心里还盼望她不是这回事才好。他又疑心，或者危急时，大家只顾逃命，也许单把小桃红一个没本领的女人丢在覆巢之下，没有人援救，被官兵戕害了，或者被绑架走了，也未可知。因此不住地向别人打听，不住向嫂嫂追问。嫂嫂高三妗把嘴撇得瓢似的说道："二爷，你倒夫妻情重啊？你不用打听，我保管白糖蘸红桃，把二爷甩了。咱们跟人家一条心，人家跟咱可两样，那有啥法子？可是的，你这趟出门，你死鬼大哥的事究竟有结果了没有？那个狮子林，你把他宰了没

有？”两眼直勾勾盯着邓潮。邓潮浩然长叹，满面愧色，只得把话实说出来。

高三妗陡然站起来，把小虎邓仁路叫到面前，又数数落落地哭起死鬼来了。涕一把，泪一把，高叫道：“死鬼呀，可怜你一辈子英雄，死了连个报仇的全没有啊！……小虎子，你快长能耐吧！给你爹爹报仇，还是你的事，你别糊涂油蒙了心，胡指望别人啦。傻孩子，哥们是哥们，爷们是爷们呀！”

照这样夹抢带棒，烧着燎着，高三妗不断念闲话给邓潮听。邓飞蛇是枭张汉子，是凶悍的大盗，他岂能忍受这娘们的哭闹数落？老婆丢了，不去管她；伙伴散了，巢家失了，也不去管他。只是嫂嫂这冷箭似的闲话，锥心刺骨，太叫人消受不住了！邓飞蛇一跺脚，像逃走似的，掩面跑到没人的屋里去，把被蒙头，吞声痛哭起来。

哭了一阵，坐起来捧头发呆，待了一阵，又哭。白犍牛、黑犍牛弟兄俩纷纷来劝解，他只摇头不语。忘寝忘食，一连数日，把个铁打的汉子，激迫得面无人色，恍如大病一场。

然后，飞蛇打定决心，擦干眼泪，走到嫂嫂房内。嫂嫂只把眼皮一撩，一声不言语，连身子都没动。邓飞蛇亏心似的，只得叫了一声：“嫂嫂！”高三妗道：“唔？”飞蛇垂头至臆，低声说道：“嫂嫂，大哥的仇一时报不了，实怨小弟无能。我们明着斗不过，暗算也不行，姓林的不但武功出众，实在也正红运当头。我们现时惹不起他，但是我们慢慢地来。我想了这几天，我就破着这一辈子的工夫，专心对付他。小弟打算这就出门，去寻访能人，习练武功，好歹给哥哥报了这个仇，有姓林的就没有我邓潮。小弟我预备五天后就走，咱们这伙里的事，可以收了吧。”

邓飞蛇流着泪说话，高三妗微微一欠身，把小脚蹬着床，冷冷问道：“那么你打算上哪里去？打算要找谁呢？”又问他预备怎样下手，几时下手？飞蛇叹道：“我哪有一定的地方，一准的打算？我此去海角天涯，碰着谁，就是谁。只要谁斗得过

姓林的，我就冲谁磕头捣蒜，央求人家出来，给我们拔剑报仇。要是央求不动，我就给人家投师学艺，苦练出本领来，再找姓林的算账……”

高三妗把嘴一撇，苦笑道：“我当二爷又想出什么高招呢，闹了半天，还是这个呀？”邓潮脸一红，但是他仍然坚持着说：“嫂嫂，小弟苦想已久，只有这条路可走。嫂嫂望安，我决不是退缩，躲心静。嫂嫂，你睁眼看着，任他天翻地覆，我邓老二决不会忘了哥哥的仇。嫂嫂，你听我的信吧。这一去，万一还办不出头绪来，嫂嫂你就向哥哥坟上找我去吧！”说着哭起来。随后还是他那话，劝嫂嫂洗手，带着小虎，隐姓埋名，另觅善地，报仇的事完全交给他。高三妗依然冷笑不答，她有了她的办法。

邓飞蛇羞惭惭地从嫂嫂屋中出来，找到小虎头邓仁路。拉着小虎的手，摒人私语，垂泪嘱道：“孩子，叔叔这就走了！给你爹爹报仇，是我的事。给我们老邓家接续后代香烟，是孩子你的事。你不要听你娘瞎闹，把这条小命饶给姓林的手里呀！你想，你爹比我如何？我比你如何？这不是拼命的事，这是报仇的事呀！报得成才是一条好汉，白饶一条、二条的性命算什么！你要劝你娘，你娘她，嗐！……”放声大哭起来，哽咽良久，方才说道，“你娘她糊涂！”

但是，邓飞蛇这番苦心，不但嫂嫂不谅，就是他这十六岁的侄儿也不能信谅。邓飞蛇哭得哽咽难言，邓仁路铁了面孔，一言不发，眼中含着泪，偏不叫它掉下来。半晌才说：“二叔，你去你的吧，我做儿子的自有做儿子的道理。父母之仇，不共戴天。二叔，你自己沉得住气，你叫我也那样吗？”冷笑数声，把飞蛇握住的手抽了出来。

邓飞蛇顿时手脚冰冷，恼恨得说不出话来，直着眼瞪视小虎，小虎便大瞪着眼直视邓潮，四目对射，一点也不躲避。邓飞蛇深深哀叹了一声，道：“孩子，你……”小虎哼了一声道：“我怎么样？我是贼羔子，忘恩无耻之徒！”口角尖锐，不在他

娘以下。飞蛇邓潮噎得像疯了似的，霍地站起来，扑到小虎面前。小虎傲然立住，连动也不动，两只眼睛很冷酷地盯住邓潮。邓潮噤住了，退回几步来，胸中的话，胸中的苦，如潮水涌上舌端；但张了张嘴，仍然是吐不出。猛然举起手掌，恶狠狠打了自己几个嘴巴。

小虎邓仁路微微一动，又忍住了，陡然立起身来，说道："二叔，你这是做什么？何苦打那脸？我今年还小，我十六岁了，我爹爹死了几年了？"一甩袖子，掉头出去，把邓潮干丢在那里。

邓飞蛇又似利剑穿胸，颓然倒在椅子上，抱头狂哭起来。嫂嫂、侄儿没有一个来劝他，也没有一个来理他！

邓飞蛇霍地将钢刀掣出，就往项上一勒……忽然他一转念，提刀抢出屋来，满脸的汗泪鼻涕，跑到嫂嫂、侄儿那边。嫂嫂和侄儿正相对哭泣。邓飞蛇突然在当地跪下，大号道："死去的哥哥，我不能给你报仇，我就不是人！……苍天，苍天，我要拿这把刀，把姓林的一家大小，老老少少，个个不留，杀个净尽。姓林的只要留下半个人芽，我邓老二就非为人类，我就拿这把刀抹脖子自杀！哥哥，我不说十年，二十年给报仇；我邓潮今年二十九岁，我要破着一辈子，不娶妻，不要儿子，任什么也不做，我非得报了这个仇！我若口不应心，叫我天诛地灭！"

邓潮咬牙切齿，横刀起誓，爬起来，对嫂嫂、侄儿说："你们娘俩等着吧，只当我是畜类，不是人生父母养的。多咱你们听姓林的死了，咱们再相见！"说罢，泪流满面地奔出去了，又泪流满面奔回来。却不知从何处，起出来数十根金条，一手交给侄儿、嫂，嫂说道："嫂嫂，我的话说尽了，洗手在嫂嫂，不洗手也在嫂嫂。我哥哥只有小虎这条后代，我们老邓家也只有他一条香烟。嫂嫂，我可是交给你了！……嫂嫂保重，小弟去了！"又泪流满面地奔了出去，从此邓潮失踪，才引出了前边的那番故事。

第二十三章

高雌虎携子访艺

高三妗和小虎邓仁路母子，到底不尽依着邓飞蛇的劝告，改做良民；却也不曾径直找狮子林，硬去拼命。母子俩人将部下残众邀来，挥泪讲了一番话，问他们将来作何打算？群盗说："既不能扛锄，又不会担筐，还是换个地方，接着干旧营生。"高三妗便请群盗另推首领，她母子告退出伙，将那数十根金条，分一半赠给群盗，留一半自用，拿来打成一件兵刃，用漆漆黑了。所有带出来的细软，也分给部下群寇一些，余下的就做了自己的盘缠。母子相偕，扮做官眷，竟离开川陕，东投冀豫去了，这母子也要寻访能人！

河南北部彰德府，有高三妗当年的二师母，听说她依然健在，只是早已改行。江湖上传言，说这二师母竟在彰德府城内，开了一座酒馆，暗中仍与武林中人来往。高三妗携带十六岁的儿子，一路寻访了去。见了面，哭诉丈夫惨亡，伙伴星散，小叔子懦弱无能，儿子年幼本领不济，求师母做主，好歹给她报仇出气。

她的这师母也是有名的母夜叉，婆家姓冯，娘家姓崔，外

号叫作大脚四，本是大盗冯老连的妾。在当年盛时，貌美英勇，明着跑马卖解，做了武妓；暗地里她却是个女飞贼，偷盗绑票全做。专一绑人家美貌的闺女，投信勒赎，不来赎，她就卖入娼窑，是最恶不过的一个女盗贼。忽一年遇上敌手，她吃了一个大亏，竟一怒看破红尘，要削发为尼。但她又耐不住做尼姑的清苦，而且不甘寂寞，离开男人不行，出家数年，到底她又留起头发来。几经沧桑之变，最后她做了卓文君，开酒楼，又开客店。这番倒是真做生意，并非黑店；不过江湖上的朋友，有来找她的，她照常照应，并不讳避，胆气是很大的。如今她人老珠黄，又瞎了一只眼，早没有当年的姿容了；可是雌威仍在，武林中多结怨仇，她的武功始终没敢丢下。现在她一见这得意的女徒，已成半老徐娘了，老婆子喃喃说道："三妮子，我只听说你嫁了川边金牛寨的飞虎邓渊，怎么他又死了呢？这不要紧，我给你留神，你不妨往前走一步。……什么，你不想嫁人了？金牛寨散伙了，你要报仇啊？那更没说的，咱娘们不能吃亏，回头叫你师弟帮帮你，找你那仇人去。你的仇人是谁呢？"

高三妗咬着牙说："师娘，你老人家一点也没有听说吗？俺男人是叫个吃托线保镖的小子害的，他叫什么狮子林。"

大脚四一听"狮子林"三个字，不由愕然；睁着那一只眼，说道："是狮子林么？我认识他！"大脚四的小儿子冯魁在旁听了，也倒吸一口凉气道："害邓大哥的怎么是他？这可糟！"冯魁母子一露诧异，这高三妗母子登时变了脸色，急忙问道："师娘，难道这姓林的竟跟你老有交情么？这狮子林的名字叫林廷扬，在保定开着安远镖局的。"

大脚四这瞎婆婆搔着半秃的头皮，半晌才说道："我知道啊，这可真糟，你男人怎么落在他手里？这个小兔羔子好不硬帮哩，你大师哥就在他手里栽过跟头。"高三妗放了心，她起初疑心大脚四跟狮子林有什么渊源哩，那一来就不好办了。现在既知也是对头，倒可以同仇敌忾，协力找姓林的算账了。高

三妗又喜欢起来，忙问大脚四："大师哥是怎样栽在狮子林手里的？"这个瞎婆娘一只眼忽睁忽闭地说道："这还有什么缘故？左不过是你师哥剪过他的镖，打不过他，镖又叫他截回去了。"

高三妗暗地越加庆幸，忙又说："师娘和师兄就白栽了不成？"大脚四把白发秃顶的头摇得像货郎鼓似的，喃喃说道："你不知道啊！这小兔羔子才二十来岁，手底下好歹毒哩！"冯魁插言道："老奶奶记错了，狮子林今年至少也有三十多了。"转脸对高三妗说道："这狮子林乃是南荒大侠一尘道人得意的门徒白雁耿秋原的大弟子，得到天罡剑的正传，剑术非常厉害。他又会一手好暗器，镖也会，弹弓也会，袖箭、飞蝗石子，样样都精，百发百中。而且他马上的功夫也强，他的马上弓箭有百步穿杨之能，好不棘手哩。我大哥竟斗不过他，差点吃了他连环镖的大亏。要不是老奶奶到场，大哥就有性命之忧。"

高三妗又精神一振，道："师娘出马，这个狮子林自然吃不住劲了！可是的，师娘你老人家跟他动手，觉着他手底下究竟怎么样？"大脚四笑道："要是我真个出马，倒不见得我这大年纪，叫他一个晚生下辈抢了上风。不过我那回去，不是去打劫，乃是听见狮子林的名字，想起当年尹鸿图嘱咐我的话，要跟他朝朝相。"

高三妗道："尹鸿图是谁？"老婆婆答道："尹鸿图就是这个狮子林的师伯，乃是一尘道长最得意的第二门徒，和谢黄鹤、耿白雁，并称狮林三鸟的。"高三妗又道："他跟你老认识么？"大脚四点点头。高三妗又问："莫非他为着狮子林，曾经托付过你老？"瞎婆婆微微一笑，道："你真猜对了，尹鸿图知道我们在这条线上做买卖，他特为给他这师侄帮忙，往江湖道上，四处托人情。"

这位瞎婆婆当下一手按着膝盖，一手拿着根旱烟袋，缓缓喷吐着，说起了当年的旧话，道："我当年为了做一票买卖，

曾到豫鄂交界，一个叫龙头沟的地方开耙。据踩盘子采来的消息，是湘东富商周某，携眷回中州原籍。这票买卖若做下来，据说足有一两万，我当时也为手下的孩子们好久没见大油水，实在熬苦极了，乐得‘开青龙得彩’，也是件痛快的事。我就跟你师父，率领手下的孩子们，投奔龙头沟，安下了桩。那富商果然一站跟一站，如时来到，携带的行囊果然够劲。挨到断崖夹道上，我们就亮青子，动手要抢，不料人家带着托线了。两下对了盘，竟用江湖道上的规矩，跟我们答话，一道万儿字，才晓得保镖的这位托线并不是什么有名人物；那家伙叫张铁枪，跟咱们也素无来往。可是他竟点出这姓周的不是什么湘东富商，人家竟是名震中原、江湖盛称的邹善人。轿上坐着的乃是邹善人的长房孙少爷，倒是从湘东来的；可是新完婚，同行的还有新少奶奶；财物真不少，全是嫁妆。三妞，你总知道邹善人的名声吧。我们江湖上做艺的人流落在河南，到他门下求帮告助，人家是有求必应。我手下的孩子们，就有两个受过人家的好处。我虽然做这行没本的生意，可是江湖上的公论，我也不能不顾忌。我又舍不得这票好油水，我正在游移，打算只劫财，不劫人；谁想你师父竟向我递过几句话，叫我别动。你师父一马当先，冲那保镖的张铁枪交代了几句又软又硬的话，告诉他，‘我们并不是尽为你老兄保着，就肯借道；我们只为久仰邹孟尝老先生的大名，所以愿欲交他一个朋友。相好的，我们不但不剪这票买卖，我还要出点力。’你师父竟拔下那一根紫竹袖箭，插刀拍马，走到邹少爷的轿前，把袖箭赠给他。说：‘邹少爷，我冯老连和老婆子大脚四两口子，今天跟邹少爷讨脸了。我们手下的人受过你们太老爷的好处，这是我们一点人心。这前途三百里以内，凭我姓冯的一支箭，可以闭着眼，稳走过去。’遂吩咐手下人收队让路。……”

大脚四滔滔说着，高三妗很不耐烦，这与狮子林有何干涉呢？冯魁插言道：“三姐别着急，你往下听啊！”大脚四接着说：“当时我也觉着你师父卖人情，卖得过火了。但是他当场

借了道，我也不好说什么。我正要让过张铁枪，诘问你师父，为何这样慷慨？就在这时，猛然听得龙头沟一段疏林危崖上，有人哈哈一笑。我急抬头一看，从断崖一棵古槐上，竟蹿下两条蓝影，轻轻飘落下来，如飞鸟一样，我细看来人，是一个中年佩剑壮士，和一个白面微髯的中年道人。道人手执拂尘，也背插一剑，两个人英气凛凛，却满面含春地站在我们面前。”

高三妗惊问道：“这是谁?”瞎婆婆微微一笑，把一只眼略一开合，说道：“是谁？这中年壮士就是那大名鼎鼎的狮林观一尘道长的第二高足尹鸿图，就是狮子林这小子的二师伯。”高三妗忙问：“那中年老道呢?”瞎婆婆大脚四冷笑道：“那更不是外人，那就是一尘道长的第三个高足，有名的白雁耿秋原耿老道，就是狮子林的师父!”高三妗失声道：“哦!”

瞎婆婆接着说道：“到了这时，我才明白，你师父忽然借道的原因了。你师父一定是先看出断崖潜伏着能人，所以才如此慷慨客气。但是，你总知道我的脾气，我可怎么受得住这个呢？我就一伸手，拔出兵刃来。这尹鸿图和耿秋原挡在我们四十多人的面前，一点也不在意，反而冲着你师父，含笑点头。我呢，只想到他们俩来意不善，就喝问道：‘喂，朋友，你们这一手‘云里翻’足见功夫，一定是武林名手了。我大脚四要请问请问，朋友你贵姓，道长你的法号宝观。我们两口子在这里有点私事，你二位是什么来意?’我当时这话说得气很冲，你师父要拦我，都没拦住。你师父就急急地叫着我的名字，吆喝着，‘这是好朋友，你不要胡闹。’忙过去周旋。谁知这两人竟不介意，反倒很佩服我似的，竟管我叫二嫂子，‘二嫂子，你不认得我们了?’尹鸿图就报出字号来，把我吓了一跳。”

高三妗道：“二师娘，如此说来，你和尹鸿图，一定早有认识了?”瞎婆婆道：“我哪里认得他，他不过故露一手，言其早已晓得我们的底细罢了。那耿秋原只拈髯微笑，一言不发。那尹鸿图就说，‘冯大哥二嫂子，你夫妻不认识我，我却久慕你们的威名。不过你们这一桩事办得很漂亮，我们不能不谢

谢。’转过来，又对我发话，‘二嫂子，我们在江湖上，很听见别人说过你。我听说你们两口子，常常贩卖人口，这话是真是假？’我就说，‘真也罢，假也罢，你管不着！’你师父瞪我一眼，赔着笑，对人家说，‘尹仁兄乃是大侠门徒，我姓冯的不敢高攀，至于你说我们贩卖人口，刚才的事你是见过了。常言说得好，眼见是实，耳听是虚。我姓冯的也不是怕事的人，不过十个人抬不过一个理字去。尹仁兄，耿道长，刚才的事叫你们二位说吧，你瞧我们像个贩卖人口的人么？’你师父这句话竟把尹鸿图问住了。”

瞎婆婆又道：“这是我们两口子丢脸泄气的事；三妞，错过是你，对外人我决不肯说。我当时只生气，你师父却一个劲地对付。尹鸿图和耿白雁两个人嘀咕了一阵，回头来说，‘冯大哥，二嫂子，我们弟兄在此路过，和张铁枪也不认识。刚才你办的事很够江湖道义，咱们后会有期吧。’他们一道一俗说了这几句话，就走了。你师父极力招揽，要邀二人到就近地方，献一杯水酒。这二人力辞而去，说是他们有要紧事，要到少林寺去。等到两人去后，你师父就向我吐舌头，埋怨我一顿。他告诉我，尹鸿图在狮子林观，虽然排行第二，可是天资过人，武技精湛，他掌门大师哥谢秋野道人实在不如他。那耿白雁比尹鸿图差些，可也比大师兄胜强一筹。他二人尽得一尘道人天罡剑的秘传，实在不好惹。你师父一时留心，瞥见断崖上的人影，做了这件漂亮事，才把他二人对付走了。尹鸿图这家伙从此竟很看得起你师父；我呢，连带着也沾了光。等到近年狮子林林廷扬，接承他岳父黑鹰程岳的镖局，在中原、江南初创镖道。这个尹鸿图就拿师伯的地位，把黄河以南的绿林道，都替师侄托付了一番。你师父跟我，都承他来信嘱托过。我们和他南荒大侠这一支，各不相扰，各走各道。但自从有这一回交道，面子上各留一步，居然互相关照着很客气。我和你师父也就嫌丢人，不再绑票了。等到尹鸿图，耿秋原为师报仇，寻访西川唐大嫂的门人时，他们又曾向我们打听过，请我

们替他密访乔健生、乔健才的踪迹，我们很帮了他一回忙。三妞你看，我和尹鸿图有这一番交道，我怎好替你出头？你要是想找场面，打算跟狮子林和解，我老婆子倒可以给你找尹鸿图去，叫他带着狮子林，向你赔礼。可是你们有这么大的过节儿，又岂是一杯水酒，就能了结的？你们有不共戴天之仇啊！我实在也不能这么办，我也不能替你出头。不但我，就是你兄弟，也不好找狮子林去。我有什么法子呢？”

高三姈一听，放声大哭起来。小虎邓仁路就一面跪求，一面说愤激的话：“想不到师太偌大的威名，也跟我二叔一样怕事！师太明着不好出头，难道你老暗中帮我们一把，还不行么？也不用你老出远门，只等狮子林到河南来，你老帮我们娘儿两个，偷偷给他一下子。”小虎头十六岁的孩子，说出来的话居然有软有硬，条条是理，高三姈连忙申斥他。大脚四听了，不但没恼，反而睁着那一只不瞎的眼，笑骂道：“好你个小贼羔子，你会跟我撒赖，你笑师奶没胆吗？可是这里头有面子事儿，不能硬来。你叫我暗算一个后生小辈，你小孩子家不懂事，许你那么胡说，师奶却不能那么瞎干。”

这瞎婆沉思良久，被缠不过，终于想出一招来。便命儿子冯魁，写信一封，给那豫南鸡公山的铁帽僧僧亮。僧亮是武林名辈，和大脚四有些渊源，也许可以求告出来，拔刀相助。瞎婆婆的意思，打算叫小虎头母子，投到鸡公山去，请僧亮看在江湖道上，帮高三姈全节，帮邓仁路尽孝。

高三姈拭泪止悲，看着写信，脸上露出疑难的神色来。江湖上传言，这铁帽僧乃是当代盗侠，武功卓绝，行踪飘忽，他可肯出山，替人报私仇么？大脚四催劝道：“我叫你去，你只管去，我自然有道理。三妞，我还能故意推托，骗你们不成？”冯魁插言道：“三姐，你只管去投他去；这铁帽僧别看是当代怪侠，可是当年他受过我爹、我娘的好处。你找了他去，料想他未必好意思拒绝你。”大脚四另外又取出一支红杆的袖箭，叫小虎头母子掌着这个去，作为凭证。

高三姈收了信箭，母子双双叩谢。跟着向师母打听铁帽僧的为人、技能和住处；见了他，该怎么说话。复向师弟冯魁打听，这僧亮究竟欠着师父、师母什么情。大脚四知道她心上不落实，瞎眼一翻一翻的，这才把详情描了一遍。这铁帽僧法名僧亮，俗姓恽，名纪明，一向行止诡异难测。间时他挑一轴佛像，满面红光，摇着串铃，卖药卖卜，似一个游僧；也有时鹑衣百结，腰偻面黄，呻吟化缘，装作一个病和尚。有人疑心他是独行大盗，却罕闻作案；或猜他是秘密会帮，又不见他与同党往还。他的存身处更是隐秘，鸡公山鸡鸣寺只是他的传信地点，除了冯氏母子，外间更无他人晓得。僧亮的出身也是一个谜，有的说他自幼出家，有的说是曾遇祸变，杀妻削发。他怀着一身绝技，既擅铁布衫横练，又精气功和内家拳，更会鹰爪力、大擒拿法。纵横江湖数十年，竟没有一人确知他属于武林哪个宗派。据说他运用朝元聚顶的功夫，能够挺起一颗秃头，搪人家的刀箭；只要是眼睛看得见、耳朵听得出的暗器，发出来，再休想伤着他。他不但能接人家的暗器，又能夺人家的兵刃；因此江湖上给他起了个“铁帽金罗汉，千手千眼佛”的绰号，仿佛他是百练金身，铁铸头颅一般。

铁帽僧这人脾气古怪，独来独往，心狠手辣，但是恩怨分明。当年他得过一场重病，在旅途病困中，为仇人所窘，性命危殆。多亏着冯老连，和他的正妻万氏、次妻大脚四，夫妻三口陌路遇见，替他赶跑了仇人。铁帽僧自此感激入骨，颇有几次，给大脚四夫妻捧场。大脚四夫妻所干的营生，铁帽僧不以为然，但因欠着人家救命之恩，只要大脚四夫妻那支红杆袖箭一到，他必不远千里，赶来帮忙。大脚四夫妻也颇识趣，未敢过于琐渎他。铁帽僧亮劝大脚四夫妻，就是做这无本营生，也要留德。风闻贤伉俪手下人有掠卖妇女的话，这决不可做；不止于有损阴骘，也为绿林同道所不齿。冯老连低头不语，斜瞪了大脚四一眼；大脚四忙说：“这是谣言，我们可不干那种勾当。”僧亮未暇深辨，只沉着脸说：有则改之，无则加勉罢了。

大脚四为了高攀这英雄朋友，也自此敛迹，不再贩卖人口。铁帽僧访闻属实，很觉欣慰，以为做了一件功果。

他们相交，先后十一年。在这十一年中，大脚四夫妻曾承铁帽僧帮过两次大忙，两次小忙。到末一次帮忙时，铁帽僧吐出了口风，意思是适可而止吧，劝他夫妻俩及早收篷。大脚四不听，所以才招来一个大跟头。再找铁帽僧求援时，则已侠踪骤隐，逝若神龙了。大脚四失望而归，不久她的男人冯老连和嫡室万氏，便大限临头，两口子同时殒命，连长子冯元也骈死在数。大脚四时方怀孕，挣出性命，却负伤坠胎，大病起来；她因此一怒出家，要削发为尼。到这时铁帽僧才蓦然出现，赶到灵前，抚棺一痛。称大脚四为二嫂子，称冯魁为二侄子，这称呼在先是没有的，只称老连为冯舵主罢了。赖他出力，才盗出冯老连的首级来，备棺安葬了。又劝大脚四，好好抚养二侄子冯魁，好给冯大哥留一条后。自此年供柴，月供米，铁帽僧自己不出面，暗遣门徒，照应冯家母子。又经大脚四母子苦求，请铁帽僧收冯魁为徒。起初铁帽僧拒绝不允，说冯魁学艺年纪太大了，从师又年纪太小了。挡不住这母子哭泣央告，铁帽僧才提出几个条件：第一，收冯魁为徒时，要苦练八年，艺不成，不得出师，艺成，不得为盗；第二，冯魁既经认师，便得随师游方各处，不得擅自回家，更不得娶妻贪色；第三，即使拜师授艺，对外人也不得自承为铁帽僧的徒弟。这三条都够刁难的，第一条尤其无理，僧亮与贼为友，却禁徒弟为盗；殊不知道正是铁帽僧的一番深虑。大脚四母子只求学艺，模模糊糊地答应了。果然冯魁从师不久，便受不了那辛苦，私自跑回家来。他刚刚到家，铁帽僧已跟踪缀下。叫着大脚四道：“二嫂子，我说二侄子不成不是？他太娇生惯养了。要练我这套苦功，老实说，必须出家人，有长性，能受苦才行。大哥去世早，冯家还要倚靠二侄子接续香烟哩；他学我这一套，怎么能行？”遂很抱歉似的，给留下许多银两，又就近把冯魁推荐到另一位拳师门下学艺。这便是大脚四和铁帽僧的一段因缘。

这铁帽僧虽是大侠，脾气乖张，却一往情深，十分念旧。起初铁帽僧实是安心躲着他们；自从冯老连丧命之后，好比经过这一度生死交情，铁帽僧反倒对冯氏母子十分厚待，他的住处也为大脚四所知了。告诉大脚四，如有缓急，可到鸡公山麓鸡鸣寺找他去。因为有这一番交代，大脚四才敢写信传简，把高三妗母子转荐到铁帽僧那里去。高三妗听了这一套话，涕泪横颐的脸上泛出喜色来。她也久仰铁帽僧僧亮的威名，不过总担心怕人家不管。大脚四既说出这番渊源，高三妗一块石头落了地，忙向瞎婆婆再三称谢。但是冯魁却说："三姐别太喜欢了。你这一去，我先告诉你一个诀窍。到了鸡公山，你千万别乱打听铁帽僧；你母子只找鸡鸣寺的小沙弥悟因。"高三妗忙问："这悟因是谁？可是铁帽僧的徒弟么？"冯魁道："这却说不清，恐怕更晚一辈，许是他的徒孙。这悟因住在鸡鸣寺，大概是专给铁帽僧传递消息的。你只见着悟因，就好办了，你求他领你见铁帽僧亮。铁帽僧表面很冷，骨子里很热，你设法以情感动他……"

瞎婆婆大脚四把她那只独眼一睁，又把那只大脚一伸，接声道："对！你娘俩得摸准了他的脾气。"遂将铁帽僧的脾气描说了一番，"你最好刺激他。他一生非常自傲，最怕人说他是盗侠，他生平避讳一个贼字。你可以说姓林的骂他了。他这人一向最重恩怨，仇友分明；可是口头上，他惯说什么佛门宗旨，冤亲平等，出家人专给人化解冤仇。你若说报恩，他笑你太浅薄；你若说报仇，他讥你太忌恨。这都是他口头上的冠冕话，他的心并不如此。你们说话时，要顺着他的口气；最好不可自承是要报仇，你们要说自己被仇人逼得没法子了。你明白了么？"高三妗道："我明白了。"大脚四又道："他还有一种怪脾气，他虽然自傲，却不喜人当面奉承他；可是又不许你夸别人。你只一夸别人，他就恼了，定要跟人比量此量。你可以利用他这一点。"

大脚四想了又想，说了又说，高三妗母子一一记住了。又

问："二师娘，我这一见面，跟他先说什么呢？"这瞎婆盘算一回，然后睁开那只眼道："这个，你们可以自承是被狮子林追逼得无路可逃，只求铁帽僧收留你们，庇护你们。他若是看在我老婆子的面子上，把你娘俩收留下，你母子请他给你们找个住处。慢慢地你们再求他把小虎收下做徒弟，再慢慢地对铁帽僧说，狮子林要找你们来了。他一听这个，必然骂狮子林赶尽杀绝。你们再说，那是一定，狮子林一定要斩草除根的。这个狮子林当年受过绿林的害，故此苦苦与绿林做对，曾经放下'见一贼，杀一贼'的大话。……这样子，一点、一点地挤，多咱挤得他自告奋勇，要找狮子林领教去，那你们就算大功告成了。"又谆嘱了许多话，让高三妗明天动身。高三妗要请冯魁送他母子同去。大脚四摆手道："那不行，还是你自己投了去的好。"

到了次日，高三妗和邓仁路果然携带着大脚四的信，跟一根红杆袖箭，立即登程，径赴豫南。到达鸡公山下，觅店止宿，打听鸡鸣寺悟因和尚。到了第二天，打听得有了眉目，这才真真诚诚，登门投拜；但是这头一趟，便碰了个钉子。那鸡鸣寺竟出奇的荒凉，疏林乱草中，只有三间大殿，四间东倒西歪的禅房。山门紧掩，寂然无声，砸了好久，才出来一个火居道人。向他打听悟因师父，这火居道人又老又聋，睁着迷离的眼，把小虎母子打量一个够，盘问好半晌，只答出七个字："这里没有这个人。"

小虎母子相顾愕然，忙又问："这里是鸡鸣寺么？"火居道人一指庙匾，点了点头。高三妗又问："这鸡公山就是这一座鸡鸣寺么？另外还有同名的没有？"火居道人打岔道："你说什么？哪里还有鸡鸣寺啊！"

小虎母子颓然失望，起始怀疑了："莫非冯魁母子是骗我们么？"小虎尤其不耐烦，恶狠狠看定火居道人，半晌，喊道："喂，聋子，你们这里有个铁帽僧么？"火居道人仍然那么迷迷糊糊地说："铁帽僧？和尚只带毗卢帽，哪有带铁帽子的，不

压得头疼?”麻烦了少半天，不得要领。高三妗母子本来怪相，又是异乡口音，这个火居道人反倒盘问起他们母子来：“女菩萨，你打听出家人做什么?”这句话很不像话，把个半老徐娘的高三妗说得满面通红。那火居道人一缩身，就要关山门。高三妗忽然想起冯魁谆嘱的话，忙敛衽道：“我们是打彰德冯家来的，冯魁是我的兄弟，有要紧话，指名求见悟因师父，请你费心言语一声吧。”火居道人把眼珠转了转道：“噢，你打听悟因师父！你贵姓也是冯么?”高三妗道：“我姓高。”火居道人忽然一笑道：“他前天出去化缘了，须过半个月，才能回来。”

高三妗并非庸俗女子，立刻变计，要进庙拈香随喜。进得庙门，神像仅存，香火久寂，更不像香火庙，似乎全庙内外，就只这一个火居道人。高三妗行香已罢，把火居道人端详了一番，给他一两银子香钱，他欣然受了。高三妗拿出江湖道的规矩，径直说明来意，求他转达。火居道人两眼直翻，似不甚懂。小虎邓仁路心里发急，竟将那一封信、一杆袖箭取出来，直递到火居道人手里。哪知这个老头子竟瞠目不接，若不是在店中问得确确实实，庙门又明明题着“鸡鸣寺”，高三妗简直疑心找错庙了。

母子俩惘然无计，出离山门，空山寂寂，碧草吟风，只得同返店房。那一封荐信、一支红杆袖箭，仍被那火居道人退还了。母子再向店家打听时，店伙说鸡公山下，鸡鸣寺内，确有个少年僧人悟因，只是俗人总见不着他的面。小虎邓仁路道：“娘，莫非咱们机会不凑巧，铁帽僧带着悟因，出外云游去了么?”

高三妗凄然泪下，也猜测不出。母子二人往庙中连去数次，始终是那个年老的火居道人答对他们，没有一个面生的人出头。小虎邓仁路气愤愤说道：“准是瞎婆婆骗咱们。”高三妗道：“小孩子不要胡说，你师奶骗我们做什么？是咱们母子运气不好，没碰巧罢了。”小虎又低头想了一会儿，抬头对母亲说，要在半夜，入鸡鸣寺窥探一下。高三妗凛然变色道：“这

可冒昧不得。”母子俩唯有耐心等着。一晃四五天，实熬不住，母子才在半夜里，出离店房，到寺院附近，远远窥望一通夜。庙内既无灯火，也无人声，更没有夜行人往来的行踪，母子二人茫然不知是怎么一回事了。

直耗过七八天，高三姈照例打发小虎邓仁路，每天到庙里问两趟，仍只是那火居道人应门，铁帽僧师徒依然未归。小虎邓仁路回来告诉母亲，母子同声一喟道：“这一天又没指望了！”有心返回去找大脚四，但又犹豫，要多等一两天。……不想他母子对灯枯坐，愁晤多时，正要各自归寝，窗外忽然有人，弹指作声。邓仁路陡然站起来，叫道：“谁？”外面“嘘”的吹了口气，邓仁路伸手便去摸刀。高三姈急忙一探身，搧灭了灯光。母子二人，双双扎束，抄到兵刃，闪出店房，把门扇虚作一推，抽身蹿出来。只见一条黑影跳出店房，如飞地向大道奔去。

高三姈、邓仁路追踪而出；前面人影的身法、举动，全是绿林人物的样子。邓仁路大叫着追赶，前面的人回头一看，走得更快。高三姈也很吃惊，母子俩潜踪匿名，竟被人缀上，这人探窗偷窥，不知意欲何为，想着实在可虑。真格的请不着能人，反倒遇上仇人不成？高三姈与儿子邓仁路分两面抄过去，那人脚程竟快得了不得，母子二人追赶不上。可是那人似乎有意逗着叫他母子来追，不时地止步，回头，摆手，非常可恶。迤逦追来，倏已数里；这个人影竟取路荒径，直向鸡鸣寺奔去。眨眼到了庙后，这个人影毫不游疑，一掠身，跳入庙内去了。

邓仁路大喊着，竟要跟踪入庙，高三姈忙忙地把儿子拦住。私探一个前辈英雄的住处，乃是武林最忌讳的事。高三姈拉着小虎的手，先围绕鸡鸣寺走了一圈，山门紧闭，内外毫无动静；伏身贴地而窥，附近也无人踪。高三姈道：“这是怎么讲呢？”邓仁路道：“这个人无故把咱们调出来，一定是庙里的人；我们就不翻墙进去，难道不可以一直上前叩门吗？”

高三妗略一沉吟，看见路旁有一棵大树，距庙不远，叫着小虎，立刻都蹿上树去。往庙内一看，庙内灯火辉煌，似正有人；窥视良久，不见庙内有人出入。高三妗这才跳下树来，对小虎道：“咱们俩冒失一下子，过去叩门吧。只是你我仓促出来，一身短装，手拿凶器，我只怕人家挑眼。”邓仁路道：“娘太小心了。娘焉知道不是他们故意引咱们来的呀！”高三妗道：“也许是的。”收起兵刃，整整衣襟，母子俩一直来到庙门前，邓仁路举手敲门。

刚刚敲了一下，山门哗啦一响，猛然大开，把邓仁路吓了一跳，嗖地往回退蹿数步。迎门走出来一个男子。高三妗连忙叫道：“师父，我们是河南彰德府冯四奶奶打发来，拜见亮师父的，方才有一位行家，把我们引到这里来，我们不敢冒昧，请你进去言语一声，亮老师父回来了吧？”

高三妗正要仔细解释，不想那开门的人扑哧一笑道：“你是邓大娘子？你母子太客气了，我们老师父等你半晌了，快进来吧。”一侧身就往里让。高三妗细看此人，黑影中不辨面貌，听话音似很年轻，身材瘦长，肥袍秃顶；凝眸注视，是一个和尚。心中猜想，这定是那个小沙弥悟因了。

高三妗心头微慌，她追得太骤，把大脚四给写的书信和袖箭全没带来。忙向开门小和尚行礼道：“少当家的，你老一定是悟因师父了？”少年和尚答道：“不错，请进来吧！”高三妗道：“少师父，我们母子半夜三更被人调出来，引到这里，我们没有穿长衣服。你老看，我们还带着防身的兵刃哩。你老费心先给我解说一声，请老师父恕我们无礼。还有刚才到店中调我们的，不知是哪一位，请你告诉我们。”少年和尚摆手笑道：“这都没有什么说的，你进去自然明白了。”

少年和尚把邓仁路、高三妗引入禅堂。禅房空空，一无陈设，只有一张禅榻、一桌两椅。禅榻上坐着一个年老的和尚，深目高鼻，眉短头大，面色微黄，好似个病夫；只是双瞳锐利，炯炯发光，唇上无须，颏下留着一撮羊髯，长约五寸。这

人正是铁帽僧僧亮。桌旁坐着两个中年俗家人，各穿着一身急装短裤，便是铁帽僧的两位高足，金铮和陈坚。少年和尚用手一指道："这就是我们师祖。……师祖，这两位就是住在店中，投见你老的邓奶奶和邓小施主。"

僧亮从禅榻上站立起来，这才看出身材高大，上身很短，下身生着两条鹤足似的长腿。

高三妗连忙下拜道："老师父，弟子邓高氏，是彰德冯四奶奶的徒弟。带儿子邓仁路，奉师命来谒见老师父的。"说话时，那两个俗家人金铮和陈坚，悄然站起来，似要退出。僧亮一面还礼，一面吩咐金铮、陈坚，再搬两个坐具来，又命小沙弥悟因看茶。

高三妗坐定，方要开言，铁帽僧略一打量高氏母子，就拦住道："这位女施主和这位小施主，你们的来意，我已经明白了。你们不是有仇人么？是要到我这里，学能耐报仇，借地方避难么？"

开门见山，高三妗的来意，被人家开口道破了一半。还有一番真意，要请铁帽僧拔刀相助的话，高三妗可就疑畏起来了。

铁帽僧道："女菩萨！我出家人以慈悲为善，以救苦为心，讲究给人世间化解怨仇。你要叫你的令郎投在我门下，学好本事，就去寻访仇家，把仇人和他家老老少少，一个不留，斩杀净尽。你看，这就像从我这里借刀，去杀人一样。我们出家人不比俗家，出家人知法犯法，罪加一等，我佛如来就不能容我了，我岂不成了佛门败类？况且我，你不要轻信江湖上那些诳言，硬说我会什么功夫。……"

铁帽僧哈哈一阵高笑，手指金、陈二弟子道："我什么功夫也不会，你问他两人，就明白了。这是我门下两个弟子，他哥俩也是误信江湖上有一说二的诳语，冒冒失失投到我门下，学功夫来。我的功夫不是没有，我会念经，会建醮拜忏，这是我出家人的本分。还有两样真实本事，我会给人家画符治病，

接骨疗疮。我出家人就指着这个糊口。小庙一无田，二无产，他们就全靠我给人瞧病得来的香资，好歹吃饭罢了。你母子大远地来了，千万别听人们那些胡话。”

高三娉呆了，铁帽僧弦外之音是拒不收留。明知他说的是假话，也不敢点破；立起身来，叫了一声：“老师父，弟子我……”铁帽僧越发把双眼笑成一线，抢先说道：“阿弥陀佛！我出家人，不打诳语的。你要叫令郎跟着我游方卖药，学着熬膏药，配五毒丹、清心散，那是可以的，那一定可以的。你要借刀报仇，我出家人还有一个仇人哩，我还想报仇，可惜我没有本领。”

于是铁帽僧把自己这个仇人很说了一阵，足足讲了一顿饭时，还没有讲完。这个仇人也是一个穷和尚，不过偷了他的药方，卖假药，把他卖药的生意搅了。铁帽僧说：“出家人本不该有怨仇，可是他不该断我的饭路，我早年很想请能人给我报仇。又一想，嗐，也罢了，忘仇解怨是至高无上的善缘。”铁帽僧又说起善缘来，人生在世，应该广结善缘。天南地北，讲了好半晌。讲的话俗而又俗，不但不像大侠，也不似高僧。而且一直不容高三娉开口；只一开口，这铁帽僧就又打开说话匣子，说个不了。

高三娉心上着急，仍不敢拦话，勉强听着。邓仁路小孩子急得头筋暴涨，不禁大声插话，说得到大脚四的荐信，明早拿来求老师父赏观，务求收留我们。铁帽僧看了邓仁路一眼，道：“荐信，看也可以，不看也一样。我出家人就是这个意思，也不想收徒弟，也没有力量给人帮忙，更不能庇护谁，求施主们多多原谅。”又站起来说：“并且我一天到晚忙，不是东家接我诵经，就是西家接我治病，连摆药摊的工夫也没有了。”胡扯了一阵，打了个问讯，那意思是请客人告辞。毫不容分说，金铮、陈坚两个弟子站起来，让道：“天很晚了，彼此不便，请女施主回店肥。”

金铮、陈坚把高氏母子硬送出庙门，却拿出两封银子，

共一百两，递给小虎道："这是家师一点小意思。……"

高三妗满面通红，道："金爷，我母子不是为这个来的。我们实是彰德府冯四奶奶打发来拜见老师父的，我们是被仇人逼得没路了，来求老师父庇护。我们有一封荐信和一支红杆袖箭，现在店中……"金铮摇手道："这信家师知道了，不用看了。实不相瞒，家师近年一心退隐，像这些事，实在不能效劳了。而且家师和我们的能耐，也庇护不住人；很对不住，我们家师已经给冯四奶奶去信了。"

高三妗费了许多唇舌，金铮、陈坚两人仍然代师推辞。高三妗又说："今天已晚，我们明天再来。"陈坚连连摇头道："对不住，家师性情很滞，话说出口，再挽不回去。我看你母子也很有苦情，我告诉你一句实底，你们不要在这里多耽误工夫了，赶快另打主意吧。"这母子相顾无奈，叹了一口气，只得回转店房。娘儿两个猜疑着，不晓得自己来意，是怎么被铁帽僧看出来了。

正在欲留不得，欲归不甘之时，大脚四忽然赶到。找到店中，先把高氏母子抱怨了一顿："你们一定是在店中说话不留神，叫人家偷听去了。"原来大脚四的荐信没有递上去，可是铁帽僧的复信一步赶先，已经送到彰德。大脚四将铁帽僧的复信拿出来，给高三妗看。果然高三妗避仇求助的本意，已为铁帽僧所知。大脚四一切打算，如何打动人家，如何激怒人家的话，都没有用处了。人家早明白了！

大脚四只好亲自登门，面见铁帽僧僧亮，再三代求。铁帽僧到此说了真话，借刀报仇的事，他出家人决意不为。拜师学艺，以备他年复仇的话，铁帽僧也不能答应。至于庇护高三妗，这更不行。铁帽僧意思之间，自己既常云游，就不能给人家做挡箭牌了。况且男女授受不亲，我又是个出家人，我怎能收留一个寡妇？

这话说得高三妗很难为情，这铁帽僧满不介意，倒很得意这句话，拿来说了又说："二嫂子，你瞧，这不是太可笑吗？"

反而转劝大脚四，把高三妗留下，那倒便当得很。……无论大脚四怎么劝说，无论高三妗如何当面跪求，铁帽僧咬定牙关，不肯答应。

麻烦到实在不得开交，铁帽僧只吐出一点口风，可以收留邓仁路，把本身技艺教给他；但须邓仁路起誓，第一，只可挟技御仇，不许挟技寻仇；第二，须小虎邓仁路终身不娶，也削发为僧，并要长年随师游方，受得住苦，耐得住劳，不厌不倦，不半途而废；第三，出师的年限是十二年，在此年限，高三妗不得登门看儿子，邓仁路也不许请假探母亲。还有一条，艺成不得逞能凌人，更不得为盗。这条件比起冯魁，又苛刻一层了。

铁帽僧向大脚四提出了这样的苛刻条件，叫她切实问高三妗母子去，有这耐性没有？又当面说明："不是我出家人故意刁难。二嫂子你是知道我的，我这门的功夫，就是这样欲速不达，耐得住，才能学得会。顶要紧的是必须童工。只看邓仁路这小子，他自己有横劲没有就是了。他如果真有这般横劲，我更求之不得。我收的这两个俗家徒弟，我都嫌他们不是童工，也没有耐性。我瞧邓仁路这小孩子倒好像有个狠劲似的，只怕他娘舍不得。二嫂子尽管开诚布公问问他们。"

说到此为止，再说便说不进去了。大脚四只得详告高三妗母子，叫他们自己斟酌；母子俩为难良久，只觉得这十二年的岁月太长，实在忍耐不得。打算舍了这条船，别访能手去。大脚四道："三妞，你不必犯死心眼，老和尚故意刁难你们罢了。你们小虎如果有志气，学上三年五载，师徒同处，投了脾气，有了缘分，岂不也可以提早出师？我替你们打算，只要这个怪和尚答应了收徒，随便他怎么刁难，你全答应他，他就没法了。至于别访能人，我看很难；但是你可以把小虎安置在这里，你自己另访能手去。你母子两人分道扬镳，正可以各尽其道。"

高三妗闻言，不禁点头泪下。回想起小叔子飞蛇邓潮的打

算，也是十年为期；为了给小叔子较劲，只可这样办了。因又问小虎，到底受得了不；小虎摩拳擦掌道："十二年？不就是十二年么！到底还有个日限呀，我受。娘放心，我一定争这口气，我只要好好地学，换得铁帽僧的欢喜，也可以早几年出师。"遂这样定规下，回复了铁帽僧；择日拜师，投入门下。高三妗立刻由大脚四带走，不得在鸡公山逗留。这是铁帽僧提出来的条件，必须履行。

小虎邓仁路与母大虫高三妗母子洒泪而别，各奔前程。母子二人暗打主意，以七年为期，到那时小虎也二十三岁了，就可以央告师父，出门访仇。别看铁帽僧口头上那么说，从来孝子复仇，决不会遭人鄙薄的；而且，一定为人所钦仰，所赞助。

自此小虎跟着铁帽僧，受了许多奔波困苦。铁帽僧是个别有作为的人，行踪飘忽，很诡秘地干他自己的营生。把小虎头交给弟子陈坚，算是由师兄传艺，索性连铁帽僧的面都很少见。高三妗就到彰德府，在大脚四开的客栈住了些时日；终于未肯息居，她便北赴保定，去窥伺狮子林的动静。母子们下这苦心，到底终成虚牝！铁帽僧这个怪和尚，始终打不动，还是不肯拔刀相助。邓家母子苦苦地熬了五个年头，最后小虎邓仁路别有所遇，改投门户，就背师私逃出来。

他母子一番巧计成空；那飞蛇邓潮却埋头数年，把一口金背刀、三只亮银镖，练得与当年大不相同。而且他跋涉江湖，先后物色了几个好帮手，终于在浙闽发动了第一次复仇。那闽北大盗蔡九成，并为此失去了一只手臂。邓飞蛇第二次又下苦心，请出一个隐名的盗侠，卧薪尝胆，设下巧计，先结交，后施恩，费尽了水磨工夫，居然把这盗侠打动。到第十五年头上，居然被他报了仇，狮子林遭了小白龙的毒手！

第二十四章 小白龙脱劫遇艳

湖南省北境，安乡县南，有一座七星湖，乃是洞庭湖群泊的一泊。此地港泊分歧，水道四通，渔产很丰。湖边有一小村，名叫七星屯，三面环水，一面着陆，可以说是一座小洲。洲中住着许多渔家和农夫，读书识字的人很少。却有一座三官庙，住着一位老贡生，姓杨，字心樵，就在庙内设帐训蒙，有三五十个渔童、村孩，跟着他读书。

老贡生为人和蔼可亲，不但是村童的老夫子，也是这小小水乡的老夫子。渔家、农户写书信，立租约，都要找他代笔；合婚书春，也要找他写字。杨心樵是有求必应，颇得全村的敬爱。他无妻无子，只有一女，乳名阿芳，学名就叫春芳。老贡生每天两餐，就由他女儿阿芳给做，父女相依为命。杨春芳幼守庭训，针黹而外，居然颇识书字，念念唐诗，读读文章，只是写作差些，人却聪明美秀。当春芳十八岁那年，仲春时候，南方春早，杂花生树，春色都满了。老贡生由书房缓步出来，在庙庑下闲走，忽然喟叹一声。

杨心樵乃是外乡人，他在此地设帐课徒，非为糊口，实为

避祸。老贡生的身世也自有难言之隐，避居此地，已经十多年了，当地人多不晓得他的家世。他虽是个老贡生，授徒为业，却在七星屯，置下几十亩良田，他的私囊竟很富足；只是农民无知，并不很理会罢了。他这几十亩地也是慢慢添置的，对人说是放利息钱，聚积得来的。

这日，老贡生仰望天空，凄然欲泪。自觉顶生华发，老景催人；可是膝下爱女，至今东床犹虚。近年自觉精神渐不如前，万一不幸，抛下这一个弱女，可怎么好呢？老妻已死，内弟未来，一想到这事，心头如针刺似的难过。这七星屯又是小地方，读书种子很少；他决不愿把爱女随便嫁给俗物。老贡生一念及此，凄然叹气；女儿看出来这一点，委婉劝解道："爹爹又发愁了。你老人家也太心窄了，我们在这里住得很好，你老又何必想家呢？"

老贡生道："吁，傻孩子，我不是想家，我是想到你的终身，我是替你发愁啊！济才这孩子人品倒也不错，无奈他三十一岁了，唉，齐大非偶。"

春芳姑娘脸色一红，笑道："爹爹你何必替我发愁，我还不愁呢，我还是小孩哩。"

杨心樵莞尔笑了。他这女儿实在是他的掌珠，针黹烹调样样皆精；性情娴静，心地明敏。每当老父感旧生悲时，她就故作娇憨之态，博得老人破颜一笑。杨心樵想：自己的那独生子，不幸夭折，为了嗣续计，自然留下儿子好；若说到膝下承欢，他还是舍不得这个爱女啊。夭折的儿子体质既弱，性情也嫌不好，真不如娟娟此女。杨心樵想到这里，爽然又复喟然了。

到了晚晌，散学用饭。老贡生扃户挑灯，将一本汉书取来，倚案诵读；就案头丹砚，研朱蘸笔，逐行点句，这是老贡生的常课。女儿便在案侧，就着灯光补衣引线。没有活计，便整理屋舍，收拾书架。更没有事，她就写小楷解闷，或者慢声低吟诗词。高深的诗篇，她不能懂；但是白香山的诗，李后主

的词都能朗朗上口，借此陶情解忧。直陪到老父倦眼欲眠，她方才替父亲扫榻展被；等老人家躺好，她再端了油灯，看看门户，也就睡去了。父女相依，天天是这样过活。

老先生睡在外间，女儿睡在内室；父女二人是如此孤单。有人说："你们这爷儿两个，老的老，弱的弱，住在这里，不怕闹贼么？"

老贡生哂然一笑，道："贼来偷我什么？我一个穷老书生，他要偷我的破书么？"他说是没有可偷的，但是他的女儿岁数可不小了。老贡生又说："强暴之来，必有所由。我仰不愧天，俯不怍地，我不信天不佑善，会遇见意外的事情！"

老贡生还是抱着这样的见解！他的女儿也很胆大，空旷的一座无僧无主的孤庙，就只是这父女两个假地训蒙。庙旁不远，便临近七星湖的绿波，湖又通着江。他父女卜居于此有年了，忽然，就在这天三更向尽，发生了意外。

老贡生刚刚躺下，女儿也停针思睡，洗罢了手脸，把夹被给老父扯盖好了，说是春寒，怕爹爹冻着。端着灯，正要重开了那已经加锁的屋门，把洗脸水泼到外面，猛听外面扑喳喳的连声响动。春芳姑娘吃了一惊，手中的灯儿乎失手落地；急急侧耳一听，庙外的响动异乎寻常。夜静声晰，分明似有人奔逐斗殴。跟着听见庙门大响。春芳姑娘慌了，急急吹熄灯奔到床前，要撼动老贡生。灯光乍灭，一迈步便碰倒了一只凳子，不禁失声哎哟了一声，老贡生才入睡乡，登时惊醒。

女儿战战兢兢地扑过来。老贡生欠身坐起，握住了女儿的手，低声叫道："芳儿做什么？"春芳姑娘仓皇说道："爹爹你听，外边是什么？"

老贡生揽着女儿，侧耳听了一会儿，觉得声息不对。忙在黑影中摸索着，慢慢地披上夹袍，穿齐衣服，又摸索着穿上鞋，便要开门出去。春芳害怕道："爹爹做什么？你老可不要出去，知道是怎么回事呀？……别是仇人吧！"

老贡生的胆子很大，在暗中对女儿说道："不是，这声音

不对，我听着好像有人遇上贼了。这像是敲门求救的声音。”春芳道：“可是的，怎么只砸门，没人喊叫呢？”老贡生也解说不来，只顾侧耳细听。猛然间，听屋顶似有重踏之声，又咕噔一声大震，似有一重物落在院内。

杨心樵大骇道：“不好，进来人了。”在书房摸了半晌，找着一根木棒，跟着寻火种，要点灯。

春芳急叫：“使不得！”坚阻她父勿动。杨心樵抓住女儿的手，低声安慰，叫她不要害怕。在黑影中，看不见春芳姑娘惊怖的神色，但在喘息声中，已听出她呼吸短促，两只纤手也颤抖得很厉害，指尖已经冰凉。

她把父亲的手抓得很紧，既怕父亲出去涉险，又怕歹人闯了进来，不禁说：“爹爹，爹爹，我怕！”杨贡生虽说书生胆大，却怜惜女儿，只得依着女儿的意思，把屋门顶了顶。父女俩坐在暗影中，互握着手，只侧着耳静听，不打算出去察看了。

外面的动静甚大，扑喳扑喳地响，似是什么巨物在院中走过。跟着哗啦的一响，似庙门大开，又轰隆一声，似庙门重闭。杨贡生目瞪口呆地听着，见女儿像小鸟似的，吓得偎在自己怀内；老贡生要出去查看的心，越发没有了。只紧紧揽住了爱女的腰身，但求她不害怕而已。

外面犬吠声大起，屋顶簌簌有声，似有人越墙登房，但只一瞬即止。声音急遽，正不知有多少歹人上房。却是最奇怪的，起初外面还偶有呼逐的声音，此时竟不闻只言片语，仅有杂乱的脚步声罢了。转瞬间，声音由近而远，由大而小，狗叫声忽又在庙后加紧狂吠起来。跟着听一声惨号，似狗子负了重创。

老贡生越听越觉得不妙，忙开书柜，摸出那把古剑来，把木棒塞在女儿手内，自己将剑拔出鞘来。开门出窥的心既已不存，便凑到窗前，用唾津戳破一个小孔，单眼向外窥看。时在月望，夜已甚深，月光早没，外面漆黑，任什么也看不清楚。

过了一会儿，外面音响渐寂，不时还有犬吠之声；父女两个坚坐不敢入睡。约莫挨过半个更次，近处犬吠声也沉下去了。老贡生道："芳儿，不用害怕了，事情过去了，快躺下睡吧。"春芳姑娘答应了一声，依然偎在父亲身旁，不肯回床。

杨心樵不甚放心，站起来，仍要出去验看验看。春芳姑娘凛然惊恐道："爹爹，你老人家怎么总想出去！……这可去不得，谁知道是什么人，什么事呀？这动静不是盗案，就是仇杀。"

老贡生道："傻丫头，你没听见院里跳进人来了么？万一……"他想：万一这是一具死尸被抛进来，那还了得！只是不敢对女儿说明，仍然坚持要开门出去一趟。

春芳急得要哭，把父亲抱住道："你老去不得！这就天亮了，你、你、你老一定要瞧瞧，不会再等一会儿么？闹腾了半夜，一定不是好事，你老何必出去招惹是非去？"

老贡生无奈，扯着女儿的手，把女儿送到榻前，命她躺下歇息，并且劝慰道："我就依着你，天明再说。你先睡一会儿吧。我是怕歹人不安好心，丢进什么东西来。"老贡生提着那把剑，回到自己床前，和衣倒下。

转瞬鸡叫，天色朦胧。老贡生到底不放心，把自己的顾虑对女儿说了，然后将那把古剑交给女儿，自己换过那根木棒来，握在手内。先窥窗孔一望，顺手开了门上的锁，回头叫女儿从里面关上，自己就拄着木棒，寻了出去。庙内连个人影也没有，但是地上竟有些碎瓦，还有很大很大的湿脚印。借着破晓的微明，低头看了又看，心中十分纳罕。又看门墙屋脊，也没有什么。在院内前前后后，踏看了两遍，心中说道："这到底是怎么一回事呢？"

正要开庙门出去，只听哗啦一声响，他的女儿春芳姑娘不放心年迈的爹爹，竟奓着胆子，提着那把松纹古剑，开屋门寻出来了。她低叫道："爹爹，你一个人出去，我不放心。"竟紧紧跟在后面。

老贡生看了看春芳姑娘，脸上的怖意已减，笑了笑道：“这没有什么了，可是咱们总得看看。你跟着我也好。”父女二人开了庙门。

却是真正可诧，刚开庙门，便在门外石阶上，发现了很大的湿泥脚印，还汪着滴滴点点一摊血，血已凝成黑紫色了。春芳姑娘失声叫了一声，手指山门道：“哎呀，爹爹你快看这里！”庙门扇上也有指痕血印。

父女骇然，急急地仔细验看，门扇上和插管上，竟有三四个血指印。老贡生心焦道：“你看是不是，我就担心这一节。趁着天没亮，还没有人，弄点水洗了去吧，省得招惹是非。”春芳姑娘急转身，要去端水，杨心樵道：“等一等！你眼尖，咱们再寻一寻。”

父女二人惴惴地寻索，直搜到湖边，更登高望出很远，天太早，日未出，并没有发现可疑的人或物，只是湿脚印和血迹，连续发现了数处。杨心樵所最怕的遗尸，竟没在近处发现，这却是幸事。

老贡生吁了一口气道：“这还罢了，省了很大的麻烦。芳儿，咱们快回去吧。”春芳道：“可不是，咱们得赶紧把血迹洗了去。”父女二人又急急地往回走。

父女匆匆回了庙，到了书房，刚刚端起一盆水，拿出一块抹布来，要去擦门。陡出意外，竟在院中，发现了水淋淋穿长衫的一个少年人，正在侧身低头，往外急走，左手似提一物，面相枯蜡一般黄。父女二人如逢鬼魅，猛吃一惊。春芳姑娘尤其惊悸，喊了一声，把盆一丢，盆碎水流，翻身往书房急跑。老贡生乍见失惊，旋复动怒；可惜木棒和剑都丢在屋里了。把身子一挡，鼓勇吆喝道：“好贼！你、你、你是干什么的？”

那少年抬头看了看老贡生，抬腿似要往外跑。不知怎的，竟站住不动。把左手中物丢在自己背后，唉了一声，双手抱拳，深深一揖，道：“老先生，不要害怕，我是个遭难的秀才，我遇上……水贼了！”

老贡生杨心樵喝道：“你扯谎，你一定不是好人！”说话时，春芳姑娘把木棒、宝剑抱了出来，老贡生赶行一步，将古剑接过。这个老书生居然横剑在手，瞪着双眼，大喝道：“你快说实话，把手给我抬起来！”

少年秀才浑身湿淋淋的，又看了老贡生一眼，面呈诧异之色。忽然微微一笑，回身把背后刚刚丢下的一物拾起来。父女二人急看，竟也是一把宝剑。

老贡生心中骇然，春芳吓了一大跳，忙道：“爹爹快过来。”奔过来，握住老贡生一只胳臂，就往屋内拖，一面娇喊道：“你这人，你干什么？你去你的吧！我要一喊，你就跑不成了。”又道：“爹爹，别理他，咱们也没有丢什么，咱们快回屋吧。我说你这人还不快走，等着人捉你么？”

老贡生心神略定，昂然斥道：“看你的外表，倒也像个念书人，你竟敢私入民宅，非贼即盗。你还拿着凶器，你莫欺负我们老弱，老夫手里这把剑，也很有几年的功夫哩。识趣的，你趁早给我滚出去，我也不计较你！”

那少年面呈犹豫之色，提剑举步欲行；忽然又站住。叹了一声道：“老先生，你看错人了，我决不是歹人。”老贡生道：“你不是歹人，怎么拿刀动剑？你跑到我这里做什么？”

少年往四面瞥了一眼，似已打定主意，举足前进一步。老贡生不知不觉，后退了一步。

这少年忽然一笑，便放了心，将剑先插在平地上，高举双手道：“老先生，我实在是个游学的秀才，不幸遇上了歹人，把我的书童也给杀了。我书箱里幸亏有这把剑，才保住性命，逃到这里来，可是我已经受了伤。我看老先生，虽不会武功，却是个义形于色的斯文中人。老先生，难道你不能救我一把么？这是我的剑，老先生，你可以拿过去，我决无歹意。”这少年又微吁一声道：“不是我萍水相逢，强人所难。老先生请看，像我这样子，我可走得出去么？连你老人家，还把我当作歹人。况且我受的伤很重，我实在支持不住了。生死呼吸之

际，只得求你老人家救我一命……”

少年说罢，信手拔剑，脱手一抛，轻飘飘落在书房门口，插在门槛上了。只这一抛，便见功夫，老贡生却不懂得。春芳姑娘慌忙把少年抛来的剑，拔了起来，握在自己手内，秋波盈盈，盯着少年，看着老父。少年一扭身，把身后伤痕露出来，在后背右肩胛处，伤了一块，血色殷然，已将长衫渍透。

少年相貌白润，吐属典雅，不似坏人。这父女二人细加打量，再三盘诘，方才相信他或者真是遇盗落难的秀才。只是救了他，有后患没有呢？又是怎么的救法呢？老贡生更仔细端详少年的形色，虽在难中，面无血色，却眉清目秀，左眉心生一粒朱痣，在相书上说是多才贵征。长衫阔袖，气度温文，手指甲很长，倒真像个黉门秀士。

老贡生想而又想，忽然发话道：“我不信！不信，不信，你一定有谎！你说你是遇盗的秀才，你简直胡说，你当我一点江湖世故也不懂么？昨天晚上，我这房顶上直响，分明有夜行人从上面奔过。劫道的人劫财而止，断不会穷追你。你遇了贼，受了伤。你不会报官告状去么？你钻到我们这里做什么？你扯谎，趁早给我走。若不然，我要喊地方了！”

老贡生很做出威吓的样子，来驱逐少年。少年脸色一变，双眸盯住杨心樵，半晌，凄然叹道：“老先生，你老果然是老经练达、深识世情的人。这不是我故意扯谎，欺骗你老。我当真不是遇盗，我实在是遇上仇人了。被我家一个叛奴所害！他勾结水寇，要暗害我。幸而晚生会一点水性，又无心中偷听见恶奴的阴谋。我在船上，仓促无计可施，就抽出书箱中这把剑来，自己跳入水中。这恶奴竟穷追我，伤了我一箭，这是我已往的实情。老人家，我不是故意欺骗，我不敢随便说出来罢了。我虽然挣出性命，可是我的伤太重了，我求你老人家念在斯文一脉，搭救我一手。我知道你老人家对我已不疑心，你是怕后患而已。老先生，这决无后患，我不能嫁祸于你的。我只求你老借给我一身轻暖衣服，更烦劳贵手，给我裹伤敷药，我

立刻就走，毫不耽误，也决不会累害着你老的。但我也不能白白劳动你老人家，我的财物已都失落，我手上还有这点东西。”

这少年把一只黄澄澄的扳指，从手指上退下，说道：“老先生权且把这个收下，暂作衣药之费，不成敬意。”这少年又强笑道：“这是我一点非分之求，无妄之想。老先生，允也在你，不允也在你，救也在你，不救也在你。你老人家如果不允，我只好挣扎着走罢了。可是如有打听我的，还求老先生给我隐瞒一点。其实也不必隐瞒，恶奴是不会再寻来的了！他不会水，大概已经死在水内了。”说着做出挣扎欲行的样子。

杨心樵看着女儿，犹豫起来，半晌道：“你真是遭难的秀才么？我看不像……”口中这么说，心上有几分相信了。接着说道：“你说的话可是真的么？那个贼真淹死了么？”又看了看女儿，眼神暗问女儿，该怎么办？他想而又想，分明要试援一手了。

春芳姑娘到底有点畏事，但春芳的意思又被落难的少年看破。这少年微挪一步，向老贡生深深一揖；又一转身，向春芳姑娘深深一揖。转脸来说道：“老先生！晚生受伤深重，伤又在背后，不能自医。我想老先生年高有德，不比乡农畏事，才敢恳求药救。这只是一举手之劳，老先生断不会袖手坐观，叫我走去，岂不闻桑下饿人的故事么？”

这少年蹒跚举步，凑近来，一面将伤痕指给老贡生看，一面说道：“这位小姐想是令爱。小姐，我也是读书人，我年纪很轻，决不敢无故遗祸于人，小姐尽请放怀。”说到这里，从衣袋里掏了又掏，掏出一个油纸的包儿，托在掌中，向老贡生父女说道：“我这里有现成的好刀伤药，只求老先生给我敷上药，许我稍歇片时，我立刻就走。”说完这话，满面痛苦之相。

他见老贡生，尚有沉吟之色，遂又催了一句道：“你老若是恐惹麻烦，那么，就请把剑还给我，我只可离开此地了。”那剑却在春芳姑娘手中哩。

老贡生对女儿道：“芳姑，怎么样？”春芳姑娘低着头，说

道："他可得立刻走！"

少年秀才忙道："我决不能耽误，并且我还得进城报官缉凶哩。我的那个书童被贼戕害，死得太惨了。"

老贡生还是迟徊不定，春芳姑娘低低地说道："快把这人打发走了吧。这么耗着，有人来了，倒不好。"老贡生皱着眉，又瞥了少年一眼，这才毅然说道："也罢！"遂向少年一招手，往书房门内就让。

这时天色尚早，上学的学生都没有来。少年书生强自支持着，先不入屋，指着破盆和门上的血迹，道："这必得先收拾了，省得叫人看了扎眼。老先生，请你赏我一块抹布，我把它抹去。"老贡生道："这得沾了水擦。"

春芳姑娘忙道："爹爹，你老人家快给这人上药吧，这院里的事可以交给我。"老贡生恍然有悟，把少年让入书房内间，放下门帘来。

春芳姑娘重取一盆，打了水，把门扇、台阶、两路上的血迹洗去；洗不净，就再涂上一层尘土，然后转回书房，站在外间，唉了一声，问道："爹爹，你给人家上完药了么？"

老贡生在屋内答道："芳姑，等一会儿再进来。"原来老贡生大发慈悲，竟令少年褪去湿透的长衫小褂，俯卧在床头，要好好给他敷药。少年儒雅的谈吐，已经解去老贡生的疑虑，引起他的怜悯。"这也是天涯遭难人啊！"见少年手抖抖的，自己不能调药，老贡生便亲自动手，取过药粉，调上麻油，摊好了，替少年敷在创口上。

这少年的伤恰在后肩，创口不大，红肿之处却有小茶碗大小，颜色发青，血已不流，从破口涔涔流出黄水。老贡生虽然不懂，但看少年的神色，好像非常痛楚；又似惊恐负伤之余，复受水浸，发冷发烧似的；不但两手颤抖，连身上也只打战。

老贡生因就问道："你这是什么伤，这么厉害？"

少年吃吃地说道："是……是重伤，我只顾挣命，也不知

贼人是用什么东西打的。想是叫水泡了，中了水毒。”说时呼吸重浊，鼻孔咻咻然，几乎忍受不住了。

老贡生赶紧给他敷好了药，取出一块布，扎裹好了。少年就这样强提着精神，站起来，向老贡生长揖下拜，深致感激之意，敬问老贡生的姓名、籍贯、家口。

杨心樵道：“我姓杨，字心樵，那是我的女儿。我在这里教书，也是外乡人。”跟着便问少年的姓名、籍贯、年龄，因何落水，怎么遭难？

少年坐在凳子上，紧靠着桌子，陪老贡生说话，自称姓凌，字伯萍，原籍皖南，现时卜居吴下。这次携带书童、仆役，入湘看姑母，不意携带的行囊稍丰，被叛奴勾结船家，陡下毒手，以致浮水逃命，身受箭伤。

老贡生听了，点头叹息，因这少年不是遇盗，乃是受了叛奴之害，不觉得动了同情之感。这少年谈吐这么清雅，不觉又动了同气之谊。本想敷药之后，立刻把他遣走，如今竟娓娓纵谈起来了。这少年神色却狼狈已极，陪着老贡生谈话，现出不能支持的样子，被老贡生看出来。因外间屋不甚方便，只得叫少年躺在女儿的床上。少年很仁义，自顾浑身污湿，怕沾了人家的床褥，只坐在小凳上，扶着桌子喘息，牙齿不住错响，但仍和贡生酬对。老贡生想了想，走出来，叫女儿开柜取衣，给少年换上。

春芳姑娘道：“爹爹，这使得么？”老贡生道：“只借他穿一穿，我想也没有什么要紧。这人年轻轻，很可怜的。”春芳姑娘顿了一顿道：“我就去找，爹爹，你把这人叫出来。”

少年来到外间，春芳进了内间，果然开柜打包，把老贡生的一件蓝小衫、一条旧单裤，寻找出来。老贡生重把少年让到内间，命他换去湿衣。少年越发感激，如命脱换。他那一件长衫，一身裤褂，既湿且污，由老贡生提出来交给女儿，拧了拧，晾在院中。少年道：“小姐费心，不要晾在院里，还是晾在空屋里吧。”春芳果然改晾在对面偏庑内。

少年换好长衫，挣扎着复向杨心樵拜谢，又向春芳姑娘道劳；春芳姑娘脸红红地还了一福。杨心樵觉得外间书房不便，仍让少年回到内屋，劝他躺下歇歇。道：“我看你惊吓坠水，一定要伤风。快躺下，盖上被，发发汗吧。”少年惭然称谢，不肯卧倒。他已看出内间乃是人家姑娘的卧房。从身上又取出一包药来，向老贡生讨一杯热水。

老贡生问道：“你有发汗的药么？”少年道：“有，这一包就是。”

老贡生便命女儿生火烧水。少年心中越发不安，连声拦阻，说是有凉水也行。

春芳姑娘姗姗地走出来，私向父亲说道：“爹爹，还是催他快走的好，省去许多麻烦。况且他脸上的气色又不很好，万一伤重病倒了呢？”

老贡生笑了笑道：“这个人言谈不俗，倒真是个读书种子，不妨事的。我看他还许是个阔家公子呢。救了他也是一件好事，你不要多虑。”芳姑无言，低头生火烧水。

老贡生重复进了内间，问少年：“此时觉得好些不？”少年咬着牙说：“好多了，只要服了这包药粉，出了汗，就不妨事了。萍水相逢，倒给老先生添了许多麻烦，晚生于心何安？”

老贡生道：“你又客气起来了。常言说，救人救彻。我老朽流寓此地，邻舍都是些乡下人，连个谈话的人也没有。今天得遇阁下，也算奇缘。我近日作了几首诗，还要请教哩。”闲闲的和少年攀谈，少年挣扎着有问必答。老贡生越发高兴，不觉得谈起考据训诂之学来，这正是老贡生的癖好。

那少年忽然面现窘色，一阵晕眩，往桌上一伏，半晌不能转动。老贡生不觉吃惊，连声低喊；少年抬头强笑了笑道：“有一点头晕，老先生，我只稍微缓一缓就行。”双手一扶桌子，晃晃悠悠立起来，忽又一闭眼道：“对不住，恕我无礼，我要躺一躺。”

杨心樵道：“可以，你只管……”一言未了，少年踉踉跄

跄，走到床前，也顾不得矜持了，一歪身倒在床上。声音发喘，挣扎着说道：“老先生，我的伤太重，我的那药，求你老费心，给我。有热水最好，凉水也行，我先喝一些。”说罢，已经忍不住，呻吟起来。

第二十五章 杨春芳救难乘龙

杨心樵至此，不由惊慌，悔不该不听女儿的话，惹了麻烦。万一这少年伤重濒危，岂不是自找烦恼？他慌忙走出去，连叫：“芳姑，芳姑！”春芳姑娘急忙从廊下走来，不暇避嫌，掀帘入内，父女俩站在床前，细看少年神色。这少年秀眉紧皱，白面泛青，满含苦痛之相，口中微声说道：“老先生别害怕，我过一会儿就好，你老给我那药。”春芳姑娘手足无措，对父亲说道：“这可怎么好，我给他取热水去。”热水取来，这少年已不能动转。春芳姑娘只好举着水杯，老贡生扶着少年，把药给他灌下去。少年呻吟道谢，告了罪，重复躺下。父女低声私语，后悔无及。

猛然间，听庙门大响，父女俩吓了一跳。少年睁眼道：“老先生，你老刚才不是关上大门了么？这也许是您的学生来上学来了。”父女二人恍然大悟，定了定心，忙去开门，果然是两个小学生，夹书包来上学了。

少年抬起头来，见春芳姑娘站在面前，忙说：“小姐，学生要问我，就说是乡亲，远来的，生病了。”

学生果然上学了，有的就伸头探脑，往门帘里看。杨心樵依着少年的话，对学生说了；学生们都是些童痴，倒不甚理会。只是在平时，芳姑娘自在内室住，现在躺着一个生疏少年男子，她可就没有坐处了。杨心樵越发懊悔自己多事，但盼少年赶快苏缓过来，离开书房才好。

不想少年大冷大热，口馋异常，所幸神智尚清。把那金扳指交给杨贡生，求他烦学生给买鲜果鲜鱼。湖边鲜鱼现成，鲜果只有菱藕之类。杨贡生把扳指留下，自己出钱买来；命女儿给少年做鱼汤，自己坐在床边，问少年道："你今天动得了不?"少年喟叹道："四肢无力，实在动弹不得。老先生，你费心烦求邻舍，给我雇一辆车，把我送到附近店房里去吧。"

老贡生不置可否，走出来，密和女儿商量，只恐怕店家不收病人。麻烦既然找来，只可自认倒霉，救人救彻了。老贡生告诉少年："你安心休养吧，但盼你快快好了。这里也没有合适的店；就有店，也恐怕他们不肯收留你。"少年闻言，感激叩枕。少时，春芳姑娘做好鱼汤，端进来，放在桌上。少年挣扎着要下地来吃。老贡生道："算了吧。你就这么欠着身子喝些好了。"命女儿取一只铜盘，放在榻上，把鱼汤、米饭端来，叫少年卧进饮食。少年只啜汤，不用饭。吃完了一大碗鱼汤，头上竟微微见了汗。遂谢了谢，又倒下了。春芳又拧了一把热手巾，递给父亲；老贡生就此递给少年道："快擦擦汗，看受了风。"少年连忙欠身接过，口中呵呵道谢。

到了晚上，散了学，还没有掌上灯，老贡生忽然又二番懊悔起来。向女儿悄声说："这个秀才倒没有什么虚假，只怕他那仇人没有淹死，黑更半夜再寻来，可怎么办?再说晚上留下他睡，也太不方便了。"

春芳皱眉道："这有什么法子?我们既要救他，如今也不好推出去呀。"老贡生咳了一声，叩额想了想道："我把你送到谢奶奶家去，借住一宿吧?"春芳眼中带出害怕的神色道："但是爹爹不去，我也不放心呀。"

这父女在外间喁喁私议，竟被这少年听见了。在内室答道："老先生，恩人，请进来。我告诉你老一句话。"父女一同进来，春芳不觉往榻上一望，恰值少年一抬头，目光对触，春芳姑娘不由得赧赧地低下头来。少年也忙侧脸，向杨心樵说道："不瞒恩人，那个叛奴穷追我太急，已被我藏在树后，乘他不备，伤了他一剑，他落水死了。若有隐患，我一定实说，我不能隐瞒着，移祸于恩人。就是我自己伤病到这地步，我岂不怕仇人追来加害？……不过有小姐在这里，倒是那个。……老先生，请你赏我一块席子，我自到对面偏庑，歇一晚罢了。明早好些，我一定告辞。"

父女二人听了，倒为起难来。这少年竟支持着离床下地，扶几倚壁往外面走。老贡生是个心慈面软的人，一见这样，又于心不忍了。看了看女儿，女儿皱眉无言。老贡生忙说道："秀才，你不用忙。你这么一说，我很放心了。你是受过伤、刚发汗的人，出去不得，那偏庑也太阴湿。这样办吧，芳儿，你把书桌拼几张，把我那褥子抽下一条来铺上。秀才，你在外间睡，我父女在这里边睡，把庙门锁牢些，屋门顶住了，晚上小心一点。万一有个风吹草动……"少年道："那不要紧。晚生虽然文弱，我也学过半套三才剑；就是负着伤，自信虽不能杀贼，还可以御暴。"少年的话，只是安慰这父女。

春芳姑娘果然依着父亲的言语，拼桌子，搬被褥，给少年收拾卧具。少年怎肯安受了，忙咬着牙，伸出一只手来，诺诺地说道："使不得！使不得！这太叫晚生不安了，待我自己来。"芳姑娘不答，微笑着收拾。少年更觉惶恐，却没法子插手；既躺不住，也坐不下，站在那里，左右不知所可。直等到春芳姑娘把书桌拼齐，卧具铺好，老贡生便笑催少年道："请上去歇着吧，这可是设高榻以待高贤了。"少年不禁也掉了一句文道："如小人者，只可睡于百尺楼下。"老贡生欣然挥手道："还是秀才先高升。"少年道："还是居停先登。"患难之中，一个老贡生，一个落难秀才，居然对掉起书袋来。少年由

此倒投了老贡生的脾胃。

老贡生转身来，一面吩咐女儿收拾就寝，一面关门上锁，小心防贼。自然命女儿宿在内室，老贡生自己竟陪伴少年这不速之客，睡在外间。主人翁睡在木床上，遇难秀才就睡在那三张八仙桌对起来的临时高榻上。芳姑娘伺候完毕，把灯火放在外间，退入内室，关上了屋门；不便解衣，和衣而卧，倒在床上。

少年受的伤很重，幸而医药及时，病象颇见转机。看白天发烧的神气，老贡生还怕他夜间加重；自服下他自己的药以后，又吃了鱼汤，仿佛减轻了一些。此时虽还不能久坐，侧卧在桌子上，呻吟之声已能忍住。老贡生离群索居已久，今遇秀才，脾气相投，不由得畅谈起来。少年的腹内竟很渊博，不过负着伤，勉强应对，敷衍主人，却已把老贡生佩服得了不得。少年对八股时文倒不甚精通，独于唐诗、宋词、汉赋和六经、四史，谈起来颇有独到见解。将个老贡生一肚皮的酸汁都逗引出来了。

老贡生精神焕发，一点也不困；少年强忍创痛，舍命陪君子似的，问一答一。遂又谈到彼此身世，老贡生不觉倾吐怀抱，自说是江南人，避难来到这里。询及少年的家世、籍贯，据说他本是太湖畔的人，姓凌名骥友，伯萍是字；家道殷实，自幼双亲早殁，只有他一人，和一个弱妹。本家戚故生心觊产，多亏了一个孀姑，一个老义仆，保全他兄妹。又承老义仆替他经管田产，辛勤谋干，才护住了这份家业。现在家运日隆，已经不愁吃穿了。秀才又道他自幼喜游，流连山水名胜，游踪所到，不远千里；因此才遇上这场风波，几乎把命丧在恶奴手里，真是人心难测。因叹道："我绝没有想到我身边的人竟会叛离。丢失些钱财衣物，我倒不介意，恶奴这次叛主，真叫我想起来痛心。"

老贡生叹息道："唯女子与小人为难养也。你既然是好游，常常在江湖上浪迹，怎就不知道慢藏诲盗，防患未然呢？"少

年道：“我何尝不知道，行囊充裕易招风，我却只留意到船脚身上，哪里想到奴子卖主，变生肘腋呢？”

老贡生道：“世风日下，人心险诈，防不胜防；我辈读书人时时以君子之心度人，就难免吃亏上当了。”

少年这时实在是疲累痛楚万分，只以主人殷殷垂问，不能不答。联榻叙谈，不觉已鱼更三跃，老贡生还是兴致勃勃。少年答对着，渐渐口舌含糊，倦意可掬了。

芳姑娘在内间低声招呼道：“爹爹，夜深了，明早再谈吧。”老贡生笑应了一声，反催少年道：“兄台，你该睡了。你要好好地养伤，早睡一会儿才好。”少年强笑道：“是的，晚生真支持不住了。”连打几个呵欠，翻了个身，呻吟了几声，似已沉沉睡去，再问不答了。老贡生年老气虚，反而失眠起来，转侧良久，不能成眠。既问明少年的身世，又晓得他的学识，这个老贡生不由得心上想入非非了。

直到三更以后，老贡生方才蒙眬睡去。他却不晓得少年秀才，这一夜通宵没有合眼。强提着精神，把耳朵离开枕头寸许高；外面风声犬吠，小有动静，便提神倾听。直等到老贡生呼吸重浊，打起鼾声；又听得内室之中，春芳姑娘也已睡熟；他就在暗影中坐起来，负伤忍痛，把身上穿的老贡生的肥大衣裤，上下绑扎利落，轻轻溜下地来；以手扶壁，蹑足而行。记得自己那柄三才剑，被春芳姑娘放在书架上，暗中摸索着，取在手内。门窗孔隙，都留神看过，然后把已经上闩的门轻轻拨开。经过一番动作，少年头上冒出虚汗来。

他咬着牙，轻轻溜出屋门，来到院中。向四面瞥了一眼，嗖地蹿上房，瞭了一瞭。陡有一阵冷风吹来，顿觉毛发悚然，脚下发软，几乎摔下房来。对月低吁一声，又向四面眺望；思索一回，顺房脊溜到庙外，提着剑奔江边而去。隔过一会儿，方才翻墙入庙，重返屋中。把门重新闩好。倒在书桌拼成的床上；浑身发起冷来，伤处也火灼灼地疼痛。如此折腾，少年竟咬牙强忍住，一声也不哼，居停主人一点也不晓得。

次日天才破晓，春芳姑娘起来打扫屋子，生火烧水。稍稍有一点响动，那少年蓦地一惊，翻身坐起来；哎哟一声倒把春芳姑娘吓了一跳。少年揉了揉眼，定睛一看，不由脸上露出歉容，忙挣扎欲下。春芳姑娘拿着一把扫帚，弯腰扫地，只做不理会。少年忙忙地下了地，低头开言道："小姐，劳驾你了，我谢谢你！"春芳姑娘投下扫帚，微笑还礼，半晌，轻启朱唇，微吐娇音道："天还早呢，客人，病好些了？"少年道："多谢小姐和老先生救治。"把臂一伸，皱起双眉道，"好多了，还是半只胳膊抬不起来，这伤倒不重，我想恐怕是中了水毒。"

春芳姑娘悄然无言，仍照平日常课，先扫地，次擦桌子。这少年既已起身，他便要搭开那三张书桌，仍放归原处，桌上的被褥也要撤下来。春芳姑娘忍不住要拦阻他，又觉着不便，忙到父亲床前，低声叫道："爹爹，爹爹！"

贡生睁开了眼道："哦，天亮了。"忽然见少年正在搬桌子，撤卧具，老先生披衣坐了起来道："秀才，你怎么搬动起这个来？你的伤好了吗？"说话时，抬头端详少年的面貌，倒吃了一惊。记得昨晚，少年病象本见减轻。经过这一夜的休养，似应更见好转才对，哪知他此时虚汗淋漓，面色竟由黄透青，倒更难看，忙问道："秀才，你怎么了？病又反复了么？你看你的脸色更没血色了，好像熬了夜似的；可是夜里没睡好么？"老贡生哪里知道，人家不但熬了夜，还又受了累呢！

少年喘吁吁地说："没有，没有，昨夜我睡得很好。若不是你老人家救我，我简直不得了。"口中说着话，用单臂掀起一张桌子。老贡生杨心樵道："您搁着吧，叫小女来搭。春芳你来！……"芳姑娘哪肯和一个陌生的男子共搭一桌，口头只答应，不肯上前。少年已经用单手提起那张桌子，连行数步，放在原处，跟着又搬第二张。老贡生道："你倒真行，你一个怯弱书生，又遇险受伤，还有这大力气，到底是年轻人。"

这句话原出无意，少年把脸一红，忙解说道："我哪里行！……"手忽然松把，哎呀一声，咕噔一响，桌子脱出手，人也险些摔

倒。少年扶着另一张桌，喘息起来，老贡生忙过来搀扶道："怎么样，我说你别强努着力，你不听，趁早歇着吧。"少年挥汗笑道："我这只胳膊受了伤，不得力，只好用一只手来搬。心有余而力不足，你老不夸还好，这一夸倒立刻丢人了。"向春芳姑娘作揖道："无可奈何，只好劳动小姐了。"又自顾身上道："这身短装太也失礼，我的那件长衫……"老贡生道："小女给你晾着了，大概干了吧。"春芳姑娘忸怩道："长衫上有许多泥藻，又有血痕。你老陪这位谈话时，我给泡在盆里了，也没有好生洗，只涮了涮。这工夫怕还没干呢，我去看看。"姗姗地走出去了。

少年秀才目送春芳姑娘的背影，眼光直随着出了房门。这个姑娘干净利落，腰肢婀娜，举止轻盈，言谈尤其敞亮，毫无一点小家子气。既不似大家闺秀，又不似蓬门弱女，更不比村姑蠢妇；她另具一种风格，叫人难以形容。少年秀才于患难中，仓促求救于陌路，对这居停主人，不能不揣测一下。老贡生的外表，一看便知是个老书生，却又微带豪气；他又有这么一个女儿，少年也觉得想入非非了。忽然自觉忘情，回头来看老贡生；老贡生也正捋须望着女儿的背影，脸上露出得意的笑容；想见父女相依为命，感情是很好的。

老贡生对少年道："你现在的神气实比昨晚还不好。来，不要客气，请到里间歇歇吧。"少年应了一声，随贡生进了内间。过了一会儿，便有学生进塾上学。

春芳从外面进来，把门帘放下，对父亲说："这位客人的衣服都还湿着呢，我看还得再洗一回。昨天我只泡了泡，黑影中也没有细搓。刚才我一看，有好几处血迹，都没有洗掉。"老贡生道："芳姑，你就受累，再给洗一洗吧，带血迹可不好。你先给烧点水，请秀才擦脸。"望着秀才道："你脸上的气色太难看了。……多烧点水，好叫秀才吃药。……你那药想必也不坏，我这里有一种七珍化毒丹，专治无名肿毒、刀伤火烫，是去内毒、保内脏的。芳姑你找出来，叫秀才吃了。"少年叹道：

“老先生萍水相逢，如此垂怜；你老和小姐的大恩，晚生唯有终身感戴。语云，大恩不谢，我也不说什么了！”满脸露出感荷入骨的神情来，老贡生越发地高兴。春芳姑娘却有点纳闷，在外间低声把父亲招呼出来，叩问父亲的意思：“你老人家打算怎么样，我看这少年的伤似有反复，万一危笃，我们又该怎么办？我看还是留他吃过午饭，雇车把他送走的好。”老贡生笑道：“孩子，你真小心，可是未免狠一点。我告诉你，没有后患了，这个人的伤一定可以养好。你昨天还说，救人救彻，怎的今天又变卦了？”芳姑扑哧笑道：“我说这话，你老可别生气；这个人跟你老说投缘了，你老就任什么顾虑都没有了。”说得老贡生也笑了。

老贡生款留少年，所虑者是怕有后患。但昨夜既已通宵无事，少年所说的恶奴已死的话，当然不假；那么既已留下他，就不妨把人情做尽。老贡生念到他：一来是斯文一脉，倾盖相交，居然一见如故，少年的气度又英爽可爱。二来彼此同受过叛奴的害，可谓同病相怜，况他又是个富家子，将来缓急间，也许能得他一助。三者老贡生又怀着一桩心事，说不定这少年足可倚仗。因此他跟女儿商量，决计要容留秀才，等他伤愈，再行遣走。

但在春芳姑娘，总嫌留一个陌生人在塾，给自己平添多少不便；想了又想，见父亲救人心盛，只好笑着依从了父亲的意思。她从柜中找出那包药来，又赶紧烧好热水；老贡生就劝少年净面服药。少年看了看方单，老贡生的药只是寻常疡科的成药，赔笑道：“晚生这里有药，专能解毒药喂的暗器，效力很大，可服可敷，比你老的这保和堂的化毒丹还强。”老贡生没理会，只说：“你试试看。”春芳姑娘却听出隙缝来，忙道：“什么毒药喂的暗器？”少年才觉出自己又说错了一句话，连忙掩饰道：“我这创口疼得很厉害，又麻痒，又发烧，我疑心中了水毒；再不然，恶奴也许是毒药镖箭，打了我一下。”其实就中了毒药镖，也无须掩饰，只是少年疑神疑鬼，未免藏头露

尾了。

老贡生指着床，仍劝少年躺着歇歇。少年果然挨磨不住，告了罪，躺在春芳姑娘的床上；仍不敢睡熟，只闭目将养着。到巳牌时分，少年煎熬得越发难过，遂借纸笔，开了几味药，求老贡生替他烦学生买来。少年身上只有少许散碎银两，到了此时，便又摘下一只金箭环。连昨天那只，共约赤金一两六钱，可兑白银二十余两。少年掂了掂，又取出一副珍珠手串，统统交给老贡生，请替他变卖了，以作药饵之费。金箭环倒没有什么，那珍珠串却是珍物，中镶有数颗明珠，色洁形圆，价值不赀。

老贡生却也懂得，问少年要卖多少钱？少年道："要有当铺，还是当了的好，可以当……"暗自斟酌，当的多了扎眼，当少了不够用，俄延片刻，方才说道："可以当五六十两银子就够了。金箭环如能当十两银子，珠串就不必当了。"

老贡生拿了金箭环道："珠宝无价，黄金有价，还是当这个。这种东西叫小学生们去当，恐怕不妥当，烦别人也不好。还是我自己去一趟。"少年道："这珠串老先生也拿去了吧，省得钱当得不够用。"老贡生依言拿了，转身要走；春芳姑娘从后叫住老贡生，低声说道："这买药能用几文钱，这客人怕是要酬谢我们吧。你老想受他的谢犒么？"

老贡生道："哦，还是你细心，我们怎能受他的谢犒呢。"回到屋内，把金环、珠串交还少年道："兄台，你当这许多钱，打算做什么？可是要备路费么？这七星屯一来没有当铺，二来也没有银楼，这种东西拿出去，就不易出手；还要走三十里地，往镇上去当卖才行。秀才我请你不要介意，你是要谢我么？你不要把我看成一个老教书匠，我虽不富裕，也还不缺饭吃。"少年道："不是这意思。晚生托庇福宇，得养病伤，叨惠已经很深。这药饵之费，我还忍叫杨公垫办不成？"老贡生拿着少年所写的药方道："笑话了，药费有限得很。"少年道："不然，这服药恐怕很费。我深知先生也是客居人，不能很富

裕；况且我现在买药，急待用钱；就是将来把伤养好之后，我还得用路费。你老务必费心，替我变卖了吧。”

老贡生怫然道：“兄台，你不要小看人。你是个落难的秀才，我是个隐居的腐儒；彼此脾味相投，理应援手。你只管在我这里养着，每日三餐，医药之费，能用多少钱？你哪天养好病了，我还要给你凑点路费。就是延医抓药，我也可以担得起来。你放心吧，我回头就叫学生给你请大夫去；不过这里是个僻乡，只怕没有好医生。”说罢，就将那珠串、金箭环都放在少年枕边，手拍少年道：“你把它收起来，你只管好好将息着。”

少年很为难，想了想，把那副珠串交到老贡生手内，道：“老先生这番厚意，未免叫晚生心上歉疚。你老一定不肯替我当卖，那么，这副珠串就送给小姐，做添妆吧！”主客二人把这副珠串，推来让去，苦不得解，实在无法，老贡生勉强把珠串收下，道：“我就暂替你收着，等你走的时候再说。”少年又道：“晚生这病，请你老不要延医了。乡间庸医恐怕治不好，反倒治坏了。晚生开的这个单子，原是个成方，极有效验，足可自疗；你老人家还是费心烦人替我抓来吧。”少年身上带的那包成药，略被水浸，不甚有效了，而且也已用完。所以此时仍求老贡生，转烦邻舍，骑驴到镇上配药。连买果饵，花了一两多银子，都是老贡生付的钱。

少年在内间卧病，学生们在外间上学，春芳姑娘很觉不便，坐立都不得其所。少年因此局促不安。老贡生也觉出来；遂吩咐学生放三天学，说是：“我一个乡亲，大老远的投奔了来，半路上病了。”学生们伸头探脑，早看见一个清俊少年，躺在师姐的床上，师姐却坐在外间。也不知是哪一个淘气的年长学生，放出谣言，说是老师从家乡来了亲戚，要账来了。有家长便来探问，有的还拿来菱藕、鸡蛋等物来送礼。起初疑心少年是老师的亲戚，后来猜是老师的爱婿。这一片戏言，谁想后来，倒真做了一丝红线。一个邻近的学生家长，冒冒失失问

老贡生道："这位少年是你老的娇客么？"老贡生忙说："不是，不是！这是我一个晚辈，从前的学生。"

这个冒失鬼无心一问，竟打入少年的耳内，也打入春芳姑娘的耳内。少年蓦地红了脸；春芳姑娘尤其难堪，在外间坐不住，转身入内。内间少年正拥被而卧，春芳姑娘更站不住，转身又出来；彷徨无已，只好站在院中了，院中又时有学生。

放了三天学，少年的伤不见好。学生上课，春芳越不方便；又不能尽自放假，耽误了学生的课程，但是不放假，芳姑娘连起坐的地方全没有了。一个孤男，一个少女，任凭怎样豁达，也不能不存避嫌之心。只是事情所迫，春芳姑娘有时就不得不迁就着，在内间待一会儿。接连数日，春芳心上未免着急；但一见少年惨白的面孔，痛楚的神情，不禁恻然。试了几试，没肯催父亲把少年遣走。

老贡生在外间教读，少年呻吟于内间病榻；这服侍病人之责，不知不觉，落在春芳姑娘身上。有几天少年病象很重，烧得面红耳赤，口渴难熬。起初还挣扎着要自己来斟水，被春芳姑娘看见了，忍不住说道："你不要这样。你要什么，只管说话。"斟上一杯茶，姗姗走近榻前，侧脸旁视，把茶杯递了过去。少年实在不支，只可欠身坐起，从实接受，举杯一饮而尽，向春芳姑娘称谢道："谢谢小姐，我太放肆了。"

春芳姑娘微笑不答，看出少年局促的情形来，便解释道："人都不免有个病病灾灾的，这没有什么。"又看出少年的意思，眼望茶壶，似乎还渴，便又斟来一杯。少年又喝了。春芳问道："你还喝么？"少年很不安地说："小姐受累，我渴得很。"春芳又给少年斟了一杯，连斟了四杯，少年喝了四杯。春芳问道："还喝么？我再给你烧水去。"少年赔笑道："够了够了，这真是太给小姐添麻烦了。"春芳姑娘道："这算什么，你只静静地躺着，赶快养好了，比什么都强。"

两人在屋中喁喁对语，老贡生正给一个大些的学生讲书。忽有一个小学生，向内间探头，被老贡生一眼看见，申叱道：

“回位子去，该挨打了！”这小孩子一吐舌，溜回座位。屋中话声哝哝未休，老贡生也听见了。把书讲完，吩咐学生朗读。便站起来，徐步走入内间。只见女儿在临窗桌旁，正引针缝纫；少年脸向里，侧卧在床上。春芳姑娘见了父亲，不知怎的，脸上蓦然乍红乍白，站起来说：“爹爹！”老贡生道：“什么？”春芳姑娘顿了一顿，说道：“这人喝了许多水，烧得很厉害。怎么总不见好呢？”又把声音放低道：“爹爹您看，我连个坐站的地方都没有。我想我还是往邻家纪三奶奶家，借住几天吧。”老贡生道：“一个病人，几天不就好了，避得什么嫌？他又不能永远在咱们家里。”春芳小声道：“这些小学生们太淘气，总伸头探脑的。外间我又不能呆，里间又睡着病人，怪叫人不得劲似的。……纪三爷不是没在家么？”

老贡生道：“纪奶奶那里，狭房浅屋，也不方便。你素来很大方的，怎么忽然又不敞亮起来了？”春芳无言可答，只低低地笑了笑。少年忽然微呻一声，侧身坐起来道：“老先生讲完书了？晚生这一场伤病，太给贤父女添烦了。我觉得今天好多了，我打算明天走……”老贡生道：“唉，你，你快躺下吧。这没有什么，你已经在这里好几天了；秀才，你难道还不叫我作个整人情么？索性养痊愈了再走。”哈哈地笑了，回头对女儿说：“没有法子，一个病人，我们不照应他，怎么办呢？”

此时老贡生心上也动了一动，看女儿和少年都局促不宁，老贡生当时不说什么；到了当天晚上，晚饭以后，便又和少年闲谈起来。把少年的身世家况，又细细盘问了一遍：“秀才，你今年二十几岁了？成了家了吧？”少年赧然答道：“晚生还没有成家，我今年二十三岁了。”

少年这句话却是扯谎，他今年实实已经二十六岁，又实实是打十九岁便娶了妻。他的妻还是江湖上有名的一位英雄，比他大两岁，貌美多才，有着惊人的一种技艺。只是成婚一年半，便遇上一件不幸的事，他突然发现他的妻子好似放浪不贞。少年性情，外柔内刚，外和内辣，素又多疑，妻又娇狂，

竟至于祸起同梦，血溅鸳床，把妻子手诛了。因此他才被妻党穷追不饶，屡次算计他。现在少年本可以说：“我娶过亲了，现在正在悼亡。”不知是怎么种心情，逼得他说了两句谎，瞒了三岁，又把一个亡妻，一个无母的小女，都压在舌尖底下，不说出来。老贡生问罢，暗自点头，当天仍然没说什么。春芳姑娘在旁拈针听话；竟脸红红地躲到外间去了。

又过了几天，少年创口未合，病状已渐轻愈，身上也不再发热，危笃已过，似乎可以走了。又不知怎的，少年起初抱歉说走，现在反倒不说了；主人翁老贡生也不催他走。除了春芳姑娘偶感不便，这主客二人竟忘其所以，天天闲谈，论文述古，每至夜半。少年或者替老贡生讲一篇书，批一叠仿；或者慢慢踱出庙外闲眺，又似乎有所期待。

转瞬累旬。忽一日，少年对老贡生说：“要出去走动走动。”由早晨出去，直到过晌午，才提着一只小包回来；在屋中转了一圈，突然向老贡生申谢告辞。老贡生怔了怔，问道：“你痊愈了么？你的箭创还没有结疤，走路不妨事么？”少年道：“晚生方才在野地里试走了一圈，自觉精力充盈，可以走了。在这里骚扰许多天，给长者添烦，又叫小姐受累，晚生终生感激不忘。创口虽然未合，已不碍行路，晚生打算明天动身。”说到这里，从小包拿出一百两纹银，赠送给老贡生，收拾着一定要明天走了。

老贡生很诧异，指着这一百两银子，问道：“这东西你从哪里弄来的？”少年笑道：“这是晚生把那对金箭环，和一副玉牌子变卖来的，留此权作老先生杯酒之费。那副珠串就送给小姐，略表寸心吧。”父女二人相顾莫名其妙，拒金不取。老贡生先劝少年，再宽住两天；然后父女屏人私议，对女儿悄悄说了几句话，春芳姑娘低头掩袖不言。

到了晚上，老贡生备了较丰的晚饭，宰了一只老母鸡，打来数斤陈绍酒，给秀才饯行。酒酣耳热，快谈情畅，老贡生杨心樵忽对少年说道：“秀才，你我萍水相逢，意气相投，我很

愿跟你结个忘年之交；但恐少年英俊，心厌老物罢了。”少年凌伯萍忙道：“老先生齿高德劭，晚生感承大恩，这样高攀，愧不敢受。你老如不嫌弃，晚生少失双亲，情愿拜在你老膝下，给您老作个螟蛉义子。况且晚生家尚小康，既受你老再生之德，我还想回家小有安排。你老又伯道无儿，这百年之后的事，晚生责无旁贷了。”

老贡生笑了，扪须道：“这拜认义子，乃是最俗不过的事。”少年惶恐道：“我认你老为师吧。”老贡生摇头而笑，沉吟了一刻，忽然抬起头来，把面色一正，对少年道：“秀才，你看我是何如人呢？”少年愕然，想了想道：“老师气度雍容，吐属高雅，虽然寄迹村塾，可是行事豁达，非三家村村学究一流。以弟子拙眼看来，老师必是世代簪缨，高门雅士。或者说得冒失一点，老师也许是避世的贤者一流吧！”

老贡生微微一动，忽然捻须道：“虽不中，不远矣！好，有眼力！”忽然面含怒容道，“秀才，‘伤心人别有怀抱’，我哪里当得起避世二字，我无非隐居避祸罢了。实不相瞒，我当年真是个旧家子，少时席丰履厚，拥财自娱，心慕信陵君的为人，有人把我比晚明的四公子。延纳学士，汲古刻书，诗酒征逐，筵无虚日。哪知盛极转衰，少年疏狂过甚，终久伏下了祸根。秀才，你可知道秦淮河的何丽琴么？”

少年道：“这倒不晓得。”老贡生道：“不晓得？这可真是当年倾国倾城，颠倒众生，转眼化为黄尘，无声无臭，与草木同朽了。这何丽琴乃是当年名妓，艳名噪于江南，缠头之费动逾百金。她却和我有啮臂之盟，她愚弄了当时的权贵，福……”说到这里，不觉得把语调放低，道：“这是过去的事了，也用不着提名道姓。这个旗籍的阔公子跟我争起何丽琴来，结果竟被我纳娶，也还结怨不深。这何丽琴却是又妖艳，又聪明，最好弄机智的一个怪女子，她不该玩弄人家，口头上山盟海誓，把人家耍成冤大头。她却突然脱籍，乔装为男子，奔到我家来。这何丽琴当时人称她为侠妓，我呢，也正当年轻气盛之

时，五陵少年欣得红颜知己，哪能无动于衷？”

少年秀才捧杯听着，老贡生啜了一口酒，又道：“我欣得美人眷顾，就把她纳为篷室。这一来福公子自觉丢人太甚了，恚耻之余，密唆御史，把我父参倒，我父那时正作着京官。福公子气还不出，仍要遣刺客暗算我，还要买嘱豪客，恃强来劫夺何丽琴。我先父知道此事，怒我不肖，把我叫去痛责；立逼我把这妓女遣出，免辱门楣。我迫于严命，无计可施。何丽琴她竟忽然奔到先父书房，叩头跪哭，说出薄命人择人而事、从一而终的话来，求翁公做主。手持利剪，以死自誓；又替我开脱，说不是公子贪色，实是薄命人心敬奇才，情甘捧砚，倒把我形容成天人一样。做父母的都愿听人家谀他的儿女，丽琴便是用这诀窍。我父听了，面上矫做怒容，心上的气可就消解了，这何丽琴真可说是尤物。我贱内是个寻常女子，当何丽琴初来时，我贱内焉能不妒？不知丽琴用什么法子，竟会把内人哄好，居然脱略嫡媵之分，结成了干姐妹。不特此也，我先父性情何等方鲠，竟也搪不住她那莹莹之泪，侃侃之谈；而我的贱内也悄入书房，跪在何丽琴身旁替我等讲情；我父亲也没法了。”

少年听到这里，悚然耸动，插言道：“后来出了什么差错？”老贡生微笑道：“你听啊！我先父筹思之后，不能不成全我们三口，我们三口已然是一个心了。我先父就命我携妻妾还乡，闭户读书，休问世事。他老人家无官一身轻，也就骤然出都，到好友松岑中丞衙内寄寓。我父本是汉学专家，不久又应浙抚聘请，做了研经书院的山长。我就遵父严谕，既脱离宦海，也就谢绝名场，不应科举，只在家浇花问农。仇家势焰虽张，却是先父以学者而为名宦，在朝野颇负清望；并且同窗同年，门生故吏遍于天下，很有显达的。福公子的先人，居官又不甚清白，因此投鼠忌器，一时不敢把我父子怎样。我父子双双解职归田，他这口气也似乎出了。”

说至此，老贡生眼睫含泪，面呈悲愤道：“哪知道奇祸陡

降！我先父在书院，依然与当地大僚，诗酒流连。忽一日，应人小宴，宴罢茗谈，突然腹疼；勉强回来，竟一病不起。我连夜由原籍，奔丧入浙；可怜未见先父一面，百悔莫赎！”老贡生凄然拭泪，默然良久，才又说道：“先父既殁，世态炎凉。福公子认为我门庭祚薄，势弱可欺；未几，突遣一个门客，登门寻了我来。我本不见客，他说有要事面谈。及至一见面，方知福某竟拿一件莫须有的案件，横来见诬，胆敢公然说出要挟的话来。莫说我那时少年气盛，就在今日，我又焉能忍受？福某竟拿我当无耻小人看待了……”老贡生触起旧情，不由得眉须皆奓。少年忙问：“这福某拿什么案情，来诬陷你老？又向你老要挟什么呢？”

老贡生哼了一声，道：“他拿什么诬陷我？……”面色一变，似有难言之隐；半晌道：“过去的事何消再提？总而言之，他要挟我，叫我不可做人。……”两眼看定少年，酒酣耳热，到底忍不住，便又说道：“秀才，我不妨告诉你，他诬蔑我太甚了。他那门客公然对我说：‘有人要控告你，我的主人可以化解此案，但须你答应一件事。……’哼，他拿这个要挟我，他叫我……”说着又不忍说下去了。

少年情知内里定有文章，又不便强问，只停杯持箸，进肴以待。老贡生气愤良久，忽把桌子一拍道：“秀才你想，我宁为玉碎，不为瓦全！我当时冲着门客，冷然大笑。我说道：‘我杨某生平剖心沥胆，与朋友交；轻车肥马，都可以与朋友相共。只有三事，恕我不能与朋友分享：那便是一个拙荆，一个小妾，又一件是我那幅雪山图。除此以外，朋友不拘向我要什么，我可以慨赠。令居停和我也是旧交，他找我要别的全可，他竟要我献其妻孥？你们贤居停足见豁达，难为他怎说出来！只不知他视我为何如人，不知他自视为如何人！我就是再无耻，岂肯贪生怕死，把自己的小妾奉送给人？况且我扪心自问，一无所愧，又没有犯该死的罪；当真有人要告我，只管叫他告去，令居停不必替我担心！’那门客又说起爱妾换马的故

事来，说是什么区区歌妓何足惜，香山遣嫁，既可以全旧交，又足可以消祸害；奉劝我作个信陵君，不可贪色忘祸，再陷石崇绿珠的覆辙。我越听越愤怒，我说：‘爱妾换马乃是豪举，我杨某不能。爱妾换马或者还可以；献妾赎祸，我杨某誓死不能屈从。’……”

老贡生感情激越，倾囊倒箧的把积愤说出来。虽然纷无条理，少年秀才却已听出，福公子必是抓住老贡生什么短处，这才遣人恫之以祸福，威之以生死，要他把爱妾何丽琴献出来。使他既茹复吐，到底丢人丢脸在自己面前。这福公子太快意了，老贡生可怎能忍受？这一定激出祸变来了。

果然老贡生接着说：“我当时严词厉色，把这门客挥斥出去。门客还请我再思再想，后天来听我的信，我说：‘丈夫一言可决！我没有短处，我也不曾诽谤朝政，也不曾贪贿诬良，也不曾交结匪类，也不曾交结叛逆；就是我仇家抓住我的把柄，请他只管去告，我在家等着。’我说到此，端茶送客，回到内宅去了。……我的小妾正和内人在内室闲谈，见我会客之后，面色焦黄，两人便问我见的是什么人？谈的是什么事？我不由脱口说道：‘丽琴，丽琴，你真是美人祸水！’这一句话说错，哪知断送她一命呢！”

第二十六章 小白龙迎娶春芳

老贡生杨心樵又啜了一杯酒，这才对凌伯萍说道："少年，这是旧事了，其实我也用不着瞒你。当时内人和小妾一齐问我，我就把仇人要挟我的话，告诉了她俩，我内人吃了一惊，问我这可怎么好？可能设法挽回不能？我说：'随他去。'内人不放心，坚请我速给松岑年伯去信求救。我那小妾一声不言语，面色惨变，半晌道：'公子，我看这案子不能叫它发动，这案子可大可小，可真可假。现在朝廷正记恨这种案子，公子若被诬告，恐怕摘落不清。'我说：'依你之见呢？'她面色通红，俄延半晌才说：'公子，这祸是我引起的，只好由我消弭。我去，我去，面见福公子'……"

老贡生接着说："我没等她说完，就拂然道：'福某的意思，就是要你。刚才门客说得明明白白：只要我把你献出，他就把那诬告我的证据还我。福公子如愿了，你也得所了，我一个落拓公子……'我这话正在气头上，说得太骤了。小妾突然大哭，竟拔金簪，要挖目明志。内子把她抱住，安慰她良久说：'家门不幸，现在忽遭横逆；我们赶紧想法对付仇人。丽

琴妹妹，你再这样，我们还有闲心商议正事么？’丽琴听了这话，立刻吞声忍住。难为她一个女子，居然把悲痛羞忿一齐遏住，平心静气，为我画计。她又背着我，对内人说，她要舍生救我……”

老贡生道：“我当时怫怒已极，并不听她的。我遂一再与内人商议，自以为问心无愧，到底要看看仇人把我怎样。内子与丽琴齐声劝我，‘既不肯受辱，应谋避地，坐待祸来，究竟不是长策。’催我立时离家出走，南赴福建，找松岑年伯。又劝我发出几封求援的信，以防祸作……”

老贡生浩然长叹道：“哪想到我离家不到几天，仇人果然下了毒手！我贸贸然携带着一个家奴，连夜离家，在我走后不久，县官竟阴遣捕役，到舍下来监视我。我中途闻警，改途避祸。我那小妾果然话应前誓，舍身为我了！”说着，落下泪来。

少年诧异道：“什么？如夫人自杀了么？”

老贡生不胜凄怆道：“何止是自杀，她竟为给我解祸，直见福某，要求他把那诬告我的证件交出来。她说：‘如肯交出证件，我便即时下嫁。’她告诉福某，‘你既为我设阱害人，足见相爱已深。但是我一个薄命人，不能为新人害旧人。你福公子能把我的故夫保全住，我就不惜贱躯，与你重温旧好。’她的打算，是想把证件骗出来。只是福某已经受过欺，哪肯再上当！小妾见诱他不动，气愤交加，竟要以死相拼”

老贡生接着道：“秀才，你猜怎么样？……她竟预服了毒药，再登仇人之门。不知她用何言语，骗信仇人，到底将证件弄到手，她就吞嚼入腹，然后拔剪刀自刺，同时毒发……小妾她竟这样惨烈地殉节了！我当时哪里晓得？到后来内人也惊恐而殁，才由一个家奴，把小女抱出来，千里迢迢，送到我膝下。我的田庐家产，虽未被官抄没，却被本家户族占夺，终弄得家败人亡，只剩我父女二人相依为命了！”

老贡生道罢，又拭泪道：“我衔此恨已十多年，久想复仇，苦未得着机会。现在我女已经长成，我只有一件心事，是想把

小女嫁了。我就拼一副老骨，跟仇人算一算旧账。……秀才，你看我不像村学究，足见你有眼力。我真不是教书匠，我不过在苟延残喘而已。所以我一听你为仇人所窘，不禁触起我的旧恨来。我这回祸事也是毁在万恶的叛奴手下。仇人陷害我的那东西，据事后打听，也是由一个恶奴贪财受贿，卖给仇人的。秀才，同病者相怜，我一听你这件事，我就很觉动心。按理说，我本避祸之人，不敢多事，只是我见秀才少年昂藏，又动了同忾之感，不由我不助你一臂。现在将我一生，草草告诉你了，我还剩一件事，打算和你商量。”

少年听了一动道：“你老人家莫非要叫我拔刀代报此仇么？”

老贡生愕然道：“你一个书生，我焉能叫你作这种聂政、荆轲之事？我是有一件后事奉托，腾出身子来，我好自己报仇。不过你我萍水相逢，骤出此言，未免似乎有挟而求了。”

少年忙道：“老先生有何吩咐，只管见教。”

老贡生欲言又止，最后才说道：“我听你说，你现在不是中馈犹虚么？”

少年一怔，这才听出老贡生的意思了。仓促间竟不知所答，不由瞠目看老贡生。老贡生性素爽直，略为沉一沉，到底把心意明白说出。他说：“我见秀才少年英俊，可为小女托付终身。如果秀才不嫌杨某身世飘零，不嫌蠢女丑陋，我情愿把此女嫁给秀才，做个箕帚之妾。但是，我这是冒昧直陈。秀才如觉有何不便，尽可直说。不要因我帮过你一点小忙，便碍口难言。”说罢，目视少年，听他回信，但是，老贡生越这样说，秀才越无辞推谢了。

凌伯萍被老贡生父女救护多日，已看出春芳姑娘明丽可爱，敞亮可钦，自己似也曾一度涉过遐想。只是老贡生父女自有难言之隐，少年也有难言之隐。娶春芳为妻，以酬此德，凌伯萍多少有点顾虑。

跟着老贡生又说：“小女蠢物，可是烹调缝纫，略皆通晓；

便是诗书文字，也颇粗习。不过我家乃忧患余生，秀才若以为门户不当，我这一席话只算醉话。并且我这番率意直陈，也有不得已。小女年已及笄，择婿很难。我不愿把膝下唯一爱女，嫁给此间村农俗子。但是我年龄已大，不知风前之烛，何时垂灭，又负着深仇奇恨，急要把女儿的终身安排好，便与仇人一拼。所以这才仓促不暇择言，对你这样说了，倒叫秀才见笑。但是你我气味相投，你当不致怪我老悖吧？是我看秀才和小女，正好年貌相当，此中也似有天意。况且你们……”

少年不由脸一红，顿了一顿道：“老先生既然如此错爱，如果不嫌耽误令爱终身……”说到此，说不出来了。老贡生转悲为喜，哈哈大笑道：“好，你我一言为定！”少年秀才这才起身叩头，虽没说什么，这三个头已算是新婿拜岳父了。

既结姻亲，越发畅叙无隐。老贡生把少年又仔细问了一遍。少年秀才轻描淡写，重叙身世，家中人丁稀少，只有一姑母，嫁在远方。现时自家卜居吴下，粗有田庐，衣食无虞。说来彼此门户相当。老贡生越发欢喜，又问少年：“此次叛奴害主，是否还要赴县控告？”

少年摇头笑道：“岳丈，我们初见面时，我不得不这样说。其实这叛奴害人反成害己，他的尸身已逐江流漂走了，用不着我再行根究。”翁婿饮到二更以后，才罢饮归寝。

次日，老贡生背着人，把招少年为婿的话，欣然告诉女儿。春芳姑娘粉颊蕴红，玉颊含春，精神上为喜为羞，颇可想见。狭房浅屋，不能趋避，见了少年秀才，两个人只有低眉敛容罢了。可是免不得横眸偷窥，秋水盈盈，双瞳含情。老贡生看见了，大放怀抱。

那一幅珠串，恰好就作了少年所下的定礼；问了八字，待写庚帖。少年却说，他急还乡，回来时再行备礼。少年原定次日登程，此时既成为翁婿，倍见关切，老贡生坚留少年多住几日再走。于是又将养了几天，少年这才起身告辞。说定迟则一月，速则二十天，定要回来亲迎，并接老贡生同去。少年的

家，临行时详告老贡生，是在江苏太湖七子山麓，七子湖边。

贡生父女送走凌伯萍，便静候佳音。但是东床扫榻，翘盼云天，直过了两个多月，还不见少年回转。老贡生不禁疑虑起来，生怕少年患难中勉允婚事；事后嫌自家落拓，把女儿终身扔在脑后，却是窘事。老贡生等候娇客，一天比一天着急，忍不住对女儿念叨："万一他骗了咱们，可怎么好？"自己倒后悔起来。

春芳姑娘深识大体，到此不便默然，反倒安慰起父亲来，低头说道："女儿看他不是那样的人，你老不要心焦吧。"怎见得他不是那样的人呢？这却有言外一片话，想是两情相恰，默喻无言。少年一定要回来的，因为她已看出，他似乎爱着自己，但这话做女儿的，却不好对父亲说，只常常地劝解父亲，不必过虑。

照此直过了二个月零十天，老贡生越发坐立不安起来。悻悻地说道："我救了他，他误了我女儿的终身。拿婚配大事，信口敷衍我，我可不能忍受这个！……"自觉做得鲁莽，连少年的身世都知不清，只听他片面之言，便给女儿定了终身。万一少年悔婚，一去不回，却真糟不可言。

但等到两个月第十八天，忽然来了三辆轿车，四匹马，骑马的是干仆模样的人。一直寻到七星屯，打听杨老贡生。问起来，是奉了主人之命，迎接杨老贡生赴太湖去往。四个干仆、一个女仆、一个丫鬟，一些礼物，一封信。干仆衣饰鲜明，倍显阔气；见了老贡生，叩头到地，口称老太爷："小的凌安，给您老请安。家主人本要亲自迎接老太爷和小姐的，因为养伤，不能前来，这里有家主的一封信。"恭恭敬敬递上来。

女仆、丫鬟就先给老太爷叩头，再求见小姐。小小古庙，门停车马，小小书塾，忽聚生人，登时惊动了许多邻舍，来看热闹。老贡生到了这时，一块石头落子地，不由笑逐颜开。拆书一看，上款："岳父老大人"，下款"小婿凌骥友"。另有拜匣，内盛着龙凤帖，金钗玉钏，聘礼可观。信中劝岳父老大人

把寄寓七里屯的家产变卖了，移居七子湖滨，与婿女同居，“小婿就近庶可稍尽孝养之心。”

老贡生大悦，只是跟着又皱眉。这来的四个干仆、两个妪婢、三个车夫，一共九个人，往哪里安插他们呢？那个为头的干仆凌安禀说：“家主临遣我们来时，早有分派。说是老太爷本是客居，房舍不甚够用，叫小的在近处觅店，早晚过来服侍。至于刘妈和宝芬，叫她留在这里，服侍小姐。家主又说：老太爷可以把买的、租的地，贱价退回去，一切不要顾惜。家主舍下薄有田庐，已经给您特盖了一所四合房，家具图书，应有尽有。你老人家和小姐，只空身人去都可以。”干仆凌祥也道：“家主叫小的回禀老太爷，一切嫁妆，你老千万不要预备。”

这些奴仆立刻给忙起来，先把学生放了假，跟着就把带来的火腿、板鸭、陈绍等等食物，叫一个仆人，代为烹饪起来。又毕恭毕敬地催请老贡生早日登程，因为“家主正在想望着呢”。

老贡生听了欣然，想不到少年如此郑重其事。但他跟着又有一层过虑，叫他变产前往，投婿寄食，又不甚甘心了。老贡生秉性耿介，和女儿私计，未肯把产业全卖了，只将浮财略略收拾。忙碌数日，将田产租出去，书塾停办，与女儿上了车，却投太湖婿家。他还是存着先去看一看的心。

老贡生携女登车，直赴吴下。一路上与干仆谈起少年的身世来，方才晓得少年秀才家境很富。少年是安徽宣城人，却在江苏太湖畔，七子山下筑宅而居，宅距木渎不远。少年说话是一口吴话，却又懂得湘鄂土音。据说：他开蒙的家馆先生是湖南人，所以他会说一口湘鄂话。父殁之后，因闹家务，才由皖迁吴，在太湖畔，拥有数顷水田，两处房产、一处本宅，在木渎附近；另一处别墅，在七子山边。此处据说还有些商铺，如典肆、绸庄、古玩铺等。这个少年竟是大富之家！

到了地方，干仆把老贡生杨心樵引到木渎本宅，凌伯萍忙

迎出来，这已不是落水遇难的情形了，少年此时衣衫鲜美气度雍容。见了老贡生，深深一揖，口称岳父，见了春芳小姐也轻轻叫了一声，春芳低头不言，双颊绯红。

升堂入室，少年请老贡生上坐，叩头下拜道："自别岳父，忽已三月。现在小婿已在七子山，给岳父筑了几间草堂。岳父若是愿意息影安居，有图书可以玩读，也可以与村夫乡老共话。若是嫌闷，也可以招几个小孩教教。"

歇了一晚，盛设丰宴，共话别情。老贡生坚持要到少年给自己预备的草堂去看看。次日遂又登车，走了十几里，才到地方。果然小园精舍，房子不多，十分雅洁。正房悬额，是"青麓草堂"四字，老贡生很惬意。这所房子，并没有跟女婿住在一起，乃是另设门户。老贡生笑道："应该这样。"少年给拨去童仆、丫鬟，服侍得很周至。然后择吉成婚，春芳小姐嫁到凌家。

秀才凌伯萍可说是少年隐士，虽拥巨产，家中人口寥寥。在他家内，只有一位五十多岁的老妪，说是少时的乳母，此外便是仆妇、丫鬟了。他的那姑母嫁在远处，虽当侄儿新婚，也没有来。少年闭户读书，也罕交游，据说他无心科举，情愿务农终身。

婚后，夫妻和美，如鹣如鲽。少年偶尔劝请老贡生到他家，贡生不肯，愿欲自立门户，不愿做富户的岳老太爷。半年之后，竟与女婿、女儿私议，要进京告状，以报旧仇。

到了这时，少年方才追问老贡生仇家的姓名、门第。老贡生如实说出来。又问到仇人诬陷的情形，老贡生就不再讳言，也倾囊说出。

原来是仇家买通老贡生的门客、家奴，把老贡生所藏的一部禁书抄本，和贡生的诗集盗去。那时正闹文字狱，那本禁书上有贡生的亲笔题跋，已由何丽琴骗来嚼碎。老贡生说，现在已不是那时代了，仇人的赃款已被他抓到，一定拼老命，出首去告仇人。春芳姑娘如何舍得，再三泣劝老父。

少年也再三拦阻道："岳父这样报仇，也近乎随珠弹雀。仇人固可告倒，只怕你老人家难免旧案重提。你老人家要报仇，我们不会想别的法子么？"

但是，老贡生自想女儿终身，托付得所，自己何惜残年，和仇人偕亡。对女儿说："我也好对得起你死去的嫡母生母。"

凌伯萍夫妻坚阻不住。最后伯萍才说："你老人家定要报仇，我们也不能坚留。但是我请你老稍待半年，我们也可设法托托人情，求一个必可胜诉之道。"

老贡生道："我现在哪里还有人情？"凌伯萍道："小婿还可以想想法子。"老贡生道："你有什么法子？"

凌伯萍笑道："试试看吧，这可说不定。"遂当着老贡生，写了几封信，派干仆凌安送出去。叫他先替老贡生打听仇人的近况，再寻下手的办法。第二天就把干仆凌安派出去了。

过了几天，凌伯萍把老贡生由青麓草堂请到自己家来，说是："小婿要下乡收收租子。这家里只有你老的女儿和我的乳母，我不放心，我请你老给我看看家。"老贡生答应了。

少年凌伯萍择日登程，对老贡生说："小婿此行怕要多耽搁几天，算来至少也要三十天后方能回来。"贡生道："收田租，何须这些日子？"

凌伯萍道："小婿是要回乡去起租，顺便祭扫祖茔。"贡生道："路上不太平，你多带几个仆人去吧。"少年笑道："那倒不用，焉能总遇见水寇呢！"

少年走了，果然直过了三十六七天，方才回来，却带来不少的东西。问起来，今年的收成很好。还有四只皮箱，内多细软珍财，还有一个玩物，是碧绿的一棵白菜，光泽莹润，好像是玻璃的。老贡生道："这可是现买的么？"

少年道："不是，这是小婿老家的，我把它带来了。"老贡生和春芳姑娘见这绿白菜竟和真的一般，觉得非常可爱，便问："可是玉的么？"

少年摇头笑说："不是不是，这是烧料的。要是玉的，那

不成了宝贝了么?”顺手摆在内室桌几上了。

老贡生便向少年议论起仇人之事。贡生说:“我虽避居十数年,仇人的动静,我无时不留意。福某现在居然是道府大员了。要想扳倒他,实不容易。可是他的罪状,我已得着实据,我只要一发动,料能扳倒他,至少也得弄他个褫职查办的罪名。等我把那实据寻出来,伯萍你替我断一断,可操胜算不?”

春芳姑娘皱眉叹气道:“爹爹,你偌大年岁,做这打虎的事情,你老人家要细细斟酌啊!”少年笑道:“你老人家不要忙,且听凌安探访、请托的情形再说。你老一定要进京,小婿可以给你预备万金。如今的官司非钱不行。你老那证据,等得闲时,找出来给我看看。”

忽在五十七天之后,干仆凌安匆匆地回来了。一进门,满面喜容,向老贡生道贺道:“老太爷你老大喜!”

贡生道:“凌安,你辛苦了。我喜从何来呢?”凌安道:“回老太爷,你老的仇人遭天报了!”

老贡生杨心樵愕然道:“莫非他病死了!被朝廷拿办了?”凌安向少年看了一眼道:“全不是,福某人遇刺身死了!”

这却是晴天霹雳,杨心樵骇异起来,连忙问道:“怎么,遇刺死的?刺客是谁?”凌安摸了摸下颌道:“听说是个少年女人。”

杨心樵越觉奇怪,又问道:“女人……什么女人?真是刺死了么?为什么刺他?在什么地方刺死的?这女人是谁?”

凌安笑了笑,眼望少年,少年眉峰一皱,催道:“你快说吧。”凌安道:“这可都说不清。死是真死了,还是当场刺中咽喉死的呢。现在县城哄嚷动了,正在搜拿刺客……”转脸对少年道:“大爷叫我打听的事,我也就不敢打听了。”

少年满面喜容,站起来,对老贡生说:“这可好了!恶人自有恶报,岳父也就不必再告状了;心事已了,正可以颐养天年。凌安,你下去,叫厨子备酒,我给岳父老大人作贺。”立催凌安下去了。

但是，老贡生听仇人虽死，还是渴望知道详情，到底把凌安重叫上来，问了又问，仔仔细细打听了好几回。据凌安说：福某竟是在大街路口遇刺的。坐着轿，上总督衙门，顶马小队子，前呼后拥，行至中途，突有一个少年美貌的大脚女子，青绢包头，一脸脂粉，手拿状纸，从斜刺里一奔，上前来娇声喊冤。顶马忽拦，不想已被福某看见，竟吩咐打轿，叫这女子上前答话。这女子走到轿前，伏身一跪，突然一蹿，捷如飞鸟，扑上轿门，福某立刻喷血而死，喉管已被刺断。那女子长身跃上铺房，如飞而去。刺得太突兀，太神速，众官兵竟然束手，不能擒拿。到底女子是谁，和受谁支使，没有人说得上来。……事后查拿刺客，至今渺无踪迹，多有人疑心此女必是个牝贼侠女。

老贡生问明，心中似信不信。又亲到下房再穷问凌安，凌安还是那一套话。老贡生仍不甚放心，又亲自向城镇外面打听。果然只隔过几天，市面上也有人传说起来，福道台果然被刺，刺客果然是女子。却又带出一个消息来，说是福道台乃是死于女侠客之手。因为在福道台临死前一天夜里，他家中就进来飞贼，寻福道台没有寻着，捆上一个更夫，又插刀留柬，又抢走许多财物。福道台一件稀世奇珍“碧玉菘”，也被飞贼劫去。

杨心樵道：“什么是碧玉菘？”传说的人说，那自然是绿玉松树了！

但是少年秀才凌伯萍也听说这“碧玉菘”的话了。他于是把那由家中带来的那个烧料的这“绿白菜”，急忙地从内室案上撤下来，收藏在箱内。

杨春芳娘子道：“摆着不好吗？我怪爱它的，这真像真的一样。”春芳娘子又说，“若放上一个蝈蝈儿，太有趣了。”

少年笑了笑，并不言语。——可是从此这烧料的“绿白菜”，永不再见于案头了。

日月如梭，一晃两月。少年凌伯萍爱玩艳妻，日日在家种

花艺菊，度着隐士似的生涯。七子山下，有一座古寺，叫清凉寺，寺内老方丈静澄上人弈棋很高。凌伯萍有时就到寺里去。找静澄下棋，看来他的人品是很恬淡的，高雅的。

但老贡生呢，他把女儿嫁了，又听说仇人死了，他胸中两块心病已然摘除。依理说，他应该开怀享乐，颐养天年；却不知怎的，他竟咄咄书空，闷闷不乐。尤其是见了女儿，就偷偷叹气，好像很亏心似的，见了女婿，就露出一种古怪的神色来。

有一天，这老先生对女儿悄悄说话，问女儿说："姑爷带来的那棵烧料的绿白菜哪里去了？"叫女儿设法问一问。

春芳娘子忙道："怎的了？"老贡生怔怔地说："不怎的，你问他可能再买几个来不能？你说你喜欢它，打算凑一对送人。"春芳娘子不知父亲的意思，就说："好了，我回头就问他。"

可是才一转脸，老贡生又惊惊慌慌地寻来说："你问了没有？"春芳道："我还没见着他哩，他上清凉寺下棋去了。"

老贡生舒了口气说："没问，更好。你不要问他了……"又叹口气道，"孩子……"半晌不言语，忽然眼圈一红，流下泪来，道："孩子，我对不起你！"

老贡生自此抑郁无聊，整日伏处在青麓草堂，轻易不到女婿家来了。不久，老贡生得病谢世。最可惜的是，临死绝气，没有半句遗言留给女儿。少年凌伯萍却极尽半子之分，把老贡生盛殓起来，送回原籍，好好安葬。

杨春芳娘子自从父亲病死，不胜悲哀，感怀身世，整日以泪洗面。凌伯萍性本好游，喜逛山水。今见爱妻悲苦，夫妇情重，便不肯出门了，长日陪在闺中，不知道怎么哄她才好。——如此过了半年，春芳娘子才稍止哀痛之情。凌伯萍这才稍稍出门，闲散闲散，但仍不肯远游。闲时只到七子山麓清凉寺，找静澄上人下下棋罢了。

不想这一日，突逢奇事。时当初夏，草木向荣，凌伯萍手

摇团扇，款步山前。迎面来了雄赳赳、气昂昂的一个赤面浓眉的壮士，横身来把路一挡，道："借光，你老！"

凌伯萍微微一怔，把来人上下一打量。见此人身高六尺，背小包袱，提枣木棒，短衣沙鞋，一脸风尘之色，也正上下打量凌伯萍。凌伯萍一侧身摇着扇子，缓缓说道："做什么？"

那人也一侧身，把行囊、小包袱放下，木棒也放下来，双手抱拳道："尊驾贵姓？"凌伯萍道："我么？……姓凌，你有什么事？"

那人满脸堆下笑来，道："此地不是讲话的地方，请借一步，到林子那边一谈。"凌伯萍又把那人上眼下眼看了一遍，道："我和尊驾素不相识，你有什么事，请只管说。"

那人往四面一望，低声道："在下要向你老打听一个人。"凌伯萍放眼一看，前面走来一个行人。凌伯萍便用手一指道："我不是本地人。你若打听人，可以问那一位。"说着，拔步便走。

那汉子有些着忙了，急急伸手一拦，却又作了一个揖道："先生，你尊姓可是姓方？"

少年凌伯萍微微一震，立刻站住；但已被那行人看出来了。凌伯萍双目一张，面含怫然之色，道："你贵姓？你找姓方的么？这里没有姓方的。"竟不再做回答，举步便向山寺走去。

那人连声说道："方师父留步，方师父留步！"

少年回头道："我也是过路的，你找人，可以问别位。"那汉子匆匆拾起行囊、木棒，追上少年。四顾无人，低声说："在下姓邓，是你老的朋友薛五爷打发来的……"还要往下说。

凌伯萍猛然激怒起来，道："什么薛五爷？我和阁下素不相识，你打听谁，我不晓得。你总跟着我做什么？"怫然一甩袖子，气愤愤地拔步走入山寺去了。

那赤面汉子呆呆地站在林边，一时不知所措。

少年凌伯萍进入清凉寺，脚蹬门槛，回头看了一眼，径入方丈室。和方丈静澄上人茗谈片刻，布上棋局。素日伯萍比方丈棋高，今天却大败亏输。老方丈连胜两盘，已把整个下晚的

时光消磨过去了。静澄上人得胜两盘，吩咐侍者给凌伯萍备餐。向少年道："檀越，今天想在小寺下榻么？"

少年含笑不答，起身入厕。从厕所出来，走出后门，绕寺半转。忽一眼瞥见那赤面汉子。悠然未走，远远地在林边彷徨闲眺；一见少年，举步又要过来。少年大怒，抽身回庙，在廊庑下走来走去，思索好久。小沙弥寻找过来，道："凌檀越，请你老用饭。"

凌伯萍草草吃完素斋，又想了想，含笑对方丈说："今天我的手气很坏。来吧，澄师父，我要背城借一，再战三局。"

静澄上人笑道："檀越要夜战么？那么，贫僧老朽，精力不济，只好甘拜下风了。我把我们静闲师父请来吧。"命侍者重整棋枰，烹茶备点，又命人扫榻款宾，给少年预备宿处。又问少年道："是不是叫人给府上送个信去？"少年常在庙内流连，每逢下榻，便由方丈遣人给少年家中送信，这一次只是照例。

但是少年摇手道："不用，我明早就回去了。……并且我临来时对内人说过了，她知道我今天不回去。"

一位方丈，一位施主，又下起棋来。起初少年还是亏输，渐渐地换过手气来；方丈年老疲倦，终局时少年才得赢了一盘。凌伯萍在这小小的野寺流连了一整天，次日并没有回转，也没有给家里送信。

但是，次日夜间，寺僧忽然看见偏庑上有一个人影，一闪不见了。寺僧惶恐起来，连声问："谁呀，谁呀？"这人影溜下偏庑，奔后殿跑去。寺僧声张起来，立刻惊动半寺僧人，和火居道人，挑灯持刀四寻，又已不见人迹。山寺荒旷，众僧越发的疑神疑鬼，都害怕起来。

知客僧忽想到留宿施主的安危，急急引人寻到凌伯萍宿处。客堂门扉紧闭，室内无光，推门不开，叫人不应，外面吵吵嚷嚷，动静很大，里面竟没一点反应。知客僧越发惊疑，慌忙跑去，报知方丈。

静澄上人吓了一跳，道："凌檀越是此地首富，又是首善，

我们这里又太荒僻……快看看去吧。”亲自出来，率人重去敲门，“若再叫不开，便只好破门进去了。”

却幸只叫了数声，凌伯萍懵懵懂懂，在里面答应一声：“谁呀？”睡眼惺忪，披襟倒履地起来开门，问道：“什么事情？”方丈未及开言，众僧就说道：“凌施主好睡，前庑看见一条人影，值更的直追到这边来，看不见了，也不知是人是怪？”

凌伯萍失口叫了一声道：“吓死我了！”立刻抖衣而战。知客忙握住伯萍的手道：“施主别害怕，也许他们眼看岔了。”四手交握，知客僧的手硬冷如冰，少年的手握来温暖如绵，长长的指爪卷起来了。

知客僧才觉得诧异，刚要说话，少年突然把手抽出来，挨到方丈身旁，不住地说道：“可怕，可怕！这一定是妖精，妖精！妖精，妖精！”

静澄上人看凌伯萍恐怖的样子，忙抚肩安慰道：“佛门善地，妖魅哪敢出没？只怕是小偷儿。凌檀越，请到方丈室来吧。……你们大家再细搜搜，看丢失了什么没有？”众僧又慌张起来，忙各回禅房，先摸度牒，再找袈裟，再看看别的东西，直乱了小半夜。

凌伯萍重返客堂，披上长衫，跟着静澄上人，进入方丈室。众僧搜查一遍，回报一物未丢。老方丈见凌伯萍神色稍定，仍恐他害怕，便劝他不要在客堂歇宿了，不妨就在方丈室下榻，但是伯萍不肯。老方丈又要派一个沙弥，在客堂给伯萍做伴。伯萍说：“不用。”方丈道：“檀越，你不要强爹着胆子，看吓着了，倒不好。”

凌伯萍摇了摇头，忽然失笑道：“澄师父，你放心，我不害怕了。我不过乍听闹鬼，贸然吓了一跳。准知道闹贼，那还怕什么？贼不过偷东西，还会偷人不成？”哈哈地笑道：“我不胆小，澄师父你怎么看我像胆小？”静澄上人也笑道：“我明明见你发抖。”

少年也像很恧颜，自己解嘲道：“我大概是睡迷糊了，有

点情不自禁，再不，就是乍醒惊冷。我们下棋吧。”静澄摇头道：“不行了，不行了，老朽之身不堪与壮士连战。并且这条黑影到底是怎的？却叫人担心……”还是讲论这件事的真相。

少年似乎不很乐听，反往别的话上引。忽然问静澄上人道：“翻修藏经阁的工程怎么样？还差多少？我打算再多写点，连前一共题二百两吧。”方丈大喜，侍者急急忙忙，把善缘簿取来，少年展开簿面，提笔写上二百两。一位施主，一位方丈，立刻讲起修阁的话来。怎么动工？怎么募缘？通盘算来，还差多少钱，该向哪位善绅捐。凌伯萍很热心地替老方丈盘算。

老方丈精神焕发，欣然叹息道：“我垂暮之年，打算亲眼看见这藏经阁落成，也算是老朽一段心愿，这全看诸位檀越的善心了。”

闲谈一晌，天将破晓，凌伯萍略睡了一会儿，起来净面漱口，略进茶点。辰牌以后，出离方丈室，到寺外闲转了几圈，回庙进斋。斋饭罢，呵欠数声，到客堂午睡。嘱咐寺僧道：“有人找我，说我不在。……就说没有这个人最好。”寺僧问他什么缘故？说是有人找他借钱，所以才在寺内躲避。

少年凌伯萍竟在清凉寺，流连三日，没有归家。老方丈最敬重这位施主，便要遣火居道人，给凌府上送信去：“檀越出来三天了，怕府上不放心。”少年道：“不用，不用，我从来不到别处去。他们也知道。”

展眼三天过去，少年不归家，家中竟派人寻找上来。有两位客人，登门拜访凌伯萍大爷。家人凌安代主挡驾，客人坚欲求见一面，并强留下很隆厚的礼物，说是薛五爷送的。凌安峻拒不收，客人只是麻烦，说是：“老哥费心，给回一声。”凌安便进内宅，在院中转了一圈，出来对客人说：“家主不在家，家主娘子有话，重礼不敢当，请先拿回去。家主不认得这位薛五爷，怕不是送错了吧？”

两位客人非常着急，竟又说：“已在清凉寺见着贵主人了。”此推彼拒，许多礼物陈满了门房桌案。磨烦了好半天，

不意女佣多嘴，内宅得知，凌大奶奶（杨春芳娘子）派丫鬟问下来了。

凌安没法子再支吾，这才到上房回禀。春芳娘子不悦道："凌安，你就敢硬做主，把主人的朋友得罪了么？你怎么擅敢挡驾？"

凌安连连声诺道："小的不敢。是主人早先吩咐过，不愿见老家的人。但凡有人来找，一律挡驾不见。问起来，就说没在家，出门了。不是小的胆大妄为，主人实在这么交派过。小的跟主人十几年，知道跟这位姓薛的没有交情。这回他们大老远的送礼，一定没有好事，不过又是托人情。大爷讨厌极了！"

春芳娘子越发不悻，道："他就没有对我说过，倒对你说过！你连上来回我一声都嫌麻烦？"凌安窘在那里，再三辩解。春芳娘子哼了一声，又说："你们做下人的，专心捣鬼，也不知主人我是什么意思，你们就自作聪明，把势利眼看人。有话不往里面传，从你们那里，就硬坐派下来了。这还是送礼的，若是旧亲戚登门，你们还不把人家骂出去么？凌安，什么叫蒙蔽？"凌安脸红脖粗地说："小的该死，下次再不敢了！"

凌安捏着汗退下来，心说：好厉害的大奶奶！气愤愤对两个来客说："你们把礼物先拿回去，我主人不在家，里边一定不收。你们住在哪个店，你们留下地名，我主人明天到店里见你们去。"

两个客人仍不肯走，礼物也不肯拿回去。凌安恼了，大声道："你们这么死盯。到底是访朋友？还是访仇人？还是讨债的？我主人不去见你们，你不会再来么？成心给我过不去，这是怎么讲？我们一个当下人的，真是……"

两个客人这才赔笑站起来，反向凌安道歉，提着礼物回去。临行时说："你多费心，明早我们再来；决不敢劳动凌大爷下顾的。"

凌安板着脸送走二客，耗过一刻，也不遣别的佣仆，竟亲自到清凉寺，面见宅主凌伯萍。才出宅门，放眼四望，将近山

寺，更一回头，好！两个客人内中的一个矮胖子，居然远远地缀过来了。凌安切齿发怒，只装着看不见，一直进了古刹，把两个客人的姓名、举动，详详细细禀告给主人听。凌安说完，又道："大爷快回去，把他打发走了吧。你老要晓得，大奶奶……"不由得回头看了看门，才放低声音道："大奶奶已经动了疑心了。"

凌伯萍不由一震道："哦，她知道了么？"凌安忙道："不是，我说含糊了。大奶奶疑心我蒙蔽主子，私拒来宾。别的事倒没有动疑。只有这两个客人来路不对，你老要小心。该怎么办，不留痕迹才好。他们俩说有薛五爷的信，我并没有接。"

凌伯萍哼了一声，问道："这两个人，可有一个高身量、赤红脸的汉子？"凌安答道："正是有他，顶他的话多，可是还不很露锋芒。那个矮胖子说话最愣，叫旁人听了，很扎耳朵。你老不用问了，这和你老前夜告诉我的话，正是一件事。毫无可疑，你老只想善遣的办法好了。"

少年凌伯萍低头沉吟，半晌抬头道："这两人来意不测，我打算不见他……"凌安抢着说道："那可怎么行？你老今天若不到店中去，明早他俩一准到家里来。他只是送礼投信，这又是人事常情，也没法子挡他。你老仔细想想，人家找上门来，还是硬拿话把他顶回去的对。避不见面，那可太不是法子。况且还得瞒着大奶奶，又多一层不方便。"

凌伯萍皱眉不安道："不过，你要明白，我费了多大事，才得迁到此地，安家立业，安安静静过了这些年，一点麻烦都没有，这就很难得。假如我去见他，你还不明白他们的来意么！到了那时……况且我现在又有一份家……"

凌安脱口说道："本来么，错处就在你老不该在外面续弦。那时娶了这主儿的妹妹……"说了这句，看见主人的神色不善，又把话吞下去。

但这已招得凌伯萍十分不悦了。佛然说道："永奇，那是我的恩人！她陌路上救过我，服侍过我的伤痛，她的父亲亲口

说出来，我怎好推辞？你难道说我贪色？”

凌安道：“是是，是我错了，爷别过意。我也知道你老当时很为难。不过现在怎么办呢？人家打着薛五爷的名号，找上门来。你老内瞒同床，外拒同道，这戏法你老怎么变，才变得周全？”

凌伯萍坐在椅子上，手托下颌，两眼注视凌安。凌安垂手肃立，站在伯萍身旁，是个仆从回话的样子。只是喁喁深谈，脱略形迹，倒像是世仆少主的关系。这个凌安好像能替主人拿几分主意似的，默想了半晌，又说道：“你老也别着急，就依你老的主意办着看。你老明天出门好了，我留在家里，替你老对付外人。大奶奶那一面，你老要对她说好了，你老要晓得大奶奶人很精细。”

凌伯萍笑道：“她看着像多么精明，其实也是个老实女子。……出门也倒不错，我也这么想，只不知来的这两人到底怎么样？”凌安笑道：“决没有别的，只是慕名送礼来的。”

凌伯萍道：“不那么简单吧。你一个人可以答对得了么？”

凌安道：“没有什么，我看足能抵得住。我们还有凌祥，他也很能办事，你老尽管放心。我看你老先不要走远，临走时，你老不妨到店中去一趟，暗中看看人家的来意。”

少年凌伯萍点了点头，道：“我今晚上一准去。”忽然一拂袖子，站起来道：“若不然痛痛快快，我把这两个东西打发回去，就结了！”顿时间，眉横煞气，面懔秋霜，刚才那一脸儒雅蕴藉之气一扫不见了。从一双眸子内闪闪吐露光芒。这一双眸子又往下一垂，注视到自己的两手，嫩软如绵，洁白似玉，留着很长很长的指甲，剔磨得晶莹无垢，就是杨春芳娘子那双柔荑玉指也似乎不如他。

凌安忙道：“这可使不得！人家又不一定是恶意，那一来怕更住不稳了。你老还是先看一看，再定规趋避的道路。再不然，今晚上我替你老到店里去一趟。”

凌伯萍笑道：“你别慌，我只是这么说，你看我杀过几个

人？……”说话间，庙里的和尚找来了。

和尚道：“凌檀越，外面有人找！”凌伯萍、凌安一齐惊问道：“谁找？”

小沙弥道：“是黑胖子，外乡人。”

凌伯萍变了脸，眼看凌安道：“这一定是那个托情告帮的，这太难了，我去把他打发走了吧。”站起来，往外就走，脸上蕴含着一腔激怒。

小沙弥在前引路，凌伯萍趋走很快，凌安忙忙地跟着，一面向小沙弥打听道：“这个人现在哪里？让进庙来没有？”小沙弥道：“没有让进来。他不进来，他说，请凌大爷到庙外谈谈。”

凌伯萍越发生气，对凌安道：“这是怎么讲？怎么追到这里来，我难道没有家？薛五爷太对不住人了。这真是岂有此理，怎么把个三不知的人支到这里来！”起初走得很快，将到前殿，脚步缓下来，回头望着凌安，欲言不言。

凌安忙抢行一步道：“大爷，还是我去打发他。叫他有什么，到店里等着。”

凌伯萍道：“这个……”拍小沙弥的秃头道：“你先等一等，我问问你，这个人说什么话来？”小沙弥道：“没说什么话，就只求见你老。”

凌伯萍对凌安道：“那么，你看是你去见他，还是我去见他？”凌安道：“还是小的见他，我先问明他的来意，你老再见他。”

凌伯萍道：“好，你就去吧。他如果还啰嗦，你把他领到家，我这就回去。”凌安道：“还是叫他回店等着。”凌伯萍点了点头。凌安一直出去应付去了。

凌伯萍转身来到方丈室，将上台阶，忽一想自己满脸怒容，似乎不大好，便极力地把感情平遏下去。信步转到中层大殿，殿上神像香烟缭绕，守殿的和尚正在敲磬上香。凌伯萍一眼看到供桌上摆着一副签筒，便挨过去。和尚看了看伯萍的神

色，赔笑道："檀越，要问一签么？这签灵极了。"

凌伯萍道："喂，我来问一签。"和尚把一股香递过来，由凌伯萍自己燃着，叩拜上香。跪在跪垫上，把签筒摇了摇，摇出一枝来，是第四十七签。和尚把签簿掣下一条来，念道："第四十七签，上平。这签好极了，大吉大利。求财得，谋官就，六甲生女。唵，六甲生女，先开花，后结果，檀越，你老眼看抱大小子了。讼事平，行人至，病人安，出门不利。凌檀越，这一课真好。你老诸事皆利，就是不宜出行。你老想问什么事呢？"把签文递了过来。

哪知凌伯萍无心问卜，只是故意耗时。听到这"谋官就，六甲生女"，忍不住要笑，皱着眉，对和尚说："我正想出一趟门呢！"和尚道："哦，那还得看你老往哪一方。你老可以再求一签。"

凌伯萍道："我想进城看望一个朋友。"和尚笑道："那，那不能算出门。这出门非得走个十天八天，三百里二百里，那才算出远门呢。你老进城，这不是当天走来回的路么？"

凌伯萍道："进城不算是出门么？"和尚道："当然了。就好比你老天天由府上到小寺来，那还算出门不成？进城一点也不碍事，你老只管去。"

凌伯萍笑了笑，道："你费心再给我看一看，这几天犯口舌不犯？有贵人，还是有小人？"和尚道："这签上没提，一定没有小人。你老再问一签。"

正说处，凌安匆匆转来，凌伯萍丢下签筒，迎过去问。凌安道："这人好黏缠。他一定要面见你老。我来的不对了，大奶奶只催我，我又不能不来，没的倒把他引来了。"

凌伯萍摇摇头道："这人还没有走么？到底什么意思？"凌安道："走了，我到底把他对付走了。真应了你老的话，他大概是慕名……告帮的。是小的不拾他那话，再三回绝他。看他那意思，不见真章，他决不肯走。我看你老明早今晚，总得去见他一趟。你老不好去，我替你老去，就怕我去无效。"

凌伯萍已经把凌安的话完全听明白，想了想道：“你没对他说，我不认识姓薛的，你们找错人了?”凌安道：“已经那么说了，不行，他好像对你老知道得很清楚。你老还是先回家吧。回头在路上，我对你老细讲。”

凌伯萍低声道；“那么，我现在就回家?”凌安道：“可以，你老愿意再迟一会儿更好。我对他讲，你老要到申牌以后才回家呢。”

凌伯萍道：“咳，可恨!”对那侧耳旁听的和尚道：“人要是有碗饭吃，就惹不起这些乡亲。他真能大老远的找你告帮来!”一回身，走出大殿，到方丈室，向静澄上人告辞。沉了片刻，带着家仆凌安，出寺后门，往家中走来。

那个黑胖子当真依着凌安的话，回店等候去了。凌安一路上把细情说了出来，凌伯萍满面忧愁。据说这两个人是慕名投帖来的，这真真讨厌，因为少年凌伯萍他不愿做孟尝君，只愿做陶隐君。和凌安商量了一路，权且定了一策。

第二十七章

凌娘子疑诘生客

凌伯萍先到了家，杨春芳娘子迎头说道："大爷，你这门房可了不得，太宠得不像样了。大爷不在家，有什么事，他竟敢自作主张！"从头至尾把凌安的罪状宣布了一顿，跟着说，"你要不惩办他，还不知他闹出什么诡来呢！"

凌伯萍赔笑安慰娘子道："等几天，把这看门房的差事交给凌祥好了。"春芳娘子道："凌祥看着比他老实得多。"因又问起故乡送礼的人，"这到底是谁呀，人家大远地送来礼物，为什么不收呢？凌安说，是你嘱咐的。你是这么说过的么？"

凌伯萍含笑坐下来，丫鬟献茶。春芳娘子还是盘问这件事，又问伯萍："你上清凉寺下棋怎么一去三天不回来？你这位干仆居然擅作主张，把来的客硬拒出去，礼也不收，人也不见，连我也不回一声，可真是凌安比老薛保的辈分还大呢，你别是他抱大了的吧？"

凌伯萍噗地一口把茶喷出来，笑道："你才是他抱大的呢。大娘子，别生气，你听我说，这送礼的没好事，又是托我求人情；我早先真是嘱咐过他。"春芳娘子道："那更妙了，你嘱咐

他，可不嘱咐我一声。这可是我错怪他了，我赔个罪吧。”

凌伯萍皱眉道：“罢罢罢，大奶奶不要生气，是我的错，我的疏忽。”

春芳娘子也笑了，仍然睁着一双星眼，睃定伯萍道：“本来么，你们净拿我当外人，还怨人家生气。人家奴才比主家娘子还拿权哩。我可倒好，谁叫我进门浅，一问三不知。”玉颜生嗔，娇喉宛转，一口气说出这些反射的话来。

凌伯萍没法子答对，忽地站起来，把春芳拦腰揽住，道：“你还有完没完？我看你长着几个舌头？”把脸向春芳偎来，夫妻调笑一阵，才把这事揭了过去。

晚饭后，夫妻对坐品茗。春芳似乎放心不下，重提起这送礼的人来，对伯萍说：“我听丫鬟说，送礼的来了两个人。你不愿见他们，到底为什么？他们都是谁呀？有什么事，大老远的投奔你来？”

凌伯萍道：“不告诉你，你闷得慌；告诉你，这话可又长。”春芳道：“你瞧你，你们凌家门的事，我一点也说不清，还不许人家问问吗？”

伯萍道：“问，随便你问。告诉你吧，我们老家祖坟上有几百棵老柏树，有几个穷本家过不去节，打算锯百十棵卖了。还有顷半公田，他们也要典出一半去。他们特地为这个，要把我找回去，就算五个房头的长支都到齐了。我明天还得赶紧动身，叫凌安、凌祥看家，我自己一个人去。”

春芳娘子道：“哟，这和送礼有什么相干呢？”凌伯萍道：“本来不很相干……”春芳还要问：“既然不相干，你到底为什么不愿见他们呢？”

伯萍忙拦住道：“我明天就要走。还有几封信，我得赶忙写完。芳姐，我不陪你了。还是叫宝芬和你做伴，我要自己到书房睡去。”说着，目视春芳一笑，附耳道：“至多二十天以后，我一准回来，我再陪伴你。”春芳脸一红，道：“呸！”

闺房调舌，惹得婢仆掩口偷笑。才到定更，少年凌伯萍果

然径到书房独宿去了。这也是常事，每隔三五天，少年必到外书房习静养心；每过十天半月，又必到别墅流连几天；习为故常，上下皆知。届时只由僮仆伺候。使女、仆妇平时无事，向例不许私出二门的，凌伯萍也不用他们服侍。就是春芳娘子，是主妇身份了，也轻易不到外书房去。少年治家有法，门庭肃然，内外界限很严。

第二天，春芳娘子晨起梳头，凌伯萍竟没有再进内宅。管家凌安却进来回话，在帘外轻轻咳嗽一声，回禀道："回大奶奶，大爷今早起五更进城了。"

春芳道："噢，什么事呀？"凌安道："因为有事，有人来找大爷，没吃早点走的，叫小的等大奶奶起来的时候，回禀一声，请大奶奶自己用饭，午饭不用等候着了。大爷是带着凌祥进城的，没有坐轿。"

春芳握着头发，停了一停说："知道了。"一摆手，凌安退下来。春芳忽又想起一事，隔帘叫道："凌安，是谁找大爷来了？可是昨天那个送礼的么？"

凌安道："唔，……不是他，是城里的陆四爷。"春芳娘子道："噢！你去吧。"

但到这天晌午，那送礼的两个客人真又来了。一语不发，把礼物强放下，两人扭身便走，只留下一封书信，被凌安连忙收藏起来。不等内宅问道，凌安忙着将这些礼物先送上去，单把这信悄悄地压在书房文具盘下面。

午饭时候，春芳娘子独自进膳。饭罢茶来，正想叫凌安来，盘问伯萍什么时候才回来，又要叫他派轿去接。不想凌安未等着问，又先上来回话道："回大奶奶，大爷已经同城里的陆四爷搭伴进省去了，因为有顺便的行轿，说是昨夜已经对大奶奶念叨过了，叫小的跟凌祥看家。大爷本想回家一趟，只是来不及了。陆四爷还有别人，他们一块儿包了八座行轿，一同从陆宅起身走了。大爷临走时，没嘱咐别的话，只叫凌祥跟大奶奶回，说是得过二十多天，才能回来，顺便也许到铺子里看

账去。大奶奶可把凌祥叫上来问话么?”

春芳娘子斜倚妆台，听了丈夫匆遽离家，不禁默默不悦。丈夫行踪飘忽，说走就走，床头人不得与之握别，这固然叫做妻子的不高兴，并且这个凌安和那个凌祥，在群仆中似独得丈夫过分的推信，觉得比妻子还深切。春芳娘子意含不快，又说不出口来。大娘子跟家仆争气，未免离奇得可笑。可是凌伯萍实在也太偏信这两个干仆了。即如这次借奴才的口，给爱妻带话，情理上岂不是也太难点了!

春芳娘子烦恼起来，向凌安挥手道:“走了走了吧，不用向凌祥问了。”凌安肃然退下去。

春芳娘子懒洋洋的，倚在绣榻上，信手抓来一本书，心不在焉地看，哪里看得进去?喟然微叹道:“怎的一回事呢，走得这慌?”寻思一回，粉颊含愠道:“不行，他回来的时候，我一定要问问他。他为什么……莫非他?……”

她此时已有身孕。怀娠女子的脾气，仿佛格外娇性似的，无故还要生闲气。现在她丈夫飘然而去，就好像把她抛了一下，越想越不乐。忽又想到自己的身世，竟止不住掉下泪来。抽手巾把眼泪擦了擦，跟着摆弄着手巾，细细地揣想丈夫待己之情。

丈夫每每地说爱恋自己，胜过前妻。口头上的话固然不可尽信，但是每见他痴痴地看着自己，有时把自己看得抬不起头来，便故意佯怒，推他，骂他:“装着呆相做甚?”他那时必然脸红失笑，猛一揽自己，说:“爱你吗!”分明觉出他是真真动情，真真贪恋自己。只是他看着像个文弱书生，却臂力极强，绣帐调情，有时会把自己像抓小鸡似的提到怀抱。有时他忘情胡闹，一点形迹也不检点;任凭自己羞愧难堪，极力支拒，竟一点也扭不动他。可是，你说他贪恋自己罢，却又每隔三五天，他必搬到书房独宿。而现在，他跑到山寺下棋，一连五日不归，刚刚回来，又匆匆别去。到底他是爱自己不爱呢……

春芳娘子回想未成婚之前，初救他时，他对自己确是有

心。初成婚之时，他又那样沉醉于温柔乡里，夜夜把自己缠磨得几乎失眠。告饶，他还是偎着人，不肯稍休。他到底是怎么一种心情呢？莫非他经常出去，别有外遇了不成？却又听侍妪使女说，大爷最正经不过，自经前妻亡故后，素来厌恶女人，并且有独身不娶的话。这回娶自己，他事先说，纯为报恩，并非贪色。可是自己也盘问过他，到底是纯为报恩么？他又是脸一红，笑了。他说："你自己想吧。"至于联姻时，迎娶前，伯萍自承初婚，未讲实话。他说这不是隐瞒，不过萍水相逢，偶诉身世，出于一时的恧颜饰词。但是洞房之夕，伯萍已实告自己，娶己乃是续弦，先有发妻已殁，他并没有骗哄自己。然而他这次不告离家，突然一走，究竟为了何故？是何居心呢？

春芳娘子想了又想道："他这个人真是个怪物。等他回来，我一定要盘问盘问他，为什么抽冷子一走，不在我面前告别？下回他再出门，我叫他带了我去。"

春芳娘子在内宅怅惘怨慕，其实只由于伯萍这猛然的一走，动起疑猜来了。那两个干仆不劳支使，在外院大忙起来。这一片大宅，素常并无护院更夫。此时竟由凌安、凌祥两个管家替换着班，值夜巡更，倍加小心，街门早关，灯火早熄，前后院日夜梭巡。家中别的仆役有的就不解。春芳娘子也问下话来："你们两个人，这是怎的了？放着觉不好好睡，个个熬得那样，用得着你们打更么？"

凌安熬得眼眶青，眼珠红，向春芳娘子回禀道："回大奶奶，咱们宅子太旷，又是在村子里，离城远。听说前几天，隔村吴家失盗了。大爷又没在家，小的们不能不小心一点。"

春芳娘子闻言，倒很喜欢：怪不得伯萍这么看重他俩，这两个人倒也真能忠心卫主。是的，他们见我年纪轻，家里女人多，男子少，他们俩自然要加一分小心。

凌安不但如此，还叫他的女人章妈（是个三十多岁的粗壮女人，看样子很有一股子力气的）到上房来，在外间值宿。还有使女宝芬，十八九岁的大丫鬟，也派到上房值夜去了。自从

春芳娶进门来，立刻主持中馈，伯萍的姑母远嫁异乡，迄今没有来过。家下除了仆妇，更无亲人。伯萍不在家时，他们做奴仆的，忠心事主，自然要在上房留人值夜的。这也是富家的常态。

这样过了两二天，家主凌伯萍既已出门，凌宅上下老早的安眠了。忽一日，才交三更，院中啪嗒的一声，管家凌安在更房中忽地坐起来，一探枕，摸出一把刀，又一推伙伴凌祥。两个人悄悄地摘下弩弓兵刃，悄悄扒窗缝，往外窥看。在外院厢房后，竟发现高矮两条人影，隐身在房脊后，正向内院探头。凌安一声不响，与凌祥慢慢开门，溜了出来，两个人藏在回廊下暗影中，提刀绰弓，看房上人影的动静。

那两个人影交头接耳，只露出上半身来，在房脊后打晃，旋又蠕动，似往内宅移挪。耗了一晌，啪嗒又一声，猛见两条人影倏然分开，又一闪不见了，微微听见扑登一声。凌祥大惊道："不好，下来了！"就要抄后墙，奔寻过去。凌安一把将他抓住，道："慢着！咱得看明白了，别给主子惹事才好，只要加倍留神，来人倘不惊动上房，千万不要开弓。"

于是两个干仆依然注视房上和外院角门。过了不大工夫，一条高大的人影重现于外院房顶。那另一条胖矮的人影当下真下了平地。角门一响，闯了出来，竟绕奔外院庭心而来。脚步轻轻，东张西望，嗖地一蹿，到了院心。复又伸头探脑，闪来晃去。黑影中，凌安、凌祥分藏在廊柱后，细辨来人，穿一身夜行衣，却似背后并没有插着兵刃，只手中拿着短短一物，那房上的人影伏在房脊后不动，似替下面这人巡风。

凌安、凌祥一动也不动，眼珠随着地上人影转，手中弩弓早已插上短箭。只见这地上人影竟很胆大，略一张望，竟走跨院，直奔外书房去了。凌家二仆顿时看不见他的举动了。凌祥便想挪动地方，凌安抓住他的手，一指房上，附耳悄言道："使不得！"

那地上人影袭入跨院，也不知鼓捣什么，半晌没见出来，

凌祥沉不住气，低问凌安："他也许穿房绕进内宅了？"凌安也有点惶意，便循着回廊，往内宅溜。猛抬头时，见厢房上的人影也已挪了地方，慢慢地往内院深进一层去了。忽然间，嗖的一声，凌安、凌祥急急地匿身回顾。地上那条胖矮人影忽地从跨院蹿出来，疾走如飞，推屏门，竟奔内宅中院内书房而去。眼睁睁见此人扑到内书房门前，先攀窗内窥，又一旋身，抽出短刀，便要拨门。凌家二仆不由骇然！

凌祥又忍耐不住，把弩弓一端，低声道："开吧？"凌安道："等一等，看他拨门不拨？"

这胖矮人看似要拨门，却又迟疑，房上那人影低啸了一声，意思是不叫他妄动。

这人影回头一看，不拨门了。虽不拨门，但仍留恋不走，似已弄破窗纸，往屋里探看。鼓鼓捣捣，从身上掏出一物，破窗投入室内。凌祥不晓得是怎么回事，凌安心中大吃一惊，怕是贼人放火。可是没见火亮，这才略略放了心，怒目盯住这人。这人影又似旋风一转，稍一徘徊，直转到内院。两个管家立刻从回廊下，借黑影障身，往内院里挪移跟缀。

内院堂屋双扉紧闭，微露灯光。只见这人影向四面张顾一下，便直走庭心甬路，抢奔上房，脚登台阶，便要历阶而上。二仆登时发急，这贼简直要闯上房。上房东间便是春芳娘子的卧室！凌祥再按捺不住，从明柱后悄悄地、急急地往前移动，约莫够上尺寸，把弓端好，把箭瞄准。只要狂贼胆敢无礼，拨弄上房门，便不客气，咯噔一下，把此贼射倒，再射房上那个巡风贼。凌安比较持重，但见贼人各处窥探，深入不已，又想不出怎么办才好，于是也把弓端好，心想不必瞄中，只把他惊走了也罢。

两个干仆两对眼睛注视着这胖矮人影。这人影上了台阶，踏步窗前。五间正房出檐抱厦，都带窗挡。这人影鼓鼓捣捣，似想穴窗内窥，已不能够。但是堂屋门扉都是纸糊的，可以穴视。这个人便挨上门前，一弯腰，重抽匕首，要破扉往内偷

看。猛然听咯噔一下，嗤的一声，这人影霍地一跳，退下台阶。同时门扉铮然一震，这人影一惊，急张眼往四面一看。就在这时，猛听厢房顶上吱地响起一声低哨。那巡风的高大人影在内宅东厢房顶上现身出来。那地上的胖矮人影竟彷徨四顾，欲退未退。忽又听吱地响起了一声更低的哨声，突从正房房顶上，又涌出第三条人影来了！

那地上的胖矮人影一眼瞥见，失声一呼。那明柱后的凌安、凌祥也几乎失声一呼："怎的来了这些人?"

厢房上高大人影竟对第三人影发了话。第三人影一晃身，往后园一指，轻轻呼道："来！"语音幽咽，故意改变着嗓音。又吱地打一呼哨，向房上高大人影、地上的胖矮人影连做手势。然后，第三人影一闪不见了。房上人影向下面招呼了一声，立刻登房越脊，追赶下去。那地上的胖矮人影也飞身一蹿，蹿上短墙，由墙头蹿上房，一直抢奔后园，也如飞追赶下去。

三条人影顿然消失。凌安、凌祥捏了两把冷汗，急急地跳出廊下来，也要追奔后园。堂屋门呼隆的一响，门扉大开，女仆章妈、丫鬟宝芬手里捏着东西，探头出来。凌安急急地低叫道："快进去，关上门！"女仆章妈还想说话，被凌安一迭声地催进堂屋，一迭声地问："大奶奶醒了投有？听见没有？"

丫鬟宝芬道："没有。"凌安、凌祥一齐放了心，嘱咐她俩小心一点，把上房门闩好，别惊醒主妇。二人然后忙又往各院各处，搜寻了一遍。开了内书房、外书房的门。这两处纸窗皆破，从内书房屋心捡得一封红柬帖。凌安一吐舌头，把柬帖与凌祥草草看了看，便藏匿起来。这一夜两个人通宵没敢再睡。

到了次日，凌安避人悄问他的妻子，才知他妻子章妈打出一枝袖箭来，把破扉偷窥的夜行人惊退，却还不晓得这两个人影是被第三个人影引走的，更不晓得那第三条人影竟是凌伯萍秀才。

几个心腹下人们喁喁私语，加倍防备。幸而主妇春芳娘子

不晓得，便把这事哑密下去了。凌安、凌祥瞒上瞒下，仍然提心吊胆，怕那人影再来。却是奇怪，章妈这一箭打草惊蛇，这两个人影从此不再来了。那来访的两个客人也自此绝迹了。

这里面顶数内宅的章妈和宝芬，外院的凌安和凌祥，最为关心。凌安特意把丫鬟宝芬重嘱了一顿，叫她千万嘴严密点，怕是主妇娘子知道了，妇道人家胆小。章氏在旁听了，点头会意，叹息说："姑太太要在这里，也还有个主心骨。"无奈凌伯萍的那位姑母在夫家一直未来。章氏反嘱凌安多多留神，主妇娘子人太精明，"问下来，怕你没话答对。"凌安笑了笑道："我知道。"

凌安又叫凌祥到别墅查看一趟去，别墅幸没有失物。凌安道："丢点什么不要紧，你留神看看，没的凭空多添出什么来，那可更不好。"

凌祥点头一笑道："我明白。"但是凌祥到底还不甚明白，依然猜疑那第三条人影，到底是谁。凌安冲他只撇嘴，道："好糊涂！你猜这第三条人影是谁？不是多亏他，才把那两个人影诱走了么？你难道说三条人影是一块的不成？"凌祥不禁连连点头，心下恍然了。

太湖堤边，七子山麓，凌伯萍的男女仆婢，瞒着主妇春芳娘子，直戒备了半个多月才罢。宅主凌伯萍出门流连，悠悠未归。……在七子山西南二三百里之外，莫干山阳，仇溪北岸，出了小小一件事故。

凌伯萍家在江苏境西南。又在凌家西南，山川环抱，风景幽静的地方，有一脉水，叫作仇溪。上流从莫干山麓发源，自西北向东流，曲折行来，旁经塘栖镇，汇入运河。运河南北行，东西便横贯着钱塘江。这小小市镇恰当运河西岸，又接近钱塘江。"塘栖"二字或者就由钱塘江得名，也未可知，地方却在浙江省境了。

有一天，塘栖地方，顺运河自北而南，驶来一艘不大不小的帆船。船载着一位孤行少年客，要到东天目山附近探亲。所

以驶到塘栖，便即停泊，再走就要逆流西溯了，船家须要雇用纤夫。这船是少年一人包的。少年服饰豪华，举止雍容，似是个贵公子，却独行无伴，连个侍仆也没有。但他应付船家，答对店脚，样样很在行。决不受蒙骗，花钱又大方。船家服侍他，倒很小心。

船家忙着找纤手，少年就对船家说："要上岸住店，歇一晚上。因为身上觉得不很舒服，也许受了河风了。"就叫一个水手，引他投店。客店字号叫作隆顺兴客栈，少年一个人占住了三间上房，命船家把他的两只皮箱、一份铺盖送到房内。给了酒钱，道："你们忙你们的吧，后天一早，你们再来。"

船家谢赏回船，把船靠河边下碇。一个水手拿了一串钱，上岸沽酒买肉，预备晚上赌钱。忽然，从北边顺流飞驶来一艘瓜皮小艇。奔到帆船前后，也拢岸停泊了。塘栖本是小码头，停泊航船毫不足怪。于是从这小艇上，站起来三个大汉子，雄赳赳，气昂昂，非常魁伟；却穿着长袍马褂，又似文质彬彬的样子，不过人人脸上带着风尘之色。三个大汉，一高二矮，两胖一瘦。那高个儿生得一张紫膛脸，胖矮子生得一张黑脸，瘦矮子生得一张赤红脸，没一个面貌白皙的。年纪大致在三四十岁上下，最年轻的也有二十八九，最年长的不过四十一二。三人一齐下了小艇，手摇纸扇，东张西望。看了看帆船，就由那个瘦而矮的汉子走向帆船而来。那沽酒买肉的水手恰好上街回转，瘦矮汉子看着迎面截住，举手道："费心大哥，我烦你一点事!"

水手看这汉子，恍惚很眼熟，好像在前途遇见过，疑疑思思地答道："你这位客爷……什么事?"瘦矮汉子拿捏着斯文样子，回头看了看四面，悄声说道："大哥，我跟你打听一个人。"

水手道："哦，打听哪一位呀?"汉子低声道："就是雇你们船的那位少年客人，他哪里去了，不是上岸了么?"

船夫错愕起来，不住打量这人，吞吞吐吐地说道："唔，不错呀，人家早不在船上了，走了。"

汉子从身上掏出一个小小纸包，塞在水手的手里道：“大哥，这个给你喝酒。可是那少年客人已经雇到地头了么？开发了你们的船钱没有？他是改起旱路，走下去了么？”

这个水手见纸包欢喜起来，但是他一手提着酒瓶，一手拿着好几包肉食熟菜。小纸包塞入掌心，竟没法检看。也不慌答话，忙忙地弯腰放下酒瓶，先看船上的伙伴，没人理会他，他赶紧腾出手来，把纸包打开一看，不是铜钱，是银子，而且差不多够一两。满脸堆下笑来，忽一转念头，急问道：“客爷，这银子，你老叫我买什么？”

汉子道：“是送给你喝酒的。”水手忙道：“我谢谢！”

汉子接着说：“你只告诉我，坐船的那位客人，到底奔到哪里去了。你费心帮我寻着他，我这银子就都送给你。”

水手觉得古怪，顺口说道：“你老打听人家做什么？……”还没说完，忽见客人神色不对，怕这一两银子跑了，忙改口道，“这位坐船的跟你老认识吧？”

汉子道：“对了，所以我才打听他。我们是同乡，他是跟家里怄气偷跑出来的，我们受了他父亲的重托，来找他回家。”水手道：“那就是了，怪不得你老缀了一道，原来是为这个。”可是这个就很不像话。水手为图白捡这一两银子，忙装糊涂，倾囊相告道：“这位坐船的客人没有改旱路，他还坐船呢。他是趁我们雇纤手，到岸上歇一天。”

汉子忙问道：“哦，原来是这么回事，他住在哪个店里呢？”水手略微寻思一会儿，觉得说出来，与己无碍，便把隆顺兴客栈的字号告诉了这个瘦矮的汉子。不待重问，索性把少年的姓名也说了出来，姓白名文隆，是往东天目山探亲去的。又道：“客爷，你老可用我领了去么？我可以先把这瓶子酒和熟菜，先送上船去，我再陪你老，找白大爷去。”

汉子道：“不用了，不用了，谢谢你。你只把去路指给我，我们自己寻了去。可有一样，你回头见着少年，千万别提咱们过话的事。也别告诉他，我给你银子，他听见了，一定不愿意。”

水手道："我任什么不说就是了。"瘦矮汉子道："对了。"

瘦矮汉子抽身回去，向那两个同伴一点手，结伴一同走入塘栖镇去了。寻着隆顺兴客栈以后，他们却另找了一处店房住下，然后仍由那瘦矮汉子，重到隆顺兴客栈去了一趟。然后在隆顺兴客栈，也定了一个房间。傍晚时候，由瘦矮汉子独自潜入隆顺兴客栈住宿。

挨到次日，瘦矮汉子和那个高胖汉子，商量好了说词，肃衣整容，来到那姓白的少年房门前。高胖汉子轻咳了一声，叫道："白大爷在屋么？"屋内悄然没有动静。高胖汉子又叫了一声："白大爷在屋里么？有朋友找。"屋内依然悄静，高胖汉子侧脸向瘦矮汉子道："唔，对么？"矮汉子退了数步，低声道："一清早还看见他呢。"

两个人在外面耗了一会儿，忍不住又弹窗叫了一遍，顺手推了推门。这一闹把店伙惊动，跑来问道："客人什么事？找人么？"二人道："不错，这屋里客人可姓白么？"店伙道："不错。"二人道："那么你给我们言语一声。"店伙道："白客人出去了。"二人道："唔？什么时候出去的？"店伙随口答应道："刚出去，许是到外边吃饭去了。"又问了问，说是客人的行李没有搬走，柜上还存着多余的店钱，当然他还要回来的。

两人愣了愣，只可返回自己房间。那个高胖汉子去到另一店房，给同伴送信。只留下瘦矮汉子，把门扇大开着。少年如果回店。便可看得见。耗了一两个时辰，瘦矮汉子忍不住出来，到街上遛了一趟。旋邀同伴，走了几处饭馆。随便用过饭，重到河边看了看。听船家说："少年客人刚才来了。因为纤手明天雇到，还得多耽误一天。"三个汉子放了心。

转瞬入夜，仍由高矮二汉子到隆顺兴客栈叩门，不想少年还是没回来。店家也不由多了心，店伙过来帮着叫门，里面竟一点动静也没有。二人相顾示意。对店伙道："你看看吧，客人许是走了吧？"急急地用力推门，已从里面上了闩，推了推窗也推不动。

店家诧异道："这是怎的呢？"两个汉子忙绕奔后窗，试一掀动，果然窗扇随手开缝。掀窗内窥，屋中阒然，人已不见，行李也没有了。

这时已经二更多天了，店伙们惊怪起来。却是不短店钱，未丢东西，店家自觉侥幸。故意装憨，向两客人说道："客人也许是出去遛逛去了。"

两客哼道："你别糊弄了，这里头有事！"急急出店，找到同伴，齐奔各处搜寻。又扑到河边一看，竟上了船家的当了！那艘帆船已然不见。向同泊的小船打听，据说那艘帆船竟在傍晚的时候，突然解缆启行，不奔仇溪东天目山，已经折回运河，往北驶下去了！

三个大汉骇然相顾，细问水手："你们看见少年上船没有？"水手不曾理会，随口说道："没有上船吧，是空船开回去的。"

三个大汉又问："看见脚夫搬行李，上船没有？"水手想了想道："好像天黑的时候，有一个人从街里走出来，大概扛着箱子。"

高胖汉子道："你别胡猜，到底你真看见什么没有？"水手忙道："是真的，真有一个人扛着东西上船来着。天黑，倒是没有看清扛着的是什么。反正不是铺盖卷，就是箱子、衣包。"

三个大汉啧啧赞叹道："好利落的手法，果然名不虚传！难为他怎么觉察出来的。"揣度情理，料他们私询船夫的事。必已被少年窥破，他势必设法哄出船夫的实话，就预加防备，定下金蝉脱壳之计。那船夫第二次答话，一定早受了他的买嘱，替他扯谎骗人。哪有雇不着纤手，多耽搁一天的道理？三个大汉把人缀没影儿了，只得上了自雇的船，吩咐启碇。赤面大汉道："咱们再摸，再缀！"

机缘凑巧，过了不几天，竟在运河上狭路相逢，重遇上这个豪华少年。少年态度忽变，任这三个大汉跟踪潜缀，他似理会、似不理会，似介意、似不介意，照旧走自己的路，不再躲闪了。跟着这少年住了店，三个大汉立刻忙起来，一个人住在

店里，一个人伏在店外，那另一个急忙到市上，买办来一些礼物，又叫酒叫饭。饭后由那个黑矮汉子，二番叩门投刺，拜访少年。其余两个同伴藏起来，暂不露面。

少年就好像预知三人必来相访似的，早早地在店房中，肃衣静候。黑面胖矮汉子举手敲门道："白文隆大爷在屋么？"里面出来回答道："哪一位？请进来。"手摇洒金扇，款步迎出房门。

一个素不相识的生人，陌路相逢，猝来求见，照例必先请教姓名："贵姓？哪里恭喜？"跟着必再叩问来意。"有什么事见教？"这是世套常情。但这少年不然，立在门侧，微微把黑胖汉子瞟了一眼，用扇子一指上首椅子，闲闲地说了一句："请坐！"便随着进来，神情潇洒，一点忐忑诧异之态都没有。

黑胖汉子进了屋，先把屋中情形打量子一回。仅仅一个小单间，只一目使可了然。箱笼行囊，还是那几件。于是谦让着进来，把手中提的礼物放在桌上。少年连看都不看。黑胖汉子这才长揖赔笑，先含糊叫了一声："先生"一侧身，不就上座，退坐在木榻上边。少年斟过一杯茶来，说道："请吃茶！"自己随便坐在下首椅子上，摇着扇子，悠然往内外看，默默不再发言。黑胖汉于两眼骨骨碌碌地转，盯着少年的嘴，料他必先动问。哪知不然，黑胖汉子欠身接过茶杯，称谢道："不客气！"微微啜了一口，把杯放下。

半晌，少年恬然相对，仍不说话。黑胖汉子抱拳低声道："哦，白先生，在下久仰大名，早想和先生亲近亲近，总嫌冒昧，又没有机缘，况且在下又自知是个无能之辈……"说到这里，抬眼再看少年。少年道："岂敢！"只说了这一句，便又住口。

黑胖汉子满脸堆下笑容来，说道："是的，在下自问不敢高攀。白先生的大名，威震江湖，远近皆知，哪一个不想亲近高贤！在下打头三年，从敝友那里，得知你老近来不常出门，在府上纳福的时候居多。还有在下别的几个朋友，也都羡慕白师父的水陆功夫，都很想登门求教。只可惜俗务羁身，未得如

愿。不想今日萍水相逢，得瞻龙威，真是三生有幸的了。”哈哈地笑了几声，自己也觉着没笑强挤笑，笑得声音很难听，不自然。

再看少年，摇着扇子，唇吻微微一动，泛露笑意，似要发言，可是仍没出声。又沉了一会儿，方才重说了一句：“请吃茶!”用扇子又一指茶杯。

黑胖汉子开始有点窘了。肚里本预备了许多说词，不知怎的，竟被少年这含默无声的声势禁住。手摸衣襟，头上冒汗，怔了片刻，横睁看了少年一眼。少年依然坚坐不动，缄口无言。而且任听客人说话，既不赞一词，也不诘问来意。

黑胖汉子一时僵住了，把一只手往襟下摸摸索索，掏出一封信来。又把桌上的礼物打开，是四包重礼，另有两大匣点心，却从点心下面，翻出一个小红漆盒。手举着，凑到少年座旁，伸舌头舐了舐厚嘴唇，又干咳了一声，道：“白师父，在下名叫蔡大来，诨号叫黑牤牛，和令友薛五爷彼此都是很要好的朋友。不瞒你老说，我们哥几个，人人都佩服你老的武学，总想来请教请教。可是势隔云泥，无故登门，又不好意思自己个来。现在我们薛五爷给我们写了这封荐信，一来求你老不嫌弃，赏脸下交；二来还有一点小事，要烦求你老费神帮忙，勉为其难。”

这蔡大来恭恭敬敬先把信递过来，复又把小漆盒打开，内盛一大块金锭，一剪两断，又摆着几棵茅草，都放在少年面前。复又把那一盒点心挑了又挑，挑出一大块点心来，劈开糖馅，挖出一只小银盒，内藏一粒明珠，灼灼有光，也拿来摆到少年面前。然后站起来，又作了一个揖。

少年瞠目看着这封信，并不接收，脸上神色好像很惶惑。半晌才道：“唔?哪个姓薛的?这这这，是什么意思呢?”

黑胖汉子索性一屁股坐在少年肩下，低声道：“白师父!小弟久闻你老水陆称雄，在江湖道上久惯匹马单枪，仗义游侠。做的事都是些杀富济贫，除暴摧污的义举。我们哥几个自

愧不如，早打几年前，就很有意思请你老率领我们，总没有机会。现在我们大当家的遇上事，吐点了。我们二当家的和三当家的，咳，说出来怕您笑话，他二位竞争起头把交椅来了。争位不决，险些动刀子，火并起来。多亏我们的军师爷，和四当家的出主意劝解，叫他二位都别争了，趁早留出这头把交椅，另请高明。我们窑里这些年又实在兴旺。像这么一起内讧，管保要糟，说来也太可惜。大家商计着，已经把二当家、三当家劝住。与其争位子，还莫如散伙；与其散伙，还莫如另聘江湖上有名气的人物。这一来，可就想到白师父身上了。我们人人都佩服你老，二当家和三当家更是心眼里愿意。所以才打发我们三个人来……这点东西，也说不上是聘礼，只算是小弟们一点心意罢了。我们现在全伙足够一百六七十人。只要有名人领导，也足能轰轰烈烈混一场，落一个名扬江湖，称雄线上。"

少年听着，扑哧地笑了起来，眼光直注门窗。黑胖汉子不觉愕然，也跟着往门口看。只听少年笑道："你们大当家的死了，打算聘别人当家?"竟说出外行话来。

黑胖汉子忸怩道："不错，是这个意思，只求白师父赏脸。"

忽然，少年猛地站起来，回头向后窗招手道："后窗根那位朋友，进来谈谈好吗?"立刻听履声橐橐，转到前边。咳了一声，走进来那个高身量、赤红脸的大汉。

这大汉身才探进门口，双拳早高高举起，叫了一声："白师父!"深深地作下揖去，道："在下久仰你老人家武学声威，名震江湖，总觉着没人先容，不敢冒昧!"

第二十八章 邓飞蛇延贤被拒

这个人与那先进来的客人不同了，虚眯着眼，堆满笑容，竟似浑身都装着谦抑。到这小单间，反客为主的，先请少年上座。窃看少年神情越发冷漠了。

这大汉自己报名道："白师父！小弟名叫薛绍彭，和咱们薛五爷是远房本家。"又指着先进来的客人道："这位蔡老弟是小弟的至好，我们哥几个很久很久地羡慕着你老哩。"把大指一挑道："你老可称得起扬名四海，侠风千古！"不伦不类，掉了几句文，跟着很卑虚地侧坐在少年身旁，说不尽的仰慕话，一口气讲了数十句。少年只是无言，含笑皱眉，摇着扇子，眼望门口看。

这薛绍彭说完了客套，忽地把声音放低，接续着黑牤牛蔡大来的话头谈起来，仍是敦请少年，做他们的领袖。唠叨半晌，少年忍不住发话道："二位的来意，说了半天，我只是不明白。我也不晓得二位把我看成什么人了，你二位到底是怎么一回事？"

姓薛的大汉装出自来熟的神气，呵呵地笑道："白师父，

你老说这话，可该受罚！小弟跟蔡老弟别看是线上的无名下将，可是若提起你老来，我们还算有眼能识泰山，小白龙的盛名谁不知道？白师父，你老就不要戏弄您这两个傻兄弟吧。我弟兄奉命而来，不为别的事，就为敦请你老上山。我们这个拨子，别看规模小，也足有二百多弟兄，你老要是一入拨子，挑出牌去，只凭您的万儿'小白龙'三个字，就足以压倒中原的道上同源，第一把金交椅不能再让别人了。我们临来时，我们的军师爷就只嘱咐我，只怕浅水住不了卧龙，再三叮咛我们哥俩，务必请你老到我们拨子上，先把合一下子，您看着顺眼，您再留步。"

那蔡大来接言道："白师父，只要你一接舵，就知道很值得一干了。我们那里的声势……"那薛绍彭道："什么白师父，是方师父。"蔡大来道："是的，是的，我知道。不过，还是这么称呼好。"

两个汉子你一言，我一语，劝少年给他们当老大哥，大当家的，说的话很多。少年好像真不懂，大半晌才又摇着头，吐出一句话："二位的话，我还是不明白。我和二位不认识呀，我更不晓得什么小白龙，小白龙是什么呢？"

这一来话又绕回去了，两个汉子说："你老一定是小白龙。你老不是小白龙，谁是小白龙呢？"于是又举出话来，证明他们怎么知道这少年就是小白龙。证明了一回，便又称赞一回小白龙的水陆武功，然后话归本题，还是劝驾，但是任凭二人怎么样磨烦，这少年沉住了气，咬定了牙，并不恼，也不认。忽然他就失笑，忽然他又淡漠下来，对于二人的话，始终坚持着说是不懂，不懂，一百个不懂。

两个大汉相视无计可施。蔡大来搔头不悦，看着同伴，说道："白师父这么峻拒我们，想必我们都是下三烂，不值俯就的了，我们也真不敢高攀。不过白师父看在薛五爷的面上，总得叫小弟们回得去呀。你老一定不肯去，那也没法，可不可以把这封信拆开看一看，赏给我们一封回信呢？我哥俩回去，也

好有个交代啊!”

少年眼望桌上一看，信皮上写得明明白白，“内涵面交太湖方大爷印靖亲拆，龙门薛缄。”

少年站起来说：“我可不便私拆人家的信。二位不知，我白文隆也是个读书人，非礼勿施，非礼勿动，偷拆看别人家的书信，也和偷听窗根一样，都不应该。”说时眼望后窗，又抛了一眼，微微一笑。

那薛绍彭哈哈大笑道：“白师父心路来得真快，立刻就骂上我了。我可不敢偷听窗根。老实说，我倒是偷看窗根来着。我久已羡慕你老，无奈没有好机会，没得见过面，我才扒窗眼，偷看看你老，其实没别的。”

少年哂然不语，用手又一指后窗，刚要点破外面的另一个人影，忽然一想不对，又忍住了。但是窗外的人影却觉察了，顿然缩回去。少年只做不理会。

一个汉子说道：“白师父不赏脸，足见你我的面子薄，我看咱们不如把四当家的请来吧。”外面登时咳了一声，少年登时也说道：“索性都请进来吧。”

于是履声橐橐，那个黑瘦汉子也进来了。小小单间，主客四人，把屋子装满了。略叙寒暄，落座叙话。时已二更以后，店家连进来两趟，给拿开水沏茶。

容得店伙去后，这个黑瘦汉子也开始游说，却与二人措辞不同了，刚见面，便一举手道：“兄台！小弟马济生。”献茶之后，这马济生对薛、蔡二人道：“你们两个大呼小叫的，那是怎么说话?”

二人应声道：“白师父不肯赏脸。”马济生道：“那是你哥俩废物，你当是绑票么，当下就要人家的回话?”

这人凑了凑，也到少年身边，低言悄语道：“兄台，你我慕名没见过面，可是兄台的一往侠踪，小弟久已晓得。小弟的贱名，你老也许听人说过，也许不知道。你老可知道尹鸿图尹老前辈的令高足舒延松么？那和小弟乃是十五年的老交情，共

过患难的。还有薛五爷，是你兄台的老同学，老朋友，他和在下却也熟识。说起来，咱们彼此都有点渊源。薛、蔡二位贤弟是个力笨汉子，心上钦佩你，嘴里说不出来，干会嘟哝罢了。他们二人白跟你老兄絮聒半天，没的倒叫你老发烦。兄台也别笑话他，他两个是直性人，不会弯弯角角的，也难怪他。现在小弟既然出来了，可要向兄台讨近了。咱就打开窗子说亮话，我们三个实不相瞒，是专程奉命，来请你老兄的，我只请示你一句话，你兄台如果不弃卑微，肯赏脸率领我们哥几个，就请择日上山。你老兄若有不便，我们绝不敢勉强。老兄的人品我很知道，是最狷介的，可是兄台也要看清楚了。我们哥们潜伏在草野，避祸待时，决不像寻常同道。一味打家劫舍，那么胡闹。我们弟兄也有一点小小作为。”

这人放低了声音道：“我们也是宁为盗，不为官。”此人又一摸小辫道：“为了这个……兄台，你我也是志同道合的呀！只不过兄台是单闯，我们却是凑了一伙。兄台！真人面前不说假话，我们大老远地奔寻到兄台面前，路程不嫌千里之远，时候已经访求三个多月，也很不容易，即此足见小弟们这番志诚了！可是我们决不敢强人所难。还有一节，兄台想干的，我们也正干的是这个。道不同不相为谋，道相同还是合伙干得好啊！不过，一个人有一个人的打算，一个人有一个人的顾忌，也就是一个人有一个人的难处。方大哥，长话短说，你老到底怎么个打算？你或者怕我们言不顾行，不愿跟我们蹚浑水！我也不敢说我们走的尽是干净道。但是，大哥，你不妨慢慢打听。”

薛、蔡二人一齐看着少年的嘴，料到马济生这番话可以打动少年了。然而少年还是不言语。马济生于是又补了一句：“兄台可以先到敝窑看一看。”少年抱拳道：“马大哥，对不住！”

马济生爽然失望道：“那么……唉！”回顾薛、蔡道：“方大哥不愿意跟咱们一伙屎蛋一齐混，这可没法了。但是还有一

样，我们就是现在做的，有对、有不对的地方，方大哥上去之后，我们还可以力守将令。大哥叫我们怎么样，我们就怎么样。我们奉请大哥归窑把舵，给我们当家主事，我们自然事事要听你老的约束调遣。就是本窑的一切成规，看着应改的就改，应留的就留，一切由您独断独行，我们都听你一个人的。你老只要肯去，我们哥几个的生命事业，连脑瓜子，一齐交给方大哥。这可是至矣尽矣的话了。方大哥，咱们一言而决，只问你作兴不作兴？”

一面说，一面看少年的脸色，还是无动于衷。马济生自知绝望了，却仍不死心，一转话锋道：“既然大哥不肯下顾，那就一切作罢。不过小弟还有一点不知进退的要求，不知大哥肯赏脸不肯？”又回顾同伴道：“大哥一定不肯去，咱们只求大哥赏一回脸，帮我们一点小忙，总可行了？”

薛绍彭立刻应声道：“白师父做事最有分寸，最讲义气的。马四哥，你把这件事从头到尾说出来，我想白师父决不会再驳咱们这回面子的。”

蔡大来也道：“并且这又是白师父惯做的。”薛绍彭又道：“况且又是彼此有益的。”说时一齐抬头，察看少年的神色，少年兀自无言。

马济生微一低头，舐了舐嘴唇，放低了声音，说道：方大哥！我们也晓得方大哥素常是独行独往，不肯搭伴。像小弟这一伙子酒囊饭袋，我们尽管自觉不错，大哥没跟我们共过事，自然要仔细一下，就搁在我身上，也是不肯轻诺的。入伙的话，咱们就放在这里，请大哥往长里看，往细处品。不拘哪一天，看得小弟们还有一节可取，只要赏脸光临，或者赏一个信，我们还是欢迎的。咱们先说现在的。现在小弟访得一桩小买卖，很值得一拾。我们哥几个的意思，打算恳求方大哥临时捧一捧场，拔刀相助，帮着小弟们，把这桩买卖做下来。所得的好处，我们分文不要，尽听大哥处置，只求大哥给咱们江南绿林道争这一回脸，我们就承情不尽。”

说到这里，少年的脸色有些不耐烦了。右手把洒金扇连摇，忽然砰的一下，往身上一拍，微微笑道："做什么买卖？诸位看小弟哪点地方像个买卖道呢？"

马济生也怫然不悦。他想：到了这步田地，还拿这种话来搪塞，岂不是太过的藐视人了！他强将怒气按下去，换转词锋，赔笑说道："方大哥，不要误会！方大哥乃是当今大侠，我们就糊涂杀，也不敢拿寻常的无本买卖，来强人所难。我们哥几个说的这桩买卖，不客气说，乃是不义之财。动手拾了过来，倒是与民除害，为民泄愤。在行家面前，我们决不敢闭眼胡嚼，说那没影的事。大哥赏下耳音，容我仔仔细细地说出来，你老圣明，你可以耐心想情！"

说罢稍停，马济生将茶杯端起来，骨嘟嘟地喝了下去，复又说道："大哥！我们弟兄身入江湖，深慕侠风，自誓杀富济贫，戒淫戒贪，钢刀虽快，不害善良之民。所谓盗亦有道，我兄弟一向努力这么做下去。但我们尽管如此存心，究竟失足绿林，拔不出身来，也每每自恨。无奈困于衣食，不得洗手。我们的先辈又留有遗言，颁下戒条，断不许我们为官为吏。方大哥，你要知道，你和我们门径不同，师法各异，说到归根，总还是一脉呀。你要明白！"

末后几句话转了方向，少年听了，双眸一张，身躯一挺，把三客重看了一眼。忽然，他又一耸肩，面色登时又回复过来了，仍旧淡淡地听，不肯赞一词。这马济生无形中已窥见少年的神情，登时顺势而下，抓着这一点，往下说道："方大哥，我的师父是谁，大哥也许有个耳闻。"

他把手指一屈伸，做了个手势，接着说："因为这个，大哥，我们挤来挤去，不准为官，就只好为盗了。真是随便什么人，各有各自的难处，各有各的做法。还是那句话，我们尽管不自爱，也不敢妄戕良民，擅劫义财。这份意思，方大哥一定理会得出来。可是说到现在……"

马济生突然站起身来，往内外看了看，做出小心精细的样

子，给少年看。然后转身归座，自己取茶壶，斟上两杯茶，一杯献给少年，一杯自饮，润了润喉，又低声说："天色真不早了，大哥困了吧？我先说要紧的。"手沾茶水，在桌上画了几个字，道："大哥久游江南，这个人想必早有耳闻，听说过他的劣迹吧？"

少年拿眼角扫了一下，灯影下看不清水迹。可是少年也不说明，也不诘问。

马济生不放松，看着少年的脸道："怎么样，知道吧？不知道么？"少年仍无表示。马济生又往跟前凑了凑，低声悄语，继续说道："这个姓连的家伙，你只一看他的姓，就可以晓得他的出身。嗯，他是旗员，辈辈做大官。他本人一连两任盐法道，吃肥了。大哥一定晓得他的底细。"

薛绍彭在旁帮腔道："错过是他，谁敢那么大胆！白师父，他的名字就叫连宝惠，在江南官场上，是有名的辣手。"蔡大来道："你还不知道他的外号哩。"薛绍彭道："他的外号怎会不知道，他是有名的'连剥九层皮'嘛！"

少年愕然，暗自揣想，江南道上竟没听说有这么一个叫"连剥九层皮"的古怪外号，不禁问道："这个连剥皮现在哪里？做什么官？"

马济生暗暗欢喜，以为这一着没有走空，急忙说下去。少年一面听，一面仍自暗想。恍然听谁说过，连宝惠是一个清耿刚直的能吏，治狱刻深，可以入酷吏传的人物，但没有人说他贪赃。马济生几个人却坚说此人贪渎卖法，多所残害，不但是酷吏，又是个假道学、真赃官，做出许多残民以逞的事情来，少年不觉诧为奇闻，马济生讲得更起劲了。

据马济生说，这连宝惠连剥九层皮，既是旗员，朝中有人，又是巧吏，善会逢迎，在任上贪婪残酷已极。黑心杵（昧心钱）搂了十几万，却是巧于粉饰，他的上司反倒夸他是干员，曾以卓异，专折特荐。只有江南百姓，把他恨入骨髓。他却是官运亨通，一帆风顺，老百姓呼天吁地，也不能把他怎

样。他手下的豪奴干仆，比他尤其凶恶，倚仗主势，横行民间，又不只是欺压良善，鱼肉乡民。只那良家妇女，清俊子弟，糟践在这群恶奴手里的，更不计其数。

马济生接着说道："最可恨的是，连剥九层皮在建宁府做知府的时候，纵容恶奴，连兴大狱。当地富孀李寡妇母女三人，控告管事霸产，落到连九手下人的圈套内，不但含冤丧产，母女三条命反倒活活被逼死。他们买出人来，说李寡妇和家生子有奸，娘儿三个一齐服毒全贞，丢下一笔绝户产，恶奴胆敢化名吞占。后来激动公愤，那赃官连剥九层皮，袒庇恶奴，直使母女三人沉冤海底，临死还落个不贞之名。那动公愤的七个当事的士绅，没过一百天，一个个被他买盗攀诬，叫案牵连，也弄得个个倾家败产，还死了一个老书呆子！"

马济生切齿摇头地说道："这是一案。"

福建地方，男色之风甚炽。有一缙绅之家，姓林名某，乃是个富举人。膝下一个爱子，年才十五岁，资容秀美，宛若处子。在家塾读书，曾考中案首。许多有女之家，艳羡璧人，愿得为婿，若干逐臭之夫，又思窃余桃，谋尝异味。林氏子却珍重千金之躯，守身如玉，不但不敢滥交匪类，连大门也不肯轻出，他家也深知防备，林氏子每一出一入，必遣家仆紧紧随护。但后来终被当地一个富豪觊觎上，用阴谋，设美人局，把小妾装饰了，倚门挑逗，潜存下不利孺子之心，骗林氏子上当。不意弄巧成拙，林氏子险入虎口，终于逃出陷阱来。这一案闹得人言啧啧，传为话柄。那富豪谋奸未成，吃了个哑巴亏，自然不敢声张。林举人引为奇耻，自然更愿既往不咎，把案子掩饰下去，以全颜面。

但他们这些贪官讼棍却故意放出谣言，硬说林氏子已与小妾成奸。那富豪也确把林氏子捉住，硬给鸡奸了。怎么脏，就怎么讲。连剥九层皮立刻居为奇货，要借这一案，把那富豪大大敲诈一下。竟据匿名帖，要拘传两造，开堂审讯，以正风化，而除陋俗。题目像是很正大的，可是放在缙绅之家，如何

受得了。富豪当然宁倾万金产，不愿叫小妾下公堂，林举人又如何肯教爱子打“鸡奸未遂”的官司？痛恨儿子不肖，因贪女色，自招污辱，把儿子痛责了一顿。林氏子横遭傥来之祸，被责含羞，竟阖户自尽。他父痛心爱子惨死，伤心门楣玷辱，竟致发狂！

马济生说到这里，一拍桌子道：“这又是一桩惨案。”

马济生把连剥九层皮的劣迹，如数家珍说出来，一连举出六七件，件件皆令人发指。一面说着，一面窃看少年的神色。

马济生叹了一声，跟着又说道：“连剥九层皮劣迹昭彰，不一而足。可是皇天无眼，一点报应没有。他在现时官场中，居然上邀帝眷，中得上司器重，下获同僚羡慕，称他为名利兼收，夸他为吏治干才。什么疑难大狱，到他手下，便可快刀斩乱麻，一下断清。这小子盗名欺世，殃民肥己，尽有济恶之才！百姓固然切齿痛恨他，可是惹不起他。”

马济生又道：“他任凭到哪里做官，总有些绅士跟他要好，方大哥当然明白，这正是宦途的秘诀，贪官劣绅必得通同作弊。小弟们想，上天没有报应，小民敢怒而不敢言，绅士和他狼狈为奸，上官反倒刮目看待他。他的罪恶已然贯盈，却没人惩治他。我们可就想到了。”

马济生手一指肋下道：“可就想到我们的青字了，我们在江湖上游侠仗义，除暴安良。我弟兄不才，我们再不替天行道，把这赃官惩治一下，还留他在世上纵横，倾害良民，我们成了什么人了？我们可真成了一群臭贼子，真格的一点人事也不干了么？方大哥，现在这小子卸任荣归，已入江南地界，我们还能袖手不问，放他平安过去不成么？”

少年静静地听，仍然不赞一词。马济生何等机警，已瞧出少年脸上多少有点挂神了。于是紧三点，又狠狠地钉了几句话。只见少年唇吻微动，半晌道：“要动，你们诸位何妨就动一动呢。”

马济生连忙拍手道：“是呀，小弟们一定要不度德，不量

力，动他一动！”

说至此，马济生眼看着薛、蔡二人，急急顺坡而下，把眉峰一皱道：“不过，咳！不怕方大哥笑话，这个赃官好不厉害。他自知罪大恶极，人人怨恨，所以他这一趟饱载而归，一路上防范特严。他这次携带着娇妻美妾，十数万贪囊，数十辆驮轿，迤逦登程，他如何不加小心？这小子竟请来一小队官兵，排刀护叉地给他护送家眷。这不过是一群屎蛋，没有什么。但是他还不惜重聘，把搜括来的老百姓卖儿贴妇钱，拿出一点点，也足有千八百两了，竟雇来一伙子武艺精强的镖客，给他保镖，护行！大哥请想，一个清官，肯有雇镖客护行的吗？足见他宦囊丰足，情虚畏盗了。”

略停一停，马济生接下去道：“这群镖客小弟可不该说，也真是贪利忘义，只图这千八百两保费，甘心给贪官污吏做走狗，低三下四，自比副号奴才。这一伙子镖客全是北方来的，肚大腰粗，把咱们南方江湖道，看得一文不值，说咱们全是些吃横梁子的力笨汉，不过倚仗人多，没有真玩意。他们响响地叫字号，说他们镖旗一展，闭着眼在江湖道上走，也没人敢多看他一眼。说的话真狂极了，而且这些家伙虽然卖狂，也真不含糊，手底下也真有两下子，小弟们打听得清清楚楚。”

马济生抬头看了看又道：“近闻五天前，清湖镇拉拨子的黑旗窦老么的部下，就叫他毁了个不轻。咱们线上的朋友，和保镖的虽是隔行，究竟是武林一家，向来彼此都有交道。等到真动起手来，胜败乃是常事，也得照着江湖道上走。这伙镖客千不该，万不该，挟持官势，把窦老么的弟兄擒下三个，全给打折了腿。这还不算，又个个给灌了尿，把人作践苦了。本来武林道出头动上手，就没了交情，输了招，就提不到义气。他们当场不留情，把咱们线上朋友宰了，那叫死而无怨。再不然，就是送进翅子窑，朝了骨子（送官法办），那也是杀剐任命。哪知他们竟自居为外行，把咱们亮过万儿的朋友，当作了小蟊贼，打折腿，还灌尿，这不是活作践人么？他还说你们江

南的绿林道原来都是些鸡毛蒜皮，把咱们骂了个不亦乐乎！”

少年不禁问道：“这镖客叫什么名字？他们现在哪里？”

蔡大来欢然说道：“他们现时正在衢州，要雇船改走水路。大约后天大后天，可到金华。因为他们这次北上，访闻还要顺便逛逛杭州西湖。大哥要动他的手，就可以先在兰溪江埋伏下，等着他个狗日的。”

薛绍彭也忙说道：“这个家伙不留真名，报字号是保定什么镖局黑鹰程岳的手下人，凶横极了。”

少年默默地听着，忽然张目道：“唔，程岳？”

马济生看出少年脸色不对，连忙抢过来说道：“你不知道，你不要瞎猜。方大哥，这几个镖客，据小弟看，全不是什么正路货，别看功夫硬，多半是冒牌，和黑鹰程岳不相干的。我们仔细刺探过，访闻内中有个姓石的，叫作什么石作霖（此影射狮子林），又有一个姓路的（此指紫天王陆嗣清），全都是蛮不讲理的北方汉子，尤其看不起我们南方人物。可是他们这些东西，别看面子上不懂人情，手底下可是真硬，真狠，真辣。要动他，非有惊人出众的本领不行。听说他们从福建北上，一路通行无阻，沿途绿林道折在他们手里的，已有三拨，我也不知道我们怎的这么泄气，该着人家卖狂罢了。而且每到一地，打店主，骂寓客，闹得凶极了。小弟眼见他们一个大小伙子，把一个卖菜的老太婆打了。”

马济生接着道：“他们还会无事生非，绿林道不找寻他，他会找寻绿林人物。他们在店里，曾把一个过路的黑道朋友拾掇了，照例灌了尿，还给挑断脚筋。所以我们想，兔死狐悲，物伤其类，我们拼着喝尿，也得斗斗他们。若这么轻轻放他们过去，他们更看不起我们江南绿林了。他们说，我们南方绿林道都是溺壶，只配灌尿，你道可气不可气！并且赃官这一笔不义之财，足够十几万，原封拾过来，也有很大的用处，你说拿来干什么不行？小弟们看到这步棋，觉得在义气上，必须动他。可是在能耐上，又怕拾不下来。真个喝了尿，未免替同道

丢人!”

说时笑了，少年也微微一笑。马济生又接着说道：“不怕大哥笑话，我们这才临时起意，要请大哥捧场。说真了，小弟们决不是为图利，只为争面子。动手的时候，自然是小弟们先打头阵。只是到了关节眼上，请方大哥仗腰子，助一拳。这几个镖客倒是饭桶居多，内中真有一两个棘手的，非方大哥制他不可。得了彩，我们分文不要。”

马济生双拳一抱，低声道：“还是那话，小弟们志在为民间除害，给同道吐气。嗯，我们就是只争一口气！得的彩不拘十万八万，多数都送给大哥，请大哥分派着济贫救灾。现在咱们浙东正闹着饥荒，咱们拾过来，拿这银子救救可怜的老百姓。大哥，你瞧，这有多么好，唵?”

滔滔地说了好半晌，马济生还嫌怂恿的力量不够，更再二再三描说，一不为名，二不为利，只为了江湖上的义气，要剥一剥这连剥九层皮的皮，要儆戒儆戒这伙狼烟雾气的镖局子狗腿，为什么拿马鞭打老太婆，拿尿灌合字朋友，说话时，义形于色，忿不可止。然后又把动手的步骤说了出来，在何处埋伏，用何计诱敌，施展什么法子来打劫。然后又说到连剥九层皮人虽万恶，那镖客情虽可恨，却是我们钢刀尽快，永不见血腥，除了过招斗技，断不肯枉杀一人。

马济生叫着自己的名字道：“方大哥，你可以放心，我马济生和这几位弟兄，既然敦请你老出山，跟你老手下做事，那就给我们添光贴金了。一切事情都请你老指点，指挥，叫我们怎样，就怎样。上阵我们跑在大哥头里，做法跟在大哥后头。大哥说一就是一，说二就是二。别看临时邀你帮忙，无形中也就是推你老领导我们做这一场义举。我们是只要连剥九层皮的财，不要他的命；只抹镖客的脸，不伤他的人。连九的家眷，小男妇女很不少，小弟一定约束众位朋友，不许惊动人家。怎么讲呢？跟着好人学好人，我们从前没敢走错步，这一回更要做个样儿，给大家看看，看小弟们是不是还可以做侠客的下手。”

这一切打算，全是盗侠行径，大仁大义，决非滥贼的勾当。但是，马、蔡、薛三人说了恁多话，再看少年时，起初神色上不无动容，等到马济生舌敝唇焦，越说越多，说到末了，少年的脸上反倒一点踊跃的意思也没有了。容得这说客住了声，喝茶润喉，少年又恢复了刚才那种漠然的态度，并且脸上又带出似乎惶惑不解的样子来了。

小小一间店房，杯茗孤灯，一主三客，低声悄论，忽然听外面鼓打三更了。少年站起来，似呈倦态，打了一个呵欠，很文雅地说道："好，在下闻所未闻！不过像这种事情，对不起，小弟只可听听热闹，至多说两句不平话罢了。小弟无拳无勇，恕难为力。"

马济生十分不悦，不禁冷笑了一声，和蔡、薛二人互相示意，一齐站起来，告辞，道："小弟的意思，已经说到至已尽已。不过彼此总是新交，仓促之间，我也不便立等回话。这么办，明天一早，我听你老兄的吩咐。真人面前不说假话，明白人不能装糊涂。小弟不才，盼望老兄今天晚上仔细琢磨琢磨。赶明天，打开窗子各说亮话！"放下这几句，举手告退，一齐出来。

少年冷冷地说："恕不远送。也不必明天，现在就可以打开窗子说亮话，恕难从命而已。"马济生越发怫然，一转身道："那么，小弟不敢动问，方大哥你贵姓？"

少年把扇子啪的一下，往左手掌上一打，变色说道："呼牛唤马，随你老兄的便。你老兄要明白，我在下和你素不相识呀。"论少年的本意，决不愿得罪这三个不速之客。但是话挤话，究竟扔出这么一句来，终于要落到不欢而散了。

马济生气得面色全变，由红而紫，头筋直迸，双目圆睁。怒哼一声道："好，漂亮！哥儿们，咱都白费唾沫了。走！"说罢扭头就走。

但是少年忽然又把话拉回来，临送到门口，又客气了几句，道："假如有缘，也许小弟能够从命。只是小弟自有小弟

的难处，违命之处多多海涵。”顿了一顿又道：“一切事明天再谈吧。”

马济生也立刻回嗔作喜道：“那么，我听老兄的信，刚才是我失言。”江湖道上，不愿明白翻脸，各又饶上几句场面话，长揖告别，各自归自己的房间。

马济生回去往床上一躺，对蔡大来、薛绍彭道：“他娘的，怪不得邓二哥不敢自己出面，这家伙真难对付！任你说得天花乱坠，他有一定之规，硬把咱们绷出来了。好难请的诸葛亮。”

蔡大来道：“四哥刚才扔的那几句话很有劲，小伙子也得思量思量。他跟你我不同，咱们是没家又没业的。好便好，当真瞧不起咱们，娘拉个蛋，先把他的私窝子给挑破了。”

马济生笑道：“得了，倒有你这么一想。可是你再转念一想，他敢在七子山下买宅置产，装良民充绅士，他定有护身符。他又是单人匹马独闯，你就想卖他，你得抓住他的真赃实犯哪。”薛绍彭道：“写黑信。”

马济生摇手道：“不行，他在那里，打着绅士秀才的幌子，在县衙一定埋着底钱，黑信准没效验的。再说咱们是请他帮拳复仇，也犯不上那么干。回头咱们先告诉你邓二哥，听听他怎么说。”

蔡、薛二人恨恨不已道：“这小子这股劲儿太气人了，明明揭穿他的假面具，他还是瞪着眼跟你装没事人。”马济生忽一望后窗道：“低声！天不早了，咱们睡吧。”

这三个人聚在一个房间，一铺长榻上，把灯吹熄，嘀嘀唧唧的，倚枕附耳低言，一面计议，一面窃骂少年。商量定了，到了次早，便要重到少年房间，再作一次切谈，并索少年的回话。不料一夕无话，才到次晨，三人还未容前往，店房中的伙计已来敲门送信。说：“白大爷已经到兰溪去了。诸位有事，请只管办，不必等他了。诸位的店钱，白大爷已经付过了。”

马济生道：“什么？”霍地从榻上爬起来，蔡、薛二人也连忙下地，向店伙细问。又追到少年原住的那房间，那房间早已

空空如也。

蔡大来对马、薛二人说道：“小白龙这家伙真恨人，咱们怎么办？赶紧追他去吧！”薛绍彭道：“不行，追上他，又该怎样？咱们还得等邓二哥呢。”

马济生想了想道：“邓二哥那里，我们何必等他，不会找他去么？”蔡大来道：“咱们先找邓二哥，找着了他，再追小白龙去。”

马济生道：“那一来，又怕误了，咱们三个人应该分头办事。”遂命薛绍彭找飞蛇邓潮，命蔡大来找海燕子桑七，他自己急急地奔兰溪而去。

数日以后，兰溪江上，果然驶来四号大船。船上乘客，正是马济生所说的那个连剥九层皮，连道台连宝惠和他家眷。却不是卸任荣归，乃是由他的夫人和他的胞弟，买舟北上，出聘爱女。也不是顺路往杭州西湖游逛，乃是他的亲家翁达善阿现任浙抚，他的娇婿涓吉本月完婚。连宝惠遣女于归，有官职羁身，不敢擅离，所以托他的二弟夫妇，把女儿送到杭州，替自己主婚。不过连道台心怜爱女远嫁，舍不得叫叔叔婶婶单送，他那夫人竟也为掌珍，不惮千里，亲自送来。可以说，趁此看看东床，会会亲家太太，同时逛逛西湖。

当此时海疆不靖，盗贼横行，浙抚和连道台，一方迎亲，一方嫁女，两家都是显宦，自然沿路上颇有不少官弁护送。浙抚达善阿仍不放心，特从杭州镖局，加聘来几个有本领的镖客，相助官弁，沿路护行。因此排刀执戟，前呼后拥，显得势派大些。这一来，果惊动了沿路贼匪，多有心羡丰奁，潜思胠箧的。但是人家邀来的镖客功夫很硬，三不知的小蟊贼只一碰，就吃了苦了。

连九大人在任上以风裁称，确是有峻烈之名的。但是“连剥九层皮”的外号，乃是贼人顺口捏造的谣言。他的官声并不甚恶，好像也是施世纶一流人物，治理民情，有点意气用事；贫民告状倒占上风，富民打官司，反而讨不了便宜去。马济生

糟蹋他苦害良民，交结绅士，却一点也不是实情。即如雇用镖客，沿途肆扰这一事，更非真相。

但是马济生为什么要造他的谣呢？这里面颇有曲折。简单一句话，就因为护行的镖客，内中有两个人，一个是黑鹰程岳最小师弟紫天王陆嗣清；一个是黑鹰程岳的爱婿狮子林廷扬。而林廷扬是马济生等所要专诚找寻的。

马济生为什么要找林廷扬呢？这就是飞蛇邓潮为报兄仇，纠集同盟，预备下了好几年，直到这一次，方才大举上场。邀能人，设机谋，捏造下一番挑拨的话头，要唆使少年帮着助拳。少年非别，就是那鼎鼎有名的小白龙方靖。

但是狮子林廷扬在保定镖局做事，为何此日在闽北出现？这却是说来话长。狮子林廷扬在保定创业，乃是壮年的事，今日的林廷扬正当年轻，刚刚与黑鹰程岳的爱女程金英成婚。小两口儿奉了他岳父之命，跟随着他岳父的师弟紫天王陆嗣清，来到杭州，接办胜字号镖局。到胜记镖局不及一年，山东布政使达善阿奉调署理浙江巡抚，又数日，达善阿定期为爱子完婚，便聘黑鹰程岳护送亲迎。程岳远在保定不能分身，达巡抚又指名要请女镖客程金英，伴护儿媳，这林廷扬夫妻便随着紫天王陆嗣清，和岳父门下弟子顾金城，替程岳应邀，前来护行。

署理浙江巡抚达善阿是显官，黑鹰程岳是名镖师。这一文一武，一官一民，却有着七八年的私交。这一段私交，乃是达善阿在北京做京官，黑鹰程岳在北京争名创派时，交结下的。小京官多半清苦，达善阿被事情挤住，多亏了黑鹰程岳慨助他一臂之力，才把缓急的情事疏解开了。后来达善阿居官荣显，便出资帮助程岳，扩充镖局，以报此情。这可是多年以前的旧话了。

第二十九章 程黑鹰选婿联镖

原来铁掌黑鹰程岳，自接掌江南太极门以来，以拳、剑、镖三绝技，蜚声山东、江北。他本是山东曹州府人，从师南游，在江苏省江宁府、海州府，混了多年。等到恩师十二金钱俞剑平传宗赠剑，封剑闭门以后，程岳在老师家里，孝敬了三年。

那时候北京城王公贝勒，竞富斗势，纳士招贤，大开延宾之馆。有的广延儒修，博古右今；有的纵情笙歌，教演优伶，以声色自娱；有的玩赏古物，收集金石书画；有的又招聚拳师武士，摔跤举石，较拳论剑；有的就招些帮闲清客，豢鹰蓄犬，逐走射飞。真是个点缀升平气象，表面看好像崇文右武，实际上不过是皇亲国舅，有钱没处用，拿着活人当玩物。当时盛传达摩肃王府比武，国子监马梦太角技成名，这些古话并非尽是小说点染，也倒真有其事。只不过年代错误，不在康雍时代，实在清中叶嘉庆、道光朝罢了。

天下英才终不免受着名利的牵诱，于是草野英雄“尽入彀中”。一时文人学士、骚客通儒、弈棋国手、书画名家，纷纷

集会在京师，各挟所学，以炫鬻于势家豪门。便是各派拳师剑客，为了给本派传名，也纷纷地束装北游，投托在京城这爷府、那爷府，不为干禄求官，也要争名逞胜。那时节，真可说是人才济济了。虽然隐忧潜伏，萑苻不靖，可是朝野的眼光齐注到了日下繁华，哪管那路边冻骨、海疆狼烟了。

当那时，十二金钱俞剑平听说，少林拳在北方盛极一时，京城论者齐推少林派为武术正宗。他这太极门的拳术，只在江南、山东久负威名，不曾远及，未入国门。遂命黑鹰程岳带着一两个师弟，到京城创万儿，借以昌大本门武学。但是同行相妒，自昔皆然。黑鹰程岳不知费了多少心机，才把太极拳的武术在北直创开，颇收了些资质好、堪造就的门徒。程岳在北京东城设场子，亲传师门拳、剑、镖三绝技，自谓下此苦心，终不负恩师所托了。

只可惜十二金钱镖的绝技，传习太难，学者无多，只有太极拳盛行一时。那时候说到及远的兵器，只有玉幡杆杨华夫妻传下来的连珠弹和铁莲子，在直隶、湖南最为时兴；飞豹子袁振武传下来的三十六粒铁菩提，也在辽东、河北有名。黑鹰程岳不肯和玉幡杆夫妻争弟子，更不便和师伯飞豹子相倾轧；因此索性把十二金钱镖这一种绝技，暂停传授，打算将来遇着有缘人，再择授一两个，免使绝技失传而已。

黑鹰程岳在京师创万儿成名，复遇上一段好机缘，获得一笔巨金。他遂携金来到保定府，创办镖局。镖局不在北京开张，乃是让同行、避声气的意思，因为出资的东家都在朝中为官。清朝制度，是不准现任职官与民争利的。

程岳开安远镖局，比起他师父俞剑平，成功难易，相差甚巨了。那时俞门三绝技威名久著，在山东、江南道上叫得最响。走镖时又循着俞剑平安平镖局的旧镖路，自然得收事半功倍之效。黑鹰程岳的镖旗，也是绣着十二金钱，形式与俞剑平的镖旗相差不多。只是在旗角上，加绣一只黑羽飞鹰，乃是奉师命加上的，与当年的金钱镖旗，稍表不同。飞鹰镖旗只走了

两三年，镖道便已大通，生意十分兴旺。

会值秋节，黑鹰程岳修书一封，带银三百两，派一个弟子名叫黎成基的，衔命到海州云台山，给师父俞剑平、师母丁云秀，禀安问好，报告景况；就便要找师父要人，或者再派一两个师弟来帮忙，或由师父代邀江南名手。

十二金钱俞剑平拆信一看，欣然大悦。捋着白须，对夫人说道："想不到程士峻（程岳的号）混得这么圆。功也成了，业也就了，名利兼收，居然给我们太极门争光露脸不小。你看，他也收下这许多徒弟了。"遂叫过徒孙黎成基来，细打听了一回。

程岳的意思，是求师父把四师弟杨玉虎打发出来。还有小师弟俞瑾（俞剑平之子），师父如舍得他到北方闯闯，尤其盼他同来。黎成基将镖局兴旺的情形，对师祖说了一番。头一年赔钱了，第二年下半年便赚得不少，这一节更好，足赚了五千。

俞剑平听罢，眼望夫人道："你看看，我说程岳是员福将，果然不假。你还记得吗？我和你当初在南京创业时，冒过多少次险，着过多少次急！记得头一年结账，各处送礼请客，赔了二千七。第二年赔得不多，也有几百两银子，我记不清了。直到三年整时，结大账，才落得刚够本，这一回我记得清清楚楚，我才分到好钱六十八两。第四年上半年，才算真见赚钱。若不是岳父老大人（丁朝威）接着，凭我俞剑平，宝剑虽利，无奈不能偷人抢人，早得赔关门了。所以说战将不如福将，程士峻命运实在比我强。"

夫人丁云秀微笑道："不是那么说，开基创业难，循规踵迹易。程岳的镖店别看新立字号，究竟有你的金钱镖旗影子在前面罩着，无形中不知给他遮蔽多少风雨。你那时候就不然了。一者你是自东自掌，他却是另有财东。二者你就没借着我父亲的光，我父亲威名只行在北方，南京城只知道'绸缎丁'，不知道'太极丁'。三者咱们那时候，是什么年头？咱们年轻

创万儿的那当儿，正是五谷丰登，天下太平，清平世界，夜不闭户，谁家走道肯保镖？哪像现在，东一股，西一股，遍地尽是吃横梁的贼匪，不但商家运货得保镖，连官绅出门也得请镖客，程岳这孩子赶上好时候了。”

俞剑平嗤地失声笑道：“这才叫好时候呢，遍地出土匪，开棺材铺的莫怪盼闹瘟疫了。”说得丁夫人也笑了。俞剑平又道：“程士峻是四十多岁，奔五十的人了，你还孩子孩子的叫他？”

丁云秀道：“他就拄拐杖，长了白胡须，能怎么样？他到底也是孩子。他不但是你的徒弟，也是我的徒弟呢，他不能只管叫我师母啊？”

俞剑平笑道：“是啊！他还得管你叫师父哩。”丁云秀笑道：“本来我教过他嘛。”

俞剑平遂命管事先生写了回书，三百两节敬欣然收下。与丁云秀商计，爱子俞瑾年已二十余岁，仍舍不得叫他北上。只派人把近处的弟子叫来，问他们谁愿投大师兄去。头一个便是八弟子紫天王陆嗣清，现正没事，很想到北京城玩玩。杨玉虎有事缠身，不能立刻就去。黎成基再三拜求，也只能答应半年后再北上。

唯有七弟子武凌云，现正当年，技艺也已大成，家境又清苦，俞剑平前已将他荐到胡孟刚的振通镖局去。胡孟刚此时已告老，振通镖局现由他的侄儿胡同英主持一切。俞剑平遂与胡同英商量，把武凌云、陆嗣清，全打发去了。由双友镖局的铁矛周季龙，代给荐送两位好手。黑鹰程岳所以这么邀请帮手，便是预备开创西路新镖道。

等到镖局事业经营得根基很稳固，程岳便起身南游。先到曹州府省亲，次到海州探师，顺路仍拜访各处武林的名手和草野的豪杰。这开镖局的生涯，第一要紧的诀窍，就是眼界宽，须与绿林道通声气，然后镖旗一扬，通行各地，都有人照应。

黑鹰程岳骑上一匹黑马，穿一身黑衣，肋下悬青锋剑，腰

间缠藤蛇棒，袖底藏十二金钱镖，只带一个趟子手，暂别京、保，先游齐、鲁，还乡小住；旋到海州，叩谒师尊，细说别情，也算是创业荣归。俞剑平特为他设盛宴，招群徒，衔杯欢饮。宴罢，程岳取出土仪对同学故友，人人都有表赠，师尊更不必说。复由自己备宴，普请附近武林。在海州盘桓半月，这才动身，奔赴久别的南京城。

南京城的老朋友更多，也大宴数日，程岳这个人可以称得起胆大心细，志豪量宏。比俞剑平还精明，比胡孟刚还热烈，且又能言健谈，处世对人，最有人缘。他这番派来，武林中传为美谈："你看人家，可以称得起衣锦荣归了。"

话传到十二金钱俞剑平耳内，越发欢喜，竟对着老朋友黑砂掌陆锦标说道："你看程士峻也太张狂了，他这势派也太大了，一路上到处投帖请客，把我老头子都盖过去了。我当年像他这么大岁数，就不会这一套。你听吧，人家张口一个黑鹰回来了，闭口一个黑鹰回来了，好像多么惊天动地似的。说实了，黑鹰有什么真本领。这家伙嘴头巧，手腕圆，会占便宜罢了。"居然把俞剑平美得说出这带嫉妒意味的话来，真个是："其词若有憾焉，其实乃深喜之。"

黑砂掌陆锦标笑道："程黑鹰的玩意儿，本来没有真的。这家伙不走运，没碰上好师父，遇见滑头老师了，才教他耍嘴皮子，手底下稀松平常。"

俞剑平哈哈大笑，道："这才像你的话，你会顶我。"陆锦标道："你这家伙美不够，我不噎你，你还臭美。要不然，你怎么叫臭鱼呢。"

一对老头子，时常下棋消遣，说笑，嘲谑。当下黑鹰程岳早已离开南京，欲赴杭州西湖。奇缘凑巧，正遇上一个少年壮士，骑白马，挎利剑，竟从一伙土寇所放的卡子上闯过。这一伙土寇一共二十几个人，拉开了拨子，要劫夺过路客商，把少年壮士也圈在线里了。少年上前答话，强贼突发冷箭，"射人先射马"，照少年骤下辣手。

这少年好硬的骑术，并不拔剑磕箭，反把马缰一带，霍地一跳，闪开了箭，仍不退不逃，双足一磕镫，唰的扑过来，这才亮掌中剑，与贼交斗。马上用剑，本来很难，这少年仗骑术巧妙，拍马一冲，竟冲倒两个贼，又抡剑刺倒一个人。未容贼人发箭攒射，倏地飞身离鞍，直扑上来，猛如怒狮，手起剑落，又刺倒一贼，手法好不利落，又很沉重有力。

黑鹰程岳带趟子手，从岔道赶来，一眼瞥见，急上前招呼罢战。那贼酋正闻风紧，从隐僻瞭敌处，放马扑出来。但群贼总数约有二十多个，散布开，巡风放哨，守窑踩道的，倒占用了好几个，现在动手拾买卖的，不过十一二人。

遇劫的客商，乍闻响箭匪警，吓得四散奔逃，此时一见有人打头阵，那商人中也冒出来三四条大汉，手里居然也掣出防身的兵刃，冲上来，大呼小叫，意欲拼斗，看模样似会个三招两式的。

两边人数一比，贼人的势力并不见得强。只不过商队这边怕有大拨伏贼，干嚷不上前，一味虚张声势，想吓跑了贼，他们就可以夺路闯过去了。可是在当时，两方面总算旗鼓相当，对峙起来，麻秆打狼，未尝不两头害怕。

黑鹰程岳急急地飞马奔来，向贼酋连说出江湖黑话。那少年壮士年纪虽轻，人很在行，立刻收剑一退，道："老英雄敢是要给我们说和么？我们不过是借道，没打算动手拼命。"

黑鹰程岳立刻横身在两边的当中，趟子手拍马跟上来，抽刀掩护着程岳的后路。程岳空手抱拳，连忙向贼酋发话，自报字号，说明自己不是多管闲事。乃是纯为江湖上的义气，绕着弯子，说出自己不是助客队，乃是帮绿林道。

贼酋吕二混却并不浑，登时说出场面话："原来是黑鹰程老英雄！程老英雄到场，冲着你老的面子，好吧，我们这票买卖让了。"

程岳急命趟子手拿出钱来，给弟兄们治伤。吕二混连说："不不不，这可不敢当，在下交朋友了。自己兄弟，脑袋掉了，

豌大疤瘌，别说扎这么几个刺，碰个小疙瘩，蛮不要紧。”话非常的够外场，却冲着程岳诘问少年的姓名。

程岳不肯代答，少年自己竟冲口叫出来：“在下冒失了，伤了诸位，诸位不怪罪，我这里作揖赔礼吧。我们不过是几个走道的，实在没有钱，倒耽误了诸位的正经买卖。我们给诸位凑一瓶黄酒喝吧。我在下姓林，名叫林廷扬。”

走回商人队中，共凑出五十两银子，交给程岳。程岳递给群贼，群贼嫌少，不肯收，又险些弄僵。林廷扬很机灵，只一看光景，立刻掏腰包，又拿出五十两银子来。群贼扫兴而去，贼酋向程岳举手告辞，拍马走了。

商队结合起来，向程岳道谢解围之功，也要赠送路费。程岳大笑拒绝。少年壮士林廷扬容得群贼退净，这才向黑鹰程岳拜谢解围之恩，口称救命之德，竟行大礼。磕头立起，然后从行囊中找出一封书信，双手献上。

程岳看此少年，剑眉虎目，蜂腰猿臂，气度昂藏。再拆信一看，是狮林观主耿秋原道长写的一封请托信，推荐他这门下最得意的弟子林廷扬，求在黑鹰镖局做些事业，不在糊口，只为历练他的技业。林廷扬本要持书前赴保定，不想在此地巧遇上。

黑鹰程岳看林廷扬既果敢，又精明。虽是少年，似曾经忧患，人极稳练，便把他收下了。等到黑鹰倦游北返，连林廷扬，竟又搜罗了三个少年壮士，都延进自己镖局，由老练镖师引路，分入各路镖道。

不久，林廷扬随紫天王陆嗣清，押镖踏入江湖，应付绿林，非常得法，越发得到黑鹰的倚任。又不久，黑鹰竟把膝下唯一的爱女程金英，许嫁给林廷扬了。林廷扬身世孤单，既结褵，夫妻欢好，如影随形。那程金英又会一身的好功夫，成了狮子林有力的内助。狮子林感激岳丈，事之如师如父。

然后黑鹰程岳的镖局生涯越发兴旺。杭州胜字号镖局因一个镖客闯祸，丢失了一票镖。这票镖既很重，失镖的镖客又羞

忿自杀，胜字号的镖主连赔镖，带打人命官局，把买卖弄得十分扫兴，一赌气要关门。倒是手下一群镖客，须设法安插，遂又想把镖局出倒。恰巧被黑鹰程岳赶上，几次协议，胜字号镖局，换东不换匾，全盘倒给黑鹰程岳。程岳命爱婿林廷扬、爱女程金英，随师弟武凌云、陆嗣清，南下接办胜字号。名义上还是胜记镖局，骨子里变成保定安远镖局分号了。分号的总镖头，起初是武凌云，后来武凌云另有他就，这总镖头的担子，便落在八师弟紫天王陆嗣清的肩上。

紫天王陆嗣清本是鹰游岭黑砂掌陆锦标的次子，武功超越。幼承家学，既会铁砂掌的功夫，又入太极门，学会了太极十三剑、太极拳。在俞剑平群弟子中，论年辈顶数陆嗣清幼小，论技艺，他算是很拿得出来的高足弟子，既掌分号，颇尽心力。林廷扬与爱妻程金英，跟着师叔做事，靠近胜记镖局，赁下小小一所房，白天在镖局做事，夜晚归家。夫妻俩还要相督相勉，练习功夫。夫妻俩的情感非常要好，有时林廷扬押镖出去，程金英还要女扮男装，私自陪伴丈夫一同出门。

这种事儿是两口儿偷偷地背着黑鹰程岳做的。黑鹰程岳虽把生平武功传给了这个女儿，却是性情古板，一向不准女子逞能炫技的，守着旧家门风，姑娘们大门不许出，二门不许迈。程金英姑娘天性好动不好静，在闺中不敢拗着老父，出嫁后住在保定，守在父亲眼皮底下，也不敢随便。但一到杭州，这小两口琴瑟静好，相亲相爱，本来好得寸步不离。等得林廷扬押镖出去，程金英可就磨着丈夫，非带她出去，开开眼界不可。林廷扬果然从命，瞒着师叔紫天王陆嗣清，两口子私自偕行，押镖出离杭州。镖局的趟子手和伙计们，待承东家的姑奶奶，和姑老爷，当然要趋奉的，程金英叫他们瞒着，他们自然不敢泄露。

夫妻俩双双押镖私行，一连数次，浪静波平，未生事故。但也有一两次，遇上绿林，依着林廷扬，还在道字号，讲交情，同拦路贼借道。程金英好容易抓着试技的机会，跳下镖

车，娇叱一声，抽剑上前，和劫镖贼人交起手来。

程金英的打扮，本是改装为男子。穿一身急装紧裤，把一握绿云盘成双辫，结在头顶，用帽子一压。脚蹬窄勒皮靴，里面塞了许多棉花。腰系紧带，肋挎豹皮囊，外面用长袍一罩，显得是个风姿翩翩温柔美少年，倒看不出像个女子，但也不像镖客。夫妻俩押解镖车，狮子林骑马，程金英坐在车上，乍看倒像是雇主。及至对敌，把长衫一甩，提剑与贼相打，趟子手无不暗暗喝彩。狮子林慌忙过来，一面迎敌，一面照护着爱妻，打得格外出力。

程金英本有一囊暗器，足以却敌，她竟不肯施展，运用俞门太极十三剑，和敌人猛搏，只几招，便把为首贼人刺伤。林廷扬手底下更狠，唯恐程金英初试身手，或有疏虞，乃和敌人对面，便发出数件暗器，将抵面之敌打倒，立刻抽身帮娘子的忙。贼人呼啸一声，围攻上前，旋看出形色不利，狂啸一声，骤然撤退下去。程金英高兴得娇笑连声，还想追赶贼，趟子手和林廷扬忙把她拦住。

强贼既退，镖车前行。晓行夜宿，把货镖交到地方，夫妻双双回转杭州。相约好，仍瞒着师叔紫天王陆嗣清。不过，女子炫才，得意还想再往。这趟护镖获胜，和丈夫谆谆订下后会，再有押镖之事，她定要一趟不落，随丈夫联保。又因有这次经验，发觉缠足女子男装应敌，实有不便，跑起来，时恐跑掉了靴子，她自己就亲制套鞋和铁尖鞋，对丈夫说：“还是女妆利落。”又悄问丈夫：“女子护镖，江湖上也有吧？”

林廷扬也正在少年喜事之时，见爱妻能帮助自己，早乐得闭不上嘴。不久，又有一趟镖该由林廷扬押护。他忙回家告诉娘子，叫程金英先穿男装，藏在城关外等着，容得镖车出发，离开镖局门口，程金英便可偷偷上车。他们还想瞒着陆嗣清，哪知道陆嗣清早已晓得，只是装糊涂罢了。

这一晚夫妻俩正在家中打点行装，陆嗣清忽然登门来找，面含不悦，似欲有言，坐定半晌，才说道：“我说你们两口子，

要闹什么诡？上回出了错，怎么这回又要去……你们瞒着我，你们瞧你这师叔太傻了吧！”

夫妻俩都很乖觉，忙赔笑说了实话，一齐央告陆嗣清。林廷扬又道：“你侄女总磨着我要去。”程金英说：“他一个人去，我在家不放心。”

却不知陆嗣清也是好事之徒，看见程金英那样乔装，也扪须笑了，旋又板着脸说：“你们这么胡闹，你父亲一准不答应我！”但是程金英素知陆嗣清好饮贪杯，忙给端上酒菜来，热了好酒，夫妻陪师叔小饮良久，一味软磨，到底逼得陆嗣清答应了。

酒酣耳热，又说起女子保镖来。程金英问道：“江湖上到底有没有女镖客？”

陆嗣清道：“也许有吧？”此时他酒入欢肠，话满舌边，不禁失笑道：“傻孩子，你师祖太丁云秀就帮你师祖保过镖，你竟会不知道么？”

程金英笑道：“您还不知道我父亲那古板脾气么。他老人家一张嘴，就是女孩子家应该学习针黹烹调，讲什么三从四德。像这些事，他老人家从来不肯告诉我。不过我们师祖太丁云秀，是老师祖的爱女，武功很强，我是听说过的。可不知她老人家也保过镖。我自己还觉着新鲜呢，哪知早走在前辈后头了。”

紫天王哈哈大笑道：“姑娘，我再告诉你一件新鲜事吧。除了你父亲是俞门大弟子，还有你二师叔，三师叔，四师叔，他们是你俞师祖亲自教的。像你别位师叔，谁都跟你师祖太学过。尤其是我，在俞门算是老幺，入门的年岁又最晚最小，直说，我的一身武艺，完全是师娘教的。不怕你们笑话，我们师娘就拿我当小儿子看待，就欠没给我擦屎沾尿罢了。所以我只要听人一骂‘师娘教的’，我就一愣，好像跟骂我一样。”

一席话说得林氏夫妇忍俊不禁，扑哧的都失笑了。从此程金英助夫护镖的事，就算走了明路，只瞒着他父亲黑鹰程岳一

个人罢了。其实也算假瞒着，程岳怎能毫无耳闻呢？不过睁一眼，闭一眼罢了。做父亲的，对于已出嫁的女儿，也只好这样。

两年过去，程金英夫妻联保镖车，已非一次，外面渐渐有人知道了。忽一日，紫天王陆嗣清正在镖局，新到任的浙江巡抚达善阿，派一名差弁，持帖邀请镖头程岳到衙一叙。陆嗣清觉得奇怪，达巡抚怎会知道胜记镖局是程岳接办的呢？怕是出了别的麻烦，忙向来人打听。这来的差官也说不上来，只知名帖是由内衙交出来的。

紫天王慌慌张张换了长衣服，代替程岳，到抚院去了一趟。达巡抚亲自接见，礼貌上相当客气，自称与程岳也是患难旧交。现在要迎娶儿媳，听说程镖头的女儿武功甚好，打算烦程氏父女，护送舅爷、舅太太，到福建去一趟。

紫天王忙道："回禀大人，这胜记镖局虽由程岳接办，可是程岳本人并不在此地。"

达善阿点点头道："我知道，他的女儿和女婿不是在这里么？可以叫他们两口子去，我好放心，并且也方便。"遂命原派的差官，领陆嗣清到内账房，接洽护送起程的日期，当时发下五百两银子，跟着又入内衙，见了舅爷略谈数语，便把紫天王送出来了，教他赶紧预备。

紫天王皱着眉，抱银子回到镖局，和管账先生说了。这一回保主指名要镖头的姑奶奶、姑爷亲自出马，沉重又大，推辞不开，怎么办呢？斟酌一回，便对林廷扬说了。林廷扬要把程金英叫来。紫天王摇头道："不用，你先回家吧。告诉姑娘，给我准备点酒，到晚上我上你家去，咱们爷三个仔细合计一下。"

林廷扬领命离开了镖局，回家告诉娘子。程金英大喜，高高兴兴地吩咐娘姨，预备酒食，自己忙着打点出行的衣物兵刃。

晚饭时，紫天王陆嗣清果然来了，依然是面有难色。这不

是寻常保镖，这乃是给当地巡抚护眷迎亲，不但要恃武功，还得像伺候官差一样。好了，落两钱；不好，就怕得罪官府。

程金英道："你老放心，听您这样说，不过叫我陪着官娘子，由福建坐船坐车，北上浙江。这没有什么，这个我还办得了。"紫天王道："办还办不了么，只是伺候老爷、太太、小姐，气儿难受。"

程金英道："咱们也是买卖道，他们还把咱们当奴才看不成？他这是求咱们，不是咱们巴结官，上赶着效力。"

紫天王道："姑奶奶就只想一面，你不知他们在旗的那些臭例，官架子，多么不好受哩。"

商量了一会子，唯恐年轻人应付官场不行，遂由紫天王陆嗣清，亲率狮子林廷扬、程金英夫妻，带数名镖客、趟子手、伙计，应了这号买卖。

等到登程，达巡抚的内兄毓舅爷，预受达巡抚的嘱咐，待承镖客，礼貌很周至，尤其对待林廷扬夫妻，竟称之为林姑爷、程小姐，毓舅太太更亲自款待程金英；一路上住店，特给林廷扬夫妻留出单间房；坐车乘船，也另留一车一舱，倒闹得小夫妻很不好意思。紫天王本虑舅爷官气凌人，到此方才释然。那毓舅爷是个蔼然老者，竟非常和气，只是虚排场稍为多些。

这一行迎亲的共有十几个人，一路上晓行夜宿，却喜行囊简单，一路平安无事。不一日到达福州。毓舅爷夫妻，会见了亲家连道台和连夫人。内堂设宴，略事酬酢，旋整理行装登程。

连夫人亲自送爱女于归，男女两家所带的仆妇丫鬟、官弁长随，凑在一起，竟不下四十余口。妆奁富丽，行囊阔绰，雇起车船来势派很大，一路上地方官都照料送迎。这一来，未出仙霞关，便被旱路强人打眼，一入浙境，更惊动水上的贼人了。

潜伏在浙南龙游的水寇，聂四疤眼聂永奎手下的踩盘子小

伙计，竟迎出三站路来。还有那岭北陆路的山寇，仙霞岭的奚一刀，竟也潜带三十多个强悍的贼党，随后紧追上来。连道台护行的官弁没有看出来，却瞒不了久涉江湖的紫天王陆嗣清，登时被他觉察。

官眷登程，照例派一两个长随，先赶出一站路，觅店房，打公馆。紫天王一见路上不稳，便密嘱林廷扬夫妻留神，另派趟子手赵忠辅，跟着打前站的干仆，往前蹚道。

这么防备着，谁知就在仙霞关内，便和贼人朝了面，过了话。投店打尖时，陆嗣清看见所雇的车辆，内有一个四十一二岁的黑脸车夫，落了店，牲口没卸套，便跑到店外转角处，与一个生脸男子喁喁对话。两人的眼东张西望，一看见陆嗣清便不言说了，立刻匆匆走开。这也是很平常的事，陆嗣清尚未过分介意。

等到饭后，该登程时，一群车夫都忙着套车，单单这黑脸车夫落后。直等到人家都眼看开车了，他才匆匆从店外回来，一眼看见陆嗣清，便把脸扭到一边去，装没事人，神色上显见得有些情虚内怯。陆嗣清暗告林廷扬夫妻一齐注意这个车夫。

行抵仙霞关，住店投宿。毓舅爷带来的干仆特给主人包了一个整院，请连夫人、连小姐住上房，舅父、舅太太自住东厢房，把西厢房留给林廷扬夫妻住。晚上掌灯以后，毓舅太太到连夫人房间，闲叙家常，说起一路上的辛苦，遂提及护行的镖客林廷扬夫妻来。毓舅太太盛夸程金英的武功。连夫人听了，很觉稀奇，便命丫鬟，把程金英请到上房，待茶闲谈。

林廷扬冲着程金英直笑，夫妻俩调舌道："程小姐，人家官娘子请你了。你可摆着点牌子，不要露了怯呀，人家还要考较你的武功哩。"说得程金英瞪了他一眼，才跟丫鬟去了。

林廷扬便找到陆嗣清，在店院内外溜达了一回。男女两家所带的仆从，投店歇息，背着主人，私下里耍起钱来。陆嗣清看了看。退身出来，与林廷扬，顺脚走进柜房，向司账打听了几句闲话。

又找到车夫歇息处，看了看，那个黑脸车夫竟未在屋内。紫天王陆嗣清急向各车夫打听，车夫们都说："谢老二刚才有人找他，他出去了。"

陆嗣清道："谁找他？"答道："许是他的乡亲。"

陆嗣清抽身出来，命林廷扬把住店门，自己急找出店外。一路搜寻，竟在隔街小酒馆内，看见那黑脸车夫，躲在僻座，与两个生脸人，低着头饮酒私谈，语声很小。

陆嗣清一步闯进去，这车夫猛然抬头，和陆嗣清眼光一对，脸上登时变了色。未容陆嗣清上前，便站起来说道："陆镖头，这边坐，喝两盅么？"手指同坐二人道："这两位是我的乡亲，好久没见面了。我们聚一聚。"极力地向陆嗣清解释敷衍。

陆嗣清把这两人打量了一眼，微微笑道："他乡遇故知，该喝几杯呀。"也不再说别的话，就在旁边，拣了一个座位，随便要来一壶酒，自斟自饮，看住三人。那两个生人自起毛骨，勉强吃完，向黑脸车夫告辞。车夫谢二算完饭账，向陆嗣清招呼一声，就要回店。

紫天王陆嗣清哈哈一笑道："朋友，你的乡亲走了，咱们两个可以喝一杯了。"竟把车夫强行邀住，低声与他密谈。

陆嗣清在江湖上很有经验，自信没有走眼，并且为人外朴内明，除了好喝酒，应付事情上很有手段的。

当时陆嗣清把车夫拘住，一点也不放松，立刻拿江湖话，点破他的阴谋，挤取他的实情。他对车夫说："光棍不瞒光棍，朋友，我留神你已经好几天了，你想必也明白。你们瓢把子是哪位？可以说出来，给我引见引见。这一回我们胜记镖店护送达巡抚大人的宝眷，不净为生意，这里还有私交。江湖道上的朋友，总得给小字号闪点面子。"

陆嗣清又道："达巡抚乃是一省之主，说实了，也不好动他。他这是迎娶儿媳，你想万一道上出点事，扫了他的面子，他岂肯甘休？弄不好，沿路上地方官都吃不了，兜着走。好朋

友，让过这一水吧。这票生意也没多大油水，瞒不了行家的眼。只这一点点嫁妆，此外并没有多少‘现水’。我烦你转达你们瓢把子，冲着小字号，让过这一步；我在下知情感情，必有对得住的地方。别看护送的还有好些官弁，我盼望老弟你只冲着我一个人，和我们总镖头黑鹰程岳，别的人你全甩开，不要往眼里放。”委屈宛转，点逗了许多话。谁想这个车夫咬定牙根，不承认是贼党的底线。

紫天王陆嗣清又亲自给车夫斟了一杯酒，再用好话套问，以后更用话威吓。车夫仍然是不拾这个碴，弄得陆嗣清不得下台。他不由心中愠怒，眼珠一转，又想出一套话。因猜知这车夫是旱路线上的朋友，便把路上有名吃横梁子的、拉大帮的，指出名字来，换个儿盘问他。

陆嗣清且问且说：“也许你不肯揭底，怕落埋怨。你可以把你们瓢把子说出来，我这里有帖，我就立刻按规矩，拜山投帖。”这个车夫好生呆板，又像太嫩，不敢吐实似的，任凭怎么说，仍旧瞪着眼装好人，又想溜走，越发把陆嗣清惹急了。他将酒杯一推，面色一绷，道：“呔，相好的，我的话说尽了。‘光棍’一点就透，‘轴子’棒打不回。我可是拿你当朋友看待。相好的，你不要自找倒霉！”愤然站起来，取出一块银子，丢给堂倌，对车夫瞪眼道：“走，跟我回店！”

车夫的黑脸登时变得焦黄，双眸怯怯，似欲觅路逃走，但这哪里走得开？陆嗣清磔磔地狂笑道：“朋友，你走不掉了！”伸手一拍车夫的肩胛骨，把铁砂掌的功夫只用了三分，车夫失声喊叫起来。

这时两个人正站在饭馆柜台前面，引得饭客和堂倌，都张眼诧顾。陆嗣清顺手把车夫揪在饭铺外面，时已二更，街上昏黑。陆嗣清诡笑道：“相好的，像你这么废物，你还要挣扎，你还打算逃跑？乖乖地跟我走吧。”扯住了车夫，不从灯影里走，单拣黑道暗隅钻。

第三十章 女镖客洒钱击盗

果然事到临头，这车夫方才害起怕来，情不自禁说出几句有声无辞的哀告话，却还是只告饶，不吐实。陆嗣清大怒，骂道：“你不见棺材不落泪，不到黄河不脱鞋。”手掌又一用力，哎呀一声，扑登一响，这车夫先打坠轱辘，然后就一栽身跪下了。

陆嗣清失声大笑道：“你是安善良民，赶车得到饭馆请同乡吃饭，不算犯罪。你又没有真赃实据落到我手里，你跪下做什么？相好的，你现在可真是不打自招，自己给自己画招子。肉头巴鸡的，还要支吾我！来吧，趁这里没人，实话实说，有你的便宜！”

陆嗣清说罢，伸手把车夫扯起来，登时另换了一副面目，道：“咱们都是江湖道，你要明白，我们保镖的不过是应聘护行。我又不当官，又不为吏。你们只叫我过得去，我决不会难为你。你只把你们瓢把子的万儿，和你们的窑口设在哪里，你们共有多少位，打算在哪里拾买卖，一是一，二是二，全告诉我，我决不能给你苦子吃。你明着当车夫，暗做底线，你到底

是常常这么干，你还是单冲着这号买卖来的？你是受线上的买嘱哇，还是原本就在线上，临时才改装车夫？别装傻，趁早一点不漏，都给我倒出来。我自然看情形，叫你过得去，也许把你放了。话是这么说，信不信全在你。你要是还有夹带藏掖，我可没法子，咱们只好回店。”

陆嗣清又道：“却有一节，回了店，那就由不得我了。人家是官，官有官的办法，我做镖客的也拦不住人家，你就是不招，人家不管那一套，人家还会屈打成招哩。相好的，仔细琢磨琢磨。说吧，我现在等着你的！”

车夫谢二惭惧交迸，一只手被陆嗣清抓着，竟吓得手爪冰凉，满把握着冷汗，不住地抖擞。原来他是一个乏货，陆嗣清倒把他看高了。

陆嗣清不由嗤之以鼻道：“凭你这样眼神，这份胆量，你还干这个？你看吓得这样！得了，我起初还当你是装傻呢，原来你是真害怕，我更不能难为你了。咱们来，这边谈谈。”路旁黑影里，有一块大石，把车夫揪到石边，两人挨肩坐下。陆嗣清却也胆大，并不怕车夫抽冷子动匕首，施暗算，居然收起怒容，用好言重新哄问起来。

谢二欲不说实话，明知回店没有好；欲吐实情，又怕陆嗣清毁了他。当不得陆嗣清紧自催逼，手指被握处，又奇疼彻骨，他这才嗫嚅说出几句话来。只承认自己本来是作车夫的，上年叫仙霞岭的奚一刀掳了去，强逼他做眼线，不敢不应，到今干了十四个月了。得了赃，分给他半成不到，只合二三厘罢了。奚一刀盘踞藏在仙霞岭山坳，手下有四五十人。窑内详情一概不知。至于怎样下手劫夺客商，事先也不得听闻，他只管泄底放笼而止。就是估计油水的厚薄，也自有踩盘子小伙计暗中操纵着，叫他刺探什么，他就刺探什么。

他简直是贼人的耳目的耳目，副手的副手。这一回连道台雇着他的车，奚舵主受人怂恿，认为是好买卖。特派四个踩盘伙计，在外面贴着。连道台聘女的嫁妆值一两万，奚一刀那边

早已探明；只叫车夫随时报告行程，好估量开耙的地段；又命他仔细查护送的人数，有没有扎手的。谢二结结巴巴地说了，跟着央告求饶。

紫天王陆嗣清听罢，说道："这不就结了。相好的，你要明白，我是托线的，不是鹰爪孙。你只不扯谎，我一准拿你当朋友，我再问你一句话，你们到底打算在哪儿动手？一共预备多少人？"

车夫立刻词涉吞吐，陆嗣清两睛盯住他？紧紧迫问。车夫这才说："所有护送兵弁二十多人，另有镖客六人，一到衢州，就改水路的话，我已告诉了窑里并肩子们。奚一刀自料帮内人少，怕动不了，所以一直缀出界外，还未敢下手。刚才那两人送来口信，已由奚舵主与浙南蔡九成合了把，两家要一齐动手，得了彩平分。动手的地段，总在龙游前站。"

紫天王反复讯究，略微沉吟，笑着站起来，道："好！你很够朋友。来吧，你跟我回店……"车夫害起怕来，连忙说道："陆达官，你这就不对了。你拿我当江湖道，哄了我的话，你还要把我送官？……我知道你老的镖局不常走这一路。可是山高水低，总有碰头的时候。你老把我送了忤逆，我们外头还有人呢。刚才走的那两个人，不到明早，一定知道了。隔不了两天，我们瓢把子也知道了……"

紫天王哈哈大笑道："相好的，别害怕。我送你做什么？我不但不送你，我还要拜托你一件事呢。告诉你，你好放心。我这是回店给我们伙计送一个信，跟手就放你走。你的意思，我已经看出来了。你是要溜，对不对？车也不要了吧？这很可不必。来，你跟我回店，我自有道理。"

车夫测不透镖客的心意，如上法场似的，被押回店。走不到几步，林廷扬在店门等急了，迎面寻来。两方碰头，把车夫打量几眼，笑问道："师叔怎么样？揭出来没有？"

紫天王往路旁一领，道："有门！"想了想，回店倒多枝节，要就此释放车夫。退到黑影里，当着林廷扬，向车夫笑问

道："相好的，现在我再问问你，你是由打这里悄悄溜走？你还是先回店，把车弄出来，再借故一溜？我想你照旧装没事人，把这趟车送到地方，自然很好，我也放心。不过我怕你沉不下心去了。你到底想怎样脱身，趁这里没人，赶快对我说。你如果不愿回店，我眼下就放你走。"

车夫惊喜道："达官，你老真要放了我，你这大恩大德，我一辈子也忘不了。我家里也有老娘，也有妻子孩儿，一家五口就算全活了。你老救全我，我姓岳的……"紫天王笑道："你到底姓岳，还是姓谢？"

车夫脸一红道："是姓岳，我不瞒你老。你老放了我，我姓岳的知情感情，我一定从此洗手，改行向善，再不干这种没本钱的生意了。"

紫天王摇头笑道："咱们都是道里人，用不着讲这个。长话短说，你是决计不愿回店了，唵？"车夫道："你老圣明，回店还有我什么好，我还有什么脸回店？老实说，做贼的不怕杀头，就怕六扇门（官府）狗腿子胡乱收拾人。"

紫天王笑了笑，说道："也好！"遂低嘱狮子林廷扬："赶快回店，把咱们胜字号镖局的名帖取两份来，把我个人的片子也捎两张，另外再取二十两银子。"林廷扬睁着眼听着，哦了一声，还想细问问。

紫天王陆嗣清挥手催他快去快回，道："回头我再告诉你。"说罢仍监视着车夫，在暗处等候。

林廷扬如飞奔回去，依言全取来。紫天王陆嗣清这才接过银两、名帖，向车夫蔼然说道："朋友，你多受惊了。你也明白，刚才我是不得不然。你现在形迹已露，当然不好意思回店，我也不勉强你了。这是二十两银子，你可以拿去做盘川。你那辆车和那匹牲口很不要紧，决失迷不了。我可以替你寄存在这店里，另外放下麸料钱。等到事后，你还可以回来领取，你一点损失也没有。"拍着肩膀道："你就走你的吧，咱们改日再见！"

车夫到此，方才一块石头落地，不由惊喜过望，感激非常，忙给紫天王磕了一个头，又向林廷扬下拜，说了许多感恩不尽的话，自誓从此改行为善，再不给贼人做眼线了，要老老实实赶车糊口。

紫天王陆嗣清忽然摇手笑道："你真要改行么？那不成！相好的，你那么一来，我可不客气，要对不住你，我不放你了！"说罢，手摇着那四张名帖。两眼盯住车夫，脸上露出诡谲的笑容来。狮子林廷扬在旁听着，哦的一声，扑哧笑了。

车夫乍听一愣，顺着紫天王的手一看，登时也明白过来。也哦了一声，连忙说道："达官爷，您别看我改行，我总得回窑一趟。你老人家要有什么话，想叫我给我们头儿带过去，我照样办得了。"

紫天王陆嗣清轩然大笑，道："相好的，你真行！光棍遇光棍，简直不用废话。"车夫越发放了心，竟伸出手来，索接紫天王手中那名帖。紫天王笑着把四张名帖递了过去，嘱道："岳朋友，你我心照不宣，还用我再描一遍么？"

车夫忙道："陆达官，你老的意思，我全明白了。我这趟回去，见了我们头儿，一定把你老这番意思全带到。别看我人微言轻，我们头儿也得顾全我。我一定对他说，这号买卖油水固然大，可是有刺扎嘴，里头又关碍着老朋友的面子，我们头儿一定得给你老套套交情。还有蔡九成那里，我递不过话去，我还可以转求我们头。"

紫天王暗暗欢喜，遂又说道："岳朋友，你很明白，我谢谢你。你回去对奚爷说，就提胜字号铁掌黑鹰程岳程镖头，和我紫天王陆嗣清，向他致意问好。这一票买卖老实说苦得很，又硬得垫牙。一头是巡抚，一头是道台，拾倒好拾，吃可吃不消。这不是我姓陆的吓唬人，事情明摆在这里呢。奚爷久闯江湖，想必总明白。宁斗力，不斗势。你回去务必把这情形学说清楚，人家这是娶少奶奶，嫁大小姐，体面要紧。大喜事价，你们若给他添点堵，他们做官的咽不下这个亏的。只要奚爷顾

面子，让过这一水去，我们胜字号一定领情。如果奚爷劳师动众的，觉得已经下了本，买卖不做不行，我们也只好擎着。不过彼此都要估量估量！”末了这句话又绕回来有点威吓的意思了。

这件事折腾了多半个时辰，听更楼已打三更了。紫天王又向车夫客气了几句，车夫这才很感激地施礼告辞。眼看这车夫把名帖慎重包好，揣入怀内，说一声：“青山绿水，改日报德！”转身徐行，走出数丈，把身法一展，低头拔步，居然疾如箭驶，没入黑影中去了。莫看他胆小力薄，居然会轻身术。

狮子林廷扬眼看此贼去远，动问陆嗣清道：“这家伙真是个车夫么？不像吧？”陆嗣清笑道：“他的话仍然是半虚半实。他一定是个小贼，决不是赶车的。”

林廷扬又问道：“这一来前途还有事没事呢？”紫天王沉吟道：“那可难说，我们反正得加小心。若按情理论，他们一来惧势，二来畏难，奚一刀或者要仔细琢磨琢磨。”

两个人说着话回店。不想这时候，店里人竟闹翻了天。

陆嗣清、林廷扬离店之后，程金英娘子在上房陪着连夫人、毓舅太太说闲话。灯边桌上，摆着果点香茗。舅太太拿程金英当客看待，殷殷相劝，连夫人礼貌也周到。那待嫁的连小姐倚在母亲身边，孜孜倾听着程金英谈武论技。程金英说到自己男装保镖的得意事，曾用十二枚金钱镖，打散群贼，太太、小姐们闻所未闻，都听愣了神。

连夫人便问：“金钱镖是什么样的镖？可是镖上拴着六对金钱么？”毓舅太太说：“不是吧，这一定是首饰楼里打造的刘海戏金蟾一对一对的大金钱。程小姐，这金钱有这么大吧？”用手一比，足有茶杯这么大。

程金英微微一笑道：“没有那么大，也不是金的。这金钱镖本来是说着好听的一个虚名儿，实在就是咱们常花的康熙大钱。

连夫人道：“噢，就是铜钱呀。可是当十的大钱么？”金英

娘子道："不是，就是平常的铜钱。"

舅太太插言道："我明白了，亲家太太，你没见过咱们北京城卖香瓜的么？他们就用大钱打瓜，磨得锃亮锃亮的。"连夫人道："这可稀罕，这钱可怎么打人呢？估摸这钱边还得磨快了吧？"舅太太道："那一定得磨。"

金英笑道："不用磨，只用原来的钱，那么打出去就行。"说着从身边掏出十二个钱镖来，摆在桌上。连夫人、连小姐、舅太太一齐挤过去，丫鬟、仆妇们也不觉凑来。及至就烛下一看，不禁失笑道："咳，就是这样的呀，这不跟咱们花的铜钱一个样么？这可怎么能打贼呢，能打老远的么？"

程金英笑道："也打不很远，我只能打两丈三四，我父亲才能打三丈五。我们师祖十二金钱俞老镖头可打得远，还能打人的穴道。"

连夫人道："打穴道，能打得准么？程小姐，你也会么？"程金英道："我可不会打穴。"

舅太太道："打穴道做什么？"几个妇女七言八语，盘问起来。程金英对这些外行讲武，颇觉得乏味，只信口敷衍着。

连小姐向母亲附耳低言，意欲请程小姐掷镖一试。小丫鬟眉开眼笑，也要瞧瞧稀罕。程金英情不可却，张眼寻找可打之物。店房中红烛高烧，恰有蜡花。程金英道："我来打这蜡烛头试试。"

店房屋窄，也不过壁隔丈二，命一个丫鬟把烛台举起，立在屋墙根。程金英顺手捻取三个青钱，退到对面墙根，方要捻打，那丫鬟恐怕打着头脸，要搬凳子，把蜡台放在凳上。

程金英笑道："你别害怕。过来，你只这么举着，我就打不准，也不会打伤了你。"丫鬟笑着还是不敢。连夫人道："你看你，一个铜钱罢了，真格的还会打死你不成？小秀过来，你替她端着吧。"

另一个青衣丫鬟应命过来，她却把烛台侧身平举，右腕伸得远远的，赔笑说道："程小姐，你老可往外打。"这么单手平

伸，烛台虽不重，究不免颤动，烛光一晃一晃的。程金英故意做出不经意的样子，暗将三枚金钱托在掌心食指中指上，对一个梳双辫的小丫鬟道："大姐受累，你再端一个烛台来吧。留神打灭了，满屋漆黑。"大家说道："可真是的，再端一个亮来吧。"

一语未了，程金英早将右腕轻抬，右手二指一捻，手腕一振，噌的一声轻啸。这些太太、小姐未及谛视，那丫鬟手中的烛火忽然一亮，蜡花已嗤的一声，被黑乎乎飞来的影子弹落。跟着当的一响，铜钱触墙落地。那丫鬟哟的一声道："吓，你瞧，打下来了。"

众目齐寻，任什么也寻不见。舅太太忙道："程小姐，你的手太快了。我们连看还没看准呢，你怎么就把灯花打下来了？怎么没看见你使劲呢？"连夫人和小姐都没有注意，觉得不尽兴，一齐要求金英再试。

当下程金英笑着又改了一个试法。邀请这些太太、小姐们齐出房间，来到院中，将三只烛台摆在庭心。程金英退距两丈五六以外，手拈钱镖，笑说道："你们可留神，我要打了。"因她们全是外行，也不立好架势，只随随便便站住。一探身，轻轻把玉腕一挥道："我先打东边头一盏灯。"噌地青钱相磨，唰的一响，第一个烛台光焰噗地灭了。她跟着说："我打第二盏！"噌的一声轻啸，噗地又灭了一烛。紧接着第三只钱镖再发出去，烛随声灭。

太太、小姐啧啧格格地笑个不住，到底也没看准打法，围着程金英道："你打得怎么这么准呀！你再打一回，我们仔细瞧瞧，你可先言语一声啊。"

程金英敷衍着，刚要三试钱镖，忽然哼了一声，微一愣神道："连太太，舅太太，这没什么，你看我再打个新鲜样的。你们全进屋里，我站在这里，从外面往屋里打。打灯火没有意思，烛头大，你们看我打香头吧。"

太太、小姐们越发欣笑道："这可开眼了，程小姐，你就

打吧。小秀，玉玲，快点香。”

众女眷一齐进入屋里去了，忙着搬桌子，觅香头。……却不料猛然间，程金英一扭身，一个箭步，一扬手，扑奔西墙，喝道：“好贼，给我下来吧！”接着，噌的一声轻啸，哎哟一声喊叫，扑通一下，店跨院西墙角外摔落一人。

程金英唰的又一个箭步，垫步拧腰，蹿上西墙头。房上另一条人影如飞逃去。墙下这个人影，摔倒地上，霍地站起来要跑。程金英甩腿一跨，早翻身跃落平地，一抖手，刷刷两只钱镖，逐后影打去。那人影咕咚又栽倒，尚欲挣扎。程金英更不容他逃走，飞身蹿过去，一个踩子脚，把那人踹倒地上，双眸一闪，先向四外一寻，急急过去，将此人按住捆上，吆喝道：“忠辅，快来，有贼子！”

赵忠辅便是镖局那个趟子手，闻声急奔过来。伙计金寿也跑进来。这一呼叫，立刻惊动全店，护行的官弁立刻挑出灯笼，提着腰刀，往店里店外，各处一阵乱搜。

太太、小姐们吓了一跳，齐往屋里乱钻。程金英娘子这时将宝剑摘取在手，堵店房门一站，先护住内眷，安慰她们，不要害怕，这不过是一个扒墙头的小贼罢了，却暗告赵忠辅、金寿：“眼见墙头房后，似有两个人影。陆师叔和他（林廷扬）又都出去了。咱们镖局的人漏空了。你快到各处，查看查看吧。”

金寿急唤伙计，先奔放行李嫁妆处，提刀守住。镖客顾金城已闻警出来，命赵忠辅保护店房后窗，自己登上墙头，急急地勘寻逃贼的踪迹。不想贼再没寻着，官弁们却将一个蹲墙解溲的汉子捆进店来。连那中镖的贼，拿马棒棍子，一阵乱打，厉声地讯问口供。中镖的贼一声不哼，解溲的汉子哭叫告饶。

顾金城慌忙向那王旗牌说：“王老爷，打着问，问不出什么来。你老息怒，交给我套问套问他吧。这蹲墙根的未必是歹人，这个扒墙头的，我看他不像是小蟊贼，倒像是踩盘子的。”说到这里，又咽住了。那个王旗牌却请示舅老爷：“这贼子太

没王法了，这得把他捆送县衙门。”

正乱处，紫天王陆嗣清和林廷扬回转店房。一闻店中闹贼，陆嗣清不由紫面通红道：“你看，咱们只顾缀那头，漏了这头了。若不是咱们姑奶奶，这个跟头，我可真够受！”一直找到舅老爷面前。

舅老爷很生气道：“这些贼太万恶，才几更天，就敢出来上房！”定要把这两贼摁送县衙。太太、小姐惊魂稍定，齐向程金英称谢，又夸奖她眼快手疾，越发地钦敬她。

程金英含笑退出来，见了紫天王和林廷扬埋怨道：“你们爷俩干什么去了？你瞧，若不是我！”

林廷扬忙笑道：“我先谢谢，要不是你，我们真栽了。可是，若没有你，我们爷俩也不会全追出去呀。你只知你在这店里拿着贼，你可知我们在店外放了一个贼么？”

程金英愕然道：“什么？”紫天王陆嗣清笑道：“姑娘，我们也没有闲着。”遂将义释车夫之事说了。

林廷扬忙开玩笑道：“大娘子，你捉住贼是一功，何可知这一来，更糟糕了么？”程金英不悦道：“怎么，我袖手不管就对了，是不是？”

紫天王忙道：“别拌嘴，别拌嘴。姑娘，我说了，你别生气，你捉得对，他们旗牌老爷打得可不对。这不是一个小蟊贼，这是一伙大盗的踩盘小伙计，他们声势很不小。刚才我把给贼卧底的车夫训了一顿，买嘱好了，才放了他。他们不能不承情。道上走着，多少得点方便。不过姑娘你捉得这贼可糟了，叫他们一阵苦打，打完了，还一定要送官，我们拦又拦不住。你想，没有咱们托线的在内。贼人也许不恼。既有咱们，把人捉住了，又苦打，又送官，岂不是太不留面子了！”

程金英不由一怔道：“怎么，咱们捉的贼，他们要硬送官么？”陆嗣清笑道：“所以说，官究竟是官么！旗牌老爷叫打的，舅老爷叫送官，谁能拦得住？”

程金英一惊，怒了，说道：“那不行！这一来，线上的朋

友一定怪咱们不懂交情了。这人是咱们捉的，不能叫他们随便处置。不成，我找他们去！”站起来就奔上房。林廷扬一把没抓住，她一径找舅太太和连夫人去了。

这些女眷把程金英看成女英雄，她说的话比圣旨还灵。三言两语，立刻派丫鬟，把舅老爷请进来。由舅太太发话：“程小姐捉的这个小贼，咱们可不能送官。程小姐说最好交给她，数说他几句，把他放了，一路上走着更稳当。”

舅老爷说：“这不对吧。惩一儆百，这非得严办不可！”舅太太不悦道：“人家保镖的懂得道上的事，人家说放了好，还是放了好。”连夫人也说：“这做贼的也都是为穷所累，吓唬他一下，还是放了他，也是一件好事。”

毓舅老爷深疑擒贼容易放贼难，还是坚持不肯释放，和舅太太夫妻俩几乎拌起嘴来，经紫天王陆嗣清把此中利害，再三解说，好容易说得舅老爷才有点活动的意思了。不想店中沸沸腾腾，直闹到天亮。刚要释放时，到底又惊动了地面上的官人。县官吃不住劲，竟亲自来到店中，给上司宅眷请安道惊，又闹了一阵贼走关门的把戏，前前后后验了一回道。把店东也传到县衙，把那个真贼和那个倒霉解溲的，一齐都押到衙门。

镖客们眼看着，也没法了。依法讯办，那个解溲的确是本街上的买卖人，押了些日子，被人联名保领出来。那个真贼，正是奚一刀的党羽，竟陷身法网，吃了两年半的官司。

当下直乱到过午，二姓官眷才上车登程。查点行囊，一物未失。一行人等从此越发把程金英这男女三个镖客，看成了不得的人物，路上礼貌越发亲切。只是紫天王和林廷扬却未免多担一份心，生怕剧贼奚一刀不肯甘休，沿路上只好加意防备。

这一回，为了放贼，舅老爷夫妻拌了一回嘴；为了捉贼，林廷扬两口儿也是啧啧哝哝，一个抱怨，一个不服。程金英满面娇嗔，一赌气说道：“再看见线上的人来蹚道，我也不敢多管了！”

紫天王笑道：“姑奶奶别价，你别听廷扬胡说。姑奶奶办

得很对，他是故意怄你。说实了，打贼、骂贼、送贼入狱的，是人家护送官弁办的，跟我们不相干。奚一刀手下有人总能探着实底，万不会迁怒到咱们头上的。”

虽然这么说，打伤贼人的却是一个女镖客，沿路贼人到底传播得远近皆知。“交官治罪”乃是事实，到底谁是主动，未免分析不清了。

又走了几天，到达衢州，该换水路，一行官眷住在一座大店中，把车辆驮轿，一一开发回去，一面寻雇大船。由衢州信安江顺流北上，走龙游，入兰溪江，到衢州，便可换乘江船，入钱塘江上游，直抵杭州。临启程时，舅爷已派专人，回杭送信。达巡抚算计着启程日子，派人坐江船，下来迎接，预定在桐庐严州，可以接着。这个消息不知怎的，会被贼党晓得了，竟暗缀下来；要在不出信安江的地段，衢州以北，严州以南，动手抢这一票大油水，同时也给镖行一个过不去！

第三十一章 紫天王凭舟御贼

紫天王陆嗣清、狮子林廷扬和程金英、顾金城，男女四镖客竟在衢州店中，获得警信。那旱路剧盗奚一刀，派另一个踩盘子伙计，专程追蹑来了。这一夜，两姓官眷宿在店房，一入夜，陆嗣清等不管官弁做法怎样，他们带着趟子手、伙计，潜分为上下两班，轮流值夜。

到下半夜，该着陆嗣清的班，略略听见一点动静，便和伙计金寿，出来查看一趟。一连两三次，忽听见店房隔壁，有人轻轻捶墙。陆嗣清急急站起，暗嘱金寿留神，自己一人提剑溜出去，寻声一找。正有一个夜行人，在墙外等着，向陆嗣清一打手势，向街外一指，飞身急奔而去。陆嗣清急忙追赶，离店两箭地，那夜行人止步点手，低低叫了一声："陆镖头！"

陆嗣清很诧异，追至近前，一面提防着，一面低声诘问："相好的，你是哪位？"那人轻声一笑道："陆镖头不认得我，我可认得你老。我们老板姓奚，我们伙计姓岳。"

陆嗣清道："哦，原来是奚舵主手下的好朋友！"努目端详了一遍，看这人瘦身长脸，颧骨高耸，虽带凶相，似无歹意。

陆嗣清忙道："朋友，你见着你们岳伙计了吧？"那人道："不错，我先替他谢谢。你老的名片，我们老板也接着了，派我来跟你老搞搞交情。"

紫天王听了一怔，揣不出此人来意所在。忙又表说道："咱们都是江湖道，没有说的。不过，我太觉对不过好朋友了。在店里还有一位朋友露了相，可惜我做不了主，本家一定要往六扇门里送。我拦了一会子，白碰了一个硬钉子。"

那人道："陆爷别介意，那是怨杜老海自己太泄气。你老很费心计，我们头儿也知道了。我们已派人到狱里探看他去了。他也说到你老，当时给他再三的讲情。他说是叫一个莲果（女子）给镖下来的，恕我不该问，但不知这位莲果是谁？"

陆嗣清道："相好的，过去的事不用提了。你反正明白，我姓陆的够朋友，咱们彼此心照。你把我哨出来，就是为这句话么？"

那人哈哈一笑，道："陆达官，你可看错了。我这来不是为别的，乃是我们头儿得着一个信。有咱们漂字线上的朋友（水路绿林），大概要在衢州、严州一带，动手开耙。我们头儿怕你不晓得，打发我来给你透个信。为的是朋友之交，有来有往，也显得我们南路朋友，不是不懂交情。你老那两张片子没有白出，你老明白啦。在下的事交代过了，咱们再会！"转身就要走。

紫天王陆嗣清又是一怔："奚一刀居然还远遣同党，追出一百多里，给送这一个信，到底他是为什么？是为交情，还是故意卖一手唬人？"猜测着连忙叫住那人道："朋友慢走！"

那人立刻止步，就像准知道陆嗣清还要问他话似的，迎着说道："陆达官，还有话叫我往回捎么？我们头儿叫我转达你老，最要紧是在龙游以南，船上头多多留神。不过，我们为道里的条规所限，人心只送到这样。你老再想打听别的话，恕我不便多答了。"

这水路贼人要劫官眷的都是谁？手下有多少人？准在哪里

下手？这个夜行人预先把话封住了，不容再问。陆嗣清仰面一笑，道：“多谢费心，我倒不敢强人所难，我也不再想打听什么。不过有一节，朋友，你若看得起我紫天王，请你留名。你这个朋友，我是交下了。”

那人答道：“好说，你老。我在下姓卢，有个匪号，叫六条腿飞驴卢长顺的，便是我。”

陆嗣清道：“好，卢大哥，青山绿水，改日补情，恕不远送了。”不但不再问，竟先抽身回店去了。六腿飞驴大睁眼看了一晌，方才举步，奔入夜影中。

陆嗣清回转店房。这时候林廷扬加倍小心，正在那里佩剑梭巡。紫天王把详情低声告知林廷扬和手下的镖客，镖客骇然惊异。林廷扬道：“有这等事，他们这是什么意思？”

紫天王笑道：“他们哪里是好心好意送信关照，简直故意给咱们添堵罢了。哼，我才不怕这一套。水路上有人暗缀，他就不说，我们还窥测不出么？那衢州一带，水道上的绿林，知名的人物，不过有数的几个。他不肯告诉咱们名字，咱们蒙也蒙得出来。老侄，咱们多小心就结了。”镖客一齐称是。

次日雇船时，紫天王陆嗣清向舅老爷特别要求不要随便雇，特给他们指出了两三家可靠的船户，解说道：“舅老爷，这可不是我给船户揽买卖。听说前途水路上不很太平，咱们雇船，须得留神船家。”舅老爷矍然道：“真会有贼船不成？你听见什么了？”

陆嗣清道：“那倒不是，可是难免水手们跟水上小贼有勾结。我说的这两家船户，跟镖局有来往，很靠得住。舅老爷别多心，刚才我跟店家打听了，前六七天，水路上出过一桩小劫案，内中就有水手的事。固然咱们不怕，总是小心一点好。”

舅老爷很讲面子，微微一笑，立即应允道：“陆镖头是好意，当然小心没错。”他还以为镖客想弄船家的回佣，哪知人家防患未然！陆嗣清又命林廷扬悄悄上岸，向镖行同业打听一回，并借来两位镖客，都是会水的。两姓官眷共雇妥四号大

船，即时登舟启行，只走了两程，竟逢意外。

这天黄昏时候，官船入港，大家掌灯用饭，紫天王陆嗣清，饭后出舱上岸，活动腿脚，沿码头堤岸，走来走去，纵目闲眺。江心小船往来如织，岸边行人也络绎不断。忽然间，他若有所睹，哼了一声，急忙回船，带上兵刃暗器，对镖师顾金城、趟子手赵忠辅和邀来的孙、左二位镖师，嘱咐了几句话，然后悄悄把林廷扬夫妻唤出舱来。

这时候，一钩新月刚刚升起，照破了暗影，映得波光如镜。江上东一处，西一处，泊着大大小小许多船，船灯如豆，映流如星。遥望岸边远景，似雾笼荒村，另有一种空蒙迷离的景象。林廷扬、程金英并肩站在船窗前，顺着紫天王的手，远望前岸，江芦掩映，影影绰绰，似有小船，却看不清船上人物。夫妻二人问道："师叔，什么事？"

紫天王不答，点手引着二人，从大船后放下跳板，悄悄地下船登岸，绕到江边一高岗后，隐住身形，一齐凝眸注视。隐约看出江苇丛中，有两艘小船并头停泊。一艘无人，一艘船面上有数人围坐，好像聚赌，又似共饮，一个侉声侉气的男子，振吭唱起渔歌来。

林氏夫妻看了又看，不很明白，悄问紫天王："师叔，这有什么可疑么？"

紫天王嘻嘻一笑道："你们两口子的能耐呢？你再看那对岸。"对岸也停着一艘小船，船上也有一两个人。这并不足诧。程金英笑道："师叔别再掂量我们了，我们任什么也看不出来。"林廷扬也不说话，站起来，拾起一块江石，欲往泊小船处投去。

紫天王忙道："你干什么？快别扔石头呀！惊飞了挂桩的老合，怎么办？你两口子别着急，多耐点烦，一会儿就看出动静了。"

三个人藏在土岗后，席地而坐，延颈凝望。好在土岗距官船只七八丈，如有警讯，声息可闻，一跨可到。过了好半晌，

果见小船上，走下来两个人，一直登岸，投北走去。北面许多临江的房舍。猛听数声呼哨，这两人越过房舍，走入街里去了。也就是隔过半顿饭时，忽听街里，有马蹄奔驰之声。蹄声甫住，岸上突又现出一人，沿着江岸，急行如飞，往南奔来。

程金英道："不对，咱们快藏起来吧。没的看不出形迹来，倒露出形迹来了。"林廷扬道："回船可来不及了，咱们往西进街躲吧。"

紫天王忙道："别动，别动，进街也来不及，这里藏着很好。你们再瞧，这人是往哪里去的？"三镖客连忙藏在岗后，俯身注视来人。

只见这人竟直趋官船停泊处，相隔尚远，止步不前。似乎略一迟疑，向四面稍作张望，便又退回，转奔江苇掩映处，上了小船。此时夜色已深，早逾二更，月色亮多了。月影下，两艘小船并泊。恍见那艘小船，站起三两个人，似乎迎接来人，跟着又全坐下。忽听砰的响了一声，似投石入水。立刻有一人驾起那另一艘小船，驶往对岸去了。对岸边另泊着一只小船，立刻发出一声轻啸，虽竭力求低，搁不住有心人正在倾听。

紫天王陆嗣清吁了一口气，说："姑老爷，姑奶奶，怎么样，我的老眼不花吧？你能说这是渔船、航船、小驳船么？"

紫天王比林廷扬不过大七八岁，也正在壮年。他也和他父亲黑砂掌陆锦标一样，生得紫面虬髯，身矮面圆，外表粗粗鲁鲁，内里异常精明。平时为人懈懈怠怠，好开玩笑，每每倚老卖老，以老前辈自居。只可惜在俞剑平门下，排行居末，年岁最小，想攀大辈，也攀不起来。现跟着大师兄程黑鹰做事，在师侄们面前，也不过挣了个"老叔"的称呼罢了，不过调起皮来，他比晚辈闹得还欢。

林廷扬夫妻都知道这位八叔好吹牛，自夸识见。两口儿忙送上一对顺心丸道："还是八叔有眼力，招子亮。你老人家看，他们当真是冲着咱们来的么？"

紫天王道："那还用问么？"程金英道："唉，但愿咱们看

错了才好。当真冲咱们来的，你先看看，他们可是今夜动手么?”林廷扬也道：“咱们快回船，布置一下。若真是贼人。动手恐怕在四更左右，月亮沉下去以后。”

紫天王一听这话，拍巴掌说道：“可不是，看对了，倒糟心！还是看走了眼才好。”连说了两句，心中默记来人，水陆并进，声势必不在小。一旦动手，却也很险。向林氏夫妻嘱道：“船上我已经留下话了，你们放心吧。不过他们这三艘小船究竟如何，现在还难说。咱们再看一会儿。”

三个人伏在岗后，索性躲在土坡上，手摸兵刃，探着头端详。眼看那艘小船驶过去，从对岸接过两个人。那对岸的一艘小船便鼓起桨来。驰奔官船。

林氏夫妻忙道：“不好，他们就要动手!”紫天王向四面一看道：“别慌！这不是，这还是探道来的。你们瞧，船上人很少。”

林廷扬疑疑思思的，暗中把他妻程金英的手捏了一下，提着他妻的手，摸摸镖囊。程金英点头会意，还手回捏了一把。两口儿各将暗器备好，以待远攻。

紫天王陆嗣清，明不着急，暗中作劲，把颗头摇得像货郎鼓似的，看前看后，防水防陆，不止注视前面，更提防着背后，恐怕贼人从码头掩来。

男女三镖客眼见小船驶奔官船，果然是来踩线，不走江心，贴岸划到官船旁，一掠而去。这边小船还未划远，那边街里蹄声再起，人影又现。数了数，共三条人影，手中各持一物，映月闪光，在码头略一露形，倏复退去。那小船去而复回，人上人下，竟有四五次之多。街里蹄声也先后浮起数次。竟猜不透他们这等迟徊瞻望，有何顾虑。

这时浮云遮月，雾露益浓，江波虽尚摇光，业已看不出远影。三镖客道：“大概今晚上许没事。”

三人正打算往码头旱路上搜看一回，猛然所见官船舵后，波心中砰的响了一声。对岸小船蓦地如飞驶来，又掠官船而

过。紫天王道："不好，咱们快回去，船上许是有动静了。"好在土岗距江很近，男女三人蹿下土岗，分上官船。

那来帮忙的二位镖客，一个叫孙德臣，一个叫左文升，还有本镖店的顾金城，正在船面巡视，慌忙凑过来道："陆镖头，越等你老，越不回来，龙窝子（水里）可有动静了。"

陆嗣清一指驶去的小船道："难道是这小船闹鬼？还是有水鬼砸船底？"孙德臣道："那倒不是。刚才听见有人浮水，往后船梢，偷扳船舵似的。我给了他一下子，又放了几句话，大概把他惊回去了。"

紫天王把手一拍道："如何？这准是刚才这只小船弄的把戏！"一回头，林廷扬恰在身边；程金英到太太、小姐那边船舱去了。紫天王便对林廷扬道："我们赶快预备，你看吧，不出今明天，就许比划比划。"遂立刻分派，将官船并在一处。命林廷扬、程金英紧护官船，无论外面如何，不要擅出。又暗告护眷官弁，恐有水陆强人，明袭暗窃。

王旗牌一听愕然，道："真有大胆的贼人么？"就要号召手下兵丁，预备火枪、弓箭，又要禀知舅老爷。

紫天王连忙拦住，说："王老爷，您先沉住了气，您别慌！咱们暗暗地预备最好。声张出来，倒吓着太太、小姐。"把自己的布置一一说了。贼人若到，可用声东击西之计。末后又饶了一句："王老爷，您擎好吧！"

王旗牌听了，意似不悦。但仍依言，把兵分派开，从船舱眼探出火枪来。一共四杆火枪，分拒两面。一面指水上，一面指陆上。

紫天王陆嗣清善开火枪，自己要了一杆，独当一面。又谆嘱官弁、镖行，最好把贼人惊走。虽有火枪，能不开才好。火枪轰击，恐其吓坏宅眷，惊动地面。

提心吊胆，守了半夜。哪知小船情形尽管可疑，只是荡来荡去，往官船这边哨探，并没有准备动手。岸上的蹄声也没有了。一直耗到五更破晓，平安无事，那对岸的江苇后的小船也

全驶去了。

紫天王吁了一口气，坚坐在船面上，等候天明。王旗牌从船舱钻出来，问道：“陆镖头，怎么样？到底有歹人么？”紫天王道：“大概是有，不过没动。”

王旗牌似信不信，笑了一声，又问道：“那么，前途还要紧么？”

紫天王摇头道：“这可难说，我们总得小心。”王旗牌道：“这话太对了，小心还会有错！”

林延扬急急瞥了一眼，心想陆师叔好吹，得罪人了，自己还未必知道。

转眼天色大亮，官船启碇。夜间的事闹得舅老爷晓得了，特意出舱，向紫天王打听。紫天王据情说了，舅老爷听了王旗牌的片面之词，话里话外，反疑心镖客虚惊虚乍，或者是故意居功。

紫天王笑了笑，表面不介意，心中很恼，只密嘱自己的人，加意戒备。索性较上劲，前途再遇上事，决计瞒着官弁，自行应付。心里这样想，偏偏这日天时不利，天空阴云密布，似有雨意，风势忽又逆转，顺水船竟遇上顶风。官船的帆篷不能张挂，全都落下来。这一来只好改用纤手，走得顿然慢多了。直走到过午，才驶出三十几里路。跟着暴雨骤降，江涛汹涌，声势倍觉惊人。船家连忙开船入港避风，挨过两个时辰，雨势小住，才又攒程前进。

船走过龙游，将到兰溪。雨势未刹，风势稍停。天色十分阴霾，才到申牌，已然暮云低垂，四处迷迷蒙蒙，天昏江暗。催船家冒雨攒程，一路行来，雨打船窗，窗板都已关上。紫天王仍存戒心，不时要开窗探头，向外看看。直走到黄昏以后，船距码头尚远。忽然一阵风过处，左岸似有一片蹄声。兰溪江江岸峻高，水面低下，人在船中，仰望两边，陡岸壁立，竟在两三丈以上，此时只能听见蹄声嘚嘚，看不见岸上的马迹人踪。

陆嗣清倾耳良久，风过处，却已辨出蹄声利落，至少也有五六匹马。紫天王讶道："水路上怎么又有骑马的？莫非昨夜的朋友又赶来了？"招呼林廷扬，过来仔细听听。林廷扬依言侧耳，这蹄声随着风势，忽浮忽沉，好像距江边不远。有心登岸一看，又恐打草惊蛇，反叫舅爷、王旗牌之流多心。紫天王想了想，拦住林廷扬说："索性到码头再讲吧。反正就有线上的朋友，也不至于在这里贸然动手。"

又往前走，天色越黑。问船家时，距严州还有三四十里，决计赶不上码头了。船家向护眷官弁请示，要赶到前面一个野渡停泊。紫天王忙抢过来说："那不行，非赶到严州不可！"船家道："那一来，可就在三更以后了。"

紫天王道："就到天亮，也得往码头上赶。那是没法子的事情，你们难道不晓得路上太紧么？"

原来坐船也和起旱一样，当午打尖，入夜要泊码头歇宿的。并且船上也不能尽备饮食，每日两餐，总得到码头上，买米买肉，打火造饭。镖客们坚持教船家多赶一站，二姓官眷固然带着食物，却是兵弁、水手早饿了。紫天王只可迁就着，说道："到野渡打尖做饭，咱们还是赶到严州再歇。"

这样讲定，船仍攒行。直到二更将近，才赶到野渡，地名柴口。官船刚刚泊岸，突见一艘小船从下流驶来。细雨潇潇，小船上一个少年男子，打着雨伞，昂然站在船上。小船飘摇如叶，划行甚疾，那少年男子稳立船头，身形一点也不打晃。雨伞紧紧遮着上身，面貌不露，只看出下半身雨衣开处，似穿着长衫，脚蹬着雨靴。伞柄下系着一盏小羊角灯。光焰晕黄，风雨中闪烁不定。

官船入港停泊，那小船也驶过来。只听那少年说了几句话，小船的船夫一面划船，一面答对，也跟着拢岸停泊了。少年一弯身，从船舱提出一个长条包裹，打着雨伞，走下船来。雨路滑泞，那伞柄小灯晃晃悠悠，那少年践行泥涂，脚步轻灵，不趋码头，竟向官船这边走来，直踱到六七丈以内，方才

折回去，斜趋码头去了。

一路密雨疾风，官船上的官衔灯笼早已撤去，只在舱门挂着数只羊角灯。仆从厨役忙着炊饭，湿柴不能燃着。在旗的官儿，起居服食讲究已惯，虽然客途遇雨，仍不能受委屈。舅老爷打发听差，到码头饭馆叫饭菜。荒江野渡，哪有什么好饭馆？就有，也早关了门。只砸门买了些大饼馒头，对付着将食盒路菜取出食用。镖客和护行官弁，也给送来食盒点心，和几瓶女贞酒，上上下下胡乱吃饱。

紫天王仍催促开船，船夫央求遭："老爷，这大雨的天，漆黑的道，人都累乏了，明早开船吧！弄不好，还许触礁搁浅呢。"

紫天王不允，申叱道："你们不用蒙人，这条江没有沙滩浅水，怎会搁浅？水槽很深，怎会触礁？"

此时风势骤起。官船才泊岸时，光有一艘小船跟踪驶来，入港避雨，这工夫陆续又有两艘小船入港。天空阴暗，狂风怒吼，野岸上草木萧萧哀啸，四面昏黑，几乎数丈外看不清景物。紫天王直觉心上惴惴不宁，也不晓得是在这里停一夜好，还是漏夜往前赶一站好。寻思一回，叫来林廷扬夫妻，又商量一晌，既没有看见踩线贼人的真形迹，还是往前赶。况且此时雨势渐微，风势转猛，走起来也并不难。遂商承舅老爷，催令船夫启碇。

当下官船解缆离港，冒夜风攒行。刚走出半里地，忽闻后面马蹄声骤，前面呼哨声起。荒郊野渡，夜阑风急，官船中人听得真真切切。紫天王机灵灵打了一个寒战，忙说道："不妙！船家，船家，快快停船！"

船中宅眷只一少半人睡了，其余的人感觉夜雨气闷，在舱中都闹心头憋得慌，睡不着。此时闻警，全都侧耳道："哪里吹哨子？"只有舅老爷还略懂江湖上的事，吓了一跳道："这是哪里响？声音不对呀！"忙命人请王旗牌、镖客问话。

那王旗牌酒喝得微醺，正和兵弁们，讲说自己行军伍、奋

勇杀贼的事，外面呼哨声竟没理会。不想这呼哨声尽自吹起来。迎面波心，后面岸上，一递一声，似乎遥为呼应。风过处，哨声乍高忽低，声声不断。估计前面的响声约在半里之遥，后面的哨声隔得较远。

紫天王与王旗牌，面见舅爷，只说了几句话道："我们出舱看看。"便叫林廷扬、顾金城租邀来的助手，一齐持兵刃，钻出舱来，各据船头，向四面窥看。四面黑乎乎的，只隐约瞥见后面港内三艘小船的影子，似正追上来。

紫天王冷笑一声，说道："王老爷，你瞧！"忙先将舱门挂的羊角灯摘下去，相了相地势，辨了辨动静，恍惚听起马蹄奔驰声，似在背后西岸。他疾呼船家，把船靠东边拢岸，一来抢上风，二来免得水陆兼顾，腹背受敌。又急急地将程金英唤出来，告诉几句话，把前后情势指给她看了，取一袋弹子，一张弹弓，都交给她。程金英应命入舱，专管保护内眷。镖行、兵弁，也一一调度好了。

陆嗣清临敌沉稳，布置井然，官弁到此方才心折。那王旗牌却有点心乱，一筹莫展，出来进去的喊，仿佛口一出声，气便沉得住了。所幸头一天业已闻警知备，此时用不着多嘱，各人预备各人的兵刃，各人钉着各人的事。

东北风正紧，四号官船并列着拢岸，彼此互相掩护，接舷处放着跳板，进退策应，都可自如。紫天王遂率所有御贼的人来，在这四只船夹当中，分散开，各贴船舱登舷，头探出舱顶外；各准备远攻之具，分两面注视岸上和水上。四杆火枪，一船一杆，都不放在船面明处；特由船窗口探出来，两杆对着岸，两杆对着江。虽分两面，却指着四方。只费了不大工夫，便已布置停当。紫天王亲自把着一杆火枪，对准波心；如果有警，料贼人必打水面上扑过来，哪晓得他竟料错！

江上的小船追出一段路，便即停住。也无火光，也无人声。岸上的蹄声竟疾如箭驶，奔到野渡口。紫天王在船上，急忙转身，双眸炯炯，注视对岸。对岸上马蹄嘚嘚，不闻人语，

更看不出动静。那旗牌和兵卒俱都听见，也隐约看见了，便要开枪轰击。紫天王急忙拦住。隔过片刻，岸上忽然吱地响了一声，马蹄声复起，又奔来路驰去。

王旗牌心一松，悄问紫天王："这也许不是贼人，别是跑驿站的吧？"紫天王道："跑驿站的哪有这些马？"这动静至少也在十匹以上。

马蹄声越跑越远，旋又沉寂。旗牌吁了口气道："这一定不是贼了！"紫天王微微摇头，一声不响。转脸来，手拢眼光，凝望来路。灯光下，只见他虬髯贲张，目光如电，有一种凛然难犯的神气。王旗牌看见紫天王凝视注视，忙也顺着眼光看去。岸上江心黑漆漆，任什么看不见，而且风吼波动，任什么也听不见。

又俄延好久工夫，兵弁们忍不住七言八语讲究起来。有的说："哪有那么大胆的贼人！"有的说："咱们是官船，小蟊贼岂敢胡闹！"

紫天王眉头一皱道："诸位老爷们别吵，贼人可是贴过来了！"

官弁骇然道："真的么？"紫天王道："我看了这半天了。贼人正用小船渡马过岸，已经渡过多一半了。"

官弁犹不尽信，也学着样，拢目望江。王旗牌道："哪有啊？"紫天王很不耐烦道："你只凝住神，别错眼珠，往江心看。"镖客顾金城道："王老爷瞧那江面，不是一闪一闪的发亮么？你再看，又黑了。喂，又亮了，小船拢过来了！"

群卒伸脖瞪眼，依旧茫然一无所睹。忽有一兵叫道："哧，我看见了，江心有火星了。"又一兵道："不错，是靠这边！"

别一兵道："哪有的事！……"

突然，听凌空吱的一声，飞起一支响箭。扑通，坠落江心，恰当官船后面。岸上蹄声顿起，黄光如轮，破暗连闪，逐箭声向官船照来。

群卒哗噪，紫天王喝道："噤声！"命群卒掉转火枪弓箭，道："听我招呼，别乱放！"一按兵刃，嗖地攀上桅杆。

第三十二章

飞蛇寻仇惊折臂

一支响箭破暗凌空，射落在船后。数道黄光从岸上，随蹄声，照向船头，只一闪便住。船上的人一齐震动，到这时，方信镖客之言非假，但是迟了，已没法子向近处请兵求援。四只官船依陆镖头之计，排成“册册”之形。男女官眷藏在舱内，把窗板关牢，灯火都掩住。程金英娘子横剑佩弹，慰守夫人、小姐。船面上大小官弁手忙脚乱，把火枪弓箭，调对江心，和黄光来处。

少年英勇的狮子林廷扬和顾金城，昂然分立在前两船夹缝，手按利刃，潜握箭镖，凝眸注视前路。那孙、左二镖客，早换了水衣靠，一持青钢分水刀，一持钩镰枪，守护后两船，专防后面水路，抵挡从暗影驶来的小舟。紫天王陆嗣清，虬髯怒张，目光闪动，收刀飞身攀上船桅，聚精会神，提防着西岸和东岸。四面布置，一齐准备抵御来寇。

官船泊在东岸。岸高波低，如处盆底。贼人若要袭来，官船迎敌，势须仰攻，形势上显见不利。狮子林廷扬认为吃亏，劝紫天王移船波心，可以专防水路。

但是紫天王也有一番打算，他选择此处停舟，正因为这里断崖陡悬，上下不易，浅滩横隔，越渡甚难。不但可恃地利拒贼，还可借沙滩设伏诱敌。万一贼人大队来扰，势力不敌，那时候再把官船驶入江心，离岸避寇，也还不迟。紫天王料到贼人是旱路居多，水上小船仅三两只，比较易防。现在是最怕贼人水陆夹攻，或是贼人不从平地横取，反从水底逆袭，凿船潜攻，那就险了，却幸邀来的这两位镖客，左文升和孙德臣，水上功夫都很好，看二人伏身舵后，闲闲伺敌的样子，大概不弱。紫天王统筹全局，自觉拒贼还有把握，于是攀上桅杆顶，纵目前眺，船低岸高，仅得平视岸顶。

黑影中，那马蹄声初来甚骤，此时将近官船，忽然止步。仅在来路踌躇回旋，并不驶过来。黄光时逐蹄声闪烁，猜是数盏孔明灯，返视后面小船。也只摆来摆去，欲前又却，不肯扑近来。

船上的官兵都神耸口哆，伫候贼至，好久不见动静，王旗牌把脑门的汗擦了擦，仰面问道："陆镖头，这是怎的？歹人莫非走了么？"一言未了，嗤地破空响了一下，扑通，又有一支响箭，从岸上射落江心，恰坠在官船两三丈以外。群卒惊忙寻顾，嗡然互讯。

紫天王晓得贼人是要测一测官船上的人物和势派，忙低嘱群卒："千万别露头，别声嚷。他们这是试探虚实的。"

又半晌，蹄声忽动，随着火光一隐一现，由近而远，似大宽转，绕奔别处去了。官弁方觉得紧张的心情一舒，紫天王猛然从桅杆往下一溜，飘然跳到船面，挨近来低告众人："贼人大队已然暂退，少时还来。可是他们已派蹚道的人过来了，一共两个人，眼下就要蹭过来。你们就是看见他，也装没看见，千万不要开枪，等我对付他。"说罢，又巡视各船，遍告镖行。果然工夫不大，有两个黑影，狗似的伏腰徐行，一晃一晃，贴岸溜来了。

这两个人影踏着两岸，轻轻挨近江边，只一探头，立即缩

回去。直耗过半个时辰，还没有什么举动。众官弁唧唧哝哝，又浮起低议之声。有的就要提孔明灯，上岸照看。

紫天王忍不住轻弹船板，怫然拦阻道："众位老爷们，点子正在岸上，你们又要做什么？"他既恐贼人骤来夺舟，又恐群卒贸然开抢，只得再叮咛一遍，然后离众溜到船桅下。隐身桅后，脚登舱顶，轻轻一点，嗖地往上一拔，已蹿上一丈多高。用右肩一找桅杆，双把合攒，双腿并拢，左脚蹬力，右腿盘杆，右把在上，左把在下，嗤嗤地往上捯去。刚刚捯上两三把，忽闻唰的一声，紫天王本已防到。他脸正对着堤岸，一抬头，恰得平视岸边，岸上黑乎乎的破空劈风，发来一物，影随声到，已扑奔胸前，却是冲着他头部打来的。仗他攀登得快，嗤地往上猛一拔，又一转，把腿蜷起来。铮的一声响，一支暗箭钉上桅杆上，恰当脚下，扎扎的发响，力量竟这么强。

紫天王立刻应招倒转，唰的一撒把，"云里翻身"，疾如电光石火，头下脚上，冒险翻转过来。顺手一拔，把这暗箭拔到掌心，原来是短弩射出来的。刹那间，又一撑把，陆镖头才滑下四五尺，挺腰垂足，把身子正过来，双脚一盘，仍然贾勇盘竿，不肯下桅。百忙中，眼光向外一瞥：江岸斜坡上，两团黑影，一高一矮，矮的蹲着，只露半头；高的站着，只露及胸。无疑的是那两个蹚道的，悄悄地溜过来了。

紫天王犹恐暗器再来，厉声喝道："相好的！慢着，来的可是奚一刀奚舵主手下弟兄？"话未说完，忽见岸上人影一晃。紫天王唰的又一撒把，飘身往舵顶坠下来。船桅上果又噌地响了两声，一镖一箭钉在桅上。

岸上两个蹚道的贼人都站起来，往前一蹿。本是在岸边两丈以外，现在竟扑到紧边上了，仍然一声不言语，簌簌地似乎整暗器。登时被船上的人一齐望见，有数人厉声大喝道："什么人？"

紫天王陆嗣清也勃然大怒，险些失神把性命送在这两箭一镖上，重喝一声道："相好的，懂交情么？我们有里有面，怎

么一声不言语，就施暗青子？呔，你可是姓奚的伙计么？”

岸上不答，唰的一阵响，暗器横飞。船上的兵卒幸被约束，没有开火枪，也没有开弓箭，镖行人等听动静不对，知道已经动上了手。狮子林廷扬从舱后绕到这边，程金英由舱内窗口探头外看，夫妻俩各持弹弓，一开一张，登时嗖嗖地连发出十几粒飞弹。

同时，伏在两舱船舷中的官弁，顿有两三个人大声发喊道：“岸上干什么的？快说话，开枪了！”

火绳的星星火亮一闪，那岸上的双影，挡不住林氏夫妻的弹丸如雨，更怕火器无情，竟唰的一退，离岸稍远，伏身一蹲，船上立刻看不见了。二贼临退时，仍不罢休，双双一扬手，船舱顶板上噌地两响，钉上了两支暗器。把王旗牌和两个兵吓了一大跳，以为贼人大队已至，惊喊道：“贼人动手了，快开枪！”贼人一溜烟跑开了。

火枪已经对岸瞄准。紫天王冲着岸上恨骂了一声，急忙回头，低声喝止道：“王老爷千万别开枪，这才两个贼，回头还有大拨贼呢。你听听，这就扑来了！”

紫天王口说着，犯险登高，重又盘上船桅，极目望去。一对蹚道的贼人没入岸上浓影之中，大概钻入禾田地了。紫天王索性跳下来把众人重嘱一遍：“叫你们开枪，再开枪。王老爷，这不是闹着玩的啊。贼人来了不少，咱们全靠火枪震吓贼党呢。先开枪，回头贼党全扑来，再想装火药，一个来不及，咱们可就吃亏没得救应了。”

王旗牌到这时百依百顺，忙问道：“咱们开弓可使得么？”紫天王道：“开弓使得。……可是王老爷，对不住，我可不敢支配诸位。我只爬在高处，给诸位老爷观风。我在桅杆上看得见他们，你老听我招呼。”王旗牌道：“我静听陆镖头的招呼就是了。”

紫天王见官弁已能同舟敌忾，任己调派，这才放心。忙又爬上桅顶，单腿登桅，一腿横盘，用单扯旗，腾出一只手来，

拢眼光，远瞭贼情。贼党那边又沉了半顿饭时，才突然发动。马蹄声重起，黑乎乎一大片浓影，随蹄声从前路扑来。忽高忽低，闪出数道黄光，想是马贼持孔明灯，照向江心。光微路远，倒未必照清了官船的虚实，只不过示出贼人的声势。

紫天王忙一敲桅杆，低呼道："留神，全来了！"船上人仰问："有多少？"

紫天王答道："北面六七匹马，或者八九匹马，人大概比马多。"又哼了一声，一回头道，"南面还有一大片人影，三个，五个，六个，八个，喝，十三四个！嗷，后边还有，快快预备！"

陆嗣清自己盘在桅杆上，仍恋恋地欲观究竟，不肯跳下来。忽听北面嗖嗖的一声，又是一支响箭掠空射过来，扑通一声，直落江心。

狮子林廷扬、程金英夫妻和顾金城，孙、左二镖客，一齐立身舱顶，向四面眺望。黑影中，瞥见岸上黄光随蹿声游走，在江心也瞥见后边两三箭地外，似有小船驶行。"不好，贼人果然要水旱夹攻！"

紫天王慌忙跳下船桅，把火枪拿在手底下，把弩弓也放在旁边。西岸上火光晃来晃去，越走越近，蹄声也越来越大，转眼间迫近了。马从北面奔驶过来，南面有步行的人影，傍岸下坡，似欲进攻。

紫天王陆嗣清喝道："看两面，放箭！"唰的射出几支箭，却不防那四杆火枪，到底有两杆开了火，轰的一声大震，官船往下一坐，一溜火光，直向北面打去。紫天王忙叫道："别开枪，快看后面，看南面！"

两杆火枪对北面开了火，北面贼人连声哗叫，隐隐地听见骂道："托漂儿上的秧子，快给爷们拢岸，别叫爷们费事，是你的便宜，献财买路，饶你不死！"

官船上的兵弁纷然骚动，任凭紫天王连声喝阻，已经拦不住。南面上黑影乱晃，贼人果从步下袭来。登时火光又一闪，

轰的一声大响，两溜烟火在黑影中，像两条火龙似的爆散开，跟着弓弦啪啪连响，箭飞如雨，照南北射去。

群贼连声唿啸，抵挡不住火器，在一片浓烟雾中又浮起一阵蹄声，贼人似要撤退下去。船上官弁一齐鼓噪，喊声如雷。在这旷野中，气势汹汹，不亚如二三百人似的。火枪如惊雷，一发过去，旋即波平浪静。倾听时，岸上声息渐静，贼人似已退净了。

旗牌官直起腰来，探头探脑，往岸上看了又看，道："好贼！"回头向陆嗣清叫道："陆镖头，这伙马贼叫咱们打跑了！"紫天王陆嗣清皱眉答道："贼人没这么老实的，你老多留神吧，这不算完。"

旗牌官一愣道："怎么？他们还要再来第二回么？"紫天王赌气不答。林廷扬隔舱说道："刚才那拨贼人不是来动手的。那也是蹚道来的，我们不开枪就好了。"顾金城道："你老要知道，火枪打一次，火药少一些，一点也浪费不得。"王旗牌不信贼敢再来，可是两眼离离即即的，直往岸边江心看。

舱内的官眷为火枪所惊，坐在黑影里，倾耳谛听，非常惊恐。程金英提剑回舱，极力地安慰她们，把"不要紧，不要紧"说了许多遍。半晌没有动静，女眷们才吁了口气。

舅爷命人问了下来。紫天王和林廷扬低声回答道："贼人还怕再来，里面千万不要点灯。"所有舱内的灯烛，有的吹熄，有的用东西遮掩住了。那旗牌官也回禀舅老爷，说是："贼人来得不多，是马贼，不是水贼。我们有火枪，决不怕他们。"

舅老爷说："这里也许接近贼巢，我们可以开船，离开这里。"陆嗣清道："舅老爷，你老望安，往前途走，更不稳当。贼人真个要动手，还是在这里等着他。这里地势很好，耗到天亮，就没事了。"

舅老爷又打算派三两个大胆兵丁，结伴上岸，找近处防营，报警请兵。紫天王道；"使不得。岸上贼人还卡着呢。没的请不成兵，叫贼人倚众捉住，倒泄漏了船中的虚实。"

大家七言八语地讲究，倾耳侧目地张望，突然天气又变，阴云四合，狂风吹浪，四只船在江面乱摆，声势有点惊人。船上人们口中说已把马贼打跑，马贼不会再来，却是人人提心吊胆，惴惴不安。

忽然林廷扬低声说了一句："看小船！"众人一齐回顾波心，黑乎乎的，哪里看得见？旗牌官问道："怎么看不见啊，是在前面，还是在后面？"林廷扬道："紧靠对岸，在咱们船后面两三箭地以外，这不是正往江心划来了。"

众人又复耸动，王旗牌道，"我怎么还是看不见？李德桂，你过来看看。"林廷扬道："你们凝眼神盯住了，一点一点往南边寻，靠江苇那边。……八叔，你老看见了没有？"紫天王答声道："唔？"顿了一顿，说道："我早看见了。这又是一只！"

林廷扬道："不错，我也盯了这半晌了，好像这小船尽只打晃，没有挪动地方，并且跟先前渡马的小船不一样，也许不是一伙，喂喂，八叔，你看见火亮没有？"果然在后面江心，似有微光一闪。船远光微，只有一两个眼尖的看见了。

官船上的人不由互相诘问："是贼船么？"那旗牌官凝眸良久，最后也看出来了，说道："这小船只管摆来摆去。陆镖头，这和马贼是一伙的么？"他立刻吩咐手下人，把火枪调过来，对准小船，以防意外。

就在众人转面注视江心的时候，岸上的贼人悄悄地分从两面，偷袭过来。断崖浅滩，不好下脚，贼人却早想好了办法。陆嗣清一眼瞥见，刚喊了一声："快看岸上。"

岸南头，岸北头，官船前，官船后，倏有两对人影，同时往下面一探头，蓦然退回去，陡又冒出来。林廷扬恰也瞥见，急叫："快留神，岸上的贼人又来了！"

贼人的大队已经来到，暂不进攻，距船数丈外，择取一个较易落脚的地方，竟有三四个人影，冒险溜下岸来。身临浅滩，脚踏峭岸，轻登巧纵，伏身而进。这先下来打冲锋的贼人，乍前忽后，刚溜到滩边，猛然在岸上又蹿出一堆人，来打

接应，每人提着一束草，照滩下掷来。

岸上丛莽乱生，群贼竟一声不响，轮流持刀割草。这一个割草，那一个打捆，这一个运到岸边、那一个往滩下掷送。立在滩前的冲锋贼，就急急地提草捆往浅滩上放。十几个人割草，捆草，运草，铺草，川流不息，此往彼来。霎时，竟在浅滩上垫好了进攻官船的路。

紫天王大惊，把手中兵刃一挥，振吭大呼，道："开枪！"贼人竟冒着险，三三五五，分散开抢上来。全船登时震动，喧成一片。镖客各提兵刃，奋起御贼。贼人的身法个个很快，右手挥刀，左手持类似盾牌之物，施展登萍渡水功，轻身提气，脚登草捆。只一点一蹿，一点一蹿，眨眼间，渡过浅滩。为首两贼更是凶猛，不要命地硬往船上跳，船离浅滩还有两丈远。

紫天王大吼，一跃当先，挥刀拦住上船的要道。抖手发出二只钱镖。贼人一俯身，斜扑上船。紫天王喝道："下去！"刀光一晃，抖手又发出二只钱镖。

贼人来势太猛，收不住脚；一拧身，刀先抽出来，身子复往旁蹿。紫天王便又摆刀一送，贼人不能立足船舷，回身蹿下去，扑通，浪花飞溅，坠落江中。在这一刹那，第二个贼，第三个贼，竟乘机跟踪而上，一抹地从背后斜蹿上船头。紫天王刚刚逼退第一贼，不意余贼又已袭上，而且乱舞兵刃，把住船舷，正要接引第四贼、第五贼。紫天王又大吼一声，跳起来，挥刀便扫。

刀起处，人尚未蹿到，忽然一个贼失声狂叫，又栽下船去。还当他是失脚，哪知是中了暗器。林廷扬、程金英夫妇，一个藏身舱后，一个探首船窗，拉开弹弓，照贼人连连发弹，乒乓几下，贼人站不住脚，有的退下去，有的闪身跳躲。百忙中，来贼猜测弹弓的来路，急急跳到船舱的前面，躲到弹弓不及处，仍然挥刀便砍，扬镖便打，口中连打呼哨。

岸上贼人猛然蹿出援兵，约有五个人，握着三张弓，提着两盏孔明灯，居高临下，把灯光向官船上照射，贼人那弩弓就

借着光，刷喇的打开了，向船上一阵攒射，且射且厉声呼喝，叫官船上的水手赶紧献船。

船面上只有官弁和镖行，水手船家早一个也不见，都受紫天王的吩咐，潜藏在舱中了。紫天王连喝开船，镖客孙德臣、左文升，急急地起锚摇橹，却被岸上贼人举起孔明灯，照了个正着，弩弓对准二镖客，不住手射来，不许他们开船。

这时，船上、岸上，弹丸和箭客横飞，骤如急雨。船上弹弓是近取，专攻抢船的贼党，岸上弩弓是远攻，距船较远，箭发力弱。只是贼人的孔明灯十分厉害，把船上的情形照得清清楚楚。紫天王大恼，但贼已迫近，火枪无功，急将手中刀使得呼呼生风，只几下，把贼人逼下两个去。

紫天王仍在挥刀寻贼。贼人践草渡滩，扑上船来的，先后竟有八人之多。四只官船并列，贼人全抢聚在傍岸的这两只船上。人多船重，一路急蹿，力量更猛，登时船身乱晃。贼党连扑过三个人来，照着船上人，挥刀砍剁。孙德臣、左文升二人不遑起锚，挥分水刀、钩镰枪，挺身迎敌。岸上的短箭飞来，左文升受了伤，忙喊：“风硬！伙计快挡住岸上！”

三个贼人围攻孙、左，林廷扬急从船舱中钻出来，侧身开弓，啪的一下，啪的又一下，一连四五弹。船头地窄，三个贼闪展不开，两个贼带伤飞逃，往船下一跳，没登着草捆，扑哧一下，陷入浅滩了，吱的一声，口打呼哨，急忙呼救。贼的同伴伏在岸下滩前，忙又抛来数捆草，同时跳下来二贼，拼命拖救同伴。

林廷扬大喜，开弓瞄准，弹打应救之贼。孔明灯照处，船上的贼忽然看见林狮飞弹，同党难挡，立刻奔来阻挡。一个贼喇的一钩镰枪，照林廷扬挑来。孙德臣在旁望见，忙横身招架。紫天王大吼赶来，抢先与贼人战在一处。林廷扬侧立在靠江心的船上，不住手开弓击贼。

这一次劫船的形势险得很，几乎全靠镖客应敌。二十几个官兵和那一位王旗牌，只一味呼噪。贼人蹿聚在傍岸的船右

舷，官兵贴着左舷，把头皮顶着舱板，从舱顶探出枪刀来，胡划乱砍。也有的放出几支箭来，又不敢近射，恐伤了自己人。霎时把箭射完，只顾挥刃往外乱砍，保护自己。虽是自卫，对拒贼却也有点用处。仗他们挥刀枪瞎比画，倒把贼人阻在傍岸的船舷边上，一时还不能跳过来。

四杆火枪本从舱内，探出船窗，向外开火。到这时果然不遑装火药了。眼看贼人乱窜，已经夺上船来。火枪手惊叫着："守船要紧！"竟要关窗板拒贼。害得舱外的人坐受岸上贼人飞箭远攻，空有利器，不得使用。

程金英娘子恨极，她本奉命守舱护眷，此时忍无可忍，竟夺过这一杆火枪，急急地装铁砂子，放火药。任外面扑登的脚步乱跳，人声乱噪，她不慌不忙，施展很快的手法，装完一杆，再装第二杆，一口气，装好了三杆火枪。

可惜程金英不会燃放火器，张着一双星眸，意欲招呼她丈夫。她丈夫狮子林廷扬，却也临阵丢下他的护舱本责，抢出去应战了。她有心招呼官兵，又恼这些臭男人鼠胆没起色。可怜四个火枪手，一个个弃下火枪，抽出腰刀来，关上窗板，藏在船窗后，瞪着眼，只防备贼人，唯恐贼人不要命，硬往舱里跳。贼人真要跳，也许给他一刀，他们是改攻为守，把舱外的护船众人全丢在度外了。

程金英一发狠，夹起两杆火枪，拿着一根火绳，从舱内移动，择好地方，把船舱板打开，急急地向外张看。船上来攻的贼人，正和拒守的镖客混战，这不能开火枪轰打。最可恨的是岸上贼人那几盏孔明灯，和那三张弩弓，把舱上的布置照得明明白白，弩弓又不住地照船上人多处射来。二十几个官兵，有两个受伤惊呼，引得余众全伏下身子。

程金英只一瞥，便全看出来了。她一咬牙，把火枪放下一杆，架起一杆，瞄好了准，将火绳一点，火光闪处，轰的一声大震，一片铁砂了凌空奔岸打去。一阵浓重的火药气息，弥漫全船，程金英身子晃了晃，两只耳朵震得欲聋，火枪后坐的力

量，想不到很大。本想双管齐下，把两杆火枪轮换点着，哪知这一杆轰炸，程金英就被震得失措松手了。

而且火枪震动，不比弹弓那么好放，明明瞄得很准，竟冒了高。幸而冒了高，才没打伤船头上搏斗的自己人。岸上持灯开弓的五个贼，却也一个也没打中，虽然没打中，可是一震的余威，居然把五个贼骇动。贼党本已提防这一招，登时双灯齐灭，三弓顿停。五贼喊一声："风紧!"立刻缩下身去，贴伏在岸上。更吓坏了抢上船来的群贼，趋避不迭，火枪厉害，竟呐喊一声。要奋勇来抢。

紫天王、顾金城、孙德臣、左文升四个镖客各展兵刃迎敌，不让贼人越过来。扑登的一声响，又有一贼人，未坠落浅滩，闪了闪，竟坠落水中了。

一霎时，岸上、船上、水上，人声喧腾，叫骂跳嚷不休。程金英孤孤零零地放了这一枪。隔过一会儿，岸上贼人竟又出现叫骂，孔明灯又寻过来。程金英定定心神，紧咬银牙，重整火枪。这一下连装了四杆，这一次格外的小心，呼訇，呼訇;双枪齐发，浓烟四散，铁砂子飞打出去。一枪仰击岸上，一枪平击浅滩。枪烟过处，贼人鼓噪，孔明灯又灭，好像这一回至少打伤贼了。

程金英大喜，把那两杆火枪也顺手点放了，砰的一声，掠空打去。虽仍不准，贼人觉得凛乎不可再留，齐呼："风紧，扯活!"舱中的火枪手，见有人给他仗胆，这时也忙奔到船窗后，叫道："林奶奶，程小姐，交给我们吧。"

程金英冷笑闪身，竟似不屑，丢下了火枪，重整弹弓，自言自语道："往滩上瞄，打滩上的贼要紧!"意思是指点枪手，不要浪费火药，空击岸头。

火枪手从窗口探头，看清了贼影，装好火枪，四个人各踞一窗，预备齐放。船头的镖客尚在蹿前跃后，挥刀斗贼。紫天王素知程金英不会使用火器，只道是火枪手开了火，心中欢喜，忙厉声吆喝道："咱们的人往这边退。喂，开枪啊，轰个

兔蛋的!”倏地邀伴退闪下来。

船上群贼越发心惊。但他们冲上船来的，全是些不畏死的悍寇。明知火枪难搪，进退都难，立刻也招呼一声，跟踪猛扑过来。紫天王抖手一镖，打倒一贼。林廷扬开弓弹，也打伤一贼。两面船舷夹缝的官兵，也放出几支箭，船上贼人越发乱窜。忽然间，旱岸下、浅滩上，一声怪吼，一个身形高大的贼人大叫:“老合别慌，我来了!”

黑影憧憧，由岸边奔窜过来数条大汉。当此时，船上船下，均有贼人。劫船的群盗与护船的镖行奔逐交错，混做一团。弹弓火枪远攻之器，登时无法施展，这一来贼人反倒得手。众镖客怒叱一声，各抡兵刃，一面与上船的贼人打，一面拒住靠岸的船舷，不令贼人的接应再上来。已经抢上船的贼人，个个身手矫健，飞腾蹦跳，火枪轰击后，他们招数一变，不与镖客力战，且斗且绕，专来牵掣镖行，借敌人掩护自身，同时夺船舷，接引自己人上船。镖客早已看破贼计，且战且拒，一齐涌到傍岸的右船舷这边，极力阻挠续上之贼。

转眼间，那数条大汉如飞趋到斜坡下。有一个身躯高大的贼人，抡鬼头刀，从浅滩上，登草捆一蹿，往船尾跳来。这人正是浙南旱路盗魁蔡九成。

孙德臣、左文升两个镖客一左一右，恰从后舱，往这边截来，一见贼党接应又至，急忙贴舱抢过来。孙德臣先到，往前一垫步，拧钩镰枪，照贼首便扎。这凶悍的盗魁蔡九成，脚找船帮，刚刚提刀蹿上来，正要往起直腰；孙德臣的钩镰枪已迎面刺到。蔡九成招疾眼快，急急往左一塌身，鬼头刀往上一翻，仓的一声，火星一爆，把孙德臣的钩镰枪反激回去。震得孙德臣虎口欲裂，身形乱晃，险些栽下船去。

贼首蔡九成登船进步，一个大鹏展翅，鬼头刀嘣的反递过来，斜砍孙德臣的腰背。那左文升是从左首过来的，见伙伴势急，贼人手黑，奋起全力，往起一纵，双手捧劈水刀，蹿起来，连人带刀齐往下落，喝一声:“躺下!”斜肩带臂，往下狠劈。

贼首蔡九成才将手中刀送出去，忽觉背后金风袭到，忙用左脚往里一滑船板，猛斜身，缩右足，往旁一转。嚓的一声，左文升用力过猛，收不住势，一刀剁在船板上，盗魁蔡九成借势一个扁身跺子脚，砰地踹着左文升的左肩头，哎呀一声，咕咚，摔倒船尾。

在船后梢，正有一个贼党袭上船来，看见现成的便宜，立刻举刀往下就扎。左文升拼命往外一翻，扑，坠入江心。这贼一刀取胜，提刀寻敌。突被林廷扬抖手一镖，哎呀一声，扑通一响，也坠落在波心了。左文升会水，贼人会水而不精，被落水的左文升就手一刀，扎死在水中，紧跟着呼隆一响，左文升复又蹿上船头。

这时候又有两个贼人落水。紫天王陆嗣清却倒吸了一口凉气，心中惊恐，晓得今夜难免落败。贼人已经夺滩上船，这一交手，只能迎敌登船之贼，已无暇兼阻岸上之盗了。

果然那盗魁蔡九成连声吆喝："并肩子，上啊，上啊！"挥动鬼头刀，且战且催伙匪速上。这来的贼匪竟不止一伙，每伙不下十数人。黄光照处，岸上的贼人一个跟一个，跳到滩前。滩前的贼一个跟一个，踏上草捆，再一纵身，便挨个抢上官船。而且贼人满船飞腾乱窜，把官船登得飘摇乱晃。只有六个镖客堪以迎敌，正在舍生忘死，闪展腾挪，阻舱门苦斗。所有的官兵，一个个立不住脚，紧贴船舱，只有挥刀自救的分儿。那盗首蔡九成又凶又悍，又狡猾，竟与两贼奔抢跳板，要把跳板放下来，引渡群贼，上船打劫。镖客顾金城、孙德臣竟截不住。紫天王把这情形看得明白，不由得转惊为怒，大吼一声，奔盗魁蔡九成扑来。

盗魁蔡九成一口刀邀住顾、孙二镖客，二镖客力不能敌，连连退蹿。旁边二贼伸手就抢跳板。林廷扬从隔船开弓，唰的一弹，二贼俯腰埋头，叫了一声，似乎负伤。盗魁挥刀怒骂，抢奔第二只船。

紫天王一声断喝："好强徒，着刀！"嗖的一声，人到刀

到，照定贼首后脑劈来。盗魁蔡九成正是个走势，竟欲越过舱顶，扑奔后船，把官船上发弹的人寻出一斗。突听侧面声似沉雷，迅若狂风扑到，连看也不看，一个蟒翻身，鬼头刀斜着往上一翻，正找紫天王的刀锋。

紫天王猛然撤刀，斜着往后一扑身，是个败势，一条左腿正卖给贼人。盗魁一刀翻空，左掌往外一穿，右手往外一甩刀片，金鸡剔翎，鬼头刀带着风声，照紫天王的左腿削来。紫天王右足一点船板，蓄势用力，容得鬼头刀递出来。这才猛然一旋身，左脚翻转来，微点船板，折铁刀也随着抡圆，展进步连环刀，接连两个翻身，刀锋照贼砍来。任凭贼人怎么快，也退不出五尺去，折铁刀悠起锐风，竟奔盗魁的上半身。

这盗魁蔡九成久经大敌，见来势凶猛，忙用足力，往起一纵身，居然凌空跳起来。蹿是蹿起来了，却限于船上地势，不能尽力远落。微斜身形，只蹿起六七尺，退出四五尺，已到船头。蔡九成庞大的身躯才往船板上一落，正有三个官兵躲在船头，瞥见贼人被陆镖头逼到近处，大喝一声，手里三杆花枪齐往盗魁身上戳来。盗魁微一闪身，唰的夺住一杆枪杆，磕开两杆枪，又轻轻一带，把这官兵给带趴在船头，顺手一掠，砍了一刀，其余二官兵吓得打跌怪叫。

盗魁蔡九成切齿进身，举刀复砍，紫天王截救不及，急展折铁刀，“乌龙出洞”，随着挺身进步之势，照盗魁的后心便点，却先喝了一声：“着招！”不为砍敌，实为救人。盗魁不是不懂，但仍得应声回招。右脚上步，斜身半转，“渔夫撒网”，鬼头刀照紫天王硬砸。紫天王一翻腕子，唰的抽招探臂，一个“盘肘刺扎”，刀头擦着盗魁的刀背递进来，直奔心窝。贼人一领鬼头刀，从左往右盘过来，唰的抡圆，照紫天王左肩头削去，喝一声：“呔！”

紫天王微一斜身，脚下连动也没动，让过贼人刀锋，折铁刀“凤凰展翅”，下削盗魁双腿。盗魁鬼头刀往下一沉，用力想磕紫天王的刀锋。紫天王这一招虚实莫测，容得盗魁这一刀

封过来，立刻变实为虚，疾如闪电，往回一抽刀，半扭身躯，折铁刀从右往左，一个翻身反手刀，劈头盖顶，猛砍贼人。

盗魁挺刀外封之力过大，应招变式稍迟，急急地收回，往上一架。没容用上崩、封之式，紫天王的刀刃倏地落下来。盗魁的刀尖刚刚往上一挑，未免力量稍软。仓的一声，折铁刀压着盗魁的鬼头刀劈下来。盗魁努力地往左一偏刀，喀嗤！折铁刀骤从贼人的右上身，连肩带背劈下。又劈啦一响，盗魁的鬼头刀和半截胳膊，全落在船板上。

热血迸溅，一阵奇疼彻骨，盗魁好狠的汉子，只咬牙哼了一声，往旁一闪。急弯腰，伸左手，把右腿绑的手叉子拔出来，疾如电掣，照紫天王猛扎。

紫天王不闪不躲，提刀就势又一送，刀锋再砍出来。盗魁猛然又一闪，怪喊一声："好刀！"半身浴血，左手匕首一下跟一下，连向紫天王乱扎。紫天王侧身连闪。船上群盗哗然大叫："不好了，蔡大哥挂彩了！"一齐奔紫天王扑来。

林廷扬急急地抢上一步，抡剑横刀，护住了紫天王。群贼也拼命地护住自己的首领，向林廷扬、紫天王猛搏。

浙南旱盗蔡九成右臂已断，血流不止。抽身急退，眼望岸边滩前，相距两三丈。一咬牙，大叫一声："风紧，扯活！"嗖地一蹿两丈，如飞鹰下掠，身投浅滩，脚找草捆。却是斜身旁蹿，黑影中哪里找得巧？扑哧一下，整个身子陷在浅滩里。镖客孙德臣大喜，抖手一镖，照蔡九成便打。把风的贼大震，孔明灯一晃，立刻飞奔来数人，各举草捆，纷纷乱投。倏然一个蒙面大汉，把瘦长的身躯一伏，挥手中刀，倏地一掠，疾如箭驶，奔向船来。另一个矮大汉，抱数捆草，轻登巧纵，驰到盗魁蔡九成失陷处的旁边。铺起草捆，坐地用力，把蔡九成拖出，回身便走。

孙德臣唰的又一镖，那蒙面大汉刚好奔来，挥刀一磕，当地一响，把镖磕飞，这大汉竟猛如怒狮，跃上船头，抡刀乱剁。孙德臣、左文升慌忙双双相拒。蒙面大汉怪吼一声道：

“着招！”扑登一声，左文升又坠落入水中。孙德臣大吃一惊，蒙面大汉嗍的又一刀，孙德臣不由倒退，蒙面大汉将刀一摆，抢奔紫天王。

那盗魁蔡九成只剩了半截右胳膊，被拖出滩外。贼党愤恨，一齐喊叫道：“并肩子，拼啊！瓢把子叫狗日的砍折胳膊了！”立刻岸上群贼势如潮涌，猛奔滩下，腾身乱踏草捆，往船上冲来。

蔡九成一声也不呻吟，咬牙忍痛，吩咐同伴：“你们不要乱来！快退，船上太扎手，地方不得利。伙计们趁早扯活，回头找场。”又振起喉咙，对岸大叫：“邓二哥风紧！不要恋战，有账明天算！”

但是那蒙面大汉竟在船上，和紫天王反复恶斗，西岸上突又蹿过来一个虬髯大汉，奋身上船，指名要会狮子林廷扬，岸上黄光闪照，这大汉竟寻见林廷扬，猛扑过来索斗，林廷扬立刻挥剑迎敌，战在一处。此人且战且骂，不似劫财，直似寻仇。林廷扬毫不理会，只施展本领，抵住来人。

紫天王看出贼人心怀叵测，急命众人：“快开火枪！”又向孙德臣发话，快快施展末一招。孙德臣也看出情形不对，竟扑咚地投入水中，与左文升泅水起锚，将船推动。两个人一齐攒力。官船重大，虽不能推得游走，却已推得挪动了地方。舱中的火枪手，不知怎的又得连开了四枪，轰然大响，铁砂子飞舞，纵然没准头，却也吓人。船上的贼不由乱叫，深恐退路截断，被火枪打伤。

这时候蔡九成已由党羽代为裹伤，他竟亲自吹起呼哨，呼众撤退。手下党羽也一齐呼叫：“风紧，扯活！”蒙面大汉和虬髯大汉还想恋战，但情势已非。那虬髯大汉更不是林廷扬的敌手，心想拼命，无奈林廷扬的剑法迅捷，自己抵挡不住。一霎时，岸上群贼互相传呼，纷纷撤退下来。

那虬髯大汉最后上船，也最后下船；向林廷扬连砍数刀，厉声大骂：“托线的小子们，提防爷们的吧！姓林的小子，咱

们再见！”手中刀骤如飞蛇乱探，接引群贼，一个个往船下跳。那滩前的贼人，也将飞蝗石子向船上乱打，借此掩护着同伴们退却。群贼践草捆，渡滩上岸，逐个逃走，眨眼间没入黑影中了。

第三十三章

林狮护舟败群贼

官船上的人，由兵弁以至镖行，无不庆幸。群贼初抢上船来，船上人个个都晓得要遭大劫。不意贼酋断臂负伤，群贼齐撤，大家都感激紫天王。紫天王抹去头上汗，仍恐贼人不肯甘休，也不敢上岸追贼；慌慌张张盘上船桅，往四方张望了一眼，蹄声大起，群贼退净，黑影中还有两个人影，在岸上打晃。

那后面小船，当群贼攻船时，竟会没有过来助战。此刻凝目看时，两三艘小船还泊在半里外，好像他们并非同伙。

紫天王为慎重计，急催众人开船，先把船离开这里，又提孔明灯，照看船上，查点伤亡。侥幸只伤了几个官兵，都不是致命伤，一一扶入舱内，敷药治伤。船板上血淋淋有半只胳膊，带着一只毛手，仍紧握着鬼头刀，乃是盗魁蔡九成的右膊。船上人不由吐舌，这贼酋卸下半只胳膊，居然还那么凶猛。

众人都不知道这盗魁就是蔡九成，也不知道那蒙面大汉、虬髯大汉是谁。只有紫天王陆嗣清，揣情度理，料知群贼必是

旱地强盗。紫天王遂和王旗牌进舱，向舅爷道惊，并报告御贼之情。舱内官眷早吓得面目失色，程金英娘子极力安慰太太、小姐。

乱了一阵，紫天王仍然忙着布置，不便抱怨兵弁，只冲着手下镖行发话道："咱们全仗火枪御贼，不叫你们随便开抢，你们怎么还是瞎放，差一点毁了！"王旗牌听了这话，忙告诫火枪手，务须与镖行协力，务须听陆镖头的指挥。

紫天王陆嗣清又说道："这事还怕不了结，贼人先是来打抢，回头还怕他们再来寻仇。我们得好好预备，这一回让我来把着火枪吧。"竟向官兵，把四杆枪全要过来。命林廷扬和自己，各持一杆。两个镖行和两名火枪兵，共管两杆。重新分派好人，开枪的，装火药的，务要合了手。如果放了一枪，来不及再放，就糟了。紫天王又道："诸位别泄气，不到天明，咱们不能算脱险呀！"

把四只船开出三四里地，离开贼人垫的草捆，仍择险岸泊住。喘息未定，忽闻江上风吹哨音，似有小船从后追来。紫天王、林廷扬一齐提心，忙将火枪调好，切嘱众人，个个盯住了江上、岸上。

转眼间，小船破浪驶来。紫天王持火枪伏在舱上，命趟子手，拿孔明灯照看。相隔尚远，看不真切，却也看出是两只小船，凌波并行。紫天王急急地告诉林廷扬等，又厉声吆喝："来船打住！"两船毫不理会，反而加紧疾驶过来，紫天王等忙把两杆火枪对住，潜打了一个暗号；火门齐点，轰然大震了两声，船上的人齐声呐喊。火光过处，铁砂子横江射去，小船突然停航，竟拨转船头，退回去了。

官船上的人吁了一口气。那旗牌官见火枪却敌有效，指手画脚说道："早要这么办，也不会闹这一场虚惊，决不会叫贼人扑上来了。"

一个兵丁也说道："那一来，咱们的人也不会受伤。"

紫天王、林廷扬暗嗤一声道："谁说不是！"赶忙的取过那

装实火药的两杆枪，把空枪交给镖行的伙计，立刻重装上火药，一面仍用孔明灯，照看四面。江上岸上此时又没有动静了。

耗过一刻，紫天王又钻出船面，意欲攀桅瞭望。林廷扬抢先出来道：“师叔歇歇，待我来吧。”攀桅而上，把四面情势看了一晌，跳下来道：“岸上的两个人影退了，刚才那两只小船也走了，可是后面怎么又过来一只小帆船？”

紫天王陆嗣清道：“唔？”忍不住亲自出来，又用孔明灯照看。果然在三四箭地以外，有一只小帆船摆来摆去。官船贴在右岸停泊，这小船靠在左岸徐驶。

林廷扬和王旗牌齐向陆嗣清道：“快下来，还是快开火枪！”紫天王瞪大眼，看了好半晌道：“等一等！”忽引吭叫道：“相好的，我们只想借道，不想别的。昏天暗地，我们可认不出好朋友来，火枪又没有眼！”

放了这几句威吓的话，再看来船，飘摇如叶，忽有一个清脆的嗓音叫道：“朋友，我们是走道的！”

紫天王冷笑道：“什么时候还行船？朋友，歇下吧。再往前走，彼此不便。”来船叫道：“那是怎么讲，这里是不让走吗？”

狮子林廷扬忍不住叫道：“朋友，你倒猜着了，刚才你难道没有听见火枪声吗？有老合照顾我们。我们对不住，不能不闯着走。”

来船也似乎笑出声来，道：“好了，我们就不走了，有话明天再说。”紫天王急接过来道：“你说得对，有话明天说。”

来船竟拢岸泊在后面，相隔数箭地，也看不清这小船究有多少人，也不晓得他是做什么的，更不晓得他与旱地贼党是否通气。

紫天王很恼怒，想了想，就算是水贼，好在官船傍岸而行，也不怕他们凿船，遂吩咐照常开船。此时天将破晓，天阴如墨，夜色仍浓。四只官船并檣而行，走出不多远，紫天王回

头一着，帆船竟没跟上来。

林廷扬道："这船也许不是贼党。"紫天王道："不是贼党，你想前有贼船横江，他是怎么过来的？"遂择好泊岸的地方，仍将船停住。

转瞬天色渐明，众人方才吐了一口气，觉得可以脱险了。这一夜匪警，两家官眷无不惊恐。现在天亮，料想无事了，舅老爷突然发怒，恨恨地说道："这里不知道归哪一县管？这县官也太不称职了，竟任盗匪纵横。回头告诉妹夫，定要参劾他。"

连道台夫人更心中怏怏不快，自己聘女，却路逢劫贼，居然明目张胆地动了手，这事太玄了。如今幸脱劫难，又觉得太不吉利，生恐自己女儿嫁到人家，因此受了褒贬，连太太心上很不好受。

舅太太看出意思来，连忙劝慰："地面上不消停，这是没法子的事，亲家太太可别过意呀。"很说了些开解的话，程金英姑娘也极力慰藉。

紫天王和林廷扬等，倚刃待旦，通宵没睡，天色已亮，还是不大放心。紫天王陆嗣清擦了擦脸，到舱面一看，又往后面一看，那只小帆船也没影了。这才吐了口气，说道："闯过一关了。"

王旗牌道："完了吧？"紫天王摇头道："这可是那句话，走着看，谁知道呢。"贼首那只断臂已投入水中，紫天王悄告林廷扬道："老侄你可知道，那只胳膊恐怕免不了惹祸。我只怕贼人不肯甘休，再缀下来寻仇！"林廷扬点头无语。

船面上一场夜战，颇有血渍，由水手们洗刷了。所有受伤的官兵，由舅老爷一一加以慰劳，又发下赏犒。当下把船开到随近渡口，派机警的官兵，登岸报官，请兵护行，兼访察贼踪。

紫天王命林廷扬跟了去。但贼早远飏，访无形迹。此处荒僻，也没有官厅防营，经向沿岸居民探问，居民昨夜已经闻枪

知警，都说此地一向平安，素无大帮匪贼。这伙匪人，当然是外来的了。

林廷扬很访了一回，毫无所得；又奔到昨夜御贼之处，也只剩下贼人渡滩的草捆，或陷在滩内，或浮在水上，此外未留什么痕迹，也不见贼人的尸体，想当时他们落水，已经捞救走了。遂买了些干粮，往回走来，忽遇见一个少年书生，面如冠玉，眉生朱痣，手指甲很长，从江边徐徐踱来，和林廷扬抵面相逢，不由四目对视。林廷扬急急上前要向少年搭话，这少年蓦地转身走了。

林廷扬望着少年的背影。少年走出一段路，居然回头，把林廷扬重扫了几眼，方才扬长走开。林廷扬摇子摇头，与官兵下岸登船，先向舅老爷禀告，此地没有官厅防营。退下来，将路逢少年的话，告诉紫天王，说这荒江野渡，不会有书生出现，这书生很有点可疑。商量一阵，不便登陆勘寻，还是开船速走为妙。

众人略进晨餐，立刻启碇。顺流急驶，再往前走，竟没遇见可疑的情形。紫天王倒纳闷起来。直走出多半天，忽然瞥见岸上有五匹马，循江而走，紫天王心中一惊。马上乘客赳赳勇猛，不似良民，手中只持马鞭，未携兵刃。紫天王藏在舱口，往外偷看，暗暗地关照林廷扬。林廷扬点头默喻，一同提防。这五匹马只跟了二三里地，忽又不见了。紫天王提心吊胆，总以为这事还没完结，除了小心戒备外，也别无他策。

当晚走了一程，照样进码头停宿。次晨启碇，走了一整天，到了严州地方。这是大码头，樯桅如林，航船甚多，不料风声忽又紧起来。江岸上又有人伸头探脑，打听官船的来路和去路，被紫天王拿话顶回去。旋又望见一只小帆船，看着非常眼熟。船中的客人不嫌气闷，蜷卧在舱中。紫天王看了又看，只看不见此人的面貌。此时官船已入桐江，距杭州渐近。紫天王唯恐船近家门口，再出差错，遂与林廷扬夫妻和顾金城，孙、左二镖客，加意戒备，虽然船行在热闹码头上，仍不敢放松。

一宵无事，次早再往前走。只多半天，便入了桐庐境。劈头忽来了几只大船，船头上威风凛凛，站着几个大汉，迎面喝问道：“来船可是由福建来的么？”

水手们答对着，前面的人声势竟很严厉，一迭声喝问：“是谁雇的船，船往哪里去？”

紫天王吃了一惊，急急地从舱中钻了出来一看，这几个人全是官弁模样的人。紫天王还恐怕是贼人的挟诈，来冒充官人。哪晓得王旗牌也从舱中钻出来，在身后答了腔。这迎面的大船，竟是毓巡抚派来接亲的官船！紫天王陆嗣清这才一块石头落了地，和林廷扬相视一笑，如释重负。不由得自己嘲笑自己道：“我的爷，我可有点三年叫蛇咬一口，见了草绳也打战了！”

原来毓巡抚新近在蜀境内，破获了一件盗案。浙、闽一带有一帮水贼，勾结船户，专做杀人劫货的勾当。乘客如上了贼船，不但资财尽丧，性命难保，甚至还落得尸骨无存。他们把行客捆手塞口，两脚装在坛子里，活活地投入波心。往往一船的男女客人，多者十几口，少者二三名，看准资财多，值得下手，就一个活口不留，全给害了。手段险毒，做法机密，无辜良民惨死了很多。忽一日盗案破获，因有一位上任官也被他们劫害，经有司勒限缉凶，适逢贼党起了内讧，把全案揭穿。竟讯出贼人党羽不下四五十人，尚且不算贼眷，被害的人前后竟达百十多口。

府县把案子详禀上来，毓巡抚不由心惊。想到自己派内弟夫妻，入闽迎娶儿媳，也要走水路的，登时后怕起来。因此，急忙地加派兵弁，雇船溯流，一路迎接上来。走得晚了几天，两边船只在桐庐相遇。探问起来，在路上没遇见贼船，却遇上了旱盗。多亏了镖客力拒，才将贼人吓走。毓巡抚晓得了，又惊又恐，一面办喜事，一面严饬属下，清乡缉匪。

这期间最引为侥幸的，是镖客紫天王陆嗣清。夜战拒贼之后，沿途仍有歹人跟缀，他们已经明明看出来。可是这暗缀的

小船，迭遇上好几次可以动手的机会，全都放过去，好像不是劫缀官船的。猜想着也许是水上过路的绿林，但他们又紧缀不舍，正不知他们转什么念头。紫天王两次拿话点逗他们，他们也不搭茬。后缀的小船似分两拨，有一个少年，自搭一只小帆船。有几个黑脸的、紫脸的大汉子，分乘两船。他们都不愿露出形迹来，总想法遮掩真面目。紫天王估计不透，断不准，整悬了两天两夜的心。距离地方越近，越担心得厉害，恐怕情形迫切，贼人骤然下手。现在好了，官船已然迎上来。再往后面窥看，果然小船散了帮，不再跟缀了。

紫天王陆嗣清悄悄告诉了狮子林廷扬夫妻和孙、左二镖客，大家一齐解严。这几夜，把镖行的人熬得人人眼红，瞌睡异常。于是官船合在一处，直驶入钱塘江。到杭州，入抚院，酬谢镖客，举办喜事。巡抚衙门自有一番热闹。紫天王陆嗣清和林廷扬、程金英夫妇，与顾金城，回转镖局，谢了当时帮忙的孙、左二镖客。事后谈虎色变，都说这一回护眷太险了。

但是蔡九成从陆路劫船，未免行径可怪。那个乘船少年不即不离，空缀了好几站路，到底不知他是谁，也不知他安着什么心？陆嗣清几次递切语，这少年始终不答。既非寇仇，转而一想，莫非是总镖头黑鹰晚辈的朋友，在暗中相助护行的？陆嗣清因询问程金英："你们老爷子可有这么一个江湖朋友吗？"

程金英娘子猜测不出来。林廷扬想了想，忽说道："这少年什九是家岳的朋友，暗中助拳的。小侄却敢断定，另外那两只船上的人确是被他镇住，才不敢动手的。"

陆嗣清道："怎么见得？"不等回答，"哦"的一声道："哦，我明白了，你看见他打手势了吧？"林廷扬道："正是。"陆嗣清寻思半晌，道："不很像，这里头还怕另有别情。"

林廷扬夫妻和陆嗣清猜而又猜，猜不透这少年是仇是友？殊不知这少年既非仇，也非友，实在是那个七子湖边独行盗侠小白龙方靖。

信阳江畔，有一片荒原。在荒原一角落，有一座疏林，疏

林中竟有几间草房。这一座草房中，一夕聚集了许多夜行人物，围着疏林，放下卡子，用孔明灯照着，忽然飞来一阵马蹄声，跟着从马上扶下血淋淋一人，正是劫舟断臂的旱地大盗蔡九成。旁边还紧跟着两个大汉，内中一蒙面大汉，正是奚一刀；一个虬髯大汉，便是飞蛇邓潮。众人把蔡九成扶入草屋内，急急地给他治伤。

飞蛇邓潮跪在地上，大哭道谢，连说："我对不住蔡大哥，叫大哥落了残疾！"

蔡九成和他手下的副贼，一点也不介意，齐说道；"这算什么？邓二爷不要小家子气，咱们不过扔了一只胳膊！脑袋掉了，碗大的疤。干这营生就是玩命。有胜就有败，有死也有伤，怕什么！"

蔡九成一声不哼，也不肯躺下。由同伴忙着，用一块白布，给他重敷好药，扎紧创口。蔡九成这家伙四十多岁的年纪，正在当年，猛如恶虎似的。别看唇白色惨，还是照常说笑。只是失血太多，口渴难熬。伙伴们给他烧水，他竟等不得，催着要凉水喝，连吞数碗凉水，手下群贼又调药给他吃。

蔡九成精神稍定，反倒安慰起飞蛇邓潮来，笑叫道："邓二爷，想不到这船上还真棘手。喂，那个姓陆的家伙，真有两下子，我倒很佩服他，他的手底下真利落。"不但不呻痛，且不言讳败，也不怨恨镖行；反而连赞紫天王的刀法高，布置强。跟着说道："这个紫天王是哪一派？我看他的刀法很像得到冀北神刀李的奥妙。"

副贼插话道："听说是十二金钱俞剑平的小徒弟。"蔡九成矍然道："原来是太极俞的徒弟，怪不得我吃了他的亏，可是他怎么耍刀呢？"左手抚摸着断臂创口，侧目睨视，笑吟吟地说："我算卖得过，将来我一定要跟他交交手。"

群贼哗然挑大拇指道："大哥真行！关老爷刮骨疗毒，也没有你英雄！你就放心擎好吧，咱们不能放过姓陆的，早晚找他算账。"一贼插言道："至少弄掉他一只胳膊一条腿，咱们才

够本。”又一个贼道：“那一定，这怎么也不能算完。”

闽北大盗奚一刀此次因关碍着镖行义释车夫谢二的交情，当时蒙面上场，也没得着便宜。今见邓飞蛇还在落泪，嗤地笑道：“邓二爷，你怎么娘们气！我们记着讨账就完了，哭八缸泪，你也锔不上蔡大哥这半截胳臂啊。”

邓飞蛇收泪而止，在地上走来走去，恨骂不休，道：“奚大哥，不是别的，这回蔡大哥为朋友落了残疾，我自己倒靠后，我太觉着对不住了。”说时，面对蔡九成道：“为了我一个人的私事，叫大哥受伤。我不恨别人，只恨小白龙。饶费了两车话，求告他帮场，他到底咬紧牙关不点头，一点江湖上的义气也不顾。好容易把他晃荡有点活动意思了，明明见他上场了，他还是晾台！”

蔡九成把嘴一撇道：“人家是侠客，哪能跟咱哥们比。咱们不都是一伙子臭贼么，自然你帮我，我帮你。咱们哪能比人家！”又道：“这回我蔡九成是栽了。二爷，我算对不住你。现在点子已经闯出线外去了，我又他娘的混丢了一只胳臂。没什么说的，二爷，你原谅我个力不从心吧。将来，等我养好了伤，那时候咱哥们再聚会。胜字号镖局反正跑不掉，不管姓陆的、姓林的，早晚我姓蔡的跟他交代交代，你瞧，是朋友总得有来往，来而不往非礼也。我总得还他一条胳膊。”又哈哈大笑起来。

蔡九成尽管说笑，脸上惨无人色，笑声磔磔，更比狼嚎还难听。同伴连忙劝他躺下，阻止他再说话。奚一刀便与飞蛇邓潮悄悄议论紫天王陆嗣清、狮子林廷扬的来历、功夫，怎么想法子找后账。

群贼在这荒林废宅稍停，未等到天明，旋即上马，哄然作鸟兽散，各奔前程去了。那蔡九成，却由副贼不知从何处抓来一辆驮轿，驮着他径回本窑。奚一刀也告辞要回去。那旱路大盗聂四疤眼聂永奎，直到次日才赶到。那虬髯大汉飞蛇邓潮，向群贼一一道劳，说了许多感情抱歉的话，把蔡九成、奚一刀

这两伙剧贼送走。然后他亲率海燕桑七、降龙木胡金良、黑犷牛蔡大来弟兄，邀同聂永奎一行大盗，依旧沿江飞奔，跟踪不舍，紧紧地摽住了这四号官船。却苦于不得下手，沿路太紧，船上太硬；跟着浙抚振兵迎接上来，越发的无望了。

飞蛇邓潮仍不肯舍，还要再三再四煽动那可望而不可即的另一助手，盗侠小白龙。小白龙谢绝了，飞蛇仍不歇心，仍要设计怂恿，一次不成，两次，两次不成，三次。……私愿不遂，兄仇未报，他誓不罢休。

但是，小白龙方靖到底不肯随人摆布，他的确常常打劫，他却不访明事主，断不肯鲁莽下手。小白龙听了飞蛇所派说客讲的那一番话，口头上拒绝，暗中却怦然动念，也潜缀下来了。扮作书生模样，装作买舟闲游的雅人，溯流而行，把官船暗跟了好几天。

小白龙明访暗窥，已得底细。证明了邀他助拳人的话，全是一些印象之谈，挑拨之语。这不是赃官回籍，不过是显宦嫁娶。护行镖客又很规矩，决没有捉贼灌尿的事。费了很细密的心思，把官船动静访得真真切切。这才和邀助的人订下约会，却仍不肯当面予人以难堪，只将自己询得的情形，写成一封信，点破他们所诉不实。官既不是贪吏，镖客也并未行凶。遂在严州地方，找到一家店房，择了三间干净房间，住下了。到了晚上，故意的留下门户，静等人来。

三更以后，果然有两条人影，飞蹿入店。一个站在屋脊后巡风，一个径直下来，弹窗三下。室中床上明明有人拥被而卧，外面把窗格连弹数次，人到底不醒不起，桌上残灯只留着微光，灯下放着一封信。那来人唤不醒屋中人，竟轻轻一推窗，窗扇应手而开。于是来人一蹿入内，略加寻看，把灯剔明，把信拿起，然后登桌一蹿出窗。就借一蹿之力，把灯扇灭了。房上的人嘘唇问话，窗前人低声答道："人走了，留下信了！"

这两条人影便是飞蛇邓潮的党羽海燕桑七和黑犷牛。两个人见小白龙不在屋内，与约定的话不符，就知道事情有了变

化。两人无可如何，揣信离店，见了飞蛇邓潮，拆信共读。

信上的话，简直六个字可以包括："对不住!""办不了!"

这四号官船，小白龙决计不肯拦劫，信上讲得明白："小弟滥竽江湖，誓以劫贪惩暴为怀。官船四艘，既无万金之巨赃，亦无应诛之恶吏；不过妇人女子、遣嫁之新娘耳。护行群卒又皆庸流，未闻劣迹；镖客六人沿途细察，亦均安分。恐诸君不察，访闻失实。若劫良孺，无仇无怨，非弟本怀矣。弟草茅下士，武技浅薄，即欲助君一臂，又知力不能敌，敬谢诸君，良用歉然!"

飞蛇邓潮啪的将信拍在桌上，跳脚大骂道："小白龙鬼种!难为我磕头礼拜的求你，你到底不帮忙！我跟狮子林没仇。小白龙，咱们是仇人!"

飞蛇邓潮深恼小白龙拒人太甚，与群贼商议，以后该当如何？海燕桑七说道："邓二哥，别钻死葫芦头，咱们不会另访别人么?"

但向武林中拳师、镖客们求助，谁也不肯帮一个剧贼，报私仇，杀镖客。这只能从同道线上的朋友，访求能人。飞蛇计较良久，立刻打定第二步做法。听说四川大盗飞来雁叶武鹏，功夫最好，和狮子林一派又有碴口。飞蛇邓潮立刻拜访下去。又探闻狮子林廷扬还有两个仇人，飞蛇就打发同党前去邀请。要纠合在一处，一同设法算计这林廷扬。邓飞蛇为报兄仇，连年奔走，多方搜求，偏偏赶上狮子林正走红运。这些绿林剧贼，不帮拳便罢，一帮就遭殃。飞蛇邓潮气得直跺脚，依然无计可施。

降龙木胡金良，最佩服小白龙的武功，对邓飞蛇说："邓二哥，你这么乱钻，白耽误时候，若依我想，你如果认定狮子林武功强劲，只有小白龙和飞来雁能斗得过他，那么你还是对这两位下苦工夫。你要以情面打动他，情面打不动，你要拿利诱他。要不然，你想法子，给他们拢对。常言说，一块石头也能把它抱化了，架不住工夫长，总能把他二人拉出一个来。"

飞蛇邓潮看了看海燕桑七和降龙木胡金良，点头不语，目光炯炯，望着南方半晌，忽然仰头吁了一口气，道："嘘！"

这时候飞蛇的嫂子和侄儿别有遇合，也正在计划着报仇的事，却寄来一封信，把飞蛇给骂了一顿。总而言之，是怪他惧敌，恨他忘仇，嫌他小心过分。邓飞蛇于无人时流泪苦思，飞来雁叶武鹏既然难找，咬一咬牙，乔装改扮，第二次又重入太湖七子山。

这一回邓飞蛇不是空手去的，他竟劫了一票好买卖，足有二三千金，又把预蓄的赃物，一股脑变卖了，共凑足五六千两银子。带着这数千两银子，跑到七子山，埋头做起工夫来。手下仍有几个至好，替他跑腿帮忙，随时探访林廷扬的动静。而且，邓飞蛇将他一把金背刀，也不分昼夜，苦苦地精练起来，还有暗器，也下了一番苦功。

（全书完）

整理后记

本书是白羽“钱镖四部作”之四，系作者抗战后撰写的第二部武侠小说。白羽在20世纪40年代初一直认可“十二金钱镖三部作”(即《十二金钱镖》《血涤寒光剑》《武林争雄记》，1949年8月在《十二金钱镖》沪版中首次提出“钱镖四部稿”，虽没明确“之四”指哪部，但同时出版的《狮林三鸟》的“自序”中明确指出“……《联镖记》，是为‘钱镖四部稿’。”

本书1939年初在《北京实报》连载，1939年6月卷一单行本由天津正华出版部印行，至1942年2月陆续出版六卷36章，但故事未结束。1942年底，白羽在北京《立言画刊》以《大泽龙蛇传》篇名续撰。当时，《立言画刊》为保持故事的完整性，认为本书第33章正好一个故事告一段落，故在连载时，重新刊登了第34章至36章，才续载新稿。1943年正华出版部出版《大泽龙蛇传》三卷本，即包括了《联镖记》第34至36章的内容。本书此次整理出版，以正华版为底本，把第34章至36章删去，移植为《大泽龙蛇传》在伪满康德九年长春新京书店曾经再版。

第一章 小白龙斗剑劫镖

第二章 过天星赴援拒寇

第四章　不速客挟诈吊丧

第五章　林镖头遗榇北归

第六章　未亡人灵前设誓

第七章　海燕子纵火搜孤

第八章　摩云鹏画计远飏

第十章　青纱帐冒雨夜奔

第十一章　亡命客款关求救

第十二章　联庄会传檄御贼

第十四章　二贼徒踩盘落网

第十六章　降龙木寻仇见逐

第十七章　邓飞蛇激众奋战

第十八章　小辛集群寇攻庄

第十九章　寻仇客歧路亡羊

第二十一章　狮子林联镖搏虎

第二十三章　高雌虎携子访艺

第二十四章　小白龙脱劫遇艳

第二十五章　杨春芳救难乘龙

第二十六章　小白龙迎娶春芳

第二十八章　邓飞蛇延贤被拒

第二十九章　程黑鹰选婿联镖

第三十一章　紫天王凭舟御贼

第三十三章　林狮护舟败群贼

白羽武侠小说全集 五

大泽龙蛇传

白羽 著

第一卷

山西出版传媒集团
北岳文艺出版社 BEIYUE LITERATURE & ART PUBLISHING HOUSE ·太原·

图书在版编目（CIP）数据

大泽龙蛇传 / 白羽著. — 太原：北岳文艺出版社，2022.1
（白羽武侠小说全集）
ISBN 978-7-5378-6468-8
Ⅰ. ①大… Ⅱ. ①白… Ⅲ. ①侠义小说—中国—现代
Ⅳ. ①I246.5

中国版本图书馆CIP数据核字（2021）第215708号

大泽龙蛇传

白羽 / 著

出品人
郭文礼

选题策划
孙茜

责任编辑
孙茜

印刷监制
郭勇

封面插画
杨苇

封面设计
阎宏睿

出版发行：山西出版传媒集团·北岳文艺出版社
地　　址：山西省太原市并州南路57号
邮　　编：030012
电　　话：0351-5628696（发行部）　0351-5628688（总编室）
传　　真：0351-5628680
承 印 者：山西人民印刷有限责任公司

开　　本：890mm×1240mm　1/32
总 字 数：5280千字
总 印 张：200.625
版　　次：2022年1月　第1版
印　　次：2022年1月　第1次印刷
书　　号：ISBN 978-7-5378-6468-8
总 定 价：1380.00元（全25册）

独行盗侠小白龙为避武林同道，化名隐身。邓飞蛇为报家仇，邀小白龙助拳『拔闯』，小白龙与飞蛇性不相投，几番拒绝。飞蛇费尽心机，设计骗得白龙与其仇家名镖师林廷扬斗剑，白龙覆巢。林廷扬为诛飞蛇，只身寻仇亦伤重身亡，托孤摩云鹏魏豪。数十年后，林之子化名纪宏泽长大成人，与摩云鹏叔侄相偕南下找白龙报仇，途中失散，纪宏泽与女寨主飞来凤和遗孀金慧容钟情，两女相斗，演出一场夺婿惨剧。

目录

第一章 潜龙湖边现鳞爪

江苏吴下，七子湖边，住着一位才高学富的秀才，名叫凌伯萍。他不但人品秀雅，而且富甲一乡。说起来，他的田亩并不算多，却有些商铺开设外郡，很能赚钱，如古玩铺、当铺、绸店之类，以此他得以坐拥巨产，隐居高卧。

凌伯萍家中人口很少，只有一妻一女和些奴仆。他的妻是小家碧玉，和他结为夫妻，内有一段奇缘。据说凌伯萍性耽游览，不幸有一年南游湘汉，误上贼船，又教叛主恶奴所卖，险些丧了性命，被古刹寄居的一位老儒所救，才得免死。这老儒名杨心樵，也是隐居避仇的人。膝下只有一个爱女，小名春芳，尚在小姑，独处无郎。父女二人在江边古刹，设帐训蒙，春芳也住在庙内，为父执炊。这一日凌晨，突有个穿长衫的少年，从这小庙别庑内，水淋淋出现，手里还提着一把剑。杨心樵父女大惊，看这少年通身水淋，肩负重伤，庙门阶地上又发现斑斑血迹。这父女慌得严词诘问少年。少年书生长揖诉苦，自称凌伯萍，身是秀才，江行遭难。杨家父女把他救了，更衣敷药，假舍养伤，十分尽心。少年陌路获救，恩同再造，自然

衷心感戴。杨心樵爱他年少多才，潜动了相攸之心。后来少年伤愈，春芳姑娘便由乃父主婚，嫁为凌伯萍的妻室。

却不意春芳嫁了过去，杨心樵才发觉东床娇婿家境如此豪富，而自己女儿乃是续弦，并非原配。一年以后，又觉察，凌伯萍行踪可疑，猜是江湖人物。措大心事，顿感齐大非偶，老贡生心中不以为幸，反以为悔。可是这懊悔之情，又不能对女儿透露。光阴荏苒，春芳姑娘嫁凌伯萍不到两年，便生一女。老儒杨心樵心中郁闷，积忧成怨，不久生病，病重死了。春芳姑娘十分哀毁，凌伯萍极尽半子之劳，把岳翁好好安葬。这是已往的事了。

春芳娘子和凌伯萍这夫妻俩的日常生活，可谓以财自娱，不羡神仙。夫妻俩整月地课奴艺花，督婢刺绣，度着隐逸生活。既不结纳官府，又复谢绝交游，服食起居极备豪奢，而且悠闲。

服侍春芳的，有婢女，有佣妇；服侍伯萍的，有书童，有干仆。宅中还有门房、管事、厨役。而且还有个通房大丫头，名叫宝芬，是凌伯萍姑母送给的。这个十八九岁的使女竟很有力气，胆量也极大，敢独行黑道，敢在半夜入花园折花。服侍凌伯萍的书童，共有两个，内中一个叫宝文的，年才十六七岁，也很胆大力强，曾和宅中厨子老冯打过架。厨子老冯三十多岁的汉子，反被宝文小孩子打得直叫唤。

春芳娘子看似蓬门少女，实则系出名门，治家相夫，井井有条，这些仆妇全都敬服她。她和凌伯萍伉俪之情很深，有时看来，凌伯萍倒像惧内。

春芳娘子是个很俊美的女子，生得细腰削肩，眼波盈盈，一双手纤纤洁白，手指甲长有半寸多，隐透肉色，润如春葱。偏偏她丈夫伯萍秀才也养着长长的指爪，刷洗得晶莹如玉。夫妻俩春闺无事，有时要比赛指甲，看谁养得指甲长，谁修得爪甲好。有时春芳娘子故意逼着丈夫伸出手爪来，自己替他修剪、刮磨，更要用凤仙花、指甲草，给丈夫染成红指甲盖。她

脉脉含情地说道："这样，才像个姑娘哩。这样，我看着才喜欢！"

春芳性好绘画，凌伯萍性好围棋。春芳也在抚女治家之暇，就拈笔调色，画得很好看的桃花。凌伯萍饮酒赏花，高兴时，常登七子山，找清凉寺僧下棋。

却有一样，凌伯萍虽得艳妻，仍喜远游。每半年必要出门一次。这一出，少则逾月，久则两三月；甚至流连忘返，延迟至五六个月的时候也有。

春芳娘子爱恋良人，不忍久别，便委婉劝他："丰衣足食，在家安居多好？何必跋涉风尘，再受那番惊险？"

凌伯萍含笑听着，我行我素，到要出门时，仍要出门。春芳娘子忍不住又娇嗔劝阻，伯萍便说："男儿志在四方，你叫我长侍妆台，终老温柔乡里，做你的脂粉奴隶吗？况且我也不尽是闲游，我也须到铺子去，算账收息。我只是偶遇名山秀水，顺路一逛，有干仆照护，再不会出错了。"又笑道："上次不出岔子，你我也不会结成夫妻哩。"

春芳娘子摇头："收租收息，你不会打发管事人去，何必定要你出门？"春芳娘子情深妒重，便猜疑丈夫勤勤出外，必非无故，也许他在外面另有外家。因伯萍出游，总带着干仆凌安。春芳就用种种方法，向凌安密诘真情："你们主人不断出外游逛，都是做些什么？"

凌安垂手肃立，回禀道："大爷好逛山水，又喜欢访古庙，找有学问的和尚道士，和他们谈论佛经密典。大爷和出家人说的话，小的也听不懂。"又道，"大爷不净是闲游，有时到自己铺子里，问问账，算算花红，也是常有的。"春芳不信，仍然穷诘凌安："我不信他好逛山水，怎么我叫他陪我逛西湖去，他不愿意呢？你们大爷别是在外面私地里有外宅吗？"凌安低头正色道："奶奶别多疑。大爷可不是那样的人。"春芳哼了一声道："我若从别人口中访出来，我可不答应你！"

春芳娘子仍不放心，又命贴身使女，向别个仆人打听。她

有时故意向凌伯萍闹，试着用话诈他。凌伯萍那时必然含着诡秘的微笑，说道："芳姑娘，实话对你说吧，我家里还有一对呢。你不是继室，你是第三个。在杭州还有一个，在苏州又有一个，在江州还有一对呢。"

春芳道："说真格的，我也不嫉妒你们，你何必瞒我？我一个人在家，像个孤鬼似的。你一出门，你想我多么闷得慌？外头若是真有人，我说实在的，你倒不如把她接进来，也好跟我做伴。"

凌伯萍听了就笑，仍然故意装出正经神气道："你若想找个做伴的，还不容易。我再给你娶上一个。一个够不？若不够，我给你娶两个。……现放着仆妇丫鬟一大群，你又像孤鬼似的了，你哪里是闷？你是要拴上我，你把我拴在床腿上，好不好？下回我要再出门，我一定带着你，你就放心了。"

春芳娘子是个聪明女子，她丈夫说的话是真是假，虽不可知，可是他们情深情薄，却能从无形中体察得出。凌伯萍实在对她心无二念，爱眷良深。他即便性好出游，他的心神确是记挂着这一妻一女。若诬赖他有外家，春芳娘子也觉不像。但是凌伯萍总好像别有一点不可告人的秘密似的。聪慧的春芳，实在于无形中感觉出来了。

凌伯萍的衣兜袖口，以及枕畔被底，春芳娘子曾偷着检索过，并没有发现类乎女人的信物，像秀发、弓鞋、丝巾、锦囊、钏钿、环佩等，伯萍身边一向没有。女人们测验丈夫的情爱，可以从他对待别个女人的神情上揣摸出来。凌伯萍不喜欢接近女子，他确像一个不二色的少年稳重男子。家中侍女不少，美姿容的也有两三个。伯萍对她们，委实是拿出家主的面孔，正颜厉色地讲话，决不带轻薄之态。

凌伯萍的书房也不喜欢叫女眷进去，只有那个通房丫头宝芬，有时奉主妇之命，到书房送过茶水夜肴。凌伯萍却也不以为然，曾嘱春芳："免了这节吧。如果要茶水，我自然叫宝文进来要。"春芳娘子咬着指甲，想道："他……不像那种人哪？

到底怎么回事呢?”

并且伯萍的书房，好像就在白天，也不乐意叫仆妇、丫鬟进去。春芳娘子是主妇，她要到书房看看，自然没人敢拦。不过春芳自己也懒怠常去。去了，伯萍就起身迎送，夫妻间倒成了宾主似的。伯萍居然说:“请坐！宝文给奶奶斟茶。”这样子，书房之中是伯萍为政，内宅之中是春芳娘子为政。并且这书房，伯萍在家，就一个人在里面鼓鼓捣捣。不在家，就把书房门一锁，钥匙交给书童宝文看管，以便随时拂尘清扫。

春芳想:他一个人在书房，都做些什么呢?她曾经抽冷子进去看他。有几次目睹他悄然独坐，捧卷沉思，也有几次见他在书房内自己舞剑。春芳忍不住询问:“你一个人关在屋里，也不嫌闷吗?”伯萍那时必起身逊座，笑着说:“我闷惯了。”又道，“闷得慌，我才想出门逛逛，无奈娘子又不准哪。”春芳无话，搭讪着手指宝剑说道:“你还会舞剑，你倒舞得很好。”伯萍扶桌笑道:“你不知我文武全才吗?何止舞剑，我还会要刀花骗你呢。这才引起春芳娘子不放心，想来私访我。”夫妻俩说起笑话来了。

偶有一次，看见凌伯萍独在书房，收拾书箧，书童宝文和干仆凌安给打下手，帮忙。这不仅是书箧，还有几只铁叶包角的皮箱。伯萍将它打开，正从里面翻弄出许多文件册子和零星纸条。春芳娘子恰巧进来，看见这个就问:“这些纸片子都是什么?”伯萍直起腰来，把手中东西放下，笑道:“请坐！这个无非是些旧信札、旧单据罢了。也有铺约、房地契等等。好久没整理了，有的潮霉，打算晾晾。”回顾书童、干仆道:“你们先出去吧，晾一会儿再装箱。”干仆、书童齐声应道:“嗻!”垂手退出去了。

春芳娘子做出不愿意的面孔道:“这些东西应该好好收藏。你把它放在书房里，你放心吗?”伯萍笑了，随说道:“可不是，如今我有了家了。现有掌印夫人，我还放在这里做什么?”春芳不悦道:“我没挑你那些过节儿，我只怕你把要紧契据丢

了。你又常出门，这个书房空着没人住，万一下人们手不稳，给你偷出去呢？”伯萍道：“他们敢！”忽又笑道：“你不知道，你那前房姐姐在着的时候，这些东西本放在内宅她那里，她殁了以后，内宅无人主持，我就把这些东西都移入书房了。现在你来了，你是我家的主妇了，这些东西自然该搬进去，交给你掌管。”

于是书房中几只箱笼，都由书童搭入内宅，把钥匙交给了春芳娘子。却另有一具小箱，凌伯萍搬了出来，暗中交给了干仆凌安，春芳娘子并不晓得。春芳娘子是细心人，把这些箱笼吩咐女仆都安置好了，当时也不打开细看，只把钥匙好好地收放起来。一日凌伯萍不在家，春芳便开箱细看了一遍，内中都是些单据文契，还有些不相干的旧信，没有什么可疑。

又有一次，春芳娘子偶然信步来到书房。她本是纤足妇女，脚步甚轻。又不喜穿木底鞋，走起路来，没有声音。直等到一推书房门，来到门口，忽见凌伯萍一手扶着书桌，坐在椅子上，眼看着那个干仆凌安说话。凌安竟倚着桌子，也大模大样，坐在那里。一主一奴脱略形迹，平起平坐，正像是深谈什么事情。忽门扇一响，凌安突然站起来，急忙道：“奶奶来了！”立刻垂手而站，往旁边一退。凌伯萍回头一看，也不知不觉站起身来，说道：“你……你做什么？”春芳娘子道：“我不做什么。”秀目一转，看了看，竟一扭身回去了。

凌伯萍忽觉不是味，急急跟了出来，叫道：“芳姐，芳姐！”春芳不答。凌伯萍追上来，手抚春芳的肩头，徐徐笑道：“你怎么走了？”春芳一甩手道：“什么样子，拉拉扯扯的！”又看了伯萍一眼，见他面红色变，她却又赔笑道，“你们是商量事，我回头再来。”姗姗地回转上房去了。凌伯萍望着春芳的背影，半晌才重回书房。凌安还在门侧，垂手而立。凌伯萍生气道：“你怎么不关门，这多么没有意思。”

这一天，春芳娘子把宅中大小仆妇婢女，挨个叫来，挨个问了。这个仆人凌安到底是怎么回事？主人为什么另眼看待

他？假使凌安是个少年俊仆，倒有一说。这凌安却是三十多岁、浓眉巨目、气象赳赳的一个汉子，倒像个护院的打手，不似富室俊奴。春芳连问数人，都说凌安是个老家人的儿子，他父亲在宅内，听说有三辈子了。主人对待他，是与众不同。春芳听了半信半疑。

到了晚上，凌伯萍回内宅寝息，春芳娘子就打叠精神，陪着丈夫说笑。说到欢酣处，春芳问道："可是的，那个凌安，他是个家生子吗？"

凌伯萍眼珠一转，忽又凝眸看定春芳。春芳一双盈盈秀目，也正看着伯萍。两人眼光一对，春芳娘子居然很强，虽被瞅得面皮发红，有点娇羞，却仍然不错眼珠地和丈夫对看着。凌伯萍忽往前一凑，两手把春芳的双肩一揽，似欲亲吻，却又将手一转，要摸她的胸口乳房。春芳连连闪避，含嗔道："做什么，做什么！"

凌伯萍哈哈笑了起来，说道："不做什么，我倒要看看你这玲珑剔透的一颗心，你你你怎么一肚子都是醋啊？"春芳娘子双颊越发羞红，两手用力地把凌伯萍推开，登时回过味来，把凌伯萍打了一下，半真半假发怒道："大爷，我倒要请问请问你，我向你问问凌安，这话又怎么啦？问不得吗？有什么犯歹吗？"

春芳娘子心上很有点不痛快！

凌伯萍还是顽皮，笑道："我告诉你吧，你见我和凌安平起平坐，瞧着像忘了主仆的身份。你便是为这个多心了是不是？那个凌安不是别人，乃是我从小的伴读。你这回瞧着新鲜了。我没成婚时，我还管他叫大哥呢。直等到我娶亲之后，他才改了口，管我叫大爷，管你前头那个姐姐叫大奶奶。我和他是儿时戏伴，他父亲也是咱们爹爹的伴读，他父亲还救过咱们爹爹的性命。他一家人，祖一辈、父一辈，在咱们家服役。他当真是家生奴，可是他们的卖身契从他父亲那一辈上，早就由祖太爷赏还他了。不但如此，还给他娶妻成家。在咱们老乡，

就有恩赏给他的十六亩地和八间草房，他可以说是咱们家的义仆。你只看见他和我平起平坐了，你还没看见他父亲管束我哩。他父亲管我叫小哥儿，‘小哥儿这么不对了，小哥儿那么不对了。’他贬排起我来，比我的叔叔、舅舅还不客气……”

凌伯萍还有些解释的话，春芳娘子摇头不爱听，说道：“谁问你这个来！你爱他好，不爱他也好，那是你们凌家的门风，跟我有什么相干？我只问你一句话，你们一主一奴，截长补短的，嘀嘀咕咕，背地里总讲究些什么体己话？也可以让我听听不？我倒没有看见你跟别人这么屏人秘语过。你却跟他三天两头说私话，这怎么讲？”

凌伯萍大笑，一时无言可辩。春芳的一双俊眼更盯得紧，兀自不错眼珠，看住了伯萍的脸，一面还在追问：“你倒说呀！”

凌伯萍仍然笑道：“没有的事！”

春芳把身子一扭道：“你骗小孩子吧！我看见你们两三次了。不单这个，你还有什么事，不是都先跟他嘀咕吗？你当我傻，是不是？别的不说，就说今儿白天这档子吧，你究竟跟他在书房讲究什么？怎么我一推门，你们俩就咯噔打住，全不言语了？这又是怎么的？你可以告诉告诉我这个外人吗？”

凌伯萍小看了春芳娘子。春芳绝不是小家碧玉，乃是聪慧的闺秀，不但知书识字，还很有心机。凌伯萍吃吃地笑着，指着春芳道：“你瞧你，越说越来劲，你也太多疑了。他一个下人，我跟他有什么私话！”春芳瞪着一对剪水青瞳，戟指道：“你又打岔，你倒说呀！”凌伯萍摆出调情的样子，张开双手，往春芳两肋一比，笑呵道：“杨小姐嘴真巧，你叫我说什么，你把我当贼审吗？我看你的舌头有多长，我胳肢你！”整个身子往春芳身上扑来。

春芳早防备着，急急一闪，苗条的柔躯如风摆柳，想把伯萍诓一下。哪知伯萍的身手很快，这一扑虽虚，往上一垫步，早双手一抱，将春芳整个捉住，就势按倒在床上。伯萍自己也

一侧身，躺在床上，两个人登时并头对卧。伯萍一手揽住春芳的脖颈，不叫她挣扎起来，一手就当真来胳肢她，并且说："你这醋，几文钱一斤？我倒要看看这位少奶奶，怎么专跟一个家丁犯上猜疑了？"

春芳身子已被伯萍压住，只双足乱蹬，被伯萍连连胳肢了几下，笑得喘不过气来。春芳满面通红，一迭声道："别闹，别闹！"伯萍仍然和她起腻，搔痒。春芳真个急了，不由得说出一句话来道："伯萍，伯萍，你欺负我！"伯萍笑道："我就欺负你，我看你的嘴还往斜道歪不？"

闹得过火了，春芳娘子禁受不住，竟掉下泪来，哭声说道："你不用扯臊打岔！我是你们家的外人！问你真格的，你和我鬼混，你欺负我娘家没人了！你不用拿真话当假话说，你一定老家里还有人。这个凌安，你这么宠着他，你一准在他手里有短儿。只有他跟你出门，跟你回老家收租子，你是怕着他。你不用冤我了，你背着我一定有故事，你不用胳肢我，你索性打我一顿吧！"她竟由调笑转为悲怒了，娇躯被伯萍擒住，粉面簌簌落下泪珠来。

伯萍登时放了手，心上很懊悔，连忙说道："好姐姐，你真急了。"极力地哄慰。春芳娘子双涕凝泪，躲到一边。凌伯萍凑过去，不住口地赔罪，央告，倒在怀内，装小孩，叫好听的。春芳娘子无法，只得破涕为笑。但对丈夫过分宠信凌安这件事，从此似乎留下了芥蒂。她女人家心肠，总疑心丈夫在外，定有不可告人的私弊，落在奴才手里，自然对这奴才要假以辞色了。她并不是不放心凌安，她还是顾虑到凌伯萍素日喜游的行径。她想：自己和凌伯萍的结合，乃是邂逅姻缘。自己父女从患难中把凌伯萍救出，因此订婚结配。兴许凌伯萍瞒着自己，家里还有女人？可是的，他已经把我骗娶过来，他又何必至今还瞒着呢？

还有一件怪事，伯萍出门之前，必先把凌安设辞遣出去。凌安回来之后，不出旬日，伯萍必要出游，不是说到外埠收

账，就是说回故乡看望。这两年来，几乎屡试不爽，难道能说是偶然吗？那么，他到底捣什么鬼呢？

但不拘春芳娘子如何猜疑，却知凌伯萍对自己颇有结发情分。冷眼看看，丈夫每逢倦游归家，见了自己，那番缱绻贪恋，恨不得把自己……春芳娘子想起来，都有些害羞。并且他把自己所生膝前唯一爱女小桐，是这么抚爱着，俨如掌珠一样，见了面，必要偎偎抱抱。从牙牙学语的婴口中，试听叫出一声“爹”，他便这么忸怩而欣然了。他确乎是“初为人父”。出门回来，他第一句话必问小桐，并定给小桐带许多玩具。钟爱子女的父亲，一定爱怜子女的生母。春芳暗道：这难道都是假的吗？这个闷葫芦好难打破！

凌伯萍这一方面呢，实在爱着春芳。春芳姿貌既好，脾性又温婉多情，况又给他生了一个玉雪可爱的小女孩。他想：得妻如此，于愿已足。不过他也有他的怪脾气，好像愿意看妻子拈酸含妒、轻怒薄嗔的模样似的，常有意无意做出撩拨她动疑的举动来。春芳不喜丈夫出游，他每年定要出去三两趟；春芳不喜欢丈夫宠用凌安，凌安照旧拿权。这小夫妻自是一家之主，免不了为这些小事拌嘴，淘气，斗心眼。可是闺房调舌，到底无碍于镜台画眉之好。

凌伯萍居处豪华，服饰阔绰，是个青年绅士，颇有贵公子的气派。但是性情狷介，好游而不好交，他在当地可以说不与邻右通庆吊的。在家只与娇妻爱女享室家之好，出门则携仆享山水林泉之乐。另外还有一个游乐地方，便是七子山清凉寺，和静澄方丈下棋。

静澄上人性好下棋，谈吐不俗，在当地缙绅群中，颇有名声。城里的绅士上山随喜的不少。说起大施主来，还推凌伯萍。但是静澄上人的围棋并不很高，和凌伯萍棋战，实非对手，总得让两三子，静澄方丈胜不过凌伯萍。但清凉寺内僧侣，有个静闲和尚，年纪已经四十多岁了，他的围棋却不坏，正好和凌伯萍旗鼓相当。凌伯萍闲来无事，便轻步当车，到清

凉寺，找静澄方丈、静闲和尚下棋。凌伯萍书法很好，清凉寺的一块匾，就是凌伯萍题的。更写得一笔好隋楷，静澄就劝他虔诚写经，以结佛缘。伯萍含笑答应了，首先写成一部《六祖坛经》，供奉在庙中。

有一年秋天，清凉寺将有僧人发愿坐关，当地绅董纷来结善缘，题捐助善。方丈静澄发帖请凌居士前来随喜。凌伯萍欣然前往，被静澄上人迎入方丈室，方知这位坐关的僧人竟是静闲和尚。凌伯萍诧异道："闲师父法龄已高，发愿坐关，可还行吗？"又道，"我这一来，没有手谈的棋友了。"

静澄笑道："老衲可以奉陪一局。我今天请凌居士来，除了随喜，还有一件琐事奉烦。明天是我们闲师父入关的日子，有新从外乡经商致富、荣归本土的一位善士，这日许愿助善，慨题善簿，我打算烦凌居士做位陪客。这位居士姓高，听说在北方贩皮货发财的，拥着巨资还乡，要借小寺，施舍赈贫，又要捐金修造贮经佛塔和三间大殿。听说这位高居士少年时，本甚穷苦，在佛前许下心愿，他日富贵，要捐资三千金，礼佛还愿。这个人虽是白手成家的商人，居然谈吐不俗，举止爽快。明天他来了，凌居士务必费心照应。凌居士乃是本庙的常川檀越，和这位新施主谈谈，也可以解闷。并且这位高居士跋涉风尘，饱经世故，可以说经多见广，非常健谈。听他说起北方风土人情来，真是闻所未闻，也很有意思的。说到他在塞外日遭三险、绝粮遇狼的事情，也真叫人听了咋舌。"

凌伯萍素厌俗扰，本要谢绝。忽听到这些话，因答道："这人真是从口外回来的吗？"静澄上人道："是的。他起家致富，就在关外。"遂将高居士的身世说了一遍。这位高居士的一生果然恢奇，可当得起艰苦备尝、饱经顿挫的人。以一个小穷孩子，遭逢家难，逃到北方。经数十年的苦干，竟由小小负贩，拥资十数万，飘然旋里，来还愿报恩，岂非奇人？更难得他白手起家，毫不吝啬。久尝炎凉，依然热肠待人，真是可钦的人物。

凌伯萍听了，徐徐答道：“我明天就来看看。”心中暗想，静澄未必是叫自己做陪客；不过绕着弯子，也诱我助题善缘罢了。这个姓高的不知是什么样人，但我久想访问边塞风土人情，我向他打听打听北方情形，倒也两便。和静澄上人谈了一回，随即告辞回家。

隔日告诉了春芳娘子，携小童宝文，带些许银票，老早往七子山清凉寺去了。才到山寺，便见几乘小轿留在寺门。那位高施主已经邀着两位朋友，一个清客，带管事厮仆，先时来到庙里。还有县城和木渎镇别位善绅，也来了三四位，齐聚在方丈室，座谈起来。静澄上人打叠精神，敬陪贵客，正和知客僧，向众位施主，讲起静闲和尚坐禅关，一心向佛的大愿。方丈室茗烟斜雾，果核杂陈，桌上展开了一本《广结善缘》的捐簿、两支笔、一方砚。

凌伯萍来到庙中，小沙弥急忙走报进去，方丈静澄立即迎接出来，才让进方丈室，众善士纷纷立起逊座。

第二章

过天星赴援拒寇

凌伯萍抬头一看，那上首客位上，坐着一位善士：好雄壮的汉子，足有五尺六寸高，自己仅及他耳下。两道浓眉，一双眼睛，紫酱色阔脸，通红的厚嘴唇，白牙齿，青颔短须，穿一件蓝宁绸长袍，天青缎团花马褂，古铜色套裤，白袜云履，腰板挺得直直的，正和对面两人大说大笑。

对面这两人，一个是中年黄白净子，穿灰绸袍，带小帽，气度安详，微露豪气。另一个是中年黑矮汉子，穿紫模本缎袍子，模样很粗鲁。只一望，便看出这三人面带风尘之色，是常出门在外的人。

在座还有四位善士，虽不熟识，凌伯萍却也知道他们。两个木渎本地绅士，姓谢，姓魏；两个是城里小财主。内中一个老头儿姓梁，一生信佛，谈经说法，比起方丈静澄，学问还深。另一个四十多岁的绅士姓马，平素喜拉拢，好下棋，曾和凌伯萍对垒。只是他围棋太差，象棋还精。

方丈室两明一暗，各集暗间。凌秀才刚一挑帘，浓烟扑鼻。好好一间深广的禅室，被四五支水烟袋、一炉檀香，熏得

烟斜雾横。

凌伯萍性恶烟气，眉峰微微一皱，信口说道："这里有些客人，我在外边坐。"一语未了，老方丈侧身答道："凌居士，请里边坐，请里边坐！小庙这一回坐关筑阁，总得仰仗新护法、旧护法，广结善缘哩。并且这位高居士久慕你的大名，也想会会你哩。"

凌伯萍略一逡巡，向内瞥了一眼，心想：这个蓝袍紫面汉子，大概是姓高的吧？果然这紫面大汉抢先站起来，从首位退到一边，满面堆欢，双手抱拳道："久仰，久仰！我说，老当家的，这一位准是宝寺的常施善绅凌大爷吧？小弟久仰得很，请这边坐。"连那旁边的灰袍黄面汉子、紫袍黑矮男子，也忙退下宾席，齐往旁边一站，横着手往里让。那当地四个绅士也都叫了一声："凌先生，今天好早！"

凌伯萍隐居寡交，与当地乡邻，总是不即不离地酬应着，当下也向众人寒暄。老方丈忙指着那紫面汉子，向凌伯萍引见道："凌檀越，这位就是我昨天说的那位高施主，高明轩高二爷。高施主少小离家，久闯关东。如今致富还乡，竟不惜屈尊，到小庙来还心愿。他老人家昨天在小庙盘桓了一整天，看见咱们这本善簿了……"说着一指桌上那本簿册道，"他老人家从头到尾看了一遍，就看见你老的官印。唵，你老这两年屡次捐施，足逾千金，是小庙头一位大护法。我们这位高施主很佩服你老，就向我打听，还要求见一面。高居士说，他离家二十年，今日回来，故乡出了像您老这一位大善士，他老人家非常喜欢。他老人家说了，这善缘不能专让你老一个人独结，他也要助施一千两银子。凌施主，你二位比着布施，小庙可就增荣不浅了！"

老方丈哈哈大笑，看了看众人又道："高居士看见善簿上，还有梁施主、马施主、谢施主、魏施主四位，都是常施的善士。行善结缘，不在多少，持一花也可以见佛。这只在心田，只在永恒。"说着，笑嘻嘻凑近一步道："高居士还要在小庙摆

设素宴，普请你们五位施主，共做一桩大善举。他还邀来两位亲友……”指一指那个黄面汉子和黑面汉子，道：“这一位古敬亭古施主，这一位范静斋范施主，都是跟高施主一块发财回来的。高施主把他们二位邀来，这一凑恰好八位，高施主打算凑成八大护法。高施主的意思，要给咱们这小庙，重建三间大殿，重塑八尊佛像，另筑一座贮经宝塔。高施主愿意独担这三间大殿和一座宝塔的工费。至于八尊佛像，愿与各位施主，每人施塑一尊。”老方丈赔着笑，把缘簿拿过来。另外一张单子是兴工的估单，双手递给凌伯萍道：“凌施主请看吧，别位都看过了。”

凌伯萍耐着烦，一面看估单，一面与这些善士们应酬。高明轩这位善士，非常豪爽健谈，那位名叫古敬亭的施主也很能说，那名叫范静斋的似乎不大善辩。那高明轩旋向梁、马、谢、魏四位施主，谈起他当年不正干，受穷，被人耻笑的旧话来，以至于连老婆都看不起他。后来他被逼得无奈，才逃债投军，流落北方。十年苦挣，改业经商。他说道：“好像倒霉到家，就会转运似的。由打三十一岁起，老天爷保佑着我，一步一个顺，一走一个巧。拿着我一个外行，十年之间，虽然短不了为难着急，可是到底混整了，我居然混出这么一番小小的事业来。”又指着古、范二人道：“他二人和我一块创业，也受了不少苦处。我们三个就是桃园三弟兄，不过他们二位全比我有身份罢了。”面对众人道：“老乡，我可不是败子回头金不换，我是个歪打正着，走邪运的穷光蛋罢了，实在是老天爷给我饭缘!”说罢，哈哈大笑起来。众人听了，一齐说道：“高二爷太自谦了。”

高明轩笑道：“不是自谦，是实话。”随又说道，“我在外面鬼混这些年，连咱们本地口音都忘了。我如今越想越觉着凭我这样人，只有饿死才对。我不但没有饿死，还混好了，说实在的……”双拳一抱，向佛堂拱手道：“这是佛爷保佑我高明轩。我高明轩没什么说的，我总觉得应该报答佛天上神。还

有，我高明轩倒运的时候，不怕诸位耻笑，我在这里，坑、崩、拐、骗，把老邻骚扰得可以。现在我高明轩有这半碗饭吃了，无论如何，我也该报答报答，我打算借这庙施舍三天。”扭头对老方丈道：“老当家的，你不知道，我当年在你们这清凉寺寻过宿，还偷过你们的东西哩。现在我抖起来了，我得把欠的账还上，省得下辈变狗变猫。”说得众人哄然大笑道：“高二爷越说越逗笑了。”

高明轩是江南人，却说得一口北方话。长得高颧阔口，紫面短髯，很似川陕地方人。这些善绅听高明轩这一篇毫不掩饰的自述，有的拱手颂扬，称他是爽直有骨气的汉子，是大丈夫气概；有的就窃笑他言语粗鄙，简直是光棍荣归，自鸣得意。

独有凌伯萍，素常沉默寡言，此时只用冷眼打量高明轩，口头上也称赞几句，因系初会，并不曾与他深谈。但这高明轩与他那个拜义弟兄姓古的，似乎很敬仰凌伯萍的学问、人品；跟别的绅士随便敷衍着，得空就凑着凌伯萍，向他攀谈。凌伯萍不即不离，淡淡地酬对罢了。

当下，在方丈室里估计工程，筹议题捐。高明轩向凌伯萍拱手道：“凌先生，你老的学问品性，我是最尊敬的。这一回捐修佛殿，出钱是我，出名出头还得让你老兄。我在下只有几个臭钱，肚子里太窄，品性更坏。这个事情一定请凌先生赏脸，领衔首善。还有佛殿上的匾，也得请你赐题。”老方丈也这么说，古、范二人也这么说，其余的人自然而然也都顺着口气这么说了。凌伯萍尚欲辞谢，已经推辞不开，没法子，也就含含糊糊答应下了。

又谈了一阵，高明轩向诸位施主，逐一请问住处，顺口询问他们的职业，有功名没有。他说他客子倦游，心慕乡贤。打听好住处，还要挨门拜访，献贽修敬。又挨到凌伯萍身旁，指东说西，虚心交谈。他这人是这么热肠，好交。

随后小沙弥来报，素斋备齐。老方丈站起来，敬请八大护法，到斋堂用膳。饭后，八位善绅参观坐关，随又到了方丈

室。高明轩面向着方丈，眼看着凌伯萍，说道："我听说凌施主的围棋很好，这可真凑巧，我也最喜欢下棋，只是下不好；我虽然下不好，可是最喜欢看人下棋。我说老当家的，看人下棋，最能学高招。凌先生要是不累，可以领教一盘么?"那个姓古的善士也赔笑插言道："在下也好看人下棋，我们家里的五舍弟，他的棋就很高。凌先生如果不嫌弃，我把他领来，请你指教指教他。"

凌伯萍渐觉厌烦，信口说道："我哪里会下棋？不过闲来无事，到这里和老方丈闲谈，高兴时就摆一盘。这位静澄师父他的棋更高，棋品也好，我倒常常同他手谈。"高明轩道："手谈有意思极了，我也最好跟朋友守着闲谈。"原来他把"手谈"二字误解了。凌伯萍忍不住一笑。老方丈立刻打岔道："是的，是的，凌檀越围棋手谈，实在可称高手，贫僧哪里是他的对手？我有时一输，竟会输给他一二十个子。"高明轩道："吓，输这些子！我听说过输一百多个子的呢。"凌伯萍又微微笑了，把头扭到一边。

各位善绅一齐怂恿弈战。老方丈年龄已大，应酬施主，早感力疲，哪堪下棋，重劳心神。心想不下，又怕扫了施主的高兴，只得舍命陪君子，吩咐小沙弥把棋盘摆上来，他却极力让别人。这八个善绅中，很有三四个人懂得围棋的，让来让去，由凌伯萍和马绅对弈。老方丈幸免棋战，忙着招待善绅，照应茶水。那个高明轩就坐在棋桌旁边，孜孜地看人下棋，眼睛不时看看别处。

马绅不是凌伯萍的对手，仅走了二十几招，便形势不利；再走几步，越发的摆布不开。这一盘棋工夫不长，便见胜负，马绅竟输了三十多个子。高明轩在旁，不住口地称赞凌伯萍棋高。却是凌伯萍看他那神情，并不懂，微笑着，把棋盘一推道："天很晚了，我要回去了。"老方丈挽留了一阵，众人也一齐留驾；凌伯萍勉强又坐了一会儿，跟着高明轩谈起塞外情形，凌伯萍倒很愿听。直到夕阳将落，这些善绅方才下山。

自此，高明轩解囊施善，捐资塑佛。为了修造佛殿，不时到清凉寺来。高明轩一来到寺内，便向老方丈打听："凌先生来了没有？"如果没有来，高明轩便怂恿老方丈打发小沙弥，到凌宅去请。倘或请不来，高明轩便说："没人谈谈，很没有意思。"立刻离庙下山，回家去了。高明轩好像非常钦佩凌伯萍的学问，极愿和他接谈。他自称是个俗物，愿与风雅人物亲近，可以脱脱俗气。老方丈也觉出这一点，似乎高明轩只见着凌伯萍，方肯欣施香资，毫不吝惜。但凡凌伯萍不在庙，高明轩就分文也不布施，连坐都坐不住。

老方丈也是有阅历的老和尚了。他心想：这高明轩的举动，大约有意和凌伯萍竞富；再不然，就是要和凌伯萍缔交。老方丈只盼望善绅们多多布施，怎么着都好。既觉出此点，便也变着法子，请凌伯萍上庙里来。

但凌伯萍是个儒雅书生样的人，和粗豪阔气的高明轩，好像并不十分投缘。起初听高明轩和古、范二人畅谈北方的风土人情，很觉有味。但谈来谈去，高明轩没说的了，凌伯萍也就没得听头了。凌伯萍好下棋，高明轩也冒冒失失要跟他下棋，一天偶然摆了一盘。吓，竟真个输了多半盘子。依凌伯萍看来，高明轩简直算是个围棋的门外汉，刚会走子儿罢了。高明轩的把弟那个古敬亭，也陪凌伯萍下过棋，却也大非对手，相差过甚。因此，凌伯萍、高明轩，怎么也谈不到一块。

而且他们两个人，礼佛的意念也很不同。凌伯萍时到山寺盘桓，第一，好像是习静；第二，好像是谈禅。至于礼佛以求神佑，诵经以求善果，这种小乘见解，老实说，凌伯萍并不很信，还有点瞧不起。高明轩却不然，他到清凉寺来，据他自称，是为还愿。他开口闭口，佛天保佑："这辈子信佛，下辈子托生福地。"这是他的理解。凌伯萍曾经笑对老方丈说："这位高居士，身上一根雅骨也没有。"老方丈笑答道："高檀越好像俗气一点，不过他这个人倒很热诚信佛，交友对人也很热肠。"凌伯萍点点头，笑道："这倒是的。他虽然俗，的确还没

有市侩气，不过粗粗鲁鲁，很像个当兵的。”方丈道：“是的，他年轻时，本来当过兵，并且还当了不少年。他在绿营做过什长，后来才改业经商，发了大财。这个人大说大笑，倒真是直爽汉子。”

凌伯萍道：“他和那姓古的盟弟，总愿凑合着和我说话。老实说，我也不是讨厌他，只苦于和他们没话可说。”方丈笑了，忙替高明轩帮话道：“高施主委实敬重你老，他自己说，从小失学，自知是个粗人，起心眼佩服有学问的儒流。他很夸你老年轻稳重，谈吐高雅。他说恨不得拜你做老师哩。”凌伯萍笑道：“笑话，笑话，他比我还大哩。”

这时高明轩已将布施的银子派人送来，清凉寺立刻兴工，造大殿，塑佛像，筑宝塔，修藏经阁，请凌伯萍题匾。善绅们时时来监工，一来二往，这八大佛像将次塑成，这八大善绅也交往得渐渐熟悉了。

凌伯萍这人依然那么冷。他和高明轩不大亲近，也不十分嫌恶。不过在一起初，凌伯萍嫌高明轩满口颂扬自己，谀辞太过，有点听不入耳。并且高明轩的故意掉文，乔饰风雅，也很可笑。有一次，凌伯萍皱着眉躲过他。高明轩立刻觉出来，立刻把谀辞收起，以后对待凌伯萍，不谀不卑，态度很自然了。除了他那粗豪之气时时流露外，一切倒比乍见时率真，凌伯萍以此又处之淡然了。

高明轩曾有一次稍露敬慕高贤，愿结金兰之意。凌伯萍登时峻拒，向老方丈说：“朋友相交，贵在知心。呼兄唤弟，俗气不过，我一向最讨厌人们拜把子、换帖……”说得高明轩脸上很窘，他和古、范二人就是结盟弟兄。凌伯萍公然说出这话，也自觉失言，把话咽回去了。

又有一次，高明轩要登门拜访凌伯萍，问候凌娘子，嫂夫人。凌伯萍立刻谢绝，向老方丈说：“老师父颇知小弟的脾性，小弟闭户读书，务农自守，一向不好交往的。窄房浅屋，连个客厅也没有。”高明轩又一红脸。那古敬亭忙说：“我们高

大哥的住宅，房子很宽绰，凌先生哪一天有空，请赏脸去玩玩。”高明轩道：“我备一个小酌，请凌先生和老方丈，还有马二爷、梁大爷，一块儿去。我们家酿的酒，口味还不坏。”凌伯萍淡淡地说道：“对不起，不怕二位过意，小兄实在是除了好下棋，常到这庙来谈谈，别的应酬一点也没有，经年也不进县城。小弟的贱脾气自知太坏，还望二位原谅，或者改日再奉陪吧。”谈了几句，就要告辞。高明轩把个紫脸窘成红布一样。

凌伯萍最好下棋，但自从棋伴静闲和尚坐关以后，便不大往清凉寺去了。修殿工竣之后，踪迹益疏。他还是在家里，浇花看书，陶然自乐。这天午间，凌伯萍正在闺房和爱妻春芳娘子，看着爱女小桐玩耍。干仆忽持进名帖来，到堂屋阶下一站，轻轻咳了一声。通房丫鬟宝芬忙进来通报道：“大爷，凌安回事来了。”凌伯萍道：“叫他进来。”站起身来，由内室来到堂屋坐下。

凌安掀帘进了堂屋，往门旁一站，很恭敬地禀道：“回大爷，有个高明轩，同着朋友，来拜访你老来了。”凌伯萍愕然道：“同着朋友？一共几个人？都是干什么的？”

凌安把名帖递上来，凌伯萍一看，是三张名帖，一张高明轩，一张古敬亭，一张是卢问岐。这高、古二人正是清凉寺的新施主。这卢问岐却不知何人，更不知为何事来的。干仆凌安不待询问，便回禀道：“三张名帖，一共来了两位客人。”

凌伯萍道：“噢，可是姓高的、姓古的二位？”凌安道：“是姓高的和姓卢的，姓古的没来。”

凌伯萍道：“他们做什么来找我？步行来的吗？”

凌安答道：“是坐小轿来的。两乘小轿，跟着两个长随。那姓高的说，是专诚拜访你老，给你引见一位新朋友。”

凌伯萍眉峰微蹙，道：“唔？”凌安回答道：“大爷见他不见他？刚才下人倒对他说了，说你老多半没在家，一清早出门去了，不知回来没有？这名帖，我对他们说，拿进来给奶奶看

看。你老不愿见，可以把名帖退给他，下人就把他支走了。”凌伯萍想了想，把帖一扬道：“不见他。你好歹把他们打发走，就说我还没回来呢。”凌安道：“嗻！”接帖掀帘。

凌伯萍道：“回来！你可以问问他们的来意，找我到底有什么事。你对他们说，我往清凉寺去了。他要找我，可以到清凉寺去。”凌安道：“嗻！”掀帘越阶，走出门口去了。

春芳娘子抱着小桐出来，问道：“伯萍，是谁找你？”凌伯萍道：“不相干的人，我也不认识他。”春芳道：“不认识怎么会拜访你来？”伯萍道：“那谁知道呢，他也是清凉寺的施主，只在庙里见过几回罢了。”春芳娘子道：“怎么样，你又挡驾了吧？”凌伯萍道：“这些无味的应酬，我没工夫敷衍，我又和他们没有交情。”春芳笑道：“你也太冷了，人家大远地拜访你来，你好意思地端架子不见吗？咱们这里很僻远，但凡来寻你的，一定是专诚求见的，你何必这样？”

正说着，凌安进来回报道：“回禀大爷，下人把帖子缴回去了。下人说你老没在家，大概上清凉寺去了。姓高的不大信。他说，‘不能吧，我们是刚从清凉寺来的。’小的就问他，拜访你老有什么事？他说，‘倒没有什么事。不过给您引见一位棋友。同来的那位姓卢的，说是江南有名的围棋国手，和姓古的是朋友。因为久闻你老好下棋，古、高二位特意给你老荐来，要请教你老的手谈’。”

凌伯萍道：“哦，原来是这个事情。”脸上的表情松缓下来，又问道：“他们都走了没有？”凌安道：“都上轿走了。”凌伯萍道：“他们没说再来的话吗？”凌安道：“说了，小的已经给您老拦住了。那姓高的好像不大高兴，他说，‘请你老有工夫，到清凉寺去。’小的说，等家主回来，一定转达。他们就上轿走了。”

凌伯萍眼望凌安，又重复一句道：“原来是这个事情！我当是告帮的又来麻烦我呢。那个姓卢的是什么模样？多大年岁？听口音是哪里人？像个做什么的？”

凌安道："有四十多岁，大概是浙江人，像个，像个……"凌安可就形容不出来了，半晌方说："像是个穿长衫的吧。"凌伯萍嗤地笑道："他像是个商人，还是像个念书的？像个幕友，还是像个做官的？"凌安揣摩不出来，摇着头道："看不出来，穿得很阔。哦，对了，像是个当医生的。"

凌伯萍笑道："我明白了，这个人大概像个清客吧？"凌安笑道："对了，还是你有眼力。"这一句话，顿忘了主仆的身份，把嗓门也放大了，幸而春芳娘子不曾留神。

凌伯萍瞪了他一眼，道："哼，你这是怎么说话？出去吧。"凌安笑道："嗻！"转身便退出去。凌伯萍追着问道："这个姓卢的可是跟姓高的，同往清凉寺去了吗？"凌安道："是的。下人听见那个叫高明轩的吩咐轿夫了，他们一准是往清凉寺去了。"

人千万不能有嗜好，一有嗜好，便为嗜好所累。凌伯萍性嗜围棋，一听说高明轩邀来围棋国手卢问岐，他可就在家里坐不住了。他对春芳娘子说："喂，我说，我上清凉寺玩耍一会儿去。"便命丫鬟到外面，告诉门房，传轿夫备轿。春芳娘子也笑了，说道："你是要下棋去，对不对？"凌伯萍笑而不答，换上长衣服，对春芳娘子道："开饭的时候，你不必等我了。"

凌伯萍上了小轿，径往清凉寺。将到方丈室，便听见高明轩大说大笑的声音。凌伯萍微微摇头，意似不屑，却又忍不住走进去了。果见静澄上人和一个四十多岁的生客，正在对弈。高明轩和古敬亭坐在一旁观战。凌伯萍才一掀帘，高明轩首先站起来，笑道："凌先生来了！好久没见，刚才我到你府上去了。这有一位朋友，我给你引见引见。这一位是四明的围棋国手卢问岐大夫。"古敬亭也欠身起来，向凌伯萍施礼。正在下棋的一僧一俗也都停弈，和凌伯萍周旋。

小做寒暄，一齐归座。凌伯萍啜了一口茶，闲闲地把这个卢问岐的长相、穿彰，打量了一番。果然自己猜思不错，此人

外表很像个清客。问起来，据他自称，是名医叶天士的再传弟子，在邻郡悬壶有年，但是素性好弈。近因应诊，来到木渎。听说七子山麓，有位凌伯萍秀才，棋法甚高。恰巧他和古敬亭认识，便由古敬亭引见，专诚特来拜会。现时卢问岐就住在高明轩家里。高明轩道："不瞒凌先生，我的小妾新近患病，正在访求名医不得。现在卢问岐大夫来了，小妾只吃他两剂药，病就好了许多。现在我还是请卢大夫给医治着。不过卢大夫这次来到这里，不专为给人治病出诊，乃是给他自己治棋癖的；他教我们古贤弟和我，硬给留住了。"说罢大笑。

古敬亭也搭腔道："凌先生，这卢大夫棋法高得很，我恐怕老方丈年高力衰，不是他的对手，我说还是请凌先生和卢大夫对一盘吧。"

此时老方丈正起身献茶，闻言笑道："好极了！凌檀越，你先给我解围吧。老衲力衰，真不是卢大夫的对手。凌先生，来，来，你看我这盘残棋，还有解救没有？"那卢大夫也合手含笑道："晚生卢凤鸣，饱食终日，性耽棋局，久仰凌先生手谈高明，渴欲识荆。刚才晚生专诚造府，意欲请教；可惜缘浅，没得会面。听贵价说，凌先生往庙里来了。晚生才又烦高二爷引领着，追随到这里。没想到我们后来的，倒先登了。凌先生请你和老方丈对一盘；晚生末学，可以旁观谲秘，偷学妙招。"说着，呵呵地笑了。

凌伯萍也微微一笑。听此人的谈吐，真像个清客，而且外表潇洒，说的话不俗不卑，很不讨人的厌，便拱拱手道："岂敢，岂敢！小弟年轻，虽好弈道，没得名师，也不常看谱。只是闲来无事，常陪着老方丈试摆一局。究竟不过是消遣，我恐怕连步眼还不懂呢。"

两个人"岂敢岂敢"地说客气话，高明轩只在旁边含笑，不时帮两句话。谈到棋着，他插不进话去。古敬亭极力怂恿道："凌先生不要客气了，你的围棋实在高妙。你来看，这盘残棋，我们这位卢大哥手法真高，只走了三十八子，老方丈已

经快递子了。凌先生，你快来帮老方丈吧。”

老方丈要推棋另摆，请凌伯萍和卢问岐对弈，笑着说：“我输了！棋走一步错，恐怕凌檀越就有高着，也不能救我这矢棋，还是另走吧。”说着就要动手敛子。高明轩忙拦道：“不用，不用，老方丈不要把自己的高招藏起来吧。凌先生，你快来，你接着下吧。”

凌伯萍被劝不过，含笑过来一看。这局残棋已到不可收拾之地，老方丈太不是卢问岐的对手了。凌伯萍看了半晌，抬头又看了看卢问岐，道：“卢先生的手法真高，恐怕我也是不行。”当下将残棋敛过，两个人说了些闲话，便对战起来。

直下了半晌，凌伯萍看看要输。忽然卢问岐走错了一着，被凌伯萍打起劫来。结果又走了几步，凌伯萍费了很大的力气，终局赢了两个子。卢问岐闲闲地推起棋盘，道：“凌先生的棋法果然精妙，晚生太不是对手了。”凌伯萍怔怔的，半晌方才说道：“哪里，哪里，还是卢先生。卢先生是让着我，小弟的棋失之于太拘，哪能比得卢先生这么变化不测。”心中非常的折服。于是续战两盘，互有胜负，凌秀才深佩卢问岐不愧国手。跟着两人又谈起棋谱、师承和当代弈人。卢问岐很客气地说：“也没有看过谱，也没有经过师；不过自幼好弈，又不怕输，时常跟高手对弈罢了。”又说起当时的南方国手，他都会过，自己也曾偷过他们的高着。

凌伯萍啜了一口茶，听罢欣然笑道：“卢先生太谦了，你的手法一定经过名人指授。卢先生如不嫌弃，我倒要常常请教。不佞素好此道，可惜屏居僻乡，没有会过高手。”卢问岐忙道：“凌先生有意见教，那可是求之不得。凌先生的棋法，我看最富天才，倘肯赐教，晚生很愿常陪末座的。”高明轩立刻接声道：“好极了，卢先生现时就住在舍下。咱们明天上午，就到舍下聚聚。以棋会友，由小弟做东，请凌先生和这里的老方丈全去。”

凌伯萍抬头看了看高明轩，默然无语。卢问岐看了看高明

轩，又看了看凌伯萍道：“凌先生以为如何？高二爷素来好交，晚生就住在他那里。凌先生如果不嫌弃，就请明日正午，命驾光临，晚生一准在高宅设枰恭候。”

凌伯萍迟疑不答，老方丈道：“好极了，高檀越好交，卢先生、凌檀越好弈，我贫僧也可以借这盛会，一饱口福。”

凌伯萍实在好弈，本来跃跃欲试，不知怎的，忽一看众人，立刻谦谢道：“不敢当……只是明天，小弟还有一点琐务，恐怕不能应高先生的宠召，这是很对不过的。”

众人愕然，复又齐声怂恿。凌伯萍倒不耐烦起来，极力地推辞不去。高明轩还在强劝，那古敬亭忙插言道：“既是凌先生不得暇，咱们改日再会。”高明轩道：“明天不行，后天怎样？后天正午，就在舍下备个小酌。”凌伯萍皱眉道：“后天也怕……”古敬亭道：“那么大后天……”刚刚说出口，忽看凌伯萍的意思怫然，急忙改口道：“喂，我说卢大夫，人家凌先生乃是高人，不甚喜好应酬，轻易不进城的。要不然，咱们还是明天在庙里会吧。”凌伯萍道：“庙里倒可以。不过明天小弟实在不得闲，卢先生如肯赐教，咱们后天正午，在这里会。老师父，请你备份素席，由我做东。”

大家已经看出凌伯萍的意思来，他简直不乐跟别人来往，尤不喜酒食征逐。只有棋局，是他一好。当天订了后会，凌伯萍首先告辞离庙。

高明轩脸红脖子粗，对古敬亭说道：“这位凌先生也太高傲了，咱们请请他，就像求他似的，又好像宰他似的，简直是看不起人。”静澄方丈笑道：“这位凌施主别看年轻，倒有些怪脾气，最不喜拉拢，更不好吃酒席。他绝不是看不起人，高施主不要错怪了他。”

卢问岐在旁听着，站起来，对高明轩道：“那么我们后天再说吧。”高、古二人一齐起座，向老方丈告别。卢问岐跟高、古二人一路，三个人同乘小轿下山，回转高宅。

高明轩把卢问岐单让到客厅，命人陪着，他就邀古敬亭同

入内宅，屏人商量了半晌，遂叫人预备上好的酒果。到后天清晨，高、古、范、卢四人老早地上了七子山清凉寺，老方丈竭诚招待。

到了巳牌时候，还不见凌伯萍到来。高明轩忍不住，又对古敬亭道："怎么样？是时候了，咱们打发人去催请吧。"古敬亭道："这个……等一等，还是烦老方丈打发小沙弥去请吧。"静澄方丈为了迎合这位大施主，怎么说怎么好；高施主要下交凌秀才，他就暗中帮忙。他把小沙弥叫到面前，由古敬亭嘱咐了一套话："见了凌秀才，他要问都是谁来了，你就说：只有卢大夫。"小沙弥领命下山，前赴凌宅。方丈室只留卢问岐，在那里设棋枰静候；高、古、范三人自去监工，看造佛塔。

将近午时，小沙弥同着凌宅的管家凌安来到，带着食盒酒果，并传主人之命，请老方丈预备素斋。又过了一会儿，凌伯萍才坐着二人小轿，从家里来了。到了山门，一下轿便问："那姓古的、姓高的二位来了没有？"监院和知客僧迎出门口，说道："他们二位没来，卢大夫来了，正在候你下棋。他说还要报复前天的败战哩。"说着，侧身含笑，往里面让。

凌伯萍且行且问："怎么，高、古二位全没来吗？"方丈出来接言道："高施主、古施主、范施主，倒是都来了，他们三位很忙，监工去了。"

凌伯萍点了点头，走进方丈室。卢问岐满面含春，站立起来，道："凌先生，咱们今天得好好地杀三盘。"

棋盘早已摆好，桌上杂陈果点，十分精美。凌伯萍看了看，却不是自己预备的。卢问岐指着果点，殷勤相劝。凌伯萍坐下来，吃着茶问道："这些东西是卢先生预备的吗？这可就叨扰了。"回头对静澄方丈说："今天本来是我做东，怎么倒教卢先生花钱？"卢问岐急忙接过来说："凌先生，我可没钱做东。这是我给人看病，人家送给我谢医的。我又吃不了这许多，莫如邀咱们棋友一同报销了它。"说完又笑。却不道这些精致的果点，还是高明轩、古敬亭特买的。

卢问岐和凌伯萍开始下起棋来。一面下棋，卢问岐一面很恳挚地劝凌伯萍吃茶点。凌伯萍一点不用，反问方丈："我那下人不是带茶果来了吗？叫他也摆上。"两方面的点心、果品，都堆陈在棋盘旁边两张茶几上。卢问岐大笑道："我们开了点心铺了。吃吧，凌先生，我吃你的，你吃我的。"静澄方丈笑道："我就吃二位施主的。凌檀越，我知道你们二位今天赌棋，我也预备了一份茶点；这一来，共有三份了。当然我的那份苦茶粗点不用在这里摆了，拿下去就让凌檀越和高府的贵价用吧。"

凌伯萍笑了笑。围棋刚开着，还闲闲地应酬，但只走了十数着，凌、卢的棋已走到紧要地步。两个人不暇闲谈，也顾不得吃点心喝茶了，都很沉默地、聚精会神地走起子来。下到深处，连高、古、范三人监工回来，立在旁边观战，凌、卢二人也都没有理会。

卢问岐的棋非常的高。头一盘凌伯萍仍然费了很大的心思，才赢了三个子。第二盘，凌伯萍又赢了一个子。等到第三盘，双方竟僵住了：各举着棋子，沉思难下，只筹划着数。

高明轩在旁看着，不由得夸赞凌先生的棋真高。但他和范静斋一样，都是假行家，一点看不出高低来，也不晓得妙着、险着，心上一点不感兴趣。古敬亭却懂得一点，孜孜观战，不时替凌伯萍指点一两着。静澄方丈本是个棋迷，更看得入神，连招待也忘了。这第三盘竟下了一个多时辰，还没有下完。

凌伯萍自觉得手法不及卢问岐，可是卢问岐有时在紧要的时候，忽然走了错步，便输给凌伯萍了。凌伯萍虽然获胜两盘，行招很觉吃力；卢问岐头两盘虽然输了，但毫未介意似的。等到这第三盘，卢问岐出奇制胜，得占先着；凌伯萍一下子死了好几处，直到末后，才得救活，竟输了一个子。卢问岐手法灵活，凌伯萍已经深深领略，越发地佩服他。并且他真像个儒医，谈吐高雅，举止不俗，讲起琴棋书画，样样懂得。

并且这个人又很健谈。可是他虽健谈，又很识趣；和别人

谈起来，并不抢话，只是静静地很用心地听着对方说话，脸上表情很显着恳切。老实说，卢问岐这个人所以健谈，并非他自己能说话，乃是他能听话。对于别人的话都听得懂，答得上来，善会迎合别人的心思，偶尔加上一两句赞语，非常恰当而富于同情。凌伯萍只和卢问岐周旋了两次，便觉这人十分有趣，比起高明轩的豪夸和古敬亭的假谦虚、范静斋的真粗俗，可亲多了。

三局既罢，老方丈摆上素斋来。凌伯萍、卢问岐、高明轩、古敬亭、范静斋一同进餐，老方丈作陪。斋罢，大家齐夸凌伯萍的棋道高明。凌伯萍却深赞卢问岐。卢问岐旋问凌伯萍："凌先生，可有余勇？和晚生夜战三局吗？"大家又一齐怂恿。凌伯萍摇头笑道："小弟实不是卢先生的对手，只这三盘，我已经输得精疲力竭了。"众人笑道："凌先生太客气了，你三盘两胜，怎么还说敌不过呢？得了，今天晚上，咱们大家全不用回去，就在清凉寺，通夜棋战茗谈如何？"

高明轩、范静斋、静澄方丈都这样劝。卢问岐也扪着口须，笑道："我是败军之将，不足言勇；不过我还要背水一战，捞一捞本呀。凌先生，怎么样？可敢和我这败将夜战一阵么？我可是要拼命哩。"古敬亭道："只怕凌先生累了吧，行吗？"

凌伯萍很高兴地笑着，已有允意。不想他那管家凌安忽然进来禀道："大爷，今晚上还回去不回去？要是住在庙里，小的就把轿夫先打发回去了。"高明轩忙一挥手道："你把轿夫打发回去吧，你们主人还要下棋哩。"掏出一张票子来，要赏给凌安。凌伯萍连忙站起来挡住，向众人赔笑道："小弟今晚还有些琐事，卢先生，你我明天见吧。"穿上长衫要走，他又不想夜战了。古敬亭急向卢问岐递了一个眼色，卢问岐忙道："好，说实在的，我也输累了，明天还是午时，晚生在这里专诚候教，再输给你三盘。"凌伯萍欣然道："笑话，笑话，还是卢先生手下留情！我明天一定还来讨教的。"且说且往外走，高、古等人一齐送出来。

卢问岐笑道："凌先生，今天是你做东，明天让晚生设个小酌，请你务必赏脸。"凌伯萍道："不不不，那可决不敢当。并且，明天小弟也许没有工夫。"说话时已到山门，凌伯萍长揖告别，上了小轿，一径下山回家。干仆凌安留在后面，收拾食盒等物。高明轩直望小轿去远，向古敬亭道："这位凌爷，太了不得！"古敬亭忙使眼色，暗中一指凌安。高明轩自知失言，重将钱票子掏出来，递给凌安道："凌管家，我说……"

高明轩妄想给凌伯萍的家人一些小惠，却不知看错了人，这个凌安竟峻拒不受，睁着一对圆眼，只看高明轩。高明轩强笑道："这位凌先生真是高人，不但他这么清高，连他的管家也这么清高，真真难得。我说管家，你贵姓？叫什么名字？"凌安道："小的叫凌安。"高明轩道："哦，你也姓凌，你在宅里不少年了吧？你可是凌秀才的家生子吗？"凌安满面通红道："不不不，我不是家生子。我在宅里本是佣工，凭力气挣钱，我们是同姓不同宗。"

古敬亭、高明轩面面相觑，眼含着古怪的笑意，道："哦，你们原来是同姓不同宗？"凌安道："是的，我是我们宅里的旧人。"凌安也似不愿深谈，收拾好食具，腆着肚子，昂着头，一径出离清凉寺，走了。

古敬亭悄扯高明轩、范静斋，三个人急进庙内，登上高阁，俯向山坡，往下眺望。这庙建在半山腰，林木掩映，磴道迂回。一直下望，瞥见凌秀才那乘小轿，慢慢地往山麓盘下去，那干仆凌安挑着食盒，大步如飞追赶。旋见凌安在山坎略一停顿，有意无意地回头瞥了一眼，旋即追上小轿，主仆似有所谈。然后一步一转，顺磴道而走，被山林掩住不见了。

高、古二人恍然道："这个凌安脚下很够快啊。"

在清凉寺流连半日，三人邀着卢问岐，一同回家。

到次日，卢问岐等预备上山下棋。古敬亭道："我看凌伯萍今天未必准去。"只请卢问岐一人到清凉寺，劝高明轩可不必去。高明轩点头照办，遂由卢问岐乘着一顶二人小轿，独自

上山，仍由高家仆从代携食盒。另遣一仆，到凌氏别墅一看。这日果不出古敬亭所料，甫经过午，卢问岐竟然坐轿回来，凌伯萍当真没去下棋。高家的仆人派往凌氏别墅的，也回来说：“今天凌伯萍没有出门。”

高明轩未免恼然，拍桌子说道：“这位凌大爷，未免太显得高不可攀了。”古敬亭忙道：“二哥，你可不能着急，急病还得当缓病医。‘铁杵磨绣针，功到自然成’。你是最有耐性的，怎么又忍不住了？”高明轩浩然长叹道：“我一想起寡嫂的话，我就像刀绞一般。贤弟你看，咱们想什么法子，再进一步呢？”面对那个名叫范静斋的盟弟，复道：“这个人脾气太怪，套交情不行，迎合他的嗜好又这么慢，我打算用一种市侩的法子，用财色诱他……”古敬亭道：“那可使不得。咱们这么淡淡地跟他拉拢，他还远着咱们哩；咱们要是向他卖好，恐怕他更不吃。”

高明轩、古敬亭、范静斋屏人商议，皱眉不得良策。忽然，黑矮汉范静斋说道：“我倒想出一招来。套交情，投嗜好，全都不行，卖好又不行，我们要是反来一下子，向他卖恩呢？”高明轩道：“怎么叫卖恩？”

古敬亭突然跳起来道：“对，卖恩太好了！我们要是拿他当恩人看待，他绝不会把报恩的人推出门外！老黑，你这一招真想绝了。”范静斋欣然得意道：“张飞粗中有细，你别瞧不起我老蔡。”

高明轩急问卖恩的法子，古敬亭道：“这得由二哥你先施苦肉计！”高明轩道：“怎么施苦肉计？”古敬亭叩额凝思，良久得计，跃然说：“二哥，你得试着拼一回死，叫他对你有救命之恩。”高明轩拍案道：“干！”

第三章 卖恩计舍身投湖

这七子山，下临七子湖，山色波光，相映成趣。清凉寺就建在山坎，小小屋峦，区区镜水，倒也颇擅林泉之胜。凌伯萍卜居山麓，闺门静好，陶然自乐，不愧是山居隐士。高兴时，到清凉寺下棋，更觉岁月悠闲。自从儒医卢问岐，薄游木渎，以弈道和凌伯萍会面之后，两人下过了十几局棋，竟很投缘。一个月来，两人不时在清凉寺聚会手谈。卢问岐更要在木渎悬壶，为的是可以常和凌伯萍、静澄方丈来往，凌伯萍也引他为同道。不过高明轩、古敬亭、范静斋这三位暴发户财主，虽然很羡慕凌伯萍，可伯萍总似乎嫌他三人粗俗，不甚愿意跟他们亲近。也因这三个人动不动就是请客、送礼，登门拜访，具柬邀宴。凌伯萍一个隐居的人，素怕酬酢，自然不愿同他三人交接了。

这三个人也很识相，起初总想拜访凌伯萍，又屡次设宴请过他。自经他屡次谢绝之后，三个人便好多了，已不再相强。

时光如箭，匆复两月有余。高明轩、古敬亭、范静斋三人，布施清凉寺，已将佛殿盖好，佛像塑成。由老方丈下请

束，敬求凌伯萍给佛像开光。凌伯萍极力避谢，只推让高明轩。当不得别位善绅一齐推重，凌伯萍也只得勉强答应下。到了这一天，本庙所有的善绅无一不到，附近的善男信女，前来烧香随喜的，成千成万，把一座清凉寺变作了热闹场。

众善绅聚在禅堂，人多气闷，都有些不耐烦。高明轩忽然皱眉道："我最好清静，最怕热闹，这如何受得了！"对古敬亭说："咱们找个地方躲躲吧！"古敬亭道："山根下湖岔子，现在荷花开得正旺。我说静斋，咱们一块儿逛逛去，好不好？回头这里摆斋，咱们再回来。"几个人说着，站起来，摇扇徐步，信口向凌伯萍邀了一句，道："凌大哥，去不去？"

凌伯萍拱手道："诸位先行，小弟还有点琐事，这就回家。"说话时，高、古、范三施主已经徜徉而行，出了庙门。

这时候那卢问岐大夫刚刚到来，手摇团扇，向凌伯萍道："凌先生你听，这里真和闹市一样了，真吵得凶。"凌伯萍道："可不是，大夫才来？"卢问岐笑道："本想早来，和你老兄战一盘，偏偏临上轿，又来了一个瞧病的，耽误了下来。我看今天这个清凉寺，一块清静的地方也未必有。莫如溜出去逛逛山景，等着他们摆斋的时候，咱们再回来，把一场善举应付过去。回头我还打算同你老研究研究棋法哩。我新近得到一本抄本棋谱……"

正说着，门帘一动，又进来几位善绅，这禅堂有点容不下了。卢问岐把凌伯萍一招，道："凌先生，小弟来得日子浅，烦你做个向导，逛一逛这七子山。七子湖的水，也可以把我这俗气去一去。"说着笑了笑，拉着凌伯萍的手，往外就走。

凌伯萍也正想出去，卢问岐倒"先获我心"地邀他，他便欣然跟出来了。顺山道走了不远，满山的野山花，红紫纷披。卢问岐拭汗说道："下山容易上山难，就是太阳晒得难受。凌先生，我听说山麓下的湖岔子，有一道瀑布，可是真的吗？"凌伯萍笑道："哪里是瀑布，不过这湖岔子来源的地势很高，又多石崖，往湖里倾泻得很猛，激起水花很大罢了。"卢问岐

道："七子湖，七子山，湖山相衔，可称胜景。我小弟自到木渎，还没得机会好好游览一回。凌先生，可以领我看看瀑布去吗？"凌伯萍笑道："可以，那只是一脉急流，叫礁石阻住，激起浪花罢了，其实没有什么看头。"卢问岐忽问道："凌先生，这七子山为什么叫这个名字呢？里面一定也有个讲究吧？"凌伯萍笑着点头道："不错，有点讲究。"

凌伯萍前行，卢问岐随后，两人信步下趋，竟往山麓湖岔走去。一面走，一面讲究这七子山的典故。这七子山山坎，有七块巨石，矗立如人。据乡老传言，昔年有同胞兄弟八个人，一同修道，内中七人在这山坎坐化，遗蜕不朽，幻成石形。只有那最小的弟弟，身获大道，独得肉身成佛。后来有一年，他这小弟还要来度化这七位兄长哩。那时七尊石佛立可平地飞升。有这古迹，后人敬法礼佛，建了这座清凉寺。山本不高，寺院就建在山腰。紧靠下面，只两三箭地，便到山麓。山麓下的七子湖，也就因山得名了。卢问岐听凌伯萍说出这段神话，欣然问道："这七座石佛在哪里？倒不可不瞻仰一下。"凌伯萍道："就在庙后，大夫要看，我领你去。"

两人此时顺着磴道往下走，眼看走近平地，凌伯萍便要转身，重上山坎。卢问岐回头望了望，不禁失笑道："哦，这就是庙后那七块大青石吗？"

凌伯萍笑道："正是，你看着不像吧？"卢问岐摇头道："太不像了，哪里像石佛？不过是直立的七块顽石罢了。"凌伯萍道："凡是名胜，都是如此。尽管传说得如何神奇，亲眼一看，立刻索然了。这七子佛的故事尤其荒谬，传说的人不懂内典，把道家羽化，和佛家涅槃，混为一谈，实是见笑大方了。"卢问岐道："算了算了，咱们还是逛七子湖的瀑布吧。"

两人且谈且行。沿途上善男信女，不断地到山上赶善会。又走出一段路，转过一带疏林竹径，路上才见清静。凌伯萍襟怀一畅，指点着湖光山色，向卢问岐说道："问歧兄，你看这一带层峦叠翠，衬着湖内烟波，真个是人在画图中了。"卢问

岐悠悠然答道："这一带倒是清幽胜景，只是那瀑布在哪里？"伯萍遥向西面一指道："你看那边长堤阻波，就是湖岔子，假瀑布就在堤后面。可是望景不如听景，你只一入目，恐怕又以为不值一道了。"

两人从山麓往西转，耳中听得一片水花激石之声。湖岔子一道急流，盘绕山脚土岗而下，再转往下游湖心，水路已成了居高临下之势。又被波心一块块礁石一阻，激得万点水花飞溅出三四尺去，又落在礁石上，倒也很像瀑布。卢问岐欣然说道："凌先生，这里的几块礁石，造得景致很不坏呀！我们若能渡过急流，到那大礁石上站一站，岂不更有趣？"说着话，走近假瀑布，登在水畔石崖上，俯视水花飞泻，一时流连忘返。只有一点美中不足，水汽虽然喷薄生凉，此处偏没有竹树遮阴，头面很是晒得慌。

卢问岐持扇遮面，引目四望，向凌伯萍问道："凌先生，旁边这道横堤，一定是通行的要路吧！没有它一挡，水怕不能东流了。这堤是谁修的？"凌伯萍道："这堤名叫鲁公堤，过堤往西，就是鲁家坨，是个很大的乡村。首户姓鲁，挂过千顷牌。在先，从鲁家坨往七子山前来，必得从七子山的北山坡绕过去，走十几里的山路。据说鲁老翁独自出资，兴修了这道堤埝。既可防阻山洪，又便利了附近各村镇的行旅，所以这道堤就以鲁氏为名。这也是一桩善举哩。"

卢问岐道："哦！可惜这堤短少树木，要是再种些桑槐榆柳，真像西湖十景之一的苏堤春晓了。"凌伯萍点了点头，道："堤北倒有些林木，面山沿水，景致比这里还好些。"卢问岐伸手扪着头脸，笑道："瀑布可看，就是晒得难受。既然有这么好的地方，凌先生，烦你领路，索性咱们逛够了。"

凌伯萍有点不大耐烦道："天可是不早了。"卢问岐道："凌先生，从北岐走，不是可以绕过来吗？"伯萍道："绕倒是绕得过去，那一来可就多走六七里地了。"卢问岐道："走吧！六七里地，小弟一个文弱的人还不怕，凭凌兄这种人，难道还

怕走不动吗？”凌伯萍微微一愣道：“我怎么就走得动呢？”卢问岐忙道：“凌兄不是比我年轻吗？”

于是，两个人离开假瀑布，趋向山根，往西北走去。此时七子山上的盛会笙钹齐奏，正在热闹。正面山麓，行人潮涌蜂集。凌、卢二人却闲行在西北面山根边上，贴着湖岔子，趋奔鲁公堤。

这西北一带，竹林丛草，一片浓绿。极目望去，只堤头还有几个走道的人，近处竟连个人影也罕见。卢问岐欢然笑道：“山行疑无路，只见日当头，这里倒真清静。”凌伯萍也笑道：“那是自然，正当晌午头上，太阳这么高照，谁会这么高兴，挨着晒游山逛水呢？”卢问岐也被说得笑了，又擦了擦头上的汗，说道：“咱们快走吧，趁早到堤头凉快凉快去。”拔步当先，不再那么徐踱，很快地走起来。

逛山游湖，拔起腿来急走，真是少有的事。卢问岐也自觉好笑。凌伯萍也笑着，且行且说：“我们为躲热闹，反倒跑到这里挨晒。这里真是清静，可是暑气噎人，阳光太毒。”

正说着，突听得山坳北边，一声高喊道：“救命啦！”隐隐又听得连喊：“截住他！救人哪！救人哪！”立刻冲破了清静的空气，应声起了一片喧哗。

凌伯萍心中一动，道：“唔，什么声音？”

那卢问岐大夫走在前面，也突然止步，回头道：“咦！凌先生，你听是怎么的了？”脸上带着惊疑之色。

“救命哪！坏了，沉底了！”一阵风过处，字字听得真切，却看不分明。一片片蔓草崖石，遮住了视线。

两个人紧行几步，抢上鲁公堤。堤上有些行人，也正张皇倾耳。陡从堤头转角处，尘土飞扬，奔来了一匹马。骑马的人，惊慌失措，扬鞭连打，没命地飞跑。一面飞跑，一面不住地回头看。跟着见一个穿长衫的人，没命地追赶过来！双手高扬，连喊：“快截住他！过路大哥，快截住他，杀了人了！”

这“杀了人”三个字喊出口来，堤头上本有三三两两的行

人，反倒登时吓得四面散开。那个骑马的人啪啪地扬鞭打马，那马四蹄翻飞，越发地奔腾起来。

堤上行人乱躲，前面马奔命飞驶，后面人高呼杀人。忽有一行人刚跑开，又迎过来，抄取一根扁担，当头一晃。那马猛然地直立起来，骑马的人咕噔仰翻下来，摔在地上，一滚身爬起来。那马往斜刺里跑去，骑马的人拼命地狂追那马。想是摔坏了哪里，走得一瘸一拐，竟被后面人追上，两个人对抓起来。后赶的人把骑马的抓住，下死力往回拖，且拖且骂："好东西，把人碰到湖里，你还想跑？小子偿命吧！"

卢问岐目瞪口呆，向凌伯萍叫道："凌大哥，凌先生，这是怎的？这可是路劫？"忽然大诧地叫了一声，"不好，不好！凌大哥，你看，那不是古二爷吗？哎呀，真是古二爷？"把凌伯萍的衣袖一扯，惊慌喊道，"咱们快去看看，是怎的了！"

凌伯萍只说了一声："奇怪！"不觉得将长衫一撩，如飞地窜上前堤。

那后赶的果然是古敬亭，和那骑马的一个追，一个逃，对撕对打起来。古敬亭打不过骑马的，连声大喊。

忽又从那边奔来一人，岔着声大叫道："救命啊！你们谁会水，把人给捞上来，我们赏五十两银子！快呀，快呀，行好积德吧。谁捞上来，给一百两。要多少钱，给多少钱。哎呀，古二爷，你怎么忙这个？还不快想法子捞人，我们大爷都快淹死了！"这个人正是高明轩的管家，名叫高升的。

凌伯萍吃了一惊。那卢问岐惊慌得更甚，一个文弱的医生，竟飞跑着，跟从凌伯萍，一齐奔上鲁公堤。那古敬亭还在与骑马的人揪扯对打。

卢问岐抢到头里，忙着问古敬亭和长随，只几句话，便问明白。原来高明轩和古敬亭、范静斋三人，也为搭伴避嚣，走下山来。不想行经鲁公堤，方在堤边看小鱼戏萍，后面忽然窜来一匹惊恐的马，把高明轩挤坠湖中。地当假瀑布的上游半里以外，水势极冲，浪打甚猛。据说高明轩又不会水，经堤上会

水的农夫下水捞救，不意高明轩昏迷挣命，倒把个救他的人，双臂一张，紧紧一抱，也生生拖入水中去了。

高明轩、古敬亭、范静斋三人，本是患难的同盟弟兄。高明轩忽遇意外飞祸，范静斋竟舍生忘死，以一个不会水的人，也跳下水去，妄想捞救。结果，没有把高明轩救出来，反倒又饶上一个。现在范静斋和那下水捞人的农夫，也正在水滨挣命哩。

那古敬亭惊恐急怒，竟丢下救人，反奔来追擒这肇祸的骑马人，抓住他，向他拼命。只一味狂喊狂叫，一句话也说不出。多亏管家高升，一字一板，把这场飞灾说明。卢问岐、凌伯萍不由得一齐惊诧。见古敬亭还同骑马人拼命，立刻唤着管家高升，一同上前，把骑马的人捉住，捆上，连马也捉住。

卢问岐大夫很着急地催古敬亭、凌伯萍，一齐扑奔高、范和农夫落水处一看。急流浪花，三个人载沉载浮，逐浪翻滚。大概肚里都已灌满了水。那范静斋还好些，只在堤边挣扎，侥幸未当中流急湍，没被水浪打走。高明轩和那个捞救他的农人，竟彼此扭作一团，忽然沉下水去，忽然又漂上来，互相牵制，半晌浮不上来。高明轩的长袍肥衫，已成了水袋。

堤上站着十几个看热闹的人，没有一个人敢再下去捞救。都说这个被淹的人情急拼命，力量极大。这里水流又猛，弄不好，被他抓住了，一准淹死在一块。又有一个老头儿，在旁边皱眉说："这里的湖岔子很凶，常常有淹死鬼，捉替生，哪一年都淹死三个两个的。掉下去，咳，准了不得！"这样说法，更吓得没有人敢下水救人了。

堤上还有高宅一个长随，哭喊着悬赏求救，价钱越递越高："谁捞出我们主人，赏银五十五两，赏银一百两、二百两、三百两！"一时仍没人敢去。又叫了几次，忽来了一少年，乃是个赶佛会、看热闹的渔户，见赏心动，把浑身衣服脱光，求众人做证，答应他："救出人就给现钱。"然后他一纵身，跳下水去。伸臂分水，浮得很好。却先浮到近岸浅水处，把范静斋

捞救出来。古敬亭忙叫着高宅长随，一齐上前拖救。然后，那渔户二番下水，浮奔高明轩。

一阵浪花，高明轩和那个农夫，被激出数丈。高明轩似已说不出话来，两眼翻白，一双手爪兀自破死命抓住农夫，大概已失知觉了。这二番泅水救人的少年渔户，一直破浪浮过去。无奈水力太大，竟斜冲出数丈以外，好半晌才浮近高明轩和农夫。

堤上的人连忙吆喝："快从后面拖他！喂，先拖那个捞人的农夫，后拖那位姓高的绅士。"高家的长随忙说："喂喂，先捞我们主人吧！先捞出我们主人，我们重赏。"又有人喊："千万别迎面截，看把你也抓住了，可要了命了！"

岸上人纷纷出主意乱喊，这少年渔户竟很在行，不敢先捞高明轩，打算先救会水的农夫。哪知这个农夫竟被昏惘失心的高明轩下死力抓得展不开手脚。这农夫仓促下水，又没有脱净衣服。这工夫他竟和高明轩你抓我，我抓你，各使出死力，扭做一团，在浪中翻滚，三起三落，都似淹得大腹膨胀，昏惘失知了。这个渔户直浮到二人跟前，踏着水，觉得没有下手处，看这样子，要拖救，便须把两人同时拖出来。可是两个人几乎有三四百斤重，少年渔户固知在水中，可以运用巧劲。但才刚一作势，高明轩已伸出一只手，没命地乱抓。吓得渔户一踏水，唰的浮出数丈以外。浪花翻滚，眨眼间，两个溺人又被水流冲出十余丈以外。

此时，古敬亭望着卢问岐，哭声叫道："卢大夫，你你你行行好，你看看我们范贤弟还活得了不？你你你怎么给救一救？"卢问岐忙过来施手术，往外推水，一再安慰道："不要紧，救得早，还有气呢。"

古敬亭这才放了一半心，又对着浪心，着急地喊起来。分明看见这少年渔户绕着高明轩和农夫，浮过来，浮过去，只不敢下手。那高明轩不知怎的，又沉了底，忽又浮上来，那个农夫也漂上来。两个人不知何时，已松了手，分做两下了。岸上

人大喊道："不好，一定有一个淹死了。"古敬亭越发的悲痛、焦灼。

但是这一来，渔户倒得了手，立刻很轻巧地往中流浮。斜浮到农夫身旁，一伸手，抓着小辫，踏着水，往岸上拖来。不一时到岸，众人忙将二人拖上岸头。那个农夫已淹得人事不省，死过去了。众人七言八语道："咳，救人没救了，把自己的命饶上了。"

卢问岐忙道："我看看。"扪一扪胸口，摇头道："不好……还许有救！"这么一说，古敬亭眼望浪心，跳脚心急，转身催少年渔户，快快再下水。少年渔户已觉力尽，要喘一口气。

古敬亭登时红了眼，大喊道："你们谁会水？咳呀呀，活的赏五百，死的赏三百，救命行好的事呀！你们看他已经淹死过去了，断不会抓人了。卢大夫，凌先生，你们知道哪里有会水的人？哪里有小船，借一只来！"抓耳搔腮，又跳又叫道："我就不会水！我的天，可怜我高二哥，一辈子行善！"

正在急闹，那渔户缓了一口气，道："这位大爷，你准给我五百两银子吗？"卢问岐忙道："我们做见证，一准给。"渔户还在叮咛讲价，古敬亭拍掌跺脚道："你还不紧不慢的，说给钱，一定给钱，你看人又沉底了！"急得往水边连推那渔户，自己又要往下跳，又要给渔户下跪。那渔户赤身露体，水淋淋的，这才一攒劲，又一头泅入水中。

这时，高明轩又被水浪打得一翻一滚，乍沉乍浮。渔夫游了过去，比上一次慢多了。好半晌，才挨近高明轩，刚要伸手捞救，忽然高明轩又沉下去了。渔夫踏着水，等他再漂上来。哪知再翻上来时，已在数丈以外了。渔户拼命浮过去，居然绕到高明轩的前头。岸上古、卢二人，和高家的家丁，人人兴奋，攥拳瞪眼地替渔户使力气，乱喊："够着了，快，快揪辫子！哎哟，又要沉！"

渔户斜冲急流，不敢横阻被淹人的身体，更不敢挨近被淹人的胳臂，相隔只三五丈远，正在踏水作势。高明轩被浪头激

得忽仰忽俯。渔夫看准了高明轩的辫子，脚一蹬，陡然伸手去抓。倏地被浪头一裹，高明轩身躯仰翻，辫子又看不见了。渔户往前连凑了两次，全都扑空。岸上的人急怪叫道：“抓头皮呀！”

直到第三次，渔户才觑准了，运足气力，猛然斜身踹水，冲到高明轩左肩头，竟一把抓住了辫梢。岸上人哗然叫好。就在这时，急流一卷，高明轩的身子随流翻覆，一条右臂正搭在渔户的左肩上。吓得渔户急松手，往下一坐水，想沉下去避开。哪里还来得及？一声惊叫，竟被久溺昏迷的高明轩捞着左臂，忽地一同沉没下去。岸上古、卢二人齐声惊呼：“完了！”

水面上浪花浮泡，眼见得两人翻翻滚滚，乱撕乱抓，被急流冲出去好几丈远。忽往上一冒，见那渔户拼命挣躲，但是高明轩的手竟有出人意外的死力，任凭怎样撕捋，只是掰不开。两人此沉彼浮，眼看牵扯着要漂近那飞湍瀑布。水势越来越疾，那渔户似已力尽筋疲，肚中定也灌进了水。蓦然间两人都沉入水底。瀑布浪花喷薄，岸上已看不甚真切了。

古敬亭、卢问岐和看热闹的沿着湖边追看、着急，不时偷看凌伯萍。凌伯萍双眉微蹙，欲言又止。古敬亭大声悲呼道：“完了，这可活不了喽！天啊，谁积德行好救人啊！我们家业全不要了，谁能把人救了，我们全舍给他！”他号哭着，向看热闹的人作揖打躬道：“哪位能下水，想法子救救吧，这是积德行好的事。哪位把人救上来，死的活的全给一千两银子！”这次重赏之下，竟没有一个搭茬的。眼睁睁救不了，反倒有两人被牵同溺。就有会水的人，也不敢下水捞救了。人人摇头吐舌，都说水里一定有拿替生的水鬼作祟。

众人往水中再看，不知何时，那渔户和高明轩分拆开。两人一样地随流翻滚，这渔户尚能在水面漂浮着，高明轩可是只在水中浮起沉下，沉下浮起。偶然一冒，已看出高明轩面色死白，一定快淹死了，工夫已经很久了。

卢、古二人泪流满面。范静斋吐出许多清水，已经缓过

来，面色苍白，呼吸低微，扶着一个长随，蹭到湖边问道：“高二哥怎样了，救出来没有？”古敬亭含泪把捞救无功的话说出，一指湖波道：“二哥毁了，你看，眼下漂到瀑布那边，没救了！”

范静斋呻吟一声，往四面一看，失声痛哭起来，道：“我高二哥一生没做损阴丧德的事，怎的这么宽的湖面，竟会没有一只船？这么些人没有一个会水的？高二哥活活淹死，我也不能偷活了！高二哥呀，你救过我的性命，我可看着你死，我我我……”说着一推仆人又要往湖中跳，古、卢二人连忙拦阻劝解，不住地偷看凌伯萍。

猛听卢问岐惊呼道：“哎呀，坏了！”古、卢二人跺着脚，抓住范静斋，一齐哭起来。原来高明轩跟着卷入飞湍中去了。

凌伯萍再忍不住，奋然扼腕道：“咳，三位不要悲痛。我小时候略通水性，现时不定行不行。救得了高大哥，托天之幸。救不了，也只好……”忽地把长衫脱下，往地下一扔，把发辫往头顶上一盘，靴袜也全脱下来。急急伸手，将裤腿下截都撕了一个长口子。古敬亭、范静斋、卢问岐一声惊喜道：“凌先生，你会水？你可救命吧！”三个人不约而同，都给凌伯萍磕头。

凌伯萍早已结束停当，随口答了声：“不要紧，我这水性多年没试了，不准行，且试试看！”边说边走，到湖边一块岩石上，闪目往湖心一瞥，用手先按了按盘着的头发辫，两臂往上一伸，身形往起一蹿，嗖的一个燕子掠波式，猛向水里扎去。立刻波面上水纹荡开，人的踪影不见，只清波底里看见一条黑影。眨眼间，如同大鱼一般，窜出十数丈。那古敬亭在这时紧跑了两步，随即高声喊道：“高二哥呀，你命不该死，可等着凌先生来救你呀。凌先生可是不顾死活地救你去了……”

古敬亭嚷到这里，猛见凌伯萍从水中七八丈以外，往上一冒。古敬亭立刻把底下的话顿住。凌伯萍哧哧地一蹬水，破浪凌波，直赴急湍。距离着高明轩还有六七丈远，倏地往下一

沉。众人惊愕，凌伯萍突然沉没水底，咕噜噜的，湖面起了水泡，接着凌伯萍忽从波心翻起，瀑布急流居然打不动他。那渔户还在水面漂浮，高明轩在这一刹那，顺流往飞湍沉没下去，形势危迫，岸上大喊。

凌伯萍蜉蝣戏水式，在水面上一个盘旋，猛然又往下一沉。在急流飞湍七八丈外，水面上浪花一滚，唰啦一声，高明轩的身体突然被托出水面。凌伯萍探首出水，居然把肩头露出水面，立刻踩着水，托定高明轩，逆流浮出来。众人惊喜交集，全站在湖边张着手，哗然大叫："快送上来！"

高明轩起初张牙舞爪，挣命乱抓。此时魁梧的身形酥软如绵，手脚有时也乱动弹。凌伯萍举重若轻，施展巧妙的手法，被淹的人一点也捞不着他。并且踏水而行，不趋水岸，一手托着高明轩，反倒浮水奔向渔户，一换把，左手托高明轩，右手一抓，抓住渔户的小辫。一个人竟抓住两个被淹的人，凌波前进。岸上登时起了一阵阵惊幸欢赞的喝彩声。

喝彩声中，凌伯萍秀才踏水游行，活似一条大蟒，抓着两个团鱼，毫不费力地游向鲁公堤岸来了。

古敬亭、卢问岐、范静斋似乎喜极，竟不住口喊叫："凌大哥，凌大哥，你真是救命的活菩萨。"眨眼间，凌伯萍浮到湖边。这里近堤水浅，但还不能蹬着湖底立起，凌伯萍忽然没入水中，把两个被淹的人摆布到一处，自己竟从水底，托起二人。波纹分成人字形，两个被淹的人，像浮尸一样，仰面漂游过来。岸上众人哄然，全都凑到这边。

有人找来挠钩，要往水面捞人，被古敬亭一把夺过来，呼喊道："凌先生，凌大哥，快把高二哥托到这边来吧！"挠钩直探到水面上，要钩高明轩的头发衣襟，却又迟疑未下。浪花陡然激起，凌伯萍露出头来。高明轩忽往下一沉，那渔户猛往上一冒，呼噜的一声，被凌伯萍掐着渔户的脖颈和一条大腿，跃上岸来。轻轻地把渔户放在堤沿上，恍如一条白鱼，拉着一条死猪。凌伯萍道："你们快给他控水。"嗤的一声，又劈下水

去，把沉了底的高明轩伸手擒住，往水面一托，也掐脖揪腿，掠空往上一蹿。浪花如雨，波纹如环，呼噜又一响，水淋淋的凌伯萍，抓住魁梧胖大的高明轩，半挟半抱，飞身往下一落。堤陡地滑，凌伯萍左脚一蹬，赤足一滑，哧溜一下，高明轩头下脚上，倒栽莲花，重坠入水底。凌伯萍也凝立不住，翻身沉入波间。

古敬亭哗然大叫，看热闹的人也跟着大叫道："凌秀才，凌先生，你快把高二爷拉到岸边来吧。喂喂，他个儿大，身子重，水底泥太滑，你拖着他，蹿不上来。"

高明轩从水底往上一翻，又仰面横漂在水面上了。那凌伯萍从水面上，探出半个头来，往岸头一望，脸上含着怒容。此时，古敬亭大叫着，又一伸挠钩，竟要照高明轩的发辫抓来。凌伯萍探手一把，将挠钩捋住，又一带，古敬亭往前一栽，失声道："哎呀！"凌伯萍抗声道："你不要乱动挠钩，那一定伤了他。来，你们凑几个人，抓牢了挠钩，往上一拉，我往怀里扯。这么样，就可以拔上岸了。"

古敬亭、范静斋、卢问岐及高宅家丁一齐动手，拔河似的往上扯这挠钩。凌伯萍一手拖定高明轩，一手抓住挠钩，慢慢漂浮过来。直临岸下，这才轻轻挟起高明轩，往上一长身，借这挠钩竹竿做跳板，赤裸的脚只轻轻一点。众人惊喊道："不行，钩竿要踩断了！"唰的一声，凌伯萍左肋挟着胖大的高明轩，右腕一挥，轻如飞燕，飘然跃上平地，把高明轩轻轻放在地上。

古、范二人先不救高明轩，上前一把将凌伯萍拖住道："我的爷，你是我们的恩人！"又似哭，又似笑，呵呵不已。凌伯萍发际往下滴水，虽然穿着裤衩，究嫌赤露，忙道："你们快看高大哥，大概他不要紧，没有喝多少水，我看他也许会水的。"对高宅家人说："喂，请你把我的长衣服拿来。"家人答应着取来。范静斋哭丧着脸说道："他哪里会水，会水还挨淹？你看他肚子都那么高了，七窍都往外流水了，人都没气了。不

行了，我的高二哥呀！”放声大哭起来。

三人被溺，那农夫早已救活，由他家里人领赏搀走。现在只有二人。高明轩的卧处汪着一片水。那渔户卧在一旁，也流了一地水。看热闹的说：“这不行，这得脸朝下控水。”古、范二人这才齐趋至高明轩身旁，跪下来，哭叫着，拭扪口鼻，从口鼻一个劲地往外流清水。范静斋号叫道：“完了，我的邓……高二哥呀，人可不行了！”指着古敬亭怨恨道：“都是你呀，把二哥害了！”古敬亭忙推他一把，叫道：“你别瞎抱怨了，这有啥法子？意外横祸，谁想得到啊！二哥本来也懂点水性，要不是被那马一撞，也不至于淹到这样。你别瞎闹了，救人要紧。空埋怨我，有什么用啊？”两人你推我搡，乱作一团。

高宅的家人，一个取手巾，给凌伯萍拭汗擦水，侍候更衣。另一个就跪在高明轩身旁，也忙着拭水，且拭且哭道：“卢大夫，我们大爷不行了，身上一点也不热了。”卢问岐慌忙走过来，把家人推开道：“你先不要擦水了。这总得先推水，他在水里泡了这么半晌，身上怎能热？”

一个看热闹的老头子，走过来，指着那捞人被溺的渔户道：“还有这一位，你们也得救救人家呀！这两位全得叫他趴卧着，垫起肚子来。你们再给他推一推，叫他把水吐出来。这么仰面朝天的，可要坏了！”原来这老头子也是个船户，懂得救溺的，把烟袋一插，过来就要动手。高宅家人道：“你懂得救法吗？我们这里现有大夫。”老头子哼了声，面含不悦道：“你们可得快救啊！”

古敬亭忙道：“卢大哥，你快看看，想什么法子，把我们高二爷救过来？”卢问岐俯下腰，给高明轩切了切脉，又摸了摸胸口，暗吃一惊，仰面摇头道：“不好，高二哥灌得真不轻，这位老爷子说得很对，这必得先控水。”古、范、卢三人一齐忙着给高明轩救治。旁人看着不忿，目视仰卧的渔户，窃窃私议。那老头子更忍不住，又发话道：“你们看看这小伙子，好心好意救了一会子人，白卖了性命。谁费心也给人家推救推救

呀，别这么干瞪眼啊！”说着，偌大年纪，竟自己下手，把渔户翻转过来。只这么一翻，立刻有数股清水，从少年渔户的七窍咕嘟嘟地冒出来，口鼻里尤多，竟似往外倒水一般，眨眼间吐出一大盆。可是眼角已经大开，鼻孔出血了，双拳紧握，掌心无泥，面色惨白，心不跳，气不出了。

凌伯萍此时将上身下身的泥水，全擦干了，头发也已拆开拭净。衣服穿好，缓步走过来一看，心中不悦。卢问岐正用手法，给高明轩推水，竟也推出一大盆清水来。又将渔户看了看，这两人被淹的工夫久暂不同，吐出来的水竟一样多。许多人竟忙着拯救高明轩，只有老头子一个人，忙着来救渔户。

凌伯萍眉峰愈蹙，俯下身来，试一摸渔户的口、鼻、前胸和寸关尺，又试一摸高明轩的口、鼻、前胸和寸关尺，对众人道：“高大哥灌了不少水，但是性命决可无虑。反是这救人的渔户，怎么倒脉散气微，鼻孔出血了呢?”老头子道：“他准是叫这位高大爷掐住脖颈了。要不然，我们干船户的轻易不敢下水捞人呢，就怕的是这一手。人要快淹死，挣命瞎抓，救他的人只要叫他抓住，准死没活。不过，这位渔户还不要紧。你听，这不是肚皮里已有响动了，咕噜噜直响。刚才我看见他眼珠好像动了，大概救得活。你们谁费心帮帮忙，把他的两条腿给提起来，倒控一下看看。”凌伯萍忙道：“我来!”

范静斋在那边听见了，一跳站起来道：“我来控。凌大哥，你真个是我们高二哥救命恩人。你不但救了他，你还救了这位恩人。”古敬亭也从那边站起来，走到这边道：“可不是，这位恩人别看是悬赏应募来的，究竟舍命救人，也很难得。想不到竟叫我们高二哥连累了，咱们快救救他吧!”

凌伯萍跟范静斋，两人一齐动手，帮着老头子，也忙了一阵。水既控净，少年渔户渐渐眼皮闪动了，跟着胸口跳动了，低声呻吟了。

凌伯萍吁一口气道：“这一位大概不要紧了。救人的事真不容易，无怪人们袖手不管，这一位救人不成，惹火烧身，险

些毁了自己的性命！”话风微带不满。古敬亭忙过来敷衍，解说：“这一位我们一定好好酬谢人家！”

那一边，高明轩在卢问岐大夫尽力救治下，还没有救醒。卢问岐、古敬亭一齐着急，连说不好。但是高明轩胸头不住起伏，肚皮也咕噜噜发响，并且不时呕吐，唯有眼皮总睁不开。又过了好久，直到凌伯萍走过来察看，高明轩才能微微睁眼。古、卢二人一齐大喜道：“凌先生你看，我们高二哥不要紧了吧？”

凌伯萍重伸手一试，觉得高明轩被淹虽久，可是现在竟比渔户好多了，不但两鼻吁吁喘气，胸口也温暖过来了。凌伯萍道：“不要紧，高大哥比这渔户强多了，一点危险也没有了。”重又问道：“高大哥从前一定会水吧？”

围观的人群中，有一位赶庙的中年汉子，啧啧称异道：“真是人不该死，五行有救。要说这位高大爷，入水这么大的工夫，居然能救活了，真是想不到的事。我们守着湖边，这些年看见淹死的人也多了，像高大爷这么大的气脉，真是少有。”

卢问岐抬头看了看说话的人，点点头说道：“你说得一点也不错，真能缓过来，就算侥幸。不过让我看，就是好了，也得大病一场。没有十天半月，休想复原。”说到这里，向古、范二人道：“高二爷和这位渔户虽然得救，只是他们二位这时一定周身发冷。你看，这不是都冻起鸡皮疙瘩了。赶紧找个避风的地方才好，还要用热姜汤提提气。要是耽误时间大了，只怕他们中了寒，治着更费事了。他府上离这里又远，我想先把高二哥和这渔户送到清凉寺去，比较快当，用什么也应手。你看怎么样？”

凌伯萍道：“救溺的第二步法子，本该这样的。”古敬亭目视凌伯萍道：“高二哥还是呻吟不出声来，那个渔户倒能说话了，也还起不来。可巧近处没有熟人，若有熟人，把他俩搭过去最好。还有那个惹祸的小子，该怎么办呢？是把他送官，还是捆打一顿，叫他找保？”卢问岐问凌伯萍道：“凌先生，请给

拿个主意吧。”

凌伯萍道：“送官找保的话，请问古、范二位。小弟是外人，不敢做主。不过现在无论如何，也得先找个地方，把两位被淹的人抬了去。要紧的是先给他们发汗。小弟的身上也得洗个热水澡，这么脏太不像样子了。”说时皱眉，很不高兴。

古敬亭看了范静斋一眼，说道：“真是的，凌先生一身泥水，好歹擦干的，哪可怎能受得？叫我们太抱歉了。范贤弟，咱们赶快先奔清凉寺，比较还近便一点。那个骑马的小子现在还没工夫把他送官，也不能叫他走了。我看索性将这个小子押到高二哥家里。候着二哥缓醒过来，再发落他，免得受埋怨。范贤弟，你看怎么样？”

范静斋点头答道：“这么办也对。”立刻打发高宅家人，到附近民家，寻找两副宽铺板和棉被、绳、杠，又雇来四名庄稼汉。由范静斋、卢问岐督促仆佣，把高明轩跟渔户搭到木板上，同时押着那骑马的小子，牵着那匹闯祸的马，径奔清凉寺。古敬亭陪伴凌伯萍，也要往山寺走。凌伯萍坚辞告退，欲归自己家，沐浴更衣。古敬亭这回竟发起急来，又扯胳臂，又要下拜，一迭声苦求凌伯萍，同往山上。他说：“你是我们高二哥的救命恩人，我不能把你放走！你你你不能随便告退了！”居然用起强来。

凌伯萍急不得，恼不得。人家是好意，人家要报恩！

第四章 伏蛇阴谋布网罗

凌伯萍从水中救出高明轩之后，便要回家。高明轩的盟弟范静斋、古敬亭却一再强留，不让他走。人家要报恩，凌伯萍急不得，恼不得，最终只得把面色一整，又微微笑道："古先生，对不住，你看我浑身湿污，裤脚直豁到脚跟。庙中这时正做盛会，尽多妇女，我去了像什么样子？"

古敬亭道："盛会怕什么？大哥这是做了救人一命的好事，人家看见你，更要佩服。"说时看出凌伯萍不爱听，忙又道："咱们从后门绕进去，人也看不见。就是衣履不整，老方丈那里还不给我找一套衣服换上吗？"

凌伯萍笑道："我哪能穿和尚的衣裳？"

古敬亭也笑道："大哥这么爽亮的人，还在乎这个？要不然，你不嫌脏，就穿我的，我脱给你。大哥很懂得救溺的方法，你走了，我们真不放心。别看卢大夫是名医，他可是不会水。"又赔笑道："我知道大哥很有洁癖。那也不要紧，一回庙，我就打发人，到府上取衣裳去。真是的，刚才忘了，倒不如早打发一个人，到您宅里去一趟，也给凌大嫂送一个信。"

凌伯萍道：“那又何必！”

忽然，古敬亭想起了妙辞，手指凌伯萍道：“大哥，你真回去不得。您看您，浑身这么湿，裤子又扯成这样，轿子又在庙里呢。您这样走回去，还不把大嫂吓一跳吗？”

凌伯萍低头自视，小衣全湿，长衫虽干，却被高家仆人拿得皱褶了，真像个落汤鸡，外面包着绸衫一样。古敬亭见他迟疑，立即说道：“大哥，你真回去不得，回去会吓着大嫂。”遂走过来，扯了一把。

凌伯萍心中做想，干仆凌安现在庙中，小轿轿夫也在庙中。自己这样子步行回家，似乎不妥，春芳娘子一定要穷诘自己的，咳了一声道：“我真不愿这般模样回庙。古仁兄，我们绕走后庙门吧。”两个人这才往清凉寺走去。

不一刻行近庙旁，干仆凌安已闻讯迎出来，道：“大爷下水救人了吗？”刚才高明轩被抬进庙，已闹得通庙皆知了。

凌伯萍脸含不安道：“没有法子，挤住了。”古敬亭抢答道：“我们高二哥叫惊马撞到湖里去了，多亏你们大爷。”凌安不答，面向着凌伯萍。

伯萍道：“你赶快回去，给我拿一整套衣服来，你看我这身上。长衫已皱，裤脚已撕，双履也沾满湿泥。”

凌安一声不响，抽身下山。伯萍忙追叫道：“你把……外书房的衣服找出来，赶快送来。不必惊动大奶奶，看她晓得了，又要担惊。”凌安道：“我知道。”大步走下山去了。凌伯萍意不自得，范静斋暗暗含笑。

这时清凉寺内正值盛会。高明轩和那渔人，先一步从后门抬入禅舍。老方丈慌忙过来照看，搓手慰问，连说：“这这这怎么说的？”先把高明轩安置在三间精舍内，又把渔人另搭到别间禅房，忙着给二人更衣，加被，煎汤，发汗，按摩。

凌伯萍一步走进去，只见精舍禅榻围满了人。高明轩拥被围在榻上，二目不开，喘息转急，从被中露出一只手，卢问岐大夫坐在面前凳上，正给切脉。在病人脚下嘤嘤啜泣的，还有

一个少妇，旁边侍立一女，使婢打扮。这少妇绿鬓纤腰，盛装长裙，姿容仿佛艳冶，原来是高明轩的如夫人到了。她守在丈夫脚下，哭得抽抽噎噎，如梨花带雨，好不伤心。吴娃娇喉，哭得尽恸，哭声柔媚动听。

范静斋站在对面，正在劝解，忽见凌伯萍来到，范静斋忙道："二嫂子别哭了，你看咱们二哥的大恩人凌秀才来了，就是这位。"

哭声顿住，那少妇拿一条红手绢，正掩着脸，闻声立刻微露半面，睁着一对清澈的眸子，向凌伯萍一瞥。忽然面笼娇羞，把头低下，把身子一扭，似乎自家忘情悲泣，被生人看见，未免觉得可愧。那红手绢才放下，重拿起来掩住嘴，又低头拭眼。然后一整身，抬头，嫣然一笑，先哟一声，道："刚才救我们二爷的，就是这位啊？"

古敬亭从伯萍背后应声道："二嫂子，就是这位凌大哥，多亏他冒着险，把二哥捞救出来的。二哥这回飞灾，真叫人想不到。二嫂都听说了吗？"

少妇暂不答古敬亭的话，双目偷看凌伯萍。微敛羞容，婷婷站起来，向使女递过眼色，使女忙把拜毡取来。少妇徐徐说道："古贤弟，范贤弟，你替我请这位凌相公里边坐。"

凌伯萍一看这样子，忙缩身后退，翻身欲出。古敬亭道："凌大哥别走！"从后面拦住。范静斋也赶过来，两人一边一个，把凌伯萍架住，推让到椅子上。

那少妇羞惭惭道："凌相公，您真是我们的大恩人。我们明轩若不是您……今天只怕是性命难保！"拜毡铺好，她插花烛似的拜下去。

凌伯萍急避不开，还礼不得，窘得面似蒙了红布，竟侧立着受了三个头。

少妇起初含羞，等到拜罢，见伯萍局促不安，便拿出主妇的体貌来，又扶了扶，侧身站着，伸出尖尖的手指，让座道："凌相公，请坐下说话儿。"

少妇又道："凌相公，这救命之恩不比别的，您就是我们的重生父母。"向病榻看了一眼，双眉紧锁，如不胜情道："您把明轩救了，免得叫他落个淹死鬼，也给他洗去丑名。若不然，人家说了，他上庙还愿行善，当时淹死，想必生前没做好事，才遭这恶报！您这一来，在我们身上积大德了。"伯萍道："嫂夫人太客气了。"

少妇道："不是客气，是实话。凌相公，您会游水，您一定懂得救溺的法儿。我说，卢大夫，您跟凌相公合着断一断，到底我们明轩要紧不要紧？怎么他还不能说话呀？刚才我乍一来，把我吓酥了，只当人没了气儿呢。"手抚胸口，吁一口气道："你听，我这当儿，心里头还扑通扑通地跳呢！"

凌伯萍说道："嫂夫人无须恚虑，我看尊夫早没危险了。"

少妇道："既然不碍事了，可是的，凌相公，明轩在这里休养，究竟不便。"又一红脸道："我一个女人家，也不好服侍他，何况这儿又是个寺庙哩。凌相公您替我拿个准主意，要是真不碍事，莫如就叫一乘驮轿，趁天色还早，把他抬回家去。您看行吗？"

凌伯萍到病榻重加诊视，对着卢大夫说："若坐驮轿，路上只不见风，料也无碍。还是回家静养的好。"

卢问岐也道："是的，按脉象说，坐轿回去是可以的。在家里，自然比在这里便当多了。"

这如夫人便做主张，命使女传话，叫仆从觅轿。要一乘驮轿、一乘小轿，连原来的几乘，恰好高明轩一乘，如夫人一乘，范、古、卢三人各一乘，凌伯萍一乘。意思之间，要把恩公接到自家。

仆人领命出去。如夫人刚到病榻前，摸了摸高明轩的头，又切了切脉，转脸来，坐下，便一扫羞怯，亲亲热热，和恩公攀谈，申谢。由感恩说到遇救，由遇救说到肇祸，如夫人紧咬银牙，发狠道："这骑马的人实在万恶，怎么碰着人，丢下了就跑呢？如今把他捉住，就该送官治罪。"说着转问凌伯萍道：

“送官对吧？可是这究竟是误伤，我倒有心吓他一顿，把他放了。又怕我们明轩万一有个好歹，那人就是凶手了，轻放了，心上不甘心。”将一双点水青瞳，望着凌伯萍，似要讨个主见。

凌伯萍便道：“高大哥实已脱险，决无性命之忧。我看把那人放了吧。”

如夫人满脸堆欢道：“那么说，我们明轩真不要紧了。我本打算等明轩好利落，再把惹祸的连人连马放走，省得等他缓过来以后生气，不答应我。恩公既然这么说，放就放了吧。放了也好，省得明轩苏醒过来发脾气，拷打人家。您想他好心好意来行善事，无端被逸马挤坠湖里，他一定懊恼，怎么行善倒遭恶报呢？他一定恨极了这个骑马的，必不能轻轻饶过。既然这样，恩公说得对，还是早早把人放走。这也是件善举，到底凌相公心肠好。”回顾使女道：“你去告诉他们，就说我说的，冲着凌相公的面子，那个骑马的不用押着了，放他逃生了吧。也免得大爷缓过来，拿他泄愤。真算便宜他了，免去一顿好打！”

这样，把整个人情送给凌伯萍了。她却又用红手绢，一掩樱嘴，嗤地笑了一声，赧颜向伯萍道：“凌相公，我们明轩别看心肠慈，好行善，他的脾气可够暴的。回头等缓过来，只怕找我们要人。他若是听说是我做主放的，他一定不答应我。凌相公，那时候，我就往您身上推，我就说恩公叫放的。人家救了你，连讨这点情面，还不行吗？他就没的说了。凌相公，到那时候，他要问，您可替我担着点呀。回头别叫我挨他的骂，说我女人家胡出主意。”

凌伯萍道：“既是觉得不便，不放也可以，等尊夫自己发落也好。”

如夫人哟了一声道：“那是什么话呀！您说的话，我们两口子一定照办。您不是救命恩人吗，况且您这份用心，又是行好。我拙嘴笨舌，凌相公可不要笑我啊。”

这少妇居然健谈，姑苏女儿娇喉自佳，这女子又很洒脱，

乍见是怯生，如今把凌伯萍当恩人看待，既不再见外，遂更觉亲切。一时问问高明轩遇险的经过，替那救人儿致殒生的渔夫、农人连抱惋惜。一时问问凌伯萍浮水救人的详情，把感恩的话讲了又讲。一时又问问救溺以后的保养方法，该怎样服侍，才不致诱发他症。跟着又和凌伯萍，商量起酬谢渔夫、农人的办法，该怎样给人家家中送信，该怎样加意治疗，该拿多少钱犒谢。把凌伯萍看成弟兄一样，一口一个凌相公，叫得这么亲近。

随后，又叙起家常来，问凌伯萍家中都有什么人，凌娘子多大岁数，是哪里人，有小孩没有。她笑着说："赶明儿我看看凌嫂子去，把凌嫂子接到我们舍下住两天。"

凌伯萍勉强答对，就要告辞。外面传话说："轿子叫来了。"

少妇忙站起来说："凌相公，您别走，这不是轿子都来了吗？"坚邀伯萍随她进城。她又说："您怎么着也得到舍下盘桓两天。"

凌伯萍不肯，峻辞谢绝说："舍下还有琐事。"脸上颇露出不耐烦。

古敬亭、范静斋恐怕闹僵，忙说："二嫂子，我们凌大哥总得回家看看，怕他家里也不放心。"

少妇道："哟，我就忘了这个了。可不是，凌嫂子一听凌相公下湖救人，自然也很挂念的。我们做女人的就知道往一面想，凌相公，您别笑我不通人情！"又说了许多感谢的话，吩咐仆役，把轿舁入，先送凌相公回家。

凌伯萍很不高兴地等着凌安取来衣服，更换好了，方才坐自己的小轿回去。这里古、范二友和卢大夫、家仆等忙把高明轩和渔人全搀架上轿。他们陆续下山了，老方丈亲送出很远，方才回转。山上的盛会依然做着。

被溺的施主高明轩坐轿进城，回家。将渔夫安置在下房，将卢问岐大夫安置在客厅。高明轩面色惨白，呻吟不已，由古、范二人挽着他的胳膊，直踱入内宅暗室。他那如夫人和小

丫鬟跟随在后。

一入内室，悉屏仆役，小丫鬟也留在外间，如夫人回手掩上内室的门。高明轩踉跄倒在床上，古、范给他盖上棉被。高明轩呻吟声顿住，精神十分疲殆，一语不发，眼角滴下泪来。古敬亭忙低声道："二哥怎么了？这一来大功告成了，你别难过呀！"高明轩掩面不语，兀自呜咽，似勾起伤心事来。

那如夫人目视古、范，又看了看高明轩，错愕不解，发话道："我看二哥神气不大好，别是弄假成真，真淹着了吧？"

高明轩长叹一声。古敬亭、范静斋在室内走来走去，咳了一声道："可不是，淹了个不轻。若不是这么一来，怎能骗得过小白龙？人家是行家啊。二哥，这工夫觉得怎么样？还难受吗？"

高明轩摇了摇手，道："求人真难哪！我恨我自己太不争气，下多大苦心，还是凭自己本领，斗不过狮子林，挤得没法，出这等下策，真够丢人了，还险些送了性命，还不知将来结果如何。"

那个如夫人道："二哥真淹着了吗？喝了几口水？"

高明轩拥被坐起来，又叹了口气道："浑身筋骨疼！六妹，我简直是死里逃生。还喝多少水？只喝了一口半，就灌满一肚皮。这还是小事，我心里没有迷糊，我自己有把握。只是我久没下水了，乍一沉，又穿着衣裳，又泡得这么久……六妹你不知道，我在水里足足泡了半个时辰，那位凌大爷才肯下来！我只当是没指望了呢。好容易才盼他跑过来，他又犹豫着不肯下水，谁想我这条腿忽然抽起筋来……"

古、范一齐大惊道："真的吗？"

高明轩眼含着泪，苦笑一声道："你看，就这么巧嘛！这条腿直转筋，脚跟差点横过来。简直说，小白龙再晚到一会儿，那真淹死了。那时我心里只祷告，亡兄亡嫂多多保佑我，你夫妻俩要想报仇，可别叫我糊里糊涂死在这里。这条腿还是直转拗，我连忙沉下水去，狠狠地掰了掰，又蹬了蹬，偏偏那个渔夫又来捣蛋，他要救人！把我恨极了，我就掐了他一下子。"

古敬亭道：“不好，你收拾这个渔夫，差点叫人看出来，好在快淹死的人都是乱抓人，可是你那手‘黄莺托嗉’用得太明显了，只是小白龙没看见罢了。”

高明轩道：“是吗？你们在岸上看出假来了吗？你们看，把小白龙骗住了没有？我在水里挣命，他们都说了些什么？”范静斋道：“还好，骗住他了。不过，他只问二哥从前会泅水不会，也许动了疑，看出二哥踏水的功夫来了。”

那如夫人道：“呀！那不露馅了？”

古敬亭道：“我们给掩饰过去了。我们说二哥小时会水，不过叫马猛一撞，水流又急，支持不住了。他只看见二哥淹得翻白眼，大口吐清水，决想不到有假，更想不到骑马的乃是我们自己人。”

高明轩矍然道：“这一点很要紧，胡贤弟，你快叫马老台离开这里吧。倘叫小白龙看见他，在咱们这里出入，那就满盘皆输，露出假来了。他现在哪里呢？”

如夫人道：“给他一百两银子，叫他回去就完了。”

范静斋道：“他现在在店中呢！回头去打发他。”

如夫人道：“你们这条计，真想绝了。小白龙纵诡，也绝猜想不到。从来只有卖好，没有倒卖恩的。现在第二步该怎么样呢？是不是明天就去登门拜谢救命之恩呢？”

范静斋道：“越快越好！”古敬亭道：“不行！二哥好得太快，显出假来了。”

高明轩颓然躺倒道：“情实我也是浑身疼痛，真挣扎不动。回头叫卢医生给我诊诊，我得吃几剂药。还有这卢医生，咱们绑票似的把他架来。我看如今用不着他了，把他打发回去吧。”转顾少妇道：“六妹妹，明天就烦你到小白龙家，登门拜谢他去，就说我淹得很重，大夫治不好，务必把他请来。小白龙的女人，你可以设法跟她套套交情。”

少妇道：“我去，我带着礼物，去到他家道劳叩谢。这是救命的大恩嘛。”说时笑了，又道：“我求见他的太太，跟她拜

盟，结干姊妹，这个我都弄得来，二哥放心，我准装得像。我再带着小梅妮子去。小妮子长得很媚气，一定会诱人。反正小白龙年纪轻轻的，不贪财，必贪色。不好交朋友，一定好女人……”说着咯咯地笑起来，道：“好色的必然轻友，这小白龙不受这套，受那套。我们安排好了，就拿报恩为名，一步一步跟他凑，酒色财气四个字，好什么，给他什么。只要他拿二哥当朋友，一来二往……”

高明轩精神一振，霍地又坐起来，道：“对！六妹多受累。皇天不负有心人，这一回我险些弄假成真，命丧湖底。我这回再打不动小白龙，我就真真没招了！”

古敬亭道：“这一招准行！就由二哥和六妹，你们二位假装夫妻，天天去亲近，内线外线同时打通，他小白龙不管怎样乖僻，你感激他，天天给他高帽戴，他也不能把你推出门外。那个仆人叫凌安的，也得想法子勾引勾引。这交给老黑办。奴才交奴才，主人交主人。六妹就认准了龙娘子凌夫人，你们拜干姐妹，这招很对。小白龙大概怕太太。”

那如夫人道：“听说龙娘子不是我们道里人，只是个外行，寻常女人。”古敬亭道：“寻常女子更好哄骗，她必然贪小便宜，喜好珍宝首饰。”

几个人掩门议论一阵。高明轩躺倒歇息，他真个害起病来，心上更浮躁万分。他淹得太甚了。

由次日起，那个艳冶的如夫人，高明轩背地称为六妹的，备了许多礼物，珍宝、首饰、锦绣绸缎、果点，抬了好几抬，携带一个俊婢，名叫小梅的，坐小轿，亲赴七子山麓凌伯萍秀才的住宅，登门谢恩。

高明轩偃卧病榻，和古、范二友低声私议，听候“如夫人”怎样进凌家门，怎样见凌氏夫妇。假如可能，预嘱好了如夫人，不妨留在凌宅住一两夜。仍嘱咐仆从，只要凌家收礼延宾，便速奔回送信。

但是，凌伯萍竟古怪得很，而且乖觉得很。“如夫人”早

晨去，晌午回来了，礼物整盒提回。凌伯萍竟没在家，凌娘子也出了门。只剩那个干仆凌安，司阍待客，说主人和主妇两口儿住丈人家去了，今早刚刚动身。“如夫人”失望而归。

但是铁杵磨绣针，高明轩不久病愈，拉开长工夫，日登龙门，凌、高二姓终于不久成为朋友。或者依照凌伯萍的口气说，不算朋友，也成了很要好的“熟人”了。

在高明轩溺水遇救的四个月后，有一天，高明轩夫妇竟在凌伯萍的客厅上，座谈了好久。因为来客是夫妻俩双登堂，凌夫人杨春芳娘子也就抱着爱女小桐，出来陪伴女客，终于把高氏如夫人让到内厅去了。高明轩在外客厅坐了一会子，凌伯萍到底没往内书房让。

这一回登堂拜访乃是头一次，竟周旋了两个时辰。男客在客厅已经辞穷，女客在内宅却欢笑亲热异常，而且一同用过午饭，才告辞回家。

饭后，高氏夫妻坐轿回去，范静斋、古敬亭见了面，齐给高明轩道贺。高明轩也欣然得意，目视他的那位如夫人道：“还多亏了她。若不是她，我还是被人家赶出来了。”

原来高氏如夫人把凌伯萍的爱女小桐，抱在怀内，爱得不得了，一定要认为义女，拜干亲。小桐刚刚四岁，居然和如夫人不认生。

这如夫人乍到内宅，看出春芳娘子是个美而秀的聪慧女子，就打叠精神，和她攀谈。对春芳娘子一口一个大嫂叫着说：“大嫂，您不知道这事吗？凌大哥是我们明轩的救命恩人，若不是凌大哥，我们明轩早成了淹死鬼了。我们老早地想看望大嫂来，明轩总拦住我，说凌大哥是书香人家，高门雅士，我们本是暴发户，浑身俗气，怕大嫂见笑。”

春芳娘子道：“您太客气了，我们本是寒酸人家，我也从来没出过门的，没准倒叫您笑我呢。您说我们伯萍怎么救过高二爷来？这是多早晚的事呀？”

如夫人微微一笑道：“这还是头几个月，春天的事哩。那

一回我们明轩在七子湖，叫一匹惊马撞到湖里了，多亏了凌大哥，舍生忘死，把他捞上来。这才是救命的大恩哩。怎么凌大哥没对您念叨过吗？”

春芳娘子面皮一红道：“这个，也许他忘了说了。”

如夫人道：“上回我还到您府上道谢来呢，可惜没见着您。听说那天您住娘家去了！”

春芳道：“是吗？又叫您见笑了，我们伯萍什么事也不告诉家里的。他外头的事，我一点也不知道。您这是来了，您若不来，我还不知道高二爷和他是朋友呢。”

如夫人说道：“我可不信。我早听说过，凌大哥和您感情好着的呢，他会瞒着您吗？别是他怕您，管他太严了吧？”

春芳含羞笑道：“二嫂子乍见面就取笑我了？”

如夫人笑道：“我该打嘴，我可不敢跟您取笑。我告诉您吧，您大概全不知道，我们明轩感激大哥的大恩，恨不得请他到舍下，哪怕敬一杯水酒呢，也算尽尽心，谁知总请不来。我们明轩后来才听人说，凌大哥是很恋家的，轻易不好应酬。大嫂，别看咱们是初见，我早就猜出来，您一定生得够漂亮的，若不然，也配不上凌大哥那一表人物。人们都说凌大哥的夫人比天仙还美，真是头是头脚是脚。今天一见，果然不虚，大嫂，您真俊哪，怪不得凌大哥那么恋家。您今年二十几了？我看您至多也就是二十，再不然是十九岁了，对吗？”

春芳赧赧说道：“我二十五了。”

如夫人道：“是吗？可不像，您瞧着只像十八九岁、二十来岁的人，您真生得少相啊。”

春芳道：“看您说得也太玄了，我们小桐都四岁了。我怎么会是十八九岁？”

如夫人仍嘻嘻哈哈笑了起来道：“人家真有十六岁开怀的，那不算稀罕。”说着，凑到小桐面前，道：“大嫂，这是您跟前的吗？这真跟小天仙似的，怎么才四岁，看着像小大人似的，又活泼，又稳重，真是大家小姐。小嘴多好，多红，简直跟您

一样，就是眼睛和脸蛋像她爹爹。”把手一张道：“桐小姐来，叫婶子抱抱。”

小桐咬着指甲，往丫鬟怀中一躲。这如夫人很会哄小孩，搭讪着把小桐抱了起来，偎腮，亲嘴，叫小宝宝。春芳娘子抿着嘴看着，心中喜悦。

如夫人把备下的珠串、手镯，给小桐戴上，引逗着小桐玩耍。面对春芳娘子说：“嫂子是有福气的，年轻轻的有这么水葱似的一个小宝宝，多么开心！”

春芳目视小桐道：“一个丫头子家，有她又算得了什么？怎么大嫂跟前，一个小孩也没有吗？”

如夫人咳道：“没有呢！妹子老早老早地就盼个孩子，就是盼不来。前年好容易有了，谁想又小月了。您还嫌丫头子，我连丫头也落不着呢。要不然，大嫂就把小桐认给我做个干女儿吧。桐姑娘，你愿意要这个干娘不？干娘给你做花鞋穿，领你进城看戏。”

这样说着，下趟再来，果然给小桐裁了许多小衣裳，定打许多玲珑首饰，还有长命锁、避邪符、四双四季花鞋。就这么模模糊糊，她自称是小桐的干娘，小桐也就算是干女儿。干亲走动得越发勤近了。

不过，春芳娘子那天听了救溺的话，当晚又向凌伯萍穷致盘诘，问他：“你是下水救人了吗？这是多咱的事？怎么我一点影子也不知道？”

伯萍晓得爱妻又犯恶了，满脸赔笑地掩饰道：“这是老早的事了。”

春芳道：“老早的事了？你怎么老早不告诉我？你还是老早就瞒着我？”

伯萍笑道：“下水救人是冒险的事，我怕你听见了，又担惊害怕。”

春芳道：“对了！你既知我担惊害怕，所以就把我蒙在鼓里！所以任什么事也不叫我知道！多谢你的好心，无奈这一

来，叫人瞧着，好像我又成了外人。刚才人家劈头一谢，弄得我张口结舌，想谦辞几句，都不知道说什么好。叫人拿眼盯着我，很诧异地问我，大嫂不知道大哥救了我们明轩吗？你想我难为情不？我有什么法子呢？我只好跟人家说，'我的这个男人可是与众不同，人家身上的事向来不告诉我。'我们本来不般配，差着大半截呢。我也知道，我不能跟人家高姨奶奶比。可人家别看是夫妾，可是两口子双双出门拜客。老爷有什么事，姨太太全干预得着。人都说至近莫过于夫妻，只有我是例外，我比什么人都不如。我想起来，就要痛哭一场，怨我死去的爹糊涂！"

春芳娘子很磨烦了一阵子。她说的话，又酸又涩，并拿一种极受委屈的腔调讲。可是她脸上的表情隐隐透出"拿斜道歪"的样来，口角还是带着娇笑。

但是凌伯萍自觉歉然。忙凑过来，哄慰道："芳姐，你别过意。这实在怪我粗心。我因你是个细心人，叫你晓得了，又替我担心。客人进门时，我应该先告诉你一声，就好了。你别难过，往后我什么事都告诉你。不过你可别拦我，也不要害怕。"

春芳娘子把身子一扭道："我拦过你什么来？你又不会杀人放火，我又害什么怕呢？说实在的，你肯下水捞人，救人一命，也是好事。只是我想你身子骨也够单薄的，你就是会水吧，很凉的天，叫湖水一泡，倘或把你激病了呢？"

伯萍忙道："不是现在救的，是今年春天，快到夏天了。"

春芳道："是啊，就是夏天怎么着，冷水也会激着人的。况且我常听人说，捞救快淹死的人最险，乱抓乱搔的，弄不好叫他捞上一把，就许一块全淹死呢。那就叫下阱救人，我说是不是，伯萍，你也太不保重了，还怪人家担心？"

凌伯萍赔笑道："你说得很对，不过这已经是过去的事了，我不是没有淹死吗？"随在床边并肩坐下来，拉着春芳的手道，"我不敢告诉你，就是为这个，怕你管教我。我自然会泅水，

能救人，我才敢下阱呢。你想你我结成夫妻，不就是‘水中缘’吗？我若不是遇难会浮水，早淹死在大江了，我焉能遇见恩公娘子你？”说着把头一侧，压着春芳娘子的肩头，轻声说道，“恩公！”

春芳娘子听了，把星眸一瞪，嘴一噘道：“我说不过你，你反正有理！”双手捧着伯萍的头一推，身子往后闪了闪，扯枕头躺下了。

凌伯萍道：“不谈这个了，咱们说点别的吧。我说芳姐，你看这位高公的如夫人怎么样？我看她一举一动，不像个良家女子似的。”

春芳道：“这位高公也不像个大财主，看着倒像个……戏台上的大花脸似的。拿着那根长杆烟袋，指指画画，说话嗓门那么高，我在二门还没出来，就听见他大喝大啸了。他那位如君又那么样，用鼻子说话。这两口子叫人看着，总像不很般配。兴许高公还怕着如君呢。刚才我瞧他总拿眼睛扫着姨奶奶，老是顺着姨奶奶的口气说话。估摸这一位必是高公最宠爱的妾呢。”

凌伯萍想了想，笑了，因道：“你也看出来了？人家还说我惧内呢。”春芳白他一眼道：“你是怕我吗？”伯萍忙道：“别生气，我是说笑话，芳娘子绝不是河东狮。”

春芳笑道：“这句笑话下回也不许你再说，因为我不爱听。”凌伯萍一歪身子道：“是是，下次我知过必改。”

春芳嗤地笑了，又道：“可是的，这高家夫妇，你从多咱才认识他们的？”

凌伯萍道：“近半年才认识的。据说他是本地人，暴发户，新近才从北方发财还家。他这人很怪，我本不愿和他来往。不知怎的，他总想和我亲近，又似乎要跟我比富似的。我在清凉寺题捐，他也比着题捐。我无意中救了他，这一来不要紧，他跟我粘上了。我救他是在春天，我总躲着他，他总嚷着报恩。那大年纪，在我面前装小弟弟。不过他这人骨子里似乎很热，

见了我，总那么无可无不可地感激，我实在没法再拒绝他。官不打送礼的，人家满脸赔笑，在我面前转，我绷不起脸来了。”

春芳笑道：“得了吧，凌相公，你还绷不起脸来？你自己是不觉。就说刚才在客厅那一会儿吧，我冷眼看着，人家两口子好心好意，一口一个大哥叫道，跟你亲亲热热地讲话，你倒好，活像债主子，十问不一答，十叫不一哼。谈了那大工夫，我没听你说别的，半晌一个‘哦’字，半晌一个‘是的’。你真是贵人语音迟，我在旁陪着，都怪替人家难堪的。你自己难道一点不理会？先生，我劝你也稍微随和一点吧，不要端那么大的架子，叫人家笑话你酸！”

凌伯萍失声笑了，站起来说道：“我真是架子大吗？”

春芳道：“小狗才哄弄你呢，你脸上的神气又冷又傲，你真觉不出来吗？”

伯萍笑道：“这个……但是别人说我冷傲还可以，你芳姑娘可不许说。我跟你讲话，一口一个姐姐，你拍拍心口想一想，我拿你不当活菩萨一样看待吗？人家说起来，都笑我惧内，你截长补短地查考我，审问我。”

春芳满面通红躺在床上，伸脚踢伯萍道：“你胡说！谁说你惧内来？”

伯萍纵声大笑道：“谁说，人人都这么说。并且我自己也承认我是惧内。古时有一个惧内的人，别人问他，为什么这样怕老婆？他回答得很好，说是妻有三可怕。才娶进门时，年当少艾，端丽凝重，好比观世音菩萨，人哪有不怕活菩萨的？过了些年，生儿育女，孩子越养越多，活似九子母魔君，人焉有不怕女魔的？等到年老，仍不忘修饰，搽脂抹粉，更增老丑，好比鸠盘荼一样；这鸠盘荼乃是佛书上的女老妖，人哪有不怕妖精的？由此可见妻有三可怕，少幼老各具其妙。芳姑娘现在正当活菩萨之年，我凌伯萍一向佞佛，清凉寺还不断题捐，怎能把家中的活菩萨，反倒忽略了？况且活菩萨又这么亲我以樱唇，瞪我以白眼，恩威并济，刑赏时加，我待罪虔敬之不暇，

我还敢冷傲吗？我不但不敢冷傲，我还热，我还热……”一直倾身逼迫过来，道：“在家敬活佛，何必远烧香？”

春芳娘子慌得连连滚身退避道：“又涎脸，又涎脸！孩子都那么大了，还跟人家这么起腻，你们念书的人真没出息！”

凌伯萍仍然顽皮，每逢春芳娘子盘诘他时，他就跟她胡闹，歪缠。现在春芳躲无可躲，她的底襟竟被伯萍压在身底了。春芳含嗔一指窗外，斥道：“你听，大白天价，宝芬进来了！”伯萍笑道：“她这时不会来的。她不是看着小桐了吗？”

春芳道：“咳，你一点正形也没有。还提小桐呢，我告诉你……”低下声音，说道，“你一点也不知检点，你不知道小桐跟宝芬说些什么哩。”伯萍道：“她说什么？”

春芳脸色羞红，轻声说：“也不知哪一天，叫她看见了。她竟大着个舌头，对奶姆和宝芬说，爹爹跟我好，也跟妈妈好。”伯萍笑了，说道：“这也不犯歹呀！”

春芳娘子道：“咳！你听啊，跟着她就歪着脑袋，告诉宝芬说，爹爹亲亲我，爹爹也亲亲妈妈。爹爹跟我们俩好。我愿意爹爹亲亲，妈妈不愿意，妈妈说爹爹的嘴扎人。爹爹的嘴不扎人，爹爹拿刀子刮脸。她的话多着呢，都是你不管不顾，叫她小孩子家看见了！”

伯萍失声大笑起来，手扪下颏道：“刮脸是很要紧的事情，由此可见……人生在世，刮脸盖可忽乎？”

春芳乘机一抽衣襟，坐了起来，并且躲了出去，用斥责的口吻道：“那么大人，一点正形也没有！”

闺门调笑，把这场过节混过去了。高明轩的如夫人既认小桐为义女，他们女眷们越走越近。辗转半载过去了，只有凌伯萍和高明轩，性情嗜好隔离太远，总有些格格不投。凌伯萍性耽风雅，又嗜好书画，喜收藏金石古董，并精辨别。高明轩费了一番心思，发现了凌伯萍的嗜好，他大喜道：“原来凌大哥还是个赏鉴家，这可好极了。大哥，我告诉你，我半生苦干，如今混整了，总想去去身上的俗气。古玩金石我倒是一点不

懂，可是我很喜欢。”遂拿出许多古玩来，请伯萍品鉴。

过了些日，高明轩欣然登门，说是新得了几十块古砚：“有人告诉我，内有几块秦砖，还有杨继盛参奏严嵩时用的一块刻铭的砚台，据说顶珍贵。是什么‘鸡三号，鼓五点，今日拜疏参大阉，事成奖汝功，不成同汝贬’。念着倒很好玩的。大哥既精鉴辨，请你哪天得闲，到舍下看看，这好几十块砚台，到底内中也有值钱的没有？”

凌伯萍道：“那不是杨继盛的铭砚吧？”高明轩道：“参严嵩的不是杨继盛吗？我记得是他，雪杯园那出戏不就是杨继盛吗？”

伯萍微微一笑，但是高明轩既很有钱，想必好的歹的胡乱收藏些古物，也许里面真有秦砖。遂欣然命驾，到了高明轩的书斋。高明轩忙前忙后，把仆役叫得山响，给凌伯萍预备这个，预备那个。那范静斋恰也在座，一同忙着款待。高明轩把自己“保藏”的古董全数拿出来，一件一件请凌秀才鉴赏。

凌伯萍看了，内中赝鼎居多，甚至像赵子昂画的金瓶梅，柳公权写的苏诗集联也有。然后高明轩把那些古砚从内宅搬出来，方的，圆的，石的，陶的，大的，小的，垒垒六七十块。凌伯萍一见大惊道：“这不是百砚斋的藏珍吗？明轩兄，你从哪里得来的？”高明轩看出伯萍惊讶的样子，淡淡说道：“我还有别的妙法子吗？不过是花钱买的。”

伯萍细细察看着说道：“这东西不尽是花钱可买到的。这两方古砖，我渴求一见，怀之数年。百砚斋主宠爱此物，寻常赏鉴家再见不到的。”

高明轩大笑道：“原来这都是真的吗？那太便宜我了。这是我们敬亭盟弟给我买来的，花钱不多，大概是小道货。”

伯萍道：“小道货？但不知花了多少钱？”

高明轩把得意的神气透出眉梢道：“花的钱很有限。伯萍大哥，这些东西我一点不懂，一点不爱，摆着又累赘，又不好看。大哥既然爱，你全拿了去吧。”

伯萍看了他一眼，道："这几十方古砚，块块都是奇珍，尤难得的是多有铭刻。怎么明轩兄不喜爱呢？"

明轩笑道："我本来是个俗人。我好古玩，不瞒大哥说，无非是装点门面罢了。我说来呀！"一个仆人应声进来，高明轩道："回头你们雇两个脚夫，把这些砚台送到凌大爷宅里去。你们可先包好了，别磕了，摔了。"

凌伯萍道："这怎么讲？高兄请我来鉴别，怎么整份地送给我？"高明轩搓手笑道："宝剑赠予壮士，红粉赠予佳人。凌大哥识货，自然该归你，咱们弟兄交情过得多。"

凌伯萍力拒道："不行，不行！这是无价的珍物，我不能强人割爱。"

高明轩大笑道："你看我爱吗？我爱的玩意儿，我全摆出来了。"遂一指四壁和桌几，道："像这些字画、鼻烟壶、玉狮子，这才是我高明轩心爱的呢。我们敬亭盟弟给我弄来这些石头，我还抱怨了他一顿。后来才听人说，砚台也是古玩，也很值钱，这才回过味来。可是若叫我摆，我还是觉得讨厌。况且这东西又是小道货，在我这里摆着，人来人往，也差一点。凌大哥，你就不用推辞，我一定送给你。你真不要，我全摔了它！我卖给你怎么样？这是三百七十五两银子买的，我正嫌贵呢。"

到底这数十方砚台赠给凌伯萍了。高明轩赠砚的态度，倒惹得凌伯萍十分好笑，回来学说给春芳娘子听，伉俪很笑了一阵。夫妻俩全明白，这高明轩欠着救命之恩，特意拿这个来补情。

过了几天，高明轩又带了一盒古钱，求伯萍代为鉴别。问起来时，是有个古董商，新得此物，特给高爷送来，索价五百金，不知是贵是贱。请伯萍代估一下。高明轩从中拣出一把绿锈斑驳的泉刀和一枚贝形的古钱道："这一把小铜刀，许是古人割东西的，这铜贝有什么用呢？"

伯萍笑道："周时泉法，本分刀布泉圜几个样式，后代才

一律改圆，这铜贝也是古钱。古人用贝玉做交易，后来才改用铜铸，仍旧模拟贝形。只是这种铜贝假的多，真的少。”明轩道：“我说呢，我只是当玩物呢。”

高明轩仍然是要把这盒古钱赠给凌伯萍。摆弄着，做出赏鉴的模样，却暗暗窥察凌伯萍爱憎的神气。凌伯萍只是淡淡的，并不表出爱否来，并且他也看出高明轩有心移赠。

高明轩借这古钱，和凌伯萍畅谈了一阵，末后伯萍执意不要，便把古钱盒带起来，告辞回去。过了几天，他又拿来两轴古画，请伯萍赏鉴，并且要求道：“凌大哥乃是书香世家，你也把你的传家之宝拿出来，给小弟这个粗人开开眼界呀。”凌伯萍微笑不答。

但是，凌伯萍确有不少爱玩的古器字画。在他的客厅，尤其书斋中，杂陈着书史字帖，以及金石古物。依照高明轩这个暴发户的眼光来看，伯萍客厅中，挂有一横幅古画，特别惹人注目。书题着“万马千溪图”五字，不著画者姓氏款题，却钤了许多赏鉴家的印章。这画横幅长有两丈多，非大客厅不能张挂。在远山近水、清苍的画景中，画着许多匹骏马。或仰或俯，或卧或立，或饮或渡，或侧首旁睨，或仰天长嘶，或有骑士跨而疾驰，人马振奋，似试马的样子，或由牧童牵而徐步，似遛马的神气，人马都懒洋洋的，骊黄绿耳，千奇百态。题名万马，实际自不到万匹。可是高明轩、范静斋立在面前，仔细数了又数，到底没有数清确数，看来至少也有七八百匹。

高明轩指着这个巨幅，询问伯萍：“这是谁画的？到底有多少匹马？有准数吗？”

伯萍笑道：“整两千五百二十匹。”高明轩道：“不到吧？”凌伯萍笑指中间一段道：“你看山腰林木笼罩处，那里还有一队马群哩。前汉卜轼以牧畜起家，卖马不计匹数，以谷计，这画就是从这点取意。”

高明轩摇头道：“可真不容易，得画多少天，才画成啊，况且又是工笔。可是的，是哪朝人画的呢？”

凌伯萍道："古画多不题款，从题跋印章看来，既有宋徽宗的文翰之宝，恐怕是唐人手笔。赵子昂的跋语说是吴道子画的，只是于书史无考。"

高明轩立在画前啧啧称叹。画挂在东壁，壁旁有一小几，几上有一紫檀座，座上摆着一件古玩，是一棵碧绿的白菜，玉色莹然，刻镂如真，并且栖有真的蝈蝈儿、金钟儿，是用铜丝缚在上面的。高明轩不脱豪气，信手拿起来，看了一眼道："这玩意儿做得精致。比大哥那座碾玉观音还好。"说着，把那棵碧色白菜仍放下了。

在对面几上，也有一紫檀座，上摆一只古铜蛙，绿锈斑驳，独双眼突出，黝然呈紫色。高明轩道："这别是三脚金蟾吧？"

凌伯萍用一种漠然的口吻答道："是的，古书叫蟾蜍。"高明轩谈了一会儿，告别回去了。

这样一来二往，一晃又过了半年。

忽一日，高明轩又来拜访，干仆凌安这次很客气地回答："我们大爷没在家，出门了，高二爷进来坐坐吗？"高明轩道："是吗？你们大爷多咱走的？上哪里去了？"凌安道："昨天走的，回老家收租子去了。"

明轩微微一愣道："昨天走的，前天我还和他见面，竟没听他谈到。他自己走的吗？管家，你不是常陪你们大爷出门，这回你没跟去呀？"

凌安笑道："我们大爷倒是常带我出门，不过这一回是凌祥跟去的。"又重复一句道："你老不到客厅坐坐去吗？"

明轩道："这个……"

凌安忙道："大爷走后，客厅门锁了，我给你老要钥匙去。"

高明轩看他一眼，笑道："不了，我改日再来。你们大爷什么时候回来？"

凌安道："那可没准，也许十天半月，也许两月一月。"

高明轩沉吟着说道："那么，烦你费心，到内宅替我回一

声吧，我也不留名帖了。”遂上了轿，回转自家。在内宅把范静斋、古敬亭找来，三个人密议一阵。次日，由如夫人到凌府去了一趟。

第五章

二县吏访贤窥盗

两个月过去，凌伯萍率凌祥回来，带回不少东西，装了两口大皮箱，一只小皮箱，一直抬入内宅。自从春芳娘子发过话，不再在书房存放东西了。凌伯萍含笑对春芳娘子道："娘子多寂寞，多辛苦了！"

春芳笑道："大爷路上多辛苦了！"笑着，他遂将小皮箱打开，内有一千二百两银子。伯萍对春芳说："你收起来吧，这是今冬的用度，足够了吧。"问起来，乃是从故乡收进来的租子，也有一部分铺账，说是透支。

那两只大皮箱没有当时打开，只叫凌祥抬到内室套间放着。春芳娘子道："这里头装的是什么？"凌伯萍道："有些布匹头，还有几卷子字画儿。"

春芳好画花卉，就要拿出来看。伯萍道："是山水，还没有装潢呢。"

又过了几天。忽一日，干仆凌安进内宅回话，匆匆数语，转身退出。凌伯萍不知怎的，盯了他一眼。凌安转身退出来，进入外书房小院。凌伯萍在内宅踱了一个圈，忽然顺脚往外

走，在厅心往来散步，抬头看天，跟着，干咳一声，又顺脚踱到外书房。

外书房门已开，凌安正在里面，手拿一把掸子，忽坐忽站，眼看外面，样子很浮躁。那一个干仆凌祥也从后园急急匆匆地穿院过来，到书房院内。

凌伯萍负手闲踱，向内宅瞥了一眼，迈步直入书房内。坐定，大声问话："凌安，你扫地了没有？"

"扫过了。"凌安答了一句，脸对着凌伯萍，主仆相看，忽说道，"院子还没扫完呢。"抽身退出，向凌祥说了几句话。凌祥点点头，俯身操起一把扫帚，站在小院门边，用这扫帚轻一下重一下扫地。扫一会儿，直起腰来，看看内宅。

伯萍坐在书房椅子上，听凌安回事。听罢，仰脸想一想，沉吟，啜茶，又嘱咐了一些话。主仆一坐一立，一问一答，声音低微，只听见外面凌祥扫地的声音。

直到午饭时，凌祥方才扫完了地，凌安也出离书房，来到门房。主人凌伯萍这才从椅子上站起来，扶着桌子，低头寻思，从书架上信手拿起一套书，慢慢走进内宅。书童宝文正在屏门徘徊。春芳娘子正在绣榻上裁剪衣服，听伯萍进来了，也没有抬头，只信口问道："你上哪里去了？"

伯萍道："没上哪里去。"顺手把书放在桌上。春芳娘子道："我叫宝文请你吃饭，这孩子跑到哪儿去了？"说话时，那书童宝文溜到门房去了。使女宝芬却从厨房走来，回禀道："奶奶，这就开饭吗？"

春芳娘子徐徐叠起衣料，伸足下地，向凌伯萍一笑道，"人家等你吃饭呢，你又溜了。估摸是又上书房发呆去了吧？走吧，吃饭去，你听，这不是小桐叫你了？"

饭开在中堂，使女宝芬带着小桐姑娘，已然早早地坐在椅子上等候，一见面，小桐就叫道："爹爹，我吃那个，宝芬不给我夹。"宝芬道："那个辣，吃不得。"

夫妻俩坐下，和这爱女一同用饭。小桐这小孩子很唠叨，

吃着饭总问话。平时伯萍必引逗她说笑，今天伯萍没有言语，低头忙忙地吃饭。

饭后茶罢，凌伯萍在上房榻边，倚着被垛，半躺半坐，低头看自己的指甲。春芳娘子要接着剪裁衣裳，说道："大爷，借借光，你上这边来，别碍事。"伯萍就一欠身，挪了挪窝。小桐凑在他跟前说话。

春芳娘子忽然说道："伯萍，你怎么了？"

伯萍道："唔？我不怎么着。你怎么忽然问起我这个来？"春芳道："我看你闷咕嘟的，好像很腻，你心上不好受吗？"凌伯萍把精神一提道："我腻什么？你这是胡猜呢。"

春芳道："哄，你连孩子都不搭理了。你也不看书，你瞧你像泥塑似的……"

伯萍忙一扪胸口道："不是，许是刚才吃饭吃急了一点，胸口有点膨闷。"春芳道："你喝点四消饮吧。小桐起来，别跟你爹爹起腻了，听见了没有？你爹爹胸口不舒服……要不，你就出去遛遛呢？好久没上清凉寺了，你找他们下棋去吧。宝芬，你告诉前边……"

凌伯萍笑着摇头道："怎么今天芳娘子直往外赶我呢。我吃饱了饭，犯食困，实在不愿动，躺一会儿就好了。"信手把桌上那套书拿来，打开布套，抽取一卷，往榻上一倒，闲翻起来。

春芳娘子命宝芬把小桐领到花园去玩。她自己也不裁衣了，收拾起来，偎着伯萍坐着，低头赔笑道："我给你揉揉呢？"柔情似水，恩爱良深。

伯萍笑道："吓，我又不怎的！我说，你也倒下来，陪我躺一会儿吧。"笑拍鸳枕，要并头昼眠。虽在深闺，究当白昼，春芳娘子不禁红了脸，道："你又来了！"

当此时，干仆凌安正忙着进城。

这一天，凌伯萍白昼整天没有出门。一到夜晚，凌伯萍老早地睡了，并独寝在内书房。

到了第二天，凌伯萍起得很迟，漱洗之后，似乎更没精神，很带倦容，又像熬了夜。春芳娘子看着他的面色，问道：“昨夜你没睡好吧？”伯萍淡然一笑，没有作声。

午后，凌安从外面进来回话。凌伯萍挥手道：“知道了。”

过了两天，凌伯萍又精神起来。春芳娘子只道他一时发烦，现在必是把个烦劲过去了。

但是，突然这一天，干仆凌安很匆遽地进来回禀：“县里的二老爷来拜，还同着县里的陆文案陆师爷。”

凌伯萍愕然，他素来不与官府往还，二衙蓦然来见，有什么事情呢？目视凌安，面现迟疑道：“你替我挡驾。”

不过县尉绝非闲来访贤，挡驾无效。凌伯萍终于无法，皱眉道：“我就见见他，可是往哪里让呢？”忙穿衣冠，走到客厅，忽又停步，对凌安说：“往外书房让吧。”

凌安摇头不以为然，早把客厅门开了。主仆急入厅内，看了看，也还罢了，就命凌祥拂尘，命宝芬备茶。凌伯萍扣好衣钮，徐步迎接。那二老爷和陆师爷已经下了小轿。

二衙是个干员，姓宋，三十多岁，南京人。陆师爷很瘦，浙江余杭人，四十多岁了，留着短胡须，样子很酸。此外还有长随两名，持帖随轿。凌伯萍把长随看了一眼，以生员见父台之礼，上前拜见。

宋老爷早抱拳大笑，口称：“凌仁兄，凌先生！”又回身介绍与陆文案相见。二客笑容可掬地说道：“久仰阁下是县境的隐士高人，我久仰得很！”几人遂进了客厅。

凌伯萍疑心二衙此来，必有所为。等到寒暄了几句，宋老爷竟开门见山，直陈来意，不过是半公半私两件公益的事情：其一是编撰县志，求凌秀才入志局。其二是修筑文庙，请凌财主题捐。凌伯萍心上一块石头落地。

宋老爷从长随手上，把捐册取来打开，恳请伯萍捐题。陆文案也从长随手上，把志局编纂条例讨来，递给伯萍，恳请他担任一席。

凌伯萍看了看，只允捐钱修庙，不肯应聘修志，赔笑说道："治生粗识之无，不懂志例，实在不敢滥竽。"取过捐册，拈笔题捐纹银二百两，将撰志条例重递给陆文案道："实在对不起，老大人多多原谅！"

陆文案笑道："凌先生，你就不要推辞了。我们是奉县里太爷谆命，前来拜请的。太爷说了，小弟们如果请不出来，太爷还要亲来致聘的。"

宋老爷又说："关书和聘礼，县里也备下了，连同谢桐老、蔡范翁、顾鹤生……和阁下你，一共十三位，本月初一，一准同时奉上。由初一起，就算开局。太爷还要出宴诸位。这是本县公议的事，伯萍兄你推辞不掉的。况且这是桑梓要公，为了表彰乡贤，你更不该推辞的。"

凌伯萍为了难，这有两件难处，其一纂志书须有真文学、真史才；其二，入志局须与官绅共事。凌伯萍站起身来，很趑趄、很焦灼地说："治生实在不敢应命！治生一来年幼；二来寡学。治生不过是略知八股试帖诗，但是撰县志须有真才实学。治生区区幸窃一芹，躬耕自守，近来连岁试都不敢赴，我怎么敢秉笔呢？"

陆文案笑道："我们全晓得凌先生的古作是好的。你的诗颇近晚唐，你的古文也颇得半山神髓，你不用推辞了。"

凌伯萍峻辞却聘，二县吏坚辞劝驾。一促一拘，僵持良久。那两个同来的长随，在客厅门旁侍立不动，两对眼贼眉鼠相，东张西望，不时偷看凌伯萍的脸。凌安、凌祥忙走进来，往门房里让。这两个长随冲着宋老爷、陆文案一努嘴，好像有吩咐，不能离开。凌安不管那些，扯衣襟，低声硬往外请："门房泡好茶了，二位下来歇歇，喝一碗。"俩长随笑而摇头，越劝越不动，凌安话声越大。

凌伯萍眼光一扫，立刻站起来，道："两位上差太辛苦了！请到外边坐吧。凌安，给两位上差泡茶，拿点酒钱。"

两个长随看了一眼，不动。凌伯萍板着面孔还在说，陆文

案忙道："你们下去吧。"

长随这才嗻了一声，很规矩地退身倒步，出了会客厅，悄对凌安说："你不知道，这位陆师爷脾气太大，没他的话，我们不敢离开。"遂在门房坐下喝茶，跟凌安互谈主人，偷偷地骂陆师爷。

陆文案和凌伯萍谈话，仍然劝驾修志，也随意闲谈到别的话头上。宋老爷谈着话，坐久了，就站起来，在屋中走遛。"千溪万马图"也引起宋老爷的注目，连声夸好，凑了过去看，且赏鉴，且问："谁画的？从哪里买的？值多少钱？"

凌伯萍答说："朋友祖传的。折价赠送的，说不清谁画的。"

宋老爷顺手把那"古铜蛙""玉观音"两件古玩拿起来，观赏不已。这古铜蛙是前些日子陈设的，玉观音是新近才摆在几上的。这地方原本摆着那棵碧绿色的白菜，如今绿白菜改放在内宅了，却将玉观音换在此处。

宋老爷和陆师爷一个坐谈，一个走来走去看古玩。凌伯萍口里答对谈话，眼睛是追着看古玩的。

这两个新客，谈起来没完，屁股好粘，过了很久时候，都无倦容。敦聘修志的事仍未解决，县衙定要致聘，秀才决计不干。因为这个缘故，两个客人想必是受命谆切，不得一诺，不肯轻回。

这时候内宅也晓得了，现在饭时已过，客不言别，主不留馔，做主人的还在饿着肚皮奉陪。做主妇的心上搁不下了，打发婢女，来问听差，怎么还不请示宅主，到底备饭不备饭呢？

凌安命凌祥陪着长随，自己抽身进内，回禀主妇："这来的人是县衙门的师爷，要请咱们大爷写什么，咱们大爷不写。他们一死麻烦。刚才下人上去站了两次，大爷始终没叫预备饭，想必是交情过不着，不能留饭的。"

春芳娘子听了，咬着指甲想：你们大爷从一清早，任什么也没吃，直陪到这早晚。怎么的，这客人也太没眼色了。其实就留他们吃顿便饭，也不要紧呀。凌安道："许是大爷不愿跟

他们套近乎。”

春芳娘子道：“就为这个，甘心挨饿么？凌安，你再上去看看。索性你说，上边开饭了，把客人催走也就罢了。”

凌安道：“只怕催不走，下人刚才也这么说，大爷只拿眼盯我，我没敢说。”春芳娘子道：“不要紧，他要不答应，你就说是我的主意。真是的，老这么饿着，人不受伤吗？凌安，你就去说吧。”

凌安嗻的一声答应，退出内宅。但是他并不进客厅，却在客厅外，附窗窃听。此时厅中二客也没再谈修志，只泛开来讲今说古，和凌伯萍闲扯。凌伯萍耐住性子诺诺奉陪。

又耗了一会儿，凌安心中焦灼、猜疑，忽然屏门有人叫他。回头一看，是使女宝芬。春芳娘子等不得，又催下来了。凌安咳了一声，道：“这位大奶奶也真难办，大爷就饿这么一会儿，大爷没急，她倒急了。”宝芬抿嘴一笑道：“你瞧不惯吗？告诉你，只小桐先吃了，大奶奶也陪着挨饿呢。大爷要不陪着，大奶奶一个人吃不饱。”

婢仆窃议，刚走进屏门，凌伯萍秀才招呼送客了。凌安、凌祥急忙出来。那两个长随也就出了门房。

陆师爷和宋老爷先后上轿，向凌伯萍举手告别走了。凌安、凌祥掩上大门，忙问宅主，究竟怎么回事。凌伯萍摇头挥手，进了内宅。刚走进屏门，又抽身转奔客厅。二仆跟到客厅。

凌伯萍站在客厅屋心，环顾四壁，看到万马图和古铜蛙，不禁自语道：“唔，不会呀！”眼光一落，落到桌上，还放着那份修志条例，凌伯萍又不禁摇了摇头。二仆全凑过来，请问。凌伯萍一脸懊恼，不肯回答，只说：“回头告诉你们。”两眼凝定，陷入深思。然而使女宝芬进来了，说：“大爷，大奶奶请您呢。”同时，春芳娘子听见客去，也寻出来了。

夫妻见面，凌伯萍忙站起身来，把精神一提，道：“怎么，你吃了饭没有？”春芳娘子道：“谁吃饭啦，我这不是等着你

了。来的是谁呀？怎么这么老半天才走？你看都快到未刻了。我叫老冯把菜都热了，快进去吃饭吧。越等你，越不来，把我饿死了。”

凌伯萍脸上犹带迷惘之态，春芳娘子情不自禁，要过来拽伯萍。忽觉忘情，又把手垂下来。

这时二仆已退，只有使女宝芬还在旁伺候。凌伯萍默默地跟着妻子，进内宅开饭。春芳娘子且吃饭且问：“是什么人，为了什么事？”凌伯萍只说是县里人，要找自己捐候。春芳道：“捐多少？”伯萍道：“二百两。”

春芳道：“好在是公益的事，捐就让他们捐吧，怎么麻烦了这大工夫？可是争执多少吗？”伯萍道：“可不是，他们不但捐钱，还叫我做文章。”

一时吃罢饭，喝了茶。凌伯萍对春芳说：“我还得赶紧给他们做文章去。”春芳道：“做什么文章？”

伯萍信口答道：“是县志的序闲篇罢了。”说着，站起来，到书房去了。

春芳信以为真，就没到书房打搅，并且嘱告小桐：“你爹爹做文章了，你在后院玩吧，别去起腻了。”

凌伯萍在书房，没有作序，修志的事到底被他拒绝了。现在他捧头深思，只揣摸二县吏和两长随的态度、神情和用意：“到底他们干什么来的呢？”

凌伯萍潜起了戒心。跟着二县吏各自来了两三趟。干仆凌安也连进了两次城，跟宅主夜谈过三次。

这一天下午，凌伯萍忽对春芳娘子说，“芳姐，等着过两天，我打算带你和小桐，回老家去一趟。自从娶你进门，始终没有回去过。现在孩子这么大了，姑母屡次提到你和小桐，很想见见你们。”

春芳娘子嫁鸡随鸡，欣然承诺，毫无难色。并且她又私心窃喜，她早想到夫家故乡去看看。不过现在时令不大好，出门未免不相宜。她就问道：“咱们哪天动身呢？”

伯萍道："这个，我想三天以内，收拾收拾就走。只带凌安和宝芬，留下凌祥和章妈看家。"

春芳一听，不由得呆了一呆。起初听丈夫说"过两天回乡"，只道这"过两天"只是过些日子的意思，哪知伯萍竟真是立刻要起程。春芳忍不住重问道："三天以里就走吗？"

伯萍脸神稍露不安，迟疑答道："因为……这两天天气还好，恰巧有同路的伴，道上走着方便。我带着你母女回老家，自然要走稳路。跟人搭伴，比较保重些。今天二十一，明天二十二，随便归置归置，咱们二十三动身。"

春芳噘嘴道："你这个人想起一出，就是一出。你瞧我连衣服还没做齐呢，就穿这个回家吗？"说时一指自己身上，身上的衣服一点也不旧，不过花样老些。女人总好穿，又好时髦的花样，她丈夫新给她买来的衣料，她还没有剪裁完呢。无奈伯萍打定主意，非此不可。三天以内就走，仿佛不能展期。

春芳咳了一声，口吐怨言，一双水灵灵的眸子瞟着伯萍，只嗔他任性。伯萍瞠目不答，只赔着笑脸。爱女小桐恰在面前，春芳就说："小桐，你爹爹要带你出远门呢，你愿意去吗？"小桐很喜欢，要坐车。小孩子不知旅行苦，又打开话篓子，"爹爹、爹爹"的叫着，问伯萍可是坐她那小藤车走。

凌伯萍凝眸看定小桐，又偷看春芳；忽然双眉一拧，开口欲言，终复默然了。

可是，"意外时刻不容缓"，哪容到三天以里！就在这议行的当天晚上，凌伯萍新交的好朋友高明轩，突然来访。而且神头鬼脸的，扯着伯萍的胳臂，仓皇失色，只叫大哥："大哥，我有几句机密的话，要对你谈谈！"

凌伯萍和高明轩同进外书房。

高明轩两眼如灯，眼看着凌伯萍把仆役屏退，又亲自攀门探头，看了看房门外无人窃听，这才抽身回来，掩上内扇，搬过椅子，凑到凌伯萍身边坐下，哑着喉咙说话。

凌伯萍脸色骤变，忽一整容，又洋洋如平时了。于是徐徐

说道:“高仁兄,你有什么事,要告诉小弟?我看你气色不好,你这是怎的了?”

高明轩两眼离离即即地盯着凌伯萍,又盯着窗户,低声说:“大哥!”叫了一声,摇着头又不言语。

凌伯萍微微冷笑,并不追问,只看着高明轩的嘴,顺手端起茶杯道:“高仁兄请吃茶!”

高明轩掏出手巾,抹抹额角,突然,侧着身子,附耳低声道:“大哥,你可知道……县里要拿你吗?”

凌伯萍皱眉道:“什么?高仁兄,你说的这是什么意思?”

高明轩拍着凌伯萍的胳臂,悄然续道:“大哥,我刚才得到密信,省里有一个委员派到县里来,指名要剿拿大哥。县里何知县听说担着失察大盗的处分哩,这委员说是奉密谕来的。何县官已经拨派全班捕快,楚守备也点了一百多防兵。文武两个官都慌得不得了,听说要在今明夜三更以后,包围本村,两个官要亲来拿你,还要抄家起赃!大哥,你,你救过我的命,现在我冒着死罪,给你送信。你你你,赶快走吧!”

凌伯萍起初耸动,现在,陡转夷然了。眉峰微蹙,纵声大笑道:“高仁兄,你这是在哪里听来的?我一个书呆子,犯了什么叛逆大罪,要来剿拿我?还要抄我的家?还来这么多人,文武官又都亲到?到底我犯的什么罪名?你听谁讲的呢?”

高明轩侧睨不答,突从椅子上站起来,对灯下跪,仰面盟誓道:“我高明轩生受凌大哥救命之恩,我今探得地方官要拿杀人大盗的消息,来剿拿恩人,我舍生忘死,偷来送信。我若有半点不实不尽,叫我死在刀剑之下!”誓罢重站起来,面对凌伯萍,急急讲道:“大哥,案由我已经探出来。我是听范贤弟说的,他刚才急头暴脸地跑来,给我送信,他是从县衙得来的。”

伯萍摇了摇头。

高明轩仍很焦灼地往下说道:“省里委员奉着公文,指名要拿的是江洋大盗小白龙。公文说,小白龙化名凌伯萍,乔装

富户书生，在七子山麓潜踪有年，还说什么谬托善绅，娶妻生子，恣行劫掠，动伤官吏……大哥，你听，这罪名就够重了。后面还分条列着案件赃款，什么曾经盗取过肃王府的古画藏珍，又是什么以假易真，抵盗过七公主府的长江万里图。……内有两款情节最重，说小白龙曾经乔装女子，刺杀原任粮道福康佑，又劫去福道台传家之宝‘碧玉菘’‘青铜古蟾’。又曾诈骗江南制造的‘八凤金铃古镫’，因而砍伤事主蒙门客一名。详情我说不出来，是我们古敬亭古贤弟从一个当案师爷口中得来的。他们说……他们说因为这一案，本县文武全都担着很大的处分，说是失察大盗，至少也得丢官罢职。若再缉拿不到，他们文武官还要担贿放的罪名哩。他们竟说小白龙乃是水旱独行大盗，说小白龙就是大哥你的化名！”

高明轩惊惊惶惶，一口气讲出这骇人听闻的话来。

凌伯萍夷然无动，微微一笑道：“他们说我是小白龙？小白龙又是何如人呢？这不是奇闻吗？”

高明轩又道：“他们说，小白龙姓方，单名一个靖字。小弟倒也听江湖上说过，不知官厅上怎么闹的，竟说小白龙是大哥。听他们说起来，这小白龙武艺高强，水上旱地功夫绝顶，并且年轻貌美，善扮女子，有一手很高的剑术。还说他忽然假扮女子，忽然假扮文弱书生，说他装什么，像什么。装女子的时候，居然脚底下很小！装书生的时候，手上留着很长的指甲，不是行家，再看不出他这双手竟会刺剑。据说他作案用刺剑时，把指甲用热水泡软，四根长指甲，卷起来，套上指甲套，就可以随意耍剑，攀墙，登高，往来如飞，两三丈高的墙，他一抖手，连身子纵都不纵，就跳上去了。据说他在七公主府盗宝时，被十一二个护院保镖围住，他身上背着两大包赃物，和镖客动手，只几下，便刺倒两人，跳上房跑了。人们追得很紧，拿箭射他，他拿赃包挡箭，到底把原赃劫走。饶是跟得那么紧，到底也没有把他追上。”

高明轩接着说：“这小白龙轻易不会犯案，因为他暗偷时

多，明抢时少。并且他手头很巧，他不只一味偷，他专好用抵盗的法子，偷换人家的藏珍。往往人家藏的重宝，被他一眼看上，他先不偷，必定先仿制。把假的制好了，他再趁夜往盗。偷去了真的，给失主留下假的，因此案情不易败露。往往失盗多年，方才发觉，那时他早把原赃变卖了。”

凌伯萍倾耳听着，眉峰忽皱忽舒，卒然失笑，发问道：“如此说来，小白龙是个巨骗大盗了。他有这样本领，怎会被人访出底细来呢？”他说话的口气，就好像局外人闲谈一样。

高明轩却惊扰不宁，又匆匆说道：“大哥，这事情太紧，挂误官司万打不得，大哥不要把事看小了啊！这回事还是因为七公主府那一案，惹得官厅没法子遮盖，才严加寻缉，悬出很重的赏格，勒出很严的期限，一定要破案才罢。据说小白龙总有点盗侠派头，他作了案，固然不愿破案，可是他总留下一点痕迹，似乎给做公的留一点下手的凭借，省得诬陷好人，又似乎是故意恶作剧，有点伸量捕快似的。他每次作了案，必定留下暗记。他若明偷，就在窃赃的原地方，画下一条粉龙。他若是制造伪物，抵盗真品，他必在赝鼎上，留下很小很小的一点笔迹，也是画一条龙。他在七公主府盗宝，竟画了九条龙，自然是盗走九样赃物了。可是官家只勘出六样来，其余那三样，到底不知偷去的是什么。”

凌伯萍道：“奇闻，奇闻！小白龙还有什么奇行奇事没有？”

高明轩道：“多得很呢！古贤弟跟我谈了好些。不过，小白龙真如神龙，见首不见尾一样，官厅枉自大惊小怪。东捕西搜，搜不着他的下落。只是，现在，大哥，他们竟疑到大哥你老人家的身上。大哥，你是我的恩人，我既知道了信，我也知道涉嫌重大。但是凭天理良心，我就是踏油锅，我也得给大哥送信来。大哥，今天县城老早就关了城门，现在城中正在点兵派役。古贤弟本听说明天夜里，要有二三百号兵捕，会同前来围剿你这府上。也不知怎的，今夜忽然提早点起兵来，也许要早动手。大哥，你要晓得县城城门从来没有关得这么早的，只

有前些年闹兵变，早关过三天。现在，今天刚起更，上边就传下谕来，抽冷子把四门一关。官面明着说要移狱，这分明是骗人，移狱哪有在夜间的？”

高明轩接着道：“大哥，我一听这信，吓得半死！大哥是我救命恩人，你救下我一条性命。我虽是粗人，还懂得‘知恩不报非君子’，赶快冒险送信来。大哥你是不晓得，我起初年轻时，也在这里混过，这里的事我都懂得一点，我如今算是改邪归正。大哥，你千万不要过疑，你要信我的话。大哥你还不知道我。”

高明轩说到这里，凌伯萍秀才突然纵声狂笑道：“我怎么不知道你！朋友，我早就知道你了，你我是你知、我知、心知。”说着一指心口，道：“你如今是求仁得仁了！你是报答我，你给我报信来了！”

凌伯萍这话含而不露，高明轩毛骨悚然，忙看凌伯萍的脸色。凌伯萍的面色又很迷离难测，但他的一双眼直盯着书房东壁，东壁挂着一把剑。高明轩一欠身，手在桌子下，暗摸衣底。

高明轩不敢接茬，不敢反诘，心内甚怯，忙说道：“伯萍大哥，你既知道我，信得起我，大哥，你真看得起我。大哥，你如今事急了，官兵怕眼下来到，不管小白龙跟大哥有没有关系，这案情太重，丝毫沾染不得。君子要全身远祸，大哥应该赶紧先躲一躲，先躲开您这家！”

凌伯萍冷笑摇头，慢慢站起身来，说：“你叫我走吗？可是，朋友……”他不称高明轩为高大哥了，一口一个朋友。高明轩只可装不懂。凌伯萍道：“朋友你忘了，我有家眷啊！”

高明轩忙告奋勇，说道：“大哥，你是豪杰，当断不断，反受其乱。你的家小，那不要紧。大哥，你只躲你的，你把你的家交给我。”

凌伯萍眼光一扫道：“什么？”

高明轩忙起来道：“大哥你听我说，大哥你先躲开，把大

嫂、小侄女藏起来，我不是还有个家吗?”

凌伯萍微露怒容道：“你的府上在城里城外?”

高明轩连忙解释：“大哥别心急，你听我布置。我早料到这层，但是城外我还有别的办法。我是坐轿来的，我已经叫他们把轿抬进来了。轿夫是我的心腹人，决不会泄露的。城外我有一个至亲，我临来已经秘密嘱咐了他。大哥你听，你就赶紧收拾一下，多带珍宝，少带零碎。值钱的东西、碍眼的东西，能带就带，不能带快埋起来。你就悄悄地偷开后门，带着大嫂、小侄女，悄悄地一走……”

凌伯萍坐下了，高明轩也跟着坐下，接着说道：“可有一节，你们三口可不能坐两乘轿，只能对付着坐这一乘轿，轿多了扎眼，轿夫又不可靠。我只坐家里一乘轿来的，你们三口挤着坐，我在步下跟着。你先到舍亲处，藏这一晚上，赶明天，后天，看看风色。明天，后天，三五天之内，若是没有事，喂，大哥你再一个人先回来看看。咳，何必叫大哥冒这险，简直由我溜来瞧瞧就完了。咳，我真蒙住了，我也用不着来，回头嘱咐你府上的听差一声，如果没事，就叫他们给你送信。”

高明轩却又吸口凉气道：“我又绕住了，那一来，万一出事，贵价教官面一刑讯，又把大哥的藏身处露出来了，还是由小弟我和古敬亭装没事人，随时来探。但愿没事，大哥就重回家园，一点也不露痕迹。万一糊涂官府，定要到你府上搜拿小白龙的话，大哥就赶紧躲到别处，咱们再设法告状辩证。大嫂、小侄女尽可能住在舍亲那里，再稳当不过。大哥如不放心，就是携眷乘夜远走高飞，也是先这么躲一下才对。大哥，这是小弟来时，坐在轿子里一时匆忙想出来的拙主意，究竟这么办好不好，大哥快斟酌。一步迟，后悔晚了!”

还有许多话，翻来覆去地说，只看表面，真有点感恩知己，探虎口救恩公的气概。

凌伯萍起来坐下地听着，只看表面，还像拿着不当回事似的，脸上神色却变了几次。惊，疑，怒，惭，兼而有之。但

是，他这个文弱书生，居然镇静过于常人，惊疑虽透，凶惧未形。高明轩又讲出全身远害、保家避罪之策，大意还是三十六计，走为上计。跟着又催伯萍，速回内宅收拾，速携妻女，开后门上轿。凌伯萍不答，面对窗外。

突然院外一个惊惶破裂的喊声道："哎呀，谁把花盆摔了？摔了三个呀。东墙根的。"

凌伯萍浑身一哆嗦，他听高明轩这惊人的告密，纵已祸迫燃眉，发觉只在眼下，居然能矜持。而现在，"花盆摔了"这一句话，他竟沉不住气了，皓如冠玉的脸上倏变为死灰色，倏迈步当门，喝问："外面是谁？是凌安吗？"

凌安应声哑着嗓子叫道："大爷还不出来，花盆摔了三个啦。"微闻喘不成声道："客人走了没有？还不打发了他！"

凌伯萍霍地推开书房门，院外又似一阵脚步，似奔进一个人，大叫道："花盆摔碎了，全摔碎了！"这声音好像凌祥。

高明轩骇然，诧然，两眼紧盯住凌伯萍。凌伯萍如受伤的狮子般，呻吟了一声，突又惨笑道："好！全碎了？哪边的？"

外面答道："东边来的。起亮子了，不知冲哪里来的，碎的可是邪性，您快来吧。还不把那家伙打发了，留着他，许耽误了事呢。"这又是凌安。

那凌祥也道："准是坏包，挑了他，再说别的！"

高明轩暗吃一惊，手探衣底，忙再看凌伯萍。凌伯萍喝道："你们照看外面，盯着亮子。"只说了这一句，倏回身，眼往东壁一扫，探身便要摘壁上之剑。到此时，他沉不住气了，也不遑掩饰，倏又一转身，到了书桌旁，一伸手，抄起一物，迈步就往外走。

高明轩忍不住叫了一声："大哥，怎么样了？可是有动静了？"不觉站起，跟了过来。

伯萍猛回头，厉声道："站住！"

高明轩登时站住，凌伯萍忽又警觉，面转笑容道："你请坐，你先别动！我谢谢你送信，我要到外面吩咐一句。"

高明轩身躯一晃荡，忽见伯萍面色已然铁青。高明轩很机警，知道此刻一步也错不得，忙回身就座道："大哥快回来，大哥别忘了，小弟的命是大哥救过的。我是冒险特为大哥报信来的。"说话声音一纵，连院中也可听见，不似初来那么恐惧了。

凌伯萍再顾不得这些细节，然而依旧矜持着绅士的样子，推门出去，把门掩上，并向高明轩点了点头。

凌伯萍趋至中庭，冲二仆发话，只问得几句。答的是："有三个点子前来窥探，没有捉住，也没有追上。看光景，绝非合字，实是鹰爪，身手捷便非常。"

凌伯萍更不多问，只冲二人分别一挥手。凌安、凌祥二仆立刻会意，不用细嘱，早已分头狂奔。一个去惊动宅中亲信人，一个去到宅外，绕邻墙急急重蹬了一圈。

凌伯萍站在庭心，由明至暗，急急地摆一拢眼光，又侧耳听了听东方，便健步而行，走甬路，奔后园，忽地一跃，身在房上。

第六章

小白龙露迹倾巢

时当午夜，这七子山麓，小小山庄，为一片夜幕所笼罩，悄静无声，连犬吠声也很孤寂而单调，只偶尔有一声半声散布在旷野村落间，家家户户都入睡乡。月匿光轮，星不眨眼，天空但有湿云如墨，无形中似在松弛的空气中，加上一层紧张。那拂面的南风，一阵阵风吹草动，发出沙沙的声音，徒令人沉闷不快。凌伯萍在房顶上，匆匆一瞬，伏身急窜，斜趋后园最高处，假山上的凉亭，是最适合的瞭台，在这台上，可以远望出十数里外。只是今夜不行，夜色太黑了。凌伯萍心浮气动，凝眸四顾，侧身良久，一阵顺风过去，东南似隐约听见蹄声凌乱。

伯萍出了一身燥汗，更跳上亭栏杆，寻声眺望。“哦！”有两行浮光闪烁，夹在林间，恰在东方，约在县城东关外。更凝眸，侧耳，已看出这光远在十数里外，光竟这么亮，猜想必是成排的火炬，哼，正一点一点往这边游走过来。越看越想越对，这两行浮光初在黑林间，今在黑林前，而且乍起乍伏，确随着蹄声的利落，乍升乍浮，确正游走，确正向这边疾驰！

凌伯萍回头下望全宅，失声咳了一声道："这可怎么好！数年苦心，一旦败露！"

凌安如箭似的追寻过来，也跟上假山。他已将书童宝文、使女宝芬，连女仆章妈，全都唤醒了。然后忙着备兵刃、备弓箭、备纵火之物。宝文、宝芬也披着衣襟，且忙且问，惊惊惶惶搜文件，开箱笼，找东西，打包袱。章妈也将各屋里查看，东抓一把，西摸一把，不住地唉声叹气。可是悄没声的，不敢惊醒主妇。厨房老冯却也惊醒了，揉着眼发呆，忽然赤臂出来，找铁锹，要掘坑。

全宅只剩下杨春芳娘子，依玉枕竹簟，香梦正酣。还有小桐姑娘，这个小女孩子，本同章妈睡在一处，现在竹榻纱笼中，小脸通红，鼻尖微汗，也睡得很香甜。还有几个佣仆，上半夜苦热未眠，今到下半夜，都刚刚入睡，打起很重的鼾声。哪知宅中忽起了一阵旋风，闹得翻天倒海。

凌安抢上凉亭来，叫了一声："大爷！"虽当危迫，称呼如旧。那凌祥查勘外面，也跳墙进宅，寻到假山茅亭上，对宅主低声道："外面还好，近处没有什么，远处不大对劲……也不知怎么受了病，这两天咱们庄前就不断有生人窥探。你老不要顾虑了，赶快走吧。"

凌府上奴仆不少，二干仆之外，尤其是使女宝芬，书童宝文，和那四十多岁的女仆章妈，这都是心腹亲信，如今全提着刀剑，背着包裹，很神速地打点好，很神速地找到宅主面前，请示："怎么办？要走，怎么走才利落？"

这些奴仆都很焦灼，着急的不是大祸临身，是怕主妇春芳娘子那么一个文弱的女子，宅主又处处背着她，还有小姑娘小桐六七岁的小女孩子。"她娘俩可怎么办？"可是宅主对妻、女如此眷恋不舍，他们又不好借箸代筹，只一味咨嗟，不敢轻赞一辞。十数对眼盯着凌伯萍的嘴，听他的吩咐。

凌伯萍巍然立在亭心，环视宅众，点名计数。凌安、凌祥、宝文、宝芬、乳母章妈，五个人都在面前。只厨子老冯，

犹在园中草地上，提铁锹拼命挖坑。凌安忙加喝止道："老冯，你别犯呆气了，那没有一点用！你快过来吧。"

老冯提锹进亭，哭丧着脸问道："到底怎么得的信？靠得住吗？是谁给戳破的？"忙乱中没人搭理他。凌祥指着东面的火光，叫他看。

凌伯萍叱命凌安多备弓箭，命凌祥预备火种，命宝文、宝芬、章妈，搜完匿赃，结伴外闯。然后目光如炬，厉声道："我要拒捕！"

二干仆一齐惊惶，凌祥道："少当家的，你老怎的这么想！你老要明白，你就拒捕，我们也不能再在这里住了。"

凌伯萍掉头道："不挡一阵，咱们这么些人焉能走得利落？况且还有脚步不利落的人。"

宝文、宝芬、章妈一齐说道："你老不用管我们，我们不要紧。"

章妈又道："我就是走不快当，少当家的，你放心，从我这里不能给您老留活口，吐露了咱们的底细。你老瞧……"一翻衣襟，抽出很短的一把利刃，说："咱们试着走，走一步，算一步，万不得已的时候，我还有这玩意呢，我就这么一来，干脆！"做出自刎的样子。

然而凌伯萍摇摇头，安慰章妈道："你很叫我放心，你一定走得开的。不过有一样，你们来看，太迟了，若不拒捕，决计走不开。有我挡一阵，他们也就把你们放宽了。"手指着东南面。宅众顺手看去，浮光游走，好像离这里依然很远，蹄声却越听越清楚了。

这些人个个面目改色，催宅主速做安排。凌伯萍毫不犹豫道："凌安、凌祥，你二人帮我拒捕。宝芬、宝文，你二人保护章奶奶，你把老冯也带着，一同开后门地道走。"底下的话含隐未言。

章妈和宝芬终于忍不住道："大爷不用管我们，我们死活好歹都有法子。只是咱们大奶奶小脚小鞋的，还有小桐，大

爷，事到生死关头，你不能把她娘俩丢下不管呀！”

凌安、凌祥偷偷窃笑了一声，被伯萍听见了。

凌伯萍续娶春芳，大佛众意，只是生米做成熟饭，顾全主奴的名分，宅中人也无法拆解，既然不同气，当初本不该娶，既娶又何必瞒！偏偏凌伯萍动了真情，当着春芳娘子，为求挚爱，又种种饰词，种种匿迹，宅中人都以为他似巧实拙，自寻苦恼，一个个早已目笑存之。现在虽逢祸患，异梦同床。他们虽不好劝他“割爱”“灭口”，却是他们口吻间不觉露出“看你怎么摆布”的声气来！而凌安尤甚，好像正在暗影中拿天秤称量主人到底是“儿女情长”，还是“英雄气冲”？

凌伯萍何等聪明，就如受伤的笼中饿狮一般，霍地一转身，低声厉斥道：“你们放心，我作的孽，我自己受。你当我就舍不得吗？”夺过一把短剑，咬牙打战，要奔回内宅。

群奴愕然。凌祥动了一动，要拦，他的衣襟被凌安悄扯了一把。二干仆像钉子似的立地不动。

使女宝芬不忍，忽然一探身，扭住了主人的一臂，道：“三叔，您要干什么？”造次间竟改了称呼：“三婶子年纪轻，又是平常妇女，这个我们想不出道来，得由三叔自己想法子。但是，小桐小孩子家，很疼人的，又是个闺女，您打算怎么着？”

凌伯萍一甩手，道：“打算怎么着？我打算把她们娘俩全收拾了！我决不能留下我自个的累赘，来累害你们大家。你们放心，走你们的吧。这宅子放火的事，你们也不用管了。凌安、凌祥，索性你们几个人一块开后门，走你们的。善后断后全交我一人好了！”遂一甩手，宝芬咕咚跌倒在地。

章妈忙喊道：“那使不得！”这半老的女人托地一蹿，横阻在面前。宝芬拖住伯萍一只脚。

而铁打的凌安、凌祥只脸皮一阵发热，袖手旁观，依然不动，不劝，不阻，一声不哼。伯萍更恼。

凌伯萍怒火如蛇，蓬腾在胸，在黑影中双眸如一对寒星，冒出无焰的火，瞪住群奴。

午夜深沉，看不出他的面色变成了什么颜色，但闻语声破裂，从唇边说出“割爱”二字，道：“割爱！我只有负恩割爱。为了大家的义气，你们敬请放心，我一定这样做！”抽身夺路，仍欲抢奔内宅。

章妈双手把他抱住道：“三少，你不能胡闹，他们浑人，这工夫可不是较劲怄气的时候。小桐是你的骨血，小女孩子，不能随便糟蹋。你干你的，我来管她。我本来是她的看妈妈，把她交给我，活就一块闯出去活，闯不出去，我娘俩死在一块。你快把碍眼招事的东西，拾掇拾掇，就是躲，也不能叫来人趁愿。”

女仆已经慨然任救幼主，独于春芳娘子的安危，二仆和一童一婢，竟都漠视不救。而春芳娘子和伯萍，不但是八年夫妻，又是恩人的爱女，现在众意难违。凌伯萍恼在心内，说不出口，勉强听章妈说完，愤然重发命令，道：“好，你愿意救这一个小肉蛋，随你的便！上房屋里那个女人，我不管她爹和她跟我有恩没恩，我一定杀她灭口，我不能叫她死在官人手内，我也不能叫他们随便检验她的死尸。凌安、凌祥，把火种给我，我把她打发了，我要亲手放火，这宅子是我盖的，我要自己烧掉。老婆我娶的，我送她终。”

二仆默应了。

凌伯萍透心发冷，好狠的一对奴才！但不这样办，势必给自己加上贪色、忘患、不顾大义的讥评。凌伯萍向众一挥手，毅然往里走，一个阻拦的人也没有。

二仆直望着他决然入内，才突然发问道：“喂，三当家的，慢走！还有书房那个客人，可太不对路，怎么打发他呢？”

伯萍回头怒吼道：“随你们的便。”

凌安悍然道：“也留不得活口，不管他是怎么个来路，他今天来得反正不对劲。依我说……”

凌祥道：“别麻烦了，三当家快上里边收拾去吧。外边的客，交给我们俩。”

凌伯萍哼了一声道："打定主意，赶紧动手。"

二仆这才提兵刃，翻身往外书房跑。

凌伯萍就仗剑直入寝室，杀妻灭口。

章妈叫着宝芬、宝文一婢一童，就到小姐寝房，负救那刚刚六岁的小桐姑娘。

小桐姑娘睡得很香，哪知今天已到生死关头！章妈自觉手脚轻轻地将她一抱。哪知气粗手重了，小桐突然惊醒，小眼惺忪，似辨出保姆童婢三人齐来，神色赳赳，气象不对，就哇地哭起来，闹着找娘。章妈急哄，宝芬也帮着哄，越哄越纵声大号。章妈大怒，急急地找出一包药粉，调上清水，取一块湿布，把药水一沾，柔声道："好宝宝，别哭了，我给你擦擦鼻涕吧。"将药布猛往小桐口鼻上一蒙，小桐惊怖挣扎，使女宝芬忙把小桐手脚按住。小手小脚只一阵抽搐，身子一仰，旋即挺然，僵卧在床上。章妈取一块搭包，把小桐腰身拦住，要往身上背。

宝芬忙道："大妈先等等。我说宝文，大妈上了年纪，背人逃走，怕不行。大妈，你怎么没换铁尖鞋？宝文哥，我看还是你多受点苦吧。三叔待你不错，你得把他的女儿救出虎口才对。还是你背着小桐，叫大妈和我左右夹保着你。你看行吗？"

宝文是十七八岁的小孩，拿眼看了宝芬一眼，又看了章妈一眼，一声不响，接过孩子。章妈感叹道："好小子，你有种！"忙替他系好褡包，把一柄短刀、一筒袖箭，塞给他手内。

然后她自己也取了应手兵刃，宝文又冲宝芬看了一眼。使女宝芬今年十八岁，忽然脸色一红，这一童一婢一老妪，把僵挺的小桐姑娘背好，两边持刀保护，悄穿后院，走地道走黑影，绕出旁巷逃走，然而晚了！

章妈一出后门，突受暗箭。宝文一出后门，突受暗箭。

那一边，凌安、凌祥二仆一溜烟先扑入内书房，潜开复壁，拿出救急之物，一桶油，十数束涂蜡的草做成的火炬，以及长绳、布匹、刀、箭、铁锁、铁链等物都取出来，拿到内院

中庭，是给凌伯萍预备的。那厨子老冯不再掘坑，犹自在那里，捆柴草，沾脂油，左一束，右一束，做了许多，散放在宅中各处。然后凌安、凌祥二仆把前庭、内院、后院、跨院，小园各处的角门、屏门、正门，择要一一加锁。门户虽多，这一来只留下可以通行的一条曲折之道。

二仆草草打点已毕，把各屋灯都熄灭。然后，突又握利刃，藏暗器，悄悄地，如飞的，奔向前庭外书房，要暗算那突来告密的不速之客，那受恩人高明轩。

然而也晚了！二仆没有暗算了不速之客，突然受了不速客的暗算。

这不速客没有老老实实坐在书房，当凌宅上下在假山茅亭瞭高密议时，这不速客蛇行而出，私开前门，溜到外面，仍把前门带上。而他的伙伴范静斋、古敬亭，也悄悄地密率多人，悄悄地摸黑来了。在暗处等着，等着。不速客潜发一个暗号，伙伴登时埋伏好了，预备妥了。

凌安、凌祥疯狗似的扑到内书房，书房两杯茶犹温，可是客人不见了。凌祥大诧，凌安大怒，道："不好，溜了！"

凌祥道："这一定是奸细。"凌安道："那还用说？"凌祥道："搜！"第一个奔出来，只一绕来到大门道，伸手一摸，失声一叫道："坏了，大门开了！"

凌安咬牙骂道："这是三当家交的朋友！"两人急匆匆追到门外。

才出门口，巷前有一个人影。二人低叫："高大爷！"

人影哼了一声，像高，又不像高。二仆道："这是谁？"忙追呼道："高大爷，我们主人请你回去，有话！"前面不答。一转身，似出巷口。二仆急奔过去，眼望前方，手中各端着一只镖。

二仆上当了！突从道边土堆旁，两人背后，蹿出来一道寒风。二仆急急一闪，更不防路边树后，猛然爬起数条黑影，手疾招快，二仆失声呻吟起来，而且摇摇欲倒。凌安肋下被深深

地刺入一把匕首，凌祥的咽喉被直扎进一刀。瞻前不顾后，看高未看低，连敌影还没辨准，便都殒命。二人临死，竟误认是官人已到。哪知这不是官人，乃是报恩人“报恩来了”！

两具死尸要倒，被七手八脚架住，刀不拔出，血不外溢。不速客藏在黑影里叫道：“得了吗？”

“得了。”

“拖开，远远地放。”

“当然。”

凌安、凌祥糊里糊涂地遇刺，糊里糊涂被拖远，被放倒，用浅土乱草给埋上。

然后不速客率同伙袭入凌宅，把洞开的大门重掩上，只闩不锁。然后，重装出讲义气，来帮忙，来御敌，凌伯萍在里面竟不晓得。

凌伯萍衔念杀妻，扑入内院，手里拿了许多物件，一把剑，一把短刀，一袋甩箭和镖，还有些火折、绳索、铁锁、放火之物。已入内院，回眸四顾，狞笑了一声，蹑足一跃，蹿进正房檐下，把绳索、柴火丢在阶下，用手轻轻一推堂屋门，门扇吱地开了。未及倒拴，凌伯萍举步入堂屋，屋中灯半明不亮。随手把灯挑亮了，把利剑放在八仙桌上，手提短刃，蹑足进门，进入内寝，往碧纱笼一瞧。

只见碧纱厨房，摆一小几，几置银灯，也笼着光，并不明亮。碧纱橱内，摆着一副竹簟，一对凉枕，春芳娘子靠里边侧卧着，穿着薄薄的粉色睡衣，大红睡鞋，松松地挽着盘云髻，脸上不施脂粉，双眸紧合，朱唇微开，双腿一伸一曲，曲的腿正把夹被压在腿下，一只手搭在外面那只凉枕上（这凉枕是伯萍的），好像香睡正酣。然而眼睑微动，似乎睁眸欲醒。她今年二十五岁，依然有着处女的风度。凌伯萍恶狠狠地低头看她，不禁凶猛地笑了，笑得这么难看。跟着，他把身一探，伸手把银灯剔亮，左手倒提的匕首换交在右手了，左手把纱橱启开。心中沸沸腾腾，百感交集。

他手脚轻轻，凑到床前。本已打定主意，一见面，就下手。是的，八年伉俪，恩情似海；何必把她惊醒，何必叫她临死饱尝受诛的恐怖！咳，就趁她睡熟，由我，由她的亲丈夫，对准心窝一下……

然而，不对了！这一阵狂风暴雨似的急变，袭入凌宅，征兆已见于前数日。合宅男女此刻都已惊醒，扰动，出来进去地埋赃，匿迹，堆柴，捆包，打点逃走，春芳娘子似乎也不能无动于衷。

凌伯萍低头俯察，看她到底是沉睡，是微醒。似乎他的口气吹着春芳娘子的面孔了。只见她俊眉一皱，眼睑一动，忽然一翻身，两只睡眼惺忪地睁开了，用手伏枕支颐，抬头往床外看。凌伯萍急忙直身，往后微退半步，春芳娘子竟坐起来了，仰着脸，很亲昵地一笑，说道："你才进来吗？外头是怎么的，可是下雨了？"说时懒洋洋地打一呵欠，又侧卧下了，娇躯往后一挪，手拍旁边的凉枕，意思是叫伯萍过来。

伯萍如僵尸般，立在床头，岿然不动。

春芳娘子又打一个呵欠，很柔媚地说："多早晚了？你还不想睡吗？"把丢在一边的扇子抄起来，双眸半睁不闭地说道："我给你扇着……可是你要洗澡吗？"然而语气安闲，声音颤颤的。

凌伯萍不语，突然，左手提匕首背在背后，右手当前一探，把春芳叩肩擒过来，喝道："醒一醒，起来！"

春芳娘子哎哟了一声，慌忙坐起来，道："怎的了？"一双盈盈的秀目突然睁开，抬起一只手，把眼揉了揉，跟着凝视伯萍，似乎从直觉上，感觉出不祥之兆。她那微红的双靥，也骤变惨白。只见她右足一伸，似要下地。

凌伯萍很暴躁、很粗莽地又把春芳一推。春芳哪有力气，登时随手仰面而倒，横陈在榻上了。穿着红睡鞋的一双脚，不由蹬空，几乎踢着伯萍的肩头，同时一滚身，呻吟道："你你你，你怎的了？又要胡闹！"同时探出一只洁白如玉的手腕，

要拉伯萍的手。

凌伯萍一伏腰，左手把春芳手臂一格，往下一按，按住她的胸和咽喉，右手背在背后，喝道："你不要黏缠，你睁开眼，你知道我是谁吗？你你，知道你今天到了日子吗？"

春芳娘子浑身一震，双眸大张，睡意全消，忽然她又把身躯轻轻外挪，往伯萍身边一偎，双臂虚向伯萍一张道："萍哥，你哪来的这大的气呀，是我惹着你了么，黑更半夜的，又怎的了？"

伯萍喝道："别打岔！我问你，你知道我是谁？"

春芳一片芳心登时一转，颤声道："你是伯萍！伯萍哥，我不管你是谁，我不是跟了你了吗，不是都养了孩子了。你就是外边再弄个，家里还有人，我也是嫁鸡随鸡，嫁狗随狗啊。你到底是怎么的，莫非家里出了什么岔错了，外头出了是非了？萍哥，你放心，我不能叫你为难。"两只粉臂伸出又拳回，把伯萍那只手抱住，就势抬头，把自己的腮往伯萍手背上一贴，口发昵声道："萍哥，你有甚难心的事，好哥哥，你只管告诉我，我决不叫你为难受窄。"口说着，眼含泪点，面泛笑容。她把腮往伯萍手上贴了又贴，如不胜情地说道："你不知道我心里就有你一个人吗？我不能让你受一点委屈着半点急。"

这一脉柔情，伯萍有些禁受不住。伯萍不是平常的人，猛然喝道："松手！"

春芳乖乖地松了手，一动也不敢动，像小鸟似的蜷伏在床边。一握绿发半散，两只秀目半恐半惊，睨着自己的丈夫。她是聪明女子，她好像觉出站在床边的这书生，已非她的丈夫，而是一个手操着她的生死之权的煞神了。伯萍面腾杀气，不但现于眉宇，一双炯炯的眼早将平素儒雅之气扫除。春芳抖抖地说："你到底是怎回事，你可以告诉我吗？"

伯萍一阵狂笑，道："你真不知道我吗？我告诉你，我不是什么凌伯萍，我就是江湖上闻名的水旱独行大盗小白龙方靖。告诉你，现在我犯案了。你父女没睁眼，把我救了，又把

你的身子给了我，算是做了八年夫妻。现在我的行踪已被官人发觉。”翻身一指外面道：“你听，城里官兵已经前来拿我，大概已把宅子包围了。现在我要拒捕，杀官，弃家，逃走。逃出去，我再做强盗；逃不出去，我就是死。杨小姐，你我夫妻一场，现在大祸临头，生死呼吸，你打算怎么样?”刚说到一半，春芳娘子没了魂，眸开唇颤，噤不得声。

凌伯萍铁人般地接着往下说：“杨小姐，我玷辱了你的清白，我也是不得已。你父救了我，一定要我娶你。你总还记得我推辞不开，方才允婚。此刻官兵眼看就到，你要愿逃活命，我把小桐交给你。你看这是一包金珠，你就拿了去。你就说是被我绑来的肉票，是良家妇女，被我霸占了，官兵必然放了你。再不然，趁此时还没合围，我把你背到外面，你自己再逃活命去。你要是还有别的活命法子，也快说出来。我是有名的大盗，今日事败，有死没活。你我夫妻一场，八年缘分到此已尽。你又是名宦后裔，我活着已经把你糟蹋了，临死决不能把你拖累了，落个贼盗之妻的名声，还得抛头露面，过堂受刑。到底怎么样，你快说，我好救你!”

春芳娘子似耳畔响雷，浑身皆酥，声如裂帛，颤巍巍地叫了一声：“我的娘，是真的吗?”顿时想起她丈夫平时种种可疑，又想起她老父临殁的悔叹。她突然觉得自己坠入万丈深渊，踏入万丈火窟。她身上一点劲也没有了，口张而不能言，身颤而不能动，只一双恐怖的眸子微瞬。

她偷偷往丈夫脸上一看，今夜的他非复平日的他了，美如冠玉的脸全被暴戾笼罩，双睛闪闪吐火，齿缝发出狺狺之声，斩钉截铁，句句凶悍，一只手在前比比画画，另一只手倒背在身后。她突然一闭眼，冒死力把伯萍抱住，浑身乱颤，道：“伯萍，你不要吓我！真是有人要拿你？萍哥，你快跑吧！你你你，快带着我们的小桐逃命，剩下我在这里，我替你抵挡……”

伯萍道：“呸！松手，别发糊涂！你一个女人，能替我打

强盗官司吗？”

春芳应声吓得一哆嗦，可是越发把伯萍抱紧，而且把整个身子都偎向伯萍怀里。悲声道：“萍哥，萍哥，你不要看不起我，我不是没有骨气的女人，我情愿替你死。我一个女人，我往哪里逃？我离开你，一天也活不了。你离开我，照样活得好好的。伯萍哥哥，你我夫妻一场。你要怕我落在官人手里，抛头露脸，给你丢丑，伯萍哥哥你不会把我……”

伯萍道：“啊，把你怎么样？”

春芳泪珠如断线，簌簌下坠，将头脸偎在伯萍怀内，双手抱着伯萍。其实是一个站，一个卧，她的脸只偎着他的腿。她呜咽道：“伯萍，你不能把我带走吗？唉，不能不能，我一个女人，寸步难移，给你添累赘，准叫官兵追上，没的倒害得三口全活不了。天呀，我夫妻从此就永远死离了吗？伯萍，还是你带小桐逃走，不用管我了。事难两全，伯萍哥，你快打主意吧，没有我的活路了。小桐呢？小桐呢？你叫他们把她抱来，叫我临死也看她一眼。”

凌伯萍脸上神气变了一变，把春芳的手摘开，道：“你不用管小桐，你先说你吧，到底打算怎么样？赶快说，再一迟延，官兵就围上来了。”

春芳痛泪交流，一狠心坐起来，拉着伯萍的手，哭道：“我想只有一条道，伯萍，你莫如把我杀了！”

伯萍道：“我把你杀了？”

春芳道：“是的，最好你把我杀了，你把我的尸体埋藏起来，你父女立刻一走。我早已看出来你不是寻常人，我瞧你是个英雄，你不要儿女情重。你你你索性快下手，我死在你手，比死在官人手里强得多。你逃出去，尽可以继娶生子。你不要忘了我这苦命女子，叫他们拿我当嫡母，逢年过节，给我烧点纸。小桐是你的亲女儿，你自然有安排，你能抱她逃去，也算你我夫妻留下这点骨血。倘若不好走，咳，这焉能好走呢？索性你叫他们给我抱来，我母女死在一块。我娘儿俩都死在你手

里，比叫外人作践强。”

春芳把自己的意思说完，哭着，将伯萍的脖颈一抱，樱唇相亲，低低叫了一声。遂突然松手，往床上仰面一卧，把胸口一指，双手掩脸，哀啼道：“伯萍，你不要犹豫，快吧！”

伯萍侧身往床上一坐，忽然大笑，把春芳一拍。春芳吓得一抖。伯萍道：“你倒聪明！我的确不愿你落在官人手内，官人的酷刑，你一个娇柔女子是受不了的。你是大盗之妻，逃是不易，活也更难，留在这里更坏……”

春芳身心一齐狂跳起来，纤腰柔躯缩作一团，抖作一堆。待诛的恐怖已在面前，她惨叫了一声，撒手露面，大睁开眼，哀呼道：“伯萍，你快杀了我吧，你要下手，快下手吧，别叫我活受罪了！”

伯萍道：“下手不难，只是八年恩情，相亲相爱，你父亲又救过我，我实在不忍下手。”

春芳道：“哎哟，我的天爷，你还提那些旧话做什么？你那时受伤求救，来路就很离奇，我父亲不是不知。只是我父亲喜欢你少年英俊，我也……咳，我临死也不害羞了。我那时一见就爱你，是我愿意嫁你。我认命了，八年夫妻，我已经心满意足，死了也不冤，谁让你太迷人了呢？你舍不得下手，你把你左手那刀给我，我自己来。你看看我这名门之女、强盗之妻，有骨头没有？”

伯萍面皮一红，哈哈大笑道：“你怎么知道我左手有刀？”

春芳娘子向他惨然一笑道：“我是大盗之妻，我还不懂这个吗？你不用顾恋着我，你快给我吧！”

伯萍面现忸怩，一挺身把背后的刀亮在面前。春芳伸手要接，伯萍又把她一隔，道：“你一个弱女子，你能自刎吗？看你吓得这样，你行吗？”

春芳此时娇容失色，柔躯瑟缩，惧死之情毕现。她仍强撑着，向伯萍索刀，她说：“我行！”

伯萍搔头踟蹰，猛然顿足道：“我只好这样，管他们呢！

春芳，你躺好了，把头蒙上。”

春芳看出死在眼前，情知空言不如免说，双手颤颤，把粉色睡衣的大襟全扯开，露出红抹胸、金兜链和丰满的双乳，洁白的肌肉越显得胸头跳动。她将衣襟往头脸一蒙，手指隔衣抚着眼，断断续续说：“萍哥，萍哥，我先走了！你快着！”已经语不成声了。伯萍就虎似的往前一上步，又到床前，匕首往粉胸一比，春芳哼了一声，昏迷了。

半晌不闻声息，春芳延颈待诛，良久不见刀到，隐闻伯萍口气咻咻，犹在身畔。她轻启衣襟，露出双眸，微睁开一看。凌伯萍不言不动，提刀而立，似眼望前窗，侧耳有所听察。

突然见凌伯萍投刀在地，春芳的眸子急急跟到屋地。突然他又扑过来，一弯腰，叫了一声：“芳姐！”双手贴身下插，托脖颈，托双腿，把春芳娘子整个抱起来，连连亲腮，低声叫道：“芳姐，芳姐，我真真对不住你！”

春芳如醉如痴，也倾身就抱，双手揽着伯萍的脖颈，喘息低呻，喃喃地叫着伯萍的名字。

凌伯萍已觉出她心房怦怦狂跳，几乎要跳破胸膛。伯萍把春芳的头托过来，使她面对自己，说道：“你真是我的妻子！你肯为我一死，你不嫌我是贼吗？”

春芳不答，只把身躯偎得更紧，口中低叫：“萍哥，萍哥我的……”

凌伯萍心中感动，道：“好，来来来，我拼着受人奚落，也要把你带走。哪怕枪林箭雨，我也要闯。你放心，要死，你我死在一处。”紧紧一抱，狠狠一亲，突然一松手，把春芳整个掷在床头，他霍然立起。

春芳哎哟一声，身上被伯萍的长指爪划破了两道血印，仰面跌在床里了，忙又翻身爬起来，道：“你你你，打算怎么样？”

凌伯萍道：“我豁着背你跑！”

春芳忙道：“那那那你行吗？”眼光不自禁地又往地上一扫，地上掷着那把短刀。

伯萍不答，把手指拳回来，往口中一放，叭的一声，右手长指甲齐根咬断，左手长指甲也咬断，投在地上，拾起短刀。春芳又不禁一抖。

春芳浑身像瘫痪了一样，幸而心思快，口舌巧，死中求活，从伯萍刀下逃出性命来。她的一双眸子跟着伯萍旋转。伯萍往这边一扑，她眼神往这边一扫；伯萍往那边扑，她的眼神往那边一扫。伯萍是她的亲丈夫，今天情形不同，伯萍每一挨近她，她便一抖。可是她能贾勇受抱，和伯萍相亲相偎，并且和依人小鸟一样，把整个身子交给了伯萍。伯萍到底受了感动。

伯萍很忙，矫若神龙般取刀取绳，倾耳远听，探头外望，又弹额角深思。春芳睁着骇诧的眼，半跪在床上，看着他的举动，一声不敢响，不敢多问。他突然奔出去。一阵窗动门响，他又突然奔回来。眉峰紧皱，向春芳喝道："下来！"

春芳忙伸足下地，手拄着床，身子直打晃。伯萍突然上前，春芳吓得一缩道："我就下去。"

伯萍不语，又抄脖颈，托腿腕，将春芳抱下床来，往椅子上一放，疾如电火，喝道："别动！"立刻取过一床棉被，抖开来，平铺开，摊在床上，绳子、刀子丢在床边。春芳娘子一身粉红的睡衣，脚下一双软红睡鞋，头上柔发纷披，搭落到脸上，粉面惨白而黄，小鸡似的瑟缩着身体，模样很狼狈可怜。伯萍不管，摊好了棉被，张目一看，突又把春芳抱起来，放在棉被上，把匕首交给春芳，春芳又一哆嗦。伯萍道："你别动，我去去就来。"

凌伯萍大步闯出去，门扇乱响，又一阵风奔回来，将一杯水、一包药拿来，对春芳说："你喝了。"

春芳害怕道："萍哥，你叫我死，你叫我死个明白吧。我不是怕死，你不能叫我糊糊涂涂地死呀。"

伯萍惨笑道："咳，这是蒙药。我既许你不死，我何必药杀你？也罢，你不愿意服蒙药，我要把你卷在棉被里，天这么

热，你受得了吗？你可不能叫喊！我是背着你夺路冲杀，还要上房。”

春芳不明白，但是她决然说道：“我受得了，怎么着都行，你可叫我死个明白。”

伯萍居然依了她，自己另拿来一把剑和暗器，那把匕首仍插在鞘内，交给春芳说：“遇危机不能脱身时，你我夫妻好同时自刎。”春芳抖抖地听一句，应一句。然后，凌伯萍奔出去放火。

此时官兵仍未围宅，可是早已来到庄前了，正由县守备会同省里委员督兵熄灯，分四面远远布卡，捕快能手正在一步一探，往这边攻剿。

伯萍要在宅内四处放火，要把全宅烧得片瓦无存。第一把火先烧文件赃物，第二把火再烧住宅。于是手提点着了的十数个火把，将各处堆置的火种油柴，一一引燃。

一缕黑烟首从柴棚冒起，焚宅的第二把火先燃着了，跟着烟冒起火蛇，跟着火蛇冒起了熊熊大火。四面埋伏的官兵捕快还没有合围，登时见火大惊道：“不好，走漏消息了！”登时呐喊一声，急急地奔凌宅正门、后门，猛扑过来。灯笼火把登时已灭复燃。守备官和省里委员忙策马督攻。那省里特派来的八名干捕，武功精强，竟不趋正门、后门，另觅邻院，从旁越墙入袭。

凌伯萍走晚了。可是官兵也来晚了，半路上遇上夜行人，被诱多走出数里地。

凌伯萍放完了火，眼看着要紧的文件赃证烧成了灰，他就急忙奔向上房，扑到春芳身旁。

这时候满院充满了浓烟焦气，春芳娘子跪在床头，像个死人，只眼球随着伯萍转。伯萍把她一拍道：“官兵进来了！”春芳呻吟了一声，瘫倒床上。

伯萍一把将她抓起，并且说：“春芳，别怕！”

春芳挣扎着：“我我不怕……我跟你死在一块儿，死一块儿！”

伯萍将一件似皮甲非皮甲之物，给春芳披上，这样就裹住了上身。春芳随手俯仰，人已昏惘。伯萍把她的手脚一拢，轻轻放倒被上，叫她双手蜷上，掩护着胸口，以免夹死闷死。叫她双足伸直，以便夹抱。然后将被一卷，把春芳娘子卷在被中，紧了又紧，用绳捆上。春芳哼了一声，通身浴汗。可是她忘了热，只牙齿战战地错响。

伯萍忙又取小手巾，叫春芳咬在口齿间。更取一物，往自己脸上一抹，脸色变成姜黄。然后把春芳抱起，连被卷试往肋下一夹，道："行！"又道："你忍住了，不要响，不要怕，我可要上高了！"

小白龙左肋夹春芳，右手拿起火把，就灯光一点，放在床帐上。床帐轰的起了火。他便轻轻一窜，出了屋，跳到院中。那千溪万马图，被他插在被卷上，那碧玉菘、古铜蛙，凡能带之物，他居然尽可能带走。那不能带、不可留之物，他就一一连续投入火窟。火光照着他的脸，他满脸狞笑，他自言道："我不叫你们得意，我毁了它，也不留下！"强盗的本色暴露得十足。

他夹定春芳，右手提剑！急趋入花园，登茅亭，张目四望。官兵越逼越近，熄灯张刃，已然一步步围上来了，把要道口全都把住。

那县城守备骑着马指挥，省城委员带来的八名干捕，一个个抖擞精神，已从邻家越墙袭入。余兵设伏，极力不露声响。但是只能瞒常人，瞒不了行家。爬墙的捕快劈头遇上了伏敌，一支暗箭，把头一个捕快从墙头射坠。群捕不禁大喊："小白龙拒捕了！"登时外面大扰，黑影中陡起逐斗之声，官兵纷纷放箭。

第七章

凌伯萍折节忏情

小白龙方靖，也就是凌伯萍秀才，不慌不忙，登高外瞭，知道时机已危，他便提剑，挟妻，先下茅亭，要找他的党羽。待到厢房一看，章妈不见，小桐也无，屋中很凌乱，爱女料已逃走了。他稍稍放心，忙踱出来，口发低哨，再催叫党羽合力同走。叫了几声，一个人影也不见了，料到他们或已先而行。却不知他的党羽已遭人暗算。他又想："他们许是拒敌官兵。那么，我此时正好逃走。"唰的往后退了几步，眼望房顶，一努力，想往上拔。

这可不对了。他挟定春芳，春芳纵是个体段轻盈的女子，总也有八九十斤。他若背负而逃，还易用力。他为夺路外逃，深恐背遭箭射，把她改为左臂挟持，这就不好蹿高了。伏腰拧力，往上一蹿，也含着试验可否的用意。结果不出所料，竟跃不上去，差着两尺多，掉下来了。

他脸色一变，改从平地夺路硬闯。他毫不迟疑，斜着身躯，蹑足急驰，出花园径寻逃路。

突然迎面有人影一晃，小白龙一声不响，急闪身，抬手一

箭，唰的一声微响，迎面人影往前一跳，没入黑影，看不见了。小白龙就连速前蹿，如燕子抄水，闯到后院。院外听见格斗之声。小白龙身有累赘物，不敢冒险。他就一转身，趋奔西院，进入邻街空房。就黑影中，把屋壁用力一推，豁然洞开，望见天上的星光。这是另一股地道。小白龙侧耳一听，唰的纵步穿地道，逃到外头。

刚刚凝步，劈头掠来两三支箭。小白龙一闪，蓦地灯光一亮，人声大喊，数道孔明灯破暗照来。小白龙侧目四睨，贴墙伏隅，皆是官兵。更有几个兵在隔街邻房上喊叫："小白龙在这里啦！小白龙出来啦!"

小白龙微微吃惊，刚要突围，忽见灯火都往后街门那边照去，同时也有许多火把倏然重明。伏兵突起，也齐奔后门。后门出现一条人影，挥刃夺路，身法很快。只听一阵刀矛交触声，被这人且战且走，往东闯下去了。

小白龙且愕且疑，这是何人？莫非是老冯？却救了自己，自己正好乘隙而走，就急急忙忙把肋下累赘物一提，往西面飞逃。

将到巷口，被官兵卡住。唰的一箭，白龙急闪；数支长矛和挠钩照小白龙下三路探来。小白龙抬手一箭，先射倒一人。摆剑磕矛，挺身突进，狠狠一下，又刺倒一兵。微微一跃，从死尸身上跳过去。顺剑往后一扫，唰的蹿出数步。群兵哗躁，初往后一溃退，见只有一贼，倏又合拢来，刀矛齐进，围攻不舍。

大火熊熊，已从前院、中院延烧到后院。火势固已阻住官兵，不能进宅拿贼。可是火光冲天，也使贼人不易潜踪。四邻也惊起救火。守备和委员喝令官兵，出力围剿。官兵合围，将逃路要口把得水泄不通。

小白龙想不到官兵来得这样多，环顾同党，一个也不见。那个什么高明轩，也不见了。心知他必是卧底之人，心中恨极。就大吼一声，挥剑猛砍。地上的官捕被他砍得七颠八倒，

已散复集，已集复散，始终不肯退。只是房上的官兵，不住将箭伺隙射来。那八名干捕也分出一半，来缀斗小白龙。小白龙大惊，继之以暴怒，即奋死力猛冲，往复狠砍，杀开一条血路，落荒逃走。

小白龙是要犯，省里委员见先期泄机，大盗已逃，仅仅擒住一个负伤要死的副贼，无法交案，立即向守备发语："人赃全未破获，消息先漏，这怎么交代?"守备急怒，忙督兵捕再缀。小白龙脚程本快，只是带着一个活人，竟跑不开。被他且战且走，逃出一段路，未容喘息，回头一看：后面官兵灯笼火把，全冲他一人盯上来。

又不知怎的，官兵起初乱追乱捕，此时竟认定他一个人是要犯，那八名干捕也全撤回来，展开飞纵术，紧紧冲他追来。更有一小队骑兵，从斜刺里赶到前路。小白龙只是孤身一人，前望有一荒林，似可隐匿，但相距甚远。正当面前，是一片平原，碍难飞渡。小白龙睹状知危，恨不能远远冲出一段路，先把被卷藏起来，再抽身回斗，杀退这群兵捕，最为上策。他空有打算，一个帮手没有，已落到有计难展的地步，只好逐步且战且逃。若耗到天明，终不免夫妻同殒了。

小白龙心中焦灼，左臂也累得发酸。虽然如此，仍努力夺路飞奔，更举目四盼。两个干仆凌安、凌祥全没了影，就是女仆章妈和书童宝文、女婢宝芬也都不见，自己的女儿小桐更不知死活。小白龙不悲而怒，扭头再往背后一看，那厨役老冯忽从邻舍跳墙逃出，踉踉跄跄，追了自己来，突然中箭，栽倒地上。官兵一声呐喊，用孔明灯照着，把他捆绑起来。

小白龙咬牙切齿，无法还救。忽然嗖的一声，迎面马兵射过箭来。小白龙挥剑连扫，侧身旁窜，后面跟缀的捕快已有三四个脚步更快的，如飞追到，相隔渐近，把暗器打来。数道孔明灯齐照，小白龙又要陷入重围。他便大吼一声，回身索斗，把两个捕快先后刺倒。余众惊喊，小白龙拔腿又往前奔，前面黑林相距不远了。

小白龙心头才觉一松，突然听黑林中唰的一响，似有伏兵。小白龙道："哎呀，完了！"霎时间，见林中浓影里有一星星火光一晃，小白龙抖手打出一镖。那浓影唰的又一响，突然跳出两人，又急急退入树后。

正是后有追兵，前有伏敌，小白龙目露凶光，不禁怒吼了一声，就要横剑自刎，却又不甘。

不想这两个人影藏在树后，忽然发出绿林道中的口哨，一个熟悉的口音叫道："凌兄不要慌，我来帮你的忙！"

这两人竟是古敬亭，还有范静斋！

小白龙微微一诧，林中人已有动作。这时候马兵晃着孔明灯，已然兜抄过来。林中人贴树探身，猝发强弩，那马兵竟如滚汤泼鼠般，被射坠四五名。其余马兵呼叫着败逃回去勾兵。古敬亭、范静斋立刻提孔明灯，仗兵刃，持弓，青衣，幕面，奔出来先冲小白龙叫了一声："凌兄，是我！是我！"跟着微露半面，用灯一照，跟着把小白龙引入黑林。

黑林中竟伏着七八个人，全带着强弓、长箭，背着锋利的刀，古敬亭和范静斋为首，黑影中还藏着骏马。

古敬亭紧紧握着小白龙的手，道："大哥，不要慌，我们这里预备好了，有马，有弓箭，有灯。大哥，咱们快走！"

范静斋说道："我们高大哥搭救你的令爱去了！你放心，上马快走。嫂夫人呢？救出来没有？"

古敬亭就说："这被卷是谁？可是嫂夫人吗？"

小白龙恍然大悟！哼了一声，说道："好，我全明白了！两位，我先谢谢你们的好心，有话回头细讲！"

当三个人匆遽立谈时，林边弓弦连响，林外马嘶人呼，喧成一片。林中的七八张连弩，攒射不休，林外官兵叫嚣不休。守备骑着马，指导大队，散漫开把林子围住。

小白龙此时非常愤怒，恶狠狠瞪视着古、范二人，强咬着嘴唇，默不出声，猛然顿足道："好！走吧！"

浓林狭径，拴着数匹马，小白龙立刻扯缰，牵出林后，把

被卷一抱，飞身上去。古敬亭、范静斋，率这七八个持弓壮士，也纷纷牵马出林，跨马夺路，喊一声，箭似的冲出去了。后面官兵急急地追逐。

小白龙得了坐骑，如虎生翼，飞似的落荒急逃下去。古、范率伙伴，夹护着他。闯出荒林，回眸一望，后面蹄声零落，官兵依然穷追不舍。小白龙大怒，止众回马，索过一张弓、一壶箭，把被卷横在鞍上，于是拍马倒追回来。相隔追骑不远，他就一扣箭，一拽弓，喝一声："着！"头一骑追兵翻身落马。第一支箭才发，第二支箭又早扣上，又喝一声："着！"第二骑追兵也应声坠马，第三支箭又扣上……一壶箭连发出十几支，追兵呼啸着，不敢迫近了。小白龙越怒，扣箭反追，驱马远射，忽一箭射中了那个守备，守备落马。省中委员大惊，带马急逃，追兵立刻全跑了。那八名干捕只剩下三名未伤，还没忘了暗辑，藏在黑影里，暗暗盯着。小白龙长啸一声，恨詈了一声，拍马又逃。

只逃出数里，便逢一旱桥。桥顶站着一人，桥旁斜刺里，有黑乎乎一片浓影，是座古庙。小白龙等一阵风似的奔到相距不远处，那桥头上的人，突然吹起呼哨。哨声格别，范静斋应声也吹起呼哨，古敬亭忙告诉小白龙："凌大哥，好了，前边是咱们的接应，你的令爱大概闯出来了。"一群壮士，立刻由那桥上的人率领着，斜趋狭径，扑奔古庙。

小白龙方靖跑得马喷沫，人浴汗，心房扑通扑通地跳。驰至庙前，古敬亭、范静斋当先下马。小白龙也甩镫离鞍，将被卷轻轻抱下来。桥上的人过来要接，被古敬亭喝住，只命他引路叫门。门未容得叫，便豁喇地打开了。迎出两个人，两只灯笼，把小白龙引进庙内。

那位高明轩高大爷竟在庙内出现，在黑影里，涩声叫问："来了吗？"急匆匆跑出来，劈头迎着小白龙，哎呀一声，抓住胳膊，说："我的大哥，恭喜脱出虎口了，嫂夫人怎么样了？这是吧？大哥，叫你放心，你的令爱，被小弟射退敌兵，救到

这里了。”一指西屋，侧身提灯引路。

这庙寂然无僧，只西庑透射灯光。灯影里，小白龙凝视高明轩。高明轩也是满头大汗，浑身血污。小白龙哼了一声道：“我谢谢你！”抱着被卷，迈步径入西庑。

西庑禅榻上，躺着小白龙的爱女，六岁的小桐姑娘。小桐身下铺着那红绫小被，四肢僵伸，小衫湿透。偏天气甚热，这小孩面色惨黄，灯光照着，仿佛人已气绝，手脚一动也不动。在她旁边，坐着喘作一团的使女宝芬，地下坐着呻吟呼痛的书童宝文。那女仆章妈，竟不在此处。

宝文一见主人，喊了一声，爬立起来。宝芬一见主人，失声要哭，又忍住了，低声说道：“三叔，他们估摸全毁了，就逃出我们三个来！三婶子呢？你真把她打发了吗？”见小白龙抱持着被卷，不肯放在地上，她就慌忙站起来，腾让地方。

宝文不禁伸手要接被卷，仰面疑诘道：“这里头是什么？可是那个碧玉菘和古铜蛙什么的吗？”

小白龙目视这一童一婢，脸色惨变，一言不发，只把头微摇。命宝芬把小桐往榻旁稍挪一下，他就轻轻放下被卷，急急地打开了绳索，低低地叫了一声：“春芳！”又叫了一声：“春芳，别怕，我们逃出来了。”

噫，再叫不应！被卷打开来，露出这只穿着寝衣睡鞋，形同半裸的春芳娘子，此时没气了！粉红色的小衫全被湿汗浴透，贴在肌肉上，衣襟敞着，露出金链绿芽红抹胸，也似水泡了一样。臂曲股伸，柔发披面，被汗渍得一缕一缕的。樱口咬着手巾，但已半开，一张粉素的瓜子脸，变成了紫色。宝文、宝芬同时失声叫道：“哎哟，三婶子！”啪嗒一响，那把带鞘的匕首滑落下来，那个碧玉菘也滑落下来，那古铜蛙也滑落在榻上了，万马千溪图的卷轴也滑落在一边。小白龙平伸开春芳娘子的双臂双足，袒开她的胸，仰起她的头，急急地伸手一试她的鼻息、心音。鼻息不闻，心声不跳，小白龙突往后一退，顿足道：“咳！”

宝芬使女抢过来，抚摸春芳娘子的唇腮，给她拭汗，慢慢地细扪她的脉门和胸口，心口真个不跳动了。她不禁落泪道：“三叔你白费事了！她她，可怜她一个名门小姐，三叔你害了她了！”

小白龙又扑过来，抓起春芳的手，这手是闲时常和小白龙比指甲的那手。小白龙抚摸着呆然回顾，又突然松手，过去抚摸小桐姑娘。小桐姑娘此时心房已微跳动，小白龙一舒眉，又抓起春芳的手，吐出一口气，一退二退，退身到禅床对面椅子上，坐下来，头上的汗依然如雨。他狞笑着，目视宝芬道：“我害她了，我害她了！怨她父女瞎了眼，误嫁我这个强盗！”说时，切齿捶胸，摇头，可是眼中一滴泪也没有。

高明轩吃了一惊，急忙看小白龙的脸色，似发狂相。高明轩暗暗叫糟，忙凑过来，抚肩叫道：“大哥不要难过，不要着急，大嫂也许还有救。”话没说完，奔出去，端来一盆冷水和两只小瓷瓶，内中是暑药和宁神的药，说道：“大哥，你自己快用些，再灌大嫂些。这冷水你可以喷喷她，你自己也擦擦脸。”顺手送过一条毛巾来，又道：“大哥你快着，我先去打发后面的追兵。”

小白龙矍然道：“哦！”眼看禅床上的爱女小桐、娇妻春芳，一对死人，横陈对面。小白龙突然立起来，道：“我现在什么也不怕了，我已经没了累赘。追兵在哪里，我来打发他回去！”

高明轩横身拦住道：“大哥，你还是救救大嫂！抵抗追兵的事交给我，外面有咱们的好些位朋友哩。”

高明轩立刻出去安排。他早在庙外安下寻风的人，就连范、古二友，也只进来看了一看，略略慰问小白龙几句话，便相偕出庙，率一群壮夫，纷纷上马，迎向后面，假冒着小白龙的名字，诱引官兵，往岔道上走。然后小白龙可携妻女往别路逃。高明轩就在庙内，派兵点将，布置一切，井井有条。虽然低声发话，西庑内的小白龙侧耳听见，就眼望着一童一婢，冷

然一笑。宝文、宝芬还想述说自己如何遇救，又要问小白龙怎生逃到此处，都被小白龙示意阻住。

使女宝芬和春芳娘子素日感情很好，今见春芳气绝不醒，含泪向小白龙说："三叔，你别发愣，你可倒救救三婶子啊？您别看小桐，她是受着蒙药了，一会儿药力解了，她自然就会缓醒过来。可怜三婶子，那么柔和的人，你带她逃出来，也不容易，你总得把她救活。"这十七八岁的姑娘边说边动手，先要过药来，嗅了嗅，问小白龙道："我们就灌她一下，您可想法子，把她的牙关撬开呀。"

小白龙目视窗外，叹息一声道："她如果还有救，我焉能不管？无奈，咳，天气热，把她活给憋死了！我从来没在女人身上作过孽，想不到在她身上……"走过来，伸手再试扪春芳的口鼻，又试扪她的胸坎。忽然，唔了一声道："宝芬，你来摸摸看，是我手颤，还是她胸口真跳动了？"

使女宝芬忙爬上禅床，跪伏着摸了又摸，口虽不言，皱着眉，露出没奈何的神气。

小白龙又追问一句："怎么样？"宝芬俯首细听，掉了泪来，小白龙凉了半截。

书童宝文这小孩子，抚着自己的伤，咧嘴吸气。又不知听谁讲的招儿，忽然说道："有镜子没有？嘘着试一试，就准知道有救没救了。"

宝芬道："哦，可不是。高大爷，这里找得出来不？"

小白龙道："你当是冬秋天吗？那试不出来。"

小白龙叹一口气，离开禅床，在屋里打了一转。宝芬仍催小白龙灌救。小白龙拭汗沉吟，逃得慌促，良药尽失，且将高明轩拿来的药，嗅了嗅，又看了看，拿起那根筷子。宝文端着水杯，宝芬跪伏着，捧起春芳娘子的头。小白龙调好药，撬开牙关，把药徐徐灌下去。只听喉咙微响，药水入咙，肚子没听见咕噜。小白龙摇头退望，姑存侥幸万一之想。

还有小桐姑娘，服蒙药逾量，也怕历时过久，救不转来。

可惜解药带在章妈的身上，至今未见她逃出，恐怕人已失陷了。宝芬摸着小桐的小胸坎道：“这孩子可怎么好？要等着药劲自己解吗？”

高明轩忙道：“要用解蒙药，我这里许有，我的朋友也许有的。”

小白龙道：“解蒙药你也有吗？”

高明轩道：“静斋有一点。”

高明轩急奔出去找。小白龙又哼了一声，见宝文、宝芬一童一婢，也正凝眸不瞬，注视着高明轩的庞大背影，就摆了摆手，喂了一声。

解药取来，忙灌救小桐。药居然对症，这六岁的小女孩只过了半顿饭时，便眸动气嘘，渐渐发出低哑的呻吟声来。她活了！

高明轩对小白龙说，要出去勘道，躲出偏庑，屋内只剩下小白龙和童婢，看着春芳。春芳娘子依然不动，脸色丝毫不见缓转。使女宝芬坐在禅榻上，侧搂着小桐，给她按摩。小白龙轻拉着春芳的柔软无力的手腕，摸摸她的唇腮，试试她的咽喉，胸坎。又提起她的春葱似的手来，扪一扪脉门。提起来，看一看指甲。她的染红的长指甲和小白龙的长指甲一样，全部齐根咬断了。白龙将她的手往自己腮上搌了搌，爱不忍释似的，又送到自己唇边。怔了片刻，突然放下来，顿时立起，突然奔出去。

宝文、宝芬一齐惊叫道：“三叔，你做什么去？”小白龙不答，宝芬急叫宝文跟随，被小白龙挥手斥回。宝芬抱怨宝文，宝文反唇道：“三叔许是解小溲去了，你叫我缀着干吗？”

童婢二人低声猜虑，好半晌不见小白龙回来。小桐姑娘渐已苏生，还未醒转。宝芬轻轻把她放下，寻出偏庑。院中挂着纸灯，好几个幕面人物出来进去，有的还在房顶上瞭望。高明轩这群朋友全是江湖上人，一见宝芬出来，忙说：“姑娘歇过来了？”

宝芬张皇诘问："我们……大爷呢？"

幕面的人诡秘地一笑，往殿后一指。宝芬急趋至殿后，哦，小白龙方靖，也就是秀才凌伯萍，正立在墙隅，手扶一棵小树，在那里发怔。呜咽吞声，不欲令人见，不欲令人听。忍不得忏惜悔痛之情，于是他满脸热泪，浑身抖擞，双肩不住地耸动。

宝芬蹑足挨过去，小白龙依然未动。宝芬很同情地叫了一声："三叔！"

小白龙抬眼摇头，伤心挥手。

宝芬道："三叔，您别难过了，三婶娘还许有救。"

小白龙拭泪叹道："小芬，她不行了，她不行了！我我我小白龙，一生纵横江湖，从没做负心的事。宁人亏负我，我没亏负人。"

这话自然是他这样想，他这样说。他手刃他的前妻，血溅鸳枕，起因疑妒，他自觉非他之过。他的原配本是一个女侠，也自有对不起他的地方，他办得究竟太辣。独独春芳娘子，乃是名门闺秀，又救过他，一心爱恋他，有十成好，没有分毫错。

小白龙顿足道："我真真对不起你三婶娘。你想，她一个缙绅小姐，误嫁了我，被我玷污了；她救了我，我倒害了她！她的父亲，孤高耿介，误择了东床，也算是死在我手。"

宝芬道："他老人家不是病死的吗？有您什么事呢？"

小白龙道："你哪里晓得，他是看破我的底细，懊悔死的啊！我不杀伯仁，伯仁因我而死。她父女两条性命，只因误救了我，错爱了我，才双双断送。我固然杀人不眨眼，可是恩怨分明。罗元禄（凌安）总似乎笑我贪色。他怎知我并非贪色，仅是负恩，他怎知我对不起你三婶娘。你三婶娘万一无救，冥冥之中，我真个百悔难赎了！"

坚如寒钢、猛如烈火的小白龙，终于在黑影中失声痛哭了，使女宝芬也不禁同声零涕。此时高明轩的一党，幕面的壮

士，预受嘱告，全不敢过来劝解。小白龙也忘了光棍哭妻，招俗人耻笑。也忘了虎口逃生，还未冲出网罗。也忘了骤失巢穴，今后何去何从，该如何重营密窟。更忘了瞬将天明，即此还须振起精神，往前奔觅生路。他胸口一起一伏，双肩一耸一落，力遏哭声，心情越加激动。他似蕴含着万斛哀愁，满腔迸发欲裂。

忽然间，宝文在偏庑叫道："三叔，快进来吧。你瞧，三婶子坐起来了。"同时听见小桐姑娘哇哇地哭，声声的叫娘。小白龙猛然止泪住了声。

春芳娘子真醒了吗？真坐起来了吗？没有，还没有。

是高明轩催着宝文这样喊叫。果然只这么一声，把哀悔恸惜的小白龙喊住，扯衣襟一抹脸，如飞地奔进偏庑。

春芳娘子犹未活，小桐姑娘已全醒，趴在娘身旁，哀哀绝叫。这景象更不堪寓目。

小白龙奔立在禅床旁，一望这爱女娇妻。爱女见父，放声大哭，大哭索母："爹爹，娘怎么还不醒？"

小白龙刚才还痛哭，现在面露狞容。摸一摸爱女的腮，就一挥手，来触春芳的胸口。往上一挪，摸摸咽喉。往上又一挪，摸摸檀腮樱口。真是怪事，刚才千呼万唤促不醒，千方百计救不苏，而此际被爱女小桐柔嫩脆细的小嗓子一叫，昵在她怀里，搂脖颈，摸乳头，一声声的来叫娘，这垂死的娘，居然眼皮一撩，似乎要睁，但没睁动。正不知是母女之情，骨血连心，力能再造。也不知是解救之药，有九转还魂之功，总而言之，她的鼻翅微微掀动，她的胸口还未见起伏，可是她的双眸，已然渐渐地在眼皮下转动了。她一点一点地还醒。

高明轩道："好了，大嫂还醒过来了，咱们赶快预备着走吧。"急急地抽身退出，站在院中，仰望天星，似乎很焦灼。侧耳听偏庑的动静，似乎小白龙夫妻间的秘密，他已揣摸出。

小白龙满面的欣幸惭愧，俯身附耳，低低地叫着春芳："芳姐，芳姐，醒一醒，喂，不要紧了，我们逃出来了。"握着

春芳的一只柔手，轻轻摸着，有无限愧对之情，不能造次倾吐。

小桐竟冲着小白龙哇地大哭起来了。六岁的小儿似不知这一夕的大变，可是她胸口作呕，呼娘不应，她就冲着父亲哭，似有无穷的委屈。她摇撼着母亲，眼看着父亲，说："爹爹，爹爹！娘怎么啦？"已不大哭了，偶然抽噎，泪点落在春芳的身上，难堪之情，刺戟在小白龙的心坎上。

小白龙的杀气再也提不起。一侧身坐下来，抱过小桐，放在膝上，柔声慰哄她，叫她好宝宝，叫她别哭。这小孩一经父抱，住了哭声，把脸偎着小白龙，絮絮地问母亲怎么不醒，我们现在何处？小白龙叫她别唠叨，仍自拉着春芳的一只手，轻抚低呼。

却又是怪事，春芳本已快苏醒了，小桐哭声一住，她又迷惘，眼皮始终难撩。小白龙在她耳畔呼唤，她似懵然不觉，仅仅发出一声半声低吟。白龙无可奈何，把小桐的小手塞在春芳手内，说道："小桐，你快叫你娘醒醒，你叫她起来，咱们好……好回家。"

小桐依言偎母，"娘，娘"地叫着。

春芳渐渐撩开了眼睑，小白龙连忙俯身，把自己的脸摆在春芳的眼前：几乎是面对面，鼻头碰鼻头了；连呼芳姐，和小桐唤母亲，一递一歇。终于春芳娘子睁开了眼，双眸迷离，勉强寻顾，头一眼看见小白龙，似乎是相对太近，又似乎鼻息吹着了她。她双蛾陡皱，往旁边扭头，虽然扭不动，已开的眼又闭上了。小桐忙叫了一声"娘！"春芳旋又凝睇，忽然，从眼角滴下泪来。跟着呻吟了一声，双眸又闭上了。使女宝芬道："好了，不碍事了！"

小白龙摇头，把小桐送在春芳面前，自己惭然后退。春芳胸头起伏，双眸溶溶地流泪。小白龙复凑到跟前，叫道："芳姐，芳姐，你醒醒吧。你看看，咱们全都出来了，咱们的小桐也好好地在这里了。喂，小桐，叫你娘。"小桐应声推叫。小

白龙又道："芳姐，你快醒一醒，我们还得走。这里是大路边，不能存身，稍时追兵就来啊！"这柔声低叫，声音中充满了央求，惭谢。

而春芳紧闭着眼，只睫毛偶动。在小白龙看来，她脸上已有表情，血色渐复。但是那表情似犹有余惊，又似由惊怖转为哀怨，透出厌恶。那无力的右手握在小白龙掌心，也似乎一动一动地要抽回来，任丈夫、女儿千呼万唤，半晌才重睁开眼看，看见了小桐，手抖抖一抬，口唇颤颤，好容易挣出声音来，是叫小桐："桐儿！"只叫了一声，不禁呜咽有声，泪如泉涌，倏然流下来了。

小孩子一见母亲哭出声来，她一撇嘴，要放声。可是这孩子很怪，她居然又不哭，抱着母亲，一迭声地叫："娘别哭，娘别哭！您起来，咱们回家吧。"

"回家"二字使春芳含悲，使小白龙抱愧。母女二人相偎而哭，小白龙低劝。过了一会儿，春芳饮泣张目，巡视四周；似乎体力已尽，还不能动转，知觉也没有恢复灵醒，心头还似半明半暗。高明轩已然躲到外面，面前只有一童一婢，也偎上来，照旧叫："大奶奶！"

小白龙迟徊良久，做一手势，童婢齐走出去，站在外间，替小白龙把门。小白龙终于跪伏在禅床之前，低叫芳姐，说了许多有辞无声的话，断断续续地哄道："我从今以后，必然改了。"最后是，"你放心，再没这事了。芳姐，你也说一句话，叫我少难过啊！"

春芳只是无言，小桐叫了起来："娘，您瞧爹爹跪着哪！"

春芳失声一号："苦命的孩子啊？"她抖抖地伸手腕，要揽过小桐来；又抖抖地伸手腕，要拉起小白龙。夫妻亲女三人在此凄恋，外面的风声又紧起来了。

"伯萍啊！"春芳抚着小白龙的手，叫他起来。声很低，低到有声无字，她说："你是英雄，你不要这样。我母女何必累赘你，你你你，自己逃命去吧。这是哪里？这里离家多远？

哦，这是庙吗？才离家三四十里吗？我认命了，我身上一点力气也没有，我跟小桐不必挣命了……”

此时的春芳与闻警时心情不同。刚才她几乎憋死，并且她感觉到丈夫的欺瞒、毒辣，毫无结发之情。彼时自己死里求活，甘与大盗共命，才幸免一刀。若答对得稍露畏惧，愿意自逃活命，那凌伯萍必不容情。她对丈夫久存疑虑，见他背着自己，总似有不可告人之秘。起初只道他另有外室，今日方知同床共枕的书生，自己仰望终身的良人，竟是个独行大盗。自己以一个绅宦之女，竟不幸失身，做了盗妻。她乍闻此耗，真是心胆俱裂，又何止于害怕。现在她怅望终身，来日之计，深觉生不如死。她搂着爱女，不觉得痛哭失声。小白龙越发地内疚了。

而且春芳娘子说出话来，决不怨命，只是替丈夫设想。这是她的机智。她只想殉情，毫无悔意。但是，她之不怨命，正是骨子里怨命，她之不悔失身，正是骨子里深悔失身。

她默默无言流泪，这一段哀愁，比村妇吵詈的怨尤，力量更重。无形的重罚加在小白龙身上。小白龙浑身的武功，强烈的胆气，眨眼就杀人的辣手，竟不能招架春芳娘子柔情似水的“自怨生”。

小白龙只有跪求了。劝她起来，求她逃命。她流泪谢绝道：“刚才把我吓得走了魂，把我颠簸得散了骨头架子，我实实在在是一点劲儿也没有了，你想叫我怎么走法？走到哪里是一站啊？伯萍，你不要难过，你不要觉得对不住我。你要知道你我乃是夫妻，夫妻之情，没有谁亏谁、谁欠谁的情的。你我只能就事论事。你若舍不得我母女同死，你把小桐抱走吧。”这还是临出奔时的话，不过那时她是恐惧，现在却是灰心，真有自厌其生、自甘一死的意味了。

小白龙越发地招架不住，跪在床前，握住春芳的手，小声恳求，喁喁低语，反复的誓解，春芳只是摇头。勉强坐起，终又颓然卧倒，还握着小白龙的手，低声催他起来：“叫人看见，

什么样子?”虚怯的神情，低微的呼吸，倍觉动人。小桐偎着母亲，宛似覆巢小燕，苹果样的腮依然惨白。小白龙叹了一口气，凝眸注视着春芳，双手轻抚着春芳递给他的那只手，心里略为宽松。哦，春芳对己，犹有余情！四目对看着，小白龙已听出春芳的哀曲。他摇摇头，站立起来，对窗发愣。浩然长叹了一声。

他重扑到床前，依然半蹲半跪，使自己的脸和春芳相对，轻扳着春芳的头，把自己的心，切实誓告出来：“从今以后，我一定洗手。芳姐，你不知道我的身世，我之所以这么做，也是被激而然。芳姐，我现在为了你，为了我们的小桐，我从今日起……重新做人。”

说到今日，他不由得迟疑，他犹有未了之事，未能即时撒手。但为安慰春芳，只可这样含糊地讲。把春芳半偎半抱，剖心吐胆，粗述当年，指天为誓，保证今后。“芳姐，只要你肯饶恕我，不嫌我，我实在对不住你和……”想说“岳父”，恐勾起春芳的伤感，更咽住了。“可是，我一定改弦更张，芳姐，你再看吧！我以后改走正道，那就是芳姐你成全了我，保全了我。”

小白龙百般的自誓，春芳闭目而听，簌簌落泪。终于小白龙也窘得掉泪了，扳着春芳的脖颈，摇撼着说：“芳姐，你也这么狠吗？我央告你半天，你心里到底怎样，你也告诉告诉我。你想我心上够多难过，你也答应一声，少叫我亏心啊?”

小桐也忍不住推她娘说：“娘，爹爹又给你跪着呢，你叫爹爹起来吧。咱们回家呀!”

女人家的心胸到底柔软，春芳口仍不说，那只手抚着小白龙的头发，轻轻拂捋着，喟叹一声，半晌道：“伯萍，你是我的前世冤家，你叫我说什么呢？我母女到了今天，总得认命，不认命行吗？你的事我现在明白了，可是我全明白了吗？你干的是什么事，我也不懂，反正是犯法的。我虽然是个女子，也念过几天书，也懂得什么叫盗侠。你在外头到底是劫富济贫，

还是为非作歹，你从来不说，我也没看见。我反正嫁了你，就是你的人，我问你，我跟你有二心吗？可是伯萍，你就跟我不一样了。你一句实话也没对我说，我还不如你的听差奴才，你整整瞒了我八年，我都跟你生了孩子了，孩子都大了，你还是瞒着我。大祸临头，你才吐真话。伯萍，女人家依靠谁呢？你说我伤心不？你叫我怎样，我就怎样，可以说得起百依百顺。你一起头不是要杀我吗？我把脖子给你。你还想要我，我就跟你来，你把我像扛被卷似的卷了起来。你如今跪着求我，逼着问我，可叫我说什么？说我恨你吗？你我是夫妻，夫妻无隔夜之仇。说我不跟你吗？又不是那事。你你你叫我说什么呢？"

大抵人们做了亏心事，自然怕人怨恨，可是料到人们必然怨恨，于是他为减轻心里的谴责，又似乎盼望对方怒骂他一顿。他自己再不认错，再替自己辩解，如此方觉心上轻松些。春芳娘子是个机警的奇女子，她起初竟不吐露怨言，不怨之怨越使伯萍难堪。他这时似乎是求着她埋怨，求着她责问。现在她把怨言说出来了，他又觉得刺耳刺心，承担不住。于是他把春芳的头抱住，把自己的脸堵住了春芳的嘴，央告她："你你你，别再惩治我了，我够愧悔的了！"

春芳浩叹一声，推开了小白龙，坐了起来，徐徐说道："我们往后瞧吧！伯萍，你我是夫妻，没有说的，你要对得起咱们的小桐啊！"于是回身把小桐抱在怀里，亲了亲，凄然坠泪。

小桐紧紧偎着母亲，用一种诧异的眼，端详她父她母的神色。也徐徐地说道："娘，这是哪里呀？咱们回家去吧。"又看着伯萍说："爹爹，你跟娘讲什么呀？怎么还不快走啊！"

小白龙在西庑慰妻劝行，那高明轩在外面急得转来转去，使女宝芬也很焦灼。终于一个在窗外，重重咳了两声。一个靠着门扇轻轻弹了数下。

外面风声也步步吃紧。高明轩的朋友，所谓古敬亭，所谓范静斋，早已替换着出去迎敌诱敌。忽然间一个骑客策马奔

来，还同着一匹马，驮着一个人。到了庙前，把那人搀扶下来，守望的党羽将二人引入西庑，叩门招呼。小白龙出门迎看，来的竟是那个章妈，这中年妇人且战且走，溃围失伴，藏在黑影中，被高明轩的朋友引救出来了，也是浑身血污，喘息不已。

小白龙忙慰问道："真难为你，没受伤吗？"

章妈摇摇头道："伤到没有，把我累死了。"转问道，"咱们的人都是谁出来了？我怎么始终没有瞧见罗元禄呢？"且说且寻，看见了春芳母女，不禁叹气道："这是哪里的事，事先连点影子都不知道？娘俩平平安安全出来了，总算不错。"

章妈坐下来，冲着书童宝文骂道："你这小子，你可倒好，你说你够多浑！"想必是溃围时，宝文做错了什么事。

这中年妇人也像瘫痪了似的，捶着腰又夸奖宝芬说："我们芬姑娘可真不含糊，大娘佩服你！"

宝芬笑了一笑，也不言语，冲她使了个眼色，向春芳娘子一努嘴。

章妈歇了一会儿道："看吧，看我们大爷怎么变吧。我说大爷，咱们还得赶快走，他们在后边，可是眼看追上来了。"小白龙道："我晓得。"

他们立刻打点走。却喜高明轩预备了一乘小轿，小白龙便催着春芳抱着小桐坐轿。春芳还想不走，被章妈和小白龙硬抱上轿，把小桐放在她怀内。他们立刻乘夜离了这古刹，忙忙地再往后赶。一路落荒，不走通衢，单寻僻径。高明轩的党羽专管断后诱敌，居然把官兵诱到歧路去了。

高明轩在前途，本给小白龙预备了投止之处。现在小白龙和章妈另有商量，竟改奔他们自己的别巢，由别巢更转别处，步步远引，从此永别了七子山，七子湖。

小白龙终于逃出虎口。

第八章 吃醋饮酒伏牝盗

日月推进，距小白龙弃家亡命，又已数月了。

高明轩救了小白龙，未能示惠，实际反增加了小白龙的多心，衔恨。小白龙自以为行踪隐秘，佯高蹈以掩盗迹，虽床头人还不知，何况路人？何况“食肉者鄙”的官人？今竟突逢意外，落得倾巢弃家。那么高某忽然而来，无因而至，岂能无疑？结交，卖恩，步步推勘，小白龙已经猜思过半。但绿林做事，自有绿林的做法。明知不是伴，急时且委蛇，骨子里是骨子里较劲，面子上仍拿面子还。小白龙方靖是这样打算。

那高明轩呢，等到小白龙安排好了退身步，容他心闲力余。又过了些天这才泣述身世，跪求帮拳；打开窗户，说出了实话。他说，不是什么高明轩，不是什么暴发户，发了财，他是埋踪十年的川陕巨寇飞蛇邓潮。

小白龙含笑而答：“这个我已明白。”

邓潮说：“我有个杀兄、辱嫂、戕侄、绝嗣的深仇大怨，仇人是保定镖行名镖头林廷扬，绰号狮子林。”他说，江湖上冤冤相报，本不足怪，只是这狮子林做事毒辣，人死还结仇，

赶尽杀绝，一而再，再而三，可怜亡兄一门三口，竟被狮子林一手毁灭！”而起因据说不过是为争镖道。

他说，我千方百计为兄嫂报仇，“十数年间，曾经三番几次地寻找狮子林，可是终非敌手，还折了好几位好友。”

邓潮且说且拭泪，又解衣披胸，露出自己的旧伤痕，说：“这是狮子林打的一镖，这是狮子林砍的一剑。”然后说，深仇未报，颇遭同道诽笑。无如斗力斗智，着着不敌。访知当今武林中能敌狮子林的，只有某某数人，只有小白龙方靖。邓潮这才落到邀助复仇这一招上。但他又说：“连邀过几位好帮手，不幸林某红运当头，迄未成功。”

邓潮接着说：“直到数年前（就在小白龙化名凌伯萍秀才，续娶春芳的第二年），他曾托好友黑牤牛蔡大来，到七子湖麓，拿着龙门薛五爷的引见信，登门拜访。又曾在皖北，连烦三友，奉邀了一回。两次都遭拒绝了。实在无法可想，第三次方才亲来登门，未曾求助，先行求交。”

邓飞蛇又道：“方大哥，你可怜小弟这番苦心，你可怜家嫂和舍侄死得太惨！”

飞蛇痛哭流涕，泣诉苦衷，希望拿感情打动小白龙。常言说，父兄之仇，不共戴天。孝悌之行，人人敬爱。飞蛇想象自己这样卧薪尝胆，苦心毅力，小白龙多少也得动感。

然而小白龙只是冷笑，半晌方说：“难为你老兄了。你的苦心立志，胜过了吴王夫差、越王勾践。我若再不答应，也显得枉在绿林立足了。”

小白龙略一停顿，又道：“何况你对我身家全都有恩。你要报狮子林杀兄杀嫂之仇，我得报你救身救家之恩。恩仇两报正好相抵，我焉能不答应你呢？”

飞蛇听出话腔有点刺耳，脸色一变。小白龙含笑挥手道：“我们不妨明白地讲，我一定可以帮你报仇，小白龙跟狮子林见上一面，交上两手。但有一节，我从今决计洗手了。我求你一句话，在我会过狮子林以后，你我可以不可以‘从此恩怨一

笔勾销’？可以不可以，彼此从此算是谁也不认识谁？”小白龙又道：“是这样，我陪你走一遭。不是这样，我小白龙既然为盗，就不怕死；妻子是身外之累，要不要，更不算什么。你的大恩，我只可改日图报了！”

小白龙凝视着飞蛇，说话斩钉截铁。虽没有当面骂人，神色也差不多。飞蛇当然还要表白，攀交求助实出本心，闻警报信纯出意外。飞蛇道：“老天在上，我姓邓的跟方大哥纯然一片真心，我若是泄底卖恩，叫我死在刀剑之下，断子绝孙。”邓潮再三盟誓。

小白龙也不不信，也不全信，只徐徐说：“过去的事说也没用。邓仁兄，我和你只谈现在。替你报仇，我答应了。报完了仇，还是刚才的话，我要埋名洗手，不再问世事。你我从此恩怨一笔勾销，天南地北，各不相扰，各不相求，必得这样，我才肯替你‘拔闯’。如若不然，我只可一万分对不起，我是不去！”

当面硬挤，毫不留情。飞蛇邓潮，紫面通红，无计可施，叹息道：“大哥替我们报了仇，于我邓门三代有恩，我安忍得调头不认？”

小白龙笑道：“哪里的话，是你救了我，是你于我有恩。这一来，你我好比八两半斤折了账，谁也不欠谁的了。”

小白龙的话越说越难听，其愤愤不满，溢于言表。飞蛇就再装不懂，已经不行。到底把飞蛇邓潮挤得吐了口话，直接承认了，斗狮之后，飞蛇誓不再寻小白龙。

然后小白龙说：“好！”

两人击掌立誓。小白龙又说：“邓仁兄，你请预备吧，我先趁这时间，安排安排我自己的私事。请你原谅我，不要再托朋友暗缀我了吧。我把我身边的事安排好了，一定到你这里报到。”

于是两人分手，小白龙忙着藏匿家眷，飞蛇勘查敌踪。在小白龙倾巢的一年后，龙蛇两人重新聚首，飞蛇邓潮把所有的

朋友、党羽、与己同仇的人，大举纠聚起来，一路找寻狮子林廷扬的镖道。等到处处安排好了，就在清江浦洪泽湖，拦江邀劫，和狮子林会了面。

小白龙方靖与狮子林素来无仇无怨，小白龙此日动手，另有打算。两人在船上斗起剑来。小白龙想：我只把狮子林刺伤，我就不管了。所谓点到为止，践约就完，决不必求大胜。一来教飞蛇看看自己的武功，二来教飞蛇尝尝自己的手段，以示自己不是好欺骗的，也不是好唆使的。小白龙打算固好，哪知道一旦动手，他竟斗不过林镖头。他不由得一惊，立刻掏出真实本领来，极力和狮子林支持。起初轻敌，嗣又贪功。狮子林沉着应战，突然甩剑一颤，把小白龙的剑，弹落脱手，又陡起一腿，把小白龙踢倒在船头。

此时，飞蛇邓潮在对面大船上观战，见状大骇，不由得失望。飞蛇就发动了埋伏，倏然放出暗箭。狮子林暗存提防，伸手把暗器接住。水中的群盗也发出暗器，也被狮子林闪开。这时节，小白龙羞愤交加，身子才扑倒船头，蓦然跃起来，一个虎跳，调右臂，运单掌，猛然欺身一挝狮子林的头颅，正对着后脑。明暗夹攻，狮子林竟遭暗算，脑后玉枕穴受了致命伤。临危拼命，仍用甩手镖，把接来的一只暗器，穿入小白龙的右臂。小白龙负痛跳入湖中，泅水逃走了。林镖头也栽倒船上，人已气绝。

这里飞蛇邓潮赶尽杀绝，劫镖追杀，又纵火焚舟，把林镖头保的货船，全部付与无情的水火，变成了残灰木屑。他仍不放松，一路追究败逃的镖客。幸而镖师援兵已到，才得把林镖头的遗尸，运回清江浦，停灵在同业镖局中。

飞蛇邓潮又派至友胡金良（即古敬亭），假装吊丧的镖客，前往清江浦窥探狮子林之生死。入夜就遣伙盗，潜入镖局，盗割狮子林的头颅，以祭亡兄亡嫂。但镖客这边已有戒备，飞蛇同党一无所得而回，反倒失陷了一个同伴。

随后，狮子林的棺木，由师弟护送，运回山东开吊。飞蛇

邓潮报复无情，他又率党羽，亲往闹丧行刺，要把林镖头的未亡人程玉英和孤儿小铃子，一并杀死，以期斩草除根，免去后患。程玉英是名镖客黑鹰程岳的侄女，痛夫惨殁，在灵前设誓，矢报深仇，又连打点，随即由狮子林同门师弟卫护，偕孤儿林铃，逃走避祸。但此时飞蛇已经来到，程玉英连夜逃亡，半途遇仇，幸赖亡夫的七师弟摩云鹏魏豪相助，终得挣扎，脱出虎口。

飞蛇邓潮衔毒十五年，一旦发泄，报复无情，此时仍不肯罢休，率领同党，依然沿路穷追不舍。林铃母子由摩云鹏魏豪拚命拒护，且战且走，逃进了小辛集。小辛集的联庄会突闻人声奔逃，女子夜叫，立即鸣锣纠众，摆开长枪队，出来守望勘盗，和邓飞蛇寻仇之党冲突起来。直打到天明，飞蛇方才退出庄外。

那联庄会的副会首辛佑安素知狮子林廷扬的名字，并矜念孀孤，恼恨暴客，潜将林氏母子先隐匿，后设计放走。同时又在小店内，捉住了飞蛇的两个踩道伙伴。邓飞蛇大怒，竟夜袭进庄，绑架了联庄会正会首的儿子，作为肉质，威吓着会众和庄民，要纵火焚掠，逼他们献出被擒的同伴和窝藏的仇人。

联庄会很有能手，拒守高墙，与飞蛇搭话，说："那逃难的男女早已穿庄逃走了，庄内已然没有，如何能交出？"

两边只把俘虏换回，联庄会副会首佯将林氏母子逃路，虚指给飞蛇，说："那三男女往西北逃下去了，你们要是快追，还来得及。"

飞蛇不肯置信，偏巧巡风的同党瞥见西北有一辆轿车，正落荒投暗飞逃；这盗徒忙忙奔来，报知飞蛇。飞蛇这才舍了小辛集，飞似的奔西北寻去。

但是，歧路亡羊，飞蛇奔寻数十里，才发觉不对。穷搜四五日，线索也中断了，林家母子竟鸿飞冥冥，不知逃向何处。飞蛇自己疑心上了联庄会的当，可是联庄会早趁此时请来官兵，缉盗清乡。飞蛇气得暴跳如雷，派出数拨伙伴，分三路加

细排搜，又揣度逃人的方向，决计要北访保定，这是狮子林总镖局的所在处。南探杭、宁，那是狮子林镖局支店的所在处。折便道回来，再奔曹州府卧牛庄，乃是狮子林的老家，定要重搜个第二遍。邓飞蛇不杀死林廷扬的寡妇、孤儿，誓不住手。

蛇党纵然伤了好几位同伴，奔波了一整年，飞蛇报仇的心倒越来越炽热。同伴们却渐渐不耐烦，觉得他做得太过了。有人说："一个年轻的小寡妇，还会守得住吗？今天姓林，明天就许姓张了。一个小屎蛋孩子，更未必能活，也值得二哥这么认真。我看太犯不上了。"其中姓邹姓马的两个同伴懒洋洋的，早就不打算再追了。两个人异口同声说："我们就此回去，干咱们的旧营生吧。"

飞蛇疾问别人，别人也有一多半主张罢手的。更有一人说："咱们光棍做事，吃柿子，不要单拣软的捏，一个劲儿盯孤儿寡妇，怕江湖上笑话。"

飞蛇听了，倏将双臂往背后一背，说道："诸位全是这个意思吗？"伙党黑犍牛蔡大来说："其实日子不少了，狮子林也死在我们手了，很可以打住了。"

飞蛇双目直竖，仰面狂笑道："好，大家都这样想，我一人不违二人意，咱们就散！从今天起，我谢谢大家，咱们现在就算散伙！"邓飞蛇竟变了脸，向同伴突然磕头。

群寇愕然，忙把话拉回来说："二哥别急，有话咱们慢慢地商量。"

飞蛇感情激动，竟抱头痛哭起来。他拉住同伴海燕桑七的手，面向大众诉道："诸位哥儿们既然不肯欺负孤寡，我们还再商量什么？我的事瞒不了桑七爷。你们诸位只知我跟狮子林有仇，你们可不知这里头还有苦情。"

飞蛇哭诉道："实对诸位说吧，我大哥叫狮子林一箭射中胸口，血流了我一身。我家嫂当时就力逼我报仇。但是我不是姓林的对手，我家兄还死在姓林的手下，我的功夫是家兄教的；我斗不过人家，我不肯冒昧送死，我要预备。我家嫂就唾

我，又哭又闹，骂我没出息，忘恩负义。七爷，你晓得我从十三岁就没了爹娘，我从小跟着哥嫂过，我家兄把我从火炕里救出来的，我哥哥挨饿，偷出东西给我吃，我们手足如同父子。我哥哥死在林廷扬手里，我能不报仇吗？但是我武功不行，我要去报仇，就是送命。我劝家嫂，容我几年。君子报仇，十年不晚。我还没说完，家嫂又唾我一脸唾沫，她自己打嘴巴。我那糊涂侄儿也挖苦我。”

飞蛇忍不住又号哭起来，半晌呜咽道：“我这里下苦心一步一步预备，我家嫂和舍侄不听我劝，刻不容缓，要立刻报仇，他们娘俩竟私自走下去了。我那糊涂侄儿果不其然，死在林廷扬手下人手里，临死还割去了舌头。我那家嫂疯了似的，又找了我来，骂我，唾我，逼我。我家兄的旧伙伴也瞧不起我，说我没骨气，软蛋。后来，我家嫂又要亲自出头，邀结助手，去暗算林某。我一听不好，赶快去拦阻。我说：这可不是硬拼的事呀。我家嫂竟藏起来，不肯见我。家嫂去了不多久，果然又得了凶信。我家嫂也死在林某手下了，叫人家砍掉一只胳膊，自刎死了！”

飞蛇哭不成声，闭着眼呻吟道：“你们知道家嫂是怎么死的？实告诉诸位吧，咳，她是活活叫林某羞辱死的！这话我憋在肚里，从来没告诉人。我家嫂临危传来绝命书，她说她叫姓林的羞辱了，她说她死后见了亡兄，她不恨仇人，她只恨我这忘恩无耻的小叔子！她骂我，她说你哥哥疼你比儿子还疼，你竟忘了杀兄的大仇，眼看着侄儿、嫂嫂叫仇人糟践死了，我到地下做鬼，也不饶你。她痛恨我，丑骂我，怎么难听，怎么骂。”

飞蛇接着说道：“我是说不出来的窝心，我跟姓林的仇深似海，我邓门长支全毁在他一人手下，诸位说好汉不欺孤寡，吃柿子找软的捏。但是你们几位替我想想，姓林的害死我邓家三口，只留下我一个祸害，到底叫我翻过手来。唵，十五年后，到底叫我报了仇，真格的，我自己还能给自己留下祸害

吗？斩草不除根，到底遭了后报，我不怕诸位笑话，我一定要搜寻林廷扬的老婆、孩子，一个也不留，全都杀死。我然后死也痛快，活也安然。”

飞蛇痛述隐恨，同伴听了，俱各动容，都说道：“狮子林这么可恶吗？好男不跟女斗，他竟敢羞辱邓大嫂不成吗？”

飞蛇很难过地说道：“这是什么露脸的事，我还能糟蹋我们亡嫂吗？”他却不知邓潮的亡嫂行刺狮子林，断臂之后，自知难活，她这才故意留下这种遗书，好激动邓潮去报仇。其实她是自刎的，林廷扬不但没有羞辱她，怜她苦心报仇，还把她放了。这可是邓飞蛇万万想不到的。

群盗终被飞蛇邓潮的悲愤陈词所激动，由黑牤牛蔡大来、盘龙棍胡金良、海燕桑七等扶起，都劝他止泪，愿助他续搜仇人之子，斩草除根。

他们张开了罗网，分头办事。往北，由邓飞蛇亲寻到保定安远总镖局；往南，由盘龙棍胡金良、黑牤牛重搜到苏杭二州，把安远支店大扰了一顿；更回头重探山东曹州府卧牛庄，把狮子林的旧宅，纵火烧了，还杀了一个乡下人。可是上天下地，踏破铁鞋地苦寻，仇人的寡妇孤子杳如黄鹤，再得不着踪迹了。

邓飞蛇忿气不出，要放火来烧保定总镖店。总镖店有狮子林的师弟解廷梁、义弟张士锐等，防护得很严。邓飞蛇弄得打草惊蛇，没有放成火，反挨了一弹弓。镖客力劈华山黄秉、大力神李申甫、流星顾立庸，全追出来。邓飞蛇幸有助手，才得逃走。他仍不甘心，在保定潜伏密伺了一个多月。安远镖店似乎知道飞蛇来捣乱，竟昼夜戒备，无隙可乘，无懈可击。邓飞蛇要刺探镖局的内情，也得不着底线。

但是，到底被邓飞蛇诱擒去一个镖行小伙计，用酷刑拷打，逼问林氏遗孤是否到保定。据说解镖头也正在着急，前派专人迎接林氏母子，竟扑了空，只在卧牛庄附近，访出两个趟子手的死尸，已经官验，正在缉凶。因此镖局已料知林氏母子

凶多吉少。现在解镖头等都很担忧，已经陆续派出许多人，赶赴鲁北，打听林氏母子和七师父魏豪的下落去了。这镖行伙计的话，正与飞蛇初到卧牛庄劫车搜孤的情形相合。

据这小伙计说，那程玉英、林铃和摩云鹏魏豪确实要北上赴保，正不知半途出了什么差错，人既没到，消息也断绝了，似乎比飞蛇还纳闷。

飞蛇讯罢，仍不肯凭信，竟把这镖行伙计刺死，埋在荒野，他仍在保定流连。随后他潜伏的寓所被镖客访着，乘夜来搜捕他，他这才离开了保定。也因为他财力已尽，在保定马脚已露，他的面目又被镖客认准，他不得已方才罢手。他重拾起他的旧营生，号召党羽，照前一样杀人劫货。但是他不再找仇人了，仇人却要找他。有一日狭路相逢，他和狮子林的二师弟解廷梁遇上了。

偏巧邓飞蛇是单人跨马独行，被解廷梁缀上了。解廷梁也骑着马，不远不近地跟着他。邓飞蛇自然毛骨，连连回头，打马急走。解廷梁却戴着大草帽，架着墨镜。飞蛇不认识解廷梁，解廷梁却认识飞蛇。于是挤在一个合适的所在，解廷梁拍马跟近，扬鞭猛打，一直超逾到飞蛇的面前，冷冷说道："朋友，站住！"两个人动手交兵，杀了个难分难解，一个救援也没有，只解廷梁还跟着一个年轻的趟子手，为要报仇痛快，解镖头不要人帮。

飞蛇邓潮偏偏这一次落了单，他这次正要赴一个女人的邀会，所以才一人独出。平素他深知虎落平阳，必要吃亏，从来不肯单人独行，就是密访什么要事，他也总教一个踩盘子小伙计，远道跟着他，以便万一遇险，好驰回去送信呼援。今天真是太巧了，他自从胞兄殒命，孤侄身死，亡嫂又相继自戕，他就对众鸣誓，深仇不报，林廷扬一家大小的头颅，若不在亡兄坟前祭奠，他决不再娶，更誓不近女色。这话原是被他嫂嫂冷言冷语激出来的。他年轻时，曾因贪色狎妓，被官人捕获，还是他嫂嫂母老虎高三姈把他设计救出来的。

飞蛇出狱之后，娶的头一个女人是良家女，美而不媚，耻为盗妻，抑郁而死。

他的第二个女人是掳来的妓女，名叫小桃红，知入盗窟，生还无望，拿出媚术来，把飞蛇迷得心眼麻痒。当他胞兄被狮子林杀死，山寨失酋，掀起内讧，遂被官军围剿，剿山溃围时，偏赶上飞蛇邀伴出去访仇，他的寡嫂仗刀突出后寨，他的女人小桃红被一个小头目背负逃走，一去没了影。等到飞蛇事后回转，方才发觉入宫不见其妻，巢穴也倾覆了。问他嫂嫂，反受了一顿挖苦。他这才大怒起誓，兄仇未报，决不寻妻，决不继娶。

现在他已暗算狮子林，大仇已报，似可继娶延嗣了，可是邓家三口只抵林氏一命，总觉报复未尽，对不住亡嫂亡侄，又对同党说了大话，更不好改口。他年方四十几岁，未能鳏居，免不了偷偷摸摸，背人狎妓。又不敢入妓馆，往往改装私入暗娼家取乐。当此时忽有一个女强盗，看上了他，就是装他的如夫人的那个叫六妹的女贼。

这女贼叫席六如，原是个十八岁的小寡妇，被大伯子元良把她强嫁给邻村，为的是想算计她丈夫遗留下的财产。这小寡妇足智多谋，一时失算，立即潜打主意，乘夜逃出来，要进县城告状。哪晓得半路上又遇见歹人，反而把她强奸了。这歹人是村上的混混，拿刀子逼着席六如跟他逃走。在店中席六如又逃出来，结果，越逃越坏，竟落在强盗手中了。真是愈走愈下，席六如自觉人已失身，就倒行逆施起来，甘心做了盗妻，只求强盗丈夫给她报仇。她的盗婿很宠爱她，就依着她，找一个机会，袭入她的故乡，把她的本家杀死，大掠之后，纵火烧了房。

席六如跟着强盗过了一年多，也学习骑马，也学习打暗器，玩火器，既已沉沦，索性往下溜去。她生得本很美丽，就极力修饰，放荡起来，使得她的盗婿越加宠爱。但爱之过甚，自然防范极严。

席六如又不吝颦笑，处处随便，招惹得伙盗生心，要逗引她。一天，他们的大头目和她放浪说笑，被盗婿碰见，妒火一撞，两人火并起来。盗婿暴怒失招，反被那个大头目杀死。那个大头目竟霸占了她。席六如佯为顺从，可是心中更起激变，调唆着这个头目和别人打架。某某强盗多看她一眼了，某某强盗要调戏她，捏她的手了，掀起许多是非来。这盗自吃醋行凶，又连杀死了两人，临到末后，也被别人杀死。终于席六如又转嫁了另一个强盗。

自有她这一人，盗帮埋下一根祸苗，屡屡引起妒火。这些强徒妒火烧身，自相残害，四年间她竟换了五个男人。许多高眼的盗伙，骂她是坏水，她越发风流放荡，她几乎是眼看着这些男人为她拚命，她才觉得有趣似的。强盗帮中没人知道她的内心，她对己是自暴自弃，对男人是衔毒生恨。

又不久，遇上了五百年前的冤孽债，她与飞蛇相会。飞蛇邓潮性最贪色，没有女人活不了一天的。

自遭兄变他量敌技高，未敢骤往寻仇。他的侄嫂都怨恨他，反把怨毒移到他一人身上。跟着他的侄儿不度德，不量力，结伴前往斗狮，又死在仇人手上。他的嫂嫂如疯如狂，哭号咒骂，诘责他，催逼他。他连受了过重的打击，性情激变，他越发地狠毒了。自从小桃红逃亡失踪，他垂念伉俪之情，自然要寻找。他的嫂嫂痛痛挖苦他一顿："人家跟情郎跑了，闪下二爷这可怎么办？你哥哥死了不吃紧，小桃红丢了，可了不得！"

飞蛇愧忿难堪，竟奔在亡兄坟前，断发立誓，大仇未报，宁叫断了嗣，誓不娶妻。誓是这么说，他实在又不行。他又不敢暗室亏心，他把全副心情放在复仇上，果然一连数年，未近女色。于是在这时，忽然遇上了这个女狐精席六如了。

席六如这时算是正守寡。她最近这个丈夫，也是个盗首，新近失手，被官兵擒斩了，只剩下她和十几个旧部，一路逃窜，守在一个僻山洼，照样做旧营生。她的旧部竟推她为首，

也凑起了二三十人，成为女盗魁了。飞蛇邓潮为报仇访艺，路经此地，于是孽缘相碰。她把飞蛇邓潮延入巢内，也不知怎的，两人全动了心。

飞蛇邓潮是很贪色，却与席六如从前所遇的子弟不同。席六如以前所遇男人，贪女色，往往沉溺，甘入席六如圈套，尤其是她杏眼一转，昵声放刁，这些人全都折受得亡魂失魄，不知怎么叫娘才好。席六如叫他怎么样，他就怎么样。飞蛇邓潮的气派大不相同，他爱女人，是拿女人当玩物，得要女人处处依着他。席六如是摆布男人的能手，也是拿男人当玩物，要男人婉转由她。现在他和她两硬相碰了。女人拿出女人的把戏来，飞蛇像受像不受，爱受才受。

飞蛇做了席六如的入幕之宾，两人盘桓半月。很有些小事，席六如含嗔巧笑地支使飞蛇替她去做，飞蛇乖乖地答应了。但是遇上几桩事，席六如再使这伎俩，飞蛇会抗颜峻拒，毫不受调唆。这一来，渐渐打动了席六如的真情，她叹息说："邓老二才是男人哩！这小子很有骨头。"她说别个男人，一遇美人关，甘受播弄，俺拿眼一瞟他，小子们立刻骨软筋酥，我叫他挖他的祖坟，他明不愿意，也不敢不应。她说："唯有邓老二梗梗儿的，先比别人骨立。"她爱上飞蛇了。

却不知东风不压西风，西风必压东风。飞蛇邓潮是有名的辣手，深心。同居日久，他竟抓住席六如的弱点要害。起初相遇，飞蛇是只身一人，没说实话，只说自己是过路绿林。席六如便要收他为部下，使他久持帐下。

飞蛇虚答应了，他暗想：我也得要个俊点的女人做帮手。他竟倾心与席六如结好，却不愿做她的帐下卒或副头目。六如竟把竿子上的事，交给副酋，她潜自改装，与飞蛇别营密窟，两个人同居了几个月。席六如本性贞洁，现在流于狂放；狂放之行已然习于成性，改不过来了，日久免不了与飞蛇勃谿。

偶有一次，她引逗一个年轻邻人，欣赏邻人痴迷的丑态。偏巧被飞蛇撞见，飞蛇一声不响，进屋等候。邓飞蛇板着面

孔，诘责六如。六如不服，她说：“你大概不知姑奶奶的脾气，专好跟不要脸的男人开玩笑吗？看这样子，你是要吃醋啊？那可够你吃的，姑奶奶最喜欢这个调调儿。”她的话很硬，态度很媚。

飞蛇冷笑道：“你难道不知邓二爷的脾气，专好吃醋吗？我尤其喜好喝着酒吃醋！”

两人拌起嘴来，六如又使出她那狼刁狐媚的伎俩，要来摆布飞蛇，叫他恼不得，急不得。飞蛇不受，一声不响，走出去，关上门，回身来突然把六如按倒，立刻剥光，捆上。登床穿梁，把席六如吊在梁上。他自己取酒壶酒杯，自己弄小菜，温热了酒，在床上摆一小桌，自斟自饮，满面笑容，欣赏这裸体高悬的席六如。

飞蛇说：“我这就是喝着酒吃醋，并且吃一，望二，眼观三，我还看着大白羊就酒。”喝一杯酒，故意舔舌嗅味地说：“有味！多咱把白羊吊出油来，我就不喝酒了，我要喝羊油。”

席六如在梁上挣扎，越挣扎越紧。她并不出声央告，也不嚷骂，她说：“邓老二，你把我放下来，我有话对你讲。”

邓潮道：“对不住，你就这么说吧，我听得见。”

席六如发急道：“邓老二，你就不光棍了。凭你这么棒的汉子，跟我们老娘儿们动硬的，你不嫌丢人泄气吗？你平白吃我的醋，你太出丑了。你放下我来，我跟你重说说。难道你还怕我嚷嚷不成？还怕我跑了不成？咱们这么办，你看不惯我这样，咱们好说好讲，好打好散。”

飞蛇邓潮引杯进酒，运箸吃菜，嬉着大嘴笑道：“不错，我姓邓的专会欺老娘儿们，并且我专爱吃醋，吃醋就酒，有味极了。邓老二不懂什么叫‘好打好散，好说好讲’，只要是女人跟邓老二睡过，二爷就不许她再挨别人。告诉你，别看我不许女人再挨旁人，我邓老二自个还要随便勾搭别的娘儿们去。我这人就是这么个脾气，许我的西凉招驸马，不许王三姐在寒窑吊膀子。”

席六如骂道："你不讲理！"

邓飞蛇道："对了，我实在不讲理，六姑娘临跟我凑合的时候，怎么不先打听打听行市？可是话又说回来，谁叫我身大力壮来着。你若是揍得过我，我也许怕了你，我也许对付着服侍你，在你跟前当软盖活王八，也说不定。现在还不至于，六姑娘你多包涵委屈！"

邓飞蛇的话就是这个味，故意地折磨席六如。席六如的细皮白肉，被丝带高吊，勒得生疼。她看从这方面说不通，她又换转词锋道："邓老二，你快放下我来！"

邓潮道："那叫白说。"

席六如道："你到底打算怎么样？"

邓潮道："吃醋就酒啊！"

席六如道："你别，我跟你讲真格的。"

邓潮道："哪个龟孙讲假话了？"

席六如呻吟了一声道："邓老二，咱们凭良心说，我情实没有跟你两个心。刚才那是你小子多疑，是那小子色迷心，我是故意要着他玩的。你拍着良心想想，六姑娘跟你坏不坏？到底是真是假？我绝不会背着你偷偷摸摸，你不信跟我手下喽啰打听打听。"

邓潮道："久仰，久仰。你是很贞节的，你的男人还不够三十六友。"

席六如叫道："你可屈我的心？我的事我没告诉你吗？我落到这步田地，怨我，还是怨你们这些没心肝的男人？实对你说，我自从守寡到被掠，直顶到现在，我只动过两回心，最末一次就是跟你小子。你小子真体贴不出来吗？我跟你实在是一心一意的。我可真受不住了，喂，你快把我放下来吧。你只松下我来，还捆着我的手不行吗？我绝不会跑，跑也跑不出你的手心啊！"

飞蛇摇头道："我是孤身一人，你有党羽的，我并不傻，六姑娘。"

席六如发出娇媚的哼声道："邓二爷，你真狠！你真是好汉！你再不放我，我要喊叫救命了。那一喊，你也不好瞧，我也不好瞧，叫老百姓看是怎么回事呢。或许叫鹰爪打眼，落个两吃亏。人家好说歹说，你就不许先松绑，后审贼吗？"

飞蛇道："鹰爪来了，我才不怕哩。邓老二丢下你一跑。把你这小寡妇留在这里也好，你再跟了捕快去，叫你再尝一回六扇门的味道，倒也不赖。"

席六如疼得流泪，但仍不嚷，仍支持着说："你要把我活吊死吗？邓老二，我跟你说好的吧。我敢跟你对天起誓，我席老六自从遇见你小子，想不到动了凡心，咱俩这几个月，我情实没挨第二个男人。刚才咱们俩吵，那是我讲的气话。咱们讲真格的，咱们本是一个男强盗，一个女强盗，索性别凑合着胡混了。我索性嫁了你吧。咱们明媒正娶，我从此以后改邪归正，一定走正道。你只要拿我当你的老婆看，我一定谨守妇道，我拿你当亲丈夫一样看待。我决不再偷嘴吃，我要说假话糊弄你，叫我下辈子还落到这一步！你走到哪里，我跟到哪里，我一准跟你白头到老。这么着怎么样？还不行吗？邓老二你也瞧瞧，我可是真支持不住了！你瞧我脑瓜子冒汗了。"说时四肢悬吊在梁上，极力挣扎着，把头脸下望着，俏眼瞟着飞蛇的眼，水汪汪的眸子流露出柔顺的情意来，跟着连叫了几声亲昵的称呼。

飞蛇邓潮停杯仰望，说道："说得真乖，怪可怜的，这么办，我原打算吊两个时辰，准把你放下来。既然这么说，你是有点认头了？"

席六如道："我早不就跟你认头了？"

飞蛇把酒壶提起，提了一下说："还有半壶，你再等一会儿吧。既然认头，足见抬爱，咱们半壶为度。吊死了不要紧，拿凉水一喷，你自然又会活过来的。"

席六如道："你别损了，人家都服软了，杀人不过头点地，你还要我怎么样？人家情愿嫁你，我把这一杆子人都交给你，

我只做你的压寨夫人，跟你好好过日子，你还不把人家放下来吗？”

飞蛇道：“放下容易，我还有约法三章，你得答应我三件事。”

六如道：“答应，我一定全答应。”

邓飞蛇道：“你倒肯三从四德，也得听我说说呀。”

六如道：“我听，你快说。”

邓飞蛇道：“头一件事，你算嫁了我，可是骨子里嫁我，外面还算姘头。”

六如道：“那那怎么讲？我真是想嫁你，不是哄你。”

飞蛇道：“咳，我有我的心事。你听我说完了，我再听你的。第一件是暗嫁明不嫁，第二件是你仍然在这里当女寨主。有朝一日，我叫你跟了我去，你得立刻跟我走。”

六如道：“嫁鸡随鸡，嫁狗随狗，我一定跟你走。”

飞蛇道：“第三件，我有杀兄大仇，我现在正在访求能人，克期报仇。我如有用你时，一叫你就得到。”

六如道：“是是，你只一叫，我就准到。可是我嫁了你，还在两下里过吗？”

飞蛇道：“一时还不能在一块过。”

六如道：“莫非你另有人，你要我做小？”

飞蛇道：“不是。”

六如道：“咳，管他怎样呢，你先把我放下，还不行吗？你瞧我可是脸都控青了吧？我要吐，二爷行行好吧。”

飞蛇这才站起来，把席六如提抱下来，仍然剪着手，把她放在床上。席六如央告他松绑，飞蛇道：“不行，你嫁了一百二十个野汉子，又当了多年的女寨主，又带着好几十人，你不是女人了，你是母夜叉。我得杀杀你的性，往后才好过日子。”

飞蛇邓潮把席六如折服了，席六如竟乖乖地依从他，自此甘为姘妇，不争名分。掳掠来的钱财，供着邓潮花。邓潮找她来，她排除诸事，好好陪伴着。邓潮寻仇他去，她老老实实候着。真个不再偷嘴吃，比良家妇女还正经。

她手下的群盗个个诧为怪事，彼此议论说："咱们当家的是怎么的？天不怕，地不怕，惯会捏男人的，这回叫姓邓的啃住了，这是什么讲究？"大家都有些愤愤不平，背地耻笑她，又妒恨邓潮。

席六如倒也明白，笑对亲信说："哥们儿多包涵吧，我跟姓邓的是前世冤家，那辈子我欠他的，再不然就是我们女人身生有贱骨肉。"这倒不是女人性情上有弱点，实是席六如爱上了飞蛇邓潮。人家还有甘为情死的，她这种行为又不足为奇了。邓飞蛇的尖辣性格既打动了她，而且飞蛇又精力弥漫，悍勇过人。席六如动了真情，心知群盗不悦，便厚赏同伙，又向大家道歉，把自己要从良、要嫁邓潮的话，告诉众人，请众人另推首领。群盗也无可奈何，另推了一副酋。

飞蛇邓潮与席六如绻缱经年，仍不忘兄嫂深仇，他伺机把心腹话告诉了席六如，劝席六如暂且不必嫁他，可仍守旧巢，他自己仍纠同伴，去访小白龙。

不久，邓飞蛇得与小白龙方靖缔交，该用女眷通内线了，命人给席六如送了一个信。席六如立刻束装上道，来到七子山边木渎镇上，给飞蛇乔装如夫人，拜见小白龙之妻杨春芳娘子。只是对同党黑牤牛蔡大来、盘龙棍胡金良等说：席六如乃是他的女朋友，说是当年的师妹。又说不算是师妹，乃是师兄的妹妹。

胡、蔡二人全部含笑承认了。蔡大来说："原来是二哥的师妹。功夫想必也是很好的了？"席六如和飞蛇不尴不尬的情形，瞒不过贼眼锐利的胡、蔡。胡金良劝邓潮道："二哥四十多岁的人，还打着光棍，席师妹又正守寡，你们二位何不团圆了？也省得再假装了。"

席六如粉面一红道："呸！团圆什么？"回到屋中望着飞蛇道："你听听，我算为你丢死人了。"

飞蛇长叹不语，半晌方道："我起过重誓，不杀尽狮子林的全家，我誓不娶妻成家。我不能对不住我的亡兄亡嫂。"

群盗暗称席六如为蛇娘子，又叫作小青蛇。言其够不上当白蛇娘娘，只是不荤不素的一个姘妇罢了。群盗淘气，有时就嘲笑二人。席六如生了气，对飞蛇说：“不行，你得要我，我这么跟着你，他们总向我龇牙。我总得坐一回花轿。”

飞蛇笑道：“太太，你坐过几回花轿了？何必非坐我这一回不可？我听算卦先生说，你命犯白虎，该穿八条白裙子，你要妨死我吗？”席六如道：“狗蛋！我不管那些，我跟他们是鬼混，跟你邓老二是一片真心实意。你叫我怎么着，我就怎么着，我老这么跟你当师妹，我受不了！”

飞蛇作揖道：“我承情，我谢谢你，老六，你慢慢等着，只要我请出小白龙，杀了狮子林，你要怎么坐轿都行。你我一对老花梨棒槌，到了那一天，一准正正经经地大撒红帖，拜花堂，入洞房，重做新郎新娘。”

于是，卖恩计成，小白龙倾巢，到底拦江劫舟，龙蛇合力，刺杀了狮子林廷扬。正对头已死，狮子林的妻子程玉英和林铃竟被摩云鹏魏豪救护逃亡，访不着踪影。

到这事后，蛇娘子席六如迫不及待，又催飞蛇：“邓二爷，成了吧？请小白龙，杀狮子林，我席老六也很卖力气，很对得起你。你是支吾我吗？”

飞蛇皱眉道：“你多时都等了，再等半年，容我访着林廷扬的老婆孩子，拿着他娘俩的两颗人头，在我亡兄亡嫂亡侄坟上，血祭完事，咱们俩立刻办事。”

席六如骂道：“我看我这一辈子当定了你的靠家了！”

蛇娘子这一回不比往日，吵闹催娶，几乎急如星火，原来她已有了四个月的身孕，怀着小飞蛇了。再不娶，席六如说：“我要当姑子去了。”

飞蛇无法，连忙预备，第一步还是张罗钱。席六如说：“你不用拿钱搪塞我。”

飞蛇又道：“我的钱都用在请小白龙、寻狮子林两件事上了。我如今真是囊空如洗，你不教我张罗，可怎么办事？只叫

一乘花轿，把你一抬，你愿意吗？”

席六如道：“愿意，你不用愁钱，奶奶我这里还有，多了没有，你要三两千还行。”席六如与飞蛇同赴旧盗巢，挖洞掘赃，起出五六千银子来。席六如说：“够咱们办事的了吧？”

小蛇快出世，蛇娘子和飞蛇快快地张罗成婚。他们两个人就在豫省之北，兰封附近，择定了合欢的密窟。两人商商量量，办得十分起劲。

突然由飞蛇的伙党鸡冠子邹瑞，传来一个警讯：“不好了！狮子林的老岳丈、太极门的黑鹰程岳，已经率领门徒，从晋陕兼程赶来了，现在正托镖行，到处打听小白龙方靖和那个赤面大汉的行踪！”据传言，黑鹰程岳，已然从种种方面，钩稽出狙杀他爱婿狮子林的仇人的主名，已料知是川边大盗，与当年的飞虎邓渊有关。现在，黑鹰程岳已到保定，保定安远镖店已派遣保镖御寇、当时在场的镖师力劈华山黄秉，伴同程黑鹰，由保府南下，历访冀南、山东和苏杭二州。并传言已经访着小白龙方靖的下落，小白龙方靖虽把凌伯萍的假名废去，另行隐姓潜居，仍被黑鹰放出群徒搜着。传言小白龙到底不敌飞鹰，飞鹰斗潜龙，潜龙重伤逃走，大概小白龙已吐出邓飞蛇是主谋人的话来，所以黑鹰程岳此刻正在踏访邓二哥的行踪。

飞蛇邓潮一听此事，憬然大骇。黑鹰程岳是现时武林名手，是太极门的前辈英雄，是当年名震江南，以太极拳、十三剑、十二钱镖三绝技压倒辽东三熊一豹的俞三胜俞镖头的掌门大弟子。程黑鹰以一条藤蛇棒、十二钱镖，横扫芒砀山的白娘子凌云燕姐弟，江湖上留下黑鹰搏双燕救玉虎的佳话。程黑鹰的难惹，江南人士谁都晓得。现在他人已老了，似已不足畏。可是小白龙既不能敌，飞蛇更不敢惹。飞蛇邓潮目视席六如和送信的鸡冠子邹瑞，连连说道：“程黑鹰没有死呀？真来了吗？他可知道我在此地吗？”

鸡冠子邹瑞道：“程老鹰此刻正是由冀南，往河南踏寻过来的。”

飞蛇搔着头皮道："老家伙，不好惹，我们先躲躲他。"又道："江北是他们的熟地方，我们索性奔江南，远远地走，上汉口、九江逛逛。"

邹瑞道："唉，二哥晓得不，你只道是程黑鹰一个人找咱们吗？林廷扬的同门师兄弟，听说也给他们本门长支报信去了，说他们狮林观一派栽在咱们手上，定要报仇。现在狮林三鸟已经派出两位高足，前来查勘究竟，听说来到江西了。"

飞蛇越发惊慌，但面上仍不肯示弱。席六如拿眼盯着他，嗤的一声笑出声来。飞蛇怒道："你这老娘们怎么着，你笑话我胆小吗？"

席六如道："谁言语来？你们商量事，我连大气也没喘，我怎么笑话你了？"

飞蛇邓潮道："你不过是草窠里钻出来的野苗子，你不懂我们绿林道的事，少龇牙咧嘴。邹老弟，我们往哪里闪闪好？"

席六如抿着嘴笑，自言自语道："我的事恐怕又没指望了！"

鸡冠子邹瑞安慰邓潮道："我们索性回老家，奔川陕。六姐你不晓得我们邓二哥的拿手，他一向能折能弯，有软有硬。你别看他外表粗莽，他可是有智有勇。你想想看，凭他一个人，敢跟太极门、狮林观两家武林名门斗，换个人谁敢？二哥，咱们现在赶紧商量，先躲过这头一阵顶风最好。你要晓得，程老鹰一面找寻咱们，一面找寻他的侄女和外孙子哩。咱们的大仇算是整整齐齐地都报过了，狮子林全家三口，一定全灭了。"

飞蛇道："怎见得呢？"

邹瑞道："二哥想情理啊，他们的镖行真不知道狮子林的老婆、孩子的下落。那天咱们一路穷追，程玉英母子一准是死在半道上了。再不然就是那个姓魏的（摩云鹏魏豪）托线起了歹心，林家的一母一子，准是没有逃出来。咱们不用再寻访仇人，只顾防备仇人找咱就完了。"

邓飞蛇翻着眼想了想，觉得有理。可是他为人深心，不由

得要往深处想。也许镖行故意放出虚声，来骗自己。也许林氏母子潜伏在暗处，伺机寻人报仇。他说："不论如何，我们不妨先躲一躲。"遂与邹瑞密商去处。

席六如在旁插言："你这就要走吗？"

邓潮道："不走，等着狮林观的三鸟和程黑鹰他们来毁我吗？我邓老二会发横，还会装怂，我明天就走。"

席六如道："可是我呢？"

飞蛇道："随你的便。"

席六如发怒道："你这小子真不是东西！你说过的话算数不算数？"邓潮豁然大笑起来。

结果就烦鸡冠子邹瑞做大媒，也不遑铺张，飞蛇和席六如急急忙忙地成了婚。席六如的旧部全来贺喜。邓潮力守机密，不欲人知。到底惊动了旧时同伴，蛇党黑犴牛蔡大来、盘龙棍胡金良、九头鸟乌老鸦、开花炮之流，知道信的，全都赶到。真个办得神速，只忙了三天，便入了洞房。可是席六如肚中的小蛇，也眼看要出世了。

入洞房这天，席六如眉横翠黛，唇含红樱，眉目间透露春色，好像十分地心满意足。穿织金绣袄，百折宫裙，把肚皮勒得紧紧的，群盗看了暗笑。他们又尽情地闹房，甚至品头论足，动手动脚。席六如居然还含羞起来，盘腿稳坐帐中，满头珠翠，低头敛容，在那里装了一会儿蒜，终于被几个年轻的盗伙调侃得骂出了粗话来。

群盗仍很纳闷，像席六如这等妖冶狂纵的女人，会跟飞蛇结了不解缘，而且非要坐一回轿不可。大家都七言八语地逗新娘，审问她："从哪一点上，看上了我们邓二哥？"

一个二十几岁的强盗，更自扪两腮道："席寨主，邓二嫂，你瞧我们邓二哥毛烘烘的，活活气死张飞，逼死霸王，你怎么看上了他？你瞧我不比邓二哥漂亮吗？我也比他年轻，邓二哥都四十好几了，足够做您的公公了。"

邓飞蛇大笑，抢过来说："老弟，你瞧着不愤，是不是？"

飞蛇虽然做新郎，此刻正是强打精神，并不很喜欢。席六如却是由心坎里欢欣，她的眼珠总随飞蛇转，似乎一心一意都被飞蛇抓住。飞蛇大大方方，向群寇道谢，乘间又同胡金良、蔡大来、邹瑞等人密谈。

有一个年老强盗，私对同伴说："席当家的今年动了凡心，真要一夫一主地过日子。只是有一节，你看她的相貌，在眉心有一颗痣，在相书上命犯桃花。……我只怕邓老二，咳咳！"说了个半句话，有别人过来，不再说了。群盗聚饮贺喜，直过了三更，新郎新娘入洞房，群盗也就四散。席六如的旧部做了东道主人，把蛇党盛情招待。

新屋是借的，借主乃是一个皇粮庄头，兼管着旗籍主人的坟园。素日这个庄头便招娼聚赌，窝盗销赃，行为不轨，在乡间很有势力。席六如的部下，以前销赃、买粮、打刀，常常跟这庄头勾结着，给过他许多好处。此日借寓，又厚送金银，先说是我们当家的借地方，会朋友，临期才说了实话。这庄主居然来随厚人情，被别人接待，让在别处，敷衍走了。

四面都布着卡子，乔装良民，暗护着飞蛇夫妇。花烛三天，人来人往，虽在乡间，越发引人注目。幸而办得周密，又距盗窟不远，过了三天，未生一点枝节。三天以后，飞蛇立刻携带席六如，换了一个住处，一面收拾着，改装良民，准备潜伏川陕。

席六如既有身孕，便坐了暖轿，由飞蛇的好友鸡冠子邹瑞等伴送。他仍托同伙，暗访黑鹰的动静。

蛇党走出一段路，风声忽缓，听说黑鹰已扑奔山东了，狮林观高足来找的话，又访闻是道路谎言。飞蛇至此，忽又改变主意，在豫北一带住下了。

第九章　邓飞蛇寻仇狭路

到夜里，邓飞蛇和席六如商量："你不是不想回家吗？"

席六如嘤咛而言："我凭什么不想回家？嫁鸡随鸡，嫁狗随狗，嫁了你这条毒蛇，我不跟你回蛇窝，怎么样呢？只是告诉你，你不信。肚子里的小蛇秧子就要出世了，我实在受不了这挣命一走。别看是暖轿，我也是嫌颠顿得慌。老坐着又憋得喘不出气来。你要是不怕鹰追你，就近找个僻静地方，叫我歇口气，好歹添了小蛇秧子再走，我当然愿意。"

现在的席六如真是百依百顺，说出来的话，都是牵肠挂肚，比正经夫妻还缠绵。邓飞蛇掀髯而笑，眼看着鸡冠子，颇露得色。鸡冠子道："二嫂子实在够月份了。"

飞蛇道："那么我们先不回陕西，可是往哪里去呢？我想了一招，我打算不但不躲，我还要找回去。叫老鹰敞开地搜寻我们，我们不往远处躲，我们暗地里反倒踏脚印，绕在他们的后面。你们说好不好？"

席六如道："哦！这也是一个招，他们一步步往前追寻咱们，咱们反倒绕到他们背后，这确实是很好的一个躲法。"

鸡冠子邹瑞凛然摇头道："怕不好！这招可对别人施，跟程黑鹰、狮林观他们施，只恐瞒不过去。程黑鹰这家伙久涉江湖，眼力很高。你只跟他一对盘，他就把你看到骨子里去了。我们绕过去，万一碰上，归里包堆说，要是净为躲人，我看还是往旁边冷地方蹲蹲好。莫非二哥还有别的打算吗？"

飞蛇笑了，他一路盘算，自觉形迹未露，忽然想到"一面避仇、一面寻仇"的办法。他想：黑鹰正搜寻自己，同时也必寻找他的侄女、外孙。这是一定的道理。假设黑鹰的侄女程玉英母子真个失踪的话，他焉能不找？假使程玉英与林铃只是藏起来，躲避自己的搜寻，失踪云云，只是镖客在外面故意扬言，以图掩饰。那么，此刻程玉英也该携子出头了。她必要找她的有名望的伯父诉冤、求报仇。于是邓飞蛇由此设想，想入非非。现在，黑鹰正搜自己，自己应该躲他，同时跟缀他；跟缀他，一定可以获得狮子林的妻、子的踪迹。

想到这里，飞蛇突然一拍桌子，道："对！我一定这么办！"邹瑞道："二哥打算怎么样？"

飞蛇道："黑鹰追我，我缀黑鹰！"他要从鹰翼之下，转挖出小狮子的下落。

飞蛇接着说："我一面躲祸，我还一面要寻仇。不杀狮子林的妻、子，我实在死不闭目，活不安枕，连梦都梦见那个女人同那个男孩子，拿剑直扎我。"

飞蛇站起来，在地上往来走遛，搔头，细想。细想的是，此计太巧，出人意外。但是，也正因为太巧了，怕弄巧成拙，故此他不得不细加推敲。

鸡冠子邹瑞道："二哥，你的足智多谋，我实在佩服。连小白龙那么精明难惹的人，居然被你利用上，你的道儿，我们全服。只有这一招，我觉着太悬。二哥，你要细想。二嫂子，你说怎么样？这花招玩得吗？"

席六如看着自己的便便大腹，点头吮嘴道："二爷真有胆量，这不是虎口夺食，还是鹰爪下杀小鹰。二爷办的事都够悬

的，难为他拿来当不悬办，居然一办就成。我不敢说这事不能办，我只怕一个拔不利落，拖泥带水，反叫鹰爪子抓一下。”

飞蛇哼了一声道：“怎么着你又怕了？不笑我胆小了吧？你放心，我总得把你先安排一个稳妥地方，然后我才自己前去缀鹰。这一回是不用你出马啦。”

席六如道：“二爷这是什么话？你的事，哪一趟我落后了？我哪能不陪着你？”

飞蛇道：“你不用灌米汤，你看看你那肚子。”邹瑞笑道：“你们两口子还有这些谦辞。”

飞蛇笑道：“她刚才笑话我胆小，这工夫又怕事。你们放心吧，我既然这么打算，我一定打算周全。邓二爷不是瞎摸海。”

飞蛇邓潮看似粗豪，他为人却有苦心，有辣手，看事有决断，办事有细密的步骤。他是江湖上一个怪物，专斗心眼，小白龙实不是对手。当下，他把自己的策划，默想周至，详告妻、友，立刻把轿子折回。命鸡冠子邹瑞改装，随着暖轿走。他自己却是昼伏夜行，随时更衣改容，于是他把席六如安置在豫北一个妥当严密的地方，他与席六如分居，他自己行踪飘忽不定，与二三患难弟兄，开始躲仇，访仇，缀仇。他仍想抓住机会，一举歼仇，使林姓寸草不留。

他的打算过于酷毒，天不从人意。他会寻仇，仇人也不闲着。就在他搜根剔齿，约略访得程玉英、林铃、魏豪三个亡命客的去路，当时还是仅辨趋向，未知定所。就在这时候，他的行踪被安远镖局蹚着！他正要再往河北踩探，却被狮林观耿白雁的二弟子解廷梁遇上。

解廷梁是狮子林廷扬的嫡亲师弟，是保定安远总镖店副总镖头兼股东。自总镖头殒命，办善后来了，镖店复被贼扰，解镖头就毅然决然，准备把镖店收市。他与同门同事密计，初欲扬言关门，继而把镖店交给张士锐（是林廷扬生前的盟弟）和镖师力劈华山黄秉，遂扬言出倒，暗中实已收市。他腾出工夫

来，大遣镖师，遍烦同业，辗转密托绿林中的知交，刺探这一龙一蛇的来路、去向。他又腾出身子来，携一支长剑、一袋毒喂飞镖与甩箭，偕一个踩盘子小伙计，扬言南下清账，阴做访仇之计。在黑鹰程岳未到之前，他已开始这样做起。解廷梁在师门排行第二，自然担起复仇的主要担子。

他的三师弟何正平，当江心护船苦斗，已负重伤，一只腿落了残废，而武功仍在，敌忾心尤浓。何正平就也秘密地出离保定，绕道远出，似乎因病伤告退回籍去了。只在家中一停，立刻转道他往。

安远镖局其余同事，感念狮子林廷扬生前友情，也各个分别出去活动。在保定安远总镖店门前一看，马匹骡驮进去出来，照旧火炽，哪知要紧人物俱已潜出，镖局只留空壳。

仇杀的事，报复循环，既种恶因，终收恶果。在狮子林殒命后一年，一龙一蛇反目成仇，各奔前程。于是潜龙逢黑鹰，一击负伤；毒蛇遇解豸，三战并命。宛如螳螂捕蝉，不知黄雀在后。予智自雄的邓潮一弄乖再弄乖到底没有逃开公道！

这一天，解廷梁镖头单剑寻仇，在豫北野店，造次邂逅着飞蛇。解镖头只带一个踩盘小伙计。小伙计当日劫江，曾经在场。此日用来做眼线，飞蛇与解豸，全都改了装。改装瞒不过行家的眼，飞蛇的虬髯，已经刮成光嘴巴，紫酱脸也染了姜黄。唯有很浓的江湖气，纵然极力掩饰，也时露锋芒。踩盘小伙计原是行家，慢慢走过来，一掠而过，拿眼角一夹，抽身回来，低声密告："不错，二爷，真就是他！"

解廷梁几乎不相信遭遇这样巧，忙沉住了气，用自己的眼瞄认。"不错！"师弟何正平曾经绘声绘影描摹龙蛇的相貌，如今抵面对勘，表面可装假，骨子里正是毒蛇！

解廷梁连忙慢慢地退下来，向小伙计一看，双眼闪闪吐火，垂臂腕一挥手，有辞无声说道："快回去！"

小伙计点头，不暇饮食，慢慢站起，慢慢离座，慢慢离出店门，匆匆牵马来到荒郊土路。回头四顾，四顾无人，霍地飞

身上马，马上加鞭，似狂风般往回跑去。

解廷梁独留店房，轻斟浅饮，浑若没事人一样，在另一客座等候，眼睛决不再照看，却心血如沸。飞蛇邓潮正揣着自己的心思，吃着饭想，居然没有觉察。

飞蛇仅只一人，连个小喽啰也没带。他此行是给席六如预备收生婆。他不愿叫个中人知道他又回来了，更不愿人知道他在近处还营有金屋。他唆使患难朋友放出风声，说是自己娶了席六如，回转四川老家了。他却暗暗鼓捣，把席六如带回藏起，净等六如临蓐，还希望一索得男，再索宜弟。有两个儿子，好给自己的胞兄留后。

他的举动诡秘不测，当地绿林谁也测不透他，也没人再谈到他，他大放怀抱。只有老伙伴鸡冠子邹瑞、黑牤牛蔡大来、盘龙棍胡金良，能够到席六如潜身处，与他见面。飞蛇设计，善从反面着想，虚虚实实，予智自雄。他偏不把席六如藏在深山盗窟，偏藏在僻邑闹市之中。是僻邑，则江湖人不肯光临；是闹市，则自己一出一入，忽来忽走，引不起行家注目。

这一天，席六如眼看够了月份，开始“觉病”。飞蛇已数日未来，席六如扪腹着急，设法把黑牤牛找来。黑牤牛忙去代寻飞蛇。飞蛇摇头想道：“这不能外找收生婆，还是从同帮家眷里，请一位有年纪的妇道。”

黑牤牛办不了这种事，飞蛇不愿出面，怕叫同道知道他已回来。想了半晌，嘱咐黑牤牛转烦鸡冠子邹瑞。他笑着举手道：“六如的事，我就托付你二位了。按说这种事没有托朋友的，可是我没有法子。我现在好容易钩稽着小狮子的下落，我现在正等一个人的回信，实在不能放松一步的。”

蔡大来跳起来，连连摇头道：“这事我们可不行，二爷，嫂夫人要坐月子，这个岂是托朋友帮忙的？你别骂人了！”黑牤牛说罢，竟站起来溜了。临走还嚷：“邓二爷惯会巧支使人，你得看什么事呀！”

飞蛇碰了一个钉子，自想也觉可笑，只得奔回去见席六

如。席六如其实还不怎么样，不过飞蛇不在，她有点心无主宰，愿意临盆时，有男人在家，觉得放心些。把飞蛇抱怨了一顿，逼他立刻找老娘婆。飞蛇事事精通，独于此道外行，也不晓得此刻需用收生婆，是否迫切，他只得慌慌张张，奔到市街，走了一圈，看不见“快马轻车”的收生婆幌子，信步进了饭铺，要从堂倌口中，打听一个乡下收生婆。嘻嘻，找收生婆没有找到，却遇到拼命的仇人来了！

飞蛇把饭馆伙计叫到面前，说道：“喂，我说掌柜的，你们这里可有收生的老娘婆吗？”

飞蛇打听产婆，极力矫改口音，装作本村的人，可是口腔仍带川陕土音。他的口音在江南人听，是北方话；在河北听，又是南方话。解廷梁眼望别处，潜加细察，飞蛇终不脱江湖豪气，花钱可买得鬼推磨，竟拿出一锭银子，给那堂倌。乡下堂倌受宠若惊，请问把收生婆找好，送到何处。

解廷梁大喜，不由得一提神，要倾耳听飞蛇自报巢穴的地名。哪知飞蛇往四面一看，忽然住声，叫堂倌拿纸笔，写了一个地方，交给堂倌道：“等到散了集，赶快雇请接生婆，雇驴陪了去。”飞蛇说罢，就低头吃饭。

飞蛇低头吃饭，吃到一半，皱眉捧腹道：“不好，堂倌，厕所在哪里？”站起来，奔到外面。

解廷梁连忙跟出来一看，飞蛇确已入厕，飞蛇的马还在树上拴着。解廷梁抽身回来，找到堂倌，把眼一瞪道：“刚才那个客人给你一个纸条吗？快拿来我看！”堂倌犹豫道：“你老是……”

解廷梁道：“你把眼珠子放亮点，快快，我只看一眼！”信手拿出来一锭银子，说道，“这是饭钱，剩下的全给你。”

堂倌看这锭银子比飞蛇多一倍，往四面一看，把纸条拿出。解廷梁只一望，骂道：“好滑贼！”立刻追到院中，又回告店伙：“回头有人找我，你把现在的情形告诉他，说我缀下去了！”立刻追到门外。就在这一支吾的工夫，飞蛇的马不见了。

解廷梁大怒，探得贼窟，竟失贼踪，恨得拉缰上马，火速追寻。

一片旷野，飞蛇竟没有走开。他的脱身计没有奏效。

飞蛇策马绕道飞驰，解廷梁遥望征尘，辨明去路，立刻狠狠加鞭，紧紧赶上去。飞蛇这次意外失计，他不知解廷梁的马是镖行走马，脚程火速。飞蛇实该弃马而逃。飞蛇的马甩不下追骑。于是赶出一段路，被解廷梁骤马超尘，赶到前路，圈回缰来，把飞蛇一堵。

两方过了话，解廷梁喝道："朋友站住！"

飞蛇打量解廷梁，纵然镇定，已看出他满面火气，已知道遇上对头。但还不敢断定是六扇门，还是仇家。飞蛇远远喝道："朋友，什么事？上哪里去？"

解廷梁道："朋友，你贵姓？"所答非所问。

邓飞蛇道："朋友，你贵姓？"不答反问上来。

飞蛇口说好话，见解廷梁的马还是往前走，便猝然一扬手。解廷梁大笑，拔剑一挥，把一只飞镖打落，喝道："朋友，你露相了，你还想暗算人？"拍马上前，奔飞蛇冲来。这时候晴天白昼，解廷梁不管不顾。飞蛇也忙拔刀，马鞍下本藏着一把精钢短刀。两人交上手。

解廷梁是名镖头，仅次于狮子林，马上步下，长短兵刃，样样全精。尤其是现在，良驹长剑，平添威势。以短兵器作马上斗，飞蛇一点不行。两马对冲，人已迫近，解廷梁用十成力，照飞蛇砍来一剑。飞蛇划刀往外一扫，嗖地一下，解廷梁长剑转奔蛇腿截去。飞蛇探身往下一捞，叮当一声大震，蛇刀被压下去。解廷梁突然扬剑，照飞蛇劈头猛剁下来。飞蛇用力往上招架，剑锋几乎斜扫着肩头。

这只是两马一冲的工夫，飞蛇连挨了三剑。飞蛇猛勒马缰，两马交错而过，解廷梁回手一送。飞蛇回身一磕，突又发出一镖。解廷梁早已防到，一伏身，又叮当一声，发出一剑。飞蛇手忙脚乱，顾了马，顾不了剑。情知不好，要下马步斗。

忽又四顾，把马缰一带，落荒横逃。

解廷梁道："朋友，你还想溜？"把马一催，火速地又遮在飞蛇面前。

飞蛇害怕起来，这不是鹰爪办案。张皇四顾，厉声叫道："朋友，这是怎么讲？我和你又不认识，你这是受谁之托？你贵姓？你知道我是谁？"

解廷梁冷笑道："受谁之托？朋友，你不用问，手底下分明！你要知道……"招手一指上天，"老天爷没有瞎眼，今天你的报应到了！久闻你心路很快，你能看出二爷不是办案的，足见你招子亮，可是你没有全猜着，来吧！"长剑挥霍，猛攻上来。

飞蛇连发暗器抵挡，想把解廷梁的良马打伤。但解镖师的御马术极精，这马也自知趋避。飞蛇的暗器无济于事，不由得深悔自己孤行落单，用刀背照马背狠狠连打数下，跨下马负痛狂奔起来。解廷梁恨道："哪里跑？你还能跑得开，天爷太不睁眼了！"

飞蛇心慌，只是打马疾逃。跑不多远，又被追上。飞蛇回身迎斗，连发暗器，来打解镖头的坐骑。发出数下，略阻一阻又跑。

这贼招恼了解廷梁，骂道："你要伤我的马！"纵马紧追，约略够得上，也抬手发出暗器，飞蛇急闪。解廷梁狠狠一下，一支甩手箭，钉在飞蛇的马臀上，那马狂嘶起来，带箭驮蛇，如飞奔去。解廷梁轩眉道："我看你再跑！"邓飞蛇还不晓得，解廷梁却明白，他的甩手箭已经喂毒。

旷野两马奔行，两人全拿着刀剑，吓得过路人惊喊乱窜。解镖头漫不顾忌，也不吆喝人来捉贼，只纵马要活擒飞蛇，割头报仇。

飞蛇驱马乱窜，心中并不乱，他的脱身计无效，他想：甩是甩不开他，我把这家伙引到哪里去呢？虽是乱奔，他却是逃有走向，他的阴谋又已打好。但事情不由人打算，他的马跑不

动了，他就用刀背苦打，这马越打越慢，忽一声哀嘶，头往前一栽。飞蛇大骇，猛一提缰，提不起来。马竟毒发倒地，飞蛇很快地跳下来，幸未压在马身下，他的仇人已然狂笑追到。他刚刚跳落平地，仇人的剑已经劈到。

飞蛇手忙脚乱，哪顾得迎斗，弃伤马于不顾，翻身便逃，拔腿疾跑，回手打出一镖，也想打倒解廷梁的坐马。

解廷梁大笑，将马一带，镖又落空，立刻策马疾追。飞蛇斜奔出一段路，解廷梁把马一放，眨眼间追上。飞蛇忙探囊取镖："糟了！"一袋镖只留两只。飞蛇脸色一变，留镖不发，突然切齿，抡刀照解廷梁的马颈砍来，未容招架，倏又下砍马足。

解廷梁道："朋友，你瞎眼了！"这马不由鞭策，自知趋避，解廷梁的剑劈头砍下，马蹄猛踏，飞蛇险被撞倒。刚刚闪开，解镖头的剑，骤如电闪，锐不可当。

飞蛇奋力支持数合，喝一声："着镖！"把手一扬，那支镖仍未肯放出，借此一晃，竟往外一耸身，跳出两丈外，眼光四扫，向侧面箭似的奔去，侧面有一带荒林，一片村落。

邓飞蛇拼命狂奔，抢奔荒林。解廷梁早知仇人要穿林，哗啦啦放开了马，先一步赶到林边，当林候蛇。飞蛇奋力夺路，只想逃，不想打，终被他绕林一转，遁入林中。解廷梁毫不犹豫，弃马直追入林中。

飞蛇前奔，解廷梁后赶，在林中乱钻。飞蛇一伏身藏好，借林丛障身，一声不响，把那支镖猝然发出。满想到可以伤敌，哪知解廷梁既敢深入，必有把握，被他一侧身接住，顺手还击。飞蛇连忙跳开，从树缝中侧身斜跑，又跑出林外逃到村口。解廷梁直追入村口。飞蛇又跳上民房，解廷梁追上民房。村民大噪，乱喊有贼，而且是晴天白昼。

解廷梁忙喊："老乡截住他，他是强盗！"飞蛇也喊："老乡救命，他是强盗！"眨眼间，二人又同奔出这村落。

眨眼间，在村民骇喊声中，一追一跑，又穿村逃出来。飞

蛇张眼四顾，奔向南边另一村落。

解廷梁恍然有悟：“这附近一定不是蛇巢。”但飞蛇竟这样东一头，西一头，乱窜乱钻，解廷梁一时猜测不出他有何用意。

飞蛇在南村村口一打旋，打算奔过去，忽又绕起来。

解廷梁想：“这大概许是到了地方！但仇人既已迟疑不肯径入，想必是怕密巢泄露，再不然必是巢中无人。”这才一咬牙轩眉，把毒喂甩手箭取出。唰唰唰，一连三箭，分奔上中下三盘。飞蛇哼了一声，腰际受了箭伤。

解廷梁的暗器打得极准，可是直到此时，方下辣手，飞蛇也猜不透敌人的用意。飞蛇忙将箭拔下，这一拔，才知不好，伤处火辣辣的灼疼。飞蛇一声不响，掩住伤口，奋力奔入村中一条小巷，跳进一所小院，口捏呼哨，吱地一响，似乎已入巢穴。

解廷梁胆量很大，公然有入虎穴灭虎族的勇气。他纵目一望，冷笑数声，断定此处至多是飞蛇的伏桩，非老巢。他公然缀进去，仗恃一袋毒箭，一袋毒镖，他要以一人戕灭蛇党。

但是飞蛇围着小院，口打呼哨，吱吱地叫了一阵，忽又逃出来。解廷梁大喜，在房上往小院下一望，至此方才叫道：“姓邓的不用挣命了，把首级留下吧。你的伙伴全出去了，是不是？”

飞蛇不暇置答，紧按伤口，依然往前飞奔。由南村往西转，前面有一小市镇，飞蛇一直奔入闹市之中。解廷梁奋身追究，长驱直入。却不知飞蛇果然奔入他的密巢了。他先到自己的潜身之处，黑牤牛、邹瑞、胡金良等全都不在。他这才迫不得已，往这边跑。

他切齿咬牙，猛窜进市镇内，绕小巷一阵乱钻，回头一看，略略把解廷梁甩出视线之外。他立刻直入密巢，吱吱地一吹呼哨。

他的朋友黑牤牛蔡大来、盘龙棍胡金良，突然从小院小屋

中钻出来。

未容迎问，已见危象，飞蛇满头大汗，面色惨白。飞蛇叫道：“快快快，点子追来了！”一指伤处，一指来路，叫道：“我挂彩了，仇人就到。二弟快替我挡一阵。”

黑牤牛、盘龙棍全是行家，已晓得有变，全都提着兵刃，围问飞蛇道：“点子在哪里？二哥快进来歇歇，可是的，你怎么把点子引到窑里来呀？”

飞蛇喘成一片，回顾一看，回手把门关上，自己奔入屋内，叫蔡、胡二友也退进来，赶快埋伏。却是晚了，唰的一声，一只毒镖穿窗打到。解廷梁一声不响，从小院房上现身。黑牤牛蔡大来、盘龙棍胡金良，急捉兵刃，上前迎敌。飞蛇忙道：“且慢！”他还想暗算敌人，敌人追逐太紧，不容缓空。于是黑牤牛、胡金良到底提刀出去迎斗。

二寇与解廷梁动手，解廷梁志在覆灭敌人，一交锋，便下辣手。

邓飞蛇挣命似的进了屋，席六如眼看临蓐，正在床上哼咳，旁边有一个小贼，是她的旧部。席六如一见飞蛇，蓦吃一惊，下床来把飞蛇抓住，一迭声地问：“你你你……”外面斗声已起，不用问已然明白了。她仍然问道：“你哪里受伤？”

飞蛇不遑说，忙找利刃，亲自下手，把腰伤用刀割挖，切去了一块肉，血流染裤，命席六如找药。小贼连忙动手，给飞蛇裹伤。

飞蛇已经挖肉疗毒，束创喘息，喝了许多水。席六如趴窗一看，那解廷梁大展武功，与蔡、胡二寇狠斗。蔡、胡武功皆硬，解廷梁甩手一镖，把蔡大来打伤。飞蛇忙喊：“留神毒镖！”

席六如猝然汗下，顾不得临蓐之身，忙取暗器，要帮助二寇。飞蛇命小贼，快去求救。于是，飞蛇和席六如夫妻，踢开后窗，放走小贼，连忙招呼黑牤牛、胡金良，赶快退进屋内，蔡、胡二人不甘心，不肯后退，不信两人会拼不过孤身深入的

一个镖头。

解廷梁如猛虎一样，竟不问屋中敌人究竟有多少，提一口利剑，连发毒箭毒镖，与群贼拼命，一霎时锐不可当。黑牤牛连受两处伤，胡金良也受了一处伤。飞蛇红了眼，提出一袋镖，忍伤痛抢了出来，叫胡、蔡二友近攻解廷梁，他自己发镖远攻。

邓飞蛇的镖法不如解廷梁，解廷梁的甩手毒箭，百发百中。群贼喊一声，到底退入屋内。解廷梁一咬牙，竟穷追入屋内。

忽然间，鸡冠子邹瑞一个生力军赶到，里外夹攻，夺门而斗。解廷梁回手一镖。鸡冠子邹瑞闪身让开。黑牤牛负伤退走，将近屋门，被解廷梁剑锋一转，丢下了邹瑞，斜窜一步，照黑牤牛背后劈去。席六如趴窗瞥见，失声惊叫："看后头！"呼声急，剑势来得更急，黑牤牛急急回身迎斗。解廷梁左一剑，右一剑，力敌二寇，竟把二寇裹住。

此地是贼人住处，解廷梁竟不管院内伏多少贼，也不管附近是否有贼巢，是否还有大帮，他竟以一口剑，深入虎穴，竟似有恃无恐。他格外地大胆，震吓住了诡计百出的飞蛇邓潮。飞蛇猜想：在解廷梁的身后，必还有强援来到。

飞蛇提刀出来，本要催蔡、邹二友，火速退入屋中，计在诱敌，把解廷梁诓入屋中，他们再把门窗一堵，反守为攻，使得客主变势。料自己人多，敌援来到前，可将解廷梁放倒，埋尸灭迹，再焚巢一走。飞蛇竟想不到解廷梁剑光挥霍，锐不可当，黑牤牛既已中箭，邹瑞一个人缠绕不住敌人。解廷梁竟跟得这么紧，半步不放松。

飞蛇陡然改念，诱敌之计看来不成，咬牙切齿，裹创提刀，先催席六如快快逃走。席六如的身子不能越窗而走，飞蛇催她趁邹、蔡阻住敌人，火速地夺门出走，千万不要耽误。然后飞蛇自己破窗奔出，急袭解镖头。席六如大腹膨脝，不自量力，她还想帮助同伙，她身插一把短刀，抄取一只短弩、一把

弩箭。她喘吁吁掩在小屋的门后，要用暗箭，攒射解廷梁。

解廷梁就好像深知屋中有多少人似的，又料到飞蛇必不肯就逃，必要负隅设伏，潜施暗算。解廷梁只凭一袋毒镖、一袋甩箭，公然不罢手，穷斗不休。于是他唰的一剑，猛攻负伤中箭的黑牤牛。他避实蹈虚，近攻弱敌。他又一翻身，虚挡鸡冠子邹瑞。邹瑞刚一上步，解廷梁如狂风般一卷，顺手掏出镖。双管齐下，剑取牤牛，镖打鸡冠子。

鸡冠子一伏腰，飞蛇已现身出来，先张目四望，见状知危，连声低叫："留神，留神，这家伙的暗青子有毒!"他又招呼二友："快圈住他，别给他留空，这家伙的镖、箭全有毒!"

他又催黑牤牛，赶快挖创口，割肉治伤。喊声中，飞蛇探手取镖，照解廷梁打去，跟着赶上来，斜照解廷梁猛劈一刀，他挖肉疗毒，服药止痛，明知毒未必净，可是不能不来替黑牤牛。

当此时，女强盗席六如伏在门扇旁，扣短弩，装利箭，比了又比，仇人身影乱晃，只是不易瞄准。她就一探身，把上半身全探出来，噔的一声，对得准准的，上取解廷梁的中盘。弦鸣箭啸，她不禁喝了一声："着!"

解廷梁眼观六路，剑扫八方。不等箭到，人早换了地方。偏偏黑牤牛刚刚冲到箭路，被邹瑞看见，忙喊一声"留神"，气急急地横刀来挡敌救友，容出空来，好叫黑牤牛撤退。黑牤牛挣命似的躲过去，毒已发作，头脸冒汗，竟一摆刀，退了下来。

战场只剩鸡、蛇二人，鸡、牛又都出来得慌促，全没有暗器，越发不能支持。解廷梁大吼一声，认定黑牤牛，猛砍来一刀，意思不容他走。黑牤牛勉强往外一挣，飞蛇邓潮急忙发出一镖。解廷梁一侧脸，席六如藏在门后，得了这个夹缝，走出门外，噔噔地发出三四支箭。邹瑞赶步扬刀，猛砍敌人后背。解廷梁还剑一扫，托地一跳，箭似的扑到小屋门前。黑牤牛拼命往旁跳，解廷梁连人带刀，劈到席六如面前。

席六如惊叫一声，回身往屋里跑。飞蛇拼命冲来，探刀硬往上架。当的一声，蛇刀二番被打落在地。真是“一人拼命，万夫难挡”，邓飞蛇空手顿足往外一跳，解廷梁左手发暗器，照飞蛇钉去一镖。利剑一挺，仍奔女贼。席六如一声惊喊，剑没剁着，挣命似的往屋内跑，竟被门槛一绊，整个身子栽在屋内。一霎时，倒地不能起来，人似摔坏。

解廷梁跟踪追到门口，只一瞥便看破，唇开齿露，桀桀发笑，便不肯入内，取出一只镖，照席六如背上狠狠一甩，叫道：“蛇老婆，也留不得！”

席六如不知怎的，突然跪起来，往旁一滚，镖钉在背后，狂叫一声，滚爬到屋内。解廷梁便不再管，回身另索敌人。敌人不及转寻，已掩到自己背后，唰的一声，鸡冠子邹瑞捧刀高剁，已迫至五六尺以内。

那一边，邓飞蛇不暇俯拾坠刀，为急救席六如，抖手打出一暗器。刀镖夹攻，远近齐到。解廷梁往左一趋，让开了刀锋，忙用剑照邹瑞的刀背一压，往上一撞。邹瑞用力太猛，收招不及，被解廷梁探身就势，将剑尖一送，邹瑞哼哧一声，身受划伤。

就在这一霎时，解廷梁攻敌太疾，进招太猛，飞蛇的镖破空已到，也来不及躲救了。解镖头也哼了一声，臂上中镖，咬牙拔下来，抖手还击，照邓潮打去。

邓潮一镖中敌，心中微微一松，忙往回急跳，要俯拾坠刀。同时低声催喊：“并肩子快快，盯着上，再有一下就成！”眼见解廷梁肩头血溢，趁这工夫，三个人一齐上前，定可制敌死命，除去祸患。却不知解廷梁感念师兄之恩，此来志在拼命，要把蛇党全家灭绝，方才称愿，他决不怕人多拼命。

解廷梁瞋目厉声喝道：“姓邓的……好好好，苍天有眼，师兄有灵有圣！”这句话他觉着只他自己明白，但飞蛇已猜出一半。解廷梁不顾已伤，利剑一摆，专盯飞蛇。邹瑞还想以自己之力，缠住解廷梁。解廷梁竟躲着邹瑞，往开处一闪，绕着

院子，追奔飞蛇。

飞蛇已经跳过去，俯腰拾刀，解廷梁振吭大喝："放下！"甩手箭唰唰唰一连三下，照飞蛇狠打。

飞蛇刚刚弯下腰，暗器破空之声已到。飞蛇久经大敌，知道厉害，暗器之后必跟着刀，他来不及直腰，就俯身之势，脚下一顿，唰的窜到一边。解廷梁的刀果然劈到，飞蛇没有兵刃，忙将暗器打出，飞身一蹿，他心想跳墙上房。

解廷梁仍怕他逃跑，哪知道飞蛇心中未尝不想跑，只是情妇与挚友都受了伤，他不能这样跑，他应该把仇人引走。他立刻又打定主意，要翻上墙头，绕到屋后，从后窗进屋。他要取得兵刃，然后往席六如的旧部伏桩那边跑。他的打算倒也不错，可是咬牙努力，冲墙一拔，竟没有拔上去，仅仅及半，连忙伸手去攀墙头。

解廷梁道："哈哈！"唰的探囊取箭，甩手箭唰唰唰三下，飞蛇已觉出，同伴也喝破，急急地一翻，到底躲过要害，没躲过全身，嗤的一下，臀部又中了一毒箭。不禁失声一呼，狠命下挣，扑通一声，翻跌到墙外了。

解廷梁大喜，纵没有亲睹仇人坠地之状，听声揣形，知道得手，这条毒蛇必死在己手。他就大喊道："皇天有眼，林大哥你看着，小弟给你报仇！"拔身一蹿，嗖地上了墙。

蛇党大骇，急救不迭，连喊："看镖！"可是手中无镖。鸡冠子邹瑞是最后赶到的，忙将铁球照解镖头打去。

解廷梁不管，只一晃身，眼往墙下扫。飞蛇邓潮栽在墙根下，刚刚地挣起身来，一只腿跪，一只腿立，回手扪臀，侧目睨墙。见解镖师一露头，右手中有剑，左手上有毒箭。飞蛇凭空添出活力，手按地，噌地一蹿，这么一拧，站起身来。当的一声，解镖师的毒箭下甩打空。飞蛇邓潮至死不认输，唰的一抡腕，就将那支带血喂毒的箭，照解镖师打去。

打出去的时候，极其歹毒，早不打，晚不打，单等解镖师掠空下窜，身已离墙，脚未着地之时，由下往上，翻打上来。

解廷梁定要割取蛇头，刚刚一伏腰，背后鸡冠子邹瑞又已打出一铁球，被解廷梁闪过，就势往下一跳，恰恰毒箭打到，他就急急一拳，嗤的一下，穿破裤腿划过。解廷梁双脚落地，一咬牙，抡剑直取飞蛇。

盘龙棍胡金良已趁此时，奔回屋中，瞥了席六如一眼。屋中惨相十足。黑牤牛蔡大来在外间，自己挖肉割毒。席六如爬入内间，她下身淋血，背后负伤，为了情夫，已迫危亡，她已经产下来一个小蛇，可是小蛇一下生，便已绝声。胡金良很难过，连叫："二嫂子，暗器袋呢，暗器袋呢？"

席六如已然喑不能言，只虚指了一指。黑牤牛忙问："怎么样？"

胡金良顾不得细说，只道："毒箭太扎手！二哥、老邹还跟他对付着呢！你快收拾，你别动手，想法把二嫂子弄走。"于是胡金良如飞地取了暗器，如飞地抢出去。

当此时飞蛇邓潮挣命爬起，解廷梁顿足一跃，狠狠一剑，照飞蛇后心刺去，力大，势猛，手快，招毒。飞蛇手无兵刃，已受重伤，拔腿绕道疾跑。气力不接，剑锋已到，忙往旁闪挣。嗤的又一下，左肋血流。

解廷梁不依不饶，看大仇已报，涩声高叫："姓邓的，狮子林来要你的狗命来了，趁早留下狗头！少挣命，白费事！"话没说完，第二剑，第三剑，窥准敌人要害，斜劈直扎，骤攻不休。飞蛇左躲，右躲，已没力量反唇对骂，嗤地又一下，挣命往外猛一跳，腿一软咕登跪倒。

"拿过头来吧！"解廷梁左手托毒镖，右手挥长剑，前赶一步。唯恐有闪错，于是左手镖先发，已然不成其为打镖，相距未及一丈，只算是俯腰一插，插在飞蛇肩头。飞蛇刚挣扎起，随手倒在地上。

飞蛇扭头惨笑："朋友，你趁愿了！我姓邓的死也值得，我把你们……"这一只毒镖直插入肉内很深，飞蛇的话未了，剑已到头顶，飞蛇忙一延颈，闭目待诛。

第十章　解武师辣手屠蛇

邓飞蛇身受重伤，正在闭目等死。殊不防嗖的一声、哼的一声，眼前黑影一晃。飞蛇不由扶地往上一起，冷而硬的一物，突又打到飞蛇胸坎。解廷梁已鸟似的窜到一旁。

原来鸡冠子邹瑞、盘龙棍胡金良，双双救到。却是无巧不巧，飞蛇早已倒地等死，解廷梁本俯身过来砍头，胡、邹二人追救不及，先把暗器打出来。解镖头耳听八方，俯腰旁躲。邓飞蛇危中遇救，挺身一挣。恰恰正当镖路。最后，送他终的这一只镖，反不是敌人所发，而是好友胡金良下的辣手。解廷梁回身应敌，邹、胡二人苦战候援。

飞蛇邓潮知道这两下伤都太深重，必死无活，竟坐在地上，不敢拔镖，紧紧按住了胸口，大声叫道："喂，朋友，你已经替姓林的报过仇了，你还不走吗？我们的伙计片刻就到，那时候就没有你的公道了。"

他这话大有深意。他临死想保全自己的头颅尸首。万一仇人听他的话一走，自己的人赶到，仍可以追得上。现放着邹、胡二人，必要暗缀下去。但是解廷梁贪功过甚，复仇心切，什

么话也不听，多少敌人也不怕。

解廷梁喝道：“姓邓的，若要太爷走，你把你的狗头献上来。”说话时，照邹瑞打去一镖，照胡金良发出一箭。当此时，他的喂毒的暗器也因用得太急，所剩无多了。可是他还是恶战不走，但凡抓着空，还是追奔飞蛇。

胡、邹二人急忙来挡，一面挡，一面叫：“二哥怎么样？挣得动弹不？还不快进屋？”

飞蛇若能进屋，他早就爬进去了。他实在支持不住，毒既发作，伤也流血太多。他坐在地上，血流了半身，渍了一片地，他已无力裹伤。

那一边，黑犷牛挖肉挤血之后，又敷上药，扎裹好了，疼得脸都黄了，满头大汗。听屋中席六如低声叫道：“蔡兄弟，你快快救你二哥，快把仇人打发走了，放他快进来。我不行了，我跟他说几句话。”

黑犷牛忙走进去一看，哎呀一声，道：“坏了，二嫂你小产了！”

二嫂子不是小产，倒是够了月份，偏偏孕妇身上，中了一毒箭，跟着又临蓐，她此时比起邓飞蛇，正不知谁最危殆。蔡大来哪里看见过这种产房？他叫了一声奔了出来，打圈转了一回子，无计可施。仇人还在那边苦斗，他只得喝了一肚子凉水，吞下一包朱砂，抄起兵刃，带了暗器，寻到屋外。

就在这时候，外面情形已变。墙外只剩下重伤倒地的飞蛇邓潮。那个突如其来的仇人，与邹、胡二寇，缠斗数合，渐渐脸上变色，可是胡金良、邹瑞也都一样，也都支持不住，个个觉得伤口火辣辣的疼痛。

解廷梁起初想走时要带走蛇头，此时脸上冒汗。他以一人斗数强敌，任凭多高功夫，也难持久。况且时时还要顾虑敌人的增援。他且战且转，凑近飞蛇，盯了一眼。见飞蛇脸上已呈死色。解廷梁终于大嘶一声，喝道：“姓邓的，留下你的狗头，太爷过会儿来取！”

解镖头又冲胡、邹骂道："你们一群蛇秧子，你们还挣命，你们也休想活命！告诉你，二太爷是狮子林的师弟，是你们的活报应。太爷现在要先走一步，回头自然有人来，一个挨一个来摘取你们的瓢！"

解廷梁喝罢，抖手发镖，胡、邹急退。解廷梁竟不越墙，直顺墙根，一直穿过小巷走去。

胡、邹二寇还想跟缀，飞蛇忙叫道："老弟，你快回来！"可惜他已喊不出声来，胡、邹二寇终不顾己力，跟追下去。剩下飞蛇邓潮，软瘫了似的，在那里着急，一阵昏惘，躺在地上。

只不大工夫，黑牤牛绕道过来，见状吃惊，把飞蛇扶起。飞蛇肩头溢黑血，胸坎还插着一只镖没拔。黑牤牛验看伤势，叹道："毁了！"想一个人把飞蛇搀回去，竟不能够。只得把飞蛇扶坐好了，替他盘上腿，先把他叫醒。

抚救片刻，飞蛇呻吟醒转，张皇四顾，问道："仇人没有回来吗？没有勾人来吗？老弟，你快把我扶起来，我要回屋。"

黑牤牛架住飞蛇的胳膊，飞蛇两腿抖抖地立起，费了很大力气，忍了偌大苦疼，竟走不了几步，又已瘫坐下来。恨得飞蛇长叹一声道："完了！我到底栽在狮子林的狗党手下了。这小子临走到底留名没有？"

蔡大来道："我这才来到，我没有听见，二哥也没有听见吗？"

飞蛇摇头，心麻意乱，舌涩唇抖，半晌又往起挣，仍命蔡大来搀扶自己。又走了数步，仍是不济。幸而鸡冠子邹瑞、盘龙棍胡金良双双回转，三个人一齐协力，把飞蛇邓潮好歹架回屋中。

屋中床上，这一边是临蓐堕胎的席六如，那边是三处受伤的飞蛇邓潮。飞蛇目睹情妇席六如这般景况，浩然叹道："你也不行了！小孩子添下来没有？是男是女？"

席六如道："添下来了，落胎就死了！"

飞蛇惊道："怎么？落胎就死了！还能活不能？……这也

是我的报应，我们邓家就灭了吗？”忍不住哭泣落泪，又强忍住。

席六如落泪如断梗，嘶声道：“老二，孩子活不成，大人也活不成了！我跟你夫妇一场，却也好，今天我算是跟你并骨了！”

一阵悲痛，两人昏迷过去。隔室胡、邹二友也传过来呻吟之声，两人的伤毒渐次发作。两人互相替换着，急于治伤。觉得解廷梁的毒箭毒镖，力量酷烈，虽有解毒的药，尚恐救治无效。两人也用凶狠的治法，持利刃剪破伤口，彼此挖肉剔毒，弄得血液流离，面无人色。仍恐余毒未尽，更替换着，用嘴对伤口吮吸毒血，吸得满口，再吐到地上。这血含在口中，确觉微咸之外，还有辛辣之味。

两个人纵是好汉，也疼得打战，头上汗珠如豆大直往下掉。黑牤牛蔡大来最先受伤，早经剔治，似已不要紧。鸡冠子邹瑞也支持得住。两人受伤处，都在四肢上或肉厚处，既好着手割治，也容易挤毒，并且行毒也慢。唯独盘龙棍胡金良，伤在胸肋，箭镞深入，恰当要害。因此他受伤最后，伤势反比别人更险。毒发极速，又难下刀，只可由伙伴帮忙，割开创口，勉强用嘴吸毒。

鸡、牛二寇都相顾叹骂道：“想不到这么一个家伙，把咱们全毁了。我们真栽到家了！”

胡金良心中不忿，瞪着眼说：“他就仗着毒药镖，毒毒毒药箭，不是凭一刀一枪。”已然有些舌缩了。

蔡大来叫道：“胡三哥，你别说话了。”忙将大量的定痛解毒丹取出来，已经自服，所剩有限，受伤人既然多，分一半给胡金良，留一半预备灌飞蛇。

鸡冠子邹瑞帮同黑牤牛灌完药，把胡金良轻放躺下。腾出手来，到隔室看飞蛇夫妇。邹瑞端水杯，取一根筷子上床。此时，飞蛇邓潮已缓过一口气，猛然坐起，两眼怒睁，彷徨四顾。他此时神智似已不甚清醒，但他环室一瞥，眼神落到蔡、

邹二人身上，他立刻耸然叫道："不好！我们得赶紧走。"既知仇人忽然退走，料到解廷梁必也已受了伤，多一半是回去勾兵。飞蛇自己遣人求救，可是救兵至今未到。自己现在力尽垂毙，党羽人人受伤。倘或转眼间仇人竟比救星先一步赶到，那时自己和情妇、朋友，必遭毒手，临死还要受大辱，必然保不住完身，必被割头，叫仇人称了愿，情实不甘。

二友给飞蛇服药治伤，飞蛇只服定痛散，拒绝挖治，他说是致命伤，恐怕救不活。飞蛇叫道："我们快走！哎呀，天爷，我们怎么着，也得挣扎，快离开这里。"他打算火速地背负席六如，离开这已经败露的密巢，放一把火一烧，使丝毫形迹不留。他觉得自己精力已尽，再报仇恐怕不易。可是退一步想，也不能横尸待毙，让仇人称愿得手，坐受宰割。

飞蛇手拍脖颈，眼望同伴。他再没有雷厉风行、颐指气使的威焰，他不禁吐出央告的腔口："二位仁弟，我谢谢二位，我们是生死患难交情。仇人跟手必然寻到，我还可以挣扎着走，只有六如她……"说至此讲不下去，又改口道，"我们必得赶紧走，我的头他们盼望不是一天了。二位仁弟，你们无论如何，帮人帮到底，你把我的头带走，我的头不能叫他们割去。"

飞蛇实盼望二友，把自己和六如救走。他垂危还要耍花枪。可是他只说自己的事，盘龙棍在隔室呻吟，他竟忘了问一声。他现在绕着弯子，透出心意，无非是求人把他夫妻背走。他对席六如恋恋不舍，他年前还暗笑小白龙儿女情重，现在，他走了小白龙的旧辙。

不过，鸡、牛二寇比小白龙的二仆强多了。而席六如的英雄气象也与春芳娘子闺秀之风不同。席六如此时缓过来，也强拄着床，半卧半坐地爬起来。她苦笑了一声，对飞蛇说："老二，你的大事是别叫仇人称愿，事到如今，你还可以活，我还想活吗？那不成了做梦了？索性……"眼望鸡、牛二寇又道："二位叔叔，我是不打算活的了，也活不成了。老二，回头临

走，你把我杀了，省得叫我活受罪。你把我一埋，临走放一把火，完事。二位叔叔，我就是这个打算。只是你二哥，他受了伤，怕走不开。我给你二位磕头，你二位看在当年交情上，务必救他一条命。这不是别的，不是咱们怕死，哪怕叫他死在别的地方，也别落在仇人手里。”

群寇此时已知解廷梁是给狮子林报仇的来了，还不知解廷梁的姓名。席六如知不清细情，但已看出仇人大有来历，少时必然再来。她负伤堕胎，自料难保。人谁不愿活，她可是曾为女盗魁，深知盗亦有道，贼遇险放逃的，同伴负伤，能救则救，能走则走，若不能救，必不把负伤之友遗落在后，必不叫他落在官人手内。到了那时，万分紧急之际，手杀同伴，以图灭口，也免他失陷受刑，乃是道里常行之事，按合字的规矩说，这不算残忍。席六如知道自己不能生逃，只有求死了。现在她大仁大义，一味向黑牤牛、鸡冠子求说，只替飞蛇打算，不为自己设想。

二寇不禁同声赞扬道：“二嫂子不愧是一寨之主，足够头一份！”两贼齐将大拇指一挑，十分钦佩，也就不由得把飞蛇瞥了一眼。席六如越是这样谦让，二贼越讲义气。

黑牤牛性子直率，目视鸡冠子邹瑞道：“邹五哥，咱们赶快商量商量。你身上究竟怎么样？我试着我自己此刻还能对付，要帮着个把伙伴，一块儿往外骨碌，挑着道儿走，一路上只要不遇险，管保送到地方。五哥，喂，我们两个受伤的，就把邓二哥、邓二嫂子，一同架出这块火坑。你看行不行？你背二嫂子，我背二哥，咱们一步一步地试，好在离这里不远，就是二嫂子旧部下马老台的窑。咱们若能掏换出两匹牲口来，更不为难了。”

鸡冠子邹瑞比黑牤牛心眼多，他听飞蛇一味替自己打算，并不问问同伴的伤，他心中已潜藏不快。可又想邓老二这是挣命，也不能在人垂危时，挑他的骨节眼。心里正在盘算：丢下一走，当然谁也做不出来，两个受伤的人要救走两个重伤的，

也觉着不易。正自不得主意，黑牤牛已将主意说出来了。可是黑牤牛也不傻，强派邹瑞背女人，况且又是产妇，邹瑞如何肯干？

邹瑞忙说道："不不不，你年纪轻，是小叔子，你应该背二嫂子，我背二哥。咱们疾不如快，二哥往外凑一凑。"他反倒急转直下，不用细商量了。

飞蛇邓潮和席六如，喜出望外，一齐说道："二位贤弟只要搭一把手，不叫我们落在仇人手心，不致临死丢了六斤半……"

正是话路当前，恹恹垂毙的人也会精神一振。忽然间，隔壁猛听一声锐笑，道："好，该这么办！二哥、二嫂子赶快走，远远地藏，别叫仇人再寻上门来。留下我姓胡的，还可以在这里替二哥抵挡一阵。这房子不用烧，我在这里一躺，看他们谁敢来。可是话说回来，谁把这颗瓢拿去，决不龇牙嚷疼。"

一片反射的话，锐利无比。邓飞蛇、席六如登时愕然，对着墙说道："哎哟，胡四弟！我只当你在外头巡风来呢，你也挂彩了？蔡老弟，邹老弟，胡四爷的伤，要紧不要紧？四弟，你伤在什么地方了？"

盘龙棍胡金良道："伤处不很要紧，是在左肋下，入肉四五分，差点透了亮。其实不算什么，不过是毒箭。我替二哥忙了一阵子，现在咱们弟兄可要永别了，总怨小弟无能。"

话很激，声很惨厉。飞蛇邓潮低问鸡、牛二寇。二寇说："胡爷的伤很凶险。只恐怕……要没有对症的解毒药……刚才那对头也不知用的是什么毒药，好歹毒哩。二哥也尝受过了，还不晓得吗？胡四爷是肋下，这地方……"

难题登时出来。两个受伤人要救三个受重伤的，又是两男一女。鸡、牛二寇十分着急，万分为难。既不能甩手一走，又不能普救众生，急得黑牤牛在地上乱转道："这怎么弄？"

当此时，鸡、牛二寇四只耳朵都耸立起来，一面着急，一面听外面的动静。外面偶有风吹草动，忙即出去探视，时时刻

刻提心吊胆，怕仇人勾来帮手，乃至于勾来官兵，也未可知。

偏偏是飞蛇先前力求机密，连一匹牲口也没有，事先又瞒着近处的同道。此刻危急求救，那个小贼竟一去未能速回。不是没有救兵，是救兵不愿意出动。那邻近盗首说："邓二爷拿我们当外人，干什么又找我们来帮忙？"这自然是人之常情。小贼百般央求，邻近盗首不肯赶来急难。飞蛇的深心秘计，反而自误。

一霎时倒难为了鸡冠子邹瑞和黑牤牛蔡大来，目睹呻吟垂毙的二男一女三同伴，耳听屋外风声，真是草木皆兵，去留两难，救不救两没法想。

两个连嚷："坏了，坏了！我说，二哥，二嫂子，还有胡四哥，这可是耗不起的事！到底怎么样？该着快打正经主意了！你们三位难道全不能动弹了吗？连凑合着走两步，都不能行吗？"

两人一时出去看，一时到飞蛇夫妻室中站，一时到胡金良室中站，皱眉弄眼，弦外之音隐然可见，显然可喻的了。

盘龙棍胡金良哈哈大笑，涩声大声对二寇说："二位贤弟，你们耗了这半天，足够朋友的了。你们二位趁早请吧，不用管我们了。干脆我讲一句吧，事难两全，大丈夫当机立断。按理说，好汉临危，不死牵连好朋友。这么办，喂……"更放大嗓音道："喂，邓二哥，咱们还看不开今天的局面吗？依我说，二哥素来做事漂亮，今天更干得漂亮，你我咱哥俩趁早来个了断。只有二嫂子，一来说出话来令人可敬，二来跟咱们弟兄这桩子事，究竟还隔着。……我说，蔡老弟，邹老兄，你二位趁这工夫赶快一走，可以把二嫂子好歹架弄出去。这里不妨留下我胡金良，陪着邓二哥，仰着脸一等。你们看好不好，对不对？是不是该这么办？"

飞蛇邓潮不待开言，早已大悟，连忙抢着说："不不不，二位把胡四爷救走，留下我夫妻，索性你二位费心，把我两口子的六阳魁首带走，刨个坑把尸身一埋。再放一把火，把房一

烧。仇人寻来，叫他抓不住影。”

席六如争着道：“不不不，还是我，老二，你无论如何不能叫仇人称愿。二位仁弟，你费心把他千万弄得离开这里。”

只顾这样争死，到底没有一人要家伙自刎。胡金良恚恨已极，深怨飞蛇不够朋友，厉声说：“二位，我不爱听这么磨磨翻翻，你谦我让的。少时仇人一到，一切满完。二位把刀子给我。”

胡金良言外简直是逼飞蛇自杀。蔡、邹二人料到最后的结局，也嫌飞蛇濡恋。这时外面忽似有蹄声，二人忙奔去寻看。有林丛阻隔视线，看不到底细，听了一回，料是过路的大车。两人抽身回来，乘机在外面密议。议好奔回，竟先到胡金良卧处，低声说了几句话，把他轻轻抱负，搭到隔壁，就放在飞蛇的身边，邹、蔡二寇道：“你们三位全在一块，我两人也好当面商量办法。你三位不必寻短见，我两人倒想出一个拙招。我打算先把胡爷背负出去，找邻近地方，先寄放一下。不错，离这里不远，就有一座空庙。我们把胡爷安排好了，回头再背你二位。你二位千万别寻短见，这不过是片刻之间，你三位就别犹豫了，咱就这样办。”

盘龙棍胡金良呻吟一声道：“这是何必？我不知道邓二哥怎么样，我知道我自己受伤很重，必然活不了。这也是我们江湖上为朋友，为自己，出力报仇，一还一报，死也甘心。我不愿拿我这块臭肉，连累你二位好人。我谢谢二位的好意吧。还是二位先请，仇人割我的头，人都死了，一块臭肉早晚烂掉，就叫他们称愿，又有何妨？”

盘龙棍胡金良的话好像有锋芒，直射邓潮的心。飞蛇邓潮凄然断望，把残躯挣出覆巢的想头歇下，夫妻俩只得改转话头，劝胡金良先行。鸡冠子邹瑞，黑牤牛蔡大来顺坡而下，毫不客气，把胡金良背负出去。闪下邓飞蛇和蛇舅母席六如夫妻二人，呻吟在床上，比等死还难过，简直似等着仇人邀伴回来屠戮自己。从前的挚友居然言外劝他自尽，他口头上央求二友

把自己杀死，二友居然不肯接话茬，现在居然把胡金良救走，仅仅口头上说：把胡金良安放在妥处，立刻回来负救邓二哥、邓二嫂。可是神色仓促，言不由衷，就等于袖手坐视，一任飞蛇自生自灭。这就是弄心机、使乖巧的结果。

飞蛇性情强悍，垂危之时，忽然觉到报应临头。他素来不信鬼神，他生就强盗性格，而现在，他，也许是伤痛所致，也觉得毛骨悚然，从前死在己手的鬼魂恍惚露出迷离的面孔，直在自己眼前打晃。

飞蛇邓潮听鸡、牛二寇把胡金良背走，脚步声早绝，他耳畔仍似听见窗外屋外有人走道。他问了一声，又叫了一声，他头上冒出冷汗，忍不住怪吼了一声。

蛇舅母席六如横陈在床上，若冥若醒，下体涔涔出血，心神居然比飞蛇镇定，居然能够视死如归。听见蛇吼，微微睁开二目，叫了一声：“老二，怎么了？”

飞蛇厉声叫道：“我不怕你们！”戟出二指，指着对面的椽子，瞋目要起，只身子动了动。

席六如忙又叫了一声：“老二，你嚷什么？你还不早打正经主意？真格的等着仇人回来，摘你的瓢吗？”

飞蛇叫道：“我不怕！”

蛇舅母席六如勉强把身躯挪动，挨到飞蛇身旁，把乱鬓蓬松的一颗头偎到飞蛇肩下，伸出手抖抖地来扯飞蛇，并且很亲切地叫：“老二，老二，你醒一醒，你迷糊了？难道你要先走一步吗？老二，你不要忘了我，我跟你日子浅，我对你可是一片真心，咱们不能同穴，咱们今天总算是并骨了。老二，你答应我一声。你叫我一声！”

此时的席六如，似欲将两体并为一体，似欲两个灵魂携手共赴九泉。连叫数声，飞蛇瞠视的眼睛这才若有所悟，身躯转动，长叹了一声，这才侧身顾到同床并命的情妇。

席六如把干枯的唇吻送了过来，飞蛇把她抱住，唇腮相偎，倏然有两行冷泪，由飞蛇眼中沾到席六如脸上。六如叫

道："老二，你不要难过！早晚是个死，难为你我同日同地死，这就很好，这就是仇人成全你我。"

邓飞蛇临死心酸，紧抱席六如，并头对语，惨然笑道："好好，我们这就叫并骨！六如，我对不住你，六如，我太害苦你了。我上过两个臭老婆的当，由那时起，我跟女人再没有动真的，我只是拿女人开心。不承望你倒看上我，你实是我的恩爱妻子，我直到今天，方知你是一心为我。你瞧刚才胡四爷直拿话挖苦我，老蔡、老邹也揣起手来，他们跟我都犯起心思，我不知道我怎么闹的，会把朋友惹寒了心。这是他们临走袖手，太对不住我，我没有错待他们，他们竟对我这样！他们可以不管我，不该连你也不救。我早就看破了，人心都是冰凉的！"

人若不自知，飞蛇至死，还是怨恨朋友，于是他叹息说道："他们丢下咱们夫妻俩，甩袖子一走！好吧，叫他们混去吧，我这一辈子也还不错，临死到底有一个知心体己的你，我死了也不冤。"

飞蛇用一种感激凄恋的心情，和六如相偎相依，静待大命到来。席六如和他亲热了一阵，唤起了飞蛇的精神，劝飞蛇作速自决，不要在这里仰面等候。告诉飞蛇床底下有小刀子，灶膛内有火，小刀可以抹脖子，篝火可以焚宅灭迹。如若挣扎得动，劝飞蛇忍痛下地："老二，英雄临死也得英雄！咱们两口子与其教仇人割去了头，莫如双双葬身在火窟，两刀子两个血窟窿，再烧一把火。你说这法子怎么样？"

飞蛇邓潮道："什么？点着了房子，再抹脖子吗？"不由得眼望窗户。

席六如道："你不用等候邹、蔡二位了，他二位是不会回来的了。依我说，就是点着了房子，放一把火，然后你给我一刀，你自己再一抹。我们俩安安静静地一走，叫你那仇人称不了愿，这法子最妥当。这就看你还有余力没有了，你难道不能下地了吗？"

飞蛇还是犹豫，席六如叹道：“你大概不行了吧，索性我来。”竟按着飞蛇的一只胳膊，欠身欲起。

飞蛇一见这样，席六如比自己还勇敢，他就蓦然从垂死的躯壳中，生出一股勇力，说道：“好，你真成，你歇着吧，还是我来。我不是舍不得死，我是听一听外面，好像……”

席六如苦笑道：“好像什么？就有人来，也是仇人，不会是朋友，你趁早歇了那个心吧。你的朋友都不高兴你，你刚才的话只知道顾我，忘记了胡四爷，人家三位挑你眼了。”

飞蛇道：“我明白，那么，我就点火去了。”

席六如道：“你快走吧。你只管放火，我这里伸长了脖颈，静等你下刀。你只管狠狠地砍，越快越好。”

飞蛇霍然爬起。说是霍然，不过是他心里这么想着。其实他撑肘拄床，咬牙咧嘴，费了很大劲，方才爬起。慢慢地伸脚着地，摇摇晃晃，以手扶墙，一蹭二蹭，从里间往外间蹭。好容易挨到灶膛边，刚一伏腰，人索性坐下了。于是他哆哆嗦嗦，由灶膛内接柴引火。引着了火，他就立刻放火烧房，立刻引火自焚。

当此之时，鸡冠子邹瑞、黑牤牛蔡大来，已将重伤垂危的胡金良背出五六里地。两人一方面要躲避官人眼目，一方面要提防仇人邀截，胡金良又闹着自杀，在近处又没有投托之地。两人正在着急，忽然遇上了蛇舅母的旧部，由副头目率领二十多人，改服装，藏兵刃，或骑或步，散漫着奔来相救。双方相遇，立刻有了办法。二人放下胡金良，举手道劳。副头目只笑了一声，淡淡地说道：“我们来迟了。”

其实席六如的旧部得讯很早，那小伙计是蛇舅母的亲信，早已离巢，此刻遇仇求救，恰值副头目未在窟内，三头目因邓飞蛇瞒着他们，心中早已挑了眼，此刻闻耗，有的人就要袖手。还是这小伙计再三求告，三头目依然推托，说道：“这个，我当不了家。”

末后才派一个人，把副头目寻回。副头目顾念大体，向众

人说："我们不是冲着姓邓的，是冲着旧当家的。姓邓的看不起咱们，咱们犯不上巴结他。但是咱们别忘了当家的跟姓邓的是两口子，仇人找姓邓的，咱们当家的难免要吃挂落。我们总得帮一手，我们不要为了挤疖子，伤了好肉。"

副酋说了这一遍誓众之词，群贼这才七言八语地张罗动手，未免有点怠慢。半路上遇见胡金良和鸡、牛二寇，又全是飞蛇的朋友。依着众意，还想各办各的事。终究是副头目怕遭江湖耻笑，当下分出人来，把胡金良救回窑内；仍烦邹、蔡二寇当先引路，紧往镇上赶。且行且问细情，五六里路，展眼就到飞蛇潜巢的附近。

副头目很加小心，先不进镇，分散开绕镇一转，意在巡风观变。还未容看出动静来，便望见镇中烟浓火起，分明有人家走水了。估摸方向，正近蛇巢，邹、蔡二人大惊道："哎哟，不好！邓二哥、邓二嫂糟了！"

副头目也愕然却步，把群贼藏在林间，自己单人独马，要进镇一探。群贼全说："垛子窟走水，必定失手了，那还用看？咱们当家的，哼，管保受姓邓的连累，跟着也毁了！"

邹、蔡二友自觉当时挤兑飞蛇过甚，有些亏心，忙撺掇群贼进镇窥看真相。副头目搔头顾众道："我们一步来迟，真成了倒拔蛇了。看这样子，仇人必已得手，镇里准有卧底的。可是，咱们总得进去看看底细。"

拉开了拨子，由他自己丢下兵刃，只带匕首、暗器，率两个好帮手，随同邹、蔡，绕从南镇口进去，一步一探。走了半条街，竟是瞎小心，路上乱哄哄的，已有水会鸣锣救火，并没遇见官面，也没遇见镖客模样的人，只是些土民伴着锣声，乱跑乱嚷罢了。

时候已到黄昏，副头目蹭到火场隔巷瞭望，用眼神叩问邹、蔡，果然正是蛇巢。茅屋见火，延烧不小；巷口已有绳拦阻行人。水会正在泼救，如火添油。近邻号叫，往外乱搭东西，也有人持钩竿挑断火路。近处聚了许多人，纷纷议论起火

的人家和起火的原因。副头目和二寇全不能上前，只有侧耳倾听，人多嘴杂，也听不出所以然来。

副头目不晓飞蛇遇仇的细情，邹瑞也没有说出苦斗的真相，副头目十分惊诧，与他部下的两个帮手，向看热闹的人，设词套问。看热闹的遇见生脸人，只说是走了水。当然是走了水。又说火场住的是两口子，这个他早已明白。进探火场，不能靠前，连问数人，又等于白问，副头目忙找邹、蔡二友。

邹、蔡二友目睹那三间茅舍突突冒火，毕爆声中，屋架崩倒，茅顶塌了下来。两人相视亏心，有些抓耳搔腮。副头目暗扯二人的衣襟，二人呆视着烈火，竟似要向火窟里钻似的。他二人心中明白，飞蛇夫妻一定葬身在火窟了。想起刚才讥诮飞蛇，未免太甚，他夫妻俩多半是在二人走后，自思已无活路，又怕仇人寻来割头，这才放一把火，自己把自己了结。邹、蔡二人全是这样想，可又当众不能互诉。两个人只是使眼色，捏手拍肩，暗暗示意。副头目跟过来，猛一挚二人的衣襟，二人反倒吓了一惊。

副头目暗挚二友离开火场，要往近处试寻一寻，也许邓飞蛇和席六如已然强支余力，离开小院，临走放了一把火，掩匿形迹。也许有别的救星赶到，把他夫妻救走。也许是仇人勾兵回转，杀死他夫妻，临了纵火销迹。副头目反复瞎猜，不知底细，可是心中也有点后悔，觉得驰救稍迟，对不起旧当家的。为欲减免疚心，把邹、蔡调到一边，再三叩问："二位，据你们看，这把火到底是谁放的？"

邹、蔡一味摇头，追问到底，只说两句模棱话："也许是仇人，也许是走水！"

副头目又问飞蛇二人到底伤势怎样，是不是已难动转？邹、蔡至此，连这话也不好如实回答了。哼着哈着，一味遁词避问。副头目心中越发不悦。

跟着群贼也忍不住出林入镇，趁着天黑各处寻看，逢人便问。居然问巧了，遇到一个好饶舌而又目睹火起的人。据他

说："这家本是夫妻俩，外乡人，大概白天有仇人寻上门来，拿刀动枪地关上门拼命，后来就起了火。这两口子估摸全死在火里头了。"

副头目摇了摇头，虽然没证实，但既在近处未寻见飞蛇夫妻的踪影，那么他二人当然葬身火窟了。可是他再想不到飞蛇夫妻乃是纵火自焚！

邹、蔡等还想等候火熄，副头目竟招呼一声，往回走下去，说是"有事第二天再办。"

但等到第二天，胡金良竟也死在贼巢。镇中旋听说果然刨出两具死尸来，已烧成焦团，不能辨别男女，看大小只像小孩。

那镖客一方面，踩盘小伙计奔回送信，偏偏遇一岔事，只过了两天，三师傅连珠箭何正平方才赶到。又过了两天，老英雄程岳方才策马飞奔而来。忙找二师傅解廷梁，据原住的店房说，客人当夜一去未归，人和马俱已不在。何正平大骇，拼命搜寻，一连两日，略访出一点踪迹，独不见本人下落。跟着黑鹰程岳赶到，一面寻盟侄，一面寻仇人。哪知道恩仇俱已无踪。辗转刺探，多亏黑鹰眼路宽，居然把解廷梁的马寻获，跟着把飞蛇已焚毁的潜巢也已访得确址。这似乎抓到一点线索了，可是解廷梁的下落，竟好像一进这区区小镇，便会消灭。旋又探得已焚蛇窟，在未失火以前，确有一人登门拼命，消息就只访到这里为止，往下就断了线索了。

黑鹰程岳痛心已极，怒焰烧天。可是与何正平合力，踏遍了荒郊野镇，终不能访得解廷梁的生死存亡。

殊不知解廷梁在当日，力诛三寇，连伤五贼，自己也负伤一走，半路上伤发垂危，竟倒毙在一家坟圈内。看坟的人吓得不得了，竟恃夜深无人看见，无人知晓，他居然私埋人命，把解廷梁的尸身掘坑掩埋了。任何人打听，他畏罪怕打官司，竟不吐实情。这一来好比一条线，到他这里给剪断了。黑鹰程岳跟何正平来来往往地查勘，终没有发现此事。只有一件，附近

贼人的巢穴，被他怀疑迁怒，提剑登门，逐个大闹。因此，附近的贼巢，竟被这老头子搅散了两处，吓跑了一伙，踏平了两竿子贼群。内中就有席六如的旧部。

黑鹰在此时的威名，已经超过了乃师十二金钱俞剑平。他为给爱婿报仇，竟秘访出小白龙方靖的下落，被他一口剑、一支藤蛇棒、十二只钱镖，把小白龙杀得手忙脚乱，一任小白龙谦辞道歉，哓哓辩白，“害令婿的不是我，是飞蛇。”

这老人咬牙切齿地说：“小白龙，也有你。飞蛇我也找，你小白龙我也要你的脑袋。”

黑鹰剑术精湛，钱镖迅准，小白龙强支数十合，看不利，且战且走。黑鹰程岳冷笑说：“我一定要你的脑袋！”

苍须拂动，黄瞳炯炯，黑鹰展开数十年苦功，利剑运起来，嗖嗖劈风，小白龙实不是对手，连叫：“老前辈，老英雄，你不要逼人过甚，我还有下情！”

黑鹰说：“我只要你的狗头，不听你嚼舌！”

小白龙支持招架，得空便跑，论脚程也不是对手，黑鹰之名便是飞腾术精妙。左奔右截，左逃右堵，可是到底被小白龙避锐不攻，潜寻遁路，抓了一个空，奔到水边，扑通跳下水去了。水花一溅，一划数丈。

黑鹰程岳懊然追悔，转怒为笑。早知如此，应该先用暗器取他。一念及此，立刻手疾眼快，把剑交到左手，右手早拈出三枚金钱镖，趁小白龙刚入水底，赶上一步，照小白龙潜影，倏地三掷。小白龙竟在伏波中受伤，连头也不敢出，就在水底，潜流急渡，双手划水。水面上波纹不动，水底的白龙一窜数丈，眨眼间逃出数里之外，方才换了一口气，又一个猛子，早已遁出数里之外。

小白龙这是第三次弃家覆巢，幸而杨春芳娘子未在此处。小白龙防患未然，对狮子林和邓飞蛇均起了戒心，故此一移再移，仍营三窟。却有一桩，自他上了飞蛇的当，就好像开始倒运，不但覆巢，又失去左右爪牙。紧接着听说北方镖行已动公

愤，有好些狮子林的故旧，逢人打听自己。紧跟着又探悉狮林观的耿秋原道长的门人，已大批派遣众徒，访问爱徒林廷扬失事的真情，并打听一龙一蛇的底细。小白龙耸然变色，深悔受绐，他连忙迁地为良，极力掩饰行踪。这小小一条白龙竟变成丧家之狗。一路东藏西躲，才避开了狮林群鸟的刺探。哪知又误打误撞，遇上了黑鹰程岳，险些死在鹰爪之下。

小白龙逃到另一巢穴，敛迹半年。不久，小白龙为了买取爱妻的欢心，决计折节洗手，不再为盗。他为了要洗手，须将私自窟藏的珍宝，挖出来变卖，好拿这钱做他迁善改过的本钱。不意他刚刚掘出一小部赃物，刚刚挑那不甚扎眼的重宝，出脱了三五件，便突然引起了当地捕快的留神。偏这捕快不但眼力高，而且武功也硬，好像深知小白龙不是好惹的穿窬小盗，这捕快布置得十分周密，结果定计擒龙，猝然下手。小白龙倒霉再三再四，这回又遇上大险。人幸而没伤，起出来的赃物全都失陷了。要做好人，还得另筹本钱才行。

像这样接二连三，颠沛颓败，一连三四年没走好运。杨春芳娘子不知真情，见小白龙剑眉深锁，不敢在家安居潜匿，反比以前出去得更勤，她可就伤心到极点了。她非常聪明，饶有警智，她晓得劝得了嘴，劝不了心，丈夫本许她洗手，且已设下重誓，如今见丈夫形迹飘忽，更甚于从前，她就每每背人弹泪。反而在小白龙面前，极力赔笑，绝口不再提倾巢拒捕，涉险几殆的旧话。

但是，她的人却一天比一天消瘦。她本生得单弱，容貌清秀，现在眼眶发青。在大难之后，本已重病一场。今虽痊愈，两只眸子总有些怅怅惘惘的神气，往往偎着爱女小桐，独自发怔。

小白龙见爱妻如此，扪心内愧，竟不知怎么哄才好。傍着春芳娘子，执手叫着名字说道："芳姐，我实在对不起你。我一定洗手，我现在办的就是洗手的事，你还不放心我吗？我在你身上，有一句说一句，从今以后，再不瞒你。你看我还得出

门，你当我又是干旧营生去了？我告诉你，不是那回事。我这一来，在外面结下仇人了。我现在是受着两面夹攻的苦处，我不愿对你说，怕你担心。我要不说，又怕你往更坏的情形疑猜。芳姐，我是这样的打算，我必须弄一笔大财，咱们夫妻父女就择地一隐，远远地一躲。我眼下出门，只是运……”说到这“运赃”两个字，不由得吞吐起来。

终于将自己的现况，今后的打算，切切实实，原原本本，告诉了春芳：“芳姐，在七子湖旁边，我埋着一只铁箱子，足值几万金。在七星洲、骆马湖，我也埋着两笔巨资。这都是我历年积攒下的。我可不是劫夺良民，这些全是他们当朝显宦贪官的不义之财。我家父当年受过贪官的害，才激得我倒行逆施起来。我如今为了你，决计洗手。就不为你，我也早有一到三十二岁，就洗手为民的志愿。现在，我必须躲避着旧日的伙伴和新结的仇人，去到埋赃处，把东西全起出来，拿这个好供你我夫妻后半世的享用。”

春芳听了这“起赃”二字，未免觉得刺耳，偷瞥丈夫的神色，心中怙惙。拿着劫掠别人的钱财，做自家享福之用，竟是甚于渴饮盗泉之水了。可是春芳娘子不肯说破，怕丈夫难堪。她反倒劝解小白龙道：“你的打算很对。不过，你不要顾虑我，凡事你自己酌量着办，你觉得怎么办对，你就赶快自己办去。你不要跟我商量，我女人家见识，反倒胆小误事。你更不要为了我，反而劳神费舌。我随着你，你只管放心。有你就有我，没有你，我也不能活。萍哥……”

她把小白龙的手紧紧一握，似有万斛柔情从这一握流露出来，她很温存地说道：“萍哥，你要是真爱我，我请你为了我，多多保重，不要太把钱看重才好，还是你这人要紧啊。我嫁了你，就跟你一辈子，你不要怕我受苦，我本是一个落拓书生之女，阔日子倒过不上来，穷日子我更会过，财大反倒烧身。可是话又说回来，你一定要回去起赃，我也不拦你。我可是心上只有你，不是为了钱，才跟你过日子的啊。”

只商量起赃的事，她再不提“洗手”二字。她越不提，越似乎信不及小白龙折节为良之志，小白龙就越加怙惙，越加内愧。小白龙出门，她也不再贪恋阻拦。小白龙说走，她就打点行囊。她只睁着澄澄清澈的双眸，从无言中，流露出曾经祸变、孤衾难安的虚怯之情，有时候恨不得小白龙天天偎着她，她才不害怕。

她的虚怯超过恐怖。但丈夫要走，她决不说害怕，也不求暂留。小白龙方靖眼见春芳一天比一天消瘦，一天比一天颓丧，他心中自是难堪。春芳那一对幽怨凄艾的可怜眸子，溶溶脉脉，向小白龙含泪而又含笑地看着，小白龙更觉得比长枪大戟，刺力尤大。无言的谴责，无声的吁求，使得小白龙迫不及待地忙着洗手。

天似乎不佑善，天似乎不饶恕“放下屠刀”的人，不叫他“立地成佛”。孽因已种，步步食果。不是天道好还，只因人事的自然驱遣，于是在小白龙决志洗手之后，饱受挫折。毒蛇的缠障幸已脱免，黑鹰的攫拿，狮林群鸟的搜寻，躲过一场又一场，赶落得小白龙风声鹤唳，草木皆兵，赛过丧家之犬，失窟之兔。一连四年，始得辗转亡命。秘密起赃，逃出了仇人和官人的海捕。小白龙他一头埋藏在边邑穷乡，更姓改名，一定一定洗手。对天起誓，对妻明志，从今以后：“我这手再不许沾染半点血腥，再不许重握刀把。皇天在上，我誓为良民，就是有人以刀斧相加，逼我重返绿林，我也决不再踏覆辙了。”

这样，小白龙要日日守着娇妻爱女，永远不错主意了。可是，天不从人愿，他的爱妻也已迫不及待！

春芳娘子给小白龙又诞生了一个玉雪可爱的小男孩，产后失调，“愁能杀人”，她懒洋洋地病倒了。延医诊治，许愿烧香，赎不了负心的罪，春芳娘子的病一天重似一天。小白龙偎着爱女，抱着婴孩，抚着爱妻的一只胳臂，恨不得以身相代。一掬英雄泪簌簌而下，成了忏情之泪，那已是六年以后的事了。

第十一章

霸台避仇家狮儿砺爪

光阴如脱弦的箭，倏忽过了十年。

直隶省中部，文安、霸州一带，在数百年前，本是宋金的边关，有名的白沟河，正是宋金的界水。在霸州城附近三十里外，有一座镇甸，叫作信安镇，当年也是边围重镇，一到明清，便成为畿辅闲村了。可是民风强悍，犹有燕赵健儿之风，居民又很能恤邻扶患。镇内大街上很多铺户商店，又有定期市集，倒也热闹。街西夹巷内，有一户人家，共十间房，分成两院。正院六间灰房，是本镇祥记磁店马掌柜住着。另有小跨院，别走一门，这却是四间草房，两间北房，两间南房，原归房东自住。在八年前，这房东移入老宅，把四间草房赁给新由霸城搬来的客户了。

这客户共只三口人，倒租住四间房。并且在八年前，这客户刚搬来的时候，几乎是三个空身人，任什么也没有。一个长身量、大眼睛的壮年男子，同着一个二十几岁的洒脱妇人，带了一个七八岁的小男孩。两个大人每人提着一个小包袱，小车上推着小小两个铺盖卷。看样子像是逃荒的难民，看衣履却比

难民干净，看神气又面带忧劳之容，估不透男女三人是干什么的，也不晓得搬到这里，是要投奔谁。

乡下人久居故土，邻里街坊谁都认识谁。骤有异乡人移入，一见面就看出眼生；既看出眼生，便免不了打听。“这一家子是哪村里搬来的？干什么的呢？是哪家铺子的掌柜新接家眷来着？”当这男女三口坐着小车子进镇的时候，是由信安镇福来客栈的店伙陪同来的。多嘴的人围着看，趁便向店伙打听。店伙却也说不甚清，只知这三位客人由霸州城内联号福星栈店东给引荐来的，据说：“他们由打去年，就从外乡好像是北京城吧，辗转流落到咱们霸州来了。在福星栈住了半年多，好像是投亲不遇，扑了一个空，困在店中了。他们就在店中闲住。女的给人洗衣裳，揽外活；男的批些杂货，按日子赶集摆摊，将就糊口。”

这样讲，他们三口是很穷苦的了。店伙说：“这男的很耿直，女的很正派，别看是投亲不遇，困在店中差不多快一年了，他们居然没欠下半文房钱。店东因为这个，很怜恤他们。听说他们要在咱们这里租房落户，做小生意；店东一时行好，就指引到你们新安镇来了。他们不但租这四间民房，他们还要等机会倒两间铺面哩。”

多嘴的邻人听完了这话，很满意。有那多心的人，忽觉着不对茬：“他们有多少钱，要倒铺底呀？他们倒得起吗？”店伙听了一怔，摇头道：“这个咱就不知道了，反正人家有钱，没钱不会租四间房，还要掏本钱做买卖。”邻人道：“做什么买卖呢？”

店伙道：“那谁知道啊？反正是能赚钱糊口的买卖，什么买卖不是人干的？干什么不能吃饭？”霸州人口角强硬，一说话就像吵架，其实他们是惯用反诘语，以问为答，来驳对方。

跟着又有一个邻人矍然地提出疑问：“他们是两口子吗？好像女的岁数大吧？”

店伙连连摇头道：“不不，人家是叔嫂，光棍小叔子，领

着寡妇嫂子，带着一个没爹的侄子。”

另一邻人道：“噢，那就莫怪要赁四间房了，人家三口人还是两个房头呢。”

乡民只管议论，这三口客户已搬进新寓。当地男子在门外打听，邻家妇女就一而二、二而三，溜到人家屋里去问，人们都胡乱猜疑，这一男一女许是夫妻，赶情凿真了问，人家并不是，就看神情，也觉得不似。老娘们问了又问，才知道这是一出苦戏。这个光棍小叔子，从小在家务农，他的胞兄出门作幕，十来年没有音信，都以为人已不在了。直到上年，忽听人说，胞兄没死，已在北京做官发了财，娶了小婆；又赶上故乡闹蝗灾，他和嫂嫂商量，这才变卖财产，亲送嫂嫂、侄儿，出来寻兄。哪知人言不可靠，到北京扑了空，不但发财的话是谣言，连他胞兄是存是殁，也生了疑问。这一来，在北京，没找到胞兄，他们叔嫂侄儿三口，反害得欲归不得，流在外乡了。他们出来一年多，望风捕影地寻兄，很受了些困苦。幸有余财在手，才免为路殍。他们又摸到霸州来，也是误听乡亲的传言，说是他胞兄现在霸州做官。哪知霸州的州官只是姓氏同音。现任州官姓稽，他们却姓纪。

乡村中人喜刺探别家的细事，若不打听明白，大有死不瞑目之慨。经王大娘、李四嫂，不嫌讨厌，彻头彻尾打听明白之后，左右邻人这才放了心，都叹息说：“大婶子是个苦命的人哪。我想你们当家的，估摸做了大官了，死是不会死的，倒是保不准他要娶小老婆。哼，如今儿做官的人都讲究个三房四妾的呢。大嫂子，你也想开着点。”

新客户赔笑答道：“大娘说得对，我是往开处想，娶小老婆就娶吧。”

那偎在母怀的男孩子，翻着漆黑的小眼说道：“娘娘，我爹爹不娶小老婆，我爹爹也不会做官……”

那个年轻男子忙过来拉着小孩子的手道：“小孩子，少说话，来跟叔叔买东西去。”把小孩扯去了，单剩下纪大嫂应酬

邻妇。

娘儿三个整天不出门。区区四间小屋倒有三丈见方的空院子，乡下的房都有宽大的敞院。母子俩把二道门一关，也不知天天做什么。出门上街的，只有那个小叔子，名字叫什么蔚叔。这纪蔚叔据说名叫纪蔚宗，搬到信安镇之后，很谦和地跟街坊联络。闲过些天，便批发些零星货物，赶集摆摊，针头线尾、腿带子、叶子烟，什么都卖。人们看了，又觉纳闷，这一家三口，指什么过活呢？就指着那点点小摊吗？后来才听说，人家手里原有些存项，人家还打算租地、赁铺房、开小铺哩。

半年过去，新来客户渐与居民相安，不再遭人猜疑，不再被挂在齿颊间了。纪蔚叔跟街面上的人物渐渐有了交情，纪娘子也跟邻妇处得很好，乡妇爱小，纪娘子也不惜小费，一挂线，半块烟锭，很邀得四邻的欢心。那小孩子纪宏泽也渐渐关不住了，偷空摸空，从家中溜出来，找街坊小孩玩。

起初纪宏泽跟人不合帮，常常吃亏，大孩子欺负他，一天总有两三次哭着回家。小些的孩子，又被他打哭，叫人找上门来。他的手溜洒，小孩子比他大个一两岁，也打不过他。但是乡下小孩会合群，一个吃亏，两个帮打，纪宏泽总是吃亏的时候多。他娘很恼，反要打他，骂他没出息。纪蔚叔叹息劝道："大嫂，你不叫他出门，岂不把他圈坏了？孩子正在贪玩贪长的时候，你把他憋屈病了，可又后悔迟了！"

这话说得纪娘子泪往肚子里咽，想一想这话很对，小宏在外头挨了打，回家再挨打，到了夜间，必要发呓症，踢被说梦话哭叫。白天顺了心，晚上睡觉，他立刻会不闹。纪娘子因此又不舍得再打了。纪娘子便屈意哄慰，设法把自己的孩子烦恼岔开，再找邻孩，说一顿好话，管那半大孩子叫大哥，央告他们："哥哥们多照应我们的孩子吧，他年纪小，他爹没在家。"或者拿出食物果饵，贿买邻孩。一来二去，这些顽童也会拘住面子，不忍再欺生了。

小宏这孩子起初寡不敌众，孤掌难鸣，就是有力气，也要

受气。人家学他的口音，管他叫小侉子，一唱百和地哄他。现在日久熟悉，他的母亲又会哄慰邻孩，近邻的小孩渐受感动，把他算入本街，也成了本街上孩子群的一分子了。他们拾柴火、挖野菜、摘地梨、放牲口，也叫着小宏，一面做活，一面淘气玩闹。有那半大的孩子，成群结伙地和邻村打群架，比武，扮戏，偷果园子，闹坟地比胆子。小宏人小胆大，也想参加，可是人家嫌他岁数小，“他们家里大人太胜”，仍不肯邀他。

如此，直荒废了前后两年，纪大嫂长吁短叹，纪蔚叔忙忙叨叨，纪宏泽却得畅心纵欲地大玩了两年。越是东奔西钻，他越觉环境时变，触目皆成新鲜。于是，在信安镇定居之后，过了一年，他的蔚叔已经租好了“门脸”，开起小铺来。他的娘也跟着忙，包货包，称分量，生涯渐有一定。这天过了正月十五，他的蔚叔已给他找好了书房，他的娘也给他做好了新衣服，新书包，并且，蔚叔也给买来一部龙文鞭影，和几本三百千、仿本、笔砚，要打发他上学。

他的娘不甚放心，因为学塾还隔着一条街，地远稍僻，她不愿小宏野跑，比隔街还远，她心旌悬悬，问蔚叔道：“近街没有书房吗?”

蔚叔答道：“有倒是有，那位胡先生年纪大了，好喝酒，管得不严，要起酒疯来，又无故乱打学生。倒是北街王先生，今年刚四五十岁，有耐性，教得好。好在隔壁张家那个学生也跟着王先生念书，正好同伴，大嫂放心叫他去吧。”

纪娘子点头应允道：“要说呢，孩子认几个字，比一字不识好。咱们也不求他考秀才，中举人；只要能够念家信，能够自己写信，就够了。咱们的孩子还是……咳!”把全盘心思寄托在这一声“咳”中了。

纪宏泽已经玩荒了心，野鸟入笼，不肯上学。又听说入塾规矩如何大，先生动不动要打板子，正和一般村童相似。这天早起，他娘给他洗脸，梳辫子，换上新衣服，挎好书包。他的

蔚叔在一边等候。纪宏泽心眼里发毛，好像书房如地狱，先生就是阎王。他懒洋洋地挨磨，忽然看见他娘眼圈中含着两行热泪，终于忍不住滚下来了。纪宏泽人小心不小，他便觉十分不安，叫了一声：“娘！”

纪娘子道：“孩子，我就指望你了。你要好好上学，长志气，不要逃学。”

纪宏泽答应了一声，他的蔚叔拉着他的手道：“走吧。”纪宏泽出了家门，到了巷口，回头一看，他的娘送出家门，直到巷口。蔚叔一挥手，径带侄儿见先生，献贽敬，把这欢老虎似的小孩送入寒窗冷砚边。

乡塾两间，有胡须的王先生坐拥皋比，有二三十个拖小辫的小孩，在那里提笔写字。静悄悄没有声音，纪宏泽直觉发毛。蔚叔和先生谈话，纪宏泽立在身边，东张西望。满屋的小眼睛都盯着自己，有的坏孩子冲自己挤眉歪眼。纪宏泽转过头来，旋见先生立起，引新生到大成至圣牌位前面，烧香叩头拜圣门，拜老师。先生给纪宏泽找了一个座位，在歪桌破凳上坐了。蔚叔跟先生客气几句，走了。剩下宏泽，顿觉塾中空气既冷又闷，勾得人发烦。偷看同学一眼，又偷看先生。先生是个黄病脸，有胡须，手指爪很长，似乎不甚厉害。同学有的还冲他咧嘴——那个邻村小孩，跟他打过架；还有东邻小孩，跟他一块淘过气，原来他们全拘在此处了。

第一天温性，坐了半天，便提早放学了。已到吃饭时候，纪宏泽如飞鸟出笼一样，倒不能撒欢，一步步走回家来，他娘已在门口等候着了。纪娘子把他拉到身边，问了许多话，回到屋中，一面吃饭，一面还是盘问。纪宏泽只是怔怔地，没精打采。纪娘子试摸他的脸，似有点发烧。遂哄他出去，找邻孩玩耍。像这样，直过了三天，先生才命执笔描“上大人”，又过了两天，他才念起“尧眉八彩，舜目重瞳”。

几月过去，纪宏泽度惯了书房生活，方才又欢起来。渐渐与同学结伴，下了学，凑到一处玩。这比那伙野孩子还热闹有

趣，人多心思多，淘气的法子另是一样了。

纪宏泽上私塾念书很欢。纪蔚叔开小铺，买卖也很好。纪大娘子不做外活了，乡镇地方外活也小，倒是小杂货铺零包卖货，包糖包，切烟丝，也得用人。他们叔嫂不用徒弟，只自己对付，纪大娘子也成了大忙人。乡镇仍喜早眠，一到黄昏，小铺上门板，纪蔚叔就锁门回家，说是教侄儿打算盘，催着写仿温书。一到近子刻，纪蔚叔又回柜，那时纪大娘子分包的零货小包也打臬好了，就由小叔带到柜上。街坊们都说这叔嫂两个好。

纪宏泽随着村童入塾念书，到十一二岁，也该念出什么来了。听老师说，这孩子很聪明，就是贪玩，不肯用功；倒练出一笔好字，唯独背书，他怕得透透的，好像没耐性，不肯熟诵。并且他人大心大，心专往别处转，很够淘气了，贪玩胡闹，谁都赶不上他。他身子骨很结实，面色微黑，二目有神，先生说这孩子坏就坏在眼上，一对大眼骨骨碌碌地转，外面不哼不哈，一肚子调皮心眼。这孩子个儿不高，力气也不见得大，可是同学们全打不过他。他有了外号，同学们管他叫小纪猴。为什么叫他纪猴呢？倒不是因为他会上树，乡下孩子全能爬树摘枣掏雀，因为纪宏泽和同学们摔跤玩耍，只一动手，他立刻佝偻下腰，缩背，曲肘，一手掩胸，那一手就去拨打人。同学们年纪比他长的，力气比他大的，只要跟他一抓闹，总被他占了上风，他专会摔人。

小同学们全知道纪猴太诡，你就捞不着他。你打他，他会躲，你只一扑他，他弯着腰不知怎么一闪，准把你诓一下子。你只往前一栽，他小子准得翻起来，把你上手一推，下腿一绊。弄不好，摔你一个狗吃屎，他小子就乐着跑了。因为这个，同学们骂他是猴崽子。

同学中那个北街的二黑，就吃过大亏。刚一动手，纪猴的头就钻在二黑的胸前，被纪猴拿头一顶，下面一绊，二黑整个跌了一个跟头，摔哭了，直叫妈。二黑的叔伯大哥大铁都十四

五岁了，跑上来就抓小纪的小辫。小纪又这样一扭，那么一转，同学全说小猴要吃亏，哪知大铁到底没有抓着小纪，他的脚叫小纪踩住，两手照胸口一推，大铁仰面摔倒了。

二黑和大铁合起来，小纪且招架，且跑。忽然有行人经过，大声喝彩。这个行人是个布商，就说道："好哇，两个打一个，这是谁家的孩子，别是把式匠的儿子吧？"终于闹出大人来，这场孩子架才罢。

小纪这时不过十一二岁，同学中有比他很大的，还显不出他来。村童上学，不过念杂字学写算；上过一二年，最多三四年就罢了。小纪却不然，他的母亲、叔父还想大供给他。于是一晃到十三岁，他还是念书，除了两三个财主儿子，同学中可说顶数他学问大了。他虽然刚刚十三岁，在学塾中已熬到二学长的地步了，"四书"读罢，又是《左传》《诗经》，并且也开了讲。先生给他讲《左传》、讲《大学》；他说《大学》真要命。他还是耍小聪明，不很用功。他的全部精神不在学塾中，实在下学后。他如今也熬成孩子头似的了，他也跟邻近学童结成一伙，一下了学，便成群结伴，到各处乱转，想出法子来玩耍。削竹片为刀，缚竹枝做马，耍棒弄棍，一到黄昏，就胡闹起来。

若到夏秋收获时间，村塾照例放假，先生也回家忙，学生也回家忙，只有这不种地的纪家，人家越忙，他们倒越闲在，小孩子更闲在。纪宏泽在这假期间，没有同学和他做伴，他就独自一人，孤踪乱窜，跑到邻村玩耍，或到河边洗澡捞虾。

信安镇有葡萄园、瓜田、枣林，纪宏泽每每光顾，不但偷摘，而且毁坏。他虽然是小学生，倒成了野孩子了。他的母亲和叔父也渐渐看出他淘气来了，但他蔚叔经营着小铺，他的母亲也不能时时跟着他，也就没法，只有说劝罢了。他又把好话当作耳旁风，大眼珠乱转，自想主意，好话坏话全不听。

一天下学，纪宏泽不知到哪里淘气，惹下了大祸，被人家打了个鼻青脸肿，觉得回家没法交代，在外面盘桓不归，直耗

到酉戌左右。他母亲等他吃饭，越等越急。偏偏这天纪蔚叔又跟人下棋去了，她实在不放心，就找到街上。半路上正遇见蔚叔，忙问：“七弟，你看见小宏没有？”

纪蔚叔也慌了，说道：“他还没回家吗？大嫂您请回，我立刻就找。他上哪里玩去了？”说着，大步走了下去。

纪蔚叔到各处喊叫搜寻，并且逢人打听，直找了一两个时辰，反倒在离街半里地一座土谷祠旁，寻见小宏一人徘徊。纪蔚叔大声喊叫，他竟不答声。纪蔚叔怒极：“你在这里干什么？怎么叫你不答应？”就揍他两下，立刻揪他回家。

刚进巷口，纪大嫂兀在口外伫望。她出来得急，没加衣服，被夜风一吹，身上抖抖地打战，心上一团急火。远远望见两条黑影，便叫道：“是小宏吗？是七弟吗？”两条人影全不搭腔，一直走过来，正是他二人。

纪大嫂一见孩子寻回，早忘了一切，心花骤开，上前一把抓住道：“你这孩子，你这孩子，你到底上哪里去了？可是洗澡去了？怎么不回来吃饭！”

纪大嫂惊喜忘情，拖住纪宏泽，就往家中走，却忘了一声不言语的纪蔚叔了。纪宏泽这小孩子仍然一声不哼，甩开母亲的手，一头钻入里屋，竟脱鞋要睡。这样孩子见识，如何瞒得住大人？被母亲拖到灯影一看，原来面目有伤，血迹斑然，不用说，在哪里惹事，挨了打了。

母亲心痛，又气又恨，叔叔更恼骂道：“你这书怎么念的？你不知道你娘就只你一个吗？你不知你的爹……你这孩子怎么不学好，往下道走！你到底惹了什么祸，叫人打得这样？你是偷人家的果园子了吧？”

母亲与叔父严词诘问，他仍是一字不说。他倒倔强得很，打也不说，骂也不说，哄也哄不出实话。索性饭摆在面前，他明明饿，也不拿筷子了。闹了半个时辰，母亲看着心疼，只得把这场事隔过去。母亲重给热了饭，给他再端上来。他这样才偷瞥了一眼，见他娘眼中含泪，他这才羞羞惭惭，挨到桌前，

低着头吃饭。

第二天晚上，母亲、叔叔长篇大论给他讲道，哄他学好，别再惹祸。他一对大眼骨骨碌碌的，脸上似乎不受一点感动。他的叔叔又重到学塾，拜托先生。如此，纪宏泽也老实了十来天。

但他转眼又忘了，玩伴找他。邻村的小孩在某某土岗，安下埋伏了，土坑中埋着石子，要乘夜前来，跟本村打架，“他们要偷营”！

本村的军师就是纪宏泽，他不出马，大元帅有勇无谋，无才聚众，这些小孩只可回家睡觉了。那么这一场大战，只可高悬免战牌了。小纪接得小将的密报，立刻又跃跃欲动，把竹片刀拿出来。可是“事机不密”，有好几个小孩的“家里大人”知道了，忙把自己的孩子老早拘在家中，也给纪大嫂送话，“他们要打群架”。

那个大元帅是十五六岁的大孩子，叫他爷爷打了一顿拐杖。只剩下纪宏泽，孤掌难鸣，部下也星散了。他还是不死心，在巷口彷徨，往各家探头，唱出他们的集众的军歌，想把玩伴啸出家来。被他的纪蔚叔寻到，厉声叫道：“小宏，你不回家吃饭，在人家门口闹什么？”

纪宏泽翻了蔚叔一眼道：“小黑借我的仿圈了，我找他要仿圈。”

小黑的姑姑开门骂着出来，忽见纪蔚叔，立刻告发他们的密谋。纪宏泽便被蔚叔捉回家去。母亲、叔叔都跟他讲道理，说了许多话，“你要知道，你不是乡下野孩子。你怎么引头打群架呢？”他低了头，一声不哼，也不知道这些话打动他没有，脸上表情却是那么木然漠然。纪大嫂哀叹了一声，流下泪来。

又有一次，纪宏泽不知在外面干了什么，脸上没伤，可是回家嗒然若丧，待了一会儿，就忙着削木棒，击石做戈，好像又吃了亏，要打算报仇。他的娘看出情形，就防备下。并且明知问不出来，也不再问，只泛泛劝解，略略提示：“你跟人家

孩子可不一样啊，你知道吗，人家可是有爹有娘。”说到这“爹”，纪大嫂声音哽塞，眼泪直转。

纪宏泽偷眼一看，不禁自语：“哼，又掉泪了，哭不够！”

“哭不够”三字，本是他心中的话，可是一时忘形，竟说出声来。纪大嫂突然立起，面泛红云，她勃然大怒了，骂道：“你，你，你这个没心肝的奴才！”纪大嫂浑身打战，气得手脚冰冷。

纪宏泽看出不好，扭身要溜。纪大嫂喝道：“小铃子，你给我站住！”

纪宏泽感觉到母亲动了真怒，他究竟是孩子，他立刻夺门要跑。纪大嫂往前一赶，只一步，到了纪宏泽身后。纪宏泽失声一叫，还想支撑，被他娘像捉小鸡似的擒住，只一带，纪宏泽踉头踉跄，栽到内间。纪大嫂回手关上屋门。

屋中微有声息，旋即听见小纪失声一叫，立刻又没有声息了。如此，直到晚饭后，纪蔚叔在铺中饿得肚子叫，还是不见家中送饭来。纪蔚叔只得提早上板，连账也没算，就回家了。家门竟没有上闩，纪蔚叔进了院，回身闩上。一看正房，屋门交掩着，推了推关着呢，纪蔚叔忙叫了一声：“大嫂！”

屋中人半晌才哑声答应，立刻开了屋门。纪蔚叔急道：“大嫂怎么了？”纪大嫂早已扭过脸去，退到内间。纪蔚叔道：“大嫂，饭熟了没有？”在堂屋打转，忽一眼看到内屋，这才明白了。小纪正在内屋当地跪着呢。

纪蔚叔道：“小宏，你又惹你娘生气了。”偷看纪大嫂，面色苍黄，两眼通红，在床上坐着喘息，满脸都是泪，连衣襟都湿了一大片。小宏在地上跪着，浑身是土，手面有伤。纪蔚叔还道是他在外面打架了，哪知纪大嫂恨儿不争气，把小纪大打了一顿，打完又罚跪，已然闹腾了两个时辰了。这孩子口中就不肯说出半句求饶、知悔的话来。要罚他跪，他更倔强起来，打死他，他也不下跪。纪大嫂伤心断望已极，几乎要自杀。母子俩关上门闹，大加责罚，不许出声，小纪也不肯出声，又没

有人劝，母子全下不得台阶。直等到纪大嫂拿出刀子来，小纪方才害怕。方才下跪，可是到底不告饶。

纪蔚叔代为求情，把小纪拉起来。纪大嫂痛哭起来，说道："七弟，我一点指项也没有了！这孩子越大越没出息，您听他说什么，他挖苦我又哭了。我实在不争气，一想起来，就不由得掉泪。别人没笑话我，他倒笑话我，这东西多够浑！小铃子，你越大越叫我伤心。你一个没爹没娘的孩子，你身上担着多大的债！你胡吃闷睡，你跟人家比吗，我这个娘本来也不配做你的娘……"

纪蔚叔立刻变了色道："大嫂哑声！"又低声道："大嫂别跟他小孩一般见识，您是最有打算的，您不是早把主意打好了吗？现在他十三，还有三年，到了那时，您再看。"

纪大嫂呜咽道："我哪还能管得了啊！这孩子又不好好学能耐，又不好好念书，从小看大，三岁至老。这孩子从前还差不离，哪知他由打去年，一上学更学坏了。还叫我有什么法呢？想到我姐姐，先一步去了，他爹别看是……他们全比我强，我如今是活受罪。哪一天我才熬出来呀！"

纪大嫂吞声掩面痛哭，不使哭声外扬，双肩耸动，连嗓子都哑了。纪蔚叔急得抓耳搔腮，看了看小宏，又看看纪大嫂。心中也自叹恨，因劝道："大嫂，小孩子都有这么一个犯浑的时候，他如今十三，由十一二到十三四，正是小孩子犯糊涂的时候。他已然有大人的心路了，还没有大人的见识，一定要胡闹。我记得我小时，也有这么两三年。大嫂是最有骨气、最有见识的人，您别看在一时，小孩子总忘不了贪玩，犯浑。好在他如今练的初步功夫却还差不多，您再多忍耐，再看他三年。别的话千万少说，您早先打的那主意很对。"

这叔嫂含泪对谈，纪宏泽明知是议论他，他也迷迷糊糊想起旧事来了。他也曾盘问过大人，大人从来不叫他问，一问就打岔。现在他也听出好歹话来了，他们大人话里话外，还含着别的意思，他可就推测不出了。可是母亲对自己不满，他是知

道的。他也想讨母亲的喜欢，无奈一玩起来，他又情不自禁了。并且他又想：母亲本来好哭，说她好哭，也是实话，怎么就值不值生这么大的气？我说的是实话啊！

纪蔚叔直饿到半夜，才把母子安慰好，把小宏私劝私哄，费了五车唾沫，小宏这才过去，给母亲磕了三个头，说了四个字："娘，我不了！"

入睡以后，母子躺在枕上，纪大嫂涩着嗓子，又讲了半晌。这可是多此一举了，她正翻来覆去地比喻，纪宏泽早已鼻息重浊，扯起鼾声来了。

自经此次，纪宏泽好像也略受感动，很安静了七八天。但是不久，他又闹事了。这一次大概又是跟人打架。早晨起来，他母亲给他先梳小辫，次打脸水，梳洗干净了，才打发他上学。母亲拿着梳子，给他拆开发辫，刚要往下通了，他带出护疼的样子。乃至用梳子一梳，竟格格不下；强通下来，随着梳子掉下来一缕头发；又一通，又是一缕。母亲停梳细验，才知道他的头发直掉落十分之二三，不用说，又跟人揪小辫，打死架了。他才十三岁，他竟这么好勇狠斗。母亲唉哟了一声道："好孩子！你！"料着也是白问，只得好歹给他梳上，打发他上学。

到了晚上，对纪蔚叔说了。叔嫂二人苦苦盘诘，严加劝责。这孩子还是那么拧，一言不发，把耳朵交给母亲、叔叔。纪蔚叔也不禁失望道："你这孩子怎的这么不听人劝呢？你爹爹一辈子好汉，你母亲精明强干，都是很爽利的人，怎么单单你这孩子，又硬又拧，又不学好！"

可是，自从那一回母亲动怒之后，他就怕见母亲落泪。因为他这位母亲，与别家母亲不同，从来溺爱他，没有加责过。纪宏泽脱口失言，讥诮母亲好哭，没有想到母亲会如此痛心。他口头上尽管倔强，他可是不敢看母亲眼泪汪汪的那模样了。

母亲一哭，他立刻受不了，抓耳搔腮，恨不得把母亲的嘴堵上，把眼泪也给止住才好。纪蔚叔渐渐体验出这一点来，暗

告纪大嫂："这孩子不是没心，只是口硬，不肯认错罢了。"

纪大嫂叹道："但愿他有心，我才不白活着！"

又过了些日子，突然又激起大波大浪。时候正值大秋，学塾又放秋假，小学生们随同家里大人全都上地了，连王先生也回乡收粮去了。于是纪宏泽又成了闲人一个。每逢纪宏泽惹是非，多在阴历五月麦收、七月大秋放假的时候。现在又到了惹事时候了。

纪宏泽竟拿着三只真镖，满野地乱跑。这不是儿戏的假镖，竟是真镖。他拿着这三只真镖，一把竹片假刀，独戏无伴，一头跑到隔村场院那边。他噌噌地爬上树，他上树的功夫比村童都高。他攀枝踞树，往下试打一望，望见了人家的院落，正在喂猪。相隔足够数丈，他要试试腕力。同时他模仿乡下戏台中武生武丑武花脸的本领，他就一扬手，"着镖！"镖奔小猪打去了。

他的腕力居然不弱，他没有白练，小猪"唧"的一声，掉着尾巴乱跑。猪主人立时听见乱群的声音，壮男壮妇全都"下地"收割去了，村舍中只有老弱。一个老妪、一个梳丫髻的女孩跑出来，看见小猪屁股上插着一只带布条的冰钻，登时叫起来，要给猪拔下。这猪负痛乱跑。在灶下做饭的主妇也被闹出来："谁扎的？谁扎的？"

正在乱嚷乱骂，往门外寻找，骄阳下照，树上的人影在地，忽被那小女孩瞥见，叫道："奶奶，奶奶，你瞧树上有人！"

纪宏泽一抱树，出溜滑下平地，一溜烟跑了。可是他丢了一只镖，这只镖成了赃证。

他又一阵乱钻，钻到人家葡萄园，他要施展他飞檐走壁之能，盗取人家的葡萄。顽童们惯用秫秸劈成细篾，做成筷子篓的形状，缚在长竿上，可从园外偷摘人家的葡萄嘟噜。细篾小篓留有小口，探到葡萄嘟噜上，齐蒂只一拧，就摘下一小嘟噜。

小纪嫌这个竹篓形小力软，竟用鸟笼改造，制成一个大篓，把人家大嘟噜葡萄一拧，就拧下一大串，足够一二斤。他说：“看园的老头子好骂街，本够可恶。现在换了他的女人，这老婆子更是可恨，小孩子在她葡萄园左近一走，她就跑出来骂，她把人全都当作偷葡萄的贼了。这不可不惩罚她。”

巧极了，葡萄园外没有半棵树，定是主人防人攀树来偷，把树砍掉了。可是园中有巨树，他人上不去，距墙根很远，小纪居然想出法子来。他在墙外只一跑，又一攀，就能上墙，然后用绳子照树上一抡，做成活套，挂在树枝上，小纪就借力一悠，悠到树上。然后居高临下，大摘葡萄，且摘且糟蹋。

葡萄园有狗，小纪竟加以贿赂，给它投下食物，狗不再咬他了，反拿他当好朋友，在树下摇尾乞怜，另发出欢迎之声。小纪瞎胡闹，在树上以孙大圣自居，大摘大吃。饶他心眼多，到底忘了一样，跳墙上树易，摘了这些大嘟噜葡萄，要想回去，可就不大容易。他只顾打算入园上树，忘了“饱载而归”时怎样下墙头。他回不去了。

狗在树下欢迎他，久等食物不再投下，狗就发出低哼，尾巴摇得更急，而且跳前跳后。小纪在树上彷徨四顾，有心下地，又望见园门上锁，这仍得翻墙，但园中地窄，竟没有向上蹿的余地。他抓耳搔腮，盘算逃走的办法。

忽然看见看园人从屋中出来了。却又不是那个老婆子，这是一个二十几岁的娘儿们，脸上还抹着红红白白的，原是老婆子的侄女儿，怄气回家。这女人因园中无人，就在葡萄架旁蹲下小解。忽然听见树叶子簌簌作响，又见狗冲着树摇尾巴，这女人未免有点疑怪。忽然“啪嚓”一响，小纪怕人家看见他，就往叶密处一钻，兜中的葡萄有的掉下来，吓得他手忙脚乱，索性满兜葡萄全落下来了。

那女子大骇，慌忙提衣要起，没有起好，竟坐下来，坐了一屁股泥。小纪忍不住扑哧一笑。女子大怒，系好衣裤，找了一根木棒，站得远远地骂道：“哪里来的野小子，偷看老娘撒尿?”

小纪笑道："谁看你来？"

女子越怒，扬着木棒奔来骂道："好小兔羔子，你还笑？你就没有姐姐妹妹吗？你的姐姐妹妹就没有撒过尿吗？你他娘的偷看什么？"

那女人起初当是野男子，她心中只是奓着胆。小纪一还口，她听出童子音来，倒放了心，越往树下凑来，一个劲地骂。最恨小纪偷看她了，她把偷葡萄的事倒没搁在心上。

小纪道："我看你做什么，看你又有什么稀罕？"小纪的笑声，闹得这女人满脸通红，手持木棒仰望，要认准小纪的面目。小纪借枝叶把脸护起来，女子已看出是个十几岁的小孩，骂道："我看你咋着下来，你滚下来，奶奶打不死你！你给我滚下来！"

小纪道："你快回去洗洗你那身上的尿去吧，我都替你怪脏的。"

小孩子不知男女之嫌，十分调皮，女子恼羞成怒，教唆狗咬人。狗又不听支使，小纪也没有下树的举动。这妇人嗔极，撮碎砖来打小纪。小纪不依，就把成嘟噜的葡萄往女人头脸上砸。

女人大嚷起来："这是谁家的小兔蛋，你还要造反？偷了葡萄，还打人。你等着，我叫人去，把你吊起来，打个臭死。"

妇人示威之后，调头就走，故意推门弄锁，却在葡萄架后，静等小纪下树，她想痛打他一顿出气。小纪十分诡谲，仍不下树，笑着说："大娘儿们，你别冤小爷，我看见你的衣襟了，哈哈，哈哈，藏不住了。"

妇人使诈语，纪宏泽也使诈语。妇人藏不住，忍不得又跳出来骂："反正你小兔羔别想下来了，奶奶跟你耗了。"

纪宏泽在树上笑道："小太爷也跟你耗上了。你瞧吧，太爷这一辈子就不下来了，看你有啥法？"

两人一递一口的斗骂，小纪忽然说："大娘们，太爷要走了，太爷会驾云！你瞧着，小太爷要驾云走了。"树叶簌簌一

阵响，正不知树上顽童又弄何把戏。这女人疑疑思思的，真不敢过来，怕用葡萄砸她。可是她横身遮住路口，小纪想下地逃走，实在不易。

那女人又威吓道："回头我们老爷子就回来，叫一群大小伙子，上树拉你小兔羔子。"这女人也自纳闷，这小孩何故这么大胆，他居然不走，这是谁家的孩子呢？听口音又很特别，不像本村的。这位已出嫁的姑娘竟不熟悉母家本村的细情，更不知信安镇新搬来的客户。小孩越倔强，她越顾忌，真怕吃了亏。她想这小子许有十六七岁，哪知纪宏泽今年才十三。

纪宏泽口头上发横，其实心中发慌，他也怕老娘们撒泼，所以犹豫不敢下树。但时不容缓，将到饭口时候了，他还远远望见一个老头儿，从大道奔这边来了。越走越近，越看得真，果然是那个看葡萄园的老头儿，后面还随着一个中年汉子。

他暗想：不好！

他急急往地上一瞥，女人堵着园门，距树两丈多。他又急急往西墙一看，自料已不能一跃登墙。可是情形越逼越紧，那老头儿越走越近。那老头儿倒是空着手，那中年汉竟挑着两只空筐。空筐不相干，大概是来趸葡萄的，最糟的是担这空筐的还有一根长肩担。纪宏泽自觉搪不了这根肩担。

纪宏泽乡居已数年，深知乡农捉住窃庄稼的小偷，必然有一顿苦打，而且捆上打。他如今深入人家果园，又糟蹋了这些半生的葡萄，看园老头子必不肯轻饶。他在树上高高地望见来人，他至此越发着急了，这才打算立刻逃走。可是迟了！那女人不知怎的，会听动静，突然大嚷起来，"有贼了，有贼了！"

纪宏泽大惊，急往园外看。老头儿和中年汉骤闻呼声，俱都站住，露出张皇观望、欲前不敢之相。但只一停顿，园中女子又喊起来，老头儿也喊了一声，立刻奔园门跑，中年男子也跟着跑。到此刻真是危发千钧，那女子大叫园中有小贼。那老头子奔到园门，用力推门，那男子把筐一放，抽出扁担，雄赳赳摆出要打谁似的架势。原来他们已听见女人告诉明白，园中

只是一个小贼罢了。

女人看看门，又看看树，催老头子快进来。可是忘了开锁。老头子催她开锁，她又忘了拿钥匙，还得进屋去取，不开锁，人便进不来。这女人三脚两步奔到屋内，当此之时，纪宏泽可就急红眼了，再不顾一切，唰的盘下树来。恰好女人已从屋中奔出，大嚷道："小贼下树了，不好，不好，你们快截住，奔西墙了，奔到墙根了，快快快！"

女人且叫且开锁，且回头盯着小纪。小纪也不知哪里来的力气，本来不敢也不能一跃登墙，现在一般急劲，居然在地上一抹地抢奔西墙，糊里糊涂一蹿，两手居然攀住墙头，又一翻，跨上墙头。

老头子从园内开锁追到，骂着来揪腿。中年男子绕到西墙外，扁担一举，喊骂一声："好贼，大白天价，你就……""就"字没说完，扁担照脖颈肩背砸下。纪宏泽急急一滚身，脚往下一蹬，踢开老头儿的手，扁担啪嗒一声，也落了空，砸在墙头上。小纪又一拧身，往下一栽，身落平地，轻如飞吹柳絮，挺身站起。看葡萄园的老头子在内看不见外面情形，哎哟了一声，大喊："逮住他，逮住他！"

园外的中年汉举着扁担，再往下打，忽看出落地的是个十几岁穿长衫的小孩。好像绅士家的少爷，不禁心中稍一犹豫。小纪比野兔还快，眼往四面一看，伏着腰，撩长衫一窜，落荒跑下去。

中年汉子愣了一愣，园中的老头子和少妇全都绕从园门追出来。老头儿已验明树下糟蹋了那么多的葡萄，又已问明这小孩胆敢花马调嘴，戏弄少妇，越发地怒气冲天，大声吆喊。四邻齐被惊动，都出来看。偏偏正到晚饭口，村边收禾的农夫有的路经回家吃饭，就碰见这事。

少妇指天划地，且诉且骂："二哥，大叔，快给我截住他！"一五一十诉说前情。

邻家妇人也帮着叫骂："这是哪村的小兔蛋，跑到咱们这

里撒野？快把他逮住，吊起来，拿鞭子抽他！”四邻动了公愤，六七个小伙子奔过来兜拿纪宏泽。

纪宏泽心知这个乱子惹得不小，只顾落荒逃走，回头一看，好几个赤膊汉子分两头堵上来。他归路已断，人小究竟胆小，一看这阵势，又急又怕，慌忙往青纱帐里钻去。有两个壮汉拨青稞追来，被他扬手一把土对准头一个人的上盘，登时扬了个满脸土。第二人赶到，伸手刚一抓，被他一伏腰，从肘下冲出。他终于一溜烟逃走，六七个大人没把他圈住。这些村民远望着小纪逃走的背影，骂着回来，都说这小孩比“大眼贼”（一种鼠类）还溜洒，这是哪村的？

村民毕竟有认得他的：“这不是信安镇开小铺姓纪的孩子吗？”另一个人说：“哪有这家姓纪的？”刚才那人又答道：“是新搬来的客户，在王先生书房上学。”又一人道：“这还了得！这小孩，哼，准是他娘的贼种。还穿着长衫，我只当是谁家少爷哩。五大爷，您得找他们家大人去。”

老头子和那少妇早将烂葡萄包起来，小纪上树的那根绳子，摘葡萄的竹篓竹竿，也都拿了来。好歹吃了饭，就往信安镇找去。这相隔不过十一二里，好管闲事的邻舍，也跟了两三人去，一来做见证，二来看把戏。

看葡萄园的老人和少妇还没有找到门，那养小猪的老妪的次子，已先一步到了。也是在回家吃饭的时候，得知有一个小孩，登高攀树，拿拴布穗的冰钻，把他们小猪打伤。有邻家小孩做证，说这冰钻是信安镇纪家小学生的玩意儿，有人看见他拿这玩意儿打鸟。人证、物证俱全，焉肯甘休？吃完了饭，登时拿了冰钻，带了小猪，由邻家小孩做眼线，一直找到纪蔚叔的小铺门口。

纪蔚叔正在柜台照料买卖，猪主人嚷着进来。纪蔚叔看见来人手中托着一支钢镖，登时心中一惊。猪主人从头到尾诉说：“你们家的孩子拿这冰钻，打伤我们的小猪……”

纪蔚叔长吁一口气，把这颗悬起的心放下。闲人们围上来

看热闹。纪蔚叔忙将猪主人让到柜房内，情愿出重价，把小猪买下。赔了许多好话，要过镖来，又问小纪现在何处。

猪主人说："他打伤我们的猪，就跑了。"纪蔚叔又赔说了几句话："等他回来我一定打他。"

猪主人得钱欣然走出，纪蔚叔细看此镖，果是己物，便拭净藏起来，过来验看小猪的镖伤。伤在臀部，入肉数分。据猪主人说，是在数丈外树上打的，那么小纪的腕力已然不小。恨人的是，不许他把镖带在身边，他居然拿到外面施展。

纪蔚叔心中狠怒，在铺中坐不住，又不能出去寻找小纪，忍不得走到铺门外，往街上看，心想此时小纪惹了祸，不知又逃到哪里去了？于是纵目往街南看，又往街北看。这时候那葡萄园老人和少妇连同四邻，一共五六个人远远地走来了。纪蔚叔眼神很足，远远一望，便看出这几人气势汹汹，似找谁寻隙。哪知相隔渐近，便见一人指着他说："这就是那个姓纪的！"

那个老头子和少妇立刻直冲过来，嚷骂道："好嘛，你就是姓纪的，你倚仗什么势力，你们开着一个臭铺子，就要横行霸道！"

老头子要撞头，少妇凑过来，要打纪蔚叔的脸。纪蔚叔人纵然精明，也猜想不到是怎么回事。可是他究竟是不大好打的，伸臂一格，架住老头子，抽身一闪，躲过少妇的耳光，连忙叫道："什么事？什么事？"

老翁少妇依然吵闹。纪蔚叔惶惊万状，连叫："老大爷，大嫂，您先息怒，到底是什么事？我在下是外乡人，全靠诸位乡亲照顾，我一个做买卖的，我哪敢卖假货欺人哪？"

年轻人最怕"棺材瓤子"拼命，更怕村妇撒泼，偏偏全叫纪蔚叔一人赶上。这一老翁一少妇，抓不着纪蔚叔，又要砸他的铺子，又不敢下手，只是一味地吵。

纪蔚叔受窘不堪，旁人看不过，忙把老翁、少妇劝住。隔壁烧饼铺掌柜劝道："你老人家消消气，咱们有话说话，有理

说理。这位纪掌柜实在是规规矩矩的买卖人，到底为了什么事，得罪您了？”乱嚷了一阵，张罗了半晌，还是由同来的邻人代为说明，是小纪偷葡萄，戏要了看葡萄园的少妇，如此而已。

然而纪蔚叔竟吓得浑身一震，比刚才还吃惊：“这真想不到，小纪这孩子竟会这么没出息！刚刚十三岁，竟敢调戏良家妇女！”纪蔚叔胸口像被冰刃刺了一下，按住惊愕，细问来人：“到底他说了些什么？他有什么无理的行动？您请告诉我，我一定狠狠地责打他。”

同来的邻人说不来详情，纪蔚叔转问少妇：“大嫂，他到底怎么得罪你老了？”

少妇似乎含羞，把头这么一低，又这么一抬，突然把嘴一张，照纪蔚叔啪的吐了一口唾沫，拍手打掌地骂道：“好嘛，你们孩子犯混账，你还要问我一个心服口服？你他妈的也不是东西！”

纪蔚叔侧脸赔笑道：“大嫂别生气，这怨我不会说话，我不过是问明白了，才好责打他，叫他给您赔罪。”说着口中啧啧着急，竟猜不出小纪究竟惹了多大的祸。同来邻人便将那堆烂葡萄、绳子、竹竿、竹篓，都拿给纪蔚叔看。把小纪的罪状，加倍控诉一番。

一面官司难打而易判决，纪蔚叔唯有认罚从打，先给老翁、少妇作了三个大揖，另拿出十吊钱，算是赔葡萄钱。乡下人来势很凶，一见十吊钱，登时云消雾散。

那个同来的邻人忙说：“我叫您侄儿扬了一脸土，你看我眼珠子都红了。”立刻揉眼。纪蔚叔立刻送上一小瓶明目散。邻人说：“这个药上得吗？”纪蔚叔忙又送上五百钱：“这个药上不对付，二哥您再自己买别的药。”邻人的眼也登时云消雾散。

但还有些人不满意，有的说：“小孩哪有不淘气的呢，不过人家小男妇女谁家不撒尿，这孩子太嘎，又偷瞧，还又喊好儿。”

纪蔚叔连道歉带安慰，又说了一堆好话，索性把货架的钱线烟叶等等零碎，随便分赠同来的邻人。老翁、少妇这才心平气和，邻人也都换了口气，不再说“你那侄儿没出息”了，改说：“小孩子都是这样，其实他不懂事，他哪里知道男女的分别呢。”

到底有个结局，众人走了，纪蔚叔怒气填胸，忆起前情，十分伤感，替嫂嫂难过。尤其先入之言深入人心，由不得暗想：这孩子才十三岁，就调戏妇女！从来好色的必无义，这几年苦心难道真白费了？靠柜台想了一会子，到底忍不住提前上了门，先回到家，问了一声：“大嫂，小宏在家吗？”

纪大嫂说：“他吃完饭就出去玩去了，怎么着蔚弟，他又惹事了？”蔚叔道：“没有，我找他有点事……叫他替我抄账。”扯了一个谎，忙到各处寻找纪宏泽。

纪宏泽竟在数里外，同几个顽童下河捞鱼呢。

纪蔚叔大喊了一声：“小宏，小宏！”纪宏泽应着上岸，仰着脸问：“七叔，什么事？”蔚叔道，“走，快给我回家。”纪宏泽道：“你等我把这些螃蟹穿起来。”

纪蔚叔一把抓住他一只胳臂，拖着就走。行到无人处站住，两眼盯住小纪。小纪也就预感到情形不对，翻眼不言语。纪蔚叔越看越有气，猛打了他一掌，低骂道：“小铃子，你这东西这么没出息。你怎么打人家的猪？我不是不叫你拿着镖往外摆弄吗？”

纪宏泽护住挨打的地方，一声不言语。纪蔚叔又打了他一掌，审问道：“你怎么还偷人家的葡萄？你怎么还偷看人家老娘们撒尿？”

小纪还是老脾气，随便你怎么问，他只是不出声。纪蔚叔又打他数掌，末一掌打重了，他不由得伸出小胳臂来招架，脖子梗梗的，似乎不服气。这神气越勾起纪蔚叔的怒火来，立刻又把小纪的胳臂抓住，照臀背狠打了几下。小纪猛一挣，挣脱了手，要想跑，又跑不开。纪蔚叔赶着，且打且问，恨不得他

说一句认错悔过的话，尤盼望他诉说真情，但愿邻人的控诉不是实情才好。偏偏小纪拧性犯了，挨打不过，负疼不堪，竟也急了。纪蔚叔又一抓他胳臂，他立刻一拨，说道："你干什么老打我，你凭什么打我？你是我的什么人，你要打我，你赖我偷葡萄，偷看女人了，你看见了吗？"小头一歪，小眼一瞪，似乎要咬纪蔚叔似的。果然这几句话有效，纪蔚叔高高举着巴掌，再打不下去。如冰刃穿心一样，倒噎一口气，呆呆地愣在那里了。

死盯着小纪的脸，半晌，纪蔚叔浩然长叹，顿足道："好！我不打你，真是的，我凭什么打你？好孩子，有你这么一说。咱们走吧，回家吧。"

小纪不走，纪蔚叔道："你怎么不回去，你娘叫我找你回去吃饭，你不回家行吗？"

小纪嘟哝道："我回去，你好告诉我娘，回头叫她又冲着我哭啊！"

纪蔚叔失声苦笑道："我告诉你娘做什么？走，我也不打你了，我也不说你了，我也决不告诉你娘，你放心好了。我赶明天就回老家，我这是何苦，招小孩子的不愿意！"越说声音越涩。小纪偷眼一看，那么刚强的七叔，那么大的老爷们，竟也掉眼泪了。

纪宏泽今年已十三岁，出言虽冷，但不是一点人事不知道。他觉出自己又惹出大麻烦来了。他也晓得自己刚才说的话扎了七叔的心，他陡然说："七叔！……"

纪蔚叔道："做什么，我一定不告诉你娘。"

小纪摇了摇头，又叫了一声："七叔！"

纪蔚叔不明白拧性小儿的心理，他不知道这两声"七叔"，实含着无尽的告饶，说道："走吧。"

小纪还是不走，眼中越发露出可怜的乞怜相，在默默无言中，他已表示悔歉。而纪蔚叔琢磨不透，纪蔚叔已然透心冰凉。

纪蔚叔督着小纪，小纪在前头走，纪蔚叔在后头跟着。到了家门，小纪翻身堵门，又低声叫了一声："七叔！"紧跟着又说了一句："您可别回家去说。"

纪蔚叔至此时心中沸沸腾腾，更不做理会，把小纪一推，一同进院。

纪大嫂正给这叔侄烧火做饭，回头一看，道："小宏，你给你七叔抄了几篇账？"大人、小孩全不回答，大人进了西屋，小孩钻进了东屋角落。而纪大嫂竟一点揣想不到。

少时饭熟，在堂屋摆好，连叫数声，叔侄方才出来。小纪低头吃饭，纪蔚叔捻筷子，半晌吃一口，愣一愣。纪大嫂尚不知内有文章，于是饭罢，泡上茶。小纪溜出去了，纪蔚叔手接茶杯，低头沉吟。纪大嫂忽然看出他眼含着泪，这才愕然。她是曾经忧患的妇人，又是个精干的主妇，忙设词动问：街面上有什么事？对头有什么动静？新遇见眼岔的人了没有？小宏又惹事了吗？……连发许多问题，纪蔚叔不肯直答，可是满脸懊丧，再掩饰不住。纪大嫂实在问不出，就凄然长叹道："我娘俩累赘七弟好几年，七婶子在家也不知怎么样了。若不然，你把七婶也接来吧！况且七弟你还没有小孩。"

而纪蔚叔还是不说实话。

纪大嫂可就沉不住气了，暗道："想必是七叔年轻一个壮汉，恐怕为我们母子，耽搁了前程事业，许是日久生厌了吧？我不要太不识趣。"她说："七叔，您要是想家，您就回家看去。"话风愈逼愈紧，纪蔚叔不能再隐瞒了。他站起身，先往外面一寻，小纪像避猫鼠似的，虽然溜出去，竟没有远离，在街门外自己掷钱呢。纪蔚叔把他叫到屋内，时已掌灯。

纪蔚叔对着小纪母子，未从开言，先搔头为难半晌，末后才说："大嫂，我说了，您别生气。小宏他今天又淘气去了，他拿这东西……"从衣袋内取出钢镖来："把人家一口小猪打伤。人家找到铺子，我说了许多好话，又赔给人家一锭银子。这事刚刚了结，人家东村看葡萄园的老头子和他侄女，还有七

八个邻居，跟手也找来了。说是小宏摘了他几十斤葡萄，全糟蹋了。那女人还说，小宏偷看她小解，还说便宜话……”

话刚到此，纪大嫂蓦地站起身，旋又坐下，道：“好！他，他，他，他偷看女人……”

纪蔚叔忙道：“大嫂别着急，您听我说。”纪大嫂嘻嘻冷笑道：“好孩子，你才十三，你你你……”一双星眸盯住小纪。小纪这时真害怕了，圆脸苹果样的两腮顿时雪白，叫了一声：“娘！我没有！”

纪大嫂呻吟道：“你七叔会冤枉你？是不是你……”说着眼寻屋角，似欲觅杖。纪蔚叔一看嫂嫂气成这样，登时后悔不迭，但已不可挽救，忙站起来道：“大嫂，大嫂，你先听我说，我还有下情。”

纪大嫂闭目道：“好，七弟，你只管说吧。”

叫他“只管说”，他竟噤住，说不出来了。自己满腹憋气，已不敢再诉。横身遮在小纪的面前，只得劝解。纪大嫂气得嘴唇直抖：“小孩淘气不要紧，他竟这么下流，他会偷看人家妇女小解。好好好，我算没指望了。”

纪蔚叔道：“大嫂竟气成这样，我真不敢说了。大嫂，我刚才已经狠打了他一顿，我已经带着他，给人赔不是去了。这也不是他故意偷看，想必是他跟别的小孩一同淘气，上了人家的房。他们这地方的茅房，都在房后，扎个篱笆障，就算是茅房，他们在房上，自然就看见了。一定是大孩子调皮，乱喊看女人撒尿，他也跟着人笑。人家欺负咱们是外乡人，所以单找上咱们来了。准是这么一回事，您别生这么大气，等着咱们细问问他。小宏，刚才你不肯告诉我，你看你娘气得这样，你还不快说，到底是怎么一回事？是不是他们野孩子惹了祸，故意往你一个人身上安？”

纪蔚叔后悔失言，有意替小纪开脱，哪知确正道着真情。纪宏泽这小孩天生口羞，不肯直供己过，他只点了点头道：“是他们赖我，我没有偷看。”

纪大嫂道："你不用扯谎，怎么人家单赖你？你爹爹一辈子英雄，你亲娘也不是寻常女人，怎么偏偏生下你这么一个现世宝！"

纪大嫂越说越怒，越想越恨，定要责打纪宏泽。纪蔚叔极力劝止。纪大嫂定要纪宏泽下跪，宏泽性情挣，宁折不弯，如今竟似知道理亏，居然下跪了。抬头望了望纪大嫂，又瞥了纪蔚叔一眼，低下头叫道："娘，我改了，我下次再不了！"说得声调那么低哑可怜，一句话引得纪大嫂呜咽不止，终于痛哭起来。

这回事就这样含糊过去了。

可是纪蔚叔心中总憋着一个疙瘩。因为小孩子话太伤人心了。纪蔚叔想：自己千辛万苦，为了手足之情，同门之嘱，捐弃壮年的前程，专做着像保父一般的娘们事。嫂嫂年纪轻，侄儿年岁幼，自己周旋其间，外涉艰险，内避嫌疑，受尽多少挫折？结果，落了小孩子这句话，"你凭什么打我？"是呀，非亲，非舅，我凭什么打人家？

纪蔚叔年纪轻，却是有耐性、想得开的人，为此更加难处。因为他明白，这是孩子话，你真能认真吗？跟小孩一般见识，岂不成了笑话？然而这话是多么刺心啊！我凭什么打人家？

纪蔚叔于刀林箭雨中，不说一不字。独独这一句话格格难茹，咽不下去，忍受不住了。他从此忧忧不乐，怏怏寡言，再打不起精神来。每逢无人时，便由不得想到古今以来的孤臣孽子，抱忠诚而反遭诬蔑……更由今天推想明天，由今年推想明年，若是一番苦心竟成徒劳呢？

当他猝闻小纪那句话时，挤在气头上，恨不得一跺脚回乡完事，又恨不得面见大嫂，细说己情，然后一揖而别。……但他是有理性的人，及至见了纪大嫂，那么一个健壮的少妇，如今圆脸几乎瘦成长颊！那么有说有笑，如今变成寡默无言，只低头做饭，做活。做做做，不愿片刻闲，想以劳苦消愁埋恨。纪蔚叔他就是有多大的难堪，也就抵面气沮了。他吞不下，也

要吞；忍不了，也要忍！嫂嫂人家还是个女人，我又算了什么？

他想而又想，终于不忍也不能一怒告别，甚至连那句话也不敢一吐了。因为，如今刚刚一说小纪淘气，嫂嫂就恼成这样，而且嫂嫂和我正不是一样的人吗？全算托孤之人啊，嫂嫂已够难过了，我还能把自己受的小小一句话说破，更惹嫂嫂悲愤不成？

但是冷言实如冷箭，叫人越想越凉。纪蔚叔终不免受这一句话的影响，对于小纪，不知不觉竟客气起来。若小纪稍有不驯，他有劝无拦，未说话先拿出笑脸。小纪想：七叔待我更好了，不像从前厉害了。哪知大人心中苦恼，就怕的是他人大心大，似明白，而实际是更糊涂啊。

这样又过了些日子。但是这种情形不久便被纪大嫂觉察，看破，诘问起来："七弟，这是怎么回事，您怎么不管他了？"孩子不敢说，也早忘了一言伤人；大人不忍说，过去了何必再折腾？

然而这种情形实在延迟不下去，也支持不下去。因为每天晚上，七叔还得督促小纪做功课哩。教不严，便是师之惰。纪大嫂自然讶怪，小纪的夜课怎么松懈下来了？

每逢饭后，小纪照例稍休，再写字，温书。然后，再开始另一种夜课。

这种夜课，一向由纪蔚叔亲传，纪大嫂有时也在旁指点。不过纪大嫂差多了，虽知之而不精，传习之业仍靠七叔。而七叔忽然改了样，从前是严师课徒，现在成了益友伴教了。

"七弟，你得加点劲呀。他的架势不好，得校正他，别依着他的性子糊弄。"

纪大嫂挑了出来，于是七叔走过来，把小纪的胳臂腿摆弄摆弄，并且告诉他："这个力该这样发。"小纪扭头道："这么发太吃力，又不得力呢。"七叔道："练的就是这股力，孩子，你要听话。"

每天大概就是这情形，小纪遂心了，纪大嫂感觉不是：

“七弟是怎么回事呢？”她怎知蔚叔心中梗着那句话呢！对小纪似乎每想严管，便觉气沮了。

似积云密雨一般，终于到了霹雳震撼的时候。一天月下，恰只纪蔚叔与纪宏泽二人对练，纪大嫂没有在场。不知怎么一来，纪蔚叔怫然发话道：“小铃呀，不是我不心疼别人家的儿女，不是我定要苦苦地管束你，我实在是不敢耽误你呀。我一味由着你的性，你固然顺心了，那还练什么功？”说着，忍不住长叹了一声：“小铃子，你别叫我左右为难了，我对得住你，我可就对不住你的父母了！”

这一句话把小纪说了个脸通红，又恰恰被纪大嫂听见。纪大嫂愕然了：“七弟从来不说这样的话，他这是怎么了？怨不得他这些日子闷闷不乐，怨不得小铃子的功课越练越松，这必定……有缘故！”

纪大嫂忙走过去，说道：“七弟，练累了吧，茶泡好了。你刚才说什么来着？”纪蔚叔忙一回身，立刻改口道：“大嫂，我没说什么，我们正练呢。”

纪大嫂不肯放松，忙又问道：“是呀……你刚才好像是……说什么左右为难。莫非小宏又不好生练了？又不听管教了？”

纪蔚叔急忙说：“没有，没有，我们练得好好的哩。刚才么，刚才是他，是我劝他几句。”可是忍不住叹了一口气，又提起一口气道：“没有什么，其实没有什么，我们正练劈掌哩。”

纪大嫂更恍然了，忙着看纪蔚叔，又看纪宏泽。纪宏泽此时把个小胳臂挺得棒棒的，腰背立得直直的，正在呼呼哧哧，左一拳，右一拳，越要越加紧，越带劲。可是一颗小脑袋转向别处，不肯和他娘对脸。纪大嫂更恍然了，默立在那里，想了一想，当下也不说什么，只道：“天可不早了，你们爷俩也该歇歇了。”将一壶热茶，送到东屋纪蔚叔的住处里，搭讪了几句话，把小纪叫进正房，母子关门熄灯睡下了。

纪蔚叔自在东屋，端着茶杯，且喝且默默地发愣。过了一会儿，也就掩门归寝。忽然心血来潮，翻来覆去不能成寐，忽

然又坐起来，侧耳听了听。忽然心中又一动，忙摸索着穿衣，点灯，开门，悄悄走到院中。

院中月色皓然，万籁无声，唯有远处的狗吠和风声，偶破沉静罢了，却有一种凄怆的悲咽，发现在耳畔。

纪蔚叔心头如被刀刺了一下，忙潜足走到正房窗根。果不出料，是哭声，是强遏不令出声的哭声。

但在这咽泣的声音中，还有别的声音。纪蔚叔忙侧耳凝神，过细地听，暗道一声：哦，不对！忙叫了一声："大嫂！哦，大嫂！"

屋中凄咽之声顿住，纪大嫂似乎吃了一惊道："谁呀，七弟吗？"纪蔚叔道："大嫂，是我，大嫂还没睡吗？你怎么了？"

屋中起了一阵轻微的声音，纪大嫂说道："七弟你还没睡吗？……我吗，我没怎么，我早睡了。"

"刚才大嫂……我听见好像有谁哭似的……大嫂又难过了吧？"

纪大嫂又接着答道："没有，刚才我睡得着着的，许是小宏发呓症了吧。"纪大嫂说着，打了一个呵欠。

纪蔚叔不禁一叹，又问道："小铃子呢？……小铃子，你睡了吗？"

纪大嫂忙代回答："他早睡得着着的了。"

竟问不出来，只在屋中发出窸窸之声，恍惚听见纪大嫂低声说道："上来吧，别言语！"

纪蔚叔愣在窗前，忍不住也凄然下泪，半晌才说："咳，大嫂，凡事你要想开一点，这一条路，我们还没走出一半哩。我们打起精神来，一步一步往前闯。小铃子这孩子，你不要管他太紧，怕管出毛病来。你别一味打他呀！好比一棵小树，不修理也不行，若是一个劲地摸摸按按，苦往上巴结，倒不会长得好。大嫂，你刚才是不是打他了？"

纪大嫂道："没有，没有。"

纪蔚叔再问，纪大嫂不再搭茬。纪蔚叔只得海阔天空地虚劝了一阵。屋里寂静无声，蔚叔也就回房归寝。

第十二章

慈孀伤心龙蛇斗

孀妇训子，昏夜关门加责，不欲人知，不叫孩子哭喊。打得极狠，打完又心疼哭泣。这情形最为凄惨。纪蔚叔听见上房隐泣之声和扑打的动静，赶忙起来，站在窗根下再三叮问，纪大嫂竟不肯搭茬。纪蔚叔只得海阔天空地虚劝了一阵。半晌，屋中既无动静，也就回房归寝了。

等到第二天早晨，果然看出纪大嫂眼圈红肿，似彻夜恸哭过的，就是小纪也是两眼通红。为了自己，致使母子伤心，纪蔚叔很觉过意不去，到了晚饭时，又劝了一顿。纪大嫂只唯唯诺诺地应着，心中另有打算。

又过了几天，纪蔚叔回家吃饭，刚一进屋，突觉异样。纪大嫂满面春风，给他备饭，竟是很丰肥的大酒大肉。纪蔚叔微微一错愕，不知是什么缘故，刚要询问，纪大嫂抢说了："蔚弟，我前天给人又做了一点零活计，得了几个铜钱，咱们今天把它吃了吧。"纪蔚叔道："哦，好哇，还有酒？"便坐下来，纪宏泽母子也跟着坐下。纪大嫂向宏泽施一眼色道："给你七叔斟酒。"

纪宏泽很恭敬地站起来，给斟上热热的一杯烧酒。连饮三杯，连斟三杯，纪大嫂又亲自给纪蔚叔斟了一杯。纪蔚叔微觉不安道："大嫂，我自己会斟。大嫂也喝一杯呀！"纪大嫂道："喝，我今天是想喝一点。"

她素来能喝酒的，可是自经忧患，早已不茹酒醪了，今天居然也斟了三盏。纪宏泽这孩子素来吃饭很快，见了鱼肉，吃得更快，此刻竟斯文起来。这位嫂嫂、叔叔和侄儿如享宾宴，且吃且谈。纪大嫂竟说起当年那场忧患事。这在以前，本是讳而不言的。谈着，纪大嫂又问："七弟，可是想家吗？要不然，我看现在也安定下来了，莫如七弟回去看看，或者把弟妹接来。不过，咳，我又不放心。我们的事，谁知道将来怎样呢？我又怕连累了七弟妹，她又是文静人，岂不担惊受怕？"

纪蔚叔道："嫂嫂怎么谈起这个来？他们娘俩在老家有吃有喝，我惦记她们做什么？她是个无能的笨女人。多了她，万一出了事，倒多累赘。她哪能比大嫂呢？"

纪大嫂浩然叹道："我也是个废物啊，我母子若不是七弟，早死在小辛集了！"

纪大嫂的话，有意无意，往旧事上引。纪宏泽在旁听着，低头吃饭，一口一口慢慢地咽，一对大眼骨骨碌碌地转。纪蔚叔不做理会，可也觉出纪大嫂心中有事，唇边有话。喝完了半瓶酒，旋即吃饭。饭罢，小纪居然忙着给七叔泡茶。天色已晚，忙着掌灯，跟着小纪又跑到街门口，把大门关上，又加上了闩。回转来，到堂屋旁边，找一小凳坐下。

纪大嫂脸色严肃起来，低头默想不语。过了一会儿，抬起头来看了纪蔚叔一眼，走出正房，旋将门帘一撩，手指东房说道："小宏你请你七叔到东屋坐！"

纪蔚叔愕然说道："大嫂什么事？"东屋乃是纪蔚叔住的屋子，他忙即走进去看，屋内情形已变。灯光明亮，香烟缭绕，在屋心放着一张方桌，上面摆着香炉蜡扦。一对白烛一炷香，供着一个灵牌，横摆长短两把剑。灵牌写的是："绍兴镖头

林府君讳廷扬之神主”；下款是：“孝男林剑华”。在右上方写着亡人的生卒年月日。

那一对白烛已燃点着，两点星星黄光，映着桌上摆着的两把剑，发出青莹莹两道微光。这方丈的东间屋，顿然显出异样的情调。纪蔚叔平素睡觉的木床已然移开了，当地上放的是一具拜毡。桌两旁是两张椅子，此外别的东西也全挪开了。纪蔚叔这才明白，嫂嫂是要纪念那惨死的亡人！可是又有一样奇怪，“林府君讳廷扬”的灵牌，一向是用黄布蒙了，摆在正房空间，还用别的东西挡上。此刻反移到纪蔚叔这屋内，看来又不仅是纪念亡人了。

纪蔚叔一睹灵牌，不禁喟叹：“呀，一晃六年了！”不由得肃然侧立，面对灵牌，转问纪大嫂：“嫂嫂，您这是……”

纪大嫂满面郑重，却不带丝毫戚容，正色说：“七弟，这到如今，整整六年又两个月了。小铃他已然十三岁，我想我该对他说实话了！这孩子一天比一天大，还是这么糊涂贪玩，我本想等到他十六岁成年的时候，本领学得差不多，体力发得够了样，我们再从头到尾，细细告诉他。但是，我近来越看这孩子越似乎发浑，他迷迷糊糊地忘了他是什么人了。我们再瞒着他，他就许越往下流走。就说前天吧，七弟苦心费力地教导他，他人小心大，自作主张，居然有不肯受教的神气……”说到此，目视纪宏泽。纪宏泽随在七叔背后，已然跟进来，低头垂手，立在门边，一脸敬惧的神气，与往日不同。大约他的母亲由打那夜起，不知怎样诫饬过他了。

纪大嫂厉声道：“小铃！”纪宏泽忙应了一声，又叫了一声：“娘！”声调中似也含着激动的感情。

纪大嫂遂说道：“而且他又跟着野孩子玩，到处惹祸，管也管不过来，劝也劝不动他。我没有旁的法了，只好把他的身世告诉他。他若是有人心，他就起誓改过；他若是没人心，我也不强巴结了。难为七弟一番苦心，这孩子总该记得。我听说七弟你打他，他居然还口，说七弟管不着他……”又转眼看着

小纪道："孩子呀，孩子呀，你可记得吗？想当年你才七岁，仇人把你父害了，又来杀你和你娘。那时候，若不是你七叔舍生忘死，把你这块臭狗肉背救出来，你和你娘都是一个死呀！怎么你倒说七叔凭什么管你呢？若没有你七叔，还有你的狗命在吗？"

纪大嫂说着说着，泪又滚下来了。纪蔚叔忙道："嫂嫂，小孩子的话，谁还理他？大嫂千万别往心里去。"纪大嫂叹道："我不往心里去。不过我想，这孩子太浑，我打算叫他由今日起，对他父灵牌起誓，同时叫他拜七弟为师。从此以后，七弟要好好管他。他若敢不服教，不肯好好学，这两把剑，一把是仇人的，一把是他爹的！七弟你只管把这没志气的孩子给我杀了，这一把剑我就拿来自刎。我不能替夫报仇，又不能教子雪恨，我只好跟了他爹去，我实在不愿再活下去了。"

泣泪交流，遂一转面，命纪宏泽肃立在拜毡前听训，叔、嫂二人分坐在供桌左右。纪大嫂略为沉默片刻，首先发问："小铃，你还记得六年前，你叫七叔背着，冒雨乘夜逃难吗？"

小铃道："娘，我记得。"

纪大嫂道："孩子，你还记得，好！我再问你，你知道我们为什么逃难吗？"

小铃道："娘，我现在刚才知道一点。记得从前我七八岁的时候，我问过娘，我们为什么跑？是谁追我们？娘那时候告诉我，是闹贼了，闹翻了；我再问时，娘又说没人追咱们，那不是追咱们，是追贼。那时候，我到底不知道是怎么回事。直到昨天夜里，娘才告诉我，那是仇人，杀了我爹，又要斩草除根，来搜我们。可是娘，您到底还没有告诉我，谁是我的仇人啊！"

纪大嫂道："好，孩子，那年冒雨逃难的情形，你全记得清楚吗？"纪宏泽道："我都记得，我就是不明白怎么回事。娘，到底杀我爹的是谁？追咱们的是谁？"问的态度很焦切。纪大嫂、纪蔚叔看着他，互相以目示意，好像觉得此子还有盼望。

纪蔚叔厉声道："小铃，你要想知道仇人的姓名吗？"小铃忙道："我昨夜问娘，娘总不说，要叫我起了誓，一准替父报仇，才告诉我。娘，七叔，你们快告诉我，我就起誓。我一定要报仇，苍天在上，我纪宏泽在下……"小孩子会看闲书了，就模仿戏词来起誓。纪蔚叔忙拦住他，教给他套誓词。

小纪立刻燃香叩头，对着父亲的灵牌，用本姓真名"林剑华"，起了决志报仇的誓愿。"父仇不报，誓不为人！"誓罢，跪在灵牌前，等着寡母拭泪叙说旧仇。

纪大嫂真名叫程玉英，就是安远镖头狮子林廷扬的继室，也就是小铃的后娘。小铃的生母名叫程金英，是名武师黑鹰程岳的爱女。这纪大嫂程玉英，乃是小铃生母的族妹。她和小铃虽非亲母子，可是她爱抚她姐姐所生的这个孤儿，比生母还要恩深情重。小铃也很爱他这个继母。

不幸程玉英嫁后数年，狮子林廷扬遭仇人暗算，惨死在洪泽湖。仇人飞蛇邓潮十分歹毒，虽把狮子林戕杀，仍要杀家复仇，阴纠同党，潜逐遗榇，赶到山东曹州卧牛庄，纵火灵棚，半夜图刺孤儿。当时被林廷扬同门师弟和镖行好友、赶来吊丧的人所发现，把飞蛇的党羽逐走。飞蛇仍不甘心，又二次潜来。未亡人程玉英痛遭大丧，为人明决，见事不好，遂与亡夫的七师弟摩云鹏魏豪商计，乘夜携子逃亡。这七师弟摩云鹏魏豪，就是现在化名的纪蔚叔。他们逃走时，已被仇人缀上，半路奔到小辛集，已与仇人交手，幸亏小辛集的联庄会仗义逐贼，才将这年轻的寡母和孤儿救了。

他们见仇人死缠不休，又不知暗中究竟有多少人，他们虑祸深远，就辗转远遁到这信安镇，化名隐居，蓄志训子复仇。摩云鹏魏豪乃是狮子林的七师弟，也算是奉同门诸友公推，叫他担任护孤之责。至于狮子林的二师弟等人，就专管寻仇雪怨。

当狮子林的未亡人程玉英，携子逃亡时，仇人大举搜追，他们已然动上手。林铃儿这个孤子那时真是虎口逃生。他那时

虽小，已然能记事了，并且冒雨奔命，他小小年纪曾经大病了一场。等到难后，他曾经询问他母："这是谁追咱们呢？他们为什么要害咱们？"

程玉英母子和亡夫的七师弟摩云鹏魏豪，曾经计议，一切真相还是不告诉小孩，免得他年幼失言，泄了底细。这叔、嫂二人遂设词哄他："那是追劫道的小贼，那是乡团。咱们是赶上了，咱们到底跑开了。"

小孩子想象力薄，大人编得谎很圆全，只要小孩一问，就设法打岔。未几时过境迁，林铃儿把当时的险难渐渐淡忘。等到他十二岁，贪玩好耍，更不忆旧。大人不提这事，他早不放在心上了。恋往事，怀宿怨的，只有大人；小孩的心如一片春光，只往前看，再不会流连陈迹。林铃儿把逃难的事全丢在脑后了，他更想不到逃难就是避仇，避仇还要复仇。

现在他已十三岁，依着他母亲原定的主意，是要熬到林铃成年之时，等他十六岁初度那天，武功练成之后，再把父仇告诉他。叫他起誓发愿，把仇人的宝剑，他亡父的宝剑，全交给他；叫他天涯海角，寻找仇人。但是，纪大嫂也就是程玉英再等不及了，这孩子的顽梗脾性引起了程玉英的疑虑和伤心。她想，再不痛切地激励他一下，只怕他越大越趋下流。他既强项不肯受教，那么，武功何日学成？他又贪玩不知自爱，那么，将来怎保他以父仇为念？程玉英左思右想，只有拿出这最后一招，要把实话全告诉纪宏泽，要告诉他，为什么他要改名纪宏泽；要告诉他，他不比寻常儿童，在他肩上，还背着戕父的血海深仇，要他去报。或者这一揭穿真情，小孩子就能懔念身世之悲、不共戴天之恨，或者就能折节发奋，努力求学……

这就是今日的纪大嫂的打算。

灵牌写着林府君，供桌摆着两口宝剑，纪大嫂目睹娇儿灵前设誓，她面色如铁青，眸中无泪，闪闪吐寒光，从胸坎发出一声"噫"，然后命纪宏泽退立一旁，她也拜倒在亡夫灵牌之前，喃喃默祷，有声无字，虽然无字，痛泪已夺眶而下。她用

手一拭，强按心头悲痛，挺然站起来。

那纪蔚叔，也忍不住要下拜对灵牌叫了一声："大哥，你逝世六年了！大哥，我们一事无成。大哥，我对不住你！"禁不得嘶声欲哭。纪大嫂忙叫了一声："七弟，忍住一点。我还有话，对他细讲！"说着用手一指纪宏泽。纪蔚叔忙即三顿首起来，退立一旁。纪大嫂便指着上首椅子，请纪蔚叔落座，她自己坐在下首。纪蔚叔不肯就座，纪大嫂挥手示意，纪蔚叔看了看这刚才十三岁的孤儿，心中暗叹，因向纪大嫂说道："嫂嫂，你打算……不太早点吗？他才十三呀！"纪大嫂笑道："不早，七弟，你听我讲吧。"

这一笑，神情很惨，纪蔚叔只得在上首坐下。纪大嫂就在下首扶桌角坐下了，命纪宏泽重对灵牌跪定。然后，纪大嫂很沉着地发问："铃儿，你知道你姓什么吗？"

纪宏泽直溜溜地跪在拜毡上，左看纪蔚叔，右看母亲，低声说道："娘，我知道，我从前是姓林，自从咱们搬家之后，您告诉我，咱们不姓林了，咱们姓纪了。"

纪大嫂点头，又问："你知道你为什么不姓林了？"

纪宏泽搜索七岁时的往事，想了想才说："您不是告诉我，咱们本来就不姓林吗，咱们的老姓姓纪，由我爷爷起才姓的林，不对吗？"

纪大嫂又点点头，冲纪蔚叔苦笑了一声。纪蔚叔沉吟不语，也正回想当年，是怎样捏词瞒哄小孩，居然把小铃蒙信了。

纪大嫂突然提高了声调，叫道："傻孩子，你今年十三岁了，你从前的事，真格的就一点不记得吗？你、你、你还记得你那个保镖的爹爹吗？"

纪宏泽真有点茫然了。宏泽丧父之年，虽已七岁，正因他父是个镖客，经年不在家，在他"有父之年"六个年头里，不过有两年多的聚首罢了。这两年多又全在他乳臭不能记事之时。他苦索旧情景，只记得在他五岁那年，他父曾在家中，过

了一个年，是腊月初回家，二月二龙抬头回转镖局的。他记得他穿上小小的马褂长袍，被他父亲携抱着，出去拜客拜年。他父亲的面庞已记不清了。他只记得他父亲仅用一只手抱着他，别人都用双手。他父亲大概很有力气，并且很疼爱他，只是不会抱小孩子。他觉得在他父臂抱之中，很不舒服。他记得他挣扎着要下地，而他父亲爱不忍释似的，偏要以抱他为乐。

他想而又想，渐渐想起来了。哦，他记得他父亲青黑马褂，蓝长袍，那还是拜年的景色。他又记得他很爱他父手指上的玉扳指，他父就褪下来，给他小指头戴上；他摆弄摆弄，失手坠地，给摔坏了。别人嚷，娘也骂，他父似乎抱起他来，连说："不怕，不怕！"他又记得父亲给他两锭银锞子，装在荷包内做压岁钱。然而，他玩了一天，就丢了。娘又心疼寻找，他父似乎直笑，照样又给他一对荷包、两锭小元宝。……

纪宏泽默想亡父，他母亲又催问了一声："孩子，你就不记得你那保镖的爹爹了吗？你一点也不记得他了吗？唵？"

纪宏泽忙应道："娘，我记得。我父亲是个镖客，你不是嘱咐过我，千万别说吗？你不是告诉我，我父亲不是镖客，是个幕客吗？"纪大嫂眼中忍不住蕴泪，当年的假话和真情搅在铃儿的脑中，叫他分辨不清了。

纪大嫂道："孩子，罢了，你还记得。你可知道你父亲叫什么名字吗？"

纪宏泽眼望灵牌，迟疑起来，嗫嚅道："我的父亲，你从前告诉我，是叫纪辅清……我的父亲许是叫林廷扬吧？"

纪大嫂、纪蔚叔不觉耸动，一齐问道："你怎么知道你父叫林廷扬？"纪宏泽道："灵牌上这不是写着了？"

叔、嫂立刻侧脸观看灵牌，这明明写着"林府君讳廷扬之神主"。纪大嫂立刻面呈喜色道："罢了，这孩子还算有人心！"纪蔚叔道："大嫂不过是盼子成名，心太急些，这孩子错不了。你看他心眼够多快？瞒了他整六年，现在一点全透了。"

纪大嫂呜咽道："但愿他有心才好。只是这孩子两只眼睛

太秀，我只怕他一为女色所迷，就忘了血海深仇，那我可就白熬了。”转脸对纪宏泽道：“铃儿，我今天告诉你实话吧，咱们并不在旗，也不姓纪，咱们实在是姓林。”手指灵牌道：“这牌位上写的，果然是你亡父的名字。这孝男林剑华就是你。”纪宏泽道：“我知道，我写仿还写过这林剑华三个字呢。”

纪大嫂说道：“你听着！林廷扬就是你父，林剑华就是你的官名。小子……”突然厉声道：“小子，你可晓得你为什么更姓改名吗？你可晓得咱们的老家在哪里？咱们为什么忽然搬家？为什么这六七年，东奔一头，西藏一阵？你、你可晓得吗？”

纪宏泽有点琢磨出来了，这真是怪事，更名改姓，迁地搬家，六年间挪了许多地方，忙答道：“娘，我知道，我们老家在卧牛庄，有一所大庄院，跟这里房子不一样，咱们的房子是石头起基的。我可不明白，咱们为什么要逃出来。你从前告诉我是闹土匪，回头又说不是，我实在想不出来。”

纪大嫂叹道：“孩子，你还懂事，咱们确实有家，你也知道咱们是逃难啊！孩子，咱们这些年东逃西奔，不是为闹土匪！”说到这“闹土匪”三字，声如裂帛。纪宏泽忙道：“那么，是怎么回事呢？”

纪大嫂斩钉截铁说道：“孩子，你问怎么回事吗？告诉你，咱们有仇人！”

“有仇人？”纪宏泽道：“我们的仇人叫什么名字？”

纪大嫂切齿道：“孩子，咱们有仇人，要杀你！孩子，这仇人先害了你爹，还不算完，他还想斩草除根，要把你我母子全杀了才罢。孩子，你虽然小，总还记得，那天夜里逃难，那不是闹小贼，那就是仇人追上咱们了。杀了你爹，还要杀你，还要杀你娘！”

纪宏泽突然从拜毡上立起，说道：“真的吗？”

纪大嫂喝道：“跪下！”纪宏泽忙又跪倒，一叠催问。纪大嫂道：“傻孩子，你自己往回想吧，那不是逃难闹贼！”纪蔚叔

这时候在旁搭腔了："铃儿，我来告诉你，你仔仔细细听着。你的父亲就是叫林廷扬，是有名的镖客。六年前，你父和我保着三只镖船，行经洪泽湖，突然遇上强盗。这不是寻常强盗，乃是你父的仇家。贼们把你父围上，你父……"说到这里，把桌上长剑举起，道："你父亲的武功精强，力敌群贼，把为首一个贼的剑打落！"又将那短剑拿起，道："这就是仇人的剑！……可惜你父亲一念之慈，只想借道，无心杀人，虽把贼人的剑打落，把贼人踢倒，却说了一句客气话，'承让！'还要伸手把这贼扶起来。哪知无耻的恶贼恩将仇报，骤施暗算，立刻由贼船上发来一阵暗器雨。你父武功实在太好，这些暗器全不能伤他，反被他接住几支。就在这工夫，那被打倒的少年无耻贼，突从背后骤下毒手，照你父脑海猛然一拙，你父立刻殒命……"

纪宏泽一对大眼几乎努出，直勾勾盯着这两把剑，忙问："他是谁？他叫什么名字？"

纪蔚叔道："孩子，你且留神听，我都告诉你。"立刻接述夺路之事，移灵之事，贼人仇家穷追不舍之事。说到此，纪大嫂忙又接说："仇人又狠又毒，你父亲的棺木前脚到家，仇人后脚缀下来。那时候，只有你娘一个年轻寡妇，只有你这没爹没娘的小肉蛋！那时候，仇人找上门来，一来好几十个！那时候，你才七岁，我才二十六岁！那时候，孩子呀，若没有你魏七叔豁出死命来护前护后，舍生忘死，为了跟你父是同门师兄弟，拿出全副精神来救我母子二人，那时候，若没你魏七叔，哼哼，孩子呀，你这小狗命还活到今天？……"

纪大嫂一口气说出来，语无伦次，声泪俱下，把个纪宏泽说得毛发耸然，如临鬼域。当此深夜，斗室双烛，吐出淡黄的微光，对着这一个灵牌、两把利剑，纪宏泽竟满脸是汗，浑身乱抖起来。

他今年才十三岁。

他抬眼往上一看，灵牌上"林府君讳廷扬之神主"；灵牌

左是森然枯坐、瞠目无语的纪七叔；灵牌右是他的矢志抚孤的继母。母亲、七叔，两人四只眼全注在纪宏泽一人身上。纪宏泽惊愕，惶骇，惨痛，七情交迸，都装在他小小十三岁的少年心坎上。

他骇然半晌，仰面问道："娘，是七叔救的我们吗？"纪大嫂道："好小子，你一点也不记得了？"纪蔚叔忍不住哼了一声，道："孩子，你难道忘了吗？你趴在我背上，叫雨淋得小水鸡似的。你哭也不敢哭，哑着小嗓子，低声问我：'七叔，咱上哪里去呀，是谁追咱呀？'你，你全忘了吗？"

纪宏泽没忘，这一节他一点也没忘。是大人蒙骗他，告诉他是搬家，他虽年幼，也觉得不对。他每一询问那夜之事，七叔和母亲就百般打岔，不叫他打听，他至今怀着疑团。现在明揭出来了，他于是把前后事，联想起来，加以贯串，他彻底省悟过来。亡父棺木进家，灵棚的失火闹贼，半夜的冒雨搬家，半路上的巧遇追贼，一切的一切，原来恰是一桩事的急转直下。

他忍不住大声说："我全明白了！娘，我全明白了！"

他热汗交流，二目如灯。他忍不住失哭而号，登时被两面的手指头按住。他立刻吞声，双肩耸动。他嗷然叫道："七叔，七叔……"

他更不能再说感激的话，他就在拜毡上一扭身，磕头如捣蒜，他叫道："七叔，七叔，你是我们纪家，不是，不是，七叔你是我们林家的大恩人！七叔啊……"他竟栽在拜毡，打滚哀哭起来了。

纪大嫂看了纪蔚叔一眼，二人互相示意，暗暗点头，两个大人也忍不住热泪交流了。纪大嫂尤其是泪如断绠。但忍不住还要忍，纪大嫂强咽悲声，仍然呜咽着，喝令小纪噤声。

当此时，屋内双烛微闪淡光，香烟缭绕，外面万籁无声，但闻萧萧风吼，木叶瑟瑟作响。一钩斜月，凄凉地挂在天半空，正不知照到谁家的欢聚、谁家的生死难愁！

良久，良久，屋中悲咽声断续渐住，纪大嫂涩然说道：“小铃子，你还说七叔管不着你吗？你可知七叔为什么管你吗？……”纪蔚叔局促不安，忙道：“大嫂，小孩子不知轻重说一句糊涂话，揭过就完，大嫂再这么说，我越发抱愧了！”纪大嫂浩然深叹道：“七弟，话不是这么讲，小孩子糊涂，大人不糊涂啊。越是小孩的话，越没有掩饰，才越扎人的心。他这是说七弟你，他也可以说我啊。我这么苦苦地拉巴他，管束他，谁知他心上怎样呢？他也许说我是后娘，说我虐待他……”

纪蔚叔咳道：“这可没有，大嫂子千万别这么存想，这孩子在大嫂跟前足够十成十。这是大嫂换出来的，您娘俩可不要犯心思呀。那可就毁了，大哥的怨仇永远报不得了！”纪大嫂点头道：“我也知道，他常常说，我是他的亲娘。他小的时候，我只一逗他，说他不是我亲生的，他就哭闹。必得我承认是他亲娘，他才不哭。但那时他是小孩子罢了，现在他人大心大，他肚子里转什么弯，我也不知道。小铃子，我告诉你，论理，你七叔是多管你，连我也是多管你。你如今也十三了，我得叮问叮问你，你叫我管我就管你，你七叔也一样，你求人家管，人家才肯管你呢。小浑蛋，你明白吗？”

小纪泣道：“得了，娘别说了，我明白了！”

纪大嫂道：“但愿你明白不在一时，要永远明白才好。”

这才命纪宏泽拜纪蔚叔为师，行了大礼，师徒之分已定。纪大嫂道：“七弟，他再不听你管，再不好好学，七弟，你狠狠地打他，问他可对得起死去的爹爹？”

然后，纪大嫂又提起那桌上长短两把剑，厉声叫道：“小铃，你可知你为什么叫纪宏泽？你可知你为什么忽然姓纪？孩子，你爹爹惨死在‘洪泽’湖，我望你这一辈子记着！纪宏泽，你要永远记住洪泽！这仇人的剑，你要记牢，使这剑的人就是杀死你父的人！……这是你父的剑，你父生前轰轰烈烈，仗着这把剑，浪迹江湖，无人不怕，哪知一念之慈，遭了绿林宵小的暗算。孩子，我要你用这把剑，加在仇人的胸坎上，不

然，你就拿这剑把你娘杀了。我眼不见，心不烦，我何必守这无味的寡！”

纪大嫂的语调，声如裂帛，她的语意更是火辣辣充满了辛辣之味，唯恐刺戟不动她的这孤儿。她的双眼如火，纪宏泽噤不能语，接过剑来，满眼眶的泪，只一迭声诺诺。

然后，纪大嫂命纪宏泽对剑鸣誓：务必要用仇人之剑，割仇人之头；用亡父之剑，雪林门之恨。这才命他叩头起来，立在一旁。然后，纪大嫂跪倒灵牌之前，顿首，默祷，禁不住抽噎，由抽噎禁不住泪随声下，低低地哀叫道：“亡人啊，亡人啊！你可知我这无能的女人，这六年真真不容易呀！你知道我都受了些什么罪？你保佑我母子，你保佑铃儿学艺早成，你保佑我，叫我死在仇人后头！”

第十三章

成童励志武林游

一年半之后，孤儿纪宏泽仿佛成了人了。身材很高，快赶上七叔，只是身相略瘦，生得面貌微黑，长眉入鬓，一双眸子尤其清澈英锐。小时的浊气渐除，颇知勤学励志了，看来颇有后望。纪大嫂盼子情殷，见状大慰；可是心上还有点缺欠，觉得这孩子刚劲有余，韧劲不足，做少年时的张良可以有望，做含辛茹苦、忍辱负重的陆逊，似乎逊色。

他现在已经算是十五岁了，每日只读半天书，是在下晚。至于早半天，据纪蔚叔对塾师说，是铺子里生意忙，虽然招了一个学徒，还是忙不过来，叫他侄儿帮着照应一会儿，所以只能上半天学，学金照旧，塾师自然没说的。可是就在上半天，纪宏泽也只在铺子里打个晃，铺中塾中甚至街上，都少见纪宏泽的影子。

纪宏泽真是不贪玩了，就是下晚在塾念书，也比较从前不同。从前他敢跳敢闯，玩得最欢，念起书来，扯起喉咙喊，和一般村童正是一样。现在成了大学长，在学塾里很沉默，小声念书，有时低头想心思发愣，仿佛换了一个人似的。而且他时

常在白天打呵欠，好像患失眠，旧学伴再邀他玩耍，他也不干了。他如今的趣味，已不在贪玩了，他喜欢看小说，喜欢写字。他虽是大学长，他的叔父并不教他念八股，也没教他开笔。他如今不过念《左传》，念尺牍罢了，也学学珠算。其实在这村塾中，学八股文章的确是有限，大抵念杂字、学珠算的居多。

纪宏泽既然是大学长，塾师自然另眼看待。每见他精神不振，坐着打瞌睡，塾师便觉诧异，这不是十五六岁孩子所应有的，除非是少年新成家，贪色恋内，才会如此。因此曾问："宏泽定了亲没有？成了家没有？"纪蔚叔回答说："他岁数很小，还没定亲呢。"

塾师便把宏泽在塾昼寝打呵欠的情形，告诉了纪蔚叔。意思是怕学生春情初启，有了非法自渎的情事。纪蔚叔听了，很感谢塾师的好意，忙代侄儿分说："这倒不是的，铺子里的账目，现在都归小侄管，他每天睡得很迟，差不多总到三更天，才能上床。小孩子气力短，白天免不了要打呵欠的。"

塾师自然不知底细，纪宏泽正在刻苦励学。他的白天功课稀松，他的夜课正在加倍上紧。纪蔚叔全副的能耐，已然倾囊而授了。然而可惜的是，纪蔚叔是一把好手，却不是一个好师父，他把学生教到歧途上去了。就实际说，纪蔚叔的艺业并未大成，比起宏泽之父亲差多了。而且由他做启蒙师，更是不对路。他就不会量材设教。这一点，纪蔚叔自己也明白，纪大嫂也晓得，无奈他们限于境地，在纪宏泽尚未成年，不能离母的时候，又有大敌当前，不知何时猝至，所以纪大嫂终不忍叫儿子另访名师。就这样敷衍了这些年，也可以说，把孩子耽误了。

即如纪宏泽现在白天打呵欠，这就差事。因为他们太把学生赶碌紧了。好比填板鸭一样，贪多骛广，纪蔚叔恨不得把自己一切所学所知，一滴不剩，全传给这个学生。好几样拳法，好几样暗器，好几样兵刃，他都掏弄出来，教小孩子今天学这

样，明天弄那样，这样刚练了个粗枝大叶，又把那样开始了。纪蔚叔并没想到人与人不同，纪宏泽这孩子天生体质较弱，只当以巧胜，不能以力施。纪蔚叔却生来体气坚实，他师兄教他时，截长补短，按照他的体质，传授他所能胜任的拳技。他所学的艺业，可说偏于硬功。这硬功对纪宏泽来说，就根本不合适。一个好学生，可惜叫笨师父耽误了。

纪宏泽这孩子心灵口讷，体弱手巧，他若学一点本领，不但要知其当然，还想知其所以然。纪蔚叔只能自己心里明白，若叫他讲出诀窍来，他可就拙于措辞了。并且他也是这样学来的，师兄如此教，他就如此学，有时他不问，师兄也就忘了说。现在偏偏遇上这一个好问的学生，凡事必要打破砂锅问到底，每每把纪蔚叔问得翻白眼。虽不致以讹传讹，已落到盲教盲练的地步。这便是纪宏泽九岁开蒙，到今年十五岁所得的成绩。

他所学的玩意的确不算少，七叔不藏私，早已倾囊而授，可惜这些玩意都类乎浅尝：一趟八仙拳，一趟臂掌，一套青萍剑，一套六合刀，和甩箭、钢镖、弹弓、袖箭，纪宏泽都能摆弄得来，却都不算拿手。苦心励志的孤儿在今日凭这区区技业，若与那久历江湖、锋芒不可忤视的草泽一龙一蛇，拿来一比斗，莫说他才十五，他就是二十五，莫说纪蔚叔不敢信，就连纪大嫂也不敢相信他准有把握。

所以，又过了一年，到这一天，十月初二，恰是纪宏泽的十六岁初度，纪大嫂又备酒肉，宴请七叔，算是谢师，又算是为儿子庆成了。

酒食已罢，重摆上灵牌，点上香烛，纪大嫂这才当面把儿子奖勉了几句："儿啊！你还罢了，这三年你还有心，你居然把七叔传给你的艺业，好好用心习练。我已经看见你练的剑法了，比起你父自然还差得多，可是放在你十六岁一个孩子身上，我做娘的已然心满意足了。这都是你七叔恩待你的地方。看你这样，我就是一口气上不来，死了，也甘心了，准知道你

还有心了，你一定能够替你爹报仇。”

纪大嫂又道：“可是，你七叔告诉我，你这点能耐，论年纪已然没算虚度，想拿出来在江湖道上施展，还差得太多，更不用说报仇了。再说这样关上门练能耐，就是真练到家，实际拿出来用，还先得见过真阵仗才行。你七叔只给你喂招是不成的，那是假的。真个遇上仇人歹人，拼上性命一斗，你一个初学，未免心慌躁进。所以我们练武的人，功夫学好之后，还得师父师兄带出来闯练闯练，经过几次真杀真砍，那才算有了把握。这些日子，你七叔对我说了几次，打算带你另投名师，换一换门户，再到江湖上闯个一年半载，一面搜寻仇人的下落，一面拜访武林高手。你七叔的意思，要叫你满了二十一岁，再行出门，满了二十四岁，再去寻仇……”

纪宏泽对着灵牌——这一次叩拜之后，没再下跪，只规规矩矩站着，面现沉毅之容道：“娘，我已经十六了，再熬到二十四岁，我那个仇人谁知还有没有呢？儿子的意思，也知娘怕我年纪小，敌不住仇人。这样办，我不必另投名师了，我再苦练两年，我等到十八岁的时候，就去寻找仇人。我先把他杀了，回头再说别的。您不要不放心，我现在就是膂力不够罢了，若论功夫，我看我足能顶一气。娘不信，我练给您看看，连七叔都破不了我。我的手很快，我只是没有七叔那大手劲罢了。”

此时的纪宏泽确是有志了。却又踏入少年不可免的覆辙，“初生犊儿不怕虎”，他又过于自信了。这也是实情，他的持久力不如七叔，他的手劲不如七叔，可是一招一式打起来，他比七叔快得多。师徒过招时，七叔有时被他抓挠得手忙脚乱。若论招数的灵巧圆熟，纪宏泽今日可说青出于蓝了。他之学艺，既长于理解，又肯出力苦练，可说是勤学好问。

所差者，纪宏泽似乎失之于自作聪明，凡七叔讲不出的拳理，他就一知半解，自加揣摩；也有的被他琢磨透了的，也有的被他误解，走入歧途。他究竟十六岁，近半年他每和七叔过

招，常能抢占先着，他却耗不过七叔。他想：这是我劲头不够，等我到了十八九岁，七叔就怕不是我的对手了。

他是这样设想，虽然稍微，究算志气可嘉；七叔为提起他的兴趣，又为安慰苦节的寡嫂，也常常奖励他。七叔用心独苦，实在是努力，要成全这个惨亡的师兄的孤儿。哪知教小孩子如扶醉汉，“扶得东来又西倒”，这一招弄错，也会得了不良结果，越发使少年自负的纪宏泽不知天多高、地多厚了。

幸而纪宏泽的自负，才是近一年来的事，纪蔚叔还有法子补教。纪蔚叔对宏泽说：“宏泽，你觉着你现在的功夫差不多了吧？我告诉你一句拦高兴的话，你如今刚十六岁，照这样你再练五年，还是拿不出手去。”

纪宏泽道：“怎的呢？”

七叔道：“这显而易见，我比你父亲差得多了，你父亲和那一龙一蛇比斗起来，不过刚刚能够取胜。如今又过了十年来，你这里苦练才有几年，你的仇人只怕精益求精，到现在越发难惹了。你必得想法子，压过他们一头，才行。”

纪宏泽眼光霍霍地说：“我要现在就访访他们去，我们应该访实他们的底细！”

七叔道：“当然了，你母亲已经跟我商量许多次了。你现在才十六，你的本领不如敌人。你的岁数却很小，你的前途无量。只要你有志气，一步一步往前走，管保有志竟成。可是，你千万不要自满，你和对头比，正如小雏雀追老鹰，说实在的，你差得太多。你要明白，你我现在不过是过招喂招，到底不是性命相搏，彼此心情是镇静的。等到真拿出来，到江湖上闯，莫说寻仇争杀，一刀一枪拼命，就算跟寻常的一个武师较量一下，不管是争名，是夺利，只一动真的，我们心中就不知不觉要浮动。况且事先又未必准知对手练哪一门，用的哪一招，过起手来，一个接不上，看走了眼，就要当场认输。那时十成本领，就剩六七成了。等到遇上对头，性命相搏的时候，那又是一番心情了。生命呼吸，转眼就分人鬼，那时我们就把

整个性命交到自己一双眼和一手一脚上。这一挂劲，十成本领连对半也剩不到！”

纪宏泽听了，翻着眼揣摩，半晌道：“七叔，我们这试招，您不是掏出真本领，和我真打吗？”

七叔道：“自然是真打，可不是拼命啊。你想想，站在你面前的是我，我是你师父，这就差多了。换过话来，站在你面前的是你的死对头，他不杀你，你就杀他，那时又是什么心情？你是不是精神震动？你就是有胆，无奈大敌当前，也难免进攻退守，两面照顾不到了。我们武林中人，初次临敌的，全是这样，不单是你。平日学会的千招百式，一拿到阵上，不觉全都忘掉。那时，就只看见敌人的胸口，只一扎就报了仇；又只看仇人手中的刀，挨着我，我就要受伤。这另是一种滋味，你还没有尝过。我们是假装真拼命，不管怎样，也装不像。”

纪宏泽不觉点头道：“七叔说得对，可是我该怎么样呢？想个什么法，真试一试？”纪蔚叔道：“你母亲跟我商量好了，要尽着两年工夫，训练你实际应敌的胆智，然后叫我带着你，出去寻师访友，更求深造。你现在跟着我，可是孤学无友，只学会本领，没有真用过，总不行的，何况我教给你的这点玩意还差得太多呢。我看你近来很有点自负的意思，自负本是好事，人要信得自己，这才有胆量，敢杀敌。可是还得有真功夫，真经验。现在咱爷们先习练闯江湖的诀窍吧。总而言之，你应该自负，却不可自满；你应该虚心，却不可气馁。”

从此，纪宏泽随着七叔，又展开另一种学习方法。在从前，他们是关上院门，在家中暗练。现在他们师徒二人每到夜间，悄悄出去，到村外面乱走。此杀彼搜，此逃彼赶，或猝然相攻，或潜施暗器，练逃跑，练勘寻，练跟缀，练偷窃，练行刺，练偷听窗根。凡是江湖上追、逃、寻、斗，明攻暗算的功夫，苦苦地又学了一年半，纪宏泽已然十八岁。

纪宏泽居然有志气，预定学两年，他不到一年半，便学会了。凡夜行技击的本领，粗枝大叶，其学已备。他现在自信可

以保镖，可以做贼，可以卖艺，可以从戎。但是，他自觉他的本领越学越多，越练越精。可是纪蔚叔从前总夸奖他，鼓励他；现在却总警诫他，说他差得还远。好比行路，倒越走越远了。到他十八岁，体力发育已足，身子骨又高，已显出十分坚挺了，纪蔚叔反倒说他：“还得另投名师，再练五六年。”纪宏泽恨不得现在就去寻仇。他母亲也说：“还得另投名师，再练五六年。”固然纪蔚叔曾说：“对头此刻的本领更大了。”可是转念一想，对头此刻也许岁数更老了。纪宏泽以为此刻一味悬想对头可畏，究竟没有访实。他的意思，现在无须先访名师，正当先去捞一捞仇人的行踪。

他这主张，跟母亲、跟七叔说了几次，母亲与师父全不以为然。他们的意思是宁愿宏泽苦练技击，要超过仇人多少倍，再拿出去施展。不找仇人便罢，只一找，便探囊取物，把仇人的头颅割来。不但要有十成把握，恨不得要有十二成把握，方才出头寻仇。这办法当然把牢，纪宏泽却以为做得太过了，好比日暮途远，只苦苦往前奔跑，何妨且跑且问，打听打听前途的距离呢？照这样，岂不要跑过了地头，自己还不知道？

纪蔚叔和纪大嫂警告他：“你要知道你的身份，你上无伯叔，中无弟兄，孤零零只你一人。你是想跟仇人见一面，能胜利则胜利，不能胜利再去埋头苦练。你可知道这主意未免太悬，这岂不是打草惊蛇？我们埋头十几年，仇人只当我们孤儿寡母已经绝灭了。我们做得很对！孩子，你那试碰运气的打算太险，你打不过仇人你还想再练。仇人怎能容你？恐怕那时你连跑都跑不开了。你没有涉足江湖，你还不晓得仕途上的艰险。”纪大嫂说着又落了泪，她已经很久没有哭，虽然人见瘦弱，如今目睹儿子争气，已然拨开愁怀。遂又劝解儿子道：“你很有志气，可是娘只有你一个，我固然愿意你父仇早日得报，我却也舍不得叫你孤注一掷啊！”

痛切之言，说得纪宏泽默然，眼中也不觉含泪。纪蔚叔又道：“宏泽，我知道你心急，你说的话也有理，你是急想知道

对头现在的情形。仇人现在的本领究竟怎么样，我们也该设法探探。不过这不是容易事，我们必须踏遍江湖，方能获得他们的底细。”遂目视纪大嫂道：“大嫂，你琢磨琢磨看，要不然，我就带着宏泽出去闯闯。我们本打算他二十一岁的时候，再带他出去。现在他本领已然将就用得，他体格很好，他现在的膂力已跟我差不多了，莫如我们就提前一步。大嫂，你说呢？”

纪大嫂叹道：“既然你师徒都以为然，那么你们就收拾收拾，出去闯一下看。”低头又想了一会儿道：“你们先试着出去，半年为期，你们早点回来，我实在不放心啊，孩子你还差得远呢。”又叫道：“铃儿，你知道你现在的本领，连你父亲的一半还抵不上哩。你信吗？”

成年人老成持重的话，少年人常常不以为然。但一面闯练，一面访师，一面寻仇，实在是面面顾到的好主意，三个人到底决定这样办了。师徒择日出发，母子赶办行装，定规半年内登程。行前先布置小铺的买卖，已找了一个伙计照应。其实纪大嫂颇有积蓄，本不指仗小铺糊口，区区杂货店只用来掩饰行藏罢了。依着纪大嫂的心情，恨不得停了营业，亲自伴同儿子出头。她却自知种种不便，把这出门之事全托付七弟了。

这时刚刚在春暮，纪大嫂秘问纪蔚叔：“对头的动静怎么样？孩子的本领到底拿得出手不？他一天也没有真用过，想什么法子，叫他实做一下看看？”纪蔚叔略有成算，对纪大嫂说：“嫂嫂请放心，我暂且带他出去闯荡半年，看成绩如何，再定第二步。”为免得叫大嫂悬念，把实底也透露出来：“照这样看，也总得再过五年，才有把握。大嫂沉住了气，我决不带他犯险。”

纪大嫂点头微喟，纪蔚叔遂命宏泽到小铺柜上，督促伙计，照应生意。然后纪蔚叔告诉宏泽：“你先练练处世之道。我趁这工夫，先回家看看你七婶去。不到三个月，我准回来，那时我就陪着你出去闯练一下。你在这时候，夜间千万不要再出去了。万一闯出枝节来，你年纪轻，弄不圆全的。”又嘱咐

纪大嫂，千万看住宏泽，夜间不要叫他独自出去。嘱罢，纪蔚叔首先收拾，独自出门。对外面说，又听见哥哥的消息了，要找找他看。对宏泽说，是先回家一趟。实际却只有一半对，他到故乡看了看，只耽搁半个月，立刻又出去了。到别处寻找旧友，有所刺探，又到各处转了一圈，耽搁数月，方才回来。把自己所访所闻，秘密告诉纪大嫂。纪大嫂面有疑难，跟着又露喜色。叔嫂两个好比下棋，已然布下棋子。

然后到了七月二十一日这天，这是他们在小辛集逃出虎口，最可纪念的一天。纪宏泽惊恐雨淋，生了一场大病，经纪大嫂提心吊胆地护视，不见起色，延医调治，也似无效。纪大嫂寸心欲碎，竟倒用了割股疗亲的愚昧疗法，自己潜割臂肉，挥泪默祷，给孤儿下在药内。居然，也不知是弃物有灵，是精诚感动，小纪的病由危渐渐好转。现在纪大嫂臂上，就有铜钱大小的创疤。她可算对这亡夫的孤儿、亡姐的遗孽，悬下苦心。七月二十一日，就是她割肉疗孤的纪念日。她择在这日，命孤儿成行。由打这天起，孤儿便算成童，将离开她的怀抱。她这番苦心，连纪蔚叔也不晓得。

当天也如饯送大宾一样，纪大嫂给他叔侄设小酬，又命孤儿对亡亲灵牌叩头，又将自己的臂伤袒露，叫宏泽看。纪宏泽哎呀一声，十分感动，抱住母臂不禁泪下。

纪大嫂点了点头，然后含泪说：“儿啊！你总记得我们逃出虎口，你被暴雨激淋，害了一场重病，差点死了。是我万般无奈，亲自割肉来治你的病。我不敢说我的苦心感动天地，反正我对得起你的父亲、母亲了。孩子，今天我们应该欢喜，因为你到今天算是成人了。可是我怎么喜欢得来？我不是给你添烦，我也不是表白我的苦心，我是叫你知道，你的命就是我的命！孩子，第一，你要保重自爱，为了你死去的亲父母、苦命的我，你在外面，要爱惜生命！凡是用不着的冒险，你千万不要逞胆量，路上你要听七叔的话。第二，你学成之后，那就盼望你拿出本领来，和仇人一拼。你要把仇人全杀了，才是我的

心愿。万一你被仇人所害……”

纪大嫂想了半晌才说：“那就是你对不起我，那就是你贪功急遽，功夫没练好，硬要跟仇人撞大运，你可就做鬼也对不起我了。你若有好歹，我还怎能活？孩子，你要记住，做娘的我，不是叫你一味跟仇人拼命，我是要你好好地练精本事，越精越好，不妨多耗几年工夫。不出手便罢，一出头就把仇人的首级，探囊取物地弄来。总而言之，我不盼你冒险成功，只要你抱着十二成的把握去一举成功。”又道：“你该明白，你的身份太重，你是林家报仇的人，你又是林家接续香烟的人。我还盼望你复仇之后，成家立业，娶妻生子，好歹给你们林门留一后代啊！”说着，又泪随声下了。但她不愿在儿子初登世途的第一日，过形凄苦，于是勉咽悲声，转为强笑。把一杯清酒先献给纪蔚叔，再把一杯酒给儿子斟上，这好比誓师了。

纪宏泽肃然敬受，说：“娘，放心！娘的话我一定不能忘掉，我一定照你的意思做。”纪大嫂目视宏泽的昂藏身躯道：“我但愿你这样出去，还这样回来。”纪蔚叔忙道：“大嫂放心，天道有灵，必然要成全你母子这番苦心的。”纪大嫂道：“我谢谢七弟的吉言，但愿这样才好！”

纪大嫂的悲苦，也无怪其然，从今日以后，她的爱子即将渐渐离开她的怀抱，去做那储材寻仇拼命的大业，在前途恍见如狼似虎的两个巨贼巨仇，今遣一个没阅历的少年，去跟他相抗。就算照七叔的话，敌明己暗，量力伺机下手，也究竟是可虑的事，非同小可！

但纪宏泽并不如此设想。学技小成，渴望一试，就是敌强我弱，秦始皇又该如何？也怕搏浪沙的一击。这区区不过两个强盗罢了，只怕寻不着他，但能找到，便跑不了。他面前仿佛已展开图画，似有两个积寇，年已老，力已衰，如掉了牙的猛虎，自己却是火爆的少年，仗鞘中剑，囊中镖，要用仇人之剑刺入仇人心坎，要用亡父之剑割取仇人之头，精诚所至，何事不成？他胸中早燃起熊熊愤激之火，要将仇人烧成劫灰。他翻

来覆去，只盘算如何寻仇，忘了中间还须访师寻友，他恨不得一出门，即碰到对头，一剑便成功，转身回家："父仇得报，归慰寡母。"现在母亲怎么嘱，就怎么应，免她悬念罢了。他一双眸子只是乱转，仇人的年貌，他已问明，此刻仇人就好像正在邻村哼哼。

纪蔚叔在旁胸有成竹。他知道少年人的狂傲，他知道少年人看事太易，虑患不深。他已在外面布置好，虽说是偕孤侄寻师访艺，潜作寻仇，他却要第一步迈出去，先试试少年人的胆气、机智。以为在少年的前途上，必须有一番示戒，教给他慎重，比教给他勇猛还紧要。当下，见母子均有惜别之情，连忙打岔。纪大嫂所设的酒食，三人全吃不下去。祭奠林廷扬的灵牌之后，三人草草喝了几杯酒就算送别。

镖客都好喝大碗茶。饭后，纪蔚叔又喝了一顿茶，站起来说："咱们走吧，大嫂在家，多多保重！"纪大嫂道："你们爷俩在路上多多保重！"纪宏泽目视寓庐，不敢和母亲对面，于是趴在地上，给母亲磕了三个头，说道："娘，我们走了！"

纪大嫂已看出宏泽这孩子是个多情的人，忙把心中的悲感抑住，只一挥手，向门口一指，陡然厉声道："孩子，孩子，你今天不出门，你还是孩子。你一出这门口，就是大人了。你不要忘了我，不要忘了你父亲，你不要忘了洪泽湖，你要记住，你为什么叫纪宏泽！你要记住洪泽二字。"说罢，奋身先走出去。纪宏泽叔侄各提起小小行囊，跟出大门。

纪大嫂直送出村口，方才站住，又叫了一声："宏泽，你要记住了！"纪宏泽忙道："娘，我记得！"纪宏泽刚走上大路，纪大嫂竟调头不顾，径返家门。却将街门一闩，急急进屋，扯被往床上一倒，哀哀低泣起来。

她不愿把惜别之象，留给儿子。报仇之事，须有悲壮之情，她愿意她的儿子看见她的怒容，不愿稍露凄恋之意。可是这屋子顿然只剩下她一个人了，她孤影吊独，怎会不悲痛！

纪宏泽被母亲一再策励，奋然上道，恨不得立刻去访仇

人。他们已约下暗号，把仇人二字唤作“债户”，他们把寻仇叫作“讨债”。叔侄二人仗策而行，当天走出一段路，投店打尖。纪宏泽便问纪蔚叔：“债户到底在哪里了？您先领我看看去。”纪蔚叔道：“你不必催，我自然领你去。在家中我怕你母亲挂虑，没肯对她实说。现在我领着你，是一面访艺，一面讨债，你就跟我走吧。欠债的就在河南。”

纪宏泽忙道：“在河南什么地方？”纪蔚叔道：“在河南开封，我早访好了。你跟我走，先奔邯郸，那里有你父亲一位老朋友，他知道得最详细。”说罢，叔侄继续赶路。

第十四章

赌拳技小试成败

晓行夜宿，渴饮饥餐，叔侄二人走出三四百里地了。纪蔚叔时时察看宏泽的神气，要先磨炼他耐劳，所以不坐车搭船。继而又训练他耐烦，又故意雇车代步，和车船店脚打交道，都命宏泽接洽。纪宏泽固然很机灵，出门的经验虽没有，倒是懂得人情世态。做出事来很大方，又不肯吃亏，也不太傲。只有一节，宏泽有一身武功，常想找人打架似的，纪蔚叔也明白他的意思，是要借端试一试对手。纪蔚叔不由得暗叹："这孩子也还罢了。"

在出门第四天，坐了一回船，为争小费，纪宏泽要打船夫。被纪蔚叔拦住了，告诉他车船店脚最是齐行欺生；你打不过他们，他们吃了亏，会号召成百的人来，和你捣乱。论拳头真打人，不如微露拳技，把他们镇住。纪宏泽竟不甚会用江湖市语，他的年貌气概也像童生秀才。船夫和他对吵，纪蔚叔过去，只说了几句话，便露出老江湖态，船夫就老实了。纪蔚叔告诉宏泽："这一招你也该学。"

这时连走了七八天，已到八月初旬。在这七八天中，纪蔚

叔引领纪宏泽，拜访了两家镖局，全都没吐露真姓名。不过教他看看镖行的情形，让他认一认镖行中人的气派。在邯郸县城，又领他到一家当铺，拜访当铺护院的一位武师。纪蔚叔跟人家说了几句武林行话，这护院武师居然披长衫出来，邀纪蔚叔到酒楼一叙。

纪宏泽打量这位武师，年约五十岁以内，肚大腰圆，扇背浑厚，两眼很亮，可是说话似乎带喘。这人生得面黑微麻，手团一对核桃，直挺胸腹，好像练的是外功。纪蔚叔给宏泽引见，说："这位是赵秉元赵老师。"又指着宏泽说："这个孩子是小弟的新收徒弟，他名叫纪宏泽，今年十八岁了。"赵秉元武师道："很好，你这弟子很精神，一定功夫够料。"两人在酒楼上饮酒畅谈，纪宏泽很想听听他亡父生前的轶事，纪蔚叔不曾提，这赵武师也没有说，竟一味说他自己的得意事。

留神听来，赵武师管纪蔚叔叫魏老弟，可见他们是旧友了。纪蔚叔向赵武师打听这个人，打听那个人，总是问话时多，自叙时少。这赵秉元武师是一个话篓子，乱说一阵，口气之间，十分自负。并说他收了六十多个徒弟，在本街上也有十几个。他是在当铺护院，同时还在一家煤铺，铺着把式场子。跟着说起上年有人来踢他的场子，被他的大弟子展开半趟罗汉拳，就给教训得鼻子破，牙花流血了。说罢哈哈大笑，几乎笑翻了酒杯。

酒过三壶，赵武师的话更多起来，越发夸说自己当年的勇力。纪宏泽在旁听着，很觉无趣，这样的人见他做什么？酒足饭饱，抢着会钞，赵武师便邀纪蔚叔到煤厂子玩玩。在柜上小坐，打发人把他徒弟全邀来，高高矮矮，十二三位。赵秉元指着说："你们见过这位魏师父，这是我的老朋友，是咱们北方有名的镖客，我把他邀来，练几套拳，叫你们见识见识。"

徒弟们哄然说："魏镖头多指教吧。"立刻往场子里让。纪蔚叔也不很拒绝，也不很踊跃，淡淡地说："我早搁下了，不怕诸位见笑，我是令师手下的败将。"随即解衣下场。这场子

就在煤铺后院，一块空地上，也晒煤，也练武。墙隅摆着兵器架，放着春秋刀、石锁、石墩、箭垛子，还有沙土袋等物，应有尽有。

纪蔚叔抱拳说了声："诸位师兄们，我在下早把功夫搁下了，我现在只算是个买卖人，贵老师既叫我献丑，我是恭敬不如从命。诸位师兄们多多指教，练错了，您别见笑！"

纪蔚叔讲完外场话，就拉开架子，练了一套八仙拳，一招一式交代得很清楚。由纪宏泽看来，七叔这不过是点到为止，比划了一个大致不差罢了，并没有掏出真的来，可说是有势没劲。那伙徒弟打圈聚观，哄然叫好，赵秉元武师更是赞不绝口。纪宏泽潜观群弟子的举止，似乎在窃窃私议。

纪蔚叔练毕收式，刚要穿长衣服，便见群徒中一个黑矮子走过来，对赵武师低声说："同门师兄弟要请魏镖头当场指点，不知可不可以给弟子们领领招。"这徒弟说的话倒很客气，称呼纪蔚叔为魏镖头，可知七叔拿出真姓名来了。但只引见纪宏泽，仍说是徒弟姓纪。这黑矮徒弟只有二十几岁，正在壮年，体格精悍。先跟同门嘀咕了一阵，跟着站在师父和纪蔚叔二人面前，不时用眼角扫着纪宏泽，挺胸腆肚，颇有挑逗意思。

纪蔚叔向赵秉元谦让不遑，叫着赵武师笑说："老哥，你们贵师徒就把我扣在这里，我也不敢伸手。你这几位高足都够可以。强将手下无弱兵，我的玩意瞒不过老哥，我可不能自找丢脸。"赵秉元笑着说："贤弟，你别说反话挖苦我们爷们了。我说佑明，你们也偌大个子了，你们真敢向魏镖头跟前讨脸。魏镖头岂肯跟你们对招，算了吧。若不然，你们小哥几个凑凑吧？"一转脸，对着纪宏泽说道："老弟，你下场子玩玩吗？你们年轻人跟年轻人过过招，彼此都有益处，要不怎么叫如切如磋如琢如磨呢？你们来磨试磨试吧。"

纪宏泽跃跃欲试的神色，纪蔚叔、赵秉元全都看出来了。纪蔚叔仍说着谦辞话："小徒年纪轻，学艺没成。他刚刚入门两年不到，他哪里成呢？诸位师兄都比他大，又是名师教的，

老哥别叫我们师徒栽在这里，出不去门啊。”口里这样说，却凑近一步，对那黑矮徒弟说：“我说这位师兄你贵姓啊？贵排行第几？练了几年了？你们老师父传给你的是哪一种拳学，哪一种家伙呢？”

黑矮徒弟道：“弟子姓高，我什么拳也没练好，我也是初学。”赵秉元代答道：“他是我的第五个小徒，他是本县人，名叫高佑明，今年二十四岁了，跟我学了五六年。我又不会教，他又没有长功夫，恁什么也没练好，倒是会打一趟猴拳，六合刀也会砍两下子，就是下盘太慌，眼神也不足。”这高佑明也算是煤厂的少东，乃是东家的侄儿。

赵秉元接着说：“我说，魏贤弟，左右你今天也走不了，你爷俩就在咱们这里多盘桓两天，叫他们小哥们全把所学的师门本领拿出来，彼此对一对，贤弟你不是说带着徒弟访艺寻友吗？你真格瞧不起愚兄，站起来一走不成？来吧，叫他们练练吧。反正谁摔倒了，谁自己爬起来，自己弟兄没有说的。”赵秉元拍着纪宏泽的肩膀，催他脱长衫，又向群徒点手，含笑道：“你们别净盼人家师徒赐教。你们也该抛砖引玉，把咱们那点臭的烂的，都摆弄摆弄，好叫魏老师给你们改正改正。练武这玩意，跟做文章不同。这不是关上书房门，自己一个人鼓捣的事。魏贤弟，还有这位纪师兄，难得今天光临，咱们应该别客气，说来就来。”

纪蔚叔笑说道：“好，好，老哥吩咐，小弟从命。不过小徒是后进小孩子，岁数太小，师兄们多多容让他。你们真把他打哭了，我可不答应你们老师。”说得众人嘻嘻一笑，全说：“您太客气了！”

两位老师遂命门徒，先下场子，各走一趟拳，各试一套兵刃，借此教他们认识认识别派的手法，随后才叫他们开手较量。

纪宏泽与生人乍试身手，满心争强好胜。当下心眼一转，想到人家年长人多，自己只一个人，须得留着气力到后头使。

走拳试剑时，他只把十分本领，用出六七分。也和刚才纪蔚叔一样，只稀稀松松，走了一趟排掌，刺了一套三才剑。赵氏门徒看了，并没把他一个十八岁小孩看在心上，他们只想把小的打败，再要求和这位魏镖头动动手。因为这很合算，胜了就很露脸，败了也不丢人。十几个弟子纷纷下场，有的耍春秋刀，有的走拳脚。一个高身量的少年，气势虎虎，把春秋刀耍起来，插花盖顶，金钩钓鱼，挺刀献刀，舞动起来，居然气不喘，面不改色。这人乃是赵门三弟子。四弟子和六弟子两人对练了一套单刀破花枪，七弟子和八弟子打了一套拳，又发了三镖。纪蔚叔看着，一迭声喝彩。那五弟子高佑明，独自打了一趟崩拳，虽然手疾势快，形似猿猴，只是下盘果然像赵武师所言有点不稳。

赵门弟子先后练罢，纪宏泽夹在中间，也匆匆练完；两方面的老师都盛加赞许，随后便该对手过招。高佑明显见年长力强，赵秉元武师特把他叫到一边，嘱咐了几句话，好像有所关照。纪蔚叔也把纪宏泽叫到一边，告诉他要量敌，要小心，要记住从前指示他的那些话，还要“做事须留余地”，不要叫人太过不去。纪宏泽诺诺答应：“七叔放心，我全晓得。”

纪宏泽蹬了蹬靴子，又重勒了勒腰带，凝神静气，潜相对手。高佑明凑了过来，两人互相谦让，纪宏泽心上明白，嘴上说不出，只说了一句“多指教”，高佑明叫一声“别客气”，唰的一探，进步发招，照纪宏泽冲来。疾如速风，一拳打到，这才紧跟着又说出一声“请!”

纪宏泽一侧身，不觉得退下半步，急急地应式还招。纪蔚叔和赵秉元都在旁观阵，就在这一交手之际，高佑明已连发三招，好似下马威，急三枪，吓唬小孩一样。纪宏泽似乎应接不暇，一连六七招，只守不能攻，只退不能进。赵氏门群徒都凑过来看。纪宏泽似已觉出众目睽睽，都盯着他，他的心情果然浮动。

纪蔚叔又替他担心，又愿他碰个钉子。按高佑明的拳路，

此刻分明用的是外家拳，拳风纯以劲胜，步步抢取先招。纪宏泽应该用内家拳来抵挡，或用劈挂掌来拆卸，才能得势。一连走了十九招，纪宏泽一味用他的八仙拳，有点硬碰硬，分明碰不过。纪蔚叔并不提醒他，任由他自己应付。突然间，见高佑明抢进招，唰的打一掌。大概纪宏泽吃了亏，只听他哼了一声，霍然又退。旁观群弟子登时起了欲抑反扬的一片哝哝声。

高佑明越发得势，攻势愈猛。纪宏泽耳根通红，百忙中眼光往外一扫，立即迎上去。拳风一变，唰唰唰，避实蹈虚，冒险争胜，往上紧钉起来，依然硬碰硬。这两个人心境不同，潜胜者轻敌，挥霍越力，有恃无恐；暗败者志存雪耻，应招变化自然加急。又反复了六七招，高佑明往前一欺，往旁一闪，纪宏泽合身正扑进去。纪宏泽的右臂竟被敌人拿住，高佑明侧身用力一带，不禁失口喝了一声："倒！"砰的一声大响，出乎意外，纪宏泽往敌人右侧抢去，踉踉跄跄栽出三四步，到底旋身泄力，凝步拿桩，要倒未倒，终于站住了。高佑明猛然一个趔趄，竟仰面斜栽，整个身子摔得仰八叉，摔在地上。

胜败陡分，赵秉元武师大叫了一声："好一个大脱袍，难得难得！"

纪宏泽喘吁吁立住，高佑明红头涨脸爬起。纪宏泽这才想起江湖上的交代，过去要扶，连说："承让，承让！"高佑明脸上含愧，要找场面，说道："我大意了，纪师兄真可以，你能赏脸再跟我比兵刃吗？"赵、魏二位师父连忙拦阻，赵门弟子群请继续比武；都以为高佑明恃胜大意，输得冤枉。赵秉元也说："魏贤弟，令徒怎么样？还能够跟他们斗一阵吗？反正都不是外人。"纪蔚叔转问纪宏泽："怎么样，这比喂招差多了吧？这还不是真上阵，你就手忙脚乱了。这几位师兄还要跟你过过兵器，你的力气用不匀，现在还行不行？"

纪宏泽自觉力气还有余。这时赵门弟子公推出一个二十一二岁的少年，体格高矮和纪宏泽差不多。由兵器架上取了两把刀，直抵宏泽面前，问道："师兄用什么兵器？"两位师长忙

道："你们要真拼命吗？"另挑了两根短棒，作为刀剑，分递给二人。纪蔚叔乘便低告宏泽："用劲不要太猛，要留后手，留余力。"

两个少年各提短棒，下了场子，先彼此客气着，问了问对手使什么招，随说一声："请！"便过起招来。纪宏泽把短棒做宝剑用，那少年名叫谢良弼，把短棒当短刀用，两人对砍了起来。实际的战斗，并不似把式场面的演样，把式场每每一来一往，对斗数十招。真的斗兵器，只一接触，也就是十几个照面，便分胜败。

那少年谢良弼竟用先发制人之计，容纪宏泽一棒劈来，侧身一让，猛然提棒照左肩一刺，一转，又往下一扫，招招迅疾。纪宏泽只发出一招，竟挨了三下，登时慌乱起来。急调棒还招，奋力斗了十来手，啪的一声，被敌人砍中一棒，正斜削在大腿上，其疼无比。少年人不服气，负疼也打了谢良弼一下。两个人还要动手，纪蔚叔、赵秉元急忙喝住，笑说道："你们这一下子，若是动真的，一条腿砍断了，一个胳臂砍掉了，你们还要打吗？"

纪蔚叔称赞谢良弼刀法纯熟。赵秉元说："还是纪师兄，他是刚比完拳，累了。"嘴里这样说，赵秉元心中毕竟高兴，赵门群弟子也似吁了一口气。

纪蔚叔面对宏泽，隐含笑意。纪宏泽脸色通红，还要比一比。本讲的是试三场，还差一场。赵门弟子又走出一人，名叫高佑光，乃是高佑明的族弟，大声说："我跟这位纪师兄过过招。"

两人都想用兵器，两位师长说："你们试试暗器怎么样？"纪宏泽忙说："很好，弟子的暗器比兵刃更坏，很愿意同师兄切磋切磋。"心中暗暗欢喜，他学了三四种暗器，很可以借赵氏门徒的肉身，做箭垛子了。不想这把式场设备得很周到，试暗器也有代用之具，有秃头镖、木镞箭、裹蜡的弹弓等物。赵氏弟子一听说要试暗器，把箭靶子抬了出来。

赵秉元道："那么试，没有用处，你们还是一面过兵刃，

一面用暗器。”

高佑光用镖和铁莲子，纪宏泽用甩手箭和钱镖、袖箭。甩手箭没有替代，却幸纪蔚叔早做下牛皮箭镞的皮套，带套打人，不致负伤。两人各提木棒下了场子，侧身旁睨，挥棒动手。只换了八九招，这个往外一跳，那个也往外一跳。高佑光棒交左手，回手发镖。纪宏泽暗把一枚厚钱扣在掌心，容得对手镖到，挥棒一打，就势将木棒交到左手，左掌心的钱镖交到右手，倏地一扬手，照高佑光上盘打去。高佑光一伏身，又一窜，直窜过来，抬手一棒打到。纪宏泽略一招架，转身便走，翻身又打出一甩手箭。跟着高佑光也发出一镖，两人全都闪开了。可是人已迫近，立刻又旋身动手。

纪宏泽连发三招，高佑光还了两招，立刻往圈外一闪，唰唰唰，发出三个铁莲子。纪宏泽也冒险进扑，提棒往下劈；打算以进攻为虚，以发暗器为实。他袖内早装着一筒袖箭，借这一窜一扑，陡然扬腕打出一袖箭。高佑光突地一斜身，挥棒往外一削，又发出一只镖。两人相隔又近，各一顿足，交错跳开。纪宏泽借势一咬牙，唰的抬手，一只钱镖脱手打出去，未容高佑光闪让，又捏出一只袖箭。钱镖瞄准，直打上盘；甩手箭估量着对手必往右侧闪窜，就故意错开半尺的准头，平发出去，只要敌人一躲，恰好碰上。

满心这一招定能取胜，哪知敌人不旁闪，陡然反欺，伏着腰直窜到自己这边来，唰的一棒，照下盘猛扫。纪宏泽这时手中又提出一支甩手箭，右手既要发暗器，兵刃自然要交在左手了。敌人猛袭，已到侧首，闪躲不及，必须招架，一时慌张，竟用左手棒往下一挡，右手甩手箭唰的也打出来。啪的一下，哎哟一声，纪宏泽的反把左手棒被人打飞；顺手挨了一棒，恰又打在左股上。高佑光进攻太猛，一棒虽然取胜，脸上也挨了一甩手箭，正打在眼眶下，立刻酸泪交流，掩面往旁一跳。纪宏泽两次挨棒，全在左股，也咧嘴往旁一跃。全场大笑，两位师长也发笑道：“你们全都是手慌。”

比武已毕，总算不分胜负。唯有纪宏泽心中有点沮丧。叔侄旋即辞别赵氏师徒，回转店房，歇了一天，收拾行装上道。到了没人时，纪蔚叔这才对纪宏泽讲道："怎么样，我告诉你的话不假吧？学艺是学艺，上阵是上阵，比武是比武。你要想报仇，还得多多实习。赵门这几个弟子还不是什么了不得的人物，你不能把他们打败，你还想找那一龙一蛇江湖上的老贼巨寇，硬碰去吗？"

其实这话不用纪蔚叔说，只这一试，纪宏泽已经爽然觉悟。纪蔚叔道："现在你也不必灰心。咱们出门，就是先访艺，不是先访仇。贤侄，你跟我闯闯吧。十成本领，还靠十成经验，你只多多跟人过招，多识多见，熟能生巧，自然神定心闲。神定心闲自然攻守自如。这小小一试，你就灰心，未免太脆了。"

纪宏泽却不知他已上了纪蔚叔一个当。纪蔚叔是故意叫他学乖碰钉子来的。在访赵之始，纪蔚叔已将宏泽所学所擅，一一告诉了赵氏师徒，并且再三拜托，务必警诫他一下。人家已经摸透纪宏泽的技艺，纪宏泽却不知道人家会什么，故此比起来自然吃亏。而且赵氏弟子下场的，也全是硬手。实际上饶这样，纪宏泽还能不大败，这在他十八岁的少年人，也算难得了。纪蔚叔苦心成全这个孤侄，可说是想尽了方法，然而这不过是一端，以后还有别的方法。

叔、侄二人重上征途，遇上江湖事，纪蔚叔就讲道；遇上江湖人就叫宏泽比量。纪宏泽想这样瞎闯，何日是了局？纪蔚叔却有深心，每遇宏泽心厌要改计，便给他掀出一点事故来，刺激他。这天打店，纪宏泽叹了一口气。纪蔚叔忙道："宏泽，这近处有一位能人，我领你去拜访拜访。"

说话的地方，是在山径小店，十分荒僻。纪蔚叔竟不用代步，也不用爬山虎，引着纪宏泽步行翻山越岭，走的全不是正道。只走了半天，纪宏泽脚下的鞋已爬掉了底。纪蔚叔先有预备，从行囊中，取出两双扳尖洒鞋，命宏泽和自己都换上，又

往前走。一片荒山，当秋荒落，山径窄隘，崎岖起伏，纪宏泽初尝此苦，走出不多远，不由得说道："这道怎么这样难走？"张眼四顾，不但道险难行，天上只有片片浮云，地上尽是丛莽枯草，走了这半晌，连个行人都少见。纪宏泽自然不晓得，这地方正是冀南、豫北、晋西三交界的群山，并不是行人通行的大道，纪蔚叔故意叫宏泽尝尝爬山越岭的滋味。

一口气走出三十多里，山路回转，渐往下盘，群谷中露出一段隘地，由山坎往下望，林木掩映，似有山村市镇。纪宏泽走出一身大汗，方才下了山岭，奔向山村口外。在山上看，山村只在脚下，却又走了二十多里，方才到达。纪蔚叔回顾宏泽笑道："望山跑死马。你看不远了，越走越远。我们进村歇歇吧。"纪宏泽问道："这是什么地方？""刚才我们盘的那道岭，就是冀豫界岭，我们已然来到山西边了。"

宏泽问道："我们上山西做什么？债户不是在河南吗？"

纪蔚叔答道："倒不是债户，是你父生前的一位老伙计，名叫张士锐，我要引你见见他，将来也有个照应。还有你的三师叔，我们何正平何三哥，当年和你父在洪泽湖一道遇仇，拒敌苦战，当场伤了一条腿，已然成了残废。你如今出世也该见见他，好叫他放心。你要知道，自从你父一死，我们狮林第三支几乎星散。我们四师兄虞伯奇也是当场水斗殒命的，和你父死在一天。他也有个男孩子，要替父报仇，如今也有你这么大了。还有我们二师兄解廷梁，搜寻仇人，要替你父报仇，在十几年前，突然失踪，恐怕早遭仇人暗算，已然倾生了。我们三师兄何跛子，自恨残废，灰心丧气，退出江湖，已然多年。我们今日能够幸免仇人毒手，你又长大成人，我们本门一线之望，又可以重张旗鼓了。不但是报仇，还要光大门户哩。宏泽，你要励志，我引着你去挨个拜访他们。他们见了，一定欢喜。你将来在江湖独闯时，有这些老前辈照应，多少可得便宜。"

说话时，两人进了村口。这小村只寥寥十几户人家，在村

后才有一条通行大路，有车辙马迹，也有了行人。纪宏泽拭汗道："刚才我们竟是横越山岭吧？"

纪蔚叔微微一笑，也不置辩，只引领宏泽进村，住店打尖。这山村过小，竟没有店。只在村后道旁，有一小茶馆，带卖熟食，有一口井，行路车马可以在此上料饮水。小茶馆搭着木架草棚，架上堆着生柴鲜枝，可以上遮阳光，人在下面可以纳凉。只摆着三张长木桌，也无旅客，只有一个背筐的行贩，在棚下歇脚，还有两三闲人，在茶棚底下棋。

纪蔚叔投过去，要了两碗山茶，味道苦涩，水味的苦比茶味还浓。茶馆只有一个老翁，一个半大孩子，照应买卖，都睁着一对迷离瞌睡的眼，强打精神，给客人泡茶。看那食物，有烧饼、煮蛋、煎饼、豆干，也好像搁了好几天没人买，倒有鲜果可食。纪蔚叔两人爬山用力，全都饥渴，好歹买了些，吃用起来。

茶馆老头打量着纪蔚叔师徒，说道："客人，你二人这是从哪里来？往哪里去？"

纪蔚叔信口支吾道："我们是往前边去，前边是什么地方？"老头子听了这话，脸上显出惊讶的神色道："前边是姚山村。怎么，二位可是应聘去的吗？"纪蔚叔道："应聘？我是过路的，应什么聘？"那老头又打量了一眼，方才说道："二位原来是过路的，那就是了。"

这时，那两个背山货筐的行贩，喝完了茶，自拿出干粮来，叫老头子卖给他咸蛋、豆干。老头子回头看那半大孩子，又倚着棚柱睡着了，便骂了一句，起身自去拿蛋。两个行贩也顺眼角，端详纪氏师徒，两人全是急装紧裤，身形矫健，带着小小长条形的行囊，拖着爬山助力的短棒，那行囊分明看得出来，内有防身兵刃。两个行贩也似面露疑讶，等着老头子端过咸蛋来，两个小贩且吃且问："近处还有别的捷径，可以绕过去不？"

老头子摇头道："没有没有，你趁早吃完了，走回去。别

说二位是空身人，昨天有三辆大车，走到这里，都照样退回去了。你不要找不心静，还是老老实实退回去，走那蔡各庄，不也一样吗?”

二行贩道："好老爷子，那么一绕，就得多走一天半的路。”老头子咧嘴道：“那有什么法子！你要是不怕死，敢豁得出去，你们就往前闯。他们那边可是真刀真枪，玩出好几条人命，你二位豁得出去吗?”

老头子把两只迷离睡眼全睁开了，脸冲行贩说话，眼睛溜着纪蔚叔师徒。纪宏泽也听出话风来了，就要插口动问。纪蔚叔悄悄拦住他，叫他少问多听。哪知道老头子连那两个行贩，都觉得纪氏师徒眼生得很，说话全留着余地。老头子只劝行贩绕道而行，千万勿往前闯，却始终没有说出前途如何险阻。两个行贩深以绕道为苦，更不问前途因何过不去。

两个行贩嘟嘟囔囔，连喊倒霉，彼此商量，终于打定了绕道而行的主意。却又转问那下棋的人道：“我说二哥，你是住在邻村的，他们这个村子到底闹了多少天？还没有完吗？官面也不问吗?”

下棋的抬头说道：“有好些天了。哼，快半个月了。他们这事起根发苗，可远了去啦，足有十六七年的茬口。山角落里，官面会知道啊？官面就知道催租。”

茶馆老头子点点头道：“足有十八年了。地方看见了，还装看不见呢。”

纪宏泽还没有听懂，纪蔚叔遥望前村，林岗掩遮，虽然一无所睹，可是听话听音，已猜出前途的阻难，十之六七是出了械斗，到此忍不住闲闲插言道：“我说老爷子，前边是不好走吗?”老头子半晌才应了一声道：“你老说什么？前途的道倒不难走，就是生人过路，不大容易。”纪宏泽道：“为什么呢?”

这老头子想必误疑纪蔚叔是与前途有关系的人，依然迟疑不肯直言。纪蔚叔忙解释：“我们正要往姚山村去，如果不好走，我们就绕一绕。”老头子道：“你老想绕，就跟着这两位绕

一绕吧，前边真是不好过。”纪蔚叔道：“可是前边有人械斗吗？”

纪蔚叔一口说破，这老头离离即即的，往四面看了看，方才答道：“你老料到了。可是说不得。他们这事跟寻常械斗不一样，也算械斗，也算闹贼。叫他们听见，一犯疑心，把人捉去，轻者一顿苦打，重者就活埋了，可不是闹着玩的。”

纪蔚叔忙问：“怎么又算械斗，又不算械斗呢？为什么又算是闹贼呢？”那老头子摇头不答，劝纪蔚叔少打听为妙。

少时，两个行贩算还茶钱，背起山筐绕道走了。老头子冲纪氏叔侄一努嘴道：“你们想走，快跟他们走；绕远道，要是地理不熟，可留神走迷糊了。”

纪蔚叔似乎另有打算，并不想借仗行贩做向导，口头答对道：“我们认的道，不用人领路，我们还想歇歇再走。”遂低声对纪宏泽说：“你听明白了没有？”

纪宏泽道：“我听明白了，前边是有人拦路，不让行人通过吗？”纪蔚叔道：“正是，一定有人械斗。宏泽，你愿意借此机会，试试本领吗？”

纪宏泽一听登时跃然道：“好极了。你老叫我帮拳吗？”

纪蔚叔摇头道：“那可不好，一来寡不敌众，二来又不知谁是谁非，三来咱们就去自告奋勇，人家也不相信。我的意思，要看看你偷渡关卡的本领。他们前边既然正在械斗，村前村后，要路斜径，一定布着很严密的卡子，有人值岗巡风。你可有本领偷渡过去吗？”

纪宏泽大喜，连声说好：“还是七叔，处处心路快。您想成全我，真是无微不至。那么咱爷俩就走吗？”纪蔚叔道：“走！”师徒二人丢下钱，出了茶馆，径奔前途。那茶馆老头子年老热肠，连声喊叫：“客人，客人，你可小心了。那边走使不得，可真不是闹着玩的！”

纪蔚叔含笑答道：“我们跟姚山村的庄头认识，不要紧的，你老放心吧。”口头这样说，却不直趋前村，反而斜奔这旁山冈，引领纪宏泽，未从涉险，先登高一望。

第十五章 窥械斗山村蹈险

这地方正当河南西北部，与冀南两交界，太行山盘旋在西北，林岗交错，夹着山谷盆地。姚山村就在土岗南边。和姚山村对垒的，是铁牛堡。两处山村为争水道，久已结仇。近因姚山村运输货物，重新引起一场纠葛。

纪蔚叔和纪宏泽，登土岗遥望多半晌，因这土岗太矮，竟看不出什么来。远远只看见随山起伏，有一座山村，被丛林掩遮，露出红墙黄旗，好像有庙建在山腰。有庙的村庄，一定不小，相隔太远，也看不出人踪。盘山而下，有两股交叉的土路，路上不见行人，田间已然收割，也看不见农夫。这便与寻常的村庄不同了，无论多么偏僻的山村，也不会路断行人。

纪蔚叔观望良久，忽然一阵风过处，西南方浮起了呼噪声，似在林丛后面，暗暗点头道："是了，这必是集众的声音。"再倾耳细听，过了一会儿，果然又有锣声。

纪宏泽立在纪蔚叔身旁，也聚精会神地看，看着又听。半晌，见纪蔚叔面露疑讶，便发话道："七叔，这里看不清楚，咱们索性越过这道土岗，前边不是有旗杆吗？那里一定有人

烟，咱们到那里打听打听，岂不更明白了？”

纪蔚叔哂然说道：“你怎么知道前面那片人家，不正是械斗的村子呢？”纪宏泽道：“那当然知道，你老请看，他们村口一个人也没有，一定不是械斗人。若是械斗的人，一定聚着不少壮丁。”

纪蔚叔听罢，失笑道：“你猜得不对。我正因为这个村子一个人影没有，才不肯冒险前去。正因为他们村口一个人没有，我才断定他这村子就是械斗的人家。你想，若是寻常老百姓，一听见邻村械斗，他们老的少的一定出来许多人看热闹。现在他们这村口竟如此寂静，足见他们已然倾巢出动了。你看表面没有人，但是在暗处一定有埋伏。咱们只一过去，他们一定会鸣锣聚众，把咱们包围了。我告诉你，凡推测事情，你要往两面想，千万别只猜一面……”

叔侄二人正在乱讲究，饶纪蔚叔这样拟议，纪宏泽还是半信半疑。忽然间，山根大路开来了三辆驮轿和五六匹马，一直趋向前村。纪蔚叔哼了一声道：“不好，这就要出事！”纪宏泽道：“怎见得呢？”纪蔚叔答道：“一边械斗不让过，一边恃众硬要过，还有不滋事的吗？”可是这驮轿相隔很远，要想招呼他，也够不着。宏泽忙说：“七叔，怎么办？倘若照你老所料，这几辆驮轿，一定惹出是非来。我们赶过去，把他们拦住，怎么样？”

纪蔚叔在土岗上，仔细端详道：“这也不行，你我两个人全是空身，又是这样打扮，你一拦他，他们还疑心咱们是劫路贼人踩盘子的呢。你再看，这驮轿分明是由官兵护送，也许不要紧，闯得过去。”纪宏泽笑道：“他们要能硬闯过去，咱们何不跟过去？”纪蔚叔也笑了，说道：“你的心路倒不慢。”两人立刻下了土岗，奔向驮轿后面凑去。

还没容二人奔到，驮轿已闯到山村脚下，忽然听见村中发出一阵锣声，从山村对面窜出十几个壮汉。同时村内也扑出十几个人，各持兵刃，把大路截断，三辆驮轿陷入重围。纪蔚叔

二人已落平地，看不见怎样动手，也不知做何交代。在喧腾声中，支持了一会儿，那一群壮丁竟将三辆驮轿、六匹骑马的官役，全给裹进山村去了。

纪蔚叔、纪宏泽一齐止步，避到路旁矮林中，听了半晌，听不出声息。又登高眺望，只望见村口留下三四个壮丁，持刀扛枪，在那里比手划脚，想必正在讲究。更望村对面，埋伏的人又埋伏好了。依着纪宏泽就要绕道进村一探。据他估料，这三辆驮轿绝不是好好进去，一定是被押，因此他很想进村，探一个水落石出。

纪蔚叔竟不言语，引着宏泽，过一道土岗，寻一密林，找一块平地，拂土一躺，也催纪宏泽躺下。纪宏泽道："这干什么？"纪蔚叔道："这叫养精蓄锐，快躺下歇歇。"纪宏泽明白了，依言枕行囊，也那么倒下。

转瞬耗到夕阳垂落，天空群鸦归巢，山风也更见凄厉。纪蔚叔突然坐起，出林看了看天色，对纪宏泽说："时候差不多了，我们可以先出去探探道。"

两人刚刚拂土站起来，忽听见林边有脚步声，两人连忙躲到树后。少时人声走近，也是两个壮汉，身上都暗带兵刃东张西望，似在窥探什么。察看外表，布衣粗服，穿短打，系扎包，又似乡团村汉，又像江湖人物。看神气，鬼鬼祟祟，躲躲闪闪，似要趋奔山村，又不敢一径过去，很有疑畏的意思。纪蔚叔猜想他们或是械斗对方派出来的探子，哪知没有猜对，这两人竟是派出来给对头送信的。两人拿着一个小包袱，内中包的便是一封信。

纪宏泽向师叔做一手势，悄悄地缀在二人背后，要听听他们的议论。这两人一高一矮，竟一声也不言语，快出林路，方才嘀嘀咕咕低声说话。

那矮身量的人说："他们在这里也设下卡子，咱们只要遇见他们的人，就把信交给他，我们就回去交差领赏。"高身量那人说："不行，头儿还要回信呢。你既然胆小，就不该来，

怎么当着人自告奋勇，贪图领赏，出来了又害怕？”矮汉子说道：“谁害怕来？我是盼望遇见他们的人，省得拿咱们当奸细。”

两人说着话，又往前蹭。越迫近村根，越加疑畏，不敢举步。果然绕过斜径，突从埋伏处窜出数人，把两个送信的人围住。送信人打开包袱，高举双手大声地说明来意。设卡子的人置若罔闻，夺过信来，把二人蒙上眼睛，押进村中。这小小的山村居然布置很严，白天绝不能混进去。

纪蔚叔和纪宏泽见状停步，想等候送信人出来，设法贿问械斗的情形。哪知送信人因为胆怯，路上耗时过久，来到山村太晚，村中竟没有当场释放。村中人大概是看完了信，写好回信，竟将二人扣留，预备明午再放。

纪氏师徒不知究竟，伏在路口旁窥伺，眼看已到黄昏时候，还不见送信人出来。纪蔚叔拿出干粮，和纪宏泽吃了，又寻山涧，饱饮清流。一霎时深山入暮，星黑无光。纪蔚叔对宏泽说：“来吧，咱们两人闯闯看，我也看看你的夜行功夫。可有一样，我们只可夺路，不要生事。村民械斗是不管王法的，凶气一撞，真敢活埋过路行人，刚才那几辆驮轿，此刻，还不知怎样了呢。我们人单势孤，去寻找我们的路，千万不要妄想多事。你别看是山村，内中也许有能人。”

纪宏泽诺诺答应了，师徒二人让开正面，从侧面南山根往上爬。这是一道横岭，山村恰当夹谷，两人在昏夜中往上爬山，只隐隐见山坎的一星星灯火。村民多是早起早睡，这山村反倒透露火光。纪蔚叔心知他们这灯火必是守望的号令。偕同纪宏泽，爬了半个更次，居然登上山坎。时值山风振振，草木萧萧鸣动，两人展开夜行术，居然躲开卡子的监视，绕到山村的西面。

纪宏泽身到山坎平地，不由得呼了一口气道：“只看下面，他们好像戒备得很严，想不到顾下不顾上，顾外不顾里。师叔，咱们索性穿村而过吧。”

纪蔚叔忙拉他的手道："低声，你别大意！"先引他到暗隅蹲下，说是缓一口气，实是贴着地皮，往村中窥影听声。居然被纪蔚叔看出前面土坡后，还有一道卡子，黑影晃来晃去，似有两个人。又往南面看，一片漆黑，看不出虚实，好像这片浓影并非山坡，颇似民房。在这浓影后，就有一支灯竿，立得很高，西北面却是广场，恍惚也有人影。

纪蔚叔看清四面，命纪宏泽随己蛇行上前，躲着卡子，冲南溜过去。直爬出数箭地，且爬且看，好像山腰没有人似的。纪宏泽放了心，因蛇行太累，禁不住一直腰。纪蔚叔忙喝命："趴下！"

果然这一站，引出麻烦来。突从旁边抛来一块碎砖石，跟着现出两三个人影来。沉默的空气中，听见遥遥喝道："谁呀？"立刻履声踏踏，奔这边寻来。纪蔚叔急一拖宏泽，四无避处，只有坎坷的土坡，忙趴伏在土坡上。纪宏泽也卧在附近土坡上。

那投砖的人往这边走了十几步，又喝问了几声，无人回答。凝目看了半晌，天色太黑，二人屏息蜷伏不动。投砖的人又立了一会儿，看没有动静，一个人就说道："你一定看岔眼了。"一个人说："不是，我真是看见一个人影一晃似的，哪里去了呢？"投砖的人正是巡逻的乡丁，其中一个仍不放心，叫着同伴，寻了过来。寻岔了路线，岔到别处去了。却将纪宏泽吓了一跳，纪蔚叔嘘唇了几声，禁他勿动。直耗过好久工夫，纪蔚叔这才展开蛇行的方法，很迅速地往南爬去。纪宏泽不敢再冒失，也只得跟着往南爬。

南边有浓影处，居然设有卡子。纪宏泽纳闷刚才纪蔚叔东张西望，暗有选择，西边四面漆黑的山腰中，正不知七叔会怎样辨出虚实来。扑到浓影这边，竟是一片民房，家家关门闭户。纪宏泽尚在迟疑，纪蔚叔竟直起腰来，引领宏泽，钻入民房小巷。吁了一口气，四面一望，急贴墙疾走，到一民家，手向墙头一指，又往旁边一指，纪蔚叔自己竟伏身一蹿。留出一

面，催纪宏泽也蹿上去。

在墙头半俯身，往下看了一眼，抬头看那有火光处，就在隔巷，果然是长竿挑灯，估摸是村中庙宇的旗杆。纪蔚叔轻轻从人家房顶上，藏在房脊，一直奔有灯竿处爬去。仍不敢直腰，恐让地上巡逻的人瞥见。纪宏泽至此也加了一份小心，学着纪蔚叔的举动，弯腰在人家房上走，脚步很轻。每从这所房改跳邻舍房，纪蔚叔必先侧耳听一会儿，方才拥身急急一跳。不走平地，只在房上墙上通过。这些民房全熄了灯火，除了灯竿，也有二三处地方偶透火亮，山村全都很黑。

两人辗转踱到有灯竿处的隔壁民家，不敢再往前凑。只从房脊后，徐徐探头，果然是一座庙。庙中内外灯火辉煌，有数十名壮丁七出八入，似正有什么忙事。庙门已闭，庙门外和院内都有人持枪站岗。白天村中所截留的那三辆驮轿和六匹马，都在庙中拴着。庙中大殿也透露灯光。纪蔚叔和纪宏泽从庙墙隔壁往庙内遥窥，实在不能看清一切。

纪蔚叔本该就此溜下平地，由这里寻路穿村下山，就可以闯出去了。只是武林中人物既已上房窥见庙中似有异动，总想看明白再走，也想叫纪宏泽看看究竟，见识见识世面。纪蔚叔便打定主意，引领纪宏泽绕奔庙后。从民宅跳下去，贴墙走了几步，便跃上庙垣，顺庙垣急走，跃上偏殿。约莫庙宇的形势，两人分据在这座偏殿的房脊左右，微露半面，凝目往大殿里面窥望。

大殿供桌上，点着许多灯火，并摆着两张方桌，几条长凳。有几个穿长衫的人物，正在说话。还有几个雄赳赳的汉子，在那里比手划脚，正似议论械斗。桌旁有一个秀才模样的人，正在伸纸写字，也不知是写信，还是写状子。旁边有一个赤红脸老者，指指点点斟酌字句。纪氏师徒像这样远远地窥看，竟窥不出一点眉目来。

纪蔚叔想，驮轿既然押在庙内，那坐轿的官眷料想也必押在此处。微挪地方，凝目光往前后大殿两边配殿寻看，竟没有

一点征兆。再侧耳倾听，只偷听见影影绰绰几句话，说是村中首事的人少时就来。纪蔚叔要看看这首事的是何等人物，在房脊伏了一会儿，忽听见外面人马喧声，庙门呼隆大开，从外面拥进三四十人，全都急装紧裤，拿着刀箭兵器。

纪宏泽也凝目下看，见这三四十人乱哄哄地进了庙。内有两个中年壮汉，像是领队，一个生得高颧瘦颊，一个生得大眼浓眉。这两个人刚到庭院，庙中人便迎着问道："怎么样？"两个壮士得意扬扬，回手一指。果然在后面有几个人，蜂拥着两个倒缚双手的囚虏，推推搡搡，把两个囚虏直押到院心，先拴在小树上。纪宏泽细看这两个俘虏，全都用黑布套蒙着面目，看不出是何等人物来。庙中人七言八语，围观询问："这捉住的是谁？"有一个人上前伸手，要摘罩面的布套，被那两个壮士喝道："不叫他们看见咱们这里的虚实，才给他带上套，你怎么要摘？"

纪宏泽不深悉江湖上的事，还以为这两个俘囚就是白昼送信的人。纪蔚叔伏脊下望，只一瞥便已断定：这是另外两人，只看身形体格，显然和那送信人不同。因为罩着面幕，到底也推测不出是什么人物。那个领队的高颧壮士，吩咐庙中人好好看住俘囚，又命队下去休息。二人便大步走上正殿。大殿上正写文书的人，立刻停了笔，让座献茶，说道："二位师傅辛苦了。"两个领队壮士说："姚大爷呢？已经回去了吗？"写字的人答道："请去了，这就来。"

旋又听见一阵喧呼："姚大爷来了！"庙门重开，两人提灯，两个护卫，引着一个长衫男子，一个短装男子，走进庙来。才到庭心，便看见俘囚。那长衫男子轩眉似喜，立刻又眉峰紧皱道："又捉住两个吗？"庙中别的人全都雄赳赳，面笼杀气，已带出械斗场常有的那种暴戾神情。唯独这个长衫男子，大家称他为姚大爷的，面上颇带忧容，立刻见他趋至树下，到俘囚面前，伸前要解除面幕，那随行的短装壮士忙道："姚大爷，且慢，留神叫他咬着手。"殿中的两个领队也迎出来，说：

“姚大爷，你要审问，可以把这两个押进殿上来。”姚大爷点了点头。

姚大爷全副的精神都注意到这两个俘虏身上，庙中人又全注意看姚大爷。唯有短装偕来的武士，短小精悍，一对圆眼炯炯含光，似乎武功熟练，眼光四射，精神旁驰，不知怎么一来，听他失声大喊了一声：“不好，有奸细！”

庙中人诧然，张皇四顾：“奸细在哪里呢？”

这短衣壮士虚向殿内一指，大喝道：“好奸细，藏在佛殿佛头后面呢！兄弟们，快抄家伙，快跟我来。”庙中人登时乱奔乱窜，乱寻兵刃。那两个领队也张皇四顾，竟抢一步把俘囚的绳索扯断，一人夹一个，提俘虏反倒奔进大殿。

偏殿房脊上的纪宏泽，见状十分诧异，把身子紧贴着，极力从殿脊后，往下窥看。想看看这个所谓奸细，是怎么会藏在佛头上。冷不防背后被人抓了一把，急忙回头看时，正是纪蔚叔。手掩口唇，往下一指，道：“不好，我们形迹露了，快走！快走！”

纪宏泽还在纳闷。因为庙中人一味注意俘囚，似乎全没有抬头往上看，自己藏身很秘，怎么会被人察出？但等到再往下一瞥，下面情形已变。庙中这些人口嚷着正殿有奸细，全都扑奔正殿去。却从正殿后门穿出来，立刻人人手中有了兵刃。纪宏泽刚觉不对，一刹那，突然听背后腾的一声，已有两三支箭直冲自己射来。纪蔚叔低头喝道：“快快！”倏地一长身，剑已在手，往外一扫。纪宏泽也往旁一闪身，抽出了兵刃。

纪蔚叔立刻一指西南，说道：“快走，快走！”纪宏泽应声往下一蹿。下面是墙，墙里墙外竟全是人了；同时庙中敲起锣声，长矛短箭，纷如乱麻。师徒本想看一看这乡中械斗讯俘的实情，然后再借道一走，现在顾不得了。师徒二人挥剑夺路，往庙外奔闯。那短装精悍壮士，提一口刀，蓦地现身，直扑过来。那高颧大眼两个领队，指挥乡丁，把全庙包围，竟也直趋西南，先剪断纪氏叔侄的出路，就是来路也被堵塞。同时还有

几个人不顾拿贼，奔出庙外，似乎送信勾兵。

纪宏泽到今日，才算是初临大敌，初尝性命相扑的滋味。他先把心神一定，认定西南，由偏殿跳到大庙墙头，当先开路，顺着墙飞跑。敌人用箭追射，他直着腰，挥剑格打。纪蔚叔就挥剑断后，一面遥拒敌人，一面又照顾纪宏泽。见纪宏泽全形毕露，忙喝命："喂，小宏，伏下腰！"

一言未了，那持刀的短装壮士已从别处绕登邻墙上房，绕追到近处，大喝道："好你铁牛堡狗党，你们真敢入虎口拔虎牙？"扬手一镖，照纪蔚叔打来。纪蔚叔一闪身，早已跳到墙上。持刀壮士已扑过来，两个人几乎对了面，却还隔着一道墙。纪蔚叔忙道："朋友，我们不是什么铁牛堡的人，我们是借道的。"急急说了几句江湖话。持刀壮士不肯置信，喝道："你真是借道的，请你邀着你的朋友下来，咱们到庙中一叙。"

纪蔚叔道："对不住，我的事忙，改日再会！"

说罢侧身一看，纪宏泽已奔出庙外，落到平地，正与拦路拿奸细的乡丁交手夺路。纪蔚叔不敢与纪宏泽隔开，连忙也窜落平地，跟踪过去。乡丁立刻打圈围上来。持刀壮士也急忙缀下。刚追了几步，突然撤回，招呼众人道："快快分一半人追贼，分一半人留守，不要叫敌人偷营，不要中了敌人的调虎离山计。"

这一喊倒放松了纪氏叔侄。他二人孤掌难鸣，假道窥庙犯了众疑，惹起众怒，本已陷入重围，被隔两处。壮士一声大喊，庙中人顿悟，立刻分出一半人重往回跑。纪宏泽已被那高颧大眼的两个领队缀上，两个领队展开刀法，上前攻打纪宏泽。

纪宏泽身在房上，被乱箭攒射，落到平地，又被乡丁围攻。自想乡下人没甚本事，不意一交手，这些乡丁虽然武功不济，却是护乡情深，恋战不退。纪宏泽又不敢杀人行凶，心存顾忌，剑法不由得透慢，两个领队攻上来，居然也是行家。纪宏泽且打且回顾纪蔚叔，心神一分，脚步一迟，乡丁赶过去，

往回一兜，这才陷入重围中。

纪蔚叔也是如此，一面夺路，一面寻伴，心上既然悬虚，手上又不肯下绝情，当然很吃亏。乡丁越聚越多，挑出长竿灯笼，照着二纪奔逃的去向，左奔右堵，右奔左截。两个人刚刚冲出大庙，穿过两条小巷便被乡丁远远地圈在垓心，纪宏泽用剑背连连砍倒两三个人，又用石子打退一两人，胆子便大起来。回头一看，纪蔚叔还在后面，他竟大吼一声，仗剑一冲，甩开了两个领队，专奔乡丁反扑回来。乡丁不由得惊退，纪宏泽竟振吭大叫：“七叔，快过来，快快过来！”

纪蔚叔贴墙根且战且走，冷不防，又上了房，火光中，恰恰望见纪宏泽鏖战情形，初出茅庐，应付敌人十分镇定，心中大慰。见纪宏泽返寻回来，实是失策，忙厉声叫道：“宏泽，往外闯，不要管我，有路就走！再晚了就逃不出去了！”纪宏泽远远听见呼声，也没有十分听明白，只当是叫他上房，他便就近一蹿，登上临街的土舍。乡团见状，火把灯笼齐又团团扑来。这叔侄二人一先一后交错着，一面往西南逃，一面往一块凑。那两个领队起初不知奸细来了多少人，未免备多力分；现在跟追之下，已与奸细见了面，不过两个人，又全在房上，便放了心，立刻指挥乡丁，齐奔二纪叔侄。

这 集中兵力，顿与刚才不同，乡丁越聚越多，能手也渐赶到，弓箭手也寻了过来。一阵梆锣，箭如飞蝗，照纪宏泽、纪蔚叔，上上下下攒射过来。两个人在房上东奔西窜，挥剑不住地格打，无奈矢石太多。两人一面格打，一面还是往南奔。更往开处望去，山村没有灯火处，此刻全有了灯火。夺路下闯，实非易事，而且两人当中隔开二三丈，必须合在一处，互相掩护，才好一同往外闯。二人才往一处奔凑，被那高颧骨壮士窥破此情，喊了一声，竟率二三伙伴，从半腰中登房横截，把二纪分隔在二处。

纪蔚叔见状惊道：“不好！”可是敌人追上房来，下面的矢石恐误伤己众，不由得放缓一步，不再攒射了。纪蔚叔又向纪

宏泽吆喝："快下平地！"

纪宏泽急应了一声。叔侄二人容得两个领队刚刚追上房，便哈哈一笑道："朋友，对不住，我们是借道的！借光吧，朋友！"纪氏叔侄一翻身，又全跳到小巷了。

追兵和逃跑人恰好换了个。两个领队大怒，居高临下，用刀一挥，向乡丁喊道："快堵住西南！"二领队也一翻身，跳到小巷，迎头来截。纪蔚叔催纪宏泽往没人处速奔，他自己横剑断后，截住两个领队。纪宏泽忙往开处一跑，劈头又被人挡住，立刻喝道："呔，看镖！"迎面敌人惊得一蹿，纪宏泽一溜烟冲出巷外。一个乡丁仗长矛刺来，纪宏泽倏地一伏身，扑到乡丁脸前，又倏地一剑，乡丁怪叫了一声，倒在地上。纪宏泽从此人身上跳过去，一味往黑影中钻。

纪宏泽借着七叔断后的机会，奋力闯出小巷，扑到坎坷不平的山村大路上。这山村本在山坎半腰上，下山路只有两股。纪宏泽一路急冲，回头再看，后面追兵依然缀得很紧，那高颧骨领队提刀缀奔过来。独独看不见纪蔚叔，也不知他是落后，也不知他是已失手。

纪宏泽心中惶急起来，百忙中心中一转，且战且走，且寻七叔。未容高颧骨领队扑近，抖手先发一暗器！那领队哼了一声，止步不前，似已中伤。纪宏泽暗喜，才要反攻，哪知这领队果然挨了一石子，也引动了他要施暗器的心。容得纪宏泽反奔过来，也抖手打出一镖，喝道："着！这下子还你！"纪宏泽吃了一惊，夜影中看不清，忙往斜刺里一窜，一缕劲风，贴面打过去。纪宏泽直腰回身，不敢反攻，忙往近处奔窜。近处有一黑暗小巷，似可穿行。纪宏泽斜扑过去，专避灯火，抄奔黑影。不料黑巷中突然喊道："截住他，截住他！"纪宏泽不敢深入，一拧身，又上了临街的墙。由墙头上房，就在人家房顶上，伏腰急走，并闪目防敌寻伴，却是纪蔚叔依然落后不见。

那个高颧骨领队又追踪上房，众邻舍横截过来，且堵截且吆喝。命部下开弓放箭，攒射逸敌。那大眼睛领队竟揣测形

势，先一步赶到前街，等着纪宏泽奔来。纪宏泽在房上跳来跳去，一面避敌，一面寻伴，居高临下，张皇四顾，黑影中看不清仇友，只在灯光中恍惚看见一群人奔驰呼噪，倒往东追赶，料想必是纪蔚叔，他便想翻身绕道，奔寻过去。但追的人左一堵，右一截，恰恰迎头把他挡住，他竟甩不开追兵。而且追兵越逼越近，那个上房的高颧骨领队，已迫近背后，兵刃还够不着，暗器已然打到。纪宏泽急忙一伏身，躲在草舍房脊后，才将这暗器闪开。地上的追兵又恰好望见他的影子，绕过来又是一排箭。

纪宏泽乍当大敌，心神总不够用，顾得了房上，顾不了房下。又跳了一阵，方才省悟，自己居高临下，虽在昏夜，人家也能望得见。要想逃开，必先避开村中人的视线，还是跳下平地为妙。但一跳到平地，越发看不见纪蔚叔的行踪了。到此不由得急得两眼如灯，可是事机危迫，刻不容缓。想起了纪蔚叔嘱咐的话，临敌遇危，当断立断，千万不要迁延，致蹈两误。而且刚才夺路时，蔚叔本已告诉他，有路速逃。千万不要你等我，我等你。想到此处，敌人的包围圈已从两面挤过来，再不容他仔细思量，更不容他寻找伙伴了。他这才大叫一声，栽身一跳，下了平地。

果然时机已然稍后，那大眼睛的领队引七八个人从斜巷窜出，一直包抄到前面，前面过不去。纪宏泽一翻身，又退入小巷。小巷中刀光一晃，横劈出一个人。纪宏泽一股急劲，抬手一暗箭，那人急闪。纪宏泽唰的一剑，连人带剑，直冲过去，如一阵狂风。那个埋伏的人竟不能御，被冲得连连倒退。纪宏泽不管不顾，舞剑直窜过去。避敌蹈虚，往黑影中没人处，奋力急奔。顺着坎坎坷坷的山路曲径落荒一阵乱钻，背后已不闻脚步声。

他这才逃出来，投入小小林丛中，倚树喘息；再侧耳倾听背后，张目窥望前途。前途不利，竟误撞到悬崖绝壁之前，下面一片皆黑，举手不见掌，但觉扑面山风，便知下面不能立

脚。侧面山坡，一片浓影，隐约闪透火光，猜想有人家处。但依然远闻呼噪声，还怕追兵少时寻来。纪宏泽缓过一口气，刚要出林，寻伴寻路，突然在十数丈外，火光一亮，立刻传过来追呼声，果然追兵穷搜到了。

纪宏泽一怔，就要冒险滚崖而下，却又回头一瞥。火光乍缓乍远，渐追渐近，忙退身入林，屏息暗伺。跟着看出这是几个乡丁，持火把刀矛，虚张声势，来排搜逃人。听他们喊："截住他，截住他！"可是声很急，行不速，分明是茫无目的，漫施诈语，东一头，西一头，一味海搜乱撞罢了。纪宏泽心中一动，顿生一计，他要让过这几个人，悄悄缀在他们背后，或者借此获得出路。还盼望听听口气，也许能够探知纪蔚叔的下落，弄巧了，就许从这几个人背后，冲下山去，也未可知。

纪宏泽主意打好，慢慢溜出林边，哪知他走错了棋。这几个乡丁一路排搜，相隔渐近，忽然哗噪起来。黑影中，真个被他们蹚出一个逃跑人。巡兵刚过一小土岗，灯光一照，突有一个人箭似的贴地蹿起，如飞的奔向纪宏泽藏身处小林边。乡丁大呼，纪宏泽大诧，却又大喜。乡丁唰的散布开，追赶过来，夜暗灯昏看不清，大约也有六七人。这逃跑人只是孤身一个，黑衣短打，贴林飞奔。纪宏泽忙吹呼哨，又叫了一声："喂，是蔚叔吗？我在这里！"

那人惊得一停，也还叫了一声："是来峰吗？"纪宏泽听出口音生疏，并非纪蔚叔，但可断定必是械斗对方的人。登时想到敌人之敌，就是自己之友，忙低叫道："咱们是一伙的。"

纪宏泽回答得不如法，那人又回头一看，追兵将至，纪宏泽横身而出，恰挡前锋。这人立即低叱道："少施诈语，快闪开！"挥刀奔了纪宏泽。纪宏泽吃了一惊，急抽剑护身。这时候追兵已然追到了。

追兵还当纪宏泽是自己人，连叫："快截住他！"立刻打圈从两侧包抄过来。逃跑人很焦急，刀砍纪宏泽，拼命夺路。纪宏泽仓促辩白，词不达意，忽想起此时舌辩不如拿事实回答。

便一侧身让路，向逃跑人挥手：“快走，快走，朋友别认错了。”那人也没听明白，立刻挥刀直冲出去，纪宏泽翻身跟了过去。那几个乡丁连喊快追快追，也跟在纪宏泽背后，三拨人跑成了一串。

纪宏泽这一回做对了。夺路的逃跑人竟熟悉这山村的地理。局外人看着山回路穷，本地的人三转两绕，便找到了捷径。只可惜逃跑人脚程太慢，不能把追兵断开。纪宏泽跟在后面跑，直奔出一大段路。那人连连回头，初疑渐悟，可是还有些顾虑。转眼快奔到山脚下，竟有村人所设的卡子，卡在路旁。山村地势起伏，时有果林和山田交错。林坡倾斜，田陇平衍，这逃跑人专择易逃易走处奔来。无如这道卡子正当咽喉要路，卡子上埋伏的人只有十几个，此时想已接到山村的警报，人虽不多，卡得极严。当途置火把，安吊灯，人伏在火光后，遥望好像无人，显见虚实难测。

这逃跑人奔到这里，不敢前闯。纪宏泽跟了过来，这人连打手势，意思是让纪宏泽在前面走，直冲卡子，奋力夺路，他自己反倒离开山径，改爬那丛莽乱石，难以立足的悬坡。见他拂草择路，侧身下溜，忽然一栽，直滚坠下去，好像滚落到平地上。纪宏泽并不傻，他也不肯硬闯卡子，紧跟着逃跑人的脚印，也从乱岗冒险往下滚。顺坡一溜，居然也到达深谷。爬起来一看，此地细草茸茸，坡势险峻，偏少荆棘，怪不得逃跑人专择此处。但等到纪宏泽身落平地，再找逃跑人，深谷昏黑，已然逃走。听那拂草践踏声，恍在前面，纪宏泽到此已然迷失方向。

卡子上听出动静，后面追寻的人已赶到。立刻此呼彼和，排搜过来，碎石纷纷，直往深谷投下。纪宏泽磕磕绊绊，手脸受伤，仓促不细想，遥逐逃人的后影，极力跟缀过去。

深谷迂回，天色即将破晓。纪宏泽刚奔出谷外，山脚下，卡子上的乡丁已然截抄当前。那个逃跑人走得无影无踪，纪宏泽只得躲避着乡丁，有路便走。谷外有一片田地，此时已然收

割，远望去，白茫茫一片，似是浅滩小河。在半里地外，还有一道乱草土岗，似可匿迹。纪宏泽立刻奔趋过去。卡子上的人敲锣聚众，追赶不舍。

纪宏泽越过土岗，奔到小溪岸边，既无野渡，也无板桥。纪宏泽不敢游移，连忙泅水渡过去。于是前有大林当路，纪宏泽绝处逢生，直投过去。卡子上的人直追到小溪边，散开来，在岸头来往梭巡，竟不肯渡流穷追，叫骂一阵，收队而回。纪宏泽哪晓得这条小溪，就是两村械斗的界河。夹着这道河，俨然分为两国。纪宏泽逃出险地，又踏进另一险地。

（未完见下册）

白羽武侠小说全集 五

大泽龙蛇传

白羽 著

第二卷

山西出版传媒集团
北岳文艺出版社 · 太原 ·

第十六章

失旅伴狭路逢谍

大林的背后，就是对村下卡子的所在。土岗，小溪，田径，大林，在最近几十年中，曾经流过多少次血，械斗过无数次。纪宏泽钻入大林，知道“逢林莫追”的戒条，料到追兵不会追入。他喘息一阵，脱去湿衣，拧干了水，一面晾衣，一面打主意。把衣裤搭在树枝上，把小包袱打开，所带干粮衣物全都水浸，也拿出来晾着。山风凄冷，浑身起栗，又饥又疲，又与纪蔚叔相失，心中十分焦急。正在赤身呆想，强忍饥寒，忽听林内簌簌有声。纪宏泽吓了一跳，忙操起利剑，披上湿衣，寻声找过去。

穿行树缝中，找到那边。那边也有一个赤膊的男子，正在脱湿衣，换干衣。树根下也展开了一个包袱，却是干燥无水，在身旁也放着一把刀。一见纪宏泽，立刻操起刀来，低声喝道：“站住！什么人？”

这不用问，这人正是刚才那个逃人。可是这逃人竟反目若不相识，威吓纪宏泽，不叫他上前。此时渐有曙色，深林中不透日光，依然对面看不清面貌，只是揣摩声音，也能断定。纪

宏泽忙道："朋友，别嚷，咱们是难友！我跟你是一路，咱们俩不是刚才一同滚山谷下来的么？你怎么忘了我？"

那人"唔"了一声，半晌才发话道："我不认识你，你给我站开了。人心隔肚皮，你到底是干什么的？刚才你那是干什么？"

纪宏泽情知此人城府很深，戒备很严，也就见机而作，倒退了数步，相隔稍远，自己首先把剑抛在地上，双手拍掌，叫对手放心。然后说："朋友，我是过路人。我有一个伙伴，我们结伴从这山村通过，他们山村子上的人，不知何故，竟要扣留我们。大概他们误把我们看成奸细，把我追了一个跑。我和我的伙伴都会两手拳脚，我们夺路逃出来，只逃出我一个人，我的伙伴至今没有逃出，恐怕叫他们捉住了。我们听说他们正跟邻村械斗，我们算是误打误撞，踏进是非坑了。我现在还得想法子寻找我的伙伴，若是真叫他扣下，我还得想法子把人救出来。这就是我的实话。朋友，你也是过路人吗？"

那人听了，又看了纪宏泽一眼，哼了一声，似回答又不似回答。纪宏泽忙又叮问一句："我说朋友，你究竟是跟我们一样呢，你还是邻村上的人，跟他们械斗，特来夜探敌情的呢？"

那人又哼了一声，还是不答。纪宏泽绕着弯又问："到底，他们这村子胆敢随便捕捉过往行人，倚仗着什么势力？他们就不怕官府办罪么？"

连问数次，那人只翻眼珠子，盯着纪宏泽，神情上犹带猜忌。宏泽就是不问械斗，专打听前途的道路。这人也是哼着哈着，不肯回答。后见纪宏泽释剑落座，倚在对面树根下，显然不存敌意。又听纪宏泽出语幼稚，这人便渐渐释虑，也收刀坐下；依然不错眼珠，盯着宏泽，随将包袱中的干粮取出，自己享用起来。还有一只水壶，也取出来，口对口地痛饮了一气。然后张眼往四面看，侧耳往林外听，似有所待。对于纪宏泽还是不爱搭理。

纪宏泽一夜奔驰，肚中也早觉饥饿，更苦口渴。看自己包裹中的食物，空有油纸包扎，已被河水渍入，馒头几成了稀酱，一捏便成粘粥。因与衣服同包，染上蓝靛气息，更难下咽。纪宏泽哼了一声，连油纸也都投在地上，抬头看望对手，且饮且食，且歇息，正偷眼打量自己。纪宏泽有心向这人借粮，又不肯启齿，对手也不让他。刚才他们曾共患难，此刻漠如路人。纪宏泽实在无奈，站起来凑到那人面前，拱手道："朋友，对不住，借口水喝，行不行？"

此时天色渐明，密林深谙，已能辨得出面目。那人仰面睨了纪宏泽一眼，看出宏泽只是个十八九岁的大孩子，他便微露诧容。也明知求水就是乞食，他低头把水壶看了看，竟又提起，口对口仰面喝了一顿，这才摇着水壶说："只有一点水了。"捉壶送过来，并不递到宏泽手内，只放在地上，便退回去，手指着教宏泽自取。

纪宏泽提壶一看，只剩残滴，刚够润嘴唇的，不由得赧然愧怒。自己和这人一同夺路，逃出虎口，若不是自己打岔，此人未必闯得出来。现在他竟如此傲慢，拿空壶戏弄人。纪宏泽动了少年火性，说道："这是怎么讲，没有水，还让我喝？"

那人笑了笑，摆手道："别着急，这边近处就有水泉，你不会拿壶汲点去吗？我这水也是刚灌的。"说着似感不安，索性把干粮也分了一半，放在地上，对纪宏泽说："你看林这边就有清泉。你解开腰带子，系上这壶，就可以汲来。还有这点干粮，对不住，你也将就吃点吧。"

纪宏泽凝视这人，半晌才提壶举步，依着那人指点的汲道，寻了过去，穿林找了半个圈，近处并没有泉，只得仍寻刚渡过的那道小溪。又走了一程，才寻着小溪的上流。提壶汲水，先喝了一阵。喝完，本想提空壶回去，转想：我何必跟他一般见识？满满地再汲了一壶河水，便提着回来。路疏林密，多绕一圈，才寻回故处。不料看林径，验树根，仿佛已到故处，那个同逃的人已然没影了，连自己带那人的包袱也全不

见。开始还是当自己寻错了地方，可是自己刚才投在地上的湿馒头油纸包，还在树根下，草棵中。纪宏泽登时明白，那人甩下自己，悄悄溜走了。

纪宏泽大怒，溜走不要紧，不愿和自己搭伴也不要紧，他最不该连自己的包袱也拐走。却幸自己的兵刃没有离身，气得宏泽抽剑托镖，在林中往返搜了数遭，那人竟会走得无影无踪。远眺林外，有一望无际的丛莽，更无法追寻。

宏泽兜肚内只装着一些散碎银子，两封整锭银子全在包内。暗想这一定是那人见财起意，用一把空壶，诳自己取水，他便卷包逃走了。既失旅伴，又丧资斧，恚怒已极，又不敢喊嚷，搔头无术，绕着这树林，出来进去，转了好几圈，害得一筹莫展。

愣了一会儿，想起纪蔚叔教给他验道的方法。重寻到故处，就拿抛在地上的湿馒头做起点，低头细验脚印。林内遍生丛草，也有踏倒的草棵，可验人踪。纪宏泽履着形迹，低头寻着，偶一仰面，有一物正拂在脸上，抬头一看，是一根湿带子，从树上垂下来。再看树上，在树杈枝上，竟拴着一个蓝布包袱。纪宏泽忙盘树摘下，打开一看，正是自己失落的那个布包。包中银两未失，衣物也都没丢，连那人分给自己的干粮也放在包内了。纪宏泽至此恍然，刚才那个人并没有安心拐骗，只不过存心要甩开自己，不愿意自己跟随他罢了。

纪宏泽揣不透那人是干什么的，也揣不出此人已然潜奔何处。只得席地而坐，把干粮吃了，又喝了半壶水，搔头沉思，还得寻找纪蔚叔要紧。至于刚才那个人，既与己无关，索性不必管他了。想罢，倚树躺下，闭目养神。不想少年血足，不耐劳苦，心中烦躁，转增瞌睡，凉气一吹，呼呼地睡熟了。

过了好久的工夫，忽然惊醒，揉眼爬起来一看，阳光四射，早已大明。凝神一听，林前有声。忙探头出窥，这才看见械斗的光景，隔着那道小溪，两边都有人持长竿短棒，伏岗依林，设防布卡，互相窥伺。正是械斗的两方面，踞守界河互相

提防，但还没有开始械斗，不过是严阵以待罢了。纪宏泽探头处，正当丛林的一角，不能望见全阵。遂又择了棵大树，攀登上去，向四面窥看。打算就近处寻个村镇，打听打听细情。不意登高一望，才知自己正陷在械斗场的核心，这段密林恰是铁牛堡的势力范围，处处设着卡子，要想出林寻镇，便免不了受他们卡子的盘诘。

纪宏泽到底年轻，不识厉害，他还想试着往外闯。正在犹豫眺望，突然又望见远处有一拨过路行人，直奔械斗场而来。刚刚挨近卡子，便听得一棒锣声，跳出来七八个人，持刀挺矛，一阵吆喊，把路口剪住。那拨行路人有的被搜身，有的挨了打，末后被卡子上的壮丁拦路不放，统统给威吓回去。

纪宏泽眼力很锐，虽然听不明白，已然看得清清楚楚。想起昨天那三辆驮轿，也是行经山村，强要借道，到底被山村扣留，至今未见放出。现在这边铁牛堡也是这样，可见械斗的人为杀气所笼罩，不服王法，草菅人命，居然敢逐捕过路行人。那么自己一个单身客，倘若出林寻路，这伙械斗的乡下汉必然不容自己过去，还怕他们扣留自己。现在七叔失陷山村，未见出来，械斗的人如此强暴，真是招惹不得。想了一会儿，打定主意，不再冒险，还是等到天黑以后，探山村，寻七叔，比较妥当。遂顺着树爬下来，仍到树林深谙处，倚树假寝，静候日落。

刚刚的打盹，突又听见喧哗。纪宏泽忍不得重攀高树，向外探视。不知何故，铁牛堡这边忽然开来大队的乡丁，约有七八十人，纷纷持刀矛弓箭，直扑到小溪岸边，叫骂着似要渡河。河那边埋伏的人登时鸣锣传呼，纷纷集众。两边的人登时隔岸对峙。铁牛堡这边有一大汉，像领袖，竟戟指向山村大骂，不知骂些什么。余众也有的开弓放箭，也有的揭石而投；对面山村的人一面遥抗，一面派人往回送信。对峙良久，跟着从山村续开出二三十人，押着两个囚虏，直到岸头。两边的人嗷吒争骂，遂见那两个囚人被松了绑。两个囚人蠕蠕而动，自

己浮水渡到这边。这边的人立刻应援手，水淋淋地引上岸来。众多人登时围聚着这两人，七言八语，反复问讯。

纪宏泽看了好半晌，方才琢磨出来，这两个人大概就是昨天投信的两个使者，直到此时方被开释。只是被扣的那三乘轿和纪蔚叔，还不见出来。纪宏泽溜下树来，心想，他们械斗，怎么不动手，只骂街呢？寻思着，林外喧声依然时作时息。耗时既久，宏泽腹中饥饿起来，暗道：不好！可是往哪里寻食去呢？

纪宏泽站起身来，不知不觉往外走，从密林中窥看日光，刚刚过午。这要耗到天黑，再出去寻市镇，买吃食，再回来寻找七叔，只恐时间来不及。可是要趁此时，出去寻觅市镇，一定和械斗的人碰头。

纪宏泽拿不定主意，伸头探脑，正往林外看，林外忽然远远走来四个人，一直地奔宏泽潜藏处。纪宏泽大疑，忙抽剑托镖，藏在树后。转眼间，来人直入林内，且语且寻。纪宏泽细辨来人面目，内中一人正是昨夜的难友。

这难友竟空着手，随行的人只有两人背刀。这难友入林寻搜，寻搜不见，便招呼起来："喂！朋友，出来！"纪宏泽心中嘀咕："他大概是找我，他找我做什么？"他才一回旋，欲出不出，已被来人发现，立刻叫道："在这里呢，是这位吧？"四个人齐找到树后。纪宏泽连忙现身出来，提剑纵身，喝道："别过来！你们找谁？"

那难友哈哈一笑道："小朋友，我找的就是你！我猜你不会出林，你果然还在这里呢。来吧，朋友，昨天多承你帮忙，我谢谢你。我刚才没有招呼便溜了，你一定起了疑心吧？哦，还好，你的包袱是我给吊在树上了，我是怕你跟缀我。来吧，朋友，饿到这时候，你一定够受了，跟我进堡吧。"

那同来的人也都打量纪宏泽。宏泽环观四人，忙问道："你们四位打算把我带到哪里去？"那难友情知纪宏泽心存疑虑，忙即解释："我们是铁牛堡中的人，我们正和前边山村起

械斗，已然闹了半个多月了。我们的人被他们捉去好几位，我昨天是奉我们头儿之命，前往来探敌情。不料他们防备很严，我险些被他们擒住。那时多亏你打岔，我才得逃出来。我原怕你是敌人支使出来的奸细，所以当时没敢带你进堡。可是我一回去，便报告了。我们的头儿很佩服你，打发我来，请你进堡。你不是说你有个同伴，失陷在敌村中了吗？这很好，我们可以合起手来，再去探山，一来搭救你那同伴，二来刺探敌人的动静。我们堡里的人会夜行术的人太少，你老兄有这么好的功夫，我们头儿很想见见你，这于你很有好处。老弟，跟我走吧。”过来就拉手偕行。

纪宏泽一听，喜形于色，至少今天不致挨饿了。暗想这个人半途舍己而去，原来是回去报信去了。看来这个人倒不是冷面无情，只是比自己年长，做事谨慎。盘算了一回，决意跟这人走。但是临行前，必须把他们械斗的原委打听明白，到底为什么起衅？到底谁是谁非？向那人点点头，遥指河边问道：“他们究竟是干什么的？”那人笑道：“你老兄还没有看出来么？这就是械斗。你看，河边就是我们的人。”纪宏泽道：“这个我知道，我要问你，你们两边打了多少天了？究竟为什么事？你们两边械斗，难道就是隔着河，这么虚比划，对嚷对骂吗？”

那人微微一笑，同来的三人也都目视纪宏泽而笑。那人说道：“老兄，你不用问了，跟我走吧。我们这场械斗可是一言难尽，我们头儿见了你，一定仔细告诉你。我们头儿做事慷慨，最肯帮江湖上的朋友。回头见了他，他一定先问你的来路，你有什么，只管说什么。问完了，他一定要派人帮着，搭救你的同伴。你遇上我，你真走运。你不用顾虑了，快跟我走吧，管保有你的好处。”

纪宏泽少年性傲，听见这样说法，觉得格格不入，脸上一红，微透怫然之色。哼了一声说道：“朋友，你别忙，我还没有请教你贵姓呢？”这人脱口说道：“我姓周，叫周德茂。”

纪宏泽道：“这三位呢？”这个难友还不理会，同来的三个

人有个瘦子，似很识趣，听出纪宏泽口风不悦来。登时接过话茬，说道："周三弟，你太心急了，你也不问问你这位新朋友贵姓，就一个劲往家里请。"转向纪宏泽拱手道："我小弟姓杜，叫杜宝衡。这位姓张，这位姓鲍，我还没有请教你老兄贵姓。"

纪宏泽道："我姓纪。"这杜宝衡道："原来是纪老兄！你台甫？"纪宏泽道："好说，我叫……"略一迟疑，答道："我叫纪宏泽。我是过路人，也不是江湖道，更不是耍胳臂的。我们是过路投亲的。"他还要往下说。

这杜宝衡满脸含笑拦住道："您别这么说，我可不敢盘问你。我听说我们这位周贤弟，昨夜很承你帮忙，我们很佩服你的武功。我们是粗汉子，我们会头最喜欢结识武林人物。平常有武林行家过路来往，我们还要设宴招待。你老兄正在青春，真是少年英雄。我们周贤弟回去一说，我们堡里的人都很羡慕，所以打发我们来请你。我们可以谈谈。再说我们这铁牛堡，跟他姚山村多年械斗，仇深似海。他们各处聘请能手，我们也不能跟他们对付。像老兄这份本领，我们正要延揽。听周贤弟说，纪仁兄还有一个同行的伙伴，被他们姚山村的人扣下了。他们就是这样混账。若不然，我们两村各耕各地，何至于械斗？就因为他们太强梁无理了。他们倚仗人口多，村子富，武断乡曲，横行霸道，邻村的人全惹不起他们。只有我们铁牛堡，勉强跟他们叮当着。我们年年械斗，已有十多年了。前年经人说和，两罢干戈，划出界地，各不相扰，好容易消停了一两年。今年又因为收山货，闹讧起来。我们的人叫他们捉住了好几个，硬被他们诬良为盗，送到官府。"

纪宏泽不由得诧异道："他怎么诬良为盗？"杜宝衡道："怎么诬良为盗？就是抓我们堡里的人，硬赖偷了他们的山产了。"纪宏泽道："这怎么能诬赖得上呢？莫非是……"那周德茂接声道："纪老弟，你还不明白吗？你想想昨天的事吧，你一个过路人，你和你的伙伴由打他村前一走，他们就把你们扣

下。谁要是打他们村前通过，谁就是贼，谁就算偷他们的山梨、山楂、山核桃了。”纪宏泽道：“哦，原来如此！他们村中有什么人物？都是干什么的？他们到底有多大势力，敢这么跋扈？”

四个来人看纪宏泽不打听实落，不肯跟着走，就一面劝驾，一面约略说了一遍。杜宝衡说：“他们姚山村全村，十家有九家姓姚。他们是又经商，又务农，又交结官府。他们村子比我们邻村全都富裕，他们就恃财力势力压人。官府上跟他们很有来往，来不来的他们就写状子告人，净欺负我们老百姓。我们四邻全吃他的亏，顶可恨他们这村子，正卡着山岭，正堵着我们的咽喉要道。他们把山村一卡，我们就出不去了。若想绕出去，只得远奔蔡庄，多走一天半的路。他们现在跟蔡庄也连上手了，那里也过不去了。他们蔡庄守住了一道桥，他们姚山村把住了一道山谷口，谁打那里过，全得看他们脸色。让过才得过去，不让过，你要强打算借道，他就鸣锣聚众，拿你当贼。”

周德茂说：“这个蛮横法，你老兄是尝过的了。他们村子倚仗人力、势力、财力，上结官府，下压邻村，实在太霸道，好像这山沟子的土皇上一样。你老兄和贵伙伴不就是吃了他们的亏？你老兄昨夜奋勇夺路，才得脱走。你若不幸被他们活擒，轻者打一顿，再送官，当贼办，重者就硬活埋了。你那同伴直到现在还没出来，说句不好听的话，就许是凶多吉少。”

杜宝衡道：“着啊！正是百闻不如一见，口传不如目睹，目睹还不如身经。你老兄何用细打听，他们蛮不讲理，只能瞒别人，反正瞒不过你老兄，你老兄都尝过了。我们和你老兄一见如故，咱们不必在此地谈了，我们在堡子里预备了一点酒肉。我们奉了会头之命，恭请你老兄，一来就算设宴欢迎少年英雄，二来我们还要借重你老兄的宏才。你是一个人，我们是整个村庄，我们大家伙要请你帮忙。一来请你路见不平，拔刀相助；二来我们合起手，一同搭救令友。这事要快办，一刻也

不容缓。万一迟误了，令友就许被他们当强盗，送到县衙去，那可就别想活着出来了！”

这一句话很重，说得纪宏泽毛骨悚然，不由得童稚之气毕现，情不自禁地叫道：“真的吗？他们真敢诬良为盗吗？”

那姓张、姓鲍的两人插言道：“怎么不敢？他们诬良为盗，已经许多次了。这回令友至今未见逃出，十有八九被他们活捉住了。掐指计算，今天他们必定先用刑讯，私设公堂。赶到明天，他们看情形，该活埋，明天夜里一准活埋。要是认为犯不上活埋，他们就给挑断了腿筋，拿片子送县衙门。口上积德，说是他们的乡团捉住一个小贼；若不积德，他们就说是捉住一个强盗。少者五年八年，多者就得受十几年的牢狱之灾。这事可不止一桩了。你不信，往邻村问一问，谁都晓得他们姚山村的厉害。”

纪宏泽越发着慌，搔头顿足道：“不好，不好，我的七叔竟要落到这地步吗？哎呀，他们竟会这么可恶？不行，不行，我得赶紧搭救他。我不怕他们送官，我们是良民，我们可以保释。可是挑断了筋……我听说挑断腿筋，是治飞贼的毒法。我的七叔腿筋一断，这一辈子岂不是毁了吗？”不由得心焦气浮，拔腿就往林外走。

四个来人互相示意，连忙跟出来，却又把纪宏泽拦住道：“纪仁兄不必着急。现在晴天白昼，你想救令友，也不是时候，你还是先到敝堡吧。我们会头一定替你想法子，你一个人去冒险，何如咱们合力去做！我们的人失陷在姚山村的，也有好几个，咱们今夜再去冒险一探。得手就趁便救人，不得手，访出他们何日送官，也可以拦路劫囚，你看好不好？”

纪宏泽道：“那么办好吗？你们四位看，挨到夜晚，误不了吗？”他到此时，竟张皇无计，只剩着急了。一想到“挑筋”二字，毛发森然，替他的七叔万分悬心。他也忘了饿，也忘了现在两方面还在隔溪械斗；被这年长一倍的四个壮汉，左一言，右一语，弄得六神无主！也忘了交浅言深，反而向四个人

讨主意。纪宏泽又不待人问，不遑思索，冲口说："我这位七叔，非比旁人，乃是我的恩人，又是我的七叔，又是我的师父。"又不待人问，不遑思索，向人诉说："我这回是跟随七叔，出来游学访艺，想不到遇上这事。我的七叔倘有个好歹，我简直……"说着竟要落泪。

其实他和纪蔚叔夺路相失，还断不定纪蔚叔是否已然罹险，是否已然遭擒，却横被四个人如此一说，他却感觉到不吉的预兆，认为七叔此时必已失陷，必定此时正在受着苦刑。而七叔所以遭擒，必定是夺路时不见自己的踪迹，为寻找自己，致蹈危机。

他潸然落泪，不欲见人，忙偷偷拭去，背着脸向那杜宝衡讨主意。他觉得这杜宝衡说话很客气，似乎和蔼近人。那同逃的难友周德茂，行为冷淡，言语骄矜，尤其带着自大的意味，引起纪宏泽的憎嫌。

这杜宝衡拿出十二分同情来，向同伴夸赞起宏泽道："你看看这位纪仁兄，看年纪不过二十来岁，你看他对朋友竟这么热心肠！"拍着纪宏泽的肩膀，十分亲爱似的。说道："老弟，我姓杜的最喜欢交结热心肠的朋友。"其实谁又喜欢冷心肠的人呢？杜宝衡拉着纪宏泽，就往外面走，且走且说："纪老弟，我一定和你交交手，咱们一见如故。我们会头更是佩服你。不过救人这件事，白天不好下手，总得入夜。你且跟我们进堡，先吃饭，养养精神，然后我们再派几位能手，帮着你今晚上探村去。管保一探成功，把令友搭救出来，不叫他丝毫受伤。"

四个人拥着纪宏泽一个人，出离密林，斜趋荒径，并不走河边。纪宏泽绕出林外，回顾械斗场，两方依然夹河对峙。在河面较窄，河堤较高的一个所在，似有双方的领袖隔流相对，哓哓抗言，看模样又不像讲和。遥望姚山村，尘沙正起，又奔过来一群骑马的人，约有十几位，相隔太远，人小如猿，马大似狗，辨不清来者是谁。

纪宏泽心怀诧异，忍不住停步回头，欲观究竟，并问周德

茂、杜宝衡："你们这场械斗，怎么还是空比划不打？"

那姓鲍的笑道："实对你说了吧！我们这边人，正跟姚山村的会头讲和约，换俘虏哩。我们捉住他们好几个人，他们也扣住我们几个人，我们两边通信，打算对换。"

纪宏泽道："人数一般多吗？"杜宝衡、周德茂忙道："人倒是差不多相当，只是他们那边，把我们堡里很要紧的人给扣住了，我们只捉住他们几个不相干的人，个顶个地换，我们吃亏，他们不干。"纪宏泽忙道："这话怎么讲？贵堡吃亏，他们倒不愿意吗？"

杜宝衡道："这个，一言难尽。你瞧，我们头儿……我们头儿打算和他们对换，他们倒刁难起来。他们提出要挟，要在人换人之外，叫我们再赔送他们三十支大抬杆火枪。这种换法，我们太吃亏了，把火枪赔送他们，转头来让他们开枪打我们。我们再傻，也不肯干啊。不干，他们就肯定了不肯换。所以我们头儿一面和他们商量讲和换人，一面还是要派人探村，把自己人盗救出来，他们就没的要挟了。你明白了？"

纪宏泽明白了，杜宝衡忽然觉出话说多了，趁势改口道："陈谷子，烂芝麻，讲个什么劲，咱们还是快走。到了堡里，我们会头一定会仔细告诉你。还要请你联手，一同探村，把令友稍带也救出来，咱们都好看。"把救纪蔚叔的话又描了一遍，遂拔步紧行，带着纪宏泽快走。

纪宏泽心中疑闷，仍不住回头往河边看。意思之间，也许无意中在什么地方，发现了失踪落后的七叔。他想自己尚能逃出村围，七叔一身功夫，总不至于失脚遭擒。杜、周等四个人都脚不停趾，夹着纪宏泽，直往荒径走，不容他留恋回顾。此时那姓张的正与纪宏泽并肩而行。纪宏泽便问他："你老兄台甫，你们会头贵姓？"张某答道："好说，在下叫张明绪，我们会头姓鲍，这位鲍四哥就是我们会头的族侄。"纪宏泽把这鲍四哥看了一眼，毫不带富农气象，俨然是个要胳膊的汉子。便冲这鲍四问道："你老兄台甫？你们这铁牛堡，为什么叫铁牛

堡呢?”

鲍四未答，那姓张的说道:“他叫鲍晋卿。我们这铁牛堡，地点正在织女河下流，我们这堡在早年建过一座浮桥，用八只铁牛，贯穿铁链，拴住浮桥。铁牛镇浮船，为此叫铁牛堡。后来山洪夜发，把铁牛拖入河淤，把浮桥也给冲没了影。我们上辈等到水平之后，募金改建石桥，把那七只铁牛仍旧摆在桥边，还盖了一座龙王庙。那只陷入河淤的铁牛竟被山洪冲出很远。可是铁牛不是冲到下流，这东西竟会往上流走，所以是神物，现在还在石桥上游二里地以外呢。捞出来之后，我们公议盖了一座铁牛庙。这本是我们铁牛堡的风水，他们姚山村的人使坏，几次三番要破坏我们的风水，我们这才激起械斗。”

说到这里，铁牛的事又与械斗有关了。纪宏泽刚觉得支离，那杜宝衡接过话来，把铁牛逆水而行的故事讲得神而又神，经他描摹，铁牛竟成了灵物。殊不知江中巨石被急浪激打，在石下逆流处，必然成深坎。水流不住地冲打，石下之坎越淘越大，日久石块自然逆流滚入坎中，既入坎中仍被浪打，日久又逆流冲成一个坎，石块自然又逆流一滚。一坎一滚，结果把水底冲出一道深沟，这石块便顺沟逆流紧往前翻，物性水势现象，无足奇怪。

杜宝衡抓住这个故事，说了又说，意思是堵纪宏泽的嘴。其实他们两村起衅，并非争风水。缘因铁牛堡既建石桥，竟强收过桥税，美其名曰修桥补路，实际做了铁牛堡土豪的一笔大收入。凡非本堡中人，所收桥税奇昂。姚山村的人不堪苛征，恃着本村坐落在山峡中间，也怄起气来，横遮山道，设下卡子，也要征收过山税，两村为此起争。又因姚山村的山产和织女河的水运极有关系，必须联手，方能外运。铁牛堡既与结仇，多方刁难，越惹起不平来。双方为此屡生械斗，俨如敌国。姚山村为商为宦的多，就倚仗官府势力，铁牛堡负苦做脚行的多，就勾结草莽人物。双方谁是谁非，正难断决。

纪宏泽被四个人引领，且行且说，转瞬到一卡子。四个堡

民，一个生客，刚刚接近土岗暗卡，就被卡子上的人吆喝拦住。纪宏泽至此方知械斗场果为是非地。一个过路人夹在当中，竟是寸步难移。那杜宝衡抢先过去搭话，卡子立刻放行，又放了一支响箭，然后续往前走。单择荒径僻路，穿林拂草，曲折前进。遥望前途林木掩映，黑压压现出一座土堡。土堡东南，便是织女河的支岔。

那周德茂往前走了一箭地，立刻站住，和杜宝衡说了几句话。四个人全都停步，从身边取出四个黑布套。杜宝衡含笑向纪宏泽说："纪仁兄，前面就是敝堡了。我们堡里连年和对头械斗，我们议定了几条会规。凡是远方亲友来堡，不管是谁，只要是生客，必须给蒙上眼睛，才请他进堡。为的是防范间谍，以免泄露堡中的秘密。对不起，请你胡乱戴一戴，好在一进堡就摘。"说罢，将那黑布眼罩递给纪宏泽。

纪宏泽一看，这是双层黑布，又夹一层红布，做成一个帽套面幕似的东西，戴在头上，一直由脑顶扣到脖颈，只留出口鼻喘气的孔洞，连耳朵带眼睛全堵住。纪宏泽怫然不悦："这不是拿着人当奸细吗？"拒不肯戴，情愿不进堡。杜宝衡、周德茂再三解说："这不单是你老兄生客如此，就连我也得带上这套，才能进堡呢。堡中另有人引道。"

纪宏泽遥望堡墙，相距还远，含怒道："对不住，冲着这东西，我只好不进贵堡，我往别处走好了。"周德茂和鲍、张三人全都皱眉冷笑，仍用好言哄说。七手八脚，把纪宏泽围住，一个劲地劝，又把自己的眼罩先戴给他看："其实您只戴一会儿，进了堡，就不碍的了。"纪宏泽年轻脸热，心虽不悦，情不能却。哼了一声，就往头上一罩。走了几步，又闷又热，又迈不开步，再忍不住怒气道："不行，不行！"扭头便往回走，索性不进堡了。

那周德茂等脸色齐变，似要用强。杜宝衡忙使眼色，说道："也罢，纪仁兄想是戴不惯，不要紧，我还有一法。"忙向鲍、张二人说了几句话，张明绪拔步急走，余人稍待。片刻之

间，张明绪从堡中开出一辆轿车。四人道："好吧，纪仁兄坐车进堡吧。"让纪宏泽坐在车厢内，由杜宝衡陪着，车帘一放，外面情形顿不得见，这才轱辘辘地走了进去。

纪宏泽虽然年轻，到了这时，也怙惙起来，觉得这铁牛堡的举动太诡异，这和入贼巢赎肉票的情形分毫不两样。到底铁牛堡是什么所在呢？或者竟是僻道山村中的盗窟不成吗？可惜纪蔚叔已然失踪，自己也无处问计。偷眼看那杜宝衡，也看不出人家的心情来。这杜宝衡倒好像揣知纪宏泽心中不安，坐在车上，扯开话篓子，和宏泽攀谈，问东问西，问籍贯，问行止，问师承，问武技，乱扯一阵。纪宏泽也觉出来，他故意唠叨，无非是打岔，堵自己的嘴，不叫自己盘问。哪知人家乃是占住他的心思、耳音。纪宏泽哼着哈着敷衍，也自侧耳揣听车行的动静。

坎坎坷坷，走过一时，忽然车停住了。杜宝衡又掏出眼罩，先抱歉，后坚请纪宏泽："好歹只戴一会儿，进了门就算。"说着自己先戴给宏泽看。纪宏泽到此也无法再拒，勉强扣在头上，扪着瞎下了车，仿佛身旁过来两三个人，递过来两只手，臂腕相扶，一步一步迈上台阶，过门坎，一趋一跄一招呼，曲曲折折，磕磕绊绊，一霎时止步。耳畔听一声："到了。"杜宝衡伸过手来，要替宏泽摘罩套。纪宏泽早一把扯下。看这杜、周二人，也装模作样，手提眼罩，像刚除下来。

纪宏泽拭目一看，一座破大庭院，阶生枯草，四隅悄然，看光景不似民宅，又不似庙宇。面前只见杜、周和另外三个短衣持棒的壮汉，此外更不见他人。刚才他们说得天花乱坠，好像一进门，他们会头不知要怎样排队欢迎自己，哪知蒙老瞎似的，把自己撮弄在这里。纪宏泽东张西望，大不痛快。杜宝衡、周德茂很客气地一指角门道："请！"纪宏泽噘着嘴迈步前进。

第十七章 信谎言误入铁堡

纪宏泽拭目一看，只剩下杜、周二人，鲍、张二人已然他去，环顾四面，有十几对眼正盯着自己；再看身到处，是一所破旧大院，老四合房，跟山村土窑不同，四周静悄悄，却是迎面那十几对眼睛古怪，女多男少，一个个穿着红红绿绿，不村不俏。虽有男子，也不像农民。首先发话的，也是一个三十多岁的女子，向周德茂说："这位就是昨夜从他们姚山村跑出来的么？"杜宝衡道："就是这位。"这女人道："哟，我当是多大年纪，这不是一个十八九岁大孩子么！他真会飞檐走壁么？"一双水灵灵的大眼像相姑爷似的，把纪宏泽由上到下看过一遍，回过头来，向一个二十多岁的女人，啧啧称异道："你瞧，人家才这么点岁数，居然逃得出来，想必功夫够棒的。我说小伙子，今年多大了？你是哪儿的人？"

纪宏泽满想到入堡之后，先见会头堡主，哪知进了这一个破大院，一群女人拿自己当稀罕物似的相看，不由得满脸通红，抬不起头来。他今日已非十三岁时偷葡萄的小孩儿。这女人向周德茂问道："这小孩年轻轻地，倒有这么好的功夫，你

们头儿见了他一定喜欢。”

周德茂到此也露出本来面目，嘻嘻哈哈地说：“不但头儿喜欢他，只怕大公主也要……”中年妇女咄的一声道：“你胡说吧，回头叫她听见，怕不揍你。可是的，你领他见过头儿没有？”答道：“刚请示过了，头儿正忙，叫你给招待招待。四嫂子，你就让他到屋里坐吧。”女人粉面一红道：“周老茂，你是作播呢！”周德茂笑道：“不是作播。你想，别处又不方便，只可领到四嫂子这里。到你这里就是你的客，你不招待谁招待？”妇人道：“还有你妹妹呢？不会叫你妹妹招待么？”这妇人骂着，当真过来对纪宏泽说：“小伙子，请到这边坐吧。”引领纪宏泽通过破大院，到一跨院，进入东屋。

这东屋真像个人家的卧室，方桌大椅、铜灯、面盆、一铺大炕，上铺厚毡、红绫被、双鸳枕，花儿粉儿，香奁气息扑鼻，却又不像山村乡妇的闺房。炕上又放着短脚桌，桌上铜壶瓷碗、果盘子、旱烟筐、水烟袋，不伦不类地摆着。炕上还有牙牌，叶子牌。别的妇人挤挤压压坐了一会儿，旋即散去，只由这中年妇人和一个十八九岁的大姑娘，随着周德茂、杜宝衡，陪着纪宏泽。妇人一指炕，就让纪宏泽往炕头上坐。

纪宏泽没见过这阵仗，未免忸怩不安。杜宝衡先斟茶请纪宏泽喝，又对妇人说：四嫂子受累，给弄点吃的吧，我们这位新朋友还没有吃饭呢。原来这时候早已过午，纪宏泽正在饥肠辘辘。中年妇人就命那个大姑娘唤来一个妇人，赶快给做饭。少时饭得，杜宝衡、周德茂全都站起来，让纪宏泽独自进食，跟着杜、周二人就要推门出去。纪宏泽忙拦住道：“我就见见你们的会头，你们二位不要走啊。”杜、周二人笑道：“我们会头正在审问俘虏，此刻忙得很，我这就给你回话去。等你吃完了饭，我们会头准来请你。”到底丢下纪宏泽走了。只剩下中年妇人和少年女子，在旁陪伴。纪宏泽如堕五里雾中，竟猜不出杜、周二人把自己撮弄到什么所在。这个地方越看越不像寻常人家。

纪宏泽很饿，又不善谈，对这二位女主人，无法搭讪，只可低头吃饭。这两个女子，也只有中年妇人向纪宏泽问长问短，打听他的来历，也像漫无目的，只是随口闲问。

纪宏泽吃饭以后，转问女子："这里是什么地方？会头现在何处？"试着要问堡中细情。中年妇女也是不肯答，只说："他们的事，我全不知道。告诉你，他们不过是借我这里落脚罢了。"纪宏泽更觉支离，便找出一句话问道："这位大嫂，你们当家的呢？可以请来见见不？"妇人笑道："我的当家的么？远了，早不在这里了。小伙子，你别打听了，我是什么话也不能对你说，有话回头你问他们。"说着，这妇人与那少年女子站起来，收拾杯盘，姗姗地走出去。把纪宏泽一个人丢在屋中。

纪宏泽纳闷，也站起来，刚在屋中走溜，那妇人突然回来，挑帘说道："喂，你这小伙子，可好好待着，别伸头探脑的！我告诉你可是好话。"纪宏泽道："什么？"妇人将身子倚着门帘，一手托盘，一手比划说："我可不知道你是什么来历，你到了这地方，可要仔细，一步也错走不得。我看你年轻轻地，我可是好话。"连说了两句"好话"，抽身出去。纪宏泽愕然。

妇人少时回转，催纪宏泽归座，她便与那少女坐在椅子上，四目相视，望着宏泽，好像监视人。纪宏泽闷骨突地坐着，暗打量此妇，不村不俏，不城不乡，凭他少年的眼光，竟估不透此妇为良为莠。再看少女，体态苗条，倒也生得不丑，却打扮得过于鲜艳；并且神情憔悴，有两个青眼圈，双眉微锁，隐透忧郁。抵面相对，眼光不时扫看纪宏泽。宏泽还眼看她。她似避不避，似大方又不很大方，怎么看也不像农家女，这么默默相对。过了很久，纪宏泽渐渐不安起来，转脸望着纸窗，窥测日影。

那少女突然低问道："四嫂子，这个人是怎么撞进来的？他们打算把他怎么样？"妇人低声悄言，不知说些什么。纪宏

泽听了，不禁回头，两人全不言语了。

纪宏泽凝目望这二人，这二人躲避目光，眼观旁处。纪宏泽感觉到这种况味难受，开口问那妇人："杜、周二位到底干什么去了？怎么还不来？"妇人应道："他们就来。"纪宏泽又问道："这里的会头现在何处？我什么时候可以见他？"妇人道："一会儿就见着。"纪宏泽连问数次，都是这样答法。纪宏泽忍不住说道："对不住，我要找他们去。"妇人忙道："你别忙，他们这就来。他们给你请会头去了。"

纪宏泽站起身来，这妇人也站起身来。纪宏泽从身上取出一锭银子，放在炕桌上，意思是给饭费。妇人问道："你这是做什么？"纪宏泽道："我要出去，打扰了！"说着就要往外走。这妇人登时拦阻道："你别走。"纪宏泽面红过耳，一声不响，强往外走。妇人横身遮挡，做出喊吓得样子道："你你你……老实给我坐着，你别找别扭！"

纪宏泽再不肯受这无形的拘禁，抓起包袱兵刃，冲出屋门。那妇人和少女一起惊慌，全部赶出来当门而站，不放宏泽出去。纪宏泽只得赔笑道："我只出去看看。"

那妇人指着纪宏泽的鼻头，瞪眼说道："你要看什么？这不过是个破大院。我说你这年轻人，你老实给我进去吧。你不知他们正在械斗，捉拿奸细么？"

纪宏泽望这两个妇女，那少女也说："客人你等急了。你再等一会儿，我们给你叫他们去。这么多时间都等了，何必起急？"纪宏泽越被他们遮留，越要走开。他怕陷入美人局，索性揭穿了说："我不能一个人在这里，我没有犯法，我要寻找我的旅伴去。大婶子，借光，你让我走吧，我没工夫等他们了！"

妇人道："你出去不得！"纪宏泽动怒道："我一定要出去！"他奋力往外挤，妇人、少女依然强截不放。

纪宏泽越发惶恐，猛往外一撞。少女"哎哟"了一声，妇人倒退了一步，登时喊道："你要干什么呀，你不能走，你给

我站住！”纪宏泽哪里肯听，一溜烟似的往外走。不想这一声喊，早惊动了人，刚刚离开东屋，庭院中已然扑进来五个壮汉，手中全提着刀。

五个壮汉堵住了出路，纪宏泽还想闯。那妇人已喘吁吁跟出来，拉住宏泽，叫道：“客人，你落下东西了，你忙什么？”纪宏泽回头一看，又看看自己的小包。那五个壮汉已然发话道：“四嫂子嚷什么？可是这个人要走么？”

妇人本来慌张，此刻忙又遮说道：“不是，不是，周老茂一去不回来，这一位等急了，要解小溲。”忙对宏泽说：“你不是要小解么？这不是来人了，叫他们领你去，不就结了。真格的，活人还叫尿憋死么？”且说且向纪宏泽施眼色，叫宏泽顺着口气说。

纪宏泽再不能堪受，竟向五个壮汉发话道：“我要找你们杜宝衡杜爷，周德茂周爷，我是过路人，是他二位一番好意，邀我到这里坐坐。我还有急事，对不住，我已然讨扰了，我还得赶紧走。烦你们哪位费心，言语一声，我告辞了。”说罢，纪宏泽回身向妇人作了个揖，算是道谢。一转身，举步往院外走。

那五个人登时喝道：“别走，站住！”纪宏泽道：“干什么别走？”

五个人道：“干什么？我们这里不许随便出入，谁领你进来的，叫谁领你出去，你自个不能这么走。”

纪宏泽勃然变色道：“这怎么讲？我一定要走，你们为什么不放我走？”

五个人堵住了门户，见宏泽气势虎虎，似欲动武。这五人相视而笑，反倒缓和下来，用好言哄慰道：“朋友，你大概是外乡人，你不是杜宝衡、周德茂二位把你引来的么？你打算走，我们叫他送你，你远来就是客，我们听说我们头儿还要见你！你多时都等了，还忙在一时么？”

那妇人也搭腔道：“对呀！刚才我也是这样说。客人，你

请进来，再坐一会儿。我说你们哥五个，哪位费心把杜宝衡找来吧。他抛下人家，光叫我们妇道人家陪客，人家自然不得劲。”遂又上前相让，催纪宏泽回屋稍候。

纪宏泽决计不肯入室，决计要走。妇人拉不回来，五个壮汉横身阻止，两方面哓哓争执，眼看翻脸；忽听院外一阵马走銮铃之声，来到门前，突然声住。那妇人忙说：“客人，你不用着急了，大概是会头亲自相会你来了。”

五个壮汉也都回头，跟着听见叩门声。却是一个娇嫩的喉咙喊道：“戚老六，戚老六，开门来！”

五人中那个叫戚老六的应了一声，立刻奔出去开门。其余四人仍推纪宏泽入室，宏泽不肯。就在这时，骑马的人已然进来了。果然不是会头，纪宏泽张眼一看，来的竟是一个戎装女子。年约二十来岁，细高挑，削眉纤腰，皓面蛾眉，脸上微有几个雀斑，却生着很小的小嘴。一对杏子眼，盈盈流动，一双手臂洁白如玉。穿一身男子衣，披软革甲，挂佩刀，脚下蹬着窄窄的鹿皮挖云靴。这手提一条革缕马鞭子，那手拿一条紫色绢巾，拭眉眼，握口唇。此女凝望着纪宏泽，面露疑讶，姗姗走过来，向这几人问道：“什么事，你们这么乱法？”

纪宏泽正跟这五男二女撕掳，心蕴躁怒。戎装女子刚一露面，便有一股香气扑鼻，熏人欲醉；禁不得退一步，抬头打量此女。此女也打量纪宏泽，四目对射。这女子美容颜，俏打扮，眼光照人，毫不怯闪，直睃纪宏泽，倒把初出茅庐的纪宏泽看得扭头他顾。堡众这五男二女，见了戎装女子，都肃然垂手，叫了一声古怪的称呼：“三爷！”

戎装女子绰巾曼立，环顾众人，拿马鞭子指点宏泽，重问了一句：“这个人是干什么的，可是姚山村掳来的么？”壮汉回答：“不是，这人是个过路客，周德茂、杜宝衡把他引进来，要见大爷的。”

女子哦了一声道：“要见大爷，见过了没有？”壮汉说道：“已经回上去了，大爷正忙，吩咐留下他。”

女子道：“那么，你们刚才在闹哄什么呢？”壮汉瞪了宏泽一眼道：“他吃饱喝足了，大爷还没有见他，他闹着要走，怎么留也留不住。”

女子双眸一转道：“哦，我明白了。可是的，老周、老杜为什么非要带他见大爷不可呢？可是他……”连说了一串江湖市语，纪宏泽一字不懂。

壮汉答道：“三爷原来不晓得。这个人不是寻常过客，他是从姚山村逃出来的。他这人懂得点武功，姚山村的人扣不住他，被他突围夺道，跟咱们的周德茂一块儿闯出来的。他的飞纵术据说很棒，他还有个同伴，失陷在姚山村，至今没有出来。老周把这话回禀了大爷，大爷很有爱才之意，要传见他，还打算再探姚山村，叫他做向导，搭救他的同伴呢。他竟这么不识抬举，硬吵着要出堡。”

戎装女子道：“哦！”往前紧凑几步，俏凝双眸，把纪宏泽仔仔细细，由头到脚，重打量一遍，说道：“你还会武功，还会飞纵术？咱们锅伙里缺的就是这路人才，会飞纵术的人简直太少。我说，你今年多大了，你姓什么？”

纪宏泽被瞅得抬不起头，被审得很不悦；目视他处，抗颜不答，脸冲着壮汉们说：“我是过路人，我姓纪，我有要紧的事，我还得搭救我的同伴去。对不起，我不能久候，我不见你们会头了。”眼望二门，绕着戎装女子身畔，要往外溜达。

壮汉们“嘻嘻嘻”的齐声拦阻，宏泽不答仍走。戎装女子笑了笑，说道：“我说你站住！看你年纪很轻，你大概初闯江湖，不晓得这里的事。这地方，来是不大好进来，走也不能随便走的啊。”手中马鞭一提，横挡住纪宏泽的出路，那意思也是不放他走。别看这女子长得够漂亮，跟他们堡中人是一样。

纪宏泽窘而且怒，厉声说：“不行，我一定要走！你们就是阎罗宝殿，我也要走……烦你们哪位费心，把周德茂、杜宝衡二位找来吧，我不见你们会头了，我谢谢。”

壮汉道：“你也不搭救你的同伴了么？”纪宏泽道：“我自

己想法子，不跟你们合伙了。”说着还是往外挣，几个壮汉照样拦阻。

戎装女子眉峰一皱，笑道：“这个人胆子倒不小。喂，你老实待会儿吧，这个地方可不能恃强硬闯。姚山村许你闯得出去，这里可不大容易。”

僵势又起，先时那个中年妇女赔笑帮话：“三爷，你不知道，他是等急了。周德茂、杜宝衡把人家引来，丢在这里，一去不回头。青年人沉不住气，估摸着还有点害怕。要不然，赶紧把老周找来，得了。”

戎装女子道：“你们没找周德茂去么？他干什么去了？”壮汉回答：“有人找他去了吧！我们在这里值班，我们说不清。”中年妇人道：“你们再叫一个人找找去，何须弄得很僵呢。”

堡众还在商量，纪宏泽越耗越听越觉尴尬，一声不哼，突从戎装女子身边一转，径奔院门。壮汉齐声喝止，纪宏泽气势虎虎，口不置答，脚不停步，双方立刻翻了腔。壮汉圈上来，一个人扑奔前路，当门堵截，两个人从旁伸手来揪宏泽。纪宏泽侧身一闪，挥臂猛格。

那个汉子出其不意，哎呀一声倒退一步，喝道：“好东西，你真敢动手？伙计，快围上他！”

那汉子唰的拔出刀来，另外一个壮汉抡棒打下。纪宏泽急急伏腰，往开处一蹿，躲过了当头一棒。那壮汉跟踪赶上来，拦腰又是一棒，不防纪宏泽似旋风一转，木棒落空。唰的一个靠山背把这汉撞得仰面跌倒。第三个壮汉刚刚抡起刀来要砍，见状吃惊，急急地掣转刀锋，险些误伤了同伴。纪宏泽从鼻孔笑了一声，趁势一个垫步，越众夺门。

堡众哗然，有刀的立刻拔刀，有棒的早已抡棒：“打东西！扣下他，活埋！”一窝蜂似的抄击这孤行客，乱打、乱窜、乱喊，其实仅这几个人，倒有三个是笨汉。纪宏泽认定夺路要吃快，不能容他们增援。当下奋身张眸，彷徨回顾，从人丛中一蹿，将次扑近院门。戎装女子叱道：“你们这群废物，怎么挤

疙瘩，还不散开了堵门？”喊声已迟，纪宏泽已然抛下几个壮汉。但是院外已然闻警，门扇咣当一声震响，突然倒掩门。门扇又一合一开，登时劈进来两棒一刀，是三个短装汉。

刀棒迎头而下，纪宏泽唰的倒窜。两棒一刀立刻扼住了门。院心跌倒的壮汉，一滚身蹿起来，赶上一步，挺刀尖，照这少年客后心，咬牙狠戳。斜刺里又有一刀，斜切藕式刺来。纪宏泽不暇前抢，赶救后路；倒翻身往左跨步，倏如箭脱弦，蹿到墙根。闪开了这前后两刀，立刻掷小包在地，抽剑退鞘。

壮汉不容他拔剑，哗骂声中，有三把刀一根棒，前后左右乱劈过来。人多势众，院心不大，纪宏泽显然不利。

那戎装女子，还在绰鞭旁观，把拼命看成儿戏，俏眼流露出笑容，盯着纪宏泽，口中说：“这小伙！这小伙好大的胆！”

中年妇人和少年女人，骇然退避，一迭声呼唤：“别价动手，别价动刀！喂喂喂，你们别砍啦。”又说纪宏泽：“周德茂这就来，你好好等着，你别动手呀！”忙乱中没人听她喊，纪宏泽努力地展开了身法，闪展腾挪，忽东忽西乱窜；情知敌众，决计不叫他们包围，眼光四射，窥伺夺门。壮汉们东扑一头，西扑一头，几个人追一人，仅能截住他，不能捉着他。

戎装女子目追斗影，鼻翅一扇，嘻嘻地笑了一声，道：“好小伙子，真有两手啊！待我来……”

说了一声“待我来”，纤腰稍转，皓手提鞭，恰好纪宏泽从一人肘下伏腰冲出，借一蹿之势，正扑到女子身左边。戎装女子登时扬鞭娇叱道：“打！”鞭梢掠空哧然微啸，唰的扫下来，照宏泽持剑的左手腕一抽。口中说道：“别跳了，给我老实呆……”“呆”字没落声，鞭子拂敌腕。纪宏泽急闪，鞭影掠身而过，险些抽中。背后又有刺刃劈空之声，女子跟手进步，唰的又一鞭。纪宏泽知遇劲敌，恐被夹攻，慌忙一错步，身不退闪，反而进扑；伏腰一蹿，合身卷到女子怀中，鞭不能展，刀也落空，纪宏泽一长身，探手来夺女子掌中鞭。女子慌忙一退，鞭梢又起。纪宏泽一偏身，突蹴起一腿。相逼太近，

女子忙往开处退跳。纪宏泽立刻用剑鞘往背后一扫，为得招架敌人那把刀，未容得皮鞭再起，拧身斜蹿，如燕掠空，跳出两丈以外。果然刀鞭同时落空，纪宏泽借此一缓，翻身凝步，女子不禁叫道："咦！"

恰有另一壮汉绰刀赶到，刀锋近面一晃，斜扎纪宏泽咽喉。纪宏泽刚要拔剑，见状埋头闪避，身旁又袭来一股劲风，疾错步闪开这边刀，那边木棒"老树盘根"，到了下盘。纪宏泽"白鹤展翅"，顿足拔身，木棒走了空招，忙忙地乘机掣剑。"不动刀不行了！"把带鞘的剑，一按绷簧，换交右手。敌人又扑过来，急切间甩不下剑鞘，就拿带鞘的剑来招架，一架一抡，绷簧已开，绿鲨鞘脱手甩到空际。迎面敌人后旁一退，挑刀一拔，啪的坠地。纪宏泽这才旋身应敌，亮剑开路，"夜战八方"式一扫，冲开了近身处两把刀、一根棒，再抢院门。

戎装女子三鞭未能取胜，心中惊奇：这小伙倒懂得空手入白刃？立刻闪退出局外，凝目再打量纪宏泽，要验看他的武功深浅、拳门宗派。等到纪宏泽拔剑失鞘，这女子扑哧一笑，似已知道黔驴之技。这女子伏身一蹿，竟取鞘在手，看了一看，墙隅还有宏泽投置的小包，女子也绕过去取来，信手放在窗台上。对那避在檐柱后的中年妇人说："这小伙子倒有一套，也不知哪里来的。"

妇人央求道："三爷行好，保全保全他吧！小孩子不懂事，不知道咱们这里的阵仗。"

女子笑道："我倒有心饶他，你看他跳得多么有劲，他还想宰人哩。"妇人忙解释道："他那是在挣命想跑。"

戎装女子点点头，振吭呼道："呔，小伙子，别跳了，你不要逞能，趁早住了手，有你的便宜。你要走，我叫他们送你出去，你这么糊弄，你更出不去了。"

纪宏泽一心夺路，充耳不闻，就是听见，也怕上当，宝剑出鞘，奋然苦斗。戎装女子笑道："看这样子，善说是不行。索性把他放倒，他就不迸了。"

说罢，仍不拔刀，提马鞭扑过去，向众人一挥手，叫他们退下，纤足一顿，直抵敌前，举手扬鞭，唰唰唰，一连数下，专打上盘。鞭梢软而长，手法极快，极轻，比这几个力笨汉的刀棒还难招架。纪宏泽连连闪避，连遇险招，皮鞭梢几乎拂着脸；不由得激起火来，略略一闪，劈面一剑，照戎装女子刺去。身剑齐进，势如狂风。女子急退，利剑又到。唰唰唰，一连数剑，这女子腾身急蹿，连退出两三丈外，不禁吆了一声，面泛红云，向壮汉喝道："快围上他，好东西，等着我的！"

刀棒重围上来，这些人功夫并不怎么样，只是纪宏泽不敢伤人，失去了稳狠准三要诀的狠字诀，既不狠，便透慢，慢就吃亏了，而且敌手又多。所幸纪宏泽只想夺门，非求制胜，舞剑防身，遮前御后，眼神依然瞄着院门，转瞬间又往墙头一扫，更往戎装女子一巡。他知道这女子不寻常，这女子抽身奔出去，从她的坐骑上，解下一只豹皮囊，重又奔回。

还有那中年妇人和少女，在他们动手时，已然退到房檐下，想是不懂武功，都有些害怕。那少女很惶急地说："四嫂子，你快找周德茂去吧，这个人的性命可要保不住！"中年妇人想绕出去，庭院中穿花似刀棒乱打，她乍前又却，闯不出去。那少女很焦急，溜房檐，贴墙根，往外蹭，好容易快蹭出去，劈头遇见戎装女子，一声断喝，把少女喝住。少女脸通红，钉在那里，不敢转动。

戎装女子脱去长衫，提豹皮囊，眉横杀气，面含笑容，二番扑回来，堵门一站，睨定了单剑夺路的纪宏泽，她手中还绰着一把刀。纪宏泽且斗且绕，眼角直往东墙头瞧，身子直往东墙根凑。东墙很矮，只有一丈来高。戎装女子微然一笑，挎上豹皮囊，命壮汉堵门，她自己飞身一掠，蜻蜓点水，蹿到东墙角。伏腰一跃，先抢上东墙头，说道："小子，叫你跳墙跑！"

纪宏泽一见，大失所望，把牙一咬，奋力夺门，这几个壮汉竟圈不住纪宏泽，纪宏泽三转两绕，突然踢倒一个人，挥剑猛抢，冲到院门口。院门口还有两个壮汉绰棒监防。纪宏泽刚

一扑，壮汉挥棒抡刀，先堵住，口打呼哨，出力截攻。纪宏泽提剑一冲，已知不伤人，不能逃出，唰的一剑，来刺迎面之敌。迎面之敌空有刀棒，空嚷得凶，猝然间张皇失措，往后倒退。

纪宏泽趁此间隙，蹿出门外，门外是一条长甬路。戎装女子在墙头哎呀一声骂道："废物！"立刻飞掠而下，从背后追来。不想外援已到，纪宏泽抢到甬路上，从两头又奔来两个壮汉。内有一个身高力大，突从左侧掩来，刀取要害。纪宏泽被夹在夹道，危急之下，嗖的一蹿，唰的一剑，不想这大汉竟不弱，刀花一掩，当的格开。刀花又一晃，扼住出路。戎装女子率院中人先后赶到，把一条长甬前后一堵。纪宏泽如入瓮中，要退也退不回去了。想往房上蹿，此地甚窄。敌人的刀棒错落劈到，竟不容他挫身作势，他就上不去墙。

纪宏泽顿然失悔，在林中，不该受诱入堡，既入堡，不该和堡中人翻腔。百忙中窥见甬路北头，有一小角门，咬牙切齿，挥剑一路猛砍，扑到角门边，侧肩一抗，直冲进去，门扇撞倒，豁然开朗，是另一所旷院，地势宽绰。这纵然未必是活路，总比在死夹道强。纪宏泽伏腰急逃，壮汉纷然一散，人家地理熟，绕道堵截，又把这孤身汉围住。当此时，戎装女子追到，已然把暗器收拾停当。

这戎装女子换一身短装，肩挎豹皮囊，右手提刀，左手暗捏一物，如飞赶奔过来，喝命围攻诸人："你们退下来吧！待我拿他。"

围攻壮汉已凑到十多个，有行家，有力笨汉，乱糟糟地追堵纪宏泽。纪宏泽从人缝中跑着斗，斗着跑，剑格敌刃，目寻逃路。抬眼望见对面，还有一道角门，扭头看见戎装女子提刀赶到，他自然不晓得女子的厉害，只悔恨自己的应变失当。戎装女子奔过来，一声娇叱，群汉立刻应声一散，远远围住逃路。内中一个黄脸汉子，像是头目，提一条竹节鞭，竭力缠住逃人，且斗且说："三爷小心，这小孩很扎手！"

女子道："不要紧，看我的，你闪开吧！"

黄面汉猛打一鞭，卖个破绽，往旁一蹿，容出空来，好叫戎装女子上。不想纪宏泽，见空就钻，顿足一蹿，唰的抢出两三丈。四面包围的壮汉登时往核心一挤，戎装女子吆喝了一声，刀尖一指，忙抢过来。那黄面汉手疾眼快，刚刚一退，忙奋身一跃，从斜刺里邀住，疾如电火，鞭剑一交，叮当一声响，各震得虎口发麻，各往后一退。

纪宏泽退到墙隅，戎装女子趁此换上来，近面一站，口中说道："好小子，放着敬酒不吃，一定吃罚酒，你真胆子不小。你来到我们这里，你还想动武，你可晓得圣人门前卖三字经？你给我老老实实把剑交出来，老老实实回屋，你跑的什么，闹的什么？"

纪宏泽负隅张目，看这女子提刀佩囊，除去男装，露出一身紧裤绣衫，越显得蜂腰削肩，形容洒脱，脚下仍穿鹿皮窄靴，弓弯纤瘦，靴尖包铁。脸上薄敷脂粉，风情俊俏，不像山村女，也不像大家闺秀，猜想许是盗窟一枝花。看年纪仿佛二十一二岁，哪知此女芳龄已然二十五，貌美善饰，便减去三四岁的青春。纪宏泽看这女子，这女子不错眼珠地看他，倒把他看得很难为情。他抗声说道："我不管你们是干什么的，我一定要走！"

女子道："你不能这样走，我不许你这样走！"纪宏泽怒道："你是什么东西，我要走就走！"

女子嗔道："好个不识趣的浑小子，看刀！"刀尖一指，往前上步，搂头盖顶，劈下来一刀，左掌心另捏一物。

纪宏泽也听七叔讲过，唯女子僧道不宜与斗；但在此时，早忘了这话。他的一颗心除了失悔，就剩夺路。女子的刀迎面砍到，他一攒力，要给敌手一个厉害，往旁微闪身，剑锋一挥，唰的照敌腕扫去，这女子慌忙收刀，不敢硬架；纪宏择急赶一步，直走洪门，眨眼间连发三剑。这女子并不想使刀法取胜，两人连交五六回合，抓了一个空，唰的一刀，斜斩纪宏泽

胁下。诓得他还剑招架，女子陡然探身，把左手一扬，喝一声：“呔！”

黄蒙蒙一片烟雾，直向纪宏泽脸上扑去，纪宏泽骇然挥剑一扫，扭头疾往横处蹿躲。不想面目已没入黄雾中，陡有一股辛烈的气息，钻脑刺鼻中，倒噎一口气，鼻酸泪发，二目登时昏花，大吃一惊，恐中妖术，捏鼻屏气，双足一顿，要往开处逃，哪里来得及？女子左手又一扬，喝一声：“呔！”劈头盖脸又罩下一层黄雾，纪宏泽二目酸痛难睁，肩膀登时挨了敌人一下，那女子横刀一拍，纪宏泽勉强挥泪闪过，不防女子托地跃来，纤足一蹬，铁尖靴，连踢带砸，纪宏泽哼嗤一声，歪身栽倒。立刻一声哗噪，过来七八个人，把纪宏泽按住，夺宝剑，拧腕子，掣绳子，把他捆上了。

纪宏泽二目仍然簌簌地落泪，耳畔听那女子格格地发笑。嘲笑自己道：“小子，不跳了吧？老实了吧？喂，老孟，把这东西押到我那里去，我要审审他。”

登时又七手八脚，把纪宏泽拖起来，已然是倒剪二臂，座上客变成囚虏。刚才受过宏泽踢伤的人，趁势报复，恶骂数声，狠捣他几拳。听那戎装女子斥道：“你们这是干什么？不许毁他，好好把他押来。”登时不再殴打了。

几个壮汉推推搡搡，押出数步，忽有一人说：“给小子带上罩子，别让他东张西看的。”立刻和刚入堡时一样，又被人家蒙头盖脸，扣上脸罩。纪宏泽突遭迷雾，二目依然流泪难睁，这一戴套，越发昏天黑地，连脚步都迈不开。两个壮汉架着他的胳臂，背后有人推着，磕磕绊绊，往外押解，比初来时更不客气了。每逢失脚一栽，便遭辱骂。所幸那戎装女子还在旁跟着，因此没人再动手。

曲折行来，到了地方，刚有人要推倒他，那女子便喝道：“得了，得了，你们回去吧。”紧接着过来两只软绵绵的手，把自手一提一抱，往下一放，下面软绵绵的，好像没做阶下囚，反倒成了高榻客，整个身子落在类乎床褥的东西上面了。跟着

那双手揪脖颈把自己一推，双臂反缚，力难抗拒，不觉的和身栽倒下去。纪宏泽唯恐抢破了脸，极力扭着头，哪知头脸接触处，颇似枕头，只有面罩没摘除，眼前的情形，为吉为凶，当然懵然一无所睹，耳畔却听扑哧一笑，而且那只手照自己脑门轻轻凿了一下。

纪宏泽身已遭擒，任人摆布。蒙头盖脸，什么也看不见，而且一到此间，人家把他的双腿也捆上了，简直分毫不能转动，隐隐觉得有个人，挨在自己身旁，鼻息习习，相隔至近。纪宏泽不胜沮丧，百感交集，眼下凶吉莫测，更不知身置何地，只这眼睛酸辛，直到此时，依然簌簌流泪，双手被缚，无法自拭，真格的涕泪纵横，交颐沾腮了。可恨的是这戎装女子，将自己活捉，既不处置，也不摘套，把自己蒙在鼓里似的。纪宏泽到了这般光景，索性一声不哼，瞑目等死。五官还有鼻孔可以出气，耳朵可以辨声，一任流着泪，且自侧耳听声。

那些男子似乎都被这戎装女子遣开，这女子好像有很大的势力。纪宏泽两眼渐渐痛得可以忍受了，一番拼斗，现被捆倒，也渐歇过来，两眼微启，兀自下泪；耸鼻微嗅，似有冰麝香气冲入，偷听时遥闻喧噪声甚远，近身处悄然，恍惚有个人似嘘似笑，若近若远。同时发出窸窸窣窣的声音，大概戎装女子正在更衣。忽听一个轻俏的脚步声，推门挑帘声，一个生疏的女子声吻，发出惊讶之声道："哎哟，这是什么？……"

那戎装女子竟在自己身旁，猝然坐起似的，用她那清脆的声音斥道："你咋呼什么？"那女子笑着改口道："三爷，是您在这儿哪，吓了我一跳，我当是谁进来呢！这是谁呀？还捆着呢，还蒙着脑袋呢！"

这当然议论的是自己了，纪宏泽提神来听，借测吉凶。戎装女子很娇蹇地说："唠叨什么？你上哪儿去了？快给我打洗脸水来，可把我脏死了，你瞧我这身上。喂，等等再打水，你先给我掸掸。"

纪宏泽立刻觉出身下床铺吱吱地响，似戎装女子立起来了，跟着听见掸尘拂衣之声。戎装女子说了一个“得”字，旋听见端盆，开门。那个女子大概是个丫头、女仆之流，想是打水去了。跟着咣当一声，这个戎装女子大概是亲自过去掩门。旋听见女子用斥责的口吻说：“小伙子，好好地给我爬着，不许你偷瞧。”床又吱吱地一响，女子又坐在床上。

这女子似乎正在换鞋，换小衣裳。纪宏泽懵无所睹，头在枕上，刚刚一动，立刻过来一只软绵绵的手，居然扯耳朵，把他一推，并且娇骂道：“小东西，叫人捉住了，还不老实，你紧自歪脑袋，那是干什么？我本来想给你摘套，就知你这孩子两眼色迷迷的，准不是好孩子。你老实给我躺好了，再不许动弹了，再动，我就揍！”刮的一声，给了他一个清脆的耳光。

纪宏泽此刻是抗力毫无，杀剐任便，更不用说这区区零饶的嘴巴子，大脖溜了。却是这敌人如此侮弄，分明把自己当作了痴童，惹得他心中不平，但到底没有招。

旋听见木底声，打水的女奴已返，戎装女子慢条斯理下了床，就盆洗了脸，水声哗啦哗啦，清晰可辨。跟着戎装女子说：“把胭脂拿过来，哼，这是什么东西！快去，把我的胭脂粉梳妆匣拿来，快点走，别扭啦。”

女奴笑应而去，旋即奔回，戎装女子细细地饰妆整容。纪宏泽满想到落在人手，必被讯供，不料这女子一味地捯饬起来，而且捯饬得工夫很大，自己被蒙盖的工夫，也就格外延长。

忽又听见紧急脚步奔驰声，门扇踩开处，似闯进来几个壮汉。戎装女子陡然斥道：“这是谁？”立刻听见男子腔口，叫了一声：“三爷！”

洗涤声顿住，戎装女子说道：“你们这是干什么？闯什么？”男子答道：“三爷，刚才大爷听说您捉住一个秧子。”

女子道：“怎么样呢？”男子道：“大爷要提过去，审问审问他，派小的上你这里来领。”

啪的一声，女子愤然，半晌才听她说："你回去告诉他，叫他等一等，我这里还没问呢。"一霎时屋中默然，来的几个男子似很踌躇。空手回去，大概不便，要人又不敢，钉在那里了。戎装女子怒道："你们去吧！就说我说的，叫他等一会儿。"

一阵脚步声，男子悉数走出去了。洗脸声又起，夹着两个女子叽叽呱呱的笑声。跟着听那戎装女子说："把镜子拿过来，怎的这么笨？你过来站这边呀。"鼓鼓捣捣，过了片刻，突又有一阵脚步声奔到门前，未推门先叫了一声"三爷！"

约莫又有三四名男子到来，戎装女子很不耐烦道："你们来有什么事？"男子低声回道："三爷，大爷请您！"

女子道："请我做什么？"男子回答道："大爷有要紧的事，跟您商量。"

女子越发不悦道："你告诉他，我这就过去，叫他多等一会儿，不要啰唆了。"男子嚅嗫着说了几句话，激起女子的怒火来，把梳妆台捶得山响，一迭声叱道："老六，你也这么浑蛋！你没睁眼么，我这里还没洗完脸，你就是小鬼活捉活拿，也得容我一步呀。"一阵娇叱，男子哑然全走了。

第十八章 陷凤巢孤雏奋翼

男子一走，戎装女子又咯咯地笑起来，对那女奴说道：“你们给我把门看住，别叫他们进来了，我捉住的人凭什么叫他审问？我还没摸着问呢。”

戎装女子又鼓捣了一会儿，这才稍移莲步，挨到榻前，把纪宏泽先往旁一推，口中笑说：“小伙子，你可老实点。”紧跟着拍脖颈，搬脑袋，把纪宏泽的蒙头罩一摘，纪宏泽登时眼前豁然一亮。戎装女子伸纤手，又往颈下一托，把倒剪二背的纪宏泽连抄带扶，给扶坐在床上了。女子哂然一笑，凝目看纪宏泽的脸。

纪宏泽依然满眼含泪，瞬而又瞬，睁而又睁，方才辨出存身处，乃是人家闺房，怪不得脂粉气息扑鼻。再看置身处，竟是坐在人家绣榻上。一个艳装盛饰的美女子，正半跪半坐，挨在自己身边，双眸盯着自己脸，鼻息吹着自己腮，香气袭人，容光触目。纪宏泽定睛看去，居然是施暗算、用迷雾、把自己捉住的那个戎装女子，亲来给自己摘面幕。那女奴模样的女子，反倒含笑倚桌而站，恰当对面。

纪宏泽把眼睁而又睁，戎装女子这样瞅他，他不禁低了头。戎装女子嗤地笑了，伸手一触纪宏泽的腮，说道："小伙子，怎么还哭呢？是怕死吧？刚才跳得那么狠，现在怎的不英雄了？"

纪宏泽侧脸要躲，又躲不开。戎装女子越发嘲笑道："你瞧你满脸都是泪，真格的成了泪人儿了。你别怕，姑娘连小猫儿小狗儿都不肯害，你这大的人，你娘抚养你很不容易，我哪能做那种损事。别哭了，嗐，还哭？我给你擦擦吧。"叫那女奴拧一块手巾，戎装女子亲自动手，给纪宏泽拭泪，揩眼，抹鼻涕。

纪宏泽蓦地红了脸，奋力一挣，可惜双足已被拴住，仅仅躲开半尺远，仍被女子一把捉住，吆喝道："小伙子你别犯贱毛。放着敬酒不吃，定要吃罚酒么？小菊，过来帮着我按住这孩子。"

到底这女子亲手给他拭净了鼻涕，且拭且说道："小伙子，你别不识好歹。姑娘这件法宝够你受的。姑娘给你擦净了，还要问你话呢！你要好好地答对，有你的便宜。你刚才看不见，可也听见了吧？这儿的堡主要提取你，审问你，一定要用毒刑逼取你的实供。一个答对得不好，就把你活埋了。再不然，砸折你的腿，叫你一辈子落残废。你说你年轻轻地，可惜不可惜？还是老老实实对姑娘说了，姑娘给你做主。你别看我把你擒住，实在是救了你。像你刚才拿着一把剑，你往外跑，你想跑得开么？他们这里正在械斗，捉住犯歹的人，只要你带着凶器，碰巧了，连问都不问，立刻刨个坑，埋了。小伙子，老实点吧！我问你，你快照实说。"

纪宏泽此刻只觉着倒霉，初入堡时，他还能揣测利害，此时对这女子，他觉得智穷力尽，再测不出她是怎么一种人物了。也不知她擒拿自己，逼问自己，到底意欲何为。

他低头想了想，说道："我本来用不着说谎，谁问我，我都可以说，我句句都是实话，我姓纪，今年十八岁，直隶省信

安镇人，我随着师叔，出来做小买卖，到你们邻村姚山村。他们拿我们当作奸细，把我们追了一个跑。我的师叔叫他们扣住了，至今没有出来。是你们铁牛堡姓周的把我邀进来，要跟我夜间再去探山救人。姓周的把我丢在那个什么四嫂屋里，他一去不回来，他本说领我见堡主，我等不及了，我就要走，是你们不叫我走，硬要捉我，就叫你们捉住了。我是老百姓，一不犯法，二不做贼，我跟你们铁牛堡，一向又毫无瓜葛。我不知道他们姚山村也扣人，你们铁牛堡也扣人。我不知道你们是怎么回事。我的实话就是这个。你们还要问我，我倒要问问你们，青天白日，朗朗乾坤，像你们这样随便拦阻过路行人，随便捉拿孤行客，我倒要请问，你们是要干什么？你们打算把我怎么样？……我的话就是这个，任凭谁问，我也是这一套。我说完了，你们呢？”

纪宏泽说罢，带着豁出去的神气，一迭声反诘女子，要杀快杀，要放快放。眼睛兀自发酸，眼睑一挤一挤的，依然掉泪。心中纳闷不知这女子弄什么东西，扬自己一脸，起初还道是什么妖术，这时才知她不过洒了两把迷目呛鼻的蒙药。身虽遭擒，心实不服，恶狠狠瞪女子，喃喃说道：“凭功夫栽了，我甘心；像这样，我真倒运罢了！”言外这暗器不能算，只能说是中了暗算。

女子瞧着他，抿嘴直笑，说道：“看这样子，你还是不服气，你练武功的人怎的就不防备敌人的暗算呢！你要我释放你么？小伙子，说个好听的吧！你看你脖子梗梗的，哼，可惜我不是诸葛亮，你也不是孟获，我也不会七纵七擒。你若想叫我放了你……吆吆吆，怎么又哭了？”

纪宏泽忿道：“你不要挖苦人，也不知什么东西，扬人一脸，眼睛辣辣的。反正随你们处置吧！怕死不是男子汉。”索性闭上眼，做出不含糊的样子。

女子嗤之以鼻道：“嘴倒很硬，我本有心放你，你倒逮住理似的，一百二十个不甘心。好吧，你不见刚才他们派来人要

提你么？小伙子，你一到他们手里，我可不是吓唬你，轻了要砸折你的腿，重者把你活埋了。小小的年纪，任什么不懂，只知叫横，你当初不该撞到堡里来。既然三不知钻进套了，就得守着这里规矩，叫你走，你再走，不叫你走，你老实一呆，他们也就不会毁你了。谁想你这点粗粗的能耐，竟想炸刺，七出来八进去地胡闹，你一个孤身客，好大的胆子啊！你可就惹火焚身了，孩子，我说这话，你不爱听吧！刚才你实在不该拿刀动剑，你把他们全堡的人都看成秧子，这一来你犯了条款了，他们非杀你不可。什么？你不怕死呀，好，他们更会叫你趁愿。你倒想着死个痛快的，他们偏拿钝刀子割你。也不要你的命，只是把你的眼睛揉瞎了，再不然挑断你一条腿筋，把你一放。小伙子，这辈子你可就完了。你不用冲我翻眼珠子，我可不是吓你，你只管打听打听去，你知道他们是干什么的？你不用冲着我女人家发威，那算你行。你就不知道这里是没王法、有帮规的地方，你拿话硬顶我，我不过一笑，我是一念之慈。我是一个姑娘家，连个蚂蚁还不愿踩死，何况你这大一个活人，只要你……”

女子说到这里，瞟了纪宏泽一眼，低头沉吟了一会儿，方才说道：“只要你说好的，我就想法子，把你放了。我跟他们不是一回事，我何必做坏人，毁害你年轻人呢！”

听这说辞，好像纪宏泽一告饶，就可以释放。但是纪宏泽纵然年轻，初涉江湖，也知既擒故纵，没有这么容易的事。女子的话是这样讲，她的神色和语调另透露一种意思，比话头还切实。可是纪宏泽瞑目而听，全看不到眼里。

女子似乎生气，攒起粉团似的拳头，照纪宏泽背后捶了一下，道：“你怎么老闭着眼，我说的话你听见了没有？”

纪宏泽开目道：“我听见了。”

女子又道：“你听懂了没有？”纪宏泽道：“我听懂了。”女子道：“你真懂了么？”纪宏泽道：“这有什么听不懂，你叫我说好的，我始终没有说出犯歹的话呀。我还是那个意思，要杀

要剐要放，全随着你，我一个被擒的人，我不能磕头礼拜求活命！”

女子气得把身子一扭，跳起来在屋中走遛。旋又挨身坐下，低声对纪宏泽说：“我的话你到底全听明白没有？你到底愿意我放你走么？唵，你别总闭着那瞎窟窿，你睁开眼看着我，你别把一对耳朵丢给我算完。你莫非眼睛还疼？来，我给你治治。”一拍肩膀，拿那手绢，要给纪宏泽拭目。

两人挨近，纪宏泽不由得睁开了眼。这女子通身艳妆，玉面修眉，身边脂粉香气四溢，冲入宏泽鼻端。并肩侧坐，分明听出女子低低的发出微喘声，口气习习，扑到纪宏泽脸上。纤手如绵，轻扶着纪宏泽的头。纪宏泽不禁心头小鹿怦怦一跳。身被拘縶，欲避无从，蓦有一团热力烧心扑面，登时耳根通红。

女子眼望门窗，转脸来低声说：“趁这时他们没来打搅，你快点说。你要是愿意我放你，你别对我这么梗梗的。告诉你，你别把我看错了，你要知道，我跟他们堡里不是一码事。他们械斗，我是他们好礼好面邀来帮拳的。你大概未必听懂我的意思，实在对你说，我是真心想救你，只不知你心眼上把我看成什么人了？喂，你倒说呀！你心上怎么样啊？”

纪宏泽手足全缚，挣扎不开。那个使女已被这戎装女子遣出院外，似乎巡风。屋中只他和她二人相对，被这女子容光所照，气息所熏，心上乱乱的，要躲躲不开。并且女子的话正是车轱辘话，远远地绕，团团地转回来，到底怎么个意思，纪宏泽空活十八岁，好像听明白，其实不明白；若说他真糊涂，他也觉得不对味。他侧着身子，于无可躲避中勉强挣躲着，也不禁放低声音，悄然答道：“你真想放我么？”

女子咳道：“你真傻呀，你也是二十岁的人了，你是装糊涂？你真格的看不出我跟他们不一样么？”

纪宏泽道：“姑娘！”不知不觉改了口气，起初是“你们你们”，现在是“姑娘”了。他说道：“姑娘，你想放我？你何不

帮我逃出去？刚才你为什么捉我？你不捉我，谅他们一群笨汉全不是对手，我早闯出去了，这是怎么讲？”

女子凝星眸，盯着纪宏泽的嘴，无端地失笑了。口中骂道：“你这人真真岂有此理，你问我刚才为什么捉你？你觉着我若不捉你，凭你的本事，你就跑出去了？”

纪宏泽忙道：“正是，你若不扬我一脸……”

女子忙拦道：“想不到你也二十来岁了，竟这么糊涂。你要晓得你跑不出去！他们在堡里堡外下着好多道卡子，你跑出这院子，你也跑不出这堡，你就跑出这堡，也逃不出这方圆五十里。你疑心我有恶意，帮他们捉住你，咳，傻子，你仔细想想，我捉你，正是救你啊！”话到手到，把纪宏泽拍了一下子。

纪宏泽一想，这话似乎有理。侧目重盯了女子一眼，好像要从她的眼目口吻间，体察善恶。女子双瞳盈盈，颇透矜怜，纪宏泽不觉把敌意一释，但是他还有疑虑，他说道：“你是真要救我？”

女子笑了，说道：“我敢跟你起誓，我自从初见你，直到此时，我是一片诚心只为救你。你只要跟我一个心，我准救你逃出这里。”

纪宏泽只听出两个“救你”，没听出“一片诚心”和“一个心”。他紧张的心情不由得一放。吉人天相，想不到自己初涉江湖，便逢险难，想不到逢凶化吉，忽遇这风尘奇女子。可是，她到底是个什么样人物呢？现在自己犹为阶下囚，榻上客，未遑转诘，先叩逃路。对女子说：“姑娘，你的意思，是想耗到夜晚，就把我放了么？”

女子含笑点头道：“对了，你真猜着了。”突然站起来，绕着屋子转了一圈，又启帘推门，向外一望，似窥日影。转回来，对榻叉腰一站，恰当纪宏泽面前，一双星眸上上下下打量这个俘虏。把头一摇，似嗔似喜，脸上带出一种难以测度难以形容的神色。

纪宏泽被瞅得磨不开，眼望他处，重复问道：“今晚上你

真预备放我么?”

女子眉峰一皱，半晌，支支吾吾说道：“我正是这个打算。可是一个人行好积德，也许盼望人报答她。我救了你，你逃出虎口以后，你、你、你不能再恨我了吧?”

纪宏泽忙道：“姑娘，这是哪里的话，姑娘救了我，就是我的恩人，我当然感恩匪浅，结草衔环。”

女子嗤道：“这是戏词，我不爱听这一套……”说罢，目不停瞬，盯住纪宏泽。

纪宏泽惶然，不知怎样答对。女子候了一会儿，见纪宏泽答不出，只得说：“纪少爷，你要明白，我不光是白白地要救你呀。”

纪宏泽道：“那么，姑娘……”

女子登时一喜，听他的下文，纪宏泽到底口懦，说不下去了。女子呆得一呆，忽然把头一调，喟然叹道：“纪相公，老实告诉你吧！我不只是救你，也是救我自己啊!”

这话纪宏泽就不明白了，他始终替自己这面着想，他不曾理会这女子东说西说，意欲何为。当下忙问道：“这话怎么讲?”

女子蓦地脸一红，点头说道：“难得难得，你还知道问我这一句！年轻人真有你的。你现在净给自己个打算，怎样挨到夜晚，怎么对付好了我，我把你一放，你怎么好闯出去，别的你就不管了。你也翻回来想一想，我一个姑娘家，我总是他们帮里的人，我无故要把他们捉的人私自放了，他们肯答应我么？我又图的是什么?”

纪宏泽也不由得红了脸，说道：“对不起，我实在不知道。”

女子道：“不知道不要紧，你也没有问我，我到底是怎么回事。”女子颇有点凄然怨尤之态了。

纪宏泽自知疚心，忙道：“姑娘，我正要问你哩。你不是堡中请来的帮手么？你一定是堡中要紧的人物，他们管你叫三爷，你大概是三寨主了?”

女子欣然，却又拂然道："罢了，你还猜得到。实对你说，我不是什么三寨主，他们铁牛堡和姚山村械斗，势力不敌，邀出我们哥们打帮手，这是面子话，不是我们自己的事。咳，索性我对你实说了吧。我姓桑，叫桑玉明，我哥哥叫桑玉兆，我们是亲哥俩。我们不幸，吃的是江湖饭，我们兄妹率领一百多人，只在这山西、直隶、河南三搭界的地方混……"

纪宏泽矍然道："你还是女寨主!"

女子忙道："瞎说，你晓得什么？有我这样的女寨主么？我们不错，吃的是江湖饭，我们可不是杀人放火，也不是当强盗做贼。我们干的营生恐怕你也不懂，我们只凭胳臂根架弄着，给人家仗腰子，包运包赌。反正我们不是坏人，我们这行饭也不很地道。我哥哥狐朋狗友不做人事，我已然这么大了，我哥哥不管我，不给我虑念正事，我直到如今，还是一个姑娘。我今年……我说你到底多大岁数了？"

纪宏泽道："我十八岁。"

女子道："你才十八岁，你猜我呢？"

纪宏泽道："我猜不出来。"女子道："嗐，我说你这人，你猜不出来，你不妨试猜一猜，猜错了，我也不要你的脑袋。"纪宏泽无法，眼皮一撩，把女子重看了一眼道："你大概二十三四了吧？"

女子把鼻子一耸道"你倒会猜，我八十五了，你信么？我老实告诉你，我今年整十九岁，比你大一岁。"

纪宏泽道："你才十九岁？"

女子道："我不冤你，我真是十九岁，属马的。你想我都十九岁了，我哥哥一点正事不虑，把我耽误到现在。他自己吃江湖饭，他现在又跟铁牛堡联起手来。他的事我管不了，我的年纪不小了。你想，你瞧，我看你年轻轻地，人很不错。你要是……肯可怜我，我把你放了，你得回回手救我一把呀，这儿好比就是火坑，我拉你一把，你再拉我一把，就全都逃出来了，咱们两个人今晚上就一块往外逃。你、你、你可肯答应我么？"

这女子说罢，不错眼珠看着纪宏泽的嘴。纪宏泽打了一个冷战，沉吟，反诘道："你自己不会逃跑么？"女子道："你好糊涂！我一个女孩子家，我往哪里去跑？我跑到哪里是一站呀？除非是跟你搭伴，我看你这人怪不错的，你不要辜负我的心。……可是的，你家里都有什么人？你大概有老爹老娘吧？你有小孩没有，你成过家了吧！成过没有？"

纪宏泽赧然道："我只一个人。"女子摇头道："我不信，你家里一个亲人也没有么？我不信，不信，十八岁的男人会没娶过媳妇儿，谁信呢？也许是订下了，没娶吧？"纪宏泽道："也没有，我家里只有一个娘。"

女子登时眉横喜色道："你家里真没有别人了么？就只你母子俩口么？"纪宏泽道："就只我们娘俩。"

女子道："你不是还有一个伙伴，失陷在姚山村了？他是你什么人？"纪宏泽道："那是我七叔。"

女子道："是你七叔，你们是一大户人家了？"纪宏泽道："不，我家只两口，此外没人了。七叔是我的师父。"

女子道："原来如此……"想了半晌，道："你没有成家，你家里只两口人……"又低头道："纪相公，我是打定主意，一定要救你。救了你，你再救我。你想我这法子好不好？我假装拘留你，他们找我要人，我决不放你，我要把你交给他们，你就毁了。挨到夜晚，我就把你一放，你就把我带出去，我们远走高飞。你想，我一个女孩子，我哥哥只顾自己，光姨太太就三四个，还有靠家，抛下我一个人，他不闻不问，一点也不管顾我。我嫂子也不好，她只知哄丈夫，讨爷们喜欢，在妹子身上也是不管。咳，想起来我这一辈子真和孤鬼一样。一个姑娘，若是没有亲娘，太苦了。自己的事，谁来管呀！"

这戎装女子忽然把这个阶下囚尊为榻上客，又对这榻上客自述起身世之悲。纪宏泽心头小鹿跳动，终于恍然了。他小时看过说部，他登时明白过来，这女子活脱又是个"穆桂英"！然而返念自己："我却是负着杀父深仇的人，我不是杨家将呀！

况且这女子说得如此可怜，她说她十九岁了，可是我却看她，哼，至少也有二十二三，也许二十三四，也许二十四五……谁给她批过生辰八字呀！”

纪宏泽又想起初出家门，他的母亲双眸蕴泪，瘦颊含春，是那样强作欢容，激励孤儿，发露着刚毅之气。又想起姚山村失陷的七叔，至今生死难卜。更反观此时此地，自己依然是手足交缚着，女子说的话尽管好，她竟没想到给自己解缚，她到底是怎样的打算？安的什么心？

纪宏泽心情瞬息万变，终于暗暗打定草稿。他说道：“桑姑娘，你的意思，我明白了。你想放了我，再叫我救你，你我一同逃出此地，可是这样打算么？”女子道：“着啊，我就是这个主意。”纪宏泽道：“可是你总得先把我松了绑，才好说别的。”

女子道：“哎哟，我忘了这个。你放心擎好吧，一到天黑，我准放你。我也收拾收拾，好同你一块走。”女子欢欢喜喜，挨坐在纪宏泽的身边，倒比开初文静了，低声商量共逃的办法。纪宏泽说道：“姑娘，你先不要谈这个，现在你得给我解开绳子呀？”

女子眼睛一转，道：“纪相公，按理说，我得给你释缚，可是你是明白人，咱们得遮外人的耳目，一到掌灯的时候，我准释放你，你多受点委屈吧。”纪宏泽道：“我的手脚都捆麻了，到了那时，我可是怎么走法？”女子道：“呀！这是真格的。”忙亲自动手，把纪宏泽捆的绳解开，独留下缚手之绳，仍不给解。低声说道：“纪相公，你多多抱屈，白天叫他们看出来，就不好办了。”

纪宏泽伸了伸腿，皱眉道：“两腿全麻了；我的两只胳臂若捆到天黑，恐怕必然麻痹了。姑娘，你好歹给我松一松绑，叫我活动活动血脉。”女子想了想，真个找出一条绸巾，代替了麻绳，叫纪宏泽扭过身来，亲手替他解扣。但等到解绑换缚之时，纪宏泽暗运一口气，两臂不肯再受反剪，双腕一挥，突

然站起来。女子大惊，急急横身当门，怒喝道："你、你、你要跑么?"手举暗器，睨定纪宏泽。

纪宏泽早已留神，看见自己的剑和小包都放在对榻方桌上，他未尝没有逃跑之心，但他才脱绳索，这么用力一举步，一挥腕，顿觉二臂麻木，酸得不可支持，两脚顿地，才一登劲便一歪一软，登时踉跄欲倒。女子抢上一步，倒把他扶住。纪宏泽觉得受缚处血脉苏苏地流，麻得十分难受，心知此刻寸步难移，登时赔笑道："我得遛一遛，我的腿和手全麻了，姑娘对不起，你搀我两步吧。"

女子回嗔为笑，道："我当你嘴说好话，暗打转轴子主意呢。你只不要口是心非，我一定保护你，搭救你，你要抛下我，独自想逃跑，我就是不收拾你，他们堡中人也不肯轻饶，你要放明白些。"挨过来伸腕架着纪宏泽，慢慢在屋子遛走。遛过数遭，问纪宏泽道："行了吧?"强架着他，仍到榻前坐下，仍叫纪宏泽背转身，重行加缚。

纪宏泽央告道："姑娘别捆了，你再一捆，我又麻木，到晚上可怎么逃走?"女子道："不行，我倒不想捆你，少时他们堡中人要再来讨你，叫他们看在眼里，就不好逃跑了。"纪宏泽再三求告，女子皱眉道："得得，我不反缚你，咱们这么虚拢着一点吧。"

把反捆改为顺缚，用丝巾拢腕，交捆手脖，这就好受多了。命纪宏泽坐在榻上，紧挨着床柱，仿佛是捆在柱上似的。女子附耳对宏泽说道："这样才好遮掩外人的耳目，他们就闯进来，再不疑心咱们俩通同作弊了。"说着冲纪宏泽很柔媚地一笑，仍偎着宏泽，絮絮地计划今夜的偕手同奔之计，来日患难相共之计，反回来再盘问纪宏泽已往的家况身世，她自己也极力地述说她自己。

这样，女子的心情，昭然若揭了。纪宏泽却是心上乱糟糟，一点准打算也没有，好像打定主意了，却又自己起矛盾。结果，眼为心之苗，心思不宁，眼光就闪烁不定，不时地窥视

纸窗门帘。女子比他大，比他精，登时动了疑。这女子话里绕话，同逃、共患难，应该起誓，谁也不许存二心，谁也不许哄骗。

女子首先起了誓，转对纪宏泽说："咱们俩人心换人心。我先救你，你再接我，皇天在上，我一定不亏负你。"然后请纪宏泽也对自己起誓。

纪宏泽大窘，他是十八岁的少年，他不是傻小子。他敷衍女子道："起誓是笑话，我决不能辜负你。你好心好意救我，真格的人心换人心，我还能骗哄你不成？男子汉，大丈夫，一言出口，如白染皂。起誓，那是何必？"

纪宏泽只表忠诚，不肯起誓，女子起初要依允，忽又发怒说道："莫看你人小，你还玩花活？你不肯起誓，好好好，你的心我算看明白了，你一味对付我，只要把我骗过去，把你放开了，你就扭头一走，你东我西，各奔前程。你是这个主意不是？"

女子翻来覆去，口发怒言，又说出恐吓的话，逼迫纪宏泽。纪宏泽赔笑对付，越对付越不行，无论纪宏泽如何斗诡，终诡不过这年长几岁的江湖女子，终于逼纪宏泽推托不开，低头说道："你叫我起誓，你得放开我呀。你把我拴在床框上，我就这个样子对天盟誓，老天爷也不肯作证人。"女子笑道："解绑容易，你只跟我一个心，样样好办。"口说好办，站起来凑到纪宏泽面前，四目对射，盯住纪宏泽的双眸，似要从眼神中窥测他的诚伪。纤手按着他的肩膀，兼要用柔情加上无形的束缚。起誓一说，好像是一种试探，纪宏泽腾地红了脸，感觉到一种莫名其妙的压迫，心头小鹿跳个不住，身子欲躲无从。正在挨挨靠靠，不得开交，突然外面有了响动，那个使女飞奔进来，一迭声说："三爷，三爷，大爷和鲍爷全来了。你还不快迎出去？"

女子愕然回顾，本来神情如醉，蓦地惊觉，把脸色一正，一推纪宏泽，低声说道："喂，你不要多言，你顺着我的口气

说。”这女子矫如游龙，忙向门外走。纪宏泽被抛在闺房中，仍拴在绣榻上，这个女奴迟迟不行，落在戎装女子的后头，也凑到纪宏泽面前，一脸的笑意，说道：“好小子，你倒……”女奴只说了半句话，戎装女子将到门口，突然回声，叱了一声，吓得这女奴一吐舌，忙跟着女主人迎了出去。

纪宏泽昏头昏脑，心上乱七八糟，初尝到生平未尝过的一种滋味，倒把眼前吉凶祸福全忘了。心中盘着一个疑问：这女子到底是什么人物？听她意思，好似以身相许，这不突兀了？我该怎样？正陷入深思，外面脚步声利落，听见一个粗暴的男子喉咙，和戎装女子高一声、低一声辩论，好像抬杠，又夹杂笑声。这样过了好半晌，履声又起，来人大概支吾走了。女子匆匆地独自回来，红头涨脸，显见动怒，却又眉舒眼笑，透露得色。向纪宏泽抛了一眼，指点说道：“你呀，真叫我费了事了，刚才你听见我们吵么？他们定要活埋你，是我好说歹说，方才化解开了。现在我就领你见他们去，你说话要小心，可得跟我对了茬。”

纪宏泽听见“活埋”二字，鼻孔哼了一声，反诘道：“跟你对什么茬？”女子道：“对什么茬？我告诉你，他们现在提出一件事，要放你不难，必得叫你入伙。你肯入伙么？我可是替你答应了。”

纪宏泽道：“入什么伙？”女子道：“入我们的伙，你刚才不该动武，他们堡里全要杀你，我们哥们也要杀你，只给你留了一条道，决不放你生出铁牛堡，要你加入伙里，我们一块混，你的心意怎么样？”

纪宏泽佛然道：“我可不知你们这一伙是干什么的，我本来是过路客，我还有自己的事，我焉能留在这里入伙？况且我的同伴失陷在姚山村，没有逃出来。”女子道：“果然还是这一套，叫我猜着了。这么一说准砸，就保得住脑袋，你的两条腿也准折。”

纪宏泽道：“我说什么好呢？”

女子欣然往榻上一坐道："这话明白，你早就该问我，我替你编排呀。我告诉你，回头我就领你见他们去，你只顺着他们说，他们问你是干什么的，你就说出门找事的。他们叫你入伙，你说好极了，早就有意闯荡江湖。他们要你怎样，你全答应，你只敷衍他们三两天，得空我们一走，不就结了！"

女子一面说，一面盯着纪宏泽的脸。纪宏泽听出缝来，忙道："怎么又敷衍两三天了？你不是今晚就帮我逃走么？"女子道："傻子，你又犯死心眼，逃跑的事得看机会。没有机会，想走，成么？我不过这么说，听话要听音，别死抠字眼。我刚才替你说了许多好话，说你飞纵的功夫很好，比我还强，有你入伙，足能做一个好帮手。我说我早已劝好你了，我说你第一步志在搭救你的同伴，你就入伙，并且连同伴一块入伙。我这样费了好多唾沫，他们方才点了头，不再活埋你了。咳，你想我一个姑娘家，拉下脸来替你讲情，你想人家够多难，我这样说法，可你的心么？"

纪宏泽想了想，点头答应，女子这才亲自释缚，搀起纪宏泽先在屋了遛了几步，问他怎么样，腿还麻不麻？纪宏泽试了试，体力已复，说道："行了。"回身便趋方桌，要拿自己的小包、宝剑。女子忙横身一挡，急道："做么？做么？你可不能带兵器，你得空手跟我走。"

女子抢先一步，把纪宏泽的囊剑，全都按住，圆睁双瞳，瞪着宏泽道："你还是囚徒，你又来这个！"纪宏泽退后一步道："咱们已经说好了，你怎么还不给我呢？"

女子道："你不用装糊涂。"手指门口道："快跟我走，别捣麻烦。这剑我先戴着，到了时候，我自然还你。"索性把剑抓起来，要系在自己身上，不想提鞘按柄，一眼见到剑柄上的刻镂标志，突然她又犯了疑，手指剑柄，目睨纪宏泽说："等等再走。我问你，你到底叫什么名字？你真是姓纪，真叫纪宏泽么？"说着横身绕过来，把门口堵住，又一推纪宏泽，重按在榻边上，说道："你到底叫什么？"

纪宏泽登时恍然，这把短剑正是仇人之剑，那把长剑是亡父遗物，现在七叔手内。这把短剑在柄上镌着一条小小银龙，还有八字铭语，还在亚形花纹中篆刻着一个方字。戎装女子虽不认识篆字，可是剑既有铭，独不见一个纪字，她似乎犯起疑猜了。纪宏泽大大吃了一惊，忙道："我叫纪宏泽，这是我的真名字呀。"女子道："不对吧，这剑上刻的是什么字？你的名字准叫什么龙，你告诉我的一定是假名字，你还是骗我！"

纪宏泽道："咳，你太多疑了。这把剑是古剑，是我师父当年在破烂摊上，花八两银子买来送给我的，你看见剑上刻着龙，我就叫龙。你可晓得龙泉宝剑也刻着龙呢？"

这种解释，女子似乎又释疑了，扑哧一笑，道："我是诈你，走吧！"到底把剑系在自己腰间，推着纪宏泽，往外面走。纪宏泽这才明白，女子忽嗔忽喜，忽疑忽怒，乃是一种做作。她故意动疑，无非是打岔，不叫纪宏泽索剑罢了。哪知纪宏泽心中有病，这一诈真个把他诈毛。暗想：不对，这剑柄的"雕龙"铭刻，委实害事，莫如趁早把它换了……

女子紧绊着纪宏泽，出了这闺房。那女奴正在阶下徘徊，女子冲她一挥手，女奴进了闺房。女子来到院门口，门口竟有两个壮汉持刀棒站岗，见了女子，叫了一声："三爷！"女子又一挥手，带领纪宏泽往前走。壮汉忙道："三爷，我这里有罩子，给点子带上点吧。"女子道："不用你管。"径引纪宏泽离开小院，暗向纪宏泽抛了一眼道："便宜你，你知道吗？"纪宏泽笑道："我承情！"他渐渐地也放肆了。

曲折行来，纪宏泽不带眼罩，堡中的内容，至此也大致看明。这是好大的一片土堡，瓦房、土房参半，堡中人大抵携带武器，看不见女人。这戎装女子把纪宏泽引进一座黑大门，在门左右，散散落落有八个短衣壮丁，持刀棒梭巡，见了女子全都致敬，口称三爷，纪宏泽听了，很觉奇怪。有一个矮汉子，好像小头目，凑向女子身边，说着客气话，指问纪宏泽道："这就是三爷捉着的那个家伙么？怎么也没捆，也没给带罩

子?”又哦了一声笑道:“由您自己押着,就不上绑,他也跑不掉。”这矮汉故意搭讪,没话找话,戎装女子待理不理,哼了一声道:“他们对阵的人散了没有?”矮汉道:“刚才散的,还没有归队呢;姚山村的人太可恶,他们抓住有把的葫芦,一个劲地刁难。刚才鲍大爷和咱们大爷,传下话来,叫邢老七回老窑勾兵去了。依我看来,越跟他们对付越不行,还是硬干。只是咱们的人叫他们掳了好几个去,总得想法子寻回来,再跟他们拼斗一下子。若不然,事总结不了。”女子皱眉道:“你说得倒也对,不过……今儿是你的班不是?你只好好地值你的班吧。”一摆手,矮汉诺诺连声,挤眼一笑,侧身旁站。女子带领纪宏泽径入黑大门。

黑大门内的房舍,好像就是铁牛堡的公议堂,正房五大间,此刻聚着高高矮矮十几个人。两大间通连,用六张八仙桌对成长案,这些人都坐在桌旁。为首两个人,一个黑大汉,身量甚高,年约三十四五,穿一件紫色长袍,上套团花青马褂,坐在当中左上首。在当中右上首是一个黄面汉子,年约四十多岁,长袍马褂,抱着水烟袋,拿那纸煤子,正在指指划划讲究什么。其余的人都承望颜色,类似小头目之流,衣履不齐,有的穿长衫,有的穿短打。戎装女子才到院阶前,院中仆从模样的立刻报道:“三爷来了。”

女子践阶登堂,在座的人站起一多半,齐打招呼,女子大模大样,只向为首的人点了点头,回身引领纪宏泽,来到案前,指了一个座位,把椅子拉了一把,命纪宏泽落座。她自己掐腰一立,面向为首的人和旁边一个瘦汉子发话道:“我这不是来了么?你们刚才那是干什么,左一趟、右一趟的催命,敢是怕我逃跑不成?”扭身坐在旁边椅子上,恰在纪宏泽上首。

众目睽睽,望着纪宏泽。纪宏泽未肯就座,环顾众人,昂然拱手道:“诸位,请了!在下叫纪宏泽。”他眼光平视,面对为首二人站着。要是把自己看成囚虏,他这样是等候盘讯;要把自己礼如上宾,他这样子是预备寒暄应对。

在座的人，有的归座，有的还站着，都打量他，却没把他当作一回事，纷纷向女子敷衍客气话。黄面男子笑道："三爷您又发脾气了。我们只想把这纪某人提出来，问一问他姚山村的情形，您别过意。"

戎装女子道："我这不是亲自把他送过来了，你们就问他吧，你们忙什么，急什么？这个人情实是过路客，跟姚山村一点干连没有。我刚才问了好半天了，人家也是叫姚山村扣下的，怎么会知情，杜宝衡就没对你们讲么？"满面含嗔，似是做作。

第十九章 受审讯移居西厢

黄面男子托着水烟袋，极力赔笑；那黑面大汉眉横怒气，说道："三妹，你太那个了，就是你亲手捉的人，你也应该交出来，叫大家问一问啊。这不是在咱家，这是朋友场！"

女子蓦地红了脸，从椅子上跳起来，大声道："朋友场怎么样？我本来没打算瞒着谁，我拿住的人，我得先问问。你不等我问完，就两次三番催命。好像迟一会儿，我就把人丢了，放跑了。又好像我天生没出息，你再不来讨，我就跟人跑了！"把粉拳往桌上一捶，扭着脸儿，眼珠直转，似乎要气哭了。又说道："别人没有作践我，只有你会作践我。你刚才那是什么样子？瞪眼硬要往我屋里闯，你是要捉你妹妹的私弊不是？"

黑面大汉也蓦地红了脸，说道："三妹，你这是怎么说话？他们大家等着问供，老等老不来。这人又是杜宝衡引来的，跟你有什么相干？怎么又是你捉住的？你捉住的就不许哥哥过问么？你看你歪到哪里去，我可说什么来？我有犯歹的话吗？我疑心你了么？"

女子叱道："你凭什么疑心我？两条大道走中间，许你左

一个右一个弄小女人，我做妹妹的有哪点不守闺道了？我是挑唆的嫂子跟你打架了？”

黑脸大汉道：“你还往哪里扯？你守闺道，你不守闺道，我多咱挑过你……”

女子一听这话，刚坐下又跳起来。黄面男子和瘦汉子急忙劝道：“得了，得了，三爷少说两句吧。你们哥俩千万别拌嘴。这件事情实是大哥心急了些，这实在怨大哥，三爷消消气吧！三爷，我告诉您，我们五爷刚才和姚山村隔河对阵，当面议和。一抵一个地换俘虏，他们咬定不肯答应。一定要咱们贴给他二十只大抬枪，还有别的勒索……”

他继续还要往下讲，戎装女子扭头道：“这个我知道。”黄面男子笑道：“三爷一定早知道了，不过咱们实在不甘心，刚才我们打算，明着与他们讲和，暗中仍派人去夜探姚山村，把咱们失陷的人盗救出来。也不必全盗，只把奚克庸奚四爷搭救出来，他们就没有拿捏人的把柄了。杜宝衡从姚山村带出来这个姓纪的，我们正好用得着。我们很想把他提过来……”

黄面汉子目光又环顾到黑脸大汉和戎装女子，把底下的话咽住，方要改口，旁边那个瘦男子站起来接声道：“过去的事别说了，这姓纪的不是押来了么？咱们该怎么问快问，该怎么办快办吧。三爷请坐！别生气，倒茶来呀！”

黄面男子也把黑脸大汉推坐在椅子上，极力打岔，很敷衍一阵，女子渐渐息怒。她的发怒就是一种反攻，堵别人的嘴。在座的人也有的乘机向纪宏泽点头，手指椅子道：“朋友，你坐下你的，你既然来到这里，只管放心，不要害怕。我们不难为你，只要你肯说实话。”

纪宏泽笑了一声，说道：“我没有为非犯歹，说什么谎？害什么怕？”旁有一人冷笑道：“那也不见得，到了我们这地方，老虎也要拔毛，没错也要捏个错，就看光棍睁眼不睁眼了。”

这纯是威吓的声口。纪宏泽凝目一看，这人是个其貌不扬的混混模样的人物。纪宏泽张了张嘴，要拿话噎他。戎装女子

在旁听见，两个人一站一坐，相挨至近，女子潜伸纤足，微微一蹴，又指一指椅子，纪宏泽默然会意，就势坐下，仰着脸，不再搭理那人。

那人喝道："我跟你说话呢。"戎装女子立刻接声道："这里也有你龇牙的份儿，你们倒是谁过堂呀？"抢白得这人翻了翻眼，不敢出声。

他们这一唧哝，在座的人全都看见了，也听见了，只当装作看不见，把这个兄妹拌嘴劝住。由黄面汉子发问，先向纪宏泽招呼了一声，跟着把来踪去影，从头又讯了一遍。黑脸大汉负怒不言。过了一会儿，也插话盘问起来。戎装女子倒做了被告的辩护，很替纪宏泽排难解纷。

黄面男子连发了许多问："纪朋友，你今年多大年纪？你是哪里人？你到底为什么闯到我们这山角落里来？"又问道："你是投亲访友，还是投靠谋事？你可愿意留在我们这里，把你安插一个地方？"

黑面大汉也道："你会武艺？你师父是谁？你学得是哪一门？看你很年轻，你在江湖上做过什么事情？现在你落在我们这里，我们若把你放了，你打算上哪里去？"

黄面男子又问："姚山村里的人，你都认识谁？你从前跟他们有过交道没有？"

黑大汉又问："你的同伴失陷在姚山村，你想搭救他么？你一个人怎能搭救他？你打算用什么法子？近处可有亲友帮忙的么？"

黄面汉子又道："我们打算探村救人，今晚就去一趟，你一定路熟的了，你可以跟我们的人一同去么？"又道："这一去连你的同伴一块救出来，你可以邀着你的同伴，一同加入我们这一伙么？"

絮絮地连发许多问话，滴水不漏，又把杜宝衡唤来，好像对供似的。戎装女子仍然在旁帮话，纪宏泽答得不利落，不接茬的，戎装女子全给圆上，说是："我早问过他了，人家愿意

跟咱们合手。”并且以目授意，叫纪宏泽顺着口气说，不要支吾，不要谢绝。

当场反复问罢，黄面男子拿眼睛向黑面大汉要主意，道：“怎么样？”黑面大汉兀自不快，半晌说道：“小毛孩子，有什么大不了？”黄面男子道：“那么，放了？”

黑面大汉摇头道：“唔！先留他几天，看看那边怎么样再讲。”说着站起身来，要往外走，临行又道：“不能随便放走他，倘或是奸细，叫姚山村笑掉大牙了。”

黄面男子忙道：“大哥等等，今天晚上呢？可用这人领路试探一下子？”黑面大汉道：“还是等老四回来，我们再去探山。”一甩袖子，引领两位座客，一直出去了。

女子嘻嘻地冷笑道：“甩给谁看。”黄面男子笑道：“三爷隔过这一章去吧！大爷的脾气一向这样，你们亲手足还不晓得么？他因为杜宝衡白去了一趟，徒劳无功，刚才隔岸讲和，对手又很刁难，他心上恼极了，您是正赶在气头上了。刚才大爷对我说，要等四弟一到，两人合手亲到姚山村去一趟。他的意思是不入虎穴，不能得虎子。我却怕一个弄不好，倘或大哥也失陷了，我们就可栽到家了。”

戎装女子听着，秀眉一展一展的，忽然说：“有了，何必专等老四？今晚上，我叫这位姓纪的朋友带路，到姚山村窥探一趟，就算救人不容易，要给咱们人通一个消息，窥一窥虚实，我保管落不了包涵。”黄面男子道：“这个，三爷肯辛苦，敢情好极了。你等等，我跟大哥商计商计。”忙唤人追请刚出去的黑面大汉。

戎装女子不悦道：“罢了，罢了，您别叫他，我的事我自己做主，他管不了我的事。您要跟他商量，我不去了。”黄面男子为难道：“不过这事很涉险，愚兄我担不住呀。”

女子道：“你担不住，别担。是我自己愿意去，碍您什么事？”黄面男子道：“不是这话，探山有险，万一出了闪失，您是一个姑娘，千金之体，您想想，我兜得住么？”

女子怫然道："好好好，您兜不住，我不去不就结了么！你们的事真难办，蝎蝎螫螫的，有胆的也叫你们吓破胆了。我不信姚山村，又不是龙潭虎穴，凭我飞来凤，要去就去，要出就出，你当我是杜宝衡啦！"发了几句话，也站起身来，说道："随你们的便吧！我不管了。这位纪朋友，你们到底怎么样？"

黄面男子道："刚才大哥不是说了，先留他几天。"

女子哼了一声道："留是可以留的，你们可不许难为人家。人家是客情，再说又很年轻，跟姚山村毫不相干，你们不要把人看错了。"

说罢，她迈步要走，又似乎不想走开，扶着椅子背打晃，半晌，淡淡地说道："你们可把人家搁在什么地方啊？就在这里拘着不成啊，也得拾掇一个地方，叫人家歇歇呀。你们不是还要借重他领道探山么？"黄面男子道："是是，那当然。三爷有事，您先请吧。这位纪朋友，你交给我好了，我还有几句话，要跟他谈谈。"

女子眼皮一撩道："有话？你就问吧，反正还是那一套，问不出新鲜的花样儿来，你们还有完没有？"她又一欠身坐下了。那个意思，要催堡中领袖当着她的面问供。

黄面男子脸上颇带窘容。在座的人也都睁着眼，看他们领袖的嘴，替他挨憋。他们在座的人本要容得女子走开，再严讯纪宏泽，不料叫戎装女子盯住了。黄面男子只得顺水推舟，客客气气，搭讪着重问了几句话，只算是闲扯淡。回转头来，和在座的一个中年人低声商计："把这人安放在什么地方合适呢？"

中年人低声回答："索性搁在六房里，叫二爷照顾着，跟姚山村的人在一处，倒好照应。您要问话，等到晚上，也不为迟。"黄面男子点点头道："也好。"

中年人站起来，向纪宏泽点首道："纪朋友，请您跟我来，我给您找一个歇脚的地方。"引领纪宏泽，出离公议堂，院中巡逻的人，受命跟过来两个，各提兵刃，一个在前引路，一个在后伴送，礼如上宾，相待仍如寇仇。

纪宏泽心中明白，向黄面男子拱了拱手，昂然举步往外走。记住女子谆嘱的话，不再支吾，临出门口，回头望了一眼。在座十几对眼珠，和那黄面男子愠怒的眼珠，全都一眨不眨地送出自己来了。

那戎装女子也就待不住，跟手告辞出厅。来到街上，女子紧行数步，叫住纪宏泽，说道："您只管放心，我们还要仰仗您哩，我们决不会错待您，您不要想别的呀。"说罢这话，飘然自去。

纪宏泽像起解似的，通过大街，进入小巷，被中年人引到另一院落。这是寻常的村舍，瓦舍四合房，不见女眷，院中，门口，都有短衣壮汉，持木棒、短刀看守。

这小院正押着姚山村俘虏，正是铁牛堡暂设的肉票票房，临时监牢。

那六房的二爷，是三十多岁的壮汉，他就是铁牛堡的狱吏牢头。纪宏泽被摆布得迷迷糊糊，和中年男子进入小院正房。当门一站，中年人背着纪宏泽，向六房二爷唧唧哝哝，讲了半晌。六房二爷看了纪宏泽一眼，说道："这是大孩子吧？还会武功么?"

这二爷开桌屉取出钥匙，把纪宏泽引到西厢房门前。房门紧锁，六房二爷亲自开锁，对纪宏泽说："朋友，请进屋，坐下歇歇吧。"他头一个进去，中年人让着纪宏泽，也进了屋。这屋虽已上锁，却不是空房，有被褥铺陈，有椅有桌，有女眷用具，很像是住家的卧房。料想械斗一起，把女眷移开，借做延宾拘囚之所了。

中年人附耳告诉六房二爷："大爷叫我转达您，您多留神桑家的三丫头，回头准来泡蘑菇，您别惹翻了她。"旋对纪宏泽说："不要东张西望，不要独自出院，彼此有里有面，当然按朋友看待。若是犯了规，那可说不得，彼此都不好瞧。朋友，我说的是好话，这里的事，你还看不出来么？你要是有什么话，可以对这位二爷讲。"又交代了几句话，告辞走了。

六房二爷已将纪宏泽的来历询明，随便盘诘了一阵，也警告了几句，并不陪伴，径回了自家住房，把纪宏泽一个人扔在西厢房了。

纪宏泽曾问到这六房二爷的姓名，据他自说是姓鲍。纪宏泽越琢磨越不是味：这里到底是什么所在，说盗窟不像盗窟，说良民不像良民，怎么回事呢？心中暗想：且等天黑再说。

转瞬天夕，居然没人再来打扰他，也没人来审讯，来窥伺。到晚饭时，才有一个村仆模样的人，提食盒来送饭，两菜一汤，不算太薄。叫一声纪爷，给摆在桌上，还有一壶酒。看着纪宏泽操起筷子来，仆役这才转身退出。纪宏泽很小心地用完饭，还怕饭里有东西，酒也不敢尝，其实是多虑了。过了一会儿，那六房二爷这才过来照看了一遍，问道：“吃饱了没有？太简慢了。”饭罢仆人送来一壶茶。纪宏泽又剩了一个人，皱眉犯思，正不知自己该如何出堡，如何寻找七叔。也不晓得戎装女子如何救助自己，也不晓得铁牛堡羁留自己不放，究竟如何存心，更不知黄面男子，黑脸大汉，为良为莠。

纪宏泽一时想起那女子夭矫不羁的神情，蓦地自己一阵耳根发烧。他今年十八岁，正当少艾，知好好色，何况此女这么样的花媚蝶舞，如在他洁白的心中，点染了一片脂粉色，纵然看不惯女子的狂态，又对女子的年龄不无琢磨，可是他到底沉不下心去了。一时虑及眼前，一时仍要冥想这女子刚才说的那些怪话。纪宏泽禁不得自言自语：“这是怎么一回事呢？”

天黑下来了，窗外院中，竟设着气死风灯，可是他歇脚的这西厢房仍没有灯盏，他眼看要摸黑。他已经有过午间的经验，不肯冒失了。遂在屋中走来走去，隔门缝向外看去，院中巡守的人已然换了班，偶然听他们自言自语，讲的全是械斗，也没有意外的话，也没有议论到自己。纪宏泽忍不住挨到屋门口，重重咳了一声。巡守的人登时过来，向纪宏泽叱责，好像这新接班的人并不接头，把纪宏泽也当作俘虏了。

纪宏泽纳着怒，很客气地说：“朋友，请你把你们二爷请

来。”巡逻人喝道：“待着你的吧，爷们不是服侍你的。”

两人吵嚷，那六房二爷在上房听见了，忙出来查看。纪宏泽站在西厢房门边，身在屋内，头探出门外，忙招呼道：“鲍二爷，请了，我要出去方便方便，不知厕所在哪里?”

这六房的鲍二爷眉头一皱，登时换出笑脸道：“厕所就在这边，喂，么鹅子，你陪这位纪朋友去。么鹅子，这位是朋友，不是姚山村人。”巡逻人恍然抱歉道：“原来不是姚山村的呀。对不住，你跟我来。”

六房鲍二爷却又说道：“么鹅子，你要小心了，这位可不是熟人，可是新来的过路客，生朋友，你要明白!”么鹅子立刻又恍然道：“哦，原来不是您的朋友啊。”把脸又拉下来了，说道：“你跟我来呀!”

把纪宏泽引到厕所内，这么鹅子提着木棒在厕所外等着。纪宏泽并不是定要小解，他实是借此窥测堡中人对待自己的态度，现在居然被他探出来了。出了厕所，么鹅子紧跟着。纪宏泽说；“朋友，你贵姓?”

么鹅子绷着脸说道：“好说，您哪，你不是解完溲了么，快请进屋吧。我们这里很严，查得很紧，你别叫我落了不是。”

纪宏泽笑了笑，徐步院中，把上房、东厢、南房，都看了一遍，唯有东厢房戒备极严，把守的人也多，自己待的西厢房，是介在宾客、囚徒之间，只此两人监视着。纪宏泽向鲍六房索要灯火，鲍六房笑道：“您还怕黑么？有火，这就给你点。”

纪宏泽走进屋中，摸黑往炕边一坐。少时灯来，鲍六房也跟着进来，命那仆人点着灯火，面对纪宏泽，一指土炕道：“这里有现成的被褥，你困了，只管睡觉，咱们明天见吧！我再告诉你一句话，晚上你可别出屋子，这门是要上锁的，我们这里正跟姚山村打死架，夜晚你只一探头，我们巡逻的人不管那些，立刻要放箭的。我把话说在头里，你多加小心。还有一节，晚上也许有动静，他们姚山村的人也许来捣乱，你不拘听

见什么，千万不要下炕，省得他们误伤了你。”

纪宏泽道：“这么紧么？”

鲍六房道：“你瞧，我们怎么偷探他们来着，还挡得住人家不探我们来么？你最好是早早睡下。”纪宏泽道：“我就要睡。”随即打了一个呵欠。

鲍六房站起来道：“请歇着吧！”忽又说道：“要不然你稍等一会儿，听说他们还要过来，跟你谈谈哩。”纪宏泽道：“那么，我就多等一会儿。”

鲍六房在屋中转了一圈道：“你先睡你的，他们来了，我再叫你。”转身出门，随手将门倒带，咯噔一声，从外面上了锁。

纪宏泽不由得愕然，暗骂道：好东西！纵目往门窗一望，前窗通明，后窗漆黑。纪宏泽暗中作劲道：“冲你们这一手，我今晚一定要走！”

纪宏泽在此发恨，忽一回头，发现前窗添了一个破洞，有一只眼睛正往屋里瞧。纪宏泽立刻上炕，也要破窗向外看。外面那人立刻叱喝道：“嘻嘻，朋友，你规矩着点，这么扒头探脑可不成。我们可要放箭！”发话的还是那个么鹅子。

纪宏泽并不搭腔，随往炕上一躺，和衣而卧，暗打算盘；心想：“叫你偷瞧吧，耗到下半夜，我一定穿窗夺路，做个样儿叫你看。”只有一样，自己的兵刃都被那戎装女子洗去，丢了行囊不打紧，内中却有那把剑，是仇人小白龙的兵刃，为了复仇总得寻回。

想到这里，满屋一寻，屋中暂能借作兵刃的东西，可以说半点也没有，仅仅这张八仙桌的腿，还可以卸下来，作为防身之具，聊胜于无。无奈这一拆卸，必有很大的响动，外面人听见，定来干涉。纪宏泽左瞻右顾，茫然束手，心中暗想：“赤手空拳，这可怎么办？”只剩了一招，穿窗硬逃出去，乘其不备，袭击院中值岗的人，夺取他们的兵刃，给自己使用。再寻搜那个戎装女子的住处，把自己那柄宝剑盗弄回来。然后展开

夜行术，立即遁出堡外，重探姚山村，寻救七叔，一同脱出这是非坑，最为上策。

纪宏泽盘算到这里，在西厢房土炕上，再也沉不下心去，翻来覆去，琢磨逃路，不时抬头望一望纸窗，窗纸依然有通明，外面巡逻的堡中人依然蹀躞有声。纪宏泽不禁皱眉，看他们这派头，大概是通夜巡守不休，监视竟这么严，如何是好？他们这样对付自己，自己真要向外闯，颇非容易，必涉大险。纪宏泽心中浮躁起来，再也躺不住，重又坐起来，对窗发愣。

纪宏泽只当铁牛堡在这小院中，安置了如此之多的巡逻，是纯为监防他自己。他却猜错了，人家并不是为了他这两间西厢房，铁牛堡这番举措，全是冲着西厢房的对过，专为着东厢房，才加了八个岗。对于他不过是一弹打两鸟，顺便照顾罢了。

在东厢房，铁牛堡囚禁着姚山村的俘虏。姚山村捉获他们五个人，他们只捞着人家三个，他们算是吃了亏。屡次与敌人议和，商量着划界而守，各不相扰，永罢干戈，虽经人调停，到底没有议妥。就是暂商交换俘虏，也为了差着两个，姚山村向他们加索火枪二十杆，还有旁的东西。他们认为丢脸，又致破裂。他们认为姚山村是故意侮人，未免太甚；姚山村那面更是振振有词，说这二十杆火枪，不是我们讹人，也不是故意寒碜你们，实在这是一笔赔偿。铁牛堡的人曾把姚山村一般山货，搡在织女河中，这票货值得太多。既要讲和，按理该多赔补。

而且双方被俘的人数，固然差两个，同时姚山村失陷在铁牛堡的三个人，乃是不甚重要的人物。铁牛堡被姚山村捞去的那五位，内中有一人实是铁牛堡的四当家。姚山村放出话来，只凭这一个，就值二十杆火枪。铁牛堡当然不肯拿火枪换人，好比授敌以柄，太不上算了。交涉破裂，他们双方各邀助手，各想别法，这才有明着定期决斗，暗中偷探对方的举动。——当纪宏泽和纪蔚叔游艺访仇、初涉江湖，头一步便蹚在他们双

方的漩涡中了。他们双方的援兵陆续来到，他们即日要有一场大的械斗。他们的首领依然向各方挖找帮手，同时提防着奸细。纪氏叔侄恰恰赶上麻烦了。

这铁牛堡的堡主，就是大厅上讯问纪宏泽的这个黄面男子，他名叫鲍麟生，看外表面容黄瘦，手底下却有几手武功。他的二胞弟鲍龙友，年约三十岁，为人精强有力，更是铁牛堡的台柱；又跟戎装女子的哥哥桑玉兆，交深莫逆，是口盟弟兄。戎装女子的话并不假，她兄妹正是铁牛堡邀请来的硬帮手，所以是客情，颇受礼待。

鲍氏兄弟一母同胞四人，老大官名叫鲍士麟，字麟生；老二名叫鲍士龙，字龙友；老三名鲍士熊，字熊飞；老四名叫鲍士虎，字虎扬。他们原是拳勇世家，在铁牛堡成为一霸。他们鲍家族大人多，席丰履厚，免不了武断乡曲，惹得同乡人人害怕。他弟兄倒有一点长处，对本村人颇知庇护；独对邻村农户，脾气特别恶暴。所坏的就是他弟兄四人，全都孔武有力，良懦的庄稼人免不掉受他们凌压。他的上辈做过武官，桑梓传言据说，老鲍当年乃是改邪归正的降匪，原本是罗思举手下的小贼目。罗思举既由川边飞贼，立功升为总戎，老鲍也跟着做了小武官，集资升了大武官。鲍麟生这弟兄四人，全都幼承家学，人人习武，性情又秉乃父刚德，虽然是一乡之望，仍旧免不了要胳膊，一言不合，跟人动手。他们和姚山村启隙，起初也就是由于鲍家的人，和姚山村的人，在赌局上由口角动了刀，小事牵起大浪，以致祸结十数年未解。及至鲍龙友结识了桑玉兆，铁牛堡和姚山村遂由寻常的邻村仇视，打群架，演变为水旱两路，争码头的大械斗了。

那黑面大汉桑玉兆，和他的妹妹桑玉明，才真是闯江湖的人物。桑玉兆绰号叫左臂丧门神，他的妹子——那个戎装女子桑玉明，绰号叫飞来凤。这兄妹二人原是风尘中跑马卖解的人物，从小在中原闯荡江湖。不知怎么一来，这兄妹得遇能人传授绝技，除了登皮缸、走绳索、双足跨双驹、登高杆拿大顶的

戏法本领，居然获得飞檐走壁、击剑扬镖的真功夫。

走码头，揽生活，桑氏兄妹在江湖上浮沉日久，结交风尘人物，竟得加入江北的秘密会帮。他兄妹除了卖艺之外，也就免不了做些私商勾当。桑玉兆又娶了个女人，也是会帮中人，岳父是有名的盐枭。桑玉兆年力精壮，颇为岳家看重；结果，把爱婿也引入了私贩盐船队中了。只两三年，便赚了左臂丧门神的外号。因他年轻大胆，敢为敢做，居然大获油水，岳家也沾了光。他的老岳父自顾年老，儿子又懦弱不成气候，遂择日拜杆，把贩私盐的事业全盘交给了女儿、女婿。这一来，桑玉兆便成了头脑人物。这么闯着干，豁着干，只不多几年，桑玉兆便发了大财。

这期间，他的胞妹飞来凤桑玉明，颇显身手，助兄创业，桑玉兆同时也很得妻子一篓油的内助，他们夫妻兄妹三人成了盐枭中的三怪杰了。

江湖上人物没有什么正经，现已发财，还不歇心，登时饱暖思欲，添了许多排场好尚。桑玉兆好色贪赌，纳了三个妾，整天在赌场中泡。竿子上的事交给了副手，他如今一味吃喝玩乐。他的夫人一篓油，日日守空房，当然吃醋，曾拿着刀，向桑玉兆拼命。又拿着剪子剪过头发，要当姑子去。

但是不多时候，桑玉兆的手下一个伙计，忽得内当家的器重，指日高升，由外面跑腿，提升到内府买办了。并且由这小伙计从中化解调停，一篓油和桑玉兆这夫妻俩不再捣乱了，一个是颇安于室，一个是颇安于外。内外相安，各寻各乐，登时天下太平了。

然而独独苦了小妹妹飞来凤桑玉明，嫂嫂忙于家务，不暇照管；哥哥忙于外务，也不暇照管。女子终竟是女子，一到了年纪，便爱惜韶华，自怜青春之虚度。飞来凤至今已二十多岁了，小姑独处，依然无郎。哥哥和三个小嫂嫂，以及嫂嫂和那个小伙计的那些勾当，被她一一看到眼里，真是又羞又气，又叹又惜，又不好受。

她也曾当面抱怨过哥哥。哥哥嘴头上很忙，只要是妹妹拿话一点，他就搔头说道："妹妹也偌大了，你看你看，真得早点给她操持终身大事了。"可是终身大事托付给谁才相宜呢？桑玉兆指东说西，和胞妹商量，张三很合适，可惜岁数大。李四很般配，可惜有老婆。论品貌，顶数黄郎，最合乎射雀东床了，无奈他名分上是哥哥的干儿子，姑姑下嫁，未免辈分上稍差，况且飞来凤是个颀美的女郎，苗条淑女，高逾常人，黄郎虽美俏，却是短小精悍，个儿只在她的肘下。那么哥哥讲了这半天，归里包堆，还是废话。

春光虚度，飞来凤转眼二十三岁了，再转眼便是花信之年，再没有人家，岂不要丫角以终？飞来凤一天比一天忧愁，一天比一天心急，怨恨哥哥不体贴，曾经明开谈判，又托人道达。不想她一个劲儿地紧钉，到临了，竟钉出哥哥桑玉兆母鸡下蛋的话来。

据他对小嫂嫂表示："妹妹的事，我没有一天不上心，偏偏找不着合适的人儿。再说像她这年纪，二十三四岁，已然失去婚期了，再寻原配人家，颇难相当。若给她找个填房续弦呢，还比较容易。可是人家填房，男子往往都在三十七八岁和四五十岁之间。我不是不虑此事，我连托媒人，媒人全说，姑娘一过十六，就不好找主了。十七、十八、十九、二十，一直到二十四五岁。年纪越大越不好说。可是翻回来，老姑娘若到三十几岁，反倒容易往续弦上提。媒人的话很有道理，做哥哥的这么揣摩过，要给我们三姑娘找个门当户对的人家，怎么着也得等她到了二十七八、三十来岁，就好办了，而且像姑娘这个脾气，也就是老后婚老女婿，才容易担待她。"

桑玉兆的话是这样，既失嫁期，索性要叫她等候着未来的女婿，活到四十岁，死了原配，她便可以挨肩上去。这话论事不为无理，讲情简直是给妹妹开玩笑了。桑玉兆又看出妹妹在江湖上闯荡，举止轻狂，不拘形迹，所说"老女婿有担待"的话，颇似讽示自己的妹妹已失女贞，只可晚嫁。

桑玉明虽是女子却性如烈火，就在会帮中，人家都称她为三爷。她也惯常男装，素常行为跌宕，举手就要打人。她哥哥这番话，她的小嫂嫂没敢告诉她，反只略略透露意思罢了，已将她气白了脸。

兄妹两个抓碴大吵了一顿，桑玉明姑娘还是不依不饶。她想：哥哥太混蛋了，傻子拉胡琴自顾自，实在太恨人。只有一法可以对付他，就是天天跟他吵架，叫他日不聊生。

果然，飞来凤桑玉明安下此心，天天寻隙，和哥哥叮当，果然把桑玉兆吵得头昏眼花，这才憋不住了，说道："三姑娘，你这些日子像疯了。我别张嘴，我一张嘴，你就跟我犟。你到底想怎么着？哥哥哪点对不住你？"

飞来凤骂道："你哪点对不住我？我这么大了，不是不知好歹，不懂香臭。我问问你，我摆在你们家算是干什么的？你发了财，你天天找乐子，我呢？"

不但挑明了帘吵闹，并且，再遇上特别的事，做哥哥的要烦妹妹出马，这妹妹也必多方拿捏，或者故意不好好干，给他弄砸了锅才罢。害得左臂丧门神桑玉兆不敢有劳妹妹的大驾了，妹妹还是天天吵。

这样离心离德，当然发生很坏的影响。起初，桑玉兆本恃妻、妹这两位女将，才得声势大张。运盐的江湖人物从来都是男子干，没有女盐枭。他们这帮与众不同，故此才闯出路子来，发了大财。现在不然了，桑门闹家务，当然牵害到枭务。并且桑玉兆财大烧身，他自己这些日子也太贪欢了。

恰值中原一带，突然发生了大举查拿盐枭的事情。漕督总督为拔本塞源计，决心从旱地入手，严断接济，水贼自然不禁自绝，不剿自灭。漕督又重拾施世纶的故智，收降了好些水贼，做了眼线，兜着圈子一抄，顿有许多大帮的盐枭，先后落网，这桑家兄妹正是官人侧目伺捕的要犯之一，他们偏偏又闹内讧，结果不言而喻，桑玉兆等纵然幸逃法网，到底被官军赶了一个跑，落得倾巢而逃。

官军骤至，官军四面合围；这兄妹全有武功，头一个便是飞来凤桑玉明，对于现有的家当，毫不牵挂，闻声之下，立刻单枪匹马，闯出重围。哥哥、嫂嫂的事，她全不管了。桑玉兆的一妻三妾，真格的当场多被擒拿。

桑玉兆的妻子一篓油，本有很好的武把子，可惜近年发福发胖，蠢得赛过两篓油了。她一见事败，本已抢了一匹马，操起一把刀，立刻要跑。无奈这匹良驹只能致远，不善任重，突然中了一箭，马蹄子一跳跃，把一篓油卸了载，丢在地上了。这马带箭飞奔，居然逃出来；一篓油却没有逃出来，摔在地上发昏似的刚刚爬起来，又是一排流矢，她哎呀一声，她的得意的帐下卒，颇为情重，立刻来援，没有弄好，反落得双双遭擒拿，同落法网。

到底是左臂桑玉兆英雄，他也是一闻响动，立刻登高一望，看出来兵太多，立即一翻身跳下高台，目对巢穴，恋恋怅怅，不知带什么好。终于想起第三妾，是他新买来的活宝，他立即奔过去，把爱妾一挟，把良驹一带，跑了。

他逃跑的时候，正是他的压寨夫人，与帐下卒一同失事的时候。官军获得了一篓油这员女盐枭，又捉住些副手、下手，当将一篓油和那帐下卒，认成盐枭的一对夫妇，算做要犯的两个领袖。捷报递上去，是大破盐枭旱地的锅伙，擒斩无数，拿获著名枭匪桑玉兆及其妻一篓油二名。

审讯时帐下卒当然说：“我不是桑玉兆，我不姓桑。”

问官就打他，告诉他：“你反正活不了，你招也得杀，不招也得杀，何不临死做个英雄?”于是乎帐下卒也想开了，索性认了账，画了供。

一篓油也说：“他是俺的男人，俺可不是一篓油。你们说俺是一篓油，我就算是一篓油。”

这案子如此通详上去，自然奉到明喻：“着即就地正法。”办案的漕标官弁，自然是升官受赏。一篓油竟这样顶了缸，替本夫殉身于本帮事业了。

第二十章

启械斗二桑作浪

左臂丧门神桑玉兆却带着爱妾，头一步逃到同党秘窟，第二步再往内地逃。因为他带着这一个爱妾活宝，当然须持重，当然和同伙走散了。他潜伏了些日子，暗暗出头，打听同帮。才知他的太太已然殉难了，胞妹也不知逃往何方，只听说跟她一同逃出来十多个人，并没有散了帮，好像是窜到南边去了。左臂丧门神听了这些消息，不禁骂骂咧咧，却也落了几滴英雄泪。他自己揣摩此次被抄，定有漏底之人，到底也不知是谁给卖的。

他闯江湖已久，文不能测字，武不能担筐，他只得秘密地规划，要另开码头，重整事业。他预先本埋有赃物，也便改装潜行，秘往起赃。起出这赃来，就作为自己复兴事业的本钱。原来做贼也是要本钱的，除了刀之外，也还要钱。

不久，丧门神桑玉兆的漏网同党，也渐渐的出头。他们一旦失业，避过风头之后，免不了三五成群，剪径，挖洞，白钱，黑钱，纷纷改了行。如今忽闻本帮头目东山再起，有的改行不顺手，就再投了他来。可是他部下这些匪类，全是身无一

技之长，空具无边之欲，吃喝玩乐，惯惯的了。就是做小偷，当白钱，也和盐枭的技艺不同。一年半载之后，丧门神新开的码头渐渐站牢。他这次再不敢在海疆、运河水道上做事，他就遁入豫北，渐渐地做起旱路营生来了，渐渐又啸聚了数十人。但有一样，桑玉兆本身，可算是水旱两路的能手，他手下人多半是贩私盐的人物，惯于水道上试身手，如今改为旱路，总觉人不杰，地不灵，而且隔行如隔山，所认识的人物，所拉拢的合字，自然嫌隔阂。

结果挤来挤去，舍岸移舟，他们在豫北又跟水道联上线，他们便重整旧家风，不再贩私盐，仍凭水道贩运别样的私货，也兼做打劫水道运贩物的生涯。只有一样，桑玉兆自经盛极转入衰微，他的凭借总算失去，他的运气也好像是过头了。他接连遇上不顺手的事情，气得他顿足骂大街，嫌运气不好。他也明白：如今的局面，和举家度日、拆大改小的一般，当然人少势薄，运转不灵。他的部下也常叹气，这年月不好混了，比较起在海疆、漕道的时候，真是江河日下了。看这样子，再不想法，便要活活穷死。当年未覆巢的时候，他们这一帮日进斗金，蒸蒸日上，在各帮中处处占上风头。他们的事，冒的险，别帮全都望而却步，替他们吐舌，他们竟一办一个成。如今不然，他们事事比不上人家落地户，规模很小，收入菲薄，而常出错，他们不由得骂道："他娘的，怎么搞的呢？咱们的风水泄了！"

桑玉兆和手下人商量，越混越紧，打算改行，或者改码头。正在计议不决、去留不定、得混且混的日子的时候，丧门神为了劫货和铁牛堡的鲍氏四虎，由相打而相交，他和鲍老二鲍士龙交换了帖。

跟着，忽传来一件意外的新闻，他那已经失散的亲胞妹飞来凤桑玉明姑娘，又叫作桑三爷的，当时逃出来并没有死，现在窜到直南打开了新局面，居然啸聚着二三十个夜行人物，独当一面，做起没本生涯来了。而且名气还不小，得了这个飞来

凤的外号。

桑玉兆听到这话，犹恐传言不足凭信，忙派专人前往打听。居然人言非虚，桑玉明姑娘俨然成为一竿子夜行人物之首，飞檐走壁，劫夺富室显官，颇有女侠盗的派头，伏地绿林给她贺号为“飞来凤”；这是好一面的传说。坏一面的传说，有人讲究女采花贼，好像就是她桑三爷。只是桑三姑娘行踪飘忽，不肯流连一处。官兵剿拿她，每苦无处下手，她仿佛是飞来飞去的一只鸟。她自然是女飞贼了。她又有党羽，按目下情形论，比起她的哥哥混得声气还大一些。

她哥哥呢，无非是再重招旧部，恢复旧业罢了。这个姑娘一离开哥哥，居然独创起来，在江湖上确有出奇的名声。至于名声是好是坏，旁人听得见，当哥哥的桑玉兆当然是访不切实，江湖上的人物谁肯对着哥哥，丑诋妹妹呢？

桑玉兆派去的人是个小头目，费了很大的事，才访着飞来凤的准巢穴。见面之后，请安问好，口称三爷：“我是奉了大当家之命，寻访三姑，要请三爷到那边去。”

此时的桑玉明，忽钗忽弁，乍雌乍雄，既为本帮之主，手下人全称她为三爷。她对这一兄一嫂，也算思念，也算不甚思念。向这小头目问东问西，打听了一回旧情。她那胖嫂嫂的下场头，她已然早晓得了。

桑玉明把小头目留住几天，随后遣走。叫他对大爷说：“我在这里混得还凑合，你回去告诉大爷，不用惦念我了。想不到兄妹失散这些日子，到今天他才想起来找我。”飞来凤今日既已自立，再不要人来管束她了。末后，她才说：“等着过些日子，我再看你们舵主去。”口吻全是出嫁的姑奶奶样，与旧情截然不同。

小头目很劝了一阵，桑三爷话头还是那么股劲儿，怎么也劝不动她。小头目无法，只可回去复命。

桑玉兆听了小头目回来的报告，心上不安。想起了死去的爹娘，只给他留下这一个妹妹，而且他也需要妹妹相助，忙即

打点，亲去寻妹。

兄妹相见，相对落泪。尽管她不满意这哥哥，总算在大劫之后，骨肉之情，见面之下，免不了仍要感伤的。桑玉兆好说歹说，把三姑娘劝说了一阵，仍请三爷一如往日，兄妹合手。桑玉明似乎不大乐意，又像别有念头似的，撇着嘴，不肯跟着哥哥走。

兄妹啾啾了两天，最后，桑玉兆说起他自己新交了一个男朋友，此人年富力强，武功超越，姓鲍叫鲍龙友，他的原配娘子久患痨病不久就死。鲍龙友还有个四兄弟，叫作鲍虎扬，也至今未娶亲。做哥哥的桑玉兆，有心把妹妹许给鲍家，或老二，或老四，随着妹子挑。说完问妹妹怎么办?

飞来凤听了这话，把眼睛瞟着哥哥，似笑不笑，似嗔非嗔，先啐了一口，方才说道："哥哥怎么着，你还惦记着妹妹的事儿么？这可是新闻。无奈妹子早就死了这块肠子了。做妹子的要静等着不办人事的哥哥……"说着把脚踢了一踢，跟下的话咽回去了。

桑玉兆顺着口气往下猜，半截子话，一时猜不透。只可再劝她："跟着为兄回去吧，两帮合做一帮，还像往年咱兄妹刚一创业的时候。"当年遇上该着私访秘探的事，哥俩假装乡下人，接妹子住娘家，往往混过官人的眼目。

在秘密会帮中，需用女将的时候，实在很多，并且很难获得好手。唯有桑三姑娘，天生成女江湖的性格，长得又俏皮，手底下的功夫又行，应付六扇门，论耍的，论硬的，处处比嫂嫂一篓油还强。况且一篓油现在已死，就不死，也发福了，又跟丈夫离心离德，不很中用了。桑玉兆的内助，此刻竟没有适当人才。第三妾固已扶正，但这新嫂嫂系出窑变，妖冶有余，拳技分毫没有。左臂丧门神桑玉兆实在是论骨肉之情，理应邀妹回家；论帮伙之用，更是样样渴盼着这个贤妹，恢复旧日鹡鸰之谊，外御其务。就是妹子前些时候给他捣乱，却到了吃紧的时候，多少还能帮自己的忙。这便是桑玉兆此时的心情。

桑玉明桑三爷就不然了，她此刻俨然独当一面，局面虽小，却是自在逍遥，手底二三十人，都尊她为当家的。凭一个女子，居然当了绿林魁首，实在足以自豪，并且她手下的喽啰奉承自己，不只是小贼听从大盗的号令，他们又处处献媚着这个女寨主，趋前承后，胁肩谄笑，她简直成了盗窟一枝花，贼队一女王了。

然而哥哥的话，内中有几句倒也打动了她。她一片芳心，试加揣摩，正不知这个鲍什么龙，鲍什么虎，人物怎么样。她觑着哥哥，半晌才说："这个姓鲍的，他是干什么的？你跟他怎么认识的？"

左臂丧门神听了这一问，心中暗喜，立刻像夸姑爷似的，把鲍老二盛称一番，年轻，力壮，个头高，相貌好，武功棒，家大业大，是鲍家围子（即铁牛堡）的一霸。不过相貌怎么好法，桑玉兆形容不出来。

桑玉明拿反话挤着打听，挤得桑玉兆大张嘴，想了半晌，方才拍屁股说："对了，他这人活像窦老九，是个黄白净子，身量比你还高，劲头比我还大。"又比手画脚说了一阵，还是描摹得不恰当。跟着又讲到鲍老二的女人，现在固然占着好人的窝，但是出缺也快。

桑玉兆说："鲍老二的女人，我是见过的，连鼻孔都干了，颧骨烧得通红，说是活人，多一口气罢了。我当时就心中一动，想起了妹子，和鲍老二很般配，只要他这痨病鬼夫人一咽气，妹妹，我就立刻给你张罗。这鲍老二久已羡慕妹妹的武功，你跟他要是什么的话，那可真是美满良缘，而且我们由朋友变成亲戚，更加亲近一层了。他们哥四个，咱们哥两个，倒可以合起手来，大做一番事业。"

桑玉明凝着双眸听着，半晌问道："她害的什么病？"

桑玉兆道："痨瘵病，有六七年了，大夫都这么说，她活不到今年春天了。"

桑玉明把身子一扭，面向着墙道："哥哥还是这一套啊！

人家要是不死呢？”

左臂丧门神笑道：“妹妹别急，鲍老二的老婆不死，不是还有鲍老四么！鲍老四也够精神的，可惜比妹妹小两岁，但是女大两，黄金掌，毕竟还是好姻缘的，妹妹可以先到哥哥那边去，我就把鲍家哥们邀来，妹妹可以暗暗地相看。你看着哪个合适，我就给你张罗哪个。”

花言巧语，劝说良久，桑三爷摆起谱来，站起身对哥哥说：“哥哥大老远的来了，我若还是不去，也叫您没法子下台。不过妹妹现在的情形，不比往常了。在我手下还有二当家、三当家，您叫我搬场，大主意固然是由我拿，我也不能不跟他们商量商量。您先歇两天，让我酌量酌量。”

桑玉兆登时耳根通红，颇有些动怒了，却又皱了眉，扑哧地笑出声来，三姑娘不过率领着二三十人，她还有二当家、三当家，简直在亲胞兄面前摆架子，并且桑玉兆心中又不觉一动：这二当家、三当家，又是什么人呢？强将疑虑按住，用好言说道：“妹妹先别出去，你手下既然还有主事的，何不请来一同商议？何必蒙着我不见面呢？”

话是很和气，声调也很柔和，只是他这扑哧一笑，以及主事人三个字，惹得桑三爷登时回身站住，眉皱双峰，颊起红云，用眼睛盯着桑玉兆，双瞳闪闪吐火，带出杀气，四目对射，全都一声不响。过了一片刻，桑玉明道：“你说什么？”

桑玉兆垂下眼帘，赔笑道：“妹妹手底下既然有副手，你也给我引见引见呀。”

桑玉明道：“那当然！哥哥，你可放明白些，我跟嫂嫂不一样，咱们祖上无德，生下的儿女不能学好，单吃江湖饭，我也没法子。我倒也想着大门不出，二门不迈，偏偏我福小命薄，爹娘死得早，又没有生下好哥们，只会挑我的眼，不肯管我的事……”越说气越大，眼泪也下来了。

桑玉兆大窘，忙改言掩饰：“妹妹别往歪处想，我是随便问问，你别多心呀。你要明白，我若不惦记你，我干什么一次

二次地来寻找你!”

稍不留神，兄妹说呛了。还是桑玉兆说好话，桑三爷方才息怒，拭去眼泪，说道：“哥哥你等着，我把我那主事的人请了过来，您可以见见。他们个个都是坏小子，吃江湖饭的，本来没有什么好人，头一个我就不是好姑娘。”

桑玉明说着站起来把椅子一推，走了出去。左臂丧门神桑玉兆气得翻白眼，也要甩袖子一走。被手下同来的小头目，横身拦住道：“三姑娘发脾气，好比小孩子跟哥哥撒娇。您若真恼了就没意思了。您刚才的话也说得太冒失了，不怪三姑着恼。您的来意是请三姑回去，您别为两句撒娇的话，就把来意损了。”

但是，三姑娘把哥哥蹾在秘窟，直过了半天，方将手下人带来两位。一位粗粗鲁鲁，像个打铁汉；一位漂漂亮亮，像个剃头的。这桑玉明好像已与副手商定，决计跟随哥哥，暂且看看。本帮的事，就由三当家留守，三当家就是那个剃头匠模样的人。她自己草草收拾，就率那个铁匠汉，另跟一个小喽啰，一起动身。

这时左臂丧门神桑玉兆，确已与鲍家昆仲订盟结拜。鲍氏弟兄对待桑玉兆，十分客气。表面看，似乎是鲍氏弟兄好交朋友，又佩服桑玉兆的武功，所以越走越近。骨子里，鲍家和姚山村结隙，连吃败仗。正在私下里访求能人，作自己的羽翼。桑玉兆的近状固不如前，外人却看不出来，只知他率领一百多人，称雄草莽，势力颇不可侮，哪晓得他这些日子也是诸事不利，也正想结纳本地的合字，推广眼界，免遭伏地人物欺生。这一来双方都有意求友，自然一拍即合，越交越深。

鲍家四豪，久闻桑玉兆手下有两员女将，一个是太太一篓油，一个是妹妹飞来凤。鲍老二和桑玉兆最为投缘，有一天鲍老二问到此事，桑玉兆叹了口气，不肯说泄气的话，只说他们都在老家呢。其实一篓油被捕殒命，北方武林也有耳闻。鲍龙友带口之言，夸奖到一篓油和飞来凤的本领，跟着又问：“令

妹有了人家没有?”

桑玉兆说:“还没有人家呢!”鲍龙友道:“她今年多大了?”

桑玉兆眉峰一皱道:“她二十多了,耽误了。”

鲍龙友啧啧连声道:“大哥你这可错了,妹子二十多岁,还没有人家,你也太模糊了。想必是妹子武功好,眼界高。您等着,我跟我们大爷念叨念叨,有会武的给提一提,但不知要怎样的人才?”

鲍龙友这话也不知道信口瞎聊,敷衍交情,也不知是真心。桑玉兆听了,却不由得动了联想,他早知鲍龙友妻子抱病,要娶小婆。又听说鲍老四订了婚,未婚妻突然死了。但桑玉兆到底是个不办正事的人,妹子又已失踪,听过也就忘怀了。直到兄妹重逢,话赶话才忽然想到。当天和妹妹化装而行,桑玉明仍改男装,来到冀晋交界秘窟内,桑玉兆引着妹妹见了他的新扶正的第三妾,也算是姑嫂重聚首,彼此滴了几点泪,新嫂嫂立即给姑娘预备闺房,大开家宴,延见帮友。

转瞬过了几天,鲍龙友不见到来。桑玉兆商量着要邀妹妹帮他踩探织女河的水道。桑玉明心中不悦,慢慢盯问哥哥:“你别忙,你等我歇两天看。……我说,哥哥,你那位朋友是干什么的,离这里远不远?”

桑玉兆道:“你问我哪位朋友?”

桑玉明越发不悦道:“你哪位朋友?你自己的朋友,我如何知道啊?你要探织女河,你不会同着你那姓鲍的朋友去么?”

桑玉兆顿时省悟,忙道:“妹妹问的是鲍家老二呀。嗐,别提了,他们家出事了。”

桑玉明道:“你瞧这个巧劲,哥哥还是老脾气,再改不了。我也没有工夫多待,我也看见新嫂嫂了,哥哥的住处,我也认得门了,我明天可以回去了。”

飞来凤便要招呼她带来的副手,打点行囊。

桑玉兆连忙拦阻道:“妹妹别生气,你听我说。我已派人给鲍龙友送信去了,他明天后天准来。我不冤你,他们家真是

出事了。他们铁牛堡和姚山村发生械斗，鲍家老四新近被人活擒过去了。鲍老二邀我前去助拳，我惦记着妹妹，还没有回答他呢。我本想把他们兄弟二人全邀到家来，和妹妹谈谈。现在不能够了，只可先见见鲍老二，其实你只见过老二，那鲍老四也就不用见了，他们哥俩正好一个模样。他明天准到，我打算趁今天闲在，咱哥俩坐船先到织女河看看，顺便再走一站，也就到了铁牛堡了。他们铁牛堡、姚山村，有个把月了，打得正热闹。妹妹若是愿意看看，咱们就先去一趟。你可看看鲍老二的调度。他们两家这一番械斗，鲍家这边遣兵调将，全都是鲍老二一个人的计划，你瞧上一瞧，也足知他这个人真有两手。"

桑玉明从鼻孔里哼了一声，说道："他有本领，又该如何？那不过是他的夫人有造化，嫁着好男人罢了，跟我有什么相干？他有本领，他的令弟还叫人活捉，你说的话连点影子都没有，你哄小孩子吧！"

桑玉兆忙又解释，桑玉明拿她那条红手绢，把耳朵连腮都堵上了。桑玉兆也自觉歉然，鲍老二不过是遇缺即补的妹夫，出缺不知在何时？鲍老四倒是尽先委用的妹夫，此刻又失陷在姚山村，没法子调来，叫妹妹审查。怨不得妹妹又生气，实在自己办事说话有点荒谬。目下为求妹妹欢喜，还是赶紧把鲍老二邀来，先搪上一阵。这才出来暗遣部下，到铁牛堡速请盟弟鲍龙友："到舍下一谈。"倒不好意思说舍妹要看盟弟，只顺便透露一点意思说，姑奶奶飞来凤来了。

到了第二天，鲍龙友果然来到，还带着重礼。见了桑玉兆，笑道："令妹多咱来的？我久闻令妹是女中豪杰，我倒要见一见。我本想同贱内一块来，无奈她的咳嗽又犯了。我们七妹妹也想见见三姑，还有家母、家嫂，都叫我带话，要请三姑到舍下住几天去。"

这无非照例的寒暄，桑玉兆却喜之不尽，看着礼物，颇有女人用品，不禁失口说道："你可来了，你再不来，我更落抱

怨了。”鲍龙友诧然道：“这话怎么讲?”

桑玉兆猛然醒悟过来，忙道：“这个……”连咳嗽了几声方道：“这个是哪里呀，我们舍妹一到，就要看望伯母和三位嫂夫人去，是我拦住了她，我说得了，走吧。咱们到家里说话去吧。”

左臂丧门神桑玉兆一面说，一面呵呵，倒把鲍龙友弄得迷迷糊糊。桑玉兆站起来挽着鲍龙友的胳膊，道：“走走，家里预备下酒菜了，咱们哥们大喝一场。”

鲍龙友皱眉道：“我是真没有工夫，不过令妹来了，我是很想见见的，我实在坐不住。”桑玉兆道：“真格的连吃一顿饭、喝两杯酒的空都没有不成?”

鲍龙友道：“咳，桑大哥，你哪里知道，我们这回大栽给姚山村了，我们要给他们死拼一下，我实在分不出身子来。我这回来，一者是探望令妹当代的女英雄，二者还要请大哥拔刀相助哩。”

桑玉兆道：“好好好，我早料到了，咱们到家里仔细说去。”

桑玉兆替妹妹拉姑爷，把这个家有病妻要死还没死的鲍二爷，硬拖到自己家来，是叫鲍老二挡头一炮。两人进了家门，让客到上房，桑玉兆抢先一步，到了后面对妹子说：“鲍老二真来了，还买了好些东西，他要见见妹子，他很佩服妹子的武功。”

桑玉明有意无意，扫过来一眼，一声不言语。桑玉兆忙说：“鲍老二现时就在这里呢，我把他让到你嫂嫂屋里了，他静等着哩。”这句话似乎是叙实，听来却有点刺耳。桑玉明不禁掩口而笑，站起身来说道：“他要见我做啥？就他一个人吗?”

桑玉明不等回话，纤足一迈，就往门口走，忽又站住，转趋镜台，对着镜子，看了看自己，掠鬓拭唇，匆匆地把自己赏鉴了一回。桑玉兆跟在背后说道：“就是他一个人先来的，他们四爷叫姚山村掳去了，他还要请咱们帮忙，他们正在预备大

械斗。他们家的几个妹子还有他老娘，都要见见妹子。你先跟他谈谈，回头咱们就上铁牛堡，他们很羡慕你哩。”

飞来凤桑三爷跟着又脱去男装衣服，换上窄袖女衫和长裙。哥哥的两眼尽管瞅她，她一点不带怍容。修饰好了，又看了看自己的脚，这是她最满意的地方，整日在江湖上跑，依然纤小。她这才袅袅而行，随同哥哥，到了嫂子房中。新嫂嫂正和鲍二爷酬酢着，鲍二爷按着茶杯，随随便便，与这桑大娘子谈笑。桑大娘子原是窑变货，应酬周到。姑奶奶来了，她这才退让到一旁。哥哥抢上来，两面介绍：“这是舍妹，这是鲍二爷。”

鲍二爷眼前一亮，立刻释杯而起，眼光由下往上一扫，深深一揖，说道：“三姑娘，我鲍龙友久仰久仰的了。”

桑三姑娘嫣然一笑，剑衽还礼，眸子一转，同时把鲍老二由上到下看了一个透。咳，略失所望，这不是个莽大汉么？前听哥哥一面之词，说了个天花乱坠，她一片芳心当时描摹了一个英明精悍的好汉。如今对盘，显然不对。倒还是虎背熊腰，不秃不麻；可惜庞儿不俏，黑不溜秋，一对圆眼，偏生配着一张血盆大口，好像撕破了一样。总而言之，雄而不甚英，汉而不甚好。桑三姑娘一侧身，坐在嫂子床上了。

那鲍龙友却出乎意外，遇上了美人儿，心想女英雄一定肥臀大脚，像跑马卖艺的丫头那样，想不到这飞来凤如此苗条。怪不得江湖上风言风语，流传着飞来凤许多风流史；见面胜似闻名，竟是这样的风流模样。比起她的哥哥迥乎不同，相姑娘，看大舅，果然毫不足凭。

鲍龙友一阵迷糊，立刻肃然起敬，直直溜溜，规规矩矩，坐在客位上，偷眼不住打量，打量完了妹妹，又偷看妹妹的嫂嫂，年纪比嫂嫂大有限，相貌比嫂嫂强得多。他定醒一会儿，搭讪着攀谈，震于芳容，犹然拘束。做哥哥的桑玉兆在主位椅子上奉陪，谈了个粘长天，没话找话，说完西墙，再说东墙，鲍二爷本说有急事，立刻告辞，现在坐而忘时了。

盟兄弟面对谈笑，姑嫂并坐在床上，也三言两语地插话搭腔。起初飞来凤心中失望，赶到谈起来，鲍二爷原来是喝过磨刀水的人物，肚里有“内秀”，颂扬个人，捧个高帽子，十分得窍。而且他肚里不知从何处搜集来的那么多的奇闻笑话，被他信口描说出来，招引得姑嫂二人咯咯地笑个不住。他这人居然有这么一种长处，面目既不十分可憎，话头又津津有味。态度也好，当着女主人，外表像很庄重，又很自然似的。初开话篓子，还有点拘谨，既至深谈到酒宴快摆上来的时候，鲍二爷越发活泼了。桑三爷一双水灵灵的大眼睛，直盯着鲍二爷的血盆大口，从这血盆大口，一张一合，露出很好的一口白牙，倒出来连珠炮似的花言巧语，桑三爷爱听。

桑大奶奶亲下厨房，督促小喽啰，端上酒馔。鲍二爷欠身道：“这是做什么？我还是外人么？倒叫大嫂子费这事。”调开桌椅，鲍二爷在左上首坐，桑大爷在右上首陪，桑三姑娘在对面打横，大奶奶在下首打横。四只酒杯，八根筷子，皮蛋肉丸子，煎鱼小鸡子，不类不伦十六样菜，好酒三杯下肚，桑三姑娘眉添春色，鲍二爷面透红光。再喝下去，男男女女的话越发多了。一顿家常便饭足足吃了一个时辰。

随后鲍龙友讲到械斗，讲到胞弟被掳，跟着讲到要求桑氏兄妹助拳帮场的话。兄妹二人脱口全答应了。

又提到邀桑三姑娘到舍下玩两天去，家母、家嫂都要瞻仰你女英雄的。话赶话，赶到这里，出乎意外，滋出岔头来。桑大娘子不知想起什么来，忽然问到鲍二奶奶的贵恙：“近来可好些么?”桑三姑娘登时低下头，把脸拉下来了，在座的人都不曾理会。

鲍龙友喝酒太多，口头也渐渐没了遮拦，问得不钉对，答得也不合拍，他敲着筷子说：“承您问，这些日子好点了，有一位楚大夫，专治妇女痨瘵，现在吃他的药，倒很对劲，比冬天强多了。只是近半月又咳嗽起来。”言者无意，听者动了心。

又说到鲍四爷被掳的事，鲍龙友道：“这也是该着的，我

们老四功夫本来不行，人又张狂些，年轻轻的好赌贪色，不肯练功，临到上阵，又不服气，不栽跟头等什么？自从他被掳，我费了好大心思，才捞了他们姚山村的二三个人，作为押当，别看是不吃紧的人，究竟脸上好看多了。我们老娘也不知听谁说的，说他们姚山村的人拿酷刑收拾我们老四，老人家心疼得很，催我们赶快跟他们议和。岂不知我们越赶落，越受他们的拿捏。”说着又叹了一口气，好像诉苦，也有点自夸。

桑三姑娘越发觉得没意思了。有本领的人，该死的太太遇上良医；没本领的倒是光棍儿，又偏偏落到虎口里，谁知道何日能够救出？就是救出来，知道他生的是几个鼻几个眼？哥哥不干人事，讲得跟真事一样，好像已把自己的婚姻和鲍家说到八成了。敢情现在对面锣鼓一敲，鲍家并没拿着当回事，人家注意的还是械斗啊。飞来凤越咂越不是滋味，刚才又说又笑，此刻浑如老僧入定，捻着筷子沉吟起来。眉尖眼角，只偶尔瞟到鲍龙友那边罢了。

鲍龙友是个机警人物，刚才谈话，颇得美人青睐，自己讲几句，桑姑娘便咯咯笑两声，此刻咯噔打住了，他寻思着自己也许酒后出言有失，只不知失在何处。忙察言观色，打量桑氏兄妹。桑玉明的表情不可测度，桑玉兆却透出不安，不时偷看妹妹的眼神，并拿闲话往旁处引。

末后桑玉兆明讲出来，长叹一声道：“二弟，不瞒你说，我们三姑娘一身的好武艺，寻常人物她全看不入眼，直耽误到现在，还没有合适的姻缘，这都是我做哥哥的不对。鲍老弟，你回去给大爷说，有合适的人家，务必给查对查对。只要也是咱们武林中的同行，也不要太高的人才，但能够跟上二弟你，就算很好的了。这是愚兄我的一件心病，妹妹的终身大事，一日不能成就，我就一日不得安心。你想，妹妹都这么大了，我实在是天天着急，无奈红鸾星没动，我又怕对不起她，不敢随便俯就。我想二弟和大哥眼皮子最宽，请你二位务必费心多留点神，并且越快越好。”

桑玉兆当着自己妹子公然烦媒，在鲍龙友想，似乎太难为情了，也许这位桑大爷吃醉了酒，讲出来心腹醉话。但侧目一看三小姐，秀目盈盈，似嗔似笑，脸上另有一股子劲，倒显得大方不拘，这就叫不矜细节。鲍龙友心弦一动，顿时想起外面的谣传，人们是臭嘴的多，对于桑三姑娘，本有些风言风语，鲍二爷早已晓得了。及至目睹芳姿，油然起了倾慕之情，他竟认为谣言不可尽信，爱美之心，人皆有之，求全责备，那是对待男人。鲍二爷进一步希望面对这个“美”，是个“完美”才好，其实三小姐外表美，心里美不美，又与鲍二爷有什么相干？而现在鲍二爷竟暗想起来：怪不得有谣言！

宴散后，鲍龙友又敦邀二桑，告辞回去了。桑玉兆送走了客，动问妹妹：“鲍老二人品怎么样？”

桑玉明一声也不言语，脸上露出不耐烦。“真也是的，鲍老二就好煞，又怎么样呢？”哥哥说人家的太太眼看要入殓，人家亲口说，幸遇良医，病有起色了。而鲍老四又囚在姚山村，真格的姑娘大了，越发不值钱，为要求婿，还要探山救人，拼命帮拳，才能捞得着么？

可是机会硬往这条道上挤，到了次日，鲍龙友和他的大家兄，居然于百忙中，潜踪来到，正正经经恳求桑氏兄妹助拳，致重聘，备优礼，还许下好处。桑大爷正没办法，慨然答应了。桑三姑娘却将小嘴一绷：“我去干啥？”

桑玉兆和鲍麟生劝了好多话，妹妹的头还是像拨浪鼓，更曲献谀辞，她还是“不”。到底仍由鲍龙友直对三小姐，作了三个大揖，叫了三声“妹妹”。妹妹居然眉尖一蹙一蹙地勉强答应了。虽然鲍龙友的血盆大口，让她看不入眼，血盆大口中吐出来的话听起来倒很投机，这就算是有缘法了。

二鲍本已偷偷开来几辆车，桑氏兄妹还要摒挡一下。过了两天，桑玉兆竟秘选十多个精悍的部下，乘夜分赴铁牛堡。他自己和妹妹化装良民，乘坐轿车，也进入鲍家庄院。铁牛堡的鲍家四虎，竟与左臂丧门神的匪帮合手，借此对付那富力强过

数倍的姚山村。大械斗赶着布置。

桑氏兄妹到了铁牛堡先露了一手，把姚山村运山货的船，在织女河给剪了。并非明劫，是乘夜暗袭，使出水寇盐枭的招，把船底砸漏了，把整船的货物给卸到河底，聊以出气。仍恐姚山村不明白，又设法授意，只要不把铁牛堡的人释放出来，你们姚山村的山货，休想出运。

这硬掐脖颈的办法，徒惹起反感，姚山村的人探知对方潜捐助手，还不晓得人家已然暗中勾结匪帮。但为了应付起见，也忙出重聘，招揽来几位武师，把全村乡团加紧教练，货船通行织女河，必派拳师武装护送；而且把正经运货当作走私，货物装载，或车或船，忽早忽晚，也不走准路，说走就走。这期间依然不断出麻烦，你给我捣乱，我也给你捣乱，是非一天严重一天，正不知推延到什么地步。当事人都有些危惧，深觉无以善后，却落得箭在弦上，不得不发，谁也不甘心退让。

姚山村的主事人，是姚师虞、姚葆年叔侄，和亲戚马景方。看到械斗不足以制敌了事。也曾有人建议，到府县里递呈告状。铁牛堡拦水毁舟，形同水贼，很可以告他们，但又抓不着实据，并且他们自己也犯着法纪。村内秘藏火器，纠集着大众，一旦经官，对方也要指控自己。

姚师虞更提到前几年的一桩惨案，在晋陕之交，有两村械斗，经官之后，官兵前来清乡，把两村所有的团练一律遣散，把他们的兵刃、火器，一律收缴了去。其中人口多、村子富的那一边，竟弄得两手空空，无以自保。隔过数日，忽有陕匪窜入，仇家为了修怨，竟派人卖底，乘夜勾引匪帮，袭掠村庄，结果把一村二百多口惨杀了少半，还放了一把火。这件事闹得惊天动地，后来官府把仇杀案只当匪案报上去，请兵清乡，大乱了一阵，竟害得两败俱伤，那仇家索性投入匪帮去了。

既有这前车之鉴，鲍、姚两家都是投鼠忌器，不敢经官，终于是刀来刀去，把械斗翻来覆去地重演，起初毁舟阻运，渐渐押扣仇人，鲍龙友邀请飞来凤兄妹，也是打算掠敌为质，好

彼此对换。

鲍氏弟兄旋又听得姚山村新邀到河南有名的拳师，还带着师兄弟和门徒，功夫都很难惹，并且扬言要摆擂台，和铁牛堡一对一个，明着决斗一下。他们开出来的货车货船，也添了得力的护送武师，再想暗算他们的商运，已有些不便，而自鲍老四失陷已经累旬，老娘思子，哭泣成疾，和议未成，其间也曾小试械斗，偏偏又是铁牛堡吃了亏。鲍麟生以此心中很着急，鲍龙友说道："大哥别慌，水来土屯，兵来将挡，咱们也会多邀能人。"

此时鲍龙友已和飞来凤兄妹共过了两回事，感情越发融洽。经一度商议，桑玉兆派副手回窑再度去勾兵，随后鲍龙友又亲自出马，邀妥了几位夜行人物，大约两三日可到。届时探山，先把鲍老四救出来，对方失了把柄，和议就成功了。飞来凤也自告奋勇，要跟着到姚山村去一趟。

但到了三天头上，鲍龙友邀的朋友竟没有来齐，他赶紧去亲身催驾。就在这当儿，桑玉兆和鲍二爷亲临阵头，和对方答话，桑三姑娘改男装巡逻护院。那个杜宝衡竟把初出茅庐的纪宏泽诱来了，桑玉明居然看上了纪宏泽。

第二十一章 遇美妇地道脱身

纪宏泽被扣留在铁牛堡内，被款留在西厢，他心上却是一团乱糟糟，不知准该如何才好。先时他盼望女子来接应自己，一同出走。等到掌灯以后，越琢磨越不是味。他又算计着，还是凭一己之力，夺路出堡，比较妥当。院中不时有人来回巡逻，他这里稍一探头，巡逻人便将屋门倒锁了。他情知自己是座上宾，也是阶下囚。他耗过很久的时候，悄悄下炕，挨到后窗，试用手一推，窗扇严扃，当然推不动。他忙退回身，满屋重搜，只寻着一把削梨小刀，便藏在身旁，预备拨窗撬门。又把八仙桌的陈设移开，试着拔取桌腿，这当然拔不动。他心想：我只很快地踏翻桌子，揪着腿一蹬桌底，立刻可以拆下来。就拿这个做兵刃，我就开后窗夺路。可是我得拿这条桌腿做本钱，先捞取他们一把刀，才好凭刀寻剑。

纪宏泽简直想入非非了，把如意算盘收起来，又溜上土炕，伏窗孔往前庭窥看。站岗的人居然趁他心愿，走来走去，渐渐挨到东厢，靠门口搬了一条长凳，三数人有的拄着花枪，有的倒提单刀，倚着门坐在凳上歇腿。纪宏泽窥伺良久，希望

睡魔速临，叫歇腿的人由假寐而皆睡过去，自己便可突然蹿过去，一人赏他一桌腿，抢得一把刀，我就跳上房！

刚才还烦躁，现在纪宏泽又提起精神来了，他闭一目向外看看，心中翻来覆去琢磨：我真格的不能等着那个女子。她要接应我，她又要求我安插她。我怎么安插她呢？她问我的家，她说她哥哥不干正事，她至今还是个大姑娘。她空有一身功夫，她倒要我帮她，我又怎么帮她呢？现在我是奉母命，出来访艺寻仇，真格的，我刚出家门，就认识了这么一个大姑娘，比我还大。我把她领回家，我的母亲肯答应吗？恐怕不但不答应，老人家又要伤心落泪了。我小时很糊涂，现在我是个十八九岁的人了，再说头一步就难走，我还要寻找七叔。我和她一个姑娘家，是住店呢，寻宿呢，寻着七叔怎么说呢？这是谁家的姑娘呢？

疑问越想越多，他的独逃主意便定而不移了。困在屋中对着明灯一盏，心上依然天昏地暗，不晓得此刻是什么时候了，也不知外面的情形。外面倒有更锣，但是锣点特别，又像是号令，他听不出究竟到几更了，他估量着许已逾过了三更，其实孤身困羁，顿觉时间悠长，此刻刚刚二更才过。他觉得该动手了。他悄悄地下炕，握着小刀，先来拨启后窗。

纪宏泽大为失策，做这些事，应该摸黑，他竟没有熄灭屋中的灯，为的是寻找窗缝，容易看得清楚。纪宏泽本已学会夜行术，如今拿出来实用，不知不觉，还是想着借灯光，摸黑不如灯下做活的好。他咬着嘴唇使劲，小刀插入窗缝，居然悄悄密密，没有弄出大响动来。可是他这里没有大响动，堡内竟有了大响动，姚山村的能人竟抢先招，秘密地来了好几位，也要寻救被掳之人，正在飞檐走壁，满堡里寻找囚禁之所。

纪宏泽先舔破窗纸，往外瞥了一眼，后窗外漆黑，料是小夹道。他捏小刀，登着小凳，紧贴窗台，对着窗缝，轻轻地划下去。两边划开了，再划上下，动一动簌簌地落土，渐渐地大功快告成了。当此时姚山村的人也正鹤行鹿伏，潜踪而进，居

然偷渡过了界河，摸到铁牛堡土围子墙下，用声东击西之计，这边一打岔，那边翻过了堡墙。

纪宏泽当然想象不到，把后窗所糊的纸，都已划通，又抽去木榫试将窗扇一掀一推，居然活动，却发出吱吱的声音来，未免讨厌。纪宏泽回看前窗，幸无人来窥，忙收起小刀，轻轻用力，把窗扇推开一点缝子，又轻轻一拉，拉开了半尺来宽，暗说：这不就行了？心中大喜，重给合上，忙翻身跳下来，扑奔前窗，就窗孔往外一张，站岗的人犹自倚门据凳，前仰后合。纪宏泽唰的跳下土炕，把桌子轻轻掀翻，脚踏桌心，手搬桌腿，这就要拆桌取腿。

正在此时，前庭忽闻嗟叱之声，后窗忽闻扑朔之声，紧跟着听见房顶上啪嗒一响，骨碌一响，像是石头。紧跟着听见一声："什么？"

纪宏泽惊如脱免，倏然直腰张眸。先抬头一瞥后窗，急旋身重跃上土炕，向前庭再一张望。又旋身嗖的一跳，扑奔后窗。矫如游龙，煞有身手，只可惜一样，这一忙更忘了吹灯。

纪宏泽顾不得拆桌腿，跳上小凳，一伸手，急急地要开窗。刚刚侧身取势，手扣窗格，不想，他正要掀窗，这窗突然不掀自动，悠悠地往里张开来。这窗格恰是往里掀的，纪宏泽迫窗太近，吱吱声中，又猛然这么一掀，他存身不住了。并且这窗无故不启自开，他当下暗吃一惊，两手空空，被挤得往后一退，当然挤下小凳来了。

纪宏泽退到屋心，骇然张目，窗扇全开，探进一个人头。同时，前庭猛听见怪喊："哎哟，不好……有人！"跟着啪嗒、扑登一顿乱响。

纪宏泽瞻前顾后，错愕失措，再想吹灯，势已无及。凝眸看窗，这才看明，探进来的那个人头，青绢包头，二目如星，面浮嬉笑，正是与己有约的那个戎装女子，也就是飞来凤桑玉明。这时候，前庭劈登扑冬，发出很大的动静。

桑玉明一手掀窗，举过头顶，一手持刀。双眸向纪宏泽一

扫，低头看见了那张仰腿朝天的八仙桌，她点了点头，撇嘴一笑，说道："果不出我所料，你又在调猴！"立刻插刀支住窗格，腾出双手来，这手扶窗，那手向纪宏泽一招，道："喂，别发愣怔，快出来跟我走。"

纪宏泽不遑答话，向桑玉明一笑，他已看见飞来凤背后插着一把剑，正是自己之物，她没有失约，真要助己偕逃。纪宏泽向飞来凤比了比手，叫她让开窗口，他就一跨步，登上小凳，要往外面蹿。桑玉明阻窗挥手道："且慢！"指一指灯，指一指八仙桌，蛾眉一皱道："别慌！"

纪宏泽登时默喻，跳下小凳，把八仙桌重翻过来，往原处一放，桌上的陈设散丢在炕几上。他不管不顾，正要吹灯，前庭已然大乱，房上地上，乱喊着拿奸细，拿奸细。桑玉明也似骇异，很焦灼地往旁侧身催纪宏泽赶快收拾。忽然她哼了一声，扭头往身后一瞧。恍惚如有所睹，她失声道："等等出来！"只见她往下一溜，溜下窗台。啪嗒一声，从窗开处打进来一只暗器，钉在屋墙上。纪宏泽也不由得失惊，两手空空，无物防身，急忙一探手，取下这一只镖。又贴墙探手，把桑玉明支窗的那把刀取下来。可是刀已取下，窗扇呱达一声，立即合上，内外又隔绝了。听见桑玉明在外面娇叱一声："什么人？看箭！"好像私逃之计被人发觉，已然动上手。

纪宏泽惶惑已极，猜不透这镖是铁牛堡巡夜人打的，还是外来人打的。飞来凤叫他等等出来，已然得到一把刀，他已然不怕，他立刻对窗低喝："怎么样，我要蹿出去了。"

飞来凤桑玉明似正与人交斗，没有回答。纪宏泽心头一转，前庭后窗都有响动，后窗打进来一镖，前窗的动静较大，他也想避重就轻，却不知何处轻重。纪宏泽就跃上土炕，就窗孔窥望前边的情形。前庭像走马灯般，果有许多人乱窜乱打，房上地上尽是夜行人影，情形比后窗严重。庭中原有灯火多半已灭，影影绰绰望见对面东厢房的门扇也被踢破，堵门躺着两个死尸似的受伤乡丁。有几个戴面具的、穿青衫的人物，身手

矫健异常，正在挥刀夺路，堡中人正在喧呼抵挡，房上的人揭瓦往下打，纷纷扰扰，分不清谁是谁。却恍惚望见一人，像是他的七叔，这人也是细高挑，也是使宝剑，正和另一个背对背，扼门而斗。纪宏泽顿时忘了一切，大声叫了一声："七叔！"

这一声喊，喧斗中也有六七个人回头寻声，那个使剑的人独没有回顾。纪宏泽忍不住又叫了一声："是七叔么？我在这里呢。"用刀把窗扇一掀。

不想他这一叫，陡然喊来了一把飞蝗石子，从正房斜打过来，有两个石子险些打着他的脸。同时有人喊道："放箭，放箭！一个人也别放走了，你们快堵门，弓箭手来了！"

那夜行人物也似乎惧怕乱箭，应声打起呼哨，预备逃走。

纪宏泽此时恍然大悟，这前庭互斗的人，自然是姚山村前来偷营。既然不是七叔邀众前来寻找自己，我正该趁乱溜走，倒正是机会。

他忙跳到后窗前，小心提防着冷箭，慢慢重掀窗扇，慢慢侧身一窥，刀护面门，急急踊身一跳，跳出来了。脚踏实地，张目四望，瞎小心了一阵，这后窗的小夹道，半个人影也无，正不知何人打来那支镖。真是巧得很，好像故意把那戎装女子诱走，好容得自己趁空独逃。纪宏泽自以为老天保佑，忙抬头四面一看，一道长墙，窄窄夹道，自己怕跃不上去。更纵目看两头，黑乎乎也似无人。纪宏泽估量方向，蹑足往南飞跑下去。

纪宏泽慌慌张张直奔到南头，转了弯，又碰着了墙；倒有一道角门，早已堵塞了，还是出不去。忙又折回来，心想这夹道断不会没有出入口，一口气奔到北头。北头也照样，虽有角门，但墙很高，路太窄，欲要飞身上墙，又苦于跑不开，不能借力取势，仓促之间，试伏身往上硬拔，果然不济事，手一攀垣，上面竟荆棘刺手。纪宏泽大为惊讶，刚才那个戎装女子可怎么能够出入自如？显见人家的武功比我高强了，心中又惭

愧，又焦灼。

他重翻身往回寻路，心想：这可怎么好？不意他这回跑得稍慢，才发现后夹道这一排西厢房，有的有后窗，有的有后门，纪宏泽一直飞奔，竟没有理会。今既寻着，唯恐有人追他，他赶忙俯身贴门一窥，没等看清，这门吱的开了一道缝，竟没有锁，空有门闩，已然毁拆，是从里面用一把椅子顶着。

纪宏泽大喜过望，急急推椅子，蹑足钻进去，里面黑乎乎，靠左边透光明。他定睛一看，想不到自己逃出囚宾馆，又钻入人家卧房了。眼前这一亮，他方才看明，这是两暗一明的三间外院西厢房。当中开着后门，左右两个暗间，只靠左边的那个暗间点着灯光，仅隔着格扇门，故此透明。后门虚掩着，前门竟插着门闩，还加上大栓。防前不防后，纪宏泽自然觉得奇怪，他哪知道后柱乃是刚才砸落的，前栓却是手开的。

纪宏泽悄悄溜进来，悄悄摸索门闩。摸来摸去，已摸出大栓的枢纽所在。他正要拔下来，稍一疏失，竟碰出一点响声。在暗间登时听见一声微嗽。纪宏泽忙提刀过去，舔破格扇上糊的纸，刚刚侧一目要看内中虚实，不意屋中人已然端着灯出来了。

这端着灯、开格扇的人，竟是二十来岁的一个轻俏姑娘，姿容白皙，眉锁清愁，足蹑红绫，穿一身淡绿短衣肥管裤，鬓发不整，满脸透露愠色，纤细的手端着那只油灯，姗姗地走到格扇门前，要开又不敢开，终于拉开了。纪宏泽要躲还未来得及躲，两个人几乎碰上头。那女子猝出不意，失声一叫，手中灯几乎丢掉。只见她一退两退，退到桌旁，把灯放下了，这才喝道："怎么你又来了？"

听这口吻，似对付熟人。纪宏泽忙打量此女，果然眉目清扬，似曾相识，自己乍被诓进堡来，劈头遇见一群妇女，恍惚内中就有这一位。这女子大概起初把自己认为是堡中人了。为了自卫，纪宏泽把刀一亮，把手一指，低声威喝："噤声！你不许喊，你只一出声，我就剁死你！你只不出声，我决不杀

你。”又把刀一比，说道：“你给我开了门，我就饶了你。”

却是出人意料，这少年女子起初倒有点惊诧，此时看明来人是纪宏泽，她倒比较镇静起来。两眼凝视纪宏泽，上上下下打量，先看他手中的刀，又看他脸上神色。这女子双眉一蹙一蹙的，忽然若有所悟道：“哟，你是谁呀？你不就是今儿早晨个，叫他们掳进来的那个过路的客人么？你不是姓纪么？你怎么一个人跑到这儿来了？”

纪宏泽听这声口，又不似堡中居停，又像跟那戎装女子一样的了。但他已然遇见过飞来凤，今重遇此女，他似乎有了应付经验似的。立刻喝道：“把手抬起来，不许你动！……唔，你快给我开门，把我放走，我决不害你，我还要感激你。我跟你们铁牛堡无嫌无怨，彼此各不相扰，我不过是个过路客，我只想离开你们这里罢了。”

纪宏泽拿刀比划着发话，这个女子扎撒着手，身子往后倒退，似乎不很恐怖，乍着胆子，悄声说道：“你别来这个，我给你开门。”

纪宏泽道：“快点。”女子道：“你可别砍！”

纪宏泽道：“你不喊，我决不砍。快着！快着！”

女子眼盯住纪宏泽的手，说道：“您让开点，我好过去给您开门。您把您那刀放下，行不行？”

纪宏泽焦急道：“你别跟我耗，你敢成心捣鬼，我就不客气了！”

女子道：“我绝不敢！”溜溜失失地走过来，还是怕那把刀，侧着身子，轻轻说道：“我给您开门，您可别价临走的时候，砍我一下子呀！我瞧您一定是姚山村的人，刚才一阵大乱，准是救您的人来了。您怎么不逃走，反倒钻到这里来？这里是个死夹道啊。我可不是铁牛堡的人，你别毁我，我也别毁您。你要是砍我，我只一嚷，你也活不了，我也活不了。”

纪宏泽厉声催促道：“我只叫你开门，快着！”

女子道：“开门容易，哎哟，这前门不是锁了？刚才桑家

的三丫头追赶一个人，她也是打这里跑过去的。你要跑，走前门准叫他们堵上。您要明白，我跟您同样，我也是叫他们掳来的，我困在这儿快一年了。你自己个瞎闯，保管闯不开，他们处处下着卡子。你要肯救我，我情愿把你领出去。”

纪宏泽诧然道：“你说什么？”

女子道：“我说我也是难女，我愿意卖道把你引出堡外，你可得搭救我。你把我送出织女河码头，我就指给你一条明路，用不着动手，就可以穿地道一直走出铁牛堡西栅外。”

纪宏泽不肯相信，张眼打量此女，明眸皓齿，姿容俊俏，似乎很单弱，果不类农家女，却也不像良家子，他又惶惑了。

这女子也是心眼很多，不等问就解释道：“您若是不信，钥匙就在这儿呢，您叫我给您开门，我就给您开，不过是白费事，再叫他们捉住更坏。我在这里囚了一年，看见他们害人多了。您看这院子，就是他们拘人的地方。您瞧这后门，就是逃跑的人刚刚踹开的，是我刚拿椅子顶上，你就又跑来了。这前门也是我刚锁的，这不是钥匙？您自己可以开。”一伸手从梳妆台上拿起一串钥匙，要递给纪宏泽。

纪宏泽喝道：“你给我开。”

女子诺诺道：“我就给您开。不过您可以扒门缝往外瞧一瞧，那边墙头上有亮，那就是他们的岗。况且在您前脚刚逃出一个，他们前边一定有人拦，那桑家三丫头又在后头紧紧地追赶，您岂不是替人顶缸？您要是依着我的话，您瞧我这人可是骗人的不是？我这是求您捎带手把我救一把。您要是肯的话，这儿有秘密的地道，连刚才的那个桑家三丫头都不知道，堡中的人晓得的也不多。你我可以一同逃出去。出了堡围子，您回您的姚山村，我奔我的河南路。我只要你给我偷偷雇上一只船，我就可以逃回老家。我本是好人家的姑娘，叫他们姓鲍的万恶滔天的奴才拐骗了来，我就跳进火坑了。我久想逃走，无奈女子寸步难行，没有帮手，就只织女河，我也到达不了。我如今依然犯了嫌疑，刚才从我这里逃出去一个人，那个桑三丫

头就威吓我，我不跑不行了。我只要逃出虎口，我这一辈子也忘不了你的好处。”

女子低言悄语，邂逅求救，一见倾诚，眼睛瞟着纪宏泽，声音柔媚可怜。

纪宏泽又乱了阵仗，忙道：“你讲了半天，地道在哪里？快着点走，万一叫人遇上，岂不白费事？”女子满面堆欢道：“你答应我了，好极了，好极了，你跟我来。等一等，我要逃走，这里还得布置一下。”上眼下眼，把纪宏泽打量了一个够，又冲着窗户一看，侧耳一听，说道：“正是好机会，阿弥陀佛，我可遇着贵人了。他们外头打得正热闹，趁这工夫一溜，我算脱出火坑了。可有一样，你别在半路上丢下我一跑，那一来，可就把我一条小命饶在里头了。我指给你活路，你倘或跑回姚山村，把我甩在脑后，他们捉弄我，我非死不可呀！”

纪宏泽道：“你只告诉我地道在哪里，我只要出得去，我一定把你送上船。”

女子道：“咱们一言为定，皇天在上，谁也不许骗谁，咱们都得起个誓，明明心，可是的，您贵姓？您是姓纪么？”

纪宏泽道：“不错，您怎么知道？”

女子道：“我是堡中人，自然知道，你怎么叫周德茂诓来的，怎么叫飞来凤捉住的，我全听他们说过，你不是叫纪什么泽么？你是从姚山村出来的，对不对？”

女子求纪宏泽设誓，满脸露出求允之情。纪宏泽说道：“你只管放心，你救我，我决定救你。”

女子道：“就是这样，你给我瞭着点，我把我的私房拿出来，咱们好一同逃走。”遂请纪宏泽持刀把门，她挑帘入内，往床上被底捞了一把。纪宏泽定睛看住女子，女子忽然一惊道：“你听听后院又有动静，你快拿椅子把门顶上点。”

纪宏泽慌忙过去，只这一到外屋的工夫，女子突然一探身，从床底掏出一把刀和一个皮囊，另外一只小包，这女子似早有逃走之心，但是她把刀取到手中，立刻诡谲一笑，态度不

再那样恐惧，另换了一个样子，匆遽地佩上皮囊，囊中当然是暗器。她立刻从皮囊中掣出一件暗器，扣在掌心，又背上小包，然后面色一松，露出有恃无恐的神情，说道："喂，不用把门了，你跟我来!"

纪宏泽回头一看，顿觉失策，这女子不是刚才说的那样可怜，她手底下原来也有活。女子用刀尖指着纪宏泽道："你往这边来，你在头里走。"

纪宏泽颜色一变，举起刀来。女子忙掩嘴唇道："你别多心，快着来呀，你可别动粗的，你要想砍我，我可就嚷了。告诉你，我还是真想逃走，你不要见刀就多疑。"向纪宏泽点手，急引纪宏泽，扑奔对面暗间。

暗间漆黑，女子叫纪宏泽端进灯来，纪宏泽不肯。女子咳了一声，笑道："你是犯疑心了，我没有冤你，我来端灯，没有亮怎样开地道门啊?"

女子立刻拿了那串钥匙，叮咛纪宏泽："我占着手，你可不要毁我，毁我就是毁你自己。"然后端了灯。

灯先到了暗间，铺陈一如闺房，墙隅有一个立柜。女子凑过去，随手把灯递给纪宏泽，她自己轻轻开锁，把柜门一推，果然是一道暗门。女子叫纪宏泽先进去，纪宏泽迟疑不前。女子咳道："你这么不放心，准是为了我这把刀。我也懂点武功，要不然，我怎敢跟您一个生人一块逃跑呀？我的心掏不出来，你可仔仔细细瞧瞧我的脸，你瞧我像个害人精不像?"把俏面摆在灯光前，眸子凝看纪宏泽。女子的眼光竟有一种吸人的魔力，令人一望，觉得轻盈可亲，比起飞来凤来，更有着柔态，她的眉心也另有一种疏淡气相，但是她另有一种风格，在疏眉朗目的底里，觉得神秘难以捉摸。纪宏泽哪里知道，人固不可貌相，美貌的女人更容易使人发生错觉。

女子故意地叫纪宏泽端详她，纪宏泽就灯影下果然再看她一眼，点了点头道："你是好人。"这是半截子话，他的意思是说，这女子与飞来凤桑玉明截然不同。

女子笑了笑，把柜门大敞开，往里探了探头，回身退步，先插上暗间的屋门，这才和纪宏泽钻入立柜。立柜很矮，俩人全弯着腰，仍命纪宏泽把油灯带入柜门，然后从柜内倒加上锁。女子接过灯来往下照着，这立柜实是一道暗门，历阶而下，便进入地室，地室有交叉的隧道，也很矮，不过一丈来高，里面霉湿气很浓，柜门口一开，霉气便往外扑出来。

纪宏泽和女子并肩而立，柜门一扣，乍入漆黑，一灯如豆，发出黄昏的光，外面动静听不见了。只是这地室不知是从哪里吹来的风，灯苗闪闪欲灭，必得用手遮着。女子才一举步，一个趔趄，几乎扔了灯，纪宏泽连忙搀扶。女子咳了一声道："我脚底下不行，我说你替我端着灯吧。"

纪宏泽道："还是你引路吧，我道路不熟。"

女子道："咳，你这人还是不放心我？倘我把灯弄灭了，更不容易走了。"纪宏泽道："难道没有灯笼？"

女子矍然道："有是有，又得上去。"女子到底把灯给了纪宏泽。纪宏泽一手持刀，一手掌灯。女子一手空着，一手提刀。空着的手不知不觉抓住了纪宏泽的一只胳臂，悄悄说："我说，你扶着我点，我怎么迈不开步呢？"

两人历阶而下，从假柜到达地室。两人走得很慢，稍一加快，手中的油灯便恍恍地要灭。又加上道路不熟，湿气逼人，两人全想快走，就是快不了。纪宏泽道："你不是认识地道么？"

女子道："你这人料事糊涂，你瞧这地道不是个秘密走路么？寻常人谁肯在这里通行？"女子的话很对，她纵然知道有地隧，却没有身临过。但这隧道虽不高，却多歧路，由此证明，鲍家四虎果非良民，无故地虚设隧道，好人家谁肯这样做？

女子与纪宏泽并肩而行，曲折走出一条路，拐了几个弯。地室阴森怖人，外面响声一点不闻。脚下踏着积尘，软软的好像没有墁砖，积尘成了湿泥。两人心中惴惴不安，端灯又走了

一段路，忽然一绊，女子几乎跌倒，她不由得一拖纪宏泽。纪宏泽也是一绊，忙扭身拿桩，要用那提刀的手来扶女子。女子没有栽倒，纪宏泽这手的灯随身势一荡，灯碗中的灯草立刻沉下去了，火灭光熄，登时满眼漆黑。女子失声叫了一声："哎哟！"竟很惊慌，将纪宏泽一把抱住，口中说："怎么你把灯弄灭了？"

但是纪宏泽身失重心，黑影中油灯又一歪，索性把半灯油全倒在自己身上，衣襟上滴滴答答流油，女子整个身子贴近纪宏泽，手抓着不放。女子的鼻息微喘有声，脂粉气袭人，两人几乎碰了头。纪宏泽心中扑登扑登地跳，隐隐听见女子也正心跳不休。灯光既灭，两人都几乎迈不开步。两人都沉默在漆黑的狭窄隧道中。

过了一会儿，纪宏泽方才神定，低声说："姑娘，你身上有火种没有了"

女子道："这个，我没有，你也没有么？"答道："我身上带的东西都被他们洗去了。"女子道："这可怎么好？"

纪宏泽道："我们只可摸黑走。"

女子道："只可摸黑。"半晌不言语，也没有动，紧立在纪宏泽身边，手还抓着纪宏泽的手臂，似乎忘其所以。纪宏泽也没有动，睁大眼发呆，眼前任什么也看不见。

女子忽然悄声说："你今年多大岁数了？"纪宏泽道："我十八岁了。"女子道："你才十八岁，我比你大一岁，我十九了。"

也是十九，也大一岁，纪宏泽必不由得又跳起来。两个人全不言语，霎时间竟忘了身处何地。纪宏泽微呼一声，女子的手还在抚着纪宏泽持刀的手臂。纪宏泽把油灯丢下，轻轻摘开女子的手，低声说道："我们快走吧。这么黑，你能认得道么？"

女子道："摸着试吧，我情实是只知道有地道，没有走过。"两人振作精神，重往前寻路。这比刚才更加困难，磕磕

绊绊，女子几乎一步也走不上来。发狠道："我脚下太没根，你别不管我，你得扶着我点。"竟将胳臂穿着纪宏泽的胳臂，身子越发贴近。纪宏泽两耳烘烘地冒火，想这女子也必和自己一样，两个人心上大概都乱乱的，深一脚，浅一脚，摸着墙，往前继续蹚，反而较前更慢了。

又转了几个圈，纪宏泽不知东西南北了，同时女子也觉得转了方向，这边一钻那边一钻，接连碰壁。女子啧啧地着急，纪宏泽更是心慌，对女子说："我们出不去了吧?"

女子忙安慰道："你放心，决不会憋死在这里。"

两人如瞎蒙一般，乱扑乱撞，所幸失亮已久，渐渐恢复视力，虽不能暗中辨物，还能寻壁探路。两人此时猜忌全消，借这一场黑，揭开表面，心心相合。渐渐地两人摸到一处台阶，似从底平处，往地面上爬。女子道："对了，这里准是出口。"却是摸着瞎，费了很大事，摸了半晌，有台阶没有门户。两人失望，女子似乎酥了一样，站不住要坐下，被纪宏泽提腕拉住。

女子略歇一歇，手拉手循墙再往别处撞，又绊了一下，又遇上高台，两个人又拿这高台作为据点，往四面摸索良久，女子又停足听了听，想了想道："好了，这里真是门，一定是出路。"

两人一步一试，走上台阶，摸索着门，又摸索着门扇。女子对纪宏泽说："你来摸摸，你把这门撬开。"说着，伸出十指纤纤的手来，找着纪宏泽的手，就叫纪宏泽的手来摸。

纪宏泽渐渐地平掌细摸，果有门缝，门开两扇，高仅八九尺。纪宏泽道："不错，像是出口的门。"忙请女子闪开，他立即持刀插入门缝，上下一划，被东西搁住，也许是插管，也许是锁头，用力划了一阵，仍不能开。

女子屏息旁站，听出动静来，伸手一拍，拍着纪宏泽的后背，低笑着说："这样鼓捣不行，这扇门应该端下它来。"

纪宏泽道："哦，你说得对!"蹲下来寻着门槛，摸着门扇

的榫轴，放下手中刀，两手从门槛下扣进去，用力一端，居然端下来，没有一点声音，又轻轻一推，推开尺许的缝子。

女子笑了一声道："你是个好人，你原来不会夜行术。"纪宏泽还口道："我看你很文弱，倒很懂局。"女子笑了。

纪宏泽站起来，那卸下的左扇门，还被插管闩着，和右扇相连。女子道："可以过得去，不必再卸了。"

两人侧身钻了过去，仍把门扇轻轻带好，门扇这边仍是斗大的小屋，对面仍有短阶小门，与入口相似。女子命纪宏泽照前拨开门，自己退下来持刀保护着他，她提刀先上。

小门果然是出口，门扇有一小孔，暗中透出微明，女子倚门缝探头往外一看，忙又缩回。纪宏泽也探头往外一看，对面照旧昏暗，看不出所以然来，但从小孔已吹进凉风，同时听见远处犬吠人呼。女子道："谢天谢地，我们果真钻出来了。"

两人悄悄倚门避了一会儿，听了听外面的动静。女子道："我们该快跑了，出了这里，就是露天地，我们可不能再像刚才那样踱着走了。你得打起精神，你还得保护着我，我再叮问你一句，你可得照约行事，不能甩了我。"

女子很细心。纪宏泽诺诺应允："我决不能变心，我一定对得起你。"

"不变心"三个字，女子听了很喜，却又很担心地说："闯吧！"各把兵刃准备好了，抖擞精神，要错着肩一同往出口外面钻。

这出口和入口截然不同，入口不止一处，他们逃出来的地方，是在鲍家大宅厢房，有一个立柜是地道的暗户。出口也不止一处，这里的出口却是一座小庙，庙殿神座下，在供桌之前，设着秘密机关。神座的台基，并非土石所砌，乃是木座，这便是隧道的暗门。内外全有机关枢纽，用手轻轻一按，供桌立即移开，神座正面的木板往下一落，登时亮出门来。机关的构造，并不太难，也不甚巧，女子却并不晓得，照样叫纪宏泽使笨法子卸门。无奈上下摸了一遍，这门扇的榫轴与前不同，

门也很矮。纪宏泽和女子一同用力，可惜没有用力的地方。女子着急道："没有法子，没有动静是不行的了，你就硬拆吧。"

两人就从小孔下刀，把暗门劈开一道缝。纪宏泽奋力一蹴，把门板踢裂，发出大响来。女子倒吸一口凉气，道："轻着点，轻着点!"

轻着点竟一毫也开不了。纪宏泽急得大张二目道："顾不得了，吃快吧!"切磕喀嚓，拆碎门板。两个人弯着腰跳出来，立在神座之前。

纪宏泽眼前一亮，庙内昏黑，庙门紧闭，庙窗破漏，庙外的星月之光已然照进来。还好，四面悄然无人。女子却很惊慌，很诧异，四面看看，从破纸窗隙看到外面，口中说："这是哪里呀?哎哟，这是哪里呀?"

女子自言自语，虽不见面容，但听声口，似非常扰动。纪宏泽越发惶惑，忙问道："到底这是哪里?出了堡没有?"

女子口带哭声道："没有没有呢!"纪宏泽道："哎呀!"费了偌大的牛劲，还是没有逃出堡，纪宏泽和这不知名的女子面面相觑，黑影中只看见对方的头打晃。纪宏泽一咬牙道："闯!不会打出去么?你告诉我，这地方是在堡内的哪一个方向?"

女子道："这好像是……"她实在看不出来了，她心中内怯，说不出来。纪宏泽奋身过来要开庙门。女子道："你，你，你等等!"

女子窥窗外望。看罢前窗，又旋身跑回来，查看后窗。前窗外面黑乎乎，是一片房舍，后窗外有空场展开。女子到纪宏泽身边，悄声说道："这里离堡围墙，最近还有一箭之地，你快跟我来。我倒有另一个藏身的地方。现在天色已晚，不等跑到织女河，天就要大亮。你跟我先找个地方藏起来，赶明天，耗到天黑，再一同逃走不迟。"

纪宏泽不肯，说道："无论如何，我们也得先逃出土堡。怎么着，你走不动么?"

女子道："也罢，我豁出这条性命去了。你可要明白，捉

回你去，你还是一个俘虏；捉回我去，我就成了叛徒了，他们一定要把我活埋。我的苦处你要明白，现在我们搭上伴了，我破出死，一定跟你一同逃。您现在要出堡，也好！来吧！你不认得路，你跟着我走！”

女子竟和纪宏泽，悄开庙门，不敢走空场，恐怕被人望见，两人反倒扑奔了庙前。

此时星月光微，铁牛堡这边那边不时传过来奔驶哗逐的声音。女子引领纪宏泽，奔到有房舍处，循墙贴壁，藏在黑影里，曲折闪躲，投向壁墙。

刚刚走出不远，突见前面透露火光，女子道：“不好，前头有卡子！”女子一拉纪宏泽，倒步退回来。忽闻背后有人吆喝了一声，两人登时忘其所以，拔腿狂奔起来；更不惶择途，往斜刺里黑影中如飞狂窜。女子表面像很文弱，跑起来并不慢。侧面高处忽然照来孔明灯，两人抬头瞥了一眼，越发地脚步加快。女子的道路比纪宏泽熟，纪宏泽要躲灯光，横奔小巷，被女子拦住。那庙后空场，本不便通过，女子向纪宏泽说：“快奔这道吧！”纪宏泽依言，径奔空场。

两人一前一后，微错着肩，刚刚往空场这边跑，从空场迎面也打出几个石子，跟着由暗隅里跳出五六个人，一迭声喊拿奸细，抢先一步，迎头来堵截。女子忙将头巾往脸上一蒙，叫纪宏泽也高举着刀，喊拿奸细。女子也跟着吆喝，却低告纪宏泽，躲着那几个人，快往旁边绕。

二人跑得太忙，那几个人登时动疑，放出三个人，追了下来。纪宏泽依然随着女子，没入黑影，三拐两绕，眨眼间望见堡围子的土墙头。堡墙本不很高，堡外掘着护墙壕沟。由外面越墙入内，高达两丈以上，由内往外跳，便矮得多。两人驶近堡墙，纪宏泽知道此女子不是泛常女流，且跑且问她：“上得去不？”

女子且跑且答道：“你不用问，反正得跳出去。”但这土堡内部就矮，也有一丈三四，女子实在蹿不上去。后面追逐的人

已被甩下，可是追兵必要追来。纪宏泽很着急，女子引着纪宏泽一味乱跑，似欲寻找堡墙上下道，打算爬上去。

无奈堡上设着岗，此时闻警，分别扼住四门四隅，随时瞭望，沿土墙每隔五六丈，更有一两人藏垛口后巡风。女子竟和纪宏泽奔向墙根，相隔数丈，巡风人立即探头，往地下投下一块石子，同时喊拿奸细，喝问口号。女子忙应了一声，是一个“红”字。巡风人又问了一个字，女子忙又回答一个字，石块不再投过来。

巡风人已然听出是自己人，只不知道是谁，忙又问：“你是哪位？”

女子仓促说道：“我姓金。”巡风人说道：“唔，你是金三元么？”

女子道：“啊，是的，……我不是他，我是桑三爷手下的。”

巡风人疑疑思思地问道：“你是桑三爷那道的，怎么我听不出来呀？你到底贵姓？”

女子道：“得了吧，葛老大，你不认得我，我可认得你。你不是葛洪祥么？”

巡风人果然是葛洪祥，听见来人叫他的名字，不由得猜虑尽释，遂道：“我的耳朵拙，眼睛也拙。怎么样，金爷，捉着奸细没有？”眼望下方，端详纪宏泽和女子，心中还在纳闷：这姓金的可是桑家哪一位呢？

女子早已打定主意，粗着喉咙，对巡风人假传命令道：“你们上道究竟几位？我们头跟你们头叫我俩告诉你们，小心把守住了，堡里可是有奸细了，留神他们里应外合。”

巡风人葛洪祥道：“我知道，到底他们姚山村偷进来多少人？从哪边跳进来的？我们这边可是滴水不漏。”

女子做出匆遽的样子，且喘且说：“他们来得人很不少，顶数西北角吃紧，你们这边怎么样？堡外头一点动静都没有么？”

这时临近另一垛口后，又有一个人头晃过来，问道：“葛

老大，你同谁说话?”女子抢口答道：“是我，你不是刘头么?”刘头道：“不错呀，你是哪位?”

女子道：“你连我也不认识了，我叫金玉良，是桑爷那边的。”刘头道：“哦，你是贵客。那位呢?”

女子道：“是我们伙伴。我说二位多费心，你往堡外头瞭瞭，外头准有埋伏。”

葛洪祥离开垛口，扭头往堡外看，堡里堡外漆黑，任什么也看不出来，忙过来低头对女子说：“外头一点动静都没有，我们盯得很严。怎么着，西北角混进人来了么?”

女子道：“谁说不是。”又说道：“你们这边一定也有，他们这是声东击西，堡里闹得很凶，外面怎会没有接应?”大声向纪宏泽说：“我说你快上去看看吧，你是夜猫子眼。”纪宏泽应了一声，立刻往上凑。

在巡风人葛洪祥立身的旁边，相隔三五丈，虽然不是堡墙的上下走道，却有一段稍为倾圮的砖墙，容易垫脚往上蹿。纪宏泽倒提着刀，抢奔这堡墙破口，女子跟随在后。巡风人刘头、葛头登时动疑，大声拦阻道：“朋友，你们二位是桑爷手下的客，你们难道不晓得这儿的规矩么?”原来堡里规定，边围子墙，不是值岗的，就在白天，也不许登上。

巡风人刚说不许，女子锐叫了一句：“快快，上!”纪宏泽摆刀一跃，借力垫脚，跃上围子破墙口，女子也跟踪跃上。

第二十二章 鲍三诛奸扶艳孀

巡风人大喊了一声："你们给我下去！喂，伙计，不好，有人夺墙，有奸细！"

墙头走道上，垛口后，蓦然涌现出六七个人，同时有人吹起呼哨。葛洪祥怪吼一声，心知上当，猛打出一暗器，跟着横身挺刀来遮。那刘头也挥花枪，来抡打纪宏泽；纪宏泽闪开暗器，用浑身之力，夜战八方，挥刀一扫。又进一步，刀尖一扎，刘头咕登栽倒。女子也摆刀把葛洪祥一挡，伏腰冲上去。奔到堡墙边，先往外一望，向纪宏泽喝道："快下，快下！"她竟一伏身，往堡外黑漆的下面滚窜下去。

纪宏泽提神夺路，隐闻女子坠落到堡外，哎哟了一声。他不由稍一分神，葛洪祥的刀已劈到，纪宏泽奋身一闪。这时候这面堡墙上巡风的人都已闻警，奔向这边来。两杆花枪先一步扎到，两三条木棒也抡圆打到。纪宏泽忙又摆刀一扫，一冲，顺手放倒一人，趁黑影抽身，急往堡外墙壕这边奔去。堡墙上哗成一片，警笛乱吹，纪宏泽大吼一声，摆钢刀横挥斜扫，抓住一个空，竟也踊身一跳。葛洪祥一刀劈下，纪宏泽已然直落

下去。

纪宏泽到底和那女子诈出堡墙，跳到堡外。

这自称姓金的女子摸着黑，跳得太急，由两丈多高的土围往下窜，落脚处恰当坑边，跌得不算很重。只是女子的武功比飞来凤不如，一番挣扎，气力似尽。纪宏泽窜下来，也摔了一下，忙跳起来，寻找女子。堡墙上追着两个人的后影，往下乱投石块。那女子从黑影处又叫了一声，纪宏泽寻声张目，女子半跪在壕沟边，纪宏泽奔寻过去，忙伸臂搀扶女子。女子涩声说：“你得救我，你可别甩了我！”

纪宏泽道：“你放心！”把女子半架半拖，走向壕沟。壕沟竟有半塘水，纪宏泽踩了一脚退回来，急问女子：“水深不深？”

女子道：“不深，这得趟过去，你、你、你得背过我去。”纪宏泽忙背起女子，走到壕沟里，水仅一二尺，却有很深的淤泥，直没过脚胫。

纪宏泽渡过泥沟，把女子放下来，两人相搀着，一口气跑出一段路，方才止步。回头仰望，堡墙上已然发现火亮，似有几盏孔明灯直往墙外照，竟没有人跟踪追出。纪宏泽道：“万幸，万幸，他们不追，我们挣扎出来了，我谢谢你！”

女子道：“谢个什么劲，你只不丢下我，我还得感念你哩。我们此刻仍没有逃出虎口，你要明白，他们现在正忙着对付姚山村，咱们就缓了一步。他们在前边还有卡子，稍待片刻，他们一定还要开堡门追出来。”

纪宏泽道：“既然如此，我们快跑。”女子似哭似笑地说：“你还行，只是我实在支持不住了，刚才把脚蹲了一下，如今一步也走不动了，我们实在该找个地方藏一藏，缓一口气再说。”

纪宏泽忙往四面巡看，遥指左侧对女子说：“那边黑乎乎的，一定是树林。”

女子道：“你说那边么？那可去不得，我倒有个藏身地方，

快跟我来。”

纪宏泽无计可施，只得依着女子。这女子仍命纪宏泽搀扶着，潜行荒郊林丛中，躲避着卡子，终将纪宏泽引到一个极隐僻的地方，过了一夜。女子又要求纪宏泽把她送往河南。纪宏泽还想寻找他的七叔，女子竟用柔情蜜意，把纪宏泽这个十八九岁的少年紧紧缚住。

纪宏泽沉溺于爱网情罗，摆布不开。这么一来，鲍家围骤失“艳孀”——即那姓金女子，又失俘虏——即纪宏泽，里外闹翻了天。飞来凤桑玉明骤失有约在先的意中人，也在鲍家围闹翻了天。纪蔚叔受着托孤之重责，才一出门，便与孤侄半途相失，他那里也是闹翻了天。他们三方面再想不到纪宏泽已被这自称名叫金玉良、行藏浑如卓文君的女子，架弄到秘密窟穴，当作禁脔。

这女子倒也姓金，却不叫金玉良，她在鲍家围的名字，是叫金慧容。她是鲍六房的弟媳，鲍六房的七弟在外乡做事，不知用什么方法，骗娶来金慧容这个貌美多智的女子。初娶时，说是嫡室原配，过门之后，才发现鲍老七原有大婆。这大婆沿着晋陕故俗，好娶长媳的劣习，实比鲍七大着五六岁，人已老丑，可是泼悍已极，金慧容和鲍七嫂打过多少次交手仗。这女子表面文弱，鲍七嫂撒泼打滚，总是吃亏的时候多。金慧容曾向鲍老七闹过多次，但生米做成熟饭，鲍老七又低声下气地哄慰，并且下过跪，她也无可奈何，似乎甘心认命了。

偏偏那大婆也很泼悍，既恼恨丈夫忘旧纳宠，又欺新人娇柔，起初言语勃谿，渐渐动起手来。这鲍老七不敢做左右袒，眼看着新人旧人冲突，他躲在一旁不敢出气。金慧容一开始上哄公婆，外哄大伯子大嫂子，内慰原配正室，处处都还容让着大婆。后见大婆咄咄逼人，愈逼愈紧，她也就当场不让故，举手不留情，两人由对骂，慢慢地对打起来。

金慧容刚进鲍家的时候，还不到二十岁，大婆想打她一个下马威。不料金慧容手底下很有两下，两位女将一动手，大婆

竟吃了亏。大婆是有名的泼妇，无端败在“小东西”手下，当然不甘休，这一来，再接再厉，竟打了六天六夜，连公公、婆婆、大伯子、大嫂子全搅在里面，到头也没有解决。大婆恨气不出，给娘家送信，外舅登门问罪，拿出宠妾灭嫡的条款来。事情闹大，鲍家围子的庄主鲍四虎也晓得了，鲍大爷鲍麟生夫妻亲来排解，那大婆娘家惹不起鲍家四虎的势力，找了一个台阶，模模糊糊地把事情化解过去，两姓姻亲幸未决裂。可是大婆、小婆之争依然时息时起，鲍老七的原配太太还是撒泼打滚，寻死上吊，和新人吵完，再和丈夫吵。如此整乱了一年多，鲍老七忽然暴疾而死，两个女子都守了寡，没得可争了，却照旧勃谿。

金慧容嫁到鲍家，不过两年，没有生下一男半女。她在鲍家六房家庭中，非李非桃，守节投有儿子，改嫁又不容她走。在夫死数月后，经她一番抗争，大伯子为了息事宁人，便把她安排在另一个小跨院，和大婆隔离开，按月由大伯子供柴供米，由她自己做点外活，可以供给自己零用，如此暂得相安，过了半年。

这金慧容生得很美貌，年纪又轻，自从打败大婆，鲍家围子的人诧为奇谈，都说鲍老七的媳妇有名泼悍，居然被年轻美貌的小婆打得鼻破血流，不晓得这小婆是怎样的人物。有几个好奇的亲戚近邻，借端串门子，找金慧容来闲谈。自然来的是妇女，却也有几个沾亲带故的男子，借端偶来串门。不是拿着一双袜子，就是拿着一件汗衫，表面上称呼她为二嫂子：“烦二嫂子给裁缝衣裳。”骨子里是向她没话找话，甚至于向她挑逗。

这样又过了些日子，有的人就劝她的大伯子：“何不把这位小婶送回娘家？像这样叫她一个年轻寡妇自食其力，不是咱们这等人家应该有的。”

大伯子听了这话，无端地脸皮一红，半晌才说：“我们鲍家从来没有改嫁之女，再醮之妇。况且我们老弟坟土没干，就

把他的侧室遣回娘家，面子上也太不好看。”劝话的人说：“既然这么说，你何妨多给她一点零钱，何必叫她揽外活呢？”

大伯子道：“我这里由上月起，按月给她送四串钱去，本来用不着她做零活。她大概是闷得慌，愿意揽点缝活解闷。你想，一个年轻轻的媳妇，刚刚二十岁，就守了寡，她怎能不愁闷？”

劝话的人笑了笑道：“这话很对，你何不劝大嫂子接长补短，没事的时候，常去看望看望她，也好给他解闷呀。”说得这大伯子不言语了。

原来这大伯子也常借事到小婶院里走走，问柴问米，问短什么使的用的没有，好像外面也有一种不雅的流言。有的人还说，这金慧容不像良家女；若不然，二十来岁的人，小脚小鞋的，如花似玉的人，怎么能打败大婆那只雌老虎？人们的嘴是无德的居多，甚至有的人讲得有眉有眼，说她恐怕和北院的三爷不大很好。但人们尽管胡说乱道，你只见了她的面，便立刻觉出她艳如桃李，冷若冰雪，好像她不吝颦笑，却又凛然不可轻犯。她有点像大观园的尤三姐，外貌可亲，骨子里不大好沾惹。据说某某人被她打过一个耳光。又有人议论她和北院三爷却平起平坐，有说有笑，她还请教过北院三爷，她要学打弹弓。总而言之，自从她搬入独院，分居另度之后，跟手便散布出一些风言风语。她一个人占住一个小跨院，她居然很胆大，并不害怕，并且她这个人到底为贞为淫，颇难观测。也有人背地里讲究她，唯有像她这样的女子，才是家庭的祸水，男子的魔星呢！若真个是水性杨花的女子，不过秽声四播罢了；像她这样，才算得起倾国倾城为蛇为虺的蜇妇。“你看她多么漂亮，多么和气，又多么正派，你可知道她心上是什么劲头？”

外面人言啧啧，不为无因。其实金慧容自从夫殁，确存去志，只是一时不得其便。北院三爷不时借端找她来做活，她也晓得北院三爷居心不可问。但是北院三爷就是鲍家四虎的第三虎鲍熊飞，乃是鲍家围子的三堡主。她从嫁过来以后，已然知

道鲍家一门武断乡曲，都不好斗；她自料自己究竟是个女子，为了保护自己，对待鲍三爷不能不设法敷衍。鲍三爷是武林中的人物，她已从话风中听出鲍三爷识透自己的行藏。她略通武功，别人不晓得她的底细，鲍老三却曾彻底盘问过自己，他是把她看成避祸出嫁、甘心做妾的女江湖了。若不然，凭她这样年貌，这份武功，断不会无缘无故屈节嫁给六房二少这样一个花花公子。而且六房二少是怎样娶的她，她娘家的情形如何，金慧容不曾说过，六房二少也不曾说过，就当妻妾争打时，也只听见大婆骂金慧容是狐媚子，是臭婆娘，什么丑话都骂出来，独独骂不到金慧容的娘家。由此可见金慧容和六房二少都是讳莫如深的了，这更成了疑窦。

鲍熊飞对这远房本家的遗妾，有种种猜测。其实堡主鲍麟生夫妻也觉得金慧容这个人来头太古怪。鲍家四虎也曾为这女人，有过一次家族秘议。按理说，女子的出身既属可疑，六房二少一死，立即将她送走，岂不甚好？何苦定要叫她守三年孝？难道真个等着六房二少坟土吹干不成？金慧容自己也要住一趟娘家，便愿自己一个人走，不要婆家人送。六房大爷仍不肯放，就是鲍四虎，也好像被金慧容的漂亮的谈吐，秀美的仪容给吸住了。结果，一任她年轻轻居孀的小婶寄居独院，不来干涉。岂特不来干涉，鲍熊飞还不断地来串门子，帮助她零花，表面上是接济寡居守节的族弟妇。

但过了不久，就生出枝节。一天夜间，姚山村和铁牛堡的械斗已起，全堡戒严已有多日，鲍熊飞值班查夜，巡回到东巷小街后，忽听见扑登一声，似有人自高下坠。鲍熊飞会打弹弓，忙摘弓扣弹，轻轻寻过去。瞥见一条人影，正在贴墙根，闪闪躲躲，溜奔隔巷。隔巷就是鲍六房的跨院。鲍熊飞当下大诧，初疑是姚山村派来的奸细，定是来窥测虚实的；忙跃上墙，往四面寻看，只有一条人影，并没有巡风瞭望的下手。鲍熊飞觉得不对劲，暂不下手，欲观究竟。哪知此人攀高走低，跳墙入院，正是趋奔金慧容守孀独居之院，那个小跨院。

鲍熊飞大怒：想不到二海家的明面上端上一个严，暗地里背着我做这勾当？想到此，心头火直冒到耳根，忙把弹丸扣上。两眼一瞪如灯。究其实！“背着我”三个字，说出来太没边，其词若有憾，其意与狗咬尿泡何异？然而鲍熊飞正在气头上，他也有正当的理：是的，家门不幸，出了丑事，奸夫淫妇人人得而诛之，何况这原是我们鲍家的事？

鲍熊飞恐怕弹弓打不到，忙往前凑上数步，瞄准人影的头，开弦待发。可是那个人影已然往下一溜，从墙上落下院中了，再往前走，便可达到那个长夹道。鲍熊飞心头又一转，自己对自己说：“且慢，我这样打倒这个人，还不知道这人是谁。……并且捉奸要双，我也堵不住金慧容的嘴。咳，索性看明他和她搭了话，我再当场一抓。”又自己暗揣：这人影是常来幽会，还是头一趟呢？我倒要弄明白了。

想罢，他也踊身跳下墙，蹑足跟过去；果然不出所料，人影是趋奔长甬道，从长夹道这边摸到那边。鲍熊飞忙再上房，越在屋脊后，盯住人影的动作。那人影在长夹道摸了一会儿，忽又跃上墙，似乎要走。鲍熊飞暗道：“怪呀！”鲍熊飞忙缩头隐住身形，再盯那人，那人竟改奔前院。

那人绕到前边，竟不弹窗，悄悄从身上取出一物，便来拨门。鲍熊飞切齿道：“好，我明白了，我们鲍家竟出了妖孽！”立即打定主意，替寡妇捉奸。只不曾看清这人是谁，托定暗器，打算吆喝一下，诱得那人一回头，认清面貌，再下辣手。但转念一想，这恐怕不是外人，还是把他堵在屋里，看个水落石出，我再看事做事。鲍熊飞有了转轴主意，未免还有点想入非非。那人居然拨开屋门，进入屋内；立刻听见屋中隐隐轻咳了一声，跟着灯光突然大明。

鲍熊飞在房上望见纸窗透明，断定十九有奸：“金慧容那么刁钻俏丽，果然心上不老实了。这一下子，落在我手里，哼，往后看吧。”于是鲍熊飞贴房檐溜下平地，也轻轻地掩到前窗，略略驻足，偷听屋中人语。屋中似有动静，竟听不出所

以然来，仅只看见灯影打晃。鲍熊飞把刀一顺，索性跟踪从拨开的门缝，潜挤入堂屋，为的是堵住门口，不叫奸夫逃走。然后挨到隔扇旁，要侧目往里看。就在这时，屋中已然有了人声。

先是女子惊诧，跟着叫道：“好哇，我猜着就是你，你倒好大的胆子，你来干什么？”那人不直接答话，夹着笑声道：“二嫂子，你还没睡，你等着谁呢？”

女子轻斥了几句话，那人笑道：“我么，我这是查夜来的。”

女子道：“你查夜怎么查到我屋里来？”

那人道：“您看，我眼见一个人往二嫂这里来了，我想非偷即盗。我正值着班，我焉能不管？我是怕进来好好歹歹的人，吓着二嫂子。二嫂子年轻轻的一个人，又是孀居，支应门户实在不易，咱们又算亲戚，又算近邻，我怎能不管？”

金慧容似乎要叫那人出去，那人笑着说：“真格的，二嫂子还不叫我歇歇么？二嫂子，你瞧我手里拿的什么？”

金慧容道：“那不是一把刀么？”

那人道：“对了，你可知道我用这刀，把姚山村的人劈了三四个么？我只一瞪眼，人人都怕，可是我跟二嫂子不能，我不能吓唬妇道人家。我说二嫂子……”语声低下去了，声音颤颤地颇有狎亵的意味。

金慧容咯咯地笑起来，忽然大声说：“我这门拴得好好的，是谁拨开的？你用心不善哪！可有一节，我说你歇够了，可以走了吧？你晓得寡妇门前是非多，黑更半夜里的……我先谢谢你，往后你多照应我。今天对不住，天快亮了，我还得歇歇，你请吧。”

那男子不肯走，似乎愈逼愈紧。

鲍熊飞和里面的人，只隔一层纸扇门，竟已听出男女心跳的声音似的。他已经恍然，这是初次，并非前有成约。金慧容用好言慰哄，似乎怕着男子，却不像情愿。鲍熊飞暗暗点头，忙撕破纸隔扇，要看男子的神情。却是一看，恰与金慧容对

面。金慧容衣襟半掩，妙目惺忪，另有一种仪态，面上微露惶扰，带出巧笑，叫人猜不透。两只眼游游离离的还像是害怕的意思多。那男子背对门扇，面对女子，鲍熊飞只看见那人的背影，那人的面目仍不得见，仍不知是谁，听语气口音知是堡中人。

那人说着话，提着刀，身子往前凑。金慧容极力对付，身子往后退，两人已迫到床前。那人哈哈一声怪笑，往前一扑。金慧容很轻巧地一闪。那人扑空了。那人立即笑道："嫂子还有这么俏的身法，不怕闪了你的柳腰么？二嫂子，你别躲我。……什么？你怕我手上的刀么？这刀是杀敌人的，我可怎么舍得在二嫂子面前摆弄这个。"

金慧容且躲且说："我就怕刀，你可以不可以把这家伙放下？你的刀又是砍过人的，我哪里见过这个？"男子笑道："我就放下刀你可别再躲我了。"他便一侧身，将刀立在墙隅。

就在这一放刀的工夫，鲍熊飞认出此人的面目，不禁勃然大怒："原来是这东西！"怒焰上腾，不由气粗起来。

就在这工夫，男子弃刀，再往前一扑。金慧容忽然叫道："谁呀？"纤手一指前窗。

那男子不禁随手势一瞥前窗，回眸怪笑道："二嫂子还使花招？谁也没有，就只有咱们俩。二哥去世两年多，二嫂子哪能不闷得慌？"发出难听的腔调，愈逼愈切。

金慧容这么一闪，那人这么一扑，那么一闪，那么一扑。那人是乱扑，金慧容是故意闪，闪有闪的方向。男子似乎已识破金慧容的滑躲招儿来，发出怪笑的怒语来，道："怎么着？二嫂子憎嫌我么，若是换了四房老三来，你就不躲了。我可不管那些了……"

金慧容忙说："你等等，这就天亮，明天请你早点来，好不好？"男子道："我不听那一套。"

此扑彼转，金慧容大声说："不好，外头真有人来了，外头是谁呀？"男子明知诈语，仍不禁一回头。鲍熊飞至此再忍

不住，振吭喊了一声：“呔！”

金慧容和那男人俱都一惊。男子忙回身当门道：“谁呀？”

金慧容却纤足一点，伸手前去操刀，男子大悔，也忙抢刀。金慧容不知手中暗捏何物，照那人脸上一打，那人掩面怪叫。墙隅立的刀，到底被男子抢在手中，金慧容却从枕下抄出一把刀，扬起来就砍。男子还想招架，竟挨了一下。急匆间，拨头往外跑。鲍熊飞恰往屋内蹿，与那人斜交叉相碰。那人猝出不意，挺刀就刺。鲍熊飞预有戒备，挺刀猛格，就势还扎，那人踉跄招架。金慧容如飞地追出来，已听出外面伏着人，堂屋黑洞洞不能见物，她锐声叫道：“杀人啦！好吗，你们都来欺负我！”

金慧容往前一蹿，把手中刀往黑影中乱扫。鲍熊飞也就势砍进一刀。那人猛退不迭，正撞到金慧容怀里。金慧容微退一步，双手进刀。那男子闪前躲后，失声一叫，猛然栽倒，隔门槛跌到堂屋。鲍熊飞抖手打出一弹，那人已倒，弹丸直打过来。金慧容“哎呀”一声，掩胸退入屋中。那人受了伤，挣命跳起来，弯腰挺刃，从鲍熊飞肘下冲过来，抢奔门口。鲍熊飞急侧身用力，一送刀锋，嗤的一下，那人应声倒地，不能转动。这一刀扎在软肋上。

金慧容阴错阳差，误挨一弹，退到内间，往床枕下捞了一把，只捞着一把铜钱，不能应敌。鲍熊飞从受伤人身上跳过，追进内间。人出人进，内间灯影摇曳。金慧容饶有机智，此刻方寸大乱。鲍熊飞挎弓提刀，半身溅血，立在她面前。她面色焦黄，欲躲无从，吃吃地叫道：“你，你，你，你们都没有安好心！”把嘴唇一咬尖声叫道：“杀人啦！”

金慧容只嚷出一声，忽又噤住，突地猛如雌虎，扑奔了鲍熊飞，手中刀狠狠递出。鲍熊飞猝出不意，横刀护身，往后倒退，急忙叫道：“二嫂子，别嚷，别动手！你瞧是我，是他调戏二嫂子，我把他撂倒了，你怎么冲着我来？”

金慧容一阵猛劲过去，登时想到后患，坐在床上，刀不离

手，吁吁地喘气，两眸盯住鲍熊飞，暂不出声。

鲍熊飞用好言稳住她，徐徐说道："二嫂子真有你的，你还有这么一手。这小子好大胆，把你看错了。二嫂子不要心惊，我们先验验他的伤。"手指灯火，请金慧容给他端灯。

金慧容心神已定，冷笑不动。鲍熊飞道："二嫂子怎么不懂我的话么？刚才的事，我全看见了。这和二嫂的名节有关，不管怎么样，我们应先验明他的生死，再想善后之计。二嫂不肯端灯，别是猛劲过去，又后怕了吧？待我自己来照。"

鲍熊飞提刀端灯，出了内间，来到堂屋，俯身一看。那人卧在屋心血泊中，脊背朝上，脸面侧挨着地，血仍汩汩地冒，软肋后背两处有伤。鲍熊飞已认出此人是堡中人，虽非本家，却也沾亲带故。鲍熊飞摇头道："致命伤！我说喂……"把那人踢了一脚，那人不答，也不知是伤重，还是害怕装死。鲍熊飞搔发沉吟，回头一看，金慧容没有跟出来，也许看了一眼又回屋了，竟像没事人一般，一声不哼。鲍熊飞低声道："二嫂子你也出来看看呀！这个人躺在这里，不是办法，该想法子把他处置了。"鲍熊飞端灯进屋，站在金慧容面前，重说了一遍。

金慧容秀眉一挑，忽然冷笑道："你杀了人，你得偿命！你不要走，你得顶着头打官司，你怎么倒问我？"

金慧容话风很硬。鲍熊飞不禁一笑，说道："人是伤在二嫂子屋里，他还有气哩。有气就有嘴，我倒不大明白，这有我的什么干连？我不过巡夜来到这里，听到你们这儿扑扑登登的，你们黑更半夜究竟作的什么事，我也说不清。你叫我偿谁的命啊？"

金慧容立刻把声调一提道："好，你推得干净。你们这些男人，你巡夜会寻找到我寡妇屋里，我也不用跟你瞎嚼，你瞧你身上那些血！我请本家户族评理，你杀了人，还要威吓我们女人。好了，瞧你的吧。咱们叫四邻来看看。"立刻又要喊杀人。

鲍熊飞眉峰一挑，厉声道："二嫂子，你不要倒打一耙，

自己毁自己。常言道，‘捉贼要赃，捉奸要双。’我杀了他一个人，是该偿命，我要把男的女的两个人一块杀了，我就用不着偿命了。我这叫作替本族除奸，整饬门风。我身上有血，你身上有没有？他还有气，我先把他打发了，回头再冲你来。”翻身提刀，又奔堂屋。

堂屋血泊中的人低叫了一声：“饶命！”

金慧容忙厉声道：“等一等，你给我回来！”

鲍熊飞一脸的诡谲，提刀又立在内间灯前，金慧容也把刀一提，先笑了笑，然后说：“老三，你要威吓我么？你不要看错了人，你看我吃这一套么？你要诬蔑我的名节，你无故先伤了他，为了免罪，再来杀我，你的打算倒好，我跟你何冤何仇？你要我的性命，还要毁我的名声，你会欺负女人，很好很好，我把脖颈给你，你就杀杀试试！”

立刻她把手中刀投在地上，纤纤手指指着鲍熊飞的刀，俏转身形，挨了过来，口中款款说道：“老三，我年轻轻地守着寡，在你们鲍家不李不桃的，再没有活头了，人家又七言八语地作践我，我早想殉节。你是英雄，你赶快给我一下，我是清清白白的，你都看见了。他来调戏我，我不肯受，才出这事，别看我无能，岁数小，豁出命去，我到底把他逼跑了。想不到你又来毁我，好好好，嫂子卖给你了，你就趁热下刀！”又自言自语似的说：“硬把我算作淫妇，却也好，那是你们鲍家的荣耀。你们愿意拿尿盆子，往自己脑袋上扣，我的一条小命又算什么？来吧，三小子！”

金慧容这一卖味，鲍熊飞突转怪笑，微退半步，掷刀在地，说道：“哈哈哈，二嫂子真成，原来你也是个女英雄，我没看错了你。可是你也不要看错了我。你要明白，我也不是乏小子呀。你看我这把刀，也杀过一二十人；我不敢说杀人不眨眼，我却也决不怕事，更不怕死。你这样说话，岂不是拿我当肉蛋了？咱们趁早打开窗户说亮话，第一步想法子把外间屋里这块臭肉先消灭了，随后再讲别的。你要是把我看成坏人，可

就不好办了。二嫂子睁开眼珠子，瞧我三雄是什么人物?”

两人互相威吓，终于金慧容输了气，依了鲍熊飞的道。两人全丢下兵刃，把灯端出去，协力先验看受伤的身子。金慧容这才看明此人后背的伤，是她刺伤的，肋下部的伤是鲍熊飞伤的。受伤的人只有出气，没有入气，显见不得活。可是人有一丝活气，还知告饶。他睁开死鱼般的眼睛，嘶声求饶命，已然听不出声音，只见嘴唇动。

金慧容恨恨不已，用纤足踢他。鲍熊飞竟当着金慧容，取了刀来，猛然照那人咽喉一勒，登的血溢气断，腿伸眼翻。鲍熊飞吁一口气，急急地催金慧容，从床上撤下一床棉被，一条被单，将死尸血口堵住，打包包起，立刻由鲍熊飞扛出去，乘夜埋在无人地方，屋中血迹，由金慧容用水冲刷，用土洒垫，草草收拾完毕，各处溅的血点，也设法拭净。

鲍熊飞竟在金慧容跨院中，掩尸灭迹，忙了半夜。第二日，第三日，也去了数趟，并且验看血迹，恐露破绽。移尸之时，路上真有点点血迹，但已凝定，变成黑紫色了，别人再想不到。不过由当夜的第二日起，堡中忽然短了一个人，遍查无踪，人们不能无疑，又经过半个多月的穷搜冥索，仍无下落，人们越发诧异。

其时铁牛堡和姚山村的械斗已然掀起，又已扩大，人们由此推想都疑心那人遇上姚山村的人，狭路逢敌，交斗失手，不是被敌掳去，就是被敌活埋。这样推测，颇在情理之中，哪晓得这人的性命是死在美人关口，一条性命白搭进去，凭白的倒给鲍熊飞做成幽会的桥梁。

鲍熊飞抓住金慧容这一桩秘密，替她除奸御侮，替她掩尸灭迹，两人越走越近。积日渐久，谣言散布，人们越发说金慧容生成美人胚子，心上当然不安静。她最规矩的时候，人们还有种种猜测，如今更被人说得有眉有眼了。

然而暗室之事，空穴来风，谁也没见着实迹。只觉得鲍熊飞时常彻夜不归，却没人见他走近六房跨院。人们又传说到

“地道”上面的话了，金慧容大门不出，二门不迈，也许是走地道潜出去幽会。

那金慧容起初也许是敷衍鲍熊飞。那夜的事，她的本意，自恃粗有武功，无非是持刀自保，把那夤夜拨门的人威吓跑了便罢。更不料那人在前，鲍熊飞在后，黄雀捕蝉，无端地在寡妇屋中出了一条血案。金慧容想到将来，大是不了之局，万一人们把嘴一歪，自己跳进黄河也洗不清。况且她会武功会使刀的事，实在不愿叫外面传说出去。她有这些顾虑，到底受了鲍熊飞的挟制。当时她和鲍熊飞对付了一个通夜。

金慧容为事所挤，不能不迁就鲍熊飞。鲍熊飞对于金慧容，早有难言之隐，今日恰逢其会。他就借着这一点，向金慧容提出不轨的要求。金慧容面色一红一红的，似恼非恼，似笑非笑，做出顽皮的样子，把鲍熊飞的脸打了一下，骂道：“小该死的，你跟你嫂子这样么?”她的真意竟难捉摸。

鲍熊飞不肯死心，再接再厉，在埋尸后的半个月里，金慧容每逢鲍熊飞前来，便亲亲热热地招待。鲍熊飞和她泛泛地说笑，若把她看成寡嫂，她通以好面目对待，真把雄飞看成亲弟兄一样。只要鲍熊飞再深进一步，行止谈吐稍露亵意，金慧容便装聋作哑，虽不致再像从前冷若冰霜，却也落落难合。

鲍熊飞很是不痛快，索性越逼越近，重拿出那夜埋尸的话，来逼她的一诺，并露出怨恨之意。金慧容登时巧笑相哄，极力敷衍，给他亲手做菜吃，陪他说笑，可是处处留有余地，如此支吾了一个来月。鲍熊飞色令智昏，得寸进尺，再忍耐不住了。这一夜，照方抓药，也半夜拨门，潜进屋来。满打算乘其不备，一个女子，夜静无人，就算有武功，诱之以情，威之以兵，料她无法可避了。不意金慧容十分诡谲，不知从哪点上料到这点，她事先竟有了防备。鲍熊飞扪到寡妇屋中，屋中突然出了声。原来床上高卧的，素日只有金慧容一人，今夜忽然多添了一个痨病老太婆，咳咳不已，乃是隔壁二大妈。

二大妈大嚷大咳，大叫有贼。正值械斗，全堡都有戒备，

巡风的人闻声奔至，也照方抓药，寻声发出暗器。气得鲍熊飞大骂丧气，跳墙跑回自己家，向自己老婆大闹脾气。

这事的出现，就在纪宏泽失陷铁牛堡的半月以前。金慧容因为美貌年轻，听了许多谣言，此际感觉到铁牛堡真是禽兽巢穴，不可再留了，还不如回娘家。在这里早晚落不出好结果。她潜打主意，未得其便。到了隔日，鲍熊飞公然登门找来，明兴问罪之师，口发怒言，二嫂子绝人太甚，可怜我一片真心，换不出二嫂子半点情肠来，你怎么跟我装傻？

金慧容恼在心头，笑在面上，故意地花枝招展，格格地娇笑，说：“我的傻兄弟，嫂子是逗你玩的，你真格的叫你死鬼哥哥不瞑目吧？我若是没出息的人，我早就打别的主意了，我还能泡到今儿个么？你们就留，也留不住我呀。你别把嫂子看错了，我若那么一来，我就对不起你的死鬼哥哥了。”

鲍熊飞哼了一声，顶了几句话，意思说你不过是个死了男人的小老婆罢了，来头就不明，何必假装正经？外面闲话很多，苍蝇不叮无缝的蛋，还要瞒哄谁呢？

金慧容面露笑容道：“你要揭我的根子，好像我一定不是好人，好人怎么会嫁给你家哥们做小？可是我做姑娘的时候，我又没了爹，我怎样知道你们鲍家是这样？我也想不到你家哥们会瞒天瞒地，欺负我的寡妇娘。生米已做成熟饭了，我不当小，怎么办呢？跟你哥哥散伙么，他又死了。我说我是正经人，你冲我笑，看你这话头，你是说正经人不会招来跳墙的。你使劲揑我的不是，我有什么法子？就说你吧，你天天来串门，你说你是可怜我年轻守节，我能把你推出去么？咱们是叔嫂啊。日久见人心，我绝不是讨厌你，咱们叔嫂谈谈说说笑笑，倒行。我也用不着板面孔。可是你要讲到别的，老天爷在上，你别看我年纪小，我是好人家儿女，我一条大道走中间，你往后仔细品吧。兄弟，我总能对得住你！我若跟别人说一句话，我准得跟你说两句；我若请别人喝一杯茶……”

鲍熊飞道：“你就请我喝两杯，是这个话么？”

金慧容咯咯地笑起来道："傻兄弟，你倒说着了，归里包堆，兄弟对待嫂子这番意思，我心领了。咱们是……"

鲍熊飞道："哪辈子见？"金慧容又娇笑起来了。

她的话是多情，既媚又软，却有一定的堡垒，适可而止，再往前赶落不成。鲍熊飞有搔不着痒处之苦。假若金慧容一派冰霜，也可以拒人千里之外，偏偏她有时又艳如桃李。鲍熊飞几次用心机，未能得手，他也照样乘夜来偷窥，竟一点破绽没有。

鲍熊飞不肯死心，暗想女子最怕人死腻，只要盯得紧，哪怕她是孟姜女，也搪不起死磨。鲍熊飞由此天天去泡，步步紧逼。金慧容渐渐有点招架不住了，态度也慢慢软化了。鲍熊飞心中暗喜，自料眼看水到渠成。哪知金慧容已感到情形紧迫，她已知此地凛乎不可再留。她打定主意要走。

她受了亡夫之骗，降为人妾，暗中也有避地躲祸的意思。她的身世有不可告人之苦。她虽然无意守节，却也不甘心降为姘妇。外面流言愈甚，对面鲍熊飞咄咄逼人，她决定要走，但是她需要一个助手，方能平平安安偷回河南故土。她正处在这欲留不可，欲走无助的夹当，鲍熊飞像疯狂了一样，天天来磨，她忍了又忍，哄了又哄，眼看山穷水尽，势将决裂，突然间，纪宏泽失陷在铁牛堡，持刀威胁她开门。她芳心一转，急不暇择，她把纪宏泽引救出虎口，潜逃到秘窟。

金慧容起初无非是暂借纪宏泽一臂之力，先解面前之危，再作自己的打算。但是纪宏泽年少英俊，似乎是个良伴，品貌不恶，既可托付终身，年纪又小，自然易于驾驭。金慧容想：我就跟从这么一个不相识的外乡少年人，到了地方再把他一甩。就算真嫁了他，也比在鲍家围给他们当玩物强。鲍熊飞自恃少壮，有势有财，硬逼我给他当外宅。我虽然是志在避祸，可是一次失脚，不可再失，我往后怎么抬起头来？她如此盘算，就急不暇择，仓促以身相许，和纪宏泽搭了帮。鲍熊飞一路的挤对她，倒成了"为丛殴雀"，凭白给纪宏泽做了脱身计

的解铃人。

纪宏泽可就由此更陷入第二道美人关。当时借仗金慧容，做了向导。偕逃之后，竟摆脱不开。那边更有一个飞来凤桑玉明，骤失意中人，在铁牛堡内外，满处穷搜乱找，大吵大闹。这两个女子，一个是娇豪泼辣的二十多岁处女，一个是柔媚刁钻二十来岁的艳孀，性格恰恰相反，竟起了夺婿之争。

偏偏纪蔚叔受着托孤重责，携徒出来游艺访仇，刚迈出头一步，便弄得师徒失散。他心中懊恼，深觉愧对寡嫂。在一股急劲之下，他用尽方法搜寻纪宏泽。独力搜查不周，他又忙忙地邀来帮手，又偏偏带着一个十八九岁的大姑娘，这姑娘一身的好功夫，和纪宏泽门户恰相当!

帮手不是外人，正是纪宏泽亡父狮子林的三师弟连珠箭何正平。当年护镖遇仇，狮子林在洪泽湖船头血斗，一念之慈，遭了白龙方靖的暗算，当场殒命。何正平横刀拼命，左股中矛，伤筋失血，过后赶加救治，幸保性命，到底跛了一条腿，在武林中势已落伍。

何正平却有这么一个好女儿，芳名叫何青鸿，承父技业，学武有成，连珠箭练得格外精熟。论起辈分，他是纪宏泽的师妹；论起品貌，又般上般下。纪蔚叔看见这师侄女在面前敛衽一拜，他蓦地心头一动，问了问姑娘的岁数，跟着又问有没有婿家，何正平捻髭笑道："她还小呢，没有婆家。"

纪蔚叔脱口说道："好!"何正平道："七弟，你说什么？可是要给你侄女做媒么？"

纪蔚叔眼望姑娘含羞垂头，姗姗地退到别室，他这才浩然长叹，讲到大师兄的孤儿，今日改名叫作纪宏泽，如今也大了，然后又讲到现在游学失踪。于是他这脱口而出的一个"好"字，不久便发生好大的影响。

第二十三章 陷情网流连小匋

当夜纪宏泽不由自主，跟随金慧容逃到一个隐僻的地方。这是小户人家，几间草舍，草篱短垣，似很寒苦。

金慧容便要过去叩门寻宿，纪宏泽忙低声道：“你我这般模样，人家一定拿我当拐带，那使得么？”

金慧容冲他一笑道：“我大远地单扑奔这里来，一定有点道理。你不必多虑，瞧我的吧。”

在堡内她还恐慌，一出堡外，她竟似胸有成竹，到了草舍短垣之下，她蹬着纪宏泽的肩，攀上墙头，踊身跳到小院内。果然院内漆黑，也没有狗，金慧容直奔屋门，屋内也没有灯火。她侧耳听了听，旋身奔到院门口，摸索着要拔门闩，好让纪宏泽进来。

纪宏泽在外听见，说道：“我也跳进去吧。”俯腰用力，跃上墙头，又一偏身，脚落平地，两个人先后进了小院。纪宏泽张目一看，黑影中辨不仔细，但已看出上房三间，似有人住，耳房两间，像是磨坊，前面大敞着，不过是草棚罢了，并没有门窗。他忙低问金慧容：“可是在这儿躲一夜么？”

金慧容摇头低笑，用手一指上房，又一指门，她要叩门，纪宏泽道："屋中人可是熟人么？"

金慧容又摇了摇头，一指黑影，叫纪宏泽蹲藏起来，密嘱数语，她竟上前叩门，啪啪啪三敲，对着东间纸窗，连叫两声："三大妈！"

屋中没有即应，金慧容把门拍得直忽扇，里面方才咳嗽一声，一个老女人的口吻，怯怯叫道："你是谁呀？"

金慧容忙道："三大妈，是我来了。"里面问道："你是谁呀？"

答道："我是二海媳妇。"

屋中老妪道："哦哦，你真出来了？你等着，我给你开门，哎呀，火镰也不知在哪儿了？"

金慧容忖道："三大妈，您不用点灯了，你只开了门，让我进来歇歇腿，回头我还走呢。"

老妪咳嗽着，摸摸索索好半晌，才把屋门开了，让进金慧容，跟手把屋门又闩上。纪宏泽藏在黑影中，等候进屋。

金慧容和老妪叙话，老妪说："您那兄弟接您来了么？您真要回娘家么？"

金慧容道："三大妈，您说我不走，有什么法子呢？他们净造我的谣，我真个跳进黄河也洗不清了，我的兄弟说是今个来，我先出来等着他。三大妈您帮忙，您是有年纪的人，我知道您心肠又热，嘴又严密，我才投奔您来。倒搅了您的觉了，您先上炕睡吧，您那西间不是闲着了，我上那边歇一会儿，咱们明儿一早见吧。"

老妪道："那屋潮，你就在这儿睡吧。"

金慧容把老妪哄得上了炕，她悄悄出来开门，把纪宏泽潜行放进来，然后随手上门加闩。纪宏泽溜入西间，半铺土炕，久无人睡，也没有被褥。金慧容早由老妪屋内抱出一床被，一个褥子，又提出两个包袱来，悄对纪宏泽说："你自己先上去睡吧，我还得对付老太婆呢。"她扪着纪宏泽的手，又一抚肩，往炕上一推，她这才翩若惊鸿，重到东间。

纪宏泽坐在土炕褥子上，见金慧容已出，他便要关内间屋门。不想门才微微一响，金慧容已然寻声过来，低喝道："这是什么地方，你别关门呀？你只倒在炕上歇一会儿，回头我们还得挣命呢。"

纪宏泽道："这一夜不在这里寻宿么？"

金慧容道："傻东西，别问我了，看叫老婆子听见了。"纪宏泽忙又叮了一句："你可是在那屋歇么？赶到天明，我怎么样呢？忽然多出一个人来，屋主人岂不要炸？"

金慧容忙掩他的嘴，不叫他多言。果然这时老妪在屋中说了话："二婶子，你跟谁说话哪？"

金慧容忙道："吓了我一跳，原来是一个小板凳，我要方便方便。"老妪打着呵欠道："这里有盆，你怎么还要出去么？"

金慧容道："我要听一听，我们兄弟说是今天来接我，我怕他黑更半夜找错了地方。"

金慧容且说且走，又回到东间，老妪催她上炕。她应了一声，跟着又说话。说着说着，老妪打起呼来，原来年老的人贪睡，她又睡着了。

纪宏泽一夜奔波，连日劳顿，虽然是偷进人家偷着寻宿，也不由得瞌睡起来。心想金慧容已在老妪屋中睡了，但不知明天她要变什么戏法了？此地犹在铁牛堡势力范围以内，明天更不知该用何术，混过巡查人的眼目，逃到织女河边。自己把金慧容送走之后，还得寻找七叔。心中胡思乱想，又困倦又焦悚，正在心似油煎，眼如沾黏，忽然听见金慧容蹑手蹑脚，溜了进来。

纪宏泽心中一动，隐隐听见金慧容凑了过来，虽然极力屏息，已然听她吁吁欲喘，哦，她果然找自己来了。纪宏泽心中不由得怦怦跳动，连忙敛气屏息，闭目装睡，要看金慧容的举动，到底要怎么样。

那金慧容居然悄移纤步，摸索到炕边，停住不动了，似乎弯下腰来察看纪宏泽，跟着听见她轻轻嘘了一声，随后便有一

只暖暖的手，直扪到纪宏泽的面门。纪宏泽顿觉耳轮烘烘地发烧，也不敢睁眼，只微微动了一动。金慧容竟低垂粉颊把脸挨进来，低低地叫了一声：“纪！你睡熟了么？”

纪宏泽不敢响，金慧容候了一会儿，那另一只手又扪过来，直触到纪宏泽的唇腮上。娇喘息息，直当宏泽的耳鼻间，低声叫道：“喂，你醒一醒，我跟你有话！”

纪宏泽再不能装睡了，欠伸一下，就要起来。那金慧容的两只手正拄在他的两肩旁边，未容他动，就伸手把他一按。金慧容的两只手又推了推，侧身坐了下来，对宏泽说道：“你不要动，就这样说顶好。……”手虚向外一指，轻笑道：“你倒真成，住在这里，跟在你家一样，你倒真会睡着了，你好心宽啊。”

纪宏泽侧了侧身道：“你还没有睡？你不是叫我歇歇，预备明天送你过织女河么？”

金慧容道：“咳，那是当然的了。可是今晚上怎么样呢？”纪宏泽道：“今晚上你不是在那屋里歇么？莫非那屋里还有男子，不很方便么？”

金慧容道：“可不是。”纪宏泽道：“你不是说这里只有一个老婆儿么？”

金慧容道：“她还有个儿子，不凑巧，回来了。”纪宏泽愕然，刚才听动静，分明没有男子。

现在既然如此，纪宏泽轻轻说道：“我起来，您在这里歇。”

金慧容道：“你呢？”纪宏泽道：“我么，不拘在哪里坐一会儿都行，我上当院躲一会儿吧。”女子道：“那是何必，就这样好了。”

金慧容就盘膝坐在炕边上。叫纪宏泽仍睡在炕里。纪宏泽十分不安，欠身要起。女子双手扣肩把他按住。纪宏泽刺促不宁，挣扎着也要坐起来奉陪。女子低斥道：“不许你动！我和你商量正事要紧。事到如今，你我一男一女，素不相识，已然一块逃出来了，总算是共患难了，你还要避嫌疑吧？我且问

你，度过今天，咱们到明天该怎样呢?”

纪宏泽想了一想道：“到明天么，我一定照约行事，无论如何，我也得把你送到织女河，给你雇好船，你就可以回娘家去了，不是这样的么?”

金慧容爽然道：“我心上也打算这样，不过我走了以后，你呢?”

纪宏泽道：“我么，我却没法，我得寻找我那七叔，我还得找那桑家姑娘，把我的一柄家传宝剑弄回来。”

女子不言语了，低头寻思了一会儿，方才说道：“你是打算送我上船，咱们一到织女河就该分手了。”

纪宏泽道：“我是打算这样，我承您引路，方得逃出铁牛堡，您的一番好意，我将来一定设法报答。至于眼下，我一定依您所愿，先把您送上船。”

女子道：“上船以后，你就不管我了?”纪宏泽道：“这个……”女子的意思显然表现出来了，可是纪宏泽很为难，沉吟良久方道：“您莫非还有用我的地方么?您有何差遣，只管说出来，我一定尽力帮您的忙。”

女子欣然道：“这还像一句话，我倒真得求求您，我们一个女人家，孤身一个实在寸步难行，您可不可以把寻七叔、要宝剑的事，稍为靠后些，先把我的事料理了?”

纪宏泽遇到了难题，他如今急等着找他的七叔，金慧容提出要求来，是邀他伴行。男女授受不亲，又都在妙龄，自己又受着人家的好处，从他的嘴中，实在说不出一个“不”字来。他没有话了，他欠身又要坐起来，觉得浑身不得劲，如芒在背。女子忽地一笑，又把他当胸口按住，可是这手竟不再抬起来，低嘲宏泽道：“人心隔肚皮，你这工夫转我什么念头了，你倒出声啊?你把你心上的话只管说出来，不要这么一起一动的，要说又不肯说，不说又憋不住，你瞧你这毛毛骨骨的样儿!”

纪宏泽左右不知所以，只剩了心忙意乱。女子问他的话，

他回答不出口，可是女子也不再追问。蓦然间女子换了话头，先叹了一口气，徐徐说道："别看你年轻，你倒怪很那个的。可是我们两个人事先谁也不认识谁，忽然间受老天爷的摆布，竟会凑到一块儿。如今你跟我算是……你瞧，这漆黑的小屋，除了四面墙，就只咱们俩面对面的避难。这工夫的事，就只有天知，地知，你知，我知。还是那话，你们老爷们家怕什么，我们做一个女人的，落到这份上，我都为得什么呀？我说，你也是个聪明人，你也替我们想想，以后我们可怎么样呢？"

纪宏泽越发惶惑起来，女人的手按着他的胸口。他要轻轻扶开，女手反手抓住他的手指，竟似语带哭声，低低怨诉道："我是好人家的儿女，如今跟你逃在这里，你也琢磨琢磨我心上是什么味儿？我帮着你逃出来，我知道你姓纪，你知道我姓什么呀？我也不说，你也不问，你跟我装傻，你真叫我凉半截哟！……"

纪宏泽矍然抱歉道："可不是的，到底您贵姓？您不是鲍家的人么？您娘家姓什么？您到底为了什么，肯跟着我一个陌生人，逃出铁牛堡？您娘家还有什么人？您跑出来，鲍家不找你么？您尽管把你的身世告诉我，只要我力所能及，一定代你想法。"

女子叹了口气道："真不容易，我到底也换出您的一点心来了。你若问我遇见的事，可算是上了你们男子的当。我娘家姓金，我们本来是好人。只因我从小死了爹，受了媒人的骗，竟误嫁到鲍家来。哪知鲍家不拿我当人，他们家还有大婆。我的男人又死了，他们欺负我年轻守孀，又认为我是个小婆。咳，这期间一言难尽。你往那边一点，直跑了这一夜，把我累死了，脚底下生疼，腰也酸得很。你让开点，让我也躺一躺，歇一歇。咱们一面躺着，我一面告诉你……你总得帮我一把。"

这女子一面说，一面把身躯一倒，侧卧在纪宏泽身旁，把她的头倾了过来。纪宏泽急想敛避，他的一只手竟被女子抱住。小屋无灯，遮住了羞脸，金慧容似小鸟般蜷卧在这边，纪

宏泽侧坐在那边。金慧容情不自禁，吐露真诚，软语绵绵，委身相就，把纪宏泽的手拉到她的腮边唇边。纪宏泽觉得她有两点热泪流在自己手背上。他本是十八九岁的少年，再也矜持不住了。她虽然说了实话，自称是个少年孀妇，可是她宛转柔媚，比起桑家的那个飞来凤，倒显得富有少女娇态。于是纪宏泽仓促间忘了一切……

但是俩人经过一番痴醉之后，渐渐清醒过来，纪宏泽本是少年，自恨没有把持，好似吃了碱似的，越品越不是滋味。金慧容偎着纪宏泽，好像情重意惬，爱恋很深，还是依依不舍。纪宏泽想到自己是什么人，此处是什么地方，现在做的是什么事，不觉有动于衷，叹了一口气，身子一侧，手摸额角，暗暗忏悔。他这一叹，勾起金慧容的不安来，忙拉着纪宏泽的手，问他叹息什么。纪宏泽半晌不答，经她再三叮问，方才说道："我错了，我不但毁了你，我也成了罪人了。"

金慧容觉得这话刺心扎耳，忽然间，把身子一扭，偷偷啜泣起来。纪宏泽忙加安慰。金慧容勾起旧恨，很是伤心，又受着礼教的谴责，不禁呜咽道："你不用这么说，实在是我没有廉耻，明知道你还是一个好孩子呢，叫我害了，我真是对不住。可是，唉，我太爱惜你了。我也不晓得怎么的，我刚和你一见面，就觉得你是我的前世冤家。现在还有什么说的？我本是个不祥的女子，我叫旁的男子害了，我如今又害了你。可是我很爱惜你呀，我倒害了你，纪呀！我实在不该，你太好了，可惜我配不上你呀。我要是个处女，我心上就好受得多了。无奈，我成了残花败柳，纪呀，你、你、你心上一定看不起我，你笑我不知羞耻么？"说着她又哭了。

她越这样自怨自艾，越觉得对不住人，倒越招得纪宏泽十分怜惜她。两人终于错到底，两人喁喁私语，濡恋忘晓，一霎时纸窗上透露鱼肚白色了。两个人立刻整装，预备着化装出走。

这屋中主人，本是金慧容预先贿买的。她的私房和出走的

行囊用具，都寄顿在这里。她的出走之计是早有布置的。现在有了伴，她不等天明，早溜到老妪屋中，把自己寄顿的财物全都取出。她立刻改扮成男子，还有富余的衣服，忙给纪宏泽换上。她扮成一个少年书生，披了长衫，提了小包，别了屋主人，和纪宏泽一同上道。他二人慌不择路，就便先到了织女河下码头。

一到织女河的码头。两人先落店。

一到码头，两人都把帽子扣在眉毛上，两人弟兄相称，觅定店房。金慧容向纪宏泽说，她已然筋疲力尽，今天无论如何，也得好好歇一夜，并说："你看我都面无人色了吧？你的气色也不好，依我说，这个地方他们未必寻得到。咱们歇一天吧。"

两人吃过饭，命店伙泡茶，遂将房门一掩，歇在木床上，一边一个，闭目歇息。名为歇息，谁也睡不着，只觉心神恍惚不定，纪宏泽更甚。

于是歇了一天一夜。到了第二天，两人竟在店房中流连不走。金慧容本说回河南；现在她也不催纪宏泽雇船，纪宏泽也忘了给她雇船。两人竟在这小小店中住了三四天。

金慧容不说走，纪宏泽也忘了寻找他的七叔，也忘了讨他的宝剑。起初纪宏泽还有些惭愧，等到定情之后，金慧容一味曲意相从，款语温存，婉顺过于处女，好像纪宏泽看她一眼，她便乍羞乍喜，如不胜情，纪宏泽稍加抚惜，她就带出有销魂的样子，她真个把纪宏泽看成意中人。她已经动了真情，纪宏泽又是初恋，两人到此地方，什么隐患全忘了，只觉得秋夜苦短，白昼天长，在店房中痴痴相对，犹同坐忘，诉起疑曲来，无尽无休。两个人完全陷在无可奈何的境地，只图眼前的欢娱，更不知将来落到什么结果。金慧容一片痴情热恋，恨不能把自己的心肝掏出来，交给纪宏泽握着，她的一对眸子，就好像被一根无形的线系挂在纪宏泽身上。纪宏泽也是这样，迷迷糊糊，好像失魂丧胆。两人在店房中，痴痴相对，有时喁喁私

语，有时一声不语，就这么你看着我，我望着你，两个人又都是男子装束，出门才住店，住店竟不出门，他们两人自不理会，已然因此招引得店伙店主诧异侧目了，他两人还是不觉。

金慧容本说回娘家，现在一字不谈。纪宏泽本为访仇，暂时也不打算走。可是热恋的时候，也有时会清醒一阵，两人也就虑到收源结果。两人此时已然无话不说，金慧容把自己误嫁为妾，守孀受窘的事一一告诉了意中人。却还有难言之隐，未肯贸然尽吐。她娘家的事，她一字未讲。她却仔仔细细地盘问纪宏泽，家中都有什么人，有什么产业，年轻轻地为什么至今没有成家？出这远门究竟为了什么？

纪宏泽也只说道："家有寡母再无他人，家道清寒，房无一间，地无一亩，我是如此的孤苦。父亲早亡，流寓外乡，想要成家，谁家的姑娘肯许给我？现在我是奉寡母之命，跟随七叔，出来寻财谋生。"

金慧容听了，忽觉不对劲，就问道："出来求财谋事，你何必携带兵刃？"

纪宏泽咳了一声，答道："我还年轻，没出过门，没有伴，我娘不放心。带兵刃又是防身之宝，我现在不就是用上了么？"

金慧容笑眯眯地点头道："我明白了。你说得很对，若没有刀，咱们真闯不出来。可是你那伙伴，是你的什么七叔？大概不会武吧？"纪宏泽答道："会武，他还是我的师父呢，我的剑法和拳脚都是他教给我的。"

金慧容把嘴一抿，把头一摇道："我不信，他还是你的师父，怎么他的本领还不如你？"又仰脸笑道："恐怕连我们一个女人也不如吧？"纪宏泽笑道："你又没见过他，你怎么知道他不行？"

金慧容道："这显而易见，你不是说你们一同失陷在姚山村么？你都逃出来了，他会走没了影，他准是……"

忽然觉得失言，她怕勾起纪宏泽的心事，又要闹着寻找七叔，忙即打岔道："这可真成了那话了，有状元徒弟，没有状

元师父。你的七叔别看不济，你可真不含糊，你真成，我还没有见过像你这么年轻，会有这么好的本事的人哩。你前天蹿房越脊，杀敌夺路，真像一个生龙活虎一样的。我算误打误撞，遇上可心人了。”竟扑过来，往纪宏泽怀中一躺，手攀脖颈，昵声连叫了几个亲密的称呼。

果然把纪宏泽的心思搅乱了。纪宏泽刚刚说：“不成，我得赶快寻找七叔去。”未等说到究竟，她的尖生生的手，红润润的唇全上来了。两人又沉醉在恋河中，于是暂时又忘了一切。

跟着纪宏泽把金慧容轻轻放在床上，他自己站起来，在屋中走溜，忽然搔头道：“不成！我们总在这店中，太不成事。我看我总是把你送回你府上，我还得寻找我那七叔去。我还是得讨债去。”

金慧容忙道：“你说什么？讨什么债？你不是求财谋生，怎么又讨债了？你原来是骗哄我呀。”

纪宏泽自知失言，把脸背着金慧容，徐徐笑说道：“慧娘子，我这回出门，实在是为讨债。可是话说回来，讨债正是求财，求财岂不是谋生？我没有哄你呀。”

金慧容故意做出委屈的样儿，发出娇嗔的调儿道：“纪，我是痴心女子，我不管你是不是负心汉。我的身子已然交给你了，我的整个的心也交给你了。我现在一步走错，已经失身给你了。我自己明白，你是个好孩子，我就爱你这一点。我越爱你，我越觉不配你，我到今天，也不配和你谈什么嫁娶，我也不配坐花轿，叫你明媒正道地娶我，我跟你也谈不到什么名分。这么说吧，我连骨头带肉都是你的人，只要你要我，我就跟你一辈子。我只跟你一天，我就算快活一天。万一你们老太太觉得自己的儿子是初婚，犯不上娶个小寡妇，或者你的本家户族们不愿意，或者你跟我过够了，不喜欢我了，你叫我散，我就跟你散。我到了那时，你可听明白了，我决不改嫁别人，我一定拿起剪刀，不把头发铰了，我就往喉咙上一扎。谁叫我

爱你着来呢，谁叫我遇见你的时候，已然不是大姑娘了呢？反正我的身子、我的性命都交给你了，我只图现在趁心趁愿，将来是死是活，我不管了。可是，纪呀，到底你是怎么个意思呢？你也替我的终身想想。咱们远了不说，就讲以后，你可怎么安插我呢？你可以把我送回你家里去么？”

她这话是试探，她焉肯丢开纪宏泽，独自回到纪家，她不过是试试纪宏泽的真心实意。纪宏泽连忙安慰她：“慧娘子，你不要这样说。你本是很贞节的年轻孀妇，不幸仓促遇上我，我只为要救自己，反而连累了你。你我年纪轻，都没有把握，我尤其不该，我越想越悔。但是现在后悔难追，我一定对你终身极力设法，我决不会始乱终弃；只有一节，我的母亲，她老人家虽然疼爱我，无奈她这回打发我出来，曾经命我立誓……”

金慧容忙说：“老人家命你干什么？”

纪宏泽忙抢着往下说：“她老人家再三嘱咐我，务必把债讨出来，再设法谋生，叫我正经干，不许贪酒贪色，叫我起誓戒酒戒赌戒嫖。我如今刚出门，便弄了一个少年女人回家；况且我又把那很要紧的宝剑丢了，又跟七叔散了帮。这实在……咳，慧娘子，我也不知道我该怎么好了。索性我把实情全告诉你，你替我斟酌斟酌吧。”

金慧容怨怨尤尤地说：“我一个年轻女人，我能怎么样呢？”见纪宏泽脸色一变，其实是心中为难，金慧容连忙哄慰他，站起来，把他拉到床边，蔼声说：“你把你难为的事，仔细告诉我。我虽然无能，可是一人不如二人智，也许能替你想出好招来。到底你是找什么人讨债呢？”

纪宏泽道：“我么，我是找小白龙讨债。”金慧容道：“小白龙？他是什么人呀？这不像是个寻常老百姓，是个闯江湖的吧？”

纪宏泽答道：“对了，他本来不是好人。”

金慧容道：“唔？……哦，我明白了，可是的，你们老人

家从前做什么营业？这小白龙到底为了什么缘故，才欠下了你们的债？是多早晚欠下的？连本带利，一共是多少钱？”

纪宏泽听了这话，不由得霍地立起，眼中闪闪冒火，半晌才说：“他欠我们的债，连本带利太多了。我一定找他本利讨清。我父亲生前是干镖行的，这小白龙是闯江湖的，他为了……咳，他丧尽天良，倾了我父亲，我父亲被他气死的。他们欠我家的债，眼看有十多年了，利上加利，砸了他的骨头也偿不清我们。我这趟出门，就是专心找他，找他讨讨我家的陈年旧债。”

说到这里，声色俱变，微黑而带怒气的脸倏然惨白，他把脸扭到一边了。他站在屋心，眼向窗外。

金慧容是个聪明女子，纵然测不透实情，已然觉出这是不寻常的债务。她偷偷窥看意中人的神气，低声说道：“纪，我说，到底他欠你多少钱？”

纪宏泽转过身来，很奇怪地笑道：“他欠我多少钱？这告诉不得你，总而言之，连本带利……我有一本详账，连我也计算不清，这得由我七叔替我核算。你打听这个做什么？这与你无干呀？”

金慧容唉了一声道：“什么话呀，我不是跟你了？我就是你的人了，你的债户就是我的债户，你的仇人就是我的仇人。你要明白，我也会一点武功，你要找小白龙讨债，我可以跟了你去，也可以助你一臂之力呀……据我拙想，你这债户必然不是寻常欠户，恐怕是善讨不成，难免要拿武力去讨。这一点，我虽然是个女子，纪呀，我不是成了你的人了，我一定破出性命，和你共患难。你这个债户，他住在哪里呢？多大年纪，有何势力，做何营业呢？”

纪宏泽本受母诫，此事不许轻易对外人言讲；他自谓假称债户，可以隐藏真情。哪知他的话有含蓄，他的声色已然吐露真情，尤其是瞋目切齿讲到“小白龙”三字，几乎要怒吼。这一来，金慧容已然揣摩出十之六七了。金慧容眼珠一转，尚恐

纪宏泽顾忌动疑，她便把话头绕到别处，又徐徐兜转来，慢慢套问他。谁想纪宏泽一时忿不可遏，微露锋芒，旋即检点，再问不肯重提了。金慧容已然揣知意中人的心事，她唯恐纪宏泽舍弃自己，为了买好，忙告奋勇，情愿跟随纪宏泽，同找小白龙去。又问："小白龙现在何处？"

纪宏泽道："连我也说不清，我还得细访。我的七叔知道，现在七叔他已失踪，我此刻必须寻找他。"又向金慧容笑说："我的那本旧账，也在七叔手中，我的那把宝剑乃是债户的押当，这两件东西必须寻回。我们不能在店中久恋了。慧娘子，你既然不嫌弃我，我打算先把你送回你的娘家，我自己再入铁牛堡、姚山村，好歹要把七叔和宝剑寻回才好。不知你的心意怎么样？"

金慧容愣了一愣道："我不是说过了，我一定舍身跟从你，你上哪里，我上哪里。你要再探铁牛堡、姚山村，我当然跟你搭伴。别看我不行，我的飞纵术也还将就去得，纪，你放心擎好吧。"

纪宏泽不肯道："我见你上高不行，算了吧，还是我先送你回家，我自己去探堡。"

金慧容脸一变，半晌叹道："你大约是看我前日从堡里逃出来的时候，有点不济，但那是骤出意外呀。我的功夫有点搁下了，现在就不致再那样。只要你不嫌我，你瞧我的吧。你要寻找你的七叔，我准能跟你上姚山村；你要讨剑，我准能跟你进铁牛堡。为了你，叫我怎么着都行，谁叫我爱你来着呢。我是不肯回去的了，家里只有一个老娘，我这一辈子将来怎么样呢。难道我再走一步不成？纪，我的一颗心都在你身上了，你就是我的前世冤孽。你不知我们女人的心，是犯死性的，现在我除了你，连性命都放在度外了。"又重复一句道："我不是水性杨花的女人，我心上有了你，再没有别的想头了。我也知道将来我们总归是个不了之局，咳，人生能活几年，我知道我明天准能怎么样？如今我是得趁一天心，就算白赚一天。我实在

舍不得离开你，我多少还有一点武功，我总还能帮你的忙，只要你不嫌我累赘，你往后看吧。”

她翻来覆去地说，眼中含了泪，纪宏泽没法推辞。她又似看出纪宏泽的犹豫不决来，索性巴结着他，不但也要帮纪宏泽寻七叔，讨宝剑，她还自告奋勇，要帮着寻找债户小白龙。她道：“你这债户一定不是简简单单的债务，我知道你登门索讨，免不了还要用武力。纪，你不要看不起我，我手底下还有两套花活，准能给你做个好内助。……”故意提出“内助”二字来，试探纪宏泽的意思。

纪宏泽左思右想，难割难断，金慧容已然彻底看透他，人虽然精神，虑事到底嫩些，她就不再征询，遂问道：“纪，你打算多早晚动身？我静听你的吩咐。你说走，咱们就一块走。”

纪宏泽仰面想道：“今天晚了，明天我打算先奔铁牛堡。”金慧容道：“这个，明天什么时候去呢？”纪宏泽道：“明天天黑去，我得先找那个桑家的姑娘，把剑讨回来。第二步再找我的七叔，第三步就去讨债。”

金慧容听了心中暗笑，既是明晚再去，此刻天也没黑，无所谓今天已晚了。由此猜出纪宏泽，也是贪恋着自己，料他心中此刻正在打仗呢。这样一想，金慧容想很是自幸。不过要探铁牛堡，寻找桑家的姑娘，金慧容又有点不乐意，可也不敢明拦他，绕着弯子说：“我看咱们刚离开铁牛堡不多几天，他们必然正在搜寻我们呢。我们撞了回去，就算是夜探，也恐怕讨不回剑，倒落了网。依我之见，一把剑到底是小事，咱们何不先探姚山村，寻找你的七叔去呢？等到寻着了他老人家，有咱们三个人，再一同去找桑家三丫头讨剑去，岂不是手到擒来？”

纪宏泽忽然道：“这话很对，可是，有一样不妥当。”金慧容道：“哪点不妥当？”

纪宏泽不肯言语了。他想：寻着七叔，我竟把复仇之剑遗失，反而添了一个少年孀妇做伴，七叔岂不骂我没出息？寻思一阵，对金慧容道：“我想我明晨自己先到铁牛堡，找那桑家

姑娘，把剑要回，然后你我再结伴进姚山村，比较合适。”

金慧容一愣道：“你是找飞来凤，好好地去要，还设法盗回来呢？还是用武力抢回来呢？”

纪宏泽道：“这个我也说不定，当然要看事做事了。”

金慧容道：“可是的，这话我不该问，你的剑怎么落在飞来凤手内呢？她本是邀来的帮手，不是正主子呀。”纪宏泽道：“咳，你不知我是飞来凤扣下来的么？”

金慧容听话听音，沉了一沉道：“如此说，她是你的对头了，你怎么又找她去讨呢？”纪宏泽道：“这里头有情节，是她扣的我，还是她放的我哩。”

金慧容恍然大悟道：“哦！”不由得站起身来，直勾勾地看着纪宏泽，她显然猜出情由，显然颇有醋意了。

纪宏泽也自觉失言，微露忸怩之态，不禁把脸扭到别处。他想起飞来凤和自己的柔情密约，和金慧容正是一样。但飞来凤却是处女，金慧容乃是艳孀，飞来凤是那么放任，金慧容却是这样缠绵，两人的性格和身份恰恰相反，岂不是怪事？

纪宏泽心中作念，金慧容两眼盯着他，忽然格地笑了一声，把纪宏泽拉过来道：“小呆子，你转什么念头了？”纪宏泽道：“我正盘算寻剑的人手和办法呢。”

金慧容道：“我看不是吧，我告诉你一件事，你可知道这飞来凤是个什么人物么？”纪宏泽道：“这个，我如何知道，我跟她素不相识呀？”

金慧容道：“素不相识，你也没有一点耳闻么？我告诉你，你可不要对外人说，她实在是个女采花贼。”

金慧容的眼始终不离开纪宏泽，见他有点疑惑不信的意思，忙说道：“我说了你不大信。她对人说，她是个处女，她可是实是养了两个儿子、一个女儿了。直到现在，她头一个儿子和第二个女儿，都被她掐死了，只有末一个儿子，被她那……第五个也不是第六个情人，强给要去了。要不然，她干什么叫飞来凤呢？她原本和她的哥哥做着盐枭的勾当，兼做海

贼，她和她哥哥误劫了一家知府，她哥哥把人家少奶奶掳了，她把人家少爷掳了，哥俩为这个犯了案，逃到内地来。这里鲍家一伙不成气候的东西，反拿他兄妹当英雄，勾引了来，跟姚山村械斗，这就是狐朋狗友，什么鸟勾什么鸟。你不是见过飞来凤么，你看她像个处女么？”

纪宏泽道：“真的么？”不由得想到飞来凤和她哥哥拌嘴的情形，又想到她引逗自己的情形，心中怙惙起来，当下回看了金慧容一眼，正不知二女谁是好人了。

金慧容就好像猜透他的心意，脸上讪讪地笑道：“我只顾笑话飞来凤了，我却在你面前出了丑。冤家，你知道你是个害人精么？我也不知怎的，我自信青年守寡很有把握，老天爷偏偏叫我遇上你，一遇上你，就像叫你吸去了我的真魂一样，我也没得可说，但愿你不要为这一点看不起我，我一向可不是那路人啊。”

金慧容又道：“我跟飞来凤可不一样，她和男子相处，一开头很热，转眼就凉了，再往后她一腻，就把她的情人杀了。光杀了不算，还要消尸灭迹呢。我说这话可不是故意褒贬人家，我总算在你手里有了短儿，我还能觍着脸装好人，作践别人不成？这不过是话赶话，讲到这里，我也是怕你一个人找她去讨剑，一个不留神，上了她的当，那可是个美人祸水，眨眼就杀人的家伙。小弟弟，你可要小心了啊。”

金慧容这末了几句话，被纪宏泽听出意味来，微微一笑把金慧容一拍道：“你放心吧，你以为我见一个女人，就被一个迷住，见了别的女人，也跟你一样吗？我只是仓促失了把握，我对于桑家姑娘的确是预有戒心，和你我这番遇合不同。你和我这一番事，简直是上天有意作弄人。那天夜里，我就像叫鬼迷住一样。经这一番，我也算有了经验，我再不致上女人的当了。”说到这里，见金慧容花容惨变，低下头来，忙哄慰道：“我太冒失了，你不要在意。我真实是抱怨我自己，我不是嫌恶你。”

金慧容仍是低着头，不肯仰视。细看时，泪流满面了，纪宏泽忙取手巾，扶起她的头代为拭泪，再三安慰。金慧容还是不言语，大概是勾起伤心，自怜身世，竟抽抽噎噎，要放声哭一顿才好。纪宏泽越劝越劝不住，不由得勾起少年的烈性，站起脚来，要往屋外走。才迈了一步，他的后衣襟被金慧容抓住，同时也抬起头来了，两眼泪汪汪的，泛出笑容来。纪宏泽这才感觉到女子的性情，真有点不易捉摸，越哄越伤心，不哄她倒不委屈了。

闹到末了，金慧容还是费尽说词，劝纪宏泽先探姚山村，不愿他先探铁牛堡。此刻去探铁牛堡，简直是飞蛾投火，自找危难，倘若一定要去不可，金慧容说："我还是陪了你去的好，我的道路比你熟，还可以引你躲避卡子。"纪宏泽只得依了她，两人规定明晚就去探道。

金慧容忽又想了一个主意，对纪宏泽说："我们算是打定了主意了，今天也别闲着，我说你我何不上街，找找估衣铺，先买两套男子衣服，再买一个铺盖，也省得叫人家看着咱们两个男子，只有一份行李，未免不像样。"

纪宏泽笑了说道："你还是改为女子，你装我的夫人，就好了。"金慧容粲然一笑，红泛桃腮，道："我做你的夫人，只怕没有这大造化吧。"

两个人在店中用了饭，又喝了一会儿茶，便即打扮好了，相携出来，到街上寻找成衣铺、估衣摊。这里乃是个小市镇，竟没有估衣摊，找了一个到，也没有找到。纪宏泽心中发急，说道："你我衣履都很不齐整，这可怎么办？"

金慧容道："傻子，你不用着急，一到今夜，我管保给你弄两套来。现在我们先买点随手用的东西吧。"

金慧容到底是女人，忘不了脂粉修饰。在街上买了些整容的东西，又买了两个包巾，又买了火绒和火链、纸煤等物，以及夜行人应用之物。又选购了一把刀，和可以做暗器的铁珠。金慧容依在纪宏泽的肩下，紧挨紧傍着走路，街上行人有的就

打量她，大概看出她不很像男子了。她还不理会，纪宏泽却觉出有一个人远远盯着自己和金慧容。

纪宏泽心中怙惙起来，忙低告金慧容：“有人在后头盯着咱们呢，你看看是堡里的人不是？”

金慧容吃了一惊，张皇举目道：“在哪里呢？在哪里呢？”纪宏泽道：“那不是在小巷口站着哩。”

金慧容不禁止步回头，假装趁奔路旁小铺，往这边巡视过来。纪宏泽跟在后面，再看那人。也是欲前又却，两人刚转身，那人便扭过头去，走入小巷了。

纪宏泽愕然，往四面一望，就要缀过去。金慧容好像很惊恐，扯住纪宏泽内衣袖子，说道：“别价，别价，咱们快回店吧。”

两人顾不得再买东西，立即折回店房。金慧容一面走，一面回头，把纪宏泽也弄得毛毛骨骨。低声盘问她，到底是堡里人不是？要紧不要紧？

金慧容不肯说，只是摇头，两只俏眼直转。进入店房，坐下来，半晌方说：“那人是端详你了，还是端详我了？”纪宏泽道：“自然把咱们俩全盯着了。”

金慧容道：“他是只拿眼盯着，还是缀着咱们走呢？”答道：“先盯后缀，直等到咱们返身往回走，他就躲了。”

金慧容发起愣来。纪宏泽道：“你不必心慌，当真情形不对，我们可以离开这里，到底他是堡里人不是？”

金慧容看了纪宏泽一眼，忙道：“你别发慌，不要紧的。我瞧他很像堡里人，不过他未必认得我。”纪宏泽道：“你怎么知道他不认识你？”

金慧容笑道：“你看神气呀，我们如今不是全改装了，他若认得我，早跟下来了。刚才咱们进店，不是没有人暗缀么？”金慧容又媚笑道：“你不懂得做了亏心事，就怕鬼叫门，谁叫我是跟你偷跑出来的呢。”

金慧容把刚买的东西放在案头，她盘着腿坐在店炕上，纤

眉一皱一皱的，口说不要紧，心神大概不很安顿，她却极力地安慰纪宏泽："没事，不相干，出不了错，他们不会找来。"又道："就算找来，我也不怕，我已然是孀妇了。他们凭什么扣留我？你就算是我娘家的兄弟，算是接我住娘家的，他们凭什么不许我回家看看，我又没有卖给他们。"

她这说法显然与前言不相符，也在事理上说不通。她只是媚笑着哄慰纪宏泽，不叫他担心。过了一会儿，她又说："我们今天晚上，到姚山村看看去，你说好不好？"

纪宏泽不悦道："我们已然商定，先探铁牛堡寻剑，咱们不要再游移了。莫非你怕去？我可以自己去呀。"

金慧容忙道："不是，不是，我觉得这个人多少有点可疑，万一被他看破，他回去一说，恐怕不容咱们探堡，堡中人就会先一步找咱们来捣乱呢。我说纪，咱们现在先挪挪店，回头晚上再到姚山村，你说好不好？"

纪宏泽道："挪店很好，可以防备万一。你别脚踩两只船了，我一定要先探铁牛堡，后探姚山村。"

金慧容怕纪宏泽不喜，忙说："依着你，依着你，先探堡，就先探堡。据我想，我愿意先寻着你的七叔，我好见见他老人家。有年纪的人，总比咱们小孩子主意稳当。我是这么想，我可不是跟你拧着。可是的，回头寻着七叔的时候，你怎么给我们两人引见呢？你说我是干什么的呀？"

纪宏泽道："这个，我只可实话实说，说我是被你们铁牛堡扣住了，多亏你舍身搭救，陪着我逃出来了。"

金慧容道："好，这么讲很合适，你可以说我是……"蓦的红了脸道："……你别说我是个寡妇，你说我是个姑娘，行不行？"双颊笼罩娇羞，低垂粉颈，又很抱歉似的，带出央求的口吻道："你能替我瞒这一点么？"

纪宏泽望了她一眼。她此时羞羞惭惭的，以手掠发，垂着眼睑，又带出情不自胜的模样来。纪宏泽忍不住走到身边，挨肩坐下道："我就说你是良家妇女，被他诓害来的。"

金慧容道："你说我还没有嫁人。"纪宏泽道："只怕他看得出来。"

金慧容失声微喟，颇觉扫兴，站起身来，把刚买的镜子拿到手内，自己照看着，又看看自己的脚下和身上，她还是男装打扮。过去把门掩了，对镜掠鬓，回头笑问纪宏泽道："你别冤我，你瞧我丑不丑？还有点像姑娘不像？"纪宏泽道："你漂亮极了，可惜你已然开了脸，不像姑娘了。"

金慧容恨不得自己再变成处女，可惜芳春已过，年纪就算不大，眉目之间，显见不是大姑娘，早成小媳妇了。她怅怅若有所失，拿着镜子，挨在宏泽身边，两个人并肩窥镜。她叹息着说道："纪，你到底说，我丑陋不？你嫌恶我不？你瞧咱们俩站在一块儿，还般配不？"

这话她这几天不知问过多少次了。她恨不得把自己的岁数缩短了，把纪宏泽的岁数扯长了，无奈这办不到，任她怎么装少女，她也显见比纪宏泽多活了起码三岁。宏泽夸她美丽，她不很信。宏泽说她不像处女，她又心上难过。现在她这一套又来了。纪宏泽想到"女为悦己者容"这一句古语，觉得金慧容这样倾心求爱，未免可怜，由怜生恋，由恋生迷，他又忘却所以了。一霎时相依相偎，默然无言，到底是先探何处，又不暇谈及了，这又是金慧容的智略。

过了一会儿，金慧容霍地站起来道："纪，你不是说，我们先挪店么？咱们此刻就挪，好不好？"纪宏泽道："也好，你且歇着，我去找找店。"金慧容粘住宏泽半步不忍舍，说道："咱们俩一块找店去吧。"

为了避免人的注意，容到黄昏时候，两人吃过饭，重行相伴出来。这小小市镇，共才三家店房，两家鸡茅小店，一家较大的栈房。两人挑了又挑，只得搬到那家较为干净的茅店内，多花店钱，叫店东给腾让出一个小单间，把小行囊放下，砌了一壶茶，两人痴痴地对坐，静等到二更以后，偕同出去一趟。

转瞬之间，到了二更。金慧容眼瞟着纪宏泽，一味没话找

话，喁喁款语，时候到了，也不说走。纪宏泽眉峰一挑一挑的，心情驰骛，忽然面带怒容，忽然微打咳声，忽然站起来，来回走溜。过了一会儿，向金慧容问道："这工夫有二更天了吧？"

金慧容道："只不过刚天黑。"侧耳听了听外面，又摇了摇头，说道："也就是刚到二更。"纪宏泽叹一口气，复又坐下，金慧容有一搭没一搭地和他闲谈，他已然听不进去。又耗过一会儿，推门往天空一望，回身进来道："走吧。"立刻裹刀系带，结束停当。

金慧容打着哈欠，做出萎靡的样子，实在不愿去；她仍然是不肯明拦，只装出样子来，想叫他自己作罢。但是纪宏泽已下决心，一定要去踩探。他对金慧容说："我看你很疲倦，你在这里歇息一夜吧，我一个人去也好。"

金慧容赔笑道："我哪能让你一个人涉险去呢？我倒是精神差点，我只怕为我耽误了你的事。若是能够多歇一天，明天我们再去的话……"说到这里，看出纪宏泽不喜欢，忙又做出踊跃的样子道："你别笑我胆小，你一定要去，我一定奉陪。咱们说走就走。"她真格的宛转依随，连忙站起身，也结束停当，暗将兵刃、火折、暗器等物，包了一个包，手提着站在纪宏泽身旁，一扶肩膀道："这就走么？"

纪宏泽答道："这就走。"金慧容道："不早点么？"答道："不早了，我们还得走一会子，还得探道，我只怕晚一点了。"

金慧容忙推门出去，望了望天上星斗，听了听更锣，回来说道："可真是的。天不早了，我瞧着足有三更多天，我们走到地方，怕要到四更了。我说怎么样，还去得么？"

纪宏泽不悦道："晚也得去，你怎么不早催我？我看你还是怕去，算了吧，还是我一个人去吧。"立刻推门往外走。金慧容慌了，赶紧上前，一把抓住纪宏泽，道歉道："纪，你别恼，我不过这么说，走走走，我是怕耽误了你的事，我绝不是打倒退，你等我锁好了门。"

纪宏泽这才化嗔为喜，金慧容忙将行囊中要紧之物带在身

上，把长衫提起，催纪宏泽罩在外面，却将兵刃都打了包，叫纪宏泽拿着。她自己也穿了长衫，跟手吹灭了灯，招呼店家来锁店房门。不等店伙问，先替纪宏泽解说道："我们出去看望亲戚，今晚也许在外面住下，你们好好给照应着，不管谁来找，你不要开门。"

两人就这么公然出离店房，金慧容抢先一步，当前引路，转了一个弯，到一小巷，四顾无人，两人便将长衫脱去，把包袱打开，取出兵刃，包了长衫，重新结束好了。金慧容依然是男子装扮，仍用一块粉色绢巾，掩住面貌。又替纪宏泽插刀在背后，把白昼衣裳的包裹也替他系在腰间。两个火折子，也分开了，一人带上一个。黑影中，金慧容咯的笑了一声，低说道："你看我比你还在行吧？"

纪宏泽笑道："你是老师，这全靠你指导了。别磨烦，赶紧走吧。"金慧容忙道："且慢，你道路不很熟，还是我在前面，给你带路吧。"纪宏泽道："那就请你开道！"

两人全低笑了。两人竟错着肩，稍微地一个在前，一个在后，展开夜行术，出离小市镇，径扑奔荒郊。

此时天色很黑，纪宏泽在白昼问过店家，把姚山村和铁牛堡的地势，和他们械斗的经过，都重新打听过一番，尤其注意他们最近的动静。可是店家不肯说实话，只告诉他应走的道路，别的事一字不谈。两人并肩疾行，眨眼间到达一段丁字路口上，应该往那边就是铁牛堡，往那边就是姚山村。金慧容当前引道，竟毫不迟疑地往这一拐，似乎要奔姚山村。

纪宏泽道："喂，你这是往哪里去？别是走错了吧？"

金慧容在黑影里回眸一笑道："不错，这么走更抄近，我比你道路熟，你跟着我走，没错。"脚下加紧，直奔岔道。

又走了一程，纪宏泽虽然不辨路径，仍知南北，仰面观星，推测方向，穿过一道丛林，四面荒旷，曲折的大路，在黑影中显出一条白线似的。纪宏泽觉得不对，顿时站住脚说道："慧容，别走了，你走错了，咱们到底是奔西北，还是奔东南？"

金慧容止步说："一点没错，你瞧，再往那边一拐，再走这么一程子，不就到地方？"

纪宏泽再不肯瞎跑了，奔到一座大岗上，看了看附近地形，虽在昏夜，他已然辨明这去向，恰与铁牛堡相反，忙向金慧容叫道："你过来。你多半是转了向了……"说到这里，猛然醒悟，他已听见金慧容的俏笑声音。纪宏泽不禁含嗔道："慧容，你告诉我老实话，你把我带到什么地方来了？这地方究竟是哪里？"

金慧容咯咯地笑起来，挨到纪宏泽身边道："你不是要找你的七叔去么？这儿是奔姚山村的大道。"

纪宏泽怒道："好，真叫我猜着了，刚才在岔道上，我就知道你要闹鬼，你拿我当小孩子耍。"

金慧容连忙说道："纪弟弟，你别生气，我不是骗你，我实在不敢再到铁牛堡去，我怕你我一去，好比自投虎口，我先领你探姚山村，找着你的七叔，咱们三个再一同到铁牛堡去，管保没错。这工夫省得倒打草惊蛇，自投罗网，好弟弟，你依着我吧。"

纪宏泽很不痛快，重往四面看了看，说道："我知道你不愿去，算了吧！你趁早回店，我一个人去好了。"愤愤走下土岗，张皇四顾，还打算另觅去路，扑奔铁牛堡。

金慧容纤足一点，蹿过来迎头拦住，再三央告："好弟弟，你带我走吧，我已然跟了你了，你上哪里，我就上哪里，你不要甩我。"

纪宏泽道："我要上铁牛堡。"

金慧容道："我就跟你上铁牛堡。"口里说着，她已然晓得天色太晚，决计返不回去了，偷笑着跟随纪宏泽往回跑。

果然纪宏泽噘嘴生气，一个劲地跑，好半晌不说话。跑回一段路，仰面看天，又回头往姚山村那边望了望，默计时候，哼了一声道："慧容，你不许再耍我。这里离铁牛堡还有多远？离姚山村还有多远？"

金慧容道："哟，我骗过你几回呀？你瞧，奔这边，再走这么十来里地，就是姚山村。往那边绕，得走出三十多里地，才能到铁牛堡。怎么样，纪弟弟，咱们奔哪里去呢？"

纪宏泽扯衣襟拭了拭脸，说道："你明知故问。你把我诓到姚山村，自然没有办法，先探姚山村的了。咱们有言在先，等到进了村，可就算是进了龙潭虎穴了，你可不要再耍小心眼，你不要毁了我呀。"

金慧容本有点调情谲闹的意思，不想因此引起纪宏泽的多心，连忙伸出手按着纪宏泽的肩膀，赔笑起誓赌咒地说："我可真是错走一步道，永远叫人家瞧不起了。好弟弟，你可别这么多疑，我刚才跟你逗着玩，我是知道铁牛堡的厉害，不愿叫你去送死。咱们这回进了姚山村，我一定小心在意跟你合力。我明知道入村寻人，一失手就要遭擒，一遭擒就是一个死，我还能害你么，那岂不是害我自己？我简直对你起个誓吧，也省得你不放心。苍天在上，民女金慧容在下，我跟纪弟弟是一心一意，我若要安着两个心眼，老天爷叫我现世现报，不得好死，万世不得人身，下辈子叫我还托生一个女子，比现在还倒霉！"

半玩笑、半认真地起了誓，两个人折回来，重奔姚山村。转眼间又走到刚才那土岗前面，忽然发现那土岗上有一缕火光，跟着见有一条黑影，和纪宏泽刚才的举动一般，也正登高眺望，也似乎在那里仰观星斗，俯辨路径，金慧容不禁"哟"了一声，一把将纪宏泽扯住。

第二十四章　双女拼斗夺少婿

纪宏泽早已望见了，止步凝眸，远远地打量这条人影，对金慧容说："这许是过路的行人，迷失了道路的吧？"虽然这样猜，他也知道不像，这地方正介在铁牛堡、姚山村两庄械斗的地段，万不会在荒郊半夜，发现孤行客。

他们猜想这人影不是铁牛堡的巡风人，便是姚山村查夜人。纪宏泽要奔过去察看，又恐另有埋伏。金慧容更是心虚，认定此人是铁牛堡的打手，扯着纪宏泽，往道旁树后一藏，低声嘱道："不管是谁，你先别慌，咱们仔细看明白了再说。咱们先看看他有伙伴没有，再看看他是往哪里走，咱们可以悄悄地缀着他。"

纪宏泽摇头道："这分明只有一个人，我说慧容，咱们索性过去，把他捉住，拿刀威吓他吐实，他要是姚山村的人，我就向他追问我七叔的下落，我还可以逼他带路。他要是铁牛堡的人，那也不错，我们可以向他询问你我二人逃出以后，堡中人的动静，同时还可以问一问飞来凤的行止。"

金慧容爽然不答，纪宏泽只要一提飞来凤，她就心上不痛

快。纪宏泽见她不语，就要提刀奔过去。金慧容道：“使不得，使不得。”伸手把纪宏泽的腕子捋住。

纪宏泽道：“你是怎么回事，怎么一点也不许我动弹呢？”

金慧容附耳道：“你再细看看，你只看见他一个人在土岗上瞭望，你可看见土岗下面，他还带着好几个伙伴呢。咱们才两个人，人家估摸倒有六七个，四五个，咱们捉人不成，人家岂不捉了你我？”

纪宏泽把她手指一摘道：“这个使不得，那个使不得，跟你回店睡觉使得！”这末一句抢白得重了，金慧容蓦地愧不可抑，勉强辩解道：“你又不痛快我了，可是你还是年纪轻，管前不管后。就算你有本领，不怕事，可是你打算杀人害命么？”

纪宏泽道：“我是寻常百姓，我又不是强盗、马贼，我凭什么无故杀人？”

金慧容道：“这不结了！你这一去，当然要用武力逼他吐露实话。可是他若不肯说，你又该怎么样？你杀他不杀他？……”

纪宏泽道：“这个，干什么非杀人不可？我只持刀威吓他，再不然，拿刀背拍打他，管保他一害怕，拿我当作强人，必然会问什么说什么。”

金慧容抓住缝儿了，把头往纪宏泽肩上一倚，嗤之以鼻道：“你真巧，就算他比我还胆小，一见刀子就吓酥了，你问他什么，他就说什么，可是问完以后呢？你是把他放了呢，还是把他的嘴堵上？还是把他的舌头割下来呢？还有他本来是个活的，他还有两条腿呢，你是把他的腿锯下来呢，还是把他的腿绊拴上呢？”

纪宏泽道：“你瞧你这份啰唆。哎呀，不好，他要走……下坡了，你瞧奔那道去了。……哼，怎么样，你瞧，就只他一个人不是？你也不是怎么看的，归里包堆就只一个人，你倒说他还有伴。”急急地把金慧容一扯，抢步出离树后。

却是才往外面一蹿，两个人不由得愕然。想不到这人影的

身法竟十分矫捷，相隔虽远，夜色虽暗，此时月光已露，隐隐约约看见这人苗条的身躯，一身黑夜行衣，背插兵刃，如飞地奔向树林那边去了。不知何故，又一旋身，突然发现一道火光。原来此人手里还拿着火筒。

这人影持火筒往地下瞧看，瞧了又瞧，绕林而寻，似乎是俯验人踪足迹。也不知此人验明没有，跟着一直腰，把火筒的明亮闭住，展开夜行术，一径走下去了，那去向好像也是奔姚山村。

纪宏泽心中一转，拔步就追。金慧容急忙拦阻，纪宏泽如一支箭似的，早已飞蹿出去。急得金慧容连喊："嗐，嗐，嗐！"嗐声不住，纪宏泽却已越过大路，扑向树林。金慧容也是慌促失神，竟大声喊了一声。这就糟了！竟喊得前行那条人影也因此寻声回头！

纪宏泽此时只想到一点，这前面飞奔的人影必是姚山村的人，我无论如何也得赶上他，捉住他，向他拷问七叔的下落。他竟没有转想，这人影也许不是姚山村而是铁牛堡的人，但是就是铁牛堡的人也好，也值得追上他，可以找他探问飞来凤，探问那柄小白龙的仇人剑。他竟没有想到，这人影也许正是专心寻找纪宏泽他自己的。

金慧容也是心急失计，正如纪宏泽心急妄动一样，于是纪宏泽追那前面的人影，金慧容就追这追人的纪宏泽。那被追的前行人影突然觉出，背后有人，前面人影突然止步。

前面人影往树后一闪，把兵刃、暗器、火筒全都准备停当。

纪宏泽也把单刀、暗器，握在掌心，脚不停趾，如飞赶来。金慧容也脚不停趾，如飞赶来。

金慧容竟顾着急，反而大意，一味地纤足连点地，追赶意中人，仓促间忘了回手抽取背后的刀。三个人如同螳螂捕蝉，黄雀在后，你追我赶，眨眼间纪宏泽扑绕到树林这边。前面人影，往外一探头，唰的一扬手，嗖地打出一暗器。纪宏泽猛然一凝步，斜身拧腰，往旁一闪，就势一拿桩旁跨，暗器还打，

也脱手而出。喊了一声："呔，站住！"

同时，前面人影蓦然喊了一声："咦！"

后面金慧容跟着叫了一声："喂，嗐！"

这一呔，一咦，一喂嗐，三个人竟凑到了一块。

前面人影蹿出树林，手中兵刃一展，唰的扑到纪宏泽近面，口中发出了银铃般的叱声道："什么人，站住！……"跟着又喊："你是谁，你是谁，你是干什么的？"

纪宏泽不禁大诧，失声道："呀，你是谁？你是？……"已然听出是个女人。

那金慧容听声辨人，更不胜惊扰，她已然猜出这个人。这个人不是别人，正是那个飞来凤桑玉明桑三姑娘，三寨主桑三爷！

金慧容慌慌张张奔过来，又站住了，站住了又往前蹭，口中吃吃地对纪宏泽叫道："喂，喂，喂，你快回来！"

喊声未停，纪宏泽似往前迎，辨动静，察敌友，心中料到七八成。那飞来凤早将手中的火筒一转，发出一道黄光，如车轮一转，照向纪宏泽。黄光停在纪宏泽的面上，她心中大悦，果然是自己要找的人。纪宏泽奔驰在夜影里，抵面骤受明火，两眼有些睁不开，身子仍往前凑，提刀护着自己。

飞来凤桑玉明左提刀，右提灯，细辨人面，失声叫道："哎呀，你，你，你！"真格的喜出望外，不由得真情毕露，她跃然叫道："这不是你么？你不是纪么？你、你、你怎么溜到这里来了？"

黑影中桑玉明早已望见纪宏泽身后还有一个伴，她心中一动，断定那个人不是外人，必是意中人那天说的那个什么七叔，失陷在姚山村的那个人。那个什么七叔，当然是纪宏泽的长辈，也就是在将来的未来，将要变成她的长辈七伯。

她远远地肃然起敬，矜持起来，自己算是没有过门的人，不能不端着点，她忙叫道："宏泽，你原来是寻着七叔他老人家了吧？你可叫我好找，我猜你一个人必要投奔这姚山村这条

道上来，我就摸了过来，我算真料着了。我跟谁也没说，我怕耽误了你的事，我自己偷偷寻了你来。你那把宝剑，不是传家之宝么？你瞧我给你背来了，我给你送来了。”

飞来凤好比一个热火盆似的扑上来，连说带笑，未容纪宏泽发言，她先放了一阵连珠炮。她满面欢欣，又对着纪宏泽背后的人影，冒叫了一声：“您是七叔吧，七叔您好！我的事情，宏泽告诉您了么？我姓桑，我叫桑玉明，我和您的令侄是在铁牛堡遇上的，您的令侄叫他们铁牛堡一群匪类……”边说边往前凑，手中的火筒一晃一晃的，由纪宏泽的脸上，晃到纪宏泽背后，遥遥照向男装改容的金慧容的脸上。

金慧容忙将脸一扭，把头一低，侧转身子，心中纷扰，那只手提刀，那只手探囊取物。

纪宏泽心上也慌，猝出不意，不知该说什么好。他先找了一句寻常的问讯话：“你一个人出来的么？上哪儿去？”简直问得不合拢，不对劲。

飞来凤觉出不对劲……

这工夫，飞来凤口不停，脚不停。纪宏泽钉在那里不动，飞来凤直凑过来。眨眼间，飞来凤和纪宏泽相距两三丈了；那么，飞来凤和金慧容二女之间，相距只有六七丈了。火筒的黄光照近不照远，金慧容的脸只往旁边闪，她越闪，飞来凤越要照。虽然光线弱，面目辨不清，可已看出身子骨来，是如此地苗条，单细，瘦腰，削肩，小个儿，喉咙又如此娇脆，飞来凤觉出来，这断乎不是什么七叔，七叔是老爷们。这个人影躲躲闪闪的，单看轮廓，也似乎不类。她心中起疑，忙将火筒重往上一照，又往下一扫，从头到脚，从肩到腰，腰扎紧带，如此婀娜，脚登快靴，如此纤瘦，飞来凤心中说：“唔，这是七叔吗？倒像她娘的七婶娘了！”

飞来凤往前凑，要越过纪宏泽，直抵纪宏泽面前时，二人面对面了，她心中又高兴，她问道：“宏泽，这位是谁？可是你寻着了七叔吗？就是这位吗？”

纪宏泽还没有把这突然应变的话头打点好，他呆呆地再搪塞一句话："你往哪儿去？你从哪里来？我老远地瞧着像你，真就是你，就只你一个人吗？没有别人跟你一块来吗？"

一连串废话，飞来凤听着倒爱听似的，笑嘻嘻地说："可不是就只我一个人，我为了你，还敢惊动别人么？你再想想，你不知人家全要毁你，他们都想把你活埋了，我这是背着他们出来的。可是的，那天晚上，咱们定好的死约会，不见不散，我敲窗的时候，凭空挨了姚山村狗东西们的一支冷箭。我怕伤着你，又怕你钻不出窗口，我就追了过去。回头我赶跑了贼，再来找你，连个影儿也不见了，你到底上哪里去了？"

纪宏泽敷衍了几句话。

飞来凤欢然说道："你到底怎么出来的？是一个人出来的么？我听他们闹得很凶，说那天姚山村有大批的奸细进了堡，有的人说进来七八个，有的说还多。他们大概是劫救俘虏来的，这个碍不着我，我也不管。我又听说那天他们堡里一共逃跑了三个人，我猜内中必定有你，只不知那两个是谁？莫非你寻不着七叔，你的七叔反倒寻了你来，把你救出了的么？我问了一会子，到底那一位是你的七叔不是，你给我引见引见。"

她又展望四面，再瞅纪宏泽背影，她已看出金慧容不是七叔，听口音娇脆，她疑心是个小孩。却是金慧容站在那边，不肯过来，似避着飞来凤，飞来凤当然多心了。

金慧容暗打主意，不肯挨过来。纪宏泽造次之间，要给二女子引见，又觉得兆头不佳。如今二女遥遥相对，此觑彼问，他不好装傻，无论如何也该说明，介绍。他踌躇地说："你问这一位，这位不是七叔……"

金慧容不愿见飞来凤，乃是当然的。她是少孀私奔，当然不肯见熟人，何况飞来凤又是她丑诋过的，无奈三个人面面相视，不得下场。纪宏泽回头看了看金慧容，金慧容恨不得打倒退。纪宏泽忙凑了过去，低声问她："没法子，遇上了，我给你们引见引见吧。"

金慧容把身子一扭，低声说：“我不见她。”

纪宏泽道：“她已经看见你了。”

金慧容道：“你好好歹歹把她支走完了，我决计不见她。”

纪宏泽道：“那可怎么行，她直问你。”金慧容又惭又怒道：“我说什么也不见她，你这人也不替我想想。”她恨恨地回身要走。

这却是女人见识了。

两个人在这里一嘀咕，飞来凤就立在那边不远，纵然听不清，已然看得明；心中怦然一动道：“好吗，他捣什么鬼？这个人是谁呢？”

那个女子不肯来见，这个女子索性直迫过来，大声说道：“这位到底是谁呀？怎么不过来，给我引见引见。宏泽，你太那个了，就不是七叔，也一定是你的朋友伙伴，我也应该见见呀。”

飞来凤手提火筒，一直走过来。火筒的光这么一照，金慧容顿时无地自容，全形毕露了。纵然改装，瞒不过行家。她万分无奈，忽然一转身，愤愤说道：“何必引见，我认得你，你也认得我，见个什么劲？”

飞来凤道：“咦？”再将火筒仔细瞧看，两个女子面面相对。飞来凤愕然失声，她已料得一点，可是再想不到是金慧容。当下说道：“哟，是你呀！”

“不错，是我，怎么样呢？”金慧容显然羞愧反成愤怒了。

飞来凤桑玉明看了又看，人很面熟，想了想，说道：“哦，你不是二海媳妇吗？”

金慧容把身子一扭，脸向旁处道：“什么二海媳妇，你不是丧门神家的三丫头吗？你怎么跟我称名道姓起来？”

飞来凤提起火筒，心中转而又转，格格地一阵狂笑道：“好哇，我这明白了，我前天听人说，你们铁牛堡里丢了人了，又说六房里头跑了一个小寡妇，我再猜不到是谁，原来就是你。我只听说逃跑了一两个俘虏，我只道是他们姚山村的人救

了去呢，原来是宏泽你。你们两个原来合起手来了。你们可是旧日早有认识呢，还是临时凑合的打起伙来呢？”

飞来凤大发雷霆，她胸中燃起忿妒之火来，手中的火筒吐露黄光，摆来摆去，她心中的火更比灯光旺，火筒的光一时照到金慧容，一时照到纪宏泽，她的话越说越刻毒。

纪宏泽听她讲得如此尴尬，心中也很动怒。金慧容更是恚忿已极，抗声骂道：“我是你家的小寡妇么？你管得着么？……这一位是我的娘家兄弟，他接我来了。我们是亲姐弟，一奶同胞。你姓什么，你一个外姓人，你倒考查起我来了，你忘了你是什么东西了，你一个姑娘家，趁早给我躲开了，少管闲篇。”口发咄咄之声，把身子一扭，又冲着黑地，啐了一口。

飞来凤桑五明猝然蒙住，手晃着火筒，直勾勾地看着金慧容，转脸来又看纪宏泽。纪宏泽一声不响，多亏了昏夜，遮住了他的脸，他的脸臊得通红，尤其是亲姐弟这一句话，太有点那个了。他越发觉得出两个人的分量不同，他当下一声不哼，一筹莫展，静看着两个女子为他争吵。

飞来凤的口齿比金慧容强，现在竟被人家噎住。但转瞬间她已觉出破绽，立即追问纪宏泽：“宏泽，她真是你姐姐么？你真有这样的姐姐么？她到底是你的什么人？”

纪宏泽两腮热烘烘的，还是不哼。飞来凤往前凑一步，抗声叫道：“你别不说话呀？你不是外乡人么？你怎么会是她的弟弟，她的话都是真的么？你真和她是一家子？你会有这么一个不要脸的寡妇姐姐？她给人家做小，妨死了男人，还乱七八糟。你说，你们到底是怎么凑在一块的？是怎么个讲究？我不能单听她一面之词，我要问问，哼，想骗我可不成，我不能听她的一派胡言假话。喂，宏泽，你说！”

金慧容忙道：“什么一面之词，什么实话假话，你问不着我，咱们没话。”

飞来凤嘻声笑道：“你一个无耻的寡妇，你要高攀我，我却没有精神和你胡呰，我问的是他！”

金慧容被她一口一个寡妇，骂得愧极，竟气得抖抖地说："他是我弟弟，你不能欺负他，你有话冲我说。"

飞来凤道："我偏冲着他说。宏泽，宏泽，我只听你一句话，你忘了咱们两个那天的话了么？"更对着耳门说："你怎么遇着她了，我不信你从前会认识她，你快告诉我实话，我好替你把她打发了。"直凑到纪宏泽的眼前，要拉他的手。

金慧容急了，忙抢上一步，横身遮在纪宏泽面前说道："纪，咱们快走吧，不要跟她一个女混混胡缠了。她一个姑娘家，却有一大串男友，无耻极了。"

两个女人就要当面劫夺纪宏泽，两个女子全扑上来。这个说你跟我来，那个说你跟我去，纪宏泽再不能袖手。他红头胀脸，往旁一闪，忙说道："你们不要吵，不要动手，你们全听我说。"

两个女子依然听不入耳，各抽出兵刃，就要动武。纪宏泽振吭喝了一声："你们全给我住手。"

这一声大喊，两个女子都应声往后倒退。飞来凤侧着头问道："你快说吧！她到底跟你是怎么回事？你真是她娘家的人么？"

纪宏泽不答，正色道："你们谁也不要闹。全听我讲，我没进铁牛堡以前，跟你们谁也不认识……"

飞来凤畅然笑道："完啦，我说怎么样，好你个二海媳妇，我准知道你是胡扯。来吧，宏泽，跟我走吧，你不是要寻找你的七叔去么？我来帮着你去。"

这口吻和金慧容一样。金慧容好像心口上被刺了一下，正要抢话。纪宏泽忙说："又吵，又吵，二位暂且住口，你们听我说完了。"

飞来凤道："好，我不言语，你只管说。"金慧容也忍住。

纪宏泽这才面向飞来凤道："我们的遇合是这样……是你捉的我，又放了我。"转向金慧容道："是你引导我，又放了我，同我一块逃出来。……你们两个人和我全是萍水相逢。在

这以前，我和你们谁也不认识。我知道你们两个都愿意帮我，你们都想跟我，我却是一个大孩子罢了。我身上还背着很重的债务，我不能迷醉在女色上面。”说到女色二字，声音极低，有音无字。

他接着讲：“我现在还得办我的正事，我要寻找我那七叔去。你们二位都不要吵了，嗐，慧容娘子，我辜负你了，你还是回转你的娘家。玉明姑娘，我也对不起你，你的一番好意，我只可心领，你也回你的胞兄家去吧。我们三个人萍水相逢，我们再萍泛而散。慧容娘子，店中的东西我全不要了，你拿去吧。玉明姑娘，我那把剑，请你赏还我，那本是我讨债的信物。从此我们三人你东我西，各奔前程。我不是，咳，不是我故意负心，无奈我……况且，你们又起了争执，你们又彼此对讦。我实在弄不清楚，我不晓得你们二位的身世，你们二位也不知道我的身世，我们实在是……散了的好，合则两伤，散了最、最、最……”

纪宏泽这一番话还没有说完，已然把金慧容说得粉面焦黄，和傻了一样，她早料到飞来凤一出现，必影响到自己的终身。现在，纪宏泽果然说出绝决的话了。金慧容竟猝然无对，扪着心口叹了一口怨气。

飞来凤却不然，首先起来道：“不行，你说得好轻松，你要甩了我，你怎么许我来的，我一个姑娘家，焉能无故拿身子许给人，焉能说散就散？你一定是叫她这个小寡妇给迷惑住了。你们两个人一定有事。我已然猜透了，你说是咱们三个人一刀两断，我可不上当，你把我抛了，回头她再找你，你再找她。宏泽，我的心肝肺腑都割给你了，你不是要找你的七叔？好，走，走，走，我陪你去。咱们俩一块去。”

金慧容听她这一闹，忽如绝地逢生，倒喜欢起来；忙说道：“他凭什么跟你一块去？他刚才说的话很对，我也听明白了，你们俩不用说也有约会，他可是跟我也有约会。不但有约会，他简直按现在说，就是我的人了，我就是他的人了。他要

走，也得跟我走，不管怎么说，也轮不到你。依我说，你也别赖，我也别争，他愿意带着谁，谁就跟了他去。纪，你说，你打算带谁?”

纪宏泽道：“对不住，你们二位我谁也不想带，你们二人放我一个人走吧，你们二位全都请回吧。”

飞来凤道：“那可不成，我在铁牛堡闹翻了天，我都为的谁呀？我已知没有回路了，我只好扑奔你来。我和我哥哥也闹翻了，跟他们鲍家也吵起来了，我已然被你害得无家可归，我不跟你跟谁？走吧，你别不好意思，你不要怵着她，我会打发她。”

飞来凤就要动手，纪宏泽横身拦住。

金慧容一点也不怯，她只有得失之患，没有生死之惧。她又有了辞，向飞来凤说：“你也别争，我也别争，还是那句话，像这样谁也不甘心退后，依我说，嗐，咱们俩全舍了他，叫他一个人干他的去。我回我的娘家，你回你的山寨，当你的女寨主去。你不是还有二寨主，三寨主，两个老爷们做你的朋友吗？你何必再霸揽人家一个年轻的好男子？你放了他去吧，你肯放手，我决退让。”金慧容口齿不如飞来凤，心眼却比她快。当下提出双方齐退步、全松手的办法。

然而飞来凤桑玉明并不傻，连声冷笑道：“好主意，这招儿也不错，我们全别争夺，让他一个人去。那么，你先走吧，我随后就去。宏泽，你听见了没有？你不是要自己一个人寻你的七叔去么？你就去吧，我桑玉明决不给你打扰，我也决不死乞白赖。二海媳妇你先走，宏泽你第二走，我第三走！”说罢，嘻嘻冷笑，金慧容的诡招被她明白揭破了。空吵了半晌，还是不了。

纪宏泽再忍不住，向二女举举手道：“我先走了，对不住，后会有期！”他摇了摇头，抛下二女，拔步绕林而往前去。

他迈步投奔姚山村的大路。金慧容不知不觉，纤足挪动，要举步追随。于是飞来凤成心故意，登时也斜身傍行。三个人

二女一男，又走成一串了。纪宏泽回头一望，哼了一声，脚步顿然放慢。

金慧容"哎"了一声，站住了脚，遮住飞来凤道："咱们俩谁也不许跟着。"

飞来凤冷笑道："你不跟，我决不跟。耗吧，我不亏心，耗到白天我也不怕。只怕咱们三个人里头，准有一位白天不敢见人的。咱们俩全别动。让纪宏泽一个人去他的。"

飞来凤竟揭破了金慧容的短处。可是，她也到底忍不住，黑影中望见纪宏泽徐徐远行，渐没入林翳，再转眼就不见了。她咦了一声，哟了一声，自觉上当。她想：还是他和她相处工夫久，他们一定有密约。我一个弄不好，就要上当。她就远望黑影中去之已远的纪宏泽，又抵面看火筒火光照耀着的金慧容，据她看，金慧容就好像心中有十成把握似的，长线放风筝，纵得很远，一定还能扯得回来。她自己瞎在这里监视他们，他们终究要抛掉我，再相合在一处的。飞来凤就又哟了一声，道："且慢！宏泽，宏泽，还你的剑！"

她慌忙地抽出背后插的那把剑，匆匆说："这是宏泽的剑，他一个人去探姚山村，总得有趁手的兵刃。宏泽！宏泽！你回来！你等等我，你站住，这是你的剑，你不要了么？"她比比画画，拿着这剑，如飞地投奔林翳。她是要还剑。

而金慧容顿时也一愣，也立刻往豹皮囊中一摸，也照样叫道："纪呀，纪呀，你的镖！你的镖！"

飞来凤一溜烟似的飞追纪宏泽，要送剑；金慧容一溜烟似的，紧跟着飞来凤要送镖。

桑玉明绰号"飞来凤"，施展夜行术，不亚如雌凤飞来飞去。金慧容纤足苗条，不能相及，只一晃的工夫，便落后了。

金慧容大为焦灼，娇叱一声："纪，给你镖，接镖！"一抬手，金镖出手，往纪宏泽的背影投去，却实是往飞来凤的后心打去。

嗤的一声，利器劈风，黑影中，镖打了个准，正指飞来凤

的要害。

飞来凤早已防到情场敌人的暗算。倏然一闪身，身子往旁一侧，让过镖锋，探纤纤玉手，向镖穗后一抓，没有抓住，险些伤了手。

飞来凤勃然大怒，陡然翻身，骂道："好东西，你要毁我！若不冲着宏泽，我早就要宰你，你倒老虎嘴内拔牙！"立刻一展手中剑，蓄势以待，先把火筒放下，又把皮囊端正好，使得暗器应手可得。果然眨眼间，金慧容抢上来了。

二女变了脸。

金慧容深情独钟，忘了利害。她明知飞来凤是有名的辣手，可是她一点也不惧。既已揭开情面，更不多言，利刃一挥，这个往前一凑，那个往前一赶，剑碰刀，刀撞剑，登时换了三招。

金慧容一声不响，和情敌相拼。飞来凤桑玉明却不然，她还要声罪致讨，手不停挥，与金慧容相打，口不住喊，招呼纪宏泽快来："喂，喂，宏泽，你瞧她可是暗算我，她冷不防给我一镖，她要我的命，你瞧见了没有？好你个挨千刀的不要脸的小寡妇，我跟你何冤何仇，你竟下这毒手！"

飞来凤振吭高呼，金慧容缄默无言，纪宏泽在远处登时听见，吃了一惊。凝身止步，张目远望，才看出两条人影幢幢乱晃，两个女人为了自己，真格的要拼性命，打起来了。纪宏泽晓得金慧容武功既弱，暗器又不敌，她不量力而争，势必把性命葬送在飞来凤手中。飞来凤那个迷人七窍的暗器，中人口鼻，顿丧知觉，更料到金慧容无法应付。

纪宏泽怅望俄顷，急急奔回来，低声吆喝，劝二女住手。二女不肯听从，刀剑齐挥，往这乱窜。纪宏泽直奔到二女斗处，拔出刀来，更厉声喝阻。飞来凤挥剑如风，不肯后退。金慧容横刀击扫，也有恃无恐似的挺身与情敌周旋。纪宏泽替她们担险，劝她们不住；急忙持单刀，要隔在二女之间。二女苦苦相持，纪宏泽要想好好冲进去，竟不可得。纪宏泽忙紧握刀

柄，飞身一横，用夜战八方式，直冲进二女交斗的中间，刀锋猛扫，二女齐退。

纪宏泽舞刀横身，当中一站，向二女发话道："你们这是何苦？我走我的，你们回去你们的，怎么我刚转身，你们就好端端地打起来？刀剑无眼，你们又无仇无恨，这图的是什么呢？"

金慧容不语。飞来凤桑玉明微微后退，用剑锋指着金慧容道："可说的是呢，你问她去，为什么拿暗器找我？"

纪宏泽转面来，连问数声："这怎么讲？"金慧容仍不出声。纪宏泽又问："到底你们谁先动的手？"

飞来凤尖声道："着啊，你是个好问官，你问问吧！到底谁先动的手，谁打算毁谁？"

纪宏泽恍然明白了，低问金慧容："到底为什么，是你先动手了？"

金慧容方才冷笑道："不为什么，她看着我碍事，我也看着她碍眼。你不用管，我活着也无味，你要是一走……你去你的吧，我跟她拼，索性叫她把我杀了，倒痛快。"说罢，一展刀锋，重扑桑玉明。

桑玉明狂笑道："好你个泼妇，你冲着男人，撒娇寻死拼命，男人们许受你的迷惑。你忘了我桑三爷，也是个女人呀！你要作死，岂不现成？宏泽，宏泽，你听明白了，你看明白了，这可不怨我！"把剑一直，揉身进招，喝道："要寻死不难，叫你尝尝姑娘的厉害！"

飞来凤飞蹿如鸟，利刃劈风，让开纪宏泽，直抵到金慧容面前。金慧容往后退了一步，立即还刀相迎，黑夜荒郊中，二女又打在一起。

纪宏泽空提着那把刀，竟束手无计止争。二女此攻彼守，此进彼退，团团打转。纪宏泽很着急，二女在内圈斗，他跟在外圈，团团打转，三个人如纺车，如转磨，眨眼过了七八招，转了三四个圈。

二女各展身手，抗不相下，纪宏泽绕来绕去，总拦不住。一时凑到金慧容背后，低声劝道："慧容娘子，你这是何苦？你不要跟桑姑娘动手，你们有话好说。你不是她的对手，你搪不了她的暗器。"一时又转到桑玉明背后，连连叫道："玉明姑娘，你何必跟她计较，你可怜她和你不同，她已无家可归，她是个孤苦无依的年轻孀妇。"

两女全不听他这一套，金慧容只攻不答，手不停扫，好像听出纪宏泽替她担心。她便抗声答了两句："我不怕她，她的迷魂帕，会迷惑不懂局的外来男子，叫她冲我施施！"捎带着也算警告情敌。

飞来凤立刻听出来，纪宏泽口气之间，分明暗向着金慧容，她心中越觉不平。殊不知纪宏泽还是同情于弱者，不愿出人命。飞来凤恨恨地说道："不用你们嘀咕，落在我手里，我准把你们撕罗清楚了。我又不办寡妇堂，行好也行不到她身上，别不害臊了，寡妇会跟人半夜跑！"

两女口斗又手斗。金慧容的武功身手，纪宏泽曾经目睹，飞来凤却是初次领教。所以飞来凤不敢忽略，如临大敌，忽攻忽守，一点也不敢大意。金慧容到底不是飞来凤的对手，工夫长了，自然相形见绌，乍斗却看不出优劣，金慧容的刀法居然头头是道，专攻敌手的要害，招又快又毒。

纪宏泽首先诧异起来，飞来凤更有些心惊。飞来凤自涉江湖，在女人群里还没有遇见对手，现在竟是初逢劲敌。并且金慧容的刀法又很特别，摸黑影进招，居然攻守如法。飞来凤乘夜而斗，倒显着不如，她真料不到这个二海的孀媳，善于夜战。

其实黑影中看不见面貌，飞来凤面不改色，气力绰绰有余，金慧容已然头面上见汗。飞来凤暗暗焦灼：我难道真栽给她？不好，不好，我看我还是拿暗器毁她！用利剑攻她，抽身旁闪，把她的暗器取出来，要相机运用。夜风扑面，飞来凤暗移步伐，且战且走，打算抢奔上风头。

金慧容早已防着，此刻顿时察觉，敌手斗着转圈，她也跟着转圈，也抢上风头。两个人都改了斗法，一面打，一面转，你也抢上风，我也抢上风，抢来抢去，两个人全往斜刺里斗着挪动。

飞来凤飞纵术较高，金慧容赛不过她。每当落后，叫敌人抢了上风去，金慧容就改招自救，另外往旁边跨。跨到旁边，自然躲过下风。飞来凤见状，忙又重扑上来，两人再打。一扑一跨，一转一绕，两个女子竟一律打着横，像螃蟹似的，且交战，且横蹿。两个女子简直像横着身子赛跑。

金慧容横着跑，也跑不过飞来凤。她十分乖觉，一见落后，立刻折回来，往原处跑。恍如横身拉锯，倒牵引得飞来凤，东截一头，西拦一头，飞过来飞过去乱晃。却是像这样斗法，金慧容竟走内圈，飞来凤竟走外圈，一个弓弦，一个弓背，飞来凤未免吃亏，多走冤枉路，徒劳而无功。

飞来凤恚怒起来："好你个狡猾的小寡妇，你倒会溜人！"把手中剑一挺，猛扑上来，一连数剑，锐不可当。

金慧容极力招架，还口骂道："臭丫头，知道你打圈绕，没安好心，又要施你那迷魂招了。奶奶懂局，偏不上当。丫头，今夜叫你抢一辈子，奶奶也不能叫你抢了上风去。"

飞来凤骂道："小寡妇，你倒行家，姑娘不用七香袋，只凭这剑，也够你快活的！着家伙吧！"狠狠一剑，猛砍下来。来势太猛，金慧容不敢硬架，急忙往后一退。飞来凤立刻唰唰唰，连发三剑。金慧容划刀招架，连连闪退。

飞来凤大喜，扬声一呼，猛然凌空一蹿，到底借力攻，抓住了用暗器的巧机会。如电光火石般，剑交左手，袋交右手，唰的一道迷雾，抖手发出来，随着喝了一声："倒！"

纪宏泽大骇失声，道："呀！"

却不料，金慧容连闪三剑，暗有提防，黑影中，恍然望见敌手一招，她就下死力一弯腰，下死力一顿足，蓦地腾空，往旁边跳去。刚刚跳出下风头，七香袋的迷雾已然发到，同时也

落了空。

金慧容身才落地，捏鼻子，屏呼吸，蜻蜓三点水，唰唰唰，连窜三四丈以外，方敢凝身拿桩回顾，也将暗器取出，却蓄势未发，等候敌人的空当。

飞来凤骂道：“好刁滑的小寡妇!”

金慧容大骂道：“万恶的死丫头，又摆弄你那迷魂招。怎么样，奶奶不上当，有本领你再来!”

飞来凤怒不可遏，挺剑追来，又斗在一处。纪宏泽长吁了一口气，不由得叫起好来。

飞来凤叫道：“好吗，她是比我好吗？再叫你看看，到底谁好!”把掌中剑嗖嗖施展开来，一片剑光，将金慧容团团围住。金慧容也奋力相持，百般用心应付。突然间，飞来凤又得了一个机会，她抢了上风，把七香袋又发出来，迷雾一抖。金慧容又忙地一跃，飞来凤却在运用暗器中，加上了急击，趁敌人惊忙外蹿之际，利剑一挺，顿足一跃，照敌人后心扎来。

金慧容更诡，虽然力气不济，智力甚巧，她刚刚地蹿到圈外，料定敌人必来穷追，她把手中刀往后一扎，跟手把掌心暗藏的暗器，一声不响，倏然地打出去。纪宏泽眼看金慧容要吃亏，只一眨眼之际，那飞来凤猛然失声，身子突扑过去，又一蹿退回来，黑影中，剑刚扎出去，又蓦地掣回，却有一条黑影掠空落地了，正是金慧容发的一只镖。

两个女子全失声惊叫。全逢险招，全都用尽气力自救。往圈外跳。金慧容先躲开了迷魂袋，又躲开了剑。飞来凤先躲开了敌人的反手刀，又躲开了镖。二女全都惊怖失措，纪宏泽也代她们大吃一惊。

金慧容也退到一边，气喘吁吁说道：“丫头片子，也叫你尝尝，你只当你一个人会施暗器呢，别人也会，你那迷魂袋，在奶奶跟前卖不出去。”说罢连声冷笑。

飞来凤越发生气，骂道：“你天生是夜里的玩意，一到白天，你再试试。你倒是个夜度娘。不成，我今夜非把你放倒不

成，我不能叫你臭美！”

飞来凤忙拭了拭汗，挥剑又扑上来。两个人重新动手，眨眼又走了十余回合。纪宏泽唯恐她们两败俱伤，又过来相劝。

金慧容似已力疲，怒也稍息。飞来凤竟好像越斗越勇似的，更暗恼着纪宏泽，认为他偏心眼，越发不依不饶，一面动手，一面向纪宏泽说道：“好你个纪宏泽，你索性不要替她担心，你莫如下场来，帮助她毁我吧。你看她力疲了，你就来劝架。你看她缓过气来，你又站在一边看热闹。你拍拍良心想一想，你太对不住我了。我看她不是你的姐姐，别是你的……”

纪宏泽正要再过来分拆她们，被这一句话堵住了，纪宏泽愧忿道：“这真是岂有此理，你们无冤无仇，当着我的面，在这里拼命，我能够坐山观虎斗么？况且你们是动刀，是性命相扑，况且你们又都是冲着我来的，我焉能不拦劝？叫你们自己想想，你要处在我这种地位，我能帮你们谁？自然是劝你们两边。你们两边谁也不听我的劝，我也看明白了，你们好好地在这里打吧；我管不了，我还躲不开么？再见，再见！你们拼命地打，我对不起，先走一步了！”

纪宏泽放下这话，一怒而去。这却是妙法，二女一扑一蹿，苦斗不休，都要在纪宏泽面前抢个上风，越打越没有完。纪宏泽现在扭头要走，二女齐叫起来，齐住了手，一齐拦阻纪宏泽，叫他且慢，且慢！且慢！

二女一面追，一面叫，一面还是侧着身子，你趁空给我一剑，我抽空给你一刀。不但赛跑，赛刀，还赛喉咙。这个叫：“纪呀，你回来！”那个叫：“纪呀，你别走！”刚才的把戏又重新搬演了。

纪宏泽且跑且回头，虽然发着狠，要踩脚一走了事，毕竟旁观二女为己拼命，于心不忍。二女一个劲地追而且斗，一迭声地喊叫纪宏泽。纪宏泽又可笑她们，又可怜她们，止步回头，向二女摇手道：“你们二位请别喊吧，你们不要缠障我了，你们狠狠地打吧，我失陪了！”转身举步，又回头望了一眼，

心中琢磨：怪不得人说，女色不可近，真格和毒蛇一样，缠起人来，没完没了，连性命都不要。我看二女全不好招惹，她们动起手来，也分不出谁强谁弱，飞来凤也未必能把金慧容伤了。我索性趁她二人互争之际，认真抛了她们，脱出情海的漩涡为妙！

纪宏泽这样一计较，这才脚下加快，眨眼间走到林边。二女吵着打着，动刀剑不方便，都往开处闪了闪，都摇出暗器来。金慧容用镖暗算情敌，飞来凤用飞蝗石子和甩手箭。一男前行，二女后逐，眨眼奔出半里地，相距一箭地。起初男女之间相隔不远，此刻二女还得提防对头，当然脚底下不济，当然落后。抹林转弯，纪宏泽愈行愈速，忍不住又回看了一眼，自己一狠心道：“去她的吧！”他于是投身进入密林。

不料他刚刚抛二女决意投林，忽听背后起一声惨呼，又起了一声得意的笑骂。纪宏泽登时心中一惊，忍不住又往林外探头。

纪宏泽到底是多情、不忍、少决断的人，他回头瞥望，远远望见月影迷离，二女竟分出胜负来了。

两条人影在路上打晃，往自己这边奔来，却恍惚望见飞来凤这个颀长的女子抢了上风，金慧容这个娇小的妇人似乎落后。纪宏泽不觉住了脚，努目光欲观究竟。

起初二女并肩而奔，且奔且斗，此刻情势一变，一个追，一个跑；更凝眸细看，一个是扬着兵刃砍着追，一个是横着兵刃倒退着招架。

一阵狂笑，又跟着一声惨叫，飞来凤竟伤了金慧容。

金慧容好像受了重伤，依然不肯落荒逃命，依然扑奔纪宏泽这里来。她越往这边逃，她的情敌越不轻饶，左一剑，右一剑，横一剑，竖一剑，攻击金慧容。金慧容只剩了招架之功，再没有还手余力。她负痛惨呼，依然痛骂敌人，依然奔寻纪宏泽。她越奔寻纪宏泽，飞来凤越怒，剑光挥霍，越要刺倒她。纪宏泽心中惊惧，急忙奔过去，只听飞来凤骂道：“臭女人，

我叫你再卖狂，我叫你再跑！"

那金慧容分明输了招，依然不输口，她并没有喊救命，仍在奋力与敌相持，且斗且倒退，并且还骂道："好你个飞来凤，姑奶奶本就不想活，姑奶奶早就活腻了，你有本领，再给我一剑。"她又远远向纪宏泽告别道："纪呀！纪呀！你快走吧，我输给臭丫头了，你还不快走？"

纪宏泽觉得奇怪，金慧容负伤往自己这边跑，似盼自己驰救，却又叫自己快走，他想不出金慧容的矛盾心理。纪宏泽脚下加紧，急往这边跑，月影下金慧容也踉跄往这边凑。飞来凤猛往当中一跳，将金慧容截住，手起剑落，照金慧容背后一刺。金慧容往旁一侧，回手刀往后一捞，叮当一声，刀剑相碰，幸将这一招架住，可就百忙中忘了敌人的七香囊了。飞来凤已然趁着金慧容败逃之际，取出了七香囊，并且抢奔上风。

纪宏泽如飞地赶到，远远口叫喊："你们别打了！别打了！"

飞来凤扫眼一看，连声冷笑，赶忙递剑又一扎，金慧容已然手忙脚乱了，又往旁一闪，飞来凤更往前一迫，喊一声："看剑！"急往上风头一抢，利剑一晃一劈，七香囊唰的打出手来。

金慧容突然惊觉，见情敌把手一扬，她就努力往外一蹿，埋头伏腰，争抢上风，稍稍迟了一步，一阵迷雾掠空飞散，月影下看不清，嗅得出，金慧容屏息躲避，终没有十分躲开，一缕缕迷雾笼罩，刺入鼻观目隙，登时支持不住，"哎呀"一声，挣命地往外再一蹿，踉踉跄跄，直扑出数步，腰肢一闪一闪，终于腿根一软，坐在了地上，仍然支持不住，斜扑地下了。

胜利者一声长笑："好你个不要脸的小寡妇！"仰面看月，侧目旁睨纪宏泽。纪宏泽急奔急叫，直扑过来；她就立刻挥剑一跳，趁纪宏泽还差一步，她先赶到金慧容栽倒之处，立即伸脚尖把情敌一蹴，然后照准脖颈，横剑往下一勒，樱唇紧咬，双眉一挑，透出得意之态来。

纪宏泽竟三步并做两步走，如飞赶到，连声锐叫："嗐，

嗐，嗐，使不得！”

飞来凤急抬头一看，醋意大发；他还是向着她！不拦还好，这一拦索性竟自挺剑往下。却不料飞来凤的剑刚往下急扎，金慧容纵然跌倒，犹未昏绝，情敌来伤自己的性命，登时于伤殆疲危中，求生中故产宏力，二目难睁，手中刀尚且在握，锐声一叫，刀往上一撩，倏然就地十八滚，往外一翻，倏然鲤鱼打挺，登时跃起来。

飞来凤只顾看纪宏泽，猝逢冷招，金慧容的刀尖上取，她急急一退，持剑的手臂扫着一下。

飞来凤大怒，若非纪宏泽来打岔，何致受伤？飞鹰似的又一扑，向金慧容挺剑急扎。金慧容摇摇欲倒，惨叫道：“纪，我受了丫头的暗算了！”

纪宏泽断不忍坐视任何一女为己殒命，使足气力一跳，插在二女中间，地点正在林边。

纪宏泽叫道：“桑姑娘，手下留情！”飞来凤刚刚削来一刀，金慧容已然手慢招迟，不能招架；纪宏泽立刻一探身，横刀一托，猛架住飞来凤的这一剑，又一横身，遮在金慧容的身前，面对飞来凤。

金慧容已然不济，鼻孔中吸入熏香气，身疲力尽，摇摇欲倒，终于强持了一两步，坐在地上，再挣扎不动。纪宏泽回头看了一眼，咳了一声道：“何苦！”

飞来凤怒火腾空，哪里看得下去？厉声斥责纪宏泽：“好！你帮着她！当真就跟我这样！”

纪宏泽以刀蔽住前面，忙辩解道：“桑姑娘息怒，我绝不是拉偏手，我不愿你们谁害了谁。她已然失招，叫你打败了，我请你不要赶尽杀绝，你饶她一命吧，你们都是女人。”

飞来凤暴躁道：“不行，不行，你快给我躲开，你别遮在这里装劝架的，刚才你怎么走的？这是我伤了她，她要是伤了我呢？”

纪宏泽忙道：“她不会伤你的，她真个伤了你，我一定帮

你。”抱着刀，向桑玉明连连作揖。

飞来凤气得一跳多高，恨不得用七香囊，再把纪宏泽拿下，不知怎的，又施不出来。

飞来凤瞋目向纪宏泽喝道：“你给我闪开，你说得好听，你跟她鬼鬼祟祟的，你拿我当傻子，她伤了我，你准不是这样，你一心向着她。不行，你快给我躲开，你说你躲开不躲开？”右手剑，左手囊，做出发放的样子。

纪宏泽一味赔笑道：“我哪能躲开？杀人不过头点地，我怎能忍心看着你杀人？”飞来凤道：“她刚才要是杀了我呢？你们必然趁愿了，欢欢喜喜一块走了，连理我都不肯吧！”

纪宏泽道：“那万无此理。你想想看，我和你二人全是素昧平生，全是在铁牛堡新认识的，你们二位全帮过我的忙。得了，得了，桑小姐，桑姐姐，你已然把她伤得不轻，你看我的面，高抬贵手，你只饶她一命，叫她自己走她的。”

飞来凤忽然听出意思来，心中一喜，仍然佯嗔诈怒道：“你的小心眼叫我放了她。我若是饶了她，你一定要背着她一走，赶紧回店给她治伤，把我自己一个人抛在这里，是不是？”

纪宏泽道：“不不不，你只看我之面，把她放了，那就叫她自去她的。”

飞来凤道：“那么你呢？”

纪宏泽道：“我么？我还是上姚山村，寻救我的七叔去。”

飞来凤道：“那么我呢？”

纪宏泽道：“你么……哦，桑小姐，你若是还愿意帮我的忙，那你就费心陪着我，往姚山村去一趟。”

飞来凤桑玉明大喜过望，看看右手的剑，看看左手的七香囊，又看看坐在地上揉眼睛、抚伤口、调呼吸、还在挣命的金慧容，飞来凤踌躇满志了。还是自己一剑之功，七香囊一掷之劳。

于是她说：“太便宜她了，冲着你的面，咱们走。不是咱们说好了，你得跟着我走，不许你半路脱滑，再寻她去。”

飞来凤心中大喜，又看了看手中宝剑和七香囊，这真是全恃这剑这囊，收了夺婿之功。又看了看情敌，金慧容坐在地上，犹自不能起来，揉眼抚伤，调息精力疲殆，她再没有拼命的能力了。飞来凤如愿以偿，催纪宏泽随了她快去。

飞来凤收剑一笑，抗声向纪宏泽说："太便宜她了，冲你的面子，我就饶她一死。咱们走吧！可得说好了，你必得跟着我，不准半路上滑脱，再寻她来。真也怪事，一个不要脸的小寡妇，也会把人迷住。你们年轻男子真没有骨头。"

纪宏泽一声不响，为了救全金慧容的一命，自己又斗不过这只七香囊，只好以身为质，跟了飞来凤。飞来凤一个劲地催促他走，他说："你等一等，我对她讲一句话。"飞来凤忿不肯许，纪宏泽坚不肯去。金慧容已然支持着站起来了，长叹一声，向纪宏泽摆手道："纪呀，纪呀，你我永别了！恨我无能，争不过来，你去你的吧，但愿你们事事如愿。至于我呢，你不要再惦记我，我没了你，我实在是……但是，我还不死心，我倒要跟命争争。只要有我这一条性命在，哼，我们是青山绿水，再往后看！还有一句话，我嘱咐你，你往后多加小心，不要把一条小性命叫人毁了！"说着，声泪俱下，扭头要走。

金慧容的话怨怒交迸，句句有刺，飞来凤叫道："好，你这小老婆，我不叫你往后看，别走，咱们现在看！"登时，亮剑重扑下来。

金慧容咬牙回身道："来就来，我等着你。我打不过你，还拼不过你么？该死的死丫头，你来，你来！"

纪宏泽急急拦阻道："你放了她吧！"飞来凤怒笑道："我不能放虎归山，你听听她的口气，她还要找我报仇呢！"把纪宏泽一推，又绕过来。

纪宏泽顿足道："咳！"横身一挡，伸手拉住飞来凤的手腕，再三央求。飞来凤左绕，纪宏泽左挡，右绕右挡……飞来凤的剑高举不下。纪宏泽回头道："慧容娘子，你省说两句，还不快走！"

飞来凤急得跳脚道："你还是庇护她，你还是庇护他！这一个祸害留下，你可替我想想，不是我没完，是她不依不饶。"

终于横遮竖拦，纪宏泽把双方劝住，飞来凤和纪宏泽相伴，投入林中。金慧容气急败坏，忍不住一阵阵伤痛昏惘，再站立不牢。索性坐在草地上，怅望着纪宏泽的背影，一晃一晃，被飞来凤伴走了。她蓦地一惊，就惨叫一声道："纪呀，纪呀，永别了！"她又奋声跳起来，要追了过去。

她又明知斗不过飞来凤，她要回店，孤影独吊，又负重伤，竟独自支持不得。她呆立在荒郊，又延颈张目，怅望良久，她又回想到自己的身世。她悲愤怨恫，把手中刀一举，往颈下一横。她激于情场之得失，咬牙切齿，决意自杀。

于是冷冰冰的利刃，触及她的柔软的肌肤，她不禁打了一个寒战，她独自贪恋着最后的一瞥，刀横咽喉，目望林表。月影暗淡，纪宏泽被飞来凤羁伴着，已然去远了。她忍不住心如刀扎火烧，纵声悲泣起来，旷野荒郊，声音惨厉。然她又心思怦然一动，她且哭且语道："我不能自己寻死，我还是拼给她，叫她把我活活宰了，叫纪宏泽当面看着我被杀，我死了得不着他，我叫他眼睁睁看着她母夜叉相！"

她如此设想，顿足惨叫道："我管不了许多，我不能自杀！"立刻振亢叫道："你们别走，你们等等我，我告诉你说！"她决计要死在仇人手内，借此破坏仇人与情人的结合。她这样打算，竟太无聊，她伤心绝望，只剩了这一招，自以为可行。

金慧容提刀挣扎着往前跑。金慧容一直跑到林边。她哪里走得动，等她走近林边，情人、仇人早已去远了。她搜寻，她喊叫，她绕着树林，挣命似的狂走疾叫。

突然间，脚下一绊，她扑地栽倒，手中刀掷出多远，人也摔得气厥，躺在冰冷的草地上，惘然失去知觉。

经过了很久时候，金慧容忽然缓醒。眼前景物一变，朝色朦胧，身卧在深林中，有三个人围立在她的身旁。内中还有一个少年女子，好像飞来凤，比飞来凤略矮些，姿容仿佛更漂

亮。这漂亮女子正提壶向金慧容口中灌水灌药。那两人是一个跛足老者，好像五十多岁的人了。一个长身量健壮的黑面男子、三四十岁的年纪，三人环立在自己身旁，自己乍醒，耳边便听他们互语道："灌过来了。"

金慧容呻吟了一声，头一句话便叫道："你们别走！"那漂亮女子微笑道："你这位娘子，慢慢地缓着吧，我们一定要救人救彻，断不会把你一个受伤的人丢在这里的。我说，你究竟是怎么一回事呢？可是遇上歹人了么？你大概也是我们武林中人吧？"

女子蔼声寻问，俯身坐下来，挨着金慧容。金慧容渐渐神定，这才觉出来，自己身下已不是借着细草，乃是一条小褥子，项下枕的是一只小行囊。置身处，是在这密林的极深处，土岗之后，挨着大树根。她的刀和她的夜行囊，也被这三个人放置在自己身边。再看这三个人，女子穿裙，男子穿长衫，却人人气象桓桓。再睁开眼，展望四周，顿然看出，这三个人也是夜行人物，不过是天色已明，他们全换了白昼衣服。可是脚下的鞋袜裹腿，还未更换，人人手头都带着兵刃。

金慧容恍然有悟，自己一定是落在姚山村的群雄手中了。听口音，这三个人全是外乡话，那么，也许是姚山村新邀来的械斗帮手。弄不好，也许是铁牛堡外请的朋友。金慧容情愿落在械斗的对头人手中，也不愿落在夫家铁牛堡中人的掌心。那女子徐徐问她，她心急如焚，瞑目不语，做出来气力不支的样子，借以搪塞诘问，暗揣对方的情形，潜打自己的主意。

那跛足老人道："青姑，你先别问她了，让她大缓一缓，你把她腿上的伤再裹一裹，给她敷上一点药。"

少女依言，从树枝上所挂的包袱中，取出药瓶和绷布，仍俯下身，慢慢地拉过金慧容的大腿，要给她裹伤。

金慧容的左腿，被情敌豁伤了两处，她自己已然用包巾扎住。当时感情激愤，连死都不怕，早忘了伤。此际被少女轻轻一拽，方觉出火辣辣的痛，血液涔涔，早已渗透出扎包之外。

少年女子轻轻替她解缚，伤口血色凝紫，创口仍往外冒血。那女子忙给她敷上许多药，再用绷布扎紧，低声问道："你这娘子，觉得好些不？"又将些止痛定神的药取在手中，叫金慧容再服一些。刚才灌救，药物入口不多，倒流了一脖颈。金慧容只得点了点头，坐了起来，依言用水把药送下。那女子扶着金慧容，仍躺在地上，劝她闭目养神，等候药力发舒。

那少年女子和跛足老人，与那黑面长身男子，凑在一处，低声议论金慧容的来路。黑面男子说："此地介在姚山村和铁牛堡之间，他们两村正闹械斗。我看这位娘子未必是行路遇劫，多半跟他们械斗有关。"

跛足老人低声说："七弟不必乱猜了，少缓一会儿，我们可以仔细问问她。七弟，你看这位娘子伤处，正是行家受伤的地方，我们说话也要检点一些。"回头又对少年女子说："等会儿我来询问她，青儿你不要再插言。"少年女子道："爹爹问吧，我也不会问。"

三个人低声讲话，金慧容隐隐约约听出一半来，已知三个人既非铁牛堡的外援，也不是姚山村的帮手，那当然是过路的武林中人了。她一面苏息，一面盘算话头，好对付这搭救自己的三个人；一面前思后想，悲伤自己的命运不济，恼恨飞来凤劫夺了她的情人。容到药力行开，痛稍可忍，疲仍不支，竟挣扎着坐起来，又要站起来。少年女子忙按住她，道："你不要多礼，你的伤不轻，你不要起来道谢，这算不了什么。"

但是金慧容并不是就要道谢，她是要往林外望一望。可是稍一转动，心便狂跳，这才哀呼了一声，摇了摇头，又复坐下。忍不住话到口边，猝然问道："劳您驾，你们三位可看见一个二十来岁的男子，一个长身量二十五六岁的女子没有？"

少年女子道："没有看见呀，莫非这两个人把你扎伤的么？他们都是干什么的？什么长相？什么打扮？"

金慧容摇了摇头，又不言语了，半晌才说："我谢谢你们三位，你们三位在什么地方救的我？"

少女道："就在这林子里，我们远远听见女人悲号，方才奔过来查看。我们先瞥见那边地上抛着一两支暗器，里里外外，围着林子一搜，才发现你脸朝地，栽倒在那边，好像叫树根绊倒了似的，可又汪着血，还有一把刀抛出多远。我们就知道你是遇上歹人了。我们随后就把你搭到这儿，把你灌救活了。看你的模样打扮，自然也是我们武林同道。究竟你是哪里人？你是本地的？还是过路的？你到底是遇上什么了？你说的那一男一女，究竟是你的同伴，还是你的仇人？他们都是做什么的？你可以详细地说出来，我们一定设法搭救你。"

金慧容悲叹了一声，说道："我真是遇上了歹人。我是外乡人，路过此地的。不知三位可看见那样的一男一女没有？他们正是我的同伴，他们竟把我抛下逃跑了。我一定要找他们!"

她勉强站起来，挪动脚步，向少女敛衽下拜，身子还是摇摇欲倒。一夜奔波挣命，她渴极疲极，说话的声音依然沙沙发哑。那少女很怜惜她，扶她坐下，仍自款款地向她问许多话。她总是回避着，不肯直答，反向少女询问着一男一女的行踪。少女连说没见，她依然追问，又要向那旁边站立的跛足老叟和中年长身壮汉道谢。

老叟连忙说道："这位娘子，你不要挣扎了，也不要道谢。我们老实告诉你，我们救人定要救彻。你究竟贵姓？府上是哪里？遇上了什么事情？尽管如实告诉我们，我们一定想法子，本着你的意思去做。你放心，你有什么难处，你不妨告诉小女。"

那壮汉也说："你打听的那一男一女，都姓什么？是做什么的，什么长相？他们大概不是夫妻吧？他们彼此是怎么个称呼？依我看来，你别是被你这两个同伴伤的吧？你还是遇上对头了吧？"

金慧容能够设词支吾这个少女，却瞒不过两个老江湖，人家不知从哪句话上，竟猜到金慧容不是遇见路劫，乃是遇上仇人。人家依然察言观色推想到"奸情出人命"这句老话上了。

金慧容心中有病，不由得脸上露形。

长身壮汉一句跟一句地盘问，先问：“你贵姓？”回答说：“姓金。”

又问：“这是你娘家的姓，还是婆家的姓？”紧跟着又问：“那个男的姓什么？女的姓什么？”步步紧逼。

金慧容脱口说道：“他姓纪。”

长身壮汉不由得凑近一步道：“谁姓纪？是女的姓纪，男的姓纪？”

金慧容道：“男的姓纪。”

壮汉忙道：“他姓纪，他叫什么名字？”

答道：“他叫纪宏泽。”

长身壮汉不由得一振，十分惊异地说道：“哦，他叫纪宏泽，多大年纪？什么长相？身量有多高？说话哪里口音？”

金慧容答道：“他是个细高挑，大眼睛，很精神的，他今年才二十来岁，说话是直隶口音。”

跛足老叟登时凑到壮汉身旁，两人张目互相凝视。也就是一瞬之间，老叟向壮汉说道：“你听听，对吧？”

那少年女子也在旁边发出疑讶之声，不由得同声向金慧容询问：“这纪宏泽和您是怎么认识的？你们怎么个称呼？跟他同行的那个女子，又是做什么的？姓什么呢？跟纪宏泽怎么称呼？”三个人一齐发问，那长身壮汉问得更紧。

金慧容也觉得奇怪，忙仰面向长身壮汉看了一眼，这壮汉长身黑面，正在中年。金慧容心中一震，忙道：“你老贵姓？”长身壮汉随口说道：“我么，我姓任。”仍向金慧容追诘纪宏泽的情形。

金慧容眼望面前搭救她的这三个人，心中像明镜似的，料想这长身男子，正和纪宏泽所说的那个七叔，年貌相似。不觉肃然起敬，要重行见礼，忽又忍住，打点好了话头。然后站起来用很客气的口吻说道：“你老是我的恩人，我总得谢谢您。还有这位老丈，这位姑娘，你老都贵姓？”一死儿地要下拜。

少女再三拦阻，方才罢了。金慧容复又赔笑道谢，谢了又谢。少女皱着眉说道："你怎么忽又客气起来？我们问你，你倒快说吧。"

金慧容道："您救了我，我总得知道您贵姓，我心上才能安顿。"

少女不耐烦道："我们姓何，那是我爹爹。到底您跟纪宏泽是怎么认识的？"

金慧容忙叫了一声："何小姐！"又对那跛足老人叫了一声："何老伯！"方才答道："你老要问纪宏泽和我么？咳，我们是姐弟。"

长身壮汉正色道："什么？你们是姐弟？你不是姓金么？"跛足老人道："你婆家姓金，你娘家是姓纪么？"

金慧容脸一红道："不是的，我娘家姓金，我和纪宏泽乃是结拜的干姐弟。"

长身壮汉脸色一变，越发露出奇诧的表情，用很沉重的声音诘问道："你们是干姐弟，你们多咱结拜的？你的男人现在哪里？他姓什么？"诘问的口气很不客气。那老人和少女也都用稀奇古怪的眼光看着金慧容。

金慧容忸怩道："我的丈夫不在此地，咳，他若在此地，我可不受这回害了。说来话长，这本是不相干的事，三位既要打听，我索性把实情都告诉你，只求你口上严密一些。因为这里头关碍着人的性命呢。我和纪宏泽是新近才结拜的。这纪宏泽是个很有志气的少年人，是他不幸误落在歹人手内，是我冒着险，把他救了出来。他感恩不尽，才拜我为姐。我没做亏心事，也不怕人说我的闲话。哪知道我帮着他，逃出匪窟，一路奔逃到这里，那匪窟中的女采花贼竟追赶了来。那女采花贼本领很大，她贪恋上了纪宏泽，她要把纪宏泽架走。是我和纪宏泽二人协力，和女贼苦斗，到底受了女采花贼的熏香之害，她把我刺倒在地，硬把纪宏泽架走了。纪宏泽本来不肯跟她走，她拿刀子逼着，我和纪宏泽全不是女采花贼的对手，这可不是

我们本领不济，实在是我们没法子破她的熏香。”

金慧容眉头一皱一条计，心思一转一个谎，把飞来凤极力丑诋。

跛足老人听了这话，不由得哼了一声，冲那少女摆手道：“青儿，你过来！”把少女叫到一边，不让她听。人家原来是个十七八岁的姑娘，果然听着这尴尬的话，粉面一红躲到大树那边了。

那长身壮汉更不悦，像吃了苍蝇似的，忙拦住金慧容，赶着问道：“这位金娘子，纪宏泽到底被那女贼撮弄到什么地方去了？这女贼姓什么，叫什么？”

金慧容道：“这女采花贼姓桑，是此地有名大盗丧门神桑玉兆的老妹子，她叫飞来凤桑玉明，也是有名的女贼。不瞒二位老伯，我和义弟纪宏泽，是在铁牛堡遇上的。我本来是武师之女，不幸嫁夫不良，惯与匪徒为伍。我的丈夫把我一个人丢在铁牛堡，寄居在他的朋友家中，他一个人出去了。不料他这铁牛堡的朋友，并非安善良民，专门为非作歹，新近正和邻村械斗……”

长身壮汉道：“哦？是跟姚山村械斗么？”金慧容道：“正是，……你老猜想，我本良家女子，误嫁匪人，心上本就难过，借居的房东又是匪类，我久欲离开此地，寻找我那糊涂丈夫去，只一时不得其便。偏这工夫，我的房东勾结了大盗丧门神和丧门神的无耻妹妹飞来凤，专心和姚山村打架。他们擅自扣人杀人，势同造反。我见事情不好，正要躲了他们。可巧这时候，纪宏泽这个年轻的少年人，因跟他的七叔失散了，误入铁牛堡，寻他的七叔；竟被女贼飞来凤相中了，硬把他扣下。他不肯受女贼的污染，逃出飞来凤的手心，竟逃不出铁牛堡的卡子，他可就遇上我了。我可怜他少年无辜，冒着很大的险，把他放了，他把我也救了。我算把他引出女贼之手，他算把我引出匪类之手，我们互相救助，结为姐弟，一同逃到这了……”

金慧容遂咳了一声道："哪晓得万恶的女淫贼，不肯舍了他，又一路穷追了上来，到底把我扎伤，把他重架走了。这就是我以往的实情，我都据实对二位老丈说了，请二位口上严密一些。我还得稍为缓一缓，再寻救纪宏泽去，还有他的七叔，也承纪宏泽义弟，据实告诉了我。他说这位七叔，乃是他的恩师，不幸一同出门游学讨债，行至姚山村，遇上械斗，以致叔侄失散。他还告诉我，叫我帮着寻找他的七叔。现在局面一变，他倒失踪了。我此刻又打算寻他去，又打算找他的七叔。把他误落在女贼手内的实情，告诉他七叔。他七叔乃是年高有德之人，必有妙计可以救他。只是我不认识他的七叔，就是抵面相遇，没他在场，没人介绍，也没法子诉说曲折。二位老丈，你看我够多么倒霉呀。"遂又深深地叹了一声，静听对面二老的答言。

她认定对面长身壮汉，就是纪宏泽口中所说的七叔。她如此这般，加以粉饰，一面是诉苦，一面是在骨子里陈情。她现在很希望对面的人，率然承认："我就是七叔。"可是对面的人听了这些话，脸上神色一连数变，始终还不肯取消刚才所说"我姓任"的一句话。她也就无可奈何了。

她再想不到对面的人，这个长身壮汉，满腹疑怒，恨不得喝出声来："好个年轻无耻的小子，竟这样没把握，什么女采花贼，什么干姐姐，好好好，真没出息!"

那跛足老叟也听得呆了，连连干咳数声，和长身壮汉退到树那边，低声秘语起来。长身壮汉十分愤怒。那少女也一言半语听出来了，也红着脸微笑着，觉得奇怪，低声问跛足老人："这个纪宏泽，可就是故去的大师伯的长子林师兄么?他怎么才离开七师叔，就出了这些事故?"

跛足老人道："青儿傻丫头，少说话，你盯着这个女人，我和你七叔商计商计。"

少年女子忙过来陪伴金慧容，有一搭，没一搭，向金慧容问纪宏泽的为人。跛足老人和长身壮汉，躲得远远的，议论寻

救纪宏泽的入手方法。跛足老人见长身壮汉很生气，就安慰他道："你不要尽听一面之词，说不上实际情况是怎么一回事呢。我看我们现在就照着姓金的女子的话，先问明纪宏泽的去向，再设法找他，找着了他，一切真相自明。也许那飞来凤是无耻的女贼，也未可知。不过这姓金的女子，目光游离，也未必是良家女。"

二人议定，返回身来，由跛足老人重问金慧容："我说金娘子，你可知飞来凤把纪宏泽架到什么地方去了？"

金慧容道："我也正要找他。我猜想，他如果不受女贼的牢笼，势必会乘隙离开她，再投奔姚山村，寻找他的七叔去。他若摊不开女贼的诱惑，那么他必被女贼架到她的秘密巢穴里去，那就不可问了，早晚必被女贼害死为止。"又叹道："我看那情形，多一半他走逃不开女采花贼的引诱的了。"

长身壮汉和跛足老人互相示意，重诘金慧容道："这女贼的巢穴在什么地方？离这里有多远？你总知道的了？"金慧容答不出来，她只知丧门神桑玉兆的党羽，出没在晋、陕、豫三交界的地方，恍然是在织女河附近。

长身壮汉和跛足老人又走到一块，低声议了一阵，转对金慧容道："这位金娘子，你现在打算怎么样？"

金慧容道："我和纪宏泽陌路相逢，曾共患难，我们既然结为姐弟，我必要搭救他。可惜我的能力不够，我很想寻找他的七叔。料想他的七叔必有计划，把他拔出女淫贼之手。可惜我又不认识他的七叔，虽想作个向导，也得不着机会。"

长身壮汉不接声，只听她说。她叹了一口气，又道："这纪宏泽是个有志气的少年壮士，实在值得搭救。我只缓过一口气来，我就只身去救。两位都是武林前辈，一定仗义救危。两位如肯助我一臂，把这可怜的少年，从女淫贼手中救出来，实在是件好事，不知三位是否肯拔刀相救么？"

长身壮汉仍不答，反问道："你到底知道他的准确下落地点么？你不知道地方，要想救他，可怎么下手？"

金慧容忙道："他和她一男一女，扮相个别，就不知下落，沿路打听，也不难搜个水落石出。要有人帮忙，我情愿做向导。"

跛足老人问壮汉道："如何？"

长身壮汉摇了摇头："依计而行。"遂由壮汉对金慧容说："我们本是过路的人，我们还有正事。我们和这纪宏泽素昧平生，我们也救不了他。我们还得赶办我们自己的事去。我们现在只能做到一件事，就是救人救彻，得把你安插一个地方。想必近处也有店房。金娘子，我们可以保护你投到店房，你自己再想你自己的法子去，你还是投奔你的亲友为是。至于拔刀救人的话，恕我们无能，且又无暇，我们只可作罢了。"

峻拒之下，金慧容大失所望。看三个人的神气，知道他们对自己的话，并不很信。她摇头哀呼道："我承三位救命，我只有衷心感谢。我此刻身受重伤，只可先投到近处镇甸，投托亲友，先养伤，再议别事。不过此时此地，姚山村和铁牛堡正在械斗，禁止行人，我又不便出去，我只得耗到日落，再行回店了。"

长身壮汉道："你既然可以自助，那就很好，那我们就别过了吧，你倒是回店养伤的好。"向金慧容点了点头，与跛老人，叫着少女，退到一边，钻进林翳深处了，把金慧容一个人抛在这里。

金慧容一阵灰心，又坐在地上，哭了起来。忽然那少女又凑到身边，把一块干粮、一壶水、一包药，送给金慧容，说道："你自己好好回家养歇去吧，你不要和那女贼争斗了，恐怕你不是她的对手。"说罢，退身回去，又道："再见，再见，我们还得赶路。"

这少女与那二老忽然而来，救了金慧容，忽然又弃她而去。金慧容垂头丧气，歇到日落时，方才起身，先回店房，缓了一天，急急改装裹伤，强打精神，秘密地再去搜寻飞来凤。

她再没想到，她虽然秘密，在她身后，已然暗缀了几个更

秘密的人。

可是她已然料到，那长身壮汉正是所谓纪七叔，纪七叔竟不肯承认。

那跛足老人，却是连珠箭何正平。

那少年女子，正是何正平的爱女何青鸿。这都是金慧容想象不到的了。

第二十五章 魏豪求援寻故友

那天夜间，纪蔚叔在姚山村和纪宏泽，冲破乡团的围抄，夺路退走，叔侄两个终至失散。到五更时分，纪宏泽出西北方，被诱入铁牛堡；纪蔚叔却只身到东南方，各不照面。纪蔚叔甩开了追兵，再翻回来寻找纪宏泽，总想他不是落荒迷路，就是困在姚山村，未能出来；再往不好处想，也许被姚山村活捉住了。纪蔚叔本负着托孤重责，不料才携孤儿出门游学，便出了差错，他心中万分焦灼，只得先往荒郊搜寻了一阵。仍不得踪影，他又重探姚山村，甘心冒险，捉住一个巡逻的乡丁，持刀威吓，询问了一遍，也没听说村中活捉住年轻男子的话。又问伤了人没有，回答说械斗伤了人，没听说伤过单身人。

纪蔚叔五脏如焚，焦急无策。又加细刺探了一回，仍无下落。他便一口气，奔出二百里，邀来了两个帮手——这帮手就是何正平父女。

何正平善使连珠箭，本是纪蔚叔的三师兄；当年在大师兄狮子林廷扬手下，同开镖局，威名很大。师兄弟一共七人，狮子林居长，纪蔚叔最幼，纪蔚叔的真名就是摩云鹏魏豪。不幸

狮子林与绿林结仇，飞蛇邓潮勾结小白龙方靖，在洪泽湖截江斗剑，狮子林遭暗算殒命。连珠箭何正平苦战护镖，受了重伤，镖局事业一败涂地。仇人赶尽杀绝，又迫害狮子林的妻、儿，他们狮林七友，大动公愤，推举二师兄解廷梁，专任复仇。推举魏豪化名纪蔚叔，专任托孤护眷。这已是十数年前的事了。

独有连珠箭何正平，一只腿受了重伤，实不能再在武林中做事。在解廷梁为狮子林报仇之后，他便返回故乡。何正平养好了伤，到底落了残疾，一条腿已跛，只得在家务农为活。

何正平却生了一个好女儿，就是何青鸿。今年刚十七岁，生得眉目姣好，而膂力甚足，她父将她爱如掌上明珠，遂将自己全身武功，都传给女儿。又因女儿终是女子，不能与男儿作比，故此特授她一些绝技，以巧降力的功夫，又传给她多种暗器和防备暗器的技巧。

现在，纪蔚叔带着孤侄纪宏泽出门游学，才迈出头一步，便出了这样不幸的事故，纪蔚叔急得不知所为，只得一口气奔到三师兄何正平隐居之处，求师兄帮忙，代为设法查找。

纪蔚叔和何正平已有多年没见面了。师兄弟乍见之下，各增叹息。尤其是何正平已变成老头子，何正平早不是当年短小精悍的人物了。二人匆匆话旧，升堂入室，引见家人。何正平老妻刚刚下世，家中只有她父女二人和一个老仆，其余便是雇工佃户了。

随后，弟兄二人饮酒，何正平见纪蔚叔心神不宁，忙问道："有什么事故？"

纪蔚叔这才说到纪宏泽失踪之事。他告诉何正平，大师兄的孤儿，那个小铃子，现在已然长成，学业还未成就，本月刚刚携他出来游学访仇，便在姚山村失踪了。万一此子遇上不幸，觉得自己太对不住惨死的林师兄和守寡的林师嫂，而且也对不起同门诸友，当下向何正平讨教，并请帮忙代找。

连珠箭何正平听了，蓦然动容，先哦了一声道："林师兄

的孤儿已经长成了么？他在什么地方失踪的？怎样失踪的？”

摩云鹏魏豪，也就是纪蔚叔，皱着眉把路逢械斗的话，重复说了一遍道：“地点离你这里不远，叫作姚山村，属晋冀豫交界。”

何正平站起来说：“这倒很巧，要是失陷在姚山村，我还有办法可想。”

这时连珠箭的爱女何青鸿，已经出来拜见七师叔，正忙着斟茶。何正平回顾女儿道：“记得上月，姚山村不是打发人来，送聘金，请我助拳去么？我因为有你太累赘，偏巧械斗的对方，间接着也有熟人，我不便出头，故此推辞了。那姚山村的绅士姚廷绅，和我旧日有些渊源，如果小铃子失陷在村里，我倒可以托人把他讨出来。”

摩云鹏魏豪听了大喜，说道：“三哥务必辛苦一趟吧。”何正平走来走去，左腿多少有点跛拐，因自视低喟道：“完了，我是出不去的了。”

魏豪道：“但是，三哥，这是咱们大师兄唯一的骨肉呀，你怎能袖手？”

何正平仰面长叹道：“我是这么说，我怎能不去呢？现在我固然在这小乡村务农糊口，可是每一想起十几年前，咱们弟兄七个人，由大师兄引导着闯荡江湖的时候，我们彼此都很年轻，整天大鱼大肉，书馆酒楼，整天都是乐子。哪想到洪泽湖上猝遇仇敌，大师兄一掌殒命，我也毁了一条腿，事到如今，往日豪情全化成流水了。”不禁追怀旧欢，凄然欲泪，坐下来拍着自己的腿，说道：“小铃子今年也十八九岁了吧？他现在叫什么名字？他跟你学得怎么样？他的人才、人品如何？”

魏豪便将纪宏泽的性情技业，仔细说了一备，跟着何正平又问及大师嫂。魏豪说到她守节抚孤，蓄意复仇，十余年如一日，两个人都不胜叹息。魏豪也说起当年雨夜逃亡，被仇家追杀的苦处和匿名隐居，教训孤儿的前情。何正平道：“七弟，真难为你了。自从大师兄下世，只有你和二师兄解廷梁做得够

味，我呢，完了，完了！”

魏豪忙道：“当时你和四师哥一个水战御仇，一个舟战救友，你们二位一死一伤，大师兄地下有知，也必要挑大拇指的，总而言之，咱们是各尽其心。”

老友对谈，都流着眼泪，连珠箭的爱女何青鸿伺候茶水已毕，竟悄悄站在内间门帘后偷听，已然听呆了。何正平一眼望见，笑道：“青儿，这是你七师叔，不是外人，你伸头探脑的做什么，你索性出来吧。天也不早了，你也该张罗张罗酒饭了。七弟，你还能喝两盅吧？”

魏豪道：“我早就不喝了。”

何正平道：“我倒贪杯不已了；你该记得我从前三杯就醉，现在我却是顿顿离不下四两酒，我还能多喝，你侄女她管着我。青儿，快烫酒，我们先喝后吃。”

何青鸿掀帘出来，开厨备酒。魏豪仔细端详她，中等身材，眉目清秀，肉皮白嫩，只手背略露青筋，透出习武的样子；但看外表，十分温柔，却不知此女性子非常刚烈。

村中无佳肴，何青鸿取出两副杯箸，几个碟，无非盐蛋、煮豆之类，可也有熏鱼、腊肉，跟着烫酒。何正平和魏豪都坐在小炕桌旁，且饭且谈。何正平道：“青儿，现在我要出门，你把我的兵刃收拾好了，我明天跟你七叔上山西去一趟。这件事是缓不得的，越快越好。”

魏豪欣然道：“三哥还是这样热肠。”何正平道：“我懒极了，可是得分人分事，这不是咱们大师兄的孤儿吗？”

何青鸿插言道：“你老腿脚不便，出门行吗？”

何正平道：“那也没法，你没听你七师叔说么，你大师伯的儿子现在失踪了，我既在近处，就必得设法去把他搭救出来。”遂转顾摩云鹏道：“看来小铃子十有八九是被姚山村扣留了。”

魏豪愤然道：“他们正在械斗，这岂不是有性命之忧？”何正平道：“那倒不至于，他们还不敢戕害俘虏，只不过是械斗

时拼命罢了。”魏豪仍很担心，沉吟道：“我乘夜再探姚山村，一共搜了两三个过儿，可是，并没有发现他们拘留俘虏之所。”

何正平道：“你总是外乡人，地理不熟，他们村中确有地窖，幽囚俘虏。”

两师兄弟痛饮数杯，摩云鹏仍是低头发烦，恨不得立刻邀着师兄去寻人。何正平道：“你我不过阔别十几年，你的心眼倒怎么小起来了？你从前可不是这样啊！”

魏豪道：“咳，三哥，我受着托孤重责，刚带着小铃子出了娘怀，就把他失踪了。万一他有个好歹，我就见不得林师嫂的面了，我焉能不着急？”

何正平道：“万不会出错，咱们林大哥没做坏事，姚山村的人也不敢乱杀人，倒是怕他误走入姚山村的对头铁牛堡那边去，可就麻烦了。他们堡里常常接近匪类。不过我也有熟人，我准给你设法把小铃子寻着就是了。”

魏豪道：“寻着还没算完，我们大师嫂的意思，还要你给铃儿举荐个老师呢。”

何正平道：“那也不难。”

魏豪道：“别看三哥跛了一条腿，你办事还是那股子劲。依你之见，天下没难事了。”

何正平道：“天下本没难事，只在人为。老弟，你再喝一盅，不要一味翻眼珠，想心思，小铃子断不会有闪失。”

魏豪草草喝了几杯酒，便催何青鸿给他盛饭。他恨不得何正平此刻站起来就跟自己走。

何青鸿越听越知她父必须出门，忙抽空低唤父亲，到内间低语，她定要跟了父亲去。何正平不肯，说：“你是个没出闺门的姑娘，虽然是出门寻人，到了不得已的时候，也许动手比画一下子，你是去不得的。”

何青鸿摇头道：“爹爹，我只为了这个，才不放心您一个人出门，您这大年纪了，又有一条腿不得力，女儿如不跟了去，我在家中实在待不住。”

父女争执，何青鸿坚欲侍父同往。何正平道："你不怕你七叔笑话你么？你忘了你是女孩子呀。"

饭后茶来，何青鸿打点兵刃行囊，把自己用的暗器也包上了，一面仍在低声央求她父："您不过嫌我是女孩子，走路不方便，那也不要紧，我可以改装男子。"

这父女正在内间喋喋不休，魏豪已在外间听见了，大声道："三哥，我可真给你添麻烦了，既然侄女要陪你去，这是她的一番孝心，你何不依了她？"又道："青侄女，你手底下怎么样？"

何青鸿笑而不答，何正平道："她手上倒不见得怎样，脚底下很利落，登高上房，和野小子一样。她的暗器也对付得，就是兵刃差点。不过愚兄年纪已老，如同废人一样，有她跟着我，诸多不便，况且大师兄的遗孤出门还不免出错，她一个女孩子更叫人担心了。"

魏豪不禁说道："着啊！"也要拦阻。何青鸿早已迎着话茬上来，笑道："林家哥哥是林家哥哥，我是我，他会出错，我何青鸿还不至于劳动你老找我。不信你老带着我试试，我多少准能给您老帮忙，决不会给您老二位添麻烦的。"她满脸露出刚强自负的神气来，竟赛过男儿。何正平看了，不由得心中喜悦。摩云鹏却不禁感慨系之了，忙问道："青姑，我还没问你，你今年多大了？"

何青鸿正在自告奋勇的时候，冲口道："你问我么，我十七岁了，倒叫你笑话，我只会几手笨招。"

摩云鹏忽然联想到别处，失口道："好，好，好！"何青鸿道："您怎么叫起好来？"

摩云鹏愁眉一展，哈哈大笑道："好好好，青侄女问得好。我说三哥，小铃子现在的学名叫纪宏泽，他今年整整十八岁。三哥，喂，你说，好不好？"这一串"好"字，在场三个人登时默喻于无言了。何青鸿腾地满面通红，低下头来，搭茬也不好，不搭茬也不好。

连珠箭何正平手捻微髯敛笑沉思，半晌道："且看吧，但不知他对他父亲惨死之事，也很抱着决心么？他功夫上到底怎样？"

魏豪道："我的话先搁在这里，咱们还得是先寻人，后说别的。"何正平点头会意，含笑转问女儿道："我明天就走，你怎么样？你当真还要跟着我么？"

何青鸿面显窘容，可是她性子刚烈，百折不回，她一片芳心一转，装着没事人，笑道："我还是不放心您，七叔刚才这么说，我倒要看看这位林师哥，是怎的才出门，就丢了人。"她还是要跟着走。

魏豪说道："三哥，怎么样？就叫侄女保护着您也好。"何正平道："你侄女一个人闹，你不替我拦她，你也这样说，去就去吧。"

议定，师兄弟重新归座，饮茶叙旧，何姑娘忙着收拾一切，她心中乍喜乍羞。究其实魏豪并没有说出过着边际的话来，女孩子年及破瓜，一片芳心如一张白纸，只要粉笔一点，便留下痕心了。

何青鸿不免生出非分之想，到了次日凌晨，果然侍父登程。

连珠箭何正平要青鸿更易男装，青鸿含笑摇头，她说："穿了男子衣履，走道不习惯。"她总未免有些忸怩之态，挡不住她父谆谆嘱告，青鸿也就带了男装，预备路上万一之用。依照连珠箭的打算，先投奔姚山村，寻找姚书绅，备礼投刺请见。

三个人衣冠楚楚直抵姚山村隘口，村口戒备更严，乡丁持刀矛拦路，眼望见三个人的来势，立刻吆喝禁止上前，跟着从林翳中，走出两个人，盘诘来意。何正平跛着脚，抢先一步，拱手通名答话，指名求见本村乡团总会头姚书绅姚大爷。村口巡逻的乡丁看了看何跛，又看了看少年女子何青鸿和长身壮汉摩云鹏魏豪。他们似乎认得魏豪的模样，这两天总在他们这里徘徊。他们有些疑忌，遂说道："我们会头这两天正在公忙，

并不见客。”

何正平忙说：“我是豫北的连珠箭何正平，这里有名帖，和你们姚会头是老朋友，烦你费心，言语一声，他上月邀过我的。”

乡丁嘀咕了一阵，说道：“我们会头实在忙，对不住，你先候一候。”指着道旁一棵大树，叫三人躲开隘口，退到树下，立刻拨出一个人，持了何正平的名帖和一包礼物，直上山坎传话。

摩云鹏魏豪看了这派头，心中焦急，这上山下山，恐怕打一个来回，就需一个时辰。何青鸿也不觉露出女儿态，对父亲说：“这还了得，谱儿太大了。”

哪知刚刚过了一顿饭时，便从山坎飞驶出三匹马，后面还跟着三匹空马。为首的骑马人，远远招呼道：“何老前辈，何老英雄，是亲身来的么？”

摩云鹏魏豪迎观这人，年约四旬，长袍马褂，正是魏豪探庙所见的那个绅士，也就是何跛的朋友姚绅士。

姚绅士早就想邀请何正平，做本村的乡团教练。何正平虽却聘，姚仍未死心，今日听见来了，十分欢喜，火速地迎出来。他们村中居然设了驿站似的岗位，步步传信，片刻即达。姚绅士偕同会友，下马相见，寒暄了几句话，彼此引见了，把那另备的三骑牵来，立请何正平上马入山。

这时候姚山村正在忙碌，厉兵秣马，打点三日后的大械斗。目前铁牛堡烦出人来，要交换俘虏。依着姚书绅，一个人抵换一个人，也就罢了。无如姚山村的货船，曾被铁牛堡秘遣水贼，焚劫了两只。今日议和，若只人换人，这批货物该怎样办？那铁牛堡又不承认焚舟劫货的阴谋，和议终于决裂，两方暗备下次的械斗。忽然间，铁牛堡又有能人，定下秘计，要夜袭姚山村，盗救俘虏。堡中人预有戒备，搭救俘虏的人空手而回。由此又引起姚山村的能人也要照方抓药，你来袭，我也袭，你来盗，我也盗，不求成功，先做示威的表示。这双方遂

在正经械斗外，又加上偷营劫牢盗俘的枝节。

连珠箭何正平和师弟魏豪，偕爱女何青鸿直入姚山村的宾馆，村主人优礼相待，动问来意。何正平具实述说：有一个师侄，如此这般模样，长身材，大眼睛，微黑的脸庞，不到二十岁，一个英挺少年，他和这一位出来游学，误入山村，忽然失踪。想贵村正在械斗，只怕把他误认为间谍，扣押起来，敬烦费心，代为查找。

姚书绅听了，方知来意，何正平不是应旧聘，乃是寻故人。姚书绅立刻传谕全村，各处查找，人人说没见其人。为了讨取何老英雄的信任，姚绅士亲领何、魏三人，到他们秘密幽囚俘虏之所，请何老自己寻认。何正平叫魏豪逐个去认，全是铁牛堡的人，或铁牛堡请来的帮手。魏豪看罢摇头，重归宾馆。果然纪宏泽不出所料，没落在姚山村。

姚书绅对何老说："前天大前天，我们这里闹贼，叫他们铁牛堡搅得很可以。他们自然是来偷俘虏。可惜我们警戒很严密，他们徒劳往返，还掉在这里一个乏货。他们这一闹，勾得我们这里的朋友也动了怒，也要邀几个飞檐走壁的高手，闹闹他们去。我本不赞成此举，可是众意难违，他们也说得好，叫铁牛堡的朋友也尝尝滋味，也让他们明白偷营盗俘虏的把戏，人人会要，其实没有大用。我们这几位朋友打算今晚就去。何老前辈，我小弟意欲烦你老人家，做一个首领，率领他们哥几个，辛苦一趟，不知你老人家还有这份兴头没有？"

连珠箭何正平喟然一叹，哂然摇头道："我小弟倒还老有少心，可惜力不从心，已变成残废人了，我这腿太不得力，我只好敬谢不敏，对不起姚大爷。"

姚书绅望着何老的面色，谀道："你老太谦，虎老雄心在，英雄还在晚年，我刚才见您上马下马，一切都好，您不要推辞吧。"

何正平仍在推辞道："不行了，不行了，废了！"

姚书绅依然怂恿说："你这令师侄没有落在敝村，一定落

在铁牛堡了。你老这一去，可说是两便。一来给我们村中的几位能手做个领率，二来你也可以亲自寻找令侄。我敢断定，令侄十之八九，是失陷在他们那边了。”

何正平听到这里，眼光霍霍地望着摩云鹏魏豪，魏豪微微点头。连珠箭又看自己女儿的神色，女儿何青鸿神情跃然，虽当着村主人，坐在下首，不敢插言，可是她正挨着魏师叔，便悄悄地一肘魏豪，低声说：“七叔，你劝爹爹走一趟。”连珠箭早看见了，微微一笑。

那村主人姚书绅也瞧出来，忙将话锋一转道：“何老前辈，我看你不必推辞。你本人年高，用不着争名争胜，可是你正好鼓舞他们少年。你等我把我这几位朋友引来，他们全都钦慕你，要想见见高贤。你只带他们到铁牛堡，涉险的事叫他们年轻人去做，你只给他们督后队、巡风看起落。还有你这位令友，这位魏仁兄，想必武功很好，我们一见如故，我也打算……”说着向魏豪拱手道：“我小弟愚不自量，要麻烦生朋友。你别见笑，我和何老前辈是至好，你是何老前辈的朋友，咱们自然都是朋友了。魏老兄，简直今天好比见‘财’起意，我一定要奉求你拔刀相助，再请你替我劝驾。”

姚书绅又向何青鸿说：“何小姐是名父之女，武功一定是很可观。我也一并奉求帮忙。好在只是入堡探寻囚牢，是秘密的事，斗智不斗力，你们三位我全要麻烦。”

姚书绅反复怂恿，果然何青鸿先沉不住气；魏豪蓄意未言，何青鸿径直凑到父亲面前，低声说道：“纪师兄多半落在铁牛堡了。爹爹，咱们去吧，你一开头不是打算先到姚山村，后到铁牛堡么。现在人家又烦咱们，咱们又得了帮手，正是一举两得，咱们去吧。”

连珠箭何正平哈哈一笑，对摩云鹏魏豪道：“小孩子都是沉不住气，你看她先急了。”转面对姚书绅道：“我不是推托，实在正因为铁牛堡里面，我也有熟人。第一叫他们知道我在这边帮忙，他们必要不痛快我。姚爷如此谆劝，我去是可以去；

只有一节，千万请您嘱咐他们秘密一点。我们的来意，是在寻找我那师侄，寻着了他，我就告辞。姚仁兄不要笑我为德不卒。我还有一点意见，你们这场械斗，打了十好几年，何日是个了局？我想给你们说合说合，不知贵村诸位首脑人物，愿意不愿意？”

姚书绅欢然道：“我先谢谢何老前辈的盛意。”又向魏豪揖，然后说道：“何老前辈，您想我们都是安善良民，谁还愿意丢下正经生意，一味好勇狠斗不成？只是对方欺人太甚，故此我们箭在弦上，不得不发。何老兄若能找出他们那边主事的人，给我们了一了，当然我们求之不得。只有一节，他们鲍家四虎气焰太盛，又不幸他们勾结了丧门神一伙子水寇，为非作歹，日趋下流，只怕好生讲和，他们未必甘心。他们一定要抢一步先招，我们这边又不服气，这样就僵住了，越斗越凶。我也知道不得了局，终有一场大祸。”姚书绅咳了一声道：“后患真不堪想象，只看何老兄这回帮忙的结果了。”

姚书绅见何老已允诺，立刻把村中要人引来，双方相见，最要紧的，自然是今晚要探铁牛堡的那七位武林人物，全都少年英勇，初出茅庐，不畏险阻。姚书绅先给他们引见了，又盛夸何老的威名，然后设宴欢饮，即席商量探堡的入手步骤。

姚书绅首先说出铁牛堡中，一伙水寇，武功并不见如何，只是丧门神弟兄几人，其中并有他的胞妹飞来凤，专会使用暗器，稍不留意，就会上了当！

这时在座的何青鸿，早听得入神，口口声声非要随同爹爹走一趟不可，到底要看看铁牛堡里有什么秘密？何老英雄只能瞧着女儿，生怕她年纪轻多说话，立时向姚书绅说道：“铁牛堡里几位武林人物，我很想见识他们，此去的目的，并不是要拼个死活。如果能息事宁人，化干戈为玉帛，也不枉此行。同时我能寻找到我的师侄，早了却心愿是最好不过。”

姚书绅听过何老英雄一席话，也点头称是，借着话题又斟问起何正平的这位师侄的来历，将来寻到之后，是远走他方，

还是回归乡里？

何老英雄难以答言："将来如能找到，还是随他魏师父云游访友，因为他们有一桩大事未了。况且纪师侄是奉母命随他师父外出，不料先遇着姚山村、铁牛堡两村械斗，弄得彼此不知下落。魏师弟才只身找到我家，要我念当年之情，访个水落石出，救出纪师侄。"

旁边坐的何青鸿小姐，忙着插言："刚才听说铁牛堡有一个女寇，她的武功怎么样？使什么兵刃？"

姚书绅回答："这个女寇并没同本村的人会过阵，听说惯使一柄宝剑，她会打三四种暗器，还有一个迷人香囊。只要跟她动手，微微闻到一股香味，立刻就能晕倒，失去知觉，那还不束手被擒么？何小姐此去探堡，须要切记这女寇手中暗器要紧。铁牛堡周围防御，也很严密，四外俱有土壕堑沟，还有一段河流，约有丈来深浅，河流湍急，也没船只，外人不能轻易进入堡内。铁牛堡一帮土豪，倚仗有几处险要，才和姚山村对抗为仇。这十几年中，可以说没有度过一天消停日子。"

何正平父女二人、摩云鹏魏豪和姚书绅谈了许久，无非是村堡之事，魏豪又述说了过去和纪宏泽出门访友经过，再三叮咛大家严守秘密。

少时姚书绅把探堡的七个壮士先后邀到，引至客厅，与何正平、魏豪相见。七个人高高矮矮，俊丑胖瘦不一。

一个叫铁笛彭青，是个俊俏洒脱人物，年约二十八九岁，长衫丝履，像个儒士，却有很好的武功。

其次，是邹桐年、董俊千两个师兄弟，是外乡人，年约三旬，黑面长身，形貌壮猛，看来倒像亲兄弟，其实是同出一个师门罢了，乃是少林寺的别支，新近被姚山村邀请来帮拳的。他二人的本业原是镖师，故此这两人江湖气很重，虽穿长衫，短才掩膝，说话嗓门很大，原籍是河南省南阳府人氏。

又其次两个人，一个叫许延华，年约四十六七岁；一个叫许少华，年约三十一二岁，乃是亲叔侄。本业是一家当铺的护

院镖客，善打暗器，善于飞檐走壁，也是近两个月才被姚山村罗致来的。就请他叔侄，教给本村乡民练习飞纵术和发暗器的功夫。这五个人全是外姓朋友。

末后还有两个人，一个姚承权，一个姚承钧，是堂兄弟，姚山村的居停主人，比会头姚书绅晚了一辈。这两人手底下也有两招，可是俱在青年，不过二十多岁，正在努力习武，前途难以限量。这两人一胖一瘦，形貌大异，只是性情非常相投，好交朋友，待人热忱。

这七个人，最属许延华年长，最属邹桐年和铁笛彭青两个人拳技高超。因为是要乘夜探堡，故此经过一度选拔，他们七个人，全都是上选人才，全都精于纵飞术，打暗器也都很高。

在广厅上彼此见了面。这七个人似乎早听姚书绅称扬过连珠箭何正平的威望，一个个全都向何老深致钦仰之意，却又微露疑讶之情。大概因为何老足跛面瘦，身材本矮，他们觉得名不副实似的。

何老已然觉察出来了，微微一笑，向众人抱拳答礼，十分谦逊，面对着大众，目视姚书绅说道："姚大哥把我捧得太高，我要摔下来更重。你们众位所听到的乃是十几年前的我，现在的我早成了废物了。众位不要听信姚大哥的谎言吧，我区区在下只是一个又瘦又瘸，死了半截的朽骨而已。"说罢哈哈大笑。

别人听了不甚留意，那许延华却从这一笑声中，听出何老声若洪钟、中气甚足，人虽瘦，腿虽跛，两只眸子顾盼闪闪，依然流露出少年的火焰；当即赔笑道："何老前辈太谦了，英雄仍旧是出在晚年，我们都是些末学晚进，还盼望前辈英雄不吝赐教才好。"

那个邹桐年依然诧异，脸上带出相来。何正平冲他笑了笑，特意凑到面前，客气了一阵。随后又由居停主人姚书绅，引见这七人与魏豪寒暄了，又与何青鸿小姐施过礼，大家便相谦相让落了座。献茶，对谈，应酬了一会儿，立即摆宴。大家推何正平上座。何青鸿是个女孩子，姚书绅忙命家人告诉内

宅，打算由内眷另行设宴，款待青鸿小姐。

何青鸿唯恐她父抛下自己，独自随众涉险，因此不肯离开客厅，紧挨在父亲肩下，依依不舍，轻轻说道："我不进内宅了，我和姚伯母又不认识。爹爹，我只在这里吧。"

何正平道："岂有此理，这里哪有你的座位？"

何青鸿道："我不吗！我不吃，我也不入席，我就在这儿等着您。"何正平不悦道："你怕我丢了不成？"父女低声呶呶争辩。

摩云鹏魏豪不由得笑了，说道："青姑还是小孩儿呢，离不开爹的。"

姚书绅看出意思来，说道："何老前辈，这么办吧，您和令爱小姐，还有魏仁兄，可以坐这一桌。叫他们七个人凑一桌，也很方便的。"忙吩咐下去，少时果然摆上宴来，分为两桌。何青鸿这才把皱着的眉峰展开，换出笑容来。魏豪看她这意思，大概比纪宏泽脾气还拧。可是拧之中，又带着撒娇的憨态。魏豪手绰酒杯，微微地笑了。

两桌酒并摆着，居停主人周旋两边，一一敬酒，三巡之后，欢然共饮，谈起探堡的打算来。何正平势不可免，必要以身率先。何青鸿低声央告她父，还是那句话，她要跟着何老寸步不离。

何老生了气，摔筷子，吹胡子，瞪眼。何青鸿歪着头，觍着脸，一口一个"爹爹，我去。"又在桌子底下，用她的纤足，微蹙魏豪道："七叔，您替我劝劝爹爹。"

魏豪笑道："三哥，你看看，你不叫青姑跟去，她真不放心。"何老咳道："当着这些生人，你一个女孩子，你不害臊么？"何老瞎拦了一阵，到底依了女儿。何青鸿这才笑了笑，不再麻烦了。

何正平、魏豪和青鸿三个人，加上姚山村的七个人，恰凑成十个人。另外由姚书绅加派四个人，出发时，作为开路先锋兼向导，探堡时留在外面，打接应，传消息。这四个人不会飞

纵功夫，故此不能入堡。仍由他们十个人，用夜行术，分道进堡，一来救人，二来示威。

就在宴席上，商议分工合作的办法。十人分两队，每队五个人，推一人为领袖。东路一队，由许延华率领，许水华、邹桐年、董俊千、姚承权，算是一路，由铁牛堡东围墙袭入。西路一队推何正平为领袖，率领何青鸿、魏豪和铁笛彭青、姚承钧，算是又一路，由铁牛堡西袭入。各路预备下火筒、绳梯、软索、破锁的家伙，背人的搭包，御敌的暗器。每一路上，全要有一个熟悉铁牛堡内部道路的人，作为向导；也必有一个武功精强的人，专为御敌断后；两个飞纵术高超的人，专为背救俘虏出险。只要背出堡外，便由那四个打接应的人迎接上前，以便接力代背。然后努力奔逃，只求渡过械斗场两交界的小河滨，就算成功了。

在这河边上由姚山村的人埋伏大队，表面装作守界值岗巡逻之兵，骨子里正是探堡十人的后援。却是这个大队也只有五六十人，只可在河边巡守，不能渡河的。因为敌人那边本有防备，双方械斗俨成敌国，这一道小河恰恰成了界河，双方都屯兵守夜，只能单人偷渡，不能大队公然涉河。你这边只要有较多的人数，过渡口越入敌界，敌人那边立刻知道对方要偷营夜战了，转瞬之间，烽火齐举，警笛连吹，全村全堡得到警耗，立刻亮出大队前来迎敌了。

因为有这等缘故，姚山村此次探堡，最多只能派十来个人，而且必须化装分路，还要声东击西。若想从堡东混入，必须派人先在堡西南诱敌。姚书绅和何正平、许延华等，把探堡人选任务议定之后，把诱敌的人也拨派好了。跟着计议入堡得手以后的步骤。

姚书绅一一谆嘱众人："我们此行既然志在救俘虏，示武威，进了堡之后，我们只可以搅扰敌人，惑乱敌人的军心，除非迫不得已，千万不要抢先伤人，更不可放火。要知道我们会放火，他们也会报复咱们的。我们这次探堡，只算是报复之

师，因为他们无故来刺探我们村内，所以我们才投桃报李，还他们一下。我们只略略示意，适可而止，不要变本加厉。况且一把无情火，固然足以泄愤，却势必毁害了良家。”谆嘱至再，成行的十个人全都表示同意。

却还有一事未妥，西路首领，大家推举了连珠箭何正平；何正平自以年长，本有允意。偏偏看见那个邹桐年，向铁笛彭青微微示意，背着身子，指着何老，意思之间，有点不放心，或者简直说，有点不服。

何老久涉江湖，闭着眼也能看出人的心意来，何况他们嘀嘀咕咕的样子，已然明白了。何正平把伛偻的老腰一直，抢到众人当中，大声地说话，敬谢不敏：“古董越老越值钱，人要老了，就完了。”他向大众普遍地逊让了一遍，随后单盯住居停主人，话却向大家说：“诸位不要因为我痴长几岁，就这么抬举我，我无奈是抬不起来的人物了。诸位仁兄请看……”往前走几步，往后退了几步，笑着说：“我不配做诸位的先导了。我这样一瘸一拐的，有谁扶着我走才对劲，我哪能抢头阵呢？姚大哥，你另举吧。”

果然何老步行起来，一瘸一点的。姚书绅道：“何老前辈，不要客气吧。你的飞纵术，江湖闻名。”何跛道：“你说的那是先前。”

姚书绅道：“你走着瘸，跳起来却高，算了吧，何老前辈。况且探堡的事，最要紧还是随机应变，搜牢救友，动的是心眼，手脚倒在其次。”

那许延华也帮着劝道：“我都不推辞，何老前辈更要从实吧！”一词群劝，磨翻良久，邹桐年见何老直拿眼睃他，他也觉出不得劲来，和铁笛彭青一齐凑近劝驾。何老只是笑，仍无允意。

魏豪最心急，忙绕过来，向众人道：“我三哥不仅是客气，情实他上了年纪，叫他打头阵冲锋，我也不放心。这样办吧，我小弟可以从旁替我三哥效劳。三哥也无须再推，诸位也不必

再议了。”

这样，就算定局了，宴罢茶来，一面调派，一面商议细节，一面等候时间。耗到二更将近，十四个人结束停当，各藏好兵刃。何青鸿自然紧随她父，通身换了女子夜行衣，头扎青绢包头。足登铁尖软底窄靴。另备男长袍、男冠、男履，打做一个小包，背在背后。别人的打扮也一样通通夜行衣，背行囊。

这时月色昏沉，山风振振作响。何正平已将铁牛堡往来的通路一一问明，随即告便，站起身来，走到外面，仰头观望天星。众人也都相率跟随出来，何正平又请姚书绅陪伴，走上瞭望台，看看四面的形势。此时银河耿耿横空，无数星群闪闪眏眼。

何正平倒背着手，纵目前瞻俯窥，向魏豪道：“七弟你看，下半夜必有月亮，这得紧赶，时候恐怕是到了。”一抬手一指，对姚书绅道：“那道黑压压的那一大片，可就是铁牛堡吗？”

许延华答道：“你老指的那边，过了铁牛堡了。铁牛堡就在这边，离我们这里不过二十里。”

大家都站在台上，纵目瞻望，天色太暗，只辨出一块块的黑和一条条的灰。何青鸿年少眼尖，可是她任什么也看不出来。她说道：“我们该走了吧，你老看什么？我看你老任什么也看不见。”何正平呵呵地笑了，说道：“糊涂闺女，你给你爹泄底，你知道我看的是什么？是看方向，是看远近？”说得魏豪也笑了。

在这黑成堆的村庄远影，和灰成线的道路远影之外，还有一条曲折迂回的亮灰线，那正是织女河，三面环绕着姚山村和几处邻村；水道略似弓形，比弓更多几道小弯。姚山村就在弓弯里，铁牛堡却在弓背外了。何正平很细心地指东问西，铁笛彭青、邹桐年之流，都暗笑他瞎看瞎问。跟着走下瞭望台，何正平请教彭青、许延华：“我们到了该走的时候吧？”

姚书绅道：“现在还差一刻不到二更，何老前辈请进客厅

再喝一会儿茶吧。”

摩云鹏魏豪插言说：“不然，我们三哥说得很对，我们得赶紧走。我们这里距铁牛堡固然不甚远，可是我们偷渡关卡，步步闪绕，恐怕也得费一个更次，才能到地方。此刻动身，正好是不到三更，就进了铁牛堡。不到四更，就可以往回返。这样我们才有半个更次，能够做活，似乎稍微紧迫些，可也不能太提前。现在走正好，再晚了，天一亮，我们去能去，回可回不来了。”

大家听了，齐夸一声：“你说得很对。走，我们这就动身。”

姚书绅忙道：“既然如此，我先传知他们一声。”立即派出一个人，先一步通知本村各卡，仍不明讲，只说随后有几个人要下山，也许过河；又把那一小队管策应的乡团，也关照了，叫他们如时发动。于是，两路探堡壮士，九男一女，由四个引路人当先开路，径走姚山村后山坡，姚书绅亲自送行。仆从人挑灯照着护送。

姚山村在起更之后，早就派出乡团巡逻守岗，并已发出口令。姚书绅送出一段路，这才把下半夜的口令，低声告诉了连珠箭何正平父女和摩云鹏魏豪，是上一字“承”，下一字“平”；问“承”，答“平”；问“平”，答“承”。上一字管上半夜，下一字管下半夜；俨然有了军队的戒备气象。

村庄本建在半山腰，送过头道卡子，何正平拱手道：“姚兄请回。”姚书绅道：“请，请，我总得送到山根。我还得支派他们给你们几位打接应哩。”

于是又挑着灯笼，走到山脚下，这面前又要通过一道卡子。说是卡子，无非是一座板屋，两排拒马木栅，挑着一个气死风灯，有四个人乃至八个人，在那里分班值岗，走来走去巡风罢了。不能说他没设防也不能说他关防很严，他们究竟是百姓、乡团罢了。

但是何青鸿看了，却十分惊讶，低声问她父亲：“他们整天整夜总这样么？”

何正平道："糊涂闺女，这个你又觉得稀罕了？我告诉你，咱们这里是这样，他们铁牛堡那边更是这样，恐怕比这里还要紧一层哩。你一定要跟着我，你有本领，当着这些人，又点着灯笼，你可能偷闯得过去吗？"

十数人且说且走，何青鸿连忙说："爹爹，您等一等，让我闯一闯看。我闯一闯，您瞧着。"很着急地讲着话，立刻抽出兵刃，摘下肩头挂的弹弓，悄悄蹑足斜趋关卡。

卡子旁搭盖着那么一座柴棚板屋。因为地当关要，这里总是八个岗。却散列开，在板屋中歇班的四个人，正在卡子附近潜伏的四个人。何青鸿姑娘看了看前后左右，四个暗岗被她发现了三个，都蹲坐在暗隅黑影中呢。前仰后合的，拉着兵刃，大概被凉风一吹，犯起困来。倒是板屋中的四个歇班的乡团，正在里面聚赌，无非是竹牌顶牛、推牌九，"长三""大天"，闹得正欢。何青鸿精神跃跃然，借物障身。嗖的一蹿，又嗖的一蹿，把弹弓扣上了弹丸。她要先声击灭当路的一盏灯，然后摸黑影一跳，便可以跳过了拒马。

刚刚嗖的一声，同时听见黑影中喝了一声："谁呀？口令？"跟着啪的一声，连珠箭何正平登时哧然一声轻笑，乡团首领姚书绅同时"哼"的一声冷笑。面前顿然一黑，何青鸿姑娘一掠而过，从拦路木栅上面飞蹿过去。木栅有一丈来高。

板屋中推牌九的守岗乡兵，哗然抢出来，问道："什么事，什么事？灯怎么会灭了？"一迭声地发问。那个伏在暗隅的乡兵，首先发觉何青鸿的情形可疑，既问之不答，又张弓硬闯。灯光一灭，他登时大喊起来："快快，伙伴们，进来人了，进来奸细了，拦住他，放箭，放箭！"其余暗隅中的人也都蹿起来乱喊："什么人，什么人？站住，口令！"可是何青鸿早格的一声娇笑，如飞地越过了木栅，如飞地抢奔出山口了。

八个岗兵要鸣锣纠众，姚承钧连忙阻住。姚书绅很恼怒，厉声斥责八个人："亏了这是自己人，试探你们的，若真是敌人，还不是愿来就来，愿去就去么？你们就知道瞎嚷，哼，还

要钱！”痛痛训斥了一大顿。八个岗兵面面相觑，方才明白，这是自己人偷渡关卡，特为考查他们勤惰的。

姚书绅吩咐他们重新点上灯，加紧戒备，再不许疏忽了。虽然这样说，他心中怏怏不乐，想到这八个人如此不尽心，别人也就可想而知。

连珠箭何正平暗地欢喜，看见女儿身手毕竟利落，虽然终不免被岗兵发觉，可是她到底闯过去了，看来她胆力是有的，机警够用的，功夫也算拿得出去。他见姚书绅兀自盛怒，忙大笑着安慰道：“姚仁兄，你无须过虑，你要看事看两面。你瞧着他们哥儿八个似乎疏虞一点。可是由这一来，我们去到铁牛堡探险救友，不也就如入无人之地了么？咱们的人疏忽，他们的人必然也疏忽。咱们能够闯过咱们自己的卡子，咱们一定能够闯过敌人的卡子。得了，可以预计，我们这一趟，一定是马到成功。”说着，哈哈地大笑。

那何青鸿自然十分得意，把弓重搭好，说道：“爹爹，怎么样？”

众人见了这情形，方才深信何老果然名下无虚，他女儿既然有这么好的功夫，正是将门出虎女。大家不住口地盛赞何青鸿姑娘，倒把她赞得忸怩起来。

并且何正平的话说得很俏皮，尤其是触景生情，由于自己卡子的疏忽，推论到此去探堡必获成功。众人欣欣然都有喜色道：“不错，不错，卡子好闯。”

姚书绅也就改嗔为喜，把八个人再诫饬一顿，又吩咐众人，把刚才的情形，通传各处关卡，一体小心戒备，万勿疏忽，尤其不许值岗之时为破睡而聚赌。跟着把那支策应兵也调遣好了，然后正式告别，预祝成功。他向十四个人一一拱手道：“诸位仁兄，受累偏劳吧，请多多保重，不要贪功。请看事做事，要提防他们的暗箭和陷坑。”

十四个英雄把精神一提，眼向前途一扫，用沉重的语调，低声齐说：“会头放心，您擎好吧！我们这一去，多少带点东

西回来。又有何老英雄父女帮着我们，一定马到成功的！”相对抱拳分手；十四个人立即衔枚疾走，大宽转，绕奔织女河支流。

十四个人约定，要在渡过织女河支流之后，再行分路入堡。他们预备得很好，在这支流浅滩前后，尽是些苇丛杨柳，起伏掩映。四个引路人火速地搭架摆渡。

这只是小小的一只木筏，预先备好，停在小溪这边；用时可先遣人泅水过去，用绳子牵引。把木筏拽到彼岸，再拽转来，以免被敌人利用。筏上只能对付着坐三四个人，且须趴伏着，四个引路人先渡过去，往四面急急搜寻了一回，居然没发现敌踪，跟着便来引渡大众。

由姚山村奔铁牛堡，本有三四处岔道，中间还有六七座村落，就如棋盘上的黑子似的，错错落落夹在两个强大村庄械斗场中间。这些小村落，大抵人少村贫，势力寡弱，对这械斗的双方都不敢作左右袒。他们两家每一械斗，这些小村便受扰害，最觉着不便是一出一入，不能自由。两边的卡子往往横堵咽喉，下在这些小村出入路口边上，小村居民单身出入，全被鲍、姚两家的乡团检查盘诘，他们都是安善村民，竟没法子抵抗。

现在连珠箭何正平等所要偷渡之处，正当织女河支岔一处浅滩边上，距离姚山村，是往后退绕出三四里地，恰当双方械斗场的界外，是最远最僻的一个所在。浅滩上丛生着芦苇杂草，颇宜于偷渡。本来在此地，也曾设过卡子，但因双方械斗，相持之日过久，渐渐地耗得不耐烦了，双方相率把不甚重要的卡子渐渐撤回，纵然不时派人巡视，究竟留下空隙，姚山村便决计由此乘虚而入。按路线说，一往一返，却已经绕出七八里地了。

引路人用小木筏偷渡浅滩，十四个人全都悄悄地过去，敌人那边果然神不知、鬼不觉。头一个觉着诧异的，便是何青鸿姑娘，张目四望，远近寂然无声，低声对她父说：“偷营就这

样容易?”

魏豪笑道:“这只算刚走出自己家门;你再往前闯,你再看。”何正平道:“噤声!”

许延华在黑影中说:“姑娘的胆气真好,你一点也不害怕。”何青鸿道:“您叫我怕什么?”许延华道:“人家男子还有怕黑的啦!”

何青鸿笑了一声,何正平又重禁止道:“别言语。”

于是留下一个引路人,在这里看守木筏渡口,其余的人立即绕着浅溪,钻入前面的荒林,衔枚疾走,转瞬走出林外。

这树林正是纪宏泽遇见铁牛堡的人上当的那地方。前后土岗起伏,丛草丛树颇多,众人择径深入,曲折而行,由河滩起,又已走出六七里,仍未发现铁牛堡卡子。各人都不言语,只侧目瞻前顾后,提防着黑影中的埋伏。

何青鸿姑娘乍试身手,走得很加劲,展双眸东张西望。又走了一程,方才觉出他们走的方向,乃走先退后绕再往前转。她不禁又说道:“怪不得没有埋伏,我们还没有走到敌人地界以内呢。”

魏豪、姚承钧齐说:“不,不,这已然到达他们的势力圈了。河那边才是姚山村的阵地,刚才那小河就是界河。”

约莫又走了七八里地,迎面有一片浓影,像是村落。引路人远远站住,众人也陆续站住。姚承钧低告许延华、何正平说:“前面是个小村,乃是铁牛堡的头道卡子。要是绕过去,得多走一二里地。若是不绕,我们得偷闯。”

何正平道:“前面是怎么样的卡子,叫什么地名?”回答道:“这地方叫作马坊村,村中有座小铺,铁牛堡的人大概跟开铺的林老头沾亲,听说他们在那小铺里安放着三四个岗。究竟我们是躲过去,还是闯过去?”

何正平问许延华。许延华说道:“只不过多绕一二里地,就走过去了,我们不必在这头道卡子上,打草惊蛇。”大家也都说:“对!我们绕。”立刻由引路人钻入道旁禾田,斜岔

过去。

但是，只岔出二三里地，前面又有村庄，地当冲要，如欲直赴铁牛堡，必须掠村而过，引路人又请问连珠箭何正平。何正平先仰望天星，次遥瞻前路，旋又盘算时候，然后对许延华道："我们要是再绕，得绕出多远？"

铁笛彭青从旁答道："须绕出七八里地。"何正平道："不好，不好，再这么绕远，恐怕我们回来的时候不够了。这似乎得闯。"大家全说："闯，我们穿村硬闯。"

这村庄叫柴家坡。这道卡子，大约敌人傍着村口，安放着四五个人，还搭着窝铺。摩云鹏魏豪说："我们就是闯，也是以偷渡为妙。"大家也都以为然，一齐伏身用力，展开夜行术，嗖嗖地往前蹿。村前农田还有晚成的庄稼，没有收割，十几个人一道线似的钻入禾田，依然由引路人当先开道，许、何两个首领持兵刃断后。

这道卡子据白天刺探的所得情报，原说是约有四五个人，此刻入夜之后，也不知是全撤回去了，还是在窝铺睡熟了；他们这些人居然平安渡过，连村中的狗都投有惊吠。十几个人，内中也有三四个初试偷渡关津的滋味，握着暗器，提着兵刃，本预备敌人惊觉，立即袭攻；多半提精会神，心情紧张，料到必有一斗。并且秘商着，敌人只要喊，就把他掩捕住，捆臂塞口，不叫他惊动后方。哪知白使了一回劲，反倒没事。于是他们又觉着高兴，又觉着失望。只有何、魏与许延华几个有老经验，还都淡然置之。

跟着又闯过一道卡子，连前共闯过三道子，何正平一面脚下加紧，一面问女儿："青儿，怎么样，累不累？"何青鸿一点不觉累，更觉有趣。但是他们的人却减少了，每过一道重要卡子，必将引路人留下一个，作为巡风转信之用，现在深入已经十六七里，四个引路人全都留在半路了。只剩下他们九男一女，续往前进。又走了三五里，铁牛堡已在面前不远，这十个人按原定计划，立即分开。

连珠箭何正平父女、魏豪、铁笛彭青、姚承钧，这五个人，趋奔堡东。许延华、许少华、邹桐年、董俊千、姚承权，这五个人趋奔堡西。引路人既都留在半路，那么做向导的，只恃姚承钧、姚承权兄弟二人。

在分途之前，九男一女望堡止步。环顾四面的形势，据二姚说，再往前走，只隔一个小村，便是铁牛堡。现在置身处，已算达到敌人腹心要地。可是四面并没有瞥见敌人埋伏，只隐隐望见铁牛堡附近，偶有星星火火，在旷野闪烁，既不闻人声，也不闻犬吠。大家聚神远望，都不免心滋疑猜："敌人竟会这么疏忽么?"尤其姚山村的人，互相低语道："难道他们比我们还大意不成?"

这里面只有魏豪心中潜笑，暗道："你们也够大意的，我一连数日，连进你们姚山村也是如入无人之地。"他们还自觉偷渡的本领高强，魏豪却已料到，他们双方械斗太久，日久就人心疲怠，纵然层层设卡，可是昼夜不闭眼，一味死守，任谁也做不到。老虎也有眨眼的时候，何况铁牛堡、姚山村的人，全不能一味械斗，白昼仍要照常生活。

这九男一女小心而又小心，把铁牛堡的地势看而又看，挑出两股道，认为可以偷渡，立即分开了。个个暗道一声珍重，霍然分开，各往前再闯。五个人往东，五个人往西，先越过小村。这小村便是金慧容引诱纪宏泽偕逃投宿之所。跟着分途再往前进。忽然间，小村中出现了一条人影。这人影正是铁牛堡守卡的一个乡团。

第二十六章 父女仗义探贼穴

这乡团大概首先瞥见了许延华他们那一拨的人影。随后一扭头，似又瞥见连珠箭。这个乡团登时喊了一声。

许延华的路线近，已然越过这小村，突闻呼声，立刻率四个同伴，一头钻入路旁矮林中。

连珠箭何正平的路线远，刚刚率侣斜绕到小村东边，突然发现村口人影一闪，他急忙发出暗号，挺身一蹿，蹿到旁边一棵大树下。其余四个人也急急藏起来，有的上树，有的藏在土坡后，有的无处可躲，半躺在地上。

天色昏黑，这守卡的乡团名叫鲍三旺，连声喊问口号，东西两面全不见回答。

鲍三旺立即缩身回去，叫齐了同伴，一共六个人，提刀矛、火筒，吆喊着重寻过来。只这一只火筒，西边照了一照，东边照了一照，竟没有照见人踪。鲍三旺乃是守卡的头儿，忙督促五个同伴，到两边树林细搜，绕林转了两圈，一无所得，抽身回来，又扑到东边。却不知东边的人已然挪了地方，他应该分开人，两面齐搜，鲍三旺却恐敌暗己明，吃了大亏，这么

稍一持重，许延华引领同伴，已然蛇行而去。连珠箭何正平所遇的地势不利，仅仅挪开，仍不能离开；他便急引同伴，反倒冒险袭入小村。鲍三旺在前村口寻找，他们从后村口溜入村内。

鲍三旺还要过细重搜，他的同伴都以为他眼迷离了，对他说道："咱们不要虚惊虚诈了，也许是邻村的人，也许是过路的人，就是姚山村的奸细真敢闯来，那简直是送死。"

六个守卡的乡团又虚喊了一阵，又重绕了一圈，到底丢开了。几个人仍回板屋，斗起竹牌来。却不知连珠箭何正平五个人，恰恰偷伏在板屋之后，要偷听他们谈话，刺取堡中的消息。

何正平一条腿虽跛，飞纵术施展开来，毫不见减色。掠空一跃，蜻蜓三点水，半点声音不闻，便由藏身处，蹿到板屋后面，值班的人竟没有觉察。那铁笛彭青也掠空一蹿，袭入小村，隐藏在人家房舍后。何青鸿和魏豪，也都觅好了障身处，相继往前，深入一步。姚承钧稍稍落后，可也躲过了敌人的灯光，斜绕到小村一个僻角落。于是五个人先后闯过这一关，暂不前进，先偷听动静。

板屋中的人漫不加察，照样呼幺喝六，重新热闹起来，却是谁也不谈械斗，一味纵赌。

连珠箭何正平在板屋后窗听了一会儿，一无所得。仰头一看，屋后有树，悄悄攀上去，展目四望，只有彭青离开最近，何青鸿反倒隔在那边。何正平急急做了一个手势，往东一指。彭青也正张目四寻，见状也做了一个手势，照样关照别人。一霎时，五个人互相知会，默喻无言。却是板屋外边还有两个岗，五个同伴不约而同，各走各路，一律改为蛇行，贴墙根，走黑影，从村后绕行，袭入禾田。

众人仍旧是何正平打头阵，何青鸿紧钉上去，五个人散为三拨。何氏父女当前，姚承钧是向导，反而落后，魏豪与彭青倒成了断后之兵。越过禾田，闯过这道卡子立刻脚下加紧，直

抢铁牛堡东围墙，一眨眼，到了壕沟边。堡墙上有更道，更道上有巡逻，堡棚门加大锁，门里边有灯光，何正平到了这时，当仁不让，默揣形势，奋勇抢先。他认为该这样走，他就首先这样走；认为该那么避，就首先那么避，其余四人衔枚相随。彭青这时觉得十分钦佩，何老腿虽跛，眼力很准，武功更精深。

连珠箭何正平已到壕边，又往后退，先择隐身处，略避一避；等候伙伴来齐，他又一指墙围，东面偏南，似乎偷袭较易。五个人只略缓了缓精神，立即蛇行急进，到得壕边，齐逞身手，用飞抓绳索，硬往堡墙上蹿。

那一边许延华也是这样，许延华、姚承权开路，董俊千、许少华居中，邹桐年断后。但是这五人较比何正平一行，得着好地势，很容易地脱出卡子，风驰电掣，扑向前途。前途便是小林，小林过去，隔着一道土岗，曲折一绕，便是铁牛堡西面长墙。伫望长墙，有两股道摆在夜影中。一股大道，地当冲要，似乎暗影中有人把守；一股窄径，稍微绕远。许延华向四同伴打手势，决定要打窄径通过。

姚承权赶上来拦阻，据他说，窄径既远，又不好闯，那地势一夫当道，万夫难渡，乱草丛生，敌人更容易设埋伏，五个人穿行其间，怕遭暗算。

许延华微笑低说，大道太宽，白茫茫一片，五个人穿行其间，恐怕被堡墙上敌人望见，与其露行，不如涉险。于是许延华先扑过去了，四个人推他为领袖，当然随下来。这么一走，恰巧走得是纪宏泽、金慧容逃亡的先路。只过了半个更次，纪宏泽便逃到这里来了。

有土岗掩映，比较易行，五个人转眼来到坡前。众人还往前进，许延华道："且慢。"命众人在此歇一歇，他要独自先去蹚道。

邹桐年笑道："我们现在算是到了地头了，这就该进堡墙了。许老英雄你看，我们到底跑在那位跛英雄的前面了。我们

赶快前进吧。”许延华笑道：“他们也不见得落后，我们也未必抢先。我们要紧的是，不要露形迹，不在乎快慢。”许少华道：“何老丈的武功也许很好，可是刚才闯卡子，他分明落在咱们后边了。”

许延华道：“你不要小觑人，你年轻，不晓得连珠箭当年的盛名。”遂嘱三人在坡后稍待，请姚承权偕同自己，往前蹚了一回，又登高一看。择定路线，叫过同伴来，说道：“我们从土坡南边走。”

他们立身处，正当堡西，许延华向众人拱手道：“这一入堡，大家举动务必要一致，要互相策应，千万不可争功。”约定之计，是入堡之后，直趋铁牛堡中心偏南小庙，在小庙那里，作为东西两路会师之所。一出一入，一聚一散，事先商量了一个大概，此番告诫，只是许延华怕邹桐年、许少华逞能罢了。

许延华抖擞精神，和姚承权斜趋西南，一路如入无人之境，很快地到达围墙外土壕边。堡围上隐约都有浮光，猜知内部必有灯光。许延华巡墙半转，情知堡上颇有戒备，这只有冒险硬袭了。择而又择，择定一个地段，认为可闯，立即与姚承权当先而上；若有物障身，便疾驰猛进，若逢平坦大路，便不惜蛇行匍匐。这样一步一趋，立即到了堡墙根，又恰好是金慧容、纪宏泽闯出来的那条路，正是那个围墙破缺处，堆着好多砖，要修筑还未动工。结果，这地方便成了金、纪的逃亡口，又同时成了许、邹的袭入口，同时同地，各不相谋，只差半个更次。

这时正当三更左右，许延华五个人很容易地袭进铁牛堡墙，许延华先跳入，姚承权继跳入，其余三人也跟踪而入。

可惜人数稍多，多则显形，末后两个人竟被堡中巡逻人发现。却没有看真，只瞥见人影一闪，堡中巡逻有三个人正在墙头更道上，人由外面袭入，他们没有留神，直到跳进墙，才听见微微地扑登一响。巡逻的人急急寻声，提灯广照，许延华、

姚承权已然深入，董俊千也已掩藏过去，独有许少华一股急劲，慌忙贴地一躺，平躺睡在地面上，假装地皮一声不响。邹桐年也措手不及，赶紧往墙根一贴。两个人一样的心思，打算蒙混过去。

巡逻的人不大容易受骗，竟巡过来，居高下瞭，先看墙外，再寻墙内。正值午夜昏黑，对面不见手掌。这三个巡逻人忙在堡墙更道上喝问："谁呀？口令！"当然没人搭腔，三个人不放心，就寻便道，走下平地，把灯火挑着，且走且照，且寻且问。认不准方向，先往北一照，又往前一照，更往东一照。终于照到许少华、邹桐年潜伏所在了。

许少华一见不得了，本来躺在地上，看灯光一晃一晃，渐到身边，再不设法，就要被敌人当面寻出。他顾不得许多，挺身一跃而起，伏腰急蹿，往黑影中一扑，弯腰急走，投入小巷，从远处望，好似惊突骇奔的狗。

但巡逻的人不肯放松，就便是真狗，也要追过来看看。越发地逐影随声，直追过来。

许少华已然奔入小巷，他算脱过去了。邹桐年贴住墙根装鬼影，再想躲更来不及，他距离敌人更近。邹桐年万分无奈，把手一抬，扑的一声，把巡逻的灯打灭，拔腿就跑，立刻也奔入小巷。

这样他们的形迹竟已败露。巡逻的人大惊大喊，火速地传暗号，通知同伴。说是看见一个人影，越堡墙进来。堡中值夜班的人立刻调出十几个人，大搜起来。

堡中人由这破墙搜起，探堡人已然合在一起，也急往堡的深处搜起来。自然，堡中人是搜谍寻仇，探堡的人却是搜俘寻伴。

许延华驰入小巷，回头一望，直等到许少华、邹桐年先后赶到，顾不得抱怨他们，急急一招手，当先率领着，直扑堡南，寻找小庙。他们专逐黑影狂奔，堡中人却穿大道传呼不已。姚承权地理熟，许延华紧催着，曲折寻绕，一面寻庙，一

面躲着堡中人，终于找到了约定地点，那座小庙。

许延华飞踪当先，直到小庙前。黑影中，突然发出一道劲风。许延华一闪身，黑影中跳出一人，彼此齐往旁退闪，急打招呼。对面黑影中继续跳出两个人，后面邹桐年、许少华等也先后赶到。双方抵面，邹桐年心中一惊，原来人家何跛子已然悄没声地先进来了；并且登房越脊爬墙登高，十分地活跃，十分地灵巧，并且人家一行五人，悄没声地袭进堡来，而没有惊动敌人。那个女孩子何青鸿，居然也很不弱，人家照样也能登房越脊，和自己不相上下。

两路探堡的人刚一对面，立即往一块凑。凑到一处，立即往黑影中藏，然后急急查点人数，十个人一个不短。同时互相招呼："你们闯得怎么样？惊动堡中人没有？露了形迹没有？"回答说："还好，我们没有，你们怎么样？"

"我们么？"邹桐年说出口来，实在有点惭愧，又不能不说，刚才坷坷地说出半句话，许延华忙代答道："我们闯得不好，我们的行踪，恐怕叫他们瞥见了。"铁笛彭青道："呀，他们缀下来了？"立即张目四顾。许少华接声道："他们只瞥见我们一个人，还是半信半疑，大概此刻把他们甩开了。"

其实瞥见一个人影，也是露了迹。连珠箭何正平安慰道："他们至今没有缀下来，想必不要紧。这是没法子的事，十个人一块往里闯，哪能保得住不露形，我们这边也是差一点。不过我们这路赶巧了，好像他们把守得松一点，现在我们动手吧。"

这工夫堡中已听警笛之声，继续发动，堡中人也似乎正在奔驰传信，实在是已深入虎穴刻不容缓，应该赶紧动手。两拨人豁然重新分开，专钻黑影，各走各路，各办各事。

许延华一行五人，专搜囚禁俘虏之所。只要发现囚牢，便即动手搭救。连珠箭何正平一行五人，一样也搜囚牢，按预定之计，却先绕一步，搜寻鲍家四虎的住宅，刺探口风，一面寻找纪宏泽的下落，一面还要密寻一个熟人，名叫顾金林的，本

在堡中帮拳，何跛子要找他替双方和解。

两拨人展开探堡的路线。这一边，姚承权当先开路，从黑影中辨认高低起伏的宅院，指示宽窄不等的巷路，何处可行，何处当避，何处住着何人。许延华和许少华叔侄二人，就一左一右，在旁潜缀，要躲避铁牛堡的守夜人，要立即找出囚牢来。邹桐年和董俊千这师兄弟二人，就一前一后，登高瞭望。五个人分三堆火速地排搜。上面要提防铁牛堡的更楼瞭望台，迎头、背后、侧面，要顾忌着堡中的埋伏卡子。

他们人人精神抖擞，要争功，要抢先，不要叫何跛子夺了头功，方才保住自己的体面。邹、董二人更格外较劲，倒是许延华视不胜如胜，只盘算着救人之法，窥察着眼前之险，无心争胜，志在成功。于是眨眼间，穿行数道小巷，越过数道十字路的夜班守岗卒，把全堡勘履了四分之一，却仍未能发现囚牢的所在。许延华仰面一看，改计而行，叫邹、董二人在平地走，他自己伴同姚承权，登高瞭望，要从各院落灯光影里发现囚牢。囚牢没寻见，他们改计，一径向鲍家四虎的本宅搜勘过去。

那一边，何正平和何青鸿父女做一拨，魏豪和铁笛彭青做一拨，由姚承钧开路，也深深地踏过铁牛堡的全面积的四分之一。他们误打误撞，竟把囚牢发现了。

铁牛堡围墙内外的建筑形势，本来瞒不了姚承权、姚承钧兄弟，他们姚山村和铁牛堡，本是好几百年的老邻旧居，自然谁也瞒不了谁。双方械斗一起，谁都做到知敌知己的地步，他们把敌方内部的布置，加以推测、观察，全给绘出地图来，夜袭潜探，不难按图索骥。他们所不知所欲探者，只有囚牢所在地，和发号施令的大本营。但是大本营一定是在该村该堡首脑人物的本宅，再不然便在该村该堡的公议所，公议所不是借村塾，就是借庙宇。许延华寻不着囚俘之所，就一直扑奔鲍家四虎的老宅去了。

连珠箭何正平一行，由姚承钧引导，通过两条小巷，便发

觉姚承钧这人，武功也许不错，可是飞檐走壁、涉险趋避之术似乎太差。迎面遇上堡中巡逻人，他竟险些躲避不开。还有何青鸿，飞纵之术很精，却是防敌的机智，仍然还缺乏实地经验，有时似乎太大胆，太大意了。本来是由姚承钧当先开路，由魏豪、彭青登高瞭望，由何氏父女跟随姚承钧，踏平地前闯。由这个墙隅，猛然一蹿，到那个墙隅，听一听，看一看，再往前蹿。再由这条小巷，奔向那条小巷，这一个人闯过去，安然无事，另一个人再跟了过去。如此一步一探，虽然显着慢，却很吃稳。

这样走过两三条小巷，斜吊角趋向鲍家四虎的老宅，连转了几个圈，姚承钧立在墙后，要往外钻，被何老飞跃上前，把他拖住。跟着何青鸿也蹿过来，也要往外钻，被何老一把一个，将二人拦住，低喝道："前面有人!"急急往后退，就近跃上临街的墙头。

果然工夫不大，便见隔巷有四五个人，提着灯笼，绕寻过来。却幸人已避开，未被瞥见。姚承钧心中纳闷，前面一点响动没有。何跛怎会晓得隔巷有人？却不知何正平隔着街，望见天空浮着淡淡的灯影微光，故此先行躲开。眼见这四五个人提灯提棒，急急走过去，好像是查街。他们五个人，此时全都上了房，似听见过去的几个人，一面讲究，一面急行。

何正平向魏豪一摆手，意思是跟缀过去听听。铁笛彭青早已悄悄地由房脊上一滑而下，先一步跟缀下去。他也见到这一层，要从堡中的人口内，获得敌情。

这四五个人只顾讲话，举步疾走，竟不知背后暗被人缀上。铁笛彭青手脚轻灵，贴墙根缀。何青鸿跃跃欲动，也要跟下去了，被何老一把抓住，低告道："有一个人跟下去，足够了。我们千万不要扎疙瘩，要分散开，分头行事。"仍烦姚承钧指示前进之道，何老带女儿亲自开路，叫摩云鹏魏豪独自瞭高。

两个人走平地，两个人走房顶。走平地的一步一停，忽蹿

忽伏，走房顶的完全伏腰蛇行而进。正走处，忽然听见前途黑影中，一人断喝道："快追，是他！"蓦地涌现出十几个人，分持刀枪，好像从一个大门钻出来，立刻由东往西奔去。

何正平微微后退，蹲在墙角，侧耳倾听。只听见乱嚷，不知是追谁。心中却想：许延华恐怕要栽跟头！

何青鸿也学她父，蹲在另一墙角，她倒是不害怕，紧随她父，深入敌境，只觉得十分紧张，却是觉着眼睛不够用，身藏此处，时时顾虑背后身旁的黑影，怕受了暗箭。因此眼睛不够用，耳朵也不够用。东张西望，没有她父那么闲闲像没事人似的，满不在意，却又十分当心。她这才钦服她父，没有老糊涂，到底比自己强得多。少年人是往往看不起老朽的，何姑娘也照样。躲过这一阵，何正平暗打招呼，催众续往前进。何青鸿、姚承钧忽生戒心，说："彭青也许叫这十几个人碰上，就坏了，我们找他吧。"

何老笑道："那一来一定有大动静，你们放心，我看彭兄很有两下的。我们走我们的，他自然会寻来。"正在低议，摩云鹏魏豪突然嘘唇微啸。三个人立刻噤声，各觅藏身之处，嗖的一声，这个一蹿，唰的一声，那个一跳，三个人全散开了。

何正平仰面寻着，魏豪向他点手。何正平急忙叫何青鸿不要妄动，他自己张目四望，黑影中没有异样，赶紧脚下一点，嗖的上了房，直寻到魏豪隐身处。

魏豪忙往隔巷一指，连珠箭随手望去，隔巷有一所三进的四合房，恰当对面，本来院内漆黑，不闻人声。此时，忽然听得哗啦一响，跟着见四合房中层小院的北正房，窗纸骤然通明，这当然是屋中人忽然点起灯火了。

连珠箭何正平和摩云鹏魏豪，两人立在这边小巷的短墙上，恰借房山墙遮住身体，只探出头来，从侧面往隔街小院窥视。稍过片刻，小院正房堂屋门扇忽然大开，从屋中走出一个人影。此时正当深夜，星斗无光，只恃这隔窗的灯透露微光，辨出人影。这人影直走到庭院心，打圈一转，好像侧耳听什

么，仰面看什么。

旋见这人影一蹿，直扑街门，却又不开门，仿佛摸了摸门闩，立即抽身蹿回，重返入正房。在这正房中，鼓鼓捣捣，似有所为，映着纸窗，人影晃来晃去，由一个人影变成两个。跟着听见堂房屋门加闩之声。

连珠箭何正平、摩云鹏魏豪一齐看呆了，不知此人和自己探堡之事，有无利害关联。进前欲观究竟，又恐徒劳，害时误事。何正平低声道："这个……"魏豪道："三哥既然不放心，索性过去看看。"还未说完，何青鸿、彭青忍耐不住，先后跃上墙来，问道："你老二位看见什么了？"

就在这工夫，突然间那正房灯光骤灭，从后窗飞跃出一条人影，箭似的上了后墙，蹿封房顶，面向南一张，箭似的掠下平地，奔向西南，急驰而去。身法骏快，手足矫捷，是个大行家，是堡中人，也许不是堡中人，是……到底是谁呢？

何正平、魏豪并头低声打算，要追过去掩捕这人，由这人口中，探取俘虏所在，和纪宏泽的下落、顾金林的住处。何青鸿心性很急，忙说道："不管这人是谁，我们应该分一个人缀下他去。"

铁笛彭青插言道："我陪姑娘。"施展身手，往平地一跳。何正平要想拦阻，已来不及。何青鸿不叫彭青抢先，她双臂一振，飞鸟一般唰的掠到平地，如飞地抄了过去。

连珠箭何正平勃然动怒，目视彭青，忿指着何青鸿。魏豪忙道："这也是正办。三哥，他们年轻人莽撞，我们快下去。"

何正平心中极其不悦，尤其不满意铁笛彭青，又恨女儿不听话。魏豪催促他快下，他不得已，一侧身，跳下房，和魏豪、姚承钧跟追下去。何青鸿、彭青已然奔出很远，盯定前行人影，相隔半箭地，紧紧追下去。

五个人分成两串，嗖嗖地紧缀前行人影，前行人影循墙急驰，连穿过数道小巷窄径，紧跟着又越过一条横街。前行人影横穿大街，又没入另一小巷。

何氏父女追到这里，忽听横街转角处，传过来奔驰践踏之声。何正平急急嘘唇作声，何青鸿回头略一打愣，不往回退仍往前赶。果然践踏声中，灯光射过来，从转角涌现出几个人。何正平忙一缩身，退藏在街这边，努目瞪着街那边。那边的何青鸿已然听到了，慌不迭地往附近邻房上一蹿，簌簌地坠下土来，彭青也一蹿，藏起身形。转角处的成拨来人已然飞奔到来，一个跟一个，数一数整六个人。

连珠箭何正平几乎气破肚皮，目瞪着何青鸿手忙脚乱的样子，恨不得过去训她一顿。

这拨人直通过横街，且奔且语。一个人说："总得报一下"，一个人说："那当然"。一个又说："你真看见了么？"一个答说："真看见了，我还谎报不成？"

又一个说："快走快走。报是总得报，可得说话小心，别再像上次，只顾夸功，反叫会头训了一顿，说是虚张声势，惑乱军心。"

六个人风卷浓云似的，走尽横街，没入黑影。何正平目送背影，猜测去向。姚承钧凑上来，低声通告道："他们是奔鲍家四虎的本宅。"这当然是闻惊驰报消息的堡中人了。这自然应该拨人跟缀。

何正平容得这拨人过去，疾向魏豪招手示意，要先赶过去，把女儿何青鸿唤回，不要再缀那单身人影了。但是何青鸿，好像跟铁笛彭青赛上了劲，报警之人才过，便翻身落地，和彭青一左一右，唰的急走起来。何、魏赶过去再看，她和他早已逐前影，一拐再拐，走没了影。

摩云鹏魏豪忙劝师兄："三哥别着急，这单身人影也很该缀。这么办，我陪姚仁兄缀这六个报警的人，准可发现鲍家四虎的大本营、聚议厅，三哥快去追青侄女，我们还是在小庙附近接头。"

匆匆立议，唰的分开，五个人又分为两拨。摩云鹏魏豪和姚承钧一径潜蹑这拨报信的堡中人，果然缀出不多远，发现了

鲍氏四虎的大本营，已不在四虎的本宅，现在他们的鲍氏家塾，俨然改成了他们的公议堂，也就正是纪宏泽陷堡受讯的那个所在。

连珠箭何正平，这跛足老人，就鼻孔生烟，胸膛冒火，恨恨不已地急追他的女儿。他的女儿何青鸿，与铁笛彭青，穷追单身人影，好像双雕追一孤雁。

那铁笛彭青，不知心中如何盘算，他倒要跟这十七八岁的武林姑娘搭伴赛跑，一面跑，一面抬头望望前行人影，又侧脸瞟瞟偕驰的女伴，脚下加劲，口中无言。

那何青鸿姑娘，有彭青陪伴着她，她一心好强，又不大乐意。她仍然颇有女孩子气，好胜，逞能，抢先，抓尖，却不愿与一个陌生男子做伴。她又不认识路，不愿追随她父和她的魏师叔，嫌他们拿自己当小孩，横来相干。她又不愿和姚承钧搭伴，嫌他太糠。挤来挤去，彭青自告奋勇，她只得和彭青同路。她一声不响，蹑足急追，前面人影若是跳上房，她立刻跳上房；人影若是奔到平地，她立刻跟到平地。

那条人影真也奇怪，好似堡中人，又不似堡中人，行踪怕人瞥见，又不甚怕人发现。一路急行，遇上了岗，有时径往前闯，有时又躲避，不肯明目张胆地通行过去，猜不透他弄的什么把戏；却已料到这人影决与自己不是同路，他绝不是刺探铁牛堡的夜行人，他绝不是堡外人。

这人影走起来，也忽紧忽慢，也东张西望，很小心，却有一节，只注意面前和两旁，毫不留神背后。好像他只怕前行有人拦挡，不怕后路被人追袭。

这人影细腰扎臂，十分轻灵，迫近了偷看他一眼，背后还带着刀剑，肋下还挂着镖弹囊。这人影一口气奔过两条小巷，前面有宽街，街心有岗，四个堡中人挑灯持枪棒。这人影往黑隅一退，当路踟蹰，欲前不前，似乎一面观望，一面思量。忽然低呻一声，不往前进，抽身往回急退。

何青鸿骤出不意，急忙敛迹，有些措手不及。铁笛彭青忙

低声警告："姑娘快俯腰。"眨眼间再看，那人影并非退回，只是一转弯，往斜刺里横行。略略绕远，避开卡子，唰的走上长道，飞奔起来。

转眼到一大院，这人影加倍小心起来，围着院墙踏了一遍，从后墙跳过去。院内漆黑，这人倾耳贴窗，连听了两处，忽又退出来，一直顺堡内街道，往东奔去。越奔越快，俄顷之间，竟到了铁牛堡的东面墙根。墙根外面，就是奔织女河码头的大路了。这人影却不上堡墙，因为堡墙上有值夜班的岗。只见他来往张望，忽寻得一棵树，"噢"的一声，走到树下，一径攀上去，猜想他定往堡外窥望。

何青鸿、铁笛彭青，到此全都疑惑起来，正不知这个孤身人影用意所在。互相知会一声，分别潜藏在暗处，看个究竟。

那人影旋由树上跳到平地，仍走小巷，穿土路，曲折而行，越走越快，于是前面有一道卡子，正当冲要。何青鸿暗揣此人必该躲避，不意他一直往前走。卡子横拦住四个人，这人影把手一挥，递口号，一径穿过去了。

铁笛彭青和何青鸿一样地诧异起来。但有一节，这人影悄递口号，已然闯过去了；他二人却不能，若是绕远，势必落后，若是硬闯，这四个守兵必炸庙，也不是办法。何青鸿没了主意，彷徨四顾，只有绕道一法了。她忙向彭青一指左侧，低言道："这么绕，许走得过去。"

两个人溜墙根，往卡子视线以外走，忽见墙隅黑影一晃。铁笛彭青忙取出暗器来，何青鸿眼尖，忙拦住彭青，低声嘘气，说了一声："喂，谁？"

黑影里哼了一声，何青鸿道："是爹爹！"忙走过去，果然是连珠箭何正平，已然紧缀上他们了。他们只顾张望前头人影，竟疏忽了背后。

何正平也不言语，向女儿说了一个字："来！"举步当先引导，曲折斜绕，多走了半箭地，才躲开十字街口这个卡子。再寻人影，又已无踪。何青鸿道："爹爹，这怎么办？"何正平哼

了一声，仍不还言，一直地取路紧走，俄顷间转过数条小巷。跃上临街民房，登高一望，居然在西南边发现了那条人影。

这人影扑奔一片密集的院落，到一大院附近，先跳到紧邻小房上，低头俯窥，左瞻右望，十分谨慎，随后飘身下来，绕奔大院后边。

何氏父女急急与铁笛彭青分开，一个把守左边，两个把守右边，据何正平推测，人影飘忽鬼祟，必有阴谋，就不是铁牛堡的外间，也必是内叛。他们伏伺的旁边，要等这人影干出他的密谋，他们就上前劫捕这个人影，审取他的口供。

何氏父女再测不出这人影就是飞来凤，就是纪宏泽的陌路情人，而纪宏泽，正是他们所要寻找的。偏偏魏豪不在此处，那么，他们即使是抵面相逢，也恐熟视难辨了。他们并不认得纪宏泽。

这个人影由左邻上房，悄悄掩入正院，正院正是鲍六原来居住的房子，鲍六房之庭院现在正是铁牛堡监禁俘虏之所，何老父女当然更不晓得。

这人影左右顾盼，骤然跳落院中。

何青鸿从右首照样缀过去，彭青从左首缀过去。何老居中指挥，登高巡风，这人影躲躲闪闪，溜溜失失，已入正院，旋复退回，改扑到正院东房后边夹道，伸指弹窗，窗内屋中就是纪宏泽。

就在这时，“螳螂捕蝉，黄雀在后”的夹当，许延华、许少华叔侄，恰也一路穷搜瞑索，摸到鲍六房附近了。

人影在东夹道敲窗，铁笛彭青、何青鸿各展身手，从邻院屋顶往下窥看。不知怎的，发出一点声响，人影骤然回头，骤然发出暗器。何青鸿一伏腰，本已躲过，可是她竟一顺手，还打出一件暗器。那人影正在掀窗，啪嗒一响，窗又合上；人影口中发出警报，立即一纵身，上了墙头。何青鸿手捏着暗器，藏在邻房上，铁笛彭青手提着兵刃，立在邻房对面房上。

这人影跃上墙头，抬眼寻敌，头一眼便瞥见彭青。只听低

低“哼”了一声，这人影立展兵刃，飞追过来。人未到，手先扬，先打发一件暗器。铁笛彭青吃了一惊，再藏已来不及，忙一闪身，往邻院中一跳，口发呼哨，向何氏父女递信。人影立即追踪四望，也往邻院一跳。彭青忙又抽身，抢上另一墙头，人影火速地追上另一墙头。

何青鸿见到这情形，急将手中暗器一发，直向人影后背打去。那人影一晃肩膀，躲过暗器，回头看了一眼，一声不作，依然猛追彭青。何青鸿精神一振，立即横截过去，她要抄追这人影。

她这举动是错了。连珠箭何正平在高处看见，慌忙跳过来，向女儿打一个手势，催她火速奔东夹道，叫她模仿刚才那人影的举动，再去弹窗。何青鸿并没有看清她父的手势，她竟一直追赶那个人影去。那人影就一直追赶彭青。他们三个人眨眼间，离开了鲍六房，扑到平地空场。于是彭青止步，人影止步，何青鸿也止步，三个人一声不响，打到一处，反把寻人救友的正务，丢到一旁。

连珠箭何正平拦住女儿，没有拦住，忙即抽身，亲来动手补救，由房上跳到东夹道侧面，把四面形势匆匆一望，急忙跳下去弹窗。

这时候，许延华、许少华等早已潜入鲍六房院后。何正平冒险跳到夹道，寻到窗前，不想这后窗已然洞开。窗隙原透火光，此刻漆黑，对面不见手掌。何正平回手抽刀，挺身一跃，直袭入窗开处的小屋内。这小屋正是鲍六房的西厢房延宾馆，也就是纪宏泽的软禁之所。然而纪宏泽已然抢先一步离开了。

何正平燃火折一看屋中情形，又登上床，湿破前窗，往外一张望，外面正是鲍六房的中庭，已然大乱起来。何正平分明看见许少华挥刀在庭心斗，许延华挥刀在屏门边上斗，十几个人齐攻许氏叔侄。那邹桐年已然救了一个人，正背着往外闯。许氏爷俩原来是奋勇断后，独不见董俊千，猜想许是在前开路。

这时堡中哗然，已经大扰。

连珠箭何正平提刀一望，登时瞭见，他应该穿窗出去，帮助二许。可是他不放心女儿，他仍要退回去。他手中的火折子一亮，竟被院中人看破，忽听一人喊道："不好，西厢房也进来人了，那个秧子是奸细！"立刻分出几个人来，破门来攻。

何正平无可奈何，横刀冲出，只一冲，便被他撂倒一个人，伤了一个人。恰巧此时摩云鹏魏豪赶到，正自踏房顶寻声找来，姚承钧也缀了过来，用约定的暗号低低一叫。何正平忙招呼了一声，摩云鹏魏豪立刻跳下平地，寻踪而至，忙即帮打。何正平抽出身来，忙去寻找女儿。

铁牛堡的鲍家四虎，大虎鲍麟生、二虎鲍龙友，正和丧门神桑玉兆，聚在鲍家老宅议事。桑玉兆恼怒妹子飞来凤，庇护纪宏泽，当场给自己下不来，鲍氏弟兄多方劝解着。就在这工夫，听见警报，说是由西北面破缺处，跳进来奸细，人数摸不清，大概是两三个人。鲍龙友听了，心中疑惑，以为定是谎报。吩咐卡子要查搜，他们照旧商议白天决斗的事。忽然续报又道，别的卡子上也瞥见人影，已经追堵下去。鲍龙友不觉站起来道："我们到外面看看去，也许不是谎报，也许姚山村派了奸细，勾结我们堡里人，混进来了。"

他们这时是商量要事，说是要出去巡看，结果只派了一两个助手，挑灯带人，到各路要卡，一面传令戒备，一面查问虚实。紧跟着第三拨又有人来告警，在飞来凤住的客馆中，值岗的团丁发现一个夜行人。鲍麟生说："不好，我们不能不查查了。"

丧门神蓦地红了脸。他本来疑心自己的妹妹，行踪诡秘，恐有不贞之事。听了这一报，很有些挂不住，说道："什么夜行人，这么大胆，我去看看，你们弟兄们在这里商议。"

鲍龙友是四虎之杰，武功最精强，早已娶妻，却对飞来凤一见钟情，心中私慕。他的原配夫人偏偏抱重病，又不死，不能对好朋友的妹子，提出续弦的话来，可是心曲免不了抱着难

言之情。今闻飞来凤住处，发现了夜行人，也不由得往邪处想，由顶门冒出酸气。竟又站起来，对大家说：“我陪桑大哥去瞧瞧。”

丧门神道：“不用，我自己去就够，你们还是守老宅。”鲍龙友道：“夜行人一来，必不会只一个，大哥独自去，恐怕照顾不到，他们又不济，还是我奉陪吧。”

丧门神脸看别处，一味搔头，连说不必，不必。鲍麟生忙说道：“桑大哥，白日里你和老妹妹拌了几句嘴，你自己去，恐怕妹妹又要生气，说你查看她了。再不然，二弟……”转对鲍龙友说：“你在这里护宅，我陪桑大哥到外面看看去。”

这样说时，鲍麟生吩咐宅中人，给他鞴马，鲍龙友哈哈一笑道：“大哥，你还要骑马？你在家里歇歇吧。现放着我们，怎能叫大哥出去冒险？你知道这夜行人是干什么来的呀？”鲍老二拦住胞兄，立刻一甩长衣，提了兵刃，叫手下人预备孔明灯，佩带弓箭，开后门，陪着桑玉兆，直奔飞来凤假馆之处，报警人在后紧跟着。

刚刚拐弯，突然听到西大街卡子上，发出警笛。鲍龙友立即止步道：“桑大哥，你等等，我听见西头好像有响。”忙就近登高眺望，黑洞洞的没有望出什么来，却连续听见警笛。再看四面的瞭望台，共有五处更楼，全没有传出示警的灯火和警号。鲍龙友骂道：“奇怪，奇怪，难道他们全睡死了不成？”地面上已经有数处报警，情知奸细已经通过数道卡子，一路寻来，深入腹地，到了鲍六房囚禁俘虏之所，怎么瞭高的人会全没有看见？可是平地上的卡子，怎么又全看见了呢？

这好像是个疑团，究其实，乃是因为天色太暗，登高倒望不见，对面反倒碰着了。

当下，鲍龙友和丧门神在房顶上，看出鲍六房那边情形有异，连忙跳下平地，先给鲍麟生送去一个信，叫他们鸣锣聚众掌灯搜谍。他自己和丧门神桑玉兆，立即抛下这一边，赶奔那一边，施展夜行术，直奔西大街。手下带着十几个人，跑起来

声音很大，刚走到通衢，通衢上的四个卡子，上前拦阻，喝问口号。

鲍龙友怒喝了一声，立即申诉道："你们都睡熟了吧？遇见自己人，反倒虚架弄这些样子，你们怎么守的卡子，会把奸细放进来？"

值岗的听出鲍龙友的声音，连忙行礼声诉："庄主，我们没有放松，奸细没有打我们这里通过……"

鲍龙友道："你还要狡辩！"伸手把那人推到一边，举步前进，从斜刺里，又传来一阵脚步声，动静很大。鲍龙友诧然道："这是谁？"眨眼来到，竟是周德茂、杜宝衡等六七个人，飞似的跑来。双方递过口令，鲍龙友道："你们跑什么？"

周德茂、杜宝衡忙道："原来是二爷，鲍六房那边混进奸细来了。"

鲍龙友急问："来了多少人？可是姚山村的？"

答道："来的人不少，他们已经动起手来了。他们是来劫俘虏的，一定是姚山村的人来了。"

鲍龙友勃然大怒，命周德茂赶快奔老宅报告鲍大爷，鸣锣报警，传聚乡团，叫杜宝衡跟随自己驰往查看，忙向丧门神桑玉兆说道："桑大哥，帮我一臂之力吧。你看他们姚山村真的好大胆。"

桑玉兆钉问杜宝衡："到底他们来了多少人？是偷袭还是偷来救人？"杜宝衡情实不知进来的人数，只得说："来的人很不少，总有好几十人。他们跑到鲍六房那里闹，一定是要偷劫俘虏。"

鲍龙友向桑玉兆说："咱们快走，叫杜宝衡传告别人。"

桑玉兆抽出兵刃，和鲍龙友往鲍六房那条街奔去。

这时鲍六房全宅骚乱已极，姚山村派的人大肆活跃，许延华、许少华、邹桐年、董俊千、姚承权，一鼓袭入鲍六房的邻院。许延华伏在房脊上瞭望，许少华、邹桐年奋勇前进，正冲到铁牛堡囚禁俘虏之所，试用姚山村的口号，循着后窗，低低

吹唇一叫。连叫数窗，那被囚禁的姚山村的人听见了，忙应声答了腔。于是俘虏和搭救俘虏的人居然通了话。监视俘虏的人忙出来禁止，已然无及。许少华非常粗莽，硬用刀来撬后窗。监视人急发暗器，许少华刚掀起一扇窗，锐风已到胸前，急急旁退，窗扇发出大响，所有监视人一齐大哗。邹桐年忙发一镖，将一个监视人打倒。

许延华一见这情形，大呼道："快上！"五个人由后窗旁，房顶上，纷纷跳下院来，硬往上攻。鲍六房喝命护囚人众，赶快报警，但已然展不开手脚。鲍六房十分机警，忙奔入正房，跳出后窗，逃出院外，跑到附近卡子上，把守卡的人分出两个来，驰奔老宅送信，其余的人，他就亲自率领，反从正门，还救本院。

这工夫，许少华、邹桐年等，果然抢到院心，硬攻囚禁俘虏的西厢房。监守的人多是些力笨汉，敌不住邹、许二人，丢下了屋中上绑的三个俘虏，一个个逃避出去。许延华从屋顶翻身跳到中庭，立刻与董俊千把前后门从里面上了闩，许少华、邹桐年、姚承权三个人立刻抢到西厢房。西厢房本有灯亮，已被监守人吹灭，许少华仓促间把火折一晃，没有晃着，邹桐年摸着黑大声问："你们都是谁，快报名？"姚承权就摸到俘虏身边，用刀挑断绳索，解救下一个人来。许、邹二人也就一齐下手，纷纷摸黑解扣。刚救下三个人来，还有一个人没解开绳子，并且救下来的三个人也都捆麻了手脚，寸步不能移动。许延华忽然低喝道："快快堵外面！"

堡中人退出来，立刻返回来，却已纠集了许多人，从外面砸门而入，抢攻鲍六房的西厢房。许延华正在庭心，疾招呼侄儿许少华，快将所救的俘虏，背救出来。许少华、邹桐年虽已解救了三个人，却在黑影中，没有认出是谁来。只有姚承权，寻着了本村失陷的要紧人物，是庄主姚书绅的本家侄子，急急蹲身，把这人背起来，往外就闯。

姚山村失陷的人，共只三个，囚所中囚禁的人，一共竟有

六个。已然解救出来的，已经四个，黑影中看不清面目。姚承权仓皇叫着名字问，无奈时机已迫，铁牛堡卡子上的人已然闻警，纷纷前来进攻。自许延华以下，五个人全部陷在包围中。许延华、许少华虽会飞纵术，只有空身人可以登高，背上若背了人，只可步行平地，硬往外闯，这样就艰难多了。许延华大吼一声，横刀挡住前门，催促邹桐年、董俊千、许少华、姚承权，火速往外夺路。许少华便不顾一切，一个人抢背着一个人，挥动手中兵刃，跟定许延华，一条线似的往鲍六房正门走。

第二十七章 青鸿斗凤胜女寇

鲍六房调到卡子上十几个人，恰好赶到，急喝命放箭。只零零落落放出几支箭，许延华便怒吼一声，挥刀直上，一阵乱砍，把弓箭手驱散。鲍六房急得怪叫，抡动手中花枪，往前猛攻，另有铁牛堡乡团中一个小头目，略会飞纵术，急急引领三五个人，搬梯子，从邻院上房，由房顶上进攻袭来的敌人。一霎时，鲍六房院内院外，纷然喧嗓打成一团。

许延华急吆喝部下四个人，火速往外抢，一时未能猝然得手，略缓得一缓，堡中人越聚越多，邹桐年等不过刚刚由鲍六房内院，抢到外院，再想由外院抢奔小巷。可惜为时已迟，堡中人越来越多了。各方面的警锣大响，那鲍氏四虎，调动全堡的乡团，纷纷搜街查谍，终于齐往西大街鲍六房这边蜂拥上来。

那鲍老六本不是许延华的对手，只交手几个回合，便连连倒退。许延华又往前一欺，眨眼要把鲍老六驱逐出去。这工夫，鲍龙友、丧门神桑玉兆又率二十多人接踵而来。丧门神桑玉兆正怀着一肚子不高兴，把手中双钩一展，猛扑上来，和许

延华打在一处。

许延华紧紧拒守着门口，不放堡中人入内，为的是留出工夫，好叫邹桐年等负人逃走。他手中的一把七星刀，倒也十分精熟，又扼住屏门，堡中人展不开手脚，竟抢不进来。丧门神连次猛冲未能得手，鲍龙友急急上前，要双战许延华。

桑玉兆急叫道："老二，上高！"意思叫他从墙头跳进去，好抄许延华的后路。鲍龙友不知怀着什么心事，似要在桑玉兆面前露一手似的，竟不抄后路，反要直闯敌人，叫桑玉兆去抄后路。桑玉兆不肯后退，两个人就并肩双战许延华。这一来，不啻给许延华一行留了一个缓手的机会，叫许延华一个人独挡大敌，他们四个人很可以乘此救人一走。不料他们也打错了主意，要随着许延华一块走，坐令好机会逝去。

起初堡内各处乱报警，摸不清何处准进来敌人，现在耗时稍久，互相传呼的结果，全都晓得鲍六房那边进来奸细。鲍家老宅鸣锣聚众，也都陆续扑来。许延华阻门拒敌，许少华、邹桐年、董俊千、姚承权四个人背了三个人，在院中打转，意欲夺门，未能冲出去；又要上房，房上有人放箭，他们一时束手无计。他们应该硬抢，这样稍一迟徊，堡中人已有数十人上了房，他们连硬抢的机会也失掉了。

铁牛堡乡团前后聚了三四十人，把鲍六房西大街包围。许延华横刀独战，回头一看，许少华等还没有逃出院外，不自怒喝道："你们等什么，怎么还不走？"

许少华忙道："他们连珠箭何正平几个人还没有露面呢！"许延华道："混虫，你已然得手，你等他们做什么？"

其实许少华这四个人，缺少一个有力的开路先锋。只恃许延华单刀断后，还是闯不开去。董俊千急叫姚承权，替自己背人，董俊千抢先一步开路，前后门都有阻碍，他就往角门闯。刚刚摸到角门，劈头打来一镖，人影一闪，现出一个人来，连发连珠镖，把许少华等打回。

许少华团团打转，脱身不得，眨眼间，桑玉兆、鲍龙友，

业已分兵进扑；鲍麟生又已调到一拨人。许延华恚极，吆喝许少华，赶快弃下所救之人，全身速逃。因为这工夫，许延华搪不住房上的冷箭，渐觉阻不住屏门了。

就在这时，连珠箭何正平和摩云鹏魏豪，一个由东厢房现身，一个由房顶蹿到。摩云鹏魏豪见许延华腹背受敌，忙跳落平地，替他挡住一面。连珠箭何正平丢下这里，仍去驰寻爱女。

魏豪年力正壮，武技骏快，仗他一阵猛冲，和许延华合力，一前一后，居然把邹桐年等援救出来，但结果功亏一篑，他们所救的人全没有背出来。又被堡中人截回，只把一个紧要人物好歹背逃出来。这也费尽气力，董俊千、邹桐年全都负了伤。

连珠箭何正平抛下了救囚之事，忙去追逐何青鸿。这时的何青鸿，和那个铁笛彭青、那个独行人影，此奔彼逐，已曲折奔到铁牛堡偏南角一个广场中。

这个独行人影，不是他人，正是那个女飞贼飞来凤桑玉明。桑玉明在这昏夜中，竟与何青鸿交了手。

飞来凤桑玉明既和纪宏泽定了夜奔之约，挨到半夜，换了全身夜行衣靠，由她的假馆之处，悄悄出来，直到铁牛堡的宾馆，就是那鲍六房的东厢房。她轻轻地弹窗一叫，那纪宏泽已在屋中应了声，并已推窗照面，双方通了一句话。不意，突于此际，从背后袭来一阵冷风，飞来凤略略一闪，一支钢镖穿窗钉在对面屋内。

这一镖是何青鸿所发。

飞来凤急急一回头，没有瞥见何青鸿，却发现铁笛彭青站在邻院屋顶。几人互发暗器，此追彼逐，三个人一条线似的来到空场。

飞来凤桑玉明立即旋身，一声不响，抽刀就剁。铁笛彭青往旁一侧，展开手中刀斜切藕往外一削，飞来凤赶紧收回兵器。铁笛彭青往上一上步，刀锋再展，唰唰唰，一连三刀。飞

来凤低叱一声，沉着招架，两个人猛搏起来。

飞来凤心中忿恐已极，认为自己行藏败露，这两个暗缀偷窥自己的人，必是鲍家四虎手下的走狗。她自己在铁牛堡，本是客情，他们竟敢来打搅，破坏自己与情人的幽会，这实在可恼。而且他们竟敢一路追到这里，一句话也不说，硬来暗算自己，尤其是装傻装得可恨已极。她心中想：你不哼，我也不哈，宰了你再说，故此她一言不发，只是猛斗。

铁笛彭青也是这样打算，要凭掌中刀，活虏住这个单身夜行客，好从他口中取供，来营救姚山村失陷之人。两个人各下绝情，一开招，全施展辣腕毒手，在空场黑角落里，眨眼斗了几个来回。

何青鸿此时早已赶到，本要上前，与彭青协力擒敌；可是女孩子心性，不知怎么一转，又不肯凭白帮助陌生男子动手了。彭青只顾力战，嘘唇作响，连向她通暗号，似乎只要她给自己巡风，不曾明请她助战。何青鸿赶到空场，藏在树后，一手握暗器，一手提利剑，凝眸注视这个身段苗条的夜行客，蹿蹿跳跳地格斗；何青鸿完全存着初生犊儿不怕虎的心情，她倒赏鉴起来了，一霎时忘了自己身在虎口。

那飞来凤把敌人诱到这里动手，满以为彭青不过是铁牛堡的走狗，凭自己身手，用不了三招两式，就可以拿下。偏偏彭青是个硬手，刀法很精，飞来凤不由得诧异起来。她立刻改招，不再与敌斗力，猛然往前一攻，忽往后一退，又往旁一蹿，乘势把她的暗器取了出来。

两个人已然斗过十来个回合，铁笛彭青也开始纳罕，这个敌人怎么也一声不哼，一味猛斗，而且功夫竟这样好，到底他是堡中人不是呢？彭青两眼回顾，唯恐惊动堡中人，把手中刀又一紧，追赶不舍，施展开得心的五虎断门刀法，打得更猛烈起来。

飞来凤似乎抵敌不住，急施蜻蜓点水，往外蹿出两丈多远，做出要逃的样子，只等敌人一追，她的暗器便脱手而出，

专打敌人的面门。铁笛彭青果不出所料，也跟踪连跳，直追过来。飞来凤回头一瞥，叱了一声，把手一扬。

铁笛彭青久经大敌，暗中已有防备，立刻斜身往外一蹿。若是别种暗器，当然闪开了，无如飞来凤的暗器并非镖箭，她虽有镖，此刻竟不曾施，单把她的最歹毒的暗器发出来，随着这一扬手之势，顿时浮起一层薄雾；若在白天，定可看见，现在暗影中交斗，当然看不清，也就躲不开。铁笛彭青“哼”了一声，已然没在黄雾中，猛将双脚一顿，再想往外蹿，已经来不及，登时口鼻之间，嗅着一股辛辣气味，几乎令人窒息，尤其是刺目伤明，彭青的双眸，立时酸得睁不开。他暗道不好，拼命俯腰往圈外一拔。飞来凤桑玉明轩然一笑，容得暗器得手。照例赶上来，乘敌人失明，要把敌人踢倒或砍伤。这一回当然照例行事，也就一展手中刀，对准彭青上三路，猛下毒招。

铁笛彭青已然百忙中发出警号，那倚树旁观待机欲动的何青鸿姑娘，已早从黑影中看出大概情形。她知道彭青受了伤，这实怨她自己袖手坐观，招来的不幸，她大怒，立即也一扬手，猛叱一声，噌的一响，也发出一件暗器，同时蓦地腾空一蹿，从斜刺里横截过来，其快如矢，暗器到，人到剑也到，手中的利剑嗍的一送，直刺飞来凤的后心。

飞来凤的刀这时眼看砍着彭青，同时何青鸿的暗器也在间不容发的夹当，打到飞来凤背后。飞来凤登时觉出，并早防到，她就猛然一弯腰，不旁闪反而前蹿，借追敌为避敌之计，仍冲彭青扑来。

何青鸿的暗器啪嗒落地。铁笛彭青的两眼受黄雾的刺激，泪落如雨，双瞳模糊，看不清眼前的危急情势，却从直觉上料知敌人必即追来，他就闭着眼往开处又一跳。立刻一股锐风袭到，他就慌忙探囊取镖，一回手，甩打出去，喝一声：“慢来，着打！”不为击敌，只为自救，跟着又努力顿足，再往外跳。不知怎么一来，扑通栽倒。

恰恰何青鸿如飞截到，铁笛彭青闭眼打出来的这一镖，没有打着飞来凤，倒险些伤了自己人。何青鸿轻轻一扭腰，便已躲开，急嘘唇作响，通知彭青，手底下仍不放松，剑锋一展，奔了飞来凤。飞来凤桑玉明也是一个踢蹬式，单足凝力，把身子立稳，然后翻身来邀取何青鸿。何青鸿和飞来凤立即交手。

何青鸿用剑，飞来凤背着剑，手握着刀，两个武林女杰在黑影中叮叮当当大斗起来，全是一声不响，全是化装改扮，谁也不知对方是女子，并且谁也看不出敌人的面貌。

铁笛彭青是失足跌倒的。但他立即鲤鱼打挺跳起来，两个眸子还是睁不开，看不见，眼泪簌簌地流。摸着瞎退到一旁，右手舞动刀花，运夜战八方式，保护己身，左手掣衣袖，忙忙拭眼。何青鸿一面打，一面偷看彭青，口发嘘声，问他受的伤怎么样？因为她只看见彭青突然跌倒，不知他是何处受了伤，彭青忙即应声道："我的亮招子迷了，小心，点子使的是迷魂烟。"

何青鸿吃了一惊，忙问："什么迷魂烟？"答道："是迷人眼睛、呛人咽喉的烟粉！"

何青鸿且打，且打量敌手，飞来凤的左手果然捏着一物，何青鸿忙用右手挥剑迎敌，用左手把自己的蒙头帕，往下扯了一扯，屏息用力，与敌支持，心中未免发慌；因为她初出茅庐，还没有遇见什么迷魂烟这类的暗器，只听她父告诉过，江湖上有蒙汗药，有伤人七窍的毒烟，乃是很歹毒的暗器。何青鸿又想不出救急应险的办法，心上一急，急起一个计较来。这只有速战的法子，把敌人立即战败活擒，或与同伴全力双战，把敌人打得应付不暇，不给他施展暗器的工夫，就不致吃亏了。

何青鸿的心思总算来得很快，她忙把她父亲授给她的天罡剑法施展开，以攻为守，迅速无比，想把敌人缠在自己剑光之下，不使他有缓手之力。她打算得很好，可惜自己的剑法学得不算很精，还不能手到成功。连战二十来回合，飞来凤毕竟是

个强敌，经验比她丰富，居然打个平手，一时还不能取胜。

何青鸿连展险招，连攻三次，都被飞来凤轻轻架住了。她又变计，往后一退，重往上攻，那一支剑如电光般快，奔敌人突击过来，满以为用足腕力，这一下必可得手。哪知飞来凤只被冲得倒退了一步，仍被她横刀一扫，把招数破解开。何青鸿到此有点寒心，有点怯敌了，忙眨眼看铁笛彭青，希望他恢复目力，好二人双战，把这夜行客战倒。

但是，彭青还是揉眉揉眼，不能上前。何青鸿心中着急，索性叫了起来，催铁笛彭青从侧面齐攻上来。她一面猛打，一面嘘唇，暗催同伴。她只觉自己遇上了劲敌。殊不知飞来凤桑玉明此时的心情，正和她一样，也觉得自己在江湖上闯荡，想不到在此时此地，忽逢劲敌。这样一个轻矫矮小的人儿，剑法如此高强，除非是自己，换了别人，必要遭他毒手了。并且就是自己，也是在这二三十回合中，连逢险招，有一下险些把自己的手指削断，若非自己改招收势来得很快，早已败在此人手下了。

她自然不晓得何青鸿是女子，她心中诧骇，很想认识这个敌手的面目，到底他多大年岁，什么人物？听他嘘唇通号，嗓音娇嫩，猜想年纪必不大，或者比纪宏泽年岁还要小一点，也未可知。她二人此刻正是铜缸碰着铁瓮，又好比拿麻秆打狼，未免两头害怕。

而且飞来凤又起了非分之想，她终于忍不住，要喝问一声，她一闪身，退后一步，叫道：“呔，你是什么人？你为什么缀我？”

何青鸿一声不响，剑尖往前一扎，两人又打到一处。飞来凤连问四次，何青鸿一声也不答；飞来凤问她是不是堡中人，她也是不答。飞来凤不由得激怒，她决计要擒住这个偷缀自己的小人儿。她把刀一封，照例抽身往后一退，打算翻身一蹿，仍用蜻蜓三点水，把敌人抛开，再把暗器发出。偏偏何青鸿十分乖觉，飞来凤刚刚往旁一闪，何青鸿忙往旁一赶，飞来凤往

外一退，何青鸿忙往外一迫。她要把飞来凤粘住，决不叫敌人离开自已，借此缠住敌人。飞来凤施展身法，连试几次，未能把敌人甩开。她不由得又怒又笑，她想不到会在这里遇上强手。

她心中猜想，这对面的敌人，十有八九是鲍家四虎暗支使出来的。她越想越发嗔怒，忙将手中刀一擎，猛攻上来，一连三刀，疾如电火，满以为敌人必将倒退。她可以乘此机会，也往后退，便可以运用暗器了。哪知何青鸿手底下很快，虽在黑夜，也应付得十分如法。她把手中剑往外一划，轻轻一拨一架，跟手一翻腕子，接招发招，剑尖猛照飞来凤手腕点来。

飞来凤倒被逼得赶紧收招，她刚一收招敛式，何青鸿的剑锋一展，又往前赶进一步，唰的一下，立刻又劈出一剑。飞来凤桑玉明疾横刀一架，也猛往前上一步。何青鸿竟丁字步一站，把剑一挥，上盘纹丝不动，把门户封得很严，做出以逸待劳的架势，飞来凤竟抢不上去。两人相距过近，飞来凤只得往外一瞥，往后一跳，略退出七八尺以外，这一来留出档子来，彼此都好施展身手。

何青鸿挺剑注目，仍然不动。飞来凤往后一跳，又往前一扑，刀锋一指敌人，嗖的又攻上来。何青鸿蓄势以待。把掌中剑往外一推。飞来凤这一次仍未抢上去，禁不住失声骂道："该死的，挨刀的！你上！"

这一句女人声口，何青鸿听了不禁诧然，侧着头重向对方，细加打量。她心上疑疑思思的，可是她依然缠住敌人，竟不敢丝毫放松，她依然一声不哼。

飞来凤又把手中刀一顺，照何青鸿猛攻，一连数下，俱是险招，却都没有得手。她又照样往后一跳，做出再要跳出圈外的姿势，料到对方一定仍要以逸待劳；她却往外一跳，猛一翻身，一个败势，顿足再往外一蹿，立刻闪开两丈多的档子，她没忘了使暗器。她的打算，立刻被何青鸿觉察到了，她决计不令敌人退，也不令敌人攻，她忍不住喝了一声："哪儿走，少

弄诡吧！”腾身一跳，也追上两丈多，剑尖一晃，专找敌手。

却是前后时间上稍为差了一步，飞来凤竟将暗器摆布好，抬手一扬，喝一声：“呔，着！”暗器刚在脱手外扬，何青鸿大吃一惊，急忙埋头侧脸，弯腰顿足，拼命往外一蹿，左手本已握住暗器，登时脱手打出来，借以自救。

暗器打得很准很巧，飞来凤的暗器直打上三路，何青鸿也打上三路，上三路和上三路直走一条线，立刻相碰。何青鸿发的是镖，镖是铁打的，出手当然沉重加速；飞来凤发的是一种粉袋，粉袋是布制的，出手轻飘飘。于是粉袋先发，钢镖先到，扑的一声，镖打粉囊，啪嗒一响，软的硬的齐落在黑地上。

何青鸿吓了一跳，如飞地疾蹿，跳出三丈以外，方敢回头。紧跟着对手飞来凤也吓了一惊，她的百发百中的暗器竟被敌人打落，她怎么能不害怕？她也不知不觉往外一跳，然后扭头侧目，察看虚实。敌人好好地站在圈子外，面前地上黑乎乎的一物，当然是失坠的粉囊。两个人都微微一愣，暗暗发慌，忽又个个收神定睛，应急救败。

飞来凤桑玉明最关心她的宝贝暗器，她立刻一顿足，如飞地一蹿，要来拾取坠地的粉囊。何青鸿登时醒悟，更不相容，娇叱一声道：“呔，住手，看镖！”先打出一镖，跟着一顿足。

飞来凤仍不肯放松，钢镖掠空而至，她只略略一闪，仍不肯直腰，仍如飞地抢奔粉袋。可是这一镖之功，已将她阻碍一阻，何青鸿早已如飞截扑过来。手中利剑一挥，身躯一跃，人到剑到，直劈下来，一缕寒风直袭飞来凤的粉颈。当此之时，飞来凤已蹿到粉袋之前，刚刚一喜，把右手刀换交左手，左手刀顺在腕底，往上一抬，右手伸出了尖尖的五指，往地面上一抓眼看再上一步，就可以抓着她那粉囊。却是机会不巧，直是危发千钧之候，何姑娘的剑已然够到方位，已然斜切藕狠砍下来。

粉囊是宝，性命更可贵。飞来凤一蹿之力，再收回不得，

忙将左手刀往上一迎，腰肢用力，往上一起，往斜一跨，叮当一声响，剑砍了个十成力，火星乱迸。飞来凤的左手刀不很得力，幸而是横抬，也险被砸落，不禁失声道："哎哟！"立即旋身招架，把刀换交右手。地上的粉袋眼看要捞着，到底是功亏一篑，眼睁睁望着它，没有工夫拾取。

何青鸿一招得势，更不稍缓，紧赶上步，把纤足一点，恰将粉袋踩住，手中剑唰唰唰连发三招。飞来凤一时贪功，弄得手忙脚乱，由惭生怒，忙将右手刀一层，照何青鸿下部横削。何青鸿得意地一笑，把剑往下一沉，把敌人的刀格开，也想着脚下所踩之物，只一弯腰，便可以拾夺过来。这是敌人最可怕的暗器，无论如何，不能再叫敌人捡回。

可是，她这样想，飞来凤焉能容得？她一腔狂忿，把右手刀紧得一紧，唰唰唰，一连数下，一刀才过，第二刀、第三刀跟手横劈侧扫。她一定要把何青鸿砍倒，至不济也把她赶走。

两个女子立刻又你死我活，大拼起来。那个粉囊就丢在二女四眼之前，四只脚之下，谁也没有工夫去拾。自然何青鸿很喜，飞来凤很恼。一喜一恼的关键，全在这粉囊正践在何姑娘的纤纤玉足之下。

飞来凤用尽手法，要把敌人赶开，何青鸿当然谨封门户，寸步不肯移。飞来凤猛攻，退诱，何青鸿更不上当。飞来凤故意一顿足，要弃此暗器一走，何青鸿索性格格地娇笑起来，敌人才一翻身，她就立刻要俯腰。飞来凤更不容她俯腰，立刻又猛扑上来，两人又狠斗起来，何姑娘还是不动。

飞来凤气得戟指而骂，女子态毕露。何青鸿得意挥剑，置之不答。飞来凤陡然有了主意，把手中刀一紧，往何青鸿背后一绕，唰唰唰连攻数招。何青鸿微微一旋身，把敌人迎住，仍不肯离地方，脚下踩定那粉囊，踩了又踩，似已踩知这件暗器的形式来了。

飞来凤又一攻，倏地一退，忽地一上，又猛扑到何青鸿的左侧。何青鸿微微一旋身，把敌人的招数接住。飞来凤倏又一

退，往外一绕，突又猛扑敌人的右侧，右侧更不易攻，何青鸿照样一旋身又把敌招架住。

飞来凤真如飞来凤鸟一般，忽前忽后，忽左忽右，一连乱窜乱扑乱攻，突然间，她似伎俩已穷。突然又一蹿，翻身一跳，直跳离开两丈多远。何青鸿大喜，并想追赶。她两眼盯住敌人的动态，趁此时相隔稍远，她就火速地一俯身，要拾取那件粉袋……

突然间，听飞来凤舌绽春雷，一声断喝："看暗器！"立刻有一件软绵绵的东西，握在飞来凤右手。飞来凤的刀又已换交到左手，她这右手握定这软绵绵、黑乎乎之物，猛然一顿足，猛提上来。唰的一扬手，那黑乎乎之物脱手而出，直取何青鸿的面门。

何青鸿吃了一惊，原来敌人的迷雾暗器不止一件，这黑乎乎之物当然又是一个迷人袋子。何青鸿猝然惊骇，不暇思辨，急急地一侧腰，同时一弯腰，往开处一蹿。蜻蜓三点水，一股猛劲，直蹿出两三丈以外，同时把掌中暗藏的第二只钢镖打出去，啪嗒一响，钢镖和黑囊同时落地，却没有飞起轻雾。

飞来凤一声长笑，如飞地扑上来，直抵何青鸿原立处，一弯腰，一伸手，从地上拾起一物，立刻出口骂道："该死的，到底上了当了！你瞧，这才是爷爷的真法宝呢！"说时，把拾起的那个物件一举。

何青鸿愕然惊忙，才知上了敌人的当，刚才敌人发出的那黑乎乎一物，只是飞来凤的一条绿绢帕，内包一只铁球。

何青鸿红颜一变，勃然大怒，把手中剑一提，骂道："好东西，叫你弄诡，看剑！"她才喊看剑，那飞来凤也突喊看宝，忽地又有黑乎乎的一物，扑奔何青鸿的面部打来。何青鸿唯恐黑夜不审虚实，误中毒雾，急急往旁闪躲，脚步连移。飞来凤大喜，抢上一步，忙伸手俯拾。何青鸿不容她如愿，锐声一呼，飞身一掠，利剑照飞来凤肩背猛砍下来。

这一招险极快极，飞来凤再不肯放松，顺手往地上一操，

竟把粉袋抢到手，这才一块石头落了地；原来这才是飞来凤的粉囊，刚才她拾物只是骗人。飞来凤正在欢喜，却是何青鸿连人带剑早已扑到。飞来凤身子未容直起，见敌人来势过猛，弯着腰脚下一登，点地一蹿，直蹿出一丈多远。料到何青鸿必然穷追不舍，忙回手把粉袋一抖，正是要暗算敌人。不想，在这时，黑影中忽然蹿来一人，相隔尚远，突然凝身止步，跟着唰的一声，发出来一件暗器，直奔飞来凤后背。飞来凤连忙躲闪。唰唰唰，竟一连打来三件暗器，把飞来凤打得手忙脚乱。

来的这人正是何青鸿之父，连珠箭何正平。所发的暗器，就是他的甩手箭。

何正平一到，情形顿然一变。何青鸿忙向她父报告，敌人有可怕的毒雾暗器。铁笛彭青也揉着眼，从暗隅闪出，向何老报告自己受毒雾毒烟的滋味。

何正平大怒，斥道："青儿你好大胆，你还对我说哩！你们两个人不会把他圈住么？什么毒烟毒雾，你们干什么容他施展出来？"

何正平立刻把手中兵刃一紧，照飞来凤猛攻过来，并招呼铁笛彭青、女儿何青鸿，一同协力围攻。何老这样一布置，飞来凤暗吃一惊，情知自己人单势孤，结局没有好，她的粉袋只能贴近了伤人，不能远击，她便虚掩一刀，回身就走。何正平道："追！"

三个人截堵一个人自然容易，飞来凤东转西绕，到底甩不开，她忙嗖的蹿上了房，何青鸿立刻追上房。她忙跳落平地，何正平立即截住路口。飞来凤又惊又忿，忍不住出声喝问道："你们三个人是干什么的，为什么死摽我？听你们说话，又不像铁牛堡里的人，你们一死儿监视我，到底是什么用意？"

何正平忙道："朋友，你休问我们是干什么的，我先问问你，可是堡中人不是？"飞来凤答道："我不是堡中人。"

何老又问："你到底是干什么的？"飞来凤道："我呀，我是来找一位朋友的。"

铁笛彭青立即插言道：“如此说，你可是铁牛堡对面的人么？你贵姓呢？”

飞来凤道：“我也不是什么对面的人，我办的是另一码事，我找我自己的一位朋友，我那朋友是误落在这里的。……你们一定是姚山村的人了？”何老答道：“我们么，也不是的。”

飞来凤道：“既然如此，咱们谁也不认识谁，谁也碍不着谁，正是各不相扰，你们何苦盯着我？我可不怕你们人多，实在嫌你们碍事。”

何正平笑了笑，略略有些瞧料，说道：“朋友，你何不早说，也省得动手了。你找这个朋友，现在何处？找着了没有？”飞来凤愤然道：“眼看寻着，被你们扰了。”

何正平也不答言，心中一转，要看看飞来凤的面貌，飞来凤不肯叫看。何老忽然想起一个条件，说道：“朋友，你可是陷在我们三个人包围之中了，若要我们放你，倒也不难，你须答应我一件事。”

飞来凤怒道：“你把我看成俘虏，你可错了，我跟这堡里的人也有认识，我不愿意惊动他们罢了，你惹急了我，我可要叫他们鸣锣聚众，把你们三个人一起拿下。”

何老笑道：“你不要吓唬人，你从哪里出现，往哪里私探，我们全看见了。我也明知你跟堡中人是客情，可是你的事也不愿堡中知道，正跟我们是一样。你既然跟堡中人有交情，你自然知道堡中的虚实了。朋友，我求你一件事，请你把他们监禁俘虏的地方指示给我，我一定帮你的忙。咱们是志不同而道相合，正好互相关照，互相帮忙，最不好的是互相掣肘，互相告发。”

飞来凤固然久涉江湖，毕竟不是何正平的对手，何老说的话又滑又辣，他立逼飞来凤献底，如不献底，暗示着要破坏她的事。自然此时何老不知道飞来凤是女子，却已断定是堡中的叛徒了。

飞来凤性如烈火，无端受了人的挟持，心中愤恨已极，只

是她心爱纪宏泽忒深，恨不得立刻相会，携手同逃，也就恨不得立刻把这三个屈死鬼火速打发开才好。遂忍住一腔怒气道："你们的意思我明白了。你不要小看人，我可不是卖底的人。我跟铁牛堡另有交涉，既非亲，也非友，我可不是怕你们，你们要是客客气气求我指示一条明路，那么我看在江湖道义上，还可以告诉你们一二。他们铁牛堡囚禁俘虏之所，我虽说不甚清，可是大概地方还知道一点。"

何老心中了然，对方是要脸面，忙深深一揖道："朋友，多帮忙指教吧。"

飞来凤哧的一笑道："不用客气，其实他们囚禁俘虏之所，你们已然探着了，又何必非问我不可？你们刚才去的那个地方，正是铁牛堡软禁姚山村里的人的地方，你们已然访着了。"

何青鸿当着他父，未敢多言，至此忙说："就是刚才那个两进的四合房么？"飞来凤道："一点不错。"何青鸿道："你要找的那个朋友，莫非说也是一个俘虏么？"

飞来凤在黑影中盯了何青鸿一眼，此时何正平父女和铁笛彭青，正分两面把住一条小巷，飞来凤就在当中负隅而立。飞来凤深知这三个人武功均强，自己实在敌不过，粉袋又是抵面近击的暗器，只可猛试一击，不能连打。她只可让步求和，把鲍六房监禁俘虏之所，细说了一遍。又重告三人："你们已经身临其地，你们只认准他们那三间东房就行了。他们这里不过是个大土堡，并不是山贼盗窑，也没有水牢地牢，只不过拨几间民房，派几个乡丁，日里夜里好好看守着，就算是牢房罢了。"她又把鲍六房全宅的设防，告诉了何老，共有多少人监守，共有多少人被囚，大致说完，向三人拱手道："你们所求于我的，我是有闻必告，全说出来了。我的私事很忙，对不住，咱们各办各事，我需先走一步，请你们让开道吧。"

飞来凤侃侃而谈，虽以孤身，陷入包围，竟昂然不惧。何正平很佩服她的大胆，依了何老，就放她走去。何青鸿却恨飞来凤的暗器毒辣，似乎定要窘辱她才可心。向何老说道："原

来咱们刚才到的那地方，就是囚所。这一位刚才是寻找囚所的西房，咱们要寻找的却是东房，正好同在一处，咱们何不邀请这一位当先带路呢?”又对飞来凤说：“请吧，你在前头走，我们在后边跟着，等着到了地头，再为分手。”

这分明强人所难了。飞来凤气得“哼”了一声，正要发作。何正平却已听出对方的不悦来，忙问：“青儿，各人有各人的机密，我们何必紧摽着人家，叫人难堪呢?”随即一挥手，往旁一侧身，然后向飞来凤一举手道：“朋友，请先行吧！我看尊驾身在铁牛堡内，心在铁牛堡外，你如果肯替姚山村的人合手，我们可以引见，如果你另有所为，我们也就不再多打扰了。我也不问你的贵姓，你也不必问我。我们是青山绿水，改日再会。”

丢下这几句场面话，带领女儿和铁笛彭青，扑奔这边巷口，留出那边巷口，叫飞来凤走。

那飞来凤挟着一腔怒气，拔腿就走。走出一段路，回头一看，好像这三个人并没有再缀下来，她心中一松，展开身法，急驰而去，心上十分着急，因为隔时稍久，怕纪宏泽等急了，又怕出了别的闪错。却不料她刚刚转过两条小巷，便觉前面有一条人影，回头一看，背后又有两条人影，前后一共三条人影，把她自己夹在当中，正也一步一趋，奔向同一路途。

眨眼间奔到一股岔道，飞来凤心中一转，陡然骤转身，不走直道，反奔斜道大宽转弯斜走下去。趁着转身之际，回头一望，再抬头一望，不由勃然大怒，那三条人影，仍然摽着自己，一步一趋地缀来。飞来凤恨极，立即止步，持刀蓄势以待。她才止步，这人影立即闪避不见。飞来凤登时明白，却故作不知，续往前走；突到一窄道，抽身避入人家门洞，把两只镖掏出来，那粉袋暂留在鹿皮囊内。刚刚藏好，果然听见动静，轻轻的一阵脚步声，奔寻过来。飞来凤突然一蹿，把手中镖一发，那人影猝然立住，立即往旁一闪，也要往暗隅藏躲。飞来凤忿极，厉声喝道：“咳！你们干什么还缀我，怎的不守

信约?”往前一追，抡刀就剁，那人影急回身招架，抹头就走，飞来凤跟手又发出一镖，那人竟没闪开，咕咚一声，跌倒在地。飞来凤大喜，纵目四望，立即赶上一步，举刀就剁。

飞来凤满以为这人影是连珠箭何正平父女和铁笛彭青。不意这个人陡然一打滚，跳起来飞跑，飞来凤奋力急迫。这个人竟往歧路上飞奔，飞来凤赶出一段路，把这人追得没影，然后抽身回走，仍自取路直赴鲍六房。

飞来凤这一次竟看错了人，她竟不知此人实是铁牛堡的巡丁。飞来凤提刀急走，虽然又见前面人影一晃，飞来凤疑心生暗鬼，认定何老三人安心缀她，破坏她的好事，她又疑心是鲍老二和她的哥哥丧门神跟她捣乱。她性格鲁莽得很，竟不寻思，锐叫一声，又追了下去。

前面的人影一转一绕，忽然不见了。飞来凤又寻了半圈，这才往黑影中一藏，贴着墙根，再往前走，背后忽然啪嗒一声，打来一块砖石。飞来凤气得一翻身骂道：“屈死鬼，给我滚出来，我碍着你的什么事了，这么跟我捣蛋?”

第二十八章

何跛斗场显神威

骂声未了，听得隔巷隐约有弹指传声的暗号。飞来凤越发暴躁，觉得自己无形中落在人家的包围中了，她索性怄起气来，往隔巷抄了过去。转过墙角，迎面吱的一声，从黑影中蹿出一伙人，约有六七个，飞来凤登时陷在包围中。

这一群人正是铁牛堡的巡逻小队，听见警笛，特来搜查奸细的。飞来凤一肚子怒气，正和他们撞上。那侧面潜行的连珠箭何正平冷笑一声，引领着铁笛彭青，悄悄从别巷偷渡过去了。何正平竟要了一个偷梁换柱的诡计，收到了李代桃僵之功。

飞来凤往前一闯，首先扑出来三个人，厉声喝道："站住!"飞来凤喝道："滚开!"

三个人往上一圈，齐声骂道："好大胆的奸细，还不丢下兵器!"飞来凤气得骂道："一群瞎眼的混蛋，三爷乃是你们头儿请来的，你敢骂我是奸细!"

三个人刀矛齐上，三个人在后一兜，飞来凤急急一侧身，刀锋一挥，疾如狂风，为首一人先被她刺伤。她又回手一镖，

打倒了一个。再挺刀往前一上，直奔那个持矛的巡丁砍去。巡丁大叫，把矛一抖，被飞来凤顺矛杆一削，巡丁的手指被削断了三个，惨号一声，回身就跑。其余的人吓得狂喊四散。飞来凤持刀追杀，巡丁登时吹起警笛来。飞来凤提着带血的刀，得意的一声狂笑，立刻追赶下去，却是一面追，一面取路仍奔鲍六房那条西斜街。

巡丁已被她赶散，她一口气走到十字路口。

十字路口灯光闪耀，聚了二十多人，已然听见警笛，正在集队寻声来搜，不想飞来凤已然找来了。黑夜之中，辨不清面貌，飞来凤又穿着男装夜行衣。双方相遇，遥相诘问，那个受伤的巡丁恰巧奔来报告："一个独行的奸细，持刀行凶，把我们伤了。"一眼望见飞来凤，就叫道："就是他，别放走他，把他活抓住活埋了！"

他在这里诉说，飞来凤已然抢上来，喝命这二十多人："闪开了，让我过去。"那带队的头目颇有见识，忙喝问："你是什么人，黑更半夜，手持凶器，你要干什么？要往哪里去？"

飞来凤道："瞎眼的东西，连我也不认识了，我是你们堡主请来的贵客，你们胆敢拦阻我么？"

头目叫道："你是贵客，你也得看看时候，你姓什么，叫什么名字？"

飞来凤没有好气说道："你问不着我，快躲开，再不躲开，我要对不起你了。"头目心中动疑，仍不放松问道："请你告诉我，你姓什么，我们好有个交代。"

飞来凤仍不肯答。那头目身旁还站立一人，一面打量飞来凤，一面从旁说道："朋友，咱们全是干这个的，你别叫我们坐蜡。"那头目也怒了，受伤的巡丁又一个劲地催着动手，这头目便说："随便你怎么讲，你不拿出点凭据来，我们不能借路，喂，你报出口令来！"

众乡丁一齐喊道："快报口令来！"

飞来凤是女人，不由犯起死心眼，既不肯报姓名，也不肯

报口令，一味用强闯路。她心中很恼，想他们是故意刁难自己，自己在他们这里已有多日，不信他们会听不出自己的口音来，更不信他们会认不出自己的面貌来。她却忘了现在是什么时候，现在正在搜查奸细，她反要任意乱闯。

她越闹越怒，骂他们瞎了眼，昏了心，她怒道："怎么连我也不认得了？"

那头目名叫蔡六，其实也听出一点来，要不然，他早就传令放箭了。蔡头已然猜测出来，这迎面的孤行客就是堡主的女朋友飞来凤，正因为飞来凤是堡主的女朋友，他这才故意逗弄，一半儿恶作剧，一半儿是起了疑心。最后他说："朋友，你别骂街，就算我们眼瞎，你等一等，让我们看一看。"

蔡六一手持刀，一手提灯，和那负伤巡丁，与一个副手，直走上来，口中说："朋友，你别动，让我们看一看，只要真是贵客，我们绝不敢无礼。不过您既是贵客，现在黑灯瞎火的，您怎么一个人不带，自己跑出来，那是要干什么呢？"

蔡六安着顽皮捣蛋的心，直走过来。他却误会了飞来凤的脾气了。飞来凤桑玉明把刚才从何正平那里所受的恶气，都迁怒到这个头目身上。她眉峰一挑，杀气顿生，冷笑一声道："你们一定要看看我，我当然叫你们看，你们过来看吧。"

蔡头道："你可不许动手。你要是动手，我可叫他们拿乱箭射你。……只要你是熟人，我绝不刁难你，一定放你过去。……不过现在正拿奸细，你一个人出来，又拿刀动杖的，你到底要干什么？"

这个头目一面说，一面走过来，两只眼随着灯笼，上看飞来凤的面孔，下看飞来凤的手掌，刚刚提灯笼往上一照，飞来凤手起刀落，喝一声："叫你看！"嗖的一声，刀光一闪，照这蔡头目直劈下来。头目大叫，急急往上一架，却没用刀架，反用灯笼往上一扫，登时喀嚓一声，灯笼全碎。刀锋一抹，斜照蔡六削来。蔡六狂喊一声，回头就跑，飞来凤道："哪里跑！"唰的又劈下一刀。蔡六回手招架，且招架且跑且喊："快放箭！

奸细！奸细！”

飞来凤哪容他们放箭，立刻扑上去，刀光挥霍，如同虎入羊群，一阵乱砍乱扫，二十多个巡丁被冲得散而复聚，聚而复散。这蔡六的胳臂被飞来凤削去一块皮，鲜血迸流，却是出其不意。蔡六欺负飞来凤是孤身一人，他又听出口音，已知飞来凤是女子，正是堡主鲍龙友的女朋友，一个风流女贼，而且听人传说，她有许多风流艳事，流传在江湖中。这蔡六生了邪僻的心，故意和她麻烦斗口，拿捏她。他却不知飞来凤的厉害，他自恃人多，又在堡内，万想不到飞来凤真敢动手，而且真敢要他的命。

但蔡六手底下也有三招两式，他挣命往外一蹿，躲开刀锋，抛下碎灯笼，立刻一抖精神，把手中刀一挥，先封住门户，登时向同伴大叫：“快放箭，射死这个奸细！”他口中这样喊，闪目一看，他的同伴被杀得乱窜。却是他们铁牛堡的乡丁，曾经鲍家四虎训练有素，内中又颇有行家，一时虽被飞来凤冲散，他们竟不溃退，立刻互相传呼，把分散开的人群结聚为两队。扼住路口，一面上前打圈，围攻敌人。

飞来凤竟忘了利害，也忘了耽误自己的正事，只负怒要把挡路之人砍散，她以为他们这群东西明知自己是客，反而故意和自己捣乱，实在是居心万恶。她本来刀毒手辣，这一来锋芒更不可当，眨眼间便被她砍伤了四五个人。

她还是不依不饶，挥刀冲击，蔡六的功夫并不弱，拼命支持着。这里守的乃是要道，手下人也有会两手的，这些人一面发出警号，招呼救兵，一面绕着圈子，缠住飞来凤。警笛乱响，铁牛堡的人互相传告，纷纷赶到。飞来凤负气挥刃，激起怒火，堡中人虽然不住地喝问，她竟不管青红皂白，一味刺击挑划。

这一来凭白给连珠箭何正平、何青鸿、铁笛彭青，留下一个机会，三个人悄悄地贴墙循壁，往鲍六房那条街上紧走。劈头遇上堡中人，他们也跟着喊拿奸细。铁牛堡本有口令暗号，

却是十字路口已经打起来，堡中赴援的人只顾往前跑，遇上连珠箭，也顾不得细细盘诘，他们的眼光耳音都倾向飞来凤被围的那一边，因此反倒纵容何正平三人擦身而过。

何正平自是大喜，又觉可笑，引领了何青鸿、铁笛彭青，一抹地扑到鲍六房那条街上，仍由侧面偷偷攀上墙头。这时候鲍六房全院，已然悄寂无人了，只差着半顿饭时，这院还在上上下下围聚着许多人，现在情形一变。

那许延华、许少华一行五人，起初本已陷入重围。许延华为首，破窗袭入鲍六房，仅仅救了两个俘虏，便被铁牛堡的人调动援兵，把全院包围起来。摩云鹏魏豪和姚承钧二人，临时赶到，由房顶上跳下来，挥刀帮打，替许延华等开路，好给他们容出空来，搭救俘虏。可惜这两个俘虏手脚都被绳子捆麻，虽已释缚，简直寸步难移。仓促之间，全恃姚承钧、许少华二人背负，竟不能登高而逃，只好贴地夺路。当时若能很快地冲出去，或者可以平安出堡，无如他们人力孤单，敌兵大至，奋力猛一闯，没有闯出去，再想闯时，堡中人越来越多，到底陷在包抄中了。所幸堡中还没有放箭，还能以力硬拼，但已危险万分了。摩云鹏魏豪和许延华两个人急忙合力并肩开路，连砍伤三四个堡中人，才夺出一条血路。

许延华命许少华、姚承钧，背着所救的俘虏，夹在当中，他自己和魏豪当先开道，由邹桐年、董俊千合力断后，且战且走，居然冲出鲍六房院外。劈头遇上了鲍家四虎的鲍熊飞，摩云鹏魏豪赶上一步，把鲍熊飞邀住。许延华立即回头一点手，挥刀前闯，冲开了前面敌人，把许少华、姚承钧援引出来，且斗且往外抢，抢到一条横街上，越过这条横街，便到堡墙根，迎面突又来了一伙人，打着火把灯笼，刀矛棍棒，丫丫叉叉，把出路挡住。前有截兵，后有追兵，双方往前一凑，立即把许延华等又围在核心，苦斗不得脱身。堡中人互相传呼，催人快传弓箭手来，情势越见危急。

这时候连珠箭何正平，带领女儿何青鸿和铁笛彭青，正抓

着一个机会，一直扑奔鲍六房而来。机缘凑巧，只差着一步，这鲍六房全院恰巧做成贼去关门的阵势，大队的人已然追赶许延华一行五人去了，这里只剩下寥寥十二三个人，把大门关上，吹灯灭明，秘密守御起来。

连珠箭何正平恰恰由房顶上赶到，凭高往下一望，下边静悄悄，黑乎乎，没有人声。何氏父女吃了一惊，看这样子，好似许延华等已然全军覆没，已被人包围生擒了。铁笛彭青也不由这样想，全都懊悔起来，何老紧皱眉头，想而又想，忽然觉着不对。自己人如果遭擒，这地方应该灯明辉煌，大开公堂，讯俘审囚才对，断不会这么冷冷清清的。忙向四周一看，立即引导彭青二人，潜行默移，扑向鲍六房后房檐，三人伏下身来，一齐侧耳倾听，凝神俯察。半晌仍不闻动静，何老心生一策，把一块飞蝗石子，顺房檐照空院投掷下去。石子咕碌碌一响，啪嗒一声落地，登时听见什么地方，低低发出一种嘁嘁喳喳低讯互告的声音。何正平又顺手远抛下一石，啪嗒大响一声，登时见下面屋窗微光一闪。

连珠箭何正平心中一转，立刻猜测过半，急和何青鸿、铁笛彭青，分两面往正院伏行，径抄囚禁俘虏之所。这禁俘之所窗已破，是被许延华砸开的。何正平向彭青二人一挥手，令二人暂伏，他自己立即悬身，用倒卷帘式，侧耳一听，屋内隐隐有屏息嘘气之声。何老大悟，忙抽身退回，请铁笛彭青向对面房后，去放一把野火。彭青依言，仍从房顶上度过去，暗暗溜下平地，取出火折子，点着松明，就在人家后窗，放起一把火来。不等火势起来，立即抽身退回，与何老合在一起，伏在房上，以窥其变。

火势渐吐，院中突然起了一片大喊“火！火”的乱叫，刚才黑乎乎的正房厢房，窗前猛然一亮，原来是用什么东西，把灯光遮蔽了，好像是一闻声，立刻摘去灯罩，并且立刻由正房、厢房，奔出六七个人，一齐向失火的地方奔去，同时分两个人，往各处搜查。

内中一人正是房主人鲍六，且跑且叫道："你们看看，鲍老三这么大意，上了姚山村调虎离山计了。"

何老本用的是纵火诱敌之计，将以窥察虚实，倒没想到别的。现在他就将计就计，尤其可怪的是敌人，口叫着调虎离山计，他们却到底要被调，要离山，有些人忙着救火，有些人又去到外面报警。何正平和女儿何青鸿、铁笛彭青，飞身一跳，竟冒着险，蹿向后窗平地。何老胆大包天，命女儿何青鸿落后一步，给他巡风；他自己手提一剑，竟顿足一跃，立刻蹿窗而入，身入重地。直如电光石火一般，袭到这囚禁之所，他竟不怕暗算。

他刚刚蹿到屋里面，立刻夜战八方式，把手中剑一转，左手的火折子也同时一晃，登时一溜火光，照得屋中全景，屋中土炕上捆着一个人，地上靠着门把着两个人。这两个人正是守囚的乡丁，却只注意到炕上的俘囚，忘了后窗。突闻人声，刚刚一回身，何老手疾眼快，不容他们动弹，眉峰一皱，倏地一抬剑，首先用剑柄照头顶砸去。那人哼了一声，咕登躺在地上，人已晕倒。第二个乡丁锐声一叫，何老顺手一剑，这已经来不及砸打，剑尖直透肩井，把那人刺倒在地，然后调转剑柄，仍照头顶上狠砸，砸得那人不哼不呻。

何正平立刻往炕上一扑，低叫一声："喂，朋友，快报名，你可是姚山村的某某么?"姓名是姚书绅预先告诉他的。那人唔的应了一声，何老矫如游龙，飞身登上土炕，破窗往前一看，唰的往后一跳，又跳到后窗，急向铁笛彭青、何青鸿点手。

何青鸿首先一步蹿入，连珠箭何正平急急地往屋门口一指，又往地下一指，何青鸿登时误会：父亲是叫我一面把门，一面监视倒地之人。她立刻提剑往屋门后侧身一藏，剑锋向外，人若一来她就是一下。

同时铁笛彭青也飞蹿进来。何老急急往土炕上一指，把火折子一晃一照，急急地说道："快看看，快问一问……"言外

是叫他问一问，是不是咱们要救的人？再问别人怎么样？铁笛彭青依言跳上炕，把炕上人一推，炕上人只哼不答，原来是堡中人刚才抵御奸细时，给堵上了嘴。

于是彭青忙着救人询情，连珠箭何正平又矫若游龙地一跳，扑到地上躺倒的两个受伤人跟前，他跛着一条腿，跳上跳下，扪着黑做事，手法真是快极而又稳极。他的火折子只供认识人的面目而用，此刻立即熄灭带起，却将屋中门幕扯下，信手一撕，撕成长条，就用这布条，把两个受伤发晕的人捆上，而且不知怎么一来，被他弄苏醒了一个，他就拿刀磨顶，口对耳根问供。

他手极忙，心极静，不愧是老英雄，把个彭青佩服得五体投地；虽然忙，忍不住大赞道："你真成!"何老听了，急忙摇手，说道："你也快问，我也快问，到底咱们的人都上哪里去了?"

彭青忙答道："不用问，炕上这位正是咱们要救的人，他是姚乃屏。"立刻把姚乃屏口中堵塞之物掏出，又把两臂绑绳割断；急急问他许多话。可是这姚乃屏一阵干呕，仓促间不能回答。那何老所伤的两个人，虽然被弄活，也发昏发傻，不能猝供。

就在这时候，屋外面早就扑来了两个人，大声吆喝道："快看看这里吧，俘虏只剩下一个人，别叫奸细再捞了去。"

这是自警之语，反给何氏父老做了一个警告。何老命何青鸿姑娘，提剑把门，外面人这一喊，何老急嘘了一声，"喂，留神!"何青鸿早已一声不响戒备着，把剑一顺，堡中人只一探头，她就一刺。

这来的两个人，后面的一个竟是行家，在后面喝道："你干什么?"前行的那个人正要往屋中钻，被他一把扯住，竟不肯叫他走屋门。脚步也变轻了，却突然喀嚓一声，屋前窗破裂。

何青鸿回头一望，窗扇倒掀进来。彭青忙将姚乃屏拖下平

地。窗前现出一个人影。何老低声道："看屋门!"

果然前窗一倒，从屋门登时忽然扑进一条黑影。何青鸿急砍一剑，刮的一声，却剁在椅子上。何青鸿急忙抽剑，顺手打出一镖，屋外之人也打进来一镖。何青鸿正要出去，那人也不敢进来，那另外一堡中人隔窗打进好几块石子。

连珠箭何正平催彭青背救姚乃屏，他自己趁女儿拒住堡中人的工夫，把那受伤人猛拍一下，然后持刀磨顶，低声询供。那人想是知道利害，居然照实回答。

首先问："我们这些人呢?"答说："他们全跑了。"又问："你们那些人呢?"答说："他们全追下去了。"又问："奔到哪里去了?"答说："奔向西边去了。"又问："救出去几个人?"答说："救出去两个。"居然有问必答，一一实供。

他们这里问一句，答一句，外面攻击得很紧。何青鸿只能拒住屋门，不放堡中人进内。堡中这两个人都很在行，不肯冒险进攻，一味呼喊拿奸细，往屋内乱发暗器。何青鸿一声不响，运利剑，侧身阻路，堡中人竟估不透这囚所之中，袭入多少奸细，二人又连声呼喊屋中自己人的名字，屋中的自己人又全不回答，好像全部覆灭。此刻的情形，宛然反客为主，屋外这两个堡中人倒没了主意。但也只是仓促之间失措罢了，跟手他们两人便狂叫起来，向对面屋后大喊："不好了，囚所也混进奸细了，咱们的人全叫他们毁了。"喊了三四遍，对面屋后救火的人纷纷赶来。

对面西厢房屋后，刚才放的那把火，恰已扑灭，火光顿息，仅存残烟，当即留下一半人，戒备第二番的意外，大多数的人都扑奔囚所。鲍老六大呼小叫，比比画画怒骂："砍了他，埋了他!"也不知是威吓奸细，还是威吓部下。

部下人分散开，赶来阻堵前门后户。可惜迟延了一步，何正平隔窗抬头，望见西厢火光不亮，估料时候已然紧迫。这调虎离山之计，本只蒙骗一时；逼供已毕，他立刻俯腰，把所擒两人，重新堵上嘴，提到炕根下，免为流矢所伤。

何正平张目四望，先催铁笛彭青快走。彭青已将姚乃屏背好。他也从姚乃屏口中，也已问明许延华一行的来踪去影，又已得知姚山村那两个俘虏，已被许氏叔侄救走。彭青环顾情势，救俘之功已成，不宜再行留恋，举目望窗，就要穿窗而走，无如身背重负，力量不够，飞纵之术不精。忙躲避窗口投来的暗器，俯腰取一小凳，作为垫脚，他向何老说了一句话："我先走了！"

何正平忙道："且住！"立刻替换下女儿，命女儿何青鸿给彭青开道。他自己代女儿断后，扼守门户。

何青鸿退下来，轻移脚步，侧身到后窗口，登上小凳，急急向外一望，外面似无异状，立刻唇边吐出一字："走！"掠身穿窗而出，平稳落到平地。立刻唇边重吐一字："快！"给彭青做了先锋。

铁笛彭青立刻背好姚乃屏，踏凳扶窗，刚要耸身，却又持重，向外再一探头。就在这一刹那，果听何青鸿急口低啸了一声："风紧，小心，暗器！"六字才出口，顿然听见暗器破空声，利刃披风声，何青鸿已与堡中两人斗在一起。

这两个人影刚从西厢失火场绕过来，被鲍六房催促，特来防堵后窗，堵个正着。这两人不是何青鸿的对手，被打得倒退；彭青趁此平安跳出囚所。

却是这两人手底下不吃力，嘴角上仍不饶，竟不肯好好退走，大叫起来："后窗有人跑出来了！"满指望前院的人必要分兵赶来应援，谁想连喊几声，没有一个人过来。这都是连珠箭何正平之功，他居然从囚所屋门冲杀出来。指东打西。一阵乱冲，前面的人挡他不住，也大声呼喊，打算把何老包围住。何老决计不肯上当，在庭心乱转，一溜烟又奔到西厢屋前，就是纪宏泽被软禁之所，也就是飞来凤和纪宏泽幽会订约之所。

何老此举，专为牵制堡中人，给女儿和彭青预留出走之路。堡中人果然穷追何老，何老扑到哪里，他们截到哪里，一味死缠不休，并认为何老是一个最重要的奸细，哪知上了何老

的大当。

何老竟把堡中人诱到西厢房后面火场，从那里仍向外闯。堡中人乱喊：“截住他，别放走他！”何老这边越吃紧，何青鸿这边越松动，只有那两个人跟缀，反被何青鸿反击得倒退。别的人无暇增援上来，何青鸿心中大惊，锐呼一声，挺剑猛冲，却向彭青悄打招呼。彭青又赖何青鸿迎敌断后之功，急急越墙图遁。

铁笛彭青背了一个人，处处落慢。何青鸿赶散两个追兵，忙又返寻回来。这工夫，彭青刚刚把姚乃屏背到东墙脚。何青鸿赶到，忙说：“我来！”

何青鸿首先翻上墙头，取出飞抓，投下飞抓，自身骑马式，在墙头一跨，低呼道：“快上。”彭青妄想跳墙，这不啻错打定盘星，不肯径用飞抓，试着往上一蹿，未及墙头一半，便落下来，恰好飞抓投下。何青鸿又催了一句，彭青面上一红，黑影中看不出。姚乃屏在背上说了句话：“还是揪住飞抓往上攀。”

彭青道：“我自料还行。”姚乃屏道：“只未免耽误工夫，你看那边许是追兵。”

铁笛彭青这才换上飞抓，仰面道：“姑娘，揪住了！”何青鸿催道：“揪住了，你快上吧。”

彭青只得用这飞抓做为引绳，一把一把往上倒，何青鸿在上双手引绳，也一把一把往上汲。

何青鸿却做了一件外行事，她应把飞抓这头拴在墙头，因为墙头平坦，没有铁脊，无处可以系绳，她只用双手之力硬扯。彭青也做了外行事，背一个人，汲一人，是两个人的分量，不下二三百斤。何姑娘腕力尽强，也有些勉强，只得努着浑身臂力，双手硬拔。突然耳畔嗤的一声，似飞来流矢，何姑娘骑马式在墙头，慌忙一闪身，失了重心，彭青又猛一揪，咕咚，松手，彭、姚齐坠地，何青鸿面色一红，幸而黑影中也都看不清。

彭青猛然省悟，忙解下姚乃屏，先将飞抓投上去。容得何青鸿接住，彭青释了重负，便可顿足一跃，径上墙头。姚乃屏也发了话："我此时也许可以跃得上墙头，不必用这飞抓了。"

彭青催道："别客气，快点。"姚乃屏揪住飞抓，何青鸿一声不言语，把姚乃屏轻轻提上了墙头。

就在这时候，那边墙头，发现三条黑影，已然追来三人。彭青正要蹿墙，何青鸿首先望见黑影移动，忙说："留神看那边，房上有人！"

从高处追来的只有三个人影，分三路兜来。彭青估量远近，自料无妨，不去理会，仍要顿足上房，突又有六七个人影，如飞地从平地奔驰过来，为首一人脚步很快。彭青吃了一惊，忙回身负隅，先发出一暗器。房上的人、平地的人发一声喊，立刻冲彭青逃路圈来。

何青鸿姑娘把姚乃屏提上墙头，又落到平地，送到墙外，然后纵目四望。追兵已至，彭青没有上来，她父也没有赶到。何青鸿很不放心，翻身就走，要再次上墙。姚乃屏忙追叫道："喂喂，这位仁兄，咱们快走吧。他们追赶的人随后就到。"何青鸿不答，父女关情，她惦记她的跛足的爹。

姚乃屏万分焦灼，忙拦住道，"这位恩公……"他明听出彭青称呼姑娘，他仍不敢冒昧，勉强叫了一声恩公道："我手无寸铁，实在是……"

何青鸿微微一笑，知道姚乃屏败军之将，不足言勇，一度被俘，胆量没有了，随手抽出一把匕首，递给姚乃屏。她仍然一顿足，跃下墙头，铁笛彭青竟在隔墙被围，何青鸿把父亲所授的连珠弩从背上取下，骑在墙上，往下面一阵暴打，把房上的人打下平地，把包围的人打得呼噪乱窜，彭青趁势也跃上了墙。

何青鸿忙问道："我爹怎么样？怎么还不来？"刚说了两句，未容回答，下面喊声更大，人影奔窜更乱，彭、何一齐向下望，只见那六七个人影背后，忽又拥出一条人影，身形短

小，走路特别，掩到人群背后，人群立刻如惊涛破浪一般，豁地分散。何青鸿叫道：“这一定是我父亲。”

果然不差，这短小人影冲入人群，好似分水蛇一般，一直突围冲到墙根，抬头一望，口发呼哨。果然是连珠箭何正平。

何青鸿急急叫道：“爹爹，快上来，我在这里呢！”

何正平飞身跃上墙，瞧见女儿和彭青，说道：“你们怎么刚到这里？怎的还不快走！那个姚什么屏呢？”疾如星火，催何青鸿、彭青下墙，他自己解下连珠弩，嗖嗖，刷刷，如骤雨梨花，打得下面人越发奔窜。

何青鸿这时很喜，立即飘身而下，铁笛彭青也飘身而下。不由大赞道：“到底是老英雄，到底姜是老的辣。我看老英雄的连珠箭，比姑娘更厉害了。”

何青鸿笑了一声，道：“别说了，快找那位姚爷吧。你看他也不知躲到什么地方去了。”

铁笛彭青张眼四望，也暗吃一惊，口头却说：“别慌，他不会再失陷的，他也是老行家了。”忙打口哨，左右乱啸，直啸出两条小巷，方见姚乃屏潜伏在暗隅中。两个人这才一块石头落地。

铁笛彭青立刻背着姚乃屏，往前急走。姚乃屏已经勉强可以步行，还不能飞跑，彭青伏下身，又要背他，他说：“不用，不用！”正在谦辞。后面铁牛堡竟聚了大队追来，隔巷听见传呼之声。何青鸿又要帮助彭、姚二人，又想追随他父断后。连珠箭何正平在黑影中居然料透，忙叫道：“不好，青儿你快过去保护彭青，往堡外赶紧闯，我留在这里挡一阵。”

何青鸿叫道：“爹爹，我不放心，我跟着您。”何正平道：“胡说，别找麻烦，什么时候，快依着我，你们自管自，快奔姚山村闯。我还得挡他们，一边挡，一面还得接应许延华。”这老儿也跨着墙头，展开连珠箭法，以一人之力暂阻追兵。

何青鸿依了她父之言，急追彭青，彭青强把姚乃屏重新背起，三个人曲折夺路，连躲开两道卡子，一直抢到堡墙根。一

路上何青鸿姑娘在前开道，极尽护卫之责，侥幸没遇见挡阻。大墙当前，立刻合力，用飞抓绳梯，翻墙而过。跳过壕沟，大喘一口气道："惭愧，出险了！"

前途黑乎乎一片旷野，时时有星星之火闪烁，分明是铁牛堡的外卡，他们并没有完全脱险。三个人趋至丛莽黑影中，先缓一口气。铁笛彭青放下姚乃屏，在旁拭汗。姚乃屏向两人道谢，彭青也向何青鸿道："这一回多亏了何姑娘，给我开道。"

姚乃屏闻言大诧，上眼下眼打量"何姑娘"。何姑娘格的一笑，彭青忙正式介绍："这是连珠箭何正平何老武师的令爱，青鸿姑娘。"姚乃屏越发惊诧，连连拜谢。何青鸿微笑道："这工夫可不是道谢的时候。彭壮士，您歇过来没有？我们还得快走。"

他们这一路，只出来两个人，救出一个人，还剩下何老和摩云鹏魏豪、姚承钧三人。

何青鸿一行三人复往前奔，奔出不多远，遇上七八个堡中人，似是巡夜的乡团，又似是闻警回援本堡的救兵，这七八个人走得很快。何青鸿仍在前面开路，她首先发现，低啸一声。三人仓促在平原旷野间，何、彭等人只得让开小路，急忙往草地一躺。那一小队人打着一只灯笼，如飞地奔过去了。何青鸿嘻嘻一笑，跃身起来，说道："真有意思，和捉迷藏一样。"彭、姚二人都笑了。

续往前走，到了预定地点，遇上潜伏的接应，从树影后跳出来，共只两个人，何青鸿突然说："不行。"她再不肯往姚山村走。向彭青说："请你自己个和他们二位，把这位姚君护送回去吧。"

彭青道："姑娘你呢？"

何青鸿道："我还得返回去。"刚离开虎口，她又要只身重去寻父。

铁笛彭青拦她不住，姚乃屏说道："姑娘，这恐怕不妥当，姑娘一个人返回去，太涉险了。"何青鸿道："怕什么？"坚持

要回去，她还是不放心她父。

彭青又劝说道：“何老英雄比我们年轻人还强呢，姑娘既不愿回姚山村，我看我们索性全在这里等候，不久他老人家就回来了。他老人家一身的武艺，我刚才已经领教过了，姑娘请放心吧。”

等候了一会儿，仍不见何老赶到，也不见许延华一行。何青鸿再沉不住气，拔腿就往回走。彭青阻不住，连忙说：“您等一等，我还有一法。”何青鸿道：“你有什么法？”

姚乃屏抢着说：“我倒有一法。我觉得我自己可以摸回去。彭仁兄，请你费心辛苦一趟，陪着何姑娘找何老英雄，也是很要紧的。”

何青鸿道：“用不着这么麻烦，你自己回去，认得路么？”姚乃屏笑道：“我原是姚山村的人，这里的道路我还认识。”何青鸿自觉失言，讪讪地笑了。

铁笛彭青也忙插言：“这么办，很对。可以请他们二位接应过河，护送姚仁兄，往小河偷渡。我可以奉陪何姑娘再返一趟。”

彭青乃是好意，何青鸿愤然挑了眼，说道：“我用不着叫谁奉陪！”拔腿就走，展开飞纵术，眨眼间没入黑影之中。

铁笛彭青很僵，自以为碰了人家年轻姑娘的一个钉子，很不是味。姚乃屏没有理会，忙叫道：“何姑娘，何姑娘！”何姑娘一声不响，已然越走越远，又不便大声喊叫。

姚乃屏眼望黑影，说道：“彭仁兄，这姑娘好像武艺很了不得，不过二番再入虎口，太也危险，彭仁兄，我自己回去吧，还是劳你驾，跟着她点，免得出错。他们铁牛堡中往往在路旁掘着陷坑，一个人独行，吃了亏，没有救星。”

铁笛彭青想了想，悄说：“我暗缀下她去。”稍过了一会儿，向姚乃屏拱手道：“一切请你回去报告吧。”展开身法，遥逐去影，也就紧跟上去，姚乃屏随了两个接应人，自往回走。

那一边，连珠箭何正平，用一把连珠弩，镇住追兵，也只是片刻之间的事，工夫稍大，堡中人在哗乱声中，聚人渐多，

从四面包抄过来。何正平身在墙头，看出大概情形，料到自己女儿和彭青此刻必已去远，他不敢俄延，连忙一翻身，跳下院墙，打算往斜刺里逃走。他想，堡中不过一群乡下力笨汉，不难把他们抛开。殊不知此时也惊动全堡，鲍家四虎和丧门神桑玉兆，全都出动。何老还想寻找摩云鹏魏豪，他又想接应许延华，可是敌人已不容他自由行动了。

何老立在墙头，敌人已有人立在对面墙头盯着他。他翻下墙头，敌人便呼喊："奸细下来了。"他往东跑，敌人就喊："点子奔东了。"何老往西走，敌人就叫："奸细又上西边了。"敌人盯得十分紧，他已然觉得陷入重围。他的形迹已然大露。这老儿本来是老手，一看情形不对，他立刻见硬就回，慌忙改计。他现在忙着冲出重围。

他的计划已定，施展小巧的功夫，走黑影，奔暗隅，蛇行鹿伏，躲避敌人，到底把敌人甩开了，但没有甩净。敌人散漫开，远远地还是圈着他，然后再用孔明灯，上下乱照排搜，他到这时，深知接应许延华已不容易，其实他用李代桃僵之计，已将彭青、姚乃屏救出，这就很不容易了。他这第二步打算，未免年老好胜，画蛇添足，多此一举。可是他见硬就转弯，到底颇识时势。他冷笑一声，心中说：我得赶紧出去，不要把我一个人剩在堡里。于是他悄没声地穿小巷，曲折往外绕。突然前面遇见阻挠，他就抽身折回。突然听见近处有动静，他就连忙躲避。他本可以用暗箭，暗算敌人；可是敌人不老实，受了伤，必要鬼号，要了命，也要呻吟，他又不肯多所杀伤。他这样闪躲，费了较多的工夫，居然溜出重围。

他已溜出重围，可是跟手他的行迹又被堡中人发现。他诧异起来，又悬虑起来，现在好像敌人追得越紧，他越担心彭青三人，怕他们遇上自己所遇着的事。

可是转眼他明白了，他这里一步落后，故此堡中人不啻全冲他一人钉上来。故此他感觉到寸步难行似的情形了。他登时又明白，这正是自己预定的打算，他需要敌人专追自己，方好

放缓别人。

他不愧料事如神，他立刻放了心，现在只顾及本身的安危了，别的已不必多虑。他择定了逃走的线路，曲曲折折走去，自然仍是小心躲避着敌人，渐渐地被他冲到墙堡。于是他掷飞抓，上了堡墙，这堡墙正当东南角。他站在堡墙，向四外张望。堡内东一处西一处透亮，堡外也有利落的火光。何老明白了，猜想许延华他们或已奔到东堡墙以外，自己可以奔了过去。

何正平想定主意，正要转身，突然听见一声断喊，跟着发来一件暗器。何正平"哎哟"一声，往墙外一翻，咕咚坠落在堡墙以外。立刻从墙头上出现一个人影，俯身往下一望，正要往下跳，不意何老在地上突然抬手，发出暗箭，那人影照样"哎呀"一声，却栽在堡墙以内。

何老在墙外哈哈大笑，那受伤的人在墙内大骂。忽然不骂了，却吹起警笛，吱吱地叫了数声。何老道："不好！"撒腿就跑，一面跑，一面想：我该装乏小子。

果然警笛过去，追兵寻声来到。想是听见受伤人的报告，立刻有两个人影上了墙。同时有十几个人影在墙根一打晃，把堡门开了，蜂拥出十数人，提了孔明灯，追逐出来。

连珠箭何正平回头一看，把舌头一吐暗道：咳，上当，上当，我射他个什么劲呢？真是自找麻烦，没法子！撒腿就跑。

追兵先出来一小队，约有十数人，随后警报传开来，又追出一小队，也有十数人。何正平往前看看，又往后看看，心想：不好，不好，我只怕他们前边另有埋伏。但不知我的女儿她可平安出来没有？心中想着，两只脚并不闲着，他自己对自己说："只要还有脚，我就要跑。"

追兵越追越紧，黑压压人影乱窜，吹着呼哨，不住地传呼，好像说："拿奸细，追奸细！"连珠箭何正平一瘸一拐，一面飞奔，一面不住地回头看，并往前面、旁边看。前面黑乎乎，已快到来时通过的那片森林了，树林还是有卡子的。何正平打算绕林潜闯，忽回头，看见那两队追兵背后，从斜刺里又

冲出一队追兵。这一队人数更多，脚程更快，并且人人似打着火把，穿行旷野，如一条火龙似的，转眼赶上前面的追兵。

突然一阵鼓噪过去，这最后的大队追兵往左一兜，那最前面的追兵也往右一兜，立刻合成围阵，把当中的那队追兵围在垓心，登时喊杀声中，乱打起来。跟着围阵又一散，从中冲出一伙人，竭力往这边奔来。那两队合兵急忙从两侧重兜上来。何正平忙登上高处，竭尽目力一看，这才明白，那最前面和最后的两队，方是铁牛堡的追兵；这当中一小队人，远看辨不清为敌为友，如今有火把一照，已然测出，正是自己人，是突围落后的许延华一行。估计人数，利利落落奔来，足有八九名，恐怕许延华叔侄、姚承钧、姚承权弟兄和邹桐年、董俊千，以及自己的七师弟摩云鹏魏豪等，都在其中。

连珠箭何正平攀上这棵大树，越看越分明，顿悟刚才的追兵并不是追赶自己，但是眼下他们落后的人且战且走，有些摘落不下，自己倒独自一人先脱出来了。何正平又回头一望，树林后已有火光闪烁，料想铁牛堡卡子上的人必已闻警出动。敌人离此虽然尚有半里路，却最怕他们两面抄袭自己人。心中略一转念，立即打定主意。忙跳下树来，匆匆选择地势，就着二道土岗，埋伏下来。可惜的是只有自己一人，恐怕孤掌难支。他刚刚往岗后一藏，忽闻草丛簌簌一响，忙蹲身注视。却是一条人影，从荒草地绕来，身法很快，趋走如蛇，好像是他的女儿，候到临近，试啸了一声，那人影抖手打出一镖。被何老闪过，又叫了一声，果然正是何青鸿，只身寻父来了。

何青鸿一见她父，心中大悦，高高兴兴叫了一声："爹爹！"忙挨过来道："你老藏在这里了，叫我好找。"

何老忙道："冒失丫头，没看清人，千万不要乱发暗器。你来得正好，快随我来。"匆匆地问过数语，父女二人忙分蹲在土岗后，人人手中把着连珠弩。这是两用的连珠弩，既可以发射连珠箭，又可以发打连珠弹。

藏过片刻，追喊声越来越近，突围的人果然是许延华、许

少华叔侄。由姚承钧、姚承权各人背着一个人，是他们救出来的俘虏。由摩云鹏魏豪和二许叔侄奋力开路，由董俊千、邹桐年二人断后。几个人脚程都可以的，无奈其中还有背救着两个人，顿然缓慢下来，好容易冲出墙堡，便被缀上，好容易把跟缀的堡中人打退，那丧门神桑玉兆和鲍氏二虎又得讯紧追来。七个人共救两个人，一路且战且走，渐渐摆脱不开追兵，许延华忙命许少华和董俊千两个脚程最快的人，把二姚换下来，并由背负改为搀扶，同时改由魏豪、邹桐年和许延华三个劲手合力拒后。

又奔了一程，竟至铁牛堡的鲍氏四虎率领后队，全赶上来了。许延华的暗器又已用尽，只得和魏豪、邹桐年，用牵制的战法，和敌人缠战，容出工夫，叫许少华、董俊千先走。但是一开初，追兵赶得急，没带灯火，还容易躲，等到鲍氏四虎齐到，在火把照耀之下，越发难以躲藏。许延华是个很精神的矮胖子，摩云鹏魏豪身量很高，两人累得口角喷沫，仍奋力挥刀挡住了鲍二虎和丧门神。鲍、桑二人大骂姚山村，不讲道义，各挺兵刃，来斗许、魏。却由鲍三虎指挥全队，赶前一步，又将许少华等围住，登时陷入混战。

许延华一面打，一面喊："快闯，快闯！"起初不过是拒斗，还无心伤人。后来铁牛堡的乡丁，各持长兵刃，来助堡主，夹攻他们，他们顾不了许多，渐渐用刀锋伤人，刺伤了一两人，才得松动一步。这一来血溅荒郊，越勾起铁牛堡的狂怒。刀矛如林，喊杀之声大作，不再想活擒，要把这群偷营盗俘虏的对头，个个乱刀砍死。

双方越打越凶，许延华仍是且战且走。但是转瞬之间，形势又变，许、魏二人抵得住鲍、桑，邹桐年和二姚竟打不开出路，他们人单势孤，顾此失彼，又被包围。摩云鹏魏豪大吼一声，抛了敌手，又来冲锋，许延华也向鲍麟生虚掩一刀，纵身一跃，打倒一个乡丁，把许少华拔救出去。二姚紧跟在后，也冲出来。那边董俊千也由魏豪救出。

当下，董俊千拖着一个所救的俘虏，许少华也拖着一个俘虏，这两个俘虏都不如姚乃屏，因这两个人被幽囚已久，失去了斗力，没人扶掖，极难奔走，这就添了累赘，许延华、魏豪都很着急，也没旁的法子，算计着只有闯到小河滩，方庆脱险。可是举目一看，去路尚远，简直打不出去。若是当机立断，应该抛下所救之人，全军而退，最为上策，无如看在江湖道义气上，这话无法出口。许延华把刀乱砍，魏豪也是一样，拼命砍敌，其余董俊千、姚承钧、姚承权，也都破出性命，一人拼命，百夫难当，何况他们一共七个人，敌人虽众，竟一时拿他不下，却还穷追不舍。

姚山村众人最怕的就是穷追不舍，人的气力有限，路远途长，这七人就是不被杀死，也要累死。鲍麟生料敌知胜，忙大声告诉手下人："大家努力，缀住他，别放松，看他们飞到哪里去！"众乡丁也都倚仗人多势众，狐假虎威，硬往上拥。

转眼间，又延缠出去一段路，一望前途，黑漆漆，距河尚远。许氏叔侄、姚氏昆仲等等，全知道要糟；这两个俘虏，各持一把匕首，被人扶着跑，只一心盼望出险，没有转想一下，自己此刻已成了他们七个人的累赘。他二人正应该自己说出口，叫别人夺路速走，光棍汉不要累害别人；可二人只说，快跑，快跑。许延华也只好干着急，不便说破，魏豪更不便说破。姚承权、姚承钧是姚山村的居停主人，已经弄到筋疲力尽，忽想起这一点，忙说："许老英雄，魏壮士，对头缀得太紧，你们全速退吧，不要管我们了。"

可是他喊迟了，敌人大批涌上来。前面一道土岗，七个人一齐想，得努力抢上土岗。内中二姚和两个俘虏疲喘不堪，往岗上一蹿，竟跌倒了两个。许延华在后面望见，大叫："坏了，坏了！"

追兵持火把自后面大叫："看你们往哪里跑。"由鲍麟生、桑玉兆指挥，分两队抄来。七个人踉踉跄跄刚上了土岗，追兵已经赶到土岗。

第二十九章 连珠箭智退群敌

突然间，岗后一声大喝：“铁牛堡的人，看箭！”

又一个清脆的声音道：“姚山村的人快过来。”

一霎时，弹如流星，箭如疾雨，往岗下打来。迎面抢头阵的追兵，登时被打倒三四个。第二排又到，又被打伤好几个。立刻哗然鼓噪，往后退下去，一迭声道：“不好，土岗后有埋伏！”

这时候，土岗后，只有连珠箭何正平、何青鸿父女两个罢了。许延华、魏豪陆续抢上土岗。双方一过话，立刻翻身、布阵，把土岗守住。二姚和两个俘虏喘作一团，觅蹲在土岗后，一时不能动弹，董俊千、邹桐年随后跟上来，也忙翻身挺刃。

但是这道土岗并不是天险，仅仅是借仗这凸起的黑影，虚实难辨，把追兵略略一阻罢了。铁牛堡那边，有的是灯笼火把，高举起来一照，就任什么都看清了。便是何氏父女这两个埋伏，只凭两张弩，也只能阻挡片刻之间。弹丸有限，连珠箭更无多，仅发出数十下，打倒七八个人，便已弹尽箭绝，父女两人只剩下最后两弹两箭，不肯再发，同时住了手。

何氏父女就是不住手，也不能阻敌了。此时丧门神桑玉兆和鲍麟生督队已到。鲍氏兄弟一看土岗，立刻用一只红色灯笼，指挥全队，绕从两侧，夹攻土岗。瞬息间，便已越过这短短的土岗，分兵来抄何正平的后路。那桑玉兆就一挥锯齿刀，带着七八个倔强的汉子，从正面硬抢土岗。姚山村两路的人刚刚会合在一起，一霎时同陷在围阵中。

何正平却不慌不忙，在黑影中叫了声："七弟！"摩云鹏魏豪应了声："三哥，我在这里呢。"又道："青侄女呢？"何青鸿忙答道："我在这里呢。"

摩云鹏魏豪又叫道："三哥，可寻见小纪没有？我可没碰见一点线索。"何老答道："我倒是摸着一点，回去再说。七弟，咱们合起手来走。"

何老是一面开弓，一面和摩云鹏回答。又向许延华叫道："许老兄，事情怎么样？"

许延华只顾挟忿挥刀，仅仅应了一句道："不妙，只救出两个，倒引得人家大队缀下来了，我多谢何老前辈接应。"

这时火光已经全照过来，两侧敌人齐声呐喊，他们再想互诉，已不能够，且亦无暇。何正平大声说："许老兄，努力往外冲啊，我给你断后。"

何老又叫："七弟帮着我，还有哪位帮我？"

董俊千、邹桐年都说道："我！"四个人连何青鸿，据岗迎敌，一扫潜踪奔逃的样式，竟大呼挥杀起来。却是总共几个人，无论如何虚张声势，也吓不退铁牛堡大队的人。铁牛堡的人反而高举火把，一壁从土岗正面攻，一壁从土岗侧面抄截。

那许延华骤见援兵，方才一喜，旋又焦怒。又见救出来的两个俘虏，全似软瘫一般挣扎不动，他便奋身上前扯起一个，叫道："快跟我走！"许少华忙扯起一个，催着姚承钧、姚承权，夺路急走。此时敌人漫散着抄来，何正华、摩云鹏等又挡一阵，退一阵，敌人竟死缀不休。

鲍麟生大叫："姚山村的朋友，趁早把劫去的人放下，若

不然，我把你们全杀了。”桑玉兆也这样喊，铁牛堡余众也这样喊。何正平、许延华谁也不肯听，只是有路就走，有力气就施展。当下迤逦而斗，此奔彼逐，又追出一段路，遥望前途距小河边还远。许延华大声向何老说：“糟了，糟了！他们两位竟寸步难行，太累赘了，太累赘了！”

何正平大怒，忙道：“累赘也得受。”他以为这不能半途而废，忙着又道：“许仁兄铆力，我可要施毒手了，青儿快上这边来。”

何青鸿往何老身边一扑，丧门神桑玉兆大吼着来截。摩云鹏魏豪挥剑一阻，何青鸿翻身一剑，何老大吼道：“呔，着法宝！”

桑玉兆咕咚一声，跌下土岗。何老把他最后暗器发放出来。桑玉兆是个很魁梧的汉子，突遭暗算，铁牛堡的人齐惊，立刻互相传呼。

桑玉兆受了伤，仍然一跳而起，大叫道：“鲍贤弟，快拿暗器打东西。”鲍麟生道：“快传弓箭手！”弓箭手只留下护堡，没调来追敌。

鲍麟生又道：“快发镖！”登时，有几个人发出蝗石、镖、箭，照何老等拈击过来。

何老叫道：“哎呀！”抬眼一望，急向何青鸿、摩云鹏、董、邹众人挥手。五个人登时虚挡一下，跳过土岗，一直败下去。

许延华叔侄架着俘虏，已经退出一条小路，背后就有七八个铁牛堡中人，脚程较快的，跟随紧缀。在这七八个人背后，才是何正平父女五个人，再后就是铁牛堡的大队，敌党已党，追者逃者，这么五花三层地错落跑着，呼声振荡旷野。许、何等全跑得力疲汗下，铁牛堡中人更拨出一小队急走，赶先一步抄奔小河。何正平、魏豪、许延华都觉得甩不利落了，前面小河就不易奔到，更何况渡过？他们仍旧是且打且走，东张西望，盼望谁来援救。

那许延华忽东忽西地往前奔，把那俘虏拖得脚不沾地似的

眨眼到了林边。

林边有铁牛堡的卡子，此时闻警亮出一小队人来，把林路口一挡，有火把照着，远远地看出八个彪形大汉，拿着刀矛、白蜡杆子。许少华吸了一口气，忙道："叔叔，我们绕林子走吧。"许延华道："咳，不行，闯！"急将两个俘虏交给姚氏弟兄，由许延华、许少华挥刀直扑林口。

八个大汉将灯火挂在树上，齐挥刀矛拦阻，许延华跳上前一刀，三四个壮汉冲他攻来，许少华跟踪而上，又过来三四个壮汉，把他挡住。许延华急回头道："你们快闯！"姚承钧、姚承权拖着两个俘虏，直扑上去，只剩了两个守卡的壮汉，急急来攻。突然听怪号一声，这两个壮汉先跌倒一个，跟着又跌倒一个，一齐连滚带爬钻入黑影去了。二姚大喜，那两个被救的俘虏忙即踉踉跄跄奔入林口。

二姚叫道："且慢，看看是谁！"林口中闯出一人道："是我，还不快走！"

这突如其来的人，正是铁笛彭青，他没寻着何青鸿，恰好暗助了二姚一臂之力。二姚昆仲，慌忙突入林中。许延华、许少华叔侄也忙抛了敌人，从刀矛丛中突过，先后一抹地进入这片荒林，那六个壮士不肯就舍，大叫着追去。

这时候，连珠箭何正平、何青鸿、摩云鹏魏豪、邹桐年、董俊千，陆续也败到林边。可是铁牛堡的大队，鲍家四虎也紧紧赶到林边，又且战且走，打出林外。

前面走的许延华一行，后面断后的何正平一行，个个觉到危发千钧的情势。一面寻路前奔，一面回望背后。后面喊成一片，猜想铁牛堡必已倾巢出动。势到如今，连何正平也急了，连说："坏了，坏了！"两只眼不住地打量前途。

何青鸿也叫道："爹爹，怎么咱们的接应还不赶来？"何老说："奇怪，奇怪，这大的动静，不信他们听不出来。"

这时候人人望救，人人怨恨接应兵的迟到。但等他们越过荒林，面前展开了黑乎乎的一片平原，在平原那边，高高矮

矮，分明望见利落如星的火光，而且这火光正似往前移动。

连珠箭何正平略辨出火光，立即大声喊道："弟兄们，脚下多加劲呀。前面火光是咱们的救兵到了。"这一声喊，如余烬添薪，大家喘吁齐声说道："可好了，可好了。"人人强提着一口气，拔步紧奔火光抢。

可是，就在这同时，后面的追兵也望见了。头一个鲍麟生忙发号令，把部下叫住，匆匆发话道："伙计们都来看，前面的火光，一定是他们姚山村的大队救兵，他们一定是过河了，我们得赶紧截住这几个奸细，不能叫他们好生回去。无论如何，也得把失去的三个俘虏夺回来，就夺不回来，也得拿镖箭打死他。若不然，凭白叫他们扰了一夜，我们太丢人了。"

鲍麟生先命一个头目率领二十余人，从斜径小路，先抄过去，要先抢住渡口，不叫逃人渡过。那头目见大敌当前，火光利落，颇觉为难。丧门神桑玉兆连忙插言："我带他们去，我还可以裹创助战，我得找那老头子算账。"他倒提了九环刀，率领部下，立刻赶了上去，绕走左侧。

鲍麟生又取了一张弓，回身照铁牛堡，连射出三支响箭，又加射了一支火箭。这意思是催援兵快来，仍派一个急足，往回路上翻，要叫留守的人调动全队，就此和姚山村决一死战。然后他们自己率领余众，再从右侧抄赶下去。灯笼火把急走如一条火龙。眨眼间又把许延华、何正平两拨人横截在垓心了。

何正平、许延华大呼突围，所幸围阵并不严密，只是虚拢着，不放他们逃走罢了。何正平一见这种情形，忙带女儿何青鸿飞跑，摩云鹏和邹、董二友也拼命急跑，直赶到许延华一行背后，何老急叫住许延华道："别快走了，预备抵敌吧，敌人可是急了。"

许延华张皇四望，顿然明白，大家立刻分拨，两人做一拨，背对背，挽臂侧身而行，互相掩护着，一边打，一面仍然往前闯。何正平、魏豪这边也是如此预备。再望河边姚山村那边，果然聚集了大队，却只驻在河岸对面，没有过来，只有散

兵游探，往来梭巡。何正平、许延华一齐振吭疾呼，恰巧头一个脱险的姚乃屏，已由接应兵救至渡口。那姚山村的会头一听铁牛堡大队追来，也就顾不了许多，登时将停在河边的小渡船驾起来，把数十名乡团打手渡过河岸，由乡团教师率领，挑着灯笼火把，纷纷迎杀上去。

这时候，晨星高挂晴空，天将破晓，一片喊杀之声振动旷野。这一边，连珠箭何正平、何青鸿、邹桐年、董俊千、姚承钧、姚承权、铁笛彭青等，陆续败逃下来；那一边，铁牛堡鲍氏四虎和丧门神桑玉兆等，一步不放松，紧迫下来。姚山村的人连忙划着小船，整队迎击上去；一面把何正平、许延华，和所救的俘虏，先行接应过河，一面挥动刀矛，把铁牛堡的打手挡住。

械斗登时开始。

这一次械斗又与先前不同。从前几番斗殴，都在小河西岔，是一片平原，既非铁牛堡地界，也非姚山村地界。这一次却是姚山村为了接应救俘的人，仓促渡河迎战，恰做成了背水阵式。按战法说，只能打胜，不能吃败仗的，故此姚山村的人打得十分出力，简直有点拼命。

那一方面，铁牛堡的鲍家四虎以下，也因追逐奸细，未能成功，本已激起斗志，并且因为敌人胆敢渡过河来挑战，未免欺人太甚，有点堵门口挑衅的意思，故此人人死斗，也打得十分出力。双方可以说势均力敌，全是由三更起始动兵，四更刚过，便动了手，双方陆续地增兵，倾巢而斗，直打到天明，又打到过午，又打到太阳平西，渐渐都饥疲，不能再行支持，方才同时收兵。仍旧与前几次一样，由铁牛堡的会头鲍大虎，和姚山村的会头姚书绅，两个人吆喝着发话，个个传命收兵，各将自己受伤的人，和斗死的人，抬回去，又七言八语互相威吓了一阵，各丢下“瞧着我的，下次再会”的话，然后一面救死扶伤，一面各安置断后、巡风的兵，渐渐都回去了。

按照从前的情景，双方便要互相夸述己方的战功，人人总

觉得自己这边占了上风，觉得对方吃了大亏，究其实不过彼此都倒霉罢了，谁也说不清敌人的伤亡实数。唯有这一回，姚山村的人自庆大功告成，把自己的俘虏救出三个来，又把敌人挡回去了，显然是打了一次胜仗。于是他们大开盛筵，给何正平父女、许延华叔侄贺功。

铁牛堡那边未免在夸功之余，想起追逐俘虏，又没有夺回来，而且凭空把姚山村的人放过小河来，又任凭人家收队回去，自己未能杀他一个片甲不回，如今就是强夸战胜，究竟未免内惭。何况铁桶一般的城堡，任由敌人来去自如，实在觉得有些丢人。

更有一件事，令人不悦，便是飞来凤桑玉明，在内大闹起来，被她连伤了好几个人，看在她哥桑玉兆的面子上，仍得向她道歉，鲍氏兄弟屈着心自认误会，未免叫人越琢磨越憋气。

那飞来凤桑玉明，夜半潜出客馆，本为寻找情郎纪宏泽，半路上被堡中人阻挡，惹起她的惭怒来，被她连连砍伤四五个人，最后还是鲍麟生赶到，方才解围。飞来凤怒冲冲地告诉鲍麟生，说众乡丁出言无状，颇有调戏自己的意味。鲍麟生只得长揖谢罪，心想好歹把她哄回客馆。哪知桑玉明并不想回去，一心要到鲍六房那边找纪宏泽。可是这件事又是背人的，飞来凤捣了半晌鬼，最后仍被鲍麟生派遣一个小头目，给她带路，仍把她送回客馆。她怔了一回，借口把小头目骗走，这才第二次重奔鲍六房。却是一去扑了空，白挨了一暗器，再找纪宏泽，已经失踪了。

她当然猜不到纪宏泽被鲍家的青年孀妇金慧容诱走，她想，纪宏泽一定是被鲍氏弟兄押到别处。她悲怒已极，要找鲍麟生大闹；可是遍寻鲍麟生，又已不见。问及堡中人时，都说鲍家四虎和她哥哥桑玉兆，这时已然整队追出堡外，原因是堡中进来了奸细，把俘虏盗了。桑玉明持刀诘问，堡中人全这样说，而且刚才那一阵大乱她也听见了。她噘着嘴待了一阵，正自无可如何，那鲍六房在旁又劝她说："刚才姚山村的人袭进

这里来了，也许那个姓纪的跟他们是一伙，叫他们拐走了。姑娘既然一定要扣下他，你何不赶快追了去，把他抓回来，这工夫去还行，再多耽误，更来不及了。”

飞来凤桑玉明瞪了鲍六房一眼，说道：“你说的话是真的么？”鲍六房道：“姑娘，你看这里叫他们姚山村搅的，你再看这扇窗户叫他们砸的，他们是刚逃走，那姓纪的一定是他们一党。”

桑玉明一对大眼翻上翻下，忽然哼了一声，扭头就走。她果然被鲍六房的话打动，她真个直奔姚山村追下去了。

姚山村和铁牛堡临河决斗，她不久赶到，登高一望，顿然明白：他们打起来了，那个纪宏泽莫非真是姚山村的人么？

飞来凤登高伫望，已望见她哥哥和鲍氏兄弟，指挥打手，和姚山村的人拼命。她冷笑一声，暗道：我才犯不上给你们卖命呢。心头一转，打定了主意，她悄悄退下来，仰望天色，已然大明，今天是不行了，她想：晚上再见。

她决计要挨到日落之后，她要夜探姚山村，寻找纪情郎。她于是落荒而走，找到一个镇甸，她独自落店，白昼假寐，耗到夜深，便即出动。

当天夜间，她扑奔姚山村，不想刚接近村边，便听见呼喊奔斗之声。原来是铁牛堡的人，为了报复，也派遣了十几个能手，到姚山村来营救俘虏来了。也和铁牛堡一样，登时被发觉，也照样地被追逐、被堵截，此刻正打得热闹。姚山村的人个个持着火把灯笼，把一座山村照同白昼。飞来凤先是听见喊声，立刻攀上高枝一望，立刻望见火光，再迫近了观望，简直挨近不得。她不由啐骂了一句：“倒霉！”

她在暗中观望良久，姚山村这夜直折腾了一通夜。飞来凤气得干瞪眼，只得生气回转，一时负气，不肯回铁牛堡，仍到小镇甸去，投到那店房住下，一连到姚山村附近窥望了两三天，姚山村那边戒备太严，满山村全是灯火，简直不易混入。

飞来凤思恋纪宏泽，不肯罢休。直到第三天上，她重到铁

牛堡打听了一回，和她哥哥吵闹了一回。她哥哥也说不晓得纪宏泽的下落，鲍氏弟兄也没有说纪某那夜乘乱逃走了，十有八九恐是姚山村的一党。飞来凤恨极，竟向她哥哥说了绝情的话，她一定要找纪宏泽，她这才愤然重回小镇甸，表示不再问铁牛堡械斗的事。她仍要恃仗自己的本领，设法搜寻纪宏泽的下落。

她在姚山村、铁牛堡附近，彷徨不去，终于在一天夜间，在荒郊半路上，是直奔姚山村的道口，出其不意，和纪宏泽、金慧容两人相遇了。

金慧容已然以一种柔情蜜意，和纪宏泽订了情。金慧容虽然是个少年孀妇，却是非常的柔媚，又颇知男子的情怀，她竟把纪宏泽诱惑了，使得纪宏泽暂忘了一切，既忘了报仇，也忘了失踪的七师叔。

纪宏泽正在青春，今竟无端遇见一个柔媚女子，如此地眷恋着自己。这女子又自视甚卑，把自己看得很高洁似的。他不由动了真情，觉得这女子太可怜了。金慧容越说自愧的话，纪宏泽便越觉得可怜，却是这怜惜与恋爱在男女之间，几乎是没有什么区别的。这样，纪宏泽便被金慧容迷惑住了。

然而，冤家路窄，当金慧容和纪宏泽相偕私逃之时，忽然与飞来凤相遇。于是夺婚之争骤起。

飞来凤和金慧容是完全异样的两个性格。飞来凤生得颀长俊美，论姿容实比金慧容更美，而且飞来凤纵然狂纵，究竟还有处女之美。但落到纪宏泽眼里，却觉金慧容实更娇柔，飞来凤则未免是一棵玫瑰花，有香，有色，有味，可惜有点刺。

金慧容却像一朵泥中莲花，虽然早失去童贞，已非处女，可是她竟颇具情痴，依依犹有女儿态，决不像飞来凤那么矫健。

而且少年男子和少年女子俱是一样，初恋最易打动人心。纪宏泽把她二人来比，总觉金慧容更可怜；而且人们的心情，总是同情于劣败者。当下，飞来凤和金慧容争夺起来，金慧容

不是飞来凤的对手，被飞来凤一剑刺伤。

纪宏泽到了这时，竟横身来劝架，虽然是劝架，无形中，已算是救了金慧容一命。

可是纪宏泽竟跟了飞来凤去，做了交换条件。飞来凤把纪宏泽勾引到一个秘密的所在，也和金慧容一样，拿出柔情蜜意，向纪宏泽献媚示爱，她要把自己的身体，嫁给这不期而遇的少年人。

她究竟是姑娘，她不愿意像金慧容那样仓促订情，以身相许。她还要拜天地，入洞房，和纪宏泽做一对明媒正道的少年夫妻。她的性格倔强，却和金慧容恰恰相反，她纵然是姑娘，她一见纪宏泽，便心醉动情，竟如狂风骤雨一般，一发而不可遏止，她的热恋反叫纪宏泽很吃惊。

纪宏泽本是一个乍涉江湖、初步情场的聪明少年。他固然没有经验，他却有的是理智，并且对于金、桑二女，总有些“一日夫妇百日恩”、以先入者为主的印象，他和飞来凤邂逅虽早，却敌不过金慧容定情在先。而且飞来凤的做法显见不及金慧容，若觉得飞来凤的为人飘忽兔脱，便越显得金慧容的风光旖旎。

金慧容是那么柔媚，婉变，她骨子里做了主动人，处处用心机来牢宠纪宏泽；却在表面，把自己放在被动地位。她勾引了这个少年男子，反而叫这少年男子自己觉着调戏了她。她的一双媚眼，藏在深密的睫毛里，就像是一副厉害的钓鱼钩。每当款洽之际，她那样轻颦浅笑，似怯似羞，透出来迷离荡漾的眼波，她便把自己放在欲死欲仙的地位。那纪宏泽也就受了交感，觉到销魂意味。而且她自惭身非处女，老早地向纪宏泽说了实话，并且自认对不住纪宏泽。是怪她自己没操守，把宏泽糟践。她十分忏情愧悔，便越增加了纪宏泽的爱怜。

飞来凤桑玉明却不是这样。她另有一脉跌宕不群的气象，却未免豪情稍深，柔情稍差了。

她对于纪宏泽，虽然没明说，却已叫纪宏泽觉察出来。她

的唇边眼角，透露出无声的话语："我喜欢你，我要嫁你。我救了你，你该娶我。咱们哪天办事？"总而言之，她很干脆，她不像寻常处女，简直说：不像寻常妇人。她一点也不客气。

飞来凤仗着掌中利刃、囊中迷魂袋，把金慧容战败，把纪宏泽俘虏过来，引到一个地方，立刻说出拜堂成亲，并且向纪宏泽说，是你找媒人，还是我找媒人？

自然这些话也不太直截了当，也稍稍绕了一点小弯子，可是她太急，还未开口，早叫对方如见其肺腑然了。她真是大马金刀的刘金定，只可惜雌风过锐，倒把纪宏泽吓住了。

她在这一点上，实在不如金慧容。金慧容没有说出"成婚"字样，便先"定情"，而且自自然然，使双方都陷入无可奈何的爱河波中。末后才提出怎样渡河，如何善后的办法。这飞来凤却是扯着纪宏泽，遥指着前途深险的爱河，向情人问道："咱们过去呀？"

这一来，她拙了。

她和金慧容二女孰贞孰淫，颇难定论。但在纪宏泽心中，再三比较称量之下，总觉得飞来凤这一脉情火爱焰似乎太热烈，而金慧容太可怜了。因此，他的人，纵被飞来凤强俘过去，他的心仍旧不无恋恋于金慧容。并且他的理智未混，他幡然想起了自己的誓愿，他仍须寻找七师叔，再去寻访他家的仇人。因此，他尽管和飞来凤抵面敷衍情话，他的一片心神早驰骛到别处去了。

于是这一天，纪宏泽和飞来凤对面坐在绣榻矮几之前，引杯喁喁共语。纪宏泽唯唯诺诺，飞来凤且吐情焰，面含愠色，正在苛责纪宏泽，丑诋金慧容。而金慧容已然潜踪赶到了，正在爬窗根、偷听偷窥，偷生闷气，偷着打算下手歼情敌、夺情郎的办法。而在同时，螳螂捕蝉，黄雀在后，青鸿女侠恰也随从她父连珠箭、师叔摩云鹏赶到这秘窟之前。

金慧容只是为寻新欢，青鸿女侠却是为保旧谊，要来搭救师门子弟。可是到后来，旧谊也要转变为新婚，不过现时尚还

谈不到别的。眼下要做的事，只是捣破凤巢，逐走飞来凤，把纪宏泽拔出牝贼之手，仍将复仇之剑交还给他，叫他去寻杀父的仇人白龙和飞蛇的踪迹。

第三十章　飞来凤秘窟逼婚

当天下晚，姚山村和铁牛堡械斗的人陆续收队，双方一样，俱是一面摆宴庆功，一面救死裹伤，人人以为打了胜仗，哑巴吃黄连，都不肯说出一个苦字。大体比较起来，还是姚山村占了上风，他们到底救出来姚乃屏等三个俘虏。

乡下人一向睡得早，晚饭吃得更早，这一天却破了例，直到二更，姚山村那座公议堂上，还摆着十多桌盛宴，聚着七八十位有头有脸的人物，都是本村的富农、绅士和会武技、有气力的壮士。外来客除了教师董俊千、邹桐年、许延华、许少华以外，还有新到的连珠箭何正平和女儿何青鸿、师弟摩云鹏魏豪。最惹人注目，最受会首礼待的，便是何氏父女、许氏叔侄。许氏叔侄是有功之臣，何氏父女是异样人物，老者是跛足，少者是女子；再加上长身量、黑面皮的魏豪，几乎成了全场的中心人物，大家都看着他们，听他们说话，心上佩服得很。

何青鸿姑娘年纪既小，武功又好。并且是全场唯一的女客。她的一颦一笑都成了姚山村群雄的话题，这一回搭救俘

虏，他们父女实在是立了大功。铁笛彭青和她父女搭伴，脱险后更是赞不绝口。

倒是摩云鹏魏豪，出力不小，武技甚精，反而没人理会似的。魏豪目视他的何三哥，和三哥的爱女青鸿姑娘，只是微微含笑。在他心中，也正权量何姑娘的人品、人才，觉得她不过十七八岁，又这样苗条，等到出手应敌，实在比自己一手教成的故师兄狮子林的遗孤纪宏泽胜强十倍。他不由心中暗叹，纪宏泽这孩子虽不是没出息，究竟缺少出人头地的锋芒。恐怕寡嫂的一番盼望、自己多年的教诲，将来收源结果，未必获得十分的把握。是的，纪宏泽已经十八岁了，怎么着，也赶不上三哥跟前的这个侄女。即如现在，纪宏泽竟丢了，遍觅不得，他到底跑到哪里去了呢？夜间探堡，只得了一点荒信，究竟纪宏泽的下落所在，至今尚没有探出头绪。摩云鹏魏豪想到这里，目视何氏父女，不禁摇了摇头，他心上忐忐忑忑，很不安顿，脸上神气自然透出不高兴。

何青鸿正坐在她父的肘下，姚山村的人齐向她庆功，她也勉强饮了三五杯酒，大家颂扬她，她不由忸怩含羞，把头低下。忽一眼看见魏豪面含不悦，忙悄悄一推他父，低声说："爹爹，您看魏七叔，好像不痛快似的。"

连珠箭何正平侧脸旁顾，心中明白。会首姚书绅正向自己敬酒，何正平忙将这杯酒转给魏豪，对姚书绅道："姚仁兄，在下老了，又有残废，实在是不中用。这一回探堡救人，自然全仗诸位英雄一齐努力，可是我们这位七师弟也真出力不小，临出堡的时候，若不是他暗助我一镖，我几乎失陷在堡内了。"

姚书绅应声答道："是的，是的。这一回我们全仰仗着何三哥和这位魏七哥出力，才得把姚乃屏三个人救出来。尤其是魏七哥，我们以前素不相识，这一回可算是路见不平，拔刀相助，我们真得好好谢谢魏七哥。"

姚书绅对探堡诸人，本已挨次把盏，这时忙又凑到魏豪面前，重说了一番感激的话。摩云鹏魏豪连忙正容应酬，其实他

心中所想的满不是这回事，他还是惦念纪宏泽的失踪事件。不过他由这里看出何青鸿的机警来，不由冲着青鸿一笑道："青姑，你会捉弄我！你刚才和你爹爹说我什么来？"

何青鸿笑道："我没有说您呀。"

他们二人在这里低声说话，大厅上一面传杯共饮，一面纷纷议论救俘之事和械斗之举。那被救出来的三个人，只有姚乃屏先行一步，平安逃出来，其余二人稍为落后，都已受了伤，虽不甚重，已不能赴宴。现在就只有姚乃屏列席，由姚书绅偕带着他，先向出力诸人道谢，跟着也就入了座。大家都向他打听被囚的情形，和铁牛堡的虚实。

姚乃屏被俘的日子已经不少，差不多快二十天了，只是铁牛堡监视很严，他任什么没有听见，也没有看见，只从监视人隔垣闲谈中，偶尔听出鲍四虎新邀来一伙江湖人物，前来帮拳，内中有一个水贼丧门神桑玉兆，一个女贼叫飞来凤桑玉明，不知刚才械斗，有他们出面没有。

众人听了忙又互相传问械斗之人，都说刚才一阵乱打，双方都没有报名叫字号；只觉察出对方后队的确有一二十个异乡口音的人。他们打得最凶，喊骂得最秽，猜想恐怕不是好人。

姚乃屏反问："内中可有女贼出面？"答的人都说没有看见女人。

摩云鹏魏豪在座上倾听众人议论，没有听出什么来，旋即离座，找到姚乃屏面前，问他前在铁牛堡被囚时，可曾听说有一个十八九岁的长身体大眼睛少年壮士，被堡中扣留？

姚乃屏回答道："他们铁牛堡整年为非作歹，劫人扣人的事，倒是常有。"魏豪又问："和你老兄一同被囚的，可有这样一个人么？"

姚乃屏道："没有，我小弟一时不慎，是被他们诓诱去的。他们只把我软禁在一所空房中。平时也不上刑具，也不讯问我。只在前两天，他们哄传我们姚山村要派人前来偷营，他们方才加起紧来，连我和我的那位本家一齐上了绳索。"

摩云鹏见这姚乃屏似不愿人向他打听被囚的情形，也就不肯再问了。直到三更宴罢，各人散去，姚书绅把何氏父女和摩云鹏魏豪，安置在三间精舍内，又拨了一个使女、一个长工，服侍他们。

魏豪容得主人道了安，告辞去后，才悄问何老："可曾获得纪宏泽的下落？"又说："三哥，你说堡中有熟人，你的熟人究竟是谁？找到了没有？"

何正平答道："没有找到。"何正平究竟上了年纪，他这时早有些支持不住。何青鸿更是年轻女子，当时奋勇过力，此刻更显得疲劳不堪。父女都想歇息，有话明天再讲。

这三人倒是魏豪精神洋洋如平日，何老只显得寡默，瞑目调息，何青鸿却不住欠伸，据床抚枕，做出我倦欲眠的样子。魏豪两眼注视何氏父女，立等开谈。

何正平扪膝而坐，望着女儿娇慵可掬，不禁叹息道："完了，人一到了我这样时候，空有雄心，力气不给使唤，就什么都完了。"向女儿道："青儿，你困了，你自己到里间睡去吧。小孩子到底不济事，昨天的英雄好汉到哪里去了？"

何青鸿忸怩道："还是七叔，您真成。爹爹您瞧他老还不怎么的呢！"

魏豪笑道："我本来没出力，自然不累。哪能比得上青姑你呢？开路是你，断后也是你，你好比长阪坡的赵子龙，七出七进，我不过跟着你们爷们打下手罢了。"

何青鸿道："您别逗我了，我可真困了。"说着走进内间，掩门就寝，她素有择席之病，到了今晚，耳朵刚挨枕头，便发出轻鼾。何老听了，望着魏豪一笑。

连珠箭何正平确有一个熟人，在铁牛堡受过聘，当过教师。这个人名叫石振铎。魏豪说："这个人我也知道，也是当年一位镖客，不过洗手歇马已久了。"

姚山村、铁牛堡械斗一起，石振铎镖师受了鲍氏四虎的礼聘，跑来教练乡丁。可是，等到何老探堡之时，经擒住堡中人

持剑讯问，方才晓得石振铎早已辞馆不教了。听说还闹过别扭。那石镖师也是个狷介自矜的人，想是看不惯鲍家弟兄的跋扈行为。等到铁牛堡续勾来水路绿林丧门神桑玉兆兄妹，这石振铎便见机而作，不俟抓了一个茬，和鲍家中途分手了。

何老说："这些情形，都是我从堡中人口内讯出来的。"如此说，铁牛堡的内线是没有了，魏豪不由失望。

但是何正平跟着说："我们寻找内线的缘故，无非是想寻找大师兄的遗孤小铃子。这小铃子的下落，我却影影绰绰，抓着一点线索了。我持剑威吓一个堡中人，逼问实供。他们说，的确在前几天，捉住了一个外来少年客，年约十八九岁，面膛微黑，大眼睛，重眉毛，直鼻梁，正跟你说的小铃子的相貌差不多，并且跟他失踪的日期也相符。他可是穿一身青，带着一把剑、一只行囊么？"

摩云鹏魏豪矍然道："他正是这样，一定是他了，他现在哪里呢？怎么我们没有搜着？我跟他约定过暗号，昨夜探堡时，我用暗号啸了好几个来回，竟没有见回声，莫非他不在……"一阵着急，不由站起来了。

何老说："七弟别心焦。如果准是他，那么他大概离开铁牛堡了，他确是在铁牛堡被扣，他也有一些武林本领，他会逃出来的，你不要过虑。刚才听姚乃屏说，他们铁牛堡新请了一帮水道绿林，那个舵主和他的妹妹，两个人非常地强梁，鲍氏弟兄却把他兄妹礼如上宾，用为谋主。他们堡中人有的就不愿意，说械斗只管械斗，不该勾结匪类，引狼入室。我也讯过一个人，据说这个少年外来客，就是那女绿林亲手擒拿的。又听说那女贼很年轻，很风流，好像是看上了少年外来客，曾经向堡主要求，把她手擒之人交给她管。堡主没有答应，被她大闹了一顿，到底也没有闹出结果来。那少年客，末后还是押在囚禁俘虏的对面屋内……"

说到这里，魏豪哎呀一声道："这消息很要紧，三哥怎的当时不告诉我？我们竟没顾得搜查囚俘虏的对面屋，那屋……

咳，我还在那屋外动过手，竟没有进去看看，也没有叫一声。咳，咳！”一迭声地后悔不迭。

何老揉着眼笑了，说道：“七弟改了脾气了。你想，你没搜，我就也没搜么？况且这话又是我讯出来的，我又是干什么去的？”

魏豪恍然道：“我是当局者迷，我只觉得丢了林大哥的孤儿，良心上过不去。……可是的，三哥搜得情形怎么样？”

何正平道：“还是那话，大概离开铁牛堡了。我先到俘虏室，在那里救了姚山村的人，又捉住两个堡中人，被我利刃磨顶，讯明实情，我立刻扑到对面屋。那屋里明灯煌煌，只剩了屋康良了。八仙桌腿朝上，后窗大开，显见是屋中有囚人，囚人已经破窗逃走了。照你所说，这少年客十之八九就是林大哥的孤儿，那么他在昨夜，已经乘乱逃出铁牛堡了，我们还得往附近地方寻找。”

魏豪瞪着眼听，半晌道：“这可怎么好？昨天晚上，我也跟你一样，捉住了一个堡中人，我也持剑威吓着盘问了一遍。这家伙也说，确有一个少年客在堡被扣，他却不曾见过这人，所以说不出相貌衣履来，只知是个不到二十岁带剑会武的少年男子，像个挟技游学的武林。可是他又说，活捉这少年的，不是本堡武师，乃是外请的一位女英雄。但他说，这少年游学的武林，已在堡中扣留数日，当晚并没有逃跑，却被那个女英雄要去了。”

何正平点头道：“两样口供倒还相符，只不过传闻异词罢了。你捉的那人是干什么的？”魏豪道：“是他们铁牛堡在僻巷站岗的。”

何老说：“那就是了，我捉的却正是监视俘虏的人，还是我的消息可靠。”魏豪道：“但是不管如何，明天我们必得再辛苦一趟，若找不着小铃子，我真没脸见林大嫂了。三哥，你务必帮帮我。”

何正平道：“七弟放心，我也是义不容辞，责无旁贷的。

我们今晚先好好歇一觉，明天我们开始围着铁牛堡左近加细搜寻。不怕七弟见笑，我真有点不济事了。你别看我当晚上打得那么欢，现在我可是两只腿像泡在醋里，这条废腿更像针扎似的跳着疼，并且腰杆儿也酸。我是老了！”

魏豪道：“这就难为三哥了。昨夜我见你生龙活虎似的，这都是当年苦练所致，若像小弟我，恐怕到了三哥这大年纪，就要动弹不得了。”二人又商议一阵，各自归寝。

次日凌晨，姚山村把住要路口，准备械斗。

何正平洗漱完毕，忙向姚书绅告辞。姚书绅正在用人之际，极力挽留。何正平道：“实在对不起，我此来专为寻找一个故人之子。现在我先向您告假，我寻着之后，一定再来效劳，还有我这位师弟，我也替你邀下了。今天没法子，我们只好先走一步。”姚书绅又要设宴饯别，又要厚赠行仪。

何正平一一辞谢道：“我小弟并不是立刻就要离开贵村。我这故人之子就失落在铁牛堡附近，前夜我已访明，我们现在就要出去找找。如果访不着，我弟兄还要回来借贵村驻脚的。”姚书绅又要列队欢送，赠送良驹。

何正平忙又推辞道：“这更不敢当，敌人就在面前。我们不敢惊动诸位迎送，就是我们爷三个，也要改装潜行，不叫他们铁牛堡的人知道才好呢。前天夜里，我们既然帮着您的人，把姚乃屏姚兄救出来，对方一定把我看成仇人，我们不能不小心些。”

何正平遂向姚书绅借了三套衣服，何正平、何青鸿、摩云鹏魏豪，一齐改了装束，不走正村口，仍从后村山道断崖下，悄悄踱下平地。姚书绅就直送到断崖前，彼此拱手作别，订了后会。

连珠箭何正平已将铁牛堡、姚山村附近的地名、道路的远近，从姚书绅口中打听明白，魏豪也早于数日前访问过了。出离村后，师兄弟二人和何青鸿，立即大宽转弯，绕过铁牛堡，径奔织女河码头。这本是附近一带村庄的走集，又是水旱镇

甸，地点很冲要，人口又多，江湖人士最易溷迹。三个人进了码头，先行投店，把何青鸿姑娘安置在店房中。然后何正平拿出老江湖的派头来。到街市上买东西闲逛，逢人打听一切，措辞只作为唠叨老人的闲谈。魏豪却又假装有病，路受风霜，找到店东店伙打听偏方，顺便扯东拉西，把刺探的话混在瞎扯中间。

只经过半日水磨工夫，居然探骊得珠，在织女河码头本镇上，确曾有过这样一个急装带剑的青衫少年，在本店对过福盛泰客栈投宿过。但不是单行客，却带着家眷，也不是过路急行，却在福盛泰店房一住好几天，而且中间挪过店，并在街市上赶过集，买过被褥、胭脂、手巾、梳子等物，又在码头上问过船。并且这少年同他的家眷，好像是妻子吧，一块儿并肩出门，恩恩爱爱，小两口儿很有趣，招得旁人侧目。他们俩有一阵子好像没事人一般，有一阵子又毛毛骨骨，羞羞惭惭，也像怕人看似的。因此有人说，这不是一对少年夫妻，十之八九是情人私奔。却也有人说，男的女的都带着兵刃，怕是走江湖的人物。那女子也许是个绳妓，却是气度又很豪华。倒是那个男的，举动稍差，像个雏儿。

这样的一男一妇，在织女河出现，因为男女口音各别，所以很引人注目，又因少年夫妻同行的自来少见，越发地被人传说着。又说是，那女子确是一个媳妇儿，不是姑娘。又说是那男子好像比他的妻子年纪轻，好像差个三几岁似的，这倒是北方农村常有的事，甚至富农有给他八岁儿子聘娶十九岁的大媳妇的。但是这两口又不类，因为那男的好像是直隶口音，那女子又似河南口音……

摩云鹏魏豪又听店伙说，这一男一女就在他们店里住过一天。连珠箭何正平也听码头上船夫说，有如此一男一女，在这里打听过南下的船，却不知雇妥没有，也没人看见他们上船启程。

何正平又打听到本镇的地保，直找到地保家，花了二两银

子，买回许多消息来。大抵铁牛堡、姚山村械斗的事，和双方延揽江湖人物的话，都瞒不住这个地保。就是鲍氏四虎，潜招水寇的秘事，这地保也有耳闻了。他还说亲眼见过那个水寇的瓢把子，和那瓢把子的妹妹，叫作什么凤的，也曾在一天傍晚，见她引领三四个短衣帮，由织女河下船，跟着上了轿车，直奔铁牛堡去了。

当下，何正平和摩云鹏魏豪，在店中叫了三份酒饭，一面吃喝，一面交换消息。到了这时，两个人都已断定纪宏泽有了下落，他一定是叫那个叫什么凤的女贼给弄走，一定离铁牛堡了。只是他们既没有雇船，也没有雇车，现在要猜想他的去向，可就颇难着手了。

魏豪急得直搔头。何正平道："我可以先打听这个女贼的姓名底细，飞鸟不离本巢，我们总有法可以掏着她。"

匆匆饭罢，三个人出去往远处查找。当天没有结果，次日仍没有结果，仅只打听出飞来凤桑玉明的来历。知道她是个女贼，相传她有不少面首。

魏豪一听这话，更是着急。何正平倒呵呵地笑了，说道："女贼好色，小伙子便可以保得住性命，你何必吸凉气？"魏豪看着何青鸿，低声说："三哥忘了，奸情出人命，倒采花更容易毁害少年。"何正平道："我们只赶紧掏就是了，空吸气没有用。想不到一晃十余年，七弟你倒变得娘娘们的了。"

三个人续往各处访，何青鸿这个年轻姑娘居然听了江湖上不少艳迹，都是关于飞来凤的。她只向地下啐唾沫，冲着她父亲皱眉。她父亲倒不介意，魏豪反替纪宏泽丑得慌。

终于这一天，在林边遇见了金慧容。这金慧容才是真正诱走纪宏泽的女人呢。不过这时她已把她的情人失掉。飞来凤已用武力将纪宏泽夺走。

何正平父女把受伤的金慧容救苏，金慧容诉说前情，把飞来凤描摹成母夜叉，这个母夜叉把她的义弟纪宏泽劫走了。她自然有一番饰词，但饰词瞒不了久涉江湖的何正平、魏豪。

何、魏二人穷诘细讯，获得不少实底，表面漠漠然不置可否，只用权词把金慧容遣走。

金慧容含着眼泪，一步一跛，自去投奔一个地方，何、魏三人立刻潜踪缀下去，要从金慧容这一边下手，来搜摸纪宏泽的下落。这样做，果然做对了。

金慧容不知用什么方法，也不知由何处获得线索，竟在两天之内，把飞来凤秘密潜身之处寻着。地点在豫北，是个小村镇，大院落。飞来凤已将纪宏泽撮弄到这里来了，正忙着筹备成婚大典。

金慧容奔命似的寻找过来，却不敢登门讨人。她情知自己的武功，不是情敌飞来凤的对手，况且自己如今是孤身一人，更不能抵敌了。她仍然不甘心，她想明的不成，我要暗箭取事！她切齿咬牙，发着狠，她便在飞来凤这个秘密巢穴附近，潜伺起来，昼伏夜出，潜踪如狸，白天睡在废刹屋顶，一到夜深，便设法奔到凤巢前后左右，窥探琢磨。她想：无论如何，我得把宏泽调走，我知道他心上有我的，他决不会贪恋她！她又想：而且我无论如何，此仇必报，我要用暗箭把臭妮子制死，哪怕跟她死在一块呢！

她怨愤已极。

金慧容只注意飞来凤，唯恐自己一个孤行女子，惹人注目，不幸传到飞来凤耳里，或落到飞来凤眼角，我是白白地找死呀！因此，她提心吊胆，防备着情敌，可也就顾此失彼，忽略了自己背后，还有三个人暗缀着自己。

她并不是不精细，她坠入情海，当局者迷，竟忘了生死利害。她念念在心里的是寻着纪宏泽，潜递消息，一同偕奔。同时，把飞来凤好歹弄杀。

但是她受的伤还没收口，稍一用力，创口仍然渗血。她好容易寻着了凤巢，当天竟未敢迫近前，她急得要哭。她终于冒险上了邻房，从邻房往凤巢这边偷窥。

这一所小村的大院落，夜间旷旷荡荡，四合房只有正房灯

火映窗。她远远地望着，不敢凑过去。侧着耳朵听，又没有听出什么来。她趴在邻房屋顶，足足过了两个更次，仅仅望见飞来凤乔装改扮，由打外面回来，倒把她吓得缩头不迭。过了好一会儿，再探头看时，飞来凤已然进了院，又已然进了屋。可恨的是，一时胆小，没看准她进了哪间屋，更可恨的是，早知飞来凤出去了，自己正可以鼓勇下去，径行拍窗弹指，把纪宏泽唤出来，一走了事，岂不是痛快？然而良机已失，空后悔已无及了。

她又摸摸自己所带的暗器，但分有机会猝然一发，明枪易躲，暗箭难防，一下子把情敌射死，岂不是更痛快？然而这机会还得再等。

金慧容这样潜伏暗窥，直到快收更，才悄悄回去。第二日白天，改装男子，脸上抹上姜黄色，到近处踩探了一圈，入夜又开始偷窥。这一回居然看明大院内出来进去的人数，并且黑影中，好像有一个人颇似纪宏泽。

纪宏泽此时颇有“预备做新郎”的模样了，身上穿着崭新的长袍马褂，大概是从正房赴厕所，随后又回去了，并没有张皇四顾。金慧容几乎失声叫了出来，究其实她并没有一准看清。她却信她的心胜过她的眼，她以为再不会看错。但是想个什么法，知会纪宏泽呢？居高临下，又隔着一道院子，她是一点法子也没有，空着了很大的急。眼看这少年进了屋，她才忽然想起可以投问路石子，试着打动他，不过稍为想得慢，又把机会错过了。

这一晚照旧熬过很久，方才含泪回去。苦忖良久，打定了一个主意：不入虎穴，难得虎子。她决计要拼命下去行刺。是的，先行刺，除了情敌，次寻情郎，就万无一失了。

而且这行刺之事，实在已不容缓，她曾瞥见了情敌飞来凤，打扮得花枝招展，带出新嫁娘的派头来了。而且，她又访明，正有花轿、吹鼓手被大院雇来，分明他们要克日拜堂成亲。一日夫妻百日恩，她、她、她……究竟是处女。他虽说是

很爱我，无奈我到底是个孀妇，我的姿容就算比飞来凤强，可是男人们性情无定，万一容得他们俩真个拜了天地，我可就再也夺不回来了。金慧容如此设想，行刺之举，决计趁当晚一试。她就处心积虑，赶忙地预备百发百中的暗器。

同时，她那情敌飞来凤桑玉明，正在春上眉梢，百般设法，要赢得纪宏泽的欢心，也要提早下嫁。

飞来凤虽然用武力把纪宏泽夺来，那只是对付金慧容罢了。她对待纪宏泽，实在动了真情，故此一到她这所秘窟，立刻和纪宏泽分室而居，谨订婚期，定要明谋正道地做纪宏泽原配之妻。她已然仓促之间，烦好了大媒，并且仓促之间，备好了一切装新之具。她在纪宏泽面前，做出无限娇羞，无限恻媚。她要凭一己的姿色和媚态，捉住纪宏泽的人，同时捉住纪宏泽的心。她正努力作良家处女模样。可惜一切烦媒备礼，仍得自己操心，那也就没法。

便是她这番娇羞之态，也是直到她的秘窟，方才施展出来。当在路上，押着纪宏泽同走时，她不能不施出一点雌威，否则又怕纪宏泽再跑了。她起初把纪宏泽看成战场上的俘虏，只一味辱骂情敌，抱怨情郎。等到此刻，她把纪宏泽看成情场上的俘虏，再要施武力，深恐惹起纪宏泽的反感。她立刻把百炼钢转变为绕指柔。她先把纪宏泽让进上房，自己陪伴着，说了一些闲话，随后吩咐手下人给纪宏泽备酒，却让纪宏泽一个人独酌。自己假说更衣，躲了出去。将她的心腹人叫来，秘嘱了许多话，把闲杂人等全都遣出去。只留下一个使女、一个女仆和一个副手。就叫这副手陪着纪宏泽说话，正正经经提出嫁娶的事来。

这副手先向纪宏泽盛夸飞来凤的才色，称她是北地有名的女侠，至今守贞不字，一味仗义游侠。想必是良缘天定，不意今日一见阁下，便动了真情。随后又夸纪宏泽的少年英俊，把纪宏泽的家况重问了一遍。末了就是提到成婚的日期，自然表示快办为妙。这副手说飞来凤手下率领许多健儿，今既要下嫁

阁下，她当然要赶快洗手，把寨中事务结束起来，所以婚事不便从缓，以速为妙。

副手说了，更不容纪宏泽回答，便代定了日期，又自任大媒，言明五天之内拜堂。把个纪宏泽说得十分诧异，不觉动了少年脾气，连说不可。

副手笑道：“这事怕由不得阁下，我们寨主在此地颇有一些势力，我看阁下还是俯允了吧。”说到这里，这副手更不再谈，便告辞出来。

纪宏泽忙说：“朋友慢走，这件事不能这样办，这样办太仓促了。况且，跟我同行的，还有我的一位长辈，在我舍下家里，还有我的娘亲，我不能随便自主。请你上复你们寨主，您的寨主是个女英雄，承她垂青不才，不才只是个稍为大点的孩子罢了，我不晓得她从哪一点上看取了不才，不才实觉齐大非偶。这件事这么办，似乎有点……我倒绝不是拒婚……不过……”说到这里，他连咳了数声，末后方说：“这件事似乎应该稍为从缓，不必这样忙。”

那大媒听了这话，好像得到了出乎意外的回答，登时愣住了。脸上露出似笑非笑，似讶非讶，很古怪的一种神气，扭头往门外一看，回头盯住了纪宏泽的面孔，情不自禁发出一声：“唔？”

起初，这个副手看待纪宏泽，当然是看做了女头领的入幕之宾、东床娇客，如同二国舅应承驸马爷似的，礼貌上不敢怠慢，意态上却多少含了一点轻薄、调皮。向纪宏泽一口一个阁下叫着，两只眸子骨骨碌碌，上下打量着这未来的寨中新郎。脸上的表情，和口边客气话好像并不协调，而且辞色间总有些酸溜溜的味儿。在他心目中，不知把纪宏泽看成何如人也，但是他料定纪宏泽已成了“俺们桑三爷”口中的肉脔，推想这块肉脔起初多半是由肉票变成的。飞来凤是那么美而俏、俏而辣的一个女寨主，这小伙子大远地被带来了，乖乖地跟了来，讲到婚姻大事，一定百依百顺，还敢支吾不成？不但不敢，按情

理说，也不能够拒绝。若要拒绝，怎会跟来呢？

并且这说媒的演词，又完全出于女寨主的授意，这不过表示格外郑重其事，仅在定期隆重举行成婚大典之外，加上一个提前速成的意见，把提婚问名、纳采涓吉成婚，赶于五日内先成罢了，论情，论理，论势，这个裙衩带来的健马，只应诺诺诺，妇唱夫随，断无不不不，回头再说之理。想不到大媒振振有词之后，这小伙子居然说出“从缓”来。

“从缓”二字依照世故常套讲辞，并不是简单的从缓，干脆仍是“作罢”的换一句话。

大媒站起来的身子，呆呆钉在桌角边，只剩了眼珠打转，半晌才疑疑思思地问道：“纪先生，您阁下说的是什么？您是要怎样地从缓呢？”

纪宏泽忸怩道：“我说是这日期太赶碌了，而且跟我出来的一位长辈又不在这里，我应该先找着他，然后再请他……主持一切。”

大媒道：“哦，您的长辈没在这里，你阁下还要等候他。……刚才您又说什么齐大非偶，谁又是齐大呢？您莫非嫌我们寨主岁数大一点么？您要知道常言说得好，女大一，好夫妻；女大两，黄金掌；女大三，抱金砖……”底下还有两句，是女大四，没意思；女大五，赛老母。那大媒故意把没意思改成有意思，把赛老母改成全家福。

这副手眼睛里含着嬉笑，说道：“我们寨主很年轻，和您很般配呢。您二位才真是郎才女貌，她比您许是稍为大点，可是世界上女人比她俏皮得太少了，大主意您可拿定了。这一回听我们寨主的口气，好像您二位一切都定局了，她不过叫我来做媒，和您面定日期。您说从缓的意思，我可有点不摸头，我可不晓得您要怎样地从缓。要不然，您稍等一等，我请示请示去，回头来我再听您的意思。”

这大媒说了这样怫然不满的话，眸子始终盯着纪宏泽的脸，心上却在暗暗揣摸纪宏泽的来路。他已看出纪宏泽“嫩”

来，他想这小子也许是初出茅庐的绿林，不知怎样，在飞来凤兄妹重逢的时候，叫她看上了，诱来了。再不然，就是一个寻常的漂亮小伙，想必是在铁牛堡那边，被飞来凤看见，硬给架了过来。这大媒原是飞来凤的副手，很知道她的为人，素常玩弄男子，总不肯提到嫁娶。唯有这一次，她居然装起良家处女，还要正正经经地办喜事。这个副手未免觉得奇怪，他很想设词套问纪宏泽：第一刺探这一男一女结识的始末缘由；第二还要探明纪宏泽到底从哪一点上，能够打动飞来凤委身相从的心。

他的话在舌头上直转，可是他要问又不敢问，恐怕日后叫飞来凤晓得了，必不饶恕自己。飞来凤的脾气是很暴烈的，这个副手乃是她的看摊的小头目，年纪已大，深得飞来凤的信任的，故此飞来凤特意派他来当大媒。飞来凤的本意，只是叫他客客气气，把婚期通知纪宏泽，但不要说是她的意思。这个副手却没给她办好，一来他是好奇，二来也有点妒意。他终于又坐下来，拿话挤兑纪宏泽，告诉纪宏泽，这吉期是我们寨主查皇历选定的，是个很好的吉日。现在只要请问阁下一句话，是可，是不可，痛快答复了，我好回去交差。

这样一说，到底把飞来凤一片盼嫁的真情全给抖搂出来了。可是纪宏泽到底也不肯痛快说出可否来。挤到最后，纪宏泽便把和七叔偕出游学、中途失散的话说出，现在他还是要先寻七叔，然后再议婚事。是再议婚事，不是再订婚事。

大媒听了，连声说道：“哦哦，是的，我晓得了。这也很好。不过我听我们寨主说，好像并不是这样，她的意思是先办婚事，后帮您寻找您的长辈。这也许是我听拧了。这么办吧，您请坐着，我先跟您告假，我先把您这番意思回复了寨主，然后咱们再从长计议。不过有一节，我得先透给您阁下，我们寨主实在是个女中豪杰，豪杰做事却与寻常妇道不同呀。我瞧您阁下像是道里的人，道里的事您总该明白的，这可跟平常人家大不相同，您要想开了，看明白了，省得以后……”说罢，两

眼重向纪宏泽扫了一下，把底下的话咽住，站起来，拱一拱手，告辞走了。

纪宏泽站起来要送行，被大媒拦住。于是宏泽一个人留在屋里，环顾四面，又像是落到被囚的局面中了，屋外仍有人把守着。

纪宏泽双眉紧皱，更坐不住，只在屋中来回走溜，心中纷如乱麻，想到这几天所遇到的怪事，不由愧悔交迸。

他自想：和七叔失散才数日，自己竟会遇到了两个怪女子。那一个女子金慧容，是一个少年孀妇，是我持刀威吓她，叫她给我开门，我好逃出铁牛堡。她竟情愿给我做向导，把我领出堡外。我竟一时昏迷，半夜中和她有了沾染，我真该死。可是她呢，也愧悔万分，自以失身于我，几要羞忿自刎，除非我把她收下，她更不想活了。我就这样被她的柔情美貌所惑。可是，她实在教人可怜……

纪宏泽又想：我和金慧容落到无可奈何的地步了，偏偏这一个女子飞来凤，用暗器捉获我，和我谈起终身大事来，一定要我娶她。她们俩竟为了争我，动起刀来。金慧容受了伤，不知逃到哪里去了。现在飞来凤摽定了我，把我引到这个地方来，她公然烦了大媒，要逼我即日与她成婚。看这样子，我若不答应她，一定不肯放我走，也不肯帮我寻找七叔了。

纪宏泽又回想这个女人的谈话：她对我说，她今年刚二十岁，只比我大两岁。她说她是一个女侠客，手底下率领几十名喽啰，专做劫夺贪官污吏、杀富济贫的事业。她虽然带了许多人，她至今还是处女，她说她曾在师祖面前立誓，终身不嫁，一意游侠。她说她不知怎的，一见了我，就投了缘，她情愿委身相从，从此洗手，退出武林，矢守妇道，做一个良妻贤母。我看出她举动性格过于泼辣，她却向我再三表说，她是有激而然，只要我肯要她，她一定痛改前非，我叫她怎样，她就怎样。

纪宏泽默默独想，想到此处，不禁摇了摇头，心中说道：

"我看这个桑姑娘太决辣，不如金慧容。金慧容倒有点温柔劲。桑姑娘别看生得比金俊俏，打扮得也漂亮，可是我看她到底不及金慧容……"

想到这里，因又回想那日林边二女决斗的情形，更追想到自己和金慧容在店中厮守的情形，总觉金慧容这个女子可怜，因而反觉得桑玉明这个女子有点令人不敢招惹似的。她固然豪爽，只可惜豪爽太过。并且她的为人也有些可怪，譬如在铁牛堡，刚一相遇，她就猝然冲我提起了终身大事，她脸上一点怍容也没有。可是现在她把我撮弄到这里来，她忽然又不见面了，她竟躲起我来，她把我一个人拘在这里，她究竟安着什么心呢？

纪宏泽胡思乱想，不觉又激起少年烈性。他说："我是不受人挟制的。"站起身来，又要独自出来。

这一次已经有了经验，纪宏泽不肯冒冒失失硬往外闯，先到屋门口，叫了一声。他晓得这地方是飞来凤的秘密巢穴，自己硬要自由行动，一准行不通的。除非是又像在铁牛堡，拿武力夺路。但用武力，他又不是飞来凤的对手，飞来凤的刀法并不怎样，唯有她那件暗器，自己吃过苦头，实在没法子抵挡，故此纪宏泽客客气气要先告辞了。而且他也是真真受了飞来凤的牢笼，一厢情愿跟了来的。飞来凤说，定要助他寻找七叔，既要寻找七叔，必须邀集强援，他们这是特来此地约请帮手的。却不料一到地方，飞来凤竟烦大媒，先提婚事，把寻七叔之事作为缓图。纪宏泽因此动了猜疑，认定自己始料不错，飞来凤这个女子果然有点诧异，自己斗她不过，还是设法和她"善离"为妙。

纪宏泽抱着这样见解，贴着房门招呼了一声。立刻有一个长衫人物，类似富家豪奴模样的人，从厢房走出来，向纪宏泽走来，恭恭敬敬行了一个礼，问道："二爷，是您招呼我么？您有什么吩咐？"

纪宏泽干脆说道："哥们，劳你驾，替我言语一声，我有

要紧事，打算出去找一个人，烦你把你们贵寨主请来。”这豪仆模样的人忙应了一声道：“是，您请稍候，您要出去会朋友吗？我们寨主是要招赘二爷您……那么，您请屋里坐，我这就给您请去。”

这人双眼露着古怪的神情，把纪宏泽重让回上房，转身回来，到二门口说了一句什么话，立刻有两个短衣壮士，从南屋走出。这豪仆向二人低告数语，二人抬头往上房一瞥，立即走进角门，转到另一跨院。纪宏泽侧立在上房堂屋，俱都看明，暗想：这飞来凤派头好大呀，不用说，她把我看成肉票了。肉票和肉脔原也差不多，若论飞来凤的居心倒是把纪宏泽看得很重，故此她自己装起千金小姐来。只可惜这个大媒没给她办好罢了。

两个短衣壮士找到了飞来凤，把纪宏泽要请她，要告辞的话，据实转达。飞来凤这工夫忙得正高兴，劈头挨了这一杠子，不由羞恼交迸。

飞来凤刚才已然听完大媒的报告，她已然不悦。那大媒已走，她这时正命侍女给自己试梳盘头，面前堆着一大迭妆新的衣裳，对面坐着两个头目，她正向他们交代话。还有一个半老的徐娘，乃是三寨主的小妈，陪在一旁，正讲究洞房花烛夜的禁戒。她回味大媒的话。那大媒措辞很委婉，把纪宏泽拒绝的话说得很受听，却是飞来凤的要紧希望，乃是在五日内成婚，“不过这一点，纪先生已然拒绝了。”别的还有什么？别的就是“先寻找七叔，好给纪先生和桑寨主证婚。”这推得远了。

可是大媒并不会直说。这两个短衣人物就不然了，劈头一句就是说：“那姓纪的要走。”“他干什么要走？”“他要寻找他的朋友去，不肯在咱们这里待了。”

飞来凤蓦地脸通红，眼看两个头目，似笑非笑，再看半老徐娘，也啧啧有声地说：“这是什么话呀？”飞来凤忍不住了，陡然立起来，手挽着青丝发，喝命这两个喽啰：“快把马老台叫来。”这人就是豪仆模样的那个长衫人物。

飞来凤一迭声追问马老台："刚才那位纪先生说什么来？"马老台据实报告。飞来凤又喝问："谢老三对他都讲了些什么？"这个他就是纪宏泽。

两个头目都要笑，见飞来凤发怒，全都不敢笑，只顺着口说："谢老三瞎扯扯，办正格的怕不成。"那马老台说不清谢老三的话，只将纪宏泽告辞的意思详细讲出。两番说话一对，她登时觉出大媒谢老三的饰词来。

飞来凤勃然震怒，把梳子一摔，顿足骂道："谢老三真可恶，你们快给我把他叫来。"

谢老三肚里明白：女寨主一心要嫁小白脸，可惜小白脸不老愿意。他正和同伴嘲笑女寨主，女寨主传唤他，他笑容未敛，洋洋走来。哪知飞来凤已然怒不可遏，一见面就骂："谢老三，我拿你当人，托你给我办一点事，你却给我要滑头，你到底什么意思，你成心给我弄砸了！"

谢老三忙道："当家的，我没有要滑头啊？"

飞来凤气得嚷道："你没要滑头？你那狗脸笑什么？告诉你，我们路上原讲得好好的，他一定要娶我，我一定要嫁他，不过只有一件小事没有商量停留。我没法子，才烦你去替我说，你反而全盘给我弄得变卦了！你到底是怎么回事？"

两个头目听不明白，忙也顺口问道："到底怎么回事，是谁变卦了？"

飞来凤道："还有谁？左不过是他变卦了！他一开头就叫我帮着他，寻找他的七叔。我却叫他跟我来，先把喜事办完了，然后再寻找他的七叔。他自然有他的理，他说他要请他的七叔给我们主婚，可是他的理到底叫我驳倒了。我说一个年轻姑娘家，怎能平白无故，跟你一个陌生的年轻小伙子，合手办事？岂不叫人笑话我没有廉耻？人家常说，男女授受不亲。我们江湖道上固然不讲什么授受不亲；可是若提到终身大事，别看我是一寨之主，我也不能错了大辙，我可不能叫婆家的人耻笑我。"

飞来凤接着说："我对他说得明明白白，我们必得先办事，随后我才能帮他寻人救人。我问他，一个新娘子若帮着自己的丈夫，搭救叔公公，那是没人笑话的。若是一个没过门的媳妇，竟先跟着爷们满处乱跑，谁家有这个规矩？我把他问得没话了，他这才跟我一路到这里来。我跟他讲得好，我邀他到咱们这里来，不一定是要成亲，最要紧的还是择个日子，先过门。哪怕拜完天地，不合房呢，我再跟着他满处乱找，我就不落褒贬了。我也跟他讲清楚了，他也跟我点头了，怎么回头烦你一说，满又不对劲了？谢三，这不是你给我耍轴儿，是什么？难道我的终身大事，你瞧着有点不大对你的劲么？咹，谢三？"

谢三蓦地也红了脸，张口结舌，面带恐怖之容，连忙辩白道："当家的，我可不敢，您可错疑了。实情是姓纪的这么对我说的，我照着您的意思办的，只怨我不会办事就是了。我天胆也不敢拗着您的意思胡来。你老昨晚上教给我的话，我一字一板对姓纪的学说，我告诉他，这全是您的主意。我说是您已经把日子定好了，我劝他赶紧依着您的主意，五天之内，快快地把喜事办了，有他的好处。我还告诉他，您手下带得人很多，势力很大……"

飞来凤越发震怒道："你说什么，你说我势力大，带得人多？你是要吓唬他？你说是我说的，要在五天之内办事？……你这个血浑血浑的浑蛋！我不是对你说过么，一切千万别说是我说的，要叫你拿你自己的口气劝他，催他。你也一大把年纪了，你听谁说过，做新媳妇的人，自己个亲手张罗婚事，亲口规定婚期？我为什么打发你去，我不是要借你的嘴使唤么？我不是因为我自己不好出头，有好些话碍口，才叫你替我转达么？你到底把我掀出来，与其这样，我不会自己跑去告诉他，岂不干脆？我何苦绕弯子，支使你这倒霉蛋给我泄底呀？我为什么叫你当大媒？要照这样，我要媒人干什么？"

谢三惶恐已极，再三赔罪，先认了自己糊涂，办事不善，

然后解说刚才自己确是依着寨主的意思，用自己的口气，向纪某表示一切，不过此刻为了报告寨主，这才径直说出来。

谢三说："其实我和姓纪的当场谈话时，所有规定婚期，催促办事，都是用媒人的地位讲的，实在我并没有把当家的露出来。我对他讲，别看我们当家的轰轰烈烈，做了一寨之主，只一谈到婚姻大事，她老人家照样是很害羞的。我们常劝她出阁，她老人家只是害臊不肯。我还告诉他，说你老一向见了年轻男子，就红脸的；这一回遇着你纪先生，实在红鸾星动了。我说你老从前再不是这样的。那姓纪的听了这话，很佩服您的，您不信可以请了他来，咱们三面对问。"

飞来凤不由啐了一口，骂道："你不用花马吊嘴地骗我，干脆说吧，他到底答应了我的亲事没有？"

谢三吃吃地说："他早就答应了。他说他实在佩服您是一位女英雄。不过，他要等等他的七叔，好给您二位主婚。他说，五天以内赶办喜事，未免太仓促了。他叫我请示您，稍为缓上几个月期程，才好。他还要把他的母亲接来看看您。"

飞来凤顿足道："反正你给我弄砸了，你不用描了，你越描越黑。你小子不知对他讲了些什么。你这工夫是满口谎言，你破坏了我的终身大事。刚才他们告诉我，说他着急要走。他一开头不急着要走，反倒叫你小子劝娶之后，闹着要走更急了。你小子没安好心，你给我滚过来！"

飞来凤越说越怒，越琢磨越不是味，连声喝命谢老三过来。谢三吓得黄了脸，忙向在座诸人求救。那两个头目一齐站起来，替谢三讲情。那个半老徐娘，名叫曹四姨，也探身扯着飞来凤，劝道："三当家的，您别着急。这种事让谢三哥办，是不大合适的。您要是跟邻近别的杆子有什么争执，您教他去当说客，那他一定办得漂亮，他的舌头是硬的。您若叫他当媒人，他可就玩不转了。您的意思，不是要告诉驸马爷，定规五天之内拜堂成亲么？您把这事交给我，大媒不如媒婆子。我若是说个媒，拉个纤，管保成功。再说这位驸马爷不是有眼无

珠，凭您这份人才，头是头、脚是脚的，他一定心里早就爱上你了，只不过年轻人脸皮子薄，有话不肯说出口来。”

曹四姨平时灵嘴巧舌，甚得飞来凤的信任，实是凤巢的女管家。她与谢三分管内外，难免为争宠，有点小摩擦。这次想借机立功，压谢三一头。

曹四姨姗姗来到纪宏泽居室，已是酉时。纪宏泽自从申时打发马老台去请飞来凤，足足等了一个时辰，却来了这么一个半老徐娘。这一个时辰，纪宏泽觉得好似过了一年，思绪变化万千，想走又不敢，欲留又不甘，先气，后急，忽愤，忽恼，最终有点怒了，正想不顾死活，拼命一闯！

曹四姨来得不是时候，正值纪宏泽怒气上升的时刻。曹四姨满面笑容，先谈家常，后进说词。纪宏泽强捺着性子听着，也不再多加解释，只坚持要走，立刻要走，要面见飞来凤：“如桑姑娘实在没空见我，请代我转达这个意思，等我寻着七叔，再来相见。”

曹四姨自以为说词委婉，道理十足，其实大多不过是重复谢三的话，徒增纪宏泽的厌烦，没有得到半点转机。她下不了台，心烦，舌尖也不那么灵了。他得不到结果，心也烦，态度越发坚硬了。二人由坐着谈，变成站着谈，宏泽逐渐向屋门移动，曹四姨赶忙堵住门口，两人就在屋门口，一个劝留，一个闹走。曹、纪僵持着，都忘了时间。

飞来凤在闺房开始耐着性子坐等，使女在一旁没话找话哄慰三爷，谢三一再赔罪，飞来凤怒气未消，一言不发，静等曹四姨带来好消息。等了半个时辰，仍不见说客回报，她沉不住气了，打发使女探听。这个使女已然十八岁，伺候飞来凤两年，颇知她的暴躁脾气，又怕得罪四姨；偷听半晌，已知越谈越僵，但不敢如实报告，只说两人谈得还合拢，劝三爷再等等。飞来凤追问使女，两人是怎么谈的，都说了些什么话？这使女吞吞吐吐，却又说不出来。飞来凤一怒，打了使女一记耳光，骂道：“我净养你们这些废物！”说着便要动身。谢三和两

个头目再三拦劝，飞来凤才又坐下，继续等。

小院不大，两间屋里，气氛都很紧张，都是一触即发。纪宏泽虽是恼怒异常，但还含着点怕；夜幕已然降临，他想再等一会儿，硬闯出去。飞来凤先憋不住了，她亲自出马了，别人劝不住，也不敢拦。

飞来凤仍是一般少女打扮，长裙盖绣鞋，花枝招展，两手空空，努力掩盖女盗本色。只是百香囊暗藏在身，她强捺着性子，徐徐踱往上房。

谢三心中有数，猜知不会有什么好结果，悄悄操带兵刃，并使眼色，让两个头目也携刀剑，稍后跟随。

此刻已是戌时，天色昏暗。金慧容却已悄悄伏在屋顶。她已探听明白，凤党大多外出，院内不过四五个人；她只要能够暗器重伤飞来凤，别贼不足为惧。她情急忘祸，夜幕刚刚降临，便潜赴凤巢。她有自己的如意算盘，天一黑就暗伤飞来凤，救出宏泽，然后携情侣，连夜潜逃，不待凤党聚集起来，他们便可走出五十里以外的安全地方了。

金慧容伏藏不多时，影影绰绰见到新嫁娘一般打扮的飞来凤，挑帘出来，碎步徐行。慧容大喜，忙在屋顶爬行数步，挨近房檐，掏出暗器。

飞来凤走近上房丈许，停下脚步，喘口气，沉下怒容，换上笑颜。正值此时，忽觉背后被人猛刺一箭。她往前一蹿，身形未起，肩、腿又各中一箭，扑通倒地。就在同时，屋顶跃下一人，手持利剑，刺向飞来凤。

谢三急蹿两步，单刀格住利剑。凤党两头目，不待吩咐，也围攻金慧容。

上房的纪宏泽正欲抢出屋门，突闻院内刀剑格斗声，他不顾一切，一手拨开曹四姨，蹿到小院中。他借屋内灯光，略一环视，只见一人卧倒在地，三条大汉围攻一矮小人影。那矮小人一边拒敌，一边嘶声喊叫："纪，纪……"

纪宏泽大惊，忙蹿前相呼："是慧容吗？"

飞来凤受伤不轻，欲起不能，急探右手掏出百香囊。忽闻纪、金问答声，心中愤恨已极，想暗算慧容，但相距较远，又恐误伤自己人。宏泽正赤手空拳站立跟前，不知所措，飞来凤奋全力扬右手，百香囊打中毫无提防的纪宏泽。宏泽惊叫一声，当场失明，急往旁一蹿。金慧容听宏泽答声，刚一喜；又听一叫，又一惊。一喜，一惊。一失神，被谢三单刀扫着左腿，也跌倒在地。

正在此际，屋顶突然又跃下三条人影，一人急奔宏泽，另二人迎斗谢三等贼。这正是何正平、何青鸿父女和魏豪三人。三人紧紧跟踪金慧容，也潜伏在房顶之上。事态变化太快，待三人看清情势时，已有三人受伤。魏豪喊着宏泽的名字，奔到跟前。

金慧容那边形势大变。何正平急于速战，一筒连珠箭便射倒二贼，谢三带伤逃窜。何青鸿性本疾恶如仇，举剑便刺飞来凤。何正平忙喊道："青儿，手下留情！"青鸿手中剑略一下偏，离开心房，刺中女贼腹部。飞来凤当即昏死过去。

何青鸿又奔向金慧容，也想要她的命。她觉得这俩女人都不是好人。这回却被何正平拦住了。

魏豪狂喜地拉着纪宏泽走过来道："三哥，三哥，这就是小铃子，救出来了，就是眼睛让毒烟迷了。他说，用清水一洗，一会儿就好了！"

纪宏泽忙着向何三叔行礼，何正平急道："现在不要说闲话、办闲事。七弟，赶快给铃哥用水洗洗眼，尽快离开这个匪巢……"

四人忙了一阵，何正平道："七弟，你背着小铃子；青儿，你背着这位金娘子，赶快走！"

何青鸿道："不，我不背这个骚货！我不杀她，就算便宜了她！"

纪宏泽听了何正平父女的对话，心中苦辣酸甜，说不出是什么滋味，硬着头皮低声哀求魏豪道："七叔，这个女子也是

受害人，您可怜可怜她，也救她一命吧！”

何青鸿哼了一声。何正平道：“青儿，我救这位娘子走，自然有道理。现在顾不得细说。青儿，听话。”

何青鸿负气一拎金慧容的胳臂，放在自己背上，也不言语。

魏豪已背起纪宏泽，问何正平道：“往哪里去？”

何正平道：“姚山村！贼党人多势众，先到他们寨子里避一避风。”

何正平本意要借助姚山村暂躲一时，就想送姚山村一份小礼物。金慧容是铁牛堡的人，正好把她交给姚山村，让她提供铁牛堡的虚实。谁料到，待何正平将金慧容带到姚山村，认真盘讯，金慧容竟系假名姓，实是小白龙方靖之女。魏豪早已探知小白龙方靖隐藏河南，却不知白龙躲开黑鹰程岳、狮林同门和官府的追缉，在河南却遇到他早年仇人、被他戮杀的前妻的同门。敌人登门寻仇，白龙诱敌逃逸，但失散了他的爱女小桐姑娘。小桐孤身少女遇恶霸欺凌，无处容身，被迫改名换姓，嫁给鲍家做妾避难。

小白龙方靖是什么出身，为什么他曾“言受祖训，不准为官，只得为盗”？他又为什么残杀前妻？

金慧容，也就是方小桐，屡受重伤，性命如何？纪宏泽，也就是林剑华，如何对待仇人之女金慧容？是否寻到杀父仇人小白龙？

整理后记

本书为“钱镖四部作”之四《联镖记》的续集，亦即“钱镖后传”。

《大泽龙蛇传》自1941年11月15日始连载于北京《立言画刊》，至1944年12月底全部载完。从164期至327期计161期。其间1943年由天津正华出版部出版单行本三卷，截止《立言画刊》260期。自261期至327期连载部分从未出版过单行本。

《立言画刊》连载时，为保持故事的完整性，在《大泽龙蛇传》的开头，重刊载正华版的《联镖记》第34章至36章。此次整理时，第1章至第3章即依据《联镖记》卷六第34至36章，第4章至11章则依据《立言画刊》第181期至243期。但因“正华版”的卷一、卷二缺佚，只好参阅盗印本校正若干处，第12章至第16章依据正华版卷三排印；第17章至第30章依据《立言画刊》第260至327期的连载排印，但这部分章节从未出书，作者未列每章标题，为保持全书的统一性，编者将其分为14章（即17—30章），并加了标题。这一部分《立言画刊》连载时作者分为4章：第7章“武林张情网孤雏奋翼”（现为17—22章）；第8章“飞来凤夺婿

斗青鸿”（现为23—24章）；第9章“青鸿女侠捣凤巢”（现为25—29章）；第10章“飞来凤洞房遇刺”（现为30章）。而前6章在出单行本时作者分为16章，并改了标题（即前16章）。为便于研究者参照，特加以说明。

本书并未写完，作者曾在天津《真善美画刊》发表续作，但越写越离题，于是采用移花接木之术，将本书中主人公“纪宏泽”改为“崔泽”，并与《河朔七雄》“嫁接”，以《雁翅镖》《青萍剑》系列作的书名出版单行本，所以本书没有结尾。为了全书故事的完整，宫以仁先生按白羽生前意图，补写了结尾。

第一章　潜龙湖边现鳞爪

第三章　卖恩计舍身投湖

第四章　伏蛇阴谋布网罗

第六章　小白龙露迹倾巢

第七章　凌伯萍折节忏情

第八章　吃醋饮酒伏牝盗

第九章　邓飞蛇寻仇狭路

第十一章　霸台避仇家狮儿砺爪

第十二章 慈孀伤心龙蛇斗

第十四章 赌拳技小试成败

第十五章　窥械斗山村蹈险

第十五章　窥械斗山村蹈险

第十七章 信谎言误入铁堡

第十八章 陷凤巢孤雏奋翼

第二十章　启械斗二桑作浪

第二十一章　遇美妇地道脱身

第二十三章　陷情网流连小甸

第二十四章　双女拼斗夺少婿

第二十五章　魏豪求援寻故友

第二十六章　父女仗义探贼穴

第二十七章　青鸿斗凤胜女寇

第二十八章　何跛斗场显神威

第二十九章　连珠箭智退群敌

第三十章　飞来凤秘窟逼婚

白羽武侠小说全集 六

血涤寒光剑

白羽 著

山西出版传媒集团
北岳文艺出版社 ·太原·

图书在版编目（CIP）数据

血涤寒光剑 / 白羽著. — 太原：北岳文艺出版社，2022.1
（白羽武侠小说全集）
ISBN　978-7-5378-6468-8
Ⅰ. ①血…　Ⅱ. ①白…　Ⅲ. ①侠义小说—中国—现代
Ⅳ. ①I246.5

中国版本图书馆CIP数据核字(2021)第215691号

血涤寒光剑

白羽 / 著

出品人
郭文礼

选题策划
孙茜

责任编辑
孙茜

印刷监制
郭勇

封面插画
杨苇

封面设计
阎宏睿

出版发行：山西出版传媒集团・北岳文艺出版社
地　　址：山西省太原市并州南路57号
邮　　编：030012
电　　话：0351-5628696（发行部）　0351-5628688（总编室）
传　　真：0351-5628680
承 印 者：山西人民印刷有限责任公司

开　　本：890mm×1240mm　1/32
总 字 数：5280千字
总 印 张：200.625
版　　次：2022年1月　第1版
印　　次：2022年1月　第1次印刷
书　　号：ISBN 978-7-5378-6468-8
总 定 价：1380.00元（全25册）

自序

《血涤寒光剑》于二十九年（1940年）十月二十二日初刊报端，此日出书，复阅一过，颇不惬意。

羽自二十七年鬻文疗贫，计至今日，成金钱镖十一卷、寒光剑一卷、争雄记二卷、联镖记三卷、偷拳二卷、话柄一卷；两年之间，恰足二十卷。或问作者：何书为佳？羽曰：武侠故事，托体既卑；眼高手低，愧无妥作。若比较以求，《话柄》回忆童年，文心尚真。《联镖记》人物情节，颇费剪裁，确为经意之笔。次则金钱镖二三四卷、争雄记一二卷、偷拳下卷，不无一节可取。而读者眼光与作者不尽相同，或有嫌联镖故事太惨者，谓作者惯置“正派英雄”于死地，一尘中毒，狮子林遇狙，不知是何居心？且胁之曰：“若再如此，永不再看阁下大作矣。”一读者更专函相骂：“足下专替剧贼张目，岂小白龙之后代矣？”白龙名白，羽亦名白，羽固不敢断言也。

然羽之写联镖故事，预树“悲壮”一义，而以紧迫之笔出之；或者笔不从心，徒悲不壮，令读者掩卷不乐乎？今此寒光剑，勉徇众意，力减“别扭”，期使观者松心称快。而首卷脱稿，文情散

懈，俗气逼人，方惭败笔；乃不意书未付印，预约者、租版者、承销者纷至，宁非怪事！

揭穿底细，敢告诸君；寒光剑首卷实非创作，乃是抄货。第一章初踏江湖，窃材于《侠隐记》①。陈元照之问世，脱胎于达特安②，不过多添保父随行，一路唠叨，稍资点异。第六章剑夺争锋，则又为吾友证因所创意；其所作《黄衫客》，写姑侄比武；羽不过补出结局，令挎沙女侠小觑元照，终为势迫，以师姑下嫁师侄。嫁后怏怏，遂有惹起波折。“千古文章一大抄”，愿读者检取原书对读，当见“偷招”之巧、“窃赃”之妙。然偷而不抢，尚不致刀伤事主，此则差堪自豪者也。一笑为序。

三十年一月八日白羽记

①法国大仲马著，现译名《三个火枪手》。

②《三个火枪手》之主角。

少年壮士陈元照初踏江湖，锋芒毕露。与其义父、暗器名家石振英行至江南重镇鲁港，恰逢康海、巴允泰等峨眉七雄千里寻仇，公然飞弹砸匾，向宿仇飞刀谈五的后人索战。谈五后人早已弃武从文，骤临大敌，手足无措，陈元照与其义父侠念顿萌，暗中保护。此时，陕南大侠、风楼主人华雨苍闻讯，亟率掌门弟子段鹏年及爱女抟沙女侠华吟虹赶来相救，与峨眉七雄约于深夜江边，一决雌雄……

目录

叙略

《血涤寒光剑》为《金钱镖》二部作，叙女侠柳叶青三角恋爱及狮林夺剑的故事。

大侠铁莲子携女及婿，南访狮林，与秋野道人赌剑斗拳。秋野失剑，忿欲自戕；其师弟尹鸿图、耿白雁等誓为复仇，遂结大隙。旋五老下辽东，访斗飞豹，铁莲子与婿杨华亦往。女柳叶青以临蓐独留，而仇人奄至；披发苦战，殆不能支。李映霞穴窗一箭，救柳于危。贼退，柳遂病剧，李又倾心侍疾。病既瘥，柳感李德，潜萌英皇之念。讵李佯抚柳以欢好，而衷情幽恨，所受刺激已深。既而其兄李步云与肖承泽，手刃二仇，千里寻妹，骨肉重逢。映霞捧兄手痛哭，竟登车告去，誓不再见杨柳。柳益感愧，与其夫联袂登门，求李下嫁，竟遭峻拒。既无可如何，又强犟其夫，转求肖承泽。肖为杨华好友，亦为步云患难至交；一经倩冰，慨允为媒。知杨尝背负映霞逃难，“一床三好”，步云心以为然，遂率尔许婚。不谓一向妹言，顿遭驳诘：“吾李氏门，有为人妾者耶？”步云大惭，嗫嚅谓：“杨于李门有恩。”映霞愈嗔曰：“兄将以妹为酬恩之物耶？”因

挥泪告兄："吾李氏祸遭灭门，父母惨死。妹一息残存，长斋诵佛耳。妹惟不能削发为尼，恐玷门楣；亦望兄怜妹之志，勿以婚事见迫！"遂大痛，步云亦哭。柳叶青闻之，躬再登门跪求，映霞闭门不纳。而肖氏夫妻及其兄嫂皆同声相劝，映霞不得已，始痛哭允婚；而以侍姑为事，避不当夕。既经年，始于杨华谐鱼水欢。

既而杨柳仗剑游侠，李侍姑治家，忽有陌生人夫妻，求见"二少夫人"。李于客堂延之，乃此来客实为寇仇，突发毒镖，击李倒地，大笑曰："大名鼎鼎之江东女侠，技止此乎？"盖李代桃僵，误以映霞为柳叶青也。郑捷驰至，砍伤二仇。杨柳闻耗遄返，李奄奄一息；杨柳抱头握手，相对大哭，矢为复仇。此为全书主结。开篇叙少年陈元照，初踏江湖，误斗师姑事。

第一章 初踏江湖

皖南青阳县隐居着一位有名的老拳师，姓石，名叫振英，绰号人称多臂英雄。这个绰号的由来，是因为他擅使多种暗器——他经常身带匣弩、飞刀、蝗石、袖箭、钢镖、金钱镖，遇到劲敌，各种暗器齐发，打得满天飞舞。不少绿林中有名的人物，败在他的暗器雨之下。

石振英自幼学武，十几岁便拜在山东太极门名家丁朝威门下。后来，他与二师兄飞豹子袁振武因试招打恼，二人结下了怨恨。他一怒，退出太极门，改投武当派齐宣颖武师门下，成了齐老武师的掌门大弟子。

石振英技成出师，既不做官，也不当镖师，却当了商人。他专走西南一路，长途买卖边疆的一些珍贵奇物。当时西南一带地旷人疏，交通不便，商人贩货虽然利厚，却常遭劫，货物丢失，甚至搭上性命。石振英靠他一身绝技，在西南奔波十几年，打败一些路劫的绿林豪贼，竟然一向平安无事。正当他鸿运当头的时候，突然听说他那当镖师的师弟陈嗣同夫妇，为护镖被绿林强寇战死。石振英闻讯立即替师弟报了仇，便携带师

弟陈嗣同的孤儿陈元照，回家乡买田筑舍，从此便不再涉足江湖了（以上三段文字是宫以仁补加的）。

眨眼间就是十几个年头。这一天，石振英把侄儿陈元照叫到面前，说了一套话。说的是陈元照武功粗成，年逾弱冠，应该出而问世了。

陈元照生得中等身材，体格健强，面色微红，长颊剑眉，两只大眼奕奕有神。只看外表，便知道他是个聪明外露，活泼强干的青年。他今年恰好二十二岁，属蛇的。

石振英教陈元照坐在自己身旁椅子上，他就捋着短髯，徐徐说道："元照，你现在很不小了。你的五行连环拳打得不错，很见功夫；你的双夺，招数拆得也颇有进步。你若踏上江湖，足可以担当一阵了。你马上步下的功夫，样样都还拿得起来；盘马弯弓，足可以进得武场，考个武秀才、武举人，并不算难。你是我老朋友的儿子，从小没爹没娘；我又没儿没女。拿你当自己的儿子看待，你是很明白的。你已经二十二岁，你大娘屡次催我给你提亲，我只说不忙。"

石振英又道："我知道你年轻气傲，不愿埋没乡间；你早想出去混混，创一番事业；你又想应考投军。我不是舍不得叫你出去，你的功夫虽然好，若说到出门在外，交朋友，对付人，却怕你未必能行；我是为这个，有点顾虑。常言说：'在家千日好，出门时时难。'一路上车船店脚，莫说你们年轻人，就是我们这种老江湖，还觉得很难对付哩。你们年轻人血气未定，有勇无谋；一句话说不上来，就要胳膊根，讲究打。老实说吧，那个不行。你们年轻人没有功夫还好，既然会个三招两式，我真怕你在外头惹祸招灾。在外面混，总得讲究拉拢；两眼乌黑，一点也行不开；所以必得交朋友。可是江湖结纳最是难事，一个交友不慎，还怕他将你拖入浑水。我为了这些个顾虑，才拦你的高兴，不肯放你单身出门。"

石振英接着说："现在你也过了二十了，应该出世了；并且，也早该给你说亲了。你大娘恨不得在本村给你订下一个门

当户对的姑娘，择日成婚，了却这件大事。我的打算却不然，我盼望你先出世，再成家。老早的娶个女人搁在家里，未免消磨人的壮志。固然有我二老这点薄田，不愁你小两口的衣食；况且，还有你父亲留下的那份遗产，现在也可以找你们本家，教他们老老实实吐出来；你更吃不尽，花不完了。但是这话也两说着，创业难，守业更不易；哪怕有几顷田，几十所房子，单交给你们一个小孩子手里，没有老成人照护着，用不了三年五载，管保吃穷卖尽！”

陈元照微微一笑，才要开言。石振英两眼盯着元照，笑道：“我这话你不信么？我告诉你，北黄村黄四瘸子，东庄蹭顿饭，西庄磨俩钱，你看他像个乞丐吧？你可知他三十年前，是有名的黄四少爷吗？他就是爹娘早死，又遇上了坏人，把一份家当全教人算计去了。”跟着，又说到青阳县某村某姓的独生子，老爹一死，少爷当家，只几年的光景，便把数顷良田，挥霍殆尽。原因是：自有些穷亲戚、坏朋友，勾引你吃喝嫖赌；再不然，怂恿你谋官经商；早晚把你的良田化为乌有，那伙帮闲才肯告退。到那时少爷也有了经验，成了大爷了；可也穷了，变成光蛋了。“年轻人不要自觉有把握；多么有把握，也禁不住坏小子引诱。”

石振英接着说：“这都是旧话，说来你也听不进去。你的武艺学得差不多了，真该出去历练历练了。我的意思，先叫你到镇江，投奔你黄师兄，在镖局混个一年半载；不为挣钱，先见见世面。一年以后，你愿意干镖局子，你就跟着他做下去。你若是胸怀大志，不愿当镖客，那么考武场，投军伍，都随你的便。现在教匪闹得很厉害，朝廷中正在搜罗人才，往后不愁没有出路。老侄，你的主意怎么样呢？”

陈元照果然人小心不小，不愿考武场，嫌迟慢；不愿当镖客，嫌卑微；他愿意仗剑从军，凭一身武技，杀贼立功，一举扬名。石振英听他说出己志来，微微一笑，暗暗不悦。石振英的打算，本盼望陈元照先投镖局，有黄元礼师兄照应着，他好

放心。庶几不负当年老友陈嗣同临终托孤之重。至于做官，他们这江湖人物大都不以为然；以为官场风险，非我辈粗人所能应付。

石振英身为保父，愿意陈元照在镖局至少混上两年。要元照自已挣上百八十两银子，拿他自己挣来的钱，回来娶媳妇，办喜事。教他稍尝人生艰辛，然后再松开手，把家业都交给他，才算对得起故人。不料这一商量，叔侄二人的心路并不一样。

陈元照很精神地坐在一旁，对石振英说道：“伯伯，我还是奔四川吧。我打算一径投奔罗思举罗军门去。罗军门也是江湖出身，凭一个飞贼，建立军功，直做到提督份上，实在是个英雄。我听说人人都夸他是现在的黄天霸，在他手底下做事，将来侄儿也可以混个一官半职，教伯伯、伯母看着喜欢。”

石振英摇头道：“那不行！你是不晓得，教匪群中也很有能人啊！要不然，声势怎会一天嚣张一天？罗军门也连吃败仗，很不得意哩。再说，别看罗思举做了提督军门，照样受文官旗员的气。看你不出，你原来是个小官迷！你可不知道宦海风涛，险得很呢。我看你总得先到镇江，见见你黄大师哥去。告诉你，你年纪轻，从来没出过远门；现在初出茅庐，你第一步先得学乖，后学做事；末了才说到升官发财、扬名立业哩。”

陈元照是石振英自小抚养大的，他的拳技又是石振英亲手教的。另外，又给他请了两位老师：一位教诗书，一位教弓马。石振英总算对得起亡友。石振英的话，陈元照自然不敢违拗。当下，石振英吩咐老妻石奶奶，整治行装，并且说：“把我的那把刀、那袋镖、那只匣弩和飞刀、蝗石、袖箭，都拿出来带着；我足足有五年没用这些东西了。”陈元照道：“怎么，伯伯也要出门么？”石振英笑道：“你一个人头一趟出门，我怎能放心？我打算亲自伴行，把你送到镇江去，交给你黄元礼黄大师兄，我才放心。听说你朱师叔单臂朱大椿也在那里，给你黄大师兄帮忙哩；有他就更好了。你朱师叔的武功、眼力，处

处都比我强。你也好跟他学学，总能得着进境。”

陈元照愣了愣，一定不肯劳动石振英伯伯。无奈石振英非常小心，定要带着陈元照一同出门。陈元照力辞不能拒，只可依从。

数日后，石奶奶把行李、路费，一切应带之物，统统备好。石振英一样一样指给陈元照看：“这是二百两银子，‘穷家富路’，走在道上应该多带钱。这是你的随身衣服和兵刃。”又指着一个锦囊，给陈元照看：内有千金良方，治刀创的，防疫避暑的，破解蒙汗药的。另有几包难得之药，乃是五种毒药暗器的解药——内有一种用琉璃瓶装着，十分珍藏，非常贵重；是石振英的掌门师叔山阳医隐弹指神通华雨苍秘制的化毒丹，专破西川唐大嫂一派的毒药铁蒺藜、毒药飞刀、毒药梅花针。这一晚，石振英将江湖上一切禁忌、唇典，应行应知之事，以及对人要和蔼，论武莫炫才等语，又对陈元照讲了一阵；从前本已说过，这一回只是重新叮咛罢了。

年老的石振英对亡友的孤子，越是不放心，越谆谆地告诫。可是年轻的陈元照只觉得絮聒再三，未免听着入耳生茧了。口中说道：“是啦！伯伯，我都记着啦。”

次日仍未成行。多臂石振英带着陈元照，先进城打听路程，道上好走不好走。石振英已有四五年没出门了，他又一向多在川陕做事，江南道上并不很熟。打听起来，近时地方不很安静，也不是前一二十年的情形了。川陕土匪闹得很凶；江南道上比较静谧，可是水旱绿林很多；长江下游和运河漕道，颇有水贼纵横，出门行路不甚容易。江南道上的江湖风气，据说近来也有一变。从前颇讲结纳，著名镖客的一杆镖旗、绿林魁首的一支响箭，在当年到处可以行得开；目下可就难说了。各处冒出不知名的后起英雄很多，在绿林道中跋扈异常；许多武林前辈都说后生可畏。可是换个眼光来看，这时候又正是会武艺的人出头露脸、创业争雄的好机会。

石振英把路程问明，行装备好，直过了三四天，叔侄二人

方才负囊登程。由皖南青阳县，往江苏镇江去，恰可搭江船，顺流东上，一帆风送直到镇江。叔侄二人都不愿意坐船，却愿意步下走。为什么？可以流连风景，看一看尘世间熙来攘往的情形。并且石振英还有一番用意，步行之余，忽然搭短趟车，忽然搭小航船，多与车船店脚磨牙，随处可以指点陈元照，教他学学见识。

多臂石振英久涉江湖，饱尝世味。天涯寄迹，到处为家。这几年息影故园，久与江湖隔绝；可是此日重上征途，顿忆前尘，尽管景物全非，却重尝旅味，如走旧路。不觉得喟叹了一声，说道："韶光催人老，回想当年，又是一般情景了！"陈元照却是山川触眼，全觉新异。一老一少，心情各殊。

这一日风尘仆仆，叔侄二人来到芜湖西南，鲁港地方。石振英、陈元照已经走了几天，走惯了，倒不觉劳累。江南春早，春阳当午，颇含夏意。两人都有些燥渴。石振英道："元照，你饿了吧？咱们进镇，吃点什么再走，我有点渴了。前一站就是芜湖，是个大地方。我记得那里还有个熟朋友，姓梁，名公直，现开着宝丰米栈，又接着办得胜镖局。我们径可在此地打尖，今晚赶到他那里，不必打店了。"陈元照道："哦！他开着镖局，这可得开开眼。咱们爷俩走了这几天，还没有遇着江湖上的朋友呢。"又说道："我也有点口渴，倒不觉饿。"石振英道："一到芜湖，你就开眼吧。那里也有镖行，也有铺把式场子的；并且很有几位出名的武师。只不过，这都是六年以前的事情了。人事变迁无常，谁知道他们还在那里不在呢。"陈元照道："反正这位梁镖头不会离开的，除非他是死了。"石振英咄的一声，斥责他道："你看你这孩子，这是怎么说话？年轻轻的，怎么一开口就说丧气话？"陈元照笑道："我说的是真的，你老人家不是对我们说过，这位梁公直梁镖头已经六十多岁。"石振英道："哼，你还这么说话！你们年轻人总是自觉聪明，不肯认错；哪能一开口，就说人家死呀活的呢？"

叔侄二人且说且行，往鲁港走来。这是个水乡的小镇甸，

地点也还冲要；航船粮艘停泊得不少。樯桅如林，篷帆掠影，老远就望见了。眨眼间，二人来到镇口，村荫下一连摆着四五处酒棚，全用木板支架起酒案子。碧绿的竹竿，撑起方丈大的布篷；案上摆着十几只小黄沙碗，旁有酒坛。这是江南特产的米酒，老远的闻见酒香扑鼻。案上还有许多菜碟，盛着下酒的小菜，皮蛋、咸笋、腐乳、豆干等物。布篷下聚着好些科头跣足的壮汉子，这都是负苦的脚夫。再往前走，进了镇甸；镇甸以内，熙来攘往，行人居然不少。一道长街，足有半里长；还有几处酒馆、饭铺。路西有一家小酒馆，带卖清茶，字号是“小饮和”；三间小厦，竹窗大开，正临街头。比起别家来，似乎敞亮清洁。石振英道：“这里带卖饭菜，地方又凉爽，我们就在这里歇脚吧。”

石振英领着陈元照，进了小饮和酒馆；遂拣了一副座头，靠窗凉爽的地方。叔侄对坐，叫来堂倌，先泡了一壶茶，消解枯渴。然后点了几样菜，要了四碗米酒。又要了一壶花雕。陈元照道：“伯伯，我不喝酒。”石振英道：“你不喝酒，很好。不过，这里的米酒别饶风味，你只管尝尝。这酒只当茶喝，一碗两碗醉不了人的。”

陈元照端起米酒，呷了一口，说道：“倒是比咱们家乡的米酒强。”说着喝了半碗，就了一口菜，又道：“是好。”连饮两碗，赞不绝口，“真是不错，我再来两碗。”这酒清醇淡香，陈元照一口气连喝了五碗，还想再喝。石振英皱眉道：“行了，行了！你这个不喝酒的，比我这好喝酒的，喝得还冲。”石振英喝一口酒，吃一口酒菜，只是慢慢地品味。这个陈元照却真个拿来当茶吃，竟不甚就菜。直等到把五碗酒喝干，案上摆满了空碗，这才让道：“伯伯，你也喝呀。”石振英笑了，说道：“你倒是个海量，居然能喝寡酒。”陈元照道：“这酒和甜水似的。”石振英道：“你可留神，这酒有后劲。算了吧，你不要再喝了，堂倌，盛饭来吧。”那一壶花雕竟不教陈元照喝了，只催陈元照吃饭；他自己却用小杯浅斟低呷，慢慢喝起来。一面

喝，一面说："你不用嘴馋，回头米酒的力量发作了，只怕你又闹烧心，快吃饭压压吧。"

叔侄二人在酒馆，饮酒用饭，歇脚打尖；小小行囊和兵刃等物就放在了座边。才入座时，觉得燥渴，此时坐定，渐渐凉快。石振英连啜了三杯花雕，见陈元照只吃菜，饭还没有来，便拿大酒杯，斟了一杯，给陈元照道："你真眼馋。你只喝这一杯吧。"陈元照欠身接了，又给石振英斟上一杯，叔侄二人倒酬酢起来。一边饮啖，一边凭窗眺望。虽然望不见江边，却能望得见街上过往行人。小酒馆酒客寥寥，因为这时并不是用饭饮酒的时候，十来副座头，除了石家叔侄，只有四五位酒客罢了。有两个酒客正在闲谈，好像正说着本镇上一桩新闻：福元巷谈家，教人找上门了。石振英听了，并不理会。

忽然听得街头上哗楞楞、哗楞楞一阵山响，似由街北向街南而来。陈元照道："这是什么响？"不由得欠身而起，探头外望。石振英侧耳一听，说道："这是摇虎撑的。"陈元照道："虎撑是什么？哦，可是卖野药的串铃吗？"石振英道："我不是对你说过了，金、批、彩、卦，风、火、雀、要，是为八大江湖。这摇串铃卖药的，他那串铃在门里就叫作虎撑。"陈元照停箸回头，眼观外面道："我知道，怎么这串铃响得这么震心呢？伯伯，你老瞧瞧，这个卖野药的，他那个虎撑怎的这么大？"陈元照触目皆诧为新奇，石振英却懒怠看，仍喝他的酒，道："串铃有一定的尺寸，左不过一掌圆的圈口……可是的，这个串铃声音个别。"也不觉侧目往外寻看了。

随着哗楞楞、哗楞楞的响声，摇串铃的卖药郎中已经踱了过来。口操川音，念诵着生意经；是什么专治疑难大症，小儿科妇科，头疼牙疼，痢疾鼓症，疔疮痔疮，五劳七伤，跌打金创，善扎八法神针，以及什么仙传妙方，移花接木，起死回生。在他口中，没有治不了的病；反掉一句话，却有救不了的命。石振英脸上浮出笑容来，向陈元照道："你这傻小子，倒看直眼了。这都是江湖上混饭骗钱的。"陈元照道："我知道。

伯伯，你老瞧瞧，这个人真古怪。”石振英道：“那有什么古怪？”说着，顺着陈元照指点的手，向外寻看起来。只这一看，石振英也不觉心中一动，道：“咦？”

但见这个卖药郎中，年逾中旬，头顶半秃，黄暗暗的一张瘦脸，却生得圆溜溜一对暴眼；脑后拖着一条小辫，曲如豚尾。穿宁绸长衫，扩落肥大，越显得身形瘦削；高袜云鞋，鞋新袜旧；人物与衣履十分不称。左肩头挎着一只小药箱，十分敝旧；右手套着那只虎撑，往上一举，袖口肥大，腕子全露出来；手臂青筋暴露，手腕枯瘦如柴。只有他手掌中那个串铃，比起寻常江湖人所用，直大过两倍；铃唇歪曲，半开半阖，似用过百八十年；里面的铁珠有枣儿那么大，在串铃里面滚动时，几乎要从铃口掉落出来。卖药郎中摇着串铃，哗啦哗啦的响，把一对暴眼半开半闭，口中念念有词，将次走近小饮和酒馆。这人的奇形怪态，大抵是风餐露宿煎熬的，引得路上行人都向他看。

石振英把此人打量了一遍，回头对陈元照道：“元照，你看怎样？你也觉得这个人古怪吧？”陈元照用筷子敲着饭桌，闲闲地说道：“这个人的形容穿着，好像不伦不类。大概这个人久走江湖，一定也不是安善良民……”他只是信口胡猜；多臂石振英忍不住失笑道：“你不要装假行家，我问的不是这个。八大江湖本来就是骗局，欺骗乡愚妇人，乃是他的本领。我叫你留心察看，这个人究竟是干什么的？”陈元照脱口道：“不是卖野药的么？难道是乔装改扮，微行私访的官人不成？”石振英道：“你越说越离格了。我要试试你的眼力，不是叫你胡蒙；你再仔细看看他。你难道不觉这个人的面相和他的眼神，很有奇特的地方么？”

陈元照道：“唔？”立刻把两眼睁得大大的，探起身来，重新细看这卖药的男子。这男子手摇虎撑，肩挎药箱，一晃一晃的，已经越走越近，就要来到小饮和酒馆门口了。

这个卖药的郎中，形容憔悴，徐行在街心；那一对圆眼珠

半睁半闭，隐呈迷离之状，好像熬了夜似的。偶然侧目旁睨，眼光往外一扫，却闪闪含光，直像一把夹剪。转眼越过了酒馆临街的敞窗，把窃窃私议的石振英叔侄盯了一眼，又送了一眼。随即扭头看到别处，口中诵念道：“善治跌打损伤，伤筋动骨，中风不语，左瘫右痪，五劳七伤，男女疑难大症，小儿急慢惊风，痞积杂症，妇人七十二杂症。手到病除……”

陈元照这才看出这个人的怪相来，叫了一声道：“伯伯，我瞧出来了，这个人一定会功夫！你老瞧，他的眼神够多足，那只摇串铃的胳膊直挺挺地伸出来，总这么端着，你瞧他一点不嫌累。并且他的脚步别看踉踉跄跄的，你看他一提足，一落足，够多么稳健……”他还要往下说，忽闻背后也起了喁喁私议之声。一个人道：“二哥，你听，这两位一定也是行家，人家也看出来了！”另一个人道：“少说话，看人家听见！”石振英愕然回顾，隔着桌子，有两个酒客，正低声说话；一个中年汉子，一个青年，看模样像是本地商人，偶来小酌。两人四只眼正往这边瞅着，细辨眼神，倒不尽瞅自己，恰和自己一样，从窗口直望到街上，正在寻看那卖药的郎中。和石振英眼光一触，那个青年把中年人推了一下，两个人登时不言语了，低下头就吃菜；一面吃着，仍然哝哝私语，话可听不出来了。石振英暗笑着，打量这两人；忽然又有一个响喉咙的人，在那边叫道：“王二爷，快过来，你瞧那个家伙又来了。”

石振英扭头一看，酒馆门口立着一个跑堂的，手拿一条白手巾，一面倚门外窥，一面向另一个酒座点手。这位酒客大概就是所谓王二爷，竟应了一声道：“真的又来了，这可不好，保不定要出事！”停箸辍食，慌慌忙忙地走到门前张望，把脖颈伸得很长。但是卖药的郎中已经走过去了；只看见背影，看不见面貌了。还有一个堂倌、两个酒客，都拥到窗口门前，直眉瞪眼，齐往外瞧。

小小一座“小饮和”酒馆，竟骚然耸动。一齐盯看卖药郎中。直到这卖药郎中走出街外，大家还在呆看；并且七言八

语，议论纷纷。晓得是怎么回事的人，就啧啧骇异；不晓得的人，就一迭声打听。

一个酒客说："不错，就是这家伙，连这趟一共来了五趟了。"

堂倌说："怎么五趟？"摇着手指头，数算道："昨天四趟，前天两趟，今天这一会儿，就两趟。哼，光我瞧见的，这家伙足来了九趟……至少也有八趟。"

青年酒客低声说道："福元巷谈家二少爷怕要搪不了！"

中年酒客低声答道："这家伙竟敢堵着门口吵骂，一定有来头的！"

另一饭客说："我就不信这个！凭他光杆一个人，谈家上上下下足有十几个长工，叫出来，一顿侉揍，把这东西打跑。再不然，报给地面，把这东西捆送衙门，拿他当土匪办。无缘无故，在人家门口溜达，这就有偷窃踩道的嫌疑，何况他嘴里还不干不净地骂街呢。"

一个人道："他骂什么？"

那个堂倌答道："上回王二爷跟过去听见了。"

这些人齐声问那个王二爷。王二爷抹着嘴，摇头说道："骂的话，咱们也听不很懂。好像是说，'姓谈的父债子还，爷们讨债来了'。"

青年的酒客隔着桌子问道："真是讨债的么？"

中年酒客道："凭谈家岂是赖债的？你又装糊涂了，'父债子还'，不过是一句比喻；这小子一定是寻仇的。"

那个王二爷好像口快心直，突然说道："不错，真是寻仇的。那家伙堵着门口嚷，什么'两刀加一镖'啦，什么'半只胳膊一条命'啦，又是什么'怎么欠的怎么还'啦；究竟是怎么回事，到底也听不出个所以然来。"

一个人复问道："没听见谈家说什么吗？"

王二爷道："什么也不说。岂但不说，把大门一关，任凭人家堵门口叫骂，连搭腔都不敢。"

堂倌叹道："可叹谈五爷一世英雄，无奈儿子不争气！"

那个中年人道："他一个书呆子，想争气，也不会动刀子拼命啊！"

又一人道："本来，谈五爷当年在西川道上，轰轰烈烈，威震江湖，保不住跟绿林结过怨。现在叫人家找上门来，就看这位谈二少爷怎么应付吧。"

忽一人插话道："我跟你打听打听，这家伙就一个人堵门闹，谈家的人真个的连出来答话的都没有么？这家伙恐怕明着是一个人，暗中一定还有同党吧？"

另一个人道："那可说不定。强龙不压地头蛇，谈家是本地绅士。他胆敢登门寻衅，暗中说不定就有帮手。"说至此，戛然语住声断。三四个人的眼光虚虚怯怯的，齐向石振英盯来。原来内中有一个人，瞥见了石氏叔侄身旁凳上放着的行囊，暗向众人一指：这行囊呈长条形，外有一把带鞘刀，内有一对银花夺。这几个人忽生戒心，一齐住口，散开了。酒客忙坐下来吃酒，堂倌也过来照应买卖，所有的人全不言语了。

多臂石振英不由暗笑，回头一看陈元照，把一对大眼都听直了。石振英低声说道："元照，你坐下。"陈元照憬然有悟地说道："伯伯，你老听见了吗？这里面很有文章。"说时一指窗外道："好像这个卖野药的是个江湖上寻仇的人物。咱爷两个打听打听去，好不好？"石振英微微一笑，暗使眼色道："坐下。"故作劝酒，一按陈元照的手背，低告道："你小心点，你刚才太露相了。"陈元照忙道："我怎么了？"石振英道："你不知道？"背着身子，悄指那些人道，"你把眼全瞧直了，他们都冲咱们扭嘴。他们错把你当作奸细了。"陈元照把眼一瞪道："是谁？"立刻眼光四射道："我们哪地方像奸细？"石振英急急把他拦住道："傻子，你的神色就像跟卖野药的是一伙。咱们分明是外路人，况且又都带着兵刃。"陈元照恍然道："哦！"又不禁扭头回顾那几个酒客。那几个酒客果然还在偷偷打量石、陈叔侄二人。那个年轻人伸着脖颈，探看陈元照身旁的行

囊和裹兵刃的那只黄包袱。陈元照一回头，那人连忙低下了头；陈元照连瞪了他两眼。

酒座那边，还有几个人喁喁私议。多臂石振英对陈元照说道：“你只低头吃菜，不要瞧他们。你一瞧他们，他们更多疑了，什么话也不说了。这个卖野药的一定不是寻常百姓，这里面一定有事故。你要是愿意打听，你只装没事人；他们过一会儿，一定还要讲究的。茶寮酒肆，一向是闲事闲非，乱讲究的地方。你只张开耳朵听，咬住舌尖看好了，千万别问。你要明白，在生人面前，越问越不说，越打听越瞒着。”

陈元照翻着大眼想了想，石伯父的话似乎有理，便不多话，低头吃饭；却仍翻着一对黑眼珠，抽冷子往酒座那边偷看上一看。果然石振英的话很有道理，起初他们只望着石、陈叔侄，避忌着不肯再说；过了一会儿，见陈元照只顾饮啖，毫不注意他们，他们就渐渐地重复讲究起来。过了一刻，越说声音越敞，到底又高谈阔论起来。有人亲眼看见卖野药的，堵着福元巷谈家门口，拍门找人；两边巷口竟各有一个口音个别、形色刺眼的人物，在巷口外走过来，溜过去；卖野药的出巷，他们才远远地跟着走了。一连两日，都是如此。谈论的人不禁替谈家二少爷扼腕着急。寻仇人厉害，恐怕不仅斗殴出气就完结的，保不定“白刀子进去，红刀子出来”。酒客们反复议论卖野药的登门寻隙，如何声色俱厉，如何潜有党羽，如何谈宅闭门纳气，不敢支吾；却没有人说得出寻仇的缘故，也不晓得起隙的由来。……陈元照草草吃饭，眼望伯父石振英，有点焦急，低声催促石振英，要过去打听一下。又问：“伯伯，你老看，我们先不上芜湖，行不行？小侄的意思，……”说着笑了，道：“我打算……”石振英眼含着逗弄人的微笑，说道：“你打算怎么样？”陈元照不肯说出己意。石振英道：“我替你说了吧，你打算打听打听，你打算打个抱不平，你打算在这里打店，对不对？”陈元照嗤地笑了，道：“好伯伯，你老真会猜，咱们今晚上在这里打店吧。况且，你老人家把我教出能耐

来，总得露一露，试上一试。这一件事，多么气人。你老访一访，咱们也看个热闹。行不行？”

叔侄二人正在低笑着争执，那一边酒座也在哗笑着争论。有人说：“卖药的不再来了。”另有人说：“不对，他今天还得再来一趟。”两人正在打赌猜测，堂倌忽然大声叫道：“王二爷，还是你老猜着了，那家伙真又回来了。”

这三五个酒客纷纷立起来，道：“又绕回来了么？”堂倌道：“对，他在对过酒摊上，坐下买酒喝呢。”人们齐说道：“哦，喝酒了，就只他一个人吗？”都凑到酒馆门口，向外面张望。陈元照也忍不住，探身往窗外看，却看不着。随即说道：“伯伯，我们出去看看。”石振英一笑起身，竟跟元照一同走过来；随即站在酒馆门口，往外端详。在酒馆斜对面小小一座酒棚下，果然见那卖野药郎中，把药箱放在酒案上，叫了几碗米酒、两碟酒菜，脸冲外吃喝起来。嘴喝着酒，两只眼骨骨碌碌，东张西看；顾盼之间，隐含煞气。

街上行人好像都对他注意。酒棚下有三四个脚行粗汉，也在那里喝酒，似看着这卖药的，神情古怪。其中一个多嘴的，就向他搭讪道：“喂，先生，今天的生意不坏吧？”卖药郎中翻了翻眼珠子，说道：“啊……不坏。”仍啜他的酒，有点带搭不理的样子。寻常的江湖生意人，巴不得有人和他说话，他好打开生意经，流口辙；这个人却离奇，不但寡言，而且口角生硬。那个饶舌的粗汉一指矮凳上的小药箱子，又问道：“先生，你这箱子里有什么药？都治什么病？”

卖药郎中把酒碗一放，脸上就像挂了一层霜，说道：“什么药都有，单看你犯什么病了。你要治病吗？”

粗汉碰了一个钉子，别人都冲他挤眼龇牙。这个粗汉也沉不住气了，登时发话道：“我说，咦，你这个人是怎么说话！我好好地问你，你怎么说我犯病？想必是你犯了什么病吧，这是什么生意话！”

酒馆的人指指点点说道：“你瞧，要吵起来。”

再看卖药的郎中，忽有所悟似的，把精神一提，眼光一转，枯脸上堆下笑来，说道："我这药箱，你别看着小，贵重的药可不少。不敢说起死回生，也管保药到病除。样数倒不多，一百单八味，丸散膏丹，应有都有。——掌柜的，再来一碗。我是不会说话，朋友别见怪！"对这粗汉敷衍了几句，便戛然而止，不再往下说了。却还是要酒要菜；左一碗，右一碗，喝个不住；对眸炯炯，仍望着那边巷口。

那个粗汉这才把脸色转过来，笑了。好像这个粗汉和他的两个同伴都不知道卖药郎中的来派，有点故意啰唣他，拿他当下酒物；说道："喂！先生，你能治童子痨、黄病、杂瘵病不？"

卖药郎中道："能治。"

粗汉一指卖酒的老头子，说道："你瞧，这位黄老板，他耳朵底下那个大瘤子，你能给他治吗？"卖药郎中连头也不回地答道："能治，没有治不了的病。"

粗汉道："这大概得拿刀割开，挤出脓血来。"

又一粗汉道："用药蚀，行不行？"

卖药郎中竟不搭腔，仍白吃酒。邻近酒摊上，恰有一个汉子，光着一只左脚，在那里吃罗汉豆；这正是河边的一个脚夫，腿上长了一个疮。先前那个饶舌的粗汉便道："赵老幺，你那条腿还没有好？现有先生，你怎么不叫他给你看看？"另一粗汉说："这个得贴膏药，拔毒膏什么的。"

几个人一齐怂恿赵老幺，赵老幺拖着他那条病腿，走了过来。原来是黄水疮，流脓滴水的，失于洁净，闹得很重了。挨到这边来，把那条病腿往凳上一放，整放在卖药郎中的面前。卖药郎中秃眉一皱，连连摇手道："这个疮我不能治……"才说出口，又咽回去，改嘴道："你这病叫作千年疮，我这里有药专治你这疮，只怕你舍不得花钱。"

粗汉们七言八语道："你这先生可是外乡人，瞧不起我们干脚行的；爷们花个十串八串，还憋不住。来吧，你那药多少

钱一副？是膏药，还是面药？”

卖药郎中哈哈一笑道：“我这里有五福提毒散，又叫七厘散、断毒丹，十五两银子一副。”

粗汉们哗然吐舌道：“你穷疯了！”先说话的那个粗汉就挖苦道：“你蒙老娘们行了，爷们都是外面闯江湖的，你开方子也得掂量着分量。你把你那马眼睁开了！”还要往下说，那卖药郎中啪的一声拍酒案子，震得酒溅杯倾，厉声道：“我没有强逼你们瞧病，也没强逼你们买药。十五两银子，爱治不治！”双目一睁，闪闪地吐出寒光；把头一转，如一把利剑似的，将这四个粗汉挨个斜瞪了一眼，说道：“我还告诉你，不怕得罪你们几位。你不是说贵么？我还不卖给你们。货卖识主，我这是真药，不卖假行家。——掌柜的，再来一碗酒！”

四个脚行登时闹了起来。这个卖野药的别看人单势孤，双眼一瞪，比脚夫们还厉害。卖酒的老黄一看要打起来，连忙央告劝解。街上过往行人也围过来，七言八语地排解。酒棚下聚了许多人。“小饮和”酒馆门前那些人虽然听不见因何吵闹，却高登台阶，看得清清楚楚。堂倌对那王二爷说道：“王二爷，你瞧怎么样？这个卖野药的真横广。”才说出这一句，另一个人拦他道：“嘻，少说闲话！”堂倌立刻住了口，不言语了，向石家叔侄偷看了一眼。

多臂石振英扶着门口，和陈元照并肩而望，也都看见这一场小热闹。陈元照剑眉一皱，向石振英说道：“这个东西真可恶，一定不是好百姓。伯伯，咱们过去劝劝。”说是劝劝去，实在是想管管去。多臂石振英哈哈一笑道：“孩子，出门在外，多看少管，多听少道，这里头不定有什么离奇把戏呢。咱们快吃饭，吃完了饭就依你，咱们彻头彻尾把这一回热闹看完了。”叔侄归座，不再喝酒了，催着上饭。石振英一面吃饭，一面低告陈元照：“你知道他们为什么吵么？”陈元照道：“没有听见。”石振英道：“看他们比手画脚，指一指大腿，又指一指药箱子，一定是瞧病讲价说拧了。本来，这种卖野药的专会讹

人。半文不值的切糕丸，他愣敢瞪着眼要三吊五吊，甚至一两二两。”

一霎时吃完了饭，付过饭账要走。石振英扶着桌子，低头一想，忽又说道：“堂倌，再泡壶茶来。”陈元照睁着一对大眼，只看着石振英。新沏的龙井茶斟了两碗，还没有冷到可口；石振英往外一瞥，突然站起来道：“元照，咱们走。别喝了，咱们到店房再喝吧。”掏出茶钱，往桌上一放，伸手提起行囊，催陈元照快走。陈元照急忙探头往外一看，那卖野药的郎中和那四个粗汉吵得很凶，高一声，低一声，搓拳挽袖，好像就要打架。卖酒的老黄横在当中，作揖打躬地解劝，只是劝不住。不知怎么一个讲究，那卖野药的声势咄咄，将挥老拳，却突然一变，满脸堆下笑容来。只见他两只手比比画画，不知说了几句什么；忽一俯腰，打开小药箱子，拿出一个小瓦瓶来；从中倒出一些粉末，拿纸包好，竟塞在卖酒的老黄的手中。

老黄就递给烂腿小赵，小赵冲着卖药的作揖；卖药的就连连摆手，从身上掏出一把铜钱，哗啦丢在酒案子上。立即见他匆匆挎起药箱，从好几个看热闹、劝架的人身边挤出来，迈开大步，奔小巷口走了。

第二章　小贼孩

陈元照愕然不解，随着那卖野药的后影，急张目寻看时，巷口内什么也没有。他不禁失声道："唔？"冷不防听背后扑哧一声，道："怪呀！走了不是？别发愣了，傻孩子，跟我找店去吧。"石振英将发呆的陈元照扯了一把，出了"小饮和"酒馆。

这时，街上的好多闲人，七言八语，哼着哈着，缀下那个卖野药的，也奔向小巷口去了。陈元照随石振英出离酒馆，也要跟踪过去，却被石振英拉住一只胳膊，生生拖往后巷口江堤那边。陈元照连连问道："怎么，怎么？"石振英四顾无人，低声说道："凡是缀人，别从背后缀；你要斜绕过去，迎头缀最好。"陈元照点点头，也回头看了看，低声反问道："那个卖野药的吵闹得正凶，为什么忽然走了？他把他的药是卖给那个腿上生疮的人了，还是舍给他了？"

石振英欣然说道："你猜得不错，他是把药舍给人家了。你大概没有看见，这个卖野药的是个老江湖，我猜他脾气必然很暴，自己按捺不住，所以才和人吵起来。正在吵着，那边曲

巷口大约有他一个同伴，向他通了一个暗号，大概是责备他不该和一般脚夫、粗汉惹闲气。所以他这才换出笑脸来，把他的药交给劝架的，再由劝架的送给买药的。他既然在这里生了事，自然不便再在这里留恋了，他一定是追他的同伴去了。”石振英说罢，又问陈元照道：“据我猜想是这样的，你想对不对呢？”

陈元照十分佩服地笑了，说道：“你老人家猜得很对。”

但是，石振英猜得并不全对。那个卖野药的并非因为吵了架才躲开。他是忽然接到同伴的警报，才走开的。在东巷口，有一个穿短衫的汉子，向他调侃：“窑口西边添了生点，二人担托来两个莲果，老合马前把合把合！”这句黑话说的是：“仇家门前，忽有两个女子坐轿来了，催他快去看看。这坐轿来的女子，固然不见得准是谈家邀到的能人，却保不定他们要乔装改扮，伺机逃走。这断不能放松，卖药郎中顾不得再和脚夫怄气，立刻回嗔作喜，丢下一包药，如飞地奔往福元巷。石家父子也急急绕了过去，晚了一步，只看见两顶空轿，六个轿夫，轿中人早已进谈家内宅了。

再看那卖药的郎中，大概也是一步来迟，没有看清轿中人的面目似的。那个短衣人在前急走，似乎引导着他，他把串铃摇得哗朗响，大岔步紧走到谈宅门前，直眉瞪眼，往门内端详；不料门口却忽隆的一响，双门紧闭了。卖药郎中仅仅看见了轿中人的两个背影；不错，是两个女子：一个中年妇人，一个少女，纤足，穿裙。

石振英和陈元照装作过路人，由西口往东口走。那个短衣人忽走到空轿前面，向轿夫道一声辛苦：“朋友，从哪里来？”轿夫用手一指，说道：“西边。”再问就不答了，忙着用根竹板，剔脚上的泥。

那卖药郎中却一声不响，只上下打量这乘轿，忽然冷笑着扭头就走。他却又抽身，对着谈宅的门口，大声喊道：“相好的，时候可是到了。见也在你，不见也在你，爷们对不住，邀

驾也只这一回了！”忽伸手一挖串铃，从铃唇歪露处，掏出一个铁球来，一抖手，“啪！”打入门楣“五世其昌”的昌字上，喝道：“事不过三，太爷催第三回驾！”看热闹的聚了七八个人，一齐仰头看时，那卖药郎中摇起串铃，分开看热闹的，昂头而行，形迹不敛，一直往巷东走去了。又一拐，钻入另一小巷。

陈元照道：“伯伯，快追！”石振英道：“别忙。”忽见另一小巷，钻出一个十几岁的小穷孩子，奔到谈宅门口。石振英低声道：“你别急，丢不了他。咱们先到谈宅门口看看，回头就找店，反正他得住店。”陈元照说道：“万一他在此处有朋友呢？住在朋友家呢？”石振英一怔道：“对！……可是，你又忘了，他一定要到谈宅来。我们找不着他，只要在谈家门口等他，再不会扑空。”陈元照这才释然。

叔侄二人顺巷路，缓缓地往谈家门口走来。看热闹的指点着谈家门楣，纷纷讲究，还在聚而未散。那个小穷孩子也来看热闹，跟那几个轿夫东一句、西一句瞎搭讪。陈元照趋近谈家门口，仰头一望。那“五世其昌”的横楣，除了“其”字，竟每个字都嵌着一个铁球；铁球深入，几乎陷没不见。谈家的街门，仍然静悄悄交掩着。虽然人至轿停，也还是紧闭不开；已开，复闭了。

陈元照回头一望，情不自禁，竟趋奔向门前台阶，伸出手来，就要挖那铁球。背后的石振英吆喝道：“喂，干什么，别讨人嫌！快过来吧。”石振英正立在轿旁边，暗中打量小轿的款式、形迹；一面听那个小孩子和轿夫搭讪闲谈，暗自点了点头。那个孩子竟是本地口音，石振英不禁又把这孩子看了一眼。看热闹的人个个龇牙吸气，纷纷议论。石振英听了一会儿，略有所得；又将谈家门户仔细看了看。这是一片瓦房子，大院落。数十间平房，还有几间楼房，建在福元巷的后面。在福元巷前面，仅仅看见小楼一角，猜不出这几间楼房是住房，还是佛楼。一回头，见陈元照正倾听看热闹人的聚语，遂低低嘘唇，微啸了一声，把他啸过来。两人搭伴，绕着谈宅前后，

走了一遭。

二人却才转了半圈，走近后巷，忽听头顶吱地响了一声。石振英抬头仰视，有墙挡着，任什么也看不见。急走开数步，再仰面一望；谈宅后院那一角小楼，忽然楼窗半开，有两个女子的面孔，正朝楼窗下窥。一个中年妇女，丰容盛鬋，衣饰雅淡。一个青年女子，荆钗布裙，十分整洁；生得鸭蛋脸，直鼻小口，形容俏丽，肤色微黑。这两个女人并肩往下看，星眸直注射到西巷口江岸那边。两个女子喁喁细语，忽然呱嗒一声，楼窗阖掩，看不见了。跟着，谈家的街门忽开，出来一个老头子，把六个轿夫都叫进去了。石振英心中一动，把陈元照一扯，急急地转弯抹角，奔到江岸那边。

这江岸其实和福元巷还隔着半里地。走出了福元巷，外面乃是空堤。堤上有一个短衣人，倚树站着，似临江闲眺。忽见那个卖药郎中从小巷出现，斜趋江堤，向那短衣人走去；两人似乎打了个招呼。旋即见那卖药郎中折奔码头。石振英不便过去，隐蔽在墙角，向外探看。那短衣人独自倚树而立，似有所待。

果然耗了一会儿，那十几岁的小穷孩子，从福元巷奔来，跑到男子身边，好像告诉什么话。那个男子翻来覆去地盘问，小孩子就扯东拉西地回答。一问一答，过了好半晌，那男子掏出一把铜钱，递给了小孩子。小孩子接了钱，道："你还打听什么不？"那短衣男子说道："不打听了，你去你的吧。"那小孩子得了钱，欢天喜地地奔小巷走去了。

石振英心下恍然，看这堤上的短衣男子，向谈宅小楼瞥了一眼，径自下堤，也踱进码头去了。

石振英忙和陈元照也抽身回转小巷，躲着短衣人的视线，转过福元巷，追着那个小孩子，向小孩一招手，叫道："喂，我说小兄弟，你过来，我烦你一点事。"那小孩子回头一看，笑了，走过来说道："客人，你也要打听什么事么？"石振英说道："正是。"立刻拿出二百钱来，说道："小兄弟，你叫什么名字？"小孩道："我叫唐六。"石振英说道："唐六，我向你打

听打听这里的店房一共有几家，哪一家好？”小孩答道：“这里只有两家店，一大一小；一家叫庆合长客栈，一家叫招远客栈。客人你要是不认得，我领你去。我可不白领，你得给我几文辛苦钱。”石振英笑道：“那是自然，我知道你是专管跑码头，跑腿拉纤的；你先把这二百钱拿了去。”

小孩子很欢喜，把钱接过来，先数了数，道：“这是二百钱，刚才那位客人给了我一串。”石振英道：“别忙，你把我们两人领到店房，我也给你一串。”小孩子大喜道：“我今天买卖真好，不大一会儿，就赚了两串。回头我买蜜饯樱桃吃去。”这个小孩子才十四五岁，却生得很高的身量，专在码头上，给客人引路、跑腿、遛牲口、搬行李，做些苦累的事，每天找些零钱过活。石振英遂命小孩引路，先投客栈。陈元照跟着石振英，东钻一回，西跑一头，心中觉着古怪。眼见那个摇串铃卖野药的男子弹门示威，扬长而去，应该追赶他去；而现在反倒做这些迂远的举动，先要投店。可天气又早，似乎很不必；不由向石振英嘀咕了几句。

石振英不耐烦地说道：“有什么话，到店里再说。”陈元照仍然说道：“那个卖野药的，只怕找不着了。”石振英说道：“你怎么……哼！少说话，跟我走。”

那个小孩子在前引路，听见了，回转头道：“二位要找那个卖野药的吗？你可以问我，我知道他的住处。”

陈元照忙道：“真的吗？你……”石振英急忙说道：“我们又不害病，找他做什么？他不是住在招远客店吗？”小孩子道：“咦，你怎么知道？”

石振英哈哈一笑，说道：“我怎么会不知道？小伙子，你把我们引到庆合长客栈好了。到了地方，我给你一串钱。”小孩道：“是啦，我谢谢你老。不过你老倒不如住招远客店，又近又干净，庆合长又远又不好。”

陈元照说道：“伯伯，咱们住招远店吧。”石振英说道：“啥，我们还是住庆合长，庆合长是熟地方。小伙子，你还是

领我们到庆合长吧。”

石振英自己也把话说漏了，可是陈元照和小孩子全没听出来。庆合长客栈既是熟地方，他可是还要小孩子引路，这话本就有语病。石振英自己也笑了，便催着说道：“小兄弟，你快领我们去。”

唐六点头前行，进入码头，曲折循行，到了庆合长客栈那条街上。唐六一指街南，说道：“客人，一进这趟街，你再往东拐，路南第七个大门，就是庆合长。客人，你自己寻了去吧。你把那一串钱给我，我不进店了。”

石振英说道：“这又怎么了？你总得把我们领到地方啊。”小孩搔头说道：“我不进那店，那店里的伙计太可恶，总欺负人。”石振英说道：“这店欺负人吗？那谁还肯住他的店？”小孩嗤地笑了，说道：“他不是欺负客人，他们专欺负我们小孩。”石振英问道：“原来如此，他怎么欺负你了？”小孩子笑了笑，不肯说。石振英一迭声催问，他这才说道：“他们那里的伙计净诬赖人，说我们偷东西。”

石振英扑哧一笑道：“哈！原来你是小贼！”唐六脸一红道：“你老别骂人，你快把那一串钱给我吧。”多臂石振英留神把唐六看了一番，这个小孩细长脖颈，秃脑袋，果然生得滑头滑脑，衣服很褴褛；笑着说道：“唐六，你别怕，你尽管跟我进店。来，你给我们扛着行李，他们自然不敢诬赖你了。”

唐六兀自不肯去。石振英说道：“你不送到地方，我可不给你一串钱。那么一来，只可减半，算五百文了。”唐六不由发急。

石振英、陈元照一齐笑了，说道：“我逗你呢，你别着急。钱一准给你，你只管进店；进了店，我们还要烦你别的事呢。你再挣一串，不更美吗？”

这小孩子想了想，点头应允；替陈元照接过行李来，往肩上一扛，就往店房走。庆合长店的伙计一见唐六，便要动手打他的头，齐嚷道：“小贼孩又来。”唐六歪着脑袋叫唤。

石振英忙道："伙计，不要打搅，这是我们雇的。"叫伙计找了一个干净房间住下；又吩咐打脸水、泡茶；又命小孩唐六把行李放在板床上，叫他坐在凳子上，闲闲地和他攀谈道："唐六，你别忙，我还有话问你哩。"

这个唐六却坐立不宁，一味向石振英讨钱要走，口中说道："客人快点吧！你给我钱，我还有别的生意哩。"石振英笑道："你有什么生意？不过是给人家引路，遛牲口，搬行李，跑跑腿，赚个三文五文的。算了吧，今天你发财了，两水买卖得了两串钱，很可以歇歇了。"唐六着急道："怎么没有买卖？你老别小看人，我哪一天不赚个五百六百的？快给我吧，一会儿粮船就来了，我还得揽客商去哩。"他眼巴巴地盯着石振英的钱包，恨不得动手自己去拿。

陈元照见了，很觉好笑，调侃他道："这几步路，就要一串钱？你别讹人，给你五十个大钱，就不算少。"唐六把眼一瞪，叫嚷道："那那，那可不成。咱们是怎样讲的？你耽误了我好半天的工夫，少给钱可不成。"

石振英擦完了脸，伙计泡上茶来。一见唐六嚷闹，伙计走过来，便要捉耳朵，往外撵他。石振英拦住道："伙计，你不用管。我还要雇他有别的活做哩。"遂命店伙退出去，先取两串钱，提在手中，笑着对唐六说道："小伙子，你不用发急，我们是和你做耍的。你不要另揽生意去了；你看，这是两串满钱，我都给你。我向你打听几句话，你可一字一板地告诉明白了。"

唐六盯着两串钱，道："真的么？"

石振英笑道："我骗你做什么，你不放心么？这么办，我先给钱，后买货。来，你先拿了钱去。"

唐六大喜，劈手便来抓钱。石振英将左手一拦道："小伙子，你就认得钱，你可知道我要问你什么事，你都答对得上来么？我出这两串钱，不光问你一两句话；我是要雇你一整天，有好些事哩。"

唐六两眼仍然盯着钱，将秃顶一晃道："行行行，两串钱雇一天，干！要讲究抬抬拿拿，你老别看我人小，哼，准比大小伙子不含糊。就是整包的米扛不动，别的像什么行李、丝捆、棉花包，咱都能拿得动。"

石振英笑道："我们不是雇你扛东西，我们还是向你打听事情。这里的情形，我们不大熟悉，我打算雇你当个向导。"

"向导"二字，真把唐六蒙住了，瞪大眼问道："向导？向导管干什么？"石振英说道："向导就是领道的，我们要向你打听打听这地方的详细情形。"唐六说道："噢，我明白了。你老是外乡人，新来乍到，你老准是要打听路程……"

陈元照摇头一笑，刚要说话，唐六越发抖精神，逞聪明道："再不然，你老是要访朋友，打听地名；再不然，你老一定是打听米行行市。你老别瞧不起我，我还真是个地理图，小探子；什么事咱全知道。你老尽管问，只要出不了鲁港，我全能不让你老白花钱。"这个小穷孩子实实在在地坐在凳子上，把大腿放在二腿上，腰板一挺，道："你老问吧！"一对小母狗眼还是盯着石振英手里那两串钱；又说道，"你老快问，我还没吃饭呢，我得先出去买点什么吃。"把手一伸道："你老先借给我一串。"

石振英纵声大笑，陈元照也笑起来，随将两串钱都塞在唐六手里，道："你这小家伙，怎么不放心，总怕人家白使唤你？"唐六接钱在手，精神一振，立刻满脸都是笑容，高声说道："嘿！你老是好人。你老不知道，那些粮贩子、丝贩子可恶极了，他们惯会白支使人。把人家支使一个够，临了要钱一瞪眼，再要就想动手打人。我唐六再不上那种当了，现钱买现货，他们不先给钱，我决不干。"

石振英笑道："你今年十几岁了？"唐六答道："十五。"陈元照道："我不信，你顶少也有十七岁了。"唐六道："真的，我是十五岁，属鼠的，我长的个子高。——还是不行，我真饿了。你老等一等，先让我出去，吃点什么，行不行？"说着就

站起来。

陈元照把眼一瞪道："好！你要溜？把那两串钱吐出来，你再走。"唐六说道："啧啧啧，你老还怕我拐了钱走不成？我是小孩，我可不敢做那事；那么一来，谁还照顾我？"石振英道："唐六，你得了钱，一点事还没有给我办呢，你就饿了？这么办，小伙子，我请你吃一顿，好不好？"高声喊叫伙计，给唐六叫来一份饭，当面看着他吃。

唐六并非真饿，他是馋了。身上凭空得了这些钱，这钱在腰间可就立时蠢动起来；并且，粉蒸肉也想他了，皮蛋、熏鱼也想他了，蜜柑也想他了。他倒没打算带钱一跑，只是要赶快把钱花出几文去，省得舌头在嘴里难受。

这么一闹，反又白赚来一顿好吃喝，这个小孩子越发眉开眼笑了。看着桌上的一盘油焖笋、一碗粉蒸肉、一大碗肉汤，把舌头舐着鼻梁，向石、陈叔侄笑道："客人，你二位不吃点吗？我可有偏了。"他毫不客气，把凳子挪了挪，大吃起来。把个庆合长的店伙看得直吐唾沫，道："这小子，八辈子积德。今天得着这一顿饱饭。慢点吃，别撑破肚肠子，还得找锔锅匠！"

此时陈元照已将行李展开，把褥子铺在板床上。石振英那柄带鞘的折铁刀，和陈元照的那一对卍字银光夺，以及匣弩、镖囊、蝗石袋、袖箭筒等，都卸在床角。石振英随便往板床上一躺，侧着脸，漫不经意，且向唐六有一搭没一搭，问着闲话。陈元照却在对面椅子上一坐，信手取过自己的兵刃，将黄包袱套褪去；一面用布套，来拂拭兵刃，一面听石振英向唐六问话。

唐六这小子随问随答，且吃且说，眼睛却不肯闲着，骨碌碌地看着石氏父子。一抬眼，却又看见了床头那把刀、那些暗器包囊，又看见陈元照手中这一对卍字夺。这一对"夺"，奇形怪态，上头尖锋全似枪头，锋下却有个卍字锭；卍字磨锋，可勾可挂，下头把握处有月牙护手。柄端有尖钻，像是去了钩头的虎头钩；又像是半截戟倒装上卍字枪头。这夺只有二尺八

寸长，连杆带锋，通体是纯钢打造。唐六哪里见过这个？不由一动，问道：“喝，这是什么玩意儿？原来二位客官全会把式呀？”不知不觉地有点发毛，眼珠子直向陈元照身上打量。陈元照不住手地用他那黄包袱皮擦那卍字银光夺；擦了这支，再擦那支。

石振英眼看着唐六把菜饭都吃净，连汤也喝完了，就问他道：“小伙子，饱了么？”唐六看了看空盘碗，说道：“饱了。饱了。”把嘴一抹，搬过茶壶来，便要嘴对嘴地喝茶。陈元照把他拦住，厉声喝道：“嘻，嗐，这不有茶杯吗？”唐六一缩脖道：“是啊，我知道。”放下茶壶，便来抓茶碗。石振英从床上坐起来，说道：“唐六，不怕烫死你？那是刚沏的热茶，大概这菜咸一点吧？”唐六道：“不咸，还可口。”陈元照笑道：“要是空口舐盘子，好像口重一点，快喝茶冲冲吧。”

唐六也不回嘴，只顾往肚里灌茶。茶热口急，就要出去找凉水喝。陈元照说道：“不行，你别走了。你拿了我们的钱，就算卖给我们了；将就点，喝点龙井吧，喝慢点也行。”唐六吸口凉气道：“你老真把人看扁了，我为什么跑？这茶真烫嘴，喝着不得劲。”

恰好店伙计来收食具，石振英笑道：“伙计，你给我们送一壶凉开水来，我们要饮饮小牲口。”伙计一笑答应了，把凉开水送来，警告唐六道：“吃腥喝冷水，准闹肚子，你可趁早预备手纸。”

唐六还是不搭腔，把凉开水对热茶，喝了一气。果然有点皱眉咧嘴，似乎肚子不大好受。因见石家叔侄脸上都带笑直瞅他，他就把肚皮一弯，用手捂着，说道：“客人，你老有什么事，说吧！”

石振英笑着想了想，问道：“唐六，你家里都有什么人？你是本地人么？”唐六道：“我是本地人。我们家里呀，一个老娘、一个哥哥、一个嫂子，嫂子现在住娘家去了。”石振英道：“你不是行六吗？”唐六道：“是行六啊！我哥哥行四；我还有

四个姊姊，死了两个，嫁了两个。客人，你老打听什么事，快问吧。我还要回家，给我娘买米去哩。”陈元照道：“你又有事故！不许你动；我们雇了你，你得老老实实待着。”唐六忙道：“我没想走，我是这么说。”

石振英先问了几句闲话，跟着问道：“刚才堤上有一个人，给了你一串钱，是不是？”唐六道：“是呀。”石振英道：“他向你打听什么话了？”

唐六眼珠一转，支吾起来，说道：“他没有打听什么？”石振英把脸一沉道：“唐六，我给你两串钱雇你，就是要跟你打听这些事；你不肯告诉，可不行。”陈元照走过来，伸手道：“把两串钱退出来。”

唐六把秃头一晃，眼珠又一转道：“噢，我当是你老花钱打听正经事情哩，你老就打听这些闲篇呀！我说，我一定全告诉你老。刚才那人是出了五百钱，先雇我打听打听福元巷谈家新近来人没有；又打听谈家新近有人出门没有。回头他看见谈家门口来了轿，又加了五百钱，叫我打听那个轿夫，轿是从哪里来的？坐轿的是谁？”

石振英一听，冲着陈元照点了点头。陈元照便问：“你打听出来没有？那两顶小轿究竟从哪里来的？”石振英接过来又问道：“唐六，你就把他问你的话，和你答应他的话，一点别漏，全告诉我们。我还有别的好处要给你哩。你说，那个人姓什么？是哪里人？不是本地人吧？”

唐六立刻精神一耸，向石、陈两人偷盯了一眼，脸上似乎流露出一点疑虑之情；跟着又坦然了，说道：“那个人不知叫什么，也不知是哪里人。他可绝不是此地人，他是新近这几天才来的，总在福元巷转悠。”想了想又道：“他跟一个卖野药摇串铃的家伙，大概是伙伴。二位，你老问这个，你老别是衙门里私访的老爷吧？”

陈元照道：“你倒说得不错。你既然明白，趁早说实话。”

唐六道：“怎么样，我一瞧二位，就像衙门口里的老爷。”

石振英摇手道："别胡说了。我问你，那几个轿夫究竟是从哪里来的呢？坐轿的是什么人？"

唐六道："抬轿的小子不肯告诉我，他只说来的地方很远很远。坐轿的我倒知道，我全看见了，是谈家的大奶奶和一个二十来岁'黑里俏'的姑娘。"

石振英、陈元照相视唔了一声，继续追问唐六："你怎么答对堤上那人呢？"唐六道："我自然就实说，告诉他轿是打远处来的，坐轿的是谈家的人，一个媳妇，一个姑娘。那家伙疑疑思思的，催我务必把轿的来路打听出来。要打听不出来，就分文不给。我没法子……"说至此，不由一笑。

石振英道："你就扯谎了！"唐六笑道："我对他撒谎，我可决没跟你老撒谎。我告诉他，这两顶小轿打庐州府来的。庐州府是谈大奶奶的娘家，我这一胡诌，他倒信了。"石振英笑道："奸东西，会捣鬼！他没问谈家大奶奶由打哪天回的娘家吗？"唐六道："他问了，我就告诉他上月去的，去了二十多天啦。"石振英忙问："是真的吗？"唐六又哑然一笑道："谁知道啊。他这么问，我只好这么答。其实谈家大奶奶住娘家没住娘家，我哪里知道？更不用说多少日子了。"

石振英道："你可告诉人家说知道。你究竟哪一句话是真话？"唐六正色道："我跟你老说的全是真话。你老又管吃，又给钱，又是前后两串文；凭良心说，我决不能骗你老。那家伙硬逼我打听，我打听不出来，有啥法子呢？我只好扯谎了。我在你老跟前，决不会那样。"

石振英不禁失笑，说道："你骗我不骗我，那就随你了；我回头就找谈家去问。"唐六道："你老只管去问。"石振英道："你就是扯谎，我可有地方找你去；这店里就知道你的住处。你要估量估量我是干什么的。"唐六道："你老放心，我要对你老说谎，我就是畜类。"

石振英放了心，又问："谈家大奶奶是三十六七岁的一个中年微胖的女人，对不对？同她来的那个姑娘，个儿比谈家大

奶奶高半头，对不对？穿的不讲究，是一身土布衣裳；圆脸蛋，长得很俊，可就是脸上稍微黑点，是这样的么？"

唐六愕然道："咦，你老看见她们下轿了？可是，她们下轿，我正在那里，怎么我就没瞧见你老呢？"

石振英微笑不答，突然问道："那个摇串铃、卖野药的，你可认识他吗？"

唐六这小子非常之诡，听石、陈二人只打听谈家，就晓得他们要问何事了，忙迎着口气说道："我知道这个卖野药的，他也是外乡人，新近才来的，他是找谈家打架的。"当下，唐六把卖药人寻隙的情形和谈家的故事，模糊印象地说了出来，自然多半靠不住。

第三章

半只胳膊一条命

这个卖野药的郎中，姓巴名允泰。这次由鄂北来到鲁港，前后不过十一天；到谈家去，竟一连去了四天，八九次，每天至少总要去两趟。堵着门口寻隙，叫明了，是为十多年前半条胳膊、一条性命的冤仇来的，但是谈家竟无法应付。

谈家数代习武，打谈二少爷谈维铭这一辈起，才忽然改武习文。谈二少爷的父亲谈炳光，在江湖上，人称飞刀谈五，以先天混元掌成名。他久闯西川，和川边土豪康允祥，为了一件事情，结下大怨。

飞刀谈炳光生有二子：长子谈维钧，次子便是谈维铭。谈维钧和谈维铭是亲兄弟，可是两人的岁数相差很大，谈维钧是老大哥，竟比弟弟谈维铭大着十三岁。在他两人中间，还有两个姐妹，都早出嫁了。不幸谈大少爷维钧随父创业，在西川锋芒过露，竟与人凶殴，负伤而死，只留下年轻寡妻倪凤姑，和一个小孩谈柱儿。飞刀谈五时尚健在，眼见头大的儿子中年凶死，心中十分难过。并且谈五之父也是病伤而死的，谈五的二哥、三哥也是战死的。真个是“瓦罐不离井口破”“会水的淹

死在河里”！以此谈五爷对本门武功，起了厌恶之意，决计要变换家风，弃武修文。飞刀谈五亲自访仇，先把长子的仇报了；然后一赌气，收拾收拾，离川还乡，将大儿子的棺木带了回来，镖行事业从此洗手不干。

此时，谈维铭谈二少爷刚刚十六岁，跟着嫂子，已经粗粗学了一点本门武功。谈五一到家，把长子安葬，立刻令次子谈维铭从此停练武功。飞刀不准学了，混元掌也不教练了。家中有钱，立刻改延老秀才，成立家塾，逼次子维铭读诗书，念文章。而谈五的长孙谈柱儿，这时年已六岁，也随着小叔叔维铭，入家塾读书。谈五爷对家人发誓，家中不许再有兵器，后辈儿孙从此改业。只有长媳倪凤姑，乃是庐州武师倪法章的女儿，自学会娘家一套很好的功夫；嫁入谈门，又学婆家门的飞刀和混元掌。现在夫死子幼，成了长门寡妇；她以为丈夫死得太惨，不愿叫自己的孩子谈柱儿习武，和翁公倒是怀着一个见地。

岁月荏苒，谈二少爷谈维铭到了二十一岁时，考中了秀才，后又得了廪生，在本县颇富文名。等到谈五爷一死，谈家门风居然改变了。现在仇人寻到，谈二少爷已经二十九岁，他的寡嫂倪凤姑三十八岁，他的孤侄谈国柱也十九岁了，他叔侄仝是手无缚鸡之力的儒生。谈五爷去世业已八年之久了！

这伙子仇人便是专找谈五爷来的。到了鲁港，才晓得谈五已死，只有谈五的次子廪生谈维铭、长孙童生谈国柱和谈维铭的儿子谈国基在。

仇人和谈家有仇，是因这个卖药郎中巴允泰的师兄康允祥，当年失手殒命，断送在云南狮林观一尘道长的青镝寒光剑下。一尘道长于二三百人群殴械斗中，飞身驰入；寒光连闪，把为首的康允祥，斜削一剑，砍断一臂；顺手一抹，血溢咽喉；康允祥当场丧了命。康门众子弟当然认定死对头是一尘道长；但是究源溯始，这件事的起因，却由于飞刀混元掌谈五。康家师兄弟和子侄辈，当时惹不起谈五爷，更惹不起一尘道

长。但是怨毒所中，到底应了那“君子报仇，十年不晚”的一句俗话。卖药郎中巴允泰，受大师兄康允祥的儿子康海的跪求，赖师妹海棠花韩蓉夫妻之助，帮助康海，巧设假采花计，在鄂北光化县老河口地方，寻着了头一个仇人一尘道长。几个人施暗算，发毒蒺藜，用缠战法，把个威镇南荒不可一世的一尘道长置于死地。这个故事在《十二金钱镖》中有详细交代，这里不必细表。

康海等仍不满足，又央告师叔巴允泰、师叔唐林、师姑韩蓉、师兄乔健生、乔健才等几个人，再搜寻第二个对头，于是来到江南鲁港。起初他们一共七个人，歃血订盟，人称峨眉七雄。他们不仅武断乡曲，又是西川的秘密会帮，在川贵一带很有一些潜伏势力。飞刀谈五素在西川创业，和他们冲突数次；实在是谈五爷的长子谈维钧和乔健生、乔健才先挑起来衅端，终致激起械斗。一尘道长在云南游侠，素闻他们这峨眉七雄私行不轨，欺压良懦，久有剪除他们的决心。这一回，川省一家姓沈的土豪，和当地一家姓楚的大财主，两下闹起械斗。飞刀谈五和楚家本是有着财东的关系，峨眉七雄又和姓沈的土豪素有来往；这么一闹，骨子里倒造成了峨眉七雄向飞刀谈五较技复仇的机会。但是谈五这边势力孤单一些，遂被一尘道长赶上，陌路仗义，拔剑助战，一下子把康允祥杀死。因此他们不但衔恨一尘道长，更憎恨谈五。

不过他们七个人中，有的以为“人死不结仇”，谈五已死，可以把谈家子弟放过。况且已经把谈五的长子谈维钧拼死了；也算一报还一报，总算对得过去了。谈五的次子谈维铭又是一个书生，更值不得一斗。那海棠花韩蓉，却因暗算一尘道长时，自己一缕青丝被人家的寒光剑削落，还把头皮划去一片；以此引为深耻，主张着既报仇，定要报个痛快。那康海因为他父死得太苦，更切齿痛恨，不肯罢休。巴允泰也曾被谈五的飞刀伤过。峨眉七雄中已有三个要深究旧仇。商量一阵，既已群集鲁港，也就不便空回。于是。由乔健生、乔健才踩盘子；巴

允泰出头，来到福元巷谈家，堵门口一闹。结果没把谈家的人闹出来，却意外地惊动了过路的英雄多臂石振英和初创“万儿”的陈元照。

当下，石振英和陈元照向那穷小子唐六，细问谈家的事实，竟问出一些头绪来。石振英晓得这个飞刀谈五也算是武林中过去的熟人；虽没见过面，却也久闻其名。又问出卖药郎中巴允泰数度寻隙，弹打门楣的示威情形。唐六更说出，这卖药郎中，眼下就住在招远客栈。并且还说，在店中他们还有两个同伴（这两个同伴便是乔家弟兄乔健生、乔健才；在堤边买嘱唐六，向轿夫套问轿中人的来路的那个短衣男子，便是乔健才）。又说这个卖药郎中来此日子并不久。石振英忙又问他：“这个卖药郎中到底一共有几个伙伴？”唐六究竟是小孩子，虽然机灵，却只看出有两个同伴；殊不知在别处暗中，还藏伏着好几个人哩。

石振英翻来覆去，把唐六盘问多时；又把唐六的话，揣情度理，对证了一遍，觉得实多虚少；除了他猜不透、看不准外，倒还没有扯谎。于是低头寻思一过，正要把唐六遣出去，陈元照插言道：“伯伯，我也有点不舒服，这条大腿只酸痛。我说咱们就教唐六把咱们领到招远客栈，找那个卖药的郎中，讨点药吃吃，你老看好不好呢？”

唐六把一对小眼骨碌碌一转道：“客爷，你老要找卖药的，你老可自己去，我，我，我……可还有事呢。”说至此，一看陈元照又冲他瞪眼，忙改口道：“客爷，我实话告诉你老，那个卖野药的不好惹。他是找谈家打架的，你老趁早别找他，他不是好人。”

石振英嗤地笑了一声，道：“唐六，你这小孩太诡了。我们找他做什么？我们有病，还找名医呢。小孩，你家住在哪里，你给我留个地名，我明天还打算用你哩。”唐六把秃头一晃，虚指一指店后道：“我家离这里不远，你老要雇我，那敢情好，明天我自个儿来好了。”说着要走，陈元照忙喝道：“小

孩，你别溜！”

石振英从床上一扯陈元照的后襟，微微示意；随即坐起身来，对唐六道：“好了，你先回去吧。明天我再雇你，就打发这里的店伙找你去。”唐六欣然站起来道：“好吧，你老若要打听什么事，尽管找我。”说了一声：“谢谢，回头见！”转身就走。石振英忽地站起来道：“等一等，唐六。”又拿出一串钱来，把唐六叫到面前，低嘱道：“小伙子，你很机灵，你是个好孩子。可有一节，你的嘴要严密一点；我教你打听什么，你不许往外头嚷嚷。你能够嘴严，我再给你这一串；我明天还要雇你打听别的事。你要是信口胡讲，那可就完了。”

唐六忙将这一串钱接过，笑吟吟地说：“你老放心，我准不说，我连家里人也不告诉。”石振英道：“告诉你家里人，倒没干系。”唐六忙道：“噢，是啦，你老打听的话，我一定不对外人讲，我也不对谈家说，我也不对卖野药的说。”石振英笑道：“这就对了。好小子，你真明白。这么办吧，你不用拿那几串钱了，我把这一小锭银子给你吧。”说着掏出一两多银子来。唐六却不要银子，只要铜钱，忙道：“这就很好了，你老留着银子吧。你老没事，我可要走了。”石振英道：“今天没事了，咱们明天见。”唐六道：“明天见。你老望安，我准把话憋在肚子里，谁也不让他知道。”又谢了谢，出房门走了。

唐六刚走出店房门，便听他噢唠地怪叫了一声，一个店伙计竟把他捶了一下。这小子又是央告，又是骂，一溜烟地跑出店外了。唐六去远，陈元照陡然站起来，向床前一站道：“伯伯，咱们现在就往招远客店去一趟，这总可以吧？”石振英哂然一笑道：“你忙什么！你看看人家才十五岁。”陈元照脸上一红道：“我太呆了。”石振英笑着一点手，把陈元照叫过来。二人并肩坐在床上，低声说了一会儿话。歇了一刻，便又喊店伙计，绕着弯子，向店伙套问了一番。跟着到晚饭的时候，叔侄二人不在店中用膳，一径锁门出去；找了一个小饭铺，随便叫菜，饱餐一顿，又喝了一点茶；挨到掌灯时分，石家叔侄一直

寻找招远客栈而去。招远客栈的坐落地点，早从唐六口中问明，不费事便找到了。石振英低嘱陈元照："不要多嘴，你得听我的。唐六这小孩子，只说卖野药的有两个同伴；我疑心他既敢登门寻仇，来的人必不在少数。你要小心，我们现在就要踩探。你千万不要直着眼看人；你那么一看人，倒把人看惊了。"嘱罢，相偕进了招远客栈。

石振英来在招远客栈前，本想直奔柜房，假装找人，绕着弯子，刺探卖药郎中的姓名。又一转念："这家伙指名寻仇，必有戒备。我若冒冒失失，向店里索要店簿，究问他的姓名；恐怕打草惊蛇，反倒惊动了他。"想到这里，立刻变计。进入店门洞，冲着柜房招呼道："喂，伙计，你们这里有干净的上房没有？"店伙迎出来，就在门灯下，先把石家叔侄一打量，忙说："有干净房间。客官，你老一共几位，要用几间？"石振英道："我们一共好几位，全在后边呢。我们有家眷，我两人是前站，先来看房间，打公馆的。要三间上房，一两间厢房，有么？"

店伙一听是好买卖，满脸堆下笑来，说道："你老要三间上房，有有有。我领你老看看去；可不是北房，是跨院，西房为上，很干净，朝阳，一点也不潮湿。"石振英道："没有北正房么？"店伙计道："你老来晚了一步，刚有一拨客人占住了；不过这三间北上房紧挨着马号，倒真不如跨院清静。你老要是有女眷，住跨院太好了。我领你老看看去，准可你老的意。"石振英道："这个……"脸上装出犹豫不决的样子，回头向陈元照看了一眼，店伙计自然极力招揽。

陈元照在旁边听着，已经明白石振英的用意。石伯父笑他不如唐六机灵，他就故意露一手，在身后插言道："我说咱们就将就点，住下吧。不过一两天的事，病人要歇歇，赶快定下公馆，好让大夫抓药。咱们先看看这跨院，也许清静可住。"石振英笑着回头道："也好。伙计，你领我们看看。"店伙欣然道："我就领你老去，你老往里请。二位这是从哪里来？一共

几位？你老是坐轿来的，还是坐船来的？”陈元照答道：“坐船来的。病人晕船，又受了点风；要不然，我们还不打店哩。你们这里有好医生吗？”一面往店中走，一面这么说；两眼东张西望，查看店房的格局、间数和住店的客人。到底是石振英，装出了风尘劳累的样子，脚下走得很慢，有意无意地说道：“嗐，在舱里蜷卧得腰板酸，真得好生歇歇。我说伙计，你们这里一共多少号？”

这招远客栈实在不如庆合长。穿过店门道，一入院内，便已疏疏落落，看清了前院，不过二三十间房。院子倒宽展，西边跨院非常小，仅仅五间房罢了。店伙侧着身子，挑着一只纸灯笼，在前头引路，一面回答着话：“小店只有三十七间房子，可是都够干净的。这里有大夫，也有药铺。”说着，到了跨院的西上房，开了门，请客人进去；将灯笼高高一举，请客人看房间。这三间房并不十分洁净，间量又窄，可是倒很干燥。石振英看了看，一指对面那两间东房，说道：“这两间赁出去没有？”店伙道：“这东房是两个单间，有一间是一位客人早包下的，还空着一间。你老要是人多，分个上下房。这太合适了。我给你老点灯，你老二位是住这三间，还是单给你开这小单间？”又要取火种，又要给两人打脸水；居然强按头皮，认定客人把房看妥，准住无疑了。——这也是店伙的一类手段，这么一巴结，客人就不犹豫了。但是，他哪里知道石家叔侄的来意呢！

陈元照便淘气地说道：“这房子哪里能住！不成，不成，我说咱们再看别家怎么样？好在他们明天过午才来，咱们找店，还有富余工夫呢。不然，咱们先找医生吧。”石振英暗笑：“这小子，倒别瞧不起他。”脸向着店伙，话对着陈元照说道：“我听说这里就只有两家店，还不知那一家比这里远近。”店伙忙道：“客官，我可不该说！你老是常出门的，这鲁港就只有我们这招远店和庆合长。庆合长那边就是乱点，常有串店门、唱曲子的姑娘们；有女眷的，住着不大方便。咱们这跨院把门

一关，什么闲杂人也进不来。他们庆合长那里可不成，别看它房间多，可是太散漫，一点也不严紧。”石振英笑道：“哦！”故意把房间看了看，又把东单间也看了一遍，皱着眉，对陈元照说道：“西房好，东房潮点。”陈元照道：“还可以将就住。”石振英道：“只是间量少点；咱们人多，怕住不开。”

那店伙极力兜揽道：“你老住不开，不要紧；跨院外边隔壁还有两个单间哩。你老要是有病人，住在这里更方便了；离咱们这里不远，就有药铺。那里有位陈子和陈郎中，就在药铺坐堂看诊，他的脉理高明极了。”陈元照道：“你们这店里不是还住着一位卖药……”石振英忙把话截住道：“哦，这位陈郎中也出马吗？”伙计欣然说道：“出马。他远处不出马，要是咱们店里的客人请他，一请准到。他老先生跟咱们柜上有交情。”

当下，石、陈父子往东单间床上一坐，闲闲地问话。店伙就认为买卖已成，忙去点灯，打脸水，泡茶，极力地张罗。石振英话接前言，笑了笑，当着店伙的面，向陈元照道：“不过，我总怕这种坐堂的郎中脉理未必准高。你可晓得么？凡是郎中在药铺挂门诊的，一定都不是红郎中。脉理往往不见得高明。凡是高明的郎中，他总是另有医寓的。要是在客栈挂牌行诊的，倒准是高手，至少他是个最时兴的名医。那个庆合长客栈，听说就住着一位名医，占着三间店房，一定错不了的。”

石振英信口说了这些不吃紧的话，陈元照初听不甚明白，落到末尾，含笑地会意道：“这话一点不假。咱们在码头上，就听说庆台长客栈有一位名医，是姓什么……”弹着头额道，“姓……我忘了。”

那店伙很诧异地说道：“庆合长客店没有住着医生啊！倒是我们这小店里，住着一位卖野药的郎中。”

石振英眼看着陈元照一笑，陈元照也向石振英一笑，面向店伙道：“这个卖药的郎中，能给人瞧病么？”这句话好像是呆话，然而不呆。店伙连忙说道：“能瞧病。人家是郎中，也瞧病，也卖药。”

石振英道："这可方便；守着郎中，马钱总可以少算。这位郎中住在几号？"

店伙一指跨院外面道："就在跨院隔壁，隔着两号房，是七号房。"

陈元照忙道："他姓什么？"

店伙道："姓包。"

石振英道："姓包？这个人的医道怎么样？"店伙道："也可以。你老要是找他看病，我给你老请去。"石振英道："不忙，病人还没到哩。不过，听你说，这人是个卖野药的郎中。他可是背药箱子，摇串铃，那种串百家门的郎中么？"店伙道："是的，他倒是个摇串铃的。"石振英连连摇头道："那么，他也会诊脉么？"店伙道："这个，可不晓得。"

陈元照到底沉不住气，一股脑儿盘问道："这个姓包的卖药郎中，有多大年岁？什么长相？是本地人，还是外乡人？他久住在你们这店里么？他是一个人，还是有伙伴？"石振英忙接过来道："这个卖药的郎中，在你们这里住着几间房？同屋有同行没有？他有徒弟么？"面向陈元照道："他要是占的房间多，一定医道好，生意强。卖野药的别看是生意，可是偏方治大病；真有好能耐的，推推拿拿，治个外伤，比起诊脉的内科儒医还高。不过要教他治伤风咳嗽，可不知对症不对症。伙计，咱们先不找他看病，先找他谈谈可行么？"店伙道："你老要找他谈谈，总可以吧。……不过，这位郎中好像不太爱说话。"跟着，把石、陈刚才问的话一一回答了；这卖药郎中四十多岁，是外乡人，黄瘦脸；在七号住着一个小单间。只有两个人和他同屋，好像不是徒弟，像是给他打下手"点粘"的。

石、陈又问：此人何时在店？此时在屋不？又顺口搭音地问了一句此人在店中住了多少日子？店伙只道是客人好问话，全都实话实说，告诉了石、陈二人。这个姓包的卖药郎中，果然正是寻仇人巴允泰。店伙当下说："这个卖药郎中来了十多天啦，天天一早出去，傍晚才回来。这工夫大概回来了，你老

要请他，我给你老把他请来。”陈元照道：“刚才不是告诉你了，我们的病人还没到呢，等明天晌午才进店。”

店伙见买卖已妥，初步伺候已毕，便问二位客人：“可用饭么？咱们店里有厨房，价钱便宜。”石振英摇头道：“不，我们出去吃去。”店伙便退到门口道：“客官，你老还有事没有？”石、陈二人齐道：“没事了。”店伙这才赔笑拿来店簿，询问二客的姓名、年岁、籍贯、来路。因二人没有行李，行李已放在庆合长客店内了，便请二位把三间西上房和东单间当天的店钱交了。

陈元照道：“怎么，还有先要店钱的呀？”店伙赔笑说：“这里是这个规矩，你老别见怪。”石振英道：“什么是这里的规矩，你们开店的都是一样，单身客人不带行李，你们就先要钱。我要找你们赁被，你更得多要钱了。这是店钱，给你拿了去。”却只拿出东单间当天的一间房钱；西上房的三间店钱，石振英说：“明天女眷来了，我们再起店钱。”

店伙很失望，这个客人太滑了，忙道：“你老要是不交定钱，你老别过意，柜上可不敢给你老留房。恐怕赁出去，你老的家眷来了，没地方住，可就麻烦了。”石振英笑道：“不相干，我们再往别处赁。”店伙吸了一口气，只得说道：“那就是了。不过，我不得不说明。这工夫正是上客的时候，这三间西上房又是好房间，回头就怕一准赁出去。”他很不高兴地接了一间的店钱，便要往外走。石振英道：“伙计，你等一等！我们这就出去吃饭，你先把这房间给我们锁了。我们的铺盖还在码头上呢，我们也得取去。”

店伙答应着，拿来锁钥。石、陈二人又搭讪着问店伙道：“这里哪里有饭铺？近处可有澡堂没有？我们还要洗洗澡。”店伙说了，石、陈道：“好吧，你锁门吧。”站起来，走到门口，却又止步道：“我说伙计，你瞧瞧那个卖药郎中，这工夫在屋没有。这是五百钱，你拿去喝酒；明天我们的女眷来了，茶水灯火等等，你要好好地照应。”店伙登时又提起精神来，欣然

说道："你老还花钱。我谢谢你老！这位郎中大概回来了，我给你老看看去。"忙接了钱，往外面走。石振英忙追出来道："喂，我说伙计，你只看一看，不必惊动人家，我们明天才请人家看病哩。"店伙计道："是啦，你老稍等。"

店伙走出跨院，到七号房门前一看；窗纸映出灯光，内中自然有人。他便一推门，往里探头。那个卖药的郎中并没在屋内，只有他的一个伙伴——是个三十多岁的男子，只穿着短衫，正在床上躺着假寐。他一闻门响，翻身坐起来，问道："谁？干什么？"店伙忙道："是我，你老要开水么？"那人道："这里谁也没叫你。"店伙赔笑道："我听错了，你老要什么不要？"那人登时将面孔一板道："出去！不叫你，不要伸头探脑的！"店伙讨了个没趣，退了出来。哪知他才出了七号房，已看见新来的二客石、陈父子双双地从跨院钻出来，正探头望着自己。一见店伙碰钉出来，石振英一扯陈元照，父子二人重回了跨院东单间。容得店伙进了房，石振英笑道："这个客人很不好说话吧？"店伙道："可不是，姓包的那位卖药郎中现时没有在屋。"陈元照道："刚才那是谁同你说话呢？"店伙道："就是姓包的一个伙伴。"石振英道："姓包的没回来，还是回来又出去了？"店伙仰着头，想了想道："大概是回来一趟，又出去了。"

石振英道："现在他屋里有几个人？"店伙道："就只一个人。"石振英道："这个人姓什么？可是三十多岁，中等身材，脸上有麻子的那个人么？"店伙道："没有麻子，倒是三十多岁，他姓汪，你老认得他么？"石振英道："我怎么会认得他？你锁门吧。我们先出去吃饭，明天再请他。别看他不好说话，有买卖上门，他也就喜欢得龇牙了。"说得店伙也笑了，忙道："好吧，你老什么时候请，只管招呼我，我给你老请去。"又道，"二位什么时候回来？"石振英道："恐怕得过二更，我们还要洗澡哩。"

说着话，石、栋二人出了跨院，一径往外走。从七号房窗

前，迈上甬道，两人四双眼炯炯注视小窗。这时早过黄昏，店院虽有灯光，并不明亮。那店伙代锁上房门，忙跟了出来，做出送客的样子；心中却疑疑思思的，以为石、陈二人问的话有点奇怪，举动也似乎诡秘。不想，石、陈二人走至院心，那七号房的客人已经当门而立，两眼炯炯，也正往院心张望。双方六目相对，石振英忙低下头来。陈元照却将一对大眼一睁，从黑影中把那人深深地盯了一眼；那人也把陈元照深盯了一眼。

那人是个很眼生的人——不是堤上的短衣客，更不是卖野药的那个怪汉。那人披着一件夹袍，瘦细中等身材，脸色黑中带黄，似从眉宇间流露出一股子精悍之气。石振英匆匆往外走，陈元照已走近店门，忍不住要回头看。石振英拂然低叱道：“看什么？快走。你不饿，我饿了。”陈元照脸一红，明白过来，叔侄二人出离了招远客栈，到了街上，石振英这才回头反顾。陈元照要往庆合长客店那条路上走去，又被石振英低喝了一声，道：“喂，吃饭去！”这才依着店伙所说的那个饭铺所在地，找寻过去。连走过两条街一条小巷，石振英后顾无人，知道没人跟踪，这才放缓脚步，引领陈元照，专择黑道，奔庆合长客栈而去。

已到庆合长客栈，石振英又张目四顾；无人，方才举步进入店院。招呼店伙，开了房门；进了自己房间，点上灯，泡好茶，把店伙支走。他又看了看屋里窗外，打了一个哈欠，往板床上一躺；指一指紧挨床前的椅子，叫道：“元照，过来，你坐在这儿，我有话告诉你。”低言悄语，把陈元照数落一顿，道：“小子，你怎么这样大意，一点也不检点？你还是那么直眉瞪眼地看人？”陈元照早晓得要挨说，满脸赔笑道：“七号房那家伙，未必会看出咱们来。”石振英一指元照的嘴道：“哼！你别自觉着聪明；你不要拿别人当傻子。你太露形了，你还不服说？”陈元照嘻嘻地笑了起来。

石振英把陈元照疏忽的地方，一一指责出来；直到陈元照认了错，方才住口。过了一会儿，石振英出去解小溲，半晌回

来，冲着陈元照，很诡秘地一笑。陈元照道："伯伯，你老笑什么？"石振英不答，只一指板床道："元照，你也躺一会儿吧。回头一过二更，我还要领你到一个地方去一趟，你得把精神养足了。"陈元照一听，欣然答道："可是去福元巷谈家吗？"石振英道："也许。你就给我乖乖地躺下，睡一觉吧。我再告诉你，今天晚上，咱们兴许一通夜不睡，你得先睡足了才行。……你不是要看热闹么？这个卖野药的恐怕今明晚一定要有举动。"

陈元照大喜，急忙往床上一倒，道："伯父，咱们今晚上得带兵刃吧？"石振英道："你又沉不住气了。我问你，这个卖野药的一共有几个同党？你可知他们此时往哪里去了？"陈元照道："几个同党？咱们看见的不就是三个么？他们此时也许正在福元巷附近埋伏着哩；再不然，就藏在近处庙宇里，或者他的朋友家里；反正不出这三个地方。"石振英道："你就不想他们也许就窝藏在咱们这庆合长客栈里么？"

陈元照不由一惊，陡然坐起来道："嗯，有理！"立刻张眼四顾，便要出去搜查。石振英道："待着你的吧！我早查问过了。"原来石振英已经到柜房打听了一遍，各房间也都草草窥察了一个大概。歇了一会儿，候到二更过后，便和陈元照悄悄出来，往各处重窥了一次。然后回来，和陈元照一齐将浑身上下，扎绑利落，却把长衫往身上一披；暗暗将兵刃暗器一一带好；和夜行用物，每人各打成一个小包袱。被褥、行囊仍留在店内；招呼店家，付了店账。店伙诧异地问："客人，这么黑的天，你老上哪里去？"石振英道："我们到这鲁港来，本为瞧看亲戚。现在我们已经把亲戚的住处打听着了，我们这就去看他们。我们今晚上也许不回来，也许回来，你把门锁好了。"

于是石振英先把陈元照遣出去；自己留后，到柜房又交代了几句话："不论谁来打听我们，或者找我们，你就告诉他，我们出去了，到六眼井去了。"这是石振英在路上观看来的一个地名。"你们可千万记着问问来人的姓名，记住来人的长相。

因为我们后边还有一个同伴，说不定今明天要来找我们。”

嘱罢，慢慢踱出客店。陈元照在街隅黑影中，提着长条小包袱等候着。叔侄二人聚到一处，便齐奔福元巷。却才走了几步，石振英又想起一事，忙叫陈元照：“你先到福元巷巷口等我，我还得到招远客店看一趟去。”陈元照道：“那是做什么？莫非你老要一径登门，找那卖野药的郎中么？咱们爷俩一块去吧。”多臂石振英摇头道：“不是。你快去吧，天已不早，恐怕他们早到福元巷去了。”

陈元照道：“噢！”登时精神一抖，拔步向福元巷走去。

石振英忙又追嘱道：“遇见人，千万别妄动，只缀着，别搭腔。我立刻就来，你也不要往谈家窥视。”陈元照道：“是的，我明白，我决不鲁莽。”石振英道：“好！”叔侄二人立刻分途走了下去。

此时，夜色已经极深。陈元照绕巷堂，扑奔福元巷；石振英顺大街，重寻招远客店。手提一个小包，到了招远店门，一直往里走。行至院心，往七号房窗上瞥了一眼，灯火已灭。店伙迎上来道：“啊，客人回来了。那一位呢？”便提着灯笼，要取钥匙，开跨院东单间的房门。石振英打咳道：“糟糕，麻烦了！我们的船来了，可是弄错了，他们全住到别的店里去了。”店伙道：“唉哟，刚才有一拨客人要住跨院西正房，你老定下了，我们没敢留，我们还给你老留着哩。”石振英明知他是措辞，笑道：“对不住，我们今天不能在你们这里住了，我赔你一天店钱吧。可是，我们的病人的病势又加重了，药铺这时一定关门了，坐堂的郎中也回家了。没有法子，我们只好请一请你们店里那个卖药的郎中。他不是在七号住么？”七号室昏暗无光，石振英早已窥见门已锁上，却故意趋过去，请这郎中。店伙道：“这可不巧，卖药的包先生刚才回来，又出去了。要不然，我给你老另请一位医生吧。”石振英道：“唉，这是怎么说的！咱们快看看，也许他吹灯睡觉，没有出门。”说着，便往七号门口走。

七号门窗漆黑，石振英四面一看，忽伸手把窗纸点破，便往房内探看。店伙急忙拦阻，把灯光一照道："你老瞧，这不是锁着门么？哟，你老怎么把人家的窗户给弄破了？这可不好。"石振英早已猝出不意，窥了一眼，回头道："呀，可不是，真是锁着门呢。来来来，你拿灯笼给我照一照，这屋里卖药的药箱子拿走了没有？"说着，将一小块银子塞在店伙手内。店伙不觉得依言提灯一照。石振英模模糊糊瞧了瞧七号屋内的情形，立刻说道："糟，连药箱子也背走了，我还得砸药铺的门去；抓点成药，给病人吃吃吧。"

石振英这番做作，全靠手疾眼快，其实早把店伙惹得动疑了。店伙只顾虑七号房客人，怕他恰恰此时回来，碰上了不合适；倒不问石振英这番作为有何用意了。石振英探罢虚实，口中唠唠叨叨，向店伙敷衍着，抽身出店，慢慢踱到街上。又回头一看，店伙没有跟出来，四外也没有什么行人，他就立刻施展开身法，疾如星驰，绕道择途，往福元巷奔去。

此时，夜色沉沉，已近三更。却还来得巧，陈元照还没有做出意外的举动来。石振英奔到约定的巷口一啸，陈元照从暗影中闪出来，很着急地说："你老才来？刚才有两个人影，围着谈家临街的墙绕了一圈，又走了。不晓得是不是那个卖野药的伙伴。"石振英道："哦！谈家有人出来没有？"陈元照道："也没人出来，也没人进去。"石振英道："有人开门探头没有？"陈元照道："没有。只听见街门响了一声，到底没见出来人。"石振英诧异道："唔？"又问那两个人影，"从哪里来的，往哪里去了？"陈元照道："由江岸西北绕来的，围着福元巷转了一圈，仍往西北去了。我本想缀下去察看察看，因为你老嘱咐我别离地方，我又怕认错了人，只好在这里等。我说伯伯，咱们是潜进谈宅，暗助他们一臂好呢？还是追缉下去好呢？"石振英忙道："谈宅万万去不得，他们也许把咱们当作歹人哩。"陈元照一指西北道："那么，咱们往那边看看，怎样？"石振英不答，叫着陈元照，进了福元巷的后巷口。

第四章 寻仇人来

福元巷内，谈家全宅昏黑无光，街门紧掩；只那后院一角小楼，楼窗虚掩；从窗隙中微微透出一星火光来。多臂石振英和陈元照，退到邻舍高台阶上，向谈宅后院看了半晌，宅内一点动静也没有。石振英遂又一拉陈元照，转到江岸，眺望了一回。正当三更，一钩新月，斜挂在天空，被浮云遮掩，只隐约望见浩浩江流，烟雾迷蒙。在白天，江上樯桅如林，这时候月暗云低，通通看不见了，仅仅望见里许外数点渔火罢了。江风吹来，岸边树林发出沙沙的声音，越显得夜味凄凉。陈元照又一指西北角道："伯伯，你看，那两条人影就是奔那边去的。"

石振英顺着手一看，果然在江堤的西北角上，有一片浓影，大概距离江岸半里之外，距离福元巷至少尚有二三里地；不知这浓影是江村，还是荒林。他回顾陈元照道："你看看那一边黑影究竟是什么？白天我没有留神。"陈元照道："那是一座树林子。"石振英道："哦！"把陈元照引到暗影中，然后说道："寻仇的人大概是在树林子那边纠集，不久必要到谈家登门寻仇。"说着，不由叹息道，"这飞刀谈五也是一世的英雄，

他生前和我也有一面之缘。想不到身死之后，继嗣无能，竟教人家欺压到门口上了。只怕这一回，免不了被人家沥血复仇。”

陈元照一听，把背后包着卍字银花夺的小包袱摘下来，道：“那么，伯伯，你我不能袖手旁观，总要拔刀暗助一下。我们把他们一伙寻仇的歹人吓跑如何呢？我只恐他们施绝户计，半夜放火，把谈家男女老幼全害了。”石振英摇头道：“他们不是吃吓的。我看他们的举动，绝不是寻常贼匪。他们既然登门挑衅，决不肯暗算人的，也不会半夜放火的。元照，你跟我来，你看我布置。这一回闲事，我一定要管管。等他们报仇的人来了，我们看事做事。你把兵刃和暗器预备好了。”

陈元照道一声“好”，跃跃欲试地打开小包袱，将一对卍字银花夺，取在手中。由石振英引领，相度地势，重返福元巷。贴近谈家后院，找了一所邻舍。绕行一周，四顾无人，石、陈父子各将长衫打在包袱内，系在肩头；各将兵刃握在掌中，暗器带在身边，然后飞身跳上房脊的后面。却不藏在一处，一在左，一在右。石振英借瓦兽，障着头顶；陈元照借房脊上的烟囱，障着上盘。在这里，两人只一探头，都可以窥见谈宅的庭院和小楼；一回头，又可以望见江边，把身形避好。石振英又低告陈元照：“寻仇人若果夜里来，一定从后院矮墙跳进去，你留神后院吧。他们要是放火暗杀，你我就立刻动手。他们要是登门挑斗，你我先看看。”陈元照点点头道：“对！”凝双眸注视着谈宅内外，静候峨眉七雄寻仇人到来。

这宅院内，是所四十多间的三进大四合院。房子建筑得很高大，很讲究；有跨院，有小花园似的练武场子。后院那座小楼，上下各五间，好像是佛堂。这三层正院，一点灯火也没有；只有小楼上从窗隙微透光亮罢了。全院昏暗暗，静悄悄的，似乎宅眷均入梦乡。

约莫过了一顿饭的时候，还不见寻仇人到。陈元照渐渐等得心焦，正要挪身往石振英跟前凑问；忽然见石振英向他一摆手，又往谈家小楼上一看；一比手势，催陈元照伏下身去。陈

元照依言，重伏在房脊后，抬头往小楼上一望；猛听吱的一声，楼窗半启，露出一个人的半张脸来；尔后，楼头灯火倏然黑暗，不是吹灭，就是被掩住了。陈元照把精神一整，从房脊上也只露出半个头顶和一对眼睛来，凝神注视着那半扇楼窗。楼中灯光虽暗，可是月光依稀，恍惚看得见窗口左侧，似是一个女人，借窗扇遮掩身形，也正往外远眺。跟着又吱的一声，那另一扇楼窗也开了，忽然也露出一个女人的上半身来。影影绰绰，只看见人影，看不出人的面貌和衣服的颜色。再往下窥探，谈宅中层院落，三间东厢房，纸窗通明，忽然点起了灯火。在前院，类乎客厅的五间南倒座，也忽然窗明灯亮了。跟着呼隆一声，南倒座厅房门突开，走出来一个长衫的男子；一声不响，登阶四望。忽然举步下阶，直趋庭心；走角门，穿走廊，往中院走来。中院的正房和两间倒座，依然屋门紧掩，窗扇漆黑。

此时月光微明，清辉匝地。忽听楼门吱喽一响，走出一个女子来；但见她通身穿着夜行衣，手中还提着一物，看不出是何物件，但绝不是兵刃。只见她循楼梯，姗姗地走下来，一面向各处张望。忽然穿走廊，直赴中庭；走到正院上房檐下，把上房堂屋严扃的门扇连拍四下，好像对着门口，说了几句话。五间上房昏黑无灯；跟着拍门声，忽然火光一闪，上房东间的纸窗亮起来了。人影一晃，隐隐听见开门之声。门外那女子又说了一句什么话，上房的灯光已明，又灭了。虽听见堂屋拔闩之声，到底门扇没有开，推想是被那女子止住了。那女子提着手中物，又转奔前院；到南倒座门口，先叫了一声；竹帘吧嗒一响，一径进去了。南倒座三间屋本有灯光，却不明亮。女子一到，转瞬间灯光一亮。不大工夫，那女子同另一个穿短衫的男子，先后掀帘出来。

陈元照手握双拳，藏头在烟囱后面，有点看呆了；一时忘其所以，跟着那长衣男子的行踪，想直起身子来，往下寻望；忽被多臂石振英一把按住，低喝道：“别动！你不怕教人家看

见你，拿你当贼吗?”陈元照忙又伏下身。石振英怒道：“这还不行，整露出一个脑袋来，行家只一打眼，就看出来了。”拉着陈元照的一只胳膊，叫他仍贴烟囱藏好，只许露出半边脸，一只眼。

那个长衣男子曲曲折折，穿着走廊，由前院往里院走。忽然隐住身，看不见了；忽然又现出身来，眨眼间，穿过中院，走近后院小花园。有假山石挡住，又看不见此人的去向。陈元照心中疑闷：这个男子不像护院值夜的更夫，孤零零一个人，又没拿兵刃，而且深夜穿行内宅，不提灯笼，摸着黑走；正不知他是宅中的奴仆，或是主客，也不知他到底有何举动?陈元照忍不住又要挪身探头，寻窥究竟。他忙侧目看了看伯父石振英，也正伏身蛇行，往前移动。陈元照立刻照样慢慢地往前凑。蓦然见那男子在小楼下面现出身形来，面对楼梯，仰面招呼了一声；声音很低，也没听清喊的什么话。楼上立刻有一个女子说了一句什么话，跟着楼梯噔噔响了一阵，这男子似乎也上楼了。登楼的足音才住，小楼窗扇突然合上，楼内灯光立刻一闪重明。偶尔一阵风过处，恍惚听见楼内有人喁喁共语。再一倾听，又听不见了。陈元照把一对大眼睁得一般圆，努力往小楼上面看。不料石振英在他耳畔低叫了一声道：“元照，快看，街门洞里面有一个人。”陈元照急忙转脸寻看，云遮月影，门洞漆黑；看而又看，还是没有看出什么来。大概门洞内定有门房，这另一个人或者已经进了门房。陈元照在邻舍房上，当然看不着了。

楼梯忽又传来噔噔之声，一个曳长衣的人脚步轻轻，走下楼来。行至楼梯半腰，忽复止步。斜倚栏杆，往前院街门外瞥望了一眼；旋又举步，往楼下走来。石振英道：“你看见了没有，这一个才下来的，又是一个女子。”陈元照急忙一看，低答道：“许是吧，她大概穿着裙子。她这是要往哪里去呢?”

就在同时，院中的一男一女出离南屋，双双走下台阶；南屋的灯光倏然又灭。石振英暗暗点头，猜想南倒座里面一定还

有人，这是屋中人用东西把灯光掩住了，并非吹灭的。果然谈家暗有防备，只不知他们安下了多少人，也不知用何手段对付仇人。

再看这短衣女子和这短衫男子，直走中厅，连穿三院，陡然翻回来，改了走法。两个人趋走飞快，一东一西，从走廊两面梭巡起来；把那手中物一弄，突然发出两道强光。原来这一男一女，手中拿的是两盏孔明灯，圆光如轮，发出两道黄光，一个在这边，一个在那边，往院中暗隅不住地照射。再凝眸细看，两个人此时都带着短兵刃了；背后露出把柄，不是单刀，便是单剑。那女子肩头上还挎着一个袋囊，像是暗器。

那女子和那男子一声不响，从两廊梭巡前后各院，只匆匆地绕了两转。忽打了一声招呼，二人嗖地一蹿，登墙头，上了房顶。然后倏分两路，登房越脊，把宅院的里里外外、上上下下，用灯照着搜寻起来。陈元照还像傻小子似的，细看两人的举动。见男女二人飞蹿上房，他便心中一动，且又窃喜，回头对石振英道："伯伯，咱们不用替人家担心了。"多臂石振英猛然说道："不好，快下，别教他们照见咱们；免得把你我当作仇人！"陈元照道："那可说不定。不过，但是离得远，看不到吧？……"

这时候，那女子的孔明灯尚在前院乱晃。那男子的孔明灯已绕到后院，侧立在花棚房顶上，也正晃动灯光，往邻家房顶上照来。石、陈二人的潜身处，恰和谈家后院，隔着两层院子，相距还有七八丈。在平常人眼里，本来不要紧；但是，石振英却恐怕躲不开行家的眼，急急的一托陈元照，溜下房脊，道："不对，不对！咱们看得见人家，人家就看不见咱们么？快下来吧；没的助不了拳，反倒替歹人顶了缸。别看了，往那边平地上卡着去好了，平地上决不会被人拿来当贼看的。"

叔侄二人滑下房脊，弯着腰，往旁边溜。夜静声清，忽听那一男一女，低发了一声轻啸。陈元照忍不住一直腰，一伸脖，又要探头；一男一女的一对孔明灯，一直的分往西北、东

南照射过来。石振英下死力，把陈元照扯趴下，喝道：“你非教人家扑奔你来，才痛快吗?”叔侄二人溜下邻家墙头，躲到隐避地方，这才侧首仰面，往天空一望，依稀辨得出孔明灯掠空的微光。

石振英急急地绕过墙头，借房山障身，直起腰来，顺着谈家的灯光，再往西北面寻看。陈元照道：“呀！你老快看，那边有一堆人影！”石振英急看时，果然在西北角江岸那边，月影之下，有一堆人影蠕动。隔得远，看不出趋走的方向，但看出人数至少在三四个以上。辨认片刻，旋复认出这一堆人确由西北角，一条线似的趋奔这边来，忽又转成扇面形。人影历历，仔细一数，是四个人。叔侄二人相视愕然道：“来到了！”

就在这一愣神的刹那间，石振英眼观六路，耳听八方，忽然在隔巷邻舍墙后，扑通的一声，跳下一个人影，如飞一般奔江堤逃去。紧接着又吱喽的一声。这几声引诱得陈元照，又要现身往回看。石振英着急道：“快往地上跳，往西边去！人都来了，你怎么还要露相?”头一个蹿下房来，陈元照也只得跟踪跳下平地。叔侄二人恰落在邻家的小院内。先已试探过，这院内没有狗；然后，蹑足急趋至邻墙根，腾身翻出去，已经置身在福元巷的隔巷了。石振英道：“留神狗叫！”两个人躲着谈宅，直趋出十数步以外；恰好寻着一棵大树，急急地盘上去……

这时候，飞刀谈五家后院的佛楼，楼窗大启，楼内灯火已灭。月影中，楼窗口又探出二个人的上半身来，手中也提着一盏孔明灯；好像故意乱晃，与那房上、墙上的两盏孔明灯，遥为呼应似的。谈宅内三五十间房，所有有灯亮的屋子，都已掩蔽住了，全院陷入黑暗中，教凄暗的月光笼罩着，越显得三盏孔明灯的火光灿如三道银蛇。

三盏孔明灯晃照了一阵，旋即停止，合上灯版。月影中，重闻得数声轻啸，跟着又听见门扇开合声，楼梯登踏声；跟着听见嗖的一声，又唰的一声；并且还有踏破屋瓦声和践落墙土

声，纷然杂作。就在同时，西北面出现的人，一共四个，星驰电掣地奔了过来。将近江堤，忽然从小巷吱地响起一声尖锐的呼哨，蓦地跳出一个人影来。

西北角奔来的人群，正是登门寻仇的卖野药郎中巴允泰和他的伙伴——陡然一散，往旁一闪，登时止步搭腔。那小巷跳出来的人影，不知说了几句什么话，似乎转身要走。陡然间听那寻仇的人大骂，个个回手拔兵刃，沿着江堤，往福元巷奔来。那巷前出现的人影当先开路，也回手拔兵刃，又吱地啸了一声。

寻仇的人已经出现了五个。多臂石振英和陈元照盘在大树上，把江堤看得分明；谈家的情形却看不见了，但是小楼一角还可望见。楼头已经没有灯光，没有了探窗窥下的人影，也没有了孔明灯。陈元照着急地说："伯伯，恶人太多，恐怕暗处还有党羽，谈家要吃亏；咱们父子快迎上去吧！"身随话声齐落，唰的一松把，由树上跳落平地。石振英忙道："别动，先听听！"陈元照道："听见动静再过去，谈家可就糟了。你老别不紧不慢的了！"竟不听石振英的话，把卍字银花夺一整，拔步横截过去。

石振英很生气，从树上施展"白猿坠枝"的招数，唰的往平地上一蹿，轻飘飘落下来；仗身法轻捷，已经斜蹿出一丈以外，方才落地，脚下微微一点，又腾身而起，横遮到陈元照的前面。竟将陈元照的手腕子一捉，道："你真不听说！跟我来，这边等着。"

多臂石振英已看出谈家的布置，他还想看一看寻仇人的举动，究竟是否按江湖道行事。因此提刀蹑足，循墙贴壁，轻轻的，然而是急急的，往谈家后门溜了过去。揣想谈宅房舍建造的局势，贼人若来，必走后门。自己可以匿在后门对巷，见机而作；或者拔刀助拳，或者武力解纷。不想他这回竟没打算对，这一伙寻仇人虽因不敌，暗算过一尘道人；这一回找谈家复仇，却是明目张胆，登门挑斗。只把谈家的男口杀死便罢，

犯不上戕害女眷。哪知道谈家的男口自是无能，谈家的那个寡妇大奶奶却有点不好惹。她已经连夜邀来了能手，便是那个俏眼圆脸、肤色微黑的布衣姑娘。名叫抟沙女侠华吟虹，和她的父亲风楼主人弹指翁华雨苍，还有她的掌门师哥段鹏年。

现在这个布衣姑娘早换上一身夜行衣。腰系五云盘凤的丝带，足登鹿皮铁尖窄蛮靴，肩挎一只银花鹿皮囊，囊装一袋五毒神砂；另一只鹿皮赤灰拏云手套，就掖在毒砂袋口上。右手提着一盏孔明灯，孔明灯的灯版早已关上，肩住圆光，不再透亮了。左手倒提着一口折铁镂银五凤剑。这时节，她曼立在前庭东厢房房顶上。这个女子是个二十一二岁的大姑娘。

另外登高梭巡的那个短衣男子，便是段鹏年——她的二师哥。白面微髯，中等身材，儒雅气象；穿紧衫肥裤，盘辫子不打包头，系丝绦，登快靴，背插单刀，肋佩镖囊。手中也提着孔明灯，灯版也早关上了。立在后院。双眼灼灼，极力地注视着后巷。原来，他已听出后巷有人了。他忙将灯放下，暗暗掏出一只镖；只要后巷的人一露头，先杀他一个下马威，向不致命处给他一下。然后再喝问贼党，是何来意？有何不可解的仇怨，向人家孤寡门前索斗？这一来，陈元照真是侥幸；直扑到后巷，他还想往谈家后门凑，多亏石振英把他拦住了。

还有西楼头，窥窗瞭望的人，便是谈家的寡居大奶奶倪凤姑，正是这一回邀助御仇的主动人。她已经三十七八岁，快四十岁的人了；却生得丰容盛鬋，俊眼曲眉，是个会武功的健妇，看外表只像二十八九的少妇，只身量稍矮，体格稍胖了一些。此外，谈家宅内还藏伏着几个人。

寻仇的五客如飞地奔来。谈家头一个发现仇踪的，竟不是房顶梭巡的一女一男，乃是楼头窥看的谈家主妇倪凤姑。首先低啸示警的，却是那个白面微髯的段鹏年，但是他却看错了，误将邻房上伸头探脑的陈元照，认成寻仇人的探子。哪想到楼上的倪凤姑远远望见邻巷蹿出一条黑影，房上的女侠远远望见西北面奔来四条人影，便也互打招呼，互相示意。都以为自己

看见的，也正是别人看见的；却不知别人看见的，并非自己看见的。直等到西北角上四个人奔过来，与那巷口的人合在一处，然后谈家男女三人方才耸然警动。立刻又互相关照了一遍，慌忙预备好了暗器，跟着又投下五块石子，向宅中报告仇人来到的数目。宅内楼上屋中的人登时也准备了；把灯吹熄，把兵刃操在掌中。

转眼间，五个寻仇人驰入福元巷。那个踩盘人，名叫快手卢——卢登，提刀当先引路。那个卖药郎中巴允泰，此时换了一身夜行衣，洗去脸上伪装的黄色，手持一拐一刀。那寻仇的正主康海，也是一身短打，背单刀，带箭囊，紧紧跟随。乔健生和乔健才稍稍落后，预备巡风。五个人分两面，绕奔前巷口；便要围着谈宅膛道勘伏，从邻舍墙头袭上谈家。快手卢急忙低呼道："并肩子，留神房脊，还是奔后巷的好！"

抟沙女侠倾耳一听，索性一直腰，亮出全形来。在前院房脊上巍然一站，一扬手，吱溜一声，发出嘹亮的响声，乃是一只响镖。然后，娇叱道："喂，线上朋友来了！你们是怎么个来意？若要开耙打抢，可以好说。本家虽然没钱，也还可以借盘川给你们。若要寻仇斗技，你们说出道来，本家虽然没人，也能接着。你们成群搭伙，黑更半夜，一声不响地奔来，你们来得不地道了！你们哪一位是正主？你们堵着人家门口闹事，欺负本家没人！你们那位在门框上露那么几手，我们也看过了，并不算稀奇。喂，你们不用唧唧哝哝了，快说吧！够朋友的，先报个万儿来。"

黑衣女侠华吟虹向地上寻仇的人发了话。那一边的段鹏年已经听见；顾不得后院，急急地向后院花房，投去一块石子，又招呼了一声，连忙登房，奔到前院。刚一现身，被黑衣女侠向他倒背手，做了一个手势。段鹏年会意，便不露面，退藏在房脊后，侧耳听着。

寻仇的五个人一齐止步，仰视谈家。浮云微掩，月光依稀，已辨出人形。乔健才忙向巴允泰耳语；巴允泰点点头，用

手中兵刃，封住门户，凑上半步道："女朋友请了！"说话就含着轻蔑，跟着一阵冷笑道："我们千里迢迢地奔来，专要拜访谈五爷的本人。可惜一步来迟，听说他本人已死。他本人虽然死了，我们都是十几年的老交情，旧约会，我们还要见见他的后人谈维铭。我们明明白白，登门求见，我们一定要留名的。不过你这位娘子，不知跟谈二爷是怎么个交情？也请你说明了，我们再报万儿。你放心，我们男子汉、大丈夫，做事光明磊落。我们找姓谈的，也没有多大过节，只不过半条胳臂、一条性命，如今过了十几年，三分行息，加一账，我只要姓谈的一个儿子、两个孙子，女口一个也不要。我敢说，我们这番报答，走遍江湖，都说得出口去。女朋友，你贵姓？"

黑衣女侠没等听完，便夹耳根泛起红云，十分恚怒；放下孔明灯，一回手，将剑插在背后，又一探手，把那鹿皮手套，套在右手上。段鹏年一眼看见，知道她要动手；连忙现身拦住，横身探头，向下喝道："朋友，你失言了！人家乃是姑娘。看你的举动来派，绝不是放把火、暗算人的下流江湖。你白昼登门，指名寻仇，足见是光棍行为。但是你刚才说的话，可不大像人言。姓谈的不知道欠你们哪一位的胳臂性命，你们来了这些位。可见人人都有朋友，人人都可以帮朋友的。我告诉你们，这位姑娘跟在下都和谈家是朋友，特为给你们了事来的。你嘴里说话要干净点。我请问你，你老兄是姓巴，还是姓康？"

卖药郎中巴允泰一愣，忽然哈哈大笑道："算你会认，我便是姓巴的，我们没打算隐名埋姓。你们一男一女，自然是来给谈家助腰的了。好吧，我们就要讨教讨教。"

段鹏年忙接过来道："讨教容易，我们正想讨教呢。不过，我们不愿在自家门口，跟别人较量，好像欺生似的。朋友，在这里绝没有你们的便宜。你可以指定一个地点，规定一个时候。"

巴允泰道："好！"五人中那个叫康海的长身男子厉声接腔道："相好的，我们不是找便宜的。我们是清旧账的。你要我

们定地点，定时候么？好好好，来来来，请你快下来，咱们就在此时，就在此地！”剑拔弩张，做出索斗的神气。巴允泰一听这话，疏眉一皱，立刻低声先把康海稳住。段鹏年不愿堵门口拒仇敌，恐惊了宅中人；巴允泰也不愿堵门口斗仇敌，恐受了暗算。巴允泰仰面答道：“喂，房上的男朋友和女朋友，咱们就往西北边那座树林子里，比量比量，也省得吓着谈家的大人孩子。”段鹏年冷笑道：“树林子里就有你们的朋友，我们也不怕。不过天不早了，我们还想睡觉；朋友你将就点，咱们在江边见吧。”

抟沙女侠忍耐不住，怒斥道：“跟这一群畜生，哪有那些废话！呔，姓巴的，快带你们这群狗党，往巷外等着去吧！姑奶奶这就下来，把你们的一个个狗舌头先拔下来，省得再嚼蛆。”她那口折铁五凤剑本已插在背后，她并不要拔取，却将右手一伸，套上皮手套，要来掏取鹿皮囊里的五毒神砂。捻了一把，似要先往下一扬，跟着纵身硬往下跳，来一个敌前登场。夺命神针段鹏年看出她的用意，急急地低喝一声道：“使不得！”谈家在故乡乃是良民，他家门口实在不能溅血横尸的；忙向华吟虹打了一句哑谜，又一指后门；暗示着华吟虹，趁自己与仇人答话，可以开门出去。下面寻仇人康海也看在眼里，往旁边一退，拔刀在手，昂然叫道：“相好的，你们一男一女全不是谈家的正点子。你们要替他顶缸，我们管不了许多，总教你死而无悔。你可要知道，爷们奔寻千里，一定要见见谈家的正枝正叶；光你们两人，爷们还犯不上拔刀。”复厉声喝道：“姓谈的，你们尽邀旁人顶缸不行，快给我滚出来。你们要不出头，爷们可要不客气，挑你们的窝了！”女侠厉声道：“你狗贼有本事，先把这一男一女打败了，再找谈家的正枝正叶。”

两方面正在叫阵，陡然细腔细调，一个庐州府口音的妇人，由房上接了声：“姓康的朋友请了！我们正要见你，你居然赏脸光临了，好得很。谈家的正主就是我，我就是谈维钧的妻子。请你们让开一步，容我们下来请教。”

峨眉群贼巴允泰、康海、乔健生、乔健才等，一齐仰望。在房上挨着黑衣女侠的肩下，出现了这么一个中年妇人，纤腰细足，包头佩囊，一身短打扮，手中只提着一把短刀。乔氏弟兄忙寻看她背后，背后似乎没带着飞刀的刀囊。

贼人却不知飞刀谈五传下来的飞刀，有长短两种。长的飞刀一尺多长，一共五口，插在背后，露出肩头；短的飞刀一槽七口，长才七寸，窄刃细把，上系绸条，名为刀衣。另有现成的皮制刀囊，并排成七鞘，每鞘插一口刀；仅仅露出七口的刀尖，并非刀柄在上。刀锋尖锐，却非十分锋利。寻常佩带，把刀囊斜挎在右肩头，左肋下，微偏在左背后面；使用时，便可推过刀囊来，用手指一掐刀尖，向外一甩，便可倒掷而去。只一翻转，立即达到敌人身上。谈家大娘子倪凤姑现身而出，确实在肋下佩着七口短形飞刀，还在袖底藏着双筒袖箭，但全是没有毒的。她恨极了仇人，胆敢欺负到家门口；为保全谈家后代，一弟、二子侄，她定要下毒手，与仇人拼命。弹指翁独独劝她手下留情，免得过伤了仇人，再一再二寻仇。黑衣女侠却劝她应该下毒手，杀一儆百，免得贼人再三再四，穷追没完。正是各有各的看法。倪凤姑先把小叔和爱子、侄儿藏起来，然后自己挺身应敌。寡妇心情，未免心软，但却抱恨甚深。她考虑了一晚上，到底是，暗器仍要用，毒药暂可不使。

峨眉群雄露面的五个人，都注意倪凤姑，却都不认识她；都提防谈家门的飞刀，却没理会倪家门的双筒袖箭。他们聚精会神地打量倪凤姑，却不晓得可怕的不止倪凤姑，还有那夺命神针段鹏年的梅花针和抟沙女侠华吟虹的五毒神砂。

巴允泰是老江湖，见谈家又出现了一个女的，心中嘀咕起来。这可真是胜之不武，败了最丢人；并且女子会武，必非拳技刀剑警人，她们一定是以巧降力，惯要弄暗器的。忙暗嘱同伴："小心了，她们的暗青子！"康海和快手卢也觉出这一点来，同声叫阵道："姓谈的女人听真！我们男子汉，大丈夫，远道前来，访朋友，清旧账，我们可不愿意和一个脚指头的娘

们打交道。……嘻嘻嘻，姓谈的子孙难道都死绝了吗？你们当是搪债主子哩，把男人藏起来，放出女人来对付？可惜爷们不是那种人！”

二女侠一齐大怒，夺命神针段鹏年也忿不可遏，叫道：“呸！好一群不知自爱的奴才，秽口伤人，贻笑江湖！看你段二爷对付你，闪开了！”回首向内道，“谈顺，快开街门！”对二女侠又一挥手，登时听院内嗖的一声。然后二女侠一转身，跳下房来，落到院内。段鹏年也一栽身，跳到邻房。谈宅前院房上登时没了人。

乔健生、乔健才一见这种情形，忙向同党一指邻墙，低呼道：“上！”打算乘虚上房，入攻谈宅。

巴允泰忙道：“嗐，不行，快上这边来。姓谈的朋友，我们就依你，江边见！”向众人一挥手，唰的撤退下来，斜趋江边。几个人刚一挪步，谈家房顶上哗啦一响，露出半个人面来；托着一杆花枪，枪尖探出房脊，暗示着寻仇人趁早别往房上闯。峨眉群雄均已看明，巴允泰低声道：“如何？还是江边好，可以往树林里诱他们。”巴允泰自以为大方持重，哪晓得谈家房上，那一个人面，半截枪头，乃是故布的疑阵。

当下谈家大娘子倪凤姑，和抟沙女侠华吟虹、夺命神针段鹏年，联袂争先，从邻院跳出来，如飞地赶到江边。寻仇的峨眉七贼也钻出巷口，如飞地扑奔江堤。谈家只有二女一男三个人出头，仇人过来的已经五个，并且还有潜伏未到的接应，双方势力不敌。倪凤姑和抟沙女侠毫不介意，拼命地迎上来。登时双方交手，在暗淡的月影下，往来拼斗。这时，却把局外旁观的陈元照急得了不得，急急地催促伯父石振英，快奔江岸，拔刀助战。石振英也替谈家着急，她们不该擅离家院，万一仇人乘虚袭入，谈宅就要遭害；思量着要替谈家护院。石、陈叔侄二人各着各人的急，到底小的扭不过老的，石振英疾引着陈元照，往谈家后宅邻院凑过去。

不料叔侄两个身影一晃，谈家小楼上陡然火光一闪，同时

前院房上故布疑阵处，竟有一个活人伏在那里，突然举起一盏孔明灯，一道黄光竟照石、陈二人藏身处射来。陈元照道："不好！"一言未了，唰的飞来一支弩箭。石振英和陈元照急急一缩项，退到房脊后。石振英向陈元照低笑道："好！人家有防备，这里不用咱们管了，咱们快奔江边，看热闹去吧。"到了这时，石家叔侄心下释然；便唰的跳下房来，循巷贴墙，往江边溜去。将出巷口，未肯再冒昧，两人藏着身子，往外探头。

第五章

江边决斗

此时，打得十分激烈。谈家大娘子倪凤姑手持利刃，力敌二仇——正对头康海和快手卢。黑衣女侠运五凤剑，独战乔健才；剑光挥霍，应付裕如。段鹏年和那个卖野药的巴允泰，一口刀对一刀一拐，单打独斗，一来一往，打得最凶险。那乔健生把手中刀一抱，在一旁观风，掌中暗捻着一支钢镖，预备相机援应自己的人。

巴允泰认定倪凤姑是谈家的正对头，一面动手，一面侧目旁睨。谈家这男女三个人在右肩头，左肋下，竟都佩鹿皮囊，料想必有厉害的暗器。巴允泰且打且变换脚步，往康海那边凑过去。连打招呼，教同伴们留神飞刀暗器，务必把这三个男女紧紧裹住，别容他们缓手。黑衣女侠华吟虹只是冷笑，一连数剑，把乔健才砍得连连倒退。倪凤姑运一把短刀，双战快手卢和康海；只走了几招，便识出康海的朴刀手法很毒，刀也分量沉重。那快手卢却又十分狡猾，手快而刀疾。两个人都是劲敌，倪凤姑便不敢恋战，用刀一冲，往旁一蹿，就想掏飞刀。巴允泰大嚷道："缠住她！"康海喝道："臭婆娘，少捣鬼！"朴

刀一挺，立刻跟上来，一个“白蛇吐芯”，照倪凤姑猛刺。倪凤姑不敢招架，闪身一躲。快手卢道：“女朋友，少使暗器！”跳过来，从斜刺里照倪凤姑肩头剁来一刀。倪凤姑回身一顺兵刃，往外封架。康海早又赶过来，恶狠狠把朴刀一挥，下扫双足。倪凤姑纤足一点，微胖的身体腾空蹿起来。她刚躲过这一刀，快手卢的刀又到。两个仇人果然提防着倪凤姑的暗器，双双缠斗，一点也不放松。倪凤姑的暗器一时无法出手。

那一边，巴允泰和段鹏年各用纯熟的招数。刀拐翻飞，互相刺击。段鹏年隐闻倪凤姑似因体胖，呼吸短促；忙打定主意，施展绝招，要先打倒一个敌人，腾出身子来，好帮助二女侠。并且敌人较多，自己这边更不便跟他久耗。那乔健生仗刀观战，更防他抽冷子潜下毒手。段鹏年当下喝一声：“朋友，看刀！”刀锋一展，展开了一套精熟的刀法，泛起缕缕寒光，向巴允泰猛砍过来。巴允泰久经大敌，立刻也将手中刀一挥，施展开六合刀法，用刀迎击上来。登时只听得嗖嗖的闪蹿之声和利刃劈风之声。月影下，刀光掠影，交织成两团白光，翻翻滚滚，随着身形乱窜。两个人棋逢对手，打得十分出力；却是各仗精熟的招数，攻打敌人，全不肯硬砍硬架，听不见兵刃磕碰的声音。

战过多时，忽然间听得一声娇斥道：“倒下！”抟沙女侠剑尖一挑，突然使了一个诓招；诱得对手乔健才整个身子攻进来，她就剑花一撩，又一颤，叮当一响，把乔健才的刀弹落尘埃。这一招得手，第二招跟着又发出来。乔健才拼命往旁一蹿，哧的一声，左肩头衣破血溅，踉踉跄跄，向圈子外蹿去。黑衣女侠华吟虹双眼一瞪，喝道：“哪里走？”挥剑便追。那一边，观风的乔健生吃了一惊，飞身一蹿，急一抖手，把那一只镖一声不响，劈面打出来。相隔才四五丈，只一扬手，镖已打到抟沙女侠身边。抟沙女侠华吟虹伏身一闪，掌中剑不依不饶，仍向外吐，照那丢刀失措的乔健才劈去。乔健才翻身败走，扑地摔倒。乔健生忙一个箭步，从斜刺里脊背后，掩袭过

来。让过乔健才，斜肩带臂，猛砍女侠华吟虹。

华吟虹其实早就防着这个袖手旁观的敌人；陡见敌刀袭到，她不闪，不躲，不退；耳听得利刃劈风，看看将到自己背后，她这才猛然一撤身，剑锋一转，硬往外滑着一封。却不是真封，左手早将鹿皮手套带上。乔健生刀到人到，两人几乎对撞。华吟虹猛然把左手一扬，娇斥道："看招！"一把五毒神砂劈面洒打出去，敌人的刀也劈面剁进来。她这才抡剑一拨，倒退着往后一蹿。铁砂子如一团黑雾笼罩过去，立刻听见哎呀一声怪叫。乔健生闭住一口气，极力侧身往旁一闪；耳轮上，左腮上，挨了两粒铁砂子，深深嵌入肉内。他就拼命往外一跳，扪耳抚腮，将铁砂拨落，受伤处微微汪出两滴鲜血，热辣辣的有点疼痛，厉声大骂道："好骚娘们，什么东西沥了我一脸！看刀！"蹿上去，抡刀就剁。

那乔健才栽倒在地，趁这空隙，一骨碌蹿起来。肩头划伤，幸不甚重，一咬牙，把腰间的七节鞭哗啷啷一抖，亮开了，与乔健生同声大骂着，反扑过来。垫一步，够上部位，七节鞭搂头盖顶，对准抟沙女侠打去。

黑衣女侠华吟虹方将毒砂发出手，早又换右手，又抓了一把。往前一赶步，正待扬手追击乔健才的上盘；不防乔健生面中铁砂，仍然恋战。乔健生的刀竟先砍到，乔健才的七节鞭也随后打到。这倒出乎意外！黑衣女侠华吟虹急急地一倒步，身往后退，手向前扬，唰的打出第二团黑雾，冷笑着骂道："不知死活的奴才，叫你骂，叫你砍！"第二把五毒神砂，突然冲乔健才打去。乔健才的七节鞭吧嗒打空，击得平地尘飞。忙将鞭一带，哗啷啷折回来，五毒神砂的黑雾又迎面打到。他也吃了一惊，月影下不晓得什么暗器，只疑心是迷魂砂之类，伸手将鼻子一捏，右手忙将鞭盘一空扫，斜着身子往旁一蹿。七节鞭冲开黑雾，铁砂子向四外飞溅。抟沙女侠华吟虹纤足一点，霍地递剑进攻。乔健生刚刚冲上来，吓得急忙旁退，身上又着了一点，幸未打透夜行衣。乔健才却未躲开，半边脸上和右手

背上，照样也挨了三两粒铁砂子，热辣辣地疼痛。

乔健才比健生精细，一抖鞭蹿出圈外，右掌一绷劲，把砂子迸落。急伸手将脸上嵌着的那一粒砂子抠出来，就月光一看，不过像绿豆粒大小的一颗铁砂，却不懂得是何暗器。忙往镖囊内一放，骂道："臭婆娘，拿鸟枪的铁砂子打人，还算什么暗器？看鞭吧！"抢步重又向前，和乔健生仍然双战女侠。黑衣女侠冷笑不止，一面招架，一面斥道："呸！瞎眼的奴才！姑娘就用这装鸟枪的铁砂子，打死你这一对不知死活的贼兔子！"

二乔弟兄真个不知厉害，缠住了女侠。一刀一鞭，一远一近，一软一硬，攻个不停。看样子，女侠似乎被打得应接不暇，两个人越发得意。但是黑衣女侠且战且绕，一双星眸不住地闪看周围。见谈大娘倪凤姑那边，被康海和快手卢追得紧急，空有飞刀，缓不过手来；她就往倪凤姑那边凑过去。

二乔忽然哼了一声，两个人脸上的伤，起初热辣辣的微疼，转瞬又不疼了。焉晓得那不是不疼，乃是发麻；麻过去这一阵，便立刻转成灼疼。乔健生脸上那处伤挨近左眼，到了这时，突然觉得左半边脸麻木；好好一只左眼，忽然模糊起来，而且眼珠发胀。乔健才的左肩伤处，也忽然扯得左臂沉重了。两个人齐说："不好！"忙叫，"二叔！留神这个雌儿，她手里可是打铁砂子！"

此时，那卖药的郎中巴允泰，向段鹏年屡施险招，未能得手。陡然改了主意，往倪凤姑这边凑来；也似乎是一面应敌，一面要帮着康海，把仇人正点毁了。段鹏年一口刀劈、刺、划、扫，和巴允泰力斗。见敌人不住地变换步眼，便将计就计，跟着敌人，往谈大娘倪凤姑这边转来。两方面，三拨对手，本来散在江岸相打，都相距数丈；此时不约而同，以倪凤姑、康海为中心，齐往一处团凑。

巴允泰抖擞全副精神，对付段鹏年，不时偷眼盯着倪凤姑左肋的飞刀刀囊。忽闻得二乔这一喊，急急回头寻看；他还不

晓得二乔身已受伤。蓦地瞥见了黑衣女侠手戴着皮套，巴允泰登时大吃一惊，急喊喝道："喂，你们留神，这两个莲果都有暗青子！这个胖娘们不是飞刀，就是甩手箭；这个丫头不是毒蒺藜，就是毒砂子。你们千万把她俩裹住了，别教她发暗器！"

警告可惜迟了。突然听黑衣女侠纵声狂笑道："狗贼，算你识货！大姐姐，闪开了！"倪凤姑往旁一蹿，没有蹿开；快手卢挺刀追来，康海也抡刀剁到。倪凤姑尽力往圈外一挣，喘吁吁叫道："妹子，快发五毒神砂！"黑衣女侠一见这种战斗的情形，把雪白的牙齿一咬，奋力将二乔冲开；只一跳，来到倪凤姑身旁。一探囊，又撮出半把五毒神砂。夺命神针段鹏年急喝道："师妹别发那个！"但是，这话也吆喝晚了。黑衣女侠唰的一扬手，一团黑雾弥空，竟照康海打来。巴允泰惊叫道："快躲！"康海大惊，急挣命一跳，埋头伏腰，反跳到仇人倪凤姑的身后，侥幸躲开了。巴允泰狂呼道："风紧，是五毒神砂！快挡头脸，遮手背，别叫它打着肉皮！哎哎，快扯活！"黑雾又飞起来，巴允泰只顾惊呼，稍一分神，夺命神针段鹏年嗖的一刀，照肋下刺来。巴允泰险些失手，唰的一跳躲开。

"五毒神砂"先声夺人，倪凤姑、巴允泰一言道破，寻仇的五客一齐震动。二乔顿然惊悟，尤其张皇，登时觉得受伤处支持不住。快手卢卢登十分手快，趁着纷扰，照倪凤姑下盘，唰的扫来一刀。倪凤姑体胖，飞纵的功夫久已搁下了；努力地一蹿，仅仅躲开。康海惊魂稍定，也顺手劈来一刀。谈大娘倪凤姑横刀一架，趁着毒砂得手，连连退出好几步；将兵刃交到左手，右手一捏刀囊上吐露的刀尖，只一扯，又一甩，七寸长的飞刀脱手飞出来。可是飞刀才出手，快手卢的刀又已捉空剁到。倪凤姑两只小脚一登，嗖的一蹿，闪开了。康海躲着黑衣女侠，挥刀重奔倪凤姑。突然间，一叶飞刀疾如电掣，直镖到康海的面门。康海只防备五毒砂，不想飞刀已到，急急一侧脸，刀锋扫耳轮划过去，削破了一道血口子。他怒吼一声，挥刀进战。不想倪凤姑只一得空，登时把七口飞刀，不住手地放

了出来。

卖药郎中巴允泰看着情形不对，再要不识起落，必吃大亏。急厉声叫道："乔老二，老三，快走！"把自己的暗器铁菩提也掏出一把，照准身边的段鹏年、倪凤姑，没头没脸连发数粒。段鹏年、倪凤姑一蹿闪开，一齐动手，各发暗器。相隔过近，闪躲太难，双方的人不由各往后退出数丈。倪凤姑的飞刀很准，只可惜打得太急了，七口飞刀连气发出五口。寻仇人闪展腾挪，使尽身法，俱都躲开，只有快手卢挨了一下，她自己也中了一镖。倪凤姑竟十分英勇，拔去镖，仍在力战。她一面发暗器，一面喊叫："段二哥，别留情了！怎么还不放梅花针？不要叫这些恶贼跑了！"忙又将袖中的双筒袖箭打出来。夺命神针段鹏年见她急怒，忙叫道："大嫂往这边来。看小弟来，您就不要发暗器了！"横身挡住了倪凤姑，把他的夺命梅花针发出来。

黑衣女侠华吟虹的五毒神砂，奉师父严命，不准轻发；必须敌人双战自己，或者自己陷于死地，非此不能逃生，才得扬砂救命。夺命神针段鹏年连声喝止，不叫她妄发。黑衣女侠却得了理，再不肯让，连声说道："那不成！他们两个打一个，不下毒手不行！二哥，你狠狠打吧！"谈大娘倪凤姑更虑到后患，对仇人最好斩草除根，一迭声催促女侠："幺妹，快发毒砂，快发毒砂！这可饶不得，他们欺负到门上来了！一日纵敌，百年养患！"一样的应敌拒仇，各人的看法不同。

寻仇人一番恶斗，竟未得手，反而伤人丢丑。为首的巴允泰和康海恨恶万分，想不到那么厉害的一尘道人，居然把他毁了；谈家孤儿寡妇，反倒栽给他们，这口气如何咽得下去？巴、康二人注视着女侠的五毒砂和段鹏年的梅花针，眉峰紧皱，切齿咬牙，齐呼一声："风紧，扯活！"唰的沿江退下。二乔、一卢当先飞跑，直投西北树林。巴允泰、康海横刀断后，挡住了段鹏年、华吟虹、倪凤姑；一面退却，一面谩骂丑诋，一面用暗器遥击。夺命神针段鹏年大怒，抢先追赶过来。他的

梅花针有的无毒，有的有毒。仇人虽恶，他仍不肯伤敌要害；只用无毒的针，往不致命处打去。梅花针不能及远，至多不过三两丈。双方各用暗器遥攻，两边距离渐远。贼人且战且退，退到江堤；巴允泰、康海忽地转身，向段鹏年叫道："相好的，我们认栽了！请你报个万儿来！"

段鹏年手握利刃，暗捻梅花针，用刀尖一指，正要答应；黑衣女侠华吟虹抢先报道："告诉你，吓破你的狗胆！姑娘乃是抟沙女侠，这是我段二哥，夺命神针。你们若有胆量，上陕西找我们去！"寻仇人等吃了一惊，巴允泰接声回答道："好，我们栽得还有道理，咱们再见吧！"招呼一声，和康海转身飞跑，赶上了二乔、一卢，一同抢奔西北。段鹏年忙叫道："朋友，好汉做事，有起有落。你们先别走，咱们今晚上这场事怎么样，算完了吧？喂，朋友，请你也留下个万儿。"巴允泰略一旋身，冷笑道："你们自己想吧。这没有完！"康海更厉声道："一辈子没有完，你们等着吧。你们有胆量，来来来，咱们到林中再会会。"

段鹏年又紧赶了两步，很生气地喝道："你们还不打算完？好汉别走，今晚上我们一定要见个起落。"寻仇人并不理会这话，巴允泰握刀拒后，快手卢和康海分搀着乔健生、乔健才，五个人连打呼哨，似在呼援，一齐投向树林。

黑衣女侠大怒，抡折铁五凤剑，拔步便追，道："好一群不识好歹的奴才，哪里走？今天姑娘我叫你们全完！"贼人不答，只是不住声地连打呼哨。段鹏年急急地往林边看了一眼，果从林影里又冲出两条人影，在林边堤上来往打晃。段鹏年不由心生疑忌。抟沙女侠却不管不顾，竟飞身往前穷追。段鹏年急道："师妹不要追了，别中了人家的调虎离山计；你快回来，看看谈大嫂吧。"

谈大娘倪凤姑丰肌纤足，此时累得呼吸紧促，竟坐在地上缓气。段鹏年忙问道："大嫂受伤了没有？"倪凤姑一笑站起来，道："没有，没有。只是我久已没练功夫了，气儿未免支

不住。”段鹏年摇头道：“大嫂，你怎么还瞒着？我分明看见你，教那贼子打了一暗器。”倪凤姑微笑不言，却将手臂摆了摆道：“那不要紧！……喂，妹妹，妹妹，你快回来，你怎么一个人赶下去了？段二哥，你快把她追回来吧。”

两个人急赶黑衣女侠。倪凤姑追出几步，唉哟一声，又要坐倒。段鹏年止步回头，大叫道：“师妹回来，师妹回来！快看看大嫂吧！”这抟沙女侠华吟虹竟捷如飞鹊似的，奔腾飞跃，望影跟踪。仗一口五凤剑，一袋五毒砂，公然穷追下去，她要以一己之力，擒拿五个寻仇之人。段鹏年叫她不应。

段鹏年顾得了倪凤姑，就拦不住华吟虹；要追回华吟虹，又不放心倪凤姑。急得他不顾一切，连声大叫：“师妹，师妹，你怎么不听话？谈大嫂挂彩了，你怎么还要赶？不会先回来，叫来人再赶么？”

抟沙女侠华吟虹双眸直注着丛林敌影，傲然回顾道：“大姐，你真受伤了么？……二哥，你快把大姐救回去。这一群不要脸的东西，必得追上他，除治了才好；不追，怕他们还要再来。你没听见他们刚才的话吗？”抟沙女侠略略地迟徊了片晌。月影下，瞥见倪凤姑已经站起身来，同着段鹏年，追呼自己。她便笑了一声，反倒放下心，连连挥手道：“我得追他们。大姐姐，二师哥，你们快快回去勾兵吧。我先缀下去，省得叫狗贼们溜了。”说罢，一压剑，猛旋身，又如飞地追逐下去。夺命神针段鹏年空是师哥，兀自拦不住她；不由顿足生气道：“这个姑奶奶真急煞人！大嫂，这怎么办？老爷子一向不许姑娘们对敌，这一回一定要闹我。”倪凤姑忙道：“不要紧，我跟你一块追她去。”

倪凤姑的伤并不算轻。段鹏年一个男子，既不便替她裹伤，又不便搀扶她。况且，她又是一个孀妇；虽然称她为大嫂，实在比自己年轻，还是个弟妇辈分。这正应该由自己追敌，唤回华姑娘来，教她把倪凤姑搀回家去，才是两便。偏偏这位华姑娘自学会了一身本领，从来还不得机会施展。今夜好

容易抓着了逞能的地方，哪肯空空放过？眼看她紧缀着五个逃贼的背影，奔向林边去了。段鹏年干着急，进退不得，只有大声地喊叫。可是，华吟虹连话也不回答。倪凤姑也不放心，只催鹏年休管自己，快追回幺妹来。姑娘们与人较技，只许胜，不许败，败了怎对得起她的老人家。可是倪凤姑一步一瘸，分明需人救护；把个白面微髯、斯斯文文的段鹏年，窘得束手无策，又喊又跳。

那边退走的五个仇人如飞逃去，其中乔家弟兄毒已发作甚剧。快手卢和康海各搀着一个，见二乔浑身打战，步履倾跌，不住呻吟，又望见黑衣女侠疾如电掣地赶来。两个人一齐惊恐，对着树林，喊叫援兵："师叔快出来，咱们的人受伤了！坏了！"

巴允泰本甚惊惧，一见手下这四个师侄害怕的神色，他就愤然大怒道："不要慌！我先挡他一阵。不就是这小妮子一个人吗?"一摆手，催二乔和康海、快手卢速退。二乔以惨厉破裂的嗓音叫道："师叔发暗器呀，可别教她打伤了！我们俩受的毒很厉害，今晚上怕挨不过去了！"巴允泰狂吼道："怕什么？我不信华家门的五毒砂，会比得过唐家门的毒蒺藜。那都是一种毒药，一种解药，打伤了也有法子治。你们别慌，有我哩。"巴允泰忙又赶上来，先把二乔的脸色看了看；急掏出一包药来，交给康海、卢登。然后一横刀拐，扼住来路。

那抟沙女侠已经欢天喜地地挥五凤剑，捏五毒神砂，雀跃着扑过来。她乍试身手，一战获胜，说不出的高兴，把这拼命的事看成了儿戏。相隔尚在一箭地以外，巴允泰大吼一声，摆出拼命架式；只见他右手摸摸索索，掏出一把铁菩提子来。这东西是无毒的，但是他的这菩提子分量比较加重，可以及远。他要手发菩提子，挡住抟沙女侠华吟虹，不令她近前。

那前面奔跑的峨眉派康、卢双贼，架着二乔的胳膊，奔出数步，急将救药给乔家弟兄分服了。没有水，只可干咽；并且这只是一包朱砂化毒丹，只能定痛，并不是五毒神砂的对症解

药。天道好还，他们刚用毒蒺藜暗算了一尘道长；现在未及一月，他们也要干吞解毒丹了。抟沙女侠也和他们一样，毒器虽已伤人，依然穷追不舍，赶尽杀绝。康、卢二贼又怕又怒，刚刚看着二乔直着脖颈，咽下药粉去，一回头，黑衣女侠如风卷残云般追到。两人急一伏身，背起二乔，狂奔下去。仍然振吭高叫道："师姑啊，师叔啊！快过来吧！咱们的人受伤了！中了五毒砂了！"

突然一个清脆的喉咙答上腔："孩子们别慌，我来了。什么人使五毒砂？"

林影中嗖嗖一阵响，如飞地奔出来一双人影；康海、二乔一齐欢呼。

当时巴允泰回头瞥了一眼，也心中大喜。估料远近，援兵要后到一步，敌人却要抢先一步杀来。巴允泰心中实在惧怕人家的五毒神砂。虽承师弟唐林夫妻给了自己一包解毒药，却是治毒蒺藜的；偏偏又世袭珍藏，未带在身边。现在势逼如此，只可豁出带伤，先去抵挡一阵。于是紧咬钢牙，大骂道："华家该死的丫头，我们与你素日无仇无恨，我们让了你，你还追？看毒镖！"把铁菩提抖手打出去三粒。

巴允泰志在阻追兵，以待救至。抟沙女侠早已看破，嘻嘻地一阵轻笑；但见她忽地一闪身，躲开了铁菩提子。猛顿足，一跃两丈，施展开"蜻蜓三抄水"的轻功，往斜刺里，让过巴允泰的邀截，一抹地绕冲上来，扑奔了快手卢和康海。康海背着二乔，没命地往林丛跑，且跑且回头往后看。乔氏弟兄脸负伤毒，神志半昏，咽下化毒丹，心神略定；骤见敌至，偏偏又是抟沙女侠。两个人不由失声大喊起来。急忙一拍康卢的肩头，叫道："师哥，表哥，快着快着，死丫头追来了！……不好，过来了！你快把我俩放下吧！……"

康海和快手卢惊愧交进，堂堂五个男子汉，竟教一个女娃子追得望影而逃，何等可耻！快手卢自持脚下快，还是拼命往前跑。康海却性子暴烈，陡然止步叫道："乔表弟，你别怕，

我挡她一阵！”一斜身，放下乔健生，二次抽刀上前。乔健生脚踏实地，脸肿目昏，心上还明白，忙叫道：“表哥，你别跟她打，快拿暗器揍她！别教她过来。”康海道：“对！拿镖镖她这个死丫头片子！”乔健生挺然支持着，一晃一晃站在地上，也把囊中镖取出来。眨眼间，抟沙女侠绕过来；可是，巴允泰也倒追过来，拿铁菩提追打女侠的后背。

抟沙女侠身手十分矫捷，如水蛇似的，左闪右蹿，躲着巴允泰，专追康、卢。她戴上皮手套，握了一把毒砂；一回手，先照巴允泰发去。巴允泰拼命地往后一退，蹿出两丈外；急急地一旋身，一个大弯腰，把头面和两手都藏起来。抟沙女侠张眸冷笑，跟踪一跳，五凤剑唰的追剁过来。巴允泰刚躲过飞砂，直起腰来；一回头寒风劈到，急双足一蹬，躲开这一剑，又发铁菩提，攻击女侠。女侠只砍这一剑，忽又抓毒砂，一扬手喝道：“打！”巴允泰大惊急蹿，不想这一团黑雾反冲康海发来。

巴允泰急喊：“快躲头脸，发暗器！”康海果然退身埋头。这次隔得远，很可以躲毒砂；但是，女侠的五凤剑却会趁机袭来。连人带剑，一阵风似的，随着那一把飞砂，直追到康海背后。康海急急蹿开，忙又伸手取镖：“吓，好糟！”镖囊中的一槽钢镖，已经剩了一支了。刚才一阵乱打，耗失过多，连乔健生的暗器也差不多快用完了。只有巴允泰的铁菩提子数目较多，尚有余剩，但总多不过女侠的五毒神砂；那是没有数的，整整半袋。

女侠的五凤剑向康海一扫，女侠的五毒砂又奔了乔健生。乔健生毒发面肿，哪里逃窜得开？挣命地往旁一跳，也一弯腰，埋头藏面；隔得近，瞄得准，打得狠，乔健生哎呀一声，脊背后和臀部又中了数粒毒砂，竟穿衣入肉。肉未破，血未流；只觉有些疼。乔健生却是惊弓之鸟，登时吓了个骨软筋酥，咕噔栽倒地上。手中兵刃当地抛出去了；微哼了一声，如死人一般，连动也不能动了。

巴允泰、康海没命地跳过来，兵刃齐举，飞刺女侠；两个人都忘了施暗器。抟沙女侠华吟虹好生大胆，一着得胜，竟然将自己的背后卖给敌人；一挺手中五凤折铁地青钢剑，嗖的一个箭步，跳上前，“拨草寻蛇”，猛刺中伤倒的乔健生。乔健生人已昏迷，却有多少年苦练的武功，依然有自卫的机警。惊惘中不知怎的似听见利刃劈风，敌剑急袭已到；他竟从地上唰的一滚身，又一翻，又一滚，连滚出数丈，突然“鲤鱼打挺”跳起来。还是支持不住，又哼了一声，扑通跪倒。

当此一发千钧之时，巴允泰的刀已先刺到女侠的后心，康海的刀也唰的斜扎到女侠左肋。抟沙女侠初出茅庐，武功竟如此轻灵，胆又大，心又细，目力又强。她陡然一剑刺空，微微一愣，把乔健生一看，见乔健生逃躲开，又栽倒了。女侠柳眉一挑，方要再追刺一剑，却蓦然一动，耳畔听见风声，立刻一转身伏腰，五凤剑疾如电扫，往后面一撩，紧跟着一长身，寒光闪闪，让招进招，剑尖直划到巴允泰的肩项。巴允泰一退步，微侧身让开了；刀拐一展，将发第二招。抟沙女侠轻盈的身材一跳，倏然一缕寒风空扫过去，康海急袭的第一刀已落空，巴允泰的第二刀也同时落空。巴、康二人立刻凝步转身；好女侠，未容得巴、康二敌变招重攻，她就将左手的灰色鹿皮手套高举着一张，娇叱道：“看砂！”康海慌忙一闪身，又一埋头。不料这是一个诓招，女侠并没有扬砂，只将高举的手一回，就势探囊一握，又抓出一撮五毒神砂。

这诓招只骗了康海；那巴允泰双目炯炯，盯定了女侠的鹿皮手套；见她徒张空把，未见黑雾，他就骂了一声：“好丫头，看刀！”他想用自己的暗器，侧身取出两粒菩提子，忙将刀一掩，猛然发手打出。究竟抟沙女侠应敌的经验浅，恃胜而骄，只顾自己诱敌，忽略了敌人诱己；只一眨眼，两粒铁菩提奔面门打来。她急急地一扭脸，又一矮身，猛然往旁一跳。铁菩提连打出三粒、四粒、五粒。女侠张皇失措，后退，旁躲，闪身，伏腰，忙了个不亦乐乎。巴、康大喜，双双攻来。

女侠的一双星眼光力极足，有夜眼之誉；月光下躲暗器，并不为难。头两粒铁菩提，打她一个措手不及，以后她便留了神。她忽要佯败取胜，乘着一施身躲闪暗器之时，早又抓出一把毒砂。故意地失足一栽，容得巴、康挺刃进击；她就一扬手，唰的一团黑雾，洒将出来。巴允泰挺刀揉进，暗捏着一粒铁菩提，正要抢攻过来；猛见女侠的皮手套又一扬，叫声："不好！"铁菩提脱手打出去，上攻女侠的眼睛；他自己双足一蹬，一个倒翻身，直翻回去。康海也急忙一侧身，嗖的一个虎跳，斜跳出去。女侠这才轩眉一笑，五凤剑一挥，纤足轻点，柳腰微俯，嗖的如小燕穿林，飞投到乔健生跟前，五凤剑往下便扎。

乔健生双手据地，一条腿跪着，已竟左目如盲、左耳全聋了。女侠人到剑到，他浑如不觉。女侠大悦，一声不响，正要下毒手。陡然听得对面唰的一下，似暗器破空之声，黑乎乎一点寒星直打面门；跟着黑乎乎一个人影也扑过来。抟沙女侠是个打暗器的能手，听暗器劈风之声，锐而且轻，猜想必非镖箭，也似毒砂。她就急急地一转身，单足着地，右膝一曲，左足一伸，身躯往右一倾，几乎斜卧在地上。可是手中剑仍然甩出来，"孔雀剔翎"，扫斩乔健生的腰肋。吧嗒一声微响，暗器从肩头掠空落地。对面的人影忽失声叫道："呀……呔！"紧跟着叮当一声啸响，激起一团火星。抟沙女侠右手剑一震，吃了一惊，右足急急地一蹬，斜蹿出两丈以外。急抬眼一看，对面一个穿夜行衣的女子，正抢在乔健生的前面，把乔健生抓起来，往背后一抡，复面对月光，急急验看手中的兵刃。

这个女子正是海棠花韩蓉。她的单刀竟被女侠华吟虹的单剑削了一个缺口，华吟虹的手劲较她大得多，华吟虹的单剑又是极犀利的一口利刃。海棠花韩蓉心知遇见了劲敌，但她恃艺不惧，挟众不退，厉声娇叱道："呔，你这丫头，报个万儿来！干什么这么赶尽杀绝？人倒了，你还砍？"说罢，凝眸端详抟沙女侠华吟虹。只见女侠细腰纤足，看不清面目，只看出黑如

点漆的一对大眼，正瞅着自己；她和自己一样，右肩头，左肋下，也挎着一个皮囊。

拧沙女侠华吟虹闪身退开之后，也是凝眸先观敌人，后验兵刃；自己的宝剑一点没伤，于是手按毒砂囊，急急地先一寻看四面，又复正窥当前的敌人。只见这个从林中奔来的女子，纤腰细足，青衣佩囊，头上包着很大的包头；也看不清面色，可是估量声容举止，知是个三十来岁的妇人。

此时，那林中第二条人影，韩蓉的丈夫唐林，也如飞奔到。抢上前，抱起乔健生，忙退出数丈以外，急急地招呼巴允泰和韩蓉，一同上前阻敌；又招呼康海，赶紧退回来，亮火折子，帮同验看乔健生的伤。只一瞥，大吃一惊；乔健生整个头颅已经青肿，一双眼珠已经血红。唐林蓦地对妻子叫道："喂，你可留点神，健生脸上中的真是五毒砂！"巴允泰急一指拧沙女侠道："就是这个丫头打的！"唐林催康海背着乔健生，快手卢背着乔健才，自己拔刀随后，一齐退入林中；急忙拿出药来，给二乔治毒裹伤。树林外单留下巴允泰和海棠花韩蓉，向拧沙女侠答话。

两个女子对面为敌。卖药郎中巴允泰持刀在旁喝喊："弟妹，招子放亮了！这个丫头姓华，她手上就有五毒砂！"海棠花韩蓉道："是山阳华家吗？……二哥闪开了，看我的。"伸手探囊，先将皮手套戴上；又一伸手，重拔出刀来，将右肩头左肋下的鹿皮囊推到前面。一垫步，轻轻一跳，跳到拧沙女侠的对面三丈以内。拧沙女侠见对方来了援兵，也是女子，也戴手套，佩皮囊，便不忙着动手了。她将五凤剑一顺，也把肋下的毒砂囊推了推，一言不发，看住正侧面的二敌。

拧沙女侠形若木鸡，临敌不动，反倒镇定下来。海棠花韩蓉急往前迈进半步，月光下重新打量敌人。敌人意态安闲，虽然一个人对付两个人，好像一点也不介意。海棠花被一尘道长削去头发，伤了头皮，此刻应敌，格外谨慎。把手中刀一指，侧身斜进，轻轻地喝道："对面的女子，你可是山阳华家吗？"

拤沙女侠脱口道："正是。哇！什么华家不华家，我就是不许你们狐群狗党欺负人家老谈家的孤儿寡妇。不用说，你也是个女贼了；识相的，我劝你夹尾巴滚回去，少在这里自找倒霉！"这末尾四个字还未收声，陡然间，海棠花韩蓉疾如闪电，伏身猛进，"白蛇出洞"，唰的刺进来一刀。女侠微微一笑，俊眉一挑，身形一侧；腕下用力，展五凤剑，唰的硬往外一封。当啷一声，把韩蓉的折铁柳叶刀弹开，就手剑花一绕，往外一送，险些刺中了韩蓉的肩头。

韩蓉急侧身闪开了，觉得右手虎口一阵发热，立刻骂道："好丫头！"往回退一步，复又进击。第二刀不敢直扎，改取斜扫；"连肩带臂"，照拤沙女侠砍来。拤沙女侠纹丝不动，掌中剑又往外一磕。韩蓉身手灵活，再不肯硬碰，倏地把刀抽回，却又一咬牙，第三刀登时又发出来；改斜取为平进，奔中盘，"黑虎掏心"，直刺当胸。黑衣女侠仍然不动，五凤剑复往外一搪；未容得敌人收招，她立刻还手。左手剑一领，斜身探剑，紧贴韩蓉的刀锋，往外一撒招，"铁锁横舟"，剑尖直点韩蓉的右腕。韩蓉忙把刀往下一沉，一横身，右臂外展，"白鹤亮翅"，柳叶刀直斩女侠的下盘。二女连换三招，那卖药郎中巴允泰往前一跳，突然侧袭女侠的背后；刀挟劲风，斜劈过来。

拤沙女侠华吟虹虽然被夹攻，依然从容不迫；双足一点地，腾身跃起，斜蹿出丈余。华吟虹双足才往下一落；海棠花韩蓉一刀削空，改招急进；用"进步连环"，两个盘旋，翻身往外撒招，"青龙探爪"，柳叶刀向女侠华吟虹的右肋扎来。巴允泰也忙纵步欺身，刀拐并进，拐守刀攻，"封侯挂印"，利刃侧点女侠的面门。拤沙女侠身移步换，微缩身偏头，巴允泰刀走空招，女侠又侧身一跳，韩蓉的刀也贴肋穿空。拤沙女侠这才双眸一张，利剑连挥，用"仙人换影""倒挂金炉"，一招分两式，五凤剑反挑巴允泰的中盘腰肋；巴允泰急用刀猛架。女侠这一招竟是虚式，唰的剑锋一转，反向海棠花韩蓉的刀上削来，韩蓉忙用"翻身滚手刀"，先把这一招救回。女侠华吟虹

一领五凤剑，用“烘云托月”，剑光闪闪，向韩蓉的右臂点去。韩蓉势须撤招，急急地将右腕一收，身形往回一缩。华吟虹趁势往外一层剑锋，点咽喉，刺两肩，五凤剑浑如青蛇吐芯。韩蓉微微一惊，努力往后一偏头，把刀往外一封，上护咽喉，横顾肩项。

不料这一下，正中了抟沙女侠诱招的谲计。二女才一交手，华吟虹便已试出韩蓉技高力弱来，于是五凤剑单找韩蓉的柳叶刀口，给她一个硬刺硬架，硬砍硬削——和对付巴允泰截然不同。这一剑斜劈上盘。尽管韩蓉收招快，躲招疾，却是这回为救要害，便躲闪不开刀剑相磕。一霎寸，又呛啷一声啸响，激起一团火光，柳叶刀竟被打落在两丈外。韩蓉失声一呼，斜蹿到一边。抟沙女侠嘻嘻一笑，跟踪追来。巴允泰大喝一道：“呔！”急挥刀拦战。韩蓉趁空一跳上前，俯腰拾刀，女侠喝道：“留下刀！”嗖地绕追过去；人未到，五凤剑先劈出来。巴允泰忙挺刀阻挡。

就在这时候，韩蓉佯作拾刀，已掏出三个毒蒺藜，喝道：“闪开了！”陡然一扬手，毒蒺藜从巴允泰头顶越过去，恶狠狠照女侠上盘打来。把个巴允泰吓得一缩头弯腰，急急地蹿到一旁。抟沙女侠果然冲到；海棠花韩蓉叫了一声：“侥幸！”心中大喜，以为一击成功。却不料女侠这一扑，佯为攻敌，也和韩蓉潜运着一样的心思，娇躯微侧，左手探皮囊，暗将五毒神砂抓出一把末。她往前一蹿，猛然住脚，五凤剑只一转，似往外扎，忽然掣回去；一握毒砂陡然发出手来，一团黑雾直罩到韩蓉面门。可刹那间，那铁蒺藜三点寒星也早打到抟沙女侠的脸前。

脸面不比别处，只要一伤，便是重伤。这两个女子一样的眼尖，一样的手快，登时各吃一惊，唰的一齐一闪。寒星先到，黑雾后来。抟沙女侠一个“铁板桥”的功夫，左足登空，右足踏地，把上半身直仰向后方，才勉强躲开毒蒺藜。那海棠花身本微蹲，就势唰的往旁一躺，“燕青十八翻”，纤足登空，

肩背找地，唰唰唰，直滚出毒砂所及处两丈方圆以外；陡然一挺，“鲤鱼打挺”站起来，可是被敌打落的那把柳叶刀，趁这一滚，早已被她顺手抓到，握在掌中了。韩蓉咬牙切齿骂道：“好狠的丫头，好快的爪子！”抟沙女侠也喝骂道：“好不要脸的婆娘，你就会打滚撒赖！”

第六章 剑夺争锋

二女躲过对手的剧毒暗器，也各自惊出一身冷汗。

抟沙女侠华吟虹星眸闪闪，注视敌人，心中也很佩服韩蓉这一手就地十八滚；一面躲毒砂，一面捡坠刃，难为她身手这么迅疾，心思这么灵透。却将卖药郎中——峨眉七贼的第二人巴允泰吓了一大跳。当五毒砂盘空飞洒，铁蒺藜越顶飞掠时，巴允泰伏着腰，直蹿出四五丈，才敢回身反顾。两个女子早已刀剑齐举，往当中一凑，又比画起来。

巴允泰有点惊慌，心惧毒砂，不敢上前。他深知山阳医隐弹指神通华雨苍秘制的五毒神砂太已歹毒，就有对症的解药，可是医治起来，剜肉补创，与铁蒺藜是一样的费事。固然毒砂必须打中手脸，见血才能中毒。但若迫近了对敌，两丈以内，也能打透衣衫，伤皮破肉的。现在弟妇海棠花韩蓉抬刀重战，勇气不衰；自己无论如何，不能袖手。他便一狠心，掏出铁菩提子，绕在三丈以内，依然是伺机窥隙，瞄打女侠，暂时未敢肉搏。

女侠大怒，看破敌情，她不专斗韩蓉一人，不容贼计得

逞。猛喊一声，展开进手的招数，迅快的手法，敌不来，反而找过去；以一口五凤剑，双战韩、巴二敌。月光下，纯钢剑映月生寒，忽左忽右，倏进倏退，劈、架、挑、扎，不亚如惊蛇骇电；转眼间，又斗了二十余回合。巴允泰力大，韩蓉狡猾；抟沙女侠以一敌双，发招拒招，因人而施。巴允泰的刀到便躲，韩蓉的刀到便架；招数不同，身法不一。这么娇小的人儿，一点也不心慌，半点也不步乱，稳打稳斗，身剑合一，竟十分精练。她仍有余力，张眼照顾着四外；还有偷手，要抽空再发五毒砂。三个人都有暗器，这时候打得团团乱转，个个都想往外蹿，蹿出圈外，好洒五毒砂，好打菩提子，好发铁蒺藜，只是一时各都不得其便。

人多的究竟占便宜，峨眉二男女潜思毒计，明发暗号；一面打，一面不住地挪动地方，往西北角凑，往土堤下面溜。巴允泰一发狠，奋拐挥刀，破死力绊住了华吟虹。海棠花韩蓉便蓦然抽身，退到巴允泰的背后，急急地一探囊，抽出毒蒺藜。但是她才这么一比画，抟沙女侠立刻觉察；突然一剑，照巴允泰砍去。巴允泰还刀一封；华吟虹右手把剑一撤，左手陡扬。巴允泰不由得一闪，华吟虹急急地一跳。三个人离开了差不多两三丈的当子，不约而同，各掏暗器；不约而同，要展辣手。偷得这一点空，三个人未发暗器，六只眼先往外一瞥。登时发现一条人影，从两箭外一个黑暗的巷口蹿出来，直趋江堤。眨眼间，又打巷口追出来一个人影，把头一个人影拦截回去。

这小巷正在福元巷谈家和西北角树丛中间。两条人影，身法轻灵，快如飞箭；只一闪，便缩回暗巷，看不见了。华吟虹吃了一惊，百忙中不遑远计，急窥定韩蓉，一赶步，陡发出一把五毒神砂。她暗想：先打倒一个，才好收拾另一个；然后腾出身手来，再对付奔过来的那两个。但这双影骤然出没，敌人那边也很留神。巴、韩二人互相关照了一声。一转脸，女侠的五毒神砂唰的洒出手去。黑雾散漫，猝不好躲；竟有一粒打着韩蓉头上的绢帕，吓了她一身冷汗。她咬一咬牙，趁毒雾刚

过，也将铁蒺藜抓出许多，恶狠狠追过来，照女侠劈面打去。那巴允泰回顾小巷，微微一怔神，突发怪啸，手掷铁菩提，远远地也照华吟虹打来。

铁菩提一连三粒，从侧面拦打女侠的上盘。毒蒺藜竟由对面，正打女侠的双眼。抟沙女侠急掣身后退，跳出数丈。忽闻林中唰唰一响，蹿出一个人影，对着巴、韩喊出几句江湖黑话；又是异乡口音，女侠听不懂，心中一动，暗说："他们一共多少人啊？别是要抄后路，包围我吧？"到了这时，她方才有点后悔，早依着师兄段鹏年的话就好了。如今寡不敌众，怕要吃亏。但是少年好胜，不肯逃窜；而且艺高胆大，一还想以少击众。她自言自语道："你们人多，我也不怕！"陡然一收招，剑交左手；立刻伸右手，探囊取砂。右手发毒砂，准头比左手强过一倍，腕力及远更强过两倍。她决计以毒砂御群敌，取胜着；喊一声："看砂！"唰的一声，毒砂满把洒出来，登时与刚才绝不相同了。左掌发砂，散漫成一团黑雾；这右掌一发砂，顿时变成一条黑直线，真个是其直如矢，其快如风，破空而出，三丈取准。为求必中，又凑近一步，竟于一丈数尺内，照卖药郎中巴允泰打去。

巴允泰急闪不迭，连忙伏腰。哎呀一声喊，半秃的头顶皮上，重重地挨了四五粒毒砂；破皮入肉，一阵疼痛，比二乔伤得还厉害。二乔事先并不害怕，巴允泰是从骨子里就害怕这一下，而现在到底挨上了。狮子摇头似的一摆，跳起来，往旁一蹿，没命地奔树林逃去。头上的毒砂也不敢挖下来，自恐血出毒发。殊不知这一来更坏，入毒越深了。直蹿出一箭地，方才背林大叫："弟妹风紧，快快扯活！我可受了毒砂了，你你你，快来，给我治一治！"

海棠花韩蓉刚刚掏出三颗铁蒺藜，一见大惊，忙抖手发去。她心慌意乱，难得取准。女侠一伏腰，往前蹿去；连躲闪，带进攻，直扑到韩蓉对面一丈以内；左手的五凤剑一晃，右手的皮手套一扬，咬着牙骂道："你也跑不了！"唰的打出一

条黑箭，直攻面门。韩蓉一侧脸，哎呀一声惊叫，捂着脸，翻身便跑。一男一女，一前一后，一直地逃奔树林。

抟沙女侠洋洋得意，秀眉一舒，哈哈地笑出声来。霎时间摘脱皮套，换右手提剑，左手按皮囊，纤足点地，柳腰一伏，嗖地直追下去。峨眉七贼巴允泰终是男子，头顶虽中毒，可跑得快；海棠花韩蓉是妇人，飞纵功夫不及女侠，跑出不多远，便被女侠赶上。五凤剑一指，再一垫步，一探身，剑尖便直刺到韩蓉的后心。哪知道巴允泰受伤是真，韩蓉受伤是假，五毒神砂贴耳轮打过去，并没有着伤见血。她却陡生狡计，失声一呼，回身便跑。诱得华吟虹追到，猛然一旋身，柳叶刀往外一封；却左手拿刀，右手登皮套，握着三颗铁蒺藜，窥准女侠咽喉，断喝一声："呔！"脱手打出来。

这一下骤出不意，抟沙女侠得意穷追，忘了防备，三点黑星劈面打到。急凝身一侧脸，挥剑往外一弹。刷刷刷，海棠花右手扬一扬，抓一抓，一连三颗毒蒺藜，如一条线地打出来，直取上盘三要害。一报还一报，也抹着耳轮、头顶、脖颈打过去。头一颗几乎打着了耳坠珠环，第三颗打透了蒙头巾。女侠登时吓得一身冷汗，倒蹿开两三丈以外；海棠花韩蓉败中取胜，手疾眼快；趁女侠失措，猱身倒赶，柳叶唰的扬起来，双手高举，用了个十二分力量，斜肩带臂剁下来。

抟沙女侠惊忙中，急握剑猛往上一架。当啷一声，火星乱迸。海棠花唉哟一声，抽身便走；幸而双手抱刀，却也震得虎口生疼。女侠腕力太强，韩蓉绝非敌手，再不敢恋战，没命地奔林边逃去。

可是抟沙女侠也震得虎口生疼，被韩蓉抱刀这一剁，也几乎把五凤剑出手。她越发激怒，娇喝一声："贼娘们，哪里跑！"急从斜刺里，横剪去路，不让韩蓉穿林。韩蓉四顾同伴，均已投入林中，只剩自己一人了，忙一撮口唇，吹起呼哨；一面跑，一面催叫她丈夫唐林快出来，助己一臂，也不知怎的，林中竟没有反响。

韩蓉又急又怒，上一回暗算一尘道人，就嫌他们濒危驰救太慢，使得自己险些死在一尘道人的寒光剑下，曾经狠狠埋怨过他们一顿。怎么这一回，又来这么一下！气得海棠花尖声喊骂："你们都是死人，怎么不出来？点子教我诱来了，快圈上她！"连喊两遍，林中无人回答。韩蓉情知不妙，两只小脚如飞地奔绕。无奈她的脚程又不如女侠快，被女侠截在林前，闯不过去；只得磨转身，往丛林侧面片片民房曲巷奔去。回头一看，抟沙女侠不依不饶，如箭地追到，自己的同伴没一个出头来挡的。韩蓉越惊急，掏出铁蒺藜，照女侠打去。抟沙女侠华吟虹往旁一闪，扬剑飞扑过来。韩蓉翻身又跑，一溜烟投入曲巷，往竹篱茅舍黑影里一阵乱钻。

抟沙女侠眼看追到巷口，心中很欢喜；又看了看，江边别无人迹，立刻穷追下来。韩蓉一双小脚穿着软底鞋，踏地无声，且跑且回头看。起初尚还喊叫，跟着只伏身哑跑，三转两转，折入暗影中。女侠不管不顾，一直掩入曲巷。这边一堵，那边一截，到底没有截住，这个女贼不知钻到哪里去了。

抟沙女侠性子倔强，不肯罢休；忙又钻出曲巷，到巷口一探头，外面仍没有人影。复又缩身回来，嗖地跳上近处民房，往下面张望。这些人家，一户挨一户，鳞次栉比，更深人静，看不见半个人影。忽然听见西北边远远的狗叫，忙跳下来，寻声找去。她心中暗想，爹爹再三告诫我，逢林莫追；我不走进去，只在林边望望，也许不要紧。她只想追擒韩蓉那个女贼，别的贼党和别的人影，她都不管了。她想：我必须捉住她，问出口供来，才算本领。

女侠自己打好了主意，立刻提剑，重奔西北角小树林。刚刚扑到林边，伏下腰，伸头探脑，由打南面往树林里边看。里面黑洞洞，风吹叶啸，呼呼地乱响，不时夹杂着折枝坠条的暴响，颇觉阴森骇人。女侠一点也不怕，直起腰来，提剑离开林南，绕到林西，把这一带疏林，踏勘了半转，竟没有察出一点动静来。女侠心中纳闷：这可该怎么办呢？她虽是初出茅庐，

一举一动，又精细，又大胆。当下对林发愣，到底不敢冒险往里闯。又想：要不然，我就回去吧。犹豫片刻，猛然计上心头，急使诈语，向林中叫骂。但叫骂半晌，仍然没有动静。

忽然一阵风过处，背后一带竹篱舍间，又起了一阵狗吠，比先前那阵叫得还热闹。女侠道：“哦！我明白了，狗贼们别是穿小巷，绕回谈家骚扰去了吧？”又侧耳细听了听，觉得推想不错，又自语道，“有理，我得赶紧回去。要不然，爹爹准不愿意。”提剑拔步，飞身疾走，往回路奔下去。她不走人家小巷，恐遭暗算；仍循江堤，贴着人家临堤墙根，藏在暗影里，蹑足轻行。走出不多远，双眸东张西望，忽望见巷口一条人影。她哦了一声，挺剑扑了过去。这时候，二师兄段鹏年于无可奈何中，已经救护着谈大娘倪凤姑，刚刚奔回谈宅。

那拔刀观战的石家叔侄，伏身暗隅，把女侠在江边的这一场恶斗，看得明明白白。陈元照手握银花双夺，跃跃欲试，连催伯父石振英，快去帮拳。殊不知石振英满腹狐疑，已经看愣了。

抟沙女侠的五凤剑招，石振英看得十分眼熟：这是谁呢？好像本门长门的宗派。突然见女侠扬砂击敌，在远处看不甚清，只知道发暗器，不晓得是什么。忽然听双方叫骂，隐闻“毒砂”二字，石振英心中一动。旋又听见“华家”“华家”地叫着，石振英越发耸动。叩心自问道：她是华家的什么人呢？回顾陈元照道：“你看这个女子，发出来的是什么暗器？”陈元照凝眸注视，影影绰绰，也只看见一团黑雾，却已分明听见双方的声喊，忙侧首答道：“这个女子嘛，使的是什么五毒神砂。伯伯，什么叫五毒神砂？”

石振英恍然道：“哦，真是五毒神砂。元照，得了，这回不用咱们帮拳了，五毒神砂足可以把这五个贼人料理了。但是，这女子是谁呢？咱们长门华家没有女弟子啊？”陈元照急得抓耳挠腮道：“管她是谁，咱们过去看看，可以吧？”石振英笑道：“可以，只是不要教人家把咱们误打了才好。”二人斜穿

曲巷，凑到临江弄口。窥见女侠战胜群敌，忽从林中又驰出唐林、韩蓉夫妻。陈元照着急道："咱们快上吧！"陈元照一支箭似的奔出来，同时西边人家忽起犬吠声。石振英忙跟踪追出，将陈元照拦回，道："你不知这毒砂的厉害，这个女子用不着咱们帮。"陈元照很不高兴，噘着嘴不言语。旋见女侠又打败男女二仇，向林边追来，西边吠声又起。石振英道："不好！这女子要上当！人家有埋伏，要暗算她。"忙叫着陈元照，逐吠声潜搜过去。照犬吠处，连发数块蝗石，又抽身退回来，寻找女侠，暗思助她，可是石振英又推测错了。峨眉群贼并不想暗算女侠，只想急袭谈宅，趁空复仇。他们把受伤的人藏起来，草草敷药，留人看守。唐林引着没受暗伤的人，二番扑出，先寻着海棠花，次躲着女侠，要重奔福元巷。海棠花含嗔不肯去，康海央告半晌，才由唐林、韩蓉、快手卢，三人结伴，绕道前往谈家。

那抟沙女侠华吟虹搜寻各处，未见贼踪，心中纳闷；忙提利剑，按砂囊，循墙贴壁，往回走去。且走，且听，且回顾，防备贼人的掩袭。到一巷口，微闻近处一声低啸；忙止步侧耳，听了一听，四面悄静，又没有声音了。女侠不敢冒进，忽厉声喝道："好贼，哪里跑！"虚喝一句，往回退步，找到一幢民房，嗖地蹿上去；登墙头，急往巷内瞭望一下。"哼！"忽望见数丈外，一座民房一道短墙墙后，藏伏着一个人影，攀墙探头，正往自己这边看。

女侠忙喝道："什么人？"人影不答，一松手，忽然溜下墙去。女侠忙往屋顶上一蹿，急纵目追寻那条人影。只见那条人影闪闪躲躲，从平地上兜绕，好像要抄自己的后路。女侠勃然大怒，道："哈哈！好贼，你还真想算计我？"也悄悄一蹿，要溜下地来。她却又一停身，举目重往四外一看，道："哦，这里房上还伏着一个哩！好贼，你们来了多少人呢！"登时轻轻地跳落平地，把五凤剑一按，预测地势，蹑手蹑脚，从斜刺里迎上去；道："先毁了这一个再说！"

抟沙女侠赶上一步，伏在巷内墙隅。她刚刚藏好，只听嗖的一声，女侠秀眉一舒，利剑一紧；蓦然间，舌绽春雷，喊道：“狗贼看剑！”说罢，唰的一剑刺去。迎面的人影刚刚往外一探头，利刃当胸已到。呀的一声叫，往旁一闪。手中一双兵刃往外一封。仓啷一声响，女侠霍地往旁一蹿，那对面人影也霍地往外一蹿。

五凤剑精钢百炼，薄刃分毫没伤，抟沙女侠放了心；急凝眸打量来人。月色黯淡，墙影遮掩，看不十分清晰；只看出此人穿一身夜行衣，挺拔的身形，双眼炯炯有光，颏下无须，肋下佩囊，手握着一对奇形兵刃，下似虎头钩，上似钩镰枪，短短二尺八寸长。正是初踏江湖的少年壮士陈元照。

陈元照抖擞精神，上前索战。明知女侠认错了人，他偏存着试招的心，要趁此机会，验验自己苦学来的技艺。他将计就计，一声不响，忽把双夺一错道：“好丫头，快把剑丢下，饶你不死！”将右手的卍字夺上举齐眉，左手的卍字夺平举当胸，一对大眼一瞪，气势虎虎，打量抟沙女侠。但见抟沙女侠中等身材，轻盈的身段，高矮比自己矮不了许多，年岁也相仿佛；头蒙着蓝绢巾，身穿对襟短衫，当中一排连环白钮，腰系白巾，下穿青色肥管裤，脚蹬浅云窄靴，越显得蜂腰扎臂，体态轻灵。月光下看不清面色，只辨出鸭蛋脸，圆下颏，曲眉俊眼，小口通鼻；左肋悬囊，右手握剑；也侧着身子，正凝眸打量自己。

抟沙女侠十分惊异，自己一剑猝击，攻敌不备，自信力猛招疾，敌人不死必伤；哪知人家虽然心慌，并不手乱，竟会将自己这一招轻轻架住。她不由得把敌人看了又看，又把敌人手中那对奇形兵刃盯了数眼，然后厉声叱道：“好恶贼，你叫什么名字？”

陈元照微微一笑道：“我老爷姓陈，你这丫头好大的胆，竟敢持刀行凶！趁早把剑交出来，跟我打官司去。”

抟沙女侠华吟虹吃了一惊，忙喝道：“你到底是干什么

的？”陈元照道：“老爷是专管闲事的，你这丫头叫什么名字？”

女侠大怒，登时双颊通红，厉声骂道：“好狗才，你原来是蒙事的！不用说，也是贼党了。你家姑奶奶乃是山阳医隐弹指神通华老英雄……”报到这里，忽然咽住；心想：万一这小子不是寻仇的贼党，竟是找邪财的衙门狗腿子，自己把真名姓报出来，岂不是找麻烦？不如哑吃哑打，给他点苦吃，赶跑了他为是。急改口喝道：“你这东西一定也不是好货！你是哪一门的？可是峨眉七贼的狗党么？快报个万儿来，姑奶奶还你个痛快的。”

陈元照只听得“弹指神通”四个字，不禁吃了一惊；忙回头一看，心里说：“怪不得她武艺这么精熟，原来是我们长门师祖弹指神通的门下。呀，这可糟了，就许是我的长辈哩！怎么办呢？”心中打鼓，又回头瞥了一眼。他见石伯父并没有出头，便有了主意，暗想：我先不认账，先跟她过过招看。立即喝道：“丫头，老爷是上三门的，闲话少讲，看招吧！”将卍字夺一错，踏中宫，走洪门，立进发出进手的招数。挎沙女侠凝眸一看，立刻左手一掐剑诀，斜身侧步，右手剑往面前一晃；一个剑花，从上往下一施，转身提剑，往左连抢三步，一换式，剑锋一转，猱身进招；两人登时交起手来。这工夫，从巷内悄悄地溜出一条人影，借墙掩身，探出半个头，在暗中观招窥战。

两个人这一递招，棋逢对手。挎沙女侠的剑法，家学渊源，颇得轻灵巧快之妙，点、崩、截、挑、刺、扎，六字剑诀，运用得十分精熟；只是连战数敌，未免有点力亏。陈元照却是生力军，这一对卍字夺又是外门兵刃，摘、解、撕、捋、剪、锁、格、拦，回环运用，变化迅疾，专能夺人的兵刃。若论功力，到底女侠略胜一筹；但在这时候，只走了二十余招。女侠便处处受到牵制；陈元照的双夺招招逼人。挎沙女侠不觉大怒，剑花登时一紧，激起斗志；索性要用本门的剑法，把敌人打败。她娇叱一声：“好贼子，看剑！”招数一变，施展华家

门中“八卦连环剑”的绝技，猛攻上来。身随剑进，翩若惊鸿，五凤剑“白猿献果”，直点咽喉。

陈元照见女侠忽地一变剑招，也把精神一提，喝声：“来得好！”立刻也展开双夺的绝技；反用右手夺一封剑身，左手夺“托天换日”，骤往女侠面门点去。抟沙女侠这趟剑，变化巧捷，虚实莫测，倏地掐剑诀，领剑势，一斜身，“倒转阴阳”，右手剑一沉一提，剑尖下挑敌腹。这一剑若撩上，立刻洞腹穿胸。陈元照急将双夺一带，“怪蟒翻身”，从左经后一旋，“斜劈华岳”，双夺挟劲风，上砸女侠的头胸。女侠华吟虹一拨头，让招进招，立刻右腕“黑虎卷尾”，青锋径扫陈元照的下盘。陈元照往起一提腰，纵身跃起七八尺高，往下一落，正跳到女侠华吟虹的左侧。双夺一分，右手夺唰的外展，“凤凰展翅”，夺锋横划女侠的左肋。抟沙女侠运五凤剑，用“抽撤连环”，剑锋一挂陈元照右手银花夺的卍字，噌的一声轻啸，剑尖跟着往外一送，下削陈元照的胫腿。陈元照猛一拧身，左手夺翻回，抄剑底往上一蹦，女侠赶紧撤招。

八卦连环剑还不能取胜，女侠心中焦怒；登时施展，“倒洒金钱”绝命三招，唰的一剑，“鱼跃龙门”，剑光疾如电掣，直奔陈元照的面门。陈元照一退步，急用“横架金梁”式，右手夺刚刚往上一找剑身；女侠华吟虹倏然变招为“玉女投梭”，往左一撤步，剑随身走，再往外一挺腕力，剑尖又唰的疾如电掣，猛点陈元照的心窝。但是陈元照的左手夺已到，右手夺沉下来，“左推右揽”，卍字夺也疾如电火，竟把剑锋捋住。抟沙女侠忙撤剑收招，已来不及。两个人各往回一夺，单剑不如双夺，女力不及男力。陈元照大喝一声道：“松手！”左手卍字夺突然一松，一推，夺尖闪闪外吐，顺着女侠的剑刃，往外滑划出去。

抟沙女侠华吟虹，若不松手，便要断腕。当下，疾如闪电般把手一松，脚尖点地，往外一跳。当的一声，利剑落地。陈元照哈哈大笑道：“丫头，哪里走？”却不道抟沙女侠的掌中剑

才失，嗖地往外一蹿；脚尖未容落地，早将皮手套往右掌上一套。登时斜身回头，“犀牛望月”，左手把皮囊往前一推，右手皮套往囊中一探，用五毒神砂，要败中取胜，来伤敌人。此时，一发千钧，蓦然听窄巷中有人大喊一声：“姑娘住手！我来了！”倏地一条黑影，兔起鹘落，飞蹿到败退扬砂的华吟虹和乘胜进攻的陈元照两人中间。

陈元照回头一看，忙侧身一跃，退到一边，把双夺收起。抟沙女侠不由一愣，纤足点地，嗖嗖连退出数丈外。掌中砂暂握未发，急厉声喝问：“什么人？”

来人答道：“自己人，别打！”

女侠侧身怒目，打量来人；这是五十来岁的一个夜行人物。胖矮身材，头大臂长；背插单刀，左右双肩斜挎着两副鹿皮囊，分垂在两肋下；一边分明露着匣弩，一边类似装着飞叉飞镖；肩头上鼓蓬蓬的，还像带着别样暗器。谁？正是陈元照的保父，多臂石振英。石振英双臂高举，连连摇手道：“都是自己人，不要动手！”回头又向陈元照说道，“快把兵刃收起来，这全不是外人。”这才俯腰拾起坠剑，倒捏着剑尖，满脸赔笑，向华吟虹走来，说道：“姑娘，你大概不认识我。我刚才看见你那趟八卦连环剑，我就晓得你一定是我长门师叔弹指神通华老英雄的门下。但不知姑娘跟华叔父是怎么个称呼？”

抟沙女侠十分惊异，凝着一双星眸，把石振英看了又看；仍恐对手挟诈，小心戒备着，只不答石振英的问话，反而盘诘道：“你别管我是弹指翁的什么人，你先说你是什么人？你趁早快说实话，少弄诡招，不然，我要对不起了。”

多臂石振英暗暗佩服，这么个二十来岁的姑娘，竟这么精细；连忙报名道：“姑娘，在下姓石，名叫石振英。我那家师就是华老英雄的二门师兄齐宣颖，华老英雄却是长门师弟。姑娘怎么称呼？”女侠听了，又把石振英打量一眼，见他佩弩带囊，身挟数种暗器，又是头大身矮，知道不假；愣了片刻，方才答道：“哦，你莫非是青阳的多臂石振英石大哥么吗？”石振

英忙答道："不错，不错，在下正是多臂石振英。如此说，姑娘一定是华师叔的……"华吟虹抢着答道："我就是我父亲的女儿。"说到这里，扑哧一笑，俏面微红，"你的师叔弹指翁就是我父亲，原来你是我的师哥。但是这个人是谁呢?"用手一指陈元照。

多臂石振英大喜道："姑娘果然是我的师妹，你的乳名不是叫红么?"华吟虹哼了一声道："什么红啊红的，我就叫抟沙女侠华吟虹。石大哥，我请问你，到底这个人是谁?"又一指陈元照。

石振英不知道无意中已经得罪了女侠，忙答道："十多年不见，想不到师妹竟练得这么一身好功夫，真是'将门出虎女'啊。你问这个小孩子么……"不禁一扪短须，欣然说道，"他不是外人，就是愚兄的义子；他原是陈嗣同陈师弟的儿子，他叫陈元照。元照过来，见过你这位师姑。小子浑浊猛愣，要不是我拦这一下，五毒砂一扬，焉有你的命在? 还不过来，谢你师姑手下留情!"说着，走上一步，极力赔笑，将那把剑倒捏着又递了过去。女侠身子一扭，把剑接过来，一张微黑的俏脸臊了个通红；正要张嘴发话，陈元照已抢过来行礼了。

陈元照在旁听清了，心说道：又跑出一个师姑！忙背起双夺；慢慢走上前，双手一举，深深作揖道："师姑！小侄陈元照，给你……"石振英斥道："这孩子，这是你师姑，还不给你师姑磕头!"陈元照最怕磕头，无可奈何，才又跪倒，磕了一个头。爬起来，又叫了一声，"师姑，你老好!"

不料抟沙女侠突然把秀眉一挑，双眸一张，将手中剑掂了掂，忽然把头一扭，嘻嘻地连声冷笑道："不敢当，不敢当!原来是陈大爷陈壮士，你的夺法真好!"回头来，向石振英厉声说道："石师兄，你的义子功夫真好，难为师兄你怎么教来!刚才差点把我的手腕子剪了。这都是我学艺不精之过，连战了几个敌人，就后力不接了；该着栽跟头，却喜没栽在外人眼下。不过，石师兄，小妹我虽然无能，我还想跟你这义子讨教

讨教。石师兄，你刚才来得太巧了。你早不来，晚不来，单等我兵刃出了手，差点没毁在你义子双夺之下，你还是不出来；非等到我的五毒砂快撒把了，你老人家这才横身这么一挡。嘻嘻，你挡得真巧。其实你就是不挡，凭你义子这一身功夫，难道还怕五毒神砂不成？来吧，石师兄，就请你做见证。我的剑法实在丢人，但是还学了两趟粗拳，和这半袋铁砂子。就凭这两样，我还得请你这义子陈壮士，再赏脸赏我几招。”说罢，当啷将剑掼在地下；双眸一瞪，满面含嗔，静听石振英答话。

石振英为给义子陈元照试招，竟惹恼了师妹；抟沙女侠定要再跟陈元照比武，这一下窘住了石振英。

第七章 拧沙女侠怒斗师兄

年轻人没有不脸热好胜的。拧沙女侠华吟虹被陈元照运卍字夺，把剑打落，本已怀嗔。石振英跑过来，赔笑送剑，女侠越怒，微黑的一张俏脸羞得通红。她把剑接来，当的一声，掼在地上；像爆豆似的说了一些气恼话，立刻双手掐腰，圆睁秀目，力逼石振英作证，她仍要跟陈元照打打。

石振英一听愕然，忙赔笑道："师妹，可不要误会。刚才我爷两个只看见江边有人打架，元照这孩子跑过来，要看热闹；我刚刚跟上来一看，师妹你就跟你师侄动起手来了。我实在做梦也没想到是师妹你……"拧沙女侠道："唔，你没有看出我来?"石振英忙道："那当然了。师妹请想，当初我在山阳和师妹见面时，你不过是一个十来岁的小姑娘，还梳着髽髻呢。现在一晃十来年，我哪里想得到师妹竟练会这么一身好本领；更想不到师妹会只身一人，出现在千里以外。这可真是一场误会。得了，孩子得罪了师妹，愚兄这里赔礼吧。"说着，他连连作揖，又故意诧异道："师妹，你刚才跟那些人打得真好。难为那些男子汉，竟全叫你打跑了，估摸你还伤了他们好

几个人。可是的，师妹年轻轻一个姑娘，怎么一个人出这么远门，华师叔他放心么？怎么会让师妹独自一个，跟那些东西打起来？那些东西大概是歹人吧？愚兄虽然无能，师妹尽管告诉我，我还可以拔刀相助一战，把他们那些东西都料理了，投在江里就完了。”极力赔笑打岔，想把这场误会开解过去。

拃沙女侠乍听不答，眼珠一转，忽又激怒，冷笑一声道：“原来师兄早到了，我的事你就无须问了。小妹还是要请教请教你。你既然不认得我，怎么又会认出我是华家的人来呢？想必是师兄看见我发五毒砂了。我失了剑，你不出头；我要扬砂，你就出来，报字号，认同门。你还是怕我伤了你的令郎。那时我要叫你的令郎砍断了胳膊，你也就藏在房上，至死也不管了！”

多臂石振英腾地脸一红，自知多言失词，露出破绽来了。只得连连认罪道：“师妹，这是愚兄该打！愚兄实在年老眼花，一愣怔的工夫，没有早出头，教师妹多疑了。师妹你只管唾我，打我。谁叫我天黑眼花呢……”嘻嘻地赔笑凑了过来，又催陈元照磕头赔罪。女侠退后一步道：“嗳，石师哥，你少来这个！你说眼不好，谁不晓得你外号叫多臂英雄，能够黑夜打镖！反正只许你的义子拿卍字夺扎我，我天胆也不敢打你，唾你。不过还是那话，你的义子承你多年教导，功夫太好了。我无论如何，也得请教请教他。小妹就是这么不知进退，别看剑法太坏，我若不挨你义子的一顿拳头，我还是不肯死心塌地认输。来吧，陈壮士，请你上招！”既已投剑在地，便捻双拳，侧身上步，向陈元照走来。

拃沙女侠不依不饶，咄咄逼人。陈元照也是年轻脸热，便按捺不住；偷眼打量女侠，也把卍字夺往地上一投，厉声叫道：“我无心中冒犯了师姑，我该死，我给师姑磕头赔罪。师姑就是宰了我，也是应该的，却不是我石伯父的错。师姑一定要拿拳学教训我，这是我的造化。好极了，我就陪师姑走几招。”声调冷峭，一百二十个不服气。

女侠越发震怒，锐声叫道："好嘛！陈壮士，足见你是多臂英雄的义子！闲话少说，请你接招！"两人面红耳赤，眼看要打起来。陈元照是师侄，论年纪倒比女侠大一岁。年轻人一样都是倔强好胜，女侠既以失剑为耻，陈元照也以磕头为辱，两个人真格地僵起火来了。女侠便伏身上来进拳，陈元照便侧身准备接招。多臂石振英大惊，断喝一声道："蠢子！还不给我跪下，你好大的狗胆！"把陈元照一把拖过来。踉踉跄跄，直推到背后。这个老头子素来就是个犟脾气，只是涉世既深，锋芒渐敛，当下也被华吟虹挤得直噎气。他心中又十分懊悔，不该拿着师妹，给自己的义子试招。果然引出麻烦来了。于是，连叫道："师妹，师妹！师妹不论如何，也得高抬贵手，恕过我父子二人无心之罪吧。实在怨愚兄眼力拙，招呼迟了，实在是愚兄的错。元照小孩子，他实在不知道。他冒犯了师妹，'教不严，父之过'，师妹，愚兄可要跪下了。"

石振英横遮在前面，阻住二人，不令动手。弯腰屈膝，做出要下跪的样子。他还想拿当年抱小师妹上街买梨的旧情况，来对付今日的女侠。拧沙女侠越发不悦，又往后退一步，愤然叫道："哼哼，我的石师哥，你别给我下跪，我给你磕头吧！我就算求你赏脸，你要拿我当人，我怎么着也得跟你令郎讨教讨教！"

三个人在巷口捣乱，不得开交。石振英又央告拧沙女侠说："咱们先搜歹人，回头再找这场过节行不行？"女侠倒说："那是小事一桩，师哥用不着操心。"石振英又说："师叔在哪里？我先见见他老人家。"女侠说："过完了招，我领您去。"真个是步步逼紧，非过招不可，石振英再忍受不住了，说道："也罢。师妹定要看看愚兄父子的笨招，元照小孩子家，不知轻重，还是愚兄奉陪师妹，走一趟罗汉拳吧。"一回身，他把身上的暗器兵刃解下来，都交给陈元照。陈元照瞪着一对大眼，尚欲有言，石振英斥道："小混蛋，躲开你的吧！喂，你小子留神照看着外边的歹人。"然后，又空手抱拳道，"师妹，

你狠狠打我几拳，消消气吧。”

女侠越气得面目更色道：“什么，师兄你要陪我过招？这可是小妹的大幸。但是，刚才令郎曾用兵刃指教过我，所以我才向他领教拳招。既然你要替你儿子来指教我，那就不必打空拳了。”抢行一步，弯腰拾起投地的五凤剑，道，“我是剑上输的，我要剑上找；栽在你儿子的手里，还得再栽在你手里。你的刀法很有名，你的暗器更高。谁不知你叫多臂英雄？你就亮兵刃，走暗青子吧！”

石振英愕然，本想佯败诈输，教这个小师妹打自己几拳，转转面子；不料她又变了主意，非要动刀不可。不用说，她又想露她那手五毒神砂了，咳了一声，道：“师妹，不怨你恼我，我实在惹得你生气，师妹只管罚我。但是愚兄这么大年纪了，你只罚别打吧。”拷沙女侠冷笑道：“你不用说了，是小妹不知进退，一定要在师哥面前撒个娇，你可预备了，我这就发招，你总得指教我！”登时立好了架子，右手把剑握得紧紧的，左手早将剑诀一领，满面怒容，跃跃欲试。

石振英无可奈何，又咳了一声，不禁伸手搔着头皮。那背后的陈元照，从后面暗扯了一把，低叫道：“伯父，给你的刀。”将刀柄塞在石振英手内。石振英回头怒斥道：“都是你这孩子，还不给我滚开这里！那边站，给我离开远远的！”陈元照怒眼圆睁，不肯后退，也厉声对石振英叫道：“你老人家闪开！是我陈元照得罪了师姑，该死该活，我来领罪。你的这些暗青子，我不能带着，你自己带着好了；有事弟子服其劳，我惹的祸，我来受！”连匣弩、镖囊、箭筒等物，一齐往石振英身上硬挂。石振英横身阻拦，双掌叩肩，将陈元照使力一推，方要再加呵斥；那边女侠忍耐不得，从鼻孔中“嘻嘻”地笑出两声道：“上阵还是父子兵！你们爷儿俩不用你谦我让了，你们就一块上好了。我华吟虹今天不识起落，倒要会会你们老一辈、少一辈的英雄。来吧，陈壮士，你在这边；石师兄，你在这边。你把你那些暗青子趁早都带好了。我华吟虹就凭这

一口五凤剑，半袋五毒砂，要在你父子跟前，大大地再讨一回没脸！”

多臂石振英心知这抟沙女侠，乃是他师叔弹指翁华雨苍膝前的唯一掌珠。师叔生有一子一女，大儿子早已夭逝；只有这个最幼小的小丫头，最得父母的宠爱。这次被挤，必须过招；输给她，她定要下毒手；赢了她，那更了不得。况且女侠断不会只身独行，来到此处；猜想弹指翁也必来了，只不知现在藏身何处。石振英这时窘得束手无计；又想动起手来，自己还可以有发有收。陈元照这小子年轻手愣，有他在旁，还怕他冷不防暗助自己。万一伤了抟沙女侠，更不堪设想。

石振英打好主意，把陈元照推到一边，窃嘱数语，立命他到江边巡风。然后自己将刀插在地上，把几件暗器重新带好，一面收拾，一面说道：“师妹不要怪罪，愚兄天胆也不能在师妹面前动暗青子。师妹只顾跟我生气了，我恐怕刚才那伙子歹人再来捣乱。师妹既然这么说，愚兄只好陪你走一趟刀。不过咱们都得把招子放亮些，留神别教外人拣了漏去。”说着，左手倒提着折铁刀，十分踌躇，往前蹭了一两步。

抟沙女侠华吟虹越发不耐烦，说道：“师哥，你不用操心了！你父子是一齐上，还是你先上！”石振英又咳了一声，道：“师妹，我把小孩子打发得远远的，教他给咱们巡风，自然是愚兄奉陪师妹了。”

女侠道：“好！师兄，看剑！”嗖的一伏身，利剑疾如电闪，对准咽喉，直刺过来。石振英退了一步，用刀一封。女侠霍地收招，眼光往外一瞥，将剑诀一领，唰的又一剑，探身直取，剑扎胸膛，石振英往后又退了一步，用刀一架。女侠这一回却不收招，剑尖一沉，跟手一变招，旋身刺扎；借着甩臂回身之力，第三剑斜肩带臂，狠狠地扫来。石振英这一回却不敢硬架，也急急一伏身，又一旋转，斜蹿去五步以外。刚刚凝身回步；女侠早一阵旋风似的跟踪扑到，剑尖闪闪，看看点到石振英的后心。石振英蓦地一跃，腾身猛往旁蹿；脚才着地，轻

轻一点，“刷、刷、刷”，“蜻蜓点水”，飞蹿出数丈。这才旋身一转，封招回顾。果然，抟沙女侠又已如飞地追到。

女侠心中暗想道：“知道你是多臂英雄！你不用躲，你妄想用暗器赢我。哼！我叫你离不开身，腾不出手来。”纵步追到，剑诀一领，剑尖外吐，一个“盘肘刺扎”。照石振英手腕剪来，并且娇叱道：“师哥看招！”石振英这时何尝想用暗器，也不敢稍存试招之心；只好认真地招架着，躲闪着，一味盘算给师妹“闪面子”的办法。一见五凤剑砍到，把刀锋一扁，贴剑刃进招，轻轻一颤。女侠再不肯吃这硬亏了，唰的将剑收回；剑花一转，又改取中盘。旋展开八卦连环剑的绝技，点、崩、截、挑、刺、扎，突击猛斫，蹿前蹿后，忽进忽退，如生龙活虎，围着石振英乱窜；一片剑花，把石振英裹在当中。石振英一口金背折铁刀，只顾招架抵拦，严封门户，眨眼间，走了二十几招。石振英连连遇上四次险招，不住口地直叫：“师妹手下留情，愚兄眼花手慢，实在搪不住！”

这一叫，抟沙女侠一片芳心越发炽起盛怒；唰的往外一蹿，剑交左手，戟指痛斥道：“石师兄，你瞧不起我，就是瞧不起我父亲！你拿我当小孩子耍！”石振英也往外一蹿，喘吁吁连忙说道：“这是怎么说的，师妹这么好的功夫，我佩服还佩服不过来呢。我怎敢拿师妹当小孩呀？”女侠当啷一声，又把五凤剑投在地上，双手掐腰道：“石师哥，你不要自作聪明！过了二十几招，你一点真格的也没有使出来。你要想哄骗我，教我一个人跳来跳去，把我遛乏了，是不是？再不然，你就佯输诈败，把我愚弄一下！嘻嘻，想必是我长门华家的八卦连环剑一文不值，不配跟你石老英雄对招，我华家的丫头实在太不自量！”石振英慌忙道：“这，这，这哪里能够！”华吟虹不管不顾，仍然怒叱道：“石师兄，你不用使巧弄乖，我的剑法本来不值跟你比！那也好，咱们就比画暗器。来吧，多臂英雄，你亮你那五样暗青子，我洒我这半袋子铁砂。你打着我，我死而无怨。可是，我不能受人嬉皮笑脸的戏耍！”

石振英一迭声叫道："师妹，师妹，那可使不得！我断不敢戏耍师妹，我不过是手脚迟慢。你教我快，我哪能快得起来？我的暗青子早已多年没练，怎能在师妹面前献拙呢？师妹一定要使五毒砂……"说着把头一抱，笑道，"我更招架不住；那没别的，我爷们只好溜之大吉了！"

石振英不晓得抟沙女侠乃是一种性格狷介、言行整肃的人，最不喜人家对她说笑话，尤其恨人倚老卖老，拿她当小孩子待。石振英虽然老于世故，这一回可糟了。女侠厉喝道："石师哥！我拿你当老前辈看待，你还是倚老卖老戏弄我，我可对不起你了！"伏腰拾剑，一推砂囊，嗖地往前一纵身，道，"我看你往哪里溜！"但是多臂石振英也有点吃不住劲，又当着自己的义子，脸上越挂不住；心想："我难道真怕你不成？不过我怕对不住你爹爹罢了。看样子，不把你战败，我今天就不得下台。好好好，我就给你一下，也叫你知难而退。别人怕你的毒砂，我是本门中人，有的是解药，我还能怕你的毒砂不成？也省得让我这傻孩子暗笑我胆小怕事，教一个小丫头挤兑得走投无路。"想罢，也提高嗓音道："好好好，师妹，你一定叫我来真格的，我本来没有真格的。师妹，我要一套五虎断门刀给你看看，好不好，您多包涵。"他还是嬉皮笑脸。

抟沙女侠道："好极了！"只叫得一声，两个人往垓心一凑，一刀一剑登时交斗起来。这一回不比刚才，多臂石振英展开了进手的招数；但见得人影乱蹿，不闻一些刀兵磕碰的声音。抟沙女侠华吟虹不由暗吸了一口凉气，才觉得自己久战力疲了。这个巨颅矮身的侏儒，活像肥豚似的石师哥，想不到他还有这么两下子。女侠把牙一咬，喝道："好刀法！"立刻展开身法，一口五凤剑倏上倏下，挥舞缭乱，刺扎划挑，不住手地攻击上来；比刚才多加了十二分的戒心。她现在的招数既巧滑，又谨慎；既精细，又大胆；忽攻忽守，倏进倏退，决不坚持一种斗法。

多臂石振英也不由心中佩服，满以为杀她一个下马威，教

她知难而退；哪知自己连劈三刀，都被女侠很轻巧地招架开。女侠刚才教双夺克制住自己的兵刃，现在单剑对单刀，兵器上先不吃亏。于是她一翻身，重展开八卦连环剑，登时在月影下泛起一团白光。那一边，江边巡风的陈元照看了个心急目眩，恨不得自己再加入一战。他不知不觉离开江边，往这边凑来，把个石振英几乎气肿肚皮。本已窃嘱他观战到了时候，教他急喊一声“贼人又到”，好借此下台。哪知这小子竟看愣了，一声也不喊，反倒凑过来，一任自己打起没完！

辗转又斗了三十余回合，女侠气力上依然支持得住，石振英心上十分焦急。猛然间，陈元照振臂大喊道：“伯伯留神，贼人真来了！”石振英应声慌忙往外一蹿，道：“师妹住手。喂，贼人在哪里？”一回头之间，不防女侠嗖地一蹿，又扑过来，唰的一剑刺来道：“师哥，接招！没有的事，哪有贼来？”这一剑险极了，石振英忙一闪身，双足直跃出两三丈外，女侠立刻又一蹿追过来。石振英且躲且叫，道：“师妹别动手，你回头看看还不成？喂，那边来了几个？”陈元照没等重问，已如飞扑奔过来，大叫道：“伯伯，小巷里头有一个人出来了。”

喊声中，女侠华吟虹照着石振英，连砍了数剑。气得石振英且躲且喊，发狠大喊道：“师妹，你可倒回身瞧瞧啊！元照，先截住了！”百忙中，石振英侧闪出数步，急往四面一瞥。果见一条人影从错落的小巷房顶上，如野鹤盘空，飞掠下来，落地无声，身法轻巧，蓦地一伏身，竟比箭还快，直奔空堤这边扑来。陈元照急将卍字双夺一错，奋身横截过去，厉声喝道：“什么人？”

拧沙女侠到此方才回头一瞥，背后真是来了人；不由按剑一愣，急凝眸遥望。那条人影抗声呼道：“哪里来的大胆贼子，可知道弹指神通的厉害？那边可是虹儿么？”

多臂石振英吃了一惊，急叫道：“元照，快站住，不要动手！……师叔，师叔！”同时听见拧沙女侠激应了一声，道：“爹爹，我在这里呢。”忙迎了上去。

陈元照运卍字银花双夺，眼看扑到来人面前；却闻呼一愣，双夺一垂，立刻止步回头，多臂石振英已经收刀，如飞地奔迎上来，叫道："来的可是弹指翁华师叔么？小侄是青阳县的多臂石振英。"

来的这个人，果然不是别人，正是山阳医隐弹指神通风楼主人华雨苍，是抟沙女侠的父亲，石振英的长门师叔。这老人躬任留守，藏在福元巷谈宅；以一口剑，护住谈宅大小二十多口。他命爱徒段鹏年、爱女华吟虹，帮着谈大娘倪凤姑，应付仇人；要将仇人诱到江边，或杀或逐，给他一个厉害。不料峨眉群贼也不好对付，虽然伤败逃走，倒把谈大娘子也给打伤了。段鹏年催女侠把谈大娘救回去，哪知女侠学技多年，初试身手，竟抛下倪凤姑，独自穷追下去。

段鹏年当下大窘，谈大娘乃是孀妇，自己一个男子，不好过来搀扶她；而华吟虹又是一个没出阁的姑娘，自己也不好强拖她回来。眼看着华吟虹雀跃着追赶下去，倪凤姑一步一挣的往回走；段鹏年竟束手无计可施。他深恐贼人乘危来扰，只得提剑在旁随行，把倪凤姑伴送回家。

段鹏年进入谈宅密室，急急向老师弹指翁华雨苍一说，这老人登时大怒。自己女儿乃是闺秀千金，年纪小，阅历浅；就仗她功夫好，倚恃五毒砂，可以克敌；万一贪功遇伏，中了贼人的圈套，那还了得？这老人越想越急，把段鹏年抱怨几句，立命他替自己留守，并给倪凤姑治伤，自己拔剑就要追寻女儿回来。但是倪凤姑伤在股胯，段鹏年又不便给她敷药裹伤。华雨苍无可奈何，只得亲自动手，给谈大娘倪凤姑剔毒敷药，绑扎好了，然后腾出身子来，火速扑奔江堤，追赶爱女，搜捕仇人。

到江边登高一望，瞥见空堤下，曲巷前，有两个人影对打，一个人影巡风。对打的二人中一个好像女子，料道必是己女无疑。弹指翁心中纳闷，那个巡风的到底是什么人？为什么不帮打？他万想不到对打的已不是寻仇的峨眉七贼，乃是自己

的女儿和自己的师侄，更想不到巡风的乃是自己的徒孙。

弹指翁忙沿江边，伏身急驰，远远地叫了一声："虹儿！"抟沙女侠答应了一声，弹指翁一块石头落了地，不禁骂道："好丫头，你干什么了？"那边陈元照已挥双夺迎截过来。弹指翁傲然站住，把背后剑一抽，喝道："什么人？站住！"多臂石振英急忙喊喝道："华师叔，小侄是石振英，那是你老的徒孙。元照快住手，这是你师爷！"

双方抵面，陈元照收住双夺，心中纳闷道："这就是弹指翁么？还是我的师爷！"陈元照上眼下眼地打量华风楼；月影中辨不很清，隐约见得此老身形瘦短，眉棱耸立，颧高腮削，目眶深隐，凸出一对黄眼珠，顾盼闪闪可畏；脸色不很好看，气度也不威武；穿一身灰布短衣服，高袜布鞋，像个乡村老叟；说出话来，却响若铜钟。陈元照还在横夺顾盼。多臂石振英已经如飞奔到面前；将兵刃丢在地上，满脸含春，高叫了一声："师叔！"跪倒在地，磕了三个头。站起来，重报姓名道："小侄是青阳县的多臂石振英，我师父齐宣颖是你老的二门师哥。十年头里，我到你老府上去过好几趟，你老不记得了吧？"又向陈元照挥手道，"你这孩子，怎么还发呆？我不是早对你说过，这就是你的长门掌门户的师爷弹指翁风楼师祖，小子快过来磕头。师叔，这小子就是你老已经下世的师侄陈嗣同的孤儿，他叫陈元照，算是小侄的徒弟。"

弹指翁有点诧异，看了看石振英，又看了看陈元照。这工夫抟沙女侠华吟虹也已提剑溜了过来，垂头低眉，立在父亲身旁，一声也不敢言语，已经摆出了预备挨骂的样子。果然弹指翁绷着脸，瞪了她一眼，又哼了一声，却暂不发作，先向石振英拱手道："原来是石贤侄，幸会幸会！咱们多年没见了，你倒更发福了。这个小孩子叫什么？"陈元照自己回答道："弟子叫陈元照。"

石振英忙抢着说道："咄，什么弟子！你这小混蛋，连称呼都弄不清楚，这是你师祖！……师叔，他就叫陈元照，今年

二十二岁了，从小没爹没娘，什么也不懂。”弹指翁道：“怎么，陈嗣同死了么？”石振英道：“早死了，掐指算来，已经十三年了。”弹指翁道：“唉，我竟不知道。”看了看陈元照道，“小伙子很精神，哦，使的是卍字夺，这可是占便宜的兵刃，不用说，是你教的了！”石振英谦然答道：“小侄是瞎胡闹，我哪里教得好呢？我听说师叔近来退隐故乡，悬壶问世。想不到你老又出山了，还带同着师妹。你老这是往哪里去？有什么事情？”

弹指翁和石振英匆匆地互叩行止，柠沙女侠低头侧立父亲身边。陈元照直着脖颈，立在伯父的背后，满不在意；一对大眼看着弹指翁，又看着柠沙女侠。女侠看不惯他这放肆的神情，偷眼旁睨，瞪了他一眼。两位老叟谈了几句话，弹指翁便往周围一看，侧转身，面对女儿道：“峨眉派那几个坏蛋呢？都跑了么？弄倒他几个？”女侠道：“只伤了他两三个，全跑了。”弹指翁哼了一声，忽然变了脸，厉声叱斥道：“你这丫头，好大的胆子！你怎么就不听你师兄的话，你竟敢单身追斗仇人？万一你上了他们的当呢？倘若教贼人触着你一点，你的闺秀身份何在？”

柠沙女侠微黑的俏脸羞得通红，双眸微抬，露出可怜之相；那意思是央求老父，不要当着生人，责罚自己。弹指翁素日固然溺爱这个小女，独独对于这种事，向来毫不宽纵；他平日就不准柠沙女侠独自出外游侠的。他张着一对深眸，又怒声斥道：“你这个姑娘，竟自个儿追下去了。你谈大姐受了伤，你偏不管，你丢下她，叫你段二哥怎么办呢？我不是早嘱咐你了，千万只在江边动手，不许远离，不许穷追；追贼的事，叫你段二哥办。你刚离开我的眼，就任性胡来；往后我可怎能放心？”把女侠骂得一声也不敢辩白，只低头死挨。

多臂石振英连忙劝解道：“师叔息怒。师妹和歹人动手，小侄全看见了。师妹真是有智有勇，一点漏招也没有。小侄和您徒孙本要上前助战的，一看师妹一个人很能应付自如，小侄

就没有出头。师妹打得实在好，她那五毒神砂……”

拧沙女侠忙干咳了一声，向石振英使一眼色。石振英没有看出来，还要往下说；华风楼已经勃然大怒，叱道：“你这丫头，你又使毒砂打人了。我从前告诉过你没有？”石振英这才后悔失言，忙替华吟虹掩饰道：“没有，没有，师妹真没有使毒砂。”弹指翁看他一眼，冷笑不答，反顾女侠道：“你说用了没有？”拧沙女侠不敢隐瞒，低声答道：“爹爹别生气，您饶恕我，女儿是用过了。因为他们人太多，招数太毒，女儿一个人陷于危地，实在没法子，才用的。”

女侠不说谎，弹指翁不觉变颜，缓声说道：“噢，你使了？”女侠低声应了一声道：“用了两三把，爹爹你饶恕我！”弹指翁道：“这种暗器太厉害，我不喜欢教你们随便用。仇人既然歹毒，人数又多，用了也自无妨。不过，下不为例，以后不许你随便轻用。”拧沙女侠轻轻答应一声，方才放了心。弹指翁这才哂然一笑，眼看着石振英说道：“可是的，刚才我登高一望，没望见贼人的影子，只见你们三个人在这里打的打，巡风的巡风，这是怎么一回事呢？峨眉七贼都跑了，你们怎么倒动起手来了？”

石振英面红耳赤道：“师叔，恕小侄荒谬！”

拧沙女侠到此自幸免责，见父亲问到此事，她可就不再吞吐了，立刻振开银铃似的喉咙，要抢原告；急急地说道：“爹爹，您老评评这个理。刚才女儿和峨眉七贼打起来，石师哥饶不出头帮拳，反教他的侄儿埋伏在曲巷口，抽冷子跳出来，跟女儿动手。闹得峨眉七贼都抽空跑了，女儿真不明白，他爷儿俩是什么心思。女儿的剑教这位陈壮士的卍字夺克住，给打掉了，手腕子还差点被剪上。直等到女儿输了招，要发……要发五毒砂救命，我这位石大哥才跳出来劝架。他说是误会了，这位陈壮士是他的干儿子。可是怎么这么巧，女儿丢剑，石大哥不出头；女儿掏砂，石大哥就这么突然蹿出来，横身拦挡。石大哥的意思，是拿女儿给他的干儿子试招，他可不管女儿差点

废命!”

弹指翁一听，面向石振英说道：“这是怎么讲？你和你师妹过招了么？”石振英连忙解释道：“师叔，这是陈元照这个小孩子年轻糊涂，不知怎的，他和师妹过了招。”陈元照忙道：“哪里呀，是我看见师姑跟人打架；我不知是师姑，我溜过来想看看。”用手一指北边道，“我正在那边巷口墙根，刚刚一探头，师姑就冷不防给了我一剑。”女侠华吟虹气得了不得，不禁提高嗓音道：“我不是说那个。认错了人，动起手来，本不算回事。爹爹，您不知道，这里头顶说不下去的是，石师哥明明知道是我，他瞧见我丢剑，他不出头；直到我要扬五毒砂，他才跳出来，救他的儿子。”

石振英没口地说道：“不是，不是，师妹可误会了。师叔，这实在是怨我眼迟脚慢。我在旁观战，不知谁跟谁打。直等到瞧出师妹用的是八卦连环剑的剑招来，我这才疑惑是本门人，可是还不知是师妹，我就慌忙跳出来劝阻。我哪里知道……”一指陈元照道，“哪知道这孩子的手太快，眨眼的工夫，竟把师妹的剑夺出手去。我紧喊慢喊，奔了过来。师妹疑心我偏向，这，这，这小侄焉敢那样呢？”抟沙女侠道：“哼，您不偏向？您是不偏向，您替您的义子跟我比拳比剑！”

三个人哓哓声辩，都在弹指翁面前告状。弹指翁最疼爱他这女儿，但是遇到这种情形，也不好辩理；当下斥道：“丫头，你当着你石师哥，怎么还这么矫情！谁吃亏，谁占便宜，不都是一家人吗？又没有伤着你哪里。那又算什么？现在办正经事要紧，这些闲篇，回头再讲。”又对石振英道：“你师妹是小孩子。石贤侄，你比她大着二三十岁，往后我还指望你照应着她呢，以后请你不要伸量她。”说罢一笑。石振英满面通红，欲言复止。弹指翁又向陈元照道：“少年，你是振英的义子么？你父亲陈嗣同也是我门户中的师侄。告诉你，少年，咱们本门中最重长幼辈分。晚生后辈对待长辈，务必要尊敬，不可逞能灭长。哪有师侄跟师叔师姑较量的呢？”说得陈元照也憋了一

肚子气，恨不得要争曲直，但是弹指翁并不想听。石振英忙把陈元照扯了一下。

弹指翁把三个人都稍微说了几句，这才张目四望道：“石贤侄，你师妹和我，乃是临时受飞刀谈五的大儿媳的邀请，给她挡一场仇人，现在事情还没有完结；石贤侄，你既然在场，你还得帮老夫一点小忙。虹儿！”华吟虹应了一声，弹指翁道：“你只顾和本门人斗闲气，把峨眉七贼的党羽追到哪里去了？他们也许又回福元巷，骚扰谈家去了。我们不要说闲话了，赶快回去，沿路上也得搜搜。走吧！”

弹指翁很匆忙地向三人吩咐了几句，就与女儿拧沙女侠华吟虹，引领多臂石振英、青年陈元照，四个人合伙，往四面搜查下去。西北面树林下，按江湖道，不应穷追，弹指翁便不肯去搜。放过这一面，只把附近小巷，踏勘了一遍，一无所见。弹指翁立刻当先飞驰，往回路上走去。这老人唯恐峨眉七贼乘虚再来肆扰，殊不知峨眉七贼巴允泰等这时已无暇寻仇，只忙着搭救受伤中毒的同伴。仅由快手卢登引领唐林，潜奔福元巷，偷偷窥看了一遍。因看出谈宅戒备很严，未敢下手。临回来时，差点和弹指翁碰个对头。

弹指翁四人转瞬回转福元巷，不进前巷，绕走后巷，又不走后门，反奔旁门。当门口低声一啸，弹指翁门下的二弟子段鹏年，忽由房顶上提刀现身，用隐语问明，这才下了房。隔了片刻，谈宅旁门一响，门扇大开，段鹏年迎接出来，弹指翁把石家父子让进来。

原来谈家上下也有二三十口人，所有仆妇佣工已先时遣出，避到别处。谈大奶奶的婆婆，和谈二少爷维铭夫妻，以及晚一辈的人谈国柱、谈国基等，也都藏在对门小院里了。这小院乃是谈家的产业，下通地道，直达正宅；乃是当年飞刀谈五在武林争名创业时，预防避仇，建筑下的，今日正好用着。他们仍不敢在小院屋中躲避，都钻入特辟的地室里。地室门口，设下埋伏，有人把守着。那负伤回来的谈大奶奶倪凤姑一到

家，也藏在地室里养伤。弹指翁父女迎宾回来，先绕着正宅那三进大四合房，里里外外巡视了一遍；然后才把石家父子让到后院佛楼上。一面谈话叙旧，一面仍可以瞭望巷外江边的情形，防备仇人的后举。

弹指翁先向女儿细问与仇人格斗的情形，和仇人的年貌、人数、逃走的方向。问罢，才和石振英寒暄叙话。谈了几句，便命女儿抟沙女侠华吟虹下楼，教她走地道，到对门小院，看一看谈大奶奶倪凤姑的伤。弹指翁已经看出女儿左一眼、右一眼，只瞪石振英和陈元照，脸上兀自带着怒容；心想女儿一定吃了亏，才生这么大的气。索性把她遣开，回头再细问她；眼下先和石振英谈谈旧事。抟沙女侠便答应了一声，起身下楼。将到楼门口，又瞪了陈元照一眼。陈元照这小子竟也回瞪了一眼，脸上含着不服气的冷笑，弹指翁看得明白，假装不理会。

那掌门二弟子段鹏年跟进来，先向老师询问搜敌的情形，然后一转身，向石振英寒暄作揖道："石大哥，咱们久违了。大哥这是往哪里去？怎么跟我们老师碰上的？现在我们老师替本宅飞刀谈五的后人抵挡仇家，正嫌人少不够分派；石大哥来得很凑巧，帮帮忙吧。这青年可是你的令郎么？"石振英忙站起来，先向段鹏年还礼，又命陈元照过来，叩见段师叔。礼毕重新归座，彼此恳谈。那段鹏年站起来，仍到外面巡风；石振英陪着弹指翁说话。

弹指翁问道："石贤侄，你我一别，一晃也有七八年了吧？你近来做何生意，是否得意？"石振英赔笑道："小侄足有十来年，没见你老的面了。小侄由打六年前我就把买卖收了，现在舍下务农，也就是对付度日。听说你老人家还在故乡悬壶行医，凭师叔的艺业，做这济世活人的营生，比起家师和小侄是胜强多了。"

弹指翁微微一笑，皱着眉毛说道："什么行医？简直没出息，我哪能比你师父呢。我自从你大师伯一去世，又把大弟子逐出门墙之后，我就很灰心，从此不想在武林中立足了。我这

才跑回故乡，挂牌给人看病，苟且糊口而已。也是搪不过亲朋邻居的怂恿，我就算是医生了。不过我把咱们门里的拿穴小手的功夫，用在推拿接骨调气上，居然治一个好一个，求我的一天比一天多，倒赚了一点田产。可是这事情太腻烦人，天天和病人打交道，这个哼哼，那个咳咳，我实在耐不下去；已经有三四年没看诊了。我把这些诊务都推给你段鹏年师弟了，如今算是他代师行医。近来他也累得不得了，邻县故旧登门求医的，又推不开。俗话说，善门难开，敢情医门也难开，再想谢绝，也不行了，倒把你段师弟的功夫耽误了不少。我现在是借访友为名，出来躲一躲求诊的。因最近有一位藩台的儿子，骑马摔吐血了；又有一位知府的兄弟，得了骨痨病，仗着人情财势，逼我出诊。路又远，病又重。不是一月二月就治好的。他们人摆官牌子，拿我当生意人看待。而且他们四五家同时争请我出诊，我倒是先到谁家去好呢？我谁也不敢得罪，我就带着小女和你段师弟，溜出来了，我也算是避难。”说着哈哈一笑，枯黄的脸上微露出得意之形。石振英忙笑道：“这都是师叔医学精深，赚来的麻烦。别的郎中满心要求像你老这样忙，无奈人家偏不请他。”接着又请问这谈家寻仇之事，道：“师叔可是陌路拔刀，还是应邀助战来的呢？这事情今晚上可否了结么？”弹指翁说道：“这倒全不是。”说着话，扶窗向外望了望，归座说道：“这是一件凑巧的事。我们父女师徒三人出门漫游，行在半路上，无意中听见了谈家这场是非。我们原是亲戚，不能袖手旁观；只好绕道前来。帮着谈家，挡一挡峨眉派的七贼。现在这场事情还不算完，恐怕我去后，他们再来滋扰。为彻底排解此事，我还要烦贤侄帮我一场。”石振英忙答应：“师叔有事，只管吩咐。”又道：“这里事情了结之后，师叔打算还到哪里去呢？”弹指翁道：“我还没有一定。我打算先奔如皋，后上淮安府去一趟。”石振英道：“这可巧了，小侄正要上镇江去，我们可以结伴一路走。”弹指翁道：“这个，也好吧。”

弹指翁说是这样说，其实他并非避诊出游，他实在是：一

者为给女儿相婿，专程出来，要到如皋去一趟，见某一个人，打听某一件事。二者他又收到江南镖行，有名镖客十二金钱俞剑平、铁牌手胡孟刚、智囊姜羽冲、霹雳手童冠英等二十多人的信；为了寻斗绿林中一个不知名的怪杰，名叫飞豹袁承烈的，大家具名，敦请华老前往助拳。他义不容辞，只得亲往淮安去一趟。至于这飞刀谈五家，当年虽和弹指翁相识，实际并无渊源。直到前几年，弹指翁的长孙订了婚，从女家那边叙起来，和谈大娘倪凤姑恰好沾亲。论辈分，倪凤姑管弹指翁叫亲家伯伯，管女侠华吟虹叫亲家妹妹；他们这才接近。这一番峨眉七贼大纠党羽，登门寻仇；倪凤姑情知不敌，暗遣急足，到娘婆二家武林亲友处，送信求救。独有山阳医隐华风楼家远在陕南，相隔太远，不能一呼而至，倪凤姑事先并没找他。

碰巧华风楼行经皖境，在一位朋友家，听见了南荒大侠一尘道人，在数月前被人暗算，死在鄂北。又听说一尘道人是被西川唐家门的毒蒺藜打伤毒发丧命的。华风楼不由一惊，登时推测出来，是峨眉群贼所为。慌忙仔细打听下去，果然一尘道人惨遭暗算时，内中有一个打毒蒺藜的女子，那个女子便是海棠花韩蓉。她伪装拒奸贞妇，巧设假采花计，在一个荒村贫农家，摆好圈套；把贫农母子捆藏起来，韩蓉涂脂抹粉，打扮成一个村里俊俏的美女，躺在床上，由她的丈夫虎爪唐林，假装采花淫贼，进去持刀采花。外面安下埋伏，另遣康海到一尘道人住的店里，假装过路的绿林，故意踏瓦留声，一路登房飞逃，把一尘道人诱出店外。一尘道人一生仗义游侠，闻警立即仗剑追出。赶到荒村，峨眉群贼一打暗号，那康海藏起来；那韩蓉立刻扛呼救命，唐林立刻持刀上前，假装逼奸。此举太出人意料，唐林夫妻又做作得很像。凭一尘道人四十多年的经验，竟没想到采花是假。一进屋去，把假采花贼唐林赶跑，假贞妇韩蓉却从背后，发出两颗毒蒺藜，打中一尘。但一尘道人颇知解毒药方，也能自救；可是又被峨眉群贼包围缠战，不教他有服药疗毒的空隙。这一来，一尘道长竟遭毒手。虽有陌路

仗义，拒贼求药的玉幡杆杨华，无奈夜深地僻，购药失时，把个不可一世的南荒大侠，竟被他们生生制死。风楼主人既已晓得他们结仇的经过，立刻推知峨眉群贼现已发动复仇。一尘道长既死，他们定会挨个找寻飞刀谈五。如此一想，谈家必不得了。看在戚谊上，华风楼这才携女率徒，连夜赶来赴援。

第八章 烙铁疗毒

弹指翁华风楼和四川唐大嫂素未谋面，却是略有渊源的。弹指翁秘制的五毒神砂，和四川唐大嫂的毒蒺藜，乃是百十年前一位武林前辈，由西南蛮荒苗人手中得来的秘方。苗人拿这毒药淬成毒箭，用来猎取野兽。这位武林前辈得到秘方，又独自研试，特制出毒药和解药来，力量比原方还猛，真个是见血封喉，奇毒无比。后来这药方辗转传到唐、华二家。不过风楼主人深明医道，得到秘方之后，又将这毒蒺藜的药味略加增减，添入两味，减去一味，共凑成五种毒药，方制成这一种华家独门的暗器。又将铁蒺藜改为铁砂子，名为五毒神砂。四川唐大嫂却由她祖父传下来的原方、药味，始终没有增减，但暗器种类也化成数种，有毒镖、毒弩、毒蒺藜、毒针等七八样之多。

唐大嫂的后人便倚此为生，专把毒弩、毒箭卖给猎户，把毒药暗器卖给镖行武林。起初卖药尚有限制，曾定下规约，不卖给绿林中人。后来因受官方禁止，隶役敲诈，唐大嫂一怒移居，索性秘密地大制特制，大卖特卖。只要给钱，谁来皆卖。

她家以此发了大财，可也造了大孽，并且又在无意中结下大仇。有人买她的毒药和解药，嫌路远费事，取价又贵，便要出重价，购买她的原方。她说什么也不卖方，只肯卖药，许多人因此对她不满。又有人伤在毒蒺藜下；寻着仇人，自去报仇；若遭暗算，寻不着仇人，自然穷源竟委，算在唐家门的账上。有些年，颇因此引起纷争，也有找上门来索斗。

后来唐大嫂把这些是非消解了，或动武，或善说，应付过去之后，她又一恼，这才只卖毒弩、毒箭，不卖暗器了。这忽然一不卖，又得罪了人。这个老婆子又勃然大怒，当时宣布了新门规：凡有求取唐家毒药的，必须先来拜门户，认老师；在师门效力多少年，认为孺子可教，才正式收徒。又经过多少年，才传给毒药、解药。这一刁难，到底也没传出方来。

唐大嫂的毒药和华风楼的毒药既是一个渊源，因此唐家门的一动一静，华风楼也很留心。可是华风楼这边师徒的授受，唐家门也很注意。后来唐大嫂这一支的后辈，与四川峨眉派的秘密会帮有了往还。峨眉派门下有几个和唐家成了亲戚，唐家的独门毒蒺藜便传入峨眉派去了。即如这个海棠花韩蓉，她的父亲便是峨眉派岷江一支的首领，却将女儿嫁了唐大嫂的后人虎爪唐林，自然毒蒺藜的毒剂、解药也传到韩家了。但是两药原方轻易仍不往外传，韩家不过是得到她婆家的二十多瓶毒药、十几瓶解药的成药罢了。

风楼主人既知此事，忙奔鲁港，一面走一面打听。果然遇见谈大娘倪凤姑派出来求援的人。等到这一天，江边寻仇邀斗，不但风楼主人父女师徒三人到场，还有江南武林中的英雄五六人，也暗暗藏在谈家。峨眉派群贼在福元谈宅窥视，竟没看出人家救兵已到。谈大娘设计细密，一出一入都不走本家正门。不是由邻舍逃墙借道，斜趋巷口，就是悄穿地道，从对门绕出街外。峨眉群贼以此走了眼。

当下风楼主人和师侄石振英，略说峨眉群贼之事。然后引领石振英，到谈宅前后院查勘一遍。这时在谈宅内外，埋伏着

好几个人；一一引见着，和石振英叔侄叙话。内中一人乃是芜湖名武师梁公直的次子梁邦翰，梁公直年轻时和石振英见过面。此外还有三位，都是有名的武林朋友。一个叫谢晶谦，一个叫米元济，一个叫孟兆和。此时大家唯恐峨眉群贼再来肆扰，都聚精会神地戒备着。梁邦翰等只和石振英草草寒温数语，便忙向弹指翁报告护宅了敌的情形。那峨眉七贼的唐林、韩蓉夫妻，真个跟随快手卢卢登，前来绕奔后巷，竟欲袭入谈宅；却被护宅人登时发觉，飞弹惊走。段鹏年不敢擅离谈宅，只由米、谢两位壮士跟踪缀了一程。唐林等逃奔西南隅，穿过四五道街巷，便已失踪了。这西南地段，正是招远客栈的附近。

弹指翁巡视一周，复又登楼。段鹏年转告抟沙女侠，把本宅谈大娘倪凤姑，和谈维铭、谈国柱都请上楼来。石家叔侄也在内，还有邀来的武林朋友，只留下五个人，在院中房上瞭望。弹指翁先问了问谈大娘的伤，此时她一瘸一拐地早将伤缚好，失血不多，脸上气色幸还如常；与小叔谈维铭，向众人道谢。又向石家叔侄客气一番。弹指翁把手一挥道："诸位请坐。这事情还没完，谈大姐姐你先不要道谢。……诸位仁兄，请坐下来谈。"众人忙道："不敢当。老前辈有话，只管吩咐。"

弹指翁面对楼窗道："现在天气还早，大概不到五更，也就是四更二点，仇人也许再来。不过我想不来的时候居多吧。仇人大概投奔西南，西南边正是人烟稠密、最杂乱的地方。此番巴允泰、康海等峨眉群贼，大举前来寻仇，落得吃亏而去，我猜他必不甘休。我们下一步该怎么办呢？"

众人多半沉吟未答。有的人说："我们多戒备几天最好。"倪凤姑道："这么样，我谢谢诸位伯伯、叔叔。"多臂石振英忍不住说道："师叔，这伙子仇人既然是峨眉派，真得防备他们苦苦地寻仇不舍。咱们与其在这里坐候抵御，何不寻了他们去？"梁邦翰道："可是峨眉派在此地的住处先得打听明白了，才好下手。"石振英道："不用打听，我就知道，他们现住在招

远客栈。师叔，凭你老这一身功夫，这几十年的威名，简直找了他们去。你若施慈悲，就把他们吓走；若要斩草除根，你老索性把他们整治了，也替人间除害。他们大概来了不过七八个人，至多不到十个人。”

弹指翁点了点头，还未发言，抟沙女侠俏眼一张，转脸对她父说道：“贼人也是行家，他们未必住在明处吧！”陈元照道：“他们确实住在招远客店里，我和我石伯伯从白天就在店里看见他们了。”抟沙女侠把嘴一抿，微哼了一声。石振英忙道：“师叔，小侄倒是在招远客栈，碰见了那个卖野药姓包的家伙。”抟沙女侠道：“人家就不姓包，他叫巴允泰！”两个人话里又暗斗上了。

弹指翁把脸色一沉道：“丫头家，听着，少说话。石贤侄，你是在招远客栈，看见过他们么？”众人同声询问，石振英如实说了，又道：“只怕他们此时溜了。”众人齐请弹指翁，趁天色没亮，同往招远店看看。狗贼们如果没躲，把他们驱出鲁港，就完了。弹指翁不以为然，道：“依我估计，贼人至少来了十多个人，在招远店中的不过三两个人。我料他既被虹儿伤了好几人，他们必要迁场。现在天还没亮，我们只好守着宅子。等到天明，我们再出去仔细搜一搜。也不要用武力赶逐他们，只用话点破他们；给他们一两天限，教他们全数离开鲁港。如果不离开……”

石振英、段鹏年、倪凤姑一齐问道：“是呀，如果他们不离开呢？或者他们口头上满给面子，暗地里潜踪不走，仍要死赖不休呢？”倪凤姑并且说：“他们大老远地来寻仇，他们倒受了伤，栽了跟头，他们焉肯善离？”弹指翁微微一笑道：“我只求他们当面答应我一个‘走’字；只要他们答应了，我就有法子办。”别的英雄还听不懂，倪凤姑更怕仇人不肯善离，总在这里窥伺。就请人御侮，只可一时，天长日久，谁有这么长的工夫呢？石振英、米元济却已听出，华老分明把事情揽在自己肩上。

又商量了一阵，把外面护宅巡风的人撤回来，只留下三四个青年，紧守小楼窗口和前后门。别的人就在楼上，内院、外院，分散开歇息。转瞬到了辰牌时分，便都起来，洗漱，进早点，穿长衫，暗藏兵刃，分拨出去。

石振英与陈元照专管查店。出了巷口，急趋招远客栈；到七号房一看，门锁房空，寂然无人，折到柜房一问，说是："七号房的两个客人，从昨晚起，通夜未归！"石振英目视陈元照道："他们真溜了！"打着官腔，把店家讯问了一顿。无奈店家并不知卖药郎中的下落，石家叔侄抽身出来，复趋庆合长客栈。庆合长也没有搜出可疑人物来。忙又向店家探问鲁港还有别的鸡毛小店没有。说是还有两三家很穷很脏的茅店，那是三文钱住一天的小店。石家叔侄不死心，又找了去。入店挨人看视，仍没有七贼和他的党羽，也没有江湖人物。石家叔侄又一转念，忙把那小穷孩唐六找来，教他专在码头上，查访那个卖药郎中。然后石氏叔侄在鲁港大街小巷，乱蹚起来。

那孟兆和与梁邦翰专找茶寮、酒肆、妓馆、庙宇。那弹指翁和段鹏年师徒二人，先勘西北树林，次勘东南、西南民宅破落户，然后转奔码头。他们每两个人一拨，倘或遇上仇人，一个跟缀，一个回去送信。鲁港地方并不大，只勘到晌午，便把全镇甸勘尽，都没有碰见峨眉七贼和别的可疑人物。

到午饭时，三路寻仇的人全都回来。交换消息，皆无所得。光阴迅速，转瞬天黑。吃过晚饭，福元巷谈宅内外又戒备起来。但是戒备了一通夜，福元巷前后，连个可疑的人影也没有发现。倪凤姑情知不妙，忙请教弹指翁道："这该怎么办？"弹指翁不由皱眉道："像这样长久耗下去，贼暗我明，我们还能常年常月地跟他久耗吗？"石振英也道："外来的歹人容易根究，他们脱不过住在小店、古庙、荒宅。倘或当地有他们的党羽，在寻常民宅一住，白天不露面，黑夜才出头，可就难搜了。"

弹指翁点了点头道："我就怕的是这样。"想了想，忙把抟

沙女侠叫到面前，问道：“那天晚上，你用毒砂伤了他们几个人？”女侠蓦地面红，低头不敢置答。弹指翁眼望石振英哂然说道：“虹儿，我不是说你；你只管告诉我。”女侠嗫嚅道：“打了他们三个、四个……”

弹指翁笑了笑，问谈维铭道：“二相公，你们这里共有几家药铺？”谈维铭道：“这里只有三家小药铺，药也不很全；平常抓药，得上芜湖。”弹指翁大喜道：“好！站起来，便催众人再到街上细搜；这一回要注意小巷民宅眼生的外乡人。又单把梁公直的次子梁邦翰叫到一边，密嘱他到芜湖药铺，查问查问；又教石振英叔侄和二弟子段鹏年，速到本地药铺去一趟。这老人仔仔细细，重布置了一回，谈大娘方才放心。于是，谈宅御仇诸人白天在鲁港码头大街小巷上乱搜，夜晚在福元巷宅内宅外严守。一连耗了三天，梁邦翰从芜湖查问药铺回来。他父亲梁公直也亲身来到，面见弹指翁和石振英，同时又率领许多帮手来了。谈宅又由秀才报了官面。谈宅本是绅士，这一声张起来，登时耸动地方，家谈巷议，风声陡紧。

那寻仇的峨眉七贼，可就有些藏伏不住了。他们晓得谈宅是个行家，他们一到鲁港，便只有三个人住店，其余七八个人分住在朋友家和庙宇里。等到当晚斗败，料知谈宅既有援手，必来勘寻，他们就一齐移住码头下坡。白天不敢出门，夜间才遣两个人，出来哨探。而且他们受伤的人很多，乔健生、乔健才、巴允泰，全中了毒伤，这都得忙着给他们配药治伤。康海、快手卢也带了轻伤，只有唐林、韩蓉夫妻还好，可就深感力孤难支了。

他们七八个人当夜一齐迁入朋友家里。这个朋友实是同党，在当地干着脚行，也算是峨眉派的小头目，名叫朱阿顺。他手下的徒弟，也是当地脚行。男女十七八口，只住着六间房子。这个朱阿顺只住着四间房，倒有九口人。把两个单间匀出来，款待本派领袖。幸是春天，尚可挤着住。海棠花韩蓉便与朱阿顺的妻子同住一间。其余男子分住堂屋和单间。那单间是

东耳房，临时搭铺，板床不敷，就搭地摊，铺草为床。却教巴允泰、乔健生、乔健才三个受重伤的住在一间屋，在板床上躺着。侥幸同院也是自己人，一出一入，还算严密。

唐林、韩蓉咬牙切齿地恨怒。依着受伤的轻重，先忙着给乔健生、乔健才、巴允泰三个人治伤。二乔受毒最久最深，此时已经有出气、没入气了。康海抚头大痛；唐林夫妻连忙安慰道："你不要心慌，不要紧，有法子治。"唐林先把二乔搭在床上，用热水把先前敷的药洗去，然后用锐利的小刀，剜去受毒的死肉。直剜得鲜血迸流，二乔唉哟一声，叫出声来，大家这才放了心。便由海棠花韩蓉给敷上专治毒蒺藜的解药，是一种油膏，厚厚地敷上一层。跟着照样给巴允泰剜治，把巴允泰疼得浑身打战。复又验看康海和快手卢的伤，都不甚重，也没有中毒。唐林取出药箱来，另找出金创铁扇散，给二人敷上。

六间小屋顿患人满，朱阿顺先率伙计绕道上码头，自干自己的营生去了；暗中实替同党，窥伺谈家的举动。家里只留下一个男子，一个半大孩子，在门口巷角，不时巡视。峨眉群贼窝在小屋中，一声不响，只注视受伤人的动静。另由朱阿顺的妻子、母亲买来鲫鱼做汤，预备给受伤人服用。过了一个多时辰，该有反应了。但是二乔仍然昏迷，巴允泰倒似乎见重，由呻吟变为低喘，由低喘变为出气吁气了。韩蓉道："不好！"叫着丈夫唐林道："阿哥，你看，怎么这药膏克制不住这毒？华家的五毒砂和我们的毒蒺藜，难道真不一样么？"

唐林忙俯视病人，搔头答道："华老头子扬言说，他加减了几味药，共用五种毒药，我只不信。可是的，怎么这半晌了，伤口的嫩肉不见发白，倒更紫了？莫非他家的有五毒砂真加了药味了不成？"与妻子细查二乔、一巴的神色，越变越不好看。唐林不由心慌，忙提起笔，另开了一个药方，想了想，又将药方上的十八味药，分抄成六味一个药方，共分三张药方，打发人分头前去抓药。先开的那个药方竟给撕碎了，投在嘴内，嚼了又嚼，方才吐在地上。

三个人抓药，一个是朱阿顺的大儿子，一个是徒弟，还短一个人，就由朱阿顺的妻子前往。唐林、韩蓉、快手卢卢登，白天决不出去，以免被谈宅寻来。所有刺探消息，窥察仇踪，有朱阿顺和他手下那几个徒弟伙计足可代劳。只是，他们全是蠢汉流氓，刺探不出什么消息来，也等于白费事。朱阿顺从码头回来，吃过了饭，穿上长衣服，出去溜了一回，倒略有所得。把耳闻目睹之事，一一告诉唐林夫妻，说是由谈家门口出来不少的江湖人物，并且也惊动了官面，已经开始搜查杂乱地方。又道："这不相干，咱们帮里的人都守规矩，断不会泄露底细的，大家只管放心在这里住。"

唐林两眼望着韩蓉，皱眉不语。韩蓉道："你不用着急！抓来药，准可把他们治好，那时咱们再想法子报仇。"

直过了一个时辰，买药的人陆续回来。三张药方内短两三味药，此地没处买，要买须上芜湖去。唐林唉了一声道："这可真糟！"韩蓉忙问道："你们把这地方的药铺都找到了吗？"徒弟答道："这里大大小小一共才三家药铺，我去了两家，全没有。药铺说，要是后天用，他们可以趸去。"韩蓉回顾唐林道："怎么样，后天误不了么？"又问徒弟，"他们上哪里趸药去？"答道："芜湖有药栈。"唐林忽然站起来道："此去芜湖，来回不到六七十里，何必等两天？我们赶快派人，自往芜湖买去好了。"他把朱阿顺找来，命他派两个精干的徒弟，速奔芜湖配药。仍命人再到鲁港街上，细细地找一找。

分派已罢，再看二乔一巴，神色越发不佳。乔氏弟兄更重，已经昏迷不醒。唐林顿足道："我们终朝打雁，被雁啄了眼！这么办吧，我先给乔家兄弟烙治一下。等药，怕来不及了。"韩蓉皱眉道："那种治法太恶了。……可是又有什么法子呢？阿哥，你就狠狠心，给他们治吧。只要救活了命，还怕害疼么？这个姓华的丫头，我们一定不能轻饶她。"

唐林立刻挽起袖子，命朱阿顺家里人。预备火炉、木炭、药锅，和两把烙铁。把烙铁放入炉火中，烧得通红。唐林自持

利刃，先将二乔伤口的烂肉削去；把两人的头脸剜得紫血流离，配上肿腮赤目，比恶鬼还怕人。唐林放下尖刀，用熬成的药汁，把伤口洗过；投刀微吁，一指二乔。海棠花韩蓉、快手卢忙过来，先按住乔健生的头，另教徒弟按住手脚。这些徒弟看得眼晕，有的两手抖抖，只微微扶着。唐林道："不行，快使劲按住了。"即从炉火上，取过烧红的烙铁，照伤口一烙，又一转，烟腾肉焦，哧哧作响。垂毙的乔健生蓦地一呻，浑身乱动起来；众人七手八脚将他按牢。

唐林把第一柄烙铁重放入炉中，将第二柄烙铁取在手中。凡是受毒砂打伤之处，都烙了又烙。乔健生咬得牙乱响，双睛突出。再看伤口，越发高肿。半晌，虎爪唐林说："行了!"韩蓉忙拿过一种止疼去热的药膏，把伤处满敷上一层。众人看得毛骨悚然，将乔健生搭过一边。

唐林对大家说："这毒药本来还有用红绳扎伤口，阻截毒血流通的一法。只是他们全伤在头脸上，不能系绳。"说罢，又给乔健才烙治。通红的烙铁把肉灼得往外流黄油，看得人直出汗，乔健才竟一声不哼。众人不由害怕道："坏了，怕救不转了吧?"唐林皱着眉，用烙铁尖，直探入伤口。把豆粒大小的原创口，直烙得有核桃大小，乔健才方才哼出声来，跟着一抖一抖地浑身打战。烙完，照样敷上止疼的药膏。唐林道："你们不要慌，还有救。"把乔健才也搭到一边。第三个又给峨眉二雄巴允泰疗毒。

巴允泰是头顶上负伤，有四处被毒砂打中，流血中毒的有三处，擦破肉皮，幸没见血的有一处。他逃走时，曾用带子绷住头皮，他又受伤较后，功夫比别人精强，直到此刻，毒虽发作，人未昏迷。只不住地翻腾，一连呕吐了好几次，把内服的消毒散全吐出来了。快手卢把他搭上床来，众人围着一看；巴允泰强睁双眼，惨笑了一声，似欲发话，已没有气力，好像眼睛也甚迷糊。唐林俯下腰，大声说道："二哥，你这时觉得心慌口渴不?"巴允泰点了点头。唐林回顾众人，教他们一齐下

手，将巴允泰的两手两脚捆在床上。巴允泰犹欲挣扎，唐林忙道："二哥，我这就给你烙毒治伤了。你要忍耐点，千万不要喊叫。"

重将两柄烙铁烧在火炉上，药汁油膏也都备好。唐林虽已将巴允泰捆住，仍不放心，命众人上前，仍按住巴允泰的四肢。命自己妻子先用一种油膏，把允泰的伤处涂了一次，这是止疼药。自己这才喝了一杯水，复将小刀磨了磨，照着巴允泰半秃的头顶，围着伤口，用刀剜将起来。巴允泰本未昏迷，只疼得狂喊一声，往起一蹿，几乎连人带床，一齐翻转。唐林急急一提刀，退在一边。怒喝众人道："嘱咐你们，怎的这么废物！"又喝他的妻子道，"快拿块布来，给巴二哥堵上嘴。……有麻核桃没有？有那个更好。"快手卢忙应道："我有麻核桃。"这是一种堵嘴之物，快手卢找出来，要堵巴允泰的嘴。巴允泰双睛怒睁，把头左右乱闪，只不肯教堵嘴。唐林大怒，把刀噌的一声，插在桌子上；过来一推快手卢，按住了巴允泰的头，使个手法，只一捏腮，巴允泰张嘴大叫："别堵我！"唐林的手十分麻利，早将麻核桃塞入巴允泰口内。巴允泰满面怒容，乱闪乱扭。唐林、韩蓉连忙说道："二哥别怕，我们给你治伤。"

唐林这才喝道："快按住了！"韩蓉舒双腕，按住巴允泰的肩头。唐林急急地按住巴允泰的头顶，运刀如风，将他的伤口一一剜治。虽有油膏止痛，可是毒入腠理，刀削甚深，把个巴允泰疼得脸黄身抖，汗出如浆，啊啊地张嘴，喊不出声来。旁边帮忙的人个个都歪着头不敢看，就是唐林、韩蓉也紧咬着牙，脸上神情也很惨厉。

然后用湿棉拭去毒血。唐林咬着牙，复用通红的烙铁，来烫巴允泰的伤口。照样皮绽肉焦，巴允泰蓦然喉头呼噜一声，竟疼死过去了。韩蓉惊叫道："不好，快用水喷！"唐林喝道："别喷水！"急急一伸手，把巴允泰的腮捏开，将口中麻核桃掏出来。呼吸一畅，人虽昏死，不至绝气。唐林又拿火烙铁，不管不顾，急急烙治起来。

这一次比治二乔，手法更要加快，一杯茶时烙完。唐林长叹一声道："我说蓉妹，你给二哥上药吧。"自己将烙铁一丢，坐在椅子上，喘气，拭汗，落泪。众人不由齐声切齿，痛骂这使五毒神砂的抟沙女侠。

海棠花韩蓉卷起袖子来，给巴允泰细细地敷好了药，也抬过一边。还有康海和快手卢卢登，也都受伤；经唐林验明无毒，由韩蓉找出药来，一一给敷治完毕。直过了一个时辰，巴允泰和二乔才能够呻吟了。旋又不住声地呼疼，更不时呕吐。唐林百般想法急救，连试了几种解毒药方，三个人仅能保住性命，余毒依然不解。峨眉群贼个个焦灼无策，只有焦盼买药的快来。派去芜湖买药的人脚程本来很快，路又不甚远，预计当天可以回转，但竟等了一天一夜，两个人全没有回来。唐林、韩蓉、快手卢、康海等俱都惊疑不定。打算雇小轿，把受伤的人乘半夜一径夜送往芜湖就治。不想朱阿顺和巡风的帮友，又悄悄回来报信，劝唐林等千万慎重。说是外面风声很紧，就是要走，也得白天雇轿；夜间走，太惹人动疑了。

像热锅蚂蚁似的，峨眉群贼直挨到第二天夜里，派去买药的人方才惊惊慌慌，奔了回来。韩蓉抢着问道："怎么才回来？莫非药还是不全，还是又出岔了？"买药的两个人先把药交给唐林，道："药都买全了。"抹了抹头上的汗，说道："唐师叔、韩师姑，咱们快想法子，离开鲁港吧！咱们的行踪恐怕已经破露。我们两个人可是教人缀上了，好容易才甩开。"

众人一听大惊道："教什么人缀上的？是在半路上，还是在芜湖？"二人答道："我们一出鲁港，就打头碰脸，遇上一个小子，也不知是不是谈家的人，贼眉鼠眼，直琢磨我们。一个小子又凑过来，要搭讪话。我们就动了疑，跟他绕圈子。直转到傍晚，我们才出了鲁港。及至赶到芜湖，已过三更，又遇上夜行人。我们不敢大意，只得又躲起来，溜到本帮弟兄的家里，胡乱睡了一夜。第二天清早，我们一去买药……"唐林怒哼了一声道："你们当天夜里，没有砸药店的门？"二人面含愧

色，低头无语。韩蓉道："你们快说吧，以后怎样呢？"二人道："以后可就麻烦了。咱们开的那药方，内中有好几味药，凭芜湖那大地方，竟会买不着。药店里的伙计也神头鬼脸，直琢磨我们。我们就又犯了疑，不敢冒昧了。幸亏咱们在那里，还有本帮的弟兄；我们就转托他们，方才照方配出来。我们打听药缺的缘故，说是叫一位大财主，把几味药都收买去了。我们自然不信。我们很费了一回事，才探出这位大财主是宝丰粮栈姓梁的亲戚，说是姓什么欧阳。后来一根究，才晓得这里头有诡……"

众人道："这里头有什么诡？"

买药的人刚要回答，唐林突然大怒道："好歹毒的家伙！我就不信，姓谈的在这地方，竟会有这么大势力。"对海棠花韩蓉说道："你们还不明白么？他们明明知道咱们的人受了五毒神砂的毒，必须这几味药；他们就拿出钱来，把这几味药全买绝了，好教咱们的人不治而死。不过鬼羔子们势力虽大，工夫很短，芜湖是个大地方，他们还没有把药买绝就走了。好你个飞刀谈家，我们老唐家倒要斗斗你们！"

康海从床上一蹶趔坐起来，骂道："这就叫'强龙不压地头蛇'，他们在这里是本乡本土，处处占便宜。咱们是外乡人，处处要吃亏。你看一尘贼道，功夫尽管好，我们跟他狭路相逢，到底把他治死了。要治这姓谈的，可就费事了！但是此仇不报，至死不甘，咱们跟他走着看！"

唐林把桌子一拍，怒气冲天道："对！此仇不报，我至死不离开鲁港！"立命康海、快手卢，裹创守护中毒的人。命妻子预备抵御五毒神砂的家伙，是几对毡盾，便要与妻子韩蓉，乘此半夜，重袭谈宅。朱阿顺和快手卢一齐劝阻道："师叔还要小心！"康海切齿道："拼吧！我跟师叔、师姑一同走。"忽闻一声冷笑，侧身一看，那海棠花韩蓉一脸的忿激，却端坐不肯动，大有不欲前往之意。唐林站起来，凑过去道："你一声不哼，到底是去不去？"韩蓉冷冷地说道："我不去！"唐林道：

“你为什么不去?”韩蓉道:“不为什么!”面向众人道,“还像那一次,教我一个人顶缸,你们全躲了吗?”

夫妻俩拌起嘴来,一声大,一声小,一个要去,一个不去。要去的恨不得立刻扑奔谈宅,再不管江湖的门面,放把火,先扰害谈家一下子。不要去的却是想给巴允泰和二乔,先治好了伤再搬救兵。十几年的仇都忍了,何在乎今夜?夫妻两个越吵越厉害,康、卢、朱等人急忙劝解道:“咱们从长计议,师叔、师姑先别急。”

那买药的人又插话道:“你二位老人家先别吵,我们的话还没有禀报完呢。我们在芜湖多加小心,侥幸没有出错。买到了药,临回来,一路上似乎也没人跟缀我们。谁想我们返回鲁港,在大道口上,竟又有两个线上的人物在那里卡着。也许是我们多心,我们就不敢贸然进码头,怕把窑卖露了。我们绕回去,打算走小道,这两个点子竟跟了过来。我们赶紧藏起来,直耗到天黑……”

正往下说,那院内房上巡风的两个人忽然发出警报,轻轻投下两块石子来,直落到窗根之下。朱阿顺吃了一惊,急忙开门出去,才登阶仰面要问;两个巡风的人竟有一个溜下房脊,如飞地奔上台阶道:“朱师傅,隔巷街上有两个夜行人物,好像奔向咱们这里来了!”

朱阿顺呀了一声,道:“真的么?”一弯腰,把腿上的匕首拔了出来。站在房上的那一个巡风的人还在张皇四顾,忽失声直指墙外道:“不好!正是绕奔这边来了。……呀,北面还有一个,……全蹿上房顶了。”

屋里面噗的一声,快手卢把灯吹灭。虎爪唐林厉声喝道:“不要慌!喂,点子一共来了几个?朱当家的快进来。”

这时候,正在三更以后;春寒犹存,新月如钩。从房顶上探头下瞭,依稀辨得出人影。在隔巷东面出现两人,北面出现一人,遥闻鼓掌之声。朱阿顺跳到院隅,登梯上房,窥听得明明白白。朱阿顺不禁张皇失措,忙又跃下短梯,奔向小屋,脚

登门槛，忽一转身，急急地一挥手，低声将房上的巡风人唤下来，命他驰入己室，告知家人。自己又急急地奔到小东屋门口，叫道："唐师叔，外头寻仇的人真找来了……"

屋中人早已闻警。海棠花韩蓉跳出来，抢奔上房，摘取墙上挂的毒蒺藜皮囊，和她的折铁柳叶刀。康海不顾伤痛，忽地从床头坐起来，骂道："好东西，真寻来了，这可得跟他拼了！"快手卢说道："大家快预备！"一探身，首将灯火吹灭。屋中人挤得很满，磕头碰脸，登时骚乱起来。却幸他们全都穿着短衣，兵刃也都放在手头，随时可以出斗。独有二乔、一巴，和死人一样，横陈床上，不能动转，气息十分微弱。忙乱中，大家一齐拢目光，摸兵刃。但一触到床上这三个中伤的人，未免心中慌乱。虎爪唐林端坐不动，急拦阻快手卢登道："不要吹灯示弱。"话喊迟了，灯已吹灭。唐林又喝道："全不要动。快快快，各安旧位，把灯再点起来！"

灯光乍灭，人人眼昏。虽有纸窗映月，刹那间还是不能见物。快手卢把火折摸出来乱晃。屋内一人道："到底来了几个？"又一人道："咱们迎出去，还是藏起来？"另一人道："受伤的怎么办？"虎爪唐林直候到灯火重明，方才站起来，而现沉着之色，一字一顿地说道："你们把他们受伤的三位先搭到地上，且看来人的来意，再做道理。不可轻举妄动，最要紧的是全把暗器预备好了。"

上房中，海棠花韩蓉佩好兵刃，命朱阿顺的母、妻躺下别动，自己提刀重奔小屋；轻俏的身段，立在唐林身旁，一扶肩头道："怎么样？这些孩子都挂彩了，就剩你我两个大人，可怎么答对人家？"唐林道："那有什么！文来文挡，武来武挡！"不慌不忙，向人挥手道："你们听我的招呼，先不要出来。喂，蓉妹，跟我来迎敌。康贤侄、卢贤侄，和雷、章二位，就在这里守护受伤的人。我不叫，不要动，我喊风紧，你们赶快背人走。……蓉妹，走吧，咱们看事做事。"说罢，提起兵刃，将一对毡盾分递给韩蓉一个，自己拿着一个。刚才他们两口还在

拌嘴，现在肩挨肩地紧靠着，奔出来应敌。究竟伉俪情深，夫妻二人猛然出离了小屋。

这小院的宅主——本帮的小头目朱阿顺，说不出的肚里叫苦。截住唐林，向他要主意，连说：“这可怎么好？师叔、师姑千万别走，给我搪一下。我不是怕事；出了岔，我真闪不开。”唐林怒哼一声，一语不答，只一摆手，命朱阿顺带着巡风的徒弟，退藏到上房；各备暗器，听候招呼。单留下一个人，站在院中听风。然后夫妻俩仰面向天空一望，绕院墙一巡，彼此一招手，各抢行数步，一东一北，嗖地蹿上房顶。

警报不假，由打东面和北面来了三个人，忽现忽隐，忽高忽低，远远地绕过来。将次挨近朱阿顺的住处，突然止步。复又荡开去，不住地来回哨探，相隔总在十丈以外。——这三个人影竟是江湖上的老手，十分精细。

虎爪唐林藏在北房脊后，已猜知对头乃是先来蹚道。暗向韩蓉打了个招呼，夫妇二人四目炯炯，只逐着两边人影，来回绕转。人影奔东，他夫妻俩便踏房脊，绕到东边看。忽然三条人影齐投到西南角，似已会在一处，却藏在黑影里，有墙隔挡，不知他们做什么。海棠花韩蓉等得嘀咕起来，忙旋身往后面看。同时虎爪唐林也旋身往后看了看，后面并没有什么响动。

房主朱阿顺惊疑不定，在屋中伏了一会儿，再憋不住；提着一把刀，带着一囊飞蝗石子，把小辫绕在脖颈上，很勇敢地出了屋门。直走到院心，低问院中巡风的人道：“到底怎么样了？”院中人道：“唐师叔和韩师姑上去这半天了。只见他二位爬着房脊，东张西望，一声也没有言语。”朱阿顺道：“莫非来的不是仇人？”往前凑了数步，仰面向唐林叩问：“唐师叔，到底怎么样了？还没过来么？”唐林正往西南角凝视，闻声回头道：“三个点子只打圈绕，现在还没有过来。”朱阿顺道：“也许不是找咱们的吧？”唐林道：“怎么不是？他们这蹚道。朱当家的，趁这工夫，你就预备人吧。把康、卢二位也请出来，索

性多带暗器，在房顶上防备。不过，得先将受伤的人藏在妥当的地方。”说话时，忙又向四面寻望。朱阿顺急急依言，把人唤出来，登梯上房。

又过了半晌，仍不见动静。蓦然间，海棠花韩蓉那边一回身，冲着唐林连连扬手。唐林急忙履着墙，凑了过去。顺着海棠花的手一看，东面又出现了一个人影，相隔极远，月影下，只见这人如飞奔来，身法很快。奔临切近，忽闻曲巷连发三次掌声，那人陡然止步。忽从暗隅又钻出一人，两人抵面对语起来。海棠花附耳问道：“这是谁？可是先来的那几个？还是又来生人了？”虎爪唐林手打凉棚，仔细窥看，见两个人相伴钻入曲巷黑影里去了。过了半晌，仍然没有动静，也不找寻过来。唐林虽然沉着，也不禁急得心头冒火。这简直好比刀头之下，待屠之囚一样，滋味太难挨了。

回头看了看院内，自己这边弓上弦，刀出鞘，也有十多个人，分别戒备得很严。唐林暗自点头，自己这边受伤的人多，断不宜示弱，应该开门迎了出去。但又猜不准人家的来意，恐怕中了调虎离山计。忙低嘱妻子海棠花韩蓉，教她仍旧伏在房脊后瞭望。自己腾身蹿下平地，叫过康海、卢登、朱阿顺，匆匆商量了数语。立即派出三四个人，潜藏兵刃，悄开街门，按照唐林指示的地点，分道寻了过去，并切实嘱道：“如果来的确是仇人，就相机窥看他们共有几个人，究竟作何举动，是否准认得咱们的住处。你们千万不要鲁莽，不可跟他们朝相，也不要动手，总以回来报信为妙。”三人问道：“万一我们和他们对了相，过了话呢，该怎样答对？”唐林道：“那个，你们就自称是抓药的过路人，……不好，你们不要提‘抓药’二字，只说过路人好了。万一他们动了疑，竟跟缀你们，你们可以分做两起，把他们诱开。破着一通夜不睡，把他们直诱到芜湖去更好。”

三个人一一允诺，立刻披起长衫，提了灯笼，溜小巷黑道，往外面走去。虎爪唐林替他们三人关了街门，绕院子蹚看

了一遍，仍要跃上房顶。就在这时，海棠花韩蓉突然大喊道：“快，快上，点子到了！”用手一指东西两面，众人骇然。

虎爪唐林应声急跃到高处，往东西两面寻看，不见人踪，却听得唰的一声，又唰的一声。他侧脸对韩蓉道：“刚才咱们派出三个人去，你不要把他们看错了。”韩蓉着急道：“我知道，我们的人是穿长衫，打灯笼。这几个人是穿夜行衣的。呀，他们已来到跟前了。我相信他们就在这隔巷墙根底下，你快掏暗器吧。”

虎爪唐林兀自不敢深信。飞刀谈五家从前是镖行，目下是绅士。他派人暗缀仇人则可，难道他真敢暗遣刺客，找到本地朱阿顺家，前来仇杀不成？一转念间，仍俯首往下看。忽从东巷暗隅，啪啪啪，发出三声击掌，又嗖的一声，一条人影从平地跃上邻垣。韩蓉忙探身抖手，发出一石子。唐林忙道：“且慢！”那人影往这边瞥了一眼，早一栽身，微挟轻笑，又跳向暗隅去了。紧跟着邻巷有一人失声惊喊，同时一个苍老而洪亮的嗓音在隔巷呼喝道：“不要动手。我们以礼求见！”登时在西面，起了一阵冲突奔驰之声。

海棠花韩蓉吃惊道：“不好！临到这时候，我们又打发人出去，我们失算了。咱们快迎出去吧！”虎爪唐林、快手卢、康海、朱阿顺等，此时都上了房，顾不得和韩蓉答话，个个睁大眼往下看。四邻房上已不再见人影。可是北面一道小巷，直通朱阿顺家后门，此时忽见高矮两条人影，打着一只灯笼，如飞地奔来。将近朱家后门，二人止步。唐林等急急回顾后门，朱阿顺道：“这大概是咱们自己的人，刚才出去的。”唐林、快手卢、康海一齐冷笑道：“朱当家的会猜！喂，打！”各将暗器掏出来。海棠花韩蓉早一声不响，从房脊后如飞蹿奔后门，往下一探头，窥准灯笼，右手一扬，唰的一下，下面两个人嗖嗖往旁一闪，往后一退，那只灯笼竟顺手挂在朱家门口了。

唐林、快手卢、康海竟不顾朱阿顺的顾忌，三个人一齐发出暗器，照下面打去。下面打灯笼的两个人影，乃是两个生脸

的夜行客。

两个夜行客远退到暗器打不着的地方，昂然并肩站住，厉声叫道：“峨眉派的朋友请了！我们不是寻仇打架来的，我们乃是奉山阳医隐弹指翁之命，按照江湖道，前来传信求见，替你们了事来的。你们就这样看待好朋友么？一言不发，便拿暗器伤人吗？朋友，我们也有暗器，不过我们不肯先发罢了。”说到“不肯先发”四字，那高身量的人忽一弯腰，噌的一声，一缕寒风，破空射出，同时叫道：“还礼！留神接着！”海棠花韩蓉往下一埋头，一支弩箭从头顶上穿过去，吧嗒一声落在院心。

这一箭虽险，并不可怕，可是“弹指翁”三字却吓得峨眉群贼微微一震。

唐林忙向众人挥手叫道：“住手！”伏腰蹿过去，先将妻子海棠花韩蓉扯了一把。同时下面那个矮身量的夜行客，也低声拦阻同伴道：“不要动手，咱们先把话交代出去。”立即仰面叫道：“朋友！……”正要交代话，虎爪唐林已经探身现出头面来，低声发话道：“喂，你们是干什么的？黑更半夜的敲门，你们到底要找谁？你们到底是谁？”

来人朗然抱拳说道：“朋友请了，我们是弹指翁派来的，要见你们峨眉派二当家巴舵主。巴舵主要是伤重不能会面，我们求见姓康的和姓唐的朋友。”

虎爪唐林又暗吃了一惊，点子竟晓得自己的姓氏，忙答道：“你们找错了，这里姓朱，没有什么峨眉姓巴的。”口头答对，二目凝神，灯影摇曳中，细打量这两个人，一个胖矮，一个瘦挺，都似乎颏下无须，正在壮年。那胖矮人影哈哈一笑，仰脸挥手道：“朋友，我们没有找错门。我们找的是脚行头朱阿顺家，他家里在房上埋伏着许多人，屋里还睡着好几位带伤的寻宿朋友。彼此都是线上的朋友，打开窗子说亮话；我们是来了事的，绝不是来挑事的。我们奉了弹指翁之命，前来投帖；弹指翁他老人家随后就到。像这样隔着房，一上一下地叙

家常，盘问底细，如果惊动了四邻，也很不便。”这人遂一指前门，又一指后背道，“请你们费心，把那边正门开了吧，进去说话最好。你请看，弹指翁已经到了，我们的帖还没有递上去，我们不好交代。”

房上群贼忙又往四面寻看，半个黑影也不见，并且连一点响声也没有。弹指翁的威名在川陕如雷贯耳，西川峨眉派在素日固已深知；但是他怎会跑到这里来管闲事呢？海棠花韩蓉溜到唐林身畔，暗扯一把，只说道：“这是冒牌！”卢登也凑过来，低声说道：“师叔，你不是认识弹指翁么？这两个人是谁？可是他的门下？”唐林摇头低答道：“只见过他一面，这两人却不晓得。”说着，已经盘算好了答话。先哦的一声，抱拳道：“原来是线上的朋友。你们找的是峨眉姓巴的几位，不是找我们姓朱的？”那人道：“这话很对，我们奉命来请见巴师傅。朱阿顺朱头如果赏脸，我们自然也愿见见居停主人的。”

唐林微笑道：“你们二位来得不巧，朱头没在家。姓巴的、姓康的此时也没有工夫见客。朋友请回，请你上复你们的瓢把子……”这三个字就有点侮辱，他却急忙收转道：“恕我无礼，我不知二位的万儿，也不明白你们彼此有什么事，更不知二位跟弹指翁怎么称呼。总之，请二位上复高贤。弹指翁乃是前辈英雄，姓巴的、姓康的就是有工夫，也不敢劳动前辈英雄屈驾先施，我替他挡驾吧。借重二位尊口，代为道歉。弹指翁要是有要紧的话垂示，那么赏个日限，定个地点，回头我叫姓巴的、姓康的准时前去领教。我本是局外人，我也不问二位的万儿了。”说罢一拱手，做出一种“话到此为止”的样子。

来人中的那个高个儿厉声道：“朋友，咱们道上的人可不要不识相。见也得见，不见也得见。弹指翁本人到了，我看你们怎么挡驾！”这人手一撮口唇，刚刚吱地响了一声，却被身旁那人一把扯住，急急地说道：“朋友，明人不做暗事，弹指翁特为你们峨眉派和飞刀谈家排难解纷来的。可是他老人家既然大远的来了，绝不会就凭你们几句话回去。莫说他老人家，

就是我们两人，也没法子拗脖颈，折回去。你们不要错会了意。弹指翁是前辈成名的英雄，一碗水定要往平处端，断不会教你们那一方面下不去。江湖上一刀一枪的交情，时时都有。可是临到末了，总有一完。不过完的情形不同，有善罢，有恶休罢了。弹指翁既然出头，朋友，这是一个做面子的事。房上地下的讲话，这太不像样子，也显着看不起人，还是请你开门吧。……弹指翁老英雄本想白天来，省得你们多疑。他老人家又想，你们乃是夜里的事，还是夜里来的好。一到白天，诸多不便。朋友，你千万不要错会了意，你或者就是朱头儿吧？你是本乡本土的人，更要往开处想一想。你做不了主，请你下去合计合计，我们这里立等回话。”

唐林、卢登、康海、韩蓉，以及朱阿顺等，伏在房脊后，彼此面面相觑。唐氏夫妻和康、卢二人却深知弹指翁华老英雄的厉害。现在是立刻动手好呢，开门面谈好呢？反正开了门，弹指翁一到场，必定是给和解。一和解，这口气可怎么咽下去……正在踌躇。不想来人那一声口哨，已经惊动了四面的埋伏。圈着朱阿顺的住家左右两侧，忽然现出人影来；一个，两个，只登邻舍一探身现形，便又伏下身去。前门小弄里，突然传出重重一声痰嗽，跟着啪啪啪，门扇上响起了三声叩门之声。还不见人影出现，两扇大门竟吱扭扭敞开了半扇。

房上潜伏的人急将暗器，照门口打去。虎爪唐林忙命康、卢二人监视后门；他自己偕妻韩蓉，伏腰蛇行，急急地赶奔前院。前面房顶上的人疑鬼疑神，一声不响，依旧往小巷黑影里，乱发暗器。唐林由北房刚跳到东房顶上，向院内一瞥，大怒道：“你们还瞎打什么？还不给我住手，人都进来了！……喂，朋友，才来么，失迎失迎！”

第九章

弹指翁寻贼赠药

原来，就当这后门发话、前院叩门之时，峨眉群贼竟中了人家的声东击西之计；不晓得什么时候，人家已经混进院来了。而且，还不知进来了多少人。这工夫，但见一个穿长衫的人，正从南倒座小柴棚前面走过，不慌，不忙，斜趋北上，似要抢奔正房。

虎爪唐林眼快口快，只一瞥，便已看明院中有了生人；急急地递过话去，道："哈，尊驾赏脸光临，何必费这么大事？请留步，待我下来恭迎大驾。"向韩蓉低嘱两句话，嗖的一个箭步，从屋顶上直跳下平地来。脚才着地，急忙抽刀横身，把东小屋——巴允泰和二乔养伤的所在——当先扼住；凝二目，辨视来人。那房上，海棠花韩蓉忙掏暗器，由屋顶扼屋门，吱吱地连打呼哨，叫道："并肩子，飞刀谈家的相好的来了，进院子来了。"房上房下骚然大乱。

那长衫客一翻身，忽纵声大笑，面向唐林道："尊驾休要见笑，我这不速客来得太冒昧了！兄台的眼神竟这么精明；真是'光棍眼，赛夹剪'。但是愚下不过是刚到，我那小徒他可

是早来了。”一侧身叫道，“喂，鹏年，出来吧！主人已经下来迎接我们，我们却之不恭，快来拜见吧。”立刻从小柴棚中，嗖地钻出一个人来，如一缕轻烟，扑到院心。穿一身短打，背两柄短剑，正是和巴允泰在江边对手打仗的那个武当派弹指翁二弟子段鹏年。段鹏年急趋而至，到长衫老叟身旁一立；一语不发，替老人防护着房上、房下的敌人。这长衫老叟自然是弹指翁风楼主人华雨苍了。敌人纷纷奔窜，朱阿顺尤其惊慌。

弹指翁五短的身材，拖着长袍，昂然走到院心月光下。海棠花韩蓉又怒又恐，不禁大嚷道：“好你弹指翁，我们峨眉派跟你素无瓜葛，你怎么竟欺到我们屋门口来了？并肩子，快往这边攒啊！”虎爪唐林急仰面喝道：“少要胡言，这是老前辈！”收刀侧目道：“尊驾莫非真是山阳医隐弹指翁华老前辈么？”弹指翁微笑道：“不敢，正是。仁兄贵姓？”唐林不答，抢着问道：“果然是华老前辈！老前辈不远千里，深夜光临，不知有何指教？老前辈要知道……”一指院中道，“此地乃是朱阿顺大哥的尊寓。”

弹指翁不等他说完，就一指唐、韩二人的皮囊和皮手掌，说道：“原来这里还有唐大嫂的门下，这可都不是外人。”双手一举，对房上、房下环揖道：“诸位请了，恕我眼拙，不认得诸位英杰。诸位请看，我愚下来得固然冒昧，可是抱着一片慕名访友、纳交解怨的心来的；我两手空空，绝无他意。我这小徒虽带兵刃，只为防身，断非示武。诸位可否暂借一席之地，赐谈数语？哪一位是巴允泰巴师父？哪一位姓唐？哪一位是康允祥康老英雄的贤郎？我愚下有一两句话，愿意和这三位面谈。我绝不是强迫，可则可，否则否；我绝不敢强作解人，硬来出头。”

峨眉群贼俱都听见弹指翁的谈吐，纷纷跳下房来，凑到一处，齐看唐林的举动，听他的招呼。唐林却疑畏未敢立即发言。康海忍耐不住，裹伤投刃，抢到面前，长揖大叫道：“华老英雄，在下就姓康。你老人家竟能找到这个僻巷来，不用说

定是飞刀谈家烦出你老来的了。我们康、谈二家有十多年的梁子。你老既是武林前辈，想必也早有耳闻。我们两家仇深似海，有死没活，绝不是片言可解的。你老的盛情可感，我先谢谢。怎奈你老的来意，晚生恕难从命。老前辈，一个人如果有父母不共戴天之仇，按我们武林道的规矩，他是该报仇，不该报仇呢？武林侠客许他报仇不许呢？”

弹指翁华老英雄双目炯炯闪光道：“你就是康允祥的贤郎，你说的话倒也有理。可是我的来意，我还没有说明，你何必妄加疑猜？你知道我是来做什么的？少年，你不要把人看扁了。你以为我倚老卖老，遇事强来出头么？哦，我们有话到屋里谈。凭我老头子，你们诸位不会疑心我有什么诡计，来暗算你们吧？”华老说着，迈步直向唐林左侧走来，双手抱拳，满面笑容道，“足下贵姓？愚下来得唐突，无怪诸位多疑。话不说不明，我们都到屋里谈。”

虎爪唐林把牙一咬道：“且慢！华老英雄，不是我后生小子敢妄疑前辈，可是你们外边明明埋伏着人……”弹指翁道：“你们不放心他们吗？我可以把他们都叫出来。老实告诉你，除了我师徒，外面只有三个人，不过是给我投帖引道的罢了。我把他们叫在一处，你招呼你们人不要乱发暗器。”遂命段鹏年出去招呼。段鹏年向众人道：“恕我无礼。”一跃登高，向后门打了一个招呼，然后展“行功一字蛇行术”，嗖嗖蹿出前门，也打了一个招呼。登时前后门外，四个人一起往后撤退下去。但是峨眉群贼仍不放心，仍然据登在高处，监视着四面。段鹏年毫不介意，仍然蹿回院内，紧跟在弹指翁的背后。

弹指翁华雨苍这才缓步前行。虎爪唐林叫着妻子海棠花韩蓉，和康海相陪待后，其余的人留在院心。弹指翁将在北房，忽又折奔东小屋。虎爪唐林急忙拦阻道：“华老前辈，请往北房里坐吧。”

弹指翁笑道：“北房有朱兄的家眷住着，不大方便，还是东屋好。”唐林不愿昭示败象，忙横身遮门道，“请止步，这东

屋里有病人。”华雨苍轻轻地一拍唐林的肩膀，唐林急往旁一闪。弹指翁笑道：“实不相瞒，我就是专为这几位病人来的，你不要多疑。来吧，足下请前行引路。”

小东屋很逼窄，华雨苍放心大胆往屋内走。唐林、康海、韩蓉一看拦不住，连忙说道：“好好好，我们在前引路。”三个人纷纷挤到小东屋，把病榻遮住。华雨苍微微一笑，顺手把屋中油灯挑亮了，就势往椅子上一坐；扪着灰须，环视众人。唐、韩、康三人在屋内陪着，一齐侧目注视弹指翁一人，屋外也有人立在门口端详他。灯光影里，才看出这位大名鼎鼎的弹指神通华雨苍，是这么身材瘦小，形容枯槁；穿一身灰布衣，灰布袷袍，越显得黄焦焦面无血色，却是目眶甚深，眉毛短浓，二目闪闪，发出碧光，截然与众不同。

弹指翁华雨苍也把众人逐个端详了一遍，然后逐个询问姓名。虎爪唐林迟疑不肯吐露真名，他妻子海棠花韩蓉也是这个意思，暗暗一扯唐林的后襟。唐林抱拳道：“老前辈，我们都是些后生小子，无名之辈，我们的姓名不足挂齿。老前辈有话，只管吩咐。我们大家洗耳恭听。”弹指翁道：“你当我真不知道你们几位么？诸位大名如雷贯耳，我虽伏处陕边，却也有个耳闻。唐兄，四川的唐大嫂是你什么人？你要知道我这不速之客，既然登门来访，若是一点底细不晓得，我也不敢贸然前来啊。”说罢大笑，他随一指康海道，“这一位我知道姓康，自然是峨眉七雄头一位康允祥康老英雄的贤郎，刚才已承他不弃，告诉我了。这一位女英雄……”华老转指海棠花韩蓉道：“善使柳叶刀，身佩毒蒺藜皮囊，大概也是唐家门中的后人，请问尊姓？和唐大嫂怎么称呼？”这一猜却没猜着，他自然不晓得韩蓉乃是唐林之妻，峨眉七雄第三人韩佑之女。他又望着门前侧立的快手卢卢登道：“唯有这一位，恕我在下眼拙，还不认得。唐兄，烦你给引见引见。我愚下姓华名雨苍，字风楼，有个诨名，他们叫我弹指神通山阳医隐。五十岁以后，他们又把我叫作弹指翁。这个绰号，我愚下实不敢当。究其实，

呼牛唤马，随大家的便好了。”说罢，向唐林举手。意思之间，认定唐林就是在场峨眉派的领袖。

唐林夫妻依然犹豫道：“你老既然知道，更不用我们说了。我们和四川唐大娘乃是远族。老前辈，我们也冒问一声，这鲁港的飞刀谈五家，有一个寡妇儿媳，母家姓倪，她和老前辈是怎么一个称呼？昨天夜间，用五毒砂伤人的那位女英雄，是你老什么人？”唐林又一指背双剑、在旁侍立的段鹏年道，“这位贵姓？也请老前辈不见外，从实垂示，以便修敬。”段鹏年朗然道：“在下姓段，名叫鹏年，这是我的恩师。昨日那个女子，实不相瞒，和……”弹指翁忙接过来道：“那女子和谈家自然是亲旧；若不是亲戚故旧，一个女孩子家，决不会和诸位动手了。”

唐林微笑道：“我看她自然也是华老前辈的门下了。她的五毒神砂打得很有功夫，这暗器外门没有，乃是老前辈独门秘制的。”弹指翁不答，两眼巡视病床。病床上的巴允泰、乔健生、乔健才，已然恢复知觉，伤口处疼得十分厉害。已知有人找来，三个人用牙咬住被头。用手抓住被褥，都强忍着，不肯呻吟出声来。可是五内如焚，浑身抖颤，当不得竹床微微发出“吱吱”的声音。唐林、康海见弹指翁的眼神直射到自己身后，急侧身遮住灯光，说话打岔，一迭声地追问弹指翁：“那个女子到底是淮？”又催询弹指翁的来意，更侧耳倾听外面的动静。康海心中更是悬虑，躁怒，突然说道：“老前辈，有何见教，请快说吧。须知这里不是我们的家，乃是朋友的住家；我们临时借寓的，夜深了，诸多不便。”

气粗话硬，唐林忙瞪他一眼，摇头示意。对面侍立的段鹏年果然大声说道：“康朋友，你这是对谁说话？……”只说了这半句，弹指翁面色一沉，枯黄的脸忽然浮出浅笑道：“康兄请不要忙，你们要问我的来意吗？”伸手一指桌上刚从芜湖买来的药包，道：“我愚下就是为这个来的。”

唐林、康海、韩蓉，互相顾盼道：“这话怎讲？”弹指翁换

了一种口气，慨然说道，“诸位兄台，要问此话怎讲吗？简短直说，我是为送药救人来的。……诸位，要知我华风楼并不是飞刀谈五家邀来助拳的，也不是邀来给你们赔礼的。我愚下实因访友，路过鲁港；偶从朋友口中，听说你们峨眉派群雄和飞刀谈五家的后人，起了争执。我有心出头给你们和解，可惜一步来迟，并且我也和你们两方都不熟。但是江湖上排难解纷，乃是丈夫应做的事；我又不好装聋饰哑，从这里闭眼走过去。我知道你们有三位中了五毒砂的毒，更晓得你们现时正在力求救药。实不相瞒，这五毒砂乃是我武当派长门传下来的，和西川唐大嫂的毒蒺藜不大一样。要解此毒，恕我直说，非武当本门自配的药膏不可；并不是我们的药值钱，乃是对症。现在我把解药带来了，诸位赏我一个脸，请把受伤的三位抬到有光亮处，我来给他们医治一下。这五毒砂比起唐门毒蒺藜，散毒较慢，可是入毒最深。不耽误，赶紧治，还救得过来。”说着，一指唐林等人背后的病榻道，“倘若药不对症，救治失时，恐怕这三位纵然保得住性命，也要落一个残废病根。”

唐林、韩蓉、康海，不由错愕起来，忍不住回头看了看受伤的人，一时无话可答。半晌，韩蓉向唐林低言道：“咱们的药……”唐林摇了摇头，康海便明白了，决然说道：“老前辈就是专为送药来的么？”

弹指翁厉色大声道：“哦，就是专为救你们这三个受伤之人来的。治完了，我就一走完事！”康海满面通红道：“老前辈，我们光棍遇光棍，可以说痛快话。你老人家千里送药，我们当然很感激；但是你老还有什么吩咐，也请趁早吩咐出来，我们好量力报答你老。”

此话非常难听，有点拒不受惠的意味；唐林、韩蓉俱都变色示意。不料弹指翁倒哈哈大笑起来，说道：“康兄人很直爽，这才是江湖道的道理，诸位兄台……”抱拳向阖座及窗外一揖道，“我可以明明白白把我的来意说出来。第一，这五毒砂实在不好医治，因此在我这门中，已经禁止他们滥用；现在令友

既有三位受了毒伤，我不能不管，这是一。”华老正要继续往下说，快手卢忽插言道：“到底这一次江边用毒砂的是哪一位？”弹指翁道：“你们自己访查去，不要这么打听我！唐兄、康兄，你们这三位受伤的，老实说，只恐唐大嫂门里的救药未必对症。我愚下闻耗登门，特来送药。我也没有别的话，唐兄、康兄，请你们把事看开一点。谈家父一辈、子一辈，已经死了两个人了。人死不结仇的话，我也不敢说。不过，你们这里已经有三位受伤的。我的拙见，愿意把这三位救活，而且保好如初。借这一点微劳，向你们讨个情面。你们也得可怜可怜，谈家门中已无人物，只剩下一个孀妇，真是胜之不武了。再说一句掂斤计两的话，你们当年伤亡了两位，他们也伤亡了两位。现在再由我这和事佬一转圜，岂不是面子上很说得过去了么？”

唐林低头沉吟，韩蓉只看她丈夫的脸。康海道：“不然，伤亡和伤亡不同，你老总知道点水之恩有时一辈子报不过来，千金之惠有时一笑哂收呢。我们两边莫看都死了两口，可是这不能做比的。老前辈，我虽年轻，我不敢信口答复你老。这是我心里的话，决无半字虚妄。”大瞪眼说着，眼眦莹莹含泪，忙将脸扭过一边，不愿教人看见。

弹指翁看着各人的面色，微然一笑道：“你老兄的意思，我明白了。还有这二位怎样看法呢？康兄，你就目睹这三位受伤的朋友，不肯一诺，叫他因伤殒命么？我固然不知道这三位和你们几位是怎样的交情，但我敢断言，定是你们邀来的朋友，可共患难的。并且我敢断言，三位的伤你们是治不好的。因为这样挨不了三五天，便要毒入内腑。诸位，你们自己酌量一下吧。能赏我脸，我欣然而治；不赏我脸……”戛然声住，扪须不言了。

那侍立的段鹏年也发言道：“你们千万不要多想，不要认为我师父是乘危逼和来的，他老人家绝无此意。英雄报仇，适可而止；现在既有台阶，由前辈英雄出头，你们若想用三条命

换谈家的一门性命，那就错了。”弹指翁点头道：“你们只想我弹指翁远道赠药，给两家了事来了，岂不是双方面子都很好看吗？”把怀中药取出，往桌上一放，随即站起身来道，“唐兄，请你费心端着灯，让我把受伤人的伤处看一看。”

峨眉群贼个个惶惑，不知怎样应付才好。康海起初的打算，是不肯受仇家那边送来的药；一受仇人的赠药，便不能报仇了。可是目睹巴师叔和二乔的伤痛，一时比一时加重；若纯为自家私仇怄气，又情知不妥。回头看了看巴允泰，不知什么时候又昏过去了。因又向唐林、韩蓉施眼色，叩问他到底自家现抓来的药是否有效；如果有效，那就简直拒绝了弹指翁。站在门口的快手卢，却以为弹指翁赠药是假，窥情是真；说不定人家还有别的阴谋，因此他只顾虑到当前的结局，和仇人藏在外面的埋伏。独有唐林夫妻，较有经验，深知弹指翁是成名的英雄，现在他以赠药为名，硬来出头讲和；受之可耻，拒之结怨，真是个难事。左思右想，拿不得主意；但又为情势所迫，当下就得立答回话。

这时候，弹指翁已不容他们再事迟延了，起身上前，便要看伤。唐林、康海一齐站起来道：“老前辈，且慢！”弹指翁面色一沉，一对碧眼陡发奇光道：“怎么，诸位坐视令友不救，真要把我窘出去么？”唐林忙道：“晚生不敢，你老不要误会。这件事关系重大，不是晚生一个人可以决定的，我们得商量商量。老前辈练达人情，请想，我们十多年的深仇，要我们片言立解，未免太难了吧？再说我们就是拜领你老的盛情，也只能受你老的赠药，断无假手于人，劳动你老代治之理。”

弹指翁这才把面色一转，重复归座道：“你们商量去吧。我在这里坐等。不过我没有多大工夫，请你们快快商讨，给我一个准话。这本是闲是闲非，我不能多耗工夫，我还有我的正事。能管则管，不能管，我还是退身局外。”

但是话虽如此说，峨眉群贼决不能把弹指翁让到别室，又不能丢下受伤的人，自己出去商计。唐林皱眉为难，有心向众

人低议。方在嗫嚅间，已被弹指翁看了出来，笑道："你们尽管在此商量，我可以出去站一会儿。"风楼老人站起来，率段鹏年，徐徐走出斗室，往院心一站。屋里边唐林夫妻、康、卢等人登时啧啧哝哝，争议起来。争议了好半晌，最后才由唐林强遏悲愤，自己出来答话道："老前辈，我们已经计议停当。老前辈的盛意，一者是在赠药，二者是在了事。刚才我们都觉得无功受惠，于心不安，你老人家赐的药愧难拜领。至于给我们了事嘛……"

弹指翁勃然大怒道："你们商量了一会子，到底不受我的赠药么？好好好，别的话不用说了，我倒要看看你们能把谈家怎样！"向段鹏年一挥手道，"走！"转身迈步，往门外走去。唐林大惊，急忙叫道："老前辈请留步，我们的话还没有说完。"弹指翁头也不回，走到院中，口中说道："不必说了，这些闲事我本无心多管，赠药也不过是一番恻隐之心。你们能自己把人救活，岂不更好？我此来真是多此一举。"

虎爪唐林脸色变得越发难看，忍无可忍地大声说道："我前辈，你怎么也得容我说话呀！我固然晓得你老的药乃是对症的解药，无奈，咳，他们……他们受伤的人说是教你老的门下打伤的，他们情愿试用本门的解药。我们不过是敬谢你老的赐药。至于了事，我们还要和你老人家从长计议。你老飘然登门，又不是我们邀来的，怎么说来就来，说走就走？你老就瞧不起我们晚生下辈，你老连我们上辈师长也看不起，一点余地不留么？"

弹指翁素不健谈，心头火起，蓦然一翻身道："哇！你这是对我说话么？你可知你们师长见了我，也得'前辈长，前辈短'地恭敬着。你小小年纪，你师父就没教给你尊老敬长之道么？别说你们这里不过是一伙子脚行、秘密会党的巢穴，就是龙潭虎穴，我弹指神通愿来就来，愿走就走。我此来他们本劝我说，不必多此一举。我念你们究竟也是武林一脉，我总得拿你们当人物！……"弹指翁姜桂之性，越说越怒，把个虎爪唐

林说得二目圆睁，恨不得把华老剥了皮、抽了筋才解恨。但是势力不敌，一张素脸完全变成死灰颜色，似呻似哼地叫了一声："老前辈！"那段鹏年急忙接过话来道："师父息怒，由我来问他。"向前一步道："唐朋友，你我可以比划比划！"

两个人对叫起来，气势汹汹，殆将翻脸。忽然东小屋一声惨叫，蓦地追出一个人来。将到院心，正要呼叫，一见对峙之状，忙又改口道："唐师叔，你快来吧！巴师叔他，他，他……"跟着海棠花韩蓉也奔出来道："你还没把客送走吗？你你你，快来，巴二哥他情形不大对！"

虎爪唐林不遑再与弹指翁师徒辩驳，只说了一声："对不住！"忙叫快手卢出来，快来送客，他自己急急地抽身回到屋内。就灯下一看，康海已急得疮口迸裂，跪伏在病榻之前，两眼滴下许多热泪来。唐林忙把康海劝起来，转到病榻前，俯身细看三个受毒伤的人。乔健才已经昏死过去。那巴允泰和乔健生疼得浑身打战，把床都抖得吱吱乱响，从创口往外流黑水，毒性酷烈，沾着好肉都破。巴、乔两个人的喉咙已经喑哑，只直着脖颈叫："受不了啦，快拿刀来，给我一个痛快吧！"手爪乱搔，把被子都扯碎了。巴允泰力大，咬牙忍痛，竟把齿龈咬破，顺口流血。灯影下三个人都面无人色，越觉得景象惨怖。

众人手忙脚乱，找药罐，找火炉，打开了药包，一齐催唐林赶快煎药。唐林搔头顿足，先伸手抚摸三人的伤口和胸口。伤口如火灼，胸口紧一阵慢一阵，越来越微。众人越发急得手足无措。

唐林忙道："不要乱，还有救！"康海失声哭道："还来得及么？"唐林道："救着看！"急忙卷起袖子，预备制药，朱阿顺就用木炭生火炉。巴允泰低哼道："唐六弟，我不行了。你们索性预备正事吧，不用管我了。这仇我们一定得报！"众人越慌，这里面顶数唐林和韩蓉着急。他们夫妻明明知道药来迟了，只怕配制不及；也只得姑尽人事，以听天命。催别人替朱阿顺生火，对朱阿顺说："须要三个炭火炉煎药，快去找找

去。”朱阿顺连忙应诺，拔步出屋。不想弹指翁师徒已经跟踪又重来到窗前了。

快手卢卢登横身把屋门一挡道：“华老先生，对不住，我们有病人，我们这时实在没法子招待！”弹指翁眉峰一皱，厉声说道：“哎，这是什么话！诸位朋友，休要多心，我本是好意来的。现在你们的病人眼看要垂危，我华某既已在场目睹，焉能见死不救？你们峨眉派和飞刀谈家的梁子，放下暂且不提，这三位受伤的人，我可以告诉你们说，再要不用对症的药，不过一个时辰，准死无疑。来来来，我先把他们三人治好了，别的话随后再说。我华某断不能乘危市惠，恃恩逼和。你们放心吧，不要耽误了三条性命。”说着话，华老猛然走进屋来。康海等不识利害，还想拒药，唐林直起腰，回头一看，弹指翁早将药囊取出。唐林就坡而下，连忙举手道：“老前辈，他这三位的伤，……”说到这里忽又咽住道，“老前辈如此盛情，受伤的人如果保住性命，他一定感激你老的。不过，我看这三位，只有这一位重，你老法眼，请看一看。”说着，一指巴允泰。

弹指翁点了点头道：“是的，是的，待我来看。”更不逊让，将手中药囊交给二弟子段鹏年。脱去长袍，向唐林说：“请你放心端过灯来。一盏灯不够用的，请你多预备两盏。……鹏年，你来替我留神照应着。”段鹏年应了一声，紧跟在弹指翁背后，以防峨眉派出其不意的轨外行动。唐林命朱阿顺点起三盏油灯，照着病床。

弹指翁立刻就着灯光，把三个受伤的人细细诊视了，同时也把三个人的面目认清了。微吁一口气，对唐林说：“这一位——乔健生——伤最重，调治之后，恐怕得过四五天才能行动，半月后才能痊愈。这两位——巴允泰和乔健才——两三天以后，就可以起动了。不过全不能见风。”唐林道：“我看这一位——巴允泰——折腾得最厉害，恐怕他入毒最深。”

弹指翁微笑摇头道：“不然！愚下我不只是家藏着五毒砂

的解药，我还是一个疡医，我想我还不至于诊错了。事不宜迟，我们就给他三位先疗毒，后止疼。救命要紧，只好请他们先忍点痛苦了。”探衣襟，华老取出一个类似“护书”的扁长形锦囊，就灯下打开。里面插着长短银针、小刀、利剪、镊子、钩子，却是二十多件割治外疡的刀砭。段鹏年抢行一步，来到桌旁，将手中盛药的那个古锦囊打开，内装着十二个瓷瓶、磁盒和软布、细棉、油纸等物，都堆放在桌上。随即靠桌子一站，守着这些东西。屋中人鸦雀无声，凝眸注视着弹指翁师徒，看他二人的做作。唐林微使眼色，他妻韩蓉忙走过来，站在段鹏年的身旁，快手卢佯作关照，忙将屋门堵住。康海拭泪扶床而立，暗护着病人。其余的人或秉烛，或旁观，在屋里屋外分布着。

弹指翁漫不经意，对灯检视刀剪。先选取一把锋利的月牙小钩刀，和一把似勺的小挖刀，都放在一边道：“这总得用一点麻沸浆。”遂打开一只磁盒，就用似勺的小刀，舀出一些黄色的药浆来，把一块软布沾湿，用镊子夹着，右手拿起小钩刀，走到乔健生的床前。这舀浆的小挖刀尺寸很小；那把月牙刀却长有七寸，窄才二三分；倘用以杀人，也足以致命。康海把一对眼瞪得很大，说道：“这做什么？”唐林另举着灯，也凑进一步来。余者也都围上来。弹指翁把众人盯了一眼道：“伤口分明有火烙伤，你们这里面一定有行家，想要烙断创毒。只可惜你们这种刮骨疗毒、烙创阻烂的治法，并不很对。五毒砂的毒性并不是腐肌烂肠，乃是随着血行，深入腠理，能令五脏灼裂，疼极而死的。你不看这三个人都发烧么？我这两把小刀不是割毒的，这药也不是以毒攻毒的。我的治法不采恶治。我是要把烙伤口挑破，好叫解药的药力深入血中，把毒化解了。”

唐林点了点头，拱手道：“老前辈费心吧！”他已经看透弹指翁殆无恶意，只是卖好邀和罢了。康海仍自惴惴，怕弹指翁乘机潜下毒手，一点也不敢放松地监视着。弹指翁回头一看，微微冷笑；手持钩刀，在乔健生的头前一比量，有意无意地说

道："我先治这一位，如果见好，再治别位。这位康兄你索性过来，仔细看着点，我可就要开刀，你把病人的身子按住了。"月牙钩刀照准乔健生伤处，轻轻一挑。把伤口挑破了一个小口子。又随手一旋，立刻从下刀处，流出黑紫的血水来。

康海的眼珠只随着刀锋转。弹指翁随手用镊子，夹着那块湿药布，把血水沾净，抬头说道："你看，毒水流出来了。你们把伤口烙断，毒力越发不能外泄。"用刀尖指着伤口旁边道："你再看，这里好肉也肿了，渗出黑水来。这就是烙伤的害处，反毒聚到这里了。那时候刚一受伤，用嘴把毒吮出，还不失为救急的一法。总而言之，烙治的法子不但无益，反而有害。"说着，又用刀轻轻割了一圈，且割且拭，手法既轻又快。唐林已经深知华老是个治外伤的行家，别人还在那里嘀嘀咕咕，低声私议。

跟着华风楼将月牙钩刀放下，重去打开一个药瓶，仍用勺刀，舀出一些血红色的药浆来，往伤口上一浇，登时创口如水沸一般，起了一层泡沫，又流出许多毒水。华风楼另拿细棉，把药末、毒水拭去。康海忍不住又道："这是做什么？"唐林忙道："嘘！"康海不言语了。

弹指翁笑道："老兄，还是不大放心吧？……这也难怪，我弹指神通薄负微名。一生不做乘危害人之事。无奈人心相隔，不深知我的，难免就拿不肖之心来猜度我。况且我赶上门来卖野药，人家更不知道我葫芦里卖什么药了。但是你们一伙里总有行家，我这治法不能算错吧？你且稍等半个时辰，病人自己就会告诉你。"康海含愧道："你老乃是多疑，在下我是晚生下辈，没见过的事太多，忍不住要逢人问问。我实是请教的意思，不知道这一问触着什么忌讳了。"段鹏年在旁喝道："住口，你这是对谁说话！老师，这位朋友好像我们求他一样，又好像咱们安心害他一样。老师，请不必多此一举了。"弹指翁抬头凝眸，向唐林一看。唐林忙申斥康海道："不要多说，你不会等老前辈治完了，再请教吗？"忙赔笑向弹指翁说道："他

们没见过这种治法，只觉着新奇罢了。”

弹指翁不复言语，又将那血色药浆，往伤口浇洗了一些，一面浇洗，一面用新棉擦拭。工夫不大，伤口黑色尽退，露出红肉。把小刀放下，对唐林说：“唐兄请摸一摸。”唐林依言一摸，乔健生左边的脸虽没有消肿，可是触手已不甚灼热了，只身上的烧依然未减。弹指翁道：“你再摸一摸这两位。”没有剔毒洗创的巴允泰和乔健才，伤处依然很热。老人道：“如何?”唐林做出佩服的样子道：“老先生真乃着手回春!”弹指翁不答，转对康海道：“你老兄也可以摸摸试试。”又向大家道，“你们要知道这药力还没有行开，并且还没有内服药呢。”遂往椅子上一坐，道：“这得稍等一会儿，我再给他敷一回药。”

唐林忙说道：“老前辈真有起死回生之力。还有这两位，一发请你老人家费心给洗洗创毒吧。”弹指翁笑道：“最好容我先把这位治得见了效，我再给这两位留下药，你们自己动手就行了。”唐林向康海看了一眼道：“老前辈，救人就要救彻底。我们江湖道上，既已推诚相见，请不必多存顾忌。我们和你老萍水相逢，自知缘浅，可是你老年德并尊，久令人钦服。我们对生人不能不多疑，对你老决不会的。”峨眉群贼一齐举手道：“我们都很信服你老。”

弹指翁道：“那是诸位抬爱了，我就一发地献拙吧。这治病也算是献拙。”说罢哈哈一笑，这才徐徐起身，给巴允泰、乔健才等也挑破创口，用血色药浆，连洗两遍。沉了一会儿，弹指翁抬头看了看天上星位道，“这应该多候一会儿，只是我不能久待了。好在也没甚要紧。”重整刀圭，另敷上一种淡红色药膏。跟着操刀而起，先给乔健生割治起来；把每一个伤口直剜得很深，流出鲜血来，方才住手。乔健生忽然知觉恢复，呼痛欲起，众人忙将他按住。弹指神通华风楼的手法非常神速，只一眨眼间，将乔健生好几处的毒伤都割好，又敷上药，贴上小小的数帖膏药，用布捆上。华风楼这才站起来说道：“行了。”然后将巴允泰、乔健才也照样治疗了。然后，收

起刀圭、药物，环顾众人，对弟子段鹏年说道："把那东西拿出来吧。"

峨眉群贼愕然侧目，只见段鹏年从身上另取出一个纸袋来，上写"留赠峨眉群雄"六字。众人尚在惶惑，虎爪唐林却恍然大悟，晓得这也是药。人家这一回"赠药邀和"，竟是预定之策。弹指翁未来之先，早就这么预备好了！

弹指翁接过纸袋，就在灯下打开了。果然是药包，却只有三种，一种标着"内服"，两种标着"外敷"。弹指翁将外敷的药全扣下，揣在自己怀内，只将内服的药交给唐林道："这药可分成十二份，给三位日服三份，恰服三天。还多余三份，给别位受伤的分服吧。按说这三位受毒伤的应该天天换药，可惜我没有工夫了，我只是路过此地。但是刚上的药既是对症的药，……"说到这里，仰面想了想道："我再给你们留下一点外敷的药吧。他们三位到明天午后，便可以大见轻减，你们可以问问他药力如何。"遂将外敷的药重又掏出，掂了掂，仍留下数包；说明敷法，穿起长袍，收起锦囊，看样子便要告辞。

峨眉群贼互相观望。唐林忙道："老前辈慢行，容我们替病人叩谢。老前辈外科的治法实在高明，我们还有一点贪而无厌的请求。"

唐林想，既已受了人家的恩惠，多受少受，简直一样，莫如连康海、快手卢所受的伤，也烦此老疗治。快手卢忙露出自己的伤来，向华老率直求药。康海却向唐林示意，拒不肯用。华风楼笑了笑，对卢登道："你受的暗器伤并没有毒。既然信得及我，那么我也给你们留下一点药吧。"另打开药包，取出三帖膏药、一包药末，道，"先用药末冲水洗，然后抹上药膏，再用油布垫上，外扎布条便可。好了，好了，我告辞了。"对段鹏年说："我们走吧。"

唐林、韩蓉、卢登等连声道谢，一齐相送。康海一语不发，跟在后面。

走到院心，唐林惴惴不安地说道："那个……老前辈！"弹

指翁回头道："唐兄有什么话？"唐林道："这话我不该问，这三个受伤的人感念你老的活命大恩，我们应该叫他登门叩谢。就是晚生，也应该趋谒问安。不过老前辈的府上远在陕南，你老现时正在鲁港，不知此地可有……你老可以留下见面的地点么？"

弹指翁欣然停步道："好。我的意思，倒不愿有这些世俗的酬酢。我希望他们病好之后，还是回乡的好，在此地多留无益。要知道，能发能收，才是……"康海道："这个，老前辈，我自己可没有受过你老的恩惠。"

弹指翁陡然转身，迫前一步道："你要受我一点什么，也很容易。除了药以外，我还有别的末技，就是现在献拙也行。"竟站住不走了。康海挣得脸通红，情不自禁，把袖子一捋。唐林吃了一惊，忙推开康海，横身作揖道："老前辈，我们无功受惠，必有一报。所以，我们才请你老留一个见面的地点。老前辈乃是高人，我们就不道谢，也得给你老登门道劳啊。他小孩子不会说话，喂，你快躲开这里，不要多嘴！"快手卢忙过来，把康海推到屋内。他自己赶紧出来，陪着虎爪唐林。此时弹指翁声色一变道："好，明天下晚，我先请你们几位到庆合长客店找我去，我听一听你们的意见。我也有几句话，向你们诸位说明。依我想来，你们还是三天以内，早早回乡的好。"把这"三天以内"四字说得格外响。说罢，一甩袖子，率徒直奔街门。

才到街门口，唐林等张皇失措，跟踪送出。弹指翁回身道："请，明天见！"唐林急抱拳道："谢谢老前辈，我们一定遵命。老前辈能多容三天限，我们更是求之不得。我们愿意问一问，承你老救命的那三位朋友，……"弹指翁道："这也是情理所有的事，那么三天以后，在庆合长客店见吧。"唐林道："三天以后，他们好得了么？"弹指翁道："他们三位固然不能见风。但若坐小轿，放下轿帘，照样可以出门的。"说了这句话，双方作别，弹指翁飘然而去。

峨眉群贼目送弹指翁出了巷口，有的人还要跟缀，唐林连忙喝止。唐林在门口遥望黑影，微微发怔，低声对卢登道："我们实在力不能敌，怎么好？"拊心摇头，率众人急急地回转院中，关上街门。叫着卢登和妻子韩蓉，急急跃登房顶，向外眺望了一回，方才下来，回转到小东屋。

房主人朱阿顺瞠目变色，惴惴不安，一迭声地问道："他们的口气很硬，恐怕要惊动官面，再来找我们吧？"唐林挥手道："你放心，没有你的事。"叫过康海、快手卢，低声计议此事。卢登道："这老人一定是弹指翁本人，绝不是冒牌。"唐林道："焉有冒牌之理？弹指翁临行放下的话，老实说，是限咱们三天以后离开鲁港。我们实不该受他的药；可是不受他的药，当场就得动武。光这老头子，就不好惹；他们又来了好几个人，我们又有这么些受伤的人。我们固然不怕，但是受伤的人必死无疑。真是的，我们的落脚处，怎会教他根寻着了？"

韩蓉发狠道："一定是他们出来进去闹的，该着现眼罢了。还有朱当家的，有你什么事，你怕个什么劲呢？"朱阿顺方要辩白，卢登摇手道："朱大哥少说吧，我们得商议商议，怎么应付他才好。"唐林道："先给这三个受伤的人服药吧。"康海靠着桌子，抱头无语；听见这句话，抬起头来，咬牙说道："依我看，还是用唐师叔你老自己的药！"唐林道："你别糊涂了。咱们的药要是来得及，治得好，我何必定要接受他的药？你难道说我连丢脸都不懂么？老侄，你刚才做得太过了。你巴师叔和二乔都是冲着你来的；他们受了伤，你真的教他们无救殒命么？"

康海一听，心中越加难过，半晌，掉泪道："师叔，我决无此心。我只想从仇人手心里讨活命，是我们峨眉派一生一世的耻辱。我只道你老的药，能够把巴师叔和乔表兄救治过来。"唐林道："你怎么这样想不开？仇人登门送药，用心甚深。我们还有工夫熬药救治病人没有？况且，我们的药又不很对症。"海棠花韩蓉道："算了吧，康海到底年纪轻，你这么责备他，

叫他何以自容？咱们还是赶快商量正经事要紧。”

唐林咳道：“商量什么，我们栽了。到底你们谁把踪迹给卖了？”众人无言。

这时三个受伤的人俱已醒转，果然伤痛减轻。众人就聚在巴允泰的床前，反复商量应付弹指翁之法。

次日清晨，峨眉群贼打发别人，到鲁港各处蹚了一遍，在庆合长客栈，先定下了房间。

第十章 恩怨分明

当夜，弹指翁华雨苍师徒与多臂石振英、陈元照、谢品谦、梁邦翰等，回转福元巷谈宅；向本宅谈大娘、谈维铭叔嫂，细说了登门寻找峨眉群贼、赠药逼和的经过。谈大娘和谈维铭连连拜谢。石振英等都称赞华雨苍这番赠药市恩、挺身示威的办法，实在妥当，又说："弹指翁设想的根究贼踪之法太好了，果然从药铺下手，一下子把他们的窝掏着。"

谈大娘又问此事结局如何？是否从此就完了？弹指翁华雨苍扪须不言，沉吟道："三天以后再看。"低头思索良久，屏人对二弟子段鹏年说道，"这件事我看不能算了，不过是把这场是非揽到我自己身上来了。峨眉派乃是西川有名的秘密会党，从来睚眦必报，操行不轨；他们怎肯屈于势力，从此罢手？鹏年，我打算教你赶紧回家，告诉你师弟、师侄们一声，教家里多留他们一点神。"段鹏年道："这是要紧的，但是师父这里呢？"弹指翁道："由我跟你师妹两个人做伴就行了。"段鹏年道："不过，弟子不放心。"弹指翁笑了，说道："我虽年老，自己还能照应自己。不过，我并不是教你今天回去，我打算在

三天以后。”

弹指翁又向石振英、谈大娘等商计，暗暗派人出去，不时巡视，防备着峨眉派的举动。但是峨眉群贼只忙着疗伤救死，并无异动。只在第二天，看见他们派人备轿，又看见派人到码头雇船。石振英向华老说道：“师叔，他们或者是要逃走？”华雨苍道：“不管他，我们还是准时践约。”

转瞬过了两天，弹指翁叔侄先一日偕石振英，离开谈宅，到庆合长客店，就搬到石振英原住的房间内等着。到了次日，还没到过午，忽然外面巡风的人奔来报道：“朱阿顺家叫了三乘小轿，直抬入院中。现在这三乘小轿已经出来了，没看见坐轿的是什么人，或者就是践约的。”弹指翁道：“哦！”心中一动，不觉生气道，“我明白了！”石振英道：“怎么样？……噢，是三个受伤的人单来了吧？”

巡风的人仍然避道出去，屋中只留弹指翁。石振英悄问弹指翁：“用小侄在场不？”弹指翁道：“不用。”石振英遂引陈元照，退到隔壁房间，暗中为助。

过了一会儿，三乘小轿同另一个男子，一直进了庆合长客店，在预定的第十一号房门口打住。三个人下了轿，俱都穿着肥大的长袍，带风帽，把头面遮住。弹指翁在四号房间，穴窗看明。此时刚到辰巳之交。隔壁的石振英把板壁连敲了三下，说道：“师叔，是三个点子，全是挂彩的。”弹指翁隔壁低声说道：“不要敲了，我知道了。”约定是三天以后，过午相见，双方的人都已来到，只是现在还没到时候。弹指翁在四号房间的板床上，盘膝静坐，闭目挺胸，徐徐吐纳，不觉光阴悠长。

过了好久工夫。十一号房中进去的四客，一无动静，那三乘小轿也不打发走，仍停在院中。弹指翁把眼一睁，徐徐下地，穴窗一看当院；日已近午。痰嗽一声道：“茶房！”店伙应声跑来。弹指翁道：“你去把十一号房的三位客请来，就说我姓华的请。”店伙说：“你老姓华？你老认识十一号房那几位客人吗？”弹指翁道：“你不用管，我和他们有认识；你只提明姓

华，他们就明白了。”店伙依言出去，片刻之间，那三个穿长袍带风帽的人，跟着店伙，一步一踱，向四号房走来，那个步行的人独留屋中。

抵面相见，三个人低头叫了一声：“华老前辈！”容得店伙出去，将风帽摘下来，露出头面：正是巴允泰、乔健生、乔健才这三个人。面带病容，顶上腮上，受伤处仍旧贴着膏药，是华老赠的。弹指翁拱手道：“三位喜占勿药了，唐兄他们呢？”二乔不答，拿眼看着巴允泰。巴允泰回手将门掩上，方才哑声答道：“老前辈，晚生等为友所邀，仗义助拳，一时误中毒伤。为酬知己，自分了此一生，也是分所当然。何期萍水相逢，得承老先生慷慨赠药，回生起死，使顽躯又得苟活，皆拜老前辈之赐。我们无以为谢，就是几个响头！”向二乔一点手，三个彪形大汉不容拦阻，一齐跪倒在地，磕了几个头。弹指翁皱眉微笑，略略拦了拦，也不再拦了，只说道：“不敢当，诸位请坐！”

巴允泰等自觅下座，在板床上侧身坐了。经这一番劳动，脸上苦痛之象昭然；乔健生更是勉强，头上冒出汗了。弹指翁也不客气，就坐在椅上，对三人说道：“三位的伤都见好吗？”三人哄然答道：“好多了。”巴允泰说道：“老前辈的药实在是好。不过那天夜里，晚生三人俱都昏迷不醒，只道是同伴给我们救治；万没想到承你老人家，陌路垂救，大施刀圭。因为这个，我三人无意中生受你老救命的大恩，我们自当毕生衔戴。此后你老如有差遣，我们赴汤蹈火，万死不辞。”说罢目视二乔。二乔齐声道：“是的，华老前辈，如有差遣，我们感恩图报，万死不辞。”

弹指翁微然一笑道：“这更不敢当。江湖上陌路援手的事太多了，区区赠药何屑挂齿？不过我老拙也说不定有风火的事，要奉烦你们三位英贤的。只不知三位贵姓大名？这一位可是姓巴？”

多臂石振英此时正在隔壁附耳窥垣，心想这三个人未必肯

留真姓名吧。不道三人预有商计，听弹指翁问到此处，脱口答道："晚生姓巴，名叫巴允泰。他二人是亲兄弟，这个叫乔健生，这个叫乔健才。"说的全是实话。

弹指翁道："哦，久仰久仰。不知三位和本地飞刀谈家有何仇怨，可否说与老拙听听？若可化解的话，请你们尽管指出道来。要知道我与谈家也素无瓜葛，只不过怜惜他家父死子亡，只剩下寡媳、弱子，替诸位想，似不值和一个手无缚鸡之力的男人、一个孀居守志的妇人较量；那岂不是胜之不武？"巴允泰忙道："老前辈大概不明白，这事实与晚生无干。"弹指翁道："你听着，我还有话。我知道寻仇的另有正主，你我全是局外。我是因有别的事，路过此地，听见这场纠葛了；打算凭我这张老脸，转烦你们三位，向贵同伴求个情。倘或他们结怨太深，我一个局外人，绝不想硬按头皮强劝架的。这一点要请诸位明白。"

乔健生欠身道："那好极了！"巴允泰忙道："在前辈面前，你不要多嘴。华老前辈，你老这番意思，昨夜我苏醒过来时，已经听他们说过了。你老乃是前辈成名的英雄，我知道你老是一碗水往平处端的。你老所说化解的话，诚然是好意；按理说应当谨遵台命，劝解劝解他们。不过晚生还有下情，劝解他们实在难以启齿的地方。你老久在川陕，一定晓得和飞刀谈家结仇的，并不是我巴允泰和乔家弟兄。跟谈家真有梁子的，乃是另有人在。这一位的姓名，晚生也不便说出来。但是，晚生从前却欠过这人的情。这一回不过是受人之邀，义不容辞，方才来的。晚生三人已经为朋友受了重伤，险些把命卖了，自觉已经对得过朋友了。他们现在还找谈家报仇不报，只好随他们自己闹去。不过有你老在这里，料想他们总得闪个面子，往后可就不知道了。我们三个人从此束手后退，不再闻问。晚生们惭愧，只能做到'恩怨分明'这一点。你老是我们三个人的恩人，在恩人面前，断不敢说假话。不瞒你老，我们今天叩谢了你老，明后天就要回转原籍去了。我们还要养伤，决不在此地

盘桓了。”

二乔在旁插言道：“晚生们都是这个意思。我们生受你老的救命大恩，我们三人虽不敢言报，也要永记在心。他们的仇恨，我们只好丢开手不管。若教我们转过头来，给他们说和，我们实在没法子出口。”

弹指翁焦黄的面孔忽然变赤，厉声大笑道：“哈哈哈哈，我早已料到，你们不必说了。恩怨分明，也是大丈夫应做的事。我已说明，我决不会借着赠药，强来逼和。告诉你们三位，我救了你们，只如浮云过眼，我一点也没记在心上。至于你们自说与谈家无仇；其实有仇无仇，与我何干？可是我未尝不想替大家了事。你们与谈家有仇的到底是谁？”巴允泰刚要辩白，弹指翁又说下去道：“老实说，我也早有个耳闻，我自然有法子对付他。你们能袖手不管，这就很好。你们三位何时离开鲁港？”

巴允泰和二乔道：“至迟后天。”弹指翁道：“好，应该这样！”

巴允泰与二乔面面相觑，弹指翁的话越说越硬，跟着道：“我只烦你三位一点小事，暂借尊口，请回去告诉你那令友康、唐二位；我要请他们即刻离开鲁港。如果他们有什么别的话，我家住在陕南山阳县，尽管教他们找我去。”说罢，傲然站起身来，道，“三位病体刚好，不宜久谈，请回去吧。”

巴允泰尚欲有言，弹指翁已经板着脸，做出送客的样子。巴允泰只得向二乔施一眼色，一齐站起来，向弹指翁，很踧踖地施礼告别道：“老前辈这番意思，我回去一定告诉他们。”又长叹一声道：“老前辈当知我们的难处，我们现在可以说是两边受挤。老前辈是在我们昏惘时，救了我们的性命。我辈知恩感德，我辈敢当着你老誓言一句，晚生三人有生之日，必不走进鲁港一步；这是一。老前辈如有使令，只要赏信，晚生定必一呼立至，生死不辞；这是二。这两件事我们三人誓必终生遵守。唯有谈家门的这件事，晚生实实在在不能多说一句话。”

“两边受挤”这句话打动了弹指翁，不觉为之动容道：“你

们不必为难。你们能照你们的话做，我就很承情了。我也不留你们三位，山高水长，相见有日啊！”巴允泰、二乔齐说道：“是的，山高水长，相见有日。”长揖作别，出离四号店房。三个人一步一瘸，往小轿边上走去。弹指翁忽然追送出来道：“巴兄，这里有一点药，送给你们三位，是三包内服药，六帖外敷的。”巴允泰只得拜受，把那伴送的步行人唤出来，上了小轿，出离庆合长而去。

弹指翁眼看三人去远，一回头，见多臂石振英和陈元照凑到身边，说道：“石贤侄，你看此事如何？”石振英道：“不好，恐怕是把毒揽到师叔你老自己身上来了。他们峨眉派这一回栽得太重些，哪能就此铩羽回去？”陈元照道：“我们应该缀下他们去。”弹指翁笑了笑道：“自有人暗缀他，我们回去吧。”

算还店钱，同返福元巷谈宅，将店中会见仇敌的情形，双方的言语，都告诉了大家。梁公直道：“这姓巴的真狡猾，他竟用‘恩怨分明’四字，把华老前辈赠药救命之恩，轻轻推开，他分明是不肯解仇。”大家也都这样想，一齐请示弹指翁：“还得戒备不？”弹指翁道：“照旧戒备。我已经催逼他们速走；料他们受伤的人很多，也未必敢久恋，但总要小心一些好。”低头想了想道，“振英贤侄，今夜陪我到他们的巢穴，再看一看；不过不必惊动他们。三天以后，他们如果还不走，我就对不起他们了。只是打人家一拳，须防人家一脚，我今天就想打发段鹏年，回山阳县去。”梁公直道：“何必劳动段二爷？我看可由我们镖局，派人专程到你老府上送信。你老人家在当地久负盛名，又有好徒弟、好徒孙；峨眉派纵然豪横，料他不敢惹吧。”弹指翁摇头道：“这不仅是斗力的事，须防他们不时窥伺，潜施暗算，也跟这里一样。”

谈大娘和谈家一齐局促不安道：“为了我们的事，给你老人家添了麻烦，我们实在过意不去。”弹指翁笑道：“这是我愿意自找啊。”此时抟沙女侠华吟虹在谈大娘身畔，并肩坐着。弹指翁道：“要不然，虹儿，你先回去，给你母亲送个信，就

提我得罪峨眉派了，教你母亲早晚门户上多加小心；或者把你舅舅请到家中，照应照应。”华吟虹站起来，答应了一声：“是！”可是心中很不愿回去，低告谈大娘道：“大姐姐，你告诉爹爹，还是教我二师哥回去得了。”她这里稍一嘀咕，弹指翁已经看出来，道：“你不愿回去，是不是？你跟大姐姐说什么了？”谈大娘忙道：“还是请段二哥回去的好。妹妹一个人回去，一路上车船店脚，也很麻烦。”弹指翁面对华吟虹道：“我还没有打定主意呢，你这丫头就慌了？”向梁公直举手道，“我就先麻烦你们镖局吧，越快越好，先给舍下送个信去。”梁公直忙答应着，派人回芜湖，立遣镖局中人，专程赴陕去了。

当天下午，谈宅设宴款待各处邀来的武林朋友。邀来的这些人虽然是靠谈大娘倪凤姑的面子，但席面上乃由谈秀才谈维铭做主人。男客有十几位，自然齐推弹指翁坐首席。女客只有抟沙女侠华吟虹一人。饭后天色尚早，弹指翁也不客气，便指挥群侠，分头出去监视峨眉派群贼的举动。原定三更后，弹指翁便与石振英，重到朱阿顺家走一趟。不想才过二更，派出去的人先后回来，报说那三个受伤的人——巴允泰和二乔兄弟，已经上码头，坐船走了。朱阿顺家门口，一出一入，竟没有什么人。经仔细窥伺，没有看见唐林和韩蓉夫妻，也没有再见康海和快手卢几个人的行踪。石振英向弹指翁说道：“莫非他们都溜了不成？”弹指翁道：“也不见得。贤侄，你同我走一遭吧。”众人道：“何必劳动老前辈？”即由石振英、陈元照叔侄做一路，前往朱阿顺家私窥。另派谢品谦、朱元济等到码头查看。

三更人静，多臂石振英动身，带上暗器、兵刃，陈元照带了卍字银花夺，绕从谈宅邻院，来到街上。石振英对陈元照说：“你现在看见江湖人物了吧？你看什么样的人都有。”陈元照果然深觉奇异。那弹指翁华风楼高颧深目，黄面短髯，很像个清真教徒，又像个清贫老儒。两只眼盯人一下，却很厉害。那梁公直父子又很像个粮行老板和少东，老的很朴素，少的很

奢华。其余众人形色打扮也各不同。只是挺胸昂首，多少带出拳师气来。石振英和弹指翁年岁相差无几；可是石振英持弟子礼甚恭，弹指翁俨然以尊长自居。这也是陈元照看不惯的。

石、陈叔侄一面走，一面低声把弹指翁父女议论了一阵。石振英说："你看你这师姑多么英爽，可是在她父亲面前，是多么听话。"陈元照只微应了一声，心想：她不过是个女孩子罢了。群侠会议时，陈元照侧居末座，一句话都插不进去。华吟虹坐在倪凤姑身畔，也是一言不发，只用冷眼看看罢了。两人眼光有时相碰，陈元照把腰一挺，故意装出傲态来。抟沙女侠看到眼里，不由愠怒，就恶狠狠地盯他一眼。陈元照也恶狠狠还盯她一眼。两个人一声不响，只有四只眼在暗中打架，较量。陈元照此时拔步夜行，踵随伯父，一想到这里，不禁失笑出声道："这丫头，看你怎么样！"

石振英听见了，猛然回头道："你说什么？你不要小看那个女贼，你不看见她穿铁尖鞋，打毒蒺藜么？她一定是西川唐大嫂的后人，很不好惹的。你看你师姑，小小年纪，到底把她打跑了。但是我料这女贼必不输气，早晚要找寻你师姑的。此刻我们窥探他们去，你千万多留神这个女贼，别人倒在其次。你不要大意，越是女子应敌，越难招惹。你看你师姑，实在是将门虎女。你看她和那女贼对刀的时候，手劲够多么大；闪毒蒺藜，发毒砂时，眼神够多么快。老实说，比你强多了；人家还是个没出阁的姑娘。听谈大嫂和段师弟说，她这次又是初试身手，和你一样。可是她连战数敌，稳扎稳打，智勇兼备，实在很难得。"原来石振英错当陈元照是骂韩蓉了，倒把抟沙女侠夸了一顿。陈元照默默不答，叔侄二人仍然前走。

转瞬间，到了地方。石振英招呼陈元照，止步窥望。本想朱阿顺家一如前夕，必有戒备；哪知此时由四面邻巷绕起，以至绕进朱家前后门，外面连一个巡风的也没有。登高一望，房上也没有安放了高的人。石振英忙引陈元照，先到朱家对门，把预伏的人招呼出来一问；说峨眉群贼大概不知什么时候，已

经全溜走，连朱阿顺也没在家。

石振英听罢，重跃上邻近房顶，与陈元照分两面蹚过去。已迫近朱阿顺家，但见全院昏黑，只东小屋有灯光。石振英掏出面幕戴上，陈元照也将面幕戴上。叔侄二人贾勇前进，跃上朱家的后墙。试投问路石子，只听吧嗒一声，院中毫无反响。沉了一沉，登墙一蹿，双双上了朱家的正房后坡，仍然是如入无人之境。石振英侧耳倾听，半晌不动。陈元照不耐烦，向石振英一打手势，要往院中硬跳。石振英急急拦阻，命陈元照持兵刃，在房上巡风。他自己从正房后坡，蛇行到东小屋屋顶。贴房脊往院中探头，墙角暗隅一点埋伏没有。又侧耳细听东小屋中的动静，隐隐似闻两人共语。

石振英向四外瞥了一眼，陈元照恰从正房房脊后探出半个头来。石振英冲陈元照一挥手，便要施展“倒卷帘”的功夫，探窗下窥。转念一想，又不这样做了。索性从东小屋后坡一溜而下，落到平地。脚尖点地，轻轻伏蹿。转到了前面，立即蹲身伏行。直到东小屋窗根下，这才听得屋中人语，似一男一女。忙又四顾，手沾唾津，点破纸窗，侧一目往里看时；原来是孤灯一盏，板床一张，被中睡着一个妇人，地上蹲着一个脚夫模样的汉子，正在那里摆弄火炉，烧煮什么。那妇人倚着枕头，半探身躯，做出呻吟之声。石振英听了一会儿，很像是寻常的夫妻，午夜共谈，和峨眉派寻仇之事渺不相干。可是灯影里看那桌椅陈设，正是三日前峨眉群贼借寓之室。石振英要端详那个男子的容貌，偏又背着灯亮，只见衣履，不见面目。

那男子打着呵欠。用一把蒲扇，煽那炭火炉子，这炉子恰好正是峨眉派唐林预备煎药的东西。那妇人说：“怎么还没有得呢？”男子道：“臭娘们，就是你的事多！你得等着呀，锅连响都没有，哪里就得了！我累了一天，回来还得伺候你，你倒心急了！”妇人好像不悦，喃喃地骂道：“人家要是没病，才不求你哩。都是朱大叔招惹的；也不知哪里来的这些爷们，把人家搅了好几天，连觉都没睡好。人家又是个重身子，又有病，

谁禁得住啊！你一出去，总不想回来。只顾灌你那黄汤子，就把我一个人抛在这里，死活都不管。那天晚上，没把我吓死，半夜里忽然鬼哭狼嚎地叫起来了，说是治病，哪像治病，倒像宰人。好容易盼你回来了，央告你这么一点小事，你倒骂起我来了。”这一男一女，一个在床上，一个在地下，一句顶一句地拌嘴。

多臂石振英窥伺良久，并没有听出要紧的话来。方要退身，转奔上房；忽听那男子直身起来道：“好了，你往肚里塞吧。”将炉上的沙锅打开，热气蒸腾，似煮的是食物，不似药物。盛了两碗，先递给妇人一碗，那妇人从被窝中披衣坐起来，捧着碗吃。男子端了一碗，坐在桌旁，对着灯吃。室暗灯昏，也没有看清吃的何物；并且两个人都面对桌灯，都不回头望窗。那妇人似嫌汤热烫嘴，且吹且啜，口中仍然喃喃地说道：“到底他们还来不来？”那男子道：“来？来什么？他们斗不过人家，回去搬兵去了。你放心吧，三年之后，他们许来，现在肯定不回来了。”妇人道：“这里头有朱大叔没有？”男子道：“有他什么事？朱大叔不过跟他们里面的一个人认识，他们借房子寻宿，照样找他要房钱。后来才知道他们是来找人斗气的，朱大叔就很不愿意。对他们连哄带劝又吓唬，算是把他们开发走了。”

石振英听到这里，提起神来。那女子又问：“真的么？”男子道：“怎么不真？告诉你吧，这和朱大叔一点干系也没有，跟咱们更不相干。咱们连他们到底跟谁斗气，都不知道，别的更说不上来了。你老娘们家，嘴里千万要严密，不许往外胡说。现在他们一个个都走净了，他们是怕人缀，他们由打昨晚就偷偷溜了。”这妇人道：“不用你说，我早知道他们溜了。连那个女的，他们不是一共七八个么？不是分两拨走的么？”男子道：“你知道就得了，何必还教我在家给你做伴？没有可怕的事了，你还嘀咕什么？”那女子嗤地笑了。男子骂道：“我知道，依着你的心愿，把我整天拴在家里才好。”女子道：“人家

不是有病么?”男子唾道:“有贱病,有想汉子的病!”女子把身子一扭道:“哪个王八乌龟子才想你呢!你死在外头,老娘也管不着!我知道你不肯回来,是迷着小老六那个臭婊子。”那个男子笑骂道:“臭婆娘,你是醋泡的!”

听到这里,多臂石振英暗唾了一口。这不过是一个醉鬼脚夫和他的装病妻子,半夜起来吃夜食罢了。但是话里话外,已经听出峨眉七贼报仇负伤,知难而退,果然是扫数走了。但还有可疑之点,那受伤的三人是先乘轿,后坐船走的。那没有受伤的三男一女却不知从何时,用何法,悄离鲁港,更不知逃往何处。石振英在院内毫无顾忌,搜查了一遍。有灯处破窗窥看,没灯处也照样摸黑窥看了。房上的陈元照等待不及,竟也腾身跃下平地。叔侄二人轻身蹑足。在院中连转数圈,也不见峨眉群贼的踪影。多臂石振英从身上取出一把匕首,和一张没有字的红单帖,用匕首穿红帖,走到东小屋。手腕用力,往楹柱上一插,深入数寸,只微微噌地响了一声。屋中的夫妻仍然吃他的夜食,连头也不回。石振英冷笑着,又掏出一把铁沙子,用一块布包着,轻轻放在外面窗台上,唰的往后一倒蹿,来到院心,向陈元照微微嘘唇道:“走!”

陈元照犹犹豫豫,往屋中一指。石振英摇摇头,一伏身,嗖地蹿上西面墙。陈元照也就一插银花双夺,跟踪跃上墙头。退到西邻高处,陈元照要往下跳。石振英忙说:“等一等!”掏出三枚问路石子,握在掌心。就在这时候,忽听见东小屋吱的一响,门扇开了。石振英急一伏身,把陈元照拖了一把,齐伏在房后,又急急地探头盯看朱家院内。半晌,院中吧嗒大响了一声,东小屋的灯光骤然一明一灭。石振英冷笑道:“元照,你看!”忽然,东小屋的门扇吱溜一阖一开,倏地从屋中蹿出一条人影,往檐下一站,仰头看天。复一转身,竟奔窗台,探手一摸,似将铁沙子的布包捞到手内。又一回手,似将楹柱上的匕首拔下来。目不旁瞬,退回东小屋,东小屋的灯火又一明一灭。

陈元照直起身来道："这是行家？"多臂石振英恼怒地说道："自然是行家。好东西，还来这一套！"说罢，一攒腕力，抖手将问路石子发出去。第一枚疾如箭驶，恰落在刚才那人站立的地点；第二枚石子同时脱手出去，"咕噜噜"一响，由东小屋房顶，吧嗒落在实地；第三枚也打出去了，却扑地穿窗打入东小屋内。东小屋黑乎乎，灯光已灭。——把个初涉江湖的陈元照看了个迷迷糊糊，不知什么用意。

多臂石振英挺身立在邻房，又看了一会儿，道："走吧！这三枚石子就是催驾，教他们趁早滚蛋！"说着，跳下房来，率陈元照径回福元巷谈宅。

这时候，派往码头的人已早回来，据说码头上不见峨眉派的人物。谈宅小楼上只有谈大娘倪凤姑、抟沙女侠华吟虹和老镖师梁公直，挑灯而待；楼下院内伏着几个邀来的壮士。弹指翁和段鹏年师徒已经跟踪出去，还没有回来。石振英笑道："师叔到底不放心，自己出去了。"刚刚说到这里，楼门一响，华雨苍含笑走进来道："我怎么不放心，你办得很漂亮。这么办，对极了。"

众人一齐动问，弹指翁含笑不言。石振英遂将所探所行，说了一遍。众人也道："这样子办，很好。"梁公直道："只是稍硬一点。"弹指翁道："这就很客气了，我还是看在他们上辈的情面。你要知道，他们太不知进退了。"

一宵度过，次日又去搜寻。连搜三日，码头上确未瞥见峨眉群贼唐林夫妻的面，猜想他们或已走陆路，奔回去了。弹指翁不禁大怒道："他们不该悄悄地溜走。他们应该或长或短，给我一个答复。像这样不哼不哈，这是什么道理？这些贪生怕死的东西，我总得教训教训他们。"梁公直道："老前辈不要着急，你老不放心的是怕你老离开此地，他们再来骚扰。这不必顾虑。谈五爷和我也是至交，他的后代，我托在近邻，理应照顾。"弹指翁道："我实不能在此地跟他们久耗，我也没有闲工夫缀他们去。既然梁兄如此帮忙，那么，我再安排一下，我打

算十天以后再走。"

谈大娘闻言，十分感激。到底是老辈英雄，做事有始有终。当下，弹指翁安排起来。山阳原籍已派人送信，料自己的儿孙门人足可自卫，不心挂念。现在只需想法保护谈家便是；有梁公直协助，一切都放心了，再不怕贼人久耗。

在鲁港又住了几天，始终没人碰见峨眉群贼的面。弹指翁便把二弟子段鹏年暂留在谈家，决由自己同着女儿，先到芜湖，再赴如皋。又问多臂石振英："你要到镇江，找朱大椿、黄元礼，究竟有什么事？"多臂石振英说，率养子陈元照阅历江湖。弹指翁听了，笑道："你原来是携子出山，你不知朱大椿、黄元礼，现时都离开镇江了么？"

多臂石振英道："这是何故？莫非他把镖局子收了么？可是上年他还给我来过信呢。"弹指翁道："镖局收不收，我却不晓得，大概没有收。你原来不知道，朱大椿和黄元礼听说都到淮安去了。淮安府最近出了几桩大案子；内有辽东大豪，叫作什么飞豹子的，忽然来到你们江南地方，闯万儿来了。人又精明，武艺又高，听说存心专要跟你们江南镖行人物作对。这个人说是姓袁，早先也是太极门的。不知为了什么，和俞剑平结了仇隙，已经把俞剑平保的一批盐镖邀劫了去。俞剑平这一下，栽得很重。"

石振英一听，愕然道："小侄在家里，也听人影影绰绰地说过。据说一共二十万银子的盐课，乃是由铁牌手胡孟刚和十二金钱俞剑平，两家镖局合保的；行经江北大纵湖，被这个飞豹子一众约有百十号人，把银子全劫了去。这件事轰动江湖，小侄起初只不相信，谁知竟是真事。不过后来听说，到底仍由十二金钱俞剑平把镖夺回来了。怎么至今还没有了结呢？咱们江南武林也没有人出头，给他们和解么？"

梁公直插言道："没有，谁也不认识这位飞豹子。想给他们和解，也苦于没法子插嘴，插手。"

弹指翁笑道："十二金钱俞剑平以太极拳、十三剑和金钱

镖三绝技，称雄武林，世无敌手。想不到临老栽在一个辽东外客手内。这个辽东客袁飞豹也是老头子了，只说不清他的出处。有人说他和俞剑平是师兄弟，这话不知是否属实。”

梁公直道：“的确是实，听说还是俞镖头当年的师兄哩。这个人初到江南，人生地疏。不料他竟和芒砀山的雄娘子凌云燕勾结上。这凌云燕是个后起的绿林，生得姿容秀美，类似女子，平素惯假扮女人。有说他的出身本是徽州戏班一个唱武旦的，却学会一身飞纵的功夫。在芒砀山啸聚了一二百人，乔装妇女，骑着小驴，到各处乱逛。遇见不睁眼的贪色汉子，拿他当女人调戏，必被他劫财之后，枭首断肢，手法非常毒辣。可他有八不劫，江湖上反夸他是个义贼。这个人忽然男装，忽然女装，游遍了江南江北。他每出去一回，改一回打扮；招子不亮的人，再认不出他的庐山真面。飞豹子得到他的臂助，才在江南大闹起来。起初飞豹子劫走盐镖，被俞镖头搜根剔齿地找到。两个人比武赌镖，到底镖归俞手。不过后来又出了枝节，这飞豹子和雄娘子凌云燕跑到淮安府，掀起数件大盗案，件件都指定俞某人。官府上明知是仇人嫁祸，无奈俞镖头到底脱不了心净。目下他正撒红帖，大邀群雄，要和飞豹子、雄娘子决一死战。老前辈想必接着他们的请帖了吧？”

弹指翁手捻灰髯笑道：“我这回出门，一来是到如皋，访一个朋友；二来就是到淮安看看。”

多臂石振英听了，低头寻思良久，忽然抬起头来，说道：“师叔，你老要往淮安府，帮助镖行，斗斗这个飞豹子么？”弹指翁道：“我伏处故乡，已有多年，未免有点静极思动。我和俞镖头并不怎么亲近，霹雳手童冠英却和我是莫逆至交。是老童再三劝驾，赶巧我又有别的事要到如皋，所以我就答应他们了。我也想看一看这辽东飞豹，和这雄娘子凌云燕的为人。振英贤侄，我们武当派的朱大椿和黄元礼叔侄全被邀去了。所有江南武林差不多全去了，你何不也去凑凑热闹？”

石振英仍在寻思，半晌才答道：“小侄本要往镇江去。师

叔既要往淮安助拳，小侄理当奉陪。你老不知道这个十二金钱俞剑平，叙起来还是我当年开蒙时的师兄哩。他不是文登县绸缎丁门下的弟子么？”

梁公直道：“不错，十二金钱俞三胜俞镖头，他正是丁门弟子。原来他竟是石四哥的师兄，这可是巧事。”

弹指翁和石振英一齐问道：“他怎么叫俞三胜？”梁公直啜了一口茶，说道：“俞镖头善打太极拳，善用太极剑，又善打十二金钱镖。这三绝技唯有他一人独擅，因此有人称他为三胜将金钱客。有的时候人们又叫他为俞三胜，乃是鲁南武林新近送给他的绰号。”弹指翁华雨苍对梁公直说道：“原来如此。我们振英贤侄，当初本是太极门，后来才改学武当派，投入我们二门师兄齐宣颖门下。”说至此，面向石振英道，“早年我听你师父告诉过我，我倒不晓得你和俞剑平还是同学。如此说，你从前是山东文登县丁朝威丁老师父的门下了。我们师兄常夸你性情坚定不移。可是的，你既入太极门，为什么忽然更改门户呢？”

石振英浩然长叹道：“一言难尽，这也是我当时少年任气之过。我投绸缎丁老师门下的时候，我才十几岁，比元照还小得多。先父和丁老师是朋友，丁老师待我也很好。无奈当时那位掌门师兄待我们太严苛，开口就骂，举手就打。是我受不了，才赌气告退的。当时只对老师说，回家完婚，我便一去未回。又过了几年，才承我们齐老师把我收下，并不是我见异思迁的啊。”说着一叹。弹指翁听了，点了点头，不由引起自己的心事来。二十年前，华老也是因掌门大弟子脾气不好，才把他逐出门墙，将二弟子段鹏年提拔起来。多亏自己措置得当，门户内没有生出枝节。武林中以大压小的事太多了。涉想及此，扪须慨然，忽询问道：“振英，你说你那位掌门师兄欺负你，他姓什么？”石振英道：“姓袁，叫袁振武。”弹指翁道：“噢，这就对了。公直兄，这个跟俞剑平做对的辽东飞豹子不是也姓袁么？我说振英，你那位袁振武袁师兄，他是哪里人？

可是辽东人么？是不是他和俞剑平同师学艺时，也闹过意见？”

多臂石振英心中蓦然一动，忙道：“我那掌门师兄的确姓袁，可不是辽东人，他是直隶乐亭县袁家庄的人。”梁公直也不由耸然道：“人是活的，地方是死的；这位袁振武袁爷不知算到现在，多大年纪了？”石振英捏指计算道：“大概五十多岁，不到六十，好像比我至多大六七岁。”弹指翁拍案一笑道：“这就对了。公直兄，这个飞豹子什么长相？不也是五六十岁么？”梁公直道：“不错，是五六十岁的一个精悍老人，赤红脸，豹子头，豹子眼，……”石振英道：“哎呀，这不就是袁振武么？他身量很魁梧，大概比我高半头吧？”梁公直道：“差不多。”

在屋众人一齐诧异道：“奇怪，奇怪！”都以为这个姓袁的飞豹大盗，十有八九就是太极门丁朝威的弟子袁振武。这期间最觉稀奇的，乃是袁、俞二人又都是石振英的师兄。众人齐问石振英道：“石老英雄，你老不是要往镇江镖局去么？何不径到淮安府，看看热闹去呢？现在十二金钱俞剑平千里传书，大邀各地武林英雄，要和飞豹子、雄娘子绿林双雄较量短长。那飞豹子和雄娘子凌云燕，也正广传绿林箭，要和江南所有的镖行挑斗到底。这正是一场献艺争雄，炫才闯万儿的好机会。石老英雄何不携带令侄，往淮安府走走？石老英雄，你在家纳福，大概不晓得江北镖行大举寻镖的事，已经闹了个翻江倒海。俞老镖头在宝应湖高良涧一带，和飞豹子对抗了许多天。”

众人向石振英介绍了袁、俞双方对抗的情况：“镖行这边有智囊姜羽冲、夜游神苏建明、青松道人、霹雳手童冠英、绵掌纪晋光、无明和尚诸人；飞豹子那边，有一豹三熊、有子母神梭武胜文、雄娘子诸人。连绿营、缉私营都惊动了。这也因为飞豹子和雄娘子凌云燕、子母神梭武胜文，闹得太不像话了，他们竟聚了二三百人，明目张胆地设伏诱敌，绑掳行人。官面上本为查找二十万盐镖，各处搜捕大盗。当地官府一听此讯，立刻由一位游击，带领三百多名绿营，和水师营十多号快

艇，火枪大炮的，把雄娘子、飞豹子和他的党羽包围起来，竟开了火。可是，到底没把飞豹子捉住。飞豹子带领着他的党羽，夜渡三湖，全都跑了。临走还留下断箭一支，柬帖一封，公然向俞剑平放下‘一辈子不算完’的恨话。那个雄娘子凌云燕也恼了，说是镖行和绿林道较技赌镖，乃是武林风气所许；怎么俞老镖头明面纠众较武，暗地勾结官府剿办他们？那子母神梭武胜文又落得弃家而逃，更迁怒到俞镖头身上。因此这雄娘子凌云燕和子母神梭武胜文，也都放下了‘改日再见’的话。其实俞老镖头冤枉极了，绿营和水师营剿匪起赃，乃是另一码事，俞老镖头事前一点也不知道。”

梁公直道：“听说这场误会，是黑砂掌陆锦标弄巧成拙，惹起的麻烦。振英老兄，我劝你赶紧往淮安府去一趟吧。你那朱大椿师弟、黄元礼师侄早已参与其事，听说朱老哥还和飞豹子赌过梅花桩。我想凭石老兄这身功夫，又和双方是旧日同门，很可以到场看事做事；若能从中周旋一下，岂不更好？”众人道：“那么一来，石老英雄定必名震江湖。你想许多著名的镖客、成名的英雄，都不能把这件事消解了，你老人家既和袁、俞二家都有同门之谊，倚仗你的老面子，给他们私下里和解了；省得经官动府，双方都要感激你的。武林道本来争的是一口气，要的是人情面子。现在事情闹成僵局，飞豹子心中未尝不怕国法王章，只是没有台阶收场。你老一到，把大事化小，小事化无，太好了。”弹指翁也道：“既然袁、俞都是你的当年师兄，你倒可以给他们转圜转圜。”

多臂石振英把身子欠了欠，皱眉说道：“教我转圜么？我倒好大的面子。师叔，你老不知道，假如这飞豹子真是我当年的那位袁振武师兄，他的为人强悍刚愎，我素日就跟他不和；我和他的过节儿，恐怕比俞剑平还大。教我转圜，弄不好，连我还饶上呢。”梁公直道：“那也不见得。石老兄，你不会到了淮安，看风使舵么？况且华老前辈已经应邀前往，石老哥你正可以陪着他老人家去一趟；你们师徒三辈全去了，一定可以把

飞豹子镇住。”

陈元照在旁忍不住怂恿道：“伯伯，我们就去看看热闹，岂不很好！黄师兄又没在镇江。我们去也是扑空。”弹指翁道：“是啊。怎么样，振英？”多臂石振英反复寻思道：“去就去，我就陪师叔走一趟。可有一样，那袁振武师兄既然和我有隙，那俞剑平俞师兄也和我隔别得很久，见了面，说不定还许不认得我。我可以陪同你老去，只不过你老千万不要把我亮出来。咱们到那里，看情形再说话；省得教我两边挨挤，落得个没面子。”

弹指翁点头笑道：“就是这样，不把你亮出来，你可怎么出头了事呢？你做事也太把稳了。”弹指翁和石振英名分上是师门叔侄，论年纪差不了许多；弹指翁只比振英大五六岁，都是老头儿了，所以面子上很客气，事事不能勉强。当下商定，弹指翁父女和石振英叔侄，即时离开鲁港，应梁公直父子之邀，先到芜湖；其余的人也都回去；只有华门二弟子段鹏年，独留在谈家护宅。谈大娘的伤已经由弹指翁给治好；见峨眉派已经退净，一连十几天没有动静了；她娘家的两个兄弟倪元福、倪元禄又已赶到，足可倚以护宅，便放了心。送行时，倪凤姑便向弹指翁道劳，又委婉说出：“段二哥事情若是忙，就不必在这里多耽误了。”弹指翁摇头道：“多加一份小心好。”谈维铭是个书生，为人很精细，忙向寡嫂说：“还是请段二哥多住几天。你想他们吃了亏，他们又是江湖匪类，哪能好好的走了？”

段鹏年摇头道：“不过我这次随家师出门，也是有一点事情的。”面向弹指翁道：“老师，你老自己上如皋去，行吗？”弹指翁笑视女儿华吟虹道：“行，这回又不打算怎样，我不过是想跟褚家那个孩子，先见见面，看看他的品貌、为人罢了。没有你去，也是一样。”抟沙女侠听了这话，把头低下来。石振英叔侄觉着奇怪，谈大娘却向华吟虹微微一笑。石振英便问道：“哪个褚家的孩子？”弹指翁道：“就是褚万鹏的孙子褚绍

麟。”梁公直道：“华老前辈和褚万鹏也认识吗?”弹指翁道：“不很认识，止于慕名罢了。”梁公直道：“既然不认识，你老找他祖孙二人做什么?那褚绍麟还是个小孩子哩，今年不过二十几岁。”弹指翁笑道：“有一点闲事。听说这孩子功夫练得不错，貌相也很漂亮。梁兄可见过他么?”说着又向抟沙女侠看了一眼。女侠越发低下头，不能仰视。石振英有点省悟，道：“哦!”这回说话可不敢冒失了。不想陈元照侧居末座，首先嗤地笑出声来。抟沙女侠登时满面通红，恶狠狠把陈元照瞪了一眼。

时当清晨，谈家仆人四处觅轿。不一刻轿都叫齐，弹指翁首先站起身来道：“好吧，我们先到芜湖。”众人陆续告辞，谈维铭直送到巷外。数乘小轿一直抬往江岸码头，然后上船。段鹏年独留在鲁港，带着许多破解毒蒺藜的解药。谈家仍然小心戒备着，入夜有人巡风。

第十一章 峨眉派卷土重来

弹指翁父女是要先往如皋，再到淮安；石振英本要往镇江，现在改赴淮安。可是不论往哪里去，他们两拨人总得路过芜湖。梁公直因此邀请弹指翁、石振英，到他那米栈、镖局，盘桓几天。石振英倒无所谓，弹指翁因偕有爱女，本已力辞。梁公直又说他那米栈后面，就是住宅，有女眷的。“妹妹尽可和贱内、小女同住”，极力地邀驾小聚。弹指翁无法推辞，方才答应了。

芜湖是江南巨埠，那里有戏班、酒楼；梁公直便盛宴款待华老和石振英，并请他们看戏。一连盘桓了三四天，弹指翁素厌尘嚣，有些不耐烦，就极力辞谢，又说出要赶路的话。梁公直不放他父女走，想着法子来款留他们。四天工夫，连请了几次客；把当地武林名辈邀了好多位作陪，引见着和弹指翁款洽。抟沙女侠住在内宅，也由梁公直的女眷极力款宴。弹指翁越发心烦，对石振英说道：“老侄，我实在受不了。这梁公直怎么这么俗，拿我当老古董，满处献给人看。若不是访查峨眉派，多仗他的力量，我实在不愿到他这里来。老侄，我看我们

明天索性不辞而别，溜了吧。”

多臂石振英笑了，知道华师叔性情古怪，梁公直招待太殷勤，惹起反感来了。他忙劝道：“你老不用心焦，明天我对老梁说，教他不必再引见生人了。其实他是敬重你老，恨不得叫他们当地武林后进，都瞻仰瞻仰武当派的名家。”弹指翁摇头道：“敬重我，一天赴六回宴，见八拨客，我可受得了啊！”石振英道：“你老放心，我就告诉他，你老久厌交游，他不晓得，管保后天教他给咱们雇船就完了。”弹指翁这才不言语了。

果然到晚上，石振英屏人对梁公直说了：“老兄引见当地武林人士，和华老见面，自然因为他老人家是武当派的第一人，你愿意本地人认识认识当代豪杰。怎奈我们这位师叔就怕这个，又怕人请他吃酒。他老人家饮食起居向有节制。并且他近年不好出游，这一回出门，定有要事，实在不能多耽搁了。他老人家打算明早走。”梁公直愕然道：“这可不成！我们东关六合拳蔡九爷久仰弹指翁的盛名，他本已有事出门，听见弹指翁老先生来了，特地返回来，恳求一见。小弟为此又定下六桌酒席。……”石振英摇头道：“糟了，我不是对你说过了，怎么还闹这个？痛快告诉你吧，我们华师叔恼了。你趁早把酒席打退，他还可以多住两天。”梁公直道：“我把陪客的请柬都发了，那可怎么打退？”石振英道：“那也得退，你不知道我这师叔脾气够多怪哩。他这跟你还是十成面子，要换别人，早就翻了。我说你不信，现在你只要说再请他赴宴，管保当下给你一个没面子，弄个不欢而散！”

梁公直一听，脸上十分为难，半晌道：“我也没有别的意思，不过是敬重他老人家，拿他当个前辈师长看待，何至于不给我面子？”石振英道：“他在家时，常一天天不出院子，有时候四五天不说半句话。你想，你给他引见了这么些人，他都捏着鼻子见了，他已经很委曲求全了！”梁公直听了，扑哧一笑。石振英也失笑道：“你笑‘委曲求全’这四个字么？你请他，抬举他，但他实在觉着是受罪。他习静多年，哪肯作这些无谓

的酬酢？”

梁公直想了一会儿道：“不摆宴还可以，只是六合拳蔡九爷专程求见。我已经答应人家了。现在华老又要恼，我这可怎么办呢？”石振英道：“那根蜡是你自己插的，我不管。”说着笑了，又道，“告诉你，我们师叔今晚上就想偷跑。既然如此，你又很为难，我给你出个主意吧。今天晚上就请令友假装是找我来的，见了面，再引见他见我们师叔，谅来我们师叔就不会生气了。”梁公直大喜道：“这倒是一个法子。”

当天午后，梁公直真个照着石振英的话，只在家中设了一个小酌，把六合拳蔡明勋蔡九爷邀了过来。算是拜访多臂石振英，就在梁宅客厅宴席上，和武当派名家弹指翁风楼主人华雨苍见个面。蔡明勋预受叮嘱，把久仰请教的话免去了许多，果然华风楼未甚介意。但是小酌也有十多位宾客，多半武林中人，面对前辈英雄，究竟忍不住要谈艺质疑。华老就又皱起眉头来，十问不肯一答，只哼着哈着。终席后大家吃茶，蔡九坚坐不走，很愿和华老试着深谈一谈。别位宾客也和蔡九一个心情，而且个个的眼神都注视弹指翁。弹指翁忽然站起来，向众人告便，要陈元照陪伴他到外面散步。梁公直无法拦阻，只得站起来道：“老前辈要出去逛逛此地的夜市吗？我可以教人挑着灯笼，给你老引路。”蔡明勋插言道：“晚生也要回家了，要不然，我顺路陪华老先生出去游览一趟。”华雨苍摇头笑道：“不敢劳动，我还是叫元照领我去吧，我不过是饭后遛遛消食。”相伴十数日，陈元照竟意外地得到这位师祖的垂青，陈元照自是欣然答应，披上长衫就走。当下把蔡明勋和别的来客都甩在客厅里，华雨苍同着陈元照竟飘然出去了。

蔡明勋错愕不解，石振英忙解说了一番道：“我们师叔习静多年，请老兄不要怪罪。”梁公直也在旁解释道：“这都怨我！老先生在舍下住了这几天，我只为一心钦仰，免不得给这位引见，给那位引见，实在教老先生半天也没得安闲。老先生究竟年老了，有点怕应酬，九哥不要过意。”敷衍着把来宾让

到前面客厅；众人见坐着没意思，又谈了一会儿，也就陆续告辞。只剩下梁公直父子和石振英，仍在那里闲谈。

直谈到掌灯以后，三更将近，华雨苍和陈元照还没有回来。梁公直道："老先生这是上哪里去了？在此地有朋友吗？"石振英道："谁知道呢，也许还有熟人。他老人家反正没有偷跑，他的令爱小姐还在府上哩。"梁公直道："也许这爷俩迷了路，回不来了？"石振英笑道："那可是笑话，一位武林名家会转了向，岂有此理？"

一宾一主说着笑话，在内客厅等候。旋听更楼已打三更，无意中忽瞥见陈元照的卍字夺不见了。石振英不觉站起身，走来走去道："这可就蹊跷了！难道说元照这孩子陪他师祖出门，又出了故事不成？"梁公直道："快派人找找去吧。"

又等了一会儿，已过三更三点。梁公直把栈伙、下人叫来几名，吩咐他们打着灯笼，快去寻找。下人们领命去了。梁公直对石振英道："今天正没有月亮，街上漆黑，他们爷俩就许迷了路。我想我们也可以亲自找找去。"石振英也沉不住气，答道："也好。"立刻穿上长衫，挑着灯笼，和梁公直一同出去寻找。芜湖地方很大，又在夜间，绕了几道街，一无所遇。梁公直道："算了吧，大海捞针，我们还是回家坐等。大哥不放心，可以再多派几个人，叫他们分路去找。"石振英道："也对。"

石、梁二人又打着灯笼往回走。将近梁宅，忽见一点火亮迎面走来。时已夜静无人，梁公直冒叫一声，果然来人是宅内的一个家仆，匆匆迎过来。石、梁二人急忙问道："华老先生回来没有？"家仆回禀道："没有。"又问："陈元照呢？"家仆答道："陈大爷也没有回来。方才有鲁港谈府上派人找来，要请华老先生和华小姐赶快回去一趟，捎的口信，说是有要紧的事。"

多臂石振英吃了一惊。梁公直道："不好，必是峨眉派寻仇不舍，趁咱们大家走后，又找上谈家门来了。这可怎么办，

华老先生又一去未回！”多臂石振英道：“快回去，问问来人，来人不是没打发走么？”家仆道：“没有走。”

石、梁二人如飞折回去。到了梁宅内客厅，只见抟沙女侠华吟虹，已从内宅闻讯起来，正在内客厅，盘诘来人。来人正是谈家的青年壮士谢品谦。多臂石振英不暇客套，忙问来意。果不出所料，峨眉群贼的虎爪唐林和海棠花韩蓉，又在鲁港码头出现，还带着几个面生的人！

峨眉群贼竟然不肯认输。受伤的巴允泰和乔氏弟兄，生受弹指翁赠药疗伤之德，面子上不好再来寻仇。那唐林夫妻既经弹指翁当面恫吓，又经石振英插刀留柬，威逼他们速退；夫妻二人咽不下这口气，走倒走了，却走出不远。他们潜嘱巴允泰和二乔以感恩解仇，回乡养伤为名，离开了鲁港。唐林暗地写了秘信，叫他三人回去勾兵。唐林夫妻和康海、卢登等避开谈家的监视，悄悄渡江溜出鲁港。可是暗中仍留下踩盘子小伙计，改装窥伺着谈家的人来人往。

一晃经旬，弹指翁率众离开谈宅，踩盘子小伙计立刻给唐林送信，说是硬对头弹指翁走了。唐林忙与妻子，改扮前来察看。察看属实，忙又退回，和康海、卢登秘密商计。这一回吃了大亏，竟不顾江湖体面，定下了半夜纵火之计，要把谈门大小一齐烧死。他们遂藏在鲁港对岸，静等巴允泰等邀来助手，就要大举纵火复仇。

不想，他们只顾窥伺人家，忘了人家也窥伺他们了。谈大娘倪凤姑和她两个兄弟，与段鹏年、谢品谦等，自弹指翁走后，一天也没敢松心，仍在时时刻刻提防着。谈二少爷谈维铭为人又很精细，和他的侄儿谈国柱又是鲁港富绅，在当地很能活动得开。自出了这桩事，已经密报官府；有几名捕快，答应帮忙巡缉。峨眉群贼的动静一时没有勘出来，脚行头朱阿顺那边，却被衙门中的腿子捞着了一点线索。为贪赏犒，暗地里关照了谈维铭秀才。并请问谈秀才，愿意官办，就把他们抓来当贼匪办；愿意私办，也可以把他们驱逐出境。

谈秀才颇有心计，急忙把事情按住，却与寡嫂和护宅的壮士商量，如何应付，方为一劳永逸。商量的结果，武林中自有武林的办法，段鹏年和二倪都主张不惊动官面，但也不便把他们杀了；莫如使用武力，把他们驱逐出境。

谈大娘倪凤姑却恨极，对众人摇头道："这些东西死缠不休，手段凶狠，赶跑他，又回来，哪天才算完？扰得人天天提心吊胆，不得安生；我们不下毒手，早晚要遭他们暗算！"段鹏年点头沉思道："这话也是。"谢品谦就说："他们既然一再寻仇，我们莫如派人反去行刺。把峨眉派的硬对头除治了，倒可以免去后患。诸位你们谁同我去一趟？"谈秀才道："那可要出人命官司了。"段鹏年道："我也是顾虑到这一层。府上在本地乃是安善良民，杀人行刺，一个弄不利落，跟着打起官司来，可就糟了。"大家齐说："这真得好好盘算一下，峨眉派又不是好惹的，我们现在人数也怕制不住他们；况且他们潜伏的地方，我们还没有捞准。"

末后仍由倪凤姑和段鹏年打定主意，一面搜查峨眉派现时潜伏之所，一面趁夜间，把谈宅的老弱悄悄移到亲戚家中；福元巷谈宅成了空城计，只由段鹏年率护宅的几位壮士守护，此外还留下几名精壮的健仆。再烦少年壮士谢晶谦，驰往芜湖，给弹指翁父女送信。华老父女和石振英叔侄此时如果未走，就催他们立刻回来。万一离开芜湖，就烦梁公直派镖局中的人，连夜把他们追回。

谢品谦年轻粗疏，段鹏年劝他带谈宅一个仆人引路。他说不用，闯荡江湖的汉子还要人领道，岂不是笑话？他暗带兵刃，独自一人，绕出福元巷后巷，从歧路上，奔往鲁港码头雇船。不想一时浮躁，竟出了差错！

小船的船夫名叫丁阿春，并不是唐林的党羽，和脚行头朱阿顺，也只是同帮罢了。谢品谦上了他的船，多加酒钱，催他快走。起初彼此都不介意；行到中流，谢品谦忽然打听芜湖南关宝丰米栈，和鼓楼大街得胜镖店，究竟哪一处距离下船码头

近。丁阿春说："还是宝丰米栈近。你老只一下船，走不多远，就到宝丰米栈的'堆栈'了。这是芜湖一家最大的米栈，他们的'堆栈'就在码头上，他们的铺面是在南关。我们常给他们运米卸米，是一直起卸到'堆栈'的。'堆栈'的后门正好临着堤岸，那得胜镖店可就远了，你老上了岸，还得走出好几里，才能到地方。"谢品谦道："原来如此。"

船夫丁阿春忽然看了谢品谦一眼，看出谢品谦躯干壮雄，似非寻常百姓。因此搭讪着问道："你老这是找梁公直梁老太爷的吧？宝丰米栈和得胜镖局都是他老人家开的。但不知你老还是先到镖店，还是先到米饯？"谢品谦把丁阿春打量了一眼，他不过是一个寻常水手罢了。但他的问话和神色，却有点突兀。谢品谦答道："我不过闲打听，我哪里也不想去，我这是回家抓药。"丁阿春道："你老给谁抓药，你府上在哪里？"谢品谦用一种不悦的腔口答道："给病人抓药。你快摇船吧，别唠叨了。"船夫忙道："倒不是我唠叨，你老要是上米栈，我可以一进西码头，就停船。你老要上鼓楼，船还得往前赶半里路，在东码头停船。你老多给这些酒钱，我不能把你老骗下船头就完。我得问明白了。把你老送到抄近的地方，好教你容易投店雇轿呀。"

谢品谦道："不相干，你只划到芜湖就行。"说罢，不再言语，只目注水面，闲看往来帆船。船夫丁阿春一面划船，一面仍扯东拉西地讲些闲话。谢品谦有一搭没一搭地听着，无心中忽想起脚行头朱阿顺来，顺口问道："我说，你们划船的一定跟脚行很熟吧？鲁港码头有一个叫朱阿顺的，你可认识他吗？他是我把兄弟的街坊；这个人听说发财了。凭他一个脚行头，居然有两个老婆，这话可真么？"

丁阿春道："你老说的是烂眼瞎朱么？"谢品谦道："不错，就是他。"丁阿春冷笑道："可不是，这小子贼星发旺，烧作的不知怎么好受了；家里外头，有两个小妈……"如此这般，把朱阿顺褒贬了一阵。谢品谦不觉忘情，便向丁阿春极力地打听

起来。最后竟问到朱阿顺两个家的住处，和他们船帮的势力，跟峨眉派的渊源。丁阿春是个狡狯汉子，见谢品谦问得太紧，他忽然多起心来；两只眼骨碌碌地打量谢品谦，不知问这话有何用意，他就信口胡说起来。说的话，自然全是靠不住的谎言。谢品谦听了，半信半疑。

小船贴着江岸走，大江上帆船往来并不很多。丁阿春忽问道："你老是干镖行的吧？"谢品谦道："你怎么知道我是镖行？"丁阿春笑道："光棍眼，赛夹剪。我一瞧，就知道你老是位镖客。"谢品谦心中一动，沉下脸来道："是镖行又怎么样？"丁阿春闻言一愣，赔笑道："你老若是镖行，我跟你老打听点闲事。"谢品谦道："什么事？"丁阿春道："你老可认识咱们鲁港的飞刀谈五么？"

这一问，谢品谦不由一震，张眼把丁阿春又打量了一遍。这家伙脸上带出猜疑的神气，又有点怯惧之色似的。谢品谦说话不能不加小心了，就扬声大笑道："相好的，你看错了；我不是个镖行，我是个布贩子。"丁阿春道："唔！你老不是镖行吗？我看你老身子骨很强，好像会功夫似的，不是么？"谢品谦道："我倒是从小喜好打拳，我却不是镖客。"

丁阿春又把谢品谦盯了一眼道："我一猜就知你老会武功，你老可知道飞刀谈五家，新近出的这桩事么？"谢品谦道："这却不晓得。你一定晓得了？"丁阿春很诡秘地一笑道："你老不晓得，我也不晓得哩。"谢品谦道："你怎么不晓得，我是出门做生意，新近才回家来。"但是谢品谦分明是外乡口音，连丁阿春的话都听着费力。丁阿春就反唇说道："我是驾船的，轻易不上岸，更不晓得了。"越挤着问他，他越不肯说；谢品谦不由动怒，却又怀疑，恨不得把他扯倒打一顿。

他正在生气，忽然船行到一个停泊处，那里先泊着一艘小船，船上水手竟和丁阿春亲切地搭了话。丁阿春向谢品谦说道："客人，你稍等一等，我要跟我们帮友说句话。"竟把船撑到岸边，搭上跳板，一直跳到那边小船上去。两人叽叽呱呱，

讲了一阵话，谢品谦一个字也没听出来。只见那个水手往这边斜扫了一眼。谢品谦见了，越发诧异，站起来，就要凑过去。不想丁阿春忽然大声道："就是这样吧，你分神好了。"那水手忙应了一声，丁阿春立刻跳回来开船，那艘小船竟不停泊了，驾起双桨，往鲁港驶去。临行时，那水手又把谢品谦盯了一眼。

谢品谦冷眼旁观，猜不透他们鬼鬼祟祟，玩何把戏。眼看那小船去远，暗想，莫非这两个小子真是峨眉一党？这小船莫非是回去给他们送信？又看了看丁阿春，见这小子一面驾船，一面偷看自己的腰间，腰间本缠着软兵刃。这丁阿春也很健壮，他那桨有时在自己身后掠过。谢品谦侧身回头，心中骂道："青天白日，大江上船行如织，难道他还敢暗算我不成？但是，船家跟船家都是同帮，我却是孤身客。"

这么一想，怒炽塞胸。谢品谦暗道："这不可不防，我应该先镇吓他一下。这小子也许是水贼，也许是峨眉一党。"他将面色一变，佯做识破奸计，向丁阿春大声说道："我听说你们这地方不大太平，真有吃飘子钱的老合们（水贼），任意胡为。哼，相好的，你猜怎么样？我上月就遇上飘子线上的朋友了，他们当我是不会水呢！他们瞎了眼，也不看看爷们是干什么的。他们竟拿我当秧子，跟脚行勾结着，要暗算我。哪知太爷不吃，太爷也拿话点过他们，他们装傻，爷们只好对不住他了。"说着，他从腰间解下那根十三节鞭，哗啷啷一抖，道："你瞧，我就用这家伙，把那些东西一个个都送了忤逆。"

一席话说得丁阿春只翻眼珠。这丁阿春也不是好惹的百姓，愣了一愣，一句话也不饶，立刻也还上话来。猜想谢品谦一定是个干镖行的，谢品谦骂贼船，他便骂镖行。自言自语地说："保镖的没有一个好货，明面上是安善良民，正经营业，骨子里跟水旱两路吃横梁子的通气，送礼买路，从绿林嘴里讨残食，简直可以说是贼孙子。"两个人虽没有挑帘明骂，可也针锋相对，一句顶一句，暗骂起来了。

丁阿春是个弄船的好手，心中暗打算盘："这小子分明不是好货，我别教他算计了。这小子究竟是干什么的呢？"一霎时东张西望，眼珠乱转，手中的桨竟忘记了拨动。谢品谦越发动疑，心中也是不住地打主意，道："莫非峨眉派已经知道我们的举动了，这小子八成是他们的眼线吧？"也不由得张眼四顾，往岸边、水中往来的船上，寻找峨眉派的埋伏。

对岸上的行人、脚夫，他固然留神，背后驶来的其他航船尤其多心。他心想："我此来是请弹指翁，不要栽了跟头，上了他们的当。"又想："我本来不很会水，这小子万一真是歹人，我恐怕制不住他，莫如赶早上岸吧。可有一节，岸上到底有埋伏没有呢？"此处距芜湖尚远，北岸尽是农田草地，南岸颇有人家。并且有一条大道，与水道并行。听声音，似有几辆太平车和土牛子吱吱扭扭的通行。行人散落，也似三五成群，不时走过，还听见唱山歌的声音。无奈水深岸高，就站在船上，也望不见岸上的往来行人。谢品谦只将身子转过来，斜对着丁阿春，暗用冷眼，盯住了他的一举一动；手中的十三节鞭紧握着，悠来悠去。只要丁阿春有什么意外举动，便立刻给他一鞭。两个人互相猜忌，互相提防。丁阿春见谢品谦的鞭总往自己这边比画，暗想："不好，我可得留神！他要冷不防打我一下，我可不能上这个当！"竟摸摸索索，也找出一件应手的家伙来，放在身边。

丁阿春不能把全副精神用来行船，反倒提心吊胆地戒备着谢品谦那条十三节鞭。谢品谦无端地亮出兵刃来，丁阿春确实也害了怕。船贴江岸而行，转眼间到一低岸处。谢品谦猛然站起来，脚踏左舷，纵目往江岸上一看。恰巧丁阿春也往左边一欠身，这船猛然一歪，咣当一声，似触暗礁，登时两个人一齐打晃。丁阿春急急将桨抡起来，要往岸上点，往右边一蹭。谢品谦骤然回头瞥见，倏地翻身，厉声喝道："好东西！"十三节鞭哗啷啷一响，倏地一挥。哎呀一声，那根桨脱手飞去；丁阿春震得虎口生疼，失声狂喊："你，你，你干什么？"急急地操

起一块船板来。谢品谦将十三节鞭又一抡，同时骂道："好贼子，敢暗算我！"十三节鞭劈头打下去。丁阿春手疾眼快，往旁侧闪，拧身一登右船舷，船往右倾侧下去，船板对准谢品谦持鞭的手腕，狠狠砸去。

丁阿春如何是谢品谦的对手，谢品谦往旁一闪，一伸手夺住船板，喝道："滚下去吧，峨眉派的走狗！"十三节鞭掠空一扫，丁阿春不觉松手，被谢品谦一脚踢下水去，扑通沉入江底。小船连晃，几乎弄翻，谢品谦急急地蹲下来。

谢品谦年轻，太愣了。远远听得喊道："出了人命啦！"谢品谦急闪目一看远处，又低头一看波面；但见水花四溅，船夫没了影。更回头一看江岸，心中后悔。小船虽是贴岸而行，但离低岸着脚处，还有两三丈；并且又隔着一道浅滩，跃不上去。谢品谦骂了一句："糟糕！"青天白日，把人踢下水去，又不能捞救；人命关天，这得赶紧逃。谢品谦二目如灯，心如旋风似的一转；船夫丁阿春还没有漂上水面。又骂了一句："糟糕！"船上还有一根木桨，急急抄起来，尚要划船觅岸而逃。这如何逃得利落？上流有一艘航船驰来，并且有人呼喊。谢品谦咬着牙，奋力摇桨。这小船偏不受使，刚刚摇得船身一摆，水面哗啦一响；船夫丁阿春忽从下流数丈外，冒出头来。丁阿春大骂道："好土匪王八蛋，你竟敢害命夺船！"双手一分水，唰的浮过来。

谢品谦猛吃一惊，却又侥幸道："他没有淹死！"但是丁阿春拼命踏水，竟不奔岸边，直向小船游来。谢品谦一时手足无措。那丁阿春似来夺船，又似前来拼命。谢品谦没了主意，忙举起单桨，有心往下打，却是踢人下水，本已犯法，这回怎好再下毒手？但一眼看见丁阿春大瞪眼、不要命地竟要上船；他又不知不觉，用桨一拨，把船划开。丁阿春在水面上怒喊起来，大叫："杀了人，有贼夺船了！"谢品谦越发心慌，不敢用桨打人，急忙使力行船，要越滩上岸，登岸逃走。

丁阿春浮着水，跳不上船，并且明知打不过谢品谦。心中

陡生一计，冷笑骂道：“好贼子，你夺我的船!”忽一个猛子，钻入水底，水面上留下一团波纹，跟着起了一缕水线。谢品谦一面撑船，一面急往水面看；不想丁阿春陡从后面出现，把上半身探出水面，毒骂道：“好贼子，教你行凶!”谢品谦急举桨要将他打下水去；丁阿春早不待下手，抓住船帮，全身用力，往右侧一坠。谢品谦力打千斤坠，已经晚了一步，登时轰隆一声大响，丁阿春把小船弄翻。船底朝天。谢品谦狂叫一声，忙往岸上一蹿，扑通也落在水中，险些陷入沙滩内。

这时，上流的航船眼看驰到。丁阿春恰从水面又冒出来，急寻谢品谦，心中得意得很，可也怕淹死人。谢品谦本也会水，立刻从水底探出头来，和丁阿春相隔四五丈远。丁阿春望见航船，大呼救命，又喊：“杀了人了!”口喊着，努力浮水，要来擒拿谢品谦。谢品谦的泅水功夫不很强，却也不弱；但听见上流航船远远地答了腔，便不敢与丁阿春水斗；急急地运双臂拨水，往岸边浮去。近外有沙滩，不能落脚，只得顺着水流之力，拼命往下流浮。人的浮力慢，船的航力快，上流那艘航船转眼间已到近处；船上水手竟招呼丁阿春的名字。丁阿春也接了声，大声叫喊：“快捉住他，这小子是劫船贼，要夺我的船，害我的命!”那航船听见了，如飞地划了过来。谢品谦踏岸回头，又吃了一惊。

这一面江岸，低浅处便有沙滩，无滩处又高峻壁立。谢品谦已在船中撕去长衫，小夹袄还不甚碍事，下身的夹裤已装满了水，变成肥大的口袋。也亏他年轻力足，饶这样，居然拍水急浮，很快地游出半里地。回头一看，航船如箭驰到，却忽然停泊中流，暂不来追，忙着捞救丁阿春。谢品谦大喜，趁此夹空，浮近岸边，顺岸势寻找上岸的立脚处。居然在水中，寻着一块岩石，上搭跳板，乃是附近居民汲取江水的地方。正有一个中年妇女，提桶临江汲水。听见上流呼声，不知何事。这妇女把双桶和一根木棒放在跳板上，直着身子，往水面远处望去。不防近处谢品谦湿淋淋穿着衣服，挣命地浮过来。水声哗

啦一响，把这妇人吓了一跳，身子一侧，几乎掉下江去，竟把谢品谦当作河漂子了。

谢品谦忙喊道："大嫂借光，我掉在水里了。"一直浮过来。那妇人竟吓得扑地坐下，道："唉哟，你是刚落水的么？那边喊什么？"谢品谦顾不得一切，用手一扳岩石，哗啦蹿上来，已经累得满脸冷汗。立起身来，身上的水滴滴答答往下流，把那妇人溅了半身。

第十二章 弹指翁只身驰援

谢品谦从水中湿淋淋地跳出来，把江边汲水的妇人吓了一大跳，溅了一身水。那妇人坐在跳板上骂道："你这东西，你看你多缺德！"谢品谦顾不得还言，也顾不得解说，急转身纵目一看，航船上已把船夫丁阿春救上船头。丁阿春指指点点地喊骂，那船又箭似的追过来；又往岸上一瞥，已经惊动了行人。谢品谦暗道："不好！"一俯腰，把妇人担水的木棒抢到手中。那妇人双手据地，正要站起来，谢品谦一只手把妇人一抓，妇人怪喊起来。谢品谦似一阵旋风一般，从妇人身畔一蹿，拖着妇人的一只胳膊，跳到跳板上；脚又一点，跳上斜坡。同时把那妇人踉踉跄跄，直拖到岸上。那妇人虽未闪落波中，却被他弄了一身水。谢品谦一松手，那妇人咕噔坐在地上。弄得这妇人浑身和了泥，越发地破口大骂。谢品谦却忍不住失声大笑，说声："对不住，水贼追我来了！"抛了妇人，抢了木棒，拼命地跑上岸头。

岸边是土路，土路那边远处是一望无际的竹林。谢品谦张目四顾，觅路便逃。那妇人爬起来大叫："有强盗，抢了我的

东西去啦，快给我截住啊!”那两艘航船同时也正急急地拢到岸边，立刻有几个水手模样的人，登岸追赶过来。船夫丁阿春拿着一把刀，也在后面追赶。一个妇人、几个水手，同声乱喊，捉拿强盗。丁阿春格外喊得起劲：“截住这小子，这小子是强盗！前头跑的就是!”登时间远处、近处，颇有许多行路人闻声寻截。

谢品谦一身是水，把旱地踩了一溜泥脚印。他的靴子浮水时早灌满了水，已经甩脱在水中了，此时光着袜底飞跑。许多人都把他当作强盗，散散落落，来兜拿他。他手持木棒，大步飞跑。浮水时已经力尽筋疲，更拖着一身湿衣，又难受，又裹腿，跑着很不得劲。幸亏他是有功夫的人，比别人跑得快，手舞木棒，夺路而行。前面有一堆人，正挡着道。谢品谦不敢过去，忙一路斜奔，改投小路。小路上恰有两个担筐的汉子，见他冲来，本已吓得闪开；忽闻后面水手乱喊：“截住他!”又见谢品谦只拿着木棒，别无武器——他的十三节鞭已经丢在江中了——两个担夫便抽扁担，抡起来，把路挡住。谢品谦实在惶急，挺腰冲上去，只一棒，便将担夫打倒一个；把那一个担夫，吓得鬼叫似的跑开。谢品谦立刻舞棒踏上小路，一眨眼钻进竹林。

竹林很大，谢品谦钻入深处，倚竹喘气。不禁自叫倒霉，想着又不由好笑起来。侧耳听时，外面人声乱喊乱骂。分明听得丁阿春向众人说，谢品谦是个杀人劫船的贼。又听众人七言八语地盘问：“好大的胆子，真敢白昼劫船。他有伙伴没有？还是只他一个人？”水手答道：“只他一个。”众人道：“这小子一定是穷疯了。”叫骂着乱搜起来。谢品谦被骂得起火，要出来打丁阿春等，转念一想，我本为送信来的，却惹了这场麻烦，不必再找气了。急急地从竹林小径中取路又逃，直逃到听不见人声，方才止步。看一看身上的衣服，成了泥团了。藏在竹林内，把上衣先脱下来，用力拧去污水。听一听林深无人，又把裤子脱了。也拧了拧水，把浑身也擦拭了一遍。不想就在

此时，突闻人声大喊道："在这里呢！"谢品谦道声不好，提着裤子，拔腿就跑。

不料这片竹林当中恰有一块洼地，恰有两个妇人在那里挖笋。谢品谦光着屁股，提着裤子奔出来，一见大惊，哎呀一声，又往回钻；把那两个妇人也吓得妈妈娘的乱叫。

谢品谦重钻入林，纵声大笑起来。两个妇人明白过来，指着竹林放声大骂。谢品谦一想不对，忙登上裤子又跑。直跑出好远，方才站住；觅地坐下，把头上的汗拭去。自顾全身狼狈不堪，把一双靴子也没了，可怎么出去呢？不由往地上吐了一口唾沫，骂道："娘的！"越想越怨自己糊涂，真是多言生事。那时不多话，必不生这枝节。凭这个脏样，自己要进芜湖城，准得招人打眼。想了想，要等天黑，趁人看不清楚，再钻出来，取路进城。又一盘算，此处距芜湖城，恐怕还有三四十里？若等天黑出林，又怕赶不到地方，便关了城。谢品谦着急起来。

倾耳听了听，幸喜外面追捕的声音，已经越闹越远，渐渐没有动静了。谢品谦绕到林边，偷眼窥看了看，果然水手丁阿春等已经走了。谢品谦又后悔忘记查看丁阿春的去向了；假使他是奸细，岂不漏了一招？愣了一会儿，拆开发辫，拭净泥水；把身上的衣服重复脱下，搭在竹枝上，迎风晒了半晌。靴子已无，空筒袜子也脱下来，照样拧水晾干，看了看，衣裤半干，却是泥污斑驳，实在难看。如要穿这一身衣服进城，通行在大道上，仍要引人骇异。而且谢品谦又是个讲究穿戴的人，自顾丑秽，心中越发懊恼；不由又失声骂道："娘的，我还得赶快走，不要误了事情。"

谢品谦无可奈何，候衣服略干，刮了刮泥，好歹穿在身上，垂头丧气地往外走。仍不敢走明路，只穿竹林，择僻径，往芜湖城踱去。心中有病，一味躲着人走。人家看他一眼，他便臊得满面通红。其实别人并不理会他，人们把他当作失足落水的人；并不以为稀奇，他只是自己疑心罢了。一步一蹭地

走，直蹭到天黑起更，才刚望见芜湖城，已经饿得肚中怪叫了。沿路本有小饭馆和卖食物的小摊，他自己害臊胆怯，不敢过去买。直等到天色沉黑，对面不见掌，这才放了心，掏出一块银子来，买了一些干粮；藏在黑影里，把干粮吃完。吃饱了，又觉口渴。跑到井边，喝了一顿凉水，这才恢复过精神来。他思量着，要找个估衣铺，买两件现成衣裤，换好衣服，再去找人。一路寻找，没找着估衣铺，先买了一双靴子穿了。衣服虽脏，天黑看不见，这才放心大胆走去；一面打听梁公直的住处，一面仍打听估衣铺。

谢品谦一个人像鬼似的，溜溜失失，只贴墙根走；眨眼间先找到梁公直家，便要叩门。忽又止步发愁，道："我这个脏样，见了弹指翁和梁公直，他们要问我，因何落到这般模样，我可说什么呢？我要说实话，他们一定不信；必然疑心我是教水手打下水去了，挣命逃出江岸的。可是的，我说什么呢？"嘟嘟哝哝，且走且盘算道："我还是先找估衣铺，后到梁公直家。"

只是他地理不熟，好容易找着估衣铺，可是人家已经关门了；连走数家，皆是如此。谢品谦大为着急，抡起拳头，便来砸门。砸得声音太大，将邻近铺户砸出人来，对他说："你老找谁？……你老要买估衣么？现在可不成了，估衣铺没有黑夜做生意的。"

谢品谦又弄了一个满面通红。此时已有了主意，忙说："劳你驾，我的夹袍丢了，我要到朋友家拜寿去，这里可有卖现成长衣服的么？新的旧的都行。"那邻铺伙计道："买现成的容易。你老可以奔鼓楼，上夜市。"

谢品谦大喜，问明道路，谢了铺伙计，便又一直寻找夜市去了。这么一耽误，已经二更多天。这时候，弹指翁华雨苍带着陈元照，逛罢夜市，正往宝丰粮栈回路上走，两方面偏巧碰在一起。

弹指翁年纪虽老，目光尖锐。黑影中看见谢品谦头像货郎

鼓似的，东张西望，浑身的衣裳绉绉板板，形迹颇为可疑。他笑对陈元照说："你看见这个人了没有？倒像个黑钱。"说话的声音很低。谢品谦虽没听出话意，却已猜出对面这两个人，指指点点，必是议论自己。忙低头看看自己，又抬头看看对面的两个人。不想竟被弹指翁认出来了，就用平常的声音说道："对面可是谢朋友吗？"

谢品谦是在暗处，弹指翁是在明处，谢品谦登时也认出来。他双颊又腾地绯红，忙上前施礼，叫了一声："华老前辈，我是谢品谦。这真巧极了，我正是找你老来的呀。"

三个人立刻会在一处。弹指翁早已猜出来由，不等谢品谦说话，便低声问道："你是从谈宅来的，谈家又有什么事故吗？"谢品谦忙道："老前辈，你老猜对了。"回头四望，低声悄语，把峨眉派卷土重来的事，一一告诉华老。华老不动声色，一面听，一面上眼下眼打量谢品谦。用手指着他的身上，说道："你什么时候动身来的？你半路上遇上事了吧？大概你是坐船来的？"谢品谦不好隐瞒，忙将自己从一早就赶来送信，路遇形迹可疑的船夫，一言不合，双方动手，翻船水斗，改走旱路等语，一点不落，从实说了。弹指翁勃然动容道："你怎么这时才到？旱路上有邀劫你的人么？"谢品谦道："没有。"又问："有追你的没有？"答道："起初有，可是没有追上我。"

弹指翁点了点头，脸上虽不露形，心中十分愤怒："想不到峨眉派竟敢去而复返，他们这是明明跟我过不去了！我本来还有些顾忌，恐怕对不起他们长一辈的人，他们竟跟我连一点面子也不留，这可不怪我无情了！"立刻又问了问详细情形，谢品谦具以实告。华风楼又问二弟子段鹏年，有什么话没有？谢品谦答说："段二爷只请你老人家速回，越快越好。这次贼人来得更多，怕他们放火仇杀。"

弹指翁登时说："好！我眼下就走。"谢品谦大喜道："你老是坐船，是坐小轿起旱？"他以为弹指翁"眼下就走"的意思，是指明早。问明了，好代雇船轿。哪知弹指翁说的是"即

时动身”，连梁宅也不回去了。

这老人退到暗隅，把长袍脱下来，叠好，往肩上一搭；吩咐陈元照道：“你陪谢兄回梁宅，给你师伯和师姑捎句话。就说我说的，叫你吟虹师姑，明早折回鲁港找我去。我的药箱子，告诉她千万别忘了。务必带去。你石师伯面前，你也告诉他，说我迫不及待，已回鲁港。他若没事，也可以再返回来，给我帮帮忙。”

陈元照一听，意兴勃然，又可以试试技艺了！登时答道：“那自然，我叔侄本无正事，一定要给你老效劳的。我的兵刃现在身边，你老立刻就走，我陪你老去吧。就烦谢师傅上梁宅送信去，也是一样。谢大哥，你认得路吧？”

谢品谦眼看着弹指翁，满脸露出钦佩的神气。偌大年岁，看似面黄体弱，却是闻耗赴援，说走就走，真不愧武当派名家！自己却不能拍拍腿折回去。一身湿衣，硬在身上风干，实在难受。而且如此模样，也不愿独自投访梁宅。当下坚请弹指翁一同回去，道：“我跟梁老前辈不熟，好在这也没有多大耽误，莫如同回梁宅；邀着石老前辈，同令爱小姐，一道返回鲁港。凭你老的面子，顺便又可以重邀梁氏父子，和别位武林同道。”弹指翁摇头道：“来不及了。你跟梁公直不熟不要紧，我这不是教元照替你引见么？”陈元照却坚欲跟弹指翁先行一步，不愿给谢品谦引路。两个青年的意思便参差起来。

哪知弹指翁这老人说话斩钉截铁，不容人反驳，登时须眉一张，向两个青年道：“你们不要啰唆！元照，不许不听话，你跟随我做什么？不过给我坠脚罢了！你们两个赶快到梁宅去，不要耽误。谢兄，你不要把事情看得太轻率了！你的形迹在路上恐怕已经露了破绽。你们再瞎磨翻，岂不误了事？”向二人一挥手道，“我先走一步，你们快上梁宅送信去吧！”身影微晃，嗖的一声，如箭脱弦，展轻功提纵术，往西南飞走下去。

谢品谦忙叫道：“老前辈，城门可是关了！”说话中，弹指

翁已没入夜影，看不见了。谢品谦连声追呼。陈元照站在旁边，突然也将长袍一甩，说道："谢大哥，对不住，你顺着大街往正东走，看见鼓楼，再往南拐，就到梁公直家。我得陪着我们师祖先走一步。"嗖的一声，头也不回，扑着弹指翁的后影，一直追赶下去。谢品谦忙道："陈大哥，你走不得，我也不认识人，我也不认识道！"急忙一伏腰，从后追赶陈元照，三人先后奔西南跑起来。谢品谦身体疲乏，追不上陈元照，陈元照也没追上弹指翁。

谢品谦口说城门已关，其实门扇虚掩，还没上锁。弹指翁很明白，伏腰疾行，斜趋小巷，眨眼间到了城门边。把长袍披上，取出一小锭银子，邀买门军，私启门缝，飘然溜出芜湖城。身到城外，回头看了看，心中盘算：我今夜必须赶到鲁港，才不致闹出意外。又想：不带他们很对，他们的脚程必然跟不上自己。但是走得太仓促，身上连寸铁也没有带。姑且拾了三块石卵，折了一段竹枝。重新脱下长袍，搭在肩头。预计要用一个半更次，在三更三点以前，赶到福元巷谈宅。怀揣石卵，手挥竹枝。展数十年苦练的轻功，极力地飞驰起来；专择捷径，直趋鲁港。

在后面追赶的陈元照，也把长袍叠搭在左肩头，一对银花夺背在后背，如飞地跟缀弹指翁。只绕了几条小巷，便走岔了道，没有追上。又误信城门已掩难开，连忙改走城根。直奔到城根下没人处，将双夺和长袍改系在胸前，施展"壁虎游墙"功，弄了一身汗，爬上城头，又翻出城外。这一来和弹指翁越发地走差路了。芜湖城外，竹林农田处处青葱；天色昏沉，三更后才见月光，又被浮云微掩，满眼只是一片片的浓影，随风摇曳。江南春早，陈元照健步飞奔，不半晌，跑得汗出如雨，湿透夹衫。忙将衣钮解开，敞开怀，迎风疾驰。他心中暗暗琢磨道："我这位师祖好冷傲的脾气！我别看年轻，是个晚辈，我倒要跟师爷爷比赛比赛。……你是师爷，你可老了；我是孙子辈，我可正当壮年。"且跑且盘算路程和时刻，要过两个更

次，赶于五更前，奔到鲁港谈宅。

只剩下送信的谢品谦，追了一阵子，不但没追上弹指翁，把陈元照也追丢了。喘吁吁地追近城关，见城门已闭，怔了一会儿，翻身回去。心中暗说：你们武当派也太骄傲了！摸摸索索，只得找到梁公直家，却在二更以后了。

谢品谦赶到梁宅，抟沙女侠华吟虹已睡复起，忙忙地来到内客厅，仔细盘问谢品谦。跟着石振英和梁公直父子也全回来。大家都已晓得峨眉派卷土重来，不由人人动怒，又听说弹指翁已经单身夜返鲁港，陈元照跟踪前往。石振英不禁着急道："陈元照这孩子，实在太任性了！"梁公直道："他也许是不放心他师祖。偌大年纪，深夜独行，有元照跟着，也倒很好。"谢品谦插言道："不是那回事，他们爷俩不是一路。华老前辈本不教他去，他私自跟缀下去的，是我没有追上他。"

石振英搔起头来，忙向华吟虹道："谈宅御仇的事，老爷子既然这么吩咐，我们断难袖手。师妹，咱们明早一块走，还是现在就追下去？"华吟虹睁着剪水双瞳，一声也不言语，只看着石振英，有点待理不理的劲儿。石振英又问了一句，华吟虹方说："你看着办吧。我们老爷子的事，你倒不用操心；他年纪虽老，功夫没有搁下。"

石振英吃了一个"没味"，心知抟沙女侠犹计前嫌，只得又说道："师妹要是心急，我们收拾收拾，现在就走。"谢品谦忙说："要是立刻就走的话，梁老前辈，烦你费心，借给我一套干净衣服。"梁公直忙命他的儿子梁少佑，给谢品谦找出全套长短衣服。转面对石振英说道："峨眉派恬不知耻，已败复来，必然心怀毒计；这一回我们必须彻底对付他一下。华老前辈已经前往，我们理应速去援助。不过要动身，怎么也得等到天明。"华吟虹冷冷地说道："现在不行么？"梁公直道："姑娘不晓得，这工夫城门早已上锁了。"华吟虹道："那么我父亲是怎么出去的呢？"梁公直道："这个……谢师傅，华老前辈可是翻城墙出去的么？"谢品谦道："这可不晓得。"梁公直道："还

是明早坐船走吧。这工夫快四更了，何必争在一时？”

石振英也从旁拦劝，怎奈抟沙女侠华吟虹和陈元照一样，都是一冲的性格。没有石振英拦劝还好，有他这一开口，反倒勃然了。她低着头，目视着脚，脚点着地，说道：“我爹爹去了，我不在这里住了，我总得追了去。我找找他老的药箱去吧。”说着往外就走。梁公直忙道：“姑娘，是真的，这工夫城门关着哩，你出不去。”华吟虹不答，找到弹指翁的住处，把药囊等物找出来，自己收拾利落，带好兵刃；把石振英和谢品谦都丢在一边；既不邀他们做伴，也不邀他们引路；独断独行，立刻要走。梁公直留不住这位任性的女客，自觉面子上难堪，却喜内宅女眷已有起来的，忙帮助劝阻。女侠赔笑道：“对不住，我此刻一定要走；我要看看我们老爷子去。”

梁公直不悦，面向石振英，带出不满的神色来，以为自己和华家父女交情本浅，无法深拦；石振英跟她是同门师兄，怎么也不拦拦师妹呢？哪知女侠这种作为，就是专冲着石家叔侄来的，倒闹得梁家父子做主人的搔头搓手，无计可施。一看女侠去志已决，只得说道：“姑娘一定要走，我也不好深拦。等一等，我叫他们备轿去。”女侠忙堆笑脸道：“城门不是关了么？坐轿出不去。梁老伯，您不用客气，我打算翻城墙出去，就完了。您不用费心，我谢谢吧。”

梁公直有点忍耐不住，对石振英发话道：“石大哥，华老前辈不在这里，咱们可不能看着华姑娘冒险。半夜越城是犯法的事，千万使不得。我是个做主人的，我拦不住，我也得拦。姑娘一定要走，我已经备好轿了。城门关着也不要紧，我们可以叫得开；我还有这点面子。”说得石振英红头涨脸，横身拦住屋门道：“师妹，我不是不拦你，我是不敢拦哪。姑娘你听听，连梁大哥也怪我不拦了。”向女侠连连作揖道：“好姑娘，坐轿走吧。跳城墙真不是闹着玩的事，连我还不敢呢。”

抟沙女侠红颜变色，越发绯红。看了看众人，都为自己着急，强把性子按住；仍不理石振英，单对梁公直道：“梁老伯，

我实在对不住，你老别过意。我一听我父亲独自去了，我心上很着急。我实在不能坐轿，那太慢了，我要在五更天赶到鲁港。”跟着又说了几句客气话，梁公直方才释然。这时候距四更已近。梁公直、石振英齐说道：“姑娘，你看，现在什么时候了？只剩一个更次，你要赶六七十里路，如何来得及？就是抄小道，也有五十多里地呢！何必忙在一时，还是坐轿走吧。”女眷们也七言八语，帮着拦劝。梁公直又对石振英说：“你们坐轿走，赶到城门，也就快五更了。我教你侄子送了去；城门不开，也可以教他叫。你们生人是叫不开城门的。”

乱了一阵，抟沙女侠到底拗不过众人，梁公直把自备的小轿抬出来，却只有这一顶。华吟虹无可奈何，向梁宅女眷道扰，又向梁公直道歉，上了小轿。另外从镖局拉来三匹马，由石振英、谢品谦和梁公直的儿子梁少佑分乘，一直往芜湖城南关走来。至于梁公直本人，却定于明日午间，邀众前往。

备马备轿，耽误工夫很大。梁宅上下闹了个通夜没睡。到了城门口，已经鸡叫。梁少佑叫开城门，送出城厢，下马作别。梁少佑就要骑马先行回去；剩下一轿、二马要往鲁港去的；马由石、谢骑，轿由女侠坐。不想抟沙女侠突然变了卦，站在地上，不肯上轿，说道：“梁少爷，劳你的大驾，你坐轿回去吧。我打算借你这匹马骑骑。”梁少佑道：“这个……”见女侠辞色坚决，他一个年轻人，无法拒绝；半晌说道：“我父亲教我骑马送行……”底下的话赧赧地说不出口来。抟沙女侠把头一扭道：“你要是不肯借给我马，那么对不住，把轿也抬回去好了，我正打算步下走呢。”说罢，甩手就走。石振英和谢品谦都牵着马站在旁边，见华吟虹使性子，又要闹僵，忙拦阻道：“姑娘，别价别价。”女侠道：“还是步下走着爽快，我就是不喜欢坐轿。”石振英咳了一声道：“梁世兄，没法子，你坐轿回去吧。”忙赶上一步，将女侠拦住道：“师妹骑我这匹马。”女侠道：“不用，我骑你这匹马，你骑什么？”石振英道：“我骑梁世兄那匹。”女侠道：“犯不上。”石振英作揖道：“师

妹，你饶了我吧。”女侠怫然道：“这是什么话！石师哥，我没得罪你呀，你怎么骂我？”梁少佑听着不像话，忙和谢品谦插言排解，把马拉来，让女侠骑了。

梁少佑坐轿回去，临行对石振英说：“小侄不到晌午，准跟家父赶来。”石振英道：“好！”当下女侠咬着嘴唇，踏镫上了马，也不搭理石振英，“啪！”一鞭子，策马如飞地奔去。

石振英向谢品谦吐舌道：“我这位师妹，跟我别扭上了！”谢品谦道：“那是怎么的？这位女英雄想必很娇惯吧？”石振英道：“那倒不是的，有她爹爹在面前，她老实极了，一点刺也不敢炸。”谢品谦道：“离开她老子，就闹脾气么？”石振英道：“有那么一点。不过，她这是诚心跟我过不去，我得罪她了。”谢品谦道：“你怎么得罪她了？哦，你大概是瞧不起她，拿她当小孩子了吧？”

石振英不由一怔，想不到谢品谦这个人倒看出棱缝来。他搔头叹道：“真是的，别提了！我是从小看着她长大的。一别多年，初见面时，我不认得她了。一时失于检点，叫出她的小名来，她就跟我恼了。”谢品谦扑哧一笑，两个人说了几句私语，拉过马来，就要扳鞍认镫；猛抬头一看，抟沙女侠已走得没影了。

石振英失声道：“这丫头她居然很会骑马，咱们快追吧。”和谢品谦慌忙飞身上马。谢品谦笑道：“你老还这么说话，怨不得人家恼你了。”石振英爽然失笑道：“我自命涉世很深，待人细密，这一回真是失着了。可是，这丫头实在是我从小抱过的。十几年不见，她居然练会这么一身好功夫，我不由要夸奖夸奖她；哪知她倒疑心我小瞧她了！谢大哥，我谢谢你提醒。我从今天起，真得多加小心。她本是一个小孩子，我怎能不拿她当小孩子呢？”谢品谦笑了笑，心中暗说：“这个老头子还是不肯认错。”越是年轻人，才越怕人拿他当小孩子。人家已经是二十几岁的姑娘，你还拿旧日眼光来看承她，你简直是自找钉子碰！

石、谢二人马上加鞭，寻逐前面的蹄声，如飞地奔驰下去。那抟沙女侠扬鞭疾驰，认准西南方，专找捷径，绕走下去。意思是想把石、谢二人抛开，一来她讨厌石振英，二来也不愿跟谢品谦这个野男子同行。一路上竹林掩蔽，道路坎坷，马奔起来，不胜颠顿。女侠却将缰绳勒住，控纵自如。走了一程，夜色朦胧，渐至破晓时候，春风扑面吹来，发乱神清。回头看一看，果然把石、谢二人全抛得无影无踪了。抟沙女侠不由得暗暗一笑，十分快意。但有一件，她马上的功夫虽然可观，却不认得道路。这一回策马疾驰，往西南方鲁港奔去，不想错认方向，误冲到别处去了，她自己并不知道。

石振英和谢品谦是常出门在外的人，顺大道奔了一个多时辰，天色大明，农人赴耕，路行过半。再找抟沙女侠，越发连蹄声蹄迹都已不见。

石振英张目前望，心中发急道，这位姑奶奶，想不到骑术不在你我之下，咱们快赶吧！谢品谦有点支持不住道："这可真丢人，咱们两个男子汉累个臭死，反教一个小姑娘落下，也太难了。"石振英道："你是教江水激着了。"谢品谦道："你老不知道，起初我真有点发冷发烧。这一跑，浑身出了汗，倒觉着好受得多了。"这是强撑门面的假话，他此时浑身骨节都颠顿得生疼了。跟着说道："可是，莫非咱们赶过了头不成？怎么越追越没影呢？"说着，又回头看，后面更没有女侠的影子了。石振英也回头望了望，道："不好，她不认得路，别是走丢了吧？"谢品谦道："那倒不见得。我初见她时，她曾经仔细问过我，旱路多远，该怎么走；水路多远，有夜航船没有？她问得很仔细，不至于走迷失了。"

石振英彷徨四顾，连连摇头道："不妥，不妥，我们真得找找她！"谢品谦实在累乏，说道："我们先赶到鲁港谈宅，看一看她到了没有。如果没到，再找不迟。"石振英咧嘴道："那一来，太丢人了。万一她竟没到，你倒没什么，我可真丢脸。我偌大年纪，竟把师妹带丢了，我怎么见我们华师叔！我的意

思，我要先找找她，好在这条路上岔道不多，我想她未必赶过我们去。她从来很少出门，我敢断言她必定走迷惑了。”

谢品谦不以为然。其实他不是不肯找，他是打算先赶回谈宅，缓一口气。这一老一少两个武师又意见参差起来。谢品谦把马放缓，抹着头上的汗，说道：“依我看，咱们还是先回谈宅。万一她没有到，咱们可以多邀人，迎上来找。这一路岔道不少，你老要想乱寻，如何寻得着？说个笑话，你这个寻找迷路的人，弄不好也跟着迷了路呢。回头我再找你，岂不更麻烦了？”石振英笑道：“你不要小瞧我呀，你的道路比我熟，我可是常出门的，我的鼻子底下还长着一个嘴哩。我偌大岁数，再迷了路，找不着家，我可真是废物蛋了。”

谢品谦还是喘吁吁地坚持着要先回鲁港。石振英忽一眼看出他的神色带有不支之象，这才恍然大悟道：“这么办吧！谢大哥，你先回鲁港福元巷，给他们送一个头报。我就在这里，打圈打听打听。好在此地处处有田庄人家，我可以问他们。江南道上骑马的不多，女子骑马的更少。只要有她，我总可以打听得着。就怕半路上，出了别的差错。”

说到这“出了别的差错”一句话，石振英自己把自己吓了一跳，不由叫道：“糟糕，糟糕，我可真后悔了。那时候我们真不该跟她隔开。我知道她讨厌我，心想她独自在前头走，隔远一点也好。况且她又是个姑娘，跟生人一块骑马，也太扎眼。因此我没有紧催你追赶。真格的半路上迷了道，倒是小事。万一遇见峨眉派，凭她那个装束，就瞒不过行家，倘或动起手来……”石振英说到这里，越发焦急道：“不好，不好。谢大哥，你快回鲁港。我越想越觉得着急，我一定得找找她。万一出了差，她又是个没出阁的闺女，我怎么对得住她父亲呀！”谢品谦低头一想，也觉不妥，说道：“这一虑，虑得有理。”两个人十分焦灼。立即分途。多臂石振英向谢品谦问明近处的道路，忙忙地往横道上抄寻过去。谢品谦强提精神，策马急投鲁港。

谢品谦且走且打听。沿路上遇见酒摊和小铺，必定下马询问：“有一个骑马的女子，从打这里走过没有？”真糟，人人都说没见。谢品谦也惶急起来，又想：“他们出摊太晚，也许抟沙女侠已经走过去了。”但是，越打听越无形迹，越觉着悬虚。一直进了鲁港地方，沿街打听，居然问出骑马的人来了；却是三个骑马的人，除有一个女子外，还有一个老头子和一个年轻小伙子。他暗想：这又是谁呢？

等到问及容貌，却又奇怪。那女子年轻貌美，身材健挺，像个会武艺的；那老头儿须眉皓然如银，那年轻小伙子长身玉立，都是穿着长袍马褂，背着黄包袱，急匆匆地穿鲁港走过去了。谢品谦问罢，十分纳闷。想了想，只得先到福元巷，看一看再讲。

只是这一阵乱打听，又耽误了时候；赶到福元巷，已过辰牌。来到谈宅后门口，敲门而入。谈宅上空空旷旷，除了谈大娘倪凤姑、谈维铭谈秀才，和几个谈宅的打手，余人俱已不在；连谈大娘娘家的两个弟兄倪元福、倪元禄也出去了。

第十三章 搜敌觅伴

谈大娘倪凤姑和谈秀才叔嫂二人，忙向谢品谦道乏，问他二番邀人的结果如何。谢品谦拭着汗，张目四顾，惊问道："怎么，弹指翁和抟沙女侠爷俩全没到么？"倪凤姑忙道："到了，到了，老先生早就到了，刚才已经跟段二爷出去了，我问的是别位。怎么，妹妹和石老先生没有同来么？还有梁大爷父子，他们什么时候来？"

谢品谦一听瞪了眼，拍桌子道："抟沙女侠还没有到么？石老前辈回来没有？"倪凤姑也大诧异，双方互问起来。始知弹指翁果然轻功惊人，出了芜湖城，一路飞驰，早于四更二点，赶到了鲁港。他那小徒孙陈元照，背着一对卍字银光夺，拼命地追赶下来，跑了个红头涨脸，到底没追上师祖。这一来是路不熟，绕了远；二来也是弹指翁有心儆戒他。他暗缀弹指翁，焉能瞒得过久涉江湖的弹指翁？身虽直奔，眼观六路，早瞥见他了。却故意伸量他，把他甩在半路上。两人都是从谈宅后院，跳墙进来的。弹指翁先打招呼，后才跃入。守后院的正是段鹏年；弹指翁告诉他："后面还有人，留神不要伤了他。"

陈元照这小伙子果然冒冒失失硬往院里跳，连个招呼也不打。弹指翁扪须大笑，把陈元照数落了一顿："你狗大的年纪，竟要跟你师爷弄诡？不教你跟着，是怕你坠腿，你到底坠下来。这幸亏是我嘱咐过了，天又明了；若要不然，你难逃你段师叔的梅花针。下次别来这一套了！"

段鹏年和谈大娘忙着安慰道："英雄出在少年，不要难为他了。"弹指翁又道："元照，我告诉你，天已大亮，你还跳后墙，太不妥当了。没的教邻居看见了，多惹猜数；教官面看见，更找麻烦。我说对不对？"陈元照满脸是汗，低头瞥了弹指翁一眼，强笑道："我知道你老看见我了。"依然不肯认输。弹指翁不由失笑，对段鹏年："你从小就很沉稳。我年轻的时候，跟他一样，也有这么一股子冲劲。前不怕狼，后不怕虎，要干就干起来，可是难免多碰钉子。元照，你往后别冒失了，师爷到底比你多吃几年老米。你要知道，你师姑很不高兴你。她是我的女儿，我不能偏向着她。但是我们中最讲究尊卑长幼，你对你师姑也瞪眼，你又跟我瞪眼。你的眼珠子本来就大，再一瞪，还吓坏了人哩！不许那么样！"说罢，呵呵地笑了起来。

陈元照更加脸红了。华老是个性情严耿的人，他这样待承陈元照，已经很刮目了。陈元照坐在那里，一句话不说，仍很忸怩。他在路上本有所遇，要告诉华老：因为这一笑，索性憋在心里，任何人也不告诉了。暗暗盘算着，要独力办一下，办出眉目来，等义父多臂石振英来了再讲。

当下弹指翁吃了一杯茶，向谈家叔嫂二人细问峨眉派卷土重来、二次寻仇的详情。问罢，心中潜动无名火，眼望二弟子段鹏年道："鼠子们忒也无理！"立时站起身来，把段鹏年叫到一边，师徒低声计议了一回；带好兵刃，穿好长衣，对谈秀才叔嫂道："我师徒先搜搜他们看。"谈大娘倪凤姑忙道："仇人来得很多，又没有落脚的准地方；我看还是叫我二兄弟、三兄弟，陪你老去吧。"

弹指翁道："不用。我现在就是要现挖他们的窑。令弟二位，我另有相烦之处。现在天色已亮，我也无须跟他们峨眉派动真的。"遂命倪凤姑的两个兄弟倪元福、倪元禄，走后门，先到码头上等候。临行又对陈元照道："你跟我去吧，给我打打下手也好。"陈元照忙道："我还饿着呢，我先吃点东西，行不行？"华老眉峰一皱道："啰唆！你索性看家吧。可是你别弄诡，老老实实地等着我们。"嘱罢，急率二弟子段鹏年，匆匆下楼。谈秀才、倪凤姑、二倪和陈元照，一齐送下楼来。还要往门外送。

华老急急止住道："别出去，看露了相！仇人的落脚处，我自然有法子摸。你们就谁知道咱们的家门口，会没有仇人的耳目在暗中盯着吗？我只怕我这一到，他们早就得了信，又惊走了，却是麻烦，所以非赶快不可。"说着，一撩长袍，与段鹏年纵身上房，从邻房跳出去，绕道走了。就依着段鹏年所访的贼踪，师徒二人同访下去。

隔过一会儿，二倪也开后门出去。天刚亮，门外没有人；倪元禄笑向倪元福道："弹指翁老先生也太仔细了。你看他那黄病脸，竟有那么好的功夫。"倪元福道："人不可貌相，他还是武当派领袖呢。"两人绕着道，也奔码头而去。谈宅还剩谈氏叔嫂和陈元照，并别位护院的人。谈大嫂道："陈少爷，你饿了，我给你弄饭去。教仇人扰得我们简直不成个家了，连厨子都不在这里了。我教女仆好歹给你做点。"陈元照忙道："大娘太客气了，用不着费事，我出去买点什么吃吧。"谈大嫂道："那岂有此理？二叔，你陪着陈少爷，我去叫王妈做饭去。"姗姗地下楼去了。

谈秀才和陈元照攀谈道："陈兄今年贵庚？……教你受累了。"说了几句闲话，陈元照忽然站起身道："对不住，厕所在哪里？"谈秀才道："我领你去。"旁边一个壮仆道："我领陈大爷去。"陈元照大喜道："好。"竟跟随壮仆下楼，说道，"你们宅中的人，我知道全不在这里，不是全躲出去了么？"壮仆道：

“是的，下边只剩下六七个人了。”

陈元照道：“你们现给我做饭，一定很麻烦……”刚说出做饭二字，忽觉出不对，这仆人一定代主留客。忙改口道，“我有一点小事，要到街上看看；我这就回来，你随我关门。”仆人果加劝拦，陈元照不听；前门已锁，急急开了后门，飘然而去。仆人想招呼主人拦阻，也来不及了。

陈元照到底溜了出来。他一出福元巷，先张目一望，见后巷空旷无人；心中暗道：华老头子简直瞎小心，吓唬我们！立刻独自一人，往庆合长、招远栈两家店房找去。

招远栈果然有三个骑马的客人，是一个精神矍铄的老翁，一个长身玉立的青年壮士，一个身形稍矮、面圆貌美的大脚少妇。（这三个人，正是索夺寒光剑、南访狮林观的铁莲子柳兆鸿，和他的女婿玉幡杆杨华、女儿柳叶青柳研青。）

陈元照溜走之后，又隔过一会儿，谢品谦方才赶到；问起来，方知抟沙女侠本是同时来的，但已走失。而多臂石振英又找女侠去了，现在还没回来。谈大娘一听，心中十分着急，道：“刚才陈元照也溜走了，你瞧这怎么说！为我们的事，弄得华老门下五个人，分成好几处。有的怄上气，有的又逞能……”忙又咽回去，改口道：“万一妹妹半路上闹出差错来，我可怎么对得住华老？华老是找寻峨眉派去了，等他回来，一听他的女儿和徒孙这么胡来；他又脾气大，不知要怎么发气哩！咱们千万别告诉他，瞒着一点，省得他们爷几个吵嘴，叫我们做主人的怪难过的。”

谢品谦又问峨眉派重来的情形，谈大娘说：“他们倒还没有动手，只是围着福元巷，时有形迹可疑的生人，不分昼夜，前来刺探，以此教人很担心。这两天幸未出事，但像这样闹下去，真叫人睡不安枕，食不甘味了。”

谈秀才已经私地里托了官面，官家遣来几个高手捕快，改装小贩，在谈宅梭巡。但是峨眉派来的这些刺探的人几乎个个是高手。他们并不在谈宅逗留，只一走而过，教你抓不着把

柄。捕快们反去跟随他们，不是跟不上，就是扑空；再不然，被诱出好几十里地去。仇人这次来的人数既多，而且做法又与上次不同。这一回居心要扰得人不得安生，再伺机潜施暗算。谈秀才空花了许多赏钱，捕快们只抓着一个嫌疑犯，连仇人潜伏的准地方都没有寻着。倒亏了段鹏年，乘仇人的底线用全神提防捕快的时候，把贼人的一个住处大概地探着，却不曾迫近了去看，怕的是弄惊他们。但贼人忽分忽聚，潜伏之处并不准在鲁港，而且又时时搬场。他们二次寻仇，比上回加上十倍的小心，谈宅这边防范上越加艰难了。谈大娘深知贼人用的是“伍员疲楚之计”，要把人弄得时时惊搅，日久天长，乘懈怠之时，再行下手。因此她迫不得已，才把弹指翁重请回来。

谈大娘这时的心情最为难过。她深为自己一家人的生死惴惴担忧；已将婆母、儿子、弟妇藏到亲戚家，遣派妥当人旦夕守护。自己一个寡妇，反与一群邀来的武林壮士护守这所空宅，时时怕贼人放火夜袭。只这二十多天，折磨得如大病一场。最麻烦的，还有小叔子谈秀才，他自恃有胆有智，一心要借仗官府之力，来对付这伙江湖人。谈秀才幼秉家风，尽管手无缚鸡之力，却心雄万夫，不肯随女眷藏起来，他仍是不住地出主意。秀才出主意，应付这武林仇杀，好比纸上谈兵；倒教谈大娘多添一层心事，还得跟他讲理。而且又有一件难事，是抟沙女侠至今未回，还得找一找她。

谈大娘想起公公和丈夫来，真是不胜悲哀；背着人流了一回泪，偷偷擦干，强赔笑颜，再来调遣这几位帮忙的壮士。备好午餐，请谢品谦吃了饭；加派两名壮仆，教他们分两股道，再去找抟沙女侠和多臂石振英去。谢品谦是二倪的盟兄弟，不顾劳乏，忙带人找寻出去。谈大娘嘱咐他，找到天夕，无论寻着与否，千万先打发一个人，回来送信。谢品谦点头答应。

谢品谦出得门来，和两个壮仆分为三路，往芜湖大路和小路、水路迎了上去；沿途并打听过路行人和摆摊小贩。按说还得打听船家，谢品谦说：“别人可以打听，唯有船家和脚行，

千万打听不得；他们恐怕是和仇人通气的。”两个壮仆连声应诺。三个人在歧路上分开了，各找各的。转瞬到了申牌，谈大娘既盼寻仇的弹指翁，又盼迷路的抟沙女侠，心如火烧一般着急。只得命人看住门户，身登高楼，悄悄开了楼窗，往四面窥望。这后院佛楼，可以直望到江堤和鲁港全镇。当年飞刀谈五盖造宅子时，本有深意。这佛楼不仅是瞭望台，而且还有菜窖、花房，潜通地道，越过后巷，可通到对巷邻宅。这本是飞刀谈五当年在武林争名创业，预备防仇避祸的一种打算。这地道堵塞有年，轻易不用；直到峨眉派登门寻仇，方才用上。仇人把谈宅前后门把得很严，谈秀才和谈大娘这才悄悄挖通隧道，把女眷潜运出去。峨眉派巴允泰诸人虽然有智，无如人生地疏，买不着泄底的人，终于没把谈宅看住；谈宅利用对面邻宅，反倒可以自由出入了。

谈大娘登楼瞭望多时，从西窗口远远望见鲁港大道上，人来人往，独不见往福元巷走来的人。再望北窗口，码头岸上，忽上来了一大批人，猜想是刚下船的搭客。这些人进了镇，并不散开，径往这边走来。

谈大娘心中微微一动，回头叫道：“二叔，你过来看看。”谈秀才连忙凭窗一看：来人足有八九位，越走越近，将入福元巷。谈秀才道：“哦，这不是那位梁镖头么？”谈大娘道：“是的，是的！那个穿长衫的，不就是梁少爷么？”叔嫂二人急呼男仆，开后院门，赶紧迎上去，把来客引进后巷。

来的人正是梁氏父子——梁公直和他的儿子梁少佑。其余六位邀来的武林朋友，也都是谈家的知交，和梁镖头转邀来的。梁公直等直上佛楼，见面就问道：“华老前辈呢？峨眉派的这些人，怎么这么不识相！华老救了他们三个人的性命，他们怎么还等华老走开，又来死缠？他们一共有多少人？”谈秀才亲自献茶，答道：“据小侄托的人送来秘信，他们大概一共来了二三十人。”梁公直骇然道：“他们要造反吗？我们邀的人已有多少？”谈秀才皱眉道：“早请的武林朋友，连本地的，和

我们自己人，一共七位。再加上华老先生父女，和石老英雄叔侄，刚刚十一位。小侄又叫了几名捕快。我们看家的人数，实在太少。我很想禀官剿匪，家嫂只不教办，说弄不好倒教差隶勒索。其实这些官役在小侄面前，还不敢胡为。”梁公直道：“那个自然，二爷乃是当地绅士，他们焉敢讹人？不过他们这种人未必有用，免不了虚报讨赏。仇人潜伏的地方，探着了没有？”谈秀才道：“听捕快和街面上的李疤狗说，他们是藏在船上。”原来谈秀才为了这事，公然屈尊，找了地面上的几个闲汉流氓，以及衙门中的狗腿子，教他们暗访脸生的人。却不防他们探不出仇人的实底，却专会虚捏情报，骗他的赏钱。谈大娘拦不住他，只可依着，但只嘱他：“我们邀镖客的事，你千万不要泄露。”因此才免误事。

谈大娘倪凤姑忙道：“二叔，你不要听他们的话。”转脸对梁氏父子道：“他们这些狗腿子的话，十有八九靠不住。我也看出仇人来了不少，但是算来算去，他们也不过十几个人罢了；只是他们正和船帮、脚行勾着。我曾对他二叔说，这些捕快腿子不是没用，只叫他们镇吓住船帮、脚行就行了。对付峨眉派，还得另想法。就如仇人潜伏的地方吧，段二爷费了半天一夜的工夫，刺探的结果，以为峨眉派的头目人，都不在鲁港；全都分散着，潜藏在江对面小渔村里呢。可是我们二叔托人访查的，说是他们现在船上，我就疑心不确。”

谈秀才道：“怎么不确？我要是专听李疤狗一个人的话，也许有假。嫂嫂要晓得，我不是傻子；那个捕快张立奎也是这么说，前街上的蔡海轩也这么说。三个人全说得有眉有眼，仇人一定就在船上。我的意思，打算请诸位镖头到码头上看看。万一是真，我们就禀官把他们抓了。”

谈大娘着急道：“使不得，使不得！那一来倘或是假，岂不空费了手脚？万一是真，更怕捉不住他们，落个打草惊蛇！我想我们还是一面等一等，听弹指翁的回信；一面派人先找抟沙女侠。”谈秀才道：“一味傻等，岂不误事？还是分头办事的

对。不拘怎么着，船上也该去人查一下。”

叔嫂二人几乎抬起杠来。梁公直忙插言道：“大嫂不用着急。二爷是很精明的，也不至于上了他们的当。码头上，船上都可以去个人看看；只小心一点，不要太露了形。至于虹姑娘，倒也得派人找找。”劝解了一阵，方才开始商量正事。暂由梁公直出主意，把人派开。有的过江接应弹指翁，有的到码头船上，窥看敌情，有的寻找抟沙女侠；其余的人便留下看家。

不想刚刚派定，蹄声过处，后门忽然大响。看门的人开门窥看，叩门的正是多臂石振英。他一路横搜，竟没有迎着抟沙女侠华吟虹。折回来进了鲁港，在福元巷慌慌张张下了马，进了后门，向看门人问道：“华姑娘来到没有？”仆人答道：“没有。”石振英一跺脚道：“唉！”又问：“谢品谦呢？”答说：“来了，又走了。”石振英点着名把弹指翁、陈元照等头一拨人，问了一遍。晓得诸人均已来到，独独地女侠不见，越发着起急来。匆匆告诉仆人几句话，命他把马拉进去，石振英抽身又要走。仆人忙道：“梁老镖头已经到了，你老不见见么？”石振英擦着头上的汗，懊恼已极；寻不见华吟虹，就不肯见梁氏父子，当下转身便要出巷。但是梁公直和谈大娘倪凤姑，已经在楼上望见。等了一会儿，不见石振英进来；大家忙忙地迎了出来，把石振英唤回，邀入佛楼，齐问缘由。

石振英上了楼，仆人把马牵到马号。梁公直看着石振英的面色，问道：“石四哥，你怎么才到？路上有事吗？”谈大娘接问道：“怎么你老还没找着妹妹么？刚才谢品谦谢大哥又出去寻找她去了，没跟你老碰见么？妹妹到底怎么走丢的？路上摆摊的，走道的，竟没有一个人看见她的么？”石振英垂头丧气，不住打咳道：“这位姑奶奶，她简直跟我过不去！我直找出好几十里地，沿路上逢人打听，都说有一个骑马的女子，进了鲁港镇甸。我只道她已经回来了，谁想她竟没有到！我还得找寻她去，她跟我怄上气了！”

倪凤姑诧异道："唔？既然她进了镇，怎么不上我们这里来？莫非她投了店了？……不过断无此理呀！可是的，你老怎么跟她怄气了？"因见石振英汗流满面，在屋中打转，便命仆人，打来一盆洗脸水。石振英擦了擦脸上的汗，喝了数杯茶，才向众人诉说抟沙女侠和自己怄气的因由。众人暗笑石振英这个老江湖，倚老卖老，竟得罪了师妹，现在受窘了。石振英又谆嘱众人，千万别对师叔弹指翁说。他心下仍然沉不住气，稍为歇过一阵，问了问峨眉派的情形，仍要步行出去，寻找师妹。无论如何，他今天得把女侠找回才行；应付峨眉派的事，他竟顾不过来了。他连连举手，向谈氏叔嫂道歉；又向梁公直父子拜托，请他们偏劳。

谈氏叔嫂见石振英如此着急，都以为抟沙女侠半途失踪，固然有些可虑，但未必准遇见仇敌。一齐安慰石振英道："谢大哥已经带着人，出镇寻她去了，你老先歇歇。"石振英瞪着眼说道："你们不晓得，我这华师叔门规最严，家教更严，平常就不许女孩子们独自出门的。这一回她竟为跟我怄气，单人走去；倘或出了一点闪失，我简直不能活！谈大嫂，谈二爷，我不能帮你们的忙，反给你们添烦，我真真对不住！一到天黑，她再不回来，我的罪过可就更大了！我越想越觉可怕；凭她那份聪明，断不会迷路，半路上一定出错了！我必得找着她，我这就得走。"说着站起来，连陈元照的情形都不暇询问了。谈秀才忙劝道："你老总得先吃饭，饭这就做得。"石振英道："我还吃饭么？我饱饱的了！"谈大娘道："饭已经做好了，你老多少吃点。"

楼梯响处，仆人果然端进饭来，共是两桌。谈秀才坚请石振英、梁公直等一同用饭。梁公直也劝道："既是石四哥着急，饭后我就陪你一同去找找。我看她未必是迷路，也不见得是遇敌；只怕她一时贪功，独自访仇去了。"石振英饥肠辘辘，早已饿透，一听这番解说，稍稍宽心；这才勉强坐下，大嚼起来。

刚刚吃了一碗饭，谈宅前门忽又砰砰砰砰大敲起来。五进深的院子，居然在三层佛楼上听得出声音来。这敲门的动静已经很大了。这些男客聚坐进膳，谈秀才谈维铭在末座相陪，谈大娘坐在小茶几旁凳子上，看着说话。一听这阵响动，众人愕然停着，侧耳道："快听听哪里敲门，是这里不是？"谈大娘关心急切，忽地站起身来，趋近楼窗，往下面寻看，竟看不见前门口敲门的人是谁。忙回顾仆人道："你们快到前院瞧瞧去，这是谁叫门呢？"仆人应命下楼，谈大娘忙又追到楼门口，嘱道："要是生人，千万问明白了，不要先开门。要是熟人，你们教他绕走后巷，从后门进来。"

正吩咐处，石振英把筷子一丢，也奔到楼门口，往下探望。叩门的人已由前门转到后巷，身形下掠。石振英忽然大诧道："咦，这个小孩子秃头秃脑，我认得他，快快放他进来！"众人都要扶窗窥看，梁公直道："你们不要全聚在窗口。"不一刻，后门上的人进来回禀，敲门的果然是个小穷孩。他说是奉命前来送信，要见姓石的一位老爷子，当面讨赏交信。石振英急忙下楼，回顾谈大娘和众人道："大嫂，你可知道，你们此地有个叫唐六的小穷孩么？这敲门送信的就是他。"谈大娘如何知道，谈秀才也说不知道。门房的人在旁答道："你老说的是，来人的确是本街上的贫苦小孩，他已经十六七岁了，专在码头上给客人扛行李引路的。他手里拿着一张纸条，说是一位姓陈的青年客人写的，言明面交石大爷。"谈秀才忙道："既然石老先生认得他，快快教他进来。"石振英道："等一等，我出去问他吧。"众人也就跟了出来。

来人真就是穷孩唐六，手持一张纸条，见了石振英，忙作揖叫道："客人，你老好！我给你老送信来了。"石振英心中诧异非常，面上不露，含笑道："好好好，是谁给我来的信？是那位姓陈的？"唐六凑过来低声道："就是你老那个伙伴，那个年轻小伙子，他不是会武艺，拿着那么一对半截戟的兵器？他不是管你老叫伯伯么？是他写的这纸条，教我送给你老，别教

别人看见。”石振英道：“哦！”回头看了看，梁少佑已经跟在背后，忙对梁少佑道：“你先请回，我跟这个唐六说两句话。”立刻把唐六叫到一边，问他在何处见了陈元照，并伸手接取那封信。

唐六这小子依然鬼头鬼脑，手中纸条不肯交出来，只低声说：“刚才在庆合长客栈门口外，碰见了你那位侄儿，一个人在街上溜达；见了我，他把我领到茶馆，现写了这张纸条，教我务必亲手交给你老。”石振英道：“拿来我看。”唐六笑了笑道：“我丢下生意，给你老送信，你老就不给我几个酒钱么？”石振英道：“好小子，你真会讹人！我那侄儿他就没给你谢犒么？”唐六笑道：“他给是他给的。你老请想，我得了他的赏，要是丢下不送呢？”

石振英道：“好好好，你这小子真刁，看这意思，我不给钱，你就把信昧起来呢。”唐六道：“那可不敢，你老瞧我是个穷人，你老还不可怜可怜我么？”石振英道：“好一个鬼羔子，真会说话！”心中寻思，抟沙女侠还没寻回，陈元照这孩子又出新把戏了，急忙从身上掏出钱来，递给唐六。直添到一串，唐六才欢喜道谢，把纸条交给石振英，又特表殷勤道：“你老还写回信不写？”石振英道：“不用。”唐六便又重谢了一声，转身要走。石振英忙道：“等一等，等我看完这纸条。”这纸条已被唐六揉成了一个泥团似的了。急急地展开一看，陈元照果然又弄出好把戏来了。石振英失声骂道：“好小子！”

这一骂，唐六在旁心惊，忙搭腔道：“你老别起疑，这信真是你老的侄儿写的；绝不是我捏造的，我也不认识字。”石振英道：“好，你这是拣骂，我没有骂你呀。滚你的吧。”唐六才要转身，石振英又叫住道：“等等再走。”忙向唐六打听陈元照现时的行踪。唐六道：“他出了茶馆，顺着街往南走去了。他催我立刻来送信，我实在不知道他要往哪里走，他也不肯告诉我。”

石振英问不出所以然来，只得将唐六嘱咐几句。对他说，

如果看见陈元照，和那个卖野药的郎中一党，赶快前来送信，必有重赏。唐六欢诺而去。多臂石振英持信揣思，忽一回头，梁少佑上来问道："石老伯，什么事？是谁给你老送的信？"石振英摇着头，唉了一声道："上楼再告诉你。"梁少佑跟着问道："是陈元照陈大哥来的信么？他上哪里去了？"石振英还想瞒着，知道瞒不住了。一齐进入院中，上了佛楼，众人都跟了进来。

石振英向谈家叔嫂、梁公直父子说道："你们看，元照这小子，他访出一点线索，他也不回来送信，就自己追下去了！"把纸条铺在饭桌上，大家都凑过来看。谈大嫂欢喜道："这不是得着仇人的下落了！"纸条上明写着：一个男子，一个女子，一个老人。这正像是峨眉派唐林和韩蓉夫妻；只是还有这个白发老头儿，却没有露过面。谈秀才道："这许是他们邀来的帮手吧？"梁公直道："可是的。方才听说，弹指翁师徒过江访仇去了，怎么仇人又在这里出现？"谈秀才道："我们四处邀人，仇人自然也会四处邀人的。"谈大娘道："这女子一定是那天夜间跟虹妹动手的，可惜虹妹跟段二爷都不在这里；若在这里，可以设法暗地认一认。"梁公直道："那天夜里，元照和石四哥不是也在场么？元照他一定认得，他现在缀了下去，一定是贼党无疑。我看我们应该赶紧接应他去。"

陈元照写的那纸条上本说："顷在街上看破仇踪，有男女二人与一老翁同行，侄刻径追赶下去。如能究出头绪，定必赶回驰报。"末句并请石振英不要声张，不必着急。至于男女三贼的年貌和落脚地点，陈元照并未写明，也许他是不肯告诉别人。众人看着这小小纸条，都顾不得吃饭，向石振英盘问送信人可还有什么话没有。

石振英此时心里最为踌躇，抟沙女侠和陈元照都该由他追回。论情理，应先寻抟沙女侠。可是女侠不过是迷路，还不一定有险；陈元照却是缀下仇人，分明涉险。众人向他问话，他只一味搔头。半晌，拍桌子说道："不行，这小子让他糊弄去

吧，我不管了。我还得寻找我们师妹去。”说罢，饭也不吃了，披衣就走。梁公直忙道：“他们年轻人不知轻重，你别跟他们瞎着急。咱们大家想法分头找找他们。”谈氏叔嫂关切着本身的利害，齐劝石振英，先跟寻陈元照，就便追究仇踪。至于华吟虹，已有谢品谦率仆往寻。谈大娘道：“石四哥若还不放心，我们可以再烦梁家父子辛苦一趟。”梁公直道：“对，我们爷俩去，石四哥先吃饭吧。”

石振英实在沉不住气，说道：“我已经饱了，我先走吧。找一人是找，找两人也是找，我就一道把他俩都找找吧。”站起来，把兵刃匆匆带好，立刻走出去。

哪知他刚刚走到大街，迎面忽有一个牵马而来正是谈宅派出寻找抟沙女侠的仆人。石振英不认得他，他却认得石振英，忙上前叫道：“石大爷，你老往哪里去？我们主人等你老半天啦。”石振英把他看了一眼，道：“你是谁？你可是谈府上的人么？你牵着这匹马做什么？这是谁的马？刚借来的么？”仆人答道：“不是的。小的是谈宅的张升，这匹马是华小姐骑来的。”

石振英哦了一声，道：“你遇见华小姐了？这可好了，华小姐现在哪里？”仆人道：“主人告诉我，说华小姐迷了路。我们一共两个人，跟着谢品谦谢大爷，分三路出去寻找。是小的遇见华小姐了，她老叫我把这马牵回。”石振英忙道：“我问你，她到底现时在哪里？”仆人说：“她老随后就来。”石振英道：“嘻，这么啰唆！我问的是你在什么时候，在什么地方，遇见的她？”仆人道：“就是刚才，在东镇口外。”

多臂石振英顿足道：“好好好，这些年轻人，到家门口还不进来！”又怨仆人道：“你怎么不催她回来？不用说，她把马交给你，她又不知往哪里去了！”仆人见石振英抱怨他，心中很不快，立刻答道：“石大爷，你老圣明，人家是位小姐。她老对我说，女人骑着马进镇，不大方便，教我把马牵回来。她老说，她跟着就来。小的我要给她老雇轿，她老不肯，只催我

牵马走。我是个下人，我怎敢强迫宅上的女宾呢！”

多臂石振英自恃是老江湖，不想这一次二番出山，到处碰壁，索性连一个奴仆也不会应付了。多臂石振英脸上讪讪的，忙把女侠华吟虹现时的趋向，草草问过，吩咐仆人：“得了，你快把马送回宅里去吧，把刚才的话告诉他们。”立刻举步如飞，找寻过去。但当他奔到东镇口，抟沙女侠早已不在那里了。鲁港不过是弹丸大小的市镇，石振英踏遍镇内外，始终没有找着女侠，连那陈元照也没有遇见。

转瞬天黑，梁公直父子在鲁港内外找了一圈，也没遇见华吟虹，重转回谈宅。谈宅上下的人都着起急来。谈大娘、谈秀才尤其焦灼，不时站在楼窗畔，盼着寻伴觅仇的消息。却只回来一匹空马。接着谢品谦扑空重返，二倪也从码头折回，没有发现贼踪。别的人竟一个也没回来。弹指翁、段鹏年师徒渡江未归，陈元照和抟沙女侠独行不见，连石振英也不回来了。谈大娘心中难过，望着天色叫道：“你看，这就到二更天了！”谈秀才也叹了一口气道：“求人真难，倒不如花钱找捕快帮忙了。”说到这里，见寡嫂面目变色，忙又咽回去。劝道：“嫂嫂别着急，好在还没事。”谈大娘潸然掉下眼泪来。

第十四章

抟沙女侠彷徨歧路

抟沙女侠华吟虹骑着梁宅那匹马，五更时分，由芜湖城南关，往鲁港奔来。她听不惯师兄石振英的拍“老腔”，不肯随师兄同行；也嫌谢品谦粗鲁，不愿跟他搭伴；竟把马鞭乱打，独奔西南，落荒走下去。

吟虹姑娘自幼学会一身武功，骑术也很精；十三四岁时，常随昆仲侄男，出城试马。一到十六岁，便大门不出了。这一回却是第一次出这远门，她连东西南北也不很明白。顺着小道直跑下去，起初还听见背后蹄声和石振英喊着“师妹”的呼声，跟着便听不见了。又奔了几里路，天色发明，抟沙女侠回头一看，果然把石、谢两个男子抛远，心中欢喜起来；暗道：我的骑术还没有忘下，这两人居然没有追上我。

她却不知道自己走错了路，当然石振英赶不上她，她也当然听不见后面的蹄声。又攒行十余里，天色大明，抟沙女侠忽觉得路径有些可疑。她离开鲁港往芜湖走时，本是坐船，没有看见陆路。但是她竟从直觉上，忽然觉出自己走的路大概不很对。她仰面看天，朝阳已出，高挂天空，发出赤色的光芒。抟

沙女侠在马上昂首而望，忽然哎呀一声，道：“我准是走错路了！”她把马勒住，想起了一首古诗：“日出东南隅，照我秦氏楼。”知道早晨的太阳是在东南方的，她心中盘算道：“我这是往西南走，太阳应该照我的左半边脸才对，怎么太阳整照我的对面呢？哎呀，我许是错往东南走下去了吧？”

其实她倒不是错走到东南，她此刻实是错走到正南方去了。吟虹姑娘立刻张目四望，心中又说：“听说由芜湖奔鲁港的旱路上，沿路有很多市镇。我现在全走的是田野地，我一准是走差了路。哎呀，我说我跑在他们前头，谁想反倒落了他们后头！我不能在他们面前丢脸，赶紧改道吧。我还得赶快跑，找个过路人问问才好。”闪目一寻，发现一个在田边走路的人，急上前问路。这一问，方知当真错走了十六七里地。

吟虹姑娘问明道路，飞身上马，照着过路人指点的路径，走了下去。但只走了几步，她回头看了看，忽又动疑：“不对！这个男子直着眼总打量我，我身上有什么可疑处么？莫非他告诉我的路不对，他骗了我不成？我拢共才走出不到二十里地，怎么倒错出十六七里地？不对，不对，我得斟量斟量！”

她不知自己的打扮和口音是江南人少见的，人家觉得她异样，自然要多看她两眼。她更不知自己策马飞奔，跑得很快，自觉才走出二十里，其实差不多快三十里了。她却过分慎重，无端猜疑起来。忙张目四顾，打算再跟人打听打听。旋即寻到一家小村，恰有一个农家少妇，在井边打水。女侠翻身下马，慢慢走过去；先求水饮马，跟着问路。这少妇也是上眼下眼打量女侠，问她是哪里人？干什么的？可是跑马卖解的么？这少妇的口音比刚才那个过路人还难懂。女侠是陕南口音，又不常出门，这少妇却也没有见过北方人。两个女人互问了好半晌，打了许多手势，方才听懂彼此的话。那少妇用手指着方向，不厌其烦地把往鲁港去的路，告诉了挎沙女侠。原来刚才那个过路人告诉她的路，并没有差错，倒是自己过疑了。

女侠掏出十数文钱，谢了少妇，立刻飞身上马，照着准确

的路线，直奔鲁港。这一回特加小心，走了一段路，打听一回。不想在半路上，又打听出一桩可疑的事情来。

抟沙女侠言语扞格，举动诡异，奔驰在江南道上，颇为行人所诧视；当她下马打听道路时，更招人疑猜。紧赶了数十里，算计着将近鲁港，被这江南的春阳晒得脸通红，但觉口渴。路旁树荫下，支着几座布篷子，内有一两座卖米酒的小摊。女侠下了马，走过去，想买些鲜果止渴。但是酒摊上没有水果，旁边却有个小茶摊。女侠一向不肯喝酒，更不肯路饮。现在渴极了，只得把马拴在小树上，到荫凉下站着歇汗，一面张目寻看。

摆酒摊的是个瘸腿中年人，有两个小贩在那里喝酒。摆茶摊的是一个老婆子和一个半大孩子，倒有一些蒸食和烂杏青梨。女侠皱眉看了看，不肯购食，便想买茶；但跟脚夫同坐在一处，又嫌不好看，只远远地站着。那卖茶的老婆竟和卖酒的私议起来，用一种江南的土音说道："这个姑娘想是走失了伴的。"卖米酒的说："恐怕是的吧。"低声说话，女侠一字也听不懂；但看他们旁睨窃指的神气，已经猜出他们是在议论自己。女侠乍觉含愧，旋复一整面色，向他们瞪了一眼。心想："我索性过去，买碗茶吃，太渴得难受！"

女侠直走到茶摊面前，卖茶的老婆子立刻不出声了，仰面问道："姑娘可是要一杯茶吃？这里还有梅汤。"吟虹看了看不由恶心。黄沙碗，浓黄色的粗茶，苍蝇飞来飞去，往烂果实、粗点心上面落。抟沙女侠和江东女侠柳叶青不同，她不曾久涉江湖，看不惯这种脏的饮食。低瞧了半晌，方才指着茶桶说："我要买一碗茶。"老婆子取碗便斟，吟虹忙道："你把碗擦一擦，再拿水洗一洗。"老婆子仰着脸说："这碗是干净的。"早哗啦斟上一满碗了。吟虹姑娘唉了一声。催老婆子把这碗茶倒去，就用这碗茶洗碗。老婆子就像听不懂似的，看看女侠的嘴，说："这只碗人家刚使过了，真是干净的。"一直举到女侠面前。

吟虹姑娘性子急，夺过碗来，自己就用这茶水把碗洗过，用自己的手巾，把碗擦了；又用水重新冲了冲，方才夺过茶桶，自己斟了一碗，举到口边便喝。不想这茶又很热，只得放在茶案子上。老婆子伸出两个手指头嚷道："姑娘，你得给两碗茶钱！"吟虹姑娘也打手势笑道："老奶奶，不用着急，我给三碗茶钱。"老婆子听懂了，这才欣然说道："到底是走江湖的姑娘阔气，姑娘请这边坐。"拿一块污手巾，把长凳掸了又掸，让女侠坐下。女侠点点头道："谢谢你，我只在这站着，凉快凉快。"

老婆子见女侠很大方，极力兜揽；轰着苍蝇，指着她的烂果子、干蒸食，说道："姑娘，这都是新趸来的，这上面一点土星都没有，姑娘可吃些？"女侠看了看，笑着摇头，道："我先吃茶。"老婆子就搭讪道："姑娘这是往哪里做生意去？"女侠只当是问她往哪里去，便答道："我么？我上鲁港。"老婆子欢然道："我看姑娘一定功夫很好，你一定会踩绳吧？也会蹬皮缸吧？"

抟沙女侠半听懂半听不懂地答道："你说我么？我不会功夫啊。"低头看了看自己身上，心想：这老婆子倒高眼，她怎么会看出我有功夫来呢？一回头，看见自己骑的马，恍然道：哦，她一定看见我骑马带剑了。

这老婆子仍然打量女侠，由头面直看到脚下；见吟虹脚下穿着纤瘦的皮靴，指着说道："姑娘，你穿这种靴子，恐怕不能蹬皮缸吧？我记得我看见过你们卖艺的，都是缠得很小很小的脚，穿着小红绣鞋，好看极了。姑娘你是上鲁港，赶生意去么？没听说鲁港有社戏呀。我说小三，今天是几儿？不是离药王庙还远着哪？"那个半大孩子叫小三的，在旁左一眼，右一眼，偷看女侠；把一对眼都看直了，他祖母说的话，他一字也没听见。

一起初，女侠也听糊涂了，这卖茶的老婆子竟把她当作了跑马卖艺的绳妓。老婆子一口的皖南土话，女侠竟不曾全听明

白。但一听到赶生意的话，又见那个半大孩子的呆相，把个女侠不由臊得满面通红。心想：不好，他们把我看成什么人了？怨不得老爷子不许女孩子出远门。我赶快问一问路，离开这里吧，遂忙着喝茶，一面从身上掏钱。谁知那婆子不待女侠问路，反先问她道："姑娘别是迷了路的吧？"

女侠心中一惊，把手端的那碗茶都晃洒了，忙问道："老奶奶，你怎么知道我是迷了路的？"老婆子道："不只是你一个人吗？我知道你们都是成伙的；刚才头半个时辰，我瞧见你的伙伴骑着马，打这里走过去了。"

女侠又不禁心中一动，旋又恍然，忙问道："我的伙伴，我的什么伙伴？可是一个五十多岁的黑短胡老头子，身量很矮；一个三十来岁的小伙子，粗眉大眼的么？他们两个人可是一个骑黑马，一个骑白马，从芜湖往鲁港去的么？"她说的是石振英和谢品谦。那卖茶的老婆子道："这个，不是的呀。你的伙伴不是一个六十多岁的白胡须老头；一个二十几岁的白面青年，背着个弹弓子吗？还有一个姑娘，也像你这样，就是身量比你矮，小圆脸，大眼睛，面庞长得很俊；可就是一双大脚，糟了，比姑娘丑多了；她也是背着一把宝剑。我说对不对，小三？"小三倒把这句话听见了，应声道："那个姑娘穿着一身绿，没穿着裙子，脚很大。"

抟沙女侠骇然一震：这是谁呢？忙向老婆子问道："这个女子是闺女，还是媳妇？"老婆子摇头道："不像是个姑娘，像个小媳妇，开过脸的了。"

抟沙女侠顾不得吃茶，把茶碗放下，这才往茶摊旁那个长凳上一坐，口中说道："噢，是个媳妇？"仰脸回想起来，"这女子可是那个打毒蒺藜的女贼么？她是个妇人；记得那天夜战，面目虽未辨得十分清楚，听口音，看举动，好像她足有三十多岁了。莫非不是她，是她另邀来的人？还有那个男子，大概是她的丈夫。可是的，那个白胡须老头儿，是他们的什么人呢？"

女侠侧脸凝眸，深思不语。卖茶的老婆子仍在一旁唠叨道："姑娘跟他们不是一伙么？他们已经打伙儿走过去了。姑娘还不快追他们去，他们过去好一会子了。"

拧沙女侠道："他们早走过去了？他们就只三个人么？他们都带着什么物件？"卖茶婆仰面想了一想道："他们是三个人一伙，都带着小包袱。后来还有一个年轻小伙子，在步下走着，直打听他们，大概跟他们也是一伙。"

女侠道："哦，都带小包袱。还有一个小伙子，……这小伙子什么长相？"卖茶婆比手画脚，形容了一番；这小伙子拿着一对奇怪的短兵刃，好像虎头钩，又像方天画戟，头上有个卍字锭。女侠听了，心中似雪一般的明亮。这过去的老少三个男女，一定不是石振英，不是谢品谦。这步行的小伙子多半是陈元照。卖茶婆说这三个男女，人人骑骏马，带兵刀，自然定是武林中人。只不知他们是不是过路的拳家，还是卖艺的江湖。

卖茶婆的口音十分难懂，问她话很费事，在路口上，人来人往，都拿着眼打量女侠。茶摊酒摊上的脚夫们、小贩们，也都大瞪着眼珠子偷看她。公然悄声私论，品头评脚，把女侠看成绳妓。女侠十分恧颜，颦眉愠怒。但她有要紧话，必须打听明白；便顾不得这些，仍向茶婆殷殷攀谈，细问这三个男女的来踪去向，和举止言谈；又问这三个男女，都带着什么行头，有多少件兵器。卖茶婆说不出来，只说道："那个小媳妇是挂着一把剑。那个小伙子背着一张弓，插着一条鞭。老头空着手骑马，好像只拿着一条马鞭子。"

女侠道："噢！"又问道，"他们没有带花枪、大刀、流星、三截棍、梢子棍、白蜡杆这些兵刃么？"茶婆子摇头道："不，他们只有一把剑、一条鞭、一张弓。想必他们这卖艺的还有好些行头，早有人抬过去了。"跟着又絮絮地问了些跑马卖艺的事情。

女侠听罢，抬头往前路一看，心中盘算："这三个男女很

是怪道。哼，他们一定不是卖艺的江湖人。若不是谈家新邀来的助手，定是峨眉派后赶来的党羽。”忙又向茶婆追问这三个男女的口音。卖茶婆说：“他们骑马从这里走过去，只在井边饮过牲口，没有听见说话。”侧着脸，反问女侠道，“怎么样，这三位是你的同伴么？”女侠笑了笑道：“也许是的。”

抟沙女侠心想：这事情有谱，我不要耽误吧。这三个人实在可疑，非仇即友；我应该顺路打听打听他们。心想着非仇即友，却不知何故，女侠总觉着这三男女必是峨眉派，必非谈家邀来的武林朋友，就好像有什么预兆似的。又想：陈元照这小子是早走的，怎么才到这里？大概他也是要追这三个骑马的人吧？把茶啜了数口，又要了些凉茶，兑得可口，连饮了两碗，把枯渴止住。井台离此尚远，就向卖茶婆买了半桶水，把马也饮了。她掏出一块银子，不知轻重，不知多少，随手丢给茶婆道：“老奶奶，给你茶钱。”一回身，冲着酒摊上那些大张嘴、直瞪眼的人们，恶狠狠还瞪了一眼；也不言语，带过马来，攀鞍而上。才走出数步，隐隐听得背后人声道：“小婆娘准是个卖艺的雏儿。”女侠恼怒道：“这一群东西！”不由得又回头一瞥，竟有一人大声喝彩道：“回头了，回头了，要命得啦！”

抟沙女侠又不由得勒马回顾，眉横杀气，目含怒焰，后面的人登时不言语了。抟沙女侠哼了一声，到底强忍住一口气；勒转马头，马上加鞭，往前途走下去。

春风拂面，骄阳正炽，把女侠晒得红颜渥丹。一口气奔进鲁港镇口，翻身下马。仍找到一个在路口卖茶的老头儿，客客气气地上前问道：“老爷子，这里是鲁港么？”老头儿答道：“不错，这里就是鲁港。”又问道：“劳您驾，往福元巷怎么走？”老头儿指了一指，“往东一拐，往南一转。”这老头儿说了一大堆，女侠简直听不明白。女侠忙又伸出三个手指头，问道：“老爷子，你可看见三个骑马的人，刚走过去没有？是一老，一少，一个女的，都骑着马，带着兵刃。”这老头儿立刻说道：“哦，不错，有这么三个人，骑马带剑，早走过去了。”

女侠忙又问："他们往哪边去了？"老头儿又一指街东道："他们进东大街去了。"

女侠暗喜道："有影。"也不再上马，竟这么走一段，问一段，跟踪找寻过去；很费了半晌唇舌，居然问出确切的去向来。原因江南道上骑马的人少，一问一个准。沿路摊贩因为拧沙女侠是个异样的美貌女子，个个是忠告善道，有问必答，每答必详必尽。却有一样，这些人都把女侠认作迷路失伴的江湖女子了。女侠牵着马，到了东大街，站在小摊前边，打听三个骑马人的下落。问不到几句，竟走过好几个闲人来。有的直眉瞪眼地偷看，有的七言八语地反问。一个流氓模样的汉子，公然涎着脸跑来，盘问女侠："喂，你们住哪一家店？打算投靠谁？现时应生意不应？"又有一个卖炊饼的伙计，站在小摊旁边，插手问道："那三个骑马的是你什么人？"把个拧沙女侠闹得脸上红一阵，白一阵，心中羞怒异常；外面仍然镇定着应付他们。这样问来问去，居然得知那男女三骑客是落在庆合长客栈里了，庆合长客栈究在何处，比福元巷是远是近，还须探问。

不过，这些男子们围着女侠，挤眉弄眼，个个的神气都很可恨。女侠心想："怨不得爹爹说我自己出不得门，这可是真的。这些臭男人真真该杀该剐！"她哪里晓得，这些市井之徒都把她看成绳妓，自然流露出轻薄之态了。女侠心中发狠道："我倒要斗斗他们，我害什么臊！"心中一别扭，倒逗起她的倔强之气来；手提马鞭，向众人叱道："借光！你们躲开一点。我没有问你们！"把马鞭一抡，马缰一带，这匹马四蹄乱踏，绕了个半圈。这些看热闹的怕马踩着，鞭子抽着，哄然往四外倒退。拧沙女侠单找那有年纪正派些的人，重新问了一回。含嗔把众人瞪了一眼，提鞭又走。这时候，她的师侄，初踏江湖的陈元照，正藏在街北一条小巷内，向外探头。

这过路的男女三骑客，先后惊动了拧沙女侠华吟虹和陈元照。但这三男女的来路，拧沙女侠是过晌午，在半路上听人说

的；陈元照竟是一清早，在江边亲眼碰见的。抟沙女侠心怀疑窦，猜不透这三男女究是何等人物，因此要追踪看看这三人的真面目。陈元照却是半信半疑，推想骑马佩剑的女子，或者就是夜斗抟沙女侠的那个峨眉女贼，因此要跟踪究探这三人的下落。陈元照这青年由江边缀来，直跟进鲁港庆合长客栈。看准男女三客落了店，方才退出来，一口气折奔谈宅。正要把这目睹之事对众人说，不意劈头被师祖弹指翁华风楼教训了一顿；一赌气把话咽住，索性任谁也不告诉了。

直等到华老走后，他才冷笑道："华老不知从哪里得了这个谎信，反倒渡江寻仇去了。焉晓得这里还冒出三个来！只怕他这一回要输眼。我倒要来一手，给他们看看！"心想着十分得意，决计乘这机会，一显身手。扯了一个谎，溜出谈宅，再奔店房，把男女三客重窥伺了一回。事逢凑巧，又遇上那个小穷孩唐六；便把唐六调出店外，打算支使他，给石伯父透个秘信。

就在这时候，瞥见抟沙女侠华吟虹牵着那匹马，也找到这边来了。陈元照心中一动道："好嘛，我这位师姑怎么也摸到这里来了？"忙一缩身，退入巷内，以为她被闲人围住了，未必看得见我。又想：她这是一个人撞到这里，还是同着别人呢？情不自禁，又往外一探头，要看看女侠是否同着她父弹指翁。只见他那师姑抟沙女侠华吟虹扬鞭牵马，孑然一身，一步一步往这边走来。在她身旁背后，别无他人。她面含怒容，睁着一双俏眼，正往街两旁看望。陈元照道："不好，要教她看见！"又一缩身，拖着唐六，连忙藏起来。暗想：她一定没有看见我，我却看见她了。他却不晓得抟沙女侠何等眼尖，由打陈元照乍一露面，便被她看了个正着。

抟沙女侠诧然张目，陈元照已经缩身不见了。女侠心中也自纳闷："这小子捣什么鬼，怎么瞧见我，反倒藏起来？许是怕给我磕头吧？我那个师哥石振英，怎么没有跟着他呢？"心里想着，也张目一寻；人影一晃，只看见有一个秃头秃脑的穷

孩子，被陈元照拖着一只胳膊，正往小巷内一个大门洞钻去。女侠不由生气道："好小子，原来只他一个人，他居然安心躲我！这东西，早晚我得给他一点苦头吃！"心里寻思着，佯作看不见，昂然举鞭，分开众人，仍按着刚才打听的方向，一直寻找过去。

只转了几个弯，抟沙女侠居然把庆合长客栈找着。牵着马，直入店院；店伙刚刚上前招呼，女侠一掏衣袋，想起身上没有带钱。不觉站住了，她心中作难道："一个店钱也没有带，这怎么办？我还是先到谈宅，把马丢下，把我耳闻眼见的事，告诉爹爹，再作道理。"

这样一盘算，女侠又牵着马，打算离店。店伙不知就里，也把女侠当作闯江湖的女子了；笑嘻嘻地横身拦住，伸手就来接马缰，口说："姑娘，咱们这店有的是好房间。你要单间，要连三间，全有。"女侠略瞥店院，摇头道："我先不住店，我先看看。"店伙道："得了吧，你老不用看，鲁港这里顶数我们这店房讲究。"

抟沙女侠摆手道："我先不住嘛！"店伙嬉皮笑脸地说道："你老住下吧。我光说你老也不信，你把马给我，我先给你老遛着；你老只管往别处看去，保管走遍码头，顶数咱们这里是第一家。你老一共是几位？刚才就有你老几位同行住在咱们这里了。"

女侠嗔道："什么同行？"双眸一瞪，把手一挡，生起气来，喝道："你躲开！"店伙不觉往后倒退，忙正色赔笑道："真是的，你老瞧，就在西厢房，有你老的三个同行，一老一少，一位堂客。"

抟沙女侠猛然省悟，暗道："我找的就是他们，我怎么倒蒙住了？"立刻改嗔为喜，细细打听这一老一少一位堂客的形色。果然不错，马的匹数、毛色，人的衣履、年貌，和卖茶婆说的正相仿。却不知这里所谓堂客，究竟是否那个峨眉女贼。和店伙搭讪着，眼睛直注厢房。偏偏厢房中，只看见那个白须

老人不时在窗前门口露形；寿眉皓发，气度豪迈，竟不像江湖生意人。那个长身量的男子，和那个短身量女子，竟没有瞥见。问及店伙，才晓得这一男一女大概是两口子，已于饭后相携出去了，也许是相伴揽生意去了。

女侠手勒马缰，侧目凝视东厢；那东厢老头儿也手捻白须，直看女侠。女侠低下头来，向店伙盘问话，那马忽然一挣，女侠喝道："吁！"扭身一带，忽望见东厢单间，有一个人影在门口一晃，就不见了；仓促看时，又好似陈元照这小子。女侠道："唔？这小子也摸来了不成？"急拖马走进数步，才待审视，那东单间忽隆一响，将门扇关上。

这人影果然是陈元照。陈元照和抟沙女侠，这一对青年，竟你瞒我，我蒙你，对捉起迷藏来了！

女侠这一回没很看清，还想再看，店伙在身畔忍耐不住，竟拦在面前，发话道："姑娘拿准主意没有？到底开房间不开？打算在这里住不？我可伺候你老好半天了。"抟沙女侠华吟虹斥道："不住！"店伙计道："你老要是不住店，对不住，你老请便，我好照应别的客人去，我可要失陪了。"顺手往店门口一指，简直是欺负女客，硬往外驱逐人了。女侠华吟虹厉声说道："我先看看店，回头才住呢，你忙什么？"店伙道："你老看好了没有？可得放下定钱，才好给你留房间。"女侠怒道："回头给你店钱，我是来找人，你们这店不许找人么？"

此时有几个店伙和客人跟过来看热闹，嘻嘻啧啧，怪声咳嗽；女侠干生气，没法子发作，只得抽身出店。心想："我只好回谈宅，找爹爹去了。真是的，敢情没有爹爹跟着，竟有这些麻烦！这些臭男人实在可恶，他们不知把我当成什么人了。还有陈元照这小子，鬼头鬼脑的，倒先赶到店来；一定他也看破这三个男女的来历可疑了。这三个男女大概准是峨眉派余党。"思思量量，走了数步。因见牵着马，人多瞅她；她便跃身上了马，径往福元巷走来。道路不熟，又转了向，绕了远。半路上遇见谈家的男仆，男仆忙迎上来，叫了一声。

这男仆正是奉命寻找女侠的。女侠灵机一动，把男仆叫到一边；问了问，才知她父亲弹指翁早已赶到，此时已离谈宅，渡江寻贼去了。谈府上现时只有谈大嫂倪凤姑和谈秀才；正为女侠先发后到，十分着急。男仆说罢，便请女侠同行。华吟虹忽然一笑，道："你先把这匹马牵回去吧，我慢慢地往回走。"男仆还想说话，又要给华吟虹雇轿，华吟虹摇头道："不用。"从马鞍鞒上，将黄包袱包着的宝剑抽出来，药箱也拿下来；板着脸，催男仆先走。

男仆刚要牵马转身，拧沙女侠忽又将他唤住，问道："你知道我爹爹什么时候回来？"男仆答道："这个可不知道。"女侠又问："你估摸着呢？"男仆道："这个，只要一过江，怎么着也得明天回来。"女侠道："哦！"想了一想，又道："我说，你身上带着银子没有？"男仆忙说："带着呢。"女侠道："拿来，借给我用用，回头还你。我要买点东西。"男仆晓得女侠是宅中的亲眷，和谈大娘是姑嫂相称，只道她要买礼物，忙将身上银子取出，捧呈过来道："你老要买什么，我给你老买吧。宅上静等你老呢，你老可别花钱。"女侠摇头不答，很忸怩地接了银子，挥手道："你去吧，我要自己买，不是买礼物。这只药箱子你给带回去，不要教别人动，交给你们大奶奶收着，赶明天交给我们老爷子。"嘱罢，抽身就往回走。

男仆愣睁着眼，不知怎么回事，牵着马站住了。女侠忽又回头道："你赶快回去吧，我这就回去。"眼看着男仆牵马走了，她方才迈步进街，钻入小巷。四顾无人，立定了脚，暗打主意。自己对自己说："石振英自居是师哥，总跟我装老前辈，讨厌极了。哼，他跟我一路走，找不着我，一定很着急。我偏不回去，也教他憋一憋。他的侄儿陈元照这小子，一个人出来转磨，一定是看准了三个男女有什么可疑的地方。好在爹爹过江去了，回来总得明天，我此时先不回去，我赶天黑再说。我得追追陈元照这小子，我倒要看看这小子，究竟要闹什么鬼。"身边有了银子，当然可以住店了。

抟沙女侠看了看前后巷口，就在巷内一块大石头上，把黄包袱打开，取出自己的裙子来，系在腰间。把包袱重新裹了裹，为的是将那把五凤剑的外形裹严，教外面看不出来。那五毒神砂此刻只剩下半袋。有剧毒的，那天早被弹指翁华风楼收回，另给她换上半袋有麻痹性而不致命的药砂子，这全为防止女侠手狠惹祸。此外，尚有铁尖窄鞋、软底鞋和随身替换的衣裳，也都包了。还有梅花针和双筒袖箭，也都是用麻痹药喂的，各有布囊装着。女侠仍把这些东西包好，暂时不往身上佩带。她想："等到天黑了，用得着的时候再带。"当下收拾停妥，将小包袱往臂上一挎；逢人打听店房，另找到招远客店，选了一个单间住下。

抟沙女侠趁她父过江未归，决计借这一夜的工夫，要一面跟追陈元照的行止，一面偷窥那男女三骑客的真相。她以为陈元照一定不晓得她的行踪，她万没想到这陈元照已经觉察出来，那男女三骑客中的老人也已经觉察了。她不投庆合长客栈，另投招远客店，她自觉办得很好。她想：白天躲远点，等到夜半，我再来一探！

同时，陈元照憋着一肚子的诡计，也正藏在庆合长客栈内，躺在三骑客对面房间的板床上，仰面装睡，侧耳倾听外面的动静。他也要一面躲着女侠，一面暗窥男女三骑客的来由。他也和女侠一样，自作聪明，把人当作傻子，只道自己在小巷躲避得很快，女侠一定没有看见他；又想男女三客虽然一味对他翻眼珠，也未必料出他的用意。他也是打定主意，要夜窥三客的后窗。

转瞬天黑，抟沙女侠在招远店吃了晚饭，对着纸窗坐着。一盏孤灯半明不亮，面前一壶清茶，已经不很热了；女侠双肘拄案，目视灯焰，用牙咬着指甲，在那里琢磨到底什么时候，到庆台长栈去才好。她已将包打开，裙子已脱下来，兵刃、暗器要带未带。她心中很着急，恨不得立刻奔到庆合长客栈，先看一看；唯恐男女三客走了，又怕陈元照离开店。但她一想到

店伙那种恶奴相，那种轻嘴薄舌，她心中又生气，又有点发怵，实在不愿去早了。她想：还是按夜行人的规矩，候到二更天以后，再换夜行衣，蹿房越脊，前往暗探为妙。可是，天光竟变得这么迟慢，坐了好久，方才定更。女侠焦急地站起来，坐下去，在房间内来回走溜。直耗到二更刚过，她就奋然立起，收拾停当，倒锁房门，出了招远客栈。

第十五章

男女三骑客

那一边，初闯江湖的陈元照，也和抟沙女侠一样沉不住气。从江边跟追三骑客，他第一次进入庆合长客栈；白天从谈宅出来，又去重勘了个第二次。竟对着人家的房间，也赁了一个单间；假做纳凉，在店院中走来走去，暗窥三男女的举动，偷听他们彼此间的称谓。三骑客只赁了一明一暗两个房间。那白须老人独居一室，那长身量男子和矮身量女子同住在内间一室之内，好像是夫妻。这时候，三个人刚刚叫来酒饭，聚在一处吃喝。天暖窗开，一窥可见。三个人分坐在饭桌旁，大一声、小一声地且吃且谈。但是他们谈的话，竟没打算教陈元照偷听。

陈元照偷听了好半晌，只辨出三个人的口音，不是四川人，不像峨眉派。却有一样，这三人一定得是武林中人，连那女的也算上，话语中时时流露出江湖切语。那个女的好像管那男的叫“哥”，男的管女的叫“妹”。两人说说笑笑，眉来眼去，很显得亲昵。不知那男的说了句什么，女的攒起粉团似的拳头，照男子肩上打了一下。那男的大笑起来，那老头儿忽然

皱眉，往外一看，似说了一句申斥拦阻的话；女的叽叽呱呱地笑起来。好像这一对男女都是老头儿的晚辈，都称他为“老爷子”。他们是南方口音，在陈元照听来，他们说的似是蓝青官话。

陈元照简直听呆了，这老少三个男女，竟猜不透是什么来路。看言谈举止，都桓桓有武气，却又大方不俗，肚里像有墨汁。接着见他们吃完饭，净面吃茶；老头儿坐在板床上，青年男子和那女子对桌坐着。那女的忽然放下茶杯，走了出来，毫不介意地向陈元照瞥了一眼，转身往马号走去。原来这三个人的坐骑，都拴在店房马棚里了。那女子亲自走出来，给三匹马上料，又用刷子刷马。那老头儿也走出来，向陈元照望了一眼，竟到店门道柜房去了。屋中只剩下那个青年男子，咳嗽了一声，也走出来，当门一站，上眼下眼打量陈元照。陈元照是青年人，初踏江湖，见那男子睁大眼，一劲地盯自己，他反倒傲然不理，仍在院中走来走去。隔着洞开的窗，往人家房内张望，一点也不顾忌。这房间内板床上，只放着三个小包袱，没有行李。床头上还摆着一张弹弓、一个袋子、一条豹尾鞭、一柄宝剑。

那青年男子停立片刻，转身进了房间，凭窗而坐，斟茶自饮；仍然拿眼扫着陈元照，又似观望店院出来进去的人。陈元照也就走回自己的小单间，把门敞开，啜着茶，仍然往外张望。隔过一会儿，忽见那白须老头儿，带着一个半大小伙子，扛着四五床薄被褥，走进店院；这自然是刚赁来的铺盖了。那个半大小伙子竟是熟人，便是那个贫苦的穷孩子唐六。

唐六这小子把客人新赁来的被褥放在床上，讨下脚钱，转身就走。店伙提着水壶走来，截住唐六，笑骂着，照例打他的秃头。唐六且躲且喊，忽望见陈元照，叫道：“客人，你老怎么又住在这里了？”陈元照欣然站起来，将唐六叫住。唐六这小子躲开店伙的啰唣，和陈元照客气了一阵，便问：“你老那一位同伴呢，他上街去了么？告诉你老……”放低声音说道：

“福元巷谈家上回打架的事，闹得可真凶啊！我听人说，有仇人放火，要烧谈家的房子，连地方都惊动了。”陈元照低声道：“唐六，你不用唠叨了，我正要和你打听一点事。我说，你又见过那个卖野药的郎中没有？”陈元照问这话时，特为离开窗户，凑到屋心，在外面看不见的地方坐下。唐六更诡，立刻跟了过来，眼瞧外面，手拢嘴唇道：“我看见他了！”

陈元照道：“哦！你真看见他了么？在什么地方？是哪一天看见的？”唐六把秃头一歪，放起刁来。他委实没有看见那个卖野药的巴允泰；陈元照竟上了他的当，掏出一个小银锞子来，要买他的实话。唐六其实一无所知，但看在银子的面上，只得有鼻有眼地捏造了一段假消息。他说：“大前天，在码头上，碰见那个卖野药的了，还同着两个人。”陈元照道：“真的么？他是坐船过江么？”唐六道：“这个，也许是要过江，不过我看他好像刚打江北渡过来的。他手里还拿着一把刀，气哼哼的。好像要找谁拼命似的。”陈元照诧异道：“怎么，青天白日，他敢携带兵刃么？”唐六脸一红道：“不，不，不是白天，是前天晚上，傍黑的时候，他那把刀还拿布包着呢。”

陈元照更加迷惑了，心想：峨眉群寇真敢明目张胆，只身独返么？忙又问：“他脸上的伤好了没有？他的同伴可有女人么？”唐六这东西只为骗钱，顺口答音地捏造下去，道：“他脸上的伤快好了。你老想，他有的是药。”陈元照道：“我问你，他的同伴到底有女人没有？”唐六道：“有的，有的，有两个女人哩。”陈元照道：“两个女人？都是什么长相？”唐六想了想，说道：“她们的长相嘛，哼，都像她娘的跑马卖艺的女筋斗，又像戏台上的刀马旦。”这本是一句胡诌，却碰巧了，陈元照暗吃一惊，忙探头外窥，暗指对面房间道：“你看这男女三个客人，跟卖野药的可是一块的么？”唐六也跟着探头往外看了看，忙故意一缩脖，闪身躲开窗口；又这么一咧嘴，低声道：“哼，有八成儿！那个年轻高身量的小伙子，准跟他们是一伙，保管也不是好人！”说话时，那个长身量的男子正和那个老头

儿，并肩负手，站在门口，往陈元照的屋子这边闲看，两人脸上都带着哂然的笑意。

陈元照急急地往外瞥了一眼，眼光对触，连忙缩回头来，从心坎里觉着不对劲。暗道："我做错了！我应该暗盯他们，看这样子，他们多是觉察出来了。不好，我露形了！"忙低嘱唐六："我还有事要支使你，还有要紧话跟你打听；你慢慢溜出去，不要教他们看出来。你瞧，他们直瞧咱们，他们也不知是干什么的。你说得对，他们反正不是好人。这么办，你先出店，在店外小巷口等我。"唐六忽觉这谎扯得太大了，忙推托道："这个，我还有事哩。"陈元照怒道："我花钱雇你，你爱去就去，不去就给我滚，把钱吐出来！"唐六道："我去，我去，你老别急。"立刻一溜烟出了店房。院中的老少二客人微微一笑，一齐转身看着唐六的背影。那个青年女子也手拿着马刷子，从马号出来，睁大眼，往陈元照这边看。

陈元照大声把店伙叫来，锁上房门，从老少二客身旁，慢慢走过去。出了店院，又慢慢地来到街上。回头瞥了一眼，男女三客竟未跟出来。便心中寻思："这男女三个人不用说，一定是峨眉派邀来的党羽了。瞧他们那精神，一来会武，二来心虚。他们好像很留神看我。他们一定是歹人，好人何必怕我看？"想着紧走数步，把唐六唤住，立刻寻一小茶馆坐下；把唐六翻来覆去，盘问了一遍，又问："店中那个女子是卖药郎中的同伴么？"唐六信口道："这倒不是。"陈元照道："怎么，你刚才不是说那男的跟卖药郎中是一伙吗？这女的跟那男的是一伙，跟卖药的自然也是一伙了，怎么你又说不是？到底怎样，说实在的，你别胡扯。"唐六眼睛一转，故作思忖道："店里这个女的，我没大看清，她可是大脚片么？"陈元照道："是大脚。"唐六立刻道："对了，她们保准也是一伙，我记得她们全是大脚片。"

陈元照这才相信为实，想了想，对唐六道："我烦你送一个信，你可办得到？"唐六道："那算什么，你老把信拿来吧。"

陈元照道："你等着，我这就写。"想好词句，自己对自己说：这件事我必须通知石伯父，我自己恐怕看走了眼。遂向茶馆借来笔砚，草草写好了一张信条。看了看，茶馆中有几人瞅他。心知自己形迹可疑，便又会了茶钱，把唐六带到小巷口，嘱咐他许多话，又给了钱，同出小巷，刚要把他遣走，忽瞥见抟沙女侠站在街头。陈元照连忙藏起来，绕走小道，重回庆合长客栈。

接着，抟沙女侠"不期而遇"，也赶到庆合长客栈。陈元照只道自己行踪被师姑追上。忙躺在板床上，仰面装睡。只听得女侠走了，他才放了心；又探头露面，侧耳倾听外面的动静。

这时男女三客中，那一对青年男女已经结伴离店，只剩下那个白须老人了。陈元照沉不住气，熬了一会儿，假装解手，从店院走过，趁便往三客住的房间内探头。天气很热，这男女三客的房间，竟把窗户打开，直到掌灯，仍不关上。陈元照站住脚，往里面急急一瞥，屋中只有那老人躺在板床假寐，那青年男女仍然不见回来。桌上仍摆着一把宝剑、一根豹尾鞭、一张弹弓、一袋子弹丸。

陈元照忍不住跷着脚，往屋里细看。那老人猛然坐起来，咳了一声，双目如夹剪似的往外一扫。陈元照急往后退身，那老人呵呵地笑道："朋友，进来坐坐！"陈元照诧然，脸上很磨不开；一声不响，低头走了过去，心想，这老头子一点不怕人，恐怕不是峨眉派邀来的人吧？但又转想，哪有这么巧的事！我在路上走了这些日子，很少遇见骑马的行路人。结伴联镖、携剑带刀的武林人士，更是罕见；偏偏谈家出事，偏偏这里就有江湖人路过，这决不能说是偶然！

他仍旧不死心，沉了一会儿，又假装上街，仍从对面屋前走过。此时天色已经昏黑了，那对面屋中的人仍不点灯。陈元照走近窗根，刚要停足探头，黑影中，那老人忽然当窗现出身形来。跟着灯光一闪，那老人扪着白须，面对着元照直笑；两

道寿字眉，一双阔目，直笑得阖成一线了。陈元照又不胜惶惑，急忙抽身走开。如此两次，陈元照后悔起来："我这是怎么窥察人家？岂不真成了打草惊蛇了！我应该假装不理会，暗地留心才对。"想罢，索性迈步往店门口走去。

已入门洞，他忽然得计："我应该查一查店簿。"忙到柜房中，和司账搭讪了几句闲话，便说出借阅店簿的话来。那司账拿眼打量着他，说道："对不住，客人，这店簿已经呈给官面了，没在咱们这店里。"陈元照道："不能吧？我只看一看这九号房的三个客人姓什么，是干什么的。"司账道："你老要打听那三位客人么？不用看簿子，我告诉你老吧。那是夫妻俩，跟他们老人家，由打南京来，往湖北探亲去的。"陈元照道："他们姓什么？"司账道："姓刘。"陈元照道："我看他们很像闯江湖的。"司账摇头道："你老看错了，人家自说是做武官的家眷呢。"陈元照道："不像不像，那个女的倒像个卖艺的武妓。"司账忙道："你老可别那么说，万一不对，看人家听见不答应。"说着笑了。

柜房中正有两个人摆着象棋，内中一个胖子抬头搭腔道："不是那三个骑马的么？那是卖解的女筋斗，一点也不错。"对棋的另一人是个瘦子，就说道："那个女的长得真俊，可惜脚太大，是半截美人。那个细高个儿准是她的爷们；不是她的爷们，也是她的相好的。"司账答道："人家本来是两口子嘛。"那胖子一面走棋子，一面说道："我是头一回看见女人骑马，很有意思。她男人那么高，她那样矮，可是骑在马上，倒不很显；站在地上，竟差半头。"那瘦子就说："别看马上不显，睡在床上可就显形了。"说来说去，口吻上渐露出轻薄来！司账忙拦阻道："别胡说了，你们再说，我可要掀你们的棋盘了。"

陈元照听了，心目中越发有了准谱；认定这男女三客，必非有来头的正经客人。因见这下棋的两个人，像是串门子的街坊，嘴头很敞，便插言道："我说二位，我跟你二位打听打听。你们可知道你们本街上福元巷谈家，新近出的事情么？"

那个胖子答道："那怎么不知道，我们这里都哄嚷动了。那是飞刀谈五爷家，由打半月前，就闹起贼来。有一个卖野药的黑贼，到福元巷踩道。"那瘦子搭腔道："别瞎说了，哪里是什么闹贼，那是仇人找上门来打架。来了一群仇人，大概也是干镖行的，足有一二十个；先是堵着门骂，骂完了，半夜三更跳墙进去放火。教谈府上的寡妇大奶奶一顿飞刀，给砍跑了。听说还把贼人砍下一只膀子来。"又对胖子说道："那个卖野药的，敢情并不是踩盘子的贼，原来是寻仇的正对头。"

那胖子拿着"马"往棋盘上一放，说道："将！……你说的不对，卖野药的实实在在是贼。我二姨夫的舅舅，跟谈宅住对门，他亲口听谈宅的听差张升说的。不是仇人寻仇，是来了几个什么峨眉派的飞贼，有男有女，到谈宅要抢什么值钱的东西。被谈大奶奶的两个兄弟，还有请来的能人，把那些男女飞贼诓在地牢里，全都捉住了。拷打了一顿，后来才把为首的贼人砍了一只胳膊，全给放了。"

瘦子却不服道："你这才是造谣呢，谈家哪有地牢？你道我不晓得么？我们二外甥的丈人家，跟谈家的长工蔡五福，是换帖的盟兄弟，是他告诉我的。那天仇人登门找到谈家，蔡五福还帮着坐夜防守哩。喂，你那么走不行！'明车暗马偷吃炮'，你吃我的'车'，一声也不言语，那可说不下去！"胖子笑道："屎棋，就让你缓一招吧。"瘦子且下棋，且说道："蔡五福说，他们宅里的人那天晚上都藏起来了，就剩下谈大奶奶和请来的镖客，留在宅里，和仇人答话。要照你这么说，只是闹贼，谈家老太太躲起来做什么？"

两个下棋的各夸自己的消息确，竟拌起嘴来。司账先生皱眉道："你二位天天跑到我们柜上来下棋，天天穷吵；回头我们东家来了，看见成什么样子！"回顾陈元照道："客人，你老还不歇歇去？听他俩胡扯个什么！"陈元照站起身来道："我不过闲打听。我说掌柜的，你看你们店里这男女三个客人，可像那卖野药的伙伴不像？"司账目动手摇道："不不不，你老可别

这么猜，那不是闹着玩的！”

陈元照还想再问，司账脸上带出不耐烦来，一力设词催陈元照回屋。陈元照遂从柜房出来，刚刚一迈步，忽然见人影一闪；他急急走出门道，那人影不知上哪里去了。

此时店院中已经点起灯火，九号房依然窗开灯暗。店中客已上满，出来进去尽是人。忽有人弹唱起来，却是串店的妓女，被客人留住了。卖零食的小贩，也不时挎篮出入。陈元照复出房间，来在店院中，走来走去，不时偷看九号房的窗。又过了一会儿，忽见一男一女，从店外并肩走进来，且说且笑，样子一点也不拘束。陈元照正站在自己房间檐下，灯影里忙凝眸一看，恰是对面九号房骑马来的那一对男女。二人手里累累赘赘，也不知拿了些什么东西。陈元照顾不得检点形迹，忙健步迎上去看。

只见这一男一女，男左女右，并肩走来；果然显得男子高得太高，女的矮得太矮，相差足有三四寸。灯火影里，见那男子穿长衫，没披马褂，光头顶，未戴帽子。那女子穿窄衫，曳长裙，体态很轻盈，脚步很健快；两个人直奔对面九号房间走来。已到门口，那女子先抢一步叫道：“哟，怎么这样黑？爹爹出去了吧？怎么还不点灯？”男子道：“不能，不能，他老人家说了，不出门。喂，伙计！”那女子道：“可不是，门没有锁，爹爹许是睡着了。我说喂，你可接一把呀。”一回身，把手中拿的累赘物，转递给男子；她便伸右手，要推屋门。

那门不待推，吱的一声开了；灯光一闪，全室通明。那长眉白须老人巍然立在门口，道：“你们怎么这时候才回来？”男子道：“怎么样，师父等急了不是？你老人家不知道，师妹见了什么，都觉着新鲜。你老瞧瞧，这全是她给你老买的。也不管你老爱吃不爱吃，见什么，买什么。末后见了米酒馆，她……”那女子忽然发嗔道：“你说，你说！”男子纵声笑了起来，道：“你不用推我，我一定要说。师父，她可是下酒馆了，她教我别告诉你老，她一连气喝了……八碗。”女子也笑了。

男女二人都已进了屋。屋中灯火大亮，纸窗聚合，人影在纸窗上照得乱晃。一男一女又说又笑，亲昵火炽。忽听那老人说了几句话，这男女突然住了口。门扇吱地响了一下，那女子当门探头，往外瞥了一眼；那男子立在女子背后，也探头往外详看。

陈元照恰巧站在九号房窗前，二人一探头，元照急抽身退回来。只听那男女二客冷笑了一声，掩门进了屋子。屋中的声息登时沉静起来，但又转眼哗笑起来。

陈元照折回己室，自觉太露相了。忙将门窗掩好，将油灯挑得半明不灭，挪到屋隅；自己就横身往床上一倒，暂且假寐，细加思量。记得石伯父早告诉过自己："踩探敌人，最忌逼近。先要把自己身形掩住了，更要有耐性，等机会。不可心急，不可把敌人小看了，尤忌伸头探脑。自己刚才这一来，恐怕是弄错了。"想罢，心中暗道："我刚才真是太失检点了，我应该等到二更以后。"他索性把灯吹灭，躺了一会儿。隔壁的寓客招妓侑酒、弹唱声欢，十分嘈杂。想侧耳倾听对面房的动静，已被这隔壁的声音压下去了。陈元照心上又浮躁起来。

又挨过一会儿，忽然听自己屋前窗格上微微一响，门扇也微微一动似的。陈元照一翻身，从床上跳起来。隔壁还是纵酒喧闹；陈元照目注门窗，极力将耳音拢住，依稀辨出窗外似有叩指之声。叩指甲，乃是夜行人招呼同伴的暗号，陈元照听他石伯父说过。不由失声低喝道："呔！"忙又咽回去，一声不响，把兵刀操到手中。轻轻移步，轻轻拽门，侧面从门缝往外一瞥，恍惚见店院中一条人影。嗖的一个箭步，奔对面东厢房后去了。这时候才打二更，夜行人本不该出动。陈元照大怒道："他倒窥探起我来了！"哐啷一声，推门出来，飞身直追过去；从九号房门前一掠而过，也奔房后。九号房的前窗屋门，灯暗声沉，人似入睡。

陈元照奔到房后，房后乃是小夹道，乱堆着破桌碎凳。用一堆堆碎砖垒成短墙，把夹道口堵住；高有五六尺，下有臭水

桶。陈元照直追到短墙根，那人影已经不见。这九号房与邻室一排三间，都有后窗。陈元照吃惊暗道："这人好快的身法！一定是这屋中的人。但是，也许不是，也许是……"他伏身一跃，越过乱砖堆，跳到后窗根。往上一长身，探手往里一推，这后窗忽悠悠地要开。陈元照连忙住手，又看邻窗，试推了推，却推不开。能推开的，只有这九号房内间的后窗；后窗漆黑无光，和前窗一样。

陈元照退一步，张皇四望，四面都无可疑。拐角处，耳房旁，却有一厕所，油灯闪亮。陈元照急奔过去，厕所中也没有人。身形一转，捷如狸猫般，复往后夹道一扑。从短墙根跳过去，正要攀窗内窥；忽闻履声橐橐，起于前面。人未到，灯光先照射过来。陈元照道："不好！"急一伏身，蹲在地上。灯光逼近过来，似是一个穿短衫的店伙，打着灯笼，陪着一个客人模样的人，往跨院走去，恰巧从这里经过。

陈元照胆气壮，一点也不介意，便又站起身来。可也多了一个心眼，暂不攀窗，先把夹道内的形势看好，预备着退身步。这夹道很窄，两面房高，不好跳上去。但两头墙矮，万一遇警，还可以越上去，再往房上跳。夹道的一隅，还乱堆着一堆碎砖，也可以用作垫脚物，借势能够上房。这有三条出路了。陈元照便放了心，不慌不忙，重到九号房后窗下，翘足探身，往上一攀。用左臂挎住窗台，悬身而上；用右手一沾唾津，要点破后窗纸。后窗纸七穿八洞，用不着濡点，便可内窥。陈元照暗喜，急探头努目，往房内一张。这正是九号房一明一暗两间房的明间，却是黑洞洞，连一点灯光也不见，什么都不易看清。

陈元照记得这九号房是那一对青年男女在暗间住，那白发老人在明间住。怎奈两间屋内全没给他点灯，他就看不见内情；三客又似入睡，不出一点声息，更听不见半点动静。陈元照摸着黑，悬身以窥后窗，白白地偷看了半晌，一无所得，又不由心焦起来；到底这条人影是否屋中人，还是屋中人的同

伴，还是屋中人的仇敌，竟难判断。尤可恶的是，屋中人连一点鼾声也没有，教人摸不着一点边际。陈元照把手一松，刚要溜下身来，另想办法；忽听内间屋内扑哧一声，似有谁笑出声来。陈元照诧然一动，立刻停身侧耳。里面没有声息了，却透出一线灯光；在后窗一晃，隐隐闻得呶呶私语之声。

陈元照心里说："有谱！"立刻重攀窗台，挎臂侧脸，用右眼往里面张望。外间依然漆黑，灯光从内间透露过来，斜射在对面屋墙上。

陈元照忙悬身微挪，换用左眼，极力往里端详。内间屋中的景象仍然望不见；只听见男女喁喁卧语，也听不清说的什么。外间屋只隐约看见床头凸起黑影，好像睡着那个白须老头儿，但又不十分像。

陈元照心中着急，正要绕奔前窗，忽听内间话声一纵，一个女子声音，隔门向外间问道："怎么样，爹爹，该是时候了吧？"外间无人回答，内间却有男子打着呵欠说道："早得很呢，还没打三更，你忙什么？"女子道："我也不知是怎的，翻来覆去，总睡不着；我这工夫，恨不得立刻飞了过去，给他们一刀一枪，出出这口气，方才心满意足。"男子道："我也是这样，足见你我太嫩了。有一点小事，便沉不住气。还是师父，你看他老人家，睡得多么香甜。"女子也打一个呵欠，说道："那谁能比得上！他老人家无论遇见多么大的事情，无论遇见多么硬的仇敌，该睡总睡，该吃就吃，一点也不在意。你看吧，等到咱们找到点子的家门口的时候，他老人家更沉稳了，不慌不忙的，准跟投帖拜客一样。"

这些话有的听得十分明确，有的便很含糊，但已引起陈元照的注意了。这一对男女形色可疑，话风尤其诡秘。忙用左臂挎住窗台，聚精会神地倾听。那女子话声最大，男子的话声稍低，虽然看不见，却都可以听出棱缝来。

只听那女子又道："不过他老人家固然比我们小心，有时候我总觉得他老人家过于多疑。即如今天吧……"刚说到这

里，忽然把话声打断，好像受了拦阻似的。只听这女子说的一句："那怕什么？"便格格地嬉笑起来。笑完了，男女二人依然喁喁共语，声音更低了。猜那意思，俨然是夫妻俩身在逆旅，同床并枕；夜半梦醒，脸对脸的说话。只有那白须老头子，按这一明一暗的房间格局看，他该在外间睡；外间屋本有板床，陈元照现在摸着黑，窥见床头有物，却毫不闻鼾睡之声，也不闻转侧之音，这是最怪的事。陈元照的轻功并不算坏，在后窗悬身内窥，工夫很大；把全身悬在一肘上，一点不觉吃力。可惜他的夜行经验太差，只顾提神附垣，忘了掩藏形迹；而且那白须老人是否在屋，他也忽于探究了。

内间屋语声变低，霎时听不见了。陈元照渐觉肘酸，便想跳下来，转到前窗，再看一看究竟。遂一缩身，轻轻往下一跳；还未容他走开，内间屋的话声忽又一纵。那女子格格地笑道："我才不怕呢！我就凭一把宝剑，一袋暗青子，不管他是男是女，是一个是两个，小子当真不睁眼，我一定给他点苦头吃。"陈元照愕然："她骂的是哪个？是谁不睁眼？难道她骂的是我？难道她晓得我偷窥了么？"忙又跃回后窗根，攀窗探头，倾耳再听；那男女二客又换了话头。陈元照听了，起初好似不相干；但听这男女二人的口气，必也是武林中人，过路来找谁寻仇的，已无可疑了。

那女子分明说道："我们反正不能吃这大亏，我们早该登门找了去；我们现在才找，实在晚了。你想他们还不防备么？"那男子说："君子报仇，十年不晚，这怎能算晚？我们武林中最讲究恩怨分明，睚眦必报；怎么吃的，还得怎么吐出来，迟早倒不限定。不过我只觉着邀人找场，总不如亲自动手，来得体面。"女子道："谁说的报仇不许邀帮手？咱们不邀帮手，人家也要邀帮手的。"男子道："那倒难说，他们就不外邀帮手，也得邀本门中的人。可有一样，强龙不压地头蛇；咱们是人生地疏，人家却是人杰地灵。我总觉着师父出的那个主意不大妥当。"女子道："怎么不妥当？咱们明目张胆地去登门投帖，邀

期赌斗，也教他们死而无怨。若照你的意思，是要抽冷子暗算他们，那反倒太差事了。”男子道：“赌的就是暗的，那怎能算丢人？况且我们人太少，又是外来的，暗中下手，很讲得下去。我想师父他老人家顺路再邀几位帮手，这是很对的。我们还是先把帮手邀好，然后再登门找他们去。”

女子道：“那是自然。爹爹本要邀他的老朋友霹雳手去，无奈霹雳手老英雄不在家。”又道：“不行，我越说话越睡不着，躺在床上翻来覆去的更难受；索性起来吧。不然，你陪我走一趟，看看那个小子去。那小子直眉瞪眼，一定不是好货。”男子道：“咱们省点事吧，别在这里惹麻烦了。”女子不服道：“这怎能算惹事，你敢说那小子不是那头的奸细么？”

屋内夫妻倚枕而谈，十分舒畅；陈元照这小伙子悬肘而听，十分吃力。可是他越听越有劲，越觉这男子二人话藏诡秘，隐含杀机。自己对自己说：“这两个男女一定是武林，一定是寻仇来的。那么，这还用乱猜么？一定是找谈家来的了！”不过只听不行，还得把他们的党羽认准，把他们的行止盯住才好。

屋中夫妻夜谈无忌，那男子忽又说道：“我说青妹妹，那个狮林观，你到过没有？白雁耿秋原外表像是个文弱的道人，单掌竟能劈花梨木的桌角。师父从前会过他没有？听说他的大师兄黄鹤谢秋野道人武艺倒平常；他的二师兄尹鸿图虽是个俗家，可是尽得他师一尘道人的武技。江湖上人说，‘狮林三鸟，飞鸿最好’。飞鸿就是指尹鸿图，这话可真么？”女子道：“我爹爹走遍天下……”刚说出这半句话，又戛然住口，同时听见前边有弹窗之声，内间屋灯光一晃。陈元照微一怔神，那女子忽对前窗叫道：“是爹爹么？”外面一个苍老的喉咙低声喝阻道：“噤声！”屋中灯光骤灭，有人下地。

陈元照惊异道：“这是怎么回事？”急急地一松手，轻轻跳到平地，脚尖轻滑，飞奔碎砖短墙。先探头往外看了看，立即纵身跳出去。忙趋奔厕所，假装小解；慢慢地系着衣带，从厕

所门出来。他要到九号房前窗，看看究竟；却忘了自己身上，还带着一对奇形兵器卍字银花夺！从拐角转出来，刚到前院，九号房门吱溜一声，灯光已灭复明，背后猛然吧嗒响了一下。陈元照像狮子似的，骤转身一寻，房上墙上任什么也没有。在背后一丈以外，黑乎乎有一物放在地上。俯腰拾起来，是一块问路石子，不知是谁投过来的。

陈元照张目环顾，毫无所见；竟将那石子放在衣袋内，蹑足仍奔九号房前窗。外屋仍然漆黑，内间灯光复又大亮；他忍不住迫近来窥看。窗纸不用点破，本有一大块破洞。陈元照傍窗台，觑一目，往里一张；却又奇怪，刚才分明听见那白须老人说话，此时竟不知他置身何处。只见那个女子面冲里，站在床前，摸摸索索，正在扣衣钮，系腰巾，好像刚刚起来。那个男子也拥被坐起，正在披衣，也忙忙地要起床。床头上摆着宝剑、钢鞭、弹弓和装暗器的豹皮囊、小包袱、行囊。男子一面披衣，一面揉眼，对女子说道："时候早得很呢，你总是瞎忙。"女子说道："早走总比误了强；你快收拾吧，我先看看马去。"两口儿说着话，眼神都望着前窗；灯光闪闪，不放在桌上，反置在床边。

陈元照历历看明，心中嘀咕道："他们莫非要走？那个白胡子老头到底藏在哪里去了？"寻思着，探头一凑；那女子和男子忽然惊觉，两颗头四只眼，一齐往破窗洞寻来。陈元照退闪不迭；那女子猛然一旋身，往床头一扑，把那口宝剑抄到手内。男子突然抓起豹尾鞭，从床头跳起来叫道："不好，有人窥探！"女子把灯光一扇，灯光顿灭，满屋全黑。暗影中，屋内窸窸窣窣发响，隐闻男子告惊道："留神暗李子！"又听他喝道："呔，相好的，把招子放亮了，少管闲事！"女子也吆喝道："爹爹快来，有人摸咱们来了！……好小子，别走！"

这么一闹，算是挑明帘了。陈元照初生犊儿不怕虎，并不管这男女三客到底是谁，立刻回手抽兵刃，就要扬声答话。不料，就在此时，背后又听吧嗒一响，陈元照霍地往旁一蹿，伏

身按刃，闪目回顾。就在对面房，自己住的那屋中，门扇大响一声，猛然冒起火亮，把窗纸映得通红。陈元照大惊，顾不得与人斗口，像狮子似的，双足一顿，又直奔自己屋扑去。

第十六章

陈元照误缀柳叶刀

陈元照胆大气豪，吼一声，抡卍字双夺，闯进屋内。“咦!”屋地上熊熊地冒起三尺来高的火苗，用双夺一拨，还道是绿林人物留上的松香火，哪知不是；不过是几张毛头纸，蘸着灯油，烘烘地烧着。也不知是何人恶作剧，把油灯放在地上，纸放在灯上燃着。再看屋内，一切如旧，自己的小包袱却被人打开了。

陈元照把火踏灭，油灯也坏了，满屋漆黑。心中大怒道：这一定是那个老头子干的，他们一定不是好人，我得找他们去！一时恼怒，往外就走，不想把店家惊动了。跑来两个伙计，挑着灯笼，拦问客人道：“你老有什么事?”陈元照忙退回来把兵刃藏了，急迎出来，堵着门掩饰道：“没事，没事!”对门屋中灯光又亮，那个白须老人敞着怀，反从屋中走出来，好像没有事似的，揉着眼说道：“店家，怎么了？可是走水了吧?”

陈元照糊涂起来，竟摸不清是怎么回事了。店中最怕火烛、小偷，定要进屋查看；陈元照遮饰不迭。那个白须老人笑

了笑，反倒帮着陈元照，把店家支走。店伙给陈元照又送来一盏灯；陈元照垂头丧气，回到屋内，往床上一躺，心中想：“这把火是谁弄的呢？男女二人全在床上，这老头子又没动地方，这是谁呢？”

这时更锣三敲，店中的更夫已经上班。陈元照闷气不出，又一翻身坐起来，向对面探头骂道：“我要好好琢磨琢磨他们，我不能反教他们琢磨了我！”

他此时已经看明这男女三骑客，大概不是峨眉同党，许是过路的武林高手。但是他窥探人家，反被人家看破；他要算计人家，反被人家跑到他屋中，放了一把火；他越想越不是味。他再想不到，这时候抟沙女侠已经来到！

陈元照自己抱怨自己：“我总是太鲁莽了。石伯父告诉我，武林踩道，要在三更以后，我索性挨过三更天再说吧。”把刚送来的油灯拨得小小的，自己就和衣睡倒；将兵刃潜握在掌中，假寐起来。不意睡魔忽临，一觉睡到四更天，方才一蹶趔跳起来。

揉揉眼，悄悄走出屋来，抬头看星——观星辨时，也是夜行人应有的技能——恰已四更将半。再一看对面屋，又已黑洞洞，把灯熄了。陈元照抖擞精神，把兵刃、暗器带好。这一次格外小心，把小包袱系在身上，把屋门掩好，做了暗记。到院心四顾无人，悄悄溜过去，仍假装解手，先奔厕所；折到后夹道，奔九号房后窗。攀窗细窥，良久无声，复又绕到前窗，探窗重窥，故意地做出一点响声，里面仍无反响。想了想，把一块问路石子掏出来，直投入屋中；只听落地有声，吧嗒一下，屋中连个人哼声也没有。陈元照暗骂道：“他们弄诡，装睡哩！”一松手跳下来，越过碎砖墙，重奔后窗。就破窗洞，凝眸细看，故意地把窗格弹了三下，屋中人仍无反响。陈元照道：“可恶！我倒要惊动惊动你们！”内间没有反响，遂又踱到外间门口，把门旁的小窗点破，闭一目，睁一目，往内细看。却真奇怪，里面依然不声不响。陈元照怔了，搔头想主意，打

算撬门入窥。不想他在这里盘旋得久了，忽闻得值更房内，有人喝道："谁呀?"

陈元照回头一看，从马号旁边小屋内，出来一个值更的店家；挑灯持枪，重重地咳嗽了一声。望见陈元照的身影，大声喝问："喂，你是谁呀?"陈元照急急退避，前边柜房，也有店家答了声；两个店伙拿着木棍，往这边寻来。

陈元照幼稚得很，若早早绕奔夹道，越后墙出去，也可以掩住形迹；他却在九号房前窗来回一打晃，被店家看个正着。值更的店家高举灯笼，提着花枪，嚷问起来。前边过来的店伙接声喝问："你是哪屋的客人？三更半夜，你这是干什么来了?"陈元照造次不开口，只想回本房间。值更店家忙拦住他，横着花枪，一个劲地盘问："你到底是干什么的？快说话!"陈元照张口结舌，反而发横道："我是住店的。"店伙举起灯笼，往他脸上一照；忽瞥见他手中拿着兵刃，又穿的是短打扮。佩豹皮囊，分明是夜行人模样。店伙吓得一惊，不觉往后倒退，乱嚷起来。

九号房灯火忽亮，有人在屋内窃笑。又有一人扬声发话道："店家快来，这里有人挖窗眼了!"给陈元照加上一层罪状。陈元照大窘之下，一句话不说，还是觅路要走。三个店伙举枪棒吆喝，都截住陈元照，不让他走。正在不可解，突然间，九号房后面夹道上，有一个清脆的异乡口音，振吭大呼道："店家快来，这里有贼了!"扑通一声大响，似一件重物摔在地上。跟着又听喊道："唉哟，杀了人了!"店院中人一齐骇顾；隔着房，看不见夹道上下的情形。但已听见很大的响动，似有人被害。那个清脆的呼声接连喊道："有贼，有贼！店家快看那边茅厕吧！出来了，往西北跑去了!"又喊道："上墙了，快追呀，杀人啦!"接着听见一个人发出呻吟呼痛的声音来。

店中人登时惊扰，值更的店伙张皇失措，只空嚷，不去追寻。陈元照见景生情，蓦然叫道："店家，快追呀！刚才我看

见一个贼。我是本店的客人，你们快来，我同你们追去！”值更的店伙半信半疑，急问道：“你，你，你是哪屋的客人？”忽闻后夹道又打通地大响了一声，似倒了一堵砖墙。墙头屋顶分明看见一条人影，突然立起，不慌不忙，奔西北逃去。陈元照大叫道：“还不快追！”牵引店伙，奋身扑过去。

这一乱，居然给陈元照解了围。前边的店伙都闹起来了，有的认出陈元照是四号房客人。既听见夹道后乱喊杀人，又眼睁睁看见墙头人影奔驰，便一齐寻家伙，点灯笼，大呼拿贼，奔西北追去。墙头人影回身扬手，打下几块飞蝗石子，竟将店伙手中的纸灯打灭了两盏。旋见这人影一栽身，跳到后墙不见了。

店伙还是闹得很凶，奔出奔进，搬梯子上房，挑灯照夹道，乱成一团，别屋客人也都惊醒。店东披着短衫，吃吃地说道：“诸位别出来，各人守着各人的行李，不要害怕。这是闹小贼，没没没有伤人！”一面饰辞安众，一面率伙友，乱搜贼踪。但是，夹道前后搜了一个到，并没有发现被贼杀伤的尸体，也没寻见血迹。刚才分明听见呻吟求救之声，现在全没有了，店中人越发诧怪。却笑煞了九号房的男女三客，把灯剔亮，门窗洞开，白发老人大声说道：“好一个调虎离山计呀！”那一男一女就叽叽呱呱地笑起来。

陈元照混在众中，很觉丢人。多亏着闹贼这一场骚乱，若不然，店家必将自己认成贼人了。“这后夹道大嚷有贼的，却是什么人呢？”跟店家瞎蹿了一阵，向店主表了一回功，自称是：“上厕所，看见贼影，特意回屋取来兵刃，要替你们捉贼。”店家听他这番解说，似信不信的，一面向他道谢，一面挑灯往后夹道重加搜看。想不到这大动静，只是先摔碎一个大瓦盆，后推倒一堆砖；却不知是何人干的，问也没有问出来。陈元照心中更纳闷，又很惭愧。听那大喊有贼的口音，十分清脆，颇近北音，又似女子；初疑她是九号房那个女客，但那女客是皖北口音，这却是北方山陕口音。

陈元照一时脑中滞住，他竟没想到这声喊有贼的女子，其实是他的师姑华吟虹。那呻吟之声也是华吟虹装的，那墙头人影也是他的师姑华吟虹。华吟虹一面装贼，一面喊贼；无形中露了一手，把陈元照暗中救出，暗中压倒。但是，陈元照没有把她猜出来；那九号房的男女三客，却已看出陈元照存心要暗窥他们，同时也已觉察出来陈元照还有一个同伴，在暗中帮忙。

夜深时，陈元照再三出来窥探，围着九号房乱转；那抟沙女侠恰好赶到，就伏在邻院房脊后，偷看陈元照的举动。女侠和陈元照全是初出茅庐的雏儿，但陈元照心粗胆大，女侠却心细气凝。陈元照绕着房，扶着窗，往人家房间里偷看，竟不管背后。抟沙女侠手捻飞蝗石子，不由冷笑，暗骂陈元照混蛋。女侠眼见陈元照攀人家后窗时，人家竟从前门奔出来一个老人，乘虚钻到陈元照的屋内，反把元照搜检了一遍。抟沙女侠大加嗤笑道："元照这小子想不到这么废物！难为石振英吹气冒泡，自觉了不得，他教出来的徒儿，原来遇事就迷糊了！"忍不住将手中那块飞蝗石子，照当院抛下去，吧嗒一响，把陈元照吓得一蹿，女侠匿笑着藏了起来。随后女侠又溜到陈元照屋中，放了一把假火，把他再吓一跳，陈元照这一回到底输给抟沙女侠一着了。

抟沙女侠又抓机会，轻轻跃下邻垣，到九号房攀窗一窥，把屋中人逐个认清。但只看出那一对青年男女的貌相，没寻见那个老人。女侠心说：这不是峨眉派那对男女，或许是他们邀来的帮手？屋中的男女二客并枕私谈，听口气知是夫妻；女侠是没出阁的处女，不愿看人家伉俪燕昵之私，只瞥了一眼，连忙抽身退出。

女侠恼恨陈元照叔侄，不该拿她试招；本打算折回谈宅，把窥店之事面告她父。却一转念，还要看看陈元照这傻小子弄什么把戏。这才一伏身，又跃登邻垣，把身躯顺卧在瓦垅，侧耳凝神，候观究竟。陈元照到底受了屋中人的愚弄，把更夫惊

动出来；女侠卖弄一手，把陈元照从窘地救出来；暗骂道：“你这小子，到底斗不过人家呀！要不是姑奶奶，你小子今天免不了出丑！”于是抟沙女侠得意地一笑，假装贼人，飘然而走，暂时离开了庆合长客栈的邻房。

那陈元照却很闷气，折回己室，寻思一会儿，纳闷一会儿，只得睡下。到五更天还未亮，一骨碌爬起来，重到九号房一窥望时，那屋中门户严扃，窗扇复闭，悄然没有人声。忙又奔到马号一看，男女三客的三匹马已经没有了。陈元照道：“不对！”忙又寻到柜房，要向店家打听。恰有一个店伙从柜房出来，陈元照在门道中迎住问道：“那九号房的三位客人呢？”店伙道：“那三位骑马的客人么？人家走了。”陈元照道：“怎么走了？什么时候走的？可知道上哪里去了？”店伙很诡秘地笑道：“刚走的。”把手一伸道，“你老看，这是人家给我的酒钱，我可不知人家奔哪里去的。”陈元照忙道：“那三位客人没说是往福元巷去么？”店伙道：“这可说不上来；人家客人们上哪里去，哪肯告诉我们店伙？”说时，眯缝着一对眼，直看陈元照。

陈元照问不出所以然来，忙掏出一块银子，要行贿赂。忽然柜房门一开，那店主和司账先生一同出来；因夜间闹贼，犹怀疑虑，竟同声向陈元照发话道：“客人早起来了，今天就走吗？”那店伙连忙走开了。陈元照转向店主和司账，打听男女三客的去向；这两人的口风更紧，一字也不吐，而且盼望陈元照赶快离店，情见于词。陈元照不肯就走，仍在絮絮地动问；那司账比店主还诡，就说道：“那三位客人大概是奔西南走的。你老要找他们，赶快追，还追得上。”

陈元照道：“是真的么？”司账道：“我听见他们说，是奔西南方荻港去的。”店主忙顺口帮腔道：“不错，我也听见他们念叨了，真是上荻港去的。”陈元照信以为实，忙告诉店伙：“我这就找他们去，他们跟我有事。我走后，如有一个姓石的矮胖子来找我，你就费心告诉他说：我往荻港，找那三个客人

去了。请你费心，叫姓石的客人赶快跟着追来。掌柜的，你可认识那位姓石的么？就是上半月间，跟我一块在你们这里住店的那一位。”半月前的客人，店家早不记得了；但为要赶紧把陈元照打发走，司账就说：“认得认得！”陈元照道：“我的话你可准给带到了。”司账道：“你老放心，准没有错；只要姓石的来，我们一定告诉他。”陈元照果然很放心，以为这都布置好了，就立刻回房；取了兵刃行囊，交了店钱，急急奔西南赶下去。

店家本是骗他的。荻港正是往西南去的下一站，三客由东北来，自然是往西南去。但是事逢凑巧，那男女三客当真是顺大江，奔荻港走的。

陈元照抖擞精神，火速地沿江紧赶，这正是他的来路。仗他脚程很快，走出十几里地，沿路打听，居然问出男女三客的踪迹来。江边小摊贩说：“不错，有这么一老一少一女三个骑马的，搭伙从这里过去了。”

陈元照大喜，又问了问，说是过去的工夫不大；他就拭了拭头上的汗，拔步又赶。他心中又打好主意：这男女三人实在可疑，我不能放松他们。好在我已经把店伙嘱咐好了，我石伯父一定跟追过来。想着，往前看了看，又往后看了看。霎时间，穿过一带竹林，遥望见前面有三匹马，联辔而行，是一黑二白，正是那男女三客的坐骑。陈元照大喜道：“哈哈，我居然追上你们了。”如飞地狂奔过去。

前面那三匹马本来走得不慢，那白须老人偶一回头，看见后面奔来一个人；忙招呼一对青年男女，一齐勒马回望。陈元照挣命地赶来，那三匹马登时放慢，无形中似等候陈元照。相隔渐近，陈元照紧贴丛林，还想掩藏形迹；但已望见男女三客，拿马鞭指点自己。索性不管那些，一直逼了过去。相隔一两箭地，前面三客突然一齐下马，竟把马拴在树上；三个人到树荫凉下一站，忽然都不走了。

陈元照贴林凑过去，相隔半箭地站住，也寻了一片树荫坐

下。两只大眼不住打量男女三客，男女三客也打量陈元照。陈元照细看这个女子，椭圆脸，柳叶眉，直鼻小口，双颊嫣红，十分俊俏，举止气派很像个江湖上会武技的女子，却又不带粗俗气，不由多看了几眼。那白须长眉老人看见了，只扪须微笑，淡淡地仰望天空；那女子却蓦地含嗔。那青年男子也直瞪眼生气。只听那女子叽叽呱呱地说了几句话，突然站起来，竟从马上抽出短剑，往陈元照这边走来。青年男子立刻也摘取弹弓，紧紧跟了过来。女子提着剑把叱道："你这东西是干什么的？"

男女二客气势汹汹，似欲动武。陈元照连忙站起来，厉声说道："爷们是走道的，谁也管不着谁！"回手将长条形的小包袱打开，只一抖，亮出一对卍字银花夺，他就预备着打架。那长眉老人哈哈一笑，振声叫道："青儿回来！"陡然一蹿，超越到女子身旁，把她拦住道："都是走道的，你管人家做什么，你这样可是做什么？"他又说了几句什么话，把那女子劝回去，大声向陈元照道："喂，朋友，都是走道的。别这么看人，人家这是女眷啊。"

陈元照手持双夺，也不走，也不退，还是瞪着眼看男女三客。那长须老人把女子劝回树荫下。把那长身男子也叫到身边；三人低声说了半晌，忽抬头看了看陈元照，都笑起来。

过了半晌，三个人突然上马，齐向陈元照望了望，登时加鞭，如飞地走下去。陈元照一看这情形，料定三人必然情虚胆怯，他就急急忙忙拔腿紧迫下去。他一点也不怕疲累，拿两条腿的人，硬要追赶四条腿的马。他认定这三人准是峨眉派，殊不知他上了人家的大当；人家乃是故意做出可疑的情形来，给他开一个小玩笑。但是这一来，却把他支带出好几十里路去；人家的马飞跑不休，他就急赶不休。

这男女三客实在不是峨眉群雄的党羽，也不是过路的绿林。人家乃是为讨寒光剑，特赴青苔关的两湖大侠铁莲子柳兆鸿父女翁婿三人。长眉老人就是铁莲子柳兆鸿，少年女子是他

的爱女江东女侠柳叶青柳研青，少年男子是他的爱婿玉幡杆杨华。

江东女侠柳叶青本是柳兆鸿的侄女。当年铁莲子只身游侠，曾与岳阳十兄弟结怨；岳阳十兄弟惹不起铁莲子，竟把他的族弟夫妻杀害。只剩下柳叶青，那时尚幼，正寄居在舅家，才侥逃毒手。铁莲子闻耗悔恨，挥刃复仇，把十兄弟杀死八个。遂将侄女柳叶青领走，亲加抚养，授以全身武艺。铁莲子自觉对不起亡弟，待柳叶青未免宠爱逾恒，因此把她养成一种娇豪性格。到她二十几岁时，始与玉幡杆杨华谈艺订婚，做了杨华的未婚继配。临近婚期，这未婚夫妻竟因闺中调舌，园内比武，闹起误会来。杨华比拳输给柳叶青，赛弹弓打伤柳叶青的乳头。柳叶青一怒折弓，又把未婚夫打了一个嘴巴。激得杨华羞恚万分，拂袖辞婚；多亏岳父铁莲子与女儿一再陪情，这头场风波方罢。

但女侠柳叶青性子娇憨、倔强，吃了亏，气不出，便变着法儿要琢磨未婚夫婿。有一天，她忽然说起一个叫呼延生的少年壮士，盛夸他如何貌美年轻，如何勤学多能，如何性情温和，故意的逗弄杨华；杨华果然动疑，又含着醋意。

这呼延生本是铁莲子的仇人遣来卧底的，乃是潼关大豪谈九峰的弟子。谈九峰曾被铁莲子砍折一臂，因此暗遣弟子，更名改姓，投到柳门，要伺机报仇。乃这铁莲子很爱惜呼延生的聪明，潜存相婿之意，要将他收为门徒。呼延生也潜慕女侠柳叶青的艳质英风；竟然违师变节，不肯暗算柳氏父女。谈九峰闻风大怒，把呼延生寻着，斥骂一顿，砍了一刀。铁莲子已寻声蹑及，将谈九峰逐走，把呼延生救了。疗伤赠金，告诫他一番，把他遣走。事实本来有点尴尬，又经柳叶青故意一形容，杨华更听了外面的风言，说什么呼延生投入柳门，有无理的举动，才被柳叶青砍了一刀。传言歧误，更滋疑窦；这一来杨华终于不辞而别，逃婚出走，前后差不多快两年。后来从各方访问，始知他的未婚妻柳叶青，实在是个贞烈的女侠，他这才意

转回头。

偏偏横生枝节，旅途上搭接了一尘道人，弄得有始无终，一尘道人到底毒发身死。那把寒光宝剑，虽承一尘道人临终遗命，亲手赠送给他；却被一尘道人的弟子耿白雁明夺暗换，给扣留下了。归途上，又路遇旧友肖承泽，持刀夜奔，为搭接宦门小姐李映霞，独斗群盗。杨华仗义拔刀，居然救了李映霞，却与肖承泽失散。弄得李映霞无依无靠，靠在他身上，多生出这些摆脱不开的缠障。

李映霞原是一个知府小姐，不幸半年前被仇家陷害。父亲气死，母亲教仇人杀害；她自身也被仇家雇买的一群巨盗掳走。义兄肖承泽奋勇奔救，独力难支；玉幡杆杨华陌路仗义，弹打群贼，把她救出来。可怜她已经祸遭灭门，老母惨死，胞兄失散，已落得无家可归了。——杨华既将她救出，只得想法子安顿她。问明淮安府有她一位表舅，遂买舟雇车，由鲁南投奔淮安。不意她那表舅惧内，表舅母势利眼，竟然饰辞拒不收留，把杨华和李映霞困在店中。幸遇杨华旧友当地绅士李季庵，把两人接到己宅。这一对孤男弱女竟在李宅，一住两月。李氏夫妇见李映霞冰心玉貌，身世颠连；又知杨华是她的恩人，曾从群盗手中把她救出，并曾背负而逃通夜，同店而居多时。杨华今年二十八岁，前年丧妻；李映霞今年十七岁，小姑独处无郎；两人相差十一岁，也还不算很多。况且这宦家小姐成了辞条之叶，断梗之蓬，并且她还负着血海深仇。胞兄李步云不知存亡，义兄肖承泽不知下落；她无依无靠，最为亲近的，实在只有这个救命全贞的恩人。李季庵夫人很怜恤她，又很爱惜她，并且很替她的终身发愁。这夫妻俩便动了撮合良缘之念。终由李夫人自告奋勇，向杨华提媒，劝杨华把映霞纳娶为妻。这么一个贞洁秀美的宦门少女，论品貌实在少有；替杨华想，也应该把她娶来做个继室。替李映霞想，把恩人变成良人，更是全贞酬德，两济其美，正好是“恩爱良缘”。李季庵夫人把这些好话说了无数；她不但自己提，又怂恿她丈夫李季

庵帮说。玉幡杆杨华却怪，听李氏夫妻劝娶映霞的话，既峻辞拒绝，抬出不能逼婚被救女子的大理来；又隐瞒着自己业已订婚之事，不肯说出。却又在李宅这么住起闲来，口不言归，婚不言诺；似有情，似无情，悠悠忽忽三个来月，竟不知他真意何在。引得李氏夫妻猜不透他的心思，越发地出力怂恿他。那李映霞又因身世无依，感恩钟情，一片芳心全系在杨华身上。正在割不断摆不开的时候，那江东女侠柳叶青两年别绪，一段幽思，跟着她父铁莲子，千里寻婿，突然来到了淮安。

见面之后，杨华神情踧踖，惹得铁莲子动了疑。当日携女夜探李绅宅，竟撞见杨华、李映霞一灯对话，凄恋缠绵。女侠柳叶青醋意大发，忍不住破窗入室，抽宝剑大闹。李绅夫妻出兴劝解；柳家父女逼着杨华立刻同回镇江，把李映霞抛在淮安李绅家。杨华无辞推卸，李映霞进退无路。那柳叶青骂杨华别恋新欢，话风中明讥映霞无耻。李映霞羞忿难堪，望断路绝，竟潜出李宅，持绢巾自缢，偏偏又被杨华救活，柳叶青更增嫉妒。铁莲子见这事不了，心生一计，将李映霞认为义女，要把她带回镇江；打算物色一个年貌相当的少年，把映霞嫁出去，使杨华断念，无形中就给己女削去了情敌。偏柳叶青不了解其中的深意，倒嫌她父引狼入室，不该把映霞带回家中，父女竟吵起来。铁莲子大怒，当着人骂柳叶青糊涂；柳叶青又羞又怒，次早悄悄地仗剑策马出走了。

后来把女侠寻回，由李映霞引咎释疑，由杨华赔情叙旧，柳叶青才得展颜一笑，重归好合；立即同返镇江，涓吉成礼。夫妻俩新婚欢爱，一洗前疑；独对李映霞，不免犹存芥蒂。并且一想到一尘道人那把寒光利剑，柳叶青尤其气愤不出，恨不得立刻夺回来才罢。

这把寒光剑本是云南狮林观的重宝。当日一尘道人在鄂北老河口地方，惨遭峨眉群雄的暗算时，因感玉幡杆杨华陌路相救之情，在临命前，曾经亲书遗嘱，将这剑当面赠给杨华。却要求杨华，把他的一封遗书，专诚送到豫南、鄂北青苔关狮林

观下院，面交三弟子白雁耿秋原；令白雁等知会同门，为师报仇。嘱罢，一尘道人毒发身死。杨华费了很大的事，吓唬着店家，把一尘的尸体，埋在老河口鸿兴客栈的店后空地内。杨华这才携着宝剑遗书，专诚奔到青苔关狮林观下院。哪知白雁耿秋原等，披读遗书生疑，见字迹倾斜，不似一尘亲笔；经大家会议结果，因寒光剑乃镇观之宝，例归掌门师兄承受，断不会传给外人；遂取出数十两金珠，赠给杨华；意思之间是拿金珠换宝剑。杨华大怒不受，双方说僵了，击掌为誓，约期赌盗宝剑。虽经杨华把剑盗取手内，却又逃至中途，被人家暗中抵盗回去。玉幡杆杨华将这情形，对岳父铁莲子柳兆鸿、妻子柳叶青说了；柳叶青心爱此剑，立逼着她父去讨；父女翁婿三人这才联骑登程，直奔青苔关，打算由铁莲子面见秋原道人，先向他拿好话依理讨剑；他们如敢恃强不给，铁莲子便要变脸，大展身手，以武技向他们索夺。

铁莲子柳兆鸿临行时，早将主意打好。由镇江偕婿女出发，决计先奔荻港，转赴铜陵，找他一个老朋友名叫骆翔麟的。因这骆翔麟和已故的一尘道人，有很深的交情；铁莲子柳兆鸿意欲邀着骆翔麟，一同前往青苔关。有他一个中间人做说客，将来索讨寒光剑，也好教狮林观众道人转得过面子来；铁莲了决不愿落个登门强讨之名。

铁莲子柳兆鸿、柳叶青、杨华，由镇江溯长江西行。不喜走水路，骑着三匹马，走到芜湖、鲁港之间，突然和那初踏江湖的陈元照相遇；跟着又遇见抟沙女侠华吟虹。陈元照这个二十二岁的青年，胆子非常大，气儿非常粗，可是心眼不多，经验太少。他心中有事，是要访峨眉派；他竟把这男女三人当作寻仇的贼人，直追到庆合长客栈。那老人愚弄了他，他还不省悟；人家突然策马离店西行，他又跟追下来。那女子性子刚强，见陈元照直眉瞪眼地看人，她心中大怒，就要发作。那老人忽然想出一个恶作剧的招数来，先把女儿劝住，故意嘀嘀咕咕，做出怕人跟缀的样子来；在半路上和陈元照耗了一阵，却

低声对两个青年说："这个小伙子，看样子好像是个丢镖寻镖的镖行雏儿，又像是初入公门的小狗腿子；他直眉瞪眼的，不知把咱们看成什么人了。青儿别生气，待我跟他斗斗。"三人遂故意都做出东张西望，疑心生暗鬼的样子；然后说了一句江湖黑话，道："快走吧，鹰爪来了！"三人立刻飞身上马，飞跑起来。陈元照果然上当，不顾死活地紧赶下去。

那老人回头一看，遥见陈元照挥汗飞跑，忍不住扬鞭大笑；对二青年道："仲英，青儿，你们看，这小子快要累煞了！"二青年勒马回头，也纵声大笑起来。毕竟马快人慢，走了半晌，将陈元照落远。那青年男子回顾道："师父，你老看，这小子跑不动了。"那女子笑得前仰后合道："爹爹，这傻小子站住了。"那老人看了看，道："不要紧，我再叫他赶。"遂一起将马放慢。

陈元照呼哧呼哧地奔来，本想不赶了。见三人驻马当途，冲着自己指指点点，又说又笑；他不由大怒道："好贼子们，这是诚心逗我。我非追上你们不可！叫你们看看大爷的脚程！"遂一伏腰，如箭似的扑上去。

第十七章 林边诱战

春风扑面，骄阳当头，三匹马乍紧乍慢，忽东忽西，乱踏着一片片的竹林田径，投向西南。陈元照性子倔强，纵然浑身汗下，依旧穷追不舍。铁莲子柳兆鸿父女拿着陈元照开心，竟这么忽快忽慢的，把他直溜出二十多里。忽然天色陡变，云合风起；铁莲子急看前途，偏南有一片村舍。父女翁婿忙拍马直投过去；就井台树荫，饮马纳凉，打算借地避雨。问了问村民，此处没有客店；若要投宿，还得再走二十余里。

铁莲子柳兆鸿问罢，又一回头，见陈元照竟又远远地跟了过来。铁莲子不由绰须强笑道："这小子太奇怪了；你们看，他还是追。"柳叶青和杨华夫妻勃然大怒，不由骂道："这东西一定不是好人；若说他是衙门中的狗腿子，他不会有这么好的脚程。"因问铁莲子道："你老人家可知道近处有绿林巢穴没有？"铁莲子摇头道："这哪里说得清，我有许多年没到这里来了。"柳叶青道："这小子别是狮林观那群老道暗派来跟缀咱们的吧？"铁莲子不禁失笑道："他们会算卦，准知道你们夫妻完过婚，立刻讨剑来了？真是笑话。"柳叶青道："那么，这小

子，一个劲地追咱们，他到底有什么用意呢?”铁莲子笑道：“我不是神仙!”

玉幡杆杨华这时站在树荫下，挨在他妻柳叶青的旁边，把马兰坡的大草帽摘下，拿着当扇子扇，远望了陈元照一眼。忽然一笑，低声对柳叶青说道：“青妹妹，我说你可别恼，他的用意，我倒猜着了。”柳叶青用手巾拭汗，回眸问道：“你说他是什么用意?”

杨华附耳道：“这小子直眉瞪眼，我猜他没安好心；他瞧你长得漂亮，他是盯上你了?”柳叶青红晕两腮，低声往地上啐了一口道：“我骂你了!”杨华哈哈地笑了起来。铁莲子问道：“你们俩笑什么?”柳叶青虽然闯奢，到底有点害羞，斜瞪了她丈夫一眼，轻轻答道：“他胡说八道，他他他说这小子直看我!”杨华忙掩饰道：“师父总知道，外面坏小子专好缀女人，这小子也许是这种坏蛋。”

铁莲子柳兆鸿情知他们新婚小夫妻，难免调笑戏谑；可是杨华这句话也很近情理。这老人绰须往这面一看，陈元照眼看追到；他果然大瞪眼，大张嘴，直往这边看。铁莲子柳兆鸿不由动疑，微哼了一声道：“这小子果然有点邪魔怪道!这小子怎么只凭两条腿，硬敢追马?他把咱们看成什么人了?这小子举止太嫩，绝不像衙门狗腿子，也不像踩盘子小贼，莫非这小子真是采花淫贼不成?”

铁莲子想罢，对女婿杨华说道：“你说的这话很有一点意思。”杨华蓦地也红了脸。铁莲子没有理会，接着说道：“这东西我真猜不透他；莫非他把青儿看错了?我说，我们莫如等他来。试向他逗弄逗弄。他如果真是这种坏人……”说至此长眉一挑，面露杀气道：“我可就要剪除了他!”

柳叶青道：“爹爹说的对，你老人家上去审审他。”杨华说道：“等一等，师父，依我说，我们不必在这里生枝节了。你老看，天气好像要下雨；我们索性往前赶一站，先住店再说。倘若这东西真是坏人，仍然跟缀我们，我们再收拾他，也不为迟。”

柳叶青忽然振奋起来，道："那不对；咱们当真要收拾他，莫如把他诱到野地外头，就把他捉住。好了，打一顿，捆上他，等过路人搭救；不好，就把他处死，掘个坑一埋。"说着面对杨华道："我说华哥。我打算毁他一下子，你让我毁不让我毁?"杨华笑道："我不让你毁。"

柳叶青把腰一扭道："我说的是你让我毁他不让，谁说毁你呀。你不毁我，我就念佛。"

铁莲子皱眉道："罢罢罢，你们又斗起口来了，回头又真发急。"柳叶青道："看爹爹说的我们，谁发急来?……喂，华哥，说真格的。你和爹爹先走，我靠后走。我过去逗弄他，看他小子出什么相。他若是真犯坏种……"遂一弹剑道："先把小子的胳臂卸下一只来，再讲。"说罢，催她父和她丈夫先上马。

杨华有点不愿意，道："何必那么狠?"叫着柳兆鸿道："师父，青妹又要发厉害。"柳兆鸿才要答话。柳叶青指着杨华怫然道："你又'吃味'?你就怕我跟老爷们过话是不是?你放心，我只勾引他上当，他只敢无礼，我就给他一剑。"

杨华赧然说道："你又多疑了，谁怕你跟男子说话来。你来不来就要动刀动剑；万一这小子不是坏人，或者武艺很高……"柳叶青道："咦咦咦，刚才你不是说他是坏人么?怎么又不是坏人了?我知道你那小心眼子，我一跟男子说话，你就起心眼里不乐意；你又怕他武艺高了，武艺高又怎样?你可知道我江东女侠……"

杨华大笑道："江东女侠，好大口气!"

夫妻俩不住斗口，铁莲子身为翁丈，只扪着白须微笑。忽然说道："你们看，你们只顾抬杠，这小子可凑过来了。快看，快看，这小子还藏在影壁后头，伸头探脑的藏'马虎'哩。"

杨华和柳叶青急往后面看；果然看见陈元照把身子藏在一家影壁后，不肯逼近来，只远远的偷眼注视三人的动静。三人谈话他断定是谈论他自己，越发侧耳倾听；无奈相隔稍远，一字也听不出来。他只道人家没看见他，哪知铁莲子柳兆鸿眼观

六路，耳听八方；虽然与婿女共谈，却精神四注，把前后左右都顾到了。

杨华和柳叶青都年轻，比起陈元照来，他们俩的江湖经验究竟高一头。两人都看见陈元照，却都假装没看见。听铁莲子一说，俩人只有意无意，偏头偷瞥一眼。柳叶青低问她父铁莲子和丈夫杨华道："这小子神气太不对，咱们还是把这东西诱出村外的好。"往前途一看，是一片旷野。此时乌云密布，阳光尽遮，天空雨意转浓；可是不大起风，反倒格外闷热，柳叶青抽剑迈步，当真要找陈元照。

铁莲子柳兆鸿晓得爱婿杨华的心意，是不愿柳叶青跟这汉子对头。遂对女儿柳叶青说："你不要任着性子胡来，还是看我老人家的吧。年轻轻的，干什么这样冒失？可是，你出的主意很不错。咱们先不搭理他；就依着你，把他诱到野地没人处，看事做事好了，用不着你出头。"说着看了看杨华，又道："仲英说的也很有道理，天要下雨，咱们赶紧投集镇落店；不要陪着这小子，淋在半路上。……这小子当真穷追不舍，还敢跟到店里，咱们就不再放过他。"

玉幡杆杨华欣然点头道："师父说的对，咱们走吧。"这样办，就和缓多了。

柳叶青却截住他道："那不成，爹爹刚才不是说，要审这小子，最好找个没人地方么？怎的又要容他跟到店里再动？与其那样，咱们在鲁港就该动手毁他。"转身瞅着杨华说道："你凭良心说，不许跟我别扭，到底是你的招儿好，还是我的招儿好？是我诱他的好，还是谁诱他的好？"玉幡杆杨华笑道："自然是你的招儿巧，自然是你诱他的好。可是不管怎样，咱们还是先上马吧，天就要落雨点。"

铁莲子道："对！先上马，出了村，咱们再看这小子的动静；该怎么着，就怎么着，现在用不着抬杠。"低嘱杨华、柳叶青："这回不要再往后看了，这回务必跟他装傻。"一齐解缰，扳鞍上马。

杨华不知不觉，回头往后看了一眼。铁莲子没说活，柳叶青却得了理，低叱道："喂，呆子，不教你回头露相，你怎么偏回头？你瞧瞧我，爹爹没告诉你么？遇上绿林人，千万沉住气，别毛骨。像你这样嘀嘀咕咕的，简直没见过大阵仗，怨不得你到处倒霉。"

铁莲子失声一哂，杨华也笑起来，道："是了，是了，青姑娘今天又讲道了，我是外行雏儿，应该向你请教。刚才回头倒不要紧，现在回头就不应该了；究竟这是怎么个讲究，我倒要请问请问。"

柳叶青道："你再也不肯认错，你问我怎么个讲究么？刚才咱们是明教他知道，现在咱们是要装傻。你没看见这小子藏在影壁后头，自以为咱们全眼瞎，没有看见他；咱们就将计就计，给他来个明眼瞎。他蒙咱们，咱们就要要他，你明白了么?"

玉幡杆杨华诺诺连声说道："哦，是是是，原来如此，我却不懂得；我实在嫩，往后我全靠你多多的指教呢。"柳叶青觉得这话有点刺耳，她又不愿意了；拿鞭鞘指着杨华道："不用你又挖苦我!"

铁莲子柳兆鸿忙道："算了，算了，你们说吵就吵，说恼就恼，拿拌嘴解闷，弄不好就噘嘴。你们俩全是大行家，在大路上还这么唠叨，不怕人听出来？……仲英，我告诉你，要打算往回看，你应该在拐弯时，勒转马缰，假装马闹性，就瞥见了。……喂，快走吧，真个落雨点了。"

湿风倏起，天愈阴沉，豆大的雨点直往人脸上落。玉幡杆杨华、柳叶青齐说道："不好，真要挨雨淋!"立刻把马缰一勒，马头兜转，顺势往回扫了一眼。陈元照抄小道远远抄来；衣襟敞开，手提小包，健走如飞，依然往这边赶。铁莲子柳兆鸿道："放马吧，不用管这小子了。为他挨雨淋，太不值得。"翁婿父女三人登时将马缰一撒，马鞭连拂，三匹马放开健蹄，豁剌剌地向荻港奔去。

这一场暮春的野雨，断断续续，大一阵小一阵地下，将弥望皆绿的野地加了一层浓雾，给行人身上加了一些潮湿。阴云低降，湿风带暖，更觉不爽快。挨到酉牌时分，凉风骤至，雨才放晴。前途路上，紧贴江滨，有一座大镇甸，铁莲子策马前行，杨柳夫妇并辔在后。

柳叶青拍马前赶了几步，大声说道："爹爹，这前面可是荻港么？"铁莲子扭头答道："不错，是荻港。"

柳叶青自视其身，口吐怨言道："这里的雨怎么比咱们家乡的雨还讨厌？自从离开镇江，走了这些日子，十天倒有七八天阴天下雨。早知这样，还不如不骑马，坐船走呢，你瞧这身上，湿漉漉的也不知是汗是雨，里外都湿透了。咱们赶快寻个店吧，我们也好换换衣裳。"铁莲子道："这么一点雨，你就受不住了。咱们进镇吧。"

三匹连辔前进，到了镇口；三个人不禁同时回头。柳叶青道："呀，那小子没影了；准是累不了，不缀咱们了。"

铁莲子笑道："你不要小看人，这小子实在有种。你看吧，回头他一准寻找过来。咱们三个人骑着马，他这小子一个人在步下赶，足见他有胆量，有横劲。假若他是好人，倒是可造之才；他若不是好货，保不定就是单人独闯的少年巨贼。……"

杨华道："只是这小子太有点不知自量。"说着，三人拍马进街。铁莲子首先下马，杨柳夫妻一齐甩镫离鞍，牵马步行，趁着暂晴，忙忙的寻店。

荻港也是很热闹的水陆码头。铁莲子找到一家店房，字号叫四合栈，占用了一明两暗三间北房。翁婿二人命店伙打水净面、泡茶、喂饮马匹。柳叶青先不顾这些事，忙忙钻进西内间，把小行囊打开；取出自己的衣裳来，先更换好；顺手把丈夫杨华的单裤单衫，也找出来，往床板上一丢，自己扣好衣钮；又将她父亲的一身干衣服，抱送到东内间，说道："爹爹，你老换上衣衫吧，回头看着了湿气。"又向杨华一努嘴道："喂，你的两件皮，我也给你找出来了；别只顾吃茶了，快给

我换上吧。”

杨华站起来，看了看自己身上道：“我身上只稍微有点湿，换不换不相干。”柳叶青道：“不行，不行，我给你找出来了。”一指西内间道：“你老老实实的快给我换上，我好把咱们的湿衣裳，一块儿晾晾。回头我还打算找店伙，借个洗衣盆来，给你们爷两个洗一洗呢。就只带了这么两套替换衣裳，天又潮湿，汗漉漉的，你不嫌穿着难受啊？”

柳叶青一味催，杨华笑扶门框，往外面看雨，并不动弹。铁莲子也只吃茶，笑着说：“姑娘忽然爱起干净来了。”杨华道：“谁说不是，青妹妹刚刚学会了洗浆衣裳，有这份能耐，出门在外，还想施展。”

柳叶青不悦道：“人家好心好意地催你换，给你洗，你倒挑剔！不是我逞能，爷儿三个每人就只带这两件衣服，脏了就得洗。我不洗，谁洗？我好歹洗一洗，当夜就能晾干；明早就可以穿了走。若交给洗衣房，非等两三天不成；我们真的住在店里傻等么？我本来不会洗衣裳，我是初学乍练；我知道我不如人家李映霞李小姐手巧，人家又会洗，又会做，又会……”

这一套话又扎着杨华的心病上了。玉幡杆杨华只嘻嘻地笑了几声，一时无话可答。柳叶青拿眼盯着他，半晌，也笑了。杨华忽然轻轻说道：“少奶奶有完没完？”柳叶青说道：“没完，一辈子没完！”

铁莲子柳兆鸿听见了，叫了一声：“青儿。”柳叶青回头道：“做什么，爹爹？”铁莲子把头一摇，发出厌气的声口道：“算了吧！”竟不教她再往下说了。

当天下晚，父女翁婿换好了衣裳。吃完饭，铁莲子躺在木床上，闭目养神。杨柳夫妻搬了两把椅子，坐在门口，隔帘看雨，哝哝共话；外面雨又淅淅沥沥下起来，倒格外大了。

隔了一会儿，陈元照居然急匆匆地从外面奔到店中。店伙持雨伞跟着他。他浑身是水，满头是汗，一面张目四顾往里走，一面和店伙搭讪道：“你们这里有好房间没有？”

杨华看见了他，忙触了柳叶青一下，回头道："师父，那东西来了！"柳叶青立刻撩帘探头，故意大声咳嗽了一下。陈元照两眼一扫，登时看见，连忙止步，对店伙说："店家，我只要一间房，好歹都行，有吧？"店伙说："有。"立刻把陈元照领到一个单间去了。

杨柳夫妻气急，目送陈元照转到别院，回头来，齐对铁莲子说道："这东西真该死，万不可容，我们该怎么动他的手？"铁莲子欠身而起，徐徐说道："好东西，真找来了。这可是他作死，休怪我们无情。"翁婿父女三人立刻把算计陈元照的步骤，悄悄议好；铁莲子踏着雨，出去勘查诱擒的地方。

陈元照自在单间屋内一狠，把浑身的湿衣脱下拧干，收拾好了，把卍字银花夺也擦干包好。摸了摸身上，因追得太仓促，只有一筒袖箭带在身边，别的防身暗器全忘了带；人众我寡，须防他们暗算自己。便急急出店，也踏着泥路，到刀剪铺，买了一槽镖。又买了一根绒绳、一幅带子、一双鞋，另外还有几块石子；回转店来，把柳家父女重窥了一遍。

倏忽二更，雨又略住。陈元照将全身结束好了，换鞋系带，佩好镖箭，把卍字夺顺在床头，出去重窥视一回。这才严启门户，顶上木凳，要躺在床上，止灯假寐。这样办，敌人就来，他也可以立时警觉。不料他一路狂奔，疲极瞌睡；耳才贴枕，倦眼再睁不开。陈元照道："不好，这可睡不得！"忙跳起来，在屋中来回走溜。小小油灯在面前桌上放着，并未熄灭，吐出闪闪黄光。……忽然间，听窗外嗤的一声冷笑，窗孔破露处，有一只俏眼，往自己这边窥视。陈元照一转身，厉声喝道："什么人？"

那只俏眼一闪，忽换来一只皓白的手，公然把窗纸一扯，撕破一个很大的窟窿，把半个面孔放在那里，公然往屋里明窥。

陈元照勃然大怒，伸手要抄兵刃，忽听后窗啪的一响，跟着一个人低声呼道："朋友，是熟人；请出来，到店外会会！"

陈元照往旁一跳，回头急看。本想贼人胆虚，断不敢明来动手；哪知他们公然叫阵！将卍字夺一把抓来，交到左手；右手潜掏暗器，却仍忘了扇灯。退步负隅，眼观前后两窗，低喝道："出来又怕什么？呔。你们到底是干什么的？可是骑马的三位？"前窗哂笑道："算你会猜！别害怕，慢慢地出来，店外东南空地上见。"

陈元照把牙一咬，掂了掂掌中暗器，未肯先发，还答道："别卖狂，陈太爷龙潭虎穴也敢去，三打一也不怕。堵门口憋着我，可不成；放暗算，是屎蛋！"灯影中，他已看清前窗的半面是圆脸、杏眼、桃腮，不露唇吻，不见发髻；听音辨形，知是那个女子。后窗只听见语声，不见身形，料是那个男子；此时又在后窗根发话道："朋友，放心大胆钻出来吧，有好话跟你商量，没人算计你。"

陈元照说了一个"好"字，突往前一扑，抖手打出一镖，顺手把灯扇灭。前窗人影挟着笑声，一晃不见。后窗人声拍窗骂道："没出息的东西，还想挟诈？快滚出来吧！"

陈元照喝道："太爷是开道，不得不然！"又抖手打出一镖，趁势抢一步，移凳拔闩，把门扇猛一开阖；右脚点地，腾身斜蹿，跃出屋门，往右首一落。双夺急分，提防暗算，"夜战八方"式，往四面一扫，双眸跟着一寻；空庭寂寂，敌人并未碰着自己。

陈元照抬头再看，房头上也没有人，院里面也没有人。心中一动："他们好快的身法呀！"略一犹疑，双夺一按，嗖的一个箭步，往男女三骑客的房间扑去。刚刚蹿到转角处，忽从背后袭来一股寒风。陈元照急急的一抽身；斜刺里又闪出一个人影，低声叫道："朋友，往这边走！"眼见这人影一指东墙根，紧走数步，一蹿上去。"金鸡独立"，登着墙头，冲陈元照连连点手。

陈元照奋不顾身地吼了一声，也紧走数步，嗖地往邻墙上一蹿。身如风摆荷叶一般，连连拿桩，方才立稳；这雨后的墙

头竟十分滑泞，好容易才得立住。再看敌人，冷冷一笑；容得陈元照蹿上来，就立刻一栽身，跳到外面去。陈元照也往下一跳，跟踪出去。一面跑，一面提神四顾；恐防三打一，半途上受了人家的暗算。

但是敌人并不打算半路上暗算他，他自己却踏入人家的埋伏了。前边那人影正是铁莲子柳兆鸿，把陈元照诱出来，直奔到东南林边，便即站住。那玉幡杆杨华和柳叶青夫妻，从侧面倒缀陈元照，霎时也已来到。翁婿父女三人恰巧把陈元照围在垓心；再看陈元照，竟傲然不惧，把双夺一举，挺立在空地上；满地尽是烂泥，他一点也不介意。闪目看清了敌人的人数，微微一笑，振亢叫道："朋友，在地下跑，比骑着马跑差不多了吧！喂，我来了；你们从店里把我调出来，请问打算怎么样吧？"杨柳夫妻愠怒已深，相顾一笑。柳叶青道："这小子还装没事人嘿！我说喂，华哥，是我过去问他？还是你过去问他？"那铁莲子柳兆鸿自居是前辈英雄，不屑跟陈元照一个后生小子交手；只远远立在林边，扪长须，看胜负。

柳叶青提着那把青萍剑，直往陈元照这边凑。她口头上和杨华商量谁先过来，实在她自己要过来，跟陈元照动手："把这东西撂倒，先剜他的大眼，再砍掉他的狗腿。"

玉幡杆杨华依然保持着做丈夫的体统，忙横身阻住道："青妹妹，你闪开了，看我教训他。"柳叶青从鼻孔中呼哧地笑了一声，把剑往对面一指道："小心点。教训不成人家，别教人家教训了你！"

说话时，杨华早提豹尾鞭拏空一蹿，扑嚓一声，脚踏泥路，溅起水花，蹿出一丈多远。柳叶青连连追呼道："留神别滑倒了，黑灯瞎火的……"说到这里，忽起了戒惧之心，忙又叫道："爹爹，他要先过去，他不教我去。这么大黑的天，又刚下完雨，他的眼劲不大行，爹爹拦拦他吧！"

黑影中，玉幡杆杨华不由一阵脸皮发烧。一赌气，为求必胜，立刻插钢鞭，把弹弓摘下来。铁莲子柳兆鸿在林边努目凝

神，既已辨清敌人手中的兵器，不由心中一动，道：“这小家伙是哪一门的徒弟呢？怎么竟会使一对兵刃？这可得多加小心。”正要谆嘱婿女，不可轻敌；恰巧听见爱女在那边直嚷，立刻应声道：“是了，我知道啦。我说仲英，天里道泞，你可要多加仔细。对面点子使的可是一对卍字夺。别教他咬着你的兵刃。喂，你还是用其所长吧。唔，对了，把鞭收起来太对了。嘿，不要先动手，先问问他是干什么的，是哪一门的？”

人家翁婿父女虽然当着敌人，仍自殷殷对话，互相关情。陈元照立在当中，把一对大眼睛瞪得像鸡子似的，照顾这面黑影，照顾那面黑影。他一点也不退缩，而且一点也不想退缩；只举起卍字银花夺，静等杨华过来。

玉幡杆杨华教他的娇妻岳父这么一闹，真有点不好意思。不便对岳父说话，就冲着妻子柳叶青说道：“你把人家看成呆子了，连天上下雨地上滑，都不晓得？漆黑的天，我干什么跟他真打，还不会给他个球儿吃吃！”挪近数步，与陈元照对了面，把弹弓一提，弹丸握在掌心，这才厉声叫道：“呔！朋友，你问我们要怎样么？好小子，老实告诉你，我要审审你，要训训你！你这东西由打鲁港，缀我们一道；我们走到哪里，你跟缀到哪里。我问你，你到底是干什么的？你这种无礼的举动，究竟安着什么心？当着你杨二太爷，赶快把实话说出来，或者能饶你一死！”

陈元照听了，哈哈大笑道：“小子，你倒想审我，太爷还想审你哩！官街官道，随着爷爷走，怎么太爷是跟缀你？你头上长着犄角了，太爷缀着你，要看稀罕景么？……你说我无礼，你这东西更无礼；太爷好好住在店里，你们成群搭伙，把太爷诱出来，我倒要问问你们安着什么心？可是看见太爷手里拿着这对宝贝了么？”把卍字夺一摆道：“呔！太爷手里这对玩意儿真是宝贝，就怕你们连男带女三块料，没大胆量敢抢！”说着，一指柳叶青，又一指铁莲子。

杨华喝了一声，刚要还口，柳叶青早跳着脚骂道：“你这

小子一定是下五门的贼子贼孙！我问你，你贼眉鼠眼的缀着姑奶奶做什么？”

陈元照冷笑着骂道：“太爷不喜欢缀好人家的妇女，专好缀女贼。你这娘们不用说，准是峨眉派的党羽，专会堵着门，欺负人家孤儿寡母的。你就是女人，太爷手下也不留情，你过来！”

柳叶青道：“啐，你这该死的小贼蛋子！……”杨华立刻也骂道：“狗贼，不消说了，你一定是下五门的贼子，死有余辜的！教你尝尝太爷的弹子，先打瞎你这一对狗眼再讲！……”

夫妻俩这个还在骂，那个就要打；陈元照立刻准备上招。那边铁莲子听出棱缝来，急喝道：“等一等，呔，少年人，你说的什么峨眉派？我们并不是峨眉派。喂，你老实说，你是哪一门的？你可认得铁莲子么？”

话喊晚了，其实不喊晚，陈元照也不肯听。柳叶青把剑一挥；杨华急将弹弓一拉，黑影中，嗖嗖嗖，一连三弹，照陈元照打去。陈元照双夺一错，往前上一步；弹丸破空打到，他急往旁一闪。他才初出世，还没有遇见杨华这样的连珠弹法；头一弹刚刚闪开，第二弹、第三弹已利落打来，围着他身上下乱迸。空有双夺，竟上不进招去；身上就有暗器，也掏不出来了。

柳叶青一见丈夫取胜，纵声笑道：“我当是怎样一个人物，原来是个小草包；华哥，别往上二路打，打他下面，捉个活的来问问吧。”

铁莲子也叫道：“别下毒手，最好打掉他的兵刃。”

杨华取得妻子意外的赞许，心中得意，手中的弹弓嗖嗖地打个不住。颇想依着岳丈的话，把陈元照的兵刃打掉；但是还不能取准。陈元照头一次对敌，碰上钉子，被打得手忙脚乱。黑影中，泥路上，只听他脚下，扑嚓扑嚓的乱响，只见他一个人像“海里进”似的乱跳，柳叶青笑得花枝乱颤似的，几乎直不起腰来。

铁莲子柳兆鸿慢慢踱过来，留神着陈元照的身法。忽对柳

叶青说道："青儿，别傻笑了。你看仲英这里取胜，还不绕到那边堵着去？这小子眼看斗不过，必要扯活……"

这么一句话，给陈元照提了一个醒。杨华的弹法厉害，他既不能攻，又不能守，也不肯走，只这么躲闪闪招架，势必久耗致败。他负气恋战，一时没想开；只顾用尽身法，勉强对付。经铁莲子这么一喝，他陡然醒悟；急急的一闪，往旁一穿，骂道："小子有本领，咱们斗斗兵刃？"登时抹转头，往回路上逃去；弄得一头汗，满腿泥。

杨华大喝道："哪里跑，快截住他！"急忙收弓摘鞭。铁莲子道："怎么样？跑了不是？"忙奔左边堵截过去。柳叶青道："真跑了，快追！"忙挺剑横蹿，奔右边截过去。

陈元照抢到左边，铁莲子张空拳拦阻道："小伙子，可以歇歇吧。"陈元照发恨道："那不见得！"右手银花夺唰的直刺过去，左手夺跟着拦腰横剪。铁莲子施展开三十六路擒拿法，空手入白刃，硬来夺取陈元照的兵刃。陈元照忙将双夺一抹，转眼间换了三四招；铁莲子几乎直欺到他怀内，拳影嗖嗖劈面。陈元照慌忙一退，大吃一惊，努力挥双夺往外一划；铁莲子哈哈大笑。百忙中，一股寒风袭到，柳叶青的剑影已从右侧攻来。陈元照双脚一顿，退蹿出一两丈；脚尖一点泥路，抽身急往旁走。柳叶青挥剑跟上，剑、夺交斗起来。

陈元照到此方才晓得："天外有天，人上有人。"这老少男女三人不想个个功夫都硬，自己也太轻敌了。可是仍不服输，挥动双夺，且战且走，仍想打倒个把敌人。柳叶青的剑被他双夺克住，竟不能取胜；杨华恰恰背弓抡鞭追到。柳叶青刚从双夺交锁处，冒着险招，很快地将剑抽回来；把杨华吓了一跳，拼命的扬鞭来援；"力劈华山"，用一股猛劲，硬砸下去。陈元照微一侧身，让过鞭风，用单夺一捋；杨华脚下一滑，不觉失招。陈元照大喜，猛喝道："呔！"夺光一闪，杨华手中鞭竟被甩出去，吧嗒一声，落在雨地上。陈元照得理不让人，银花夺趁势一送，直攻咽喉，旁扫肩头。

这一招险极，铁莲子道："呀！"抖手发出一粒铁莲子，柳叶青吆的一声惊叫，手中剑"秋风扫落叶""疾如电掣"，抵住卍字夺，努力一颤，磕开夺锋，把杨华救出。陈元照左手夺忙一递，又来剪柳叶青。当此时，铁莲子的暗器似一点寒星唰的打到，陈元照蓦地觉出，急一侧身；啪的一下，这一粒铁莲子打着他的左腕。䜣的一声，一支卍字夺竟被打落，和杨华的鞭都掉在泥地里了。杨华和陈元照都挣命往外一蹿。

柳叶青惊忙怒恨交迸，如飞奔来。陈元照窜出来时，两眼早盯着坠刃处；忙借势又一蹿，伏身急捡自己的钢夺，却迟了一步，柳叶青赶上去，一脚踏住银花夺；右手剑一晃，咬牙斥道："看剑！"一缕青光，直取陈元照的后项。

陈元照这少年好不凶猛，连腰也不直，竟翻腕抬右手夺，往外一推，用了个十二分力。剑锋砸夺柄，叮沂一震，火花直迸。柳叶青哎哟一声，缩足往后一退，骂道："好贼子，好狠！"柳叶青的膂力不如陈元照强，陈元照的手法也不如柳叶青快，陈元照借这一下，把已失的兵刃拾起来；喘了口气，觅路急逃。

但是，玉幡杆杨华失鞭之后，愧忿之余，竟不重拾，早在那里把弹弓摘下。恍惚看见他的爱妻与敌交手骤退，只道是受了伤；玉幡杆杨华一声不哼，唰唰唰，展开了连珠弹，恰如骤雨惊雹，照陈元照打来。

陈元照冷不防挨了一下，忙往旁一跳；哧溜的一下，滑倒在地。黑影中，玉幡杆、柳叶青夫妻俩双双奔过来，要活捉他。

忽然听铁莲子柳兆鸿叫道："咦，又有人来了？……呔？什么人？快给我站住！"一声未了。果然在北面有人答了话。一个清脆的女人声音喝道："好你们胆大的峨眉走狗，胆敢半夜在这里行凶害人；待我姑娘来拿你！……陈元照小子，别害怕，你师姑救你来了。"

人影一闪，比箭还快，一直扑过来。

铁莲子双手一张，忙招呼婿女："青儿、仲英，你两口子

快拿住这个小子，我挡来人。”立刻横身迎上去。

杨华、柳叶青双双动手，把陈元照按住。陈元照拼命挣扎，一听这呼声，杨、柳二人不由扭头巡视。陈元照怪吼一声，猛然挣出一只手来，劈面一掌，打在杨华的脸上。杨华大怒道：“吓，好东西！”叉脖颈，复将陈元照一按。柳叶青忙腾出一只手来，来拔插在地上的剑。陈元照浑身用力，拼命又一挣，突然跳起来，拔腿就跑。杨、柳夫妻一齐大呼，各抄兵刃急追。陈元照挥手一镖，杨华急闪。柳叶青扬手打出一铁莲子，陈元照急一伏腰，这暗器从头顶打过去。

林边诱战，陈元照被困，抟沙女侠驰至助战。杨、柳夫妻一以利剑近取，一以弹弓远攻，伉俪合战，抟沙不支。而铁莲子犹恐暗中伏敌，亟掣雁翎刀，为婿女声援，目力所注，反在路边。果见二人影奔来，临阵前，高呼报名，乃弹指翁华雨仓、多臂石振英也。收刃止争，握手道故。问谈门拒敌之事，则“螳螂捕蝉、黄雀在后”；彼峨眉群雄寻仇不舍，其仇家狮林三鸟亦寻仇不舍，追到皖南。唐林、韩蓉辈惧狮林声威，已哄然逃避。铁莲子婿翁正欲南访狮林观讨剑；今于不意中，得三鸟踪迹；乃倩友骆翔麟说项，请与三鸟一会。狮林三鸟谢黄鹤、耿秋雁、尹鸿图，念其师一尘道长既遭峨眉暗算，殉命鄂北；而移灵开棺，不见尸首，断为峨眉所盗割，衔恨益深；必欲先雪师仇，次议还剑。铁莲子怫然，不肯久待；片言失和，赌剑动武。秋野战败，失剑沤血；同门共愤，与柳结仇。由是峨眉、狮林、杨柳三家冤怨相报，仇雠相寻，惹起纷争。局外之华氏父女、石氏叔侄，因缘凑合，亦无端参与其间，左袒右袒，重重掀起波澜。

中华民国三十年八月十五日初版

整理后记

《血涤寒光剑》白羽自称《十二金钱镖》二部作，写于1940年，原叙杨华、女侠柳研青、李映霞三角恋爱及狮林夺剑的故事，以青年武士陈元照初踏江湖开篇，但卷三末尾第十七章杨华、柳研青刚刚露面。1941年，本书由天津正华出版部连续出版三卷约20万字以后，白羽辍笔，未再叙写。1949年，白羽又撰《毒砂掌》续完此书，但结局却与本书所附后记中白羽最初构思大有差异。

《血涤寒光剑》连载之后，曾更名《狮林三鸟》出版，该书内容除结尾处比《血涤寒光剑》少约万字外，其余全部相同。故本全集中只收《血涤寒光剑》，是为正本。

本书根据1941年天津正华版校订，忠实原貌。

第一章　初踏江湖

第三章　半只胳膊一条命

第五章　江边决斗

第七章　挎沙女侠怒斗师兄

第九章　弹指翁寻贼赠药

第十一章　峨眉派卷土重来

第十三章　搜敌觅伴

第十四章　挎沙女侠彷徨歧路

第十六章　陈元照误缀柳叶刀

第十七章　林边诱战

图书在版编目（CIP）数据

毒砂掌 / 白羽著．—太原：北岳文艺出版社，2022.1
（白羽武侠小说全集）
ISBN 978-7-5378-6468-8
Ⅰ．①毒… Ⅱ．①白… Ⅲ．①侠义小说—中国—现代
Ⅳ．①I246.5

中国版本图书馆CIP数据核字(2021)第215694号

毒砂掌

白羽 / 著

//
出品人
郭文礼

选题策划
孙茜

责任编辑
刘晓京　高彩霞

印刷监制
郭勇

封面插画
杨苇

封面设计
阎宏睿

出版发行：山西出版传媒集团·北岳文艺出版社
地　　址：山西省太原市并州南路57号
邮　　编：030012
电　　话：0351-5628696（发行部）　0351-5628688（总编室）
传　　真：0351-5628680
承 印 者：山西人民印刷有限责任公司

开　　本：890mm×1240mm　1/32
总 字 数：5280千字
总 印 张：200.625
版　　次：2022年1月　第1版
印　　次：2022年1月　第1次印刷
书　　号：ISBN 978-7-5378-6468-8
总 定 价：1380.00元（全25册）

玉幡杆杨华、江东女侠柳叶青伉俪情深，联袂南下，追蹑云南狮林三鸟踪迹，寻讨狮林观掌门一尘道长临终所赠传世之宝青镝寒光剑；狮林三鸟为雪其师一尘道长被仇敌暗算之耻，倾巢携剑，直奔西川，追杀峨眉七雄；峨眉七雄却群集于江南鲁港，公然叫阵于飞刀谈五后人门前，被陕南大侠华雨苍路见不平，赶入江中，隐藏在铁锚帮秘巢之内。于是，四方群雄，汇集于此，彼此争杀，血染长剑……

目录

第一章

洞房谈宝剑

江南镇江码头，泊着两艘官船，新任江北五河总兵官，姓陶字纡青，新由吴淞口副将，调署本镇，乃是升缺。陶镇台携带眷属，循水道北上赴任，路经镇江，停舟拜客。少年壮士玉幡杆杨华偏巧在那天到码头上访问朋友，和陶府旧仆相遇。陶镇台和杨华之父本是通家至好，交谊素笃，据陶仆说：老爷时常惦念杨少爷哩。杨华便写了一份年家子世愚侄的名帖，匆匆备礼，去到行辕修谒道贺。

陶总兵立即接见，快谈良久，又把杨华引到妻女面前给介绍了。陶总兵笑对陶夫人说："夫人您看，这就是杨靖侯杨大哥的哲嗣，十几年没见，他已这么高了。"陶夫人欣然道："你就是华少爷，我真正认不得你了。你还记得婶子吗？你母亲可好？你今年多大了？"杨华欠身答道："家母托您福很壮实，小侄今年虚度二十九岁了。"陶夫人道："吆，你都二十九了，你媳妇儿不是刘知府的女儿吗？你们有几个小孩子？"杨华道："小侄的原配刘氏，数年前已经患病死去，只抛下一女，也夭折了。"陶夫人道："哎哟，这是怎么说的，那么俊俏的一个

人，怎么竟会短命呢？你没有续上吗？”杨华道：“近来小侄刚刚续娶。”陶夫人道：“是谁家的姑娘，也是咱们绅宦人家吧？”回答道：“娘家姓柳，是寻常百姓。”陶夫人道：“娶进门多少时候了？”答道：“秋初刚办完事。”陶夫人又问：“是在老家办的事吗？新娘子人才怎么样，我们杨大嫂子也很喜欢吧？”杨华道：“新人也和前室差不多，小侄是在镇江办的事，家叔父主的婚，家母没有出来，家母此刻还在原籍呢。”陶夫人又问：“你这位新娘子呢？”回答道：“现时还在此地。”

陶夫人笑了笑说道：“你们两口子大概想在外边过吧？”杨华答道：“小侄目下正打算把新妇送回原籍。成婚之后，家母还没有见过她呢。”这陶夫人虽是贵妇，依然絮絮叨叨，问长问短，谈的话一点正事也没有。杨华很客气很耐烦地答对着。陶总镇吸着水烟，面对杨华，向夫人说道：“仲英现在还没有做事，不夷不惠。坐令韶光虚度，不是我们簪缨人家所宜有的。我打算邀仲英到衙门去，给我帮帮忙，就便遇上保案，也可以干父之蛊，克绍箕裘……我听说你跟江湖上的人物结纳，风尘中多有屠沽奇士，固然很好；只是这种人难免有作奸犯科的。况且目下秘密会帮很是跳梁，你们年轻人，交友不可不慎。”说得杨华躇踖起来，他现在这个继室娘子就是江湖人物。陶夫人从旁笑道：“那好极了，华少爷若肯跟老爷到任上去，又比纯甫强多了。纯甫究竟是老爷的内亲，恐怕落闲言。华少爷，你现在不是没有做事吗？你本是荫生，你跟我们上任，帮着你二叔，忙忙；遇上机会，把你保举上去，凭你这样的人才，一定是一员虎将。你不要在外头瞎混了。”

杨华见陶总兵夫妻意气殷勤，颇有允意。他自己也曾盘算过，年当少壮也该励志功名，真个的在江湖上浮游一世吗？陶镇台眼望着他，似要等他回答。他便欠身肃对：“既承叔父大人不弃，小侄理应遵命效劳；只是小侄还有一点私事羁身，不能立刻追随大人赴任。我有心在半年后再去，但我想叔父大人此番荣擢，一到五河，接收整饬，处处需人，忙的时候小侄不

能去；不忙的时候才赶了去，小侄心上觉得不安。小侄为此犹豫，我还能在叔父婶母面前说客气话吗？”

陶镇台点了点头，说道：“你是不能即刻动身……”底下的话没容讲出来，陶夫人就笑着接过去了，说道：“你有什么私事？你别是新娶了媳妇儿恋家吧？你不会把侄媳妇也带到任上去吗？”说得杨华忸怩起来，连说：“不是，不是为这个。”陶总兵也笑了，仰脸想了一回，说道：“这五河卸任的总兵跟我也是老友，预料盘交营底，点收官项，还不致有什么麻烦，你既一时不克分身，那么半个月以后呢？半个月还不行，那么索性到明年春正呢？”

杨华至此再不能推托，立即站起身谢了栽培。陶纡青笑道：“我也不给你下聘书了，你也无须道谢。我有两个缺，打算给你留着，一个是营务处帮办，执掌军纪军法；一个是教练官，训练士卒。营务处是文，教练官是武，随你挑选。”转顾夫人道：“还有总文案的事，胡道台给我荐了一位绍兴老夫子，听人说他奏牍上并不怎么样，只会寻常的八行和檄札咨禀罢了，我还想邀纯甫帮办文案。”又谈了一阵闲话，杨华告辞，陶总兵亲送出行馆，到了门前，杨华紧行数步，回身拜别。陶总兵含笑拱手道：“我们明年春初再见吧。”在镇江酢酬三两日，陶总兵吩咐开船，过江宁拜客，又摒挡数日，即转赴江北五河就任。

杨华回转镇江府城寓所内。小楼一角，上下四幢，这是杨、柳夫妇新婚的洞房。这洞房可算是玲珑小巧的家，室中院内铺陈一新，娘子柳叶青就在楼上，由师兄鲁镇雄拨来一仆司阍，一婢执炊。新娘子柳叶青打扮得花枝招展，满头珠翠，穿绣花鞋，系百褶裙，颇有新妇的模样了；只是说话大嗓门，走路大洒步，没很改过来。她的嫩白的手，依然是玩惯了刀剑，不会拈针走线，她的衣纽开了绽，她依然着急。她学不会缝缝连连，做了几个月新妇，只学会炒鸡蛋。

玉幡杆杨华拜客回来，来到家门，扶梯上楼，小婢掀帘子

说道："二爷回来了。"新娘子小步走过来，立在新郎身边，等候着接那要脱还没脱下来的马褂。小婢也赶过来，等着接帽子，再泡茶水。杨华自丧原配，孤踪漫游，自己服侍惯自己，到此日胶弦重续，再温室家之好，又回到温柔乡了。新娘子努力学乖，勉主中馈，尽管上床不能剪子，下床不能铲子，可是为妻之道，正从师嫂那里偷学着呢。闺房之中，她居然也能赔笑说话，看丈夫眼色行事了，只是不要遇上事，遇上事一忘情，她还是情不自禁，独断独行与杨华抬杠。

她服侍着丈夫脱去了长衣，等着丈夫坐下了，她也坐下来陪着，然后问道："见过了吗？"答道："见过了。"问道："这位镇台跟你说了些什么，还很亲近吗？"杨华道："当然很亲近，我们本是世交，你猜他对我说了些什么话？"柳叶青道："我怎么会知道？我又……"本想说我又不是蛔虫，觉得这话又像要抬杠，连忙咽住了。

她自出嫁以来，由上轿前半月起，她的大师嫂不知跟她说过多少回话，她的父亲铁莲子柳兆鸿，也告诫过她许多许多话。妇人以柔顺为正，姑娘应当把要刀剑、闯江湖的习气收一收。现在是男家就亲，却也很好，趁这机会，练习练习，将来回家，好侍候婆婆，应付妯娌，再不可照从前要小性，动拳动剑了。做女人的要敬爱丈夫，丈夫越宠爱自己，自己更要柔和。况有现成一个情敌李映霞姑娘摆在这里，你硬折脖颈把丈夫搬转来，不如拿柔情蜜意拴住他。做男子的都是三天新鲜，你要自己好好修饰，处处容让着男人，他自然没有别的想头了。像这些话真难为了铁莲子，他竟以严父之尊，兼作慈母之训，屏人密语，倒像老虔婆似的唠叨起来。若像起初，柳叶青哪里听得入，但她和杨华已然经过波澜，铁莲子过于疼爱女儿，什么细微的地方都教到了，就是自己无法启口的话，他也密嘱徒儿转嘱徒弟媳妇，翻开娘娘经，把柳叶青加紧教导了一回，再回，许多回。像野鸟似的柳叶青，新婚洞房中居然入了笼，颇有闺阁之风，渐汰江湖之习了。然而这话只能粗粗地看

表面，山河易改，禀性难移，柳叶青当时虽然默默接受了老父的训诫，日后免不了依然复发。

柳叶青赔着笑问道："我真猜不出来，可是的，这位官老爷跟你说什么来着？"

杨华道："他要邀我到任上，给他帮忙去。"

柳叶青道："你去不去呢？"杨华道："去倒想去，只有一件难处……"忽然失笑了一声道："只是我舍不得你。"

柳叶青脸一红，看了小婢一眼道："别胡说，你倒是有什么难处？"杨华面色一整道："难处多着呢，跟你也商量不出来，还是请岳父来吧。你是傻姑娘，你出的主意比我还馊哩。"遂命小婢传话，教门房老张，到师兄鲁镇雄宅，去请岳父铁莲子柳兆鸿。

柳叶青道："说真格的，你有什么为难的事？我父亲前些日子还说呢，你都快三十了，你又是仕宦人家，在江湖上混，未免格格不投；若是还做官，也该想法子投军谋事去了。我父亲说，他和罗思举军门有点渊源，打算写一封荐信，把你荐了去。可是他老人家又说，你家本是世代武职官，你们有的是门生故吏，何必做岳父的代谋。现在果然陶镇台邀你去，这不是正好吗？"

杨华道："你倒贤惠，你舍得我去从军吗？从前有人作过一首诗：'闺中少妇不知愁，悔教夫婿觅封侯'。"柳叶青道："你才傻呢，你出门做事去，我不会跟了你去吗？"杨华笑道："你就忘了一样，你还能骑马吗？"柳叶青嗤地笑道："你别看我现在扭着走路，我是没法子，他们全笑话我，我不能不这么走。"说着把脚一抬道："我们大师嫂又故意地给我做了这小鞋穿，我做了新媳妇，人没受夹板气，脚先受起夹板气了。可是遇上事，穿上我的鹿皮靴，照样还能上房，骑马又算什么呢？"

杨华低头看自己妻的脚，高底绣履，直掇起来，比平常小了一寸，又瘦又尖，真是小鞋。他忍不住笑道："怪不得你成天扭，你原来踩着寸子呢。算了吧，我不嫌你脚大，你还是把

你那双大鞋拿出来吧。你不会扭，你扭得一点也不好看。”柳叶青很不好意思地笑道：“你的嘴真损。咱们还是说正经事吧，我看你还是去好，我跟了你去，我也算是上任的官娘子了。”杨华道：“想不到你也是着了官迷。你的脚能出门，可是你的肚子呢？”

柳叶青红着脸说：“那碍什么事？”杨华道：“那正是要紧的事，你有了喜了，你自己还装不晓得？你想你无缘无故地吞酸呕吐，口味无常，你是怀着小孩了。”柳叶青道：“你倒是老娘婆，没有你不懂得的。我明白了，你一定是听大师嫂说的，她是诳你的。”

夫妻闺房调笑，等候铁莲子。杨华又道：“老实说，我打算把你送回老家，我再出门。母亲很想见你，你做儿媳的也该服侍她老人家两天，也是做子女的道理。等你分娩了之后，我的事也许有了头绪了，我再接你出来。你想我这一去，不过是帮忙，不见得准有职名，我把你带了去，也不方便。”

杨华这一番话，柳叶青听了，不由一呆，半晌说道：“你把我一个人丢在家里，你就走吗？”杨华道：“怎么一个人，还有母亲，还有嫂嫂呢。”

柳叶青不言语了，她的心眼里不愿意，可是这也是“为妇顺”之道，嫁鸡随鸡，自己怎好说不愿回婆家去。

杨华看着她的神气，又道：“不然的话，你一个人留在这里，你又怀着身孕，我去了也不放心。你难道说，已然出嫁，还到大师哥家寄住吗？况且，寄居产子，也不像话。”杨华说着，听柳叶青的回答，柳叶青脸上红一阵白一阵的，一个字也回答不出来了。杨华哈哈一笑道：“我明白了，我要是带着你回家，有我跟你做伴，就行了吧？”柳叶青徐徐说道：“我和婆婆还没曾见过面，你丢下我就走，我又不知道婆婆的脾气秉性，我又不会做活做饭，又有一位寡居嫂嫂，你也替人家做女人的想想啊。我现在就好比野鸟入笼，人家已经受着罪呢，怎么你还把我送回小笼子里去。”杨华道：“看这意思，你是决计

不肯回我的家了。”

柳叶青忙道：“二爷，您别窘我了，我拙嘴笨舌的，我可比不上人家李映霞李姑娘。我服侍你，已然不行，蓦生生的，教我一个人回家……”说着十分委屈，她就是没哭罢了。哪知杨华是故意怄她，她越央求，杨华越慢声慢气地用话拿捏她。她窘得脸通红，就要翻腔，可是在这个时候，外面咳嗽一声，岳父老大人铁莲子已经到了。

铁莲子长袍马褂，手团着核桃，刚刚进门，柳叶青便抢着说道：“爹爹您来了，您瞧，仲英要到五河口镇台衙门做事去，他说他要把我一个人送回永城去。”

铁莲子微微一笑，杨华早迎着深深施礼，叫了一声：“师父！”却不叫岳父，侧身往上首让座，扭头冲着柳叶青一笑。铁莲子还了半揖，小婢过来献茶，他便就座、接茶，含笑说道：“仲英！你找我有事吗？可是你真要出门做事去吗？”

杨华道：“是的。”他把谒见陶镇台的事说了，然后说道：“师父您看，我这就去好吗？”铁莲子先问明去就何职，次问何时到差，末后才问到家眷怎样安插，带去与否。杨华道：“小婿此行，只算是帮忙，名义好像是幕府文案，实际是做亲信侍卫。小婿要请师父就为商量这事可就不可就，如果可就，青妹妹跟了去方便不方便，该怎么样安置她？”

翁婿商量一阵，铁莲子认为这也是个机会，当然该就。至于柳叶青，铁莲子说：“还是教她跟了你去，她手底下多少还行，可以做你的内助。”杨华向柳叶青笑道：“师父你老还不知道，她此刻不便出门。”铁莲子问道：“怎么呢？”杨华笑道：“青妹妹，你不用瞪我，这还能瞒着他老人家吗？师父，您不晓得，她现在身子不方便，已经三个月了。”

铁莲子道：“哦！”不由欣然，便向女儿一望。仿佛见她眉毛疏疏的，肚皮虽未现形，可是听她喘气，打嗝，似乎真像有孕了。这老人也不由一笑，说道：“你这孩子，这个事怎么还瞒着我？”柳叶青道：“您别听他胡说，这是没影的事，他信口

胡扯！”铁莲子柳兆鸿又回头来，面向杨华，以目光叩问虚实。杨华含笑一指柳叶青的怀，脸上神气郑重，并不似调笑。铁莲子又转问女儿，柳叶青仍不承认有孕，并且说：“实在是他胡猜，那天我吃东西没吃舒服，吐了，他就抓住这一点，一口儿说我有了……”杨华道：“但是，你为什么又好吃酸呢？”柳叶青笑道：“我本来就好吃酸的。”

夫妻俩一味辩论有孕无孕，铁莲子说道：“你们不用斗口了，这很容易，回头请一位郎中、一个稳婆来，诊断一下，不就省得疑猜了？若是青儿真有了身子，那么，跟着仲英一同上任，未免不方便。若是把青儿送回永城，也不大合适。因为，仲英你不明白吗？她虽做了新媳妇，却是任什么不懂，任什么不会，那可真成了丑媳妇不敢见公婆了。何况你府上又有孀居婆母，又有一位孀居嫂嫂，我这女儿又是中馈之道一窍不通，你又不在家，她自然怕去了。”

玉幡杆杨华听了，忙道：“青妹妹实是多虑，你不知我母亲多么慈爱呢，我嫂嫂更是好脾气，我敢保妯娌俩一定处得来。至于我母亲，疼爱儿女的心，更不用说了。”柳叶青摇摇头，忙要说话，铁莲子冲她一挥手说道：“是呀，正为这些个缘故，青儿一到你家，上有慈姑，中有贤嫂，她却是烹调缝洗一无所能，姑嫂不肯责备，她自己却不能不要强，她当然要担心害怕。她难道教婆婆嫂嫂做现成的饭给她吃吗？她自己的衣服破了，真格地找嫂嫂补缝吗？她现下正跟鲁师嫂加紧学习为妇之道。你还看不出来吗？我们青儿是个要强好胜的人，她绝不愿做笨媳妇，她可实在是个笨媳妇，所以她不敢先回婆家。她是希望着学好了做媳妇的能耐，再回你们杨家去。我说的对不对呢，青儿？”柳叶青低着头笑了，徐徐说道：“还是爹爹知道我。”向杨华瞟了一眼道：“你就不管不顾，一点也不体谅人家的苦处，你恨不能叫我回家做瘪子去，才好呢！”说得杨华也笑了，回答道：“岂有此理，青妹你太多心，家中有的是佣妇婢女，哪里用得着你做生活？”铁莲子道：“仲英你是少爷脾

气，居家过日子，就有婢仆，你也要懂得那一套，才能支使得妥帖呢！”

杨华见铁莲子口气很认真，忙改口道：“师父放心，我只不过说说笑笑，逗青妹妹玩的。我现时不送她回家，就到将来，一定是我们俩双双偕同回去，断不会把她一个人搁在家里。我请师父商量的是这个事情到底该就不该就？如果该就，青妹该怎么办？是同去好，还是留在这里好？还有一节，那把寒光剑，一尘道人中毒临殁时，亲留遗嘱，手递手赠给了我。他的徒弟狮林三鸟贪图镇观之宝，疑心遗嘱笔迹是假，欺我人单势孤，巧取豪夺，把我已经到手的剑先扣留，后抵盗，硬给诓骗了去。这一件事，我实在不甘心。本来我是要北上邀助，克期赌盗，一定把剑弄回来，又赶上忙着办喜事，把事情耽误了。师父上次说，要邀同武林知名的人，以情谊前往索讨，现在已历多时，我们是不是现在趁着有空，就上狮林观去一趟，把这一事先办出结果来？现在要是不去，我到五河镇署，一有官事羁身，可就没工夫了。”

柳叶青立刻矍然地站起来，说：“对，我们得赶紧找狮林观那伙子老道，把寒光剑好歹讨回来，我们绝不能吃这个亏。爹爹，咱们哪天去呢？”

铁莲子扑哧的一声笑了，笑得柳叶青蓦地红了脸。原来讨剑之事，柳叶青最为心急，最为气愤。只是这些天，她得意忘形，早把剑丢到脑后。她为了和难女李映霞情场争敌，好不容易把玉幡杆杨华寻转，夺回，立刻洞房花烛，在镇江赶着办完婚礼。于是，杨华和柳叶青得谐夙愿，终证鸳盟。李映霞从情场败落，变成了铁莲子的义女，现时随铁莲子寄居在鲁镇雄家，做了客中客。女侠柳叶青可说是如愿以偿了。在新婚三个月期间，柳叶青和杨华曾经婚变，感情以磨难而愈增坚强，真个是男欢女爱，如鹣如鲽，把什么事都忘了，只觉得良宵苦短，儿女情长。

直到此刻，杨华将要投效军门，即将别妻就业，女侠柳叶

青这才想起了那把得而复失的寒光剑。一想起寒光剑，女侠柳叶青的易冲的性格又发作了。她迫不及待地询问杨华："我说喂，你上五河总镇衙门，得什么时候去呀？"杨华微笑道："什么时候把你安顿好了，我就什么时候动身去。"柳叶青立刻含嗔把身子一扭道："问你真格的，你老跟我打岔，到底你那位老世叔陶总兵他叫你什么时候去？"杨华答道："他本教我半个月以内去，我说办不到，他教我明年开春去。"柳叶青道："开春去，那好极了，我们还有好几个月的时间耽搁。我说爹爹，我们趁这时候就上云南狮林观去一趟，找那什么黄鹤、白雁、狮林三鸟，把寒光剑夺回来。跟手再到五河上任去，也还不迟。爹爹咱们哪天动身？"

铁莲子柳兆鸿望着女儿，不由笑了。杨华也笑起来了，说道："青妹妹真是炮仗脾气，惯打如意算盘，看你这个意思，我们明天就动身才好。你也不管你能行不能行，也不管这路远不远。"铁莲子道："那都是小事，最要紧的是我们不能这样去。真格的咱们三个人一直登门到狮林观，硬去讨剑吗？咱们自觉理直气壮。人家狮林观也不是泛泛之辈，人家也自然有点说处。正是公说公有理，婆说婆有理，事从两来，莫怪一面，他们也许自觉很有一面理呢！这件事不还得托朋友先去道达一下，把咱们的理说开了，把他们的理驳倒了。然后我们赶了去，登门投帖，客客气气，以情以礼去讨，这才是我们江湖上有名姓的人物应该走的路数。我们不能那么冒冒失失，任着性子，一冲儿去干。"

柳叶青很不愿意地说："您还要跟他们讲理，可是他们毫不跟咱们讲理。华哥平白叫他折了一下，您反倒托人情去向人家说好的去，您不嫌太懦弱吗？"

铁莲子哈哈地笑起来，说道："江湖上还没有人敢说我铁莲子为人懦弱的，也只有我的女儿挑剔我罢了。狮林观一尘道人是南荒大侠，跟我也是彼此知名、彼此钦慕的朋友。他不幸中毒死了，只许他的后辈对我的门婿无礼，却不许我找上门欺

负他的门弟子去，这是从情谊上讲。若单讲势力，就凭咱们爷三个堵着人家门口硬去讨剑，岂不欺人太甚？他们也栽不起，我也不愿担这个名。况且强龙不压地头蛇，一人不斗二人力，我们一定要托一两个熟人先去关照一声。只要咱们有理，走到哪里，也说得出去。依我的意思，这一档事，不一定一上场就抓破了脸，我们要看事做事。我要到云南狮林观，邀出南方江湖上知名人士，给我们两家评一评理，硬拿面子拘，也许把剑顺顺利利弄回来。这比恃强硬夺，不但面子好看，而且多少还能要得回来，教江湖上评论，也说咱们有义气。若拿武力硬夺，那我们可就以‘失而复得’为荣，他们必以‘得而复失’为羞，倒挤出纠纷来，反而不好了。仲英，你说是不是？”

玉幡杆杨华连连点头说“是”，又道：“上月师父不是说已经托过人了吗？”铁莲子道：“是的，我曾经托过铜陵的骆祥麟，骆祥麟和狮林三鸟的第二鸟尹鸿图，按交情是论爷们的，尹鸿图还算师侄。我的办法，原是等你们结了婚，稍为闲一闲，我就带着仲英先找老骆，次找云南武林人物，把事情说开了，再到狮林观去拜访三鸟，谢黄鹤、尹鸿图、耿白雁。”又笑着对柳叶青说：“这却用不着新娘子你出马，只由我和仲英两个人去就够了。还是那句话，我们拿着一尘道人临死的遗嘱，要求三鸟履行亡师遗教，退还寒光剑，认仲英为师弟。这样有武林人士从旁做证，方才彼此不伤体面，我们就把剑要得回来了，他们也不显着丢人。”

杨华听了，觉得也对，柳叶青脸上带出不悦来了。铁莲子柳兆鸿又道：“我本打算等你们婚后，过个三五月，就腾出工夫去办。现在仲英你既然要从戎作幕，我们就该得前赶紧预备，趁你没上任，先走一趟，把此事赶快办个了结。你们夫妻俩也顺气了，也安心了，我老头子也就可以歇歇了。姑奶奶若不挑眼，若肯依我的打算，我和仲英尽十天内，打点动身。不过，这件事情很耽误时候。你想，云南狮林观距离此地够多么远，托人讨剑，又未必那么顺手。虽说我们决以情讨，仍然预

备拿武力做后盾。那么，三个月的工夫只怕不能打来回。由咱们镇江先上云南，再折回来，就得两个多月。何况邀朋友，讨期会，见面接头，未必样样顺当，反正波折是少不了的。哼，一个弄不好，就得折腾半年。你也须防备狮林三鸟，不在本观呀。他们此时恐怕正忙着给他们的师父寻仇报怨，未必准在狮林观等候咱们。还有青苔关狮林下院是耿白雁的住处，也是仲英失剑的原地点，我们也得去探探，至不济也得托人去摸摸。你看，这怎么着也得要半年的长工夫才能专心办这一件事，姑奶奶，你还冲我翻眼珠不？你只一盘算，就不会再怪你爹爹故意磨蹭了。"

玉幡杆杨华听完这一席话，还不怎样，因为他深知这一番讨剑，势必大动干戈，大费口舌。那女侠柳叶青却听得双蛾紧皱，很不耐烦起来，半晌才说："真个像您说得这么麻烦吗？依我看，有两三个月的工夫，足可以完结了。"

杨华笑道："本来是麻烦事，你嫌麻烦也不行啊。"柳叶青道："哼，这麻烦还不是您老人家找出来的。那么大的人，竟会上人家的当，自己还有脸说呢！爹爹若不揽在身，凭你一个人，你就干瞪眼，挨人家的窝！你能够邀请能人，前去讨剑吗？"玉幡杆杨华道："是是，我本来是饭桶，若没有师父帮忙，我一个人真不敢去。不过呢，说出来不怕你见笑，我这个笨货，也倒有一点笨打算。你要知道，我上回到红花铺，本来就是为了邀人，前去打赌盗剑。盗来盗不来，当然像我这样的笨货，绝不敢说有把握，但是你不能说，我吓破了胆，连狮林观也不敢望一眼呀……"

杨华还要往下说，柳叶青故意用鼻孔哼了一声道："久仰久仰，杨二爷是好汉，可就是一遇上耿白雁，就让人耍得像傻三似的。你也不用吹，反正爹爹若是不去，光凭你一个人，我保管那把寒光剑弄不回来。"

杨华道："当然我弄不回来，若弄的回来，当时还丢不了呢。青姑娘不用挖苦我，现在师父要带我前去讨剑，你敢跟我

们去吗？”

柳叶青竟站起来，说道：“我怎么不敢跟你去？别说是狮林观，只不过一群老道罢了，就算是龙潭虎穴，皇宫宝殿，我柳叶青只凭一口剑，一个人也敢去闯。你不用瞧不起我，你要明白‘江东女侠’四个字不是凭空得来的。”

两口子拌起嘴来，杨华坚决地说道：“好汉莫夸当年勇，咱们说现在。现在反正你不能上狮林观！”

柳叶青道：“你不用怄我，我一定能上云南去，我一定要上狮林观，会一会那一群白雁呀，黄鹤呀！就算他们有九头鸟，我也要斗斗他们去。”杨华道：“姑奶奶别吹，这一场反正你去不了。”柳叶青说道：“凭什么我去不了？”杨华道：“你不同穆桂英，穆桂英大破天门阵，阵阵要到，你能成吗？”柳叶青道：“你随便怎么说，我也要去。我就是穆桂英，我偏阵阵要到。”杨华道：“你比穆桂英，只怕差点儿比不上！”柳叶青道：“我偏比得上。”杨华道：“穆桂英破天门，阵前产子，末一阵把小孩生在战场上，难道你也要跟她比吗？”柳叶青不由红了脸，啐道：“你可恶！”

小两口子斗口，越斗越不像话，终于杨华抓住了柳叶青的短处，呵呵笑道：“你真够穆桂英，你真要怀着身子去讨剑吗？你一厢情愿，师父，你老也让她去吗？”

铁莲子把面孔一板说道：“青儿，你闹什么？这用不着你去，只由我和仲英两个人去好了。”柳叶青噘着嘴道：“爹爹不叫我去，我也不放心。”又瞪杨华道：“你不要瞎说，我实在没什么，我能够出门，你不要故意憋我。”杨华得意地笑道：“你真是去不得，你身子很不方便。”柳叶青道：“我去得，我身子很方便。”

这一句话把铁莲子也招得笑起来，说道：“傻丫头，你就傻吧，你还要说什么？”

柳叶青不言语了，但还是决计要跟了去，她不让她父亲和她丈夫二人前去。她留在家里，实在不放心，又憋闷。她一定

要亲自到场，然后才能安心。她不愿做春闺少妇，坐在家里，悬悬挂虑着外面的人。夫妻俩就这么翻来覆去地吵，吵完了“单独不回家”，再吵“偕上狮林观”。招得铁莲子发起烦来，连声说道：“不用斗口了，不用斗口了，你还是叫郎中和稳婆来看一看，不就结了嘛？”

第二天，真格地由大师兄鲁镇雄陪来了一位名医。名医诊脉，说道不是喜，乃是病，胃口上的病，故此吞酸，打嗝。

柳叶青眉飞色舞，像得了胜仗似的，嘻嘻笑道：“怎么样，二爷？我本来身子方便吗。”但是第三天，大嫂嫂陪来一位出名的稳婆，这稳婆却根据她的四十年经验断定柳姑娘是两个月喜脉！

柳叶青瞪了眼，怒骂：“胡说。”玉幡杆杨华哈哈大笑说：“得……”

但是柳叶青一劲儿麻烦，教她一个人守空闺，绝不干。作新嫁娘这几个月，已然闷得她发慌，投奔狮林观，打赌夺剑，决计不甘落后。于是乎她天天叮，日日央告，丈夫玉幡杆受不了，爹爹铁莲子也搪不清她这一味软磨。铁莲子柳兆鸿愤愤地说：“你这丫头一个劲儿横反胡闹，我管不了你了，常言道‘嫁出门的女儿，泼出门的水’，你问我女婿杨华去吧。”

杨华意思是再找个稳婆或郎中给诊断一下，而柳叶青说什么也不干了。她一定要以名医的诊断非孕为凭证，作为偕赴狮林的借口。

末后，铁莲子柳兆鸿另找来一位名医，这位名医诊脉，也说非喜也，亦非病也，这位姑娘身体很好。于是乎柳叶青大喜，就此打定了父女翁婿偕同出门的准主意，江东女侠非常感激两位名医，痛骂稳婆混账。

江东女侠柳叶青赶紧地打点收拾，但是她的新房小楼一角，上四幢，叫谁给看守呢？

铁莲子说：“就叫我的干女儿李映霞姑娘搬来好了。”柳叶青一听，顿时摇头。但是铁莲子又说，叫李映霞住楼上，保管

新房嫁妆；叫白鹤郑捷住楼下，照应门户。这是一个阴谋私计。柳叶青恍然大悟，当然很赞成。玉幡杆又不愿意了，却是说不出一个不字来。本来李映霞姑娘，人家是知府小姐，父死遇盗，遭了大难的，现在算是铁莲子的义女；而白鹤郑捷（年已二十，尚未娶妻）是铁莲子的徒孙，彼此没一点关系。一个孤男，一个少女，柳老做主，居然教他们给人家看守空房，似乎不相宜。柳老有私意，欲作撮合；李映霞依人篱下，力不能拒；那个白鹤郑捷却是个机灵鬼，他公然说出不愿意的话来了。他背地里告诉师父鲁镇雄和师娘，师叔杨华的家务事，别人干预不着，师祖硬要架弄我，要来个偷梁换柱，我凭什么给人家摆布着玩呢？给师叔、师姑看家，分所应为，凭空又拉上一个李小姐，李小姐是杨师叔救出来的，彼此又都是年轻人，这如何使得，如何使得？

白鹤郑捷很不满意师祖铁莲子，铁莲子也自知他的私计被郑捷看破。结果，此议作罢，只可叫李映霞带着鲁府一个老妪，住在杨、柳二人的新房，代为看家；至于照应门户，就交给了司阍的老张那个老头儿了，却嘱咐鲁镇雄、郑捷、柴本栋师徒，随时去照看。这样安排着，铁莲子柳兆鸿、玉幡杆杨华、江东女侠柳叶青，翁婿、父女、夫妇三口，就择日上道，偕访狮林观，专程索讨那把青镝寒光剑去了。

翁婿父女三人，挟了一张弓，一囊弹，三十六枚铁莲子，一把雁翎刀，一根豹尾鞭，一柄青锋剑，骑了三匹马，由镇江出发，踊跃西南行，第一步直趋江南荻港，再转赴铜陵。他们先找一个朋友，就是铁莲子十数年前的旧交，武师骆祥麟。这骆祥麟既和柳老为患难旧交，又与南荒大侠狮林观主一尘道人有很深的友情。狮林三鸟的谢黄鹤、尹鸿图、耿白雁都跟骆祥麟论长幼，而且他们又是秘帮的同道。铁莲子为了这把寒光剑，两月前已托人给骆祥麟去了一封信，略略打听狮林三鸟近来的行藏，又问骆老：一尘道长在老河口遇仇人，遭暗算，中毒惨死，兄台是否可知详情？随后又告诉骆老：小女叶青已选

得东床，婚后不日将携婿南访铜陵，拜见老友，请推屋爱，多多关照，多指教自己这位娇客。并且还有一件要事奉烦，望勿推却，望速赐复，含着有邀助之意。此信发出五六十天，竟未如期获得骆老的答复，也不知是否洪乔有误，也不知骆老是否此刻仍在铜陵。

等到翁婿父女决计登程，柳老先到镇江镖局重新探听了一回。随后便要把李映霞姑娘由大东门鲁宅接来看家。

此时的李映霞姑娘已经是强抑悲怀，努力地博取柳老的欢心。她情知自己和杨华的私情今生已然无望。她今年刚十七岁，以知府千金，遭受着人间大变，父亲被仇家所害，褫职负气，病殁在客途；母亲被仇家唆使巨贼惨杀，自身也被贼掳，幸遇杨华得救；而胞兄李步云竟然失踪了，至今不知存亡。自己一个弱女子，孤苦无依，沦落在镇江鲁府，成了客中客，依人篱下，念大仇未报，死既死不得，活又活得如此没着落，好比飘萍浮舟一样，瞻念前途，不知作何了局。她就一咬牙，打定了主意，而今而后，要随波逐流，苟活性命，矢志报仇，甚至贞操身体，都不要顾及了。她如今就拿知府小姐的身份强赔笑脸，来买取情敌柳叶青父女的欢心。又自以为和鲁府毫无瓜葛，现在平白寄生在人家，再不能把自己身世之悲流露在面上，她以为这不过徒惹人憎。她就提起精神来，做出天真烂漫的样子，在鲁府虽为女客，却自居如侍婢。上哄着鲁老夫人，中哄着鲁镇雄娘子，下哄着鲁府的群婢，天天面泛笑容，嘻嘻哈哈，好像无思无虑似的，抢着给鲁家做活，给使女们帮忙，一点不端客人架子。鲁府上下十分怜惜她，都说难为她了，她生得非常秀美苗条，自经惨变，骨瘦一把了。现在她决计不叫自己生病，她要忘忧，她要强做排遣，她要有一个强健的体格。每逢铁莲子、鲁镇雄师徒聚集门弟子，习练刀剑拳脚，她就不嫌失身份，前去偷看偷学。她居然请问柳老：“干爹，您看我也能学不?”柳老笑说：“姑娘你岁数大点了，练不成了，你又这么娇嫩，恐怕你吃不了这种苦。”李映霞做了一个娇笑，

委婉地说："我看他们练得很有意思，干爹，这也有容易学的没有？可以教给女儿一点吗？女儿闲着闷得慌，我要借这个磨炼身子，我可不敢比青姐姐，我只是拿来闲解闷！"

柳老明白她的意思了，她大概要练拳技，借以消愁忘忧。柳老说："等着得闲，我教给你一点八段锦。"李映霞说道："我也能打铁莲子不？"打铁莲子却须腕力。柳老笑道："姑娘愿意学暗器，可以学打弹弓。你看仲英，他的弹弓打得就不坏。"李映霞听到杨华的名字，蓦地脸儿一红，呆了一呆，才说："我看您和鲁师兄们摆弄的那个袖箭，装着竹筒儿的，倒不坏，估摸着总好学。"柳老说道："你愿意学袖箭吗？也好，等着你青姐的事办完了，我就没事了，我一定成全你，学拳技，学暗器，都行。姑娘你等好吧，你愿意借这个磨炼身子，都很好。只要你有志气，干爹绝不辜负你的。"李映霞要以闺秀潜心习武的意愿，柳老好像也了解了。

自此，每逢到大师兄鲁镇雄传授门徒，或者柳兆鸿指拨徒孙，李映霞就抽空偷来观光。她果然淘换来一筒袖箭，是找鲁大娘子要的，她便在没人时，拿来打着玩。她说："我练的能够打鸟，就好了。"柳门几个小徒孙，除了白鹤郑捷，年将二十，其余如柴本栋、罗善林之流，很有年岁不到十四五岁的，正是一群小玩童，天天在鲁家花园（其实是箭圃）练把式，打闹。李小姐不惜降志屈身，向他们请教。一向她见了男子，就红脸的，现在她不管那些了。她努力学习那八段锦，可惜她先天不好，后天又太娇养，她如今只是勉强着去做。

现在，柳老要出门，教她给杨柳一对新人看家，直等于看新房。她乍听了，不由一怔，她将由此失去了偷看练把式的机会。柳老的眼正望着她，她立刻唤醒自己，欢然地答应了一个"好"，并且说："干爹和青姐姐一块出门吗？"柳老答道："是的，还有你杨姐夫，我们爷儿三个一同去。这里的房子不能退，姑娘你就住在这里，替你姐姐照应着。"

李映霞连连说好："干爹和姐姐尽管去，留我在这里看

家。”又笑道：“只是干爹您别见笑，我还不会过日子呢，最好请再拨一个妈妈来，给我做伴好。我倒不是胆小，只怕的是柴米油盐这类的事情，女儿还不如青姐姐呢，我是一窍也不通，但是我可以学学。”

怎么说怎么好，看家就看家，李映霞欢欢喜喜地答应了。铁莲子看着李映霞，心上凄然，不胜怜悯之情，这个十七岁的女孩子真是乖得太可怜了。柳老忙说：“姑娘放心，这幢小楼绝不叫你一个人照应，你一个人是照应不过来的。回头我叫你鲁大嫂拨过一个娘姨，加上原有的使女，再有门房老张，里外一共四个人。我再嘱咐鲁师兄，教他带着徒弟们时常来看看，我想也没有什么不方便。”李映霞仍然是连连说好，就这么定规了。

第二章

南访狮林观路逢黑少年

在柳老父女翁婿登程的前两日，就用一乘小轿，把李小姐先接过来。柳叶青和李映霞，这时是婚后第二次见面。两个人的容貌全改样了；柳叶青如今是月圆花好，鱼水和谐，真个是容光焕发，越发的健美，粉光脂腻，珠翠满头，衣妆鲜艳，穿着窄小的绣履，居然裙下尖尖，红菱微露，颇有闺阁风光。却是她自己知道，她的脚十分受屈，鞋太小，太弓样了。李映霞小姐已除去双重孝服，因为是在人家做客，只换穿着淡淡的素衣裙，十分雅素。容貌不十分憔悴，那一双青眼圈已没有了，脸上不施脂粉，却自然齿白唇红，裙下双钩依然那么纤小。

柳叶青欣然迎接出来，说道："哎呀，李妹妹来了！"一双眸子上上下下打量，先看脚下，后看头，还又低头看自己的脚，自己的脚尽管穿小鞋，比不上人家那么好。而且人家李映霞走起路来那么风流，自己不管怎么拿捏着走，总有些装模作样，既不像个娘儿们，又不像个爷儿们。她还是迈大步，把裙扯开缝，说话声调仍然情不自禁地太高太敞。她不会文绉绉的，勉强学来，自己也觉着假；人家李映霞，天生就有

小姐谱。江东女侠思想起来，简直气破肚皮，可是怎么也比不上她。

两个情敌见面，都做出欢然喜相逢的神气，于是进了门，上了楼。宾主随随便便坐下，小丫鬟献茶，两个人就谈到了“出门”，又谈到“看家”，随后说到过日子，柳叶青承认自己外行。跟着又闲扯到练武，李映霞说出很羡慕的话，问道：“姐姐这些日子，还习练不?”所谓这些日子，自然指着“燕尔新婚”以来，意思是说，当这大喜的日子，你们夫唱妇随，大概把功夫搁下了吧。柳叶青很冷峭地回答：“可不是搁下了，我还顾得了练武，我尽顾了……”底下的话好像要说：“尽顾了我们两口子快乐了，未免有偏了你老，对不起妹妹你了。”忽然柳叶青想起，自己在这屋是主人，爹爹又再三嘱咐过，不要讥讽这李小姐。她这才一笑，改了话头：“我这些日子，不怕妹妹见笑，尽忙着学洗衣裳、做饭了。我还练功夫呢，简直这些天，连剑把都没摸，你瞧，那不是刚摘下来，还没有擦尘土呢!”

李映霞顺手一看，墙这边挂着绣屏字画，墙那边原挂着柳叶青的青锋剑和一只装暗器的鹿皮囊，还有玉幡杆的豹尾鞭和弹弓弹囊，此刻都摘下来，全放在条几上。柳叶青打点行囊，刚刚取下来，还没有顾得收拾好，就这么乱堆着呢！李映霞忙问：“姐姐不是明后天就动身吗，怎么行囊、兵器全都没有打点好?”随说随就站起身来，赔笑道：“姐姐做不惯这些事，待小妹替你收拾收拾吧!”她要看看那剑，要看看那弹弓和那暗器囊。柳叶青毫不客气，横身拦阻，连说：“妹妹请坐吧，你不要动了，这个回头有人收拾，咱们先说会儿话。这一回出门，本来把这楼房门一锁就完了，本来用不着劳烦妹妹看家。是我爹爹，他一定要给你添麻烦。其实给人看家，是最闷气不过的事，我就干不惯，倒教妹妹一个人在这里受憋闷了。”

柳叶青说着客气话，把李映霞强拦下，李映霞面泛羞红，重复归座。其实柳叶青未必意含讪嘲，却是话里话外，无形中

有刺似的。就是本来说好话，她二人旧存芥蒂，猛听也像对方的话刺耳钻心。柳叶青纵然自己警戒着自己，尽挑好话说，李映霞已经有点吃不住了。但是李映霞打定主意，要买取女侠柳叶青的欢心，不管女侠说什么，她一定要涵忍，她仍然打起精神来哄女侠。剑、弹不教她摸，她就不摸，仍然赔着笑说："姐姐，我听义父说，你早就学会洗衣裳做饭了，姐姐您真是聪明人。妹子可就太笨了，这两个月，我天天跟他们学打袖箭，天天打，天天打，您瞧，差不多快四五十天了，还是一点准头也没有。义父也指教过我一套八段锦，我也是学会了头，又忘了尾，我实在太蠢了。"

女侠柳叶青一听这话，不觉愕然，睁着水灵灵的一双眸子，端详李映霞，李映霞也还望着她。这一对情敌互相凝视，在女侠柳叶青心中，骤然泛起一个疑问，"哦，奇怪，奇怪，她也学打袖箭，她又练八段锦。这个丫头片子，她不老实待着，她到底要干什么？她心里头又转什么轴子？"暗中犯想，一时竟忘了说话。愣了一会儿，还是李映霞打破了沉默，自己给自己解说："姐姐，您瞧，我这简直是瞎胡闹。姐姐您别见笑，我左不过闲着没事儿，胡乱摆弄着玩。我是闲散不惯的，在鲁府上住着，吃了睡，睡了吃。鲁大娘和鲁大嫂又那么客气，一点活计也不教我做，尽拿我当客人似的养着，我实在闷得慌，所以就练着打袖箭……"

女侠道："练袖箭？还练八段锦？你跟谁一块练？是谁教你练的？"

李映霞答道："教姐姐笑话了，我自己个瞎鼓捣着玩。他们练打袖箭，我也跟着凑热闹罢了，实在没有人教，我也不好意思找人教。倒是那一套八段锦，有一天义父闲着没事，指拨过我一回，还给我一本谱子。义父说我年岁大了，别的拳术恐怕学不出来，只可学学这个，操练身子骨。"李映霞是这样答如不答地回答了，女侠不放松，仍然盯着问："到底你跟谁一块练袖箭？"

李映霞起初不肯说，转眼一想，忽然悟到：这位江东女侠大概又起疑心了。为了解释疑猜，她便淡淡地微笑着说道："我还能跟着大师兄练不成？"这话也暗指着二师兄玉幡杆杨华，接着说："也就是跟您的那几位小师侄们，一块儿在箭园里试练着玩。您知道柴本栋那个小孩吗？我有时候跟他一块打箭。说实在的，他还是我的师父呢！我连装袖箭都不会，箭筒的崩簧我就不懂，是他教给我怎么装，怎么放。还有罗善林，还有您那位姓郑的师侄，他也教过我。可恨我太笨，我又没有手劲，脚底下又没跟，义父教的我那套八段锦，我只稍微比画一两个式子，我就累得慌。再练就抬不起腿来了，脚也疼，胳臂也酸，真是的，活赛个纸扎的人，哪能比得上姐姐呢，生龙活虎似的。可是的，姐姐您那么飞檐走壁，蹿高跳远，白日练一天，到了晚上，您觉着脚疼不？腿胀不？"

柳叶青扑哧地笑了，眼看着李映霞裙下双钩，抿着嘴说："教你这一说，我也成了纸灯笼人了，你瞧我像个怕累的人吗？别说是练，就是真遇上歹人，跟他们一刀一剑，拼起性命来，我也不懂什么叫累。我本来就是个粗人，哪能比你。你瞧你，本来是个知府千金；你又好俏，把脚缠得那么小，你还想练八段锦？你怎么不练弹腿呢？"

李映霞也赔着笑起来，徐徐说道："我哪懂什么叫七段锦、八段锦。是义父说这个好练，又有图谱，容易着手，我就比着葫芦画瓢瞎练。您说练弹腿，莫非弹腿比较好练吗？可是腿底下不稳的人，练弹腿容易些吗？"

柳叶青咯咯地笑起来，连说："对了，对了，像您这窄窄的三寸金莲，练弹腿再好不过。你可以找我爹爹教给你。"一面说，一面还是笑。李映霞于拳脚固然外行，但她是个聪明绝顶的女子，她看女侠笑得稀奇，她就恍然省悟，这个情敌是盯上自己了。她不动声色，把挖苦话只当好话听，皱着眉说道："姐姐，您还提我这脚呢。当年我的母亲倒是最疼爱女儿，不肯给我狠裹。谁想我们有一位表姐，生得漂亮极了，就是脚稍

大些，亲戚们人人笑话她，说她丑，说她是什么半截美人。她的没过门的女婿，受不了‘半截美人’的奚落话，竟闹着要退婚。后来媒人出了头，从婆家拿来一只羊脂玉小碟子，教表姐重新裹脚，要在碟子上站得下，婆家才肯发轿娶呢。那是个四寸碟，很小很小，把表姐气得直哭。我那时岁数还小，已经知道要强了。我看见表姐受人家嘲笑，害了一场病，我自己就央告母亲，给我狠狠地往小处缠。有时候缠得我娘儿俩一块儿哭，我是脚疼得哭，我母亲是心疼得哭，这一下，到底缠成了。可是缠成这个样，又有什么好处呢？像个没脚螃蟹似的，只能闷在深闺，当一个废物，自己连自己都照应不了。倘逢灾患，寸步难行，我现在后悔也迟了。”

李映霞低头看着自己的纤小的双足，想起了遭掠逃难的窘况，发出这样怨恨之言。暗中也颇有顺情说好话的意思，哪知柳叶青很不爱听。现在的女侠柳叶青，正在痛恨自己的脚大，恨不得有人给她一个灵效无比的“瘦金莲方”，送她一剂“缠足妙药”才好。她如今收拾起英雄伎俩，当了新嫁娘，正自穿着又窄又小的绣花鞋。也和李映霞的表姐，抱着同样心情，明明脚大，怕人说脚大；既恼恨小脚，又羡慕小脚。当下，她就哼了一声，说：“人家还有因为脚大上吊寻死的呢！您有这么一双三寸金莲，您太够美的了。您的未过门的女婿，绝不会向您闹退婚的了。您的未过门的女婿，见了您的脚，还不会爱煞！”

坏了，女侠柳叶青忍耐不住，把肚里的捻酸话到底发挥出来了。而且楼上又只有她们情敌二人，连个打岔的也没有，一刹时僵住了。

李映霞粉面泛红，愧不可仰，自悔失言，不该谈论脚大脚小。然而她能忍，她到底忍下去。脸上红晕平淡下去，反而泛出笑容，低低说道：“姐姐您别过意小妹，小妹实在是自恨脚不跟劲，绝没有，绝不敢……”底下的话是表示自己：绝不敢存着嘲笑大脚的意思。她没敢完全说出来，柳叶青已经听懂

了，她也有些懊悔，借着收拾行囊，站立起来，说道："李妹妹，你瞧，我们商议定当是后天一清早走，一切应拿应带的东西，我全没有打点出来呢，我真不像个'过家之道'。要不嫌麻烦，妹妹你就帮着我归置归置。"

李映霞也是急着要打开僵局，搭讪着也站起来，说道："好极了，我本来就想给姐姐忙活忙活。您是带的什么走？还有义父、姐夫，他们的东西在这里没有？是分包着，还是打在一块儿？"

江东女侠笑道："你真行，一张嘴就有准谱儿，他们爷俩的东西我还没有找齐呢！若像早先，我跟爹爹游侠的时候，我是任什么事儿都不管，任什么东西都不带的。除了我的剑和我的暗器，是归我自己个儿佩戴着，所有出门的应用东西，连替换的衣服鞋袜，都是由我爹爹给我张罗，我是只顾着走路罢了。"

李映霞赞叹道："姐姐是有福气的，有义父那样的一位老人家，岂止遮风挡雨？他老人家在您身上，真像慈母一样。我听鲁大师嫂说，他老人家实在是您的伯父，您是过继的。鲁师嫂若不说，我再也想不到，最难得的是，您也真孝顺他老，真跟亲父女一点分别没有。"

这句话蓦地勾起了女侠的身世之悲，凄然叹道："妹妹，你哪里知道，你我都是苦命人。我也跟你一样，从小就没了亲爹亲娘，我可并不是过继。实告诉你吧，现在我这位继父铁莲子，跟我的生身父亲，乃是堂叔伯的弟兄。我的生父从小在家读书务农，我伯父，就是您现在的这位义父，却从小好武，到处游侠仗义，得罪了不少仇人，连累了我的双亲。我的生身父母好端端'闭门家中坐，祸从天上来'！仇人奈何不了我伯父，竟找到我生父身上，我生父生母全被仇敌杀害，临了还放了一把火。那年我还年岁小，恰好住在舅家，才幸免一死。我的这位伯父，一得这凶信，就疯了似的，寻仇报仇，闹翻了天。他自觉对不住他的堂弟，我的生父，他又受了我舅父狠狠地一顿

抱怨，他就又愧又悔又怒地把我抱养过去。他拿我当亲女儿，其实比亲女儿还疼爱。他老觉着对不住我死去的爹娘，他亲自抚养我。我自从九岁起，跟他老人家寸步不离，他由着我的性儿使，他老人家可就把我惯坏了。”

说到这里，女侠眼圈儿红红的，似乎追忆起惨死的生身父母，不胜伤怀。李映霞也听呆了，不由从五衷里发出真的同情叹息，半晌才说：“想不到姐姐也是这样孤苦！但是义父他老人家对您可是无微不至，又是慈母，又是恩师，想到底比小妹我命运强多了。”

女侠柳叶青点点头道：“若说他老人家，实在是疼我，但是光棍汉疼儿女，到底不得法，何况又是鳏父与孤女。你瞧，我这一双脚，就是他老人家给耽误的，始终没人给我裹，他老把我当男孩子养活。至今我一点针线也不会，只懂得耍刀弄剑，不怨他老人家，我怨谁呢？他老人家疼爱我的心肠，按说比哪位做父母的都深厚，他在我身上总觉着抱歉似的；又因为我生父一点武术不懂，才被仇人杀害，故此他老人家把生平技业都教给了我，省得我再受歹人欺侮。可是话又说回来，我现在学会了剑，学会了拳，又能怎么样呢？上不得阵，当不得差，男不男，女不女，还不是没有一点子用？真格的过家之道，女人的本分，什么做衣裳，煮菜饭，样样我都弄不来。直到今天，给人家当了媳妇儿，还得赶着现学居家过日子的能耐。华哥时刻地就嘲笑我的脚，再不然就拿活计琢磨我，你瞧，这就是他老人家一个劲儿宠爱我，才把我害了。所以俗语说，宁教爹娘缺儿女，莫教儿女缺爹娘。又道是什么宁要寡妇娘，不要光棍爹。老年人们的话，再不会假的。”

两个女子一面收拾出门的衣物，一面闲谈。想不到女侠柳叶青竟抱怨起继父铁莲子来了。柳叶青自从做了新嫁娘，深感到过日子太外行。而她的丈夫玉幡杆杨华因为很爱她，春闺调情，有时候就嘲笑到她那穿小鞋的一双脚。在杨华无非是调笑，在女侠天性好强护短，她真个有点着恼。她一恼到脚之不

很小，活之不会做，她就没地可怨，自然怨恨起爱她最深的继父铁莲子来了。

其实她是个有口无心的直爽人，她只是信口胡谈，还多少有些小女孩子口没遮拦的劲儿。李映霞听见了，一时竟苦于无法赞一词；同时，她由此起了看不起女侠的心。以为铁莲子待她如此恩深，她还是不满，这江东女侠可谓为女不孝。因想到义兄杨华，竟娶了这样一个骄豪女子，而义兄杨华又是个多情的美男子。造化弄人，他二人竟成配偶，弄出许多风波，这女侠可谓为妻不贤。如此设想，不由替杨华深深扼腕。

当下两个女子一面闲谈着，一面收拾，小丫鬟给打下手。柳叶青把丈夫杨华和自己的替换衣服找出来，拿在一边，李映霞就替她打好了包。旋又把兵刃、暗器鼓捣过来，李映霞也给她收拾好。一切旅行应用器物，和应带川资，都已大致备好，却单单没有铁莲子的器物，并且还缺少出门用的一两件衣物。李映霞问道："姐姐和姐夫身边的东西都有了，还没有义父的呢，是不是还没有拿过来？"柳叶青噘嘴道："谁说不是！爹爹原说今天来，直到这时候，偏还不来。还有华哥，出去买雨布雨伞，也该回来了，他也磨蹭着不肯回来。还说要明天走呢，后天走就算好事！华哥说，还要找鲁师兄借马，也不知借好了没有，鲁师哥他们也不来，到底是怎的呢？"

女侠柳叶青口吐怨言，其实是没话找话，敷衍这情敌李映霞，省得板面孔，对瞪着，彼此感觉发僵罢了。两个人守着打好的包坐着，丫鬟又给斟了茶。柳叶青吃着茶，正说得热闹，门环忽闻连敲，司阍哗啦地开了门，紧跟着楼梯噔噔地响，拥进来玉幡杆杨华、铁莲子柳兆鸿，还有大师兄鲁镇雄及其门徒郑捷、柴本栋等，人人手中都拿着一点现买来的出门应用物品。鲁氏师徒留在楼下客堂，杨华是宅主，头一个登楼，掀帘入室，劈头看见了李映霞，哦的一声，忙又咽回去。同时李映霞也看见杨华，款款地站起来，正容敛衽，低低叫了一声："姐夫！"女侠柳叶青也扭过头来，说道："呦，您刚回来，二

爷?”不觉地也站起来了。玉幡杆赶紧说道:“刚回来,师父也来了。”却又向李映霞说了一句话:“您请坐!”赶紧的一转身,掀门帘,往屋里让人。岳父老大人两湖大侠铁莲子柳兆鸿团着一对核桃,咳嗽一声,徐徐走进来。

彼此打招呼,李映霞向铁莲子行礼,口呼义父。铁莲子说:“姑娘早来了。”柳叶青只叫了一声:“爹爹!”过去接玉幡杆手中拿的物件,玉幡杆就手递过去,对柳叶青说道:“大师兄也都来了,我给他们张罗茶去。”转身就要下楼。柳叶青横身拦住道:“吓,你瞧二爷,又这么多礼了。大师哥不是外人,干吗不请上楼来呢?”杨华道:“楼上坐不开……”说了半句话,重又下楼。柳叶青哼了一声道:“二爷慌什么?怎的坐不开?”铁莲子微然一哂道:“镇雄和郑捷、柴本栋,他们爷几个全来了,楼上是坐不开。”柳叶青道:“可了不得,大师哥师徒都来了,难道还要给我们饯行吗?”又道:“爹爹,您在这里坐着。”女侠柳叶青说了这一句,抢先一步,越过了杨华,登登的一阵梯子响,她倒先走下楼去了。楼下是客厅,她和大师兄鲁镇雄师徒见面,把丈夫和父亲全丢在楼上了。她还是这股子劲。

楼下客厅热闹起来,杨华也跟了下楼去,小丫鬟送了茶来。楼上只剩铁莲子和李映霞。柳叶青道:“你们瞧,把爹爹一人丢在楼上!我说二爷,这有什么相干,索性请鲁师哥上楼,不就结了?凑在一块儿,也好说话。”大师兄鲁镇雄笑道:“师妹还是这么直爽。”柳叶青道:“怎么着,嫁了人,就该装乖?走吧,咱们一起上楼去吧。”郑捷道:“师姑,楼上有别人没有?”柳叶青道:“没有别人,别人谁敢上我这里来。”郑捷道:“没有别人,师父,咱们爷几个全上楼得了。”白鹤郑捷和小师弟柴本栋全都站起身来。

玉幡杆杨华忍不住了,轻声说道:“楼上只有师父和李家小姐。”此言一出,郑捷徘徊不肯上楼,柴本栋也停住了。女侠柳叶青大为不快,睁着一双星眸,想要说什么,又不好说出

来。半晌才冲着杨华发作道："都是你多嘴，师兄也不肯上楼了，你说怎么办？还是把爹爹请下来，还是把人家李小姐请出来？真是的，多这么一位知府千金，倒弄得我这个做主人的左右为难了。我是在楼下招待好，还是在楼上招待好？你说教我顾哪一头？"

白鹤郑捷连忙插言道："哎呀，师姑，我们是来侍候您出门的，我们师徒可不是来做客人的。"柳叶青道："我知道你不是客，人家李小姐才是客呢！"说得柴本栋直向着杨华扮鬼脸，鲁镇雄不由地笑了，杨华也只得搭讪着笑了。女侠柳叶青看见众人的神情，自己忍不住也笑起来了。到底大家还是上了楼，彼此见礼，落座叙谈。李映霞傍着柳叶青，也坐在一边。鲁镇雄师徒一齐动手，也帮着把行囊收拾利落，随后叫来酒席，特给师父铁莲子、师弟杨华饯行。自然是铁莲子高踞首座，李映霞小姐也很踧踖地被促入席，仍挨着柳叶青坐下。杨华、鲁镇雄师徒，各依次就位，大家传杯递盏，欢然痛饮，谈起讨剑的话和出门的事，旋又讲到狮林三鸟的为人。

铁莲子说道："这狮林三鸟，顶数第二人尹鸿图武功超绝，其次是第三人白雁耿秋原，那掌门大师兄谢黄鹤，听说功夫并不怎样。"女侠柳叶青笑道："我们吃柿子，可以先找软的捏，我们就一径找黄鹤去。"说得众人都笑了，铁莲子和爱婿爱徒且饮且谈，酒喝了不少。柳叶青多喝了几杯酒，竟也打开话篓子，向郑、柴两个师侄畅谈起她自己当年的游侠事迹，一面说，一面叫大师兄替她做证，一时谈得很热闹。独有李映霞侧坐席次，凝神听着，一句话也插不入。有时她眼光看到杨华，杨华意态倒很自然，但无形中，已看出杨华和柳叶青伉俪间情感十分欢好。李映霞胸中未免怅惘凄凉，她却极力提着精神，怕自己的寂凉被在座的人觉出，看破。

这一番欢宴，铁莲子和鲁镇雄谈的话最多；柳叶青也是滔滔不绝，说东说西，神情最为欢畅。杨华的话比较少些，这只有李映霞是最窘迫的了。那郑捷和柴本栋两个少年，是徒孙辈

分，陪在末座，不时给各位敬酒，他俩只和师姑逗笑，他们两个人的眼珠子却不闲着，骨骨碌碌的，席间有意无意地看了杨华一眼，又看柳叶青一眼，再捎带着看了李映霞一眼。柴本栋年纪最小，数他最淘气。李映霞羼在柳门师徒群中，勉强镇静着，滋味多少有点苦涩；并且她从来没和男子同筵，今日说不得，只可临到哪里，算到哪里了，想到这一点，也很教她难过。

铁莲子师徒痛饮快谈到二更才罢，定规次日清晨登程。当晚柳叶青和李映霞住在楼上新房中，铁莲子、杨华师徒都睡在楼下客厅内。楼上新房内，二女一时睡不着，并枕夜谈起来。柳叶青向李映霞重问起遭家难、被盗遇劫的话，李小姐无可奈何，虽然痛心不愿说，也只好细细地述说着了，一面解释自己和杨华的遇合原委。同时，在楼下客厅中，鲁镇雄、郑捷师徒，也不免向杨华打听遇一尘、救一尘，得宝剑、失宝剑的经过。楼上楼下都是直谈过三更，将近四更，方才睡熟；仍有一个人没睡着，那便是被难失恋的知府小姐李映霞，辗转反侧，直到次日天明。

次日天明，楼下是铁莲子柳兆鸿首先醒起，立刻招呼群徒起来收拾。楼上是李映霞很客气地叫醒柳叶青，亲自给她梳头。于是大家梳洗已毕，进了早点。鲁镇雄命郑捷柴本栋把行囊结系在马上，把马牵到街门口。然后铁莲子柳兆鸿、玉幡杆杨华、女侠柳叶青，都穿好行装，徐步出院，就此上道。那李映霞小姐直送到门口，还往前送。铁莲子说道："姑娘！请回吧，你多费心替他们看家，不必远送了。"再三地拦阻，李映霞忙道："义父、姐姐，路上多多保重！"到底直送到巷口，方才站住。那鲁镇雄、郑捷、柴本栋都骑了马，直送出城门以外，方才下马拜别，互道珍重。铁莲子、杨华、柳叶青这才放开马，取路先奔江宁。李映霞小姐眼望柳叶青夫妇父女去远，这才回转小楼，替他们看家，独自悄悄地练打袖箭，并熟习那套八段锦。

铁莲子柳兆鸿、杨华、柳叶青，沿着长江南岸，出离镇江直指江宁。走了一天，到达龙潭，天色已晚，翁婿下马觅店。次日早晨，先不动身，铁莲子带女婿杨华、女儿柳叶青，到龙潭镇，拜访一位退休的拳师，问了些江湖上最近发生的事故。逗留一日，次早动身，赴南京江宁府。

由龙潭往南京，只有四五十里路，翁婿父女三人，稍稍纵马加鞭。刚到午刻，便已进了南京城。

南京城是江南的省会，南朝金粉，秣陵雄城，本是南方文物荟萃之区。城里有不少镖局，更有不少武林知名之士。铁莲子仍先觅店，旋即访友。这时江宁各镖局，正在哄传着十二金钱俞三胜俞剑平，寻访廿万盐镖，大斗长白山一豹三熊的案子。很有些镖师应俞剑平之邀，前往江北斗豹，留在南京的，寥寥无几。铁莲子却不要打听这个，他要打听狮林观三鸟的近日动止，和铜陵骆祥麟的确实住处，就便引见爱婿杨华，和武林前辈见面。铁莲子未到江宁已将六年，此番重游，仅仅访着六七位故友，几乎全是镖行；其余别的武师，有的早离开了，也有的死了，真感到人事沧桑，五年小变，十年大变。翁婿父女在南京流连数日，玉幡杆杨华和柳叶青这一对新婚夫妻，也趁空大逛夫子庙、秦淮河。铁莲子终由一位老武师口中，访得骆祥麟的下落，据说这位骆武师确尚健在，并未归隐铜陵，说是现在芜湖，开了一间米店。

铁莲子听了大喜，怪不得给骆老去信，两月未得回音，原来他又出门了。因对杨华说：“这倒方便了，我们要访铜陵，必先经过芜湖；如今骆老已在芜湖，我们省了不少路程。”又打听了一些消息，随后这翁婿父女三人，便离开了江宁，溯长江往西南走下去。

走了几天，来到采石矶。铁莲子柳兆鸿记得采石矶这里也有一两位武林故侣，随即落店，向人打听，竟打听不出来，转问店家，此处有几家镖局？店伙说只有两家，铁莲子径上这两家镖局打听，不想镖局内的人物，全是后起之秀，只听说铁莲

子的大名，全不认识铁莲子的本人。却是一提起女侠柳叶青的名声来，内中倒颇有人晓得，居然很客气地款待起来。柳叶青不禁高兴，背地向丈夫杨华夸耀起来，杨华只是嘻嘻地笑。柳叶青又夸说：“这江南一带采石矶等处，提起我来还差，你若到两湖，再打听‘柳叶青’三个字，知道的人更多了。”女侠以此沾沾自喜，杨华乐得英雄为配，自然也很欢喜的了，却故意怄着她玩，说道：“娘子，你太不世故，人都有个见面之情，人家只是当面奉承你罢了。女侠又比男侠出奇，人家是拿你当稀罕景看待罢了。”女侠笑道：“人家怎么偏拿我当稀罕景，怎么不拿你玉幡杆当活宝呢？”两口子总是这么斗口，常惹得铁莲子瞪眼阻拦。铁莲子历访采石矶的人物，探问狮林三鸟的动静。这里镖行中人提起狮林观，也只是慕名，详情全不晓得。问到骆祥麟，更没人知道，骆老本来退隐已久了，这些后辈当然说不上来。

第二天，铁莲子三人又复动身，离开采石矶，走过当涂，来到芜湖这个鱼米之乡。芜湖是大地方，非常富庶。这地方，铁莲子仅在十年前来过一次。当下照例住店，向店家细细打听当地武师和镖行达官。又从武师镖客口中打听骆祥麟，居然从一位老拳师口中证实了南京访来的话。骆祥麟真在芜湖落过脚，却不曾开米店。乃是骆祥麟近年来丧子患病，很不得意。他有一个得意弟子，叫汪嗣同的，正是个米行老板，把骆老迎接了去养老，由此传话，倒说骆老开米店了。

铁莲子忙问明汪嗣同的详细住址，立即登门去找。汪嗣同虽是米商，模样很威武，年四十多岁，为人慷慨好交。一提起铁莲子、柳叶青父女的英名，他更是心仪已久，竟将铁莲子三个远客让到自家客厅，很恳切地设筵款待，并邀请了当地武师相陪。席筵间，柳老向汪嗣同打听骆祥麟的景况。汪嗣同叹息道：“家师是老运很不佳，丧子之后，十分悲怆，害了一场病，晚生把他老人家邀来，在此地盘桓了一年多。最近不知他老人家怎么了，家乡里又出了什么事故，上月他老的一个本家侄子

慌慌张张找来，把他老人家叫回铜陵了。本说好一到家乡，就给晚生来信。如今走了快一个月了，却是直到今天，没见来信。”

柳兆鸿捋须听了，不由发愣着道：“怎么骆老现时已经离开芜湖了吗，他竟这样的不走运吗?”心中不由怙惙起来，倘真个骆老遭际不如意，自己怎好以讨剑托情的琐事相烦？大远地奔来，真有点欲罢不能了。铁莲子沉吟了半晌，说道：“到底令师遇上什么事故呢?”汪嗣同皱眉道：“家师走时很匆忙，弟子再三询问，他老人家不愿意说，好像有什么难言之隐似的。”

铁莲子柳兆鸿道：“噢，却是奇怪，你们是嫡亲师徒，他故乡出了什么事故，难道他还瞒着你不成?”汪嗣同面皮一红道：“家师性情冷僻，他老若不肯说，弟子是不敢强问的。”铁莲子笑了，说道：“令师倒是有点古怪脾气的，他现时住在哪里？还在铜陵东望庄吗?”汪嗣同道：“是的，他老人家没有迁居，自然是回东望庄了，不过他老也许到荻港去住。”

铁莲子点了点头道：“好，我谢谢你，真是太打扰了。”对女婿杨华、女儿柳叶青说：“我们还是省不了路，还得上铜陵走一趟。”终宴之后，遂即道谢告辞。汪嗣同再三挽留，铁莲子笑道：“我找令师，有件要紧事托他，不能够在此多耽误，等着我们回来，再到府上盘桓吧。”

汪嗣同道：“你老找家师，有什么要务?”铁莲子也是不肯说，只道是一桩闲事罢了。后见汪嗣同面露惭色，恐怕招他误会，方才解释道：“我和云南狮林观的三鸟，有一点小交涉，令师和二鸟尹鸿图交情很好。我打算烦令师做个先容。”汪嗣同道：“这个吗……也许家师能够。”底下的话咽住了。铁莲子微微一笑，并不究问，站起来告别，率同婿女，返回店房去了。(实在的情形，乃是狮林三鸟为报师仇，已经由云南赶到江南。汪嗣同对待铁莲子满怀着亲近之心，并打算款留柳老，请教拳技。偏偏柳老言语之间，稍形淡漠，汪嗣同自觉殷勤设

筵，优礼前辈，反招得人家见外，心中未免不悦。其实狮林三鸟的动静，他倒颇知一二，柳老既没有虚心下问，他也就一赌气，钳口不告了。铁莲子一世英明，竟在此处漏了一场。）

由汪嗣同家里出来，铁莲子一径回店，柳叶青要逛逛芜湖的市街。铁莲子笑对杨华说：“你好好跟着她，别教她惹事招灾。”说得夫妻俩全笑了。玉幡杆杨华穿着长袍马褂，柳叶青曳着长裙，两口儿在芜湖大街上缓步而行，恣意游览了一回。柳叶青还是那样大说大笑，样子一点也不拘束，招得过往行人都打量她。杨华觉得太惹人注目了，低声拦阻道：“你说话小点声音吧，你瞧瞧，走道的人全都扭着脖子，拿眼珠子瞪你！”柳叶青往两边看了看，啐了一口，骂了一句，低声笑道：“他们瞪他们的，反正瞪不掉我一块肉，我说话不会学蚊子叫的。”

说时渐渐走近店房，杨华便要回店，柳叶青游兴颇浓，仍往前走，杨华只得陪伴着她。直逛过一座闹市，走尽一条长街，一直出了城门，来到临江的码头上。此时夕阳落照、满天红霞，映得江流泛金流锦，凉风吹来，把柳叶青的衣裙鬓发都刮得飘飘若飞。她不禁喊道：“好痛快！”码头上泊着许多船，聚着脚夫舟子，多在江边沽酒买食。柳叶青看见卖米酒的幌子，不由打动馋瘾，信步前行，径往酒馆走去。玉幡杆杨华忙道：“喂，青妹，你要做什么？”

柳叶青回眸媚笑道：“我要喝点米酒。”杨华忙道：“不行，不行，天这么晚了，咱们快回店吧。”柳叶青不由摆出女儿腔，把身子一扭，脸儿一苦，说道：“不，我要喝点，你看看，人家喝得多么有趣！”她竟边说边走，一直走进小酒馆去了。

这是很小的一家米酒铺，玉幡杆杨华阻止不住女侠的任性，只可由她，自己也跟了进去。择了一个座头，临窗面江，配了些小菜，无非是鱼虾盐肉，柳叶青啜了三碗米酒。这虽然是专卖给脚行、船夫的小酒馆，酒却很有名，小菜也还可口。柳叶青越喝越香甜，遥望江景，引杯快酌，一连气喝了六七碗，杨华也喝了五六碗酒。柳叶青忘其所以，还是要喝，于是

又喝了三四碗，杨华急了，再不许她喝。

她央告道：“我不喝了，可是我又饿了，索性咱们再配点菜，在这里吃饱了吧。”玉幡杆嗔道：“你把师父一个人蹲在店里，你只顾自己高兴，难道教他老人家一个人挨着饿，等候你我吗？”柳叶青赔笑道：“爹爹不是傻子，他老人家饿了，自己会叫饭。好华哥，你让我乐一会儿吧！这一程子尽顾打听骆老头儿，东扑一头，西访一阵，太没意思了。华哥你看，这太阳够多红，够多圆！这江水够多么一望无边，教人瞧着，起心眼儿里敞亮！堂倌，堂倌，你给来两份饭，再给配四个菜！我实在是肚子饿了，好华哥，咱们就在这儿吃吧！”

杨华拗不过她，她的确醉了。空肚喝酒，力量更大。她此时醉颜微酣，面泛娇红，越显着妩媚，一阵阵软语央告，玉幡杆再不忍峻拒，只可由她。却是刚答应她在此吃饭，她忽然又说：“华哥，我再喝一碗，只一碗，成不成？”结果又喝了两杯，方才吃饭。等到吃饱了饭，她已经走路打晃，犯起酒困来了，她是一喝醉了，便立刻要瞌睡的。杨华气得搀着她。在众人窃窃私议下，跨出了小酒馆，便要给她雇轿，她仍逞强不肯。此时万家灯火齐上，已经很晚了。杨华扶着她，慢慢往店房走，一面走，一面又买了些鲜果点心，累累坠坠有好几包，说是给她爹爹吃，其实是她心烧口渴。

小两口儿走了一会儿，方才到店房。他们住的是九号房，双双来到九号房门前，柳叶青首先叫道：“咦，窗户这么黑，爹爹准是出去吃饭了。”杨华哼了一声道：“师父准是久等咱们不来，出去找咱们去了！不教你贪嘴，你不听话。”又大声叫道：“伙计，开门来！”

柳叶青忽然说道：“你别闹，爹爹大概没出门，你看，门没有上锁。爹爹或许是睡着了。我说，喂，你可帮帮忙呀。”一回身，把手中的鲜果包儿递给了杨华，腾出手来，便去推门。

那门不待推，吱的一声开了；灯光也一闪，顿时全室通明。铁莲子柳兆鸿双眸炯炯，巍然当门而立，目光直注到杨、

柳夫妇背后，口中说道："你们上哪里去了，怎么才回来？"玉幡杆杨华道："怎么样，师父等急了不是？你老人家估摸还没吃饭吧？你老不知道，师妹老没出门，这一出外，看见什么都觉着新鲜似的。你老瞧瞧，这全是她给您买的，也不管你老爱吃不爱吃，一气买了这些包。"杨、柳夫妇全有些醉意了，铁莲子眼光还是往外面黑影中看，一面问道："你们到底上哪里逛去了？"柳叶青笑道："我们上码头去逛了一回。"铁莲子道："现在过二更天了，上码头去做什么？"柳叶青笑道："我是去探探道。"杨华道："你哪里是探道？你是……"

柳叶青瞪眼道："你说！"玉幡杆笑道："你不用瞧我，我一定要说，师父，她跑到码头上喝米酒去了。我拦不住她，她也不管你老吃过饭没有。"女侠嗔道："我就有这一点私弊，你都给我抖搂出来！"铁莲子哼了一声道："你满脸通红，酒气喷人，你还想瞒着我。你不是小孩子了，你是做了新媳妇的了。仲英也不管着她一点！"杨华道："我哪里管得住她，教她少喝一小口都不行，越拦她，她越闹。而且她连喝酒的地方也不挑，跟一些鱼行、脚夫、水手们，挤进一个小酒铺去喝，引得人家直看她。她教我瞒着您，她一连气喝了八大碗！"柳叶青也笑了，醉醺醺往床上一倒，说道："你告我吧，我不怕！哎呀，我不好受！"解开纸包，取出鲜果来就吃，她也不管她父亲到底吃过饭没有，她醉了，她和小女孩子一样的撒娇，她任什么也不顾了。但是玉幡杆杨华却看出铁莲子神色有异，忙问道："师父您看什么？"顺着铁莲子的眼光也往外面看，外面店院黑乎乎的，任什么也没有。

杨华忙走出去，往店院一巡，也没有看出什么来。转身回房，掩上了房门，低问道："师父，你在看什么？"铁莲子面含不快，低声说道："你们灌得这么醉，你们教人家缀上了，你们还不觉！"杨华诧异道："谁缀我们？"女侠柳叶青一骨碌从床上跳起来，忙问父亲道："可是一个年轻的汉子，两只大眼睛，穿长衫，脚打裹腿吗？"铁莲子点头。柳叶青骂道："这小

子一定是个流氓！我揍他去，他又跟来了吗？他可是缀进店来了吗？”

杨华和铁莲子一齐阻住了她。本来年轻的男子看见漂亮的女人，难免要多看上几眼，何况柳叶青又是一个女侠，行止不羁，越发招人注目。若遇见地痞流氓，跟在妇女身后盯梢，也是常有的事；只要他不是生心侮辱，这便不必过分计较。玉幡杆是这样想法，因为他并未留情，也未瞥见这个大眼睛男子暗中偷缀他的妻子。

铁莲子却不然，心中颇有些疑忌。因为他觉出这个大眼睛男子是从他翁婿父女刚进芜湖街，便已发现。这少年男子气度赳赳，颇似武林中人，却又年纪很轻，举止很嫩，既不像是公门中的腿子，又不像黑道上的踩盘小伙计。当柳老翁婿父女策马寻店时，便在一条街上，遇见此人随在背后暗缀。等到柳氏父女拜访汪嗣同，承汪嗣同设筵款留，筵罢告辞出来，又在拐角小巷上，发现此人在巷口独自徘徊。铁莲子便心中一动，但是仍没放在心上。等到杨、柳夫妇俩出游，柳老自己独自归店，便见此人乍前乍后为了难，似乎又要跟缀杨、柳二人，又要追蹑柳老。三个人分成两路，这少年只有一人，弄不出分身法来，着急不舍的神气大露。铁莲子不由恶狠狠瞪了少年一眼，这少年也似乎觉察自己行止被人窥破，忽地没入近处小巷，不见了。铁莲子觉得又可气又可笑。却是艺高人胆大，料到此人必非狮林三鸟的党徒，便丢开一边，团着核桃，徐徐步行返店。也不掩房门，故意大敞着，虚眯着眼，假寐起来。

一直到晚饭时候，杨、柳夫妇俩畅游未返。铁莲子等得不耐烦，要出去吃饭。一转念间，又不出去了，唤来店伙，叫了一份酒饭，自斟自饮。耗到掌灯时分，杨、柳依然未归。铁莲子这老头儿暗暗不悦，潜怒玉幡杆年轻不懂事，怎的逛到天晚，还不惦记回店，真格的又出了差错不成？两个大活人，没有自己照顾，真就逛出麻烦来不成？

老头子不痛快，索性把灯吹熄，盘膝瞑目，坐在床上，调

停呼吸。过了一会儿，杨、柳仍未回店，这老头儿关心婿女，渐渐有点放心不下了，就要出去寻找他们。不想，铁莲子刚才下了床，就听见店门有动静，似有客人投店，又似是找人。眨眼间，只见一个店伙，挑着一只灯笼，陪进一个客人，铁莲子站在房门口黑影中，往外一望，哈哈，这个人大眼睛黑面庞，恰好是跟缀自己父女的这个少年壮汉。杨、柳尚未归，这少年居然摸到这里了。铁莲子勃然大怒，凝眸注视起来。

这工夫，少年壮汉来到店院内，向各房间不住眼地东张西望，并且不住口地盘问店伙许多话。只是说话的声音很低，铁莲子听不清他说什么。却是那店伙答话音很高，朗然说道："不错，是的，有一位年轻的堂客。"那少年跟着又问了一句，店伙就一指铁莲子住的九号房道："共是三位客人。就住在这里，可是跟你老一伙吗？"那少年不知应了一句什么话，竟一直凑了过来。忽发现房门未闭，料想有人，似乎出他的意外，慌忙又止步。指着对面的一间小屋，向店伙说："这一间闲着没有？"店伙答道："闲着呢。"这少年立刻进了对面小屋。旋见他大声吩咐打取洗面水，并教店伙给他沏茶，叫吃赁被。

等到店伙打来洗面水，拿来店簿，问客人的姓名，铁莲子故意藏在屋中黑影里，仍不点灯，也不说话，只倾耳偷听这少年的动止言谈。那少年容得店伙泡茶去后，他便走出小屋，重到铁莲子房门前窥看。屋门大敞，屋中漆黑，这少年又侧耳，又侧目，居然院中无人，他竟闯然走到屋门口，伸颈往里窥望。屋子是里外间，铁莲子已然退到里间门侧，暗骂一声混蛋，静等那少年迈进门槛，他便窜出来堵截。不知怎的，这少年蓦地觉出声息不对，骤然退回去了，却仍恋恋未去，又附窗牖偷窥暗间，暗间更黑，这少年凝眸细窥，铁莲子立刻轻轻挪到窗前。那少年一只眼正对着纸窗破孔，铁莲子便毫不客气，过去吹了一口气。少年的眼登时不见，微微听见一点响动。想是他自知粗疏，又躲开了。

铁莲子柳兆鸿十分恚怒，却仍然不发作，心里头未免恼恨

杨、柳太过粗心贪玩。自己一行三人，暗中被人缀上，他们夫妻俩竟一点不觉。柳老坐在黑影中，越想越不放心，直耗到二更天，杨、柳方才施施然拌着嘴回来。铁莲子板着脸，要责备他夫妇俩，柳叶青又闹起酒来，依然不住和杨华斗口。

杨华比较清醒，连问师父吃过饭了没有？铁莲子捋胡须不言语，眉目间隐含愠色。杨华情知岳父不高兴自己迟归，忙解释了几句。铁莲子沉了一会儿，方才掩上屋门，申斥婿女道："你们两口子只晓得嘻嘻哈哈，打牙斗嘴，招子也不张亮着点。瞎目瞪眼的，心里一点也不揣事。"说得杨华红了脸，不能答辩。柳叶青醉醺醺的，一骨碌坐起来道："我们不过多玩了一会儿，爹爹你老人家又教训上了，我们又怎么啦？"铁莲子道："你们又怎么啦？我说你们俩是一对瞎子，你们可晓得你们教人缀上了吗？"柳叶青实在喝多了，她依然强口道："哼，又是你老自己胡嘀咕罢了。谁缀我们，缀我们干什么？难道说狮林观那群老道耳目就这么长，我们刚到这里，他们就晓得了不成？"

铁莲子怒道："你这丫头还跟我顶嘴！我问问你们，今儿白天，我们从汪嗣同家中出来，你们可看见一个黑脸大眼睛的少年男子没有？你们两口出去瞎逛，可留神这个黑脸盘大眼睛男子缀在你们身后没有？"

柳叶青、杨华一听这话，不由夫妻俩面面相觑，追想前情，似乎果然有这么一个人物，曾经不即不离地跟随着自己，而且杨华已动过疑，并曾怄过柳叶青："青妹妹，小点声说话吧，你教人盯上梢了。"起初只当是轻薄男子，好缀漂亮女人。现经铁莲子一提醒，夫妻俩不由愕然道："难道说，我们的行藏被狮林三鸟看破了吗？"

铁莲子沉着脸道："我却不晓得缀者是谁，不晓得为什么要缀，我只知有人怀着恶意窥伺我们。告诉你们吧，刚才这个黑脸盘、大眼睛的小子，公然前来探门口，扒窗缝来了。你们还是大咧咧的，像你们这样的人，当真独自要闯荡江湖，怕不

像一尘道人一般，遭人暗算？”

夫妻俩自知疏忽，又愧又怒，忙问道：“这东西这么大胆，您老人家怎不狠狠收拾他一顿？就老老实实地让他窥探么？”铁莲子冷笑道：“人家不过是到门口一探头，我就要毁人家，我也太凶了。”柳叶青说道：“得，我明白了，你老人家一准是卖好，把那人放走了。”铁莲子道：“我不放走他，还把他扣起来不成吗？”杨华忍不住问道：“到底这个人上哪里去了？师父没有缀一缀他的落脚处吗？”铁莲子道：“没的教人缀我，我还缀人！”见女儿有点羞恼，这才哈哈一笑道：“你们要找这个人，很容易，你看，他就住在这里，正对门！”

一语未了，柳叶青蓦地跳起来，骂了一句，就要赶去寻隙。铁莲子急用手一指道：“住！你要干什么？”玉幡杆杨华早就横身一挡，把他妻子拦住道：“你忙什么？你听师父安排吧。”把柳叶青推到床上，赔笑着向铁莲子问计。

铁莲子瞅着耍酒疯的女儿，说道：“你这丫头，已做了媳妇了，还这么耍小孩脾气，你们两口子都过来，我告诉你们。”低低地吩咐了几句。杨、柳二人点头会意，俱都笑了。铁莲子定了一个恶作剧的主意，安心要戏弄这个暗缀自己的江湖道的嫩秧子。

第三章 客窗互窥测

这时候已将三更天了，一明一暗的两间店房，点着两盏灯。铁莲子假装溲便，出去绕了一圈，侧目向对门一望，转身回来，掩上房门，对杨、柳低嘱数语，宽衣解带，睡在外间。杨、柳夫妻也各出去一趟，随到暗间内，解衣并枕而眠。铁莲子做出年老行路，不堪疲倦的样子，灯也没吹，便蒙被睡着了；杨、柳夫妻俩都躺在床上，似乎有点择席失眠，辗转不能入梦。两个人点着灯，喁喁私语。杨华刚才出去小解，和那个少年人恰好走个碰头。那少年躲过脸去，果然是那个黑面容、大眼睛的男子，曾在码头上见过，因即潜告柳叶青。柳叶青把半截身子露在被外，拿着鲜果嚼个不住，一面咀嚼，一面故意说出一些诡秘不可解的话，话锋隐含杀机，教人一听，便知道是绿林中人。她这么随便唠叨，杨华故意阻挠她，不时说："念短吧！念缓吧！"更不时探起身来看窗。又过了一会儿，两人见无动静，便连打呵欠，把灯吹熄。内间已然昏黑，外间屋的灯火透过光来。柳叶青叫道："爹爹，睡了没有？呀，爹爹忘记熄灯了。相公，你下去把外间屋的灯吹了吧。"杨华道：

"你怎么不去?"

夫妻俩仍然斗嘴调笑，柳叶青咳了一声道："你真懒，你躺在外边，你反倒教我下地!"柳叶青很不愿意地从床里爬起来，披了上衣，从杨华卧处爬过来，穿鞋下了地，懒洋洋地走到外间，给柳老盖上了被，然后吹熄了灯，重新回来。于是两间屋通通漆黑，不一刻鼾声微起，三个人似乎都入睡乡了。

哪里知道，灯光一灭，三个人全都悄悄起来。在黑影中，杨、柳夫妻暗暗穿好衣服，带好兵刃暗器，仍复睡在床上，假装打鼾，不时探身侧耳，倾听外面的动静。柳叶青手中更捏着一个火折子，一有响动，便可燃灯。挨过半个时辰，柳老假装起夜，做出懵懵懂懂的声音，点灯开门出去，到厕所一转，却是暗地窥伺对面的举动。临回来时，故意忘记闩门，一头倒在床上，扇灭了灯，又咳嗽起来，一声高，一声低，渐渐由高而低，由低而无。他却悄悄地开后窗跳出去，暗嘱杨华接声打鼾。仍将后窗关好。铁莲子没入店院后墙不见了。

杨、柳在屋中这么故布疑阵，铁莲子躲出去，要掩对方的不防备，窥探他的来意。果然耗过一会儿，便隐隐听见窗外有人蹑足轻踱的声音，由对面溜了过来，跟着听见房门上有响动。柳叶青忍不住要笑，忙用被掩住嘴，暗中发出哧哧的声音来，外面立刻没了响动。杨华连忙肘她一下，又推她一下。她勉强忍住笑，却又不禁坐了起来，杨华也坐起来。过了片刻，门扇不再响，纸窗却听嗤的一声，柳叶青晓得窗纸被人撕破了。杨华不觉地站起来，被柳叶青慌忙抱住，把他拖回床来。夫妻俩在暗影中，一声也不肯响，要看看这撕窗纸、扒窗眼的秧子，到底意欲何为?

果然沉了一会儿，暗中人便又来轻轻推门，轻轻用力挖门闩。挖了一会儿，似乎是不得手，又似乎听见杨、柳在屋内暗笑的声音了，慌忙又退回去。但只隔了一会儿，他又寻回来，改趋内间窗前，把一物投入屋中，吧嗒的一声响，柳叶青猜想是问路石子，是敌人故意试探屋中人的，便暗捏杨华一把，意

思是叫他坚坐勿动。杨华有点沉不住气，竟要寻过去，柳叶青急忙拉住杨华的手，附耳低告：“你不懂得，你不要妄动！教他由着性儿鼓捣去。爹爹是故意这样做，刚才没告诉你吗？让这东西敞开了拨门挖窗，爹爹这么调虎离山，爹爹就可以趁空先下他的手了。他刺探我们，我们先去搜查他！”

这个主意，玉幡杆杨华其实早已领悟，他只是不熟悉夜行人的手法，有点沉不住气罢了。而且坐视来人拨门挖闩，探窗投石，心上总有些跃跃然，恨不得给他一弹弓，把他打跑了；再不然跳过去，抓住贼的手腕，大声一喊，店中人一定全惊醒，就把贼的阴谋揭破了，岂不痛快？

外面这个少年竟十分粗豪，见屋中寂无动静，他公然伸手，把暗间纸窗扯破一大块，手中火折一晃，借这一闪之光，往屋里侧目窥视。这一窥，少年不禁骇然。当此之时，杨、柳夫妻恰好并肩相偎，坐在床边，衣履穿得整整齐齐，面含诡谲，似嗔似笑。玉幡杆斜拖着豹尾鞭，一手握弹弓，一手抓住弹弓囊；柳叶青一手提着青锋剑，一手曳着丈夫的一条臂膀。火光乍亮，夫妻俩双双凝眸向外张望，恰与少年目光相碰。

目光乍碰，男的（玉幡杆）往起一站，怒目喝道：“什么东西？扒窗眼干什么？”女的（柳叶青）拉住男的不教动，满脸带笑，却是恶意的笑，腾出一只手来，向窗外少年招手道：“喂，相好的，才来吗？把招子放亮点，请进来！”

窗外少年突然收起火折子，还未容他退避，柳叶青借着招手之势，倏将一粒铁莲子破窗打出，真是手疾招狠，直攻探窗少年的右眼。少年一扭脸，刚刚躲过去，突又听身后叭达地响了一声，忙回头寻看，有一个破锣似的声音，从隔院虚张声势，连声嚷闹着：“谁呀谁呀？”要走过来。少年同时又瞥见自己住的那间小屋，已关的门扇，忽然吱的大开；已熄灭的油灯，忽然透出亮来，而且分明看见屋内的人影一晃，又咔噔的一声大响，那隔院的人声也就要追过来。他就像狮子一般，双足一顿，急急折回自己房间，却喜杨、柳夫妻全未追赶。

这少年正如铁莲子所猜，是个初出茅庐的雏儿，武艺很好，阅历太浅。他此行是背着人出来，要寻找某某几个仇人，却阴错阳差，盯上了铁莲子和杨柳夫妻。他姓陈，名唤陈元照，年才二十一二，使着一对奇怪兵器，叫作卍字银花夺。他要找寻峨眉派的七雄，他又认不准。

他提着这一对夺，奔回己屋，迈进门槛，头一脚，险一些踏碎油灯盏。自己屋中的灯，原本放在桌上，自己临出来，刚扇灭了的，此刻竟点亮了，又被挪到屋地上，更一顾盼，全屋也改了样：床头刚赁的被挪了地方；自己的一个小包裹本来压在被下，此刻已经打开，包中物全抖搂出来，撒满了一床。这不用说，自己潜窥对门三骑客，毫无所得；却另有夜行人乘虚光临，倒把自己潜搜了一阵。更不用说，潜搜自己的，必是对门三骑客了，或者是他们的党羽，或者竟是那个白须眉的老人(铁莲子)。少年陈元照，他刚才探窗偷窥，只瞥见一男一女，那老人没在屋，一定是悄悄出来，抄自己后路了。

少年陈元照大恚，急急地验道勘迹，伸手把后窗一推，应手推开，敌人当然是穿窗进来的了。看起来，自己真是太疏忽了，未免斗不过人家，思索着可也是自己人单势孤之过。更回头顾望，对面屋灯光大明，屋中人发出咭咭呱呱的笑声，不来追究自己，简直是意存藐视。陈元照蓦地又动怒火，把卍字夺一提，又要扑过去寻隙找场。他刚要迈步出屋，那个破锣嗓子已然奔到，提着灯笼，挑着花枪，原来是店房中巡夜的更夫。更夫不肯说他刚才看见一个贼影，他只一个劲东张西望，连声吆喊，柜房中立刻惊动出两个店伙，各持木棍，结伴提灯，到各院台搜起来。陈元照恰巧走到院心，更夫高举灯笼一照，看得清清楚楚，忙截住盘问："你是干什么的？"陈元照不肯置答，转身就要退回本屋，店伙越发动疑，那个更夫横着花枪，拦住了陈元照，不教他动转，厉声问他："你到底干什么的？快说话！"少年陈元照张口结舌，不禁暴怒道："我是客人。"店伙拿灯笼再三地照着他，说道："你是哪屋的客人？三更半

夜，你这是出来干什么？”店伙、更夫渐渐迫近来，拿灯火照而又照，看清他手持兵刃，身穿夜行衣，把他们吓了一跳，越发乱嚷起来。

对面九号房灯光早亮，院中审贼，屋中人越发吃吃暗笑，更有一人嚷道：“这里有贼挖窗眼了！”少年壮士大窘之下，一句话不说，夺路要走。三个店伙一齐吆喝，虽然看出他是客人，仍不放他走，严词诘责他，要搜检他身上。正在不可开交，九号房后面夹道上，突有一个清脆的口音，振吭锐呼道：“店家快来，这里有贼了！”“扑通”的一声大响，像一个重物坠地，紧跟着又听喊道：“哎哟，杀了人了！”

店院中人一齐惊骇，隔着院子，看不见后墙夹道的情形，但已闻声辨响，似有人被害；那重声坠地，分明像是有人负伤摔倒。那夹道挨着厕所，那清脆的人声依然一迭声连喊道：“有贼，有贼！店家快看，快截住！跑到那边去了，进了茅厕了，出来了。哎哟，往西北跑去了，快追呀！上墙了，跑了，杀人了！”店中人更形惊扰，值更的店伙张皇失措，只虚张声势空喊，没有一个人敢去截堵。各屋客人也被这喊声惊醒，乱问乱叫。

少年壮士陈元照，见景生情，蓦然叫道：“店家，你们还不快追！刚才我看见一个贼，我是本店客人，差点教我堵上。你们快跟我来，我同你们追去。”值更的店伙半信半疑，急问道：“你你你到底是哪屋的客人？”……忽然听见后夹道又发巨响，一个人狂叫：“好狠贼，你扎死我了！”发出呻吟声，似受了重伤。陈元照厉声大叫：“你们还不快追？出了人命了！”分开店伙，夺身追扑过去。他料想此人必是对门骑客中的白发老叟，也许喊者是老叟，也许逃者是老叟，但不管怎样，正是天助己便，可以借此避开一群店伙的盘诘。他飞似的抢奔后院去了。

果然这一阵大乱，给陈元照解了围。前边后边的店伙，连柜房的掌柜、司账，一齐惊起，忙着穿衣服，点灯火，找家

伙，出来查寻真相，追勘贼影。值更店伙跟随陈元照，绕圈子奔到后院，分明望见后院墙头上有一条黑影，不等店伙扑到，公然回身扬手，发出几块飞蝗石子，却将店伙手中的灯笼打灭了两盏。旋见这人影一栽身，跳到邻墙，晃眼之间，一跳再跳，看不见了。

店中人还是汹汹哗哗，值更店伙奔出奔进，搬梯子上房，持灯看夹道，乱作一团。各房间的客人，也都惊起探问。店主人披着短衫，出来慰众，再三地说："诸位贵客不要害怕，也不要出屋，各人守着各人的行李要紧。这是一个小贼，早吓跑了，并没有伤人。"店主人一面瞪着眼扯谎，安慰众心，一面和司账督率店伙，搜勘贼踪。将后院夹道，前前后后搜了一个到，明明听见负伤呻吟、狂喊杀人、重物倒地的声响，竟没发现被贼杀伤的尸身，也没寻见半点血迹。刚才明明有人瞥见黑影，而且听见奔逐之声，现在全没有了，一点格斗的迹象也没有。店中人越发疑鬼疑神，十分骇怪。就中笑煞九号房的杨、柳夫妇，此时铁莲子早从本房后窗逃进屋来，把乘虚翻检陈元照的话，告诉婿女。于是翁婿父女三人把灯挑亮，门窗洞开，隔岸观火似的，看这一出玩笑剧。杨、柳只是咭咭呱呱地笑，铁莲子暗向他夫妇摆手，低告二人："这其间另还插入一个第三者。"刚才喊救命，喊杀人的，并不是柳老。杨、柳问道："这又是什么人呢？"柳老道："少说话，你们侧着耳朵，多看多听吧。"翁婿父女仍在暗中，盯住对面房少年陈元照，那清脆的喊声，不是柳老，不是柳叶青姑娘，倒帮了陈元照。

少年陈元照混在众中，自觉很丢人。多亏着后院闹贼这一阵乱喊，才把自己开脱，若不然，店伙定将自己认作贼党了。他也和杨、柳一样，心中猜疑：这夹道墙头上，连嚷有贼的，到底是什么人呢？跟店伙瞎窜了一阵，又向店主人表白了一番功劳，自称是："刚才上厕所，我瞥见一个贼影，在夹道墙上直探头。我假装不留神，特意溜回屋来，取了兵刃，要替你们捉贼。"店家听了，似信不信地向他道谢，仍不放心，他们挑

着灯笼，房上房下，夹道跨院，都重搜了一回。想不到闹得这么惊天动地，只在后夹道摔破一只大盆，茅厕旁边倾倒了一堆碎砖，此外竟无一人受伤，也无一客失窃。到底不知这把戏是何人干的，有何用意。店主人再三查问，终没有查明真相。

陈元照心中更加倍纳闷，又很惭愧。他料定自己的行囊是被对门三骑客中的白发老人（铁莲子）偷偷翻检了。自己窥着人家，进而徒劳，反倒挨了人家一下。自己实在敌他不过，果然姜是老的辣，然而他绝不服输，这一来更把他激怒。那后夹道连喊杀人救命的人明明帮了自己，他也并不推敲究竟是谁。他十分闷气，退回己屋，把零乱的行李重新打好包，坐下来寻思一回，越发恚愤。他便虚掩上屋门，和衣斜卧在床头，虚眯二目，仍在暗暗地监视对面房的铁莲子和杨、柳夫妇。

然而少年人血气足，本来要假寐，要看住了对门的对头，可是头才挨上枕，竟呼呼地睡着了。一觉醒来，已皓日当空。少年壮士陈元照哎呀一声，一骨碌跳起来，揉揉眼睛，出房急看。对面房门大开，全室空空，人已没了影踪。忙又跑到马号一看，男女三骑客的马果然没有了。陈元照道："不对！"他已将自己潜缀的三个人缀丢了。恨怒一声，忙忙地寻觅店伙，找到柜房，向店家根究三骑客的去向。

少年陈元照在院中，邀住一个提水壶的店伙，直眉瞪眼地盘问："那九号房的三个客人呢？"店伙向九号房一瞥道："您老问那一老一少一个堂客吗？"陈元照道："正是。"店伙道："他们可是都骑着马？"陈元照大喜道："一点不错，他们哪里去了？"店伙道："他们全走了。"

陈元照微愠道："我知道全走了，他们什么时候走的？上哪里去了？"这店伙很诡秘的一笑道："他们刚走。"把手掌一伸道："您老看，这些就是他们三位赏给我的酒钱。"陈元照道："咳，我没问你这个，我问你，他们上哪里去了？"店伙嘻嘻地笑说："这可说不上来，人家客官们爱上哪里去，就上哪里去。人家也不告诉我们店家，我们店家也问不着。"说时虚

眯着一对眼，直看陈元照，简直很有奚落的意思。

少年大怒，却又没法，忙回手取了一锭银子，要行贿赂，套间敌情。忽然听一声响，柜房门开，店主和司账一同出来。因昨夜闹贼，犹怀疑虑，两人齐声向陈元照发话道：“客人早起来了？今天就走吗？”言外之意，极端欢迎他就走。店伙趁空忙提水壶溜了。陈元照就向店主、司账打听杨、柳翁婿的来踪和去向。这两人世故很深，口风极严，问什么，什么不晓得，而且辞色之间，盼望陈元照赶快离店。陈元照按住了火性，再三询问，这个店主比狐狸还狡猾，那个司账比店主更狡猾，见陈元照死钉不休，他就虚向西南一指道：“那三位客人，大概是奔西南走下去了。您老若是快追，此刻动身，还能赶得上。您老可不要耽误，得赶紧走。”陈元照道：“是真的吗？”司账扯谎道：“我听见他们打听路程了，好像问西南荻港离这里有多远？”店主趁势帮腔道：“不错，我也听见他们念叨过，他们一定是奔荻港去了。”

陈元照信以为真，忙告诉店家：“我就追他们去，我们是朋友，我跟他们有事。我走之后，如果有一个姓石的矮胖子来找我，或者一个姓华的老头来打听我，你们就费心告诉他们，说我上荻港去了，找那三个客人去了，请你费心告诉那个姓石的，教他赶快追来。掌柜的，那个姓石的约有五十多岁，在半月前，跟我一块，在你们这里住过两三天呢！”半月前的过客，店家早不记得了，但为要赶快把陈元照支走，店主、司账一齐说：“记得记得，只要他来，这话我一定给你带到。”

少年陈元照很是放心，以为自己安排好了，于是立刻回房，取了兵刃、行囊，付了店钱，又把姓华的老人的年貌再向店家形容了一回，也嘱他们传话，他们喏喏地答应了。陈元照这才提起行囊，健步急驰，忙向西南荻港，奔寻下去。

少年陈元照抖擞精神，沿江岸大路，火速追赶。这正是由芜湖，过鲁港，奔荻港，到铜陵的必由之路，要是快赶，一定赶得上。仗这陈元照青年健步，走出五六里地，沿路打听，如

此一个男子，如此一个女子，如此一个白须老人，居然被他问出了踪迹。江边一个小贩说："不错，有这么一老一少一女，三个骑马的，刚从这里搭伴走过去了。"

陈元照大喜，擦了擦头上的汗，拔步又赶。他心中暗想：这男女三个人实在可疑，大概是峨眉七雄的党羽，我不能放松他们。好在我已经给店伙留下话了，石叔父一定跟上来，华家父女也要缀来的，我们可以把这三人全都捉住。一面思索，一面脚下加紧，连穿过两道竹林，远远望见前途三匹马联镳而驰，分明是二白一黑，马上的人分明是两男一女。少年大喜道："哈哈，我居然缀上你们了！"脚下加紧，如飞地奔驰过去。

前面三匹马，果然是杨、柳夫妇翁婿。杨、柳策马并辔前行，铁莲子提缰后随。他们在店中，把陈元照大要一顿，已经不生气了，起五更一走。本以为这样做，就把陈元照甩下，各走各的路，原不想生事。哪料走出十多里地，铁莲子偶一回头，又看见陈元照拼命地缀来，夫妻翁婿一齐恚怒，立刻把三匹马放慢，无形中好像等他赶上。陈元照缀在后面，已瞥见杨、柳回头而望，拿马鞭指点自己。他满不顾忌，一直逼了过来。杨、柳越发动怒，向铁莲子一商量，容得两边相距不到两箭地，他们突然翻身下马，找一树荫下，把马拴在树干上。三人齐到树荫下纳凉一站，竟然不走了，要看看那少年陈元照紧缀不舍，意欲何为？

陈元照一味凑过去，相隔半箭地，人家站住了，他也寻一树荫站住。摘下帽子，拭汗，扇凉，一对大眼睛骨碌地打量杨、柳，打量铁莲子。柳叶青是女子，他要找的峨眉七雄中也有一个女子，他就细细盯着柳叶青。从他眼中，看出柳叶青浑圆脸、苹果腮、柳叶眉、直鼻、小口、朱唇，双颊有酒窝，十分俊俏，目光尤美，举止气派像个跑江湖、会武艺的女子，却又落落大方，不带村俗气。他觉着古怪，既觉古怪，不由要多看几眼。

这一来，铁莲子捻髯皱眉而笑，仰脸看天。玉幡杆杨华瞪眼生气，要走过来发话。柳叶青蓦地脸通红，眉峰一挑，很快向父婿咭咭呱呱说了几句话，突然走到马鞍边，抽出那把剑，冲着陈元照走来。玉幡杆趋至马前，也摘了弹弓，取弹子，抽钢鞭。

柳叶青左手倒提剑，叱道："你这东西直眉瞪眼的，你是干什么的？"玉幡杆杨华也骂道："在店里捣乱，路上也捣乱，小子再三再四，安的什么心？这可不比镇店里，这是旷野地，要作死，正是地方！"夫妇俩气势汹汹，要就此收拾这歪缠不已、居心叵测的无礼少年。

陈元照张目四顾，果然近处渺无行人，只有江岸竹塘。他竟不怯阵，忙摆好架势，厉言还口道："爷们是走道的，走道不犯私，谁也管不着谁！"

柳叶青愤极，立刻抽剑出鞘。玉幡杆叫道："青妹等一等，我来教训他！"慌忙绰弓过来。陈元照这才看出情形严重，退后一步，急急回手，将肩头所负的小包袱打开，只一抖，亮出兵刃，是一对卍字银花夺。铁莲子柳兆鸿一眼瞥见，暗吃一惊，他晓得这少年的门户了，猛然叫了一声："且住！"掠空一跃，横截在柳叶青面前，把她拦住，说道："不要如此！都是走道的，你问人家做什么？你这来派真格的，要打架？"他把女儿拖劝住，转脸向陈元照大声发话："喂，朋友，都是出门在外的，别这么直眼看人，人家是女眷啊！"哈哈地大笑了几声。

陈元照手擎双夺，也不躲，也不言，仍然看着杨、柳翁婿夫妻，铁莲子拿眼不住打量他和他手里的兵器，见杨、柳含嗔欲斗，随转身把女儿女婿全唤回，低声嘱告了半晌。三个人忽抬头各向陈元照这边一望，都笑了起来。陈元照正要退回树荫，铁莲子又高声发问："朋友，你贵姓？"手指这卍字夺说："你师父可是姓褚吗？"陈元照仰脸不答，摆出傲态，慢慢地包起双夺，走到树下，席地坐下来，拿帽子扇风乘凉。那种旁若无人的样子，居然引得杨、柳夫妻和铁莲子都有些诧异。

杨、柳翁婿一齐退回树下，铁莲子暗对杨华、柳叶青说道："这小伙子真有点邪气，绝不像初入公门的狗腿子。看他这样狂傲，倒好像是一个访镖的镖行雏儿。再不然，就是学成艺后，奉师命刚出来，游侠创万儿。你看他直眉瞪眼的呆相，简直太嫩，大概不是歹人。若是歹人，他得度德量力，你看他现在这股劲，一个人敢斗咱们三个人。"杨华笑道："不是歹人，准是浑人。"柳叶青也不禁笑了，说道："这小子实在气人，他为什么一死儿钉上我们呢？"铁莲子笑道："这就叫初生犊儿不怕虎，看他那样子，心中大概跟谁怄着气，也许他有为难的事，要找谁打架。他一定是把咱爷们看岔了，索性由我斗斗他，也算是成全他一回。"遂故意小声和杨华、柳叶青嘀咕了一阵，又都做出东张西望，似有畏忌的样子。然后，铁莲子说了一句江湖黑话，挥手道："马前吧，点子来了！"这时来路恰有行人车马快走过来，铁莲子立刻和婿女匆匆飞身上马，豁剌剌往西南紧跑下去。少年陈元照果然上当，立刻拔腿紧缀下来。

三匹马一口气奔出二三里地，铁莲子柳兆鸿回头一看，少年陈元照敞着衣襟，大张着嘴，奋步奔逐不停。他居然要拿两条腿的人，硬跟四条腿的马赛快慢。柳老忍不住扬鞭大笑，对杨、柳夫妻说："仲英，青儿，你们看看，这小子快要累死了，他还是追！"柳叶青、杨华勒马扭头回望，也不禁纵声大笑。陈元照仍然倔强，穷追不舍。到底是马快人迟，走了一大段路，陈元照落在后面。杨华回头望了望，笑道："师父，您老瞧，这小子跑不动了。"柳叶青在马上笑得前仰后合，说道："爹爹，这傻小子站住了，大概不肯追了。"铁莲子勒马看了看，对婿女说道："你们要打趣他，可以再叫他赶。"遂一齐将马放慢。

陈元照累得呼哧呼哧直喘，本想不赶了，见三人当途驻马，冲着自己指手画脚，又说又笑，分明等待自己，奚落自己，他不由勃然大怒道："好贼子们，成心溜我！我非追上你

们不可，叫你看看太爷的脚程！”遂一伏腰，箭似的又扑上来。

煦风扑面，赤日当头，三匹马忽紧忽慢，指东指西，乱踏着一片片竹林田径，投向西南。陈元照初涉江湖，性情倔强，纵已累得浑身浴汗，依旧穷追不舍。铁莲子和杨、柳夫妻拿着活人开心，竟这么忽松忽紧的，把他直溜出二十多里，他毫不警悟，依然切齿紧钉。突然间天色一变，云合风起，骄阳敛光，似有暴雨之意。铁莲子柳兆鸿急看前途，偏南方林木掩映，有一村落，翁婿夫妻忙拍马直投过去，就村井树荫，饮马歇汗，打算寻找地方避雨。问了问此地乡民，这里没有店房，若要投宿，还得再赶出十数里；若是暂时歇马，却有一座庙宇。铁莲子打听明白，告诉了杨、柳夫妻，又仰面看天，伸手试风，风云虽骤，似乎一时还下不起雨来。杨、柳都以为江南多雨，来得快，停得更快，因说道：“我们还是往前赶吧。何必在这前不靠站、后不着店的小村子里？”

铁莲子道：“也好，不过，我看雨这就来。”言甫罢，果然风过处，簌簌地洒了一阵蒙蒙雨。三人急急避雨，牵了马，投到村边小庙里，就在庑下站着，歇脚看雨。雨果然不大，刚刚湿了地皮，又慢慢地住了，只是云未开，日光未出，还不能算晴。杨华笑向柳叶青说：“我是河南人，我顶喜欢江南风景，就只讨厌江南这样的天气，晴天少，雨天多，总弄得人身上湿漉漉的，难受极了。”柳叶青也说：“江南梅雨是最恼人的，可是你们河南北的风沙，也真呛人，我也受不了的。”杨华笑道：“你说的是直隶省，若像我们河南永城县，便好得多。晴天既没有沙土风，雨天也没有湿霉气，好过得多。”

杨华盛夸故乡气候，柳叶青不信，笑着摇头：“你蒙我，你当我没去过河南吗？我记得开封那地方，一到夏秋，刮起黄风来，也是飞沙走石，呛得人喘不出气，眯得人睁不开眼。”杨华道：“开封是开封，永城是永城，你别觉河南地全是一样，其实大有差别。就说徐州吧，也算归江苏管，那地方风土气候全像山东，人也生得五大三粗，不像江南人那么娇小。”

两口子坐在庙庑下，你一言，我一语，闲谈忘情，铁莲子却独自一人，走出村口，往外察看。此时只落着零星雨点，风已停了，远处天空透出日光来了。铁莲子往来路上看了一眼，旋即转身进庙，向杨、柳笑道："你们俩谈高兴了，你可晓得那小伙子又追来了！"柳叶青道："真的吗？"

夫妻俩一齐站起，走出村口，并肩一望，不由勃然大怒道："这东西一定不是好人。我们趁早把他打发了吧！"眼见陈元照的头像拨浪鼓似的，东张西望，藏藏躲躲，慢慢溜过来。忽然瞥见杨、柳，他便往竹林后一躲，他由明追改为暗缀了，却忍不住不时伸头探脑。

玉幡杆杨华张着雨伞，挨在他妻子柳叶青身边，远远望见陈元照鬼鬼祟祟的神情，忽然一笑道："青妹，我说你可别恼，他一死儿紧钉咱们，他的居心用意，我倒猜着了。"柳叶青立在丈夫的肩下，仰着脸儿问道："你猜他什么用意？"杨华回头看，岳父没在跟前，便附耳对柳叶青说："这小子直眉瞪眼，紧钉住我们没完，我猜他没安好心。哼，多半是个采花贼，他瞧你长得漂亮，钉上你了。"

柳叶青蓦地红晕双颊，往地上低声啐了一口道："我骂你了！"杨华哈哈地笑起来，说道："若不然，他何苦穷追不舍？师父说他不像衙门狗腿子，我看他也不像镖行雏儿，倒是顶像采花贼。你瞧，他又探头了，又在瞧你了！"柳叶青使劲拧他一下，说道："你还胡说！"杨华哎呀一声，两口子咭咭呱呱又笑起来。

铁莲子竟跟过来，问道："你们笑什么？"柳叶青斜睨了她丈夫一眼，轻轻说道："他胡说八道，他说这傻小子直看我，没安好心，他说他是专缀我来的。"玉幡杆忙掩饰道："师父当然知道，江湖上很有坏小子，好跟缀女人，这小子贼眉鼠眼，恐怕也是这路坏蛋。"铁莲子其实早就疑心到这一节了，不过没肯说出来，因捋须低告道："这东西果然有些邪魔怪道。平常一个武林人物，断不会只凭两条腿硬敢追马。而且，我们人

多，他只一个儿，若是寻仇、办案、劫财，明知不敌，岂肯苦追不舍？怎么着也该回去叫伙伴、勾兵，再来生事。他都不然，只一个人死缀，那么，这小子必有一点什么仗恃……”说到这里，铁莲子不往下说了。

柳叶青和杨华忙问：“他仗恃什么？”铁莲子眼望婿女，双眉一皱道：“往不好地方猜，大概是蒙药、薰香。”

夫妻俩一齐愕然，铁莲子这话分明也认为这少年是个采花淫贼了。柳叶青以为渎犯了自己，心中痛恨，切齿说道：“这东西断乎不是好人，咱们别再怄着玩了，直接过去，把这东西砍掉，也替人间除去一害。”柳叶青卷袖子捋腕，恨不得立刻下手。玉幡杆杨华忙道：“使不得，使不得！这地方紧挨着村庄，众目昭彰，何苦惹麻烦？我看要收拾他，莫如诱他到僻静地方，先捆起来，痛痛快快毁他一顿，只算是给他一个教训。再不然就把他吊在树上，等过路人来解救。”

柳叶青摇头道：“一个可杀不可留的淫贼，何必这么折腾？依我说，干脆先揍他一顿，然后掘个坑一埋。”杨华道：“活埋人，好厉害！天有好生之德，人有慈悲之心，他是淫贼不是，口说无凭，怎好但凭揣测，硬下毒手？”柳叶青喝道：“酸文寡醋，又来抬杠了，刚才你跟我一样，也发狠来着，这时候又装善人！”杨华道：“咱们俩到底谁狠？”柳叶青道：“不拘你怎么说，这小子管保是坏蛋，我绝不饶他。我还告诉你，我捉住他，头一下，我先剜他那一对贼眼。这小子，这一路老是这么直眼珠子看我。”杨华笑道：“你听，你听，他把你看臊了，你就要他的命。你也不盘盘虚实，不问问底细，就要剜人眼珠，到底还是你狠！”

柳叶青辩不过丈夫，有点发急，嗓门越说越大，末后竟不答应，对杨华道：“你怎么老噎人家的嗓子眼！这小子像采花贼，本是你先说的，你这时候又说我不问虚实了。你这嘴反正都有理，我怎么都有错儿，二爷您到底叫我怎么好呢？”玉幡杆杨华怄她道：“教你别发厉害！”柳叶青道：“我偏要发厉害！”

两口子又哓哓地拌起嘴来。

铁莲子皱眉拦阻道："罢罢罢，少说两句吧，你们两口子又斗口了，回头又着急。青儿你嚷什么！"柳叶青道："看！爹爹，是华哥故意和我抬杠。是他先说的，这东西是淫贼，该收拾他一顿。回头我再一说，他又褒贬我狠。我怎么狠了？"杨华笑道："小姐不狠。"对柳老说道："她现时就要过去动手，要活埋人，又要剜人的眼珠子。"铁莲子柳兆鸿忙道："青儿惯说狠话，你别尽听她瞎说。实情这东西也太恼人，该挨揍，但也犯不上制死他！"

柳叶青分说道："爹爹不晓得，我一说过去跟人动手，他就不爱听。简直你是怕我跟男人们打交道。你放心，我只过去引他上钩，他只要一炸刺，我就宰了他！"

柳叶青揭破了杨华的隐衷，杨华也赧赧然了，笑说："你把我说成什么人了，讲真格的，现放着师父和我，何必单叫你过去动手，你也不怕失了身份。"柳叶青道："怎么样？所以我别跟人讲话，更不该交手，这一来我就不是好女人了。所以你还是吃酸！"柳老斥道："这是怎么说话！你们俩谁也不用过去，还是我来琢磨他。"

柳老独自走出村口，雨点渐稀，路上微泞，避雨的行人很少有出来赶路的了。那少年陈元照远远藏着，见柳老一露头，立刻避开了，潜入道旁竹塘后，暗暗偷视。柳老佯做不理会，把村外形势一看，这里紧挨大道，是过往行人必由之路，在此地动武，实不相宜。往外圈看，也见得竹林掩映，村落起伏，是人烟稠密之区。柳老往外又走出一段路，转身回来，告诉婿女："我们还是往前站赶吧，这个地方不太合适。"

这时细雨蒙蒙，渐下渐小，终至于停，天际湿云渐散，东边远处已然透出日光，雨是下不起来了。铁莲子柳兆鸿催婿女上马，沿着江岸续往南行，正打那竹塘旁边经过，少年陈元照这一回似乎存了戒心，躲在竹丛中，不肯逼近来，只远远偷看三人的去向。三人策马而过，走出很远，他方才避走田径，斜

掉角暗暗缀着。他以为杨、柳一行没有看见自己，殊不知人家翁婿夫妻三人，扬鞭打马，走上雨过天晴的大道，好像又说又笑，满不理会，其实人家一个个精神贯注，早把前后左右都照顾到了，并且下了狠心，定要活擒他，拷打他，逼问他的口供，追究他的来意。

铁莲子和没事人一样，驱马落后走，连头也不回，只望着前途，杨、柳夫妇一面从正路往前走，一面暗打量道路两旁，要寻一个合适的、隐僻无人地段，好把陈元照诓去，如法炮制，给他苦头吃。

柳叶青和杨华都年轻，比起陈元照，江湖经验究竟高着一筹。他们要看陈元照的时候，决不明着回头，只偶然在策马拐弯处，偏脸瞥一眼。

于是柳叶青暗告杨华："这小子还是紧跟不舍！"杨华悄声道："是的，我们绝不能放过他。"柳叶青道："你别嫌我狠，这东西实在该剐！"

于是迎面望见一段土岗密林，地形有点险僻。柳叶青急忙悄告杨华："这地方就不错！"又叫着柳老："爹爹，这土岗正好，咱们就下马等着吧。"

玉幡杆也觉得地点不错，真要活埋人，土岗下坑坑洼洼，连坑都不用挖。

柳叶青不等柳老回答，马上加鞭，直奔土岗抢去。柳老急喝道："青儿，别慌！"就和杨华一齐追上去，柳叶青已到土岗，翻身下了马，就要拔剑等候，柳老生气地赶到，低声喝道："快上马，快走，这里不成！"

柳叶青不服气，仰脸问："怎么不行？"话刚出口，自己、哎哟一声，慌忙上了马，杨华讥诮她道："女张飞，你真成就是了！"原来，越过土岗，却是一条丁字路。那边地头上，正有一辆老牛车，几个荷锄的庄稼人，正绕林子走出来。只看正面，这地方像很险僻，转过岗子再看，反倒是个行人必经的三岔口。

玉幡杆哈哈大笑，柳叶青蓦地脸通红，自己也笑了。夫妻翁婿寻寻觅觅，仍往前走。柳老抱怨她道：“你这丫头，喊着，喊着，你到底露相了。无缘无故干什么？告诉你，这家伙是个雏儿罢了，若是老手，像你刚才这么毛骨，他立刻会看破你的用意，他就不肯再缀了。以后遇上绿林人，千万别嘀咕。”杨华插言道：“青妹总夸她的经验比我强，这一回我可看透了，你比我还沉不住气呢！你这上马下马一闹，那小子恐怕早猜出咱们的用意来了。”说着，忍不住回头看了一眼。

柳叶青也不禁侧头往后一瞥，扭转脸来，却向杨华闹道：“你还说我毛骨，你这是干什么？你走一步一回头，岂不是更露相？”杨华笑道：“你怎知我回头来？是不是你也回头了？”一句话，惹得铁莲子忍俊不禁，哧地笑起来，责备二人道：“你们两口子唠唠叨叨，拿抬杠开心。你们不要自作聪明，把人家太看成傻子了。你们俩只走道，不说话，行不行？”柳叶青笑道：“行！我先堵上我的嘴！爹爹别生气。”

三个人续往前进，越走路上行人越多，越没有下手的地方。而且远远黑压压一片浓影，眼见又快来到一座镇甸之前了。柳叶青失望道：“爹爹，咱们又该着进镇店了，更不好下手了。那时候真不如在旷野地，把这东西毁了。”铁莲子咳道：“你抱怨什么？只要他进了镇甸还死摽，什么地方不能宰人？老老实实跟我走吧。”

三人策马前进，忽逢歧路，看路上车辙马迹，果然前途快到码头。蓦然间，湿风又起，阴云复合，豆大的雨点零零星星迎面打来。玉幡杆、柳叶青一齐说道：“不好，雨又要下了。”三人立刻把马缰一放，马缰连拂，三匹马放开健蹄，豁剌剌直往镇甸投去。

这一场江南野雨，大一阵，小一阵，断断续续地下，把临江田野罩了一层浓雾，给行人身上加了许多潮湿。三个人策马疾驰，觉得快到站头，也没有张油伞，也没有换雨衣，就这么冒着雨往前赶。

约莫走出二三里路，前途江边有一座大镇甸。铁莲子柳兆鸿扬鞭一指道："这就是荻港。"三匹马错落着来到了镇口。勒马一转，翁婿夫妻三个人，不禁同时回头一看。柳叶青首先发笑道："呀，那小子没影了，到底给溜乏了，不缀咱们了。"铁莲子笑道："你不要小看了人，这小子很有种，溜不倒他，你看吧，回头他一准找寻过来。咱们三个人骑了马，冒雨飞跑，他这小子在步下追，天大本事，也跟不上。可是这小子实在有横劲，有胆气，假如不是坏蛋，倒真是个后起人才。只怕这小子不是好货……"柳叶青道："那更不该放过他了，我们应该替江湖除害。"说着，铁莲子一马当先，杨柳夫妇联辔后随，马一进街，人便不再言语了。

荻港这地方，也是个水陆码头，也很热闹，铁莲子当年曾经到过这里。他还记得这里有个四合店，驱马一直寻了去，招呼婿女，一齐下马进店。

翁婿夫妻占用了一明两暗三间北房，安置了马，命店伙打水净面，泡茶。柳叶青先不管这些事，忙忙地进了西暗间，把行囊打开，取出自己的衣服来，掩门换好。顺手把杨华的衣服也找出来，往板床上一丢。自己扣好衣钮，换上鞋，把她父亲的一身干燥衣服抱送到东暗间，说道："爹爹！等会吃茶，您老先把衣衫换上吧，回头别着了凉。"又向杨华努嘴道："喂，你的两件皮，我也给你找出来啦，别只顾端着茶碗打晃，快给我换上去。"

玉幡杆杨华放下茶碗，看了看自己身上，说道："我身上只湿了一面，换不换不要紧。"柳叶青道："不行，趁早给我换，我都找出来了。"一指暗间门道："你老老实实换下来，我还要把湿衣裳凑一块晾晾，回头我还想找店伙计借个洗衣盆来，好歹给你们爷俩洗一把。一共带了这么两套替换衣服，天又潮热，又是下雨，汗淋淋的，湿漉漉的，你不嫌穿着难受吗?"

柳叶青一味催，杨华笑扶门框，往外看雨，并不动弹。铁

莲子也只吃茶，笑着说："姑娘忽然爱起干净来了。"杨华嘲道："可不是嘛，青妹妹新近才学着洗衣浆裳，有这份能耐，出门在外，还想施展施展。"柳叶青瞪眼说道："人家好心好意地催你换，给你洗晾，你倒挑眼挖苦起我来。不是我逞能，三个人每人只带这么两套衣服，脏了就得洗，我不洗，谁洗？我好歹动动手。当夜就能晾干，明早就可以穿着走。若是交给店家，找洗衣房洗，非等两三天不可，我们真格地住在店里等吗？我本来外行，不会洗衣裳，我是初学乍练，您多包涵着。我可不如人家李映霞李小姐，人家又会洗，又会缝，又会煎，又会炒……"说得玉幡杆嘻嘻地笑起来，一时没话可答。柳叶青拿眼盯着他，夫妇俩眼对眼瞅着，半晌，柳叶青也哧地笑了。

玉幡杆受逼不过，到底进屋换了衣服，铁莲子也笑着换了。柳叶青搬了一个小凳，往堂屋门口一坐，隔帘往外看雨。这雨还是紧一阵，慢一阵，时停时下。柳叶青觉得身上不爽快，有点黏似的，想洗澡，又没地方，她就口发怨言道："这里的雨怎么比咱们家乡还惹厌？自从离开镇江，走了这些天，十天倒有六天阴，早知雨水勤，还不如不骑马，坐船走倒痛快，先不挨淋。"杨华从背后接声道："不挨淋，怎么换衣裳？"柳叶青扭头往地上啐了一口道："我再也不洗衣裳了，你不用挖苦我。"

天色渐暗，雨势忽大，店伙打雨伞过来问饭，并给点上灯火。铁莲子吩咐了菜饭，另要了三壶热酒，也是怕雨淋伤风。翁婿夫妻吃罢晚饭，铁莲子进了东暗间，坐在板床马褥上，闭目养神，预备明天到街上找人。杨、柳夫妻不肯歇息，竟在西暗间，临窗桌旁，挑灯对坐听雨，哝哝共话。外面的雨淅淅沥沥，下起来没完。柳叶青说道："这时候恐怕起更了，这里也听不见更锣，到底不知多晚了。"杨华道："是阴雨天，显得黑得早，其实这时并不太晚。"柳叶青道："便宜那小子了，那小子一准是落在后面，找不着咱们了。"杨华道："本来两条腿的

人硬追四条腿的马，只有浑虫才肯干。教咱们苦苦的一溜，他也看出风不顺来，当然就不追了。”柳叶青道：“你以为他是不敢追么？我却觉得他是追不上。”杨华道：“我没说他不敢追，我以为他是知难而退。咱们安心溜他，他一定琢磨出来了，自然他就不再上当了。”

第四章

荒林雨夜斗疑兵

夫妻俩品茗闲谈，若有所待。隔了一个更次，忽然听外面人声杂沓，一个店伙打伞提灯，引进投宿的客人来。夫妻俩慌忙从破窗往外暗窥，果然是那个少年陈元照，浑身是水，满头是汗，张皇四顾，跟店伙投到店院来。借着店伙手提的灯光，杨华瞥见他一个侧面，柳叶青看见他一个背影，夫妻俩连忙站起来，去告诉铁莲子："师父，爹爹，那个小子找来了！"铁莲子早已听出动静，笑着向杨、柳一挥手，指一指窗外。杨、柳夫妻点头默聆，立刻分占窗台，侧耳偷听。

陈元照冒着雨直往店里钻，店伙挑灯跟着他，问他是住店还是找人？他不肯确实回答，挨着门一间一间地寻。天这么黑，雨这么下，他又不说所以然，招得店伙很不满，甩出很难听的话。他实在没咒念，只得说出来："你们这里，可有骑着三匹马的客人吗？是一男，一女，一个老头儿，是跑江湖的。"

这句话，杨、柳恰好听个逼真，不由相视而笑。玉幡杆杨华道："这东西给咱们下了考语了，原来你是个跑马、卖解、走绳子、蹬大缸的姑娘！"柳叶青道："可恶！"杨华道："怎见

得可恶，总算他有些眼力，猜得个八九不离十。”柳叶青推她丈夫一下说：“他可恶，你比他更可恶，我是踩绳的，你自然是王傻子、草上飞、马二愣子了！难为你游击将军的少爷，娶了个蹬大缸的女人。你再说我，我可……”柳叶青说着冲杨华举起拳头来。

这时候店伙刚好答了话，说：“你要找那三位客人，好啦，你瞧，就是这三间房，你跟我来。”陈元照连忙说道：“不不不，我是闲打听，我不要找他们，我只要一个单间，你们有吗？”店伙说：“有，客官，不就是你一位吗？”陈元照道：“是的。”店伙引着陈元照，回到店房前院，给他找了一个小单间。于是照例地点灯，打洗脸水，泡茶，问饭，又问客人要不要赁被。陈元照说要赁被，掏出一块银子来，预付了店饭钱，为的是自己乃是孤身客，没带行李，这样做省得店家疑心。店伙接过钱，出去给他叫饭。他先不脱湿衣，急忙走出去，认准了杨、柳夫妻住的房间，探好了出入道，回转小单间，这才脱去湿衫，拧干晾好。他没有衣服替换，饭来了，他赤膊坐下来吃饭。

杨、柳夫妻眼看陈元照偷偷来认门，夫妻俩容他走后，忙去告诉铁莲子，并且气愤愤地表示意见：断不容这东西生离此地，也不容他活到明天。叮问铁莲子，今夜如何下手？铁莲子慢睁双眼，徐徐说道：“你们何必这么挂劲，要宰他宰就得了。店房里不方便，还是诱出店外。”铁莲子站起来，换上雨衣，悄悄出去，寻找诱擒的地点。杨、柳在东房间一待，耗时候，听动静，盯住陈元照，不教他溜脱。

陈元照绝不想溜走，吃饱了饭，把湿裤子也收拾了一下，那对卍字银花夺也擦抹干净，重新包好。摸了摸身上，可惜追得太紧，只有一筒袖箭带在身边，其余别的防身武器、暗器、夜行人用具一点也没有。况且人众我寡，须防暗算，想了想，便披衣急急离店，踏着泥路，到荻港街上，寻一刀剪铺，买了一槽钢镖，又买了一件上衣、一块油布和一副带子、一双软底

鞋、一根长绳。回转店房，他又把柳家父女暗窥了一回。倏忽二更，雨又渐停。陈元照将全身结束停当，更衣换鞋系带，佩好了镖箭，一对卍字夺顺放在床头，赁来的被铺展开，出去巡视一遍，立即紧闭屋门，顶上一个木凳，扣紧了窗。这才轻轻倒在床上，熄灯假眠。他小心戒备着，只要对方潜来暗算自己，自己便可立时警醒。不料他一路狂追奔马，精疲力竭，耳朵刚刚贴枕，两只倦眼再睁不开。陈元照说道："不好，这可不能睡！"一骨碌坐起来，要盘膝闭目养神，哪知总犯困，直打盹，他忙又跳起来，点上灯，在屋中来回走溜。心想："石叔父怎的还不追来？"

折折腾腾，已过午夜。陡然间，听窗外嗤的一声冷笑，陈元照愕然凝眸。小窗破露一孔，正有一只俏眼从窗孔往里窥视自己。陈元照一侧身，厉声喝问："什么人？"那只俏眼一闪，忽换来一只皓白的手，公然伸入四个手指头，刮的一声，把窗纸扯碎，撕出来一个很大的窟窿，把半个面孔，端端正正放在那里，一双星眼公然明窥自己。陈元照勃然震怒，老实说，这意外举动吓他一跳。他连忙一跳，扑到床前，正伸手要操兵刃，突又听后面窗也啪的一响，一个男子口音，低声唤道："朋友，是熟人，请出来到店外会会！"

陈元照又往旁一跳，扭头急看，后窗的人只出声，不露面。陈元照早已明白了。他饿虎扑食一般，跳近床头，将卍字银花夺一把抓到手。他先交左手，右手潜掏暗器，可是忘了一招，他没有煽灭灯。于是他退步负隅，眼观前后两面窗，喝问道："出来也不怕你们！你们是干什么的？可是骑马的三位？"前窗是女子语声，哂笑着说："算你会猜！别害怕，慢慢地滚出来，店外头东南空地上见。"

陈元照心里头多少有点嘀咕，究竟自己人单势孤，但是初生犊儿不怕虎，他把掌心的暗器紧扣着，未肯先发，抗声还口道："少要卖狂，陈大爷龙潭虎穴也敢去，就教你们三打一，我也不怕。你们堵门口憋着我，那可不成。施暗算，是屎蛋！"

灯影里，他已看清前窗的面孔，正是圆脸、桃腮、柳叶眉，是那个骑马的女人。后窗看不见人的身形，听口吻，是那个少年男人。少年男人重又回答："喂，放心大胆地钻出来吧，爷们有好话跟你商量，没人暗算你！"

陈元照喝一声："好！"身形往下一伏，抖手穿窗打出一镖，顺手把灯煽灭。前窗人影一声冷笑，一晃便不见了。后窗人影骂道："可恶的东西，还想暗算人，快滚出来吧！"陈元照还口道："太爷开道，不能不来一下。"又抖手打出一镖，趁势抢上一步，移木凳，拔门闩，把门扇猛然一阖又一开，这才左脚点地一拧，腾身斜窜，跳出了屋门。往右首一落，双夺急分，"夜战八方"式，往四面一扫。双眸急急一寻，店院空空，敌人并没有暗憋着自己，放冷箭，下毒手。

陈元照抬头再张望，好像院中没有埋伏，房顶也没有敌人。他心中一愣，"他们好快的身法呀，哪里去了？"稍一逡巡，把卐字银花夺一按，嗖的一个箭步，奔杨、柳那房间扑去。刚刚窜到屋角转弯处，背后突袭来一股寒风，陈元照急急的一闪身。斜刺里黑影中，闪出一人影，低声叫道："伙计，往这边走！咱们外边斗去！"这人影一指东墙根，紧行数步，一窜上墙，"金鸡独立"式，蹬着墙头，向陈元照连连招手。

陈元照奋不顾身，吼了一声，顿足一掠，嗖地也往邻墙上一蹿，身如风摆柳似的一晃，连忙拿桩立稳。这雨后的墙竟十分滑泞，险些闪下来。再看敌人，冷冷地一笑，直等到陈元照跃上来，站稳了，方才一栽身，跳到墙外面去，又是止步招手。陈元照回头看了看，也就负怒往下跳去，跟踪急追。一面追，一面留神回顾，恐防三打一，或半途受了杨、柳的暗算。

但是杨柳夫妇并不打算半途暗算他，他自己竟漫无忌惮地踏入人家的埋伏中。前边那人影正是铁莲子柳兆鸿，把陈元照诱出来，直奔到店外东南空林边，便即站住。玉幡杆杨华、柳叶青夫妻俩从侧面旁追陈元照，霎时也已奔来。

翁婿夫妻三人把陈元照围在垓心。再看陈元照，兀自傲然

无惧，把一对卐字夺一举，挺立在空地上，满地尽是雨后烂泥，他一点不介意。闪目看清了敌手的人数，微微一笑，抗声说道："你们全来了！在地下跑，比骑着马可差得多，你们不会再溜走了。我说呔，你们打从店里把太爷调出来，请问你们打算怎么样？"

杨、柳伉俪愠怒已深，反倒相顾而笑，柳叶青首先发话，向杨华说道："你听，他还装没事人呢！我说，是我过去问他，还是你过去问他？"口说着，不等杨华回答，提着那把青钢剑，抢先往陈元照这边凑来。她一心想单独跟陈元照动手，把这东西放倒，头一下先剜他那对该死的大眼，跟着再剁下两条狗腿。玉幡杆杨华要保持自己做丈夫的体统，慌忙横身阻住妻子，说道："青妹等一等，你先闪开，还是看我教训这东西。"柳叶青从鼻孔哧地笑了一声，用剑尖一指对手，道："小心点，看教训不成人家，倒没的让人家教训了。"两口子还是斗舌。铁莲子柳兆鸿远远地站在丛林边，自以为是前辈英雄，不屑跟陈元照这个后生小子交手，只捋长髯，看胜负，一方提防陈元照战败逃窜，一方戒备着婿女万一失败。

这时候，玉幡杆杨华提起豹尾鞭，腾空一跃，噗嚓一声，脚踏烂泥路，溅起雨花，蹿出一丈多远。柳叶青连连叫道："留神别滑倒了，黑灯瞎火的，看着点脚底下。"说到这里，起了戒惧之心，忙向铁莲子说："爹爹，他要先过去动手，他不叫我去。这么黑的天，又刚下完了雨，他的眼力不大行，爹爹你拦拦他吧。"

黑影中，玉幡杆杨华不由一阵脸皮发烧，娘子倒是关切自己，也未免小看自己了。一赌气，他为求必胜，立刻插钢鞭，把弹弓摘下来。铁莲子柳兆鸿在那边，双目凝神，盯着陈元照手中这对卐字夺，心中还是思索：这小子到底是哪一门的徒弟呢？怎么会使这样兵刃，实在该多加小心。恰好听见女儿嚷，便接声道："是啦，你别乱嚷了。我说仲英，天黑道泞，你可要多多仔细。对面点子这对家伙是卐字夺，你别教他咬住你的

兵器。你还是用其所长吧！唔，对了，把鞭收起来，太对了。喂，我说，你先别跟他动手，到底问问他是干什么的？是哪一门户的，他师父是谁？缀咱们为什么？”

这翁婿夫妇三人，虽当劲敌，仍自殷殷叙话，互相关情。少年陈元照立在当中，把一对大眼睛瞪得滚圆，照顾着这面的人影，更照顾着那面的人影。他一点也不退缩，只盼帮手快找寻自己来。他举起了双夺，静等杨华一到，便即发招。

玉幡杆教他的娇妻岳父这么一闹，很有点不好意思。不便向岳父发话，就冲妻子柳叶青说：“你把人看成呆子了，连天上落雨地上滑，人家都不晓得，单你晓得？漆黑的天，我干什么跟他去打，我还是给他几个球儿弹儿吃吃。”杨华挪近数步，和陈元照对了面，把弹弓一提，弹丸握在掌心，然后厉声斥道：“你这东西，到底是干什么的？”陈元照还言道：“你这东西到底是干什么的？我住得好好的店，你们把我引出来，你们要想怎么样？”杨华道：“哈哈，你还有理！我们把你小子引出来，就是要审审你，教训教训你！我且问你，你这小子由打芜湖鲁港，缀我们一道，我们走到哪里，你缀到哪里，你小子到底是做什么的？安的什么心？你这无礼的举动，实在该剐，现当着太爷，赶快把实话招出来，或者能饶你一死！”

陈元照听了，纵声大笑道：“小子，你倒想审我？太爷还想审你哩！官街官道，随着爷爷走，怎么就是太爷缀着你了？你头上长着犄角了，太爷缀着你，想看稀罕不成？你说我无礼，你们更无礼。太爷住在店房中，你们成群搭伙，无故地搜检我。又把我诱出来，我倒要问你，你想怎么样？可是见财起意，嫌太爷搅了你们的买卖？”

杨华喝了一声，正要还言，柳叶青早气得跳脚骂道：“你这小子，准是下五门的贼蛋，我问你，你贼眉鼠目的，老盯着姑奶奶，你安的什么心？”

陈元照冷笑着骂道：“太爷不喜缀好人家的妇女，专好缀女贼。你这娘们不用说，准是峨眉派的羽党，专会堵着门，欺

负人家孤儿寡妇的。你就是女人，太爷手下也不留情，你过来!”

柳叶青道：“啐，你这个该死的小贼蛋子……”杨华也立刻骂道：“狗贼，不消说了，你一定是下五门的贼子，死有余辜的！叫你尝尝太爷的弹子，先打瞎你这一对狗眼再讲……”

夫妻俩这个还在骂，那个就动手要打，陈元照立刻准备还招。那边铁莲子听出棱缝来，急喝道：“等一等，呔，少年人，你说什么峨眉派？我们并不是峨眉派，喂，你老实说，你是哪一门，你可认识铁莲子吗?”

话喊晚了，其实不喊晚，陈元照也不肯听。柳叶青刚把剑一挥，杨华急将弹弓一拉，黑影中，嗖嗖嗖，一连数弹，照陈元照打去。陈元照双夺一错，往前一上步，弹珠破空打到，他急往旁一闪。他才初出世，还没有遇见杨华这样的连珠弹法，头一弹刚刚避开，第二弹、第三弹已接连打来，围着他的身躯乱迸。空有双夺，竟上不进招去，身上就是有暗器，也掏不出来了。

柳叶青一见丈夫取胜，纵声笑道：“我当是怎样一个人物，原来是一个小草包。华哥，别往上三路打，打他下面，捉个活的来问问吧。”铁莲子也叫道：“别下毒手，最好打掉他的兵刃。”

杨华取得妻子意外的赞许，心中得意，手中的弹弓嗖嗖地打个不住，颇想依着岳父的话，把陈元照的兵刃打掉，但是还不能取准。陈元照这一次对敌，碰上硬钉子，被打得手忙脚乱。黑影中，泥路上，只听他脚下噗嚓噗嚓的乱响，只他一个人家“海里迸”似的乱跳。柳叶青笑得花枝乱颤似的，几乎直不起腰来了。

铁莲子柳兆鸿慢慢踱过来，留神看陈元照的身法，忽对柳叶青说道：“青儿，别傻笑了。你看仲英这里取胜，还不绕到那边堵着去？这小子眼看斗不过，必要扯活。”

这末一句话，倒给陈元照提了一个醒，杨华的弹法厉害，他既不能攻，又不能守，也不肯走，只这么躲闪招架，势必久耗致败。他负气恋战，一时没想开，只顾用尽身法，勉强对

付。经铁莲子这么一喝，他陡然醒悟，急急的一闪，往旁一窜，骂道："小子有本领，咱们斗斗兵刃?"登时抹转头，往回路走下去，弄得一头汗，满腿泥。

杨华大喝道："哪里跑，快截住他!"急忙收弓摘鞭。铁莲子道："怎么样，跑了不是?"忙奔左边堵截过去。柳叶青道："真跑了，快追!"忙挺剑横蹿，奔右边截过去。陈元照抢到左边，铁莲子亮空拳拦阻道："小伙子，可以歇歇吧。"陈元照发恨道："那不见得!"右手银花夺唰的直刺过去，左手夺跟着拦腰横剪。铁莲子施展开三十六路擒拿法，空手入白刃，硬来夺取陈元照的兵刃。陈元照忙将双夺一抹，转眼间换了三四招，铁莲子几乎直欺到他怀内，拳影嗖嗖劈面。陈元照慌忙后退，大吃一惊，努力运双夺往外一划，铁莲子哈哈大笑。百忙中，一股寒风袭到，柳叶青的剑影已由右侧攻来。陈元照双足一顿，退窜出一两丈，脚尖一点泥路，抽身急往旁走。柳叶青挥剑跟上，剑夺交斗起来。

陈元照到此方才晓得，"天外有天，人上有人"。这老少男女三人，不想个个功夫都硬，自己太轻敌了，可是仍不服输，运动双夺，且战且走，仍想打倒个把敌人。柳叶青的剑被他的双夺克住，竟不能取胜，杨华恰恰背弓抡鞭追到。柳叶青刚从双夺交锁处，冒着险招，很快地将剑抽回来。把杨华吓了一跳，拼命地扬鞭来援，"力劈华山"，用一股猛劲，硬砸下去。陈元照微一侧身，让过鞭风，用单夺一捋，杨华脚下一滑，不觉失招。陈元照大喜，猛喝道："呔!"夺光一闪，只听当的一声，杨华手中鞭竟被夺咬住甩了出去，吧嗒一声，落在雨地上。陈元照得理不让人，银花夺趁势一送，直攻咽喉，旁扫肩头。

这一招险极，铁莲子道："呀!"抖手发出一铁莲子。柳叶青吆的一声惊叫，手中剑"秋风扫落叶"，疾如电掣，斜身猛扫，抵住卐字夺，努力一颤，磕开夺锋，把杨华救出。陈元照左手夺忙一递，又来剪柳叶青。当此时，铁莲子的暗器似一点

寒星，唰的打到。陈元照蓦地觉出，急一侧身，啪的一下，这一粒铁莲子正打着他的左腕。当的一声，一支斨字夺竟被打落，和杨华的鞭都掉在泥地里了。杨华和陈元照都挣命地往外一蹿。

柳叶青这时恨怒交迸，如飞追奔而来。陈元照蹿出来时，两眼早盯着坠刃处，忙借势又一蹿，伏身急捡自己的钢夺，却迟了一步。柳叶青赶上去，一脚踏住银花夺，右手剑一晃，咬牙斥道："看剑！"一缕青光，直上直下，猛砍陈元照的后项。

陈元照这少年好不凶猛，连腰也不直，竟翻腕用右手夺，往外一推，使了个十二分力。剑锋砸夺刃，叮当一震，火花直迸。柳叶青哎哟一声，缩足往后一退，骂道："好贼子，好狠！"柳叶青的膂力不如陈元照强，陈元照的手法不如柳叶青快，陈元照借这一下，把已失的兵刃拾起来，喘了一口气，觅路急逃。

但是，玉幡杆杨华失招之后，愧忿之余，竟不重拾坠鞭，早在那里把弹弓摘下。恍惚看见他的爱妻与敌交手骤退，只道是受了伤，玉幡杆杨华一声不哼，唰唰唰，展开了连珠弹，恰如骤雨惊雹，照陈元照打来。

陈元照冷不防挨了一弹，慌往旁一跳，哧溜的一下，滑倒在地。黑影中，玉幡杆、柳叶青夫妻双双奔过来，要活捉他。忽然听铁莲子柳兆鸿叫道："咦，又有人来了！呔，什么人？快给我站住！"一声未了，果然在北面有人答了话，一个清脆的女人声音喝道："好你们胆大的峨眉走狗，胆敢半夜在这里行凶害人，待我姑娘来拿你们！陈元照小子，别害怕，你师姑救你来了。"人影一晃，比箭还快，一直扑过来。铁莲子双手一张，忙招呼婿女："青儿，仲英，你两口子快拿住这个小子，我挡来人。"立刻横身迎上前去。

黑影中，不辨面目，但看这苗条的体态，和这柔脆的口音，已认出来人果是个轻装的女子，佩着囊，提着剑，从镇甸冲出来。铁莲子柳兆鸿是个江湖上知名的前辈英雄，不屑与晚

辈争雄，更不肯和妇女交手。背后插着雁翎刀，并不拔出来，空张双拳，阻住女子，不许她再上前，厉声喝问她的姓名、来历。女子来势迅猛，叩问不答，将掌中剑一挥，向铁莲子虚晃一招，意在避开这当前拦路的敌人，火速过去援救那危急的同伴。铁莲子看出她的来意，绝不肯把她空空放过；女子发出虚招来，他目灼灼盯住了，居然不退不躲。女子骤往右绕，他横身往右一挡；女子改向左抢，他往左一跨步。女子顿时明白，若不刺倒这个敌人，绝不会越过此地，和陈元照会在一处。她怒叱一声："奸贼，竟敢拦路找死！"立即亮手中剑，恶狠狠照铁莲子砍下来。铁莲子一声长笑，施展开空手入白刃的功夫，把女子邀住，女子一连数剑，未能把他逼退。这女子勃然惭愤，黑影中凝眸打量铁莲子，只看出颏下有须。她把牙一咬，骂道："好贼！"运用三才剑，稳狠准三字诀，闪开要害，照铁莲子不致命处，唰唰，猛攻过来。

铁莲子暗暗吃了一惊，觉得这个女子，年纪似乎不大，剑术居然可观。自己多年苦练的空手入白刃的功夫，现在拿出来对付她这支剑，竟有些拮据，应付不下来。固然是夜间扪黑来斗，煞非容易，可是这个女孩子，看来本领绝不在自己爱女柳叶青之下。这又是谁家的女徒呢？倒要盘一盘她的根底。心头转念，再问不应，也将拳招倏然一变，施展八卦掌法，暗运点穴术，以守为攻，把这女子缠住。口中连唤道："青儿，仲英怎么样？得手了没有？快把那个小子活捉住，捆好了。这里是一个女子，很有两下子，问她也不言语。青儿还是你上来，跟她比拼比拼！"

但是这时候，杨、柳夫妇竟没把两次跌倒的陈元照活捉住，反倒险些吃了亏，把人放跑。

陈元照第二次滑倒，正跌在雨水洼里。杨华、柳叶青先后掩到跟前，睹状大喜，一齐动手，要捉活的。不意陈元照自知危迫，顾不到肮脏，就地一滚，翻出二三丈，一个"鲤鱼打挺"跳起来，弄得浑身水淋淋的，幸喜兵刃未失，大吼一声，

抡银花夺，反来迎击杨、柳。恰巧玉幡杆杨华首先赶到，左手握弹弓，右手空伸着，正要弯腰抓人。陈元照一阵风似的刚刚跳开，猝又扑来拼命，杨华骤难招架，急忙往后一跳。陈元照抡双夺卷过来，柳叶青惊呼急上，提青钢剑，使一招“烘云托月”，忙将陈元照的银花夺架住。陈元照怪叫一声，另一支夺，唰的探出来，咬剪柳叶青的臂腕。柳叶青退步收招，左手捏剑诀一领剑路，右手剑锋“白蛇吐信”一点，二人又斗在一处。

玉幡杆杨华立刻拽弓发弹，重展开连珠弹法，帮助爱妻，夹击这个豪横的少年陈元照。夫妇俩双双斗这双夺，一个是青钢剑近挑，一个是连珠弹远攻。杨华是弹丸如雨，奔陈元照下三路猛打不休。柳叶青是利剑劈风，专找陈元照的上三路。陈元照一面迎敌，一面避弹，又弄了个手忙脚乱。陈元照初出茅庐，碰上劲敌，此刻已然深知这老少三个男女不大好惹。本来他不敢恋战，一心要逃走。但是黑影中，他听见一声喊，说什么：“别害怕，师姑救你来了！”他晓得援兵已到，来的是他的那位年轻师姑华吟虹。

这华吟虹乃是师祖弹指神通华雨苍的爱女，年纪并不大，辈分却不小；武功虽然好，气焰未免骄，仗恃着名父之女，身为师姑，曾经小觑了陈元照。陈元照又跟这师姑动过手，少年人逞强好胜，师姑的口气，分明拍老腔，藐视人，其实论岁数，师侄倒比师姑大。陈元照本来要逃跑，听这一喊，援兵既到，那便不必跑，冲着这师姑，更不能跑，跑了要被她耻笑。况且师姑已到，师祖华雨苍也必来了。师祖与师姑，陈元照并不放在心上，却又料到，他的师叔兼保父的多臂石振英也必随众同到。有师叔保父在场，自己不会吃亏的。如此一盘算，陈元照决计不跑，一霎时又陷于苦战，努力支持，静等师叔石振英赶来救助。

这一来可打算错了。正是远水不救近火，师姑虽到，被铁莲子挡住，还是陈元照一个人对付杨、柳夫妇。陈元照论兵刃，论暗器，样样都不是人家夫妇俩的对手，而且单只杨华的

连珠弹，他便搪不住。所幸柳叶青恋战不已，敌我在夜影中，辗转苦斗，倒害得杨华的连珠弹不敢贸下毒手，生恐误伤了爱妻柳叶青。固然会打暗器的人，目力都强，杨华的眼神，更具百步穿杨、夜打香火之能。偏偏陈元照也窥透这一层弱点，一面动手，一面跳来跳去避弹，身形尽往柳叶青身旁凑，巧借柳叶青，给自己做拦弹牌。

玉幡杆杨华投鼠忌器，柳叶青倒做了丈夫发弹的障碍物。杨华的连珠弹尽管嗤嗤地打，究其实，只奔下三路瞄准，只能威胁敌人，给敌人添忙添乱。杨华用隐语教柳叶青退下来，教她阻住敌人，勿令逃走便够，用不着拿剑真拼。偏生柳叶青打上火来，不肯退下，反而明白地告诉杨华："你只管狠狠打，不用顾忌我，我会躲，误伤不了我。"杨华也怄上了火，锐声说："你又夸口，你忘了那一回，叫我误打伤了？你不用剑，行不行？你也把你的暗器掏出来，不好吗？"

夫妻俩一面动手，一面怄气。其实，这连珠弹看似无效，收效已经不小。这时候把陈元照打得头昏眼花，精神被牵掣，手脚也忙乱得很。工夫不大，被柳叶青抓住破绽，唰的一剑横削过去，削落了陈元照的包头，吓得他大弯腰，往外一跳。柳叶青这一回听了丈夫的话，不往前追，反往后退；剑交左手，右手把豹皮囊中的铁莲子掏出数粒。就在这一刹那间，玉幡杆杨华把弹弓一拉，吧吧吧，一连三下。陈元照登时哎呀一声，大概挨了一弹，他慌不迭的一跳一闪，柳叶青娇叱一声："呔，哪里跑！"掌中铁莲子，从这面打出去，玉幡杆的连珠弹，同时从那面打出去。左右夹攻，陈元照一躲，两躲，脚下一个踉跄。柳叶青唰的窜过去，劈头一剑。陈元照挣命地急架急躲，哧溜一下，扑噔的大响，陈元照翻身栽倒。

杨华、柳叶青，双双上前，一齐动手，把陈元照按住，插剑解带要捆，陈元照拼死一挣。这时候，突然听见林那边一声大喊，声若洪钟。杨、柳夫妇担心着铁莲子，不由扭头寻视。陈元照蓦地一声怪吼，浑身用力，猛然挣出一只手，劈面一

拳，准捣在杨华的脸上。杨华急急侧脸，怒骂道："吓，好东西！快给他一剑！"双手一叉，叉住了脖颈，复将陈元照按在泥泞的道上。柳叶青忙腾出一只手，来拔那插在地上的剑。陈元照不知从哪里来了一股神力，拼命一滚一挣，两条腿猛蹴乱踢，那支剑被踢倒。同时他到底被杨华扣住了咽喉，柳叶青火速地解下腰带，夫妻拧胳臂扭腿，到底把陈元照捆上。

陈元照狠哼了一声，竟气闭过去，杨、柳夫妻俩重给加上一道缚。两人急急站起来，寻剑，寻鞭，寻弓，慌忙奔向林边去，援应他们的父亲铁莲子柳兆鸿。柳兆鸿此时已和急驰过来的另一条人影过了话，交上了手。

这后赶来的人影是多臂石振英，是个快五十岁的人。那先来驰援的女子是华吟虹，是弹指神通华雨苍的爱女，年才二十来岁。但是他二人却是师兄妹，女子年纪小而辈分高，少年陈元照就是这个多臂石振英的师侄和义子，也便是华吟虹的师侄。师侄比师姑年纪大两岁，武功差不多，两人谁也不服气谁。他们现在正由华雨苍为首，为保护那早已逝世的镖师飞刀谈五的寡媳和孤孙，以威力逼走了登门复仇的峨眉七雄。峨眉七雄力不能敌，走又不甘，在鲁港恋恋不舍，潜迹窥伺。旋被华氏父女发觉，立即率众追踪，石家叔侄加入帮忙。现在他们正往各处踏访峨眉羽党的下落，陈元照偏巧误撞上杨、柳，把女侠柳叶青当作峨眉七雄的唯一女杰海棠花韩蓉了。

陈元照错缀杨柳，一路紧盯；华吟虹本可提醒他，却偏不言语，反而暗缀着陈元照。华吟虹和石振英、陈元照叔侄，闹着很深的意见，其故就在石振英太好拍老腔，而陈元照太好抢大辈，华吟虹女孩儿家，又太骄。

陈元照以一个人横挑强敌，向杨、柳翁婿夫妻滋事，华吟虹仍然坐视不顾。一直到狂傲的陈元照被人环攻，看着支持不住，华吟虹方才出头。这就迟了一步，就是故意要这样做，她可忘了同仇敌忾，等到见危驰援，自己又被铁莲子阻住，眼看落到被人各个击破的局面，她还是不悟。她挥剑猛攻，竟不是

铁莲子的对手，她这才有点着急。她的撒手锏乃是华门秘制的五毒神砂，一扬手，便制敌死命，不幸因她滥用，又刚刚被她父亲强行收回一半，留下小半袋，她父亲更严定下科条，只准恃以救命，不许借以取胜，除非陷到孤掌难鸣、敌众我寡的局面，但凡一打一，决计不准使用。

华吟虹手仗利剑，连展绝招，被铁莲子赤手空拳，一个没使兵刃的人给缠绕住。她十分动怒，囊中空有五毒砂，又不敢使用。最好是上来两个敌人，都跟自己一人动手，她就有了借口，可以恣意扬砂击敌了。现在却糟，对方不但是一人，而且又是空着两只手，黑影中看不出铁莲子的面貌，仿佛看出颏下有须。华吟虹又急又气，又有点害怕，把剑一指，连展开进攻的招数，剑走洪门，硬往上攻。她连抢了三四次，疾如闪电，猛似毒蛇，满料对手不伤必退。哪知铁莲子柳兆鸿这么一闪，那么一欺，到底招架开了，反而伸二指来点华吟虹的穴道。华吟虹没有抢上去，倒被逼得退后一步，不禁吸了一口气，很害怕。

同时又听陈元照那边，一步一步吃紧。华吟虹心想：救不成师侄，倒把自己也陷在里头。这都是自己衔恨他们，误了大局，父亲若知道，这可怎么好？走既丢人，斗又不利，正在为难，突然间，多臂石振英寻踪赶到了。

石振英头大身矮，是有名的侏儒，可是身法很利落，如飞似的奔来，远远叫道："师妹别慌，我来帮你！"

话是好话，还是有点拍老腔。华吟虹心中大怒：他还是拿我当小孩！说实在的，五十岁的师兄，二十岁的师妹，在当年倒真抱过师妹，还给师妹买过糖果。但是事隔多年，人家已是大姑娘了。这个老气横秋的师兄，当着人，唤出师妹华小姐的乳名来，小姐焉能不动怒？即如此际，石振英料到师侄陈元照年轻惹祸，奔来相救，却先跑来帮助师妹。本意是讨好，意在化除那次误叫小名的误会，而不料他一开口，又带出傲兀意态。"帮"字不甚好，"慌"字更可恶，华吟虹姑娘又挑眼了。

口不说出，心上较劲，容得石振英一到，她蓦地往圈子外一跳。石振英抡刀上前，和铁莲子交手，直等到两人连走数招，她方才冷诮地说：“您别慌，慢慢地打，你的侄儿大概教人家活捉住了，我帮你看看去吧。”扔下这话，扭头就走。石振英干瞪眼，一发愣，被铁莲子连攻了好几招。

铁莲子柳兆鸿徒手和华吟虹交斗，也是很懊悔，很紧张。在华吟虹这方面，深觉敌强己弱，自己一口剑，竟斗不过人家两只空手，很是惭恧。哪里想到，铁莲子捻双拳，斗这一口剑，也是越来越别扭。起初轻敌，及至递上招，华吟虹这个女子的剑术，竟不弱于自己女儿柳叶青。自己的空手入白刃的功夫，若在白天，还可以应敌，今当雨夜，吃亏不小。走了十数个照面，连逢险招，几乎被人家刺中。正好比哑子吃黄连，心中滋味苦，嘴上不能说，已经动上手，再想抽刀，也嫌丢人。在华吟虹这面看，自己屡发毒招，未能刺伤敌人，也未能把敌人逼退。在铁莲子这面看，可就是屡遇毒招，险些被刺伤，险些被逼退了。这就是彼此的观点不同，甘苦只有自己知道。铁莲子为了顾惜自己一世的英名，未肯中途收拳换刀，现在突然换了对手，华吟虹往外一跳，石振英正奔来接斗，铁莲子就势也往围子外一跳，口中喝问：“来者通名？”暗中悄悄地回手，把背后的雁翎刀，拔取在握。

第五章 女侠双比剑玉面留痕

多臂石振英和铁莲子柳兆鸿，面面相对。华吟虹抛下就走，反而丢下两句不受用的话，告诉石振英："您的侄儿教人捉住了。"多臂石振英未动手之前，正要盘问对手。不想他骤听噩耗，张目四顾，稍微一失神，铁莲子一摆雁翎刀，唰唰唰，一连好几下。石振英几乎抵挡不住，好不容易才立住脚，也就勃然动怒，一面还招架招，一面厉声就问华吟虹："你说什么？他在哪里？"

"在林子那边，那不是吗？"华吟虹雀跃着丢下这话，如飞似的抢向那边去了。石振英干瞪眼，不能离地方，被铁莲子的一口雁翎刀逼得风旋叶舞。敌我双方，团团乱转，走马灯一般，打得好不凶险。石振英咬牙切齿，抡刀拼命；铁莲子仍然是用缠战法，一面向林子那边连打招呼，警告婿女。

华吟虹一心一意要琢磨这拍老腔、傲大辈的石振英、陈元照叔侄。她存了恶作剧的心，把石振英交给一个劲敌，于是她一溜烟地奔到林边一看。晚了，陈元照真个教人捆上了。她心里说："糟！"娇叱一声，挥剑上来抢救。女侠柳叶青、玉幡杆杨

华，刚刚把陈元照摆布完毕，一见敌人援到，双双上前拦挡。

柳叶青已听出华吟虹话声，晓得是一个女子，便向丈夫吆喝：“你给我看着这个小子，我去斗这个。”杨华不肯，柳叶青很冷诮地说：“这来的是个女贼，是你跟这女贼斗，还是我跟这女贼斗？”

杨华闻言止步，摇手道：“我别醋，我静候你的调遣！我用弹弓帮你成不成？”柳叶青笑道：“成成成，不过你得听我的招呼。”杨华答道：“那当然了，女元帅的命令，小将不敢不从。”

两口子调皮逗口，抟砂女侠华吟虹隐约听见了一点，竟将利刃一挥，扑奔杨华而来。她是要挽救陈元照。

杨华慌忙迎敌，对妻子说：“这可不是我找女贼，是女贼找我。”柳叶青道：“一定是女贼瞧你怪不错的，要跟你凑合凑合，领教领教。”

抟砂女侠华吟虹听见这话，顿时怒从胆上生，厉声斥道：“好一群万恶的峨眉走狗！死到临头，还说便宜话！你们全给我滚过来！你们把我们那个人弄到哪里去了？你要知道利害，赶快献出来，我抟砂女侠或者饶你活命。”口说着，剑往上一冲，玉幡杆杨华几乎抵御不住，一连三剑，俱被华吟虹抢了先招，占了上风。杨华一支豹尾鞭，只办得招架遮拦。尤其是他生擒陈元照，在滥泥中横翻乱滚，虽将陈元照按倒，竟被陈元照捣了一拳，仅仅侧面闪开，一只眼竟溅进泥水，此刻依然不得力，转瞬间又斗了数合。华吟虹招招逼紧，玉幡杆招招后退。女侠柳叶青再也沉不住气，娇叱一声：“呔！”抡青钢剑，从华吟虹背后明袭过来。喊一声，是不肯暗算人的意思，可是利剑劈风，一直地照对手后肩斜砍过来。只要对方听风还招，回身迎架，她便可以掣转剑锋，虚中藏实，“金针入地”，下斩敌人右足，“仙人摘果”，上点敌人臂腕。哪知抟砂女侠华吟虹明知急袭，并不回身，手中剑反而猛往前一攻。也呔的一声断喝，剑锋一端，“丹凤投巢”，照杨华当胸，平刺过去。杨华急

忙侧身旁闪，抡鞭砸剑，华吟虹就此回剑一挥，嗖的一窜，人剑齐进，躲开了柳叶青，仍奔杨华扑来。杨华竟被钉住，退不下来。柳叶青大怒，挥剑斜上，照华吟虹急攻，杨华也往这边凑。三人像走马灯，直走过三五招，方才丁字式，形成杨、柳双战华吟虹的格局。

抟砂女侠心中暗喜，心说："这可是两打一个，我可是孤掌难鸣，我可要落败！"这意思是只遇敌人人多势众，双战自己，自己为了寡不敌众，为了临危救命，便可以把那五毒神砂施展出来了。她的父亲就是赶到目睹，也不会责备她下辣手了，因为她可以说敌人"欺我太甚"，人家两打一，我便下毒手，是很有理由的。

于是抟砂女侠恨不得敌人两个打她一个，故意地留出工夫来，教敌人合在一处。

但是杨、柳夫妇却怪，两口子并不想并肩合力而斗，反倒是柳叶青吆喝了一声，努力上前迎敌，玉幡杆应诺了一声，努力靠后避敌。抟砂女侠不明白，他们两口儿的招，便和柳叶青，两个女子，两把利剑，在黑影中递上了手。两个女子都采取攻势，抟砂女侠一面剑斗柳叶青，一面小心提防杨华，心想杨华既不上前，必然溜到自己背后，趁机暗算。她却有了主意，只要敌人一夹攻，自己就把五毒神砂撮放出来。

哪知她的神机妙算，料敌未中。玉幡杆杨华退了下去，并不抄上来，反而站得远远的，静听娘子柳叶青的号令。华吟虹动着手，瞥了杨华一眼，也未看出所以然来。杨华这时已收起豹尾鞭，插在背后，早已将自己得意的弹弓弹丸握在掌中。娘子只要说一声"打"，他便展开连珠弹。两口子仍然是要分攻合斗，一个远击，一个近搏。

柳叶青这时候，恰因为对手是个女人，引起她的好奇争胜心。她以为有自己这把剑，再加上丈夫的连珠弹，这女子不管武功有多好，也必要落败。因此她力阻丈夫，暂不开弹，她要独自一人，先斗一斗这个女贼，看看贼的强弱。

相形之下，两边的情势恰好相反，人多的偏要单打独斗，人少的偏在渴盼敌人双双过来。抟砂女侠为要逼迫敌人双战，把一口剑使得风驰电掣，照柳叶青致命处，凶猛地攻过来。柳叶青躲过一次险招，秀眉一挑，骂道："你这女贼好狠毒！"立刻把青钢剑一领，也展开进手的招数。两个女侠谁也不知道谁，谁也没有细问谁，就这样拼命死斗起来。辗转进退，双方走过二十来个照面，抟砂女侠的剑术很轻灵，柳叶青的法门很迅捷，正是各不相下。若论气力，还是柳叶青久闯江湖，比较的量敌持重，留着后劲，没肯全施展出来。华吟虹初涉江湖，纵然聪明，多少有点沉不住气，开招过猛，未免求胜之心太切。两个女侠的情形如此，那站在圈外观战的玉幡杆杨华，却有点"事不关心，关心则乱"。他认为爱妻连逢险招，敌人强而娘子弱，他就再不等阃令了，喝一声："女贼，看杨二太爷的连珠弹取你……"立刻扭弓靶，扣弹丸，又喝了一声："打！"唰唰唰，三粒连珠弹带起一缕寒风，奔抟砂女侠下三路打来。

抟砂女侠华吟虹，穿着铁尖弓鞋，在雨夜泥路上，与敌搏斗，脚下本已吃着亏。而且柳叶青有意伸量华吟虹，刚一交手，还在硬拼，蓦地感觉出敌力不能持久，她便立刻变成游斗缠斗，和华吟虹耗起来。如今杨、柳忽又改为一个近缠，一个远攻，夫妻俩明明是戏弄人。

华吟虹心思快，立刻猜透杨、柳狡计，恨得她咬牙切齿道："好恶贼，你们使这招，就以为我家姑娘定要输给你们吗？恶贼，你太小看姑奶奶了！"她心中很生闷气，若不是爹爹再三告诫，这时候掏出毒砂，信手一扬，两个敌人再不用狂，全得哀哀怪号了！现在没有什么说的，只可打着看，实在支持不住，再想办法。心中盘算着，剑法一转，向柳叶青虚晃了一招，又补上一招，然后，突然一收式，一个箭步，冒险奔玉幡杆杨华扑来。华吟虹用一招"夜战八方"式，挥剑冲开了路，然后八仙式一躲一闪，猛然一进，剑向杨华持弹弓的手劈来。

杨华急急闪退，柳叶青忙追上来，横剑阻挡。华吟虹却又一闪，唰的往外一跳，似乎要逃，突又折回来，奔那黑林闯去。黑林边正有被擒的陈元照，捆放在那里。

杨、柳夫妻见抟砂女侠东窜西闪，正疑心她要逃走，不想她竟来夺人。夫妻俩不知不觉，协力阻敌，并肩而进。

抟砂女侠一见大喜，忙将皮手套戴好。一手持剑，一手探囊，握了一把铁蒺藜，五毒砂，正要发放，又想起她父亲的切嘱：如果扬砂，必先警告对手。她便厉声喝道："呔，敌人休得妄进，我乃抟砂女侠是也，我这满把的五毒神砂只一发，沾着就死，鬼神难搪，我不想要你们的狗命，你们识相的，乖乖把人放出，我便饶你二人不死。"

抟砂女侠一报字号，女侠柳叶青不由一愣，火速地停剑止步，凝眸审谛，这只手把玉幡杆扯住，那只手封剑护住自身，也厉声抗问道："呔，你是什么人？你说什么五毒砂，你是山阳医隐华风楼的什么人？"

抟砂女侠应声冷笑道："你也晓得山阳医隐！山阳医隐就是我的父亲，你既知道我们华家的厉害，快快放人。"

玉幡杆杨华起初不理会，此刻一听山阳医隐的名字，不由骇然，却忽地想起旧愤来。他自己在逃婚出走时，因登门拜师，曾经受过山阳医隐华风楼的奚落。他也知道华家有一种独门毒药，五毒神砂，伤人最为酷毒。他却不晓得华风楼这个老头子还有一个女儿，现在狭路相逢，正好拿他女儿出气。柳叶青还在盘诘，玉幡杆杨华忙道："青妹妹，不要听这女贼胡说，山阳医隐华老头，这个人虽然性情古怪，不通人性，却绝不会放任他的女儿出来寻仇做贼。这不知是哪里冒出来的女贼呢，她也配有毒砂？华老头的毒砂，一向不许门人拿出来随便害人的。青妹妹，你不要上前，还是我来。我拿连珠弹，斗她这五毒砂，你再拿铁莲子帮助，咱们远远地瞄她，就算她有毒砂也无能为力。"

柳叶青本来心中也很疑惑，拿不定主意。她却知她的父亲

和山阳医隐有旧，说起来，抟砂女侠当跟自己论姊妹，因此不肯冒昧，忙拦住杨华，向抟砂女侠华吟虹叫道：“你真是华老前辈的女儿吗？你若真是华老的令爱，你就应该晓得我，我姓柳，我父亲是两湖闻名的铁莲子。”又说道：“你如真是华老前辈的令爱，你的大名应该叫华吟虹，你真是华吟虹吗？你可知道我叫什么名字吗？”

抟砂女侠华吟虹也是一愣，手握毒砂，停而不发，还问道：“不错，我就是华吟虹，你怎么知道？莫非你就是绰号柳叶青的柳研青，柳姐姐吗？铁莲子柳兆鸿柳老前辈，可是你的父亲吗？”

二女侠悬崖勒马，收剑停斗，正在互相探询，玉幡杆杨华，突然拽开了弹弓，嘣的打出一弹。华吟虹骤出不意，险被打中，微闻弦响，她就慌不迭地往旁一跳，仅仅免了受伤，不由勃然大怒。同时，杨华刚要续展开连珠弹，被柳叶青一把揪住，大怒地喊道：“你怎么悄不声地又动手？这是华伯父的女儿，是我的华姐姐，她父亲和我父亲是好朋友，你怎么抽风，又显摆你的弹弓？”

柳叶青拦住玉幡杆，狠狠地数落他，同时连忙向华吟虹承认道：“你一定是华姐姐，小妹我就是柳叶青。”抟砂女侠听得分明，却依然忿火上腾，冷笑发话：“你们明面说好话，暗中下辣手，我怎么单遇上你们这样的呢？你可要知道，我华家门的人，不是好欺负的。打弹弓的那个小子，你滚过来，叫你尝一尝姑奶奶的手段！”

老实说，华吟虹就算知道对手是铁莲子的女儿，却是这眼前亏，她决计不肯让的。她向柳叶青这面说好话，同时冲着玉幡杆杨华大发威棱：“小子快过来受死，你再不过来，姑奶奶要拿五毒砂取你的狗命！”玉幡杆被爱妻柳叶青扯住，也是只往外挣，冷笑道：“这是女贼，不会是山阳医隐的女儿。山阳医隐是个隐士侠客，他的女儿听说大门不出，二门不迈，无缘无故跑到这里来做什么？这一定是冒牌货，青妹妹快不要上她

的当。”听见华吟虹含瞋叫阵，更抗声还口道：“你这女贼不要冒字号，你没有五毒砂。你有五毒砂，何不打一个样儿，让我来见识见识？我玉幡杆有一手连珠弹，只怕你真会打五毒砂，也打不到我玉幡杆身上。”

玉幡杆杨华这样故意挑战，是因为他深知华家使用毒砂的禁条。并且他想，这个女子如果真是华老之女，我莫如给她一弹，也可以稍泄宿愤。因为在当年，杨华登门拜师，被华风楼峻拒，而且苛酷地斥责他一顿，现在他可以假装不认识，小小报复一下。华老的女儿便算会打五毒砂，自己有这一手连珠弹，五毒砂也不能打上前来。这五毒砂是只能迫近了打，不能远攻的。此际向她挑衅，只要不挨近她，远离着两三丈以外，五毒砂的毒也就施展不出来了。玉幡杆杨华是抱着这样一个抱怨的恶作剧态度，故意诬对手为假冒，却把柳叶青气极了。

柳叶青随父久涉江湖，深知山阳医隐华风楼主人华雨苍秘制的五毒砂，其毒剧烈无比，交手时，扬砂击人，面目口鼻，但凡皮破出血，便是致命伤。只有华家独门秘制的五福化毒丹可以应时解救，别的解药，简直无效。更厉害的是毒行甚速，打时又专好伤人面首，只几个时辰，便足使人目盲耳聋，过一个对时便死。柳叶青深知敌己，又顾念着华、柳两家的交情，既已通名，便不该再动手。何况自己是夫妻两人，又未免有挟众欺人的嫌疑，所以她一再喝阻丈夫，不叫他发弹。但是她的性情也是高傲的，华吟虹咄咄逼人的气势，也不禁勾起她的愤怒来，心说：“我还怕你不成？”

柳叶青性情虽然骄豪，江湖经验比起抟砂女侠要高得多。她此刻暗恼着抟砂女侠，因为抟砂女侠恶骂杨华，而杨华是柳姑娘的丈夫，她的丈夫骂别人，她不恼，别人骂她的丈夫，她当然动怒。起初她还怪丈夫的冒失，现在她口气一变，要暗中琢磨这抟砂女侠。她大声地说：“你到底是真姓华，还是假姓华？你若真是华吟虹姐姐，我们一定饶了你。你要是冒充字号，我们可不是好骗的。我可宰不了你，也要活剥你的皮。你

快给我说实话!”

这话很够损的，叫对方承认也不好，不承认也不好，而且她在暗中又玩了一个手法，本来她坚阻杨华，不教他动手，现在她虚作遮拦，已然闪开了身子，玉幡杆顿时展开了手脚。

玉幡杆杨华抢上一步，拽开弹弓，口说道：“一定是假的，真的怎么会这样!”手比话还快，连珠弹唰的一声响，照抟砂女侠华吟虹上上下下很迅猛地打出来。

玉幡杆一定要给抟砂女侠一个难看。抟砂女侠果然手忙脚乱，用尽身法，躲避这一发而不肯止的连珠弹。囊中的五毒砂已经没有工夫掏出来，就掏出来，也打不出去。因为弹弓以弦发弹，打得远，五毒砂只是细铁砂子，以手带皮套往外抛，只能方丈以内取胜。她打不着人，人却打着她。

玉幡杆毫不留情地开弓，一阵暴打，弹丸宛如骤雨惊雹，又在夜间，抟砂女侠简直无法招架，竟被逼得后退，不能上前。柳叶青暗中忍笑旁观，一面纵容她丈夫逞能，一面还在说着便宜话：“我说喂，你别打，你别打，还是细问一问!”这是对她丈夫说，又接着喊：“我说喂，你到底可说实话呀!到底你是真的华吟虹姐姐，还是假的华吟虹?”这是冲着抟砂女侠说的话，故意问真假，分明开她玩笑。夫妻俩合作演这一出恶剧。

抟砂女侠华吟虹听了这话，几乎气炸了肺。她也是很聪明的女子，对方的恶把戏，她顿时懂得。对方明明白白地假装糊涂，把自己任意戏耍。她可忘了自己也有不对的地方，态度上失之于骄傲，才引起对方的加倍骄傲，因为自己轻敌，才引得人家侮敌。

却是她的武功到底比陈元照高，见机也比陈元照快。她骂了一句：“好!你们这两个东西!”正要喝破对方的诡计，忽然一转念，莫如跟他们装傻，立刻她也想好了对付方法。杨华的连珠弹仍照她暴打；她这么一躲，那么一躲，忽然一矮身，哎呀的一声锐叫，一手提剑，一手护脸，旋转身便跑，显然是受

了弹丸伤，支持不住而逃。

玉幡杆杨华大喜，立刻就追，口中嚷道："哪里走?"柳叶青瞥见了，赶紧就堵截，也喊道："别走，你到底是谁呀?你是真的华家姐姐吗?"

抟砂女侠不回答，手忙脚乱地败走。玉幡杆杨华一个箭步，首先赶到抟砂女侠背后，追奔逐北，断不会运用弓箭弹丸的，当然换用兵器，杨华左手把握弹弓，右手抽豹尾鞭，挥鞭照抟砂女侠就打。抟砂女侠这一败，杨华居然真把她当作冒牌的了，他以为真的华氏女，断不会这么容易地吃败仗。他这一鞭，狠狠地照抟砂女侠肩颈斜劈下去。已然是弃其所长，用其所短了。他的恶作剧上了人家诈败计的大当。抟砂女侠唰的伏腰一转，钢鞭落空。抟砂女侠侧转半身，左手虚一领剑路，右手剑当胸照杨华刺来。杨华还鞭急架，突然听抟砂女侠舌绽春雷，喝一声："呔!"左手早就握着一把铁砂，这时候柳叶青也刚刚赶到，锐声喝道："华哥留神!"底下留神五毒砂的话未容喊出唇外，唰的一声响，玉幡杆杨华如粉之白、如玉之润的脸上早挨上铁砂。

敌我双方，相迫太近，近到相距不过五六尺，一个乘胜追击，一个转败为攻，几乎面面相对，再也闪不及。玉幡杆仅仅一扭头，一侧脸，身子往旁一挣，左半边脸顿时火辣辣，觉着挨上了好几下，铁砂子嵌入肉里，至少也有四五颗。

玉幡杆大惊，拼命往旁一窜，哎哟的一声，叫道："我受伤了!"

同时抟砂女侠发出切齿恨敌、获胜得意的呼声，骂道："教你们尝尝我这冒牌的抟砂女侠冒牌的五毒神砂!"

当时情形一变，玉幡杆杨华护着脸败逃，抟砂女侠华吟虹抡着剑穷追。玉幡杆杨华尽管嚷抟砂女侠是冒牌，可是脸上挨了五毒砂，再不以为是假毒砂，觉得面孔上火辣辣奇痛难忍，想到"一个对时准死"，越发惊慌万状，自悔大意。柳叶青更是红了眼，听她丈夫喝一声"受伤了"，吓得她肝肠欲碎，声

如裂帛地叫道："好女贼，真下毒手！"把掌中剑一抡，如一阵狂风，猛来扑奔挎砂女侠。

玉幡杆杨华正向妻子这边逃，柳叶青急忙迎上去，几乎要哭地叫道："你你你怎的不小心，伤着哪里了？可是脸上？眼睛怎么样？重不重？疼不疼？麻不麻？好你个狠心的女贼，我柳叶青跟你拼了！"让过了玉幡杆杨华，柳叶青立刻扑上去，和挎砂女侠动手。挎砂女侠华吟虹很得意，很高兴地舒眉欣笑。两个女侠对上剑，这一战，比刚才大不相同，简直是在死斗。柳叶青手中剑嗖嗖地劈风啸响，口中仍在嚷骂。玉幡杆杨华护着脸退下。现在，他忍住疼痛，重开弹弓，要助爱妻打倒这个强敌，转眼间发出数弹。柳叶青急嚷道："华哥，你你不要动手了，你你快快歇一歇，你中了毒砂，越动手，血越流得快，毒越行得凶。你快定气凝神，拿手巾垫着，把砂子起出来，把创口挤一挤，挤出血来，等着我爹爹给你想办法。"忙又大声冲那边高叫："爹爹，爹爹，华哥叫这个女贼拿五毒砂打伤脸了。你快来救救他吧。这个女贼会使五毒砂，说是华家门的，您老别恋战，快来救您老的女婿吧。"

柳叶青惊慌万状，又怨杨华自不小心，又恼父亲还不快过来。心中难过，她手中剑可是绝不放松，用尽手法，冲挎砂女侠拼命，一连十数剑，剑剑都是险招，专找对手的致命处。她是怀着一股子急怒，不觉把耗战的斗法收拾起来，恨不得立刻把挎砂女侠剁了。挎砂女侠运用掌中剑，乘胜迎敌，也激起了斗志。听见柳叶青直喊爹爹，暗想不好，莫非铁莲子也来了么？铁莲子与己父乃是老朋友，猜想着，刚才那个空手斗白刃的老人，十九就是铁莲子。现在自己先和铁莲子动了手，又伤了铁莲子的女婿，又正跟铁莲子的女儿比剑拼命，自己的父亲恐怕少时也要赶到，脱不了要责备自己的。但是这一回事，绝不能怨自己，明明是他们恃众欺凌我自己一个人。心想着，又不禁暗笑，此刻傲慢托大的石振英师兄，竟认不得铁莲子，正在那边，跟铁莲子柳兆鸿打得热闹，倒要看看这位师兄本领如

何？恐怕斗不过铁莲子吧！

华吟虹心头乱想，手中剑可也毫不放松，和柳叶青拼命乱砍，招招狠毒，一连数十招，不分胜负。忽然间，黑林那边动静很大，眨眼有数条人影，飞奔过来。

这时候，抟砂女侠华吟虹和江东女侠柳叶青，正打得难分难解。柳叶青明知对手有五毒砂的暗器，因此她把剑法施展开，极为迅猛，是不教敌人缓手发暗器的意思。殊不知抟砂女侠暗受她父亲的禁制，和敌人一对一个，单打独斗，绝不准使用毒砂。可是柳叶青断不会想到这一点的，丈夫一受伤，她恨不得活剥了抟砂女侠的皮。那边忽奔来人影很多，料到不是她父亲铁莲子，定是敌人。因为她父亲仅只一个人，这奔来的人影至少也有三四个人。她心中更焦急，手底下更不放松。

那玉幡杆杨华脸上受了三四粒铁砂子，本来是热辣辣的，可是照样忍得住，还能够动手。却被妻子这样惊惊慌慌的一急叫，他也害怕了，情知自己中了毒砂，有死没活。当年他救助的那个南荒大侠一尘道人就是中毒死的。妻子不教他动手，让他护着脸，真就不敢动手。他也看出奔来的人影过多，绝不是岳父一个人，心中也有些惊惧。他连连高叫："师父！"师父就是他的岳父，他一向这样称呼。他喊道："师父快来，我们遇上劲敌了，我被女贼的毒蒺藜暗器伤了，青妹妹还跟女贼打着呢，您老快来。"这边玉幡杆护着脸叫喊，那边两个女侠一味苦斗，眼角扫着外围。

奔来的人果然有三四个，将到这边，经过了寻声唤名的讯问，竟一齐发出惊骇的声音，一齐叫道："你们别打了，是自己人，是自己人，别打了。"一个人叫道："青儿快罢手，那是你华姐姐。"一个人叫道："虹儿还不住手，那是你柳姐姐！"

来的人一方正是铁莲子柳兆鸿，一方便是弹指神通风楼主人华雨苍和多臂石振英。

弹指神通华雨苍是一位枯瘦深眸的苍髯老英雄，铁莲子柳兆鸿是一位寿眉长身的白须老英雄，他们有着好几十年的旧交

情。铁莲子正挥着雁翎刀和多臂石振英在黑林那边打得很凶猛，幸而这时候，弹指神通华雨苍和芜湖梁公直追寻抟砂女侠，恰恰赶到。华雨苍二目深明，远远望见多臂石振英和铁莲子苦战。他便和梁公直分从两面绕过来，打算助拳。

多臂石振英未能打败铁莲子，心中又纳闷，又着急。他为要急欲搭救陈元照，只凭手中刀，斗不过敌人，他便往外一败，把他的暗器尽量施展出来。石振英外号多臂英雄，就因为他精擅许多种暗器。现在他就把背弩、蝗石、甩箭、钢镖，一样一样全搬出来，照准铁莲子打去，真如洒了满天星一般。自料乘黑夜发暗器，定能制胜。偏偏他遇上铁莲子柳兆鸿，柳老有着空手入白刃的功夫，当然不怕暗器袭击。石振英一阵暗器雨，反招得铁莲子白须飘飘，挥雁翎刀，唰的一削，呛地一磕，把甩箭飞弩都打飞，跟着哈哈大笑道："好贼，你少要逞能，你也不打听打听，我铁莲子岂是怕暗器的人？别说是我，连我家的闺女都不含糊。现在我把我的暗器也还赠给你尝尝吧！"探囊取出铁莲子数粒，刚要觑敌发放。多臂石振英很疑讶地叫了一声："喂，且住，你是铁莲子柳老前辈吗？"

柳兆鸿嘻嘻笑道："你也听说铁莲子姓柳？"多臂石振英忙道："你是柳老前辈，你可知道多臂石振英吗？"铁莲子柳兆鸿道："多臂石振英，好熟的名字，莫非你就是石伙计吗？"

就在这时候，华雨苍、梁公直也在外圈应声叫道："熟人，熟人，都是熟人，不要打了。这位可是铁莲子柳老英雄吗？"

铁莲子收刀退步，张目四顾道："不错，是我，你是哪位？"

弹指神通华雨苍哈哈大笑道："果然是柳老哥，小弟是陕西省山阳县的华雨苍。"梁公直也道："小弟是荻湖开粮店的梁公直。"

于是，武林中三位老英雄在这荻港黑林道边，不期而遇了。多臂石振英在江湖上，论辈分，和柳兆鸿乃是平辈；但按门户说，又是弹指神通的师侄。弹指神通华雨苍抢过来，给二人引见，冲石振英道："振英，这一位是两湖大侠铁莲子柳老

英雄。”又冲着铁莲子说：“柳老哥，这一位是我们武当派的次门大弟子石振英，你们二位从前没见过吗？你们二位为什么在这里动起手来？”

双方互相通名，立刻住手，内中一人忙把火折子弄亮了，彼此对面相识，跟着又道歉，解释误会。柳兆鸿哈哈大笑说：“华老哥，梁老哥，我们好多年没见了。”华、梁二位道：“可不是，很久很久了，这些年你上哪里隐遁去了？”彼此叙话，石振英很着急地说：“三位先别叙阔，快过去看看那边吧。那边是华师妹和柳老前辈的什么人，正打得热闹着呢！还有我的一个义子师侄，大概也叫柳老前辈的人捉住了。”

华梁二人不觉愕然。华雨苍忙道：“怎么说，虹儿还在那边动着手吗？”石振英道：“正是吟虹师妹，这时候大概还打着呢！我也不知道他们为甚抓挠起来。我赶来的时候，师妹正跟柳老前辈动手，我那傻孩子，听师妹告诉我，是教柳老前辈的门人捆起来了。柳老前辈，到底是怎么一回事？”

华雨苍、柳兆鸿一齐说道：“别提了，我们快过去看看吧！”

弹指神通、铁莲子二位老英雄，如飞的扑奔黑林这边。梁公直、石振英紧随在后，一齐奔寻过去。

第六章 寻仇人复被人寻仇

雨夜中一场混战，打到末后，才知是熟人。弹指神通华雨苍、铁莲子柳兆鸿，慌忙扑奔这边劝架，梁公直、多臂石振英紧随在后。华吟虹、柳叶青两个女侠还在挥剑对砍。杨华捧着半边脸，在旁张望。陈元照被捆在林边，喘怒不出声。华老柳老大声地呼唤，一个叫："虹儿，别打了，那不是外人，那是你柳姐姐！"一个叫："青儿，别打了，那不是外人，那是你华姐姐！"黑影中一阵乱喊，都是自己人，不许再打。

于是抟砂女侠华吟虹，收剑往开处一跳，急叫道："是爹爹吗，您快来，糟啦，您的徒孙陈元照那个孩子，教人家捆上了。也许这时候给宰啦！"

江东女侠柳叶青也收剑往开处一跳，急叫道："是爹爹吗？您快来，了不得啦，您女婿教人家拿五毒砂给打伤了，坏啦，您快来吧！"

铁莲子柳兆鸿听这一呼，不禁大惊道："哎呀！仲英，仲英，你真是受了五毒砂的伤了吗？"

那弹指神通华雨苍听这一呼，可也吃了一惊。陈元照被捆

挨宰，他不甚理会，倒是他的女儿使用毒砂，使得他十分震怒地叫道：“虹儿，虹儿，你又使五毒砂了吗？你怎么把你柳大爷的门婿给伤了！”急急向柳兆鸿道歉道：“柳老哥，您息怒，您别着急……虹儿好丫头，你又胡来了！我问你，你把人打伤哪里了？喂，这位小友，你是什么地方受下毒砂？”

玉幡杆杨华扪着半边腮，在那边呻吟道：“这里，这里。”柳叶青走过来，气哼哼地叫道：“我们仲英是教她……”说时手指着华吟虹的影子道：“教她打伤了脸，伤很重，毒很大，一过对时，就不能活。您是哪位，您能给调治吗？您是华雨苍华伯父吗？”

弹指神通华雨苍很动怒，不准使毒砂，而女儿不听话，这一回可不能轻饶了。然而抟砂女侠华吟虹一点也不怕，反而倒打一耙，反控对方道：“爹爹，您不要尽听他们的谎话，伤很不要紧，您快教他们把您的徒孙放了吧，他现在还是教他们给捆着呢，是他们先行凶，把您徒孙陈元照无缘无故毁了，您可知道？”

两位女侠全向自己的父亲控告“老婆状”，两位做父亲的态度却不一样。谁是谁非，弹指神通华雨苍是一点也摸不清；铁莲子是有点护犊的，女婿受了五毒砂的打击，实教他动心。弹指神通还不住地问：“怎的，怎的？”铁莲子却很慌张地问杨华：“仲英，你过来，伤在哪里，重不重？”又向弹指神通说道：“老哥，五毒砂，这可了不得，你快给他看看吧。”多臂石振英关心着他的义子，在旁又催促说：“我那个义子陈元照到底捆在哪里了？劳你们大驾，先把他放了！”

铁莲子柳兆鸿正是事不关心，关心则乱，凑到女婿玉幡杆杨华面前，从身上取出火折来，急急验看伤痕。又把杨华扯到弹指神通面前，教他快给救疗，口中说：“我们是老朋友，谁是谁非先不问，老哥，你这独门毒药，可毁人不浅，你快给治治吧。您老哥快把解药拿出来吧！”

老实说，铁莲子一听爱婿负伤，方寸大乱，对于华氏父女

很有些不满意了。尤其是眼见华老不忙着给受害人治伤救命，反而瞪着眼申斥女儿，责备女儿为何滥用毒砂，这真是有点轻重倒置，缓不济急。

偏偏抟砂女侠华吟虹也抱着恶作剧的心，故意和父亲争辩。父亲责备她为何滥用毒砂，她就说："这位柳伯父的门婿、爱女，两个人打我一个，又是弹弓，又是宝剑，逼人太甚。一个仗剑迫近来刺击我，一个开弓从远处打击我，不问青红皂白，硬要把女儿治死才解恨。女儿绝没有先惹他们，是他们先下毒手，是他们先把您的徒孙毁倒，生生捆上；次后又两人一齐上来，跟女儿动手，女儿没法子，才用铁砂子护身。"她说到这里，偏偏咽住，不往下说实话。

华老越发惶惑，越发愤怒，把女儿叫到面前，厉声指斥她。柳老把女婿领过来，求着华老火速疗毒。华老不立刻接茬儿，还是向女儿追究滥用毒砂的责任。这一来，把柳老和杨华，尤其把柳叶青都怄急了。

那一边，多臂石振英也正在起火。他想：谁对谁不对，回头再讲，有何不可？就是治伤，也可以缓一步，回店再办，难道就在这雨夜露天地，刮肉疗毒不成？眼前却有自己的一个义子兼师侄的陈元照，被柳氏父女翁婿擒获捆藏起来，彼此既是熟人，第一步应该立刻把人先给放了，才是正事。为什么哓哓地争是非，索解药，验伤痕，闹得这么凶？究竟争论很耗时，疗毒也费事，非比释放被捆的，一伸手就办了，怎么柳氏父女倒丢在脑后，不给提前办呢？

多臂石振英真急了，上前一步，挡住铁莲子和玉幡杆，吃吃地叫道："柳老前辈，这位仁兄，我求你一件事。我们的陈元照那个孩子，你们给捆在哪里去了？你们二位指示给我，我自己去释放他去吧。"

杨华正摸着脸，柳老正一手拉着杨华，一手拉着华雨苍的手臂，两个女侠柳叶青和华吟虹，也都站在父亲的身旁，正轻轻地发话，呶呶地抬杠。多臂石振英挤过来，夹在几个人中

间，硬来拖拉柳杨翁婿。倒把局外人梁公直闹得忍俊不禁，忙过来解围说道："柳老哥和这位仁兄，到底把陈元照捆在哪里了？"

铁莲子柳兆鸿并没看见，玉幡杆杨华正要告诉石振英，柳叶青震开银铃似的声音，说道："原来那个小伙子是您的徒孙，您的义子呀，这可好，他无缘无故，贼眉鼠眼，缀了我们一道，而且还拿我们两口子当贼瞧。我不客气，把他捉住了，捆起来了，正要审问他，你们几位就来了。您先别着急……"这句话专冲着石振英说："我这就领您去，把他先放开。不过有一节，您得考问考问他，到底为的什么，死盯住我们两口子不放？尤其可恨的是，他专盯着我一个女人，我们夫妻睡在店房，他又挖窗眼偷瞧！"

柳叶青一张利口，把个陈元照形容得卑鄙不堪。多臂石振英听了，干噎气，不敢辩答，在未问过陈元照之前，只得含糊道歉道："劳您驾，请您先把他放了，我一定要拷问他，惩治他，而且一定要严厉地惩治他。究竟您把他捆在什么地方了？请你费心，先告诉我吧。"

玉幡杆杨华就要领石振英去给陈元照解缚，柳叶青忙道："你中了毒，你别动弹了，我不会领他们去吗？……来，你们跟我来。那不是，就捆在那边，林子旁边，大树底下，坑里头，仰巴脚躺着呢。我们只捆住他的手脚，没有堵他的嘴，你只一叫，他自然会应声……"

但是多臂石振英奔过来时，早已绕着林子，连唤带寻，搜了一遍，却是并没人应声，也没发现被捆的人。

柳叶青气哼哼地说了几句话，拔脚就走，一边走，一边还是喃喃地说道："解救你们的人要紧，给我们中毒的人治伤就不慌不忙，这是哪里的事！没告诉你们说，就在树底下，坑里头，好好地仰巴脚躺着呢。又没有伤他一根毫毛，倒这么忙？岂不知你们一喊，他就会答应，一答应，岂不就找着了，干什么非教人领着？咦，可是的，人哪里去了？"

柳叶青絮絮地口发怨言，多臂石振英很受窘，可是低头随行，再不敢多话了。他深深领略这些女侠客们太好挑眼，少说一句话，少被挑一句话的毛病。当下石振英随柳叶青双双寻到树下坑边，细搜不见，连叫不答，人不知哪里去了。

柳叶青很惊疑地说："你们早把人给解救走了吧？"把火折一晃，就火光寻照。"你瞧，这不是捆人的绳子、腰带？全在这里呢。"陈元照却没影了，还有陈元照的一对卍字银光夺，被柳叶青斜插在树杈上，忙过去一找，银光夺也没有了。柳叶青皱了眉，对石振英说："你们的人救走了，连兵刃一块拿走了。你看这树，这不是插双夺刺破的窟窿。"

多臂石振英借着火折子的光，验出树下坑边确有人挣扎滚踏的泥迹，那遗在地上的绳子腰带，竟不像是解开的，好像是被擒的人自己弄断的。莫非陈元照自己挣断了绳索，拿去双夺，自行逃走了不成？忙振吭再叫了几声，重又走出去，绕围叫了几声，仍无应声。石振英忙回到坑边，把自己的火折晃亮，就原捆处，复查脚迹，道："哦，陈元照大概是落荒逃走了。但是，他是什么时候逃走的呢？"稍一推算，想必是华、柳二老双方相认的时候，杨、柳已经停手不与抟砂女侠再打，大家正在说话，陈元照就乘机挣开了绑，悄悄溜走了。年轻的人担不住挫败，想是他深以被擒为愧，故此避去。但是，他逃到何处去了呢？这又是一个麻烦了。石振英仍然围着黑林，寻出多远，喊了半晌。柳叶青却等不及了，说："你慢慢地喊吧，慢慢地寻吧，我却失陪了。"她噌噌噌，连连跳跃，回到华、柳二老面前，坚请父亲铁莲子，转烦老伯华风楼，立刻给丈夫杨华疗毒治伤。愤愤之态，悻悻之声，毫不掩饰，冲华氏父女施展出来。

铁莲子柳兆鸿当然也很着急。毒蒺藜、五毒砂，都是武林中禁用的暗器。剧贼违例私用，或不足深责。若是堂堂武林名家，一派领袖，纵容自己的儿女随便滥用，也未免为江湖所不齿。因此他一面恳求华老给自己女婿治伤，一面也轻描淡写，

说出不以为然的话来，暗暗责备抟砂女侠。铁莲子柳兆鸿笑着说："青儿，你忙什么，嚷什么？你华姐姐用毒砂伤了你女婿，你华伯父还能坐视不管吗？当然要给你女婿疗毒治伤的，不过法子稍为歹毒一点罢了。想不到一别多年，华姑娘居然干父之蛊，也会使用五毒砂了？真是将门出虎女，可羡可爱。但不知贤侄女经你手下用五毒砂伤了多少江湖人物了？"又接着说："仲英过来，快见过你华伯父。风楼老哥，这是小弟的门婿。他叫玉幡杆杨华，是游击将军杨大经之子，小女和他成婚不到半年。想不到在此地，和老哥父女相逢，更想不到，他们年轻人又互相冲突起来，而且使用起五毒砂了？仲英你过来，让我瞧瞧，让华伯父瞧瞧，到底你挨了多少粒五毒砂？这多时伤处觉得怎么样了？"

玉幡杆杨华走上前去，施一礼，叫了一声："华老前辈，前次多承您老人家不屑教诲的教诲，一别经年，我至今感念不忘。今天又有奇缘，得以重逢贤父女，既承令爱投砂见教，现在又劳动老前辈妙手回春，要给我疗毒救命，在下跟老前辈太有缘了！"

果然铁莲子父女翁婿的怨言讽语，激得风楼老人十分震怒。可是抟砂女侠十分有把握，非常沉得住气。黑影中，她父亲凝眸望着杨华，转面苛斥她不遵诫谕。她悄悄掏出火折子，一晃火折子，高举火折子，于是火折子的光照着皓如冠玉的杨华的脸。脸上左腮历历打破了三块，铁砂子嵌在肉内，还没有摘取出来。伤处微微沁出鲜血，四周皮肤依然是肉色。

而且玉幡杆杨华的举动也没带出中毒的模样来。若是当真中了毒，此刻伤处要火辣辣地麻痒辣痛，片刻难忍，而且四周皮色必然变为青紫，必然流溢黄水。

这么一验伤，弹指神通风楼老人华雨苍恍然大悟，抬起了头。抟砂女侠锐声叫道："爹爹您老瞧，女儿犯了什么错啦？您别忘了人家是一面之词。柳姐姐她们两口子打我一个，知道是我，还盘问我，是冒牌不是？报了名，还打我！"

抟砂女侠的话像连珠炮，滔滔不绝。华风楼哧地笑了，冲着那铁莲子柳兆鸿，指着抟砂女侠，笑骂道："你这丫头，真可恶！你没有犯规，怎么你还闷着不言语？你柳伯父一个劲责备我，埋怨我，毒啊毒的闹，好像我家教不严，门规不紧，还有你柳姐姐，也急头暴脸的。还有这位杨壮士，记住当年那个碴，也在这里敲打我。三面被夹攻，真真受不住。丫头，你怎的还不说，这是没毒的铁砂子？"

哦，没有毒的铁砂子，众人顿出于意外。

三个火折子都晃亮，齐照着杨华的皓如冠玉的面孔，腮上三处伤口，仍嵌着小粒铁砂，但是没毒，要不了命。弹指神通华风楼，于黑影中环顾杨、柳夫妻和铁莲子，突然地仰面纵声大笑起来。

杨、柳夫妻非常地惊喜，铁莲子柳兆鸿于惊喜中，感到非常地抱歉。只顾听片面的告状，自己一时疏忽，没有验看明白，便向老朋友大大发作了这么不中听的怨言，可真是驷不及舌，咽不回来了。

弹指神通华风楼流露出揶揄的样子，向铁莲子说："原来这位杨兄，真是令坦，这可对不住，前年我不晓得，得罪过他。现在还好，没有中毒，虽然没中毒，可是挺好挺好的脸儿，受了三块伤，玉雪留痕，深觉抱歉！青侄女别恼，我会治，保管教他痊愈如初，脸上不会留半点疤痕。虹儿丫头真是手欠打，你真个破了杨世兄的相，我岂不落一辈子的褒贬，哈哈哈！哈哈哈！哈哈哈！"笑得有点恶作剧了。

铁莲子这个跟头，栽的可不算轻。可是他和华雨苍是老朋友，他也哈哈地笑起来，说道："华老哥，我是担不起儿女的埋怨，我这小婿既承令爱手下留情，我先谢谢你们爷儿俩。"转面冲着华吟虹，深深作了个揖，好像开玩笑道："虹侄女，多谢你积德行好。我真佩服你，你把我老头子耍笑个不轻。可是虹侄女，你既然没有五毒砂，你怎么到了不说实话，反而吓我小女小婿呢？虹侄女，你也太够厉害了。青丫头，你看看你

虹姐姐，岁数比你估摸还小，心眼比你诡多了，你简直是瞎狍子，只知瞎嚷嚷。”不等华吟虹答说，又转拉着华雨苍的手，说道：“老哥，我再给你施个礼吧，既然不是五毒砂，小婿死不了，小女也不会守寡了，我真是感激极了。可是他脸上这三粒铁砂子，就是没毒，嵌在肉里，也不会好受。老哥，我还得烦你妙手回春，现在就给他治一治，成不成，只要不落伤疤，破不了五官，我教他两口子给你们爷俩磕一个……”华雨苍忙笑着截住道：“对不起，对不起，我立刻就动手。老哥，你不用责备我了，他们年轻人做出没道理的事，我来赔罪。可是老大哥，你亲身在场，你怎么也不拦一拦他们？”

这话碴来得厉害，柳叶青抢着要替父亲答话，铁莲子早哈哈一笑道：“我拦谁呀！您老哥的徒孙，那个陈什么，一死儿盯小女的梢。您的令爱一见面，唰唰唰，就是好几剑，一个劲要宰我。还有这位石大哥，好厉害的刀法，好厉害的暗器，一阵暗器雨，把我铁莲子打去了五百年的道行。您老哥倒埋怨我不拦，好么，我爷们静等着挨宰吧。你们华家门老一代，小一代，三辈的英雄都当我们是贼，说是什么峨眉走狗？我爷们不是峨眉走狗呀。峨眉七雄在西川威震一时，横行霸道，我老柳更不济，也不会大老远地跑来，给他们当走狗呀。”说的话像爆豆，华雨苍要回答，铁莲子柳兆鸿不让他再开口，扯住袖子道：“老哥，还是那话，我这小婿脸上还嵌着铁砂子呢。走吧，找个地方，你给开刀，挖了出来，咱哥俩再慢慢地嚼。你们老少三辈大概是跟峨眉七雄有过节，是不是？可是我听说近十年来，你在山阳悬壶问世，大卖伤科药，是怎的千里迢迢，又跑到江南来呢？”

华雨苍皱眉微笑，向多臂石振英说：“我们莫如先回店吧。”石振英道：“可是陈元照这孩子跑没了影，到底是他自己挣断了绑绳，还是出了别的岔头，教人悬着心。师叔和师妹，请陪柳老前辈先行一步，我还是找找他去。”芜湖梁公直因见柳、华二老哓哓斗口，自己没有插上话去，觉得没有意思。似

乎铁莲子没把他看到眼里似的，他就向石振英说："石仁兄，我陪你去找陈元照，华老前辈可以陪着朋友，先走一步。"

华雨苍道："分头办事也好，不过这一来，又劳动梁仁兄人。我先回店，给杨世兄治伤。石贤侄，你就同公直兄去寻人，寻着了陈元照，赶快回店。我已经把峨眉七雄潜藏地点掏着了，想不到陈元照这孩子胡闯瞎访，竟撞到这里来，把小女也牵引到这里来了。"石振英道："若不是师妹追来，陈元照这孩子更不知要吃多大亏呢。等着我找着了他，我得好好捶他一顿。年轻轻任什么不懂，一味逞能，估莫差一点教这位江东女侠两口子给活宰了。"杨华忙道歉道："实在是对不住，我们若知道他是自己人，绝不跟他动手了。"柳叶青也笑道："早知是他，我就让他盯梢，我也不会着恼的呀。"梁公直道："不知者不怪罪，再不要提这一节了。振英兄，我们找他去吧。"

就在黑林边，几个人分散开了。梁、石二人嘘唇作响，围着镇甸，寻找这初出茅庐、斗败愧走的陈元照。华、柳二老各率儿女，踏着雨后的泥路，径返荻港镇内。他们两方住在两家店内，却是华老住的大来客栈，比较远些，奔大来栈，须先经过柳老住的那安远客店。这时天尚未明，一行人恰走过安远客店，柳兆鸿便邀华雨苍父女进店。华雨苍笑道："小弟理应进店，拜见老哥，可是我的刀儿剪儿、治伤的药膏，全在那店里呢！老哥，还是请你贤冰玉屈驾，到大来栈坐坐吧。这可是小弟无礼了！"铁莲子柳兆鸿微微笑道："我们就去登门就诊，我知道老哥是不出诊的。"两个全笑了。

弹指神通华雨苍在前引路，与铁莲子并肩偕行。江东女侠柳叶青，这时候晓得丈夫没中砂毒，心才安定。拉住抟砂女侠华吟虹的胳臂，姐姐妹妹地叫着，很透亲热，收拾起刚才拼命敌对的气儿，欢然说起旧话。抟砂女侠也消了火，两个人你问我，我问你，一团和气，有说有笑。这个说："姐姐出这远门，是为什么事？"那个问："黑更半夜，姐姐追的是谁？"柳叶青一向口没遮拦，东一句，西一句乱扯。既然自己有了如意郎

君，她就忍不住问抟砂女侠：“姐姐今年二十了吧？可是的，有了姐夫没有？”好像她有丈夫，别人也应该有。抟砂女侠华吟虹红了脸，闭口不答。玉幡杆杨华一个人在后面走，脸上丝丝辣辣的疼，黑影中听出抟砂女侠不悦，忙挨上前，扯了柳叶青一下，教她说话检点。柳叶青回头看了一眼，自己笑了。抟砂女侠半晌才说：“姐姐还是这么天真，疯疯失失的，跟小时一样。”

可是抟砂女侠华吟虹，这一回出门，真是随着父亲华风楼去到江南相婿去的。她当然不肯说，她和江东女侠柳叶青截然不同，虽然有一身功夫，平素谨守闺训，大门不出，二门不迈。这一次破例远行，偏偏行经鲁港，赶上了峨眉七雄纠众寻仇，到鲁港福元巷，已经谢世的名镖头飞刀谈五家登门示武，欺凌孀孤。华风楼率女儿华吟虹和掌门弟子段鹏年，行经此地，恰逢其事，为了排难救危，义不容辞，就慷慨拔剑了。

飞刀谈五名叫谈炳元，去世有年，长子也已早死。次子习文弃武，现时是秀才，手无缚鸡之力，为人虽然胆大，御侮实在无能。孙儿又都幼小，全身保命，尚在不行。一旦旧仇登门叫詈，要求决斗；谈家门空虚无人，很是危迫的了。幸而谈镖头的长媳倪凤姑，却是庐州名武师倪法章的女儿，年轻时曾练技击。但以谈门家妇，孀居抚孤，早把当年武功丢开了。目下突逢家难，她万分无奈，情知仇人盯住了，弃家逃亡，必走不开，况且出走也不是了局。她便把文弱的小叔、幼稚的子侄，都潜藏起来。当年谈五走镖各地，想到这种行业，是刀尖子生涯，免不了有意无意中，结怨绿林，故此谈五暗将自己住宅修下地室隧道，以防无耻的仇敌，打不过自己本人，潜来暗算自己的家小。谈五的预备布置，居然在身殁十数年后用着了。然而地室隧道，仅足以片刻之间，暂救危急，终不能度过大难。仇人蜂拥而至，倪凤姑自觉独力难支大厦，幸有老仆是镖局旧人，她便秘密遣发奴仆，四出求救。

谈家的前后门已被峨眉七雄暗中监视，一出一入逃不开仇

人的眼光。这时候，谈五的秘密地道可就有了大用。谈家本宅的左邻和后门对巷邻院，都是谈家的房屋，都潜通着地道，连房客都不晓得，四邻和鲁港居民更说不上来了。以此逃出仇人的监视，求救的人得以悄穿地道，绕出隔巷。

求救的人虽已遣出，犹恐缓不济急。仇人既到，断不会久耗时候，容你邀援。幸而峨眉七雄也是西川有名的人物，此来是大举登门挑斗复仇，并不想骤施暗杀，还要说出前仇，以泄积怨。他们将这行刺放火留为第二步，万一谈家人头很硬，自己经十多年的准备，仍然斗不过谈家遗胄，那时他们就不管江湖耻笑，有什么法，施什么法了。他们以礼索斗，给谈家三天限，他们很有点江湖正气了。可是谈家勾兵求救，依然赶不上。谈门家妇倪凤姑可就没有办法，决计豁出了自己一个人的性命，督同现在家中执役的镖行旧人和仇人硬拼。她的小叔曾出主意，要去报官，倪凤姑连忙拦住。仇人已下了警告："倘敢惊动官面，那就不客气，一定暗中放火，烧杀你们全家。"

这时候可就赶巧了，弹指神通华雨苍，率爱女华吟虹、爱徒段鹏年路过芜湖。

弹指神通华雨苍和飞刀谈五旧有姻亲，当然不能袖手。立刻先遣爱女抟砂女侠华吟虹和谈大奶奶倪凤姑见了面。问明原委，立即拔刀。抟砂女侠和倪凤姑慌忙搭伴坐轿，于白昼回转鲁港福元巷谈家本宅。华雨苍与弟子段鹏年也来到鲁港，耗到天暗，从福元巷隔巷，穿地道，潜入谈宅。

这一夜，果然展开了决斗。峨眉群雄挡不住段鹏年的梅花神针和抟砂女侠的五毒神砂，被打得水流花落。峨眉群雄共来了虎爪唐林、海棠花韩蓉夫妇，乔健生、乔健才弟兄和巴允泰、康海、快手卢登等七八个人。康海是寻仇的正对头，他的父亲死在飞刀谈五的刀下。巴允泰是寻仇的主动人，他在峨眉七雄中名列第二。这一回来到鲁港，是他化装为卖野药的郎中，向谈家登门挑衅，投铁弹子，打门匾示威。虎爪唐林和海棠花韩蓉是他们邀出来的帮手。虎爪唐林是四川唐大娘的后

代，海棠花韩蓉便是唐家门的儿媳。这唐大娘在四川本以发卖毒蒺藜和苗疆的毒药起家。

狮林三鸟的师尊南荒大侠一尘道人就是在那老河口被峨眉七雄暗算死的。由海棠花韩蓉假装拒奸贞妇，由她丈夫虎爪唐林假装采花贼，夫妇俩做出了强奸拒奸的假把戏，恶圈套，把仗义惩淫的一尘道人诱来。虎爪唐林假装采花遇阻，含忿行凶，踢后窗逃走；一尘挥剑急追，海棠花韩蓉假装良家妇，拒奸负伤，躺在床上打滚，乘着一尘冷不防，用毒蒺藜猝施暗算，把一尘打伤，又以缠战的法子，峨眉七雄齐下手，围攻一尘，不容一尘道长逃回店房，救疗伤处。这一来，生生把一个威镇南荒、不可一世的大侠暗算死了。虽经杨华陌路援手，一再施救，到底因峨眉七雄的法子太毒辣，一尘竟因毒发，惨毙于老河口客店中。现在狮林三鸟已然蜂拥出来，为师复仇，正满处搜寻峨眉七雄的下落。

峨眉七雄和一尘道长结怨，归根究度，还是为了飞刀谈五。差不多二十年前，峨眉七雄和飞刀谈五因闯镖道，夺路成仇。两次械斗，峨眉落败。末后他们大举把谈五围困起来，眼看谈五寡不敌众，势将血溅荒林。突然之间，一尘道人游侠路过，赶到围阵中，向双方询问情由，判断曲直，强劝他们息争。峨眉七雄全不心服，一尘道人拔剑劝架，以武力弭争，和峨眉打起来。峨眉七雄不是南荒大侠的对手，结果吃了大亏，丢了面子，被江湖人所笑。

峨眉七雄不甘心受这挫辱，大家卧薪尝胆，矢志报怨。于是，狭路相逢，既将一尘道人用阴谋毒杀了，他们这才赶到鲁港来，再找寻罪魁祸首的飞刀谈五。谈五已死，他们自然而然“打孽”不休，要找到谈五的子孙后嗣了。

不想谈门长媳竟把名震晋陕的山阳医隐华风楼父女勾来，一场决斗，反被抟砂女侠一口五凤剑，数把五毒砂，打得他们焦头烂额。更有三个人受了不治的重伤，经唐林夫妻急忙设法疗治，不料药不对症，病情愈形危急。

虎爪唐林夫妻原也会打毒药暗器的，并且他们的毒蒺藜和弹指神通华风楼的五毒砂追溯渊源，又是同出于川边云贵苗疆的野人用以射猎猛兽的毒药。这种毒药力量很大，原药方先后落到西川唐大嫂和山阳华风楼手内。唐家就使用原方配制毒药镖和毒蒺藜等暗器，专卖给江湖人物，另有解药，也都是卖药不卖方，唐大嫂由此发了财。华风楼既懂得医道，却将这苗疆原方大加增减，掺上了别的药，又针对这新方，自己另配制出新鲜的解药。故此华风楼的解药能治疗唐家门的毒蒺藜；唐家门的解药反不能很有效地救治五毒砂。抟砂女侠是个年轻的姑娘，当时被峨眉群雄环攻，她可就大施毒手，一下子，打伤了巴允泰、乔健生、乔健才三个人。

这三个人败走之后，毒发呕吐，眼看不得了。唐林夫妻急忙下药，药既无效，他们夫妻俩赶紧地施用死中求活的法子，拿灼红的烙铁给三个人火烙断毒，烧得伤处的肉直冒青烟，嗤嗤作响，三个人疼死过去。峨眉群雄看得毛骨悚然，唐林夫妻满面是汗，正在掉着眼泪，仍给同伴恶治毒创。不料弹指神通华雨苍登门找来了。峨眉群雄大骇大扰。又不料华雨苍这次到来，并不是追寻他们，再来决斗；也不是追寻他们，强迫他们滚蛋，离开鲁港。华老手托着五毒砂的解药，讲出大仁大义的话，说是起初不晓得众位和唐大嫂有渊源，现在既然知道，彼此都是道里的人，所以不肯拿毒砂相残害，“我是特来登门赠药。”然而话风中，透露出“强给两家讲和”的意思。

虎爪唐林等明知华老是来示惠，欲以布恩的方法，强给双方弭争。康海与快手卢以为自己的人，既然灼肉疗毒，也可以救命。华风楼虽然不是仇人的正点，实是仇人邀来的帮手，况且这毒伤又是华风楼的女儿打的，但凡有一分生机，断不应该从仇人手中接受救药。如果接受了华老的赠药，简直无异于跪向仇人，求饶活命。康海再三拦阻，不要华老的药。不过虎爪唐林却已发觉自己的药无效，又觉出这烙铁疗毒，把受伤人一灼一个发昏，实在太残酷，自己几乎不忍下手，更验看创口，

似乎没有转机，白教病人受苦，以此他很想汗颜收受华老的药。

康海和虎爪唐林悄悄争执，华风楼把他们的话全都听明，竟含笑接声，先说破他们的药实不对症，更告诉他们：“火烙疗毒，空给病人增加痛苦。你们殊不知道这五毒砂的毒力，早已输入血脉中，就算把伤口全剜掉，全烙烂，也阻不住毒气内行。”遂指着受伤最重的乔健生，对唐林说道：“唐兄你看，这位朋友脸上的伤口成了什么样子？你再摸摸他的脸，是不是连别处好肉都滚烫的？你再摸摸他的脉和胸口，是不是喘气渐微，脉息渐缩？我正经告诉你们诸位，再要耽误，就用我的药也无济于事了。”这种剧毒，是过了一个对时准死无疑的。他们又是伤在脸上，不但头面尽肿，连眼睛都侵得看不见了，口鼻也几乎肿塞了。

峨眉群雄还在犹豫，觉得再不接受华老的药，巴、乔三人当真死了，岂不愧对朋友？而且华雨苍来意可恶，明明是来示惠，若把他拒绝出去，当下就怕翻脸，翻了脸，明明要吃大亏的。他们自料，自己的人全合起来，也斗不过华老。单单华老一个人就难缠，况又带了好几人埋伏在附近。华老的弟子段鹏年随侍在侧，华老的师侄石振英、徒孙陈元照也跟在外面。他们度德量力，势不能敌，却又不甘心。他们这里面顶算康海态度倔强，因为他是报仇人的正点，他的父亲毁在谈五刀下。他心中难过，依着他，至死也不受华老的药。华老却又点破他们：“他们结党来清恩仇，雪耻恨，你们是很义气的。现在你的朋友中，有的受伤垂死，你们还是疑疑虑虑的，你们就坐视这三个人不治而死吗？你们只知怄气，也未免太忍心了。你们看看他们受伤的三个人，求死不得，求活不能，疼得直冒汗，你们还打不定主意吗？”又正色对唐林说：“您老兄，我是晓得的，你应该识大体。你们这位康朋友，原与谈家结怨很深，依着他的心，宁看着帮他复仇的朋友疼死，他也不栽跟头接我的药。但是，你们不要把我看成偏向一方的人，我在江湖上也颇有一点微名。不错，我是谈家邀来的，然而我的本心是要给你

们了事。你们大概因为这一点，所以才不肯接我的药。好了，现在一切抛开，我只是不忍这三个人中毒惨死，我先给他们三人治好伤，我不给你们劝架，这不可以吗?”

此时三个受伤人越发支持不住，都咬牙忍痛，景象惨苦异常。海棠花韩蓉终是女子，悄悄问丈夫唐林道：“若不然，我们就栽个跟头吧。我们的药大概不行，况且他们盯在这里，也不容我们动手治疗啊!”

弹指神通华雨苍见他们互相观望，疑虑不决，竟一笑站起来，从身上拿出一个锦囊，取出来十数包药放在桌上。虎爪唐林不由得拿起一包来看，又不由得回头看一看病榻上挣命的巴允泰。康海到此也有点失措，说不出拦阻的话来了。

华风楼更走近一步，笑向唐林道：“唐仁兄，你无论如何也不该坐视令友灭亡！这个药就给你们也来不及了，不用刀圭针砭，是挽救不来的了。”说罢，这老人竟打开锦囊。峨眉群雄闪眼偷看，这里面插着小刀、小剪、长针、短镊，是全套的外科治疗的器械，华风楼到此“当仁不让”，竟拿出小刀、小剪、棉花、艾绒，走到病榻前，强给病人割伤敷药。

三个中毒的人看外面，好像是巴允泰最痛楚，实际是乔健生最危险。弹指神通华雨苍也不脱长衫，直趋病榻，先验视三个人的病状，乔健生肿了半个脑袋。华老摇了摇头，急从锦囊护书中先取出一柄锐利的月牙钩刀和一把勺形的挖刀，对唐林说：“你们不该拿烙铁灼伤口，反弄得毒气入脉，再耽误，准死没活。这样子，不用刀不行了，这总得敷一点麻沸药。”他叫了一声“鹏年”，掌门弟子段鹏年正侍立一旁，暗中保护老师，闻唤忙将一瓷瓶药浆取来，拿软布沾湿了药，用竹筷夹着，递给华老。华老用钩刀把伤口轻轻一挑，很快地把药敷上。刀挑处，流出黑紫色的血水，药液涂处，冒出血泡。华老随手用竹筷夹着湿药布把血水血泡抹净。

峨眉群雄鸦雀无声，围着病榻看着。乔健生一句不言语，仰面受治，原来他昏过去了。弹指神通等着麻沸药力行开，换

用挖刀把乔健生脸上的肉围着创口挖去很大一块。病人还是一声不响。虎爪唐林、海棠花韩蓉也很知道割毒的治法，晓得这是麻药奏效。快手卢登一点不懂，免不了和康海啧啧喳喳，悄声议论，似乎有些猜疑。华老听了，不禁一笑，用纯熟的手法，把腐肉割尽，直到流出鲜血，涸着黑水，割成很深一洞，方才住手，笑对唐林说："你们看，鲜血里面还有黑水，这就是火灼之害。当时你们不用这恶治的法子，只用嘴把毒代为吮出，还不失为救急一法。现在若不开刀，简直药力上不进去，伤处的肉被你们拿烙铁烙成熟肉了。"

三处伤口全都割毕，华老放下钩刀，段鹏年忙又给打开一个小瓶，华老接来，往伤口一倾，流出一些红药水。伤口登时如开了锅一样，沸沸腾腾，往外冒泡，这一来又流出许多毒水。华风楼另拿湿棉，给拭去了毒水和药沫。这时候，乔健生忽然哼了一声。康海忍不住过来探头看，又忍不住问道："这是怎样的？"华雨苍看他一眼，唐林推他一把，说道："喂！"康海不言语了，悄悄退后。

华雨苍笑道："这位仁兄，还是不放心我吗？我区区弹指神通华风楼，在大河南北，薄负微名，难道我还会暗算人，给人明着治病，反倒偷下毒手不成？"唐林连忙道歉道："他是不懂，觉得新奇，老前辈既然慷慨，就请慷慨到底吧！"华雨苍往四面看了看，俯腰低头，仍给敷治。段鹏年又递上来一种淡红色药膏。华雨苍用小刀挑药，轻轻敷在伤口上。乔健生忽然恢复了知觉，呼痛欲起，不住哎哟。唐林忙把他按住，向华老拱手道："老前辈真是妙手回春，手法很神速，药力又真灵，晚生不胜佩服。"然后三处创口又先后敷了一层药，贴了小小的三张膏药，用布扎上。华老直起腰来，说道："行了。"乔健生的伤口肿胀处虽然未消，可是呼吸、神色显见好转。

然后，华雨苍把巴允泰、乔健才也都给挨个割治，敷药膏，贴膏药，裹创口，全照样治疗了，随后便收起刀圭药物，环顾峨眉群雄，对弟子段鹏年吩咐道："把那东西拿出来吧。"

峨眉群雄一齐侧目而视，华门弟子段鹏年从身上掏出一个纸口袋，上写“留赠峨眉群雄”。众人尚在猜疑，虎爪唐林已然大悟，弹指翁未来之先，早已打定了赠药劝架的主意了。纸口袋中果然装的是九包药，足供三个受伤人分服三天。弹指翁对唐林说：“病人症状如有变化，可到店房给我送信。若是平安度过去，准保七天以内痊愈。届时你们也给我送个信，我好专程来给你们饯行。”

于是弹指翁华风楼暗示了这一句，此外任什么也没说，治完病就走了。峨眉群雄人人心上打了鼓：“华老明明是来宥和的，现在，垂危的病人被他救活，我们是受了人家救命之恩了。谈家门报仇的事可怎么好？华老目下是保护着谈家，我们这仇可怎么报？况且他分明说出：七天之后，病愈饯行的话。这饯行云云，简直就是逐客令！我们已将一尘道人治死，和狮林三鸟结了深仇，然后辛辛苦苦找到谈家，谈家才是仇人正点，现在凭空又插入了华老！华老很是不好惹，我们结仇报仇，越报越多，我们可怎么对付才好？”

虎爪唐林、海棠花韩蓉、快手卢登和康海几个人通夜议论不决。数日后，巴允泰、乔氏弟兄，全部止疼见轻，能够走动，伤处虽未收口，只静养着了。唐林夫妻和康海、卢登又聚在病人床前，商议应付华老和处置谈家的妥当办法。现在他们自知是栽了，可算是恩怨纠缠，进退维谷。若冲着华老，从此不再向谈家寻仇呢？华老却恃强市恩来的，况那五毒砂又是他女儿打的。若从此善罢甘休呢？分明上了华老“宥和”的圈套，叫人心眼里不舒服。

但是峨眉七雄不是泛泛之辈，他们久闯江湖，什么把戏都懂。他们在明面上总得说是受了华老的恩，实在他们把华老恨入骨髓。他们经多见广，大家商议一回，也打定了一个以直报怨的办法。那就是，有恩的报恩，有怨的抱怨，分开来，教他冤有头，债有主。

等到七天头上，巴允泰、乔健生、乔健才，伤口全都平复

了，各人在脸上留下三两个深疤，还没有生肌长肉，照样贴着膏药。三个人换了长衣服，戴上风帽，雇了三乘小轿，一同到店房，去拜见山阳医隐弹指神通华风楼。

一进店，全下轿；一进屋，全下跪。他们冲着华老，每人磕了好几个头，口称恩公，面谢疗毒救命之德。不等华老问，三个人便开口："此次来鲁港，向谈家寻仇，乃是受朋友所邀。我们三个人跟谈家素不相识，一向是没怨没仇的。这一次只为替朋友找面子，倒惹火烧身，险些送了自己的性命。若不是老前辈陌路施恩，我们三个人就死在令爱的五毒砂上头了。侥幸遇上你，救了我们三条性命。我们为朋友帮忙，总算是舍命助拳的了，我们已经很对得过朋友。现在我们就退出这复仇的是非圈，再不管他们的事了。我们今明天就要离开鲁港，遄返故乡，从此还要退出江湖。但是我们三个人却身受着老前辈的大恩，常言说，大恩不言报，从今以后，老前辈如有差遣，不拘赴汤蹈火，我弟兄万死不辞。至于谈家这场事，我们只好不闻不问，也应该不闻不问。谈家的对头虽是我们的朋友，我们已经为朋友卖命，我们只好抽身而退，也不敢再帮，也不敢再拦，我们只能做到这样。"

随后巴允泰又单独说道："好在他们双方'事有事主'，他们是否就此罢手，抑或看着老前辈在场，暂且闪个面子，日后别作打算，我们全顾不过来了。我们只能做到'恩怨分明'，两不相助。若叫我们转过头来，强给他们说和，我们实觉汗颜，没法子饶舌，这一节请老前辈格外原谅！"

冷冷地说罢，巴允泰目视弹指翁。弹指翁黄焦焦的面孔蓦地泛赤，厉声笑道："好好好！我早就料到，你们必有这样的说辞。恩怨分明，正是大丈夫应做的榜样。我早已说过，我绝不会借着赠药疗伤，强来逼和。但是我却晓得跟谈家做对的，有姓康的、姓唐的几个人，大概也是晚生下辈，不大知道我的脾气。我华某的脾气是凡事不管便罢，要管便全揽在自己身上。现在就烦你的嘴，转告诉他们：谈家门的事，我华雨苍全

个儿过来了。他们果然有胆气，在这里逗留不走吗？我倒瞧他不透，哼哼，堵门口欺负孤孀，我也替他们害羞。依我看，你是他们的好朋友，何不开解开解他们？劝他们不必在此地，偷偷摸摸丢人寻隙了，我家住在山阳县城内板井巷，他们很可以打起精神来，径到山阳板井巷去找我！”

巴允泰佯笑道：“说呢！晚生一定去说，可是这话用不着我说。姓康的倘敢辜负老前辈劝架说和的美意，那么他一定想得到。不用您老告诉，他也懂得冤有头，债有主。他的对头既然邀出能人代为拔闯，他自然该怎么接，就怎么接，您老不邀，他也会到府上登门请教的……”

华风楼仍没有拿话堵住这个巴允泰，掌门弟子段鹏年忙发话道：“姓巴的朋友，姓乔的朋友，现在我警告你们一句话，你们是干什么来了？”巴允泰刚要说，段鹏年不容他出口，早抢过来道：“你现在话已说明，可以请吧，不必唠叨了。你不用装出两个面孔来捣鬼，我家师乃是成名的前辈，不肯跟你们晚生下辈一般见识。你却仗着两片利口，说个不了，你们的伎俩，你道别人真不懂嘛？你好像不知山有多高，水有多深似的。我再警告你，你要小心了！我还奉劝你们峨眉七雄，赶快连胳臂带腿离开这地方！”且说且招手，平伸双掌，照巴允泰脸上一挥。相隔远有六七丈，巴允泰蓦地打了一个冷战，觉有一股锐风，迎面扑到，触及伤口，突又疼痛起来。段鹏年顺势又照乔健生、乔健才脸上，每人挥了一掌，说道：“你们三位请吧，我家师不远送你们了。”

掌风袭人，锐利如刀，使得人汗毛发炸，巴允泰、乔氏弟兄不禁吃了一惊。华老的弟子，内功尚且如此强，华老本人可想而知了。虎口上捋须，真是惹不得，巴允泰和二乔慌忙作了个揖，回身就走。华风楼并不送，段鹏年跟出来，直看他们去远，方才回转店房。

华风楼当下大怒，决以武力驱逐峨眉七雄，不准他们在鲁港逗留。当晚他派人到峨眉七雄隐伏处，监视他们的行动。峨

眉七雄竟很快地见机而作，扫数潜踪他往。却是走得很暧昧，并没有留下片言只字，可就教人猜不透，他们究竟是铩羽而去，永不再来，还是惹不起华老，片时暂避锋芒，等到耗走了华氏父女，他们还要再来。他们是这样哑不声地悄悄走了，这件寻仇的事，好似了结实在是没了结。而且华风楼本派了好几个人监视他们，不知他们用何方法，避开了眼线，潜踪逃走，更不知逃向何方。

华风楼并不晓得峨眉七雄和芜湖船帮秘有勾结，他们原是潜乘江船而来，现在又潜乘江船而去。但华老到底是江湖大侠，大骂着，吩咐门徒，放开了搜捕网，分路排查下去，只用半日工夫，便已探出峨眉七雄的阴谋和秘踪。

他们峨眉派确乎是衔恨已深，寻仇不舍，确乎是不甘心离开鲁港。目下果然是暂躲华老，悄悄藏在江船上，只等到华老离开飞刀谈五的家门，他们便卷土重来。他们留下了踩盘子小伙计，暗地偷窥福元巷谈家的动静，华老的师侄多臂石振英就由这踩盘子小伙计身上，窥破了峨眉七雄的踪迹和诡计。他赶紧报知华老，经一度计议，且不捕捉这个小贼，要从小贼身上，将计就计，把峨眉七雄扫数寻获。这个主意打得很好，可是峨眉七雄也是老江湖了，他们的眼线被仇人倒反过来盯上了，他们立刻觉察出来。他们藏身的江船已被对头查出，他们慌忙在黑夜里，乘着满江迷雾，悄悄弃舟登岸。

峨眉七雄中，康海最倔强，虽然斗败，仍不肯罢手，虽被驱逐，仍不肯离开。虎爪唐林和海棠花韩蓉也深以华老横来出头、示威逼和为恨。巴允泰受了华老当面奚落，也很着恼。

他们改装潜逃，只溯着江流往西退出一站地，仍然藏在隐蔽地方，窥伺机会。他们切齿地痛恨华老，他们说："这一回大举报仇，连声名赫赫、武功卓绝的南荒大侠一尘道人也被我们施暗算毒死。你弹指神通华风楼，又有多大本领？"他们痛骂着，发下了誓愿，谈家门的旧怨，尽可从缓，华风楼这段新仇，必须盯一盯看。他们料定，华风楼救护谈家孀孤，乃是过

路应邀的，华老自然还有他自己的正事，他不会在鲁港久耗下去。康海向师叔虎爪唐林夫妻磕头打躬，恳求顾念亡人，帮忙到底。巴允泰也说：“康贤侄放心，我们算是祸到临头，说不上不算了。明知华老头子不好惹，现在抓破了脸，只可碰着瞧。不过，我和乔家哥们都算受了华老头药救的恩惠，我们三个人既有誓言在先，只可暗中作劲，不便明面出头了。我们现在赶快再邀帮手。”

海棠花韩蓉道：“对得很，他们邀帮手，我们也邀帮手。拉长线，放远鹞，破出十年八年的工夫，此仇必报。”这海棠花韩蓉是个中年漂亮女人，善使毒蒺藜，手腕狠辣。虎爪唐林便是她的丈夫，是一个长身猿臂的男子，体格英挺。在峨眉七雄中，顶数他武功强，为人做事尤其果决。他向众人献计道：“我们用假采花，诱敌计，制死了那么英雄的一尘道人。现在我们也该用避实蹈虚的计策，来跟弹指神通华老头耗个短长。我有一个主意，我们一面在这鲁港不放松，长远留下人钉着，教他们天天提防我们；同时我们可以转托朋友，到山阳县华老头子的家里，伺机寻隙。两面鼓捣他，教他尝尝峨眉派的厉害，是不容易受人挫辱的。”

快手卢登忙说：“我听朱阿顺讲，华老头子已经连夜派人回家送信，恐怕他家中早有防备。在他家门口，他的势派更大，强龙不斗地头蛇，只怕我们在山阳斗不了他。”巴允泰摇头道：“不然不然，不管他有无防备，也不管他势力大小，我们只两面搅扰他，教他不知我们准在哪里。我们也许偷放一把无明火，也许丢一封威吓信，给他一个暗箭难防，死啃不休。我看用不了一年半载，便把华老头子气死，明着斗不过，我们只跟他暗中作对。”

巴允泰唐林此计一出，虽然迹近无赖，峨眉七雄竟一齐说好，道：“这法子最为阴毒，我们惹不起他，只好跟他耗，专找他的漏洞。山阳和鲁港相距不下千里，看弹指神通手掌尽大，也捂不过天来。”立刻议定，暗暗布置起来。

却不料他们摆下这种歪缠死磨的毒计，弹指神通华风楼和谈门孀妇倪凤姑早已料想到了。他们一面调动华家门下高足弟子，驰回山阳，暗做准备；一面是会集武林能手，在鲁港大举搜捕峨眉七雄。峨眉七雄在鲁港毕竟人生地疏，谈家邀来芜湖梁公直父子，却在当地呼应灵便。又有多臂石振英和师侄陈元照二人从旁相助，一路穷搜之下，凡是鲁港的老邻、旧舍，都替谈家做了耳目。峨眉七雄东藏西躲，渐渐弄得畏首畏尾，潜踪无地，活动不开了。

而且，就在同时，他们所戕害的一尘道长的门徒，狮林观三鸟谢黄鹤、尹鸿图、耿白雁一行，也正由云南狮林观、豫鄂边境青苔关狮林下院，遽分两路蜂拥北上。依照玉幡杆杨华所说，一尘遇害的地点，先赶到老河口，找向店家，根询一尘临殁的情形，埋骨的所在，并要开棺重殓，举殡，移灵。等到发土开棺，三寸木板的薄材，幸还未朽，起出来，打开一看，遗骨犹在，元首已无！不晓得何时，又被仇人掘棺盗墓，割去了首级！

尸体已残，狮林三鸟抚棺大恸，由掌门师兄做主，遗骸不全，便未焚化，用锦被裹尸，结草代首，易棺移灵，先运回青苔关浮厝。大家在灵前焚香设誓，痛哭流涕，决计苦搜仇敌，不仅要洒血复仇，还要寻回元首，重行举殡。

狮林三鸟便也展开了搜捕网，到处访拿峨眉七雄。失去的元首，必须要拿活着的人头赔偿！修道人掀起了无边怒火，一访再访，一踏再踏，终于踩着峨眉七雄的脚印，也撞到这鲁港来了。

于是狮林观三鸟找峨眉七雄寻仇。

峨眉七雄找飞刀谈五寻仇，牵连到华风楼。

华风楼也找峨眉七雄，七雄也琢磨华风楼。

那一边玉幡杆杨华为了赠剑失剑，曳鞭南游，当然正找狮林三鸟。铁莲子柳兆鸿父女，为了爱婿，结伴前来，也是正找狮林三鸟。

第七章 奔波儿女情

在店房中，弹指神通华风楼父女为主，铁莲子柳兆鸿父女翁婿为客，叙礼落座，剔亮了灯。华、柳二老彼此看见对方的面貌，一别多年，都增老态，精神尽管壮旺，须发不留情，俱各苍白皓然了。华风楼首先感叹，柳兆鸿捋须说道："日月催人，前尘如梦，侄女儿和小女都成了大姑娘了，你我怎能不老？"华风楼叹道："仁兄比我强得多，我却是蒲柳之姿，行将就木，一切都完了！尤其是意趣阑珊，名心豪情都泯，再没有壮年时那高兴劲了。"

两个老头子发牢骚，旅舍房间很小，客人聚集很多。华、柳二家之外，还有多臂石振英、芜湖梁公直，一共七个人，黑压压挤满了内间房。两个女客，抟砂女侠华吟虹和江东女侠柳叶青，被挤并肩坐在一隅。华吟虹打量这已出阁的柳姐姐，抿着嘴直笑，她把柳姐姐骗了个不轻，使得柳叶青焦急叫嚣。现在柳叶青借着灯火，再三端详丈夫玉幡杆杨华的脸，脸上受伤处流着血。华吟虹故意说："姐姐别生气，饶恕小妹吧。我真不晓得是姐姐、姐夫，我要知道是姐夫，杀了我，我也不敢下

这毒手。您瞧姐夫脸上还冒着血渍呢，这是怎么说的，教姐姐看了，多么心疼。好在没有毒，不会往大处烂，至多落两三块小疤瘢，像麻子那么大罢了。这还得嘱咐我爹爹，多少给好生医治，别教它留下疤，破不了五官，拦不了官运才好。”

华吟虹尽管说便宜话，故意窘着这柳姐姐。殊不知柳姐姐面皮不薄而很厚，侧转脸来，冲华吟虹扑哧一笑，轻轻说道：“我谢谢妹子，我感激你，你姐夫一定也很感激你，一辈子也忘不了你的。这不是别的，真是你说的那话，要是有毒的五毒砂，你姐夫一条小命可就玩完了，连累姐姐我也得守寡。多亏了妹子手下留情，你姐夫不过脸上挂了两点彩，麻不麻，疤不疤的，姐姐倒不嫌。反正性命保住了，妹子你就积大德了，姐姐那不得念佛？难为妹子好心肠，冲这一手，将来准得个好妹夫，也许现在早就……”俯身探头，她的脸紧挨着华吟虹的脸，恶作剧的看了又看，说道：“哟，可不是，原来妹子没有开脸，没有出阁。但不知定了亲没有？新郎官是谁？可是的，妹子一个没出阁的大姑娘，怎的出这远门？我听说伯父家教很严，平素不许妹子出门，学会了武艺，也不准拿出外面来用。临到今儿，敢情这话靠不住，妹子也跟我似的，往外乱跑呀！但不知你手底下毁了几个？”

二老叙阔，忆旧情深，两个女英雄低言悄语，舌剑齿锋，一味互相讥诮。究竟娇憨癫狂的柳叶青，说话没有遮拦，又欺负华吟虹是没出阁的女孩子，不比自己已成少妇，她的话像爆竹似的放起没完，抟砂女侠华吟虹脸上红一阵，白一阵，却也想起了一个阴招，口齿敌不过，就佯痴装呆。反正玉幡杆杨华脸上还嵌着她打中的三两粒铁砂子，就让柳丫头嘴头子快活一阵吧。我却不给爹爹提醒，让你们爷两个聊神吧，反正有人受疼！心中想着，转嗔为喜，得意之余，微转双眸，瞟了玉幡杆一眼。玉幡杆杨华侧坐在黑灯影里，听着岳父和华老、妻子和华吟虹，这一边哈哈嘻嘻，大声地谈笑，那一边唧唧哝哝地讥嘲，他心中有些不悦。他终于忍不住站起身来，凑到灯台旁，

撕手巾，沾伤口上的血痕。双目凝寒，打量华老，脸上表情很严肃，很冷淡。

原来杨华和华老是有过旧碴的，此刻却对了脸。柳叶青赶紧把话匣子打住，说道：“华伯父，华伯父，劳你的驾，给看一看我们仲英脸上的铁砂子，到底要紧不要紧？该怎么取出来呢？”

弹指神通华风楼收住话头，站起来了，把杨华冷傲的神情一看，心中明白，忙拱手道：“这位是柳仁兄的贤令坦，哦，好，朗朗如玉树照人，真乃是玉润冰清，兼有其美。哦，我记得在哪里见过，这位世兄尊姓可是姓杨，恕我老耄，多有得罪了。”

末后一句，意含双关。当年玉幡杆杨华和柳叶青订婚之后，春闺调舌，武场试技，曾经因疑生妒，闯过一回逃婚出走。他在这逃婚期间，曾经遇上南荒大侠一尘道长，当一尘被人暗算，命在垂危时，是杨华陌路援手，救了他一回。虽然到底因无救药而死，一尘却深感杨华，曾经遗书赠剑，为此杨华才与狮林观耿白雁相逢怄气。那耿白雁怀疑遗书是假，两人言语相争，发生了扣剑、赌剑、盗剑、骗剑的纠纷，以至于闹出今日翁婿南来讨剑之事。

却是在杨华未遇一尘道长之前，又曾路过山阳县，拜访弹指神通华风楼，伪称奉师父铁莲子之命，特来投谒，愿拜门墙，学习点穴法和五毒砂。华风楼这老人却也动了疑心，杨华并没有介绍信，他又把铁莲子是他岳父的话瞒起来，仅只伪称师徒。华风楼暗加窥测，断定杨华必是铁莲子门下被逐的劣徒。因此把杨华折辱了一顿，教训了一回。这还是看在铁莲子的面子上，未肯骤下毒手。华老再也料想不到，杨华并不是柳老门下犯过被逐的门徒，反而是柳老门下负气逃婚的娇客。杨华又年轻气盛，经华老拒见之后，不合于夜半潜探华府，本意是要看一看华老到底是真没在家，还是门房推辞骗我。这一来犯了江湖大忌，若不是华老的掌门弟子持重讲情，杨华恐怕就

被华老砸折腿，驱逐出境。虽然没有毁杨华，杨华受辱已然不浅，原已发下愤言，对华老这“不屑教诲的教诲，我杨某迟早必有一报”。不料今朝相会，自己又被华老头子的女儿打伤，他正是一肚皮闷气，要向华老发泄。又不料华老乃是老江湖了，及至灯下照面，看出玉郎含瞋的面容，登时忆及前情。哈哈，这小伙子原来真是柳老哥的门徒，而且又变成门婿！华风楼拱手行礼，皱眉一笑。不待杨华发话，先向铁莲子柳兆鸿表白起来了。

“哎呀，柳大哥！”华风楼走到柳老面前，抱拳当胸说道：“小弟我可真真对不起你，更对不起你的贤令坦了！”

这话一出，柳老吃了一惊，只道是脸上的伤，还是五毒砂，毒发难治了。他很着急地站起来，忙问：“怎么样？不能治，不好治吗？”华老忙说：“不是，不是，不是说这个。唉，现在您这贤令坦教小女误伤，伤倒不要紧，很好治。不过您这位令坦在前两年到过敝邑山阳，是我一时大意，得罪过他。老哥，简直提起来是笑话，杨世兄他见了我，他不说是你的门婿，他说是门徒。他大概是年轻害臊，他又没有拿出你的信，他找我好几趟，定要拜我为师，说是奉你之命。我看见他的话好像不大对茬儿，我把他老兄当作你门下的叛徒了。咳咳，我真正的该罚……”转脸向杨华，连连作揖：“世兄，世兄，恕我老悖，我太眼拙，当时我真把你当作柳老哥门下，犯了门规、离师潜逃的劣徒了。我以为你是冒着铁莲子的名堂，前来混蒙，哪里晓得你们爷俩竟是翁婿？可是话又说回来，你得坦腹柳门，托福匪浅，你当日怎么瞒起来，不告诉我呢？现在没什么说的，我只有赎罪的一法。我这糊涂丫头，又三不知伤了你，我父女二罪俱发。得了，恕我个不知者不怪罪吧。我便好好地给你治伤，要治得皮肤光洁如初，不许落半点疤痕，借此以赎我父女无知冒犯的大罪，哈哈哈，哈哈哈！”

哈哈哈，迎头堵上去，自己把“不是”解说出来了。却是这么一解说，玉幡杆杨华蓦地闹了个玉面通红，煞难为情。他

岳父铁莲子听得直发愣，很诧异地说："你们是怎么回事？仲英，你多会儿会过华老哥？你们还动过手不成？是怎的还要拜老师？这是哪儿的事呀？"柳叶青也很觉奇怪，诘问杨华："华伯父说的什么？我怎么一点不懂？你什么时候到过山阳？"

总而言之，玉幡杆杨华自己逃婚出走，因而一路上丢人出丑，像这些事，不一而足。他都咽在肚里，没对岳父和爱妻讲过，就是讲，也都影影绰绰。现在却教华风楼三方对面，硬给揭开盖子了。杨华很不好意思，磕磕巴巴地说："这是很早很早的话了。实在也怨我年轻冒昧，华老前辈教诲我，我是永远不会忘的！"白腔透露不悦，眼珠直转，盯着华老的嘴。

华风楼有些瞧科，为了对铁莲子多年友谊，当然不肯再窘辱他的门婿。他就冲杨华微微一笑，彼此会心，不言而喻，赶快地揭过这一篇去了。华风楼说："来吧，我先给杨世兄起出铁砂子来吧。幸而我身上还带着疡科的刀圭针砭。"教女儿掌住灯，他自己从衣底掏出护书，拿出一把很小的竹制镊子来，又取出药粉、药膏、药布。他请杨华坐下，对着灯光，很快把嵌入肉中的铁砂摘取出来，一共三颗。然后，敷上药膏，贴好小小的膏药，玉幡杆杨华登时觉得脸上不疼了。一抱拳，杨华向华老说道："谢谢华老前辈！"又转身向抟砂女挟一拱手，也说道："谢谢！"这一谢不啻是骂人，抟砂女侠脸通红，刚要开口，被华老睨了一眼，不敢言语了。华老哈哈大笑，对柳老说道："我太对不起老哥，我哪里晓得杨世兄真是贵门下又兼令坦呢。我唯一赎罪的法子，便是好好地给治伤，杨世兄你放心，不出三日，管保平复如初，管保不疤不麻。叶青侄女，我也给你道个歉吧！"接着哈哈大笑了几声。

铁莲子柳兆鸿起初并没有琢磨到：爱婿和华老曾有过旧嫌隙。并且也没有觉察出爱女和华吟虹正斗着新嫌怨。他到底是老江湖，只听杨华的尖刻口吻，再看华老的干笑神气，他也就明白过半了。当着众人，不好拦劝女婿，重重咳了一声，向华老说："老哥，他们年轻人，没有学好能耐，先练会嘴皮子。

好在老大哥跟我多年至交，再不会跟小孩子一般见识。我们还是说我们的吧……我说，老大哥，我听说你隐居山阳，悬壶济世，已经不出山了。如今这么千里迢迢，远下江南，而且带着掌珠，你究竟有何贵干？”

华风楼也问柳老：“老大哥，你欣得乘龙快婿，不在镇江纳福，却携婿带女，远涉长江，我也问问你，你有何贵干呢？”

两个老英雄互相问讯，不禁一齐捋须大笑了。

华老说道：“我能瞒别人，我还能瞒大哥吗？只因你侄女也老大不小了，新近有人提道：东台有位朋友的令郎，小人儿不错，我要亲去看看。不想路过此地，赶上峨眉七雄，欺凌孤寡，找到飞刀谈五老镖头家，指名复仇行凶。谈五兄不在了，只有长媳倪凤姑，我又与谈家有点瓜葛之亲，倪凤姑求到我，我不能不管，就跟峨眉七雄叮当起来了。我的事就是这样，大哥，你怎么着？”

柳老便说道：“我嘛，更不能瞒大哥了。只因为你侄女女婿杨华，陌路援手，救了南荒大侠一尘道长，承他临命赠剑传书，把那把寒光剑送给小婿，又被一尘门下三鸟骗夺回去。姑爷丢下面子，老岳父不能不管，我没有法子，只得亲自出头，打算烦个朋友，跟狮林三鸟讲一讲，这把剑应该谁得，就归谁得，同是道理人，不要恃众强夺，也不要逞能行骗啊。”

柳老说着，梁公直插言道：“柳老前辈要找狮林三鸟，可是从镇江走鲁港，岂不绕远了？”

铁莲子柳兆鸿道：“谁说不绕远呢，但是没法子。你想，一尘已死，我怎好径直登门讨剑，好像欺负他们狮林观似的。我打算拜托一个朋友陪同着去，给他们留一个面子，故此我奔到这里来了。贵省铜陵地方，有一位老英雄骆祥麟，是我的老朋友，也是狮林三鸟的老交情。我打算麻烦他，替我们说说情。”

华老开言说道：“骆祥麟原来住在铜陵，我和他慕名，但没有见过。”梁公直道：“柳老前辈要找骆祥麟吗？听说他现时

不在铜陵了。”柳兆鸿问道：“不在铜陵，又上哪里去了呢？我在南京，听说他在芜湖；到了芜湖，听他弟子说，他原在芜湖，在一个人的家中闲住，兼给护院。可是新近他铜陵老家出了麻烦，被他的侄儿催回铜陵去，这话可确吗？”

梁公直道：“这话很确，骆老前辈原住在芜湖一个开粮店的弟子家中，那时常跟我们见面。我们请他设场授徒，他也答应了，居然招揽了七八个弟子，教得很高兴。哪知他这新收弟子里面，有一个犯个大案的剧贼，为要偷学骆老先生的壁虎功、蝎子爬墙的技业，更姓改名，化装变容，溷迹在一般纨绔子弟群中，当时没有被人觉察。但是光棍眼，赛夹剪，劣把头不能充行家，行家也不能装‘劣巴’。骆老新收的门下，尽是些初学。这个剧贼，有着很精深的武学，他却溷在群庸中装傻。这瞒得了平常人，如何瞒得住久涉江湖的骆老……”

铁莲子柳兆鸿、弹指神通华风楼，一齐问道：“你说这个剧贼是谁？”

梁公直道：“就是这一点憋人，骆老用尽方法，没有钩稽出这小伙子的姓名来，他当时用的假名是祝绍熊。”

铁莲子是受过这种害的，当年他为女择婿，曾被仇人谈九峰秘遣弟子呼延生，诈入柳门，要乘机暗算柳老父女。呼延生年轻好学，颇得柳老欢心，当时的情形已濒险境。多亏呼廷生暗暗爱上了柳叶青，不肯潜下毒手，柳老父女幸免暗算。然而柳老却几乎上了大当，险将他招赘为婿。这件事柳老所受打击很大，此刻谈虎变色，忙问道：“这小子什么长相？多大年纪？可是陕西口音吗？”又叮问道：“后来怎么样，老骆上当了没有？”

梁公直道：“幸而发觉得早，没上大当。却是因为这个缘故，他老家里就被窃了。大概他老人家的一本拳剑谱和些外科秘药全被盗了，骆老猜想便是这小子干的。这小子年近二十，白净子，细高挑，只看外表，品貌很不俗。说话是蓝青官话，微带湘鄂口音，多有人猜疑他是擎天玉虎贺锦涛。”

梁公直就说起这个剧贼偷艺的事，当时被骆老看出疑窦之后，也不点破他。他明明有很好的武艺，却假装初学，可是一伸手，一立足，处处露着破绽。是真不能假，是假不能真，至少这祝绍熊也有七八年的功夫。他不该自说是初入门径，引起了人们的疑心。骆老教别人，他要偷看；骆老教他，他每每地提出拳学上许多精微疑难的窍要，请骆老给他解说。

有时候他问的拳经疑义，连骆老也答不出来。骆老很是注意他，屡次地摒人和他私谈，问他的出身、出路，他坚不吐实。等到盘诘太甚，他只肯承认他是江宁府属下的一个小县小村的富农之子，自幼好武，未得明师。他远道游学，就为学会了武，可以防身护产。骆老依照他的话，托人到江宁府打听，竟没有这么一家大户，也没有这么一个小村。骆祥麟为此动疑，越要钩稽他的来历。这祝绍熊，当初是芜湖一家粮商介绍来的。骆老托他的门人，从这一点上，溯访祝绍熊的来路。结果，据这原荐主粮商说，虽然当初祝绍熊拜师骆门，是由他推荐，可是他和祝某素不相识。这祝某乃是粮商的同乡，写荐信转荐来的。想到这封荐信，不过是举荐一个学武的子弟，不比营商打保，所以也没有深虑详察，就这么转荐到骆门。这样说来，骆祥麟越发动疑，这个祝绍熊简直是来历不明。别的弟子都在芜湖有家有业，祝某却住在芜湖的江宁会馆中，街面上一个熟人没有。他自己一点正业也没有，就这么孤踪寄旅。说是专为习武，远来做客。而芜湖这地方，又并不是什么好武之乡，与曹州府不同。骆老这次设场授徒，又是临时起意，这个祝绍熊怎会从远道得知，这么凑巧地赶来呢？

骆老既动了疑心，遂和开粮店的弟子秘密计议。弟子劝他用好言语，谢绝了祝绍熊，骆老却以为不妥当。究竟这个祝绍熊抱着什么企图来到芜湖的；又抱着什么心意才投入骆门？这两点总该设法刺探明白才好。骆祥麟笑道：“我自问自己没有什么惊人的艺业，这个祝某若说他是绿林中人物，他何必下这么大的苦心，来找我掏弄这点玩意来呢？我想这祝某必定另有

不可告人的打算。也许他要盗取我这骆家门的门户，在什么地方用一用?”

原来骆老此刻的心情又是骇怪，又沾沾自喜。有人找他偷招，这是他引以为荣的；可是偷招就是盗用牌匾，那就可怕得很了。因为他极想探出祝某的真情来，然后再用好言语，把他善遣走。

自此，骆老每每摒人，叫到祝绍熊和他密谈，用种种的话试探。这样一逗弄，祝绍熊不是傻子，察觉出来了。

同时，骆老既对祝绍熊存了戒心，等到传授技艺，就不知不觉把拳招诀要藏起来了，再不肯真心实意地教导，只要嘴皮子，不肯传授真本领。这样一作弄，祝绍熊立刻又觉出来了，心中自然起了变化。

师生二人钩心斗角，祝绍熊暗暗含怒，渐渐生怨，终于深深地衔恨骆老。于是到了最后，在芜湖的江宁会馆，忽然来了两个异样的人，江湖打扮，江北口音，神情很尴尬，向会馆中的执事人打听祝绍熊这个人。可是说的姓名不对，年貌很符，他们打听是姓贺的，长身量，细高挑，湘鄂口音，活脱是祝绍熊。会馆中的司事因为他们问的姓名不符，就回答说，这里没有这个人。这两个江湖汉子转身走了。就在这一天，祝绍熊突然不辞而别。他住的那间房子也被人打开窗户，翻得屋中很乱，会馆中登时喧嚷出来。

骆门师徒一听这话，早已留上他的神，立刻派人到会馆去打听，并到屋中窥看。铺盖行李一样不少，只是翻得乱七八糟。那两个江湖汉子也没有再来，可是祝绍熊也从此没了影。因此有人疑心他大概是躲了，找他来的，大半是仇人。他也许遇上对头，暂时离开芜湖了；也许被那两个江湖汉子杀死在郊外。骆祥麟得了回报，仍不放心，又托人疏通，亲自来到会馆，重新搜查。会馆中所有祝绍熊的衣物件件细检，却是片纸只字没有，察不出一点疑痕来。祝绍熊就这么忽然而来，忽然不见了。

骆祥麟和门弟子方在啧啧称怪。也有人说，或者我们错疑了他，他也许是个良民富户，是躲避仇人的，现在终被仇人寻着，一手不敌二手，大概惨死了。然而这都是乱猜。没出旬日，骆老的家乡来人了，骆老的侄儿来找叔父，说是骆老的老家里三日前突然被盗！

骆老大惊。因为他在江南是老拳师了，以他的威望，靠他的人缘，有名的江湖人物不肯偷他，无名的绿林小贼不敢惹他，而现在想不到出了这种事！况且家中还有骆老的女儿，也粗通武术，怎的会丢了东西呢？

骆老忙问侄儿，侄儿说："衣物全没丢，只丢了骆老半生所挣的五只元宝和骆老妻女的一小箱首饰。骆家的房地契没丢，而骆老世袭珍藏的拳谱抄本好几部全丢了。"

骆老听了，登时大悟，一顿足，一瞪眼，一捋胡子，一咬牙，骂道："得，我栽了！"骆老就这样匆匆地离开了芜湖，奔回铜陵老家，踏访到别处。就在这个乱糟的时候，铁莲子柳兆鸿携婿带女，千里迢迢寻找骆祥麟来了。

当下，芜湖梁公直把骆祥麟新近遭逢的事告诉了柳老。柳老这才明白，在芜湖初访骆门弟子时，怪不得他吞吞吐吐，原来是为尊者讳，以为他老师是鼎鼎大名的老英雄，竟遇盗窃，故此瞒住真相，没肯告诉柳老。梁公直是局外人，可就满不介意，全给抖搂出来了。

梁公直又说："骆祥麟自己讲，他家中被盗，定是那个祝绍熊干的，祝绍熊一定是个避仇避案的剧贼。祝绍熊屡向骆老请教壁虎游墙功，骆老一味打岔，暂不肯教，所以才招出祝绍熊的怨恨来。那寻到会馆的两个江湖汉子，据骆老推测，许是祝某的仇人，也许是访拿祝某的官府捕快。只可惜骆老仅仅从会馆司事口中间接听来，那两个汉子究竟是怎样的人物，未经目睹，也就没法推测。但不管怎么，二人才到，祝某失踪，祝某定是躲避二人，断无可疑。推想起来，姓祝的小子临走不歇心，才跑到骆老家中，狠狠地偷了这样一下子。至于骆老的家

乡，本不瞒人，祝某一定是从骆老别个徒弟口中打听出来。梁公直说吧，弹指神通华风楼也听怔了，因想到自己当年拒收杨华一事，不禁得意。这时候可就冲着杨华一笑道：“收徒可不是小事，一点也大意不得。当初骆老只要小心一点，也不致于受这祝某的害。这个姓祝的究竟是谁呢？”

梁公直道：“祝绍熊三个字，当然是假名。据会馆司事说，那两个江湖汉子曾经说出姓名来，不过司事随听随忘了，只记得一个姓，说是姓贺。骆老也猜了半天，没有猜出来。”

华风楼和柳兆鸿一齐猜想道：“姓贺，是湘鄂口音，细腰扎背，是个细高挑。梁仁兄，你可知这个家伙素常使用什么兵器？”

梁公直道：“用刀。”

华、柳二老不禁全笑了，说道：“这可不好猜。”

梁公直也不由笑了，忙找补道：“用的是锯齿双刀。”

华、柳二老道：“哦，锯齿双刀！这又是何等人物呢？”

这时候，玉幡杆杨华、多臂石振英，听梁公直说的这个偷艺人物，两人都似乎恍然若有所悟，若有所见。长身细腰，白面剑眉，姓贺，使锯齿双刀？

玉幡杆杨华想起当年在红花埠，路遇拜兄萧承泽，搭救宦家小姐李映霞，夜攻菜园子，双斗群贼，运连珠弹丸，飞打喷火筒，其中便有这么一个贼人，使着锯齿双刀。因为这个人风度俊雅，所使兵器又不寻常。玉幡杆至今记得他。当时贼人也曾报出字号来，可惜当时匆忙，到现在早不记得了。

多臂石振英却记得一个少年飞行剧贼，名字正叫擎天玉虎贺锦涛。这个贺玉虎确是使锯齿双刀的，身量的确比常人高，为人很漂亮，却是很歹毒。石振英自己猜疑着，以为事不关己，也就默然缄口。现在他心中结记着他的义侄兼弟子的陈元照，他打算求梁公直帮他出去找一找。梁公直正对柳兆鸿大谈骆祥麟，他不好意思邀梁公直出来，便自己悄悄地退出屋外，径去寻找那被擒含愧、挣断绑绳、乘乱逃走的陈元照。

这里，华、柳二老各述已事，彼此欢然。只是华老还是忙得很，他为了保护鲁港谈五的遗族，必须继续搜查峨眉七雄的下落。铁莲子为了索讨寒光剑，也要转赴铜陵，寻找说合人骆祥麟。梁公直虽说骆老遭逢腻事，未必在家，按理也当登门一拜。华、柳二老盘桓了一日，终于匆匆握别，各奔前程。为了玉幡杆杨华脸上的伤，弹指神通很抱歉，特意留赠了一些药。铁莲子柳兆鸿便率婿女，策马扬鞭，西趋铜陵访友。弹指神通华雨苍父女，就由荻港，赶紧折回鲁港，重新布置了搜查网，水旱两路寻仇。

武林人物就被这恩怨仇友的感情支配着，东投西奔，着急发愁！

第八章

狮林群鸟大举北上

铜陵这地方，也是江南中部一个要紧码头，在长江南岸，顺流而下，便到江西行省。县境以南有一座铜官山（本当作铜矿），早年产铜，现在铜山已空。老拳师骆祥麟便住在铜官山北麓小村中。铁莲子父女翁婿，策三骑，沿江往西南行，紧赶了一整天，然后到达铜陵县城。天色已晚，只好进城落店，次早跨上征鞍，径访铜官山麓。

出得城郊，往南走了十几里地，山峰在望，山村当前。这北麓村，是小小的一座山村，昔日住户往往掘铜铸器，贩卖到四方，现下大都务农为业。只有骆祥麟这一户，是常常出门在外的人家，并且拥田也稍多，虽非首户，却是本村出名的人物。铁莲子一行进村下马，顿觉这小小山村，负山面江，竹林环植，山岩嵯峨，颇有幽人隐居的气象。铁莲子不禁叹道："骆老头子倒会找地方，这个地方景致还不恶！"

柳兆鸿直寻到村里，问明门户，上前叩门，杨、柳夫妻在旁管住了马。竹篱疏落，直窥到院内。小小三合房，从正房中走出来一个乡下打扮的青年姑娘，年约十八九岁，细长身材，

秀眉朗目，樱桃小嘴，穿着半旧的布衣裙，面含忧郁，徐徐走出来。柳叶青悄声告诉丈夫杨华："这大概是骆老伯的女儿，听说也是个会家子，怎么这个神气?"篱障内的姑娘望见三个骑客，男女老少显似亲眷，却是全不认识。本要过来开门，她凝眸一望，略露诧容，又转身走进屋里了。铁莲子忙大声叫着骆老的名号，一面自行报名："祥麟大哥，小弟是柳兆鸿，由打镇江专诚拜访来的!"

这样说了，立刻又从正房中，走出来一个中年妇人，大约四十来岁，和那年轻姑娘，一同来到竹扉前，隔着门盘问找谁。柳兆鸿重新报了一回名，说明来意，指着婿女，一一介绍了。那中年妇人露出思索的神色，仿佛不晓得这户亲友，疑疑虑虑地还在盘洁。年轻的姑娘却想起来了，向那妇人附耳低言，说了几句话，又指了指柳叶青。中年妇人这才恍然，说道："吆，原来是铁莲子柳伯伯，这位可是令爱江东女侠柳叶青贤侄女吗?恕我眼拙，快请进来吧。"

大姑娘强作笑靥，用左手开了竹扉，侧身往里让客。中年妇人喊出一个村童来，给客人照管这三匹马。玉幡杆杨华从马鞍上把带来的土仪礼物取下来，柳叶青跟着父亲，走进院来。她暗暗地留神，竟发觉这年轻的姑娘不但玉面含悲，而且臂上分明像受了刃伤。外面穿着宽袖衣裳，不大看得出来，里面一定用布包缠着呢，举动不便，显见有护疼的样子。柳叶青心上有点明白了。

当下，中年妇女和这少女满面堆欢，让客到堂屋。一度寒暄问话，方知这妇人便是骆老续娶不久的继室（是个老处女），这年轻姑娘便是骆老膝下唯一的爱女，名字叫骆青桐，今年才十七岁，她的哥哥骆青华在外保镖为业。

铁莲子柳兆鸿和婿女跟宅主妇周旋了几句，献上土仪之后，立即动问老友骆祥麟现在哪里?骆奶奶回答说："老当家的一回家就忙，这一次赶上我们这里闹贼，他才回来，就忙着出去踏访。"铁莲子道："我在芜湖只听说府上闹贼，不知都丢

了些什么？”

骆奶奶还没回答，姑娘骆青桐恨恨地接声道：“我们娘俩的首饰，和我哥哥一点存项，都教贼子给算计去了。这恶贼太可恨，临走竟敢动手伤人。”一抬右臂道：“右臂上被贼子打了一镖，才算是把我爹爹的一点心血保全住了。爹爹回来，还埋怨我，不该跟贼交手。”说时露出委屈的声调。又打量柳叶青道：“我听说柳姐姐的功夫很好，我太不济了。爹爹时常不在家，想学本领，总没机会，所以吃了亏。”

柳兆鸿道：“原来贼人竟敢动刃伤事主，真太可恨了。不知我们骆大哥访出眉目来没有？”骆奶奶道：“说不上来呢，他回到家来，就整天出门。偏偏他不回家，也没人找；他才一到家，立刻这个人来找他，那个人来找他。我们也不晓得他的朋友怎么得着的信，也不晓得他的朋友怎的那么多。”

柳兆鸿听了，微微失笑。

骆奶奶好像不理会，仍然唠叨着说：“找他的人也怪，山南的、海北的、在家的、出外的、和尚、老道，我也说不清。就在前儿个，又来了一伙子出家人……”

铁莲子笑道：“我们骆大哥仍是武林前辈，交游广阔，的确是三百六十行，哪一行都有他的朋友。大嫂说这出家人，是和尚还是老道？”

骆奶奶说：“是老道，是年纪不大的两个老道，还有一个在家人。也不知道是什么事，找到我们老当家的，就像孝子报丧似的，一进门就是磕头，跟着鬼鬼祟祟地议论起来，好像要找谁寻仇，求我们老当家的帮忙。”

铁莲子柳兆鸿便问：“大嫂，可知这老道的姓名吗？是什么庙的？”

骆奶奶仰着脸想，但想不起来。她乃是骆老的继室，新过门不久，骆老生平的事，她是一点摸不着头绪的。铁莲子也看出来了，忙转问骆姑娘：“大姑娘可知道吗？”

骆青桐道：“知道，就是云南狮林观的谢黄鹤、耿白雁。”

柳兆鸿道："哦！狮林三鸟，他们师兄弟已经到这里来了？那个在家人可又是谁？"

骆青桐道："就是尹鸿图，他们同门三人，还带了好些道友，一齐来了，是前天到铜陵的。一到此地，就来拜访家父，还打听许多事，还拜托许多事，家父义不容辞，就跟他们去了。"

柳老忙问："贤侄女可知他们打听何事？拜托何事？"

骆青桐道："柳伯父原来不知道吗？他们狮林观的老当家的一尘道长，在老河口教仇人暗算毒死了。他们狮林三鸟特意出来起灵寻仇，他们的仇家已经访实，据说是什么峨眉七雄和四川的什么秘帮，听说恰巧赶到我们江南省来了。狮林三鸟紧追着后脚印，也赶了过来，可是一入我们江南境，就追不着了，不知峨眉七雄跑到哪里去了。狮林三鸟因为家父是本地人，地理熟，所以登门来请帮忙，好搜拿峨眉七雄。我父亲按说自己也正忙着，实在没工夫帮他们的忙。无奈一尘师伯跟家父是那样的生死患难交情，谢黄鹤大师兄又给家父下了一跪，没法子，由打昨天起，家父就跟他们寻访峨眉七雄去了。把自己家失盗的事反倒放下，交给别人代访，你说这有什么法子？家父刚走，伯父就光临到舍下来了，不知伯父要找家父，又有什么事情商量呢？"

这骆青桐姑娘说话很是直爽，一口气全讲出来。铁莲子和柳叶青父女猝出不意，又惊又喜道："狮林三鸟全上这里来了，我们省得远奔云南了。大姑娘，他们全在铜陵吗？"

骆青桐道："他们昨天还在铜陵县城，今天也许没离开。"

柳兆鸿道："呵呵，这可巧得很。"对婿女说："省了我们一趟！"又对骆青桐说："你父亲跟他们在一块吗？"

骆青桐道："大概是的。"

柳叶青、玉幡杆杨华这时喜欢得坐不住了，恨不得立刻告辞，重返铜陵县城，去找狮林三鸟。铁莲子不肯失礼，照样和骆青桐母女谈话。不等着重问，慢慢地把自己来意说出："贤

侄女，不瞒你说，我找你父亲来，是为了一点闲事，要跟狮林三鸟打对头。可是我跟一尘虽然认识，跟三鸟却从来慕名，没有见过面。我们不远而来，就是要烦令尊陪我们到云南狮林观走一趟，和三鸟商量一件事。现在好了，真是踏破铁鞋没处寻，得来全不费工夫。大嫂、大姑娘，我们只好暂且告辞，先返回铜陵，面见我们骆大哥，求他从中引见，会一会狮林三鸟。只不晓得骆大哥在县城哪个店房？青桐贤侄女，你能陪我们进城么？我们有马，可以给你骑，贤侄女会骑马吗？"

骆青桐脸儿一红道："我不会骑马，怎么，柳姐姐一定会骑马的了。"柳叶青道："我也不会骑，不过瞎胡闹，走路图方便罢了，妹妹可以慢慢试着骑。妹妹多费心吧，你给我们领一趟道；若不然，怕我们找不着骆伯父，一错过机会，又麻烦了。"

柳氏父女这样说，骆青桐很有难色，和她的继母低声商量了一会儿，很抱歉地对柳老讲："我们这里正闹贼，侄女实在离不开身。这么办吧，我把我们本家三哥找来，就教他领伯父、姐姐、姐丈去一趟。"

柳老笑道："也好，倒给你们添麻烦了。"骆青桐立刻喊来那个村童，叫村童到本村寻找本家三哥，并借一匹牲口来代步。过了不大工夫，有一个乡下壮汉牵着一头毛驴，跟随村童来了。这便是骆老的同族侄子，名叫骆青山。

铁莲子看这骆青山，重眉毛，大眼睛，是南方人，却有北方人体格，神情带着傻气。骆青山一进门便问："大娘，大妹妹，叫我什么事？"骆青桐把柳氏父女给引见了，代为说明来意，叫他引路进城。骆青山把柳老父女翁婿打量了一下，忽然摇头说："我不去，大妹妹你陪了去吧，我给你看家。"骆青桐姑娘说："这怎么讲？三哥不要拿捏人，我去不是不行，无奈我不会骑牲口……"骆青山把眼一瞪道："什么，你不会骑牲口？骂那个会骑牲口的？你只是不会骑金头木老鸦罢了，这头小驴你骑着正好。大妹妹不要装傻，趁早你陪了客去。我不

去，我是不陪女客的。”这个乡下人犯了死心眼，把骆青桐闹得脸通红。柳叶青笑着过来央求道：“这位大哥不肯去，好妹妹，还是你陪我们辛苦一趟吧。你会骑牲口，你还瞒着我们做什么？”

骆青桐冲着骆青山竖眼睛发嗔，骆青山做出傻笑来，歪着头说：“大妹妹不过怕进城碰见‘人’罢了，大姑娘骑驴有的是，别人看见了，也不会挑眼。”这个“人”字似乎另有含义。骆青桐姑娘又愧又怒，竟一甩袖子，进了内屋，口中说：“娘，您听听，三哥满嘴喷粪！”骆青山笑道：“我没说犯歹的活，怎叫喷粪！”骆奶奶把脸一沉道：“老三，你妹子正有着腻事，你当着生人，还是满口胡言乱语。你不会，拉倒；你看看，你把你妹子招哭了不是？”

原来骆青桐姑娘赌气进屋，真躺在床上掉泪了。柳叶青自是纳闷，她却不晓得这里面有文章。这是新近发生的事，骆青桐姑娘骑驴进城，遇上了歹人盯梢，仗她手底下有两招，把歹人打伤。当时哄传开了，“漂亮大姑娘打了流氓”，形容得稍涉轻薄，被骆青桐未过门的女婿知道了。女婿正是年轻人，又被同窗学友所取笑，险些闹出退婚解聘的笑柄。骆青桐为了这事，差一点被激迫得寻了短见。这个骆青山是有名的半膘子，不管不顾取笑，果然惹得骆姑娘真生了气，骆奶奶也真发了怒。骆青山这才一缩脖子，连说：“大娘别着急，大妹妹别生气，我去，我去。真是的，我也不知道哪来的晦气，抓官差总抓到我身上来。”嘟嘟哝哝，冲着柳氏父女一龇牙说道：“走吧。”

柳氏父女翁婿告辞出来，刚要上马，骆青山牵了驴，也正要上驴，骆青桐姑娘忽然追出来，把骆青山一推，怒说：“不用你去，当是这非你不可呢。柳伯父，还是我领您老和姐姐、姐夫去吧。”又对骆奶奶说：“娘看家吧，还是我去，就便把爹爹邀回来。”

这样子怄着气，到底还是骆青桐姑娘当先策驴引路。她此

时也没有更衣，只罩上一件衫子，系上一条裙子，却带了一柄青钢短剑，插在小巧的绿鲨鱼皮鞘上，另外一只锦囊，内贮暗器。缘因新近闹贼，故此带着武器。

这个少女含着嗔怒，引铁莲子和杨、柳夫妇，进铜陵县城，去到一家客店找骆祥麟。

在这里，铁莲子翁婿果然遇上了狮林三鸟那为首的一人，就是一尘大侠惨毙后，狮林观新推定的掌院黄鹤谢道长，也就是一尘大侠掌门户的大弟子、狮林观第三代的传人。偏偏骆祥麟先走了一步，致使铁莲子柳兆鸿单单和谢黄鹤见面。见了面，为了那柄青镝寒光剑，二人登时言语失和，当面争执起来，彼此负气不相下，连一个说和劝解的人也没有，顿时变成僵局。

偏偏谢黄鹤这人脸热口讷，既不如他三师弟耿白雁的利口善辩，又不如他二师弟尹鸿图的武功超卓。当时他先和玉幡杆杨华、柳叶青夫妻吵了一顿，气得直打战，干着急，抬不过人家嘴多。跟着又和铁莲子说翻了腔，被人家拿话茬绕了又绕，挤而又挤，终不免“人头换剑”，拱手献出那把青镝寒光剑，大惹同门之忿。狮林三鸟竟由此和铁莲子翁婿反颜成仇。

武林中人最重恩怨，最讲究报怨复仇。狮林三鸟为了他们的宗师一尘道长，遇仇惨死，他们特先奔到鄂北豫西的老河口。就在老河口，威逼利诱，追究出一尘的死因和仇家的踪迹，他们大举地搜缉仇人，正和峨眉七雄找寻飞刀谈五一样。

狮林三鸟乔装出现在老河口，事情已在数月前。那时节，杨、柳正在新婚男欢女爱之时，狮林三鸟却在痛哭流涕，要给亡师复仇，发下重誓。

一尘道长遇难的地方是在老河口福聚客栈附近，殒命就在店内十六号房。狮林三鸟为了移灵骨、勘死因，一直奔寻到福聚客栈，向店主盘问真相。店主怕事，言多支吾。直等到尹鸿图拔出剑来，拍桌子大闹，他方才吐露实话。偏偏越是怕事的人，专遇上可怕的人、可怕的事。在群鸟未来之先，在一尘既

死下葬后，十数天之中，早有几个异样的人物找到福聚客栈，很诡秘地闹过一大阵了。

福聚客栈的店主东是个五十多岁的胖汉，叫作葛胖子，为人极狡猾难斗，却又胆小最怕事。上天故意跟他捣蛋，所以偏在他店中发生客人仇杀的凶案。而且是客人中毒受伤之后，仇家仍然不依不饶，蹿房越脊，前来窥伺行刺。结果客人一尘道长毒发身死，尸体青紫，口鼻冒血。店东葛胖子好生害怕，恨不得把垂死的客人硬逐出店外。幸而玉幡杆杨华恰巧在场，仗他热肠侠骨，援手陌路，替一尘御侮求药，运连珠弹，逐走了刺客，虽然无救于一死，终使一尘得在店房木榻上安然咽气，杨华又跟店主大费唇舌，担着私埋人命的罪责，把一尘草草殓埋。又怕仇人寻来，毁尸盗首，未敢公然购买棺木，只用木床的薄板，现造了一具薄材，乘夜悄悄埋在店后竹林边，连坟头也不敢起，铺得平平的，上压一块巨石，做了暗记，绘了茔图。一个轰轰烈烈威镇南荒的一尘大侠，就这样草草终场，而且仍有后患！

那店家葛胖子怕打私埋人命的官司，又舍不得钱报官请验，他便讹住了杨华。软语央求，立逼杨华给他立了一个笔据：算是同道的客人，半路病亡，由伙伴出资浮厝，与店家无干。店家拿着这个凭据，这才放心把杨华放走。杨华就远奔青苔关狮林下院，给三鸟送遗嘱，传遗言。这才发生了遗嘱笔迹可疑，道侣设谋骗夺寒光剑的纠葛。

当时那福聚客栈的葛胖子，先硬后软，苦求死磨，把私埋人命的全副担子都丢给杨华。他又获得杨华亲笔按过手模的字据，做得既很机密，又有把握，料想不会再生枝节了。哪晓得人死下葬，刚刚过了十五六天，便来了两个异样人物，前来盘诘一尘道人的下落："人若在，现在何处？人已死，现埋何方？"口气半官半私，来势汹汹，简直不实说不行。

店东葛胖子紧咬牙关，矢不承认有这么一个人，更不承认有这么一回事。无奈来人穷究严诘，不得实底不休，直麻烦了

一整天、一整夜，威迫之外，便拿利诱。葛胖子看出这件事，空口不能搪塞了，只得微微透露出一点口风。先说出确有个道人死在店房附近，跟着略略点明，有一个姓杨的，是死去道人的同伴，是这姓杨的把人埋在此地，地点不很详细，姓杨的可是扑奔青苔关去了。又说这个姓杨的名叫杨砚青，随后又说出是什么长相、哪地方口音。店主这么绕着圈子说，点到为止，不肯凿实了讲，只教对方揣情会意，极力躲避明说直答。那两个异样的人听了这样模棱的话，似乎已经很满意。到底是光棍一点就透，两人反倒安慰店主："话出你口，言入我耳，咱们彼此谁也不要说出来。我们只当没问过你，你也只当我们没来过。咱们揭过这一篇去，最好不过，倘再有人来找你打听我们，你也千万不要说实话，说了对你有害。"又特别叮咛了一句："这是件仇杀案子，和尚老道，我们全管不着。我们的来意，只是访问你说的那个姓杨的，我们是找他的，我们跟他有点说处。"说罢，向店东拱了拱手，蓦然走了。

这两个人言语气派，举动形色，处处带着神秘的意味。店东担了好几天心，却幸无事，方才把一块石头放落在地。他所怕的是私埋人命的案子，传腾出来，免不了打诖误官司。这两个异样人物，究竟抱着什么目的来的，他并不理论，他也不想刺探。店东一股子私心，已太漠视杨华谆嘱的话，这一来哪知倒给自己找来麻烦！隔过数日，店后林中，突在半夜间，发现了憧憧人影，夹杂狗吠声。事后验看，土翻石移，情形很不妙！隔过数月，狮林观的三鸟猝然成群地赶来了，找这个，问那个，头一个要找的，自然还是这个胆小的店主！

狮林观一尘道长的门弟子，武功精强，能够独当一面的，是一共七个人。为首的便是赫赫有名的狮林三鸟，大弟子谢秋野，号称黄鹤；三弟子耿秋原，号称白雁，他们俩全是出家人。唯有二弟子尹鸿图，乃是一尘心爱的弟子，反而是个俗家人，为种种关系，不能蓄发修道。若论武功，尹鸿图可以说已获得一尘的衣钵真传。只是狮林观师徒授受，并不是以武功分

优劣，乃是以入门先后为次序的，所以黄鹤谢秋野得以入门最早，成为狮林掌门的大弟子。论起艺业来，实在是二弟子尹鸿图位居第一，三弟子耿白雁居第二，谢黄鹤只能算第三人。

除了三鸟以外，一尘门下，还有四弟子祝山农、五弟子胡山巢、六弟子顾山桐、七弟子戴山松，还有一个寄名女弟子杜鹃娘。一尘道人不但拥有这些武功超卓的门人，手下还有许多党羽，在南荒秘密地做着一些活动。仗着一尘本领出群，又且肝胆照人，遂在云南蔚成一部分势力，使江南上人物每提起一尘和狮林观，便人人咋舌，真个是威震南荒。最近一尘道人正派遣弟子到广东做一种机密勾当，忽然间，听说他的四弟子祝山农如何如何行为不检，一尘不禁震怒。一尘道人的心爱弟子只有三鸟，祝山农以下四个人，在江湖上被称为狮林四木。现在一尘道长忽听人说：这狮林四木的第一木祝山农违犯了门规，竟与一个女贼订了啮臂盟，触犯了爱欲之戒，一尘不由大怒。不管江湖传言是真是假，他必须亲自查看一下。遂丢下一切要事，亲自出发北上，结果，弟子的劣迹还没查实，他本人不幸在老河口逢仇遇害了。

白雁耿秋原首先获得一尘惨死的凶信，根据玉幡杆杨华传来的遗书，立刻发出狮林赤铜符，通知散在西南的各同门，一齐奔赴青苔关聚会。遂将玉幡杆杨华受遗获剑、远道报信、笔迹可疑、设计扣剑的情事，一一向大师兄报告。大师兄谢秋野听了，毫未入耳。大师兄全部精神都集注在先师惨死这一点上，他们忙着起灵，寻仇。于是立刻由青苔关出发，狮林观的门弟子和党羽差不多三停出发了一停，只有长一辈的人留在云南本观。三鸟四木都参加移灵，却是四弟子祝山农居然没有到场，大家不知他上哪里去了。大家因此对于他越增疑猜，简直把祝山农的犯规的罪名，无形中断定了。狮林三鸟四木，决计一面寻仇，一面还要调查祝山农。因为先师是由于祝山农的缘故才落到惨死，大众对他当然起了很深的误会。

这一群鸟，大举北上，来到了老河山。

第九章

开坟悲失头颅

这一天，黄昏时候，老河口的福聚客栈店主东葛胖子在柜房端着小茶壶，衔着旱烟袋，心里头正在不痛快，先把一个伙计借端骂了一顿，随后又挑剔司账的毛病，正在没事找事，忽然外面有人找他。他抬头一看，来的客人是三十多岁的一个男子，生着联翩交锁一字眉，白净脸膛，双眸闪闪发光，穿一身青，腰佩短剑，手提马鞭。葛胖子站起来，说："谁找我？"这个客人很简洁地说："就是在下，葛掌柜，请借一步说话。"葛胖子道："你贵姓？"客人道："我姓时，请过来，外边谈话。"

葛胖子本来不想搭理这人，不知怎的，觉得这个客人面带杀气，他就乖乖地跟着出来。

这个客人把葛胖子先带到近处一个饭馆，面见另外一个客人，跟着又把他带到郊外。葛胖子忽然害了怕，要想溜走；两个客人蓦地变了脸，左边一个，右边一个，把他架起来，拖着就走。葛胖子大恐，要喊叫，忽然噤住了，明晃晃一把匕首，正对着他的肋下。这正是当时秘帮常玩的把戏，刀子刺入软肋，连柄塞进去，直透心房，人只苦笑似的一咧嘴，便即气

绝，刀不拔出，杀人不沾一点血。葛胖子此时如同遇见了鬼魅一般，老老实实跟着两个客人，直到郊外。他在路上低声许下重重的愿，两个客人默然不答，拖着他只是往前走，往前走……终于拖到一个可怕的地方。

这一夜，葛胖子担了许多惊，受了许多怕，又被人穷诘了一大顿，和打官司过堂讯也差不多。他只道性命不保，哪知到了三更以后，忽然没事了，被人蒙上头，堵上耳朵，挟在肋下，把他一直送回店房大门口。

葛胖子吓了个半死，幸喜无事，叫开店门，一直跑到柜房，叫了一个伙计给他做伴。店中人问他遇上什么事了，他摇头不答。

这样，过了一天，葛胖子躲在店房，寸步没有出门。店后竹林中，又在黑夜，忽然发现了幢幢人影，也夹杂一两声狗吠声，也勘出土翻石移的迹象来了！挨到第三天夜晚，葛胖子忽然又失了踪。同时还有一个伙计、一个厨司务也突然失踪，全是在半夜被人架走。

这个伙计便是刘二，就是给一尘道人抓过药的那个店伙。那个厨司务便是给一尘送过开水，曾用开水壶把探店行刺的贼人打走的人。

厨司务和伙计刘二全是在店中睡得好好的，忽然听见有人在耳畔喊叫。醒过来睁眼一看，各看见一个黑衣幕面的人物，站在他们的身边，手里拿着明晃晃的兵刃。刘二胆小害怕，伸脖子要喊，脖颈立刻被人掐住，头顶上觉得重重受了一击，耳轮轰的一响，立刻昏迷不省人事。厨司务胆子较大，一味向这黑衣人说好话，把黑衣幕面人看作夜行人物，自称是店里的厨子，身上没有钱，从不敢得罪人，直央告留面子。那黑衣幕面人并不要他的钱，也不要他的命，只教他跟了走，有一点事，有几句话，要他跟去对证一下。厨司务知道这是硬的，绝碰不得，忙穿了衣服，跟着黑衣幕面人走，竟被这人蒙上头面，往肋下一挟，翻墙头跳出店外。约莫奔出数里地，到了一个地

方，撤去面幕，被摆布着坐在黑地上，仿佛是野外古庙，没有灯火，黑影幢幢往来，周围似有许多人坐着站着。随即有人哑声发话，警告厨司务，叫厨司务实话实说，若不说实话，小心脑袋，跟着便有一个人发问。厨司务战战兢兢，举其所知，有问必答，答必详尽。影中人似乎认为他答得不坏，很优待他，但仍不准动弹。

那一边，伙计刘二也被照样撮弄过来，却是礼貌上差多了。因为他胆小，总想逃跑，又想喊救，当下，先挨了当头一击，背上又挨了几拳，随又请他吃了一个麻核桃，把嘴堵住。趁他昏迷时，也被人挟在肋下，越墙夜奔，带到那个地方，放在厨司务身旁。先喷他一脸冷水，容他苏醒过来，他发现自己盘膝坐在冷地上，双手被缚，麻核桃已然掏出。一个幕面人揪着绑绳，敲打着他，警告他，问他话。问的话和厨司务的词正是一样，只是问的态度不同。

黑影里，恍如过阴曹地府一样，伙计刘二吓得没了魂。当然问他什么，他乖乖地回答什么；就是没问他的话，他也竭诚奉告了。他只一味地哀求饶命，连说："这里头没有我。"这里头本来没有他，倒不用他辩白；他一定要哓哓地辩白，揪他的人又拿起麻核桃来，借以禁制他的唠叨，他这才吓得噤声不语。问完了，仍不放，厨子和伙伴照旧坐在冷地上，不许动转。黑影中，又有一人重被审问。伙计刘二一听声音，忽然听出来了，这第三个挨讯问的原来是他们的东家兼掌柜的葛胖子。

葛胖子比起厨子、伙计身份高得多，却是更加罪孽深重了。厨子没挨打；刘二挨了打，也不算受毒刑，只是催供时被人连用手掌拍打罢了。店东葛胖子却是倒剪二臂，一条腿被轧杠子，脸上还挨了好些嘴巴。他所以受刑，就因为他再三地支吾、扯谎、蒙骗，偏偏他扯的谎又不圆。他两次被盘诘，一次比一次害怕，越害怕越要扯谎，越扯谎越多添了许多苦楚。

经过两个更次的过堂刑讯，黑影中的黑衣幕面人终于把三

人审完，又将三人的口供核对了一下，三占从二，大致不差。葛胖子在饭馆说的话，多半靠不住，现在全对证出来，葛胖子又挨了一顿嘴巴。于是黑影中的人一哄而散，生生把三个人丢在原地方不管了，临行却嘱告了几句话："只准说遇盗绑票，不准说过堂受刑；不许妄言，不许泄漏，小心你们的头！"

三个人全不敢动，也不敢问，更不敢互相通话。直到天色渐明，三个人面面相觑，渐渐地往四面看，四面听，渐渐觉得四面无人监视。店东葛胖子叫厨司务给他松绑，刘二自己也褪了绑。一个厨子，一个伙计，搀着肿了半边脸的店东，慢慢溜出来。果然这挨打受讯之处，是野外的一座古庙。

胖店东一回去，连气带吓就病了，仍把厨子、伙计通通抱怨了一大顿。厨子和伙计没有病，却也直发愣，也不敢告诉人；只他两个人凑到一处，骂店主糊涂，背着人偷偷嘀咕。

厨司务说："这准是那个死鬼老道手下的人，我说刘二哥，你看见他们的面目了没有？"

刘二摇头道："别提了，漆黑的天，叫他们整治得蒙过去了，任什么也没有看清。"

厨司务坚持说："我看出人影里头有阔袍高冠的人，一准是道家打扮，所以一准是那个一尘道人的门徒。"

刘二仍然不肯说，他说："一尘道人是教别人害死的，冤有头，债有主，他们跟咱们无冤无仇，他们为什么苦苦地收拾咱们？"

厨司务道："人家没有收拾咱们，只不过叫咱们把实话告诉他们，他们好借着咱们的话做线索，去追究仇人。一开头我就明白这一节，所以我一点也没隐瞒，也没说谎，他们对我很客气。实告诉你吧，他们还给我一锭银子呢。临走时放在我手心里，对我说：'你说话诚实，给你这点东西压惊。'"

刘二听了很吃醋，更气恨打他的人，喃喃地说："我也没有扯谎，他们却苦苦地打我；饶打了人，也不给我一点压惊钱。"

厨司务道："你说的话里面一定有扯不周全的地方，教他们犯了疑心了。我却是认定了他们是死鬼老道的门人，我就不等他们审，原原本本，一字一板，全告诉他们了。咱们东家一准是信口胡乱支吾了，所以他就受了刑，挨打比你还重。他一定说一尘道人死在店外，没死在咱们店内，所以惹起他们的烦恶了。"

刘二和厨子此时全都猜出来了，黑衣幕面人定是惨死的一尘道长的门下，他们这一定是特来起灵了。他们一起灵，发现了尸骨已残，故此又悲又痛又怒。第一次在饭馆客客气气盘问店主，认为店主欺骗了他们。第二次这才连伙计带厨子一齐架走，三方对证，细追前情。这一来，便确实访得一尘下葬不久，先有两个异样人前来老河口刺探，那一定是仇人了。经过这一番刺探，然后南荒大侠一尘道长的尸体竟被仇人残毁，盗去了他的首级，割裂了肢体，把三寸床板装成的薄棺也给拆散！

狮林三鸟乘夜起灵，依杨华所画的葬图，对证着店中人的口供，在夜阑人静时，蜂拥到店后竹林边。到场的人，计有掌门大弟子黄鹤谢秋野、二弟子尹鸿图、三弟子白雁耿秋原，以至于五弟子胡山巢、六弟子顾山桐、七弟子戴山松，和四个再传弟子，还有三鸟的几位师叔，有如赤面道士一粟道人和一瓢道人、疯道人等等，都是一尘的师弟。至于四弟子祝山农，因行止不检，正被查究，此时行踪不明，自然不能到场。还有女弟子杜鹃娘，正跟随师叔一叶道人等，前往广南，也没有赶来。照这样，狮林观的首要人等，仅仅留下少数人坐守本观，少数人主持各下院，其余凡是一尘嫡传的弟子，几乎扫数全来了。本来这是狮林观一件大故，起灵不用多人，寻仇必须众力。又况群徒乍闻噩耗，莫不愤激悲痛，人人争着要北上赴难缉仇。

狮林群鸟先到青苔关，经过一番协议之后，依遗嘱共推定谢黄鹤为下一代新观主。由他抱着招魂幡，改穿丧服，佩上镇

观之宝，便是由杨华手中夺来的那把青镝寒光剑，立刻星夜奔来鄂北，奉安遗骨。到达老河口，由二弟子尹鸿图捧持遗嘱，由白雁捧持遗书，左右护持着掌门师兄，其余同门相随在后。

谢黄鹤看外表，像个四十几岁的人，其实他已经五十二岁，面色淡黄，长身修髯，鬓发已苍。骤逢大故，他椎胸悲痛，几乎要以身殉。二弟子尹鸿图，年约四十岁，不是出家人，人极精明强干，行事决辣，咬牙切齿，满腔腾起怒焰，一心要给先师复仇。他却沉住了气，精神上丝毫不乱。三弟子白雁耿秋原见大师兄过于悲痛，在旁极力照护着，时时劝解师兄勉抑悲怀，起灵报仇为要。其余狮林弟子，人人都悲怒交迸，一尘的师弟本来散在南荒各地，分主着庙观，现在大家共推谢黄鹤、耿白雁、尹鸿图三人为丧主。其余的人全换了黑衣，一律短装幕面，各持兵刃和发土移灵的器具。夜到三更，两位师叔一粟道人和一瓢道人，率再传弟子先驰赴福聚店后梭巡。然后尹鸿图、耿白雁，左右翼护着谢黄鹤亲临葬地。首先找着那块巨石，立即移开了，按图勘定了埋骨的土穴。黄鹤、鸿图、白雁，先行叩拜祭奠。五弟子胡山巢、六弟子顾山桐、七弟子戴山松，也依次叩过头，及再传弟子和一粟和一瓢先后祭奠。大家全都默默行礼，忍泪无声，景象惨淡异常。发土以后，由黄鹤跪在那里，口诵经文，耿白雁、尹鸿图手执孔明灯，对照葬图，指挥再传弟子，仔细起土寻棺。约略地点，掘下去三五尺深，未见薄棺，竟发现了碎木片。尹鸿图跪下去，捧土细看，半晌起来，吩咐再掘下去，一直又掘出一堆土，竟没有发掘着完整的棺木。

白雁和尹鸿图都觉得情形不好，忙又换手，亲自持铲发土，由掘深改为掘广。把竹林边掘出五六丈，方才发现了盛殓亡师一尘道长的腐碎残棺，但是棺中的遗尸竟已断烂不可收拾，而且残缺无法辨认。

幸而他们预备到了，忙即展开了两匹白布，举着孔明灯，把掘出的遗骨放在白布上面。却是照这样掘开五六丈，掘深八

九尺，仅仅发现碎骨残骸，破碎布条，腐朽木片，到底没有获得全尸。连掘了两个更次，把东一块西一块残骨对起来，四肢尚且不全，首级遍掘不见。白骨腐肉混在粪壤中，万恶的仇人竟暗算到尸骨！

他们本来预备着，依出家人的葬法，用火焚化遗体，装入骨瓶，奉安归葬，然后根究仇敌。现在四肢仅仅寻齐，元首渺然不见。又且经过暑势，葬地卑湿，骨肉成泥，残骨不俱，几乎无法成殓，而且又怕寻错了！

这时候月暗星黑，风吹竹叶，沙沙作响。掌门大弟子谢黄鹤泪眼模糊，跪在亡师残骨之旁，吞声呜咽，用低沉的声音哀祷，如泣如诉，几乎要放声长号。三弟子耿白雁双眸通红，瞪视着葬穴，又瞥一瞥遗骨，神情惨厉异常。一粟、一瓢悲诵上真，何故不佑，何故加罚我们的师兄？教他罹逢这样的惨祸？我玉清上真莫非不许我们师兄重兴基业，恢复旧时兴盛吗？呜呼，或者是上天特命我师兄捐躯碎骨，为武林杀戒赎罪吗？哀怨之言，说得群徒莫不落泪成声。

二弟子尹鸿图不是道家，他此时心头怦怦乱跳，不住口地说："师父，可怜！师父，可怜！师父，我们一定拿血还血，拿肉还肉。师父，师父，魂兮归来，弟子们全在这里接您老人家来了，你可不要教我们把你接错了！"磕了几个头，祷告又祷告，站起来请问师兄弟，老师身上有什么特具的记号，可资辨识？

狮林群侠忍痛茹悲，一齐思索。先说出形体上的特征，如今血肉成泥，也已难辨了。大师兄谢黄鹤跟着想起师父腰间系有一块玉虎符，乃是汉玉，大拇指上有铜箭环，虽不常带，必在身边。一粟和一瓢也想了半晌，举出一两点来。狮林群鸟这才忍哭重搜，要在黄土壤中发现一尘的遗物，借以证实残骨无误。

三弟子白雁耿秋原和一粟道人，提着孔明灯，把杨华所画的葬图重新展开细看。端详良久，核议一回，拿起道家的方便

铲动手再掘。尹鸿图教一个同门替他举着孔明灯照着，他自己爬伏在地上，细细检视那掘起来的土。别的门人见这样子，也都重新动手，把已经掘出来的泥土一点不剩，重新过细验看，诚恐目力不济，大家弃铲用手，甚至于碎土块都用手捻碎。但是一尘道人身上的玉虎符到底没有寻见。又费了很久的工夫，这才在土坑中又发现了几缕碎布和一枚古钱。尹鸿图记得师父身边曾有此物，忙用衣襟擦干净了，就孔明灯细看，确是汉五铢钱，忙又把这钱递给大师兄看。大师兄谢黄鹤泪眼模糊，像傻了一样，教他看，看了半晌，他只是发怔，一言不发。耿白雁很着急，站起来，凑到跟前，细细地辨认了一回；又请师叔一瓢、一粟二位鉴定。二位师叔说："是。"

既然是一尘的遗物，那么这些残骨当然无可疑了。一个再传弟子又从泥土中搜出来一根断玉簪，交给三鸟和一瓢、一粟辨认。白雁潸然泪下，说这确是师父头上之物。大家对这断簪，全哭起来了。

大家只顾得伤心，尹鸿图看了看天上星斗，催促道："时候不早了，快把师父的遗骨收殓起来吧。"

既然由遗物鉴定了遗骨，现在就当赶紧盛殓。幸而狮林三鸟预先准备了，在老河口镇外，停着空车一辆，车上载有空棺。谢黄鹤哭着说："把师父入殓吧。"尹鸿图、耿白雁齐说："等一等。"两个人扑到遗骨前，命再传弟子提四盏孔明灯照着，由狮林三鸟亲自下手，把残尸设法对整。这样一对，皮肉腑脏断烂脱落，膏血混化为泥，不仅元首丧失，四肢碎骨也不甚全，但到此时，已无法可想。只得大致对整，用白布缠裹起来。尹鸿图命五师弟胡山巢去到镇外把灵车唤来，然后卸下棺木，舁尸入殓，狮林群鸟到此一齐诵经举哀。

然后群侠共议：寻首、复仇之事大，应集全力；运灵回观之事小，应交给一两个高足弟子办事。又议定：在元首未有寻回，仇人未曾捕获之时，先师的遗骨不能火化，必须寻回首级，使亡师得以全尸全归，使师门奇耻得以溅血涤尽，然后再

举哀火葬。至于仇人的人数、年貌、口音，有一个使用毒蒺藜的女子，有一个长身量的男子，有名叫晋生、晋才的两个人，当杨华传送遗嘱时，耿白雁曾经仔细询问过，当时并经笔录下来，一尘的临殁遗言，也都写下了。先时已经抄寻了许多份，此刻就在亡灵之前，分发给狮林同门诸人。狮林同门一一接受了仇人年貌单，就在灵前发下重誓。

大师兄谢黄鹤过于悲戚，此时神智迷惘，遂由三师兄耿白雁帮助他发命。首派狮林三鸟，秉承两位师叔，奔逐中原，苦搜仇家，限半年内获得仇人主名。如何歼仇雪耻，以慰亡灵，须届时开坛公定。大命既下，由二师兄尹鸿图代众跪领，发过了誓言，抹泪站起来。次命五师弟胡山巢、六师弟顾山桐火速押灵回去，但不运回云南本观，只运往豫鄂边界青苔关狮林下院，暂行浮厝。胡、戴二弟子跪地领命，也行了誓言，仍要求掌门师兄准许他二人运灵事毕，再北上参加寻仇之举。谢黄鹤答应了，二人叩头立起来，立即押运丧车，登上程途。狮林群侠一齐哭送。

等到丧车去远，狮林群鸟立刻大举寻仇。

根据杨华的语录，对证店中人的口供，作为搜寻仇人的线索。正是若要人不知，除非已莫为。峨眉七雄潜害一尘，做得何等机密？却架不住狮林群侠怨毒太深，苦心钩稽，分路踏访，到底访出底细来了。最露破绽的一点，倒不是由于晋生、晋才两个人名（这两个人名其实错了一个字，应该是健生、健才；一尘中毒神昏，当时听讹了），反而是那个乔装贞妇的女刺客，打在一尘身上的那两颗毒蒺藜。

那两颗毒蒺藜，实是四川唐大嫂秘制的独门暗器。纵然那蒺藜上面并没有标志，却是会打毒蒺藜的，当世武林中，并没有许多人，尤其是女子会使用这种暗器的，少而又少。峨眉七雄巧设采花计，暗算一尘，阴谋行刺时，本来窥准一尘道长只身孤行，以为七个人围攻他一人，先下毒手，再施鏖战，当时定可把一尘活擒生诛，杀人灭迹，人死无对证。他们算计得千

停万妥，一点破绽也不留。哪里知道，天不从人愿，半道上出现了一个逃婚出走的玉幡杆杨华，和一尘道长恰巧同店投宿。对一尘是陌路援手，遇见了救星；对峨眉七雄，可就凭空添了一个横身打岔的讨厌鬼。一尘的性命虽没有救下，却是一尘的死况的遗言，统被杨华辗转传递过去了。

而且，残害一尘遗尸的那两个异样人物，也在福聚店露了相，年貌言谈被狮林群鸟严讯店中人获得了线索。狮林群鸟，以二弟子尹鸿图、三弟子耿白雁最为英明。两人一路推测，既知仇人是四川口音，又知毒蒺藜乃四川唐大嫂秘制的毒药暗器，那么仇人定是四川一路下来的了。而先师一尘当年确曾游历过川陕，纵然与谁结仇，现时尚不可考，单就这点线索，足可以根寻的了。

狮林群英麇集在鄂北老河口，就近先分四面，搜询了一回，一时渺无消息；又商量一下，决计溯江入川寻仇，找唐大嫂要人。大家都去，只分两路，且行且搜。狮林观在武林既夙岁盛名，又与江湖上知名之士多有渊源。他们沿江打听，分批而行，自信不久必可发现仇人的主名。

刚刚走出不多远，掌门大师兄黄鹤谢秋野忽地作冷作烧，猝然跌倒。这个掌门大师兄伤感过甚，尤其是亡师的首级被盗，据店中人说的话，他自认为是他给耽误的，若依师弟之意，早来起灵，或者不致如此。他悲愤感伤，竟支持不住了，以至于一阵狂热，大发呓语，痛骂仇人，狂哭先师。白雁和尹鸿图面面相觑，束手无策，计议了一回，与其客中求医，不如回观养病。只得派一个小弟子，暂时把这掌门的师兄送回青苔关疗养，他们大家仍然可以往前赶路。

大家安排着，正要护送黄鹤，谢黄鹤忽然清醒些，坚决不肯回观。他说："入川寻仇，无论如何，我应抢在前边，我不该落后。"尹鸿图、耿白雁再三劝道："师兄有病，请暂驻青苔关，这也是很好的打算，你可以居中调度。至于入川访仇，恍如水中捞月，乃是没有把握的事，小弟等可以代兄服劳。等到

访得仇人主名和准确下落，我们绝不敢擅自动手歼仇，我们要留几人盯住仇人，一定还要分出人回来送信，邀集全观同门道友，协力擒凶，还要共同讯罪。”

谢黄鹤呻吟摇头说：“我必须入川！”两位师弟劝了半天，又由一瓢、一粟两位师叔劝说着，不妨暂且留后，病若稍愈，尽可跟踪入川；病若见重，只好用安车护回下院。黄鹤方才应允，瞪着鸿、雁二师弟说：“你两人找着仇人，千万不要下手，务必给我送信。”尹鸿图、耿白雁道：“师兄，你现在是我狮林观全观之长。恩师已逝，我们一定秉从师兄的命诫的，师兄放心养病吧。我们分两路访贼，不拘哪一路，获得消息，一定驰赴青苔关送信，师兄正好坐镇指挥一切。”

谢黄鹤点了点头，说：“我且在这里歇两天，实在不行，我再回去。”又把背后的寒光剑解下来，向尹、耿二人说：“我们要用这把宝剑，杀死仇人。我没出息，病了，这剑你二位谁先带上？就算是我既受先师遗命，执掌这剑；我再暂时传给你二位，算替我推行报仇之事。”

尹鸿图要接剑，忽想先师遗言，曾说剑不传俗家外门，遂拒不敢受；耿白雁因为自己现有二师兄在场，也不肯越俎承受。二人你谦我让，师叔一粟道人说道：“你二人全不必让，黄鹤师侄，你乃是掌门户之人，这剑还是交你佩带。你有病不过是一时的事，还能永远生病吗？你无故地传剑做什么？”简直说，他认为黄鹤此举，似有不祥之兆，很不高兴地拦住了。谢黄鹤迷迷糊糊地说：“既然如此，这剑我先带着，二师弟、三师弟，你们谁把害师父的仇人寻着，我就把这剑让给你们谁。”

黄鹤的话还是有点不吉。一粟道人十分不悦道：“那不行，黄鹤你病得失神了，这剑数代相传，只给掌门弟子，你不能随便授受。”黄鹤道：“哦，是的，我忘了。但是，我既一日承接门户，我也可以另发遗命，现在我还是说，谁能替师父……”一瓢道人也听不下去了，怒道：“咳，黄鹤，你这是怎么的？

你现在有病，你不要说了！你怎么……真是的，一尘师兄惨遭不幸，你正该聚精会神主持大事，怎么颠倒了！”立催黄鹤躺下歇歇，教六弟子顾山桐代雇安车，要立刻打发黄鹤随灵车回青苔关。一瓢道人皱眉对众人说：“黄鹤骤遭大故，精神很有些失常；鸿图、白雁二位师侄，你俩要多多偏劳一下。你们千万不要因为他是你师兄，又掌门户，便听他的主意。你还看不出来么？他病糊涂了。等他病好些，神志清明了，我们再尊重他的意见。现在还是我们打算我们的吧。”

尹鸿图、耿白雁不禁叹息道：“大师兄侍师最久，感恩最深，一向又是忠厚善感的人，这几天我们早就觉出他精神不好来。不过恩师既殁，师兄继承法嗣，我们必须处处推重他。师叔的话很对，现在这件事就依着师叔这么办，将来等他好了，我们再秉承他。”于是，大家把七弟子留下，教他护送抱病的掌门师兄。其余的人一粟和尹鸿图等为一拨，一瓢和白雁为一拨，立即分途入川。一方要遍访西川武林名流，打听当年一尘与何人曾结宿怨；一方就专访四川唐大嫂的后裔，指名索要那个打毒蒺藜的女贼。

狮林群鸟翩然溯江入川，沿江历访江湖群豪。刚刚踏到川边，问这个不晓得，问那个不知道。历历问了十几处，陡然抓到了线索。

他们由鄂北老河口西行，一路要走旱路，越陕入川；一路走水路，要穿行巫峡。他们还没有分途，刚刚到武当山，便听到一桩秘闻，说是峨眉七雄最近东下寻仇，要找江西鲁港镖头飞刀谈五的后裔，算一算十五年前的血债。

狮林三鸟听了这消息，莫不耸然心动。尹鸿图头一个禁不住哦了一声，忙问：“寻什么仇？”说这话的人是武当山少林寺的师父，名叫照空。照空回答说：“知不清。”尹鸿图又问：“峨眉七雄可是康某等人吗？”回答说：“老七雄听说已经死了好几位，这大概是后七雄。”白雁忙问：“后七雄的名字都是谁？”照空师父举出几个名字，竟也说不全。这和尚微笑道：

“这都是武林后起之辈，我们出家人偶然听到，如春风吹耳，实在不曾留意。”

狮林群鸟又打听四川唐大嫂的动静。据说四川唐大嫂早已死掉，现在是她儿媳妇唐三秀当家，因发卖毒药，屡遭地方污吏恶隶的骚扰，只时有绿林豪客恃势强买秘方，不卖就捣乱，唐三秀一怒搬了家，已经离川赴陕了。

这少林寺僧照空和尚，此时还不知道一尘的死耗。一尘的惨死，只有杨华耳闻目睹，外间人十九不晓得。这照空师父既没问，狮林群鸟要说，又咽住了，觉得大仇未报，颇以为羞。而且师父赫赫一世威名，竟死在无名宵小之手，临殁又被盗去首级，真是奇耻剧痛。外人不问，狮林同门诸人竟不忍说出口外。就这样模模糊糊和照空谈了一阵，告辞下山了。这也是他们一时的失策！

他们在武当山麓重行秘议。头一件事情是根究毒蒺藜。这仍由二师兄尹鸿图率众循陆路入陕，重访四川唐三秀，教她交出那个会打毒蒺藜的女人。第二件事情便是峨眉七雄东来复仇的事。尹鸿图和耿白雁因年龄关系，都不能深知峨眉七雄和飞刀谈五结仇的细情，也不知是否与亡师之死有关。却是亡师一尘的两位师弟，一瓢和一粟，均曾亲闻一尘的往事；而且大师兄谢黄鹤侍师年久，大概也许晓得。经彼此对证，一瓢、一粟都说，一尘生前确曾参与过峨眉派和飞刀谈五的斗争，而且曾经仗剑解围，以武力给他们双方弭争。一瓢、一粟所知仅仅如此，并不知一尘和峨眉派曾经反颜成仇。然而，仅就所知道的这一点，访仇的事已算有了明朗的线索了。

一粟道人首先提议，劝耿白雁暂停入川，莫如还访江西鲁港。料想飞刀谈五已殁，谈五的子嗣现尚健在，我们寻着他，向他细问，定能获得峨眉派的行踪；我们由此既获得峨眉七雄的下落，跟他们会面，定能讯出仇人的主名。狮林群鸟到这时候，还不敢断定先师之死与峨眉派是否有关。他们想，峨眉派久居四川，耳目灵通，必能晓得一尘当年在川陕跟谁结隙的详情。

这个主见说出之后，耿白雁还有些疑虑：这好像望风逐影，他怕扑空了，耽误了正事。纵知先师的仇人是四川口音，怎敢断定操川音的必是川人？又怎敢断定：凡是川籍绿林，必为峨眉七雄所深悉？

可惜的是先师一尘已死，人死无对证，事后访仇，本无把握，只可这样多方摸索了。议论到归结，三方兼顾，便是多分出一路人来，东赴鲁港，问谈五的后人，刺探峨眉七雄的来意和动态。大家推白雁去访谈家，白雁不肯。他要辗转入川，打听那叫“晋生”“晋才”的两个人名。因为他最先闻得一尘死耗，最先开始稽访。经多方钩稽，他已访明四川有个“赵晋才”，是川东有名的土豪。这几日他又究出赵晋才有个弟兄，叫作“赵晋英”，也许“晋生”与“晋英”是一音之讹。他认为这一条线索最可采信。土豪大抵行止不轨，而亡师疾恶如仇，免不了跟他们结隙。

当下决策，尹鸿图去陕西找唐三秀，白雁去川东找赵晋才、赵晋英。师叔一粟撤回来，去上鲁港，找飞刀谈五的后嗣，带访峨眉七雄。于是分途，于是开手，于是乎变成三路寻仇。川陕两路全都徒劳，反惹起大纠葛。那唐三秀也不是泛泛的女流，被人堵着门来，逼献使用毒蒺藜的女人，未免是无妄之灾，莫大之羞！而那赵晋才、赵晋英，还有他们的老兄弟赵晋洪，在川东横绝一时，都与一尘的不幸事件渺不相涉。一旦突被人找上家门，气汹汹地指名索见，恶狠狠地彻底盘诘，好像审贼一般；而又逼他们对天鸣誓，证明近半年确不曾到过鄂北，也不曾杀害过任何人，更不曾掘坟盗墓，窃取死人头。这也太难为情了，当然受不了，也掀起大误会。究竟残害一尘道长的凶手既不是什么赵晋才或赵晋英，实在是峨眉派下的小卒乔健才、乔健生。垂死人口中的音讹，以及方音不同的传误，给狮林群鸟招出来偌大的是非，多惹出许多意外的仇恨！

次日天破晓，狮林群鸟就在武当山下分途。一雁一鸿分入川陕；一粟道人携师侄戴山松和再传弟子等径行入皖。

由武当山下江南，迤逦千里，恰可由山麓坐小帆船，驶到谷城。上岸住一夜，再循汉水，改乘江船，顺流南下，过襄阳，直抵武汉三镇。另行换船，入长江东航，一直可达鲁港。估计行程，至少也须一个多月。一粟道人惦记着掌门师侄谢黄鹤的病，暗想他若病愈，必然追上来；他若病重，必然被送返青苔关。一粟道人就稍稍绕远，仍走故道，奔回老河口。到了地方一打听，方知谢黄鹤昨天刚走，果然奔青苔关去了，猜想着他的病必还没好。一粟道人叹息一声，这才踏上征途，驾江舟驰抵襄阳。他本可以坐船一直地奔武汉，为了沿路还要刺探峨眉七雄的行踪，只可逢码头必停。在襄阳竟勾留了两天，遍访当地武林人士；到宜城又勾留了两天，也照例地访问江湖同道。等到达武汉三镇，更盘桓了五六天。

一粟道人这样的走法，乃是根据线索，出于不得不然。既然是访仇，就不得不到处稽留。却不料他走的路，恰巧踵继了峨眉七雄的前尘。峨眉七雄由西川东下寻仇，先在鄂北暗算了一尘，次到江南找寻飞刀谈五，正正地也走的是这条水路。自出三峡，也正好循汉水，入长江，过汉口，奔鲁港。只不过时日参差，一粟比峨眉七雄迟了三四个月。然而蛛丝马迹不无形象可寻。一粟在宜城一无所得，在襄阳就访实了峨眉七雄的消息。襄阳的武林人物，有某某两位拳师，确曾瞥见改装急行的峨眉派踩盘子的快手卢登，还陪着一个伙伴，在襄阳水路码头上，蓦然露面，忽又一冒不见。

而且这快手卢登，躲躲闪闪，形迹诡秘，似畏人知，似避人见。旁的细情固然打听不出来，就这一点已经够了！他们峨眉派一向活动在川陕，无端地到下江来做什么？

一粟道人乍闻此讯，不由一动。再问时，这两位老拳师不肯多说了。然而这也无须再问，既已探明快手卢登那天是在码头上打听武汉的船帮，这就暗暗指出一条明路。所以，一粟道人毫不踟蹰地登上江航，直访武汉。

第十章　江边勘仇踪

一粟终于到达了武汉，这武汉三镇却是五方杂处，江湖人物麇集的所在。更有狮林观盟外的道侣，可做居停，可做耳目。一粟道人和戴山松等在武汉勾留了数日，越打听消息越多，竟探得峨眉七雄在此地与长江秘密船帮有名的铁锚帮，有了进一步的勾结。

一粟道人深深晓得秘帮人物最重义气，最讲究恩怨。他遂与狮林盟外道侣密商，自己不出面，就拜托道侣向铁锚帮辗转刺探，峨眉七雄现在上哪里去了？他们抱着什么主见出离巢穴，远涉长江，到武汉盘桓了多久？有什么阴谋诡计？他们是否在武昌已安下秘密的垛子窑？他们一共来了多少人？都是什么人？一粟在武当山，从照空和尚口中，获知峨眉七雄已非原班人物，老七雄多半凋落，如今是后七雄，后七雄的名单到底却是哪几位？

这却是应有的盘诘。还有，在钩稽时必须审慎措辞的便是峨眉七雄在武汉可曾向当地人物打听过狮林观？可曾打听过飞刀谈五？最要紧的，还是要立刻打听出七雄的人名和现时的下落。

这狮林观盟外道侣，也是武昌府一座有名道观有职事的出家人，道号叫修朴山人。修朴山人也是武林人物，因遭大故，悲愤厌世出家，和一尘道长只慕名，未见过面，跟一瓢道人却有过患难的交情。一粟道人登门找他，因为修朴不比他人，把要紧的事打听完了之后，随把实话暗暗地告诉他：一尘道长已中宵小暗算惨死。修朴闻言大骇，不禁下泪，忙追问死因，施暗算的对头是谁？一粟道人略略说出，对头的主名现时正在寻访，又说出求他帮忙。修朴道人慨然答应了，等到一粟说出仇人大概就是峨眉派，修朴又不觉愕然了。跟着一粟便拜托他设法去见铁锚帮，代访峨眉七雄的下落，修朴可就越发面露难色了。但是他又没有拒绝一粟的勇气，经一粟再三情恳，到底勉强答应了。却不肯出面，只秘密代访。他是出家人，自觉代人寻仇，不甚合理，因此坚嘱一粟，千万不要露出他来，一粟当然答应了。

这修朴道人竟替一粟访实了峨眉七雄现时的下落。果然是纠聚多人，潜往江南鲁港，找飞刀谈五的后代，算那半只胳臂、两条性命的旧账去了。

此外还访了些别的消息，说是峨眉七雄跟铁锚帮联了手，曾经劫了一只商船，戕害了几条性命。据说一半为图财，一半仍是为报仇。又访出峨眉七雄，虽然没有吐露和狮林观一尘道长有仇的话，却也像狮林群鸟一样，曾经转托铁锚帮，代访过狮林三鸟的动静，又打听过飞刀谈五死后的遗族，究为何人，作何生理？

修朴把这些话暗暗告诉一粟。至此，一粟所得线索已多。同时，一粟又从武汉武当派名家黄天球那里，于纵谈当代江湖人物时，无意中套弄出峨眉派乔健生、乔健才两个人名。

这两个人名，修朴道人其实已从铁锚帮一个小角色口中全访出来了。修朴一时小心，没有说出，仅仅告诉一粟：峨眉后七雄，有姓康、姓巴、姓乔诸人，没有举出每个人的名字来。然而至此已足，一粟道人把这些情报汇总起来，加以考虑；健

生、健才的名字，已见于一尘遗嘱，口操川音，又很相符。一粟认为“对手”已获，此时必在鲁港，更无须他求。一粟立刻修书两封，把戴山松和再传弟子全派出去，分两路驰赴青苔关下院送信。教青苔关留守的同道火速派专人驰赴川陕，把一鸿一雁全数撤回，越快越好。

一粟道人信上最要紧的话，就是说：“仇人主名已得，确是峨眉七雄，现时麇集江南。峨眉支党中，有乔健生、乔健才两人，恐即逝者所说的晋生、晋才。凡我狮林道友务必丢开他事，放下别路，集全力下江南。”更说到仇人现与铁锚帮合手，“人多势众，断不可侮”。

一粟他把所带来的人全数遣回送信。他自己火速地登江船，由武汉东下入皖，先到铜陵。

当此之时，狮林观新观主、一尘掌门大弟子黄鹤谢秋野道长，因病淹留，恰与先师遗骨，先后被送回青苔关下院。

秋野道长既抵下院，扶病祭奠亡师，暂且把遗骨浮厝起来。他感情激动，恨不得立刻病愈，便好以掌门大弟子的身份亲身主持复仇大计。他痛愤自己的病，既不甘落后，尤不肯自逸。在青苔关狮林下院，恨病吃药，只休养了几天，便对师弟们说：“我觉得好多了！”立刻要率大家，追踪鸿、雁二鸟西行入川。师弟师侄们一齐劝说：“当家的千万保重！师尊的大仇必须报！可是当家的今日为一观之主，为我党众望所归，忧深责重，千万要保重！”谢黄鹤哪里肯听，反倒悻悻然面泛怒容。狮林观的规律本严，弟子们不敢再劝了。黄鹤遂吩咐下院同门，一方守亡师先灵，一方执行传达消息的事。云南本观远在南荒，地太偏僻，黄鹤传命，暂把下院作为中枢。黄鹤道长立刻背起青镝寒光剑，带好先师遗嘱的抄本，率众出发。

谢黄鹤出发不到十天，一粟所遣戴山松已然星夜驰回。青苔关下院留守的人把一粟的信当众拆开一看，立刻照抄了三四份，又遣全观道侣，分头传送出去。头一个先驰报新观主谢黄鹤；其次一方请鸿、雁二鸟遄返江南；一方派拨强援，先跟戴

山松入皖，追随一粟，追访峨眉派。其他散往别处访仇的也都遣急足，把一粟的来信抄本投了去，教他们看事做事。如果访获新的线索，自然继续往下访；如无所获，即速回青苔关下院听命，或顺道径趋江南入皖。

狮林观群侠施展夜行术，恨不得插翅横飞，一个跟一个，沿长江，纷纷驰往江南。自然是增援的人随戴山松先到，其次便是新观主黄鹤谢秋野道长。秋野道长是在鄂西得着急足信，读信甚快，立刻把他所率带全拨的人都撤回来，只留下两个人。一个人命他入川，给三师弟耿秋原转送这个信；一个人命他入陕，给二师弟尹鸿图也送这个信。狮林道侣原是秘盟中人物，彼此之间，传递消息最为灵通。每个人都负着传秘讯的使命，故此活动起来，最为迅捷，所谓耳目灵，自然脚步快。四面八方，散往寻仇的狮林群鸟，都由一粟这条线索一牵一引，错落地飞集到大江之南。新观主黄鹤谢秋野坐了江船，星夜急赶，费了二十多天工夫，和师叔一粟道长会了面。

但是鄂豫之西和皖江之南，遥隔一二千里，狮林群鸟行踪尽管迅速，也赶不及。黄鹤抱病，当然落后，一粟道人最为先发，等他刚一踏入皖南，峨眉七雄早已离开鲁港了。

峨眉七雄在鲁港欺凌孤寡，要杀飞刀谈五的后人，竟仓促碰上了硬对头，弹指神通华雨苍父女横来出头。七雄被抟砂女侠的五毒砂打得头破血出，被弹指神通夤夜登门，强献殷勤疗伤，以疗伤救命市惠，挟威力强做调人，劝架逼和。峨眉七雄惹又惹不起，拼又拼不过，忍气吞声，潜离鲁港。可是他们万分不甘心，认定弹指神通由陕入皖，临时帮助谈门，绝不会永远给谈家做看门狗。他们咬牙切齿地说："我们先藏起来，就算给老杀才留一个面。我们等着他，他父女反正得走开！"峨眉七雄与铁锚帮勾结起来。铁锚帮是长江一带水路的一霸，峨眉七雄由铁锚帮代做居停主人，获得了栖身匿迹之所，避出了鲁港，藏在极秘密的地方，自有铁锚帮代做耳目。峨眉七雄遥指福元巷谈家门，顿足骂道："弹指神通华雨苍，你能把我们

怎么样？”

弹指神通果然几乎没了招，明知峨眉七雄一时潜避，实际没走，自己替谈家弭争，反而激成隐患，越发防不胜防。这老人大怒，现在只有一条道，便是暂劝谈家寡孀老弱，迁地避仇。同时弹指神通率大弟子、爱女、师侄多臂石振英、徒孙陈元照和梁公直等，在鲁港附近，穷搜峨眉派的下落，彻底以武力铲除害苗。

就在这时，一方华老仗义救孤，穷搜寇仇；一方峨眉包藏祸心，潜匿无踪；狮林观的一粟道人和新观主谢黄鹤，急匆匆地先后掩到了。

一粟入皖，于峨眉七雄的踪迹，亦续有所获。首先访实峨眉七雄入皖的用意，确是专找鲁港飞刀谈五的后人，要报复隔辈的旧仇；又访实飞刀谈五早已谢世，子孙改业，个个文弱无能。只是一粟道人一向是在西南“传教”，往北只到过豫南，对东南江湖情形不很熟悉。他虽是一尘道长的师弟，年纪却不甚大，比起师侄谢黄鹤，还小着四五岁。一尘在江南游侠的事迹，他也不甚清楚。因此他所得的消息并不多，他只得寻找铜陵的骆祥麟，请骆老帮忙。骆祥麟此时并没在家，正在芜湖做客。一粟道人既想入鲁港，访问谈门，又欲赴芜湖，面访骆老。一个人下江南，要顾好几面，可就孤踪只影，有些摆布不开了。

一粟先到鲁港，略一打听，这时卖药郎中巴允泰亲登谈门，掷弹示威的话，已经传遍了鲁港。但是谈家门夜月纠众、江边御敌的详情，当地的人晓得的并不多。谈家在鲁港凭着乡绅地位恳求四邻，代为守秘。一粟道人却以一个外乡出家人，很眼生的模样，猝到鲁港，逢人探问；又当闹事之后，鲁港乡邻很有义气，竟没有人肯把详情告诉他，反把他当作寻仇的峨眉派了。在茶寮酒肆，打听不出来，末后他亲登谈门来见，可是谈门要人已经搬了家，家中只剩下二三个奴仆，不觉又碰在钉子上了。总之，一粟在鲁港只访得峨眉派寻仇不成的消息，

别的一无所得。他又赶到芜湖，骆老这时偏偏又由芜湖折回铜陵了。一粟恰好扑空，不由得动了疑心，以为粮店的人不肯说实话，蒙骗了他。他遂一怒，仆仆道路，由芜湖，经鲁港，到铜陵，潜踪密访，昼息夜出，经过十多天的钩稽，峨眉七雄的确实下落虽未访出，他居然把铁锚帮在皖南活跃的情形大致访明。而骆祥麟家中闹贼的事也被他探听出来，由此证明骆老并不是躲避不见，实在是自己有了烦心事，行踪不准。

一粟继续往下访，可惜只他一个人，顾了这面，顾不了那面。终于这一天，戴山松带着人折回来了。随后，狮林新观主谢黄鹤也到了。一粟道人也把铁锚帮勾结峨眉派的头绪访实了。

一粟道人和谢黄鹤相会，是在铜陵附近一个小码头，地名叫大通镇。狮林同门人数既已到足，立刻大举搜访。一粟道人把自己访得的线索，一一都告诉了黄鹤。谢黄鹤派狮林同门，驰往无为州、黄陂湖、白荡湖、菜子湖，踏访铁锚帮秘密活动的底细。黄鹤本人却随师叔一粟再往铜陵，入铜官山，登门拜访骆祥麟。

狮林群英终于在铜官山和老英雄骆祥麟见了面。骆祥麟此时已经获悉一尘道长遇仇惨死，却不知其详，也不知狮林观主已易新人。骆老这时候正因误收匪徒，家中失盗，匆匆由芜湖奔回故乡，查究这个长身玉立的姓贺的匪徒。猝然间，黄鹤谢秋野和一粟道人悄然登门，升堂直入，把骆老吓了一跳。

骆祥麟和一粟道人是慕名初见；和谢黄鹤不但是旧识，而且是老同乡。骆老年将六十岁，黄鹤年已四旬有零。武林中最讲究辈分，从前两人曾订为忘年交。骆老跟一尘、黄鹤师徒，前后有二十年的交情，却已十来年没见面了。乍见黄鹤，几乎迭面不能相识。黄鹤竟显得如此憔悴，骆老十分诧异。他想不到黄鹤一个修真练武的人，竟比自己还带老态，更想不到几年未通音信，今日猝然登门来访。

黄鹤称骆老为老叔，给师叔一粟引见了。一粟打量这骆祥

麟，气色红润，白发修髯，是个矮胖子。他的女儿骆青桐随侍在侧，他的续娶夫人藏在帘子后偷看，觉得两个出家人闯进院内，一声不言语，直入上房，似乎无礼。

骆祥麟看这一粟道人，四十来岁，衣履整洁，英气十足。彼此拱手，各称幸会。逊座之后，骆老直叩来意，他远不知黄鹤已升狮林观主，殷勤说道："秋野师父，今天多暇，又出来云游吗？你可接着我的信没有？"谢黄鹤不答，反诘道："骆老叔，你可听说先师下世的事吗？"骆老凄然说道："前三月，我在芜湖影影绰绰听人讲过，说是死在鄂北，是受了人家的暗算。我很不相信，我托人给你寄去一封信，就是打听此事，是直寄云南的，难道你没见着吗？"

谢黄鹤道："没有接着，您老是什么时候发的？"

骆祥麟屈指一算道："大约五十多天以前，那信上就是打听你，令师究竟在鄂北遇见什么事？遭谁暗算？你们怎样善后？"

黄鹤道："老叔，弟子此来便是办理先师的善后。老叔，先师在南荒游侠，威名赫赫，不意竟因四师弟私行不检，先师亲自出去查究，以致在老河口，遇上仇人……"将前情细说了一遍，又道："现在全观公推弟子为丧主，继掌狮林全观，决意代师复仇。"

骆祥麟道："仇人的主名，可曾访实？"

黄鹤道："已经访实，就是我这位一粟师叔访出来的，仇人十有八九便是峨眉七雄。"

骆祥麟骇然道："是峨眉七雄吗？他们真敢暗算令师吗？"

一粟道人接言道："骆老前辈，此事已由出家人访而又访，确无可疑。他们峨眉七雄，乃是纠众大举，要报复十五年前的旧怨，不但害了先师兄，还要根诛飞刀谈五的后人。出家人现已访明，峨眉七雄勾结铁锚帮，新近由川边来到贵地，在鲁港福元巷谈家，直接登门示威，不知怎的，谈家门原是一群孀孤老弱，峨眉七雄竟碰了个硬钉子，在鲁港吃了亏，突然藏起来

了。是我再三寻访，没有访出他们现时潜藏的地点，这也是出家人许久未到江南，人生地疏之过。我想骆老前辈在此地乃是土著，跟江南武林多有联络，必能……”最后还是说到奉烦代访的话。

骆祥麟听得直发愣，咨嗟不已道：“一尘道长，真的仙逝了，可真想不到！可惜可怜……你说什么，教我代访吗？我虽然是此地土著，我也不常在江南，但是，我总能想法子……”说着不由站起来了。黄鹤和一粟听骆老口气，知道他已慨允助访仇敌，叔侄二人一齐行礼道谢。

骆老又细问了一回，忽然说道：“峨眉七雄既在飞刀谈五家碰了钉子，他们乃是死对头，我想谈家一定晓得七雄的下落，你二位没有去打听么？”

一粟道：“就是这一节，叫人没法着手。鲁港福元巷谈五家，现时成了空宅，出家人已经去过两次，始终没见着谈家的要紧人。他们把家眷全搬走了，本宅剩了一座空房子，只有仆人看家。还有一个姓谢的，叫谢品谦吧，是个武林壮士，我和他谈过一回。他对我似乎很存疑忌，不肯说实话。”骆老道：“谢品谦，哦，我知道这人，大概是芜湖梁公直的门人。他莫非给谈家护院吗？”一粟道：“像是看空房的人。骆老前辈如果跟他们熟识，就烦您分心，代为探问一下七雄的踪迹。他人不知，谈家利害所关，定必知道。”

骆老低头沉吟良久道：“谈家既然离开本宅，必是畏祸避仇，必是晓得峨眉七雄尚在鲁港附近。二位既欲根究七雄，所谓同仇敌忾，正应该和谈家合手。”黄鹤道：“弟子也这样想，只是弟子只认识老镖头飞刀谈五，和谈五的后裔，素常没有见过面。骆老叔可以介绍一下吧？”

骆老道：“听说谈家现在只有长媳倪凤姑略懂武功，谈五爷的次子和孙子都改业习文了。我又跟谈家交情疏远，不大好介绍。但是，令师一尘和我是多年至交，曾共患难，无论如何，替他寻仇，我是义不容辞的，我们可以大家设法。”低头

思索了一回，说道：“一粟师兄既然访知峨眉七雄现在已和铁锚帮勾结，又推测出他们至今没有离开江南，那就着手搜访，很有范围了。第一，他们必不出江南芜湖、安庆一带；第二，他们必是潜藏在江滨码头上。我却晓得铁锚帮在此间活动的地界，比如我们铜陵附近吧，在獭桥湖、白荡湖，都有他们帮子头的下处，现在我们不妨就按照沿江码头访起来。”又对黄鹤说道：“我还有点小意思，峨眉七雄若真是用暗算把令师害死，他们必然虑到一报还一报的道理。你们诸位全是道家打扮，可以不可以临时改为俗家，以免打草惊蛇，被七雄窥破？”

谢黄鹤道：“这个……”

一粟道人为人最开通，立刻说道：“这有何不可？回头我就改换俗装？”又对黄鹤道：“你自幼出家，不惯俗家打扮，你可以装一个化缘卖卜的游方道人，出去踏访。我便扮成一个走码头、卖野药的串铃郎中，戴山松他们也可以改一改装。”遂向骆祥麟再三称谢，当日商定，告别回店。次日凌晨，骆祥麟丢下了自己的私事，亲到铜陵城内与狮林群英相会，即刻帮助狮林群鸟开始了搜访。黄鹤把已派出去的人也都依着骆祥麟的主意改装改道，仔细密访。最要注意的，便是峨眉七雄的四川口音。

一来是“冤家路窄”，二来是此番有了准确的线索，只几天工夫，便在白荡湖畔，抓到了峨眉七雄的潜伏之处。却不是狮林群英访得巧妙，反而是峨眉七雄自己疑心生暗鬼，露出破绽，教私访的人看穿。但在同时，私访的人的形迹，也被七雄窥破。

狮林新观主黄鹤谢秋野分派同门，每两人为一拨，依照骆祥麟所指点的路线化装进行排搜。黄鹤本人同着骆祥麟，由铜官山麓，先到铜陵县临江码头。码头上有铁锚帮的密窟，谢黄鹤亲自勘访，一连两天，昼访夜探，居然查出铁锚帮作奸犯科，确系行为不轨，却是窝藏峨眉派的痕迹迄未证实。黄鹤道长正在着急，那另一拨，一粟道人和戴山松，渡江北访白荡

湖，居然碰上了硬对头。一粟道人和戴山松全都改了装，戴山松扮作小贩，一粟道人扮作卖野药的郎中，两个人一前一后，假做没关系，却暗暗互相关照着，沿白荡湖滨开始勘访起。只访了一天的工夫，便把骆祥麟所指点的铁锚帮最大的帮子窑寻着了。

铁锚帮这一座密窟，地点很僻，内中局面，比铜陵码头那一座更大。这密窟设在白荡湖西岸渔村之内，是很大的一所宅院，有楼有厦，前后三十多间房。房主人姓姜名海青，年约五旬，是此地人，拥着庆字号四艘江船。他在当地堪称富户，在外面也算是绅董；暗中却是铁锚帮的二舵主，在江南水路上称雄争霸。他却只有暗中主持船帮，并不露面，也不露名，因此外间很有些人摸不清他的底细。那铜陵码头上的密窟，乃是这姜舵主的大徒弟虞百城主持着，两处实是一事。峨眉七雄第三人虎爪唐林和铁锚帮大舵主有交情。大舵主名叫顾鉴庭，他的帮子窑设在武汉三镇。峨眉七雄齐下江南寻仇时，曾由虎爪唐林面见顾鉴庭，请他帮忙。顾鉴庭和峨眉老七雄共过事，当然义不容辞，特意发下船帮密柬，嘱咐沿江同帮，暗中照应峨眉七雄。峨眉七雄被弹指神通华风楼赶逐得走投无路，虎爪唐林这才投密柬，见帮头，把实情告诉了荻港的铁锚帮，由荻港铁锚帮，拨船把他们送到白荡湖。

峨眉七雄由鲁港撤退，靠着顾鉴庭的密柬关照，一直就隐遁在白荡湖姜海青的巢穴内，暂不露面。仍由铁锚帮的帮友暗中帮忙，替七雄刺探弹指神通的动静和飞刀谈五后人的下落。眨眼过了六七天，铁锚帮替他们访出谈门后裔携眷潜藏，福元巷已成空宅，却是弹指神通的踪迹，太诡秘不测，一点也没摸着。峨眉七雄听了，又是高兴，又是生气，又是担心。谈氏已迁居，足见是怕了他们；华老无确讯，却教他们纳闷担心。他们正要拨出两个自己人，也来化装私访新仇华氏父女，不想这时他们的另一拨旧仇人狮林三鸟追到了。一尘门人代师寻仇，他们固然料得到，却想不到狮林三鸟来得会这么快。

这天过午时分，初夏天长，气候正热，他们在姜海青宅内潜匿无聊，几个人便上楼纳凉。巴允泰和快手卢登袒胸闷坐，吃茶闲谈，实在烦恼，两人就斗牙牌。乔健生、乔健才，两人倚窗往外闲眺。虎爪唐林夫妇却在楼下睡昼觉，康海也懊恼睡了。二乔弟兄靠楼窗竹帘，往庄院外面看，直看到白荡湖水面上的往来小船。一阵风吹来，乔健才说道："好凉快！"怅望良久，抚着脸上的伤，发狠道："我们憋了这些日子了，到底怎么办，才是个了局?"乔健生不语，半晌道："我的意思，简直丢下飞刀谈五这一面；我们莫如赶快离开此地，径奔陕西山阳县，打华风楼的家眷算账去。也狠狠地毁他一下，或放火，或行刺，一不做，二不休。"

弟兄两人唠叨，巴允泰正和快手卢登玩牌，听见了乔氏弟兄的话。巴允泰扭头说道："你不要说孩子气的话，由江南奔陕西，一二千里路，谈何容易？前天我和虎爪唐林又拜托了姜舵主，姜舵主已经转托他们的帮友，到芜湖、鲁港续访去了。你要晓得，你们哥俩和我，都跟华老头有了交代，在这里我们三人全不便出面。我们三人算是叫华老给抓住了小辫，面子拘住了，我们既不好上前，又不好退后。现在我们只好暂闪一步，一切全听唐林夫妻和康海的调度。这正是我们的义气，不得不然。"

巴允泰和乔氏弟兄确是受了华老的疗伤救命的挟制，弄得进退失据。快手卢很是了解巴允泰的这份心情的，只要康海和唐林夫妻不肯罢手，巴允泰势须随着。

乔健生被巴允泰顶了几句话，也说不出所以然来，怔了一会儿，又说："华老儿这一招真损，算把我们三人全咬住了。我们又惹不起他，所以我想趁这老头子在这里，只顾给谈家当护院走狗，我们索性偷偷溜去找到他家里，给他一下辣的。他把我们琢磨得很苦，难道说我们还真感激他不成么?"巴允泰道："谁感激他，恨还恨不过来呢。不过按江湖义气上讲，虽然不情愿，到底我们已然接了他的恩惠，受了他的逼勒。我们

当面答应了他，反而去暗算他的家小，若教合字朋友晓得了，不知底细的必定说我们忘恩负义。依我说，这老头子既然使损招，出头市惠卖恩，我们也得假模假样，明装感激，暗加报复，阴招换阴招，才是办法。至于谈家门，现在虽然藏起来，他们却不能丢了房宅田产，永远躲着。康海和唐林他们既主张我们留在此地，暗中钉着谈家，这不过多耗时候。耗不到一月两月，华老必离江南，谈家必回本宅，那时我们再去寻仇，给他一个死缠没完，料想老头子也没法奈何我们。”

巴允泰说罢，乔氏弟兄说道：“这主意我们不是不知道，只是我们欢蹦乱跳的人，现在都像大姑娘似的，窝在深闺，不敢出头露面，实在憋得难受。”

快手卢登冷笑道：“谁说不憋得慌，可是这是没法的事呀。唐林夫妻别看这么主张，他们两口子也腻得直睡觉。康海更是唉声叹气，十分着急。好在我们再耗上二三十天，就可以把华老头耗走了。”谈着，推开牌，打了一个呵欠，也站起来了，信步走到窗边，也往外探头，乘风纳凉。巴允泰说道：“你们三个人都挤到窗口，一点也不顾忌。还是小心点吧，万一教人看见……”

乔氏弟兄笑道：“这地方很僻静，华老头子就有本领，也不能搜寻到这里。并且这一面楼窗，外头还有竹帘子挡着，我们看见外面，外面看不见我们。”巴允泰不悦道：“我不跟你们吵，反正你们多加小心，不要大大咧咧才好。”操起扇子，忽达忽达地扇着，身子往藤椅上一躺，闭上了眼睛。快手卢向乔氏弟兄挤眼，乔氏弟兄也笑了。这时候，巴允泰的谱儿仿佛很大。

乔健才眼望外面，忽然似有所睹，向快手卢登连连招手，教卢登上他那边去。他那边楼窗外有竹帘，卢登那边的窗是洞开的，由外面也能望见楼内。卢登摇摇头，满不介意。忽然间，乔健生也脸色一变，催快手卢和康海赶快过去。卢登倚窗外眺，仍不肯动；康海正在屋中走遛，立即移步挨了过去。

乔健生一指楼下院外，路边树荫下，有一个人正往这楼上打量。乔健才扶着康海的肩膀，也教他注意这个人。

这个人的打扮，是身穿灰布长衫，肩背小木箱，手摇串铃，头戴马连坡大草帽，从那边走到这边，从这边再走到那边，正在围着这楼绕圈。

这个人分明是卖野药的郎中。康海看了，不以为意，眼仍往别处寻找。乔氏弟兄却很吃惊，这个人总在这边转，乔氏弟兄看他好半晌了，却是始终没离开这地方。

康海恰立在二乔中间，隔帘往外望，一直看到湖边船上，同二乔道："你们看什么？可是这白帆航船？"二乔道："你瞧瞧这底下，这个卖野药的郎中，他可是转了好久了。你听听他的口调，你看看他的模样！"

康海立刻一提神，收回视线，再往近处看。这个卖野药的，果然形貌与众不同。隔得稍远，纵然看不分明，却是此人赤面青髯，相貌不俗，口音高朗，不像是江湖上的苦人。而且口音也怪，听不出是哪里人，很有些蓝青官话的口腔。

康、乔三人隔帘注视，这个卖野药的依然在楼外路边打转，眼神往高处看，恰好正盯着快手卢登当前远眺的那面窗。

二乔、康海正在猜议这个人，以为这个人跟宅主铁锚帮也许有点说处。他三人正要再关照快手卢登，不想卢登也惊觉了，急急一缩身，离了楼窗。这时候，那个郎中本来徐行缓溜，翘望楼窗，此刻竟住了脚，假装站在树下纳凉，伸着头颈，极力往楼窗注目。卢登一把将巴允泰拉起来，叫道："巴二爷，你快来瞧瞧，这个人可很怪道！"

巴允泰骤然张目道："你说什么？"卢登道："院外小路上，有一个卖药郎中，在这里打晃……"巴允泰道："什么！"霍地站起来，揉一揉眼，就奔楼窗。卢登忙将他拦住，径行引到乔、康三人站立的有帘窗前。快手卢登这时候比哪个都小心。

巴允泰顺着卢登的手，隔帘往外看，果然望见路旁树下的那个人，头戴马连坡草帽，遮住了脸，却是抬头望楼，面目全

见。巴允泰目光锐利，竟看出破绽，急急告诉二乔、卢登和康海："这个人太可疑，你们谁去跟他搭讪搭讪去？"

二乔踊跃道："我去。"康海也说："我去。"巴允泰道："不好，健生、健才，你两个跟弹指神通有过交涉，最好别露面。康海是寻仇的正点子，也该藏一藏，我看我们莫如烦房主人，把这人邀来，好好盘诘一下。"

大家说着，生恐那人走掉，慌忙地下楼梯，劈头遇见了虎爪唐林正要上楼，彼此匆匆一说："外面有人窥探，不知是窥探我们，还是窥看铁锚帮。"唐林也吃一惊道："你们别乱，我先看看！"匆匆奔上楼头，隔帘看下去，那人仍然没走。虎爪唐林眼力更锐——他是善打暗器的人，当然须有好眼力——他竟看出这个卖野药的郎中，那把招子内暗藏兵刃。那顶大草帽，扣着很长的头发，鬓角微露，这个人不是俗家。

峨眉七雄认定这人是个探道的，大家要通知宅主。唐林摇手，不以为然，叫快手卢登道："你去把这个人邀进来，你千万改换口音，沉住了气。你要随机应变！"快手卢登道："晓得！"如飞地往外走，唐林又将他唤住，切切嘱告了一番话。于是快手卢出去唤那人，其余诸友暗中准备。

唐林立刻把妻子韩蓉也唤醒，一面关照宅主，一面烦宅中人开后门，出去巡风。

快手卢登换穿上长衫，找到那个卖药的郎中，叫了一声："先生！"明明知道他是卖野药的，偏问他："先生可是算命的吗？"

那人回顾快手卢登，卢登外穿长衫，脚打绑腿，显见带出江湖人物的模样。卢登细打量那人，年约四旬，赤面青髯，目光灼灼，顾盼惊人。卢登死盯他，他一点也不怯，微微一笑，往四面看了一眼，徐徐回答："二爷，在下是卖药治病的。"

卢登道："你不会细批八字吗？"那人迟疑说："算命也行，不知是哪一位算命？"快手卢登道："先生，我一看就知道你会算卦，好好，你跟我来吧。"那人又往周围看了一眼，说道：

“可是这楼里吗？”

快手卢登道：“对了，要算卦的人就住在楼下，先生里头请！”竟上前推着卖药郎中的后肘，半领半推，径往楼里让。卢登的举动稍涉孟浪，卖药郎中稍露诧容，却将腰一挺，伸手把卢登一拨道：“爷们，我不是双失目，用不着你搀。”卢登道：“好好，我在前面领道就是了，我是怕你走错了道。这楼房是个大杂院，不止一家，你别乱闯。”

卖药郎中终于昂然进入大院，连穿两层院，被卢登让到楼下大厅。这时候，峨眉七雄早已布置妥当了。

这楼下大厅进身很广大，三间明间，似是穿堂，陈设不多，迎面有一画屏，左右有暗间。卢登把卖药郎中让到侧首茶几旁，在椅子上坐下。先是乔健生走出来，给先生备茶，顺口搭讪几句话，随后康海假装宅主，出来问卜。虎爪唐林与白荡湖铁锚帮舵主姜海青，暗藏在屏风后面，都拿着兵刃暗器，按着机关。

康海假装宅主，向卖药郎中举手道：“先生请坐，给我算一算。”又冲着乔健生说：“喂，给先生倒一杯茶来。”乔健生假装仆人，应了一声，早端过茶来，说：“先生喝茶。”却又说道：“先生，你把你的招子、药箱子放下吧！这府上很得算一回工夫呢。”伸手就摸招子。卖药郎中早将招子一顺，放在自己腿旁，把小箱也靠在身边。乔健生就像侍仆一样，跟快手卢登分立在门口下首，监视着卖药郎中。康海遂即念出一个八字，无非是甲子年、乙丑月、丙寅日、丁卯时生，请先生给细推流年。

卖药郎中大概不懂算命，此时也就念念有词，替这一造算起命来。却是一脸的油汗，不住用手巾擦，两眼东张西望，打量康海和乔健生。

康海和乔健生任卖药郎中细算流年，他却用冷眼查看这卖药郎中的举动。同时屏风后，暗间竹帘边，也潜伺着两人，也都琢磨这个卖药郎中。卖药郎中掐指念叨了一阵，说道：

“不知这一命，问的什么事？”康海道：“君子问祸不问福，请问这个命，今年流年怎么样？是否犯小人？图谋事情，奔哪一方好？”

卖药郎中把草帽一推，说道：“若按这一命……”如此如彼，顺着溜口辙，批了一阵。屏风后的巴允泰嫌康海敷衍的话太远，他大步走出来，说道：“先生，你先不要给别人算命，你先给我算一算。我问你，你大远地找到这里来，可真不容易。我问你，你到底是走江湖的金皮采挂四行？你还是释道儒三教？”走到郎中的身边，伸手来揭他的草帽：“你进了屋，还不摘帽子凉爽凉爽，你不嫌热吗？”

巴允泰手很快，那卖药郎中猝然立起身，往旁一闪，比巴允泰还快，冷笑道：“不劳费心，我自己会摘！”把马兰坡大草帽往背后一推，露出头来，果然是蓄发的全真，并非剃发的艺人。

峨眉群雄不禁哗然，康海跳过来，指着这个出家人喝问：“呔，你是个卖野药的，还是个奸细？你受谁的指使，来到这里刺探？赶快说了实话，有你的便宜。”

这个卖药的出家人微微哂笑，站起身来，说道：“不错，我是出家人。出家人卖药，不算犯歹呀。也不是我故意要上你们这里来，乃是你们这一位把我叫进来的呀！”

快手卢登也抢过来吆喝道：“我瞧你也是道里的人，你不要装糊涂，你的来意早教人看穿了！你究竟是奉谁之命，找什么人来的？趁早说了，有你的好处。你一个出家人，为什么改装俗家打扮？你一个卖野药的，为什么围着这座楼房打转？相好的，招子要睁亮点，你露相了，说真的吧！”

康海、卢登、乔健生，紧紧讯问。巴允泰跑过去，伸手便拿这出家人的市招。这出家人精神很足，身手很快。巴允泰刚一探手，他便一弯腰，又把市招抢到自己手中了，哈哈仰面大笑，说道：“你们这些人到底是怎么回事？看这样子，要欺负我出家人不成？你要明白，出家人走四方，吃四方，没有两下

子，也不敢出来闯江湖，你要问我是哪里来的吗？告诉你，南边来的。你要问我要找谁吗？我却有个盟友是这个，叫这个。”做了两个手势，接着说：“我却想不到犯了你们的忌讳。朋友，你们不放心我，我再说一句犯恶的话吧，你们几位大概是这个，一准是这个！”说时把手指一比，做了个铁锚形，却又单对着巴允泰、康海说：“你们二位口音各别，又不是这个了。听你们的口音，大概是四川来的。四川我也有好几位朋友，内中如同唐大嫂，如同打虎邹山郎，但不知你们二位是跟姓唐的有干连？还是跟姓邹的有干连？我看哥们也许就是鼎鼎有名的峨眉七雄，那老七雄却真是好朋友，我在下跟那老七雄，也有交道。”

这个出家人，明明白白，点出西川群雄和峨眉派的名堂。峨眉群雄登时变色，这不用推测，只看蓄发、口音、气派，便已断定来人必与狮林观有关了。而且孤身一人前来刺探，不用推测，必定是很扎手。虎爪唐林和巴允泰同时发话道：“朋友们小心，这是梁子！”快手卢登赶上一步，厉声喝道：“你是哪庙的老道，竟敢跑到这里来滋事，你好大的胆量！你来是容易，你要想走，可有点犯难。相好的，说实话吧！你是哪个庙的？你的师父是谁？你叫什么名字？”

出家人冷笑道：“诸位休要问我，我问你们的话，请你们先答对出来。你们这些人气势汹汹的，要打算怎么样？对不住，我出家人不跟你们凡夫俗子怄气，咱们改日再会！”举步便往外走。

其实，这出家人正是狮林观的一粟道人，一粟道人正是专程来探访峨眉派的下落，好不容易才获有线索，他岂肯轻轻易易地退走？他却故意示弱，假装势孤惧众，抄起市招，拿起药箱，夺门要逃。他要借此诈出对方的敌对态度，敌对言词出来。他只知这些人是铁锚帮，也还不敢断定必是峨眉群雄。他深知此地是铁锚帮的巢穴，更知铁锚帮杀人戕仇，伸手便做，一点不怕王法。一粟道人便暗暗将一只铜飞铃扣在掌心。在这

楼外边，还有他一个伴侣，他打算通知一声。

可是峨眉群雄到此，情知大敌当前，自己形迹已露，人人又急恐，又惊恐。康海头一个厉声喝道："哪里走，站住!"抽出匕首，抢上来横拦一粟。却彼一粟轩眉一笑，容得匕首刺到，身躯不退，就用小药箱子一砸，突然飞起一腿来。康海只顾躲药箱，没躲开这一脚，手中匕首腾地被一粟踢飞。疼得他大叫一声："好老道！你们快动手!"

虎爪唐林大怒。一粟道人仅仅踢出这一脚，可是这样飞快的身法，已被唐林巴允泰看出不好惹，也就料到狮林观的高手到了。唐林赶紧自救，第一必须把一粟扣住才行，但是不能力敌，应当智取。唐林大喝道："并肩子后退，封门口别上前，我来对付!"他抢行一步，奔屏风后。屏风后藏着铁锚帮的舵主姜海青。唐林催请姜海青发动埋伏："这是棵硬菜，不能不硬摘!"

第十一章

怅望水火牢投鼠忌器

一粟道人略试身手，峨眉群雄纷纷惊窜，知道这是对头找来了，一迭声地喊，快拨动机关。铁锚帮舵主姜海青却不肯随便发动埋伏，从屏风后闪出来，大叫："你这老道好大胆！喂喂，帮友们快动手，把这老道拿下！"

唐林、海棠花韩蓉、巴允泰，一齐叫道："姜舵主，喂！还是底朝天！"

姜海青还是嚷："帮友快来动手！"他暗想：你们好几个人，难道拿不住一个死老道？一赌气，自己把芭蕉扇一丢，登上拖着的鞋子，抄起一柄倭瓜锤，抢上来，照一粟便打。

一粟冷笑着，还是说："你们这是做什么？无故打我这出家人，岂不是欺负人太甚！"说时，姜海青的锤已当头打到，想是不愿出人命，略闪开头顶，奔一粟右肩砸下来。一粟道人纹丝不动，直到锤距肩头不到一尺，才猛然一侧身，举手中市招，往上一削。当的一下，力量极猛，竟把姜海青的铜锤腾空打脱。众人大惊，一粟道人更不容缓，往前一进步，把市招搂头盖顶打下。姜海青急急闪身，哪想到一粟这一招乃是实中

虚，把对手的眼神往上一领，连环步更往前一上，突然飞起一腿，正踢在姜海青的肩头。姜海青受不住，仰面就倒，被虎爪唐林赶步上前扶住。

就在这时，暗间潜藏的海棠花韩蓉立刻抄起折铁钢刀，娇叱一声："好杂毛，敢来找死！"一个箭步，挑帘蹿出去，斜堵堂屋门，迎住一粟，立刻动手。却在同时，那巴允泰早大吼一声，拔匕首，先一步抢上来。这楼房大厅十分宽广，韩蓉和巴允泰竟围住一粟道人，恶狠狠动手。双方没有一个人肯承认峨眉派或狮林观的字号，竟一味哑打。

一粟道人看出对方变了脸，要拼命，心中也就明白过半，急将市招一甩，甩去市招子的竹筒，露出里面的钢短锏。把俗装长衫一拽，抡动铜锏，和韩蓉巴允泰对打。百忙中，一粟却又一甩手，突突一声响，把铜飞铃向门外抛出去，吱溜溜的锐啸，腾空又下落！这是狮林观关照同门的暗号。

海棠花韩蓉、巴允泰，先后拥上来，和一粟交手；康海和乔氏弟兄也蠢蠢欲动。那边宅主铁锚帮首领姜海青愧忿已极，捏唇怪啸了一声，向大众叫道："你们快闪开，看我收拾他！"韩蓉、巴允泰早已忘其所以，凭恃人多，正要施身手把一粟打倒。虎爪唐林却知姜海青要发动埋伏，忙大声呼吆着，催韩蓉巴允泰赶快撤下来。韩、巴夹攻一粟，康海在旁帮拳，竟未能理会；只有二乔弟兄，闻声往旁急跳。姜海青厉声挥手道："你们快往黑地板上站，快往墙根跳，你们堵住了门。我可要下绝情了！"

韩蓉、康海、巴允泰憬然省悟，忙虚掩一招，分别后退。一粟道人厉声道："你们少要弄鬼！"立刻也往旁一退，倏地往堂屋门口奔去。

这时候，宅主姜海青已奔到屏风后，按住了机关枢纽。峨眉群雄一齐闪退，一粟也觉出古怪来，夺门要走。快手卢登大惊，忙道："快堵门！"他头一个跳到门口。就在这快手卢登跳过去的同时，一粟道人也恰好跳到。快手卢登急忙抽匕首，照

一粟面前一晃，他的意思不是要刺一粟，是借此吓退一粟，好教一粟落网。他却忽略了一粟道人的武功。他的匕首刚刚照敌人面门一比，便被一粟道人侧身探爪，一把捋住了手腕，立刻借力打力，往怀里一带。快手卢登站不住，就往前一栽，却又将左手的匕首一提，照一粟刺去。一粟道人微微退后一步，用铜锏一挡。

就在这时候，两个人都退到堂屋当中。那时铁锚帮舵主姜海青发动了埋伏，巴允泰、唐林、韩蓉、康海、二乔，一齐惊喊，叫卢登速退，但是哪里来得及！楼下大厅的地板陡然掀起来，同时，屋门口突然从上面翻下来黑乎乎的一块闸板，把门口出路整个堵住。但听机关轧轧声中，一粟道人竟翻在滚板之下，快手卢登也被一粟抓住手腕，狠命一拖，一齐坠到滚板之下了。

这滚板的机关非常灵活，乃是铁锚帮用以自卫的设备。滚板之下，是深够两丈五、四丈见方的地牢，有放水、放火、放烟的机关。一粟道人和快手卢登一齐坠下翻板。一粟道人逢危不乱，身形往下落，猛一个云里翻，脚着实地，往旁一闪，又摸黑一扑，快手卢登元宝式掉下去，刚刚鲤鱼打挺，往上跳起，被一粟扑上来，一拳打倒，又抡市招铜锏照顶门一下，竟把卢登打晕过去。然后一粟道人往开处一跳，急拢目光，察看四周。

这翻板很快地翻起来，又很快阖上，下面的地牢，顿时黑洞洞昏暗无光。一粟道人自知陷入虎口，幸而抓住一个陪绑的，可也情知结局不妙。他正要拿火折，取亮照看地牢全部的情形，不想这地牢四角上都有很小的铁槛天窗，由这一角天窗放出光亮来，由那一角天窗便显露出三个人脸。一个是虎爪唐林，一个是海棠花韩蓉，一个便是铁锚帮舵主姜海青。还有二乔、唐海、巴允泰，也在另外两角天窗上，微露半面，往下窥看。他们再想不到，用翻板擒拿仇敌探子，反而把自己人也拐进去一个。地牢内有火穴，可以烧死陷牢的仇敌；又有烟穴，

可以熏死人，也可以把人薰昏过去；又有水穴，可以放水把人淹死。现在他们就赶忙预备着。

唐林和姜海青并头露面，立在天窗一角上，忙把暗号唇典，向卢登打招呼。卢登已被一粟袭击，打晕过去，再叫不应。姜海青以为快手卢登已死，便要发动机关，用烟把这个仇敌熏死。他吩咐手下人，先准备烟。虎爪唐林说："使不得，我们必须问一问，这个老道到底是冲谁来的！"巴允泰也凑过来说："我见卢登躺在地牢上，看样子，不会是摔死过去，怕是受了老道的暗算，我们得先看明白了。"

姜海青说："这容易。"他把机关一按，又露出一个小小天窗，忙点着一盏孔明灯，居高临下，往地牢照看。看出快手卢登身形蠕动，似乎没死。可是同时见那一粟道人退到暗隅，忽又跳过来，把快手卢登按住；抬头往上一看，很快地把快手卢登点了软麻穴，不能动弹了。还未容牢顶上的人发话，一粟道人先开了腔，厉声冷笑道："你们好大胆，真敢私设地牢，囚陷良民！你们又跟我不认识，为什么下这毒手？你们把我诓到这里，到底跟我有什么仇，要把我怎么办呢？"

虎爪唐林和姜海青一齐喝问："你一个出家人，假装卖药郎中，走上我们这里刺探，你到底是谁打发来的？你也是道里人，你快说了实话，我们还可以把你放了，你不要痴迷不悟，我们这地牢是水火牢，你倘有半句虚言，我们便把你熏死，淹死。"

一粟道人负隅怒叫："你们这些东西太可恶！我出家人卖药卖卜，并不犯法，你为何暗算我？我一时骤出意外，入了你们的牢笼，可是你敢把我怎么样？来者不善，善者不来。你们不怕遭天报，有本领尽管施展出来瞧！"

身在陷阱，口齿这么硬。二乔沉不住气，脱口骂道："好杂毛，至死还叫横。我知道你，你一定是鸟！"

一粟道："是鸟便怎么样？是鸟就不止一个，料你也没这胆量开笼放鸟！"

康海道："好好好，不用问了，一准是狮林三鸟，我们快把他打点了，这一下斩草除根，免去后患！"

一粟道人冷笑道："免去后患，不大容易；可是这里头，还有你们一个同伴陪绑呢，你不嫌投鼠忌器吗？"嘴里说着话，猛然一抬手，发出一件暗器，直射到天窗上，咯噔一声，碰上了钢丝网，撞回来了。陷入地牢的人，不利于发暗器，上打天窗上的人。天窗上的人，除了发动水火，也不能用镖箭打地牢的人。

康海很生气，就向居停主人说："这东西身陷地牢，还敢行凶。舵主，你何不把水火牢发动了？"二乔忙道："不行，那一来，岂不把快手卢登也毁了。"

康海抓耳摸腮，正要说话，这时候，地牢中的快手卢登忽然发出低嘶，用很微的声音说道："我受了暗器，教他点了软麻穴了。你们想法子，快把他弄倒了。"他已望见天窗上的人头，他的意思是教他们发暗器，将一粟道人先行打倒，便可以把他救出去了。他却不知这地牢天窗是为预防陷牢的人穿窗逃去，内外布上钢丝网，实在没法子发暗器，而且，与其发放暗器，还不如放水、放烟。

巴允泰、唐林、韩蓉、二乔等全很懊丧，想不到快手卢登太屎蛋，竟被仇敌一同拖下去，成了现成的肉质，使他们不得不投鼠忌器。几个人发急，卢登一说话，他们更没了主意。姜海青大笑道："这有什么为难的？诸位，你们是打算要活的还是要死的？"

康海心最狠，咬牙切齿抢着说："要死的！"唐林道："不行，姜舵主，我们还是要活的，不要伤了卢登。"

姜海青立刻吩咐手下人发放浓烟。这种烟燃放起来，可使地牢灌满煤气，可以把人熏死过去。然后进去人，把卢登救出再治活，把一粟捆上再弄醒，便可以讯供了。但是康海立刻说："如果是煤烟，未免太厉害，弄不好，怕把自己人也熏死；要是柴烟，又怕熏不倒敌人。"因请姜海青还是发放水吧。姜

海青道："也对！"

放水的机关，立刻被铁锚帮的帮友拨动开了，蓦地从地牢四隅小洞中喷发出很猛烈的水流。一粟一见这情形，如负伤猛虎般一转，跳起来要堵水穴，哪知这地牢中一样的水穴很多，大小有四五处，堵不过来，转眼间水已没了脚面。

一粟大喝道："你们快把水停住，你再灌水，我可要把你们的伙伴先收拾了。"他拿着匕首指着快手卢登，做出威吓的样子，教天窗上的人看。不想他的威吓话已没人听，也没人看了。水才一放，上面天窗顿时关上，火光顿隐，地牢中立刻觉得漆黑。

于是不到片刻间，地牢的水滋滋地由下往上泛滥，已然深有一尺多，没有淹着一粟，先把快手卢登泡起来了。一粟连声大叫，快手卢登也发出低嘶，可是天窗上的人似乎都走尽，没有一个人搭腔。

一粟又如猛虎一般，把快手卢登的软麻穴解开，持匕首照卢登胸口一比，逼着他呼救止水："相好的，你快叫你们同伴把水停住，要不然，淹不死我，我先把你宰了。"

快手卢登此时心中也很着急，既觉着委屈，又不由怨恨。自己不幸和对头一块陷入水牢，他们在外面，竟不管不顾放起水来，岂不连自己也要淹死？但是一粟向他威吓，他仍然骄蹇不理，却大声地招呼巴允泰和虎爪唐林。叫了半晌，竟无反响。地牢的水越发泛滥，起初滋滋地吼，后来汩汩地流，转眼间已然达到人的膝盖。一粟固然下半截没入水中，快手卢登却全身整个的教水淹没。一粟一想不好，淹死卢登，反与自己更不利，他赶紧地想法，只捆住快手卢登的手，替他解开脚上的绑绳，使得卢登能和自己一同立在水中。

于是水越放越多，约过了一个时辰，这水已然到达七八尺深，将近一丈了。一粟道人和快手卢登虽为仇敌，这时候，都在水中挣命。同时峨眉七雄和铁锚帮都在地牢上面窥伺着，静观结局。

铁锚帮舵主姜海青一面指使党羽，开放水闸，一面告诉峨眉群雄，这水可以直放到两丈深，灌满地牢。那时候，陷在水牢的人就不淹死，也要憋死。他打算只放到一丈深，便即停住。只把一粟和卢登淹个半死，失去了抵抗力，便可开闸门，进去人，把一粟捉住，把卢登救出。姜海青又问峨眉群雄，快手卢登会水不会？巴允泰唐林说："他倒是会水，苦不甚高。"

姜海青听了，点了点头，照样开闸放水。峨眉群雄在地牢上面，侧耳听着水嗤嗤地往上喷灌，等到牢中积水渐多，水声便越来越小。唐林唯恐把卢登淹死，不时地问姜海青，水灌到怎样深了。又过了一会儿，姜海青吩咐手下人，到楼后水塔上看一看，回来报说："水大概灌入一丈多深了。"姜海青忙吩咐打住，于是几个人将地牢天窗打开一个，用孔明灯重往里面照看。这一照看，顿见快手卢登乍沉乍浮，漂在水面上。那一粟道人也泡在水内，正挨着卢登，看样子也像浮起来似的。只是牢内过于黑暗，看不分明。

峨眉七雄都很担心，连连叫着卢登的名字，似乎只听见应声，不能答话。又冲一粟叫道："朋友，怎么样？你是不是狮林三鸟？你还不说实话吗？再不实说，可就活活地把你淹死了。"水中的敌人也还是不回答。峨眉群雄无计可施，拿着孔明灯，从这边照到那边，从那边照到这边，努力地照看，要想察明水中人的生死。

铁锚帮舵主姜海青却不管这些，只用灯照看水牢中水的深浅，看了半晌，问手下人："到底放进去多少水？"手下人说："水塔已然放出一半水，至少也够一丈多深。"姜海青摇头道："不对，大概水门水闸有了毛病，据我推测，这牢中的水不过一人多深，七八尺罢了。这一定是哪里漏水了。"转身来把峨眉群雄领到地牢旁小室。小室有洞，可以平窥水牢，便请他们偷开小洞，不用灯照，从暗地里偷偷查看水中人的动静。姜海青自己却去查勘地牢四周有无漏水的地方。巡了一周，果然发觉这地牢水闸久备未用，有了漏水的地方。地牢左右原是地

窨，现在左地窨已然流进来不少的水，当然是从地牢漏过来的水了。姜海青忙命手下人，用败絮和泥沾水，把漏水处草草堵塞了，一面仍命加紧放水。水只要放到两丈四五尺高，人在水中必被憋闷得晕厥过去，那时再开天窗，派人下去捆拿，便好探囊取物，瓮中捉鳖了。

峨眉群雄在耳室小洞窥看良久，深恐卢登一同受害。康海、二乔仍在小洞旁盯着。巴允泰和虎爪唐林夫妻一齐上来，向姜海青说话，打算此刻就停止放水，遣人泅进地牢，刺杀了一粟，救出来卢登。姜海青笑道："二位，这可不是我不惦记那朋友的安危，无奈我这地牢盖得太严密，唯恐陷牢的人毁洞逃跑出来，故此只留下很小的放水小洞，下通水管，并没有留下泅水进牢的隧道，除了天窗，实在没法子放人进去。现在只有一招，就是赶紧灌满了水，把老道泡得半死，然后我们再开天窗下去，拿人救友。除此以外，再无别法。"

虎爪唐林道："这法子当然最稳当不过，我只怕卢登受不了，仇人没淹死，倒把他先淹死了。"姜海青摇头道："卢朋友也是个好汉，真格的比人家老道还不如吗？"唐林强笑道："他真不如人家老道，你不见刚才，人家老道刚一失陷，立刻把卢登抓住，一块拖下去。"姜海青仍然摇头道："泅水进去救人，当然爽利，实在是这地牢没有筑下出入口，也就无可奈何了。得了，唐仁兄、巴仁兄，请放心吧，再过一会儿，准可以得手，你就不要小不忍，则乱大谋了。"

巴允泰和姜海青交情疏，没肯深说。今见姜海青坚持己见，也就不便再讲，只向唐林发话道："这老道定是狮林群孽，我猜他来这必非一人，我们应该到外面搜搜他的党羽去。"

姜海青道："这倒对，刚才竟忘了这一层。"他立刻派了两个帮友，陪同巴允泰出去看。唐林忙道："巴大哥去，不大相宜，莫如教二乔去，因为巴大哥在鲁港白天露过面，怕被人看出来。"巴允泰道："我可以改装，不是我说二乔，他哥俩实在是太愣。"

说着，巴允泰和铁锚帮两个帮友换了衣装，开后门溜了出去，围着庄院蹚了一圈。觉着周围没有什么异样的人物出没，遂又到湖边码头上巡视。围着湖堤，绕了一圈，并没有发现什么。巴允泰正要往远处蹚下去，旋遇见在湖边巡风的一位铁锚帮友，正匆匆走过来。巴允泰迎上去问话，这个帮友说道："哦，巴爷，我正要回庄报信，您老三位来了，很好，省我一趟。刚才码头上有五十多岁一个老头子，二十多岁一个小伙子，从南岸渡过湖来，贼眉鼠眼的，在这里徘徊很久，偷偷地冲人打听我们铁锚帮，打听我们姜舵主。又打听四川口音的人，又问人瞧见串村镇的卖药郎中没有，情形非常怪。那个年轻的更像道门，一脑袋长头发。"

巴允泰听了，忙问："这两人现在哪里？你跑来送信，岂不把他们放走了？"这巡风帮友很得意地一指，道："我们还有一个同帮帮手，替我盯着呢，现时两个点子全在茶馆里。"巴允泰立刻托付同来的一个帮友，驰回送信；自己忙跟巡风人，急急扑奔湖边茶馆。

刚到湖边，已见那个同帮帮手翻着眼珠子，四面张望。巡风人忙叫道："阿四，你寻什么？"阿四往四周看了一眼，方才忸怩道："我正寻你，你叫我盯的两个点子，刚才一转眼，竟没影了。偏巧我去小解，两个点子抓着这个空当口，给我一个下不来！"巡风人唾道："阿四，你真屎蛋！"巴允泰道："快上码头看看。"

四个人翻来覆去，寻了两圈，竟没再遇见那老少二人，更打听茶馆中人和码头上人，有的说没看见，有的说这两个人已然坐船过江了。

巴允泰直寻到江边，依然没寻见，便嘱咐码头上的铁锚帮友处处多留神，遇有眼生之人，赶快回庄院送信。嘱完，便回转庄院，见了姜海青，细说此事。姜海青沉吟一回道："他们如果真是狮林群孽，那么他们忽然丢了一个人，他们一定要百计搜寻。我们这几天，日里夜里，都要小心一点才好。"

虎爪唐林、海棠花韩蓉夫妻插言道："可是落在地牢内的这个家伙，到底也没有切实招认，连万儿也没挤出来。我们必须设法逼出他的口供才好。"姜海青道："这时候大概泡得差不多了，我们再看看去。"

几个人正打算重开地牢天窗，提灯照看，猛听到耳室发出锐叫。几人慌忙奔过去看时，只见康海一个人正在耳室小洞口瞪眼着急，冲地牢大骂。

这时候，地牢又灌进许多水。不知怎么一来，快手卢登浮在水面上，似乎刚恢复知觉。一粟道人泅在卢登身边，连下辣手，逼问口供，快手卢登竟大叫起来。康海正在洞口窥望，似见卢登一点抵抗的力量也没有，任凭一粟在水中摆布。竟不知一粟道人施了一个什么手段，也不知低低地说了一句什么话，卢登矢口大叫道："你宰了我，我也不能栽给你。"随又大叫道："并肩子，我可教人制住了。你们快弄吧，我情愿拼给他，我不愿当肉票；我情愿跟他一块死，也比受他琢磨强。哎哟，哎哟，你真可恶……并肩子，他灌我喝臭水，他点我软麻穴，你们快快放水吧！他要拿我的命换他的命，我可不能跟他换，你们快下辣手吧！"这一嚷，唐林夫妇、巴、姜诸人，全奔来了，二乔也从楼上奔了下来。

峨眉群雄闻声大怒，立刻把天窗洞口重行开放，各用灯光照着，往水牢内窥看。巴允泰一面向卢登发话，教他努力支持："不出片刻，我们定有恶辣的法子，收拾敌人。"一面又向一粟威吓："你不要逞凶，你反正也逃不出我们手心。你只管毁我们的伙伴，可是你既在地牢，这辈子休想再活着出来。你说好的，还有个商量；你别自觉挟着肉票，你就放心大胆，为所欲为了。小子，我们拿两天三夜的工夫熬你，你就是老虎，也有闭眼的时候。你除非把我们的伙伴弄死，可是弄死他，你更活不了，我们更不教你痛快死！你识相的，老老实实投降，供出来历，我们还能饶你的命。"

威吓的话步步逼紧，颇有投鼠不忌器的打算了。可是一粟

道人泅在水中依然不答，依然是卢登被惩治的怪声喊叫。

峨眉群雄干着急，束手无策。铁锚帮主姜海青就说：“这没有别的招，还是灌水。”虎爪唐林看了看天窗铁网，向姜海青建议：“可不可以揭去铁网，我们从这四个小窗洞发暗器，收拾这东西？”姜海青道：“你们可以试试看。”

这时候，已然天很黑了，铁锚帮舵主姜海青仍催门徒狠命放水。偏偏这水闸出了毛病，只放到一丈三四尺深，再也不能多放，水牢左地窖刚刚堵好不漏水了，水牢右地窖又汃汃溢出水来。姜海青大为暴跳，他很想把水放到两丈多深，水面可抵翻板，那时就可以探手擒拿落网之人了。现在竟灌不满水，遂含怒吩咐手下人，一面细堵漏洞，一面加紧放水，把水塔的水全灌下来。他自己见天色已晚，便派人监视着，亲邀峨眉群雄，暂且上楼用饭。

大家匆匆吃完饭，时候已近二更了。于是大家抖擞精神，齐拿袖箭、弩弓，打算掀开铁网，由天窗小洞往水牢中试掷暗器，把一粟打伤，就容易活捉了。

巴允泰、唐林、韩蓉、二乔、康海，都跟随铁锚帮舵主姜海青，先到水牢两厢，二番查看灌水的情形。经不住手的灌注，历时已有四个时辰，可是验查水线，刚刚一丈七八，距离牢顶还差六七尺。大家又悄悄开了洞口，往牢内窥望。牢内黑洞洞，任什么也看不出来；而且不拘仇人也罢，朋友也罢，除了水流响，全没有一点声息。群雄在外面低声议论，康海、二乔仍打算请求姜舵主大开天窗，他们三个人要持兵刃，结伴下去救友捉敌。姜舵主仍不肯冒险，巴允泰、唐林也说使不得。结果仍依原议，命工匠拿钳子、凿子，先把天窗小洞的钢丝网卸下来。

天窗小洞一共四角四个，都设着钢丝网。一霎时，全把网拆下去了。峨眉群雄立刻从小洞探头往下看，当然里面昏黑，仍然看不出什么，只听见流水哗哗的微响罢了。巴允泰、唐林、姜舵主、韩蓉，各个端整了暗器，命二乔、康海等提孔明

灯，急急往内一照，依稀照见水面上仍然漂着一人，细看还是快手卢登，那个仇敌一粟道人仍然没有露出水面。

其实，一粟泅水的功夫并不强，他绝不能泅入水底，久不出头。他只是把卢登摆布成一具死尸也似，教卢登漂在水面上，他自己就隐藏在卢登身畔。因为天窗太小，水又波动，峨眉七雄仓促之间，竟不曾看清。他们原打算往里打暗器，可是照这样，水面只有帮友，没有仇敌，依然投鼠忌器。

峨眉七雄用孔明灯赶忙地一照，又赶忙地退下来，聚在一处，互相问讯："那个点子怎么没有漂上来，莫非跑了？"

姜舵主冷笑道："他往哪里跑？"康海说："况且我们在这里始终监视着，没有离开人，他断不会飞上翻板。"

大家商量了一会儿，仍然一声不响，分四个人立在四个小洞口旁，两个人用孔明灯往里照看，两个人借这灯光，往里发箭。他们也料到仇敌如果未逃未死，必然泅伏水中，把面目口鼻露出，潜伏在卢登身旁。他们就用很准的手法，唰唰几下，连发出六支箭。支支都打在卢登漂浮的水面周围。

这一来，居然有了动静。快手卢登本如死人般，不再出声，可是这一阵箭雨打过后，仰面漂着的卢登竟浮浮游游地漂动起来，一直漂到地牢的一面墙角，恰当天窗水门之下。峨眉群雄登时看出来，一齐惊叫道："不好，点子还在水里泅着呢，卢爷大概教他毁死了。我们不要顾忌了，快下毒招，给卢爷报仇吧！"

刚这么喧嚷出来，立刻听见水牢中发出阴森森的冷笑，道："你们的伙伴没死，你们投鼠还得忌器。我不骗你们，我叫他出声，给你们听听！"

这冷诮声就发出在卢登身畔，海棠花韩蓉和巴允泰手疾招快，登时循声发出两箭。猛然间见卢登全身一动，同时听得他发出尖锐的叫声："哎呀，好杂毛，你害苦我了。"

这一喊，又证明快手卢登并没有死。峨眉群雄到此忍无可忍，七言八语，主张硬下去捉人。虎爪唐林再向姜海青问计，

姜海青皱眉道："且再放烟试一试！"忙招呼手下人，燃火生烟，开放烟闸。峨眉群雄仍向一粟一面呼叱，一面发箭遥射。正乱得不可开交，突然后院墙外，发出警报，说是有夜行人袭进来了！

姜海青和峨眉群雄一齐震惊。姜海青不禁狂笑，继以暴怒道："我在此地不是一年了，想不到今天，真有人欺到我门口上来！"峨眉群雄互相顾盼，疑心是找自己来的。姜海青正要亲率能手，前往查看，却是他的几个高足，早有六七个人不待吩咐，各持兵刃，打着火把，向后院去了。姜海青见状甚喜，忙说："你们不要全奔后院，后院要是进来奸细，留神前院，也必有人窥伺的。"一个门徒应道："我带几个人去。"姜海青道："你们可以围着庄院都看看去！"门徒答应着，一面到各处知会同伴，一面分道前往查勘。

工夫不大，铁锚帮的副舵主刘子英和几个门徒前呼后拥，押着一个短衣壮士，吆吆喝喝进来。姜海青手持火把，正在当院巡候，刘子英抢上前说道："大哥，你看，真有人琢磨咱们！这家伙攀后墙往里探头，我刚一喝问他，他就给我一镖。经我一诱，他竟敢跳进来跟我动手。手底下还真毒，若不是我把他诱到坎儿里，我真要吃他的亏。"说着，把这少年带到。姜海青举火把一照，这少年才二十二三岁，圆脸大眼，十分精干。他被两个人倒剪二臂架了过来，他的兵刃也被人拿下。

姜海青打量这人，素不相识，喝问："你这小子，是哪里来的？为什么攀墙头，可是要偷盗？"这少年瞠目不答，也无惧色。手下门徒把这人的兵刃呈递上来，姜海青一看，这是一对短兵刃，形状很怪，像是虎头钩，又没有钩，柄有护手，尖有卍字锭。姜海青竟不认得这是什么兵刃。

峨眉群雄的虎爪唐林和巴允泰恰巧走来，看见那少年的模样，立刻心中生疑，又一看兵刃，顿时说道："不好，这小子是弹指神通华风楼的晚生下辈。不好，不好，这小子一到，华老头一准也来了！"唐林很透惊慌，先告诉姜海青："这是找我

们来的。”又问巴允泰：“我们应该躲躲，我们不要给姜舵主找出麻烦来才好！”巴允泰踌躇未答，姜海青道：“你们躲什么？人已经来了，我们不论怎样，只有顶着干就是了。”立刻请刘子英把这夜行少年押到大厅，大家坐下来，预备用严刑讯问。

这个夜行少年不是别人，正是多臂石振英的师侄和义子——少年陈元照。

陈元照被柳叶青、杨华夫妇缚擒后，乘乱挣断了捆绳，含愧逃走，依然要追缉峨眉群雄。不想竟被他误撞，寻到这白荡湖。在这湖边，他发现铁锚帮许多帮友气焰嚣张，个个都有武功。他料定这帮人必非良民。却不合单人匹马，硬来探庄。当下他勘准了铁锚帮的密窟，竟一个人乘夜潜来窥探，刚攀墙头，便触动铁网铜铃。他应该退下去，偏遇上铁锚帮副舵主刘子英在后院解手，喝问了一声，打他一砖头。他竟一怒发镖，刘子英假装受伤倒地，把他诱下墙来，又爬起来逃跑。陈元照抡卍字银花夺，苦苦一赶，结果被刘子英诱入陷坑，即时遭擒。

陈元照不怨自己年少无智，办事疏忽，反而自恨运气不好，到处碰壁，姜海青、刘子英把他带到大厅上，厉声诘问姓名和他的来意。陈元照横眉竖目，抗不置答，反而厉声谩骂。他自称是办案的，要拿这群臭贼：“你们少要作威作福，少时我们的人就寻来，把你们拿住，全当土匪反叛办。”他还妄想威吓人，他竟不知这铁锚帮作奸犯科，杀人不眨眼，往往以私愤活埋人。

姜海青高坐堂皇，在那里审问陈元照；虎爪唐林暗把自己人叫来，教大家认一认。峨眉派的人都说：这个人确是弹指神通一伙的晚生下辈。康海首先主张，要把陈元照活埋了。海棠花韩蓉因见陈元照身虽被擒，不住拿眼打量她自己，她更生气，要动刀子，先把陈元照的一对大眼挖了。巴允泰和虎爪唐林都不以为然，说是：“这小子绝不是官面，一定是仇人派来搜寻我们的。我们总得设法问出他的姓名来历，他若是弹指神

通门下的徒子徒孙，我们应该向他究问弹指神通现在何处？为什么要热心帮助飞刀谈五的后人？”

但是陈元照很横，被擒之后，已将生死置之度外，威吓刑讯，都问不出实话。唐林、巴允泰秘密对姜海青说：“这是个小浑蛋，吃软不吃硬，我们可以换个假面孔，用好言语诱供。”姜海青笑问大家道：“你们谁会套供？”巴、唐二人说：“舵主，咱们帮友里一定有能说会道的，可以找两位去试试。”

很快地商定诱供办法，姜海青当着陈元照的面吩咐门徒：“这东西无故夜入民宅，实在可恶，多半是小偷。你们快把他押下去，吊起来。他再不说实话，你们候到天亮，就把他活埋了！”两个门徒答应着，立刻把陈元照推推叱叱，押到另一间小屋，把他吊在梁上。

正要吊他一会儿，再派两个生脸的人去解缚骗供，忽又听见后院铁网铜铃琅琅作响，后院的人骤又发出警报。大家一愣，连说不好，今天晚上一定要大动干戈，恐怕点子全寻上来了！

峨眉群雄既防备弹指神通，又担心狮林三鸟，所以他们比铁锚帮更是心惊，面上却不露出来，暗暗自相关照：“看情形不对，我们不妨躲一躲，不要给人家铁锚帮找出大麻烦来，显着对不起人。”铁锚帮舵主姜海青却昂然不惧，说道：“谁找上我的门，谁就是冲我来的仇人。我不管那些，软的来，软的去；硬的来，硬的去。帮友们小心戒备着，这一定有道里朋友光顾，我姓姜的在这里接着，绝不含糊！”竟教半数帮友，打起灯笼火把，拿了武器，由大舵主姜海青、二舵主刘子英亲自率领，奔往各处搜寻；三舵主、四舵主也都出来搜查。峨眉群雄暂不同去，仍监视着水牢。

铁锚帮友一直寻到后院铃响处，远远望见墙根横躺着一个人影，旁边正有两三个人影，东张西望地喊叫。姜舵主巡视过去，远远喝问是谁，那两个人站着叫道：“来的可是帮友吗？不好了，你们快拿灯亮来，这里躺着一个死人。”

姜海青道："噢，死的是谁？"说时率众奔了过去，用火把一照。地上躺着的竟非别人，乃是本帮今晚值夜的一个小伙计焦二。他肩上微微冒血，人却脸朝地躺着，僵挺不动。姜海青命人把焦二翻转来，仔细验伤。焦二肩头上似乎中了袖箭飞镖，已经拔去，虽然沁沁出血，却不是致命伤。更仔细验看，才查出焦二头顶上曾受一击，所以被打晕了。姜海青心中含怒，一面命手下人快把焦二救醒，一面吩咐大家快搜。这分明是夜行人的手法，千万留神黑影。大家领命，分头活动起来。

姜海青这所庄院非常大，有五层院落，有许多间堆栈。院外还有临湖的数十间茅舍，乃是白荡湖渔户，都归姜海青掌管。前前后后，搜寻起来，很得一会儿工夫。倒是小伙计焦二先被救醒。姜海青问他遇见了什么人？怎样受的伤？据焦二说：正在巡更，瞥见一个矮胖的夜行人从后面掐他的脖颈。他挣命脱开，正要呼喊，被那夜行人一袖箭射倒，过来踩住身子，拔去袖箭，拿刀比着脑袋，连问我许多话。他先问我："这里是铁锚帮不是？"又问我："有峨眉派潜藏没有？"最后问："可有一个黑面大眼少年上这里来没有？是不是已被拿住？"焦二当时据实回答，那夜行人又叮问了一遍，便猛然用力照焦二头顶上一砸，立刻就砸晕过去了。

姜海青听了，越发生气，又问焦二："到底你遇见几个人？"焦二扪着后脑道："就看见一个人。"姜海青道："一个人你都对付不了？这个人从哪里进来的？"焦二一指东北角，道："恍惚是从这里钻进来的。"姜海青急带众人到东北角验着，东北角墙上铁网已被豁开，铜铃已被割去。姜海青不会上高，便命手下人搬梯子，上墙巡看。这时三舵主姚绍华、四舵主阮世昌已然绕圈巡到。他们立刻跃上墙头，往里外瞭望，恰值夜色暗淡，任什么也看不出来。姜海青愤怒不已，连骂："这是什么人来搅乱？"正要率同大众往外搜，却不料他们中了调虎离山之计。这时已有好几个夜行人，由打西南隅偷袭进来，直入腹地，一面搜找少年陈元照被囚系的平房，一面窥探铁锚帮是

否隐惹着峨眉派?

偷袭的夜行人已然乘乱进了庄院，分立在房脊上，往下窥看。首先发现夜行人的正是峨眉派。看见房上人影，峨眉七雄中的几人仰面喝问了一声，房上人影公然回答，却是回答的口音不对，像是华风楼的门下。他们倒噎一口凉气，急急退回来，守住水牢，暗教别人给铁锚帮大舵主姜、二舵主刘送信。

二舵主恰好来到，望见大厅房顶上、二道门房脊后，恍惚都有人影出现，抗声喝道："房上来的，是哪一路朋友？为什么事，黄夜到我们敝处？你们是谁？你们可晓得我们是谁?"

房上一个人应声道："请了，请了，下面的朋友，大概是铁锚帮帮友吧！对不住，我们是过路的人，无故不敢登门，我们是要找峨眉七雄，跟他们有一点小小的说处。请你们费心，把峨眉派唐林夫妻、巴允泰师徒、乔氏兄弟邀出来，我们谈上几句话。我们寸草不沾，立刻就走，绝不敢多骚扰。"

二舵主刘子英急急寻声抬头查看，月影迷离，看不出究竟是谁，厉声答话道："阁下原来是过路朋友，却高抬贵腿，走到我们房上来了。朋友既知道我们是铁锚帮，我们铁锚帮小小也有点名声，从来没曾被人欺上门来。你们要找峨眉派，峨眉派不是没家没业的人，他们在四川，也有垛子窑。你们怎的不登门去找，反而找到我们头上来?"

二舵主气势汹汹的反诘，房上的夜行人微微冷笑道："朋友，你这话也有理。但是道里人不要说假话，我却知道峨眉派老早离开四川，大批南下，访友寻仇，到了江南，一路全仰仗你们铁锚帮护庇照应，兼做居停主人。我们不愿摸空，这才履着脚印，找上门来。你们不须诡辩，我只请教你一句话：峨眉派七个人落在你们这里，已有数日。我们一直跟踪缀下来的，他们始终不曾离开。帮友你要讲江湖义气，我请你通知他们出来；你若护庇他们，不肯说出口，那自然是你们的义气，不过……"说到此声音提高道："冤有头，债有主，我盼望峨眉派的朋友不要装聋作哑，不要给主人找麻烦。趁早自己出头，

来跟我答话。”

这些话峨眉派已然听见了，不肯回避，正要由唐林出面答话，铁锚帮帮友却拦住他，说道：“我们舵主一定有答对的办法，你们几位先听听。”

果然，铁锚帮二舵主刘子英十分不悦。铁锚帮其他帮友都闻声寻来，把大厅二道门全围住，七言八语，出声恫吓，房上人傲然不惧，并且很冷峭地说：“人多嘴杂，我只听你们舵主的话。”

刘子英厉声道：“朋友，你们无故夜入人家，指名要人，我先问问你们，凭着什么，这等厉害!”

夜行人冷笑道：“就凭着亲的亲，远的远；光棍眼，赛夹剪。我既然来了，自然有来的道理。”

刘子英骂道：“你……”一声未了，大舵主姜海青已然来到，将双方问答的话听明，立刻接声道：“朋友赏脸光顾，自然你们心上想是冲着峨眉派来的；区区不才，却以为是冲我铁锚帮来的。朋友，咱们交交吧，你贵姓？你们哪道而来？来了几位?”

忽然在大厅房顶上又出现一个人影，用很深宏的声音说道：“下面可是铁锚帮姜舵主吗？对不起，我就是山阳医隐华雨苍，我要找令友峨眉巴允泰和二乔说话。他们三人现在厅内，请你唤他们出来。”

弹指神通这一报名，铁锚帮群众一阵大乱。姜海青、刘子英两位帮主尤其吃惊。

第十二章 群侠环攻铁锚帮

这时房上先后出现三个人影，姜海青忙退后一步，拱手道："原来是山阳医隐华老先生，我不知您老驾到，有失礼待，我这里道歉了。华老先生要找峨眉派，是有点说处吗？"

华雨苍道："正是。"

姜舵主眉峰一皱，道："华老先生，我先请教一句话，峨眉派若是我的朋友，我实不能丢掉江湖道的义气，把他们献给人。峨眉派若不是我的朋友，我绝不会无故收留他们久住。不过华老先生乃是武林前辈，别人来要人，我可以不给；您老亲自出来登门要人，我焉敢拒绝！可是华老先生久闯江湖，也当明白外场面子，我要交出人来，我便栽了；我若不交，老先生便不好看了……"说到此，略略沉吟道："这样办，华老先生请回，就便求你指定一个地点，一个时辰，我明日一定叫峨眉七雄登门领教。这一节，老先生想来不会拒绝。这一来，就算老先生给我铁锚帮留脸，也就是给峨眉派留脸了。"

姜海青辞婉而理足，弹指神通仓促不好拒绝。明天再见的话，万一铁锚帮变了卦，或者峨眉派惧敌潜遁了，岂不是上了

当？却是武林道以肝胆相许，又不能逆诈。

弹指神通正在踌躇，不想他身旁站立的夜行人突然大声叫道："喂，峨眉派的巴允泰，我看见你了，你还不出来？"

同时，铁锚帮帮友眼见房上出现三四个人影，几句话便会震住了帮主，觉得帮主出辞太弱。内中便有两三个愣小子很不服气，从人丛钻出来，溜到大厅附近，一来要登高窥看来的众人究有几个，二来便要乘机潜施暗算。

这两个愣小子，一个是铁锚帮帮友，名叫孙绍武，一个却是太湖水寇邹占川。两人从暗影中挨到大厅旁，跃登墙头，贴房脊蛇行，掩到弹指神通的背后。立刻看出弹指神通一共不过三人。孙绍武使刀，邹占川使峨眉刺，两人渐渐溜到弹指神通身旁不过两丈远，瞥见弹指神通面向平地低望，好像不曾提防背后。孙、邹两人大喜，悄悄互打手势，突然一蹿，欺上前来，喝一声："下去吧！"抡刀背，挺刺锋，各认准一人，骤下毒手。

哪知房上站的这三个人影，第一个是弹指神通华雨苍，乃是武林前辈，技艺精深；第二个是梁公直，第三个是谢品谦，都是成名的英雄，胆敢深入虎穴，焉能顾前不顾后。就在孙邹两人刚刚追到身边，梁公直侧耳留神，直容得敌人合身欺入，他这才骤然一闪，只错开一二尺，突然飞起一脚，把孙绍武连人带刀，咕噔一声，踢落到大厅庭前。

那弹指神通华雨苍手段更厉害。太湖水寇邹占川举峨眉刺让开要害，照华老后肩刺去，他还不想一举杀人，只打算把华老刺伤活擒。他不相信来人是华老，他这么欺敌太甚，遇上华老这个硬手，华老竟不躲不闪，也不回头，直等到邹占川的刺离身不足数寸，他才使一个拿法，用空手入白刃的功夫，微微回身一捉，恰好捉住邹占川的手腕，用力一扣寸关尺，邹占川立刻半边身发麻。他又被华老点了一下，竟作一堆软瘫在房上，他的峨眉刺已被华老夺下。

弹指神通华雨苍厉声高笑道："朋友这怎么讲，迭面说话，

怎的暗中使人抄后路?”先将峨眉刺照姜海青抛去道:“朋友,这是你的伙伴的兵刃!”又将邹占川举起,叫道:“这是你的伙伴的贵体!”唰的也抛下平地来。

邹占川本已浑身麻痹,却被华老掠起一抛,顺手拍打了一下,居然血脉活动。趁着被掷之势,邹占川急提一口气,到底气提不匀,也咕噔一声,摔在平地了,被他一滚爬起来。

铁锚帮一阵大哗。弹指神通哈哈大笑:“朋友不要来这个,有话好说。”这越发激怒铁锚帮群豪,由各层院落奔来许多人,拿着兵刃火把,把弹指神通、梁公直、谢品谦打圈包围,怒骂连声,催他们下来动手。有的人更掏出暗器往上攒击,另有的人跑来扶救孙绍武、邹占川。姜海青和刘子英也大怒,正要发话,可是内外乱成一片,已然听不出话声。

铁锚帮人数虽众,弹指神通一行昂然不惧,既不下来,也不退去,依然高踞房上。铁锚帮的人连发暗器,他三人就抽出兵刃来磕打。铁锚帮的人跳上房来,要逼近来动手,弹指神通竟用他的无毒梅花针,过来一个打一个,没有一个人能够迫近华老和梁、谢二人身畔。梁、谢二人也是用兵刃打暗器,用暗器阻挡来人。当下双方支持了好久,并没把华老逼下来。

铁锚帮的人粗汉居多,猜不透华老的阴谋诡计,只顾包围大厅,堵住出入口,聚斗遥攻。帮头姜海青却觉得华老这番流连不去的态度,实在可疑。他这里刚刚动疑,第五层院落已袭入敌人了。

原来华雨苍在此处登高叫阵,用意乃是诱敌。当他们在这里叫嚣不已之时,那华老的师侄、陈元照的师叔多臂石振英已率领两个壮士,乘乱潜入铁锚帮腹心之地,冷不防攻进空舍,正在解救探庄被擒的陈元照。还有华老的掌珠——抟砂女侠华吟虹,也已暗暗进入庄院,只不过不跟石振英合手。她和大师兄段鹏年独当一面,正在潜搜峨眉七雄的踪迹。

多臂石振英率两个壮士很快地跳到中层院落,很快地搜着空舍。一盏孤灯照耀之下,少年陈元照被吊在空舍房梁上,有

两个铁锚帮友，各持兵刃和皮鞭，一面监视，一面逼讯口供。他们的皮鞭刚响了几下，陈元照小小吃了些眼前亏，便被多臂石振英寻来。由打窗隙门缝，认准了出入口，石振英请那两个少年壮士，一人一个对付那两个讯供的帮友。石振英自己窥准了部位，抬手一蝗石，打灭了空舍的灯光；又一声轻哨，两个壮士急袭铁锚帮友。

两个铁锚帮友骤见灯灭，不觉扰动，幸而他俩也是行家，急喊一声："不好，有人！"等到两个壮士袭来，两个帮友已然拢住目光，背对背互相掩护着，各舞起刀鞭，一面防暗算，一面夺路大声呼喊。两个壮士不容他叫唤，也不容他往外闯，摸黑动手，只几下，便把两个帮友刺伤倒地。多臂石振英趁这时候，早就认准部位，摸黑上前，到了陈元照悬吊处，轻轻叫了一声："元照，别动，是我来救你来了！"一手提腰，一手带刀割绳，很快把陈元照救下来。

陈元照已然被捆麻木，那两个壮士立刻过来，一人把陈元照手脚松开，一人把陈元照背起。多臂石振英喝问元照："你的兵刃呢？"陈元照的卍字银花夺，已被铁锚帮夺了去。陈元照很羞惭地说："教他们给洗去了。"多臂石振英更不再问，喝一声："走！"当先开路，往外急闯。不料他们刚奔出空舍，峨眉七雄已然扑来，把石振英一行拦住。

峨眉七雄此时明知华风楼追来，而且已和铁锚帮过了话，交了手，更知狮林三鸟也追来了。华风楼不过要驱逐他们，狮林三鸟却要找他们拼命。冤有头，债有主，峨眉派处此局势理应上前，情难袖手；他们反而退下来，赶紧秘密传语，巴允泰立催虎爪唐林、海棠花韩蓉夫妻，掩护着康海，背走那只机密的药箱，悄悄切切地告诉："看情形该留则留，不该留就快走。但必须设法把快手卢登好好救出。"巴允泰要和二乔自去出头，向华老交代话。唐林又惊又怒，点头默喻，和妻子韩蓉一扯康海，疾往后边宿舍处走。巴允泰满腔怨毒，一声狂笑，和二乔忙往前厅迎。

他们暗中的打算是要逃走。华风楼父女来了，该逃；狮林三鸟来了，更该逃。他们惹的祸，他们自然明白。固然这一来，倒给居停主人铁锚帮惹了纠纷，倘若抽身一走，势成嫁祸。他们却想，纠纷可用言语抵挡，而仇恨却须用刀剑。因此他们立刻打定主意，他们要无毒不丈夫，他们要“见机而作”。因此，他们分开来，分头办事。唐林夫妻飞奔到后面，巴允泰和二乔飞奔向前面。

巴允泰刚往前面奔，恰巧迎着了多臂石振英。巴允泰喝了一声，被石振英抖手打出一暗器。巴允泰往旁一闪，正要再问；二乔忍不住，竟抢上前，抡兵刃就剁。于是石振英和一个少年壮士各展兵刃，并肩迎斗这峨眉三雄。另外一个壮士背负陈元照，觅路外闯。

二乔这时怒焰满胸，只想把对头撂倒。巴允泰却还是惦记大厅上的华风楼。华风楼既是冲自己来的，诚恐自己避不上前，落在人眼里，将被铁锚帮看不起。他抡动手中兵刃，恨不得立刻把石振英刺倒。石振英志在救出陈元照，且斗且退，把口中呼哨吹得直响，暗中是通知同伴，救人已然得手。当下他们冲到第四层院，峨眉派也就追到第四层院。那边第二层院楼房下，铁锚帮早和华老动起手来。

华风楼、梁公直、谢品谦，三个人居高临下，挥刃而斗，眼见铁锚帮的人越聚越多，同时听见石振英哨声。梁、华二人互打招呼，立刻施展身法，如风飘落叶，华风楼第一个跳下大厅，把手中剑“夜战八方”一挥，铁锚帮的人纷纷被逼后退，喊了一声，又围上来。梁公直和谢品谦趁此时机，也飘身跳下来，大呼道：“铁锚帮的朋友，快快闪开，我们找的是峨眉派。你们不要拼命，你们保护的朋友，到现在全不出头，个个是懦夫，你们犯不上卫护他。”

华风楼一行三人陆续扑下来，挥刃往四层院内闯。铁锚帮帮友有的恨华老登门欺人，各摆兵刃，上前拦截动手；有的人就张目四顾，果然不见峨眉派出头。他们勃然发怒，向头子姜

海青大叫："舵主，他们峨眉派全不出头，这怎么讲?"姜海青很不高兴，但不能不把事揽在自己身上，向二舵主刘子英招呼了一声，然后厉声叫道："华老前辈，不要欺人太甚，你要找峨眉派，另有准地方；我姜海青的垛子窑，不能让任何人随便出入。华老前辈不肯留情面，我姜海青只好尽其所能，要在名人面前献拙了！"把手一张，立刻有一帮友将兵刃递过来，是一对铁鞭。那二舵主刘子英也把兵刃握在掌心，是一把单刀加铁拐。

大舵主抡双鞭，奔华风楼；二舵主刘子英抡单刀铁拐，奔梁公直；另有两个帮友，运钩镰枪和峨眉刺，双战谢品谦。双方很快地交了手，所有铁锚帮友纷纷传呼，几乎像湖水般涌出来，到各处搜战。弹指神通华风楼傲然不惧，单接舵主姜海青，向姜叫道："姜舵主，你这样替峨眉派拔闯，太不值得。峨眉派不够朋友；你看他们全藏起来了，你犯不上！"

姜海青已经变了脸，厉声道："他们不够朋友，我姓姜的却不能含糊。华老前辈，你找上门来，你就赐教吧！"双鞭一错，穿花式一鞭护身，一鞭进攻，蹿上前"泰山压顶"，照华老打来。华风楼双眉一挑，把身一侧，不往后退，反而往前硬上一步，运手中剑锋，照姜海青右手腕寸关尺便点，姜海青微微一惊，赶忙退步，用左手鞭往外一封。华风楼剑锋只一闪，又奔敌人左手腕脉门点去。姜海青不禁又一退，忙用右手鞭架挡，可是华老的剑又贴鞭抹上来，硬削姜海青的左臂。姜海青膂力甚强，鞭法很精，竟抵挡不住华风楼这口剑。华风楼这口剑像毒蛇吐信般总在他的要害处划点。姜海青空握着一对鞭。像华老这样以攻为守，整个身子硬上的斗法，倒把姜海青直逼得有招数施不开，只五六个照面，便被挤得连退回三四步。

姜舵主倒吸一口凉气，这才晓得弹指神通名震江湖，果然不好惹，原来他确有出奇的剑术。姜海青把牙一咬，往后猛退两步，抡动双鞭，拼命地抢攻过来。但是，华风楼并不打算战败姜海青，更不想伤害他。华老本意只是用纯熟的招数，使姜

海青知难而退。当下华老连发数剑，又猛一冲，姜海青输招往后倒退。华老这才向梁公直、谢品谦叫了一声：“搜！”三个人如蛟龙一样，挥动兵刃，很猛烈的一冲，早已冲到第三层院；再一冲，便到第四层院了。

他们只想搭救陈元照，同时想搜寻峨眉派，把峨眉派驱走。

这时候，巴允泰和乔健生、乔健才弟兄恰好上来。

当下弹指神通、梁公直、谢品谦一直往前冲，攻到角门；姜海青、刘子英在后急赶。巴允泰大喝一声，从四层院扑出来。正来到角门，把华老挡住。巴允泰和二乔散开来。当门而站，厉声大叫：“华老前辈，久违了。前几天，你劝我们离开鲁港，我们就谨遵台命，离开鲁港。但是我们来到白荡湖，您老人家为什么追到白荡湖？我们住在铁锚帮姜舵主这里，我们是朋友。我们到朋友家盘桓几天，须知没有犯了江湖忌禁，也没有违背了你我的约定。请问您老人家又一直赶到姜舵主这里来，这是怎么个讲究？”

弹指神通立刻止步，命梁、谢二人站在后面堵御追兵，他自己提剑向巴允泰喝道：“哦，巴朋友，果然是你！巴朋友，你休要瞒我，你三人在此地看朋友，我管不着。可是你峨眉七雄大批的住在这里，不断派人窥探谈家门的动静，又派人刺探我的行止，又把我的徒孙活擒，你当我一点都不知道么？你不要花说柳说，你本来答应我，不管同党唐林、韩蓉如何，你和二乔一定离开江南，回归四川。可是你们所谓峨眉七雄竟说谎话，一个人也没走，你把我当作瞎子！现在我只告诉你一句话，我华某断不容许你们峨眉派在江南逗留，我要你们给我立刻返回四川去！如不听话，你们可以上来动手！”

巴允泰心中十分恼恨，虽然惹不起，却也耐不住了，强笑道：“华老前辈，你也不要欺人过甚。这里不是鲁港，乃是白荡湖，铁锚帮安柜的地方。我是很留面子了，你不要连我的朋友也找寻，你不要挤得我喘不出气来。”

弹指神通哼道：“不用说了，你我还是手底下见分晓吧。”

立刻挺剑一指，巴允泰挥刀一架，退后两步，喊道："华老前辈，我可没有法子了！"把左手一举，二乔往两旁分抄，三人齐上，冲华风楼做出围攻的形势。

巴允泰此刻心中别有阴谋，暗想：你华风楼尽管本领大，也挡不住人多。况且这里是铁锚帮的下处，铁锚帮是当地地主，他断不容你猖獗。当下，巴允泰和二乔尽力阻斗华风楼；姜海青、刘子英率门徒追梁公直、谢品谦。地主势众，华风楼三人眼看落在包围圈中。却不料弹指神通剑术实在高超，巴允泰和二乔三个人竟挡不住弹指神通的一口剑，反被弹指神通的一口剑逼得乱转。倒是断后的梁公直、谢品谦，二人竟拦不住铁锚帮师徒。铁锚帮由舵主姜海青、刘子英，率同二十多个精悍门徒，如潮涌上来。梁公直年岁较大，把功夫搁下已久，谢品谦又太年轻，没有经过大敌，既在敌窠，又当夜间，两人并肩拒敌，渐渐不支了。

当这时，弹指神通华风楼所布置的埋伏早已赶到。他的爱女抟砂女侠华吟虹、爱徒夺命神针段鹏年，陡然在三层院厢房现身。两个人一声不响，往下一望，顿时望见梁、谢情形危急。二人忙取出暗器来，暗打招呼，双发梅花针。头一手便分冲大舵主姜海青、二舵主刘子英，连发三针。跟着又用甩箭，照铁锚帮那些门徒打去。姜、刘二舵主俱是久经大敌之人，纵然围攻梁、谢，都已提防着暗器。不过梅花针破空之声太小，及至听清，已到身旁。姜海青、刘子英急忙退闪，已然各挨了一下。二人忙喊道："小心暗器！"可惜喊晚了，他的门徒已然有三四个负伤，喧叫着撤退下来。

抟砂女侠华吟虹和师兄段鹏年伏在房脊后，仍是探身连发暗器。姜海青、刘子英退下来，掏出梅花针，抬头寻看，立刻发现施暗算之人，不禁勃然震怒，喝命门徒，快看房顶上，房顶上有奸细，又命门徒："快把我们的暗器拿出来。"

一声传呼，铁锚帮的弓弩手纷纷出动。铁锚帮动手的人急往后撤，弓弩手急往前攻，华风楼一行眼看要被乱箭攒击。忽

然间，铁锚帮瞭台上，发出警报，钟声连敲。同时后面院内，突发烟火。铁锚帮大众又惊又怒，一齐大骂华风楼，既不该登门寻隙，更不该纵火烧宅。所有的人一面救火，一面大举来攻打华老一行。却不知这火并不是华老师徒所放，放火的竟是狮林观的群鸟。

狮林三鸟之一，黄鹤谢秋野，竟率狮林观群侠大举袭来，如狂风骤雨一般，在北面放火，在东西南三面纷纷跳下人来，寻人而斗。

狮林群鸟专为找峨眉派寻仇而来，可是他们愤怒已极，并不像华风楼那样，先向地主客客气气地讲交情。

狮林群鸟为报师仇，是要找峨眉派拼命，同时也要找收留峨眉派的人拼命。他们并不分别谁是峨眉派，谁是铁锚帮。他们已经访实峨眉派的落脚地点，就在铁锚帮的垛子窑内。而且他们更知道一粟道人前来勘访，失期未归，一定是吃了铁锚帮和峨眉派的亏。他们狮林观的人，此刻几乎是来了一半多，著名的三鸟掌门大师兄新观主黄鹤谢秋野、三师兄白雁耿秋原，均已赶来；只有二师兄尹鸿图入川未得赶回。其余的胡山巢、顾山桐、戴山松，以及师叔一航道人、一清道人、一凡道人，也都从云南本观赶到。

华风楼只是要驱逐峨眉派，并不一定要杀人。这狮林群鸟却红了眼，不管是谁，凡是窝藏峨眉派的、包庇峨眉派的、帮助峨眉派的，全都算是跟狮林观有不共戴天之仇。

谢黄鹤率领狮林群鸟，一面纵火，三面扑攻，逢人便砍，遇人便斗，不分男女，不分首从，而且一句话也不说。

于是他们才下手，便碰上铁锚帮二舵主刘子英。刘子英厉声喝问："道里朋友，你们不打招呼，就闯进来动手，你们到底是什么人？冲谁来的？"黄鹤谢秋野不肯回答，抗声反问："我先问你，你是什么人？"刘子英傲然答道："朋友你太难了，不打听明白就来？告诉你，我乃是铁锚帮……"

二舵主刘子英自以为铁锚帮的威名远震，任人不敢惹。哪

知铁锚帮三个字刚出口，谢黄鹤哼了一声道："铁锚帮！好！"唰的一剑，照刘子英刺去。刘子英大惊，挥鞭急架，只听嚓的一声，钢鞭被削折。原来谢黄鹤使的正是狮林传观之宝，那柄青镝寒光剑。刘子英骤出不意，不觉慌神，被谢黄鹤紧跟着第二剑又削来。刘子英再躲不开，惨呼一声，仰面栽倒。谢黄鹤赶上一步，顿足腾空，从刘子英身上直跳过去，抡剑前进，恰碰上梁公直。

黑影中混战，敌友不分。谢黄鹤和一航道人挥剑扑上来，恰见梁公直、谢品谦两人和铁锚帮大舵主姜海青师徒搏斗。谢黄鹤默不一语，照准正当他侧面的梁公直就是一剑。梁公直和谢品谦正是背对背互相掩护，忽听背后剑刃劈风之声，急往外一跳，便躲开了。谢品谦一手抡刀，一手持铁拐，赶紧迎敌。大声诘问："我们是弹指神通华家门，单找峨眉派，不与别人相干，你是什么人？"

黄鹤道人这时候一连三剑，恰把谢品谦的铁拐削掉一段，谢品谦惊呼倒退。谢黄鹤却也闻言哦的一声，往后一退，注视对手，喝道："你不是峨眉派？可是铁锚帮？"谢品谦回答说："全不是。"又喝问："你们到底是谁？"谢品谦忙说："跟我们动手的就是铁锚帮。我叫谢品谦，是芜湖武林，来帮华家门！"

谢黄鹤更不多问，略略辨清了仇敌和非仇敌，便呼唤道："一航师叔，这边是什么华家门，那边是铁锚帮！"这两个道人顿时奔姜海青师徒攻来。弄得姜海青莫名其妙，一面率门徒迎斗，一面喝令放箭，一面喝问来人，盘诘来意。狮林群鸟只是展开迅疾的剑术，往后层院攻打，不管是谁，谁挡道，谁拦阻，就冲谁下毒手。

这从正面袭进来的狮林群鸟，由谢黄鹤起，很快把铁锚帮的弓弩手扫荡了。紧跟着给了姜海青一剑，把姜海青的兵刃砍折。姜海青骤出不意，越发地丧失了抵抗力，诚恐暗袭的人从西面掩来，落得腹背受敌，他就率党羽退到第三层院。谢黄鹤挥寒光宝剑，也就率领同门，追进第三层院。

这时候接砂女侠华吟虹、夺命神针段鹏年，已从房上跳下来。华老一个爱女、一个爱徒，双双奔来援应弹指神通华风楼。华风楼便与一女一徒，赶紧扑入第三层院。走正厅，穿中堂，将次攻入第四层院，猛回头，不见梁公直和谢品谦跟来。华风楼恐怕人力散弱，忙又挺剑翻回来，接应梁、谢两友。

这一来，华老恰与败退的姜海青相遇。姜海青不晓得外面杀进来多少人，骤见后院火起，又骤被寒光剑削断兵刃，自知情形不妙。他顿时想起了诱敌之计，更不肯斗，手指谢黄鹤，连声大喊，警告同伴："这是宝剑，不可力敌，你们快跟我来！"急率门徒，斜走游廊，火速地退到别院。别院中另有埋伏。究其实，华老并不愿穷追铁锚帮，仍在寻找梁、谢二友。就在纷乱中，梁、谢两人由东角门奔来，狮林观谢黄鹤由西角门追来。

谢黄鹤和一航道人恰巧望见华风楼父女由中堂跳出，谢黄鹤头一个大呼一声，抢先猛攻过去，施展狮林观独门天罡剑，照华风楼当心一剑。华风楼恰听见姜海青临退时的呼声，早凝眸盯定谢黄鹤手中的那把剑，果然见青光莹莹，不似寻常兵刃，便暗暗留了神，命女儿、徒弟靠后，自己挥手中剑上前迎敌，却不肯硬碰。容得谢黄鹤的剑刺到前胸，立刻吸胸纳气，身子不动，脚步不挪，竟会退回一尺。这一下，使得谢黄鹤心中一动，刚待喝问，华风楼早将掌中剑照黄鹤右腕上一点。谢黄鹤急忙侧身收招，翻腕子扬剑一挑，往上寻削华老的剑刃，跟势往前上了一步，满以为华老躲剑救招，势必后退。哪知华风楼是西北成名的英雄，武功实在惊人，并不管对方的宝剑来削，他却凝身不动，将自己的剑猛一收，唰的发出来，截斩黄鹤的右臂。

这是一种以攻救攻的硬拼战法。谢黄鹤到底是经多见广的人，立刻看破敌招，心知遇见了劲敌，收宝剑往后一退，于黑影中凝眸打量来人，同时喝问道："你是什么人？可是峨眉派的帮手？"

弹指神通华风楼内功绝顶，二目能够夜中见物，早看出对面的人穿一身夜行衣，却露出带发的鬓角，略一寻思，知是出家人。更猜知出家人找到这里来拼命，定是峨眉派的仇人狮林群鸟了。他也就往后微退一步，收剑抱拳道："老朽乃是山阳弹指神通华风楼，是专诚来找峨眉七雄问话的。看阁下是出家人，莫非就是云南大侠，替师复仇的狮林群鸟吗？"谢黄鹤十分诧异地答道："哦，不错，贫道我正是狮林观的黄鹤谢秋野，阁下真是山阳医隐华雨苍老先生吗？"

华风楼笑道："不敢，正是老朽。我也是找峨眉派算账来的，谢道长你自己自然也是找峨眉派报仇的了？"

他们两个人互相审视，互相问答，刚刚把仇友分辨清楚了，却把真正的对头峨眉七雄放松了一步。峨眉七雄乘这机会彻底晓得了仇家云集。头一个巴允泰，趁着华老与谢黄鹤动手盘诘的时候，忙冲二乔打一暗号，火速地趁乱一溜，三个人同时顿足窜入黑影中。

待到华风楼和谢黄鹤化敌为友，回身索敌，峨眉七雄已然纷纷夺路潜逃。铁锚帮群徒也已由姜海青率领着，走秘密甬道，退至别院，登上高台，开弓发箭。一面抵抗袭来的夜行人物，不教他攻入别院；一面布置援兵，预备死斗。

只是这些夜行人物并不是剿办他们来的，因此也就不曾穷追他们铁锚帮。这些人只纠集群力，穷搜那已经潜逃的巴允泰和乔健生、乔健才，和峨眉派的别人。巴允泰异常狠辣，并不管嫁祸给居停主人，未免有负铁锚帮，他反而借着铁锚帮的抵抗，作为自己避仇的挡箭牌。他和二乔一路狂奔，要去招呼虎爪唐林和海棠花韩蓉，和师侄康海，赶紧地见机而作，甚至甘心叫铁锚帮顶缸，连陷入水牢的快手卢登，也不暇顾及了。

他们的打算尽管阴险，时间上却已摆布不开。巴允泰和二乔正在奔寻唐林夫妇，唐林夫妇与康海已然不见了。寻找呼唤，不觉来到水牢前边，竟劈头遇上狮林观的一航道人和胡山巢、戴山松，以及刚从水牢救出来的一粟道人。

当黄鹤谢秋野率众从正面攻入，那一航道人率众从旁边袭入，恰好扑到大厅，恰好碰见铁锚帮一个帮友，奔到水牢送信。被一航从背后掩过去，抡剑一拍，几乎跌倒。铁锚帮友躲过了险招，还想迎敌，却非对手。一航赶上前，一踢倒，持剑加项，喝问："一粟道人何在?"这帮友不知道一粟的名字，只说有一个老道落在水牢，临掉下去，还抓了一个峨眉派的快手卢登，跟他陪绑。一航道人问明水牢所在，胡山巢顺手一剑，把人杀死。一航拦阻不及，只得和胡山巢急搜水牢，仓促未能立刻发现，胡山巢这才后悔起来。

一航终于找到水牢的天窗，恰有两个铁锚帮友在那里看守。一航、胡山巢各发一袖箭，把两人打跑，立即奔到天窗前，往下面窥看。下面漆黑，一无所见。一航急扶窗口，喊出狮林观的暗号。一粟道人果在其中，发出回报。胡山巢忙点火折，戴山松忙投飞抓。一粟道人更不客气，浮在水面上，竟挥利剑，把半死的快手卢登刺死，又割下首级，然后援引飞抓绳，攀上天窗。

窗口太小，人不能出，一粟只能伸出一只手攀着窗柱，窗柱又是铁的。戴山松急寻水牢门，胡山巢忙发暗号，催大师兄谢黄鹤快来相帮。

谢黄鹤寻声找来，这才挺青镝寒光剑削断窗上铁柱。一粟道人这才水淋淋地钻出来，手提卢登的人头，不禁仰面长叹，又觉惭愧。

狮林群鸟两拨人合成一拨，问了问一粟道人。一粟道人匆匆说了几句话，便抢先引路，火速地搜拿峨眉七雄。峨眉七雄的面目只有一粟道人一一认准，于是一粟道人做了狮林观的眼线。

这时候，铁锚帮的人正在别院纠众设防，登高窥敌。峨眉派的虎爪唐林、海棠花韩蓉，保护着师侄康海，正在观望成败，忽听得警报频传，华风楼动手了，还不可怕；狮林群鸟大举寻来，却是不妙得很。不等巴允泰、二乔奔来报讯，他三人

立刻互相关照，要暂避锋芒。虎爪唐林、海棠花韩蓉，各摆兵刃，一个开路，一个断后，把康海夹在当中。康海便身背着那个极贵重的木匣，三人跳窗户跑出来，飞奔围墙西北隅。却不料他们越墙才遁出，劈头遇见了前来访狮林观，索讨寒光剑的铁莲子柳兆鸿和玉幡杆杨华、女侠柳叶青，这翁婿夫妻三人。

这翁婿夫妻三人，首先寻访骆祥麟，得知骆老已被狮林群鸟邀去到白荡湖，相助狮林群鸟，搜查峨眉派去了。铁莲子就率一婿一女，紧追到白荡湖，来到铁锚帮的锅伙附近，顿时望见火光烛天，有三条人影翻过长墙，沿湖边奔来。

这翁婿父女三人，刚要上前拦阻，打算截住了盘问。突然见湖边树后，另蹿出五六条人影，先一步迎上去。远远听见喝问了一句话，这三条人影一声不答，拼命地冲过去，双方顿时交手。铁莲子翁婿夫妇正不知谁是逃人，谁是伏兵，依着柳叶青，便要赶过去喝问干涉。铁莲子赶忙拦住了，忙往黑隅中一避，暗叫他一女一婿且观起落。

这三条人影正是峨眉派虎爪唐林、海棠花韩蓉和康海。火光中，铁莲子已看出拦路的五个人，有一个幕面老者，提一支有柄兵刃，和一个持剑的人，穿灰色夜行衣。这二人带领着三个穿黑色夜行衣的人物，把唐林等三人阻住。那幕面老者并不上前索斗，只听他说道："这就是，这个女的就是！"灰衣人和三个黑衣夜行人顿时怒喝道："好你峨眉派一群狗贼，你们的报应到了！"顿时捉对儿迎过来，又顿时对斗起来。

但峨眉派唐林诸人已无心恋战，连斗数招，忽然往旁一蹿，夺路要走。夜行人奋力疾截，相离很近，又动起手来。忽听得一声惊喊："留神毒蒺藜！"喊声才过，海棠花韩蓉一声娇叱，扬手打出一物，幕面老者如飞的奔过去。灰衣人倏往外一跳，回手从背后取下一物，又冲海棠花韩蓉扑来。

当此时，已有一个夜行人被海棠花韩蓉的毒蒺藜打中。幕面老者急忙把负伤人架住，拖出圈外，大声说："留神这女贼，留神她的毒蒺藜！"其余夜行人勃然大怒，那灰衣人骂道：

“好！你峨眉派死到临头，还敢行凶！”一手持利剑，一手持毡盾，把海棠花韩蓉拦住。韩蓉连发毒蒺藜，全被毡盾挡开。灰衣人剑法厉害，只几下，猛听韩蓉惨叫一声，往外一蹿。灰衣人一手持剑，一手持盾，不知怎的，又发出一件暗器。韩蓉摇摇欲倒，不禁又惨叫一声，再往外一跳，栽倒在地了，大叫道：“林哥救我，我挂彩了！”

虎爪唐林见爱妻受了伤，把什么都忘了，拼命地扑来，往爱妻前面一挡，才待扶救，灰衣人抡剑劈到。虎爪唐林回身和灰衣人拼斗在一处，且打且喝问灰衣人姓名。

灰衣人厉声道：“峨眉群贼，我就是狮林观耿白雁，恶贼快把脑袋全留下。”耿白雁是为恩师报仇，唐林是为爱妻救命，两个人拼死命苦斗起来。那负伤的海棠花韩蓉肩中一箭，肋中一剑，咬牙跳起来，连发暗器。三个夜行人猝不及防被毒蒺藜打伤了一个，立刻分出一个人来，也手提毡盾，上来捕捉韩蓉。韩蓉的毒蒺藜遇上毡盾，竟尔失效，况又身受重伤，她刚刚挣扎起来，利刃已到，忙咬牙抵抗，顿时被这夜行人一剑刺通了大腿，栽倒在地，血流如注，再不能挣扎了。

那另一个夜行人恰和康海独斗。只听幕面老者喝道：“钉住了，别叫他跑了。”又听虎爪唐林也招呼道：“海，海，风紧，扯活，不要管我！”康海犹豫不忍独逃；当不得幕面老者手中把受伤人救出之后，也扑了来。那一个夜行人刺倒韩蓉，也扑了来。康海背负着那个要命的小箱，两眼都红，已看出情势危迫，若不逃走，便全数覆灭。他就怪吼一声，抡手中刀，照夜行人一砍，又抖手发出一暗器，嚷道：“看毒蒺藜！”夜行人连忙一退，举起毡盾，康海趁势抹头便跑，大骂道：“狮林群鸟，爷爷认输了，改日再见！我峨眉派但有一口气，也要找你们算账。”口中骂着，脚下如飞的逃下去了。

这时候，狮林群鸟由耿白雁率领的这一伙，仅记得先师是死在毒蒺藜之下，因此苦苦地钉住了海棠花韩蓉和她的丈夫唐林，仓促间竟忽略了背小匣的康海。当下潜伏在暗中的铁莲子

柳兆鸿和爱女柳叶青、爱婿玉幡杆杨华，在旁观战，虽不曾听得清清楚楚，早已看得明明白白。柳老就心头一动，容得看明白康海逃跑的方向，立刻招呼婿女，抄小道迎堵下去。

第十三章

峨眉一子穷林自刭

康海如脱弦箭，如惊弓鸟，没命地扑奔黑影逃走。好不容易跑入林丛，喘了一口气，回头一望，铁莲子却在侧面树后，哧地笑了一声。笑得康海毛骨悚然，才待躲避，早被铁莲子指挥着的柳叶青、玉幡杆堵住出口，把康海围住了。

康海困兽犹斗，倏地一扬手，连发出三只暗器，铁莲子三人全闪开了。柳叶青顿时愤怒，就要还发暗器，被铁莲子招呼了一声："等一等！"转面低声问康海："你可是峨眉派吗？"

康海满腔怒焰，破口骂道："太爷是峨眉派，你是什么东西？我跟你们素不相识，无仇无怨，你们为什么阻挡我的去路？还要包围我？"

铁莲子非常沉稳，淡淡地说道："你是峨眉派，等一等，我要看看你们的面目。"忽一晃火折，发出火光来，照康海投去。那边玉幡杆杨华果然依稀还认得康海的面貌，连忙叫道："师父，不错，有他。是他们七八个人，把狮林观一尘道人暗算了的！"柳叶青道："既是狮林观的对头，我们犯不上管了。"她还记着夺剑之仇。柳兆鸿寿眉一皱，骤然得计，大笑道：

“好好好，你真是峨眉派，你们真是暗算一尘道人的那伙子绿林。好极了，我要找狮林观，却没有见面礼。你姑且受缚，给我们权当一份礼物吧！”

说话时，柳叶青、杨华已然散开了，把住了两面。康海不由得心中一震，忙退后一步，先周围一看，最后打量说话的人。那人怒声喝道：“你们到底是怎么回事？”铁莲子默不搭腔，向一婿一女说道：“快上，捉活的，拿他换剑！”柳叶青明白了父亲的意思，心中甚喜，口中说道：“爹爹真有主意！”立刻仗手中剑扑上前去，玉幡杆杨华立刻摘下弹弓，扣弹丸，准备照康海下三路打。铁莲子将雁翎刀一横，立刻把来路口一堵，看定康海，不准康海逃走，也不准外人来搭救，来打搅。

康海又怕又怒，尤其可恨的是，这三个对头素不相识，又全不搭腔，乍见面就利剑先上，弹弓窥伺在旁，众寡不敌，这情势太劣。他无可奈何，就把手中兵刃一摆，拼命猛扑上去。柳叶青展开轻盈的身法，精快的剑术，剑诀一指，第一剑奔敌人兵刃硬削，却不真削，刀剑方要相接，顺手一滑，剑锋直走轻灵，斜切藕式往敌人怀内一挑，一点，竟击斩敌人的右臂腕。康海连忙收刀，微撤半步，刀花一转，往外横荡，打算磕飞柳叶青的剑。柳叶青早一收一发，唰的一剑，又奔敌人左臂腕斩来。康海急忙招架，二人动手。柳叶青一味侧身猛进，全是截斩敌人的上盘，是硬砍实凿的斗法。康海此时心慌意乱，已然自觉不祥，纵然拼命冲杀，心气已馁。柳叶青得理不让人，一连数剑，攻势越猛。她心中发急，唯恐误了夺剑之事。她就再不迟疑，一面打，一面向杨华喊了一声：“钉住了！掏出你那心窝子能耐来！”玉幡杆笑应道：“我晓得，你别嚷了！”他就开弓伺隙，专等敌人的漏空。柳叶青剑锋一转，改攻要害，唰的改变了连环剑，招招歹毒。

康海一面斗，一面打点逃走的方向。见柳叶青剑招太快，他就暴喊一声：“呔！”刀花一紧，佯攻骤退，顿足一蹿，想奔玉幡杆身旁小路逃走。这一来更坏，玉幡杆喝道：“哪里走？”

左手持弓，右手曳弦，横身一阻，唰唰唰，发出三粒弹丸，把康海打得东闪西躲，寸步不能上前。柳叶青已乘势从侧面追到。

康海像陷入坑中的猛兽一般，二目圆睁似铜铃，深知杨、柳二人并肩作战，一个攻近，一个攻远，自己人单势孤，势难冲过。他立刻打定主意，又假装一扑，二次翻身退回，往来路左方跑，打算绕林而逃。柳叶青喊了一声，立刻斜抄着堵截。玉幡杆也忙开弓远引，用弹丸打断康海的逃路。却是他夫妻此时正当去路，相隔稍远，全晚了一步。那当林而立的铁莲子柳兆鸿哈哈一笑，如飞鸟掠空，纵身而起，恰恰跳到康海对面，把路截住了。康海狂喊挥刀，被铁莲子挥刀一磕，呛的一声，康海的刀险被磕飞。康海转身又落荒逃跑，铁莲子赶上一步，喝道："倒下吧！"唰的一腿，正踢中康海的腰臀，康海咯噔一声栽倒。

柳叶青嚷道："快按住他！"玉幡杆急急挂弓、抽鞭，健步来捉。却不知道康海也非易与者，身才倒地，一个懒驴打滚，翻出数尺，跟着鲤鱼打挺跳起来，把手一扬道："看毒蒺藜！"黑乎乎一物，奔杨华面门打来。杨华早有戒心，慌不迭地俯腰往旁一蹿，手中豹尾鞭往外疾扫，照着暗器打去。呛的一声，暗器打落在地，这并不是毒蒺藜，大概是飞镖甩箭之类。

玉幡杆杨华吃了一惊，眼往地面一看，忙提鞭拦堵，未免心中稍涉疑虑。康海趁此机会，抢奔玉幡杆左侧，如飞地冲逃过来。再一绕，便要穿林夺路而去。柳叶青大怒，忙叫道："华哥，你怎么又使你那鞭？还不掏弹弓打？"口中吆喝，身躯早似蜻蜓点水，掠空扑到，挥剑上前，重把康海邀住。康海这时已然万分惶急，右手持刀，左手潜藏一支暗器，奋步狂奔，恰巧柳叶青从斜刺里赶到。康海把满腹怨气全灌在拦路人身上，不容柳叶青迫近，大叫："挡我者死！看打！"右手刀搂头便劈，左手暗藏的镖顺势打出去。

这一刀一镖同时扑奔柳叶青的上盘。黑影中，柳叶青不敢

硬碰，身子一侧，急将手中剑挥起一团剑花，打掉暗器，躲开劈头这一刀，忙即拧身进招，探手掏取铁莲子，口中喝道："好猾贼，你跑不开了！"一剑照康海背后刺去。

康海分明听出背后剑刃劈风之声，他更不回头招架，双足狠命一顿，唰的掠空跃出一丈多远。他好不容易得了逃跑的机会，再没有斗志了。一味脚下加力，恨不得肋生双翼，飞入林丛。柳叶青赶步连劈三剑，康海全不招架，连步蹿出三四丈，眼看把柳叶青落在后面。柳叶青急得冲丈夫玉幡杆大嚷："你还不快挡，还不快发弹弓？"说时，自己早将铁莲子连打出去。

这康海也是久经大敌之人，虽然飞奔，并不走直线，一味左闪右闪地逃躲。柳叶青的铁莲子打出了三个，全都落空。玉幡杆杨华着了忙，大岔步赶上去，早将鞭收起，把弹弓弹丸扣好，喊一声："青妹留神，我要开弓了！"弹丸如流星赶月，奔康海下三路打去。康海左跳右跳，到底没有跳开，有一粒弹丸，似乎中了胫骨。康海哼了一声，身子一栽，身法未免缓慢了一些，顿时之间，弹丸如雨，齐集康海的背后。柳叶青的铁莲子也已瞄准了，打到了。铁莲子柳兆鸿更如飞般赶到，立刻把去路重给截断。

玉幡杆杨华、江东女侠柳叶青，夫妻俩见康海陷入重围，一齐大喜，雀跃着争先上前，就要捆拿康海。康海拼命夺路，抡刀硬奔铁莲子砍来，出手时先打出一镖。铁莲子柳兆鸿扼住林径，一见敌人撞来，略略将身一闪，伸手接住镖，还打出去。未容康海躲避，手中雁翎刀只一摆一刺，正刺中康海肩胛，顿时鲜血迸流。康海大吼了一声，身躯晃了两晃，拨头往回就逃。杨华、柳叶青夫妻双双迎上来，喝道："别走！"横身来挡康海。铁莲子急急喊道："喂，留神咬着你们，嗐，留神困兽死斗！"

果然老江湖的推测不错，峨眉后七雄之一的康海身负重伤，还能挣扎。在他刚一打晃，杨、柳夫妇刚才扑来，他又怪喊一声，霍地蹿起来，抬手连放出暗器，一人一袖箭，分向

杨、柳夫妻打来。杨、柳夫妻不能不躲，唰的往两旁一分，脚下自然稍一停顿。康海竟忍痛浴血，奋浑身之力，拼命改途落荒逃走。杨、柳夫妻只顾阻拦林丛，想不到他往回逃，见状大失所望，忙拔步跟踪又往回赶。铁莲子笑骂了一声，也从后跟了下来。

当下康海竟绕圈子乱跑，眨眼间此逃彼赶，迤逦又奔出二里多地。前面黑乎乎一片，又似一带土岗荒林。康海抚创前奔，杨、柳夫妇忙道："不好，又要钻树林！"夫妻赶紧努力，分两翼包抄下去。无奈负伤的康海复仇之念甚炽，求生之志甚强，挣出一股死力，狠命夺路，眼看先一步就要突入林岗。玉幡杆杨华腿长力健，柳叶青飞纵术精熟，夫妻二人急赶之下，竟和康海只差一两箭地。恨得康海回头大骂："我跟你们无仇无恨，素不相识，你们竟苦苦地穷追不舍，你你你……你们怎的甘心做狮林观的走狗！"口中毒骂着，脚下并不停，狠命地抢上林岗，骤然翻身止步，居高临下，探手掏出暗器。直等到杨、柳夫妇双双抢岗，他就怪叫一声，猛照杨、柳二人乱打起来。

杨、柳夫妇贪功过甚，竟不管不顾地追逼上去。柳叶青自恃轻功，扑到岗下，提气一拔，首先往上硬抢。康海的暗器突然迎头打到，而且是连珠镖，对准柳叶青上盘连打二支。柳叶青骤不及退，又不能上，慌不迭地往旁一跳，镖已闪过，人竟立不住脚，一下子蹬着滚石，几乎摔下土岗。所幸玉幡杆杨华跟踪继到，仗他擅打弹弓，目力极锐，立刻看出了凶险，慌忙开弓发弹，一连数下，仅仅把敌人抵住。柳叶青趁势又蹿上去。康海倏地退闪，借树障身，躲开杨华的弹弓，又发连珠镖，单打柳叶青。柳叶青一面躲，一面也发铁莲子还击。玉幡杆杨华尚在岗下，目睹爱妻已然上去，他就吓了一跳，急急忙忙，奋不顾身，也抢上土岗，一面大呼，一面开弓发弹，吧吧吧，一连数下，全照康海的上盘打去。康海已登土岗，忙绕树一转，突然拐入林中，却惨叫一声，咯噔一声响，

又栽倒在地，也不知是中了弹丸，还是绊着树根。玉幡杆一股急劲，顿忘了入林莫追之戒，紧迫康海，倒抢在爱妻之前，先扑入林中。

杨华已经追入林丛，柳叶青刚刚定了神，急忙大叫：“华哥，留神！”她也慌不迭地伏腰急窜，跟踪来到林中。

此时铁莲子柳兆鸿刚刚抄后路绕到，见状也叫道：“咳咳咳！”意思是禁止爱女爱婿涉险入林，仓促间来不及拦，杨、柳早已闯进去了。这老儿十分焦急，也就奋不顾身，伏腰提刀，猛地一蹿，蜻蜓三点水，斜角抄入险地。

这高岗荒林，里面漆黑无光，玉幡杆杨华仗着练弹弓先练目力的功夫，居然稍一凝神，便已认出康海栽倒的地方，是在一棵大树旁，树下人影蠢动，自然是康海。他这次吃稳，先不近扑，忙拽开弹弓，照康海失足处，前后左右，吧吧吧吧，连打出七八粒弹丸。准听见康海哼了一声，然后弯腰扶树，动了几动。杨华然后左手持弓问路，右手提豹尾鞭防身，悄悄抢进前去捉人。

杨华才待挪步，爱妻柳叶青已然赶到，轻嘘一声，低呼道：“喂，稍等等！”她一伏腰，跳离开丈夫，约莫相隔一丈多远，故意弄得树枝叶乱响，然后溜到两丈外，弯腰扶树，几乎是头脸贴着地皮，借此凝眸，穿过了林隙，透视敌人的虚实。柳叶青左觑右觑，歪看正看，估定大树旁，确有一个倒卧之人，那一定是康海了。却不知他挣命狂逃，好不容易入林，因何缘故，到此并不再躲。她再也测不透，康海已负致命伤，伤处汩汩地流血，人已不能支持了。

玉幡杆杨华依然要上前捉人，柳叶青深知穿林擒敌，危险实多，她又挨过去，抓住丈夫的手，只暗叫他开弓惊盗，不许他轻身欺敌。然后她娇叱一声道：“狗贼，哪里跑？你藏不住，早看见你了！还不快出来受缚！”自己掏出暗器来，和丈夫玉幡杆的弹弓，同时比对好了，就借树障身，分两面试着往前趟，故意拨草寻蛇，虚张声势，希望把康海惊起来跑，再用暗

器取他。

就在同时，铁莲子也从背后抄入林中。三方缓进，要捉康海。

据他们翁婿夫妻猜想，必有一番凶杀苦斗，才能捉住康海。康海临危，势必拼命，荒林昏夜，身须涉险。哪知康海这时已失去拼命的能力，只听他强努着劲，肆口喊骂道："好恶贼，我与你们无冤无仇！好恶贼，咱们二十年后再见！"跟着听见一声狂吼，接着一声惨嘶。铁莲子柳兆鸿厉声警告道："快快，快点火折，快来！唔，多加小心，小心暗算。这个点子不好，要寻死！"

说时，铁莲子首先冒险进扑，将手中火折照大树下抛去。玉幡杆杨华、柳叶青也各持兵刃，护住己身，双双贴树踏险，奔寻过来。三支火折子齐燃，稍一定神，当时照见了林丛中大树下的一切。峨眉派后七雄的康海，果然血淋淋地仰卧在自己流的血泊之中，右手刀整横在项下，项下的血兀自汩汩地往外冒，身躯仰卧，双目瞪视，露出十分凶残之相。

杨、柳翁婿父女，首先吃惊的是玉幡杆杨华，他不禁毛骨悚然。这自杀的惨相，顿时使他想起了半年前中毒惨死在老河口店中的南荒大侠一尘道长。一尘道人凶死的惨厉景象，霎时间在他眼前如电光一闪，恍惚看见瞪视的一对眼和咬牙切齿地嘴唇。他不由失声摇头道："咳，好惨，好惨！"又不由失声道："咳！苍天有眼，真乃是天道好还！"

玉幡杆杨华呆立在康海尸体之前，竟不知所措。在他身旁的女侠柳叶青不禁哧的一声笑了起来，并且叫道："呆子，你难道没有见过死人？还不快过去验看验看！也许还有口气呢！"

果然康海还有气呢！康海他自己拔刀自刎，气力已尽，刚刚割破了气嗓管，咽喉不曾全割断，以至于时发惨哮，仍未气绝，口唇微动，似犹在谩骂，手指一伸一抓，身子一阵阵蠕动，无奈空余三寸气，此刻他仅能怒目发狠罢了。玉幡杆徘徊不忍卒视，柳叶青尽只嘲笑她丈夫，她也有些看不下去。独有铁莲子柳兆鸿竟尔漠不动心，招呼一婿一女："快替我举着火

亮，我要搜搜他！”

铁莲子健步上前，侧身立在血泊中的康海的右首，钉住了垂死人的两手，使一个拿法，把康海右手的刀先摘夺出去，然后又拿住康海的左手，把手掌掰开，验明并无暗器，这才说：“朋友，你好好地认输吧。我们没有杀害你的心，只因你暗杀过别人，你这才被逼情急。朋友，好汉子临死也是好汉子，我不能坐视你挣命！”说到这“挣命”二字，雁翎刀倏然一抹，康海登时绝气。玉幡杆不禁叫了一声：“呀，师父，您……”

铁莲子抬头微吁，面对玉幡杆说：“你难道说我狠吗？这个人眼睁睁活不得了，与其任听他挣命哮喘，还不如及早送他咽气，少受许多苦处。”意态淡然，似乎毫不介意。玉幡杆从来没见过铁莲子对待绿林这么辣法，心中仍觉歉然。柳叶青久跟铁莲子游侠，似这等杀贼如刈草，所见不一而足，她是一点也没往心上想。回头冲丈夫玉幡杆叫道：“你走过来靠近一点，你害怕杀人吗？你不是说他就是暗算一尘道人的贼党吗？死了他，有什么可惜，你看你难过的这样儿！”

玉幡杆杨华重复咳了一声道：“你不懂我的心情，就嘲笑我是懦夫好了。”依然摇着头，俯身凑过来，和柳叶青一左一右，头上脚下地照着这已死的康海。铁莲子微哂了一声，蹲身很快搜检康海，首先把他的豹皮囊打开，看过顺手掏出一个灵牌来，哦的一声，心下明白；然后把康海身背的木匣也要打开。这木匣用锁锁得很结实，铁莲子不耐烦撬开，信手只一掰，把铜什件掰坏，又加劲一扯，登时把木匣的上盖劈开，立刻从木匣内冲出一股气味，直扑鼻管，似乎很噎人。铁莲子赶快闭住气，用火折一照：“呀，匣里竟是一颗人头！”这人头用木匣世袭珍藏地装着，用干盐石灰防腐药品很当心地封着。

这颗死人头颅一出现，柳叶青在旁瞥见，首先发出惊讶之声：“这是怎么个讲究？是谁的人头？”

铁莲子抬头看她一眼，说道：“你细心猜猜！”

玉幡杆杨华陡然大悟道：“哦，这一定是……哦，这一定

是……哦，师父，您老看一看，是不是头顶有长头发？”

柳叶青也恍然大悟道：“对，这准是一尘道人。爹爹，你看看，这人头可不是长头发老道模样？”

这时候铁莲子柳兆鸿不避腥秽，早将死人头颅倒出匣来。就火折之下，三人齐看，这一颗死人头颅，恃有石灰干盐封着，居然还不甚腐烂，依稀辨得出须眉长发——是这么样的一个男子头颅，是生前须眉如戟，这样雄伟的一颗大好头颅！

“是一尘道人，果然是一尘道人！”铁莲子一声不响，细加检视，从颅顶发绺上掣出一条黄绫缥带，带上明标着三行字，头一行便写着“贼道一尘”，杨、柳夫妻不由同声叫了出来。

“一世之雄，而今安在？空剩得大好头颅，不免落在仇人之手！人生到此，什么大侠，什么英雄，我们还不是一样！”面对这匣中割断的一尘头骨，旁睨那草间自刎的康海尸身，生死恩仇，同归于尽！铁莲子也禁不住动心了，连连摇头叹息道：“惨啊，惨啊！”

天真烂漫的柳叶青感到了生死无常，心中也是十分怅触。玉幡杆杨华和一尘道人生前一度遇合，此刻目对残骸，更是从脊背后直冒凉气。夫妻俩望着一尘的头颅，不禁互挨着肩，互握着手，不胜凄怆之情。

“大侠，大侠，这就是大侠！”

翁婿夫妻三个人都陷入深思之中。这时候，他们的火折子渐渐要燃尽，渐渐要熄灭。

铁莲子柳兆鸿冲破了沉默，说道：“仲英，青儿，你们不要发愣了。”他把这一尘道人的头颅还放在木匣里，递给了杨华，又叫柳叶青：“不要再糟蹋火折子了，先把它熄灭吧，过一会儿我们还要使用。”

于是趁着杨、柳夫妇收拾人头木匣、熄灭火折的时候，柳老他就摸着黑一转身，亮雁翎刀，俯腰挥腕，咔嚓一声响，把已死的康海的人头也割下。铁莲子很快地控了控残血，把自己背后的小包打开，取出一方油布，把人头包好，先掷给玉幡杆

杨华，又叫过柳叶青来。父女二人各用刀剑，就林中掘起一个深坑，把康海的无头死尸重新搜检一遍，搜出来的东西铁莲子都拿来，装在康海自己的豹皮囊内，连那康海父亲的灵牌木主也都收了起来，然后似祝似讽地说道：“朋友，一尘道人死了，你也死了。你们恩仇俱泯吧！这一辈子，总算没有白活，够个男子汉、大丈夫。我现在把你埋葬了，你的头，我可要暂借用用。”

铁莲子伸手抓起康海尸体的一臂一肢，整个投入土坑，很快地拨土掩埋了。铁莲子仰天略吁一口气，命柳叶青重燃火折，把浮土用脚踏得半平，又看了看血渍处，一时没法子涤净，只洒了些土，又拔野草略做掩盖。这样就把窘急自戕的康海葬入黄土中了。

铁莲子柳兆鸿这才叫道：“仲英，青儿，没事了，我们走吧。我们拿着一尘和这康某的两颗人头，去找狮林三鸟去换剑！”

柳叶青大悟大喜，连说：“好主意，爹爹的心路真快，难为您老，把这事简直想绝了。您老瞧，那边火光还亮，我们就赶了过去，把狮林观的老道们邀住，咱们开诚布公地跟他们讲明白。”

铁莲子哧道：“你不要胡出主意了。我却不要趁热闹去跟人家讲交易，我们还是应该先找骆祥麟。”

柳叶青不满意她父亲的话，抬手一指林外道：“爹爹说的倒好听，可是这时候哪容你转弯抹角、烦人托情呀！您老抬头往外看看！”

这时候林外数里之远，火光通红，照破了夜幕，隐约听见人声呐喊。这显见是白荡湖畔，铁锚帮的下处失了慎，显见是狮林三鸟为向峨眉寻仇，迁怒到居停主人，跟铁锚帮也闹翻了脸。这火起得很骤，分明是故意放的火；而人声喧腾，分明是救火起了斗殴。由此推想，铁锚帮和峨眉派必已惨败，狮林群鸟必已得手。那么狮林群鸟他们一定正在搜杀仇人，他们一定

没有离开白荡湖畔。依柳叶青之见，她父铁莲子正该一径寻了狮林三鸟去。他们双方若还打，翁婿父女可以坐山观虎斗；等他们打完，便上前发话，赠人头，讨宝剑，开门见山，一言可决。狮林三鸟若落败，还可以上前助拳，那又可以挟功讨剑了。柳叶青越想越有理，便道："爹爹请想，我们有着这么好的礼物，我们又站在理字上，我们现在找了去，正是机会，爹爹千万不要犹犹豫豫地耽误了。"

柳叶青是这么打算，玉幡杆也深以为然。铁莲子却连连摇头，向婿女说："你们不要忙乱，等我想一想，等我先看看。"吩咐杨、柳夫妇，每人分背着一颗人头，他自己提雁翎刀当先开路，往白荡湖那边斜抄过去。

第十四章 血债血还毒刑讯寇仇

柳叶青所料不差，当此之时，狮林群鸟意外得到弹指神通华雨苍父女师徒不期而遇、同仇敌忾的臂助，已然战败了铁锚帮，从铁锚帮的巢穴杀出来，正在穷追峨眉群盗。

峨眉群盗漫不迎敌，一味狂逃，不惜嫁祸给居停主人铁锚帮。铁锚帮的巢穴突然起了火，也不知是谁放的。

狮林三鸟中的黄鹤谢秋野、白雁耿秋原，和师弟胡山巢、顾山桐、戴山松，师叔一瓢、一航、一清，赖那幕面老者铜陵老武师骆祥麟的指引，直寻到峨眉派的潜藏处，径攻入铁锚帮的垛子窑，分三路并进，把一粟道人从水牢中救出，还杀了快手卢登。他们就里应外合，把峨眉派群雄认准了，钉住了，不休地追赶。

弹指神通华雨苍父女及其群友，为了救护谈门孀孤，也缀定了峨眉七雄，穷追不舍。

虎爪唐林、海棠花韩蓉夫妻俩，由幕面老者骆祥麟指点，被埋伏在外的白雁耿秋原一行紧紧包围住。海棠花韩蓉的毒蒺藜教狮林群鸟的毡盾给破了。韩蓉身中两剑，竟扑倒在地上。

她的丈夫虎爪唐林大吼一声，横刀过来，救妻拼命，顿时也被白雁耿秋原督众围住，狠狠斗在一处。

可惜的是，狮林群鸟仓促寻仇，认不清峨眉七雄每个人的面目，只能倚靠着幕面老武师骆祥麟的指点。骆祥麟也不能尽识峨眉七雄，他仅仅认得虎爪唐林和巴允泰。至于海棠花韩蓉，因为她是女子，又会打毒蒺藜，乃是耿白雁等根据玉幡杆的传话，指名要专找的人，所以刚刚见面，立时被认定。

老武师骆祥麟帮助狮林三鸟寻仇，特意带上面幕，他的居心是不愿意得罪铁锚帮的。骆祥麟见虎爪唐林已在铁锚帮巢穴外陷入重围，他就一变口音，抽身向耿秋原招呼了一声。耿白雁立时会意，用切口说道："谢谢你，这里不用您老指点了，就请你费心，给我们大师兄引路。"又命一个师弟紧随着骆祥麟，骆祥麟奋身跳入铁锚帮后墙，迎头去寻狮林新观主黄鹤谢秋野道人。

黄鹤谢秋野正督众围攻乔健生、乔健才，且动手，且喝问二乔的姓名。二乔不识趣，一味用他们的四川土语向巴允泰通暗号。巴允泰挥刀断后，连喊："念短，扯呼！"谢黄鹤本不认识二乔，仅从他们的四川口音上和惊慌的举动上，猜出他们不像铁锚帮。却是夜色深沉，仍恐错寻了对头。他们这一出声，一口的四川口音，立刻露出马脚。谢黄鹤一行不等骆祥麟赶到指认，便已钉住二乔了。又从弹指神通华雨苍的动手情形上，认出巴允泰必是峨眉派的要紧人物。黄鹤谢秋野怒喝一声，指挥同门，抛开他人，一心追拿二乔和巴允泰。乔健才陡被谢黄鹤削断兵刃，顿时大骇，拼命夺路逃走。乔健生见势不妙，也立刻拔腿逃跑，却不敢走正路，一抹地逃到西角门，钻入厢房，踢窗遁去。谢黄鹤急命同门追赶，他自己抡掌中青镝寒光剑，扑奔巴允泰，师叔一瓢道人也扑奔巴允泰。

巴允泰很识货，知道这把寒光剑非常厉害，便不肯迎敌谢黄鹤，早已打定了"三十六计走为上计"的主意，此刻越发彷徨四顾，潜生诡谋。他为人最为阴鸷，临走还要嫁祸给仇人，

并不跟二乔同逃。他挥动手中兵刃躲黄鹤，斗一瓢，且打且骂，且战且退，忽东忽西地乱跑。一瓢道人、黄鹤道长，分左右在后紧紧追赶，厉声喝道："哪里走?"一瓢道人扬手打出一暗器。巴允泰突地一伏身，躲开暗器，就势回手还打出一镖。一瓢道人急急止步，抡剑一磕，打飞了镖。巴允泰大喊道："呔，还有一镖!"第二镖冲一瓢虚扬，转手甩奔黄鹤打去。黄鹤也忙闪身，抡剑往外一跳。巴允泰借这机会，竟逃向铁锚帮撤退的东跨院去了。巴允泰的阴谋是要把狮林三鸟诱到铁锚帮的埋伏中。他的主意对了，可也错了。他要巧借铁锚帮做陷坑，殊不知铁锚帮也要巧借他做钓饵。他们正是互相利用，各怀叵测。

那一瓢道人和新观主谢黄鹤切齿寻仇，一味穷追，倚仗着本门超奇的剑术，不怕敌人势强。哪里晓得峨眉派在自己巢穴中骤然退让，也自有他的打算。铁锚帮并不好惹。

当下巴允泰大呼小叫地奔逃到东跨院，谢黄鹤和一瓢道人厉声叱骂着，跟踪追到东跨院。在这东跨院内，铁锚帮由舵主姜海青、三舵主陈景匆匆调遣，已将大众散布开。弓箭手全在高处，挠钩手全在暗隅，又暗暗拉开了绊绳、兜网。巴允泰、一瓢、黄鹤，三条人影刚刚地扑进院来，院中黑乎乎无光，直等到三个人此逃彼逐，深入重地，突然喤的一声锣声响亮，跟着一阵梆子敲打，便听四面八方暴雷似的一阵大喊，乱箭、蝗石横飞，遍地扯起绊脚绳。

乱箭如雨，凭高临下，照定三条人影攒射过来。巴允泰头一个跑进来，头一个成了众矢之的。巴允泰吃惊急叫，回身要躲，突又兜着绊脚绳。咕咚一声，巴允泰栽倒在地，立刻在背后臀上钉了两箭。高处暗际齐声再喊："弄倒一个了!"铁锚帮这第一排箭，首先射中的是峨眉七雄的巴允泰，那狮林群鸟，在后跟追来的第二人影、第三人影，反因巴允泰首先中箭，得到警备。

一瓢、黄鹤都持有毡盾，正像斗笠似的挂在背后，这原是

防备毒蒺藜的。当下箭飞甚骤，一瓢和黄鹤刚觉出危险，两人立刻背对背立定，交相掩护，举起毡盾来，挡过了头一阵箭雨，两个人各持剑盾，奋身同进。谢黄鹤抢先半步，挥动寒光剑，削断绊脚绳，和师叔一瓢，双双抢到巴允泰身旁。

巴允泰身带二箭，已经跌倒，突又跳起来，大声怪叫："并肩子，是我，是自己人，后追的是仇人。"这时舵主姜海青手持一盏孔明灯，已奔三个人影照来。稍稍晚了一步，一瓢、黄鹤双双追到。一瓢道人第一剑奔巴允泰后心刺来。巴允泰旋身招架，一股猛劲，刀锋碰剑刃，叮当一声啸响，几乎把一瓢的剑磕飞，巴允泰自己的刀也险些出手。就在同时，疾如惊蛇，黄鹤道人第二剑又早猱身刺来。

这一刹那间，姜海青发出暗号，箭雨暂停，火光齐照。却是铁锚帮有的人仍没看出误伤了自己人。

巴允泰负伤拒敌，背后带着一支箭，臀部带着一支箭，仓促间也没工夫来拔，勉强架过一瓢的剑，黄鹤的剑又到。他负痛怪吼，顿时忘记了寒光宝剑，忽地一刀迎去，咔嚓一声，刀刃被寒光剑削断。巴允泰哎呀一声，刀剩了刀柄。黄鹤道人同时也厉声叫道："师父在天有灵……"剑锋再展，扑哧一下，向巴允泰的右臂飞去。

峨眉七雄的巴允泰狂叫一声，蓦地往外一跳。却如电光石火般，一瓢道人也赶上一步，猛又发出第三剑，剑锋直掠巴允泰的头颅。巴允泰急忙缩颈藏头，可是黄鹤道人紧赶一步，又早发出第四剑。碧莹莹的寒光剑，哧的一下，由后背直透前心，巴允泰咯噔栽倒，立时气绝。

火光中，楼上的铁锚帮大舵主姜海青看得分明，不觉怒发如雷，张臂大叫道："放放放箭……射射射死这群杂毛！"手下人立刻鸣锣，锣声三响，梆子连敲，四面八方的箭立即瞄准了蓄发道装的一瓢和黄鹤，紧一阵，密一阵，风狂雨暴地攒射起来。

谢黄鹤刺死了巴允泰，纵声狂笑，仰面望天，连声大叫：

“师父，师父！灵佑，灵佑！”一瓢道人猛上一步，俯身挥剑，要割取巴允泰的人头。他们未免得意忘形，忽略了利害。楼上这一排箭纷纷集射，黄鹤惊叫，已自无及；一瓢运毡盾护身，蛇行探手，已经砍下人头，正要用剑尖挑起，突飞来一箭，正钉在一瓢的手臂上。谢黄鹤一手举毡盾，一手挥动了寒光剑，拨打挑扫，掩护着师叔。幸而一瓢道人也会左手用剑，人头就在脚下，竟没工夫拾取。举起手臂，用牙齿咬住了箭杆，掉头狠狠一甩，把箭拔出去，鲜血顿时迸流。这时候已无暇裹伤，急急换用左手剑，将受伤的右臂挽着毡盾，与谢黄鹤背对背，改为偕守势。两人同时张目往四处一望，抡剑盾开路，打算往后退。

二人无法径行撤退，谢黄鹤悄问师叔：“伤势如何？”一瓢摇头说：“无碍！”黄鹤便奋足一蹴，把巴允泰的人头踢到角门边。两道人互用后肘一靠，暗打招呼，倏地往后一蹿，双双奔向角门。口发呼哨，催同门快来协力攻楼，搜拿仇人；同时暂避箭雨，仍要俯拾仇人之头。这时候狮林群鸟已然散漫开，纷往各处，寻搜峨眉七雄。谢黄鹤连喊狮林观的口号，竟无人来应援。铁锚帮大舵主姜海青、三舵主陈景，居高临下，早已望见，也已听明，既懊恼着乱箭误伤巴允泰，尤其恼怒狮林群鸟，公然当众歼仇割首。姜海青大吼一声，急发号令，连吹铜笛，招呼同帮来助。暗隅中潜伏着的挠钩手已不待令下，鼓噪着冲出。这些挠钩手禁不住谢黄鹤的寒光宝剑的锋锐，刚刚冲上来，往四面一包围，便被谢黄鹤倏地展开了三十六路天罡剑，一阵猛削。这些铁锚帮友多被削断了挠钩杆，也有的被削掉手指头。

挠钩手们从没遇见过这样犀利的兵刃，顿时狂呼奔退。铁锚帮下江派掌门大弟子虞百城已闻耗赶到，见状大为愤恨，急率铁锚帮的弩弓手从角门两侧，曳开强弩，狂射不休。大舵主姜海青又暗暗调齐铁锚帮十多个有精干武技的同门弟兄，各拿了鱼叉、钩镰枪，由三舵主陈景率引，从后楼甬路绕过来，把

角门扼住，不许黄鹤、一瓢逃退。

这些鱼叉队来得恰是时候，虞百城所率的弩弓手，乱发利箭，似仍挡不住两个道人的剑盾。而且眨眼间，已将短矢射尽，有的弩弓手已然弃去弩弓，抽出腰刀阻斗。可是腰刀是短兵刃，更不足以抵御狮林观镇观之宝的青镝寒光剑，刀锋一碰，立被削折。单只削折了兵刃，还不可怕，谢黄鹤运用一尘道长独擅的三十六路天罡双龙剑，与师叔一瓢道人联成一气。一个施展右手剑，一个施展左手剑，双盾外掩，双剑从盾下突出，东一扫，西一掠。这一柄剑上削敌人兵刃，就手一抹，那一柄剑斜砍下盘，把敌人逼退。两口剑直如一对蛟龙，进退呼应，宛然一体。这些船帮壮士，不过是械斗打群架的能手，不怕死，敢拼命，是他们的长技，他们的刀法、剑术简直不成。人数纵多，不但挡不住狮林二道士，反而像滚汤泼鼠一般，刹那间，伤了好几个，横躺竖卧，血染当门，自己人阻碍了自己人的进退路。

铁锚帮下江派大弟子虞百城怒极，换刀取棍，喝命弩箭手下撤，将一支锁铁齐眉棍挥动，上前索斗。棍沉力猛，果然寒光利剑，投鼠忌器，不肯以隋珠弹雀，避实捣虚，倏地换了另一种斗法。同时三舵主陈景也率鱼叉钩镰枪队扑到，人多势众，全是不怕死的愣汉，一齐堵门猛斗。狮林观二道人起初势猛，转眼间又陷入包围。

铁锚帮的援兵竟一拨跟一拨地赶到，力量越来越大。铁锚帮的下江帮友本来麇居在白荡湖、铜陵一带，他们的老巢骤然遇变，他们全在梦乡，本来不晓得。直等到警号连响，又加上多臂石振英为救初出茅庐的陈元照，不合放了一把火，而狮林群鸟又骤然袭到，铁锚帮无暇救火，顿致火光冲天，烈焰飞腾，四邻惊呼，立刻惊动了白荡湖的帮友，立刻把凶耗传布下去。帮友们立刻从睡梦中爬起来，侧耳察听，登高眺望，立刻互相说：“不好了，老窑走水了！”更听出杀声震耳，惨厉的报警铜笛呜呜狂鸣，于是援兵纷纷出动。凡是铁锚帮的帮友，一

个个不顾性命，操起他们的家伙，一伙跟一伙地奔来。

当下里一层，外一层，人影乱窜，呼喊震天，转眼激成混战。

狮林观群鸟果然武功厉害，剑术精奇，到底吃亏人数不多，又且人地生疏，眼下就要被包围。却不料陡然引起了弹指神通华风楼主人华雨苍父女师徒的义愤。

华风楼并不想跟铁锚帮作对，他这番来意，本是谴责峨眉七雄违约失信，欺凌孤孀，只想把峨眉七雄逐出江南。他又目睹狮林群鸟为报师仇，突然冲来。这老人脾气古怪，立刻闪身袖手，作壁上观。率一女一徒数友，招呼师侄多臂石振英把徒孙陈元照先救出院外。他自己又率领一女一徒，重返铁锚帮院内，不再动手，一味登高静观成败。他还想劝架，不意他登高伫望，突挨了两三支冷箭，俱被他打开，不觉心中动怒，又见狮林观新观主谢黄鹤和一瓢道人陷入围阵，闯不出院门，他突然发了话，招呼一女一徒："下去解围！"

弹指神通华风楼命爱女抟砂女侠华吟虹在右，命爱徒夺命神针段鹏年在左，师徒父女三人各仗利剑，扑到角门，先不动手，振吭高呼："铁锚帮姜舵主请听真！你们何必替峨眉派拔闯？峨眉七雄不够江湖道朋友，他们欺凌孤孀，暗算仇人，他们又嫁祸给你们。你们在这里为友拼命，他们一个个全都逃走，你们何苦替人受祸！"又大声说："狮林观众道友，请速住手！峨眉七雄全都逃走了，你们为何还在这里恋战？"

华风楼为人瘦小枯干，发言却声如洪钟。他这一发话，料想双方应该听清，立即住手。无奈此刻人声鼎沸，双方苦斗正烈，谁也无暇听明他的话，至多听出他大喊罢了。弹指神通徒劳空喊，有些着恼，偏生铁锚帮挟恃人众，自信有胜无败，竟在纷乱中，又有几支冷箭冲他父女射来。华风楼大怒，决计武力弭争。向一女一徒重招呼一声，立刻三剑齐挥，奋身上前夺门。铁锚帮群友哗然大噪："你们欺负人到家了，你们有谁算谁！"立刻分兵迎敌。华家门三口剑竟联成一体，一徒一女左右横扫，华风楼挺剑直冲。铁锚帮拼死力迎堵，仅仅把他们挡

在角门边。

这时候，幕面老武师骆祥麟也瞥见狮林观新观主谢黄鹤被铁锚帮里三层、外三层地圈住，他就急忙抽身，回去呼援，引来了狮林观胡山巢一行，拼死力从外围冲进。这样一来，谢黄鹤、一瓢道人在垓心骤见松动。谢黄鹤精神一振，展开了手脚，挥动青镝寒光剑，一路狂扫猛刺，铁锚帮的兵刃又连被削断，引起惊扰。铁锚帮大弟子虞百城见状大怒，急摇鱼叉，上前迎斗。叉剑相交，斗不数合，被黄鹤刷的一剑，削断叉头，顺手又一剑，正中虞百城肩井，登时血流如注，连退数步，翻身栽倒。铁锚帮大哗，帮友纷纷抢救。于是，乘此机会，华风楼三人往里攻，谢黄鹤二人往外冲。居然冲到了铁锚帮集众扼守的角门，倏然合在一处。骆祥麟、胡山巢一行刚打外层扑入，见状大喜，停剑不砍，突然发了甩手箭。众手连挥，箭发如雨，眨眼间，打出一条路。胡山巢大声发出狮林暗号，谢黄鹤、一瓢寻声扑来。华氏父女师徒见解围之计已然收功，乘机偕退。当下，他们十几个人、十几口剑，上下翻飞，如风卷残云，联成一气，纷纷夺路，闯出了跨院。

铁锚帮帮友大吼跟追，狮林观、华家门，十几个人且战且退。谢黄鹤心知华老仗义帮斗，大声说了句："谢谢！"一手举毡盾，一手挥动寒光剑，大奋神威，只身断后，仗着这口利刃，乱削敌人。抟砂女侠瞥见寒光剑削铁如泥，十分惊奇。她一手挥动自己的剑，一手捏着梅花针，跟着父亲华风楼，一面退，一面要回手发针。她父亲不准她滥用五毒砂，她向师兄段鹏年连打招呼，要一同发针拒敌。

铁锚帮群豪恚忿已极，铜笛连响，督众紧追不舍。不防那抟砂女侠取得他父亲的允许，获得师兄的协助，两人立即回身扬手，发出数十根梅花针。针针打到铁锚帮友持兵刃的手上、臂上、肘上，乃至于脸上、肩上如同蜂蜇了似的，痛而且麻。铁锚帮友哗然震动，以为中了毒针，吓得纷纷乱喊、乱窜、乱逃。

夺路的狮林观群鸟立刻扫数冲出敌阵。黄鹤谢秋野眼见华风楼一口剑攻敌迅疾，给他们打开了出路；又见华老左右，一个传砂女侠华吟虹，一个夺命神针段鹏年，只将手连连探囊，连连扬起，便把穷追不舍的铁锚帮纷纷吓退，心中大喜，向华氏父女连连挥手，催请他们先行。他自己也已突围而出，留连仍不肯退，仗青镝寒光剑，横突直冲，忽然抢上前开路，忽然抹转身断后，和铁锚帮群豪反复苦拼。幕面老武师骆祥麟、狮林道友胡山巢颇不谓然，一齐发出口令，催黄鹤作速抽身，无须和铁锚帮恋战，反中了峨眉七雄嫁祸之计。谢黄鹤竟气急迁怒，向黑影里、人丛中狠斗，竟把铁锚帮做了峨眉派。

弹指神通华风楼见黄鹤这样愤激，也很觉得诧异，以为迁怒太过。他一面指挥一徒一女，速发梅花针，拒敌夺路，一面向黄鹤振吭高呼："峨眉七雄已全逃走，狮林道友何不快追，在这里死斗做甚？"一瓢道人右臂负伤，也很焦急，扑过来，把黄鹤一扯，连呼："快撤……"催这新观主偕退。新观主谢黄鹤挥剑彷徨，口喷沫，目瞠视，厉声说："我一定要手诛那假采花、暗算我恩师的女贼，跟那长身量男贼！我一定要搜着他们！"又喊道："铁锚帮诸位，你们快把峨眉群狗献出来，两罢干休！"

谢黄鹤这一番点名索仇，纷乱中换来了铁锚帮友一阵哗骂，越发地冲突不已。忽然间，有一人抗声大喝："喂！那女贼已被白雁扯断！师兄还不快追，峨眉还有两贼，已经跑出去了！"

谢黄鹤直气地一面动手，一面寻问道："什么？是谁说话？"

这时候，斗场极乱，条条人影窜来窜去，正是仇友难分。黄鹤一味瞪眼挥剑猛斫，突然听见了一种螺角发出的锐响。角声忽抗忽坠，正是狮林观的暗号，号召大众火速齐趋西北方，这当然是西北方有着仇人踪迹。同时听见铁锚帮老巢北墙上，又有一人引吭疾呼："道友马上出龛，峨眉群贼逃奔西北了！"

原来是狮林观在外围巡风的领袖一航道人发现了两拨人影

逃出来，落荒投西投北而去。这绝不是铁锚帮那些帮友，那些帮友正自纷纷从外面驰入，援救他们的老巢。人影一出一入，显然辨明了谁是峨眉派，谁是铁锚帮。铁锚帮既不会弃巢他去，那么逃去的人影多半就是峨眉七雄。一航道人立刻跟追，同时发出号角。

谢黄鹤连闻警报，这才愫然瞠目，向四面一瞥。当此之时，狮林诸道友一齐应声传呼，纷纷预备撤出铁锚老巢，抢奔西北。铁锚帮群豪顿时也听出来，顿时也互相传呼："这群杂毛无端挟众登门，杀人行凶，不能教他们活着走！并肩子努力呀，快快上，他们要逃跑，截住他，追他，砍他，射他，拿叉叉他，一个也别留！"

铁锚帮内外帮友除了负伤的，大家各亮兵刃，阻门的阻门，挡道的挡道，鱼叉、花枪、长矛、砍刀、削刀、白蜡杆子，纷纷齐上。更有的上房，有的登墙，个个狂喊，纷纷动手。却有一样，人都涌上来，照样又弄得仇友不分，乱搅在一起，不但弩弓、弹弓、蝗石、飞镖，不容易瞄准击敌，就是长兵器也施展不开。而且这些帮友赶来应援的人数太多，固然有勇气，有义气，不怕死，敢拼命，却吃亏本领不强，一勇之夫居多。这些笨虫莽汉不但不足以杀敌，不足以阻敌，甚至蜂拥蚁聚，碍手碍脚，把本帮有本领会武艺的人也给牵制住，弄得彼此展不开身手。

狮林观群鸟却不然，凡来寻仇的人，几乎全是高手。一个个轻功提纵术超人一等，三十六路天罡剑法，更暗中运用着空手入白刃的功夫，虽在千军万马营中，也能见缝就钻，单刀直入，进退自如。何况黄鹤谢秋野手持利刃，乱削敌兵，更足以震撼住对头。铁锚帮友虽陆续聚集了一二百名，弄得三层五进的大院落人出人进，拥挤不堪，毫不足以制敌死命。狮林观群英一声传呼，各持宝剑，挥霍舞动，居然来去自如。他们在临去时，全不肯走直路，踏平地，一声口号，纷纷地跳长墙，跃房顶，真个如一群飞鸟，戛然长鸣，哄然四散，仓促间铁锚帮

友连一个也没有把他们堵住。

那弹指神通华风楼、抟砂女侠华吟虹、夺命神针段鹏年，本来是局外人，偶见狮林众寡相悬，骤然拔刀相助，一阵梅花针，打开了铁锚帮的包围阵，招呼："狮林道友出巢！"便立刻偕女率徒，飞身跃登三层院的屏门墙，然后仗剑下望，再催唤黄鹤应该快走。黄鹤当时没有听从，弹指神通这老人怫然不悦，认为黄鹤不识进退，不留余地，向一群笨汉逞能，虽胜不武。他就对女儿华吟虹、弟子段鹏年说了一个字："走！"又加了一句话："峨眉七雄已走，狮林观在这里犯糊涂，我们犯不上一块儿搅，孩子们，跟我来！"顺手一指西跨院，西跨院便是峨眉二乔（乔健生、乔健才）踢窗逃走的地方。华风楼再也想不到，谢黄鹤此时精神有些失常。抟砂女侠华吟虹还想观看究竟，却是屏门边墙上只有她父女师徒三人站着，顿时成了铁锚帮弩弓手瞄准的对象。弩弓手们喊了一声："开弓！"唰的射了一排箭。但因黑影中，每人的面貌全看不甚清，只能略辨形体，铁锚帮弩弓手仅仅看出华吟虹是纤足女子，以为也许是海棠花韩蓉。段鹏年身材又恰似虎爪唐林。只有弹指神通身形瘦矮，绝不像峨眉七雄的任何一人，而又不是铁锚帮的帮友。帮友们的打扮也是短装，外人不能察，自己人却能认出暗记来。弩弓手们便料定屏门上的两男一女多半是狮林观的人，可又不是道装，为了小心，先发一排箭，照华氏父女贴身掠过，借以向敌示威，跟着专对准华老射来。这一射倒替华氏父女做了促驾，华氏父女略一腾挪，暂避箭雨。华风楼又喊了一声："快走！"铁锚帮已有人很快地提孔明灯照来，一阵黄光轮照，哗然声中，飞箭唰唰的射到。抟砂女侠挥剑疾闪，父女师徒三人同声呼喊一声，如飞的蹿开，如飞的抢奔西跨院而去。

当华氏父女踏高撤走之时，狮林群鸟也合两人为一队，夺路要走。一人右手持剑，一人左手持剑，十数把利剑，如十数条蛟龙，向人群夹缝中突击过来。一扫一荡，一荡一扫，黄鹤为首，胡山巢断后，冲开了出路，顿时叫一声，唰的腾空，越

墙而走。

铁锚帮大舵主姜海青气得连声怪叫："帮友，帮友！截住他们！快追，快追！一个也不要放走！"立刻与三舵主陈景各抄兵刃，亲追下去。

众帮友更是愤激万状，里里外外几乎够有二百人，竟任这一群老道恣意伤人，来去自如，真正是莫大羞辱！内中一个会轻功、擅技击的帮友，名叫顺风旗孙龙友的，大声吆喝："会上房的并肩子，快跟我来！不会上高的，快开门奔西北！"呐喊声中，帮友本领高的立刻有七八个人，由孙龙友引领，顿足飞身，纷纷上了长墙，望影紧追下去。其余的人立刻抄家伙，出大门，出后门，出旁门，纷纷绕道跟追，扑奔了西北。

大舵主姜海青骑上了马，三舵主陈景也骑上了马，二三十个帮友打灯笼，备弓箭，从后追赶，掩护着帮子头，乱哄哄地也奔西北追去。铁锚帮铜陵支窑大龙头虞百城已负重伤，他的妻弟二龙头宋嘉俊和老龙尾傅明珍一齐暴怒，命帮友挽救大龙头。他二人便率帮友奔出来，搜寻叫嚣，认准了那口寒光剑，存心夺宝，各展重兵刃，专找谢黄鹤。

铁锚帮如蜂如潮，从四面八方奔了来，扑出去，也不管谁是狮林道友，谁是华家门的帮拳客，一概仇视，奋力穷索拼斗。当其时，狮林三鸟谢黄鹤这一拨，经由一航道人引导，已奔西北，穷追那逃去的二三人影。这一拨人数最多，便成了铁锚帮的跟寻对象。前面寥寥数条人影，远远落荒狂奔。当中狮林道友成群结伙，挥剑急逐。再后便是铁锚帮，或骑或步，灯笼火把，在后紧钉。这三拨人累累落落，好像穿成一串，眨眼赶出一大段路，便逐渐地有了脚步不及、逐个落后之人。

狮林群鸟既以鸟名为号，身法实在轻捷，不愧奔走如飞。这样赶下去，因为歧路亡羊，群鸟还没有追上峨眉二乔，却将铁锚帮的人甩落下一大群。大舵主姜海青、三舵主陈景，跨马跟追，仗有骏快的骥足，还未落后；其余步行的人，仅仅有顺风旗孙龙友、下水船房玉柱、河漂子郭大胖，这些强悍帮友还

在奋步紧缀，未甚落后；其余的大帮步行帮友，渐渐支持不住了。

照这样急驰竞赛之下，又奔出二三里路，铁锚帮便被赛得七零八落散了帮；等到赶出六七里地，一百多号的帮友只剩有二十几人，还能吁吁带喘地跟追。这其间就有姜海青、陈景的八匹马和顺风旗孙龙友等六七个人，那河漂子郭大胖几个帮友已然气力不济了，下水船房玉柱更隔着一大段路，但还望得见前面的人影。

另一方面，那弹指神通华风楼父女师徒会合着梁公直、谢品谦诸友，帮助多臂石振英救了少年鲁莽的陈元照，却没得甩开追兵。铁锚帮友四十多人紧紧追着他们。他们一共九个人且战且走，扑到湖边，发出暗号，竟从黑影中开来了两艘快艇。华风楼催众人弃岸登舟，急往回开。铁锚帮大呼大叫，也发出警报，命泊在湖边的木帮船赶快拦截。不意湖上船帮都纷纷上岸，赶救老窑，船上只存留守之人，并无善战之兵。弹指神通高声指挥着，催众开船；铁锚帮大哗，奔驰呼唤，遣将调兵。直到华老一行纷纷跳上了船，他们帮友方才开来快艇，跳上人，急急地驾舟逐拦。当下前两艘快艇冲浪急驶，铁锚帮六七只快船跟踪后赶，终于追到白荡湖心了。

铁锚帮仓促追赶下来的船，没有准备远攻的箭，只能喊嚷着紧赶。弹指神通华风楼回望追舟，不禁大笑。抟砖女侠由舱口回望岸边，意犹恋恋，向父亲说：“咱们就这样走了，他们狮林三鸟到底闯出来没有？我们就这样中途撒手，丢下他们不管吗？”

弹指神通华风楼眼望娇女，微微一哂，笑斥道：“你这丫头，你看你喘吁吁的，你自觉你还能打么？你也不管别个人！你看看你段师兄，到底比你强。”遂振吭催促加紧行船。这时，少年陈元照一切英雄气概全没有了，被铁锚帮一番吊打，肢体多伤，血脉发麻；遇救时，又经拼命夺路，此刻几乎累得喘不上气来。谢品谦、梁公直也都多少带伤，梁公直武功尽强，奈

年长发胖，早喘做一团。多臂石振英背救师侄陈元照，更将气力用尽。众多疲劳，只可不管别的事了。石振英却起心眼佩服这位师叔华风楼，偌大年岁，身经苦战，看外表并不过分透露倦容，虽然口发微喘，脸上依然那么枯黄，毫不带气涌血涨之相。那位骄傲的师妹华吟虹虽然娇喘吁吁，可是满面振奋之色，也不太带战疲力竭之相。多臂石振英说："元照，你看看你师姑，你这回不再逞能了吧！"

陈元照满面通红，仍不服气，低声嘟哝道："我是受了人的暗算，只凭一刀一枪，还不定谁行谁不行呢！"弹指神通听见了这话，越发大笑道："好徒孙，你是至死也只能输招，不能输口的。你跟你师姑一样的倔强！"抟砂女侠华吟虹冷笑一声，当着她父亲，不敢发脾气，就凝双眸，偷盯着这个不服输的师侄陈元照，脸上带出鄙夷神色。天色昏黑，船上无灯，仅辨体段轮廓，也看不见彼此的神情。

他们遁躲在船中缓气，后面追舟仍然穷追不舍。一面追，一面骂，一面连吹铜笛，发出铁锚帮遇敌示警的暗号，希望江边停泊的舟船如属本帮，赶快来助战，来阻截敌人。可是江边泊舟很少，暗号连连发出去，仅仅听见一二回响，不见援兵。更一谛听，回声竟告诉他们：船上没有硬手，并且催他们回援老巢，明示老巢有警。他们这种铜笛暗号只是不多的一些隐语。追舟要想告诉他们，老巢已无须帮手，现在我们船上倒急须强援。这些话竟不能借铜笛表示出来。他们就大声叫喊，可是喊破喉咙，港湾里仅仅开来了一两只小船。倒把弹指神通华雨苍、梁公直、多臂石振英惊动了。三位老英雄一齐探头，侧耳察听，听不懂他们的唇典，却能猜出他们的意思。三个老英雄竟教门弟子众少年一齐下手，协力行船。华风楼说："我们快些走，闯出这白荡湖，一到大江，再往东行，他们就不敢再追了。"梁公直也道："我们熬到天明，他们就不敢追了。再追，我们可以向水师营报警。"

于是老少群雄一齐努力，将两艘快艇加紧驶行。果然开到

大江，江涛汹涌，顺流下行，快艇越驶越快，天色也慢慢透露黎明，东方已泛红霞，夜幕渐渐被冲破。铁锚帮的船帮不能强追，只好改为暗缀了。

另一方面，铁锚帮大舵主姜海青、三舵主陈景等，把狮林观新观主谢黄鹤等越追越远，未到天明，便追没了影。而谢黄鹤一行穷追峨眉派二乔，却也追散了帮。

还有一拨人，便是白雁耿秋原等，在湖滨狠斗虎爪唐林、海棠花韩蓉夫妇。耿白雁所领的狮林道友被海棠花韩蓉的毒蒺藜打伤了两个，海棠花韩蓉也被白雁刺伤。白雁正要上前赶一步，割取首级，虎爪唐林为救爱妻，拼命跳上来，挥着已折利刃，亮虎爪飞抓，和白雁打在一处。狮林道友呐喊一声，把唐林截住。海棠花韩蓉已负重伤，竟乘乱挣命，就地一滚，跳起来，把毒蒺藜乱撒乱放，冲退了狮林道友，她就扑奔到白荡湖边，向丈夫喊了一声，立即赴水逃命。虎爪唐林在百忙中闻得呼声，也急急投入水中。白雁见状大怒，喝命同门道友，分出几个人，赶紧背起负伤的同伴火速退走。白雁他自己竟率二三道友，也赴水入湖，去追擒韩蓉夫妇。他们认为韩蓉这个女贼乃是行使假采花计、毒害先师一尘的正对头。无论如何，不能让她逃走。

当下，狮林观、峨眉派、铁锚帮，以及华家门这些人物，恩怨纠缠，各奔前程。还剩下铁莲子柳兆鸿翁婿夫妇，稍稍落后，坐观成败，看清了这四五方面的错综斗争，旋即暗追下去要拿着康海和一尘的两颗人头去找狮林观新观主谢黄鹤，换取那把青镝寒光剑。

他们双方见面已在数日之后，地在百里以外了。

荒山夜月，古刹凄风，狮林观群鸟集聚在白荡湖以东，潜山山麓，一座荒寺中，正用毒刑讯仇。

白雁耿秋原赴水追贼，仅仅割取了海棠花韩蓉的首级，没有捉住虎爪唐林。

黄鹤谢秋野穷追二乔，二乔分途逃命，走沙河，奔潜山。

谢黄鹤居然把乔健才活擒住，却逃走了乔健生。潜山山麓地段荒旷，狮林群鸟竟占据了古寺弥勒庵，把乔健才钉在庙壁上，严刑毒打，诘问峨眉派余党的下落，更要从乔健才口中究出一尘道长已失的头颅。

乔健才也是硬汉，虽然遍体鳞伤，依旧熬刑不招，而且抗声谩骂道："你们这些杂毛老道，竟用这种酷毒的手段对付江湖好汉，你们不够人物，你可给我一个痛快的，不然我要胡骂你们了！"他却忘了自己寻仇害命，尚不失江湖本色，乃竟盗骨仇尸，也不够英雄气派。唯其如此酷辣，才落得以怨毒招来怨毒的后果！

黄鹤谢秋野悲愤已极，将乔健才活钉在墙上，竟用钩刀割肉搓盐，把乔健才惩治得二目狞视，痛极嘶吼。挨到最后，他挺刑不招，竟自己将自己的舌头咬碎，血流满胸，冲狮林群鸟惨笑不已！谢黄鹤束手无计，仍然问不出亡师头骨现落何人之手，也究不出峨眉派仇家到底有多少人，主名是谁。

谢黄鹤与耿白雁和狮林诸同门，大半都聚在潜山山麓弥勒庵。谢黄鹤派门下弟子在四面布下卡子，就在佛堂供上一尘道长的神主灵牌，把海棠花韩蓉、巴允泰、快手卢登的三颗首级供在案前，焚香血祭；另外便是生擒的俘虏乔健才，也成了复仇的牺牲品。狮林观他们为首几个人，低声悄议：若不能寻回一尘道长的头骨，实是狮林观全体道众之羞，也是全体道众之恨。可是穷讯俘虏，竟不肯吐实，咬断舌根之后，更无法讯出口供了。一航道人以为黄鹤道长不该任听同门，滥用毒刑取供。可是当黄鹤手擒乔健才之时，也曾慷慨陈词，向乔健才客客气气，打听一尘的头骨，不管你怎样说，乔健才总是一言不发。唯其善诱不成，然后才施刑讯，不料刑讯的结果更糟！

耿白雁向师兄黄鹤建议，这个俘虏的舌头虽断，仍可以逼他笔写口供。他说："我们应该另想极酷毒、极难熬的惨刑！"白雁是恨透了仇人的，可是同门道友中有的就很不赞成，以为出家人慈悲为本，师仇虽重，横施惨刑，究竟有失江湖道义，

有伤上天好生之德。

狮林群鸟意见不同，便又悄悄低议，用什么方法才能究出先师头骨，俾获全尸呢？可惜的是狮林新观主谢黄鹤不能像他亡师一尘那样见事果决。同门诸友向他要主意，请他一言而决，他竟也拿不出决辣的准主见来。他向诸师叔、诸师弟说：“用毒刑取供好吗？不用毒刑取供，怎生寻得先师的遗骨来呢？”

谢黄鹤竟是一个好好先生，那最有决断、最有魄力的二师弟尹鸿图此刻入陕访仇未回，谢黄鹤竟不能独断独行，坐任狮林群鸟议论纷纷，表面是博询众议，骨子里倒成了筑室道谋，莫衷一是。可是论辈分，论渊源，谢黄鹤又实是狮林观唯一的传人。虽然技能不足，识见不够，却是为众望所推；他的脾性好，人缘厚，乃是大家公认的，大家推重的。当下，在这议论庞杂的分际，俘虏乔健才仍被钉在板壁上，没有释放下来，仍然有人用酷刑继续逼供。

时将破晓，地旷声清，忽听得外面林边卡子上，传出来狮林暗号，意思是说：“有生客突然来临！”白雁耿秋原第一个听见，忙向众人摆手示意道：“听一听，外面有动静！”谢黄鹤下令停刑，慌忙出离弥勒庵，寻声找去。

狮林道友胡山巢由林边来了，奔来报告：“铜陵老武师骆祥麟又来了，他还陪了三个朋友来，说是有要紧事，务须面见狮林观新主。这三个生朋友知道我们先师一尘道长的遗骨的下落，他要当面报告。”这却是个奇特的消息。

第十五章 铁莲子双头换一剑

狮林观道友寻仇大闹白荡湖，搜得峨眉七雄的潜伏地，一切摸底、探信、透机关，全仰仗这位老武师骆祥麟。但骆老武师却不愿得罪铁锚帮，前夕探窑，骆祥麟曾经幕面引路。等到寻到了峨眉群雄，动手歼仇之后，骆老武师就飘然告退。却是现在，刚刚叩谢告别，不到两天，骆老又找来了，而且引来了三个朋友。这三个朋友是谁呢？是怎生访出亡师一尘的遗骨下落呢？

狮林新观主迎出庵外，赶紧询问道："骆老武师现在何处？他的朋友现时同来了没有？都是什么人？"胡山巢摇头道："骆老武师现在在林外，他带来的朋友大都不肯进来。他本人也不想说出这三个客人的姓名，他只求观主到前边屏人一会儿，他希望秘密一谈，除了观主，不要带任何一人。"

这举动很有点诡秘，谢黄鹤道："这话怎么讲？骆老武师很帮我们的忙，他是我们狮林观的恩人。他既肯幕面匿名，助我等访仇，现在忽又要求我们屏人秘语，屏人会见告密朋友，这办法可有点怪道。白雁师弟，你说我是怎样见他？我看莫如

把他请到这弥勒庵来，先问一问。”

白雁想了想道：“怕是这告密的人有所顾忌，我以为这件事绝无干害，骆老武师绝不会冲我们弄诡，师兄尽管去见他。”

谢黄鹤道：“我也想到，骆老武师不会对我们藏有别样的心眼，师弟所见甚是，我这就去见他。可是，他为什么单单只会见我一个人？”一粟道人说：“这倒没有别的意思吧，无非是冲着你乃是我们狮林观的新观主罢了。”一航道人看着谢黄鹤的背后道：“这话很对，观主尽管去见他，为提防意外，观主可以带上武器。”耿白雁道：“这倒可以。”忙将青镝寒光剑替黄鹤插在背后，黄鹤又带好了暗器，立即匆匆找到林外。狮林观群英要派两个人暗中相随，谢黄鹤挥手拦住道：“骆老武师既然说了，我们便该屏人独会，我们不能失信。”于是谢黄鹤单人独剑，由胡山巢引领，一迳穿出林外，狮林观其他道友都在弥勒庵等候结局。

隔了半顿饭之间，胡山巢一个人回来了。耿白雁和一航、一粟道人齐向胡山巢问：“见着骆老武师没有？那三个生客到底是谁？”

胡山巢摇头道：“我只见着骆老，那三个生客大概还在别处，没肯露面，我没有看见。”众人道：“现在呢？”胡山巢道：“现在么，是骆老陪着我们黄鹤师兄，往林外且走且谈去远了。”

狮林群英自是纳闷。骆老这番举动实在可怪。大家全都猜想：那三个生客到底是什么人？是怎样访得一尘的遗骨？既已访得，此番前来，何故怕人晓得？大家猜来猜去，茫然难定，忍不住步出弥勒庵，傍林远眺。

又隔了好久，突然见老武师骆祥麟匆匆穿林奔来。相隔尚远，便大叫道：“雁道兄，雁道兄，你们快来！”又叫道：“航道长，粟道长，你们也快来。”

一航道人、一粟道人、白雁耿秋原忙迎上去，道：“骆老前辈，我们谢谢你……寻仇之举多亏了你，寻骨之事又多承费

心……”

话未说完，骆老武师连连挥手，奔到跟前，彷徨四顾，道：“别提那个了，白雁道兄，你不是晓得令先师临终遗言，托一个玉幡杆杨华传书赠剑的事情么？原来那玉幡杆杨华就是两湖大侠铁莲子柳老英雄的爱婿，也就是江东女侠柳叶青的丈夫，现在他们全找来了。他们是访得了令先师遗骨的下落，他们是请你们履行令先师的遗言，把寒光剑退还他们，他们情愿把令先师已失的头颅代为寻回。现在你们黄鹤观主正跟他们讲究着呢。你们黄鹤师兄拿不定大主意，请你们也去，大家一同计议。”

骆祥麟一口气说出来，狮林群鸟哄然大惊。

一人说道：“怎么我们先师的遗骨，他们铁莲子父女居然会晓得？他们是怎么晓得的呢？唔，奇怪！奇怪！”

又一人说道：“难道说他们铁莲子父女竟跟峨眉七雄有什么关联？”

又一人说道：“还有这个玉幡杆，到底是干什么的呢？上一次，白雁师兄说他传递遗嘱，笔迹可疑；又说我们镇观之宝的那把寒光剑竟落到他手，到底是先师临终感情赠给他的，还是死人口中无招对，被他骗取的？”

又一人说道：“骆老前辈，你是认识这个玉幡杆呢？还是认识铁莲子？”

狮林群鸟人人发言，似群龙无首。老武师骆祥麟观望众人的神色，心中诧异。想当年一尘道长生时，威镇南荒，不可一世。是怎的，他一朝惨死，狮林观竟落得这么乱法？现在铁莲子托出自己来，要拿一尘道长的头颅，换取那把寒光剑。究竟他们双方谁有理，谁没理，自己是局外人，当然不晓得，也难裁断。可是刚才铁莲子柳兆鸿跟谢黄鹤初会时，分明看出铁莲子神志坚定，不亢不卑，颇有泰山崩于前面而不乱的气概；那黄鹤道人竟颇有苫块昏迷、语无伦次的模样，连个准主意也说不出来。由这一节推测，恐怕铁莲子拿人头换剑的主张，未必

能得到狮林观大众的同意，势必惹出纠纷来，倒教自己居间为难了。骆老武师心中寻思着，忙遮断众论，向耿白雁、一航道人说道："现在你们新观主黄鹤道友急等你们到场，与铁莲子父女翁婿当面情商，你们先不要推测了，还是赶快拨人去接头吧。"

狮林群鸟哄然说："我们去，我们全去。"铜陵骆祥麟忙道："全去不相宜，我看你们可以推出三两位来，最好是白雁师兄，还有一粟道长，你们二位一定要去。刚才据他们那边说，当时扣留寒光剑时，有你们二位在场，你们二位这一回当然该去。不过，我劝你们要客气一点。人家铁莲子乃是成名的英雄，人家这回不是拿大道理硬向你们讨剑，乃是拿人情面子，愿帮你们寻访令师的遗骨，借此效功，向你们请求践约退剑。"

骆老这一席话，狮林同门有的人似乎不以为然，被骆老看出来了，跟着说："所有你们狮林观是怎么样扣的剑，以及那姓杨的是怎么样得的剑，我都不详细。我不过在今早，刚听见铁莲子翁婿匆匆学说了一遍，是是非非，我全不晓得。刚才黄鹤观主对此事原委也似乎不甚了然，他烦我来，就是教我把白雁道友请去，双方对一对话。看黄鹤道友的意思，大概是有意践约，把寒光剑退还人家。到底该退不该退，我全不知，现在只请你们快去。不过，千万不要全去，倒显得挟众凌人似的。"

狮林群鸟听罢这些话，立刻说："就请白雁师兄和一粟师叔同去，因为那个姓杨的传书留剑，就是白雁师兄和一粟师叔答对的。"骆祥麟忙道："那么，就请二位快去。"

狮林道友中又一人说："我听说当时一粟师叔把姓杨的耍了一下。现在这姓杨的既是铁莲子的女婿，他们又是翁婿父女同来，我恐怕事情不是那么简单。他们所说的寻护先师遗骨的话，也许是假，我们不要上了他们的当。这把寒光剑乃是我们狮林观镇观之宝，当真退还他们，我们未免愧对累代先师。"

白雁皱眉道："你先不要发这议论了，我们快去吧。"

那人道："不然，我不是发空论，我是怕此事不是好言好语可以办妥的。我恐怕免不了要大动干戈，我以为我们应该多去几个人。"

骆祥麟不禁怫然道："狮林道友，你们不要讨论了，你们还是一面派人去，一面再商量吧。你们要晓得，现在只有你们新观主和铁莲子父女翁婿三人相对，你们不怕他们说翻了，动起手来，令师兄人单势孤，要吃大亏吗？"

狮林群鸟哗然道："这话很是，一粟师叔、白雁师兄，你们快请吧。"

白雁耿秋原、一粟道人忙将利剑佩好，跟随骆祥麟，火速穿林而往。且行且问骆祥麟：跟铁莲子有什么交情？铁莲子是怎样找来的？他一共带来多少人？他的来意自然是讨剑，他是怎样说法？他从何处寻获先师的头骨？又打听铁莲子的素日为人和他的本领。骆祥麟便匆匆说了一个大概，未等到说完，已到达地方了。

这地方适当潜山山麓，林木掩映，有一座半圯的坟园，就是铁莲子和谢黄鹤会见之所。这坟园一排排房舍，半多空废，依然还有三两个看坟人居住，此时都在睡乡。铁莲子翁婿父女都聚在坟园前边阳宅内，把看坟人的油灯盗来，点着了一点亮，和黄鹤悄悄相对，低声开谈。骆祥麟引领白雁、一粟跳墙而入，望见屋门，骆祥麟停身止步，低嘱道："二位请进去谈吧。不过人家铁莲子乃是江湖上成名的英雄，跟我有二十多年的交情，人家刚才讲话很是客气。他原是一个极讲情面的人，我盼望你们师徒对待他客气一点。"白雁、一粟听了，微微一笑，心知骆祥麟必已听了铁莲子那方面的先入之言，所有白雁扣剑盗剑之事，想必早有所闻。两人忙应道："骆老前辈尽请放心，我们也久慕两湖大侠柳老前辈的威名，我们当然以礼敬待，我们就进去吧。"

三个人蹑足到达门前，轻轻弹指传声，屋里也立刻弹指回答。然后三人先后进入这座旷废的坟园阳宅里。白雁耿秋原请

骆祥麟先行，其次请一粟道人进去，然后自己随后进去。抬眼一看，暗淡的灯影里，四壁空空，只有一张破桌，数条板凳。那个传书受剑人玉幡杆杨华正立在门旁，他是一听见动静，首先迎出来的。更往里面看，一个长眉老人、一个男装女子，坐在破桌这一边。看样子，自然是铁莲子父女了，一见人来，也都先后欠身立起。那另一边，便是师兄谢黄鹤，正立在尘封埃积的破桌旁，面对着一只木匣，双手拄案，双肩耸动，泪落如雨。他听见人声，抬头望了一望，哑声说："你们来了，你们看……"

白雁一看木匣，刚要抢过去，老武师骆祥麟站在中间，刚说道："道友，来，我给你们引见引见！"不料这时候玉幡杆杨华猝然横身，拱手发话道："骆老前辈不用引见，我晓得这一位是白雁道长！白雁道长，久违了。犹记得青苔关一晤，深蒙道长宏材指教，想不到今天小弟我又得良缘，再来承教了，哈哈哈哈！"

话倒不甚难听，声色却冷峭异常。杨华更一侧身，向一粟道人说："还有你这位道长，我晓得你是白雁道长的令师叔，也就是云南大侠一尘道长的令师弟。那一日夺剑赌剑，深蒙你不曾堵家门挟众凌寡，我尤感盛情。我们今天又得相会，这更是天赐良缘了！"

玉幡杆杨华衔恨当日的侮弄，不知不觉说出这有棱角的话来。白雁、一粟打一稽首，冷然回答道："杨施主，我们出家人恭候大驾，本是三月之期，也真想不到半年之后，终得相逢。日子虽然迟误，到底是有缘人了。"这话暗讥着杨华赌剑失期了。

杨华傲然一笑道："二位道长，我杨华今天一会，并不是贪赌宝剑前来践约。我是感念狮林大侠一尘道长生前之情，不幸他遇仇惨死，大仇未报，又被仇家残毁遗体，割去元首，是我们不忍他老人家一世英名，临终凶死，仍落得至死而尸骨不获保全的后果，又无人代为雪耻复仇，也无人代寻残尸。我杨

华区区不佞，明知一尘他老人家一代宗匠，法嗣如林，用不着我等局外人越俎代谋，借交报仇，然而我们却以一时的侥幸，居然从他仇人手中以力争苦斗，夺回来他老人家的头骨。我们不愿他老人家身死而尸骨剖分，故此不避远路而来，要见一见一尘道长他老人家死后继掌狮林观的法嗣，情愿将他老人家的头骨敬谨奉还，以免一世大侠残骨不全，英灵留恨。”说到这里，旋身一指谢黄鹤道：“我们已然得晤新观主黄鹤谢道长，并且长谈过。他却说新承道统，凡事不欲自专，故此要请二位道长也到场来。这本来不必，我们转想这样也好。我当日面受令先师遗嘱传书，确是先和你二位见面的，现在这一会，也算圆上场，倒也不错……”

杨华还要往下说，白雁、一粟已然变色，个个张目，即欲还言。骆祥麟慌忙说：“杨仁兄暂请缓谈，这二位道友和令岳是初会，且容我引见引见。大家不妨坐下来，再细讲。”铁莲子和柳叶青早已立起，此刻也忙凑过来。他父女有心拦阻杨华的讽刺话，又不愿示弱于狮林群鸟。铁莲子柳兆鸿暗把女儿一推，急往前迈一步，到了白雁、一粟面前，满面笑容，高举双手道：“二位道友，狮林三鸟的大名，我铁莲子久仰，久仰的了！”他在这里叙礼，女儿柳叶青就势上前，把女婿玉幡杆杨华轻轻一拉，低说道：“你先等一等说话，容我们见过了礼。”遂即立在她父亲肩下，错落着向狮林二道人行礼。

骆祥麟也忙着介绍，谢黄鹤也猛然惊醒似的，把精神一提，拭泪发话道：“师叔、师弟，先不要与杨施主叙阔，请先和这位柳老前辈行礼道谢。你们不要忘记了，我们亡师的遗骨就是柳老前辈贤冰玉寻获的。你快快见过了柳老前辈，再来叩拜我们亡师遗骨啊！你们看，你们看……”说到末句，手指木匣，又声泪俱下了。

耿白雁被杨华劈头一阵话，刺激得满腔愠怒，一粟道人也甚动气。但见新观主谢黄鹤对着木匣，泣不成声，二人便不遑他顾，一齐按住愤怒，双双向铁莲子稽首顶礼。真相未明，二

人仍不肯贸然道谢，仅仅讲了些“久仰泰斗”的话，立刻趋奔谢黄鹤，同声疾问：“先师遗骨现在哪里？”谢黄鹤用手一指木匣，白雁抢奔上前，移灯照看；一粟道人却突然大张了眼，瞥见了谢黄鹤背后的寒光宝剑已然没有了，忙张目四寻，竟看见女侠柳叶青背后双插着不同的两口剑。

一粟道人不由耸动，失声说：“观主，观主，我们的镇观之宝呢？”但在同时，白雁耿秋原已从木匣中盐颗内取出了一尘道人的头骨，血肉模糊，头发蓬松，上拴小小一条黄绫带，绫带上分明标写着三行小字：

“万恶贼道一尘之首级，某年某月某日，取于老河口聚兴栈后竹林边，峨眉。”

耿白雁捧首看明了这一切，突然失声惨号，疾跪尘埃，大叫：“恩师，恩师！”骆祥麟很慌张地说：“道友噤声，道友噤声！”

一粟道人顾不得镇观之宝，慌忙也过来抢看，看见了人头绫带，辨出了道家修发，顿时心肝俱裂。他更狞目寻看，在这木匣之外，桌上还摆着一座木牌神主。神主也写着三行字，当中一行写着：

“诰封云骑尉康府君讳允祥神主”

旁边一行小字，标着“生卒年月日”，下款便是“孝子康海”字样。

一粟道人读完绫带木牌的文字，也不禁失声哀号道：“师兄，师兄，想不到你竟惨死在峨眉派小辈之手，还受这大凌辱！”颓然跪倒在桌前，也痛泪交流了。

铁莲子父女翁婿默然旁立不语，只向骆祥麟指一指窗外。骆祥麟忙向谢黄鹤打手势，两人附在一粟、白雁耳畔说：“此地是坟园，近处还有居民，你们不要出声，不要出声！”

白雁、一粟和谢黄鹤先后跪在一尘遗骨之前，悲痛顿首不已。三个人对着这遗骨当然认为毫无可疑。三个人悲泣良久，铁莲子方才悄然过来低劝道：“三位道友，一尘道长既已仙去，

已残的遗骨幸得全归，尚望三位垂念人死不可复生，大仇还当寻报，请努力节哀顺变，不必这样了吧。”

不过狮林三道友骤然发现亡师头骨，又是这样盐渍血污，须眉狼藉，自然忍不住万分怆痛。歼仇之举，既未能报复尽情，亡师遗骨偏又被局外人寻获，这局外人偏又有着赠剑的纠葛，他们狮林三道友正是除了悲愤之外，更有说不出的难堪。他们竟遏止不住胸中的哀伤，谢黄鹤本劝一粟、白雁节悲，可是他劝着劝着，自己又哭起来了。三个人吞声呜咽，涕泪交流，渐渐按捺不住，渐渐忘情，要由默默饮泣，放声一恸了。柳叶青、杨华两个人冷然在旁看着，一声也不响；骆祥麟再三地劝阻；铁莲子体贴世情，也在旁婉劝。两人说：“离屋外不到数丈，便是看坟人的居处，请三位道友暂时停悲，先将令先师的遗骨收拾起来，如何？”他们三个人只是跪在遗骨前，哭而又哭，越哭越响。铁莲子猝然说道：“道友且慢，外面有响动了！”

果然他们的失声痛哭惊动了坟园的睡乡客，三个看坟人吓醒了两个，只当是深夜鬼哭。内中一个最胆小，倾耳寻听，听了半晌，又听出低低的人语声，他就很害怕地拍醒同伴，同伴大声咳嗽了一下。两个人坐起来，连声咳嗽，随即抗声说：“谁呀？”末后把那个未醒的人也叫起来。三个人恃众仗胆，披衣起床，点亮了灯，便寻家伙，要出去查看。铁莲子柳兆鸿、铜陵骆祥麟忙向狮林三道友说：“三位请留神外面，看坟人恐怕是出来了。”铁莲子一侧脸，刚要对女婿发话，柳叶青早一拉玉幡杆杨华，说道：“咱们俩出去巡看巡看吧！”

夫妻俩闯然跃出阳宅，各亮兵刃，跳上房头。容得三个看坟人提着灯亮，拿着花枪木棒，刚刚踱出屋来，杨华便拽开弹弓，吧的一下，第一弹先把灯打灭，随即在房上喝道：“下面人听真，我们是合字朋友，在这里借地方，会一会帮友。你们识相的，赶快给我回屋睡觉，不要伸头探脑，多管闲事。”果然把这看坟的三个男子吓住了，抬头看了一眼，杨华又发数

弹，柳叶青也打出几个铁莲子，打中了他们的手中家伙。他们立刻叫了一声，拨转身，要逃回屋内，却又受惊过甚，内中一人引领往坟园外面跑。

柳叶青不教他们乱跑，飞身下蹿，亮出寒光剑来，要堵截他们，把他们逼回屋去，同时要试一试这把寒光剑的利钝。玉幡杆杨华忽然想到一招，让三个看坟人惊动了附近村民，倒足以窘迫狮林诸人。于是，玉幡杆连忙跟踪跳下房，追上柳叶青，喊了一声："他们跑开更好！"教她不必堵截。柳叶青会意，哈哈一笑，连连喊追。夫妻俩真个追上三个逃人，一个抡鞭，一个挥剑。抡鞭的打飞了木棒，挥剑的削断了花枪。吓得三个看坟人失声怪叫，踉踉跄跄往前村逃去。杨柳二人这才暗笑着，翻身回转坟园。

这时候，狮林群鸟痛哭亡师，越哭越痛，终于痛定止痛，三个人相率立起来，移过油灯，细细检视一尘的遗骨，验而又验，毫无可疑。一尘生前体格魁梧，头如笆斗，又顶蓄长发，腮满虬髯。现在肉色污烂，固不可识，只这巨颅长发已足辨认。谢黄鹤、耿白雁、一粟道人更记得一尘道人左腮有一块伤斑，口内脱落一只牙，现在口齿已难掰看，可是左腮的斑疤依稀犹可辨认。三人含泪捧头，审谛已毕，又查看那块标着"贼道一尘"的绫带和题着"康府君讳允祥"及"孝子康海"的木主，这自然是仇家的主名了。

三个道人都哭得涕泪横颐，眼肿鼻塞，围着破桌油灯，悄然低声潜商应付之计。铁莲子柳兆鸿退到一旁，和铜陵老武师骆祥麟也低声叙谈。耿白雁蓦地发现狮林镇观之宝青镝寒光剑已不在师兄背后，回头看了看铁莲子，又见玉幡杆杨华、柳叶青已然出去，便向师兄谢黄鹤暗问："师兄，你们刚才怎么讲究的？我们寒光剑呢？师兄可是已经退给他们了？"

黄鹤谢秋野悄然说道："剑么，不错，是的，我退还给他们了。虽然是我们的镇观之宝，但是亡师的遗嘱我们必须履行。"

一粟道人摇头道："观主，你就痛痛快快地还给他们了？我们狮林观仅有的四件传世之宝，岂不从此缺少一件？"

黄鹤道："那有什么法子呢？亡师遗嘱绝无可疑。师叔和雁师弟当时可以拿我做借口，怀疑扣留，我却不能。况且我不把剑退还他们，可怎生把亡师遗骨讨回？"

白雁愤然道："他们难道是巧借我们先师的头骨强来勒换我们的寒光宝剑不成？我们就受他们这样的要挟吗？"

狮林新观主谢黄鹤默然不答。

一粟道人更是不满意，低声说："观主，我们累代相传的至宝，传到你这一代突然失去，将何以对先人？铁莲子他们对你到底是怎么说的？他们就公然说拿人头换剑吗？"

谢黄鹤依然瞠目不语，半晌才说："柳老很客气，人家先求我以亡师遗嘱为重，以武林义气为本，恳请退还寒光剑。人家说这寒光剑乃是先师临命亲手持赠的。人家以铁莲子的名声对我起誓，保证先师赠剑之事非假，问我对赠剑这件事怀疑不怀疑？承认不承认？骆老也帮着说，铁莲子乃是成名的英雄，断不会虚构亡人遗嘱，骗取人家的重宝。骆老还说，就凭'铁莲子'三字，绝非骗宝之徒，就凭'狮林观'三字，也绝非受骗之人。亡师临危遗嘱赠剑之事，他在旁保证是实，铁莲子就借这机会，问我还有哪一点尚存疑窦？我说：我倒毫无可疑，不过此剑实非我一人所私有，乃是狮林全观所公有。我们现时正在大举寻仇，至于收同门，赠利剑，一时虑不及此。但俟复仇已毕，亡师遗蜕奉安，一切得以上慰先师在天之灵，然后定将此剑如嘱奉还应得此剑之人。我没提赌剑之事，他们也没有提起。"

一粟白雁一齐问道："这样措辞很对，他们又怎样说呢？"

黄鹤旁睨了一眼，此时铁莲子柳兆鸿竟借辞巡风，邀同骆祥麟走出阳宅跑到外面绕圈，似故意留出空来，好教狮林三友协议此事。黄鹤便接着说："柳老又说，先师惨死，武林同愤，他们翁婿情愿拔刀相助，代为搜捕寇仇。随后他们便托骆老向

我表示，铁莲子父女翁婿已访知残害先师的对头就是峨眉七雄。他们自告奋勇，愿替我们搜拿峨眉七雄。骆老又告诉我，他们已知峨眉七雄把亡师的头骨盗走，他们情愿设法寻回遗骨。骆老说到这里，就向我暗暗示意，铁莲子已访得亡师遗骨的下落，可以伸手拿来，问我愿意不愿意践约还剑？我当时急于访求亡师遗骨，又以为他们这话只是一种拟议，一种打算，我便慨然允诺：'倘得寻获遗骨，使先师遗蜕得以全归，我断不敢吝惜此剑。'我刚这样说了，那铁莲子就把骆老拉到一边，低声说了几句话，骆老回头就对我讲，教我把寒光剑交给他，他愿做个居间人，铁莲子立时可以把先师遗骨寻来献上……"

白雁听到此处，便张目寻找骆祥麟。骆祥麟已陪同铁莲子站在阳宅门外，正喁喁对语，抬头望月。白雁不由动怒，摇头道："想不到骆老很帮柳老的忙，他们做成圈套，教我们受愚，他们的交情倒比我们近！"

谢黄鹤道："师弟不要这样说，你不要忘了骆老对我们有恩，你不要替我心疼这把寒光剑了。亡师的遗物，我既无福承受；亡师的遗骨，我又无能寻获，我……我简直不配做狮林观的第三代传人了！"说着以衣袖拭泪。

一粟也张目四望道："他们全出去了，是不是柳家翁婿就此走开了？"白雁一指门外，冷笑道："他们不会这么丢人吧！"仍对黄鹤说："师兄不要引咎，到底你怎样给他的剑呢？就是这样叫他们骗过去的吗？"

黄鹤叹道："我听了骆老的话，就回手摘下剑来，往桌上一放，对他们说：只要柳老前辈真能寻得先师遗骨，我必然双手奉上此剑。我又补了一句，武林中不拘何人，只要能把先师遗骨寻得，或给我们报信，使我们自己寻得，再把峨眉七雄杀了，则大仇已报，先师奉安，我们定必如约，把此剑交付那个应得受赠之人。我刚把这剑放在桌上，骆老便立刻接了过去，铁莲子就立刻满面含笑，向他那女婿杨华点手。那个杨华立刻从背后卸下这只木匣来，这木匣竟真是盛着我们亡师的遗骨。

我就这样获得了亡师遗体，这样失去了先师的遗宝了！然而我决不后悔，也绝不吝惜。我只是伤心我们狮林观人物济济，终不能保全先师遗体，先师已失的头骨偏由外人手中寻回，这真是我们莫大之羞，莫大之痛了！师叔，师弟，你说我能怎样办呢?”说着，又不禁泪下了。

黄鹤道长便是这样拿宝剑换了人头。

白雁、一粟全都愤愤不宁，在痛哭之后，如同啖了苦碱，感到心中苦涩难堪。可是事已至此，无法后悔。他们两个人毕竟还是耿白雁更识得大体，看出师兄黄鹤为难的意思；又想起当日杨华远道传书，确于狮林有恩。寒光剑虽是至宝，不幸先师客途遭仇家暗算，仓促不得已而赠剑，确是实情；遗嘱笔迹纵然有异，却是事实并无可疑。因此，白雁劝黄鹤师兄道：“观主既然这样办了，宝剑已失，到底亡师遗骨得以全归，我们当然都无异词。我们现在可以跟这铁莲子翁婿说几句客气话，就趁早撒开，我们还是赶紧缉拿峨眉派逸走的那几个宵小去吧！”

谢黄鹤拭泪道：“缉仇之事，那当然应该赶紧办。嘻，思前想后，真教我难过，想不到我谢秋野甫承道统，竟失宝器。先师遗骨幸得奉安，可是大仇仍未全报，我简直对不住过去累代的祖师了！先师遗命，叫我查究四师弟的劣行，又教我把广州事件完结了，我如今竟一事无成！尤其是寒光剑一失，我狮林四宝缺而不备，我们狮林观的威势顿挫，宛如折去一翼，令人扪心难安！”

一粟道人蹶然说道：“观主不要自怨自艾，眼前的事，立刻要打定主意，我们该怎么样对付铁莲子翁婿呢？我们的寒光剑既然捐给他们了，可是，噢噢，他们到底是怎么获得先师的遗骨？从谁手里？从什么时候，在什么地方得的？我们必须彻底究问他们一下。我不是妄猜，我们一路苦寻穷究，到今天才与仇人峨眉派见了面，铁莲子翁婿不费吹灰之力，居然把先师遗骨凭空弄到。我们固然不便猜疑他们与仇人通气，可是这件

事毕竟暧昧难明，我们无论如何，也该教铁莲子、玉幡杆当场述说述说。我们纵然获得遗骨，也当根寻遗骨谁盗去，谁寻见的根源？这固然不至于……但是比方说，玉幡杆当年猝遇先观主、受剑传书的时候，就把我们先师的遗首盗走了呢？”

谢黄鹤摇头道：“这恐怕不合乎情理！”

白雁道：“我们当然不应当这样猜，可是粟师叔的话也很有道理，值得寻味。我们必须问一问他们，到底怎样从仇家手内盗得先师的遗骨，我们也好答对江湖上的朋友，告慰没到场的同门诸友啊！”

一粟道人说：“对，对，我就是这个意思，我们必须盘诘明白。我们一见先观主的遗骨，只顾悲恸了，刚才忘了盘诘，现在盘诘也还不迟。”又低声对鹤、雁二人说：“倘或他们翁婿答对的不像话，我们索性跟他们翻脸。翻了脸，那把剑就有办法了。”谢黄鹤忙道：“师叔快不要这样想，我们应当客客气气地对待人家，我们不要教江湖人耻笑。”说着又看白雁，向白雁道：“我们千万不要心疼宝剑，便向铁莲子故意挑剔。我们必须承认：我们亡师遇仇中毒，临危赠剑，实有迫不得已的深意。他那是为了恳求那个玉幡杆杨华，务必给他老人家传递遗嘱，所以故意割爱，以免生死契阔，不通音讯。再说这把剑就不赠给杨华，亡师一死，也必落于他人之手，我们连亡师的死耗也恐怕不晓得了。这一点我盼望师弟和师叔千万看开些。”

遂由黄鹤谢秋野率领二道人，重向一尘遗骨稽首顶礼，默默祷告了一回，然后由耿白雁出去邀请铁莲子翁婿，重返阳宅开谈。

这时候，玉幡杆杨华、柳叶青夫妻，已将三个看坟人持剑吓走，正回转来，要进阳宅，却见铁莲子柳兆鸿、铜陵骆祥麟二老并肩立在坟场，对面悄语，举头望月。柳叶青已获得青镝寒光剑，并且对月削铁，试过了剑的锋锐，心中十分欢悦，以为大事已了，见状就道：“爹爹怎么在这里站着？可是狮林观那几个老道得到他们老师的脑袋全走了吗？”铁莲子忙喝道：

“念缓！”回手一指阳宅，低声道：“人家还在里面呢！”杨华诧异道：“怎么着，他们竟不愿意跟您老共室对谈吗？”铁莲子道：“什么话！人家在那里哭头，我和骆老前辈不愿看着他们哭天抹泪的，故此躲出来了。”转对骆祥麟道：“骆仁兄，这时候他们大概秘密商计完了，咱们进去跟他谈谈吧！”

柳叶青道：“进去谈什么？人头咱送给他们了，宝剑他退给咱们了，咱们还见他干啥？我们简直可拜托骆老伯向他们略为致意，咱们走咱们的，就完了。”

铁莲子道：“你这孩子也不怕骆老伯笑话你，你背后还背着一颗人头，你难道不想交代出来吗？骆仁兄，我们索性全进去吧！”

正说着，几人早瞥见白雁耿秋原已立在阳宅台阶之前，手打稽首道：“柳老前辈，骆老前辈，敝师兄奉请诸位一谈呢！”

铁莲子柳兆鸿道：“好！”叫着女婿杨华、女儿柳叶青，和骆祥麟一齐举步，重入阳宅。这两位老人家刚才相偕步行时，已经暗暗地交换了意见。

当下，铁莲子翁婿父女重与狮林观两代道侣相见。谢黄鹤首先发言道：“柳老前辈，刚才贫道已经与同门验过先师遗骨，确是无讹。我们感激之忱，口难尽述。但此事乃是我狮林观非常的一桩奇变，故此我们必须晓得先师逝世后怎样入土？怎样失去了头骨？盗骨者究是何人？究在何时？更要晓得先师遗骨是怎样被老前辈寻获？从何人手中夺回的？柳老前辈请勿怪我们多问，委因此事关系重大，我们三人必须向狮林观全观道众据实转述。所有盗骨归骨的原委，必须完全洞悉，然后在敝观既获普释群疑，对老前辈又得明感恩施，不致因真相迷离难详，别滋误会。区区下情，尚望垂察！”

谢黄鹤这话说得倒还委婉。柳老微微一笑，才待开言，玉幡杆杨华唇吻翕张，也要抢着说话。一粟道人却猝然先接了声：“柳老英雄，我们先观主惨死，尸骨被残毁，被盗割，我们必须根究盗首残尸的恶徒。我们要问一问柳老前辈，先观主

这头骨到底是从谁人手中得回来的？你阁下又是怎生晓得的？恶徒盗骨，用心险毒，断不会喧腾于众口，必是很诡秘的事，别人都不晓得，我们狮林群鸟大举访寻，仍不能晓，可是柳老前辈你竟晓得了，这其间颇难以常情测断。我们不敢动问，你到底是怎么晓得的？”

一粟问出来的话有点咄咄逼人，只欠一点，没有明说出柳老与仇家通谋罢了。

头一个闻言不悦的是铜陵老武师骆祥麟。他张目看了一粟一眼，以为这不像对待江湖上的知名朋友，简直是讯口供。这老人哼了一声，要居间代言。

紧跟着柳叶青也哧的一声笑。

紧接着玉幡杆杨华纵声狂笑，压倒一切地说道：“好说，好说，这倒真是难以常情测断。凭狮林观人才济济，竟寻访不出戕害一尘老道长的对头主名来，反被我玉幡杆杨华无意中抓着，诚然是难以常情测断。然而那是无意中抓着的，绝不是我们与峨眉派通气，他们拿人头当礼物送给我们的。”

柳叶青也忙帮着丈夫说：“我们可不认识峨眉派，我们也没打好稿儿一定要拿人头换宝剑。峨眉派也不晓得你们欠着我们一把寒光剑，我们只是碰巧了。”

杨华忙道：“不错，这是偶然碰巧劲，叫我们遇上了峨眉群贼。我们感念一尘老观主的侠气英风，既知他老人家的头骨被某某人割去，偏我们遇上了某某人，当然我们就绝不放过某某人。”

一粟道人厉声道：“你怎样遇上某某人？你又怎知道某某人盗去我们老观主的头骨？你莫非预先晓得了某某人的阴谋毒计？”

杨华抗声道：“我们也许预先晓得，也许预先不晓得。但是，一粟道长，像你这样问法，恕我不回答你了！好像你只会念经，不大会说话！黄鹤观主，我说……”

一粟道人大怒，又和玉幡杆杨华叮叮当当地吵起来了。

黄鹤把脸涨得通红，半晌才说："师叔，你先等一等说……"

这时候，铁莲子柳兆鸿拿眼看着骆祥麟，希望他居中调停，一言解纷。不料骆老是个口讷的人，仓促之间，瞠目看着一粟道人，竟流露出很不满意的神气。他竟和黄鹤谢秋野一样，越着急越说不出话，尤其说不出绕弯表示不满的话。白雁耿秋原本来以为师叔一粟措辞过露锋芒，正要设法拦阻，他却有点护短的毛病，见一粟的话被杨华顶回去了，他就应声抢答，把声调放得极其和缓地说："杨施主，要怎样请教你，你才肯赐答呢？请你明说出来，贫道等自然照办。杨施主，这件事到底是你阁下大展鸿才，替我们戕仇夺骨呢？还是……"转面对柳老道："还是柳老前辈仗义拔刀，夺回先师的遗骨呢？我们是应该承谁的情呢？"

玉幡杆杨华、柳叶青夫妻俩双双开口道："白雁道长，我们爷儿三个是冲着南荒大侠一尘道长的以往威名，替他的遗骨小效微劳。我们绝不希望他老人家的法嗣怎样承情，只要略述原委，请他们不把我们一番好心当作恶意，我们就……"

越说声调越高，杨、柳夫妻眼看就跟白雁、一粟叔侄对哄起来，谢黄鹤实在忍受不住，就跑到师叔一粟面前低声说道："师叔，你不要嚷！"又一推白雁道："你把师叔劝住。"然后转过脸来，先向杨、柳夫妻稽首，又向柳兆鸿稽首道："请三位坐下来谈！"铁莲子这时候态度冷然，注视着狮林三友，监视着杨、柳两口儿，忽地向骆老一笑，见黄鹤施礼，立刻拱手相还，大声说："仲英，青儿，你们不要多话，我们现有我们双方的朋友在当中呢！我们如有委屈难尽之情，我们可以请朋友居间评理，你们何必口舌相争，岂不教人耻笑村妇泼口？"

遂向骆老一揖到地，道："骆大哥，请你费心评定一句吧。"又转对黄鹤道："狮林道友，令先师遗骨虽还，你们当然要问一问是怎样夺回的。你们就不问，我还要剖肝露胆说呢，道友们倒无须焦急。骆大哥，我已将盗骨夺骨之事，对您老兄说过了，如今狮林道友果然有疑，就请你替我们解说解说吧。"

铜陵老武师骆祥麟应声侧顾狮林群鸟，先咳了一声，说道："是的，盗骨夺骨之事，柳老兄早对我说过了。我可是一碗水往平处端，这实在是柳老兄贤冰玉一番义举，人家可没跟峨眉派勾结。人家获得一尘老观主的遗骨，正是从峨眉派手中夺出来的，而且杀了他们一个人。"

一粟张目道："骆老前辈请不要评理了，我只请你扼要地把实情讲一讲，到底从谁手中夺来的？杀了他们一个什么样人？"

骆祥麟不悦道："一粟道长，我是不会讲话的，请你多多原谅。要问从谁手中夺来的，那就是……"一指木主灵牌道："柳老就是从这个姓康的手中，把一尘观主的遗骨夺来的，这姓康的正是你们狮林观的仇人。柳老前辈贤冰玉是把这姓康的活擒住，把遗骨硬夺来的。"

白雁忙问："这姓康的现在何处？"

骆祥麟眼睫一动道："你要问姓康的吗？"

铁莲子、玉幡杆一齐插言道："姓康的就在这里呢！"两人不约而同，指一指柳叶青。柳叶青目含笑意，迈步上前："你们要找姓康的，我可以把他拿来！"

一粟、白雁道："哦，女施主，你能把他拿来吗？那好极了，我们可以审审他，他现在在坟圈里面吗？"

柳叶青格格的一笑说道："正是在坟圈中呢，只怕你们问不出什么来，他也不会好好地回答你们。"

一粟切齿道："只要拿到，我们可以用毒刑逼问口供。"

柳叶青越发狂笑，玉幡杆也哧笑不已道："你们狮林观本领尽管大，却未必能把姓康的轧出口供来。"

夫妻俩还要奚落，铁莲子柳兆鸿忙道："青儿，不要费话了，快把姓康的瓢儿交出来吧。"

柳叶青这才一笑，回手把背后包袱摘下来，刚要递给一粟。玉幡杆横身一挡，却先抢到手中，双手举着，对谢黄鹤、耿白雁、一粟道人说："诸位道长一定要追究一尘道长遗骨的

来历，请打开看这个包儿，便明白了。”

一粟道人伸手要接包，杨华竟一翻身递给黄鹤，算是软软地给一粟碰了一个小钉子。黄鹤双手接来，探指一按，便已明白，忙凑到破桌旁，就灯光把包袱打开。这是一块青色布包，打开了之后，另有绿色油布，解开了油布，立刻发现血淋淋的一颗人头，便是峨眉派康海的首级。

白雁、一粟一齐凑来看，血迹模糊，一点也辨认不出，而且他们本来就不认识姓康的。白雁忙向骆祥麟稽首道：“骆老前辈，请看这颗首级，可是峨眉派的人物吗？”

骆祥麟道：“不用看，我知道这首级就是那灵牌上的孝子康海。一尘老观主当年确是与峨眉七雄康允祥结过怨，我想黄鹤道长与尹鸿图君一定知道。这颗首级便是康允祥的儿子康海，康海盗取了一尘老观主的头骨，要拿头骨祭他的亡父。可是他们报复得太甚了，以至于遇上了狭路仗义的柳氏翁婿。柳氏翁婿把康海杀了，把老观主的遗骨夺回来了。”

这样说，自然尽情尽理了，可是耿白雁依旧有疑心。他细认人头之后，向骆老说道：“骆老前辈，这话我们不该问。但不知柳老英雄是在何时何地把康海杀了呢？我们明明见到，我们到白荡湖铁锚帮搜寻峨眉群贼时，仿佛瞥见了康海这恶贼……到底柳老英雄……”

骆祥麟哈哈一笑道：“你问的真对，柳老兄和杨世兄翁婿偏偏就是在我们大闹白荡湖、搜寻峨眉派的时候，在湖滨不远，误打误撞，遇上了夺路逃走的康海。你请看，这不是血迹还新，这其间，真像是有点天意，一尘老观主的大仇一定要这位杨世兄给代报。这位杨世兄第一次即在老河口把老观主送终安葬，现在第二次又叫他遇上了老观主的正对头康海。不但替老观主杀了仇人，还夺回老观主的遗骨，这一点恐怕是冥冥之中大有因缘，不然，哪有这么巧的事呢？”

骆祥麟这一席话，只说的是大概，狮林群鸟似乎依然疑信对半。铁莲子柳兆鸿便不等着盘问，仔仔细细地向谢黄鹤说了

一回。于是，杨柳翁婿巧夺人头的事既经详说，已无可疑。而且，拿这颗人头换那一把寒光剑，已成完局，再不能反悔了。

谢黄鹤新掌狮林全观，虽然吝惜镇观之宝，可是他仍以亡师遗嘱遗骨为重。寒光剑是毫不犹疑地要归还杨华了。

白雁耿秋原、一粟道人到底心中不甚舒服，尤其恼恨那铁莲子的冷傲、玉幡杆的冷讥、柳叶青的冷笑。两个人既得康海首级，仍把谢黄鹤邀到一边，低声悄议好半晌。谢黄鹤似乎怫然不悦，抬头瞥了铁莲子一眼，复又对语良久。一粟道人坚请黄鹤过去发话告别，黄鹤仍有疑难之色。末后毅然决然，三个人一同向铁莲子柳兆鸿、玉幡杆杨华、柳叶青稽首称谢，转身又向骆祥麟道劳。谢黄鹤讲过一片场面话之后，唇吻阖张，欲吐复茹。一粟就势接声，抛开了铁莲子，面对玉幡杆杨华道："杨施主，我们狮林观今日遥尊遗嘱，近践诺言，径将这把寒光剑奉还于足下了。"一转身旁睨柳老，徐徐说道："这剑既归杨君，却不能转赠他人!"

铁莲子微微一笑，并不答言。玉幡杆也冷然道："我就谢谢先观主在天之灵，赠剑之惠，我也谢谢你们慨然割爱，践诺全信的义气！剑赠他人与否，那又是杨某个人的私事了。"

一粟道人不接这句话，仍自抗声发话道："杨施主，我还有一句私话奉告你阁下！这把青镝寒光剑乃是一种无价的宝物。天下的宝物唯有有德者，有大福命者，能够据有之。无此德，无此福，虽得之，必失之。我们先观主累代承袭，一世威名，尚然保全不住此剑，甚至于殒命赍恨而终。那么这无价之宝，护持无方，反而成了无妄之灾。杨施主，我还盼望你善持此剑，善用此剑，永守勿失，不要随便丢掉了，方不辜负先观主惠赠之意，方不为江湖人士所笑!"

说罢，冲柳叶青背后的寒光剑恶狠狠盯了一眼，并向谢黄鹤、耿白雁举手道："我们告辞吧，我们还有报仇的事没有完结。"耿白雁也就双手捧起一尘道长的头颅木匣躬身递给师兄，自己回手拿起了康海的首级，对杨柳三人环视道："所有此恩

此德，柳老前辈、杨施主，请容我们徐图补报吧。”

于是一粟、白雁将新观主谢黄鹤齐声催走，拔步便往外闯。铁莲子忙道：“二位请慢行，恕不远送，我们也要走了！”

杨华仍要跟一粟斗口，铁莲子急忙拦住，对骆祥麟说：“骆大哥，我要跟你盘桓，盘桓！”骆祥麟道：“这个……”谢黄鹤此时抱定先师遗骨，稍稍落后，心绪如灰，也向骆老开言道：“骆老前辈，贫道要私邀您老人家谈谈！”骆祥麟眼见双方不欢而散，这边要邀他，那边也要邀他，两边都是朋友，他都不愿偏袒，面上稍露迟疑。铁莲子抢先说道：“骆大哥，我们先到你府上等候，既是谢道长邀你，你先去吧。”一拱手洒然步出阳宅。那翁婿三人见狮林群友往东走，从坟圈破口跳出去，他们翁婿便往西走下去。

此时天空已现鱼肚白色，铁莲子刚走到坟圈当中甬道，忽瞥见坟圈外面人影一晃。铁莲子哼了一声，暗呼婿女，小心外面。柳叶青和杨华早看出来了，那是看坟人邀来的一群乡民，把他们全当作土匪，正在潜伏偷窥，并不是狮林观的埋伏。柳叶青笑着告诉她父亲铁莲子，铁莲子说：“我们犯不上替别人挡箭，我们可以躲着走。”翁婿父女立刻扑奔坟圈西墙，越墙而过。斜穿林径，回头一望，见狮林群鸟邀着骆老走出一段路，柳老悄命婿女停住。这老人急急攀上高树，向来路一望，又往四面一寻，然后跳下来，对婿女说：“他们真走了，我们先回店房。”引婿女就在林中，打开小包袱，取出白昼衣服，把夜行衣全换下，夫妇仍将兵刃提在手边，在前开路，柳杨这才徐徐走出荒郊。

第十六章 怀剑偕归

一路上，杨柳夫妇欣获宝剑，十分得意。刚离开坟圈时，还怕狮林群鸟暗中遣人跟蹑，他们夫妇几乎是一步一回头，小心照顾着四面。等到出离林径，经柳老攀树瞭望之后，越往前走，人烟越稠密，路上渐有晓行人，杨华和柳叶青不知不觉忘了戒备。起初两人低声细语，随后又说又笑，越谈越高兴，忘其所以了。柳叶青说："那个耿白雁果然刁钻，比那个黄鹤口齿厉害多了。"杨华道："谢黄鹤大概是老好子。"柳叶青道："这三个老道，顶算一粟可恨。"玉幡杆笑道："可不是？我在青苔关就是跟他吵起来的，因他辈分大，所以说话最蛮横。"柳叶青露齿笑道："可是你刚才的话也够损的，把他们挖苦得很厉害。"杨华道："但是我还是气不曾出，若不是岳父拦我，我定要痛痛快快讥诮他们一顿。"

柳叶青又回头看了一眼，仰面看天，笑着说："直折腾一夜，到底把剑讨回来了，总算咱们走运，也靠爹爹的主意多，到底挣回面子了。"杨华道："实在太凑巧，岳父的主意真高，人头换剑，居然把狮林群鸟堵得没话说了。"柳叶青道："这些

老道真可恶，你看他们气焰有多冲！我们饶把他们死鬼观主的脑袋找回来送给他们，他们照样不承情，不给剑。你看闹到末了，连骆老伯都恼了。可是，若不是爹爹把康海的人头扣住，先不拿出来，他们一准要反咬咱们跟峨眉派通谋哩！他们一挑刺，我们再把康海的人头给他们，他们可就反悔不来了，堵住嘴了。”

杨华笑道：“虽然没得说，你看一粟和白雁那股劲，恨不得抓个碴，跟我吵起来才好。偏偏老天爷不给他留脸，他老师的人头偏教咱们寻见。我刚才挖苦他们，还算是两方斗口，依我看，顶厉害的还是骆老那几句劝架的话，比我说的还损。”

这夫妇俩“人头、人头”的乱说，越说嗓门越高。跟在后面的铁莲子柳兆鸿一声不响，且行，且四顾，且沉思，见二人越说越不像话，立刻吆喝道：“青儿、仲英，念缓些！”杨华、柳叶青一齐回头，又往四面一看，两人相视而笑，不再高谈了。等到柳老赶上来，两人齐问道：“您老喊什么？这儿没有什么呀！”柳老说道：“就算路上没有人，你们也不该大说大笑地吵，快跟我回店吧。”玉幡杆杨华低声问道：“岳父，您老人家看，我们把人头交出了，他们把宝剑退还了，狮林群鸟对这件事到底算完结了没有？”铁莲子笑道：“你想呢？”柳叶青道：“难道他们还要反悔吗？”铁莲子摇手道：“不要说了，回头再讲。”

翁婿父女三人全不说话，走出一段路，隐隐听见后面发生了异样的声音，杨、柳夫妻便要回去一看，又要登高寻视。铁莲子皱眉道：“你们怎的这么不懂事？还不快走，留恋什么？”引领二人迈步急行，到一小村，走了进去，从村中牵出三匹马，这是他们临时寄存在农舍的。付了谢钱，三人上马，如飞的奔铜陵而去。

他们三人到了铜陵城外码头上，落店进食，不遑停歇，略一商量，立刻下乡，奔骆祥麟家。刚刚进了铜官村，便见骆家竹篱柴扉之前，细柳长杨之下，拴着一匹备了鞍的马。玉幡杆

杨华是吃过狮林观的大亏的，心中一动，忙向岳父说："您老人家请看，骆家门前有马，必有生客。"柳叶青道："莫非是狮林观群鸟已经来了？"

铁莲子抬眼一看道："休管他，我们且去叩门。"三人策马来到骆家门口，离鞍叩扉。骆青桐姑娘从堂房中走出来，一看铁莲子忙道："柳伯父回来了！柳姐姐、杨姐夫，请上屋坐，我父亲刚回来，正要找你们呢！"

让到堂屋，老武师骆祥麟匆匆出来，举手说道："柳仁兄，你还没走！你来得很好！"把一个名叫钟凌奇的少年壮士唤出来，引见他向柳老翁婿施礼，叙起来乃是骆老的门生。骆老对柳老说："我正要打发他给你送信，现在仁兄你来了，我索性仔细告诉你吧。"

大家落座，骆老向柳兆鸿并肩附耳，低声悄言，讲了一席话。柳兆鸿嘻嘻冷笑，拱手道："骆大哥，我谢谢你的关照。我早想到这一层了，请你放心，我也防备下了。"

骆祥麟又低声说了几句话，末后问："柳仁兄，你用帮手吗？"铁莲子柳兆鸿笑道："不用。"骆祥麟似乎不放心，默想了一回，又道："老实讲，他们不但对不住您老兄，也对不住我。我倒想起一个办法来，我要遍邀附近武林，交付他们公断，你看怎样？若不然，我真担心你们翁婿人单势孤，怕吃了大亏。"

柳叶青睁着一对大眼，凝神旁听着，不禁怒声道："他们还敢不要脸，暗算人不成？"铁莲子柳兆鸿道："青儿不要乱说，骆仁兄，我再谢谢你，你不用挂虑。这话固然是这么说，匹夫无罪，怀璧为罪。可是还有他们那一句话，有德有能者，才能永有重宝。小弟正要暂借此物，考验考验自己，到底有何德能？看看这把利器，我们爷三个承受得住吗？"

当下，柳老和骆老并肩共语，杨华、钟凌奇、柳叶青、骆青桐，男女四少年散坐在旁听着。随后骆老吩咐女儿骆青桐预备便饭，又命弟子钟凌奇沽酒市肉。几人欢饮快谈了一阵，已

近黄昏时分，骆老便留柳老父女翁婿止宿。柳老不肯，坚欲回店。骆老又看了看天色，便催柳老：“如要回店，就请早点走。”柳老却借着酒兴，竟和骆武师纵谈不休，直到月上柳梢，还不想告别。骆老父女待要扫榻款宾，柳老忽又站起来，告辞要走了。

骆祥麟皱眉笑道：“柳仁兄，你偌大年纪了，还是这么大的脾气。留你，你要走；要走，又偏耽误。你一定要从我家里走黑道回店，我这个地主该怎么办呢？也罢，我送你回去好了。凌奇，你把我的兵刃预备好了，咱们师徒二人，就送他们翁婿父女三人。”铁莲子再三辞谢，不肯教骆老伴送。骆老笑道：“柳仁兄这是什么话？你到我家来，我焉能置身事外，袖手不送？”说着一笑。女儿骆青桐正跟柳叶青说得热闹，闻言连忙站起来说：“爹爹要送柳伯伯、柳姐姐，我也陪了去。”骆老道：“你这野丫头，什么事都有你！”

这骆青桐姑娘也是一身好武功，渴欲策马护行，凑凑热闹。她一手拉着柳叶青，低声说：“柳姐姐，我送你回店，你跟我爹爹说说吧。”她自己也向父亲撒娇道：“爹爹，您老瞧人家柳姐姐，跟着柳老伯随便出门，您老偏管束我，不许我动地方。您教我们练本领，可不容我们出去历练历练，您真憋人！”说得骆、柳二老全都笑起来。

铁莲子柳兆鸿捋髯笑道：“桐姑娘，不用着急，我谁也不敢劳动。骆老哥，你也千万不要送行了。你想，我们一共爷儿三个，又有月亮地，一路又是阳关大道，你难道还怕我叫狼衔去不成？”

骆祥麟凝视着柳老，微微笑道：“飞鸟也许惊人！大哥便不怕，我这个和事佬不能堵门口，看人再打架。我一定要尽我心，我不敢狭路帮拳，也应该当场讲话。柳老兄，你不要拦我，我一定送行！哪怕你回店之后，我再装聋作哑，我的面子也好看些。”这样一说，柳老方才点头。骆青桐趁此又暗向柳叶青示意，她很盼跟了去。柳叶青自婚后谨守闺训，遇事也不

敢太随便了，拿眼瞟着二老，双手却拉着骆青桐，笑道：“妹妹是名父之女，武功一定精妙。我猜妹妹也跟我一样，很想抓个机会到外头试上一试。可是这个心思吗？其实妹妹能时常出门，老伯若是准许的话，咱们姐俩真可以乘月骑马，踏行山村，这倒是顶有意思的事。”

柳叶青取瑟而歌，讽示骆老，愿邀青桐姑娘伴行，可是骆祥麟心存顾忌，明知二女的意思，到底不肯答应，拦住了骆青桐。骆青桐怏怏不乐，只可噘着嘴，不敢违拗父亲的话。

这时候家中人已然备好了两匹马。其中一匹是外借的，并不是武士良驹，只是乡间驾车的驽马；骆武师家中那匹马，倒是一骑好走马。于是宾主推杯而起，老武师骆祥麟不肯再穿夜行衣，只脱去长袍，把平常短衣裤略略结束，取了一对钩刀，佩带了暗器。门弟子钟凌奇也装束好了。杨、柳一行仍穿行装，当下告别，就着月光，齐出骆家柴门，纷纷跨上了马。骆武师命弟子钟凌奇当先开路，挑着一盏红灯，上面仍有骆老“麟记”镖行的字样。让柳氏父女翁婿居中，骆老亲自断后，手里也挑着一盏红灯，踏着月影，径由铜官村奔铜陵而去。

五个人扬鞭并辔，历落趱行，都不肯说话，只一声不响挑灯照着荒林黑道走。铜官村沿路多土阜，多丛林，虽有月光，每被林丛轻雾遮蔽。玉幡杆杨华和柳叶青居中策马，互相顾盼着，各将暗器藏在手底。柳老和骆老稍稍靠后，也都戒备着。由铜官村到铜陵县码头不过三十多里路，五个人走了两个更次。大家都觉得路上应该出点事才对，可是奇怪之至，竟一路平安，安抵铜陵码头的店房。这期间，只在将近码头时，瞥见暗隅中有两条人影。钟凌奇提灯一照，这人影退入小巷不见了。柳叶青叱斥一声，要策马跟寻，被铁莲子连忙喝住。

当下，一行人在店房门前停止，纷纷下马，叫开了店门。骆祥麟还要进店周旋，铁莲子有心拦阻，想了想，便把骆老邀进店去，吩咐店伙把马牵入马棚，又命泡茶。谈了几句话，骆祥麟还是不甚放心，要留在店里做伴，柳兆鸿笑着拱手道：

“骆大哥，我总还能保护自己，你请回去吧。如果有事，我再请你去。”骆老又要把钟凌奇留下，柳老仍说不用。骆老注目看着柳老，半晌道：“我的地主之谊是尽了，大哥，你可估量着点。”柳老笑道：“我也不能久耽搁，我明天就走。”

于是骆祥麟皱了皱眉，说道：“那么，我就回家了。”铁莲子道：“老兄请吧，我也不到府上辞行了。”遂在店房续行话别。骆祥麟、钟凌奇师徒二人离店上马，踏着月光往铜官村走去。

铁莲子柳兆鸿站在店前，眼看骆老去远，往四面看了看，忽然纵声大笑，叫着女儿女婿回转房间，吩咐他们夫妻俩：“天不早了，赶快睡觉吧，明天我们还要赶路。”杨华、柳叶青笑着答应了。

他们三人住的店房是一明两暗，一共三间北房。杨华和柳叶青两口子住在西暗间，铁莲子柳兆鸿一个人独住东暗间。骆老去后，柳叶青忙地掩门上闩，从背后解下剑囊，就灯下拔出那把青镝寒光剑，细细赏鉴。那剑果然一片青光，冷如秋水，信手一削铁器，很容易地削断了。柳叶青禁不住连声称赞：“真是好宝贝，怪不得狮林三鸟舍不得放手。”玉幡杆杨华和铁莲子柳兆鸿也都传观把玩，啧啧称赏不已。柳叶青简直爱不忍释，笑向父亲说：“这把剑给我佩带吧。”铁莲子眼望女婿笑道：“这把剑我做不了主，这是你丈夫拒贼救人赚得的。你如果爱，你向你丈夫索讨，我怎好慷他人之慨？”

玉幡杆杨华立刻把剑抓到手中，笑道：“我可舍不得给你，我憋了这大的气，好不容易才弄回来，我还没爱够呢！”柳叶青说道：“不行，你总得给我。”两口子竞争起剑来。柳老笑道：“你们俩全不要吵，你们的本领恐怕全压不住它。”说着，把剑要过来，轻轻弹了一下，插剑归鞘，双手拿着说道：“我先替你们两口子保管着吧。等着一路无事，平安到家，再交给你们，你们自己再研究归谁带。你们想，狮林群鸟骤失传世之宝，心中总有点不甘，刚才骆老再三提醒我们，我们不要慢藏

海盗。凭你们两人的能耐，敢说能把这剑保得住不丢吗？”

柳叶青有点不服气，哓哓说道：“爹爹，您太看不起人了！您老把剑给我，您老看看我守得住，守不住？他们鸟儿真要来了，我拿他们的剑斩他们的头！”柳叶青尽管自负，柳老笑着摇头，杨华更不放心道：“青妹，说是说，笑是笑，这可不是闹着玩的，我们还是请岳父他老人家替我们守护吧。”

夫妻俩只是得意忘形、调情斗口罢了。这把寒光剑，到底暂归铁莲子持有，跟着便催婿女喝完了茶，赶快收拾归寝，把屋中灯全吹了。三个人分据二室，只脱去长衫，各穿短打，结束利落，把兵刃、暗器一一放在手边。临上床时，杨华出去了一趟，柳叶青还要绕店寻视。铁莲子拦阻道：“不用了，你们两口子先睡，我老头子给你们值夜，回头我再叫你们接班。”力催杨、柳夫妇和衣登床，这老人家才摸着黑躺在东暗间，闭目宁神，一手握剑，俨然入睡。

这时候三更早过，淡淡的月光射入屋来，阵阵微风吹得窗纸作响，遥闻野犬吠夜，此外绝无人声。柳叶青和丈夫杨华全不能熟睡，两人相倚相偎，低声喁喁私语。柳叶青实在心爱此剑，央告丈夫道：“华哥，你不用要那剑了，你又不使，好哥哥，你赏给我吧。”杨华笑道：“不行，我不给你。”

两口子似睡不睡，全身短装，枕置兵刃，这样熄灯相偎而眠，忽然听野犬一阵阵狂吠。柳叶青蓦地一惊，把头离枕，手拄着床，侧耳倾听不已。玉幡杆杨华立刻也睁开了眼，低声道：“狗叫得邪性，莫非那话儿不肯甘休，真个寻来了？”

黑影中，夫妻俩全都欠身爬起，抄起了兵刃，预备应变，猝然间听见门扇外有弹指声，一连三下，跟着听出铁莲子悄声嘱道：“青儿、仲英留神！”柳叶青忙低低叫了一声：“爹爹！”已不闻回答，又叫了一声，仍不闻回答。玉幡杆杨华忙说：“莫非那话儿已经到了，岳父迎出去了？”柳叶青道：“大概是的。华哥，别动，等我去看看。”

柳叶青是睡在床里的，正要从杨华身上跳下床去，杨华先

一步早下了地。夫妻俩立刻抢奔屋门。这时候听见店外不远处也有了野犬吠声，两人赶紧戒备，先扑到外间门一摸闩，门闩未拔，立刻折奔东暗间。东暗间床上已然没了人。一扇窗户已经轻启，铁莲子柳兆鸿已经悄悄地穿窗出去了。

玉幡杆杨华诧异道："唔，岳父走得挺快！"柳叶青扑哧一笑，低声说："爹爹时常来这一手，你觉着新鲜吗？快把你的弹弓预备好了，留在这里看摊。如有人影扑来，只不出声，你就开弓打，现在我先寻出去看。"说时一纵身，嗖地跃上东间窗台，一手按剑，一手把窗扇轻轻一推，果然窗扇缝早已划开了。借这一推之力，柳叶青把窗扇往外一掀，身形飞起，野鸟投林式，唰的跃出窗外，身到院中。身手十分矫捷，宛如轻絮随风，尤其是掀起来的那扇窗，当身子投出时，竟能回手轻轻放下窗框，不使发出大响来，这一招杨华就决计做不到。

杨华亲睹爱妻轻功这么好，真是又欢喜又惭愧。他倒也能够穿窗外跃，却免不了弄出响动来。爱妻本教他留守，他自然不肯，急转身扑奔房门，轻轻拔闩，到底也跟了出去。

玉幡杆杨华蹑足跳出房间，顺手掩了屋门，再寻爱妻柳叶青，已然跃上东边店墙，又跳上东排房顶。杨华连忙跟踪缀上，跳上了西边店墙，再跳上西排房顶。柳叶青正在房脊上向四面张望，扭头看见丈夫，忙向他连打手势，紧跟着一伏腰，如箭脱弦，由这房跳到那房，由那房跳到那墙，再一跳，跳出店外，身落在店后街巷上。杨华不顾一切，背弹弓，跨弹囊，手挥豹尾鞭，也如飞的追踪爱妻，跳到店房后巷。

柳叶青顿足摇手，似乎不悦。杨华不听拦阻，直追过去。柳叶青一指对巷，忙向杨华一再挥手，立刻驰出后巷去了。她的意思是不教杨华出来，既已出来，夫妻俩就应分途兜寻，不该两口子挤走一条道。玉幡杆杨华爱恋妻子过甚，竟不依她的指挥，到底跟追过来。当下夫妻俩一前一后往店房迤西循吠声追去。

玉幡杆杨华跟追的是他妻子柳叶青，柳叶青追寻的却不是

她父亲铁莲子，乃是在房顶上远远望见飞驰的两条人影和吠影的野犬。但等到夫妻俩扑出码头，来到田野，朦胧月影里，竟望见七八条人影，分为两拨。前一拨四五条人影，正奔向前途一带荒林；后一拨竟有三条人影，在后追逐。柳叶青大为惊疑，不禁振吭叫了一声。后面三条人影竟有两个人似乎止步回头，但只略停了一停，依然追了下去。

柳叶青到此不顾一切，拔剑奋步，急扑过去。玉幡杆杨华也不遑顾瞻，插鞭摘弓，先暴喊了一声，也奋力紧赶过去。

在野犬吠影声中，杨、柳夫妻眼见前一拨人没入林中，后一拨人倏然止步，似乎紧守“逢林莫追”之诫，分三面绕勘了一遭。内中一个人影似要强行入林，被另一个人影拦住，第三个人影也站住了。杨、柳夫妻狠命地赶过去，柳叶青老远地就叫道：“喂，喂，江东，江东！”

“江东”二字便是柳氏父女的暗号，果然喊声才罢，后拨竟有一个人影应声叫道：“青儿，你怎么也跟来了？不教你们出来，偏不听话，还不快返回去！”这正是铁莲子柳兆鸿的声口。

铁莲子似乎深嫌杨、柳夫妇不听话，立催他们回去，又似怕来不及，竟丢下没入林中之敌不追，与那两条人影一齐拨头奔回来。

那同伴两条人影非别，正是铜陵老武师骆祥麟和他的门弟子钟凌奇。

铁莲子柳兆鸿很急遽地往回跑，骆祥麟师徒也跟着往回跑。杨、柳夫妇愣在那里，要等柳老赶到问话。柳老且跑且挥手道：“你们还不快回店？”眨眼间，柳、骆二老与钟凌奇连袂奔到，和杨、柳二人会在一起，如飞的齐往店里回走。不一刻到了店房后巷，铁莲子先登高一望，幸无伏敌。于是柳、骆二老指挥着大家分别跳墙进院。

杨、柳二人便要直入店房，柳老慌忙阻住。他先四面一望，侧耳附窗听了听，内无异动，这才悄悄穿窗而入，把三间

屋很快地履勘了一下，果在西暗间发现一枝甩箭钉在窗棂上，连忙伸手拔下，摸了摸插入囊中，这才把大家开门延入。

铁莲子于是点亮了灯，让骆老师徒坐下，逊谢道："老大哥，我真谢谢你！你真不放心我们，你真就没回去。"

骆祥麟微微发喘，先就灯光满屋寻视，觉得略无可疑，且喘且笑道："什么话呢，咱们老弟兄了，明明知道你这里还要有麻烦，我焉能袖手不管？"手指床上包裹，看着杨、柳夫妇笑道："你们两口子也追出去了，你们快看看吧，屋里丢了什么东西没有？"

柳叶青一进屋，恰也巡视了一周，忙笑答道："骆老伯，你的意思我明白，我这不是也正察看吗？大概没有丢什么。"

骆老睁大着眼看着柳叶青，又看着杨华道："一点东西也没丢吗？"杨华重把包袱摸了摸，两口子一齐回答道："大概没丢。"骆老又笑问道："既然没丢东西，再看看多了什么东西没有？"

玉幡杆杨华笑道："闹贼只有丢东西的，怎么会多出东西来？"

骆老摇头道："不然，不然……"

柳老扑哧地笑道："骆老哥，真有你的，你就知道多出东西来了？"信手从囊内掏出那枝甩箭就灯下当众聚观。这不过是武林中寻常用的甩手箭罢了，却是箭尾甩头上系着一缕黄布条，布条上分明写着两行字：

"宝物唯有德者能有之，能守之；其无德者必失之，且必危而不持。"

柳叶青立刻锐声叫道："好鸟！这一定是狮林观鸟儿们干的！"骆老笑着点了点头。

钟凌奇问道："这有什么意思？"

铁莲子哂然说道："什么意思，无非是摇惑人心，教我爷们受之不安罢了。相好的，你们这一招，可做得小家子气了！"眼望窗外，冷然摇头。

骆老闻言，也不禁摇了摇头，徐徐说道："实在不高！"

柳叶青、玉幡杆看了看二老的神情，转向钟凌奇道："钟师兄，刚才退入林中的人一定是狮林观那群鸟吧？"

骆门弟子钟凌奇含笑不答，只看着师父骆祥麟。骆祥麟便笑道："青姑娘这么聪明的人，还用问吗？"

柳叶青怒道："这可太难了，他们明着输了嘴，还了剑，又暗中算计人，又想盗剑夺剑吗？"

铁莲子挥手道："你这傻丫头，总嘱咐你少说话，你偏爱多话，越多话，越显得你傻。"

柳叶青道："我怎么傻了？"

铁莲子咳道："你也想想，狮林观群鸟怎肯像你猜的，做这种不够江湖道义的呆事？人家不过暗中盯住了你们，不肯甘休罢了。人家绝不会在此时此地，硬动手夺你们的剑。不过是一点不放松，把你们监视住了，你们走到哪里，他们一定追到哪里。你骆老伯不过怕他们万一不够朋友，在这铜陵地面弄出不光棍的事来，故此盯得他们很紧，他们并没做错事啊！"

杨华忙道："莫非刚才入林的人并不是狮林群鸟？"

柳老笑道："你们太死心眼，我简直告诉你们：那是几个幕面的人物，人家不想出面，只想暗盯。被你骆老伯防着了，他们刚来，骆老伯就迎上去，大声地将他们喝破，只说了一声：'我姓骆的在这里呢，朋友们闪点面子。'他们就走开了。我也恰巧从店中追出来，紧跟着吆喝了几句。他们就答了腔说：他们是来暗中保护寒光剑的，怕那把剑被别人吃二磨，转盗了去，显得他们不够朋友。他们又说：担保我们一路平安，返回故乡，狮林观绝无异图，只教我们自己以后要好好护持此剑。人家没肯露盘，我们追着往回请他们，他们当然不肯回来，刚才就是这么一档事情。"

玉幡杆杨华听罢，皱眉说道："如此说，我们后患方长！"

钟凌奇插言道："这恐怕难免！"

柳叶青怒道："我们是不怕空言威吓的。"

柳、骆二老全都笑了。

终于铁莲子父女翁婿向骆、钟师徒谢而又谢，骆老旋即告辞，携徒回转铜官村。铁莲子和婿女一夜晚景无话，次日带着那把青镝寒光剑傲然踏上归途。虽然一路上免不了风声鹤唳，小有波折，到底戒备森严，安然离皖，回转到江东。

狮林群鸟似乎并没有暗追来夺剑或盗剑。

铁莲子竟携婿女先到达南京江宁城，却不拜客访友，而是悄悄地逛了逛南朝金粉秦淮河、夫子庙。几人寻到一家刀剑店，按照寒光剑的长短款式配换了剑柄、剑鞘；又仿照寒光剑的长短款式另配了三把剑，尺寸、装饰和其剑一样。这便有了同一款式的真伪四把剑了。然后父女翁婿三人才坐江船回转镇江。

一到镇江，这三人把一柄绿鲨鞘金什件的青镝寒光剑挂在铁莲子精舍的壁上；把另一柄绿鲨鞘金什件的青镝寒光剑挂在杨、柳夫妇新婚所住的小楼卧室的对窗壁上。真伪四剑，挂出来两柄，其余两柄也似乎世袭珍藏似的收起来，放在箱笼里。

杨、柳夫妻欣得奇宝，争回面子，可是精神上到底惴惴不宁，整天地提防对头前来明夺暗盗。可是越不放心，偏没事；越没事，偏越挂心。

这时候柳叶青忽又患了病，吞酸，呕吐，腿肿，渐渐有了孕象。按俗例，新媳妇临盆，断不能生产在母家。杨华拿出了做丈夫的身份，叫新娘子赶紧跟他回转河南省永城县杨宅。

柳叶青好比丑媳妇一般，竟怕见公婆，不愿回转夫家，却在大道理上，太说不过去。两口子哓哓地争辩了好几天，杨华急了，向岳父说，又向居停主人鲁师兄夫妇说，经这几人促劝，柳叶青也没法子。终于定规克日坐暖轿送怀孕新妇还家。

铁莲子因为女儿岁数大些，又是头胎，很不放心。杨华却已在故乡给鳏居的岳父预备了养静的精舍，是一个小跨院，比鲁宅精舍还格局。铁莲子爱女及婿，早先本有就养婿家之约，到此欣然答应同行，却要自立门户，不愿倚婿奉养，做外老太

爷。杨华连忙答应了，这可难坏了依人篱下的落难小姐李映霞。现在在名义上，她算是柳老的义女，柳老要就养婿女，移居河南，自己是跟了去，还是不跟了去呢？跟了去，柳叶青是她的情敌，今后将永在情敌眉眼下讨生活，其滋味既苦且酸；不跟去，独留镇江鲁宅，和鲁府上漠无瓜葛，自己成了客中客，更无味，且难安。自己依人篱下，宛转由人，又不好意思表示什么，只轻描淡写，向鲁大娘子说了说自己的难处，又向义父铁莲子问了问：自己当何去何从，欲投尼庵，免累他人的话，又不觉来到唇边了。

其实不用李映霞请问，这两天铁莲子正跟大弟子鲁镇雄从长核计着呢！鲁镇雄知道师妹柳叶青的脾气，自己若收留李映霞，师妹必然起疑，因此力劝师父铁莲子把李映霞也带走。他说："师妹已婚，师父身边无人服侍，有这位李映霞姑娘做您老养女，再好不过。"

铁莲子又悄悄问女婿杨华，杨华恐涉瓜田李下之嫌，不敢表示意见，只说："把李小姐留在鲁宅也好，带到舍下，跟义父同居也好，家母决没有说的，只不过怕师妹犯小性。"末后又说："岳父酌量着安插李小姐就是了，小婿毫无成见。"

铁莲子又秘密和爱女商量，柳叶青说："我还没有跟婆母见面呢！这番回去面见，又请了您去，您既是跟着亲女儿住亲戚，又带着个干女儿，您想合适吗？他们杨家愿意吗？"铁莲子笑道："这一层我也想到了，但我绝不是带着干女儿去到亲女儿婆家闲住蹭饭。我只不过找他们杨家借房子，自立门户。我不是住亲戚啊，我就带着个干女儿乃至于带几个徒子、徒孙，他们也管不着我。倒是姑奶奶你，我得先向你定夺好了。"

说得柳叶青先红了脸，重重吁了口气道："您老别跟我定夺，您想怎么着，您就怎么着，我可不敢拦您。"

铁莲子柳兆鸿已听出女儿不悦，笑了笑说道："干脆咱爹俩一句话定规吧。我的意思是要把李映霞带在身边，由我看着她，连你女婿也算上，都算在我眼皮底下了。我就是这个打

算，我这打算完全为了你跟你女婿两口子的美满姻缘起见。傻孩子，我不是为了外人！若是你一定不愿意跟不愿见面的人在一块，那就把李小姐丢在镇江。不过，我总想男人们的腿长，女人们的心窄，我愿意永远看住了李小姐，直等到给她找了人家以后我才松手，我这是完全替你设想。”

柳叶青越发地红了脸，她父亲的深谋私虑她是早已明白的了，她还是不以为然，此刻低头想了一回，决然说道：“我就依着爹爹，您要把李映霞带到身边，携到永城，您觉着这么办好，一定是好。只有一样，您可得写保票，万一他跟她糊弄到一块，您可得赔我！”

铁莲子哈哈大笑道：“我赔你，我一定赔你！你也不看看你丈夫对你的情意如何，你也不管李小姐是个很有身份的大家闺秀，你就这么信口胡猜。我告诉你，你到了婆婆家，千万不要随便乱说了，千万要谨守闺训，听婆母的话。你们两口子跟李映霞这段事，总不要教你婆婆晓得才好。”

柳叶青听了，又有点不以为然。

铁莲子双眸看定女儿，很严重的说：“你千万不许犯傻。你和李小姐的这件事教你婆家晓得了，第一，要看不起你这新娘子吃醋；第二，也要看不起你丈夫年轻没把持；第三，也要看不起李小姐这个落难的知府千金。我告诉你，说破了，对你三人全有害，你自己可要估量估量。”

柳叶青噘嘴道：“那可没准儿，不论什么事，我就是不会瞒着人，我也不会扯谎。他到了家若是欺负我，背着我跟李映霞捣鬼，我就许一气，把他们那堆泥全给抖搂出来。只要他不跟她勾搭，我就饶了他和她。”

总而言之，柳叶青对这手无缚鸡之力的情敌李映霞依然有着很大的戒心。她唯恐自己一到婆家，婆母立起家规来把自己管束住，自己丈夫就许由着性儿凑了李映霞去，私叙旧情。她却忘了她父亲铁莲子是何许人，岂容爱婿跟李映霞重温情梦？柳叶青实在是太过虑了。

并且她也太小觑了李映霞小姐。李映霞惨遭灭门之祸，此刻寄人篱下，忏情埋恨，早存死志，一心只想为父母的沉冤挣扎求活。她只想从铁莲子这里求得报仇的门径，她早没有余情来跟玉幡杆苦恋，来和柳叶青争欢了。

当下，铁莲子跟爱女、爱婿二人商定了携带李映霞同返永城之计。赶着预备了几天，首由玉幡杆杨华先发了一封家信，次由柳门大师兄鲁镇雄代雇江船，打算由镇江码头渡江，循运河北上，直达淮安府；再穿过洪泽湖，西行入皖，溯五河，逆流斜上，便可一径到达豫西永城。几天之后，便在鲁府上摆了饯别筵，跟着雇好了轿，又备好了几匹马，怀孕的江东女侠柳叶青和孤踪暂寄的李映霞小姐辞别了鲁府女眷，一同上了轿。铁莲子柳兆鸿、玉幡杆杨华各骑一匹马，柳门徒孙白鹤郑捷上马送行。柳门大弟子鲁镇雄和他父亲鲁松乔也亲送到镇江码头，在江边叮咛了珍重便分别了。铁莲子一行登上江舟，起碇出港，先奔淮安城。

船走了些日子，平安无事。柳叶青向不晕船，这番怀孕便有点不舒服。这一天刚要穿渡洪泽湖，突遇大风，船颠簸得十分厉害，柳叶青竟呕吐不已。铁莲子和玉幡杆恐她伤了胎气，忙吩咐船家暂不入湖，拢舟泊岸，要投店暂歇一两天，等风息了再走。柳叶青强支着说："不要紧！"铁莲子不肯依着她，竟命郑捷雇来小轿，由李映霞挽着柳叶青的手徐徐离船上了轿。

柳叶青和李映霞直入店院，刚刚下轿，突然看见一个客人正要出店，和李映霞走了个对脸，竟面露诧异，站住不走了。李映霞觉得这客人直眼看人，甚为无礼，不由得低下头来，又偷眼一瞥，竟拖着柳叶青紧走了几步，进入店房。李映霞似乎听见那客人在背后发出唔的一声疑讶。

这一声却惊动了女侠柳叶青，她手扶李映霞，抬眼一看，这个客人竟生得长身玉立，比玉幡杆杨华不差什么。白面修眉，细腰阔肩，气度英挺，尤其是双瞳闪闪，不似常人。柳叶青立住脚，扭着头，不由多看了一眼。这个客人竟也调转身

子，把柳叶青盯了一眼。可是这人最后的眼光依然落到李映霞身上，瞅而又瞅，由头上盯到脚下，竟站在店院，忘记举步了。柳叶青觉得奇怪，再看李映霞，面露惊惧之容，很慌张地独自跑进屋内。柳叶青越发诧异，竟站在店房门口，看了看这个人，又再看李映霞。

第十七章

狭路惊逢玉虎

这时候，铁莲子柳兆鸿和玉幡杆杨华全都进来了。只有白鹤郑捷管着行李，正吩咐店伙搬运一切，算是稍为落后一点。铁莲子柳兆鸿刚刚进店间，早就看到这个客人的可疑情形了，不禁低哼了一声，迈步上前。玉幡杆杨华更为动容，竟很快地赶到客人面前，凝目注视不已，只觉这客人好生面善，却仓促想不起来。这客人也似乎觉出自己的举动已引起人们的注意来了，他就把头一低，斜睨了杨华一眼，转身徐徐举步，走向店门。

铁莲子立刻侧转身，盯着这人的背影。柳叶青本要进房间，也停住了。玉幡杆杨华更是皱眉瞠目，正在苦想，似乎要举步跟追这人。铁莲子双眸转了一圈，瞥见李映霞，人已进了屋，竟又走出来，侧立房门前，向外偷看，又有点不敢看似的，远望着那客人的去路，面色忽白忽红，十分不宁。她这样子早被柳叶青看出来了，立刻凑过去向李映霞盘问："怎么回事？那个客人是谁？"李映霞满面通红，答不出来，眼光远远投射到杨华脸上，又招了招手。恰好杨华若有所悟，也正彷徨

转顾，眼神所及，似向李映霞叩问。杨、李二人四目对射，杨华突然失声叫道："噢！"赶紧地翻身往外奔去。

铁莲子柳兆鸿恰在后面，已然把各人的神情全都看清楚了，心头一转，猜透了一半。他立刻紧跟着玉幡杆，也翻身追出店院，慢慢挨到杨华身旁，低声说："这个客人可疑吗？"杨华忙道："这个人好奇怪，我瞧他很像是……个贼！"铁莲子更不再问，暗一点手，翁婿二人各不关照，火速地追出客店门外，那个人已然拐弯走远了。白鹤郑捷押着行李刚刚进店。

玉幡杆杨华和铁莲子分别搜了一段路，铁莲子看见那客人已投入别巷，进入别家店院，便悄悄退回，暗暗叫住了杨华，才待细问，杨华不肯冒答，低声说："回店再谈。"

翁婿二人又匆匆地回了店房。

这时候，李映霞呆若木鸡，依然伫立在房间门边，双手交握，从目光中透露出惊惧和悲愤。柳叶青忘了自己的病，上前扶肩，一迭声地问："到底怎么回事？你可认识那个客人吗？那个客人是干什么的？"

李映霞对柳叶青一向委曲求全，百般将顺，此刻竟忘其所以，十分不耐烦地说："这个人……这个人……我记不清楚，一准是一准是个坏东西，歹人！"

说话时，玉幡杆杨华、铁莲子柳兆鸿先后走进来。李映霞忍不住迎头叫道："华哥，华哥你看，你可看见刚才那个长身量，白面孔，穿着很漂亮，很豪气的那个男子没有？"且说且侧身，直凑到杨华肩旁，几乎要握手攀问似的。玉幡杆杨华也忘其所以地眼看着李映霞的眼，叫道："霞妹，我看见了，我正要问你，你可记得那天夜里，那个使双钩刀的……"李映霞忙道："我记得，不错，准是他，我还记得他使的是一双钩刀，刀背上有锯齿，刀尖上有钩。华哥，你你你得给我想法，这个人一定是那夜那个歹人，他他他刚才直瞧我，他一准把我认出来了，这可怎么好？"

李映霞十分焦灼地说，脸上又害怕，又着急，几乎要把整

个身子偎到杨华怀中似的。把个旁观怀疑的柳叶青惹得酸溜溜的，十分动怒，竟猝然地发了话："你们两个人到底嘀咕什么？刚才那个人可是李小姐早就认识的人吗？李小姐，刚才他直看你，你直看他，到底是怎么回事？你们很熟识吗？"转脸来，又请问杨华："我说你，刚才你也直瞪眼，莫非刚才那个细高挑跟你们俩全认识？他可就是你所说的那个萧什么人？你们怎的只翻眼珠子，不过话呢？"

玉幡杆杨华蓦地红了脸，心知爱妻又动了疑妒。李映霞也深深醒悟，忙走到柳叶青身旁，手拉着手说："姐姐，姐姐，您不晓得，刚才那个人不是好人，一定是害我全家的那伙贼。我还记得他，他大概还认得我。华哥，您快给我想法子，别教他走脱了。还有，噢，义父，您老人家快来。老人家，您看见刚才出去的那个长身量、白面孔、很豪气的客人没有？那就是在红花埠劫我的歹人。义父义父，您瞧我该怎么办？现在可能抓住他喊冤吗？"

李映霞万分焦灼，也顾不得柳叶青的醋意了，一迭声地向杨华和柳兆鸿恳求设法，她说那个人确是仇家。铁莲子柳兆鸿已然看明，也已听清，忙回身掩上屋门，把所有的人都叫到客店里间，很快地吩咐道："郑捷，你不是也看见那个人了？"郑捷答应了一个"哈"字，翻眼看李映霞。柳老忙道："你赶快暗带兵刃，去到那边那个店房，假装投店，把那个人看住。千万小心，不要教他看破，不要受了他的暗算。"白鹤郑捷道："晓得！"转身便走，又问了一句："这家伙是个贼吗？"铁莲子道："是个贼，别教他滑脱了。"郑捷道："您老望安！"说完，就火速地去了。

然后柳老又叮问杨华："你可确切认准了这个人？"杨华答道："一点不错，乍一见面，我也想不到。可是刚才他直拿眼扫我，又直盯着霞妹……"柳叶青哼了一声，坐在床上了。杨华改口道："这东西又打量我，又打量李小姐，我一看他，他又扭脸。不错，一准是那个贼，我跟他打过两场，再不会认

错，不然神气不会那样。”

柳老点头，又叮问李映霞：“你也记得清？”李映霞忙答道：“记得，这一点也不错。”

铁莲子叫了一声：“好！”站起身来，举步往外走。李映霞神情激动，不解其意，竟横身拦住道：“义父别走，这个贼掳过我，威吓过我。是他把我架走，是华哥拿弹弓把他打跑的。他是我的大仇人，我的的确确认得准他，再不会认错，而且刚才这贼直瞅我！义父我也不便瞒着了，这个贼没安好心，他还是琢磨我，义父……”说到这里，李映霞突然跪在铁莲子面前，低叫道：“您老人家一生仗义行侠，现在我狭路逢仇，义父您老人家务必替我捉住他，我情愿跟他拼了。您只擒住这贼，我一辈子感激您，变猫变狗报答您，为奴为婢服侍您。”双手扶着铁莲子的膝头，又膝行而前，到了柳叶青的面前，磕头如捣蒜地说：“义姐，义姐，您也得可怜我，这贼害得我好苦，姐姐有一身好本领，您您您救救我，替我报了这个仇。只要杀了这个贼，姐姐，我就是您的奴才，我侍候您一辈子。您教我怎么着，我就怎么着，我的好姐姐！”她竟悲愤填膺，语无伦次了，说时声泪皆下。柳叶青忙往床旁一挪身道：“这是干什么，这是怎么说的？有话好讲，怎的跪着？”又好笑，又透出不悦。

铁莲子微微一笑，过去把李映霞扶起，低声道：“好孩子，别着急，我这就给你办，你别拦阻我呀！你看我这就布置，快快坐下，听我分派。”

铁莲子当时发令，命柳叶青持青镝寒光剑，佩带暗器，保护李映霞，就在这店房住下。命杨华将弹弓弹丸一一预备好了，假装没事人，留神听柳老的指挥，说动就得动。柳老嘱罢，忙忙退出这房间，假装单帮孤行客，另辟了一个房间。回转来，铁莲子低问杨华和李映霞：“你们可晓得这贼叫什么名字？”杨、李愕然，李映霞叩额寻思道：“这贼大概姓贺，叫什么玉虎。”杨华道：“不错，我想起来了，他绰号擎天玉虎，名

字叫贺什么的，大概是鄂北出名的大盗。”

柳老略一寻思，点点头道：“这人多半是叫贺锦涛，他是两湖剧盗庞根荣的女婿，是鄂西新出手的飞贼。”柳叶青道：“哦，这小子就是贺玉虎吗?”玉幡杆杨华道：“原来岳父和青妹全知道他的底细，他这人究竟怎么样?”柳叶青笑道：“你瞧，我爹爹人称两湖大侠，两湖的绿林人物怎会不晓得?”柳老笑道：“提起此人……”正要往下说，忽看出李映霞依然踌躇不宁、欲催不敢的神气，便道：“我们先办事，后谈闲话。”吩咐杨华夫妇小心防护，便洒然离店，径去找白鹤郑捷。

这地方恰在洪泽湖东北岸，地名叫横江圩，原是个小码头。铁莲子一行所住的店房叫作永和客店，那长身量客人（贺玉虎）改投的店房叫作泰昌客店。铁莲子找到泰昌店，白鹤郑捷假装问路寻人，在柜房闲扯，见了铁莲子，使一眼色。铁莲子便道：“你住在这里了，教我好找。你住的哪个房间?”郑捷道：“四号。”铁莲子道：“我们先出去吃饭。”

把郑捷调出泰昌客店，到无人处，问道：“那个人在店里吗?”回答说：“在。”问：“有同伴没有?”答道：“还不晓得，刚才我正要打听。”问：“他可姓贺? 名叫贺锦涛?”答道：“店簿上写的是贺直卿，湖北人，经商，年二十七岁。”问：“他住几号?”回答：“住的是十一号，四号房正跟他住对门。”铁莲子道：“好了，你先跟我回永和店。”

铁莲子已经打定了一个主意。当下，他带白鹤郑捷回店，当着大家，吩咐郑捷留在这永和店陪伴李映霞。柳老自己要带杨华、柳叶青移居泰昌店，钉住贼人，就便伺机下手。李映霞一听这话，看了郑捷一眼，面色恐慌不安。白鹤郑捷看了看李映霞，忙说：“师祖，这可不成，我一个人可保护不了李小姐。况且这房间只我们两个人，也太不方便。”

柳老这番调动，简直大含私心，把爱女、爱婿调开，有意给郑捷、李映霞撮合。李映霞是个聪明女儿，脸上渐渐堆出红霞，可是她不能说什么，只能说离开养父，有些害怕。柳叶青

瞟着李映霞和郑捷，心中十分高兴，忙说："郑捷，你就留在这里保护李姑娘吧！大白天价，一个人保护一个人，怕什么？我们一定把贼钉住了，不会教他溜到这里来。霞姑娘，你也放心吧，我这个郑师侄，比起杨姐夫，本领更棒哩！"说着立逼杨华跟她转奔泰昌店。李映霞自然没法挽留，杨华很不好意思，也不能说什么。

白鹤郑捷是个非常机警的少年，察言观色，早已看透师祖铁莲子的故意安排，心中暗暗不悦。这位李映霞小姐分明跟杨姑夫患难生情，惹得叶青师姑泼酸大闹。现在师祖竟要利用自己，做那偷梁换柱之计。自己年纪轻轻的，好媳妇有的是，凭什么拣杨姑夫的残桃剩李吃？李小姐虽然生得漂亮，她的心明明扑着杨姑夫，自己凭什么拦入情场，做那打岔的小丑？他当时也不辩驳，等到杨、柳夫妇刚要挪店，郑捷这才笑着发话道："不成，不成，我年纪轻，本领稀松。刚才那个贼，只看神气，就知功夫不弱，我绝不是人家的对手。莫说保护李小姐，真要招呼起来，我自己还怕保不住性命呢。我哪能比得起杨姑夫？师祖，您老人家不要强人所难。"郑捷站起身来，就要往外跑。柳叶青拦喝道："小郑捷，你敢溜缰！"

白鹤郑捷笑道："我说溜就溜，师姑您就瞪眼也不成。我还没出师呢，我的本领只能够跑跑腿，当当碎催，给您送行倒成。我怎能够保镖护眷，替李小姐抗御强贼呢？只除非杨姑夫一手神弹子有那份能耐，我小子哪里配呢？况且李小姐，再说李小姐……这哪里成啊！"噫的一笑，暗暗地将柳老的深意叫破了。

铁莲子不禁失笑，喝道："郑捷站住，你不敢住在这里，就算作罢，你不要跑。"低头想了想，便命杨华和郑捷全留在这里。柳老亲率柳叶青去到泰昌店探贼。柳叶青不肯去，杨华也不肯留，李映霞更是局促难安。柳老对女儿低低地说了几句话，柳叶青方才欣然首肯，却提出一个条件，她要借这贺玉虎来试一试新得的寒光剑，问杨华肯不肯把剑给她使？如不肯给

剑，她就打退堂鼓，全不管了。杨华忙说："行，行，青妹只要把这个贼料理了，给霞姑娘报了仇，这把剑就是你的了。"

柳叶青张目道："什么？给李小姐报仇？我可没有这么大本领，我只不过拿这个玉虎的狗头，试一试宝剑。我哪有这么大的能耐，替人家杀贼复仇呀！"铁莲子笑叱道："青儿，你还胡说什么？李姑娘是我的干女儿，她的仇人就是我的仇人，你这丫头不许说话刺刺猬猬的。"

说罢，铁莲子命柳叶青佩带寒光剑，跟他一同出店。柳叶青临出屋门，向杨华看了一眼，又扫了李映霞一眼，含着示威的意思。李映霞这时难过极了，实在忍不住，红着脸叫了一声："义父，您老还是同杨姐夫、郑捷少爷去吧。青姐姐，您还是留在这里保护着我吧。您瞧，我一个人在这里，多么不得劲。"柳叶青笑道："那有什么？"铁莲子道："李姑娘望安，我们立刻还要回来的，绝不能丢下你一个人在这里的。"

就这样又捣了半天乱，柳老方才和柳叶青一同转赴泰昌店。玉幡杆杨华、白鹤郑捷，两个少年男子和李映霞留在永和店一明两暗的房间内，当然李映霞神情很是踧踖难安。郑捷目送柳叶青的去影，扭头冲杨华做了一个鬼脸，微微笑道："二师叔，杨姑夫，您瞧我们师姑这股子劲够多大，老实说，您怕她不怕？"杨华怒目道："少要胡说！咱们上这东屋来，让霞姑娘一个人在那西间屋歇歇。霞姑娘，你进去歇一会儿吧。你放心，大白天价，贼人绝不敢任意胡来的。"李映霞低声道："是的，杨姐夫和郑少爷你们歇着吧。"遂姗姗地走到西暗间去了，信手把门扇微微掩上。

铁莲子柳兆鸿带领怀孕的江东女侠柳叶青径到泰昌店。父女俩商量好了硬碰的办法，教店伙引路，找到十一号房，公然叩门，拜访姓贺的客人。

柳叶青佩戴着青镝寒光剑，全身短装，外披斗篷，跃跃欲试，一心要寻衅。铁莲子柳兆鸿长袍马褂，空着两手，先找柜房，然后一直来到十一号房，往四面看了看。那带路的店伙就

弹门喊道："十一号贺老爷，门口有人找！"

屋里面喃喃地应了一声："谁找我？"

店伙道："有一位老爷子，一位姑娘。"明明看出柳叶青是年轻媳妇，仍怕称呼错了。

于是铁莲子更不客气，把店伙轻轻往旁一挥，公然亲手推开了房门，闯然进屋，江东女侠柳叶青也就跟踪而入。

这长身量、白面孔的豪气客人，果然就是擎天玉虎贺锦涛。这贺锦涛刚才果然认出李映霞小姐来了。贺玉虎在红花埠替土豪计百万戕官报仇，劫掳李映霞小姐。他当时惊羡着李映霞深闺绝艳，临难不慌，突然动了怜香惜玉之心，竟猝施辣手，刺杀了暗算女肉票欲行无礼的伙贼麻雷子，保全了李映霞的贞操。他结伙害了李映霞，他又要独立把李映霞救走。他妄想对李映霞献出柔情爱意，把她救出仇家的毒手，正正经经纳李映霞为妻。本为贪财而绑票，忽变为爱色而救人，偏偏遇上了陌路仗义的玉幡杆杨华，不容他反复改计。杨华连弹猛攻玉虎，竟把李小姐救出贼手。贺玉虎仍不肯死心，半路邀劫，仍被飞弹打走，倒助成了杨、李的遇合。他事后情心不死，也曾寻李映霞的下落，只听说被杨华救到淮安府去了。他这才追到淮安府，遍访未得李映霞的踪迹，想不到在淮安府西，洪泽湖东，客店之中，居然无心中碰见了。

擎天玉虎十分欢欣，把李映霞看而又看，认明无讹。不想他的硬对头——善打弹弓的玉幡杆杨华，也在那里了。他已然不十分认识杨华了，然而两人一亮相，四目相对，立刻彼此憬然。擎天玉虎又闪目看了看周围，已看出柳叶青是个会武功的女人，却跟李映霞相扶同行。又看出还有一两个人，都是武林行家，似与李映霞同道，他便不敢冒昧，悄悄退到泰昌客店了。现在他正躺在板床上，独自想心思，想办法。他一定要把李映霞弄到己手。他要以武力夺人，他又抵不住玉幡杆杨华的连珠弹。他现在倒有个同伴，但是，他要夺取美艳绝伦的闺秀为妻，要邀请同行帮忙，只怕同行不肯那么傻。

他正在左思右想，又瞑目描摹李映霞和柳叶青两个女子的形容气度，又推想她们的关系。柳叶青明明是个女行家，李映霞怎么会跟她在一块？莫非李映霞居然有武林中的亲戚？但是刚才分明看出李映霞是搀扶着柳叶青，柳叶青倒像是阔小姐，李映霞倒像个侍女似的：“哦，我明白了，这李映霞一定是倾家丧亲之后，被那个连珠弹姓杨的救去，投奔了亲戚。这个圆脸苹果腮的女子，多半就是连珠弹杨某的眷属。刚才杨某恶狠狠地盯我，女的也盯我，李映霞见了我，也蓦地脸红起来。她当然怕我，拿我当仇人。但是，我如果把她弄到手里，我一定好好哄她，应许给她复仇，对她起誓，我一定拿她当嫡妻看待，并且我要折节洗手。还有那个女的，红红的嘴巴，小嘴细牙，长得也不错，就是两只眼有点歹毒，一定是个会家……”

擎天玉虎正自胡思乱想，突然间有客来访，有人叩门。他刚刚从床上坐起来，心想：怎么是一个老头，一个姑娘……客人竟闯进来了。

擎天玉虎贺锦涛一看来人，心中腾地一震：是这个女子，哦，这个老人原来跟他们一伙……李映霞呢？眼光刚往外一瞥，铁莲子早已回手带上屋门，和柳叶青双双当门而站。擎天玉虎陡然觉出情形不对，好像自己掉在网里了。

擎天玉虎很快地看出柳叶青身佩利剑，他就很快地跳下床来，顺手便从床头拉过他的兵刃包，并且要立刻擎出他的那对钩刀。贼人胆虚，他显然有些举动局促了。柳叶青立刻摆好了架势，也要抽剑。铁莲子柳兆鸿凝目微笑，举手作势，道：“朋友，不要动，我们有话说！哦，我们有话，要好好地说。请坐，大家请坐。”

铁莲子首先坐下了，把柳叶青也曳住，顺手拉她坐在一旁。

擎天玉虎贺锦涛晓得遇上江湖大名家了，料到不会猝然动手，便放下兵刃包，双拳一抱道：“朋友，请坐，请坐。”自己也就退到床头，侧身坐了下来。两眼盯定了柳氏父女，一言不发，做出恭听的模样，静等来人开口。

可是铁莲子只凝眸打量这贺玉虎，也并不急于发话。双方僵持住了约有两杯茶时。贺玉虎心中不宁，唯恐来人外面另有埋伏，或正布置埋伏，忍不住眼光游移，不时扫看着屋门和前后窗。见柳老仍不发话，他便开口道："老先生，你我素昧平生，你可是找我吗？"

铁莲子捋须笑道："我和你虽然不甚熟识，但我却认识令岳和令叔。你不是湖北鄂人吗？你的外号叫擎天玉虎，对吗？你的令正夫人也是一位巾帼英雄，你是常在鄂北、鄂西闯荡的，对吗？"

一番话说得贺玉虎毛发悚然，失口说道："在下的根底，倒瞒不了您老，您老一定是江湖的老前辈了。在下年轻，出世晚，眼路窄，但不知您老可以把你的万儿，赏知在下吗？"

铁莲子越发地欣笑起来，把一对眼笑得没缝了，徐徐说道："你不认识我，我却早就知道你，我的眼力还不算拙。你问我的万儿吗？我是个江湖上提不起来的无名人物，可是我也有个小小的外号……"说到这里，探囊取物，拿出来三枚铁莲子摆在掌心，就这么一团一晃，三个铁球儿在手心一转，说道："你可想起来了吗？"又将柳叶青的斗篷微微一掀，使她的墨绿短装显露在贺玉虎眼前，接着说道："这是我的女儿，她在江湖上也薄有微名，她是一向好穿墨绿衣服的。贺朋友，你可听说过吗？"

擎天玉虎贺锦涛不禁变了色，站起来说："哦，老前辈尊姓可是柳？您老的万儿可是铁莲子？"

柳老笑道："怎么样，我想你一定猜得出来的。"

贺玉虎又看了看柳叶青，说道："这一位一定是令爱江东女侠柳叶青了？"

柳叶青道："哈，你倒也晓得我！"

贺玉虎面上露出恐怖之色，一时忘其所以，站住不动。柳老把手一伸道："请坐下讲话。"

贺玉虎很不安地坐下来，头上似乎冒出了汗，忍不住眼珠

乱转，又看了看门窗，手扪着胸口，定了定神，说道："原来是两湖大侠柳老前辈，和江东女侠柳姑娘。柳老前辈，晚生一向在绿林鬼混，可是从没有在两湖老辈英雄面前失过礼。但不知老前辈突然登门下顾，有何见谕？"

铁莲子柳兆鸿笑道："贺朋友，你是明知故问。"贺玉虎忙道："老前辈，我绝不敢装傻，老人家有什么事要指教晚辈，请只管明言。晚辈年纪轻，也许无意中得罪了人，或者无意中冒犯了老前辈的朋友，也未可定。只要是老前辈说出道来，晚辈一定遵命赔礼。"

铁莲子把大拇指一挑道："光棍到底是光棍，一点就透，你也太客气了。贺朋友，我不妨明白告诉你，李建松太守是我柳某的亲戚，他的女儿李映霞小姐是我柳某的义女。我是为了这一点事，特来请教阁下。阁下说吧，咱们该怎么办才好？"

擎天玉虎贺锦涛本已惶恐不宁，一听这话，皓白的脸顿时变成死灰色，不禁又站了起来，说道："老前辈，李建松太守是你老的亲戚吗？可是我事前全不知道啊！"

铁莲子冷笑了一声，辞色渐趋严肃道："话自然由你这么一说。不过李太守乃是一个清官，不意得罪了豪绅，竟惨遭灭门之祸。这种恩怨仇杀的事，江湖上自有公论。可是国法虽严，尚且罪不及孥，我那映霞义女儿一个十几岁的深闺弱质，没有碍着谁的事呀！我听说我们鄂北的绿林好汉们竟甘心做豪绅的走狗，把人家一个没出门的姑娘生生架走，又要施行无礼，还要卖良为娼。贺朋友，有这种事吗？"说时双目阖张，须眉皆动，神威凛然。

贺玉虎死灰色的面孔倏又变得通红，张口结舌地答不出来，半晌才说："这这这，老前辈恐怕是听错了，这里面大有曲折……"

铁莲子怒道："什么大有曲折？杀官眷，掳闺秀，这可是假的吗？"

贺玉虎默然，只勉强点一点头。

铁莲子见他认了账，这才放缓了语声，道："你这还罢了，你还不会扯谎。你也生着眼珠子，你刚才可曾看见映霞姑娘没有？"

贺玉虎嗫嚅道："看见了。"

铁莲子冷笑道："看见很好，她就是原告，她正把报仇申冤的事托靠了我。贺朋友，没说的，这官司你打了吧！"

柳叶青也跟了一句道："这官司你打了吧。"

擎天玉虎满脸大汗，双手连搓。铁莲子的声威，他当然晓得，铁莲子在两湖成名，贺玉虎就是湖北人。他深知大侠登门，亲来讨罪，欲决斗必无幸，欲规避亦无从。他的思想似旋风一转，暗想：我真个遭了报应不成？

贺玉虎沉吟不语，铁莲子双眸盯住他，也不催促。经过了好久的时候，贺玉虎说道："老前辈，我不说谎，劫掳闺秀，确有其事。但是动手的不止一个，晚辈不过是其中的一人，却绝不是主谋，也不知详情。并且晚辈因为佩服李小姐临危不惧、视死如归的大节，我曾经杀了一个欲行无礼的同党，保住了李小姐的贞操，并且我看透真情之后，我还曾一再努力，要把她背出虎口。"

柳老说道："我知道，但这不足以赎罪。你也许在下辣手之后，忽又激动天良，矜怜到无辜弱女。你也许看见李小姐那么漂亮，存了别的念头，因此想把她害过了，又搭救出来。你的举动确与他贼不同，可是弄到后来，搭救李小姐的人赶上来了，你并没帮忙，反而阻挠。你可知搭救李小姐的那一位杨某是谁吗？他就是我的门婿，也就是她（说时一指柳叶青）的丈夫。贺朋友，一切详情，我全了然。我以为你阁下如果稍有英雄气魄，你就该知罪领罪，做得磊磊落落的，跟我出去一趟。"

铁莲子柳兆鸿把贺玉虎当时的私心阴谋，不留余地，全给抖搂出来了。贺玉虎情知口头辩饰，于事无补；柳叶青姑娘坐在一旁，跃跃欲动，满面露出鄙夷神气。贺玉虎由恐惧激成愤怒，抗声说："知罪领罪，老前辈要教我怎么样领罪？可是教

我到官府投案?”

柳叶青道:“杀人偿命,欠债还钱,那个……”

柳老忙道:“不是那样子做,我们是江湖人物,自然按照江湖道的方法。”

贺玉虎切齿拭汗道:“老前辈尽管明说,到底要教我怎样领罪?”

铁莲子柳兆鸿道:“我要教你自己审讯自己,自己给自己定罪,自己给自己执法。”

贺玉虎看住柳老的嘴,手按胸口,把语声低到几乎听不见,说道:“自己定罪,自己执法……”

柳老说:“是的,而且就在此地,就在今天,而且要当着原告李映霞的面。”说着一指窗外。

铁莲子父女咄咄逼人的声势把贺玉虎生掐硬挤,挤得双睛映映冒火,猝又切齿说道:“老前辈果然是成名的英雄,办事真正干脆,可是未免太不留余地了。你难道就教我在这青天白日,热闹市场中,当众领罪吗?可不可以挨到夜晚,换个地方?”

铁莲子咧嘴笑道:“这不是我柳某不讲情面,赶尽杀绝。无奈舍亲李太守当日守法爱民,惨遭灭门之祸。道里的朋友并没有一个人肯于稍留余地,缓和着办的。那一回事做得太辣,这一回事当然要不辣也不成了。换地方,行。我也不愿意在这镇甸里,做这种类乎江湖上清理门户的把戏。我们可以挪到野外,没有人的地方。”

贺玉虎唠叨道:“太辣,太辣!可是辣的不是我,还有别人,还有主谋人呢!”

铁莲子怫然道:“我们丈夫做事,来个了断,不要推诿。别人的责任,别人自己担,你无须挂虑。柳某一向办事要办透彻,决计不会轻饶了正对头的,你可以放心。”

柳叶青便扭身立起,手按寒光剑柄,说道:“行了,我们不要唠叨了,就到野外去吧。”

擎天玉虎忙摇手说："二位且慢，我还有话。老前辈和女英雄，无论如何，总得让我安排一下。就是鹰爪，也不能活捉活拿呀！"

柳老说道："你只管宽心，你如有留给家里人、留给师门或亲友的信，请你尽量写，我们一定尽心给你转送出去。"

贺玉虎简直怒发欲狂了，可是力不能敌，逃避无路，忍而又忍，咬牙低声道："我谢谢你的盛情。但是，现在太仓促，我请老前辈给我半天限，我好安置安置自己的私事。我在这里是客游偶住，我还有别的事要了结一下。"

柳叶青道："那不成，你要是溜了呢，我没有工夫看着你。你趁早跟我们去吧，好在一会儿就了结。你还留恋什么？你就有朋友，不客气说，他也未必敢来帮拳。"

贺玉虎道："柳姑娘，你不要欺人太甚，无论如何，我要到今夜方能遵命。倘你们父女自恃人多技强，那么，我任什么话不说，你们把我刺死好了。我绝不抵抗！"

铁莲子也怒了，双眼一瞪，忽转笑容道："好好好，我也不能太赶碌你。我就依着你，今天夜间，至迟别过三更，我们在湖边恭候。我想你不会骗我老头子，说了不算，一溜完事吧！"

贺玉虎道："到时候，我在下准去。我一定是先领教，后领罪。"

铁莲子睁眼道："什么，你还要先请教吗？"

柳叶青叱道："你好大的胆！"

贺玉虎嘻嘻冷笑道："我擎天玉虎也薄负微名，我焉能束手就戮，我当然要比画比画，然后我才死而无怨。"

铁莲子喝道："好，你有这份胆量，就让你先请教，后请罪。你要估摸一下，怎么上算，就怎么办吧，不要吃了亏才好。我再告诉你一句话，从我手心溜出去的人，简直没有。就是让他跑开了，等到再抓回来，他那个苦子吃得更多。你吃柿子，要挑合适的吃，趁早别存着侥幸心。贺朋友，你别过意，

你现在就是我的笼中鸟，网中鱼了。你若有好朋友，我允许你尽量邀他们帮场、帮拳、助威，全都成。”遂挺身站起来，说：“青儿，我们走！贺朋友，我们晚上见，希望你不要失约。”双拳一抱，把贺玉虎从头到尾瞥了一下，立刻和柳叶青推门走出去。

贺玉虎浑身浴汗，送出店门口，往街道两头看了看，赶紧折回店房，匆匆地预备起来。他料到铁莲子暗中必已留人监视自己，因此他不敢偷躲，就明目张胆地写了三封信，拿出许多钱来，分三次秘密雇人给他送出去。等到三个送信人全都走了，贺玉虎这才穿上长衣服，暗带兵刃，公然走出店房，目不斜视地走到街上。果然走不多远，便已觉出背后有人。贺玉虎十分焦急，装作漫游，耗了一会儿，绕了一会儿，竟又折回店房。

那一边，铁莲子柳兆鸿和女儿柳叶青匆匆离开泰昌店，刚走到永和店前，便看见白鹤郑捷正在店门口打幌。他见了柳老，吐舌一笑，转身回店。柳老骂了一句“混帐”便走进永和店，又看见玉幡杆杨华正在店院走溜。他和郑捷全不肯留在房间，反把李映霞一个人丢在屋中了。李映霞心中害怕，又不敢强留杨、郑，她一个人独留店房，只得抱着柳叶青的一把剑听候动静。她唯恐贺玉虎乘虚找寻过来。哪知贺玉虎震于铁莲子的威名，正忙着救命逃罪的事，再顾不到钟情掠美了。

铁莲子怒冲冲地回转店房，向杨华、郑捷发话：“你们真不听话，怎的全出来了？现在我已经跟贺玉虎见了面，他已然认了账。霞姑娘，你不要担心了，你的仇一准报了。今夜三更天，我就给他一个了断，我要逼他自戕。你们可务必听我吩咐，不然的话，一准把他放跑了。”遂叫杨华、柳叶青、白鹤郑捷全过来，很快地每人嘱咐一套话。白鹤郑捷、玉幡杆杨华立即先后衔命出店，包围贺玉虎布下了卡子。柳叶青是奉命留守，兼护李映霞。自然她很不愿意，因见她父面色很不平善，便不敢明驳，低声答应了，可是不快之感形于颜面。铁莲子并

不管她，反而把李映霞叫到面前，低声问她："那个人果然是擎天玉虎贺锦涛，他倒也晓得我父女的一点微名。我已逼他今夜三更出离店房，到野外受死。他若识相，必然自戕，否则我就亲自动手。姑娘你的仇是报得一桩了，当日在红花埠劫夺你的人一共有几个？"

李映霞先不答话，跪在铁莲子膝前，给磕了好几个头，说道："义父，你老人家这样作成我，我李映霞今生今世永远忘不了大德。只可惜我全家覆灭，胞兄下落不明……"她底下的话想说：胞兄若在，则酬恩有人。

柳老倒误会了，含笑把李映霞扶起来，说："姑娘不要着急，我先替你杀了这个仇人，随后我再给你寻找令胞兄。连你的终身大事，带你父母的遗榇归葬，你全交给我。我一定把你李氏门中存殁生死，一一安置妥帖，教你们全无遗憾。好姑娘，我这话说到家了，你就望安，听我一桩一桩安排吧。我再告诉你一句话，我要逼这贼子去自戕，我还要你亲眼看着他死。你看这样办，足够痛心快意的吧？"

痛快是果然痛快，柳老似乎忘了一个寻常闺秀，是否有胆亲睹人来杀人。幸而李映霞劫后余生，又是索性贞烈的女子，倒的确愿意眼见仇人灭亡在她面前。她连忙又跪谢了，站起来说："到了时候，义父只一教我，我一定跟了去看。好贼，想不到也有今天！我李映霞身遭横祸，陌路上竟遇着了义父和义姐，仇人倘得伏诛，我李映霞就马上死了，也不枉了。"言下慨然，泪落如珠，一回头，看见柳叶青坐在一旁，似乎另有一股子劲。李映霞忙挨过去哄慰，一时间问她可是累着了？是否还觉得肚疼？一时间问她是否还觉得恶心要吐？又劝柳叶青躺下歇息，千万不要震动了胎气。李映霞十分殷勤，十分恳挚，柳叶青到底感动了，脸上渐渐露出愉快之容。李映霞这才放下了心。

当下分拨进膳，转瞬天黑。柳老见女儿柳叶青稍进饭食，精神甚佳，果然晕船呕吐的怀孕现象好转了，心上深以为慰，

就教她好好陪伴李映霞。柳老一个人空手出去巡卡，走不多远，到一路隅，瞥见了女婿杨华，忙调到旁边一问，杨华说是贼人贺玉虎只出来一趟，旋即回店，至今并未出来。柳老又问杨华曾看见眼生的江湖人物跟贺玉虎接触？回答说：“没有看出来，大概没有吧。”

铁莲子挥手，杨华退回潜伏之处。柳老继续往前蹚，到了泰昌店前，白鹤郑捷从邻近一个小巷钻出来。两方凑到一处，郑捷抢着说：“我这里盯得很严，并没有什么刺眼的事，师祖可另有所见吗？”柳老笑道：“好小子，我是巡查你来的，贼人确在店内吗？”回答道：“确乎没有离店。”问道：“你就在这一面盯吗？”郑捷道：“不，不，看你老把我当成傻子了。我自信绕着圈子暗盯，一点也没漏空，一点也没露形。您看，我还买了一个腿子呢？”手指泰昌店旁一座小果摊，摊旁一老一少，似乎是祖孙。郑捷道：“我就是花钱雇得那个摆摊小孩，替我把门站岗，所以我只提防店后墙和两旁，这正面我不过抽冷子来问一问罢了。”

铁莲子微笑道：“你小子居然有一套，你可不要自傲，越小心越好。你进店摸过没有？”答说：“自从点子出店又回店之后，我一共溜进去两趟。点子此刻并未溜开，我就赶快地退出来了，我怕打草惊蛇。”更问：“有眼生的人进店没有？”答道：“大概没有。”又问：“有离店的没有？”答道：“有是有，全像不相干的旅客，更没有指名寻找点子的人。”铁莲子挥手笑道：“你不要自觉很有把握似的，暗中盯梢，这不是容易事！”郑捷道：“师祖望安，输了眼，误了事，我情甘认罚。”

柳老笑了笑，这才亲自进店履勘。郑捷退回潜伏之处，照样巡逻，于是他又加雇了一个闲汉，帮着站岗。柳老直入四号房，又到对面十一号暗窥了一下。擎天玉虎贺锦涛真个像被两湖大侠声威所慑，又似乎奇胆包天，漠无所惧，安然地留在房间以内。他没有溜，这倒奇了！

铁莲子叩额想了想，又出去重新盘诘杨、郑二人：可留神

贺玉虎已在暗中传递消息，潜邀救援？郑捷力保没有看出来，杨华稍涉吞吐，事后也说："没有，不会有。"柳老摇了摇头，挥退二人，径到泰昌店柜房，向司账嘀咕了一阵，又借笔砚，写了一张短柬：

"请勿忘今日子正，湖边踏月之约，特再肃驾，务祈惠临。名不具。"

另在"名不具"之下，签了一个莲花瓣花押，把短柬加封封固，交给一个店伙，嘱他到二更刚过，务必送到十一号房姓贺客人那里，要当面交到，遂掏出一小锭银子，赏给店伙，嘱咐至再，又向司账举手道劳，便走开了。

出店见了郑捷、杨华，仍都关照了。此刻点子毫无异动，还要防备他月暗天黑时，骤然逃走。柳老切嘱："你们要小心了，你们要在邻房上安桩。一有风吹草动，千万不要忘了，一面跟缀，一面给我送信。"郑捷、杨华一一敬谨领命。便是越到天黑，越要加紧梭巡，街头巷尾，墙头屋顶，远处近处，全不要落空。铁莲子柳兆鸿眼看他俩安桩的情形，甚妥，这才徐徐踱回永和店，见了柳叶青和李映霞。

二女都抢着问："那个贼没有离开店吗？没有跑掉吗？"柳老哂然摇头，柳叶青笑道："爹爹你不用大大意意的，人要真溜了，你老这跟头可栽得够瓷实了。"柳老说："少奶奶，你不用替我担心，我先在这里歇一会儿，你也可以替我巡视一遍。"柳叶青按着肚子笑道："我可不成。"柳老说："刚才你怎么行来着？"柳叶青道："刚才是一股猛劲，我又知道爹爹是要用我们父女的万字去吓吓贺玉虎。现在我歇过来了，倒没有劲了，好像气短似的。"这自然还是孕象，柳叶青就不承认有娠，力气上也有点来不及了。

挨到二更，铁莲子柳兆鸿又出去勘查了两趟，并先一步给玉幡杆杨华、白鹤郑捷各送去全副兵刃暗器和夜行衣装。铁莲子预备三更一过，便即发动擒虎、屠虎之举。当下与二女掩门熄灯，登榻闭目凝神。于是更锣频催，人心似箭，转眼间风萧

萧，夜深沉，到了该动的时候了。柳老一跃而起，出店一看，折回来，便命女儿柳叶青仗剑上马。那李映霞姑娘深闺弱质，不能够步行，也不能骑马。柳兆鸿想出办法来，索性教女儿柳叶青和她共骑一马。不用马鞍，改铺马褥，由柳叶青拢抱着她的腰，这样才算是一马双跨的了。铁莲子也骑了马，在旁陪伴，一同踏月到了荒郊。就在林边下马，铺了马褥子，命李映霞席地坐下，命柳叶青在旁小心戒备着，千万不可擅离。然后铁莲子一松缰，把马豁剌剌放开，重返镇甸，催那擎天玉虎按约领罪。

铁莲子去了，李映霞坐在马褥上，眼见柳叶青英姿凛凛，按剑而立，眺望四周，仪态萧闲，一点也不介意。李映霞竟止不住心头小鹿怦怦跳动，一时唯恐贼人不来。她想：贼人不傻，明知不敌，岂肯甘心来送死？一时又唯恐贼人突然袭来了，而杨华、郑捷、柳老全不在面前，只有柳叶青一个人！柳叶青又如此傲慢，万一动起手来，柳叶青至多也就是一人敌。倘来二贼、三贼，自己手无缚鸡之力，岂不重落恶魔之手？她心上害怕，可是柳氏父女全不拿着当回事，自己干着急，空害怕，没法子求他们审慎。她冷得发噤似的，忍不住双眸只盯着柳叶青，既须仰仗柳叶青为护身符，可是这护身符如生龙活虎，不容你挨上身，也不容你恳求情央。李映霞既窘且怖，幸而临出店时，自己向柳老讨了一把剑，因为讨这把剑，还遭柳叶青冷笑侮视。现在有此一剑在握，固不足以御贼防身，犹堪以临危全节。她就两手握着两把冷汗，带汗抓着这口剑。而且唯恐贼人仓促而来，来不及拔剑，她就老早老早地将剑拔出鞘外。柳老父女他们都这么大大咧咧，万一有个好歹，我自己就可以自决……心中盘算，见柳叶青正延颈远瞩，她便偷偷握剑，自己试往自己项下一比，似乎剑太长，自刎很不容易。忽然柳叶青回头说道：“呦，霞姑娘，你干什么？你别拿着剑乱耍，这是开了锋的，小心划破了手指头。”李映霞羞得低了头，也不作声，只不拾这个碴，问道：“义父怎么不回来？还有郑

少爷和杨姐夫，他们不是监视贼人去了？怎的也不来？可是贼人逃跑到别处去了，义父跟他们追下去了？”

柳叶青漠不置答，仍往镇甸看，半晌方说道：“那可没准儿，贼人是有腿的，也许看事不好，撒腿就跑。不过，那一来，他太丢人，在江湖上再不能充好汉了……唔，许是……好几条人影，许是来了吧！你在这里别动，我迎上去瞧瞧！”双足一错，腰一伏，立刻一条线似的扑向人影那边。

李映霞十分惊惧地顺方向一看，果有人影奔来。她慌忙站起来，叫道：“青姐姐，你别走！”伸手一抓，没有抓着人，自己坐在地上了。她此刻心中深悔，不该答应莅场目睹仇人受诛，宛如置身战场。现在她没法可想，哀哀叹了一口气，恨不能立刻学会剑术，足以自卫，便不致遭这柳姑娘的蔑视了。

第十八章 决斗示武

这时候，人影奔驰，其来甚速，一到旷野，便分明看出，一共两拨。这一拨大概是铁莲子和杨华、郑捷一马两步，又一拨自然是贺玉虎了。竟不知是何时从何处招来四个同党，都是夜行人，没有坐骑。却在这两拨以外，另在月影渺茫下，在荒林的那边，影影绰绰的，还有一团人影闪动。

原来铁莲子刚迎到镇甸口，便遇上玉幡杆杨华、白鹤郑捷疾驰而来，报道是：擎天玉虎贺锦涛很够人物，很有两手，他不但不曾打点偷跑，而且悄没声地邀来了大援。现在他的援兵已到，已经全换好衣装，带好兵刃离店，这就前来践约。说话时，贺玉虎和那四个援兵已然顺镇甸扑出来了，老远地打呼哨，向铁莲子递话："老前辈，在下准时践约，请在郊外'以武会友'，各遵江湖道正规，勿得潜施暗算！"

铁莲子也有几分诧异，只遥遥地答应了一个"好"字，立即飞马重奔荒郊。转瞬之间，双方的人到齐，顿时剑拔弩张，就要动手。李映霞还远叫了一声："义父！"柳叶青已然抛下李映霞，赶到斗场，在林边只剩下李映霞一人。这时候林中如有

埋伏，李映霞便又成了笼中鸟。李映霞很机警，又叫了一声："义父！您到这边来！"铁莲子顿时一惊，申斥柳叶青不该疏忽。柳叶青定要临敌，不肯护人。铁莲子急催白鹤郑捷过去保护李映霞。郑捷还在迟延，铁莲子怒喝了一声："什么事，还避嫌？"郑捷这才提剑奔过去，立在李映霞身旁。

铁莲子便率女婿玉幡杆杨华、女儿柳叶青，一把雁翎刀，一柄豹尾鞭，一柄寒光剑，跟贺玉虎及其同伴共五个人面面相对。

铁莲子柳兆鸿打量来人，擎天玉虎贺锦涛抱一对钩刀，为首相对。在他身旁，有一个四十五六岁半老英雄，身矮体瘦，使一口泼风刀，肩头斜佩飞锥囊，双目灼灼放光，颇似内功精强。这人是贺玉虎同门的师叔，是个独行盗侠，名叫飞猴陈海扬。另外三个人却是淮西有名三巨盗的两位，汪宝祥和袁士祯，他们是拜盟弟兄，全跟贺玉虎有着生死患难的交情（还有一个名叫周士禄，此刻没有到场）。另外一位，便是那七手施耀宗，在红花埠打劫时，也有他出场。

双方各相对手，觌面答话。铁莲子看了看对方五个人，说道："贺朋友言而有信，不但践约，还邀来了许多朋友。我们还要说两句呢？还是手底下见明白？"

淮西三盗汪宝祥、袁士祯发话道："这有什么说的？你这位朋友是替别人找场，我们哥们也是为朋友帮场，我们谁也不必唠叨，我们还是兵刃上领教好了！"好像淮西三巨盗并不晓得铁莲子的声名似的。柳叶青气不过，抗声道："动手很容易，我父女会的是成名英雄，江湖上无名下辈，我们犯不上斗他。你朋友口气好直梗，请你报个万儿来。"

淮西三盗叫道："你这位女朋友，口气也很不小，我先请教请教你的字号！"

江东女侠柳叶青冷笑道："你问我吗？我区区倒也有着小小一点名望，我便是江东……"

那个瘦矮使刀的老者屹立无言，此时猝然说："我知道，

姑娘，你就是江东女侠柳叶青；这一位一定是两湖大侠铁莲子柳老英雄，可对吗？”

铁莲子振声道：“不错，朋友你好眼力。听你的口音，看你的兵刃，冲着你跟贺朋友的交情，阁下想必是汉川飞猴陈海扬陈君了？”

陈海扬还没答话，淮西三盗骇然一震，急急回顾贺玉虎，贺玉虎微微冷笑。原来他刚才只是仓促邀助，没有提名道姓。汪宝祥和袁士祯骤闻铁莲子的声名，不禁暗暗吃惊，意思之间，怨恨玉虎不该隐瞒对头名姓。

瘦矮老人倒漫不经意地说：“柳老兄也还晓得贱名，在下不胜荣幸！”

铁莲子道：“人的名儿，树的影儿，汉川飞猴陈，谁不晓得？”

陈海扬笑道：“岂敢，岂敢！两湖铁莲子的大名，更是遐迩皆闻，不期今日，得在此地相逢。刚才我这师侄贺锦涛飞书告急，言说武林中有位名家要跟他今夜相会，交代过场，他自知不敌，又不肯退避，故此邀我来讲情。柳老兄，我们全不是江湖上无名之辈，不知你老兄为了何人，为了何事，要找敝师侄说话。我并不清楚其中的情节，也不晓得这道梁子多大多长，我要贸问一声，不知能够摆茶讲不能？”

铁莲子把话声一正道：“事情其实也无所谓大小，既有你老哥出头，本当从命摆茶，无奈此事血淋淋的，并不干净，内中关联着舍亲全家的性命和一个女孩子的贞节。难道老兄出场，没把是非曲直先打听明白吗？”

陈海扬道：“我也只是刚才匆匆问了几句，听说是仇杀案件。我们江湖上人物，讲究的是借交报仇，全凭刀尖子定曲直，情理也很难死凿。现在我请问一句，柳老兄台可肯赏脸吗？可肯摆出一条道来吗？”

柳老笑道：“对不起，只能承教，不便承情。”飞猴陈海扬道：“好！既然如此，我们一定要献丑了！”

这时候，玉幡杆杨华眼见这个瘦矮老人向柳老徐徐叙阔，似乎柳老也很尊重瘦老人似的，忙低低询问爱妻：“这个家伙是怎么一个人物？”柳叶青说：“你听着，先别问！”又道：“这家伙是两湖很有名的飞行独脚大盗，跟我爹爹有过交道的，想不到他会是贺玉虎的师叔。”杨华道：“他是个劲敌吗？”柳叶青道：“他的轻功非常高超，他的刀拐也很精熟，实在是个棘手人物。”

当下，陈海扬向柳老说：“既然要见真章，我们老弟兄稍稍靠后，先教他们小哥们上场……玉虎是你先上，还是你朋友先上？”淮西三巨盗的汪宝祥说道：“在下不才，受友情邀，前来献拙，我们弟兄还有别的事，不能久等，我请先开头阵。”

这淮西汪宝祥话刚讲完，立刻回手拔刀，跳到斗场当中，向铁莲子一躬到底道：“柳老英雄，在下慕名已久，今日幸会。在下姓汪名宝祥，和你老素无恩怨，这不过是受友情托，前来捧场。请你老随便派一位朋友前来赏招。好在话已表明，本无恩怨，以武会友，彼此点到而止，都是为了朋友。”说着话，抱刀侧立，等候对手上招。

飞猴陈海扬闻言怫然，冷笑了几声，向贺玉虎发话道：“你还不谢谢你的好朋友！”贺玉虎瞪视着淮西二盗，厉声说道：“我谢谢二位好朋友捧场。”

铁莲子柳兆鸿自然也听出来了，淮西二盗分明是既帮拳，又怯敌。柳老也就笑了一声道：“汪朋友意思，我明白了，我们本来是各不相扰的。还有这一位，意思怎么样？”袁士祯答道：“我们是一盟弟兄，汪大哥的话就是我肚里要说的话。”

铁莲子道：“很好，既然二位还有别的事，我教他们赶快来领教！”向玉幡杆杨华、柳叶青一扬手，杨华夫妇双双跳过来。柳老说道：“你们听明白了，这两位可是朋友！”杨、柳齐应道：“晓得！”一个使鞭，一个使剑，立刻和汪宝祥、袁士祯捉对儿斗起来。

汪宝祥使的是一口折铁刀，功夫很纯，和玉幡杆杨华相

敌，彼此估量了对手，说一声："请!"汪宝祥虚晃一刀，照杨华砍来，招数稳而不快。玉幡杆杨华侧身一让，扬鞭还招，"搂头盖顶"，喝一声："打!"照汪宝祥打过去。汪宝祥霍地往旁一闪，就此还刀。两个人一来一往，比斗起来。玉幡杆杨华鞭沉力猛，但招数不甚精熟，全靠身长力大，占了先着。汪宝祥的刀不敢硬碰杨华的豹尾鞭。他一味展开迅快的刀法，乘虚捣瑕，眨眼间，打了十来个照面。

那一边袁士祯是个身高力猛的汉子，使一对青铜锏，恰好遇上了剑法轻灵的柳叶青。袁士祯双锏错举，说道："女英雄请快发招!"柳叶青道："你只管发招。"侧身拔剑，亮出那碧莹莹、一汪水似的青镝寒光宝剑来。袁士祯道："有僭了!"跳上一步，双锏一摆，唰的横扫过来。柳叶青往旁略闪，剑诀一领，唰的一剑，往敌人上盘一晃，突然一收，奔袁士祯软肋点去。袁士祯一看，退后一步闪开，抡锏又上，照柳叶青的剑刃砸去。

袁士祯大概不甚识货，不知寒光剑的来历，虽然久闻江东女侠的大名，只知她手疾招快，以剑法迅捷成名，并不知道她现在得着这口宝剑，心想：女侠的成名，必非幸致，女子的功夫定然是以巧降力，我现在应该跟她力战。意念一起，身手并不稍缓，右手铜锏砸剑，左手铜锏"叶底偷桃"递出去。柳叶青微微一笑，把剑一撤，未教敌人右手锏砸着，换手一剑，紧贴着袁士祯左手锏进招，疾如电火，猛来截斩敌人的左腕。袁士祯吃了一惊，"果然名不虚传，果然女子招数紧快。"他忙往回抽腕，将左手锏一转，往外荡去；右手锏抡起来，照柳叶青持剑的手臂猛打下去。柳叶青不闪不退，并不救招，却将剑诀一指，寒光剑突然冒险进攻，上刺敌人的咽喉。这一招既狠且疾，恍如拼命。袁士祯吓了一跳，火速地往后一仰面，退出去一丈多远，这才躲开了寒光剑致命的一刺，不由侧身横锏，凝眸打量柳叶青。这个女子好狠的剑招啊！她胆敢以攻为守，真真了不得！

柳叶青见敌人骤退，娇叱一声道："别走！"一个箭步赶去，身如飞鸟，剑如灵蛇，一跃丈余，很快地突击上来。袁士祯急急地又锏招架，往来六七回合，柳叶青施展开连环招，嗖嗖嗖，一连三剑；袁士祯挥锏急挡，铮的一声啸响，激起火花。袁士祯慌忙往外一跳，柳叶青也慌忙往外一跳。袁士祯就月影下一看，左手铜锏被削破很大的一个缺口。柳叶青验看寒光剑，居然纹丝未动，果然是切金断玉的好宝剑。于是柳叶青很得意地张眸一看敌人，喝道："朋友，再来！"剑诀一指，奋身挺剑，迅捷如风，又扑上来。袁士祯忙叫道："女英雄，力猛剑快，我自知不敌，甘拜下风！"柳叶青道："哪里的话，不要客气，接招！"碧莹莹的寒光剑连肩带臂，又斜削过来。袁士祯只得提锏招架，已领略了寒光剑的锋锐，小心在意应付，且斗且看伙伴汪宝祥。柳叶青也是一面打，一面看丈夫杨华。

玉幡杆杨华和汪宝祥已斗过二十余回合。杨华的鞭法斗不过汪宝祥的折铁刀，一个败势，往外窜退，打算舍短用长，施展他的连珠弹法。汪宝祥钉得很紧，玉幡杆杨华似乎退不出来。

柳叶青偷眼瞥见，心中着急，不由又娇叱一声，运用青萍剑术跟袁士祯狠斗起来。一快降十力，一招紧似一招，柳叶青突然地施展了一招"反臂刺扎"，照袁士祯攻去。袁士祯仓促不及退躲，又横锏一挡，铮的一声响，又激起火花。袁士祯觉得自己的青铜锏又被削坏了一处，赶快地往外撤身，已然来不及。柳叶青趁他心慌意乱，"拨草寻蛇"，紧追敌踪，一剑扫下去。袁上祯回手发锏，喝一声："打！"也想败中取胜，冒险反攻。不料柳叶青有名的手快，喝声："呀，呔！"寒光剑已刺向袁士祯的左胯。袁士祯努力往外挣，嗤的一下，大腿被划破一条，湿淋淋地流出血来。柳叶青又复一剑，袁士祯已然连窜出两三丈以外，说道："领教，领教！姓袁的认输了，女英雄改日再会！喂，祥大哥，我挂彩了！贺仁兄，对不起，我弟兄不给你做脸！"急忙口打呼哨，很快地退下去了。柳叶青不曾追

赶，袁士祯旋即止步，自己给自己裹伤。

这时候，汪宝祥力战玉幡杆杨华，眼看抢了上风，那铁莲子柳兆鸿正捏着一把汗，不料爱女已先得胜。汪宝祥听见盟弟的呼声，便不肯恋战，向杨华虚展一招，抽身便退，却才退出三四丈远，回身叫道："贺仁兄，我弟兄不能给好朋友拔闯，自觉丢人，我们再见吧。这位杨朋友，我们有机会再会，我自信我还没有输招，可是我不能不让步了。柳老前辈，你是明白人，我们告辞了！"

铁莲子柳兆鸿呼了一声道："汪朋友，我这里很承情。袁朋友，我也谢谢你相让。"在柳老说这场面话时，淮西二盗袁士祯和汪宝祥已然合在一起，如飞地走了。

玉幡杆杨华未能用其所长，气得直喘粗气。柳叶青虽然胜了敌人，可也喘吁吁，自觉不支。铁莲子道："你们退下来吧，还是我老头子跟飞猴陈五爷比画比画，不过贺朋友，你可不要走掉。"又瞥了七手施耀宗一眼道："这位朋友，我还没有请教……"七手施耀宗身躯动了一动，正要答言，玉幡杆已然认出来了，大声道："这一位也是红花埠打劫官眷的朋友，我还记得他。"七手施耀宗冷笑道："不错，我也认得阁下。"铁莲子道："那很好了，索性我们一块儿领教。"

飞猴陈海扬忙道："不然，不然，这不能一概而论，还是在下先跟柳老英雄接招。"且说且迈步，缓缓走到铁莲子面前，侧身抱拳而立。铁莲子抗声发话："青儿，仲英，你们看住了这两位朋友，我先跟陈五爷过招。"转面道："陈五爷，我们是试拳脚，还是试兵刃？"飞猴陈海扬略一寻思道："还是兵刃痛快。"一回手，便掣出背后插的兵刃来。铁莲子柳兆鸿也就拔出那把雁翎刀。

两位年老的英雄抵面相对，各向自己人一挥手，命他们后退，闪开了场子。擎天玉虎贺锦涛抱着那一对钩刀，和七手施耀宗并肩而立，紧盯着柳老翁婿父女；玉幡杆杨华、柳叶青夫妇，就紧盯着贺玉虎跟七手施耀宗。当下，陈海扬和铁莲子同

时说了一声："请!"各往前探一步，利刃一挥，很迅速地开了招。陈海扬的泼风刀，照铁莲子面门虚点了一点，不等对手招架，唰的掣回来，刀锋随身势猛进一步，喝道："看招!"斜切藕式，照铁莲子肩头劈下。铁莲子柳兆鸿长须飘飘，持刀凝立，双眸闪闪发光，身躯纹丝不动，直等到敌人刀锋砍到，距肩头不及半尺，这才一侧身躯，便将刀锋一掉，照陈海扬的刀硬削上去。力猛招快，仿佛挟着一股寒风。

飞猴陈海扬似乎深知铁莲子的刀法，专好硬碰硬，便将泼风刀收回，微退半步，才待抡刀再攻。铁莲子却身躯不动，猿臂一伸，刀花盘空一绕，陡照敌人右肩砍去。恰好陈海扬攻势发动，泼风刀当心刺来，被铁莲子迎个正着，呛啷的一声啸响，刀刃削着刀刃，激起火花。大概是铁莲子的雁翎刀刀尖削着飞刀陈海扬的刀吞口处，飞猴陈海扬霍地往外一蹿，虎口险被震开，几乎把握不住刀柄。

但是陈海扬夙知铁莲子武功造诣，虽然无形中输了这一招，他的手眼身法步法未乱，料知敌手一招争先，势必趁机追击。他立刻把精神一提，横刀封闭门户。不料铁莲子柳兆鸿并未追来，提着雁翎刀，岿然不动，反而微微一笑道："陈五爷这一招不算，再来。"

贺玉虎和七手施耀宗在旁看得明白，全都替陈海扬暗捏一把汗。杨华和柳叶青连称可惜，以为再追一刀，就好了。

飞猴陈海扬耳根觉得发烧，一声不言语。见铁莲子不往上攻，他便一按刀背，赶上一步，说道："柳老英雄果然高明，请看这一招!"霍地一蹿，"力劈华山"，人和刀齐落，照铁莲子顶门猛劈下去。他以为铁莲子绝不敢硬架。铁莲子哼了一声，将力气一运，"横上铁门闩"，待得陈海扬刀到顶门不及一尺，舌绽春雷，喝一声："呔!"用十成力猛往上磕去。居然又是硬砍硬架，其快如风。

陈海扬吃了一惊，急急地抽刀收起，已然不及。只听得又呛啷的一声啸响，激起更大的火花，手中刀险些脱手而飞。铁

莲子的雁翎刀中锋，正迎上他的泼风刀刀尖。陈海扬又觉得虎口一麻，唯恐对手赶招，他就不管不顾地收转刀，又发出刀，唰的照铁莲子右腕斩来。这一招是以攻为守。但在同时，铁莲子雁翎刀一摆，疾如电火，也照陈海扬右腕斩来。却是铁莲子力足手快，竟早一步点到；陈海扬慌忙地掣腕救招，双足一点地，唰的跳到圈外去。

这一回铁莲子一声长笑，依然收刀未追。

飞猴陈海扬直蹿出两丈以外，方才借月光验看自己的刀锋，刀锋上竟被铁莲子的雁翎刀削得卷了刃。

贺玉虎、七手施耀宗一齐出了声："你老人家还不舍短用长？"

玉幡杆杨华也在旁出了声："师父，手下不要留情了，你老看看天色！"

柳叶青也叫道："爹爹，是朋友，让三招就可以了；不是朋友，更不能老让呀。你老还要小心人家的暗器呀！"

铁莲子不答，只向爱女、爱婿一挥手。

飞猴陈海扬这时自觉难堪，心知不敌；可是就这样认输，情仍不甘，于是，口中说道："柳老英雄不愧是江湖上知名人物，刀法实在是又精熟，又坚强，我姓陈的十分心折。但是，我还要向你讨脸，我们再走两招。我还有一两件暗器，一发请教。"

铁莲子柳兆鸿笑道："请听尊便，不过请你看看时候，我们还是点到为止的好。你一定要干到底，那也说不得，我柳某可要认真献拙了。"

两人全都仰面看了看天色。飞猴陈海扬向贺玉虎说了几句黑话，贺玉虎抖擞精神，拖刀等候决斗的终局，却已晓得前途不利了。七手施耀宗也暗暗备好了他的飞叉。柳叶青见状，悄将杨华捏了一把。玉幡杆杨华点头会意，也将自己的连珠弹预备好了。夫妻俩双双监视着贺、施二寇，恐怕他们逃跑，更怕他们潜施暗算。这时候白鹤郑捷引着李映霞，远远地凑过来了。

飞猴陈海扬把手中泼风刀一挥，说："柳老看招！"忽地拔身一跃，捷如飞鸟，照铁莲子猛扑过来，展开了他的六合刀法，翻翻滚滚，狠斗铁莲子的雁翎刀。铁莲子依然凝立如山，一任对手倏前倏后，仍自以逸待劳，以力破巧。这一番决斗，陈海扬施展出浑身解数，一口气攻上二十多招；铁莲子不慌不忙，也攻也守，转眼间，连破了陈海扬两三次险招。陈海扬不由激怒，进招愈猛。铁莲子看出对手伎俩渐穷，行将发放飞锥，便将雁翎刀一提，先吆喝一句："陈朋友，我可要献拙了！"陡然将身法一变，改凝重为迅捷，雁翎刀顿时泛成一团银光，反把飞猴陈海扬逼住。陈海扬连攻数次，全未递进招去，咬牙切齿，又对付了十数个照面，便挥刀一个败势，往圈外跳去，铁莲子追了两步。陈海扬果然将泼风刀交到左手，右手一探囊内，摸出三柄飞锥，腾的一翻身，就要往外打。

这时节，两人一个疾退，一个缓追，相隔已有三丈多远。铁莲子深知敌人将发暗器，却昂然不惧，故意地往前一蹿。陈海扬顿时喝了一声："看飞锥！"唰的一道白光发出。不知他怎么一束，三柄跟斗飞锥，只借这一举手之劳，居然同时发出，却分为左中右三面，锥与锥相隔不及半尺，平列成川字形，很凶猛地掠向铁莲子胸前。在场两边的人都直了眼盯着，月影朦胧中，只听铮铮的一声响，铁莲子柳兆鸿微微一挫身，雁翎刀一转，三柄飞锥唰的全打飞回去。两边的人竟全没看清飞锥如何的打出，又如何的打回。直等到三柄飞锥全落下来，两柄直插到草地上，一柄斜打到大路边，众人方才看清。贺玉虎直了眼，倒吸一口凉气。七手施耀宗也是使暗器的，不禁失声喝彩。

可是就在这喝彩声摇曳里，飞猴陈海扬早又身躯一扑一翻，往前迫近数尺，左手握刀护住面门，右手紧贴左肋，往外一抖。唰唰的一声轻响，月影里又有三柄跟斗飞锥打出来，分为品字形，三柄飞锥一柄奔面门，两柄奔两肋，同时照铁莲子打到。

这一回距离得更近，出手更快，情势当然更险。陈海扬咬牙喝一声：“着！”叮当的连声三响，耳听铁莲子一声长笑，眼看铁莲子横提雁翎刀，迎着刀锥一蹿，突然的一斜身，刀光一掠而过，三柄飞锥直被反击向天空，弧形似的高高的、远远的抛落在斗场之外。就在这陈海扬探身扬手、连发暗器，铁莲子单臂挥刀、格打暗器的一刹那，两人已然愈迫愈近，抵面不足一丈了。飞猴陈海扬怪吼一声，俯身扭腰，把手往下一挺，立刻又有三柄飞锥，“柳条贯鱼”式，唰的照铁莲子下盘打来。不等飞锥抵及敌身，陈海扬如电光石火一般，早将左手刀换交右手，右手抡刀，随飞锥猱进，撩阴，断股，恶狠狠地猛攻过来。

铁莲子柳兆鸿久经大敌，沉机应变，当敌手第三次飞锥才待出手，便以迅雷不及掩耳的快手法，长啸一声，“一鹤冲天”，掠空一跃。手中雁翎刀不等双足落地，早已“泰山压顶”，照陈海扬劈去。陈海扬的第七、第八、第九柄飞锥贴地卷来，全都落空。陈的泼风刀刚刚发出，忽见铁莲子腾身抡刀而起，已有一股锐风扑到自己头顶。陈海扬大吃一惊，再也顾不得进刀斜砍敌股，且先护头保命。无如敌人这一刀飞跃下击，力量过大，既不好招架；相迫过近，又不易躲闪。这时候两个人相距更不及三尺，铁莲子的威势震慑了陈海扬。陈海扬遇此险招，顿然气慑势馁，慌不迭地回刀上架，横身往外一跳。咕噔一声大响，铁莲子似已料到他这一逃，把雁翎刀一扫一封，镇住了陈每扬的泼风刀。身形急进，只一腿，踢中了陈海扬的大胯，陈海扬猝然栽倒。

杨、柳夫妻哗然大笑。

贺玉虎、施耀宗骇然惊扰。

陡然听铁莲子喝一声：“呔，好贼！”

飞猴陈海扬人虽倒地，手中刀未失，暗器囊中还有三柄飞锥。他就陡然滚身，“燕青十八翻”“鲤鱼打挺”，身形跳起来，回头望月，把刀交在左手一扫，伸右手囊中取物，把最后第

十、第十一、第十二柄飞锥以三点水形，照铁莲子狠打出去，一柄锥奔上盘，一柄锥奔下盘，末后一柄锥奔中盘，直打敌人心窝。这三锥挨得近，对得准，打得狠而稳，飞猴陈海扬无论如何要挽回自己的体面。

哪知铁莲子一世威名，煞非易与，一面牵住力绌技穷之敌，一面旁防观阵伺隙之贼。一双眸子炯炯地盯定陈海扬的手和眼。只见陈的手往豹皮囊中又一摸，倏往外一扬，顿时发出了寒光锐风。铁莲子霍的一闪身，挥手往外一荡。

就在这一刹那，三柄飞锥刚刚荡开了一柄；那一边，擎天玉虎贺锦涛气急败坏，七手施耀宗目瞪心惊，两个人不约而同，飞身来救，各将暗器偷偷取出，快快地打出去。

擎天玉虎两次扬手，打出两支镖。

七手施耀宗只一挥手，连打出两支飞叉。

两镖两叉全奔铁莲子要害打去。顿时听见两声锐呼，玉幡杆杨华早已摘弓取弹，展开了连珠弹法，吧吧吧，乱打贺玉虎和施耀宗。柳叶青父女情切，更是先扬手，发出数粒铁莲子，然后青镝寒光剑碧莹莹的光华映月一闪，早已右臂挥起，飞身一掠，直奔飞猴陈海扬，又折奔贺玉虎，大骂着砍去。

双方眼看要激成混战。

这时候淮西三盗的两盗一战而败，怯敌先走。白鹤郑捷持刀依林，佑护着李映霞姑娘，遥观斗场，跃跃欲动。他终于掩护着李映霞，犯险寻声，一步步找了过来。

铁莲子柳兆鸿以一口刀斗败了飞猴陈海扬的锥刀，又遭陈海扬、贺玉虎、施耀宗三个剧贼的飞锥、飞镖、飞叉的攒击，却一下也没有打着，全被他展开迅疾的身法、刀法，磕、打、闪、接，一一破开。在狂笑声里，铁莲子横刀逼住了陈海扬，一手捏着接来的一支镖，一口飞叉，向飞猴陈发话道：“陈朋友，承让，承让，你们这师侄可不大漂亮！”飞猴陈海扬十二柄飞锥未能取胜，反挨了柳老一脚，愧愤已极。他闪身跳出圈外，顿足认输，向铁莲子递话：“柳老英雄实在高明，在

下……”

陈海扬的场面交代话没有说完，贺玉虎、施耀宗先发过一阵暗器，后又一齐扑上来拼命。铁莲子指挥若定，早有一婿一女抵住了贺、施二人。他自己恍若退身局外，一手横刀，一手捋须，双目瞪着陈海扬，看他怎样下场。

铁莲子道：“陈朋友，怎么样？还有什么招数赐教？”

飞猴陈海扬道：“柳老英雄空手入白刃的功夫果然名不虚传，在下甘拜下风……我说喂，玉虎，你……”他的意思是要教贺玉虎认败。他也以为贺、施的骤施暗算有损他的威名。可是若叫贺玉虎认败，便是投降，投降便是纳命受死。自己堂堂的一个人物，不能援救师侄于危，反而助阵惨败，催逼师侄献头于仇家，也太觉难以为人。飞猴陈海扬喘吁吁心乱如麻，束手无措，有意劝贺玉虎横刀自刎，只是张口结舌，吞吐说不出。贺玉虎此时正与杨柳夫妇乱骂乱打，分明是要无赖，智穷力绌，宁肯斗死，也不甘心慷慨认败，授命自戕。

陈海扬正自着急，恐说出见危授命的话来，横遭师侄的峻拒，彼此更形丢丑，且为门户之羞。他又要向柳老求情，此刻服输，请再改期决斗，可又分明料到话一说出，势必见拒，反招来柳老的奚落。飞猴陈顿时窘得面红气沮，眼看着贺、施二人和杨、柳苦斗，不能阻挠，不能参加，对面又站着铁莲子柳兆鸿提刀凝眸，监视自己，一刹时虽然沉默无声，月影下，似乎柳老面透讪笑之意。

飞猴陈彷徨四顾，厉声叫了一声：“玉虎！我们已然落败，你这师叔自恨无能，不能掩护你。你这师叔也不能恬不知耻，再帮你发赖。你的事，你自己‘了’好了，我去也！铁莲子柳老英雄，我飞猴陈久涉江湖，不意今日败在名家之手，我若不死，再图后报！再见了，再见了！”把手中兵刃往地上一投，长叹一声，转身就走。

飞猴陈海扬这番结局大出贺玉虎的意外，却落在铁莲子意料之中。铁莲子立刻抗声说道：“陈朋友请留步，陈朋友请留步!”

飞猴陈海扬微微回头，倏然变色道："柳老英雄莫非还要赶尽杀绝？"

铁莲子也投刀于地，拦住了飞猴陈海扬，说道："陈朋友，请不要如此。陈朋友的英雄气概，在下不胜钦佩，你的兵刃请你带走。青山绿林，相见有日。"陈飞猴煞难为情，眼看着铁莲子，苦笑了一声，拾起了兵刃。双方各一拱手，"再见，再见！"声中，二仇诀别。飞猴陈海扬临行时，偷看了贺玉虎一眼，摇一摇头，如飞的退入荒郊右边的丛林中了。

这时节，七手施耀宗、玉虎贺锦涛，被玉幡杆杨华、江东女侠柳叶青，一个飞弹远攻，一个利剑近取，打得不可开交。两人很费力地支持了一阵，很快地闪身要跑，却又很快地被杨、柳二人钉住。贺玉虎已瞥见师叔陈海扬弃刀欲逃，并已听出师叔飞猴陈向柳老交代的话。贺玉虎方寸大乱，向杨、柳夫妇狠骂一句，向施耀宗低喊一声，立即躲着杨华的连珠弹，专向柳叶青双双扑去。两个人猛搏柳叶青一个人，准备以攻为退。

柳叶青只凭那口寒光宝剑便可以打败二盗，无奈她自己怀孕，体气已难持久。宝剑纵然能削敌刃，却被敌人看破。贺、施二人全都躲着她的剑，只乘虚疾攻，设法缠绕柳叶青，不肯硬碰硬架。只斗了几个回合，柳叶青便即大怒，喝一声，展开了青萍剑法，认准贺玉虎，连下辣手，把七手施耀宗稍稍放松。她一面向丈夫杨华招呼，催他飞弹助阵，先打倒施耀宗。玉幡杆杨华握弹开弓，觑准敌人下三路，上三路，乒乒乓乓，不时急袭。只是贺玉虎、施耀宗全都领略过他的弹法，一面和柳叶青搏斗，一面身形绕转，只围着柳叶青乱窜，教杨华投鼠忌器，不敢放手开弓。贺、施二人跳来跳去，东攻一下，西攻一下；既躲避飞弹，又躲避宝剑，不大工夫，连逢险招，深感吃力。两个人情知不利，潜相关照，且斗且退，似要扑奔树林边。

他们是要穿林而逃。可是这时候，白鹤郑捷保着李映霞，

恰已来到斗场之旁。

铁莲子柳兆鸿逼走了飞猴陈，眼看一婿一女激斗贺、施，竟连战二三十回合未能取胜，不禁愤怒。他有心过去动手，又觉自己是成名英雄，不便以众欺寡，正自犹疑，忽听柳叶青一声娇叱道："好贼！"七手施耀宗被柳叶青一剑削去，闪身急败，回手发出一口飞叉。柳叶青横剑一磕，不料叉来太猛，剑削又急，竟将飞叉劈为两片。断叉一爆之力，几乎伤了柳叶青的脸。柳叶青大怒，厉声叫："仲英，还不把那贼撂倒下，这个贼交给我。爹爹，快快拦住这贼，不要让他跑了。"柳叶青的意思是教杨华速用连珠弹把祸首贺玉虎钉住打倒。杨华错会了意，见二贼攒攻自己的爱妻，岳父偏又保持身份，不肯助战，他便不由心中焦灼。柳叶青一呼，他竟叫应了一声，收弓抡鞭上前，扼住了贺玉虎的退路，两个人立刻又交起了手。

这一来，玉幡杆杨华又是舍长用短。贺玉虎摆动一对钩刀，奔玉幡杆杨华猛扑。杨华挥豹尾鞭急打；贺玉虎左手刀虚晃。贺玉虎唰的往外一封，右手刀臂空一盖，似照豹尾鞭磕下去，却一收一发，突然照杨华肩头捌来。玉幡杆杨华的豹尾鞭被贺玉虎左手刀封在怀外，右手刀竟被攻入。玉幡杆杨华赶紧地往后一退，抽出鞭来，照贺玉虎的右手刀狠砸。贺玉虎猝然间往圈外一跳，口发呼哨，箭似的抢奔荒林。他居然做到"以攻为退"。

铁莲子旁观大怒，厉声喝道："好贼，还不受死！"唰的一扬手，一粒铁莲子掠空打去。贺玉虎顿觉锐风破空而响，慌忙侧身横闪，双刀往外一抡。铁莲子柳兆鸿腾身飞跃，剪住了贺玉虎的逃路。就在同时，白鹤郑捷也大叫一声："师叔不要慌！"丢下李映霞，挺剑飞身前来援应。

那一边，七手施耀宗连续发了两口飞叉，全被柳叶青让开，立刻激起柳叶青的愤怒。柳叶青一鼓作气，挥剑急上，唰唰唰，连环招一连三剑，把个七手施耀宗砍得手忙脚乱。一招闪失，柳叶青的寒光剑，碧莹莹青光闪动，对准施耀宗，一抹

地刺到胸前。施耀宗急闪不及，百忙中，挥刀往外一架。呛啷一声响，柳叶青叱道："教你跑！"跟手又一剑，奔下盘截来。七手施耀宗拼命封刀后蹿，直蹿出二三丈外，侥幸逃出剑下，却是手中的钢刀竟被寒光剑削去一段，失声惊叫："不好！"翻身急逃。柳叶青挥剑急追。

铁莲子又一眼瞥见，冷笑道："哈哈，你也别跑了！"把手一扬，又一粒铁莲子，远远打到施耀宗面门。施耀宗扭脸急躲，不料这铁莲子也是连珠打法，一扬手便是三粒，施耀宗躲开两粒，有一粒打在耳轮上，竟穿耳而过，一阵剧痛，血流及肩。施耀宗伸手一摸，拨头又跑。柳叶青的寒光剑跟踪赶到，唰的向七手施耀宗砍下来。

铁莲子喝道："留活口！"喊晚了一步，七手施耀宗扑地栽倒。柳叶青这第一剑首先刺中敌肩，第二剑一抽一送，刚刚下砍，闻呼略停。七手施耀宗忽地滚身跳起来，扬手一叉，照柳叶青打去。相隔太近，来势急骤，柳叶青险些失招，忙施"铁板桥"的功夫，单足着地，将身一仰，仅得躲开，飞叉掠身而过，柳叶青吃了一惊。七手施耀宗趁此一缓，不敢进攻，抽冷转身，忍痛夺路，拼命逃走，恰从玉幡杆杨华背后蹿过。铁莲子又喊了一声，玉幡杆回身一弹打去，没有打中。施耀宗肩背后血淋淋的，落荒狂奔，玉幡杆杨华大呼追去。柳叶青叫道："你别追！"已然追下去了。柳叶青忙转身叫道："爹爹，你瞧他！"铁莲子道："我瞧着呢，不要紧，我把狗贼拾回来，你在这里盯着这一个正点子。"说时如飞的去了。

这里只剩下贺玉虎，如被困负隅的野兽，杨华刚退去，柳叶青已堵上来，白鹤郑捷更先一步拦路抡剑，邀截过来。贺玉虎双目如灯，一腔急火，自知势危，抡双刀张牙舞爪地乱闯。白鹤郑捷剑诀一指，喝道："姓贺的，认输吧，你的报应到了！"贺玉虎怪吼道："放狗屁，太爷临死，也不能教你们好好地受用！"话未毕，郑捷一剑劈到。贺玉虎将钩刀一封一展，猛向郑捷的剑锋上砸去。郑捷慌忙抽剑微退，骂道："好贼，

拼命也不成！”贺玉虎狺狺地骂道：“就是拼命！”刀随身进，猛冲郑捷。郑捷急急招架，贺玉虎抹转身，突又往旁逃窜。柳叶青喝道：“不许你走！”跨步一挡，寒光剑青光一掠，照贺玉虎的右手钩刀削去。贺玉虎已认清这把宝剑，急忙往回撤招；柳叶青翻手一剑，青光闪绕，顺势追上，斜向贺玉虎头项抹去。

贺玉虎满头大汗，慌忙封刀退后一步，情不自禁，双刀往外钩挂。柳叶青顺手又一翻，剑刃一找刀锋，用力猛切。呛啷一声，贺玉虎的一口刀被削去了一个倒钩。贺玉虎失声一哼，柳叶青跟招赶招，唰的又一剑，奔贺玉虎臂腕上点去。贺玉虎看看这口宝剑，再不敢招架。他急急的一闪，厉声怪叫：“呀，呔！”双刀错举，猛然往前急冲。柳叶青骂道：“好小子！”这一招只可欺迫别人，却不能向持有宝剑的江东女侠施展。柳叶青微退半步，左手剑诀一领，右腕用十成力，将碧莹莹的寒光剑，唰的往敌刃上狠狠削来。贺玉虎仍是以进为退，以拼命掩饰奔逃，趁这寒光剑招架之势，突然拨转身，张眸一寻，看见了路边一马，马旁站立一人：正是为歼仇观斗，心惊气悸的李映霞。贺玉虎顿时叫道：“你在这里了！”倏然一蹿，嗖嗖嗖，惊蛇急蹿，奔李映霞扑来。

李映霞蓦地惊叫，白鹤郑捷失声道：“不好！”他不顾一切，慌忙截堵过去，柳叶青也慌忙追赶。

不想这贺玉虎起初自知无幸，欲逃无路，忽然见伙伴施耀宗负伤逃走，杨华和铁莲子双双追去。这铁莲子既已暂离，大敌不在，正好是自己逃命的好机会。他立刻假装着要侵犯李映霞，用声东击西以进为退之策，把柳叶青和白鹤郑捷全牵制过来，他就猝然一转，改投荒岗疏林，逃命而去。

李映霞已然吓倒在路边。白鹤郑捷飞奔过来救援，柳叶青气怒道：“爹爹偏教她到场，光图报仇痛快，倒多了一层累赘。你看那姓贺的跑了不是？我也不管，我也不追！”

这怨言才出口，突然听丛林那边呐喊道：“跑不了，我在

这里等着呢！”

立刻听到林那边浮起奔呼之声。柳叶青瞥了李映霞一眼，对郑捷说：“你看李小姐吓成这样，还是你在这里看着她，我去追那个玉虎。”

郑捷忙道：“不行，不行！”柳叶青早已如飞地跑下去了。郑捷无可奈何，扶起了李映霞小姐。李映霞扪心含愧说：“郑少爷休管我，我不要紧，我不怕。”口说不怕，浑身哆哆嗦嗦，甚为可怜。白鹤郑捷不忍他去，只得提剑守护。

那一边铁莲子和玉幡杆杨华，翁婿两人同追七手施耀宗。施耀宗拼命地越岗奔林，无如身负重伤，脚步不快，不一时便被铁莲子柳兆鸿追上。铁莲子立刻展雁翎刀，逼令贼人授首。紧跟着玉幡杆也赶到，忙展开连珠弹，在后夹攻。七手施耀宗到此智绌力穷，还有数口飞叉，咬牙发出来抵敌。铁莲子侧身闪开，挥刀砍去。施耀宗勉强躲刀，飞弹又到，扑噔一声栽倒，还要滚身强逃，铁莲子说道：“恶贼决饶不得！”一刀刺去，拔刀血出，施耀宗立即殒命。铁莲子便要枭取贼人的首级，消灭贼人认尸寻仇的踪迹，陡然听林岗那边，柳叶青发出警号呼援。铁莲子道：“不好！仲英快来！”丢下血泊中的施耀宗，慌忙绕岗寻声奔回。

翁婿二人刚刚赶到荒岗，往北一看，望见了白鹤郑捷和李映霞安然立在路边，二人稍稍放心；望南一看，又一带荒林浓影，正隐隐透出杀声，柳叶青正在那边呼援。铁莲子既惊且怒，说：“青儿被围了！”如飞地赶过去，杨华曳弓急随。

就在这南面疏落落一带荒林后，江东女侠柳叶青竟被四个幕面人物包围环攻。这四个幕面人物武功精强，展开了空手入白刃的身法，硬来夺取柳叶青掌中的青镝寒光宝剑。柳叶青有孕的身子竟支持不住，且战且退，情势异常危迫。

铁莲子柳兆鸿老眼无花，只一瞥便已看得清清楚楚。那个罪魁祸首擎天玉虎贺锦涛已然乘机漏网，逃得没了影，自己的女儿陷入了贼人的埋伏。铁莲子振臂喊一声，声如洪钟，伏身

一跃，捷如飞鸟，倏然间扑到垓心，越过了柳叶青，向那四个幕面人猛攻。

也就是稍稍落后一点，玉幡杆杨华如飞奔来，人未到，弹弓先发，乒乒乓乓，一阵暴打。

四个幕面人一声不响，霍地分开，两人仍攻柳叶青，一人迎斗铁莲子；另一人手发甩箭，远远阻着玉幡杆杨华。

铁莲子奋刀力战，起初还当这四个幕面人是贺玉虎的同党，只斗了五六回合，陡觉幕面敌人无心跟自己苦战，却很加紧地围攻自己女儿柳叶青，又不是一味跟自己女儿拼命厮杀，其实是故意哑斗，一心来缠绕她，要夺取她手中的寒光剑。

铁莲子顿时省悟，舌绽春雷，一声断喝：“好，你们狮林群鸟！你们太不够人物，我铁莲子再不客气了！”雁翎刀唰的一挥，施展开绝招，嗖嗖嗖，劈风锐啸，一路猛剁，把那个牵制他的幕面人砍得招架不住，抽身便退。铁莲子抗声叫道：“孩子，这是狮林观的朋友，你们要小心。仲英！好好地向他们领教。”便不追败退的敌人，一转身，挥刀来援应女儿柳叶青。

柳叶青以一口寒光剑乍敌四个高手，早已不支。她父亲一到，敌人分兵迎敌，她立刻松开了手脚，提高了勇气。柳顺青娇叱着，向前后二敌奋剑猛扫，顿时破了敌人空手入白刃的斗法。而且她百忙中挥剑狠削，纵没有削断敌刃，却已逼退了缠绕自己的强敌，于是一招得手，越发转守为攻。铁莲子突又跳过来，父女联合疾斗；又有玉幡杆的连珠弹助攻，眨眼间，四人被铁莲子又刺伤一人，撤退下来。这四个幕面人先后已有两个败退，其余的还想恋战，忽然那最先败退的人撮口发出暗号，立刻四人合在一起，猛然一攻，倏然疾退，竟一句话不说，纷如鸟散，投入林中，一眨眼间不见了。可是那个擎天玉虎贺锦涛也早不见了。

柳叶青累得吁吁喘气，铁莲子气得须眉皆张，意思之间，还要穷追。那一边白鹤郑捷连发口号，铁莲子敛怒为笑，冲着

林中，连说了几句：“朋友，你们太不够朋友！狮林三鸟，你不要丢失了一尘道长的威名！”林中寂无反响，铁莲子气冲冲地率领婿女，返回路边，略为歇息一回，几人先到岗后，把施耀宗的尸身埋了，遂扶李映霞上马，返转店房。

第十九章　乡居有客来馈蟹

这时天已破晓。柳叶青一到房间，便酥了似的，往床上一倒，十分支持不住。李映霞小姐惊恐过甚，也坐在一边喘息，脸上气色比柳叶青还苍白。

铁莲子和玉幡杆杨华、白鹤郑捷等议论那幕面的人一定是狮林观群鸟，不甘心失剑，心怀叵测，暗追下来捣乱。竟由他们这一捣乱，才把贺玉虎放走了。杨华道："这贺玉虎实是死有余辜，可惜我们没有工夫；若有闲暇，真该搜寻他一下，把这东西杀了，也替人间除了一害。"

铁莲子莞尔说道："我们先赶路，将来再讲，反正这贼我不教他逃出手心去。"

柳叶青忽然一骨碌坐起来，抱怨道："还说逃不出手心呢，都是你老打错了主意，偏要叫李姑娘到场亲看戕仇，多了一个没本领的累赘，才把仇人放跑了。那时若把李姑娘留在店里，只我们爷几个，手脚何等松动，贺贼一定跑不掉。"说着唠叨不已，竟翻来覆去地讲。李映霞窘得脸红起来，她还是说个不了。

杨华明知柳叶青仍有点厌恶李映霞，怕她吃醋，也不便插言，只和郑捷搭讪闲话。郑捷抿嘴微笑，眼睛瞅着这位师姑，也不敢接声。李映霞半晌方说道："我一点能耐没有，遇上事情，更是累赘。将来到了姐夫府上，我还要求姐姐教给我一点防身击技呢！"柳叶青哼了一声道："远水不救近火，那是后话；反正今儿个，造化了那个贺玉虎了。"她还是说。

铁莲子柳兆鸿起初只笑，末后耐不住了，长眉一皱道："青儿，我不晓得你多会儿学会了唠叨。你以为你爹爹力保霞姑娘到场观斗，是只为教她目睹戕仇，尽图快意吗？丫头，你想出的主意，全是棋胜不顾家。我若是只图利落，把霞姑娘一个人留在店里，我们大伙专心去斗玉虎，万一玉虎的同党分出人来，乘虚袭店，把霞姑娘再架走呢？"

柳叶青说："这个……那也不吃紧，你老不会把郑捷留在店房，保护着她。岂不比一块儿跑到荒郊野外，喝西北风去强得多吗？"

铁莲子嗤道："丫头还要嘴强，倘或袭店的贼人多过赴斗的呢？倘或郑捷不是人家的对手呢？总而言之，你爹爹一切事都要防患未然，你爹爹到底多吃几年饭，比你见识稳点、高点。不要穷吵了，你乖乖给我躺下睡觉。霞姑娘也倒下息歇，我们还要赶路呢。我们吃亏的地方，还是人少，又凭空跳出了四个幕面人，所以没有得手。姑奶奶不要挑我的毛病了。"

柳叶青道："你老真就不管那个逃走的贺玉虎了吗？"

铁莲子道："我先要把霞姑娘安置在妥当地方，别的话以后再说。还有你，怀着个重身子，我真格的还由着你的性子，满处寻贼去不成？我是送你回婆婆家来的，我不能丢下正事，万一你伤了胎气，仲英不埋怨我，亲家母也要不答应的。"说着笑了。

李映霞也微微一笑，偷眼看了柳叶青一眼，把颜色一正，很感激地说道："义父的话很对，义父、姐姐和姐夫为了我一个人的事受这大累，我实在过意不去。好在毁害我的仇人，已

被义父杀死一个，我的私仇总算报过了，我已经很感激，很觉侥幸了。现在还是送姐姐回姐夫家要紧，倘或为了我一个人的私事，再劳动姐姐，姐姐又这么不方便，我实在于心不安，也不敢当。”

柳叶青道：“什么不敢当！”

铁莲子道：“丫头，少废话吧，趁早给我睡下。霞姑娘跟我来，我送你回屋。你们没有吃过大辛苦，闹了这半夜，总得再睡一觉，然后再上船。”把众人都催着分别安歇，铁莲子本人转搬到李映霞歇息的外间睡下。铁莲子暗中加了一份小心，在无形中戒备森严，怕的是贼人纠众再寻来。

可是，擎天玉虎贺锦涛当夜吃了大亏，幸遇幕面人横来打岔，才得逃脱性命。他的师叔飞猴陈海扬又不能替他作劲，他在惊惧恨怒之下，早已如飞地逃开了。

铁莲子柳兆鸿和女侠柳叶青的威名，贺玉虎是耳熟已久的，可是李映霞的芳姿艳容，贺玉虎又是迷恋不舍的。于是挣命逃开了，经过了许多日子，终不甘心，他又潜寻回来，而且勾结来伙伴。他不是为复仇，他还是想算着李映霞，同时又觊觎着柳叶青手中那把青镝寒光剑。

那四个幕面人却另有作风，当时败退，其实没有走远。他们暗中派了一二人，悄悄缀下来，认准了铁莲子柳兆鸿父女投止的所在就是玉幡杆杨华的家乡，他们便即折回。

于是在杨华的河南永城县的故乡中，不久，便又掀起纠纷。

河南省永城县北郊赵望庄只有二三百户人家，却多富户，拥有数顷十数顷良田的地主足有六七家，其余也都是自耕农，最俭素的也有三几十亩地。庄中佃户寥寥无几，多住在邻村李旺庄。

赵望庄和李旺庄倒形成贫富对比的两个村庄，昔年赶上荒年，两村贫富相形，由吃大户几乎激成抢大户。乡间土财主越是豪富，越是守财奴，见死不救，这期间多亏赵望庄三五家有

见识的富户看出邻村终岁劳苦，小遇凶年，便免不了挨饿，实在潜伏着苦乐不匀的隐患。便由几家大户公议，打开仓囤，赶放急赈，又举办粮贷，才把饥民暴动的祸患消灭于无形。

这放赈救灾的大户中间便有玉幡杆杨华的祖父杨庄主。杨庄主以此在乡间颇得首善之名，可是这一来，又打动了当地土豪的嫉妒。这些人既认定杨府是首善沽名，当然也就是堵着门口，形容他们的吝啬。杨庄主的先辈又是从外郡迁来的落户宦家，有的人就议论杨家倚官殖产，挟财兼并，纵不是为富不仁，也总是绕圈子榨取了当地平民的产业。当地土豪们拿着欺生的心，暗想法子琢磨财主。谁知杨庄主生来财主脾气，不吃这一套。本是缙绅之家，跟地方官多少有些联络，这些土豪们毕竟斗不过，吃了光棍斗富不斗势的亏。从此又生出枝节，土豪们竟买嘱了毛贼，不断来偷窃杨庄主。

杨庄主大怒，捉住了小偷，狠狠地吊打，然后又送官治罪。这一来，怨更深了。于是土豪暗中作祟，有一年，小偷勾结了土寇，乘冬寒潜来赵望庄，踩探富户，要恣行焚掠。杨庄主偏偏为人很机警，竟被他看破，赶紧地布置起来。杨庄主从首府镖行雇了几个镖客，给自己护院守宅；更挑选了精壮家丁，夜夜值更。这样防备着，到底老虎还有打盹时，结果杨宅被贼偷了一下，临走放下一把火，丢失不少浮财。杨庄主恨极，又跟别家磋商，开始团练乡勇，并将庄院筑成堡垒格式。这样一办，没有土匪敢来滋事了。

杨庄主所聘请的镖客内中有一两个能手，马上步下都很来得。杨庄主便命自己的儿子一面读书应试，一面习武健身。后来这位少庄主屡试文场不利，改应武举，居然入彀，做了武官。这就是玉幡杆的父亲杨游击了。

杨游击生有二子，全都好武，次子是杨华。长子杨芳，专研气功，未遇明师，练出了毛病，年方二十四岁，便呕血而亡，遗下孀妻，又无子嗣。玉幡杆杨华从师习武，偏又早早断弦，现在他续娶了柳叶青，竟邀着岳父铁莲子一同回乡下，这

就立刻轰动了邻右。

杨华先期已给家中来信，母亲杨老奶奶和寡嫂杨大娘子赶紧安排起来。杨府上闲房很多，深宅广院，又筑着高堡似的长墙，砌石垒砖，气象巍峨，真有赵望庄大户的格局。杨老奶奶特将寡长媳迁到上房，跟自己住连间；把三间西厢房给新儿媳收拾出来。她又晓得亲家铁莲子柳兆鸿除了嫡女，还有一个干女儿李映霞，便在东跨院收拾了三间精舍。这精舍原是杨游击习静之所，家中人都把这地方叫作东书房。另有家塾和习武场，也在东跨院内。此外还有后院，还有西小花园，全是杨游击和他的祖父积年拓筑的。

这一天，杨华、柳叶青、铁莲子、李映霞、郑捷，坐船入豫，换驮轿、太平车子，来到赵望庄前一站，铁莲子等留在店房稍候。杨华、柳叶青夫妇俩一个骑马，一个坐小轿，先到赵望庄；柳叶青以新妇之礼，拜见了孀姑寡嫂。杨老奶奶、杨大娘子见柳叶青姿容爽美，很是欢喜。使女、仆妇围了一群，便都眉开眼笑地打量新人，向新郎、新人道喜，一面张罗茶水。柳叶青规规矩矩低着头，立在婆母身边，婆母问一句，柳叶青低声回答一句。寡嫂立在对面，看了看新人，又看了看新郎，笑说道：“二叔好福气，娶了这位二弟媳妇，脸庞儿够多么俊，身子骨长得够多么健。”又道：“二叔一路辛苦，且先息歇，再行庙见大礼。”遂引柳叶青到西厢房去了。这西厢房，本来有着杨华前室的许多嫁妆，柳叶青举目一看，皮箱立柜，摆满了四壁，屋中一尘不染，只稍微有些森冷，原是久未住人的缘故。妯娌两人息歇一回，闲话一回，复又回转上房；新郎官杨华又忙着到杨二老爷敬慈院内请安。

在家中周旋了一阵，杨华禀告母亲：岳父铁莲子柳兆鸿现在前站店中，杨老奶奶忙烦二老爷杨敬慈和杨华前往恭迎。

铁莲子柳兆鸿携义女李映霞、徒孙白鹤郑捷，押着柳叶青的妆奁，来到赵望庄杨府，会见了亲家母，说了些叨扰的话，旋即来到前院客厅，由杨敬慈做主人，设筵接风。李映霞小姐

拜见杨老奶奶之后，另有杨大娘子招待，也在内宅摆设家筵。

当日由杨府大少奶奶，督饬女仆使婢，把新亲铁莲子安置在精舍。因有白鹤郑捷，杨大娘子把李映霞暂先安置在东厢房，拨了一个丫鬟作伴。

歇了一天，杨华和柳叶青又补行了庙见礼，拜过祖先，重向长亲行礼，邻近亲朋纷来祝贺。一直酬酢了好几天，柳叶青便在家中做起新娘子来。

柳叶青娇憨惯了，此日乍返夫家，说不出的憋闷难过。杨太夫人又是官娘子，礼法很大，柳叶青很有些受不来。幸而杨太夫人不久便知次媳已经怀孕，她盼孙心切，这才把家规收拢起来，柳叶青这才不受拘束。可是杨太夫人又拿出胎教来，有种种禁条限制孕妇，柳叶青暗暗叫苦不迭。

倒是李映霞小姐，一到杨府，顿承杨太夫人青睐，把她礼如上宾似的，时常邀到上房闲坐谈话。李映霞温婉知礼，虽不健谈，却有妙舌，只不多几日，便在杨府内眷间红了起来。

那柳叶青抗爽的性格，疏忽不知家范，纵然婆母矜爱，见到嫂嫂那种侍立承观的样儿，自觉受不来；又不甘落后，只得强作排场，勉为少媳。杨大娘子又往往指挥奴仆，烹调缝纫，照应整个家，柳叶青却一窍不通。教她支派人，她简直无从置喙；反不如李映霞以客位而谈言微中，邀得婆母欣许。柳叶青不禁暗生闷气，又没法子挽回颓势来。杨华看出她自从归家，郁郁不乐，时加哄慰，仍不能减削她对待李映霞的妒意。倒是杨太夫人深知这个次媳乃绿林女侠，处处优容她，况她又在怀孕，从不教她侍候晨夕。可是杨太夫人乃一家之主，若对次媳过度纵容，又恐刺激了守孀的长媳，所以有时候也得盖过大面去。杨大娘子又颇贤惠，爱弟妇如妹，事事抢在前头，替柳叶青掩饰了不少的漏场。饶是这样，柳叶青还是无形中受着委屈，而最大的委屈，便是李映霞在杨太夫人眼前的地位。

然而这样子过了不久，李映霞陡然觉察出来。她自知依人篱下，岂肯越过人家二少奶奶的地位？太夫人纵然抬举自己，

也无非怜惜自己是个落难的宦裔，无论如何，她认为必须化除柳叶青的敌意。不久，白鹤郑捷奉命回转镇江去了。李映霞便要求搬到跨院精舍，一来服侍义父，二来学习武技，三来退让出杨府上房，免得自己陪着太夫人坐谈，反令柳叶青以次媳的地位侍立一旁，给自己斟茶。杨太夫人起初还不肯教李映霞迁出正宅，老太太还希望李小姐给她说书散闷，漫谈消闲，可以腾出工夫来，教长媳多息歇，多料理家务。后来李映霞暗向杨大娘子陈情，杨大娘子这才禀明婆母，说李小姐身负重仇，还要跟义父学习技功，以备日后之用。亲家翁柳老的身边也有些琐事，必须这位义女照料。又说李映霞总算是二婶的义妹，婆母和李小姐对坐，二婶妹过来服侍，李小姐未免不安。复经李映霞一再婉言，杨老奶奶方才答应了。

从此，李映霞迁到跨院，和一个小丫鬟住在一处。铁莲子寄居婿家，按照他旧日性格，断不肯伏处精舍，扃户不出。况又新到永城县，他又好游，正可以纵情游览。他却只在黎明时出去踏青，把赵望庄附近地方，都像履勘似的逛了一圈。永城县的武林同道，倒也访问了几家。等到白鹤郑捷回转镇江，铁莲子便不肯远游了，只在女婿拨给他住的跨院精舍中，凝神静坐，有时也看些闲书；有时太觉无聊，便跟杨二太爷杨敬慈攀谈。杨敬慈脾气和铁莲子间隔太远，两人说话格格不入。铁莲子便找附近野老闲谈，一面采风问俗，一面打听地方情形，有时也寻幽访胜，到寺观烧香。可是他无论去多远，当日必须转回，从不在外过夜，倒比在镇江鲁镇雄家拘束了似的。

玉幡杆杨华感觉不安，每要陪伴岳父出游，铁莲子总设辞婉拒。等到李映霞迁入跨院，和柳老对屋而居，铁莲子忽然高兴起来，说要传授李映霞武艺。李映霞自然大喜过望，杨华窃以为不可能，李小姐身子太娇柔，况又裙下纤纤莲钩，人已及笄，怎么能练武呢？柳叶青也嗤笑说："爹爹大概是闷得慌，也许是拿李姑娘开心，我倒要看看他老人家传授她什么？"

铁莲子居然传授李映霞小姐打拳，可是只要胳臂，不肯教

她固下盘的法子，更免去了踢腿、蹲裆等一切功架。总而言之，只教李映霞活动身子罢了。但柳老却将袖箭、甩手箭，这些远攻之器拿出来，按部就班，教李映霞打暗器，便连弩马也给她预备下。

李映霞没有腕力，打暗器打不远，又没有准头，相隔二丈的靶子，五寸大小的鹄的，她只能用袖箭打中，用甩手箭时，常常甩出靶子之外。李小姐习拳学射之时，杨府上的女眷们免不了聚观，李映霞往往被看得脸红害羞。铁莲子哈哈大笑，说道："姑娘学本事，不要怕人见笑。"以后便不教人瞧了。可是杨大娘子和柳叶青来看，总不能禁止；小丫们偷看，也还难免。后来李映霞老着脸皮，苦苦学习。两三月后，渐渐觉得有了准头，可惜腕力依然不济。

现在李映霞会打袖箭了，也会瞄弩弓了。只有甩手箭和飞镖、蝗石之类，她仍然不成。而且她学的这种瞄准法，乃是立定了，对准了，卯着劲头儿发放；若是走着放，或者瞄打活靶子，迎击走动之物，仍然不能取准。李映霞不过学了两三个月，何况她尽管学，铁莲子不能经常教。并且柳叶青也常来打岔，说话似讽似嘲的，总有那么一股子酸味；更兼杨太夫人那里，李映霞有时还须应酬。李映霞毕竟是寄居的客，她又是劫后余生，又是聪明女孩儿，她不能一味忙着自己的私事，还要随时敷衍宅主上下，买得她们的欢心。

但就这样，她的苦心已然深深感动了义父铁莲子柳兆鸿。她差不多白天没甚工夫，清早要服侍柳老洗漱和吃茶用点，随后到正院上房给杨太夫人问安。有什么刺绣纫工，她还要上赶着要来替做。早点后午饭前，觉得没有什么事了，看着柳老的高兴，她这才请教拳招、射术。然后在大家不甚理会的时候，自己悄悄跑到练武场，学习打拳射暗器，直练到头上汗出，樱口微喘，还不肯稍息。一到过午，她又到正房，陪着杨老奶奶解闷，或给杨大娘子帮忙。杨华不在内宅，她有时便到柳叶青闺房中替二奶奶收拾屋子，或代做二少奶奶做不了的活计。杨

宅中上上下下都照顾到了，这才抽空再去练拳。

对于练拳，她感觉到心有余，而力不足。柳老教给她的拳法，只是“半拉架”，说叫什么“八段锦”，还有“太极拳”。她对于八段锦很下了功夫，只要没人，她就在屋中也练。只不知何故，这拳法练得她很疲劳，似乎毫无进益。

倒是打暗器的功夫，她苦苦地瞄准头，苦苦地打，不但白天，就到夜间，有月亮的时候，她一个人也去到练武场，站在靶子前，一消磨便是一两个更次。便在漆黑的天，实在没法打了，她还在摸着黑，对着靶子，瞄打飞蝗石子。直等到百天后，渐有准头了，她索性一到夜间，便在自己住的屋子内挂了画着圆心的布帘，悄悄地在灯下瞄准。她有着这样的苦心，有人时尽管赔笑服劳，做着寄居客人的殷勤态度。只眼前没人，她便樱口咬着朱唇，双眸深凝，志无旁骛地习技。又似乎拿这打暗器、练太极拳的事，做为消愁之具。尽管在人眼前，她脸上毫无戚容，却是冷眼人总觉得她楚楚可怜，似乎对人过于婉顺了，对练武过于专精了。

铁莲子头一个叹息道：“霞姑娘，你太教人看着心疼了。好孩子，你不要太这样用心，你只随缘度日好了。你把心放宽一点，只等到你青姐姐分娩了，我一定设法了却你的心愿。”

“了却心愿”这一句话有几等几样的说法，至少在李映霞一方面，既可解为“终身大事”，又可解为“毕生的深仇大恨”。起初铁莲子这样劝慰她时，她忍不住眼圈一红，心口顿觉刺疼。随后她自加检点，柳老再说这样的话，她便咯咯地笑了起来，很轻倩地说：“义父，您老人家不要夸我了，我就是一心羡慕青姐姐的本领。我没有能耐学到她那份本领，我只想也跟你老练练，装您的假女儿。青姐姐不是您一手教出来的吗？青姐姐可成了江东女侠，您这干女儿只好做个豫东女侠吧。”这话又似乎自己嘲笑起自己来，然后说：“义父别笑话我，我是解闷儿……不，是闲招笑儿。”

李映霞很想把自己的习拳学射解释为打秋千、踢毽子一类

的深闺雅趣。可是她身负重仇，似这等凝志勤学，谁不知道她有深意呢？只可惜她本质过弱，双翅太小，而她又是十七八岁的姑娘了，这样的强吞干咽地练武技，是只能招得人看着可怜，一时难奏显效。

她的打暗器本领渐渐很有进步了，她的学拳却被铁莲子一再警告："你不要过于自苦，似这等疾求速成，怕戕害了身体的发育。"铁莲子诊她的脉息，验她的容色，断定她如此没昼没夜，苦熬苦练，弄不好，要酿成大病。

她自然不肯信，铁莲子叫她自己照镜子："你的脸色发白透青，你的身体见瘦，你是不是觉到气短肋疼？"李映霞微微错愕，手摸双肋道："我倒是有点气短，不过还没有肋疼。义父，你老说，这是练出毛病来了吗？"

铁莲子微喟道："孩子，我起初教你八段锦，后来不再教你了，改教你练太极拳，我就看出你求艺太亟，心志太猛，料到你必要练出毛病来。我告诉你吧，念书太勤苦，能够累得吐血，这练武也是一样啊！你本是被难宦裔，志切深仇，自憾无力，你恨不得马上学会了武艺，好去报仇。你却是不知凡事不能拔苗助长，躐等强进。况且你本是深闺弱质，脚底下又太没根，年岁又稍为大了一点，你怎能比你青姐姐呢？她从小便像野小子般，自由自在养活这么大；你却幼秉闺训，从来大门不出，二门不迈，身子骨已然拘得太软弱了。好孩子，你要听我劝，你不要求艺太猛。你要先求健身，次求巧技，你不能够再那样傻干了。"

铁莲子说着，见李映霞双眸含泪、爽然若失的样子，便又安慰她说："我不是说你一定不能练，我是劝你不要太心急。你从此不妨多练暗器，练太极拳，要有一定的时候，不可太久了，不要觉得累了，还拗着劲儿强撑。倒是八段锦的功夫，跟你不相宜，你再不要练了。"

李映霞喏喏地听了这些话，俯视双钩，心中凄然。母亲爱己过甚，很早地给自己缠足，只求弓弯纤小，哪知今日为累过

甚？铁莲子的好意，她是接受了，从此专注意袖箭暗器。自以为学会了百发百中的镖箭也可以防身，也可以复仇，殊不知这等暗器如要发放，必须身手矫健，和仇敌对手交战，面面相当，才能乘隙骤退，潜发一镖。若是自己寸步难移，双拳不足以殴敌，刀剑不足以御侮，空空会两手暗器，不能欺敌近身，又怎能暗算人呢？

这是很浅明的道理，李映霞竟料想不到。膂力既没有，下盘又不固，便孜孜专精地学打箭、发镖。有一天在后园，抛箭打鸟，一只小麻雀应手而落，把她喜欢得眼泪直流。到后来居然能在黑夜瞄打香头，十发九中，自己十分宽慰。却被铁莲子、玉幡杆这些行家看了，陡增感喟，替她身世悯惜；又不愿打消她的高兴，没人向她说破。若武功不精，箭法纵准也无用，柳叶青明明看透，又妒情在心，目笑存之，不但不说破，反而盛赞不已。李映霞不明真相，也就窃窃地沾沾自喜了。这“沾沾自喜”，其实仍是楚楚可怜罢了。

光阴过得很快，眨眼便是三个月。在柳氏父女乍来到永城县赵望庄的时候，当地既有乡勇守望相助，晓得连珠弹杨二爷娶来了江东女侠，伉俪二人全是武林名家。这些乡邻们便敦请杨二爷和二少奶奶一试身手，给本地联庄会观摩增光。他们只管这样奢望，不过杨府上杨太夫人健在。书香门第自矜阀阅，断不容许新少奶奶在村夫面前演拳试箭。头一个玉幡杆杨华便替新娘子婉辞了。有的好事的姑娘、媳妇们当柳叶青庙见伊始，便纷纷来申贺，仔细琢磨新娘子江东女侠的气派。江东女侠也是个人，也是个新嫁娘，在村姑农妇眼中，只看出江东女侠打扮漂亮时髦，满头珠翠，粉面凝脂，敛眉含笑，献茶敬客，一点儿也不像她们心目中想象的女侠模样。她们看过年画，年画上颇有绿牡丹英雌花碧莲拿猴的画景，那画儿上的英雄是这么苗条俊俏，尤其是莲钩纤小不盈一握。这柳叶青却是体格健实，个儿不高，肩圆而不削，腰粗而不细，拖着长裙，裙下红绣鞋似乎并不像画儿上那么波峭可爱。“呀，杨家

二少奶奶是大脚片!”“苹果似的小圆脸蛋，杏子似的小圆眼，倒很甜净，个子很矮，很文雅，怎么着，还是女侠客，太不像呀!”

她们老娘儿们又想起了跑马卖解的女子，脸黑、发黄、臀大、脚小。这江东女侠既与画上的花碧莲悬殊，又跟卖解的女子不类。村姑们喙喙议论，也曾面求新娘子当面一试武艺。新娘子微笑摇头，拿眼看着婆母杨太夫人，低声说:“我不会，真的，我真不会。”

村妇们从杨太夫人那里明面地求；从柳叶青那里偷偷地嬲。结果，这杨二少奶奶坚决地谢绝了，不肯练武艺给她们开眼。而且杨府上的礼法太严，乡邻们不能随便自由地串门子。你只一进门，立刻仆妇、丫鬟们禀报，女主人立刻出来招待，而且并不是新娘子自己，也不是寡妇大少奶奶，动不动就惊动了杨太夫人。杨太夫人很客气地拄拐杖，远接高迎，命儿媳献茶敬烟，老人家亲自陪着，把这些老娘们拘束得没法子办，便想邀新娘子出来串串门子，跟大姐姐二姨玩玩，也都不能开口，因为杨府上根本没有开这个例。

村妇们无计可施，村夫们更是挨不上前，连向杨二爷请教，都轻易得不着机会。杨二爷虽是赵望庄的人，游艺出外，总不常在家，跟这些乡邻们一来不熟，二来兴趣也隔阂。后来他们这些联庄会的人听说杨府上新来寄居的亲戚——柳老太爷，乃是两湖大侠，也常出来，在庄前庄后闲逛。联庄会的教头们内中也有一两个有门道的人，便搭讪着跟铁莲子柳老攀谈。

柳老素性高抗，不喜世俗往来，原来是不想搭理这些人们的。但是教头中的一个是位老镖客，姓徐叫徐立庸，已是五十多岁的人了，武艺虽不知高低，江湖经验很深，而且年老健谈，似乎久已仰慕铁莲子的威名，尽管年岁跟柳老差不多，却以晚辈自居，不时向柳老致敬。柳老闲居无聊，就不断向野老采风问俗，也就和这徐老教头闲谈起来，但只闲游遇上，便立

谈些时，从不曾邀他到杨宅。

这徐立庸一开头也曾向柳老讨教技击之学，柳老回避着不说，只扯开来，讲些江湖异闻，秘帮禁忌。徐立庸饱经世故，晓得交浅言深，诸多不便，也就丢下不多问了。铁莲子却每每向他打听永城县以至豫东的江湖名家和赵望庄一带的人物，更访问赵望庄附近有什么土豪，有什么草寇，以及寺观古迹等等。徐立庸倒是知无不谈，谈无不尽。渐渐地柳老晓得徐教头是个胸无城府的直筒子，渐渐地拿他当谈伴了，可是谈话总留分寸，过着边际的话，柳老仍是缄默不言。

这徐立庸总还是抱着一腔热望，要看看这名震湘湖的大侠的真才实学。于是他想了一法，每逢乡团练武，便邀柳老观光，盼望柳老一时技痒，露两手给他开眼。不料柳老年高颇有涵养，明明看出民团中的乡下把式颇多可笑，他却含笑而观，脸上从不流露卑薄之色，更不用说兴发下场了。如此，柳、徐二老只作泛泛的交游，转眼过了许多天。

忽有一日，正当秋浓，徐立庸教头派一个壮丁来邀柳老到他住所小酌，说是新得大蟹，又有名酒，要请柳老持蟹一醉。柳老意正无聊，闻邀欣然前往。徐立庸教头就在乡团公所后院自己住的小屋内，摆好了座席，竟备置了四五个人的位子，还有许多菜肴。一见柳老，欢然让座，大笑着说："在下要请老前辈痛快喝几杯。"柳老看了看座次，问道："还有外人吗？"徐立庸沉吟道："也没有外人，只有我们的伙伴蔡孝先蔡老弟，和他的一位过路同乡，打北京来的。"说时便请柳老入座。

铁莲子柳兆鸿听了，又见如此盛设，心中不悦道："对不住，我最怕应酬，更怕武林同道架弄我。"徐立庸忙说："不是武林同道，人家是个正经商人。"遂命壮丁快去催请蔡教头和他的同乡："告诉二位，人家柳老前辈已然到了，怎么他二位反倒落后？"

壮丁去不多时，蔡孝先教头匆匆地来了，一见柳老，深深一揖，转对徐立庸说道："徐老哥你瞧，真真岂有此理！我们

这位贵同乡，本说久慕铁莲子柳老英雄的大名，要教我引见引见。我们刚刚替他预备好了，你猜想怎么样？他又有急事，教他的同伴活捉活拿地催走了。他走了也好，算是他远道来纳贡，给我们预备好大螃蟹，我们就借这个，孝敬孝敬老前辈吧。”说着，呵呵笑了。

柳老这才听出来，这回请酒食蟹，乃是蔡教头的远道同乡出钱备办的，原本是慕名求见柳老，可是酒备好了，螃蟹蒸得了，他那同乡反而又走了。像这情形，原没什么，但是柳老蓦地心一动，忙说道：“你这贵同乡姓什么，叫什么？多大年纪？打哪里来？他为什么要见我？他怎么晓得我在这里住？”一口气问下来，蔡教头说：“我这位同乡姓方，我跟他不熟，他大约三十来岁吧……”柳老忙截断道：“他也会武吧？”蔡教头道：“这倒说不清……”徐立庸道：“看外表，听谈吐，倒是个会家子。”

柳老愕然道：“不对，蔡老兄，到底你跟你这位同乡从前认识不认识？从前有过交情没有？”

蔡孝先还是懵懵懂懂地说道：“从前倒不认识，我们这回是初会，不过提起来，谁都知道谁。不瞒你老说，不怕你老见笑，我蔡孝先在我们乡亲里倒也薄有虚名。我虽然不认识这姓方的，这姓方的倒居然很晓得我。这一回承他看得起，大远地绕道找了我来，还给我带了这许多螃蟹……”

蔡孝先还在洋洋得意，夸他那“有朋自远方来”。铁莲子骤然轩眉，厉声道：“不对!”摇了摇头，立刻站起来，面向徐立庸教头道：“这里面大有蹊跷，对不起，你二位先坐着。”又指螃蟹说：“这东西不要吃，务必先试一试!”说罢，立刻往外走。

蔡孝先先还是拦阻，徐立庸到底是老江湖，顿时变了色道：“我明白了，哎，我说这螃蟹可吃不得。我说，柳老前辈，你老可要找这姓方的。蔡老兄，这姓方的走了多大工夫了？”

蔡孝先道：“刚走……也有一两个时辰了，是他同伴催走

的。怎么着，这里面还有毛病吗？”

铁莲子一声不响，往外紧走，徐、蔡二人很错了愕地跟出去。铁莲子转脸对徐立庸教头说：“徐兄大概猜出来了，蔡兄大概还不明白，你要晓得，我柳某久闯江湖，颇多恩怨。徐兄请你费心，快同蔡兄找找这姓方的去，现在我要先回家看看。是的，我要先回舍亲杨宅看看，看看他们那里有动静没有。”说着，奋步急走，一直去了。

徐立庸、蔡孝先两个教头大眼瞪小眼，痴立无措，要追那姓方的同乡，姓方的同乡早走了。徐立庸很张皇地说：“快找银筷子，我们看看这螃蟹到底有毒没有？”蔡孝先把熟螃蟹取了一只，又嗅又看，摇着头：“我看柳老是虚惊虚诈，这东西不像有毒。那位方爷分明是我的同乡，无缘无故，他要毒死谁？”徐立庸道：“嘻，你太不明白。铁莲子乃是两湖大侠，绿林人物栽在他手心的很多，他是有仇家的，跟咱们不一样。咱们看不出来，快试试吧。”

二人找了银筷子，忙去试验这蒸熟的螃蟹。

铁莲子柳兆鸿急急回到杨宅，四顾附近无人，稍稍放心，急问门房：“可有人来，可有人找？”看门的长工发愣道：“没有人找，也没有人来啊。”柳老忙问：“可有眼生的人在附近徘徊，打听过我的吗？”

看门的想了想，似乎有两个生人在宅门前徘徊，并且似乎正向邻童打听人。但等到看门长工凑过去问话，这两人便匆匆走了。柳老听了，摇摇头，命长工找着那个邻童，掏出数十文钱，先给了这个小孩子，然后问他话，这村童果然说：“有两个生人打听过杨二爷，又打听杨二爷府上亲戚叫什么铁弹子，铁莲子的。”

打听至此，铁莲子柳老抚髯一笑，这真是一块石头落地了。这必然是仇人寻到，或者是狮林三鸟寻到，便问村童，那两个人什么穿章长短，是僧道还是俗家？回答说：“是两个很阔的文墨先生，长袍马褂穿着。”问多大年岁？小孩子说不利

落："二三十岁吧，三四十岁吧。"更问哪里的口音？像哪里人？小孩子们越发说不出来了。

铁莲子皱着眉，不再细问了，急走进杨宅，暗暗嘱咐门房长工："以后如有生人打听，不管打听杨二爷，或柳老太爷，或二少奶奶，或李小姐，千万说刚刚没在家，一会儿就回来，把客留在门房，赶紧报我知道；我若刚不在，赶紧回报杨二爷。"嘱罢，遂入内找到杨华，又找到柳叶青，只淡淡地说，有生人打听我们来了，却嘱他夫妇不必告诉杨太夫人，也不必对李映霞说。

这时乡团两位武师已经用银匙试了螃蟹，蟹并无毒。蔡孝先越发笑铁莲子多疑。徐立庸比较持重，忙找了柳老来，细说试蟹无毒的话，问柳老意见如何？柳老微笑道："无毒很好，你们吃了没有？"答说："没有，不过已用银匙试过无毒，柳老前辈，你觉得这事还有阴谋吗？"柳老说道："也许是我过虑，不过我是在江湖上很有恩怨的，我处事未免太小心。既然没有毒，那很好，二位只管吃了它，只当是我闹笑话罢了。"

铁莲子口内这样说，暗中依然戒备起来，又秘密地出去蹚了一蹚。然后白昼睡觉，夜晚溜出去等着。

就在吃螃蟹的数日后，赵望庄的村犬忽起夜吠。杨宅跨院附近，陡然出现两三个人影，很轻悄地由邻家房上掠过。这人影便是擎天玉虎贺锦涛和七手施耀宗的族弟八叉施耀先，此外还有一个巡风的绿林朋友，名叫程清。

第二十章 夺宝杀身乘虚袭宅

这夜，正赶上月黑天，天空明星被云遮没，赵望庄内外昏暗无光。八叉施耀先、玉虎贺锦涛在事先，乘夜连到赵望庄蹚了两次，并将杨宅内外出入路线，从邻舍登高俯察，大致勘定。自以为对头是大行家，举动十分谨慎，没敢打草惊蛇。然后在这月暗星稀的时光乘虚而入，第一次闯入杨府。

杨府上满院漆黑，全宅已入睡乡，只有跨院精舍纸窗上透露灯光。施耀先为给族兄复仇，贺玉虎为探寻李映霞，悄悄地跃登邻家短垣，蹿上房脊，伏身在房脊后，窥伺良久，然后投下石子，试探虚实。杨府上竟没有家犬，施耀先、贺玉虎绕房顶兜了一圈，竟没听见下面有动静，便放大了胆，从邻舍蹿到杨宅房顶，轻轻地移动，先到有灯光处窥看。

有灯光处正是外老太爷铁莲子柳兆鸿的养静精舍，院中又有练武场，摆着箭靶子和练武器械。贺玉虎、施耀先便认定杨府如有扎手处，必在此处。两个人认准了出入口，便一先一后，从高处蹿到平地，贴壁循墙，一步一试，径到铁莲子精舍前，那个下手程清就留在墙外巡风。

八叉施耀先虽据贺玉虎说他的族兄施耀宗已经为铁莲子所诛，但因施耀宗尸体已被埋没，他心上半疑半信。他又没跟铁莲子对过盘，此时纵来寻仇，意思之间，还要跟柳老觌面过话，问清楚才肯动手。

贺玉虎却一再切嘱他，铁莲子不是好惹的，只能暗算行刺，绝不能觌面动手，又恳切地告诉他："我敢以性命赌誓，令兄确是毁在柳老之手。"又对他说："柳老新近得了狮林观镇观之宝青镝寒光剑，我贺玉虎顾念令兄施耀宗生前的友谊，情愿帮你复仇，并愿助你盗夺宝剑。我自己只愿得到李映霞。"玉虎还说，李映霞跟自己有割不断的恩情，硬被铁莲子翁婿破坏了，自己只图重圆破镜，情愿以宝剑赠给亡友的令弟。施耀先听了这些话，方跟贺玉虎结伴而来，却仍不相信铁莲子的声威，一望见灯光，便要扑过去隔窗查看。贺玉虎急急阻住他，叫他小心。两个人蹑手蹑脚来到窗前，先侧耳倾听，听不出一点声息。八叉施耀先性急，到底用口津湿破了纸窗，往内张望，陡望见精舍内间纱帐低垂，对面墙上挂着一柄绿鲨鞘铜什件的宝剑，仿佛十分珍重，用铮亮的铜链子系在板壁上。

贺玉虎此刻已转奔厢房，正立在李映霞宿处窗畔，倾耳察听，忽见施耀先立在精舍前，毫无顾忌，隔窗内窥，屋内居然没有反响。施耀先先向贺玉虎连连点手。贺玉虎就情不自禁凑了过来，也破窗侧目内看，顿时看见了纱帐，又看见了壁上宝剑。他心中一动，回头看了看，忙又闭一眼，睁一眼，重往内窥。屋中桌上虽有灯，苦不甚亮，纱帐前地板上黑幽幽看不清，但已约略看出脚榻上并没有靴鞋，想见帐中没有睡人，却又帐幕下垂，这可就怪了。

贺玉虎心中还在踟蹰，八叉施耀先已然迫不及待凑过来，一指壁上，低问："可是宝剑吗?"贺玉虎迟疑低答："很像!"施耀先竟将身躯一长，胆气一正，往四外一瞥，立即提叉奔向精舍门前，轻轻推门。贺玉虎刚要警告，忽然心头一转念，悄然咽住了要说的话，竟提刀在旁，暂替施耀先巡风，施耀先推

门不开，很快地抽出匕首，插入门缝，上下轻轻一划，居然划开了栓，回头向贺玉虎低呼道：“入窑。”

贺玉虎心中还惦记着厢房，他已听出厢房似乎有人熟睡，他有点不放心。他并不知李映霞就住在厢房，只有一个丫鬟相伴。他听出了小丫鬟的鼾声，还想辨一辨是男还是女，是一人还是两人。施耀先催得很紧，贺玉虎再度离开了厢房。八叉施耀先已然推开精舍的门，很快地钻进屋内。

贺玉虎不能再拦，依理应该替友巡风。可是他说的尽好，到底他也贪着那把寒光剑，于是他也火速地扑入精舍以内。

八叉施耀先又从精舍明间袭入卧室，手中匕首很快地一挑，把纱帐挑起，帐内果然没有卧人。施耀先不管不顾，霍地一转身，扑奔对面板壁，伸手就去摘剑。

这剑挂得很蹊跷，使你刚刚欠着脚够不着。八叉施耀先便微微一长身，往上略蹿，探手抓住了剑，往下一摘，剑系铜链，链挂在壁钉上，剑到手，铜链没有离开钉。施耀先便很快地一抖，仍然抖不下来，却突然叮零零的一阵响。擎天玉虎刚刚探进头来，见状大惊，说：“小心！”八叉施耀先早狠狠用力，往下猛扯，铜链一直拖下来，原来是表面像挂在钉上，实际是穿通着板壁，这边一强揪，那边板壁后响声愈震。贺玉虎急喝：“不好，快退！”说完便头一个跳出来。

八叉施耀先顿时省悟，这也是一种消息机关。他一切齿，绝不轻舍。铜链这头系着板壁，那头系着剑鞘，猛扯也扯不断，他就电光石火般贴壁抽剑，换左手持剑鞘，用右手握剑柄，按崩簧，猛然拔剑出鞘。不料这剑身竟像铸在剑鞘内一般，狠命地拔，一点也拔不出来。

陡然听得阴森森的一声冷笑，贺玉虎在外疾呼：“风紧，扯活！”精舍前起了一片斗声。八叉施耀先仍不舍剑，拔不出鞘，便拼命猛扯铜链，把铜链哗啦一响扯断，连剑带鞘夺取到手，立刻换交左手，右手收匕首，提钢叉，抢出精舍。不料听外面哎呀的一声怪叫，施耀先刚奔到门口，便见一条人影如飞

逃走，另一条人影如飞追过去。八叉施耀先心知不好，慌忙回手插剑，将掌中飞叉一抡，往外猛打，跟着一个箭步，紧逐飞叉闯出来。

门外果然还有一个人影，正在门旁埋伏，只侧身微微一让，躲过了飞叉，便立刻当门一堵，把施耀先截住，喝道："好大胆的东西，把东西丢下，把脑袋也丢下！"刀光一闪，猛攻过来。八叉施耀先大怒，顺手又发出一飞叉，被对面人影扬刃一荡，突然撞回来，险些伤了自己。施耀先慌忙往旁一跳，虽已抢出精舍，却已失去退路，又失去同伴。

施耀先到此只有拼命。那对面人影身法灵快，并不是女侠柳叶青，也不是使弓鞭的玉幡杆，猜想他长髯飘飘，是铁莲子柳兆鸿。施耀先厉声喝问："你可是柳兆鸿？"那人影笑骂道："偷剑的贼，你不要问！问也是把脑袋留下，不问也得留下。莫若不问，倒省事。"

八叉施耀先忿极，仍喝道："你可是杀害我家兄七手施耀宗的铁莲子吗？我家兄施耀宗可是死在你手？"

对面人影不答，刀光犀利，狠狠攻来。八叉施耀先顿觉不能敌，又恐对头呼唤阖宅，致遭围攻，况且贺玉虎、程清已然不见，自己更不宜恋战，心中一慌，便挥钢叉，夺路欲走。对面人影左拦右拦，施耀先竟被截住，闯不出去了。八叉施耀先正在焦灼，忽然对面人影笑道："偷剑贼，这里打，不大对，还是让你死在外头的好。"刀法忽一松动，留出了空。八叉施耀先这才奋力一冲，抢出一步，顺墙根急走，然后一跃上房，背后人影紧迫而上。

这时候，浮云遮月，忽透半轮。八叉施耀先逃出杨宅，背后人影穷追不舍。施耀先已知对手太强，功夫不敌，但已脱出重地，依然不甘心，他还要施展他的飞叉。于是奔到旷野古道，略一停顿，探手掏飞叉，回身等待追者。眨眼间，人影赶到，施耀先凝眸一看，微淡月影中，辨出来人长髯飘飘，一定是那个两湖大侠铁莲子了。施耀光先啸了一声贺玉虎，贺玉虎

逃得没了影，又啸巡风的程清，程清也已无踪。施耀先不觉痛恨，向铁莲子连声喝问杀兄之仇，铁莲子一声不答。

施耀先回身又看了看，那边有树林，有庄稼地，便骂一句，抖手一叉，照铁莲子打去。铁莲子身躯不动，挥刀一扫，铮的一声，把叉磕飞。八叉施耀先连发出飞叉，全被铁莲子的雁翎刀打掉。铁莲子这才冷笑道："朋友，飞叉打完了没有？把脑袋留下吧！"霍地一蹿上前，雁翎刀一摆，上下挥砍，快到无以复加。施耀先一点抵挡不住，只有闪退的份儿，情势紧张，比在杨宅院中大有不同。施耀先预备要跑，铁莲子冷冷说道："朋友，趁早认输，快死给我看，我的剑岂是你蟊贼能盗的？"不等施耀先翻身逃窜，迅如驰电，倏然跳过来，阻住逃路。

八叉施耀先大惊大诧，手中还有飞叉，切齿骂道："老儿赶尽杀绝，看叉！"展兵刃猛往上一攻，却是一个虚招，倏然打出了飞叉却是以攻为退，趁势拨转头，如飞投奔庄稼地。那树林已被铁莲子拦住，故此施耀先另觅逃路。

不料铁莲子身法太快，施耀先刚刚奔出数步，铁莲子便叫道："那里死，不行，树林子里头是你的葬身处。"身形一动，箭似的赶到，斜抄着一挡，运刀便剁。施耀先无可奈何，急忙招架，一打两打，一退两退，真个的被迫逃向林边。

施耀先刚刚逃到林边，铁莲子如猫戏鼠，又追到林边，说道："天不早了，算了吧。"唰的一刀，照施耀先的后心刺来。施耀先奋力回身一格，当的一震，兵器脱手而飞，吓得他顿地一跳，回手忙拔那刚盗来的剑，仍然是带鞘的剑，绿鲨鞘好像死钉在剑锋上一般。施耀先到死不悟，盗来的宝剑是块顽铁，总认为崩簧紧，大敌当前，心慌，拔不出来。施耀先就挥动这带鞘的剑，格拒铁莲子，并且友去仇来，他心知受骗，一面打，一面没忘了逃窜。他抓得机会一跳，身子刚刚扑入林中，铁莲子就势将刀一送，八叉施耀先怪吼一声，头向下栽倒在林中，顿时血流遍地，手脚蠕动。铁莲子又加一刀，施耀先顿时

气绝身死。

铁莲子先把施耀先盗去的剑拿开，火速地割下施耀先的头颅，掘坑埋在一边，然后奔回杨宅，提刀往各处查勘了一遍。柳叶青依然安睡，玉幡杆杨华梭巡未回，干女儿李映霞虽然睡着，不知怎的，她倒灵醒了。披衣坐起来，西厢房点了灯，她一手拿袖箭，一手拿宝剑，很惊惧的，强自支持，藏在西厢房门后边，点破纸窗，喘吁吁往外偷看。

铁莲子柳兆鸿刚到跨院，便发现西厢房灯光，心中不由微笑，知是李映霞已醒，又怜惜又觉她机警得幼稚，忙过来叫了一声："霞姑娘，你起来做什么？"李映霞怔柯柯地说："是义父吗？义父，刚才我听见，我听见……许是有人进来吧，我听见喊骂动刀的声音……"说话时，李映霞开了门，抖抖地挨了过来，铁莲子笑道："没有没有，不是不是。"又笑道："真要是进来人，你不要点灯呀，你更不该开门，你看你吓的这样，快进屋吧，关上门，吹灯睡觉去。我还要出去一道。"

说时，玉幡杆杨华已从内宅跑来，倚仗着他的连珠弹，一路击贼，把贺玉虎追跑了，他然后绕着庄院，登高查勘了一圈，现在刚刚回来。翁婿见面，李映霞刚要回屋，闻声止步，倚门立着，叫一声："姐夫！"要听听怎么回事。铁莲子笑了笑，拦住玉幡杆，不教他说话，催促李映霞快快归寝，然后把玉幡杆叫到精舍，低声问道："你把贼追上了没有？"回答说："没有，这贼跑得很快。"问道："可是那个贺玉虎吗？"玉幡杆道："大概是他。"

铁莲子暗暗不悦，据他推测，一共来了两三个贼，逃走了一两个贼，犹有后患。而且杀死的那贼，还没有处理。趁天色未明，忙叫着玉幡杆，拿了铁器，一同奔到树林中，把八叉施耀先大卸八块，分别掩埋了。

铁莲子回转精舍，催玉幡杆回去安歇，又嘱咐他，可以不必告诉柳叶青。她正有重身子，如果知道了，必不肯袖手，还是瞒住她的好。至于杨华的寡母和孀嫂，更不能教她们知道，

恐怕吓坏她们。玉幡杆连声应诺，自回内宅。铁莲子就灯下验看那把失而复得的带鞘宝剑，上面微有血迹，赶紧拭净。铁莲子看着这剑，不由笑了。这乃是一个赝鼎，外面装潢虽然跟真的寒光剑一样，鞘里面却是一块生铁片，拔不出来；那铜链更是一个机关，只一拉，隔壁的铜铃便响。铁莲子看铜链已被扯断，忙给接好，系上铜铃，仍挂在墙壁上，就全身拂尘拭露，验看血迹，都收拾好了，便和衣就枕。

未到天明，李映霞姑娘便已起床，悄悄走到柳老精舍门前，用手推门，门没有推开，便又莲步姗姗，溜到柳老窗畔，侧耳听一听，恰有贼人撕破的窗孔，便凑过去，侧目往里窥看。铁莲子陡然惊醒，一跃下地，忙抬头寻看，微听得李映霞在外的声息，便叫道："谁在外头？可是霞姑娘吗？"

李映霞忙应道："是我，义父。"

柳老冲窗格笑道："好姑娘，你真成，快进来吧。"他忙开了房门，把李映霞唤进来，说道："姑娘，你这是干什么，老早的起来，不好生睡觉？"

李映霞往床上瞥了一眼，一面掠鬓，一面赔笑说："义父昨晚也没睡好。昨晚上我听见进来人了，好像是外来贼？还是狮林群鸟不甘心，又来盗剑？还是那个红花埠的贼人不死心，又来算计我呢？义父，您不要瞒我，我不害怕。我昨夜全个看见了，也听清楚了。只不知我妍青姐姐也起来没有？我听见你老跟贼动手，还把贼追跑。还有杨姐夫，我也听见他喊了一声，也追出去了。"

柳老大笑说道："姑娘真聪明，我不是瞒你，因为事情过去了，怕你担心，所以不愿教你知道。姑娘真是个有心人，我今后更要好好地把功夫传授给你了。但是一节，你妍青姐身子不方便，昨晚的事，我一点没有知会她，你也不要告诉她。"遂又指叫李映霞，"你的功夫还没入门，以后倘再遇上事，千万不要出头。昨晚上你听见闹贼，不该点灯。你若一点功夫不会，倒也罢了；最怕的是，你还会打暗器。像这样伸头探脑一

闹，不但不能御侮，反倒招来贼人的毒手暗算。往后听见动静，最好悄悄的，不要发出响动，更不要点亮灯，教贼看出虚实。”铁莲子把全身远离的法子，仔细向她剖说。李映霞红着脸答应了。

过了几天，赵望庄忽然传说出新闻来，在那丛林中，被野狗扒出半截死人大腿，竟是新死的人，肉还不曾腐烂。村中纷纷议论，发出好些谣言。铁莲子心中明白，冲杨华直笑。杨华说：“这怎么办，只怕惊动了官府！”铁莲子道：“你们这里究竟是村庄，距离县城远，我想老百姓怕官，未必敢多事。地保知道了没有？”答道：“大概还不知道。”

铁莲子低头思索了一回，密嘱杨华，去到乡团探听口气，设法弥缝。耗到夜间，铁莲子一个人也没告诉，偷偷换上夜行衣，蒙上面孔，掩起长髯，悄悄跑到林中，寻了那条大腿，用刀割去残肉，只剩白骨，重新移到别处，深深挖坑，妥慎掩埋。等到第二天，地保闻信往验，片骨无存了。可是谣言依然传播，那徐、蔡两位乡团武师多少有点疑心，但也不肯多口。这事历久没人究问，到底隐秘下去了。铁莲子却起了另一种戒心，自以为此事办得粗疏一点，怕累及婿家，又想谣言既出，那个贺玉虎又已放走，官人既不究，还怕贼党寻仇再来。他想起了当年自己与岳阳十兄弟结仇，致令族弟夫妇惨死，他忐忑不宁起来。他既手刃七手施耀宗、八叉施耀先兄弟，又用铁莲子打伤贺玉虎。施氏弟兄还有同门同伙，贺玉虎这家伙也不善，他一天不死，一天也对李映霞不死心，那么今后防患之计，不可不特加谨慎。

铁莲子柳兆鸿为人刚决，既已虑到，立即赶办。他发了几封密信，一封给掌门大弟子镇江鲁镇雄，略述此事，教他从徒孙白鹤郑捷、罗善林、柴本栋、严天禄数人中，酌择一两人，遣来永城，明为替师祖效劳，兼修技艺，暗中代为跑腿防盗。其余的密信，便是分致武林朋友，打听已死的七手施耀宗兄弟的根底、门户，尤其要根讯擎天玉虎贺锦涛逃亡的去向，和他

近年常在哪里活动，有什么党羽。总而言之，为防贼党续来扰害，柳老一面要设防，一面要追缉贼踪。

未到半月，大弟子鲁镇雄亲率两个门人白鹤郑捷、罗善林来了。师徒见面，只说是贩货路过，当日在杨宅开筵，至晚师徒密谈。鲁镇雄自告奋勇，要替师寻访玉虎。柳老笑说："你本是镇江绅商，你哪有工夫干这个？还是留下郑捷、罗善林两个孩子吧！"

铁莲子坚辞大弟子，师徒在赵望庄盘桓旬日，大弟子鲁镇雄到底回去了。郑捷和罗善林两个少年便在杨府做了闲居的清客，暗中实替杨府护院。铁莲子仍自不断托人，打听贺玉虎的下落。

转瞬过了两个多月，赵望庄附近非常安静，狗啃死人大腿的话也没人提起来了。庄内外再没有眼生的人出现，铁莲子心中只剩下淡淡的挂虑。可是夜间戒备仍严，昼间也很留意。二少奶奶柳叶青的产期将近，铁莲子原打算等女儿生产之后，再行出游，现在只是各处听信罢了。柳老前后很托了些人，至今还没有打听到贺玉虎踪迹，猜想着他已吃了大亏，远遁他乡了，但是柳老仍不放松。

又过了好些天，淮阴名武师解长枫派急足送来密信说，那个擎天玉虎贺锦涛的师叔——飞猴陈海扬，要邀人替师侄贺玉虎找场，跟铁莲子决斗。陈海扬竟找到解长枫的盟兄，这盟兄无意中闲谈，讲到此事，问解长枫：这两湖大侠铁莲子怎么跑到河南去了？又怎么跟飞猴陈结了怨？他却不知道解长枫跟铁莲子的友谊很深。恰好有别位武林朋友替柳老寻访玉虎，也找到解长枫。两下里的消息一凑，解长枫便把此事写了书信，赶快地报知铁莲子。

铁莲子披书大怒："这飞猴陈海扬竟这么不是人物！我刀下留情，饶了他狗命一条；他反而不要面子，不识趣。哈哈，做飞贼的没有一个好东西，我不要等他，我先找他去。"

柳老这样说了，要出门，又迟疑，当下又发了几封信。这

时候闹贼的事终于瞒不住，已被柳叶青知道了。她向杨华盘诘，杨华不肯告诉她，先加否认，后又劝解："你正在怀着孕，打听这些事做什么？你又是新妇，你难道真晓得闹贼，还要让你亲自追究去不成？"柳叶青又去询问她父亲铁莲子，铁莲子倒申斥她一顿说："决计没有这事，就闹贼，我怎能不告诉你？你要守住少奶奶的规矩，不要管闹贼不闹贼。"然而她到底把李映霞邀到一旁，像逼口供似的，一而再、再而三，诱问出真情来。李映霞是宁愿得罪别人，也不肯违拗了这个义姐的意思的。

于是乎柳叶青转向夫婿磨烦，又向父亲抱怨，说："贼来了，你们全瞒着我。倘或我三不知，疏于防备，教贼害了呢？"柳老说道："你不要胡说，有这些人在这里，怎能教你受人暗算？你别忘了你现在的身份，你更要注意胎教，你再不要过问这些事吧。"杨华也说："我们不是瞒你，实在因为你是重身子，知道了这些事，干着急，又不能管，心里头岂不更憋得慌？"柳叶青嘟嘟囔囔，在背后吵了一阵，好在贼人死的死，逃的逃，到底丢开了。

不料过不了几天，铁莲子忽又在夜间拿住了一个年轻飞贼。当时不肯杀戮，经恩威并用，严加拷问，才知道这贼是在江湖上听人传说，有一把寒光宝剑落在赵望庄杨宅，他是特来盗宝窃剑。铁莲子根据这话的来源，飞贼说是听江北绿林同道某某人传说的。铁莲子大为惊讶，推想这话既已传遍江北，一定暗中有人散播流言。那么造谣的人是谁呢？是贺玉虎？还是狮林三鸟？还是旁人？柳老前经烦人秘访狮林群鸟的去向，据说群鸟仍在寻找峨眉七雄复仇，已然联翩入川。那么这话一定是贺玉虎之流传播出来的了。

铁莲子对这飞贼很使了一点手腕，又说出自己的名头来，然后将他放走。贼人千恩万谢，自承冒昧，立即鼠窜而去。

贼走关门，铁莲子心中打了鼓，说道："不成，我还得找这陈海扬、贺玉虎去，像这种闹法，姑爷有担待，亲家岂不害

怕？这件事必须赶紧做个了断。”柳老想定主意，立即打点动身寻贼。玉幡杆杨华忙劝说挽留：“你老人家何必忙在一时？等过些日子，也还不迟。”铁莲子连连摇头道：“不然，不然，我不愿招引了许多江湖飞贼到你们赵望庄来。上回闹事，我就过意不去，怕吓着亲家母；亲家母关碍着亲戚的面子，不肯说一个不字，我心上到底不安。”杨华便说：“青妹产期在即，岳父不拘如何，也等她产后满了月再走。”柳老笑道：“我正是为了这一点，更是心急，恨不得立刻把病除治了。在这里傻等，未免不上算，我还是迎上了去，不要教贼找我，我还是先找贼。要不然，我也就不成其为贼魔了。”

铁莲子说走就走，他还不放心家里，此行只带徒孙罗善林，做个跑腿踩盘子小伙计。白鹤郑捷手下比较有两招，心路也快，便仍留在杨宅上，替他护院。柳老叮咛了杨、柳夫妇许多话，说：“你们仍要留心别个盗剑的贼！”把李映霞也交派了一番，教她：“自己练习袖箭、飞镖之外，弩弓和弓箭都可以练。虽然臂上无力，开弓不成，弩弓是可以打得的，而且你已经打得不坏了。你在拳脚刀剑上太不行，袖箭、飞镖都使不上，倒是弩弓可以及远。”安排了一阵，跨上征鞍，和徒孙罗善林径访淮南。

智者千虑，必有一失。铁莲子这一回上当了，正中了贼人调虎离山之计。

他这里刚刚沿路寻访，打听到淮南；那擎天玉虎贺锦涛便卷土重来，从夹缝里又袭到赵望庄杨宅。

这时候，柳叶青跟李映霞感情渐趋融洽。一者是李映霞会哄，二者是处在杨家，上有婆母，旁有长嫂的环境中，受大家闺范的感格，柳叶青渐渐敛去野性，变成寻常少妇。杨华又能小心避嫌，李映霞更处处检点，柳叶青自然没有醋意了，感情当然好转。

柳老走后，精舍只剩李映霞一人，杨大娘子代向婆母禀告，把李映霞仍迁到上房与杨太夫人同住。这时柳叶青每觉身

体不甚愉快，又嫌烦闷；李映霞习箭之暇，偷空到上房陪杨太夫人闲谈，无形中常常减轻柳叶青做儿媳的重负。李映霞更曲意承欢，若杨华不在内宅，便偷来给柳叶青解闷，或帮忙做活。两个人居然日久天长，有说有笑了。等到产期迫近，柳叶青的双腿有些浮肿，尤其是气息浊重，很觉憋得难受。李映霞见她这样，竟像婢女似的，天天偷空来服侍她。宅中有事，她又抢在头里，替柳叶青代办。人心总是肉长的，柳叶青胸中自然有数，倒有些怜惜李映霞了。

这一日，柳叶青忽然“觉病”，杨太夫人立刻亲自过来问长问短，请好收生婆，赶紧预备起来。侍候了两天，在第二夜子正二刻，杨家二少奶奶——江东女侠柳叶青，头胎生了个小女孩。虽然是女娃，杨府上很久很久没有小孩了，杨太夫人盼孙盼红了眼，便是弄瓦不及弄璋，所幸产妇母女安全。既然开花，不难结果，杨府上下仍然很喜欢，道喜，互贺，笑成一片。倒是柳叶青本人有点不痛快。

杨太夫人亲莅产房，慰问产妇，审视胎儿，笑得老眼眯成一线，以为这孩子面庞很像她娘，眉眼很像她爹，也就是很像她爷爷。杨太夫人立刻往亲友家送红蛋，“洗三”这天，大治家筵，悬灯结彩热闹起来。玉幡杆杨华躲到外书房，也自欣然。

柳叶青是玩刀剑的手，如今乳育婴孩，当然不在行。杨太夫人嘴碎得很，再三叮咛小心，尿布要清洁常换，襁褓要暖，做娘的睡觉要灵醒，不要压了小孩。尤其是母亲的手臂，搂着孩子睡，千万不要按着小孩的胸口。寡嫂对这弟妇也发出许多妈妈论。柳叶青耐心地听，只有喏喏地答应着。

产妇须过十二天，方许下地。杨府过于谨慎，要柳叶青过了满月，才许下床，仍不能出屋。柳叶青被拘得很难过，也无法。这小女孩又好哭，人抱着才好。太夫人虽给雇了乳娘，仍愿柳叶青亲自哺乳。因为讨厌哭，众人不知不觉把小孩惯得身不能沾床，总得抱着拍着，一放下就醒，醒了就哭。

柳叶青在产房也和寻常妇女一般，拥被坐在床头，饮食起居全不准脚落地。凡产妇临褥，下体骨缝齐开，浑身无力。柳叶青身体强健，三天后体气未复，精神已觉清爽，像这样囚居床头，除了坐，就是卧，觉得肢体麻痹难过。她勉强对付到四五天头上，白天不敢下地，怕婆婆、嫂嫂唠叨；一入夜，便悄悄下地，走动起来。柳叶青果然觉得下体无力，软弱得厉害，脚像踩了棉花。

这一来，婆母杨太夫人立刻发觉。那个乳娘拦阻不住，偷偷报告了。这乳娘原是杨府的使女，嫁给佃户的。杨太夫人听了很不放心，怕产妇受了风，竟到产房，把柳叶青数说一顿："你再不听话，我要过来陪你睡觉了，我要自己来看着你。"说得柳叶青只笑，矢口不认曾经下地。

杨太夫人倒也喜欢柳叶青的娇憨，直拿她当女儿看。可是夫妇还家以来，她很快地看出柳叶青好自作聪明，不听人劝。现在，她便命奶娘、使女多加小心，决计不许产妇下地，又命寡媳杨大娘子常来查看，又命李映霞也常过来。杨太夫人对柳叶青说："我知道你是生龙活虎的一个人，把你拘在床上，你闷得慌。我常教她们来，给你解闷。"又说："你女婿也不必老在书房躲着，我教他白天常来着点。我不放心的就是晚上，小孩胎骨骼太嫩，你要悠着点劲，好孩子你听点话吧！"

李映霞不时过来，忙前忙后，照应义姐。她似乎比谁都喜欢小孩，小孩卧在襁褓中，她偎在一边，爱不忍释地看小孩的小脸蛋，而且赞不绝口地说："青姐，你看，小侄女的小眼睛怎的这样清澈？她好像认出人来似的，真是小宝宝！"她这样盛赞小孩，人们以为她不脱女孩儿气；她却是颇有深心，无非是哄得这初为人母的柳叶青的欢心罢了。柳叶青爱听这个，她就说这个；柳叶青盼望男孩，对这女孩感觉美中不足，她就做出极端的爱抚来，期使柳叶青忘掉这美中的不足。

女眷们在内宅是这样抚弄女婴，玉幡杆杨华在外书房和师侄白鹤郑捷闲扯，也不断讲究这个小女孩。郑捷向师叔杨华说

笑话："师叔，师姑今天喜获爱女，可以由你们老两口子老早老早地把家传武学教给我这个小师妹。再请映霞姑姑和大婶娘老早老早地教给她读书写字，针黹活计。将来在十几年后，出现一个小小柳叶青，再有映霞姑姑的蕴藉风流，那时候师叔就变成第二个铁莲子了。"

这些话无非是逗笑，玉幡杆杨华也只笑着听听罢了。却在柳叶青还未过十二天的时候，忽有永城县的一家绅士派专人持柬帖，来找二老爷杨敬慈赴筵。乃是当地两家地主，为了地亩的事起了讼争，由本城绅士出头调停息讼，因这块土地恰与杨府的田地为邻，调解人便邀杨二爷出面。这种事已经麻烦许多天了，杨敬慈不愿管，又不能谢绝。这天实在情不可却，他又有点小不舒服，便把杨华教了去，意思要杨华替他到场。

杨华不过是替叔父出席面，吃讲茶，做个四邻见证罢了。他自然答应下了，于是回宅禀报母亲，嘱咐了妻子，又关照了白鹤郑捷，换了衣服，带一个家仆，骑马进城。大约须在城中住一夜，第二天便可以回来了。

这是很寻常的事，也是乡间常有的事。杨华袍套靴帽地骑上了马，循大路走到城庙，忽遇见熟人，叫了一声："杨二爷，进城办事吗？"这是个商人，还是杨府的旧伙友，现在领了东，当了掌柜。杨华赶紧下马，在街头对谈。商人一定要邀杨华先到他柜上坐坐，杨华不肯，被这人生扯硬拖给揪了去。

就在这撕撕掳掳的时候，杨华看见两个行路人迎面走来，蓦地对了脸，其中一人把头扭过去，把帽子往下扯了扯。这举动未免离奇。

杨华心中一动，连忙侧首凝眸，正待细看，不料那商人扯住了杨华的手，一个劲儿地强拖，拖到铺内后柜去了。杨华仅仅的一瞥，看出这两个人气度赳赳，不似常人。

那商人把杨华邀进去，先给杨华道贺生女，又说了许多恭维话，随后谈到生意上，说是近来银根吃紧，本钱单薄，盼望杨二爷加入一股。说完了话，又坚留杨华便饭，好不容易杨华

才挣脱出来，去到那绅士家吃茶。

可是杨华上马下马，竟发觉自己身后似乎有人暗缀。稍一留神，那暗缀的人又落后了，躲开了，到底难以断定：是无意踵随，还是有心潜缀。

玉幡杆心上很不宁贴，摇头默想：自从寒光剑夺回来，自从爱妻与岳父同归到家，好似烧香引鬼，把绿林人物招来了两拨，也有仇家，也有觊觎宝剑之贼。这真是太那个了！玉幡杆心中便很懊悔。若是在平时遇见这种事，他未必遽起戒心；现在可不然了，隐患已萌，如妖魔附影随形，他张目四顾，哼了一声，赶紧下马，密嘱侍仆数语，自己一径进入绅士宅。侍仆把马交给绅士家的司阍，立刻反缀下去了。

绅士把杨华迎入客厅，客厅中已聚了许多人。杨华跟他们周旋了一会儿。那侍仆翻回来密报，杨华点点头，命侍仆再出去留神。宅主人见状问故，杨华用别的话掩饰了。当时客厅很热闹，这些绅士们早已将这打官司的两边开解好了。现在不过是杯酒言欢，给双方拉和见面。在座的人都抛却地亩之争的话不提，扯开了讲些歌楼风月，宦场风波，以及某绅的豪赌，某绅的纳妾，某某官的升迁，某某商的赔赚。总而言之，言不及义，义在其中，劝架息讼也算是义举啊！可是吃亏的当然还是那无门无势的人。

长袍马褂，短须苍髯，七言八语，客厅纷呶成一片。把这息讼的事结束完了，然后就开筵，宾主同欢，吃酒吃饭，圆桌面一共摆了四张，猜拳行令，闹起酒来，直到起更未散。其中有人提倡做长夜饮，又有几个赌鬼要凑着耍钱。玉幡杆杨华仍派那侍仆在外面留神，虽未能盯准，却又觉出可疑，那两个人，其中的一个竟到那个与杨华熟识的店铺打听柜上：“刚才那个骑马的先生是不是赵望庄的杨大爷？”玉幡杆心中越发不舒服起来，在这酒筵间本来嫌吵，坐立不宁，现在简直耐不住了，便起身告辞，立刻被宅主人和别的绅士纷纷挽留，要他在城中多盘桓几天。杨华峻拒再三，又麻烦了半个时辰，方得脱

身，及至出门上马，携仆出城，城门都关上了，只是还没上锁。

玉幡杆叫开城门，驰出城厢，往赵望庄紧走。赵望庄距县城足有二十四五里的路程。宵行不及昼行稳，来时按辔款段而行，走了一个时辰；回时紧赶，也耗费了一个多时辰。直等到将近子夜，方抵家门，可就家中闹出大乱来了！

贼党已然乘虚大举，袭入杨宅！

铁莲子柳兆鸿既已亲访淮南，玉幡杆杨华又临时截在赵望庄以外，杨府上只剩了代师门护院的白鹤郑捷一人，柳叶青又当产后不足十二天，这就授贼以隙。贼人伺机要来暗算杨、柳，第一夺剑，第二夺人，贺玉虎始终不能忘情于李映霞小姐；第三便是要戕害产妇柳叶青，用以打击铁莲子和玉幡杆。

他们已知铁莲子南下了，他们已然没有什么顾忌，只顾忌着玉幡杆杨华的连珠弹，他们已然备了抵御连珠弹的器械。如今天赐其便，柳老不在，玉幡杆杨华出去有应酬，他们绕庄院三匝，勘清了路线，听了听动静，于是乎一拥而入，登高上房，扑入杨宅。

他们晓得杨宅有行家，他们在白天未敢来窥探，好在由贺玉虎领头，他前次已访查清楚了，现在不过给同党指点指点。

他们来了六个人，擎天玉虎贺锦涛以下，有着巨贼罗永安、银蝶陈源、费晋荣、穿云箭迟明友、迟明伦。

这其间银蝶陈源武功甚高，正当壮年，此行是志在获得青镝寒光剑。穿云箭迟明友、迟明伦弟兄，跟七手施耀宗、八叉施耀先，乃是中表之亲，为了报仇而来。那个费晋荣是擎天玉虎的好朋友，为了给朋友找场才出头的，却有点不知利害。其中独有巨贼罗永安跟铁莲子柳叶青父女有着十年的旧怨。他乃是岳阳十兄弟的党羽，曾被铁莲子打了一暗器，当时吓跑了。嗣后狭路相逢，又和初闯江湖的柳叶青动手，被柳叶青刺了一剑。他负痛遁去，矢志复仇，曾经摒除他事，专心若练五六年，自觉手中双锏，囊中甩手箭，已然可操必胜之境，正在秘访柳叶青的下落，要报复那一剑之仇。可是他还复自念，论膂

力，论技功，足可战胜江东女侠，江东女侠毕竟是个女人。他却顾虑到铁莲子的难惹，当日铁莲子以一口刀纵杀岳阳十兄弟时，他曾经目睹，实在手法快得惊人。如今已隔十多年，到底铁莲子是衰老不堪了，抑或武功并未退板，这必须访问明白，方好下手。他自恃人在中年，要多耗过几载，再一举发动复仇，把柳氏父女全杀了，方吐积年之忿。他一切打算十分谨慎，不料他就遇上了贺玉虎，给贺玉虎一再怂恿："现在复仇正是机会，柳叶青生了小孩，铁莲子出了远门，千载难逢的机会，简直是老天保佑大哥报仇解恨！"再三地促劝，罗永安不禁动念。他是抱着不发则已，一发必胜的信念而来的。

当下，先由擎天玉虎贺锦涛指示了进路，银蝶陈源和迟明友、迟明伦三人做一路，从后院袭入；贺玉虎和罗永安做一路，绕从跨院袭入。贺玉虎的好友费晋荣持刀巡风，也上了房，一面注视院里，一面关顾院外。

贺玉虎路途熟，很快地扑到跨院，跨院好像空虚无人。贺玉虎从房顶下望，全院漆黑；试投石问路，也寂然无声。他便向罗永安一招手，轻轻跳下平地，如飞扑奔西厢房。西厢房是李映霞的旧住处，贺玉虎竟会探出来了。可是他没料到铁莲子刚走，李映霞便迁到正院上房。他还是小心戒备，各处寻看。罗永安此刻猴似的伏在房脊上，见贺玉虎绕院寻视，本宅宅主没有出来人，便也腾身下蹿，来到平地。

两个人心意不一样，贺玉虎是找李映霞，罗永安是找柳叶青。罗永安刚刚跳了下来，忽听正院有狗吠之声，才一嗥叫，旋即声沉。他便愕然却步，嗖地蹿到暗影中，贺玉虎忍不住回头一瞥，一狠心，奋勇拨开西厢房的门，很快地冲入屋内。他把火折一晃，照清四壁，知道扑了空，李小姐不在屋内。他立刻撤身出来，向罗永安一点手，两人双双扑奔精舍。二人也把精舍门弄开，匆匆钻进去，又匆匆地退出来。这里面也是空空无人。

忽听见正院内有大响动，二人火速地循墙贴壁，走角门，

往正院窥探。

这时候，贺罗是由跨院，奔正院，银蝶陈源和迟氏弟兄正勘完正院奔后院，投下来一个馒头，止住了狗叫。银蝶陈源一个人如箭似的，首从房顶现身，似看清跨院空场摆着的刀枪架，便伏身一跃下地，抢到精舍。精舍门已开，银蝶陈源挺刀抢进精舍。他不知同伴已然来过，也把火折一晃，照见四壁。桌上恰有一盏灯，公然点亮了灯，他就张目四顾，各处一搜，突然看见了板壁幔帐挂得稀奇，便撩开幔帐，发现壁上的挂剑。他咦了一声："寻剑这么容易吗？"回身一看，迟明友、迟明伦没有跟来。他就凝眸验看，一探身，把剑扯下来，立刻铜链曳铜铃，哗啷啷一阵响。银蝶陈源不禁吃惊，正要取鞘抽剑，验看是否为寒光宝剑，忽然唰的一声，木壁后突然发出一支暗箭。银蝶陈源功夫精熟，立刻一侧身，让过了暗箭，这才知道有埋伏。他就百忙中把手中刀狠狠一削，切断了剑上的铜链，获得了壁上的挂剑，霍然倒退，闯出精舍，如飞地跳到院隅，如飞的蹿上墙头，恰瞥见房脊那边的二迟。他就低哨一声，通知二迟："得手了，宅中人灵了！"如飞的翻墙而去。

银蝶陈源得宝变心，抛下了同伴，只身出离杨宅。

迟明友、迟明伦正在房脊上蛇行而进，见状大疑。迟明伦眼尖，突然猜出银蝶陈源的举动，向胞兄说："不好，银蝶儿得手了，他拿着寒光剑独自个走了！"迟明友摇头不信道："哪有那事？"迟明伦要追问，迟明友拦住他，再三示意："我们是来报仇的，寒光剑是一宝，哪有那么容易得？我不信人才到，剑就到手。"两人立起身来，往外窥看究竟，骤见巡风的费晋荣现身出来，似乎阻拦银蝶陈源。不知怎么一来，听见一声喊，银蝶陈源像一条蛇似的往赵望庄飞蹿；费晋荣竟跳下去，连打哨，也像蛇似的跟了下去，又像追了下去。二迟遥望庄外，怀疑同伴得宝忘义，稍加迟徊，回头又瞥见精舍后，有一条人影，伏身绕内院。内院中传出了人声惊喊，犬声乱吠，贺玉虎、罗永安似正与本宅的人交上手；迟氏弟兄为了复仇，便

奋身而下，也奔了内院。

杨宅中，首先听到动静的是产妇柳叶青，首先迎出来的是护院白鹤郑捷。

第二十一章　当门一箭回天疗妒

产妇柳叶青正因为产后气血亏，白昼睡得多，夜间便灵醒；而且乳婴夜啼，做母亲的自然睡得不沉。她刚刚地给乳婴吃过奶，忽听村犬夜吠，渐来渐近；忽又听什么地方啪嗒一下，很像投石问路，她不觉欠身拥被坐起；忽又听见家犬一叫便住，屋顶上簌簌坠尘。她霍然耸动，屋中本来点着灯，她赶紧一口吹灭。幸而身上穿着小衣，她悄悄摸黑下地，取腰巾束紧了腰，在地上一走，觉得骨软筋酥，气力单虚。她慌忙扯起被单，撕成两片，兜裆系紧，又抓了一块布，把乱发包好，来不及换鞋，就穿着睡鞋，摸摸索索，潜开箱柜，找出那把珍藏的青镝寒光剑。

她又找，黑影中东抓一把，西抓一把，要找暗器囊，竟没有寻着。她分明听出外面来了强人，她胸中结计着上房的婆母，既恐怕吓着了婆母，又担心落埋怨："新娘子进家，招来了强盗。"偏偏丈夫杨华又没在家，白鹤郑捷又住在跨院里。歹人不知来了多少，多半是来寻仇，她居然喘吁吁，有些失措。

但她立刻想到一个办法，她应该往上房走，她应该把婴孩交给婆母，然后自己出去仗剑杀贼。

她又怕看走了眼，弄个虚惊虚诈，婆母岂不要看不起自己和自己的父亲？“真是女侠客，无缘无故，半夜闹贼！”

事实上竟用不着她过虑，此时贼人已然降落平地，先后有两个。她又不禁着急，迟了一步，不能携女奔往上房。她隔窗外窥，看清贼踪：“哦，这边一个，那边一个！”她亟欲仗剑出外迎敌，又怕贼人分开来，戕害她的小孩，戕害她的婆母。

她不禁着急，不知怎么一来，床上的小孩哭起来了。她顿足道：“糟！”忙转身奔床。突然听见院中有人大喊：“好贼，看箭！”同时破窗打进来一物，乃是白鹤郑捷示警的一粒铁莲子。由上扇窗直打进来，击碎了屋中陈设。

“哦，白鹤郑捷惊动起来了，好了。”

柳叶青急急地又不管小孩，再隔窗外窥。两个贼和郑捷交了手。她暗怨郑捷不该出来迎敌，应该潜伏，施放暗箭。柳叶青再不晓得郑捷未尝不想潜攻，无奈形势已非，有点办不到，郑捷竟被贼人搜寻出来，迫近动手了。

柳叶青一咬牙，就床头抱起小孩，用襁褓一包，连头脸都蒙上，左手挟儿，右手提剑，火速地开了屋门，走穿廊，奔上房。

走的正是时候，也正不是时候。两个贼夹攻郑捷，团团乱转。郑捷要呼警，又不敢呼，挥动兵刃，哑声拼命。他还不知贼人来了究有多少，只知道不算少。柳叶青趁此夹缝，贴游廊伏腰，很快地扑到了正房门口，努力用肩一扛。咔嚓一声，门已离槽。贼人口哨哧哧怪响，黑影中倏又扑来两个贼。贺玉虎、罗永安、迟明友、迟明伦，先后已有四个贼现身。人未到，暗器先发；暗器已发未到，人又挥刃扑来，奔柳叶青背后猛剁。

柳叶青刚撞开门缝，暗器掠风直达上盘，她就一闪身，仅仅躲过，情不由己，失声惊叫：“娘，开门，接孩子！”下边

“贼来了”三个字没有喊出，隔门缝探出来两只手，将孩子一把抓抱进去，却咕咚一声，孩子大号，人似跌倒。就在跌倒声中，屋内依然喘吁吁低声疾呼：“青姐姐快进来！”进却来不及了，又一阵锐风扑到，柳叶青惊慌万状。当年的英风斗志全无，当年的武功剑术仅在——喘不成声，百忙中耳听八方，赶紧地一扭腰，翻手抡剑，往后唰的一扫。

这却是宝剑救命，力大招猛，呛得一声啸响，背后递过来的敌人刀骤被削折一截。柳叶青就手回身一送，抵面迎敌，这剑青莹莹闪出寒光，直刺敌人胸膛。贼人很了得，招很快，并不慌张，哼一声，霍地退步，把半截刀往下一磕，又噌地一响，断刀又断了一截，命却保住。贼人倒跳出一两丈，已然蹿下正房台阶，连呼：“风紧，青子扎手，快围上！寒光剑在这里，这就是柳叶青！”

柳叶青刚刚出了一口气，可是第二贼又到。刚才折断兵器的乃是迟明伦，第二贼乃是迟明友。迟明友有了防备，猱身继上，避实就虚地和柳叶青动手。柳叶青无法退避，也不能退躲，就据住正房台阶，运用寒光剑不使贼人往上抢。台阶也有二三尺高，居高临下，十分得势。迟明友猛抢两三次，刀法迅捷，疾如电火，若不是寒光剑，柳叶青已然扼不住。就这样，产后的柳叶青已觉夜风砭骨，汗毛孔发扎，牙齿错错打战，影响到心神，便觉气馁势绌。

尤其糟的乃是白鹤郑捷，他一二十岁未成学的少年，在那边骤敌贺玉虎、罗永安两个巨盗，好比乳虎斗双狼。本来可以潜伏暗隅，发冷箭护宅，他竟被罗永安挤出来。贺玉虎的武功本已胜过白鹤，罗永安更是有名的辣手、好手。两个人围攻一个，白鹤郑捷连逢险招。

当此时，杨宅鸡鸣犬吠，孩子哭，乱成一团，可是四邻一点也不知道。

罗、贺二人攻打白鹤，迟明友攻打柳叶青。迟明伦失去了刀，退到院中。他关心胞兄，拔出匕首来，用以防身，将暗器

一件件打出来，远攻柳叶青。这被贺玉虎听到，看见，立刻退下来，把一双钩刀分出一柄，叫道：“接着！”抛给了迟明伦。迟明伦立刻接刀挥刀，上前帮助胞兄，夹斗柳叶青。

柳叶青浑身打寒战，头上冒虚汗，想不到来了这些贼。起初存心还不敢惊动婆母，可是她无心中早已喊出声来，可是她现在还是哑打，她方寸大乱，乱了章法。寒光剑霍霍生风，竟不能再伤敌人的兵刃，敌人有了戒备，不跟她对刃。迟明伦钩刀一到，两个人攻打她；她奋力应战，剑招足可应付，心气竟颓败到无以复加。她实在害怕，父亲不在家，丈夫也不在家，贼来了许多，自觉立于必败之地。这一定是仇家乘隙而来，一定是看准了虚实，估量了力量，才肯卷土重来。贼人一定有恃无恐，她心生恐怖，影响了奋击无前的气概。她连忙喊：“郑捷，郑捷，快过来，护住这边！”她平素动手，必挑战骂贼，现在是新媳妇，有许多忌讳，然而忍不住，终于又喊：“好贼，你们是干什么的？我叫乡团全杀死你们！”

此时贼人已然看出本宅空虚，已然叫明来意：“柳叶青，快献出寒光剑来，饶你性命！狮林观的宝剑，你们不配！”“玉幡杆，铁莲子，拿首级来！”“李映霞快出来，贺玉虎找你来了！李映霞，还不快跟我走！”

贼人叫，柳叶青忍不住喊：“快拿贼！大嫂子，快敲响器！杨升、杨保柱，还不快出来，快请二爷，快快去叫乡团拿贼！”连声叱咤，宝剑不住手挥动，恨不得郑捷立刻蹿过来，两人合力，较易御敌。白鹤郑捷被两个强贼围住，拼命往外挪，也恨不得扑到正房，与柳叶青背对背互相掩护，扼住上房门，便可耗时待援。

贼人不容他们得手，四个贼把他们圈在两处。柳叶青自知难以持久，提一口气，咬牙把剑路一领，急三招，连连猛攻，唰的一剑，迟明友骤然后退，恶骂了一声，似乎负伤，但只停一停，重掩上来，似乎伤不重，很快地裹好伤再上。借这一缓，柳叶青又狠命一冲，冲退了迟明伦，奋身而下，呼喊郑捷

快来。

白鹤郑捷的动作竟未能跟女侠呼应，贺玉虎、罗永安武功太强。郑捷且斗且留神，见柳叶青得手，便也猛力一冲，奋身扑凑过来。却不知这敌人太辣，故意给他一松，等到他挺剑开路，伏身往外猛挣，罗永安、贺玉虎双双地袭击他的后背。一个跳起来抡刀，一个扬起手来甩箭。郑捷提神防备，才觉出后面锐风，便回手打出一暗器，喝道："看弹！"掌中剑往外一扫。到底双拳不敌四手，上了贼人的当，贼人远攻近取一齐到。亏他身法快，躲开了一刀，仍没躲开两箭，"嗤"的一下，一支甩手箭钉在右腿上，正是勉强冲出了重围，终不免负了重伤。罗永安刀风迅猛，狠狠再扑来。白鹤郑捷志在夺路，不敢强架，夹缝里奋力连跃，幸得抢上正房回廊，又中了一石子，慌忙跳过回栏，已到檐下。为防身子撞到窗壁上，郑捷将身极力一横，顿时摇摇欲倒；为怕中箭的右腿碰着地，急将身一歪，于是一个收不住，整个地栽倒地上，恰跌在回廊栏杆以内，在房窗根下，到底触着伤处，甩手箭陷入腿胯很深。

二贼唰的追来，情势危迫，柳叶青大惊，猛一声叱："呔！"女侠雌威陡然发动，奋不顾身，翻转来如飞抢救；寒光剑闪闪吐寒光，唰的一下，贺玉虎的钩刀恰正赶到，往下猛扎，磕得火星乱冒，剑刃磕刀锋，刀被砍伤一大缺口。贺玉虎大骇，柳叶青就手一挑，剑往玉虎咽喉横抹过去。贺玉虎百忙中，一个铁板桥的功夫，让开剑锋，只一扭一蹿，整个身子如箭般横射出去。贺玉虎躲开了急袭，群贼攒至，柳叶青哪有工夫追击，急忙旋身将剑一掠。贼人一齐惊喊："留神宝剑，留神宝剑！"果然迟明友、迟明伦先后攻到。柳叶青急忙招架，这一剑到得正好，逼得二迟倏然凝身收刀。最厉害的罗永安却又递上来一刀，猛刺女侠后背。柳叶青看出贼人丁字形，要把自己圈住。她很快地防到这一步，猛还剑收招，转照罗永安一削，罗永安霍地收刀。柳叶青又急急旋身，冲二迟一扑，偷空要重新跳上台阶，居高临下，可以拒贼，可救郑捷。贼人早分

两侧追抢台阶，要截柳叶青的退路。受惊后的贺玉虎大骂着，第一个跳上来。

一抢一救，一退一兜，间不容发。白鹤郑捷幸脱性命，已然坐起，右腿溅血，疼不可忍，箭仍插在肉内，未遑往外拔。柳叶青教四个贼攒攻，十分危殆。白鹤郑捷喊了一声，想站起来助护师姑已不能够，一阵焦急剧痛，靠在明柱后，失声怪叫："你们快来救。柳师姑吃紧了！"

柳叶青果然心慌意乱，东挡西杀，身似旋风乱转，尽有天大本领，也不能只身抗拒四贼。尽持寒光剑乱削敌刃，也明明无法退敌，贼人并不跟你碰刀。越缠战，越危败，势将活活累死。白鹤郑捷背倚明柱，一手持剑，厉声急叫道："快叫乡团！师姑快上来，师叔还不快来！"盼望柳叶青抢上台阶，还希望自己纵难举步，犹可以双双负隅，紧堵正房门硬拼。殊不知这一叫，提醒了贼人，叫来了贼人。

擎天玉虎贺锦涛忽然跳出去，还以为他受了伤，退出斗场。他却是恍惚听见厢房有动静，要往厢房搜寻李映霞。他念念不忘的就是李映霞。他跳回栏，奔厢房。柳叶青、郑捷刚刚一松心，罗永安猛来一扑，抡刀狠劈柳叶青。迟明伦突然斜身强进，骤砍柳叶青，却又将身子一转，猝然斜扑，刀锋一绕，照白鹤郑捷疾剁。郑捷贴柱急急一避，刀砍着明柱。柳叶青挥剑挡了罗永安一下，赶忙往旁一跨，转剑来救郑捷。迟明友跟踪又到，挺刃连削，夹击柳叶青。一个凑手不及，柳叶青躲开迟明友，没躲开二次挥刀的罗永安，哎呀一声，负伤蹿到郑捷这一边，立刻摇摇欲倒，一只手扶住窗台。于是罗永安大喜，贺玉虎又如飞从厢房奔出来，他踢门入西厢，没有寻着心目中人，见状大叫："快抢正房！"

罗永安、贺玉虎双双上了台阶。柳叶青大骇，急忙赶一步喊道："恶贼，看剑！"却是禁不住打一个踉跄，罗永安立刻就势挥刃下剁。贺玉虎也早赶过来，奋力夺门，哨地踹了一脚。

突然正房门缝咯噔的一声响，发出一支暗箭来。贺玉虎猝

不及防，乘虚正往门口抢，全副精神旁注，已然侧睨柳叶青，提防她的宝剑。他探头刚窥门，闻声急一闪，哎呀的怪叫，突然往后一退，肩头上贴着脖颈中了深深的一箭。

“有埋伏！”

这一声喊晚了，咯噔的又一下，罗永安的刀眼看斩到柳叶青的肩项上，相隔不及一尺。柳叶青一只膝盖跪在地上，挣命提剑往上一掠，叮当一响，反把不得力，寒光宝剑脱手。罗永安反倒怪吼了一声，蓦地一栽，一只暗箭直贯他的左腮，射掉一只牙齿。柳叶青百忙中一挺身，跳起来抢剑。郑捷忙抡剑斜砍罗永安，罗永安腾地跳出回栏，踉跄扑到庭院。

迟明友、迟明伦又已双双乘危攻到，一齐来抢剑，不料咯噔的又一响，正房中女子娇叱：“好贼，看箭！”一个人头探出正房门缝，把手一比，二迟回头急闪。柳叶青居然借此一阻，火速拾起了寒光剑，而且也娇叱一声：“好贼，看剑！”唰的连发数剑，铮地冒火星。迟明伦、迟明友霍然后退。

柳、郑两个负伤的人骤出意外，忽得暗箭急援，精神一振，连呼：“快发箭！”立刻缓开了手。郑捷伤过重，下身不能动，咬牙提剑靠墙，在左边扼住房门。柳叶青伤较轻，气力不支，提剑靠墙，在右边扼住房门。四个贼，三个负伤，大骂着不依不饶。这两个仍来疾攻，那两个赶紧裹伤，裹完伤，替换着仍来攻门，力不从心，攻势顿缓。

攻势尽缓，柳、郑两人伤痛力疲，也自抵挡不住，于是越斗越危。柳、郑很惊慌，贼人也惊慌，久不得手，诚恐来了救援。有心退走，又不甘心，巡风人并未示警。正在游移，救援终于来到。

从县城跨马如飞地奔回来玉幡杆杨华。

从乡团又传集来二三十名壮丁，两个武师率领，鸣锣呐喊，赶来捉贼。

乡团壮丁围绕杨府上鼓噪，是杨宅健仆杨保柱跳墙出去送信，把他们纠合来，未免一步来迟了。

玉幡杆杨华携仆飞奔回家，潜伏村内的健仆杨升忙迎上去报警。玉幡杆杨华大惊，气急败坏，翻身下马，甩掉了长袍，却没有兵刃，又没有得意的弹弓，忙与乡团打招呼，借了一把刀，又借了一把弹弓。

玉幡杆杨华与二武师率领乡团，一方面由正面冲入杨宅大门，一方面由跨院抄入内宅。壮丁们有的搬梯上房，在房上大呼。玉幡杆杨华一股急怒，疯鹰般的越墙而入，走壁飞檐，在房上一眼瞥见了群贼聚攻正房，大骂恶贼，人未到，弹弓突发。

内外人声鼎沸，声势大震，呼噪如雷。

群贼不禁扰动，还想刺杀柳叶青，挡不住玉幡杆的神弹，连珠弹如蝗如雹。贺玉虎大吼一声，首先思退："喂，风紧，扯活！"架住了罗永安，后退夺路。二迟兄弟也都负伤，互相掩护，也忙退窜。正门已然涌来壮丁，不知有多少。二迟忙叫："往这边出笼！"四个贼分两股，火速地往前院街门扑，却是虚一晃，唰的翻身，改趋后院，如飞翻墙逃走。

玉幡杆杨华以一手连珠弹，又得二武师众多乡勇之助，吓退了贼人。玉幡杆顾不得追贼，跳到正房前一看，师侄浴血，爱妻喘不成声。玉幡杆忙问："怎么样？还有谁受伤？娘呢？"匆匆一问一答，幸无他故，只受虚惊。玉幡杆顿足发狠，提弓忙去捉贼。柳叶青喘吁吁连声招呼，他已奔出。

却不料这弹弓不是他那弹弓，拉力太小，杨华奋力追贼，猛曳猛弹，竟呱的一声响，被他曳断了弓弦。贼已去远，乡团尚在鸣锣挑灯追寻，二武师连喊："杨二爷，快进宅看看去吧！"

玉幡杆杨华这才慌慌张张又往家中走。

这一番寻仇在玉幡杆河南故乡谓之"打孽"。杨府上吃亏的是铁莲子已南下，而玉幡杆没在家。

然而贼人也吃着亏。他们吃亏的是乘虚而入，本操胜算，殊不料银蝶陈源忽然心贪宝剑，得了一个赝鼎，半途弃伴而

走。又把个巡风的费晋荣也引得起疑心，跟踪缀去。于是寻仇的贼少了一个能手，更失去巡风的人，以致本宅外面来了强援，他们还不知道。

虽然如此，双方受伤。白鹤郑捷失血太多，柳叶青产后力竭，贼退以后，两个人全都动弹不得。尤其是柳叶青，产后气亏，不比少壮的男子，她一望见丈夫发弹奔来援救，心一松，便呻吟一声，颓然栽倒，再不能起来。直等到杨华抵面相问，她强自支持，回答了几句话，便一阵阵晕眩，越发压不住气，终于昏厥过去了，倒卧在回廊之后。

玉幡杆杨华挥汗如雨，绕宅一巡，二番扑奔正房。正房门已开，面无人色的李映霞提着一把匕首，袖着一筒神箭，摇摇曳曳地出来，已跪到柳叶青面前，抱着她的头叫唤，一见杨华，不禁泪下，忙叫："杨姐夫，快看看青姐姐，她不好了！"

"可是重伤了？"

"不晓得，准许是。好几个贼毁她。"李映霞这样回答。

"不是重伤，是累坏了。"郑捷在回廊后，靠左边倚柱坐着回答，又说道："师叔，我失血太多，恐怕一只腿不中用了，你教人把我抬进屋吧。"

玉幡杆心神大乱，看一看爱妻，看一看李映霞，又看一看郑捷，一跺脚道："我这就搭。"先举步进正房，看看老母。老母抱着婴孩，抖做一团，在耳房藏着。他便放了心，忙加安慰，抽身出来，唤仆从，先把郑捷抬到正房堂屋，然后又与李映霞把昏迷不醒的柳叶青抬到正房侧宝床上。天色依然昏暗，点亮了灯，敷药裹伤，赶紧救人。匆匆办完了，才发现寡嫂和一个丫鬟藏在东厢房箱笼后面，已然软瘫在地上，幸而未被敌人发现。西厢房柳叶青的住处已被贼踢坏门扉，别处的门窗也有毁坏，幸而全宅没有另外伤人，也没丢失什么要紧的东西，只在庭院发现了许多摊血。

乡团直乱到天亮，把贼赶没了影，一个贼也没有追上。

玉幡杆杨华忙到乡团道谢，既无人命，便以绅士的地位把

这场事按压下去。河南地方本来流行着仇杀打孽的风气，乡民们也就恬不为怪，所以落到最后，竟没惊动当地官府。

却把杨府上太夫人、孀居大少奶奶吓病了好几天。

外书房还躺着一个病人，便是白鹤郑捷。大腿上失血虽多，幸未伤筋动骨，况又未甚苦战，人又在壮年，经竭力调治，外皮的伤到底易治，不久就好了。

病得尤其危重的还是产后拒贼的二少奶奶柳叶青，当时虽然救醒，久经苦斗，伤了元气。产后只有十二天，骨缝未合，突击力竭，下体竟淋血不止，一病累月未愈，而且哮喘，肋疼，一虚百虚，人似黄花瘦了。太夫人非常懊心，也没有法，只得雇乳母，代哺女孩，延名医加紧调治。仍因柳叶青抱惭自恨，觉得贼是冲她父女来的，心中害怕婆母嗔怪，精神上尤其不宁。多亏了寡嫂再三慰藉，李映霞巧言劝解，柳叶青方才安心，一意养病了，可是她心上又急躁得很。

杨太夫人贤明，颇识大体，深知这二儿媳的心理，也曾再三劝她。然而一家子最感激不过的还是寄居篱下的李映霞。

是李映霞冒险下地，隔门缝把小女孩接到正房，交给了杨太夫人。是李映霞隔窗窥敌，拿她那试习武技的袖箭、甩箭，比了又比，瞄了又瞄，在战战兢兢、十分害怕的心情下，冒险发箭，第一下射伤了贺玉虎的肩，第二下射伤了罗永安的腮。把罗永安贯腮折齿，才救了柳叶青失剑跌倒的危难。并且她第一箭射中玉虎，又保护了正房，不致被贼冲入。以后她又发了几箭，也有射中，也有不中，然而射中的全是时候，又很是地方。她乃是骤出不意，于相隔不及数尺的距离下，连伤二贼。她自己冒着死，拼着命，所保全者这样的大。就这样感动了杨府全家。

便是单剑护院的白鹤郑捷在养伤榻上也感激不尽，他说道：“若不是霞姑娘这两箭，我的性命早死在贼人刀下了。我们青师姑也是，人已然栽倒，剑也脱了手，霞姑娘竟敢从门隙探头发箭，一下，两下，把我们全救了。真是有胆量！有气

魄！师叔，您还没见她吓的那样，她居然真行！真是胆小的救了胆大的，难为她才几个月就学会了这一手好箭法。”

别个仆妇也有知道的，都人人称奇。既夸二少奶奶的勇敢，是这样产后挥剑，拒贼护院；又夸李映霞小姐的机智，人这么娇柔，胆这么大：“你看比比画画，只一下，两下，把贼伤了，救了我们二少奶奶，还救了郑少爷。”这些下人们未必全看清刚才闹贼，多半吓得蒙头憋气，可是谈起来，似乎人人全在场似的。于是大家归美，众口一词，柳叶青心中自然也有了数。

柳叶青当然比他们下人们的传说更看得清。她是身临其境，很晓得李映霞接救了她的小女孩，又哆哆嗦嗦，乍胆发箭，救了她自己一命。柳叶青生本多情，怎能不感动？李映霞更做得好，绝口不自夸功，反而殷殷勤勤，来给柳叶青侍疾，并且悄声说：“若不是青姐姐犯难出来，我们都要受害。头一个受害的就是我，简直这贼专是为害我来的。”不但不肯居功，反引以自疚。天天在柳叶青病榻前盘旋，斟茶倒水，低心下气地照应。柳叶青口头上不说半句感谢话，心中沸沸腾腾，反反复复，又惭愧，又很不好受。

她产后用过了力，大病了这一场，既深受李映霞的昼夜慰侍，并且人的心都是肉长的，人若有个病病痛痛，越发心懦喜感，愿意偎着人。日子一长，终于她拉着李映霞的手，掉下了眼泪。她凄凄凉凉地说：“妹妹，我……”她又恳恳切切地说：“妹妹，你……”竟忍不住呜咽起来，有千言万语，迭次没法说出。弄得李映霞也感怆心酸，陪着掉起眼泪来了。

柳叶青病了许多的日子，多亏她一向是劳力不劳心的人，况又是练武的身子，后来终于慢慢好转。她就摒人向李映霞私语：“妹妹，从前我有时候很爱你，你生得模样太好，我越发爱你，就不免暗暗嫉妒你。很有些时候，我一言半语闹小性，伤触着了你，倒蒙你大量，从不计较我。起初我还疑惑你心重心深，总觉那样容让我，乃是假的，是有心机的。现在日子长

了，我才明白你，你真拿我当亲骨肉看。我以前错看了你，就免不了有错疑你，错待你的地方。现在我们经过了患难，我才了解妹妹你，实是个热心肠的人。你的心肠比我还热，你并不是耍假招子。那天你隔门缝放箭，我情知你害怕，你居然舍了性命来救应我，我不愿感谢你，我实在是钦服你。你的度量竟这么大，你包涵我，容让我，不止一天了。从今后，我愿意对妹妹起誓，我要拿出真格的来，我要拿你当亲胞妹一样看待。妹妹有什么苦处，就是我的苦处！妹妹有什么难处，就是我的难处！咱们两个人从此合成一个心，我就是你，你就是我。我若有片言半语对你说假话，咱们对着日头说，皇天后土眼看着我呢，我若口不应心，不拿妹妹当心肝骨肉般看待，那就是我姓柳的姑娘没有人味!”

柳叶青很感动地拉着李映霞的手，作了这番刮心吐胆的密谈，再三表示“换心”。以为她这样做，必然也能换出李映霞的剖心话。李映霞脸儿红红的听着，眼睛低望到地下，温温然赔笑说：“姐姐快不要这样说了，说得人心里头怪难过的。我是由打早先就拿姐姐当亲人看待，况且我又是老爷子的义女，说真的，我老早就把我这个孤鬼交给了义父和姐姐了。义父、姐姐对我有恩，我一生一世也不会忘记的。姐姐现在这么说，倒教我心里头不安。那天晚上，我胡乱放了几箭，不过乍着胆子碰巧劲儿，射伤了两三个贼，其实一点不中用，拒住贼人的还是姐姐，赶跑贼人的还是姐夫。义父好心好意成全我，教我练拳练箭。我笨得出奇，又不专心，一点真本领也没得着，遇上事了，丝毫使不上。赶多早晚，我能跟上姐姐，我就好了。姐姐是女侠，自来做过许多扶危济难的事，我这可算得了什么?”

又解说从此两人同心的话，李映霞把声音放得十分平淡，蔼蔼说道：“我跟姐姐共处，也一年多了，我的为人太滞，太呆气，姐姐还看不出来吗？想不到我还有点傻人缘，在镇江时多承义父、鲁伯母恩待；来到这里，又承上房太夫人、大嫂怜

恤我，姐姐更随时随事照应我。我一个难女，倒成了贵客。可是我知情知义，嘴上说不出，心里头总打转。从打义父起，姐姐、姐夫，您那爷儿三位，个个都恩待我，教我粉身碎骨难报。您几位不但保全了我，还收留我，还教我本领，将来还要替我复仇，不怕姐姐过意，我早就跟姐姐一个心了。姐姐说的对，你就是我，我就是你，不用姐姐讲，我老老早早就这样想了。姐姐如今肯拿我当亲妹妹看待，这可是我的造化，也是我早就盼望着的。只要姐姐高兴，真不嫌弃……”

忽然觉得这样措辞不妥，连忙咽住，笑嘻嘻掩口道：“姐姐，我不会说话，姐姐不要笑我。干脆讲吧，我是一片真心，好早好早就扑到姐姐身上了。姐姐这样爱惜我，我一定处处争气，给您做一个好妹妹，做一个听说听道的好妹妹。姐姐喜欢我怎样，我一定努力去怎样做。”

李映霞说着，忽然觉得柳叶青不言语了，抬头一看，看出柳叶青爽然若失的神气。“坏了，这话倒落得不好，至少是不得体！”柳叶青热赤赤一片真心，被李映霞这一番字斟句酌的过度谦辞给泼了一盆冷水。柳叶青恨不得用一片“换心话”换得李映霞过来把住自己，并肩偎脸，亲亲热热教她一声亲姐姐，然后说：“好姐姐，你是个热心肠的人，你从前犯小性，很伤我的心。现在咱们姐妹好了，话都讲开了，你的心就是我的心。我以后有什么心腹话，瞒别人，绝不瞒姐姐。”顶要紧的是，柳叶青愿意李映霞明白说出来对于杨华旧恩情的现在态度、现在想法。哪知李映霞的谦逊似乎含着冷风寒气。她没有把柳叶青看成姐妹，还是把她看成居停主人，居高临下，压着自己头顶。既然暗存着戒心，便脱不了过分买好，撰辞乞怜。柳叶青实在有廉颇负荆之意，可惜李映霞不是蔺相如，当年妒情争婚的芥蒂没有释然。柳叶青从来不好红脸，现在蓦地红了脸，嗒然若丧了。

李映霞是有着玲珑剔透的心的，虽然口齿柔和，不甚健谈，可是察言观色，顿然晓得自己失言了，顿然感觉局促不宁

起来。

李映霞连忙一提神，做出十分亲热样，说出亲热话。然而她忧患余生，依人篱下，她尽管要亲亲热热与柳共处，无如形格势禁，她不得不退一步想。柳叶青正当久病，渴望柔情；李映霞却是畏猜畏讥，又自知处在嫌疑之地，昔日既跟杨华有过情缘，眼下又以客乡地位，大邀太夫人宠待，她唯恐招得柳叶青不快。柳叶青虽以一时的感情激动向自己要好，谁敢保将来呢？柳叶青的口风恨不得立刻叫李映霞剖示衷曲，却是李映霞自己的隐衷，哪能随随便便坦白掬告？

照这样，柳叶青把话拉近，李映霞依然把话宕远。柳叶青也太孩子气，因感李映霞这一箭之恩，她把她多日揣着的一桩心事，恨不得立刻吐露出来。尤其关切的，她要洞见情敌李映霞今日的真心。她没有别法，只有明探明问。以为今日剖心共语，李映霞当不会再有隐饰了。她原晓得丈夫杨华很爱李映霞，更晓得李映霞感激丈夫杨华全贞之德，曾经心许献身，只为了自己横隔在当中，才把两人分拆开了。她本来拿这事当作心病，迄难释然。如今她既跟李映霞化除了敌意，又生了爱心，她可就忍不住要试探，要询问李映霞：“妹妹，你的心到底怎么样，可还愿意跟我同事一夫吗？”

她这几天在病榻上翻来覆去，便是思索这一件事。她的心情又很矛盾，肚子里的话既然憋不住，几次往外冒话，却又话到舌边，终于忍住咽住。她自己的心跟自己的心打架，最复杂，最支离。她对李可说是爱与妒并，既感激，又害怕。怕的是当真自己吐露了口风，而杨、李全愿意了，真格的一床联三好。而自己又拙笨，实在害怕丈夫偏爱，映霞占上风，而自己被挤入冷宫。

她又受不了感情上的支使，既甚愧对，便想酬恩，欲效英皇，偏多挂虑。若索性丢开此念，岂不是好？可是她为了报答李映霞，为了弥补这份救命的恩情，她又恨不得说出来，办下去，才觉宁贴。自己说出来，再看看丈夫的意思怎样？再看看

李映霞的意思怎样？当然，她希望一提此议，杨和李都该五体投地地感激自己才对。自己做了贤惠大妇，使李映霞做小星，使丈夫仍要更加爱恋自己，使杨和李都拿自己当心肝般看待，那是多么美妙呢？

然而，万一丈夫竟拿李映霞当心肝，把自己高高供起，如同观世音救命菩萨，他们两个“得其所哉”！真格的把自己挤出圈外，那自己的一股酸气，如何受得？

好胜的心，“俯仰乾坤不受恩”的傲气，支使得柳叶青心绪纷乱，刻无宁晷。柳叶青这个人是想到就要做到的，肚子里一点闲事也不能搁。可惜她父还没回来，没人替她决策代筹。如今她感恩，恨不得对她父一讲，然后对丈夫讲，再对李映霞讲：“妹妹呀，你不知我多么爱你呢！你姐夫固然爱你，可惜我不是男子，我更是爱你。咱们从前闹过小别扭，那全是事情挤的，若不然，我早就对你说开了，请你下嫁我们仲英，咱们姐妹俩共事一夫。说老实话，我当时是怕你，我知道我是笨虫，我怕有了你，便没了我。现在我跟妹妹共处一年多，才晓得妹妹真是个温柔和婉、能吃亏、能容人的人，不管对谁，都掏真心。妹妹你太好了，怨不得人人都喜爱你，钦服你。我便暗暗地安了一个心，打算亲口求你共效娥皇女英，只苦好磨打眼，没机会提起。你如今一箭救了我一命，又不啻保全了我一家。好了，妹妹，咱们姐妹可算是换过命，换过了心。我想我愿意，仲英自然愿意，婆母、大嫂他们也必愿意，妹妹你一定也愿意……”

许多“愿意”可以换成一个“皆大欢喜”，柳叶青如此设想，话在肚中打转，在舌头上翻跟斗，可是到底也没舍得说出口外。尤其是李映霞之隐衷难测，几次绕着圈摸索试探，李的口风不溢不漏，柳叶青渐感自己口拙了。其实这不是她口拙，乃是她头脑太幼，惯打如意算盘，惯从自己这一面设想，未免太“一厢情愿”了。

第二十二章

替夫为媒

过了几天，得了一个机会，柳叶青和杨华在闺房弄婴，屏人秘语。她便对杨华夸李映霞的怯中之勇，弱中之强，以及李在杨府上种种得人欢心的好处。然后她双眸盯着杨华，暗窥他的神色，要舔出来丈夫埋在心底的真情。殊不知她上年吃醋大闹，又经一度含嗔出走，杨华为了避嫌，为了践旧盟，早对李映霞那段情缘钳心讳避，不敢多赞一词，甚至连李映霞的名字也极力躲避不说。柳叶青扯开了，这么一绕，那么一绕，闲篇讲了一车，玉幡杆杨华仅仅地微然一笑，说了一句："我真想不到，李姑娘的箭法练得这么好，这么快。才几个月，便能隔窗射贼，足见在岳父这样名师传授之下，学艺易于速成。只可惜我跟从岳父不为不久，始终没有获得薪传。等着岳父回来，我真该用点苦功了。"环顾左右而言他，话路子竟这么跳脱，距离柳叶青所希冀的词锋很远很差。

柳叶青是个直心肠的人，对李映霞谈心，李映霞把心扉这样扣紧；跟丈夫抒怀，丈夫又滑躲不能合拍。她可就急上来了，索性不绕弯，直叩心源，脱然发话："喂，我说华哥，我

问你一句话。”

杨华道：“什么话？”

柳叶青道：“我问你，你看霞妹妹自从跟我父寄居到咱们家来，你瞧她处处小心翼翼，对谁都谦虚，都诚心实意地讨好，教人看着怪可怜的。头一个，婆婆就很喜爱她，还有大嫂，也直夸她脾气随和，待人不亢不卑。她简直处处讨人欢喜，若教她长远留在咱们家，替咱们当家主馈，我看准比我强。你说是不是？”

玉幡杆杨华脸色变了，说道：“这是什么话？她是外人，她怎能替我们当家？”

柳叶青说：“我讲的是真格的，比方说，干脆讲吧，她是外人，比如我们不教她做外人，我们把她变成内人，把她变成自己家里的人，你看她可愿意吗？”

杨华明白了，从这几天，柳叶青总不住口讲究李映霞，他已体会爱妻的心情正在变化。可是他娶柳叶青已逾一年多，他已然情定于一，早已不复妄存奢望。他知道柳叶青话中有话，便仰视屋梁，淡然说道：“我怎能知道她愿意不愿意呢？她在厢房，有时虽到上房，我不觉见着她，更少谈话。你们倒常见面，我怎会知道。”

柳叶青笑道：“你不要胡想，我不是敲打你，我问的是真心话。据你看，她这人可肯长久留在咱们家里吗？她这人实在柔和到可怜的地步，婆婆、大嫂和我全都喜欢她。况且我本来料理家务不成，霞妹妹常常替我做不少事；她又怕我不愿意，暗中帮了我，还不让我知道。我很明白她的苦心，她在咱们家，总算是客中客，想买好，又不敢太买好，她心上很不落实。她又太小心，比如说吧，她自然记念着她的家门之仇，她自从来到这里，就绝口不谈，只加紧学武。凭她那身子骨，学武简直是笑话。”

杨华目视他处道：“她可是很快地练会了袖箭，而且很快地露了这一手。”

柳叶青笑道："那是她有心胸，有志气。可是，她练武乃是为了自身报仇的事，光练会暗器，又有什么用？我正因为她露了一手，才想到她的身世可怜。从前我确是因为她跟你有过那档子纠葛，我免不了顾忌着她，也提防着你。现在我回过味来了，越想她越可怜。我就替她盘算到将来，她实在前途茫茫，凄凉可叹。只有一条道最好走，这条道就是永远留在咱们家。她若永远留在咱们家，你看她是否趁了心愿？你看她可肯吗？你看这么办，好吗？"

柳叶青口敞性子急，简直死钉上来。玉幡杆杨华晓得她的冲脾气，他毕竟岁数大，常在外面，有阅历，深识人情，他当然不肯脱然剖示自己的心情。虽然柳叶青是他的娘子，同床同梦的人，可是他也不能漫无顾忌，信口谈心。若是信口谈心，一个不钉对，就自寻苦恼了，也给李映霞添上罪孽。

他默想着，也是字斟句酌，拿闲话荡开了这个难题，心中也自不免暗暗盘算。柳叶青恨不得一针见血，杨华一味木木然左躲右闪。两口子一夕密谈，柳叶青终于再被呕急，气得脸通红说道："你太可恶了，人家这样开诚布公。你尽跟人家打官话，要滑头。"

两口子暗中叮叮当当，日子一久，到底柳叶青的真心渐渐获得杨华的信赖。然后杨华凄然长叹道："你不要再跟我商量了，霞姑娘的身世固然可怜，可是你我夫妇相处甚好，何必横生枝节，自寻苦恼？我说一句不怕你难过的话吧，从来二女一夫，不是东风压西风，就是西风压东风，你何苦自找不痛快？又何苦给我找罪孽？我们现在很好，你千万慎重一些，不要信口乱讲了，若教母亲知道了，或者反要责备你多事。"

这样说，杨华总算透出了口气，虽不愿由自己促成，至少表示他不反对。

柳叶青笑道："得！你这一面的意思，行了，你简直是怕我吃醋罢了。你可不晓得我柳叶青也吃醋，也有不吃醋的时候，只看你们的良心就是了。你若不背着我弄诡，我绝不肯做

妒妇，妨碍你纳宠娶妾。你心里头不用婉婉转转的，我越瞧映霞越不离，我要给自己找个好帮手，我首先问好了你，回头我就问她去。”

于是柳叶青再翻回头向李映霞细下说辞，再三磨烦，一连多日，把李映霞挤兑得背人痛哭了好多次。最后实在搪不开，竟对着柳叶青流泪说道：“好姐姐，你不要逼我了。我早就自誓，不再嫁人。我只是偷活在人间罢了，我的亲仇未报，我的父母遗榇没葬，家兄失踪，存亡莫卜。姐姐再跟我谈这些话，就是逼我削发出家。我多承义父见怜，跟他老人家来到姐夫家里寄住，又多承杨伯母、杨大嫂和姐姐你怜恤我，不拿我当客，我就模模糊糊活下去了。姐姐你一死儿问我这话，不怕姐姐过意，起初我在遇救时，不知姐夫续弦，为了女孩儿自留身份，又加着穷无所归，我倒是说过那样的话。可是现在事境已变，跟那时候大不相同了。我已然有了安身之处，我再那么想，便是我太无耻，况且就是姐姐愿意，还有姐夫呢？”

柳叶青忙道：“你姐夫早就愿意，我这不是问好了他，才再问你吗？”

如闻疾雷，不及掩耳，李映霞顿时震动失措，好半晌无言，双靥布满红潮，十分难堪，俯下头，讷讷地说：“姐姐这是怎么说的！好好的这几天老挤对我！我不管姐姐，也不管姐夫，我只说我自己。我若再有婚姻的念头，我就不是李家门的女孩子了。你们好好的姻缘，何必横生枝节逼迫我，我算哪一套呢？不瞒姐姐，从那天在淮安府李宅，我就起了誓，我这一辈子再不嫁人了。”

柳叶青忙道：“我知道，我明白，妹妹是不再嫁别人。因为你姐夫救了你，又跟你共过患难，一路同行好几个月。你本着烈女不嫁二夫的志气，所以不肯再嫁别人。但是，我现在为了成全你的终身，为了安慰我的良心，我自己正正经经请求妹妹下嫁。妹妹放心，我柳叶青绝不敢自居嫡室，把你当妾。你姐夫本来是一支两不绝，你若肯点头，你嫁过来，咱们便是两

头大，姐妹相称。”

李映霞窘极，脸都紫了，又由紫变成苍白，恨不得跟柳叶青恶声相抵，然而她如何能够？强忍愤激，微声缓答道：“姐姐，你饶了我吧。咱们不谈这一段，行不行？我绝不是说假话，我这一辈子誓以老处女苟延余生。姐姐再跟我提这个，就是骂我了，就是逼我削发出家。”

柳叶青脸上很下不来，想了想又说：“恐怕妹妹还是不放心我吧？我愿意同你对天盟誓。妹妹如肯答应了我，我若有丝毫薄待妹妹的意思，或者日后有两样心肠，教我永远不得好死。这是最好的事，你何必固执呢？”

李映霞道：“嗐，姐姐，你你你不要疯闹了，我的心都让你揉碎了。我有种种难处，我永远不能嫁人，尤其永远不能这么样跟姐姐同嫁一人。”她心绪如麻乱，仓促不能以辞达意。她既要峻拒这个情敌，又要不伤情敌的面子，她的为难简直没法描摹。柳叶青一个劲儿地逼迫，恨不得立刻挤出李映霞肯定的允诺，她简直有点不近人情了。

这个依人篱下的小鸟，点点泪痕湿透襟袖，万般无奈，把身子一倒，把头埋在柳叶青的怀中，呜呜咽咽，吞声哭泣起来。她什么也不再多说，只说：“不，不，那不行，决计不行。可怜我父一世为官，清正爱民，我母亲那么慈心，可怜她的女儿落到今天，可怜我，这不行，死了也不行的啊！”抽抽噎噎，断断续续，越哭越痛切。

柳叶青束手无策，不得下台；李映霞的心曲，她一点不了解。终闹得杨太夫人觉察出来，说道：“霞姑娘这些日子，有什么心事呀？我看她眼睛通红，眼圈发青，莫非失眠了。背人伤心了？是哪个招惹她了？还是丫鬟仆妇不听支使，暗中跟霞姑娘顶嘴了？这些下人们最可恶，一定是欺负霞姑娘柔和，背地里有得罪她的地方。她又留着身份，不肯对咱们诉说。”遂叫过杨大娘子和柳叶青细细地打听。这妯娌二人都说：“大概没有吧，在咱们家的仆妇都是旧人，很有规矩的。”杨太夫人

又问："你们没看出来吗？由打那回事以后，由打二婶病好以来，霞姑娘这些天总是这么强颜强笑的，脸上神气很憔悴。她可是有什么病痛，不肯说么？你们年轻人彼此处得很好，可以背地问问她。"

其实柳叶青心里像明镜似的，杨大娘子此时也晓得了，可是迭次之间，全不敢对婆婆明言，都拿别话岔开。杨太夫人又点头自语地说道："霞姑娘身世实在可怜，想她本来是个知府千金，如今人亡家败，寄居在咱们家，想必是心上总不安顿。我们千万要客客气气待承她，既不要惜外，也不要疏远，应该把她看成亲戚家姐妹似的。那孩子心太细，你们说话也要留神。"又叹息道："一个聪明女孩儿，举目无亲，四邻不靠，一定想到前途渺茫，就免不了对月伤情，感时落泪。像她这个人，心路还比较算宽。我曾经对你丈夫说……"说这话时，面对着柳叶青道："霞姑娘也十八九了，她的终身我们必须替她操持。等你父亲回来的时候，可以请他跟你丈夫合计合计，有相当的人家可以给霞姑娘相看相看。她乃是宦门闺秀，我们对外可以说她是我们亲戚家的孤女，索性说是我的外甥女，叫华儿随时多多留神。我记得城里窦家的三少爷订了婚，没过门，新娘子就夭折了。华儿可以打听打听，窦家又订了没有？如果合适，也倒不错。本来一个女孩子，十四五以前，就该把亲事说定，一到十七八，就算迟了。她的父亲李知府，怎的不给儿女们操虑终身呢？"

老太太不胜咨嗟似的，以为死去的李知府把女儿的终身耽误了。现在李映霞既于本宅有恩，自然更近一层，杨太夫人认为替映霞择婿，已是义不容辞了。于是她且赞且叹地对两个儿媳讲了一番话，终把这个重担交给了柳叶青："回头你务必对你丈夫说，等你父亲回来，赶紧替她物色。"

杨大娘子和柳叶青四目相对，做了一个心心相照的微笑，诺诺答应着，相率退下来。柳叶青正要找李映霞，提到这一节；杨太夫人又已传呼使女，把李映霞径行请到上房。

柳叶青暗命使女偷听，随即来到长嫂房中坐谈，嘀嘀咕咕，议论了一阵。杨大娘子以长媳的地位，警告弟妇："二婶千万小心，那件事如果没有问好了霞姑娘，千万不要在婆婆面前透露。你来得晚，不晓得咱们家的门风，由上辈起，就禁止家中人纳妾。祖老太爷亲留遗训：男子年过四十无子，不得借口纳宠；唯媳妇年过四十，从不生育，情愿替夫为媒，方准禀明双亲，纳娶良家女子为姬妾。像二叔这般年岁，依祖训绝不能纳妾的，更不要说娶两妻并嫡了，便是一支两不绝，也不行。又告诫做媳妇的，不要贪图贤惠不妒的美名，代丈夫娶妾；既娶之后，又妒宠争夕，多留丑态，更是犯了家法。二婶你若不信，试对婆婆一说，必是请出家谱家训，把你申斥一顿。还是你前天的打算不错，先问好了霞姑娘；我们拿成全霞姑的名节，来向老太太陈情，倒许一说一个准。再说这件事情，不能只顾一面，这必得三面弄圆，连他二叔全愿意了，再向婆婆请示，方才看成。"

柳叶青笑说："你兄弟这面，我想绝没有什么不愿意的；倒是霞妹妹，我跟霞妹妹描说了这几天，她总不吐口舌。嫂嫂你说，她是怎么个讲究呢？她从前确是跟您兄弟说过那话，除了您兄弟，绝不再嫁别人，不知怎么个茬口，她现在变了。我越求她，她越不答应，她还哭！"

杨大娘子听了，沉吟了一会儿，摇了摇头，对柳叶青道："二婶，你是个直心眼的人，我劝你留点退步，不要想到就要做到，我看霞姑娘这个人非常高洁，她是耻居人下的人。虽然不幸遭了灭门大祸，可是我看她志气凛凛，对人尽管柔和，那是她处在人眼下，不得不低头。若教我看，她这人很有烈性，况又是宦门之后，知府的千金。我们不要错看了她，激出别的事来。"

柳叶青道："激出什么事呢？她早先不是很愿意么？"

杨大娘子叹了一声道："二婶，你必须设身处地替人想一想。霞姑娘孤立无依，前无所进，后无所退。从前她愿意，也

许是迫不得已，现在情形恐怕不同了。你那打算办成了，固然是好；办不成，声扬得满城风雨，你想你教她怎么再在咱家存身呢？”

柳叶青道：“哦，这个，我没有想。”

她们这里妯娌密议，李映霞在杨太夫人面前，也被太夫人委婉地问了许多话。杨太夫人系出大家，年老，多经世故，反复问了好些话，直刺着李映霞伤心隐痛处，忍不住两行珠泪簌簌而下。却是她依然面泛浅笑，矢口不承认自己受了什么委屈，更不承认怀着什么心事。她说，她只是这些天伤心往事，因前番闹贼，引得她忆起当年灭门之祸。双亲死未葬，兄失踪无消息，以此耿耿于心，情不自禁：“倒教伯母挂念，我我太不对了。”竭力地拭泪，忍泪，泪竟不听感情的控制，夺眶而出，李映霞非常受窘。

杨太夫人便岔开了，谈了些别的安慰话。“葬亲移灵容当设法，寻兄业经杨华托人寻探，还有姑娘的终身，你尽管安心，我自有一番善处。我一定拿姑娘你当亲生女儿一般看待，我已经嘱托亲友，随时替你留心呢！你只管贴贴实实在我家住，千万不要觉着歉情不安。况且你这一回救了我们二媳妇，保全了我们杨家独生的孙女，说起来，你还是我家的恩人呢！”

又谈了一回闲话，李映霞退出上房，劈头遇上杨华。四目对视，心头小鹿一撞，李映霞蓦地涨红粉颊，赶紧俯下头，疾趋回转己室，躺到床上。这时柳叶青已然得到小婢的偷报，把老太太和李小姐晤谈的话，一一学说给二少奶奶听。柳叶青看了大嫂一眼，彼此会意：“老太太果然觉察出来了。”杨大娘子暗中叮问柳叶青：“二婶如果确有此心，永无后悔，我倒有个做法。”遂秘密教给柳叶青一套话，代筹出一个缓招。

柳叶青谨依妙计，借着哺乳弄婴，不时把李映霞请来。柳叶青做出了初为人母，十分溺爱的样子，把小孩摆弄给李映霞看，不住夸：“霞妹你瞧，这小女孩子眼睛够多水灵，小脸多胖？多么逗人？你看，她还会笑呢。”她喜欢小孩，也教李映

霞跟着她喜欢。哪知她弄婴是假，设辞把丈夫杨华撮弄了来，使得三个人当着面逗弄小孩。杨华终是男子，满不在意，见了李映霞，叫一声“霞姑娘”或“霞妹妹”逊座让茶。李映霞矜持着，庄容赔笑，还叫一声“姐夫”，照样保持着平淡。偏偏柳叶青从前每当杨华、映霞三人对面，必从侧面敲打冷言妒语，居心是吃醋；此刻她一变，改从侧面敲打前情旧事，不管怎样，这侧面敲打，取瑟而歌的话，杨、李二人全都怕听。柳叶青反以为得意，心想这才是努力撮合的方法。哪知人家全被她敲打惊了，杨华便设法躲避，李映霞推哑装聋。行之数日，柳叶青依然心劳计拙。

她仍不放弃这法子，百端借故，使杨、李二人会见。丈夫只要在闺房，她就把李映霞强拖硬哄地拉来，表面弄婴，暗地拉纤。她又将二人拘到一处，把小孩交给李：“霞妹妹，替我抱一会儿，我出去走动走动。”借着小解，溜出闺房，将杨、李二人丢在屋内，暗中密遣小婢在窗外偷窥潜听。

她这法还是寡嫂杨大娘子出的主意，杨大娘子只说：多给二叔、李小姐留机会见面，慢慢看意思。她偏偏操之过切，形迹太露。杨华不是呆子，李映霞不是傻子，两人会心对视，俱各面泛难堪的伪笑。杨华实在没有法，只浮泛地说：“二婶太孩子气，霞姑娘娘不要笑话！”李映霞默然，抱着杨、柳之女，面对杨华，任什么不说，逗小孩罢了。正是艳若桃李，冷若冰霜，与前年大不相同。她正是“别有一般滋味在心头”，唯有灯前月下没人时，很凄惨地自己嘲笑自己：“人比黄花瘦，命比桃花还薄么！”不是这样受挤，就是那样受济，命宫中的魔蝎，竟是这不可一世的女侠柳叶青，日久天长，如何得了？她以为柳叶青这个人实在歪缠，难以共处。

玉幡杆杨华也自忍不住，有一夜严词诘责柳叶青：“你不要疯闹了！天地间哪有这样的事，逞性子，要孩儿脾气，不管别人的处境的！”

柳叶青笑道：“好华哥，我绝不是要孩子脾气，我是一片

真心，一片好心，为人为己也为你。”她照样的这般如此，往下推演着做。

过了些日子，铁莲子柳兆鸿回来了见了杨华，问知家中出了事，不禁大发脾气道：“想不到我老了，老了，上了一个大当。我就晓得家中准出事，我教飞猴陈海扬耍了一个不亦乐乎。他小子藏起来了，我苦搜没有搜着，我就知道中了狗贼的调虎离山之计了。我一路紧往回赶，不想路上遇上十二金钱俞剑平和铁牌手胡孟刚。”玉幡杆杨华道：“他们怎么样？不是把失去的镖银寻回来了，还有别的麻烦不成？”

铁莲子道：“你真猜着了，劫镖的大盗不是别人，竟是俞三胜的当年退出师门的师兄。他们早年有过碴口，这一回劫镖，倒是俞三胜胜了，把镖银从大纵湖捞出来了。他的师兄飞豹子袁承烈不死心，又平地出蘑菇，率领党羽到淮安府作案嫁祸，没有成功。偏生赶上俞三胜的唯一独生子俞瑾这个小孩子，由打金陵探望姐姐回来，和一个同门师兄弟访镖寻父来了。不知怎的，被豹子访出底细，也不知用什么方法，把这小孩子架走了，还留下吓诈信，教俞三胜拿出二十万两银子来赎取儿子，不然便撕票，教你太极门掌门户的老师父遭丧子之痛，受绑票之辱。俞三胜这个人平常最深沉，最沉得住气的，这一回可砸锅了，简直没了魂似的，一见面就苦求我帮忙，寻子复仇。我为了这个，心中惦记着你们这里，可又摘不开身，直耽误到现在，才勉强转回来。果然贺玉虎狗贼又到这里闹了。这不成，我也得想个彻底捞鱼的办法，把祸害替你们除治了，我才安心。”

杨华很是诧异，便问：“这飞豹子袁承烈怎的这样凶？他把俞三胜的爱子架走，俞三胜岂不要拼命？现在飞豹子把人藏到哪里去了？”柳老说道：“现在江北武林闹翻了天，俞镖头和他的娘子丁云秀正在大纠群雄，要找豹子拼命。只可惜豹子行踪诡谲异常，他的巢穴是在辽东韩边围。他绑了票之后，究竟是已经挟票出了关，还是仍藏在关里，都教人摸不透。现在他

们江北武林正在各处穷搜着呢！多有人猜疑，飞豹子已跟子母神梭武胜文、雄娘子凌云燕姐弟合在一处，未必能够千里迢迢出关回辽，大概还许在芒砀山一带窝藏着呢。俞三胜就是坚邀我帮他到芒砀山去搜山寻票。我推托不开，答应了随后去，跟他们瞎跑了几天，又惦记着家，先回来了。你不要一味问我，我还要细细问你们呢？”

便命杨华陪着，先到上房，见过亲家太太，然后和亲女儿柳叶青、干女儿李映霞见面。

柳叶青也打听俞剑平的事，柳老又说了一遍，即随转问那天御敌的情形，柳叶青盛赞李映霞。柳老看了看李映霞，李映霞仍很谦虚，脸上神气倒有点憔悴。他刚回来，自然不晓得李映霞这些日子天天挨挤作难。

杨华摆家筵，给岳父洗尘。歇了一天，柳叶青心里憋不住事，抓了一个空，找到她父，提起那天独力御盗，势已垂危，多亏李映霞开门一箭，救了自己。又据近日体察，李映霞为人实在太好，她跟杨华从前有过那么一回茬，她又至今待字，更自誓不再嫁人，因说：“女儿打算请她下嫁仲英，我们姐妹两人不分嫡庶，一块过日子，爹爹你看好吗？”

铁莲子听了这话，微露诧容，细问了一遍，拈须沉吟道：“你是冒热气呢，还是平心静气，仔细打量过的主意呢？”

柳叶青忙道：“我考量了半个多月了，我绝不是要一冲脾气，我是真想这样办。爹爹你想，仲英对她本来有过那回事，仲英本来跟她恋恋不舍；她呢，对仲英也是有意。当初我只为他们太拿我不当事，我才从中打破水。现在日久见人心，她也对我不错，他也对我不错。人心都是肉长的，我再要不替他们想个两全齐美的法子，倒显得咱们柳家的女孩子满肚子装的是醋罐子了。现在女儿就打算这样办，她若不救我那一下，我也转不过心来。我把这事掂了百十来过了，只是我一个人打不定准算盘，尽等你老回来，给我拿个大主意呢。”

柳叶青滔滔地讲，柳老摇头冷笑道：“看你这股劲头，还

是冒热气。你这如意算盘自己打得挺好，我来问你，第一，你暗含着问过你丈夫了吗？他现在的意思到底怎么样？又暗含着试探过霞姑娘了吗？她现在还肯跟你当小星吗？第三……”还没说出口，柳叶青早抢着说：“我全问过了，探过了。您别总拿我当小孩子了，现在我也是……”咯咯地笑起来：“我也是做娘的人了，您别永远把人当小娃娃。”

柳兆鸿微笑道：“你呀，便是做了祖母，单看说话这股子劲，恨不得摘了脑袋，从腔子里往外倒话，活八十也是小娃娃。而且你永远说话，只顾自说，不看人家的眼色脸神，还是一个劲惯打如意算盘。我问你，他们俩就算全愿意了，这第三，还有你婆母，还有你寡嫂；第四，还有你杨家门的门风家规，到底容许年轻人纳妾不许？这都是事儿，不能任凭你当儿媳的一个人，一阵高兴，要来便来的。”

柳叶青道：“吓，你看你老，您当是我这当儿，一味傻等您一个人呢。您不知道人家这半个月来，一点没闲着，专为这件事，忙着好多天呢。他们俩准没错儿，管保口头不乐意，骨子里全乐意。大嫂子更好，她便是我的谋士，主谋的人。现在就剩下您，我连婆婆那面，我都想法子探过了。”

她依然是“一厢情愿”，完全乐观。柳老纵然持重，到底不曾目睹身临，竟信了女儿这片面的见识，沉吟道：“若依我看，这事必须慎重，免落后悔。现在我刚回来，你也不必忙在一时，等我仔细想想看。”柳老还想自己设辞，探探杨华和李映霞的口气。他深知自己女儿恃强好胜，不懂为妇之道，单只杨、柳夫妇两口，尚可担待相安，一旦加上一个美妾，又是像李映霞这样知书识字，娇慧绝伦，妇工、妇容、妇德无一不好的知府千金，只怕优劣相形，嫡庶终不能“长治久安”。为了女儿的终身，为了婿与女的将来，这不是感情用事的事，应该好好地彻底想一想，好好地各面看一看。

偏偏柳叶青并不容他想，也不容他看，天天讨债似的催问。铁莲子柳兆鸿也不耐烦起来，板着面孔道：“你们这些儿

女事情，我本不愿深管。你已然是出嫁的人了，你不必再问我讨主意。况且我说的话，你又不肯听。你愿意怎么闹，就怎么闹吧。我本来觉得你不该自寻苦恼，你偏不听话。你只不怕霞姑娘将来压倒你，你就替夫做媒，落个贤惠名，可不要事后懊悔。”

柳叶青笑道：“不后悔，我不是说吗，我想了百十个过儿了。您老不用吓我，我看仲英和她全不会将来对不起我的。”

这是她口头上的倔强话，柳老这样的说辞，已然有点打动她了。果然她把这事暂且搁下来，暗地加细斟酌着看了。

然而这其间，突然又发生了一件事，促使这替夫说媒的事情急转直下。

那遇仇杀家、火起失踪的李步云公子，李映霞的胞兄，忽然又出现了。他没有死，而且，还同着那个御强贼救主眷的挚友门客萧承泽奔走数百里，历访经年，现在忽然间登门，来访玉幡杆杨华来了。

他们访杨华只是打听李映霞的存亡。他们两个人再也想不到，李映霞居然没死，居然没有沦落到不堪设想的烂泥里，居然还能寄居在杨华之家。

李步云公子既遭惨祸，他以为他这一生已无生趣，只有三件事，必须办了，然后死才瞑目。这三件事就是：葬亲，复仇，寻妹。他以为葬亲虽是大事，报仇究可缓图，其间万分要紧的乃是寻妹。

他一想到“寻妹”二字，便浑身颤抖，泪流不自禁，扼腕，锥胸，切齿，啮指出血似的痛心。

他以为可怜的胞妹乃是一个弱女，既遭惨祸，一定是落在仇人掌握了，一定成了堕溷之花，横受摧残。他本听得仇人有将李映霞卖入娼窑的恐怖的阴谋毒计。他以为自己挣扎出性命来，第一要事固然是报仇，却可以把毕生性命，全副精神，拿出去办，人世间的荣华富贵，与己无关，自己只有含辛茹苦，歼仇雪恨。葬亲之事，死者已矣，尽可浮厝在鲁南。唯有这寻

妹之事，迫不及待，必须火速去访。如不访出胞妹的确切下落，便什么事也不能先办。如若胞妹已然惨死，已然殉节，那倒是消去胸中一块病。但既没有确耗，无论如何，上天下地，必须苦搜冥索。必须访实了下落，人死见着尸，人活见着面，李步云他方能寸心安贴。

纵然萧承泽再三说：李映霞确为自己所邀义友玉幡杆杨华所救，李步云仍不放心。萧承泽力主先赴皖南巢县献粮庄，找仇人算账。李步云公子坚持不肯，他说："萧大哥，父母之仇不共戴天，我很知道刻不容缓，但是，救活人实比慰死者更紧要。我一想到我那映霞妹妹，我就恍惚看见她眼含着泪，正自凄凄惨惨地瞅着我。我一闭眼，就见她立在面前，仿佛呻吟啼哭，我的心就像刀扎一样。我总觉得她正在水深火热之中，不在魔手，就在淫窟。如果得不到她的确耗，我在睡梦里，都不能安顿。"说时痛泪盈眶，双眸一霎一霎的，神情凄厉异常。

萧承泽被他说得毛发悚然，忙道："我明白，大兄弟这话很有见地！你一天不见着大妹妹的面，你一天得不着她的确实下落，你就一天天如坐针毡。你这份心情，我悟会过来了，大妹妹乃是闺阁千金之体，你确是不放心。既然如此，我们赶紧访河南。我们先寻着义弟杨华，他救不出霞妹妹来，也必知道霞妹妹的生死存亡、着落地点。然而我以为我们可以打发人去探问，不必亲身去。若据我琢磨着，你还是先把死者的灵柩运回故乡，稍稍安排退步，先筹划一笔款项。我们要有钱，不拘寻妹寻仇，处处都需钱。你不妨先回一趟家，你我二人尽可分开来，把三件事同时赶办。还有你岳父家，你也应该给他一个信，你们这样的亲戚，他也许能够给你分忧。"

李步云戚然摇头道："什么分忧，恐怕倒是嫁祸……我一定要退婚……"萧承泽道："你说什么？"李步云道："我说是退婚！你想，葬亲、寻妹、复仇，三件大事我全要办。我不过是个书生，手无缚鸡之力，我不能再有室家之好，再享人生之乐了！我要跟楚家解去聘约，仇不报，誓以鳏夫终身。仇人势

力强，报仇绝不易，我哪能娶妻生子呢？从此我便要只身独活，专心一志报仇，我绝不要妻子为累的了。”

李公子犯了书痴脾气，悍然发了一封信，给他故乡的岳父，内说：“先父以清介当官，执法不阿，贾怨豪族，家遭灭门大祸。冤家势强，钱可通神，王章不足以庇循吏，法纲漏吞舟之鱼。不孝冤恫覆盆，志切撼山，誓以蚁命残生，尝胆卧薪，与寇仇周旋。冤禽力弱，恨海难填，诚恐以卵击石，更遭斩草除根之害，将误令爱终身。请罢聘约，庶图两全，情出自愿，非由势迫……”满纸悲愤，斑斑血泪，他派专人把信发了，萧承泽竟拦不住他。然后他便与萧承泽结伴，乔装改扮，倾全力去做那三件大事：葬亲、复仇、寻妹。

至于葬亲、复仇、寻妹，这三件事的措施先后，尽管他打算的缓急有序，却是办起来，波谲云诡，未必尽能如他意料。天下的事难以逆睹，李步云洒血椎胸，但能勉竭其心罢了。

当那一日初遇祸时，李步云公子先到达挚友梅宅避贼。临到夜晚，群贼袭至，梅宅火起，李步云身受火伤，挣出火场，踉跄奔到荒野，竟昏死过去了。他本是一个脆弱书生，年才弱冠，幸而本宅主人梅怡斋不为剧贼所识，也逃得性命，便把李公子救活，一齐避到邻村。李氏的家仇竟累及梅绅，李步云痛悔欲狂，担心母妹，一场大病几殆。等到好不容易病见瘥减，已获知母死，妹不见，仆婢星散。他大哭着奔到小村寓庐，门户钉封，室空尘埋，停着四口白茬棺材，李步云放声长号，痛不欲生，疾奔到郯城县衙，擂鼓鸣冤。具状请求故庐启封，易棺盛殓亡母。叩见县令，泣请缉凶严办。

这官司当然不好打，主使人明知是仇家计百万，杀家行凶的乃是鄂北盗贼。抓不住计家一点串匪仇杀的证据，只能按照盗案明火杀人劫财法办。偏偏鲁南盗氛正炽，一件很凶的血案倒成了司空见惯的例案。并且时间不凑巧，李步云扶病投控时，已在案发半月之后。玉幡杆杨华早已携带李映霞离开了郯城，转道淮北投亲去了。两下里先后参商，各不见面，李步云

仅仅将双亲遗骨浮厝起来，打了好几个月的官司，一点头绪也没有，却只救了萧承泽。

缘因那一夜，萧承泽和玉幡杆杨华奋力协攻群寇，把李映霞负救出来，乘夜逃入红花埠附近一座荒村。遭贼穷追，苦斗力尽，一路上狂喊求救，惊动了地方乡团。乡团布下了埋伏，等到萧承泽挣命跳墙时，乡团鼓噪一声，猝起围攻，把萧承泽擒住了。那时候，天将黎明，群贼见势不利，骤然退避。萧承泽本是受害的人，倒做了替死鬼；民团不识真相，方以为获得逃贼。萧承泽奔命狂喘，有口难辩，又不合抗声挥拳拒捕，被民团疾下毒手，将他打倒，捆上。他久战力疲，身负重伤，一口气缓不转，顿时气厥过去。及至天明，乡团首脑人恨他骂不绝口，便把他装上大车，押解到县城："小子，你就是知府衙门的师爷，你也不能半夜拿刀跳墙，强入民宅。你是官面，你可以到官衙里说去。"就这样替贼顶了缸。

解到郯城县衙，县中很有一两人晓得萧承泽的来历，原是卸任知府李大人的门客，理合将他开释。只是他怨怼难伸，嗷嗷抗辩，礼貌上有点差池，相貌上又不大像西席，乡团又力指他夜半持刀行凶拒捕，大有贼盗罪嫌，他竟闹了个有口难辩。他尽管说明他的身份，无奈李知府的内眷死走逃亡，连奴仆也没影了，没有人出来反证一下。郯城县知县便把萧承泽下了狱，认为他即使没有杀人大罪，也当有通匪或为非的重嫌。萧承泽到此地步，百口莫辩，骂了问官，结果越强辩，越受刑讯。幸而李步云公子来投状了。李公子是苦主，又是宦裔，事先又曾到郯城县衙拜见过知县。这一来，方得平反冤狱，把苦主家的门客萧承泽摘落出来。

萧承泽本负重伤，在狱中几乎气死，挣出性命来以后，忍不住大愤大骂，而且大哭不休，向李步云说："这世界简直暗无天日！大兄弟，你不要打官司了。你不要妄想告状申冤，告状决计申不了冤。"李公子道："我怎么办呢？"萧承泽道："大兄弟，我们要想别的法子，替伯父伯母报这不共戴天的大仇！

据我看只有一招，博浪沙的大铁锥砸不死暴君，还不能杀死计百万两个土豪儿子吗？大兄弟，我们不要瞎在这里写状子，等回批，盼望由皖南把计百万两个狗子解到这里，给你定罪出气。大兄弟，你依着我，我们赶紧走吧，我们还是亲自找到献粮庄，他们能够花钱买出强盗来害你，你就不能义结江湖英雄，帮你行刺报仇吗？”

李步云公子还在迟疑，萧承泽顿足捶胸地说：“你才是一个书生，豆儿大的秀才，如今你无拳无勇，无财无势，老伯是去世了，‘人在人情在！’况且，你想，老伯在又如何？堂堂一任知府，还斗不过豪绅他那百万贯的家财！他们计家接连告状，又贿买御史诬参，一心要彻底毁害了老伯，他只把老伯的一任知府现缺扳倒，他还觉得不解恨，又花钱买出贼来暗杀。买贼暗杀，就比经官告状有效验。大兄弟，你琢磨琢磨，笔能赶得上刀子吗？凭你螳螂似的一个小书呆子，要想痛痛切切写一张呈子，就能申冤。你你你，就刺出心血来，不就是白纸黑字吗？”

这话说的很刻毒，李步云不禁毛发森森，如利锥刺心，连连点头道：“对的，对的，打官司的确弄不倒计贼！县官便说过，抓不着切实人证物证，官司不好打胜。你的见解很对，我们也去行刺！怎么挨他一拳，就怎么还他一脚。”于是决定了再不缠讼的主意，李步云伴同萧承泽很快离开了凶杀肇事地点的郯城县。

第二十三章 覆巢燕骨肉重相见

李步云离开郯城，纯是为了寻妹访仇。可是寻妹访仇，只一迈步，便要花钱，花钱便该先筹款。倾家之后，又加以涉讼，他早已囊空如洗了。既然要办大事，用大钱，求帮告助，当然不成，他也不肯。他上哪里弄钱去呢？

李步云只好决计先回原籍，变产筹款。可是，既须回籍，那便该将双亲的灵榇顺便带回故土，入土为安的了。好在群贼已散，起灵柩不致生他故。李步云由萧承泽帮助，把李太守夫妇的遗骨安然运抵故乡江苏如皋。这其间萧承泽不但出力，一路上车船店脚，全靠他帮忙。而且他更从近处朋友那里借了一笔钱，才得助成李公子移榇还乡的大事。却不料一到故乡，"世态炎凉"，李步云公子遇上了比仇人比群贼更歹毒的本家势利眼！

李建松太守是廉吏，不肯滥用乡亲本家。乡亲故族投奔到他任上，总被他善言给资遣回。乡亲们志在要个官做，他自然不肯给，不但本衙门不敢用，也不肯转荐到别处。他们土头土脑，抱着一腔热望，特来投官亲，求发财。李太守兜头给他们

一盆冷水，说出了宦海风波，吏胥贪鄙，以及当长班、当长随的万恶：“你们乡下人容易上圈套，弄成傀儡，替他们生财，给自己闯祸。你们不知道个中利害，当官做吏，可为而实不可为，你们还是回家耕读的好。”其实是官场伤心语，阅历之谈，倒弄得远房亲族近支戚畹，欢天喜地而来，垂头丧气而去。于是乎把李建松暗地恨上：“你看他做了官，不认得老乡亲了。亲邻世谊，他谁也没拉拔！”

现在可好，清官，清官，铁面孔，冷心肠，仰着脚，死回家。老婆被人惨杀，女儿没了下落！“天道好还”，李知府这就教遭了天报，谁叫他当官太无情，亲亲故故，毫不照顾来着！

李知府既因“不任用私人”大招乡谤，今一旦身死势败，儿子李步云又是年轻书生，同族们不加哀矜，反倒趁了愿。更有的存心险恶，乘危觊产，企图把李公子挤出家乡以外。

李公子想要变卖田产，本家们立刻议论纷纷，左阻右挠，横加破坏。“爹刚死，就卖田，云哥简直是败家子！”孝子要择日开吊，发丧，出殡，这也有人捣乱，“汝亲仇未报，纵及黄泉，其目不瞑；汝宜枕戈复仇，务雪奇冤。汝父母遗榇，但当浮厝，以示有待也。”理由很正大，其实是存私心，挤兑李公子入皖控仇，自然就离开家乡，对产权也就无暇过问了。李公子再也想不到本家户族是这等毫无心肝。他身返故庐，“苫块昏迷”，几乎陷入环攻。他的痛哭流涕，只换来冷眼，冷讽，得不到半点同情，倒招来许多排揎。李映霞小姐的失踪，他们不问黑白，妄肆讥惮：“李建松必是缺了德，若不然，他的女儿不会……”年高望重的老族长也嫉妒李建松当年的官势，居然对着儿子，指斥父亲：“步云，你爹爹做得太绝情了，果然落到这一步。试问他居官数十年，本家户族可有半个人沾过他的光没有？他也不想想，怎么叫木本水源？自从他做了知府，好像把李家一姓的风水全教他一人拔尽。他从来不肯提拔后进，顾恤本族，他一点骨肉情谊也没有！假使他肯成全自家人，本族子弟有哪一个半个做官为宦的到了现在，岂不是个帮

助？常言道，官官相护，百足之虫死而不僵。你爹爹不留后手，所以落得孤立无援。他一生受病处，就是心胸太隘呀，太毒呀！光知一味做清官，不肯汲引亲故；又不懂看风使舵，要跟豪门硬碰，结果怎么样？孟子不说吗，'为政不得罪巨室'，你爹爹傲上恤下，妄想替小民造福，殊不知献粮庄计百万乃是出名善人，又是万岁皇爷赏过匾的顺民，你爹爹硬要砸他，岂不是自找倒霉！”跟着把李知府的死因加以诬蔑的推测，把李步云气得半死。

萧承泽尤其愤怒，说道：“大兄弟，不是我嘴损，你们这些本家，全是些冰冻的四条腿，一点人心也没有，一张口，就是幸灾乐祸！你不要出大殡吧，暂且把伯父伯母浮厝起来，不必变产惹气，索性我们多少弄点现钱，我们赶紧地走！我们不能跟他们这些势利眼认真，有许多大事等着我们办呢！”

李公子割卖祖产，既有人明面上暗地里打破水，连问几家买主，一致地乘机贬值，要白捡便宜。不但卖地筹款办不成功，反惹出许多闲气；就是李家的住宅庄院，也不容易收回。李公子未归前，这片大宅向由第四房本家借住，算是留守看房。李公子扶榇而归，他们只肯让出几间正房。话里话外，怂恿李公子进京告御状，断断不该久恋故乡。四房的居心昭然可见！李公子要的是钱，迫不得已，打算变卖旧存器物，他们也像串通了似的，谁也不肯买，买也不给善价。倒是外庄的几家老佃户，听到少东的苦情，把几笔地租如数送来，这倒救了李公子的急。李公子一心结计着寻妹访仇的大事，没有心肠和本家怄气。又经萧承泽的解劝，他就浮厝了亡亲，携带这些现银，含怒拂袖，躲开了他的本家，离开了他的故乡。

他于是开始了访仇寻妹。

不久，在豫中永城县——杨华的故乡，来了一个陌生的人，一再打听杨华的踪迹。那时候，杨华还没有回乡，刚由淮安转到镇江，正自重圆旧好，赶办喜事。杨柳情缘的波折，李映霞的孤踪暂寄，杨府上一点也不知道，来的人自然一点什么

也没问出来，便很沮丧地离开了赵望庄。

又不久，在镇江府鲁宅，也来了一个陌生人。那时候，柳门大弟子鲁镇雄正携小徒，远赴洪泽湖宝应县，应邀给十二金钱俞剑平帮忙访镖斗豹，鲁府上没有知底的人。玉幡杆杨华恰又和岳父铁莲子柳兆鸿、爱妻柳叶青结伴南访狮林观，要向狮林三鸟索取那得而复失的青镝寒光剑，人是刚刚走了。那个陌生人恰巧又扑空，只得把间接问来的话带了回去，向李步云、萧承泽学说。

于是韶光瞬度。李步云、萧承泽到底联翩亲临，在河南省永城县赵望庄双双出现。

这一天，杨宅男主人玉幡杆杨华、岳父铁莲子柳兆鸿、晚辈朋友白鹤郑捷正在跨院精舍吃茶闲谈，谈到了贼人的扰害，如何永远堵绝，当地的乡团如何设防，使它更为有效。此刻郑捷的伤已然大愈了，他很早就想要回镇江。杨华一力坚留，不肯教他负伤初痊，便即上路，至少也要多留他住些天，以酬答他为己护宅的恩义。铁莲子回来之后，更对这个徒孙大为嘉许，一定要永远把他留在这里，给自己做伴。顺便还要将本身绝技传给女婿杨华，兼及郑捷。本来教一人也是教，教两人也是教，有两三个学者，更容易彼此观摩切磋。柳老说出这个主意，郑捷方才打消了去志。郑捷是聪明人，师叔杨华、师姑柳叶青，跟李映霞的纠葛，他是了解的。尽管师祖安心偷梁换柱，要把李映霞许嫁给郑捷，郑捷却不肯做这样的事。他早就私发牢骚，“我凭什么拣人家的甩货？”虽然他年轻，只凭他那机警劲儿，绕圈儿把话一描，已将师祖试探保媒的口风封住了。这些日子，铁莲子再也不肯旧话重提了。现在他们师徒三人，刚刚练拳下场，只是在精舍歇汗品茗，漫无边际地随便闲谈。

正谈处，门房杨升捧名帖来报，外面有两位远客来访，一位姓李，一位姓萧，还带有很多的礼物。铁莲子柳兆鸿诧异道：“这又是谁？你的朋友真不少！”玉幡杆杨华一看名帖，直

跳起来，道："哎呀，原来是他，他是我的老朋友萧承泽！他来了，好了，我们可以晓得霞姑娘她的胞兄的下落了。嘿嘿，您看，霞姑娘的令兄也来了！"一迭声地说："快请，快请！"

铁莲子索过名帖一看，这一张写着："年家眷沐恩愚小弟李步云顿首拜"，那一张写着："谱眷愚小兄萧承泽顿首拜"。柳老不禁皱眉道："这一大串称呼，我最讨厌这'年家眷'几个字，简直不像话！这李步云真是霞姑娘的哥哥吗？"

杨华道："是的，一准是的。您老看，他叫李步云，霞姑娘叫李映霞。他们哥两个，一个云，一个霞，全是打雨字头排行的。除了他，还有谁？况且这沐恩两个字，下得也很怪。当然他已然晓得我曾经救过他的令妹，并且也像晓得了霞姑娘现时寄居在这里似的。"白鹤郑捷道："他同萧某人一同来，一定是很知道详情的了。"杨华道："我们最奇怪的是，李公子他居然没死，也不知到哪里去了，事前一点消息也没有，现在忽然出现。尤其奇怪的是，萧承泽大哥，那一天他拒贼落后，就没了踪迹……"铁莲子道："不用讲究了，见面一谈，岂不全明白了？"

仆人在前面走，杨华急整长衫，要到外客厅延见。铁莲子说道："你索性把客人让到精舍，我们都要听一听。"杨华连说："好！好！"一直迎接出去。

杨华、李步云素不相识，此刻迎出大门一看，萧承泽还是那么黑，还是一脸疙瘩，粗粗鲁鲁，师爷打扮，穿长袍马褂，和一个少年书生，各把许多礼物，放在门洞春凳上，两人并肩立在门洞中。这书生长身玉立，形容清俊，本来美如好女，和李映霞相差不多，此刻身罹重忧，为了行旅之便，未着丧服，只穿灰布长衫，气色显得异常惨淡，只有两只眸子于郁郁之中微露英光，可见他为人文弱，志趣却韧而刚。

客主抵面，李步云侧顾道："萧大哥，这位想必是杨公子，杨恩人了？"萧承泽早大叫一声，扑上前道："杨贤弟，华二弟，我到底找着你了！"大眼一瞪，眼泪滚滚流落下来，把杨

华的手抓住，急口地问道："华二弟，华二弟，我说，你把大妹妹救到哪里去了？那天，你到底把他妹妹，把李小姐，救出来没有？我听说你新近续的弦……我那天教乡团拿我当贼活捉住了，我记得你把大妹妹背起来跑了。到后来，我从县牢挣扎出来，我就紧打听，怎么说你……我派人先扑到这里，又扑到镇江，怎么全说你出门了，上云南去了？到底大妹妹，到底李小姐，就是李映霞小姐，就是他的胞妹，就是这位李步云李公子，我的义弟，他的妹妹，究竟是死是活？救出来没有？没叫贼人架走吧？我记得那天逃开了，你快说，她现在哪里？"

萧承泽大瞪眼，没头没脑，满脸泪痕，一阵乱问，又拖着杨华的手，往李步云这边拉；拖着李步云的手，往杨华这边拉，一迭声说："我给你们引见引见，这位就是杨华杨二爷，是我的盟弟。这位就是李步云李公子，是我的恩主李大人的令郎。华二弟，大妹妹她现在一定还在人间，她不会惨死的。你说，她怎么样了？现时可还在你们家吗？"

杨华不由要笑，又不肯笑，见李公子拱手当胸，面对自己，欲言不言，也是一脸焦急。他就连忙回应一句道："李公子，久仰，久仰！萧大哥，你不要慌，我们屋里说话。你们全放心，李小姐已然救出来了，现在就住在这里，没有被贼架走。我找你找不着，我就把李小姐先送到淮安府她令亲贺家。贺家不收，我不得已，才又把她交给内子，由内子的父亲认她做义女，她现在就寄居在舍下，和家母同住上房。她安安全全的，你们放心，她很好，不要着急，等我把她请出来。咱们里边坐！"立即举手，往院里让客。

萧承泽一听李映霞健在，顿时大叫了一声："我的祖宗，谢天谢地，你果然把她救出来了。怎么样？大兄弟，老伯一世清白，居官廉洁，他的后嗣儿女，断不会沦落的。我的祖宗，天爷，我先谢谢你，没把我这大兄弟和我活活急杀。我们满天捕蚂蚱，乱寻乱找，现在可好了，有了准下落了。"萧承泽简直比李步云还着急。现在满脸得色，如释重负，欢喜得直跳，

连连摇撼杨华的手，连连说：“华二弟，华二弟，你积德积大了。”竟没容李步云开口说话，一手拉住杨华，一手拖住李步云，笑不成声地唠叨：“好好好，天爷，活祖宗……咱们里边谈话。”吩咐司阍杨升代提礼物包，他反而迈步当先，推杨拉李，直往里院走。

曲折行来，到了精舍，萧承泽重替两人介绍。李步云浑身颤抖，到此方才面对杨华，鞠躬叫道：“杨公子，杨恩公，你是我李氏门的最大恩人，保全舍妹清白，就是保全寒家一门清白！”竟撩衣跪倒在地，连连顿首，呜咽陈情，涕泪满面。杨华慌不迭地扶搀，说道：“这可不敢当，请起，请起！”

萧承泽插言道：“华二弟，不成，一定得教他磕头，我也得磕头，你坐正了吧。”强推杨华就座，他也趴倒磕起头来。把杨华闹得手忙脚乱，窘不可言，痴痴地说道：“嗐嗐嗐，这不像话，快不要这样，萧大哥你别跟着闹了！”全拖不起来，只得赶紧跪倒相陪。好容易等到萧、李二人各磕了八九个头，方才一齐站起。李步云、萧承泽一边一个，仍强请杨华落座，然后反宾为主，两人陪坐在旁边。

萧承泽还要絮絮叨叨，细说前情，追询旧事；李步云微微示意，阻住了萧的谈锋，唏嘘说道：“杨大兄，小弟深知大恩不言报，感激应藏在心中！小弟家门不幸，遽遭灭门之祸，舍妹伶仃弱女，身陷魔劫，小弟萎懦不才，力不足庇骨肉。若不是大兄慷慨拔刀，小妹辱甚于死，小弟直不能为人。现在，既蒙救出舍妹，又蒙收容她，不但我李步云毕生感荷，便是先考先妣，魂在黄泉，也必衔感大德。我小弟此番和承泽大哥前来登门奉谒，一来顶礼叩谢，二来便是寻妹，以图骨肉完聚。小弟此刻心绪如焚，恨不得立刻面见舍妹，告诉她我现在没死，正在励志访妹寻仇。可怜先父先母遇仇殒命，一家十数口全付劫灰，只剩我小弟和弱妹茕茕二人。我寸心如割，亟欲见舍妹一面。大兄，可否先把舍妹唤出来，我要看一看我这劫后余生的弱妹……”说着忍不住又痛泪潸潸而下。

玉幡杆杨华很了解李步云这份心情，忙道："好，我这就请令妹去。萧大哥你先劝李公子定一定神，这一回本是你们亲兄妹大劫之后骨肉重逢，莫说你当局者动心伤情，便是我们局外人也自辛酸悲恸。令妹在舍下处得很好，她也是很系念您老兄的存亡，悲伤先人的惨逝，饱经忧愤，身心未免脆弱。停一会儿你们见面时，千万彼此要节悲，若不然，恐怕她猝见亲丁，反致惊倒。"说罢，命仆人献茶。杨华本可以遣仆到内宅传话，把李映霞请出来。他要先垫一个底，便站起来，向李、萧拱拱手，亲自去请。铁莲子柳兆鸿、白鹤郑捷怀着好奇心、同情心，从内间走出来和李、萧攀谈。

杨华这番很仔细，先到己室，见了柳叶青，对她说："青妹妹，我告诉你一个奇信。霞姑娘的胞兄李步云有了下落，现在他和我那位义兄萧承泽双双找我来了。"柳叶青正自哺婴，不由惊喜道："是吗？她哥哥居然还在人间，没被贼人杀害吗？"杨华道："是的，他现时就在精舍，正跟岳父说话呢！"

柳叶青十分耸动道："这可是天大的喜讯儿！霞妹妹看外面随缘度日，骨子里总似乎伤心郁闷。这可好了，他们居然骨肉重逢了。咱们快给她报喜信去。我说，我可以陪着她去见她哥哥吗？"杨华道："这个，这有什么不可以？不过，我们总得先禀报母亲一声。咱们这样办，我去到上房禀告母亲，由母亲正经告诉她。你不妨单过去，暗中先通知她一声。"柳叶青道："那又何必多费一两道手呢。这本来是好事好信呀，早早教她晓得，岂不痛快？"杨华道："正因为对她是好信，我却怕她伤心绝望已久，骤闻好信，精神激动过甚，当场便喜极晕倒。你可以先过去，慢慢地告诉她，不要教她抽冷子猝受激荡。"

柳叶青非常欣喜，连连点头道："对！我这会子，刚一听见，也是高兴得心上扑腾扑腾地跳。她当然更关心，真格的就许惊喜过度，喜欢死了。"便缓缓地放下婴孩，叫来乳母看着，她自己很快地奔上房去了。

玉幡杆在正房里禀告母亲，柳叶青径到别室，找见李映

霞，见她正自倚窗挑绣，神情怅惘，抬头看见柳叶青，立刻脸上堆欢，叫了一声："姐姐！"放下活计，伸足下床。柳叶青忙走过去，紧偎着她，不教她下地，竟环肩一抱，这一手把李映霞拦腰搂住，那一手便握住了李映霞的手，说道："妹妹，你不要一个人发愁，伤心了，我来给你报个喜信，你那令兄现在有了下落了。"

李映霞愕然道："是吗？可是姐夫给打听来的吗？"凝眸望着这江东女侠，暗察她这话的神情，究竟是开玩笑，还是故意慰解自己。

柳叶青毕竟沉不住气，抢着说："可不是吗，正是你姐夫打听出来的。你那令兄不但没死，而且还正张罗报仇寻妹，也就是正自寻找你的下落呢！霞妹妹你可大喜了，骨肉重逢，真是天大的喜事。霞妹妹，你当然着急要见你令兄的了，你说还是教你姐夫把令兄邀来，还是由我陪着你去见他？"

李映霞道："唔？"剪水双瞳重新注视柳叶青，仍不肯信以为实，笑着说："那敢情是喜事，姐夫真给找得来，只给他一个信，他还不来吗？那还用得着劳动姐姐陪伴我去？只是，我这些日子心焦麻乱的，接连梦见先母和家兄在一块儿站着瞅我，我疑心他也许不在人间了。姐姐，你不要给我开心了。其实前后也快两年了，家兄倘在人世，无论如何，他也该打听那位萧大哥，再由萧大哥那里打听姐夫，很容易地便可以访明我的下落，他一定要找到这里来的。可是事隔两年，我找他不容易，他找我并不难，可是他至今不来找我，我睡梦里总觉得他凶多吉少，多半不在人间了。我也老早地死了这股子心了，我原要死心塌地在这里……"说着眼圈红润了，强忍着眼泪，冲柳叶青一笑。

柳叶青哧地笑出声来，说道："好妹妹，你别看你聪明，事情倒也有你那么一猜的，究其实还是你关心太过，不敢往好处想。霞妹妹，这一回你可没猜对。你那令兄不但还在，就是你那萧大哥也陪着他呢。现在他们俩就搭着伴，一齐找寻你来

了。我绝不骗你，你说你信不信吧？”

李映霞强笑道：“姐姐固然不骗我，我可不大敢信我的命运。像我这样薄命人，哪有这么好的遭遇呢？”

柳叶青且笑，且叹，且点头道：“嗐，到了你还不敢信吗？你看事看得太悲了，可是你实在是‘否极泰来’，你不但不命薄，你还真真交了好运。现在你那令兄和你那萧大哥，他们哥俩真格地双双来到赵望庄了，找你来了，接你来了！”说到“接”字，可说是脱口而出，忽然想到不对劲，就戛然而止，一脸笑容地说：“霞妹妹，跟我走，快去见你哥哥去。他现时就在跨院精舍，正同我爹爹说话呢！”

柳叶青过来拽李映霞，李映霞顿时面色由苍白变成死灰色，浑身禁不住乱抖，吃吃地说：“姐姐别闹，是真的吗？是真的吗？”柳叶青道：“咳，这还有假，人都来了，说了半天话了。好妹妹，你可大喜了，骨肉团圆了。”

这时候，李映霞果然精神震撼异常，如绝处逢生，如临命逢赦，睡寐梦魂惊，反畏消息来。柳叶青握着她的手，她的手冷如冰，不由己地战栗。她一句话也说不出来了。这时候，杨太夫人扶婢亲自过来，后跟杨华，一个小丫头雀跃着先跑来，老远老远地叫：“李小姐，李小姐，我们老太太过来了。李小姐，您大喜了，你的哥哥他寻找你来了！”

“哎呀，我的天爷，我哥哥是真的没死吗？真的找来了吗？他现在哪里？”挣命往外抢，柳叶青忙说：“妹妹不要忙，你先定定神，我娘来了。”

杨太夫人、杨华母子齐到，齐说：“霞姑娘，你大喜！”

李映霞竟站立不住，一顺身坐在茶几旁小凳上，说道：“伯母来了。我家兄他是来了吗？谢天谢地，我李家门有后了！”忍不住要放声一恸，可是她忍而又忍，居然忍住了，真是费了很大的气力，抑住了喜极而悲的怆恸，面对居停主人，换出了笑靥，说道：“这可是难女的造化，这可真是托庇府上的洪福！”

杨氏母子围住了她，都替她喜欢。李映霞定省移时，方才说："伯母，我要看看家兄去。"杨太夫人道："何不把李公子请进内宅来？"李映霞忙道："不用，不用，我出去看他去好了，何必给伯母添麻烦？"杨太夫人笑道："这是天大喜事，霞姑娘，我也要见见你令兄，我也替你们喜欢。"

杨华道："我这就去请，还有萧大哥，也不是外人，他也要给母亲见面请安的。"一阵风似的走出去了。杨太夫人看着李映霞的神色，点头叹息道："我说呢，我从哪里看，都觉得霞姑娘不是薄命人，断不会落成孤鬼游魂似的。我的老眼不花，真就没看错。李公子远来是客，就把他请到上房来吧。我说二婶，你也把霞姑娘陪到上房来。霞姑娘，咱们全到上房见面好了。"

杨太夫人已经看出李映霞神情悲怆，气促力颓的样子，教柳叶青好好搀陪着她，一同来到正房。李步云、萧承泽，此时正和铁莲子柳兆鸿、白鹤郑捷讲话。柳老在杨华刚进内宅时，便从内间出来，代做主人，陪着李公子叙谈，并询问他举家被难的经过，兄妹失散的行踪。李公子草草讲到遇贼，倾家，控仇，缠讼，以至移榇，还乡，变产，内讧……两年奔波，寻妹今日才得，复仇不知何年！谈到伤心处，凄然泪落。萧承泽提到官府颟顸，误把自己当贼，后来真相已明，仍然不肯认错，倒怄气把良民毒打。李公子又提到本族乘危觊产，阻挠卖田，反抬出大道理来，掩饰他们无耻的阴谋。铁莲子听了，气得发哼，几乎骂出口来，正要细问详情，杨华已然走出来传述母命，请李公子到内宅会见。李步云公子抱歉说道："小弟仓促而来，衣貌不整，但是我理当到上房，给伯母请安的。"萧承泽忙道："可不是，我们只顾跟柳老前辈攀谈，忘了给老伯母禀安了。走吧，我们进去吧。"

李步云、萧承泽整齐衣冠，由玉幡杆杨华引路，从跨院绕进内宅，升堂入室，李步云抬头一看，一位白发如银的老妇人扶婢立在堂上。李步云料知是杨太夫人，忙趋行一步，纳头叩

拜，萧承泽也即跪倒，礼毕，平身，杨华让座。李步云不肯就座，向杨太夫人垂手肃立说道：“老伯母，小侄李步云惨遭家难，骨肉流离。舍妹映霞承府上救护收恤，小侄毕生感戴，无以为报……”又恭恭敬敬叩下头去。

杨太夫人侧身含笑，命杨华跪扶，说道：“李公子快不要这样说，久闻令尊老大人是位贤吏，令妹又是贞烈闺媛，我实是钦佩她，欢喜她。她在舍下正和一家人一样。我知道公子寻访令妹，焦盼已久。我们回头再说话儿，请你们胞兄妹先见过了面吧。”侧视内室道：“快把李小姐请出来。”

李映霞正和柳叶青并坐在内间，李公子在中堂朗朗致谢，映霞已全听见。骨肉关情，李映霞失声说道：“吆，真是我哥哥！”才听得一声请，小丫鬟刚把门帘撩起，李映霞遽然站起身，踉跄走出来。柳叶青忙说：“妹妹慢点走！”李映霞再也顾不得礼貌矜持，如风摆弱柳，眼望李步云，一直扑了过去，两手抓住了胞兄的两臂，哀嘶道：“哥哥，哥哥！”痛泪像决了河流似的潸潸而下。李步云尚能支持，然而也已忍不住，双手交抱住妹妹的两臂，失声叫道：“妹妹，苦命的妹妹啊！你和我都成了无母的孤儿了！你和我都背着血海深仇，我们怎么办啊！”四臂相抱，痴立屋心，肩头都一耸一耸，体如筛糠。明知身在别人家，不宜悲哭，到底耐不住呜咽，哽噎，到底失声号啕起来了。

杨太夫人、杨华、柳叶青，尤其是萧承泽，眼见这大劫之后，再次重逢的胞兄妹这样痛断肝肠地悲泣，都觉得酸心砭骨，难过非常，也觉得非常失措。他们兄妹当然要伤心，哪能立刻就拦劝呢？

李映霞渐渐支持不住，泪眼环顾，强自吞声，一口气缓不转，突然软瘫下去。李步云张皇急叫，柳叶青赶忙地抢上一步，把李映霞架到旁边椅子上，替她解领扣，揉胸口，舒心气，并且轻轻捶拍她的后心。李映霞面色惨黄，依然哽咽酸嘶，一句话也说不出来。杨府的人很有点受窘，劝吧，人家骨

肉分崩，双亲惨亡，仅存的这同胞兄妹，于消息断绝后，一旦重逢，设身处地的想，焉能不痛心？若强加阻劝，倒像做主人的厌恶哭声，禁止人家悲哭，似乎不近情。不劝吧，坐视兄妹哀号，袖手旁观，又不甚像样，而且这兄妹二人起初矜持，一经放声，便痛定越发思痛，伤心身世，顿忘了目前环境，简直越哭越高声，好似举哀一般。倒闹得杨府上内外男妇奴仆，莫不骇异，齐奔来窥伺，还当是主人家出了差错呢！

经过了好大工夫，李映霞、李步云把嗓子都哭哑了。萧承泽陪着伤感，看出杨华等代为伤心的意思和束手惶窘的神情，忙抹着泪，过去叫道："大兄弟，大妹妹，不要伤心了！别哭坏了身体。你们现在总是骨肉重逢，往后还有好多事要办呢，千万珍重保重。"

柳叶青看了婆母一眼，拉了李映霞的手，也再三解劝。二人渐渐地止住了悲声，这兄妹又增惭容，齐向杨太夫人道歉："小侄、侄女一时忘情，老伯母多多担待！"

杨太夫人安慰道："李公子，霞姑娘，你们不要客气！你们的遭遇，连我都听着伤心，你们快不要伤心了。"这话有点逗笑，看着二人涕泪横颐，吩咐使女："快给李公子、李小姐打面水来。"

又见李映霞收泪之后，面对胞兄，一言不发，双眸凝神，似有深思，眼泪依然断断续续地流。太夫人年高多识人情，便又吩咐："李公子远道来寻妹，一定很劳累。我们在这里，他们兄妹也拘束，可以把李公子让到东厢房歇息！"又笑道："你们亲兄妹也该说几句体己话了。"李映霞忙一定神道："伯母太客气了，侄女倒是要跟家兄谈谈今后门户大事……"柳叶青忙道："好吧，你们找个地方谈吧，我领你们去。"

宾主在正房堂屋谈了一会儿，杨华、柳叶青夫妇俩亲引李氏兄妹到了东厢。杨华另将老友萧承泽邀到精舍，和柳老、郑捷细谈当日之事。

到晚上，摆筵给李氏兄妹贺喜。

李映霞和李步云公子在东厢聚首，兄妹二人说了又哭，哭了又说，彼此叙起两年来的遭遇。李映霞问完了胞兄，便说到自己，身为杨华所救，至今寄居在这里，非亲非友，不是了局，问胞兄："今后打算怎么样？"李公子叹息一声，说出自己要毁家复仇，已将岳家婚事打退了。李映霞戚然道："哥哥要复仇，这是很应该的。但是你正该把嫂嫂娶过来，先把我李氏宗嗣延续了，以后再设法报仇。你怎么无故退婚呢？莫非樊老伯家见我们父死家败，先有嫌贫悔婚的意思吗？"李步云道："他们倒没有，这只是我一个人的意思。"

李映霞摇头大不谓然，半晌说："哥哥，报仇是对的，毁家却不可行。你不肯成家，不肯娶嫂嫂，难道你我兄妹两个全变成无家之人，奔波道路，效法吞灰的豫让，行乞寻仇吗？小妹毕竟是女子，怎好流浪风尘。你不成家，你可把我安置到哪里呢？"

李步云道："噢，这一层，却是要紧。但是，你教我怎么成家？我已然把退婚的信发了。"

李映霞道："咳，哥哥你做得太过了。你的志气是对的，卧薪尝胆是应该的，但你何必退婚？你难道从此终身不娶吗？"

李步云苦笑道："我若不杀了计家二子，我便再不享人生之乐，我便以鳏夫终身！"

李映霞很动容地道："哥哥的苦心，我全明白，只是我呢？"

李步云道："妹妹你吗？"不由站起身来，来回走溜，扼腕叹道："妹妹的终身大事至今未定，煞是难处，真是的。我该怎样安置你呢？"

李映霞拭眼道："哥哥，你说吧！如今我家只剩你我两人了，你就是我们一家的主心骨，我有父从父，无父从兄。"

李步云道："妹妹，我的苦命妹妹！"忍不住又流下眼泪道："依我的打算，我们的终身大事暂且从缓，我们必须先寻仇。"

李映霞惨笑道："什么终身大事，当然不在我们的虑下。只恨我究竟是个女孩子，终身不必问；安身之处，哥哥你不能不替妹妹打算一下呀！我以为哥哥应该把嫂嫂娶来，找一个隐僻地方，闭户遁居，以避敌眼。我便和新娶的嫂嫂在一块过活，也就是苟延残喘，直熬到你把报仇的大事办完，然后……"

李步云公子道："娶嫂嫂的话，已经不行了，我已然早早把信发了。我可以把你安置在……本家，旧戚……咳……'人在人情在'，这回还乡变户，我领略已深！算起来，倒是这杨府上，据萧大哥说，杨仁兄为人慷慨仗义，倒可以托庇他家。我不知你在这里寄居的情形到底怎样，若教我看，就说刚才吧，杨太夫人那番意思，似乎很拿咱们当一回事似的。妹妹既然已经在他们这里住了，莫如接着住下去，等我报过了仇，我再接妹妹出来。"

李映霞不语，面色本来未恢复，此刻骤闻此言，神情又变，泪点又决河似的流了下来，哽咽半晌道："不错，杨宅上下都是佛心人，但跟我们非亲非故，赖狗求食，未尝不可，人家倒也不在乎，只要我们问心能安，尽管可以赖下去。哥哥，哥哥，我今日盼，明日盼，好不容易盼着见了你的面，我的心事已了，李门算是有后了。我一个女孩，无关于报仇大计，父母生我，也算徒然。我莫如趁早寻个自尽，也省得累赘，给哥哥添烦！再不然，削发出家，也可以碍不着旁人。哥哥，你索性找个尼庵，把你妹妹送到尼庵去吧！在那儿我可以念佛吃斋，替父母超度，替自己忏悔今生罪孽！"说着吞声呜咽，几乎哭出声来了！

李步云大惊，连忙过来，抚着妹妹的肩头道："妹妹，妹妹，快不要伤心！我一切事都要跟你商量，跟你要主意。妹妹，我们的父母已然死了，只剩下你和我了。哥哥我的打算，如有不合适，妹妹快指点我。妹妹不愿在这里住……"低声道："想必是有的地方不方便，那么，妹妹放心，我立刻把妹

妹接出来。我可以在故乡或在近处找一处小房，好在我们还有旧仆、老妪。人家兄妹二人支持门户，也有过的很好的，何必非要嫂嫂不可？”眼望窗外，悄声说道：“妹妹，你不知我是怎样的疼你呢！这两年，一想到你，我就如醉如痴，便像刀扎心一般。我的亲人只有你了，若使你有丝毫不如意，我便不成人子，便对不起逝去的先人。我有几句剖心的话，索性告诉妹妹你，既然寄居人家不是了局，我要先把你接出去，先把你的终身大事办妥，然后……”

李映霞越发不悦，怒道：“你以为我事到今日，刚刚骨肉见面，便逼你给我说媒吗？你不要妄自菲薄，你也不要菲薄你的妹妹！你不了解你的妹妹的处境的苦处，你的妹妹处在杨宅有多少不便。这里虽不是火炕，我却如熬如煎。”

李步云变色道：“可是有人憎厌咱们？”

李映霞脸色转红，嗔道：“哥哥怎的这样不明白，我是十八九岁的大姑娘了，平白住在素不相识的人家，出来进去的，亲不亲，友不友，你还要我说什么？人家就是很宽容，很优待，我受得了吗？”

李步云道：“哦，原来如此，却也怪不得，这是哥哥粗心。本来男子有交结，妹妹是个珍贵女儿身，乞食寄寓在非亲非友的外人家，实实在在太难，实实是我没有设身处地替妹妹想。我现在全明白了，我就赶紧去外面找房，先把妹妹接出来。”

李映霞看出胞兄惭惶之意，不胜凄然道：“哥哥本是束身自爱，向罕交游的一个少年书生，人情世故，本来不甚明白。小妹虽是女子，这两年遭难，遇救，被人收恤，借寓寄食，自己确是认清了自己的命运，看透了世道人情的隐微。我先跟杨恩兄暂住在淮安李家，后跟杨恩兄的岳父铁莲子暂住在镇江鲁家。铁莲子这老人把我认成义女了，你不是见过他了？我跟他老人家又来到这杨宅，做了人家寄居亲戚的客中客，搬来搬去，一连三次，我又是个女孩子，岁数又这么大，我真是深了不是，浅了不是。人家越怜惜我，我越觉欠人家的情；人家越

优待我，我越觉不配。你想，哥哥，咱们并不是小户人家，妹妹也算是知府小姐，我却逃在这非亲非友的人家，心上是什么滋味。固然主人们很礼待我，奴仆们也很看得起我，我可是处处得小心，怕讨了人家的厌。不笑时要笑，不喜时要喜，有了病要不教人觉出来，明明白白吃不下饭去，也得在人面前强吃强喝。你只稍一发烦，人家上上下下地慰问你，一口一个可怜，一口一个可叹！又要陪你延医，又要给你寻药，再不然，责备丫头老妈，‘许是伺候李小姐，伺候得不周到吧？’人家行好积德，妹妹变猫变狗似的难受！哥哥你明白了吗？吃蹭饭最不好过，受人怜最难自处。我不说破，哥哥不明白；我要说，又怕哥哥疑心妹妹不贪业，或者猜疑我人大心大。你本是公子哥，哪里晓得妹妹这两年所受的罪孽！”

李步云十分惭愧，又十分悲怆道：“哦，我全明白了！妹妹的苦处我真没有想象到，既然如此，我们速速酬谢人家，速速迁出去便了。”

李映霞道：“哥哥明白我的心就完了！我的拙见还是哥哥赶紧把嫂嫂娶进门，嫂嫂也是名门之女，我自信姑嫂一定处得来。况且我在人家杨宅还能相安。跟亲嫂嫂共处，一定更能相投。这样，我便可以安身立命，静待哥哥替父母报仇。等到哥哥把大仇一报，那时候小妹又有一番作为。那时候我必要做出对得起双亲在天之灵的一件事来，藉此表白我李氏门的清白……”侃侃而谈，不觉又流露出大节凛然的意态来了。

李公子口说全明白，其实他并不能立刻透透彻彻听明白妹妹的话，只是说：“那样也很好，我还是先接妹妹，我成家的话，随后再核计。只有酬谢杨宅这一件事，不大好办。常言道，大恩不言报，我们该当怎样谢犒人家，却是颇费踌躇。”

李映霞掉头说道：“那有什么为难？只要你我兄妹不死，往后日子长着哩！我们一步步走着瞧，一步步活着看。若是我们活不长远，那么人死‘一了百了’，用不着什么答报。若是活下去，安知我们没有力量？安知他们不遇见危难？”

这话骨子里很冷峭，弄得李步云瞠目谛视他的胞妹，猜不透妹妹的心情究竟怎样。可是他纵然是书生，也很聪明，见妹妹眼含泪珠，辞涉激楚，猜得似有难言之隐，忙换言安慰妹妹：“妹妹放宽心，我一切打算都依着妹妹办。”

第二十四章 伤心人敛怨忏情

兄妹又谈了一会儿，主人那边派小婢来请。兄妹重返杨府上房，杨府上房早已安排下丰富的家筵。分为两桌，一桌男宾男主人，一桌女宾女主人。本来是庆祝李氏兄妹的骨肉重逢，却在逊座之后，到底是杨太夫人和外老太爷铁莲子柳兆鸿分据了男女席的两个上座。

在筵间，李映霞力持谦抑，向杨太夫人、杨大娘子、杨二娘子柳叶青很说了许多感谢的话。柳叶青忙前忙后，向李映霞大声地贺喜，小声地诉说心腹话。李映霞玉面生春，颇有羞容，只装听不懂或听不见。柳叶青又向嫂嫂杨大娘子耳语，杨大娘子只是含笑摇头。尴尬情形被杨太夫人看了出来，诘问柳叶青："二嫂，你们跟霞姑娘嘀咕什么了？"李映霞把头低下。柳叶青赔笑说："没有嘀咕什么。"

堂客这边是这样针尖微逗，略含机锋。男客那边，柳老高踞上座，和萧承泽衔杯纵饮，大说大笑；又和李步云公子攀谈，显得十分热闹。旋又落到复仇这件事上，便细问李公子的先人李太守和献粮庄计百万父子因讼案结怨的详情，以及计百

万的两个儿子计松轩、计桐轩，以及地方土豪如何勾结大盗，戕官复仇，杀家“打孽”。铁莲子柳老听萧、李二人痛切地陈说前情，不觉白眉直竖，怒焰上冲，大骂道：“好一个计百万，好一个土豪！”目视杨华道：“我就不信，你们河南地方的打孽风气会波及皖南！他们能够打孽，我们就不能打孽了吗？我们也该跟他们打打！”

李步云公子不懂“打孽”的讲法，欠身动问：“老伯，什样叫打孽？”

杨华接声道：“打孽就是仇杀，是我们河南地方新兴的一种坏风气。”

柳兆鸿摇头道：“打孽不能算是仇杀，圣人说过，父母之仇不共戴天，报仇不能算坏事。只是这打孽就不然了，打孽乃是有财势的人，自己没能力，没胆量复仇，倚仗他那家里头的一点臭钱，雇出人来，替他‘拔闯’罢了。”

李步云又不懂拔闯：“老伯，什么叫拔闯？”

铁莲子柳兆鸿捻须微笑道：“拔闯就是替人仗腰子，发横发威……唵，君子报仇，斩头沥血不算含糊，唯独自己不成，花钱雇买刺客，未免做得……”说到这里，忽然看到李公子脸色顿变，心中明白，立刻改口道：“李公子，我想你负着这大仇恨，你应该设法替父报仇，寻找计百万的两个儿子，算算这一笔血账的了。你打算怎样下手？是不是也要雇人打孽？”

李步云仓促不能回答，迟迟说道：“这个……小侄乃是文人，手无缚鸡之力，复仇的事自知力不胜任。但是大义所在，不敢不勉，我当然要卧薪尝胆，尽其在我。我们义兄萧承泽大哥将要佐肋我。我打算……”说着长叹道：“小侄打算第一步先要安插弱妹，第二步再规划复仇。古人云：君子报仇，十年不晚。小侄已下决心，务必要尽毕生之力，手刃寇仇；虽需人助，不愿完全假手他人。”

铁莲子大笑道：“好好，有志气，你应该自己设法。雇人打孽，顶没出息。可是你若能学那张子房，凭义气物色江湖侠

客，替你拔刀，那倒是你们做公子哥儿该走的一条正路。”

李步云面色微红，紧握指爪道：“是的。”

萧承泽站起来，大声说：“着！老前辈说得真对！”自己斟满一大杯酒，仰脖一饮而尽，看了看杨华、柳老，又看了看李步云公子。

天下的事，不尽依着人的打算。李步云公子惨遭家难，为了死的活的，他必须要葬亡亲，嫁弱妹，手刃怨仇，娶妻延嗣，把四件事斟酌缓急，依次办理。他是中了书毒的人，认为弱妹乃是千金之躯，比死的还要紧，必得好好安插。最初他草草打算了两步，第一步仍将弱妹寄寓杨家，第二步赶紧物色英俊少年，把妹妹的终身大事安排妥了，他才可以入皖寻仇。他把自己娶妻延嗣的事搁在最后，这是他的万不得已。若大仇未报，遽言好逑，黄泉父母必不瞑目，孔子、孟子也将不能饶他。及至跟妹妹一商量，妹妹怫然不悦，一定教哥哥先安家娶嫂嫂，妹妹有了存身之处，哥哥可以心安理得地去计划报仇。

李步云一想到嫁妹娶妻，同时并举，便良心上局促不宁。况且他自遭巨变，已将退婚书发出去了，如今改口也不成。从前自己本是贵公子，今日落得家败人亡，即或不便退婚，也恐对方悔约。他自在杨宅和妹妹见面互诉之后，他就忙着找房子，要把妹妹先搬出去，搬出去的地方呢，妹妹愿意回老家。李步云自己认为怨仇犹在，本族薄情，故乡不是乐土。而杨、柳翁婿也说还乡之计不妥，萧承泽更坚持李氏兄妹当择强邻，以防强仇。

就在这议论不决之时，萧承泽悍然地代做主张，在永城县赵望庄附近给寻好了一所民宅。这所民宅的光景，和李府在鲁南遇变时的那座小村，那所村舍，颇有相似之处。李公子凛然变色，力说这房子住不得。问妹妹，妹妹也说不好，妹妹仍愿意返回他们的江苏故乡。她说，我们江南人在这河南地方不服水土。

最后，还是柳叶青讽示丈夫杨华，由杨华在永城县城内一

家世交处，代为物色了一所小楼房。这所小楼房虽小而格局雅致，李步云看了满意，萧承泽看了也满意。李氏兄妹志在“隐居避怨，匿迹复仇”，当然地方越隐僻，越不为人知才越好。

这小小楼房是杨华的老世家至好，永城东门里，郭五先生“亲仁里”，一片大宅子中间的一座小院落。郭五先生当年有一位祖姑，未嫁而夫死，受着旧礼教的病毒，矢志守着望门寡。双亲特为她辟地筑了这一角画楼，既似深闺，又似佛堂。这位郭小姐在这一角小楼中，扃居二十余年，日日以书画自娱，著有《霜枫吟草》一书。深院小庭，孤楼青桐，几乎与尘世隔绝。既有这样空院，杨华和李步云说了；柳叶青、李步云又先后和李映霞说了。映霞乍闻甚喜，旋复不悦。李步云盯问她，她又不肯说出不喜悦这小楼的缘故。但终于就这样，李氏兄妹把这亲仁里的寓楼定下了，然后忙着安家和迁居。

在李步云、萧承泽备办家具之时，杨华奉母命，赠柴赠米，拨备陈设。李步云却之不恭，李映霞尽管极力婉谢，又苦无辞。兄妹俩只好感受，恧领了。兄妹俩曾经避着人低声地争执，到底妹妹拗不过哥哥，尤其是说不过哥哥。哥哥讲，大恩不为小让，欲拒无从，只好将来补报。妹妹讲，受人一物，良心上刺了一针，心头上满满钉上了针痕，哥哥你能愧领，妹妹实在难受。

可是这“难受”的话，到底兄妹同怀，有些地方不能互喻，不能揭穿了解说。李映霞脸上一阵青、一阵黄、一阵红白的难受，话憋满了胸膈，可惜不能形于口舌，最后是一声叹息，李映霞眼含着泪水说道：“我只盼望着嫂嫂赶紧娶过来才好！”正是“满怀心腹事”，面对着骨肉手足，也梗梗不克倾吐。况且“母也天只，不谅人只”，兄妹之间越发不能相谅。却在那另一方面，杨华与柳叶青夫妇之间，枕席之上，也正自格格棱棱，磕磕碰碰，背着人起了私讧。柳叶青像发疯狂一般，一刻紧似一刻地逼勒着自己的丈夫，要他这么说，要他那么说；又要他这么做，要他那么做。

当他们二李兄妹之间，每一对谈，便泪洒腮颊之际，也就是他们杨、柳夫妻之间，每一抵面，势必泛起了抬杠拌嘴，夹杂着笑声、嘲声、揶揄声的时候。而且，这其间，每当杨华“王顾左右而言他”的时候，也就是柳叶青骂誓赌咒，自矢绝不“悔妒”的时候。

柳叶青尽管指天扪心，恨不得对着夫婿，啮指自明衷情；而玉幡杆杨华依然有点谈虎色变，口念古书“二女同居，其志不相得”，并且脸扭向别处，眼望着天花板，说：“男儿自有男儿的气节，我们伉俪之情今日方才相亲相谅。你何必自寻苦恼？我何必自寻苦恼？又何必给别人找寻苦恼？”

这类的话几乎把柳叶青的脑门子气破：“好你个玉幡杆，你就把我们柳家的姑娘看成醋罐子！人家恨不得开膛破腹要做这一件事。不只为的是你，实在为的是她和你，我和她。她欠着你的情，我欠着她的情，我为的就是要做给你们看看，看看我是真醋还是假醋？我们饶自这么打破砂锅讲到底，你还阴我！我告诉你，婆婆那面，我已经托大嫂子透过去了，映霞这面，我描了又描。这件事非办不可，你反倒拿乔！仲英，我可是跟你好商量，你再昧着良心，给我钉子碰，我可有我自己的办法了！”

柳叶青这几天，天天吵闹着，自找钉子碰，正如李映霞暗暗闹着针扎心一样。

当亲仁里的小楼看定了之后，李步云、萧承泽忙着安家搬家之时，当杨华母子忙着赠铺陈、送柴米之际，李映霞小姐依然寄居在杨府。柳叶青便天天抱着婴儿，凑过去游说。此时的李映霞感情震荡，心田上甜酸苦辣交浸。她现在居然有家可归，骨肉重聚了。她不再沁沁伣伣，窥人喜愠了。种种心情纷涌，像开了闸，极力地要捺住，竟遏止不住。她好像苦尽甘来，其实苦未必尽，甘未必来；可是她再也不克自制，恨不得放声痛哭，发泄积郁。可是她的身子依然还在他人篱下。尤其难堪的是，她既搪不住这禁遏过久的、沸沸腾腾的心血的煎

熬，又不能釜底抽薪，使心神宁帖。她只想设法静一静，冷一冷头脑。她要平心静气地，以口问心地，默默地考虑一下自己今后的处场，以及自家对待杨、柳的态度，毕竟是“以直报怨”呀，抑或是“以德报德”？她无论如何，她要赶紧地约束自己的身心。可是柳叶青一点儿空也不给她留，时时刻刻盯住了自己，咬住了自己，时时刻刻向自己耳边“这个，那个”“你们俩”“咱们仨”，使人急不得，恼不得！

人心是肉长的，人生是有情的，而李映霞不过是一个不到二十岁的女孩子。从前又是知府的千金，又度过了两年多艰苦难堪的篱下生活。她尽管明慧，在感情上她已然担负不下她目下遭遇的波动了。

好难搪的就是这恩怨爱憎的牵缠！一个情敌，你欠过她家的情，她又欠下了你的救命之恩。从前她嫉妒你，用种种方法讥讽你，折磨你；今日她向你欢情酬恩，求你下嫁，并不忖量她和她从前是怎样针锋相对，侧目旁睨；也不忖量一个知府千金，处在今日兄妹相逢的夹当，方想一矜傲骨，一表气节！固然在当日李映霞穷途末路，曾经一度忍耻自媒，情甘下嫁，为奴为婢在所不惜，可惜这件事早已过去了。柳叶青把好话说了许多，把将来二女共事一夫的好心愿许了又许，把好梦描了又描，却不知无形中把李映霞逼勒得锥心刺骨的怨愤。

李映霞忍了又忍，坚持贞节，绝不口吐一个“诺”字，也不发泄她的一毫怒气，只是咬紧牙根，把积忿深怨，转成了淡笑微惭。她轻描淡写地道歉，欲吐复茹地谢绝：“姐姐的好意，我早已经心领了，可是没法子办，妹妹要永远长斋绣佛，并且我和我哥哥大难之后不死重逢，若是父母的深仇没报，不但小妹的终身不屑一谈，就连家兄的婚事也不能置议。姐姐你设身处地地替我们想，我们兄妹今天头一件事该做什么？可不是要报仇吗？可不该这样做吗？”李映霞把力劝胞兄完婚立家的话瞒住了柳叶青，一字不提。她和柳叶青谈到的不是姐妹的感情，不是将来的婚媾，只是这几年盈盈弱女托庇宇下的大恩。

柳叶青不识趣，抽暇摸空，屏人私语，死钉不休。一恍过了好多天，只换出来李映霞最后的一句话，那便是："姐姐您睁亮了眼睛看，只要我家把仇报了，再把我的那位嫂嫂迎娶到我们李家来，那时候才能谈到小妹我的终身！"

这本是一个软钉子，因为李映霞说得很委婉，又过于坦白。柳叶青更认定李映霞和自己的丈夫旧情未断，"今我替夫做媒"，她断不会婉拒的。她的婉拒乃是表示她的处女娇羞，表示她的千金身份。故此李映霞的冷怨之言，柳叶青反倒信以为实，当场自己给自己放了一个台阶，说道："好吧，妹妹说的也是实情，我也十分明了的了。只要妹妹的大仇报了，或者令兄把令嫂娶来。这两件有一件事办成，你才肯答应我，可是这样的吗？"

不等李映霞回答，柳叶青便认为是自己说对了，对方默许了，自己立刻替对方做了直爽的答话："这两件事都好办，咱们就这么办。妹妹的大仇，我可以麻烦我爹爹，催他老人家再卖一手，把姓计的那两个狗子的首级取来，交给你们兄妹，把人头祭奠你令尊令堂。我再催仲英和那位萧大哥，赶快设法把您嫂子娶来，然后咱们再办咱们三个人的事。"说着笑了起来，道："我很替妹妹你快活，咱们把咱们三个人的事一办成，咱们往后尽是顺心的日子了。"李映霞道："姐姐高兴的日子有的是，我哪能跟姐姐比呢？"

柳叶青乳着她怀中的小女婴，笑道："妹妹总是说这样的话，咱们姐俩是一样的，将来咱们一定是平起平坐，姐妹相称。仲英又顶着一门两不绝，娶两房太太，两头一边大，人家有的是。何况咱们姐俩这么好法，将来咱们快乐的日子多得很呢！"

李映霞道："可不是，乐事一定是少不了。姐姐和姐夫都是有好命运的，小妹是永远羡慕的！"

柳叶青道："咳，妹妹别改我，妹妹你也……"

李映霞道："小妹我也怎么样？我不过是颗苦瓜星，捏得

扁，踩得烂，我没改姐姐，姐姐也不要改我吧！”一双星眸低视裙下，粉藕似的手按着胸口，不禁苦笑了几声。她的感情努力不教它随便外露，真是很不容易，遂一闪身，站了起来，说道：“我们谈了好半天了，我看看伯母去。伯母和大嫂都是好心眼的人，待我无微不至，我一辈子也忘不了她们的。”

柳叶青不理会这些话，反而笑道：“你怎么又说苦瓜星？你们骨肉重逢，正是重振家风的好苗头，你再不要尽往从前苦时候想了。”

李映霞抬头看了柳叶青一眼道：“是的，从前的苦处我决计不再想了。不过从前酸心的事到底叫人忘不下，只一想便觉又酸又辣……姐姐走吧，我们看看伯母去吧。”不等柳叶青答话，她一径迈步，躲了出来，却又稍一踌躇，扭头回看柳叶青，说道：“姐姐，走啊，我替你抱着小宝宝！”柳叶青怀中的小宝宝团圆脸像娘，通鼻小口像爹，玉雪可爱，兼有父母那样的伶俐活泼。偎在初为人母的柳叶青的胸前，饱吮乳汁以后，双眸如点漆，头向外倾，正自目灼灼地看着李映霞，好像很懂事，能懂话似的。李映霞接抱过来，柳叶青掩上了怀。两个人相偕到了上房。

杨太夫人和杨大娘子全在上房坐着，正商量着代谋李氏兄妹安家的事。杨太夫人以为李公子和李映霞，一个宦家少爷，一个知府千金，全不经事，恐怕未必能够安家立业，顶立门户。头一样，柴米油盐，开门七件事，只怕他料理不清楚。“顶门户过日子，难着的呢！”况且，他们兄妹二人，男大未婚，女大未嫁，缺少一个主中馈的少妇，简直不成人家。若是一个家庭，上没有当家老人，中没有持家的主妇，在杨太夫人想，那简直是太可怕，太不像样的事。杨太夫人和孀居的长媳说起这件事来，啧啧地皱眉，替人发愁。以为现在最好的办法当然是劝李公子赶快成婚了，其次便只有由咱们杨家照应他们这两个苦孩子。把咱们家可靠的女仆、使女、老苍头，给他们拨过几个去。至少也要三个，一个是贴身服侍李映霞的侍女，

一个是厨娘，一个是男听差，给他们照应门户，上街买菜，夜晚看门。太夫人没有把萧承泽打算在内，以为像李氏兄妹这样的家庭，不应该更有壮年门客寄居，那是很不方便的。

杨太夫人和长媳叹息着商量，顶注意的便是男女之大防和“兄妹不同席，叔嫂不通问”一类的绅宦风教。所以她婆媳借箸代筹，无论如何，也要替李氏兄妹安置上女婢和男仆一样一个。婆媳的见地大致相同，只有一点参差：杨太夫人主张看门听差的必不可少，杨大娘子以为一个书童也很需要。当然，还是婆婆的主意高，书童不如司阍。婆媳议论良久，便捻着手指盘算，教自己家中哪一个仆婢过去效劳呢？谁最相宜呢？

这时候玉幡杆杨华在前边客厅也正和李步云公子议论到安家置仆的事。萧承泽和铁莲子柳兆鸿也都在座。他们是男子，除了用奴仆摆布之外，还考虑到“钱”的问题。李步云公子既经倾家，恐怕没有富裕的财力安置一切。杨华自告奋勇：“如果用钱一方面有何不便，请李仁兄尽管从实说话。”李步云红着脸说：“有钱，有钱！”萧承泽插话言道：“大兄弟不要客套，你不是要回老家，再想法子变钱去么？现在安家，事事需钱，尽管请仲英二哥帮忙，将来你再还他。”

李步云很惭愧地答应了，随即捡皇历，择日安居，把妹妹接到亲仁里小楼。

杨太夫人在事先将家中拨派的奴仆传到，恺切吩咐了，命他们认了新主人，从此小心在意，善事公子、小姐，并立刻吩咐他们帮着收拾新宅庭院。到了这一天，杨太夫人亲率长媳、次子，陪伴李映霞兄妹来到李氏新寓小楼，更设筵温居。次媳柳叶青因为有小孩，当日不能到场。到场的便是杨华和老母、寡嫂。李步云公子涕零感激地对萧承泽说：“杨恩兄和杨老伯母的大恩大德，教小弟我没齿难报！”

李映霞面色苍白，好像有病似的，向杨大娘子很勉强说了些感激的话。但她眼见杨太夫人那般慈爱的表情，并且一再地表说：“安家不易，短什么使的、用的，只管对我说。我家里

还有，尽管拿来使。有话千万对我讲，或对大嫂说，千万不要懒怠张口。”把李映霞真看成嫡亲女儿一样，李映霞终于忍不住跪在杨太夫人膝前磕了几个头，眼中含泪，口唇合张，挣扎着说：“老伯母你是佛心的人，赛过难女的亲娘。想不到萍水相逢，难女遇见了慈航!”

由此，李氏兄妹算是搬出了杨宅，仍没有脱开杨府上的荫庇。

李映霞和杨府拨来的小婢住在楼上，李步云和萧承泽住在楼下。做饭的老妪因为没有合适人，李映霞又再三辞谢，她坚欲自己做饭，结果算是只收用了一个小婢，一个看门的男仆杨泰。这男仆杨泰是杨游击家的世仆，年老，体健，粗会武功，用来看家护院，再好没有。杨太夫人并且说，杨泰的妻子现在乡下，随后可以把她唤来，教他们夫妇俩服侍李氏兄妹，最方便不过。

老太太的打算可说是无微不至，李步云的感激，可称是刻骨铭心。这其间有两个人的心情最乱最窄，有两个人的心情最忙最乱。心乱的头一个人自然是李映霞小姐。柔肠欲断，瞬息九回，忽然她口角微泛冷笑，忽然她眼角隐含泪痕，无限心腹事，难对手足明言。胞兄李步云固已觉出诧异，也曾委婉究诘，到底未得她揭穿心幕，披露衷情。又有一个人是玉幡杆杨华，这两天心窄，怕见爱妻，惹不起爱妻的强嬲，又搪不住岳父绕着圈的旁敲侧击，别有深心的“不以为然”。杨华顿觉到左右做人难，心绪乱成一团麻线。他本和萧承泽是童年挚友，此时一阵心烦，便找老萧一块儿说笑，排解心宽。萧承泽的心情这时候正够匆忙，一方面他打听杨府上是怎样看待李氏兄妹；一方面又极力打听杨华当年如何搭救李映霞，如何携带她远投淮安府，借居李季庵的已往详情。似乎萧承泽暗中受到李步云公子的密嘱，问而又问，不厌求详，这其中必有深意。另一方面，萧承泽又忙着替李公子张罗出门，弄钱和别的事情。

然而心上顶忙的，还是杨府二少奶奶，江东女侠柳叶青。柳叶青这些天没有片刻闲，费唇舌，费脚步，可是空乱了一大

阵，于事情毫无补益，她到底没抓住李映霞。她最后又想了一招，她要教丈夫把萧承泽大哥找来，她要当面向萧大哥商量这一件事情。李氏兄妹一定肯听萧大哥的话的，却必须使得萧大哥肯听柳叶青她的话。

这时候萧大哥与柳叶青一样忙得不相上下。安家之后，连日和李步云兄妹盘算，末后打定了主意，李、萧二人齐向杨华托情，他们要克日返回江苏如皋的故乡。此间新寓，只有弱妹李映霞独留，当然不放心。他们打算携带李映霞一同暂返故乡；不然的话，便把李映霞一个人留下，那时仍然要请杨华关照，并请铁莲子柳兆鸿特别关照。

玉幡杆杨华听了这话，很觉诧异，反问二人："你们真是回江苏，还是往别处去？还是往江南献粮庄？"李公子脱口说道："我们自然先回如皋，亡人以入土为安，先父先母的遗榇虽已送回原籍，至今尚未下茔。"

玉幡杆猜不透他们的意见。他们本想偕回原籍，要大费交涉，斥产变钱，这就用不着女子同去，有萧承泽和李步云相伴就够了。而李映霞坚欲跟随胞兄，跋涉风尘，也回如皋去一趟。这个主意一说出来，杨府内外人等都觉得奇怪。李公子如今刚刚安了家，刚刚把弱妹接出来，却突然又要携妹还乡。由打柳叶青、玉幡杆夫妇起，都认为李氏兄妹无端变计，必有难言之隐，必有不得已之故。莫非我们做主人的，有什么不周到的地方么？况且，我们杨家对他们萍水相逢，极力佑护，可谓仁至义尽，他们为什么要甩开我们？

杨华面诘李步云，李步云唏嘘说道："小妹坚欲随我回乡，临葬双亲。小弟我只有这一个弱妹了，她含着眼泪，定要跟我回去一趟，我没法子拦阻。我也知道，一个女孩子用不着卜葬亡亲，奔波道路，我只不忍违拗她。"转向萧承泽，萧承泽也说："这是大妹妹的主见，大妹妹心痛父母惨死，定要参与入茔安葬的大事。这是她的孝心，我们大兄弟只可依着她。"

柳叶青面诘李映霞，李映霞立刻泪流满面，说是："家兄

原意教我暂住在这里，仍请姐姐、姐夫照应，家兄和萧大哥他们两个人回家一趟，把我们的大事办了。姐姐请想，男孩女孩总是一样，都应该尽孝。我纵然寸步难移，但既经家难，已不嫌抛头露面了。我好不容易才和家兄相会，我实在不愿意一个人再流落在异乡，寄人篱下。就是要死，我也要兄妹俩死在一块。为了这个缘故，所以我们打算和姐姐、姐夫暂别，好在相见有日，将来还有机会补报您的。”

柳叶青微微发愣道：“那么，你回家葬亲之后，还回来不回来呢？”李映霞破涕为笑道：“那全在乎我哥哥了，他要在永城安家落户，当然回来。他若是怀念故土，他也许不回来了。至于我，原是不算数的。有父从父，无父从兄……”

李映霞还没有说完，柳叶青就急了，吃吃地说：“那不成，咱们不是说好了吗？咱们姐俩很投缘，仲英和你令兄又很投缘。他们一个是游击之子，一个是知府之子，说起来，真是门当户对。简单地说，杨、李二家可以做成一宅分两院，我不是跟你念道过了？我也叫仲英对令兄说了，怎么你们还想千里迢迢地回老家？我讲的那些话，不是成了白说了？”

李映霞轻轻一笑，闭口不复置答。柳叶青不禁焦急起来，忙问道：“真是怪事，你们刚安家，又回老家，你们兄妹到底是怎么个打算？这究竟是你一个人的主意呢，还是你那令兄的主意？还是你兄妹俩核计好了的主意呢？”

李映霞道：“姐姐说的对，我今日不比从前了，从前我一个人身在难中，事事只好自作主张。如今托您的福，家兄寻我来了，我自然凡事都要秉承我哥哥的吩咐。他教我跟他一块回家，我当然不敢，其实也不能违拗他的。他是我的哥哥，也是我李氏门中的家长。家兄既已打定主见，要亲携小妹还乡临葬，小妹当然义不容辞……”

柳叶青越发着急道：“这真是岂有此理！不行，我得找仲英，教他对你令兄说，无论如何，妹妹应该跟我！”说罢，立刻告辞，找到了丈夫杨华，催促他直接向李公子发话，或者间

接托萧承泽转达，无论如何，也要把李映霞“挽留”下。

柳叶青是如此的恳挚，热烈，替夫求婚。玉幡杆杨华起初或有顾虑，此刻渐渐体认出爱妻的真心来，渐渐地回念起红花埠准安府的旧情来。一个俏丽明媚的好女子，身在患难中，懔懔全贞，怯生生危迫乞怜的景象，以及身处嫌疑地，自缢示志，吻泪倾诚的情境，蓦然又重现于脑际，闪灼于眼前。于是他抬头凝视面前这个人，面前这个人桃腮杏眼，怀抱婴儿，依然还有憨态。并且从漆黑的眸子中透露出柔情，确是真心实意，要把李映霞给自己“挽留”住，矢效英皇，了此一段恩情。玉幡杆杨华终于也吐露了肺腑之言，徐徐说道：“霞姑娘的事，你不能一劲儿磨我，岳父的意思，母亲的意思，全都得顾到，还要顾到人家的体面，和你我将来的幸福。昔人讲到伉俪之情，顶要紧便是所谓‘闺门静好’。什么叫闺门静好？那便是一个你，一个我，琴瑟唱随，不容加上别一个。夫妻俩心心相印照，若其间突然有了别一个，苦恼就难免滋多。我知道你一片好心热情，替霞姑娘打算得很深切。无奈这不只是你我夫妻之间的事，还关系到杨、李两家。现在他们兄妹要回乡，你的意思，恨不得这时候就向他们要一个真章，要他们兄妹明白答应了你，是不是？可是我以为这绝做不到。”

柳叶青很不服气，冷笑道：“怎么叫做不到？她一个落难的小姐，你一个救人的好汉，真是成了你们说的话了，什么终生附体之缘，什么柳下坐怀之德，她不嫁你嫁谁？”

玉幡杆恚道：“怎么又是我说的话？”

柳叶青笑道：“不是你说的，是我说的。这是我的一句带口之言，原本是你的好朋友李季庵说的话，自然不是咱俩哪一个说的。但不管是谁说的，霞姑娘绝不会再嫁别人了。再嫁别人，于她面子上不好看，于你的面子上也不好看。最好还是你们俩团圆了，我也了却一桩重负，你们也了却一段心愿。你就趁早给我努力揭开了办去吧。”

玉幡杆杨华道：“实在揭不开，教我怎么去努力？”

柳叶青道："怎么叫揭不开，我请问你？"

杨华笑道："就那么揭不开。人家乃是所谓宦门之后，别看穷无立锥之地，人家仍要保全家门体面。所以我说揭不开，乃是我们张不开口。我们没法子教一个绅宦家的女儿给人做妾。"

柳叶青道："怎么是做妾，我们两头为大呀！这件事你跟李步云面对面也许张不开口，你何不转托萧大哥？"

杨华道："转托萧大哥，我也张不开嘴。"

柳叶青气得咬牙一扭说："那怎么张不开嘴？你不会对他说，是我也乐意，你也乐意，霞姑娘也愿意，是大伙三口人全乐意的事吗？"

柳叶青振振有词，杨华依然面有难色。本来也难，彼此都是缙绅之家，叙起来，也算辗转有世谊寅谊。如今却向双方的朋友萧承泽去说，要图娶李仁兄的令妹给自己做妾？简直一开口，便是侮蔑人。若依着柳叶青的主意，说是嫡室妻子已经同意，乃是奉妻子之命前来求婚，那也不像一句话。若仔细剖白此中情况，在李映霞有不能另嫁他人的苦处，在柳叶青有酬情全节的好意，把个中曲折破釜沉舟地说明一下，自然不嫌突兀了。究竟由杨华向萧烦说，由萧向李转提，还是立言不甚得体，最大缘故，便是杨华本人的身份。替别人撮合，原是成人之美。若替自己做媒，给自己纳妾，不拘他是谁。任凭他面皮多厚，见了仁兄长、仁兄短的萧承泽，到底摆在桌面上，说不出这样的话来。

偏偏柳叶青见李氏兄妹要走，便越催越紧，不管杨华如何为难，催得杨华无可奈何，只有设法规避了。一躲再躲，柳叶青终于觉到，从杨华口中倡导出这件事来，教他先向萧承泽提，再转达李步云，恐怕由他那里，先就不成。同时她又看出，由自己亲口向李映霞求说，绝不会获得确切的允诺，并且李映霞也不会正正经经，把自己终身大事自做决定，再转告她胞兄李步云。那么柳叶青既不便面对李步云兄妹求婚，最后便毅然决然代夫为媒，向萧承泽这方面径直开谈了。

第二十五章

女侠登门求永好

江东女侠柳叶青她假传圣旨，在别院精舍，把这位萧大哥请来。然后她抱着孩子，开场头一句，说道："萧大哥，我有一件很要紧的事要对你说，要请你帮忙。"

萧承泽萧大哥虽然仅仅是李府上一个门客之子，但自经劫难，早已成为李公子的心腹了，又早已成为李公子的股肱和灵魂，李公子把自己一切大事，都要跟萧大哥商量。李映霞小姐也当然没两样，把萧大哥当恩兄亲骨肉一般看待，很有些个话，可以不回避的。柳叶青替夫为媒，找到萧大哥，可算是捷径之捷径，早该这样办。

另一方面，杨华和萧承泽原是总角之交，并且当年同门修业，趣味相投，好比师兄弟一样。萧承泽固然是个穷幕客的好打拳的儿子，却大有人缘，邀得知府令朗李步云、游击公子杨华两方面的契量。杨、李二家见了他，都是一口一个大哥，很亲热地称呼着。柳叶青既是杨府二少奶奶，自然也是萧大哥萧大哥地招呼着。却是奇怪，萧承泽被李映霞称为大哥，他能够满不在意地听受，满不在意地随叫随应。唯独这杨家二少奶

奶，这江东女侠柳叶青，同样是女子，同样这么亲亲切切地抬举他，他竟惭然惶惊起来，脸红脖颈粗，有点擎受不住，把头低在胸脯上，口头讷讷，说不出整话来。

其实女侠柳叶青颇有丈夫气，豪爽洒脱，待人很自然。自做了少奶奶，才稍稍矜持；自有了小孩，才稍稍露出妇人相。可是本性难掩，她还是那么坦率、随便，说话快而且直。不知怎的，萧承泽见了她，似为她的容光声色所掩，竟十分拘谨起来，口称弟妇，屁股尖坐在椅子边上，侧身直腰，如见大宾，如属吏谒见上司大员。究其实柳叶青的身世，萧承泽不是不深知；而女侠柳叶青的名声，他又不是没耳闻，他何以怯起场来呢？当他骤闻老兄弟玉幡杆招赘柳门，得为两湖大侠铁莲子的娇客，得为江东女侠柳叶青的夫婿，他是非常惊奇，而且羡慕的。他偕同李步云，初莅赵望庄，登门求见杨华之时，他也曾匆遽之间向杨华动问，向杨华声贺，并且小小地调笑道："我真想不到老弟有这大艳福！呵，鼎鼎大名的江东女侠居然和你成了伉俪，我真替你欢喜！但不知新娘子人物如何？可很漂亮吧？也懂得过家之道吗？我很走运，老弟，我要见见这位女侠，这位新弟妹！"不料，办完了正事，经杨华一引见，女侠出来敛衽拜见萧仁兄，萧仁兄猝被这女侠的英姿俏容所慑，不觉地犯了口讷面柔的老毛病。人家一福，他赶紧一揖；人家叫一声萧大哥，他口中呶呶的，连个道喜的话也没顾得说利落。

以后见了两三次面，总是当着婆婆杨太夫人的面，柳叶青统以新娘子之礼，给萧承泽斟茶装烟，徒换得萧承泽踧踖不宁。现在这新弟妇居然单独把他邀到精舍，只他们两个人面抵面地谈话。柳叶青把婴孩交给侍女，仍依新妇之礼，亲自待客敬茶，把客人让到上首座位，自己侧坐在旁边茶几小凳上，礼貌谦让异常，萧承泽不觉又怯场了。他想不到柳叶青会找他，跟着柳叶青又对他说出有所求的话来，萧承泽越发愕然，觉得出乎意外了。

柳叶青毕竟是女侠，常年奔走江湖，练达人情，仅只三言

两语，立刻看出萧承泽的窘态，不由心中暗笑。大抵男子们见了容貌美艳的女子，拘谨的定必失措，放荡的定必胁肩谄笑，过分的表示殷勤献媚。柳叶青见过这样的人很多，晓得这位盟兄正在受罪，为了打破窘态，赶忙恢复了以往女侠的豪爽，收拾起新娘子的端庄凝重，和萧承泽随便谈笑起来，抛开家常世套，纵论江湖游侠。萧承泽心神略定，柳叶青这才细说己意。低言悄语，说出了替夫为媒的意思，从种种方面看，李映霞理应下嫁玉幡杆。

玉幡杆杨华陌路援手，搭救李映霞，原是萧承泽夜奔荒林，仓促与杨华相遇，仓促邀请他陌路拔刀援手的。所有杨、李遇合的开端，萧承泽自然很明白，便是以后的演变，萧承泽时至今日，也已明白过半了。萧承泽性情直率，晓得男女授受不亲，当时自己御贼失脚，误打窃盗官司下狱，把个李映霞丢给义弟杨华，实在太难。杨华不负友托，到底救出李映霞。既已一男一女，患难共处好几个月，那么为了保全彼此的体面，萧承泽认为李映霞应该拜杨华为恩兄，杨华也当收认映霞为义妹。此次重逢，既知杨、李已然结成恩兄义妹了，萧承泽也就一块石头落地了。实逼处此，世俗的猜嫌，只可不顾了。

萧承泽到底是个门客，他也曾摒人私问过李公子，李步云也曾摒人私问过李映霞。李映霞含着眼泪，对胞兄细说前情，对杨华感激不尽，此外别的话一点没有。叮问至再，李映霞力称杨恩兄为人光明磊落，颇有柳下之风，更借别的话，表示出自己患难中的气节：“哥哥放心，我们李家不会丢脸的！”萧承泽和李步云都放了心，以为从今以后对待杨家只努力报恩就是了。

却不料此时柳叶青突然说出了意料以外的话，好像话外还有话！萧承泽不由毛发悚然，张了张嘴，不敢搭碴。

柳叶青说：“我和霞妹很投缘，映霞又经您那杨华兄弟背救过，并且他们两个人藏在荒郊，投奔旅店，当时苦得很！两个人，一个孤男，一个寡女，都很光明磊落。我是信得及您那

义弟的，更信得及霞妹的。不但信得及，我为了这一节，越发地爱惜她，敬重她。小妹我的意思，一好变两好，两好变三好，打算委屈霞妹……霞妹不是还没有人家么？她的终身大事，我们也真该替她筹划筹划。小妹我的意思，霞妹这个人如此清高，如此贞烈，我起心眼里看重她。我的意思，我情愿退后，决不争嫡，愿意两头为大，愿意霞妹跟我们永远不离开，永远一块过活。不过这话您仲英兄弟不好开口，您仲英兄弟自然佩服霞妹的为人的，可是他任什么话也不能说，也不愿说。我想只有由我这一方面说，可是我也不好冒冒失失，一直对李公子说，人家乃是贵公子，我怎好硬向人家讨娶人家的妹子，给我们做，做……什么呢。这件事，我翻来覆去地想，只有一条道，只有向您讲。我这件事绝不是贸然开口，我是和各方面都探问过了，都讲说好了。您想，霞妹是这么贞烈的人物，她的终身大事，从前既然没有定，现在最好是这样定规了。我已经当面和她本人透过这番意思，现在我要求您费心，绕着弯子，向李公子透透。这件事已经十成十，就等着您给描一描了。您能够马上给我问一问李公子吗？”

柳叶青还是老脾气，不开口则已，一开口再不容人说话，自己滔滔地说了一大堆话。把个萧承泽听直了眼，真觉得出乎意料，而且也不很明白。

萧承泽瞪大眼珠子，看着柳叶青樱桃似的小口，炒爆豆似的讲了一串，当时竟不知如何置答。却是他心中翻翻腾腾，十分地惶惑，口中呵呵不已：“真是，真的会有这事？这这这！”李映霞明明是知府千金，知府千金岂肯为人做妾？柳叶青不是不知道，她分明是知道，可是她依然要求映霞下嫁她的丈夫杨华，这事情未免不近情。这求下嫁的话不出于他人，而一径出于柳叶青之口，这里面更觉不近情。这种话不对别人，单对自己说，分明要烦自己做媒。做别的媒好做，做这替嫡妻代夫求篷室的媒，未免逸出人情之外，而自己也没法子代人传舌。并且杨华救了李映霞，李映霞寄居在杨家，为日已久，倘有什么

尴尬情形，早可以“随缘度日”了。可是事实上李映霞在杨宅，上自太夫人，下至杨氏二妯娌，分明礼如上宾。偏偏在李氏兄妹骨肉重逢，别杨府，立新宅的今日，猝然由这二少奶奶发出这样的话。莫非其中真格的还有别的蹊跷吗？

萧承泽好像猝受意外袭击，一棒当头，简直害得他晕头转向，不知如何应付是好了。而杨府二少奶奶樱桃似的小口，依然巴拉巴拉，这个，那个，映霞妹妹应该下嫁我们杨华，映霞妹妹不嫁我们杨华，请问她下嫁谁家？

这话奇怪，而且怪那个……萧承泽愣睁眼，还是说不出话来。柳叶青的杀法竟是这般骁勇，即刻，当下，要杀出萧承泽的“嗻嗻，是哒”！萧大哥一味“呀，呀”！一味“啊，啊”！柳叶青她是不肯罢休的，滔滔地又讲出许多话：“凭天理良心，人情世故，霞妹妹必得跟着我们一块儿过。若不然，我对得起谁呀！”

萧承泽好像很明白，其实不明白，就这么不明不白，唯唯诺诺，葳葳蕤蕤地答应了弟妹柳叶青：“我回头就跟步云大兄弟去说。既然是霞妹妹命运不强，既然她不能下嫁别家，那也就说不起冠缨世家了，只可委屈她……”

柳叶青忙道：“不不不，绝不会委屈了她，我这是成全他们，也成全我。萧大哥你放心，我将来决不会争嫡，端架子的。这一节，大哥可以向李公子替我力保一句。我若有一点对不起霞妹妹，我若不把她当亲妹妹看待，我若是说了‘两头为大’，把她诓进门，再不算数，就教我姓柳的女孩子天打雷劈，椎捣磨研，一万辈子不得人身。萧大哥，你是不知道，我心上是别提多么心痛霞妹妹了，若不然，我也不会想出这一条道来。这一条道，是我想了又想，一连好几个月，上至婆婆，我爹爹，中至我嫂嫂，下至你仲英兄弟，我不晓得跟他们核计了多少个过儿。就是我直截当面跟映霞妹妹透意思，也不知透过了多少过儿了。若有一点地方不妥帖，我也不敢这样办，那岂不是恩将仇报，苦害了我那映霞妹妹了嘛？现在就只一节为

难，映霞妹妹是个没出阁的大姑娘，随便你怎么问，从她口中总不好问出什么来。我若教你仲英兄弟亲自向李公子讲，你仲英兄弟他也张不开嘴来。我自己又不好向李公子讲，千想万想，只好找萧大哥你替我们传话。你想，萧大哥，你这是义不容辞，你不说，再没别人能说。这件好事必得由你这里促成，他人不成。萧大哥你想，可不是这样嘛？”

萧承泽一想，果然是“义不容辞”。这里面显见大有曲折，谁都不好说，只有自己可以执柯，也当下点头说道：“弟妹放心，你就交给我吧。”

柳叶青大喜，抱着孩子，千恩万谢。萧大哥回转李家客厅，独自默想了一夜，次日找了一个机会，向李公子委曲婉转地说了一遍。

李公子骤听愕然，如闻惊雷，转想赧然，满面通红，感觉到泰山压顶似的重压，压得他低下头沉默起来。

他想：“可叹我父一世为官，得罪了豪门，落得家败人亡。我的妹妹不幸落到这一步……我听她那口气，她不愿再在杨宅借寓，这其间果然有碍难处。现在，杨恩公的娘子亲口替丈夫为媒，啊，杨恩公当年救了霞妹，他们相处数月之久，想必是……这个，咳……霞妹乃是知府千金，她可怎能给人做妾？可是她仓皇末路，寡男少女，真真……”

李公子简直不敢深想，抱惭非常，半晌方说：“他们烦承泽大哥你来做媒提亲，他们没说到旁的话吗？”

萧承泽道：“他们没说别的。”

李步云凄然泪下，左想右想，这婚事没法子答应，又没法子不答应。他急得头上冒汗：“妹子的终身大事，就是这么草草许给人家做妾吗？”他有许多话要深问，他不肯也不敢问，又有许多事想要求，譬如妹妹真个嫁给杨家，她的身份，我应给她预先争下，但是我怎生开口法？他说：“这个……”他说：“那个……”他始终没说出一句整话。

萧承泽看出他的为难、受窘，便建议道：“大兄弟，我看

这事你也不好专一做主，而且这也不是一下子就定夺的事。你可以背地和大妹妹描描，看她怎么说。”

李步云矍然道：“对！这是霞妹妹切身之事，应该问问她……”但立刻想到女孩子们断不肯公然讨论自己的终身大事，他连连摇头道：“霞妹妹她深守闺训，她的终身自然是有父从父，无父从兄。她再三对我说，她的口气是等到父母深仇得报，她便要长斋绣佛，以丫角终身，她不肯再嫁人的了，便是提一夫一主的人家，还怕她不肯。如今提到给杨家做侧室，只怕她不肯吧。”

萧承泽道：“咳，大兄弟，你太呆气，一个女孩子为了表明她的节操，她自然要说带发修行，其实她的心并不那样。这件事，依我看，霞妹妹为什么要长斋绣佛呢？为什么好磨打眼的不肯出嫁呢？想必是……依我看，杨家二奶奶女侠柳叶青对我讲了半天，这么办，实在就是成全大妹妹的心意。你想大妹妹当年遇难，和玉幡杆相处好几个月，大妹妹为了全节守贞，自然不好再嫁别人。况且她又依赖杨家差不多有两年之久，若据我想，柳叶青这番替夫求婚，真是仁至义尽。柳叶青不说吗，一床联三好，你们杨、李二家可合不可分。”

李步云羞惭无地的低着头含糊应了一声，道：“大哥说的对。”但叫他去和妹妹商量，依他缙绅派头，他实在当着妹妹的面张不开嘴。他搔头沉吟，对萧承泽说：“这不是片言可决的事，你先让我想一想。”

于是李步云一连想了三四天，到底打不定主意。缙绅门第，知府千金，是不能给人家做妾的，而娶妾也是不对的事。

柳叶青那边不放松，请萧大哥探信催回话。萧承泽转面又催李步云：“怎么样，大兄弟，可跟大妹妹提了吗？”

李步云道：“没有，还没有呢。”

萧承泽道：“这件事可是事不宜迟呀！”

李步云道：“哦，你先别忙，让我再想一想。”

一气又想了三四天，他还是迟疑不决。爱妹给人做妾，实

在使他抬不起头来。可是杨恩公既与妹妹有过那一段患难相共的过节儿，不这么办，又当怎么办？

而且柳叶青又把自己如何感激李映霞，如何爱惜李映霞的心情，托付萧承泽，一再恳切申说。李步云想：命里注定，霞妹的终身只可如此的了。他就浩然长叹一声，又沉吟了好几天，终于把主意打定，慨然允婚。

并且他想而又想，替妹妹设身处地盘算了好些待遇上的事情。他自己强忍愧耻，一桩一桩地向萧承泽提出，萧承泽又一桩一桩向柳叶青和玉幡杆提出。玉幡杆很难为情，不敢赞一词，可是他此心怦怦然动，未尝不做着左拥右抱的好梦。他依然保留着他的身份，再三谦拒。他的娘子柳叶青不听那一套，大告奋勇，极力地忙活。女家要索什么，她答应什么，她愿意亲开笔据，说明“两头为大”，她更愿意对天盟誓，表明绝无凌新人、争嫡室的意思。背着婆母，当着丈夫，她真个写了一大篇说盟词非盟词，似字据非字据的东西，交给了萧大哥，转交给李公子。李公子字斟句酌，替胞妹设想，又添了几款。柳叶青满不在意，什么条款都接受，很痛快地按上手模。

李公子略略放心，他照着老规矩，将妹妹的终身大事以嫡长兄的身份做主了，他没有问妹妹一声。他害臊，妹妹当然更害臊；他以为可，妹妹当然也可。现在他只剩了难为情，一见杨华，他就羞愧。想不到做了人家的大舅子，以后紧接着是写婚书，合八字。李映霞的生辰八字，合婚时应该排成，甲子年，乙丑月，丙寅日，丁卯时，这样格式。可是李步云公子说不上来，只记得四月十七日，或七月十四日吉时生，现在整二十岁，时辰好像是鸡叫五更初。李公子更买万年历，自加推算。萧承泽很认真，说这可不能弄错，八字关系他们三口一生，总该仔细核一下，还是确确实实地问问霞妹妹，问准了，再交算卦先生给好生合一合，如有冲犯，还可以破解呢！

李步云一想也对，记得母亲生时曾说，妹妹是船底木命，嫁水命的丈夫最好。现在听说柳叶青是水命，而杨华是土命，

水土相生，跟妹妹的木命确不犯克。然而，是的，八字不能模糊，应该确凿问问，不可弄错了。他于是登楼见妹，妹妹正自倚床刺绣，是柳叶青烦她做的。

李映霞在床头回眸一望，看出哥哥脸上神气是有事。她放下活计，问道："哥哥，有什么事？你不是要回乡去一趟么，怎的又不忙了？这几天我看你跟萧大哥出来进去，大声商量，小声商量，到底有什么事？"

李步云坐在桌旁椅子上，徐徐说道："这个，没有什么事……我说，妹妹，你是四月十七生辰，还是七月十四生辰啊？我记得你正是鸡叫时降生的，可对吗？"

李映霞点了点头，道："是四月十七，不是七月十四。但是，哥哥，你问这个做什么？"

李步云没搭茬，仍问道："可是鸡叫时吗？"

李映霞道："是的，但是……"李映霞盯问下去道："哥哥，你问我的生辰做什么？"

李步云道："我是打听打听你的八字，我怕弄错了？"

"怕弄错了？"李映霞憬然变色了，移开活计，把身子一扭，预备伸足下地。李步云公子站起来要走，李小姐忙说："哥哥，你别走！你好磨打眼，无缘无故，问我的生辰八字做什么？"

李步云道："这个，是给你合一合八字。"

李小姐道："给我合八字，为什么合八字？"

李步云不作声，冲妹妹微微一笑，道："就是给你合八字呀！"

李映霞小姐倏然两朵红云从两颊泛上来，遮满了粉面，不禁低头敛容，又徐徐抬头，凝眸看定她的胞兄，脸上渐由羞惭转为严重，半晌，突然叫了一声："哥哥！"

李步云看定李映霞道："哦，是给你合八字。"

李映霞张了张嘴，要问，又复默然。李步云又微然一笑。李映霞终于鼓起勇气来，说道："哥哥，你不应该！"

李步云道："什么不应该？"

李映霞不禁凄然，羞红的粉靥渐变惨白，呜咽良久，方才说道："哥哥，你不应该给我合八字，我，我，我这一辈子，不能……出嫁了，你要明白！"

李步云含笑的脸渐变为缄默，他寻味妹妹的说辞，由欲言不言，言之不尽的意态中，寻找那说不出口的真意。他脸上忽地也披上惭云，慢慢地红起来了。他想到这"不能……出嫁"的严重意味，不禁打寒噤："难道说我的妹妹落在寇仇的手中时，已经丧失了处女贞操？"他不敢这样设想，也不敢追问下去。

他不禁讷讷地说："妹妹的终身，无论如何，应该有个归宿。你不要顾虑，没人看不起咱们的……"

李映霞陡转懔然道："哥哥放心，咱们李家的人虽在患难中，也没有丢人，你的妹妹仍旧是李家门中的处女，哥哥放心。可是妹妹的意思，不是那意思。李家的女孩子应该长守闺门，替亡故的父母祷告，求先灵保佑，大仇得报。李家的女孩子，无论如何，守贞不嫁，借此维持门楣，正如李家的男孩子，无论如何，也该丢下富贵荣华，矢志复仇，才是他的正路。妹妹不曾给先人丢脸，正跟哥哥不曾偷活忘仇一般。"

话是说得很明白，李步云涣然如释重负，他立刻转忧为慰道："那好极了，那好极了。既是这样，妹妹还该合八字。我知道妹妹力矢守贞不字的深心，但是妹妹，我们不要忘了伍员覆楚时，楚王妹芈畀我和钟仪的故事，妹妹仍该出嫁的。不过不能嫁他姓，仍可以嫁给我们的恩人。我们李家，必须女有所归，然后才男有所为。"

突然李映霞失声锐呼道："哦，怨不得哥哥这些天要走又不走，怨不得又要我的八字，你是要我有所归！哥哥你错了，你的妹妹断断不能有所归，尤其不能归给姓杨的恩人！你的妹妹无论如何，不能……凭一个书香之女，不能给人做妾！哥哥，难为你，怎么这么糊涂！"嘻嘻地冷笑起来，面色惨白无

人色，几乎气倒在床边。

李步云愕然，不觉又堕入五里雾中。他是最疼爱他这小妹的，尤其是在患难以后。现在她气成这样，这怎么办呢？

然而，八字已经有了一撇，话都挑明一半，生米也将成饭，势难中变。李步云转头来和萧承泽再三密议。妹妹不愿意，自己可是答应过柳叶青了，这真真糟心！柳叶青又不住派人请萧大哥讨回信，要准信。萧大哥重登杨府，和二少奶奶柳叶青连谈了两回，回转来重催李步云："你是胞兄，又是当家人，大主意还是你拿；你不要尽顾虑霞妹妹的委屈了，那委屈不了她。你前后想想，不这么办，怎么办？"

李步云还有点迟疑，萧大哥又说："这不是就等换八字，过帖了嘛？你又模糊记得，你就不用问大妹妹了，八字就那么填上，赶快叫算命先生核一核，其实也不用核，赶快办完了，咱们也好赶着去寻仇人。霞妹的事老这么虚劝着，你也心不净。我记得聂政嫁了姐姐，葬了老娘，才肯拿起匕首行刺去，你也正该如此。"说着，把杨华的八字，柳叶青的盟书，全从抽屉拿出来，又取出新置的婚书，催着李步云当机立断，立刻写齐。

李步云提起笔来，长叹一声……突然门扇一响，李映霞凛然出现，直直地走到书案边，把柳叶青的盟书，杨华的八字，全拿起来一看，嘿嘿地一笑，促双眉，凝双眸，注视着二人，半晌，道："你们要做什么？"

萧、李瞠目相视，李步云忙说："妹妹来了，倒吓我一跳。妹妹看看，这是杨家二少奶奶亲笔写的……她绝不敢跟妹妹争嫡的。"

李映霞冷笑了一声，道："你们办到这样了，也不告诉你妹妹，好，我拿回去细看看。"转身迈步，走回卧室。

萧承泽望着李映霞的背影，说道："教她看看也好。"李步云道："不对！"连忙站起来追出去："霞妹，你可别撕呀！"

真是说着了，李映霞把盟书略看了开首几句，拿着剪刀，

一直走到父母灵牌之前，点起了佛烛，焚香叩首。这时李步云已然赶到，李映霞并不回头，往上连连拜祷：“双亲在天之灵，请俯鉴女儿苦心。你的女儿劫后余生，自誓守贞不嫁，你的女儿绝不做酬恩的礼物，就是白刃相加，此志不改。倘有强逼，唯有一死自明！”站起来，就把盟书八字往烛火上送，被李步云横臂拦住。李映霞复又抄起剪刀，投身跪地，披发待剪。李步云吓得手忙脚乱，也跪下来，竭力阻挠。李映霞禁不住号啕大哭起来。

萧承泽慌慌张张也赶到，和李步云手足无措，含泪相劝。李映霞一语不发，只是哭号。

一连僵持了好几天，剪头发的事，柳叶青也晓得了，她的父亲铁莲子，她的婆母杨太夫人，也影影绰绰晓得了。这件事倒几乎闹明了。

“霞姑娘刚搬出去，好磨打眼的，怎么剪起头发来了？”

“是呀，好磨打眼的，倒剪起头发来了。”

杨大娘子冲着二娘子柳叶青笑，柳叶青连使手势，她还想瞒着婆婆。

铁莲子把女儿、女婿都叫到精舍，问他们真相。女婿杨华红着脸不言语，柳叶青略为描了描。铁莲子道：“青儿，这件事情，你要再思再想。你不要尽逞孩儿脾气，毁了人，还给自己找不如意。‘一床联三好’是好，可别忘了‘一仇三怨呀’！”

“爹爹你放心，我和仲英全没说的，我这是为着霞妹的终身设想。谁教她救过我呢，她救我，我就得成全她。我们三个人拴在一块了，离不开了。”

铁莲子哼了一声：“救过你，成全她！”嫁出门的女儿，他也不能强作主张。他只将二女不并立的话根据老经验说了又说，暗示着李映霞是个似弱实强的女孩子，未必甘居人下。他的私见，只见到这个。

柳叶青不听那一套，暗中仍自努力，终于碰了壁。李步云依据胞妹李映霞“矢志不移”的决心，转告萧大哥，萧大哥咧

着嘴，转告了柳叶青，便是婚事已被“拒绝”。

柳叶青大为挠头，但还不死心。她想了想，跟丈夫杨华秘密磋商，重写了许多东西。这一天，瞒了婆母，悄悄出门，一直找到李氏兄妹的新居。她打算一声不言语，升堂入室，在小楼卧室，和李映霞摒人秘语。她却一时疏忽，没有准备停当。当她的轿车停到李家小楼前，那车夫不知不觉，上前替主人叩门。恰值李步云心烦意乱，在前庭走溜，听见了动静，亲自出来开门，于是见到了柳叶青，恭恭敬敬叫了声：“杨二嫂！”要往客厅让，又命人快去通知小姐。萧承泽也已出来招待。柳叶青慌忙做着手势说：“李大哥，萧大哥，不要客气，我是要找霞妹妹，我们姐俩要背着人，谈谈心腹话的。”

李公子脸一红，愣住了。他却另有一种想法，他要亲对柳叶青替妹妹辞婚，说明个中困难。萧、李二人竟坚邀柳叶青到客厅，柳叶青暗骂着这一对呆子，拿出她那爽直作风来道：“我先找霞妹谈一谈，回头再跟二位说话儿。”丢下了萧、李，拾级径登小楼。

不想小楼“呀”的一声，卧房门掩上了，而且加了栓。小丫鬟立在门旁，满面带笑地说：“二少奶奶来了，霞小姐请您到客厅，她回头就下来。”

柳叶青愕然道：“她干什么呢？”

小丫鬟呵呵地笑说：“霞小姐她……换衣服呢！”

柳叶青笑道：“去开你的吧，你也替你们小姐扯谎？你真是伺候谁就保谁，你倒忠心！”一面说，一面上前叩门：“霞妹妹，霞妹妹，我来瞧你来了。你开开门！”

门里面没有动静。

“你不想见我吗？霞妹妹快开门，我有几句要紧话单对你讲。”

里面依旧默然。

“霞妹妹快开门，这样的门就拦住我了吗？我可要破门而入了！”且说，且咯咯地笑，且嘭嘭地敲。

好半晌，李映霞才隔着门低低地说：“青姐姐来了，请到客厅，我这就下去。”

柳叶青心生一计，忙笑道：“好，好，你快下来，别教我久等啊！”做出了下楼的脚步声，向丫鬟打手势，她却藏在楼旁。却不料李映霞掠巾掩面，倒在床头，决计不肯开门，不肯与柳叶青相见了。柳叶青候而又候，静等开门掩人，等到她心焦，屋中一点响动没有。楼下的萧、李耐不住了，悄声对商，由萧承泽走上来请杨二少奶奶柳叶青到客厅一谈经过。柳叶青强笑道：“好哇，霞妹妹，你真绷得住，真就好意思给我闭门羹！”

屋里仍然悄然无声，萧、李把柳叶青邀让到客厅，于是一迭连声做了一番长谈。萧、李把映霞坚志辞婚的意思切实表说出来，一面道歉，一面敬谢雅爱。

柳叶青听了，仍不以为然，说道：“李大哥，你哪里知道令妹的心情，我全明白。你们二位瞧我的吧，我总得再和她当面讲一回。”往四面一望，低诉数语，柳叶青悄悄溜出客厅，重登小楼。

那个丫鬟奉了李公子之命，先一步叩门假意报说：杨二少奶奶走了。李映霞仍未打开房门。柳叶青微微一笑，蹑足退下来，张目寻看，溜转来，找到窗口。恰巧窗扇打开，柳叶青一逞身手，嗖地穿窗蹿进屋内。

李映霞正自倚案展卷，低声咏哦；柳叶青蹑足悄声地站在她身旁，她漠然不觉，正在凄凄凉凉地捧读一本词集，以至于进来了人，她还不晓得。

“思悠悠，恨悠悠，恨到几时方始休？月明人倚楼！”念到这里，李映霞不禁感慨，慢声重复一句：“月明人倚楼！”

柳叶青忍不住出声：“妹妹念什么了？”

李映霞吃了一惊，回眸寻看，心中一跳：“哦，姐姐没走，倒吓我一跳，姐姐你请坐！”忙起来斟茶。柳叶青按住她，不教她动，自己拉过椅子来，紧挨李映霞坐下，说道：“妹妹不

愿见我吗？我可是天天忘不下你，从你一搬来，咱们就好多天没见了，我真是时时刻刻想念你。妹妹不要动，不要张罗，我不喝茶。妹妹，我这回特意来跟你商量一点事，哦，给你看一点东西。”

且说且掏，忽又回头一瞥，忙走过去，把卧室门掩上了，加上栓，这才把掏出的东西递给李映霞，李映霞不肯接，柳叶青笑说：“妹妹，你倒是瞧瞧啊！”亲自展开来，铺在书案上，拉着李映霞，请她务必一看。

李映霞不用看，早就猜到那是合婚书，和柳叶青亲笔写的誓词。

李映霞摆脱着，掉头不顾。柳叶青满脸恳求，向李映霞说项：“妹妹，我的话都说尽了，妹妹，你答应也得答应，不答应也得答应。我这当儿恨不得有把刀，把心腹剖开，叫妹妹瞧瞧。妹妹，咱们俩，不是，是咱们仨，活该受老天爷的摆弄，咱们仨无论如何也离不开了。妹妹，各方面我都布置好，千言万语，就剩妹妹你答应一个字。”

李映霞淡淡一笑，脸又泛红，双眸不禁吐火，真有点按不住怒气了。可是她一忍再忍，收回了爆发的感情，慢慢说道：“姐姐你这是做什么？哦，姐姐出门，怎么不把小宝宝带来？伯母好吗？大嫂好么？义父没有出门吗？”

“都好，都好，没有出门。妹妹，我是特为来跟你商量那件大事，累累赘赘带孩子干吗？妹妹你别跟我打岔，我是偷空瞒着婆婆来找你的。我托萧大哥说不动，现在我自己求你来了。妹妹，你还不答应我吗？你还要怎样？盟词也写了，八字也合了，可是要我对天盟誓吗？我现在就盟……”说着满处四寻，要找跪垫，这里并没有拜毡。柳叶青哦了一声，拿过两个椅垫子，并放在地上，把李映霞一拉，要一同跪天宣誓。李映霞竭力支拒，她没有柳叶青那大力气，不禁气喘，正色厉声说：“姐姐你不要这样子，你不能强迫我！这样的做法，就不能受！”

“咳，妹妹跟我还有什么不好意思吗？这里就只咱们俩，又没有外人，我先跪下，来来来，妹妹跪在这边。哦，不，妹妹跪在垫子上首，我跪在这边。”

柳叶青自己半跪在垫子上，一手扯着李映霞。李映霞被她拖得如风摆叶，用两只手臂竭力来拆解柳叶青的一只手，竟解不脱。柳叶青一欠身，用一只手腕，揽住了李映霞的腰肢，只这么一拢，李映霞身不由己，倒在柳叶青怀内。柳叶青像搂小孩似的紧搂着，而且爱抚着，而且低声说：“妹妹，妹妹，我爱你，我真爱你，你不用躲我。妹妹，我们仨永远永远要活在一块儿！”情不自禁，竟低头来吻李映霞的腮。

李映霞整个身子坐在柳叶青怀内，她的双腕也都被拢住，柳叶青从映霞的颈后探唇来吻她的腮，她竭力挣摆，脸罩红霞，心如小鹿，她失声喊了出来。她立刻左侧脸，右侧脸，终被柳叶青口揾住腮，又被一翻，翻得脸对脸，四目相对。柳叶青双眸带出很古怪的神气，李映霞不禁喘息起来，终被柳叶青紧抱，抱起来，而且趋奔床头，而且双双倒下来，并肩叠股地卧着。柳叶青低低地向映霞诉说心腹话，又替杨华诉说钦慕话，爱慕话。

李映霞如饮烈酒，教柳叶青摆布得如醉如痴。她的一颗心怦怦跳动，几乎把持不住。她猛然把牙一咬，把心一沉，叫出了裂帛之声：“柳姐姐，你们不能这样作践我，你给我站起来！我不能受这个，我我我受尽了无穷气苦，我在患难途中张皇求救，人没把我当人。今天我好不容易骨肉重逢，我情愿……柳姐姐，你趁早死了你那条心。我要努力做人，我不能做玩物，也不能做礼物，也不能做人家忏悔的牺牲物！我这一生，誓不嫁人，皇天后土，实鉴此心。逼我太甚，我还有一死，干干净净地死！柳姐姐，你不要再折磨我了，我受够了，难道你非要我一死才死心？”

李映霞陡然拔下头上的发簪，叫道：“我若口不应心，这辈子我若嫁人，教我碎骨粉身！”啪地投地，发簪摔为两段。

李映霞斩钉截铁，神色凛然。

柳叶青愕然，大窘之下，惭惶起来。然而她不死心，化百炼钢为绕指柔，再向李映霞厮缠。

第二十六章

花开并蒂莲

当天下晚，柳叶青的小宝宝女儿小华逾时索母，啼哭起来。这惊动了婆母杨太夫人，叫过看妈妈来问，回答是二少奶奶大概上李少爷、李小姐新宅串门去了。杨太夫人又问，临走没留下话儿？什么时候回来？答说没有。

杨太夫人不悦，命人去请大少奶奶。大少奶奶来到面前，婆母说道："你这二弟妇也太随便，怎么串门子去不带孩子，也不告诉我一声？你看天都这么晚了，小华要找她娘，许是饿了！"

大少奶奶早知就里，忙赔笑道："小宝哭了，我来哄她，她不是饿，她是想娘。"太夫人道："她娘好磨打眼的，串门子去做什么？"

大少奶奶笑了，说道："娘还不知道，二婶和李小姐拜了干姐妹，好得蜜里调油似的，她一定是找李小姐说心腹话去了。"

"说心腹话？什么心腹话？"

大少奶奶这才乘机把她们之间的交涉略略描说出来。是怎

么杨华救了李映霞，李映霞矢不别嫁；是怎么二婶（柳叶青）起初误会，后来谅解；是怎么那晚御贼之后，多亏映霞一箭，救了二婶，救了咱们全家；是怎么二婶才私心期望，要求李小姐下嫁二叔；可是李小姐不知何故，总是推托；是怎么李小姐迁出之后，二婶着了忙，再三托人试探；李公子答应了，李小姐还是推托……原原本本，禀告了婆婆。然后说到今天，二婶一去，就秘密告诉了我，说倘我回来晚了，教我秘密告诉您老。二婶现在是感激李小姐跟我们杨家有恩，她情愿“一床联三好”，各方面都问讯好了，就等李小姐一点头，便回禀婆婆。如此这般，仔细一说。杨太夫人听了，陷入沉思，半晌，说道：“我说呢，怪不得李姑娘像有心思似的，她二婶、他二叔也像有心思似的，原来是这么一回事。她二婶可真心要替丈夫说二房，她不反悔吗？李小姐兄妹到底肯委屈么？还有，柳亲家他也愿意吗？”

杨大少奶奶赔笑说：“各方面都没什么了，就只欠李小姐一点头，然后就请示您。”

杨太夫人默然，起初她很不满意柳叶青的专擅，其实她早就看中了李映霞，以为比柳叶青懂事，能治家。她恪于家训，不愿子纳妾，又想到李映霞以一知府千金，也不肯屈为篷室。太夫人她老成持重，有意未透，现在可真是“水到渠成”了。思索了一阵，命人去请柳亲家（铁莲子）。

铁莲子不肯反驳，也不肯赞助，只说这是太亲母和小女小婿的家事，兆鸿不敢借箸代谋的，大主意请太亲母斟酌，又抱歉道：“小女太任性，叫太亲母操心！”

杨太夫人又思虑了一阵，把杨华找来，母子摒人密语了一回，看天色已晚，二少奶奶柳叶青一去未回，杨太夫人便毅然说道：“你去教他们套车，把李小姐连二婶一块接来。”杨华不觉忸怩起来，杨太夫人笑了笑，又想道：“索性我去接她们，连她大嫂也跟我一块去。”

立刻套上车，太夫人抱孙女，偕长媳，带丫鬟，直赴李氏

新寓楼。

这时候，柳叶青和李映霞在小楼卧室腻烦，磨蹭，已经磨得舌敝唇焦，筋疲力尽了。李映霞用若干反譬话，轻一下，重一下，像针似的来讽刺柳叶青；柳叶青恧颜接受，她一点不恼，仍一味软语央求。柳叶青那么刚强的人都掉下眼泪，李映霞咬定牙根，百折不回，从她唇吻中不曾迸出半个“可”字。李映霞涕泪横颐，面色灰白，闭定了眼，任凭柳叶青把好话说尽，她只是充耳不闻。萧承泽、李步云两人，在庭院中来回走溜，叩门不开，问话不答，两个女子都似犯了拧性，一个软磨，一个硬泡，忘息忘食，僵持了这么长久的时候。

杨太夫人终于到了。萧、李二人施礼欢迎，杨太夫人劈头问道：“我们二婶可是在这里吗？”

“是的，伯母，嫂夫人现在楼上和小妹说话呢，这老半天了。”

“哦，她们姐妹很好，我去看看霞姑娘。”由大少奶奶搀扶，丫鬟抱着小宝宝，一齐登楼。

“哦，怎么关着房门呢？”

李步云公子呵呵地说：“可不是，小侄叫过两遍了，她们总是说，说话儿呢，一会儿就下楼。”抢行一步，提高了喉咙叫道：“大妹妹！杨伯母、杨大嫂到了！”

杨大少奶奶接声叫道：“二婶，咱娘来了。霞姑娘，我娘瞧你来了。”

“哦，可了不得，我娘和大嫂全来了！”柳叶青在房中叫了一声，如飞跳下床来开门。

李映霞眼红红的，也即下地接待。

杨太夫人第一步先命杨大娘子把小孩交给柳叶青喂奶，一面细细端详柳、李二人的神色。两人都似哭过，而柳叶青一脸焦灼，李映霞两眼发直，显见弄僵了，个个不得下台。杨太夫人笑说道：“你们姐俩关上门，说体己话了，可是为了霞姑娘的终身么？”

柳叶青强笑不答，望着大嫂。杨大嫂悄声说：“我刚才禀

告婆婆了。”柳叶青忙低问：“怎么样?”大嫂道：“这不是婆婆亲自来了。我说霞妹妹……”

李映霞强笑不语，和柳叶青一样。杨太夫人点了点头，抬头望见李步云、萧承泽也都上了楼，正立在门边。斗室挤满了人。杨太夫人就说道：“李公子你请进来，我正要跟你们谈谈。唔，霞姑娘的终身我也是最挂念的，是应该紧着办的。李公子，霞姑娘，你兄妹若不嫌我年老昏愦，说话冒昧，我正是要替二小儿正正经经来求婚的。这里头委曲婉转，我早就听说了，只不晓得我们二儿媳的意思，我也就不便多管。现在难得你们姐妹这样好，霞姑娘你就委曲一点吧，你只当给我做个亲闺女。你还怕我们给你气受吗?”

李映霞哽咽说道：“我谢谢伯母的盛意，人贵自知，我知道我是不祥女子，我主意早已打定，我对不住伯母！我不便答应!”不禁痛哭起来。

她仍然拒绝。

费了许多话，结果依然僵，僵了很久时候，不欢而散。

杨太夫人回转己家，把二儿媳抱怨了一顿。柳叶青无言可答，只有赔笑。

柳叶青退归己室，又被丈夫抱怨了一顿。她可就憋不住火了，她要发作，其实又没法发作。她一声不言语，带着小宝宝睡觉。

次日，铁莲子听知原委，把女儿叫到一边，劝了一阵。柳叶青一声不言语，翻着眼睛，想心思。

一直过了好几天，柳叶青想了三四天的心思，李映霞在那边扃户暗哭了三四天。

有一天，柳叶青忽然精神焕发，翻箱柜，找东西，有说有笑。第二天又沉默了，双眸望着杨华笑。杨华不晓得她又捣什么鬼。

第三天，柳叶青声言头疼，把杨华支到书房，天刚黑，她便睡下了，小孩交给了乳娘，乳娘和她住联室。

到了晚间，夜暗星昏，暮风恬静，柳叶青悄悄起床，早已换好一身夜行衣，背上了青镝寒光剑，重展身手，跳墙出了杨宅，径奔李氏寄庐，照样翻墙而进，蹑足登楼，撬门入室，晃火折，认准了熟睡的李映霞。

李映霞满面愁态，拥衾而卧，姿容如此娟秀，体段如此苗条，便是柳叶青见了，也怦然倾慕，何况丈夫？

柳叶青偷玩李映霞的睡容，不料李映霞忧患余生，睡不安枕，稍有动静，便转侧欲醒。柳叶青慌忙叠起火折，点着了薰香。把薰香放在了李映霞头前，悄悄退了出来，闭门掩窗，藏在一旁。

好半晌，听见李映霞打喷嚏，暗说行了，急急掩入，敞开门窗，放走了烟气，公然点上灯。李映霞果然人事不省，侧卧床头，面色转为苍白。

柳叶青大悦，走近前，掀起被来。李映霞穿着紧身睡衣和睡鞋，俱是素色丧服，然而越显得雅素。柳叶青弯下腰来，伸手把李映霞的腮摸了一下，她不动；又拉起她的手来，她还是不动。柳叶青探衣摸她的胸口，胸口微微跳动。柳叶青放心大胆，双手伸下去，把李映霞一抱，轻轻叫了一声，又试着亲她的腮。李映霞如死人一样，任人摆布，昏迷不醒。柳叶青立刻解下搭包，又用床上的被单把李映霞一包，然后用褡包把她紧背在自己的背后。

柳叶青此时也禁不住心跳，她要劫持李映霞，强行求婚。她的非非之想居然做出来，而且做下去了。

她立刻背好了她的俘虏，吹熄了灯，如飞轻步下楼。

她走到庭院，要翻墙跳出去。她发觉她的气力不支，她的功夫搁下了，力不从心了。现在只有一法，开街门径直出去，却忘了院中还有一个大行家——萧承泽。

刚刚走到大门洞，刚刚拔开门闩，柳叶青突然听侧面低声断喝："呔，站住！"

柳叶青忘其所以，霍地倒转身，拔剑一挥，咔嚓的一响。

旁边黑影哼了一声，往后骤退。柳叶青如飞的逃出去，“噌”的一下，肩头热辣辣的奇疼，似乎中了暗器。她不顾一切，顺大街一抹地抢奔杨府。

她身上背负了一件重物。

后面人影退下去，又赶上来，依然喝阻：“呔！贼子，把东西放下！”

柳叶青突然省悟，追来的是熟人，是萧大哥。柳叶青忙往暗隅退藏，然后出声叫道：“念短，念短，并肩子，过来搭话。”

萧承泽挥门闩，如飞抢到跟前，口中叫道：“呔，你到底什么人？拿的什么？”

柳叶青很懊丧地叫道：“萧大哥，快不要动手，是我！”

“你是谁？吆，你你你可是二弟妹，柳叶青？”

“正是我！”

两人凑在一起，萧承泽头上直冒热汗，说道：“好弟妹，你把我吓杀了！若不是退得快，我差点教你剁了，你那是背的什么？”

柳叶青从肩头拔下一支袖箭来，轻笑道：“我也差点教您射死。”

“哎呀，对不住。我说弟妹，三更半夜，你到底是干什么？”

柳叶青咯的一笑道：“我嘛，我是来接映霞妹妹到舍下住一天，我跟她讲几句私心话。”

“映霞妹妹？她在哪里？”

“她这不是在我背上呢！”

“唔！大妹妹，你可是，怎么不言语了？噢，噢，噢，弟妹，你这是……绑票，强逼亲事，怕使不得吧！”萧承泽迫近了细看，完全猜出来了。

“好，萧大哥，您就不用管了，您就快回去，关门睡觉去吧。你那李大兄弟不知惊醒了没有，你费心替我开解开解。我背着一个大活人，不能多耽误，有什么事，咱们明天再见吧。”

柳叶青背负着昏迷不醒的李映霞，拔步就走。萧承泽目瞪

口呆，望着她的背影，忽然想到一层顾虑，急忙跑回去，闩上门，跳墙出来，紧紧缀在柳叶青后面，暗作掩护，直等到柳叶青来到杨宅，平安进院，萧承泽方才咧着嘴回转李家。他已然证实了一件事情，柳叶青此番举动是偷着干的，里面没有杨华，杨华不曾出头。

那江东女侠柳叶青累了一身汗，方把李映霞背到己屋，放在自己的床上。她略做喘息，先把自己的伤口扎治好了，立刻动手替李映霞缓去结束，脱却小衣，用被给覆在身上。李映霞皓如白玉的肢体被柳叶青剥脱得整个裸露。然后柳叶青笑吟吟地到书房去叫杨华。

玉幡杆杨华大惊，连说："你胡闹，你太胡闹，这可了不得！"

"但是我已经做了。不这样，她永远嫁不到咱们家来。"柳叶青一脸得意的笑容，拖着杨华，教他过去看看。

杨华满脸通红，坚决不去，但架不住柳叶青的强嬲，杨华只得跟随柳叶青来到寝室外间，探头看了看，坐在外面。

柳叶青便一个人走进去，把灯剔亮，紧跟着她自己也解衣登榻，和李映霞共枕同床，轻轻地偎抱着，低低地叫道："霞妹妹，霞妹妹！"

霞妹妹兀自难醒。柳叶青才晓得她是这样弱，禁不住薰香，忙又轻轻叫道："喂，仲英，你给我斟点凉茶来。"

杨华枯坐不动，心中怦怦乱跳。

柳叶青连叫不应，赌气走下地来，抱怨道："我特意背来一个睡美人，要交给你，你倒装起鲁男子来了！你太没良心，对不住我！"

杨华咳了一声，道："你这恶作剧，做得太过火了，恐怕后患不堪设想。"

"呆子，什么后患，没出阁的姑娘就是隔着一层纸，你把这层纸给她揭破了，她再也绷不起来了。她不是不爱你，你也不是不爱她，依我说，你趁早过来，咱们一床联三好，看她还推托不？"

杨华忸怩道："那可万使不得！"又低声央告道："你别瞎闹了，这不是闹着玩的！"

柳叶青怒道："你不肯爱她，我可爱她去了！"说着扑哧一笑，斟了一杯凉茶，撬开牙关，给李映霞灌下去。随后登床，紧紧偎住了映霞，等她苏醒。

李映霞昏昏沉沉，眸子渐渐转动，仍然睁不开，肢体被柳叶青拥抱着，使得她陷入离奇的梦境，恍惚又是那天在淮安府，望断途穷，潜出自缢，教杨华解救下来，被拥在怀的情景。她迷离中竟喃喃低叫："华哥，你去吧！今生无望，我和你期待来生！"陡觉梦中情郎在耳畔安慰自己道："霞妹妹，我们今生有盼望，我们离不开了！"而且唇腮相就，这样温存着。

李映霞终是处女，不禁娇羞支拒，手腕又被人握住，蓦地着急，睁开了双眸。一个粉面红唇正对着自己，相距不过咫尺。

哦，这是柳叶青，不知怎的梦魂颠倒，梦中情郎不见了，眼前的情敌突然出现，正和自己并枕相偎抱。李映霞不胜惶惑，犹疑是梦，扶枕待起，被这情敌按住了，而且亲亲热热地叫着自己："霞妹妹醒转来，霞妹妹醒转来，你瞧你在哪里了？"

李映霞陡然吃惊，骤转清醒，置身处这不是柳叶青夫妇的寝室吗？

她惶然失措，忽又觉得自己周身赤裸。她不由失声惊叫，用锦被紧裹身体，又用力要推开柳叶青，呵呵地说："这，这是在哪里？这是怎的？"

柳叶青咯的一巧笑，重缠住李映霞，婉声说："好妹妹，你逃不出我的手心了。我一定求你下嫁，我把你掳来了，你现在就睡在我们夫妇的床上。好妹妹，你是我的人了。咱们是一根红绳牵两个蚂蚱，跑不了你，也跑不了我。你再不要推托了，咱们在这床上睡了一个更次了。"遂说，遂像扭股糖似的把李映霞软软缠住。

李映霞浑身酥软，没抓没挠，一筹莫展，完全失去了抵抗。

李映霞嘤嘤地啜泣起来。柳叶青无可奈何，跪在她面前，款语央求，许了好多愿，又痛切自责，“好妹妹”叫了万千。归结到底，还是坚求她下嫁，誓结并蒂莲。柳叶青三番两次叫杨华，杨华不肯进内。

一夜晚景，私语达旦。玉幡杆杨华在外间屋，就也这么枯坐达旦。私谈者喁喁不倦，他这窃听者也殷殷无倦。

赶到清晨，柳叶青瞒着婆母，把李映霞偷送回寓楼，又再三叮咛了许多话。李映霞只有饮泣，更无别言。可是她紧蹙的双眉渐渐舍展开了，好比执着一个“不解之结”，纵然怅怅如有所失，此刻到底拆开了，又好像一块石头落了地。

于是隔过了几天，杨太夫人“旧事重提”，把李映霞接来。李映霞敛眉含羞，低声答应了几句话：“我只能服侍伯母来！”她的终身就这样定局了。

光阴过得很快，转眼两三个月。在李映霞和玉幡杆的婚礼隆重筹办的时候，李步云公子的岳家突然把他的未婚妻送来了。岳家樊乡绅原跟李府是通家至好，不因李家沦落而悔婚，樊乡绅亲自携女寻来，还带着嫁妆。李公子不能再拒，于是步云映霞兄妹俩一娶一嫁，同时成婚。

在会新亲的筵间，萧承泽喝得大醉，替李步云提到了报亲仇，杀二计的大事。铁莲子和玉幡杆杨华义不容辞，都慨然应允。李映霞兄妹感激之余，倒不禁怆然了。自然这件大事也在将来布置，当下，新亲旧亲举杯相劝，尽欢而散。

整理后记

本书写于1949年，同年由上海广艺书局出版。广艺版共分五卷，卷一“毒砂掌”题目下，有“续狮林三鸟”字样。

《血涤寒光剑》于1940年初刊报端，并于1941年由天津正华出版部出版之后，曾更名《狮林三鸟》出版。二者相较，《血涤寒光剑》更准确，更完整。因而，广艺版《毒砂掌》卷一题为“续狮林三鸟”，实际上是续完《血涤寒光剑》。

现在出版的这部《毒砂掌》，是根据上海广艺版校订的。

第一章　洞房谈宝剑

第三章　客窗互窥测

第六章　寻仇人复被人寻仇

第九章　开坟悲失头颅

第十一章　怅望水火牢投鼠忌器

第十四章　血债血还毒刑讯寇仇

第十七章　狭路惊逢玉虎

第十九章　乡居有客来馈蟹

白羽武侠小说全集 八

雁翅镖 青萍剑

白羽 著

山西出版传媒集团
北岳文艺出版社 ·太原·
BEIYUE LITERATURE & ART PUBLISHING HOUSE

图书在版编目（CIP）数据

雁翅镖·青萍剑 / 白羽著. — 太原：北岳文艺出版社，2022.1
（白羽武侠小说全集）
ISBN 978-7-5378-6468-8
Ⅰ.①燕… Ⅱ.①白… Ⅲ.①侠义小说—中国—现代
Ⅳ.①I246.5

中国版本图书馆CIP数据核字(2021)第215719号

雁翅镖·青萍剑

白羽 / 著

出品人
郭文礼

选题策划
孙茜

责任编辑
刘晓京

印刷监制
郭勇

封面插画
杨苇

封面设计
阎宏睿

出版发行：山西出版传媒集团·北岳文艺出版社
地　　址：山西省太原市并州南路57号
邮　　编：030012
电　　话：0351-5628696（发行部）　0351-5628688（总编室）
传　　真：0351-5628680
承 印 者：山西人民印刷有限责任公司

开　　本：890mm×1240mm　1/32
总 字 数：5280千字
总 印 张：200.625
版　　次：2022年1月　第1版
印　　次：2022年1月　第1次印刷
书　　号：ISBN 978-7-5378-6468-8
总 定 价：1380.00元（全25册）

少年崔泽技艺初成，独闯江湖，外出寻父。途中恰遇玉玲珑林萍等黄河三盗劫夺官车，误打误撞，竟被诬作要犯缉捕入牢，备受苦楚。

江湖豪客黑斑牛李豹路见不平，飞骑直驰，赶到地处偏僻的柳林屯，设辞请出隐姓埋名多年的贺孟雄、邱季刚等河朔七雄，密谋策划，大举劫牢，救出崔泽。

混战中，崔泽带伤逃入林中，竟又与身负重伤的玉玲珑林萍相遇。仇人相见，本起干戈，谁知二人却设盟起誓，化敌为友。其中恩怨纠缠，曲折迂回，又是一番精彩故事。

目录

雁翅镖

第一章

柳林七贤

在大河以东，山西省西部，离石城西郊以外，有一座小村庄，名叫柳林屯。恰当离石河斜入黄河的交叉口。这柳林屯，北负连枝山，南东环绕着离石河，背倚黄河，正是三面临水，一面靠山的地带，地方很险僻，几与外界隔绝。却是隔着离石河，径入黄河的南岸，有一个三交镇，恰是横越黄河，由晋入陕的孔道，可以说地方很僻，而交通很便利。

柳林屯居民无多，十九务农为业，不问外事，犹如世外桃源。忽然有一年，屯里迁来一家客户，姓贺名廉英，携带着妻子亲眷，来此荒庄，买田，置地，筑舍，务农。乡下人多好打听闲事，许多人辗转询问这贺客户的来路。据说贺廉英乃是个退职的官吏，又说是个退休的富商，因为厌弃风尘，要乡居养静，才卜居到柳林屯来。

但是无针不引线，贺廉英既是外乡人，他怎会想到迁至柳林屯来，久居务农呢？据说乃是贺廉英有一个管事的张先生，跟柳林屯当地农民谢二福有着相当的渊源，说是换帖的弟兄。贺廉英原来携眷在太原省城居住，既然定了乡居避嚣的心，就

吩咐手下管事人，给他买田产，置房舍，并向各界头人打听隐居之所。那管事的张先生就转托到一个晋省土著姓马的，由这姓马的又转托到柳林屯的谢二福。于是贺大爷，张管事，宾主物色良田，经过了半年多的选择，终于看中了负山环水的柳林屯。便由贺大爷委托张管事，张管事就委托马某和谢二福，找到了房地产中人，殷请了当地保正和地方，就在柳林屯，买了大批的良田。

旋又在田边，建筑了庄院。经过了两三年的布置，现在良田已觅妥一个佃户承租，新舍已经招揽工匠造成，贺大爷这才接妻子带亲眷，由并垣搬来了。

起初贺大爷刚搬来，乡下人颇拿他当作谈柄。经住过一年多以后，贺府上待人实在宽厚，无论对近邻，对佃户，都舍得吃亏让人，又惯拿小惠小利，来哄慰这些浅见的乡民。于是柳林屯一带居民，对贺家再没有歧视或奇视之处了，渐渐地安之若素，视为本屯的老邻旧户了。这可就是“钱能通神”之效。而贺家上下处世有术，待人谦和，也是买得大家欢心的一个原因。

又过了两三年，贺家忽然拿出钱来，增购田产，加筑院舍，一连买了一顷多良田。柳林屯的人不由又议论猜疑起来。但是贺家买地，肯出大价，招租佃户，又待遇极优，雇工匠盖房，也不惜小费，四邻帮工，更厚予酬谢。起初也还有人不忿，说我们的祖业良田，不久都要教这外来户侵蚀去了。却架不住贺家太慷慨，谁说闲话，抱不平，他立刻就请谁吃饭。于是钱能通神，酒肉能堵嘴，稍加贿买，又把这些闲话猜疑压伏下去了。

等到良田购到，佃户雇妥，而且新院舍增筑完竣，立刻又有一拨人由外面迁入。说起这一拨人，便是贺大爷的内亲了，也就是贺大爷的妻弟，姓邱名铁林。年约四十岁左右，也是有妻有子，有亲眷，有仆婢的，上上下下，也有八九口人。论势派比贺廉英小些，看资产好像倒多些。

这邱铁林生得胖而矮，赤红脸，按相法正合乎“同田贯日”的“同”字格，就是眉毛疏些。眼睛虽小些，衬着他那胖猫脸，猛看倒像个刘海伯似的。据说他是个富商，现在晋陕省会，都有他几号买卖。因为他们郎舅感情很好，所以离开原籍，也随着贺大爷移地隐居在柳林屯了。

这邱铁林也仿效贺大爷的做法，移人新居，立刻设筵，普请柳林屯的乡邻，说了许多“诸位乡亲多关照，多帮忙”的话。又说：“远亲不如近邻，我们乃是外乡人，全靠诸位叔伯护庇。”邱铁林比贺廉英不同，贺乡绅是沉默寡言，颇有官派绅士模样的人；邱铁林却是能说好笑，蔼然可亲，真像个富商大掌柜。

当这邱铁林刚一搬人，柳林屯的乡民照样纷纷议论，研究这新客户的来路，但不久也就淡下去了。邱富户不笑不说话，见人就点头，更容易取得人缘，所以很快地就和村民水乳交融，混为一体了。

紧跟着过了两三年，由贺家主持，又有一批买田筑舍的事，同时又来了一家新住户，当然也是贺家或邱家的亲友。随后又紧接着搬来了两家，旋又由新客户的寄居亲眷，照样买田筑舍，析居另度，一户就变成两户，两户就成了三户。总而言之，自贺乡绅迁入，未及十年，陆陆续续又迁入或新分居的，一共有七家了。恰好这新筑成的房舍，分作两排，连成七个院落；七个院门以外，又圈起一道总围墙，合着走一个大门，好像是土堡的样子。

这七家客户，有的自说是退职的文官，有的自说是绸缎商，有的说是皮货商，有的说是退职的武职都司，有的说是发了财的幕府师爷。柳林屯的乡民十九不识字，知识很低，说也说不明白；只晓得他们全是阔人，只晓得他们彼此之间，不是至亲，就是至好。甚至人有说他们这七家乃是患难之交的盟兄弟，因为恩深义重，赛过桃园的刘关张，所以才随了老大哥贺乡绅，一同觅地退隐，来到这里；这话也许可靠。因此有人

说，贺乡绅等七家，可称为柳林七义。七家的新房舍，可称为七星堡。一人造，众口流传，这七星堡的名字居然叫开了。

柳林屯在贺乡绅等七家未迁入以前，仅仅有四五十户乡农，莫说没有过有功名的士绅，就连“略识之乎”的文墨人，也只有三户。一户是开酒馆的王掌柜，他能够看金批《三国演义》和《忠义水浒传》。一户是村学究诸先生，肚里有一部《四书朱注》，有几百篇高头讲章，有数百篇腐烂墨卷。此外还有一个通人，乃是在离石县当过书办贴写的小吏，名叫纪焕文的，算是知书明理，最为开通的人物了。

柳林屯风气既如此固陋，又受了新客户的小惠，再没有人猜疑他们的来历了。就是保正村长地方催租吏之流，也都受过贺乡绅的好处。因此贺乡绅及其亲友共七家，反在柳林屯，大得慷慨乐善、处心好友的盛名。

每逢年过节，本屯举办公益的事，有如演社戏，赛会酬神，修桥盖庙，这七家客户也是欣然题捐，首拿大份，绝无吝色。当地人本来有些吝啬的脾气的，这七家客户如此大方，当然更受欢迎。

柳林屯仅仅有王掌柜开的一座小酒馆，兼营杂货。等到七家客户迁来，仆从如云，佃户甚多。跟着本屯又新开了几家小商店。柳林屯早年只有一个私塾，寥寥六七个村童，供养着诸姓寿逾六旬的老夫子，诸老夫子又兼卖药，代诊疾病，又代办本屯书信。未几这诸老学究病死了，从此本屯连读书的种子，都断了根。这一年冬间，贺乡绅顾念本屯文教不兴，一面出独资，修盖文武二圣庙，一面请本屯土著有头有脸的人物，借旧私塾为公议之所，商量着要另请一位饱学之士，作为柳林屯公学的馆师。届时七家客户全到，土著大户也到了两三家，商议了半天，有的主张按财势出钱，有的主张按户公摊。到底因为大家都舍不得花钱，商而又商，几乎无结果而散。末后还是贺廉英、邱铁林等七家客户，慨然担承；按季出资，土著各户，这才哗然赞许不置。

于是拿钱的有了准人，村学决定创办，就等明春开学。至于塾师，土著各户，这家举荐马秀才，那家举荐冯贡生，七言八语，你争我夺起来，随后还是那位书办贴写纪焕文先生，较为通达世务，说是办义学，既归贺乡绅等七家捐资创办，那么这延师之责，自然也该一事不烦二主，统归贺大爷费心就是了。纪焕文如此一说，大家方无异辞。

恰好这时陕北正有教匪之乱，地方有些不安靖。有人就由义学一事，谈到守望相助，团练联庄会这件事上，客户邱铁林就说，柳林屯现在人口见兴旺，地面也日见富庶，盗贼匪警不可不防，我们也应该把联庄会举办起来。一倡百和，大家同声说好："这事就通通烦贺大爷和邱大爷二位筹划，我们大家随着就是了。"这意思就是仍教贺、邱等七家主持，也就是教贺、邱等七家掏腰筹办。邱铁林微微一笑，义不容辞地答应了。

到了转年，柳林屯义塾成立，由贺家宴请一位儒士做教师，招聚本屯和邻村的小儿，来学习书字，练习作八股文和尺牍算盘。跟手联庄会也筹议起来，却遇上一桩困难，成立联庄会，必须先订立章程，妥筹经费，又须呈官批准，方才能够购置武器，如刀、矛、火枪之类。而且联庄会首，也须有功名的职员方能称任。还有一层，此事体大，办义学可由一村独立创办，联庄会就必须邻村相协助了。结果联络邻村，没得联络好，呈报县衙，也没有被批准。当时柳林屯是属于离石县所管，离石县的县官是个胆小如鼠的老进士，认为柳林屯无故地纠集大众，立团教练，殊非好事，他不愿担负责任。若说是预防匪氛，土匪又没有闹到离石县境来，县太爷守定了多一事不如少一事的官场诀窍，便给批驳了。

这件事被官府批驳，还有一个人事的原因，就是邱铁林只肯出钱，不肯出名。所以呈报官府，联络邻村等事，他都托了那个退职书办出头奔走，那就办不成了。这个书办只会赚钱舞文，不能任劳任怨，实心办事，结果就被他弄砸了锅。

然而团练虽不能办，却转变成另一件公益的事。贺廉英、

邱铁林劝说大家，拿出创办联庄会的精神来，宴请武师，由本屯挑选庄丁，创办练武场，大家来学打拳，练刀剑，练骑马射箭。贺、邱二人说，既有义塾学文，也应该有把式场习武。这样做，十年以后，柳林屯的文教民风，将要斐然一变。

新客户贺、邱等人家，既肯热心公益，又舍得出钱，说了就办，不久这把式场果然创办成立。宴请两位拳师，在农耕之暇，招集本屯壮年，少年男子，习练起打拳、劈剑、举石锁，要春秋刀、骑马、射箭等等武技。

等到这义塾和武场全都成立，柳林屯的乡风，真个的一变了。有的人夸好，有的父老就窃窥腹诽，认为新迁入的七家客户，完全把都会的浮华风气，介绍到我风俗朴厚的乡村来了。这义塾武场一设立，文事武功均易起争，恐怕柳林屯从此就要多事；说不好，不久还怕有一种巨变发生。

这话出于豆棚瓜架之下，村夫野老之口，有人说他预言知机，不为无理；有人说他还是脱不了欺生妒富的意味。若从实际看来，自从七家客户迁来，十年之间，柳林屯的确日见富庶了。七家客户实是柳林屯的七颗福星，怎么倒说是酝酿祸苗呢?

但是这背地私议的流言也散布开了，不数日便传入贺、邱诸家人耳内，贺廉英、邱铁林听了不禁皱眉。旋即设法钩稽这造言之人，才知说这丧气话的人，乃是本屯东后街的酒鬼焦四。贺廉英立刻想了一法，先借故拜访醉鬼焦四，据说贺大爷和焦四，他们喝了一晚上的酒，等到第二天，流言便渐渐改变了。

又过了些天，柳林屯土著有头有脸的人物，忽然纷纷议论，互相聚谋。这一天，由那位退职的纪书办，邀请土著乡老，先到他自己家，有要事会商，也聚了十三四位，书办居然大破悭囊，他设小酌，请大家开怀畅饮。等到酒足饭饱，啜茗吸烟，就开始闲谈起来。这退职书办纪焕文趁大家欢娱之际，慷慨陈词，讲起了柳林屯近十年来兴旺的佳况。他说："本屯

在六十年前，本是个很富的村子。但是连遭不幸，又遇匪氛，由打头四十年，本屯就颓败不振，一直没有恢复过来。这些年本屯住家，大抵是些贫苦的佃户，自耕己田的中等农户寥寥无多，大富之家更是太少了，书香人家简直绝无仅有。直到近十年，自从我们这位贺廉英客户迁入之后，好像给本屯带来了风水，把从前颓败之象，一洗而空；人口也增多了，生计也富裕了。尤其是本屯那六七户赤贫之家，以前常常混不上饭，只靠给邻村当佃户，做长短工糊口。甚至这几家小男女，竟也迫不得已，给邻村张大户胡百万，做起女佣童仆，这实在是本屯之耻。等到贺廉英、邱铁林等这七家客户陆续迁入，他们大兴土木，广招佃户，本屯无业的贫户都有了衣路食路。他们给的工钱很大，很有以工代赈的意思；哪一家穷苦，他们就帮助哪一家。游手好闲的，贪赌好酒的光棍，他们全不用。他们以财力济贫，以良言劝善，居然把本村颓风敝俗，矫正过来。近来他们又拿出钱来，给本村创办义学，设立练武场，修庙建桥，做了许许多多的义举。至于救贫病，恤孤寡的事，他们也是抢头份来办。他们七家客户实在是我们柳林屯的七颗福星。可是人家讲起话来，总是说咱们老邻旧户很照应他们新客户；他们非常客气，没有一点挟财傲邻的意思。人家待咱们这样好，咱们当地老乡也该有点人心，报答报答人家，才显得咱们柳林屯土著的人也知道义气。"

退职书办纪焕文，滔滔地讲了这些颂扬客户的话。十几位土著耆老立刻点头咂嘴，表示同意，接声说道："你这话倒是实情，七家客户真有义气，待咱们太好了；我们要报答报答，但是这该怎么办呢？是不是我们公送他七家一块'急公好义'的匾呢？"书办点点头笑道："对了，送一块匾也很对，不过昨天听说下月十四，是贺大爷的四旬五吉晋期。据说他们六家都要给贺大爷大举做寿；他们本是亲友，在本屯他们又是客户，他们当然有此一举。我们本地人，也该来一下子，也想个法儿，贺他一贺，不过邱家他们是只给贺家祝寿。我的意思，连

贺家带那六家，我们一块儿都祝贺祝贺。”

众老听了，纷纷地讲究起来，该用什么方法，送什么礼物，以申祝贺之意，借表感谢之忱呢？酒铺的王掌柜说：“最好公送他们七块匾，匾上可以写他们七家客户，‘急公好义’‘乐善好施’，或者写‘侠义可风’‘敦交睦邻’等等话头。”

又有人说：“咱们都受过七家客户的宴请，我们应该还席，联合全屯把他们七家也公请一下，如何？”可是这一来，得花许多钱，有人觉得心痛，说人家乃是阔人，咱们乡下人请人赴筵，没的倒丢脸。

退职书办末后才说：“诸位高见，都说得很对，也可以送匾，也可以送礼，也可以送祝寿酒筵。不过，我也想了一回，现在我们柳林屯，已经修建得很好了，土围子也经贺家创议，重新增高推广。现在柳林屯，简直不像小村，很像个大镇甸了，可是这堡门还没有题匾。还有他七家盖在一起的庄院，也还没有里名巷名。我的意思，我们可以特制三方匾，一方是我们柳林屯全屯的题名，最好改称‘柳林七星屯’，或称为‘柳林七星庄’，这足以颂扬他们七位的大仁大义了。一方匾挂在他们七家庄院的里门，最好题名‘七贤里’，或者就叫‘七星屯’。另外一块匾，专颂扬他们七位的义举仁风，可以挂在他们新盖的义塾门首，或者挂在他们七家共有的‘公会堂’门口，也很合适的。这匾就用‘急公好义’‘乐善好施’，全都不坏。”

大家听了，都鼓掌称善；又议论了一阵，就选定“柳林七星屯”作为全屯堡围之名。至于七家客户的里门，就选“七贤里”三字。另外一块匾，打算请义塾老师给想个好题目。说到祝寿赠匾的办法，就定于下月十四日，用吹鼓竹亭，集众公送。另外还做七桌酒席，分送七家客户。一切花费，颇为不少，乡下人是很觉肉疼的，想不到这退职书办纪焕文，竟慨然独担起来；但是别位若愿多添祝贺礼物，他也欢迎。

乡下人脑筋简单，以为这一桩酬善之举，纯出纪书办提

议，又经亲自赞助。殊不知道这一件事，颇有用意；而且揭开内幕讲，乃是出于有力者的授意！便是制牌匾，备鼓吹，摆筵席，也另有人拿钱。拿钱的人却的的确确不是创议的纪书办。老实说，柳林七贤之名，是本于竹林七贤。也许是那七家客户，为了种种原因，愿意享此佳名，经过十年心力，又经暗中一番支使，果然有人出头代办了！

当天筵后议定，并推好筹办之人。遂由退职书办纪焕文，外加两位耆老，负责办理。次日，三个人先找义塾教师马秀才，请他拟好了题匾的铭词和叙文，并且备礼物，请县城有名文人代为书题。退职书办又说："我们不可冒失，这该到贺宅、邱宅七家，先说一声。"遂拿了三方匾额的题词，于第三日，亲往访问贺廉英，以及柳林七贤榜上有名的七位人物。

柳林七贤，头一位自然是那先来的客户贺廉英了，贺廉英字孟雄，年将望五，瘦颊长眉，中等身材，二目炯炯有神，有着不怒而威的气派；新迁七家客户以他年纪为长，好像领袖。

其次便是邱铁林，字季刚，生得矮而胖，年才四旬。赤红脸，面常带笑。邱铁林和贺廉英，乃是郎舅，贺大爷是姐夫。

第三位是韩光斗，说是邱铁林的亲戚，却不是什么亲戚。韩光斗年约三十七八岁，赳赳有武夫气，相貌很丑，颇似镖客。只有夫妻二人，无儿无女，也无仆婢，仅由贺廉英拨给他一个老苍头和一个做饭的烧火婢。所谓柳林七贤，似乎韩光斗最穷，但也占据着新盖的一所四合房。别人搬来了，多享家庭之福，隐居之乐，唯这韩光斗仍好出门，此刻是由打外埠归来，刚刚两月。他那宅中，人少房多，因此他家中颇招了几个亲朋借住。

第四位第五位，是同胞弟兄。兄名杨金简，字子丹，年逾四旬，面黑身高，看外表，年龄与贺廉英差不多，但贺廉英却呼之为二哥。他的二弟名杨金策，字汉青，年才二十七八，长身朗目，颇为精干，有妻有女。他的同胞兄杨金简，却是个老鳏。据说丧妻有年了，膝下只有一子，年十一二岁，乃是二婶

抚养大的。

第六位名叫赵晋朋，字梓材，通常人叫他赵梓材赵四爷，就是韩光斗的表兄弟。他们彼此间的称呼，是赵叫韩作二表哥，韩叫赵作四表弟。赵晋朋今年三十二岁，像个念书的人，黄白胡子，重眉毛，大眼睛，举止很文雅，服饰很讲究，也是有妻子，有仆婢的。

第七位单名叫作鲁桐，字凤台。这个人是男子而颇有女气的，年纪才二十三四，眉清目秀，牙齿皓白，细腰紧臀，漂亮之至。他的妻也只十八九，不到二十岁，生得袅袅婷婷，举止风流，颇有美人之目。在这新迁入七家客户中，好像他夫妻辈分最小，称贺廉英为贺老叔，称呼别人也矮一辈。

他们这七家，贺邱二家最先迁来，韩光斗虽是第三个来到柳林屯，却是末一个把家迁到的。现在他们七家，都拥有新宅良田，都有婢仆佃户，都度着隐居安乐的生活，在柳林屯成了首户上户的了。

柳林屯的耆老，和那退职书办纪焕文，共推了三个人，面见七家客户，说要给他七家挂匾，第一家，自然先拜访贺廉英。

这三个代表，为首一个是那退职书办纪焕文，其次是旧首户蔡建福。这人拥有五十多亩良田，在十年前，他是柳林屯最富的农户，常常受地方挤兑，摊款拿上份，派差出大钱。他又是乡下人不识字，很怕官面，所以很受剥削。自从贺廉英等七家客户迁入，恃其财势，雄长全屯，蔡建福降为第八户了，却也摆脱开吏胥的敲索，遇事都是人家七客户顶上前头，他倒托福，免了好些苦累。因为人家贺廉英等七户，手腕很阔大，眼光往上看，地方差役之流，反被支使得团团转，气焰倒小了。所以蔡建福不但不妒忌七客户，倒暗暗感激，无形中替他遮风挡雨了。蔡建福算是第二个代表。还有一个，就是开酒馆的王掌柜，名字叫王二金，年约六旬，也是个醉鬼。这三个人，算是柳林屯有头有脸的闻人了。

纪焕文、蔡建福、王二金这三个，全都换穿了长袍马褂，斯斯文文，来到贺家。贺家很有官派，居然乡居也有门房。门房进去通报，主人贺廉英吩咐开客厅，缓步迎接出来，把客人让到客厅。

客厅很讲究，三个代表全都来过。当下，逊座献茶，装旱烟袋，叙寒暄，问来意。纪、蔡、王三位，还是由退职书办纪焕文首先开口，说道："我们哥三个，这一回来，不是自己来的，可以说，乃是全屯共推，教我们来的。我们柳林屯，自从贺大爷你们老七位搬来之后。简直给村子里，带来好风水，屯里一天比一天兴旺。而且给我们排解了不少的麻烦，我们再不受县里的挤兑，也不受邻村的菲薄了。你们老七位，简直是我们柳林屯的七颗福星。昨日里，本屯的人提到这一点，又听说本月十四日，就是贺大爷的好日子，我们大家想什么法子，报答报答你们老七位呢？我们公议了一下，打算出个公份儿，给你老祝寿，另外公送三方匾，是给你老和你老那六家亲友。"

贺廉英听罢这话，立刻站起来，连说不敢当，不敢当，又说："小弟们本是客户，由打十年来，陆续迁入贵宝地，实在给各位乡亲添了许多麻烦。承蒙各位老邻旧居，处处照应我们，一点也不见外，我们弟兄感激还感激不过来；又有何德何能，给大家效过劳呢？想不到老邻旧居，这样抬爱，反倒说我们造福给本屯了，其实正是我们弟兄沾光本屯的地方很多。"用手一指屋宇道："即如舍下一砖一瓦，乃至田上一草一木，哪一些不是出于诸位乡邻出力帮忙？甚至说小弟们给本屯遮风挡雨，这更不敢当了。常言说，好狗护四邻，我小弟只不过在官面上混过几天，遇上县衙派差摊款，我小弟也只是尽其在我，不敢落后；遇事迎上去，不肯遗系大家罢了。七颗福星的题目太重太大，柳林七贤的名义太高太巨，我小弟实在一点也扛不起来。"

说到这里，声音一顿，眼望着退职书办纪焕文，纪焕文也正望着他。四目相对，贺廉英又徐徐笑道："总是诸位乡邻重

看我弟兄。如愿借贱辰一天，大家公聚一下，畅饮一回，这倒是我小弟求之不得的事。然而我却不肯教列位破钞，到那一天，还是我的请。”

说完了，又连说不敢当，不敢当。但是这三位代表既受公推，已经定议而来，断无空回之理。那三块匾，一定要给挂。

三位代表，也说得好，挂匾一事乃是我们公议的，贺大爷一个人不能违反公意。况这匾又是给贺邱杨韩赵鲁七家共挂的，并不是单给贺家一人一家。醉鬼王掌柜就说道：“贺大爷，你老不用推辞。我们全屯四十六户，连着商量了两天，一定要给你们老七位挂匾的。你老不能推辞，你一推辞，就凑不上七贤庄、七星屯这个好字眼了。你老想，说书唱戏，只有二贤庄，七贤庄，没有六贤庄，六黑庄。”王掌柜一肚子《水浒传》，他立刻讲今比古，说到了《水浒传》七星聚义，黄土岗智劫生辰纲。说得这贺廉英心头一动，眉峰一皱，连连地眨眼，一连说：“不好，不好！”

贺廉英越说不好，三位代表越说好。贺廉英所说的不好，是他自己疑心生暗鬼，他自己心上觉着“七星聚义”这句话太不好，“七星屯”这个名万一叫响了，恐怕丢失了自己选地择邻的本意。三个代表所说的好好好，却是懵懵懂懂，完全是劝进表，客气话罢了；这一点，连那个最精明的退职书办，也是蒙在鼓里，莫名其妙，乱嘈了一顿。老农蔡建福年老而口讷，到了这时，也帮着说了几句：“你老不要推辞，这三块匾给你老挂上吧；挂上好，挂上好得多。”可是挂上怎么个好法，他就不知道。他并不晓得，牌匾此刻尚未制妥，题词尚未拟定呢。

末后还是退职书办纪焕文说话有谱，截断了一推二让，向贺廉英再劝道：“贺大爷你不要一个人尽自辞谢，这匾是给你们七家的。究竟该用什么词儿，简直把邱三爷，赵四爷，韩二爷，杨家二位和鲁爷，全都请来，大众商量一下。贺大爷，我告诉你，我们是受大家公推，不是来问你们愿意不愿意，让挂

匾不挂匾，乃是问问你们，用哪个匾辞，你们才觉合式？”

王掌柜又插嘴道：“还是叫柳林七星屯好，《水浒传》上阮小二、阮小五，阮小七，和晁天王，吴军师，赤发鬼刘唐，白日鼠白胜，想当年在黄土坡，智劫生辰纲，逼走了青面兽杨志，那就叫作七星聚义。由七星聚义，才会有梁山泊一百单八将。七星屯这个名字，正好说你们哥七个，是我们柳林屯的七位福星……”

他把《水浒传》又搬出来，以至于说得贺廉英又不禁暗暗咧嘴皱眉，王掌柜依然是毫不理会。

匾还是商量着要挂，名儿可以选个俗不伤雅，叫来好听的。大家和哄着，把邱铁林、韩光斗、杨金简、杨金策、赵晋朋、鲁桐，全请来了。少年俊俏的鲁桐，更是小夫妻俩双双偕到。柳林的耆老，也加邀了十来位，贺宅客厅顿时热闹。长衫朋友，短衣襟乡邻，老老少少，漫散坐在二十多把椅子上。好茶，好烟，还有瓜子花生，干鲜果碟，摆了两桌面，虽是老乡邻制匾酬客户，反成了客户茶点款老邻了。又不止茶点，贺廉英已吩咐下人，招呼厨司务，赶办盛馔，要留他们。

赠匾代表欣欣然，齐夸贺大爷真慷慨：“我们刚来商量酬报你老，你老倒破费请我们吃酒席，没的教我们怪臊的！”

乡下人贪小便宜，山右人更甚，哪里懂得江湖豪侠隐居僻乡的大作用！他们至多说这七家客户挥金如土罢了，怎能理会到风尘豪客觅桃源以寄行踪，施小恩以堵众口！贺廉英收买人心，这方法做得恰好！

乡老口说怪臊的，手和嘴都没有闲着，人人大吃大抓起来。蔡建福、王掌柜两个老头儿也努力嗑瓜子，宾主欢快极了。跟着话归本题，还是谈挂匾。鲁桐年纪轻，信口说挂匾干什么？邱铁林、韩光斗、杨金简、杨金策、赵晋朋五位和贺廉英意思一样，口说不敢当，看神气很高兴，似乎对这七颗福星的称号，颇引为荣。独独提到“七星屯”“七星聚义”这两句，邱韩杨诸位猛一听，似乎都一愣。乡下人心路朴实，也没有人

理会到这一点。倘有一个细心人，试一琢磨，七家客户既然不拒绝“急公好义”“乐善好施”这一类的褒奖词，又不厌恶“竹林七贤”“柳林七贤”的美誉，却单单怕题“七星聚义”的“聚义”二字，由此牵连着，并“七星”两个字，也避拒起来，这里面岂不是有点怪道吗？

然而正因为柳林屯为僻邑，是荒村，当地住户是头脑简单的乡下人，所以才得成为柳林七客户的芳邻。他们七位找的就是这种地方，只不过七位客户的手下很慷慨，很阔绰，也就感动得四邻八方没有人起猜疑，说闲话了。然后他们七位才避地退隐，安居乐！

当下，七客户，众老邻，重新见礼，纷纷寒暄，互作揖，互问好，也忘了谁是宾、谁是主。乱了一阵，跟着就入席；原来酒宴早在别室摆好了。这却是宅主贺廉英的主人，而挂匾三代表退职书办纪焕文，也居然抱拳相让，做了副号的居停主人。于是，以长幼叙齿，你推我让。到底是全坐下了。然后菜摆上来酒也摆上来。酒过三巡，宅主人贺廉英站起来，说了几句客气话：“老乡邻要赏脸，给我们七家挂匾，我弟兄有何德能，实在不敢当，不敢当得很！”还是那几句客气的话而已，并没有峻拒的意思，邱铁林、韩光斗、杨金简、杨金策也相继发言逊谢。

然后又是退职书办纪焕文，喜形于色地站起来，振振有词，演说一遍：“这三块匾必须得挂，按天地良心，也得给他们哥七位挂上。为什么呢？因为咱们柳林屯，自从他们哥七位迁入之后，一天火炽一天，一天兴旺一天。我们在座的各位老邻，说实在的，哪家没沾过人家七客户的光？人家七客户，不但替本屯遮风挡雨，应酬官面，而且还给本屯带来了风水。又给咱们修桥补路，又立义学，又开把式场。从前本屯在县境里，是提不到的小村子，现在不然，我们柳林屯出了人物，在县里居然响了。凡有公益的事，咱们柳林屯再不落后了，这全是贺、邱他们七家，替咱们做了脸。常言说得好，人要知恩报

恩，人要知道好歹。现在贺大爷的生日眼看来到了，所以我们十几家商量了一会子，一定要给贺大爷热闹热闹，同时也酬请酬请邱二爷他们六家。我们打算教一班吹鼓手，到了那天，旗锣伞扇，给他们七位送匾，再摆几桌酒宴，教一台戏，我们全柳林屯都乐和乐和。”

纪焕文大瞪眼讲了一遍，王掌柜、蔡建福也跟着帮腔。其余老邻已然早有所闻，也已深预其事，自然全体附和，登时满座上听见“好好好”一片欢赞之声。

跟着又我敬酒，你捧场，你谦我让，乱了一阵。随这七客户在“不敢当”声中，一体答应了挂匾之事；然后又讨论这三块匾的辞。结果就选定了“柳林七贤”四字，本屯改称为“柳林七贤庄”，至于“七星聚义”的字面，决计挂不得的，甚至连挂在口边也不好。还有两块匾，那就随后便选定了，无非是急公好义、乐善好施一类熟话，可是“侠义可风”四个字，也绝对不要。

一场欢宴，直喝到晚夕，三块匾辞都定规了。大抵乡下人好睡早觉，不惯熬夜，于是乎柳林屯的老邻旧居，人人吃饱了，喝足了，就先行告辞。挂匾的三个代表，仍和贺廉英、邱铁林等，打呵欠，说了一会儿闲话，随后也就要告辞。但是临别时，退职书办纪焕文两只眼睛通红，酒气熏人，走路直打晃，宅主贺廉英，面面相对着，忽然说不好，我要闹酒。贺廉英忙把纪书办单独留下，却派长工，将王二金、蔡建福二位代表，先行送回。

纪书办重复到客厅归座，吃了一点鲜果，与贺、邱诸人深淡良久，贺廉英说了许多谢谢的话，又说“一切仰仗，诸凡费心”等话。纪书办也是照样的谢不断口，连说：“仰仗，仰仗。”邱铁林并插言道：“一切花费都请纪爷不要客气，只管到这里来拿。”杨金简也说：“我们弟兄只是喜好这个热闹，喜好这么一个虚名，诸位既然这么抬举，我们当然拜领。不过若教诸位花钱，我们实在于心不忍。”韩光斗道：“实在是这个意

思，诸位这么热心赏脸，我们感谢不尽，只能教诸位费力气，总不忍教诸位破费钱了。总而言之，出钱是我们，出主意是你老兄，和各位看得起我们的邻居。”纪书办就连连点头说道：“我明白，我明白，你们诸位都是慷慨大丈夫，好名声，讲义气的人。你们诸位就喜欢这个乐，小弟当然出头给诸位办到。话又说回来，我们柳林屯的人，按天理良心说，对你们老七位，也真应该有此一举；只是我们太穷一点，有心无力。我们也曾讲过几次，早就想给诸位挂匾，大家也都乐意。只一提到摊钱，不怕你们见笑，乡下人就是爱财如命；所以商做了七开加八开，钱还是凑不出来。我小弟就要一赌气，由我一个人独力出资，把这件义举办了，借此报答你们七位，偏偏我又没有这些钱。现在好了，贺大爷你们几位不忍教我们摊钱，只教我们出名，您情愿自己暗含着垫出来，这真是太体恤我们了……”

贺廉英忙道：“不不不，不是这回事，你千万不要说破我们秘密垫钱这件事……”

纪书办抢着道：“我明白……那一来，我们也不好看，你老也不光彩，我一定说是我一个人掏的腰包。我又落名，又省钱，我太便宜了。只是你们七位花钱买脸，又不肯露名，我们太觉过意不去了……”

他还想往下讲。因为他越说声音越大，贺、邱诸位一齐拦住他，再三地叨嘱他，务必守秘密，不可外泄。若一旦教人晓得了，彼此都嫌丢人。他诺诺地答应着，其实他已经很醉了。

又谈了一阵，天已很晚。遂仍由贺宅长工，打着灯笼，把纪书办送回家去。临走，又递给一个小包，他还要问，又要打开瞧，贺廉英连连摇手，他这才一声不言语，把小包掖起来，乐嘻嘻地回了家。这贺、邱诸人仍然商量了一个更次。

日子过得很快，转眼到了贺廉英寿日这一天，由退职书办纪焕文、蔡建福等几个人主持，办了七八桌酒席，教了一台戏，另外还扎了三个彩匾。先由纪焕文到贺宅，致辞祝寿，大

意还是说，柳林屯自从贺家老哥七位移到之后，好像七颗福星，我们现在感恩图报，特意趁着贺大爷寿诞之日，给他们七位贺功挂匾。现在我们大家，先给贺大爷拜寿，跟手就把那三块匾，给七位挂上。说完了这一番话，几位代表登堂拜寿，磕了一顿头，贺廉英顶礼相还，说了许多感激不敢当的话。然后又开始挂匾，把预叫吹鼓手传来，仪仗队拥着三架彩亭，抬着三方匾，由公议堂（便是那个私塾）出发，吹吹打打，绕着七星屯转了一圈，又通过了邻村，折回来进了本屯，一直抬到贺宅门前。送匾代表们长袍靴帽的，指挥吹鼓手仪仗队，分列巷内，好好地奏了一阵乐，然后把头一块匾，挂在贺宅门上。贺廉英谢了代表，开发了赏钱；吹鼓手排队又到巷口和私塾门前，将那两块匾，也依次挂好。贺、邱等七位一齐向代表作揖，道谢。这时，柳林屯男妇老幼，围了许多人看热闹，贺、邱等向四围的人都作揖打躬称谢。于是挂匾礼成，贺、邱等人把送匾的代表一齐邀人贺宅，开筵欢饮。那一台戏也在屯内开台演唱起来，柳林屯的男妇老幼，成群出来看戏，外村的人也来了不少。这样子，欢闹了三天。贺、邱七人见乡邻兴犹未尽，又自己拿出钱来，让这戏班续演了十二天，一共热闹了半个月才罢。

从此，柳林七贤的名声传遍了离石县通邑。人们都晓得柳林屯，有七位急公好义的善人；便是离石县城内的绅士们，也都晓得了。人们都是趋炎附势的，离石县通邑的父老，几乎异口同声，称扬柳林七贤慷慨。不过嫉富争名的人，也不能说没有。在当地也就有这三两个人，发出冷言妒语来，暗暗议评这柳林七贤，那最不好的批评便是“招摇”二字了。

但是，柳林七贤自有消谤的妙法。谁要议论他，只要被他打听出来，他们立刻想法子，跟这个说闲话的人拉拢亲近。人都有见面情，只一拉拢，就没有闲话了。而且，柳林七贤也真个能抓住了柳林屯的人心；自有一些人向他们七人献殷勤，买好，透信，甘心做耳目。谁说七贤的闲话，不出三日，七贤必

来拜访。因此自经挂匾之后，柳林七贤的名声越大，几乎很少有讥讽他们的人了。

然后柳林七贤大放怀抱。七个人背地谈话，每每点头叹气，他们自己亦不免说出一言半语的冷话。便是“财帛动人心”。也就是“有钱买动鬼推磨”。不过柳林七贤到底是贤人，口中只说这两句话，似乎有点感慨，行事上却照样很厚道，很热肠，这就很难得了。

在挂匾之后，约莫过了三四个月，正当秋初，乍凉还热的时光，忽从离石县城外大道上，驰来了一匹骏马。骑马的客人，是个雄赳赳的壮汉；也就是三十来岁，生得浓眉海口，豹子头，油黑的脸，左颏生一块黑痣；穿一身短装，头上戴着一个大草笠，用来遮阳；鞍后带着一个小包袱和干粮水壶。一手提缰，一手扬鞭，沿大道急行。从这人身上的尘汗和马身上的尘汗看来，这客人定是打远方来的，并且他驱马走着，不时东张西望，看样子当然又是个外来生客了。走了一程，这人脚踏马镫，把身腰一挺，往前途远远一望。望到远处的林村，又望了望面前的歧路，自己念叨着说：“大概应该往东走，往西不对。”旋又将草笠掀到背后，取出手巾来，抹了抹头上的汗。又自个叽咕道：“好热的天，真是秋傻子。我这次来，万一寻不着他们，可就糟了。但愿老卢说的话不错才好。”

这骑马客来到歧路前，略一迟疑，又往前边看了一眼；然后加上一鞭，策马往东道的土路走下来了。往东的土路，正通着柳林七贤屯。

通过了田野，路广人稀，秋阳当头，正是傍午时分。这骑马客打算找个庄稼汉，打听打听地名，恰巧此地很僻，近处无人。这骑马客又道：“索性进了前边村子，再打听吧。好家伙，怎么这么死晒，晒得我脑袋瓜子疼。”把草笠又戴在头上，顺大路一直奔入柳林七贤屯，翻身下马。

这柳林屯正是万柳成行，浓荫环绕，客人刚一进村，便觉十分凉爽。这客人且不趱行，也不问路，先找人问井。

这骑马客人到了井边，向井边打水的人家，暂借绳桶。谢了一声，顾不得说别的话，汲上水来，抱桶先痛饮了一阵，又饮了马，然后从马鞍上摘水壶。原来这水壶空了，灌了一壶井水，重新系好，用手巾擦了手嘴，然后张目四顾。乡间罕来生人，如今见了这急装异样的生客，这些乡下人起了好奇心，老的少的，不知不觉围绕了一群。那骑马客一面道谢还桶，一面问道："劳驾，你老，离石县地界，有个柳林屯，离这里有多远？"旁边站着的人，正是本村住户李柱，应声答道："这里就是柳林屯，你老找哪一位？"骑马客道："哦，原来到地方了，我要找本屯一家外来的客户。这家客户是异姓七个人住在一起的，有姓贺的，有姓邱的，有姓赵的。共总七家六个姓，不知这里有这一家没有？"

李柱一听忙道："有有有，你老是找贺大爷他们哥七个的呀。贺大爷在村里。那片新盖的房子，当中黑大门便是。"说着用手一指，旋又说道："你老跟我来吧，我们住街坊。"李柱挑着水桶，引着骑马客，一直领到了贺宅门口。骑马客谢了一声，一手牵马，一手提鞭，便去叩门。

这时贺廉英正同邱铁林、赵晋朋闲谈往事，天南海北，正说得热闹。忽见门房长工老张进来道："大爷，外边有一个骑马的客人找你老。"三人不觉纳闷，贺廉英道："是县城的人吗？"老张道："不是县城的人，是一个像从远方来的生客，姓李，说跟你老是老朋友。"

三人不觉耸然，赵晋朋忙问："这个人是怎么长相？"老张道："中等个，穿一身浅蓝短装，黑红脸，三十来岁……"说着忽有所悟似的说道："这个客人还说，大爷若想不起来，就说右边脸上有块黑痣的人来找。"一语甫出，三人互相惊骇。赵晋朋道："大哥，这不是黑斑牛李豹嘛？他怎么会探到这里来？"贺廉英摇头不答，沉默良久，吩咐老张先将客人让到客厅，就说主人出去了，这就回来，请他稍候一候。"

第二章 莽汉弄诡七雄赴难

老张未及答言，邱铁林忙道："老张先别去，等一会儿。"回头对贺廉英说："大哥要仔细琢磨一下，如果是黑斑牛，必是寻我们去干旧营生。我们躲到这里，很不容易，依小弟看来……"赵晋朋道："大哥，我看还是拒而不见，把他推出去，不就结了。烧香引鬼，后患很多，何必让他进来呢？大哥不是说从此隐姓埋名，再不见这一般旧伙伴了吗？"邱铁林道："四弟的办法不大妥当，李豹既大远地奔来，定然辗转访实我们潜居此地，我们躲着他是不行……"回头对老张道："你先出去站一会儿，不要去远，听我们喊你。"接着又道："我们避不见面，硬推他出去，一来显着我们太不够朋友；二来，他是有嘴有腿的，他一定要乘夜入宅，偷窥我们。倘被他看见，他一定骂我们架子大，发了财，避友忘旧，向外宣扬我们种种不对！躲避他是决计使不得的。不过，大哥，李豹此来，一定没有好事找我们的。我们该怎样善遣他才好呢？"

贺大爷强笑道："左右做人难，见也不好，不见也不好。"眼望着邱铁林说道："你教老张先支他一会儿，我们倒可以借

这空隙，细细商量商量。四弟还是很冲的脾气，你想李豹是推得出去的人嘛？一次推出去，还有两次，三次；明着不见他，他会偷着来摸索你。”又低声说：“说不定，他夜里早已来探过道呢。”邱铁林道：“大哥的心思，我猜着了。按从前的交情说，李豹的确推是推不出去，又不能装聋作哑得罪朋友，既然如此，莫如痛痛快快让他进来，我们相机而行，有难处索性当面拒绝他。”贺廉英道：“正是。”赵晋朋在旁听了，点头道：“这样也好。”

于是三人商定，贺廉英告诉老张，教他把客人让到客厅，倒茶打水；又嘱咐他尽力招待客人，我弟兄这就出来。老张答应去了。他弟兄三人又计议了一阵，坐了片刻，便一同到客厅来。

这时李豹已由长工打来水，洗完了脸，正在一手拿着茶杯喝热茶，一手挥扇去热，站在客厅门口，直往里探头。一望见贺廉英等人出来，忙回身丢下茶杯，吆喝道：“贺大哥，邱三哥，赵四哥，你们都好！想不到七雄弟兄，藏在山角落，做起隐士来了。真高，真高！”说罢大笑行礼。

贺廉英脸上微微一红，忙抢上一步，抱拳道：“原来是牛兄弟，难为老弟会冒着热天，大远地来看我们弟兄，快到里面坐吧。”宾主四人一齐落座。李豹不住挥扇喊热，邱铁林忙叫长工端出冰镇梅汤，又命人上街买来许多瓜果；贺廉英便让李豹宽衣。李豹笑道：“贺大哥，邱三哥，这是怎的，会和小弟我客气起来了。却也难怪，我真成了稀客了吗？我也不客气了。”一边说，一边脱下外衣，敞开汗衫襟，又端起梅汤壶，也不用茶杯，嘴对嘴，咕嘟咕嘟大喝了一气，拍拍肚皮道：“好美！邱三哥真会体贴我，那劳什子热茶，喝出我一身臭汗来。”

三人看他这样野气，不觉相视强笑。贺廉英笑道：“隔了这几年，豹兄弟的脾气，一点儿也没改，还是这么痛快。”邱铁林道：“还是毛毛骨骨，野牛子脾气！”那赵晋朋笑道：“三

哥要骂他，就现在骂，这工夫他绝不会还嘴的。”又道：“黑牛哥，你是个地理鬼，怎么就会知道我们住在这里？”李豹刚丢下梅汤，又绰起小刀来切瓜，一边吃着西瓜，一边笑道：“人的名儿，树的影儿，凭河朔七雄，大名鼎鼎，走到哪儿，人会不知道？”邱铁林道：“豹兄弟不要高捧了，说老实话，到底你有什么事情，找寻我们弟兄来？”李豹笑道：“没有事，一点儿事也没有。只是我小弟很想念你们七位，偏巧我最近做着一桩买卖，路过太原，等到事情办完，一想好久没见你们哥几个了，所以转道来，想着探望探望你们几位。不想一找，就居然找着了，你说多么巧！”说着，呵呵的大笑起来，一对大眼珠，只瞧贺、邱。

贺廉英听了，半信半疑，暗想：自己携带知己，避地隐居，本想瞒着他们在这柳林屯过些清闲日子，不再在江湖上鬼混了，好歹落个平安收场！哪知今日到底又教他们找来，真是没法。心里想着，因见李豹只揸自己，忙笑着说：“难为老弟，竟没忘了我们。我们这几年忙着整理蜗居，也未顾得出门访友，竟让客人找上门来。豹兄弟你别走了，在我们这里住上几个月吧。”

李豹吐舌道：“住几个月，几天我也待不了，我不是高人，我还够不上隐避的谱儿呢。”转脸看了邱铁林一眼，仍向贺廉英说道：“大哥，杨氏弟兄和韩光斗、鲁凤台，他们四位呢？”邱铁林道：“他们的住处，离这里也不很远，豹兄弟有什么事，快说吧，不然无缘无故，大远地跑到这偏僻的地方来，做什么？你我多年弟兄，说话还用绕弯吗？”李豹扑哧一笑道：“三哥脾气还是这样的急，这里有一封信，你老一看就明白了。”

赵晋朋摇着扇子，晃着头道：“夜猫子进宅，无事不来。我猜你一到，定有事故，果然不假。”贺廉英接过信来，打开了，匆匆看完道：“崔豪老友有了下落了，这却可喜，只是……”紧皱双眉，把信递给邱铁林道：“三弟，你看如何？”赵晋朋看着贺廉英的神色，忙凑到邱铁林那边，一同看信。这时贺廉英

已经想好答对之词了，向李豹说道：“李大弟，我弟兄自遭大难，灰心世事，恩仇俱泯。自从搬到柳林屯，我们七人，已经共同发下誓愿，决心不再出去了。人寿匆匆六十年，争名尚气，所为何来？早晚无常一来到，免不了死，我现在只想吃个安顿饭，再没有雄心了。无奈崔豪老友出世，这件事真是……”回头对邱、赵二人道：“三弟，四弟，你二人意下如何？”邱、赵二人头并头的，已将这信看完，正在低声细语；见贺廉英问他二人，赵晋朋首先反问道：“大哥的意思怎么样？”邱铁林道：“大哥，我想崔大哥既然出山，这件事简直，……要不然，等杨氏弟兄来了，大家仔细商量一下，再说吧。”

李豹道：“三位难道还有别的说辞吗？依小弟看来，当年中州十弟兄，义气凌云，声名赫赫，如今只剩下六个了。崔大哥自遭惨变，茹苦含辛，直到现在，好容易找到报仇的机会，无奈人单势孤，不敢轻动。又想着求别人，不如求自己的弟兄，这才打发我来，奉请你们几位。偏偏你们几位，忽又谦逊起来。崔大哥不知费了多少力气，方才访着你们住的地方，大远地打发我来。崔大哥也料到你们哥几位，不愿再出山了；只是这一次复仇事大，无论如何，也要烦求你们几位帮一下忙。他说，只要能报了仇，请诸位立即回山；哪怕将来续有后患，敌人另约能手，冤冤相报，死缠不休，也绝不再来烦诸位了。铁锤打砂锅，就是这一下！”说罢，向三人深深打了躬道：“我想诸位，定能体谅崔大哥这一份苦心，我这里先替崔大哥谢谢了。”

三人忙站起答礼，贺廉英道：“豹兄弟，不必如此，老友崔豪，既然远道来邀，本当义不容辞；怎奈我弟兄一来看破红尘，心情已冷，二来此间未了之事太多，一时也丢不下。这索性等杨氏弟兄回来，商量再说吧。豹兄弟远来辛苦，今日我们先给豹兄弟洗尘。”吩咐长工预备酒饭，又预备浴室，让李豹洗澡。李豹笑道：“大哥新宅子真阔，还有浴室。但是大哥早点走，比让我洗澡吃饭强。”说罢，自去洗澡去了。

贺廉英和邱铁林等，原来是北方的武林健者，与鲁桐之父鲁兆洪等，号称河朔七雄，在直隶省大名府，开着一座会友镖店。后来惹了事，一度暂入绿林避祸；等到遇赦案消，七个人又摆脱了绿林，开会友镖店，暗应客运。数年后，在中原得与南阳三杰崔豪、崔杰、李玉川的联胜镖局连了手，合并为南北联友镖局，总店设在河南开封府，由河朔七雄，在直隶省主持北路，南阳三杰在豫鄂主持南路。一时联友镖局包揽南北商运，买卖兴盛之极。不料南北镖局联合，抢了长沙振远镖局的生意。振远镖局的总镖头叶自成，一来妒名，二来不甘心丢失了许多买卖，故此潜存寻隙决斗之心。武夫性直，不满意的话，偶尔扬出来，联友镖店渐有所闻，一笑置之。一日联友又夺了振远一批生意，两方言语冲突，竟动起手来，结果振远镖局吃了人少的亏，有好几个师傅受伤。振远镖局总镖头叶自成闻耗大怒，忙约了许多同行，和武林名手西川四霸，重到肇事地点找场。一方是有意动武，一方是猝不及防。河朔七雄的第一人鲁兆洪，和南阳三杰的第二三位，崔杰、李玉川，都死于非命，南阳第一杰，崔豪也受了伤，落荒逃走，不知去向。

河朔七雄贺廉英等，在北方支店，闻信大怒，连夜南下，切齿寻仇，到抵两湖时，叶自成和崔豪，一仇一友，都不见了。经一番搜寻，只寻到了叶自成的兄长叶自元，把他杀了；又杀了叶氏的两个师弟，暂吐一口怨气。七雄到处寻找叶自成，及西川四霸等仇人，不觉流落江湖，又入了绿林。贺廉英等把他们的老大哥鲁兆洪的子嗣鲁桐，扶养成人，又凑成七雄之数，一晃数年，弟兄七人到底寻着西川四霸，杀了一霸，三霸逃走，算来仇恨是报过了。河朔七雄，由此深感到刀枪上的生活太为艰险，江湖上非可久恋之乡，更风闻崔豪未死，已经看破红尘出了家。这七人一想，也要退出武林。经再三商议，决意洗手，于是慢慢地躲开旧侣，慢慢地改业，慢慢地物色退避之所，好容易才移到这柳林屯，于是摆脱开江湖，埋首田野了。

这就是贺孟雄（廉英）与崔豪昆仲一番渊源，这时李豹突然来请，贺孟雄实在是踌躇不决。不答应吧，南阳崔豪突然出山，派专人来邀，驳不开当年同生共死的情面，答应吧，洗手已久，武功生疏；这几年好容易布置了这个退隐的地方，实在舍不得丢下太平饭，再出去拼命斗狠。他心中打鼓，目观赵、邱二人，好久沉默不语。

赵梓材（晋朋）道："大哥你意下如何？崔豪老哥当真二番出世，我们想前情，理难袖手，这件事真不好办呢。"邱季刚（铁林）也在那里，眼望着贺孟雄，等他打准主意。贺孟雄却也打不定主见，徐徐说道："还是等杨氏弟兄回来，再听听凤台的语气，我们再作定规不迟。"二人听了点头，又议论了一会儿。不一时李豹洗完澡出来，说道："好痛快，这些日子也没有今天舒服，我只怕大远地扑来了，你们不在这里，那真害苦我了。"又问贺孟雄道："大哥怎么样？我看大哥还是去的好，一来可以替凤台的先人报仇，二来也不辜负了崔豪大哥这几年卧薪尝胆的苦心，三来当年名盛一时的十弟兄又可重聚，很值得再出山大干一下哩。"

贺孟雄道："豹兄弟别着急，等杨氏弟兄回来，我们赶紧地商量就是。"说着抬头看了天色，向李豹问道："豹兄弟你饿不饿？"赵梓材接口道："不饿。"李豹笑了一声道："我肚子里有会说话的蛔虫。"邱季刚不觉失笑道："骂得脆！"忙吩咐长工赶紧开饭，一霎时，调开桌椅，同时赵梓材吩咐长工，去通知韩、鲁诸人。

杨氏兄弟出外已十多天，鲁桐这时恰携娇妻，作新秋郊游，也没在家；只来了韩凌云（光斗）一个人。乍和李豹见面，韩光斗微露诧异，不晓得李豹怎么会寻来的。但故友相逢，少不得叙旧谊，话离情，两个人很谈了一会儿。少时饭到，就圆桌面，宾主随便打圈坐下，贺孟雄给李豹酌了一杯酒。等到三杯人肚，宾主开怀畅饮，不觉话多起来；等到酒过数巡，宾主猜拳行令，酒酣耳热，越发地欢呼大叫，武林本色

尽露；邱铁林、赵梓材全现形了。

只有贺孟雄还支持得住，向邱、赵、韩微微示意；赵、邱、韩三人这才敛容低声，恢复了乡绅派头。贺孟雄为了打岔，向李豹问道："豹兄弟，你先不要闹酒疯，我问你：崔豪老友，这几年究竟哪里去了？当年联友镖局，突逢不测；等我们闻耗赶来，崔大兄已自不见了。我弟兄也曾到处寻找，不但崔大兄找不着，索性连他的家小也没了影。二三年的工夫，竟没打听出来他的下落，我们疑惑他死了。直到事情冷落下去以后，又过了二三年，我们影影绰绰地听人传说：他看破世情削发出家了。后来连问数人，都这么说。我们弟兄也很灰心，既已决计洗手，所以没再找他。没想到一晃十多年，今天他又出世了。到底这些年，他藏到哪里去了？都做些什么事情？"

李豹道："崔豪他没死，也没有出家；出家的话，大概是他故意放出来的谎言。"贺、邱忙问："是谎话吗？"李豹道："底细情形，我也不太清楚，小弟不过在地理鬼卢宏那里，听到崔豪二番出世的消息。是他交给我一封信，说是崔爷托付我，叫转送给你们几位。"

邱季刚道："不用说了，豹兄弟，你一定是从地理老卢那里，得到我们兄弟几个人的住址了。"李豹一挑大指道："你猜着了。"赵梓材道："老卢真有两下子，我们搬得很机密，觉得没人知底，不想到底瞒不过他。"说罢点头，似有赞许之意。李豹笑道："要不怎么叫地理鬼呢？若不是他，我又怎么会找得着你们哥几个呢？"贺孟雄道："豹兄弟说出实话来了。我再问你，你到底见着我们崔大兄没有？"

李豹哈哈大笑道："我只跟崔爷匆匆见过一面，所有详情，我全是听老卢说的，他说在你们经过变故后，一年多的样子，在直隶一个僻地方，碰到了崔大哥，那时崔大哥神气非常的难看。老卢问他，为什么弄到这个样子？又告诉他：你们哥几个正在寻找崔爷你。为了这几次变故，说你们哥几个已经灰心，将镖局歇了业，到处寻访崔爷和仇人。又说你们现在重入绿

林，仍在两湖暗中活动，劝崔爷赶紧找你们去。那时崔豪比你们还灰心，又要出家，又要自杀。他告诉老卢，说他病了有一年多的样子，几乎死了，现在刚好一点。又说已经无心人事，决意洗手了。老卢劝了他一回，他又说要往关外去躲避一时，他说他听人传言，叶自成和西川四霸出关去了。看他那意思，还是想报仇，要出家的话，只怕一时的意气消沉罢了。他又对老卢说，如果见到你们哥几个，务必带个口信。从此，崔豪就没有消息了。直到去年，崔豪人哥突然又露面，一露面就努力寻访你们哥几个。你们哥几个藏得真严密，直找到今天，才教我找着了。”

贺孟雄不觉纳闷，怪不得这几年没有访着崔豪，原来他到关东去了，可是老卢也没有送信来。也许老卢要送信，却不知我们的下落，就把信息隔断了。崔豪几年在关东到底做了些什么事情呢？隔了这些年，潜伏不动，怎的忽然又动了寻仇之念呢？

李豹看贺孟雄的神色，知道他心中疑闷不决，便道：“我知道大哥是想把崔爷的事情打听明白，方才放心，无奈小弟也不知详细，只从地理鬼老卢那里听了一些，现在原封都告诉你们了。偏偏那时老卢，也因为他有别的事，忙着要上山东，来不及细说，当时我也很闷得慌，可是没法子多问。大概说起，崔豪他自从关东回来，不知怎的，又燃起报仇的心理来，到处邀人帮忙，到处打听你们哥几个的下落。他这几年在关东大概混得不坏。我和他见面，是在码头上，彼此都同着旁人；当时小弟未顾得细问，不过零零散散听了一点罢了。”

赵梓材笑道：“你倒机灵得很，不肯说，便不肯说罢了，还推得一干二净。”李豹大嚷道：“赵老四，你这是什么话？我李豹对朋友有一句说一句，有两句说两句，向不藏私。难道跟你们哥们儿，我还说瞎话搞鬼，留一半搁在肚子里不成？”越说气越粗，直眉瞪眼，和赵梓材嚷起来。赵梓材方才要回言，贺孟雄忙向赵梓材使了一个眼色，让他不再说下去。一面提起

酒壶来，给李豹又斟上杯酒，说道："豹兄弟你别急，四弟诚心怄你玩呢，消消气，喝酒罢。"

李豹道："我明白，我知道，四爷是怄我。小弟的脾气，就怕人说我交朋友留私心眼。小弟我拍胸脯子交朋友，绝不是那种人哪！"因见贺孟雄斟过酒来，忙道："大哥这是怎的，怎么又和小弟客气起来了。"又笑道："还是贺大哥知道我的心，别看我和赵老四嚷，那是我看得起他，拿他当朋友。要是换个别人……"赵梓材笑道："承抬爱，承抬爱，若是换个别人，就该白刀子进去，红刀子出来了？可是你的话直到现在，我赵四将军还是信一半，抛一半，你这个人云天雾罩，你就说出大天来，我也不敢全信，到底我也得给你的话打个折扣。"

黑斑牛李豹此时已有酒意，赵梓材这话照样绷得很紧，贺孟雄唯恐李豹借酒使疯，又要大吵。可是赵梓材也好像有了酒意了，又好像故意拿话挤李豹，贺孟雄和邱铁林都怕李豹着恼。不想李豹张了张嘴，直翻眼珠子，不但没急，反而有点心虚似的，再三描说自己讲的全是实话。崔豪二番出世的经过，李豹原本语言不详，却教赵梓材拿话一挤，他又把崔豪的事重新说起来了。

据黑斑牛李豹讲，转据地理鬼卢宏，亲听南阳三杰崔豪的自述，十余年前，联友镖局所遭的惨变，可以说是血淋淋的一桩灭门大祸。叶氏双雄率同门师弟，勾结西川四霸，乔装强盗砸明火，夜袭联友镖局；骤出不意，南阳三杰死了二人，崔豪负伤越墙败走。他也效法仇人，乘夜奔至叶自成家中，纵火歼仇。却是仇人的家小已经潜匿，只杀了几个旁的人，烧了他们的一处宅子。崔豪怨气稍出，他也怕仇家再来杀害他自己的家小，便又急急奔回家中，吩咐家人，火速收拾东西，赶快搬家。

他家本无别人，只有老母妻室和二子，跟族弟崔杰老母妻子。他的长子年已十二三岁，爷俩要立刻带领家眷逃走。对家中只说保镖得罪了仇人，怕仇家前来暗算，细情没肯说。但就

这样慌促的情形，已使母妻幼子听了大骇；略收拾细软，当夜逃出一百数十里。不敢投奔联友镖局北方支店，去寻找七雄；恐被仇人料到，随后跟踪赶来。

他只落荒奔逃，第二日又逃出二百多里，到了傍晚，崔豪便支持不住，勉强索取纸笔，写下所要去的地方，是往开封他姐丈家。崔豪自觉头晕，发烧口渴，他自知失血过多，并义连日奔走，过于劳累，未得休息。他的长子崔泽年虽幼小，已能对付办事；妻与子合计着烦店家清来医生，开了药方，买了药，煎好，给崔豪吃下去，将息了一夜。又讨了药方，预买了几副药，仍不歇息，续往前逃。

崔豪本要把家小安插好了，自己再北上，寻找河朔七雄，共谋歼仇之计。哪知带病赶路，一路又坎坷不平，好容易熬到开封，便自病倒。崔豪他又悲又恨，又急又气，又十分后悔；因为这次事的起因，实怨自己太任性，又太大意；因任性而结仇，因大意而受害，以致伤亡了许多好友，一个族弟也死了。他本人创伤未愈，更惦记着亡友李玉川的家眷，又痛恨仇人，这样夜中装强盗暗袭，有失江湖正气，实令人痛恨。

他这样胡思乱想，心不宁帖，病自然好得慢。由于失血劳累，更转成夹气伤寒，这一躺足有一年多，未能起床。手中积蓄的钱财，也差不多用完。他姐丈本是小经纪人，手中并不充裕。及至崔豪病好了之后，便想纠友报仇，怎奈两手空空。打听河朔七雄，七雄又已沦入绿林，没有下落。没有钱用，既不好意思向姐丈去借，想作别的生意，又什么都不会；于是挤来挤去，崔豪也在北方入了绿林。做了几水生意之后，手下有了富余，先把家小安置在一个妥当僻秘的地方。便着手先打听李玉川的家小，要救助他们。不想人事变迁不测，这一年多的光景，李玉川的家小，也不知逃亡到哪里去了。

崔豪十分伤感，随后又仔细打听河朔七雄的下落，这时候七雄已到两湖，当强盗寻仇去了。崔豪正要奔往两湖，忽又闻对头叶自成逃入四川，又有人说这叶自成给一家客商保镖出

关，奔千金寨去了。崔豪慌忙设法追问，打听得仇人赴川是假，出关是真。崔豪便又不顾一切，急忙追踪下去，一路边追，边访，一直追出山海关。想是因为隔日稍久，竟把线索追断了。崔豪逢人打听，恍惚听人说，叶自成大概窜到千金寨，投奔掘金矿的朋友去了。崔豪望风扑影，又追踪到千金寨。可是一到千金寨，再打听叶自成，竟如石沉大海，声尘俱泯，再也踏访不着了。崔豪本人旋在千金寨，别有遇合，竟在那里留恋了好几年。大概手底下很积蓄了一些钱财，又交了几个剖心沥肝的朋友，他这才进关。等到他一到中原，忽又获得仇人的消息，原来仇人老早地从关东溜回来了，而且在江湖上，继续活跃起来。崔豪一怒，掀起宿恨，这才秘密地布置复仇的事，四下里寻邀旧友。

黑斑牛李豹，把南阳三杰崔豪十年埋没，再度出世的话，照这样又仔细地描摹一番。众人倾听良久，莫不叹息。贺孟雄勾起旧情，又在酒后，竟忍不住落下泪来。李豹忙道："贺大哥，贺大哥何必轻抛英雄泪？与其你隐居在此地掉眼泪，何如索性找了崔爷去，一同复旧交，报旧仇？"贺孟雄拭泪摇头，心中好似很难过。邱铁林为了想借话岔开，向李豹发问道："李兄弟，你说了半天，崔豪大哥他到底现时住在哪里？"

李豹道："他行踪不定，总在河南归德一带出没，常驻脚的地方，就在归德李家庄卷毛狮子李景明家里。"贺孟雄默想良久，方才问道："崔大兄既然决计复仇。他的助手，都约了谁？"李豹道："据小弟所知，有红头子霍真，小燕子霍玉，卷毛狮子李景明，还有江西火道人，辽东大侠三龙之一的龙天照。崔大哥想道，有这几个人，再加上你老弟兄七位，人数很够了。"

贺孟雄点头道："龙天照确是把好手，小霍也有两手。"又问道："叶自成那方面的情形，崔大兄也曾打听清楚了没有？"李豹道："听说崔大哥也曾不断托人打听过，对他们的消息，想必也知道一点。他们叶家现在的帮手，就是大哥当年的仇

人，有西川四霸的两霸，和雌雄剑袁平、铁沙彭郎等人。”贺孟雄又道：“那么他们知道咱们这里的情形不？”

李豹一愣道：“这可不晓得。”不由得瞪眼看着贺廉英。贺廉英道：“你们也太疏忽了，知己知彼，百战百胜。你想，崔大兄加上你我弟兄八人，就是九个人了，再约几个，就十几个人开外了。难道我们弟兄寻仇，对头他就一点也不摸头，一点也不防备吗？彼此都是仇家，他就真的一点也不打听你们的消息吗？”众人点头称是，李豹拍腿道：“还是大哥想得周到，可是我想崔豪崔大哥藏得很严谨，布置得很机密呀。”邱季刚道：“若要人不知，除非己莫为，世上没有不透风的篱笆，那怎么能瞒得住？”李豹道：“既然如此，你们七位赶快动身罢，我也回去，把这话对崔大哥讲一讲。”赵梓材道：“豹兄弟你先别急，现在动身，明天也到不了，并且我们弟兄还得商议商议。酒喝够了吧，别耽误了饭。”

于是大家喝完酒，赶快用饭。李豹想是奔波日久、为友心急。至今日才得寻着七雄，一来心事已完了，二来老友重逢，其乐可知，不觉喝了一个大醉。贺孟雄吩咐长工扶他上床，就在客厅睡了。他们河朔七雄，却不肯休息，悄悄出离贺宅，到杨氏弟兄家，商量了许久。打定了主意，又给鲁凤台夫妻送个信。鲁氏夫妻偕游野外，此时还没有回来。

次日差不多到了晌午，黑斑牛李豹一醉方醒，连喊：“好酒，好酒！”抹抹眼问道：“什么时候了？”长工答道：“李爷，午牌过了。”李豹哎呀一声，一骨碌爬起道：“我怎么睡了这大工夫。”穿鞋下地，向长工大声说：“快请你家主人来！”这长工忙打脸水，泡茶，备早点，一面去请主人。李豹见了贺孟雄问道：“大哥商量得怎么样了？可全去吗？什么时候动身？崔大哥急得很呢。”

贺孟雄笑道：“你别忙，你就是忙，我们哥几个也不能全站起来跟你走，顶多跟你去三四个人。这三四个人最快，也得过三四天才能动身。”李豹道：“怎么，不都去吗？”

赵梓材道："都去可怎能行？你想得倒麻利！"李豹道："哦，还分两拨走吗？你们怎么学的这样黏缠？要走，还不站起来就走，咋的这么婆婆妈妈的？"

贺孟雄笑而不答。李豹道："哦，哦，我明白了，你们七位是功成名立，避居退隐的高人了，临走之先，还得要布置布置，铺排铺排，一块儿走又惹人注目。不像我这粗人，两肩打一张嘴，拔腿就走。"贺孟雄道："你说的一点也不错，我弟兄早就厌倦了江湖上的生活，红尘中的风险，这才更名隐姓，易地潜居，本来是要永远退出武林的，不想今日到底被你们掏出来。"赵梓材接声道："大哥的话很对，按理说我们本当不去，又怕臊了你黑牛的面皮。去呢，又真不是情愿。这一回不怕你恼，总算是教你逼的，再为冯妇，当然我们得小小地布置一下。"

李豹笑道："臊不着我，我可不承你们的情。你不要净拣好听话说，你们别说是隐居，就是出了家，跳出红尘外，可是南阳三杰死了两人，只剩下一个活的。搜根穷源，你们河朔七雄也不得辞其咎。现在崔豪死而复生，二番出头，硬要邀你们出去，一块儿找仇人拼命，你们河朔七雄不看死的看活的，不看活的看死的，恐怕是义不容辞，想推托，也推托不开吧。"

贺孟雄、赵梓材哈哈的笑了。

河朔七雄真是这样，虽然决计退隐，无奈崔豪弟兄，跟他们七人曾有共生死、同甘苦的誓言。现在崔豪出头，要重修旧怨，他们七个人右思左想，不能坐视；这一点李豹看得明明白白的。

当下，河朔七雄，由贺孟雄、邱铁林、赵梓材三人做主，先给出门在外的杨氏弟兄，派急足送去一个密信。又候到鲁凤台夫妻郊游回来，三个人背着李豹，到鲁家内室，把崔豪重新出世，纠友寻仇的话告诉了他。鲁凤台悼念父仇，当然很愿意下山。不过他深感贺孟雄救护养育之恩，事事不肯违背义父，静静听完了贺孟雄的话，回忆前情，心中悲极，半晌才说：

“叔父的意思怎样呢？崔叔父既然二番出世，要邀大众报旧仇；可是小侄追随叔父退隐已久，小侄对此事并无成见，一切听候叔父的吩咐。”又问邱、赵二人道：“二位叔父意见如何？”

贺孟雄等叹息道：“鲁贤侄，你不要这样曲从我们的拙见，你把你个人的本意尽管说出来。我们大家公议。”鲁凤台又谦让几句，转身跟他妻子商量了一回，遂向贺、邱、赵三人表示道：“如果叔父静居已久，不愿出山，那么有事弟子服其劳，小侄可以追随李豹去。”贺孟雄叹息道：“我知道贤侄一听报仇之事，必然踊跃愿往。但是我怎肯教你一人去呢？还是我们一同去吧。我们当时已经杀死西川两霸，刺死一叶；我们这边是南阳三杰死了两人，再加上你父，按说三条命抵三条命，仇是报过了。但他们乃是首先挑衅，又是伺隙暗杀，居心可恨，我们无论如何应该把叶某这个祸首分了尸，才算斩草除根，也可告慰你父在天之灵。所以崔豪这番寻仇，我们论情论理，都该跟他协力，不能袖手旁观。”

鲁凤台听了，含泪说道：“叔父既顾了活的，又不忘死的，小侄实在终生感激。小侄现在就叫您侄妇收拾收拾，敬听您的指挥。您说哪天动身，就哪天走好了。不过杨家二位叔父，现时全不在家，我们等他不等呢？”

贺孟雄遂将分两批前往的话，告诉鲁桐；鲁桐点头称是。到了第二天，引领鲁桐见过李豹；李豹叫道：“哎呀，这就是鲁世兄！一晃十多年，已然是个成年的壮士了。真是的，你和你令尊鲁兆洪老前辈，相貌完全一样！”谈了一回，又问杨氏弟兄，回来没有，贺孟雄道：“他二人还没回来，我们先打点走吧。”

四日之后，一起五人，改装跨马，由山西直奔河南大道。这五人就是贺孟雄、邱铁林、赵梓材、鲁凤台、李豹等。七雄等因恐一同出门，过于招摇，惹起七星屯乡人注目，故此分拨出发。那杨氏弟兄和韩凌霄三人，约定随后再赶来。一行五人，策马入中原，一路上谈谈讲讲，这贺、邱等总有点怏怏不快。

那黑斑牛李豹为人热心，为友奔忙这许多日子，今日才把七雄找到，满心想着：河朔七雄既然更名隐居，要诱他们二次出山，一定费些口舌，甚至碰个钉子回去。不想并未曾费什么力气，只说出崔豪复活，便把他们请出来，不由心中痛快，形于辞色。走着走着，大喊小叫，抄起马鞭来，回手一下，撒开了马，顺着大道飞跑下去。

贺孟雄忙道："豹兄弟，你要做什么？"李豹也不回答，扭头一笑，仍是纵马直跑。赵梓材也是个好事的人，忙道："大哥，咱们也撒马吧，这样慢走，多没有意思。"说着，一拍马，也跟着跑下去。贺孟雄无法，只好与邱铁林、鲁凤台，也跟着追下来。一气跑了一个多时辰，方才勒马缓行。贺孟雄埋怨道："你们太不小心了，刚刚离开家门，就这样明目张胆地跑起来，岂不惹人注目？"李豹笑道："大哥太胆小了，就有人注目，又该如何？谁还敢在老虎嘴上拔毛。敢在河朔七雄门前炸刺不成？"贺孟雄道："豹兄弟再别捧了，你要知道，捧得高来摔得重。"赵梓材道："黑牛也不知从哪儿学的这么油嘴滑舌的。"李豹一笑，五人仍旧趱行。依着贺孟雄的嘱咐，为免引人注意，只在荒郊人烟稀少的地方，方许纵马。

连行三日，并未出事。到第三日傍晚，五人顺着大道前行。时当新秋，阳光西斜，晚霞映彩，前面大道忽然展开了一道长堤似的平坦路。路边杂植着几行长杨细柳，晚风徐徐迎面吹来，沙尘不起，大有秋意。众人只顾赶路，人和马都出了汗。踏上这林荫坦途，不禁各敞衣襟，迎风纳凉。赵梓材先说道："好凉快，一路上风尘仆仆，又晒又呛，整天要都是这样凉快的天气，够多好？走着也不困，又不晒得慌。"回头骂李豹道："黑牛这个倒霉鬼，我们哥几个在家舒舒服服地享福，硬让你给掏弄出来，在道上挨死晒，吃尘土。"挽袖子自视胳臂道："你看看，肉都晒曝了皮。黑牛，你真是个九头鸟！早不来，晚不来，单在这时候来……"其实新秋气爽，比冬天夏天全强，不过总比不上在家纳福好。李豹笑嘻嘻地答道："赵

四爷，千错万错，都是我黑牛一个人的错；四爷多包涵，谁让咱哥们不错呢？”赵梓材道：“谁跟你不错，少套亲近罢。”不由得全笑起来了。

两个人正在斗口，忽然前途卷起一团尘埃，蹄声嘚嘚，从对面驰来一匹马，远望是一个蓝衣人骑的是一匹红马。那邱铁林眼尖，张目一看，“咦”的一声，回头忙叫贺孟雄道：“大哥，这人和马都有点眼熟，像在哪儿见过。”说时，那匹马驰至切近；李豹突然把唇一撮，希留的一声呼哨。那红马上的蓝衣人，听见声音，忙勒住马，朝这边打量。李豹喊道：“季二，是你吗？”回顾七雄道：“你们看，第二批催请的人来了。”

那人见是李豹，忙在马上唱喏道：“李爷，辛苦了。”立即下马，凑了过来；又见贺孟雄等四人，便道：“这四位可是七雄弟兄吗？”李豹笑道：“正是！”大家一齐下马相会，李豹忙将贺孟雄、邱铁林、赵梓材、鲁凤台，一一给季二引见。那季二忙上前行礼道：“小人季二，奉崔爷之命，来催请诸位的。”回头向李豹道：“李爷，久闻河朔七雄大名，不是七位吗？怎的只四位，那三位呢？”

李豹说道：“他们七位是隐君子了，一块儿出来，怕惹麻烦，不像咱们弟兄，能够拿起腿来就走的，那三位随后就来。”季二点头，方要向七雄寒暄，李豹性急，抢着说道：“季二，你从后面赶来做什么？是崔大爷那里，又出了什么岔吗？还是人家不大放心我，打发你来帮忙垫话吗？”

季二脸一发呆，看了看七雄，忙答道：“李爷可别多心，人家派我来，不是不放心李爷，实在是让我追你，有一件要事，要赶着告诉你，请你转达河朔七雄弟兄。他们那边要先下手为强，已经暗暗派下人，要在半路上邀截诸位，崔爷、卢爷为这事非常着急，恐怕你们在路上不留神，受人暗算，故此派我连夜速来送信，好教诸位路上有个防备。一并请诸位先奔灵宝，次到洛阳，不必再到商丘了。”

第三章 醉殴恶少

众人一听，各个互视，莫不惊异。李豹先跳起脚来，向季二道："是哪个不小心，走漏了消息？"季二答道："李爷，这可是不知道是哪个走漏了消息。"李豹是个好勇斗狠的汉子，不脱江湖豪气，立刻大叫道："好得很，好得很，娘拉个蛋！这几天走闷路，走得真不痛快，恨不得跟人斗一斗，才解闷呢。不想叶自成倒是这么一个会凑趣的家伙。"回头抚摸自己包袱内的折铁刀道："宝贝，你又该发发利市了。"又问季二道："他们在哪里等着我们？"

未等季二回答，邱铁林笑了，说道："反正是在晋豫大道上，还过得了吗？"李豹自己也笑了，道："我一听说有架可打，什么都忘了。"众人看他的样子，不觉好笑，赵梓材揶揄道："狗改不了吃屎，总是这么毛头毛脑的，难为都长得那么大了。我说叶自成，你藏在哪里了，还不出来，跟黑牛斗斗！"说得众人全笑了。

贺孟雄挥手道："诸位安静些，不要吵，这件事的确该提防。敌人在暗处，我们在明处，一不小心，就会吃大亏的，我

们要好好地想一个对付的法子。”回顾季二道：“足下给我弟兄送信，我们弟兄感激不尽，我这里谢谢了。”邱铁林、赵梓材、鲁凤台也随着行礼；季二忙还礼不迭，道：“不敢当，不敢当，都是为朋友办事，何足挂齿？小人不过是给陶大爷……”说着忙又改口道：“我是给崔大爷跑跑腿，送个信罢了，比不上诸位是给朋友卖命去的，这又算得什么呢？”

贺孟雄回头眼望邱铁林、赵梓材、鲁凤台和李豹道：“咱们还得给杨氏弟兄他们哥三送个信去。”李豹道：“就让季二辛苦一趟得了。”贺孟雄道：“不必再劳动人家了，我看还是自己人送信去好了。”李豹要说话，忽的念头一转，道：“要不然，小弟再返回一趟去，好不好？”说罢便要勒马，贺孟雄忙挡住道：“李大弟，且慢走。”李豹道：“着，着，大哥总是这般慢吞吞，没的不把人急死。”

贺孟雄道：“李大弟，你不知道，我让自己人去，自有一番道理。”李豹咕哝道：“我怎不知道，左不过是怕人知道你们的住处罢了。”季二这时插口道：“我看还是我去吧。”贺孟雄道：“正要和季二兄打听崔大兄的最近情形，足下如何能去，并且我还有话嘱咐他们几个。”说罢，回头对邱铁林道：“三弟，你回去一趟吧。”邱铁林点头答应。

贺孟雄见李豹在一旁直捣鬼，因笑道：“李兄，你说些什么？”李豹道：“没说什么，我只念叨像这样走法，不知什么时候，才能赶到地方。”贺孟雄不答，招呼邱铁林过来，又附耳说了些话，方目送邱铁林走了。李豹道：“我的贺大爷，快走吧。”大家一齐上马，继续往前行，转眼走完了长堤坦途，天色已晚，旋即投居止宿。饭后贺孟雄、赵梓材、鲁凤台向季二打听崔豪的近况；季二和李豹你望我，我望你，回答得迷迷糊糊。赵梓材颇觉不解，贺孟雄心中微微动疑，当下也没说什么，次日上路，就隔过去了。

他们走的路线，乃是起旱。这几个英雄都不喜欢坐船，嫌船行气闷，且又缓慢。大家先奔灵宝，由灵宝再赴洛阳。这几

年河朔七雄流连晋陕，久未入豫，正似沧海桑田，人事变迁不小；不知中原一带，近年出了甚样的后起英雄，打算顺便探听一下，再给崔豪转约几个好助手。

途中贺孟雄嘱咐赵梓材、鲁凤台道："叶自成已知崔豪兄弟来约咱们，我们行路投宿，一切得要小心，不要糊里糊涂地送了命。"又对李豹及赵梓材正色道："李大弟和四弟，你们俩是顶能惹的，尤其是酒后胡言乱语。这次在路上千万小心，不要再惹出意外的麻烦来，节外生枝。耽误了正事，那就太对不起朋友了。"李豹庄容答道："小弟玩笑是玩笑，办事是办事，怎敢贪酒误了正经的。大哥若不放心，由打今日起，咱们全戒了酒怎么样？谁再喝酒，谁是狗种。"贺孟雄笑道："不要骂誓，你只少喝点就得了。"

自此李豹果然少说话，多行路，酒也不喝了；贺孟雄等人劝他少喝一些，他当时决意不饮。哪想到戒酒这件事，若是有忙事不喝时，倒不觉得怎样，这一有心断酒，李豹每到吃饭时，便想起酒。只是话已出了口，又不好反悔，只觉喉咙似有手搅似的发痒，只好咬牙忍受。头两天感觉还好，后几天，只见他没精打采，话也没有了，骑着马打瞌睡几乎摔下来。众人起初笑他，末后怕他馋出毛病来，就劝他开戒。李豹实在忍不住，借辞开斋，立即眉开眼笑，半斤酒下肚，话也多了，精神也来了。每天走的道路，也显着快了。赵梓材笑道："李黑牛是酒鳖吧，怎的离开酒，就没了灵魂了。"

李豹笑道："赵老四，老鸦落在猪身上，净看见人家黑，看不见自己黑。我要是酒鳖，你可算个酒龟了。"原来赵梓材也是个酒徒，不过酒量稍较李豹为次，喝得又有分寸。因为喝酒有同好，他二人的交情比别的人还深些。

行行重行行，这一日到达灵宝，时候大约在申时左右。贺孟雄道："哥们收马，咱们先找店吧；找好了下处，然后再说别的。"

众人找了一家字号叫聚兴店的大客栈，包了三间上房。贺

孟雄告诉店家，好好地照应马匹。店家连忙答应，打来洗面水，众兄弟各个洗了脸。正要泡茶，赵梓材性急先说道："大哥，咱们先去吃饭吧，小弟我可早饿了。"贺孟雄眼望众人道："你们不再歇一会儿吗？"李豹道："得了，大哥，这样一说，走了这两步道，就要歇息，还称什么好汉，简直是成了豆腐渣了。"众人笑道："还是我们黑斑牛牛爷快人快语。"

李豹站起来道："走，外面吃去。"这几个人都是久经熬炼过的身体，铁打的英雄，也不喝茶，也不休息，全都站起来往外面走。贺孟雄道："都带着家伙了吗？"纷然答道："都拿着了。"李豹道："哎呀，我没有拿。"季二道："我这里有富裕。"季二身上有两把匕首，分给李豹一把。赵梓材道："大哥太小心了，叶自成哪会知道咱们这么详细清楚。"季二道："众位还是小心点好，多带一把叉子，不算累赘。"说着一同出了店门，来到大街。鲁凤台不认识路，问道："贺老叔，咱们上哪里去吃饭！"李豹忙道："咱们顺着大街遛，看哪一家门面顺眼，咱就进去吃哪一家。"赵梓材不由笑道："好主意，难为你怎么想来？"季二道："这里的地理，我却熟悉，李爷，我告诉你，醉月楼的酒菜可是好得很。"李豹道："季老二，真的吗？不要哄我。"赵梓材道："醉月楼吗？我先早在那里喝过，那里的酒喝下去，又甜又粘，实在是好，闻着一股子清香，不像别的酒有那么一股刺鼻的味道。尤其好的是刚喝下去，一点也显不出力量来，平常喝半斤的量，这个酒可以喝一斤，却是喝完非趴下不可，后劲大极了。不过这家的酒价，比别处贵约一倍，他们的酒菜也很够味。"啧啧的不绝盛夸这酒的好处，一边夸着，一边眼望着众人，嘴角透出浅笑。

李豹听完，早忍不住馋涎欲滴，喉中又似有小手乱挠，大嚷道："好好好，咱就去醉月楼。"左一曳赵梓材，右一拉季二，当先开路，一直寻下去了。赵梓材忍不住狂笑起来，扭头对众人说："李豹还想戒酒，你瞧他这样子，馋涎都流出来了。"贺孟雄道："四弟，李兄弟是个直心汉子，你老逗他做什

么？常言道：嬉无益。总这么闹，容易伤了弟兄们间的感情，反倒不合适。”赵梓材道：“大哥说的是，但是醉月楼的酒，的确是好；以前小弟真尝过，但不像我刚才夸的那样好法罢了。”众人全笑了。

这时众英雄已走到了地方，李豹早在醉月楼门口等候。大家上了楼，找了一个傍窗临街的桌子，打圈坐下，先要了一壶茶，慢慢喝着解渴，跟手就点菜要酒。过了一会儿，酒菜都摆上来，李豹自己先斟了一杯酒，喝了头一口，咂嘴道：“好是好，也不怎么的，赵老四也太会吹泡了。”一语甫出，众人失笑。李豹摸不清头路，毛毛骨骨地说道：“怎么着，你们笑什么？可是赵老四又要花枪了？”众人越要笑，李豹越犯疑，一迭声地问：“你们到底笑什么？”

贺孟雄道：“喝酒吧，别闹了，左不过笑你们俩打牙逗嘴罢了。”斟了一杯酒，笑说道：“李大弟，我先堵你的嘴。”说着送到李豹面前，李豹忙站起笑道：“好大哥，你也帮助他们欺负我，不让我还嘴出气。”说完举杯，仰脖一饮而尽。季二在旁看着，笑道：“若没有李大爷赵四爷逗嘴，倒显着不火爆了。”李豹笑道：“季老二，去你的吧，人家正在生气，你却在一旁说风凉话，倒给你开心了！”

众英雄谈笑喝酒，推杯换盏，呼三喝六，彼此猜拳，不觉各有醉意。其中贺孟雄与鲁凤台，全都是有心计的人，处处小心，都不肯放着量喝。那李豹却是直爽粗鲁汉子，素日有口无心，见了好友，遇到好酒，更忘了一切。而且他一个呆汉，居然诱请出七雄来，心中得意，越发贪杯。捉住赵梓材，一死的非要划拳拼酒不可，赵梓材没法，和他划了一阵。李豹一阵乱闹，差不多有七成醉了，贺孟雄向赵梓材，施了一个眼色，意思让赵梓材拦住李豹。

但是李豹的酒正喝在兴头上，你要拦他，决计拦不住的。又不愿强扫他的兴，赵梓材眼珠一转，想出一个妙法，开口说道：“黑牛哥，咱们再划三拳，就不喝了。”李豹道：“不成，

赵老四，你想退阵可不成。”赵梓材忙道：“黑牛哥，你听着，咱们俩只划三拳，决一死战。假如我赢了，你去替我买西瓜，今天晚饭算你请客。要是我输了，西瓜我去买，今天晚饭我请。”李豹道：“好好好，君子一言。”赵梓材笑道：“快马一鞭。”两人伸手卷袖，五魁八马的，又喊起来。一霎时胜负已定，是赵梓材输了。赵梓材道：“倒霉！今天喝了这么一点酒，还得买瓜去。”拿起杯来，一仰脖，一饮而尽。站起身来，身形乱晃，哎呀了一声，道：“怎么今天喝了这么一点，我会醉了？”李豹笑道：“你醉了也得买去。不然再罚你三大碗，就饶了你。”赵梓材道：“牛哥，你陪我去！”李豹摇头道：“咦，怎么胜了拳的人还去吗？”

赵梓材假装不胜酒力，一定教李豹陪他去。贺孟雄也笑道：“牛兄弟，老四真醉了，你陪他买点鲜果子，在街上走一趟，过过风，也许好点。”李豹信以为真，站起来说：“真不嫌丢人，喝了这么一点酒，就现了原形，别给喝酒的丢脸了。没法子，我陪你去一趟吧。”赵梓材身形打晃，李豹扶着他，走下酒楼，季二冲着贺孟雄一笑，贺孟雄忙摇头示意。

当下李、赵二人出了醉月楼，顺着大街，一面走一面谈，一面寻找卖果的铺子。赵梓材忽然说道：“牛哥，依我说，咱们老没到这里来了，等一会儿再买东西，咱们先逛逛再说。”李豹道：“那么他们呢？”赵梓材道：“管他们呢，晾他们一会儿好了。”李豹笑道：“你就损吧！”这哥两个当真顺着大街，逛起来。赵梓材指着一个地方说道：“我记得这是块空地，怎么盖起了房子了。”李豹道：“这就叫十年朝东，十年朝西！”

两个醉鬼在街上乱晃，看见道旁有卖鲜果的，就走过去买了些，站在那里吃。吃完，又买了些，正待往回走，忽见那边来了四个人。当中一人，年约二十上下，像是主人，其余三个像是仆从，一面走着，一面说话。突然又从后面跑来一骑马，那少年慌忙躲马，稍不留神，恰踏着路旁摊贩放在地上的扁担，竟绊了一个跟头，整个狗吃屎，把摊子也砸翻了。少年爬

起来，勃然大怒，喝一声："截住他！"手下从人立刻去追那马，要把骑马的人拖下来。骑马的人见惹了祸，狠狠打了几鞭，催着马如飞地跑了。三个从人发狠追赶不舍，却是越追越远了。

少年越怒，看一看手掌，已然擦破一块皮，流出血来，暴喊道："你们这群废物！快追，把他拉下来！"他自己撩长衫，拔腿也要追赶。摆货摊的小贩，却是个乡下人，心痛他的货物，忙一横身，把少年拦住道："大爷别走，大爷砸了我这些东西，怎么算？"

口气之间，似乎有点讹赖，这少年登时气冲两肋，伸手打了摊贩两个耳光，痛骂道："混账王八蛋，你的扁担往哪里放？饶绊倒了人，你还要讹我不成？"

这小贩只顾心痛血本，又平白挨了打，哀情冤苦难伸，捂着半边脸，冲少年唠叨说："你老怎么打人？你老走道，怎的不看脚底下，硬往俺的摊上膛？俺好几十吊钱的货，全教你老毁了。干吗你老还张口骂人，举手打人？真是的，俺也有嘴有手，不是不会骂，不会打！你老要打，自管打吧，卖给你老了！"口吻越发憨直，遮住少年，哓哓不休。

这工夫，三个仆从追不上奔马，讪讪地刚走回来。少年恚愤已极，恨小贩口角挖苦，缠赖不休，竟向三仆厉声喝道："这东西也想讹人，你们给我打！"打字刚收声，三个人一拥齐上，扯小辫，揪胳臂，把小贩登时放倒在地，拳打脚踢，直打得小贩爹妈乱叫。

李、赵二人正站在路那边，远远地全望见了。两个人都是侠肝义胆，好管闲事，打抱不平的人。而且他二人又不明了真相，只望见行凶，三四个人殴打一个苦人，心中再也忍耐不住。头一个李豹发怒道："好汉动手一对一，怎的群殴起来？四弟，咱们不能看着。"赵梓材说："我们别帮拳，不妨过去劝劝。"正要移步上前，这时看打架的人，早围了一堆，只是七言八语地道："得了。得了！"并无一人上前拆解。李、赵二人

刚刚凑过去，人群中早激动了一个壮士，喊一声：“借光了，诸位。”双手一分，越众当先，来到小贩身旁。

众人看时，这个人年约三十余岁，白素素的一张脸，中等身材，两只眼黑白分明，精神饱满，举止快爽。是从一条斜街绕过来的，拥进人丛，口中说：“住手住手，什么事有理可讲，何必动手呢？”口里说着话；侧身前探，双臂一合，往外一分，却因为他看着三个人暴打一个小贩，心中有些不忿，故此手下用了点力气。不料插身太骤，用力过猛，那三个仆从猝不及防，早有一个仰面跌翻。又有一人一个踉跄，抢出好几步。剩下那个仆人，见这劝架的壮士来势凶猛。不觉也停了手，退后数步。

那站在旁边的少年主人，见这情形，神色一变，先向三仆吆喝了一声：“别动手，你们靠后！”两眼盯住那人道：“足下尊姓，您是来打抱不平的吗？”

那壮士笑道：“敝人姓杜，就叫杜仲衡。敝人不是侠客，焉敢打抱不平，只是看不惯三个打一个，拦上一拦，也省得打出人命来。”那少年闻言冷笑道：“杜爷路见不平，居然不问三七二十一，上前就动手，可见是位侠客，在下不才，倒要会会你这位侠客……”

两人斗口较劲，身子往前凑，眼看要动手。那吃亏的两个仆人，跌倒的爬起来，撞退的抢上前，忍不住羞怒，正要寻事；见主人和杜仲衡要动手，这一个便在背后一头撞上来，那一个便从斜刺里捣上一拳。那杜仲衡听见背后有动静，倏地一侧身，飞起一腿。轻轻一蹬，把那个仆人踢倒在地；就势一伸手，把另一仆人的手腕抓住，借力使力，“顺手牵羊”，也给摞倒在地上，半晌起不来。杜仲衡冷笑道：“倚多为胜，暗中伤人，算什么英雄？你们有什么出奇的本事，都使出来吧！”

那少年大怒，也冷笑道：“好厉害的劝架的。”喝那家人道：“丢透脸了的东西，还不滚回去。”对杜仲衡道：“杜爷真是英雄，但何必跟我的仆役较劲？在下不才，愿陪英雄周旋周

旋。”说罢把长衫一甩，丢给仆人，拉开架势，就要动手。杜仲衡也站好脚道：“朋友留名。”那少年一上步，左手一晃，右手一拳道：“张天佑！”这一拳来得很快，杜仲衡不慌不忙，微微一侧身，左臂往外一穿，右手一个“单风贯耳”，接招还招，两人打起来。这时人群外，突然有人喊道：“二少爷您可小心，老爷有话，你老忘了吗？”张天佑头也不回道：“去你的吧，不用你管！”依旧撤身进招。在街心，两个人抡拳对打，展眼间拆了七八个回合。

原来这张天佑，是本地一位隐居拳家张元方的次子。这张元方武术极为精妙，但为人谦和，好静不好动，镇日以练拳技，练气功自娱，轻易不肯和人较技，更严禁门人弟子跟外人动武。他却有二子，长子张天佐、次子张天佑，性情都和他父亲相反，极好打架，给张元方惹过许多麻烦。张元方大怒之下，将这兄弟二人拘在练武房内，罚抄达摩易筋经一百部。一连拘禁许多日子，不准出门。后经许多友好劝解，这才放出。张元方又教训他弟兄一顿，出门不许挟带兵刃，更不许和不会拳术的人动手。弟兄二人诺诺遵命，许久没有生事了。这次张天佑，因亲戚做寿，奉父命带了三个仆人，出门买办礼物，不料因躲奔马，被小贩的扁担绊了一跤。这本来不尽怨他，却是这小贩知他家教严，偏偏论定了他。他再也忍不住，有心自己动手打这小贩，又怕打重了，再惹了祸，爹爹不饶，故此喝命仆人动手，到底由此惹出麻烦来了。

张天佑和杜仲衡变脸动手，对拆了几招，见对手招数紧密，不觉又诧异，又高兴。他反倒喊一声“好！”双拳一错，变换了一路拳法，运用五行拳，双拳如雨，挥拳奔对手要害下手，暗含着拿活人给自己试招垫招。杜仲衡暗道：你这东西，怎么暗下辣手？也把拳风一变，更门改路，用八仙拳硬砸硬上；展眼间二人对拆了二十招。张天佑性急，见打不败敌人，不觉暴躁起来，把拳法又一变。忽见杜仲衡露出一个破绽，张天佑大喜，急忙进身下掌，迎面劈去。杜仲衡右手往外一托，

张天仲右手一掌，奔杜仲衡胸前点去，以为这一下定必击中。哪知堪堪点到，杜仲衡身形不动，胸腹微微一凹，退出半尺。

这是气功，张天佑吃了一惊，努力收势，已来不及。被杜仲衡左手往下一扣，扣住手腕，轻轻往怀中一带；张天佑身不由己，抢了过去。杜仲衡右手伸出三指，轻轻往张天佑背后一点，说道："呔，看招！"张天佑顿时觉得打了一个冷战，眼前发黑，一跤跌倒在地。

杜仲衡笑道："这样不济事，也敢挟技欺人？"回头看小贩，业已哼哼唧唧站起来，扁担也断了，摊子全散了。见杜仲衡打倒张天佑，上前称谢道："谢谢客官帮忙。"却又搔着头说："这是张家二少，他打了我，倒不要紧，可是现在他教你给制倒了，这可怎么好？"杜仲衡一听这话，好生没趣，回头再看张天佑，已被他那家人搀走了。因笑道："他打了你，倒不要紧，你的货呢？"小贩道："货也不要紧，张老太爷会赔的，绝不亏负我们。"杜冲衡不禁吸气，掸了掸身上土，披上长衣，便欲走去；觉得这场架打的没人承情，小贩口吻似乎惧祸。

那李豹和赵梓材在旁看得痛快淋漓。李豹咕哝道："赵老四，这个家伙很有一套，你听他叫什么？"赵梓材道："我也没听真，只听出他姓杜。"李豹笑道："用你说，我也知道他姓杜。"又道："咱哥俩和他搭讪，怎样？"赵梓材道："和人家不认识，怎好说话？"李豹道："你这人真死心眼，一说话不就认识了吗？"

李豹追踪过去，抢先叫道："前面那位杜爷慢走。"杜仲衡回头一瞥，见是素不相识的两个人，以为不是喊他，回头仍走，口中低声念道："我真是多事！"李豹嚷道："喂喂，方才和人动拳的那位杜爷慢走，我们跟你有话。"杜仲衡愕然止步，打量李、赵二人。见李豹是黑膛脸，体格雄壮；赵梓材是个黄白瘦子，精神甚旺，俱是急装，一望即知是江湖人物。立刻把精神一振，大声答道："不错，我姓杜，你们二位是喊我吗？

喊我做什么，打算怎样？”

李豹走上来道：“朋友，你大名？”杜仲衡道：“足下你尊姓？”口吻很有些不和气，李豹不理会，正正经经地答道：“在下李豹，刚才老兄的拳术很高，我很佩服。”杜仲衡道：“哪里，哪里！”

口中敷衍，心中寻想：原来不是寻隙帮拳的，耳闻江湖上，有个名叫黑斑牛李豹的。莫非就是此人？忙抱拳道：“仁兄可是绰号黑斑牛的吗？”李豹忙道：“不敢，黑斑牛正是在下。”回手指赵梓材道：“这位是河朔七雄的第四雄赵梓材。”

赵梓材急急要拦阻，已然说出来了。杜仲衡哎呀一声道：“久仰，久仰。”对赵梓材道：“十几年前，曾与七雄的第一位鲁大哥，在江南会过一面，他还帮过小弟一次忙，以后许久未曾见面，每思趋访道谢。不过小弟一来事忙，二来南北遥隔，三者又听说七雄已经隐迹，不知足下何以出山？到此有何贵干？”

赵梓材眼睐着李豹，狠盯了他一眼，嫌他说话太快，李豹也自后悔说的孟浪了。赵梓材道：“承奖，承奖，我弟兄因为有点闲事，到这里访个朋友……”李豹仍问道：“请问杜兄大名！”杜仲衡说：“小弟叫杜仲衡。”李豹道：“咦，这名字听着好耳熟。”杜仲衡微笑道：“草茅下士，何足挂齿！”李豹道：“我是有眼不识泰山。刚才我们哥俩，见到杜仁兄这样见义勇为，且又武技精妙，我们二人不觉心佩之至，想和仁兄亲近亲近，做一个道义之交，不知仁兄可肯和我们哥俩交交吗？”又笑道：“仁兄刚才那两手，实在叫人痛快之至，不瞒足下说，足下若不出头，我弟兄也就出来管管了。”

杜仲衡不禁惭然，心中说不出有一种内惭的意思。正是管闲事，落不是，反受到意外之誉。却是他们练武的汉子，差不多都口快心直，彼此又是江湖豪杰，三言两语，便自投机。李豹便欲约杜仲衡同回酒楼一叙，杜仲衡道：“河朔七雄小弟久已钦慕，只可惜小弟久居江南，只和鲁大哥会过一面。承鲁大

哥不弃，和小弟订交。又蒙鲁大哥帮过大忙，本当前去见面。无奈小弟现在要事在身，前途还有人等我，实在难以从命，改日再会吧。”李豹道：“杜仁兄，我们也不强你，只愿仁兄与我们河朔七雄见见，再走也不迟。这也费不了多大工夫，他们就在近处，距此不远。”赵梓材道：“我们鲁大哥业已去世，希望老兄见见鲁大哥的哲嗣鲁桐，将来也好烦你多多照应他。”杜仲衡一愣道：“鲁大哥故去了，什么时候故去的？”赵梓材道：“约有十年了。”杜仲衡道：“什么病？”李豹道：“被叶自成残害的。”杜仲衡哼了一声。赵梓材接着说道：“现今叶自成二番寻仇，依旧寻找我们弟兄，所以我弟兄重复出来，再入江湖。”三人边说边行，往醉月楼酒馆走去。

正走之间，急听后面人声嘈杂，有人喊道：“姓杜的别走。”“别放姓杜的跑了。”

三人回头寻视，见后面跑来四五个人。有一人见了杜仲衡，遥指着说道：“大少爷就是他。”于是有一少年挺身而出，拦住了三人的去路，对杜仲衡道：“你就是打我二弟的人吗？”杜仲衡瞪眼道：“不错是我，你想怎样？”张天佐也不答言，举拳就打。杜仲衡侧身让过，冷笑一声，正待要还招进击，那李豹是最爱打架的，忙跳过来道：“杜仁兄，让小弟过过馋虫吧。”杜仲衡一笑，侧身退让。张天佐仍奔杜仲衡，早被李豹挡住道：“小子别乱跑，跟你李爷爷耍耍。”

张天佐咬牙道：“你来替他送死，休得怨我心毒。”虚领一招，双手一分，竟用“双风灌耳”，奔李豹两耳猛击来。李豹笑道：“我的儿，你好狠啊！”双手当胸，往上一分，化开敌人双拳，左手护胸，右手圈回手，劈胸一拳打去。张天佐用左手往外一穿，跟手侧身进招，“金龙探爪”直奔李豹抓来。李豹一惊，暗道：这小子真狠，真快。忙往后一挫腰，退回三四尺。那张天佐早似风一般扑上来，使“双撞掌”，就势进击。李豹急急让过，忙展开拳法，那张天佐也自不弱，尽敌得住。两人一来一往，斗起拳法，登时聚了许多看热闹的人。

李豹和张天佐支持了一会儿，口中不住唠叨道：“我的儿，你真不知道进退！”卖了个破绽，双拳一晃，回身一个败式。张天佐大喜，赶上一步，双手一错，“恶虎掏心”奔李豹后心击去。那李豹不慌不忙，容得敌拳要沾衣襟，掌风将要往外一吐的时候，猛往左一旋身，那张天佐以为这一招必然得手，用出十分力量，掌心果然往外一竖。忽得人影一晃，自己拳招落空；只听李豹已经绕在他的身后，喝道：“呔！”左手一拍张天佐脖颈，右手一掌，使了五成力，道：“躺下吧，孩子！”

张天佐扑通一声，推金山倒玉柱，趴伏在地。其余那三人见状大惊，复又大怒，一齐上来动手，围攻李豹。那赵梓材、杜仲衡，怎肯旁观，忙上去帮拳。那三人哪敌得过这三人，不一时，早一个个被打得鼻青脸肿，扯扶张天佐，抱头逃走。李豹笑道：“痛快，痛快，谁叫你们欺负人！”三人掸掸身上土，拿了果物，说笑着一同转奔酒楼。

那贺孟雄等人，早在酒楼等得心焦，向鲁凤台、季二说道：“这工夫还不回来，不用说了，两个捣乱鬼喝醉了酒，又不知惹出什么事来了。”商量着，正待打发季二上街去找，赵李二人已经同着杜仲衡上楼。贺孟雄见有生客同来，也不好意思埋怨二人，忙问：“李大弟，这位是谁？”李豹道：“这位叫杜仲衡，不认识吧？好俊的拳术呢。”贺孟雄惊道：“莫非是江南大侠，人称七星鞭杜仲衡的吗？”杜仲衡抱拳道：“不敢，不敢，那是别人抬爱。”众人耸然，一齐打量杜仲衡。李豹道：“我的哥，原来你就是七星鞭。你为何不早说出你的外号来。怪不得我听得这个名字好耳熟呢。”李豹高兴起来，忙一一介绍了众人。杜仲衡道：“久闻河朔七雄大名，每思见面，今日得见三雄实乃幸会之至。”又道：“小弟当年曾与鲁大哥在江南相会，蒙鲁大哥不耻下交，在太湖助小弟击败了太湖双怪。自那年别后，至今未见，不想竟故去了。”又问：“鲁大哥怎么故去的？”贺孟雄细细说了，又特指鲁凤台，对杜仲衡说：“这就是鲁大哥的后嗣，他叫鲁桐，字凤台。”杜仲衡向鲁桐客气了

几句话，见鲁桐年少神旺，连声称赞："真是少年英雄，名父之子。"

那李豹发话道："众位别净说客气话了，杜大哥大概没用饭，何不一块儿吃？小弟也饿了。"

贺孟雄忙叫伙计热酒换菜。席间李豹谈起这次和杜仲衡相遇原委，贺孟雄道："一波未平，一波又起，李大弟，你可知你打的那人是谁吗？"李豹道："不知道。"杜仲衡道："不过是朱砂掌张元方的两个儿子。"贺孟雄道："惹出祸来了，那张元方家教极严，却又极其护犊，你这次打了他的两个儿子，恐怕他跟咱们纠缠不清。"李豹道："难道咱们还怕他不成？"贺孟雄道："不是怕不怕的话，现在咱们有要事在身，犯不上沿路无故多树强敌。并且李大弟，你可知道，张元方的朱砂掌，在江湖上未遇敌手，真要和我弟兄为难，恐怕真不好对付呢。"

李豹哼了一声，意似不服，正待还言，杜仲衡接口道："贺仁兄，请放心，此事是小弟我招惹出来的，自有小弟承当的。小弟久闻朱砂掌张元方的大名，未得一会，借此机会，和他见见，也增长些见识。"又笑道："张元方不找便罢，如果找来，小弟独力和他周旋。"贺孟雄道："杜仁兄不要听我这样说，些须小事，不必劳动足下了。"杜仲衡笑道："冤有头，债有主，小弟惹的祸，当然小弟出头，我倒要会会这朱砂掌。"

说话间，酒菜重新端上来，众人又吃了点酒，这才用饭，饭罢吃茶，杜仲衡和七雄，互留下住址，订了后会，这才下楼作别，扬长而去。

杜仲衡走后，李豹问贺孟雄道："大哥，这杜仲衡的为人，大哥知道的清楚吗？他这么年轻，究竟有什么本事？"贺孟雄笑道："豹兄弟，你不晓得杜仲衡的为人吗？"李豹道："七星鞭的大名小弟倒是久已灌耳，没想到七星鞭就是他。小弟以为七星鞭一定是个成名的老前辈，气派必然很威风，哪知见了面，一个鼻子两只眼，也不过如此。"贺孟雄不由笑了，说道："人不可貌相，杜仲衡在江南，确是有名的英雄。豹兄弟久在

北方，不甚熟悉江南侠踪。江湖上说得好，北剑南鞭，神鬼不占先。杜仲衡与咱们北方健者龙舌剑林佩韦齐名，人称南北二侠。”李豹道：“这倒晓得，那林佩韦，小弟跟他领教过，委实厉害，拳脚也不显怎么出奇，只是交上手，一招是一招，教你招架不来。”贺孟雄微笑道：“北剑南鞭的特长，就是一个快字；尤其是杜仲衡的掌法、鞭法，稳准狠快，可称独步。不管什么金砂掌、朱砂掌、铁砂掌、绵砂掌，他都有精妙的破法。尤其妙的是，善治这些掌伤，我久闻此人，今日得见，却也出乎意外。你看他像三十多岁的人，其实他在江湖活跃，将近二十余年，推算起来，他至少也有四十三四岁，单看他面容气色，却显得这么少相。”李豹道：“他已经四十多岁了吗？我当他才三十一二岁呢。”赵梓材道：“我看他才十八。”李豹道：“你又改上我了。”几个人说话时，出离酒楼，来到了店房。李豹道：“现在天气还早，咱们动身。”赵梓材道：“忙什么？不在这里住一夜吗？”李豹道：“四爷累了吗？”贺孟雄道：“李大弟的话也对，诸位要是不累，咱们又有要事在身，莫如再赶一站，到下站再落店，也可以躲开一场是非。难道我们在这里，真就等着张元方，来找我们捣麻烦不成？”赵梓材道：“大哥说得对，崔大哥的事要紧，我们先让过这一场去，张元方以后找咱们来，再说。”李豹道：“要不因为有事，我倒要跟这个老头子干干不可。”又喊众人道：“咱们走吧！”众英雄都是久出门的汉子，一说走，算清了账，稍喝了点水，看了看马，装好干粮水壶，各翻身上马，乱抖鞭绳，直奔大道跑下去。——这时候，秋阳西斜，天色尚早。

五人方走了工夫不大，跟着来了一群人。为首的是一个五十多的老者。后面跟随十几个人，各穿长衣，内藏棍棒，成群寻来。一问店里人，说是打架的客人已走。这伙人忙查看店簿，打听店家矿那老者看完店簿，发现贺、鲁、赵、李、季等姓，又问明年貌口音，略一寻思，不由发怒道：“原来是你们几个人，跟老夫过不去！好，好，早晚有和你们算账的日子。”

又到大道上搜了一圈。众人行踪已远，一点影子也看不见了。那七星鞭杜仲衡，也已离开灵宝，于是这老人恨恨而回。“无心惹祸，有意寻仇。”李豹给河朔七雄，无意中惹了这么一桩闲事，引起日后无限纠纷。

贺孟雄等五人，离开灵宝，马上加鞭，迎风快跑，直到半夜，方才落店。次早启程，却喜无事，一路晓行夜宿，这一日来到了洛阳城外安乐窝。这安乐窝是在洛阳城南门外，风景绝好。洛阳是中原有名的城市，旧为帝王都，尤其洛阳牡丹天下闻名，名胜古迹极多；如安乐窝、天津桥、桃源镇、汉唐皇陵等等不一。贺孟雄当年曾到过洛阳，鲁凤台却没有来过。当日落店，贺孟雄和李豹，对鲁凤台讲说此地的风景。李豹就提议在安乐窝多住一天。贺孟雄说：“我们现在亟欲见到崔豪，哪有闲情逸致，来逛风景？”

但是黑斑牛李豹再三地要逛，当天便拉了鲁桐出去。李豹在此地，似乎比贺孟雄还熟，连到两个地方，拜访两个朋友。绕了一圈，等到回店，李豹对贺孟雄又说起在此地多留两三天的话。贺孟雄当然不肯，李豹凑到耳边说：“事情有变化，我们不用上商丘李家庄去了。”

贺孟雄道：“你不是说，崔豪大弟，现时寄居在李家庄卷毛狮子李景明家吗？是怎的有了变化，不用去了？”

李豹笑道：“大哥不要惊疑，没有什么意外变化。不过刚才我同鲁凤台出去逛，遇见两个熟人，据他们说，李景明和崔豪即日就上洛阳来。我们不必上商丘去找，索性在这里等他，倒省去许多脚步。”

贺孟雄一愣，正要说话，赵梓材早就跳过来，一把抓住李豹道：“牛兄弟，你闹什么鬼！你说话时，眼神游走，面有愧色，你说实话，你到底玩什么把戏了？”手劲很大，把李豹捏得直哎哟，连说：“我没闹鬼。”贺孟雄却把鲁凤台叫到面前，向他盘问：“刚才李老叔把你带到哪里去了？他都是遇见了什么人？”

鲁凤台看了李豹一眼，笑说道："李老叔原说带我逛安乐窝古迹，可是一出店，他就急跑，连拜访两家朋友，却不教我进去，教我蹲在门外。"

贺孟雄、赵梓材一齐直了眼，向李豹大声诘责："黑牛，你到底是怎么一回事？"李豹很惶恐地说："我可没有闹鬼，不过是访两个朋友，打听打听消息。就是这一打听，我方才知道崔、李二位不出两日，就来洛阳。"

李豹这样说，贺、赵二人仍然疑惑；却也猜不出李豹弄什么鬼，只可依照他的话，留在这安乐窝等候。

于是在安乐窝停留了一天，次日李豹又要离店出去找人。赵梓材说："不行，我得跟你去。"这一来，正中下怀，李豹笑道："好极了，你总疑心我黑牛舞私有弊；其实我姓李的一心为朋友，皇天可表。赵四将军，不只请你押着我去，我还请贺大哥督队吧，咱们大伙儿一块儿去。"

贺孟雄道："上哪里去？"

李豹道："就是崔大哥要来落脚的那个地方。"

当下，河朔七雄贺孟雄、赵梓材、鲁凤台三人，及季二等，一同离店上马，黑斑牛当先引路，去逛洛阳城郊。沿大路，穿小巷，走了一程，鲁凤台知道他走的全是昨天来过的地方。贺、赵不知，看李豹东一头，西一头，不禁问道："到底你要上哪里去？要找谁？"

李豹笑道："二位别急，这就到了。自然找的全不是外人，见了面，你就明白了。"说着冲季二做了个鬼脸。

又转过了两条街巷，到一路南黑大门口，鲁凤台记得是昨天李豹也来过的。果然李豹一指门口说："现在到了。"下马上前，一阵敲门，出来一个人。李豹对这个人忽然说了几句话，又一指七雄等人，他自己抢头一个跑进去。方一进门，就放开喉咙，大声喊道："喂，有人吗，快出来，七雄可来了。"一路狂喊，就要升堂入室。

这院子是二进，约有十几间房。随着李豹的喊声，从后堂

跑出来三个人，头一个是个女子，年约十八九岁，身材苗条适中，是个美人的胎子，只是面色惨白，两眼眼光稍稍呆滞，略现浮肿，现出悲郁之色。第二个人是四十多岁的男子，紧紧跟在那女子身后。第三个是个中年男子，都随着女子跑出来。那女子先问道："李叔叔，七雄在哪里？"李豹往门外一指道："就在门外，七雄只来了三雄。"

这时三雄已来到门前，各自翻身下马；早有季二和别人接过马来，拉人后院内。那李豹和两男一女，在门口相迎。李豹指着贺孟雄等，向那三人介绍道："我给你们两家引见引见。"刚要发话，少年女子忙道："请伯伯们屋里说话吧。"李豹一吐舌头，引众人进院，来到上房，立刻指着贺孟雄道："这位就是河朔七雄之首，贺孟雄贺大爷。"又指赵梓材道："这位是四雄赵梓材赵四爷。"又指着鲁凤台道："这是老英雄鲁兆洪的令郎鲁凤台。"又指着那四十余岁男子道："这位是崔大哥的连襟陶元伟。侧转身指着那三十余岁的男子道："这位是崔大哥本家，崔在云。"又招呼那女子道："侄女，快过来见个礼。"指那女子道："这是陶老兄的令爱，陶秋玲姑娘。"那陶秋玲盈盈下拜，口称伯父，三人连忙还礼。那赵梓材一见为首出来的这二男一女三人，似乎不伦不类；又见女子满面含忧，不觉疑心，暗道：莫非崔豪已经遇险不成？"那贺、鲁二人也有点诧怪。老友重逢，按交情说，崔豪如已来到，无论如何也得亲自出来迎接。如何跑出来一个含愁的女子？这女子跟崔豪又有什么干连呢？

见礼之后，贺孟雄为人心热，忙问李豹道："李大弟，崔豪老兄上哪里去了，为何不出来？"李豹庄容答道："大哥且慢动问，请到堂屋里坐定了，咱们再细讲。"说罢，抢先带路，折奔后堂，男女三人后陪，河朔三雄只得前行。

这时后院也出来了几个人，只听有人说道："贺大哥，赵四弟，咱们老没见了。"贺孟雄、赵梓材等，抬头一望，依稀认得那些人，都是当年江湖老友。其中有江西火道人，辽东三

龙之一的龙天照和卷毛狮子李景明等。贺孟雄、赵梓材忙上前招呼行礼。那火道人，脸如火炭一般，中等身材，和七雄等是莫逆之交，大声笑道："你们哥儿几个好啊，我出家人还在江湖上混着，你们倒隐居起来了。"贺孟雄道："火师傅，我们这不是隐居，是避难吧。饶这么着，还把我们哥儿几个揪出来；不然的话，还不怕把我们哥儿几个分尸。"又对龙天照道："龙老大，你怎么也跑到这里来了？ "两方老友，各个抱拳寒暄，大家乱了一阵，这才升堂落座。

进内堂之后，有人倒上茶来，有人给打面水，一行五人，各个洗面洗手，一面问答。贺孟雄、赵梓材进屋，就留神寻找崔豪，可是屋中竟无崔豪踪影。赵梓材最心急，问道："李景明哥，你何时来的？崔大哥在哪里了？你们不是一路吗？"李景明一愣，好像不懂这个。李豹忙道："贺大哥、赵四哥，你别问了，小弟实在对不住你们几位。请三位原谅我。"说着深深一揖，三人忙还礼，道："李兄弟何必这样客气。你我弟兄有话只管请讲，难道你我弟兄还有什么别的不成？"

李豹道："小弟实说了吧，崔豪崔大哥并未在此地，也并未出山，至今他还是没有下落。然而小弟和三位这次说谎，也实在有不得已的苦衷。"回手招呼崔在云和陶氏父女道："大哥若欲知其中详情，请问他们三位行了。"那崔在云过来，深深行礼道："这次事件，务请七雄弟兄看在当年崔豪的交情，多多帮忙。"那陶秋玲也在一旁含泪，恳求伯伯叔叔们救助。

这一来，河朔三雄听李豹这没头没脑一说，又见陶秋玲直欲下拜，不由把三人闹得迷迷糊糊，不知究竟。贺、赵一边还礼，一边说道："诸位，且慢行礼，我弟兄绝无推辞之理。"

那江西火道人，听七雄口气，似乎不知原委，便插言道："黑牛兄弟，你把事情经过，到底对七雄说了没有？怎么会说到两下去了？"李豹顿足道："我还没说呢！"火道人道："你这个糊涂鬼，就会捣乱，一点正事也办不了。还不赶快把细情告诉他们。"

贺孟雄道："李兄弟，真有你的，快说吧，你这个花招，可把我们哥几个耍得太厉害了！到底是怎么回事呀？"李豹道："你们别催我，我这就说。"忽地念头一转，道："崔老兄，还是你说吧。"

那崔在云这才面含悲戚之色，说出一番话来。

原来崔豪并未出山，也无下落，当然更没有邀众寻仇的举动，只是李豹造的一番谎话，来骗七雄出山罢了。七雄俱是很机警的江湖人物，怎会上这个当呢？一来闻听崔豪出山，动了故友重逢之情，燃起再度复仇之念，又冲着鲁桐的面上，故此不惜出山。二来素知李豹，爽快粗豪，是个不会说谎的汉子。万想不到他玩花招，故而途中谈话，虽有破绽，也未尝留意，被李豹轻轻掩饰过去了。

第四章 英雄儿女情

那崔豪杀死叶自元，当时报了仇，稍稍吐出一口怨气，倒确是身受重伤，勉强奔到开封，便病倒了。病愈之后，灰心丧气，自觉此事，全由他一人引起，羞见七雄之面，骤起遁世之心，把家小安置在鲁豫交界定陶县一个至好亲戚家里，留下安家银两。写了一封厌世弃家的遗嘱，便自飘然不见了。从此一别十年，渺无消息。

这家亲戚就是崔娘子的妹丈，姓陶名元伟，也是武林人士。崔豪把家小托付给陶元伟，就住在陶宅隔壁，非常地放心。等到崔豪不辞而别，弃家出走，举动非常突兀。崔娘子曾央求陶元伟，再三托人，四外寻找崔豪，只是不知下落。到后来影影绰绰听人念叨崔豪出家当了道士，又有人说做了和尚了。一别数年，并无确信，崔豪就算失踪了。日久，崔娘子也就死了寻找崔豪这条心。

那陶元伟家道素封，薄有田产，人又不好交际，年岁也快五十了；更无意在江湖上争名夺利，只是在家务农。他膝下只有一女一子，长女便是陶秋玲，那时才十来岁，幼子刚只几

岁。陶元伟家居无事，就教子女练武，一来给自己消闲破闷，二来锻炼子女身体，也为使自己技艺不致失传。崔豪二子，崔泽、崔润，时彼一个十二三岁，一个六七岁，也正是淘气的时候。俗话说，近朱者赤，近墨者黑。崔氏小弟兄既是武林名家之后，也曾跟他父亲练过武技，今日看见陶元伟教子女习武，他们小兄弟也吵着要学。陶元伟微笑，就教他们小弟兄四个，在一块儿练习武术。这四个小孩天天在一块练武，小孩子心气各自争强好胜，用心练习，唯恐练不好，让别人笑话。每学会一招，互相切磋。又加上陶元伟是个良师，深知小孩性情，除逐日常课外，又往往说些武林故事给他们小弟兄听，讲述的不外乎江湖豪侠，奇闻逸事，言语中隐隐带出，如想做出人头地，媲美前辈的江湖英雄，必须下苦功，有耐性。否则徒仗一股热气，不肯刻苦，也就不会成名。

这陶、崔两家的小孩，日受熏染，个个想做英雄，彼此加意勤修。并且这四个小孩天资体力俱不后人，又得良师陶元伟殷勤诱导，数年之后，四小兄弟全都学会了基本的功夫，如拳脚、刀剑、轻身术、纵跳、掼跤的本领，都有了根基。尤其是四个人的体格，也都磨炼得非常健实。陶元伟看这些子女，欣然满意。

不料这几个孩子，年纪渐大，知识渐开，会了些本领，耳朵又灌满了陶元伟所说闯江湖，仗义行侠，剪恶安良，抱打不平的故事，更加跃跃欲试。他们小兄弟每学会一招，彼此喂招试招，以后便想到外边，和外人试验试验。三个男孩，一个女孩，练武之余，私地商量，要出去做些游侠事情，就便考究自己的本领。他们年岁不大，先故意找本村的孩子挑战。这些乡下小孩，如何能敌得过他们，又是双拳不敌四手，就有大一点的孩子敌得过他们，也敌不过他们四人一齐下手，每每被他们打得头破血流。有吃了亏的小孩，就找到陶家，向陶元伟告状诉苦，说他们弟兄四个欺侮人。陶元伟起初不介意，以为不过是普通小孩子吵架便了，并未想到别的。及至三次四次，以至

多次，甚至有成年的人找到家门上来，说是这四个孩子太淘气，惯于生事闹殴，手脚又滑溜，又胆大，捉又捉不到，防又不胜防。更因为陶元伟在本地，也算是有名气的人物了，邻人们也不好意思把他们怎样，只可登门诉说。这一来，就把崔氏弟兄、陶氏姐弟，惹祸生事的真相，原原本本地托出来。

陶元伟知道了细情，不觉大惊，暗道：以前这几个孩子不是这么淘气，怎么现在变了。于是把他们四个人找来，狠狠地训斥一顿。那崔泽同陶少华一大一小，最为淘气；理直气壮的，一个叫叔叔，一个叫爹爹，向陶元伟说道："你老人家不是说，会武技的应该除暴安良吧？我们和他们打架，实在是他们欺侮了人，我们去劝解，他们不听，还骂我们，我们急了，才跟他们打起来。"他们二人，年纪虽小，说出话来，满都是仗义行侠的话，理直气壮地说出。并且女孩子陶秋玲在旁还说："这都是爹爹告诉我们的，说我们学了本领，就是应该救人，不然爹爹为什么教给我们练武呢？现在爹爹又来说我们，不让我们管闲事，我们真不明白。"

陶元伟听了这几个孩子的这些歪理话，不觉又可笑，又可气，便狠狠地责罚他们四个一顿。告诉他们，行侠仗义，乃是成年人的事，不是儿戏，以后不许再在家门口，和人打架。逼得他们口头上认了错，陶元伟以为从此总该好些了；哪知道这些孩子仍然偷着惹祸，并且打完架，还警告说："你们若敢告诉家里，下次还狠狠地打，跟你没完。"倒是陶秋玲，自以为是个姑娘，她只出主意，不肯动手了。

但这样不久，又被陶元伟知道了，一想不妥，如不好好地管教他们，以后净背着我闯祸，恐怕要惹出了大乱子来。于是这一天，陶元伟督率群儿，练完武功之后，又讲了另一种的江湖故事，然后和颜悦色，问他们小兄弟道："你们知道练武有什么用吗？"陶元伟的幼子陶少华道："爹爹，我知道，练武是用来打欺负人的人。"陶元伟微微一笑，问他们三人道："你们的意思呢？"崔泽答道："叔叔，我们的意思跟小弟弟一样。"

陶元伟微微一笑道："错了。"

陶元伟把他们小兄弟四人，教到跟前，慢慢说道："练武的用处，第一是保护自己，锻炼自己，让自己没灾没病，让自己的身体结实；一味讲究打人，是不对的……"于是又把侠客以武犯禁的事，用浅近的话，比方给他们听。跟着说："你们现在武技未成，再不许出去胡闹惹祸。外边厉害的人很多，要碰到能人，凭你们那点能为，定要吃苦的。再说打架要跟有本事的人打，才算硬汉；若遇见不会拳技的人，便不许挟技欺人。那一来，会让英雄侠客耻笑你们，说你们只会欺侮笨汉，不敢和有本事的较量。你们还是好好地练本事，等练成之后，我自然带你们到外边去闯练，去找那些有名的英雄豪杰，和他们过过手，比试比试。现在你们千万不可寻殴生事了！跟不会武功的人打架，那就叫欺软怕硬！"

这一番话，讲而又讲，居然打动了这一群孩子，果然打架的次数减少了，都不愿落个欺软怕硬的名，都希望自己赶快练成武技，好让陶元伟带自己出去闯练。

光阴荏苒，日月跳丸，转眼间崔泽已十八岁了。武技已经粗成，只欠火候经验。那陶秋玲姑娘，武技也和崔泽差不多，只是女孩儿气力较弱，身手倒更灵巧。崔润和少华年纪还小，自然成功也稍差一点，但大致还看得过去。

崔豪的妻崔娘子，见长子已经成人，武功也学成了，便有心打发他出去寻父，可是崔泽还没有娶妻。崔娘子现在寄寓在陶家，总有些避祸的意思，因此才使得崔泽年纪已十八，还没有成家。崔娘子心上自是着急，后来冷眼看到，崔泽和陶秋玲两人情感很好，便偷向妹妹陶娘子示意，打算两姨做亲，教他俩表兄妹结为夫妇。陶娘子倒很愿意，陶元伟却不以为然。问陶元伟为何反对，他倒也说不出所以然来。也并不是嫌崔家穷，大概他以为崔泽之父，存亡莫卜；有朝一日，崔泽出去寻父，他父又有仇人，便免不了涉险。他大概是为这个，不肯把陶秋玲许配崔泽。可是这话说出口来，又觉得他堂堂武师，未

免太胆小。故此每逢崔娘子言语讽示和陶娘子乘机探问，他总是哼着吟着，至多说：孩子还小，还不忙罢了。

如此又耽误了两年，崔泽已经整二十岁，陶秋玲也十八岁了。邻近有人给陶秋玲做媒，说的是一家土财主的爱子，今年十七岁，是个童生。陶元伟和娘子商量，陶娘子已经看上了外甥崔泽，便嫌这亲事不般配。后来又说：姑娘已经大了，我们做父母的，也该问问姑娘的心思。

其实姑娘的心思不用问，早就表示过，她要嫁个武林少年壮士，绝不甘心做农家儿妇。这天陶娘子屏人偷偷探问姑娘，姑娘是个很大方的闺秀，况又练过武，倒毫无忸怩之态。起初母亲问她，她只红着脸笑，末后老实说出来，她的意中人是要年轻，武功强，至少也比得上崔家表哥的，她才肯嫁。她说：“爹爹不该教我们学武。学了武，便拿不惯针线，做不惯菜饭，我早打算不嫁人了，除非人家也是武林门风，才能担待我这个笨货。”

这话很明白了。陶娘子便转告丈夫，陶元伟到了这时，也琢磨过味来。这不怪女儿有私心，实在不应该教他们表兄妹同场习武。他们俩耳鬓厮磨，过起招来，更难免交手绊足，肌臂相亲。看这样子，女儿不嫁人则已；若要嫁人，只好嫁给崔泽。

陶元伟默想了一天，暗暗打定主意，要把崔泽先带出去，闯练闯练，或者打发他寻父去，或者打发他游艺去；等他尝过人世间艰苦，小有成就时，再把女儿嫁给他。

这是陶元伟的打算，可是崔娘子的心，恨不得先教儿子娶了陶秋玲，生下孩子，接续香烟，再遣他出去，才算妥当。陶娘子也觉得女儿不小了，要想许配崔泽，便该提早办事，实在不能再耽误了；他们夫妻为这事又说岔了。

然而有一天，陶元伟竟无意中，碰见了崔泽和陶秋玲的亲密情形。仅只他俩在把式场旁边花丛中，喁喁对语；后来瞥见女儿陶秋玲卧在花丛中，不知做什么，崔泽跟过去站在一旁。

忽然见女儿娇呼一声，跳了起来，把白藕似的手臂，送给崔泽，崔泽双手捧着她的手腕，直送到口鼻，好久不离开。光景竟如此亲昵，陶元伟乍见不觉大怒，忍了又忍，退身回去，独坐在房中生气。反复思量，一面暗恨女儿不识羞耻，一面自悔疏于隔绝，一面更恨崔泽不老诚。

过了一会儿，忽见幼子陶少华，慌慌张张跑进来。刚进房就喊："爹爹，爹爹，快看看姐姐去吧。她叫蝎子蜇了，疼得她直掉泪。"陶元伟道："哦，她叫蝎子蜇了吗？"陶元伟这才明白，可是心里仍不舒服，便到屋中寻找止疼药。这时陶秋玲在把式场，疼得直甩手腕，崔泽正忙着给她呵疼，给她找寻蜘蛛。居然找得了一个很大的蜘蛛，蔼声叫陶秋玲道："玲妹，你把手伸开来，教这蜘蛛给你吸吸毒。"原来蝎子放了毒，这大蜘蛛是最喜欢吸取的。只要把蜘蛛放到蝎蜇处，它会啃住死吮不休，把毒液尽力吮吸，人便由疼痛感到麻痒，直等到把毒吸净，吸出鲜血来，人便慢慢地感觉吮疼，那时便该把蜘蛛拿开。经这一吸，人被蝎蜇处，真跟蚊子咬处，挤净毒水一样的舒服。这个法子还是崔泽父亲崔豪，未失踪时试过的。崔泽好容易找了这么一只大蜘蛛，满面喜悦，教陶秋玲放到伤口处。陶秋玲却怕蜘蛛的丑恶，坚不肯挨。崔泽很着急，再三解说，末后竟用强抓住了陶秋玲的手腕，硬把蜘蛛放上去。

陶秋玲是除花虫，误被蝎蜇，伤处在右手食指上，食指已然赤肿滚烫，疼得很厉害。崔泽给她治，她仍然抵拒，连说："我怕蜘蛛！"崔泽竟拖住她的腕子，拥着她的身子，硬把蜘蛛放在陶秋玲的手上了。却是奇怪，那蜘蛛本来想跑，刚往陶秋玲手上一放。陶秋玲正要甩掉它，它似乎嗅到了蝎毒，立刻一跳，跳到伤口上，立刻吸住不动。

蜘蛛死吮不休。陶秋玲起初火辣辣的疼不可忍，被这蜘蛛一吸，顿觉十分好受，由剧疼渐见轻减。等到蜘蛛咂过一会儿，伤口反到麻苏苏的又疼又痒，好像比不蜇还美。她再不抵拒了，连说："奇怪，奇怪，表哥，这蜘蛛真怪，它怎么爱吸

蝎毒呢？你怎么会晓得这法儿呢？”她这时也不嫌蜘蛛丑恶了。她伸着手指，任听蜘蛛给她吸毒；可是她的这只腕子，依然被崔泽抓着，而且身子也偎在崔泽怀里。她们俩凝眸看这神奇治疗法，放浪形体，忘其所以了。

那陶元伟寻了药来，一脚踏到把式场，又正正望见她俩。他又不由动怒，竟抽身回去，向娘子大发怨言。说是：“女孩子大了，你做娘的也不管管？”陶娘子反唇相讥：“我怎么不管？你整日领着儿女练拳，是你把门风做坏了。”两口子背着儿女抬杠，一连两天；到后来崔娘子觉出来了，便过来劝解。这一劝，自然要问缘故，陶氏夫妻全都哑口无言，不肯说出拌嘴的因由。只是陶元伟不住在女儿身上挑错，“这大姑娘，天天贪玩，也不好生学活计，将来怎生得了？”翻来覆去地闹，把陶秋玲也说哭了，还是不知哪里的事。陶元伟见了崔泽，也露出恼怒的精神，有时责备他不用功，没志气。闹得崔泽诺诺连声，避不见面，向他母亲说：“姨父这些天是怎的了？莫非嫌我们在他家寄居吗？我屡次要出去寻父，母亲又不许我出门，我不愿听姨父的闲话了，我打算……”于是说出两个打算，一个打算是偕母迁居他处，离开陶宅的庇护。一个打算是独自出门，仗剑寻父，母子两人悄悄议论，一个要走，一个拦，也拌起嘴来。

两家这样闹了半个多月，终于棉花包不住火，崔泽和陶秋玲也有些觉察了。结果是这一对表兄妹，有一天偷偷哭了半夜。紧跟着崔泽失踪了六七天，找回来之后，决意要送母亲弟弟回原籍，他自己再出门寻父。陶秋玲姑娘在那里，也无端地流眼泪，生病，又说再不练武了，她要吃斋念佛。

陶元伟到此懊悔起来，又经陶娘子圆说着，到底疼儿女心盛，这两家家长，经一度协议，就把两姨兄妹的婚事，暗暗订下了。可是当时并没有径直告诉崔泽和陶秋玲二人。崔娘子只对崔泽说：“孩子，你好好练功夫吧，你姨丈说了，只要你有志气，将来有发达，就把你表妹许配给你。”随后又嘱咐崔泽：

“以后对表妹要多多留神，形迹上要多庄重，不要太随便，教你姨父看出什么来，认为你年轻轻薄，就不好了。”

同时陶娘子嘱咐女儿陶秋玲也说：“孩子，你好好地学活计，学过家之道吧。你也不小了，不要再练武了，还有，你跟你崔表哥，形迹上也该疏远一点。你爹爹对我说了，打算把你许配给你表哥，可是得要他有志气，不贪恋……只要他能够挣钱养家，就答应他娶亲成婚。”

两家家长所以如此说，只因为表兄妹耳鬓厮磨，从小到大，形迹上过于亲密，隐恐他们俩，晓得了婚事一定，行止不知检点，更闹出别的笑话来。

崔泽和陶秋玲，自从听了自己的母亲讽示的话，俱各满心趁愿。两个人以后见了面，果然都有点羞涩。既有了避嫌的心，两人只能远远地眉目传情，再也没有勇气促膝对谈了。

哪知这样下去，出乎意外，竟又弄出别的枝节来。

到转年忽有一日，有两个生客，登门来找崔姓。其中一个客人把崔泽看了半晌，凄然地说道：“你不是泽儿吗？几年没见，你也这么高了。你不认得我了吗？我是你六叔。”又指身旁那人道：“这位是你许叔父，跟你父亲换过帖的。你进去对你母亲一说，就晓得了。”

这来访的两个人，一个是崔在云，乃是崔豪的远门族弟。这个姓许的，名叫许梦松，跟崔泽的父亲崔豪，同干过镖行，彼时崔泽尚小，自然不甚认识。当下进去报知崔娘子，崔娘子延人堂屋相见。说起旧话，彼此凄凉。崔娘子命二子拜见族叔，盟叔。叙谈起来才知是崔在云来贩卖货物，他自己不会武艺，故此邀请镖客许梦松相帮护送。这一回是便道来看看族嫂族侄的近况。当下又说起崔豪离家没有下落的话，崔娘子含泪打听崔在云，崔在云一点不知道，更打听许梦松，许梦松也说不清。只恍惚听人说过，崔豪已经在武当山出家了，可是武当山来的人又全不知道；也许崔豪已经更名改姓，故此江湖过客没人晓得了。

崔在云、许梦松在定陶县住了两天，该着动身赴豫了。崔泽就向母亲说，要和崔六叔、许盟叔一同出门，一来学做买卖，二来访镖行，寻父踪，三者也要闯练闯练。崔娘子舍不得儿女，仍不准崔泽出门。后来惊动了陶元伟，陶元伟却极力劝说："泽儿已经二十一岁了，实在该出去练练了。大嫂总舍不得他，他永远不出门，永远是个孩子。"又暗示说，等崔泽在外挣钱回来，就可以给他们办喜事了。

这样又费了两天唇舌，崔娘子苦想了一通夜，这才挥泪答应，遣子离家，试踏江湖。

崔娘子连夜打点行囊，崔泽又偷偷和表妹陶秋玲屏人私谈，陶秋玲嘱咐了他许多话，又教他常常写家信；万一在外面遇见艰难，千万捎个信回家，家里可以想法子。

于是一番别筵，崔泽雄赳赳地竟跟着崔在云、许梦松，搭伙做起行贩了。那崔在云虽是崔泽的族叔，却是个古板商人。倒是许梦松，既系镖客出身，又很喜欢崔泽的豪爽，一路上很照顾他，谈了许多江湖上的经验。这许梦松年已四十余岁，武功很好，却是个好说好笑好热闹的人，跟崔泽两个人非常投缘。走了几天路，许梦松就把崔泽收为弟子，还要传他暗器。

他们三个人，押着货车，由山东往河南的大路走，这一日来到开封，落店止宿，崔在云自去做他们的买卖。许梦松对崔泽道："我记得此地南关，有一家德胜镖局，内中有红头霍玉、小燕子霍真两个镖师是我当年好友，咱们去看看他们，就手打听你父亲的消息。"崔泽问道："这霍真和霍玉有什么本事？是何等人物，叔父说一说，也好让我知道他们的底细。"许梦松道："霍玉和霍真是同胞兄弟俩，倒没出奇的本事，只是霍真的轻功提纵术，高人一头，他的'一鹤冲天'与'燕子钻云''燕子三抄水'独步江湖；人又生得短小，所以人称小燕子。"送别了崔在云，这两人径到南关德胜镖局。

许梦松登门投帖，镖局伙计一听，忙进去通报。不一时，听见里面大喊大叫，出来一人道："许大哥在哪里？快到里边

坐。”许梦松一看，却是黑斑牛李豹，忙抢前一步道：“牛兄弟，想不到会碰见你，咱哥俩有好几年没见面了。”李豹大笑，指着崔泽道：“大哥这是谁，可是大哥的令郎吗？多么精神，大哥真好福气。”许梦松忙道：“牛兄弟，这不是我跟前的，这是当年旧伴崔豪大哥的长子崔泽，现在算是我的记名弟子。”李豹闻言，哎哟一声道：“崔大哥的儿子吗？”忙上前拉住崔泽的手道：“你认得我吗？”许梦松笑道：“牛兄弟，那时他还小，怎会认得你？”指着李豹道：“这是黑斑牛李豹，你李叔叔。”崔泽忙上前行礼，早被李豹拉住道：“别行礼了，我是受不得礼的。”许梦松笑道：“李大弟，还是当年的脾气。”

李豹大笑道：“改不了呢！人一给我行礼，我浑身不得劲。”又道：“大哥，快往里请，我给你引见一个朋友，这人也是咱们想见的人。”许梦松道：“谁？”李豹道：“辽东三龙的一龙龙天照，大哥可会过吗？”许梦松摇头道：“久已闻名，未得一会。”

当下，众人进了上房，李豹一一给介绍了，龙、许二人各自道仰慕之意。崔泽早听陶元伟说过辽东三龙，今日得见，不由暗加打量。只见龙天照，身体魁梧，精力充沛，年纪约四五十岁，却也看不出有什么特异的本事来。

许梦松与龙、李二人说得投机，李豹因问许梦松，此次带崔泽出来的缘故。许梦松如实回答，说是顺路带领崔泽到外面闯练闯练，二来引见他访问镖行，打听他父的下落。叩问龙、李二人，可知道崔豪的下落不？龙天照首先道：“崔豪大哥曾到小弟那里，不过待了两三天，便自出关了，以后便没有听见过他的消息。”李豹道：“我只知道七雄弟兄曾到处寻找崔大哥，找了许多日子，忽然连七雄也不见了。有人说七雄已经隐居，不知崔大哥是不同着河朔七雄一块儿隐居？”许梦松听了，不觉望着崔泽皱眉，又问李豹道：“李大弟，七雄弟兄现在隐居何处？”李豹摇头道：“不知道。”许梦松道：“霍氏弟兄呢？”李豹道：“巧了，都出去了。现在镖局里只有管账的先

生，和几位保镖的师傅。”许梦松道：“你们哥俩什么时候来的？”龙天照道：“我们哥俩来了有好几天了，小弟这次有点事到郑州，便遇见李大弟，李大弟也没有什么事。小弟便约李大弟逛逛洛阳，不想走到这里，和霍氏弟兄谈上了。霍氏弟兄说，保镖回来，要小弟一同去到杭州西湖玩玩，教我二人等他。许兄如若无事可否一同到西湖玩玩，小弟也可同大哥多谈些日子。”许梦松道：“李大弟，霍氏弟兄什么时候可以回来？”李豹道：“大约再过三四天，就可以回来了。”许梦松道：“好，咱们就一路去。”原来许梦松把崔在云的货送到开封，跟下便算没有事了。

过了几天，霍氏弟兄果然回来，还跟着几位镖师。许梦松见了霍氏弟兄，握手道故，又跟霍氏弟兄打听崔豪的消息。霍氏弟兄也说不知。许梦松不觉叹气，李豹劝道：“大哥莫心焦，找人不是一件容易的事，大哥又多日未到河南，地面上未免生疏。小弟想大哥既然亲自出马，凭大哥眼界这么宽，找崔大哥这个名人，还发愁吗？”

许梦松笑道：“李大弟，我这几年改行，江湖上的近事，未曾闻问。那些当年的老友，都不知去向了，新出的英雄，我又不知道，故此觉得打听消息，不易着手。”眼望着李豹道：“李大弟这几年仍在江湖上活动，不知可……”李豹忙答道：“大哥怎的客气，小弟当然帮忙。”原来李豹与许梦松、崔豪，俱是好友，李豹又是管闲事的人，故此一口答应了。

许梦松忙喊崔泽过来，让他谢过李豹。崔泽依言行过礼，李豹忙拦住道：“别这么多礼，都是自己人。”看崔泽身材适中，红润润的面色。胸脯凸着，显得非常英武。李豹看着非常喜爱，问崔泽道：“你今年多大了？”崔泽恭恭敬敬地答道：“小侄今年二十一岁了。”李豹忙拉他坐下道：“别跟我这么客气，坐下说话。”崔泽不肯坐，李豹再三让，他才坐下。李豹问他道：“你都会些什么功夫？”崔泽道：“小侄只会打几套拳，和寻常的棍棒。”李豹道：“是跟你许叔父练的吗？”崔泽道；

“是跟陶元伟陶姨父学的。”李豹笑道：“咦，老陶还收徒弟？”对崔泽又道：“你陶姨父收了几个徒弟？”崔泽道：“连我只四个。我和我弟弟是两个，还有陶师妹，陶师弟。”

李豹大笑道：“陶姑娘也会武功吗？”崔泽点头，李豹回头叫许梦松道：“许大哥。”许梦松正和龙天照、霍氏兄弟谈得热闹，听李豹喊，回头道：“李大弟，你又做什么？”李豹道：“大哥，你居然把老陶的徒弟带出来了。想不到他居然肯开门授徒，他的徒弟，武功绝含糊不了。”招呼崔泽道：“来来，咱们到场子练练，看看你的功夫怎样？”崔泽含笑不肯，连说：“小侄实在不行。”龙天照和霍氏弟兄，也在旁怂恿道：“名师必出高徒，崔世兄一定错不了。”

崔泽仍然不肯练，把眼望着许梦松，许梦松道：“这都不是外人，你就跟着叔叔大爷们练一练，过过招，也增些见识。学而不用，到真遇见敌人的时候，就不成了！”崔泽才讪讪地跟着李豹走，来到镖局练武场。许梦松先让崔泽练一趟拳。崔泽依言下了场子。他素日练时，虽不怕人瞧看，不知怎的，今日当着这些人，竟有些心慌意乱。勉强说了几句客气话，却已挣得满面通红。当下拉开架势，练了一趟拳，刺了一趟刀，龙天照不觉点头，对许梦松道：“到底陶元伟陶大哥教导有方，看他年纪轻轻，能练到如此，真不容易。”众人俱都夸奖。

练完后，崔泽轻轻向许梦松耳边说了几句话。许梦松微笑，转头向龙、李、霍四人道：“我这崔贤侄，他也要见识见识诸位前辈英雄的本领，尤其这个孩子，听说霍二兄的轻身术很好，要想看看霍二兄的‘一鹤冲天’‘燕子钻云’及‘燕子三抄水’等绝技，霍二兄可否一显身手，也让他们小一辈的见识见识。”霍玉笑道：“小弟末技，何足挂齿，既然崔世兄要看看，小弟只得献丑。”

李豹喊道：“霍老二，别净说，赶快宽衣裳，下场子。”霍玉笑道：“你着的哪门子急！”说罢，找到一棵树，站在下面，笑说道：“众位看着，练不好可别笑话。”李豹道：“别啰唆了，

快练吧。”霍玉不答，凝神作势，双臂一张，嗖的纵起一丈多高。未容下落，右脚踩左脚面，稍稍一垫，趁势又纵起八尺高来。方要下落，右脚踩左脚面，又纵起五六尺高；一共纵起约有两丈七八的样子。下落之时，伸右手一抓树枝，借劲使劲，一个云里翻；只听嚓的一声，竟自折下一枝树枝。随后轻飘飘落下来。真个是坠地无声，众人一齐惊叹。

头一个李豹大喊道：“霍老二，真有两下子。”霍玉微笑，向龙、许二人道：“献丑，献丑。”龙、许二人称赞不已。李豹笑拉崔泽道：“咱爷们一块儿练练去。”崔泽推辞道：“小侄怎是叔父的对手，不要捉弄小侄了。”李豹道：“不相干，又不是真打，咱们自己爷们玩，你把我打趴下，我把你打倒下，都没有说的。快来，快来。”崔泽自练会功夫后，从来没有和外人动过手，本也想试一试。只是初和江湖上成名的人物过招，未免有点胆怯。见李豹已跳入场中，连声招呼他，他也就跃跃欲试，回头看了看许梦松。许梦松冲他微笑道：“贤侄不妨下去，陪你李叔叔练练，李叔叔不会真打你的。”

崔泽笑着应了一声，走到场中，对李豹道：“李叔叔，手下可勒着点，小侄恐怕接不住。”李豹道：“哪里这么些客气话，快动手。”崔泽道：“那么小侄就无礼了。”李豹不答，崔泽立了一个架势，李豹也立了门户，崔泽用六合拳，李豹使八卦游身掌，崔泽一上步，用双手招数，左手一晃，右手“力劈华山”，向李豹头顶就是一掌。李豹见掌切近，左掌往外一穿，身随掌走，身形借穿之势，早到了崔泽身后，并未发招，想要看看崔泽的身法。崔泽见一掌劈空，李豹转到自己身后。连忙回转身，双掌并出，用“双撞掌”，向李豹两肋一击。崔泽想这回总得中上一掌，往左闪有右掌，往右闪有左掌。那李豹却也暗暗一惊，不意崔泽手法如此之快，连忙脚跟用力，身形往后一倒，用“蜉蝣戏水”“金鲤倒穿波”，小巧之技，身子蹿出去三四尺，大家哄然叫好。那崔泽不由吃了一惊，没想到李豹有这么一手功夫，幸亏使的三成力，否则自己势必栽一个踉跄。

第五章 狭路逢仇

李豹站定身形，喊道：“老贤侄，真不含糊，咱们再来来。”崔泽的迅快手法，引起了李豹的高兴。二人分而复合，又折了几个照面。李豹看清了崔泽的拳路，施展进手招数，使动身法，围着崔泽乱转。崔泽感觉李豹身法过快，自己一下也打不着对手，心中着急起来，不觉招数越来越急，越来越猛；不一时汗已下来。许、龙等人，在旁看清，点头微笑。龙天照道：“年轻人都犯一个毛病，就是沉不住气；其实沉住了气，崔贤侄不见得输。这一来，崔贤侄输得就快了。”许梦松点头不语，霍氏弟兄道：“崔贤侄年纪轻轻，手法已经这样好，可见许兄训练有方。”许梦松笑道：“二位贤昆仲别改我了，人家是陶元伟的徒弟，跟我出门，还不到两月呢。”

原来这时已分胜负，那崔泽打不着李豹，不觉心中起急。年轻好胜，总想碰到李豹一下，然后下场。无奈抓不到机会，忽见李豹露了一个破绽；崔泽大喜，连忙使“鸳鸯腿”，双拳一晃，右腿飞起。李豹早已识得，假意一闪。崔泽连忙又飞左腿，早被李豹一侧身，伸手捉住，哈哈一笑道：“贤侄算了吧，

快歇歇，擦擦汗吧。”崔泽脸一红，道：“到底李叔叔本领高强，小侄差得多了。不知小侄何时，才能赶得上李叔叔的本事。”言下，颇为惭恧。

这就因为崔泽总自以为自己学的本领，虽不是天下无敌，却也自认拿得出，吃得开。不想初次动手，连人家衣服都没碰到一下，便自落败，未免心灰气短。李豹早已看出情形，忙过去拍崔泽的肩膀，安慰道：“老侄，你本领真不坏，年轻人到你这份儿上，也很难得了。论理你尽可敌得过我，你陶叔父一定给你讲过，动手时，切忌心浮气躁。你因为打不着我，就心气浮动了。你想一想，你后来拳足生风，求胜心切，势必用力过猛，也就不能持久了。不能鏖战持久，乃是青年人的大病。幸亏你这是和熟人动手，要是真遇上仇人，彼此拼命相扑，老侄，那时候谁沉得住气，谁才能胜。要是和今天一样，老侄，你可就吃大亏了。”

崔泽听了点点头，道：“李叔叔说得不错，陶叔父和许叔父也曾嘱咐过小侄，动手时，务须沉住气。不知怎的，和你老一动手，简直手忙脚乱，气一点也沉不住了。”又道：“李叔父幸亏未怎么还招，若还招，小侄不定跌多少跟头呢。”李豹笑道：“你李老叔的本领就顶到这里了。”二人说着话，出了场子，许梦松笑问崔泽如何？崔泽道：“李叔父的拳法，看来倒也平常，小侄只觉得招数变得太快，只是招架不来。”许梦松笑道：“那是你经验太浅，和人动手的机会少，你李叔父只凭他在江湖上的经验，就胜过你了。以后切记动手时，心要镇定，不可起急。你前半还好，后来太慌了，进攻太急，破绽太多。幸是熟人，若遇见敌人，可就坏了。”

许梦松这样说着，崔泽唯唯答应，龙天照和霍氏弟兄道：“得了，许兄，你看他才多大，能同李大弟支持这一会子，也就算很不容易了。”又笑道：“当年小弟像他那么大的时候，比他更慌，恐怕老早就输了。”当下龙天照和许梦松等人也随意练了几种功夫，方才散场。

又过了一二日，崔泽寻父心急，意欲先访武当山，暗中对许梦松说，要提早动身。许梦松答应了，便邀霍、龙、李四人同赴洛阳城，四个也都答应，定后日一同动身。忽然镖局内，又有人请龙、霍三位，说是有当地数位武林后进，久闻关外三龙大名，特设席相邀一会儿。并请霍氏弟兄作陪。龙天照皱眉道："这些应酬的事情，实在讨厌，霍氏昆仲请替我推辞了吧。"霍氏弟兄道："人家特意慕名来邀，怎好推辞，大哥一定要躲，岂不得罪武林朋友。"龙天照没法，李豹咂嘴道："人的名，树的影，我黑牛到哪里也没有人来请。"龙天照笑道："若不然，李大弟替我去。"李豹道："不行，我可没有那么大的面子。"

龙天照无法再辞，只得暂留，那许梦松道："龙兄既然有事，小弟就先行一步了。"留下洛阳相会的地址，许、李、崔一行三人，即日离开了开封。

许、崔、李等人，来到洛阳，投店止宿。告诉店家，如有姓龙的、姓霍的来找，可开屋门让他进内相候。三个人歇了一宿，次日便联袂出去寻访武林旧友，打听崔豪的下落，顺便游览附近的古迹名胜。三个人先到各寺观，次到各镖局，逢人便打听崔豪的踪迹，仍是一无所得。许梦松道："牛兄弟，崔贤侄，我想崔豪老兄既然灰心厌世，怕不肯在城内热闹所在落脚，咱们应该到城外去找。"李、崔二人点头称是。三人遂又到城外。一来寻人，二来游山逛景，一连数日，逛了好几个地方；许梦松惦记着替崔在云运货的事，要等一个消息，这一日不愿再出门，对李豹二人道："李大弟，你们爷俩出去吧，我先歇一歇，等龙、霍他们来。"李豹道："大哥只管歇息，不用管我们爷俩了。"喊崔泽道："老侄来，跟叔叔出去玩玩。"李、崔二人径奔城外桃源镇去了。

桃源镇在城南，也是洛阳的名胜所在。二人到了桃源镇，稍逛了一会儿，天已近午。找了个饭馆，要了些酒菜，先喝起来。二人对喝了一会儿，划起拳来。结果李豹一连输了好几

拳，此时约有七八分醉了。崔泽年轻量小，虽然喝得少，也有五成醉了。两人便不再喝，匆匆叫了饭来吃了，一同出离饭馆，继续往前游览。走了一程子，崔泽一眼望见前边疏疏落落，围着一圈人，影影绰绰见场中有人来往奔走，夹杂着刀光剑影，猜是练武的场子。性之所近，两人不邀而同，信步走了过去。找了个空子，挤入人群，两人伫立并观。二人心想着这练武的人，本领一定不坏，他二人也好开开眼。不料仔细一看，这只是三四个年轻人，在那里打拳，功夫很平常，没有什么出奇的拳技。

两人失望，正待要走，这时忽有两个少年，抄起兵刃来，练的是单刀破花枪，招招式式却也如法，只是不甚精彩。二少年对拆了几个回合，忽见使刀的少年使了一招“横扫落叶”，矮身形，刀奔下三路扫来。使枪的腾身一跃，用枪杆往使刀的背上一压。那使刀的本领稍弱，反腕子虽然把枪架住，却撤身稍迟，被使枪的飞起一腿，蹬在肩头上，噗的一个倒蹲，斜坐在地上。使枪的笑道：“师弟，你还差一点。”众人哄然大笑，使刀的把刀也撒了手，脸上有点挂不住，便道：“这回我没留神。”使枪的笑道：“老四，你哪回留神来着？”

这时崔泽在旁见了，不禁失声笑起来；别人笑完，他仍自笑个不住。李豹推了他一把，他也不觉。那使刀的少年不觉恼羞成怒，看李豹、崔泽二人，精神奕奕，武士装束，不由怒道：“你们是什么人？笑什么？我们自己弟兄练着玩耍，用你们来取笑？有胆子下场来，比试比试，别在一旁偷笑，那算得什么东西。”瞪着眼望着李、崔二人，又道：“不敢下来，就赶紧走开。”

崔泽知道自己一笑惹出麻烦来，却听这人口气尖锐，不由生气道：“咦，青天白日，还不许人笑不成，好厉害呀。”李豹也吐舌道：“老侄，快走吧，回头咱们也挨上一脚，弄一身土，可是不值得。”崔泽冷笑道：“自己本领不济，挨了打，拿别人出气，我却怕得很。我也不会武，也不敢跟人动手，吃了亏，

也不会讹别人。”回头叫着李豹道：“李叔父，咱们走吧。”昂然回头便走。

那使刀的少年勃然大怒，叫道：“朋友，你们嘴这么巧，手底下一定更巧。来来来，在下要领教领教。”一纵身，跃到崔泽面前，伸手就是一掌。崔泽早已留神，急向左一上步，正待回头还招。李豹比他还快，早抢过来，伸手拿住那少年的腕子，使手法一翻。那少年身不由己；一转身，正要使破法，早被李豹抬起一足。用膝盖向少年背后轻轻一点，那少年一个狗吃屎，趴倒在地，摔得咣的一声。

使枪的少年，见状不由暴怒，道：“好个狗头，真敢撒野?”抡起花枪杆，奔李豹肩臂砸来。李豹闪身一跃，纵出五六尺。方要拔匕首，那崔泽早抢上来，拔出短刀挡住，道：“让我来。”竟展开刃法，与那使枪的少年，对起招来，当下四围人众不禁大哗。可是他们并不是真拼命，虽然动了家伙，仍按武林过招的路数，较量起来。眨眼拆了十来招，少年被崔泽用进手招数，抢人怀里，花枪施展不开，崔泽右手刀一晃，左手一掌，把持枪少年重重打了一下，几乎跌倒，直抢出数步，方才站住。

这些练武少年哗然大噪：“反了，反了，这还了得！兄弟们，全上啊！”一面派人去勾兵送信，说是有两个人，来到把式场捣乱，一面就发动了群殴。这三四个少年，各使花枪、单刀、木棒，直奔李、崔二人。李豹眉头一皱，舞刀对崔泽道：“不好，惹了祸了，咱们走吧，预备好了。”崔泽点头，二人会在一处，各个一纵身，各挥兵刃一冲，就势各掏暗器。崔泽取镖，李豹取出飞蝗石，二人喊了一声，撒手齐放。把式场四个少年中，早有二人中了暗器，一个伤了胸前，一个伤了大腿。余下二人自知不敌，大嚷一声，搀扶受伤的人，不来寻殴，反而退去。李、崔二人，这才放心急急奔回店房。

刚刚回到店房，后面飞也似的追来一人，竟堵着门叫道：“喂，二位武林朋友，请出来一会儿。”李、崔二人刚要找许梦

松说话，许梦松恰巧不在，闻声愕然回头。见追来的是四五十岁的一个男子，黑须掩口，目光锐利，一身拳师打扮，当门一站，对二人抱拳道："二位朋友，刚才在把式场献技的，不就是二位吗？"

崔泽看着李豹发愣。李豹挺身抗言道："不错，刚才献丑的是我们二人，不知足下问此何意？莫非是来替方才那些人找场的吗？"那人笑道："不敢相瞒，闻听二位武技纯熟，暗器打得精妙绝伦，劣徒得以亲承指教，真乃三生有幸。在下听见了，也不觉技痒，想跟二位高贤盘桓盘桓，不知二位可肯赏光赐教吗？"

崔、李二人听了，晓得这是方才挨打人的师父来了，料到必有一番争执、较量。崔泽抢着要说话，李豹忙拦住，冷笑道："阁下便是方才那几位的师长吗？得罪，得罪，不知阁下怎么称呼？"那人道："我叫鸳鸯胆方子材，二位高名？"李、崔二人也通了姓名。

李豹沉住了气，把方子材让进店房，偏在这时许梦松已然出去，献茶之后，李豹笑着说道："方老师的意思，我二人已然明白。但不知方老师愿意在何处赐教？据我看来，不如就地分拆了，倒好了！"方子材站起来说："也好，请先进招。"李豹道："请。"

李豹正要上前，崔泽抢上一步道："李叔父，请等一等，我先和这位方老英雄领教领教！"竟凝双目，看定方子材，双双走出店房，到店后广场，交起手来，李豹也跟了出来。

崔泽自上次和李豹动手输招之后，增了不少见识。这一次动手，许多小心，稳住气，不求有功，先求无过。展开拳脚，只取守势，不敢抢攻。那方子材乃是少林拳有名人物，起先小觑了崔泽，以为一个乳臭未干的小儿，三拳两脚，就能击败。不想崔泽亲承家学，自小便受锻炼，由打七八岁就练起。至今两经名师，也有十二三年的功夫。又有好导师，又有好武伴，这十二三年的功夫，足抵别人二十年的苦练。方子材使少林罗

汉拳进手招数，占得了上风，经崔泽沉着应战，一时竟难取胜。斗了约二十多个回合，方子材不由急躁起来，心想不给他一个便宜，不能得手。恰巧崔泽一个“双风灌耳”打来，方子材把双手一分，“白鹤亮翅”，故意用力过猛，露出前胸来。崔泽大喜，见漏就拣，忙一掌击去，以为必可得手。哪知人家比自己还快，右手急似电光，早一把掳住崔泽右腕。崔泽忙用破法，“金丝缠腕”，来反找方子材的右手。那方子材早已料到如此，右手撒开，身形一转，到了崔泽右侧。伸右手闭住崔泽左臂，左手一掌，口中吐气，嘿的一声。崔泽心知不好，顺着掌力一伏身，叭的中了一掌。可是掌力已泄去一半，就这样，崔泽觉得面前金星乱冒，胸前似有物往一上涌，眼前一晕，趴伏在地。

李豹见状大惊，复又锐声大笑道：“真狠呀。”一纵身，足未落地，一掌劈出，道：“方老师接招。”方子材抽身还招，道：“正要跟你领教。”李豹咬牙切齿，伸二指“二龙取珠”。照方子材点去。方子材用手一闭，李豹复一拳，“黑虎掏心”打去，又一腿奔方子材下三路扫来。方子材架开拳，躲开腿，暗道：这家伙倒有两下子。展开拳脚，使十八字诀，拳风挥动，一霎时便将李豹围在当中，李豹极力应付，渐觉不敌。

正在这危急之时，忽听外面有人喊道：“方老大，别耍了。咱哥俩来来。”方子材一听口音很熟。虚晃一拳，纵出圈外，一看，不由大喜道：“原来是许梦松，许大爷。”这时李豹也住了手，满头是汗喊道：“许大哥，快看看崔贤侄吧，他受伤了。”一边说，一边看崔泽，只见崔泽已坐起来，咧着嘴发愣。李豹忙问他身上如何，崔泽答道：“李叔父放心，身上不怎么样，一点也不要紧。”复又咬牙道：“这个老东西，手底下真狠，这一掌险些把我打吐了血，此仇非报不可。”李豹笑拦道：“得了吧，别说了。”看他气色不大好，力催他回店休息。崔泽不肯，坚持要看看许梦松和那方子材怎样对答。

原来许梦松独留在店中，躺在床上要睡午觉，一时睡不

着，又独自喝了一回闷酒，约有四五分醉意。便不再喝。不知怎的，心中好像有事，信步出走店外闲绕，等候李、崔二人回来，过了好久，越等越不来，许梦松心中犯疑，心想这一个孩子，一个愣鬼，难道出了事故不成？正自思量，顺着街道，往前寻找。忽见街上有几个人且跑且说，这个人说："二哥，今天想不到又有人打架，快看看去。……是一个中年人，一个少年人，都是外乡口音，竟敢闯进方师父把式场中，踢场子逞能比武。可是这两个人也真厉害，居然把方师父的两个徒弟都打伤啦，他们动起家伙来了。"那个人说："这两个人都是干什么的？方师父动手没有？"第一个人说道："没有，若动手，那两个准不成，两个人看打扮，也像拳师，你还不看看去。"

许梦松一听，心知是李豹、崔泽惹了事，慌忙随众，找了过去。果见打圈围着许多人，当中一个老辈武师，正和崔泽挥拳邀斗，眨眼间崔泽已被打倒在地，李豹抢上去交手，也正不敌。许梦松心中惊异，急急走过去，先不动手，凝眸细看。认得这个人便是多年前，在黄河岸边，曾跟自己较技，结过一掌之仇的鸳鸯胆方子材。闻听此人自黄河岸落败之后，一气归家，精研掌法，矢志欲雪前耻，寻找自己很有时候了，不想冤家路窄，在此地相逢。事到如今，不能后退，趁李豹还未落败，便一跃入场，抱拳大声招呼。双方应声停斗后退，许梦松满面赔笑，向方子材道："方老大，咱们黄河岸一别，老没见面了。"

方子材侧身捻拳，凝视许梦松，立刻辨认出来，大声说道："我当是哪位，原来是许老兄。许老兄没说的，自从黄河岸分手之后，你我结下一掌之缘，小弟始终没忘。小弟深羡许爷掌法高明，在此十年中，小弟不敢自弃，又投名师，另学了两招掌法。每思得便，再和许爷对对招数才好，可是屡次寻访未遇。不想今日幸会，在此地遇上了，这也是你我的缘分。这没有什么说的，咱哥俩总得交代交代！"

说罢，哈哈的笑了。

许梦松心知方子材心存芥蒂，也就笑道："我却不知方兄这样看得起我，我若早晓得方兄这么垂爱，我早就来求教了。今日我们幸会，方兄有话只管说，小弟无不遵命。不过小弟还有点该交代的事，但请方兄稍微候一候。"方子材冷笑道："许兄反正不会抛下我不赏脸，既有贵干，即请尊便。"许梦松不答，回头对李、崔二人道："你们俩回去吧，我遇见好朋友了，我得陪着方老师，多玩一会儿，你们俩快去吧。"匆匆说了这几句话，李、崔二人互相顾视，不肯回店。许梦松发急道："怎么你们还不走？"李豹见许梦松发急，登时省悟他的用意，便道："祸是我们爷俩惹出来的，我就得在这里擎着，许大哥不必催我了，我得接你的后场。崔贤侄没事，可以先教他回店。"说话坚决，不肯退后。许梦松皱眉点头道："也好，老弟既不愿走，旁观也行；只是我和这位方师父动手，无论是胜是败，你可千万不要帮忙，要紧要紧。"又低声嘱咐了几句话，李豹、崔泽点头会意。李豹就紧跟着许梦松。崔泽慌忙回店，向柜房留下了话。又取一块银子叫店家派一个伙计，即刻给镖局二霍送信。然后，他自己便把三个人的兵刃暗器都拿出来，打一个长条小包裹，急急地追寻了去。

许梦松这时跟方子材面面相对，说道："方老大，咱哥俩在哪里动手?"方子材略一寻思，道："镇外空旷地方吧，这里来来往往的，行人太多，未免扎眼。而且误伤了别人，也是不好，打着也不痛快。"许梦松道："就是这样，你道路熟，请你先走。"方子材点头说好，立即当先迈步前行，许梦松、李豹二人后随，街上有些好事者，也都来观看。

不多时，来到镇外一块宽阔的地方。这工夫，看热闹的人，越聚越多，许梦松挥手，让李豹稍稍后退，又低低说了几句话。李豹会意点头，恰巧崔泽由店房翻回来，把暗器兵刃递给李豹。两个人站在许梦松背后，聚精会神，照顾四外。那方子材用手勒了勒腰带。收拾利落，站在一边等候，许梦松的兵刃仍由崔泽拿着，于是许梦松也紧带登靴，打点全身毫无绷掉

之处，这才和方子材对面。两个人全都一侧身，立了门户。许梦松双拳抱拢，立掌当胸，四目相对，掌不离肋，肋不离胸，一掌迎敌，一掌护身。

那方子材完全是少林拳法，许梦松仍用八卦掌应敌，二人这才在桃源镇二次对掌。

方子材一起手，便用“金龙探爪”。左手一点许梦松的双目。许梦松左掌往外一穿，右掌用“单撞掌”，奔方子材小肚一推。方子材急急收回左手，右手往下一切许梦松的右腕脉门，左掌往上斜劈许梦松的右肩，许梦松右掌急往外封，左掌还招。二人一霎时，走了十几个照面。

许梦松一面应敌，一面观看方子材的掌法：果然不似当年，少林十八罗汉手，招招有势，势势有法，打出来挟有劲风，既快且狠。许梦松不由心中作念，小心应付。自己振起精神来，把八卦游身掌，加意打出。不一时又过了二十余回合。方子材越打越勇，招数越来越狠，恨不得一掌击死对手。许梦松眉头一皱，心想：何不如此，给他一下！把掌法一变，一会儿的工夫，连换了八仙拳、猴拳、迷踪拳、五行拳、红拳，好几种拳法。方子材微微一愣，仍用他的少林十八罗汉拳，以不变应万变。

辗转搏斗已经五十多个照面，两人全都微微见汗。忽然间，许梦松下三路露了空。方子材一腿扫去。许梦松纵身一跃，斜落在方子材左方，下落时，似乎脚踩在碎砖石上，垫了他一下，跟着身躯一晃。方子材见状大喜，趁势一纵身，右手使“金豹露爪”，一掌往许梦松上盘猛击去。以为这一下，必定得手。哪知许梦松倏地一转身，微退半步，接招发招，迅疾无比，刚刚一退，倏又扑前来，左手挟寒风，劈面一掌击去。方子材一击落空，微微一惊，不及闪避，忙用右手往外一穿。不料他的左手方碰到许梦松左掌，许梦松右手掌早疾如闪电，从左肋下伸出去，往方子材胸前一捣，噗的一声，打中软肋。方子材不由哎呀一声，却又咬牙忍住，脸上登时变了颜色。他

却暗运一口气，双眉一锁，把嘴一闭，强行遏住，当不得胸中沸腾欲呕。他双拳一错，依然强支苦斗。在场的观众，颇有行家。有的就看出方子材已然受了重伤，双目瞪着，挥拳如风，跟许梦松硬拼。就是这时，人群中忽然起了骚动之声，好几个少年壮士跳进场内，似乎要拉偏手，又似乎要发动群殴。

许梦松心思灵快之至，一招击中强敌，也不再看方子材，突然叫了一声："承让！"一伏身早蹿到崔泽身旁。崔泽、李豹立刻迎上去。各亮兵刃，许梦松一把抢过刀来，说声："快走……"三个人立刻往外闯。果然许梦松刚窜开，一阵袖箭、石子，纷纷打到许梦松方才站立的地方。紧跟着人圈外，又跳出几个人来，各执兵刃，截攻许梦松，并且喊骂道："不要走，留下命来。"两个少年壮士奔来搀扶方子材，一个黑须中年武师，紧紧迫拦许梦松。看热闹的人大乱大哗，抱头乱窜。

许梦松早已防到这一层。见人群一哄，便知对头一定预备了埋伏。自己败了，不过是招得他们大家哗笑，挨一顿奚落；若是自己一战而胜，方子材的党羽，一定露面出来群殴找场。现在果然不出所料，他赶快地一拉崔泽，教他亮兵刃往前闯，自己却和李豹横刃在后，拦住方子材的党羽。仗他三人人数少而身手快，又早已提防下了，立刻一冲，冲出重围。此时全场行人乱窜，崔泽边跑边问："许叔父，这是怎的了？"许梦松道："仇人要拼命，别问，快跑。"三人脚下加力，且跑且回头看，转瞬间，就看跑近店房。不想方子材在店前也已安下埋伏，把了个风雨不透，崔泽还要冲进去，许梦松把他一扯，说道："进店不行，强龙不压地头蛇，我们落荒走吧！"

于是就在前奔后喊，行人喧哗的局面下，这三人展开飞行术，一道落荒疾奔。一霎时，跑出二三里路，李、崔二人回头看时，本来十余个人追赶，到现在只剩下五六个人，那几个人全落在后面了。许梦松向崔泽道："快跑，再跑二三里地，我们就够着帮手了。"

三人复又加紧前行，后边的五六个人仍然穷追不舍。其中

有两个人飞行术不凡，总与李、许、崔三人离着差不多，其余几个人又稍差。眼看跑到一片树林跟前，许梦松低声急向李豹、崔泽说了几句话。李豹、崔泽一齐点头，到了树林前，停住脚步，背林傍树而立，抹了抹汗，缓了缓气，三人持刀相候。不一时那追来的两个人已自赶到，头一个五十多岁，手执练子鞭；第二个使剑，年约三十多岁。这两人当林止步，正要绕林寻找，许梦松忽在树后笑道："二位别忙，先歇一歇，再动手。"

那使剑的少年立刻看见李、崔二人，不禁怒骂道："混账东西，看剑！"崔泽早抢过来接住，道："朋友报个万儿。"那使剑的少年道："大爷黄振飞，你小子叫什么名字，来替人家送死？"崔泽道："老爷叫崔……"他刚要报姓名，许梦松忙从树后探头，喝了一声。李豹那里早和那老者打上，见崔泽和人答话，便也喊道："老侄，还不快动手，你还等他歇过来吗！"崔泽大悟，立即摆刀迎敌。黄振飞举剑相当，登时四人，打成两对，许梦松竟不动手，在旁监视着。不一时后面又追来三人，上来就要帮助同伴，攻打李豹、崔泽二人。那老者喊道："别动手，拦住树林后那个，树林里一定还有人，也得把住了，别让他们钻树林跑掉。"

那三人依言，二人把守林边，一人巡风，手提长枪，随着黑须老者，要双战李豹，却不齐上，只觑空左一枪，右一枪，在背后捡便宜，招数既贼且滑。那老者一条练子鞭也是神出鬼没，竟盘住李豹，不断在李豹头上，前胸，双腿往来绕打。难为李豹一把刀，敌住二股兵刃，忽然架开枪，还砍一刀，忽然躲开鞭，补进一刀，一霎时又斗过了二十余回合。任你如何英雄，双拳怎敌四手，而且二人又非庸手，李豹渐渐遮拦多攻取少。他便浓眉一皱，觑眼偷视崔泽和许梦松。见许梦松仍然潜藏不露面，知道他必有阴谋。再看那使剑的黄振飞和崔泽，正打得难分难解。李豹暗道：逢强智取，不用险招，怎能得胜？

这时黑须老者的练子鞭，扫地卷来，李豹踊身一跃，却往

使枪的身旁蹿去。使枪的少年大喜，对崔泽虚展一招，很快地收回来，照李豹劈面一枪。李豹更不还手，又一蹿闪开。使枪的喝道：“哪里走？”也随着一蹿，蹿到李豹身后。那使练子鞭的老者却在使枪的身后，三人正成了一条线。李豹大喜，猛一回身，使枪的一挺枪，照李豹劈面刺来。李豹容得枪快刺上，急急一侧身，右手用刀，往枪上一推，又往左一旋身，大喊一声，唰的一刀，顺枪杆横劈过去。使枪的喊声不好，急忙一伏腰，却已不及。嚓的一下，三个手指头随刀飞去。李豹又一刀背，身随刀进，把使枪的砸倒在地上，然后一纵身，又跃出五六尺。

第六章

李代桃僵少年落狱

黑斑牛李豹和崔泽刚刚回店，便被使练子鞭的老者率众找上门来，双方到附近旷场决斗。李、崔二人手疾招快，先刺伤一人，登时激起群殴。老者大怒，抡练子鞭上前，哗啦的一声，冷不防照李豹打来，幸亏李豹躲得快，也险些着手。黑斑牛李豹纵声大笑，摆刀指着老者叫道：“暗算不行，你不知二太爷眼观六路，耳听八方吗？”

那老者眼见使枪的同伴负伤扑地，切齿怒骂道：“好狠的贼，此仇不报，一辈子没完！”将练子鞭又一抡，口中喝道：“报个万儿来！”李豹道：“二太爷叫作黑斑牛李豹，你这个老东西叫什么？”老者抗声道：“你就是李豹，好好好，老夫方鸿钧，今天叫你知道知道！”展开了鞭法，一条银光上下飞舞，和李豹打起来，一面大叫道：“你们快上，全上！”

那巡风的三个人，见使枪的少年倒地，不由又惊又怒，早不待吩咐，一人上前扶救，两人各执兵刃，齐来攻打李豹。李豹一口折铁刀，遮前挡后，情知双拳不敌四手，何况三敌齐上？他自觉不好，不由转脸怪叫了一声。喊声才罢，围攻他的

人，立刻有一人狂喊，被树后隐藏的许梦松抖手一暗器打中。这人一倒，两个同伴急忙寻看，许梦松嗖的跳出来，径奔敌人攻去。转眼间，许梦松迎住一敌，是个中年壮士。李豹仍与使练子鞭的老者方鸿钧苦斗，崔泽敌住那使剑的，正好势均力敌。许梦松不肯力战，连向李豹打招呼，教他抽身速退。不想被老者牵住，退不下来，崔泽和那个使剑的打了个平手，也是不能退下来。

崔泽年轻，经验不如人家，一起初打得用力太过，时候一长，有些后力不加，一把刀只顾得遮拦。年轻人好胜，依旧鼓气狠斗，打着打着，忽然灵机一动，何不用陶叔父教给我的暗器飞蝗石胜他。便反守为攻，挥动利刃，连连进刺。那使剑的少年黄振飞，只当崔泽还手乏力，不防他又反攻三刀，连忙挺剑招架。哪知崔泽以进为退，唰的翻身，连连蹿跳，纵出两三丈远，刀交左手。黄振飞疑他力尽要跑。连忙赶上。崔泽暗喜，探囊取出飞蝗石，唰的一下，直奔黄振飞面门。黄振飞哈哈一笑道：“微末小技，也来献丑！”右手提剑轻轻一拨，那飞蝗石早不知打到哪里去了。

崔泽见一石不中。复又连探囊里，唰唰又打出两个蝗石，黄振飞连忙使身法躲开。崔泽大怒，把刀一插，双手捏镖，使迎门三不过镖法，第一只镖奔咽喉，使七成力，第二袋奔胸腹，使八成力，第三只镖奔下阴，使九成力，三只雁翅镖虽不一块儿发，可是一块儿到，右左闪打两肩，往上蹿打胸坎，往下蹲身打肚腹，实在厉害非凡。破这种雁翅镖法，非使大仰身，“铁板桥”的功夫不可。

黄振飞猛见这三只雁翅镖打来，不由吃惊，“这小子会打这种镖！”果然使铁板桥功夫，往后一仰身。虽然躲过三镖，崔泽却趁势往前纵身，唰的一刀，用力劈去。哪知黄振飞功夫很不弱，竟早有防备。才躲过镖，立刻一挺身，往旁一闪，翻腕子用剑一架。来刀过猛，只听当的一声，震得黄振飞腕子生痛，那口剑险被打落。忙翻身蹿起，左手虚扬一扬，喊声：

“着。”崔泽吃了一惊，忙闪身跳开。黄振飞趁势逃走，只觉得右腕不得力。

崔泽战败敌人，稍稍缓了一口气，见李豹被包围，情势不好，正待过去帮忙。只听许梦松连声呼喊，教他撤退。崔泽正打不定主意，许梦松忽然连发暗器，把包围李豹的敌人打退，立刻引出李豹，叫着崔泽，绕林急往前跑。

敌人吃亏，不肯就舍，呼喝着，又纠众追来。三个人如一阵风似的狂奔，此奔彼逐，转眼跑出半里地。忽然见前面一带疏林土岗，有人影一晃。崔泽刚刚吃了一惊，许梦松和李豹已然口发呼哨，招呼起来。可是后面追赶的人，也吆喝起来。

崔泽定睛一看，土岗后出现三人，正是霍氏兄弟和龙天照，霍真、霍玉首先望见许梦松、李豹，被人赶逐，忙踊身跳出来；回手拉刀，要上前解围，不意他们刚刚一凑，把后面的追兵也认出来了，原来也是熟人。

当下，霍真、龙天照三人，全都赶上前，大声喊道：“方老师，许仁兄，李大弟，别动手，都是自己人。”说罢手执兵刃，跳到核心，分开了众人。

许梦松、李豹，一闻人声，知是救星来到，精神不由倍长，舞起一团刀花，护住身体，跳出圈外，霍、龙三人连忙迎上去。那方鸿钧见霍氏弟兄上来问话，也便收了兵刃，喘了口气，瞪眼盯着来人。

当下，双方全都住了手，霍氏弟兄在中间道：“方老师为何跟许、李二位动起手来？俗语说得好，不打不相识，大概你们彼此都是慕名，没有会面，待小弟给你们介绍介绍吧。”方鸿钧拭汗道：“二位好意，在下心领，在下也愿多几个朋友，只是我们那位受伤的朋友怎样办？”回手一指林边受伤的少年。霍氏弟兄不由一愣，暗道：这事可不好解劝！霍玉勉强说道：“方老师，你们双方动手，因何起隙，小弟全不晓得。可是动起手来，刀枪无眼，骨断不能复续，依小弟看来……”方鸿钧冷笑接口道：“依阁下看来，就此罢手不成？霍师傅，足下这

番好意，我这里谢谢了。不过这位许爷打得舍弟几乎吐血，这位李爷比武竟敢动刀伤人。这是血债，二位说该怎么还？”

二霍未及答言，李豹勃然大怒道：“放你妈的屁，你们的人想要我的命。这是我伤了你们一个，要是你们四个宰了我，就没说的了。倚多为胜，什么东西！霍老二，请你在旁观场，看我一对一跟这老家伙斗斗！”重抄兵刃，又要上前。

龙天照在旁，急忙拦住，李豹甩手道：“龙大哥，这不是拉劝的事，小弟惹的麻烦，小弟自己顶着干好了。”横刀叫道：“方老头，冤有头，债有主，刚才那位，不是教我削断了手指头吗！你要是不服气，上来跟我打打，俩打一个，不是好汉。”

方鸿钧冷笑抡鞭道：“我这一条鞭，就能要你的命，何必用别人。”纵步上前，一抖手中鞭，笔管条直，奔李豹胸前便点。练子鞭抖直了，亚似长枪，点上去可以直扎透后心。李豹怎敢怠慢，往左一上步，闪开了。方鸿钧腕子一颤，一翻手，单风灌耳，鞭奔李豹耳门打来。这一鞭，快极险极，诸人一愣，哪知李豹唰的一伏身，鞭风从头皮上扫过，众人吃了一惊。方鸿钧咬牙切齿，翻腕一鞭，泰山压顶，劈头猛砸下来。李豹心知必有此一招，伏下身去，连头也不回，左掌往外一穿，龙形一字式，身随掌走，身似游龙，嗖地斜蹿出五六尺远。只听叭的一声，一鞭打地，尘土迷漫，震起多高来。李豹立定身躯，不由大怒，喊道：“好狠家伙！”

那方鸿钧也不答言，唰的一个盘旋，枯树盘根，借一旋身之力，软鞭贴地又奔敌手双腿扫来。李豹毫不怠慢，更不容情，脚尖点地，纵起四五尺高，身未落地，兵刃递出，折铁刀挟肩带臂劈下，方鸿钧把鞭一收，一挫腰退回两步，正待反攻，李豹急忙踏中宫，走洪门，快似飘风，玉带围腰，又复一刀。方鸿钧刚刚抖鞭还招，不料李豹的刀来得这样快，再想纵身躲闪，已然来不及。急忙一伏身，几乎是鼻尖贴地，刚刚让开这一刀。正要直腰。李豹喊道：“呔，又来了。”方鸿钧急忙又一拧腰，刀果然又从背后，挟风嗖的劈过去。方鸿钧忙一拧

腰，侧身纵出圈外，长呼一口气，暗道：好险。

那李豹早一阵风赶来。抡刀便刺。方鸿钧不敢大意，抖鞭相迎，手法全很险快。两边的人看得目瞪口呆，惊奇不置。方、李二人各自展开纯熟招数，继续恶斗。那方鸿钧，恨不得一鞭击死李豹。招数越来越紧，越来越快，霎时间，舞成一片鞭光，上下左右挥舞，紧裹住李豹，只闻得鞭过处，嗖嗖带起风声，更不闻一些练子声响。那李豹圆瞪二目，振起精神，叫一声好鞭，抡起折铁钢刀，也舞成一片刀光。刀光鞭影纵横交舞中，只闻得二人往来蹿跳，轻微的脚步声，更不闻别的声息。

不一时，又斗了数十回合。双方观战的人，各自掠阵，各自替自己的人着急，各自小心提防敌手的暗算。那龙天照看了半晌道："方鸿钧这老东西不愧人称一条龙威镇河南，鞭法果然是好。李大弟的刀法也真个不凡，正好抵得住。"又向崔泽道："贤侄，这练子鞭最难练，又软又硬，抖直了可以当枪使，硬架会拐弯。要练不好，会打着自己，可是练好了，最难抵挡。你李叔父这口刀，真难为他应付得来。"

崔泽点头道："小侄也听人念叨过，使软家伙几个名人，其中就有方鸿钧，那几位小侄记不太清了。"又道："龙叔父，方鸿钧鞭法这样好，使软家伙的可算第一吗？"龙天照笑道："方鸿钧离第一还远着呢，不过三四路罢了。"崔泽忙道："龙叔父，那么第一是谁呢？"龙天照看着微笑道："使软家伙的，第一得说南方大侠七星鞭杜仲衡，第二得说……"霍玉接口道："就得数关东三龙，你现在的这位龙叔父。"龙天照道："霍兄弟，你别改我了，我还不配算数呢。"

崔泽看着龙天照道："龙叔父也使鞭吗？"霍玉道："老侄你不晓得，你龙叔父一条杆棒，关外山东河北闻名，乍一出手，沧州对棒，战败虬龙棒马子元，继又在济南击倒过天虹。贤侄，你陶叔父没给你讲过吗？"崔泽顿时想起道："龙叔父你老就是龙天王，又叫作镇海龙的吗？"龙天照微笑颔首，崔泽

怂恿龙天照道：“龙叔父何不下去替替李叔父？一来让李叔叔歇歇，李叔父方才一人连战三人，实在太累了；二来也让小侄见识见识英雄的本领。”

崔泽央求龙天照出去，许、霍二人也在一旁帮腔，劝他下场，以武力解围。龙天照笑道：“别起哄了，出去胜了，也不光彩，人家打了半天了，败了更丢人，白替我吹了半天。”崔泽道：“龙叔父不要紧，你老一过去，他们准出去接着，露一手，你老就回来。”竭力劝说，想看看龙天照的棒招，更愿看两条软兵刃交锋。龙天照有些技痒，便要缓步走了出来；哪知才一举步，敌方也纵出一人，喊道：“姓崔的小畜生，快出来，和你黄爷爷算账，暗算伤人，什么东西。”原来此人是黄振飞，方才被崔泽尽力一刀，震了右腕，此刻刚缓过来，输得心中不服，故此二次出来挑战。

崔泽忙喊：“龙叔父，敌人来了，快取家伙。”龙天照微笑，双手一扶腰围子，右手一抖，噗噜噜一声，亮出一条威震关内外，驰名河南北的龙头杆棒。此棒前面是一条龙头，口内含着子午问心针，善打金钟罩，铁布衫。棒身是龙形，呈着蓝汪汪的颜色。棒把是龙尾，龙头分量稍重，用来缠人。

龙天照用手一抖，左手执龙头，右手执龙尾，走上前来。黄振飞见是生人，又拿着奇异兵刃，不觉心中一动，却也不惧，忙着喝问姓名，双方刚刚通了姓名，黄振飞不容龙天照展开身手，踏中宫，走洪门，欺上身来，举剑便刺。龙天照左手执龙头，右手执龙尾，斜着往外一推，紧跟着一上步，趁势左手一撒龙头斜肩带臂打来。黄振飞不敢用剑去拦，斜着一纵身，窜出五六尺远。那龙天照早在他身后，一进步，说声“着！”黄振飞急急一拧腰，一纵身，杆棒贴鞋底扫过去。黄振飞第二次进招，加了十二分小心。龙天照哂然一笑，使杆棒一晃，奔上三路，黄振飞一伏腰，哪知这是假的，龙天照一翻腕子，玉带围腰，早已缠住敌人，用手一抖，黄振飞跌了个仰面朝天。

龙天照收招一退，看着敌人笑道："黄朋友，承让！承让！起来再动手。"黄振飞闭口不答，跳起来抡剑，要复前仇。二人又过了几招，被龙天照只用缠绕两个字，又跌了黄振飞两个跟头。跌得黄振飞直发愣，自知不敌，有心退去，又嫌难堪。那龙天照哈哈一笑，纵步上前，对李豹道："李大弟且住手，我会会这位软鞭方老英雄吧。"

黄振飞快快退下，斜盯了龙天照一眼，自此苦心练剑。那李、方二人战到酣处，仍是不分胜负。李豹忽见龙天照到来替换接应，不觉暗喜，想道：我实在胜不了这老东西，龙大哥的杆棒许行。使夜战八方式，手中刀舞起一团刀花，跳出围外，喊道："我龙大哥愿来会你。"龙天照迈步上前，抱拳叫道："方爷请了。"方鸿钧冷笑道："车轮战，你方老爷也不怕，你们只管上！"

两人正在准备交手，忽见北面又跑来四五个人，头一个就是方子材，手执一把金背砍山刀，负怒奔来，后面紧跟着三四个壮士。那方子材受了一掌之伤后，亏他躲得好，顺掌而倒，没受大伤。调停好了呼吸，仇恨越深。便急忙约了几个同道，持兵刃赶来。正巧方鸿钧与龙天照要对鞭棒，方子材上前来道："大哥稍息，小弟来会会他们。"不由分说，抢上来，抡刀便砍。龙天照举棒相迎，两人一刀一棒，翻翻滚滚斗了数十回合。那方子材掌伤未曾痊愈，功夫小了尚可，时候一大，蹿纵跳跃，扯得胸前发痛，不免手迟脚慢。被龙天照一棒打在近刀柄处，震得虎口发麻，金背刀几乎撒了手。方鸿钧乃是久经大敌之人，看出方子材应敌吃力，忙抖鞭向前。说道："二弟后退。"替下方子材，负怒上前，跟龙天照动手，登时鞭招交加。只见单鞭挥动，银光闪闪；杆棒舞起，蓝光纷纷。二人俱知敌手为当今有名人物，谁也不肯冒险取胜，看来反不如方、李二人打得精彩，各自用纯熟招数应敌，那方鸿钧把一百零八招青龙鞭法加意打出，那龙天照也把自己精研出来的三十六路天罡棒法，挨次使出。蓝龙银蟒互相交错，不一时已斗过三十多个

回合，不分胜负。

龙天照一面打，一面想道：若不能取胜，反教许、霍等笑话。忙将棒法一变，那方鸿钧看了，想道：我还怕你不成。也把鞭招一紧。龙天照见状，正合心意，急忙用“怪蟒翻身”奔方鸿钧胸前一点。方鸿钧撤身一闪，龙天照矮身形，翻手腕，龙头杆棒贴地皮，奔方鸿钧双腿扫来。方鸿钧踊身一跃，龙天照故意手一软，又一长身，把胸前露出，龙头搭落在地。方鸿钧大喜，抖练子鞭，奔龙天照胸前便点。龙天照喊一声：“好！”拖地杆棒忽然往上一翻，缠住了银鞭。方鸿钧大惊，用力往回一夺。龙天照早知他必有此一招，把手中杆棒复又一抖，噗噜噜一声，龙头杆棒顿然笔管条直，银鞭被弹出去，鞭梢落地。

方鸿钧使空了力，右半身不由一打晃，龙天照道：“请慢走！”龙头杆棒顺势往前一送，噗的一声，龙头正撞在左臂上。方鸿钧不禁哎呀一声，左臂登时抬不起来了，还算龙天照手下留情，并未用子午问心针打他。

方鸿钧这一落败，方子材忙窜过来，圆睁二目，提刀上前，回手冲同伴一招，道：“诸位上啊，跟他们拼了。”

方子材那边有九个人，龙天照这边共有六人，登时一拥齐上，群殴起来。龙、许、李三人抢先敌住五人，霍氏弟兄敌住三个，崔泽敌住一个。此时论优势，正是方子材那边人多势众，占了上风。无奈二方弟兄，一伤左臂，一伤胸前，帮手剩下七个人。这七个人只有三个本事不坏，那四个太差，哪里敌得住这边六个如狼似虎的英雄。不一会儿，胜负已分，方子材弟兄支持不住，呼啸一声，往回败下去，这一边许、李、龙诸人杀退方氏兄弟，不肯穷追，一齐止步，互相检视。独李豹身上血污最多，龙天照最为干净。众人匆匆觅水，稍加洗涤血迹，打开包袱，换了血衣，赶紧离开是非之地。

那崔泽初次交锋，不免使过了力，顿觉浑身疲软，四脚发颤。只是年轻好强，不肯退出罢了。

那方氏兄弟败阵而归，检视伤痕，不由气得三尸神暴跳，怒发如雷。二方闯荡江湖多年，也是有名人物，从未曾经过如此惨伤，一面打算邀出几个武林能手，前去寻仇。

歇过了二日，忽想出复仇之策，暗道：也顾不得许多了。起身入城，布置了一回，打听了一番，又往城北去了一趟。次日方家来了三位骑马客人，二男一女，男的一个约三十多岁，满面精悍之气，一个二十六七岁，细腰扎臂；女的长身玉立，鹅蛋脸，约二十一二岁。原来方家弟兄因急于复仇，竟想起水路大盗，神手雁翅镖周金寿、水蛇林文英、玉玲珑林萍姑娘。他三人曾于数月前，邀请方家弟兄入伙，被方家弟兄数言辞谢。现在方家弟兄连遭惨败，复仇心急，顾不得一切，毅然邀请林、周二人帮忙。林、周慨然允诺，将寨中事务交给大头目，三人联袂改装下山，要助方氏弟兄，向许、李寻仇。

当天商定办法，第二日晌午，方氏弟兄约林、周三人一同出门，先奔许、李、崔所住的店房，登门求见。这时李、龙、许、崔等人已然离开店房，到二霍镖局去了。方氏弟兄又找到镖局，崔、许、李诸人，正与霍氏昆仲、龙天照等人吃完早饭，啖瓜闲谈。忽闻有人来访，急忙出来，一见是方氏弟兄，不免愕然。正是仇人见面，分外眼红，方氏抱拳道："诸位同道，日前一会，又有三四日未见，现在我兄弟与旧友数人。打算在城南再来讨教讨教，不知诸位肯赐教否?"

李豹抢先答道："方师傅，不必客气，有话直说好了。请随便指定，在什么地方都行，我弟兄无不奉陪。"方子材笑道："还是李师傅爽快，今日下午，在城南相会好了。就是我弟兄五人相候，不敢去，趁早说，免得我五人白等。"

李豹冷笑道："龙潭虎穴，我黑牛也从来不惧。好汉子，别在暗中埋伏下人，倚多为胜，可不是英雄。"方子材道："君子一言为定，只我五人，去者英雄，不去者狗熊。"五人回身径去。许、龙、李、崔四人送客去后，立即议论了一回，觉得不好爽约。许梦松却担心他们有埋伏，怕中了他们的诡计。李

豹道："怕他们甚，两个败军之将，我们还应付不了吗？"龙天照道："李大弟不是这样说，还是有备无患的好。"李豹这才不说什么。许梦松嘱咐践约的人各自预备了兵刃暗器。

许梦松拂拭久未动用的金背折铁刀，龙天照拂拭龙头杆棒，李豹拂拭自己的折铁刀，崔泽拂拭自己的刀。到了时辰，四人出发，奔城外走来。约定的地方，是在城南一座树林里。树林有一块空地，方氏五人早已相候，九人分东西面面相对。李豹道："咱们是单打，还是群上？"方鸿钧道："当然单打。"李豹挽袖子，举折铁刀道："我先来。"摆刀纵身，跳到当中道："哪位先来？"方子材看见李豹，不由心头火起，也提单刀抵住李豹道："我再领教领教足下的刀法。"一刀劈去，李豹横刀敌住。刀来刀去，刀去刀迎，二人杀在一起。

这一边方鸿钧提鞭，向龙天照叫阵道："龙爷，我在下还想领教领教足下的棒法。"龙天照微笑提棒出场，二人杀在一起。崔泽忍不住也提刀上场，那边玉玲珑林萍立即提剑相迎。许梦松横刀掠阵，神手雁翅镖周金寿在旁看了一会儿，对林文英说："林二弟你看着点，我和那个姓许的斗斗。"举分水钩连拐，上去就打，许梦松横刀相迎，这一对也就打在一处。

水蛇林文英在旁看了半晌，四对人杀了四处，正是难分难解，只有神手雁翅镖周金寿，似不是许梦松的对手，分水钩连拐挡不住金背折铁刀，只有招架之功，并无还手之力，渐渐手迟脚慢。林文英一看不好，忙上前掣青铜蛾眉刺相助。当下九人杀在四处，正在拼命相搏，一时难分上下。忽听林外人声嘈杂，九人俱自惊疑，唯恐中了敌人之计，来了生力军；但各自都不肯住手，怕受了伤，只略分神，侧耳倾听。只听有人大声喊道："不要放走了强盗呀。"

林、方、周五人，听了心惊，拢兵刃，侧目急看。见有公差打扮约有三十多人，手持单刀、铜鞭、铁尺围上来，只叫休放走黄河大盗。雁翅镖周金寿、玉玲珑林萍、水蛇林文英，心知不好，不知何人漏出消息，被官家知晓，前来捉拿。三个人

忙打呼哨，通了暗号，施展本领，抡动兵刃，立刻见机而作，突围而出。方氏弟兄见事不好。也慌忙夺路一走。只丢下龙、崔、李、许四人，愕然四顾。龙、李、许三人经验丰富，略略一看，忙喊了一声："快走。"顾不得分辨良莠，抡兵刃也突围而出。只有崔泽年轻不知事，以为这有什么，稍一迟徊，便被官人包围。他还欲冲官人讲理，哪知他厉声抗辩数语，公差们全不听那一套，抡单刀铁尺，挠钩套锁，一拥而上，把崔泽当了逃贼。

崔泽大怒，摆刀相迎，舞动刀法，先把近身两个人，刺倒一个，吓退一个；又发雁翅镖，打伤一个官弁。官差们大怒，喊道："好贼，还敢拒捕。"挠钩齐下，势众人多，崔泽措手不及，早被勾倒，横拖而去。许、龙、李等人，一来寡不敌众，二来不敢妄犯国法，与官差相斗，只得施展飞行术，绕道奔回镖局，寻求霍氏弟兄，思忖搭救崔泽之策。

原来林氏兄妹和周金寿三人进城，已被官家侦知。林、周三盗月前在水路上，劫了一家富商，富商已经报官，恳求缉盗寻贼，悬下重赏。林、周为助方氏弟兄械斗而来，他们是积贼，一见官人到场，立即逃走。却被崔泽这素不懂事的少年碰上了，他不但不走，还想讲理，而且他的暗器又跟盗魁周金寿一样，全是雁翅镖；这样一来，倒替他们顶了缸。

许、李、龙三人忙求霍氏弟兄，托人疏通。怎奈霍氏弟兄恰巧应镖出外，当时不能归来，急得三人直在店中打转。三人在本城人生地疏，除霍氏弟兄外，连镖局中人也不甚熟；虽嘱托了人，也不能过于催促；只得每日托人往衙门探问。那官差中因有受伤的两个人，恨崔泽不过，任凭人来说情，只是不放松。又贪富商的重赏，指定崔泽是林、周一党的水贼，而且以雁翅镖为凭，把崔泽严刑逼讯起来。那崔泽几曾受过这样的痛苦，实在受刑不过，只得胡乱地招认了，自承是黄河大盗神手雁翅镖周金寿的盗徒，当堂画了押。于是铁案已定，静候处决。

许、李、龙闻此消息，不由大惊。尤其是许梦松，自觉受崔娘子重托，带领崔泽出来闯练，结果却把人家活跳跳的孩子断送在开封，将来如何回去见崔娘子之面？李豹想：这都是自己带着崔泽东跑西跑，惹是生非，如今真就出来事了，心上也很内愧着急。龙天照与崔豪最为莫逆，怎肯坐视好友之子，陷于绝境不救？三人扼腕思忖良久，竟无挽救良法。

三人呆对了半日，李豹忽然跳起来道："说不得了。"回顾二人道："咱们劫狱吧。"龙、许二人想了一会儿。许梦松顿足道："只此一法，并无良策。"对龙天照道："龙兄意下如何。"欲知后事，接看《青萍剑》。

青萍剑

第一章

安乐窝劫牢囚纵

龙天照掀髯笑道："小弟也有此意，只是小弟想，劫狱必须一举成功。否则崔贤侄登时性命休矣，所以小弟不敢贸然提议。"又道："凡事未虑胜，先虑败，若要劫牢，势必惹出大事来，我们的退一步的办法，不可不先筹划一下。"众人矍然道："这一节可真得好好算计一下。"龙天照道："万一我们走投无路，小弟的紫金岭，地方虽狭小，几位若去，尚可下榻纳贤。"李豹道："别说闲话了，哪能虑得那么远？咱们赶紧商量立刻下手的办法吧。"三人又计议了一夜，商定先邀帮手，后劫牢反狱，由龙、许、李三人分头请人相助，并给崔泽的姨父陶元伟送信。

此时二霍已经回来，众人不敢住在镖局，溜到二霍家。恳由二霍出名寻房，在安乐窝觅定下处，预备暗暗招待来宾。李豹等五人计议多时，先写出几个附近人物的名单，计有江西火道人、玉狮子李景明大概还没去远，可以派人追回。五个人暂时潜藏在二霍家，继续往下写名单。忽听店家来说："门外有人来找李爷。"众人问是谁，李豹哼了一声说："不是仇人又寻

上门吗？”许梦松忙问店家：“来人姓什么？”店家道：“姓卢。”李豹道：“咦，这是谁呢？莫不是地理鬼卢宏吗，若是他可就好了。”站起身来，跑出去看，许梦松不放心，也随着出去。刚到庭院，李豹已经同着一个人进来，果然是地理鬼卢宏。

卢宏这人年约中旬，拳术平常，脚力精强，只是生得二目微小，穿一身江湖衣服，来到屋中。李豹给不认识的各位引见了，让卢宏坐下道：“老卢，你来得正好，我们正想约人，想不起人来，你来替我们想几个人吧！”卢宏说：“黑牛哥还是这么半疯似的，说得我糊里糊涂。到底是怎么回事？为什么要邀人？”

许梦松忙把事情说一遍，卢宏道：“哎呀，这事可不好办，崔贤侄真是年少不懂事！”紧皱双眉，想了一会儿道：“何不请七雄弟兄？”众人忙问七雄住在何处？地理鬼卢宏把七雄的住址说了，李豹赞道：“真不愧地理鬼。七雄弟兄我找他们多日，连消息也没打听着，想不到老卢你都知道。”地理鬼卢宏笑道：“黑牛哥，别改我了，我也是新访出来的。”许梦松道：“要是有七雄七人，加上我们五人，再加上火道人、李景明，一共十四人。我想这十四个，足当三十个人用，也差不多了。只是怎么去请七雄呢？”又道：“不过我听说七雄隐居已久，请他们怕有点费事吧？”

众人计议了一阵，俱想：由他们几个人去请，七雄决计不肯出山。只有一招，若假借崔豪二番出头的名义，来约请七雄，河朔七雄必肯再出。把他们七雄约出来，去搭救崔豪之子，他们七个人看在崔豪的面上，也不好意思不管了。李豹道：“我们简直就说崔贤侄入狱就完了，他们听说崔贤侄入狱，还不肯出来吗？”地理鬼卢宏摇头道：“不，你这么一说，他准给你介绍别的能人去，他们本人准不肯出山。你想他们隐居已将十年，岂肯轻易出头？如果他给你转请别人，你是应不应？”李豹点头道：“倒是有理。”龙天照道：“此外也得给崔泽的家

里送个信去，这不应该瞒着。在这里还要有一个亲信探监人，给崔贤侄送饭，天天去看他，传递消息，这是很要紧的。不过我们几个人全不能露面，最好是托个妇女，假装眷属，准能省许多气力。”李豹道：“何不雇一个花姑娘帮忙？”龙天照道：“使不得，公门中人很有高眼的，看出了破绽了不得，况且她们的嘴不稳，又胆小，这事怎能令她们这种人知道呢？”

李豹道：“这可难了，哪里去找这么一个妇人呢！我想这个内应，有没有的，也没什么紧要吧。”龙天照道：“李大弟，要仔细想想，没人常去探监，暗中考察崔贤侄的刑伤，到时他也许一步走不了，岂不麻烦？况且腿上的铁链，若不先弄折，到临时再设法，岂不费事了。李大弟还不明白吗？”李豹点头道：“大哥想得对，只是这个人太不好找，你我弟兄俱是粗人，满身的江湖气，常去探监，没的反招人注意。我们这里又没有和官衙内的人认识，这可怎么办呢？”言下皱眉。龙天照不肯打掉他的勇气。忙安慰他说：“李大弟，先别灰心，我不过是这样一说罢了，其实我们虽不能露面。也可以托另外的人，去看崔贤侄的伤，等他养得差不多了，我们再动手。”

李豹点头，许梦松却凝目深思，想到了陶元伟、陶秋玲父女，真可以邀来，扮作探监的眷属。默想着，遂咳了一声道：“我们先商量请人吧。”

众人议论了一回，由李豹设计去请七雄弟兄，许梦松筹划去请陶氏父女；龙天照也自出去，四路邀人。这里便由霍氏弟兄在安乐窝找定一所房子，做他们聚会之所。商定劫崔泽出来之后，乘船顺流东下。旬日之后，许梦松果然到达鲁东，面见陶元伟，诉说崔泽拒捕下狱之事，同时深表歉意。

陶元伟闻言大骇，陶秋玲听见未婚夫犯了盗案官司，哭泣着立刻要入豫救婿。陶元伟欲待拦阻，秋玲姑娘竟要拔剑自戕。陶元伟无可奈何，竟偕爱女，随同许梦松，由陶馆火速登程，西行入豫。过了两天，龙天照也请了李景明来，这时大家都等候着七雄弟兄。过了几天，河朔七雄也被骗邀到安乐窝来了。

当下，李豹把真相对七雄说明，贺孟雄听了道："豹兄弟，原来是这么回事，当初你只要说崔贤侄入了狱，我兄弟还能不来吗？"李豹嬉笑着打躬作揖道："大哥原谅小弟这一次吧，实在怨我。"赵梓材道："黑牛有你的，蒙我们这一下，咱们骑驴看唱本，走着瞧，小心着赵四将军的。"贺孟雄想，事已至此，不能袖手，说道："四弟别乱。咱们先商量商量怎样动手。"陶元伟道："贺兄何必着急，歇息两天再说。"李豹道："陶大哥，你真把我们几个，看成娇小姐了，这两步道，还用得着歇息，快商量正事吧。"贺孟雄微笑道："李大弟别着忙，什么事仔细商量商量好。"

众人商量了半夜，方才安眠，次日又筹划了半日，决定大举劫狱。又候了几天，邱季刚、杨氏弟兄、韩凌霄等四人，也陆续赶到。李豹子道："贺大哥，人可来齐了，咱们动手吧。"江西火道人笑道："豹兄弟，你也得让人喘一口气呀，况且他们四位还不知道怎么回事呢。"李豹点头，贺孟雄向邱、杨、韩四人说了缘故，邱、韩、杨四人先是发愣，随即点头答应了，并没有什么说的，只笑向李豹道："黑牛，你真行，会诓我们弟兄这一下，真有你的就是了。"李豹笑着道歉，地理鬼卢宏和龙天照，齐向四人抱拳，道："这都是小弟我的主意，我应当告罪。"说罢深深一揖，邱季刚忙道："龙大哥这是怎的，小弟不过是和李兄弟开玩笑罢了，这事大哥请想。我兄弟能退后吗？何况又是崔大哥令郎的事呢。"火道人道："算了算了，赶紧商量正事吧。"

贺孟雄这才和四人说出夜里商量劫狱的法子，第一下先派人看看崔泽的刑伤如何。这已经由陶秋玲和外面的一个老婆子，充作崔泽的母妹，每天假作送饭，暗中传递消息。又用银钱买通禁子，不再让崔泽受苦，并想法偷送一把钢锉给崔泽。只是他们想得虽好，崔泽却不合刺伤了捕盗的两个官人。禁子们纵然受贿，无奈刀伤官役，罪状是大的，犯禁的东西更不能送进。并且他们又顾虑到崔泽是个初出茅庐的少年。恐怕反露

出形迹来，因此把开锁的家伙也不再送与崔泽，只秘教陶秋玲查看他的伤痕罢了。第二步几个武功精强的人劫狱，这由龙天照、陶元伟、陶秋玲、许梦松、李豹、江西火道人、贺孟雄、霍玉八人担任。

李景明、霍真放火，邱季刚、杨汉青、赵梓材在外巡风。接应两人，季二、鲁桐在城根接应，城外预备船只、马匹。他们也预备了放火之物和越狱之具，如绳梯飞抓、开锁器械和几床厚棉被。白天他们纷纷出动，踩好了路线，预定怎样进，怎么出，何处聚会，何处接头，事事都要分工合作。各人办完各人的事，要彼此交换消息。

商量已定，先由陶秋玲透信给崔泽，让他在朔日夜里警醒些，崔泽点头会意。陶秋玲和崔泽原是未婚夫妻，现在被迫无奈，装作兄妹，两人含情脉脉，低言悄语。可惜旁有牢卒监视，两人深情爱意，含蕴未伸，陶秋玲到底把崔泽轻轻抱怨了几句，崔泽反倒欣然窃喜，当日也就别过了。

及至到了约定这一天，三更时分，星月无光。这十六个人纷纷出动。红头子霍真、玉狮子李景明，先去府衙内放火。二人乘黑跳入府墙，到后堂厨房内，先放起一把大火来，紧跟着大喊道："厨房走水了，失火了。"放的火比寻常走水的火势要大得多，一霎时火光冲天。府衙内官人，值夜的纷纷惊动，齐奔厨房，寻水救火；一时人声嘈杂，乱成一片。霍、李二人早抽身跳出墙外，会合巡风的人去了。

这大狱和府衙是建在一处，劫狱的人当由陶秋玲引路，用飞抓百练绳，攀入狱墙，用棉被搭在狱墙上，陶氏父女在暗中守住狱门，看住出路，专管众人劫牢时，给他们引道，带他们出险，和寻找绳梯，并与墙外巡风的人呼应。

那龙天照、火道人，抢先开路，其余各人蹑足蛇行，潜踪踵进。走到狱墙角，龙天照先不前行，侧耳倾听，只听衙中人声嘈杂，救火声，喊人声和风火声混成一片。狱中人也有惊醒的。李豹见龙天照站立暗处，偷听良久不动，便用手推龙天

照，意思让他赶紧走。龙天照抓住李豹的手摇了摇，意思让他等一等。李豹纳闷，忽然有巡锣声响，龙天照忙向火道人耳旁低声道："道爷，点住他。"

火道人会意，低应了一声，众人伏在墙边不动。那两个更夫，一个手提花枪，枪上挑着灯笼，一个肋挟单刀，慌慌张张走过来。一个说："真是走水了，咱们得过去查看查看。"一个说："是府衙火起，没有咱的事，不用咱们管。"说话时已离众人不远了，龙天照一推火道人，二人一齐纵身，如电光石火，扑到更夫身后。火道人右手一点哑穴，左手便接更锣，龙天照右手点软麻穴，左手接枪挑的灯笼。然后龙天照提匕首，架在更夫脖子上，低声喝道："不许动，地字二十四号在哪里？"更夫一看，好几个人全都面蒙黑布，钢刀在手，早已吓坏，战兢兢地说，前面跨院第四门就是。李豹早过来，把二人捆上，口中塞上东西，抢奔二十四号。刚到牢狱大门前，陶秋玲忙从暗中跳出来，引领众人敲开牢门，用手轻叩狱窗。

崔泽早已惊起，低声问："是谁？"陶秋玲忙道："崔哥是我！"陶元伟也赶来叫道："低声，崔老侄吗？"崔泽道："是小侄。"正要动手，旁边房内突有人喊道："谁说话，不好，哥儿们有人炸狱！"

一霎时抢出来好几个人，龙天照、火道人、贺孟雄，三人并肩站立，挡住出入口。那李豹、霍玉早已使折铁刀，砍开狱门，斩断镣锁，陶氏父女立即夺门而入，把崔泽寻着。李豹忙用带来的器械，给打去刑具，顺便送给崔泽一把单刀，低问道："走得动吗？"崔泽迟疑道："许行。"李豹立刻喊道："得手了，闯啊。"

这时，龙天照、贺孟雄、火道人，一闻此言，各挥兵刃，喊一声："走啊。"陶秋玲父女把崔泽夹在中间，李、霍在后，各抡兵刃，闯了出来，许梦松挥刀开路，尤其勇猛。当时守狱吏卒，连声急呼："有人炸狱了！"一面各抡钢刀，铁尺前来抵挡，各处公差闻声赶来增援。但因地处门前，守狱官人和炸狱

的混杀一处，一时竟不得上前，虽有弓弩，又不敢放，恐伤自己人。当时劫狱群雄见来人众多，恐有闪失，往外急闯。这几个人，宛如拼命猛虎一般，那些公差在黑夜中怎挡得住？早被李景明、许梦松、贺孟雄、邱季刚，合力杀开一条道，直奔墙边。公差们挑灯火看得分明，方才救狱混战时，自己人和贼人搅在一起，良莠难分，此时贼人在前，官人在后，正合心意，连喝放箭。纷乱中弓箭手零零落落放出七八只箭来，哪知狱墙上，还伏着两个人，只听一声低沉声音喝道："慢来，看弹。"叭叭叭，连珠弹如雨飞来，噗噗噗先打灭了若干灯火，顿时眼前一片漆黑。贺孟雄抢上墙头，居高临下，展开连珠弹法，挡住救兵，公差们措手不及，顿时大乱。连珠弹依然如雨飞来，当时有十数人受伤，人们四散避弹。陶秋玲扶着崔泽，由李豹相帮，趁此上了墙头，跳出墙外。

墙外早有人接应，李豹喊道："走吧，诸位。"众人早不待吩咐，借着贺孟雄、韩凌霄两把弹弓的掩护，纷纷援绳棍上了墙头。杨金简、杨金策弟兄，挥兵刃当先冲锋开路，会合众人，直奔城墙根跑去。

这时府衙已经调来官兵，城门要路口，也有兵赶到。幸得劫狱群雄手脚快，仗着天黑地理熟。众人又武功精强，一面拒捕断后，一面夺路冲锋，官兵来不及抵挡。崔泽由陶秋玲和几个武功稍弱的人保护着，早甩开了敌兵，直跑到约定城根。

那里鲁桐、季二早等得不耐烦了，见远远有人奔来，心中大喜，低哨一声。来人果有回声，急忙派人上了城头，将预备好的绳梯、绳兜，准备停当，鲁桐见来人缺少贺孟雄、邱季刚、火道人、陶元伟、霍玉五人，忙问："李叔父，他们老五位哪去了？"李豹一面催他们爬城，一面说："他们五位大概后面诱敌呢。你们快同着崔贤侄先出城上船，我在这里等他们来。"不由分说，只留下赵梓材跟自己做伴，一迭声催余人快走。鲁桐、崔泽还有些犹疑不放心，想多留下一两个人，帮助李豹。李豹发急道："你管我做什么？有你赵四叔帮我足够了，

还不快走?”龙天照也忙道:“老侄,打接应用不了多少人,我们赶快上船去等吧。”言下。同众人拥着崔泽催着陶秋玲,径抵河边上船,把崔泽安置船内,让他先歇息。许梦松几个人,却自河岸至城厢的道路上,分别埋伏下,为的是在这黑暗中,好领后面的人顺岸上船,那李豹、赵梓材,鲁桐三人在城墙上遥望府衙监牢火光黑烟阵阵腾空,夜静声清、虽隔得远。一阵阵不断听得人声哗乱,又复往府衙四周一望,只见城墙与府衙间大街小巷中有许多灯火,蜿蜒如龙。看路径只奔城墙,却不一直走,东绕西奔,直兜圈子。李、赵二人心中明白,知是贺、陶等人尚在诱敌狂奔,便回头对赵梓材道:“赵老四,在上头活动着点,我去通知他们哥几个一声去。”赵梓材道:“在这里通知不行吗?”李豹道:“恐怕听不见,反倒引官人追来更糟,我先下去,他们来到时你再招呼一声。”赵梓材忙忙答应。

李豹在城墙上看好了位置,顺绳梯下了城墙,施展夜行术,直迎着灯火跑去。估摸着离灯光还有多半里的样子,伸手自兜中掏出铜笳。含在口中一吹,吱吱的一声呼哨,尖锐凄清,连续三声,两短一长。这是他们的暗号,表示业已得手。贺孟雄、陶元伟、霍玉、邱季刚、火道人五人,正跑得不耐烦,一闻此声,知道狱中人已经安然脱险。头一个陶元伟,应声伸手也掏出一只铜笳,连吹三声。然后五人奔李豹的声音而去。李豹在前,笳声对起,贺、陶五人突入黑影中,也不出声,只顺着笳声奔寻过去。

那后面追赶的官兵,拿火把灯笼,呐喊追来,毫不放松。此奔彼逐,眼看跑到城根。前边城墙头上,忽然站起一人,手掐嘴唇,吱吱的一声长啸,这人正是赵梓材。李豹大喜,回顾贺、陶等五人,已经来到,赵梓材不暇细说,只对李豹道:“这里有两个绳梯,你们快上。”略一指点,李豹与火道人一腾身,纵起一丈多高,双手一抓绳梯,霍玉跟踪上,贺、陶紧随在后。及至所有的人全都爬上城去,官兵刚刚追到城下。李豹狂笑一声,同赵梓材收了绳梯,取一块城砖,往下扔去。喝

道："去你们的吧，爷们失陪了。"

劫狱的人尽数下了城，走出不远。只见前面黑地里，人影一闪。李豹喝道："什么人?"黑影一跃而出，道："李叔父吗?我爹爹他们回来了吗?"原来是陶秋玲姑娘，不放心他爹爹，故此返回来迎接。双方相会。陶秋玲姑娘一面打头跑，一面招呼各处自己的人。众人大喜，随陶秋玲，会着许梦松等，一直跑到河岸，崔泽在船上已急得坐卧不宁。

大家上了船，急急查点人数，幸无伤损。李豹急命开船，一霎时，打桨的打桨，扯篷的扯篷，逆流而上，逃出虎口。

众人在船上，不敢点火，各就星月之光，检视自己身上的血迹。凡溅有血点的衣服，全脱下来，捆在一起，系了重物，沉入河底。受伤的上药，焦渴的喝水，饿的吃东西，一个个如释重负。众人这一夜奔波劳累，担惊受险，应该很乏，其实不然。人人精神焕发，各自争说劫狱混战的情形。过了一会儿，陶元伟这才命崔泽给众人道谢，崔泽连连下拜。陶元伟刚要开口，许梦松在旁先道："许某不才，受人之托，不能忠人之事。带领崔贤侄出外寻父，不想小弟不能把崔贤侄的父亲崔豪的踪迹，早日寻得，反将崔贤侄几乎送了命。若不是诸位冒性命危险，仗义相助，把崔贤侄救出牢狱，许某如何回见崔大嫂之面?此恩此德，许某绝不敢忘，我这里谢谢诸位。"说罢长揖道谢，面有愧色。陶元伟连忙劝慰许梦松，又向众人道劳，陶秋玲站在父亲旁边也随着崔泽行礼道谢。李豹、火道人、龙天照、二霍，离着陶、崔最近，头一个李豹跳起来挡道："你们怎的这般客气，陶大哥这样一谢，太见外了。"龙天照也对崔泽道："老侄不要磕头了。"河朔七雄诸人也慌忙站起，连说："陶大哥，不要客气，救崔泽贤侄莫说是陶兄出名来请，就冲崔豪大哥的面子，我们弟兄七人也应出来相救。"

众人又乱了一阵，李豹道："众人快请坐吧，看弄翻了船。"火道人道："黑牛，你不说丧气话行不行?谁不知道水里淹不死你?李豹道："牛鼻子老道，何必唠叨讨厌。"

当下船行了一夜，闯出了是非场。次日天明，二霍下船，辞别众人，改装变容，自回镖局去了。余人乘船继续兼程前行，又走了一日。火道人、贺孟雄、邱季刚三人，先行改装上岸，打听洛阳情形。果然洛阳府大盗劫牢反狱的消息，已沸沸腾腾传了开去，贺孟雄等急忙用心打听，其说纷纭不一，竟传出来几种说法。有的说，府中人误捉武林侠士，彼侠士的好友，纠众劫狱；并插刀留柬，截去府尊顶发一绺。府尊醒来大惊大喊，就在这时候，侠士乘机越狱。有的说，实是黄河大盗雁翅镖周金寿，率众劫牢反狱，劫库救友。传说分歧，风声很紧，现在正到处缉拿逃犯。

贺孟雄、火道人、邱季刚三人探罢谣传，慌忙回船，告知众人。陶元伟皱眉不语，贺孟雄、龙天照，都是久闯江湖的人，察言观色，猜知陶元伟的心事。龙天照道："陶兄可是为了此事，怕崔大嫂和家中不安吗?"陶元伟点头道："小弟家中，或者尚不妨事，只恐崔贤侄家中不免受到啰唆。"贺孟雄道："我看陶兄不妨将陶夫人、崔夫人一同移到别处，暂躲风声才好。陶兄如不嫌弃，小弟柳林屯地方，尚较宽绰，而且隐僻……"

龙天照道："若不嫌路远，小弟所住紫金岭，更为安全，地处荒远，虽天子又奈我何?"陶元伟略一沉吟道："小弟前次闻耗时，已嘱家眷移居暂避，只是怕家中人不放心，东问西问，倒许惹出麻烦来。"李景明道："这个不妨，小弟可以前往尊府送信，教他们哑秘一些，只是大哥须写一封亲笔书信才好。"陶元伟道："那是自然，只是有劳老弟了。"季二也站起来道："小人也跟李爷一同去。"陶元伟更喜，忙称谢道："真是求之不得。"季二回礼道："这有什么，不过回家顺路送一趟信罢了，陶大爷也值得道谢。"

陶元伟立即寻了纸笔，修书一封，托李、季二人带去。龙天照道："二位一路小心，你们的夜行术，没人时才能施展，此刻刚闹完事，路上可紧得很，没的惹出枝节来。"李、季二

人同声道："晓得了，诸位不必担心。"二人上岸作别，径自去了。

黑斑牛李豹道："陶大哥这回可放心了，还有别的说辞吗？"陶元伟笑道："李兄弟，说辞有的是。"李豹道："什么？"陶元伟环顾诸人道："小弟以为咱们这样走，已太刺目，一群十好几个人，又无货物，太平时还可，此时才惹出事来，聚众遄行，未免不妥。我想咱们还是分雇两只小船，假带货物，这样显得好些。倘若真露了相，也可以彼此互相照顾。一俟泽侄刑伤痊愈，我们立即弃舟登岸，诸位以为如何？"

众人点头称好，陶元伟道："还有劫牢如同造反，我们乱逃一阵，最后我们究竟奔往何处落脚呢……"贺孟雄接口道："诸位可以到敝处柳林屯去好了，离着还远些，似乎不致出错。"说得很恳切，龙、陶、李、许四人沉吟良久。贺孟雄等料想众人怕他七人久已隐居，不愿打搅；忙一力邀请，众人方才允诺。

李豹笑道："你们都是清高的人，我们一群俗人，又背着重罪，去了，不嫌惹厌吗？"赵梓材道："就只讨厌你，有本领你别去，自己单走。"又自言自语道："挺大的挺好的一个人，却学会了说鬼话，把赵四爷冤了个可不轻。"李豹大笑道："赵老四还没忘。"赵梓材道："忘不了，早晚有你的乐子。"众人听了不觉微笑。

船又潜行一日夜，众人再度上岸打听。据说洛阳城内大牢只逸走要犯一名，当场击毙逃犯一名，现已行文各地，通缉逸犯，文上载明该犯人姓名、形貌、年岁、籍贯，悬出重赏，到处查拿。犯人的名字，正是崔泽，击毙的犯人，却不知是谁。幸而众人早知有此一举，事先预防追兵，绕道逃走，十分迅速，不然险些逃不出洛阳府境。众英雄素知官厅办事过缓，却也不敢怠慢，扯篷划舟急行，日夜紧赶，一气逃出四五百里，方略略放心。一路上也无暇请医给崔泽治伤，恐怕由医伤露出了消息。只是让崔泽安卧在舱中，由自己人按武林秘方，每日给他敷药，疗治刑伤。崔泽在狱中，经许、霍等人竭力用银

子，买通狱内牢卒，让牢卒们好好看待他，果然钱能通神，监规虽严，却将伤痕养得差不多了。经此劫狱一番波折，安然出险，又有未婚妻陶秋玲远来赴救；此刻两人相依相傍，当着人不敢对语，却也眉目传情，悄悄握手示爱。因此崔泽纵然创口又复出血，反倒心安神定，快乐非凡，那重裂的伤口自然好得快。又有良药调治，众人验看崔泽伤痕，已无大碍，都很高兴。因现在风声更紧，虽知官厅追捕文书，没有他们跑得快，却也不敢大意，陆路较水路活动得多，立即弃舟登岸，跨马沿河北奔，直向山西省离石县柳林屯驰去。

这时候洛阳官府，经多方钩稽，并据崔泽的口供，知晓崔泽的家乡是在定陶。又在追捕黄河大盗时，看出有本地武师方氏弟兄，曾经在场，官人们很疑惑逃犯或与方氏弟兄曾有来往。六扇门里的人物，心思何等灵快，立时寻到方家，把消息透给方氏弟兄，却不是办案，意思想挤出油水吃，不想方氏昆仲早已听说崔泽李代桃僵，身陷牢狱，他们弟兄十分欣幸，以为崔泽做了替死鬼，实在解恨。既有官府替他们出气，心想这一下子，足够许梦松、李豹摆布的了，便在家中深匿不出，只托人打听崔泽过堂的口供，打听得崔泽的口供，与他弟兄并无妨碍，官府只追问崔泽如何与黄河大盗结伙抢劫，并未另外拉扯别的。方氏弟兄得此消息，又惊又喜，惊的是好友黄河三盗竟被官府盯上，喜的是私仇得报。弟兄二人一面扃户不出，一面仍托人刺探案情。

这一日忽听闲人传言，府城突有大盗劫狱，逃走要犯一名，击毙犯人一名。方氏昆仲正自疑惑，怕是崔泽越狱逃走，赶紧托人再去打听底细，刚刚访出陶氏父女和崔泽的关系来。正在此时，陡见家人来报，说有洛阳姓张的，来找方大爷方二爷，方氏弟兄又不由心疑，素日并不与当地人士交游，又值昨日刚刚出事，今日就有生客来访，二人不觉心虚，方鸿钧便问家人刘禄：“来客是前街张五爷吗？”刘禄答道：“不是，这位张爷，从来没有来过。”二方相对发愣，方鸿钧又问：“这人什

么模样？”刘禄回答说：“来客一个中年，一个二十多岁，看外表很像官面。”方子材皱眉道：“官面？……老刘你就说，我们弟兄全出门去了，全不在家。”

刘禄答应了一声，转身出去，不一时走回来，向方氏弟兄禀报道：“大爷二爷，那位姓张的客人自说他是府衙里来的差官，专程来求见二位爷的。据说有要事面商，那口气好像见也得见，不见也得见，若不是小的拦阻，他就硬闯进来了。”

方鸿钧不由发怒，站起来，复又坐下，沉吟良久道：“二弟！”方子材应了一声，方鸿钧又不言语了。过了一会儿，方鸿钧回头对刘禄道：“你先把客人让到外客厅，就说等一会儿，我这就出来；若问二爷，就说不在家。”刘禄答应着出去了，方鸿钧对方子材道：“二弟，我看这事与咱哥们怕有麻烦；你先把家伙，备好了。真要不对劲，咱们不能吃诖误官司，说不得，抄家伙走他娘的。闯出去，再跟许梦松、李豹两个东西去算这笔账。”方子材道：“莫非连家业全不要了？”方鸿钧：“他们官面上真要拿咱哥俩顶缸，事到临头，家业只可以随后再说了。”方子材点头会意，暗暗地招呼门徒，把应用家伙预备在手下，又私往外面偷看了看。来客只有两个人，门口四外，似乎并没有埋伏下扎眼可疑的人。至此心上稍稍放宽，便溜到外客厅邻室内，偷听兄长方鸿钧和这两个客人谈话。

第二章

七雄覆巢

那方鸿钧进了客厅，见这两个生客大模大样坐在椅子上，态度很傲慢，一个是年约三十多岁的长身量瘦子，一个是黑胖的精壮汉子，岁数也和瘦子差不多。这两人一见主人进来，慢慢地站起身，向方鸿钧微一抱拳，口说道："喝，方爷吗！"

方鸿钧也是老江湖了，什么人都见过，什么事都经过，只一打量这两人的神气，穿着，立刻断定这是公门中的两个腿子。忙冲二官差满面含笑，抱拳发话道："原来是二位差官老爷，二位可是找方鸿钧吗？"二差役应了一声道："对了！"方鸿钧忙回顾听差刘禄道："老刘，泡茶来！"又命端上果碟。随手即招呼着，分宾主落座，客客气气，请问来客的姓名。那个瘦长汉子，且不就座，眼盯着方鸿钧说道："在下叫张进明，这位叫钱贵保，我们哥俩就在府衙当差。可是我跟阁下是初会，你阁下就是方鸿钧方大爷吗？"方鸿钧抱拳道："不敢当，就是在下。"又道："二位请坐下谈话。"

宾主落座，方鸿钧沉住了气，寒暄让茶，口中唯唯诺诺，只说闲话，不问来意，竟等张、钱二人开言。那矮胖子钱贵

保，把方鸿钧上下打量了一回，接口说道："你阁下就是方鸿钧老先生？在下久闻方先生武技惊人，一条银鞭，威震山东河南。我们哥俩久想来拜访你老人家，一来是素不相识，二来我们哥俩不像你老这么自在，是个官身子，老不得空来。这次恰好得着这个机会，可以借着公事，跟你老私谈谈，可说是一举两得。"说着嘻嘻哈哈，假笑了一阵。

方鸿钧有几分瞧明，淡淡地说："在下不过会几手粗拳笨脚而已，也值得教二位光临敝舍，我在下实不敢当。不过二位既然赏脸来看我弟兄，想必是听贵衙中胡三爷说的吗？"钱贵保摇了摇头，弯着身子，探头低声说道："方大爷，咱们明白人不说糊涂话，实告诉你老讲，黄河大盗崔泽被捕以后，已经越狱逃走，你老想必早知道了吧？"方鸿钧点头说："这件事已经传遍了全城，是人都晓得了，在下怎会不知道？"钱贵保接着又说："不过逃犯崔泽的口供里，曾经提到你老兄弟二人。当时上头的意思，便要票传你们哥俩问话，是我们哥几个一再对长官说，强盗攀诬，不足为凭。再三地解说，才把事情压下了。当时我们的同事，有的人就要到府上来送人情，套亲近，我们哥俩却想，方爷也是朋友，又是武林一脉，就有点风吹草动，我们当然尽力而为，何必送口头人情呢。所以我既没放他们请方爷屈尊到衙门叙话，也没有教他们登门打搅。"

方鸿钧听了，微微一笑道："这是二位上差的好意。我在下安居家中，素日跟外面颇少交游，况且据闻大盗崔某，乃是新从外面窜来的，到此并无几日，怎会与我认识。就算他真要攀拉我，也怕拉不到一块儿。二位莫非听错了，传讹了？"钱贵保笑道："衙门里的公事哪有听错之理？现在因为大盗崔泽已然越狱。上面又问下来，一定要请方爷去问一声。我弟兄想这有什么大不了的事，方爷心里没病，还怕见官吗？您自己斟酌一下，是去呢，还是不去呢！"

方鸿钧把两官差看了半晌，正色说道："恕我不能去，假如二位有公事的话，要传方某到案，方某就不能推却了。"

一句话说僵了，钱贵保冷笑道："方爷要看公事吗？方爷当是我们自己个私来的吧，请看，这就是公事。"一抖衣袖，铁链子哗啦一响。方鸿钧面色一变，站起来了。那张进明赶紧一伸手，拦住了伙伴道："钱老弟，怎的这么鲁莽？方爷是好朋友，咱们有话好说，别来这个。"回头对方鸿钧道："方爷你老也是外场人，总能明白这次逃狱的案子，关系重大，上头吃不住，我们哥几个更倒霉。这几天上头对我们哥几个，简直是紧上加紧，限期捕人，一点也不客气。逃犯口供中，既是提到方爷，你想上头能不问吗？不过我们哥俩却另有看法。方爷既是江湖上的前辈，对于这个崔泽，就是不认识，一定多少能知道一点他的来历。所以我弟兄登门求教，也不盼别的，只盼方爷好歹把逃犯的出身来历和逃后的踪迹，多少告诉我们一点，不要让我们哥俩白来，我们就感激不尽了。"

二公差的意思是很明白了，方鸿钧笑道："二位的意思，我全明白了。不过我近来实在闭门家居，久乏交游，这些事一点也不知道。这可怎么好？"旋又笑道："话又说回来，我若真知道崔泽的底细，岂不成了越狱大盗的同谋共犯了？"二捕役也笑道："方爷真是老江湖，方爷千万不要过虑，只请你指示一条明路，我们能够顺着您的指示，把要犯办着了，我们弟兄就很感谢。我们跟你起一句誓，您只要说了，我们绝不会把您拉出来；我们要是坏了良心，就算猪狗不如，不得好死。"说罢，眼望着方鸿钧，满面露出开诚布公的样子。

方鸿钧低头沉吟了一会儿，抬头又把二公差默察了一回，潜打主意，徐徐说道："二位这么诚实，我心上是很有数的。不过，往实在讲，我弟兄在江湖上混了好多年，认识的全是成了名的英雄，像崔泽这样的晚生下辈，我眼里真是没有见过他。这姓崔的朋友年纪既轻，又是外来客，情实我是说不出他的根底。只有一节，我风闻道姓崔的却有个姓许的伙伴，另外还有个姓李的、姓陶的都是崔泽的长辈。据我们二舍弟说，这三人倒都是个老江湖，他们的为人，舍弟也略略知道一些。

二位访拿崔泽，若觉得没法下手，倒不妨绕个弯子，从陶、李、许三人访起。若是这么办的话，我倒可以转问二舍弟，教他替二位设法摸一摸陶、李、许三人的出处，只不知二位尊意如何?”

张进明、钱贵保两个人对视半晌说：“这也是个法子。但不知令弟方二爷在家不在家，可以请出来面谈不?”

方鸿钧笑道：“舍弟确是没在家，他是闲着没事，找街坊下棋去了，我可以叫小仆找他一找。”遂请二公差在客厅坐着，他自己起身，回到内宅去了。二公差就在客厅，抵面密谈。张进明说：“这个姓方的是老江湖，不大好敲。”钱贵保道：“老江湖更怕入公门，打诖误官司。等他出来，我们把他说的那个姓陶姓李的下落，问出来之后，还是由我做恶脸，逼他跟咱们到衙门走走。他心里有病，必然不肯去，你那时再圆盘子，索性点明了，向他硬挤油水。料想他身家很重，这笔钱不能不花。”张进明道：“人人说你是钱鬼子，你真狠就结了。”两人全笑了。

不料他二人在这里私谈，早被邻室潜听的人，全听去了。等到方鸿钧进了内宅，那方子材离开隔壁，立刻暗唤一个门徒，留在邻室偷听。方子材本人赶紧进内，和方鸿钧盘算应付的方法；弟兄二人略略斟酌一下，便已打定主意。约莫过了一顿饭时，方鸿钧、方子材痰嗽一声，双双出来。

方鸿钧空着手，方子材手中拿着两个小布包，进了客厅。经一度引见寒暄之后，还是方鸿钧首先开谈，面对二公差，眼望方子材说：“二弟，这两位上差很够朋友。据他二位讲，那越狱要犯姓崔的，说是口供里把咱哥俩拉上了，咱弟兄自然不怕这个。却多亏他二位关照着，把大事化小，小事化无，咱弟兄总算没被沾连上。自古贼咬一口，入骨三分，虽然姓崔的不认识你我，可是我们到底省得到府衙答话，这总是他二位给朋友帮忙的地方，自今以后，衙门以内，还仗二位随时关照美言。我们弟兄这里有一点小意思，请二位上差收下，喝杯茶吧。”

方鸿钧这样说，方子材就把布包分送给二差，二差满口不肯受，却早伸手接过，捏了一捏，竟是票子，不知有多少。方鸿钧心知二人惦记着贿赂的数目，忙说道："这两包全是五百串，二位休嫌轻微。"张、钱二差脸上这才堆下笑容来，钱贵保似乎还嫌少，拿在手里，掂了又掂，张进明忙道："这二位方爷看得起我们，我们若不收，便是嫌少，便是对不住朋友。我也不客气了，我可以拿这钱，给二位铺垫铺垫。至于我们弟兄呢，以后还要多麻烦二位哩。"接着又道："刚才方大爷说，二位晓得崔泽的党羽，姓许姓陶姓李三人的出处，就请二爷指示给我们吧！"方子材道："崔泽这个人，究竟是哪一路的人物，到底逃向何方，我可全不知道，但是我可以指给二位一条路。"

张进明、钱贵保二人听了大喜，连忙向方子材叩问："这姓许姓陶姓李的，都叫什么名字？是干什么的？多大年纪？什么长相？什么口音？跟逃犯崔泽是什么交情？"

方子材眼望着方鸿钧，面对着二公差，慢慢地说道"这几个人的底细我也不大清楚。我只知道姓陶的名叫陶元伟，大概是从鲁西来的，年约四五十岁，多一半是崔泽的师傅长辈，这陶元伟还有一个女儿，这一回劫狱送信，听说全都是这姓陶的女子，假装犯人的亲眷，专给往来传信。"

张、钱二公差立刻点头道："不错，犯人崔泽在押时，确是有一个十七八岁的姑娘给他送饭，这女人自称也姓崔，是崔泽的妹妹，不过看他们相貌口音，全不相似；两人见面的意思，也不像胞兄胞姐，现在照方二爷这么一说，这个女子一定是陶元伟的女儿了。"又说道："对，对，一准是这么一回事。我说方二爷请你费心，把这姓陶的年貌住处，一块儿写下来吧。"

方子材笑了笑："我只能口说，那可不能笔写……"张、钱二公差道："方二爷又顾忌什么呢？"方子材笑道："倒不是顾忌，二位原来不知道我，我只会耍刀枪把子，不会拿笔杆

啊。”遂取过纸笔，自己口诵，请二公差自行写下来。写完了，谢了谢，二公差又问：“那个姓李的呢？”

方子材说道：“若问这姓李的，却在江湖上鼎鼎有名。他姓李名豹，外号叫黑斑牛，在洛阳武林道，非常活跃。第三个姓许的，姓名叫许梦松，大概是个镖客，却与绿林暗勾着。二位公差要想捞摸逃犯崔泽的下落，第一步应该先就近着手访拿这个李豹，第二步再访拿那陶元伟父女和那个许梦松。只要把陶、李、许三人掏着，那个逃犯崔泽的底细，便不难根究了。”又道：“据我推测，劫牢反狱的主谋，就是陶、李、许三人，再不然，也是陶、李、许三人转邀的。那个崔泽年纪轻，是被人架弄着的，其实一点本领也没有。”说着，便把李豹、许梦松的年貌口音形容一遍。陶氏父女的音容，他便说不上来了。

张进明、钱贵保，把陶、李、许三人的住处详细记下。不过那陶、李、许的相貌，口说到底不如面认。二公差一面收起年貌单子，一面再三称谢，最后仍要邀请方氏弟兄出头帮忙。

方氏昆仲自然有一番推却，张、钱二公差再三劝驾，临到末后，方鸿钧这才吐了口话，依然说是不便明帮，只能暗助。又替二公差出了许多主意，又答应派遣门徒，相帮捕快，指认许、陶、李三人的面貌。张、钱二役这才揣着贿赂欢天喜地地去了。

方鸿钧和方子材却气得了不得，他弟兄全是江湖上的硬汉，从来没有受人的勒索，更不曾受过要挟，现在却教二公差拿捏了一下，因此二方非常痛恨张、钱二公差。

依着方子材的意见，便要尔以诈来，我以诈往，安心想要弄这两个六扇门，方鸿钧却不以为然，他说：“我弟兄可以暗中做事，可以不跟官面联手；但我们既答应他，派弟子给他们做眼线，这一节我们绝不能失信。”遂将得意弟子，择那为人最精干，最灵活的，挑出来两个，暗暗授予秘计。命二弟子化装改服，装作腿子，帮助公差，明面上相帮前去办案。方鸿钧和方子材这弟兄二人，另在暗地里，乘夜前往黑斑牛李豹和许

梦松的住处，暗中窥探。

这工夫黑斑牛李豹和许梦松，早跟着河朔七雄一拨人，逃往山西去了。便是陶元伟父女，也知道劫牢反狱，如同造反。既犯重罪，断不敢在旧寓所潜藏。陶元伟父女竟急急地回转馆陶县家中，连自己的家眷，带崔泽的母亲，一同迁居到知己朋友家中躲避风声去了。

那张进明、钱贵保二捕快，和方门两弟子，秘密到黑斑牛李豹的原住的地方，连蹚了好几天，当然一无所见，黑斑牛早不在那里了。张、钱二捕快潜问四邻，才知道李豹素常总不在家，现在已经有半个多月没回来了。捕快这才鼓勇进房，把李豹的下处，搜检了一回，当然在这里只有几件兵刃和一些粗笨行李，此外是一无所得。二公差无计可施，再找方氏弟兄，已经打点行囊，二次出门，寻找陶、李复仇去了。

约莫过了一两个月的样子，河朔七雄和他们的朋友，一个跟一个，齐聚在柳林屯，深居简出，暂避风声。大众在贺孟雄家里，只是关上门闲谈，看书，练武。河朔七雄却不时派人，到陶元伟和崔泽的家去，打听消息。这时崔泽和陶元伟的家眷，已自鲁西移居直隶省僻邑，走的日期，离他们劫狱的时候很早，也很秘密，所以并没有透出风声。只是外面的情形太紧，陶氏父女和崔泽，全都不敢回家，崔泽藏在柳林屯，屡次要辞别河朔七雄，出去寻父，又要回去探母，也被诸人拦住了。

这一天，鲁桐和赵梓材进县城回来，临进村时，忽觉村中有两个面生的人，在村口徘徊。赵梓材和鲁桐心中有病，见是生人，不由细加注视。见那两个人的装束，和村中人不差什么，神气却绝不相同；并且望见赵、鲁二人，立即避到旁处。赵梓材比较心细，容得二生客去远，随口问了问邻人：“这两个人是谁？”邻人答道：“听说是前街德发城里的亲戚。”鲁赵二人一听，也就罢了，回去并没有向众人提起。

又过了两三天，七雄弟兄每次出门，不断碰上一两个异样

的人物，似乎在他们宅子左右盘桓。贺孟雄和邱季刚顿觉情形尬尴，七人凑在一处，暗中讨论这几天的情势，每个人都感觉不妥。贺孟雄忽然道："咱们也是迷住了。偶尔来了一两个生人，我们就瞎猜疑，简直柳林屯就不能再来外人吗？如果来客是冲着咱们这伙子人来的，那么他们一定要在四邻左近，偷偷打听我们的情形，只要问问左近的邻居，岂不就明白了？"

众人说是，邱季刚道："大哥稍待，小弟先去问问看。"站起来要走，却又止步，向贺孟雄说道："我看大哥，莫若再找纪书办来谈一谈，也许从他那里得点消息。"说罢，见众人并无异议，便叫来仆人老张，去请纪书办，邱季刚自己却到屯里的小铺，假作闲遛；暗暗去探问。这个小铺卖杂货零食，另外也卖一些白酒。小铺王掌柜，见是熟主顾、好主顾到了，忙搬过一个凳子来，又端过一碗茶来，说道："四爷老没到我们这里来了。"邱季刚道："家里事忙，不得工夫出来。"闲闲地坐下来，装得无意，问那掌柜的，买卖如何？因说到现在生活比以前又艰难了，人们都没有多少钱，轻易不买零食吃，做买卖不易了。——天南海北，扯了一阵。

邱季刚闲扯着，正想问他：近日常来的两个生人究竟如何？忽然那边有个蓝衣人跟了过来，邱季刚一望而知，不是本村的人。便问掌柜道："王掌柜，你瞧那个穿蓝衣服的人是谁？怎的我没有见过，是谁家的客人呀？"王掌柜笑道："你老不认识人家，人家可认得你老呀？"邱季刚道："这话怎么讲？王掌柜说话净和我绕弯。"王掌柜笑道："这人和前街老李家认识，他这人又好喝又好吃，每天不在前街酒馆里，就在我这里。那天看着你老几个人出门，他就说看着你老几个怪投缘的，打算和你老哥几位交个朋友，只是不好意思张嘴。问你老几位为人怎么样，家里有什么人，家里的客人多不多，他打听完了后，可惜他有个毛病，就是口怯，羞见生人；不然，非和你老交谈不可。"

邱季刚不禁愕然，忙问道："这人姓什么？"回答："姓

刘。”问：“是做什么事的？”答说：“听说是在城里做买卖。”邱季刚笑道：“不像买卖人吧？”王掌柜也笑道：“我看着也不像呢。”邱季刚道：“还有人打听我吗？”王掌柜仰面想道：“有一个矮胖也问过你老几位来着。”邱季刚道：“也想和我们交朋友吗？”王掌柜道：“不是吧，是闲打听罢了。他也不知听谁说你老上月出门了，他问你老哥几个可到河南做生意去了？我回答不晓得，他也就不问了。”

邱季刚听了，心中又是一动。这时看那蓝衣人，又从前街溜了过来，忙和王掌柜道：“王掌柜，不要说我提到他，我们不愿和外人往来。”王掌柜连声答应，邱季刚付了钱，径自前行，到拐角时，侧目偷视，见那蓝衣人果到王家小铺去了，似乎也买了些东西。坐在那里，一面吃一面谈。邱季刚暗自点头，信步走了两条街，扭转回来，仍回到那个小铺附近，轻轻走来察看。只见那蓝衣人一面吃，一面闲谈，眼睛不时打量七雄的大门；穿着虽似村农，神情意态颇似官面。邱季刚早瞧出了七八分。恐怕蓝衣人心疑，便不再进小铺，漫然闲步回宅去了。

一进门，贺孟雄面含忧色，见邱季刚进来，就问道：“四弟怎么样？”邱季刚摇头，就把刚才所见说了一遍，又反问贺孟雄和纪书办见面情形。贺孟雄道：“情形也不好。不知怎的，我们上河南的话，竟漏了出去。纪书办刚才来说，县里已经派人到公所，暗暗打听咱们近日的景况，有无生人出入，据纪书办说，看情形不是县里要打听，多半是上司衙门派人来查办。这一回纪书办很帮忙，口气上不肯说，意思也是劝咱们躲躲。照这样子看，多一半是咱们的事情犯了。”

赵梓材矍然说道：“那么，我们就该见机而作，我们赶快走吧。”贺孟雄不语，众人也都各相顾视，悄然无话，全知道情势所迫，如若不弃家出奔，恐有大祸临头，若说弃家出走，又舍不得辛辛苦苦经营的柳林屯这座隐居山庄。

如此沉默了半晌，贺孟雄叹了一口气道：“说不得了。”遂

命人请李豹诸友，一面对六弟兄道："当断不断，反受其乱，照现在的情形，没有别的商量，只一条路可走，便是一面打点潜逃，一面查看来人用意。咱们现在请他们哥几个来想一想怎么查看来人，怎么样出走，才比较合适，大丈夫为朋友两肋插刀，断不许皱眉，况又关切着崔大哥嗣子的事，请各位弟兄当着他几位的面，可别说出懊恼的话来。让人家看着笑话。反正已然如此了，我们就该认命，埋怨也没有用。"六弟兄答道："大哥请放心，我们绝不说泄气的话，谁让咱们赶上了呢？"

这时长工已把李豹诸友请到，大家关上房门，围坐在一起，悄悄计议。在座的计有河朔七雄、龙天照、许梦松、陶元伟、火道人、李豹、崔泽十三位英雄，陶秋玲自在内宅未出。李豹问道："贺大哥，把人都聚在一块儿，有要紧事吗？是不是咱们的案子有点风吹草动？"火道人道："黑牛的嘴，没说过好话。"

贺孟雄笑道："这回黑牛兄弟还真说对了，我们的事大概出了毛病。"陶元伟、许梦松惊道："莫非捕拿文书到了？"贺孟雄道："差不多吧！新近有生人前来访查我们，小弟等七人决定弃家出走，故此找诸位商量商量，怎样走才免得叫人缀上。"诸人一听，全都惊慌，陶、李、许、崔尤其感到不安。陶元伟、许梦松很歉疚地说道："为了小弟们……"贺孟雄摆手说道："陶兄、许兄不必发烦，这不是一个人的事。我们弟兄和崔大哥是患难至交，为他的子嗣出了差错，乃是应当应分的，现在我们是有福同享，有罪同受，我们还是赶紧商量怎么走吧！"邱季刚道："还得访查这几个访查我们的人。"

李豹道："这些狗腿子真可恶，我们先毁了他们再走。"又道："既打算走，那还不容易？雇两辆车，把家眷细软放在车上，咱们大家随着保护，一直冲出去，谁还敢拦？谁要拦咱们就宰这东西。"

赵梓材哧的笑了，说："牛哥，去你的吧，你的主意真馊，还不如旗锣伴着，拿轿把咱们抬着走呢。"火道人道："李兄弟

是真冲，也不想想走是秘密事，怎么能明目张胆硬往外闯？就算人家拦不住你，人家不会暗缀着你吗？况且这又不是单人，乃是拖家带眷。”李豹脸上挂不住道：“不行就不行，哪里这些唠叨。不走咱们大家等死，谁要怕死，谁就是狗熊。”说完哼哼的往那边椅子上一坐，众人不觉都看着他笑。

龙天照掀髯道：“小弟倒有一个法子。急不如快，今天七雄兄弟可以分出一位来，到外面去雇车。雇好了车，夜晚间让家眷先离开此地。剩下咱们最末后走，诸位以为如何？”

这个走法却也不甚高明。陶元伟道：“七雄自己出去雇车，可不大妥当，没得让人家盯上梢倒更走不利落。依小弟看来，这件事可以先托人在庄外暗暗预备好车，把家眷化装改扮，乘夜步行出庄，然后乘隙上车逃走。小弟还有一个妙法，用五花八门的法子，把官人的眼目扰乱了；一面是真家眷偷走，一面是假家眷也偷着走，我们分几拨往四面八方走，却邀定集会之地。真家眷在中途休息的时候，最好先找一个有前后门的人家；或在打尖时，也预备好了车，此到彼发，这样预备三四处，只是费点事，多花点钱，我准把狗腿子们骗了。看现在的情形，官方大概是刚来采探我们，想必不会立时动手。咱们所顾虑的就是家小，家小一走。咱还怕什么？”

众人闻言，纷纷议论起来。贺孟雄低头不语，折中众议，重新考量了一回，定规了几步办法，向众人说了，众人这才放了心。杨汉青站起来道：“这第一步办法，雇车探路，让小弟来办。”说完，喊了长工，一同出去；直到夜晚方才回家。第二步办法，由陶元伟、李豹去办，却是访查官人的动静虚实。贺孟雄、邱季刚几人或在家收拾细软，或到外面布置行头，也各自办各人的事去了。

第二天他们忙了一昼一夜，第三日恰好是村集。村中的人不分男女老幼，纷纷出来赶集，各个揣袋推车，有的是推货到集上卖，有的是到集上去买，七雄家小，分出一部分，混在其中；有的提了篮子，扮作村姑，有的扮作乡妇。趁乱溜出去，

杂在人群中，走出数里地，到了几处邀定的地方。这几处早都预备好了车辆，上车径自去了。鲁桐、韩凌霄，在后远远地护送。贺宅门口也开出一辆大车来，上坐妇孺，直奔村外驰去。

午饭后，邱季刚匆匆自纪书办那里绕回来，一见贺孟雄忙道："大哥，家眷走了没有？"贺孟雄道："已经走了一拨，怎么样？"邱季刚长吁了一口气道："好。"又对贺孟雄道："我们要逃跑的话，恐怕也走漏了，现在外面风声很不对，咱们只可快走吧。纪书办透了点消息，城内正在调动官兵，说不定两三天就要来。"贺孟雄惊慌道："事不宜迟，等陶、李二位回来，立刻就走吧，别再耽误了。"

天至晚饭时，陶元伟、李豹方才回来；众人忙问二人刺探的情形如何？李豹道："真有人缀咱们，我和陶大哥方一出门，还不太觉，等到走过两条街，就看出来两个人，鬼头鬼脑，忽左忽右，忽前忽后盯着我们俩。我和陶大哥商量，要看看他们到底是几个人，就假意分手。果然我们哥俩刚一分手，就又钻出来两个人，在后面跟我。我和陶大哥绕了好几圈，已然看出来就这四个人，并没有别个，要不是陶大哥嘱咐我，我真恨不得引他们到野外，把东西放倒那儿喂狗。"龙天照道："七兄弟，我看咱们还是早动身，少惹麻烦为妙。"贺孟雄点头称是。

于是贺孟雄、邱季刚等人，请李豹诸友稍候，他二人设法遣散长工仆人，有的付重资，叫他们出门办货；有的各给工钱，准许他们歇工回家；长工等想问缘故，贺孟雄捏词说了理由。等到长工散去后，即忙备马，马上装置好了食粮水壶，只等天黑，他自动身。

七雄的几处宅子，业已空空无人。七雄都是江湖人物，身外之物都抛得开，只把细软带走，一切粗笨家具，四季衣服一概不要。自知大祸将临，各人身上分带珍宝罢了。而且七雄弟兄劫狱救人之后，一回家就准备着了。

这时离石县城外大道上，又来了一拨，十数骑马，正是方氏弟兄和黄河三剧盗、神手雁翅镖周金寿，以及水蛇林文英和

玉玲珑林萍兄妹。紧跟着前后脚，另有一拨人，便是从前被李豹、杜仲衡打败的张天佐、张天佑，他们的父亲朱砂手张元方，也寻来了。

方氏弟兄是暗暗缀着洛阳捕快来的，可惜为了邀帮手，迟到了一步。那朱砂手张元方，是由别方面，打听到李豹的踪迹；他是专找李豹寻仇来的。

捕快是办案，是缉拿越狱大盗，当然禀报离石县，投文请兵。方氏弟兄是按照绿林道的规矩，潜来报仇，一面暗助着官人。朱砂手张元方却是替儿子找场，并不打算侵害敌人的性命，更不想借着官人之势。

这三方面不邀而同，齐来搜访柳林七雄和七雄的朋友。各人的心思不同，各有各的打算，却都对七雄不利；但因为来的时候有前有后，这就无形中减少了力量，河朔七雄由此反得分别应付。

李豹、陶元伟把四个潜伏盯梢的捕快，看准了之后，赶紧回来。向七雄和火道人、龙天照，悄悄说了几句话，众人点头。李豹向贺孟雄道："贺大哥，你究竟安排好了没有？今晚一定能动身吗？"贺孟雄道："正是，黑夜容易躲藏，我打算连夜逃走，给他们一个猝不及防，让他们追也没处追去。等他们想追时，人已在百里以外了。"李豹不语，附耳向贺孟雄说了几句，道："大哥，务必等我回来再走。"贺孟雄大喜，连忙答应道："牛兄弟多辛苦了。"李豹一笑，回头就走，同着龙天照、火道人、陶元伟，出了柳林屯。

贺孟雄送四人出了门，依然收拾财物，掩埋碍眼的东西。又检视了一遍，看着这些宅子和家具，心中免不了怅怅恋恋。随即长叹一声，便自取马拭剑，静候龙、李等人回来。

不一时，黑斑牛李豹一人跑来。贺孟雄忙问："李兄弟，怎么样？"李豹道："行了，咱们快走吧。"贺孟雄道："他们哥几个呢？"李豹道："在屯外等着呢。"贺孟雄道："狗腿子们呢？"李豹笑道："上了树了。"贺孟雄道："四外还有人盯着咱

们没有？”李豹道：“小弟来的时候看了，大概没有人。”贺孟雄道：“走。”这工夫夜暗天昏，风吹草动，气象萧索；贺孟雄忙招集散漫在各处的弟兄，备好了马，另外带着三匹空马，从后门出去。摸着黑，来到了门外，四顾无人，飞身上马。由李豹当先开路，到了屯外，会合了龙、陶、许这十多位英雄，撒开了马，落荒而走。

河朔七雄纷乱准备的情形，大概官府也窥探出来了，只是官府行动迟缓，致被七雄占了先着。官府本预备第二日凌晨掩捕，如今七雄已走，四个卧底的捕快却被暗算，堵住了嘴，捆吊在树上。直到天晚，四个官人方才有一个挣脱绑绳，救了同伴，赶忙地进城报官、请兵追缉。当地官厅闻耗大骇，慌忙拨派兵弁，驰赴七星屯，围庄搜院。当下扑了一个空，匆匆地查封了空宅，拘去四邻；一面分兵顺路追捕，一面发紧急文书，咨请邻县和沿路关卡，一体协拿，这已经耽误得工夫很大了。

这追捕逃人的官车和原班捕快，合起来有四十名马队，五十多名步兵，各执兵器，如飞云逐电似的从后面赶来，只可惜隔了一夜，又中了诱敌的计。经沿路打听，追到歧路上，便断不准河朔七雄逃走的方向，只可分成两路排搜下去。那河朔七雄和他的朋友，早逃出一百多里以外；七雄的家眷也已潜投到秘密藏身的所在去了。

河朔七雄由贺孟雄断后，引领群友，顺小道纵马南行，乘夜偷渡三焦镇，打算先奔石楼镇，略略一停等候家眷安抵密窟的确报，并听一听官府追捕的风声。如果追捕的官军已然跟踪上来，只要再紧一步，他们就要离开石楼镇，径投石楼山落草避祸。

贺孟雄一行连夜奔逃，在天刚破晓的时候，已经抄小路来到石楼镇外。在密林后下马，正打算设法步行进镇；忽然听见大路上蹄声落落，声声惊人。贺孟雄觉出形势不妥，赶紧叫众人牵马入林，他自己和黑斑牛李豹，悄悄从树后探头，往外窥看。不想那蹄声过处，尘土大起，早飞奔来数十骑，直抢到树

林边散漫开了，把整个林子围住。为首一人在马上扬鞭大笑道："河朔七雄久违，久违，幸会，幸会！"喊一声，纷纷下马。李豹眼快，一见认明，暗暗叫苦，同时贺孟雄也看出来了，不禁哼了一声。原来真个是祸不单行，这围林阻路的人，正是方鸿钧、方子材弟兄和黄河三剧盗，神手雁翅镖周金寿，玉玲珑林氏兄妹，另外还跟着一群壮士。贺孟雄立刻抽身进林，关照同伴。李豹就昂然迎出去。

这时方子材连连挥手，他带来的同伴立刻散漫开。方鸿钧就暗合着暗器，含笑上前，道："许兄，李兄，洛阳一别，教我们寻得好苦。"说着话、向黄河三盗使了一个眼色。周金寿、林氏兄妹立即会意，俱都手摸暗器囊，一手拉马，盯住了林径；准备七雄兄弟，如果往外一冲，立刻用暗器攻打坐骑。七雄弟兄、火道人、龙天照，几人这时早都晓得了，在林中一声不响，暗做突围的准备。那林外的李豹，见方鸿钧、方子材这种情形，不由大怒，道："方老头，你们打算怎么样？你们到底冲着谁来的？"方鸿钧答道："不打算怎么样，只请李爷、龙爷、许爷、崔爷四位出林一谈。至于别位英雄，咱们彼此无恩无怨，我弟兄绝不相扰。诸位若愿稍候一会儿，容得我弟兄跟许、李四位盘桓过了，你们一同再走也可以。不然的话，就请别位先行，我们只会的是李、许、龙、崔四位，我与别位素昧生平，我们定要留面子。但是你们四位要先走，可得有点说辞……"冲着李豹双目一瞪道："李朋友，那位许朋友，龙朋友呢？为何还不出头？再不露面，方某可要不客气了。"众人听了，还未置答，李豹大笑道："你想要留下我们吗？"一言未了，那边早惹恼了赵梓材。

赵梓材和李豹感情最好，闻言知是冲了李豹来的，为友情重，一声厉喝道："放你娘的屁！你们有多大胆子，敢留我们哥们？我倒看看你朋友多大本领！"说着话，喊一声："李牛哥闯啊，看谁敢拦！"伸手一带马，翻身上去，双腿一夹，马往前一蹿，左手按刀鞘崩簧，右手抽出钢刀；再伸手探囊摸暗

器在手，一马直冲林外。

贺孟雄和几个年长持重的人，谁都愤恨方氏弟兄咄咄逼人，只是他们唯恐后面公差追来，还打算说几句江湖话，化解化解。求他们让路，什么事以后再说。赵梓材话已说出去、贺孟雄要拦未拦住，只可挟武力硬闯了。贺孟雄便请大家一齐上马出林，只见赵梓材催马上前，相距双方不远，钢刀交与左手。暗器交到右手，一按簧，咯吧一声。一支袖箭劈面奔方子材射去。方子材正立在林边路上，忙侧身一闪，也将右手一扬，不打人，先打马，一条白线直奔马头钉来。赵梓材连忙带马，那马一侧头，一支镖破空打过去，那镖的红色缨直拂着马眼，马一受惊，顿时狂跳起来。赵梓材惊而且怒，自知马上工夫不济，忙翻身跳下鞍来，举钢刀步战。奔方子材就劈。方子材冷笑，侧身闪过，举刀相迎，二人杀在一处。

那李豹虽然好斗，却不愿如此耽搁，但看目前这情形，不杀也不行了，便掣折铁刀上前，道："方老头，咱们俩再来来。"方鸿钧不语，咬牙切齿，举练子迎住，龙天照回顾陶元伟道："不要尽让好朋友动刀，我们也上……"双手一提腰围子，扑扑噜噜亮出了那条龙头杆棒，跳步上前，神手雁翅镖周金寿喝一声，提分水钩镰枪挡住。那陶元伟提金背砍山刀，正要上前，被贺孟雄拦住道："陶兄且慢……"这时候许梦松不堪其愤，也要挥刃出战，贺孟雄对陶、许二友，很急促地说道："咱们现在可不是耽误时候的了。"把众人聚在一起，匆匆嘱咐几句话。发一声喊："闯啊，别尽死心眼呀。"十数匹马一齐冲出。

贺孟雄和陶元伟、许梦松先一拥而上，打算绊住方氏弟兄，让李豹、龙天照、赵梓材三人抽出空来，急急上马奔走。哪知敌人早防到这一手，各个不动，手发暗器攻马。河朔七雄和诸友只顾夺路，有的马被打受惊，狂奔乱走；有的见形势不对，不喜马上工夫，便跳下马来步战；有的马匹伤重倒地，人只得跳下来打，当时这些人混战在一起。河朔七雄且打且退，

二方弟兄紧缀不舍。正在捉对儿拼斗，难分难解之时，忽听后面随风过处，隐隐传来一阵蹄声。不一会儿蹄声越来越响，这情势突兀，双方不禁各都抽空往四外偷觑。只见来路上声势惊人，转眼间奔来数十个骑马客，随着马后，卷起了一片黄尘，如飞云掣电奔来。河朔七雄心中有病，不觉着急发慌；方氏弟兄却也猜着一些，他们却是又喜又惧。

蹄声落落，由远而近，由急而缓转眼来到林边。七雄凝眸回看，果然是追捕劫狱人犯的官差，业已会合官军赶到。一见这边械斗的情形，为首的兵官吆喝一声，登时往四面散漫开。

此时天色已经昏黑下来。

河朔七雄和李、陶、龙、许诸友，情知不妙，不敢再恋战，招呼一声，首先由贺孟雄、龙天照、陶元伟三人，手掐嘴唇，吱溜溜一声长啸，发出危急暗号。众人也都明了，急待抽身退走，只是各被敌人绊住，急切间不能战退仇敌，会合逃走。

贺孟雄十分着急，一面动手，一面又发一声呼哨。众人虚掩一招，同声大吼，抽身急退，纷纷夺路四散奔走。只可惜迟了些；官役已从四外合拢来，齐喊："格杀勿论，拒捕者死！""休放走强盗呀！"四五十个官军骑卒和十数名捕快，各使长枪单刀铁尺，挠钩套锁，标枪弓箭弹丸，近拦远打，乱奔众人打来。却未免分不清谁是七雄，谁是黄河三盗、方氏弟兄。二方弟兄见有官役来围，起初还想助官役，捕盗复仇。不料想官役不分青红皂白，兵刃暗器，连他们一齐打，二方情知不妥，忙一声呼哨，也让自己人赶紧撤走。其实这工夫，方氏一党和黄河三盗，早不待嘱咐，各个都明白，全都舞刀枪剑散开了，往外乱闯。这些人武艺精熟，飞纵功夫高妙；官军努力兜剿，顾此失彼，终被他们杀出一条血路，落荒窜逃而去。

河朔七雄也都乱窜。只陶氏父女和许梦松在一起，李豹、龙天照、赵梓材三人在一处，河朔七雄在场四人分作四处；火道人、崔泽落了单。崔泽一个人奔上荒郊，单择无人处，信步

狂逃。于是河朔七雄洗手后，十年经营，偌大一番家业，被官府和仇家所逼，只落得一夜工夫，倾巢四散，不免重入江湖。他们在江湖上另有遇合。这其间遭遇最奇诡的，还是那少年崔泽。

第三章　林边惊艳

少年崔泽在暮色苍茫中，失去坐骥，后背误中一冷箭，伤虽不重，却也疼痛难禁。他咬住牙，右手抡刀，左手执雁翅镖，赶紧急目寻未婚妻陶秋玲，已然不见，他无可奈何，寻了一个人少处，拼命杀过去。虽然有人阻挡，被他刀镖齐施，官军到底挡他不住；他一溜烟闯了出去，专奔黑暗处逃窜。他自从一度陷入牢狱，深知监狱的滋味大不好受，再也不敢大意。此时他忙施展飞行术，也不择方向，奔野外无人处，伏身飞跑，只觉得后面有人跟追。明明听出只有一两个人，自知精力疲乏，也不敢翻身迎敌，只有舍命曲折狂奔。黑暗中不辨东西南北，深一步，浅一步，也不知跑了多大时候，也不知跑出多远，跑到哪里，渐渐觉出后面无人跟缀，他这才缓了一口气。放慢了脚步，回头一看，黑乎乎无人，只剩了自已，一个同伴也没有了。他长叹一声，又跑了一阵，前面有一土岗，被森林交掩着。崔泽要奔进去歇息，刚刚抢到岗后，待入林中。忽地脚上一绊，整个的跌了一个跟头，倒在地上。只听他足下有一个娇细的声音，哎呀的一叫，跳起一个人，没走两步，旋

又坐倒。

崔泽奔了半夜，气力已然使尽，这一跤倒地，只觉力软筋酥，再也爬不起来。只疑官差埋伏在此，已经认命受捕，紧握兵刃等候，不再动转挣扎。忽又听出声音不对，先放下一半心。这一下摔得够重，一时爬不起来了，他侧转身子，左肘支地，借星月之光一望，黑沉沉看不甚清，好像是个夜行人，在那里蠕动。崔泽在这边挣扎，那人在那边挣扎，好像全是疲惫不堪，动转不得，又似全都受了伤。崔泽听出对面呻吟的声音，不像男子，疑心是陶秋玲逃出虎口，他就精神一振，翻身坐起叫道："是妹妹吗？"

那边人影并不答声，似乎正侧目往崔泽这边打量。崔泽忍不住又低叫了一声："妹妹！"语音哑涩，声音更低。那边的人影这才还叫了一道："哦，是我。你可是二哥吗？"

崔泽这才听出，果然是个女子，却不是陶师妹，乃是一个豫皖口音的女子。

崔泽心中一动，暗想：这是什么人？莫非是附近的女子？却不是鲁西口音。莫非是……他陡然记得了，那仇人方鸿钧邀来的帮手，确有二男一女，兄妹相称，均在少壮之年，莫非这一个人影，真是那对头的帮手，那个女强盗吗？

崔泽记得李豹曾说过。那女子姓林，是什么黄河三盗之一。便漫然叫道："你你你是谁？你可是方才那边那个姓林的女子吗？"那女子听出口音不对，便不答应，急握兵刃反问道："你是谁？"崔泽年轻，不知顾忌，便随口答道："我叫崔泽，你到底是姓林吗？"

那女子果是黄河女盗玉玲珑林萍，也是混战负伤，突围而出。当时在黑暗中。仇友不分，官贼不辨，彼此兵刀暗器乱舞乱飞，她虽然闯出重围，却在左臂上，不知被何人的刀扫了一下，登时鲜血迸流，吓得她顾不得疼痛，一味拼命飞跑，仗这黑夜隐身，却喜跑出围阵。可是她也和崔泽一样，总觉后面有脚步声，似乎老有人追赶。她越发惊慌，一气跑到这座树林土

岗的旁边，这才放了心。回头一看，已无追兵；她本想入林歇息，不料力气用尽。伤处失血稍多，这一放心，心气往下一泄，再也跑不动了。只得倒在林边岗后草地上，暂为缓一口气；本想精神略振，用绢巾裹伤上药，无奈用力过度，这一倒下，四肢酸痛，浑身一点气力也没有了，再也立不起来。功夫不大，她又听见崔泽喘吁吁跑来。

她起初疑是官役追到，及至人影迫近，仅仅是一个人，当然不是官役。但是黑夜中辨不出是谁，也不敢嘶唤，唯恐是仇人，便思暂行躲避。只是精神尚未缓过来，浑身依然酸软无力，原想勉强立起身来敛避，又怕来人看见，只得伏身蛇行，往旁边躲一躲。不想她若不躲，还不至于碰上崔泽，这一躲恰巧崔泽正赶到，两人全是逃入林中，正是走到一条路上，一个伏行，一个飞跑，恰巧把崔泽绊了一个跟头，崔泽登时吓了一大跳，林萍自己也吓了个不轻；两个人都幼稚，都吓出了声。等到双方一答话，确知对方不是官差，她才放了心，想不到遇上了对头。

玉玲珑林萍曾闯江湖，到底比崔泽心路来得快。她在方氏弟兄那里，曾听说过崔泽，而且也曾和崔泽动过手。现在她灵机一动，便想起了一个计较。她一面防备着崔泽，一面说道："你可是七雄那边的崔泽吗？"未等崔泽回答，接着说道："我便是黄河三盗侠的玉玲珑林萍，就是你说的那个姓林的女子。咱们全是为友助拳来的，咱们可是素无仇恨，谁也不认识谁。到现在不幸我们遇上了官人，我们可要看开一点。我知道官差正在追捕你们，可是我也是绿林，也不愿意遇见他们，惹出麻烦来。大概你是受了伤，我也是逃到这里的；依我之见，你我不必寻仇，此地更不可留恋，咱们不妨合手一同逃走，彼此犯不上作对。"其实她有她的私心，她左臂受伤，动转不得。想让崔泽帮她一下忙，好脱离险地，至少也不要毁她才好。她的心情正是："明知不是伴，事急且相随。"

崔泽听完这话，一想有理。自己逃到这里，人生地不熟，

身子又负着伤。人在难中，原本盼望友党帮助；玉玲珑林萍和自己素来没仇，她既这样一说，正和崔泽的意思相投。崔泽登时满心欢喜，实心实意地应道："林姑娘的意思正和我一样，我们全在患难中，正是同病相怜，应该互救。"他便勉强站起来，凑到玉玲珑身边。

崔泽因为自己后背受伤，创伤的地方，恰巧左右手都够不着，虽有刀创药，却不能敷上。现在歇了这一会儿，越发疼痛起来，深恐血液流得太多，想请林萍给他上药。其实伤口虽涔涔出血，却不像他想象流得那么厉害。他走到林萍旁边，就淡淡的月影，低头一看。这时玉玲珑林萍强挣着说了许多话，稍一动转左臂，伤口便痛起来。不禁低声发出呻吟。崔泽立在她身旁，她不禁抬头端详来人来意。两人目光相对，崔泽吃了一惊。借着星月之光，依稀看见玉玲珑面容惨白无人色，浑身打战，似比自己还痛楚。忙问："林姑娘你怎么的了，是不是也受了伤？"

玉玲珑林萍疼痛难忍。也顾不得许多，道："我左臂受伤了，我右边衣袋里有金创药，打算求你费心给拿出来。"崔泽忙道："原来你也受了伤，这不要紧，金创药我这里也有。姑娘可要我敷一点药，缠一下伤吗？"玉玲珑呻吟答应，右手抛过一条绢巾。崔泽刚要动手，玉玲珑林萍忙又拦住道："等一等，咱们得起个誓，谁也不许暗算谁。"崔泽道："有理！"忙跪地仰天，发了誓愿："皇天在上，我崔泽和林姑娘化敌为友，誓共患难，谁也不许暗算谁。如违此盟，天诛地灭。"说罢，也要求林萍起誓。林萍不禁羞涩起来，无法推辞，也只得照样起了誓："我和崔泽化敌为友……"说到友字，声音低不可闻，下面的话，就照着崔泽的词，说了一遍，崔泽这才释然。林萍把左臂衣袖卷起来，恳求崔泽敷治。崔泽强忍自己的伤痛，刚动手一摸林萍，林萍哎哟一声。崔泽忙缩手道："怎的了。"林萍呻吟道："不要紧。不过碰了伤口一下。"复说道："我怎的这么糊涂！"问崔泽道："你可有火折子吗？"崔泽一摸兜囊道：

“没有，丢了！”

玉玲珑林萍默然不语，伸手摸索半晌，掏出火折，递给崔泽道：“你把它点着。”崔泽依言，方要打开火折，林萍道：“且慢。”伸手抓住崔泽的腕子，崔泽觉着她的手凉而滑润，这一抓自己，反而似有一股热力，不觉心中一跳。林萍道：“你听听，是不是又有人跑来了？”崔泽侧耳一听，任什么也没有听见，便道：“没有什么动静呀。”林萍道：“想是我耳离了，不过这地方究竟不妥。我想烦你扶我到林里去裹伤，似乎稳当些。火亮一起，没的把官差勾来，可不是耍的。”崔泽点头说：“是。”他虽然负伤，男子到底较有力气，右手稍一用力，便扯起林萍。

玉玲珑林萍止不住心中乱跳，觉有一股热气，由耳根烧到两腮。实逼处此，无可奈何，扶着崔泽的手，两人一步一步，趺趺撞撞，挨挨靠靠，摸黑徐踱到林中，崔泽忘其所以，尽走不休；林萍估摸外面看不见了，这才含羞带愧。教崔泽止步，她就微呻一声，择了个地方，拨草倚树坐下，然后让崔泽重打开火折。她左手接过火折，用右手持起左衣袖，露出左臂的伤口，让崔泽给她上药。崔泽至此方看出她的伤比自己似乎重得多。当下细细给敷上药，用她的绢巾裹好伤口，然后问道：“裹得怎么样？可紧不紧？”林萍低声说道：“谢谢你！裹得很合适，我觉得此刻好得多了。”

崔泽伺候完了林萍，忍不住也说道：“姑娘，我也求求你！”林萍脸一红道：“什么？”崔泽笑道：“姑娘也给我上点药吧。”玉玲珑道：“你也受了伤吗？伤口在那里？方才我怎么没看见。”崔泽道：“我的伤在肩背后，恰好教我摸不着。”说着转过身去，一面打算褪下衣袖，袒背给林萍看。却是他的伤是箭射的，连衣衫都被射破，而且血液流离。玉玲珑林萍借火光早已看清，以此不能袖手，谁教刚才教人家给自己裹伤来着。只可一手举着火折，帮助崔泽褪下一只衣袖，露出肩背，细细地查看崔泽的伤口。她的手方一褪崔泽的衣袖和衣领，触手处

冰湿，复又血渍斑斑，染红了一大片。不禁呦了一声道：“你的衣服怎么这么湿，不净是血呀。”崔泽答道：“方才急跑，汗出得太多了，大概血汗交流，不觉把衣服全弄湿了。”

玉玲珑林萍一边验看伤口，一边说道：“穿着湿衣服，上面有血迹，恐怕不好。依我看来，不如把它脱去。”崔泽哼了一声，没搭腔，似有难色。玉玲珑林萍道：“你可有绢巾、布条吗？这伤敷完药，还得缠上，不然脏了衣服，蹭掉了药。”崔泽越发为了难，半晌说道：“我哪里有这么长的绢巾，布带呢？姑娘你可有小手巾吗？”林萍不觉哧的一声低笑道：“没有了。”林萍看他为难，便替他想法道：“我看你穿在里面的湿衣，有了这些血迹，也不能穿了；不如脱下来，扯成布条，裹上伤口。等到明天，到市上再买一件衣裳，不就行了。”崔泽喜道：“还是林姑娘想得周到，不过我的小包袱，刚才混战时丢了，脱掉这件，我只好赤膊了，这如何使得？”

说着，面露窘态，眼望着林萍发愣。林萍忍不住说：“我的包袱里倒有……”崔泽大喜道：“姑娘要有富余衣服，请暂借我一件。”这话一出口，林萍又为难了。她倒确有白昼替换的衣服，更有一套男装儒服，只是她有些顾忌，不愿意把自己的衣服出借。她又看不得幼稚的崔泽如此受窘；默想了一会儿，方才说道：“我倒有件小衫，只是你穿着不大合适。”

崔泽连忙说道：“合适，合适，姑娘你的身量和我差不多，将就着穿，反正比赤膊强。”玉玲珑见他着急的情态，微笑道：“我们女人的小衫，你怎会穿着合适？”崔泽道：“那有什么法子，咱们不是身在难中吗？”

林萍道：“得了，别说了，现在我先给你上药裹伤好了。”遂给崔泽敷了药，把崔泽的小衫撕成布条，代为扎好伤。腾出手来，将自己的小包袱打开，提出一件小衫，丢给崔泽。崔泽千恩万谢接了，往身上一穿居然很合适，喜得他连声说道：“这件小衫原来不是女式，原来真像给我做的一样。”林萍红着脸道：“别废话了。”

他们二人这半天，彼此裹伤上药，已将互相疑忌的心去掉，变成真心实意的患难之友了。

玉玲珑林萍给崔泽敷药更衣，此时火折子，早已用完。二人的伤痛已经好多了，气力也缓过来了。天还没有亮，二人无处可去，信步到林深处，找了个柔软草地，相对坐下，一半休息，一半说起彼此的事来。

林萍漫问崔泽道："你是哪里人？"崔泽道："我原籍是南阳人，你呢？"林萍道："我是直隶大名人，你在江湖上混了几年了？"崔泽不大明白她说的是什么意思，便答道："我这是初出来。"林萍微笑道："你是刚出来的吗？你和黑斑牛李豹不是一伙的吗？"崔泽道："不是的。我和李叔父是后碰上的，我是出去寻父的。"林萍一听，知道他是初踏江湖的雏儿，便换了口气问道："你家里出了什么事，你怎么自己出来寻父？你父是和家里生气跑出来的吗？"崔泽道："不是的，你可知道南阳三杰吗？"林萍道："哦，南阳三杰，我倒听人说过，是老英雄了。其中倒有两位姓崔，全干镖行。据说南阳三杰有二位已经故去，一位隐居了。莫是这姓崔的跟你是一家人吗？"

崔泽年轻，不知轻重，便道："不错，南阳三杰中头一位崔豪，便是我的父亲。"林萍道："哦，原来你是武林名家之后，可是你父亲又是怎么失踪的呢？"崔泽叹息一声道："我父亲自从镖局出事，复仇之后，便从南阳逃到异乡，以后灰心江湖事业，便弃家隐居了，一直十来年，不知他老人家下落。我那时还小，武艺未成，直到最近，我们家里人听外边传说我父的踪迹已经有人晓得。故此我随了我许叔父出来，一来寻父，二来到江湖上见识见识。"

玉玲珑林萍听了，沉吟道："你原来是初涉江湖，立志寻父，那么你怎会得罪了官家，把你提到狱里去呢？"

崔泽摇头道："我也纳闷呢，就是我跟你们要交手的那天，也不知何故，官差就突然围上了我们。我要和他们讲理，问他无缘无故，围上我们做什么？不想那拨官人真可恨，不容人说

话，上来就打，叫着喊着，咬定我是黄河大盗。我一生气，拿刀刺伤了一两个人；不意回头一看，就剩下我一个人，我的许叔父，李叔父全不见了。我打算也要溜，一失神，就被他们捉住了。”

说到这里。在黑影中，玉玲珑林萍哎哟一声，旋即捂着嘴说：“你这个傻瓜……”到底忍不住哧的笑了。崔泽不觉糊涂了，忙问：“怎的了，我怎么傻？”林萍越发笑个不住道：“说你傻，你还不信，你几时见过绿林人物，跟官面讲理，自说不是强盗。你算是替我们顶了缸了。”崔泽接声道：“但是我实在不是强盗，他们竟不分良莠，我如今回想来，果然我是受了你们的连累了。我被擒之后，那县官认定我是黄河大盗，一死地问我什么劫船案赃物隐藏在何处，神手雁翅镖周某是我的什么人，现在何处；问得我糊里糊涂。原来就是你们干的，拿我当了替死鬼了。”玉玲珑忍不住又笑起来道：“大概是这样的吧。”

崔泽想想受刑的苦处，同时也明白了林萍是什么人，不由心里很不自在。他也沉不住气，不知不觉露出不满意的口气，道：“哼，你还笑，你替我想想，我怎的这么倒霉呢。什么劫船的财宝，我一点也摸不清，我倒平白的变成了监狱的黑人。许叔父也不见了，李叔父也没影了，陶姨父、陶表妹也走散了，弄得我们生死离别，寻父的事也没法下手了，更不能回老家见我母亲。我一个人变成了逃犯罪人，我够多么冤枉！”说这话越想越不是滋味，侧目看着林萍，再也坐不住，便要站起来，简直把玉玲珑看成祸水一般了。

玉玲珑林萍在黑影中，也侧目看着崔泽。见崔泽一个初入江湖的少年，只为自己兄妹劫了富户嫁女的妆奁船，反倒替自己打起诖误官司，自己也有些抱歉。加以突围后，仓促邂逅，深承他释嫌援手，她心中很有些感动。况且崔泽又是英俊少年，林萍又是小姑独处，老实说，林萍此时方寸有些乱了。她不再讪笑崔泽的呆痴，反而怜悯他的幼稚。崔泽却越说声调越大，似乎渐生恚意；夜幕沉沉，恍惚见崔泽身子一动。她猜想

崔泽立起来要走，她忙用手一按崔泽的肩膀，不让他起来，一面低声言道："你受着伤呢，别起来乱动，这回你受了许多苦处，也实在怨我们兄妹两个，可是我们从前谁也不认识谁，我们也不是故意嫁祸给你，说实了，这是误打误撞，你也不能怪我呀。现在我们二人总算共过患难……"说至此接不下去了，半晌才道："况且我们起过了誓，我们不是化敌为友吗？……可是的，你刚才说要寻父，可寻到了吗？"

崔泽摇头道："没有，我这不是刚出来寻父，就碰上这倒霉官司了。"他还有些不忿，虽然未生敌意，已经不愿与林萍共话了。林萍却不肯放他走，忙道："我说崔……你听我说……你很有运气，会遇着了我，不然你再也找不到令尊的……"说到此处，心头一转，不再说下去了。她知道她这话可以打动幼稚的崔泽。

崔泽果然赶紧追问道："你说什么？你可知道我父亲的消息吗？"林萍淡淡地答道："从前我倒知道一点，也不甚清楚。"崔泽去志顿消，转脸忙改口道："林姑娘，你若真知道家父的下落，请费心告诉我。我出来这些日子。一点线索也没得到；现在好了，姑娘你怎么晓得的呢？你真晓得我父亲的准确下落吗？"玉玲珑吞吞吐吐地说道："我不过是无意中，从我哥哥那里听到，他和什么南阳崔豪有过什么交道，细情我不太知道呢。"

崔泽大喜，忙说道："原来令兄知道我父亲，令兄现在哪里？好姑娘，请你给我打听打听吧。"又道："姑娘想想看，也许你还记得我父亲的落脚处。"玉玲珑庄言道："我知道的话，一定告诉你，可惜我当时是事不干己，满没留意。"又低头略一寻思道："你若愿意跟我去找我哥哥，从我哥哥那里，一定会得到崔老伯的消息。"

崔泽半信半疑，跟人家又没有多大交情，不能一死地追问；他又寻父心急，只得模棱答应道："我倒是愿意随姑娘去找令兄，只是我想等天明，找找我陶姨父、许叔父。"崔泽是

想找两个熟人，商量商量，或者一块儿去。林萍当然不愿意了，她道："你不要忘了我的身份，我不愿见那不三不四的生人，况且又是我的对头，你若愿和我去打听崔老伯，你就是千里寻亲的孝子。我当然不避嫌疑，给你帮忙，等到天明咱们可以一块儿走。你要想寻找你的朋友，我可是不能同你去。我绝不那么傻，好容易逃出来，再折回去自投罗网。你再想想看，官人正在捕捉我们呢！"又笑道："我明白你的意思，你怕我把你领到我哥哥那里，把你给谋害了，那你就想错了。方子材和我们兄妹不是一伙，只是请我们兄妹来助拳的，事情一完，也就各奔前程，谁也管不着谁，如今若是咱们俩一块儿回去，当然是只找我哥哥，我对他说，你是我的……"说到此处蓦地脸一发烧，自觉底下两个字，没法子措辞，朋友二字既不妥，相好的三字更不行。迟迟半晌道："我只说你是我的救命恩人，他还能把你怎么样不成？"

崔泽听她妙语如簧，只痴痴地听着，又见她说话吞吞吐吐，忽然转到"救命恩人"上去，崔泽依然不曾理会。可是他害怕这黄河女盗四个字，仍不愿跟林萍结伴，只嗫嚅说："我怎会怕你谋害，不是的，不是的，我是有我的难处。……"一连说了好几个不是的，他也不知道怎样说好了。

玉玲珑林萍知道此时崔泽正打不定主意，不觉咯咯的笑了，立刻逼紧一步道："看你这样子，也没有一准的打算；你既想寻父，就该跟我走。我哥哥绝不会害你，我也不是不让你找你的同伴，只是黑夜中四散奔逃，正如你我，不知谁碰到谁，也不知各跑到哪去了。你就要找他们，也没有准地方啊。况且咱们刚才交手的那座树林，绝不能再去，那危险太大。人生遇合很奇，成心找有时找不着，可是不定在什么地方，又碰上。你莫如先跟我走，寻父总比找朋友强；过了这一阵子，你再慢慢打听你的朋友的下落。"

绕来绕去，玉玲珑林萍又把刚才的话复说了一遍，更晓以留恋不走的利害，半虚半实地催崔泽跟了她走。她自有她的深

心，崔泽仓促没有想到。

崔泽寻思了一会儿，自觉林萍的话也是实情。自己初涉江湖。孤身一人，举目无亲；回去寻友，断乎使不得，真个是自投罗网，他左思右想，措身无地；便咳了一声道："没法子，姑娘，咱们一块儿走吧！不过令兄是真的晓得家父的下落吗？令兄不至于歧视我吧？"

林萍欣然得计，她所以力让崔泽跟她走，一来她别有隐衷，二来她真有私心。实在她的伤很重，她又是女子，若没有人卫护，一到白天，她简直走不了。当下她连忙说道："崔老伯的下落，我哥哥大概是晓得的，我哥哥也绝不会歧视你，你放心好了。"却又说："你也不必勉强，你若现在分不开身，以后再找我，我一样地帮你寻父。咱们不是刚才都起了誓，从此化敌为友。朋友有互助之谊，你无论何时，无论为了何事，只要找到我那里，我一定好好款待你，帮你的。"

崔泽道："谢谢你，姑娘，我现在只好跟了你去。先找令兄，再打听我父亲。对于我的同伴，既然失散，以后再说吧。"

林萍欣然大喜，崔泽立刻要跟她走，她还没有缓过气力来。因对崔泽说："索性等一会儿，现在天还没亮，莫如歇够了，我们再走。"又见崔泽心神不定，便引着头和崔泽闲谈。随后崔泽问玉玲珑的身世，玉玲珑自称是直隶名武师之后，故此随父学了一身好武艺。父亲死后，哥哥林文英自恃武功，不务正业，和一帮浮华少年往来，好色贪赌，将家业消耗垂尽，后来母亲也气病去世了，哥哥悔恨前非，立誓戒赌。又为了讨债，跟素日交游的少年打了一场架，把那欠债的少年打得过重，昏死过去。他当时大骇，疑惑自己殴毙人命，连忙奔逃回家，乘夜携妹亡命，流落在江湖上，免不了借武技谋食，接近了做私商的草莽人物。不久又遇到了年长艺精的雁翅镖周金寿，也是亡命之徒，谈起来武艺门户相近，脾气又相投，二人就先结拜，后结伙做了强盗。带累得妹妹林萍也入了盗帮，时人称三人为黄河三盗侠。这便是林萍已往之事。

玉玲珑说起了自己的身世，不禁怅然懊恨，只因哥哥少不务正，弄得无家无业，沦为绿林。现在兄妹二人相依为命，涉想将来，何日是个了局？况且自己究竟是个女孩子，难道一任韶光虚度，做一辈子的女强盗不成？说着，不禁唏嘘哽悲起来。崔泽听得愣了，只得设词劝解林萍，林萍方才破涕为笑。因复转问崔泽："你家里还有什么人？"崔泽答道："我家里人口很少，除了我父没有下落，现下只有老母幼弟两口人罢了，连我就剩三口。"林萍笑道："你的娘子呢，怎不说上？"崔泽不好意思地答道："我还没有成家呢，哪里来的娘子？"林萍笑道："你多大了，怎么还不成家？"崔泽道："我不过二十一岁。"林萍笑道："同我一般大。"

第四章

萍水留情

两人谈了一会儿，回顾林外，天际渐现鱼肚白色。林萍呻吟一声，向崔泽道："天快亮了，咱们得想一个脱身之计。你我衣履不整，口音又不大一样，神情也不伦不类，又都受着伤；若不商量好了，彼此言语抵牾，要叫人起疑心的。"崔泽道："姑娘你想法吧，我全听着，我是怎么着都行，怎么着我都能闯出去。"林萍看着他道："你口气好大！你倒推了个干净，这是咱们两人的事啊。咱们两个人，有一个是好人，也可以推说一个得了病，一个是服侍病的。偏偏咱俩都是病人，一块儿哼哼着去投店，算是怎么回事呢？你别尽一推六二五，单要我一个人。"

崔泽道："姑娘，不是我脱懒，说真格的，现在我肚饿口渴，心里发慌，身上很累，一点儿主意也没有了。我只想找个地方，饱吃一顿，再睡觉，治伤还在其次。我不像姑娘你，好歹比我多出两年门，在外面知道的事很多；请不要客气，快想法子走吧。"林萍笑道："你呀，真成就是了。"低头想了想道："我看咱们扎挣着出去，先到附近的村庄，设法买一两套随身

的衣服，再买点儿干粮水壶，打听打听路程，不休息，雇车先走，走出两三站再说。你可记住，想往哪里去，先别说出真实地名来，必须说相反的地名。要等到走出去，再一站一站的改假地名。”崔泽会意道：“我明白了。”

林萍又对崔泽道：“咱们两个人在一块儿，可以说是……”忽问崔泽道：“你几月生日？”崔泽道：“我是十月初一，什么事？”林萍道：“我比你大三个月，道上咱们可以姐弟称呼。”又笑了一声道：“你可愿意认我这个姐姐吗？”崔泽道：“姑娘说哪里话。我正求之不得呢。”林萍道：“那么你叫我一声……”崔泽口羞，不觉叫了一声“姑娘！”林萍喊道：“什么？”崔泽改口道：“我忘了，是该叫姐姐。”林萍道：“怎么又是该叫姐姐，这像什么话！”崔泽勉强叫道：“姐姐！”林萍很清脆地答应了一声，道：“对了。”又还叫崔泽：“弟弟！”崔泽也应了一声。林萍不觉红着脸一笑，道：“我们得叫顺了嘴，路上才不至于出岔。咱们该走了！”崔泽应道：“咱们该走了。”

可是两个人此时骨软筋疲，依然动不了身，玉玲珑林萍看了看天气，咳了一声，竟侧身倒在草地上，说：“我很难受，咱们再歇一会儿。”崔泽更是两眼迷离，瞌睡甚深，竟也头枕树根，不觉要睡着。那玉玲珑林萍满腹心事，虽然又疲倦，又痛楚，却神魂不定，不敢睡去。先抬眼望着天空，默想了一回，后来侧卧在崔泽对面草地上，暂为休息。过了一刻，用右臂支头，半欠着身子，两眼凝望着崔泽，想入非非去了。

此时天渐破晓，太阳光尚未照到，看人已很清楚了。林萍偷觑崔泽，红润润的一张脸，两道长眉。眼睛微微闭着，睫毛很长。脸上虽然汗泥交杂，却显出一种清秀稚气来，头发也乱乱的，体格显着非常的健实。一只手做枕，一只手直伸出来，臂上青筋暴露，显见是练过功夫的人。玉玲珑呆看良久，脸上无端又发起烧来，身子不知不觉挨过去，停了一停，忍不住用手抚摸崔泽的头发，又轻轻摸崔泽的肩臂，忽然崔泽一伸胳臂，似要翻身。林萍忽想起崔泽背后有伤，恐他睡中翻身，压

了伤口，一把轻轻拉住崔泽肩头，往后一按。崔泽呻吟一声，从迷惘中惊醒，问道："姑娘，怎么的了？"

玉玲珑见崔泽一醒，有些羞涩不安，忙解说道："你看太阳都这么高了，不要睡了，快起来赶路吧！"崔泽挣扎坐起来，摩擦双眼，仰看天色道："哎呀，怎么睡这大工夫！"回头看林萍道："姑娘睡了吗？"林萍不悦道："怎的又这么叫？"崔泽改口道："噢，我忘了，姐姐睡了吗？"林萍随口应道："我略略睡了一会儿，我的伤很痛，两个人都睡着，我怕出岔子。现在时候差不多了，故此叫你起来，其实我比你还疲乏呢。"

崔泽看林萍的面色道："你脸上气色真不太好，又没有歇息，小心不要病倒。"说完站起来，打了一个呵欠，觉着精神力气恢复多半，伤处也不很疼痛了。那玉玲珑林萍听崔泽说她气色不好，伸手从万宝囊内，掏出一只小铜镜子，对着一照，眼圈发青，姿容惨淡，病象已呈，浑身更觉得难受。她究竟是个女子，不比男子结实，奔波半夜，通宵未眠，又受着伤，深夜风露侵身，自知病已缠身，以前是仗着奔驰之气撑着，还不觉怎么样，被崔泽一说破，登时更觉得支持不住了。她皱眉说道："我也觉得不大好，你摸摸看，我头上发烧吗？"

崔泽真个伸手一摸，林萍头上果然滚热，慌道："呀，热，这可怎么好？"林萍忙道："不要紧，我大概是受寒了。你扶着我赶紧走吧，先离开这个地方，到前途再想法子。"

崔泽依言，扶了林萍，方走了几步，林萍道："且住。"回头看了看，让崔泽把血衣埋在深草土坑里看不见的地方，又往四周看了看，方才出林。崔泽道："你真仔细。"林萍勉强道："不得不小心。"二人徐踱出林，崔泽挽着林萍，林萍几乎把整个身子倚在崔泽的臂上，直走到附近的村落，把崔泽真累出一身汗来。林萍固然莲步纤纤，步履艰辛，口发微喘；崔泽也是带伤的身子，咬牙强行。走了好久工夫，才走出一二里路，两个人全暗暗叫苦。

两人挣扎着，终于来到附近村落之前。乡村中人都起得

早，三三两两正在荷锄下地，劈头遇见这不伦不类的两个人，衣履各别，俱带病苦之容，时候又在清晨，又不是本村人；这些耕地的人，不觉都要多看他们两眼，露出疑讶意思。玉玲珑觉得人们的眼光都像带刺似的，盯到他俩身上，她才觉到局促不安，脸上渐渐地浮起一层红云，几乎低头不敢仰视。小声对崔泽道："不好，他们直看咱们，你走快一点吧，咱们不要投村庄，还是投市镇的好。"

崔泽也正感觉不安，并且他还怕有官人追他。听玉玲珑一说，顾不得伤痛，也不敢进村疗饥，掖定林萍，大踏步直走。走上数十步，林萍后悔道："为什么方才不向人家问一问路呢？"崔泽道："不是你让我快走吗？"林萍扯头瞧着崔泽，笑道："我忘了，怎么你也忘了？好在前面有人，索性到前边再问好了。"纤手一指面前的小路，道："你看，前边那不是又来了人，你过去问问；可别忘了咱们商定的话，可要说你我都姓林。"崔泽一怔道："这怎么讲？"玉玲珑道："你好糊涂，你是越狱逃犯，若不改姓。倘让官人究问着，一准追赶你来。"崔泽点头称是，让林萍候在路边，他独自迎上去。

那迎面来的人，也是个荷锄下地的农夫。崔泽忙见了个礼，道："劳驾二哥，这是什么地方？"那农夫很奇怪地看着他，缓缓地说道："这是三里屯，你老要上哪里去？"这一下却把崔泽问住了，他本不认得路，他自己也不知道该往哪里去。磕磕地说道："我我……"不禁回头一看林萍，又与林萍相距稍远。忽然他灵机一动道："我本是要上石楼镇，走到半途，不意遇见强盗，只顾挣命跑，便迷路错到这里。这时候我连东西南北都说不上来了……"他还要往下饰说，林萍看出蹊跷，忙走过来，替他遮掩道："谢谢你老，到石楼镇可怎么走？"农夫看着玉玲珑道："你们要上石楼镇，应该往南走，若照你们这样走，恰好是往北，越走越远了。你们应该往回去，由这里往南，再往西，曲曲折折，还有四十多里路，才能到石楼镇。最好你们是雇车去，若是步行，一准迷路。"说罢，上眼下眼

打量二人。

这一番话，说得崔泽张口结舌，没法子更往北走了。还是林萍心路快，又谢了谢说："哦，原来我们吓糊涂了，转了方向了。这前面既是三里屯，三里屯可能雇车吗？"农夫答道："三里屯是我们这里的镇甸，别说雇车，你要什么没有？"林萍忙道："那里也有店吗？"农夫道："有店。"林萍这才道了一声劳驾，转对崔泽道："弟弟，我们先往三里屯，雇一辆车再说吧。倘若那里有衙门，我们也好报官。"

两人别了农夫，依旧往三里屯走，那个农夫直望了他们好半天，方才走去。玉玲珑低声地怨崔泽应变乏才；崔泽自承口拙，叽咕了一阵，两人不由相视笑了。一时走到三里屯，两人不敢再相搀扶，一前一后进了这座小镇甸。吃了饭，先买了随身换的衣裳，又买了干粮水壶。崔泽看玉玲珑烧得很厉害，还强支着跟他买这个，买那个，就劝她住店歇息一天再走，或者找郎中吃点药。玉玲珑不肯道："我哪里就会病死了呢，现在先逃命要紧。"执意快走不肯住店。崔泽拗不过她，一想也是实情，只得在小镇茅店中打了个尖。找本地郎中却是没有，只有小药铺的先生代看病。遂说了病情，买了一副成药；在店中让玉玲珑先服下，彼此又互相裹伤敷药。歇了一阵，崔泽出店打听附近地名，和林萍密商先奔铁锣关，再绕道东行。重价雇了一辆轿车，让林萍卧在车厢里边，他自己在外边跨辕，曲折先往南走。玉玲珑不放心崔泽坐在外边，怕他行踪诡异，招来官人侧目，便叫他也进车厢，和自己挤坐在一处。小声道："你怎的这么不小心？你是黑人，怎能露面？况且你也受着伤，也未得休息，车里宽绰，你也歇一会儿吧。"崔泽依言，进入车内，两人相挨相靠，半坐半卧，挤在一块儿；又放下车帘，面对面望着，都有点不好意思，一时敛容不语。那赶车的做了一个鬼脸，扬鞭赶马，喝声："喔吁！"那牲口立时拖车走起来。牲口疲老，土道不平，把两人颠簸得不时磕头碰脑，肌肤相亲，气息微闻，两人羞羞惭惭，相视苦笑。好容易走出一

站，地名是郭家店，二人下车投店。

这郭家店铺户稀少，还不如三里屯热闹，可是林萍再也支持不住了，天也晚了。进了店房，按胞姐弟的宿法，找了两个单间，赁了被褥，玉玲珑一见床铺，急忙爬上去一躺，不禁哎呀了一声，顿觉浑身酸软，头昏眼花，一迭声呻吟起来。崔泽也是疲乏不堪，坐在一旁，皱眉问道："你觉得怎样了？可是伤口痛吗？"林萍摇头道："伤口还不碍事，我只是感冒，我想还得吃点药，发发汗才好。"当下两人强撑着，重新换药裹伤，幸有自备刀剑良药，居然没得破伤风。跟着林萍又倒下呻吟，身发高热，鼻塞气粗。崔泽皱眉着急又要出去找郎中，哪知这里连药铺都没有，更不用说医生了，崔泽搔了半天头，只得找店家，打听了个偏方，打算叫林萍服用。林萍拒不肯服，只命他弄来姜汤。趁热喝下，便倒头睡下了。

林萍似乎翻腾了半夜，崔泽也未睡好。崔泽要过来看护她，她满面含羞，执意不肯；及至崔泽躺下，又听她在隔壁不住哎哟。眼看折腾到天亮，崔泽疲极入睡，玉玲珑却又咬牙挣扎起来，催醒崔泽，算还店钱，扶病登车，紧往下一站赶。

这样一天一夜，玉玲珑林萍的病，不得休养，真个越来越重，迷迷糊糊，抓住崔泽的手，小声央告他。"你可不要丢下我自己走啊！你救了我，我一生一世也忘不了你，我一定帮着你……"说的话很可怜，神情尤其可怜；把个初出茅庐的崔泽，竟说得十分不忍，连自己的疲劳都忘了，一心要把这患难中相逢的女盗救活治愈。他哪里知道，这其间林萍颇有几分做作！

可是崔泽到底也是个少年男子，正当慕少艾之年，纵然已跟表妹陶秋玲订了婚，此刻面对这病西施的玉玲珑，终不免怦怦动情。陶秋玲年岁还小，一派天真，很多女孩儿娇痴态度；玉玲珑林萍跟胞兄浪迹江湖已久，涉世甚深，年近花信，对待崔泽，轻颦微笑。很有几分擒纵手段，崔泽不觉为她所惑。

玉玲珑林萍扶病赶路，身在轿车中，依然拉着崔泽的手，

教他和自己面对面，偕卧在车厢里面。有时车一震动，林萍把颗头儿栽在崔泽怀内，崔泽越神情踌躇，她越挨挨挤挤，借着有病，故作痴迷。怅怅自怨自艾；这一路奔命偕逃，及至落店，她又软语乞怜。把个崔泽磨害得神魂颠倒，险些矜持不住。

终于两个人来到铁锣关，地距石楼镇已远。玉玲珑把一双星眸，半睁半开，对崔泽说道："弟弟，我实支持不住了。我看这地方很僻，又不是奔河南的大路，我想在这里好生歇一夜；就便找个郎中，切实给我诊诊，只是我又不忍拿自己一个病身子，累赘你没完没了。弟弟你可能下车进关，替我找一家大些的店房吗？你不要丢下我这个苦命女子，自己个拔腿一走呀，你好歹给我请个郎中。"软软的总说着这样的话，满脸装出无可奈何。其实崔泽并没有丢下她单走的意思，她故意把自己放在伶仃无助的凄惨情况里；暗用情丝万缕，把崔泽俘虏拴住。果然这些话，追得崔泽再三悄声起誓："你放心。我既然说定，彼此患难相扶，我怎能在人病重的时候，丢手不管？你不要多虑了，你病得这样，我一定陪伴着你。就是你病愈，我还要借重你引见令兄，打听家父的去向，我怎能半途而废呢？你千万放宽心，我绝不偷走，我这就去找店，你在车上歇着吧。"

崔泽跳下车，刚要步行觅店，那车夫抢着发了话："客人，您何必下车找店？我就认识一家大店，我可以把车一直开到店房，岂不省事？"崔泽说道："这也好……"玉玲珑慌忙从车厢探头道："不不不，弟弟，你就在这里，把车打发了吧。我想起来了，这地方还有我一家亲戚，我们可以投奔他去。"

玉玲珑竟自己挣扎下了车。从身上掏出银钱，开发了车夫；又恐车夫动疑说闲话，多多地给了赏钱，然后叫过崔泽，教他搀扶自己步行进街。可是这车夫得了钱，照旧也要驰车进街，玉玲珑紧走几步，娇呻一声，停住了脚步。张眸一寻，路旁恰有一块大青石。悄对崔泽说道："弟弟，你扶我到那边歇

歇吧。”

崔泽暗暗点头，明白了林萍的意思，一声不响，将她搀扶过去。直歇了半顿饭时，见那辆车去远。玉玲珑往四面一看，方才说道：“弟弟，咱们进街找店吧。”崔泽忽然失笑道：“你不是说这里有亲戚可投吗？”林萍微微一笑：“你不要怄我了，我那是骗车夫的。”又皱眉道：“我现在简直更糟了，四肢无力，脚底下没根；弟弟你慢慢地扶着我走。我们进街要多加小心，我们起初只顾躲避官人，绕道而行，躲着往豫西大道是对的；偏生走到这铁锣关来了。是关就有卡子，我们可要加倍留神；不要教卡子上的官人，把咱们扣下才好。”

两人相扶相掖，来到铁锣关前镇甸内。行人渐多，都拿眼瞧着他俩，他俩又不由心中发慌。这些过往行人倒不是看出二人形似逃犯，也不是看出两人类似私奔；只因两人俱都面色憔悴，又都年轻，衣履又不像难民，人们觉得稀奇，以为这是害瘟病夫妻俩，免不了要多看他们几眼。他们心中有病，竟不敢再搀着走了。进了镇甸，打听店房，找到一家大客栈，两人径去投宿。

玉玲珑一到店房，便往板床上一躺，低声说道：“我真受不住了，你赶紧给我请一个好医生来吧。”说完，吁吁带喘，双眉紧蹙，似有泪容，崔泽看着她，烧得两颊通红，神情如此凄苦。又想她跟自己萍水相逢，扶病同逃，靠着她久涉江湖的经验，样样打算的都周到。若不是她，也许自己回去寻友，重蹈险难，而且茫茫大地，自己孤身一人，无处投奔，既不认得路，又不认识人；既不敢回家探母，更不知往何处寻父；想以此处，本是他搭救林萍，现在他倒感激林萍，做他良伴，代他设谋，他的同情之心油然而起。不但不嫌累赘，反凑近林萍。拉住她一只腕，婉声道：“我就去请医生，我一定好好照护你，你不要难过，你还想吃什么东西吗？”林萍看他拉住自己的手不放，心中又不由怦怦跳动，同时觉得脸上发烧。却也任他扯住，并不回缩手，冲崔泽赔笑低声道：“我不想吃什么，我只

是浑身疼，你快去请医生吧。稍为好些，还得赶路呢……”又道：“弟弟，你这人太好了，比我亲哥哥还惦记我。”

崔泽被她亲昵口吻，也说得脸红，口里答应着，用手摸了摸她的头，还是烫手；见她乱发拂面，便把她垂下的头发拢上去，说道：“林姐姐，你太……你真……”下边不知说什么好了，忙一转身走出去，向店家打听医生去了。林萍目送他去远，不觉忘形欣悦，怔了半晌，双眸一闭，悄然深思，渐觉心头轻松，迷迷糊糊竟自睡去。

不多一会儿，忽地惊醒睁眼一看，崔泽还未回来。她忽然慌张起来，翻身欲起，不料方一离枕，立刻天旋地转，满眼金星乱迸，登时急出一头汗来。心想：我都睡了一觉了，崔泽怎么还没有回来？莫不是又出了差错，莫非是他嫌我累赘，弃我而去了吗？其实她睡了不过顿饭时间，醒来自己觉得时候很长。林萍却想不到这些，睡在床上，辗转着急。她自从在林中，与崔泽盟誓共患，知道崔泽尚未婚娶，又是武林名家之后，她便对崔泽用心笼络，说了许多有作用的话，要把崔泽拴住，她竟想到了自己的终身大事，一片苦心整个扑到崔泽身上了。可笑崔泽也已陷入情网，犹不自知，居然相信林萍的假话，要跟她去寻父，殊不知林萍所说她哥哥知道崔豪的消息，那全是哄骗崔泽的谎言。

她当时唯恐崔泽仇视自己，再不然舍己而去，这都对她不利。她这时见崔泽久出未归，渐渐地惶急起来。忍而又忍，再也忍不住，到底把店家唤来，盘问崔泽到哪里去了？走了多久了？店家答言道：“那位林客官刚出去，没有半个时辰，大概是找郎中去了。你老有事吗？”林萍稍放心，道：“现在什么时候了。”店伙答道：“现在未牌不到。”玉玲珑没话可说，寻思一回，又问店伙：“这里可有好郎中吗？离这里很远吗？”店伙说：“有郎中，离这里不算太远。”林萍道：“那么他怎么还不来呢？”店伙道：“那谁知道啊，也许郎中出诊没工夫，那位客官等着他呢。”说得她不言语了。遣去店伙，卧在床上，

两眼直勾勾地望着门口。自悔不该让崔泽出去请医生，应该叫店家去请。

过了半个时辰，方见崔泽陪了一个白发医生回来。玉玲珑深吁一口气，赶紧放倒身躯，闭上眼又躺在床上了。崔泽先让医生坐下；自己走到床前，看了看林萍的神色，轻轻叫了一声。林萍这才慢睁二目，如梦初醒，冲他笑了笑。崔泽便将手巾包打开，内中是些鲜果，先给林萍剥了几个果子，送到口边，林萍闭着眼睛咽了。随即请郎中过来看病，那白发郎中诊了诊脉，看了看舌苔，由崔泽帮着，又验臂上伤处。崔泽已对郎中说过，接胞姐住娘家，中途遇盗，负伤受惊；这郎中问罢病情，便评断道："这病是受伤惊吓，失血过多，又中了风寒，更加上劳碌伤神，病看着很重，大致还不甚要紧。只怕好得慢些，服了药，好好静养，吃点滋补东西，有一个来月准可痊愈了。"说着，索纸笔开了药方，付过马钱，郎中自去了。崔泽打发店家去抓药，一面把医生的话告诉林萍，林萍倒欣然趁愿。只有崔泽听说这病要养一个月，他却十分发愁，可是他一面发愁，一面也觉得欣幸似的。坐在玉玲珑林萍身旁，先给她削梨剥皮，后又打开自己的小革囊，检视出奔时所带的散碎银两，已然戋戋无多，连十两都不到。遇仇突围时，他不幸匆遽狂逃，为图轻松，将包袱弃掉，整封银锭，白昼的衣裳，全部失落了。他坐在桌旁，不禁面对革囊呆呆发怔，玉玲珑侧卧床头，见他发愁。就柔声问道："泽弟弟，你那是干吗呢。"崔泽回头答道："你没听郎中说嘛，你的病很得养些日子，我看我的钱够不够用？"

玉玲珑林萍暗暗感动，赔笑道："钱够吗？"崔泽迟疑答道："够吧，我想熬到你的病好，钱总差不太多。可惜我带的金珠银两，全在背包里面，拴在马鞍上了；那天逃得慌，弃马步行，没顾得解下包裹，我身上就剩下点散碎银子了，好在我还能想法。"林萍忙道："钱的事你用不着着急，你没有，我有哇。我那包袱裹有六十两纹银，还有两个金锭，一副金镯子，

一些别的，我衣服里还有，你先把银子拿出来吧。”崔泽应了一声，说等用的时候再取吧。林萍道：“咳，你的钱，我的钱，不是一样嘛？你怎么还跟我客气！”立逼崔泽解包袱取银，崔泽笑着不动，林萍咳了一声，故意含嗔道：“你就是这么不听人的话！”一赌气似的爬起来，自将包袱打开，把大小两锭银子丢给崔泽。又信手把那两个金锭，一对金镯取出，努着嘴向崔泽说：“泽弟弟，你来！”

崔泽笑着走到床前，玉玲珑一拍床沿，又一努嘴。崔泽忸怩地坐起在床沿边，看着林萍道：“姑娘，什么事？”林萍佯怒道：“你说什么？”崔泽忙叫道：“姐姐！”林萍一推崔泽：“我哪里配呢？我不过是个女江湖，你是名镖的大少爷！”崔泽笑道：“配，配，我父亲也干过绿林，咱们都一样。我是长这么大个子，头一回有姐姐，叫着不顺口。您让我练练！”故意一字一顿地又叫了两声：“姐姐！”林萍也笑了。

林萍把金锭金镯摆弄给崔泽看，随取一只镯戴在自己腕上，看了看，笑了笑；举着那一只金镯，悄教崔泽伸出左腕，亲自给崔泽戴好。崔泽刚要张嘴推辞，玉玲珑斜睨他一眼，说道：“不许你推辞！难道连姐姐的这点念想，都不肯受吗？”

崔泽举着手腕道：“我……”

林萍道：“你怎么样？乖乖给我戴着。又不是私赠表记，这是姐姐认你这个弟弟给的一点儿赠礼。”说罢，又翻检包袱，打开一只硬木小匣，内中是一对玉玲珑环佩。林萍拿出来，给崔泽看，说道：“这东西也算是无价之宝。弟弟，我留下一件，这一件送你，将来给弟妇戴。你可以告诉她，某年某月，在患难中认了一个苦命的义姐，是这义姐赠给你们夫妻，做个纪念的。”说着，无端叹了一口气。自将那一只玉环佩装好揣起来，把这只仍装在匣内，连匣塞在崔泽掌中。力逼他收起来。

崔泽连受赠物，不敢奇拒，稍为带出辞谢的意思，林萍便怆然欲泪。崔泽赧颜领受，半晌说：“你这是怎的了？把你心爱的东西，全分给我一半，岂不教我没法酬谢？”

林萍道："咳，弟弟，只要心里有我，我就感激，用不着你还礼的。"

崔泽道："不然，常言说礼尚往来；姐姐留我念想，我也应该有点东西回敬才对。"

玉玲珑刚要摇头，忽又转念，面露喜色道："弟弟说得也对，我不要你的贵重回礼，你不妨随便给我留念想。"

崔泽欣然说道："是啊！我总该……"说着探手一摸衣兜，不由站起身来，来回打旋。他身上一点零碎饰物也没有。木桃之报，竟无一物可酬。搔头说道："这怎么办，姐姐肯收了，我又……"顺手探怀，忽然触着一物。摸索着拈出一看，哦，那就是未婚妻表妹陶秋玲送别时，悄悄赠给他的一个羊脂玉双鱼，上络同心结子，另外还系着一个荷包，内装张天师避邪护身符，原是系在贴肉衣纽上的。崔泽睹物思人，不觉发愣，站在床前，半晌没有言语。

玉玲珑林萍侧身托着腮，凝望着崔泽问道："弟弟，你那是什么?"

崔泽道："唔，没有什么?"

林萍欠身坐起，两眼盯着崔泽笑道："你过来，让我看看，也不要紧的呀！我晓得了，那一准是你的相好的送给你的小玩意儿。"向崔泽连连招手道："过来，过来，让姐姐开开眼，我绝不告诉别人的。"

崔泽红着脸说道："你不要胡猜，这是，这是……家里人给我戴上的，我倒忘了。"他年轻面嫩，当不得玉玲珑频频催促，摘下荷包，递了过去。玉玲珑接来细看，把病痛全忘了。

孜孜地研究着，看那羊脂玉双鱼，雕镂古朴，颇似汉玉，倒是那只荷包绣工精妙，紫地金线，这面绣着荷塘双鸳鸯，那面绣着"长勿相忘"四字，嗅了嗅很香。林萍看呆了，陡有一股幽怨之气，充满胸间，身上一阵酥懒，呻吟一声，重就卧倒，手里仍捏着那玉鱼和绣荷。

但是她立刻醒悟，脸冲崔泽一笑，徐徐说道："我倒看不

出弟弟你会扯谎。……哎呀，我这功夫又有一点不得劲，腰眼有点疼。……弟弟，我问问你，你说实话，这荷包到底是谁给你制的？是你的娘子，还是女相好的？弟弟可别多心，我好打听明白，我绝不是嘲笑你。”她这手捏着荷包，那手自己捶腰，一脸笑容，可忍不住哼哼，似乎累了。

崔泽这时候，心上比她更乱，一路亡命，浑忘了旧情，此际陡地想起了未婚妻陶秋玲。昔日同堂习艺，情好甚深；月前自己误落法网，更承陶秋玲远道来援。监中相看，脉脉含情；既订婚约，心心相印。顷来避捕出奔，中途失散，只顾跟这个玉玲珑周旋，这两天竟把陶秋玲忘了，自己未免太对不住这个未过门的爱妻。

他自己默想着，不禁偷瞥了玉玲珑一眼。玉玲珑长身玉立，细腰纤足，水灵灵一对大眼，于艳冶中透露英爽。现在卧病，形容憔悴，可是她那洁白的肌肤，宛然像个玉人，本质是够美的。尤其迷人的，是她那眼波四射的一对凤目，忽然含情媚如娇花，忽然挟刺冷如霜刃，轻轻把人一瞧，每每看得你心跳。表妹陶秋玲就跟她截然不同，陶秋玲娇小温柔，既多情，又稚气，是个很活泼的女孩子。跟崔泽爱好做亲，订婚之后，依然打头碰脸，每逢偷偷背人相会，低言悄语，情致缠绵，含羞带愧，依依婉恋；和玉玲珑相比，她是另有一种闺阁中动人风格的。崔泽将新来比故，深感到鱼与熊掌，两美难兼的况味了。那床头卧病的玉玲珑林萍，就像窥透了崔泽的心肝似的。当下不说什么，只向崔泽力索双鱼，作为纪念，崔泽绝不肯给，她越要得紧。弄到最后，她到底撒娇撒赖，把那羊脂玉双鱼强行扣留，将护符荷包掷还，崔泽竟无可奈何。

玉玲珑在店中病了七八天，崔泽也就服侍了七八天。她起初沉重，渐次轻减，暗地揽镜自照，觉得憔悴容颜稍稍复旧，对镜自怜，心涉遐想。又将息了几天，这一日试着下地走动了一回，觉得气力也恢复了。乘崔泽不在面前，起床对镜，梳发饰容，薄薄地敷上脂粉，点上口红，自照芳容，微微一喟，暗

暗想好了一个好主意。等到崔泽从隔壁过来，便拈了一块金锭，叫崔泽去到街上兑换现银。崔泽看了她一眼忙说："你那六十两银子，还有许多，何必又换这个？"玉玲珑笑道："呆公子，我们该预备走了，我们还坐那磕头碰脑的破骡车吗？你可以拿这金子和那银子，买两匹好马走，我们可以骑着马赶路。"

崔泽道："这个，我哪能净让你破费？"林萍凤眼立刻凝寒，做出不悦，却又扑哧笑了，说道："泽弟弟，你一张嘴，就跟我两个心。别说咱们俩已经结为姐弟，就说你救了我的命，治好我的病，我是不是也该报答你这位恩人？你是逼着我，天天向你说感激话吧！想不到很漂亮的一个人，把钱看得这样重，又是什么破费了，真教人……哼！"

崔泽被挤得没话讲，笑着说道："你的病没有好利落，你也不应该骑马呀。"林萍皱眉道："好孩子，别和姐姐抬杠了，你就依着我办去吧。"

崔泽摇头微笑，拿了金银，立刻去到街上买马。好容易选中两匹良驹，付价牵回店中，交店伙拉到马棚，他自到房间，报告林萍。不想他刚迈进屋门，玉玲珑林萍慌慌张张跳下床来，一把抓住崔泽，拉到床上，掩住房门，低声说："弟弟，不好，我们赶快逃走吧。我们的形迹大概叫地面官人看出来了，刚才有两个人来查店，把我盘问了一个够……"崔泽吃了一惊，往四面一看，忙道："那么我们现在就走！但是，姐姐的病……"林萍皱眉道："我的病不要紧，逃命要紧！"崔泽叹了一声，回身就要去牵马，却又站住，脸一红向林萍说："我还没有买鞍韂呢，我就买去。"

林萍不禁失笑，忙从包袱中又取出一锭金子，交给了崔泽。崔泽立刻上街，买来两副鞍韂，立刻收拾着要走。玉玲珑道："弟弟不要慌，明天再走，还成。"崔泽一度下狱，怕打官司，连忙摇头道："官刑的罪不好受，我们还是赶紧走吧。"林萍道："还不至于那么紧，地面狗腿子不过是犯疑罢了，我们可以贿买他，拿钱堵他的嘴。你沉住了气，凡事有我呢，我自

信比你在行。现在就走，不早不晚的，我们准赶不上站头，半路上更打累赘。”

她到底阻住崔泽，她自然沉得住气，因为她这番说辞，又是一篇谎话。

当晚算还店账，次晨两人策马登程；打算由铁锣关曲折回走，横越姑射山，东奔镇城，径入冀南，这便是玉玲珑规划的行程，明为相帮崔泽寻父，其实是投奔她的盗巢。遄行数日，这一天行近姑射山麓，到一片荒林无人处，林萍口称疲乏，教崔泽一同下马，入林小憩，择一隐僻处，拴好了马，两人倚树并肩而坐。林萍悄对崔泽说：“你猜地面上怎么犯的疑？”崔泽道：“我不知道啊。”林萍低头说：“大概是因为你我乔称姐弟，可又口音不对；店伙动了疑，告诉了地面，地面这才盘诘我。你猜他们盘诘我什么话？”

崔泽道：“你没有告诉我，我怎么知道？”

林萍越发低了头，面含一片娇羞，似乎无地自容。崔泽瞪着眼叮问她，她张嘴要说，又复吞吐，良久才拿手捂着脸说：“他们把咱们看成，咳，你叫我怎么说？”

崔泽故作懵懂，依然叮问，玉玲珑林萍侧身附耳说道：“他们说咱们俩口音不同，必非同胞；他们说你是我的……男相好的，他们说我是你诱拐出来的！教人这么胡猜，我往后可怎么做人！”说着，似乎万分惭恧，把头竟倾在崔泽肩上，樱口微喘，直不胜情。

少年崔泽也不禁呼吸短促，脸泛红云，那只手不知不觉伸出来，微挽着林萍的一双手，说道：“姐姐，你何必这样？你放心，我一定把你当亲姐姐看待；我如有恶念，教我……”刚要往下讲，林萍软软的手掌掩上来，堵住他的嘴，低言悄语道：“弟弟，我不光是怕听这种话，我还想到你我二人姐弟相称，照样惹人动疑。……弟弟，你如果不嫌弃，如果不耻笑，我打算跟你改了称呼，你看行吗？”

崔泽恍然大悟，心中一跳，忙问：“改什么称呼？”

林萍斜睨他一眼，似嗔非嗔，似笑非笑地说道："你原来也这么坏！你说改什么称呼呢?"

崔泽不由笑了，然而他是男子，有些个话到底不敢由他出口。林萍被逼无奈，只得低头捂脸微动朱唇，轻轻说道："我不要叫你弟弟了，我要叫你哥哥！道上真没有法子，只好假装你的妻子！"挣扎着说出这话来，嘤咛一声，把颗头索性藏在崔泽怀里了。崔泽隐隐听得她心里扑噔扑噔的跳动；他自己也情不自禁，心跳不已，手却上来，将她的粉颈揽住。两个人相倚相偎，好久好久！

玉玲珑林萍和崔泽，终于在石楼山荒林而萍水结缘，在姑射山荒林而鹣鲽定情。

这一对孤男怨女，如醉如痴，在林间树下，情绵绻缱，竟忘日影之西移。后来还是他两人骑的那两匹马，拴在一棵树上，忽然咬起架来，乱踢乱跳；林萍骑的那一匹，居然扯断缰绳，出林游走起来，这才把一对爱侣从情梦中惊醒。崔泽首先叫了一声，慌忙站起身。玉玲珑凤目含情，眼波如醉，仰脸望着崔泽叫道："弟弟，……不，哥哥，是怎的了？你跳起来，干什么？"崔泽向外一指道："你不见马要跑掉吗?"追出林外，把马捉回，拴在另一棵树上，返身仍到林萍面前，脸上很有点讪讪的，看看林萍娇慵的样子，徐徐说道："时候不早了，我们该走了吧?"

玉玲珑含羞带愧，把崔泽扫了一眼，赶紧低下头，忽又扑哧笑了起来。忽然又抬起头，向崔泽微瞟着，眉峰一皱道："走……咳！怎的我身上一点劲也没有?"挣扎着要起来，刚刚欠起身，又扑地坐下了；脸上做出没奈何的样子，真似力不足以运肢体，张着两手，双眸带出求助的意思来。崔泽会意，忙伸手拉住她的手臂，慢慢把她扯起。玉玲珑娇呼了一声："多谢！"身子一栽，似要跌倒，却把身子栽到崔泽的怀里。

又温存了一会儿，崔泽悄声说："看晚了，赶不上店，咱们上马吧。"玉玲珑点了点头，浑身倦态可掬，静等着崔泽拉

过马来，扶她上去，她这才惭然一笑，按住了缰绳。然后崔泽也解缰带马，飞身上去；各将马轻轻一挥，两匠马并辔联镳走下去了。虽在马上，玉玲珑依然挨挨靠靠，恨不得跟崔泽共骑一匹马才好。崔泽少年面嫩，见路上行人时向他俩侧目，低嘱林萍，检点形骸，不要过于忘形。当下两人直走到天黑，方才到达站头，是姑射山根一座小镇，地名双羊屯。

进了双羊屯镇甸。崔泽先下马，问路觅店，找到了一家店房。玉玲珑林萍也下了马，店伙就要牵入马棚，林萍道："且慢，你们这里有好房间吗？"店伙回答，很有几间空房，上房三间，耳房一个单间，现在全没有住客，玉玲珑林萍面向崔泽悄说："我们就住单间吧。"她这意思，既然乔装夫妇，夫妇当然同房。她这主意自然是一种诱惑，崔泽到底踌躇不安，说道："上房既然空着，咱们就住上房好了。"玉玲珑转身背对着店伙，眼睛看崔泽的脸，露出怨怪之意道："你怎么又摆起谱儿来了，住上房得花好几倍的店钱哩。"口里说着这样的话，不住冲崔泽使眼色，她的手直捅崔泽，她似乎一定要住单间。崔泽到底拉不下脸来，说道："住上房吧，究竟上房要干净些。"店伙当然欢迎客人摆阔，也忙插言道："上房又干净又宽绰，比小单间强多了。那小单间又小又潮湿，里头只有一副小床，刚能睡下一个人。"

崔泽到底强拗着林萍，跟随店伙，到三间上房去了，牲口另由一个店伙牵入马房，崔泽来到上房，玉玲珑脸上红红的，懒怏怏的，也跟到上房。崔泽拂去身上尘土，在明间坐下，吩咐店伙点灯，打面水，泡茶，预备饭，赁两份铺盖；店伙答应着出去了。玉珑玲一直趋入暗间，也不掸土，往空板床上一坐，包袱丢在一边，粉颈低垂，盘起腿来，咬着指甲，一声也不响。

崔泽明白了，她这是生了气；忙凑过来解释，林萍还是不言语。随后店伙端来灯，打来洗面水。崔泽亲自给她拧了一把热手巾，她这才轻启朱唇一笑。拭过了脸，茶也来了，崔泽又

给她斟茶。等到店伙离开，玉玲珑低声抱怨崔泽道："我们为了提防官人打眼，才乔装夫妇；哪有夫妻俩分住三间屋子的道理？你是糊涂啊，还是讨厌我呢？"

崔泽赔笑道："我实在不好意思，……我又是个男子，那么一来，怕招恼了你，惹得你瞧不起我。不过，乔装夫妇要装得像，就住在这屋里也有办法。回头被褥赁来的时候，咱们可以当着店伙的面，把被褥铺在一个床上。等到关门睡觉时，再拿开它，也就蒙得过去了。"林萍哼道："你的心不干净，所以才怕嫌疑。我是只知道避祸，我心上不愧，我用不着避嫌。"

说着话，店伙把赁来的两被两褥拿来了。林萍又瞟了崔泽一眼，真个做出小夫妇的模样，在一个床上，铺上这两份被褥，而且是并枕同眠的样子，就拿包袱代枕。又当着店伙的面，说了一句："你在床外头睡吧，还是我在床里头。"背了店伙，向着崔泽做了一个顽皮的巧笑。

于是两份客饭也端上来了。崔、林二人果然对面坐在桌旁，像伉俪似的，由妻子给丈夫先盛饭。然后妻子坐下陪丈夫吃。——两个人这样半真半假的演戏，自以为是做给店伙看，其实林萍另有深心。两个人都有点害臊，以为店伙看不出他们的心。哪知这些开店的，阅人多矣，冷眼早已看出两人的尴尬情形。因为从来小夫妇都是背着人表示亲昵的，他二人却当着店伙，做出来"举案齐眉"。然而开店的是不管盘查拐带或私奔的。

到饭后，约在二更时分，店家拿着店簿子进来。要登记客官的姓名来路，玉玲珑竟抢着说："我们姓林，他是我的丈夫……"这句话就太古怪，跟着说："他叫林泽，二十一岁。河南人。我叫林泽氏，也二十一岁。也是河南人。我们是两口儿出门探亲谋事。"嘴像炒豆似的，一口气说出履历来，惹得店家直拿眼瞧她，她也觉得不是味，可是话已经说出口，咽不回去了。假如真是两口子，无论如何，这番话是该做丈夫的说，现在反倒由女人报来，那店家当然觉得古怪了。他们无非是交代公

事，问完了，也就照样写上，然后告辞出去。崔泽眼看着屋门，听店家脚步去远，向玉玲珑吐舌道："姑娘，你的话说得太急了……"玉玲珑狠狠盯他一眼道："什么姑娘？"崔泽道："哦哦，我忘了，是姐姐，吆吆，叫姐姐也不对，应该是妹妹！"气得玉玲珑把身子一扭，哧的笑起来，指着崔泽的鼻子，申斥道："你把姐姐妹妹全叫到了吧，你太难了！"

崔泽低笑道："妹妹，我告诉你，人家真正两口子，也不叫哥哥妹妹，也不叫姐姐弟弟。人家真正的少年夫妻，男的管娘子叫：'喂，我说嘻。'女的是管爷们叫：'嗨，我说喂。'从来没有称呼哥弟姐妹的。哥弟姐妹那是两个情人调情的称谓。"

玉玲珑一听这话，把纤手一扬，做出要打人的样子，道："好你个泽儿呀，你占我的便宜！你欺负我吧！我们一个姑娘家，受伤害病，实在没法子，才赖给你，求你搭救。哪知道你年纪虽小，人小心大，净想占我们的便宜，拿我们当妻子，还不嫌够本，又拿我们当情人了！你你你……"说着，身躯一扭，走到床边，脸向里一坐，掏出手巾来，捂住了脸，双肩一耸一耸的，似乎气哭了。

崔泽十分懊悔，慌忙挨过来赔罪，一口一个姐姐地叫着，玉玲珑只是不依。其实乔装夫妻，原是玉玲珑的主意，她现在倒归罪于崔泽；崔泽打算辩解，又怕臊着了她。正自无法；忽听玉玲珑堵着嘴说话，声音听不清楚。崔泽俯身凑过来听，玉玲珑突然一笑道："不许叫姐姐，要叫妹妹！"身子一转，那只手把崔泽一推，却又一拉，双目含情，冲他一笑。崔泽这才明白，她这是怄自己玩。这时候崔泽已被他引逗得方寸大乱，所有家中的母亲，无下落的父亲，离散的师友，甚至于未过门的妻子，全都想不起来了。可是良知犹在，心神十分不宁，不住地警告自己，这是个锋芒毕露的女盗，不好惹，惹不得！然而她：竟这么漂亮，这么媚气多情！

玉玲珑林萍却也把亲胞兄，同伙盗友，全丢在脑后，心中只顾及着眼前这个没阅历、易驾驭的英爽少年。她的心也很

乱，反复想到的是：救命恩人，终身大事。她自己给自己辩解；我应该报恩！究竟崔泽的行为算不算救命，她并不推敲，也不想推敲。她心中难过的是：崔泽这么大了，怎么会没有娶亲？假如他家中已有妻子，那么自己：可怎生报恩？

他们吃饭时已将二更天了，饭后转瞬便到三更。林萍盘腿坐在明间屋的灯前，眼珠一转一转的，痴然凝思。崔泽偷看了她好半晌，眼前忽然泛出陶秋玲的影子，娇小玲珑，活泼可爱，是另一种风格。他暗暗摇头，把那两份被褥，取过一份，铺在另间房中那只床上。然后偷看林萍，皓白的脸孔映带红霞，似嗔似喜，眼角不时地偷睨着崔泽，口唇微动，要说话，到底没有说出来，把颗头低下去，眼睑下垂，看着自己的脚。似乎深思愈远，忘了身旁的崔泽。

林萍本是病体，这时她似乎不累，依然对灯枯坐。崔泽反倒支持不得，微打呵欠，悄叫："啊，妹妹，该睡了吧，天可不早了。"玉玲珑把眼一睁，摇了摇头，说道："哥哥，你困，你先睡吧，我还要出去一趟。"缓缓地下地，似乎上厕所去了。

崔泽又疲倦，又心乱，只得到西暗间去，和衣而睡。少时听见林萍推门进屋，到西暗间门口一探头。飘然回身，似乎到东暗间去了。桌上的油灯，也忘了吹熄；崔泽过了一会儿，重新下地，止了灯亮，回房登床，伸臂长长打了一个呵欠，便要入睡。

屋中灯光已灭，窗外映进月光来。这时正是七月十二三，月亮又亮又圆，发出清辉；屋中一片漆黑，外面灿现银光。崔泽强遏着心情，努力寻梦；本来很困，竟辗转睡不熟，心倒浮躁起来。

过了快半个更次，崔泽两眼炯炯的，心似油煎，尝到了倦极失眠的滋味。心想：我这里睡不着，她在那里睡熟了没有？打算过去看看，又很胆怯；心神一静，耳朵听过去了。

夜静声清，耳畔分明听见：是女子窃窃啜泣声，这一定是林萍：她为什么哭？崔泽再沉不住气，欠身坐起来，侧耳潜

听，声音来路很奇，不在东暗间，泣声很近，似乎就在门外。

崔泽非常纳闷，跳下地来，急往门外探头；果然是玉玲珑，倚在暗间门边，脸儿对着墙，一手抱着头，抽抽噎噎地哭泣。崔泽很是惊讶，猜不透她何故伤心？莫非是：怨恨我待她举动轻薄，懊悔她自己行止不检，有失闺范，跟我亲狎了？想到这一点，似乎近情。崔泽忙凑过去，一曳林萍的手，轻抚林萍的头，低声说道："姐姐，不，妹妹，你哭什么？可是怪我失礼吗？"

林萍扭脸向他瞅了一眼，依然掩面饮泣；又似怕房外店家听见，将一块小手绢堵着嘴，仍用牙齿咬着，双肩起伏耸动，更加委屈起来了。崔泽张皇无措，手抚她的肩头，低声央告道："妹妹，不要哭，妹妹不要哭，你为什么难过，请你对我说。"

玉玲珑把脸躲着崔泽，还是悲泣不住。

崔泽想：她一定是嫌自己少年轻薄，悔本身处子失检了。那抚肩的手不觉垂下来，微退一步，不敢再偎靠着她。用一种谢罪的声口，向林萍恳求道："妹妹这实在怨我，刚才白天是我一时昏迷，不合跟你亲近；妹妹，你饶恕我吧。这实在因为妹妹太信任我，妹妹又如此美貌，我年轻把持不住，以致犯过。妹妹恕过我这一遭，以后我再不敢胡闹了。以后我一定把你当同胞姐妹看待，皇天在上，我知过必改；以后我如再敢欺侮你，教我……不得好死！"那林萍听了一半，泪下愈多，还没容他把"不得好死"四个字说出口来，她就突然转身，给崔泽跪下了。

她跪在崔泽的面前，双手抱着他的腿，哭道："哥哥，哥哥，你错会意了！我是恨我自己！哥哥在我身上，治伤，医病，救命，我感激还感激不过呢！只是我，咳，我从来守身如玉，想不到在你面前这样出丑，哥哥你一定看不起我。但是……"

林萍这样的跪地陈情，崔泽大出意外，要拉她起来，要陪

她跪着，两腿被她抱住，竟不能动转。现在林萍果然是忏情自愧了。崔泽立刻释然，顿时动怜，这才敢俯身动手，掖着林萍的双肋，把她硬抱起来，曳到西暗间，放在床头，做出抚爱小孩似的姿势，把她的头扶放在枕上（就是枕着的包袱）正要侧身旁坐，用好语温慰。不料林萍浑身绵软，一任崔泽摆布；双手却抓住了崔泽，不容他直腰。崔泽竟被一拖而倒，趁势歪在林萍身畔。

林萍竟娇呷一声，蜷身一滚，像小鸟似的藏在崔泽怀中。双手上抱崔泽的脖颈，满面泪痕，涩声哭诉："哥哥，你不知道我们女孩子的心事。我这伤病差点死了，你竟比我亲哥哥还疼我，我是恨我自己没法子报答你，又恨自己把持不住。哥哥，你你你耻笑我吗？我虽然不幸，被胞兄拖到绿林，成了一个年轻的女贼，可是我无日无时不想挣扎出来。我在江湖上也待了这些年，可是凡事都和胞兄一块儿做，我从来没有只身一个人单闯过。我是这样地谨守着良人家姑娘的规矩，我至今还是个处女。我已经二十一岁。我敢对天盟誓，除了我胞兄，除了跟你，再没有跟别的男人打过交道。就是跟你，起初我也把你当作敌人，想跟你动手。那时我在林中，初遇上你，我自料必死在你手。哪知你竟这么大仁大义，饶不肯杀害我，还可怜我受了伤，把我救出来。我的一条性命，就是你再生再造的。你实在是我的大恩人。不但救了我的命，你还保全了我的贞节……"

玉玲珑偎在崔泽怀中，且哭且诉，说得崔泽满面通红，自愧难当盛誉。手拍着她，低声拦说："别说了，别说了，妹妹，我从前待你怎样，今后一定也待你怎样。"

玉玲珑此时衷情大动，一定要诉说："哥哥，我心上难过，你一定让我说完。……我们逃在铁锣关，当时负伤受风，发烧病重，我夜夜提心吊胆，怕你欺侮我，污辱我。我再想不到你如此年轻，竟如此正派，对我一点邪的歪的也没有，你真就那么救护我。爱护我，……哥哥，你你不要耻笑，我可就真真的

动了心了。”

崔泽道：“哦！是在那里吗？”

玉玲珑很羞愧地点点头，接着说：“是的，我由那时就动了心。哥哥，我至今还是个好姑娘，我从来没有挨过一个男子；可是我竟在负伤后，抱病时，无可奈何，赖上了你。一个少女，一个孤男，同患难，共起居，一块儿混了这么些天，哥哥，我没脸另嫁别人了。……今儿个，在白天，在那荒郊林子里，我跟你说的那些话，跟你做的那些事，那都是我试探你的，可是做得太过火了，近乎无耻了，回想起来，真把我羞死。可是我没法了，我只能跟你，再不然就是一个死。我是感你的大恩，感你的人品……我也不害羞了……我更爱你这个人。我只好把我这个身子报答你，不管你爱我不爱我，嫌我不嫌。你若不鄙视我，我愿意起誓做你一个贞节顺从的妻子。你若家中有妻子，我想你一定有，我情愿做你的姬妾，做你的侍女，哪怕是你的情人姘妇呢！你肯要我，我嫁你；你不要我，我也……今晚上我也要把我的身子给了你，哪怕明天我自刎!”

说到这里，竟呜呜哭起来了，一面哭，一面说：“谁教我遇见你这个冤孽呢，我没有法儿了，我认命了。在铁锣关，你没有乘我病重糟蹋我，现在今儿个，我没脸没臊，自己个送上来了！哥哥，哥哥，我的心逼着我这么做，我也顾不了许多，你你你收下这个没廉耻的女人吧，再不然，你拿刀把我杀了！……”于是她把隐衷尽情倾吐，甘为情死；戛然止住了悲哭，破涕为欢，冲崔泽很柔媚地一笑，然后纵体就抱。

这时候正是七月十二三日的子夜，月色皎然，照入店房，淡淡的月影，依稀映见了玉玲珑林萍，面色苍白，浑身抖颤，隐隐听见她心头小鹿怦怦狂跳不休，带出了销魂模样。崔泽抵不住如花美眷的移岸就舟，顿觉体热如焚，心房狂跃，陷入了不能自持的境地。他一言不发，以行动作答；轻轻捧住她的双颊，款款地给她一个热吻。这一对痴男怨女肌肤相亲。呼吸紧促，浑忘了身外一切，开始了他们的露水姻缘。

玉玲珑宛转承欢，如不胜情，竟双眉紧蹙，娇呻低喘，恍如依人的小鸟，被俘的小羔羊。崔泽十分怜惜，环抱低呼道："妹妹！"林萍双眸微闭，也轻唤了一声："哥哥！"一个纵情施爱，一个喘息渐骤；崔泽轻怜蜜爱，忍不住低声又问："妹妹，你觉得怎样？"林萍闭目摇头，冲他一笑；崔泽似已体知她的处女苦，轻轻说道："妹妹，看你这个样子，我们休止吧？"玉玲珑觉得崔泽欠身欲起，竟睁开了眼，双手搂过来，悄声微语："不，不！我不要紧，你不要管我。哥哥，你不知我是怎样爱你，你只不嫌恶我，我就死在你手下，我也情愿。"把崔泽一拉，意思是教他续寻欢爱，只管尽情。

崔泽不堪她这样徇情媚己，很热烈地吻着她，真个恣情燕好起来……玉玲珑初尚强持，渐渐难忍，渐渐呻楚不胜，纤腰转侧，双足不住的伸伸缩缩，两只手也忽然紧抓着崔泽的肩背，忽然紧揪住被单，挨到末后，扯过被单，用口咬着被角，不使呻吟之声外透。崔泽到此欲罢不能，顿忘了风狂雨骤，娇花欲碎，一阵急剧，一阵缓松，终至于情潮高涨，渐趋休歇。玉玲珑方才松口，吐出被角，长呻了一声，低问道："哥哥，好了吧！"崔泽喘笑着点头，依然留恋不舍。林萍竟用手一点他的额角，喘吁吁轻吐娇音，微发怨言："你还没有够吗？你瞧瞧！"把崔泽的手拉来，教他试摸自己的脸。这才摸出来，玉玲珑满腮泪痕，渍湿了用以代枕的包裹，而且通体浴汗，把贴身小衫几乎湿透。喘息着说："哥哥，想不到你竟这么狠法！刚才差点没把我疼死过去"！崔泽很抱歉地说："你怎的不早告诉我！你刚才说不要紧，我只当是真不碍事呢。"林萍皱眉笑道："我原看你这么贪恋我，我不忍打断你的高兴。谁知后来越熬越熬不住；尤其是你末了那一阵子，你一点儿也不管人家的死活，一阵阵抽风，恨不得把人家吃了。害得我上气不接下气，身子几乎教你揉散了。幸亏挨过那一阵子，就停住了；你若再闹一会儿，我真要喊饶命了。"连连摇头道："我原想洞房花烛多么

欢快，哪知我们女的这么吃苦！”说着忍不住扑哧的笑了。

崔泽也不禁惭然失笑，把她揽了过来，并肩共枕，要向她温存爱抚，又要问她女人们到底是怎样的吃苦？林萍含羞不说，推他一下，扭转身子，悄悄收拾了一回。这才回身，把头枕在崔泽腕上，低低细语，诉说这定情第一夕的苦乐。

房内“春宵一刻值千金”，户外秋光渐渐朦胧；鸡声唱晓，倏到黎明。玉玲珑林萍姑娘竟滞留枕褥，不能起床，勉强走下来，几难举步，更不用说骑马赶路。一对情侣竟在这僻镇逆旅，滞留四五日，方才登程。却是刚越过姑射山，到达赵城县，他们俩又在店房逗留了六七天，被崔泽一再催促，玉玲珑林萍方才懒怏怏地上路。她向崔泽又笑又恼地说：“你简直是铁打的心肝，你不知道我们的罪孽！”

第五章 新欢旧好两难忘

三个半月以后，崔、林二人双跨征鞍，到达了黄河北岸冀南高村地方，这便是黄河三剧盗的别巢。玉玲珑林萍引领她的情侣，乔称“恩公”，去见她的胞兄林文英。玉玲珑向崔泽说好，见过林文英，打听出崔豪的踪迹，便先相携探母，以新婚夫妇，行了见礼；然后她再以新妇相从夫婿出去寻父。崔泽无可奈何，暂且答应了，暗打着走一步，算一步的主张。

却不料林氏兄妹骤然会面，便起了冲突。林文英恼恨妹妹无耻，一个未出阁的姑娘，怎的竟带来这样一个少年男子，还敢乔称恩公，况且又是对头？

林文英是个粗鲁汉子，他并不问问：妹妹逃避官人追捕，遭受了什么困苦，反而痛责她不合把个野男子领到秘窟来，万一这野男子贪赏卖底，衔仇报官，岂不坏了全伙大事？事情倒也有他这一虑，话却说得太骤。玉玲珑十分羞愤，抗颜辩诘：“你把妹妹已经领到贼盗帮里了，你还嫌不丢脸，你又糟蹋你妹妹淫奔？你还算是人吗？”

林文英大怒，兄妹顶嘴，由顶嘴到动了刀，盗帮旧友慌忙

劝开，却是处种情形都被崔泽当场看见了。崔泽勃然大怒，抗声喝道："林寨主，亏你是个男子，你说出来的话，不但侮辱了你同胞令妹，你更把我姓崔的作践得不堪！告诉你，是我在患难中救了你令妹！你令妹当日凭一个年轻女子，负重伤，患重病，看看垂危。是我一念不忍，把她救活；实逼处此，同居四个多月。你令妹自觉少女孤男，相处日久，为全颜面，为保贞节，这才委身相从。并不是我姓崔的一定要娶你一个强盗妹妹，你明白，是你妹妹定要嫁我。我本无意高攀，我家中自有娇妻。你不要诬人太甚，别了，别了，我看你这混账东西怎生安排你这一奶同胞的妹妹！"

崔泽大骂着往外闯；林文英被骂得两眼如灯。满面通红。怪叫一声："好你姓崔的小子，你可把我骂透了！"急抡利刃，奋身寻斗。那边玉玲珑几乎气倒。哀号一声："死去的爹娘，你不看看你这苦命的女儿了！"唰的拔出剑来，就要横剑自尽，被身旁一个少年盗伙横身夺住。她就银牙一咬，大哭大叫，扑过来向胞兄狠狠撞了一头。

兄妹二人动手抓搔起来，一失神，坐令崔泽傲然闯出了盗卡，一去无踪。他怅然地摆脱开新欢，将去追寻旧盟。

一年以后，崔泽寻着了亡父崔豪的遗骨，得以归葬祖茔。同时，更与母亲胞弟骨肉重逢。为了避祸起见，他们不敢再在豫鲁卜居，他们远远地迁到直隶省的冀州城。他的姨父陶元伟，携带眷属，也迁到冀州城。他的未婚妻陶秋玲姑娘逃难时，始终未与她父陶元伟失散，现在也就重与未婚夫婿完聚了。独有崔泽的父辈，柳林七雄和李豹诸人，访闻已经更名避祸，逃到宣化府；他们在宣化府不久也闯出一番事业。

崔、陶两家原是至戚，况又亲上做亲。现在他们仍然同住在一个村庄。崔氏娘子见长子崔泽失踪一年多，居然把亡夫崔豪遗骨寻回，心中又悲又喜，又很怜爱。便向亲家陶元伟提说，要给崔泽择吉完婚。陶元伟当然答应了，又过了一年多，给亡人崔豪补穿了两年孝；服满，这才择吉办事。崔泽把这自

幼相亲相爱的姨表妹陶秋玲娶了过来，男欢女爱，另有不同。

陶秋玲乃是积年相思，一旦得偿；洞房中一任夫婿抚爱，含羞带愧，连头也不敢抬。崔泽却是曾经沧海，又做新郎，不由得想起了在姑射山那段露水姻缘。他看着秋玲姑娘这样含情脉脉，万种娇羞，一任夫婿狂挑逗，她总是低垂双眸，躲躲闪闪。虽然她宛转曲从，不敢过分拒绝崔泽的眷恋，可是有时啰唣过甚，她竟很羞恼。她的柔媚的意态，跟玉玲珑的热恋大不相同。便是她少年时那种活泼娇憨现在也没有了，现在她全然是个端庄的少妇。甚至于成婚逾月，崔泽要抚摸她裙下的双钩，她总是含嗔带笑地敛避。有的时候，竟把崔泽着急了，像捉小鸡似的，硬把陶秋玲抱住，跟她吻腮接唇地闹，她那时必然闭上眼，脸涨得通红，身子仍然往外挣。

崔泽觉得没趣，有一天夜间，竟偎着陶秋玲，责备她无情。陶秋玲倒也无言可答，只说："怪害臊的。"又央告丈夫："晚上随便你怎么闹都行，你不要大白天价，跟我动手动脚，够多么不好意思。"崔泽不由得想起了玉玲珑，以为玉玲珑虽涉轻狂，却雅有情趣。恨得他数说秋玲："你简直成了木头了，你再这么古板，我不爱你了。我有一个女相好，比你有趣得多。她真是个风流多情的女子，我教她怎样，她就怎样；挨挨靠靠，偎偎抱抱，总依着我。哪像你这么呆气！你再惹急了我，我找她去了。"

秋玲微瞟他一眼，低笑说："你找她去吧，谁拦着你了！"陶秋玲不信丈夫另有情人，她以为他是故意地逼着她放浪。秋玲小时虽然活泼，自经祸变，久与崔泽离别，受母教熏陶，把个性子变得幽寂凝重了，而且她天生喜观蕴藉缠绵，不喜欢夫婿这么恣纵。她只愿深闺无人时，与夫婿握手谈心，含情相对；至于硬把她抱在膝上，偎腮探怀，总觉那是侍妾女妓的流风，做少奶奶的绝不该那样。何况她又上有婆母，她不敢专讨丈夫欢心，惹得婆母嗔怪。——她的环境的确与玉玲珑不一样，当然表示情爱的形式也不同了。

崔泽好像真生了气，说道："你惹急了我，我真去找我那个情人去，你可不要后悔。"

秋陶玲低笑道："我不后悔，你快找去吧。"为了安慰丈夫，她悄悄把自己的脚翘起来，轻轻放在丈夫的脚面上，微微踩了一下。这时夫妻俩正在深闺，又值深夜，陶秋玲只可让步，让丈夫顺心些。果然，她的纤足刚刚一蹬，立刻被崔泽拦腰抱起，探手握足，比量尺寸大小，又紧紧一捏，陶秋玲不禁皱眉道："慢些！"崔泽满心欢喜道："原来你的脚比她的还瘦呢。"

陶秋玲一面挣扎，一面说道："你说我的脚比谁瘦？"

崔泽笑道："就是我那个女相好的。看来你的脚样很好，又瘦又尖，不过你太不会修饰。"陶秋玲笑道："张口女相好，闭口女相好，你不要扯谎吧。你是逼我由着你性儿闹，你又有女相好了！现在我由着你闹了，你又夸起我来了。"说着把脚一缩，崔泽突然把秋玲抱到了床上，秋玲不禁红了脸道："你你你，点着灯，又要发疯！"崔泽笑道："我那女相好，顶喜欢点着灯跟我逗。你简直是木头，我还是找她去，她处处比你风流放诞。"秋玲掩耳道："愿意找，快找去，我就不会放诞。你说话，老是这一套，也不嫌贫气！"

夫妻俩说这玩话，不料隔日不久，真格的玉玲珑林萍突然登门找上来了！

自称是崔泽之妻，患难成婚，中途失散，现在特来拜见婆母，恳求破镜重圆！

偏生崔泽刚刚出门，玉玲珑林萍竟由陶秋玲娘子延见盘话。两个女子全会武功，各以崔泽的原配自居，口锋舌剑，越说越拧，公然动起手来。陶秋玲非常动怒，骂林萍无耻："我丈夫从来是正派人，跟我自幼做亲，哪有女贼妻子！"玉玲珑原已揣知崔泽定有原配，她本以外室自居；不意陶秋玲性子尽管柔和，一旦妒情生嗔，想起了丈夫的前言，再也按捺不住，立逼林萍出去。她晓得林萍是黄河三盗之一，她逼吓林

萍："再不走，就交官治罪！"林萍不肯走，冷笑说："你们也是劫牢反狱的罪人！"对峙着这个一推，那个一挣，两人终于动起拳头来。

林萍身上带有兵刃，她不肯骤下毒手，她只和秋玲肉搏。陶秋玲如何敌得过她，只二十余合，便被打倒。陶秋玲愧愤已极，回身扑奔屋中，取了崔泽的兵刃，照林萍狠狠刺去。林萍大怒，忙抽剑相拒。只十余合，陶秋玲的刀被踢飞。陶秋玲往旁一跳，待发暗器；哪知林萍身手极快，赶上来又一脚，把陶秋玲踢倒。一脚踩住腰，把剑放在陶秋玲脖颈上，喝道："我杀了你吧！"这时崔家的人，早已赶出去求援，崔陶两家相距甚近，陶元伟如飞驰来相救，崔泽迟一步也已赶到，陶元伟运刀如风，救了女儿，杀得林萍大败。玉玲珑林萍夺门而逃。碰见了崔泽，见面大喜，刚要扑上去。陶氏父女已双双追出，玉玲珑抵敌不住，崔泽难作左右袒，玉玲珑冲崔泽惨叫了一声！ "泽哥哥，你想死我了！我……"还要往下说，陶氏父女大骂："无耻女强盗！"连连发出暗器两响，把玉玲珑打得如飞逃走。陶氏父女还想穷追，见崔泽面目变色，再三拦阻，劝秋玲回去；父女二人转移了对象，立刻叫着崔泽一同回转，向崔泽穷诘这女盗的究竟。

崔泽面红耳赤，只得扯谎。不说自己救了林萍，反说林萍救了自己，治伤，侍疾，御侮，到后来……，陶氏父女忙问："到后来怎样？"崔泽没法子，只得说："后来她还要我娶她，那时我正患伤寒病，没有办法，只可答应她。"

二人听罢，陶秋玲又气又妒，冲崔泽直哭，说："刚才那女子辱我太甚，泽哥哥，你得给我报仇。"陶元伟见女儿生气，忙设辞安慰她几句，急急出离崔宅，穷搜了一回，到底没有搜着林萍的踪迹。立即打定主意，次日接女儿住娘家，便低低告诉女儿防祸患，制情敌的秘策，一须要小心备御女盗，怕她暗算你！二不要苛责夫婿，恐其为丛驱雀，反而逼得崔泽眷恋女盗。又把一种厉害暗器，授给女儿，嘱她随时防害。秋玲暗将

夫婿屡夸女盗多情之事，告诉她父；她父便教她曲眉夫婿，攻心为上；旋又面见女婿，用好言激劝，教崔泽看在夫妇之情，务必保护小女，别要教她受了玉玲珑的暗算。

陶元伟设计很周，哪知变出意外。玉玲珑并没有乘虚潜害室夫人之心，反有向秋玲姐姐乞怜求和之意。

玉玲珑深知陶氏父女全是行家，不敢在冀州逗留，当日她便远远逃出数百里。直隔过三五个月，料想陶氏父女必不再防，她这才翻然又到，乘夜潜入崔宅，暗用薰香，把崔泽、陶秋玲夫妇熏了过去。然后拨门而入，伫立床头，抛起帐幕，把这伉俪一看，不禁酸泪纷纷面下。

她已勘知崔宅人口无多，她竟非常胆大，把屋门重闩好，把灯弄得半明半暗，竟将赤裸裸的陶秋玲拖出被外，抱到隔室，仍用被盖好，却在她头前插上一把刀。然后回转床前，手取冷茶，含在口中照崔泽一喷，停得一停，她公然解衣登床把崔泽往那边一推，居然占了陶秋玲的地位，裸身钻入被内，把崔泽一抱。

不大工夫，崔泽苏缓过来，可是神志仍未清醒，陡觉怀中女子偎腮接唇，委身相就。崔泽昏迷中，只当是陶秋玲，便低叫了一声："妹妹，你想我了吗？"林萍默然不语，两人竟款洽起来。

却是陶秋玲和玉玲珑，这两个女子的情调，截然不同。陶秋玲一向被动，从来没做过女求男的事儿。崔泽忽然觉出：今日的妻子与常时有异，是这么狂欢热爱，全然自主，恍惚像在姑射山双羊屯。他不禁诧道："玲妹妹，怎么今天你也开通了？"玉玲珑只是不语，崔泽已然睁开了眼，借灯光一看，不禁大吃一惊："咦，这不是你！"

玉玲珑竟紧紧将崔泽一抱，悲呼道："泽哥哥，我是林萍，我找你来了！我离开你，一点活味也没有，泽哥你把我杀了吧。"伏在崔泽身上痛哭起来。

崔泽骇然大震，把身上的林萍一抱，一翻，翻在身底下，

突然坐起，张目急寻。哎呀一声道：“你你你，你把秋玲弄到哪里去了？你把她杀了吗？”

林萍仰面在床，被崔泽按住。林萍苦笑道：“你们还是夫妻，不错，我把她杀了！”

崔泽陡然一瞪目，切齿发怒，手如利钩。立刻叉住林萍的咽喉；更闪目四顾，要寻找秋玲的尸体，厉声斥道：“林萍，你把她弄到哪里去了？快说！我掐死你！”

林萍已被他指掐得喘不出气，但她并不抵抗，只一指外间屋，涩声道：“外头屋呢。”忍不住痛哭起来。

林萍、崔泽赤身跳下床头，扑过去一看，陶秋玲身覆着红绫被，沉睡未醒，面色似乎苍白，却在头前明晃晃插了一把刀。崔泽惊惶万状，连忙推一把，叫一声；陶秋玲呼吸重浊，一声不响。崔泽惊愤，急掀被验看，陶秋玲皓白如玉的肢体，竟无血迹，也无伤痕，分明见她胸前一动一动，似乎没死。崔泽神志稍清，伸手拔刀，要找林萍。林萍已然只穿小衣，战抖抖地寻了过来。崔泽举刀比着她，她一点不怕，抢上来，扑噔的跪倒在崔泽膝前，抱腿哭道：“哥哥，我没敢杀陶姐姐，我是来找你，我是来央求陶姐姐来的。哥哥，你跟陶姐姐说说吧，我没安坏心，我死也不走了，我情愿跟你们两口子当奴才，你们还不要我吗？”

玉玲珑竟这样屈己徇情，匐匐求爱。崔泽不禁瞠目失措，回念前欢，恻然不忍，很怜恤林萍这般痴情。仓促不知如何是好，他就强板面孔，呵斥道：“你不要打腻歪，给我滚起来，把秋玲赶紧治好了……”

玉玲珑诺诺连声，爬起来又哭又笑道：“哥哥你可是应许我了，回头你可替我央告陶姐姐？”立刻动手把秋玲治活。

她和崔泽是怎样哀恳陶秋玲，陶秋玲肯否答应，抑或到底拒绝与否，那是另外一个故事了。读者不妨意会，不妨向室虚构。若愿看团圆剧，那就教她们一床联三好；若喜欢悲剧，那就再教她们激起情场的妒争吧！

整理后记

《雁翅镖》《青萍剑》实为同一部书的上、下卷，白羽写于1947年，先在天津《真善美》画刊连载，上、下卷单行本却以两部书名出版。

据宫以仁先生所言，白羽原来有意将此作写成《大泽龙蛇传》的结尾，但越写离原来的故事越远，且因身体欠佳，只得单独成册出版。细心的读者将《大泽龙蛇传》和《青萍剑》的结尾对比一下，即可看出蛛丝马迹。这两部书中的情节、人物相同或相近，亦非偶然，实是白羽当年有意续《大泽龙蛇传》一书未成，而单独成册的佐证。

这两部书连载后是否立刻出版，未能肯定。现查得1949年11月重庆中央印书馆出版、大华书店总经售的《雁翅镖》（上册）和《青萍剑》（实为《雁翅镖》的下册）二书，经宫以仁先生鉴定，疑此二书为渝版盗印，但肯定确系白羽手笔。这次出版，即据此校订排印。

青衫豪侠

白羽武侠小说全集 九

白羽 著

山西出版传媒集团
北岳文艺出版社
·太原·

图书在版编目（CIP）数据

青衫豪侠／白羽著. —太原：北岳文艺出版社，2022.1
（白羽武侠小说全集）
ISBN 978-7-5378-6468-8

Ⅰ.①青… Ⅱ.①白… Ⅲ.①侠义小说—中国—现代
Ⅳ.①I246.5

中国版本图书馆CIP数据核字(2021)第215711号

青衫豪侠

白羽／著

//

出品人
郭文礼

选题策划
孙茜

责任编辑
孙茜

印刷监制
郭勇

封面插画
杨苇

封面设计
阎宏睿

出版发行：山西出版传媒集团·北岳文艺出版社
地　　址：山西省太原市并州南路57号
邮　　编：030012
电　　话：0351-5628696（发行部）　0351-5628688（总编室）
传　　真：0351-5628680
承 印 者：山西人民印刷有限责任公司

开　　本：890mm×1240mm　1/32
总 字 数：5280千字
总 印 张：200.625
版　　次：2022年1月　第1版
印　　次：2022年1月　第1次印刷
书　　号：ISBN 978-7-5378-6468-8
总 定 价：1380.00元（全25册）

豪奴逼债，周老茂险遭不测，路见不平，任和甫仗义解危；地穴荒亭，青衫客行踪诡谲，将军府第，粉骷髅劫富行侠。

旧年除夕，京郊密云县于将军府第来了三位不速之客，自称京城兵乱，祸延家门，遵于将军密嘱，来此避难。于府上下深信不疑，妥为安置。谁知茫茫雪夜，祸起萧墙，将军府被一群青衫豪客里应外合，洗劫一空。临走留柬一封，并遗绣有粉骷髅标记的黑绢一块。正当于府一片混乱，难测贼踪之际，年前赴京的于将军却翩然而归，与他相偕的，是京城鼎鼎大名的侦探邵剑平……

目录

第一章

度年关豪奴昧良讨义债
探雪路侠士怜贫解行囊

冀北密云县，南通旧京，北连北口，地势崇高险要，四面衔山带水，在平时本是出塞的要道，行军出征的必经之路。有一年密云县城，刚刚逃出兵燹，洗净血腥，转眼之间，进了旧历腊月，到得腊月二十三。糖瓜祭灶之后，看看年关已经直拢在面前。忽然天公不作美，山风大作，阴云密集，一霎时鹅毛纷飞，雪大如掌，洒落得满城皆白，天气愈变冷冽。一直到腊月二十六这天，风势稍煞，雪还未住，时停时下，弄得家家屋顶，压起尺许厚的积雪，风一吹便簌簌的整块跌下来。虽然如此，到底阻不住新年来到。城里官民绅商，一家家趁雪光里，忙着办年货，送年礼，讨年账；小孩们手冻得红红的，还是欢天喜地，穿新衣，放花炮。不管他天有不测风云，人还是得乐且乐，扫雪迎神。街市上顿形热闹，和天气正大相反，独有北关僻巷，周老茂家，不为新年所动，屋里冷冷清清，没有一点以为卒岁光景的乐。

周老茂家，住的是大杂院，老夫妻俩，靠外院租住两间南房。这周老茂家贫年老，转年便是五十七岁。他妻田氏，白发婆婆，年纪只比他小四岁。不幸他家遭了一场祸，现在新年切近，家中一点办法没有。莫说年货无从措办，年账没法搪塞，便是这几天嚼谷，也正毫无着落。你说怎不焦急？二十六这天田氏清早起来，看看天气，雪还下着，心里十分作难，找邻舍东拼西凑，好容易把火生着，烧了一壶开水，把丈夫叫了起来。两口子也不洗脸，一气喝了半壶开水，这才觉着心里有点暖气。周老茂沉吟一回，叹口气说："拿出来罢。"田氏爬到炕里，拿出一个早先包好的包裹，周老茂慢慢站起，右手拄上一条木棍，左手接过那包裹，夹着朝外就走。屋门开处，呼的一声，连风带雪刮进来，老夫妇不禁一齐缩脖，倒抽口凉气。周老茂忙弯回左手，张着袖口，堵住了嘴，低头紧行几步去了。

这里田氏瞧着丈夫的背影，点点头，又叹口气，便关上房门，坐在火炉旁边，怔怔的发闷。一时听见北风阵阵吹来，把雪花卷起，打得窗纸沙沙作声；一时又听见隔壁爆竹乱响，明知是孩子们淘气。却想到今天，邻们家家户户，欢天喜地预备过年，独有自家这般清风冷落，连午饭还没安排；更回想前年此日，家里有人有财，虽非富贵，却不愁吃；安分度日，何等自在？哪料刚两年光景，家境一变，好好一个独生儿子，也知养家，也能挣钱，却只经过半日噩梦，从此抛下爷娘，一去不回了，害得人亡家败。人生最怕老来贫，何况又是暮年失子？那种苦处，怎堪寻味？田氏思前想后，一股冤怨之气，兜上心来，恨不纵声痛哭一场。转想院邻很多，新年谁家没个忌讳，倒惹得他们撇嘴假劝。寻思着只好咬牙忍住，那眼泪便越发滚下腮来。

正伤心处，忽听屋外，雪踏得吱吱响，跟着有人推门。田氏当是丈夫回来，抬头看时，却是里院西屋邻舍，马三奶奶的儿子，卖红薯的二海，闯进门来，一面抖雪，一面说："好大雪。您瞧我刚打里院出来，就落了这一身。大妈吃了饭啦？"田氏道："没有。"二海道："我们也没有吃，年根底下闹起天气来，也没做买卖。真要命！刚才我妈说，叫我问问您，那五斤红薯钱，您要是方便，先借给我们用用。”说着拿眼转了一圈，坐下问道：“大爷呢？”田氏红了脸，虚声下气答道：“他当当去了。回头当了钱来，先给你对付一点。大雪天又劳动你一趟。”二海噘着嘴道：“您可别忘了，大年下谁不紧。”磨烦一回走了。接着又来了一伙，铺伙亲友都有，全是立刻要清账的。田氏舌敝唇焦，才一阵阵搪过去，临走还叮咛了后会。

田氏此时倒也顾不得伤心，只盼老茂快回来。谁知火炉连添了两次煤，饿得她饥肠雷鸣，还不见当当回头，看看天色渐昏，田氏着起急来，心想当物不收，这时也该回家。只恐老茂上了年纪，在雪地滑倒不是玩的。一个人落在屋里，只觉没抓没搔，便站起身，到街门口望看，但见雪漫径路，足有一尺多深，鹅毛纷飞，满目皆白。来来往往，不少行人，只不见老茂踪影。当不得寒气砭骨，一时又转回家中，出出进进，一连几次，早到掌灯时分。那马家二海，也来催过两趟。

田氏越发心慌，隐隐觉着心口作痛，嘴吐酸水。正盘算到邻舍破脸，好歹吃口东西，借只灯笼去迎。忽听门外，踏雪声里，有人说话，一个说：“任先生，就是这里。”又一个应道：“哦，这是两间房，您先进去招呼一声。”听那口腔，先说话的好像是她丈夫老茂。后面答话的，却听不出是谁。田氏一块石头落地，连忙上前开门，口里抱怨道：“老爷子，天到这时候，你怎么……”说着豁的一声，屋门大开，跟着田氏一侧身，哎哟一声，只见周老茂拄着拐杖，夹着包裹，同那姓任的一步一步走进来。借灯光看时，见她丈夫老茂，不但浑身满是泥雪，而且满脸凝着血；黑一块红一块，用一块毛手巾，连鼻带腮包着。那毛巾上，也是斑斑点点渍着血痕，已是凝冻了。田氏吃了一惊，忙细看周身，一件破棉袍，一顶破皮帽，也是白一片黑一片，连泥带雪，沾了许多，好像在雪地翻了六七个滚似的。

田氏不由哎哟一声，也顾不得来客，扯住老茂的衣袖，叫道：“老爷子，你这是怎么了？可是摔的么？”老茂道：“咳，别提了，差点没死在外头。多亏这位先生……”说着放下东西，殷殷勤勤的掸雪逊坐。田氏站在一旁纳闷，上下打量那人，见他面生得很，是个外路人，看年纪不过三旬，身材不高，体质不胖，鼻直口大，面色微黑。左眉心生着一个黑痣，满脸风尘劳瘁之色。再看气派穿戴，介在贫富之间，披一件贵重黑大氅，袖口却磨得绒秃了，倒戴着一顶貂皮帽，像是个大家公子，落了魄的。

正猜不出时，一眼瞥着炕上放的那个包，原封未动，上面沾了好些泥，田氏心想从一清早出去，又挟回来，一定没当着钱；自己整饿了一天，怎好？心中一阵暗急，凑到老茂面前，看了看头上那伤，悄声问道：“你到底是怎么啦？这么晚回来，怎么连当也没当呢？”老茂喘息一回说道：“你别乱，我先引见引见！”指着田氏对那人说：“这是我们孩子他妈。”又对田氏说：“这位是咱们的大恩人，任和甫先生。”田氏愣头愣脑，拜了一拜。

老茂又道：“你还提当当呢，我差点教李三爷打杀。要不是任先生，搭救这一步，这工夫还不知我是死是活呢。任先生，我们这对老业障，没有别的报答你，您就擎受我们老两口子一对头吧。”说着站起来，一拉田氏道：“还不给恩人磕头。”田氏脸红耳赤，不知怎么着好。却见老茂已经颤颤巍巍，弯身跪下了，自己赶紧也随着跪在地上。任和甫连说：“使不得。”哪里拦得住，只得陪礼搀扶。

周老茂一连磕了几个头，才同田氏站起来，面对着炕，从身上往外掏东西。因为手冻僵了，掏了半晌，才摸出两块钱一包铜元，一齐交给田氏，催她快去烦哪位街坊，上街买煤添火，打点吃食。田氏忍不住又要追问，只见风门一响，闯进一个人来，忙道：“大爷，我替你买去。”田氏忙回头看时，又是来讨红薯账的二海。便将应买的煤火酒食之类，一样样都托付了他，那五斤红薯，也教他扣下。二海欢喜去了，不多时都买来。老茂便催田氏添火坐锅，赶快打点。不想田氏为人就是沉不住气，老茂白天遇着甚么事情，何以没当着当，反闹得头破血出；又何以凭空领来这么一个恩人。她心中纳闷，好比塞下一个闷葫芦，倘不问明，实在要憋破肚皮的。她忙了一回，走到外屋，掀起布帘子，只冲老茂摆手努嘴。老茂偏又陪着恩人讲话，只不理会。她便挤眼歪嘴越来得劲，倒惹得任和甫笑了。老茂没法，只得踱出去，对田氏草草说了一遍。

原来腊月二十六那天晚上，周老茂夫妻左思右想，没法子过年。当夜商量着，田氏说先当一票暂度目前，倒是老茂说，零碎账脱不过去。教田氏翻包袱，找了两件夹衣衫，估量当不出钱来，又将儿子的一件棉袍也添上。老夫妻睹物思人，又是一阵心酸。次日清早，老茂夹着这包衣裳上街，一路上雪大风紧，鼻尖冻得通红。地下又滑，风打着脚下很觉吃力。好容易走到仁和巷，当当的人很拥挤。候了一会儿，把当头递上去。偏这四五件衣裳，在平时可写一二两银子的，赶上这年成不好，又是年底，争竞几次，只写五钱，连七钱二分也凑不到。老茂垂头丧气，又奔东街和丰当。正走间，对面猛有一个人，拦住去路叫老茂。

抬头看时，这人穿着簇新的马褂皮袍，袍襟上却油了一块。年约三旬，身体矮胖，面色黑色。这个人街面上都叫他李三爷，是密云县富绅、“将军府”将军于善人家的转角亲戚，现在于宅账房帮忙。他这人外表生得愚蠢，却有一肚皮把戏。可惜生来口吃，越急越说不出话来。闲常背着于善人，也赌也嫖，也玩也乐，又唱得一口好二簧。一样作怪，唱起来时，字正腔圆，顺顺溜溜，一点不结巴，以此常哄得于宅少爷们欢喜。教他唱王三姐，他就“在寒窑”；教他装窦尔敦，他就“小子们与爷寨啦门的掩”。这样他便有了饭吃。昨年于善人借给老茂二十块钱，他是晓得的，这天他吃了几盅酒，从于宅出来，恰好在东街和老茂碰见，便一声叫住。

老茂刚要打招呼，李三已然走到面前，一张嘴酒气熏人，大模大样，拍着老茂说：“老茂，哪儿去。”老茂忙道：“就到前边。三爷上哪儿？”李三道：“找我么，巧极了，正打算找你去，现在省得上你家跑了。”老茂怔道：“您找我有甚么事呢？”李三扬着脸儿说：“我说老茂，这还用问么，你自己还不晓得？就是你该的那二十块钱……”说到这里咳了半晌，索性不往下说了。扯着老茂，走到祥顺店门洞里，躲避风雪。接着说道：“昨昨儿晌午，我们舍亲，到年底了，一查账，查查到您，他他就说，日子不少了，教你赶快给给归上。对不对？……大年底下。谁谁不清账。横竖你早打点好了，所以没没派人来。就由我走一趟，把那二十块钱，给我，带回去，得了。”

老茂听了，轰的一声，如打一个焦雷。原来这度年关，他当真没想到于善人家，会打发人来讨债。本来于家在本县是财主，又是出了名的善士。况这二十块钱，又与寻常借贷不同，实是于善人赶着借给的，也不打利，也不限期，只立了一张字据，连中保都没有。这时忽然催下来，在老茂看来，钱数又多，老茂这一急非同寻常，他素来心迟口钝，又兼是小人家骤然落魄，这搪债本领更是不娴，便窘得嘴边一句话也说不出来。李三见他涨红了脸，连头也不肯抬。未免惹人动火，那肚中的酒倒撞上来。一声说：“喂，老爷子，你倒……”忽地一阵狂风吹来，雪花扑面，冷气刺鼻，李三倒噎一口凉气，忙拿袖子遮住脸。接着又喊：“大冷的天，您您别教我站在这里挨冻了，咱们走吧，上你家去吧。”

老茂嘴里咕哝了几句话，李三并未听清，紧紧追问。老茂半晌哼出一声道：“走到家也没有。”李三气了，结结巴巴嚷道：“那那那可不成，你跟我走吧。”揪住一只手，把老茂拉出店门。老茂一手拦着往后倒退，口中不住说：“三爷，三爷，您听我说。”一句话未了，李三往前猛一拉，老茂往后紧一挣。跟上地滑老茂腿脚不灵便，身子一晃，李三又一带，就站立不牢，翻扑在地。常言说，人穷则铤而走险，年老则视死如归，老茂却不是这样人。只因他生性憨直，下流拼命的举动做不出来。当下连急带愧，爬起来喘吁吁问道：“李三爷，我这大年纪，您干嘛摔我……”李三一阵笑道：“摔着你不不不不还账，怎么，您还要卖老命讹人吗？”

老茂一听到讹字，不亚如刀戳了心肝。两人吵嚷起来，李三又推他一个跟头。这下却重，老茂一个嘴啃地，鼻头也破了，脸也抢地了，半晌挣扎起，喘做一堆，自想：“穷人没活路，和他拼了吧！”一头撞过去，李三一侧身就势再一推。老茂倒在雪地，又翻了一个滚，那个当包也抛在大道上。

两人揪在一处，打闹声里，登时围上一群人，任风翻地舞，站在那里，只当瞧一出戏。却也怪，只顾看，没人过来拦劝。吵打多时，把那住祥顺店里的客人，也吵出好几个，内中便有任和甫。他为雪所阻，住在店中。听得闹声，出店来看，却是一个醉汉，一个穷老头打架。便与几个人上前，七手八脚拆劝开。老头子喘得说不出话，醉鬼结结巴巴，问了半晌，才知是讨年债打架。李三不依不饶，只说：“你打听打听，李三爷可怕人讹，赖债是不行的。”老茂却鼻一把，泪一把，只说：“儿子丢了，家里太难，不信诸位看。我这是出来当当过年，欠债的好说好求，也不犯死罪。怎么动手打人？”

两人各执一辞，正对劝架人诉说，忽听街东，豁喇喇地挟风带雪，跑来一匹黑马。大众往店门口一闪，翻回头看来，马上一人，浑身打扮，一色纯黑，恰如凭空卷来一朵乌云，衬着这雪天冰地，越显得皂白分明，异样动目。打架的人，劝架的人，为这黑人的异样装束，和黑马迅疾声势所动，一个个，扭头对他上下打量。

只见这人扬着马鞭，催马疾驰向前；走近人丛，猛把马一勒，缓缓走来。细看时，头戴紫黑色貂帽，眼架玳瑁黑墨镜，身披玄羊黑面大氅，手戴黑驼绒手套。那帽子紧紧压着眉头，大氅领高高竖起，把口脸全掩住，只透出一个鼻头，冻得通红。两只眼在黑镜后面，炯炯闪视，顾盼不测。此外浑身上下，都不露一点皮肤。年纪相貌，有没有胡须，全看不出。拍马走到店门口，闪眼往四下巡视了一遍，又抬那头看店门。

就在这时，猛听人丛中，一声低啸哨，声音凄厉，异常刺耳。大众寻声看去，有一个胖矮人随在任和甫身后，像没人一般，仰脸站着。那穿的戴的，竟和这骑马的人一模一样，也是黑衣黑帽黑眼镜，只欠没骑着黑马。大家正觉稀奇，扭回头来，再看骑马的，一声呼哨响罢，他早已翻身下了马。脚一落地，全身伸直；这才看出他身材瘦长，比那打呼哨的黑衣人，较高半头。抖一抖身上的雪，左手拉着马缰，双腕倒背在身后；一声不响，挨到人圈，探头也来瞧。两个黑衣人，一高一矮，一瘦一胖，对面站着，装束相同，又似相识，却是都不打招呼，也不通问讯，甚至面对面，连看也不看，又似不相识。

劝架的，看热闹的，看看这个人，又看看那个人。不知怎的，两个打架的又凑在一处了，幸亏人多，忙又分开。无奈老茂那边，人穷不作脸，便应许一个准日子，头年也办不到。至于李三呢，借着酒气，指手画脚，挟枪带棒，反倒抢白了劝架的人。闹得众人都很不忿，有法子拦住，没法子劝开，这一来便僵了。

独有任和甫，口快心直，因劝李三惜老怜贫，高抬贵手，却不合接着又说："这钱又不是欠你李先生的，依我说莫如行个好，回去美言几句，落得开一条活路。替人讨债，哪有下手打人的道理？"几句话惹恼了李三，从鼻孔冷笑几声，说："我得请教请教，您贵姓？"和甫不理会，答道："好说，姓任。"李三向周围看了一眼，点头说道："好啦。任先生，是这么着，我我可得跟您结识结识。往后我赖了人家的债，也好请您帮话。"

和甫脸一红，刚要接话。李三忙抢道："您您先听我说。你说我打了他，您可有眼。他自己栽了一个跟头，起来就和我撞头拼命。难道您那国里，就教我们要账的擎着挨揍吗？您劝我行好，我谢谢您。您才说得明白，这钱不是欠我的，是欠我们舍亲的，请问我凭甚么拿别人的钱行好？"李三说到此处，越发有劲；又值任和甫也是口讷，只气得张口结舌，一句话也接不上。李三更得意了，舌头也不结巴了，眼瞟着任和甫又道："不怕您恼。您要行好，那是您有钱，尽请您拿出来积德吧，管保没人拦您的高兴。可是一样，您别指望我。像我这样的人，就会说风凉话，别给行好的人现眼了。我要行好，我早不说废话，早就打开我的腰包，替他垫上了，还用您操心么，我瞧您也像个读书识字的，知情达理的，怎么着……"

李三越说越毒，把任和甫挖苦得浑身打战。只见他一跺脚，一甩袖子，回身冲开人圈子，径奔店房走去。李三越发趾高气扬，嘻嘻哈哈笑了几声，手舞足蹈的正要说话。偏巧他手这么一抡，人圈子外层，又猛一挤，身旁一个看热闹的光头半大孩子，一时脚不稳，挤得往前一冲，啪的一声，李三一个反巴掌，正落在孩子的半边脸上。那孩子吓了一跳，手抚着脸，歪着头，翻着眼气愤愤说："唉，你干嘛打我？"李三回头瞧是个孩子，反唇讥道："嘿嘿，他妈的，我又没有长背后眼，这里又没舍窝窝头，谁教你抢着往前挤？"

一语未了，人圈子忽又一阵冲动，那个骑马的黑衣人，哼了一声，身子猛向里一挪，挪到李三近前。就见右手一扬，那条马鞭抡起来，鞭梢在空中一摇，嗤的一声刚待落下。一刹那间，猛听吱一响，又是一声低啸，大家急看时，那个骑马的长身黑衣人，应声把抡起来的马鞭，顺着右臂缓缓的垂落下去。那边胖矮黑衣人，举起扪着嘴的右手，一伸一曲，做了一个姿势，回头就走。骑马的人立刻低垂着头，一言不发，默默钻出人圈外。然后拉马连喊借光借光，离开众人，径入客店。只听迭声呼叫伙计，两个黑衣人全入店房了。

那任和甫，一气跑进店房，摸出钥匙，慌张开了屋门，便寻皮包。点一点零款，还有三十七块，揣在怀内，一径冒雪跑出来。喘吁吁分开人，厉声叫道："李先生！"李三上下打量一过，装出笑脸道："好说任先生，怎怎么着，我听听您的？"和甫两手颤颤的，拿出皮夹，忙说："不过二十块钱么，我就行个好！"那些劝架的看热闹的，一涌上前，都睁大眼看。和甫身上是雪，脸上是汗，左手托皮夹，右手往里掏，数出二十元说：“给您，二十块钱！”

李三舌头还没动，两只手早伸出来，正待接时，却从旁钻出一个人，矮身量，墨眼镜，正是那个矮胖黑衣客，不知甚么时候，又从店中跟出来。他把身子一横，右手拦住道：“慢点慢点。”和甫一愣，李三忙道：“干干甚么？”那人道：“我有几句话说。”李三说：“你管不着。”那黑衣人格格的一阵冷笑，随说：“都是给你们了事的，许这位先生帮钱，就得许我帮两句话，怎么管不着。”大众哄然叫好。刚才没人帮钱，都干生气，现在趁势发作出来；七嘴八舌，将李三挖苦得敢怒而不敢言。

那黑衣人却又拦住道：“诸位别吵。请问李爷，这位任先生欠你的不？”李三道：“你你别绕脖子，那是人家愿意替周老茂还账。”黑衣人道：“对呀。既是替周老茂还账，那就该周老茂过手。你做甚么一直就接？”李三羞得脸通红。那人又道：“任先生，我说的对不对？”和甫痛快已极，笑道：“李先生别急，周老爷子请过来。”老茂心花怒放，抢过来要跪下。那人又拦道：“老茂忙甚么，磕头的时候在后头呢。你快接过来还人家吧，急出毛病来，你赔得起么。”老茂接过钱来，递给李三，李三伸手要接。忽从他身后，又钻出一个人来，拦道：“慢着，慢着！”

大家忙看那人，黑衣服，瘦身量，正是骑黑马的那个人，不知甚么时候也单身走出店来。众人很觉着逗劲，都看着他的嘴，料想必有话打趣李三。李三此际当众坍台，气焰早挫，勉强问那瘦人道：“你又干嘛不让我接钱，我们要账的就该死么？”那人微笑道：“那倒不至于，不过……”闹了一顿接道：“不过我也是帮话了事的呀。我听说一借一贷，银钱过手，总有个凭据。现在人家交钱了，也不管是人家自己的也罢，别人代垫也罢，反正你得先拿出字据来，别尽忙着接钱啊。”众人哄然大笑，不邀而同，齐声说道：“是这么着，是这么着。一手还钱，一手换字。”任和甫也把肚里预备的话说出来道：“对对，我花了钱行好，反倒上了当，可是冤枉。李爷，这不是众位乡亲都在这里，您先拿出字据来。”

大家七言八语催促，登时把李三催得脸红耳赤，拿右手不住摸皮袍衣袋。却见他摸来摸去，那只手只掣不出来。任和甫便含笑催道：“请把借字拿出来吧，省得教人家白等着，大雪的天。”李三也不言语，把手插到衬衣里面翻找，一时又弯腰往地下看。好一会儿，不见他拿出皮夹字据，反失声哎呀了一声。那黑长瘦人大声说道：“怎么了，丢了么？”

李三紫涨了脸，口中期期半晌才道：“不不不能丢，许是我没没带着……我这就拿去。”说着还往地下寻。那瘦人嗤的一声笑道：“对了，快回去拿来吧。一手交字，一手交钱。”说得李三眼珠转，张张嘴要说话。又迟疑一回，抬脚往外急走。人圈子中，一个糟鼻子白胡须老头子，手提一只蒲包，虚眯着眼笑道：“三爷，您想着什么来着？要账可不带字？”这些人齐哄起来，李三爷也不顾搭腔，手摸衣襟，连盯了那黑衣瘦人几眼，甩着袖子，忿忿冲出去。才走了几步，任和甫忙叫住道：“李爷请留步。大雪天，我们可不能站在这里久等，回头咱们还是在这店里见，还是在周老爷子家里见？”李三只哼了一声，急急忙忙奔西街去了。

看热闹的雪落满身，纷纷散去，走着谈着。有的夸任和甫慷慨，有的骂李三，不问谁的钱，拿来就接，连半句人话都没有。“这还是善人的亲戚呢。”那糟鼻子老头嗐一声说：“还提甚么善人，没有要人命！人都夸于善人好，我就不信。这年头最讲究盗虚名，图实利。甚么慈善事业，老实说都是营业性质！”一个外乡人插话道：“可是我早听说密云县有个于善人，他怎么放账呢？”糟鼻子老头道：“就是这话了。现在他们亲戚，就因为讨债打人哩。虚名哪能信实？”又一人说：“李三这东西闹得好凶。怎么为要账打架，倒忘了带字据？依我看，别是打架丢了罢？再不就教失手溜去了？你看他那神气，疑疑思思的。"

旁边一个铺伙计，忙插口道："这话很对。"回头看了看又说："你们谁也没留神，合该李三吃哑巴亏。我告诉你们吧，我正站在他身后。……"一语未了，觉着脖颈上，啪的着了一下，凉冰冰顺着衣领溜下去，吓得他喊一声，忙去扪脖项，着打处已然肿痛起来。他急抬头往上看，翻回头又看后面。只街旁小巷口，有两个小孩，挑着红纸球灯，雀跃过来；此外远远有几个行人。他便探手摸了一回，在腰眼系搭包处，摸着一个小圆东西。托在掌心看，是一枚双角的银币，一路说话的，都站住看他问他。他张一张嘴，忽见岔路有两个人，此跑彼追，一面嘲笑，一面喊叫："你这小子多嘴，看你疼不疼？"嚷着贴身跑过去了。

这铺伙计一吐舌，捏着那枚双角银币，悄悄走开。正是："是非皆因多开口，烦恼只为强出头。"到底李三的借据丢了没丢，任和甫陌路倾囊，有无后患？那两个黑衣客，又是怎样人物？这铺伙计头上的双角，更从何而来？下面的故事将一桩桩展开。

第二章

兵过半城空拴儿抛母 风吹宵窗动拔箭得财

任和甫陌路仗义，倾囊解纷；等人散后，把老茂邀入店房。拂雪裹创，略询身世，才知他日暮途穷，就算还不了账仍旧过不去年。想了想把二十元交给他，另外再赠三元钱，是个救人救彻的意思。老茂感激出于望外，只是拜谢。谁知在店中等候李三，交回借据清账，只不见来。老茂喘息过来，坚约和甫到他家坐坐。和甫推却不过，只得给店伙留下话，等李三取来字据，告诉他送到老茂家去。锁好屋门，两人一同出来。冬日天短，店里店伙们，早点上院灯。雪光交映着，显得天黑地白。刚走到店门口，听见街南马嘶蹄声，极其嘈杂，转瞬近前，却是四个人，牵着三匹马。那马是黑马，人是全都穿着黑大衣黑皮帽；到祥顺店门，四个来客止步抬头，先看门匾字号，次看门扇门框。打头一人空着手没牵马，伸手一指说："是这里了。"那三个人跟着拉马进店。

和甫好奇，便不走路，让在一旁。目送人马过去，顺着那人目注手指的所在，看那边门框，崭新贴着红笺年对，写着："祥云霭霭照百年老店，顺风依依解千里征尘。"也算是嵌字格的春联。却在那“征”字下，“尘”字上空处，画着小小一个粉笔画：是白磷磷一颗死人骷髅，插着一把匕首，草草数墨，逼真相像。和甫两只眼凝住了，觉得这幅画固然蹊跷，就是那几个黑大氅黑皮帽戴墨镜的人，衣饰相同，也似非偶然。忽想起来，那矮身量的黑衣人，恍惚曾经跟自己相伴走了一道。自己由天津起身，一路火车，还不理会。却从在北平车站上，好像就遇见了这个人。自此雇骡车，出齐化门，一直到这密云县城，一大段旱路，逢站打尖，傍晚落店，前后四五次，到得祥顺店，遇雪阻住，又是几天耽搁，都不时看见这个人。算起来自己走哪条路，这人便走哪条路；自己住哪座店，这人也住哪座店，这事岂非更加蹊跷？

低头寻思，忘其所以。旁边周老茂拱肩缩项，立候好久，便挨到耳畔，低声说：“任先生，你瞧的甚么？”和甫蓦地一跳，回头来看是老茂，失声道：“是你呀？”周老茂忙问：“任先生，怎么了？”和甫收摄心神，冲着店门努嘴道：“你看见刚才进去的那四个人没有？穿黑衣裳，牵着黑马。”老茂道：“看见了。”和甫道：“你认识他们不？”老茂道：“不认识，许是天晚赶店的吧，您瞧怎么样？”和甫改口道：“不怎么样，我闲打听打听罢了。”又道：“你瞧这个。”老茂闪近门框一看道：“吆，这是谁淘气。大年底下怪丧气的，画死人脑袋，准是淘气的小学生们干的。”

和甫听了，摇摇头道：“您自己归家吧，我打算不去。”老茂一愣，双手扯着和甫，口说：“任先生，您是我的救命恩人！您总得赏脸。”弯着腰要跪求，和甫没法，只好踏雪往北关走。和甫忽又问：“周老爷子，你们这里太平不太平，可有劫道的么？”老茂说：“城外倒免不了，城里没有。”说着走着，转了几个弯，便到老茂住的那僻巷杂院中。进得屋来，老夫妻双双叩头拜谢过了。便教田氏安排酒食，在里屋放一张炕桌，摆上菜斟酒欢饮。和甫倒是很好的酒量，连罄几杯，面泛红色，这时外面风云依然，却喜炉火熊熊，斗室生春。田氏连吃了几个冷馒头，饱了，坐在炉旁小凳上，看两人吃喝叙谈。老茂问：“任先生，我听您口音，府上大概是天津吧？”和甫点头道：“小地界天津。”又问：“您路过这里，大概是从热河回家过年吧！”和甫道；“不，我是从天津动身，上热河去的。”田氏插话道：“吆，大年底下，您上热河干嘛去呀！您怎么不等在家过年呢？”和甫看她一眼道：“有要紧事，不能不去。”田氏问：“您有甚么要紧事呢？”和甫道：“不过是自己的私事。”田氏还要说，老茂拦道：“你坐水了没有？”田氏道：“可不是，还没坐呢。”站起来，到外屋水缸边，灌了一壶水，坐在火上。

和甫抛开话头，反问老茂，儿子是怎么丢的。老茂放下筷子，叹息一声，田氏早站起来，两手比着说：“提起我们大拴儿，那才真是想不到的事呢。我们老两口子，也不知谁前世没做好事。任先生，您替我想想，就这么一个独生儿子，活泼泼的丢了。由打前年秋天到现在，音信不见，也不知生死存亡。抛下我们两个老业障，吃没吃，喝没喝……”和甫接问：“令郎几岁了，怎么丢的？”田氏道：“咳，怎么丢的，还不是叫他们抓走的？”又抡指掐算道：“属猴的，去年二十三，今年二十四，对了，转眼就是二十五了，年轻轻的，又能挣钱，又知养家，您说多么坑人？”和甫忍笑转问老茂：“令郎究竟是让谁抓去的呢，可是绑票的土匪！”老茂刚说：“不。”田氏抢道：“还有谁，错过是兵。”和甫道：“哦，是拉夫么？兵怎么把他抓去的呢？老爷子还是请您说吧。”

老茂深叹一声，说是大拴未丢以前，本是赶脚为生。但这赶脚也是近几年的事，早先他一家三口，原开一座豆腐房。只因不甚赚钱，便把铺面倒出去。家中养着一头推磨的驴，大拴儿出主意，添买两驴，从此赶起脚来。这密云县山路崎岖，既不通车，汽车道又常被山洪冲坏，骡车脚驴正是行旅好代步。拴儿做这生意，遇三两客人，他就一人承应下来；若遇孤行客，他便一头驴乘客，一头驴驮行李，剩下一头拴儿自己骑。他素来勤快和蔼，生意很不坏。人又孝顺，老茂夫妻擎吃坐喝，却也快活知足。不幸前年秋天，据老茂说，朝廷上不知为甚么，也不知谁恼了谁，在口外开了仗。密云是出塞要道，大军过处，自然征发粮秣。那时节小小县城，各店各庙兵都住满，遍街贴着告示："照得大军过处，纪律森严，凡尔商民，勿得惊扰……"却是城厢关市，乱哄哄早闹着拉夫抓车，牲口也抓。

老茂讲到这里，田氏咳嗽一声接道："咳，任先生，这才是该着的呢。我那孩子本来机灵，风声刚一紧，就防备下了，整在家藏了四五天。听说兵也快过完了，打算脱过去了。哪想到，咳，也不知是哪个损根子没厚诚的，给透了风，说我们家有人有牲口。回头竟找上门来，为头的说是个正目，拿着根马鞭子，指指画画的。您可没瞧见，那简直和活强盗一样！骂骂咧咧的，直闯进来，一阵子乱搜乱翻，连人带驴，全给搜出来。您瞧，三头驴都给牵走不算，还要带人。"回手指着老茂道："我们拴子他爹太废物，就会趴在地上磕头，叫老爷老爷。不瞒您说，我真急了豁出去了。我说，你们要带，就带我。揪住我们大拴不撒手，跟他们撕掳半天。您猜怎样，到底也不成，白教他们踢了我一顿。您看，就踢我这儿。回头眼瞧着大拴子教他们牵走了，还丢了好几块钱，把一个大盆也给摔了。您想这就罢了不成？当时我就哭着教老东西，拿着钱跟去找。哪怕把驴白送给他们呢，或者再添钱呢，好歹把孩子给赎回来也罢。谁知他尽打倒退，实在逼急了，凑盘川跟下去了；到底也没找着，反拉了好大亏空。我说他没用，他还骂我糊涂。"

老茂气得放下筷子，指着田氏说道："你看你，当着任先生甚么样子，老娘们就会坐在家里，说现成话，傻哭傻闹。兵荒马乱的，又不知道营头，又不知道准地方，带那几个钱，怎么会一找就找着？任先生您说是不是？"田氏忿忿说道："人家沈三爷的二儿子，不也抓去了吧，怎么人家就找得回来？"老茂大怒，和甫忙用话岔开道："令郎从此竟一去没有信么？"老茂凄然叹道："正是那孩子抓去之后，就没了下落。直到现在快两年了，是死是活，全不知道。他妈提起来，鼻一把，泪一把，总是抱怨我，好像孩子是教我弄丢的，任先生，像我这大年纪，遭着这事，年月又不好，还有甚么活趣呢?”说着眼泪簌簌掉下来，滴得衣襟都湿了。田氏在旁禁不住心酸，也陪着涕泪横颐。

和甫替他们伤感，因劝说：“他们抓夫，不过是运子弹粮秣，挖战壕，事后总要放还的。据我想来，他二十几岁的人，自己总能照顾自己，决不致有意外。或是他们打败了仗，令郎跟溃兵逃命，不知流落在哪里，一时回不来，也是有的。您打听打听，别个抓去的人，有逃回来的没有?”老茂抹泪道：“当时花钱放回来的也有，随后趁空逃出来的也有。我也几次打听过，只说没有我们大拴。想着就怕打败仗，在炮火里没了命了……”说到这里，老茂又再三嘱托道：“任先生这回上热河去，还求你捎带打听打听。万一他有命的话，还图个父子相见。他的大名叫周长发。”田氏拿出大拴的相片，说：“这还是给他提亲时照的呢。”和甫真个接过来，把姓名年岁籍贯，都记在相片背面，插在大氅兜中，说：“看罢，等我到了热河，想法子打听打听。”

这时吃完饭，喝茶闲谈。和甫心想，这一顿饭也花了将近一块钱，虽说自己帮他二十三元，却除还了于宅，所剩无几。现在老茂手中，至多还有两块钱，未必够过年用的。过了年以后，他两口子又怎么样呢?转想陌路援手，已经花了二十多块钱，再帮少无济于事，帮多又未免心疼，况自己现在又不是时候。可是眼看老夫妻如此窘迫，心又不忍。翻来覆去想算，只是委决不下。因又与老茂叙谈，问他当初怎样从于善人那里借的钱。老茂先给和甫斟一碗热茶，又叹一口气，从头说起。

说从大拴丢后，家中日不聊生，不断的哭哭闹闹。有一天，老两口正因思子忧贫，互相埋怨。恰巧于善人出城归来，从门口经过。听见里面寻死觅活的吵闹，一时好事，问起站在门口偷听吵架的街坊。有知道的，便告说一遍。又道老头子是老实人，不幸遭着这场祸。他那个女人，上了年纪，口角上有些个唠叨，常常为想失去的儿子，胡乱抱怨，逼老头子去找，却又没有盘费。于善人问明情由，掏出十元一张的钞票两张，教老茂拿去。所以这笔债，是对面借的。只写一个欠条，没定日限，也没有利息中保，周老茂又折变了些钱，寻子去了。谁料这一去，热河多伦全走一过，儿子没找着，亏空却拖下一笔。荏苒两年，终归形成不了之局。老茂说着，又难过起来。

和甫寻思一回，又问："于善人这个人究竟怎样？他既是善士的叫出名来，想总是个慷慨的人。况当初肯把钱免息借贷给您，现在为何又打发一个醉鬼来逼命呢？他是不是有名无实的伪君子，假善人？"老茂拍着膝盖道："这个连我也揣不透。要说于善人素日为人，倒真是个善家。又加他也真有钱，所以每到冬天，必然引头捐款、开粥厂、舍棉衣。近年因为年成不济，地面又不太平，并且又不时这个捐那个捐，闹的于善人家里，也许不如从前了。又没有助善的，因此由前年起，那个粥厂也停办了，几次想开，没有开起来。不过当地人有过不去的，或是做小生意亏本做不来的，求到他跟前，访查实在，他多少总周济一下的。也许出钱力，也许出人力，拒绝不管的时候倒少。可是要有人骗了他，他惩治得也很厉害。就如我上一次，也和您似的，他老人家三言两语问明白了，立刻教我立字据，当面拿出钱来。我向他叩谢，他也和您说的一样，这不算甚么，这不算甚么。听说他借钱，给别人，也是这样，不过字据总要立的。他怕上当，他也是要这一张纸，铺保利息全不打。但你要有钱偿还他，他也收下，你要骗他，他立刻拿借据来要账。你要是真个还不起，倒也不甚催讨。可也是我倒霉，这回不知怎的，忽然逼索起来；教李三抡打这一顿，真令人莫名其妙。如今想，或许于善人听了别人的闲话，疑心我有钱装穷，成心骗借他。再不然，便是于家教这捐那捐，闹得不从容了，临到年根，急等钱用，所以各处都去要。俗语不是说：阎王好见，小鬼难缠。于善人说了个要账，他们家里的底下人，就趁风作浪，冲穷人发威，也是有的。反正承您，我那二十块钱，还了他也就完了。赶过了年，我们两口子再想法子。唉，有一口气，就得挣着求活路呀……”说着低下头来。

和甫点点头，且自吃茶，又翻着眼睛，暗斟酌一回，狠一狠心，对老茂说：“好吧，您别着急……”翻起马褂，拿出皮夹，点了五元钱，掂一掂，抬头看看老茂，索性又倒出五元钱，一手递给老茂道：“我出门在外，没带多余钱，这十块您留着，且别还账。等过了年关，可以凑合着做个小生意。不拘甚么卖烟卷，进萝卜，你两口子也好糊口。”这一来，老夫妻又惊又喜，辞让一回，忙收了，起身叩谢。

田氏先说：“头上末下，教您又花这些钱，怪臊的。真是您的话，趁着年景，教我大拴他爹做个小买卖，两条老命就活了。一辈子忘不了您。”老茂也搓着手，对和甫恳切的说：“这是怎么的。我也不说谢您的话了，我们老两口子完了，万一我们大拴儿能够回得来，我必叫他永远记着您。真是，和甫，初次见面，再一再二的，按说不该。”和甫听了，他此时心情，另有一种说不出来的滋味：一时快然自得，一时爽然若失。三言两语，扔出三十多元，究竟善财难舍。不过俗语说得好：眼不见心不烦。这次不合到老茂家来，目睹情状，要袖手走出，却也是难，又见老夫妻荷荷感激的样子，其实钱没枉花了，心里作念，面上却极力矜持着不教露出德色。只淡淡对老茂说：“这不算甚么，世上慷慨的人尽有，只没教咱们遇见罢了。”任和甫说这话，不觉想起了自己的身世，遂站起身来道：“天不早了，我该回店了。”老茂夫妻一齐挽留，和甫说：“店中有东西，不放心，咱们后会有期。”老茂忙点上灯笼，亲送出巷口；又千恩万谢，向和甫作揖。直见和甫走远，才转身回家。又等了一会儿，料想李三不会再来，便铺上被褥，老两口子欢欢喜喜睡下。

次日天明，老茂先到祥顺店，给和甫道安，并打听何日动身。据说雇不着代步，须等过了破五才能起程。下晚老茂回来，商量着那二十块钱，还是在家等于宅来取，不必送去。怕是去了，李三决不给好气。这天正是腊月二十八，后天便过年。老茂住的这大杂院，前后不下十几户，四五十口，一时灯光明亮，爆竹声欢，人来人去，街门大敞。有几家邻舍听说他家遇见侠士，得了三十多块钱，在这贫民窟，不啻发了财，便哄传动了，都跑来打听。田氏正是有钱精神足，拍着膝盖，夹七夹八，讲说不了，又拿出那三十块钱来，给这位看，给那位看，并说："今儿一早上，就打发老茂请任先生去了，我们没别的，也得包一顿饺子，请人家吃呀。人家那才真是好人哩。"邻舍们啧啧称叹，不夸和甫慷慨，却羡田氏夫妻老运亨通，最难得年关逢此奇遇。都说："大婶，您这就好了，从此一顺百顺，管保过了年，大拴也就回来了。"田氏咧着嘴道："谢您吉言！"乱了一阵，大家各去忙着过年，到下午老茂回来，并没将任和甫请到，在家整等了一天，还不见李三拿字据来，老夫妻很觉诧异。

直到点灯以后，听外面喊："周家的信！"老夫妻慌忙出去，一个穿绿衣邮差模样的人，递过一封信，接来进屋拆看，明明白白，是他立给于宅的一张字据。只见上面用墨笔抹了个大黑叉字，还注着"此据作废"字样。另附一张短笺，老茂略识之乎，忙戴花镜看，写着铅笔字："周老茂知悉，今有人于于宅门首，拾得借据一纸，知是汝所立。怜汝贫苦，特此涂废寄还，嗣后于宅，再有人来，空言索债，万勿径行付款，应行索阅原据，庶免被绐。"下署无名氏三字，在背面另画一押，是一只死人头骨，上横短刀一把。

老茂反复端看，没有看见背面的花押，又细细寻思一回，心中惊喜骇怪，对田氏说道："这又是想不到的事！竟有人拾着咱们立给于宅的借字，他偏又知道咱的住处，偏又在这一两天，还肯给咱寄来。"田氏忙说："甚么，真的吗？"老茂道："你看，这信寄来的就是那张借字。"田氏道："哎哟，怪不得李三不来，敢情他丢了哇。倒是谁拾着寄来的呢？"老茂道：

“信上说是无名氏，人家不肯留名。”田氏道：“别是任先生哟。”老茂愣了愣道：“不能不能，你先收起来，让我琢磨琢磨。”田氏欢喜道：“我不信丢了儿子，还有点造化。这一来咱们可不是多得二十块钱么。”夫妻俩盘算，有三十块钱，总能想个生财之道了，便格外相信新年要转运，却不想内中有无别的情节。俗说：冷风热气穷撒谎。当下田氏跟老茂打算，先瞒着帮钱任先生，怕他听说了，再要回那二十块钱。直至掌灯，李三没有再来。于是老夫妻双双睡下，一夜无话。转眼到了除夕，李三仍没有来。老茂便上街去买香烛，并上祥顺店，坚邀和甫到家吃年饭，却反教任和甫留住，问他许多话。田氏在家，高高兴兴收拾家具，擦抹东西，那瓦香炉洋蜡扦，也都安排好，真像过个年的样子。忙了一阵，人老易疲，便坐在炕沿边吁气。听外面雪停风啸，户动窗摇；到得子夜，更形萧瑟，只远处东一阵西一阵爆竹响。田氏一个人守着两间空屋，觉着有些胆怯。猛又听见嘣的一阵风响，风过处窗格扬动。外间屋风门更吱的一响，似乎刮开；又忽地一声，似乎关上。田氏心下发毛，竟不能下炕掀门窗看看，反往炕里坐了坐。问道：“谁呀？”倾耳再听时，外屋声息不闻，户外还是风吼雪坠，这才放了胆，嘘一口气，剔亮油灯，去火炉里添上两铲煤。打算包饺子，等老茂把任先生邀到同吃。寻思到任和甫这番资助，大年底何等救急，岂不是天幸。女人家见识，虽知道和甫侠风义举，煞是难得，她仍归功于老天爷了。“人不该死终有路”，神差鬼使，送这一个救星来；偏又教李三丢了字据。这么一想，便觉老两口还有点造化；但不知老茂和她，究竟是谁沾谁的福。思索着很高兴，偌大年纪，哼哼啧啧起来。

突听院中有人踏雪而来，嘎吱嘎吱连响着，一直到自家门口停住。田氏料是丈夫回来，刚要下炕，听那扇风门呀的才拉开，却又哐噔一响，跟着屋门里，有人“哎哟”的喊了一声。田氏吓了一跳，忙三脚两步，抢到里屋门口，挑起门帘，让灯光射到外屋。手拢眼光，往地下寻看，叫道：“拴他爹，是你么？”老茂匍匐在地，不住声唤，他正是刚进门，就绊倒了；直从屋门口，摔到屋当地。这一下不轻，外触着旧伤，挣扎不动，对田氏发气道：“不是我是谁，还不拉我一把？”田氏忙挂上布帘，过来搀扶，又抱怨老茂：“偌大岁数，还不小心，没摔着哪里吗？”老茂骂道：“这又是你干的，放东西再不靠排，单堵门口，漆黑的绊了我这么一下，你还有理，你这老娘们！”又拍拍身上说；“你瞧，磕膝盖准又摔破。快端出灯来照照，看是甚么，趁早给我挪开，真他妈的，咳！……”田氏张了张嘴，要还口，又忍住，端出那盏油灯。两个人睁着四只老眼，往地上瞧。还是田氏眼快些，手指门口道：“哟，你瞧，那不是，黑乎乎的？”

老茂低下头去看时，正当门口，放着一个黑包袱，另一只小板凳，踏翻在一边，刚买来的香烛，也扔了一地。两人目视包袱，都诧异起来。老茂伸出左手，打算把它提起来，哪知包虽小，沉甸甸很有分量。老茂道：“这可是甚么呢？”田氏嗤道：“多么废物，让开吧，让我来提。”说着时，老茂已换手把包袱提起。田氏忙关上房门，同到里屋，将包袱打开，见里面包的是一件青缎马褂，紧紧卷着，抖开来看，又是一个黑布小口袋，用黑绳捆紧。田氏顾不得解扣，抄过剪刀，将绳剪断，从口袋中往外一掏，掏出一封一封的沉重东西，桑皮纸裹着。田氏道：“是洋钱吧？”

夫妻俩手颤颤的，忙把撕开一看，白花花果然是许多银圆，点一点共是八封，每封整五十块，共合四百块。摸一摸袋底，凸凸的还有东西，老茂探手又掣出一条丝巾，也紧紧的交叉系着，解开看，是黄澄澄首饰，一共五件，大约不是赤金，便是包金的。老茂、田氏，在灯前手抚银物，面对巾包，闭口无言，两颗心特别的狂跃。半晌，老茂抬头看了看窗格，忙过去掩了那块小玻璃。这里田氏也将银物收拢起来，就手塞在被底下。田氏悄问：“拴他爹，这到底是哪里来的？又是任先生给你的么？”老茂摇了摇头。田氏道：“那么谁丢下的呢？”老茂按着心口，悄声答道："你问我？你始终没离屋子呀。"田氏摇头道："我记得清清楚楚的，外屋房门口一点东西没有，并且你上街的时候，我还拿灯照着关风门呢。那时小板凳立在墙根，没有这个包袱呀。"老茂沉吟道："你没听见甚么动静么？"田氏道："没有啊。"仰脸寻思一回道："别是邻舍丢的吧。"老茂摇头说："咱们这大杂院，你瞧谁称几百块钱的家当？就算是称，怎么会把全份家当，包出包进，偏丢在咱们屋门口里？"

田氏一听有理，心想："这可是怪事儿！这穷大院子里里外外，都是两只手糊弄一张嘴，全院凑到一块，也不值五百块钱。但此物到底从何而来呢？"老茂拦道："你别胡猜了，等我细细看看。"再戴上花镜，从被底将青缎马褂、黑布包袱、丝巾口袋等物，逐渐掣出对灯反复展看。随又重新验看那包银封，并凑近灯光，将那首饰一件一件端详，一面沉吟道：

"唔？"田氏一拍手道："对了。你别发愣了，我知道了。"老茂瞪眼道："你又知道甚么了，冒冒失失，吓人一跳。"田氏笑道："瞧你这胆量，我告诉你，今天不是大年三十吗？"老茂道："是大年三十又怎么样。"田氏道："你怎的这么糊涂，大年三十，不是诸神下界么？"茂仰脸道："那便怎么样？"田氏道："那便怎么样？我告诉你，这一定是财神爷惜老怜贫，保佑咱们，那不是还有一股香，两只蜡么，咱们点上它，快磕个头。"老茂道："别胡扯了，你当是说书唱戏呢？"

田氏道："这不是，那不是，反正我们是发定财了，这可是天意。"老茂道："哼，你先慢欢喜，哪有凭空掉洋钱的道理。依我看，趁早包好了，在哪里捡的，还放在哪里，再不然远远抛出去。"田氏眼睛出火道："怎么，你翻了半天眼珠子，想出甚么点子来了！"老茂连忙摆手道："你别嚷，我想了半天了，这比不得在街上拾路遗，里面怕有别的情形。"田氏拍打炕沿道："好，拿着财神往外推，有他妈的甚么情形，我就不信。"老茂顿足低声道："噤声，噤声！若据我看，这怕是……"田氏侧耳道："怕是甚么？"老茂凑近面前，悄声道：

“这怕是贼赃。”

田氏一怔，忙问：“怎见得？”老茂看了看窗户，再从被底，抽出包袱丝巾来，递给田氏。田氏铺开包袱，看了又看道：“这不过是块青布包袱皮，可有甚么呢？”又摸那面丝巾，随说：“滑溜溜的，许是纺绸吧。”老茂把眼镜摘下来，教田氏戴上，手指着说：“你再细看看。”这块包袱的四角，有一个角刺着绣，用白丝线界了一个圆圈，衬着黑底，织出一幅图案，乃是白磷磷一只死人骷髅，鼻塌、齿裂，两只眼陷成一对黑窟窿，下面又横着一把短匕首，那神情甚是触目。展开丝巾，那一角也照样绣着这么一个东西，只是小一点。田氏疑讶道：“这是甚么花样呢？”

老茂皱眉道：“可疑就在这上头了。咱们平常人家，谁不取个吉利，哪肯在手巾包袱上，绣个死人头？任先生住的那祥顺店，大街门框上，也画着这个玩意呢。”田氏道：“那么，这个是任先生闹的吧！”老茂道：“不能，那天店门上画的死人头，还是他先看见的，他也很纳闷呢。据我看，这些财物的来历，实在不妙。”又将马褂首饰拿出来，对田氏说：“你瞧这件马褂，倒没甚么破绽，只是那两件首饰。”说着拣出一只金镯子，拢在灯前，两人对面详看，掂那分量，约有三两多重，式老极旧，看打造的铺号，是“天吉”二字，正是密云县一家大首饰楼。又同看那一只赤金戒指，上镌“丽莲”两个反文篆字。老茂并不懂这两字的意义，田氏是连字也不识。再有其余那四件首饰，都是京都打造，上有足赤足纹等小戳记。看完，依旧都塞在被底，两人面对面发呆。田氏道：“依我说，咱们还是留下。你又不准知说是贼赃；就是贼赃，又怕甚么呢？有人丢，就有人拾。”

老茂道：“你又来了，我告诉你，这绝不是人丢的，就丢也不会丢在咱屋里来。并且也不是人送的，一送好几百，断不会一声不响，丢下就走。仔细想，只有两条来路，一条道真是你说的，财神爷显灵，不过这工夫哪有那档子事？再有一条道，就是我猜疑的，是贼人的赃物。”田氏道：“我就不信。贼偷东西，不会拿着走，单抛给我们做甚么？”老茂道：“你可问住我了。不过从情理上想，他们或许是东西多了，拿着坠手，暂存在此，回头还来取。再不然，教官人追急了，抛赃逃走，嫁祸别人。归总一句话，这宗意外奇财，还是一狠心，抛出去的好；要是留下，眼看恐有后患。”

田氏瞪眼听一会子，也觉这番推测，近情近理。只是手摸着这堆财物，好比一块羊肉，梦想不到会送来口边，要轻易吐出去，实在为难。仍对老茂说：“老爷子，您别忘了今天是大年三十，财神下界。我不信是贼赃，要是贼赃，怎么一点动静也没有呢？”老茂道：“你倒问我，你一整天没离屋子，难道也没听见一点甚么吗？”田氏道：“我要听见，还等你问？”说至此，她想起来了：掌灯以后，她记得听见风吹窗动，风门开阖，可是她只装在肚内，不肯告诉老茂。老茂心中也是恋恋难舍；只是此物来历不明，不敢贸然留下。

踌躇半晌，教田氏端着灯，再到外屋查看一下。先到屋门口，里外上下，细察一遍，并不见眼生之物，也无异样之处。又将屋地拾包袱的原处，也持灯照看了，照样瞧不出一点形迹来。回头来看，再照南墙，猛见正对门窗处，插着一物。老茂一眼瞥到，忙取下来看，是一只铜管，细长中空，一端有螺旋盖，一端有锐形铁尖，仿佛是一只自来水笔，又像小孩玩的袖箭。老茂反复看来，试拧一下，恰巧把螺旋拧掉，从铜管中抽出一幅素纸短笺，展开来看，上有：“怜汝夫妻穷老，银物均以赠汝”十二个字，这短笺是素纸墨色花边，下端一个圆形图章，恰恰又是那个死人骷髅和一把短刀，老茂暗吃一惊，忙念给田氏听了。田氏也惊疑不定，寻思一会儿，便将掌灯后，自己独在房中听见门响的动静据实告诉老茂听了。又想一想，摇头道：“不妥，不妥。”点上灯笼，开了风门，齐到院中寻看，门口窗台都照到了，雪地上连个脚印也没有。

这时候已过半夜，风声愈紧，寒气侵人。老茂夫妻血脉沸腾，被风一吹，顿觉清醒。急急回到屋来，再照看四面，见纸窗上戳破一个洞，丝丝的贯风，此外再不见甚么。老茂将那铜管纸笺放在灯前，掀开被，把马褂洋钱首饰，又一样样打叠起，照样包好。对田氏说："不好，还是扔出去吧。"说罢站了起来，还又坐下，瞧着包袱，只舍不得。正游移间，听轰的一声，外屋一道白光，如电火般一闪，照得布帘骤时通明。吓得老茂夫妻毛发悚然，缩作一团。一时风沙怒吼，门扇振摇，窗纸扑哧一下，铮的一声，似从院中穿进一物，隐隐听得窗外幽然悄语："周老茂不要多疑，念你年老无依，包中财物好好收用，不要声张。"以后声息寂然了。

老茂、田氏相对惊愕，不敢作声，好半晌大着胆向窗外问道："谁呀？"外面并无动静，依旧风动残雪，沙沙作响而已。夫妻俩挑起门帘，往外屋探看，只淡淡有几缕轻烟笼罩上下，一个人影也无。端灯出来，照见屋墙上，又插着一只铜管。老茂抽出纸笺，念上面字句道："神怜尔苦，以重金惠汝，其径纳勿怖，亦不得显露。"又一行是："天与不取，必受其殃，周老茂知之。"正是："正财忽从天外来，神道还莅人间世。"

第三章

客窗见冥镪魂惊羁旅 荒亭埋地穴寄顿侠踪

周老茂邀天之福，意外发财，果然决心留下，依着田氏的话，焚香叩谢神明。那边阻雪住店的任和甫，在腊月二十七那晚，挑着灯笼，从周家出来，天已不早。和甫几杯酒落肚，风一吹，走起路来，飘飘的有些踉跄。不意半路上，劈头遇见一个醉汉，贴近身一碰，几乎将和甫撞倒，把灯笼也烧了。那人很不通情，反而揪住和甫打架。和甫大怒，回手扯住吵闹起来。正在这时，黑影中又来了两人，忙说别打别打，将二人拆开。

这意外的横逆谁也不肯干休，和甫大声叱道："你这东西太可恶，几乎碰倒我，烧了我的灯笼，你还先动手要打人？"谁知那醉汉不生气了，对劝架的说："要不看你两位，我非打死他不可。"一摆手，哈哈笑着走了。和甫忙伸手去抓，那劝架的单臂一格，力气很大，和甫竟过不去。和甫嚷道："这是甚么事，他碰了我，还要打我。怎么你们二位倒拦我？"那两人劝道："算了吧，你出门在外的人，还是快回店吧。"和甫气愤愤罢手，刚走了几步，想道："咦，他怎么知道我住店。"再回头看，连个人影也没有了。干生了一肚皮气，又加路生，深一脚浅一脚，直走了一个多钟头，才踱到店前，就听里面吵成一团。和甫站在门外，连喊带敲，好半歇才叫开。开门的伙计，劈头一句话：“任先生刚回来，你瞧，三更半夜，咱们店里会丢了人了。”和甫诧异道：“谁丢了？”伙计道：“就是咱们店里的客人呀，不但丢人，还丢了马呢。一共五个人，四匹马，全丢了。门可是锁着，一点形迹也没有，您说怪不怪。”

和甫一面听，一面往里走，果见院中站着不少人，掌柜、伙计、灯倌、更倌，都提着灯，各处乱照。细问才知是隔壁八号里一位寓客，和当晚进店的四个骑马客人，住在二十三、二十四两号房间的，不知甚么时候走掉了。和甫心中一动，晓得是那几个穿黑衣服的人。又听大家七言八语，纷纷称怪。据说先是更倌觉察出马棚丢了客人的马，慌得告诉店主，一面查找，一面通知客人。谁想屋里灯点着，叫唤不应，等敲开门去看，人影不见，物件全无，便喧嚷动了。掌柜大声对众人说：“诸位请回屋吧，查点查点，看丢了甚么没有？”

和甫忙回到自己屋门前，开锁点灯，看了一看。只见土炕铺的皮褥上，放着一个包，正好像行李卷中密藏的那只钱包。他这次出门，一共带着九百五十块钱，生恐初次做客，会遇见窃贼打眼，所以将钱分别包放着。内中五百现钞票打一包，四百元现款另打做一包，再总包裹起来，分装手提皮包行李卷中。只那五十元零款，充作往返路费，为顺手用着方便，装在皮夹里面，带在身上。刚才资助周老茂，就是从这里倾囊拿出来的，并没有打开手提包，也没有拆动行李卷。如今皮褥上，忽又有两个包儿，和手提包行李卷中的九百元钱一样，明摆在外面，好教他暗吃一惊。忙伸手去提，沉甸甸很像是钱。

和甫惊出一身冷汗，便甩去大氅，急急将包拆解开看，果然是小包包扎五百元钞票，大包包扎四百元现款，都好好照样包封着。还不放心，忙忙的撕开纸封，逐一细细察看，正是一点不错，白花花的洋钱，崭新十元一张的纸币，数目也正对，独不解怎的会弄到外面明摆着？稍一寻思，看了看外面无人，回身掩上门，加了闩，急忙剔亮了油灯，搬过手提包和行李卷将提包暗锁打开，把行李绳扣也一齐扯开。却是奇怪，掣出钱包来看，那里面照样也有那两个包，包皮颜色大小形式，也都不差。提起掂一掂，分量也不相上下。

和甫暗道："闹鬼么，怎么两包银钱会变成四包？"只管想着，忙隔着封皮，用手按一按，那五百元钞票包，一叠一叠紧扎着，依旧不短。又掏出那四百元现款的大包，用力按下去，那洋钱边纹，棱然触手。这一来越发出人意料，扭头看了看门窗，伸手先撕去洋钱包封，咦，那里面哗唧唧散露出来，却也是洋钱，一块一块就灯光看，似乎颜色发青发暗。又通通撕开，这才看明白，行李卷中的这些洋钱，不知何时变成了假的，都是些铅质赝鼎；又急去撕那钞票封，这个更奇了，原来一叠一叠的，虽都是纸币，而纸币发行的行号，都印着"酆都中央银行"。百元一张，千元一张都有，更没有一张是人间通用的纸币。

任和甫愣愣半晌，将那皮褥上的真钱、行囊中的伪钞，都收拾掩藏了，便叫伙计来问："我出去这半天，有谁到屋来找我没有？"伙计摆手道："没有，你临走不是锁了门么？"又问："李三来过没有？"伙计答说："也没有。"任和甫想了想，便叫伙计生炭火盆，沏壶茶喝着，也想不出用甚么法来究问。又在屋里屋外，察看一回。忽然心中一动，若有所悟，忙持灯照看四壁，果在门框上，又发现了那死人骷髅下横短刀的粉笔画！

任和甫害怕起来，满头冷汗淋漓，忙向大氅兜内捣取手巾。有一物触手生硬，想起这是周大栓的照片，顺手掏出来，哪知道照片已不翼而飞，竟变做一张硬白纸片。和甫越发惊骇，拿纸片就灯光看时，纸片上写着一行字，是"告沽上来客，非法之财岂可求？救人之事获现报！"读了又读，搔头回想，想到路上被那醉汉一碰，原来是妙手空空儿故意逞能，把照片窃走。自己头次出门，竟被黑贼打眼，前途路上更不知有何颠险，不觉惴惴惶惧起来。转念自己不过是个落拓世家子，此次赴热河，求取非分之财，也是实逼处此，出此下策。偏被雪阻在客店，偏又遇上这些尴尬事；所有九百块钱，是怎么被人调换，失而复得，自己竟一点觉察不出，自己还是一个书痴，太没有自卫的能力了。钱财被窃，又被送还，莫非自己资助周老茂，露出白么？那个黑衣人行踪如此飘忽，必是剧贼，他们紧跟自己，更非无故，难道自己当真教人窥破行藏了么？那么，这一路上，是吉是凶，自己是退是进，殊不可测。和甫暗暗猜思，惊疑不定，一夜中翻来覆去，如何睡得着。那店中人乱了一阵，也就各自归寝了。

但是任和甫这番猜测，居然猜对。那几个黑衣客果然不是寻常人，现在他们五个人，四匹马，忽从店中失踪，他们潜投何处去了？

原来距离祥顺店不远，往南三里多地，靠城边空巷尽头，有一所倾圮的大院落。正不知是谁家的别墅，沧海历劫，年久失修，便渐荒废了，院中才剩得枯池乱草，残砖断垣，只一角凉亭，颓然尚在，隐埋在荆棘丛莽中，其实看不见；这几天狂雪横飞，漫得里外皆呈白色。二十七这晚，雪势稍煞，夜暗星黑，只闻得萎草枯杨，伴着阵阵悲风，瑟瑟哀啸，远近寂然，人迹不见。忽听敲打三更，黑影之中，雪地之上，三五错落，由北来了几个人。个个乌衣黑帽，行走如风，霎时聚齐在荒亭里，拂雪披榛，在亭畔巡回。

几个人忽将亭阶刨开，把阶石掀起，四五尺长的石条，一层层挪开，暴出一大块方板，上有铁环，一个人揪住铁环，较了较劲，猛一搬。方板开处，露出一洞。洞穴很深，洞口有阶，几个人践阶走下地穴，另留一人，在亭上眺望。探穴数人中一人，先把手灯捻亮，才看见这座地穴，有很长的地道，入口不远，是三间屋大的地室。但里面空气阴沉，尘垢甚厚，像是久废不用的样子。地室中虽无桌凳，却有一卷新芦席，和地毯大褥，像是新近预备的。各人展巾拂尘，打圈坐下。有几只手提包，随便放在当中，各人膝前，杂陈饼干肉脯。另有盛酒暖壶，几人轮流传饮，悄声商量事情，问讯近来作为。

内中有两个人，对面侧坐，一个拧着手灯，一个拿一本手册翻看，抽出水笔，写了几句。想因天寒指僵，复又住了手，自去啜一口酒，吃块干肉。外面那一人，不时蹬着亭栏，隔丛莽向外探望。有好半歇，低低打一声呼哨，地穴一行人哄然站起来，说："来了，来了。"便有一个黑衣人，从东南越过断垣，蹑脚择路，疾走过来，到亭前问讯一二语，那人便蹬着亭栏，四下里眺望，悄然说："还好，你们都来了么。"先来的几人，齐声报道："二哥，四哥，六姐，七弟，我们四个今天赶到的。五哥本早来了几天，现在上北关去，大约快回来了。"后来的那人看了看，招呼众人，走进地室。

这个后到的人，正是这小小部众的领袖，青衫粉骷髅党的第一豪，绰号胡鲁，姓胡名声伯。生得体质瘦小，微生胡须，也披着黑大衣，戴紫貂帽，架墨镜，只左手套着一只白铜指环，上镌图记。他一挥手，请众人打圈坐下，自己居中，彼此引杯传饮，这首领随即问道："九弟没到么？"一人答道："九弟的事还没有完，那天接着首领的急报，已把盘报译妥，原想差支线副手送来。随后我和他商量，还是连同钱码，由我带到这里好。这次下手倒很利落，同伴一个也没失手，报上也始终没有见，想是对方胆怯，明知亡羊，认吃暗亏。只是那十二万全是现货，保藏运汇，都费手脚。九弟就留在那里布置，要等风声稍缓，再扫数解北分区去。他说就在分区，听候首领的信箭，打算不再赶到这里来了，现在他正忙着下窖。"

首领听完话点头笑说："他们这伙贪吏武夫刮了地皮，只知道存现银好，放在家里妥靠，还不相信存放银行，倒像给我们添许多麻烦，回头劳你替他托盘罢。"又问："八弟呢？"一个胖大魁梧的黑衣青年，膝前放着个黑包袱，应声答道："他还在大连等着呢，据说一时还不能下手，要请首领加派副手，或请知会附近支线派人协助。"首领道："一个色厉内荏的污吏，还不好对付，八弟也过于仔细了，您知道近情么?”答道：“我不详细，还是前六天，得他一封信，现在我带来了。”首领道：“好。”

几个人喝酒过话，少缓片刻，首领对众发言道：“兄弟们准备着，先报一报。我还有急事，等商量定了，要赶于五日内，动身到热河，再转回上海。上次那个恋家鬼，又弄出麻烦来了。”说着，侧首一个黑衣人，瘦长身材，旁边放着手提皮包，便是日间骑马过来，要对李三抡鞭的那人，此人便是骷髅党的第二豪王彭。王彭应声说：“哪位兄弟先报?”群豪同声答道：“就请二哥先来，都是一样。”

二豪王彭道：“我就先说了。刚才我和五哥，已经先后各到西街去了一趟，路是探好了。于善人家，上下共是六十几口，有更夫和护院的五六个人，都有火器，前后三层院，跨院前面马号，后面是小花园。内有于氏家塾和藏书楼，并请着一位家庭教师，一位西席。外院有外书房、大客厅、账房，住着七八个管事的和些朋友，正在那里忙年、算账、打牌。门房下房有十几份铺盖，推算起来，当有男仆杂役十五六名。内院是住宅，上房五间，暗三明两，西套间看是于善人之妻的卧房，箱笼银柜，那里最多，东西厢房都住内眷，后罩房七间，是女仆下房和内厨房。据闻于善人尚在北京办事，要赶年前回家过年，李三今天在于家，整混了一下半天，没再出门。我去的时候，他哄着两个纨绔小孩，拉胡琴唱戏，现在已经在外房南客厅里套间睡下了。他对人说，他被风灌着了，肚子疼，要账的事没听他说起。这里套间一共两架床，他睡在迎门床上。靠里面对着窗户那架床，想是于宅司账人的宿处。所有出进路线，我这里画有草图，大家可以斟酌。再有于善人的身世此地人传说纷纭，多不深悉，据说他并非本地土著，清末才迁来的，此人是将军府的将军，能骑烈马，善打双枪；有人传言他还会武术，不知确否。”首领道：“哦。”二豪王彭又道：“至于于善人的为人，据我打听，和五弟告诉我的，很令人动疑。耳闻他在北京政界，幕后非常活跃。今日那祥顺店门口看热闹的人有的说：甚么善人，还不要了人的命！我又访问于家左右近邻，都说：咳，左不过是那档子事，善人善人空叫响罢了，我若有钱，我也是善士云云。只有两三个老人，还说于善人本人不坏，不知是好人难做，还是欺世盗名。”

首领侧耳倾听，插言道：“但据察看情形呢？”二哥道：“这里有五哥的笔录，我可以代读。”便诵道：“十一点半，我从小花园假山前，穿到于善人之妻的卧房。恰好窗前有穿廊花墙影着，我就伏下去，戳破纸窥看。见他躺在狼皮褥上，吸食鸦片；地下跪着一个美貌女子，半新布衣，好像是个婢妾，或穷人家的女孩子，只在床前叩头泣哭；那位太太佯佯不睬，就是听不出说甚么话。”

群豪愕然道：“唔？”首领忙问：“还有呢。”答道：“还有在内厅，见一老一少两个华服绅士，拿着一纸，鬼鬼祟祟，不知作甚么，后来便点火烧了许多。还说，教这些穷小子们吃一惊，又叫进一个仆役来，吩咐了几句话。那个仆役出去了，我暗跟在后面，贴屏门廊柱，听他骂道：‘老头子再不出好点子！’寻到外院，带进一个短打扮的中年男子，听那动静，一进门就跪下，想是磕头央告甚么。随后抹着眼泪出来，好像从身上掏钱送给那仆役，这个仆役大刺刺的骂着收下，却将男子推到一个黑屋子里，锁上了门。少时又有一个使女模样的女孩子，手挑着灯笼，领一个青年女子，从后院沿游廊走来。那青年女子。一面走，一面也是抹泪。等到了内客厅，使女退出来，那华服少年绅士也笑着躲到一边，只有那华服老头子，留在屋里，和这青年女子说话。我忙绕到后窗偷看，见女子也只是磕头。忽见老头子笑嘻嘻伸手拉那女子，女子忙站起来躲闪，看面目，才知并不是刚才在于善人之妻面前下跪哀求的那一个。这一个模样更俊俏，衣履也比较入时，看年纪，不过二十一二岁。此时因听见后面有人喊叫，我忙着躲开。稍隔一会儿，再去伏窗窃看，见这女子已自靠茶几坐在小凳上，掩面不语。那老头子站在她面前，扪胡须说话，只说：‘你要想开了，在这里吃好的穿好的，大太太又没脾气。’女子只把头微摇一摇，忽然，只那老头子往前探一步，张两只手去抱住那女子，伸着脖子强要接吻……”

首领手扪髯微哼一声道：“往后如何？”二豪王彭道：“那女子杀猪也似的惨嚎起来，两手乱推乱抓，只叫杀人了。登时听见那边跑过几个仆妇使女来；老头子松了手，在一旁嘻嘻哈哈的笑，并说道：‘好厉害丫头。’那女子却往外跑，想是刚到外间，便被人拦住了。只听见乱吵乱叫，碰得东西响。当时我听后面又有人开风门声，只得转到前面。听那大客厅里打牌玩闹。人声嘈杂，说的话也都脱不了势力臭味，全不像行善人家气派。有个麻子，论起索租的事，张口便骂：‘枪毙了他。’也不知要毙谁。那气焰煞是肉麻，想都是于宅的高亲贵友，清客篾片。等我再溜到隔壁，听那短袄中年穷汉关在里面，走来走去，只有叹息。半晌，敲板墙道：‘老爷们行好，上去言语一声，放了我吧。’反复说只是这个意思，也没人搭理他。”王彭述完，便喝一杯酒，又道：“他家有这等情形，究竟该怎么办，听首领分派。”对面那个魁梧黑衣少年，将膝盖一拍，插言道：“这不用说，这是强逼良家女做妾。那中年男子必定欠了他们的钱，硬被扣起来了，好个善人！”

中坐的首领暂时默然，仰脸想一想，沉着说道：“明天通查各方盘报，后天你再细探听一回。如果劣迹确实，便即下手做他；李三正是所谓豪奴面孔，也休要轻易放过。只是你画的房图，线路虽探好，四下的形势，还须顾及。邻户都是甚样人，这也要探明。”二豪王彭道：“这层我也约略探听过，还有没探过的地方。至于如何进步，还听首领支派，看该有几个帮手。”

那青年黑衣人，即是七豪孔亚平，挺身道：“这妙极，首领，我愿随二哥、五哥同去看看。二哥，那老头子可就是所谓于善人么？”首领侧脸看一眼道：“恐怕不是他，七弟你愿去么？这也好。二弟，还是你同五弟看事作事，不必拘泥。”又沉吟一回道：“我是急待要走的人，临发动那天再看。如果你二人还分拨不开，就叫七弟助你。他现在没事，又愿意去，目下本帮大长还在青林，三弟是正养伤，六妹妹可以多留几天，帮个小忙，再看三弟去，可以么？”说时一笑。原来三豪马桐和六豪女侠卢正英乃是夫妻。首领胡声伯又道：“我接到十一弟来报，大约届时也会赶到。那时他也可以伸手，便有五六个人，足够了。并且还可以临时从古北口，调几个副手。只不知于家有多少底子，二弟你要探好。”

二豪王彭笑道：“我这里有一张清单。”一按手灯，照着手册，上面罗列清晰。田地房产不计，珍贵衣饰除外，共计现款约达二十六七万，元宝金锭，也不在少数，在小小县份也算最大富户了。首领看毕说道：“你同九弟经办的事，可再托盘报说一下。”

二豪应了一声，取出密码，诵了一遍，并提出要点，对大家申说道：“这件事当地支线很帮忙。计从上月初计划，直到十九才得手，共收现货十二万。货是本月十二上午四点过付的，票是当日下午，拿车送到原交换地点。共开销不到六百，拨给支线二千，九弟和我备用四百，其余十一万七千，就解到北分区。钱码盘报，请首领收起。”

首领接过密码的报告和账单，对右首一个黑衣人说：“四弟你呢？”这青衫第四豪名唤吴朗，粗声粗气说道：“我这回又失脚了。”首领笑道：“又遇见女侦探了么？”四豪抱惭道：“哪能总遇见针扎，我这回是上了骗子当了。我遵大长的吩咐，从某相家，取了十万钞票，去上河南交给芸轩主人准备动用；不意半路上遇见学生打扮的一个少年人，竟叫他全给拐骗去了。恨得我立刻要追缉他，后因首领限我年前赶回来，不得已，请当地分区帮忙，另从一个退职军家，挪动十万现金，交割给芸轩主人，我就忙着回来了。沿路经过支线，我都通传过了，我想抽空找他算账。”

大家听了，不禁失笑道：“四哥专遇这些事，可真是狼衔来，教狗吃了。到底是怎么一个圈套，快些说给我们听听。”四豪吴朗笑道：“说总要说，不过说出来，真是丢人。那天我搭车，走过保定时，同车中有一个学生失窃。据他说，不但皮夹里的钱全被掏去，并连车票也一同丢了。当时为查票员所窘，急得他要跳下火车。我看他不过二十来岁，穿戴齐整，外表似是个少不经事的书痴，我便帮了他十几块钱，给他补了票。他感激不尽，叙谈起来，说是鄂籍留京负笈的大学生，现趁着放寒假，回家完婚。身边原带着一百三十块钱，不知什么时候露了白，给绺窃全数偷了去，所以弄得如此局促。问起我来，知道我是上南方去的，便要同我一身走，还要请我到他家去，一者是还钱道谢，一者是盘桓盘桓，结识做个朋友。他那态度虽然表示感激，却保持高介，处处不脱大学生气习。又问我职业行踪，我含糊应着。到了郑州，我下车住店，要访问我们的同路，他也竟跟下来，意思很恳切。谁想就在那天，我又看见一个被指名追捕的异路朋友，才教暗探跟逐下来。我忙关照当地分区，设法转移视线，并搭救他，安插他。哪知这个学生竟趁隙偷开了我的皮夹，盗着钞票走了。十万元一点没剩，临走还在皮包内，给我留下一封信，一张名片，内说他家贫母老，度日窘苦。今迫于母命，借贷完娶，以延嗣续；暂借义士之款，别有所为。他日但获寸进，定图重报，不敢便尔负心也……他竟跟我玩了这样一套把戏。”

首领十分注意，遂问：“他自说叫甚么名字？”四豪道：“据他自称，叫卢笑邻，我怕是假托的，或是借用别人的姓名。我这里还留着他的信笺名片。”珍重取出来，内中一人忙再拧亮一只手灯，争相详看。这张名片印得很精雅，七个字：“卢笑邻，湖北汉阳。”首领捏着那张螺纹短笺细察纸色墨迹，用指甲轻轻一弹，墨迹竟随手脱落许多，只淡淡留下几行微黄色的浅痕。众人齐声诧道：“这是鲗墨，好四哥又遇见高手了，他是安心跟我们过不去。”首领沉吟不语，擎起纸笺，留神映看纸纹，把名片也细看了。半晌，将纸片好好包藏起，对四豪说：“这人究竟是甚么模样，有无随身行囊，会否遗落下东西。”四豪吴朗道：“我也诧异着，他只披着皮大氅白围巾，手提一只很大的皮包，又一只手巾包，并没有书箧被套，也没遗落下东西，只一份晨报，丢在店中，日期是当天在北京车站买的，上有消费社的戳印。这人的模样，倒也平平常常，没甚特异之处。面色微黄，脸是圆的，身材不高不矮，不瘦不胖，和七哥差不多；眼睛好像近视，架着一只铜丝眼镜，看年纪不过二十三四岁。他虽自说是湖北人，听谈话口音，柔和清脆，好像是浙江人。如今追想起来，他比较异人处，只有鬓角生着白发，额有头纹，似曾饱经忧患，口唇两角下垂，微带坚决冷笑的神情，两只眼睛虚眯着类似近视，瞳子炯透，顾盼却甚锐利。又他左手上有一只指环，是金质烧蓝，映出文字。”

首领道：“可还记得甚么字？”四豪笑道：“这倒留神了，是心印两个字，我因为这不像人名，所以倒看着注了意，猜疑这或是订婚指环。”首领点一点头，大家便一杯一杯饮着酒，纷纷议论起事，并再三向四豪询问种种情形。接着首领说：“好了，大家记在心里，现在且丢开。六妹妹你呢。”

那对面的黑衣人，应声说出话来，柔腔细语，恰是个男装女子。此人正是青衫第六豪卢正英，接声说道：“奉命办理的事，我已经办完，当地报纸已见披露，不过稍有不符。现在我已剪存，请读给大家听。”随即取出一段剪报念道：“本市近发生一离奇之绑票案，租界寓公许某之爱女许季美女士，日前偕女友赴影院观剧，突告失踪。当晚许宅接到勒赎函一件，条件之严苛，措辞之诙谐，颇堪疑骇。尤其令人咋舌者，索赎现钞十万，不准报官，并指定交款地点，限三日内，预置伊女妆阁镜台抽屉内，届时准派人送票提款。竟不畏探警围捕，岂非大胆已极。许绅家本豪富，爱女心切，又震于撕票之惨酷，及赎票之非法，当时未敢声张，亦未报警。竟一面照函贮款备取，一面潜聘私探，暗布宅次，以为接票及缉凶之计。许绅自身，则携眷离宅，避居他处，以防意外。在许绅本意，不啻暗张网罗，贮款作饵，讵有出人意外者，次日（即昨日）下午，伊女竟携女友翩然归来，询其行踪，实为女友强邀到家小住，并非被绑。比询勒赎函件之由来，则系女友十五岁幼弟之恶作剧。彼读惯侦察小说，幼童无知，出此戏举云。言讫一笑，即偕女友入室，并电告伊父速携眷归家，遣去私探。本案至此，似已告一段落。乃当日薄暮，奇峰陡起，在许绅命驾言归之前，伊女许季美女士忽又失踪，并十万现钞亦同时失去。据询许宅留守之女仆及司阍云，四小姐昨晚归后，偕其女友同归妆阁，小休片刻，即手提皮包，与女友相伴，缓步离宅。司阍敬询小姐何往，则称系送女友归家，两小时后即回。并饬告老爷太太，晚餐可不必候伊。且语且行，一去未归；惟察其面容，似微含惨戚。于是阖宅惊惶，四出探询，然竟杳如黄鹤。现许宅深疑此女友或系绑匪同谋，许女之再度离家，必系被迫。所可疑者，此女友以前虽疏往还，在最近半月中，实与许女过从甚密，曾屡相访候，亦尝下榻。两人聚谈甚欢。讵意出此？且绑票志在得赎，当时留质自卫，事后似当放还；何以许女从此失踪？案情惝恍，颇滋疑窦。闻许绅颇为悲愤，已具报警局，并延私探多人，从事查缉云云。”

六豪卢正英读到这里，笑一笑又道：“还有一段剪报，是出事五天后登的，略云：‘本市富绅许氏爱女失踪一案，业志前报。本社当时即疑案情离奇，恐非绑案，内幕或当另有别情。惟许宅坚决否认，谅有隐讳之处。兹经本社特派记者，从各方面切实调查，已得真相。许女之失踪，实系携爱人出走。爱人之名字未详，但闻姓荀，系某大学学生，与伊相偕之女友，即此大学生所乔饰者。缘许女之爱人，多才貌美，而家计清贫，尝一度求姻，为许绅所拒，然男女两人心心相印，已誓白头，遭此打击，许女士情出无奈，特弄此狡狯，从伊父手，骗取奁资十万，以与爱人偕逃。据闻刻已与其爱人正式成婚，将相偕买舟西渡，赴美留学云……彼于离境前，有函致家。文云：父母亲大人钧鉴，敬吁陈者，女前诉下情，未邀俯许。现女迫不获已，持款告别，自辟生路去矣。女此次所为，似于孝行有亏，其实女长终须嫁人，与其嫁不相识之男子，何如自择良偶？此十万金，女今持去，即用为来日生活之费，望父无须追究，径视为赐做女儿妆奁费可也，不告而取，女诚自愧，然若不出此计，恐大人赐金为数必无如是之多，且婚事亦恐不谐。女之忍于罔亲，女之不得已也，现女已与婿正式成婚，即将买舟西渡，赴美留学。他日学成归国，再向膝前伏罪尽孝，望勿以女儿为念。今当远别，临禀泫然，诸乞矜鉴，更恳千万守秘，不足为外人道也。女季美叩。”

六妹念罢，众人大笑道：“妙不可言，这报上所谓爱人，一定是六妹假扮的了？”六妹笑道：“就算是我吧，便是这封告别信，也是我拟的，原为转移他们的视线，果然连警探都信实了。”群豪道：“六妹和三哥真是我党健将，难为这假中假的假局，你这么想来。现在我们的新同道来了没有？”六妹道：“现在许季美已经输款加入北分区，她志愿参加走盘工作，但是检验她的胆气体力，多有未合，已经介绍她到保定女校当教员，同时暂委她筹备当地东道主的工作。她的真爱人，也由总干介绍到保定去了。我经办的事就是这样。还有黄家那个孀妇，我曾假托妇女救济会调查员，访问了两次。自经我们强制设法，吓住她的无耻谋产的夫兄，替她卖去田产，除支线收留八百，其余共折给七千五百元。她得款后，已经和她的夫兄分居另过。她的夫兄黄文静起初还要啰唣她，后经我打破他的悭囊，割去豚尾，并在佛堂留下黄柬，说再不念亡弟手足情，逼嫁孀妇，惟妇言是听，则此不肖子孙，触怒神明，必褫其魄，地下先人亦难吁救。这样一来，黄文静吓得说，祖宗怪罪下来，果然痛改前非了。”

说到这里，首领一挥手，仰望星月道：“五弟怎么还不回来？现在时间来不及，你们有纸面盘报的，都交给我。有不必商议的，便不要口头再讲了。”几个人听了都将密码文书交出，只有那个魁梧青年，便是七豪孔亚平，抢着诉说："只是五哥的物件都还在我这里，他的事也要我代他报告。他说他跟的那人，叫任和甫，怕是要撒手的了。"便打开提包，拿出一本手册，看了看说道："据五哥说这任和甫是上热河贩私货的，他家住在天津三条石，原是不通世故，不明世艰的纨绔。他父亲从前任官，已经殁了。因为金山乍倒，依傍毫无，他母子坐守遗产，日用排场不能撙节，便日苦坐食山空，反复想找出路，那时节，正是树倒猢狲散，束身自好的戚友，因他孀孤没有远见，信甘言不听忠告，多相率避嫌。偏那些寄生虫，不肖亲友，有的饱攫远飏，有的还啃住不放，乘机诓产骗财。或怂恿他做生意，或劝他买差事，甚而至于连他家一个拙裁缝，也哄他在布店入股。他父生前的一个车夫，居然也骗动他开车行，出赁马车洋车。最可笑是一个老妈，竟劝得老太太要到三河县置地务农。于是实心划策者无人，随缘觊产者大有人在。偏他娘俩走入迷途，一心要发财，好恢复往日风光。他一窍不通，百端营运，左上当，右学乖，六七万的家当，竟不上五年，全毁掉了。这也由于他父生时，只储浮财，不置产业之故；更加上他读书呆子，多遇坏人，才落到这般结局。新近他因事无可为，天天忧虑，又听人撺掇，将他父生前的藏书，变卖了三千多元，身带一千，要上热河吕巴沟，贩卖阿芙蓉。并找当地一个做厅长的老世交，就便打秋风谋差事。临行之前，他家母子哭泣通夜，引起五哥注意。跟了他一路，已经是下了他的手了，将他五百元钞票，四百元现金，全数窃盗在手。但因一路窥察，见为人行事，良心尚好，所以未忍灭绝他的生路。正在考虑着，不料今天他竟在这里，做了一件慷慨的事。五哥便决定了主见，今晚把钱如数退还给他。并因他走入歧途，五哥说，还要设法警诫他，保护他。"

首领道："你说的不是他曾周济老茂吗？"孔亚平道："五哥正是看取他这一点。大哥你说这人不也很难得么？"首领解释道："这还得分别看。他若纯为恻隐起见，自属可取。假使他只是和李三赌气，那么一个贩私货的落拓公子，使气挥财，又值甚么呢？这等五哥本人回来，问明再计。你们谁去找五哥去？七弟，还是你辛苦一趟。”众人一一听着，那魁梧青年便站起来，扎束停当，出地穴下荒亭，黑影一闪，如风驰电掣，径奔北关去了。不一时，五豪秦铮，七豪孔亚平，两人一同回来。

五豪坐下说：“周老茂确是很穷。有一个儿子，前年内乱失踪，大约流落在热河一带。有张相片，交给任和甫，现在我已取过来。任和甫怜老茂谋生无路，刚才又帮助他十几块钱。”首领道：“哦！他竟有此热心？”五豪秦铮道：“因此我已把那九百块钱又还了他了。”二豪问道：“怎么个还法？”答道：“原是任某喝醉，从周家出来，我故意撞他一下，把他手中的灯笼扑灭，趁势取出周长发的相片，打算就此将钱包还他。后来七弟找到，又想钱多包重，况他夜深酒醉，恐出差错，所以交七弟抛在任某住的店房里。”七豪笑接道：“那时祥顺店正吵闹我们人马失踪的事，乱嚷胡猜很是可笑。我稍一迟延，险教灯倌碰见。我只得将钱包留放在铺上，来不及抽换手提包，行李卷中的假货了。”

首领正色道：“这宗举动不大妥当。虽然我们以任侠集款，以震俗集众，可是昼投店夜潜踪，多余的惹人惊怪，大可不必。若竟遇高手，反致误事。再者既决要退款给任某，我以为第一先撤回伪币，使他不觉。凭白惹他骇疑，便不免引他趋避，这都不好。”五豪、七豪低头说是。五豪掣出两件东西，擎着说：“这是周老茂之子周长发的照片，请首领收下，可不可以交热河支线备查。这是周老茂的借据，原是二哥从李三马褂内取来的，交给我教我顺便还给周老茂。因我另想出一个办法，所以又带回来了。我的意思，打算借于善人的名，写信直接寄去。就算善人新年恤贫，捐金赠契，倒还不突兀。”

首领道：“这个很好。我还打算在这里或古北口，再设个支线。新年我探着一个消息，不久这热河地方，又要划成战区了。但是这里一个东道主也没有，生下手很难。我的意思，要酌量情形，利用周老茂一下。因此我想先设法多资助他些，对他动之以利，胁之以威，更诱之以代觅失踪的儿，然后教他给我们做眼线，做东道主。前次我踏勘本地，发现这道地穴通城外，可惜出口被人建房，现时又有人住着，我打算设法租买来。由我们出头，不如利用本地人，可以在那里开一座商店或是学校，暗作我们的西北路机关。这可以相机买说周老茂的。还有在这两个月来的成绩，非常之糟。我们人又少，路又远，算来尽跑了道了。”

四豪说道：“大哥何妨再收罗几个同道，分散在各大埠，沿着一条铁路，多成立几处支线，岂不省事多了？而且消息也灵。”首领笑道：“谈何容易？殊不知我们的生涯，人少则易守秘密，利于进行；人多则树大招风，难免有败类混入。我们现在只有老巢一处，分区两处，支线数条。主干共计不过二十来人，同心同德，事事妥靠易举。你还记得霍云路么？我们好容易把他试探好，检验合格，又好容易将他训练成了。我们仍不敢过分信任他，只不过教他采探消息，传递电信罢了。我们的老巢和内部组织，还未告诉给他。谁想他眷恋一个女学生，求爱呀，失恋呀，害得丢了魂似的。虽不致变节卖党，可是他总是中道而废。当他看穿爱的假面，痛不欲生的时候，便将我们的消息阻延；险些你找不着我，我找不着你，是多么误事呀。现在将他解往南洋，永不许回国。到底我何曾放心？生恐走漏我党的机密，大长劝我除掉他，究竟过于残忍。所以当强盗的最忌同伙洗手，也就是多此一层疑虑，我又焉敢随便募集同志呢？”说时喟然一叹。

沉吟片刻，首领胡声伯又道：“现在我们到场的一共六人，可以定规一下。第一件，密云县于善人的事，我交给二哥、五哥，六妹、七弟、十一弟算是副手，人不敷还可电调。这限三五天内动手才好，办法是自行规拟，较为妥当；或仍旧用劫夺黑珠的成例也可。周老茂的事，任和甫的事，算是附带着办。

另由四哥担任临时走盘的工作。”二豪王彭、五豪秦铮应了，记在手册上。首领又道：“可惜雪天太坏。缘因我们最喜星黑风高，最忌明月积雪。只好见机而进，切莫像三哥那般执拗，以至棘手不退，便失策了。第二件，北京的事，二弟事后可径会同九弟，将那十二万，从北分区抽提，抽八万，解交云轩主人，再候我的电信，并可以顺便探听那个卢笑邻。第三件，寓公的事，八弟既觉不好对付，七弟也候这里事毕赶回去。拿信箭，教支线照派助手。如仍不敷，或是费手脚，可和三哥、六妹商量。信箭等明天译好给你。第四件，卢笑邻的事，这时虽来不及找他，四哥可以赶回京城，告诉三哥，请他画一张像，发交各线注意。热河有一个惨无人道的仇杀灭门的案件，当地孙家立全家四十余口，被仇家诸石夷诬作匪人抢杀。案发之后，诸石夷仗着财势，被捕下狱，应得之罪迄未判决。我这回去，是要设法给他戳漏的。事后我打算赶回上海，候大长将那长腿将军购运枪械的合同、经手人、交货上岸的确期，一一清查报到，便即设法进行。这一层办到，比这次工作又强十倍，从此何愁没有工具。只是几天没接来电，好教人悬切。”说至此，点一点头道：“你们自己计议去吧。”

一声呼哨，哄然起立。于是地穴复闭，雪迹重铺，听更锣已打四点，这六个黑衣人各自散去。残雪横飞，夜气慢散，转瞬间鸡鸣破晓。到了腊月二十八，内中两个黑衣人，匿迹密云县城，把通盘计划打好。这便是王彭、秦铮所要做的事。二豪王彭自去关照六妹卢正英和七弟孔亚平，同时十一豪祁季良，也已赶到。四豪吴朗则是遄赴北京，传递消息。五豪秦铮改装混在一家小茶馆内，用笔起草电报函稿，又到电报局邮政局去了一趟，应用的衣饰器械箱笼礼物，一一安排好。最感困难的，自然是雪天，又苦无集合地点，他们有的是勇气智谋，这也不怕。于是忙碌了一天，等接到北京回电，就要进行预定的办法，正是：“安排罗网擒飞翼，垂下香饵钓游麟。”

第四章

信道燕覆巢宿留佳丽
惊传鬼瞰室盗劫善人

年关已到，密云县城里于善人宅，内外上下，忙碌异常。于善人在京办事，原说年前赶回。所以于府有些个事，不能就办，要等于善人回来，才定主见。至于眼前的事，内宅由于太太做主；外面是于三太爷，和赵师爷、马七爷，会同照料，管事人等只听候指挥。于善人名鸿字仲翔，曾做过将军，后来厌倦宦海生涯，才专办慈善事业。在北京政界上，他的活动能力很大，消息也很灵通，人缘也很不恶。他的家庭户大人众，有一妻一妾，二子一女，和一个本家老叔，人家称为于三太爷，字叫晓汀。又一个堂侄，名唤继武，都住在于氏密云本宅。还有两位西席，一是书记姓赵，一位教师姓梁字苏庵，是山东曹州人，年约四旬，在于府设帐，专教两个公子，绍武，继武，和一位小姐绚武。此外便是管事仆妇护院了。

腊月下旬，于宅执事人，奉命从城外，抓获一个男子，两个女子。那天把女子隔别询问一过，又将男子严讯了，囚在室屋中。腊月二十八夜半，内客厅里，于三太爷正和赵师爷对坐，商量往北京发快信。忽然街门敲响，值夜的开锁，接进一封电报。拆开译呈，见是于善人从北京拍来的急电，上面说："急，晓汀叔鉴：刻因要事留京，年后方回。涛公内眷来密借寓，鸿已允，速将婉室腾出应用。涛妻钱蕙如等三口如到，应优礼，对外勿播。余函详。鸿勘。"

三太爷看罢，不晓得这涛公是何等人物，想着许是政界的要人，可是怎么寄眷到这僻远的地方来呢？便叫侄少爷继武，去到内宅告诉一声。现在已经是腊月二十八，赶快布置一下，省得明早客来，没处安置。又嘱咐打听一下，看这位涛公与宅主是甚么交情。继武答应着，拿了电报，面见于太太，讲说一回，又请问姨太太。

这位姨太太，年才二十一二，生得姿容秀丽，细腰朱唇，并且粗识文字，常替于善人掌理机要文件。她名叫楚婉华，原是个被难女儿，教于宅解救了全家性命，现在嫁给他作侧室。当时要过电报看了，也不知涛公二字是名是字，说："等我查查。"到西套间寻找一回，拿出两张名片，说道："这张是窦晴涛，字锦明，是个高级军官。这张是吴峻，字松涛，是财政部次长，都和将军有来往，不知究竟是哪个。"又想道："恐怕是吴松涛。报上不是说他下台了么？"于太太道："仲翔来电，既这么紧急，不拘是谁，想必交情很深，我们总得招待。要真是吴松涛，那更应该。听仲翔说过，他们曾在湖北共事很久。等明天叫他们收拾屋子就是了。不过人家是女客，想必还带着人，让在上房住，不大方便。况又是大年下，二妹妹可住在哪里呢？要不，咱们住在一块罢。"姨太太笑道："他做事不许别人异议，只可先依着。等他回来再说，我就同您住罢。"

商量一会儿，侄少爷回去告诉三太爷，并知会门房。当晚无事，次日上午，又接到专差急递的一封密信。内中说明北京政变，事情紧急。于善人大约在正月初六以后，方能离京。又说同寅挚交吴松涛，此次政潮，惨被牺牲。他的财产有一部分幸未籍没，现正由于善人设法代为起出。他的如夫人钱蕙如女士，携女仆即日来密避难。

应留她借住内堂西耳房。婉华可速让出卧室，暂住东厢，与女儿绚武同榻。好在女客只寄留一周半月，容事稍缓，于善人将财产交清，还要送赴大连。又此递信专人，应格外优礼。此人实系松涛的内弟，名钱平欧，可留在内客厅与三太爷同住。这封信字迹潦草，下不具名，只着“仲翔”二字的阳文图章。函尾并注有“阅后付内室，详询平欧兄”字样。

三太爷看完信，忙交给侄少爷，低声嘱咐几句，教他拿着原信，进内宅去说一声。这里赶紧将来人让到内客厅，净面逊坐，献茶叙谈。看来人约二十六七，身体魁梧，双眉浓重，面皮微黑，穿戴粗敝，气概豪爽洒落，是像个改装下人的模样。问起来，原是吴松涛的妾弟。吴氏本人现在已被通缉出走，家产也被查封。所幸内眷承蒙于善人预先送信救出，现在前站，下晚可以到县。钱平欧说着，很是道歉称谢：“正赶上新年，府上添麻烦，还求千万对外守秘。”说时流下惭惶之泪来。三太爷再三劝慰，说是：“仲翔与涛公至交，应该分忧，借住不妨，勿嫌简慢。至于对外，尽请放心。因为仲翔早有急电预嘱，就连仆役也都不知真相，今早也已格外吩饬他们了。”平欧又道：“来时仓促，也没带一点人事。”从身上掏出四十块钱，送给小世兄们买花炮。寒暄一会儿，侄少爷出来，叫厨役预备便饭。又叫从内宅拿几件长衣服，给钱老爷换上。

饭后叙谈，遂又说起此次政变的缘由经过。平欧说要人殒命的有两个，被通缉的有十几个。在座数人听了，共叹政海风涛险恶。约到晚八点左右，才听街门外轿车，在辘辘声中停下，吴太太已到。

于宅家人照料着。卸下几件箱笼，慌忙报进内宅。于太太率领内眷，在二门迎接。只见进来一个苗条婀娜的少妇，手提一只皮包，后面随着一个粗眉大脚的青年老妈，捧着许多礼物，都是进了密云县城现买的。端详这位吴太太的装束：穿着灰色短袄，青布长裙，头挽盘髻，鬓压绒女帽，项围紫毛线长巾，下面敞腿深碧色缎裤，露出尖尖的两只小足，盈盈瘦小，走起路来，娉娉婷婷，越显得细腰纤影，如春柳迎风。只是身材稍高一点，脸上粉香脂腻，眉鸾微蹙，双眸下垂，似于悲惶中略露羞惭。说起话来，却很透亮，一口清脆的北京话，与乃弟钱平欧不同。一面走着，一面问讯，相让至内堂东套间，叙礼攀谈。

只见这钱蕙如羞怯怯的说："我们次长遭这腻事，他自己跑到东交民巷去了，家里一点信也不知道。多亏了于叔叔，冒险透信，救了我们一家性命，又设法替我们保全财产。姐姐，我们可是来的冒昧，有甚么法子呢？您要多多担待吧。"叫那大脚老妈，拿出各种礼物；又从小皮箧中，取出一包，说这是我孝敬姐姐的。茶话一时，请于太太领到各屋，拜见各房内眷，随后开筵接风，于太太和姨太太相陪。问起出逃的详情，女客一一说了，又道："那天军警杜门搜查，没把人吓杀。直到如今，我还心跳呢。"饭后，由姨太太陪送到西套间，里面早已布置好；女客带来的箱笼等件，也都放置妥当。当晚叙谈到夜十二时。吴太太行路辛苦便道了安置，携女仆李妈回房，扣门就寝。外面钱平欧，不住声打呵欠，也早于十一时，拉开他的褥套，在内客厅睡了。惟有于宅上下，因为明天过年，上下还都没睡。

三太爷在内书房，吸着水烟；心想正值年关，偏来避难借寓之客，真是忙上加忙。忽听门外一声咳嗽，那位家庭教师梁苏庵，掀帘进来，悄声说："有几句话，要对太东翁讲。"一使眼色，小童退去，梁苏庵道："翔翁有信来么？"笑道："昨晚来了一封电报，今早又来一封专信，他年前不能回来。"苏庵道："晚生要多嘴，听说由京来了男女三位客，要在府上借居。依晚生看，这事有些尴尬，不可不小心。现在骗局盗案很多！"三太爷道："哦！"苏庵道："晚生此疑，并非无因。那位男客，我刚才会过，神色太不对。我叫学生问内宅，也说旧日并不熟识，不知翔翁电信怎么说的？"三太爷哈哈的笑道："仲翔电信切嘱款留来客。他们是至交，还能假冒不成？再说咱家还有人敢来捣鬼么?”苏庵把脸一沉道:“那就是晚生多虑了,太东翁留神后看吧。”站起来告辞,径回花园家塾。把护院张二叫来,暗嘱几句。遂将自己小箱打开,拿出一只铁弩,一包铅丸,哼哼冷笑一阵,熄灯上床闭目而坐。

宅里面内堂上房西套间,新来女客睡下不久,带来的大脚青年李妈,复又开门出来。见到椅子上,坐着两个值夜的丫鬟,便过来悄问:“你们太太睡了没有?”丫鬟答道:“没有。您一路辛苦,怎么还没睡?”李妈道:“不怎么,我们太太要大解,劳您驾,给开开屋门。”丫鬟道:“外头怪冷的,这里有便桶。”这青年李妈笑道:“不成,我们太太用不惯马桶。”丫鬟忙到东外间取钥匙,开了屋门,又点上灯笼,李妈扶着吴太太去了。半小时后,钱蕙如净手回来,自进西套间,和衣睡下。那个李妈打着呵欠,和值夜的使女,有一搭没一搭的闲谈。问起五间上房共有几人住,回答说平时就只主人妻妾三位,分住东西套间。每间有值夜的两个使女,一个女仆。小姐和舅太太、乳母,住东厢。西厢本是女客厅,今天才腾出来,归姨太太暂住。这儿都有值夜的女佣,男仆不准进内院。夜晚护院的,也只在东西夹道巡逻;但如有动静,还可以由四隅角门进来。李妈又问:“老姐们都住在哪里?”回答说:“不值宿的统归后罩房休歇。”又问:“于太太这早晚还不睡么?”两个使女笑了,低声说:“她老人家是吸鸦片烟的,现时还在东套间吸烟呢,就是那个值夜的妈妈伺候着。”说了一会子,李妈回到套间睡觉。先将屋门闩好,又将油灯捻得小小的,在地铺上躺下。

约到四点以后,便跳起来,轻轻叫了一声。那位吴太太一跃而起,坐在床头,揉一揉眼,解下长裙,将敞腿裤卷起,翘起尖尖的四寸莲足,却用手解开双行缠,把鞋脚一齐褪下,露出两只天足,原来纤纤双钩,只是踩得一对木屐。急换上软底鞋,扎束利落,一跃站起,将纸窗戳破一小孔,往外窥看。这窗外迎面堵着画廊花墙,再前便是西厢房山墙,阻成死夹道;虽有假圆门,虚设不开。这女客点一点头,又验看窗缝。跳下来，和李妈商量，悄说："上面纸窗划开难免有缝，起玻璃如何呢？"女仆点头，手里正拿着几条钢丝，比着蜡模子，用来剪赶做钥匙。不一刻做成，忙轻轻将屋内箱笼铜锁，挨个打开；又轻轻搬下掀起，轻轻翻动。

那女客钱蕙如，也将窗上玻璃，轻轻起下一扇；站在床头，比量一下，嗖的一声，窜出窗外，侧耳听一听，别无动静。即在窗前墙下，转了一圈，靠墙角插了几只长钉，登上去四面眺望；取出手巾，将雪迹掩平；跳下来，复将脚印擦去。一按窗台，又嗖地窜进屋来。忙将玻璃慢慢安上，从包中取出鳔胶，抹上稳住，洒上灰尘，看没有甚么形迹，才住了手。李妈此时，已将各箱各柜，翻了一过，做了暗记。却仍旧锁住，安放原处，轻吁一口气说："这也有限。"钱蕙如说："本来是姨太太的屋么。"遂将妆台抽屉，床头小箧，逐个弄开。又将信札文件，几上书册，检查一遍，也照样放好。

主奴忙了一阵，觉得天已不早。钱蕙如又将脚缠裹上，穿好弓样小鞋，系起长裙，扯被上床，垂帐就寝。那个大脚李妈，呵欠一声，也倒在地铺上，不一刻睡着。

一夜无话，次日已到除夕。于宅上下照往年一样，忙个不住。送礼收礼，人往人来，街门大敞，凡出入门口，都悬灯结彩，天井更高悬着红灯，气象显赫。只那位家庭教师梁苏庵，年假无事，在馆中坐不住，默默寻想一回，抄着手，由书房花园，到马号、门房、后院、跨院、夹院、后门各处，往来散步。只是内宅不便去，也到角门屏门边，站了一会儿。忽然失声说："对了。"急忙叫书童要钥匙，将藏书楼门开开。也不嫌风劲天寒，独在楼头，盘旋半晌才下去。到了下晚，辞岁迎神，满院灯火辉煌，爆竹乱响。阖宅内外，更形热闹。前院酒阑筵罢，先生们打麻雀，推牌九，有的就掷骰子，押宝；两位公子拿出锣鼓敲打，叫李三唱戏，李三满面烧红，酒气喷人，直着嗓子唱："哗啦啦打罢三通鼓，蔡阳的人头落在马前。"奇腔怪调，引得少爷们哄笑。于是外院两处大厅，喧成一片。

到夜十二点左右，内客厅借寓的钱平欧说："喝醉了，要吐。"推帘出去见风。站在廊下，看望屏门。一霎时那个李妈从内宅走来，说道："舅爷你过来，太太教我告诉你。"平欧忙迎上去，找了个僻静所在。李妈悄声问："空屋囚着的那人，到底叫甚么？"平欧道："亲口问他确叫陈老么。"李妈诧异道："他不叫秦璧东么？你怎么问的？"答道："说是巴沟人。带着胞表妹妹，进京送亲，被于宅因债务扣留了。我已暗和他约好，听动静放他逃走。"李妈忙道："使不得，刚才探问两个女子，答话满不接对。我先问年长的女子，愿欲离开此地么？她竟瞠目不答。再问你愿和你哥哥见面不？她掉泪说：'哥哥秦璧东失陷窟窿，要见怎能够呢？'提到陈老么，她说不知是谁。问她何以至此，她说与不相识的兄妹二人，搭伴逃难被截。再问那幼些的女子，竟说没有哥哥。有一个人拐骗了她，可不是姓陈。到底陈老么是个甚么人，又因何被囚此处呢？"

平欧摸不清头脑，沉吟不语，半晌道："唔，这样看，对这两女一男，是不可冒昧的举动了。"李妈道："我找你就是为此，刚才已和六姐商量了。她的意思专办正事，这附带问题，不妨访实再计。你预备着罢，哥们都来了，准三点一刻见。"说完进了内宅。

这时候于府内宅女眷，也都齐聚在堂屋，乐度新年。姨太太和小姐，邀着舅太太们和新来女客，猜枚抢红，掷升官图，玩牙牌叶子戏，种种玩具。那钱蕙如，也煞有兴趣，忘了遇难做客，腕镯抡得叮当，直玩到两点以后。于太太由东间出来，要催小姐歇歇，好起五更吃饺子。一见女客，又不好意思开口，便笑道："玩的好热闹啊。"钱蕙如忽放下手中玩具，眉峰一皱，双手按着小肚子。于太太忙问："您怎么了？"钱蕙如摇头，李妈在旁边便笑道："于太太您不知道，我们太太有三个月的孕了。许是惊吓劳累，动了胎气，昨晚上疼了一夜呢。要有鸦片，吸口才好呢。"钱蕙如红着脸啐了一口，道："多嘴。"于太太笑道："您有喜了？这怕甚么，妹妹跟我来。"把钱蕙如让至东套间去，摆上烟具。

外面小姐姨太太们，还是玩着。那个李妈和本宅女仆相伴，只在圆桌左右伺候，这时候，听壁钟已打三钟。李三在外院，早唱哑嗓子了，大呼小叫的说：“打牌吧，打牌吧。马七爷，我替你打两把。”刚刚就座，把牌推得哗哗的响。忽然哎哟一声，直跳起来，仰面往后，连椅子一齐摔倒。众人一怔。只听窗外一人叫道：“有鬼！”厅中十几个人一齐惊寻，咦，门口挂的棉帘忽支起一角来，探进一颗人头，白磷磷毫无血色，两眼眶漆黑，鼻头如墨，嘴大张着，也是黑乎乎的豁开；伸出一只枯瘠惨白的手腕，在这里摇晃。

众人大惊，忽然嗤嗤几声响，满屋灯盏蜡烛全灭。又吱的一声惨号，满屋鬼声啾啾，吓得屋中人，黑影里乱扑乱叫。纸窗外面，也黑暗不见院中天灯壁灯的光影，只听得狂风翻积雪，沙沙打窗。远近爆竹还是乒乓乱响，厅中两位小少爷吓得哭喊，不住声叫妈。一个听差胆大，摸着一匣洋火，刚划得亮，突一股冷气打来，他哎呀一声怪叫，撞倒在地，将桌椅撞翻，把别人也碰倒。

侄少爷于继武，胆气本豪，素又多智，虽也碰倒，惊魂乍定，心里猛想：“唔？”急从黑影中向外爬摸，约莫到屋门，提椅子猛碰数下。却不料门虽碰着，只是拉不开，仗胆摸去，有一条铁链将门锁住。

于继武正在惊慌，乱叫：“值夜的护院的快来。”却又听西跨院靠后边，砰砰啪啪一阵发响，似爆竹又似枪火，跟着轰隆一声，好似晴天霹雳，又宛如地雷爆炸。听一个山东口音的人，在高处大喊：“护院的快上来，快敲锣，快开枪，有贼有贼。”赶着乒乓乱响，似已开火，夹杂着嚷骂：“好贼，好大胆，你不打听打听！”这一来，竟吓得大厅内的人，全躲倒在地下，没一人敢出来。正在害怕，隐约又听见后面内宅，有一个女子声音惨叫，又当啷一声，啪嚓一声，似摔出一样响器，一件瓷器，又似玻璃窗碰碎。

于宅护院的六人从夹道扑出来。男仆十几人，也有几个提着火枪、刀矛之类，抢出来乱喊，向天空连放几响，各处连叫有贼，马号车门哗啦一响，窜出两条黑影，沿小巷躲躲闪闪跑去。侄少爷到底能事，情知屋门难开，定一定神，就大厅黑影里，摸到玻璃窗前。却喜百叶窗没上，登上窗畔桌子，使劲猛踢一脚，玻璃粉碎。大叫："你们快奔内宅！"一面窜出来，奔更楼拿枪。那些护院颇有懂武术的，就分两路抢到第二层屏门，打算入护内宅。哪想刚贴着游廊柱，一步步往前进，却从黑影里，唰的射出一物，为首一人应声倒地，一伙人吓得往回跑。

忽见跨院门开处，护院张二吆喝着跑来。他预受塾里教师梁苏庵密嘱，如今赶到，连喊："别退呀，别退呀，贼在后罩房夹道，梁师爷开弓打他们哩。快跟我来，由这边抄过去。"便从西夹道，绕至内堂角门，其时角门早已紧闭。张二抢上前，当的就是一脚，竟踢不开；原来里面倒锁上了。正设法要攻，后面侄少爷于继武率男仆持枪赶到，更楼上锣声也隆隆的敲起。一见角门不开，忙喝众掀起一块石阶，扯上门楣结的彩绸，四人掀起石阶，晃两晃对准门扇，尽力一送，嘭的一声，哗啦啦将扇角门砸下来，众人一拥而进，早听见上房里面，女人叫，孩子哭，已经不成人声……这时候，按寄寓客钱平欧的手表，时计正指三点十分。

在两点五十五分的时候，于宅内眷在内堂乐度新年，女客钱蕙如忽然肚疼，于太太素有烟癖，便笑说："这个我能治。"将蕙如让至东套间，对面躺在床头。钱蕙如微呻着，重坐起来道："姐姐您先用，我这就来。"走出东套间，到东外间门帘前，将隔扇门轻轻掩上，扣紧门闩。原来这内堂五间，东西套间而外，正房是两明一暗；西外间和堂屋打通，只这东外间也有屋门的。钱蕙如再进东套间，一面关门，一面回头对于太太说："大姐姐，我有几句心腹话，要单跟您商量商量，我先关上门。"回转身来，眼望于太太，正在烧烟，便轻轻走到近前，从衣底取出一方湿巾，上面黄浓浓饱渍着不知甚么水，举着说："大姐姐，您看这个。"

于太太抬起头来，刚要问："甚么？"猛觉得口鼻上，湿漉漉堵上极强烈的恶臭东西。钱蕙如早电光石火般一跃上身，两裆跨项，只膝压腕，一手扣咽喉，一手持湿巾下死劲蒙脸。于太太虚弱身躯，仓促挣扎不得，气堵眼翻，双足渐挺，不一分钟，懵然丧失知觉。那女客缓一缓手，嗤的一声，袖中射出一物，透窗穿过。刹那间，纸窗悠悠掀起，嗖的窜进一人，黑衣蒙面，电炬短刀，一把手枪斜插在腰。蹲在床头，将于太太捆上，口里勒上嚼带。急急的撤下床头的被罩棉褥，把于太太做一卷捆牢。悄叫一声："接着！"窗外早又伸进两只手，把人轻托出窗外，也一跃进来。那女客急忙扯解长裙，掀去假发，解下双行缠，把弓样的纤履剥落，连木屧做一堆，投入火炉，登上天足软鞋，将全身男用短装结束利落，一跃至妆台，翻出一串钥匙，递给先来那人。暗嘱："东西在铁柜里，别无毛病，须小心铡手。皮箱也有些，我都画暗记了，临走千万抹去。我可先走了。"后来那人忙道："快去快去。西北角扎手，请财神的钉着哩。六姐姐快帮一把，我们势孤，耽误不得。"女客依言，一跃出屋。

于太太已遭暗算，堂屋十来位女眷，还是热闹闹玩着，不知祸之已临；鬓影脂香，笑语喧腾，不曾辜负了除夕良宵。忽一个老妈跑到东外间，这手提一把水壶，那手便捧棉帘。却见门扇双掩，试推一把不开，猛撼一下不动。这是从不会有的事，不禁自说道："怎么关上门啦！"在座女眷齐回头看，姨太太楚婉华便放下手中牌。当此时，不知是屋里屋外，哎呀一声："吓死我了，有鬼！"阖屋妇女惊忙四顾。却听嗤嗤嗤，连响数声，满屋灯烛全灭。一时屋中桌椅乱砸，人声鼎沸。

姨太太楚婉华，是个聪明女子，忙闭闭眼，按方向探身舒腕，将绚武小姐搂住，才对耳说道"不怕"二字，觉喉头有一只手来扼，怀中有一人来撕夺。心中大骇，狂喊一声，趁势向前一扑。刚刚两手捞着一把，裙下一只脚，却被人猛踩了一下，痛入骨髓，不禁蹲倒。恰又头碰在木器角上，眼冒金星，几失知觉；纤弱的身子早禁不住躺下了。黑暗中，听得小姐乱叫：“妈呀！”随即哭声闷哑，进了西套间。楚婉华情知不好，便不顾一切，急急暗认方向，爬滚到窗前，扶摇立起，顺桌面乱摸一把，恰抄起一把茶壶，一只铜盘，拼死力对玻璃猛掷去。大叫：“救人呀，上房！……”铜盘破窗落地，庭前大响一声。忽然，腰际着人环住，一扯而倒；跟着耳门轰的一声，目中金花飞迸，楚婉华不声不动了。

上房昏暗无光，正门早闩。黑影中猛扑过来一人，将那绚武小姐，扣喉夹起，认准地步，嗖的窜入西套间。西套间窗扇大开，屋门骤塞。电炬一闪，一个黑衣人也将一块醮黄湿巾，裹住绚武小姐口鼻。取一条长巾，把她驮起，一跃登床，穿窗落地。那大脚李妈褪发解衫，投入火炉，急急的开箱倒柜，收拾现成打好的四个包，肩背腕跨，也一跨出窗。将窗倒扣，攀上花墙。猛听啪一声响，忙往墙外看。见前行的黑衣人，在平地应声一跃，立刻回头。接着啪啪啪连响几声。立时辨出声从西南角房上发来。前行那人左闪右窜，恍惚失足，一倒复起，背后获得之物已经脱下。情势紧急，响声不断。前行人就地一滚，这才够着隐身墙后。也把手连扬几扬，对来响处，突突的还响数下。

那壁厢，大脚李妈站在墙头，早已看明白，急急将腕提黑包遥抛出墙外。登时跳在西厢山墙后，将全身隐住，身带手枪，握在掌中，保险机搬开待放。却又一寻思，只将右手一扬，也突突的连发数响。北风怒吼中，音声不大。一霎时房上墙上地上，做成三角形的攻斗，一来一往，只听得突突啪啪，在雪光中响个不住。地上两包物件，一个肉票，竟取携不得。

内宅绑票，外厅闹鬼，于府内外乱作一团，但是外厅诸人已知是盗警了。于善人的族叔，于晓汀三太爷吓得抖抖擞擞的嘶声叫人：“快快快报官。”侄少爷于继武率个有胆男仆，攻进内院，要救上房。若干人漫散着破门冲进三层内院。其时壁灯天灯齐灭，天井上积雪虽除，雪痕犹在。借映余光，见有一只铜盘，几片碎瓷，撒落廊前。看上房正室三幢，黑成一片，门掩窗碎，冲出妇女惊唤声音。顾盼四面，黑影沉沉。才待登阶，内中一个男仆眼尖，嚷道："贼在房上呢。"大众回头上看，内院四合房，果然南面房脊上，一片雪光中，黑乎乎伏着一人。五六只大枪立刻瞄线扳机，轰然乱射；那黑影昂然不动，护院的大诧，疾将标枪遥掷，一声恰中，黑影随枪滚坠，扑噔一声，落在中层阶前。齐嚷："打着一个贼，打着一个贼！"

几个人跑过去，拔开穿堂门闩，跑到中院，果然阶前一人。一个大胆男仆，挺花枪戳去，竟挑起来。继武喊道："快进上房吧，这是假幌子！"照样硬开堂屋门，挑灯笼扑进去，借光照看着，先点上屋中灯盏。四顾周围，才见桌翻椅倒，舅太太抱着一个丫鬟，做一堆发抖，其余内眷、使女、老妈，都吓得藏在屋角。又看西明间，姨太太楚婉华，死人般横躺在地板上，额角汩汩出血。窗前玻璃已碎，东西暗间，门都紧闭，继武催女仆快扶救婉华，迭声问："太太、小姐呢？"急奔到东间要紧所在，硬开格扇，继武连叫："婶娘，三妹妹！"寂无人声。继武心中狂跳，挑灯照看东套间，满屋箱笼全都打开，掀得衣饰东一堆西一叠。于太太、于小姐影也不见。一行人急急抢到西套间，也将门敲开看，满屋凌乱不堪，那位避难寄寓的女客钱蕙如和她那大脚李妈，踪迹渺然。

继武大愕，心中有几分明白。几个人满屋乱嚷，折回堂屋，叫女仆快把姨太太楚婉华搭上床，极力灌救，并盘问女眷，验看贼踪。东西套间，早有人登床寻见窗缝折裂，知是贼人出路，侄少爷忙叫大胆的掀开东窗，跳进夹墙看。这人一到夹墙，即叫道："这夹壁地上有个被卷，好像是人。"招呼几人跳入，卷起来，仍穿窗抱到屋内，打开看，果包的是于太太，面色惨黄，瞑目亡魂。侄少爷惨然叫人灌救，又留人保护上房，加派人再去报官缉贼。心想婶娘既已寻着，三妹妹也许在西套间窗外。便照样率仆扑到床前，刚叫人登床推窗，却是窗缝虽裂，关得很紧，一时推不动。正要用铁器硬打，却听窗外不远处，砰砰继续发响，贼人原来还没走！

窗前站立的，惊叫一声，失足倒地。人人大骇，急急后退，端枪当窗，连放数下。于继武悄叫："你们几个人在这里把着，我带人绕出去。"急急招呼几个护院，退回堂屋，要大转弯绕出西角门，截堵后门断贼出路。正忙乱处，只听一个人吆喝着，跑进内院，连叫："侄少爷，我是王三，我是王三！"于继武忙止住众人，幸未开枪。王三喘息道："贼没走净，还在后跨院后罩房呐，是内客勾进来的。梁师爷教我来报信，我好容易才溜过来。"众护院一听齐嚷："贼在那里，快开枪追。"虚张声势，要扑奔西角门；王三忙道："那里过不去，贼卡着呢。"对继武说："侄少爷，您快分派。梁师爷说，要分拨护院缉贼。缉贼的一路从东面绕过去，一路抄花园开枪，还要有人堵前面。再叫一两人瞭高，千万留出后门，好把贼吓走了。"继武闻言，立刻分派，家中男丁上下将近三十名，能事的也有一二十个，查点家中枪火，共步枪匣枪八九支，手枪六把，刀矛充备，却喜未落贼手。便悉数找齐，分给众人。继武急问王三："贼有多少？怎么进来的？你怎么知道的？看见小姐没有，可是叫贼架去了？"王三摇头，只连声催促道："快点快点，我怎么知道的，人家梁师爷昨天就看透，避难的客来得尴尬，三太爷只不信，当真出了事啦。小姐么，没看见。贼都得手啦，抢走好些包裹，多亏梁师爷截下些个，如今还盯着呢。露面的贼就有六七个，快上啊。"

继武听罢，始明真相，男女三客果是卧底之贼。便叫管事亲友，分护内堂外厅各处，要紧是保护两位少爷和三太爷。教他们爷三个全躺在地下，千万别站起来。又命护院众仆，有动静尽管开枪，自家人要先打招呼，自己报名，更楼上仍饬人继续鸣锣惊贼。又叫大众抄贼的，分地上房上两路。平地上的不可一直跑，要贴墙攀廊，逐步自障，蛇行雀跃，忽慢忽快，遇敌更要小心自相践踏；上房的要登梯扶脊，眺高击贼，切不可露全身。如见有短衣人在房上，或单人在院，形迹可疑，尽管开枪打。嘱咐已毕，便叫王三领两个护院、五六个男仆，抄花园，奔西路搜贼。那东西一路，须穿东夹道，这些下人个个持重，不敢猛进。气得于继武嚷骂一阵，许下重赏，这才亲自督率着三个护院、七八个男仆，持械穿过夹道，到上房东套间的后墙外。见花墙根，对面邻墙下，都掉落着一片一片的雪，分明这是贼路。继武便叫众人分散寻查形迹，又叫一人搬梯瞭看，早已不见贼影。

这时枪声已绝，外面爆竹声却东一处，西一处乱响。众人往宅后一步一步地搜。忽然又听吧吧的连响两声，其声清脆，又似枪声。登房瞭贼的一个男仆，猛然狂喊一声，吓得掉下梯来，叫道："贼还在后面呢。"继武急命冲破后罩房东角门，进入后院，先四面查看，并无可疑。才待穿西面角门，又听见一声破空疾响，后厢房后檐簌簌掉雪，跟着一团黑从上面滚落下来，大众连嚷："贼，贼！"一个护院胆大手快，挺手中枪刺，跳过去猛扎一下。那人遍体黑衣，刚要翻身跃起；这一枪恰戳住小腿，血流溅地。只见那人一退身，腾的一脚，将枪踢飞。如电光石火般，又一个箭步，窜近东角门。回身一枪，啪的打倒瞄枪待放的另一个护院。

这时节，仓促遇贼，于宅在场八九人，少数乱喊，多半乱窜。于继武惊叫："快放枪！"刚错落响得三五声，角门扇上穿透两孔，那黑衣人又扑倒在地。家人乱叫："打倒一个贼！"却不意刹那间，后房起脊楼上，火光四射，枪声陡作，本宅又有两人倒地。在场的空有三支快枪，一支手枪，五六把刀矛，早吓得散退西隅墙后。那黑衣人就势一滚，逃出角门，借现成梯子，越墙跳入邻院。继武大愤，手枪连举，喝命开枪。对邻院连发十数响，再窥探上面，不见人影，也不闻还击，后院只剩受伤的二人，吓倒的一人，挣扎爬起。继武气极，立逼余众拾械追出角门，四探早不见贼踪。却听西面枪声又起，夹杂着呼喊声，便催着冲开西角门，驰往击贼，坠房中弹的贼趁此逃脱性命。这贼便是青衫盗群的新人物，第十一豪祁季良，乔装年轻女仆李妈，混进于宅的。那吴次长的如夫人钱蕙如，和妾弟钱平欧，便是青衫六豪卢正英，七豪孔亚平分扮的。他们按预定之计，打劫于善人，看着得手；却偏遇上一个西席梁苏庵，便给扰了局！正是：“除夕突来不速客，深宵倏见粉骷髅。”

第五章

捉弩弹铅挺身急主难
游刃穿窬到手失掌珍

那梁苏庵，从除夕前晚，看出破绽，情知这男女三寓客，突如其来，其中挟诈，料定宅内要出事故，却不知贼用何法，何时发动。到大年夜，他托病不赴席，独饮酒数杯，换上小皮袄，全身青色短装，铁弩铅丸短刀，都拿在手头，把护院张二找来，细细告诉他一番。张二半信半疑，自去预备，实抱着有备无患的心。又借词教王三，从管事那里，借取一柄短枪，以备必需，却只给得两排子弹。管事说："师爷，这不是闹着玩的。"苏庵一笑接过，装上一排子弹。到十二点后，只身出去，踏看一回，料想过两点出动不妨。只是贼人既伏有内线，须多防一手，便提早预备，出塾仰看，天色如墨，雪光平铺，心中微动。便回身取白布小褂裤，勉强套上，外面更加罩一件青长衫，低嘱塾役数语，穿过花园，上了藏书楼。这楼高峙西北，与东南更楼遥遥斜对，当初建造，不为无意。若登临俯视，便可将全院一览无余。

苏庵隐身四眺，院内灯火辉煌，院外雪路漫漫，只当不得寒风砭骨。两小时后，竟见后罩房东，邻院墙头背阴处，有两条黑影摇曳，梁苏庵心想："来了，这是探路。"忙一摸铁弩，暗道："可惜距离远点。"遂端出手枪，想这一下打中，可以将他惊走；只是宅内卧着祸水，怕别出花样，还是容他动手，再截击他，也给于老头看看。谅这贼必是设局暗窃，当不致伤动人命，便又耐住，只睁眼看他动作。那墙头黑影连晃数次，只是不去；后门起脊门楼上，忽见火光一闪，心想：这是手灯，巡风的。看前院廊下，也闪出一线白光，东墙头黑影一长，似两个人鹤行鹭伏，爬奔上房，倏忽不见。又从后罩房后面，露了一条黑影，爬下夹道。少时后门楼，上房两侧，电光交射，一连数次。

苏庵道："不好，快动手了。"急急下楼，奔赴花园，到假山腰洞窟，暗打招呼。护院张二持械钻出，问："师爷，怎么样了？可是真的么？"苏庵冷笑道："怎么会假，都快下手了。"张二吃了一惊，忙问："有几个？"答道："看见进来四个，怕还有。"张二扭头就走，苏庵急忙叫住，切嘱须按预计，分两路截断贼人出入线，逼他必走后门。再跟踪暗缉不舍，擒贼劫赃，此为上着，以速为妙，别乱开枪。嘱罢，张二驰去。

苏庵脱掉长衫，至跨院中层，攀墙四窥无碍，便爬上西平台。这台位置恰好，北靠高轩，南接院门，东面长墙，夹道即在脚下，宅内上房，后院街门，也都一一在望，是日间寻妥的所在。只有内宅东面，被墙遮蔽不见。苏庵从平台爬上高轩，伏脊伺察，一连见前厅和内院，倏上倏下白光迭闪，有三四条黑影，公然分踞前后房脊。苏庵大惊道："这是多少贼呀，看这来派，又不只是偷盗。"暗恨于晓汀老头子太仗势疏虞，急急探身挺弩，极目下窥内院。

廊柱后人影憧憧，出没隐现，空际哧然一响，院中灯倏然多灭，堂屋外厅也顿时黑昏，虽远隔不闻声息，情知贼已发动，方搓手自虑势孤，瞥见上房西耳室花墙上，窜出一人，背负一物。苏庵略一游移，先不开枪，铁弩腾的打出一粒铅丸。只见那人应声扭头一闪，苏庵吧吧又是两弹，好像打中要害，那人一跌复起，正是青衫二豪王彭。如电驰般弃物在地，跃奔十数步，到达夹道墙角，探头扬腕，找寻对手还击。苏庵三弹发出，一伏身，从高轩溜回平台垛后，花墙上早又窜出一人，正是假李妈十一豪祁季良，也便送上两弹。却被十一豪瞥见，弃手中包，跃藏墙头西厢房山墙后，张袖发箭，直击平台，下面王彭勃然大怒，喝问："对方是本宅，还是外路同道？"

梁苏庵并不答话，更不还击，他藏之处，甚妙，单等地上的贼要回身拾赃，墙上的贼要探头下墙，便开弓放弩，一心牵制取胜。却不道青林二豪王彭支持不住，岂可恋战，将怀中电炬取出，冲北连照，后罩房顶，后门楼上巡风同伙，立即回应，一霎时，白光频闪，有三个黑衫客，是五哥、七弟，从东西分道抄来。五豪吴朗急助二豪裹伤退走，七豪孔亚平绕跨院，企图转移战线，轰然一声，放出一颗炸弹，跨院外墙凭空添多一条出路。十一豪截留在西套间花墙上。远听炸弹已发，近听屋内人声嘈杂，敲窗欲出。事机已迫，劲敌当前，竟进退不得，急当窗虚发手枪震慑。砰然连响，果阻住窗口敌人。趁空向夹道墙角，暗递口号，七豪才赶来，据守墙角出入线，知十一豪身陷重地，不能脱走，便还报暗号，冒险径去花墙下面抢赃。那墙下两包财物，一包肉票，就是被麻醉失知晓的于绚武小姐，童躯蜷伏不及三尺。梁苏庵在平台分明看见，只料是赃，并没想到是人。七豪孔亚平右手开手枪拒战，左手抡飞抓，倏窜倏跳，试离墙角，如此几次，苏庵两眼直注，早借雪光看见，大喝一声："好大胆的贼，还敢恋赃不退！"忙开弩连发十数弹，七豪公然不惧，竟发枪仰击，一面探抓，要揪地下包裹。

苏庵大怒，掣手枪砰砰两下，平台上周围火花迸射。七豪早一溜烟，贴墙逃回，刹那间，十一豪乘隙扑到花墙北头，刚刚爬到上房顶。苏庵偏一眼瞥见，叫道："中了贼人声东击西之计。"竟不是抢赃？是解围？苏庵道："好贼！"急转身，对上房扣动扳机开枪。说时迟，那时快，墙角七豪早左手虚放一枪，右手张袖发箭，借苏庵枪口火光，认准立身地位，腾然一箭，如电驰般射出，劈风嗤嗤有声，已到苏庵身畔。

这一箭来得极骤。苏庵只顾转身瞄击房顶奔逃之贼，听枪轰箭啸，交攻之下，急避不迭，箭穿左肋皮袄，贴肉刮过去，就在此时，他那右手的枪，不觉砰然自发，枪瞄得极准，经此一闪，结果是失之毫厘，差之千里。十一豪在上房顶大吃一惊，他才听七豪孔亚平开枪，误认是敌人所发，蓦地一跃，回头惊顾，便身失重心力，紧跟苏庵枪声继作，急向后檐窜避。偏房檐太坡斜，竟踏滑瓦屋上雪，站立不牢，直溜下来，坠落后院；幸身手便捷，一跃而起，又被护院兜上来，腿部受了一枪刺，仰伏巡风的同伴，开枪相救，忙逃奔东邻院墙，扶梯而过，只因伤痛，脚步稍嫌笨重，被东邻住户听出。这家已知于宅有警，吓得闩门熄灯，伏地不动。忽听院中有人去开街门，仗胆问声："谁呀！"十一豪祁季良应声叱道："借路的，不干你事。"竟得逃出巷外。

当其时，其余同党，多半退出于宅，只留四个人，散伏要路，接应落后之人，于宅院内暴客，还剩下五哥、七弟，绊住梁苏庵，估摸负伤同伙已得脱身，便各隐有去志。一时枪声继续，尚在互击。双方瞭高的人，齐见西南屋顶墙隅人影憧憧，火光隐隐，护院张二一行人，步步逼来。于继武等东西一伙，截击十一豪未获，追寻枪声，才从西角门抄过来。却顿违苏庵给贼留后门的切嘱，相距不过十数丈，把个青衫第七豪截在中间。他又贴在房后墙隅，还不知后路已断，危险万分。巡风的虽然看明，不住的闪晃电炬，警告风紧，偏七豪一心援救十一豪出笼，只顾和苏庵拒战，背后电光射来，迄未措意。

这一来，倒把五豪秦铮急煞。他救走同伴后，又放炸弹，攻倒一堵墙，预留出路之后，疾奔到跨院后层，登高极望，一见西路全局，败在梁苏庵一人之手，便勃然大怒。蛇行近前，咬一咬牙，扑到平台下，抢左手飞抓，对苏庵打去，打个正着。那梁苏庵棋胜不顾家，眼见宅内援手已到，贼人陷入围中，就故意紧一枪，慢一枪，和对方作耗。出其不意，被人抓着一只腿，只往下揪，才知背后有敌人拼命。叫声不好，肘扳台垛，翻手打出一枪，又不曾打着。当下砰然一响，身体已被人凭空拖下。

五豪口打呼哨，一个饿虎扑食，抢上去，先夺住苏庵拿枪之右手腕，腾出一手，便挺短刀，对右肩头急刺。苏庵更不弱，身虽倒眼不乱，争撒手拧腰，飞起一腿，正踹着五豪的膝盖，抡左手铁弩，打飞短刀。五豪急退不迭，也闪倒在一边，那只手枪却抢夺到己手，苏庵早一跃而起，也张两只手，扑过去抢枪。两个人，四只手，扭住一把手枪，下面各用腿脚，对踢对绊。五豪乘机早将敌人相貌看清，心中暗暗诧异，此人似曾相识。

倏然间，又有一条黑影，翻过夹道墙头，口打呼哨，如箭驰来，五豪忙叫："粉骷髅，快来拔刺。"

梁苏庵也大喊："贼在这里，快来救人！"当这刻不容缓、间不容发的时机，护院张二一伙人，恰有半数在房上，一眼瞥见，大喊："平台这里有贼，快来人呀！"啪啪几枪，直往下打来，立刻将奔来驰救的青衫七豪截回，不能前进。张二连叫："往这边打，别伤着梁师爷。"跳下房来，飞奔平台援救。七豪早退到墙隅，探头一看，忙抽枪截击，逼得张二赶紧退回。一霎时，群豪巡风人，也见情势紧急，越房攀垣，赶来搭救自己的人。偏有侄少爷于继武一伙扑来，从中截断，这两面开火对打起来。在跨院后院一带，一上一下，各据住藏身地点，枪弹往来砰砰飞啸。那平台下，五豪和苏庵，一个胆大力猛，一个武技超越，互扭夺枪两不相下，拆离不开。那平台后，七豪一人隐身墙角，和藏在那边亭阶旁的护院张二，错落互击。只是两相牵住，不准对方上前。

东路抄来的于宅打手，分从西南面高处放枪，弹如雨下，声声乱喊，都不肯舍命近前。又是投鼠忌器，不敢往平台那边打。这一来爱屋及乌，五豪倒得保全性命。这其间于宅不知贼有多少，未免惊惶。到底主客异势，最危急的还是青衫群盗。五豪和苏庵一面拼肉搏，一面心中焦灼，恐持久落网，连吹呼哨求救。七豪旁观更着急不能相救，又恐怕子弹将尽。一面断续开枪挡着，一面再将飞抓取出，冷不防，跃身转出墙角，抡抓打去，抓着苏庵的腿，急撤身退回，用力猛揪。五豪乘势将苏庵按倒，抢得手枪到手。就借苏庵为障身物，就地一滚。够着墙角，急跃起会着七豪，贴墙根且战且走。

那梁苏庵生平未曾如此狼狈，奋不顾身，摘抓拾刀，随后追去。护院张二也挺匣枪，大呼追出。西南房上打手见了，又不敢开枪，只一片声乱喊追贼。那五豪、七豪两人，便乘隙贴墙急退。因五豪披着钢叶护甲，便教七豪前行，自己断后。抄到跨院后层，翻上一堵长墙，停身四顾。早瞥见巡风副手，射来红光灯号，忙取电炬，也连连摇闪。却将蓝光回射过去，这才跳下墙头，眼望前面炸开的墙洞，如鱼得水，一直奔过去。不意猛回头看，梁苏庵已经跟踪赶上，正攀墙探身，似乎也要跳下去。护院张二领三个人，也从墙西面盘绕过来。两路夹进，枪声已作，铁弩也发，五豪大恐，四顾急切无处退藏，便急奔到附近花房里。这里面漆黑无光，只有几颗寒花。五豪秦铮忙将身上一个布囊摘下，递给七豪，却要过七豪掌中的手枪，急急装弹，左右手双枪并举，伏身地窖扳机拒战。

苏庵一见大笑，高叫："快来人！贼党钻入花房了，快来堵住花房后窗！"张二也大喜，喊嚷："看你哪里跑！"只听噼噼啪啪一阵乱响，花房玻璃窗碎了好几扇。那里面青衫七豪，早从皮囊中，取出一对铜盅，将螺旋扣紧，合成一只铜球，等对面整排的枪声响过去，便也喊一声，当门抛出去，轰然落地爆炸，浓烟弥漫，将整个院落笼罩在黑雾之中，对面不能见人。

就在这时候，后罩房西跨间夹道前后，于继武一伙伏身墙隅截击房上巡风贼人。忽见上面电光连闪，枪声顿住，正不解其意。瞭高的仆人大喊："贼溜下去了！"继武催众寻缉，赶到花墙下，立刻发现贼踪。忙叫人打开，竟是绚武小姐，试一试，还有鼻息。于继武大喜道："好了，三妹妹救出来了！"就分人护送到内院灌救，自己仍带人追贼，照样一步步试探前进。只听西面轰隆一声大震，如地雷从天而降，方在张皇，却又听北面枪声连绵不断。半晌，又听正院偏东面，砰然一声巨响，似炸弹爆炸，北面远处更闻得一片呐喊声音。正是："剧贼脱身飞烟幕，壮士惊心平地雷。"

第六章

张虚势队官诬良拼盗去 辨伪书宅主勘贼邀探来

除夕夜里，密云县东街富户于宅，通宵闹贼。到上午四点半，天色未明，鸡声已唱。青衫暴客五豪、七豪两人断后被围，退据花房。见本宅锣声响动，生怕警捕掩至，脱身不得，先后掷出两颗烟弹。乘着浓雾迷蒙，闯出地窖，拔枪越墙，向后街退走。房上巡风副手接到号灯，故意连吹呼哨，在北面乱开空枪。临走埋下两颗炸筒，拨好机针，一颗过五分钟响，一颗过一刻钟轰炸。于继武正要追贼，忽听后面震响，果然害怕贼人再袭内宅，急率打手还救。扑到内院，不见贼踪。忙叫人登梯瞭望，并往各处各屋搜查，自己先进堂屋，慰问内宅。内宅已有十多人，各均持械伏地，看守门户，西套间是贼人出入线，也有人把住。继武稍稍放心，便告诉他们，贼已赶跑，不致再来。说着走进内室，见女眷十数人，俱都铺褥卧地，惊慌满面，不敢言动。衣饰什物散落得不堪，桌椅木器也多翻倒。这时于太太和姨太太楚婉华，都已救苏，只绚武小姐，被蒙药迷得工夫过久，还是昏迷不醒。教仆女撕开衣领验看，后脖颈上肿起一个紫泡，都血洇了。家人看了，俱都不解。再想不到这是被架时，教梁苏庵弩弓打伤的。姨太太头上缠着一条丝巾，一根腿带，连药也没顾得找，正挣扎着要起来查点失物。舅太太忙摇手将她止住。于太太面色青黄，呻吟不已；她惊悸过度，几乎张口说不出话来。

继武见此情形，又惭又忿。觉得对不住出门的叔父；自已看家，竟出了偌大的差错。刚对着于太太，叫了一声婶娘，忽听南面轰然一声，宛然又似地雷爆炸，吓得众内眷失声惊叫。继武顾不得说话，连忙拿了手枪，又奔出去。招呼护院打手，各处查勘；就在中层院墙后东角落，发现平地炸起两座深坑，把东厢房后墙，也掀起一个窟窿。料是贼人埋放地雷，却又炸力很小。继武不解，便叫众人快快查找，又不见有贼。大众正在房后，来回盘查，忽听瞭高的仆人大喊："有一个贼钻进马号去。"

继武又惊又怒，这贼竟如此胆大，直闹了半夜，劫了赃，交了手，还敢逗留。恨得跺一跺脚，催众持械，扑奔跨院，到夹道角门，贴墙窥看，果见一人正在偷开车门，已经拔闩扳闸，推开门缝。继武一声断喝，两支快枪，一支手枪，砰然齐响，直奔那人下部射去，只听哎呀一声，那人窜出车门。众人急忙赶出，眼见那人在街头踏雪贴墙，奔跑十数步，扑地栽倒。大众齐喝："站住！"那人挣扎起来，扭头一看，抬腿又抢行几步，一声惨叫，重复跌倒。几个打手挺枪哄然跑过去，继武连叫："留活口！"便掉枪狠捣数下，解带捆上，捉进院内，关好车门，交给留守的家丁看住，暂不盘问。

继武遂遣护院到跨院花园，细细寻查。自已先到书房，见三太爷和两位少爷，有人保护着，俱都无恙。便慰问了几句话，才知派往报官的，先后遣去两拨，业已多时，只是还不见官人到场。李三此时，已有人将他救起，左眼左肩涔涔出血，躺在地板上呻吟。继武遂问这是怎的，仆役拿着两支短箭，说："李三爷是受这暗器伤的。"继武恍然，忙把箭接过收起，叫家丁快到内客厅，将那个男客钱平欧遗留的物件，一齐拿来，以备搜验。又查问受伤的人数，答说共有护院两个挂彩，现在下房，幸喜都不是致命伤。

继武略定心神，刚要站起，只见另有两个护院，慌慌张张闯进来，说道：“侄少爷，梁师爷他不知哪里去了。”继武愕然，急领众扑到跨院，在花园、平台、凉亭、花房、家塾、书楼各处，细细巡绕了一圈。但见平台下一把短刀，花墙根一个包袱，雪地上足迹纵横，隐有血痕；花房前淡烟未退，轻雾朦胧。只是前前后后，不见半个人影。遍寻梁苏庵和护院张二，俱各不见。继武心中惊疑不定，便叫着护院男仆，再到后面寻找，只见后院门扇大开，那炸倒的院墙洞口内外，有许多残砖碎瓦。一直出院到后街，小心察看，但见这雪色漫漫，寒风嗖嗖，街东街西渺然不见人影。只见街门、街心，和破墙洞，印着散乱的行人足迹。可是这雪昨日白昼已晴，早教人往来踏乱，如何能看出形迹？继武至此，顾不得照苏庵预嘱，再分途跟缉贼踪了，且查找自己的人要紧。这时候已快到五点，心上茫然无措，只得叫着众护院家丁，闩门堵墙，折回花园家塾。挑灯进屋，查看一遍出来。且在这平台、花房一带，苏庵拒贼的所在，前后来回，喊叫了半晌。听得假山上，似有动静，又凑近叫了一遍，才见山腰洞中，钻出一个人来。忙抢枪逼住，喝问是谁。那人两手高举道：“别打，是我。”继武喊问：“你是谁？”那人答道：“我是小五。”

继武才知是家塾书童，急问：“梁师爷哪里去了？”小五战战兢兢说道：“吓死我了。”气得继武顿足催骂，小五吃吃的说：“我不知道，师爷叫我藏在这里瞭贼。我……我害怕。师爷他和贼打起来了，贼会妖法，下子一阵雾。回头看见两条黑影，冒出来，一闪上了房，不见了。回头师爷喊叫张二，要手枪；枪响啦，又打起来啦；回头雾散了，师爷不见了，张二也不见了。”继武听了，越加纳闷。心想梁师爷万一叫贼绑了票去，怎好。况又是大年下，我怎么对得起仲翔叔父？正自着急，一个家丁近前摇手说道：“侄少爷你听。”继武侧耳听时，东北面枪声又作，顿吃一惊。急登假山亭遥望，隐隐望见远处火光散漫，忽高忽低，从东面迤逦而行，辨方向，似正渐往东街这边推进。跟着枪声哩啦，恍惚夹杂着冲锋喊杀声，声声不绝，越逼越近。

继武心中疑惧，无奈天色尚黑，看不分明。为防备万一计，就招集阖宅男丁，催他们各自补充枪弹，持械严守前后大门。惟有后院炸破的墙洞最不好守，想起宅内原有许多盖房的木料，便催人搬来，将洞口好歹塞上。刚刚布置粗定，渐听人声嘈杂，枪声噼啪，已迫临切近。却又豁地分成两路，将于宅前后包围，于是呐喊声四起，铜笛乱鸣，枪弹砰砰直攻进来，高墙屋顶，已有多处打坏。惊得于宅全眷不知所为，都道是刚才强贼把大批土匪勾来了。

于继武只得退据后罩房，对后门摆好排枪，严防贼众攻进，那前院街门，跨院车门，也叫男丁退藏要路，装弹备御贼人冲入。只听得东街后街，人声沸腾，笛吹枪鸣，往来脚步奔驰践踏之声不绝。直乱了好久工夫，渐渐听见枪声止住。又过了好久工夫，才听见有人砸门。登高一望，门前乃是一队黑衣人，像是地方队警，接着隔门缝探问："贼跑净了没有？"继武至此心知无碍，刚要上前开门，一个持重的家丁，连忙拦住道："侄少爷使不得，万一要是为使诈语呢。"说着躲躲闪闪，凑到街门侧首，站好了避弹退身步。然后冒险问道："喂，你们是干甚么的？"门外哄然答道："我们是队警，来你们这里拿贼。"

继武不禁失声冷笑，刚要答话，门外迫不及待，迭声迫问道："你们宅里到底还有贼没有，快说呀！"那个持重的家丁，还要盘诘，继武忍不住一肚皮气，抢过来，哗啦啦将门拉开。刚一抬头外看，不觉惊得向后倒退。原来当街不远，正冲院门，早支着一架机关枪，若干武装队，严阵以待，如临大敌；门两旁挑出八九支快枪，枪口枝枝交指，直对继武心窝，举枪的便是队警。这十几个队警，是悬赏选出的冲锋敢死队，个个英雄，才听门扇响动，个个瞄枪扳机预备放，那情势好不紧张。

继武抬头望时，对宅邻房上，还藏伏着兵，暗影中不见人面，只见枪，枪刺映闪白光。再望两旁，一条街由东直到西，每逢路角墙隅，影壁土堆，凡形势之地，都埋伏着人，黑压压看不清，估计至少也有四五十名，街口小巷内，更隐隐有炬光人影，影中露出一匹马头，骑马的是个队长，只见相隔太远瞧不分明。这是后街警察队剿贼的布置情形，全以于宅后门为中心，还有东街前门，是由保卫团担任剿贼，那情形更为严重。队兵往来梭巡，远远喊叫拿贼；东西街口，有两架机关枪卡住。若还有贼，插翅也难逃，只是出其不意，倒吓得继武倒吸一口凉气。还未等说话，八九个敢死队，一拥上前，将继武围住，七嘴八舌，乱问："你是干嘛的，怎么携带枪火？可是这里闹贼，有多少个？都打跑了么？"

继武怒气满胸。旁边一个家丁，忙说："这是我们少爷。你们先别问，请你们长官来吧，贼早抢完跑了。"这才有一个警兵跑回去，到小巷口内，面禀队长王荣升，说："失主宅门已经攻开，贼都打跑了。"王老爷听了，立即催马出巷，举着指挥刀，一声吹笛，将部下集合在一处。便忙传令，派十个人架机关枪，严守后门；二十人随官进宅，查勘贼踪；其余队警，立命排散开，沿街尽力搜查，左右邻舍尤为注意，要严密翻搜一遍，恐防窝藏余贼，隐匿遗贼。然后顺着这条街，挨门挨户，排搜出去。直过了街口半里多地，可惜不见一个贼。只在西口，抓获两个嫌疑犯。本想带来见官邀赏，不意内中一个敢死队，不肯答应。他说：那个嫌疑犯，实在是他舅舅，就是天天在县衙街前，卖老豆腐的沈老椿。沈老椿却又说：另外那个嫌疑犯，是他的表侄女女婿的叔伯哥哥。因为今天大年初一，两人要出城门下乡，给亲戚拜年去，走猛了些，路过此处，听见人喊枪响，吓得急藏急躲，竟被老总抓来。这位敢死队怒气冲冲说："小舅子谁没亲戚，诬良邀赏，我老子不恼，我老子也干过。怎么他娘的诬到俺家亲戚头上！”比手画脚，骂不绝声。同队弟兄哄然一笑，只得释放了，空手进于宅，见官交差道：“贼都打跑了。”

这时候，东街剿贼的队兵，也由一位施连奎施排长牵领着，做完了四邻搜缉的工作，便分兵设伏守宅。自己带着部下，偕同王老爷，进了于宅。由事主陪伴，到前后院，跨院花园，各处细细查勘一回。察到东西夹道，上房花墙根一带，上下雪印依然。王老爷哦的一声，便对施老爷点点头；施排长微微一笑，又到内堂。此时女眷早已回避，就在堂屋盘旋一回。直过了一点多钟，才折回外客厅坐下。三太爷于晓汀、侄少爷于继武、书记赵师爷、管事马七爷，都陪着谈话，细诉失盗情由。一位队长、一位排长，教一名识字警目，拿着手册，在旁听一句，录一句；警兵都在院里院外，探头探脑，登梯上高，大呼小叫。却是跟随王老爷的警卒，都噘着嘴；跟随着施老爷的队兵，个个都很得意。

原来施老爷率部进攻东街于宅前门，在半路上，居然和打劫的贼党交了仗。据报有几十个贼，都有飞檐走壁之能，多亏施队长临敌无惧，指挥若定，将机关枪架上，掩护匣子炮快枪，一阵苦战，士卒用命，便将贼击溃。当场枪毙的，已经被活贼运尸逃走，不知实数多少，活捉的可真有五个贼首。施老爷指手划脚，兴高采烈的，正对事主和同事王老爷，夸说作战经过。那五个遭擒的贼首，五花大绑，捆牢双手，两个脸上蒙着白巾，三个暂由队兵脱下单衫，将头蒙住。这是施排长出的高招，生怕被人识出贼人的面貌，传说出去，发生劫牢的变故。同时也怕贼眼看人，诬攀泄愤。常言说，贼咬一口，入骨三分，更不可不防。还有贼人明知是死，必定恶声骂人，狡诈的又要极口呼冤，所以将五个贼头脸包住，个个口中又塞上一个麻核桃，省得他乱叫唤。就教二十多个队兵押解着，暂推到于宅，在下房拘留，等回队再加讯问。

官绅在客厅说了一回话，天早大亮，壁上时钟已过七点一刻。所有开失单、勘贼踪，也都办完。施排长兴冲冲首先站起告辞，于三太爷冷笑说道："我们报官很早，贵队何故派来很迟呢？"那神情很不客气。施老爷一团高兴顿打回去，便与王队长，说明耽误的缘故。无非是因过年，各处弹压的公事太忙，兵队临时集合，又费时间等话。报案的人没有说明，误是东街别家出了大窃，最后便说："好在当场捉住了这几个贼首，回去严加审讯，必能究个水落石出。只要得着余党窝藏地点，那时破案追赃，手到擒来。"

继武听了，便插话道："我打算看看被捉的贼。"王队长道："可以。"施排长道："这个……"似乎面有难色，又想一想，才教队兵押上来。继武过去，要扯贼人蒙的手巾，施队长急忙拦住道："使不得，阁下别忘了贼咬一口，他要趁势给你手指头来一口呢。"说着便叫："孙得胜，你给解开。"队兵孙得胜忙道："着！"上前替贼解开幕面白巾，继武等一看贼人面目，不禁失声惊叫。你道这贼是谁？原来正是于宅一个护院打手，名叫牛二愣，牛二愣倒绑二臂，张嘴瞪眼，只是摇头，继武见了，如堕五里雾中。忙要求队兵，将贼人蒙头巾，逐个解下，全露出庐山真面目。继武一看，更吃惊不小，这贼里面，就有一个是百觅不得、仗义拯难的教师梁苏庵，第三个是护院张二，第四、第五，也是于宅家人。他们五个就是除夕闻警，东路拒贼的那一伙人，不知怎的，被队警当贼拿住。

继武骇得半晌莫知所措，便叫道："这是怎的？"苏庵怒目不语，他嘴中也塞着一枚麻核桃，自然有苦难诉。要问这是什么缘故，说出来好像不近人情。昨夜两点以后，苏庵看情形不妥，私遣塾役，去警局驰报盗警。那时节正是大除夕，队长早回公馆过年，警队值班查夜的未回，不值班的呼幺喝六，饮酒耍钱，凭空来这大煞年景的事，都很不悦。一位胡子警目，出来诘问几句，对这盗警二字先挑了眼。他说："本城治安甚好，盗风久戢，何来这种谣言？要是年根闹个把小窃盗，还许有的，贼又没动手，你怎么知道是明火绑票？"瞎吵一顿，塾役急得搓手，那警目便支使塾役去找就近的岗警。不意三太爷第二批派来报官的也赶到，满头热汗，劈面就说："十几个强盗动了手啦！"

胡子无法，暗叫一个勤务警，悄往队长公馆送信，这里且办报案的手续。胡子拿着笔，诘问出案的地点，事主的姓名、年龄、籍贯、职业等等。又对于宅家丁说："你应该递呈文，填报单。报单两角钱，呈文纸也是两角，另有一元钱的代书费。"从两点直磨缠快到四点，好容易才把队长请到。队长进署，骂骂咧咧问道："谁家闹贼呀？黑更半夜，大年底下，真他妈的不拣好日子！"于宅家丁从旁插言道："老爷，是我们东街于将军府上闹贼，你瞧着办吧，贼可开了火啦。"队长一听是于将军，失声道："吓，我的姥姥！"慌忙传令整队出发。一面知会保卫团派队会剿，一面骂值夜警太混蛋了，"他老人家宅里出事，怎么还这样不紧不慢的，送信也不提明！"勤务警忙说："回老爷，他们头一拨报案的，只说是东街出了窃案，本来就没提官衔么！"

当下兵警双方乱抓一阵，急凑足五六十人，由施排长、王队长率领，打着火把，匣子炮，快枪刺刀，长枪大砍刀，乱哄哄出发。一路上鸣笛呐喊，只欠没有吹洋号，打洋鼓。总算军警会同亮出队伍，上街剿贼。二位老爷先商量方略，决定大周转，绕道前进，好截断贼人去路。这时候，青衫暴客一放烟弹，早逃出于宅，往后街西面退走。梁苏庵定计缀贼，暗领护院张二一行人，追出后门，到后街街心一望，眼见两条黑影，往街东奔去，已出了东口。他不知这是青衫盗群打接应的人，故意诱敌，便紧紧跟追下去。连转了几个弯，遥见远处黑影憧憧，忙相率扑过去。这一来竟被引入歧路，和保卫团走个碰头。忽然一片喊声如雷，苏庵刚惊慌四顾，只听得喝道："站住！"语未了，枪声砰然已作。

苏庵一伙急退不迭，声辩无从，立被十数枝快枪包围，喝命："举起手来！"张二还要支拒，苏庵却懂得，连忙弃枪在地，将双手高高举起，悄叫张二等，快快照样办，否则对方人多，自家势孤，一个便宜不了，走不脱。这五人刚刚将手举起，那十几杆快枪便紧凑过来，直对着胸口。从后转出几个拿匣子炮的，上前将苏庵五人，先解除武装，次搜检身体；便掏出法绳，挨个捆上。张二忙说："我们是好人，我们本是……"一个兵谩骂一句，抡手掌劈面一掌道："好人挟带枪火，半夜满街跑！"苏庵这时一语不发，只细察对方的神色。见得不是贼党，料无大碍；又明知此时多言取辱，便默不声辩，任他摆布。张二还要说话，又一个骑马的，过来喝道："堵上他的嘴。"

五个人一伙儿，便这样生生当贼遭擒，押到于宅。即撤去蒙面巾一看，真是出人意外，于宅上下哗然，无不惊诧。经一番严辞交涉，先给苏庵五人解了缚，掏出口中塞的麻团，呕吐一阵。这一出活剧，当场闹得不好下台；倒把个王队长笑得两嘴角差些豁到耳根。像这捉贼误绑失主，原是太嫌冒失一点；施排长当不得前后左右被王老爷冷讥热嘲，早窘得面红过耳。他起初不肯认错，还要抱怨苏庵等，应该早些说明。张二是一肚皮气苦，便瞪着眼喊道："你们让人说话么？你们张嘴就骂，抬手就捆，这可真是拿人当臭贼。施老爷，你瞧我这半边脸，教你们打的。诬良为盗，好嘛，贼就是教你们耽误跑的。等我们将军回来反正有地方说理。"说着气哼哼，竟当着主人，一屁股坐在小凳上，闭目摇头，那神气好像欠债的抓住了债主的把柄。倒是梁苏庵，经学东恳切慰谢，献上药物酒食，他都屏去不用，略喘息一回，先告退回塾。自取药敷治浮伤，倒在睡椅上，懊悔自己失策。遭这挫辱倒是小节，由此露出真面目来，预料于善人等，必要探询自己的身世，和谙习武术的原由，那时如何回答？况且只截回肉票，贼人逃走，还怕有后患。想到这里，心上忐忑不安，也是不住的闭目摇头。

那边客厅中，于三太爷自以城中巨绅，年关失盗，对于有司这样的玩忽纵贼，早含不快。偏又出这差错，更是忿不可遏。竟不留余地，抵面痛加诘责；直逼得施排长恼羞成怒，双方言辞冲突起来。他道：“肇事地方，遇见形迹可疑的人，当然要抓，这是我们的公事。请问一伙人拿着枪乱跑，是不是有嫌疑？老实说吧，这错过是府上。若在别处我还不能当场就放哩，嫌疑犯也得过堂讯供。”

王队长一见情形要僵，忙站起来劝解道：“倒是绑得冒失一点，不过贼一遇官面，往往使诈语，冒充事主，不留神就上当受害。总之事是过去了，我们回去，务必严限缉拿，务必人赃俱获就是了。”施排长也趁风转舵，再三道歉。两人又道：“将来将军回府时，还请三太爷美言。我们绝不敢不尽心，我们一定赶快办贼。”侄少爷也说：“咱们办正事要紧。”

三太爷点头不语。继武便将三个不速客遗下的物件，和从房顶打下来的那个皮假人，交警官检查。从中找出贼人的标记，每块包袱上，都绣着粉白色一颗死人骷髅，下面插一把短刀。那个皮人脑部，也绘着同样的图案。另有一卷白绢，藏在那个假吴太太的皮包里面，绢上题着“惩治伪善”四个字，继武立刻藏起来，没教官人看见。王队长道：“既有这贼人的标记，就好踩缉了。”便和施排长告辞，将全部军警整队撤退，单留二十人，临时驻守于宅，防范贼人再来。

这一场风波，发生在大除夕，贼去官来，是在元旦。越是噩耗，越会不胫而走。什么青衫贼夜劫德人，留下粉骷髅标记；什么梁苏庵以一个文弱书生，单身支弩拒贼；什么官面上误拿事主，放走了贼……等等话头，当午已经传遍全城，听见的人个个骇异。惟有祥顺店过客任和甫和北关贫民周老茂，他两人都亲眼看见过粉骷髅标记，不觉格外惊心。和甫忙起身，离开密云县。老茂悄和妻子商量，那晚凭空来的财物，定是贼赃无疑，现在既无抛去之理，只可不动声色，秘藏缓用。就中最苦了于宅上下，通宵失眠，个个面无人色。想不到留下三个不速客，过了这样一个热闹年。

于继武和三太爷强打精神，先拍一封急电，报告京城。随后亲友邻舍纷来道惊，县长也差人拿名片来慰问，只得应酬一阵。提起贼人明留标记，都道，这贼忒也胆大妄为，只怕是成帮的巨盗，倒要严缉务获，免留后患才好。入夜于宅自不免提心吊胆，多加防范。却喜连夜没事。于太太和绚武小姐，却吓病了，自请医诊治着。继武又去县署，面见县长，详说盗情，拜托催案。整乱了好几天，连发去四封快信，只不见于善人从北平赶回，更不见只电寸札寄回。到了破五，本地缉贼的事渺无头绪，于宅上下焦灼起来。

忽于正月初六日，下午四点半钟，接到一封信，满盼是于善人的家报。看下款，却写着“涛自津寄”。继武忙拆封皮，从封套中又掣出一个复封来，用桑皮纸紧裹，分量很重，上题“于仲翔兄密启，内详，外人不得私拆”等语。继武忙持函请三太爷商量，恐怕有别的事泄露了，受家主抱怨。那梁苏庵在旁，眉头一皱道：“不然，依我看，还是拆阅。翔翁至今不归，不是学生又多虑，这还怕有别情。”原来自经事变，梁苏庵在于宅地位陡增，事事都要请教他。三太爷想一想道：“就拆开看看吧。”

继武用剖纸刀轻轻启封，抽出五页长笺，另外附着一封短函，内写“转交梁苏庵先生亲拆”。苏庵心中一动，忙将短函要来，察看笔迹，也是没有下款，只题“内详”二字。苏庵道：“继武兄先看看下款，是谁来的信。”继武抽看底页，叫道：“没有下款，只盖着一个图章。吆，这也是那个粉骷髅，下面还横着短刀！”三太爷大惊，苏庵微吁一口气道：“继武兄可否念念？”继武眼望三太爷，三太爷皱眉略略点头。继武道：“这个开头也没有称谓……”遂念道：“此函警告伪善隐匿之于鸿……”才念到这里，立刻咽回。原来函里面罗列罪状，直讦于善人假名善举，贼民营私。最重一款说他私拘平民，侮辱良女，凡是腊月二十七日，青衫盗群夜探于宅所见闻的事，都条条列入，责令回复。并说：“如此恶行，似此败类，吾党誓予纠正。兹依党规，先予以事实的警告，次予以文字的警告，限于一星期内明白答辩，若有理由，另法对待；倘犹漠忽视，若掩恶饰词，决杀无恕。”这分明是粉骷髅青衫盗群一封恫信。继武吞吞吐吐念完，在座的人相顾失色。暗想二十七夜间，贼已潜入本宅。还有李三索义债殴贫叟的话，也不知真假，可是怎么又教贼知道了呢？这封信的来意又在哪里？梁苏庵听完信词，只是沉吟不语，暗自斟酌话头，要试探三太爷，因何调戏良女，私拘平民。这里三太爷等，眼望苏庵，将贼人附寄给他的短函揣起，意思也要苏庵当场拆阅，大家好明白，却一时都不好措辞互诘，只泛泛的讨论应付办法，打算次日派人，上京找宅主。到晚间议还未定，忽听庭前有许多脚步践踏。继武才要探问，院外有人回道：“好了，将军回来了。”

于仲翔赤面矮身，唇有短髯，相貌颇形厚重，两眼却有精神，此时满脸尘汗，伴着一位男客，下了汽车，走进大厅。一见继武，忙问：“家中有什么差错没有？”继武暗吃一惊，忙道：“二十七，有男女三客，拿叔父的电信来借寓。除夕三点，勾引外贼，入宅打抢，留下粉骷髅标记。”仲翔顿足道：“果然。”一阵懈劲，扑到睡椅坐下。又问：“伤人没有？丢了多少东西？报了官，捉住贼没有？”三太爷等据情详说一遍，仲翔一听女儿被绑抢回，便上下眼瞟着苏庵，深深道谢。三太爷问：“家中连给你去了两封电报、四封快信，你怎么今天才回来，也没发回信？”

仲翔摇头道：“休提！我在北京，上了贼的圈套，前晚好容易才出来。”家人一齐吃惊要问，仲翔忙止住，眼望家人，介绍这位来客道：“此位是北京密探长，邵剑平先生，特为来此，踩缉青衫粉骷髅党的。你们只道咱家出事，还不知道这伙贼声势浩大，在京城连连做案哩。”又咳道：“想不到他们竟光顾了我，到底为什么呢？”说着，叫家人竭诚招待来客，敬烟献茶。自己忙忙的进内宅，询慰妻女。那梁苏庵一见于善人陪着探长来到，说几句客气话，乘隙回塾，贼人给他的短函，到底没当众拆阅。

继武看邵剑平探长，年约四旬，果然精神满面，两只眼很凶，闪动如球，一面吃茶，一面跟三太爷、侄少爷谈话。但是他极少问贼情，只绕着弯子，探询家庭教师梁苏庵的年贯身世，就馆多年，何人荐介，素日如何，此次与贼拒战又是如何。问得侄少爷继武也纳罕起来。

到晚饭以后，仲翔问明家中被盗情由，又看了贼人来信，不禁恍然大悟，勃然大怒，晓得这贼必非寻常。究竟他们这伙青衫党，是为侠为盗，姑且不论。自己二十年经营，负此善人空名，想不到家人不谅，做出那类事情。就算居心为好，可是形迹上太有嫌疑，无怪惹毛贼打眼，招盗侠嫉视，以致妻女险些被绑。想到此愤火中烧，按捺不住，便叫家丁，请李三爷来，李三左眼已瞎，肩伤未愈，忍痛过来。仲翔便将贼人警告函，掷给他看，痛骂了一阵，力逼李三，明日到周老茂家赔罪。还有三太爷于晓汀办的事，前在庄下抓住拐犯陈老么，既是人赃俱获，就该送官讯办。无端把他扣在家中，岂不违法？又自恃年老，不避嫌疑，无端要试验那两个被拐女子的贞操，故意做出逼奸的把戏，也嫌过火了。但三太爷是于善人的堂叔，又是年老的人，怎好深深责怨他？于仲翔想了想，也命人把三太爷请来，商量补救方法。那两女子一时无家可归，只得暂且留下，慢慢替他们查询亲属，陈老么除夕乘乱逃出车门，脚中弹伤，也只好从权调治，容后送官。

仲翔草草定好了，便眼望三太爷道："叔父，您可是做错了。"三太爷默然良久，才说道："我原意是想你一两天就回家，所以没将陈老么即时送官，好等你回来，再定规办法。谁知第二天夜间，就被贼看到眼里，列为罪状，如今倒无私有弊了。想什么办法辩解呢？这伙青衫盗到底是哪一路盗贼？若真是任侠一流，我想终好办吧。"仲翔摇头不语，寻思一回，便将匿未交官的贼人遗物，冒作留客的急电专函，连同失单，和刚接来的警告信，都取来细细推敲。他手指粉骷髅图案，说道："我在京也见到此物。"继武忙问："叔父在京，究竟遇见什么了？家中去的函电，一封也未接着吗？同来的这位探长，可是特邀来的？”仲翔叹一声，说出误中青衫党调虎离山的诡计。竟被盗群由北京诱到天津，由天津押到济南，囚禁了多时！好容易挣脱出来，惟恐家中出错，才连夜返回密云。不意贼早得手，事已无及了。于将军为人机警，是不容易上套的。青衫七侠预定三着，同时并举，直到第二着，才得成功。他们开始活动那一天，正是腊月二十八。

那于仲翔将军系从腊月中旬，离家进京，一来提款，二来办事，同时参加政治上某种活动。到腊月二十六，诸事完结，就要回程。二十八傍午，忽接上海急电，内称：“北京打磨厂于仲翔兄鉴：菊冲因事在沪被扣，刻正设法营救，火请年前来沪，共商保释。华峰叩。”拍电人袁华峰，乃是上海富绅，与仲翔相识。这被扣的菊冲姓沈，乃是仲翔最莫逆的朋友，五六年前脱离政界，在沪经营实业；近来与于仲翔，久未通音讯。他此次在沪，到底为了什么被押，自然揣摩不出。仲翔自己虽与上海军政当局，有相当联络，若不明案情真相，贸然赴沪，当这年底，似无益于人，有碍于己。

仲翔沉思一回。先发一封快电，给一个接近上海当局的至友，探询菊冲究因何事被拘，及可否保释等语；又拍一电，答复华峰，内说：“要务羁身，年前难远出，菊冲何事被押，请详示，再定行计。”两电立刻拍发出去。仲翔自己在寓所，默想应付办法，又通了两次电话，请托北京要人，去电给沪方，查询案情，商酌保释。忽一位公府武官来访，便提到此事。那位武官诧异道：“我听说袁华峰已赴南洋，怎么还在上海？”仲翔听了，越费猜想。

正在谈议，司阍仆从忽投进一张名片。仲翔接来一看，上写：“大律师霍云轩，江苏吴县。”还题着一行铅笔字，说是：“有机密事奉商，务请一面。”仲翔不认得这人，便向仆役盘问来人形容服饰。仆役回答：“来客年约二三十岁，像位绅士，是坐汽车来的。”仲翔叫请进来，那位武官见有生客，起身告辞去了。于仲翔接见生客，一看此人身长貌美，衣服华丽，手擎呢帽说：“阁下就是仲翔将军，久仰久仰！”逊坐献茶，一番寒暄了后，主客开谈。

来人霍云轩低声说道：“小弟此来，非为别事，乃是受人重托，和阁下商量一笔百万巨产，捐作善款的问题。这里面曲折很多，咱们打开窗子说亮话，请您斟酌，可行则行。原因天津某租界，有一位寓公，久在北京政界活动。后来罢官改途，投入实业界，又在一家银行入股，生平积蓄资产，不下数百万金。可惜他发妻早卒，虽有姬妾，却是膝下无儿无女。近年才过继了一个侄儿，在他膝下承欢，日后便承受这份遗产。哪知道这里面忽出了岔子！他这侄儿年甫弱冠，素好文学，向日品行也还不错，父子感情倒也看得过。翔翁，咱们是照直的说。这位寓公有四位如夫人，他那第三位如夫人，本是个时髦女学生，知书识字，又会跳舞，据闻也是极嗜好新文学的。这位如夫人和他那继公子两人，在名义下，有母子之份；在艺术上，却是一对年貌相当，趣味相投的同志。因此两人感情既然接近，形迹便稍微的亲密一点。翔翁当知道，大凡富贵人家，人口繁多，人心不齐，上上下下，免不了七嘴八舌。思想再旧一点，众人之间，有时就泛出些闲话。种种猜度之词，其实都是望风扑影，毫不足信。偏值这位寓公，事务繁忙，不断进京办事，在家纳福的时候，反倒较少。金屋既贮多娇，任蓝田坐荒，根本原是失计。那位继公子和如夫人，有时在内书房，聚谈新旧文学，言笑甚欢；有时偕往电影院走走，本算不了什么，这位寓公不是不知道，他自己也碰见过。却由不得下人嚼舌，晓得不大好听。偏这时那位四姨太太，对这位继公子，潜存不利孺子之心。据继公子说，她很有几次，露出不大好的态度，继公子只有退避。结果是用情见拒，变爱成仇，从中多加了几句妒言妒语，两路夹攻，竟然弄得他们父子不和。寓公新近严申家法，禁止男进内室，女会男亲。继公子和如夫人为避嫌疑，欣然照办。谁知上星期，寓公带着上海新到的艳月楼校书，去三和饭店开房间的时候，忽瞥见电梯上，有一男一女，这寓公手指目注，低哼了一声，顿时气壅色变，几乎晕厥。”

那律师说到这里，啜了一口茶，接道：“次日寓公卧在病榻上，预写遗嘱，要将全部家产，重新分酬。还要提出一百万元，捐作善款，一者忏悔自己浮沉宦海的政绩，二者报复继公子的特别孝心。这自然是他一时的感情激变。然而当地许多专门营业的善绅，都闻风兴起，要包揽善事。不过在寓公心里，似对他们，未必信得过，听他打算要将这一百万金，一次捐给某某某善会。这事却被继公子探得，恐慌万状，极力设法挽回。因为若照新遗嘱这样分法，摊到继公子名下的，还不到十五万元，岂不白辜负他一番继承的孝心？如今经他定计辗转恳求，应继承的遗产，已由十五万增改至三十五万。还有那一百万善捐，也得想法子保留。因悉翔翁是我们北方惟一信誉素孚的大善绅，人人都钦仰，继公子便想出一着。他的意思，是要委婉设法，介绍翔翁去见他继父，下一番布置，费一番说辞，必能得到信任，将这一百万指作善捐的遗产，一手弄过去。继公子情愿从中只承七十万，其余三十万，仍充善款，交由阁下任意支配用途。三七分账，公私两得，想阁下必然赞同。他的继公子特托我来致意，只要阁下认可，请即刻赴津，与继公子商订条件。料想阁下在慈善界的高名盛德，敢断这三十万金手到拿来。至于寓公那方面，已是快死的人了，无妻无儿，也无近亲，并且他对于阁下的仁风义举，久已信仰。日来继公子暗暗托人向他继父探试，他继父果然也说，如果于善人在津，我全数捐给他也愿意。总之这是恤嗣保产，分金助善的好事。只仲翔翁首肯，便坐得三十万金。用来发慈善，推广事业，同时也助了继公子，使他得享遗产，竭尽继子之情，真是一举两得。”

律师霍云轩滔滔讲说，于仲翔听了，低头沉吟，这笔款是有些蹊跷的，但若得三十万金，贫民造纸厂的计划，是可以实施了。便问律师道：“寓公是谁？继公子叫什么？与执事有何关系？”那人拿右手中指，蘸着茶水，在桌上写了三个字后道：“就是他，想必您也知道。他的继公子是……”说着又在桌上写了三个字道：“他和我从前是同学，现在我是他的法律顾问。”言罢目注仲翔。仲翔道：“让我考虑考虑。”律师道：“这时间很紧，决不能迟疑，可否就请一言。翔翁觉着不便办，他还好再找别人。”说着拿出几封信件文书，交阅看。

仲翔沉思至再，仍然舍不得这三十万造纸厂的计划，便说：“就是这样，我先去津与那继公子当面接洽一下，可行则行，免留笑柄。”律师道：“很好，很好，就请阁下下午动身。”仲翔道：“这怕不行，我还要等一封电报，明天早车上津好不好？”霍律师道：“就是这样，我告辞了，明天一早再来拜访。就在您这里，咱们一同起程。”仲翔点头，霍律师上了汽车。仲翔忙问：“阁下现寓何处？”律师道：“六国饭店六十七号。”说着汽车突突的开去。

到晚六点，仲翔接到上海回电，袁华峰电报先一步来到，内说：“菊冲系因某西人百六十万元军火骗案，涉嫌被逮，指探主谋，生命危殆。刻多方筹金营救，疏通某方，非兄不可。务请拨冗速来，迟恐无及。”后到的电报是接近沪当局的友人电报，也说：“委查菊冲案情，传因串通西商，为某方购械，故唆别派截留。有通敌骗款重嫌，当道震怒，决严究，须备款赔偿，乞某某说项，或得缓图保释。”仲翔看了，暗道：“这可是难题，菊冲以制军装起家，素日为人诡秘，怎么这么胆大呢？”再想思索办法。

到晚十一点，才接到公署秘书长亲信人打来的电话。忙接机侧耳听道：“于将军么，喂，仲翔托代查的事件，这边当时拍出急电。九点半得着上海回电，秘书长刚才派人给您送去了。还没收到么？”仲翔应道：“是，谢谢，还没收到。电文怎么说的？”那边说道：“电文说遍询军警各方，并无沈某一案，谅系讹传等语。”仲翔诧异道：“什么？”那边又重述一遍道：“秘书长还说，西商贩械骗财案内，合谋华人，只有姓黄、姓雷几个买办，的确没闻有姓沈的。更没有叫沈菊冲的。怕是您听错了吧？”

仲翔听了，顿时迷惑起来。过了半点钟，公府专差将电报送来。又过了半点多钟，交通部杨次长代询的复电也转到，内只说：“遍询沈菊冲未在押，静叩。”十个字。仲翔越发糊涂了，眼看这两封代查的沪电，心中暗想：“我直接收到的，和托友代查的，三起五封电报，怎么有两样情形呢？我直接收到的沪电三封，初次闻耗请救，二次详复催程，公私两面，都证实了菊冲被捕，案情重大，而间接代查的两电，同由沪发，却根本都否认菊冲有案。这到底是怎么回事呢？又是谁的消息算对呢？”

仲翔寻思一回，便取出直接收到的三封沪电，将原封原纸，就电灯细细察看，见得封皮电纸确是真的，也有戳记，发电日期和到京时刻，推算来却也相符。发电处署着上海电报局，收电人写着北京打磨厂于仲翔，这也毫无可疑。仲翔反复看来，猜不透内中情弊，便将五封电报排在一处，再细细的比较。忽然掉头道：“哦，是了。这直接给我的三电，一定是谁冒名拍出的假电稿。”想自己家居密云，虽然时常来京，却无一定寓所。与袁华峰又久未通讯，他怎么知道，我正当年关，恰巧在京，又怎么知道我恰巧住在打磨厂？由此看来，这电必非华峰拍发的，并且必有阴谋诡计在内。

仲翔口衔烟管，瞑目深思。觉得这猜想很有道理，只是左思右想，想不出冒名拍电的人，究竟是谁？骗他赴沪，到底安的是什么心？因把仆从叫来，严加询问。又给电报局，打了一个电话，却也没有究问明白。那仆从发誓说：“老爷拍往上海的两封电报确已遵命送到电局，中途并没偷懒，也没叫别人看见。”电报局方面，经查问收电处，确曾接到上海来“寄交北京于仲翔”的先后三封电报，已经专差照送，收据亦经盖章。仲翔到此也就无法，因道：“好在他骗不动我，我更无心赴沪，去他的吧。”打算着随后再留心调查，倒是明天上天津的事，若无干碍，不妨去看看。和寓公的嗣子面计一下，那百万遗产提三成的善捐，果能合法取到，用来完成我心中的计划，倒算是适应之财。仲翔盘算一回，熄灯就寝。

次日早晨，律师霍云轩坐汽车到来。这时距特别快车开行的时刻已近，主客两人略谈几句话，仲翔预备完毕，便坐着霍律师的汽车，一同赴站。律师伴行的仆人，早在那里候买车票。两人便一直登车，占据头等车一个房间。脚夫将律师的四五件行囊，搬来放好，讨赏自去。霍律师打开手提包，取出一匣云茄烟，三两包糖果；又买了三四份报，一壶茶，请仲翔享用。少时钟鸣车开，律师吩咐从仆，掩门出来，不叫不必来。两人才谈起事情来。仲翔又细细叩问寓公父子间的情形，斟酌进行三十万善捐的办法。

约过了三点多钟，车快到天津新站，霍律师另取出两支云茄，自吸一支，递给仲翔一支道："翔翁尝尝，这是十七元五角一匣的埃及烟。"划着自来火，让仲翔吸着。自己仰靠车座，徐徐喷吐着，眼望仲翔道："味道怎么样?"仲翔点头说好，连吸数口，觉到另有一种风味。约莫过了两三分钟，仲翔深吸了一口气，忽然迷糊，斜倚车座，昏昏的瞌睡起来。对面霍律师叫道："翔翁困了么?"

仲翔闭目摇头，鼻发微鼾，恍惚做了一梦。见那寓公昏在床上，手里拿着十几封电报。那继公子面对自己微笑，递过几张支票。他照样伴同律师出来，要上汽车。猛然大雨倾盆，把自己浑身淋湿，脸上直滴水点。于仲翔心中着急，忙要躲避。忽觉扑的一声，那汽车直闯过来，将雨水溅起，直溅了自己一脸。仲翔大怒，却兀的眼涩难睁，要举手揉眼，手腕偏抬不起来。

正自惶惑，耳畔忽听吵嚷，似有人喝道："别装死，快给我滚起来吧!"跟着肩头被什么东西猛击一下，痛不可禁。仲翔哎哟一声，努力睁两眼，只见前面站着一人，手托水盅，正口含凉水，要劈面喷来。仲翔使劲挣出一句说道："别喷!"耳后又听人叱骂道："这家伙还装死哩。"

仲翔心里迷迷糊糊，侧身肘地，好容易坐起来。才觉左右两臂，已被人用白绳扎上，自己正在砖地上坐着，身上只觉寒噤。愣愣的环顾四面，早景物皆非，全不像头等车室。这是阴暗暗的一间空房，只有几条长凳，小门小户，挡着百叶窗。空气阴沉，仿佛像个拘犯所，又似架财神的票房。四周还围着十几个人，只三两个穿便衣的，其余全穿着灰色和黑色短装，手里都携着武器，正像军警。在里边凳上，还放着四五只行囊皮包，全已打开。三四个短装人，一个便衣人，正在那里逐件翻检。

仲翔醒来多时，心中有些明白，竟不知此刻自己置身何地。忙寻那位同行的霍云轩律师，却早不见影了。仲翔心头跳动，暗道："糟了。"站起身来，要想门外探看。那身旁一人像个军官，见状断喝一声，一张手抓住，就势用力一推，把仲翔直推到长凳上，喝骂道："奶奶的，你哪里跑，枪毙了你舅子的就是了！你们检出什么来了？"围着行囊搜检的三四个人，忙直腰来回道："给副官回，这不错，大概就是他。"仲翔这才知道不是绑票，竟像是办案，又像是检查。

第七章

穷林失路孤雁触机关
探阱救人联骑试身手

于仲翔方待声诉，忽听门外哗啦啦的响，走进一个灰色短装人，对那领袖说："回副官，警厅王长胜王老爷来拜。"那领袖立刻脖颈涨得粗红，拍着长凳高声说："去他奶奶的吧。你告诉他，我们老爷挡驾，这差使立刻要赶津浦特别快车。解到济南去，忙得很。督办有话，不许耽搁！怎么他要公事，要他娘的什么公事？你告诉他没有。他一定要交代，叫他们头儿打电报上督办公署去，咱们管不着。咱们就知道奉令办案，办了案，就解走。"

仲翔至此，又听出原是缉犯。不知自己以何等罪名，远隔千里，得罪了那位杀人不眨眼的常督办，要解到济南去。偷眼看着，容他们把当地官厅拒绝出去，便对那位领袖屈副官婉言道："你们诸位多辛苦了，我有几句话请教。刚才检查的那些行李，不是我的，是一位同车赴津的律师的。这怕有别情。我和常督办素无来往，我是密云县人，我叫于仲翔，原任镇守使，现充将军府将军，诸位想必也有个耳闻。"

那屈副官一脸不耐烦，听到于仲翔三字，面色忽然松缓下来。笑嘻嘻的说："你是于善人于仲翔？"仲翔暗地惊喜，稍觉放心，忙答道："正是，我正是于仲翔。"屈副官含笑问道；"哦，哦，你可是跟一位何芸先何律师，搭伴上天津去么？"仲翔道："不错不错，是霍云轩律师。"说着却有些惊异，他怎会知道呢？便接道："可是半路上，他给我一支烟吸，我就昏迷过去了。因此我猜疑……"

那位屈副官越发高兴，笑道："好了好了，不用说了。来呀，赵谍报员。"只听门外应了一声，进来一个黄瘦的灰色短装人，站在面前，行了个军礼。屈副官开言笑道："果然一点也不差。"手指仲翔笑道："他果然说他是于将军。"又掏出手表，看了看道："是时候了，走罢。"赵谍报员喊了一声，门外走进八九个人，七手八脚，将行李皮包搭出去，次后张过手来给仲翔上绑，并且要罩面塞嘴，仲翔慌忙站起来，叫道："慢来，我还有话。屈副官，我们都是军界人，请你稍留体面。我实是于仲翔，这里军政界要人，多有我的朋友。请你准许我通个电话，他们准能做保。"屈副官笑道："善人老爷包涵一点吧。"

仲翔焦急万分，忙又说道："到底我为什么案情，劳动诸位？"屈副官鞠躬道："将军大人为什么案情，就为你是将军大人。咱们有话到济南说去，你多屈尊吧。"扭头发令，手下几个兵，立刻将仲翔头脸蒙上。只听说一声走，推推搡搡，恍惚出了屋门。到外面，人声嘈杂，一阵皮靴刀练声，旋被推上车，轮动身颠，走了不远，又被推下来，又被架上去。仲翔隐约觉出身已在火车上，少时汽笛放响，车轮晃动，渐渐离站。一个人走到面前道："伙计，我给你摘下来吧。"蒙头布应手撤下来，仲翔吐一口气，张目四顾，果然是在铁棚车中，不用问，这定是津浦车了。于仲翔便是这样误中圈套，被解到济南去的。

这时节，直鲁正有联结，互派着代表，分驻在天津、济南。这山东督办第二十七房姨太太，恰于半月前囊括金珠，与她姘识的男伶何芸先，席卷金珠，携手不翼而飞。那督办装在鼓里，不知被何人诱拐，只猜疑她必逃回天津娘家。便拍一封密报，拍到驻津办事处，严令牛处长，代缉逃妾，以凭归案团圆。但大海捞鱼，无非是拖泥带水，未得迹萍。谁知两日前，忽接到一封告密函，指称著名拆白首领倪四铁头，窝藏逃妾男伶，现在他们要来津销赃，倪四冒充善绅于仲翔将军，男伶冒充霍云轩律师，定明后日偕乘特别快车来津，函中附着两人照片，详注年贯口音。告密人自称是同党，因分赃不匀，忿而告密，说来好像近情近理。当天晚上，赵谍报员又从一家旅馆里，采探着一些消息，正与上事有关。两面印证起来，越觉八九不离十。牛处长便认做奇功一件，立刻打电报到济南，派遣兵弁出发。果在今午火车进站时，从头等车上，搜得于仲翔，斜坐在车厢昏睡。看相貌与照片正相符合，以为这人一定是冒牌的善绅，拆白党倪四了。结果弄真成假。再急找那何芸先，却已不见，只丢下四五件行囊皮包。由屈副官督众动手，连人带物，一齐搭到察督处。

经加讯问，于仲翔已中雪茄烟的麻药，只是错沉不语。屈副官疑心他是装着玩，用冷水喷脸，连踢带打，才将仲翔惊醒。等到讯问起来，仲翔越自认是于仲翔，他们越猜是冒充。又搜行李，虽不曾寻着金珠财物，却发现一把手枪，许多文件，件件坐实了冒充善绅，诱拐督办逃妾的案情，这一来更以为是真赃实犯。结果就由屈副官，搭顺路车，一径解往济南。又偏赶上过旧历年，在鲁垣押了好几天。还亏仲翔素日交游广，情面宽，等到开讯，头一堂便摘弄明白。公事上批了“事出误会”四字；私谈上说了“很对不住”四字，也没交保，将他释放出来。

于仲翔一肚皮闷气，发泄不出，去到督署，看见那告密函件抄本，才晓得是受了暗算。与骗他赴沪的电报，联想起来，恍然大悟，暗幕中有人一意要诳他离京。但诳自己离京，有何取处呢？由此推想下去，恐必有人要利用机会，假借名义。想到这里，不胜焦急，连夜搭车赶回北京。他再想不到粉骷髅此番设计，不为诳他离京，乃是阻他迟归密云。

于仲翔到京后，急赴打磨厂寓所。家中拍发的函电，一封也没接着；却有一封异样的函札，放在案头。仲翔拆开来看，劈头见到粉骷髅的标记，仲翔大惊，忽又听仆从传报，侦缉队邵剑平探长来拜，仲翔慌忙延入。正要将自身连日遭遇的事说出来，请教应付趋避之策，邵探长却先说道："仲翔兄，这两日没遇见什么特别事故吗？"仲翔睁眼反诘道："你怎么晓得？"邵探长不语，两目炯炯注视桌上；伸手将那粉骷髅标记的信笺取过来，自语道："又是粉骷髅帮闹事！"

邵探长对于粉骷髅盗群的阴谋活动，早有所闻，公府三小姐的十二颗葵形钻钮，被人用十二颗死人骷髅形的赝品，在宴会席上，抵换了去，二十多天没有破案。目下邵探长正从事侦查，他手下检查密码商电，蛛丝马迹略得端倪。此次来访仲翔，乃是要证明密电是不是粉骷髅盗群拍发的。仲翔便将过去情形，连骗他赴沪的假电，诬他为匪的告密书，都和盘托出。邵探长两下参详，料定贼谋多半要有事于密云于仲翔家；便报告长官，要和于仲翔同乘汽车，驰赴密云县城。

启程前，于仲翔以熟朋友的资格，向邵探长打听这粉骷髅贼党的潜力与内情。据说：这伙贼党究竟人数有多少，老巢在何处迄难探悉；粉骷髅首领的姓名却已访出，是胡鲁二字，却又疑心那是葫芦二字的谐音。他们作案的地点，京津沪杭武汉，以至山东晋陕等处，都不时发现粉骷髅标记。作案的方法，明劫暗窃，巧骗强讹，很不一定；只是每一作案，便在万元以上。被害的都是势利之家，轻易不伤人，却敢拒捕。近据密报，说他们大批北上，好像往古北口承德朝阳一带去。究竟他们是泛常作案，还是别有诡谋，这一点很难捉摸。

于仲翔听了，不禁咋舌。两人同车来到密云。果然于宅被抢，邵探长益为先见。当夜仲翔将贼人遗物和投书，都交给邵探长侦查。休息一会儿，次日踏勘各处。到第三日，邵探长部下的副手，搭骡车赶到。邵探长揣度情形，认定贼人护赃未走。便协同当地官厅，在城内外施行搜缉的工作。凡是旅舍娼寮，娱乐场所，杂乱地方，都派人密加盘查。又购眼线，四出踩访。一座密云县城，顿时无形戒严，风声骤紧。

粉骷髅领袖胡鲁，年才四旬，人极机警。事发后他在热河，忽接飞报，据说作案的弟兄虽已得手，却有两个负伤，因当场遇着梁苏庵一个劲敌。又接续报，利物数万仍在城中，风紧暂难运出。负伤的二哥王彭，和十一弟祁季良，已送至古北口养伤。胡鲁遥加测度，发信指示，切嘱留下专人，查探梁苏庵的底细和于善人遭抢后的态度。并说自己事结，还思过路来密，倒要会会梁苏庵这个人。

那一边，祥顺店旅客任和甫，自两次目睹粉骷髅标记，心中早已怙惙。到元旦闻变，阖店哄传粉骷髅贼抢了于善人，他更暗自吃惊。急于初三日，出了加三倍的车价，弄妥一辆破骡车，离开密云，自庆出了是非地，却不道反蹈入险途！但凡骡车行，搭上乘客，例由车行或店家，代开保票，担保一个人财安全，准送到地头，不误程期；并且也断不会遗失财物，讹害雇主的。任和甫在密云阻雪落店，误雇了捎脚短盘的车，一到年关，车行歇业过年，非过初六不能上路，任和甫心焦要走，竟又急抓了一辆短盘车。既不在车行，又未开保票，那车夫高二，直眉瞪眼，相貌粗野，他自承赶车外行，这只是趁年下抓把外找。也是和甫没出过远门，孤身携带着千把块钱，竟敢放心大胆，搭上他这样一辆没来由的车。

从密云出发的那天，按车行向例，都是搭伙儿在半夜四更动身，傍午进栈打尖，到晚四五点落店投宿。正所谓结伴登程，早行早住。这车夫高二，却劈头来了个生面别开。照寻常走近道的时刻，约莫七点半钟，他才套车。并还说天才刚亮，早着哩。一路上孤零零，再会不着同行车伴；直走了两点多，才到站头。打尖以后，已快三点半。栈房劝和甫：“还有四五十里路。”高二冷笑一声道：“那还赶不到！”鞭子一摇，踏雪登程。

山风甚大，残雪翻飞，四望白漫漫无垠，天地一色相接。当真走不上十几里路，便走岔了道；因为是新正初四，又错过行旅时间，半路上几乎遇不见行人。并且那些惯家，每赶车爬岭，车后必支一根木棍，下坡时再横拴在轮前；为的是轮行阻难，不致溜翻滑倒。高二偏就不懂，上山难免倒退，下山一直奔驰，险些摔断了牲口腿。多亏他力大，把缰拢住，一步步蹲下山来，骡子腿瘤了。直弄到夜十点以后，才算爬上古北口那座山镇。半夜三更打店，惊动了店中早到的客人。

任和甫非常懊丧，高二又找上来，要借那一半的车价，给骡治腿，给自己打酒。和甫不依，高二更不依，两人吵嚷起来。店中的堂官灯官，先后进来劝解："天晚了，别搅了别位睡觉。"又悄道："隔壁住着两个病人，人家刚才就问下来了。"正说着就听隔壁叫道："茶房过来。"声音洪亮，似南方口音，堂官应声出去。

任和甫无法，只得打开皮包，拿出两块钱，掷给高二才罢。和甫越想越气，高二的神气，实在凶横。因想起车船店脚牙，果然难对付。旧小说上常描写行旅中图财害命的故事，自己现在独行旷野，未免担心，夜宿贼店，尤其可怕。和甫闭着眼乱想一阵，隐约听见隔壁有三五个人，继续谈话，声音乍低乍高。忽然"啪"的一声，一人提高喉咙说："告诉你行路最难，自小没出过里门，竟敢孤身远行，携带巨款，又不搭伴，要多危险有多危险，你要想想。"一人笑接道："取瑟而歌之，书痴未必懂得，五哥还是你辛苦一趟吧。"又一人道："同去也好，反正是顺路，只是二哥你怎么样呢？"听另一人答道："我们俩也能吃也能动，怕甚么？就是老邵亲来，又算怎么。你看一扎绷带，不跟好人一样吗？"先说话的那人笑说："看舌头罢。"跟着一阵嬉笑，不再谈了。任和甫耳根清净，倚枕睡熟。

到次早整装上路，连过了两道摆渡，两道山岭，才得到站打尖。过午复又登程。和甫旅途颠顿，疲闷上来，天气又寒冷，就用一床棉被盖着下身，在车中半躺半靠，昏昏睡去。猛然嘭的一声，车轮震撼。和甫头触在车棚，好生疼痛。茫然睁开眼看，天色渐晚，这辆骡车正走上三道梁子；这条山岭，栈道盘曲崎岖异常。车夫高二手拉扯手，紧拢车辕，往上赶车，却是很觉阻难。和甫害怕车翻，忙下来步行。登上岭巅，只觉山风砭骨，雪气逼人。远望暮烟苍茫，天似穹庐，东一堆白，西一堆黑，不是山峦积雪，就是林落人家。车夫高二费了很大力，把车盘上山。歇了歇，又极力往回扯着缰，往山下盘。高二出了一身大汗，方才把车押下平地，任和甫却被山风吹得发抖。

车走上平阳大道，和甫上了车。旋又走上一个险阻地段，高二一面摇鞭，一面四顾旷野，涩声发话道："老客，你害怕？"和甫道："怕什么？"高二道："你老不知道，就是这里，上半月出了一回路劫。抢了五辆车，还打死两个客人。因为这客人身上有手枪，大概他要开枪打贼，反倒教贼打死了。"和甫听了，毛发耸然，一桩心事又兜上心来。自己孤身一人，新春出来，万一真遇上抢匪，又假如这车夫竟是匪人眼线，这便如何了得！看那高二，东张西望，把车扯得忽东忽西，任和甫越发害怕，潜存戒心。正走着，前面愈加荒凉，前面有一道土坡，坡上有几间破庙。坡下分出三岔，一道投西北，一道投正北，一道投东，蹄痕辙迹纵横。高二忽然跳下车来，细寻车辙，口中骂道："这该怎么走才对呢？"原来他迷路了。选了一条道，往前紧赶。任和甫看手表，已近七点半，越走越不见人家了。高二骂骂咧咧，一定是迷了路，他还不认账。和甫道："车把式，你别瞎闯了，快找个人问问路罢。"高二气哼哼道："这哪里有人？"乱赶一阵，天色愈黑，忽见东北丛林中，火光明灭。高二道："好了，前边许是镇甸。"和甫道："可以投过去么？"高二道："只要有人家，总可以问道。"狠狠一鞭，骡车巡奔东北，渐到林间。这是几座坟园，与荒林衔接，中间数条狭路，曲折回旋；偏东有一座很大的坟园，好似建着家祠，和看坟人住房，火光便由此透漏，此外仿佛别无人家。高二将骡子挥鞭数下，直投过去。才走数十步，旁边一道土岗，火光连闪，黑乎乎走出几个人。突然间厉声喝道："站住。"数盏孔明灯，直射过来。高二扑噔一声，从车辕栽下去，爬起身抹头往回跑，不顾一切，钻入丛林。

任和甫目瞪口呆，也要从车中爬出来，却已无及。土岗上的人连喝站住，一伙急跑下来，直到骡车前，揽住牲口，提灯照着车厢，一迭声叱令任和甫："你是干甚么的？上哪里去？同行的还有几个人？"和甫战战兢兢回答："上热河投人谋事，只我一人，没有伙伴。"又问："你叫甚么名字？"和甫如实说了。偷眼看对方这六个人，个个是彪形壮汉。四个人穿蓝色军装，类似民团，手中拿着木棒花枪短刀，也有一把手枪。

为首那人像是个小头目，手拿马棒，厉声又问："车里头带的甚么？"和甫道："没带甚么，只有铺盖行李。"另一人道："带着枪火私货没有？"答道："没有。"头目道："这得细搜搜。"便叫一人，提着孔明灯，爬进车厢，将行李翻检了一遍。和甫惴惴，正耽心那九百多块钱。只听那人说："头，这里有好几百块钱。还有几封信。"那头目接信一看，又打开钱包，忽勃然斥道："你说上热河找事，带这些钱干甚么？"又一人说道："头。还有一个赶车的哩。"和甫道："他不知是甚么事，想是害怕跑了。诸位老爷，我实是过路行人，放了我吧。"几个人哄然发话道："好俏皮话。"那头目便一吹口笛，林那边，土岗后，狭路中，陆续钻出十来个人；坟园栅门开处，也走出两个人。头儿和这两人商量几句话，便大声传令道："喂，伙计们。你们快赶车。"众人哄然答应。头目便叫两个人挟着任和甫，一个人持鞭赶车，一齐躲进坟园。那一来，任和甫误走歧路，险些送掉性命！

那车夫高二，倒运是由于他，侥幸却是他。初听黑影中有人阻喝，他就心想了不得，准是那话儿来了。抛下车骡，更不管乘客死活，自己奔走狂逃。周围荒林丛莽，他一头钻进去，不顾荆棘刺人，匍匐到深邃处躲藏。一时膺裂心摇，两只手堵着嘴喷气。从林隙窥见火光人声，分向各处搜寻。幸亏都奔大道小路走去，没瞧见自己反在近处，喘息着稍觉安心。明知此处不是善地，该赶紧脱离。挨过一会儿，却喜天过二更，月暗星黑，草木丛杂，便侧耳听动静，仗着胆慢慢蹭出去。离开树林，蹲身四顾，昏黑无人。急急站起来，弯着腰往南投荒跑去。一口气来到高坡附近，惊悸过度，疲乏不堪，喘息不住，便伏在路旁破庙内，睁眼四望。这地方正是三岔道口，回望东北面险地，已不见火光。

高二长叹一声，心说："这可倾家败产了，我那车我那骡子全完了！"得命思财，正自捣鬼；却听正北面马蹄奔驰过来。高二心胆已落，待要再跑，只觉两腿僵直；急爬出破庙，伏在路旁土坑内，不敢响动。转瞬间，那边奔马扑到坡前，是两匹黑马，骑着的是两人。身临切近，白光一闪，起镫离鞍，一高一矮才下马，便捻着手电灯，在路口来回寻觅。身高的那人说："唔，岔到哪里去了？"身矮的说："你来看。"两个人凑在一处，就电光低头细细照看地面，忽同声说道："毫无可疑，唯投东北去了。"齐将手电灯，向四周探照了一转，才待扳鞍上马，身高的那人忽一眼瞥见，忙道："这里面有人。"一语未了，两道白光不期扫射到坑边。

高二哼了一声，爬起来扑噔又复坐下。电光笼罩里，分明看见两支手枪，直指胸膛，高二半晌只叫出"饶命"二字。那两个骑士，置若罔闻；将高二捉小鸡似的拖出土坑。喝命高举双手，抬起头来，将电灯照着面目。高二道："老爷饶命，那套车骡送给老爷们使，我不要了。家里有老娘，全指着我。"骑士哧然失笑，拍高二肩头道："我们不是路劫，别害怕，你不是载那姓任客人的车夫么？你那车呢。客人呢？"遂即善言盘问高二，何以至此。

高二惊魂乍定，身子摇摇的只想坐倒，哭声道："任客人这光景早教他们绑去了，就在那边，我的骡子车子都完了。"

二骑士相顾变色道："这人不能不救。"两人耳对耳商量着，便叫高二："我告诉你，我们正是办案的，你愿意将车骡找回么？"高二两眼放光，忙说："敢情那么好。"爬在地下便磕头道："老爷行好吧。"两骑士齐动手，身高的手捻电灯，身矮的抽出纸本，用铅笔忽忽写了一些话。撕下这一页，用丝巾包好，即嘱高二道："我们是办案的侦探，前站有我们的人。……你认字么？"高二道："不认得字。"骑士道："这好极了，我告诉你，你给我送一趟信，管保给你把车骡弄回来。"

高二又磕了几个头，喃喃拜谢。骑士斥道："别打岔，你拿我这个手巾包，立刻回前站，到德发店十二号，找姓温的客人，要亲手交给他本人，他自能照信行事，派兵捉贼。"又道："你走不快，就骑我的马去，你会骑马么？你明白么？你办得了么？"高二想一想道："我行。老爷说的甚么话？好找么？"骑士道："就是你们前站住的那座店，十二号温老爷，就住在你们隔壁。"身高的骑士，随将所穿的黑大氅脱下，手中马鞭也给高二，立刻催他披上大氅，将信包好揣好。临行又嘱道："现在九点二十七分，限你十点半以前赶到德发店，可别误了。误了贼要跑掉，不但你那车骡完了，我还要重办你。"高二欢喜答应。二骑士催高二扳鞍上马，向北驰去。又追着喊道："还要快，你只管打马，越快越好。"目送高二去远，二骑士合跨一马，猛鞭数下，直奔东北驰去。

这两人便是粉骷髅青衫党的二健将。矮身量的是五豪秦铮，他始终暗跟任和甫的；高身量的那一个，是十豪金岱。他们劫了于善人家，先来到古北口，要从古北口，转赴热河，半路中才又跟上任和甫，和甫却不知道。当时下，两个粉骷髅侠盗一马双跨，不一刻来到林边。将马拴在林中，脱去大氅扎束停当。未入虎穴，先探虎迹，两个人爬上一棵大树，拢一拢眼光，四面张望，丛林全景一览无余。那成行的树木，忽高忽低，时疏时密，由此看来当有几条截林的小道，纵横于行列间。林中还有几座大坟园，圈着长墙，里面时透火光，隐有人声。两人侧耳倾听，但闻树摇风啸，半晌听不出动静；却只在相距不远的路口上，见有几条黑影出没，那光景不似林村的住户。

两人下来，悄悄商量。因虚实难料，便不走正路，只穿林拂莽，向各处探进。夜影中，忽见白茫茫一条大道，向东西展开，切断数条小路。当前摆着一座绝大坟园，把口处恍惚有几个短衣持械，黑影中看不仔细，推测似是哨兵一类的人。五豪秦铮揣不透这是匪窟，是盗阱，还是防营；因隐身树后，窥看这灯光闪烁的坟园形势。一带长墙，松林古坟，另建起一座两进四合的院舍，像是茔地附建祠堂；也有左右廊庑，也有上坟人住所，和看坟人住房，想必是贵族的祖茔，年久失修了。

五豪秦铮，十豪金岱，觉得自己势孤；又不知任和甫准落在何处，便不现身直闯，绕林径奔坟园院内。火光照耀，空院中残雪无踪，早已扫净。当地上停放着几辆大车，两辆轿车，另外一堆铁锹木棍绳索，却不见有牲口，也不见车夫。也不知正祠中有多少人，更不知他们夜近三更，在这荒郊古墓，明灯辉煌的照着，将要干甚么事。

五豪秦铮悄对十豪金岱说："老弟你是夜眼，那两辆轿车，可有一辆是任和甫的车么？"金岱摇头，不敢断定，却只说："这情形很尴尬，非盗即匪，决不像驻防军，也不似民团乡勇，哥哥你不见这里，还有七八个穿便衣的人，拿着武器把门哩。"五豪忙投目下望，坟园栅门当真交掩着，门后有八九条黑影，逡巡往来；只是距火光较远，看不清手中拿的是甚么兵器。随问十豪道："老弟，他们手中拿的可是枪火么？"十豪金岱仔细端详道："好像不是，看枪头枝枝长过头顶，必是花枪棍棒。"五豪道："那一定是盗匪一流了。"金岱点头。

却不料他这一点头，却猜错了。祠堂中差不多有三十人，虽然个个武装，却不是劫盗，也不是胡匪，当然更不是正规军队，乃是潜伏在北口数百里，占绝大势力的一支帮会。说起来，不禁令人叹息军阀的毒害。这一支帮会，实是应运而兴的，由联庄会，和各大地主护院武师，合组而成，专为对付那骚乱地方的马贼、绑匪、溃兵、游军才办的。那时节，有许多没来由的军队，打着各色旗号，不时来烦恼街坊，商会地主不得安生。到后来当地数度公议，不惜重资，扩大组织，编成这么一支黑枪会。他们会中最重要的一条规则，专来保卫乡里，维持治安。在平时也剿捕小股匪盗；遇见内战发生，他们便替当局和乡民做中间人，酌量筹粮秣派夫役，免得恣意的抓夫抓军。等到战后，有时替他们收拾残局。

会首是著名的大地主，为人热心公益。副会首却是当地有名的“要人物”，姓唐名贯之，叫俗了，又称他为糖罐子。他本是清季不第秀才，虽不甚精武术，却身高力猛，能平地一跃上房，曾一拳打倒加闩的一扇门，抬脚踢死过一条大黑驴。虽不名闻全境，却也威镇村坊。那黑枪会扩大组织后，倒也替地方造福不浅，做到“守望相助”四字。许多零碎军阀，竟不敢任意横征暴敛，过刮地皮，官民相安多时。那大地主，当了几年会首，赔了若干家私，后来得病身死。那会首一缺，应另行推举，竟成了各方争竞的目标。嗣后乡间一派得胜，城里一派失势，糖罐子一心要扶正，未得如愿。地方公议，另聘一位极工拳术的武师，名叫邓剑秋的做正会首。糖罐子一怒决裂，自率党羽，另立蓝枪会，将会中出钱的人，带走小半。

那黑蓝两会，便不时冲突，发生械斗。有许多公正士绅，为地方公益着想，出来疏通和解。说是像这样闹法，将来两败俱伤，必为地方害；甚至我们地方上的败类，将乘隙而入。无奈地方上人皆不善团体生活，皆不顾公益，两方依然相持，并且暗幕中还有人挑拨。皆不计牺牲一切，以求战胜对方，便这方勾结军权，那方联络政界，全忘了立会的本意，自相残杀起来。

当其时，早有人侧目以伺其隙，乘这机会，报告了大军阀，大军阀一纸令下，缴械查禁，通缉祸首，黑枪蓝枪果然同归于尽。表面总算是解散了，在暗中他们都有眼，先期避匿，械藏人躲，留作后图。等到那一位大军阀，砰然一声，寿终正寝。别一位大军阀，拍出就职通电，蓝枪黑枪一齐运动恢复。按理说，双雄不并立，当局如果照准，便当责令合并，以杜纠纷，再不然干脆批驳。谁知当局，仿佛要坐观虎斗，以收渔人之利，而获牵制之功。在公文上，批的是组织不尽合法。在未改善前，应饬暂缓恢复。却又暗地授意双方，不妨自行试办，等有了成绩，再颁明文。换句话说，谁有神通办得圆，便准谁明干。黑枪蓝枪果然各显神通，争求独占。唐邓二人记念前仇，更明中暗中，剑拔弩张，钩心斗角的乱起来。两年间，就发生好几次小械斗，幸未出人命。

这一年合当有事，热河附近，乱石寨和北梁庄，发生两大姓间的斗殴。富绅诸石夷与大地主孙家立，为争一个民女，结下海样深仇，打群架已经两次。诸石夷正充当该处区长，不免借官势欺压孙姓。孙家立一怒，拼出数万家资，将诸石夷的区长生生买掉；虽没办到撤职，却调往别处。这还不算，所遗区长一职，孙家立竟然设法转弄到自己手内，可说是钱能通神。但是那一面上，诸石夷又惊又忿，如何甘心！经过半年的谋划，诸石夷忽率党羽八十余人，下乡剿匪，将孙家立全家四十余口，乘夜悉数枪杀。事涉暧昧，断不定他是诬仇为盗，还是扮盗歼仇；但中间确是由蓝枪会的打手，帮了一个大忙。这一夜的屠杀，孙家鸡犬不留，连佣工借寓的，也都在劫难逃。只有孙家一个儿妇，先期在娘家，算保得残生。另外一个十五六岁的学生，在塾读书，头一天不知为了甚么缘故，整日没有回家。诸石夷带数十个党羽，分头搜杀；多亏学生的教师，预知孙、诸结怨甚深，闻风将学生隐藏塾中，诈称学生请假，往姥姥家祝寿去了；说你们找他，等过一两天再来。这样的设词搭救了他一条小命，保全得孙氏一块肉，多亏塾师出此一策。

那诸石夷将孙姓一百多万家私，一把没收；拿出几分之几，分给同党走狗，其余公然统归自家享受。山洼中消息壅塞，有的说孙家遭了劫，有的说抄了家，除了受害遗族，事后访明实情，其他一般民人多不知真相，也不敢打听真相。可怜孙姓那一寡妇，一弱子，匿迹避祸且不暇，一想到“灭口”二字，哪有胆诉冤。而且物证销毁，人证没人敢出头，亲戚袖手，资力皆空。谁不晓得诸石夷赫赫炙手，连大地主尚惨遭灭门，谁敢再捋虎须！

但这中间，突出来一个仗义汉子，这便是那位塾师，五十多岁老头儿，姓李名静轩。这李静轩贪杯嗜饮，为人却有胆量。将学生送到学生丈人家，代出主意，缮状控告。诸石夷狂妄大胆，公然不逃避，一面捐产行贿，一面遣人恫吓原告。钱能通神，这样血案，事隔两年，诸石夷竟未到案。这消息又被黑枪会探得，便暗中帮助孙氏遗族；孙家的寡妇弱子，和那塾师才得在承德安居，投诉催案。但涉讼累年，诸石夷依然逍遥法外。粉骷髅党首领胡鲁，此次北上赴热，也就是附带要调查这件不平事。

当时黑枪会，声言援助衔冤孱弱后，相隔不多日，热河当局接到天津一封电报。内有天理人情国法，名利兼收之语。到次日，当局便不避干涉司法之嫌，下令严拿诸石夷，归案法办。不到十几日，诸石夷押在热河城里了。这个消息，又为蓝枪会所注意，当然认为与已不利。糖罐子疑心这是黑枪会从中作祟。偏赶上诸石夷被捕前后，黑枪会首邓剑秋恰当其时，由热河至北京，来去匆匆，走了一转。外间不晓得他干甚么去的，不免有所传说，蛛丝马迹，越疑心事出有因。

糖罐子一口闷气不出，只想与邓剑秋拼个你死我活，自此接连出事。第一次隙端，有黑枪会私购驳壳枪八十杆，由京运热，糖罐子急率党羽，乔装马贼，半途给邀劫了去。老邓吃一个哑巴亏，是不能报官追贼的。第二次事故，糖罐子家下，和蓝枪会后台财东的柴厂，忽然同日失火，纵火的明知有人，却访无实据。第三次事故，双方挑开帘明干起来。在山沟里，又找碴械斗。这一场武剧，完结得出人意外，黑蓝两会没分胜负，两家所有的新旧快枪七百多枝，全被官家收去了。彼此互猜，总疑是对方弄的狡猾；却不知暗幕中，另有人向官方告密。

这仇恨越积越深，紧跟着第四次决斗，花枪大刀，混战一夜，死伤相当。老邓腰膝受伤，糖罐子却中了邓剑秋敷毒的标枪，调治月余才好。自以为失败不轻，于是又有第五次争斗。蓝枪会邀黑枪会定期较射，规定是在百十步短距离内，手枪决斗。他们事先耗费了数千粒子弹，将枪法熟习得百发百中。到这天，在公正人监视下，喊一声一二三，砰然两响，糖罐子打一个冷战，救护人便一齐过来。糖罐子务求命中，他暗想头部地位较小难取，胸宽易击。便认准目标，一扳机，火光四射，果然正打中对方心窝。但见老邓晃一晃，安然无恙。自己却左臂痛入骨髓，气得他昏绝于地。这分明上了当，敌人身上，不晓得暗带甚么避弹的东西了，可惜当时竟没想到这一着。

棋走一步错，他当然更不甘心，最后才设了个变形的擂台，暗邀黑枪会前来比武。“来者是君子，不来是小人。”君子小人能值几文钱？只是一口气难输。邓剑秋也不是那懦弱的人，他又有一身的功夫，正想露一手，压倒敌人，便正中下怀。慨然践诺。择在这旷郊坟园内，比较拳术，各请能人帮擂。一场肉搏苦斗，不幸蓝枪会在初几场又告失败。糖罐子急挽救，说是：“咱们过过家伙罢。”一抄起兵器，由一拳一脚，一变而为一刀一枪。本是泄愤，双方抱定出了气，死也甘心的主见，打得血肉横飞，一连又是几天。他们为防官人干涉，自然比赛都在夜间；兵器既打出手，自然要伤人命。比较争斗剧烈的那两天，伤了八九条人命，他们私下掩埋。次日夜间，还是照样比武。

忽然有过路军人一小队，约有三四十人，巡查过来。因不知内情，没尝过乡帮械斗的厉害，便贸然干涉，他想图点什么。哪晓得糖罐子摆下密计，要等杀不过时，对黑枪会施展出来。目下这小小军官，要禁止他们，还要逮捕他们，莫说糖罐子怫然不乐，认为破坏了他的大局，就是那黑枪会首，自恃暗中有所准备，正要等着将敌人斗得穷迫时，看他还使甚么花招，现在眼看这个下级军官，叱叱咤咤的神气，也引起反感。

这三方面因态度误会，而言语冲突。始而官兵瞄枪镇吓，继而枪走火，终则为走火而激怒。只听得一阵喝骂声，从坟园中拉出枪火来，噼啪乱响一阵。可怜这小队兵，才四十人；黑枪蓝枪两会徒众，在场的和埋伏的，合起来不下二百数十人。这一场血战，队兵虽然械利弹猛，吃亏众寡太悬殊，况又在黑夜深林中，会众被枪火轰击，当场伤亡二十余名，却只是包围恋战不退。直耗到队兵子弹打尽，会众便一涌上前，刀砍枪挑，手枪瞄射，一下子将队兵打死九个，打伤十七个，其余俱已缴械遭擒。一群粗壮汉，气焰方张，拿绳子杠子抬起来，打算将这捉住的二十多个队兵，不管有伤没伤，扫数活埋，免得放回去，引起后患。打着火把，火光炽亮，由祠堂照出来，到了土岗后，黄土坑中，七手八脚，刨坑抬人。

就在这时，任和甫迷路扑灯光，驱车赶到，假使车夫不吓跑，和甫答对得好，或能保住活命。偏又被会党搜出那几百元钱，和投托热河军政界的几封信，引起会党的猜疑。大凡强梁的人，只要聚众伤过人命，心便残忍暴烈；并且群众集在一处，感情更容易兴奋。内中有一个人说："也把他活埋了罢。哪有闲工夫安置他，放又放不得！"

这时候，任和甫倒剪双臂，站在黑枪会首邓剑秋，蓝枪会首糖罐子面前，哀哀求免。糖罐子想了想，这事情闹大了，便含笑对和甫说："为大局起见，你就牺牲一点吧，我也没法。"扭头招呼，过来八九个，伸手要将和甫架起来，和甫惊悸亡魂，失声狂叫救命。黑枪会首邓剑秋低头无语，暗想这一番聚殴械斗，杀官拒捕，发觉出来，大大有点担受不了。这一个屈死鬼，偏偏的赶上，就算他并非官面，既闯入重地，已势成骑虎；就这样轻轻放了他，怎能保住不泄露。现在眼看糖罐子，要杀他灭口，有心拦阻，却又想不出甚么妥当办法，使得事出两全，一方可救一命，一方可保大局。就在这一沉吟的时光，任和甫扑噔倒在地上叫喊，声音已然岔变。糖罐子大恼，喝命："快搭出去。"

忽一阵冷风卷进来，从祠堂后窗，黑影一掠，燕子抄水，跳进一个人。又一个虎跳，跃至门口，用手虚一拦道："且慢。"遂双手叉腰，当门一站，声若洪钟，朗朗说道："我听候多时了。这两位想必是首领，在场众位想必都是草野间的豪杰，没有看不开事理的。你们捉住的这人，不过是一口孤雁迷羊，闭眼都可以猜出的，何苦杀害他？看在我面上，饶了他吧。"说罢，一侧身扭头，脸对众人一转，目光炯炯，英气逼人。正是："巧设连环计请君入瓮，阴相慷慨士与子同行。"来的人恰是粉骷髅一侠。

第八章

突围比武一士战车轮
破窗增援双豪捉糖罐

祠堂中东面坐着的，共十七个人，全是黑枪会有头脸的武师会友，以邓剑秋为首。西面坐着的，糖罐子居中，共二十一个人。多是蓝枪会有才能会武术的打手和特邀来的四位证见人，也都是会家。背后还侍立着一些人；他们是正聚在一处，商量善后办法。忽见这不速之客穿窗而入，疾如飞鸟；挺身当前，要作说客，不觉得俱都一怔。有多半人，哄然站起来，眼光不约而同，齐往窗格门口看。邓剑秋手按铁鞭，糖罐子左手按刀把，右手探衣襟，摸住手枪，目注来客，上下端详一遍。但见来人细高挑，蜂腰猿臂，面色黧黑，高颧隆准，眉浓睛圆，口角下垂，眼光四射。如利剑，如火炬，顾盼惊人。看年龄，约二十六七，不到三十岁；却已额横皱纹，满脸风尘。穿一身黑粗布短袄紧裤，脚登软鞋，头罩一条毛巾，遮住紫貂帽，打扮不伦不类。

打手中一人抢过来，一抓来客的肩头，斥道："你是干什么的？"那样子要拿人。只见这不速之客，往边撤身，扬手一挥，就趁势将打手的手腕擒住。只一带，抢过来，又一送，那打手踉跄倒退，险些栽倒，直闪出三四步去。众人哄然喝问："你是甚么人，敢来逞强？"来客含笑道："对不住，请你们先别动手，我还有话。"转面对邓、唐二人说："在下的来路，不值一问；但有一句话，请诸位推心相信，我绝不是官面的眼线。我也是个过路人。"糖罐子又复坐下道："那么，你的来意如何呢？"说着与众人和邓剑秋等，目中打个照会。邓剑秋道："朋友请坐，有话好讲。"

来客一看这些人，有的坐在长凳上，有的坐着供桌，有的坐砖堆，又有的坐在石器上面。来客瞧到左首，有四面石鼓，坏了一面，倒了一面，来客眼珠一转，遂过去对众人说："劳驾，借我坐这个。"用两手一撮，把石鼓撮将起来，托在掌心上。对祠堂后窗瞥了一眼，含笑举步，走到右边下首，颠一颠，倏然向空中一掷，脱手数尺，悠地落下来。来客双手捧住，这才轻轻放下。眼望侍立的打手，含笑道一声："有僭。"昂然坐下，朗然说道："这位首领，承问我的来意，这是很简单，实不相瞒。"手指靠墙根坐倒地下的任和甫说道："我与这位任先生，同行一路。他是个好人，家中老母弱妻，景况可怜。他实想赴热河，谋求生路，可怜他没出过门，又是书呆子，以致误雇劣把车，冒犯诸位的范围地。这是他无心之过，诸位稍抬手，留他一命，谅他一个书生，绝不敢多嘴多舌，泄露机密。我敢担保，他与热河官府，并无干系。再者目今官府颟顸，老百姓谁也不愿意无故告密，自找诖误官司打。诸位，蝼蚁尚贪生，上天有好生之德，人有恻隐之心，就放了他吧。我说的句句是实情，诸位看我的薄面，留他一命交给我，我自能送走他，并且教他远走高飞，永不登进热河地界。"

糖罐子哑然失笑道："你说的都是实情？那么你尊姓高名呢？"来客不悦道："首领，我的来路不好明说，但不说诸位又不信我。我可以这样告诉诸位，我不是官面，也不是民人。我是道上同源，是一路暗缀下这位任先生的。因半途看到他行事慈，良心好，这才改暗地踩盘，而为潜行护送。这也是咱们江湖上的常情，诸位揣度一下，还教我全说出么？我决不能当着光棍说肉头话，放了他吧。”糖罐子笑道：“你说的话不见得太实吧。他姓任这许是真，他要上热河投官亲去，他自己都认了，你还费心替他瞒着？”

来客道：“首领别误会，我说的是他姓任，叫任和甫，决不能假了。他对诸位自然说是投亲，然而我却晓得，他本是大家中落，变产求活，他是要上巴沟贩私货。他的行李，诸位想已检过，他带着九百块钱，那就是货本。你想他但得逃出活命，焉肯经官告密，和诸位作对么？”邓剑秋道：“朋友，你是黑道上的，这位也是黑道上的，你们二位可黑得不一样。”来客笑道：“阁下明鉴，我也不必隐瞒，这位任先生可不是黑道，他只是贩黑货罢了。”

糖罐子道：“你猜我们呢？”来客道：“我是刚赶到，专为搭救这位任和甫先生的，我无意踩访诸位的事。首领既那么说，让我乱猜几句。我看诸位不是官军，也不是民团，当然更不是那条路上的，因此咱们不能论彼此，或者诸位是在甚么帮吧？”言至此，注目东西列坐的人，又道：“大概诸位还不是一起的人，必是各在一帮。但既隔着帮，却又聚在一起，想必是有甚么争执的事，要在这里当场解决。可是千般话不如一出手，诸位便免不了要考较考较，藉此判定上下。又因为考较，这才伤动了朋友；或者来了打扰的，于是出了人命；这才不愿人碰见，所以才想灭口，倒霉的和甫先生偏赶上了。我说的可对么？但是这灭口要看是对谁。”说着手指任和甫道：“请看这位，可像有胆量敢多事的人么？他分明是个书呆子，我料他一逃出活命，便跑回家了。就请他做见证，他也怕有沾惹哩。”糖罐子摇头笑道：“饶有苏张之口，难治耳聋。朋友，你倒也猜得不离，譬如你做了案，当场教人撞见，你能松手吗？”

蓝枪会一个打手，外号叫大牛的，从旁插话道：“朋友，你既然出头说情，请留下姓名来历。”来客道：“这个倒不必说，你只拿我当外路朋友看，我就感激不尽了。”大牛道：“就算你是外路朋友，你们一共几位？”来客指鼻道：“独一个，另有一个小小的同伙。此外倒还有一帮朋友，都不在近处。”大家听了相顾不信。又一个蓝枪会的打手，名叫驴皮球的接道：“就算独一个，朋友，你讲情凭着甚么？”来客道：“凭着江湖上的义气，凭着众不暴寡，强不凌弱。”说话声音不觉提高。糖罐子嘻嘻笑道：“朋友肚里还有两点墨水哩。”来客道：“见笑！”驴皮球勃然跳起来叫道：“哪里给他说那些废话，他这不是来讲情，他是踩盘打猎来了。简直和那只孤雁一锅煮了吧。”大牛张着两只手接腔道：“他居然匹马单枪的闯帐，想必有点拿手。咱们还不抄家伙，瞧瞧他有多大的尿？”又一个打手道：“这个也没地方放，把他俩一块埋了罢。”

蓝枪会在场的这些打手，将花枪砍刀手枪火枪，纷纷抄起。来客眼望后窗，微微冷笑。糖罐子抄手瞪目，不语也不拦。只听哧的一声，邓剑秋仰面哈哈大笑道：“咱们人多势众么。朋友，你单人匹马，来得不光棍了，这里讲究打群架，不懂甚么单打独斗。”一句话把糖罐子臊得满面通红，急站起来，大喝道：“休要倚众动粗，还不与我拦下！”说着眼角一抹，手指黑枪会要动手的人，向着邓剑秋一笑。邓剑秋对自己的人发话道：“你们还有我吗？好不要脸，居然玩出群殴单行客的调调来了。”黑枪会打手，诺诺连声，也放下武器。

糖罐子眉头一皱，计上心来，遂问道：“剑秋兄，这该怎么办？”邓剑秋拱手道：“您是台主，小弟是客，静听你的吩咐。”糖罐子咬牙暗骂：“好个琉璃蛋，有我也脱不了你。”转过脸，对来客说，“朋友真有你的，不管放不放，得交交。你请过来，我跟你咬咬耳朵。”来客抿嘴一笑，心想：“套儿上来了。”他这可误会了。糖罐子的意思，要搜罗帮手，要将来客引入己党。来客不明其意，朗然答道：“首领有话尽请明白赐教，在下无不恭听。”糖罐子无计可施，想了想又说：“朋友，咱们光棍做事，休要含糊，你总得留下姓名。”来客还是那句话：“首领拿我当黑道看待也使得，姓名是随便可以捏造。”糖罐子怫然不悦道："朋友你太小看人了，我们不敢放这只孤雁，为的是自有苦衷；阁下一死儿拿面子要，叫我们露脚步，您自己可不肯露面目，这说得过去么？"来客笑道："这话有理，这么说吧，目今江湖上，有个粉骷髅党，诸位也许有个耳闻，在下便是内中的一个，名姓还是不必说，我早忘了。"

邓剑秋、糖罐子等，俱是一怔。怪不得单人匹马，旁若无人，原来是他。糖罐子遂开言道："原来是粉骷髅群豪，久仰久仰。足下因何临贱地，可否略说一说。我们的事不妨先告诉阁下，我们是一个地方两个帮，因瞒着官面，在这里办点自己内部的事，就像您猜的，要彼此考较考较。"手指邓剑秋说："两帮的会首，就是这位和在下。我们哥俩在这里聚会，也说不到比赛，无非是以武会友罢。争个上风又待如何，练着玩玩，逗大伙一笑罢了，但官面上竟找晦气，来压迫我们，不许我们交手。我们彼此立有甘结，伤亡无论，他管得着么？然而他们倚仗势力，开火打了我们；我们伤了好几十人。没法子，只得跟他们挡挡架架，他们也就伤了几个。我们打算掩埋了就是了，不期这小子闯进来。"手指和甫说："我们都问清楚了，他说他和热河官面有交情。朋友，人有放虎心，虎有伤人意。就搁着您，请问怎么个放法？"

粉骷髅十豪金岱听罢，点了点头道："原来是这事，但是首领若单为防患，可以把他交给我。我敢担保他即刻闭口回家，决不逗留。"又道："您问我因何贱临贵处，即承开诚见告前情，我也不必秘着。实不相瞒，我此来完全是为的这位任和甫先生。我们是从年前在天津，就将他缀下来，已路经北京、密云、古北口，一步未放；并且在前站已下了他的手。但随后看他倾家变产，来贩私货，陌路上还肯一掷三十余元，去救助一个被债逼的穷老头，这才知他是好人。然后还赃暗护，跟踪到此。如此行动，我党所为何来？无非念他家贫亲老，不忍灭绝了善人。愿诸位不必疑虑，把他放过罢。"

糖罐子听了，眼望邓剑秋，剑秋无语。又转望在座打手，打手大牛忙说："善人，善人！相好的，他是善人，你担保他，谁担保你呢？"粉骷髅金岱大声道："'粉骷髅'三字可以担保我。"驴皮球道："你倒放心？"糖罐子摆手止住，即与邓剑秋，及几个打手，挨个耳语。随有两个打手，出离祠堂屋，到外边去了。

糖罐子乃道："我们二百多条性命哩，不是闹着玩的；万不能因一个人，害了大家。就算我区区信得过，还有他们几位呢。朋友，咱们不必废话了；我刚才问过大家，他们的意思，闯进来的羊，一个也不能轻放。"金岱道："这话连我也在数了。"糖罐子默然不答，再佯问道："那么诸位的意思可说说呀！"大牛和驴皮球等哄然说："我们的意思，要请阁下露两手，再商量放行。"金岱厉声冷笑道："好！"立刻站起来，双掌一拍，似做了一个暗号。

蓝枪会黑枪会在座打手，个个擦拳摩掌，跃跃欲动。唐邓二人闪在一边笑，心想：善者不来，来者不善，倒看看大名鼎鼎的粉骷髅党，武术如何。只见粉骷髅客金岱，将腰带紧一紧，脚上软底鞋蹬一蹬，回手按一按背后的青布缠包。便双手拳一抱，站在祠堂中间，忽然发话："诸位会友，我们过拳脚，还是过兵刃？"一言未了，驴皮球跳上去，黑虎摘心一拳，道："先领教一手。"金岱微微闪身，道一句："慢来。"抬左手架一架，右手金龙探爪式，直对面门发去，驴皮球急回双手分隔，却被一把擒住右手脉门，金岱疾撤步一转，驴皮球还要挣扎，却身不由己倒拧过来，将后背奉献给敌人。金岱握住对手右臂，却往上一端，驴皮球哎哟一声。金岱右手轻轻一拍驴背，就势往外一推。驴皮球一头直冲出去；算是有一个打手手快，就近将他扶住，金岱笑道："就是打拳，这里也怕施展不开，二位首领腾腾地方如何？"

驴皮球站在那里发怔，觉得金岱的招数倒也寻常，就是太快，有点照顾不来。他心中不很服气，红着脸对糖罐子说："头，咱们上前院去。"糖罐子不答，邓剑秋却吩咐众人，将供桌长凳石鼓等物，俱都挪开，顺在墙根。这祠堂五间大殿通开，够三丈的进深，足够作比武场。即将刀矛之类，也立在墙根脚下。在场的人一律徒手，靠墙站着，让出当中三五丈地盘。并在四隅挑起所有的灯笼，又点着十几个火把，照得祠堂如白昼一样。

一切布置就绪，金岱笑道："地方不坏，又遮风，又避雪，哪位上来？"邓剑秋忽说："且慢动手，这还得先推定一位见证。怎么算输，怎么算赢，我们静听公证人一句话评断。不得恋战不服。"金岱道："此话真是。"糖罐子道："还是奉烦刘五爷吧，五爷是惯家。"大家道好，所谓刘五爷闪出来，即在北面一站，脸对祠堂门。

黑枪会选出十数人，站在东边，蓝枪会也选出十人，站在西面。任和甫此时已松绑，即由四个人看守着，站在东南隅。他心惊肉跳，虽没听明白这是怎么一回事，但已猜出这不速之客，是救他来的，只盼这陌路的粉骷髅侠客胜了，好救自己性命。粉骷髅第十豪金岱，站在西南隅祠堂门口廊下，围着一群人，俱是蓝枪会的打手，黑枪会的打手只占少数，大部都在另一座坟园中。金岱收拾利落，走到当心，拱手道："哪位先来赐教？"

驴皮球气呼呼奔进来道："咱们还得滚滚，刚才冷不防，是我没留神。"金岱心中暗笑，站好脚步，叫道："请。"容敌人探入，突然一拳；驴皮球急闪不迭，哼哧一声，胸口早挨了一下，倒退了两步。翻眼看金岱，还是那么样斜身站着，两拳当胸提起，好像没动。驴皮球改换架式，这回多加小心，捻拳叫道："来来来，倒了才算……""输"字刚到唇边，腾的一声，眼前见拳影一晃，一拿没捞着，软肋上火辣辣着了一脚。急侧身敛避，大腿又挨了一下，身往后斜倾，赶紧收步拿稳。站还未稳，后腰又整个被踢上一脚，扑噔卧倒。驴皮球一滚爬起来，张手抓去。刘五爷叫道："卢爷退下来吧，再换别位。"说时迟，打时快，驴皮球一只手刚捣出去，又被擒住。金岱一转身，抬腿一跺腿弯，驴皮球哎哟一声，不由跪地。金岱一个箭步躲开，笑道：“卢爷承让了。”驴皮球爬起来，瞪眼道：“你小子缺德，胜败这是常事，已分了胜负，你怎么还踢我？”邓剑秋哈哈大笑，糖罐子恶狠狠瞪了一眼，叫道：“卢爷你是怎么的，还不下去？”驴皮球讪讪离开金岱，溜出祠堂门。

一旁怒恼的大牛，从供桌上，飞身一跃而下。到得场心，侧身站定，中护其裆，双拳交掩，上护其胸，涩声叫道：“小子，爷们干干，我看你有多大尿？”金岱心中大怒，面上却笑吟吟说：“不到四两尿，正要请教大量。”两人抵面支好架子，只听齐声叫一句：“请！”噼噼啪啪，打在一起。也只七八个来回，大牛自恃勇力，攻多退少。将左手虚比，右手掌平伸砍去；金岱一闪，伸指去点敌肋。大牛顺腕下剁，飞起一腿，向对手面踢去。金岱不躲，一斜腰，趁大牛腿落未收，也飞起一腿，噔的一下，踢着对方脚腕子，就势往上一兜。大牛忍痛借力，一个倒斤斗翻过去。双脚刚刚落地，金岱一跟步，唰的一个扫堂腿，照下三路扣过来。大牛旱地拔葱，才拔起三四尺，金岱忽地一扭身，叫：“倒。”连环腿又一扫，大牛手忙脚乱，早露破绽。金岱凭空跃四五尺，双腿齐踢，正踩大牛上身，咕咚一声，仰面朝天，如倒了半堵墙。金岱从身上窜过去。心说：“看你口出不逊。”大牛半晌挣扎不起，热血沸腾，羞愧难当。

众打手哗然，纷纷议论，这不速客有点不好斗。见证刘五爷叫道：“好俊本领，还有哪位？”东面闪出黑枪会一位会友；此人功夫甚熟，气力稍弱，年约三十余岁，身高四尺七八寸，名叫程铁桢，绰号生铁锤。缓缓走来，双拳一抱叫道：“朋友，我来领教。”相见以礼，金岱也改容抱拳道：“就请指教。”一言未了，斜刺里跳过一人，照金岱一拳道：“铁锤靠后，我来揍他。”此人叫于大来，外号叫大剌剌，是黑枪会的会友。金岱急侧身，单臂一磕大剌剌的手腕，大剌剌连声叫道：“嗳哟，好小子，拿着铁器哪。”

左手拳一捣，喝道："看窝心炮。"金岱伸单手一找，将敌腕刁住，猛向怀里一带。大剌剌赶紧往回夺，却夺不动，嚷道："我踹你。"金岱借力一送，又一抬，腾的一腿，横跺了脚斩踢着大剌剌膝盖。嗳呀一声，晃了两晃，金岱又顺水推舟一掌，嘭噔一声，大剌剌手掩着膝盖跑开，憨着脸说道："倒下就算输，你踢不倒我，真有你的。"东西壁哄然大笑。

程铁桢用手一指，说道："还是我来，奉陪您两趟。"金岱道："好。"两人抵面而站，绕场走了半圈，留出行门过步。齐道一声："请!"两下一凑，踢腿挥拳，打将起来。只听得吧吧吧一片声响着，两人各显身手，窜蹦跳跃，闪展腾挪，忽高忽矮，倏上倏下。但见灯火下两条黑影，团团乱转，空场中双双拳脚，嗖嗖挥动。蓝枪黑枪两会会友，在旁作壁上观，无不注目喝彩。真是棋逢对手，将遇良材。战够二十来回，大众忍不住大声叫好。内中却有邓剑秋，回顾手下会友，暗道："不好，铁锤要输。"又抵过一刻，铁锤喘吁吁，只觉对方招数太快，渐渐有点顾揽不过来。

忽然间，金岱手法一变，放开门户，嗖嗖一连七八拳，倏守倏攻，忽左忽右打来。左插花，右插花，击顶贯耳，捶胸捣肋，如急旋风般，将铁锤裹在垓心，铁锤竭力支撑，目眩头晕；猛听啪的一声，左肩头中了一拳。铁锤急撤身，手腕一揽，张手去拿敌人，一把刚刚刁住。却嘭的一下，右肩挨了金岱一拳。铁锤就势下死力一带，金岱使个解法，拧单臂，反腕咬住敌手。铁锤夺手抽身，嗖的一个箭步，纵出七八尺。金岱一跃起来，铁锤大喜，扭身轮拳，虚空一击，霍地飞起一腿，喝声："着。"金岱横闪身让过，铁锤急施出玉环步鸳鸯脚，只见一转身，嗖的又飞起左腿，恶狠狠直奔对方面门。金岱急避不迭，大众暴雷一声呐喊，好个粉骷髅这回可完了。说时迟即时快，黑影一晃，铁锤左腿刚刚飞起，金岱一伏身，双手据地，唰的一个扫堂腿，直奔铁锤独立的右脚荡去，邓剑秋、糖罐子一齐失色。铁锤十拿九稳，不料踢空；暗说不好赶紧收招，将右腿尽力一蹬，身子往前扑去。金岱却一转身，跳起来挺拳打去，黑虎掏心，直奔后背。铁锤抢出好几步，才得站住，喘吁吁刚说得：“连输三着，甘拜下风。”金岱认定“倒下算输”的约言，又唰的一声，如风卷浓烟，一抹地赶来。邓剑秋勃然大叫：“朋友手下留情。”急甩长衫，横身上场。猛听霹雳一声吆喝，燕子凌空，跃下一人，蜻蜓点水，斜插入战团，双臂斜分，把金岱邀住。

东西壁登高观战各会友，不约而同，齐睁眼注看。这一人名唤雷天纵，乃北方有名拳师雷天笑的族弟，年甫四旬，力健技精，他的功夫，向以强劲刚猛擅长，却与金岱的那种利落迅疾的手法，仿佛旗鼓相当。一下场，挽袖踢腿，摆好架势，相好对手，道一声请，突如电光闪野火发，唰唰唰连打十数拳，各无破绽。两个人都将门户封闭得严紧，一来一往，走了五十多个回合，谁也递不进招去。大众齐声喝彩，金岱暗暗盘算，一个跟一个，迟早总要累乏，便卖个破绽，豁的窜出圈外，高叫：“诸位会友，诸位公证，在下连斗四五位，究竟该有个限制没有？”糖罐子抢着说：“好汉子，能连战十二个人凑一打么？要不行，十个定输赢。”金岱道：“就是一打，有数就好。”说完了一拱手，又与雷天纵斗在一处。

战够多时，不分胜败。雷天纵一招一招，将对手路数探清。忽然一跺脚，将生平艺业施展开，只听得噼噼啪啪，骨节乱响，拳打脚踢，到处生风。金岱一见敌人改招，不觉精神一振，一个怪蟒翻身，闪开了敌手的擒拿。又一进步，双臂穿梭也似舞动，嗖嗖嗖，飞身如飘叶，挥拳似流星，骤如雨，疾如风；两个人直打得如火如荼，难分难解。忽然间，雷天纵大吼一声，将金岱手腕擒住，转眼间，金岱一扣寸关尺，将招破开。忽然间，金岱两指直取敌人双睛；转眼间，天纵横掌隔住。两条黑影，忽上忽下，一招一架，如旋风转磨，如飞轮走环。忽听嘭的一声，天纵奋拳直插对手。蓝枪会、黑枪会数十名打手，哄然欢叫。却在一刹那间，见天纵一个飞脚踢出去，被金岱探爪插住足胫，只一抖，天纵翻身看看扑倒。好一个拳师，倏然来一个鲤鱼打挺，双足如立锥般站定。那金岱嗖的窜过来，两腿这么一转，紧跟着左一扫，右一绊，上面双拳如雨点般，直奔上三路，中三路，好不迅捷。灯光里众目睽睽，作壁上观，几乎应接不暇。只看见影绰绰一对棉团，穿梭往来。

雷天纵勃然奋起，拳一挥风鸣雷动，腿一踢排山倒海，又交手打在一处。只听拳影里，喝一声："着。"天纵一进身，双风贯耳，狠命拍出两掌。粉骷髅客金岱挺立不退，双掌一合，往上翻，唰的分开。使出"白鹤展翅"的招数，将敌招破开。天纵收掌不迭，腾身一窜，急握拳弯臂，对敌人劈面打来。第一着"饿虎掏心"直攻中路。第二着"黄莺托嗉"径取咽喉。却不道金岱招数变得又更快，刚拨开对方双手，立即一伏身滚进后路，两掌往下一抄，将敌人扣腰提肋只一撮。天纵失色，忙拧身一挣。刚挣开，唰的收招回手，用一个"关公大脱袍"，扣住敌腕猛一夺。金岱抬膝顶腰眼，双手一提，尽力死推。天纵说声不好，一回手要扳颈托腮；却一捞没捋着，只觉下面一恍，上面一掷，抢出去两三步倒了，满面羞惭，飞身站起。说一句："承教承教。"默默披衣出去。

金岱轩眉一笑。笑容未敛，只听破锣也似一声喊叫："小子别狂，我来也。"蓝枪会队中，跳出黑凛凛一条大汉，是早年北京出名掼跤的劲手。见大汉奔过来，跺脚擦掌，弯着腰，蹓圈数趟。猛然张手如箕，上扣敌眉，中揪敌人腰带，摆出那相扑的架式，两腿翻蹬，忽然一腿起来，用劲猛踢、蹬、扫、绊。金岱不容他进身，抬左腕一磕，抡右掌一叼，未容敌人进招，先拖住大汉一只手，紧扣脉门，向怀里一拧，说道："过来。"猛闪身抬腿，施一个火腿绊鸡爪，将大汉挑出多远；赶过去又一脚，说道："倒下。"那大汉一招没展便落败，连呼窝心，铩羽而去。

跟着黑枪会又下来一人，只走得三五趟，被金岱扣后颈揪倒。对手一翻身，仰面飞起一腿，要踢膝盖。金岱急错身，腾的一脚，坐坐实实跺下去。对手哼哧一声，几乎失声叫出我的妈，惹得哄堂大笑。

邓剑秋很挂不住，抖衣襟自要上场；蓝枪会却下来两个人，俱都是把势匠，踢了一脚，被金岱托住下马，猛一端，就躺下。

然后黑枪会友又来了一位，这一位年少貌秀，貂帽羊裘，打得好一手少林拳。邓剑秋特邀来助擂的，名字叫做塞外玉如意王良。说到功力，身架非常轻巧，身手极其灵活；只吃亏腿脚欠稳。练武家最讲得两条腿立如扣钟，跃如弯弓，坚挺不摇，撼之不动。金岱与他交手，一路滑战油斗，将门户严严护住。连走十个来回，玉如意雀跃鼠窜，兔滚鹰翻，打将起来。拳出去握如水平，伸如笔直，踢腿折腰，如风摆柳，那姿态很是可看。会众指划旁观，个个赞扬，只有邓剑秋扪胸不语。金岱留神引逗，将王良拳脚的路数摸清，暗说好一套花拳，如扮戏一般，又奉陪了十来趟，金岱猛撤身，后退丈余远，喊一声："朋友接招。"两臂一挥，双足一顿，将生平绝艺施展出来，如惊涛骇浪，滚滚翻翻。顷刻间，直斗得美少年热汗点滴，手忙脚乱，只有招架之功，无有还手之力。那金岱生龙活虎一般，竟将敌人裹住。

又酣战十来个照面，金岱叫道："朋友面子，承让了吧。"王良面红气喘，置若罔闻，将拳头握得紧紧的，依然狠命的决赛。金岱看破他已成强弩之末，暗叫："好一个不识趣的俏娃娃，可要当场出丑。"拳花一翻，如雨打残荷，对王良左肩井，右肩井，左腰肋，右腰肋，历落凿去。喝一声着，上面一拳是虚招，下面一脚是猛劲。玉如意急挡骤闪，步位错乱，一只脚险被扫着。金岱更不容情，右腿嗖的踢起；玉如意一退身，刚刚避开。不防金岱跳起来，又当的一拳，正着左乳肋。玉如意嗳哟一声，脱口骂道："该死的，打我这儿。"双眉紧皱，两只手捧胸蹲下。

黑枪会六七位会友，忍耐不住，哧哧笑出声来。玉如意红云泛起双腮，羞惭惭退到东面，取一条丝巾，落帽拭汗。金岱一眼瞥见，不由诧异。练武的人眼光犀利，灯火下，早看出玉如意长发盘龙，双辫绞凤，一朵绿云压发堆鸦，衬着那俊秀的姿容，柔曼的腰肢；原来她是个女子。无意中一脱帽，有心人看出马脚。金岱眼球一转，心下明白，很是抱歉。这一拳未免打得不是地方，也嫌太狠了。又觉得会帮中出这等人物，有这等本领，可是怪事。心想神驰，不由得眼角一抹，连看了两眼。

金岱在这一疏神之间，背后唰一阵风吹来，听得喊道："相好的接招。"仓促间急闪不迭，忙翻身迎拳。见一个红脸剑眉大汉急袭来到，左一掌，右一掌，觑得真切，直走中三路打将过来。金岱双拳抵住，伏身横荡一腿。那大汉力大身高，招急势猛，将金岱反逼退两三步。金岱不悦，连叫："朋友，休施暗算，请教字号。"那大汉闭口挥拳。见证刘五爷也相帮催问，邓剑秋高声代白："这位是塞外玉如意的师兄，火链金刚马骏材。"金岱大骇。他连战六七人，未逢对手，红脸大汉实是劲敌。火链金刚这一回骤然下场，怒目映映，深恼金岱骄狂；至于重殴玉如意，更惹大汉不忿。竟不惮暗袭下场，怒焰飞腾三千丈，舞动双拳，横冲直扫，恨不得捉住敌人，大大捶他一顿。

金岱也不怯，撤身让出行门过步，稳健应敌。灯火下，人群中，这个一拳，那个一脚，此往彼来，旋进旋退，如摇风车，如转水磨；直走了三几十个回合，未分胜败。金岱是有名的手法快，脚步活；连使数招，火链金刚沉着应付，毫无破绽。金岱嗖的窜出圈外，燕子抄水三点头，两次叠步，跃出三丈开外；双手一抱拳："在下气力不敌，方家承让了吧。"火链金刚振开霹雳般的喉咙，振声而言："身未倒地，拳未失着，来来来，再战三百合。"嗖嗖嗖，耸身窜过来，张开架式，劈头就是一拳，下面唰的一脚。金岱使一个旱地拔葱，腰杆一挺，双足一并，嗖的直耸起来六七尺高，将敌招让过去。飘身下地，封拳护胸，交腿护裆。刚要说话，这大汉却又滚到，展拳脚再斗。

金岱冷笑，晓得此公一力降十会，法门又精，再如法搏斗，各掩护门路，谁也得不着破绽。因想不冒险，怎能成功，便决计卖招诱敌。左手虚晃一拳，饿虎掏心；右手仙人摘桃，向敌人反拊出去。火链金刚叫一声："来得好。"两臂此屈彼伸，将敌腕捋住，只一带，喝道："滚。"恶狠狠抡起来，转身向外只一抛，身手如风车翻转，斜掉角偏西北落下去。全场哄然叫道："好大膂力，粉骷髅也倒了。"只见金岱眼睁睁曲腰抢地，却不知怎的悬空一扭，左脚曲，右脚伸，脚尖着地，两脚岔开，只一点又跃起来。腰杆前仰后合，忽一绷，四平八稳站住。火链金刚力虽大，没把他抡倒，双手搭肩叫道："相好的，可摔着我了，咱们就算完了吧。"火链金刚怒不可遏道："非摔倒你不可。"赶过去三拳两脚，又斗在一处。

金岱绕圈，且战且说："朋友留面子。"火链金刚忿然张开双臂，两膀攒力，咬咬牙，拼命只一抖，道声："去！"把金岱又抛出去，不想金岱照样又轻飘飘不翼而飞，挺然着地。黑枪会蓝枪各会友，这一番早睁眼留神，但见金岱一提气，双臂平张弓，两腿倒插剪，轻轻落下，似一团棉絮着地，矗立无声。火链金刚早张目跷腿以待，急一伏腰，嗖的窜过去，趁敌人刚刚据地，虚晃一掌，腾的一脚踢去。哪知金岱嗖的一声，耸起六七尺高，鹞子翻身，落在一边。双手一搭，又道："摔着我了。"这简直是露一手。

火链金刚满腔火起，赶过去，叭的一个扫堂腿，金岱又一跃。火链金刚一探力，叭，又一个扫堂腿，金岱一跃又一跃，火链金刚竟连连扑空漏着，糖罐子等相顾不禁吐舌。却听暴雷一声喊，火链金刚又一把将金岱擒住，双手捋腕，霍地只一抡，暗道："这回看你的。"右腿就势一踢，将金岱摔出去两丈多。金岱身手一扭达，两脚不客气，又复点地站牢，连个衣襟也没扫着他。火链金刚暴躁如雷，追过去，绕场连走三五个照面。攻取多，遮拦少。金岱暗叫："若不趁此下手，还恋战做甚么？"旋转拳脚，容火链金刚急翻腕隔开，趁势来找金岱的手腕，金岱双手一分，用迅雷不及掩耳的手段，一飞腿踢中敌人腋下。好个大汉，哼哧一声，咬牙吞住；唰的抬掌，照金岱脚面砍去。金岱旋风一转，绕到后路。右腿收回，左腿飞起。对方便一抄身，抡右臂待抄金岱胫踝，却见黑影一晃，又抄到后路。火链金刚"怪蟒翻身"收回招数，"白鹤展翅"，亮开两腕，交搭手唰的往外一搅，右腿跟着踢出去。金岱毒蛇吐信虚点一招，却滑步闪身，绕陀螺般一转，又奔敌背。嗖的一脚，唰的一拳，盘前旋后，将火链金刚拳影裹在中，左扑一空，右打一闪，不觉的眼花缭乱。

忙乱里，金岱嗖的跳起来，一个靠山背，正砸着金刚左半身，往前抢出两步。急仰身拿桩，脚一蹬劲站稳，右臂急防追袭，唰的往后一扫。恰好金岱人未到，拳头先来，火链金刚怒气塞满胸，声如沉雷喝道："再跑！"回身一把擒个正着，插腿一剪，运动浑身力气，左扣敌腕，右掣敌领，一力降十会，举手下绝情，只听猛喝道："倒！"嗳呀一声，金岱直抢出去，扑噔，两人中果然倒下一个。大众急忙定睛看，火光中，金岱右脚弯弓，左脚撑篙，在圈外昂然的挺腰站着。这一边，火链金刚扑地栽倒，霍地跃起来，鼻已血流，金岱用一个急招，败中取胜，抡左掌刮的一拊，挣脱右手，冷不防将火链金刚扣颈掀翻。但对手一抛，余势犹猛，金岱自身如翻车般，踉踉跄跄，直栽出好几步，才能站牢。这法门叫做单贯耳，紧随小勾手。

火链金刚分明占上风，棋胜不顾家，竟失此一着。跳起来愧怒难堪，扑到东壁，将两把钢刀取在手里。就在这一刹那，少年美貌的玉如意王良，也哗啦啦解开缠腰的铁链子串珠鞭，提喉咙骂道："好一个野鹰，敢如此歹毒，伤人家体面！"一霎时东壁观众暴喊如雷，一片声喊扑死此獠。

好一个金岱，还身侧立，将右手扪扪背后长包，仰面冷笑，如没事人似的说道："要动兵刃，区区也奉陪。"火杂杂声里，黑枪会首邓剑秋，将皮大氅丢给侧首一个帮手，对东壁观战的部下，低喝噤声。火链金刚拭去鼻孔鲜血，将胸头火勉强按捺下去，倒提双刀，重复入场，举手说："朋友你将我放倒，我领情谢教，在下的意思，还要请你指点几趟刀、几路枪。"嗖的将双刀拿起，这一刀右手横按，这一刀左手倒提着，向金岱这边递过，就说道："这两把单刀、尺寸钢口都一样，随你选一把。"

金岱将两手一背，直向后退。火链金刚怒极，赶过去左腕一扬，钢刀出手道："接着，总得请教。"刀尖刀柄当空一闪，金岱伸三个指头捏住，顺手遥掷，插在明柱上，反臂将长包掣下。当此时，哗啷啷一响，玉如意王良摆链子串珠鞭，迎头一甩，叫道："粉骷髅帮接招！"金岱急将长包顺手一揽。火链金刚叫道："老四不得如此，容朋友亮出兵器来。"金岱早一抽，收回那长包，闪身跃出圈外。只一抖，长包打开，亮出青莹莹一支纯钢兵器，长四尺一寸，二刃出锋，形似钩枪，尖吐小枝，柄带护手，名为吴钩剑，又名月牙戟。左手提住，一弯腰，又从腿上抽出白晃晃一把尺八匕首，仰天吐气，便待交手。那西边墙，蓝枪会首唐贯之，眼角瞟对面，嘻嘻哈哈，冷笑道："不得了，手不够使唤，怎么动起家伙来，我可怕。"那神情是讥诮上了。

黑枪会首邓剑秋，怎能不懂得，只做没听见，嗖的从东面窜到场中，对玉如意、火链金刚笑说："徒手操还没完哩，等一会儿练器械操吧。"双拳一抱叫道："粉骷髅朋友，招数实在高明，待小弟奉陪两趟。"眼瞅糖罐子，口中说："等在下领教过了，还有这位唐爷，要同足下过招哩！"扎抹停当，道一声："请上招。"刚往一起凑，忽听后窗有人喝道："朋友，车轮战不是事呀！"立刻窜进来一个人，短衣包头，满面英气，正是粉骷髅五豪秦铮。

黑枪会、蓝枪会一齐惊动，外面本有卡子，不知人家怎生进来的。邓剑秋退了一步，眼盯来人道："阁下何人？"来人道："粉骷髅帮过路献丑。领教过了，请诸位赏面子，把姓任的放了。"邓剑秋向手下人施一眼色，手下人急向外面搜去。当下两人说了几句场面话，登时过步递招，一来一往交手。唐贯之也立遣同党，往外搜查。五豪秦铮和邓剑秋各显身手，早走了十几个照面。这邓剑秋一拳一脚，稳练异常，不求有功，先求无过。五豪秦铮一面应敌，一面向金岱通暗号，意思之间，再耗一会儿，援兵即到，此刻总不以翻脸为好。两个人斗半晌，不分胜负，黑枪会各会友，提心吊胆，在旁观战，惟恐会首落败，名誉扫地。那邓剑秋不慌不忙，胸有成竹，先把敌人的招数看透，如法应付，当不致蹉跎。哪晓得这秦铮比金岱武功更精。连走数十个照面，只觉敌人气度从容，手脚迅利无比，有点应接不暇。邓剑秋急将架式一变，恶狠狠厮拼起来。

黑枪会众打手，指手画脚，纷纷议论，少年貌美的玉如意王良，与火链金刚马骏材，悄声私语，看这情形，敌人健勇，武技精纯，很难将他打败。万一邓会首一招走错，半生英名将付流水。商量一回，打算设计解围，推派一个好手，上场去替换下来。正在耳语喁喁，忽听西墙根一阵喧嚷声，急回头定睛看时，那粉骷髅五豪秦铮与邓剑秋逼紧了搏斗，情势险恶，已危急到极处。灯光里，但见两条黑影，扭做一团，直打得难分难解，噼噼啪啪，看不见拳脚动，只听得踢打声。倏然间，邓剑秋一把扣住对手。倏然间，秦铮一腿，扫着敌人。腾的一响，料到是有一人中拳；啪的一下，猜想是有一人被殴。一招紧一招，一路快一路，只绕得在场众人眼花缭乱。玉如意王良急叫马骏材："快快解围，快快解围。"说时迟，那时却快，骤然间邓剑秋一爪捋住敌人的腰带，这一掌便扑上去扣喉拿腮；骤然间，秦铮只一挣，刮的一声响亮，腰带绷断。紧跟着邓剑秋嗖的向场外一窜，紧跟着秦铮嗖的也往外边一窜，两人都跳出圈外。两个人不约而同，齐说道："承让，承让！"

秦铮笑说："首领拳术精熟，佩服之至，小弟甘拜下风。"遂俯腰拾起断带。这一边邓剑秋，却低头寻觅，口中说道：

"朋友招数灵活之极，在下不及多矣。"又一拱手道："彼此心照。"秦铮一笑，将左手一扬，黑乎乎一物飞出。邓剑秋伸手接过，不由脸上一红，两个人心里明白。剑秋对自己这帮说："这位朋友功夫很好，我想咱们这边，别再跟人家较量了，时候不早，咱们照料行事，把人放了吧。"

玉如意、火链金刚等，怫然不悦。邓剑秋也不再说，回头来眼望糖罐子说道："唐爷打算怎么样？依我看粉骷髅这个朋友交得过，人家很懂情面。"糖罐子眼珠一转，冷笑说："邓爷，是吃得苦中苦，方为人上人。小弟不客气，还是说得出就做得出。"即大声说："咱们这边，有愿下场的没有？人家东边可和啦！"蓝枪会众打手，窃窃私议，暴雷一声喊道："不成，我们还得请教两招。"立刻走下三个，预先定规好，要采车轮战法，不等见输赢，但看形势一见不利，即速换人接招。

粉骷髅客早又识破，一见这三个雁行上场，心知是一个交手、两个接应。粉骷髅秦铮和金岱比狐狸还狡，对中证刘五爷，拱手叫道："诸位见证，请见，这不是打了半晌么？已经下场的，到底有几位了？"刘五爷看了看说道："西边五位，东边五位，又首领一位。"金岱一躬到地说道："诸位好汉，区区决不是好勇斗狠，无非奉陪诸位走两趟，藉此拜恳释放那位和甫先生。诸位言而有信，不是约定打十二场算完结吗？区区并未含糊；这可已经十一场了。如今还剩最末一场，不拘那位下场，我弟兄都奉陪，可就是到此为止。"言罢叉腰而立。

邓剑秋正恼糖罐子吃得苦中苦那句冷讽，趁此插话："不错，这是末场，我们是甘拜下风，就瞧唐爷的了。喂，您还叫别位朋友下场么？压轴子戏，唐爷赏脸露两手罢。"黑枪会齐声和哄道："我们这边连首领可当真是走过了，净瞧你们那边呢！"糖罐子憨着脸说："别忙，我还没急呢。"

蓝枪会下场的三位，却大声解嘲："头何必下场，杀鸡焉用牛刀，瞧我们哥三个的吧。请，相好的，咱们来来。"秦铮挺身上前，金岱却闪身退后道："刚才可是有言在先，十二场打完，就得如约放人，你们三位还要添饶头么？一打为止，我们只能奉陪你们一位。”蓝枪会三打手大叫：“没那些废话，你们半腰换人了，那不算。还告诉你们，打在你，挨打可不在你。”三个人不由分说，当头一个秃老鹰，晃光头抢到金岱对面，拉好架式，挥拳便打。

金岱侧身让过，秦铮抢先截住，闪眼端详来人，三十多岁，中等身材，秃头谢顶，两条淡眉有如无，姓名唤做萧进升，是承德街上有名的皮子；素喜掼跤，甚么叫拳术，他却不懂得。两只手上一把下一把，两条腿踢蹬绊扫，摆出这摔跤的身段，恨不得一下捋住对手。双拳一紧，单腿一揽，喝一声倒下吧，便可以摔倒敌人，落得全场叫好，这是秃老鹰的绝招。

秦铮早已看透，他岂能容敌人沾着身。连走数个照面，秃老鹰侧着肩膀，晃着秃头，只往前凑。秦铮肚子里暗笑，一眼相中了那个光头，不慌不忙，闪身腾挪，紧紧对门户，忽的叫一声：“得。”容老萧扑进怀来。双臂一晃，磕开敌手，秃老鹰一捞又没捞着，右腿伸出来，要下绊。好秦铮，身躯一拧，如陀螺也似，倒抹到老萧背后，急抬手掌，叭的一声，秃头上红肿起五个指印。老萧秃头一晃，回转身两手再抓。秦铮双臂一抖，嗖的绕敌人后路，右手捻拳头一凿，嘭的一声，如擂鼓也似，将老萧秃头，敲起一个栗块。秃老鹰大叫，两手虚点一招，窜身一头撞出去。秦铮急闪不迭，险被撞倒。倒退了两步，忙翻手掌，单臂用力，嗖的直劈下去。秃头鹰一头又撞过来，恰好狭路相逢，刀杓齐碰，刮的一声响，老萧嗳呀大叫。后脑海端端正正，挨了一肉刀，又干又脆，往前栽出好几步。瞪直眼珠子嚷道：“有这么摔跤的么？”黑枪会友哄然大笑。

秦铮口吹左手嚷道：“好硬，这是打拳啊。”老萧大恼，扑落扑落头顶，叫道：“伙计，咱俩死干了。”双拳一比，将秃头一摇，伏身再撞过去。秦铮避开，提左掌又劈去。秃老鹰摇头一晃，两只手两把抓，竟将粉骷髅五豪秦铮左手抓住，秃老鹰大喜。却见倏然扑来一条黑影，手起拳落，喝叫：“你来接招。”

这人正是蓝枪会下场三打手的第二个，出其不意，来打偏手，此人名字叫做海里迸。从背后袭来，重复一句道：“我来接架，萧爷退后，你们没输没赢。”且说且上且下毒手，一只拳直捶秦铮后脑。秦铮手疾眼快，一身照顾六面；刚听得背后脚步动，努力将身躯一挣，如风掷落叶，转到老萧那边。海里迸这一拳，来得急猛，收招不及，整个照顾了秃老鹰萧进升。秃老鹰怪叫急闪，秦铮趁势摘开敌手，掣出己腕，嗖的一腿，兜腰踢出，将老鹰踹翻在地。海里迸奔过来，抡拳便斗。秦铮使个指法，只一抖，将海里迸右腕叼住。又一拧，海里迸不由得单臂倒剪背后。急待夺脱，秦铮使劲一端，海里迸吃不住劲，皱眉咧嘴，赶紧顺着力，将左手尽力往后反击。秦铮侧首闪过，伸一手又捋住敌腕。海里迸力挣急夺，秦铮手劲很大，这边又是反臂倒掏，不得吃力。再一拧，海里迸竟被倒剪二臂，摆脱不开，破解不得。

正在危急，秃老鹰一见大怒，鲤鱼打挺跳起来，一光头直撞过来。秦铮忽的一转，双手力推，海里迸踉跄出去。秃老鹰一光头送到，恰好头碰头，海里迸哼哧一声，就地打了一滚。秦铮笑道：“二位别碰头。”老海爬起来大怒，转身猛扑，秦铮右脚贴地一扫，老海跳开。却见秦铮推身收回右腿，叭的又扫出左腿，海里迸仰面栽倒，秃老鹰双手一架，跳起来，恶狠狠连撞几头。秦铮暴怒，将右腿提起，仙鹤涉水式，容秃头撞到，一个旋风腿，直奔太阳穴。只听场中有人大叫：“腿下留情。”说时迟，踢时快，秃老鹰拼命撞来，拼命狂喊一声，扑噔栽倒。两手抱头，半晌起不来。

蓝枪会急下来三五位打手，将他搀起来。业已面目改色，不能言语。秦铮一个箭步，跳出圈外，举手大叫：“众位见证，二位首领，这可是已经够十三场，过一打了。我弟兄场场奉陪，都承见让，叶落归根，话到本题，请如约释放这位和甫先生，把他交给我。”

一言未了，蓝枪会第三位下场打手，一个虎跳扑来，飞腿一下。秦铮微微闪过，再叫道："诸位都是外场朋友，言而有信，并不是在下逞能逞强。"海里迸撸袖伸拳，大叫一声，又复扑到。秦铮又闪开，再叫道："西边首领请看，我可连让数招了！"三打手又过来一脚，海里迸也过来一拳。两个人攒击秦铮。秦铮左闪右避，如蝶穿花，一迭连声叫道："诸位不要赶尽杀绝。我只请问这位首领，刚才说的话，到底还算不算？"两个人打圈动手，只做不闻。蓝枪会早又下来两位打手，四个人合伙群殴，将金岱也围在垓心。

秦铮、金岱两人大怒，事到如今，不能不算，便嗖的一个箭步，窜出圈外。两人整步亮拳，翻身扑入。嗖嗖嗖，将那狂风骤雨的拳术，施展出来，六个人打在一处。只十来个照面，听得场中一声断喝。扑噔一声响，秦铮铁掌一挥，蓝枪会一个打手早已躺下，就地十八滚，翻出圈外。乒乒乓乓，搏击声连响，海里迸急闪不迭，也被秦铮一掌击中要害，两手交掩蹲下来。金岱伏身一腿，另一个蓝枪会打手，立刻踉跄跌出去，反将海里迸碰倒。第四个打手，被金岱下辣手，打得门牙脱落，鼻破血流，圈子里顿见松动。这一场群殴，转眼间，四个打手，八对拳脚，直打得东倒西歪，竟斗不过粉骷髅双豪，个个打手，招招落败。蓝枪会十七个会友一见大哗，纷纷亮出兵器，秃老鹰额缠白布，抄起一杆花枪，咬牙切齿，越众当先。黑枪会十名打手，也跃跃欲试，但都气势汹汹，眼看就要动手械斗。正是："恃武力不如仗义，倚大众未及技强。"

第九章 战群雄图穷匕首见 援困兽纸包烟弹来

秦铮、金岱看这情形，势成骑虎，只可力争。两人唰的双拳一分，第三番耸出圈外，燕子抄水，脚尖点地，如流星闪电，扑奔西壁供桌。飞身上去，将糖罐子一把捋住，跟着都亮出兵刃来，圆睁二目大叫："这位首领请看，此事该当怎么办？江湖上信义为重？还是武力欺人？"糖罐子脸色陡变，掉臂一挥，金岱铁爪如利钩，一掣没夺开。糖罐子急探手摸衣襟，秦铮伸手举兵刃。糖罐子忙收怒气，换出笑吟吟面目，哼哼说道："朋友别慌，有话好讲。"粉骷髅双侠双眼一转，嘻嘻狂笑，手指后窗道："我们慌甚么，来者不慌，慌者不来，屋里有人，窗外还有天。"

糖罐子急顺手一瞥祠堂后窗，后窗黑影沉沉。秦、金二人又同声叫道："我们只请如约放走和甫先生。好汉誓约，说了可好不算么？屋里有人，窗外有天。"又重复了这一句，糖罐子举手说："朋友，你的艺业高明之至，兄弟刻骨佩服。要放过孤雁，却也不难，我们说的话，也不能不算。但是……"秦铮扪剑四顾道："但是甚么，有话尽管说，大丈夫何必吞吞吐吐？”糖罐子无言，眼望邓剑秋道：“喂，怎么样？”剑秋默然，扭头看后窗，态度顿形模棱。糖罐子不由瞋怒，眼角扫着双侠手中的吴钩剑，欲言却又恐投鼠忌器。粉骷髅二豪连连催问：“首领有话尽管说在当面，在下无不遵办。”糖罐子双瞳乱转，暗使眼色，赧赧然说：“他们这几位，还想请教你们两趟兵器，不知可以不可以？”

金岱大笑道：“不过是这个么，何须作难？”刚说到这，海里迸一声怪叫，唰的一鞭，抢过来，搂头便打。秦铮、金岱不慌不忙，一拍糖罐子，嗖的往后一退，把糖罐子一推。这一鞭猛击，急收不住，险些误扫糖罐子，海里迸抡鞭又打，金岱坚立不动，秦铮觑得亲切，腾地飞起一脚，直踢手腕，将一支虎尾钢鞭踢飞，掠空一转，扑的掉下来。幸不伤人，全场大噪。

这边秃老鹰便怒气塞胸，出其不意也跳过来，唰的一枪，照金岱分心直刺。金岱急闪，顺手夺住；只一带，秃老鹰登时身躯打晃，竟夺不回来。金岱右手吴钩剑贴枪杆一扫，秃老鹰力夺不及，赶忙松手，手指险被削断。金岱已将花枪夺取在手，蓝枪会十六七名打手，暴噪如雷，都拥上来。刀矛齐举，喝叫：“粉骷髅好汉子，下来斗斗，要不下来，可就戳你了！”

供桌上，金岱右手提剑，左手横花枪，与糖罐子并肩而立，双瞳凝注，昂然不惧。秦铮把糖罐子看住，做了肉质。蓝枪会果然不敢鲁莽，怕伤了自己人。糖罐子饶有急智，情知自己落在人家手心，只可用计，不能斗力。登时横身障住金岱，口中大叫：“众位消停点，消停点，不要群殴。咱们还是把比武的办法说好了，再动手不迟。”暗暗对蓝枪会友打手势，使眼色，蓝枪会众打手有的不解其意，只是要斗。中证刘五爷等，慌忙拦住，再三排解，只叫：“各归原位。”好容易才压住。

秦铮朗然发语：“就是群殴，诸位只觉下得去，区区决不含糊，何必这样着急？来来来，我这弟兄先歇歇，姑且由我奉陪。”把金岱扯了一把，自己提剑，扑地跳下场道：“诸位见证，有劳再请观战。”又东西环顾道：“诸位，还是那句话，我奉陪以后，又待如何？不要比起没完，胜败到底也有个限度吧？”糖罐子刚张嘴，邓剑秋陡然接声：“粉骷髅朋友，不要小觑我等。在场这几位，也都学过几招劣笨拳，怎肯群殴你两人？自然还是单打独斗，十二场定局。你若赢过半数，准把孤雁交给你带走，这可是我们这边的意思，决无异议。唐爷，喂，你们那边呢？”糖罐子很不痛快，大庭广众，不好输口，只得点点头，冷然说：“就是这样，我听您的，唔，听您的。”剑秋暗笑，大声道：“好极了，我们这边推六位上场，唐爷那边也是六位上场，中证帮场在外，五爷你看如何？”

中证刘五爷道：“好好，就请众位腾让腾让吧。”黑枪会蓝枪会各打手，哄然退到东西两堂，各各理好自己的兵器。五爷又说：“咱们可是一个下去，再一个上，不要乱来，教人耻笑。”剑秋道：“这个自然。”秦金双豪环顾四周，蓝枪黑枪各打手怒目挺腰，面含杀气。这一场械斗，明知凶险，只好拼命一斗。看看时候，已经差不多了，秦铮先向金岱打一招呼，立刻腾身一跃，窜到场心，对东西十二人，插剑抱拳说道：“一言为定，就请诸位赐教。但兵器非比拳脚，咱们彼此又无怨无仇，在下扪心自问，岂敢在方家面前，弄斧逞能，我不过求释这位和甫先生而已。既然命在下献艺角技，以为交换条件，那么为救人起见，区区不能不竭力奉教，也就是点到为止，彼此会意罢了。若有个脚轻手重，无心之过，失招之咎，还请诸位原谅。不过我一定要加小心的，我决不敢逞凶。”这话说的就有点狂傲，将吴钩剑掣在右手，双眉一挑，两眼一瞪，涩然喝道：“哪位先上？”登时将架式站好。

蓝枪会友中，秃老鹰抱切肤之痛，急选出一杆五指开锋朱缨长枪，甩腿摩掌，将枪一顿，抖起三五尺枪花，便要上场。只听东壁一声呐喊：“待我来也。”火链金刚马骏材，早已越众抢过来，将双刀一错，窜到秦铮面前，说道：“来来来，我先打头阵。粉骷髅朋友，请你切实指教，休要小看人。”秦铮往后一退，一看又是火链金刚；此乃劲敌，应该露头一手。急将吴钩一横，说声："请教。"火链金刚双刀砍人，右一刀斜扫眉头，左一刀直刺心窝。秦铮扯身闪过，吴钩剑反臂一挥，剑头倒须险些咬住刀背。火链金刚马骏材急抽回刀，前进一步，两刀并举，双龙剪水式，对准敌项交错斩去。秦铮喝道："来得好。"嗖的一个箭步，窜出丈余远；刚刚转回身躯，双刀唰的又扑到。秦铮挥吴钩剑一挑，直取马骏材左臂。马骏材交刀急架，霍的又一剑，玉带缠腰式横砍来。火炼金刚左手刀横推，右手刀秋风扫叶，斩取敌人要害。秦铮退步伏腰闪过，嗖的反扑上来，人到剑到，"横云断山"只一砍，骏材急闪。唰的又一剑，"毒蛇出洞"式，剑尖直戮过来。骏材快刀格开，就势还招，一帆风送渔舟，两个人一剑一双刀，往来穿梭，斗在一处。

火链金刚杀得性起，刀花一变，化做两条白蛇，缀前，绕后，施展出八卦对花刀，左攻右守，右攻左守，虚一招，实一招，不见人影，但见刀光霍霍。秦铮定睛一认，长嘘一声，倒窜数步，将四尺二寸的夹钩利剑一甩，改变急招，翻身又杀入。横劈直刺，倒握斜钩，施展出七星剑法，外夹钩镰枪式。须臾间，剑光电闪，分开那两道刀光，也化做一条青虹，夭矫摩空，进退攻守，迅疾如风，直与双刀抵住。火光下，不见人影，但听得嗖嗖之声，对刃时，便叮当啸响，火星乱迸。两旁观者，无不瞠目咋舌。

一来一往，约到三四十个回合，猛听嗤啦一声，青光一闪直奔南面，白光一闪直奔北面。粉骷髅秦铮侧立看剑，气不涌，色不变，态度安闲。那边厢火链金刚两眼怒睁，愧忿交并，赤红脸逼得发紫。原来他倒捧着双刀，用一只手掩胯，左胯腿扯破了一尺六七寸长一些破洞，还是人家手下留情。金刚将双刀当的掷于地下，叹道："艺到用时方恨短。朋友手下留情，在下……甘拜下风。"

这几句话说出，早把个塞外玉如意气得粉面通红，一抖铁链子串珠鞭，大叫："师哥休长他人威风，待我来找回场面。"嗖的一个箭步，窜将过来，抡鞭便打。就在这时分，忽有一条黑影，从西面扑到。半声不哼，一杆五指开锋枪，唰的照秦铮分心便刺。金岱忙喊了一声："留神！"秦铮已经一顿足，跳出七八尺。凝神一打量，来者是那秃老鹰萧普升，衔那金岱一脚之恨，恶狠狠从背后袭来，要从秦铮身上，找回体面。急三枪头一枪刚到，秦铮腾身闪开，玉如意王良恰巧抡鞭冲到，措手不及，枪锋反点到王良胸口。好王良退转不开，招架不迭，急一伏身，反迎过去，却将串珠鞭逼近一抖，毕毕一声响；秃老鹰收招不遑，翻身栽倒。王良挡开急三枪头一招，连忙挺身站稳，上前搀扶秃老鹰，再三道歉："若不挡一下，您准失手戳着我。"

秃老鹰鲤鱼打挺，自己跳起来，一语不发，怒气冲天。眼光一找，见秦铮闪在一旁微笑。秃老鹰咬牙切齿，将长枪一端，扑地抢到面前。秦铮一摆吴钩剑，斜插架过。秃老鹰收枪，唰的一声，第二枪又到，直取咽喉，来势甚猛。秦铮脚尖滑地，让过枪锋；宝剑一挥，贴枪棍平削出去。玉如意王良急忙说道；"萧爷稍歇，待我来斗斗这位。"一进步，够上招，串珠鞭卷地横扫。秦铮急挑开这鞭；秃老鹰萧普升不肯让场，唰唰几枪，两个打一个，直扎秦铮。金岱喝道："见证请看看，这是怎么讲？"但是刘五爷还未说话，玉如意二鞭刚下，连忙停手旁观。金岱笑道："这还罢了！"

当此之时，粉骷髅五豪秦铮已经抽身，往南边一跳，将吴钩剑一领，施展开，如怪蟒毒龙，一片青光绕住秃老鹰。秃老鹰左右、前后、上中下，连发二十四枪，未能取胜。对手浑似旋风一般，在场上往来游走，只是捉摸不着。秃老鹰心中一慌，气焰顿挫。又战十数合，秃老鹰较足气力，将手中枪尽力一挑，挑开剑影青光，对准敌手心窝刺去。秦铮故意稍缓一招，容敌枪戳到，却侧身略避，让过枪尖，龙探爪，一把夺住枪柄，老萧大吃一惊，双手急夺。秦铮右手剑迎面一晃，下面一腿，秃老鹰不撒手，向场外一窜。秦铮顺手将枪夺下道：“承让！”缓缓单手拖枪，跟踪窜出圈外。口中说：“朋友，这杆枪……”

一言未了，秃老鹰忽翻身将右手一扬，一道流星直奔秦铮面门。秦铮本待跟踪还枪，冷不防这一镖，急止步低头敛避，镖缨拂耳打过去，险些误伤东壁观众。秦铮投枪在地，怒道：“岂有此理！”见证刘五爷忙喊：“别使暗器，萧爷下场吧，地方太窄，打不开呀。”秃老鹰面当大众，羞恼成怒，见证的话满不听见，直瞪眼扑向西壁，从架上又抄起一杆花枪，大叫：“小子，我跟你拼上啦。”他竟要乱来了。

此时玉如意甩铁链子串珠鞭早已下场，与秦铮战在一处。连走三五个照面，秃老鹰暴躁如雷道：“闪开闪开，咱非跟这小子拼个你死我活不可。”话出口，枪出手，只一拧枪缨乱颤，唰的戳到。玉如意王良怫然不悦，窜出圈外，这粉骷髅五豪挺剑转身拒住。秃老鹰左一枪，右一枪，乱戳乱划，秦铮面浮愠色，暗想：这个太不懂情理，看来不使一手，总不得下台，于是一招一招应付着，留心寻敌人破绽。

战十数合，秃老鹰觉枪杆长大，施展不圆；便双手提枪，拼死力划开剑云，往外一戳。秦铮倏然一闪，用右臂夹住枪，吴钩剑举起来。全场失色道：“秃性命完了。”急注目看，秃老鹰两眼紧闭等死，大叫：“小子砍罢。”呼呼哧哧，气喘不止。十豪金岱在桌上喊了一声，五豪秦铮将剑横顶一劈，忽双眉舒展，一笑收招道：“唉，承让了吧。”将枪松手交出。秃老鹰一把夺回来，怪喊：“小子我的命卖给你了。”掉转枪头，唰的又戳过去。秦铮急避不及，用生平力量，挥剑猛剁，只听咔嚓一声，枪杆中断，秃老鹰哑声嘶喊，将半截枪杆劈面打来：“小子，爷爷跟你拼定了。”金岱实忍不住，飞身而下，伸手一抱，把秃老鹰从后擒住，夺枪杆于地下。那一边秦铮呼的一声窜上前，青光一闪，直砍下去。秃老鹰扑噔坐倒，手拍脖颈道：“你砍，你砍！”秦铮将吴钩一落，金岱急将吴钩一横，叫道：

“算了吧，何苦……”不想秃老鹰忽又一扬手，秦铮斜闪；腾的一脚飞起，秃老鹰如败叶迎风，直跌出去三四步，仰面昏厥，耳轮滴滴冒血，被吴钩剑倒枪捞了一下。

蓝枪会友一见这情形，登时骚动。西壁供桌嗖嗖跳下五个打手，玉如意急忙拦住道：“众位稍缓，容我来终场。”抖铁链子串珠鞭，从斜刺里抄到，一举手道：“还是我来领教。”卷地一鞭，往金岱下三路蹦绕。金岱腾身闪过，道声：“咱们再交交！”扑过来抡剑还击。秦铮见十弟下场，忙想窜上供桌，监视唐贯之；唐贯之早乘隙避去。肉质没有了，只可力战待援。登时间，奔来打手，把秦铮盯上；秦铮运吴钩剑，沉着对敌。金岱和玉如意打得更热闹。玉如意毕毕一鞭，玉带缠腰；金岱退步反手一剑，倒须钩横咬铁链。玉如意掣回鞭，泰山压顶，搂头又打。金岱又一闪，剑举横搪，转身推剑，秋风扫落叶砍去。玉如意托地跳开，金岱跟进去，嗖嗖嗖，三花盖顶，剑当敌头。玉如意舞动链串珠鞭，崩砸缠抽，鞭环夭矫如神龙。金岱挥月牙吴钩剑，推刺勾抹，钩嵌双锋如伏犀。两个人回旋刺击，辗转招架，约走过四十个照面。王良这边，忽然举链鞭虚空一击，掣回来径取手腕。金岱偏不支拒，也不躲闪，忽的青光一晃，剑锋横截敌臂。玉如意连忙收招还架，全场都替她捏一把汗。

金岱乘机反腕，擎剑只一搅，剑钩挂住串珠鞭。全场一声喊，双方急收兵器。金岱急掣，玉如意急夺，双方牵住。忽然玉如意佯作力不敌，顺势扑入来，右腿进扫，左臂陡举，亮拳劈面就打。金岱两目凝神，喝道：“好！”也一亮左臂，明灼灼尺八匕首，已暗取在左手，贴肘倒提着，说声：“戳。”玉如意抽身急避。这边粉骷髅金岱一攒力猛划，只听嗤的一声，玉如意撒手翻身，窜出圈外，含愧顿足，认败服输。金岱含笑收力道：“多承相让。”

只听西壁一声喊，蓝枪会五打手第一位刘黑头刘锦波，提朴刀跳过来，抵面叫道：“朋友，咱们来么？”金岱看来人，黑凛凛一颗大好头颅，如烟熏过一样。身躯胖大，青筋蟠体，料是个大莽汉，却说的一口天津话。此人游勇出身，是著名女匪首烂鼻子刘四姑的养子，善用朴刀。当时下场，两人交手，这口刀嘎嘎劈风，那口剑闪闪掣电，刀来剑往，剑去刀还，连走二三十个照面，金岱忽一剑砍去，刘黑头横刀招架，剑锋砸刀口，当啷一声响亮，如虎啸龙吟，火星乱迸。金岱晓得此人力大，即将剑式一换，闪展腾挪，避实捣虚，连战十数合，都不曾切动劲。刘黑头不耐游斗，不由性起，恶狠狠抡刀，挥霍缭乱的劈来。粉骷髅金岱耸跳窜蹦，只在敌人身旁背后，绕来绕去，刘黑头左一刀，右一刀，刀刀扑空，连对手的剑也碰不着，影也捞不见。心中焦躁，猛一刀卷地扫荡去。金岱翻空一跃，剑尖下指。刘黑头回力撩开，金岱掣剑一圈，吴钩剑上的倒钩扣住敌刀。刘黑头急摘不得，挺刀直扑。金岱就势一送，刘黑头啊呀呀失声喊叫，剑刃顺抹过来。黑头慌忙收朴刀，已被剑尖倒钩反挂，搭着左肩。刘黑头只一挣，嗤的一声，小皮袄扯破，鲜血流出，黑头拖刀败走。

金岱仗剑四顾："哪位再来赐教？"蓝枪会第五位打手，麦老台挥刃上前，金岱挺剑邀住。当此时，粉骷髅五豪秦铮和蓝枪会有名的大好人孙金棠，战在一处。大好人孙金棠使烈焰钢叉，钢叉与钩剑相对，烈焰叉上下飞翻，月牙枪往来吞吐。十余个照面。大好人失招落败，幸不负伤。黑枪会第一打手，亮兵器抢上，刚待过招，早有黑枪会打手郎二柱，摆双钩越众当先，与秦铮斗在一处。这双钩咬住单钩剑，那单钩咬往双钩刀，一来一往，团团打转，直走了好多趟。忽然腾的一声响，郎二柱双钩好容易捋住敌剑，冷不防下面扫堂腿连环步只一扫，郎二柱翻身栽倒。紧跟着黑枪会第三第四两打手，连续上场，先后塌台。来的匆忙下得快，也就是三五个照面，便被秦铮打倒。直气得糖罐子两眼发红，觉到丢人已丢到家。只听粉骷髅十豪金岱打赢了敌人，高声喊叫道："八位承让了，还有哪位？"其实是粉骷髅弟兄各自为战，早够了十二个凑一打的数目了。

金岱叫罢，秦铮也说：“两位首领，我们幸得承教，就请首领践约放人吧。久过兵刃，伤了谁，也不好。”两个且叫且往圈外退身，不防人丛中霹雳一声喊叫：“我来也。”铁台子陶志廉，挥双锤，鹞子翻身，扑到垓心。粉骷髅双豪急看此人，身材胖矮力大气雄，使铮亮一对铁锤，柄长四尺半，锤头足有碗口大小，使动来呼呼生风，硬打处地裂石崩。好一个勇汉，只知力战，不工拳脚，乃是黑枪会四台柱的第二人。两人交手便斗，金岱使动吴钩，进退刺击，操纵自如，绕身浮起一片青光，只不叫人兵器触着一点。常言道，锤棍之将不可力敌，对付此人只可滑斗。金岱施展手眼身法，如虎插翅，如蛇生足，往来游走，捉摸不定。铁台子东砸一空，西擂一空，手握双锤，直气得怪眼圆睁，咆哮如雷。猛然间分开剑光，双锤并举，跳起来劈空一击。眼睁睁敌手仓皇跑不掉，急切躲不开，全场一阵骚动。却不料金岱怎么一转闪，如流星赶月，抹身扑到锤将背后，腾起双脚，嗖的一靠山背，把铁台子推冰山倒铁柱，失空砸倒。金岱一叠步窜开，到那边一站道：“到此为止吧。”左手提剑，右手拭额，觉得津津汗出，有点战乏了。

蓝枪会第六打手胡钧，是有名的野狐精，狡黠难缠的。他场场观战，招招揣摩，自觉摸着十成底。这一场刚分胜负，他陡然上手，提钢刀单拐叫道：“我来请教。”左手拐一点，右手钢刀斜切藕，猛砍金岱肋。粉骷髅金岱急待发招，五豪秦铮竟一步抢先，横剑架拐，甩剑搪刀，就势一送，推剑还招，直奔敌腕。胡钧急抡拐招架，秦铮不待他架，早一翻剑，倒须钩向下扣，径找敌人下三路。野狐精展刀磕开，抡拐又打。秦铮滑步窜开，吴钩一指，翻身杀入。只听刮的一声响，单拐被一剑劈断。野狐精翻身败走西壁。秦铮停剑不追道：“朋友怎样？”

野狐精胡钧弃钢刀，急从兵器堆中，选取一根三节棍，单手提着，顿足一跃，抵面叫道：“朋友好俊本事，在下倒要彻底请教。这不算比武，陪方家过招，胜拜名师学艺。来来来，十八般兵器，在下样样学习过，样样都糟糕。容我一样样试演，请你一样样破解，千万不吝赐教。”

这几句话说出，邓剑秋、唐贯之都暗笑，他无形中掩败取巧，话却说得堂皇。说完了，一抖三节棍，长呼：“请上招指教。”哗啦啦棍打三路，蹦抽砸扫，拐弯抹角，直攻过来。秦铮一声冷笑，蟒翻身平剑劈风，冲入三节棍阵云中。闪闪转转，钩钩拒拒，连走十数个照面。忽卖一个破绽，虚摆吴钩，翻身急走，胡钧大叫：“朋友别吝教。”恶狠狠扑进一步，将棍一抡，两节横空，唰的拍下来，直奔敌人头顶。秦铮不待棍到，猛翻身停步，横剑一格。胡钧大喜，这三节棍是格架不得的，只一架，必然折击后背，便就势一送。却见秦铮一弯腰，呼的反窜进敌怀。野狐精一棍落空，急忙击回。秦铮早身临切近，手起剑落，迎面一晃，野狐精棍被带住，大吃一惊。秦铮趁势左手劈胸将狐精擒住，右手剑一进，野狐精两眼已不由一闭。全场蓝枪会失声道：“糟！”秦铮横剑一拍道：“算了吧，还剩两场。”

话刚出口，野狐精一跃退出，却又掣出一支画戟，现出笑脸道：“还得请教，您的剑上带钩，真是罕见的兵刃，这种兵器怎么破法？”秦铮大怒。野狐精心中想：拿这带钩的长兵，破敌人的带钩的短刃。口说客气话，身手已经往前蹭。即将戟一拧，左插花，右插花，钩，砸，挑，戳，嗖嗖生风，直攻进来。秦铮候援不至，心中焦灼，敌人无赖，更引人起火；一咬牙，挺剑让开了戟阵，一招一招的冲击上去。胡钧务求胜敌，忽窜进一步，将戟一挑，将尖乱颠；唰的又一推，如蛟龙出洞，直奔敌人心窝。秦铮头上见汗，忙一闪身窜开，回手一剑，月牙钩钩住画戟小枝。胡钧双手较力，往外一豁拢，却没豁动。急又撒手翻身，往后猛跳出去；到兵器堆中，抄起一条杆棒。按泼风棍法，扯转身一抹打来。口中说：“又一套，您真高，再看这个怎么破。”

秦铮暗骂：“好个不要脸的东西！”那个见证刘五爷至此还

不发话，显见心偏了。粉骷髅双豪也知今夜难得公道，偷眼看任和甫，一动也不动，想是吓晕了。秦铮夺戟在手，掂一掂暗道；“还使得。”忙收刀剑，将戟施展圆，拒住棍棒，冷笑道：“阁下倒真有耐性，一定会气功，善作持久战。”野狐精胡钧明明听出是挖苦话，仍然装不懂；倏将棒势一转，改为行者棍，嗖嗖打来。秦铮一怒变招，容敌人杆棒泰山压顶砸到，双手掣戟一攒动，向外横推，当啷一声，险将棒磕飞。胡钧前把松手，已将虎口震开。秦铮一拧，这画戟小枝嗤的一声，刺着敌人肩头。胡钧急闪不迭，弃掉棍，双手抱住戟，叫道：“朋友好……”粉骷髅秦铮不由分说，掣回戟，掉转戟柄，唰的只一敲，手下留情。野狐精哎哟一声，退到西壁。全场登时又哄哄骚动。

秦铮插戟一笑，拱手高叫：“这可完了罢?”哼，背后猛听哗啷一声响动；粉骷髅秦铮抽戟不及，急扭身一窜七八尺，回顾四面。那野狐精胡钧又拿着一对链子锤，飞身上场，拦腰又扫过来，口中说：“还得请教这个哩。”说话声音已然岔变。怒目眏眏，似要拼命。在他背后，劈利扑落，又跳下三四位蓝枪会打手，各执兵器，凑过来像要对敌。秦铮变色嚷道：“二位首领，诸位见证，过招有完没完呢，说话算数不算呢?”看那蓝枪会首糖罐子，不知何时，已出了场。蓝枪会打手一齐亮兵器，要恃众行凶，将秦铮、金岱乱刀分尸。那黑枪会首邓剑秋一话不发，坐山看虎斗，只压住自己这边的人，不教他们乱动。

这时候正是危急存亡，生死呼吸之际。秦铮金岱急忙忙亮刀剑，看时刻，此刻已过五更三点。冬日夜长，天色尚黑，荒村坟园中狂风摇枯树，沙沙作响。野狐精双手一抡链子锤当先砸到。金岱抢先出战，一剑挑开。蓝枪会一个打手，举长矛唰的又刺来，金岱举剑猛剁，闪身昂首，放开霹雳般喉咙大叫：“呔，你们可要群殴，你们说了话不算！来来来，我就卖一招，双拳难敌众手，失招误伤免不了，多多原谅。”与秦铮一跃上前，两人如流星游空，嗖嗖动手。蓝枪会的众打手，长枪大刀纷纷上前，汹汹进前。粉骷髅秦、金二豪满面杀气，浑身是胆，右持吴钩剑，左提尺八匕首，抖擞精神，背对背闯入群围中，施展开空手入白刃的绝技，如鸡群鹤舞，奔腾飞跃，指东打西，指西打东，全仗着一鼓作气；怒目圆睁，灼灼放光。又有这双剑双短刀，仿佛是猛虎添翼。剑劈去青光莹莹，直奔敌人要害；刀戳去白虹闪闪，单寻致命处。群殴死斗，两双拳敌众打手，施绝招，举手下绝情。

在祠堂中，众打手团团打转，刀矛如林。秦铮金岱东窜西进，来回飞绕，不像蝴蝶穿花，定似双龙戏水。单单绕贴在敌人的背后，借这个挡那个，借那个挡这个，正是依敌作盾，用敌制敌。蓝枪会同生愤怒，同起斗心，刀枪并举，这么一挑，那么一剁，呼喊声不断，陡听嗤的一声，野狐精的右臂，被一剑砍伤。众打手一齐噪怒，将刀矛狠狠没头没脸砍戳去。秦铮金岱情知敌众我寡，只得卖余勇力战，摆出拼命的架式。忽然听哎哟的一声，另一个打手，一个箭步窜出圈外，一只手血流不住，也被粉骷髅双侠砍伤。杀气中，火光下，人影憧憧，往来跳动，粉骷髅双侠抵敌蓝枪会中数十人，占了地窄人多的便宜，只在人丛中乱窜，但是情形已很危急。

黑枪会各打手，遵会首邓剑秋切嘱，各操兵刃作壁上观。蓝枪会未下场的打手十来位，各亮兵器，提防坟园外面。粉骷髅双侠使出全身本领，伺隙下手，不一刻，下场打手又伤了一名。蓝枪会驴皮球，刘黑头，大好人等，连忙下场助战。这边站在供桌上的，正惊心骇目观战。内中有两个，名叫梁老五朱四愣的，靠近了悄悄耳语。耳语片时，又暗扯侧首一人，忽然这三人潜从衣底，取出两支手枪，一筒袖箭，便要扳机瞄射，粉骷髅双侠与众打手，旋风打转，逼近厮拼，难解难分，往来不定，三打手比了比，却又停手，怕有误伤，为害不小。

就在这一思量间，秦铮金岱耳听八方，眼观六路，一交手早就提防着，料有这一招。金岱刀剑一挥，托地一跃丈余，大吼一声，扑到见证面前。蓝枪会下场的打手，一抹地跟追过去。秦铮也从斜刺里窜过去，与金岱二人忽将刀剑投地大呼："见证先生请看，有人暗算我。呔，我说的是你！"急掏身畔兜囊，取出一物，双手高举着："在场诸位，休要怪我。"一言未了，全场愕然。猛听北面，嗤嗤嗤，三道白光破窗直入，凌空点点到西墙边。供桌上三打手，扑噔噔应声掉下两个，正是梁老五朱四愣，大众哗然惊顾。却见后窗棂悠悠自起，砰然一声响，数条黑影嗖嗖扑进。原来粉骷髅双侠的援兵到了。

这一次，蓝枪会打手，黑枪会打手，是异党寻仇，躲着官府的干涉，在此地秘密械斗。粉骷髅双侠忽来闯入，大招他们的疑忌，一心要将这闯来的孤雁秦、金二人，和迷羊任和甫，一齐下手杀死。群中一二明眼人，识得粉骷髅双豪，满面英气逼人，善者不来，来者不善，以此再三劝阻，提出较技解难的计策，好叫他们亮拳脚，动兵刃，车轮战法，活累杀敌人，死而无怨，免除了后患。谁想一交手，秦铮、金岱手疾眼快，招招占上风，场场皆赢。黑枪会首邓剑秋是个行家，暗劝会友，这两只孤雁得罪不得，一来他武艺高强，二来怕他背后潜藏的势力，不知有多大。无奈他的同帮，不能尽理会剑秋的深意，那蓝枪会首糖罐子，另看一步棋，他只觉得闯来的人窥见机密，轻放不得，是想灭口的，却又游移。等到较拳已罢，又提到械斗，满望好歹砍杀他二人。蓝枪会友竟然下手，糖罐子悄然避出祠堂，将祠堂门倒挂。蓝枪会打手出死力，火拼秦金二人；另有三打手，却潜取手枪袖箭，要乘乱暗算。粉骷髅双豪耳目聪明，大吼一声，跳到见证面前。那两只手枪，左瞻右顾不敢聚放。就在稍一俄延的分际，双侠陡将刀剑投地，各探囊取出一物。蓝枪会打手愕然相顾，忽然祠堂后窗，射透来三道白光，西壁供桌上，暗算秦、金的二打手，哎哟一声，倒撞下来，各人肩头冒血。又砰然一声声响，后窗启处，飞进数条黑影，立刻坠地有声。满堂中浓烟蓬腾，对面不见人，全场各打手，情知有变，各奔前程。也不遑开枪，觅敌，只顾急忙逃窜，仓促中并忘了祠堂门扉已闭，各自夺门不得出，拥挤成一团，互相践踏起来，全场登时大乱。

有少数行家，懂得这把戏的，急忙窜避到角落，蹲伏在地，拢着眼光，查看吉凶。黑雾中人影杂乱，辨认不明。却听高处一个嘹如钟的喉咙，大声喝道："全场休得乱跑妄动，各处原位，决无妨害，且听我一言。"半晌烟幕慢慢消散，轻雾朦胧，嘈杂稍定，他们还是逼在门口。那声音又喊道："一齐蹲下，一齐蹲下。呔，我说决无妨害，只要你们听话，不许开枪，不许乱动，刀枪全给我放在地下，谁要一动劲，我就一炸弹，连祠堂带你们人，全数受炸杀。"又道："喂，西北角上那朋友，我看见了，你手里拿着什么，快放下。我可有八颗炸弹，一松手你们满完。两帮首领呢，是朋友出来讲话。"

此时轻烟淡淡，当堂浮绕，灯火下略能辨出形影。角落里避伏着的几个行家，贴地平看仰看，隐约看出全场已乱，早改了原状，秦铮、金岱，已不在场，弃置地下的刀剑，也都不见。那窗扇开处，却露三颗人头，当中一人，高声说话，词锋犀利。在场的人，慑于逼人的气焰，不测的声威，果然不自觉将兵器放下；几十只眼睛，穿梭似的齐注观到后窗。

但见来人，面团团须眉如戟，双瞳开阖灼灼吐光芒，眼角似有紫棱，紫貂帽，黑紧身，手中累累拿着几枚铜球，上半身昂然当窗，似浑身蕴藏了无上的威棱，气概很昂藏，在他两旁的人，却都戴着面幕，像死人骷髅形。全场打手俱都惊讶，莫敢先发；各人心中都乱猜想，这是谁？他是要干么？官面吧，不像呀……到底此人是谁，其来也并非偶然。他便是夜赶古北口的粉骷髅第三豪马桐。在他身旁的是两个助手。

粉骷髅三豪马桐大声叫道："在场的朋友，若是江湖上的重信义，懂交情，明白斤两的，我劝你们休想武力解决，武力解决只能惹麻烦，不能了事情。请看，像这坟园，再有五个大，也抵不住这累累一枚小球。有话还是拣好听的说，场中的事故，我们在此潜听已经多时，前后过节，也都知道。我们既然碰见，就想给你们了结。现在天也不早，转眼大亮，我长话短说，你们的机密，我做确保，决不泄漏，这只迷羊，交给我们领走。”

说到此戛然而止，圆睁二目，立等着放人，那只迷羊任和甫，手缚着靠南墙坐地，早吓得半死。全场纷纷议论，马桐故作未闻。黑枪会首邓剑秋，抢先到窗前，双手高举，以示不疑，以明无诈，一拱到地说：“朋友哪里来，有话请进里讲。”马桐道：“大丈夫做事，一言而决，不必攀闲话，炸弹一松手，全完。”剑秋对蓝枪会友说：“快去请唐爷来。”一面对窗户点头道：“就是这样，咱们商量着办。”蓝枪会两个打手，站起身便去开门。祠堂门仍然倒扣不得开。二打手伸手连推，隔门缝叫喊：“是谁把门锁上了，快开。”

哗啦一声响，门扇应声大开，蓝枪会首糖罐子，不待人叫，慌慌张张走进来，紧跟着一个黑色短衣装的陌生客人，相伴一同来，全场大为疑讶。留神细看时，糖罐子双手掩胸，面红耳赤，不住的东张西望。邓剑秋忙道：“唐爷来到，好极了，正要请你。”连忙告诉一遍，征询他的意见，又问同来的陌生客是谁。糖罐子不等说完，开言叫道：“邓爷，说哪里话。十二场定输赢，咱们有言在先。人家粉骷髅弟兄，不吝赐教，可真是场场占胜，足见高明。没什么说的，这可该把那只迷羊，交给粉骷髅朋友带走吧。江湖上信义为重，人家又是纯为救人。”说完了，怯怯望了一眼。那陌生客默默无言，紧紧当门立着。

糖罐子茫茫的回转身，眼望窗前，对马桐点头举手道：“这位必也是粉骷髅弟兄，久仰盛名，不胜钦佩。刚才献技的那两位呢，请他回来，好把这迷羊带走，就完了。粉骷髅帮弟兄，仗义游侠，急难救危。这样好汉，区区虽是个粗汉，也愿倾心交结，刚才比较拳脚兵刃，实在是要领教。”马桐不答，仰天长啸。糖罐子侧面对着邓剑秋，开口欲言，眼珠乱转，半晌说：“粉骷髅帮真是江湖上好汉，他们……同党很多，可以说是，到处都有，真是足迹遍天下。”说到这里嘴咽住，换过话头道：“我说，咱们赶紧把姓任的放了吧，总得放了啊。不放……可不行，不够交情，对不对？粉骷髅弟兄很多，到处都有，全来了，难得难得。”陌生客哼了一声，糖罐子打了一个寒噤；连忙叫蓝枪会打手，快快去，快快把迷羊任和甫原乘驴车套好了，赶到坟园门外，又亲自过去给任和甫解绑。

黑枪会朋友马骏材、王良数人，见唐贯之如此张罗，心中不平，便要说话，邓剑秋忙拦住，低低说了几句话。众人看见糖罐子神色有异，一齐点头无语，闪立一旁观望。蓝枪会也有几个打手看明白了，也有几个不明白。那不明白的人，上前说道：“头……”糖罐子变色喝道：“别不睁眼，听我的话，快去套车。”手指黑枪会道：“你瞧人家，你们不知道粉骷髅弟兄，是江湖上好朋友。咱们应给面子，你们要知道轻重。”蓝枪会打手说：“什么好朋友，头你看看，咱们伤了多少人，这就完了不成？”糖罐子瞪眼喝道：“好浑虫，怎么你还嫌伤的少么？你们休要倚人众欺人，粉骷髅弟兄让着你们呢，要不然，人家比咱们人还多，一跺脚天下乱颤，别傻了。”说着眼望门外窗外，回头来又说：“你们睁开眼睛看看。”

粉骷髅马桐闻言冷笑一声，口打呼哨，叫道：“喂，出来吧。”唰的一声，从祠堂屋顶大梁上，如飞鸟也似，闪下两条黑影，全场惊顾。二人左手匕首，右手吴钩剑，昂然站在堂上，正是秦铮、金岱。糖罐子吃了一惊，暗捏一把汗。金岱过去搀起任和甫，当场环揖，一拱到地，便叫：“诸位行家，诸位会友，刚才两场比武，在下单打独斗，精神还照顾得来。末场诸位轮战，在下双拳敌对众手，虽有我们哥们赶来帮忙，究竟以两人敌二十多人，未免招数不及，误伤诸位。小弟非常抱歉，医药之费，容小弟奉上，他日还要登门谢罪。总之，请多多原谅吧。”又回顾黑枪会蓝枪会两位会友和见证道：“二位首领，和见证先生，适才大家负气动手时，多承关照，小弟心领盛情，现在我且告别。青山不改，绿水常存，他日相逢，再图欢会。”道一声请，手搀任和甫，昂然出离祠堂。到了坟园栅门前，任和甫的车，已经停在那里，有几个蓝枪会打手，拿着火把和快枪大刀，在一旁伺候。金岱瞥了一眼，心中冷笑。便让任和甫登车，秦铮也坐上去，然后金岱自己跨辕执鞭为御，鞭摇马蹄移，轮动车开行。

几个打手紧紧跟在后面，快枪的保险机，已经悄悄扳开。金岱暗道：“必须如此。”托辕一跃，跳下车来，转身迎住说：“众位多辛苦了，又劳远送；我这里有个玩艺，还得发放了好走，就借火把一用。”探囊取出几个纸包，就手打开，包中各有一物，用棉絮层层裹着，众打手不觉一怔，金岱一弯腰，在地上放上三颗，单留一颗，托在掌心，方待摆弄。忽然坟园中，飞出三条黑影，且吆喝且跑，急急忙忙扑到面前。蓝枪会送行打手，应声停枪止步，齐问：“叫我们什么事？”三个人口传糖罐子之命，叫道几位赶紧回园，千万不要送行。几位打手张目诘问，三个人附耳密告：“别冒失，咱们头说，他们来了不少人，决惹不得。咱们头另有打算，回去为妙。”大声对金岱说：“朋友请上车吧，恕不远送。”随又叫各路口巡守的，也一齐撤回；却在暗中另遣数人，穿林跟缀。

金岱一笑，才要发话；忽然听林那边，风吼树摇声中，呼哨迭吹，红光连闪，蓝枪会一行人不明虚实，惊忙四顾。粉骷髅不禁大喜，就在林中那一线红光闪处，倏跳出一条黑影，忽高忽低，往林间夹道这边游走。金岱一见，忙将手一扬，袖口内也射出一道红光，直照到林里，口中也连打呼哨。旋见双方答话，林中人高叫：“喂，粉骷髅第十的到了么？喂，怎么样？”金岱大声说：“咱们第十和第五全出来了，平安托福，头上到了几号？”林中大叫：“该来的人全来到了，头上五个，叫一声吧。”林中车旁，一齐吹动呼哨，红光连摇五下，一霎时，林际里外，四面八方，随声响应，瑟瑟的呼哨连吹，红光不住手遥遥回照。正不知暗中埋伏下几多人。正南东南西南三面，又有一片声喊叫：“粉骷髅第五和十，出来了么？潦倒公子如何”？十弟金岱高声回答。那边林中先出现的人影，窜身上前接住驴车，口说：“我来赶。”一径驱车出林，绕奔北面。

蓝枪会打手，方要跟缀下去，金岱放的那三个铜球，这时轰的一声爆炸，浓烟卷地，黑雾迷空。雾气中，又突突突连发三响，浓烟益重，对面不见人。众打手大吃一惊，倏然卧地扳枪，便要开火。却听背后坟园一带，也发大响，如沉雷炸裂。三个传话人连忙叫住：“切勿妄动。”却是枪机扳动，早发出数弹。再倾耳细听，半晌不闻别的动静。远远听见，像是金岱的口音，大声叫道：“后会有期。”又过了一刻，周围烟散雾消，这几个打手爬起来，夜影荒原，红光连闪，未敢穷追而返，集伙儿垂头丧气，举步回园。

才走了不多远，偏南面忽闻殷殷隆隆，似枪炮轰动，这几人急忙四顾。陡听坟园中，巨雷又复震动，烟腾雾起，一霎时人声嘈杂，坟园门大开。蓝枪会黑枪会各会友，乱乱哄哄，从祠堂一涌出来；跟着乒乓乒乓的响个不住。邓剑秋领黑枪会友，疾驰入东边另一座坟园内。这几人惶恐不解，又连忙登高四望，黑影中仍旧看不分明。只见远隔五七里地，似有火光闪烁，忽明忽灭，蜿蜒游走，如一条火线。内中有懂得的叫道：“这不像是大批行旅，恐怕竟是军队。”此时蓝枪会首糖罐子，有三四个人护架着，也从祠堂奔出来，口中不住说：“厉害厉害。”原来是粉骷髅弟兄，临行时候，对他们下一毒手，锁住他不敢穷追暗算。

自十豪金岱领迷羊出离祠堂之后，蓝枪会黑枪会觉得局面不大妥当，表面上便与粉骷髅释兵言和。忙将供桌长凳，搭放在堂中央，再三请粉骷髅弟兄入座一谈。粉骷髅三豪马桐提着许多铜球，当窗而立，只说不消。那陌生客，便是粉骷髅副手，手袖短枪，监视糖罐子，并坐在供桌旁，寸步不离。双方各怀鬼胎，不知怎样收场。糖罐子暗递眼色，教会友解救自己。蓝枪会打手多是粗汉，在场十七人，只有六个明白；会首是被敌人握在掌心，失去自由，也要想法子去破解，又怕投鼠忌器。他们只管眉来眼去，暗打照会偷商量；却不料祠堂外面，另有人冷眼盯着。在座的人，刚说到几句江湖上场面话，就听祠堂墙内，砰然震响，东南角猛有人惨叫："救人呀，救命呀！"堂中人不由一愣。

忽然祠堂门扇一响，听得脚步奔腾，慌慌张张过来一人，对门缝大叫："不好了，官兵大队来了，快。"跟着咕噔咕噔一阵脚步声，人已跑开。大众闻声惊惶，齐站起来，各摸着兵器。就在这当儿，粉骷髅马桐当窗一挥手，訇然大震一声，窗摇户动，满祠堂浮起浓烟；祠堂前后，也乒乓乓乒接连数声。蓝枪会黑枪会各打手，把颗心迸到嗓子眼，哪个不怕地雷轰炸，慌忙夺门奔出。粉骷髅副手贴糖罐子坐着；蓝枪会两个打手，眉梢一挑，估莫着坐处，亮鞭唰的一声，横刀又一抹。雾影里，一把护住糖罐子，急往门口搀架。那粉骷髅的副手，早预先认定退步，药炸烟发，一跃脱座，乘乱窜出后窗；与马桐越过坟园，一齐驰往北路去了。

那糖罐子，烟露迷离中，刚伸手要扣对座的咽喉；忽訇然一下，不知被什么人打了两拳，末后才被同党拖救出来。一大群人磕头碰脑，向外挣命，逃出了祠堂，一个个连叫："粉骷髅好厉害，一准是他玩的把戏。"都忿然要寻敌报仇。两会会首，急劝众人勿要自乱，便凑集会众，扑到东边坟园内，整顿兵器，登高瞭望，派人侦察。只见荒林外，这边红光一闪，噼啪响几枪；那边红光一闪，也噼啪响几枪，不知有多少埋伏。远在数里外，又望见黑影中火光起伏，料有一伙行人要经过此间；却不能断定是粉骷髅余党，还是巡缉游匪的官军。两会会众为械斗，与缉捕官兵小队，对面开火，击伤不少，活擒的又要掘坑生埋，以除后患。明知万一走漏消息，为祸不堪设想。但此刻横被粉骷髅扰了局，刀把算教人握住；若是官军到来，说不定就是他们使的坏，这便如何对付方妥？蓝枪会首糖罐子，找到黑枪会首邓剑秋，两人释嫌，共议善后之计。

却见火线越走越近，越看越像武装军队。两会的打手乱叫："打打，准是来拿我们的。"心中不由发慌。二会首摇头，忙命大众，将活擒的官兵，快抬出来，到土岗后扫数活埋。相率潜伏在荒林中，熄止火光，各持兵器，暗窥动静。但能躲得开，最为上策；若不然事到临头，怎肯俯首就缚，大家胡弄一场，也说不得。患难危急中，积怨深仇的两会众，竟同心一意，谋抗官兵。并且仓促间，又定了退一步的出路办法，到不得已时，一齐持械入山，与当地著名伙匪勾结勾结，以便暂时栖身。

粉骷髅帮，三豪马桐，五豪秦铮，十豪金岱，和副手会在一处，搭救了穷途末路的任和甫，奔到林中，拉出良骥。马桐另有去处，率助手搭伴去了，秦铮骑马，副手赶车，金岱跨辕，护持着任和甫，沿西北路驰去。不到天亮，投到一座山村。那其他同党，设计解转拒敌，事毕也从后面陆续赶到。原来五哥十弟下阱救人时，曾遣任和甫赶车的车夫高二，去给古北口德发店十一号送信。到一点半，店中养伤的粉骷髅二哥王彭，三哥马桐，和六妹卢正英，七弟孔亚平，十一弟祁季良等人，才见高二骑金岱的马，拿金岱的信寻来；晓得金岱、秦铮，半途又遇见事故，催请于两点前派五六人来援。王彭、马桐一想，即将店中暂寓的全部同党，由马桐率领，一齐遣出，三点半才赶到；四点一刻布置停当，四点四十分一齐发动，秦铮、金岱险些战累失手。

这一伙人救出任和甫后，就冒充官家密探，敲开一家民宅投宿。当夜商量办法，救护并安插任和甫，仍归五哥秦铮料理。二哥王彭折回北京养伤，其余三哥，五妹，七弟，十弟，十一弟，和五个副手，奉首领胡鲁的密令，火速赴热河，有要事派遣。至于对付密云于善人抢案、起赃避侦等事，另从北方分窟，调回生人来主持。在村中拟议好，五哥秦铮便打起精神和任和甫深谈，和甫到此始信秦铮不是歹人。但他幸脱虎口，决意还要上热河一趟。五哥秦铮便潜让任和甫，与六哥等成一路，到次日一齐登程。

一路无阻，两天一夜到了承德，与六豪诸人等候首领发令。那秦铮却写了两封信，交给和甫。一封是写给当道，为和甫差事。一封是交当地顺和成杂货店，告诉和甫，如有缓急，可投此信交铺主麻六爷，难之中可以相助。秦铮之意，也要利用和甫，与官府走动，好探听消息。那封荐信，是根据访得的密讯，套写某名流的笔迹，算是一封伪书。任和甫不知就里，拿着去投，居然生效。

正是："剧贼也能作曹邱，书生从此脱窘乡。"

第十章

留别书西宾试为贼 卖金丹边城阻盗宝

那粉骷髅帮一行党人，到热河的第六天，密云县于善人和密探长邵剑平，乘汽车踩访赶到密云县，一到场，便与当地官府商议，派能员干探协助缉贼。邵剑平等副手赶来，自己也就开始侦察工作，却最注意听的，是于宅有功的家塾塾师梁苏庵的身世来历。于宅听见，都很不悦。哪料竟发生奇怪的事故，梁苏庵忽告失踪。这一来倒无私有弊，非贼即盗了。

于仲翔与邵剑平，齐到书塾检查，发现桌上抽屉内，留有两封长信，一封信是粉骷髅帮的口气，内说："梁苏庵为吾党深仇劲敌，竟敢干预吾事，现特派人将伊架走，尔勿得过问，尔之幸也。"就是这几句话，下款画骷髅和一把短刀。又一封信，是梁苏庵的留别书，上说："伴谈经年，备受礼遇。一昨犯险护宅，救得令爱，敢云报德，聊以分忧。不幸竟以此贾怨于剧盗，此去存亡莫卜，望勿为念。窃有请者，粉骷髅是著名剧盗，不大易与。我公举宅无恙，稍失锱铢，如延探穷究，恐且别生枝节，危及身家，则失计矣，愚意宜将盗党指目种种，诬为罪状者，逐点明白辩复，揭之通衢，或于后来有利，未可知也。今当永别，临牍泫然。”

于善人反复详看这信，大为疑讶，又很替梁苏庵担心，当向探长问计求救。探长邵剑平，暂不回答，反问于仲翔：“这一封信可是府上梁教师的亲笔么？”于善人点头。邵剑平沉思一回，细细盘问梁教师平日在馆的性行，有无异常之处？可曾宵夜独出？于仲翔叫过馆童，逐一细问，逐一答了。邵探长便要求搜检家塾和塾师的卧室，对仲翔表示，梁某究竟有通贼的嫌疑与否，现在证据不足，不能断定。但看他的面貌，和他的举止，以及于宅护院所说的抗匪如何勇敢，武功如何精熟，这种种情形，决不像个平常老夫子。邵剑平说：“冷眼看他的容貌，确与三年前喧腾都市，三年前匿迹人间的南方剧盗唐四举，有点相像。”

于仲翔一听，不觉大惊，连声打听。邵剑平说道：“唐四举的身世不详，但在近十年来，忽然出现南北都市，而且活跃非常。他这人有独特的才能，既识书字，又富科学知识；且擅长技术，又工化装，常往来于北京天津上海汉口各处。造伪纸币，卖假古玩，制赝鼎的珠宝，巧骗富商贵官和西洋人；几年来积案叠叠，颇为警界所注意，亦为报界所常道。他又利用女子，取巨室大姓的藏金，盗军阀财阀的重金，大小作案何止数百件。却是他有一短处，生平贪恋女色，千金买笑，爱河流连，未免有点儿女情长。听说他有好几个情人，一个是交际明星，一个是某戏院女戏子。另外在上海还有一个著名舞女，在北平有一个某巨头的下堂妾，与他也常有来往。官探曾利用他这弱点，摆下网罗，出其不意，将他擒获。上绑时，唐四举昂然冷笑，满不在意，毫无惧色。在警所把他细搜一过，经过了法律手续，审讯一过，下在狱中，方要追赃严惩。不料七日后，竟已越狱。闻在他身上，竟还带着数千元钞票，也不知他藏匿在甚么地方，他居然拿这钱贿买了狱卒。也不过将他看管得稍为放松一点，他便赤手空拳，穿窗越狱而逃。第二次派干练密探，延有名私家侦探，从事追缉。上海某富户因唐四举与他爱妾私奸，认为奇耻大辱，特别悬赏三万元拿他。又在北京东方饭店，将他包围，押解往警厅，准备送沪归案。半路上，他又跳火车跑掉，手脚上的刑具，不知怎样被他切断。第三次又在济南，好容易暗缉着他；谁知一掩捕，竟捕错了，被捕的是一个别人，与他化装的相貌相类。末后延请旅沪外国名侦探，用了七个月工夫，偕同华警华探，将他捉将官里去。他又不到半年，愚弄了监守人，乘隙逃走，还拐带跑了一个同牢的青年重犯人，一个牢卒。”

于仲翔听得呆了，忙问后来如何。邵剑平道：“您听我细说。这唐四举既有如许奇才异能，诈骗窃取，得来的赃物，谅不在少数。但他还是一连气往下干，并不洗手。好像他背后有销金窟，财宝入囊，立刻随手花掉。假若不然，便是他生有贼癖，不偷不骗，寝饮不安。四年前，他异想天开，化装为大学教授，连用手腕，诱惑某遗老，某学者，以考古为名，将博物院保藏的十六套宋版的乙部秘笈，用伪版调换；又窃取清宫秘宝唐画多帧。这唐四举不合将这些国粹国宝，贩卖给外国人，被海关查获，急电追究。那遗老和那学者，也因分赃不均，吐露出内情。唐四举担了重大嫌疑，遂为警探所注目。不久他冒充大学教授的底细，便被官人查明；结果旧罪新犯齐发，各处严拿。到他第末次被捕下狱，已是在三年前。把他的罪案详加讯问，他居然敢做敢当，犯人如实画供，法官从严定罪，把他判了八年。岂料不数月，他又悄然越狱。狱中守卫，开枪追缉，眼见他负伤倒在一家民宅内，及至从民房上跳下去捉，却转眼不见，遍搜不得。从此他销声匿迹，罪迹久不彰闻，多有人相信唐四举已死。不道这次竟在这北边僻邑的密云城内，为根究粉骷髅帮，连带发觉这个梁苏庵。这梁苏庵实在很有几点像是唐四举的变相化身；而且推测去，觉得粉骷髅青衫党，忽在密云活跃，必有卧底内线，这怕不与梁苏庵有关联！”

邵探长一面说，一面猜度，于仲翔不胜骇异。但其实邵探长也没全猜着，梁苏庵与粉骷髅帮，正是风马牛不相及，道路作法全不相同，说起来他们还算是对头冤家。邵探长起初对于梁苏庵还有点猜疑，等到检查学塾和梁苏庵的卧室之后，发现几处漏窦破绽，断定果然与唐四举是同党或同谋，决定“并案办理”，这一下可就走入歧途。

于仲翔将梁师爷如何替自己护院，如何搭救自己女儿，如何与贼拒战的事实，都根据家人报告，一一告诉邵探长。邵剑平只一笑置之，以为这与案情没有多大关系。便吩咐助手，在城内开始工作。一连七天，不但不得贼，也不得犯，而且于宅还在这七天内，接着粉骷髅帮的两封信。这一来，真教邵探长下意不去。又继续侦察几次，竟从旅舍得到一些消息，于是第二天起程赴热河。

邵探长与于善人同乘汽车，到了承德，会同当地官府，踩访粉骷髅的踪迹。邵探长所带副手也化装开始工作，先从承德全埠搜查起，将全埠划为八区，每区细搜若干次，竟没有找出一点头绪，便又往城外搜查，倒缉着几个情形可疑的人，只都与粉骷髅帮无关。探长邵剑平心中不由十分焦灼，认定梁苏庵必是跟粉骷髅帮合了伙，于宅盗案，简直是梁苏庵卧底。他就拿这一点为根据，苦心搜索起来。

这时候，粉骷髅帮首领胡鲁，从南方兼程北上，在北京召集同党密议一次，到密云又召集同党密议一次，旋于新正到达承德。当日寻找当地著名长途汽车行，探访了一些实底，又往上海、青岛各处，拍出几封密电。一个人便在暗中活动，一面等候消息，一面传播消息。不数日忽接关内急走送来一卷密报，首领胡鲁拆阅细看，喜形于色道：“这就快了。”这一卷文件中有几份北京报，报上载着一条新闻，说中西合组的东蒙探险队，已领到护照，不日起程出口，沿内外蒙考察古迹来了。胡鲁将报剪取下来，拍出密电，命北方分窟派人扫听真相，自己在热河仍然不断布置。等到略有眉目，觉得这里势力单薄，施展不开，急电召密云城羁留的同党，催他们赶紧前来，好协图大事。

果然三豪马桐，六豪卢正英，七豪孔亚平，和十弟金岱，十一豪祁季良等不两日赶到。第一日寻觅潜聚地点，暗通消息。第二日夜深，在一家出倒的绸布庄空楼上集齐。六哥十一弟一行，各携盘报刊物，和酒食电炬，掩上临街纸窗，在黑影里密谈等候。约到三更，屋顶啪嗒一响，首领胡鲁，和十弟金岱相偕到场，从楼窗直窜进内。袖拢电光，四周一照，首领胡鲁胡声伯说："三哥，六妹，七弟，十弟，十一弟全都在此，还有几位副手同来呢？"六妹答道："调到五人。"首领问："各人经历的事如何？"六妹等各交出盘报，并口头报告一切。首领逐一问过，默想了一回，说："到底于善人是个善人么？"六哥代答道："各方观察，他是个不清不浊，兼办善举的政客，人品还不见甚坏。"遂另取一束文件说："这里是他的辩解，前五天揭在密云县城的，请首领过目，内中所说还没有虚饰。"

首领问罢点头，又道："梁苏庵的相貌，果像那人么？他果然也上热河来了么？"七哥代答："密云留后护利的副手，访查是这样的。"首领道："他来做甚么？"几个人作答道："好像躲避邵剑平，又好像他潜伏密云，本有作用；新近因我们闹出事来，侦探四集，他吃不住劲，怕被诖误，先期闪开了。"首领道："哦。"十一弟道："但不知梁苏庵现在匿藏何处？他心目中是不是也有朝阳寺那档事！"

首领胡鲁回顾金岱道："也许是的。"遂将手一挥，发言道："现在且听我说，我原意到热河先查找清宫黑珠，次办诸石夷惨杀孙姓四十余口那一案，给他设法弄破了，教那杀人的偿命，已死者雪冤。一待事了，便遄返上海，好干那批私运军火的事。不期在此查找黑珠，方得头绪，却又从中另寻得一条线索，顺这线索走，大是有利可图。不过办起来很费手脚，又费时间，而且人少了还办不及，胆子小了还办不成。我左思右想，这才电请兄弟前来，集议一下，以定取舍，可行则行，不行趁早断念。倘集议之后，众议不同，我可要毅然改计了。"

粉骷髅伙一齐询问，首领胡鲁先将事体原委从头叙说一遍；随后商量着手办法。几个人详细考虑后，都认为有利可图，值得冒险求功。即分派大计，各人分头准备动手。首领胡鲁又委派副手，在暗中伺探邵探长的举动，如有风吹草动，好赶去对付他，免得他从中打扰，又派人知会密云留守的同党，教他密访于善人的为人，如果真是好人，前番打抢未免有误，不防事后还赃，共释怨嫌。查找梁苏庵的工作，也由首领分派好专人负责。于是分派完毕，分批走了。

粉骷髅帮此番到热河，大有作为。他们所算计的那一方面，是报纸上所载的“东蒙探险队”，又称为远东科学文化考古团。这团体表面上说，是欧洲几个地质学家、东方学专家、考古学者、旅行家、退职军人、测绘学者、摄影师等，奉了王家博物院和世界学术协会的委托，来到中国，考察乌桓故墟古迹的。内有十二个团员，一个团长，两个秘书和技师等。那团长精通华语，久侨澳门，据报纸上记，他叫什么田音司古物学博士。却又有北欧某驻华访员，指称他是西国的军事密探，一月领二万五千元的交际费哩。某高等华人说：他实是没有国籍的浪人，他姆妈是广东咸水妹，他阿爷是颠岛水手。究竟是也不是，没人捞着他的底细，总之，现在称他为田音司博士也罢。

田音司博士，在文字上说，是深通古物学，若讲俗话就是懂得古玩。但他不一定就是古董商，也不过常常经营古玩业务，作过一部专书，叫作《支那之古瓷及其研究与赏鉴》。中国地大物博，不止出古瓷，也出国粹，和卖国粹专家。听说鼎革之后，那王公贵族，爵位刷掉了，钱粮取消了；君子固穷，日用排场太难撙节，没有法子对付，也就像败家子一般，锯卖祖茔树，拆售世袭宅。将府上保存多年的貂毛、人参、钟鼎、古物、书画、珍玩，拿出来胡乱当卖；一文不值半文，卖得好生惨淡。这中间多便宜了管家经手拉线的人，东交民巷碧眼古董商人颇有的借此发了财。清朝没落的子孙，卖无可卖时，就串通某某官儿，和某某洋人，昏夜间大刨祖坟，将他好几代爷爷奶奶的棺材刨倒弄出来。殉葬的古玩出了土，格外值钱，碧眼西商和体面康白渡，也四出采买，出重金，饵物主。物主何乐不为，所谓喝豆汁要紧，这样穷搜之下，差不多室无遗宝，地无弃利，国粹国糟的中国古物，出土出国的，可就多了，这正是二十年前的事。

探险队团长田音司博士，第二次来华，就旅居上海，曾一度给上海野鸡大学当过英文学系教授。野鸡大学校长，便是有名的生物学博士，著名的高等华人鲁明夷博士。鲁明夷先生虽是学者，却天生多能，又兼当政客。他又兼当过实业家，与著名华侨，提倡国货，颇博世界好评。十年前有个环球徒步旅行团，从印度漫游远东，到过满蒙，按旅程该伙游西伯利亚。这旅行团却在东蒙逗留两年，随后匆匆离华，说是漫游考古，“饱载而归”。这一件消息，惊动了田音司博士。有一天，田博士拿着一本伦敦新出版的《现世杂志》，和鲁博士研究。《现世杂志》满是英文，里面却刊载一段论文，上有蒙古人照片，还有几幅摄影，附题着中国字，特别是有“古乌桓国之故都”“古乌桓国王冕”“支那最大金矿鸟瞰”“金沙寨”“漠北异宝三十一斤重之狗头金”等题词。鲁博士将论文熟读一过，与田音司计议，计议多日，野鸡大学遂择吉出倒。

田音司起程回欧，鲁博士北上进京。不久这远东科学考古团，纠集了中外团员十二名，和摄影师、测量师等专家数人，定期出发，赴北边实地考察。考察对象很广，又不限于古物，特别是各团员带着应用器物之外，选用八辆爬虎摩托车，可以横穿朔漠，履险如夷，在乱山积石中，自由通行毫无阻碍。

上海闻人和精通洋话的高等华人，开会欢迎。这团体十二名团员，内有五个华人，是在上海凑的。另外七个基本团员，全是泰西专门学者。田音司拿出学者的身份，演说考古学专门知识，用他那一字一顿的中国话说道：“我们此行的使命，要把远东极北边的秘密宝库，探明公布于世，以供人的研究；想来是你们中国愿意的，而且需要的。”一个基本团员接着演说：

"乌桓国的故墟声迹，也当调查。我们欧洲人称为黄祸的，就是这个地方，就是中国的光荣。"又一个基本团员说："我们还要沟通东西文明，你们的国粹是好的，孔夫子是中国的圣人，他是个善良的绅士，我们来拜访他的故乡。"欢迎人一阵鼓掌，田音司等鞠躬散会。鲁博士拍来电报，已在北京替他办妥护照，鼓吹停当。于是田音司博士领团员，坐爬虎摩托车，从上海取道，径行北上。

启程那天，许多高等华人和一般好奇者，来看热闹，眼见这八辆怪物，突突突突的开走，不胜艳羡。但又想这到底是物质文明，孔夫子的精神文明是高的，连西洋人都佩服，都来苦心调查探问，所以还是中国精神胜利。

不过北京有几家报纸，不了解这样的考古，对于爬虎车，无端猜疑讥评。后来更对于考古护照，发出评价的论调，说内幕值若干万元。鲁博士早防到这一点，一面疏通官府，一面与报界打笔仗。最后打开窗子说亮话，这是华洋合组的考古团，实际只是欧洲汽车公司的活动广告，爬虎车可以称为宣传列车，含着创牌子、揽主顾的作用；他们坐着周游各处，无非推销新发明的专利货品罢了。记者先生不知实情，休要看高了他。鲁博士说得如此扯淡，显与田音司的话不符；好在护照领取到手，博士置之不顾，只忙着预备出发，当经华籍团员和田音博士，推举鲁博士为副长。开了一次会议，划定考古路线，以北京朝阳门为起点，以热河朝阳寺为终点。历经热河各郡县各盟旗，尤其出产鸦片的巴沟，出产金矿的金沙寨，和古乌桓国故都遗墟，议定为必到之地。

此时忽然该团内部出了枝节问题，七个外国团员，内有两个性情暴烈骄蹇，不像大邦学者，好似西洋丘八。五个华籍团员，除了两个是鲁博士的伙友外，其余三个，本是借光坐爬虎车，来出口开眼的。他怎肯为考古二字受这等洋气，自然浅尝即止，托词退出该团，还要在报上发表宣言，后经鲁明夷极力疏解，又赔送了回沪的路费，并由田音司博士握手道歉，这三个高等华人才一言不发，忿忿回南。当时局外人倒也莫名其妙，这是一件。还有一件打岔的事，八辆爬虎车，必须专家司机。基本团员中，只有两个会自行开驶。另有一名司机，是从欧洲雇来的，其余还短五个司机。原打算在沪招募，哪知仓促之间，竟无应者。应募人虽是卖命求财，可是最怕作外丧鬼，像汽车司机这种职业，总算吃洋饭，工钱素优。人们一听说出口，冰天雪地好几千里，道上免不了胡匪出没，谁也不肯干。结果只募了一个白毛子，其余雇的是短工，只运到北京为止。

北京是穷都死域，没饭的闲人最多。鲁博士悬重薪招募，耽误了四天工夫，才算募齐。这四个司机，人都很精神，不带洋奴气象。内中一个司机，名叫马二，年约四旬，说话粗声粗气，两只眼光非常锐利。另外一个年纪最轻的，面白唇红，满脸英气，更不像汽车行出身的机匠，鲁博士看不透这两人的来历，再四盘诘一回，各索取三家铺保，才将四人留下。言明走到哪里，跟到哪里，须事毕回京，不得半途解约；司机马二等也都答应了。考古团将一切旅途用具和防身枪火，都准备齐全，遂于阳历二月，自北京起程。

考古团十三个团员，此时只剩九个；连三名技师，六名司机，共是十八人。这一行十八人，共怀着四条心，表面的幌子自然是考古，一路上也须游览风景，采取动植物标本和化石矿石。这事归一个洋人、两个中国人办，也只是敷衍。这伙团员是存心发财，去到塞北，掘古藏古物。西籍团员却另有附带的企图，没对外发表。内有几个人，心想开矿取金，为欧西企业家办点调查工作。田音司和那个退职军官，却以游览为辞，要测量地图，考查地质，拍摄影片。这种举动，好像连鲁博士也不晓得，这只是团员个人的举动。

那团丁们也各怀主见，老实说北京招考来的司机，中有两个人，要趁火打狼，乘隙捣鬼；外面恭顺，骨子里时刻窥伺中西团员的举动，窃听他们的谈话。这两个司机是谁，果然非是寻常人，那四十来岁的，便是粉骷髅四豪吴朗，那年轻的是谁，便是粉骷髅九豪，名唤黎吟风的。两人在北方分窟设计，费了很大的周折，才得乔装改扮，假造证书，取得了爬虎摩托车司机的地位。

在前些日子，四豪吴朗，在密云县城，奉首领命回京走盘。忽接上海南方分窟急电，报告考古团北上，团员不伦不类，请加注意。等田音司一行到京，住在六国饭店，四豪吴朗拿一张驻津沪报记者马凝的名片，去访问田音司，见得考古团员情形诡异，料有机谋。四豪一面通告首领，一面会合同党，费了很大的努力，探清该团内部组织，和鲁明夷、田音司正副中西二团长的来历，必然狼狈为奸。又因北京有几家专给西商介绍古玩买卖的经手，不时来找该团；又因该团所住室桌上，有一本详载蒙边地图，又因他们尽打听东陵、避暑山庄、喇嘛寺等地方；并且某遗老向以盗卖古物出口闻名，他却与田音司走动得很勤。四豪吴朗越加犯疑，忙将实底报告了首领和南北方分窟。同时南方分窟也摸到一些底细，两相参详，虽不知他们私测边地，却已晓得他们决不是学者考古。

跟着粉骷髅首领胡鲁在热河发来电报，内说此辈既要上金沙寨，恐与乌桓国故墟古物有关，务必派人跟上他们。北方分窟推举吴朗、黎吟风二人，因他两人会开汽车。但该团招募司机，颇有资格限制，他两人却没有司机生的证明文件。两个人挖空心思，花一百五十元大洋，买了两张证书，又找了铺保，居然录取合格。

摩托车行程最快，全团上下十八人，一早登途，次午便到热河。官府派人招待，替考古团备下寓所。但这避暑山庄，只出大烟客，不出教育家，只有一个师范学校，几个教师，私塾倒不少，却不肯跟西洋人打交道。所以考古团入境，也没有知识阶级开会欢迎。又幸热河全区连一家报纸都没有，自然更不致招出讥评，鲁明夷和田音司都很欢喜。田音司摆出骄蹇的态度，向官府表示，我们另择住处，不要劳动官面，也不劳保护。率领团员出租价，住在青云旅馆，这旅馆也就是京津的小栈房那样大小，全是旧式房舍。这些中西学者包了后院一座四合房，两团长和秘书技师占住上房，六司机合住下房，其余团员分住两厢。到吃饭时候，各洋人各动刀叉，自备饮馔，饱餐了一顿；便询问栈房主人，这里有外国侨民团体没有。打听了路途，田音司教鲁明夷在店内等着，他自和那个退职军官，去拜访侨民团体。

回来之后，便叫进栈房主人，密询了许多话，并且要找一个通事、一个向导。如果向导能说英语，或通事能熟地理和蒙文，就雇一个人也好，薪水情愿加倍。不过热河是荒僻之区，会洋话兼悉地理的实在不多，耽误了两天工夫，没有找着合适的向导，田音司很着急。

栈房前院住着几个客人，有一个西装华人，是新近来投宿的。到晚上，这西装客忽然唱起英文赞美诗来。他唱的声音很大，并且是接连着唱。栈房主人忙说，这里住着洋人哩，再三拦劝，只是不听。外国团员听了，果然发怒。田音司跳起来，拿着手杖找过来，吓得栈房主人，捏了三把汗。内地人最怕和洋人打交道，只站在风门外听气。前院住的旅客，走出来好几位，没有一个敢进去劝架。

田音司进了那间店房，与那西装华人叽里呱啦，大一阵小一阵翻了半晌，渐渐声调缓和下来。那动静好像释忿投机，座谈起来。中国人的本色，最好袖手旁观，闲看热闹；院中看热闹的倒比前更多，一个个伸头探脑，偷听鬼话。忽然豁啦一响，田音司瞪着一对牛眼，从风门钻出头来，抡手杖用官话嚷道：“你们做什么，给我走出去！”院中看热闹的，应声走出去一半；下剩一半是旅客，也赶紧走进自己号舍里去喘气。

田音司回身进房，重和那西装客人低声叽里呱啦。过了一刻，田音司兴抖抖出来，回到自己房内，召集七个基本洋团员，翻了一阵洋话，然后请副团长高等华人鲁博士说话，鲁明夷便叫茶房；茶房忙请来店主人，盘询良久。店主人出去，领那个西装客进了后院上房，于是面议一回，远东考古团决计聘请西装客赵子玖，为该团通事兼向导员。照例打铺保，订契约，一切手续完毕，就此从承德出发，径奔目的地。

却又出了想不到的麻烦，爬虎摩托车的六个司机，倒有一半，得了急症，症状相类，怕是急性的传染病。患病的就是那个上海招的白毛和由欧洲带来的一个，由北京招取的一个。司机病倒车不能开，人不能走，急忙延医调治。热河只有一座洋药房，并无医院，更无高明西医。考古团只得请洋药房的老板诊视，上午服药，下午又病倒一个。眼睁睁不能出发，全团焦急起来。田音司气得说："你们中国真是东亚病夫国。"

那药房老板，管下药不保治病，他误诊断为急性传染病。患病的四个司机，吃下他的药不见好，那个白毛人倒病重死了。他们不料到这病得来的如此奇突，乃是由于中毒。病人怎能不进饮食？越进饮食越坏。饭中粥中，都羼着别的物质。同屋居住由北京考来的两个司机，马二和年青的司机李玉升，也口中哼哼，说是不舒服，也染上病了。这几个人却七嘴八舌，引头要求请中医诊治。鲁明夷着急，向店伙打听本地名医，又想打电报上京延医。司机马二，一步一哼，去见那新找的通事，两人咕哝一回，遂请来一位热河著名中医，夸得和华陀扁鹊一样，马二抢着请他诊病，抢着先服他的药；刚服下去，便连嚷神效。年轻的司机李玉升，经那中医治疗，也立刻霍然。通事和他两人，不住口赞扬中医妙手神丹。这一来别的病人不由不信，便都试诊试服。

这中医诊病而不开方，只从一只药葫芦里，倾出数粒金皮丸药，用无根水送下，给病人一吃，病人立刻就不发昏；却又变成缓症，动弹不得。考古团没奈何，决计送病人回京，就便再招司机。这一来，那个通事大得其手，急忙面见团长，他说："往北京招募人，往返费时。本地明星长途汽车行，新近因营业不振，裁了五六个司机，正打算资遣回籍。如果愿意招用他们，我可以去说，工资还格外贱；并且他们常走北路，地理也熟。"田音司听了，连说："工钱贱？好的。"鲁明夷是中国人，心中犯了猜疑，但也无法。通事不管那些，立刻将四个司机找来。他们的名字，无非是张三李四之类，讲起开汽车，却很在行，说起北路地理，果然很熟。并且内中有一个，还会修理机件，当下选用三个订约交保，即日起程。

那几个外国人只是摇头，说你们中国真是麻烦，想不到的会发生意外问题。考古团八辆摩托车六个司机，只剩下欧洲带来的一个司机，是无所谓的，其余京、热招募的五个，竟变成清一色，都换上粉骷髅党的人了。连鲁博士也没看出形迹来，只觉司机病的太怪罢了。原来那个通事，就是粉骷髅二豪王彭改扮的。五个司机，便是四豪吴朗、九弟黎吟风、六弟孔亚平、十一弟祁季良及一个副手。他们只用了少许的药，便将外路司机剔出去了；只可惜那个白毛人中毒过深，废了性命，粉骷髅不无替他抱屈。那个挂葫芦、卖金丹的医生，正是首领胡鲁。容考古团出发之后，他赶紧率领几个副手，和十弟金岱，火速追下去，以便在外面策应。留下五豪秦铮，六豪卢正英女侠，暂驻热河，传通消息。

考古团十八人，坐着爬虎车，登山越岭，从热河往北，计程探险。果然是新发明的交通利器，除了密林大河难以通行，任它地势高低崎岖，全能爬得过去。不过车身奇重，比寻常摩托车慢些。一路上各团员，倒也饥餐渴饮，昼游夜宿，到处采风问俗，访古寻胜。或摄取地方照片，或猎取奇异动物，探集罕见矿植；奉访当地王公官员。随意流连，不拘五七十里一站，百十里一程，都要细细调查完一处，再转别处。转眼之间，在路上消磨了两个多月。

时当春末夏初，北方天气虽寒，也早已春冰解冻，春水四流。考古团有时行到无人之迹，便支帐幕歇宿，大家轮班荷枪，防卫盗贼野兽。有时行到山村市镇，便由通事、司机去打店寻宿，或借住古庙寺院。有的知会地方官，有的就不搭理；因为是洋人，地方官也无法，只验看护照罢了。那内蒙牧民和整荒的佃农，多没见过这样的代步；听摩托车突突的响叫，不用马力，自然驰行，无不称奇道怪。大人小孩在背后追着叫，看洋鬼子，看那个不用马拉的车。

这一日，八辆不用马拉的怪车，行到一个所在，距离热河，按直行路程，斜趋东北约有四百余里。一带乱山，层层环抱，只有一条凿开的山道。山前一带平原，是沙碛之地，不生寸草。因天暖水溢，山洪流布，沙碛平添下一道浅塘，两道沙河。水却不深，河面甚广。爬虎摩托车若一径开去，怕到河心淤住。考古团停车计议，鲁博士问通事向导："这是甚么地方？"通事鲁然说："这是内蒙盟旗地。"但鲁明夷问的是地名，通事眼皮一撩，想了想方说："这是平台子，白沙河。"田音司又叫那熟悉内蒙路程的汽车司机张大、王二，问这里的地名。张大眼望着王二，说："这地方没有地名，记得好像叫做二道梁子。"鲁博士不悦。怎么两人自称熟悉地理，会将这同一地方，说出两样地名来，到底是谁信口造谣？那通事忙带笑辩解："这沙碛叫平台子，那山岭叫二道梁子，是不错的。"司机王二也相视笑说："正是正是。我去年秋天，还到过这地方。"鲁博士道："那么这里距离金沙寨，还有多么远？"王二道："这个，还有二百多里。"

田音司大声说："哈罗，这时过不去，怎么办？"鲁明夷道："附近地方可有村镇人家没有？把车开到那里，问明白了再走。"张大王二道："一定有，我记得有蒙古包。"当即上车，开足马力，折回车寻找人家，却越找越找不着。山峦起伏，滩流纵横，四望不见人烟。爬虎车偶一不慎，陷在泥塘，便走不动。团员团役十八个人，费尽气力，好容易才把车拉上来；却累得各人满头是汗，并且燥热口渴。大家着急，择路急走。乱山中忽见偏西南面，黑乎乎一片，好像丛林，又像村落。田音司发话："那里有火光，许有人家，我们可以过去问路。"考古团趋车奔过去。

走了三五里路，中间又隔着一道高岗和汪水。八辆爬虎车，靠岗停住。推派西籍团员二名，带领那个通事，和司机王二，携武器，徒步前往探路。四个人涉水滩过去，到那边一看，原来是一带长林，后面藏着一块绿草平原，筑着两座蒙古帐篷，是男女二十几口内蒙人，在那里牧牛放马；共有六七十匹马，二十几头牛。西籍团员拿手杖，一直钻入蒙古包，用半通不通的官话，询问路途地名。四十多岁一个蒙古妇人，三十多岁一个蒙古壮男，站起来怒目发话，那意思是挥手教他们出去。两个西籍团员不懂，那通事略懂蒙文，苦不甚高，再三询问，蒙古壮男用手向东一指道："人，那里有人，很多的。"别的话都问不明白。四个探路的只好折奔东面。

那边考古团余众下了车，忙着汲水进食。田音司博士，叫那外国退职武官亭利森德，与他一同散步。森德用一种诧异的口吻问道："中国参谋部测绘的军用地图，怎么还有错误的地方？"田音司笑道："你不了解他们的官样文章。外国人出版的满蒙大地图，有时比中国自己的秘图还要准确。我的行李里面，有这样一本。假如你愿意，你可以借去看看。"

两人登上土冈，面对前边山野，各用望远镜，眺望四面远景，南西北三面看过，转看东面。田音司叫道："哈，上帝，他们跑什么？"猛听得东面砰然数响，有几条人影，如飞奔向这边来。森德也看见了："这是甚么？"那边鲁博士也戴上千里眼，望着叫道："你看！对面是什么事情？"直对田音司招手。田音司与退职武官，慌忙走下土冈，且行且说："有枪声，不知甚么事情？你看看，那是甚么人？哦，是我们探路的人。"话未说完，骤听咣咣咣，一片锣声大作，震得四面空山，回响不绝，顺风吹来，声音很大，中间夹杂着呼喊声和枪火声。果见探路的两个团员，和一通事一司机，气急败坏，从水滩跑过来。后面锣声不断，高高低低，射出火光；火光移动，似紧紧追赶过来。

考古团一行，大吃一惊。甚么甚么，问个不住。有几个人奔上车，有几个人将手枪板开。原来是问路人惹了祸，犯起众怒了！

那两个西籍团员，偕通事、司机，到蒙古包问路。语言隔膜，蒙人遥指东面，似说东面有人家，西籍团员便大步奔去。不料竟与联庄会冲突起来。那东边的村落，有二三百口，乃是数十年前，由山东逃难，出口垦荒的流民。初来三五家，男女十数口，经他们辛苦经营，垦出几顷田地，盖了数十间车房。随后同乡不断有人寻踪来投奔，垦田地越广，筑庄院也越多，不几年成了村落。又不几年村庄扩增，有了新庄、旧庄和东庄三处。此时杂货铺也开了几家，菜园子也有了几处，越发人烟兴旺。等到烟禁松弛，此间农民改种鸦片，比粮食又得利，此村越形富庶。因为此地僻在乱山中，又夹在内蒙盟旗之间，外界罕到，倒成了世外桃源。只有时汉蒙两族发生冲突，闹些纠葛；没有军队滋扰，也没有过甚么灾难，安安稳稳度日。人民饱享太平福，如此多年。

不想时势变迁，影响到山村。近几年土匪跳梁，马鞑子闹得也很厉害，旧庄上曾吃过一回大亏。这三庄觉得守望相助，实有团练乡勇的必要。遂由九家富户出头，与山后三四农村计议，通力合作，设立联庄会，摊款出丁，极力筹划。有钱的量力出钱，有人的按户出丁，购买大枪、火药、刀矛、斧棍。凡属在会，都发给大小铜锣一面，以便闻惊鸣锣，聚众保村。每到青纱帐起，联庄会格外戒备，增派团丁，荷刀枪昼夜梭巡。恐不时有马贼打粮，匪徒纵火，更防外人偷窃菜园瓜畦，或潜上高粱地牧马。这山前后五六庄落，会在一起，计有团丁八十名，并有旧式枪火，常备守望。一旦有变，铜锣一响，还可以出庄丁一百六七十名，各有随身刀矛，可算是联庄会倾国之兵了。他们的实力就是这样，所幸小伙贼匪，畏惮乡团，不敢滋扰；大伙又嫌油水少，道路险，懒于光顾。结会数年，倒也相安无事。

忽于八年前，也不知从哪里来到一伙马贼，前数日曾派人前来踱盘，竟于月尽时，乘夜来袭劫新庄。新庄富户七八家，多在庄内设置碉楼。这一夕，月暗星昏，大风怒吼，恰有本村一个无赖汉，偷了一袋子米粮，去到村里王寡妇家幽会。临翻墙出来时，被团丁捉住；正在相闹，无赖汉大叫，哥们先别打我，你们听听动静。果然闻得近处似有马蹄声。团丁匆忙上了碉楼，用孔明灯探照，白光一晃，可巧照着两个马贼。这马贼三不知，啪的照灯放了一枪，吓得团丁掩灯鸣锣，开枪还击，噼噼啪啪乱响一阵。少时各村各家，齐将大小铜锣鼓动，咣咣堂堂，响动天地，鸟枪、火枪、大抬杆、手枪、快枪，各自拿着乱哄哄往村外黑暗处，打了一回。马贼已有几个爬进土围，见流弹横飞，知偷袭无望，便相率退回。

这一夜全村只受虚惊，算计起来，损失二百多元的火药费，一个人也没伤，总算侥幸，事后出村查勘，只见马蹄纵横，到底也不知来的贼实额有多少。寻来寻去，在村口搜见一匹受了重伤的死马，瞎打一阵，居然有功，团结合作的好处果然很大。原来他们这联庄会，凡属在会的人家，都发小铜锣一面，摊购火器一件。又以像团长队长什长之类，各给大锣一面，并备新式枪一支以上。每村至少还要有瞭望台一座，都是借用本庄富户家的门楼更楼佛楼，如有遇变，用以鸟瞰。又规定东庄有事如何报声，新旧庄有事如何鸣锣，都有一定的敲法。除此外还有号灯和信炮，倒也组织的很得法，设备得很完全。但有一件，群众心理每流于嚣张，易于激动；自有联庄会，便不免发生殴辱行旅，和寻仇械斗的事故。前数年，曾与内蒙牧民，斗殴两次。起因只为一筐子野菜和一条扁担。两年前夏天，有过客折取他们些许苞谷瓜果，与看守人相骂以至相打，结果发生惨剧，竟把过客活埋。

他们这联庄会，每到夏秋时节，禾蔬茂长的分际，就多派团丁，看守垄畦，总为保护农产而已，这就叫青苗会。内地青苗会，常因护庄稼通水道，吵嘴打架，他地亦然。但他们青苗会也有一定的规则，行旅过客，若行近田畦，一时口渴，随便摘取瓜果梨枣吃，看守人瞧见，也不说。就使你能吃，吞他一颗大西瓜，或七八枚香瓜，他们也担待着。但如瓜果未成熟，你生生乱摘下来，或将禾苗乱践乱踏，或将梨枣饱吃一肚子，还要摘下许多拿走，这便犯禁。或你的牲口惊了，践入瓜田禾地，这更不可，他们必不依，轻则骂，重则打。去夏有五个过客，驱着车骡，自仗人多，从车上走下两个人，沿途各将苞谷折取一衣襟，又刨起红薯，又到瓜园摘瓜，连掀几蔓，咬一口生的，便抛在田边又摘。看守的人早睁着八只眼看哩，二十多岁一个小伙子，大喝站住，上前拦阻。那两人不合抡马鞭，做出打人的架势，结果锣声一响，将五个客人捉住。除车夫外，把那四个客人，结结实实痛打一顿，刨个坑活埋了。那缘故，就因这西瓜客人乃是有来历的，自以从军当官，通常把乡民呼来叱去，“老百姓”三字叫得山响。争执时，他反驱马闯入瓜地蹂躏，被捉时又大骂不休，这才生生激出事来。从那以后，乡民气焰越张，这是三年前的话了。

考古团派那两个西籍团员，约翰和恺斯，寻路到东庄。东庄外正有菜园瓜畦禾场，四个人好生口渴，一见瓜田，说道：“这里有瓜园，我们就去问路么?”西籍团员约翰早大岔步进了瓜田，便去摘瓜，连摘二三十枚。又望见果树，便去摘果，七手八脚弄了好些。司机王二咬了一口，说道：“呀，太生!”西籍团员耸肩道：“洗洗吃，不干净。”四个人便寻井。探头探脑，一阵乱寻，西籍团员恺斯大叫：“哈罗，这里是一口井，这里是一口井。”其余三个一齐奔过去，先往井底下一望，便下手汲水。那架辘轳甚重，井口甚大，井面尽是泥水。约翰恺斯又是穿着皮鞋，把辘轳绞上来，脚下一滑，赶紧松手后退，刚辘轳一阵响，将桶绳打落井中。四人大笑，又上去绞，桶刚上来，才伸手提取；一不小心，照样翻下去。只听咕噔一声，绳落桶砸。四个人围着井探头。

那边早有三五个小孩子跑来，远远的站着，咬手指头呆看。约翰猛回头看见，大叫：“喂，小孩子。”连连点手：“过来，过来。”他还打算问路捞桶呢。小孩子一见两个洋鬼子，两个假洋鬼子，直冲自己摆手，叫了一声，哄然跑回，往村内狂喊乱叫，约翰大笑，“不要走，不要跑。”从后跟去。恺斯和通事、司机，还围着井口探望，想着捞桶。此时瓜田中的看守人，也远远绕来，瞥了一眼，回头便走。通事和司机觉到神色不对，便叫两位团员：“咱们回去吧。”约翰道：“我们还要问路。”司机王二道：“问不得了。”恺斯扯头看，村口出来六七个男子，也有二三个小孩子，七手八脚，往这边指划谈论。恺斯不理会，紧跟约翰，一同前行。

只听村口喊了一声，忽有三五块碎砖抛来。小孩子吵道：“就是这洋鬼子，还没跑呢！”恺斯、约翰往旁一闪，碎砖贴身飞过去，落在井边。两个西籍团员暴怒，这些低级民族竟敢侮辱白种，还了得！各把瓜果抛弃，轱辘辘的滚下满地全是，也不洗，也不吃了，便一径向村口跑，挥着手杖要打人。六七个男子和小孩子，和哄了一声，扭头钻入村中。村中铜锣立刻敲动；联庄会会首听见警报，急忙放了一声号炮，嘭然一下，响入半空，家家户户的壮丁，赶紧丢下手头工作，各抄起杆棒刀矛。又听嘭嘭嘭，接连三响，便知是在东庄；一齐奔过去，在瞭望台前集齐。

东庄副团长早叫过看守人和那伙顽童，询问他们报警的缘由。看守人说：“眼见有两个西洋鬼子，两个假洋鬼子，抢到咱瓜地里，鬼祟半天，作践好些瓜果。刚才又跑到村井边，只往井里探身撒手，不知撒了些甚么？”又一人道：“一定是撒迷魂药的。”小孩子也说：“可不是，可不是，撒了好几包，我们都看见啦。”话还未问完，早听：“打王八捣的，宰王八捣的！”许多人乱喊起来。东庄团练先行出动，二十多个庄汉，拿着刀矛杆棒，八个人拿着两架大抬杆，四只旧式火枪，随锣声当先抢出。余众随后发动，个个血脉偾张，有噬人的气势。

考古团西籍团员约翰和恺斯，由于官面笑嘻嘻的脸，相信远东民族惯吃手杖，不必客气。今见情势凶恶，他们心中虽然忐忑，表面还倔强，做出昂然不惧的样子，挥着匣刀手杖，瞪目直视村前，想着威吓乡下佬。村人吵吵闹闹，一时莫敢先发。通事赵子玖久走江湖，心知不妥；而且有口也难辩。司机王二更晓得联庄会的厉害，急急叫团员，快快回走。约翰耸肩，眼望恺斯，迟疑未退。

青苗会铜锣乱敲，三十多人已呼啸一声，打圈逼来。几个拿杆棒的大叫："站住！"背后多人齐喊："捉住他，吊起来问他，活埋了他！问他撒了多少药！别放了他！送官不送官，打杀罢。"乱嚷一阵，双方眼看凑近，两个壮汉扬着刀矛，喝问："呔，你们是干嘛的?"恺斯急急抽出手枪，喝令对方止步。赵通事急急拦阻，抢行一步挡住，对来众叫道："诸位乡亲，我们是走路的，迷了道，渴了。"一语未了，只听对方哗然大噪："小子拿着枪啦。"紧跟着猝然一响，发出一流弹。就在这白烟浮起的一刹那，八个联庄会抡起木棒长矛，如恶虎般扑来，大叫："捉奸细！"恺斯的手枪突被五个人夺住，赵子玖一见事急，忙显身手，略一腾挪，夺出恺斯，大叫快走，如飞奔回旧路，恺斯紧紧跟随，约翰头上挨了一矛柄。司机王二拖着他手中的枪，也急急奔回。四个联庄会吆喝一声，便将"大抬杆"架好。四个拿火枪的，二十多个拿刀矛杆棒的，一涌追去。

考古团四团员狠命狂奔，恺斯负伤落后。早有几个快腿联庄会赶到近前，都夺住恺斯的手，大嚷："捉住一个撒药的鬼子！"恺斯大嚷："救我！"约翰回头一看，砰然放了一枪。冲锋的联庄会，只有一个有火枪，吆喝一声，砰然还击。一阵白烟散处，通事、司机翻身回跑，施展武术，先夺过火枪，再次夺救凯斯。各乡团已散复聚，大声催援，各将手中刀矛乱砍乱戳。通事赵子玖舞杆棒且斗且走，司机扶起恺斯又跑。赵子玖得个破绽，随后追来；几个箭步窜出五七丈，摸出手枪，向空鸣了几响。后到的二十余乡团，喊了一声口号，急急伏身在土坡后，各架大抬杆，直打过来。连响六下，弹落烟散，乡团站起来又追。跟着乒乒乓乓，又发了几枪。

考古团四众，没命的逃过乱林。联庄会最恼行人伤稼，尤恨村井投污，况又是洋鬼子，还敢开枪拒敌；大众前呼后噪，一抹地穷追过来。抢到乱林，联庄会头遣人鼓勇四出窥探，随后后队也到，共聚了五六十人。正副会头先登高眺望，立刻商通，率众径从偏南面，绕浅滩掩来。同时第二团壮丁也出村口，共到五十余人，远远的从土冈背后，一步一步兜来。

第十一章

众怒难干联庄会打鬼
长途遇阻考古团闯山

此时考古团余众，已然看出情形，几个司机早将汽缸拉燃。田音司、鲁明夷和那外国退职武官，用望远镜看了一回，急急将武器取出。司机马二眼望东面，忽然用英语大叫："快跑，不要还枪。"马二自应征以来，始终没说过洋话的；此刻忽然急出洋话来，各西籍团员急忙问他，马二说："了不得，山野农民最有团体，最不好惹，咱们大家应该赶紧走避。"田音司忙问："为甚么"？马二解说了几句。探路的四个人中，有负伤的跑不快，看看被乡团追着，田音司大为焦灼，便要领团员驰救，退职武官森德慌忙说："我们应该推举临时司令，分担工作，这必须武力解决。"

匆忙里，即举田音司为护路司令，退职武官为前锋总指挥，分派团员司机，预备夺路救人。几个华人也心慌意乱，不能拦阻。于是六辆爬虎摩托车，突突突的响起来，各人俱都上车；就要一半拒敌，一半觅路退走。田音司忽一眼瞥见，那个在北京招考的青年司机，跳下车来，反倒跑上土冈，巍然站住不动。考古团大众不由惊叫。那青年司机忽然探出头来，向对面一望，旋举手一扬，嗤的一声响，又一扬又一响，一连举手五次，对面便有三个人倒地。当此时探路的四个人，相扶挽着，涉水奔回，背后许多团丁绕旱路如潮赶来。

村林那边的乡团，已然放大抬杆，冲水滩连发数弹，要斜阻他们退路。四个人正在偕逃，约翰落后，赵通事王司机挽架恺斯，奋力跋涉水滩。一弹打来，危急万状，好容易爬到陆地，十来个快腿壮勇的团丁，已横赶来截住他们。赵通事王司机，只得丢下恺斯，要往前闯。忽然哟一声，最前行的一个团丁，一晃两晃歪身倒地，旁边三五个团丁，愕然止步，一个跑来相搀，忽然也叫了一声倒地，紧跟又扑倒一个，余众一齐止步，急忙四寻，赵通事一行趁这机会，奔过土冈，脚下齐一软，眼晕气喘，司机王二顺土冈滚下去，约翰已走不动，头部滴血。恺斯伤重坐地，赵通事大呼："快来人。"考古团慌忙下来八九人，将众人搀上车。

赵通事匆匆将摘瓜汲井肇祸的原由说了几句，田音司最有胆，他亦是欧西浪人出身，他说："不要慌。"退职武官道："开枪。"鲁明夷口中乱嘈，还想交涉。林子后已然嘭的飞起两声号炮，几架大抬杆，掠空连发上数筒火药，有两发碎弹直落到土冈前。考古团大众惊顾。林子里外，一色绿丛中，远远有许多的蓝点白点，影影绰绰移动。少时火光一闪，碎碎的大响一阵，山峦回抱，四面响应。林间人声沸腾，子弹破空而来，直打得头顶上空气，碎碎的响。退职武官忽领四个团员两个司机，将两辆摩托车开到土冈后，留一个司机看守，余众一齐爬上土冈，卧在坡后，各持枪扳机，露出头来看时，早见乡团多人，扯开散兵线，依石障坡慢慢绕过来。那青年司机点头暗道："这里面也有懂局韵人。"

乡团里面两个教头，都是洗手不干的积年马贼；由联庄会优礼重币聘请来，担任教练。所以这乡团人数尽不多，却不玩练操的花样，专学会队战的战法。只因爱惜子弹，练习太少，枪火打得不准，是个缺点，不然倒真是劲敌哩！不一时，乡团前后队，从腹背西面掩来，约够着火线，砰然一声炮号，各团丁立刻爬起来，各抢得障身地点，顺枪扳机，对土冈月牙样包围住。那持刀矛的团丁，藏在有枪械的团丁队中，预备乘机冲锋。又过了一刻，数架大抬杆移出林外，斜对土冈架好。忽然火光一闪，遥对爬虎摩托车，乒乒乓乓轰射来，有几枪越过土冈，竟落在车旁，联庄会等已料知土冈上有人埋伏，大抬杆在平地架敌不住，急急撤到几座土堆后面，重新燃放，炸药铁砂子掠空扫射，直打土冈。退职武官六人，抵拒不住，一齐奔下土冈，抢上摩托车。那边众团丁，有人持远镜瞭望，便也呐喊一声，前后队一齐追出，两辆车风驾电赶般奔回原路。

联庄会前后队如双龙出水般，苦追不舍，大叫："撒迷药的坏东西，胆敢开枪伤人，捉住了活埋。"此时田音司一行十一人，分乘四辆摩托车，担任前路，急将马力开足，驰寻旧道。司机面前各装钢板，乘客手中齐握武器，如飞的向南走。越过草原，前面便是矮岭，遥望不见人影，大放宽心，匆忙催车向上，田音司先拿望远镜一照，随取出探照灯，回向土冈连摇。这是通知留守断后的七个人，出路无碍，赶快跟车，便要爬岭。通事赵子玖坐的是第二辆车，第一辆车是田音司博士和一个西籍团员，名叫雷利逊的，一同乘坐着，连司机共是三人，雷利逊善打手枪，百发百中，田音司自负勇敢，所以他两人驰车当先，司机也是一个西籍团员，他们是不信中国人有胆敢冒险的。于是扭动车机，首闯岭道，后面赵子玖一手握枪，一手拿望远镜。忽瞥见矮岭乱石掩映处，有三五黑点，一闪不见，众忙大呼停车。车突突的乱响，如一溜烟也似飞驶。如何听得出来，田音司三人早将车开上栈道。赵子玖焦灼，先将自己所坐的车停住，后面两辆车自然跟着不走，还以为第一辆车，急急的当儿出了毛病哩。却不料矮岭上早发一阵枪声，出路已先被乡团拒住。这是山后的三庄民团，闻声特来助战。他们本乡本土，地理最熟，所以抢先扼此咽喉要道。

考古团后退无路，一齐惊慌。开路车田音司三人，刚走进矮岭栈道，迎面连中十数枪。却喜乡团无炮，又幸爬虎车与装甲构造也差不多，三个人全没受伤。急忙拨转机头，要往回跑，后面枪声断续，已跑出二十多个壮汉来。狭路相逢，山道崎岖，庞大的爬虎车运转不灵，眼看敌众我寡，要连人带车被俘。雷利逊、田音司，和司机的西籍团员，急急开枪拒战，连连打倒对方三数人。对方大怒，齐开枪往车攻来，枪打中车，车身迎面装有钢板，车中西籍团员想出枪还击，只听岭巅嘭然大震了一声，响入云霄，四面应声，顿于栈道上层，两旁道中现出几架大抬杆。大抬杆乒乒乓乓打来，车身为之摇撼。又听嘭然大震了一声，大石块，小石块，直从两旁投下，顺栈道滚下来。那个西籍团员，还想扳机将车开回；不意斜刺里探出七八只枪口来，逼近了，砰然数弹打来，立刻死在车座中。田音司一见不好，叫一声："不好。"慌忙开车门，连滚带跳直奔下去。雷利逊也想逃走，斜刺里一阵枪，将他打死在车下，道旁一声欢呼，跑出二十多人，将爬虎车夺过。田音司乘机逃出性命，如飞奔回草原，通事赵子玖等，将他拉上第二辆车，已然面无人色，大腿上中了一弹。喘息未定，栈道上枪声断续，从后追击过来。

当此时，退职武官等守不住土冈，两辆车正向这栈道逃走，后面枪声也是七零八落的追击，于是前后夹攻，将考古团六辆车十六人远远包围在土冈矮峰中间，此地恰在草原，四望平坦，毫无屏障。前后山六个联庄会壮丁，除留守者外，都鸣锣追出来。流弹像砂豆子般，抽冷子打来，全团人依车护身，不能下来聚议。通事赵子玖，别有怀抱，不愿与西籍团员同生死，他推开车门，冒险大叫："可往西面岔道，夺路逃出重围，再计将来。"自己径打碎玻璃窗，跳进司机车座内，把住车盘，当先往西放枪。一面叫同车人持枪扳机，预备且战且走，一面却将铜喇叭不断吹响。田音司、恺斯身已负伤，鲁明夷张皇失措，其余团员猜测赵子玖开车西驶的意思，也想跟踪同跑。方在大声商量，司机马二王二张大等，早将车拨转，风驰电闪的跟了下去。各团员却是都紧握火器，从两旁向外窥视。

矮峰土冈丛林中的新庄联庄会，也好像看出考古团的动作，意在夺路逃走。以为势成骑虎，万不能轻轻纵放他们逃走，放了必有后患。只听嘭然大响了四声，这四队民团，一齐出动。论地理他们熟，论人数他们多。一见敌人西行，急先遣一队，从小路捷径，火速堵截。余众分左右中三路，从后追赶。当中一路，涉浅滩取直径追赶，一行五十余人，有十二匹马，一抹地赶到。先遣的别动队，已然布置好。

考古团那边慌不择路，远看西面无阻，几条白线，无数青峰，便一直奔过去。路上冈坡起伏，溪塘极多。山洪流布后，草深泥泞，奋力驶行数里，不见追兵，略闻枪声。只见前边乱山环绕三面，峦峰纵横，却有一条不甚宽展的长道，曲折盘进对面山上去，好像这山是两面凿通栈道的过岭。五辆车不暇看探，突突的径顺长道登上去。此时去敌也远，渐不闻枪声，十数人正庆脱险，不觉绕到山岭上面，向去路一望时，这划平的山道，由东面平地，迤逦西来，只通到山顶三官庙为止，只有前进的路，没有穿通后面的去路。西面和南北两面，怪石嵯峨，长林丰草，山风怒吼，气象凄厉得紧，各处都是跬步难行。只除向来路返回外，再无别法。

十几个人跳下车来，商量着赶紧转车退回，设法去找当地政府交涉，要索回被扣的那一辆摩托车，还要救回中弹被掳的两个人并且还要惩凶赔偿损失。西籍团员有那负伤的，经这一路颠簸，又见天将昏黑，意思想在这庙休息一夜。正自计议，通事赵子玖，和司机马二王二，喁喁耳语；另一个司机，手拿望远镜，四面照看，忽然叫道："此地不可久存，还是快下山寻路，远远离开为妙。"用手向偏北一指，只见北面黑乎乎一片乱林，似闪出火光。狂风吹来，似夹杂着一种惊人的响声。考古团一行只剩十六人，如惊弓之鸟，急急的吃了些饼干腊肉火腿酒浆等物，一齐上车，照旧路开回。转瞬下得山来，打算往北绕着觅路，才出山口不到半里路，只听嘭然响了一大声，登时看见山路两旁，钻出几个人来；一转眼人又不见。头辆车的司机和坐客，一齐大惊。暗叫道不好，急要驾车横逃，其余四辆车继进。还不等全将车拨转，早由斜对面密林中，射出数道黄光，一闪一闪的乱照（乃是民团那边的几盏孔明灯）。黄光过处，爬虎摩托车全形毕露，况又有行车突突的声音，和车后喷出来的烟尘，越发的成了众矢之的了。密林中立刻一阵鼓噪，密林对面一面土山后，忽探出许多人头，双方一关照，火枪快枪大抬杆，如雨般贴近山口打来，将登山原路阻住。

考古团十六人，急急的将前面钢板再装置好。一面准备受弹，一面准备夺路闯出，无奈此时日色已昏，大地笼罩上一层淡淡的黑幕，车不点灯看不清高低路，点上灯正好成了联庄会射弹的目标。赵通事一看又陷围，便叫自己坐的那辆摩托车不点灯光，只由自己不时按亮手电灯，冒险往西北角奔驶。其余各车，自然跟随，于是一条线似的车车相衔，转往前冲，恰巧对面枪声响过一阵，此刻忽止，便一鼓气开出半里多地；后面斜刺里开枪追击，只响六七响便住，迎面却蓬然大响了数声，立刻黄光扫射，跟着乒乒乓乓乱响，空中流弹往来嗤嗤飞啸，一阵紧一阵，中间夹杂着轰然爆炸声，声音很大。黄昏时候也不知是甚么火器，只看见正面、左面、右面，东一片火花，西一片火花，竟将头一辆车，打得一歪两歪，几乎翻倒。司机乘客不由惊叫，慌忙往横面逃，这五辆车如去了头的牛虻一样，在乱山中乱撞。

虽然爬虎车，可以登高涉险，却是到了山路狭窄处，也不会插翅飞过，只得倒退去，另奔宽展地方。这么一耽误，民团越打越多，越逼越近。考古团十六人，又困入重围中，几个胆小的团员，已面无人色，手足失措，胆大的却稳定心神，将手枪对敌开放，枪声大作，联庄会一面据坡冈开枪，一面闪出两伙壮丁，挺刀矛冲锋，从两面抢上前，来肉搏夺车。

赵通事的车最当前，呼啸一声，被二三十个壮汉远远围住，各举挠钩乱搭乱叫。赵通事急一扬手，砰然大震一声，飞起偌大一片烟幕；又乒乓放了几枪，团丁稍退。考古团趁此机会，拨车飞逃，慌不择路，瞥见前面宽展的路，敌人稍少，便舍死忘生，催车前闯。黑影中，枪声不断，民团提灯连闪，考古团手电灯也连闪。闯来闯去，五辆爬虎车，不能溃围，仍拨转车机，退入那边岭上。

联庄会策众阻住山口，支大抬架杆，往上仰攻。考古团沿栈道爬上山头，明知后无退路，便将车分开，留一辆车四个人横停在山腰，不时望下打两枪，拿镜照一照，防备敌人，乘夜偷袭。其余四辆车，开到山顶三官庙门前，留两人值夜看车。余众进了庙，苏息一回，这一夜枪声错落不断，考古团人众，心惊胆战，哪里睡得着。

挨到天明，却喜联庄会不曾抢山，大家胡乱拿出干粮，吃了一些，便走到山崖上，往下眺望，这一望不由目瞪口呆。联庄会大众虽然看不见，却正当下山道口，掘起一道长沟，就用掘起的土冈，冈后设置十数名哨兵，支架着六架大抬杆。那意思明明要围困他们，活活将他们饿杀。大家探着头，隐着身子往下看，相顾悄然，无计可施。鲁明夷抱怨恺斯、约翰，不该摘瓜肇事。三个人几乎吵起来，赵通事顿足道："不要吵了。"催着先将防御工作分派好，用手一指道："你看，他们这是去吃饭去了，少时必回来攻山。"当下即由田音司、赵子玖，和那个退职武官森德分派一过，用四个人把守山道，两个人巡逻，两个人绕山顶寻找下山出路，并采办食水，余众替班休息。分派已罢，由各人分头作事。

那个西籍团员，担任采办食水的，皱眉来找赵通事："没有水怎好？"原来这山形崎岖，虽不高却险，山顶并没汲道。大家一听越发心慌，没有水岂不渴死，赵通事想了想道："待我来找。"寻了半晌，在山坎寻着一汪残存的山洪，很不洁净，大家稍觉放心。

挨到阳光高照时，只听山脚嘭然大响四声，山头被困的大众，只见偏东面山麓下，有一条黑线徐徐移动，蜿蜒如蛇。少时临近，四散摆开。考古团众急用望远镜一望，足有一百多人，跟着林那边也出来一伙人来。考古团大众，吆喝一声，戒备起来，分藏在山顶盘道两侧。只露出一对眼睛，一支枪口，不时用望远镜窥动静。只听嘭然大响一声，山脚下土冈后面树林前，各路民团一齐发动，分做数十小队，绕山乱跑。不一刻山口正迎面，土冈之后，忽架出数架大抬杆，喊杀一阵，当先开火。几架大抬杆，轮流对盘道三官庙打来，铁砂一阵阵散落如雨。

那两辆摩托车，恰停在庙前，司机大惊，连忙移车到山顶后洼。林前的联庄会散兵线，急分三小队，绕到山口侧面一座长岭半腰上。就在岭腰，斜对盘道，拉开散队，枪口支支外指，扳机待发。一个为首的藏在丈余高一块大石后，用望远镜往这边端详，半晌不见动作。只正面土冈乒的一枪，乓的一枪，七零八落的打。

考古团大众，怕敌人抢山，也开枪拒战，紧紧的照顾着正面，不意孤峰右侧偏后面，忽抄过一伙持刀矛挠钩的壮丁，悄悄绕到孤峰背后，攀藤附葛，往山上爬；已爬上五分之一的路程，山顶巡逻的考古团员，忽一眼瞥见，大叫快防后路。一言未了，砰然数枪，巡逻团员，惨叫跌倒，钩矛壮丁如蝎虎也似，急急的往上抢爬。看守车的两个司机，闻声驰来搭救团员。钩矛壮丁六支手枪，又响了一排。两个司机急忙匍匐而行，顾不得救人，大叫后路有人抢山，便扳开手枪，往下乱打。前面的团员，跑过四个人来帮助，一排枪打去。半山十数壮丁，匿身树石后，不进也不退。山脚下却忽亮出三十多个壮丁来，遥对后山开枪，乒乒乓乓的一阵响，双方立刻拒住。忽然东面山根下，又有人偷爬上来，赵通事急领两个人驰往堵御，响了几枪，壮丁立刻停止进袭，俱藏在山坎遮碍物之后，抽空儿对这边放两枪。于是联庄会围绕这三官庙弓形孤峰，一步一步往上仰攻，考古团在山顶苦苦支拒，又对付了一天，到夜间联庄会壮丁，一番五次偷袭，幸亏考古团不时用电炬下照，开枪镇吓，没被抢上来。

候到次日傍午，窥见山下，人数较少，想是换班回去吃饭。田音司、鲁明夷、赵通事等，凑在一处，商量溃围的办法，计议良久，决定趁黑夜派人偷爬下山找地方官交涉，派队惩办民团。当派那个退职武官，和别一个西籍团员，带同赵通事，就在当天夜间爬后山出围，以速为妙，若太迟了，饮食一断，必被活活饿死。商酌已定，退职武官等三人，齐到三官庙内休息，其余各人，仍分班守盘道巡山顶。

转瞬入夜，只见山下民团，东一片火光，西一片火光，在山下不时巡逻。忽然响一声号炮，四面攻击起来，约攻过半小时，便即停止；却星星零零，仍不断枪声。到十二点以后，退职武官等装束起来，各带手枪电炬食水洋毯绳索等物，在后山择好地盘，各用一根长绳，系在树上，各人好扯着绳往下爬。打点好了立刻关照考古团余众，余众立刻从盘道往山口下偷行数箭地，各觅好藏路退步地位。田音司在山顶放了一枪，司机故意将车开响，余众立刻鼓噪一声，往山下开枪。山下民团哨兵，急急还枪，一面分派人到会首那里送信，说今夜留神敌人抢下山。会首立刻知会各方准备迎击，双方在山口上下，历落开枪，在黑影中直闹了两个更次。考古团见时候已差不多，便将车假意开动，突突的乱响一阵，随即停止；枪声也跟着由紧而慢，渐渐停机不发，做出冲锋不得撤众回山的样子。下面联庄会众，按兵守住山口，不稍放松，山后一面果然不甚防备。

挨到两点三十五分钟，夜已正浓，退职武官、赵通事等三人，另外两个送行的团员，悄悄溜到山后，按照白日觅定的线道，赵通事等，四周望了望，便缒绳爬下去。这后山乱石杂树极多，寸步难行，五个人将绳扣在腰带上，外裹毛毯，双手揪绳，半滚半爬，往下坠溜。每逢树荫峰影，必潜伏不动，细听动静，觉得无碍，再一步一步挪动。天气方热，个个浑身出汗，滴落如雨，约走了十数分钟，将快到山腰，忽吹来一阵狂风，风过处，闻得山脚下有种声音，不甚妥当，好像下面有人。五个人互相知会了一下，立刻隐伏，半晌不见动静。赵通事忍不住掀起一块小石，顺山坡往下一丢，听得一声响，旋即听不见动静，似没有滚下去，想是山石草木阻住了。又听了听，便腾出手来，搬起巴斗大一块石，轻轻往下一推，听得骨碌碌的一响，又咕噔一声，似已落地，又细听不闻人声，五个人略略放心，即改道往下又爬，荆棘刺人，碎石磕绊，苦苦的溜下去，已离山脚不远。

赵通事等停身石后草际，喘息一回，取巾拭汗，往下窥看谛听，觉得没有甚么，便又掀石投下去；连落数块，不闻人声，于是又往下爬，转眼又走了三四丈，去山脚半地不到六七丈，五个人再止步，不敢捻手电灯，也不能用望远镜，各竭目力，往下注视。遥见对面昏黑，不见人影，偏东半里地以外，却似有一线火光，偏西二三箭地远，似有一星星火亮。三个探路人寻思了一回，只得冒险了，将系身的绳索解下来，捆在一处，又将毛毯也系在绳上，一齐交给送行的两个团员，送行的立刻扯住绳，往上爬了三四步，伏在一棵灌木后，不言不动；却在树根上，另系一根绳，垂下来交给溃围的三个人。赵通事、退职武官等三人，一齐扯住，轻轻抖一抖，算是递个暗号。三人便鱼贯也似合揪着一条绳，慢慢的往下横爬。

其时忽起狂风，风过处稍觉清凉，却于风吼中，听见远远有马吼之声。退职武官三人，又不敢动弹，倾耳细听一回，爬到离山脚还有三四丈的地方，下面是一条断崖横路，紧贴山根，凿石开道，有二丈余高，峭立如壁，如要下去，非跳不可。但既跳下去，再要上来却难。往斜刺里绕走一回，也都是断崖。三个人相顾迟疑，事已至此，不能不下。赵通事当先溜到断崖之上，拢住目光，往四外一看，似乎下面无人，暗将绳一抖，退职武官和那个团员，慢慢跟过来。赵通事顺手抓起一块山石，往下一投，叭的一响，没有动静。三个人连忙合手，掠起一块大石，往下一推，骨碌碌扑噔一声响，大石已然坠崖，紧跟着簌簌的响了一声，黑乎乎一物，从崖脚窜出，跑到北边去了。

三个人心头一跳，亟耳侧听，四面呼呼的乱响，是风吹草木之声。三个人看了又看，听了又听，依然是夜影沉沉，伴着风声朔朔，附近好像没有人。遂暗打知会，三个人急急打点。赵通事当先扶着那根绳，两个西籍团员往后，左手引绳，右手一齐端出手枪，扳机待发，以防不测。赵通事却将手枪插在腰间，然后轻轻缒绳而下，慢慢的从断崖到山脚地面。人过处当不得仍有披草掉泥擦石的声音，赵通事两脚落地，一手引绳，一手忙拢枪，四面一看，赶紧趴倒贴地皮又一瞥，环后山东南西三面，黑影起伏，如冈坡如墓林。相隔半里地，隐约见火光，近处好似无有民团的哨卡。便慢慢再爬起，一抖手中绳，做个照会，断崖上退职武官和那个西籍团员，急急插枪，慢慢引绳，退职武官一腾挪下来，幸无闪失，只随身掉下一堆碎石。那个西籍团员随着下跳，双手揪绳一挪动，蹬下一块大石头来，咕噔一声响，滚落山脚，险碰着刚下来的那个武官。退职武官叫了一声："当心些。"

赵通事失色，急急的一窜近前，又急急一扯武官，贴山脚奔出十数步。恰有一坑，忙伏在里面。这个团员，停留二丈余断崖上，吓得不敢动。这一响之后，端瞥见东西面火光一闪，同时响了一声，光一转，直照到断崖左近。刹那间，东面人影绰绰，从一道高坡后出现，闪着没下去，却从坡后绕出，直寻过来。其时风吹正急，山环回响。响声从这面发出，却听着像在那面。因此土坡那边的人，错寻到断崖西面去了。好半晌，西边火光渐渐消失。黑影中还听民团不住吆喝拿人，料是他们巡哨的人，故使诈语，实无所见。又潜伏一会儿，人声越听越远。风吼声中，渐听不见。

退职武官等得心焦，悄悄问赵通事。赵通事一握他的手，两人慢慢爬起来，出离土坑，向四外一望，急跑到断崖根，紧贴着一步一挪，挪至跳崖原处。在崖上面，那个西籍团员，早倒爬上去三四丈，潜伏不敢动弹，绳也扯上去了。赵通事心中暗嗤，悄悄向上打一知会。又半晌，从上面滚落下一些碎土小石来。又一会儿，那个西籍团员，重复溜到断崖之上。退职武官悄声催迫。他往下望了望，将绳系在腰间，双手扯住，打千斤坠式，一把一把倒下来，双脚点地，仰首拭汗长吁。赵通事等也吐一口气，心说："可算下来了。"

山半还有两个接应送行的，潜伏树后，早等得心急。赵通事催一团员快快解下腰中绳。忽见东边火光打一闪，喊道："那边有人，拿住他。"便听见脚步践踏声音，三人大惊。赵通事忽抽刀要割团员腰中绳；不意那团员猛吃那一惊，折回头来要上断崖，却上不去。又回头来拖绳便跑，跑出三两步，绳子把他绊住，咕噔摔倒，不禁喊道："高得上天。"挣扎不起。那退职武官，手脚灵便，一窜急跳回土坑，口衔手巾发喘。黑影中，赵通事急急抽刀，寻绳一割，拿住断绳上半段，用力一抖，又往断崖一抛，抢过来搀起团员，半拖半抱，拉入土坑，三个人喘做一团，却一动也不敢动；手枪都端起来，直对东面。

不一时火光直照过来，对断崖下山道打了一转，火光后似有七八条黑影姗姗移动，乱喊这边有奸细。赵通事三人悄打一照会，一齐手扳机，腿半跪，屏息以待。只见那团黑影越走越近，两三只孔明灯左一闪右一闪照过来；渐移到断崖近处，火光中为首一人，拿一条花枪、一支手枪。第二人第三人各拿孔明灯乱晃，俱都带着枪火。后面还有数人，也有拿枪火的，也有拿刀矛的，仔细看一共倒有十一个人，四盏孔明灯。乃是联庄会后山脚放哨和巡逻的，闻声会合来查看的。只见他们一面使诈语乱喊，一面寻找，一直寻到三团员跳崖处，拿灯上下左右照看一回，为首那人说："这边没有甚么。"又一人道："许是狐狸子。"一言甫罢，忽一人拿灯一照地面，相距数步，有一物对灯灼灼闪亮。这一人慌忙叫道："你们看。"四灯齐照，一人过去拾起叫道："喝喝，这是把手枪，还饱着子弹哩。"坑中赵通事三人大惊，心知露出马脚。接着听联庄会六七壮汉齐说："哪里来的？哪里来的？一定有枪就有人，快找找，呔，在这里呢。"向四面虚指一指，各各端起军器。

当此时，赵通事一按退职武官的手，不防那一个团员，把手指一屈，只听叭的一声响，土冈边连飞火花，两颗子弹飞入联庄会巡逻壮丁群中。十一壮丁喊一声"卧倒"，中弹的未中弹的一齐卧地。早见那边土冈中，窜出三条黑影，如一条箭也似，飞奔出来。壮丁大喊一声："放。"乒乒乓乓，火发弹出，如电闪，如雷鸣，直打过去。前面一条影一声怪叫，晃了晃依然舍命狂奔。联庄会壮丁，喊一声跳起来，开枪如飞追赶；不料断崖之上，噼啪一声响，从他们背后头顶上，凭高发弹俯击下来，这便是考古团接应送行的那两个团员已闻警将绳扯下去，特此开枪牵制救应，果然数弹发出去，联庄会巡哨壮丁，不明虚实，深恐腹背受敌，急急择地障身，却不往回走，反贴山坡往前追奔。到一山崖横障处，料可蔽护身躯，打伙抢过去，藏在后面，分四个人仍然蹑追逃走送信的敌人，余众却派遣一个脚程快的，绕道回去报信，说已有敌人，缒山溃围搬兵去了。

联庄会接得报告，便一面鸣锣，一面对山腰发弹追击。锣声响了一阵，散在各处放哨的联庄会人众，立刻鸣锣响应，四面锣声大作。只数分钟，孤峰三面，都已听见。林园那边，嘭的一声，飞起号炮，一队民团，整顿枪支，往山口仰射上去。另有一小队，约三十余人，从黑影中，如飞奔赴后山驰援。

忙乱里，山头上考古团留守人众，忽闻山下锣声枪声，立刻心血沸腾，情知是溃围事件发动。也辨不出吉凶，慌忙拒住山口，另着数人到后山顶张望。但见山脚下火光散漫漫，炸声如碎雷迸豆；那山腰送行的人，也还不见上来，只听见枪声。张望一回，天色依然朦胧，再也看不清，便对山下火光，连开了数枪。当此时，那山腰里的两个送行团员，隐身树后，隐约见数条黑影，沿山脚直奔到南面去，猜想必是溃围的人，已然冒险下去。又见有十数条黑影掌灯光呼喝而来，知是追兵，急急的开枪激战，两边对打起来。在团员心想寡不敌众，在会众心想实不敌虚。各怀猜疑，手中枪火，不断的发放。

那边厢缒崖溃围的三个人，落后的西籍团员，大腿上中了一弹，负痛狂奔，手中枪已然失落。赵通事和那退职武官，却未损分毫，一面跑一面回身张望开枪。忽听砰然一下，背后那个西籍团员又身中一枪，立刻倒地。退职武官一俄延，心想要还救，却又听叭的一声响，头顶上哧然一弹破空飞来，紧跟着乒乓的响了一阵，流弹纷飞，吓得他回身急跑。赵通事叫一声，飞奔上高坡，到一大树林内。退职武官也跑进去，藏在大树后面，闪眼偷看。几个壮丁挺矛持枪跑来，内中拿花枪的一人，非常胆大，抢过来一枪，将西籍团员，刚爬起又一下戳倒。退职武官心胆俱裂，扯赵通事穿林又跑。背后枪声仍然炒豆一般，东响一阵，西响一阵，两人都不敢直腰，半俯半爬将走到林边，又不敢出去。听了又听，看了又看，趁黑影两人兽伏蛇行，爬出林外，又是一条大路，一片深草原。赵通事略辨方向，不走大路，入深草中，走了一程，枪声断续，相距渐远。

两人在深草内喘息一阵，取水壶喝了几口，觉得头面手腕被蚊咬草戳，伤了不少处，衣履也全毁坏。歇了半晌，方待要走，忽听草边路旁，有火亮一闪，两人急急伏身。似有人在路上行走，急急瞧看，是两个人骑着马跑过来。为首那人，口边衔着烟卷，背后各有一物，俱像是枪械。赵通事和武官惊顾不动。只听那两人说："我瞧他们准是往这边来了。"少时那马沿路往南奔过去，却又来了十几个步行人。赵通事二人越发不敢，直等这伙人全走过去，这才爬起来，不走正南，往西南面走着。约走了二三里地，却见前面乱山横亘，又是一带长林丰草，一望不着边际。两人绕来绕去，寻不着出路。四顾荒野，不闻人声，但听见风吹树摇，朔朔作响。两人踌躇一回，料想附近无人，已经脱险。一夜之间奔得筋疲力尽，打算找个隐蔽地方歇息，便挣扎着寻到一道高冈，努力拔脚爬上去。往南眺望，黑影中遥见西南角十数里外，有纵横数条白线，划在黑堆旁，料想白线必是大道，黑堆当是蒙古牧民的帐篷。两人下了土冈，穿过乱林，又到草原，地势洼下，又看不见那白线了。

退职武官道："密司特赵，我实在走不动，你看看……"抬起脚来，软底鞋已然磨破露出脚趾头来。赵通事道："但是我们一路逃险，乱绕了半夜，算计直线路程，恐怕距离那山，还不到十里地，万一被联庄会的人遇见怎么好，还是再往前走。你看，那不是黑堆，那个一定是蒙古包。"两人一面商量，一面寻路前行，好半天来到大道旁。

此时将近四更，已能辨清近处的景物。细一看才知那黑堆是座荒废了的庄院，和一座破庙，却也有三五座蒙古包，夹杂在土坡丛木中间。正因有一道小溪，所以才集有人烟。退职武官大喜叫道："好好……"赵通事心想自己也不懂蒙古语，便与武官奔那座破庙去。到庙门前一看，门扇虚掩，阶前有一堆马粪和马尿。那个退职武官疲劳已极，挣扎力气，便去推门。两人进得庙门，才待寻找庙中人，猛听暴雷一声喊："在这里了。"立刻见有数盏孔明灯从门两旁照过来，六七支枪直指胸口，大声喝命举手，站住。退职武官骤吃一惊，扭身要跑，早从庙内两庑抢出三个人，将山门截住，枪口指着他的头。背后那几人赶过一个来，举起枪托照后腿一下，武官栽倒，立刻被三个人拿住。赵通事眼快，早知不敌，忙将双手高举。过来数人，也将他倒绑上。中西两个考古团员，相顾瞋目无语。

细看来人，一共十二个，七支枪，五副刀矛，四匹马，窝藏在庙内庙外，也是刚赶到的，不想他俩竟自投罗网。看为首领那人，浓眉大眼，年约三十来岁，穿一身深蓝色短装，回顾同伴道："老曹真有两下子，他真就一猜一个着。我只不信，这条道又不是正路，怎么准知道他们必是这里呢，我算栽给他啦！"说着眉开眼笑，教几个人，把赵通事、退职武官浑身都搜了，推入庙内大殿上，七言八语的审讯二人的来历。究问考古团共有几人？溃围的又是一共逃出来几个？赵通事只得如实答复，却诳说全国共有三队，这是第一队。又问你们是干么来的？往井中撒的是什么毒药？

赵通事为难多时，不知怎么答好。不承认他们必不信，定被拷打。承认了怕被他们凶殴，那几个联庄会壮丁，果然掉转枪柄，将二人痛打一阵。赵通事没法，只得先诉实情，次说误会。旁边一个十八九岁青年汉子，叫道：“听他胡说，这小子不是东西，好人谁肯做这事，不用刑决不肯说实话。”说着与一个中年男子，举起刀背，没头没脸毒打起来。只打得退职武官怪叫不住；赵通事运动气功，咬牙无语。那为首人说道：“你们留神，别打头脸。”几个壮丁不听，各举枪托刀背杆棒，向两人乱打。猛一下打重，赵通事血流满面，口中嘶的一声，吐出白沫鲜血来，身子乱抖一阵，忽一挺昏死过去。

那人一跺脚道：“如何，不教你们乱打，你们偏打他，你瞧死了，我们得留活口，好见头儿去，还要审问详情哩，这可怎么好。”少年道：“那还有个大毛子，这等奸细，打死还嫌不解恨哩。”首领道：“啐，别胡闹了，你听得懂洋话吗？”少年道：“哎哟，可不是，忘了这手了。”首领道：“教你哎哟，这毛子狄利多落，我看你怎么问法？”一中年团丁道：“看看还许有救。”过去一按赵通事的鼻息，面皮尚热，口鼻却已不出气。又弯他手脚，四肢挺直，连腰板也都僵了，真死得好快。几个人忙将退职武官缚在殿柱上，七手八脚想要治救赵通事。一人先替他解了绑，一人找上几块粗纸，点着了灭火取灰，替赵通事敷在头面伤口上，止住了血。再用布勒上，一人找了个家具，汲取一下子冷水，照赵通事面门上喷下，仍不见苏醒。一个四十多岁的团丁，分开众人说：“别慌，我有法子，你们再找点乱纸来。”连草带纸做成一把，对众人说：“一熏就活，心口还热哩。”那少年道：“可是手脚腰板脖颈都挺了呢。”首领道：“去你的吧。”自取出旱烟叶来，塞在纸把内，用火点着，把赵通事搬起来，将鼻孔熏。约过二三分钟，只见赵通事嗽的一声猛叫，腰一挺，扑通躺倒，把周围几个人吓了一大跳。

第十二章

朔漠救同俦青衫一现
荒山思纵虎和议三章

众人忙围上前低头看时，见他直挺挺躺着，面目嘴唇，鼻头都被火熏得紫肿了。一人道："这是怎的，别是装死吧。"首领道："你懂什么，这就活啦，不活再熏。"说着话便要动手，只见赵通事鼻息扇动，口中喷出白沫来。联庄会众人齐说："活了活了。"少时见赵通事手脚动弹，依着几个壮汉，便要立刻把他缚在马上，押回会里去。首领道："别闹着玩了，留个活口罢，你们要知道鬼子不好惹，审明白，好打算后来的办法。"

于是候到天明，约在上午九点钟，见赵通事虽还不能动转，好像不致再昏厥了。大家一齐预备动身，将两个俘虏缓缓绑在马上，慢慢的押出庙外。约走了十六七里，便到东新庄。退职武官垂头丧气，心想昨夜奔命通宵，不意才走出十二三里地，真是晦气；不知到村中，受何等凌辱呢。到正午十二点左右，联庄会的会首齐集在村中一座关帝庙内。这庙适在菜园之后，是全村公议的地点。两个俘虏就押在庙内东庑中，由联庄会另拨十二人守着。

少时从大殿出来一人，喊道："把那个东西带上去。"十二人立刻推推搡搡，把退职武官押出来，只有赵通事，还是昏昏沉沉，受伤过重，人事不省，便用门板抬着过来，联庄会首领也有六七位，连同四个教练，和菜园中看青人等，齐聚在大殿上，七言八语审问被俘的退职武官，他怎懂得官话；这北壤荒村，也不会有懂西文的。瞎乱了一阵，问不出道理来。待审问赵通事，只见他两目灰黄，呼吸微弱，大有一触便要断气的样子。竟百问不得一答，不住口哼哼罢了。东新庄会首大恼，就要依会例将二俘虏活埋。旧庄会首、后山会首，连说：“使不得，总要想法子，问出真情来；不然怕有后患。有一句旧话，是民怕官，官怕洋人，万一这一伙洋鬼子，真是一共有三队，只捉住他头队，第二三队势必要报官动交涉。在这年头儿，一沾洋务，总是老百姓吃亏。依我想，务必留一个活口，问明底细再处置。再不然把他们都捉住了，一会儿总斩草除根。”东新庄会首听了很有理由，商量一回，将俘虏押在关帝庙里。一面仍包围孤峰上的鬼子，一面还须撒人在大路放哨，防阻他们溃围求救；更要派精细人，到城中打听动静，当下就分头办事去了。

赵通事和退职武官，照旧押在东庑，派十三个人，分日夜三班看守他们。至于饮食，每日送一壶凉水，几个荞麦饼。直押到第二天，夜间听得外面枪声又作。四个值夜监犯的团丁，早已瞌睡不堪，一闻枪声，都站起来道：“鬼子又要跑，这必是闯山啦。”

耗了一夜，到四更时分，赵通事扎着双手，躺在土炕上，正盘算逃走的道路。却是身旁武器全被搜去，在四个人八只眼监视下，觉得弄诡很难。忽然打了一个嚏喷，鼻孔中钻入一种异味，不觉大喜。忙挣扎着大声叹了一口气，说道：“粉骷髅入笼，咱是第二。”只说得这一句，便猛一翻身，将身子趴伏在土炕上面，藏住头脸。值夜的四团丁，闻声惊道：“这小子缓过来了，他嚷什么？”说着走过来，忽一人说道：“这是什么味？”四个人一齐转身，伸着鼻子往四下抽嗅，一种香烟气钻入鼻孔，四个人只说得不好，早前仰后合一齐跌倒。那个退职武官，也打了一个喷嚏，失去了知觉。

又半晌，东庑中烟气迷蒙，后窗忽然掀起，进来一人。这人瘦小身材，一身青衣衫，持白刃握手枪，进得窗来，闪眼一看，一个箭步窜到门前，将门扇轻轻加上闩，又扑到灯前，一眼瞥到前窗，暗暗点头，停手不再熄灯，急急的抽白刃到土炕上，一推赵通事，呻吟一声，那人道："粉骷髅弟兄如何?"赵通事挣扎说道："四肢无力，已稍微中了毒，下面有冷水。"那人用刀挑断赵通事手腕上脚颈上的绳。急急跳到屋心，见桌旁果有一把洋铁壶，提过来，用冷水一激赵通事面门，然后用绳把四团丁一一缚上手脚。缚绳的手法很快，转眼捆罢，便上前搀扶起赵通事，说出一个字道："走。"赵通事用手一指退职武官说："还有这个人，我们此时用得着他。"那人道："唉，我真不愿意。"赵通事道："不行，请援解围，全须借用此人与政府打交涉。"那人道："也罢。"急急用刀割断绑绳，用冷水一喷，退职武官受毒已深，一时不能苏醒。赵通事与青衫客，前扯后推，把他搡出窗外。窗外早候着两个人，专司巡风，急忙接下来，三人一齐出来。

青衫客当先翻上墙头，赵通事继上，巡风者急急用绳捆上武官的腰，然后也翻身上墙，两人一扯，把退职武官吊桶也似的扯上去，往下一放，齐落平地。左搀右架，五人贴墙舍命飞跑，早被庙前巡逻团丁瞥见，喝道："口令。"青衫客道："芒。"却推赵通事一把，与二巡风的，贴墙径走。庙前巡丁一听口令，有点不解，急急用灯一照，大声喊道："站住。"青衫客不慌不忙说道："是我，你们闹什么?哎哟，你们快看，东面跑的是什么?"黑影中东面果有脚步飞跑声，夹杂着"有贼有贼"乱喊之声，八个巡丁大诧，只在这一犹疑间，再看对面青衫客，竟已失行踪。巡丁叫道："吆，这小子是奸细。"数盏孔明灯乱照。赵通事、二巡风、退职武官四人前奔，青衫客后跑，再后面便是巡丁。孔明灯左一道白光，右一道白光，闪闪烁烁上下乱照中，已然砰砰连发数枪。赵通事上气不接下气，一抹地绕菜园。

前面高墙拐角，忽现数条黑影，赵通事大惊。对面人喝道："粉骷髅。"青衫客抢先低叫："得手了，快快挡一阵，后面有追者。"这对面的人便是预先布置了，打接应的，一共六人，全穿着青衫，拿着白刃，左右还佩两支手枪。为首那人急问："他们几个？"青衫客道："十数个，全废物，你们略阻一下快退。"说着早引赵通事等人，如飞跑过去。六个人接应，急急埋伏长墙转角，刚刚扳开手枪保险机，联庄会巡丁已散漫追赶来。人未到，枪声先响，灯光也照来，如数条银蛇，在沉沉夜幕中乱窜，直照到长墙，接应人认定闪光灯头，啪的一排枪。联庄会巡丁，立刻人声呼喊，灯光全熄，枪弹却噼噼啪啪，越发加紧打来，六接应人只是顽抗不退。忽然锣声大震，东新庄已然开警整兵，号灯也点起来，号炮跟着放响。

青衫客领赵通事，两巡风架退职武官，如飞奔过巷角，有两人牵着四匹马等候。青衫客眉峰一皱道："马不够，老二快上，我且步行。"赵通事也不推让，飞身上马，豁喇喇跑出村外。青衫客又催余众上马，看马的副手道："不用，我哥哥可与死鬼合骑一马。"即催两巡风各骑一马，却将退职武官架在另一匹马上，请青衫客跨上去，用绳勒着武官。看马人从后代打一鞭，这马如飞奔去。看马人然后取叫子，连吹数声，后面接应人闻听忙打呼哨回应，八个人凑到一处，向空连放数枪，悄悄的退出去，一抹地奔到一座树林里。

林里青衫客领袖，赵通事，退职武官，和几个副手，都严阵以待。一见全部一数到齐，不暇问讯，急急出动，七匹马两辆车乘黑夜里，直往西南跑去。后面枪声如骤雨惊雷，打个不住。联庄会只信是考古团溃围袭村，却误认方向，弹弹都打到孤峰山脚山腰。孤峰上考古团，陡闻枪响，唯恐民团偷袭，也不能顾惜子弹，开枪俯击，无意间倒收牵制之效。青衫客一行，驶车驱马，绝尘而逃，早出离危险地带。联庄会通宵扰闹，一个奸细也没捉着。事情紧急时只顾鸣锣纠众，开枪拒敌，直到天将破晓，才发觉关帝庙东庑内俘虏，已然脱逃。屋内余烟犹浓，气息刺鼻，那四个看守，都躺倒地上，人事不省。会首和几个壮丁，站在屋中犹自觉头晕。连忙开窗放入空气，用冷水灌救四人，究问俘虏逃走的情形，四个人全说不出。后来察看后窗的情形，虽已料到必有外人偷进，至此却也没法。只得再遣派精明强干的到省城踩探动静，再筹善后办法，这里仍派人围住孤峰。

会首的意思，想这两个俘虏，即已逃出，一定遄赴省城，找官府动交涉。事关洋务，对于民团必有不利，因此非常焦灼。连夜召集各村庄会首，计议妥善方法，大家想着，这事情已经扩大，迟了不如早了，延缓不如速快，当议定派能言之士，上山与考古团议和。各会首推定本村一位门馆先生，姓沙名叫奉先的作为联庄会代表，将议和入手方法，和议和条件，先计议好了。会首说出一个诀窍，大凡与洋人交涉，最先一着须将通译洋奴对付好，省得他调唆破坏，于中捣乱。对付此等人，这可动之以利，悄悄的许下他几个钱。沙奉先点头道："这个知道，我们不懂洋话，总得先找洋奴，当然要买通他。"至于议和条件，议定的我们联庄会即日解围，解围之当日，考古团立即出境，不得在附近逗留。至于双方死伤人数，各不给付恤金。联庄会愿意将俘获的爬行车，还给考古团。考古团却不许再动交涉。最后让步，即以此为限。东新庄会首又道："倘考古团不肯私休，便可告诉他们，联庄会有二百余众，人人动愤，决将克日大举攻山，勿贻后悔，预料他们弹药不足，粮食将尽，水道又不方便，自然亟欲逃出死地。所怕他们藉端要挟赔偿惩凶等事，那时便可恫吓他们，这里也伤了许多人，一不做二不休，我们趁官面没出头，我们人多势众，一旦破山，必个个活埋灭口，趁早别妄想搬兵动交涉，妄想官府来压制我们，要知我们多方布置，四面包围，你们暗遣人溃围送信，自谓解围有日，报复不晚。老实告诉你，一个也没跑，都让我们捉住打死了。就算跑出此村，都会于郊外，我们还有埋伏，城里也有人卧底，好歹会刺杀你们的，决不让你全身出离中华土。用这等话，点破他们的盘算计划，他知绝望，必然应允。西庄会首道："还有，须防他们在围中百说百依，出笼后反噬一口，却是不好，必教他们在议和书上，自认招错，自承在井中撒毒，情愿立即出境。"旧东庄首领道："还有一节，怕他们疑畏我们，不信议和的话，或不敢出围，或竟乱开枪，不容沙先生上山怎好？"沙奉先笑道："这倒不妨，我自有办法释其疑虑。"

于是议和之计已定，即日执行，沙奉先打点一切，手执白旗，空身到山口，费了多半天工夫，才由考古团持械守山的团员，叫来司机王二，下山腰与沙奉先答话，将来意说明，王二心中暗暗怙惙，立允转达。回到山头，与田音司、鲁明夷一说，果然两人大动猜疑，都害怕上当。若果解除武装下去，正如猛虎离山，岂不受害，这一犹疑，显出王二才能来了，自赵通事三人走后，考古团并不晓得一个已死、两个一度被擒，心想着虽然凶多吉少，可是沙奉先所说三个溃围的人全被擒杀的话，出自敌口，他们自然不敢深信的。十几个人心中着急，恨不得立刻出围，却又真真的不敢冒险。正自互相商量，犹豫难决，现在和使已在山前，还是拿不定主意，司机王二在旁冷笑道："何必如此，先把和使让上山，听听条件，如果有保证，准我们武装成群下山，再有他们的人质徒手伴送，自然上不了当。"

原来王二初进考古团当司机，本自承不会说洋话，为的是好偷听他们的密谋，不致惹西人防备。自那天遇变，一着急走了嘴，便再隐瞒不住，只好承认懂洋文。赵通事走后，无形中他代替了通译的职位，成了全才的识途马。当下王二说出主见，田音司首先赞成，便派两个团员、两个司机，携带手枪，下到山口，把联庄会议和代表沙奉先，扎上黑巾，引上山头。在三官庙内，开起谈判。司机王二和鲁明夷担任正副译员。田音司与一个西籍团员，做了考古团议和代表，其余团员，仍分守前后山，以防联庄会挟诈攻山，从当日下午，直议到次日晌午，双方意见大致接近。考古团已将全体人员的意见征询过了，只剩起草条件和签字。于是沙奉先告辞下山，回去报告。这边山上，仍由四个团员送回山口，联庄会二三十武装团丁，早在山脚那边等候，急忙迎接过来，同到关帝庙。见了三庄会首，细问情由，沙奉先将经过情形，仔细报告一遍。考古团那方面，情愿不索赔偿，只求三个条件，(一）届期解围，须十五里以内，没有武装团丁。(二）准许他们乘爬虎车一齐下山，并携武器自卫。(三）由联庄会派代表五位，徒手护送出境，决不逗留。东新庄的会首以及代表拍案道："好狡猾的东西，哪里是要人护送，他这是要五个押当，不成不成，你们谁愿意作当头。"沙奉先变色不语。西庄会首忙说："第二条倒没什么，第一条教我们十五里以内解除武装，这也是使不得。"东新庄会首道："这倒不要紧，他们的意思是怕被袭击，我们可以将沿途的哨卡暂时撤开，只要路头看不见拿枪械的人就行，反正他们不会分赴各处调查的。"东庄会首道："这本是麻秆打狼，两头害怕的事情，无怪他们疑虑防范，依我说，只要沙先生真看出他们是亟欲出围，诚意谋和，退十五里就退十五里，护送就护送。"西庄代表道："哪一位肯徒手护送洋人出境。"全场齐说："我可不干。他们十几支好枪哩。"说到此地僵起来。各会首相顾再商，半晌不定。

还是东新庄代表说道："沙先生辛苦一趟，就说第二条我们全应了，第一条沿路哨卡全撤，保证通行无阻。第三条只能由议和人从山顶伴送到山脚……沙先生以为如何?"沙奉先默想一过，这个行得。即问大家，大家同意，沙奉先歇息半日，次日持白旗上山，直至下午方回来，报告大家，说一二两条全解决，第三条考古团很不放心，务必要求派人同乘汽车送出境外。联庄会各代表先询团丁，许下重赏，仍是没人愿去。东新庄会首勃然大怒："管他呢，咱们攻山吧。"西庄代表也说："烦沙先生再去这一趟，我们这边，决计不护送，倘他不肯我们这就攻山。”

联庄会在座各代表相继发言，决定考古团可以武装下山，联庄会可以沿路撤防，但决不派人护送。根据这个意思，将议和条件写定草案，前者叙起衅缘由，虽出误会，却归考古团负责，末后便是那三个条件，沙奉先宣读一过，大家同意，连忙又赴孤峰，与考古团磋商，他们那边也草出西文议和书，还是坚持护送。双方交涉眼看破裂，忽然间，东新庄来到一青衫面生人，拿着一封信，要面见联庄会首，各会首其时正齐聚在关帝庙，立刻将送信人叫进来，大家不认识此人。细细盘问，此人说是从城里来，奉联庄会派往省城探听消息的代表何子良所差，有极机密的信息报告。各会首急拆信一看，不觉大惊。信中说省署收发处秘讯有外国旅行团通译，和一西籍团员，由驻省外国领事，领来拜访省当局和交涉署，具说该团与地方民团发生纠纷，以绑架围困的罪名相诬。当局一听是得罪洋人，非常焦灼，立遣省署参议督署副官长，交涉署秘书，起程北来查办，随行有省防军一队，骑兵一百，步兵一连，机关枪两架，现已动身，不日到村来。看那举动，怕要闹大，得讯后望速速打点，最后消灭证据，将围困山中之西人，先期释出才好。西庄会首将手一拍道：“如何，老百姓一定要吃亏。”那送信人插言道：“临来时，何子良先生告诉我，教我务必先期赶到。省防军以剿匪为名，不日即来，请诸位快快想法子，将考古团放了，最好把他们诳出境外。还叫我赶紧回去，要将咱们的办法结果，写复信捎回去。他一则好放心，一则打算得用力处用力，托人设法转圜。信中还附着一笔，要请各位筹一点款交我给他带回。”

众会首闻言再看信，果然末一页提到用款，至少先送五百元来。联庄会急忙写回信，提现款，打发送信人回省。这边立刻收回倔强态度，请沙奉先再赴孤峰议和，不管对方条件如何，总要他们立刻下山出境就好；但须不动声色，已交涉定的有利条件，也不可再放松，怕他们得寸进尺，翻脸刁难。沙奉先长叹一声，立即带着议和草案上山。谈吐之间，力持镇静。却不道司机王二，早窥破对方情虚，虽为国家观念不肯点破，却对全团极力保证，下山绝无危险。这样交涉，只二三小时，便已双方意见通疏，立刻签字盖章，中西文共缮两本，各持一份。定第二日正午，履行条件。

到这天一清早，沙奉先带着两个联庄会护送代表，持旗下山，所有前次俘虏的爬虎摩托车也开上山去。双方在三官庙座谈一刻，听山下嘭的响了一声号炮，各哨卡完全撤退，两代表留在山上做质子。沙奉先陪着田音司博士，由司机王二，开驶一辆摩托车，先行下山巡着。果然山脚下，空荡荡四顾无人，只山口有十数个徒手团丁站着。巡视一周，开车回山。其时考古团，已将车辆行装预备好，又出二十元代价，向联庄会借了些粮食饮料。天到正午，嘭然又一响，六辆摩托车，十四个考古团员，和三个联庄会护送代表，从山上缓缓开下来。摩托车鱼贯而行，每两辆为一拨，每拨相隔十数丈，竟平安到达山脚平原。各团员尚忐忑不安，个个东张西望，却喜无事，便一直的开向西北去了，出境五十里，到预定地点，遂将护送代表释放下车，自有联庄会派来的人接待回村。

联庄会护送代表回村之后，不亚如从虎口逃出一般。大家提心吊胆，等候官军。一转眼几天，却毫无动静，不由疑虑起来。忽然接到省城探信代表何子良一封长信，也是派专差送来的。内说联庄会围困在三官庙孤峰的洋人，已然脱出一名，来省城动起交涉。闻官厅不大信，打算派专员先来调查，再设法排解。经代表在省先期下手，将底细预透给官厅，辗转托人，已烦好部署秘书长的人情，他已禀告长官，决定大事化小，小事化无，大约我们不会过于吃亏的。预料最后教我们解围，再拿几个钱就算完。又说内中情节，颇有曲折，请询专差便知，又道代表各人在省，系借住在至友家中，日用花银很省。前带来五百数十元，共用了八九十元，拟以余款提四百元办礼物，酬谢秘书长云云。联庄会各会首，一看大诧，这封信与前函，竟前言不对后语，到底官府动兵武力压迫，还是派员来和平调解，语出两歧，大是可怪。东新庄会首拍案道："我们受骗了。"大家还不很相信。

不料又过了两三天，省城代表何子良，竟陪同交涉署科长，省署秘书，带着五十多护送官兵，一路前来。双方一问，果然动兵之议，只有人这么拟议过。当局怕激变民心，不取照办。考古团倒确是在省很捣麻烦，提出种种要求，官府因该团既已出围，一切诬蔑之词可不辩自白，联庄会这才确信当真受骗了。却是竟由此放走团员，倒于交涉前途有利；故此损失数百元，也就算值得。官府人员在村中住了几天，由会公宴数次，便将议和书找了几份副本，交涉员们又写了报告书的底稿，连同前本，一齐拿回省去销差，一场纠纷暂算了结。

考古团虽已出险，却死了两个团员，受伤的也有三四个，西籍团员很不甘心。多亏赵通事再三开导，说一办交涉，便误了正事。况民团也伤了不少人，又立下条件，就交涉未必便胜利。田音司这才在领署先备下案，以为将来动交涉的根据。然后会齐全体人员，起程径赴金沙寨。一路却喜无阻，不数日到达金沙寨十数里的一座小市镇。考古团做了许多好像考古团的工作，直经过两三个星期，才全体开车到金沙寨。到寨觅寓之后，旋即背着赵通事、司机王二等人，开始秘密活动。

原来这金沙寨是有名出金矿之区，一带荒凉，累年开拓，渐渐人烟稠密，比起避暑山庄也差不多，却是地点偏僻，外国人很少见。田音司等每次出外，屁股后必跟着一伙小孩子大人吵着叫毛子、洋鬼子。田音司几个西籍团员，便以此为理由，化装穿起中国人衣服。那鲁明夷此行也想合谋发大财；不料田音司用种种方法，逼得他只在寓内看行李。那边赵通事，看见西籍团员，带着粮食、铁锹、军火种种用具，各人又背着一大背包，里面还装着别的东西，乘着两辆汽车，自行开驶出去，又在黄昏以后，不带一个华人，赵通事便早已料透情弊，却也故作不理会，乘夜会着司机王二等四人，找到僻地密议良久。

约挨到三更后，倏有一条黑影赶来，相距不远，击掌悄然道："粉骷髅。"赵通事忙道："都。"那人便一直过来。此人正是粉骷髅青衫党首领胡鲁，所有报假信送出众团员，骗取联庄会五百元，全是他一人的策划，他不顾考古团半途破坏，还想借洋人成就自己的事哩。当下归座，细问赵通事五人所得的消息（这五人不消说，全是他的部下化装来的）。赵通事慌忙取出一小册，遂念诵道："私测金两处，一在某地某处，约计经纬度若干度若干分秒，估计产量若干。一在某地某处，约计经纬度若干度，估计产量若干。私测煤矿五处，地在某处，产量若干，和测绘地图草本，计一百四十七幅。又关津险要地带形势，摄影共一千八十六幅。最大目的，为七只手的宝窟，已被此辈访得。古乌桓国王冠重器，已出土者也得有下落。"草草念罢，交给首领胡鲁。

胡鲁将副本留下，对五人说："七只手的身世，和他的遗产估计，我也探出来了。狗头金的下落，也打听着一点底细；只是七只手窖藏贼物，早预绘有一幅秘密地图，这图乍看决不会明白，必须拿他同时写出的那一页说明，两相对照，才能明白，我们如要开窟得宝，必预将这说明书也弄到手，然后才能按图索骥，手到擒来。如今我们既然探明这原图尚未出现，这原图的副本已被考古团田音司计出重价买得到手；只是他并没有得着说明书，若一味看图觅地，在那地方瞎掘，我料他这辈子也掘不着。但是此图的说明书，除原本一册，截至现时，尚未闻发现；此外，听说尚有三个副本，内中两个正确，另外一个中有讹错。这最正确的第一本，是七只手生前自制以防正本万一遗失的。第二本却是七只手的副手偷誊下来的。如今这两本副本，据北方分窟走盘的同线人报告，说是前者已经流落到蒙古王公手内，曾秘密出卖，后来不知结果如何了。后者听说已经流落上海，被某西商骗去，也恐一时没法查找。惟一的办法，只有找那第三本副本，闻这副本，是七只手的情人所摹，现在他的情妇，已经被刺身死，据官方发表侦查报告，看那举动，也像是七只手生前的同党所为。却是七只手的情妇，虽以身殉，这说明书的副本，到底还未被同党抢去。怎么见得呢，原来这情妇身中四刀和两枪弹裂脑洞腹死后，她的住房便闲下来了，没人敢住。后来经房东大加修饰，又闲了半年，才有人租赁，但已改为货栈了。这家货栈是西商经营的，当然不深知前情，于是几个月中一连有五次在夜间闹贼，贼的手法非常超脱，曾将货栈翻江倒海搜检了四遍，末了还出了一条人命。难为货栈埋伏下兵警，一个贼也没拿着。最后想是没有搜出甚么来，所以七只手的同党，心还不死，又到情妇的墓地上捣乱。她的尸身早已入棺埋葬，这伙贼也不知有几个，不久以前，又偷掘坟墓，开棺剖尸，大翻两过。直过了好几天，才有人看见，坟裂棺开，棺旁还有一具无名男尸，背后有深深的一道刀伤，颈下还有小刀勒伤，喉管已断。据检察官验得，是中伤立毙，不像械斗，却很像是被暗中袭击的。”

首领说至此，赵通事插言说：“那么这说明书第三副本，现在何处?”首领道：“这就是我们所当努力的地方了。我已经多方设计，大概不出一星期，便得回音。现在我要交代你们五人的，就是这一件事。你们必须明里暗里，留神调查田音司数人的举动，万一他们居然得图又得书，并且毫无阻碍，到达七只手窟赃之处；当那时，我们便无须另起炉灶，只趁火打劫，给他来一下，岂不省些气力。”首领吩咐已罢，又问了些事情；看时候过四更，天将破晓，众人打一照会，纷纷散去，各自分头做事。

考古团田音司等，已探明北边大盗七只手埋赃的地点，是在金沙寨乱山中，虽得到秘密地图，却没有副本暗码的说明。经极力搜寻，知道努梁巴鲁台盟，东四旗蒙古王公索勒古手中确有一本；设法出重价明买暗窃，迄未到手。最近才贿买王公近侍，偷描了一本，又费了日夜之力，译对出来。这才偕同退职武官森德，西籍团员恺斯、约翰、马考司数人，乘夜开驶两辆汽车，前往寻掘。

第十三章

妙手劫行车恃才殒命
金坟埋奇宝贻祸贪人

距今二十年前，峰北忽发生劫车事件。此贼单人匹马，来去莫测。或明抢，或暗盗，或巧骗智取，不一而足。作案累累，玩弄警探小儿；百计缉捕，未能落网。后经步军统领衙门，会同警厅，秘派著名捕快侦探，发给海捕文书，不限归案日期，命他们尽力暗踩。直费了两个年头的工夫，才探出此人外号叫七只手，本姓关单名杨，他的落脚处，却没有捞着。原因他手下只有三个副贼和几个小贼。这副贼都是多年同犯，才能和他会面。像小跑专管采探油水的，只能和副贼接洽，连七只手的姓名模样都不晓得。并且就是与副贼聚会，也是单个儿先期预定地点，从来没有准地方；他又不常作案，一作就是过万，直到事情冷下来他再作。他又不与各埠地头蛇交往，所以很不容易捉他。

直到五年前，七只手又出来作案，不幸在交际明星梅四姑娘家，露出点马脚。当时包围他，卒被兔脱。他若稍稍敛迹，也不致陷于死地。不想他过于胆大，太蔑视官人了。七只手三绕两绕，将官警抛开之后，竟上了津浦车，中途又去抢劫银行。赃虽到手，他的面貌，已被官警识得，直追到济南，将他包围。军警围满火车站，喝命举好手。好个七只手，他果然双手会开枪，联珠弹一般，将军警打退。他一跃下车，夺路待逃；因一时恋赃，致被一个二十多岁的侦缉兵舍命抱住，喊一声：“快捉住了！”军警一拥上，七只手左手一枪，打中抱他的侦缉兵，右手一枪，打中开先上前的警兵，已经挣脱身子来。军警大惊，喊一声，噼噼啪啪，快枪手将盒子炮一阵乱打，把七只手和那抱他的侦缉兵，一齐打死。七只手既死，他的遗赃，遂埋没在尘寰，大为野心人所注意。在其间居心掘藏盗宝的人，不知有多少牺牲了生命，仍是一无所得。

大盗七只手关杨，恋赃戕生，他的旧存遗赃究有多少？现在何处？转落谁手？一时都没人晓得。官方曾从七只手尸身上搜出一张皮纸，夹在一本小册中，已被枪弹打穿一洞，弹击焦痕颇大。小册上颇有些记载，富户豪家的姓名、住址和住屋建筑形式，多有记录；并有一些日期地点，下列着密码暗号。那张羊皮纸，上面画着浅蓝色圆形，三个箭尖直指三处黑点，可已烧焦了一大块，却又透出紫色。经官方交给专家鉴参寻考，猜想日期地点必然指的是作案得赃的时地，赃名数全是隐号。于是又经熟悉盗案的人，两相参究。验明上海富商著名大流氓的二小姐，曾于其地跳舞会中，失去珠项圈一个；而这地点日期恰和七只手小册中所记的一条相合。从此推测，珠项圈一物，乃是用川柳二字代表，正是不解他的用意。下面还有几个暗语，据专家说，大概是记载赃物如何销放的。计有私存己手，摊给副贼，价卖，赠送几项。头一项暗号最多，却画着箭尖和口字品字暗号。官方难寻究，总弄不清，也就无形搁置了。

不想此册没入官之后，忽然赃库失火被盗，别的没丢，单单此册失落。经严缉纵火凶手，才知库吏受了一个时髦的男子贿买，犯了监守自盗的罪名，那七只手的小册和羊皮纸，已经交给那时髦男子。那时髦男子却又石沉大海，没处捞摸，这才觉得小册皮纸必然记载着重大秘密，不然贼人决不肯出二千四百元代价，买动库吏。侦缉队为此事提起兴趣悬赏采访，忙了些时，一点头绪也没有，只得又无形搁下。

不想时隔不久，北京城里，忽发现一件凶杀案。在打磨厂一家旅馆内，有一姓吕的旅客，逐日昼出夜入，锁着房门；忽一日房门逾时未开，经人拨开门户看时，这旅客已不知被谁刺死了，横尸地上，肋中一刀，却夜间谁也没听见惊吵呼救声；再看屋中物行囊，搜得天翻地覆也不知丢了甚么，现钱却有三百数十元，好像分文未动。经警厅法院，将尸体拍摄出照片来招认尸主，刚刚分布了两三天，便有几个不尴不尬的客人，到这肇事的旅馆投宿，都转着弯子探听凶杀情形，那侦缉长忽然灵机一动，密遣警探掩捕，结果一扑一个空。那侦缉长忽然灵机又一动，拿这死人照片，去到监狱质证，那个监守盗册，受贿被押的库吏，果认出此人，就是与贿买他的那个时髦男子同来的一个长衫朋友。却不是姓吕，那时候也说他姓杨。

侦缉长忙又从这条线索悉心稽究，正在茫然无从入手的时候，上海方面，有一家西文报纸登载一长篇记载：标着《北方大盗七只手的遗赃》的题目；还有几方照片，内中就有狗头金、乌桓国王冠等摄影。这文字忽然登报，官方测不出作者是谁，也不知他的用意。哪晓得此稿是七只手生前同党副手所投，他颇知七只手埋赃的秘密，就是不晓得准确地点。他已经得到秘图，却没有说明书，为此登出论文来，要掀动散往各处的余党，好设法将书弄到手，便去掘发秘藏。

起初他这个同党也还不知秘图的下落，自从七只手的情妇被刺，跟着七只手的小册羊皮纸出现，跟着打磨厂旅客遭暗杀，这些消息传播后，局外人自不理会，七只手散在南方的同党，却个个红了眼，无不苦心焦思，设法根寻，却不料秘图副本和一份说明书的抄本，已被田音司等辗转出重价购得到手。

这边田音司以考古团名义，赴北口访掘，那边七只手余党，也你倾我陷，此争彼夺，为了那图本，死了好几条人命，结果才有一全份秘图和说明书，落到南方贼党手里。另有一份真图，落到北方七只手余党手里，却没有说明书，七只手的情妇，却另有一全份。七只手死后这女人和他的本夫，同他的内弟，曾经设法寻掘，临动身那天，在家中被刺死，进来暴客五人，大搜之下，竟没将秘图寻着。五贼还不死心，才又盗棺发掘，到底也没寻着，此全份图本，从此没有下落。

等到田音司集团自沪出发北上，南方盗党四人，秘携全份图本，也乔装北上，出口盗掘，北方七只手余党两人，拿着一本真图，一面计寻说明书，一面潜赴金沙寨，前往试掘，同时粉骷髅青衫党，也一齐动员，派出七八名能干手，化装做汽车司机和通事，随考古团出发；另由首领胡鲁带六名副手，从旁暗助。并且北方分窟又协派十余人，在暗中监视七只手同党和南方盗党，预备他们三方面，只要有一方先行得手，青衫党便乘机转盗，觉得如此办，最为省力。正是螳螂捕蝉，黄雀在后。那北京探长邵剑平，为了种种大案，也带着二十多干探，由北京密云跟踪下来。这一番明争暗斗，势不可免。

七只手的所积遗赃，究有多少，这连七只手的情妇和他的余党，也都不知道详细。就是七只手生前，也只估计着约值二百万至三百七十万罢了，确数没有人能断定。原因他所盗窃的现钞和有价的金饰，多随手花用了。惟珍玩古器美术品，最出名的像那狗头金、古乌桓国王玉玺和冠带等物，还有唐人书画、古鼎、唐美瓷，都是他二十年来陆续偷骗来的；一者等候善价，舍不得轻易出手；二者怕重宝出售在国内，容易透露风声；三者他也很有古董癖，便都埋藏在两个地方，自己常去把玩，碰巧了才卖给西商。他又为防止转掘，择地甚僻，窟藏甚秘，并特绘两图以备遗忘。当日哄传流落在外的秘图，只是藏宝最多的一个秘窟，那一个秘窟的地图，只有青衫党知其下落，却还不能想算到手。

有人疑问，七只手是怎样一个飞贼？他如何专偷这些东西，难道一个走黑道的人，竟会天生高眼，能赏识古董不成？却不知七只手的出身，正是个古董行家，古瓷铜旧书画，都能鉴别。原来七只手姓关名杨，乃是热河承德人；他自幼孤零，父亲早故，随娘改嫁，流落到北京这个古董商人家。这古董商，姓杨名四杞，并不是有大资本的行商，也不是大掌柜，只是个专跑古董会的腿子。他眼光是高的，手头却窘。所以在一家著名古董店博古斋内，当一个跑外的伙计；人既能干，所得劳金很丰。就替博古斋看货估价，也有西商和北京旗籍旧阀，委托他收购和出卖的事务；又颇懂几句洋话，在北京古董商这一行业里，杨四杞颇负着善拉洋客的名头。后来杨四杞病殁，以一个古董铺伙遗下资产，竟达四万余金，可见他是个能手。但杨四杞的长子，为人更能干，当他爹盖棺下葬之后，使个方法，便将继母关氏母子赶逐出来。关杨年甫十六，却有志气，就奉母搬出杨家，自立门户，遂复关字本姓，却单名一个杨字，无非纪念后父杨四杞十年养育之恩。

关杨奉侍老母，自求生路，好容易找到一家小古董肆学习生意。因为他家贫，又不是正当学徒出身，在肆中地位很坏，同伙都另眼看待他，如此四年。他为人利口善辩，虽已出师，却得罪不少人。忽一日铺中失盗，疑来疑去，疑到他身上，接连又失窃两次，所失有限。铺中却七嘴八舌务要根究。过了半个月，掌柜竟托词将关杨和另外一个伙计，一齐辞退。理由虽是说："生意清淡，用不开这些人。"却是那个伙计手不稳脚不稳的话，已经传播开；关杨既与他同退，也洗不干净。索性北京别家古董肆，没有一家敢用他俩的了。

关杨失业落魄，逼得他别无生路，只得自摆古董摊，胡乱糊口。经过一年有余，因他性情豪纵，颇能识货，敢冒险出重价，其间也不免上当，却月月结算起来，颇能赚几个钱，用来养活他寡母和他自身。当此时他已染上嫖赌嗜好，为人越觉狂放，但是用钱待人上，是很慷慨的，也交结几个朋友。不想他老娘转年患病谢世，医药丧葬，耗费甚多。死者入土之后，生者已四壁如洗。关杨年已二十二岁，不得已折变家具，凑合少许资本，改摆了一座小小破烂摊；也不时担筐出外，收买破铜烂铁。他性好花钱，手头太窘，一来二去，觉得这正经营业，赚到的钱抵不过借来的印子钱。

那时京城尚属繁华，街面上小窃扒手很多。偷来赃物，不敢进市上，自然只找熟识的小古董摊，一文不值半文，就变卖了。关杨起初循规知法，不敢收买贼赃；乃因一时失眼，误买了豪家奴仆偷卖的一件古玩，不幸抓到官厅，追余赃交原犯，颇受牵连。关杨少年气盛，这一懊恼大病多日，生活越发支持不得，便一发恨想道："真没有好人过的日子。"至此立反常态，有那小绺扒手偷来的东西，他公然出廉价收买，有的修饰一下，立刻卖出。有的存在家中，过些日子，再变方法卖给外国人。这一来果然很赚钱，那小偷操业虽卑劣，内中也有性情慷慨的，彼此时常交易买卖，便与关杨有了朋友交情，耳濡目染，偷窃的诀窍，也渐渐瞒不了关杨。

有一个小窃笑劝关杨改业，并说这年头儿，明抢暗夺，都是偷饭的人，谁也别笑谁。老弟眼神手法都很灵活，若果出马，胜似老将。关杨听了，含笑不答，照常收买贼赃，赚钱不少，如此多时，难免出岔。

有一次关杨险些打了窝主官司，经倾家败产打点，才得脱出罪名，却已为官人所注目。几个缉探人员，不时找他要花销，逼得关杨不发邪财简直不行了，关杨一怒，当真他吃了这碗饭。那时他才二十四岁，起初由一个惯窃领他走了几趟，随后便是自己动手，做了几套华丽的衣服，化装改扮，掩去本来面目，不时出没于商场庙会中。他为人灵活，手法颇高，并将寓所搬到东城，单人独马，大做绺窃诳骗的营生。

如此多时，有一次犯了案，官人早就知道他，这回将他私刑拷打，榨取他的油水。他越发怨恨，在狱中与一伙徒刑罪犯，习艺作工，有时与难友互诉冤苦。彼此各叙犯罪缘由，内中有的因贫赖债，有的穷极诈财，有的偷窃夺骗，大抵是生活压迫或被势家所摧。内有两个犯人发着牢骚，将社会上黑幕和那种的组织不良，以及那大鱼吃小鱼，小鱼吃虾米，虾米吃滋泥的说法，滔滔不绝向年轻难友讲说，这两个人惯用冷峭的口吻，单择那上下层不堪形容的事，拿来比拟着说，说得少年人忿忿不平才罢。关杨性本激越，饱受这等感化教育，又有事实摆在那里，因此更激成一种怜贫妒富蔑法抗官的态度。出狱后在北京不能立足，一气跑到天津。

那时天津已有电车，电车和百货商场游艺场，是小绺活动的最好地方。关杨在隐僻之区租间小房寓居，昼伏夜出，大肆活动。但是绺窃偷行路人，所得也就有限，大阔人是捞不上的，他花销又很大。并且遇见穷邻居有难事，他不惜倾囊施助，因此必须天天出手，并没有许多存项。这一日当秋末，关杨穿马褂长袍，带手杖，手提皮包，到一家影院观影片。临散施展出手法，饱攫而出，跃上电车，又在车上绺窃了一只皮夹和一只银表，方欣欣然到站下车，打算回家，猛回头后面有一位年约四十多岁的绅士，亦步亦趋，缀下他来。也是关杨一时大意，只当做偶然同行，置之不问，他自己还是行所无事，往前行走。

转过电车站，到一路隅，恰是一家医院正门，围着许多的人，不知为了何事。关杨心想，人群中更好行事，便挨上来，假做看热闹，暗揣肥客，要乘机探囊，却见核心一个四十多岁短衣男子，由一个中年妇人搀扶，在医院门口打腻。原来这男子是个穷汉，拉车为生，不幸撞了汽车，碰坏左眼，因失于调治，创口溃烂，毒菌蔓延到内部，以致左眼失明。右眼也昏花不能见物，头脑也痛烈如劈，直到病象险恶万分，实在忍受不得，才打听医院诊治。医院中人验视说：毒侵入脑，非施手段割治不可，否则不但伤明，而且伤命。但割瞳孔必须住院一星期以上，将患者的头搁在硬枕上，仰卧不动，饮食便溺事事需人，若是病人一动弹，瞳孔内水晶液体必然流走，结果是变成盲人。那车夫听了一愣，便问不割治只上药行不行？次问割后不住院，或住院一两天，就能好不？又说，我没有钱。医院见他可悯，便答应减收半价，麻药不收费，眼药手术费减半，后又答应住院膳费减半。这车夫依然迟疑，说担负不起，暗地疑心医生是吓吓他，他又愁着自己住院，一家五口怎么过。医生劝说再三，后来就摇头不语，只说随你便。车夫想了半晌又问道：“先生，不割生命有危害吗？”接着又问道：“割治后能保双目复明么？您想，我老婆孩子五口，全指着我一个人。”惹得医生不耐烦起来，因贫免收药费是可以的，乃至减收膳费也可以的，任何公家医院，决没有代养病人家眷的。医生对车夫说，快打主意，治就是割，不治出去。车夫道：“先生，割了以后，不至于更瞎了吧？”医生一拍桌子发怒道：“没告诉你说么，割了眼，只保性命，不保重明；也有割好了的，也有割坏倒瞎了的，不治就出去。”

原来医院本来担保他割后左眼通光，右眼如旧。他越问越麻烦，越左瞻右顾，又要治病救命，又要养家吃饭，惹得医院看护，将他扶出来。他一看这样，又想着还是治好，站在医院门前不走。一群病人一群行人围着他，相劝他责备他说：“比如你毒入脑部，一口气死了，你还顾得了家么，留得青山在，不怕没柴烧。穷人没法子，只好狠一狠心，只当你死了。”又一人说：“现在你是治病保命要紧，老婆孩子暂且丢开不管吧。”车夫却又哭着说：“小的才十个月，还有四岁的，七岁的两口，最大的才十一岁，拖累得他妈也出不去门，全指我一人，我养得起病么？一住七天准得全饿死。”说着掉泪。他那妇人挽着他，低着头也不代丈夫设主意，只悄然说：“你治吧，我们饿不死。”说完话只是发愣，原来她已经四五顿没吃饭了。那围观的一伙人，七言八语，有的劝车夫忍痛暂抛妻子，有的自述割眼的仰卧七天困难的经验，车夫夫妇依然犹豫不决，医院夫役又出来发话，不教挡着道。

关杨在人群中，只顾揣摩客人肥瘦，初不理会。后听闲人们嘲笑车夫没主意，眼看要死，他还恋着妻子。关杨这才注意，心想这小子必是个恋家鬼。便分开众人，挨到车夫身旁，一看他那左眼，全部眼睑溃烂，眼球外翻，赤红如血，从里淌出脓血来，大半边脸都肿了，右眼皮已裂开，浓水凝住睁不开眼，面目黑瘦，已无人形。又看其妻，也面貌枯黄，问起来才知左眼碰坏二十多天了，若是早治，这样硬伤，眼珠没流，也不过连日敷药两次，六七天便可痊愈。挨到这时，非割开不可；并且再不能耽误，否则必然丧明废命，真是伤心惨目之至。

关杨不忍，略一寻思，便掏出皮夹，将车夫领到医院，与医师客气了一阵，所有医药费全免收，膳费减半，由关杨捐助，先付五元，不足之数，明天补送。关杨又拿出六元钞票，九张角票，交给车夫之妻，说你们五口，节省着过，大约也够一星期用度吧。车夫夫妻喜出望外，连忙叩谢，并说："这有七块多钱，足够半月嚼谷哩。"高高兴兴到眼科手术室割治去了。

关杨做了这件事，心中痛快，出离医院，又到别处热闹场行窃，连做了几手，这才罢手，走进一家酒楼，吃了晚饭，雇车回目的地。原来他平日雇车，从不直抵家门，约距里门老远，他就下来，再步行踱进去。这次也照例下车，缓缓绕着小胡同，走了一圈，然后前后四顾，见无可异；正要举步进寓，就在这一回顾时间，忽见那中年绅士驱车赶到里门，向这边一望，也一跃下来。关杨心中有病，不觉怦然一动，忙震慑心神，慢慢走着，那中年绅士也慢慢走着来，关杨不敢进寓所；顺步走到前边胡同里去。那个绅士居然缓缓走过来，到一民宅前，忽然驻足观望。关杨偷眼看时，整整是他自己寓所。只见绅士端详一回，也走到这边胡同来，和关杨不即不离，紧紧缀着。关杨大惊，急急踱步出巷，东钻西绕，一阵乱窜，满想将绅士抛开，哪知猛回头正在身后，竟抛不掉。并且直冲着关杨这边笑，关杨越心慌，便打算抛赃往租界跑，逐步走几步，到一僻静胡同，刚刚探手衣底，不想那绅士赶过来，已经开口，先笑了笑说："朋友留步。"关杨顺着他眼光一看，四处无人，当然是对自己说话了，扭头装不懂就要走开。那绅士抢行数步，大声说："前面走的朋友，别忙，我有话。"关杨急将胆气一壮，沉着回答："做甚么"？绅士一笑："朋友不要诧异，我有话说，刚才看你救那车夫，很佩服，就是阁下在热闹场施展的手法，我也很佩服，我有几句话对你说，您别多疑，最好拿我当自己人，保没差错。"说罢一握关杨的手道："来，咱们到这里谈谈。"关杨不由己的跟了过去。

三转两绕，到一门前止步。关杨抬头看，正是自己的寓所。不晓得那个绅士怎么就能知道，心想一定要遭事。只见那绅士，一举手让关杨前行叩门，一直到关杨寓所落座。

关杨惶惑，幸他胆气素豪，便问："先生你我并不相识，你找我有甚么话说？"那绅士看了看屋中铺陈，含笑不答，却劈头问道："你做这生意几年了？"关杨故作不懂道："我从十几岁就学上古董行……"绅士失笑道："我不是问那个，我问这个。"说着将自己的马褂夹袍一撩，关杨注目一看，恍然大悟，这才放心。却又纳闷道："原来是老前辈，因何识得在下？"绅士道："且听我说，我适才见你的手法倒也利落，就只差一点火候，还不能暗中揣摩肥瘦。老实说，这种白日鼠行业也太没意思。刚才我见你做事很慷慨，必是个血性人，迫不得已操这行业，我打算传你一点别的艺业。不过，我不能白传给你，你艺成之后，必须帮助我做一件事。"关杨至此，大放怀抱，便请教绅士的姓名年贯操业，绅士都略略说了。

关杨这才晓得，这个绅士，乃是关东大盗，也是小窃出身，却善使火器，在关外做了许多年无本生涯，后因同党火拼，被官兵剿办，有人猜疑是他告密卖友，余党大怒，便要一搜二审三公决。他负气不理，上了吉林。同党便宣告他该处死刑，暗遣刺客，要杀他灭口。这老人生性强梁，欲辩无从。他焉肯束手待戮，竟将刺客弄杀一个，这才化装逃难。初到沈阳，险些被捕。又逃到秦皇岛，渡海过山东，总有人跟缀。他这才到天津，改做偷骗营生，聊以糊口，不想他的仇人又要陷害他。他的继室之妻，潜藏乡间，竟被仇人击死，还留下恫吓书。老人痛恨已极，竟欲邀助，雪此前仇。费了许多工夫，物色绝人，数月来他潜缀关杨多次，认为关杨手法敏捷，人性慷慨，是后起之秀，可造之才。这才登门相访，吐露真情。关杨惊喜过望，便拜老人为师，从此两人日夕盘桓。关杨学会了使火器，双手能开枪；又学会了做造文契，及模仿各地方言，又学会夜行术。但他年已二十多岁，只能学到轻身功夫，穿房越脊之能，非童工不可。所以关杨对于这手艺业，觉得差池些。

关杨本会假造古董，自与老人盘桓六年，胆气越大，手法越高，六年后竟不再做市窃，乃改做穿窬穴壁。又渐渐由暗窃，改做单人双枪，劫夺行人，专在火车上做买卖。那时他早已帮助老人，报了旧仇，他成了老人最得意弟子，这是以前的话了。那关杨有如此身世，有如此遇合，既练成识货的眼，又学会盗货之能，所以后来作案，都是盈千累万。到他四十七岁上，既广积盗赃，依理应该洗手；他却仿佛有贼癖似的，偶遇到过路财神，不禁跃跃欲试。这次仍贪不知正，竟在济南车站丧生。可怜他数百万遗赃，埋没荒山，没人享受。这才引起中外野心的人，纷纷觅图探险；各聚徒党，设计盗掘。

两人所组考古团，那一日在上海寻得秘图，纠合人众，以考查为名，北上赴热河。一来查勘埋赃之所，二来访求秘图说明书，费了九牛二虎之力，才在内蒙盟旗王公手中，弄得一份说明副本。然后由田音司率四个洋员，乘两辆汽车，前往盗掘。华籍团员，自鲁明夷以下都被抛在金沙寨客舍里。这日正是夏末秋初，天气凉爽，田音司四人，自开汽车，径赴金沙寨北境一座荒山里。此处四顾荒凉，渺无人迹，长林丰草，秋风刮得簌簌惊人。田音司将爬虎车停在林中，取出带来的食物，饱餐一顿；然后打开秘图和说明，细细勘对。

原来这金沙寨本是古乌桓国的最古时候的国都南郊，到了汉末三分时代，乌桓国势力膨胀，才迁都到避暑山庄。魏武帝北征乌桓，就是出古北口，打到承德附近而止，并没到过金沙寨。金沙寨既在近年发现金矿，便有人投资发掘矿产，计打了两座矿穴。却不料这一发掘恰好正发掘着乌桓国故都废墟，起出重二十五斤的一块赤金，情形如狗头，就叫做狗头金，乃是难得之宝。当时矿夫隐匿不交，费尽心思，将此金埋于沙底，乘隙盗出，藏在一棵大树丫杈上；丫杈中心有一孔洞，他把狗头金安放在内。几年工夫，此金嵌在树枝上，矿夫伐树做成大头手杖一条，正想盗走，不知怎么被人查出，矿夫因此废命，教厂主给活埋了，手杖落在厂主之手。旋又掘出乌桓国王冕国玺等古器。事为关杨探悉，他便施展手法，一股脑儿盗来，藏在金沙寨北境荒山中。这座荒山山麓，其实就是古乌桓国的夏宫；虽被风沙湮没，乱草覆盖，却遗墟尚在。

那乌桓国虽是游牧民族，但一个国王的夏宫，自然也仿汉族建造大厦，由荒山山麓，上达山顶，全是乌桓王避暑之地。在当初都是用大石巨木，建筑了许多不伦不类的房舍堡砦，又借自然之势，在山半加建石堂隧道。后来乌桓国势伸张，趁中原多故，举兵南侵，汉族向来不注重边防，便被他得寸进尺，得步进步，直侵占到古北口密云县境，就在承德，另建国都。金沙寨荒山，日久渐废。后来魏武帝北征，才将乌桓国威焰挫下去，却是热河承德，从前成为华夷瓯脱地，那时便被乌桓占有了。沧海桑田，年深代远，承德繁华起来，金沙寨就荒废起来。直经过一二千年，清人在承德建造了避暑山庄，明为避暑，暗则震慑边区，承德更成为要区，金沙寨越没人提起，索性连地名也被人遗忘。至于乌桓国故国的夏宫，一二千年来早坍塌得没影儿了，乱草丛生，人烟绝迹，狐兔为巢，樵夫不到，如此多年。忽然发现金矿，这才又有人居，地名便改为金沙寨了。

却不知怎的，被关杨寻幽探胜，找到那座荒山的石洞隧道，沙积尘满，依稀可辨。关杨大喜，自费了将四个月的工夫，细细搜寻，竟于山半找着绝大一座石室，这石室有两条暗隧，一条后道，隧道绕山半中，下通山根，后道于断崖峭壁中间，迤逦而上，直达山顶，山顶另有眺望高台，却已坍坏。关杨苦心焦思，用方法购运大批石木工料，卸在金沙寨北境，另雇车马转运到山后二十里外。隔了半年，另诳来山东工匠农民多人，许以重金，责以守秘，将工料运到山前，遂把石室地道重加改建。改建已毕，将工匠农民，运送回籍，连地名方向，都没教他们知道。又隔了数年，关杨便将私储财货悄悄运来，保藏在地室内。只是他并不懂得装置机关的制作方法，也无非寻个僻秘地点，严密窖藏起来了。又过了几年，他的盗赃渐富，遂出重金新修造了，加安铁闸铁门，另有机关枪一架，以备不测。凡此布置都是关杨和他老师那个关东大盗，及两个同门，七只手自行布置的。就是埋赃的计划也是他老师出的主意。最初动机，原为避仇，随后将仇人剪除，便用为藏赃和避官人耳目之所。那里面收贮的财物珍玩，还有一半是他老师平生掳掠所得的东西呢。他们师徒四人复仇之后，原说在此隐居，后因采办食粮不便，每年只在夏季，到此避暑。

后来临到关杨三十九岁的时候，他那老师的仇人，有个侄子，已然长大，奉他伯母临殁的遗嘱，对灵牌起誓复仇，冤冤相报。费了六七年的工夫，潜寻他那老师关东大盗的下落，一日恰巧遇见一个盲目的老头儿，正是旧日同伙响马；又恰与关东大盗，为分赃不匀结下私仇，便一五一十将实底告诉了那个侄儿，又把关东大盗数人同摄的照片寻出。这小伙子得到仇家的照片，便苦心思虑，设计寻索，于是关东大盗，有一日策马闲游郊外，两人狭路相逢，出其不意，被一枪打落马来。关东大盗年已老大，痛不可支，但还能暗暗掏出手枪，这时那人又放了一枪，打中下部。那人断定仇家必死，便从林后跑来，打算对脑海再打几枪，以解心头之恨。不防正一俯身，老头儿在血泊中，抬起腕砰然一枪，火光四射，那侄儿狂吼一声，扑地栽倒，整整斜十字躺在关东大盗胸肚上。两人热血迸溅，也分不出哪是仇人血，哪是自己血，关东大盗伤在背部和腿根共两处，这复仇少年伤在面部，由面颊斜贯口腔，直穿后颈而过，全是致命伤。那少年挣扎着伸手去抓仇人，关东大盗何等勇健，无奈年高气衰，又流血过多，两只眼睑被抠出眼珠来。他狂喊一声，努力一挣，两手反搠仇人。恰巧捉住敌喉，两人在血泊中，打击，肉搏，流血，嘶气，对抓，对咬，那个侄儿狂张着嘴，满腔热血，满腹的话语，想要倾吐出来，却只有口难言。他很想大喊一声喝道："呔，仇人，你还记得十年前在关外，被你手刃的那个同伙么？我是他侄儿，我是他嫡亲侄儿，他的侄儿已经长大成人，要报仇雪恨，我我我现在，拼给你了，你要明白，你死在谁手里？"这么些话在他心中打转，努力想表白出来；无奈弹伤颈部，一张嘴血喷出来，只赚得长嘶怒喘，半晌说出"报仇"两个字。只见他抖了抖，血溢不止，瞪目绝气而死，满脸恨怒不释，两只手还紧抠着敌人手。这当儿，压在他尸身下的关杨恩师，那个关东大盗，早已伤重晕绝；两只手可还抓住仇人，这两个死对头，竟如此压持着同时毙命在郊野。

关杨的恩师既被仇人所杀，他的遗赃随后承袭在关杨和两个同门手里。他三人秉承亡师垂训，虽然分道扬镳，各干各人的营生，每次劫盗所得的货财，除现金之外，凡有稀世古物和不容易销售的，不能立时出手以防败露的，皆聚拢来，存贮在荒山地室。又过数年，关杨的两个同门，先后遭事殒命，大师哥是在长江轮船上，遇见仇敌，开枪威吓双方交战，失足落水淹死大江以内。二师哥在奉天富豪家，潜偷金票，却不晓得人家那只保险箱，有特别机关，被他弄坏暗锁，撬开箱盖，方低头探手去取箱中之物，不防触动暗簧，砰然大响，七粒子弹从箱中打出，他头盖碎了，胸头也穿了，登时殒命，死在保险箱之前。

二同门既死，只剩关杨一人，单人匹马，游荡江湖，作那无本生涯。他为人机警不过，不专做穿窬盗箧的买卖，也设局巧骗，也改制假古董，也收买古器，于看样时，巧为仿造，用托梁换柱法，骗取真物，门径很多，做法不限一端。以此所得赃物，倍胜于人。他手下不结同伴，却物色三个副手，专备行骗时“点验”；又用几个小跑，只管传通消息，跟访财神。临到设计动手，必定单人出马，再不结伙，以此保得住秘密。十年来创出个七只手的绰号，形容其比八臂哪吒，只少一手，可见他声名远震，不愧为北方大盗。

这七只手积赃万千，一一埋藏在金沙寨北荒地室内。直等金矿发现，才有人另起新名，因此山恰在金沙寨北，便称为北高山。关杨掘窖藏宝，绘图备忘，叫做聚米峰，地道叫做套龙穴，石室叫做鬼子窝，瞭望台叫做珍珠顶。乃至山中一峰一崖，山脚一冈一坡，他都私造下名称，测量了道里方向，然后绘成秘图，他自己一目了然，别人看了，就莫知所谓。这是他一番深计，预防他人勘破秘窖按图盗掘。关杨并在山野对面乱林中，觅得一棵古杨树，在树前埋一大青石，大青石上镌着双十字，算为秘图定方的标准。图中所写南北四至，全不是正南正北。乃是当年正午的时候，站在古杨树下，大青石山，双十字上半边脸对着太阳，眼光所望之处，算是正南方，脊背所向处，算正北方，左右手分东西，四面八方都是这样推算。至于道里尺寸，秘图上也是用的暗码，内中所记丈数，其实又一步五尺为单位，所记里数，其实是半里为起码。并且数目字，末尾若是单数，必多补一个零号，若是双数，必须补一个五字。所以那秘图虽明明记载着埋藏财货的方向和许多数字，却是照样发掘，必然一无所得，而且越出好几里地去，这都是关杨师徒二人想的方法。但是大青石所定方位，只指出地室暗户的所在，到了暗户之前，另有一块大石，上面也画着双十字，人再站在十字上，面对着瞭望台，画一直线，限要四丈九尺长，再在尽头处，画一纵横五尺的正方形，拿这方形四角，定了东西南北，然而按图索骥便可寻着一只铁箱，到地室中见铁箱中另有一图，这图才画着藏宝之所。凡此曲折，无非关杨师徒在世时，预备彼此互用以免遗忘。到后来七只手也被缉废命，秘图说明有一两份流落人间，引起各方觊觎。

考古团众按照着秘图，寻到金沙寨北高山的时候，七只手的余党早已先期赶到。原因考古团被民团围住的时候，余党已昼夜攒行赶到此间。他们一共凑合了四个人，乔装逃荒难民，围绕北高山搜寻，因没有得着正确的秘图本，果然错寻出五六里之外，乱掘起来，一无所得。那考古团田音司数人，将华籍团员丢在金沙寨店中，忙着先将秘图参透明白，这才会集西籍团员共五个人，分乘两辆车，直赴北高山。沿途村民，不曾见过洋人汽车，哗喧围观，直走出金沙寨矿区，到北高山附近。但见落叶黄沙，风景萧索，左近并无居民，更无蒙古游牧帐篷。田音司择一遮眼避风地点，将汽车停下，五个人先进饮食，次查勘地势。遂细按秘关，先寻大林，费了一整天的工夫，竟寻到大林侧面古杨树和大青石。五人大喜，如获异宝，共看图中说明，是："足登双十字，在晌午，日正高，半面照，望前峰，爬山直量三七二四零丈。"这数字的零便是多加的，真正读法，是顺山坡直量出三七二四步，便到距地道门不远的山腰中。五人立刻分配工作，田音司专司测量，两个团员分司眺望发掘，两个团员留守汽车。五个人乘夜出大林。到山间择一妥当地点，又避风，又可眺望四面的所在，将汽车停放，支起帐篷，大家轮流值夜。睡了一宵，夜半听见风吼叶摇之声，夹杂着野兽叫，大家提心吊胆，值夜持枪守望。忽见对山西面，有一团火光，好像有人放野火。却半晌不见火势旺大，大家提心吊胆，值夜团员纳闷良久，少时火灭，也就不理会了。

次晨齐起，先寻汲道，次进饮食，最后才收拾利落，外面做出测量矿产的模样，暗地就是按图索骥盗掘秘藏。先用望远镜向山下四面照看，远远看见荒草乱寨，一色碧黄，直望出方圆数十里外，恍惚不见人烟。田音司大放怀抱，遂按秘图寻找地道门，不想竟为秘图说明所误。图中符号道里，竟以步为丈，又单多加一零，田音司遂误将三万七千余步的距离，误认为三十七丈。一直岔出去，寻过山顶，来到后山半腰，看见一片荒草，不着人迹，一点也不像密藏财货之处。只得披蓁拂莽，一路乱寻，想觅着地道门就好办了。同时山脚下七只手的余党副贼，也在平地找搜寻索，错寻到平地一段土冈左近，用铁锹乱掘起来，也是毫无所得。

如此过了差不多一星期，双方两无头绪，各自焦灼起来。对于藏宝的事情和地点，不由都起了疑心，有些信不及了。田音司率团员退回古杨青石处，打算重新测量。将秘图再三展看，忽然于无意中，弄湿了一块，这是羊皮纸，虽坚实，着水受潮处，隐隐泛起紫色。退职武官灵机一动，急急取水。将羊皮纸潮湿，这才看见图旁有两行小字，却是华文。武官急交给田音司悉心译读，这两行字有残落字句，只见写着“丈应折半，双尾无零。单尾去五，开门见山，回身扣环”等语，田音司都不解所谓。原来田音司所得之图，确是真本，说明书却不是原件，乃是摹抄之件，中有脱误，所以不能寻得。至于七只手余党，只得着一本说明，并无秘图，只猜度着试掘，所以错得更厉害。

这日过午时分，田音司五人，在林中密议。五个人铺着洋毡，席地而坐，拿着秘图，细细研究，参详半晌，才将这丈应折半的语话悟会过来，只无零去五的话还不甚懂。末后还是田音司将图中数字全抄下来，逐一比较，见各数末尾一字不是零就是五，零前的数字必是二四六八；五前的数字必是一三五七九。这恍然大悟，说道：“我明白了。‘双尾无零’就是说，偶数末尾必加一零，这应该不算，奇数末尾必加一五，这也应该不算。”退职武官不了解中文歌诀省略语句的方法，还是不懂。田音司道：“现在天气尚不甚晚，我们就照这样试寻一下。”

说罢掏出时表一看，正指三点十七分。就教两个团员看守汽车，田音司三人连忙拿测量器和铁锤水瓶等物，重新量起，即由田音司站立青石双十字上，直量出三千七百余步，已到山坎。跟因正午与未时日光相差，方向便有些不对，约错出地室秘门室七八丈远。田音司往来察看试掘，只因七只手，戕生已久，地室多时没有开闭，在表面竟看不出一点形迹来。考古团五人轮流忙了四天，只寻着石壁石洞，仍不能发现秘密隧道。只得看着山形，对着图样，一路乱寻上去。

西籍团员内有一工程师，爬到山巅四望，忽出顶偏南，于自然平坦山的面上，突起一矮峰。忙用望远镜照看，类似人工所造，即招呼大家，直寻过去。见乱石堆高数丈，已生乱草，四面并无小道。三个人设法爬上去一看，才知道乱石围筑如墙，一座高台，似已颓坏。台为方形，台下面有一石阶直达台上，石阶高大，侧面用粗石砌成，石板尚新。那个工程师用建筑学的眼光观察，猜断这石台内部是空的，台阶侧面的整石，好像是由内外推的秘门，三个人因秘图中曾提到此台，便个个心头狂跃。一齐动手，想将此石弄下来，看看石台是不是中空，却是百般开挖，只弄不动。最后取铁锤拼命敲砸，唔的一声，石板破裂，立刻发现黑洞，呼呼的钻风。田音司往内探看，只觉阴湿之气扑鼻，忙用电棒照看，果见石台内部，俨然是一大石室，下有石道，曲折穿过这座小山峰。

团众大喜，即招呼留守汽车的人，只留一个小心看护车辆，那一个叫来把守石台门，三个人各拿着电棒，鼓勇从石台地道下去。原来这石台是瞭望台，他们没寻着山坎地室，却寻着山顶隧道。不想下去才走了数步，觉得里面阴湿气太大，并且隧道上下两壁，多有坍坏部分，看着岌岌可危，脚下浮尘尤多，差不多有数寸厚，里面呼呼隆隆响个不住。田音司等三人，在里面一步一步探着走，只恐顶上石落，并觉得空气沉闷，喘不出气来。约走入三四丈，便觉隧道盘曲斜下，仿佛绕山下行。到百丈以外，陡觉足下践踏的不是石阶，却是泥土，内部空气越发窒闷。两团员燃着四只电棒，背着铁锹等件；田音司握一只长手杖，一步一探，摸索道路。转了数道弯，脚下一软，践着很厚的烂泥，深没踝骨。三人匆匆并肩用电棒细照，前面黑乎乎好像已到尽头。田音司没法，取毡布等物包脚，直践泥地过去。原来迎面黑暗处，是从隧道顶坍下来的一堆岩石和泥土。想是上有空陷，所以淋下来，这一堆岩石土块，将隧道阻塞住了。三个人细看地道，别无出路，只得用力开道。

但地道难穿，仅仅能三个并肩而行，若挖土动身，甚是不便。只好两人动手。一个捻着电灯打亮。工作了半日，居然掘通一穴。三个人都憋得头晕，爬出来休息良久，重复动手。直掘了两三天夜，才刨出一深洞。三人爬过去，又走了数十丈，地道陡然宽敞，却又纵横穿着两条地道。三道交点，俨然是大地室，三人在地室休息。觉得空气较好些。只是耳畔尽轰轰的发响，未免心中害怕，恐怕闷死在里面，又端详这几条地道，暗的黑洞洞一望无边，眼看好像可爬上山去。察看良久，觉得横道风声较响，似乎必有出口，可见天日。三人便取秘图重加寻绎，决定一路搜寻过去。竟走了数百丈远，到了尽头处，乃是石殿石室数十间。工程师依建筑家的眼光，看出一大殿正门，有一层层台阶。台阶尽处，铁门紧闭，看形式应该通达外面。但此门倒关着，机关生锈，必然是久无人动。

三人商量着，费尽气力，将门打开。果然外面豁然通敞，日光照射，强烈之极。三人久闭地室，都睁不开眼。那秋天空气，也觉清砭爽骨。三个人出得地道，察看外面山形，原来此地正在山坎。他们从山脚古杨青石上，测量秘窖时，实实曾从此经过。只因隐藏在乱石之后一片丛草中，看看只是一座土堆，再想不到这是浮土微撮着，内部搭着木枝架子。将土木刨开，便露出铁门。如今算被田音司等一路误寻，由上至下倒掘出来。

三人大喜，又看着秘图，对铁门直走下去，穿地道，至交叉点，立在殿前石阶上，单箭所指，横行一百二十七步，便到秘窖，田音司八人歇息一回，重翻入地道，在宽窄不同，纵横排列三条地道的中心，果有大地室，却非三人适才走过的那一处。这一处石室更大，建筑广阔而高大，地面尘土也少，好像几年前打扫过。石室中心，有方丈一块大石案。石案一角，镌着双十字和一个小箭头。按秘图顶横行出去，田音司拿手杖，二团员且行且量。按电棒，依图寻探。计走出一百二十七步，刚刚到了，脚还未站稳，扑登一声，尘土飞扬，田音司叫道危险，直坠落下去。一百二十七步地点，竟是一大翻板，一大陷坑，人坠板阖，坑中满是石灰粉。却因年久，受了潮湿，结成软膏也似，沾身陷脚，弄得浑身都是白浆。翻板又已扣上，田音司在内大叫，两团员赶紧拧电棒照着。田音司在坑中，却喜也携有电棒，便往板顶照亮，从板隙透出一缕光线。两团员也大叫："不要害怕，我们设法。"先用大石将板顶起一缝，再用树枝支起，然后用绳索将田音司提上来。

三人商量，此处该是埋赃之所，如何只见翻板？计议一回，用树枝搭在板上，三人踱过去。不想地道很长，盘绕一回，却又折到地室前。考古团三人正自无计可施，忽然那建筑师灵机一动，问田音司："陷坑形式如何？"田音司道："我倒没看清，大概坑面也很大，长有两丈，横有一丈五，着地坑底约大一二倍，内中不尽是石灰。只对坑口处，有一口石灰池。别处也是铺着碎石子的平地。靠东面恍惚似有一穹门白磷磷的，大概是石头造的。"建筑师听了大喜。对两人道："我看这地道之上，必然还有地道。陷坑中的石门，必然是第二层地道的入口，埋赃之所，料想许在那边。你们看看秘图，不是说：'地通断崖；箭指石门'么？断崖必是陷坑代替名词。"

田音司听了，首先鼓掌，说此话颇近情理。立刻取树枝将翻板撑起，拔许多乱草，铺上石灰堆，以便往来践踏。三人一齐投下陷坑，首叩石门，尽力推行，却是只弄不开。三人取铁器乱砸，只落下许多石屑来，石门纹缝仍未动。那个退职武官烦躁道："又不知赃物果在里边没有，费这大气力，恐怕徒劳。"说着，用手中斧乱劈，一斧捶在石门暗纽上，只听一声响，一扇石门倏然直落下去。石开阶限竟有一深槽，恰好将门嵌住。内部露出来，黑洞洞也很潮。三人惊喜，急急闯进去，用电棒四照。这才看见里面是一大圆室，直径不下五丈，高倒有三丈七八，用石板隔成卐字形短垣。就在卐字中心，建有方丈小石台，高有一丈六七，却没有阶级。田音司等围着石台，建造得古怪，急取秘图勘对。石台的一面，镌着箭头，斜指旁边一面石壁。三人端详半晌，不解其故。那建筑师沉吟不语，不住拧电棒四看。田音司早等不得，与那退职武官商议，脱去鞋，足登着武官肩头，爬上石台。见石台上铺着细石，当中建着小小一石亭。周围有石栏，中心有石案。田音司纳闷，便走入石来，积着一层浮土，用铁器敲一敲，觉得石案中空。田音司用力一掀，竟将石案面掀起一缝。田音司忙叫两个团员："这石台内都是空的，这里似有洞。"正说着，那建筑师站在石台下，面对一面石壁连忙摇手，大声说："门在这里呢。"

原来石室的一角，嵌着一块铁板，上敷白漆，做出石纹，黑影中乍看好像一块石头，砌做石墙。其实就是石门。机关做在石台周围石阶的一级上，懂得的用脚一踩，石门便可豁然洞开。只是局外人不晓得内中机关，便断断寻不着。因为这机栝恰设在人不到的石阶边棱上，不想竟被建筑师误走误践，一脚登着。只听喇的一声，石门扑倒下来，直在石台内部空洞处，成了进口的铺石甬路。建筑师大喜欲狂。

不想此时田音司在台顶，也将亭中石案用力掀动，推开一大裂缝。才知石台实是暗室，台上之亭，乃是天窗。三人慌忙拧亮电棒，直入石室暗室。细看内部，有一大石床、一大石案和两座石凳，都是千年前旧物，已有些破裂了。上面杂陈着许多小木匣和铁柜皮箱，都严密封锁着，各处浮满一层轻尘。看样子久没人动。三人狂喜欢呼，以为不白费许久工夫，已将秘藏觅着。忙四面寻找，见石案上放着四盏古铜灯，上覆玻璃罩，中贮清油。田音司取出拂拭一回，看了看，还可以燃着。便划火柴将灯点亮，摆在石台中。

三人先不翻找珍物。且细细查看石床石凳，也像是空的。急掀开床面，往里照看，却又是一条极窄的地道，十数层石阶直通下去。内底又有一地窖，高两丈，一丈四五见方，地是土地，并未墁砖石；当中埋起一座坟，坟前立着石碑，还有石供案。田音司掌着电棒，照看碑文，却镌得好像是隶篆，他一字也认不出。三人周巡一转，重复出来，一齐动手翻箱开柜。石案上放着的硬木匣，全都打开，里面果装贮许多珍玩古器。田音司估了估，似乎不甚值钱。退职武官身畔皮包内，原带着各式钥匙和火漆黄蜡铁条铁箝等物，急急对着铁柜锁孔，试出模型，将带来钥匙改造，配好了即将锁打开。

这田音司将铁柜的门启开，见里面有十数件黄绫包袱，都卷成长卷形。扯开一卷看时，原来是一幅古书画。田音司连连拆视，这一铁箱全是唐宋人墨迹画宝卷轴，并没有金珠重宝。于是四只铁柜，全都打开，也有一箱银钱，也有一箱贵重古董，只不见那乌桓王冠和狗头金，也没寻着那颗有名的墨珠。

田音司坐在石案上喘息，心中盘算运输方法，还想再寻找一下。那个建筑师拧着电棒，尽向四面照着。三人计议一回，全以为七只手盗赃必不止此。建筑师说："那座坟墓，也许是假的，我们不妨拭掘一下?"田音司一想有理，三人急急移灯，齐下后地道，来到坟前。将灯放在石供桌上，用两把铁锹、一把铁铲，一齐动手。直刨得三人全都出了汗，黄土去了一大堆，猛然唔的一声响，似乎触着石块或棺木。三人尽力掘挖，少时露出棺木的一角来。三人至此，又惊又喜，又似乎失望。一阵不住手的挖掘，黄土全掘开，棺木顶完全露出来，见是一具黄松材。拭去黄土，打开棺盖，心想必是财物，哪知还有一层覆板。等到掀开覆板一看，竟真是一具死尸，盛殓在棺内，骨肉已枯，肢体未散。殓衣犹未朽坏，看样子绝不是百年以前的陈死人。

田音司三人将棺材起出平地，把那棺材中死尸，整个抬出来，放在棺盖下。料想尸骨底下或有财货，却只寻出寥寥几件殉葬物。退职武官很失望，建筑师眼望坟穴，忽然说："我们再往下刨刨看。我想贵重赃物，也许埋在棺底。"三人遂重复动手，再往下掘。果然当的一声，触在石板上。急急掀起石板，发见一大石槽，有两只敷漆铁柜埋着在石槽内，三人试搬一下，却很沉重。退职武官忙寻锁门，却是明锁三把，还制着暗锁两门。三人用尽方法，探锁门，试锁簧，拧铁条，捏假钥匙。费了好久工夫，只弄开三把明锁，暗锁只是启不开。三人想将铁柜整个抬回去，却又大又重，计议一回，终无办法，只得暂置一旁。再动铁锹，往坟头周围开掘，差不多将小小地窖，全刨翻过来，费了一日夜之力，竟前后寻出铁箱五只。

田音司乘黑夜将留守伙伴叫来，点上十数只蜡，六七盏灯，先把铁柜铁箱从地窖抬出。直抬到石台内部，暂放在石案石凳上。五人重入地窖，细加搜寻，并用铁棒下探土壤，果然别无窖藏。这才将那具死尸，装入棺材也不掩埋，顺手丢在一边。五人一齐出来，放在石台内部，商量开柜取宝之计。依田音司的意见，想把五只铁柜整个搬出去，到旅舍再设法购器具或用力砸开，或配钥匙启开。但那建筑师以为不妥，他说："必须当场开视，当场验明柜中之物。如果是珍宝，方值得搬运。若是不甚贵重之物，我们还得重寻。并且我们注意在狗头金和乌桓国王冠玺等件，究竟藏在铁柜中没有，总须先看明了，才能放心。"说至此大家点头，都以为然。只是这些铁柜，既全弄不开锁，齐丢在这里，另去配钥匙，固觉不稳；就将整个铁柜抬走，并不验明内贮何物，也觉此等办法，不甚妥当。

田音司皱眉苦思一回，说道："我想此地是僻区，决不会有人踵寻至此。我们尽可乘夜，将这两只难开的铁柜，先行潜运回店，再设法启开验看。至于这三只铁箱，既然过重，我看锁门还可用火漆印出，照配钥匙。还有这几只木箱，我们就砸开它罢。"

说着就要动手。建筑师忙道："还有一个问题，这些东西，两次必运不完，况我们只带来两辆车，至少须运三四次才能完毕。我们全数押运回去呢，还是留数人看守地窖呢？"田音司道："地窖门户，我们可以封闭起来，只留两人看守地道外部入口。这石台深在内部，我以为不必看守。"退职武官说："只好这样。"五个人一齐站起。又取时表看了一看，正指十一点四十五分，恰当半夜。

此时已是十月中旬，北边酷寒，早有冬意。五个人乍获窖藏，惊喜过望，血脉偾张，倒不觉得身上冷，只手脚有些凉。趁着夜半，月照荒山，五人在石台内部，赶忙开箱，斧杖齐响。凡要抬上车的柜，都弄到隧道中，零星珍物和书画等件，全装在带来的帆布包中。装了六七包，还有少半没有装齐。于是分数次潜运回店之计已决，所有预备应运的已装物件，都弄到隧道上。然后五人重入石阶地窖，前后细细寻找，觉得别无埋藏之处，料重宝必在柜中。五人大放怀抱，将坟前石供桌上的灯吹灭，又用电棒往棺材照了照，转身要走。忽然电光过处，棺内尸骨，于黑暗影中，闪射出一线黄光来。

退职武官大诧，疑心是磷火。忙用电棒一照，黄光顿隐。只看见直僵僵一具死尸身穿着殓衣，下身蒙着陀罗绸被，已经扯掉。退职武官叫住田音司，两人将电火全熄灭，立在暗影中仔细看那棺中尸骨。果然从殓衣隙，射透淡淡黄色光线。两人大为惊异，急将死尸拖出，开亮电棒，剥殓尸的衣饰。照看那尸体胸背骨骼尚全，用钢丝穿扎着，一点骨骼也不零落。却是肚腹皮肉早去，内脏也都摘除，用衣饰垫起，其实是空空一具死人腹子。田音司将死人腹子上铜丝剪断，将腹子打开，一阵樟脑楠麝药香料，气息喷鼻。田音司将尸中贮藏之物，逐件拣出，竟有两颗明珠，嵌在死人骷上，骷髅是一具狗头金，重二十斤。又有一方古铁，乃是乌桓王的符印。那有名的乌桓王冠，却不在尸内。死人头上固然也戴上帽子，但是很寻常的清人顶戴。

两人于无意中发现狗头金和乌桓王玺，大喜过望。慌忙呼喊同伴，一一传看，即装在帆布包中。又寻看一过，那王冠还是未见，打算着随后再说。大家一齐出离地窖石台，灯火全部熄灭。然后由建筑师手按机关，想把石台暗户那扇石板，重新推起来，好掩住内部门户。却是无论怎么弄，那石板卧在石底，纹封不动。建筑师细细察看机关，只觉得可怪。忽在卐字石壁一隅，又瞥见一铜钉机关。试用手一触，只听轰然一声大震，在地道尽头处，忽从顶巅倒下一块大石板，震得尘土飞扬。

五人大惊失色，急用电棒探照，石板倒处，上面黑乎乎，似另有一地道，凿通在上边，五人要过去察看，却见高约一丈余，无法上攀，又怕再有石板落下，将自己砸死，五个人只好暂置不顾。留两人守住地道石门，其余三人乘夜搬铁箱，要想上汽车，开回金沙寨。谁想刚运走第一批，人去车开，还未回来，那留守石门的田音司和建筑师，忽听得地道内，有铁器凿打之声。

两人这一惊，比石板落地道露洞还甚，急忙藏在僻处，侧耳倾听，半晌听见在这地道上，似还有一条地道，那上边的地道，似有人正在开掘。田音司急一握建筑师的手，悄悄从石门溜入内部，一路潜寻窃听；入隧道不远，在一岔路上，听见头顶一丈以上，咕咚咕咚不时发响，似在这地道顶上，还有一层地道；并且正有人在发掘。田音司和建筑师两人屏息细听，上面忽然咕冬咕冬连响一阵，忽然又声息不闻，良久良久，猛听叮当一声大震，有一道火光，从石道顶上，照过这边来。

田音司和建筑师两人大骇，急急躲避暗隅，偷看究竟。忽听上边有人声叫道："这下面还有地窖。"火光连转。田音司忽看顶上，有六七尺一大洞穴，开在上面，旋见上面垂下一盏灯笼来。田音司、建筑师慌忙后退数步，隐在石壁后，探头再看动静，倏见一人缒绳而下，手握短枪电棒，刚刚纵下一半，猛然叫了一声，急急的教上面再把他系回去；田音司、建筑师两人相顾惊愕，旋见数道火光从穴口往下照探，少时砰然一响，直打过来，田音司大惊，一扯建筑师，便要扳枪袭击，建筑师赶忙拦住，悄道："上面不知有多少人？也不知是做甚么的，并且他们放枪，这许是在地穴中，心中害怕，故意开枪镇吓，究竟未必看见我们。"因此悄悄一领田音司，两人退出复道，紧守穹门，等候回店同伴到来，再定计较。

不防地道内，忽然从那空穴，一连下来四个人，顺着地道两端，放了七八枪，登时地道中尽是火药气息。田音司紧守穹门，从门缝往内看，心想这一伙人必也是掘宝的；再不然便是塞外马鞑子，来此藏匿。正在惴惴怕他们寻见，不想这一伙人倒有五个，全是壮健大汉，手中也拿着快枪电棒等物，也备有铁锹斧等件，鱼贯而行，五个人一直寻到翻板那里，为高一人一失足也照样跌落下去。田音司和建筑师鼓勇潜行，重溜到隧道三岔口中段，偷看他们的举动。忽听五人中的一个说道："你们看这里还有撑翻板的树枝呢。难道七只手生前干的么？"田音司心中一跳。就见那几人也用树枝将翻板撑开，也用绳将坠下去的人系上来。五人计议一回，却着一人把守翻板，四个人一齐下翻板，走入第三层地道里面去了。

田音司与建筑师正不得主意，忽听身后似有声息，两人慌忙回头察看，黑影中见三岔口地道交叉处，靠东一条地道，有一线火光，闪闪烁烁，似照着往这边走。两人不知虚实，急欲藏躲，已来不及。那边一道电光射到这边，立刻听见对面喊一声："有人。"电光立止，跟着一阵奔驰声，在地道长筒里，微微震得轰隆发响，少时不见踪影。田音司和建筑师心中惴惴，又不知这一起和那一起是否同伙，怕受他们掩袭，两人急退出地道，将穹门关上，身藏隧外石洞中，听着隧道中动静。约过于半天，田音司不见考古团同伴来。

两人正在焦急，猛听地道中砰然大震，如地裂山崩，紧接着乒乓乒乓，在地道内，如沉雷一般，闷闷沉沉的响了一大阵。两人听得声势不妙，越不敢窥探。正在此时忽闻一阵脚步声，从里面跑到穹门，似要推门出来。田音司、建筑师大惊失色，慌忙拒住，又搬大石顶上门缝，里面顿听见呼呼喘气声音，同时石门乱响起来，似乎里面正拿铁器乱砸。田音司和建筑师，各把手枪拿出来，扳机对门，以防不测。忽然听里面又一阵脚步声，跟着砰然响了两三枪；跟着哎哟一声，似有一人失声狂喊救命，又跟着一阵脚步声，似有一人大叫。旋听见又有铁器敲门，敲了一回，仿佛敲不开，又走回去了。田音司变色持枪把门，好半晌听里面人声已静，这才稍微放心。

两人坐在石块上，也不敢开门进去察看；都取出水壶干肉面包等物大嚼一顿，等候同伴回来。直候到过了两天一夜，才见退职武官等四个西籍团员，押带三辆汽车和食物铁器等件来到山麓。共同到此掘藏的团员，已有六个留守金沙寨，看守已得铁箱的，只剩下一个，因为他们一听见寻着秘窟，个个都踊跃想来看看，所以再三计议，只能留下一个，这一个还是前次来过的。于是四人将车径开到山坎僻秘处，会合田音司、建筑师两人，先登山四眺，似别无人影；遂聚到石门前，商量冒险再进探隧道，搜掘余宝。

田音司忙手指穹门，将地道的呼救声和枪响骚乱情形，告诉四人小心着。大家一怔，到穹门缝子细细倾听一回，里面已无动静，六人决计入探，将穹门打开，仍留两人看守进出门路，余众四人，一同进入穹门，践石阶下去。却喜里面一望无人影，迤逦行来，直到地道底层。四个人袖藏电棒敛光一照，由洞口至隧底，二十几层石阶，中段六七级石阶，都留着血迹，滴滴点点，自上而下。另有一大摊鲜血，在上段石阶靠穹门处，湿漉漉血液犹新，却遍寻尸体不见。隧道中轻烟笼罩，确有一阵阵火药硫黄气息，弥漫在阴沉空气中，四人惊怔不止。用一线电光，俯照地道，曲折往前进，并未听见任何动静。

转瞬间扑到三岔口，四人驻足倾听。三条隧道从交叉口分歧，绕行三面；偏南支道，另有一条暗隧，最为狭窄，是由山坎往山顶挖通的。四人往各处查探，似无人声，独这两分支的暗隧，隐隐听得轰轰隆隆，便是四人通行的地道顶上，也似有一种声音，不时震动。四人听良久，各拿出手枪来，慢慢往前行，半晌已到翻板之前转角处，翻板已被人用树枝撑起，四人这一惊非小。忙向四面瞻顾，没见有狙伏之人，急冒险来到翻板前，仍用旧法，从翻板口陆续下去，先用电棒向地道上下前后照了又照，果无可异。这才全数进探翻板内复道，只见翻板中心铺过草枝还在，对面石门门扇已开。

四人到此，也只得闯进去，一直探到卐字石壁附近窥察良久，仍不见有人，也不闻动静。四人瞻前顾后，心中纳闷，想这里面既无人踪，石阶何来血迹呢？四人拐角绕弯，缓缓扑到中央石台前，用电棒遍加照耀，石阶上丢着一只铁箱，箱盖已然打开，照到正面看，只见石壁中暗嵌的石户，已然仆倒，石台内外洞开，忙奔入石台内部，细加查看，箱开柜裂，什物凌乱，考古团留待第二批、第三批运送的一些珍物，都已失踪不见。

四人相顾惊骇色变，并不知隧道内暗陬中，埋伏着多少人，也都是想掘藏盗宝的，自然见利必争；况他们又是外国人，越觉岌岌不自保，便有心退出来。但又转想，费了半年多工夫，耗却如许精神财力，既入宝山，焉能空回；且算计起，只得着乌桓古玺一方，狗头金一具，明珠二粒，和些晋书唐画，精巧珍玩，那乌桓王冠既未发现，那几只弄不开打不破的铁柜除首批运回旅舍之外，可惜如今被人弄开，里面空空如也一件也落不着，也看不见是甚么物什，有无王冠。考古团大众越想越忿，因又揣测这种来转盗的人，竟不知是何等人物。想自己第一批运宝，往返只费了七十几点钟，且派两人驻守，不知怎么，就会被人寻踪前来，乘虚掩入。又据田音司说，闻乃发枪之声，似听来者必不止一伙，一伙必不止二三人。四人懊恼异常，心怀疑惧，只不肯甘心吐出重宝。忙各取手枪，奋勇投入地窖暗隧，历阶而下，直到那座假坟前用电棒一照，四个人不由齐声惊叫起来。

原来那坟头又被刨开，顿改旧样，那具棺材已打开盖，拖出坟坑外，尸体也拖出来了。这已很惊人，但还不招人悔恨，却在地窖中坟碑左边，一面大石壁下，发现一大石洞，石移地刨，黑洞洞现出一大土坑。四人忙用电棒照看，坑中上有一具棺材，尸体也拖出来了，棺盖却虚掩着。考古团四人失声惊叫一声，跑过去看，这具陈尸殓衣都剥掉，露出白骨，也用铜丝缠紧着，分明也是割腹藏宝的“木乃伊”，退职武官急急将尸腔掀开，里面空空洞洞，宝器早被人拿走了。四人大为后悔，忙到坟坑中，两人拧亮电棒，两人掀开棺盖，不想棺中空虚，竟还有一具死尸，面朝下背朝上僵卧在内。四人动手，将死尸拖开来，肋下汩汩出血，人体还软乎微温，气是绝了。四人越发骇异，不想这一具死尸拖开，棺材中还有一具死尸，仰面躺在里面。头盖已炸碎，血肉模糊，不辨面目，也是血浆直流，都是刚才被狙击惨死的。

四人细看先头那具死尸，面目尚可辨认，披着裘带皮帽，脸色黄瘦而狞恶，双眼炯炯瞠视，似犹痛不可忍。他那襟怀的衣纽，却被扯露，右手心也有一道刀勒伤，身上带着一把匕首刀、一把小手枪、子弹、水壶、干粮，还有一百数十元现钞。考古团四人搜看一回，心中想不出这人的由来，遂又翻检那个脑盖被击的尸体，这人服饰更为阔绰，头部已然击碎，右手还紧紧握着一把手枪，左手是一只电棒。考古团众人四处搜寻，渺无一物，明知盗赃必被他人掘去，心中不胜悔恨。顿又想起暗算来，觉得地隧中暗影里，说不定还伏着许多暴汉，四人仗胆在地窖照看一下，又发现一杆手枪、一只利斧，是初来时所没有的。拾起来看了看，子弹已发出两粒，依退职武官的意思，续寻遗赃的事，现在已经绝望，停留无谓且恐有害，只有赶紧回店为是。那三人却也自觉危险，只是恋恋不舍，便循原路，离假坟出石洞，到地窖搜寻一过，拣那破箱敞柜残余的珍物收拾一些，悄悄的折回石台内部，四下里照看剔寻。

俄延良久，贪心未死。忽听地道上面登登的响起来，四个人吃了一惊，全部站起来。听那响音，似又是脚步奔驰声，四人怕被袭击，慌忙弃下残珍，各取手枪，熄灭电棒，悄悄伫听，似翻板那边正在打闹，旋又听砰然一声，好像手枪开火，其声隔离甚远，四个人惊惶失色。惟恐被歹人幽闭在隧中，便舍弃遗珍，从石台卐字壁钻出来，沿地道奔赴翻板处。只见地道顶上那块翻板，依然用树枝撑着，那留守出路的两个人，却千呼万唤不知何往。四人在翻板下复道中，不由焦急起来。仰望那翻板，有两丈以上高，这上边没有人用绳索系，再不易爬出去。四人在下面大声吆喝，上面并无人答应。四人又懊悔又怨恨，急得退职武官，将手枪扳放。砰砰砰放了三枪，上面依然没动静，如热锅蚂蚁一般，四人在复地道内打转。

最后想，设计将铁钉取出，把铁钉钉在石缝中，约钉了数根，想登上去，却是不行。又用绳索抛上去，挂在翻板横梁上，试了试还可以行得。内中有一团员，尚会爬绳之技，居然费很大力气，爬上翻板。却喜板上并无歹人，也不见留守的两个同伴。歇气良久，这才投下绳，把退职武官系上来，如此轮流，四人全上，却是残珍遗器，都抛在复道中了。

四个人稍为喘息，急急沿地道往外走，拐角绕弯，走得数十步，贴壁往外一窥，前边地道隅角，黑乎乎一团影。四人不敢径出，将电棒拧亮一照，赶忙撤身藏在洞角。只见那黑影，被电光一闪，霍地站起来，喊一声什么人，砰的就是一枪，朝空上打，击中石壁。退职武官已听出声音来，却是田音司，赶紧大叫，是自己人，是自己人，双方电光对照，凑到一处。退职武官细看时，地上仰卧一人，腿部受伤，已经晕厥；身旁坐一人，正吁吁发喘。这两人正是在穹门外，看守汽车和地道入口的考古团同伴，田音司和那个团员正忙着用白兰地灌救。

退职武官四人不禁诧骇，急问缘故。据田音司说，才晓得刚才田音司两人，在地道内把守翻板出入口，忽听外面有枪声和人奔跑声。田音司两人恐遭外人袭击，都握住手枪，隐身伏伺，扳机待发。竟见黑影中跑来两人，喘息得不堪。田音司想到先下手为强后，往下打了一枪，不防对面两人，应声倒下一个，那一个惊喊一声，才听出也是外国人。田音司过来，捻电棒照看，果然打错了，伤的是自己人。急急问讯灌救，那一个没受伤的团员，喘气坐倒地上，抱着头也不能立时言语。田音司方寸大乱，忽又闻外面枪声，乒乓乒乓乱响，田音司两人吓得将受伤同伴，搀架到地道拐角，自提枪以防不测，就在这时，退职武官已从石台内部闻警出来。

六人围着受伤的和喘息的两个同伴，争问缘故。那个团员连喝几口酒，心神稍定，半晌挣出话来。原来他两人在地道口把守穹门，兼护汽车，值夜间昏黑，忽闻背后山坎丛莽中，簌簌作响。两人忽用电棒一照，不见人影，陡又听山上边唰唰地响动起来，立刻滚落下许多块石子，大小都有。两个团员恐怕坠石砸着，慌忙闪开。不想这停放汽车处，原在山坎一块平地上，上面石块乱滚，两人立脚不住，明知有人暗算，两人急急藏好身躯，开枪威吓。不想两人刚刚挪动，对面丛莽中，火光一闪，枪声暴发，一连六七枪，都打到两人藏身大石前面。两团员大惊，却恋着这两辆摩托车，不敢退避，急急开枪还击。这一还击，弹发火射，早被对面和顶上的人，认定方向，那枪更密集过来。一个团员，陡觉腿部火辣辣一下，情知负伤，半分钟后，血流创痛不觉倒地。那个团员大惊，急急停枪将同伴抱起来，退到地道穹门旁，赖有穹门土坡掩护。团员且还击，且拖同伴逃入穹门。对面枪声愈急，少时从莽中窜出披青衫人物，一个、两个、三个，一共来了五个，毫不客气抢过来，将穹门机关一拨，款当一声，石门顿合，口打呼哨，抢上摩托车，突突的开驶下山去了，隧道中的考古团，乍闻惊耗，反拿逃进来的两个同伴做强人，若不是喊得快，险些打杀。

这地道里面六个团员，将身带的酒浆，灌救两同伴，问明缘由，一齐惊慌便沿隧道奔出，却又出不去。那石门已紧紧封闭，大众又不敢硬行破门而出，恐怕门外强人袭击。直耗到次日晚间，忽听石门外敲砸，田音司张勇大呼问讯，听出也是洋人洋话，大众这才齐凑到石门内，里外用力，将门打开，外面这个人，正是金沙寨留在旅舍中看守铁箱、和狗头金、乌桓古印、明珠等物的西籍团员，和华籍团员鲁明夷等数人，全都惊慌失色，站在石门外。问讯起来，才知昨夜三更以后，在店中失盗，所有从地窖中掘获的盗赃，全部遗失。可怜田音司倾家借款苦心经营，本想一举发大财。又做圈套，愚弄了华籍团员，哪知背后另有高手，安心转盗他们。

当时田音司骤闻此耗，痛悔已极，便是六个同伴也都失色。寻思着重宝已失，所剩者偷测的秘图还在，便打听留守店中的团员。据说只失去从地窖起出弄不开的那几只铁箱铁柜，别一物无所失，现在店中仍留赵通事和华籍司机，看守行李和余物。田音司一听，又是一惊，慌忙上了摩托车。这是两辆，是刚由店中开来的。也顾不得在地道流连，一伙儿挨挨挤挤上了车，径回金沙寨去了，只半日工夫已到旅舍。

其时天色微明，店中人已有起来。田音司一行下了汽车，那店中伙友已闻声开门，另一伙友拿着一封信迎上来，惊惊惶惶说了许多话，田音司竟不暇理会。急急走到房内一看，里面静悄悄空荡荡，也无一物，也无一人。田音司、退职武官两人心中有事，立刻觉得头脑轰的一声，有些迷迷糊糊起来。其余西籍团员，只知失去重宝，华籍团员只道失去行李，还不甚惊悔。忙往各处搜寻，赵通事和那几个华籍司机，竟已不见，而且扑到后边看去，那几辆摩托车，也都不见了。

考古团大众这才慌乱起来，恶恨恨的叫店东。那店东和店伙友，早陪着地方官面，手拿那封信跟进来，不等询问，就先报告。说是客人你们那一伙同伴，自从失盗后，便算清账目，要进省诉追。我们店家倒防备来着，无奈我们只知道你们是一伙，而且住店时都是那位姓赵的客人，和我们说话。我们实在不能强留客人，这是他们留下的一封信，那个地方官人也帮着说话。田音司定省良久，各处搜查，暗暗叫苦。原来他和退职武官、测量师，辛辛苦苦，沿途旅行，在东蒙、外蒙、内蒙等处，所偷绘的要塞矿区秘图，以及在沪重价购买的军事秘图，一包总也被赵通事数人偷盗而去，并且最精的是那九辆爬虎摩托车，现在只剩两辆，其余全被赵通事等乘走了。固然有这特制车，还容易采缉拐犯，但是现在他们一伙人，行李全失，代步不足，千里迢迢，怎么弄回北京、上海，当下西籍团员和华籍团员阴差阳错的，互相抱怨，只得依法报官，并请领事备案。

单说考古团半途应聘的赵通事，他何尝是甚么通事，他实是粉骷髅盗党五豪秦铮。那几个华籍汽车司机，就是那四哥吴朗，七弟孔亚平，九弟黎吟风，十弟金岱，和十一弟祁季良。他们六人，一路化装暗随着考古团。那粉骷髅首领胡鲁，和二哥王彭，率副手十余人，在外筹应。等到田音司一行，隐瞒着华籍团员，私赴北高山掘发七只手遗赃，这边胡鲁也率副手赶了去，在暗中活动起来，这七只手余党，已在北高山山麓多时。这伙余党因没有秘图，寻不见地道门户，正在盲中摸索。后来望见山上火光，竟逶迤跟来。田音司在地道中听见枪声人声，就是粉骷髅党和七只手党，各争奇宝，交起手来。粉骷髅伤了一个人，卒将七只手贼党打跑，便在地窖假坟内寻见另一棺材，从棺中起出乌桓王冠，乃是珍珠穿制的铜盔，奇宝辉辉有光。胡鲁大喜，又将余珍择好的搜刮无遗，便乘夜夺车而去。那边假通事也率假司机，将铁箱铁柜和秘密地图一起装，连汽车全部拐逃。

不一日双方到了热河避暑山庄，既在隐僻地方，将铁箱铁柜打开统计古玩珍器和金币等等，约值百十万元；随后便计划往北京偷运。不想北京侦探长邵剑平，率领干探，北上缉贼，已非一日。当田音司一行赴金沙塞时，邵剑平已在热河承德、直隶密云和北京、天津各处，探得一些踪迹。粉骷髅盗党，艺高胆大，由胡鲁等将考古团汽车，弃在热河郊外林间，暗用驼轿偷运。却由二哥王彭，把空铁箱等件，另装驼轿，先行出发。分两路明暗偷渡关卡，竟被平安运到北京。

邵剑平大怒，急忙从金沙寨赶回来，到京第四天，接得密报，粉骷髅青衫党大众，现在连人带赃窝留在京城以内，大约要候事情稍冷，便将潜运赃物，直赴河南老巢。邵剑平料想这伙青衫人物，未必直搭京汉车南下，恐怕也不经通州，绕道出发，便分派部属，在天津车站下了一道卡子，北京九门内外城，和东西车站，也秘派干探，化装巡缉，然后暗暗分区分队开始按户排搜。南城各旅舍游艺场公共所在，和东西城公寓，属杂乱地方，闲人客户易于潜踪寄居之处，均有人访查。但为防打草惊蛇起见，所派暗探和所购眼线，全是改扮出动。如此整忙了一星期零两天，东西城和前门一带，均未得丝毫线索。邵剑平自带助手，亲赴朝阳门查探，费了许久工夫，在骡马行探出，在半月前有大批驼轿，从古北口进京，气派威风。说是王府亲眷来京省观。邵剑平一再根寻，查遍京师，竟不知这一批驼轿，进城之后，落到哪里去了，越搜摸不着，剑平越发猜疑。

忽一日接到干探续报，驼轿的踪迹和下落虽未摸着，却在地安门外采缉得行踪可疑之人，不时在皇城根某大空宅昼夜出入。剑平急往亲查，藉故扑入空宅，又与原房主接洽，这空房墙上，果然发现许多粉笔画的死人骷髅，还有一面粉墙，上画一人，乔扮老奴，跨着竹篮，背后有一男子拿手枪比画着，作出执行枪决的姿式。细端详这老奴模样，竟是邵探长数日前的改装。剑平又羞又怒，料贼人或在附近，遂将分派到外城和东西城的干探，调来五分之三，加派在北城，命他们昼夜悉心巡缉。当地警察，也都关照了。

如此隔过两天，邵剑平改装亲缉。忽在北京城西北角著名穷三套地方，看见了两个怪人。其时天近黄昏，马路上电灯已然放亮，从南北大街路东，一条小巷内，闪出一个小穷孩子，提着盛煤核的一只旧篮，喊着跳出小巷，却避立墙角，东张西望一回，贴马路便道直往南走到一根电线杆子跟前，止步回头，望了又望，从篮中取出一物，右手捏着，往电杆上涂画。画完了往南又走，走到电杆前，必止步寻看。寻看以后，有的电杆，就用手中物涂画，有的就不画。都从篮中另取一块布，擦抹电杆，看他顺路南行，忽画忽擦，忽到路东，忽到路西，都是单寻电杆。越过到小巷口直立着的电杆，越加注意似的，那举动好像不是儿戏。

邵剑平不禁心中一动，暗暗跟在后面，按步踵行到电杆前面。一看那涂画的物像，正是粉笔画的人头，虽然画的不像样，却有鼻有眼。剑平跟寻过去，才知每隔两根电杆，必画一个人头，这人头有的两眼俱全，有的一只眼，有的三只眼，又有的没有鼻子却有嘴，没有嘴却有鼻子，脖颈下边标着数目字，画着箭头；至于擦掉的形迹，可是辨认不出来了。邵剑平大为诧怪，一直踪寻下去，只见小穷孩子寻寻画画，忽从南北大街折入路东一条胡同，刚进胡同入口，猛听狂喊，喊的是："好大葫芦啊！十一大枚。"同时便听见一个男子腔口叫道："准十一点呀！"

剑平匆匆抢入胡同，见有一个中年男子，披青衫，肩背黑布小包袱，站在胡同中间一条小巷口上，正对黑墙涂画甚么。剑平藏身暗隅，留神察看，那个男子，听见小穷孩一跑来，只回头瞥了一眼，各不通话，两不关照，好像谁不认识谁，却是男子兀自站立不动。直等小孩子跑过去，才转身拔步，两人顺着胡同，一左一右紧贴两边墙根同往东走。那小孩每逢电杆，仍然必寻必画必擦；那男子呢，每逢街巷交叉口十字街心，也必止步，拿粉笔在地名牌下，画一个十字叉，叉下注着数目字，还写着"下午十一点钟"英文简号。剑平急取出怀中时表看，时针恰指八点二十五分，去十一点还有两点三十五分钟的时间。

那男子和小孩，越行越紧，已出胡同，曲折绕走，来到什刹海附近地方，两人叫了一声，把粉笔抛在墙角。忽见迎面巷中，赶来三人，急急前行，好像做向导，到一座大宅前，溜入后门。男子和小孩回头四顾，也陆续走进去了，咣当一声，门扇骤合，宅中静悄悄无人声。

邵剑平候那男子和小孩走进去后，急四顾前后，并无可疑，这才赶过来，到前后门端详良久，后门是在这条小巷内，正门却在隔巷。料此宅院落必深，房间必多，悄用手电灯一照，在门画着乱七八糟许多粉笔字画，好像玩童游戏所涂，却于书画中也发现两颗人头，一颗是双眼，一颗是三只眼，却都打着十字叉，还有止止止三字。又照着后门，果然也画着一颗死人骷髅，却栩栩如真，下标着双十字，还有入入入三个字。另一面黑墙上，写着“下午十一点钟”。

剑平寻思一回，即到附近警所，打听此宅主人是谁，寓户是谁。那警所闻言一愕，忙即报告此宅乃是一百多间的大空房，内中还有楼厦亭池。据说是前清某汉军大臣的第宅，后来大臣有罪赐死，此宅空废下来。十余年前，曾有人租此宅，开办学校，这学校原是私立的，等到分得庚款，便即停办。因宅子太大，房间过多，地点又稍僻一点，所以绅富，都不肯置买，空闲已久，总没人住。几年前，曾有人出贱价买过此宅，修葺一回，打算开学府公寓，做这种投机营业。不知怎么的，忽有人传说，宅中不大安静，时常闹鬼，大学生寄居的很少，公寓堪堪不支。忽然又传说那房屋主人，因买罗布破产，匆匆南归了。此宅只交给同乡暂为照管，却是谁也不敢寄居在内。现在只有后院小巷院，有几个闲人住着，代业主看房，都是光棍汉，没有家眷。

剑平一一听了，心中打定主意，遂告诉警所，这里面情形可疑，你们先派几位监视出入口。自借电话，通知密探部属，限四十分钟内，赶到此间。邵剑平先命助手一人，借人力车一辆，假装车夫停车巷内，紧紧守住宅门，剑平围宅再绕察一周。少时干探陆续到来，密集在附近酒肆各商铺内，剑平悄悄传告了一遍，候到十点五分，警探六十余人，已经分派停当，疏疏落落，将空房前后合围，仍让出道来，任人出入，入的记数，出的派人随跟，十点半已过，邵探长佩匕首手枪，督率干练助手五十余人，分四批掩入，左邻右邻，前门后门，越墙的暗袭，敲门的明攻，一声口号，同时发动。

单说邵剑平一队，领众较多，计二十人，齐集后门，上前叩门。剥剥啄啄良久，竟没人开门，也没人答对，侧耳潜听，也无动静。邵剑平刚要下令破门而入，那从左邻准备袭入的一队，派一个人火速跑来，报告窥探情形，内中有大叵测。邵剑平委副手，候令出攻，径驰入左邻。墙头立着一梯，各警探悄立在墙根，隐伏在屋顶，好像是偷听甚么，剑平问讯几句话，即扶梯而上，露半而内窥。此处是空宅右跨院邻墙，果然内部房厦甚多，黑乎乎看不清，却见对面屋角，远远露一道黄光，有光处只听得咕噔咕噔发响，其声忽低忽高忽停忽续，夹杂噼啪之声，又隐隐闻得有人哭泣叫骂，半晌，猛听尖声大叫道："哎哟可了不得了，救人哪！"接着是一阵噼啪乱响，咕噔咕噔不住声，在东边忽又现一道白光，连连闪烁，邵剑平忽看时表，正指十一点，喊救之声愈急。便喝令抢进去，众人翻墙越房，从四面攻入，一路势如破竹。径到有灯光的院落，那噼啪的声音，就从这里边发出，而且这时响声急急越大。

邵剑平焦待了一会儿，悬赏二十元，着两个大胆侦探，握枪扳机，拼命冲入。暴喊一声，随众继进，那噼啪之声，立刻停止。灯影里警探扳机跃跃欲试，睁眼往满屋一寻，只见屋中，便是那个男子，那个小穷孩。那男子手中抱着一条粗木长板凳，地上放着一具破木床，拿着长凳的腿，去砸那木床的面，咕噔咕噔响，这便是由来。那个小穷孩，却用皮鞭抽打悬着的席，猛一听噼噼啪啪。在警探监视下包围，两人都愕然的回过头来，皮鞭长凳自然暂不砸打，四只眼且灼灼的看了一周，竟无怯惧之色。

那男子并且一俯腰说道："您来啦。"说的是很流利的京腔。警探喝令举手，虎一般扑过去。十几只手抓一个，把男子、小孩擒住。大搜一阵，各人身上一无所有，只各有两块现大洋、一张字纸。警探一把拿住纸和钱，一把掀着两人的臂膀，喝问："你们是做甚么的？砸床打席，有甚么用意？"那男子用嘴一努道："你瞧，你瞧这里头有臭虫，穷人黑夜拿臭虫。不许么？"邵剑平道："刚才你跨着的那个包袱呢？"男子道："那不是。"却在门房后铁吊上挂着，掩在门后，竟未查见。邵剑平过去看了看，却不敢动，喝问里面是甚么，男子道："您瞧吧。"剑平发怒，喝令警探押着男子，教他自己解开。剑平闪在一边，远远的看，那警探叫道："是一双破鞋，哦，一件破衫子，这还有三只袜子。"剑平把大侦探的脑筋一转道："一人都是两只脚，他怎么有三只袜子，拿来待我检查检查。"警探拿过来，这三只还是三样，一是布袜，一是黑洋袜，一是蓝洋袜。剑平翻来倒去看了又看，闻了又闻，这里面好像并没有贼味。遂又看那洋钱，白花花的，上镌袁世凯脑袋，又看那两张纸，剑平不禁大悦。原来线索在这里呢！那两张纸上所绘写的文句图样，竟与剑平在街上，亲见男子、穷孩用粉笔在电杆墙头所绘写的东西，完全一样。

剑平至此已不暇研问口供，急急发令，着八个警兵，先押住这两个重大嫌疑犯，自己亲率大众，分四路大搜空宅，各拧电棒，扳手枪勃朗宁，提大砍刀，如蜂拥如兔跑，在各空院各空房，乱窜乱找。邵剑平先扑到后门旁另一小宅院内，见那边灯光透露，那几个看守闲房的闲汉，好像听见里面动静不妥，有两个披衣挑灯起来，却不敢出屋，只紧闭房门，听外面皮鞋底洋刀链，囤囤哗哗的响，内中一人仗胆问道："谁？"众侦探一声不答，破门而入。屋中睡汉已起的两个，未起的一个却被众人按住，不令动弹，大搜之下，也没有手枪炸弹，也没有可疑的物。

邵剑平讯问情由，睡汉战抖抖的说："那边那个男子和小孩，乃是拾煤核的穷人。缘因半个月前，本宅业主派一个管家，陪伴两个阔客来此看房，打算租住，据说已讲得有八成妥当了。那阔客便雇了一大一小有两个穷人，说是叫他们在这里照料，却可不知照料甚么；又听说阔客上月底才搬来，这几天就要招工修葺，本宅管家通知我们，到下月底再搬，现在还教我们三人看门，那两个穷人出来进去，甚么也不管。"剑平听了越加诧异；因又追问，今晚九点后，有三个男子进院，可曾看见。答道："也是赁主那边派来的人，现在尚在里面。"邵剑平道："怎么我们就没有搜见？"

正讯问时，忽然第三队警探，从前院绕来报告，一路搜勘，别无人迹；惟在西花园内破花室中，查见粉墙上写着一些字迹，请探长快去看看。剑平吩咐所部，将看房人先行管押，等候解讯，遂驰赴花园，但见夜色沉沉，衰草杂树舞风弄影，阴森怕人，拧着电棒，扑入花室，果见墙上，公然写着“警告呆鸟邵老疙疸废物虫”一行大字，下面的话，便是说粉骷髅老爷们，把你这蠢物，诓到空宅内，难为你如此听话，老爷们早将赃物运走了，你信么，你不信我再告诉你，老爷们早将那乌桓王冠国玺和狗头金等重宝，早已带往上海，笨重的唐人书画古玩珍物，也已装驼轿载到京城里了，但是我们并没有怕你搜缉。现在明白告诉你，这些东西，共估价值二百七十一万，一总埋藏在这北京城以内，谅这巴掌大的北京城，也不算难找。你尽可会同你们部下那些笨货，划量分区，挨户排搜。搜着时，老爷们自出来投案，你有能耐只管使去。这个披青衫的穷汉，和这个拣煤核的穷孩，是我花大洋四元雇的，骗你到此，一来教训你，二来还有别的用意，只怕你呆鸟猜不到。再有这所空房，是我老爷一月前，略施手腕，假托赁户，托业主，愚弄了原业主的同乡和看房，此事与看房主人毫无干系，你小子不可拖累好人。说给你爱信不信，你可以细想，我特地费如许心思，诓你到此，所为何来？这粉墙上用红粉笔写了一大片字，下面照例绘着粉骷髅图来。

探长邵剑平看了，目瞪口呆，气恼塞胸。他仍不死心，率众满院搜寻，搜到一座大厅，一伙人进去寻看，却在厅中一角，发现暗户，户上画着死人头。剑平率干探破门而入，不意此处竟是地道，一阵乱践乱踏，踩着机关，砰然一响，闸板下合，把邵剑平三十余人，全都陷在里面，欲出无路，只得冒险进探，曲折盘转，约爬走四五百步，忽逢绝路，却有砖阶，迎面阻着一小铁门，幸亏人多，拼命打破钻出来一看，竟在人家卧室内。床上睡着夫妻俩，还有一个小孩子，忽听堂屋地板乱响，早吓得乱喊，跑出去叫来巡警，巡警还以为是青衫贼，各将火器对着地穴，不想钻出来土头土脸的人，竟是自己一路人。邵剑平定省一回，细辨此处，原来与同宅那空屋，想是那个汉军大臣的原产业，特设秘隧，以防不测的。

此时天已大亮，惊动附近居民，纷纷围观，邵剑平气恨异常，率众押解看房人和穷汉、穷孩回去交官审讯，一面仍加紧搜缉。就在第四天，剑平早晨看报，忽发现一段新闻，是上海拍来的电讯，言说内蒙发现大批古物，为西人盗买运沪，事为考古团所知，据谓系彼等所发掘不幸中途被盗，刻已提起交涉，要求交回，并追究转盗人犯，惟同时学界中人，以保存古物要求截留，颇掀起重大纠纷，最后称此项古玩，皆珍贵之品，内中尤以乌桓王冠及狗头金，为最难得之奇宝云云。

邵剑平读罢，越发猜疑恚怒，左思右想，竟测不透粉骷髅的举动和这古物的内幕，遂即打电报到上海探询。次日接到回电，据称果有此事。剑平忙即登程赴沪，不想刚刚到了上海，便已得到密报，上海宣传一时的乌桓王冠和狗头金原来是假的。剑平一听，不由拍案道："又上了当了。"还未及细访内幕，当日竟接到一封短信，拆开一看，信笺上画着粉骷髅，文中说："呆鸟你要走了，你前脚往上海走，我们后脚运货出京。呆鸟，你知道么?"下面署款是粉骷髅领袖胡鲁。

整理后记

据考证，《青衫豪侠》一书是白羽创作的第一部武侠小说。1927年始在张恨水主编的北京《世界日报》副刊以《粉骷髅》的题目刊出两章，继在1931年吴云心主编的天津《益世晚报》载完。全书共十三章，前六章曾以《青林七侠》的书名由天津正大书局于1942年出版，后七章以《粉骷髅》书名，亦由天津正大书局印行。1947年6月，上海协和书店合《青林七侠》与《粉骷髅》二书为一集，取名《青衫豪侠》出版。这部书在报纸连载时，还曾用过《白刃青衫》的题名。现已查到的版本，有1941年正华出版部出版的《青林七侠》卷一，1942年出版的《粉骷髅》全三册，1947年6月上海协和书店出版发行的《青衫豪侠》全册。

此次出版，即是根据1947年6月上海协和书店出版发行的《青衫豪侠》校订。

剑底惊螟

白羽武侠小说全集 十

白羽 著

山西出版传媒集团
北岳文艺出版社 ·太原·

图书在版编目（CIP）数据

剑底惊螟 / 白羽著. — 太原：北岳文艺出版社，2022.1
（白羽武侠小说全集）
ISBN 978-7-5378-6468-8
Ⅰ. ①剑… Ⅱ. ①白… Ⅲ. ①侠义小说—中国—现代
Ⅳ. ①I246.5

中国版本图书馆CIP数据核字（2021）第215710号

剑底惊螟

白羽 / 著

出品人
郭文礼

选题策划
孙茜

责任编辑
孙茜

印刷监制
郭勇

封面插画
杨苇

封面设计
阎宏睿

出版发行：山西出版传媒集团·北岳文艺出版社
地　　址：山西省太原市并州南路57号
邮　　编：030012
电　　话：0351-5628696（发行部）　0351-5628688（总编室）
传　　真：0351-5628680
承 印 者：山西人民印刷有限责任公司

开　　本：890mm×1240mm　1/32
总 字 数：5280千字
总 印 张：200.625
版　　次：2022年1月　第1版
印　　次：2022年1月　第1次印刷
书　　号：ISBN 978-7-5378-6468-8
总 定 价：1380.00元（全25册）

重九佳节，嵩阳派南支群雄循例南岳聚会，侠女杜若英违规迟到，执法正欲呵责，杜若英却当众抽剑自刎……

原来孀居数年的杜若英，早年抚恤同门孤儿张青禾，收为门徒与义子。不想张青禾性情惑乱，被人妖桑林武灌了春酒，用熏香迷母乱伦。酒醒后知犯大罪，夺门而逃。杜若英悲愤难已，明志自刎。群雄闻之，同仇敌忾，救醒杜若英，撒下擒拿逆伦叛贼的天罗地网……

目录

叙略

嵩阳南派剑客横波女侠杜若英十一娘，少年居孀，有夫仇未报。了因老尼以同门剑客遗孤张青禾者，交杜抚养，时年七八龄耳。杜若英怜其父母惨死，孤苦无依，乃善视之，以养以教，以义母而兼恩师。张青禾十八岁时，见诱淫朋，私以本门剑术授人，触犯门规，大为义母所呵责，淫朋亦被逐；乃百计诱张，卒有逆伦欺母之变。嵩阳剑客四十余众闻变大震，联袂使剑下山，群搜捕叛徒。而叛徒张青禾，则已畏诛避祸，逃投长沙“海砂帮”。海砂帮群雄遂与嵩阳派剑客激成血斗，然张青禾究非极恶之人，但年少无识，误为淫朋毒计所中，遂犯大戒，其后终为嵩阳派擒获，大开戒坛，共议其罪，仍有怜之者，亦有坚欲诛之者。终则取彼之血，涤贞妇之剑，而嵩阳派因此发生裂痕。

第一章　诉叛徒侠女惊宴

南岳衡山祝融峰第九峰上，有嵩阳派剑客南支领袖夏金峰、罗靖南两人卜筑的一座别墅，楼七楹，挹翠迎晖，名为抱璞楼，这楼每年重九，定要大会嵩阳南支同门诸支，和门下弟子，结袂游山，携榼欢宴；而验艺业、考功过，也在此时举行。

照往例，一入九月，群侠便陆续来到。九月初七当晚，要设夜宴，叙旧谈欢，到九月初九，便由领袖夏金峰、罗靖南率领群英，登高野游。乘着游兴，诸同门各将本身艺业，逐次演练，彼此观摩切磋；更由领袖纠正谬误，评定优劣。到九月初十，各人这才具述本身的和本门的一年来的游侠事迹，如有触犯门规的，就要趁此时当众议罚。其有发扬本门剑术，有功于嵩阳派门户昌大的，自然也要在当时奖勉一番。

这一年是第十七度宴集，在重九前两日，抱璞楼中，高悬武当派祖师洞玄真人张三丰和嵩阳南派开祖的画像，案上陈列供品，宝鼎焚香，红烛结蕊，已到黄昏时分。楼上摆着广案、设置两个主位，客位四十座。上座十三位，乃是长一辈剑客，下座二十七位，便是辈分较晚的了。双侠夏金峰、罗靖南，虽同是嵩阳南支首领，两人的年貌却不相伴。夏金峰须眉皓然，年已六十有三，身材魁梧，声若洪钟，眉棱高耸，具有寿者像；唯好道服，簪发道袍，俨然是个世外羽士。那罗靖南，年正四十四岁，瘦颊通眉，面色微黑，气度温文儒雅，好像是个书生，又像是一个幕宾。

嵩阳派老少四十二侠，此时差不多全到齐了，夏、罗二侠捻须含笑，以主人之礼，款接群英，十三位长支剑侠，二十七位晚辈剑客，漫散在抱璞楼广厅上，独有上位第九座汝南祝昌期，第十一座杜若英娘子未到。那二十七个下座，是第六、第七两座乔亮工、乔亮才昆仲，因丁母忧未到。第十九座黄绍谷的座位，也是空着，那下座第二十三位和末座第二十七位，也没有到。本年值年的长门第七侠沅江徐鹤，看了看时候，知道不早了，便对夏、罗二侠说了，请大家入座。

入座以后，沅江徐鹤对众报告道："诸位同门，本年内因故不到场的，计有四位。长门第九位祝昌期，因有事不能分身，这一次的宴会不能赶到，已经转烦孟云祥师弟，替他告假。晚一辈的，是乔氏弟兄不幸丧母，难参盛会，这是大家全知道的，第十九位黄绍谷，却是在八月末赶到抱璞楼的；他现在有紧急公干，也难预会。"

大家闻言，往空座上看了看。值年的徐鹤接着说道："现在只有长门第十一位杜若英娘子，和次门第二十三位肖珏，第二十七位张青禾，一共三位都是无故迟到，事先没有声言，这是往年没有的。以前同门诸人固然也有临期遇事，不克躬临的；却是当时不及赶到，到了事后再补假的，也不过偶有一两个人罢了，但从来没有这么些人。门规第五条所说的言行必信，要约必践，似此就要成为具文。我请领袖和本门执法注意今日之事。"言罢归座。.

夏、罗二人沉吟道："我们再稍候。"本门执法张伯循就言道："上次有一两位，直到重九正日，方才赶到，当时未能明规正罚，大家就这样怠忽过去了。这一次竟有三四位误约后到，请示领袖，这不能再含糊了。”

值年和执法先后这么一说，到场众人交头接耳，纷纷议论起来。尤其是这位杜十一娘，她距此很近，她怎么爽约不到？况且她，一向恪守门规的。那长门第五位灵修道人，向第七位妙莲庵了因老尼探问道：“师兄，杜十一娘何故未到？她不是常到宝庵去吗？”

了因老尼姑摇头：“我也不解，上次我遇着她，见她似乎怏怏不乐。问她，她也没说什么。”灵修道人点头道：“也许她有什么不如意的事情，她素来恪守规约的。”

又候过半晌，值年徐鹤道，“时候已过，请诸位先入席吧。”执法张伯循取过功过格来，用笔记上了这几个不到的人：杜十一娘、肖珏、张青禾。众人纷纷引觞，侍者摆上丰宴，美酒，鲜果，大家开怀畅饮，各诉一年来到处游侠的行踪，和江湖上的见闻，以及各派新出的能手。

酒正微酣，忽然听见外面微微一响，紧靠外面坐着的知客邹承璋、李尚桐、孙茂增、胡炳四人回首注视。只见楼门一层，捷似狸猫，扑进一个人来，当案一跪，竟自叩头道：“祖师，弟子肖珏一步迟来，特来请罪！”

叩罢，不敢起来，依然挺身俯首，跪在案前。执法张伯循厉声道：“你可晓得门规十五条吗？”肖珏伏地不敢抬头，低声跪诉道：“弟子知罪，弟子只因……”话还未说完，倏然门扇又一展，一道蓝影窜进来，扑得灯檠闪闪摇光，众人全是一惊。

来者正是横波女侠杜十一娘。头上勒蓝绢包头，身穿二蓝绢绸短装，外罩蓝色披风，腰扎白绸带，足登青缎窄靴，肋跨青芒剑，窜到屋内，当头一站。在座众侠凝眸细看，灯光下，照见杜十一娘面色铁青，眉横两道杀气，目闪两道怒焰，红唇泛白，微微颤动。嵩阳双侠夏金峰、罗靖南，以主人之礼，站起身来逊座道：“十一妹，才来？请坐！”

杜十一娘微微颔首，侧目向座中一巡，倏然一转身，双瞳注视到案前跪着的小侠肖珏和案旁的执法、值年二同门。执法张伯循道："十一师姐，今年迟到几刻，有犯门规。"

双侠也道："师妹迟到过久，想是有什么缘故？"

杜十一娘敛衽向众人一拜，对执法、值年打一招呼，微微一挪身，低头服罪道："掌门二位师长，在座诸位同门，执法、值年二位师兄，今年恕我来迟，请执法师兄依法加罚。"

执法张伯循正要讯问迟到的情节，猛听这横波女侠十一娘杜若英声音微颤，陡如裂帛的叫道："值年的同门，请把酒宴撤了……"

众人无不诧异，齐声问道："十一娘，什么事情？"

杜若英凄然一笑，惨白的面庞，起了一层红云，猛然说道："掌门领袖，我嵩阳南支弟子杜英若，今日请掌门师长，在祖师圣像前，焚香设祭，当众宣诵我'嵩阳南支十八条戒律'！"

杜若英此言一出，长幼三辈剑侠登时面目变色。嵩阳双侠夏金峰、罗靖南，口虽不言，眼光注视杜十一娘，从眸里露出骇疑之色。那执法的同门张伯循更是惶惑，忙说道："师姐，难道本派出了什么大敌？小弟身担执法，竟裁决不了吗？或者是小弟执法，有什么不公允的地方吗？"

十一娘看了他一眼，把头微摇，面向双侠，双蛾一蹙，固执的叫道："掌门领袖，我弟子杜若英再申请一遍，我杜若英务请掌门领袖，在祖师圣像前，当众宣诵我们的戒条！"

夏金峰、罗靖南略略迟疑了片晌，将手一挥，大声吩咐道："撤席！"

众侠客俱各自动神耸，纷纷站起来。此时抱璞楼中鸦雀无声，被一种紧张的空气笼罩起来。

四十二座盛宴一霎时撤去。小侠肖珏犹自跪在地上，被执法呼唤起来，对他说："暂作悬案，容后再究。"

夏、罗双侠立刻正襟肃容，默默的从供桌上，取来长方形一只楠木箱，将两道铜锁打开，然后恭恭敬敬，把一个黄绫绢裱的卷轴取出。执法张伯循急忙设案焚香，值年徐鹤急忙引群侠各依位序，排班站立。双侠将戒规卷轴供放在开祖圣像之前。值年赞礼，双侠叩祭，然后群侠依次拜过，重新分立案旁。然后，双侠夏金峰、罗靖南，这才捧过戒规，当案一站，朗然说："请戒规人肃听宣诵。"

杜十一娘涩声应了一句："是！弟子杜若英，敬谨倾听。"这"听"字才出口，语言已经变了声。了因老尼张皇失措的偷看杜十一娘，又偷看末座空位，杜十一娘跪在案前，两行热泪倏然的掉下来。

夏金峰双手捧着戒规，双手展开了，由罗靖南侧立朗读：

> 凡我同门恪守戒规，如有违犯，重则必诛，轻则必惩。或者徇纵，与受同罚。
>
> 第一条，欺师灭法，有犯必诛。
>
> 第二条，逆伦犯上，有犯必诛。
>
> 第三条，云云。
>
> 第四条，云云。
>
> 第五条，忘恩背本，私改门户，有犯必诛。
>
> 第六条，云云。
>
> 第七条，贪淫嗜杀，有犯必诛。
>
> 第八条，滥交匪类，挟技凌人，有犯必诛。
>
> 第九条，门规不严，教训无方，有犯必诛。

诵到这第十五条，未容将这十八条戒规念完，杜十一娘骤然站起来，厉声道："掌门领袖，诸位同门，今有不肖孽徒张青禾，忘恩背本，逆伦犯上，贪淫滥交，欺师灭法，实犯大法八不赦重罪。业经查实有据，罪状明白。弟子我杜若英，叩求嵩阳派上下诸同门，护法诛凶，一齐拔剑，寻捕这万恶的畜生，按最重法条，乱刀分尸，以为不义不孝者戒！……我嵩阳南支，自从开派以来，诸同门小小过失，实不能免，似这等罪大恶极，尚属绝无仅有。此贼若教他逃出法网，偷生一日，实为我全派门户之玷！务请诸同门即时下山，擒拿此獠，以正门规，以肃法条；要是稍一缓纵，我恐怕此贼要匿名逃亡，投到别派，更难根究了！”

杜十一娘一口气赶下，桃花粉面已然惨无人色，两手抖抖，似欲晕倒。夏金峰、罗靖南听她这一席话，也不禁勃然动容道：“十一师妹，张青禾乃是你的义子，又是你的门徒，他今年才十八岁，你所举发他的罪情很重，非同等闲；十一师妹，你可确实查得他的劣迹实证吗？”

杜十一娘呻吟一声，满面怒容，强作一声惨烈的笑声道：“掌门领袖！我指控他处处有据，我就是原告，我就是被害之人！”

这末了一句话，不亚如平地焦雷，众人不禁大惊大骇，失声问道：“什吗？你是被害之人？”

杜十一娘面挟寒霜，目突唇颤道：“在座诸位同门，这个不义的奴才，……我再说一遍，这个不义的奴才，逆伦欺母，贪淫灭师，犯了淫恶大罪。十八条大法，这奴才犯了多少条？……第一条欺师灭法；第二条逆伦犯上；第五条忘恩背本；第七条贪淫嗜杀；第八条滥交匪类，挟技凌人；第十四条男不失义，他他他都犯了。……十八条大法，小奴才实犯了六条。……刚才师长问我证据，证据在这里。”一探手，从身上取出一个绸卷来，啪的掼到案上，恶狠狠地说道：“掌教师长，诸位同门，这奴才，可怜我恩养他十多年，他却这么毁害我！这奴才，人虽小，而心不小，勾结宵小，屡犯大过，是我督责他，也是希望他成人。哪知这奴才禽兽不如，他小小年纪，胆敢逆伦欺母……”

十一娘说到此，喘不成声，顿一顿又道：“我杜若英，竟抚养一个豺狼，养大了反吃我！我杜若英十三年苦节败于一旦，我求诸位给我雪耻洗恨，我就是死了也感激。我杜若英恪守门规，从无过犯，不想今日遭此人伦惨变。掌门师兄，我杜若英调徒无方，失身败节，今日实犯了戒规第九条和第十四条。我苦节十几年，今日如此，我还有何颜偷活在人世？……但愿同门诸友，仗义执法，一年之内，替我洗此耻恨。恶贼的罪状，都一一写在那纸上。”用手一指那掷在案上的绸卷，突然一回手，掣出青芒剑来，蓦然往项下一勒……

夏、罗二侠大吃一惊，道：“噫！”

横波女侠说完了这事，突然横剑自杀。不意妙莲庵了因老尼，本已略悉前情，此时只听得一半，察言观色，早已防到这一着，慢慢从人丛挨了过来。杜十一娘才一拔剑，了因老尼急急一探身，“乌龙探爪”，右手一把将十一娘腕子托住，连说道：“使不得，使不得！”左手便来夺剑。杜十一娘拼死力一挣，群侠一齐上前拦阻；下位第十二座女侠夏澄光，趁机将剑夺取过来，递给他父夏金峰，夏澄光与了因老尼两位女侠，忙把杜若英劝住，一边一个抓着手，架到别室，慢慢的研问细情，并破解她不要行这自杀之见。

这却是嵩阳派南支剑侠开派以来，第一桩惨变。盛宴开不成了，群侠瞠目变色，莫知所措，执法同门张伯循从案头，将那绸卷拾起来，料到内情重大，事关逆伦，必有不可尽想告人者；便不阅看，把原件递给领袖双侠。双侠接过绸卷，两个人屏人细读，方才晓得那晚辈第二十七位张青禾，滥交匪类，数受责罚，竟于四日前的夜间，对义母兼恩师的横波女侠杜十一娘，肆行无礼。用药物之力，把她淫污了，张青禾事后畏罪，竟与淫朋逃往别派去了。

这横波女侠杜若英，乃是湘江名镖师朱镇扬的爱女，嫁夫杜春衡，英年好武，名震三湘，不幸遭仇家陷害，竟死于毒箭之下。杜若英惨赋黄鹄，志慕庞娥，正值嵩阳派剑侠松风阁主人开创南支剑术，杜若英挟技投归于门下，与妙莲庵老尼了因，及女侠夏澄光三人，同修剑术，成为嵩阳南支门下有名的三个女剑客。杜十一娘矢志图雪夫仇，刻苦精研剑法；掌门师长夏金峰、罗靖南，都很钦佩她。无奈仇家势大，夙愿一时难偿，于是，便有妙莲庵了因老尼送来一个八岁的孤儿张青禾，请她抚养。张青禾乃是嵩阳南支门下岳阳剑客张筠的独生儿子。张筠为盗案株连，夫妇同时遭祸殒命，遗下这个孤儿，无家可归，没人抚养，这才托孤给妙莲庵了因。了因是女尼，年纪虽老，却是老处女，不会抚幼；而且尼庵中抚养孤男，究为清规所不许，又易为谣喙所猜议。了因老尼念及杜十一娘门下单弱，夫死无儿，并且杜十一娘的亡夫杜春衡，和张筠又是同门至好；于是出家人慈悲为怀，亲携张青禾投到杜十一娘那里。杜十一娘那时才二十二岁，孀居已经三年，本不愿抚此孤雏。但是孤檠悲寂，抚儿亦可遣愁，又念同门之义，又见张青禾八岁的孩儿举止活泼，言语清朗，颇为玉雪可爱，这才慨然答应了。

而且张青禾父母的遭祸，虽说是受匪案牵连，却是细一根究起来，那个对头恰恰与杜十一娘亡夫的仇人有关。这一来，杜十一娘一个少孀，张青禾一个孤雏，简直又是志切同仇之人了。杜十一娘也想到仇人倚仗官势，靠自己一个女人的力量，图刺报仇，一击不中，再举为难。将张青禾养了，十几年后，义母养子两人就可以协力寻仇。原来这嵩阳派的门规，严禁好勇斗狠。为了防止本派门人纠党挟技仇杀，曾在第六条上，订决戒约。就是骨肉至亲，遭人陷害，父兄之仇，不共戴天，当然许其报复，却也限定一家一姓之人，一人一手之力；要想邀同门师友，相助拔刀，却为门规所不容。这为的是当年嵩阳南支开派时，眼见别派冤冤相报，辗转寻仇，引起了沥血惨案，松风阁主防患未然，特意立此戒条。故此杜十一娘虽然身负杀夫之仇，也不能哭诉同门，助她雪恨。

杜十一娘收养了张青禾，既做了他的养母，又做了他的恩师，禀明本派，将嵩阳剑术传给了张青禾。张青禾人极颖悟，而性稍流动；到十五六岁，武功练得不坏，只是少年人无不喜游好交，不幸他竟为恶友淫朋所诱，被杜十一娘屡次惩戒。嵩阳门规，非经掌门首领允许，不准将剑术擅授予人，也不准将门规私泄于外。张青禾受人引诱，把本派剑谱偷抄私传给人。

嵩阳派门人艺满出师，由授业师禀明掌门领袖，大会同门，宣誓受戒，赠剑传谱，方算正式出师，才准挟技到外面游侠。若是艺业不精，人品不妥，便不能享这待遇。

张青禾的艺业，尚未大成，他竟受朋类引诱，挟剑出去逞能，被十一娘查悉，从张青禾卧室搜出窃得的赃物达数千金之多。十一娘勃然震怒，将他捆好，声言逐出门墙。经张青禾痛哭流涕的跪求，十一娘仍不肯饶；张青禾无奈，跑到了因老尼那里诉苦，由了因陪伴过来代求，又罚跪一日夜，经他誓言悔改，方得复为母子如初。张青禾的一个淫朋，却被杜十一娘设法寻获，捉住了痛殴一顿，削发截耳，赶逐出去，永不许他在近处逗留。

张青禾结交的淫朋共有三人，隔过两三月，又会见了，这几人恨着十一娘，竟对张青禾百般冷嘲：“你一个堂堂男子，怎的这么怕一个女人？”又加上种种挑拨，卒因一时受愚，在一天雨夜凄凉的时候，张青禾做了渎伦的兽行。其时张青禾已十八岁，生得长身玉立；那杜十一娘，时年三十二岁，虽是孀居，却面貌姣好，宛如处子。可怜她十多年的冰霜柏舟之节，竟葬送在药物之下，于迷惘中失了身。——竟以此引起了嵩阳剑客与长沙“海砂帮”一场凶殴，更带累得嵩阳派修改了门规，从今后不准男师收女弟子、女师收男门徒！

张青禾的一时失脚，他不知自己也被那淫朋灌了药酒；当其时，只觉兽性冲动，做了这错事。忽然觉醒过来，已竟悔不可追，情知义母杜若英性如烈火，自己身犯不恕的兽行重罪，准死没活，急急的结束起来，夺门逃走。他那淫朋抱怨他既然惧祸，为什么不把杜若英先奸后杀？张青禾猛然顿足，咳了一声，后悔无及；也说不清他是深悔自己的兽行，还是深悔自己的失策。

不想杜若英忽已醒转，自知失身，当时怒焰喷薄，拔剑就要自刎。转念一想，望见亡夫的遗容，又恨此耻不雪，纵死也无颜再见亡夫于地下！当时咬牙切齿，持剑追出，张青禾望影而逃，他那淫朋还想协力攻打杜十一娘，被十一娘一刀削断四指，他们就结伴遁走。杜十一娘舍死忘生的穷追下去，夜暗星黑，逆子张青禾与他的三个淫朋，竟已落荒逃脱。

经过两日后，杜十一娘穷搜未获，但已寻踪访迹，料到他们必然投奔到潜伏长沙的“海砂帮”里去了。海砂帮的舵主，技高众广，非可轻敌。而且自己一个女人，要找到他们那里，以正门规、捉叛徒的名义，向他们要人，迫他们交出张青禾来，力争且不论；假使是善讨，这张青禾奴才既如此昧良，那时他必然文过饰非，对自己必加侮蔑之辞。他就不侮蔑，海砂帮的舵主问起缘故来，自己失身被辱的话，又怎好说出口来？

杜十一娘一念及此，痛泪交流，将青芒剑抽出，又要自杀……可是侠客行径，不比懦妇，终不甘心以一死了事。杜十一娘忽然想起了因老尼来，不由顿足恨骂：“都是这个老秃多事，害得我失身败节，我找她算账去！”

杜十一娘衔着急怒，扑奔妙莲庵，了因老尼没在妙莲庵。一问，说是赴会去了；方才想到明日便是嵩阳派第十七度盛会之期。杜十一娘一语不发，匆匆回家，枯坐灯前，默计此事，觉得自己十三年苦节，一旦失隳，恍如一场噩梦。夫仇也不能报了，唯有一死；即是死，也得把此耻洗去，也得把此子杀却。杜十一娘立刻决定，挑灯拭泪，取一张素笺，破指血书；只写几个字，血凝纸涩，字迹模糊。杜十一娘咬得牙乱响，站起来，取一方素绢，拈笔，研墨，把自己的隐恨，和收养逆子，逆子叛规，以致他逆伦渎母，和自己失身丧节，原原本本挥泪写了。看了看语不成辞，也还说得明白；遂卷叠起来，揣在怀中，将利剑一带，寓中的什物全不管了，门也不关，锁也不加，竟一口气奔到衡山的祝融峰。

惊宴请戒，诉罢冤情，杜十一娘回手拔剑，竟欲血溅竹楼，以洗奇耻，激动同门，为她执法诛凶。多亏了因老尼，察言观色，女侠夏澄光手疾眼快，都料到这一着，两个人双双的抱住杜十一娘，劝到别室，屏人阖户，细问真情。外面的嵩阳双侠夏金峰、罗靖南，已将杜十一娘所写的冤书从头看完。

当下，夏金峰耸眉切齿，怒眦欲裂；罗靖南也面似秋霜，眸含怒焰。两人厉声说：“伯循！”

执法同门张伯循仓皇应答道：“弟子在！”

夏金峰道：“伯循！张青禾逆伦欺母，叛师贪淫，今有同门杜十一娘列款赴诉，证据明白，该当何罪？”

执法张伯循向众人看了一眼，于惊惶中迟疑答道：“杜同门控告各节，罪款重大，有一属实，便该分尸……弟子以为张青禾年当幼少，愚不至此；或者他……”

罗靖南冷笑道：“什吗？”

张伯循慌忙说道：“弟子以为罪状过重，似乎应该将他拿获，开坛讯问；讯问属实，依法加诛，也教他死而无怨。”

灵修道长道：“张青禾的父母乃是本派的同门，不幸他父母双双惨死，遗孤只他一人，此子竟有这等事，是否应该矜情别议，似乎把他擒来，切实审过……”

夏金峰仰面上看，双眸略闪，忽然桀桀的怒笑数声，道：“执法！你还不知这个逆子罪犯十不赦重罪，把我嵩阳派尊严扫地！像这等罪大恶极，就该不教而诛。诸位莫非想十一娘指控各节，还有错怪张青禾之处吗？……想不到我嵩阳派竟有这等逆伦奇变！”

张伯循、灵修道人变色无言，罗靖南道：“夏师兄，他们是不知详情，总以为罪不至此。”面向灵修道人道：“灵修道兄，你请看。”把冤书递给灵修道人，夏、罗二侠又命张伯循过来同看。二人果然从头到尾一看，登时惊得发呆。杜十一娘非易与者，他们谁也想不到张青禾竟有如此大胆妄为。

罗靖南见群雄面现惊疑惶惑之色，这才正襟道：“同门长幼诸君！我嵩阳派，开派以来，不肖子弟不能说绝无，可是胆敢像这样触犯十八条戒规，十恶不赦的重罪的，尚没有像张青禾这样一个。这奴才恩将仇报，欺师，辱母，逆伦，叛规，贪淫，忘恩，种种罪状，无不令人发指。所行所为，禽兽不如。

令人痛恨，不忍尽言。使我嵩阳南北二派同被污名，遗垢于人间，抱羞于武林，这其间毫无矜情别议的余地。待我把这逆徒的罪款，略说给诸位听。”遂将十一娘的冤书，择可说的对众宣述；有的地方就略去情节，只言实际。

罗靖南念罢，夏金峰大声说：“诸君！都明白了吗？诸君！张青禾身犯何罪，该处何刑！”

众弟子略略听了张青禾的罪状，一齐大怒，不由得脱口齐声吼叫：“死罪难容！”

夏、罗二侠道：“众议佥同，这孽徒实在死有余辜。为了保全我嵩阳派的威名大法，此子就该……”

张伯循应声道：“就该乱刃分尸！”

夏金峰向值年弟子道：“速速陈列神坛，请杜若英同门莅坛听训。”

到场群雄深深的呼了一口气，一齐切齿痛恨，如被奇羞。双侠对众宣言：“所有迟到的弟子，暂且登簿免究，容后再议。这是一。所有本派第十七度盛会，暂且停举。这是二。所有到场的长幼同门一律不得退席，以便开坛宣戒，各分职责，支持大法，仗剑协诛元恶。这是三。”然后由值年同门重燃香烛，再摆神坛，对开派祖师圣像，重行拈香；群弟子依然各按雁序，分立两行。

横波女侠杜若英，退处别室，向着了因老尼、夏澄光姑娘，备述受辱的始末缘由，泪随声下；了因老尼、夏澄光勃然大怒。了因老尼尤其痛恨，愧悔。二女侠因竭力劝慰十一娘，英雄做事，不要儿女之态，应当力持大节，忍耻辱，戮凶逆，此为要者；不可以一死，轻捐千金之躯。譬如被毒虫咬了一口，我们应该把毒虫驱除了，断不可负气自戕，岂不太傻？这个理，请十一娘细想。

横波女侠杜若英摇头惨笑，心中转想：“逆子畏死避祸，一定要身投异派，势成仇雠，说不定这奴才在外面放什么蜚话谤言，把自己信口诬衅糟蹋。自己果然这么轻生，明明是‘全节'，倒好像'埋羞'！但是，自己若竟勒惜一死，世上人又谁知我心独苦，志在洗耻，歼仇？"

杜十一娘想到此，死是死不得，活也活不下，挡不住泪珠纷纷，咬得银牙吱吱乱响。这越发把了因老尼吓得寸步不敢离开她，说道："十一姑，你可死不得！这祸由我身上起，我一念慈悲，哪想引狼入室，反害了你！十一妹，你若有好或歹，我了因还能忝颜偷息在人世吗？我只好陪着你一块死。十一妹你可想，我们学成剑术，为的是什吗？难道就为这一只小小的毒虫枭獍，把你我两条性命，平白死给他吗？"

女侠夏澄光道："所以十一姑是决计死不得的。你死了，你可知道你这切齿奇仇，报得了报不了？你难道不想亲眼看一看这人间枭獍的死法？活捉住他，看他匍匐在法坛之前，教大家碎割，这才吐出你的胸中一口恶气；那时候，说句不作什么的话，就死也痛快呀！假如你现在一死明志，……其实你的坚贞苦志，举世同钦；不幸遭这惨变，你英雄做事，哪能拘泥小节小谅？"

丁因老尼、夏澄光再三苦劝，杜十一娘两眼呆呆的，似闻似不闻。了因、澄光一边握着她的一只手，只觉得她纤若柔荑，妍如春葱的双手抖抖地颤动，冰凉。杜若英虽只过了这三四天，竟如度过了一年一样，又如大病了一场。万种悲苦兜上心来，一时潜自打定主意："要留得三寸气，等到一旦捉获了逆子，把他亲手加刃，稍泄奇恨；然后再以一死明志，遭倒是处变两全之策。只是丈夫之仇，全家之恨，可就没人来报了，然而这哪里还有什么善处兼筹之法？"

这里，杜十一娘退处别室，伤心落泪，向了因、澄光二女侠，痛述惨变经过。那一边，嵩阳双侠，容得三个女同门退出公议堂，当场只剩下男同门了，就大开戒坛，把杜十一娘手写的血书冤状，对众一个字一个字，低声诵读了一遍。长幼两辈群侠，分立两行，侧耳倾听，莫不切齿，大动公愤；莫不主张正门规，诛淫孽，要一齐下山，捉拿这叛徒张青禾，一致的向领袖要求，即刻出发。

罗靖南就请夏金峰发命，夏金峰又让罗靖南。灵修道长性最嫉恶，忿然说道：“领袖！横波女侠血书上，既已说明叛徒张青禾和他的淫朋，已经畏罪，逃向长沙海砂帮，我们必须从速追捕他。此事刻不容缓，稍一缓纵，倘容得叛徒投入海砂帮，那就易滋纷扰；而且家丑不可外扬，我们断不许叛徒逃到别派。我们要快办，我们最好即日擒杀了这叛徒和他的淫朋，也可以灭口。二位领袖不要你谦我让，赶快分派了，我们好分头去办。”

罗靖南向夏金峰一拱手，二人本来分立在戒坛左右，夏金峰便一挪身，微微站在当中，壮容厉色，朗然发话：“诸位同道，今据杜十一师妹，控诉逆子张青禾，罪大恶极，触犯门规第一、第二、第五、第七、第八、第十四各条；计十八条大法，他犯了六条。今经在座长幼诸同门公议，即在祖师圣像前，受理本案。现在众意皆同，已无异议，我们就该奉行……”

他说到此，双眸一转，巡视两旁；见众人全都肃然谛听，凛然受命。但是他仍拿目光，挨个叩问；众人都默默点头，他这才接着说道：“我嵩阳南派决定受理本案，奉行门规，现在决定即刻着手。”说到这“即刻着手”四字，又以目光叩问众意，众人仍无异辞。

他这才继续说道：“那么，现在，我要点派诸位，分道下山，寻诛这个身犯欺母灭师重罪的叛徒。”但又道：“按叛徒触犯各条，情节极重，应该是不教而诛。凡我同道，见则立刻拔刀，予以屠戮，把他的首级缴上来，呈献给祖师，并教报告寓目。……”

夏金峰正要往下说，两旁行列中，微微听到喁喁私议之声。那罗靖南已然看出来，众人颇有不同的见解，忙插言道：“师兄，且慢，郭蕴秀、孟云祥二位师弟，你们有什么意见要说？”

郭蕴秀是长支第三人，在嵩阳南派很有地位，当下前迈一步，越出班行，抗声说道："二位领袖，小弟确有一点意见。我以为此子年龄甚幼，而罪状过大；若不教而诛，似乎稍差。况且此贼逆伦欺母，恩将仇报，实比枭獍不如。我们必须把他活擒上山，切实讯问一下，究因何故，如此昧良忘本？等到讯问明白，确系罪无可逭，也当先教他自裁，然后我们再把他乱刃分尸，以正门规，而整侠风。"

郭蕴秀的意思，还怕其中或有屈枉，故此给张青禾留下一个辩解的机会。众人听了，有的说对；夏、罗二侠也点了点头，刚要说话，那孟云祥是长支第十二人，此时也出班抗声发言："领袖，我以为叛徒张青禾，身犯叛师灭母大罪，直非人类，我们决不可徇情宽纵。我们必须把他缚赴本山，当众共诛，而且应该由受害人首先剐他第一刀。"孟云祥恨极了淫恶之徒，故此主张。

那执法张伯循却发言道："现在领袖既已决计奉行门规大法，分派同仁，缉捕叛徒，我以为应该把杜十一师姐重请出来，听听她的意见。还有了因、澄光二位女同道，此刻也该一同邀出来，同参大议，也好分担搜捕之责。"

执法张伯循的话，立被领袖采纳，命幼辈第二十三人肖珏，即赴别室，把横波女侠杜若英、妙莲庵了因老尼和夏澄光女侠，一同请出来。

肖珏领命，转身趋奔别室，罗靖南忙追叫了一声道："等一等，我还有话。"向夏金峰耳边，低低说了几句，夏金峰略为寻思，连连点头，把肖珏重叫到面前，暗嘱数语。肖珏连声称是，转身走了过去。

不一刻，把夏澄光女侠先邀出来。夏澄光是夏金峰的女儿，于是父女放低了声音，此问一句，彼答一句，所有杜十一娘和逆子张青禾，惹起大变的前因后果，都已询明。

夏澄光认为张青禾实是人间禽兽，罪该万死。杜十一娘也不是没有错，最大的错误，便是起初抚养这个螟蛉义子，怜他与己同是薄命人，又喜他小有才，溺爱太甚，便失之于为母过慈。等到发现此子滥交淫朋，偷抄本门剑谱，私赠予人，横波女侠她又督责太酷，失之于为师过严了。总而言之，杜十一娘乃是一个英雌，惩恶过严，实是她的大病。想当初收留张青禾这个同门孤儿，她自念孀孤相依、志切同仇，恨不得把全身武技都传给他，她又不明白张青禾，乃是一个早熟的青年，未到十八岁，情窦已经早开；他未免贪色好游，潜出狎妓，由狎妓结交了淫朋；女侠还拿他当小孩看待，这才疏于防范，引出这番奇祸。至于女侠夏澄光，平素看见张青禾喜好修饰边幅，颇有敷粉何郎、顾影自怜的样子，夏澄光就有些看他不起。

现在她父密向她询问一切，她便依着个人的意见，对夏金峰说了；她咬牙切齿的说，张青禾简直该剐。夏金峰听罢，浩叹一声，这才又吩咐澄光和肖珏，把杜若英和了因老尼一同请出。

杜若英经过一阵激昂抗诉，又加以羞愤难堪，此时面目青黄，宛如大病一场，而且浑身不住颤抖。

了因老尼已被她狠狠抱怨了一顿，了因再三赔罪，不住的安慰她。可是了因也跟当年的杜若英一样，总以为张青禾这孩子看着很乖，怎么会做出这样的兽行来？若不是杜若英细诉当晚情形，了因简直不肯信实。

夏澄光女侠却平素最敬重杜十一娘，此时更是万分的哀怜她，一口一个姑母的叫着，再三劝她勉遏悲愤，务以全大节、诛元凶为务，千万不要做那匹夫匹妇的小谅。夏澄光偎抱着十一娘，不知要怎样哄慰她才好。杜十一娘若闻若昧的听着，精神实已失常。当下由了因和澄光两人，左右扶掖着，把十一娘重新引到广堂，就班听命。

老幼群侠已经备闻原委，见杜若英进来，一齐用悲怜的眼光看她；他们颇想以言辞相慰，却又苦于无辞可措。于是人人从神色上，表露出十分哀恤的意思；认为这是本派的奇变，人人要引为己责，要追究元恶。而杜十一娘竟不理会这些，只瞠目而视，专等领袖的大命。松风阁主夏金峰、罗靖南，更向十一娘蔼声说道："十一妹，你控诉的事件，现经同门公议，决计受理，现在就派人分道出发。我们一定遵依本门戒规，把逆子张青禾拿上本山，明正典刑。"遂将刚才分派的事说了一遍。

杜若英很凄惨的应诺了一声，说："好！"

夏金峰又道："十一师妹，我现在还要以嵩阳南支的名分，向师妹劝慰几句话。你要认清，这乃是本门一桩逆伦奇变，师妹你切莫要认为这是一个人的事。从今天起，本派既已受理本案，你就把全副担子，交给本门大家负荷起来。换句话讲，这成了大家的事，不是你一个人的事了。我盼望师妹以大义为重，今后一切，不要徒逞一时之忿，你要珍重千金之躯，你要听本门公议，你要受本门指挥；你你不要，你你不要……我的话你明白吗？"

杜若英道："我听明白了！"却不由泪随声下。

群侠莫不惨然，于是夏金峰厉声说："拿！我们务必把叛徒拿上山来，当众行法！"

罗靖南也忿然说："就请师兄派员点将！"

夏金峰这才布开了搜拿网，把长幼两辈侠侣，几乎扫数派遣出去，一共分五路。

第一路，首派捷足之士，踏访叛徒。分三面，紧纵着叛徒张青禾的逃路，向北蹚过去；务要赶快的根究出叛徒和他的淫朋下落。这第一路，专从嵩阳南派晚一辈群侠中，挑选年轻力壮、脚程迅快的人，由一两位眼界宽、识人多的长支英雄率领；要细蹚，要密访，要兼司传报；得着消息，立即拨人驰报各路。这一拨人要先出发，速翻回，明日即行上道。

第二路，是追捕叛徒的正兵。这一路要多派能手，驰赴长沙，大举搜拿张青禾及他的淫朋；要迅拿务获，解上本山，依法惩治。这一路分作两三拨，内中包括横波女侠杜若英和了因老尼、夏澄光女侠，也担当一拨，明后日跟踪出发。

第三路，作为横搜之兵。却由嵩阳南支双侠，预修秘札数封，交给沅江徐鹤。倘或访实叛徒张青禾，确已畏罪逃生，诡辞自饰，改投入异派避祸，那就可持此秘函，面交异派魁首，薄述原委，即以逆徒叛师犯上等罪，要求异派把人交出。这是江湖道武侠门中常有的事。料想叛徒张青禾，即便投到海砂帮，海砂帮的魁首，也当以江湖义气为重，决不会悍然庇护恶徒，以犯江湖大忌。

还有第四路，作为兜截之兵。嵩阳派一方既要缉捕元凶张青禾，以正门规：一方还要逮捕他的淫朋，以除害马，而诛惩淫孽。这三个淫朋，居心险恶，当日被杜若英挥剑刺伤两名。却只晓得其中的一个，真名姓大概是叫桑林武，出身江南武林名家，竟做了江湖游贼。这桑林武绰号玉蜻蜓，大概犯过贪淫大罪，也是被本派逐出的；故此在江南存身不住，跑到湘鄂来，把张青禾拖入浑水。杜若英倒很清楚他的根底的；其余两人可就摸不清来路，似乎是海砂帮新入门户的。青年狂妄已极。横波女侠只能辨认他们的年貌、口音，不能确知姓名。当日捆打张青禾，却也问出两个姓来，就是一个姓贾、一个姓赵。恐怕全不可靠。现在，便向横波女侠，细询下年貌、口音，开出单子来，分交群侠，推测着试行搜拿。好在只一捉住张青禾和桑林武，也就跑不掉这两个真真假“贾”，张王李“赵”。

四路派齐，还有第五路，嵩阳双侠派的是执法张伯循为首，教他持密函，驰赴江南，给嵩阳北派的领袖送信。言说我嵩阳南派，不幸发生叛徒逆伦大变，现在亟于清理门户，已发动全体侠侣，大举搜缉叛徒；前者所订南北两支一年一聚首的秘会，此日势难践约，仍将逆子张青禾叛师欺母，私泄剑谱，触犯贪淫重罪等情，大致通知北派，也请他们拨派能手，一体协拿。

嵩阳双侠把别事暂时搁起，集群策群力，专办此案。等到分派已定，又各勒限期，遂吩咐散会，长幼群侠都留在山上。到次日午晨，各剑客三五成群，纷纷束装仗剑，准备下山。灵修道人、沅江徐鹤等，临行时，请问夏、罗二侠道："我们分头搜拿去了，请问领袖，哪天出行？在什么地方相会？"

夏金峰、罗靖南互相顾盼，徐徐答道："我们么，我们现在还不能下山，要等等北派的回信。"屈指算了一算道："灵修道长，我们三十天后，在长沙城见面。"又对沅江徐鹤道："你的日限是不必拘定的，你的责成是搜摸桑林武的底细。你在江南访得了信，送到衡山也可以。"其余别人，也都定了接头的地点和日限。于是三十多个人，一批一批的都走下衡山了。

其中第二路的一拨，了因师太、侠女夏澄光，暗领了双侠的密嘱，陪伴杜十一娘，一同扑奔长沙；由小侠肖珏相随做伴。昨日夜间，夏金峰把女儿夏澄光叫去，告诉了许多话，顶要紧的是：一者监护杜若英，须防她含垢负气自戕，再生别样波折。二者想杜若英的机警武功，怎的竟遭受了张青禾、自己徒儿的暗算，总觉此事过于离奇，也许内中还有别情；为此潜嘱了因师太、女儿夏澄光，暗中考察杜十一娘的举动。夏澄光点头会意，暗暗告知了因师太。于是这三位女侠，做一伙先行下山，另外由小侠肖珏陪伴着，以便沿途服役；有一个男子，比较方便些。

女侠夏澄光和小侠肖珏，都把应用的行囊、兵器，收拾停当。为了路上好走，夏澄光特意改扮作男装，儒巾儒服，青年美貌，很像个少年秀才。若在平日，杜若英必嘲笑她，和她说几句逗笑的话；现在只看了一眼，任什么话没提。夏澄光倒凑过来，动问杜若英："师姑，你看我这样打扮，好吗？"

杜十一娘道："好。"

夏澄光又问道："师姑你怎么样？还要回家收拾一下吗？"

杜十一娘苦笑了一声，摇头道："我还收拾什吗？我就这样走。"

夏澄光道："不改装吗？"

杜十一娘道："不。"自经惨变，横波女侠竟这样精神颓丧，纵然复仇心切，仍自恹恹不振。

了因师太看了，深为悲悯，颇代扼腕，发言鼓励道："十一师妹，你不要这样，你把精神提一提。我们缉元凶，拿叛徒，必须振起精神来，你何必这样灰心！"

杜十一娘吁了一口气道："是的，我不灰心，我一定要报仇。"于是强把腰肢一挺，向三个同伴说道："我们就走吧。我们四个人做一路，了因师太请你为首。"

了因师太道："当然是师妹为首，师妹乃是发纵指使之人。可是我请你稍为等一等，我还要先回草庵，把自己应用的东西检点一下。"

十一娘知道了因师太曾受领袖之命，要伴同自己，怕自己寻短见；但也不说破，只点了点头道："先到宝庵也好。"三女侠这才辞别领袖，打发小侠肖珏，在前站相候；三个女侠联袂径奔妙莲庵。

妙莲庵就在衡山山麓之下，曲水绕林，峰峦掩映，地势幽僻，与祝融峰抱璞楼松风阁，声息相闻。这本是了因师太退隐禅关，自己所盖的一座尼庵。中有女弟子数人，半是武林遗孤，由了因师太收养来，传经授艺，与外界隔绝不通。除了邻村樵子牧童，一般人竟不知林深处有此禅观。

了因师太把杜十一娘和男装的夏澄光，一齐邀入庵中，留在客堂；她自己忙入方丈室，略事摒挡。把大弟子传来，嘱咐她静守禅堂，不得妄登槛外；大弟子唯唯听命，传谕群徒。然后了因挟剑囊来到客堂，和杜十一娘、夏澄光，商量结伴缉凶的办法和路线。

了因师太的意思，是迅奔长沙。因为在山上，已向横波女侠杜十一娘，问明叛徒张青禾出走前的行径。确知他所结交的淫朋，有一个叫玉蜻蜓桑林武，是江南武林名家的孽子，行止诡秘飘忽，已经沦入下流；其余姓赵姓贾两个人，真名实姓虽不可知，但既与海砂帮有关，他们畏罪偕逃，势必叶落归根，潜入海砂帮，借重门户，匿罪避祸。并且张青禾乃是个孤儿，他并无亲友可投；桑林武又是个被逐的孽子，也必不敢逃返江南。那么，长沙府既是海砂帮盘踞之所，这四个恶徒一定要逃向长沙，殆无可疑。于是缉叛徒的路线，就这样的商定；其次又商量如何结伴同行。了因师太说：女子出门，招人侧目；夏澄光既改男装，可与杜十一娘，乔装眷属；小侠假装书童。至于了因自己，她是出家人，既不便改扮俗装，那只好算作化缘搭伴的贫尼。他们要白天雇代步攒程，夜晚施展飞腾术踏访；众议佥同，就这样定规了。当天离庵，赶到前站，会见了小侠肖珏；各依身份，略换服装，先雇上两辆车，一径走上长沙的大道。沿路上遇有江湖人物，就说唇典，讲隐语，打听叛徒的下落。

攒行数日，接连打听过两三拨武林人物，如镖局达官，如摆把式样的师傅，如护院的武师，都说不上桑林武、张青禾的形踪。杜十一娘很懊恼，了因安慰她道："逆子一定是躲避江湖人物，潜踪而逃，我看路上打听不出来，我们径奔长沙吧。到了长沙，再打圈细访。"

又走了两天，来到一座镇甸上，名叫枫林驿。了因师太对杜十一娘说："我们应该在这里盘桓一两天，这里有我们嵩阳北派一位同门，我们可以找找他。"

杜十一娘道："可是姓黄的吗？他名叫黄什么中？"

了因师太道："正是黄镇中，只是他的住处，记不甚清了，还须现找。"了因遂吩咐肖珏先行找店。肖珏领命，直找到枫林驿街里，方寻着一家大店，叫"大来客栈"。然后引导着了因老尼和二位女侠，一同驱车进店。

驱到店门，杜若英等下车。忽然间，从街那边驰来了一骑骏马，马上客是个英年壮士，一到店门，抬头看匾，甩镫下马。一双眸子闪闪四顾，看见了杜十一娘和夏澄光乔装眷属的背影，和了因师太的尼姑装束，这少年露出注意的神气。了因师太对这少年也很诧异，不觉的也多看了几眼，心想："这人好面熟。"跟着也就走进店房了，这少年壮士居然愣了一愣，皱眉若有所思，随后牵马走向隔街去了。

了因等住的是三间正房，店伙忙着来照应。由男装的夏澄光女侠，摆出主人的模样，吩咐打面水，沏茶，备饭。饭后已到掌灯时分，了因命肖珏到柜房，打听黄镇中的住处。居然一问便得，离店不远。

第二章 搜逆子群雄下山

这时候忽然阴天，下起小雨来。挨到二更，雨势断断续续，似停不停。三女侠耐不住了，说道："我们冒雨去找黄镇中吧。"

肖珏要雇车，了因笑道："不用，我们还怕雨吗？"四个人打着三把伞，分两拨离店，径访黄镇中。

嵩阳北派的剑客黄镇中，就住在枫林驿一条小巷中。三女侠冒雨行，眨眼寻到；女侠靠后，小侠肖珏当先叩门。敲了半晌，来了一个长工，隔门提灯讯问找谁。肖珏说是："祝融峰来的，要找黄三爷。"

宅中人竟不肯开门，说是黄三爷没在家。肖珏动怒砸门，厉声说："大雨的天，我们有女客远道来访，你怎么不开门？"了因老尼、夏澄光、杜十一娘，都耗得不耐烦；由夏澄光上前，抗声通名："你快去告诉你们主人；主人不在家，告诉你们主妇。就说南岳衡山祝融峰抱璞楼主的女儿夏澄光，远道来访。你对你们主人说，我们是同派，我们来了四个人，有要紧事，一定要见。你再不开门，我们要跳墙进去了！"

一阵喧哗，想是又从宅内惊动出一个人来，隔门缝灯光一闪，经过了一阵呶呶问答之声，旋听见另一个清朗口音说道："来的可是嵩阳女侠松枫阁夏吗？"

夏澄光应了一声，门中人又道："既是同门远来，又是雨天深夜，这总得开门让进来。你快去找主妇讨钥匙去。"

那长工声口的人说："钥匙在这里呢，主人不在家，不问明白，小的不敢开。"

那清朗口音说："只管开，有我呢。"说时哗啦一响，门扇大开。一个少年客，一个仆人，提两只灯，傍门而站。把四个客人冒雨让进来，重新关上街门。

这少年高高提灯一照，看清了来客，一共是四位；他哦了一声，在前引路，把了因师太、杜十一娘、夏澄光、小侠肖珏，一直延入黄宅的外客堂。客堂中明灯辉煌，却并没有客人。了因等由暗入明，略略定住眼神，这才端详这个少年。"唔！"了因不由失声道："原来是你！"

这少年原来就是初入枫林驿，在大来店门前相遇的那个骑马壮士。少年拱手让座，首先说道："我们刚才见过。"

了因笑道："是的，恐怕不但刚才；从前我们也好像在哪里见过？"

少年重新打量了一回，立刻满面堆欢，肃然起敬道："是的，你老人家大概是我们嵩阳南派的了因师太吧？这几位是谁？"

了因师太笑道："你好眼力，你大概是我们嵩阳北派的。"

少年道："弟子正是。"他目光一巡，旋转身，抱拳向横波女侠道："哦，刚才是你老叫门，你老是澄光师姐，你老是嵩阳南派掌门老师松风阁主人的掌珍。我们黄镇中黄师叔没有在家，我们也是刚到；我们刚才实在没有听出来，教您几位在雨天地里久等，太觉对不住了。"他把杜十一娘竟当作了夏澄光，接着说，"恕小弟眼拙，不识高贤……"赶紧重新施礼逊座。

了因见坐无别人，微微一笑，代为引见道："北派同门，你看这位才是夏师姐哩，她今天因事改为男装。这一位是名闻两湖的横波女侠杜十一娘，你竟不认得吗？……这一位是肖珏师侄，乃是我们嵩阳南派第三代的高足。”

少年一听这话，不由一怔。了因分明看出他身躯微微一震，面目倏地变了色，可是登时又平复了。跟着举手施礼，自通名辈道：“弟子姜涵清，是咱们北支第三代第十七人。久仰横波女侠的大名……”说着话时，客厅内间隐闻轻轻的脚步声，门帘也跟着一动。

了因惶惑起来，用手一指内室，眼望姜涵清道：“谁在屋里？”又问：“宅主人黄施主呢，他上哪里去了？”

姜涵清道：“黄师叔刚才出去，这屋里的人也是咱们嵩阳北派的。”

他另向内宅招呼了一声，一个中年的虬髯汉子，掀帘走出来，举手道：“了因师太，久违了。”

这人是嵩阳北派的一位能手，姓名叫作蔡石铮。他虽然向了因寒暄，了因却已想不起他来。直到双方互通了姓名，方才晓得他是北方第二代的人物，和了因师太、杜十一娘班辈相若。

五个人相邀归座，但是，姜涵清和蔡石铮脸上都带出很蹊跷的神色来，不时偷眼打量杜十一娘。杜十一娘蓦地粉面也改了色，暗中思猜，“莫非这逆子的事，他们已经晓得了？”

了因老尼接着盘问姜涵清：“你们二位一向不是在湘南吗？你们现在是路过这里，还是要上别处去？”

姜涵清道：“弟子是路过，弟子原来打算要到衡山去的。”

了因道：“哦，你要赴衡山，究竟为了什么事情？可是要到祝融峰，拜见我们掌教吗？”

姜涵清答道：“是的，我们是要见见南支掌教夏、罗二公。”

了因矍然道：“见他们，有什么事？”

姜涵清望着蔡石铮，迟迟疑疑，半晌才说：“不为别的事，只因株州一带，三日内连出了好几桩劫财杀人的命案，弟子和蔡石铮叔是奉命查究这件凶案。”三女侠齐道：“奇怪！”

姜涵清道：“的确奇怪，而且作案的人，竟传说和我们嵩阳派有关，这不是一件异闻吗？”

了因老尼和夏澄光一齐震动，杜十一娘尤其激昂，猛地立起来问道：“可是张青禾孽畜吗？我们就是为这奴才出来的。……好奴才，一准是他！”

姜涵清未及还言，蔡石铮搔首道：“张青禾，不是我们南支第三代的小弟子吗？不过，这个，我访闻的，作案的好像……”

了因忙问：“好像什吗？”

蔡石铮两目游离，似回避着十一娘等人的注视，半晌方才徐徐说道：“听说是个女贼！”

女贼二字一出口，了因、杜若英、夏澄光，莫不惶骇。嵩阳南派的女同门没有许多人，除了他们三个，另外仅有一个沅江徐鹤的妻子，名叫纪清扬。了因等三个人齐声道：“这女贼叫什么名字？案情是怎样的？可访出来她的年貌底细没有？”蔡、姜二人立刻又露出支吾的神情，道：“还没有探听出来，不过听她报字号，是什么女侠罢了。多少人疑惑与咱们嵩阳派有关。”两人虽然这样说，可是了因和杜、夏两女侠，仍然抓住疑点，一力穷诘。姜涵清且不回答，调过来反诘了因等人的来意。了因把张青禾的罪状，草草说了，嘱咐二人代访。二人答应了，看了因的意思，还是要打听株州的凶案。姜涵清眉峰一耸，说是：“我也不得其详。”他跟着托词告便，出离客室。过了很久，和宅主黄镇中一同回转。黄镇中是个很英武的中年汉子，满身雨淋，似才冒雨归来。向在屋诸人寒暄了一阵，忽然落座开言道：“株州的案子，我刚才出去打听了一回，依然没有什么消息，这还得仔细访一访。了因师太和二位同门先请回店，我同着蔡师兄、姜师侄，还要出去打听。今天晚上，我们到店里，给师太送信去。”

杜、夏二女侠谆嘱快访，黄镇中、姜涵清连连答应，然后了因起身告辞。想不到黄镇中已给套好了两辆轿车，把三人送回店房。临上车时，蔡石铮趁人不见，悄悄的递给了因一个纸条，下款却由黄镇中具名。那纸条上写的是：

请师太今晚遣肖珏同门到舍下一谈。株州盗案,闻与十一娘有关,恐有别情,面谈不便。务请师太守秘,遣肖师弟只身独来……

看此举动，了因老尼心中已经明白了大半。回到店来，工夫不大，黄镇中、蔡石铮、姜涵清已经来回拜，说是盗案详情，还没打听出来。谈了一会儿闲话，告辞回去，挨到四更，了因托故遣肖珏出店，急访黄镇中。

小侠肖珏奉命只身冒雨来到黄宅，黄镇中陪着蔡石铮、姜涵清，已在客厅开门恭候。这才由三人说破了株州命案的情形。那个作案的女贼，竟自称是横波女侠！这女贼又不止杀人劫财，她又是一个女采花贼，实行倒采花！

据黄镇中说："这件案子，已经传遍株州，是日前蔡石铮、姜涵清听来的。这是三天之间，共出了三件血案，被害人全是少年男子，钱财被劫一空，把人也伤了。死者不是赤身裸体，就是衣裤凌乱，尤丑的是下体竟被割去，血溅衾褥。在事主的卧床上，有下五门惯用的粉袋子，拍着粉记，是'横波女侠'四字。起初还以为是仇人嫁祸，杜十一娘岂肯作这下贱的事情?"

黄镇中接着说："可是第三案，那个事主鲍三公子，虽被阉割，残喘未死。官人们问他时，他还能说出话来；他说确不是男贼，确是女贼。这女贼蒙蓝绢包头、披蓝斗蓬，偏与杜十一娘衣履一样，容貌也很白皙，弓足纤腰，也分明像横波女侠。这个女贼，于三更天，破窗入内，竟要求鲍三公子与她苟合。鲍三公子手无缚鸡之力，半夜里突然进来一个女贼，就是美色当前，他也要疑鬼疑狐，早吓得只有抖擞的份了。女贼百般挑逗，鲍三公子只喊救命饶命，遂惹恼女贼，下此毒手。现在当地官府正在严究，虽然明知此中必有蹊跷，可是究为嵩阳派之玷。所以蔡石铮跑来送信，叫姜涵清赶快南下衡山，报告此事，以便彻底根究，这嫁祸诬陷的人，到底是谁，用意何在?”

蔡石铮、姜涵清一席话，把个肖珏说了个目眦欲裂，气仇填胸!

小侠肖珏在嵩阳门下已久，受名师熏陶，养成一种侠肠义骨，疾恶如仇。乍一听凶案，还有一些骇怪；转念一想，立刻从时日上发现疑窦。

他忙向蔡石铮、姜涵清辨说道：“二位师叔，我看此事定是与我嵩阳派有深仇大怨的绿林宵小所为，借这淫凶的兽行，想把我嵩阳派清白之名，加以污毁。我敢保这决不是我嵩阳派南支女侠所为，更与横波女侠无干。二位师叔，你要晓得，我横波师姑恰巧在这几天，发生人伦巨变。她老人家抚养的义子张青禾，受恶人引诱，竟做出逆伦叛师的大罪，横波女侠就在大前天，到祝融峰抱璞楼，当宴首告逆子叛徒。我嵩阳南派夏、罗二侠，已经受理控案；我们现在，是奉命出来，查拿叛徒张青禾，由打控告那天起，便是我、了因师太、夏澄光师姑，伴同横波师姑，出来踏访张青禾。弟子我便是跟着他们三位女侠的随员。”

肖珏接着说道：“师叔请想，由打那天直到现在，我们四个人可以说跬步未离开过；就算横波女侠真个变节，真个行止不检，她也没有工夫，远赴株州去作案啊！她老人家这几天伤心懊恼，痛不欲生；她老人家没有分身法，怎会跑出好几百里地去杀人？这事件一定是仇人栽赃嫁祸，我们必须彻究明白。不过弟子陪侍三位女侠，最要紧的不是追缉叛徒张青禾，想不到株州又生此变！二位师叔，还请分神代为访查。弟子年轻，做不了主，等我禀明了因师太，问问她老人家，到底先办哪一案?”

小侠肖珏一口气说出，蔡石铮、黄镇中、姜涵清俱各恍然大悟，诧然震怒。怪不得横波女侠神情惨淡。可怜她一身绝技，竟被人暗算，受此奇耻！刚才乍一见面，一时还多心她身犯淫恶，自己疑心生暗见，怕人诘责；哪知她的义子竟叛师犯上，掀动巨案呢。蔡、黄二人把株州血案的详情，都告诉肖珏，教他转告南派群侠。随后便细询肖珏，究竟张青禾是怎样的叛师犯上，现在要怎样处置他，他逃到哪里去了？

肖珏把横波女侠杜若英血书控告各节，一一对蔡、黄二侠说了，把张青禾逃奔的方向，也大略说出。二侠大为惊骇，怨不得三女侠行色如此匆遽，怨不得嵩阳南派竟要大举追寻叛徒。这张青禾小小年纪，胆敢欺辱养母恩师，实在是罪不容诛。由此推测，恐怕株州血案，也许和张青禾有关系。只是时日上，又有参差。莫非张青禾也是受人鼓蛊，暗幕中另还有绿林巨奸，故意来跟嵩阳派作对？

蔡石铮思索了一回，又与黄镇中、姜涵清商量了一回，然后告诉肖珏："肖贤侄，我对你说了吧。我们起初真的疑心株州淫杀案，是横波女侠中途变节，任意胡为的了。我们此行，就是要上衡山祝融峰抱璞楼，进谒夏金峰、罗靖南二位南支领袖，特意告发这一案，今据你所说，事情显见大有蹊跷。我们打算分出一个人来，一面仍须给夏、罗二侠去送信，却不是纠举淫案，反而变成密报恶淫了。一面我们仍要联合两支在湘同道，加细详稽本案的内幕。现在遇见你们，这好极了，我们不必再去衡山送信了。肖贤侄，你现在就赶快回店，可以背着横波女侠，把株州血案悄悄密禀了因师太，看她作何打算，你再奔回来，给我们送一个信，事不宜迟，我们明天就要下手访查。"

肖珏点头敬诺，立即告辞。迈步刚出房门，忽又想起一事止步回头，对蔡石铮、黄镇中、姜涵清低声说道："这件事关系横波师姑名节，她如今又正遭逢逆伦大变；控告逆子之后，已经是痛不欲生的了。几次三番要自刎，多亏我们长幼各辈群侠一再劝阻，立允克日出发，替她雪忿。又有夏澄光师姐、了因师太两位，暗暗地看住，她方才略略打起精神来。株州淫凶案，如果教她知道，她一定疑心是张青禾勾结外方女贼，故意栽赃败坏她，她一定要气死的。为此我拜托二位师叔和姜师兄，千万口严一点。不要在横波女侠面前，透露此事才好。”

蔡石铮、姜涵清一齐说道：“当然，当然，我们早防到这一层。我们特意把你调出来，刚才没有当面讲，一来是同着女同门，说此淫秽案情，很觉碍口；二来便是料到此事必有枝节，这关系着女子的名节，侠客的身份，断断是不能随便讲的。你放心吧，赶紧禀明了因师太，我们还要等你们的回信呢，我们这里也要赶着办。”

说罢，小侠肖珏点点头，迈步出院，施展飞行术，冒雨奔回店房，越墙而过；贴墙急行，走到了因师太窗前，轻轻用手指一弹窗，转身走回自己所住的小屋内，扪出自来火，把灯点着，然后脱去雨衣，换了常服。

此时已届五更，正因阴雨，天黑如墨。过了不大工夫，了因师太推门进来。肖珏连忙站起，方要开口；了因师太摇了摇头，目向窗外一瞥，大声说道：“我猜着是你，果然是你！你刚才上哪里去了？我还有事，跟你商量，谁知找不着你了。你年纪轻轻的，阅历太浅，不许你一个人随便出去。你知道吗？”说到这里，把声音放低了，这才向肖珏盘问独访黄家，究诘株州淫杀案，到底得来了什么样的骇人消息。小侠肖珏且先不说，悄问横波女侠杜十一娘现在醒着没有？夏师姐也已睡了吗？了因师太皱眉道：“你师姑没睡着，是夏师姐陪她躺着呢。你杜师姑为人太精明了，真真不好办，你快说吧。”

小侠肖珏这才把适才所闻：株州地方，女采花贼贪淫凶杀，连伤三命的话，一字不漏，全说出来。又说出这女采花贼，当地哄传是横波女侠，是嵩阳派门人。被害男子有一鲍三公子，拒奸不从，被女采花贼阉割；人竟未死，供出女贼形容打扮，竟与横波师姑颇为相似云云。……

一席话把了因师太听了个目瞪口呆，惊得半晌说不出话。良久，方才说道：“这一定是冒名嫁祸，一定是冒名嫁祸，可把我们嵩阳派污蔑的不轻！你你横波师姑至不济，如何会做出这下五门的极淫凶的勾当！这一定是仇人，一定是……”正要往下说，忽然一凝神，突然回转身低喝道："谁?"

门房忽悠悠开了，女侠夏澄光蹑足跃进屋来。她很性急，恨不得立刻知道株州的案情。她见横波发愣犯困，已然睡下，她便悄悄溜出来打听。她面对肖珏问道："蔡、黄两人神情古怪，到底是怎的一回事?"

她却是个年轻处女，辈分虽大，小侠肖珏却面嫩说不出口，只说是女采花贼诚心诬蔑我们嵩阳派。了因老尼忙道："澄光贤侄女，你来，等我告诉你……"

正要说，蓦地又一惊，倾耳外听，忽说不好，急急推门出去寻看，有一条黑影，往店房前院退去了。了因师太轻嘘了一声，抽剑急追，眨眼间，见那人影越墙逃走了，了因师太立即跃上墙头追赶，那人像箭似的，跳到街上，穿小巷往北奔去了。

了因老尼施展飞行术急赶，一直追出半里地；回头看见女侠夏澄光、小侠肖珏，也相随跟追出来。了因心中一动，自觉忘了一招，连忙停步，阻住夏澄光，教她赶快回店，看一看横波女侠。夏澄光恍然大悟，急忙转身回去；了因师太这才与肖珏，并肩续往前赶。此时正值盛雨天阴，四面昏黑，经这一耽误，直追出镇外，再找那黑影，已然不见。两人分路搜寻了一遍，竟失了踪迹。二人十分扫兴，只得往回路走。肖珏心疑是歹人，再不然就是过路绿林。了因却不这样想，她猜疑这人影，不是黄镇中，就是蔡石铮。肖珏道："既是二位师叔，他们偷窥我们做什么?"了因冲他一笑，他也有点明白了："他们还是半信半疑吧!"了因点头，肖珏长叹。

当下了因师太在前，肖珏追随在后，斜兜了一个圈，来到店前，仍奔后墙，翻墙跳进去。多亏是雨大，没有被人瞥见。此刻已到黎明时分，店伙陆续起来，不过院中无人罢了。了因、肖珏悄悄溜回房间，只见横波女侠依然卧床沉睡，夏澄光紧挨着她躺着，横波好似对刚才的事，毫无觉察。

了因轻轻一拍，把夏澄光唤出。夏澄光忙问："追上了没有？是什么人？是敌是友?"

了因皱眉摇头道："想不到我们栽在这里了，追出半里地，竟没追上。"意思之间，断定是黄、蔡二侠，潜来考察横波。了因又询问夏澄光："到底杜十一娘睡熟了没有？刚才没醒吗？"

夏澄光道："她始终没有醒，我眼看她睡着的，她心上很烦，也许困得早。"

了因仍不放心，轻轻说道："我们要留神，不要教她偷听了去。"遂将肖珏所闻株州淫杀案，告诉了夏澄光。

夏澄光登时气得蛾眉直竖，低声向了因道："这件事，我们必须访个水落石出。这一定是仇人影射，要败坏我们嵩阳派的声名的。师太，你说我们应该怎么样？我们是先上长沙追缉张青禾，还是改奔株州，彻查这个冒名嫁祸的女淫贼？"

了因师太吁气道："不是我多疑，我现在总觉这个女淫贼，出现得太离奇突兀。我疑心这株州血案，和张青禾逆伦案，时机相凑，多少似有关联。"

夏澄光道："道理上似乎应有这么一猜，但是张青禾年纪很轻，阅历很浅，他从何处去勾结女贼，来做这诬蔑他义母恩师的凶案呢？"

了因师太道："张青禾本人当然嫩，可是他也有三个淫朋，那桑林武却是经的多见的广，也许是他唆使出来的。所以我想，我们与其先奔长沙，倒莫如先到株州，打听一下。"

夏澄光点头，道："不过我们忽然改计，我们怎对横波师姑说明呢？这件事也不能总瞒着她呀。"

小侠肖珏也道："我们怎样答对北派蔡、黄二位师叔呢？他们本要到祝融峰，谒见夏、罗二位领袖，当面举发株州命案。既然遇见我们，又知其中颇有栽赃诬陷的隐情，他们说，不便再上祝融峰了，要烦我们就便替他转达一下。此外他们还请师太做主，商量一个办法，双方好分工合作。他们说这件凶案，虽由他们北支发觉，但案情关系南支声望甚重。他们北派一切行止，要听我们南派调遣的。他们说，请了因师太无须客气，赶快决定了。分派了，大家好遵照着去做。”

了因老尼搔头说道：“实在这件凶案，太淫污混账，诬蔑我们太甚了。我也不敢擅作主张，我们现在应该一面缉访，一面赶紧给领袖送信，这一回事情节重大，应该速请领袖下山。”

夏澄光道：“难道我们就在这里，静候领袖下山？一事不为，坐耗时机错过吗？”

了因老尼道：“那也不能……”

了因这个人，只知拔剑，不善筹谋，她竟打不定主意了。小侠肖珏忍不住说道：“依弟子愚见，我可以翻回去；迎上灵修道长，我就告诉他，不但他，不拘哪一位，我都把株州凶案告诉他们，请他们赶快追您来。您只指定一个地点，就行。我也不必竟回衡山，我们只遇见本派传信的同道，就可以烦他们挨个转达好了。现在就请师太约定一个聚会的地点，岂不是一切都省事了？至于先上长沙，还是先上株州，我看这也很好解决，我们由这枫林驿，奔长沙去，一定路过株州。我们只需稍微绕点路，在株州多逗留一下，加细查访一回，岂不就一举两得了？”

一口气说出来，说得夏澄光笑了起来。了因师太也不禁失笑道：“还是你们年轻人见事快，我简直是教事情把我绕住了。我就忘了这一层，奔长沙必先穿过株州。”说着以手击额道：“老了，不中用了。”

夏澄光接着道：“我们这一路查访，无论如何，也不能总瞒着横波女侠，我看我们索性告诉她，只把口气说的柔和一点，不招她难过，就可以了。”

正说着，外面雨声溅溅，忽然有人接了腔道：“对了，你们可以柔和一点告诉我。”

三人一齐看窗，横波女侠已然蕴怒闯进来，三个人一齐站起让座，了因很不安的说道：“师妹睡好了吗？”

横波女侠杜十一娘咬唇不答，气哼哼地坐在椅子上，半晌方才说道：“我杜若英不幸遭此人伦大变，年轻轻守孀，本不该多事，收认养子，更不该把义子当徒儿严加管束。现在拘管出怨恨来，教逆子反吃一口，这都是我自己的错，不能怪别人。只是我竟想不到本派诸位贤达，因为这一节，公然拿我当犯人一般看待，不但监视我，事事还背着我，我自知贞操已失，无颜立于人世，我本要自尽，你们诸位又横拦竖阻，不教我痛痛快快的死，可又这么蝎蝎螫螫的对待我，到底把我杜若英看成怎样下贱的人了？”

话声激楚，怨忿已极，两边眸子隐含痛泪，强忍着不欲在人前垂泣；却是眼珠一转一转的，到底滚下两行热泪来，教任何人看来，都不由替她扼腕悲凉。了因老尼、女侠夏澄光、小侠肖珏，莫不惶恐失措，了因老尼更觉得愧对，三人一齐劝解道：“十一娘，你不要难受了，我们决不是这个意思。”

横波女侠道：“既不是这个意思，肖珏为什么瞒着我，独去重访黄、蔡二人？澄光又为什么总绊着我，寸步不离？”

肖珏、夏澄光连忙分剖：“我们决不敢监视您，更不敢瞒着您，只是看您太伤心了，我们是怕给您添烦。”

横波女侠摇头惨笑道：“今晚我已经睡下了，澄光妹还偷偷的溜到床根，验看我是否睡熟。了因师太，您年纪比我大，你也处处背着我，我知道肖珏是奉你之命，重访蔡、黄二人，现在我也自知罪深孽重，总算由打我身上起，玷辱了嵩阳派。我也不敢强求，我只请问师太一句话：你老人家若还拿我当个人，就求你把蔡石铮、黄镇中他们议论我的话，一字不漏，据实告诉我。”又目视夏澄光和肖珏道：“你们二位也是一样，我让你们二位在同门谊气上，不要骗我，瞒我。我自知一个女人一旦失了节，辱了身，就不算是人了！”且说且泣，泪珠滚滚满腮。

了因、澄光、肖珏，面面相觑，很是惊骇，横波女侠素性贞烈，待人一向有礼貌，现在，分明受了大刺激，过于多疑了。她竟怀疑大家瞧不起她了，哪知大家正是哀矜之不暇，一番小心，惟恐惹得横波伤心，倒更惹得她疑、怨、忿、嫉、惭恨交迸了。

了因师太用哀恳的口吻，再三解释；空言不能洗去横波的疑怨，她冷笑不信。女侠夏澄光看此光景，咳了一声，款款走过来，紧挨着横波女侠坐下，两手握着横波的手。横波的手冰冷，而且不住颤抖，知她悲愤已到极点。澄光敛容低声叫道："师姑，你千万不要多心，实际上满不是那一回事！"

杜十一娘摇头不答。澄光道："我告诉您，他们北派黄镇中、蔡石铮二位，实在是一向敬重你。现在也更敬重您。您遭这大不幸，他们稍有人心，焉忍对您妄加讥议？您务必要看开，这一件逆伦大变，断不是您一个人的事，也不是我们嵩阳南派的事；这乃是我嵩阳派南北两支大家同愤的一件恨事。再往大了谈，实是我们武林中一件万众齐切齿的逆案。师姑，任何人听见了，也要替您伤心。您想是看出来黄、蔡二人神色有异，您就疑到您自己身上来了。师姑，实告诉您说吧，我们嵩阳南派不幸又遇上另一桩被诬蔑的案子，比辱师欺母，情节不在以下呢！"

杜若英含泪不语，只凝望着了因老尼和夏澄光，静等他们披诉。夏澄光、了因老尼无可奈何，把株州一案，约略对杜若英实说了。仍未敢说破那个采花女贼，冒名横波女侠的事，只说她自称是嵩阳派、采花伤人，意存诬陷。而嵩阳派女侠，仅只杜若英、夏澄光、和沅江徐鹤的妻室纪清扬三人。

夏澄光对杜十一娘说："师姑您想，南北两支俱是一家。黄、蔡二位一听见这谣言，如何不要根究？他们本是特来衡山，要向我们南派首领禀报的。在半路上遇见我们三个人，他们要说，又觉得碍口，所以脸上带出骇异神气来。他们悄悄把肖珏调出去，就为告诉这件事。现在我们决计打发肖珏回山驰报，你我三个人要顺路先奔株州，查究一下。我们不是瞒着师姑您，实在因为这件事关系我们名声太大，而您又是新遭巨变，我们只怕说出来，叫您听着更心窄。所以我们才背着您老人家，先琢磨琢磨。现在您老人家这么难过，我们只好全说出来，您千万别误会了，也不必心窄，我们还是先奔株州吧。”

横波女侠杜十一娘听罢，低头沉吟，其实她已然悄悄猜透其中蹊跷。她满腔悲愤，惟恐自己的不幸，遭同门鄙薄，今见了因、澄光这么惶恐，心上便安顿多了。

她仍然闭口无言。过了好半晌，才猝然说道：“这株州凶杀案，一准是冒着我的名字……准是张青禾这个奴才，支使出人来，故意作践我的……”

夏澄光、了因师太，都回避不敢径答。杜若英盯着二人，二人支吾道：“我们到株州查看一趟，就知道了，此刻也无须揣测。听说这女贼仅仅自称是嵩阳派，我想她不会公然留名吧。张青禾也未必认识女贼，这是女贼干的事。总而言之，耳听是虚，我们还是先去采探一下。好在追拿叛徒张青禾，也必须由打株州经过，我们此行，正好一举两得。”

杜十一娘苦笑了一声，她察言观色，此刻已经有七八分明白了。二人既不肯直告，自己索性不问，末后断然道：“你们二位怎么说怎么好，我是随着你们的，奔株州也行。”站起来走了。

了因老尼、夏澄光却很难过，替横波惋惜。如此一个守志弥笃的贞孀，偏偏命犯蝎磨，遇上这些打击，真真叫人痛恨皇天无眼了。

少时天色大明，了因先派肖珏给蔡石铮、黄镇中送了一个信，蔡、黄二人约定十天后，在株州与了因等会面，以便交换彼此踏访的情报。当下，黄、蔡二人和姜涵清，又分成两路，分别出发，潜访附近一带，绿林人物和秘密会帮出没的动静，借此获得株州凶案的主犯，好在女贼最招人侧目，料想不难访出下落。

当天晌午，小侠肖珏翻回去报信，夏澄光和横波女侠，仍扮作眷属，雇车上道，离开枫林驿，直奔株州。株州也是湘鄂往来要道，人烟稠密，旅店、酒栈、妓馆、茶肆颇多，也有几处禅林。三个女侠寻一座店住下，立即着手探听鲍三公子被阉割这一案，这一案已轰动全城，官府已派干捕搜缉宵小，街市上更不断有人纷纷讲论。

了因师太、夏澄光、横波女侠，三个人分途查访。由了因老尼，找到当地拳师、镖客处，逐一探问了。倒有一家镖局，可惜总镖头远行在外。本地这些武林人士，竟都是蠢汉，既无真本领，又乏豪侠气，把女采花贼当作奇闻，不思访拿，为民除害。了因师太很不满意他们，索性不再问了，只加紧自己踏访。

不意她三人衣貌不伦，言行异样，此地刚刚闹过女淫贼，三女侠又逢人打听女人不该问的话，不觉的招得土著人十分诧异。尤其是男装的夏澄光，和女装横波女侠，一男一女同道而行，年貌不似夫妻，亲昵过于伉俪，更易遭人侧目，地面官人竟向店家暗暗盘查起她俩的行踪。

三女侠都觉得情形不对，当晚依了因师太的意见，离开店房，改觅城外一座尼庵古刹，蹚好了道，入夜潜在封闭的佛阁上寄迹，黎明便偷偷溜出来。三女侠潜出潜入，飞行术超绝，庵中人竟没有觉察。了因复劝横波女侠，改装成带发修行的女尼，和自己搭伴，作为敲木鱼化缘的师徒二尼，可以任意游行全城，沿门托钵。并且两人把容貌也改了，涂上淡黄色，有时同行，有时分开，有时昼访，有时夜搜，专找僻里污巷，宵小出没之场。女侠夏澄光却改做单帮，扮成少年公子模样，手拿秋扇，飘飘洒洒。也到各处乱踏，却侧重繁华场，浪子荡女徘徊之所。

如此白昼夜访，深夜聚会，交换意见。观听稍有可疑，这个看过了，再引那个来复察。一连三数日，大海捞针，渺无叛徒或女贼的确耗。只夏澄光，在株州瓦舍场中，发现了两个卖艺的绳妓：一个年当花信，一个年才二十许。技艺出众，不似江湖卖艺炫人假把戏，颇具武林技击真功夫，这是一点可异处。同时，这两个卖艺女子，相貌太俊俏，太白净，凡是踏江湖的绳妓，多半是缠着小脚，而面貌多带紫棠色，所谓黑里俏，风尘游食，多少透着村俗气。这两个女艺人却不然，既无闺阁之气，竟少风尘之色，这又是第二可怪处。同时，凡艺妓多有领家男子，很少单身少女，独自献艺的。这两女似是姐妹花，居然没有男伴，也无阿婆，这又是第三点可怪处了。

这两个女子一穿红，一穿绿，梳抓髻，系丝巾，铁尖鞋，敞脚裤，在广场立竿设绳，围成一场，敲着锣，卖弄技巧，四周聚拢很多的人观赏。女侠夏澄光，生有洁癖，又是个姑娘，不肯从人丛中强挤，只在圈外看，偏偏她身量不甚高，只得企足而观。连看了两场，觉得二女虽不像跋涉风尘的女艺人，却有着一套很熟谙的江湖话。向观众发科、讨钱，似乎又很在行，女侠夏澄光到底武艺精而见识浅，她断不透二女的来历。又见二女容貌白皙可爱，她似乎起心眼里不忍把二女武断做采花女贼。盯了一回，不得主意，只索性转身回去，找了因师太和横波女侠。

了因和横波女侠杜十一娘，披敞衣，变容貌，把脸涂得黄黄的，真像咬菜根的苦行女尼，连日在大街小巷化缘，踏破半个城，毫无所遇。杜十一娘只是焦烦，要奔长沙追张青禾、桑林武。了因师太以为和蔡、黄等人约会的日期将到，劝她稍待。两人没精打采，在街上走，眼光东张西望。正在不耐烦时，夏澄光竟寻了来，忙将二人调到僻处，把自己所见，告诉了二人。横波女侠漫不在意，垂头丧气的说："两个女艺人罢了，在通街广场中露色相，断不是那采花女贼。那采花女贼，我认为早离开此地了。她在此地一连做了三案，难道还做第四案不成？若依我说，我们丢开这一挡，还是奔长沙。"

了因师太轻抚着横波女侠的肩头，低声道："师妹，这两个绳妓也许可疑，我们不妨先去看看。"问澄光道："她们卖艺的场子在哪里？"

夏澄光道："离这里不远，二位跟我来。"

儒巾儒服的女侠夏澄光，缓步前行；尼姑装束的横波和了因，联袂后随，一直找到瓦舍场子。了因师太见场子聚的人很多，锣声喤喤，正将奏技，念了一声阿弥陀佛，发话道："施主们借光，让贫尼看看。”

人们扭头，见是一个老尼、一个中年尼，笑道：“出家人也看把戏吗？”

了因师太手打问讯道：“阿弥陀佛，出家人不敢看作剧，却可以结个善缘，施主们容让一步吧。”引着横波女侠，挤入人丛，一直到绳圈之前。夏澄光也就势挨过来，和了因并肩立着，三个女侠细细的打量走绳卖艺的二女。

二女刚刚敛完钱，现在重新起锣，聚观众，再开练，把戏场四方丈方圆，插打拴绳，团团圈起，以防游人挤入。靠南架着走索，是一根巨绳，架在交叉的两座木架上，绷了个很紧，靠北堆着行头、刀枪、流星、弹弓、凳子、高桌等等。当央插了一根纛形长旗，赤焰白地，白地上置着圈，赤焰边系着两串铜锣铃，风一吹，琅琅的响，长女穿绿，正敲铜锣，少女穿红，正要流星开场。因为场圈虽拦着绳，有的地方已将挂绳的竹竿挤倒，小孩子们和无知男人们，赶进场子来了。流星过处，直抵人圈，几乎打着鼻头，哗笑声中，人们不觉后退，这样便把场子打开了。

红衣少女放下流星，袅袅婷婷走来，把已挤倒的竹竿扶起，插好，把绳挂上，然后直腰，抬头，水灵灵一双眸子，向四面一瞥，转身，举步，走到红衣长女身旁。绿衣长女敲锣，这红衣少女坐下来，抄起鼓槌，咕冬冬，咕冬冬，与锣声相伴，大敲了一阵，观众见讨钱而散，闻锣声复聚，打罢一通鼓，人越聚越多。

了因师太久涉江湖，横波女侠阅历也深，都看出二女气宇不凡。因互相示意，在人群中站住了，要看个究竟。少时，二女把锣鼓声打住，绿衣长女便站起身来，轻轻一跃，登上高凳，手捏嘴唇，吱的吹起一阵口哨，无非是吸引看客。随后便向众人发科，自称是闯荡江湖的艺人，自报艺名叫作碧桃，红衣少女是师妹，名叫红桃，说是钱塘江人氏。接着说：“今天来到贵宝地，谈不到访友游艺，只是干了这一行，吃饭要饭钱，住店要店钱，不练点玩意儿，凭什么领列公的恩赏。我姐妹不过跟师父学会几套小把戏，走索，钻圈，打弹弓，刺剑，耍刀，对枪，……无非是蒙人的玩意，借此糊口，请列公看个火炽罢了。”

绿衣女艺人满口的江湖话，言之不惭，立在高凳下，不但口讲指画，而且目光四射，不时向人群中扫了一圈又一圈。敷说已罢，又向人群中游目送睐；忽看到女扮男装的夏澄光，眼光不觉一停；更看到乔装女尼的横波女侠和了因师太，眼光又一停。旋即跳下凳子，招呼师妹红桃：“刚才我们练完了走索、钻圈，现在我们再练一套兵器，请列公赏光指教！”

二女从行头中，一个取双刀，一个取了一杆花枪，碧桃使枪，红桃舞刀，两人对打起来。练的是六合刀和岳家枪，手眼身法步，半真半假，拆得很快。尤其是俪影翩翩，满场飞舞，真引得全场喝彩。忽然间，碧桃一枪当心刺来，被红桃用左手刀向外一磕，右手刀搂头盖顶剁去；啪的一声，花枪失手坠地，刀光已临头顶，来势迅疾，红桃娇叱一声：“呔！”眼睁睁剁下来。场子上顿呈惊险之状，观众发出诧骇之声。

那碧桃姑娘也似措手不及，忙一侧脸，伸手来夺刀。红桃持刀的右手，被师姐碧桃左手捋住腕子；她急将左手刀抡起，照样当头劈下去。碧桃又一偏脸，右手忙捋住红桃左腕子。两个人两双手对扭夺刀。突然身形一变，倏地分开，已经是一人一把刀了。红桃左手刀，已被碧桃夺去，两人相对一望，恶狠狠扑到一处，明晃晃的钢刀，又复挥霍对砍。看的人眼花缭乱，忽又一变，红桃嗖的一上步，缠头裹脑，横削一刀。碧桃急急的一扑地；刀光过处，碧桃的蒙头绢被刀削落，全场哗然，起了一大阵喝彩声。

碧桃似乎吓了一跳，一摸头，一吐舌，大喊道：“好丫头，真砍！”她似乎要报仇，挥刀返身，又来拼命。走过十几招，一招紧似一招。红桃似乎年纪小，后力不接，被师姐碧桃杀的连连倒退。碧桃越杀越勇，眼看要报那失枪削巾之仇，把红桃一直追到场子边上。退无可退，碧桃一个雀跃，嗖的奔过去，举起刀，照红桃后心一刺，力猛招疾，观众又吓一跳。不意红桃一个败势，往旁一闪，飞起莲足，腾地一下，正踢中碧桃的手腕，刀被踢飞，落向场心。碧桃大叫一声，两手一抱脖颈，回头就跑。红桃飞身一纵，蜻蜓点水，直追过来，也大喝一声："哪里跑？"

碧桃两手空空，失去了抵敌之力，竟被捉住，刀架脖颈，吓得她连声怪叫，引得观众由惊暄中，变成哗笑，这便算又演完一场。

武妓碧桃姑娘做出喘吁吁的样子，拿起小簸箩，向观众敛钱，且敛且笑说："我这师妹，太娇，我这是故意让她，我要不让她，列公别见笑，她那么大的姑娘，输了招，说哭就哭。"她做出滑稽的样子来，好像输了招，不肯输嘴似的。

红桃姑娘收拾起坠地的刀枪，也拿了一个小锣向众人开始敛钱，笑着说："我的师姐脸皮顶厚，多咱打败了，都说是让着我。"

碧桃扭头抗辩道："可不是让着你，你一个小丫头，凭我还教你打败了吗？"

碧桃顺着圆场，敛了半圈便住，红桃也敛了半圈；两个人凑到一块，把钱全拢在一处，数了数。按江湖规矩，初步敛完，练把戏的还要说出一个数目来，再叫看客重凑，必凑足他所要求之数，才肯开招练下回，二女低声的叽咕了一会儿，果然面向大众说："还差五百钱，请各位恩官看客赏脸，再回一回手。"

这五百钱，数目太大了。按惯常说，已敛百十文，续求顶多不过五六十文。现在她们初敛还不到百文，续求的倒超出数倍，这不合乎江湖道。二女眼望众人发话，要向列公面前，乞求一个领头创义的恩公出来。二女漫展双眸一寻，粉面堆欢，全冲着男装的女侠夏澄光走过来。

碧桃姑娘端簸箩，赔笑发话，红桃姑娘便向夏澄光施礼请安："这位大爷，破费破费吧，大爷多捧场！"

二武妓似乎把男装的夏澄光，认成当地的阔公子，分明要请她引个头。

夏澄光虽是女杰，不知怎的，脸绯红了。通场的看客全都盯着她，有的人公然怪声喝彩，有的人大声嚷："应该掏腰包，姐妹两个全下来了，还不大大的开发个彩钱吗？"

分明众看客也把男装的夏澄光当作少年风流男子，他们就恶作剧的合哄，而且更有人在背后喊："相上喽，一对儿，真般配啊，桃花运，别脸红啊。别少给呀，五百文真值呀，还不一个人全拿出来吗？"

观众大哄，碧、红二桃毫不介意，反倒回眸向大家一笑，转过脸来，仍向夏澄光侧媚乞怜，仍向她求讨五百钱。夏澄光搁不住众目睽睽，嘲笑纷纭，忙向腰中掏钱，要赶紧把绳妓打发开。可是她身上本没带铜钱，只得取出银幅子，随手捻了一块银子，要往她把式场抛。红桃姑娘好像怕银子抛失，满面春风说道："谢谢大爷！"竟把身躯一横，伸出纤纤玉手来接。

夏澄光本非男子，一时竟忘其所以，不晓得男女授受应该避嫌，她便将银块放在红桃姑娘的掌心。红桃虚眯着眼，嘻嘻一笑，露出满口白牙，又感激不尽的请了一个安，说了一句："大爷破费。"观众都眼睁睁看着，忽然又有人喊起好来。

夏澄光有点挂不住，转身要离开，忽觉衣后襟被人扯了一下，正是横波女侠杜十一娘，拦住她，不教她动。同时碧桃姑娘也满面含春，凑上来，娇呼大爷："大爷您赏我妹妹，怎么不赏我？"

女侠夏澄光张眼把碧桃一看，碧桃脸上的神情很古怪。女侠不禁勃然，双眸一张，双眉微蹙，有一种凛然不可轻侮之慨。然而这卖艺的女子毫不在意，非常的厚颜，仍向夏澄光讨赏。夏澄光决意不给，了因师太在背后暗暗推了她一下，她这才又掏出一块银子，约有四五钱。碧桃也照样伸出手来，夏澄光冷不防，竟投到场子上了。

碧桃冲她一笑道："大爷生气了，生气还赏，我更得谢谢!"于是也照例的再请了一个安，过去把银子拾起。

这时候，许多看热闹的人不注视二绳妓，反倒打量起夏澄光来了：夏澄光生得姿容美丽，既改男装，愈形风流。又教两个绳妓强迫，显得她给钱慷慨，自然格外招人打眼。她心中也正动怒，觉得这两个绳妓，什九不是好人。

碧桃、红桃二姐妹，得了赏银，仍不开练，却又目光灼灼的，打量了因师太和尼装的横波女侠。二妓二尼面面相对，观众们都注视她们。突然间，碧桃姑娘把小簸箩一举，凑过来说道："二位师傅多多指教，也赏几文吗?"

横波女侠杜若英摇头不语，了因师太哈哈一笑，也举起"广结善缘"的布袋，应声发了话："阿弥陀佛，二位檀越练的真好，生意经真高，得了这许多钱，还不布施贫尼几文吗?"

敛彩化缘，针锋相对，看热闹的人哗然大笑，都觉得这事新鲜。有一个闲汉说道："你们对讨钱吧，到底谁该打发谁?"又有一个闲汉说："把式姑娘，化缘师傅，你们都是走遍四方，吃遍四方的人，你们对免了吧，别价自己人啃自己人哪?"

碧桃、红桃闪眼向众人说："我姐妹哪能跟人家二位师傅比?我们是俗人，颠来倒去，自己耍把一个够，挣不了两壶醋钱。人家佛门弟子，找着了一个善门，只一钻进去，小小结个喜缘，便是千二八百。"手中簸箩仍然举着，说："二位师傅，不拘多少，赏给我们苦孩子几文吧。"

了因师太听了这些夹枪带棒的话，不怒而笑道："檀越说的倒好，哪里有这么好开的善门，你们也指给我一条。哪怕化出来，二五折账呢?二位檀越不肯施舍，反倒冲我要钱，你们真算不含糊。贫尼也有点别扭脾气，化定你们啦。你们不掏钱，就别打算练了，我要到你场子里头化缘。"

了因师太轻轻一拉横波女侠，借扭头之势，向夏澄光悄悄递了一个眼色，夏澄光点头会意。了因随即踊身一跳，越过了拦绳，由西南角进入把式场。横波略一犹豫，也就跟纵而入。

两人就分别迎住碧、红二桃，各举着布袋，要施展身手，假化缘，暗打搅，要看看二女到底有没有仗腰子的人，和仗腰的人究竟有多少？并是何等人物？

碧桃、红桃微微一惊，立刻往旁一闪身，潜自封闭门户，叫道："哈哈，真人露相了！我姐妹早就看出来……好么，二位不肯赏钱，竟肯赏脸赐教，我姐妹更欢迎！喂，二位是什么门户？"

了因师太道："檀越不必问什么门户，我出家人只知广结善缘。二位姑娘是有缘的人，我要专诚跟二位檀越化一化。"

二女变色道："好，我姐妹奉陪！"回顾观众道："诸位今天可以看热闹了，这二位师傅是高人，要指教我们。"

于是，二女二尼相了对手，了因盯碧桃，横波盯红桃，亮开架式，即刻要发招。不出所料，果然有一人出头高喝道："且慢！"

把式场北面略略波动，一个长身大汉，从人顶飞跃进来，到二女尼二绳妓当中隔开，说道："你们四位打算怎么样？我们株州是小地方，还没有这个。"冲着二尼说："二位师傅，不打算化缘吗？"冲着二女说："二位姑娘，不打算敛彩钱吗？我这里有，我给。你们全是江湖人，何必争竞？"

他又单向了因师太说："大师傅是有年纪，有道行的人，你应该开面。你若跟两个跑江湖的女孩子一般见识，她们就算失了礼，你老人家也不妨等她们散了场子，调到一边，就管教她们，也使得，似乎不必这样打搅人家的饭路。"

说着伸手掏钱，把两个卖艺女子打发了，挥手教她们退后。手托着一锭银子，单对了因说："大师傅，这是我布施你们二位的。请二位出场子，教她们练她们的吧。"话锋显见袒护着绳妓，暗斥了因无理取闹。

了因师太一言不发，双眸刺瞪，看定这人。这眼光好似一对利剑似的，闪闪刺人，横波女侠也打量这人，半晌冷笑发话道："施主请把银子收起，我们化的是有缘人。这两位女菩萨，我们不但跟她化缘，还要领教哩。”

这长身大汉略露怒容，见了因嗔视他，横波的话又这么强硬，他脸上带出骇异的神色，向四面望了一望。两个绳妓说：“这位客官不必挂火，还是我们江湖人，冲她佛门师傅白话白话。”又凑过来，还是要动武。

此时场内场外都很骚动。有人说了因不对，也有人说二女不对。了因和横波只顾打量这个长身大汉，夏澄光冷眼向周围窥察，觉得人丛中还有两三个人，暗中盯着了因和横波。她忙踊身也跳进圈去，装作劝架，向了因发话道：“这位师傅，既要化缘，请出场子来吧。教她们练她们的，有话何妨回头再讲？你二位瞧，大伙都瞧你们二位呢。”

长身大汉也忽然收拾起怒容，向了因师太拱手道：“这位师傅，恕我眼拙，好像从前在哪里见过，却想不起来了。可是我却晓得师傅你是很有功夫的，请赏我一个面，咱们出场一谈如何？”

了因回嗔作喜道：“见过面吗？我倒眼拙，不记得了。既然这么说，出场一谈也好，施主府上是在哪里？”

长身大汉微微一动说道：“我不是此地人，我现时住在本城祥茂客栈，师傅宝庵在哪里？”

了因师太笑道：“我么，是个游方的尼僧，也不是本地人，你若找我，可以在今天二更以后，到城外白衣庵山门对过空场等我。”

长身大汉道：“什么，二更天以后吗？”

了因师太道：“正是。”遂一拉横波女侠说：“我们走吧。”回头又对碧桃、红桃说：“你们俩也听明白了吧，要找我，请到城外白衣庵对过。我要找你们呢，你们住在哪里？”

碧桃、红桃似早料到了因不是寻常出家人，当下抗声应道：“要找我姐妹，太容易了。每天这个时候，准在这里铺场子候教，你只管来，邀朋友也可以。”

横波女侠恶狠狠看了二女一眼，心说小丫头嘴很尖刻，问她师傅是谁，她们不肯说。看来株州这地方，无怪乎要出凶案，区区走绳的两个女江湖，竟这么硬，一定是有点说处了。

了因、横波跳出圈外，飘然引去。乔装的夏澄光退出场子，仍留在这里看热闹，其实是暗暗盯着二女，那长身大汉劝开了架，向二女看了一眼，二女齐来道谢。长身大汉也跳出圈，走开了。场中只剩下二女，场外剩下夏澄光。

观众七言八语，都以为了因师太来得突兀，走得倏忽，猜想她不是寻常出家人。却又觉得奇怪，好像要打架，才经一劝，忽然走了，正不知她存心何在。而且三姑六婆，是非之门，了因和横波女侠全是尼姑装束，还是三姑之一，她们如此来去匆匆，观众都有点惶惑。碧桃、红桃望着了因去远，她满不介意似的，重向观众发科，开练。一直又练了四五场，将近黄昏时分，方才罢手。二女收拾起行头，着一个负苦小孩挑着，径回下处。

夏澄光容得二女去远，便在后面，远远的缀着。果然不出所料，碧桃、红桃也投到那座祥茂客店去了，刚才那个劝架的长身大汉，果然是跟二女一伙的。当二女进店时，这大汉正在店前观望等候呢。

夏澄光恍然大悟，惟恐打草惊蛇，便不肯进店，假装过路，从店门前，徐徐踱开去，走到街尽头处，却又兜转来，绕店墙踏着了一圈，暗暗认明左右四邻上下道和出入路口。慢慢的抽身，离开了这座祥茂店，来到她们约定的一座小茶馆。进去一看，了因师太和横波女侠全没有来；她们常坐的那副靠窗茶座，适被别的茶客占住了。夏澄光便在邻座坐下，泡了一壶茶，细细品着，闪眼往那边窗壁上寻看，似乎上面并没有了因、横波留下的暗记，吃了三四杯茶，那边茶客走了，她便挪过去，往墙上桌上细细察看，知道她们刚刚来过，今天是不再来了。想了想，便掏出小刀来，在桌上偷偷刻画了几个符记。会了茶钱，出离茶馆，径到别一条街上，一家饭铺，这也是她们指定的接头地点，进去到雅座一看，了因、横波仍然未到。

遂找了一副座头，叫了一份酒饭，慢慢吃酒，等候她俩来找自己，自己不再寻找她俩。

原来她们三个女侠，只耗到深夜，方才潜入城外尼庵空阁上匿迹寄宿，黎明潜行溜出，白天是不去的。却有这么一座小茶馆、两座小饭铺、一家客店，是预先约定了，作为她们落脚、会面、留话的地方。在城内还有一个闹市转角处，在城厢有一个旧宅大影壁，都指定为互通行迹，传递消息的所在。她们用炭笔，在粉墙上画暗号，鱼鸟之形，夹杂着数码文字，别人看不懂，只当是顽童信手糊涂。他们嵩阳派自己人一见，就明白了。另外株州的一家镖局，也经她们暂时借为传话之所，只没把真意全说出来。本派南支的灵修道长一行，和北支的蔡石铮、黄镇中、姜涵清三人，若是随后赶来，便可由这镖局，得知她们三女侠的落脚处。

夏澄光喝完了酒，同伴还没有来，她就叫来饭。饭也吃完了，直等到将近二更，饭馆中都没有什么人了，方见横波女侠杜若英匆匆找了来。她已经换去尼姑装束，进了饭铺，向夏澄光一望，立即在邻桌旁，寻一座位落座。叫堂馆快拿现成的熟食来。匆匆吃罢，付了饭钱，站起身往外走，显见得很忙，很饿，又似遇上了事。夏澄光连忙站起，也会了钞，急急跟随出来。

横波女侠往四面一瞥，低头曳裙紧走，没入夜影中。拐了两个弯，投入一条僻巷；四顾无人，方才止步。夏澄光凑上去，忙问："师姑，怎的这么匆忙，可是访着了点子？"

横波女侠道："是的。"又道："不是的。我问你，你缀的那两个绳妓，落在什么地方了？到底有多少同伙？"

夏澄光道："她们的确是住在祥茂店，她们没有扯谎，我一直缀她们进了店。"

横波女侠道："她们住在几号店？"

夏澄光道："我没敢进店，只缀到店门口，师姑你猜怎样？那长身量大汉，给你们劝架的，真是她们一党。我缀过去时，他正在店门口等候；那个叫碧桃的绳妓一进店，他们彼此之间，就打招呼过话了。看样子，这汉子大概是碧桃、红桃的什么人。”

横波女侠忙问：“不是靠山吗？”

夏澄光道：“看那惯熟的意思，决不是二女临时投托的靠山，实像一路同行的父师之辈。不过卖艺时，只叫女的露面，男的藏在一边，他们究有什么作用，却教人测不透。他们说话声音很低，我竟没有听清楚。怎么着，师姑这么忙，到底获得什么消息了，了因师太上哪里去了？”

横波女侠听罢，点头说道：“了因师太真是老江湖，果然教她料着了。”

夏澄光道：“这话怎么讲？她老人家料着什么了？”

横波女侠说：“澄光，你先不要问，赶快跟我来吧。了因师太现时还在那边暗盯着呢。这地方真有一群恶魔宵小，横行霸道，被一个土豪隐庇着。此地三起凶杀案，必与他们有关，我们要从他们身上究出下落。我们今晚碰巧了，还可以跟那个女采花贼交手。”

夏澄光惊喜道：“你二位从哪里搜着的底细？女采花贼可就是碧桃、红桃两个吗？”

横波女侠道：“也许是，也许不是，但是我料她们必有干连，你跟我走，我们先换夜行衣去。”

当下，横波女侠前行，夏澄光后随，踏夜影奔到一个隐僻所在，却是株州城内的一座城隍庙。庙前有戏台，台旁有古树，三个女侠把夜行衣藏在树窟内，已不止一次。现在即由横波女侠攀上树去，掷下来三个包裹，然后溜下树来。夏澄光接了包裹，先把自己的夜行衣更换好，白昼衣衫就手打入包内，往背后一背，兵刃暗器也都带好。横波女侠杜十一娘也照样打扮好，足登纤尖鞋，头蒙黑绢巾，一色的黑衣裤，和夏澄光完全一样，不过夏澄光仍是男装穿靴罢了。横波也把白昼衣服包好，背上，一手拿自己的剑，一手提着长的圆的两个包，便是自己和了因师太俩的夜行衣装和兵刃。两个人收拾利落，横波女侠道："走！"

夏澄光道："在什么地方？"

横波女侠道："你跟我来吧，地方是在城里西北角。"

夏澄光还是钉问道："到了地方该怎么办，你多少也该告诉我一点话。"

横波女侠恨不得肋生双翅，一步赶到，见问急答："快走快走，到了地方，我们全听了因师太的指挥。我们是要夜入民宅，窥看真相。我们去迟了，怕了因师太孤掌难鸣。"

横波且说且挥手，意思不教她再问，先赶到了地方再讲。夏澄光料想事机紧急，便不再多话。两个女侠一前一后，错着肩，施展飞纵术，眨眼间穿出两道街巷，迎面好像到了鼓楼。惟恐遇见更夫，两人折往僻巷走，突然见前面黑乎乎有两条人影一晃。

第三章

探巨宅人影闪烁

这时眼看到了三更天，夜静声沉，家家闭户，这两条人影好像要扑过来。两个女侠忙往黑暗处一避，把身子贴在墙根，打算让过这两个行路人，她们再走。那两个行路人竟瞥见她们，也往暗隅一避。二女侠觉得可怪，才待转身绕道而行，不料那两条人影突又窜出来，而且扑上来。

横波女侠杜若英目光很锐，看得明白，忙向夏澄光低嘘了一声。夏澄光也已警觉，两个人立刻亮出兵刃，准备迎敌。又不料这两条人影，来势很疾，倏又停住，但见倏然齐一转身，投入路旁另一小巷，躲开了。

这分明是夜行人，已无可疑。但又像陌路人，非敌非友，与己无干。夏澄光要追过去，看看是什么人。横波女侠拦住她，低声说："了因师太急等我们呢。我们先跟她见面，随后再追究这一对。"

两女侠拔步又走，却加了一倍小心，知道此时此地，另有夜行人出没，要留神暗算。于是展眼间，两人穿出两道小巷，再一转弯，便是一道通衢。横波女侠不肯直出通衢，向夏澄光一打手势，一指墙头。夏澄光会意，两人各择墙头，齐一伏腰，嗖的都窜上墙。俯腰下望，见街面没有人踪，也没有埋伏。这才轻轻跳下来，火速的纵过通衢，径往西北隅驰去。

曲折行来，连穿数道街，夏澄光低问道："还没到吗？"

横波女侠道："快了，我们走出多一半了。"且说且奔，横波女侠忽觉前途不对，连忙回夏澄光道："留神，我听见有人吹口哨！"

夏澄光道："我也听见了！"

两个人张皇四顾，倏听见嘣的一响，有两道寒光，从侧面斜里过来。横波女侠顿足往开处一顿，啪的一声，有两件暗器触墙坠地。二女侠全部听出，这是暗箭。两人急往来路寻看。这里正是个丁字路，对面路口旁边，黑乎乎埋伏着人。

二女侠大怒，各展利剑扑上去。黑影中跳出两个夜行人，挥刀便砍。横波女侠侧身接住一个敌人，夏澄光也挡住一个。这两个夜行人，全使的是单刀；一个是稍长大汉，一个是小矮个。夏澄光和那个稍长大汉动手，横波女侠杜若英跟那个小矮个交手。刀剑互砍，立刻在黑影中斗起来。

女侠夏澄光遇上了劲敌，这稍长大汉刀光闪闪，力大招熟。夏澄光很快的展开三才剑法刚刚抵得住，不能抢上风。那个小矮个，功夫却软，竟不是横波女侠的对手。横波心急求胜，剑招犀利。只三数合，小矮个便被横波女侠的剑光裹住，只有招架的功夫，没有还手的余力。但小矮个身法很灵活，闪展腾挪，竭力应付；连逢险招，全被他躲过。双方依然猛斗不休。

两女侠挥剑抗敌，心中很骇异。她二人并不晓得这两个人的来历和用意；若说认错了人，也该发话。二女侠一迭声喝问他们，他们俩一味哑打不答。二女侠要辨认这两人的相貌。他们又全戴着面幕。他们却是一面缠斗不休，一面暗暗的打量二女侠。二女侠再三喝问，不见回答，全忍耐不住了，互相招呼了一声，猛向敌人一攻，倏往后一退，两女侠随即往一处一凑，并肩合手，顿时喝一声："呔！"展开了嵩阳派夏、罗二侠独创的剑法，雌雄连环剑。

这一套雌雄连环剑，是把两个使剑的合成一团，分左右翼，互相掩护，连环进攻。这剑法只一展开，两个人一左一右，并肩相辅。右首的人右手持剑；左首的人左手持剑，回环突击，进攻，退守，联成一气。共七十二招，先发三十六招，剑在外怀；后发三十六招，招数一变，右首的人改在左侧，左首的人改在右侧，人换位，手不换剑，剑全变为里怀。用这套剑，必须每人都会左手剑。左手剑攻势相反，拿来和寻常武师用惯右手的人对敌，往往因攻守异式，使敌人感觉十分别扭，迎敌当然不顺手。敌人不顺手，自己便可占先。

二女侠展开这套剑法，只走了几个照面，对手便有些吃不住，手忙招乱起来。横波女侠奋勇进招，嗤的一剑，刺中了敌人肋下。这正是那个招软身矮的敌人，却没有刺中要害，好像是串皮伤，或者只划破衣襟。但他也吓了一大跳，这小矮个猛力往后一跳，喝道："风紧，快甩！"翻身伏腰，窜上墙头，一溜烟逃开。

那大汉不肯走，尚欲恋战；怎奈二女侠把这连环剑施展开，如狂风暴雨一般，一招取胜，立刻冲上来，齐向大汉进攻。那小矮个已然退走，二女侠不肯分开来追拿逃人，单单合力围攻这大汉。刀光剑影，二女侠越拼招数越熟，越攻越猛，把大汉卷在圈内，不得脱身，大汉渐渐力不能支，且战且走，往小巷倒退。二女侠毫不放松，单盯他一个，要捉住活的讯问。把两剑如灵蛇吐信一般，左右施展开，把大汉裹住不容他上高。大汉努力应付，势将落败；忽然间，那个退走的小矮个又从房上出现，口中连发胡哨，似要勾兵，更手举暗器，瞄了又瞄，居高临下，连发出三四枝袖箭，借此帮助同伴。

二女侠虽然挥剑猛搏，不怕对手增援；却是当前的冷箭，不能不防。两个人稍稍一闪躲，那大汉登时手脚松动，避开横波，猛向夏澄光一攻，倏地顿脚一跃，蜻蜓三点水，退出数丈外。

横波女侠厉声叫道："追！"持剑当先，一径追赶那大汉，却暗暗取了一只镖。果然女侠刚一上步，那大汉翻身回手，先打来一暗器，横波女侠急急伏身，埋头一躲，就势顿足一跃，直扑过去。手中镖就这一跃之势，奔对手中三路打去。那大汉慌忙一闪，横波女侠疾如飞鸟，嗖的掠到跟前，手起剑落，照大汉砍去。大汉本来也要上屋，与伙伴合在一起，一同退回，此刻已来不及，横波女侠的剑直刺到后心。这大汉顾不得登高，急回身招架，又与横波女侠杜若英斗在一处。

横波女侠再三喝问他的姓名、门户，大汉闭口不答，也不反诘对方。一剑一刀，在黑影中苦苦的相持不下。只看见人影乱晃，刀不磕剑，剑不磕刀，一般的捣虚抵亢，互往敌人的致命处下手。横波且斗，且唤夏澄光：“喂！喂！喂！看住了那一个。”

夏澄光早已不待知会，飞身上墙，把那个小矮个紧紧盯住。小矮个真想从高处帮伙伴的忙，再像刚才往下发暗器；夏澄光决计不容他，挥剑把他邀住。两个人由墙头，跳到人家屋顶，也是一刀一剑对拼。这小矮个不是横波女侠的对手，自然也不是夏澄光的对手。横波女侠的剑术和经验，全比夏澄光高过一筹，但是夏澄光是嵩阳剑客领袖夏金峰的爱女，颇得乃父绝技；只是膂力稍逊，剑术仍很纯熟，唯纵术轻身法很高。以前斗那大汉，力气上吃着亏，不能取胜，也不致落败；现在和小矮个动手，她恰好用其所长。小矮个要施展飞檐走壁之术，先跳下来，和同伴凑在一处，以便同进同退，此时已然做不到。夏澄光钉住了他，东奔东挡，西窜西拦，他可就躲闪不开，退逃不得。他的身法比夏澄光慢的多，夏澄光一口剑左右挥霍紧紧地把他困住，他只能运用六合刀法，和这个男装的女侠缠斗。转眼间，他在房上跳来跳去，和夏澄光又见了三五个照面。他一味绕，女侠一味挡。

房下的横波女侠，和高身量的大汉，却斗得凶猛。双方迫近了硬拼，房上两人只三五个照面，他们已打了十六七个回合。大汉是一面打，一面观看对方的面貌，一面还向伙伴低声招呼。他们互相招呼的话，横波女侠竟不能全懂，仅仅听出一点意思。好像是说，捉不住，最好缀住。缀不住，最好佯败诱走，叫头儿亲自来对付。这两个人讲出这些闪闪烁烁的话，二女侠听了，既疑更怒。说什么佯败诱敌，简直是拿假话吓人，教人别追他。横波女侠忿忿警告澄光："小心了，点子要逃，不要放走了!"

居然猜着，那小矮个甩不开夏澄光，凑不到伙伴跟前；那高身量大汉竟使出拼死命的毒招，向横波连砍数刀。横波女侠杜若英稍稍招架后退，这大汉突然一窜，跳上了近处的墙头，立刻连连纵跳，奔到小矮个那边。夏澄光急忙挥剑邀截，这大汉扬手发出一个飞蝗石子，夏澄光略略闪躲，这大汉和那小矮个同时嘘唇作响，同时跳下房，逃入黑影中。

横波女侠杜十一娘刚刚追上房来，见敌人双双窜落平地，忙与夏澄光分两面也跳下来，不容敌人缓劲，紧紧的追截，这两个夜行人物似已深深领略二女侠的剑技，有点怯敌，不肯再还手，双双展开陆地飞腾术，忽东忽西一路急奔；且奔且回头，做出诱敌的模样。二女侠起初不免顾虑，恐怕敌人有帮手的，也许潜伏在近处。但经紧紧跟追下来，顿觉敌人逃得很慌；而且他二人蓦然投入大街，蓦然没入小巷，一味绕着圈跑，似要竭尽脚程，甩开了追兵，诱敌之计显见是假。二女侠一发狠，越发的穷追不舍。

两个夜行人乱钻黑影，二女侠冒险追入黑影。陡然间，听见梆锣喤喤的响，前面有巡夜的更夫，将要来到，二女侠稍一游移，意欲停追，情又不甘。不料这两个夜行人也怕惊动更夫，骤闻锣声，两个人拨转头，突然改道横逃。二女侠大喜，不言而喻，"追的是贼。"脚下加劲，越发不放松。

可是又作怪，追来奔去，足足够二里路，两个夜行人始终没有离开原地方，一味恋恋不舍，打圈绕着跑。二女侠心生诧异："这是什么把戏？贼人有的是逃路，怎的不肯舍离这个地方？难道说找死还要认准窝？"便算他是诱敌，他们埋伏的人也该露头了，何苦这么挣命赛跑？老实讲，横波女侠和夏澄光都有闯江湖的经验，此时全有点测不透。

且揣测，且奔追，二女侠哑默声的紧盯，两个夜行人哑默声的紧逃。双方脚下功夫都好，仅管奔驰如飞，脚步落地轻悄无声。越大街，穿小巷，绕丁字路，钻小巷，眨眼间如走马灯一般，双方又耗了一圈，横波女侠杜十一娘蓦地心一惊："莫非敌人故意这么耗我？哎呀，了因师太急等着我，我却在这里兜圈子，不好，不好，我上当了！"想到这末一句："上当！"不觉失声说出口来。

夏澄光紧挨着横波跑，闻声忙问："你说什么？"

横波女侠心中懊悔，正要讲说；却是这么一来，二人脚下立刻透慢。两个夜行人不住的跑，不住的回头，此刻乘机脚下加紧，霎时奔出一箭路。横波一愣神，一懈劲，夏澄光不知不觉，也跟着她放慢了脚，就在这一刹那间，骤闻近处发出一种轻啸。

口啸声悠扬，声低而长。横波女侠又不觉失声一呼："哎呀！"夜静声清，这轻啸出现在丁字路口，西北角，房顶之上。两个夜行人分明也听见了，一齐扭头寻望，脚底越发用力，唰！唰！把两个女侠落在后头，曲曲折折，逃奔东南方。

这啸声乃是嵩阳派的暗号。夏澄光抬头一看，西北角屋顶上，忽忽站着一个瘦小的人影。连忙叫道："是了因师太吗？"

了因师太哼了一声，她等急了，现在寻回来。她是大行家，登高一望，看见了两人追，两人跑，宛如走马灯。黑影中辨不清面目，她先发了一声哨，立即追问："逃走的是什么人？"

横波女侠杜十一娘惭愧的说："师太快截住，是两个拦路行刺的贼，不晓得来历！"

了因师太心路很快，不等着打听明白，早就掠空一跃下来，仍穿着白灰的尼僧装束，肥大的缁衣，高腰袜，僧鞋，赤手空拳，协助二女侠，从斜刺里，兜拿那逃向东南方的两个夜行人。

她们是一步放松，两个夜行人已逃得没了影。二女侠从平地追赶，一阵错愕，连两人影的去向，也没有看准。了因师太登高下望，已辨认出两个夜行人投奔的方向。立即展开迅疾的身法，指引二女侠，一个这边堵，一个那边截，先遮蔽两人再逃走的出路，她自己抢先过去排搜。夏澄光追上来，忙递给她兵刃，横波女侠递给她夜行衣。她只接了兵刃，衣服顾不得换，挥手道："来不及了，快快，堵!"又道："我先问问你二位，这两个点子，值得追不?"

二女侠忙解说前情，了因师太不遑细听，打断了话头，说道："没工夫细讲，我只问你们：这两人值得追，值不得追?"

二女侠道："该追上他，捉住问他，为什么拦路暗算我等!"了因师太匆匆问了这几句，立刻张开搜索网。了因师太目力既好，耳音也强，料定赶得紧，两个夜行人不会逃开。她和二女侠，分三路包抄，把四五条小巷，两道大街，一齐圈在内，仗着武功超绝，自信能把点子捉住。但经穷搜之下，竟没有搜着。

了因师太扑了空，止步重问二女侠："你二位不是紧盯着，没容他们逃开吗?"

二女侠确是很快的把住出入口，把得没有漏空，齐声答道："没有，没有!"

了因师太矫若游龙一般，复又赶过去，跃上房顶。急急细细一望，慌忙又跳下来；恍惚在小巷中间，有所发现。她忙按自己猜测的地点，掠身窜过去。出巷入巷，穿院搜院，登房下房，苦苦的再搜了一遍，抽身回来。招呼二女侠，缩紧包围，一个瞭高，一个守巷，把定了出路。指着小巷内一个大院落，对二女侠说："两个贼多半是藏在这个院子里面了，我管保他没有出来。只不知这个院子，是他们的巢穴还是临时借他躲避。"

二女侠却有点疑惑。也许一时不留神，二贼早已钻胡同，溜到旁处逃躲。可是了因师太毅然决然，断定二贼必未逃开。

横波女侠和夏澄光，忙将二贼刚才绕圈子，不肯远窜的话，告诉了因；了因越发坚信自己所猜不错。于是她提着剑，又翻进小巷，窜入大院，重加细勘。尽管她蹑足潜窥，竟蓦地惊动了隔壁人家守夜的狗，登时起了一阵狂吠，望人影汪汪不休。了因师太忙抽身退出，把二女侠叫在一边，跃登高处，二女侠忙问道：“怎么样？”了因师太一面仍在俯窥着，一面低声说道：“虽没有找着活人，可是他们的下落，总算教我掏着了。怪不得二贼一入此地，便没了影；怨不得你们说，他俩总打圈绕，不肯离开地方；二位你猜怎的，原来这里有秘密地道！”

二女侠一齐失声道：“呀！”急问了因，“地道在哪里？”了因师太道：“跟我来。”

这回不走平地，三个女侠就势蹿房越脊，扑到大院的隔巷。择一小院屋顶，三人止步，贴房脊藏好身形，只探出半个头，往上面察看。了因遥指着大院的后墙，一段空场，有三间矮屋，一间井亭，悄告二女侠道：“那矮屋就是地道的入口，这矮屋只看表面，像是公用的磨坊，其实有夹壁墙，直通地下隧道。”

横波女侠问道：“隧道通到什么地方呢？”

了因师太道：“大概通入这座大宅院。”

夏澄光道：“既有地道，必是贼窟，我们何不进去搜索？”

了因看她一眼，黑影中自然也辨不出眼色，但是了因口气中隐含笑意，说道：“刚才我过去一搜，居然搜出狗来，挨它一顿咬；却也由这狗，我才敢断定贼没有跑，就窝藏在狗主家中。”

夏澄光恍然省悟道：“噢，据你老看，这狗是被人唆使出来的。”

了因师太道：“差不多是的吧。”

虽然这么讲，夏澄光还是想搜一搜，并且说：“我们三个人，一个人守住入口，两个人进隧道去探险。”

横波女侠杜十一娘说：“只怕使不得吧。那一来，我们身临险地，敌暗我明，我们要遭暗算的。此刻我们不妨先认准了地方，赶到明天白昼，再访这大宅院的屋主人，然后再看事做事。因为这件事，究竟是枝节之中，又横生出来的枝节，我们还有更要紧的事，一步也不能放松。了因师太，你以为怎样？”

了因师太说：“我也是这样想，张青禾的下落没有访着，株州凶杀案，也没有勘明，我们不能再滋生事做了。况且还有我们刚才盯的那件事，也不能丢开手。”

夏澄光忙道：“我就听凭二位的吩咐，这里的地道暂且搁在一边。可是师太，你老人家钉的究竟是什么事呢？天夕时，我到店房里去，果然发现那两个绳妓跟劝架的汉子是一伙的，我正要向二位报告，不想刚才我在饭馆，横波师姑匆匆的把我唤出来，说是师太已经抓着线索了，催我赶快来打下手。我们俩就一直的跑，连细情也没顾得问明，到底你老访的线索，怎么样了，还用我们帮手不呢？”

了因师太道：“还说线索呢，可不都教你二位给磨蹭丢了。”

横波女侠愤然道：“真个耽误了么！咳，真是堵心，我和澄光妹一路紧跑，万想不到跑到这里，突然遇上这两个万恶的刺客，一声不言语，藏在黑影里，我们刚一直过，就挨了他们一暗箭。问他们是谁？何故行凶？他们全不说话，一味哑斗，不住的打量我们。怄上我们的气来，我们跟他俩打，他们居然很有两手，多亏我和澄光妹展开连环剑，才把两个东西追跑。若不是遇上他们，断不会耽误了！”

夏澄光也道：“这都怨我，过去的话不提了，只讲现在吧。了因师太，到底你老盯的什么事！我一点也不知道呢。是不是我们现在还赶了去，仍把线索找出头绪来？”

了因师太道：“太迟了，去不得了。”

夏澄光道：“那怎么讲？”

于是了因师太把自己所访的事，大致告诉了她。就在夏澄光分途暗缀二绳妓的时候，了因师太与横波女侠杜若英，也信步往别处绕，暗中却在查看那劝架的长身大汉的下落。见长身大汉从祥茂栈出来，转投入一家骡马行。二女侠认准了地方，刚刚相伴踱到别处；忽觉自己背后，也已有人暗缀。二女侠不动声色，走到通衢，借转弯之势，回头一看，这是个不到三十岁的少年，衣履平常，只二目透露英光，像是会武的汉子。

了因和横波女侠没把这人放在心上，照旧慢慢的化着缘，踱到约定的饭馆茶肆前。不意这少年跟缀的太紧，二女侠顿生厌恨之心，竟又转身出离饭铺，穿大街，走小巷，一路游荡，这少年还是钉住不放。

二女侠含嗔看了少年一眼，竟把少年诱到一个冷僻地方，恰好是城隍庙，她二人假装出家人进庙拜神，觑人不见，施展身法，一个跃上大殿横匾，提一口气，悬身檐下；一个竖登高阁，平躺在阁顶上。这少年稍为落后一点，等到目睹二尼进了庙，他急忙进去搜找，已经渺无踪影。他细搜了两遍，又绕着庙外寻了一圈，又在要路口，等了一会儿，还是不见二尼的行踪。他以为二尼必是进山门，穿后门，当时就溜走了。打听路人，也没人看见，他这才失望而去。却不料二女侠和他暗耗，他才一走，二女侠反而在后面，暗暗的缀上了他。

这时已经是万家灯火的时光，二女侠藏在黑影中，并不追近了盯，只远远的逐后影暗缀。二女侠潜缀的法子很高，又是两人缀一人，这少年竟好像不曾觉察，一直来到株州城西北角，到一处大院落，他回头看了看，叩门进去了。二女侠立刻分开来，慢慢兜过去，潜藏暗处，观察这大院落的究竟。

约莫盯了半个更次，便已发觉这大院落，一出一入的人物很多，而且很不平常。二女侠有些瞧科了，越加不肯放松。二女侠打算留一人，在此盯住；派一人去知会夏澄光，把她唤来。还没容得分头去办，便又见大院中，匆匆走出两个人，提着灯笼，火速的奔赴城厢。二女侠仓促定计，留横波女侠在此暗暗看住出入的人物，由了因师太急急跟缀这两个打灯笼夜行的人。

不意这打灯笼的人，竟一直出离城厢，径奔城外白衣庵尼姑庙而走。这座白衣庵尼姑庙，正是三女侠夜来潜身之所。了因师太不觉大诧，尤其可怪的是，这两个人刚出城外，便吹熄了灯笼，扑到尼庵前，环庙潜绕，蹑手蹑脚若有窥伺，并且低声议论。

了因师太心中万分纳闷，暗想："这两个人不用说，是来琢磨我们三个人来的了，可是我们行动很慎密，怎的会惹起他们的监视来了？"

当下，眼看这两个夜行人，围着尼庵勘绕，伸头探脑的，似要进去。一个人要登墙，一个又拦住，语声太低，不知所云。看意思，两个人既不敢贸然入庵，又不舍离去，只是徬徨窥伺。

了因师太实在按捺不住，跃登近处高树，取出一块蝗石，运足腕力，唰地抛过去，啪的一声，落在尼庵屋顶，骨碌碌，滚落平地。这两个夜行人，果似吃了一惊，抬头四顾。了因趁此时，又取第二块蝗石，用十二分力，更远远一抛，照样啪的一响，骨碌碌坠地，地方比第一石更远一点。两个夜行人寻不见抛石之人，果然误以为惊动了庵中的行家，就不敢留恋，转身退走。了因师太暗暗跟缀，这两人一霎时来到城根，翻城墙进去。了因也翻城墙跟进去。结果，一直把这两人送回了西北城角大院落内。

这工夫，横波女侠潜伏在大院邻右，一家房脊后，巧借一棵大枣树，隐蔽身形，在那里凝神息虑，紧盯着大院内外的情形。耗过很久的时候，忽见一个夜行人，远远急驰而来，临近大院止步，围绕着院墙，蹚了一转，然后飞身跳后墙，进入大院。院中共有三进房屋，灯火都不明亮，只前层院正房三间纸窗通明。这个夜行人如入无人之地，跳进后院墙，一直到前层院，不知怎的打了一个招呼，正房灯光一晃，出来两三个人，把这夜行人迎接进屋了。

这一来，越发唤起横波女侠的注目。了因师太再三嘱咐她，一个人千万不要轻敌，不要在自己未归之前，先行过去冒险窥探；这自然是稳当主见。可是横波女侠原很骁勇，又遭遇拂逆之事，心性暴烈，她有点忍耐不住了；竟要试探着，从邻房高处，绕近大院，一观究竟。她刚刚移动身形，突然发现大院屋顶上，有二个黑影，原来他们倒有瞭高的人物。横波吃了一惊，赶紧欲避，这两个人影，围着院墙，绕了一圈，忽然又不见了，横波这才明白，大院地上，原来是建有甬道的，多亏自己没有冒失，她现在不敢轻举妄动了。

足足耗了一个更次，那俩探尼庵的夜行人双双归来，了因也跟了回来。二个夜行人重点亮灯笼，敲门进院，了因师太悄悄的落后，和横波女侠凑到一块。

横波女侠告诉了因："又有道里的人出入。"

了因师太告诉横波："二个夜行人，刚才踩探你我三人潜身的尼庵去了。"

二女侠互换情报，心中惊动，这不用说，大院中的人物，纵与株州凶案无干，但必与嵩阳派正在作对寻仇。弄不好，怕就是张青禾、桑林武二个恶奴的潜身落脚之处。这必须根究。

了因师太立刻要奔寻夏澄光，横波女侠杜若英悄然说："我去吧。"了因师太笑道："我并不累，还是我去。"

横波女侠紧皱双蛾道："我在这里鹄候已久了，耗着等人的滋味最不好受，师太你先歇歇，还是我去罢。"

了因师太这才说道："好，你快去快来。"横波道："那当然。"

这件事至少也须三个人，才够分派。三个人不能同时入探宅院，须留一个人在外巡风，二人先后入窑，可以互相策应，免遭暗算。了因师太也就登上房脊，藏在大枣树枝叶茂密处，看住了邻院。横波女侠立刻出发，寻找夏澄光，并取兵刃衣装。不料想横波与夏澄光相会之后，急奔西北城角大院，走到鼓楼附近，半路上发生枝节，遭遇阻击，现在三女侠会合到一处，可惜三更已过，转瞬天将明亮，不是夜行人活跃的时辰了。

了因师太把自己所遇的事情，详细告诉了一步来迟的夏澄光。夏澄光当然也认为出没大院的夜行人物十分可疑，而且他们既已暗遣羽党，窥伺尼庵，显见居心叵测，要跟嵩阳派捣乱，比起在店房的二绳妓，逃入地道的二刺客，当然更要紧，更该提防的了。

夏澄光向了因、横波一再要求，“你二位领我到那大院附近先看一看。”了因师太道：“看是可以，探不得了。”

三个女侠仰望天星，估计时候早晚，随即跳下房来。先到那暗设地道的空场茅屋，打围绕勘一过，认准地段，留下暗记，连那通地道的院子，也记准了门户和左右邻。然后三女侠施展开夜行术，往西北角疾驰。

三女侠忽然登房越脊，忽然脚履平地，一路飞奔，越过几条大街，几条小巷，正走间，忽闻背后又有夜行人奋步夜行之声。

三女侠夜行的功夫，都很精深，立刻辨出方向来路，忙暗暗关照，各各张目四寻，很快的就近找了三个藏身匿迹之所。三女侠分开了，两个登高，一个伏低，都把身形藏好，露出眼路来，凝神窥察。

工夫不大，后面夜行人箭似的驰到。也是三个人，一色的黑衣短装，背插兵刃，腰悬兜囊，上打包头，下穿软底鞋，一人当前，两人并肩紧跟在后，贴着墙根，很快的走。却是瞻前顾后，且行且提防暗隅黑影。这三个人夜行功夫也不一样，当前开路的那个人，脚步眼神很好；后面随行的两人，其中一个走起来，脚步忽重忽轻，好像视力不强，脚也没根，这三个人衔枚夜奔，全都不说话，眨眼间走过去了。

三女侠目送背影，容得相去已远，一齐现身出来，聚在一处。猜想这三个夜行人物，天到这般时光，究竟他们竟欲何为？因为他们全是短装，没有背负大小包囊，可知他们不会是作案成功、饱载而归的伙贼。因为他们择道而驰，前途趋向有定，可知他们并不是结伴出来撞采的强盗，而且时候也不对。女侠夏澄光是伏在地上暗窥，已看出后面走的两人，至少有一个是女子。

夏澄光忙将自己所疑，对了因、横波说了。二人也说，从脚步上看，后面并肩走的两个人，很像是女的。三女侠商量着，有的要追蹑这三个人，有的仍要奔西北城隅大院。了因师太登高一望，跳下来说：“快走吧，这三个夜行人也是往西北城根去的，我们正好跟他们一路。”

横波女侠道：“莫非他们跟大院俱是一伙?”

了因师太道：“我看很像，不过……”

夏澄光道：“要追，快追吧!”

三个女侠立即重施夜行术，望影蹑追下去。

追出不远，便已缀上。原来前行这三个人，起初跑得快，越往前走，越把脚步放慢；等到西北城隅在望，这三个人更是万分谨慎，几乎是走一走，蹚一蹚，听一听，看一看，才肯往前挪动。这样耽误，耗过很大的时光，方才到达城隅。

了因师太料的一点不差，这三个夜行人将到大院，果然全都站住了。并不上前叩门，也不越墙而过，围绕着院墙，把前后门、出入口，很仔细的踏看了一遍。立即退下来，留一人把风，两个人悄悄跃到登高处，远远向大院内外凝望。他们登高的所在，正是女侠用过的旧地方，这就是行家做事，行家懂得，也就是英雄所见略同。两个夜行人在枣树上，过了两杯茶时，轻轻跳下来一个，把那巡风的伙伴替换过来，照样也去攀树瞭望了一下。瞭望已毕，三人重聚到一处，斜对院门，伏在黑影中，喁喁私语，似乎要商量进止，颇有疑难之意。

这时斜月当空，树影在地，横波女侠杜若英和夏澄光，远藏在隔巷高处，由高窥低。了因师太一个人，近藏在前街暗隅，是由暗窥明。却是这三个夜行人，忽然登高，忽然伏低，三女侠不能同时毕览无遗。只有夜行人迟疑之意，三女侠全都体会出来了，这决不是院中人的党羽，恐怕多一半是对头。

夏澄光对横波女侠说：“我们过去逗一逗他们，如何？反正他们是两档事。”

横波女侠忙说："使不得，我们还是看一看，看他们到底要做什么吗？"

夏澄光道："可惜我们不能全看见，影影绰绰的，这工夫打总全瞧不清了。"

横波女侠微笑道："你稍为耐烦一点，我猜他们必有动作，此刻天已很晚，再迟了，他们更展不开手脚了。"

夏澄光把身形移动了一下，再往那边寻看，看了又看，忽然对横波说道："师姑，这三个夜行人，我看就是那绳妓和她的手下。我在这里拢着眼神，看了这一会子了，三个人里面有两个，很像女人。你看这边的这一个，你说像不像，你看她那脚底下？"

其实横波女侠早就看出这一点，只是不肯任意判断罢了。横波没有回答，澄光悄声催问："您看，他们的来路，正跟长茂店一个方向；他们的步法，分明像穿着铁尖鞋。十成有八成是她们，您看，这一个像红桃，那一个像碧桃，那边那个自然是她们的伙伴，必是那个长髯男子的了。我管保猜的不错，我们应该设法挨过去，认一认她们的面目长相。您瞧，她们又上来了，哦，又下去了，索性一点也看不见了。怎么样，师姑，过去好吗？"

横波女侠杜若英，此刻也已望见那三个夜行人物，行止慌促，忽然登高，倏然落地，似乎自知身临险地。这工夫，天已不早，三个人又都不见了。横波正自惊疑，要跳下来，绕过去，一探真情。向夏澄光一说，澄光当然更愿意。忽然，了因师太如飞的奔来，向二人发出嵩阳派的急啸，催二人赶快过去，夏、杜二人应声还了一啸，双双跳下平地；了因已然匆匆寻过来，向二人连连点手，低呼："快来，快来！"

这时三个夜行人已然踪影不见，了因师太前驱，夏、杜二女侠紧随，且跑且问："怎么样？"

了因道："三个人全进去了，里头动静很大，恐怕是交了手，二位跟我来！"

夏澄光忙道："原来他们是对头，我们快去帮帮他们。"

了因不答，当先开路，直绕到大院后门，邻家小房之前，方才说道："上！"

横波急问："巡风吗？"回答："不要，三个人全上。"一俯腰，嗖的窜上去了，夏、杜二女侠也跳上房。了因师太急忙弯下腰，在房上蛇行而进。

找到适合的地段，了因止步，藏好身形。夏、杜二人也各觅好潜身之所，手按兵刃，留神下望。这时节，大院里外空荡荡，黑乎乎，并无可诧之处。夏澄光沉不住气，正要过去询问了因；陡然间，听嗤的一声破空声音，前后院更道上，历落涌现出人影，前院上房，纸窗通明，房门开处，跳出来两三个人。刹那间，中层院后层院；都有人影闪出来，都一齐的扑奔中院。

夏、杜二女侠设法窥看这中层院，刚才还空荡荡，此刻西厢房，陡然有两个夜行人踢窗窜出，各院的人大批拥堵过来，这两个夜行人身法很骏快，舞动明刀，且战且走。院中人越聚越多，或登高，或挡门，把逃走的路口，都派人守住；单有四五个人，上前来围攻这两个夜行人。

这两个夜行人，据横波女侠、夏澄光二人猜测，就是刚才赶到的三个夜行人。却是出现两个，短少了一个，不知是被擒落网，还是留在外面巡风，尚未露面。

想到巡风这一层，横波女侠和夏澄光，忙向院外寻眺，月影茫茫，仓促没有发现，澄光急问了因师太，了因不肯多言，只嘱她们盯住了，看个起落。

果然要看起落，转眼间便已看明。两个夜行人物，人单势孤，被围力战，且战且走，似乎两个人武功都很强，院中人纵多，竟围不住他俩。他俩迤逦而退，已然奔到后院，把后院门的人没有截住，反而受伤，败进了屋。

立刻院中起了一片喧哗，各处来了灯笼，增来援兵。有一个领袖模样的人，由中层院现身，带着两个护卫，赶到后院，登阶一望，指挥众人四面包抄，他自己提了兵刃，一跃入场。

领袖应敌，默不出声，那四个打手齐退，分四面监视着这两个夜行人，趁此机会，要上房逃走，房上早发动埋伏，照二人乱投蝗石。两个夜行人稍一游动，院中领袖已经抡兵刃抢过来，并没说话，只吆喝了一声："呔！"一扬手，随手发出一道白光，两个夜行人急急往外一跳，扑登的一声，跌倒了一个，当下被擒，拖入屋中。

只剩了一个夜行人，只见他惊惶急奔，跑到这边被阻，跑到那边遇敌，到底教那领袖追上来，右手又一抡，又发出一道白光。这个夜行人不知施用何法，竟未立刻摔倒，竟狂呼一声，拼命夺路一跳，跳出两三丈，摇摇欲倒。只见他把手中刀，耍了一个夜战八方式，狠命一抡，敌人全不能上前。这人百忙中，伸手探囊取出一物，也张手往上一抡，并非攻敌，只是探空上掷，登时有两溜赤色火光，凌虚直上，飞蹿天空，高有五六丈，恍如流星火弹。

这工夫，潜伏暗处，坐观虎斗的嵩阳女侠，却看了个惶惑万状。看此光景，这不像江湖武林人物，简直是邪术妖法了。两边的人都会发放剑光，可怕之至。可是夜行人，尽管手掷赤焰，到底不敌对手的白光。院中人往上一包围，他把刀又一挥，竟支持不住，被这人过去一脚，踢倒在地，立刻也被院中人捆上，抬入屋中。

三女侠不晓得这个夜行人扬手掷火的用意，忙向四面寻看究竟。果然在这赤火横空一冒，院外对巷黑喁喁，突然跳出一个人，仰面一看，略一迟疑，侧耳一听，陡然的举步狂奔，穿大街小巷，一阵风似的逃走。

了因师太催夏、杜二女侠，赶快缀了去；万一这人不能脱身，可以相机助他一臂之力。夏、杜二女侠连忙答应，却又问道："这里藏着这么许多诡秘人物，我们必须看个透彻。"

了因师太道："这件事，你交给我，你们二位快走吧。这院子里少说也有五六十人，简直是个不轨之徒的逋逃薮，必得小心应付……我只怕这个巡风的人逃不开，二位千万搭救他一下，可是不要露面才好。”

夏澄光道：“怎见得这巡风人必有险事？”

了因不耐烦道：“怕的是院中人在半路安下埋伏。”

横波女侠道：“快走吧！”

了因师太退后一点，仍盯住这院落。横波女侠和夏澄光快去驰救那个巡风之人，并打算设法和他接近。夏、杜二女侠临行先向大院瞥了一眼，果见院中收兵止灯，把所捉两人，舁入内院厢房；并派出七八个人，赶奔外面，追搜那个巡风之人。幸而巡风之人早逃走一步，院中人只是望风扑影的搜寻，并不知逃走的准方向，更不知道准是何人，共是几位，他们七八个人开街门，出了院子，先绕着院外，转了一圈，随后就分两路排搜下去。这两路竟有一路，与巡风人逃走的方向相合；正是经过鼓楼，趋奔店房的那条路线。

横波女侠杜若英和夏澄光，先一步跟随这个逃跑的人，直奔鼓楼跑去，逃跑的人一面跑，一面不时回头看；遥见两条人影追来，只当是敌人不舍，越发脚下加快，极力奔窜，看看快奔到祥茂店房，二女侠再相知会；果然这夜行人和绳妓红桃、碧桃是一伙，一路紧缀地逃回店房来了，现在且看他怎样入窑。

按武林道的规矩，如果被强敌穷追，只可落荒而走，断断不可把敌人引到自己老巢的，就是住店，也不能把鹰爪引入进店。二女侠紧紧跟缀，只见这个人好像力尽技穷，奔到店前，似乎再不能支持，竟一直绕店后墙，回头瞥了二女侠一眼，踊身跳到里面去了。

夏、杜二女侠暗觉好笑，以为这个人大概是个雏儿，正要也赶进店内，忽见后面的追兵已然追到，横波女侠立刻想起了因的话来了，向夏澄光悄悄说道：“我们快救他一下吧！”

夏澄光道：“怎么救法？难道真替他御敌？你瞧对面来了三四个，现在就要天亮，我们太犯不上。”

横波女侠道：“倒不用动手，我们俩可以做出贼人胆虚的样子，见了他们，立刻一跑，他们必追，我们岂不是把他们诱到歧途，就将逃人救了。”

夏澄光格格一笑，说：“好！您这招真有点损！”

容得大院遣出来的追兵将次赶到，二女侠做出害怕的样子，失声一叫，翻身就跑；这四个追兵果然大叫一声，如飞的追过来了。

横波女侠杜若英在前面跑，夏澄光跟随在后，跑出一段路，夏澄光问：“我们不能总跑，我们可以抛开他们，再翻回店，找那个红桃、碧桃，问一问真情吧。”

横波女侠道：“使得，我们怎样抛开这四个笨蛋呢？”

夏澄光道：“我们再往回跑，教他们猜不透。”

横波女侠微微一笑，果然两人折回来，又往西北城角大院那边跑。

果然那四个追兵不胜诧异，大声喊道：“前面的人站住，前面的人站住。”

二女侠回头看了看，故意做出慌张之状，脚下加快，努力往前飞蹿。追兵大疑，越发紧追不舍。二女侠施展全身功夫，一直把追兵，重带回西北城，距大院不远方才突然匿迹。

二女侠的飞纵术很高，轻功尤为超绝；她二人全能用两手扣住房椽，悬身横贴在人家屋椽之下。这手功夫全靠指掌之力，把全身重量，都寄放在手指上，非有十分好的轻身术，决不会悬空的。二女侠骤然择一小巷，窜到里面，分别找到藏身处，就用这法子，把身子悬挂起来。这时候，天还没有大亮，追兵只顾穷追，眼看敌人钻入小巷，再找踪影不见。四个人搜了几遍，乱了一阵，无可奈何，看天色将明，全回去了。二女侠这才翻下椽头，悄悄跳入民宅，把白昼衣服换上，由民宅出离小巷，径到大街。本要到店房查看二绳妓，因天将破晓，临时变计，先去找了因师太。

杜十一娘、夏澄光，和了因师太会在一处，此时已然止更，三人倒为了难，欲回尼庵，转瞬白昼，必被尼庵中人看破。欲就近投店，时候又太早，必惹起店家疑虑。三个女侠奔波了一通夜，人人俱有倦意；商量一回，一齐换了衣装，悄悄穿斜巷，走着耗时候。挨到辰牌，径往南关镖局，面见镖头毕麟春，用嵩阳派的名义，请借一间静室歇息。毕麟春镖头出外，刚刚回来，闻报慌忙迎出，欢然款待；就在镖局后面，特给腾出一间房。

其实当三女侠初到株州时，曾经访过毕麟春，毕镖头没在镖局，局中管事也曾代为招待，三女侠当时谢绝未去。此刻在株州城内没有落脚处，只可再来麻烦。

毕麟春并不晓得了因等负有使命，只当是三位女侠结伴出游，当下给预备茶水、素点，很殷勤的照应。了因师太说："我们要借贵镖局，等候一个人。"毕麟春连忙应允。了因师太又说："自己一行三人，远行疲劳，今天要代借静室，午睡片刻。"

毕麟春忙说："那好极了，我教他们回避了。"说了几句闲话，立刻代为预备静室，把三人请过去，然后告辞回头。

了因师太、杜十一娘、夏澄光这才掩上门，轮流歇息。床是很够，三个人仍然按照住店办法，两个人睡，一个人坐守养神。直歇到午饭时，主人毕镖头亲来送饭，三人起来漱口，向主人道谢，一齐吃饭，饭后，精神恢复，由了因师太发问，向毕麟春打听西北城隅那户人家。毕麟春并不晓得西北城隅，有什么特异的人物在那里居住。了因师太又将那三层院落，广厦巨宅、格局很大的情形，说给毕麟春听，毕镖头仍想不出来；遂命人把柜上司账和趟子手，共叫来四位，逐个向他们打听。司账是本地人，低头想了一回，说道："西北城倒是有一所宽阔的大宅子，不过没有人住，早散租出去了。那一带并没有了不起的人物，也没听说有何绿林人物出没。"

毕麟春听罢，又向三女侠："是不是现在打发人再去访一访？"

了因师太称谢道："那好极了，就请毕镖头费心吧。"毕麟春便请司账，带一名趟子手前往西北城隅，司账答应了，站起就走。了因忙说："请你费心探听，近日有没有新客户迁入，有没有异人异闻。你可要假装闲打听，不要教人看出有意刺探来。"

司账点头笑道："我理会得。"两人搭伴出去了。

横波女侠又道："还有城里祥茂店，住着两个绳妓，也烦毕镖头费心，派个人去看一看，这两个绳妓是否还在店中？今天照常出去铺场了没有？"

毕镖头道："好，我也派个人去。"又烦一位镖师前去查看。

两拨人都出去了，毕麟春镖头这才请问三女侠："三位这么匆忙，究竟想根究什么事情？"

了因师太道："也没有什么要紧事，一来我们听说你们这里鲍家塘地方，出过凶杀案，相传是女贼做的，我们要彻查一下。二来昨天我们访闻西北城一带，确有夜行人物出没，我们猜想，也许跟鲍家凶杀案有关，我们不能袖手不问。"

毕麟春说道："我，我明白了，三位是为洗刷疑谤来的。"毕镖头也听见女贼采花的恶谣了。

横波女侠杜若英恨恨说道："正是为了洗刷疑谤来的。毕镖头大概也听见鲍家塘的淫杀案了。"

毕麟春道："这个，我是昨天才听说的，因为我昨天才押镖回来，详细情形我也说不上来。只听说那个受害人鲍三公子，已经被他们家里人，护送到株州来了，是我们株州有名外科疡医祝由科陆达三，给他治伤。这件血案，我一听说，也很觉蹊跷，我以为其中必有隐情，若说采花女贼行凶，我总觉不近情理。你们想……"说到这里陡觉碍口，对方是三位女侠，而鲍三公子，据说是女淫贼图奸不遂，强给阉割的。而鲍三公子又是有名的花花公子，他并不是什么贞男义夫；即使夜遇女贼，他未必有这种舍命拒奸的勇气。只可惜嵩阳三女侠结伴北上，没有把小侠肖珏带着同来，一切事对答访问，都有些不便当。

了因师太等很留神的听，见毕镖头忽然住口，也不便深究，只问道："这鲍三公子现在何处？他真是个花花公子吗？"

毕镖头道："鲍三公子家里很有钱，他是个武秀才，可是弓马很平常，他二哥是个文秀才，大概连名字都不会写。他弟兄三人，老大早死了，只剩下他和他的二哥，这一对难兄难弟，是有名的浪子，不但都娶着妾，也全有外宅，实是很不安分的人物。现在他受了害，来在株州治伤养病，大概是住在他们自己的房子里。他们在株州城，有两三所房产，而且还有铺子。三位如欲找他一探，我可以派人领三位去。不过这件事过于淫秽，我只怕三位去探问，多少有些不便；或者，由在下我去代访如何？"

横波女侠忙道："这又劳动毕镖头了，就是这样，现在我们打算到别的地方，蹚一蹚看。西北城和祥茂店两处，还有鲍三那里，统请毕镖头费心代访吧。"

毕麟春欣然领诺，原来毕镖头和嵩阳派渊源很深，了因等托他事情，他是义不容辞的。

当下，三女侠看了看天色，夏澄光问道："我们怎么样？是在这里等着，还是也出去一趟？"横波女侠心上焦烦，忙说："出去看看吧，在此坐等，岂不徒耗时光？我们可以先看看那地道。"了因师太道："也好。"

三人即忙更衣改扮，出离镖店，逼奔鼓楼附近。

由镖局往鼓楼走，必须经过那个长茂栈房。夏澄光向了因师太说："那两个绳妓凶多吉少，我猜想她准不在店房，我们何不进去问问？"了因师太道："但是我们已经烦托毕镖头了，我们何必再在这里露相？"

横波女侠道："那有什么要紧？我们既然路过这里，何妨进去看看？"

了因师太拦不住，三人一齐进店，到柜房一问，店家说："那个绳妓，今早被人邀走了。"

三位女侠很诧异的说："被什么人邀走了？你们亲眼看见

个红桃、碧桃没有？她们俩不是由打昨晚，就赶堂会，没有回店吗？”

店家看了看三人，也很诧异。三女侠的打扮古怪，了因依然尼僧装束，夏澄光扮作男子，杜若英又恢复了女子装束，三人搭伴，不伦不类；横波女侠杜若英的气度更与寻常妇女不同，这店家是假高眼，以为她们三人也是走江湖的人物，定与红桃、碧桃是一伙，遂笑道：“她们姐妹昨晚倒是应堂会去了，大概是回来了，今天一早又叫人邀出去了。”

横波女侠忙问：“教谁邀出去的？”答道：“大概是鲍公馆。”

鲍公馆三字，三女侠听了，各俱一怔。店家又说：“她们生意很好，今天就有两三拨找她们的，她们简直应了这家，落下那家。她们的玩艺大概很不坏，在我们株州红极了。今天一清早，店门还没开，就有人砸门邀她们。你们三位，莫非跟她们是同行吗？”

横波女侠含糊应道：“不错，我请问你，这鲍公馆在城里什么地方？”

店家道：“这个我们倒说不上来。”

了因师太插言道：“这鲍公馆不是在你们株州很出名吗？”

店家摇头道：“我可不晓得，我只知这城外三十里，鲍家塘地方，有好多姓鲍的，很有财势，城里姓鲍的倒没有什么人物。”

三女侠问罢，觉得毫无所得，便对店家说，要到绳妓红桃、碧桃住的那个房间去看看。店伙很不高兴，拒绝道：“她们早把行头、行李带走，店钱算清了，房子退了，房里一干二净。任什么也没有了。”

了因师太取出一锭银子，递给店家，说道：“那房间既然没人住，你可以赁给我们，我们多给你酒钱。”

店伙面露骇怪，却是见钱眼开，登时换出笑脸，反替客人讲出解释的话来，说道：“你们三位一定跟她们一路，你三位大概要住在这里，候她们几位回来。好在她们住的那房间，刚才倒有人要赁，可是没交定钱，我就给你们三位留下吧。”笑嘻嘻的引领三女侠，来到绳妓原住的那房间门前，开了房门锁，把三人让进去。

这是三间厢房，一明两暗，屋小檐低，由店伙看来，屋中空空洞洞，人已走绝，任什么痕迹也没有留下。三女侠先把店伙遣走，教他去给泡茶；三人立刻分开来，留心验看三间屋，床上地上桌椅门窗，都细细验过。居然发现一扇窗和堂屋门楣，已全豁开，显见二绳妓曾经行不由户，跳上窗洞，钻横楣出入过，又细验隐僻处，横波女侠在暗间门扇后，粉墙上，发现数行炭画的细字。惟恐被店伙看破，忙把门仍旧拉开，遮上字迹，悄悄告诉了因师太和夏澄光。

夏澄光立刻要去看，被了因拦住道：“等一等。”容得店伙泡来茶，又要给打洗脸水，了因忙道：“不用了。”店伙又拿来店簿，了因忙捏造了假姓名、假来路、假去向，很耐心的把店伙应付完了，打发走开，然后掩上门，一同去看。

这是写在门后很隐僻的地方，不细留神，不会发现。一共三行，每行八个字，夏澄光低声念诵道：

迁则迟见相可来九
十川平避秋援待陷
失冬甘山探夜七十

夏澄光不由愣了，翻来覆去的念，竟念不成句。可是字迹很新；又有“迟见”字，“陷失”字，“探夜”字，不能不猜这是夜行人留下的暗记，只不知“九十”“七十”这两个数目，含着什么意思。

了因师太皱眉道：“别管什么意思，我们先抄下来，再仔细琢磨。”横波女侠道：“我来抄。”喊店家借来纸笔，区区二十四个字，一挥而就。

夏澄光道："抄完了，把墙上的字给涂掉了吧？"

横波忙道："使不得，人家留这暗记，也许有很重大的用意，我们不可给人消灭。"了因师太道："对了，我们不要破坏人家的秘信。这大概是那两个绳妓，通知同伴的暗语。我们不懂，人家一定懂得。"说着，拿那抄本，正着看，倒着看，忽然若有所悟，向横波说道："今天不是十八吗？"

夏澄光道："今天是十八，明天是十九了。"

了因道："昨天就是十七，对不对？"

横波、澄光一齐笑道："不错。"

了因师太精神一振，一手拿着抄本，一手指点说道："我可猜出来了，这二十四个字原来是倒着念的。你二位过来。你听我念，看看对不对？"

倒着念这二十四个字，恰好念成：

十七夜探山甘冬失
陷待援秋避平川十
九来可相见迟则迁

把这二十四个字，断向循读，便是说："十七夜，探山，甘冬失陷待援，秋避平川，十九来，可相见，迟则迁。"了因向二人问道："你二位再看一看，这大概是说，十七日这一天，就是说昨天夜间，她们前去探山，探山好比探窑的意思，自然不是真山。下面紧跟着说，甘冬失陷了，甘冬一定是人名，姓甘名冬。这人既然失陷，当然待人援救，下面又说：秋避平川，秋一定是人名，平川大概是地名，……"横波道："也许是人名。"

了因道："对对，那就是说：秋这个人逃到平川那里躲避去了，救兵若是十九日赶到，他们还可以相见，若是迟了，那个名叫秋的人，就要迁移到别处去了。我猜是这个意思，正好与绳妓昨夜窥探西北城隅大院，两人被擒，一人逃走的情形相合。”

横波女侠、夏澄光俱都恍然道：“很有理，很近情。照样看来，甘冬多半是两个人的名字了，甘和冬二人被擒，秋一个人逃避平川，情形很对！……”

第四章 访地道忽遇妖贼

三女侠都看着这二十四个字，细细揣度，越想越觉没猜错；可是到底他们为什么“探山”，就猜不出来了。三女侠依然是满腹疑团，没法子揭穿。仅仅从店家口中，探知绳妓红桃、碧桃，在店簿上写的是姓王，是姐妹二人，同伴只有一父一弟，父名王大山，弟名王玉龙，都不像真实姓名。

夏澄光忽然含笑说：“我这可是胡猜，我以为那‘冬’字和‘秋’字，就是两个绳妓的真名，‘甘’字恐怕是那长身大汉。”

横波女侠点头道：“也许是的。”

夏澄光道：“我们不能在这里坐耗，我们还是亲去看看鼓楼附近那个地道吧。西北城隅那座大院，纵然托人查勘，究其实，还该自己去一趟的好。”

了因师太道：“那是当然的了，不过我们人少，我们要小心点才好，可不要遭人暗算。”遂叫来店伙，预付了五天的店钱，命店伙代锁房门，三女侠一同出店。

三个人径奔鼓楼，到了那暗通地道的院子附近，绕着圈查看了一遍。那院子前门紧闭，静悄悄无人出入。横波女侠认准门户，自去到邻巷打听。院子后面那三间草房，也紧紧关着门，当由了因师太和夏澄光凑过去窥看。不过草房前，空场树荫下，坐着一个中年男子，一见二女侠在附近徘徊，他就直着眼盯住了；此刻连忙走过来，到草房前，当门一站，很严厉的诘问夏澄光："你们要做什么？"

夏澄光看着这个人，微微一笑道："我是路过这里的，怎么着，你们这里还禁止行人吗？"

了因师太接声道："你这位老丈，我向你打听打听吧，你们这里可有磨坊没有？"中年男子看了看了因道："你问磨坊做什么？"

了因道："问磨坊，自然是我有几石粮食，要借地方磨一磨。"

中年男子道："这里没有磨坊，你可以上城外找去。"了因道："但是，这三间草房不就是磨坊吗？刚才有人指引我们，说这草房里有一磨坊，还有碾子。你们不愿白借，那也不要紧，我可以出钱。"

中年男子很厌烦的说："不对不对，没有没有，我们是住家，不是开磨坊的。"

了因冲夏澄光一笑，说道："不借就罢。"慢慢的离开空场后院门，绕奔院前门，这中年男子竟跟随过来。不知怎么一来，院中人也惊动出来了。了因和夏澄光刚刚绕到院子前门，前门陡然打开，出来两个人，堵着门在台阶上一站，眼睛像剪刀似的，盯着二女侠，一言不发，面露诡异疑怒。夏澄光还想上前，设辞探问。了因师太看出他们满含敌意，料到问也问不出什么来，反倒打草惊蛇。遂向夏澄光暗暗关照了一下，转身走向别巷去了，夏澄光迈步跟随。

这时横波女侠杜若英，正在邻巷，向人钩稽这院主人的姓名、来历。这邻巷转角处，恰是一道横街，街上很有着几家商铺和一些摊贩。横波女侠见摊贩中，有一个老头子，看守果摊。老年人向来好唠叨，她便挨过去，买了一堆果子，慢慢向老年人探问这院子的住户。摆果摊的老头子，果然很饶舌，略略一问，他便扯开了话篓子。据说这院子当年是有名的凶宅，已经空了十好几年，去年正月刚刚租出去。又说房东姓沈，是株州城的财主，新进搬到长沙去了。承赁租户姓董，是由长沙迁来的，大概在长沙、衡阳都有买卖，租这房子，想必是用作货栈。因为现时这院子里，只住着男子，没有家眷；可是常常由长沙开来车辆，一来车，便卸下不少箱子，箱子贴着董记的封条，故此晓得这里是姓董的货栈。横波女侠又问他是什么货，这老头子可就说不出来，反正不像搬家，一准是卸货。

正说着，了因师太和夏澄光都从隔巷绕过来了。横波女侠潜向二人点手；二人凑过来，也买了一点果子，站在一旁，假做吃果子，实在是潜听老头子的话。但只听了几句，便见那院中出来两个人，缀了过来。摆摊老头子立刻不再讲究了，反而站起来，向来人打招呼道："二位吃过饭了？可照顾点果子吗？"

两人道："好好，早想照顾你。"遂挑了几只鲜果，立在摊前，拿着大嚼起来，一面吃，一面向老头子忽东忽西闲扯；可是两个人四只眼，恶狠狠盯着了因师太和夏澄光，了因和夏澄光漫不在意，偏向老头子胡乱刺探。独有横波女侠，了因不曾跟她说话，这两个人就也晓得她们是一伙。

双方眼瞪瞪的对耗着，经过很久的时候，横波女侠看这样子，再也刺探不出什么来，打算暗中招呼了因和夏澄光，离开这里。忽然间，听见一阵轮蹄响，由鼓楼大街，开过来两辆轿车。那两个男子急忙迎过去，了因和横波女侠互相知会，三个人分做两起，也忙跟过去查看。

轿车到沈家宅大院门前停住，下来一个中年男子，一个少妇，好像是夫妇俩，一直进入大院。那两个男子也忙走进院子，把车门开了，引导轿车，开进院内。

横波女侠站在大院对面影壁旁观看，了因和夏澄光却躲在巷口，三人全都看见车中人的面貌，了因师太愕然失声道："唔！"顺手一扯夏澄光，慌忙避开，离开很远，方才站住。夏澄光问她躲什吗？了因摇头皱眉道："不好，想不到这大院竟与海砂帮有关，你不晓得海砂帮吗？"

夏澄光当然晓得，这海砂帮便是声名赫赫的三江五湖船帮，是个秘密会社，势派很大，一向和嵩阳派互相推重，各不相扰，可是暗中有点茬口，止于没有翻脸罢了。了因师太道："怎么这回事，又和他们海砂帮有关联了？昨夜那两个夜行人，不用说，定是海砂帮的门徒了。我们最好检点形迹，不要叫他们看出来才好。这不是我们怕他，是我们犯不上惹事，所谓井水不犯河水。"

夏澄光点头道："是的。"

这时横波女侠也跟过来了。三个人扭头回顾，后面无人潜缀她们，她们这才通话，都认为这院子太可疑。横波女侠说出住户姓董，了因说出看见车中人是海砂帮。

横波忙问："那少妇是谁？"

了因道："不晓得，我只认得那个跨车沿的中年男子是海砂帮。"

三人仰望天色，已渐黄昏，西北城隅此刻不便再去，就一齐奔镖局去听信。刚一进镖局，毕镖头就在里面嚷道："来了，三位全来了。"

横波女侠抢先进去一看，毕镖头打发出去的人，俱已回来。而且柜房内，更有嵩阳派小侠肖珏和灵修道长、沅江徐鹤。三女侠精神一振，自己的人既已赶到，这可以大举窥探西城隅和鼓楼大院了。

毕麟春镖头仍将三女侠让到镖局后面，徐鹤和灵修道长是刚刚绕道搜访，到达长沙，经小侠肖珏送信，才又翻回株州的。他二人本来是嵩阳派的名手，一听说鲍家塘的淫杀案，牵涉到嵩阳派女侠的名声，二人就怒不可遏，赶紧丢下寻访恶徒的事，先来根究这淫杀案。

灵修道长问了因师太："究竟鲍家塘凶案是怎么的一回事？"

了因师太当着横波，只略略说了个大概，反问灵修道："你们也得着叛徒张青禾的下落没有？"

徐鹤回答道："没有，师太你们三位访的怎样？"

了因师太道："我们做错了一步，我们不该把肖珏遣回送信。他走之后，有许多事，我们都感到不便。"

徐鹤道："这怎么讲？"

夏澄光道："还不是因为我们三人全是女子，打听什么，都有些碍口。"

徐鹤笑了，说道："不要紧，我给三位打下手。"

了因师太仍问徐鹤和灵修："你们到底也访着一点消息没有？"

徐鹤咳了一声道："倒访着一件很惊人的消息，不过跟我们嵩阳派追捕叛徒的事，略不相干，却很相类。"

夏澄光道："什么惊人消息？"

徐鹤眼望灵修道长，环顾众人，因有镖局的人在座，想说又怕不便，面上带出迟疑来。

灵修道人手捏长髯，微微冲他一点头，徐鹤这才说道："诸位大概没听说吧，海砂帮也跟我们一样，近日正在大举派人，往各处搜寻一个名叫宋代英的逃人。"

三女侠一齐惊异道："这宋代英，莫非也是一个叛徒吗？"

徐鹤道："那倒不是，听说是他们海砂帮保藏着一部秘笈，内容关系重大，竟被这宋代英勾结外间的夜行人物，用阴谋毒死了奉命看守秘笈的同门，把这书盗走。还有他们海砂帮别的机要，以及一箱子珍宝，都被这宋代英偷窃了，悄悄地逃走。这事也是新近才破露，海砂帮的大头子吴长江吴老舵主，为此震怒异常，听说前后派出二十多个精干门人，四出访拿这个宋代英，一来要追回秘笈，二来还要正门规，诛戮这个败类呢。"

众人听了，俱各惊奇，这可说是无独有偶。横波女侠杜若英勾起心事，更是切齿痛恨道：“现在收徒太不容易，许多少年人都是狼子野心，忘恩负义，真教人寒心！”

了因师太皱着眉，想了一回，却问道：“到底这宋代英盗去的，是什么秘笈呢？可听说内容没有？”

沅江徐鹤目光闪动，欲语不语。灵修道人浩叹一声，接言道：“究竟是什么秘笈，倒说不清楚，猜想许是他们本帮中的秘密图谱符录之类。”

三女侠见状，也就不再追问。毕镖头道：“这个宋代英究竟多大年纪？他逃到哪里去了？他受什么人的蛊惑？”

徐鹤道：“他逃走的去向，人人全说不清，只听说引诱他的，内中还有女子。他这人大概二十八九，三十来岁，人是很精明的。”

了因师太哼了一声道：“错非是精明人，才肯做这出色的事呢。”

夏澄光道：“可不是！”说着这话，不觉偷偷瞥了横波女侠一眼。她们都想起张青禾来。张青禾这个少年，在嵩阳派，是后起之秀，为人非常的聪明，结果竟受坏人引诱，做出逆伦叛党的恶行来了。

当下嵩阳三女侠，和随赶到的灵修道长、沅江徐鹤、小侠肖珏，互换消息，知道嵩阳南派两领袖不日也要下山。还有嵩阳第三代能手第六人、第七人乔亮工、乔亮才昆仲，今明日也要赶到株州。其余别的人，都扑奔长沙勘访去了；因据各方的秘报，张青禾和他的淫朋桑林武等，大概是由衡阳，往北逃窜，多半要到长沙落脚的。随后嵩阳群侠又向毕麟春镖头道劳，并问他代访的事情如何。毕麟春忙把那司账和趟子手唤来，教他们俩人，当着嵩阳南派到场的六位，述说今日查访的结果。

据那司账说，西北城隅那所三层三进的大院，乃是株州有名绅士贺廷绅的旧宅，贺廷绅在朝为官，富有田产，在六十年前，可说是株州的首户。不幸贺廷绅逝世以后，子弟不肖，析产涉讼，内讧不休，家道渐致消乏，这三进的巨宅，终于卖给姓杜的了。姓杜的也是株州的乡绅，因为宅主携眷在外省宦游，历时二三十年，没有回籍，这宅子空闲起来，大概是让给本家远族住着了。不过又有人说，是杜家的远族，把这空闲的全院转赁给姓田的住户，现在便是姓田的住着。三进的大院，足有四五十间房，姓田的人口较少，房子多半旷废着，并没有分租出去，但因年久失修，几成荒舍了。镖局司账前去探访时，只访出姓田的是外省人，大概很有钱，和近邻都不通来往；近月来，确有生人投到田家，但不知是否武林人物。

照这样，镖局司账所访西北城隅大宅的情形，仍然是模糊不清。倒是鲍三公子的事，却访出许多离奇的情节来。据闻这鲍三公子受了阉割的重伤，鲍二公子雇人把他抬进府城，现在住在鼓楼东自己的房子里，确是把本地外科有名的疡医陆达三，延请到他的宅内，天天给敷药包治。

更经辗转烦人打听，这鲍三公子却有点奇怪，他受了这大害，按理说，决不会甘心，应该到官府控告，催求早日勒限破案缉凶，以雪奇辱。实际上，这鲍三公子倒有点不愿追究，不敢追究，好像情愿吃哑巴亏似的。这与他素日的为人，大不相同。因此接近他的人，都疑心案情暧昧，恐有不可告人的诡秘在内，官府中人要想见他，讯问案情，他也是极力回避着，以伤重怕风为辞，不愿跟官府人见面。

可是他家又重金礼聘，秘密的邀请名震三湘、久已洗手的长沙老捕快冯金泉，到株州来。听说名捕冯金泉，已经携带一个徒弟，外约一个镖客，悄悄改装来到鲍家塘了！竟不知道是给他保镖护院，还是寻仇访盗。这鲍三公子，此时正在株州养伤，可是谁也见不着他的面，如此又有人疑心他早已偷偷的搬到长沙，活藏起来了。

司账和趟子手，这样一五一十对嵩阳群侠说了。了因师太和灵修道人都紧皱眉峰，默默思忖。横波女侠胸中另有见解，对这些话满不介意，只询问这鲍三公子，到底现在何处？藏在长沙还是在株州？趟子手说："若是在株州，那就住在鼓楼东，板井巷，路南第二大门。"

横波女侠道："哦，这岂不是……"

了因师太、夏澄光也道："唔！大概是……"

徐鹤、毕麟春齐问："是什么？"

夏澄光道："本城鼓楼东，有一户人家，我们刚刚蹚过，觉得那里一出一入的人物，很是诡异。现在这么一印证，恐怕就是鲍三公子养伤的地方了。"

了因师太向趟子手道："这鲍三公子的住处，可是一个四合房小院，有前后门，后门挨着空场，有三间磨坊吗？"

趟子手道："有没有磨坊，我倒没理会。可是鲍三公子住的是自己的房，那房确是有后门，后门确是空场，而且还有一口井。"

三女侠互相顾盼道："多一半是咱们刚才勘过的那地方了。"随后，仍向司账和趟子手很客气的询问："二位还打听着什么消息没有？"

二人道："还有祥茂店，我们也去过了。三位说的那两个卖解的绳妓，一个叫红桃，一个叫碧桃，都姓王，是姐妹俩，今天早上应了鲍公馆的特邀，前去献技，已经离开祥茂店，今天也没有在市上铺场子。"

三女侠忙道："哪个鲍公馆？可是鲍三公子的公馆吗？"

司账道："他们所说的鲍公馆，多半是指着鲍三公子的住家。"三女侠忙又问："这公馆可就是鼓楼东那个板井巷吗？"趟子手接应道："不是，刚才我们倒仔细打听了，他们店家听来的那个鲍公馆，大概就是城外三十里地的鲍家塘。"

三女侠矍然道："这却跟我们打听的不同。"

司账和趟子手又道："三位如想仔细查勘，可以亲到祥茂店去一趟。因为我们去的时候，听店家说，那两个绳妓虽走了，她们的伙伴当天又来了三个，也住在祥茂店房内西厢里面，我们没敢打草惊蛇，只向店家问了问，那西三房屋门已锁，今天才来的绳妓几个伙伴，已经结伴出去了。我们只听说是二女一男。”

夏澄光不由嗤的笑出声来，因为这所谓绳妓的三个伙伴，正是了因师太、夏澄光和横波女侠三位。她们三位女侠为了查看绳妓的房间，就把绳妓住过的西厢房承租下来了。那店家把她们三个人，也看作卖艺之人，居然也告诉了镖局的司账和趟子手。

当下，嵩阳三女侠向司账和趟子手殷殷称谢道：“有劳二位费心，给我们打听来不少有用的消息，我们今后下手勘查，不至于茫无头绪了。”

沅江徐鹤道：“你三位说什么？今晚上我们打算勘查哪里呢？”

了因师太道：“此地有好几个地方，都该窥察一下，起初我们人单势孤，不敢冒险；现在你们三位来了，我们已有六个人，足够调遣的了。我的意思，今晚上，第一步要探探西北城隅，第二步要访访鼓楼东鲍三公子的真情。还有那两个绳妓的下落，和祥茂店墙上炭字写的什么甘呀、冬呀、秋呀、平川呀，我们都该彻底捞摸一下。”遂把四合店西厢房门后写的那二十四个字的抄本拿出来，请毕麟春、灵修、徐鹤等参观。

沅江徐鹤、小侠肖珏看罢那二十四个字的抄本，又听解说了一遍，一齐说：“我们静听师太的分派。”

灵修道人也道：“了因师兄，你只管吩咐，我们现在只有六个人，可是不出今明天，我们嵩阳南派第三代第六人乔亮工、第七人乔亮才，必要结伴赶到。我们的人越来越多，越容易下手。万一我们的人仍不够使，还有驰往长沙的同道，我们也可以设法把他们寻回来。还有我们嵩阳南派的两位领袖夏金峰、罗靖南二位，也许不出六七日，联袂下山。我们现在只办两件事，一件是叛徒张青禾，我们要根究他的下落捉来正法。一件便是鲍家塘这件凶杀案。我们必须把真凶访明捉住。我们嵩阳南派和北派，在江湖上，都负盛名，从没有遗羞于民间。

现在北派同仁，听见株州凶案的谣言，已然派出黄震中、蔡石铮、姜涵清等好几位，出头查究，我们南派更要加紧办理，才不致被我们北派同仁所笑。”

他又道：“这件事，在这株州地方，我们就公推了因师兄，作为临时的主脑人。了因师兄，就请你不要客气，赶快发号施令吧。”

了因师太连忙谦辞，横波女侠杜若英道：“师太不用客气了，快分派吧。”

沅江徐鹤道：“我们还要谢谢毕麟春镖头，他竟丢开自己的正事，给我们做了居停主人，又替我们访查一切，他真是我们嵩阳派大家的好朋友，我愿代表大家，向毕镖头致谢！”

嵩阳派的一共六个人，一齐站起来，向毕麟春拜谢。毕麟春再三逊谢道：“我不说客气话，我这春麟记镖局，能够在南方行得开，不致被海砂帮、茅山帮等秘密会社扳倒，那全靠你们嵩阳派南、北两支的领袖，出力支持我、援助我，我这小小镖局方得立住。所谓饮水思源，我怎能忘了嵩阳派的隆情厚谊呢？三位女侠乍到株州时，正值我在下押镖出外，失于款待，我正在抱歉。现在我不过稍稍的替诸位跑跑腿。诸位竟再三的称谢，没的教我惭愧不安。我毕麟春再说一句不见外的话，诸位有事，只管交派给我。我们武林人物，肝胆相照，推诚相交，一切请从直吧。”

毕麟春很慷慨的一说，嵩阳男女六侠莫不欢然称许。

当下嵩阳群雄公推了因师太发号施令。了因师太义不容辞，遂与灵修道长合计着，把六个人划为两路，一路夜探鼓楼大院鲍三公子养伤的住所，要访查鲍某受害的原因，和嵩阳本派女侠被诬为女淫贼逼奸行凶的真相。这是顶要紧的。又一路，便是往探西北城隅夜行人出没巨宅的实况，和绳妓红、碧二桃的下落、安危。这两路本打算每路各派三人，但灵修、徐鹤全是刚来到，对株州事情不接头，一切都推重了因师太和横波女侠。了因、横波都认为鲍三公子被阉割一案，关系重大，故此只请夏澄光和灵修道长二位，去上西北城隅。其余的人，都派赴鼓楼大院，以便人数多，查得细。

还有长茂栈，三女侠刚赁定的那三间厢房，既有二绳妓留下的粉墙题字，又有“失盼援”的话，那么那地方，或敌或友，定要有人踵继而来。那也该预留妥人，去到那里坐等观变，并截留情报。可是嵩阳派自己的人数太少，分派不开；了因师太仍然拜托毕麟春镖头帮忙。毕镖头立刻派一位镖客，名叫顾梦桐，一名趟子手，名叫何六，前往祥茂店坐候。

夏澄光道：“既然如此，我们应该把房门钥匙交给顾师傅。”

了因师太摇头道：“那不好，我们赁下的那三间厢房，就让它空着好了。顾檀越还是挨着我们赁的那房间，另外单租一个房间的好。”说时目视夏澄光、横波女侠道：“你要晓得，那里本是两绳妓的原住处，如果空着没人住，绳妓的伙伴或仇敌，定要偷着进去窥探，倘若顾檀越住在那里，岂不打断了他们前来刺探的路子？”

横波点头道：“这话有理。”

了因转脸来，仍对顾梦桐说道：“我记得那三间厢房是第十六号房间，顾檀越最好在十五号或十七号附近住下，或者在十六号对门住，也很合适。请你仔细一些，夜间更要多多戒备。”

顾镖师诺诺应承，带趟子手何六，径往祥茂店去了。

这里，预定前往鼓楼大院，侦察鲍三公子养伤处的，共有了因师太、横波女侠、沅江徐鹤、小侠肖珏，计四个嵩阳派人物，另外还加上毕麟春镖头。这都是灵修道长面烦的，说是此去自然是暗访，但是碰得不对，也许闹翻了，变成明面对抗。毕镖头人杰地灵，有他相伴，万一反颜成仇，他便可以出头化解，做一个排难解纷的鲁仲连。

灵修道长一说，群侠哗然赞扬，道：“还是灵修道长年纪大见识高，做事有伸有缩。”

了因师太笑着念了一声："阿弥陀佛，灵修师兄样样都比贫尼我强。"

灵修道人忙说："师兄恕我多话。"

了因道："什么多话，你这主意本来好，顾檀越没有说的，请你再多辛苦一趟吧。万一我们跟鲍三公子爪牙冲突起来，你可以拿出和事佬的面目，给我们双方劝架。鲍三公子的党羽都有什么人，我们全弄不清楚，这也请檀越替我们辨认一下。"

毕麟春镖头谦逊了几句，很慷慨的答应了。只不过他在株州乃是镖头，总算正经商人，不能无故夜入民宅；故此预先说明，他要改容化装，而且除非万不得已，他也不便出头。这一节，嵩阳群侠都很谅解他，齐向他申谢。

分派已定，用过了午饭，大家分别去歇息养神。直等到二更以后，大家方才起来，打点夜行用具。到鼓打三更，灵修道长和女侠夏澄光，一个苍髯黄冠，一个红粉少女，都换了夜行衣，跳后墙出离镖局，径奔西北城隅而来。女侠夏澄光在前引路；灵修道人在后面跟随。另外跟了个镖局趟子手，作为带路、巡风、传信的人，于是眨眼间到了地方，开始夜行人的窥察。

同时，了因师太这一路，和横波女侠杜若英、沅江徐鹤、小侠肖珏、镖头毕麟春共凑成六个人，散漫开，分为三拨。横波女侠和小侠肖珏搭伴，了因师太和沅江徐鹤搭伴，出离镖局。他们也由镖局，派给一位趟子手，作为眼线，走盘送信。毕麟春镖头，另携带镖局新收的一个门徒，名叫朱荣启的，化装幕面，佩刀带镖，各穿一身青夜行衣，跟随嵩阳南派群侠，也往鼓楼驰去。

横波女侠杜若英最心急，走的最快，带着小侠肖珏，踏夜影疾走，居然一路无阻，转瞬间来到鼓楼附近。小侠肖珏，要等候人到齐了，再开始入探，横波女侠回头一看，把那趟子手落在后面，看不见影了，又见了因、毕麟春两拨绕走别巷，也还未到；她却等不及了。她记得那潜通地道的沈家大院，是在鼓楼东边，遂悄告小侠肖珏：“这地方，我白天已经查勘过，用不着那趟子手带道了，你跟我入窥窑吧。”

小侠肖珏并不晓得底细，又年轻不识轻重；横波女侠既心急，他就谨遵台命，说走就走，两人一径向鼓楼东寻去。却不料忙中出错，她们查勘的沈家大院，并不是鲍三公子本人的养伤处所。然而虽不是养伤处，却是鲍三公子秘密款待武林宾朋的客馆。横波女侠误打误撞，竟错访到鲍三公子新近收容的江湖豪客和长沙秘密的名捕的那个地方来了。

当下横波女侠杜若英，引领小侠肖珏，径奔沈家大院。悄悄的贴壁循墙潜进。刚刚绕近板井巷，蓦地见人影一闪。横波急往暗隅敛避，小侠肖珏忽然看出一点形迹；忙嘘唇作响，发出嵩阳派的暗号来。对面人影果然应声一嘘。小侠肖珏知道是自己人到了，忙回身通知横波女侠。黑影中，彼此互打手势，一齐到旁巷，迫近了相认。横波心想，这定是了因师太、沅江徐鹤到了，哪知不是；这个影子竟是嵩阳南派第三代第六人乔亮工。乔亮工既到，那么他的胞弟嵩阳南派第七人乔亮才，也必到场了。小侠肖珏迎头低叫道：“乔师兄，你是刚到么，乔亮才师兄来了没有？”

这乔亮工是个短小精干的人物，且不答小侠肖珏的问话，忙向横波女侠施礼，叫了一声：“师姑！”

横波女侠道：“你可是刚打麟记镖局赶来的吗？你听说我们现在访的事情吗？”

乔亮工悄悄答道：“不是，不是，我和舍弟亮才，乃是紧缀着两个夜行人物，一直跟到这里。”

横波女侠诧异道：“唔，可是这夜行人物进入这座大院了吗？”

乔亮工道：“惭愧，我和舍弟竟没有看清，我们由打长沙得信，遵命翻回来，连夜赶到株州。就在株州城外，发现脚程很快的两个人影，一前一后，似乎一个紧跑，一个紧追。我们越城墙缀到这里，再找人影，骤然不见了。舍弟刚才由那边绕着找，我由这边兜着找，自信没有漏空；可是这两个夜行人，竟神出鬼没，一转眼没了影，好像会地遁隐身法一样。”

小侠肖珏觉得奇怪，横波女侠却明白了，对二人说道：“这又是地道作怪，这两个人影一准是又钻了地道。”四面看了看，对乔亮工道：“你把令弟唤来，要找这两个人影，你跟我来。”

不过乔亮工还是很惶惑，手指那一片片房舍，说道：“这两个夜行人影，夜行的本领太大，我怕中了他们的圈套。”

横波女侠皱眉道：“你不必怯敌，我告诉你吧，这里是有隧道的，所以他们才会突然不见，他们是狡兔钻窟，并不是妖魔施展隐身法。”

乔亮工听这样解说，方才放了心，赶紧奔向各处，嘘唇作响。横波女侠、小侠肖珏也帮着寻唤；是在沈家大院附近横街，把乔亮才啸出来。

乔亮才也是个小矮个，穿一身夜行衣，潜着鹿皮囊，带着青锋剑，和胞兄乔亮工打扮一样，他们昆仲二人很像孪生子，武功也差不多，是嵩阳南派第三代的能手。四位侠客彼此见了面，横波女侠很匆遽的把此行要刺探的，究为何事、何人、何故，大致告诉了二乔，然后就教乔亮才在外巡风，横波身率肖珏、乔亮工，进入沈家大院邻巷。三个人悄悄的跃登邻院邻房，慢慢的往沈家大院进窥。

这沈家大院是一所四合房，旁有小跨院，后有小后院。各屋多半没有灯火，料想时过三更，人多入睡。唯有西跨院南北房，灯光通明，照透纸窗；就连院中，也还有一盏小小壁灯。横波女侠杜若英和小侠肖珏、乔亮工，由东邻攀垣而进，先藏在房脊后，隐藏全身，探出半面，把全院构造的格局，出入路口，大致看明。然后，乔亮工与肖珏二人，先扑奔正院无灯光处，再由暗影中推进，最后便去窥探跨院灯光辉煌处。横波女侠心中惦记着那潜通院内外的地道，所以她直奔后院，要察看明白，这地道怎样通入宅内。

横波女侠蛇行鹤伏，由屋顶进至后院，不用问路石子，轻轻的一溜而下，由后山墙降落平地，立刻奔这后院的后罩房。

后罩房北房一连五间，在正房后，罩房左右有耳房，旁有夹道角门，可通正院，房舍较正房矮的很多，全部闭门掩着，昏暗无灯。横波女侠用轻灵的手法，很快的查看一下，目窥、鼻嗅、耳听、手触、脚点，已试出这后院罩房大概是厨房、下房和堆积什物的空舍。因为有两间房，嗅出油烟气，故知是厨房。又看见平房两间，屋门倒锁，纸窗上的窗纸七零八落，便知是贮藏室，必无居人在内。还有两间屋，虽然也没有灯光，可是门户很严密，窗纸很完整，侧耳附窗听，微闻内有鼾声，晓得大概是奴仆的下房了；而且听动静很小，屋中至多有两个人。

横波女侠所要找的，还是地道。她很快的挨门察看了一周，见这后院的一角，平地上搭着一座花房菜窖模样的低矮棚，以为这个地方，很可以做成地道出入口。横波女侠回头看了这夹道和角门，角门虚掩，并没有闩。她很快的蹑足走到角门边，往门里察看。这角门穿过夹道，可以直通正院。正院有走廊，黑乎乎，寂然无声，似乎正房主人已睡，不会半夜起来。她立刻回身退出，把角门关好顶上，一个箭步，跃到茅棚前，俯拾碎砖，往棚中试投了一下，竟无反响。她立刻回手掣剑，把袖箭也预备好了，于是她钻进了这座花房菜窖。用脚一试地面，伸手一触墙壁，觉得不像菜窖。忙取出火折，晃着了亮，向四面一照；才看出四壁空空，地面积尘甚厚，只在当中，堆着许多大油篓和空草筐。横波女侠不觉失望，这里决不像是地道的出入口，赶紧拭去地面印上的脚迹，自己轻轻退出来。正要破锁进窥那座贮藏室，小侠肖珏如飞的寻来。

横波女侠连忙迎上去，双方抵面，小侠肖珏低声道：“师姑快跟我来。”话中很有耸异惊骇的声音。

横波忙问：“遇见什么了？”

肖珏答道：“您快来，遇见事了，迟了，点子就走了。”

横波女侠连忙丢下这里，跟随小侠肖珏；小侠肖珏一直把她引到跨院后窗前。后窗前，由乔亮工在那里，施展卷帘式，攀窗往内探视。一见横波女侠，忽忙招手，横波女侠猜想屋中必有岔事，即蹑足绕到前窗，也探窗往里查看。

屋中明灯辉煌，有桌椅，有床榻，有一个穿夜行衣的壮士，一个穿短打扮的男子，全都在屋中灯前打晃。那穿夜行衣的壮士，好像刚刚装束停当，正在插刀，佩囊，换鞋。

那穿短打扮的男子，立在床前，打开一个包裹，也从包中取出夜行衣，正要更换。却在床上，另放着一个衣裳包，里面的衣物散摆在床上。那夜行壮士和短衣男子，正在说话，话声并不低，却是外乡口音！横波女侠听不甚懂，只闻得哗笑声直传出窗外。

横波女侠莫名其妙，因为屋中人也是行家，所以她在窗外很小心，只把一只眼就窗隙往里瞥看。这边看不清，忙蹑足转到那边，把纸窗轻轻的点破一洞，仔细的窥望。

屋中的两个人都冲着床上的包裹说笑，忽然听出一句来，夜行壮士道："你打扮一下，让我开开眼，行不行？"

短衣男子笑道："我可不行，瞧我这脸子，太不像样了。"一面说一面更衣，把床上另一包裹的夜行衣取出，自己给自己上装。

横波女侠见这人要换夜行裤，便不肯再看，扭过头去，退出数步，悄悄向肖珏道："这是两个夜行人，你们把我唤来，是要我认认这两人吗？但是这两人，并不像那夜行刺的。"

肖珏道："不只是这一点，你老还是贴窗再看看，这里有三个人呢。你老看这三人，是不是你老说的叛徒张青禾的那三个淫朋？"

横波女侠一听这话，秀眉一挑，咬牙道："哦！"立刻回身，重施身法，窥窗往里看。这一看，方看出蹊跷来。

那个短衣男子，此时已将夜行裤换好，一面结束，一面和夜行壮士互相打趣，夜行壮士只催他快穿衣服。他们把兵刃和暗器都收拾出来，似乎他们就要出去作案。在前院窥察的乔亮工，也绕过来，通知横波女侠，注意那床上另一个衣裳包，然后又溜回后窗。横波女侠已知这两人定有把戏。鲍三公子乃是受害人，可是在他家竟有夜行人停留，而且多至两三个，这事太可值得注意了。于是横波女侠紧将身形，贴着窗子，不放松的凝目注视。

只见那夜行壮士向短衣男子，露出开玩笑的神情，把床上那一个包裹的东西，抖搂出来，带笑道："喂！喂！你够漂亮的，你不要拿捏，你打扮上，教我瞧瞧，像女人不像？"信手一抖，身形一转，横波女侠和小侠肖珏全都瞥见了，原来是一身女子的服装，锦衣、绣裤、青披风和一套假发髻，青包头，还有一双缠足女子的便足，和戏场上旦角的木跷竟然一样，只是比较稍大，也就越发逼肖女子真正的缠足。

这工夫，后窗的乔亮工早瞥见了。嵩阳三侠一齐惊异，心中都产生一种疑问："这是做什么的？"

只听那夜行壮士说："来来来，别拿捏人，你穿穿试试。"手拿着那一对"木跷"，跷上拖着很长的缠足巾，硬教那短衣男子试穿。短衣男子这时正坐在床上换鞋。

短衣男子笑拒道："我这脸子，决计不像，这是小武儿的行头，还是叫小武儿来吧。"脸向内间，叫了一声道："喂，小武儿，你快出来吧，你还没有睡够吗？"又向夜行壮士说："回头咱们俩搅缀他。"

夜行壮士道，"我和他很生疏，怕他着恼。"

短衣男子鄙夷的笑道："你可不晓得小武儿的脾气，他最愿装女人，他恨不得变成一个漂亮的女娘，你不见他平常说话走路，扭扭捏捏的，和女人一样吗？谁要夸他长的俊俏，比女人还好看，他反倒抿着嘴笑，好像很爱听似的。"

夜行壮士道："天生的下流种子，他准是个私坊出身，唱旦角儿的……"

短衣男子道："噤声，你可别这么说，若教他听见了，宰不了你！那家伙可是一皱眉，一噘嘴唇，小眼珠儿一翻，可就要下辣手了。他真是个错投男胎的人妖，你别看他长的俊，他的手底下又狠又辣，真跟谋害亲夫的后婚娘一样的歹毒。”

夜行壮士哼了一声道：“你不用拿他吓唬人，他也不过是夜行术比人麻利，他的刀法稀松平常，他全仗着他那缺八辈德的暗器，来欺负人。若没有他那暗器，谁还怕他？”

短衣男子摇手道：“就是这话，你明白，我也明白，你还捣什么鬼？回头教他听见，说不定哪一句说挑了眼，他又翻盘子，不肯去了。”说着，把女装衣裙收拾起来，只留下那假发髻和木跷，信手摆弄着玩，夜行壮士就夺过木跷来，往自己脚上比。短衣男子就把假发和包头，戴在自己的头上试，又往伙伴头上放。

这时嵩阳三侠客，先是诧异，旋又恍然，这屋中人，不用说，决非善类。

夜行壮士比试着假缠足，笑了起来，又把裙子抖开，往自己腰上系，且鼓捣且说：“你叫小武儿一声吧，打扮一个给我看看，我真没有见过。”

短衣男子又冲暗间叫了一声：“喂，小武儿，武大相公，还没睡醒吗？是时候了！”

横波女侠顺着屋中人的呼声，也要挪到暗间窗前窥看；可是这时候暗间屋的人已然答了话。一个很清脆的声口，说道：“你们两个讨厌鬼，又背地嚼念我了，看我劈不了你们吗？”门帘一挑，出来一个睡眼惺忪，杏眼桃腮的少年美男子。

小侠肖珏方在注视，乔亮工也正凝神细看，蓦然间，横波女侠杜若英神色大变，突然把肖珏扯到一边，低声的然而很忿激的说：“这就是那恶贼，我在这里，想不到，真会碰见他！你快去通知了因师太、灵修道长他们……”

肖珏大骇，忙问，“是谁？”因为这人并不是恶徒张青禾，大概是张青禾的淫朋了，却不知究竟是哪一个？于是他又重问一句：“他到底是谁？”

横波女侠道：“桑林武！”咬得牙乱响，立刻把袖箭装好，利剑抽出来。

小侠肖珏抽身急走，跑出去勾兵，横波女侠立刻要活捉这桑林武。她恨透这个桑林武，她的义子兼门徒的张青禾，便是被这人引诱坏的。逆伦的罪行，也必是这东西主谋，横波女侠追拿叛徒时，仅仅刺伤另外那姓贾姓赵的两个淫朋；这桑林武本领既较高，心思又乖觉，竟没有追上他，被他绕林溜走，把张青禾也带跑了。

横波女侠恼恨已极，反而澄心宁虑，把怒气勉强按住。桑林武这东西有一身很好的夜行术，神出鬼没，稍不留心，眨眼就溜没了影，这一回务必圈住了他，不要教他再溜脱了缰。务要把他活擒住，从他口中，讯出叛徒张青禾的踪迹，审出叛徒的罪行详情。

横波女侠扪心站了一站，心神略定；忙飞绕到前院。悄悄告诉乔亮工，千万堵住了门窗，勿令屋中人逃出。然后自己奔回后院后窗，轻轻把窗纸弄破，露出较大的破孔，侧着脸，往里盯着桑林武的举动。横波女侠暗想：恶贼桑林武既在这屋中露面，逆子张青禾势必也藏在这宅里面，只不知在哪屋。哼，也许就在暗间睡觉呢。于是横波女侠杜若英又抽身往暗间窥看。

暗间灯光虽亮，内中除陈设外，西壁立着大柜，北面放着一床，垂着帐子，屋中并没有人，床帐之内看不出还有人没有，因为脚榻上没有放着鞋。可是这床是容两人睡的，帐内也许有人，也许没有，隔窗内窥，竟断不透。

横波女侠又回身挪到那明间窗前，这工夫桑林武走到外间，打着呵欠，坐在椅子上，问那两个人："什么时候了？你们俩闹哄什吗？"那两个人都凑到他面前，笑嘻嘻对他说："不早了，该动身了，我们是催你快打扮。"

桑林武还是有点睡不醒的样子，端起茶壶来喝水。忽一眼看见床下的包裹和包中的女装，他双眉一皱，面露不悦道："你们又翻动我的东西了。"站起来，走到床前，坐下来，要把女衣裙重新包好。

夜行壮士和短衣男子，一齐跟过来拦阻道："小武，你别包了，你还不打扮上，教我们看看？况且也该走了。"夜行壮士就拿起假发，往桑林武头上按，短衣男子拿起木跷女鞋，就往桑林武脚上比，两人都带出笑谑的样子。

桑林武半恼半笑说道："干什么？干什么？"

夜行壮士笑着道："早上不是大家商量好了吗，烦你跟我们一块去，为了诱骗他们，一定要请你扮好女装。现在正是时候，你就装扮吧，打扮成标标致致的一个女娘的模样，我们暗中保着你，看一看海砂帮到底要怎么办，就可以推测出伤害鲍三公子的人，究竟跟他们有没有干连了。"

桑林武笑了笑，推开他们俩人。两人依去强嬲他，他说："要扮就扮，不过就这样扮不行，还有胭脂、粉、眉黛、耳坠子、镯子等物……"

夜行壮士忙说："你平常怎么打扮来着？这工夫不要拿捏人，快来吧。"

桑林武笑着不动，还在打呵欠，伸懒腰，意态慵慵，颇带女腔。

短衣男子望着他，说了一声："要命！"抽身挑帘，进了暗间，由打床帐里，把桑林武的兵刃和鹿皮万宝跷、暗器囊，统统抱出来。伸手从那万宝囊中，掏出来小小一个锦盒，掀开盒盖，内中有小镜子、梳子，有胭脂锭、宫粉盒，又有一只小锦袋，内中包的是碧玉簪、金耳环、钏镯，女人用的首饰无一不备。

夜行壮士一见这些东西，哈哈大笑起来。短衣男子就好像献宝似的，都给掏出来，放在桌上，然后说："桑姑娘，我把您家的闺房首饰全找出来，快着装扮吧，可要我们替你当梳头妈妈不？"

桑林武微露忸怩之态，两个人一个劲的怂恿，他好像愿意打扮了。短衣男子又问："你是先穿衣裙换鞋脚，还是先梳头擦粉？"

夜行壮士道："你真是外行，没听人说过么，大姑娘上轿，先裹脚，后梳头，末了才洗脸擦粉点胭脂。”

短衣男子道：“那是真姑娘，才那么打扮，他这个二刈子……”

桑林武忽一整盘，眉目之间透出嗔意，吓得短衣男子不敢说了。夜行壮士忙说好话哄他，好半晌，这桑林武方才释然，站起来，对灯执镜，用眉黛画眉。画成了弯弯月形，又拿起胭脂，把自己的嘴唇，点成一点樱桃小口，然后包起这些东西，直到床前，拿起假发，自己往头上包束好了，立刻他的头面变成一个时装的年轻俊俏女郎。

夜行壮士和短衣男子都直勾勾看着，到了这时忙问：“你不擦粉吗？”

桑林武道：“夜晚用不着擦粉了。”

短衣男子道：“其实你不擦粉，清水脸更显着俏。”

桑林武睨视他一眼，吓得他一吐舌头，退后一步，好像怕桑林武翻脸揍他。

然后桑林武戴好了假髻，又束上包发的绢帕，只看前面，真个很像女子了，他又学着女人走路，姗姗趋向床前。坐在床边，脱去足下快靴，换上女人的裤子，然后把木跷缚好，站起来走了几步。夜行壮士、短衣男子都看直了眼，啧啧的夸奖：“真像，真像！”却又互做鬼脸，露出轻薄鄙视之态。

桑林武却不理会，反而很以为美似的，用脚尖着地，踩着木跷，跷上穿着绣花女鞋，又走了几步，改用鼻音，学着女子的腔口，向两个人道：“你们瞧准像吧？”然后莲步纤行的又走到床前，就要脱去上衣，换穿女裤，并要系上女裙……

还没容他打扮好，外面的嵩阳南派横波女侠杜若英，认为机会正好，“嘘”的发了一声轻啸。

这时候，嵩阳群侠的灵修道长、沅江徐鹤还没有撤回赶到，却是在外面巡风的乔亮才，和局外助拳的毕麟春镖头，已被小侠肖珏找来。横渡女侠再忍不住，向众人一做手势，众人会意，埋伏起来。横波女侠把袖箭筒，对准屋中的玉蜻蜓桑林武。女侠认为桑林武断乎不是好人，一定是淫贼。按嵩阳派门规，发暗器须打招呼，不能用暗器施暗算。女侠负怒已久，不肯这样宽容，遂刚刚的嘘唇作响，立刻把袖箭打出去。

袖箭直奔玉蜻蜓桑林武上三路咽喉要害。突然间，屋中灯光骤灭，恍惚看见桑林武一晃身。屋中发了一声喊："不好，有人！抄家伙！"

嵩阳群侠一齐发动。横波女侠一耸身，登上后窗台，身形侧避，伸手抓窗格，微微用力，只一扯，哗啦的一响，把窗扇扯落；利剑一晃，飞身扑入，肖珏跟纵也窜进去。二乔兄弟埋伏在前院门窗前，毕麟春藏伏在屋顶上，手中也托着一只暗器。

只听得屋中黑影里，叮当乱响，夹杂着怪叫声，突然有一条人影，首先夺门，闯出前院；却是两手空空，没有兵刃。乔亮工横剑急挡，把这人盯住，一逃一追，绕着院子乱跑。又有一个人影，破前窗窜出来，乔亮才挥剑邀战，狠狠一劈。那人身形好生麻利，往横处一闪身，陡然一扬手道："呔，看镖！"

乔亮才微微侧身，用剑一拨，是一件软软的东西，拨落地上，竟不是镖。乔又顺手一剑，这人手中有刀，却不想抵敌，猛然一翻身斜奔窜上短墙。毕麟春忙打了一镖，这人扑地栽到墙那边，跳起来跑了。并没有惊动宅中人，连蹿带跳，如飞的越墙逃向街巷。

这逃走的，便是那个夜行壮士。他是贼人胆虚，身上背着几条命案，女侠刚刚破窗袭入，他连看都没看清，就疑心是捕快拿他来了。他却是个猾贼，喊了一声："抄家伙，有人！"往黑隅一蹿，把身子贴墙蹲下来。摸着一把刀，急急的定神，拢眼光。屋中一片交斗声，听得那突门逃出的伙伴，似乎没有被擒，他这才踢窗复逃出来。果然被他逃掉了。

那个短衣男子，是头一个逃出来的，已被二乔弟兄圈住。他只有两把匕首，插在绷腿上，此刻拔出来，苦苦与敌相持。同时喝问："你们是干什么的？是挑梁子的，是鹰爪办案的？"

二乔没有好话答对，说道："拿淫贼的！"两把剑狠攻不休。

最落后的桑林武，却被横波女侠、小侠肖珏狠狠盯住，闪躲不得。灯光已灭，屋中漆黑，横波女侠挥动利剑，嗖嗖横劈斜扫。小侠肖珏紧挨着横波女侠，一面掩护师姑，一面向外挥剑。桑林武趁手的兵刃，已来不及拿，左手只举起一把椅子来抵抗。右手抓了一把，拿起一只豹皮囊，椅子立刻被女侠夺住，他忙要夺门外逃，门外已起了斗声，横波的剑又刺到。他伏身一窜，窜到暗间。

暗间还点着灯亮，桌上放着那短衣男子的兵器，是两把很笨重的板斧，百忙中他先捞了一把，居然捞取到手，急急奔床帐，去拿自己的要件，横波女侠早唰的一剑，削落门帘，追了进来。

桑林武一回头，哎呀一声惊叫，他认出横波的面貌来了。现在他已然换穿着女装，脚下还是一对缠足。横波又一剑劈到，他挥斧一架，翻身急逃。小侠肖珏跟进屋来，持剑堵住了门，桑林武逃路被阻，猛然一跃，窜上窗台，这一只脚刚刚登着窗台边，那只脚狠狠一踢，踢碎了窗棂。被他不要命往外一钻，居然钻出去了，却是窗格断木，碴口锋利，把他的后背衣裳划破一长条，血淋淋伤着脊肉。然而他倒是挣命逃出去了。

横波女侠寸步不肯放松，也跃上窗台，却用手抓住窗扇，扯下来，抛出去。偏身一跃，紧追出去。同时喊了一声："淫贼，哪里跑，你们来截住他！"

这时候，艳妆女扮的桑林武，狼狈不堪。一手拿着板斧，一手提着豹皮囊，可惜别的行头全都没顾得拿，顶要命的是那暗器，被同伴骂为缺八辈德的暗器，竟遗在屋中床上了，却已落在小侠肖珏的手中了。

当下，女装的桑林武脚上踏着三寸金莲，如丧家之狗，拼命狂逃，横波女侠嘘唇作响，仗剑急追。小侠肖珏搜检屋内，把桑林武的东西一点不剩，全给没收，然后提剑也追出来。

横波女侠忙回头喝喊："你快去帮二乔，搜寻逆子去吧。逆子张青禾一定在院内藏着。"小侠肖珏依言翻回，只剩下横波女侠杜若英一个人，拼命的赶下去。一口气追出半里地，把个桑林武追得走投无路。不由止步回头叫道："我和你无冤无仇，何苦这么赶尽杀绝！"

横波女侠骂道："好恶贼，我问你，好好一个男子，你乔装女人做什么？你快快把逆子张青禾献出来，我就饶你。"

桑林武忙说："你原来是要找寻张青禾的，你不要动手。我领你找他去，我知道他的下落。"

桑林武且说且喘，横波女侠如飞赶到，喝问："逆子在哪里？"

桑林武道："他现在长沙，女英雄请息怒，我可以陪了你去！"

横波女侠听了他这话，勃然激怒道："逆子在此地吗？"

桑林武道："没有，他昨天刚离开。"

说话时，桑林武一面横斧提防横波，一面将那豹皮囊往腰间系，正要腾出空来，伸手去掏皮囊，寻暗器。哪知横波女侠目光极锐，她盘诘桑林武，早就盯着他的两只手。以为桑林武此时一面说好话，一面又要掏取那刻毒的暗器，要来暗算自己。登时间一朵红云遮面，咬牙道："好恶贼，你还在我眼前弄诡。"往前一蹿，唰的一剑，其疾如电光石火，奔桑林武肩胛劈来，斜切藕式，连肩带臂，下及肋部。

桑林武急忙招架，不想女侠剑招很快，唰唰唰，一连气三四剑，把个桑林武砍得手忙脚乱，到底没把豹皮囊中的东西掏出来（因为这个囊中并不是那个暗器），拨转头他又觅路狂逃。

横波女侠杜若英毫不迟疑，一个人仗剑继续追赶。一口气又绕城奔出一条路，桑林武好像支持不住，竟钻小巷，投黑影，跳到一户人家屋内，躲藏起来。

这一藏，又藏出枝节来，因为他是女装，被院中人先把他当了狐魅，又当了贵家逃妾，于是这院中人方以为艳遇白天飞来，哪知吃了一个大亏，和鲍三公子遭的事，前后一辙。

那鲍三公子，其实并不是被什么女采花贼阉割的，正如这一夜的事一样，忽然有一个美人儿奔来，鲍三公子为美色所惑，起了别样心肠。哪晓得这个美人儿如蛇蝎一般，不真是女子，而且手段非常毒辣。

那鲍三公子家住鲍家塘，很有财势，又做着当地的保正，乡邻都惹不起他。他这人只是钱财上稍为吝啬，平素待承旧邻，也还没有恃强倚势，过分欺凌的举动。有时邻居们出了纠葛，倒邀他出来，给排难解纷，他总算是鲍家塘出头露脸的绅士了。然而鲍三公子有一个很大的短处，就是为人好色，仗着有钱，家中已有两个小妾，他还是在外面惹草拈花，正因为他有这“寡人好色”的毛病，才害得自己成为残废。

现在，横波女侠追捕逆子，和桑林武避敌逃藏的事，暂且搁下，转回来，先追溯鲍三公子的艳福和阉割。

第五章

鬼画符乡妇求巫

鲍家塘有一户外姓人家，是个姓何的老寡妇，原也有儿子儿媳，不幸儿子死了，只遗下一个小孙儿，和这老少两个寡妇度日。

鲍家塘的居民，有的务农耕稻，有的往湖中捕鱼。何老头父子，便是捕鱼为业，现在两个当家人死了，孙儿幼小，没法重操旧业，每日生活渐渐艰难起来。

何老婆婆的孀媳何崔氏，年纪不过二十几岁，觉得受穷守寡全都不易，趁着自己年纪还不大，就跟婆婆闹着要改嫁。何老婆婆一听这话，又急又悲，再三哄慰儿媳，又抱着小孙子，给寡媳下了一跪。这何崔氏也哭了，当时没有走，可是改嫁的意思并没更改，只是孩子太小，一时不忍罢了。

可是她们婆媳俩仅靠给人家洗衣做活，挣钱糊口实在来不及。日子越过越穷，何崔氏改嫁的心思又发动了，天天说闲话，甩腔，何老婆婆只好装聋容让着她。

忽有一日，鲍家塘来了一个年轻道姑，生得长身玉立，眉目如画，是本乡鲍金娘由城中请来，给女儿治臌症的。这个道姑其实是祝由科巫婆，会顶香治病，又会按摩推拿，自称是茅山师傅的女弟子，本领很大，据说还有相宅捉妖的能耐。鲍金娘进城逛庙，亲眼看见这茅山道姑法术精奇，就请来给女儿治病。不想鲍金娘的丈夫鲍金榜是书呆子，深念朱柏芦治家格言之诫，三姑六婆不准进门，两口子吵了一场架。鲍金娘本来泼悍，这一回却被丈夫说服了，缘因她家窄房浅屋，请医治病，是可以的，却将一个年轻道姑留在自家住，自家的儿子也不小了，多有不便。病女儿又没有独间闺房，被书呆子再三唠叨，鲍金娘让步了。

然而道姑已然不远的请到，当天打发回去吗？也岂有此理，事实上也办不到，总该试着让她瞧瞧，才算告一段落。于是乎鲍金娘气哼哼的出来，找亲戚，问街坊，打算替道姑找个借宿地方。带领道姑，连问数家，不是人家不能借，就是巫婆不愿住。最后找到何寡妇家了。是由孀媳何崔氏应门，鲍金娘径引道姑，升堂入室，何家仅仅有三间北房、两间南房。地方比较狭陋，屋里也显着肮脏。然而这道姑一打量这情形，居停主人不过是寡妇婆婆和寡妇儿媳，人口如此孤单，她竟欣然中意了。

何崔氏见这道姑年轻貌美，衣履整洁，说话儿甜净，经鲍金娘一提，她就没跟婆母商量，脱口答应。何姑老奶奶也就说不上不算，好在只住一两天，就对鲍金娘讲："这位师傅没地方住，好罢，若是不嫌脏，就住在我们这儿罢。不怕金娘笑话，我们可供不起饭。"鲍金娘忙说："老奶奶放心，师傅是我们请来的怯（契也切，客也），自然是我们家管饭，教师傅天天到我们家吃饭去，只到晚上，上你们这里寻宿。"对道姑说："这是怎么说的，教师傅多抱委屈。我们当家的太死心眼，犯起他那牛性来，教人急不得恼不得，若不是我们丫头有病，怕吵，今天我饶不了他。"又向何氏婆媳说："我原和这位师傅讲妥的，十天包好，人家是行善，不在乎马钱的。金榜他好像把女儿的病，一点不放在心上。好容易大远的把师傅请来，人家一半行好，一半施舍，一半也是我们娘家那里，有些光棍们，净跟人家师傅捣乱，师傅要躲躲他们，才肯上咱们这小地方来。谁想他唠唠叨叨，翻盘子不肯信。你说多么可恶！”跟着又把道姑神医妙技、仙法灵符，形容给何氏婆媳听。

鲍金娘是在株州亲眼看见这年轻道姑给人家画符治病的。也是在一户农人家行法，屋里屋外，围了好多人看热闹。道姑口诵神咒，点一对红烛，火焚黄表，祝告仙灵，火光一闪，黄表纸直飘上空中，无形中似有神灵临降。又剪纸作成判官小鬼模样，也焚化了，教这判官小鬼给病人捕捉病魔。她做出许多奇异举动，使观众见状耸然，她的法术和两湖祝由科迥乎不同，人们很不了解，也就越惊异，也就越信服了。她画一道符，火烧成灰，和药泡酒，给病人服下去，病人出了汗，不再发呓语了。病人有时候忽然惊喊见神见怪的闹，经道姑一般做作，用银针刺指甲心，只三针，便把附体作怪的野鬼给扎走了。有这么许多的奇迹，鲍金娘对何家婆媳，说了又说，真是五体投地的信服。唠叨一阵走了，言明明早来接，放下几吊钱，姑且给道姑预备晚饭。这年轻道姑，就留在何寡妇家。

何家孀媳招待道姑，把她让到正房，上炕头里头坐。这道姑一上炕，露出窄窄金莲，崔氏瞥见了，说道：“呦，师傅是出家人，倒裹了脚，别是半路出家的吧？”

原来这年轻道姑是作道姑打扮的，蓄发缠足，和寻常道姑截然不同。这道姑回答道：“我是从小就出家的，我原是道门。”何崔氏道：“你从小出家，是谁给你裹脚的？”道姑脸一红道：“我七岁出家，那时候脚早缠好了。”何老寡妇言道：“师傅是七岁出家的，在哪座庙修行啊？贵姓？大号？”

道姑微微一笑，露出雪白的牙齿，淡淡的说道：“贫道姓高，道号是青岩，我是奉师命，下山行道来的。一面化缘修庙，一面施医捉妖。”何老奶奶问道：“师傅年轻轻的，就出来行道，可真不容易。你还会捉妖，也是画符念咒吗？”道姑道：“对了。”又问道：“鲍家姑娘得的臌症，好些郎中治不好，师傅也能给治，那么不论什么病，师傅都能治吗？”

道姑道：“没有治不了的病，男妇老幼，不拘什么疑难大症，只要‘诚则灵’，心不诚，是不会灵的。”何崔氏道：“哦，诚则灵，对啦，我也听人说过。师傅，你的马钱要多少？可有现成的药吗？”

道姑笑道：“什么马钱？我不是郎中，一向不要马钱的。我是奉师命下山行道，图钱不为道，用药不为道。我们是只靠仙方、符水、推拿、按摩，给人调治百病，轻易不肯用草药的。贫户人家，我是分文不要，杯水不沾；富家也只随他们的意布施。治好了病，教他们给菩萨仙姑上供许愿，点长明灯，我们是行好，不为赚钱。”

这无知的少年孤孀，闻言大悦，忙向道姑敛衽道：“师傅，你这人太好了，我就有一股病，对人说不得，穷家苦业的，也没法子请郎中。今天遇上你老，该着我免灾了，没什么说的，看在菩萨份上，你老给我调治调治吧。”

这道姑微微一凝眉，旋又笑了，说；“好吧，……你是什么病呢？”

何崔氏低声说道：“每逢‘来’的时候，就肚子疼。从前本来没有这个病，由打我们当家的死后，窝住了一口气，我们这位老婆婆也太那个，年月又不好，又没有富裕钱治病，如今历历拉拉，闹了快一年了，一到经期，准疼得直不起腰来。师傅，您说这个病，该怎么治呢？”

道姑道：“哦，这病吗？”她先不接下去，定住了眼神，一个劲的端详这个少年孤孀。这个少年孤孀才二十四岁，虽然是村妇，衣履旧敝，妆饰不美，却也是曲眉，秀目，直鼻，小口，脸蛋儿滚圆，头发漆黑挺长。所差的是清水脸，未加脂粉，肤色微黄，透出寡妇相来，手脚却粗糙，做惯了庄稼活，当然不会有粉嫩的手，更不会有纤小的弓弯。大体看来，人材不恶；当她在娘家做姑娘的时候，原有艳名的；可惜生在小户人家，只嫁了一个少年渔夫。她的丈夫本来很强壮，也正因娶了漂亮媳妇，过于贪恋房帏，又做着捕鱼的生涯，整年泡在水里，不过二十二三，便夭亡了，据说是冬天捞鱼，伤寒致命。丈夫已死，当地很有些光棍，想算这个小孤孀；只是何崔氏纵然家贫守不住，到底不是野草闲花。在她守寡这几年中，并没有闹笑话，只是和婆婆抓碴吵架罢了。道姑胡筠仙将她头上脚下，尽量打量，倒把个何崔氏看得很不好意思，笑说："师傅，怎么了？我的病能给治不？"

素道姑竟不回答她这话，反而吆了一声，用调笑的口吻说："原来大娘子年轻轻儿的，已经守了寡？看你的相貌，可不像个苦命的，是怎的老早没了当家人？莫非你过门时，冲撞了什吗？还是你们两口子属相上克着了？你过来，我给你瞧瞧，到底哪一点下，命犯孤鸾？"伸出手来，要拽何崔氏的手。何崔氏笑着缩手道："我没求你相面，我是求你治病啊。"

道姑道："治病容易……"少年孤孀道："师傅别净说容易，没有钱，不肯给治吧？"道姑格格的笑起来，说："大娘子把我看成什么人了？我可不是那些跑江湖的人，净说不练，我是出家人，慈悲为本。你的病请只管放心，我一定好生在意，给你诊治。"

少年孀妇一听"诊治"二字，忙问："可是扎针吗？我可晕针，怎么办呢？要不价，你就把那符水给我一点喝。"道姑笑道："符水香灰，得看什么病，该喝才给喝呢。"何崔氏道："你那符水治什么样的病呢？"答道："但凡是中邪、中祟、冲撞了鬼神，这都得画符看香，念了逐邪咒，烧化了，服下去，自然灵效。大娘子的病，不怕你怪罪，你分明是年轻居孀，气郁伤肝，思虑过度，五脏里面有了痞积，方才得这种经期肚子疼的毛病。我再说句该打的话罢，想当年大娘子跟你们当家的，两口子一定感情挺好，如今他伸腿去世了，只剩下大娘子你一个人，整天思念旧情，心里头免不了难过。白天还好，一到夜晚，独守空房，大娘子一准折腾睡不着。白天该着做什么，还得照样做，夜晚失眠，日久天长，阴盛阳衰，自然就得了个少阳之病。我说的病源可对吗?”

何崔氏听着，脸皮一红，要承认，又不肯承认。年轻孀妇患失眠，乃是人之常情，这个道姑可就自谀断症奇验，跟手说出治疗的方法。用一种调笑的口吻，说道：“大娘子，你这病，要说好治，却又不好治。常言说，心病还须心医。你若是能够不守空房，你的病一准好的了……”

此话一出，少年孀妇不禁含嗔道：“师傅，你说的这是什么话?”

少年道姑笑嘻嘻答道：“呦，大娘子可别往邪处想，我说的是实话。我照你们这大炕，你一定是带着孩子，一个人独睡，那就免不了一个人折饼子，睡不熟了。你若能邀个女伴，跟你同床，晚上说话答理，不知不觉就睡着了。”道姑的话转弯了，说道：“说是说，笑是笑，你的病，我能治。这病必得吃药推拿，两下都来着。等到今天晚上，子午之交，没人的时候，我给你好好治一下。不过有一节，你可不要告诉旁人，连你婆母也不要说，我偷偷的给你治。”

何崔氏道：“这怎么讲？治病还瞒着人吗?”道姑道：“你不明白呀，你想我给人瞧病，哪能一文不要？真个一文不要，我吃什么？这回鲍奶奶请我来，我多少总得琢磨她几文。我给你治，却是真不要钱，你得替我瞒着点。你明白了?”何崔氏很高兴的说道：“我明白了。”其实她是很糊涂。

道姑见何老奶奶已领着孙儿出去，屋中只剩了崔氏一人，她就笑嘻嘻的，凑到崔氏身边，问长问短，打听鲍家塘的风土人情，谁家最阔，谁家有钱，谁家男子多，谁家净是老弱。崔氏是少年村妇，并不理会问者有何用意，她居然有问必答，竟是知无不言，言无不尽。问得太试尽了，崔氏也觉出奇怪，就反诘道姑：“你打听这些话，做什么!”道姑道：“无非是闲扯罢了，若不价，你我白瞪眼坐着，多么闷的慌?”

说着，忽一曳崔氏的手腕道：“左右也是闲着，大娘子你伸出手来，我给你看看相。”崔氏道：“好么打眼的，看什么相？反正我是苦瓜星罢了。”少年道姑一定要看她的手，笑说道：“大娘子，你又不明白了，你年轻轻的守寡，一定相法上哪一点犯了克，把你们当家克死了。我看相最有拿手，我给你断断，到底哪一点有毛病，看出来，也可以破解破解。”

何崔氏被道姑花言巧语一说，也就活了心，乖乖的伸出她的手来。这手当然粗糙，微微发紫。少年道姑拿着崔氏的手掌，看了又看，不禁点头咂嘴，叹息有声道：“莫怪你年轻守寡了，原来你命犯桃花星！”

何崔氏蓦地脸一红道：“什么叫桃花星？”这个年轻俊俏的道姑，一双手握着崔氏的手掌，不错眼珠，看着崔氏的眼，低笑道：“大娘子连桃花运都不懂吗？”崔氏半嗔半笑的说：“我们乡下人，就不懂什么叫桃花运。你一定懂了？”

道姑看出崔氏有着恼的意思，便恳恳切切的说：“大娘子可别恼我，桃花运就是妨夫命。你的命太强，克着丈夫，若按相理上讲，大娘子恐怕这辈子要穿三回白裙子。我可是直言无隐，大娘子若是不怪罪，我可以细对你说，我还有破解的法子呢。”

道姑信口妄言，少年孀妇何崔氏不觉得双颊绯红，由耳根子直红到脖颈。道姑有言在先，她是直言无隐，使得崔氏急不得恼不得，半晌向地下啐了一口道：“嚼舌根，胡说八道，人家教你看病，谁教你相面来？”道姑笑道，“你的病是命里注定的，因为你命毒，所以才克夫。克死丈夫，所以你才得这样的病。记得去年，我就给一位命犯孤鸾的阔家大奶奶相过面，我也是断定她命运不好，人们都不信。本来那时那位大奶奶，夫妇双全，儿女成群，谁不说她是个有造化的堂客？哪晓得等到今年秋天，儿子患痨病死了，丈夫得了瘫痪。所以说，相命不能不信。”

一阵妄谈，说得崔氏也犯疑，看看自己的手掌，又取过镜子，自己照着面容道：“你说我的相哪里不好？”道姑道：“你的手相和面相，都有犯克的地方。你的手指缝很漏，掌心很敞，足见存不住钱，要抓挠一辈子，自挣自吃。你的脸带着苦相，眉毛太低，眉心很窄，到中年运免不了为难受窄……”

何崔氏窥镜端详，回头问道姑道：“我的命苦，不用你算破我也知道。但是，你说你能破解，你可用什么法儿，给我破解破解呢？”道姑道：“法子多的很，只看你信不信。”崔氏道：“比如我信呢？”道姑笑道：“你口说信不行，你得真信。常言说，诚则灵，你只打点一片诚心，我就能给你想法。”崔氏道：“谁愿意受穷呢？你能把我这穷命扳过来，别说发了财，但凡不再愁日月，我就念佛了，我还有不信的吗？”道姑道：“好罢，我就给你破解。”

崔氏站起来，凑到道姑跟前，说道：“你就来一下子罢。”

道姑嗤的笑了，说：“哪有这么容易的事？这还得布置镇物呢，得要买香烛、黄表，摆五谷，上供，先祭黄仙姑，再祭本命星，很得费一回事呢。好在我在鲍家塘，要有几天耽搁。我先给鲍家的姑娘治病，腾出空来，再给你祭星破命。你不要忙，连治病带消灾求福，我一定全给你办，一文钱也不要你的。”

何崔氏到底是个乡下女子，容易受人蒙哄，被这个青年道姑花言巧语，一阵说法，她真就把道姑礼如上宾，敬如神明。闲谈到吃饭的时候，何老奶奶同了孙儿回家，催儿媳做饭。又问道姑，“鲍家可给师傅送饭来没有？”道姑说道：“还没有送来呢。”老孀妇把眉峰一皱，露出不悦，道姑立刻说道：“咱们何必吃他们送的饭？来，让我做东，现买点东西，请你们婆媳三口吃好了。”

遂抢了一个篮子，问明近处街市所在，立刻走出去，买来许多馒头、大饼、肉食、咸蛋，又沽了一瓶酒。拿回何家，请何家婆媳和孙儿小毛同享。乡下人饭食苦，见了肉食，祖孙婆媳眉开眼笑，连说：“做什么，倒教师傅花钱？”说着客气话，何老奶奶先拿了两个包子，给自己孙儿，孙儿小毛早就抓起熟肉来了。这个五岁的小孩，两只手像黑老鸹爪子一样，抓在馒头包子上，立时四五个黑印。青年道姑不禁皱眉，却也无法拦阻。何氏婆媳两个也就却之不恭，受之有愧起来了。道姑又把酒筛了，拿茶杯当酒杯，坚让婆媳两个，何家婆媳两个全不会吃酒，禁不住道姑坚让，老孀妇像服药一般呷了一杯，小孀妇被灌了两杯，婆媳全都招架不住，登时醉了。匆匆吃完，何老婆婆回房倒着去，竟睡着了。崔氏强撑着，收拾了食具，直闹头昏，也要睡去。屋中只剩下道姑一人，自己坐柴锅，烧水沏茶，院中便是五岁的小毛，一个人玩耍。

饭刚吃过，鲍金娘来邀巫婆到她家用膳。道姑笑道："我们刚吃完。"鲍金娘道："哎呀，我们邀晚了，倒教何大婶替我做了东。"遂拉道姑道："师傅上我家喝酒去吧，就手给我们闺女看看。"道姑跟鲍金娘去了。

直到申牌，道姑一个人回来，提着一瓶酒、一包吃食，回到何家。照例又请何家婆媳吃饭喝酒，说这酒肉鲍家送的。何老奶奶很馋，又好占小便宜，自然一让就吃，酒却不敢喝了。却是这道姑让酒更勤，再三的劝，简直这婆媳不喝不行；何老婆子看在肉的份上，只可喝点，于是又被灌了两杯，儿媳被灌了三杯。小毛子自然是饱啖一顿，一家皆大欢喜。不过这一顿晚饭，比午饭醉的更厉害，何老奶奶头一个上炕，儿媳崔氏连锅碗都没有收拾，醉眼迷离的点上灯，给道姑收拾了一个卧处，她就带小毛上了床，头刚挨枕头，做起梦来了。

何崔氏先梦见她丈夫，向她解说桃花运，又梦见道姑驾云上天，忽然间，又落在堂屋，请她吃酒，酒杯比海碗还大，她不肯喝，恍惚又看见她的丈夫和道姑说笑，她不觉发怒，和丈夫吵闹起来。不知怎么一来，忽觉丈夫把自己推倒在土炕上，似乎要跟自己打架。她一着急，喊出声来，把自己吓醒了。桌上残灯早灭，月光入窗，身边小毛睡得正美。她迷迷糊忽想起了道姑请酒的事，觉得梦境离奇。打了个呵欠，正要入睡，忽又听窗外沙沙作响，似乎起了风。她立刻想起一件事，院中的两只老母鸡恐怕忘了入笼。于是她坐了起来，穿起衣服，揉着眼睛下地，趁月光开门出屋，果然院中的鸡没有入笼，笼盖盖着呢，两只鸡栖在鸡笼外。何崔氏便轻轻走过去，把鸡捉住，放入笼中，重新掩门上闩。

何崔氏被这风一吹，头脑清醒过来，摸索着来到床前正要宽衣脱鞋，登炕觅睡。骤然间，她记起一件事，登时精神耸动。是的，她想起了白天道姑来借宿事，因为吃醉了酒，迷迷糊忽把这借宿的女客让到明间炕上。而现在月光影里，恍惚只看见婆婆睡在那里。那个道姑却不见了，她往哪里去了？

何崔氏很吃惊，忙叫了一声："师傅！"又连叫了几声，只叫得婆婆喃喃发呓语，不闻道姑应声。

她想，也许道姑睡沉了？却是无形中起了恐怖，她连叫数声，终于忍不住下了地。摸索到明间炕上，往睡人处摸了一把："没有人。"

何崔氏心中乱跳，忙又摸了一把，任什么没有，不由得心慌起来。终于她取火点灯，火种又灭了，费了很大事，敲火种取火，才把那盏灯点亮。举着灯一照，屋中只有她，她婆婆，她儿子小毛，那个青年道姑不见了，而且是门闩着。

何崔氏呆呆的立在外间屋，旋又各处寻找，连茅厕看过了，里里外外没有这个道姑的踪影。而且这道姑又会法术，又自称是仙门之徒，村妇的何崔氏越想越怕，不禁出声了，她的婆婆也被惊醒。

何老奶奶披衣坐在土炕上，冷得发抖。塞外天气冷，这时已是夜深。何老奶奶很不高兴的抱怨儿媳："你闹腾什吗？外头下雨了吗？"见媳妇惊惊惶惶挨到婆母身旁，指着空炕说："你老瞧那位师傅黑更半夜的，没有了！"

何老奶奶懒得动弹，咳嗽了一大声，方才说："她一定上茅房去了。"儿媳说："茅房没有，屋里院里全没有。"何老奶奶吃了一惊道："怎么寻宿的人会丢了？屋门街门开着没有？"儿媳说："奇怪的就是屋门没有开，你老瞧，还是这么闩着。"又问："街门看了没有？"何崔氏又去看街门，街门关的更严密，上着插管，加着横闩。更探头往外看了看，回转来，向婆母摇头道："街门也没开。"

这个老孀妇也吓醒了，婆媳俩目瞪口呆，疑鬼疑神，十分震骇。老婆婆终于无可归咎，抱怨起儿媳来："我不教你留怯，你偏留怯。你忘了咱娘们寡妇失业的，没个顶头人，好么打眼留下这么一个妖精，谁知道她是干什么的呀！人家鲍秀才请来的瞧病的，人家自己家不肯收留，你倒收留！"唠叨不休，儿媳也怒了，说道："你老是一家之主，你不愿收留，怎么不早说话？如今晚出了差错，你老又卖后悔药了！"

老寡妇怒道："我倒早说，你也得肯听我的话呀。我没对鲍家说嘛，窄房浅屋的，太肮脏，不方便，怕委屈了怯。"儿媳不禁发急道："妈妈越老越糊涂了，你多咱说这话来着？你就一声儿没言语。"老婆婆说："你听听，我就说了，你也听不到耳朵里去，你这些日子，简直封了王啦，肯听妈妈的话吗？"儿媳道："你老说好话，我自然听，你老总是这么黏黏缠缠，埋怨起人，死儿没完！"

婆媳拌嘴，反而把借宿丢客人的正题目抛到一边。越吵越支离，末了，连小孩子毛儿也吵醒了。毛儿一醒，立刻找妈，妈不在床头，立刻大哭。何崔氏恨恨的离开婆母，重复上床，拍哄儿子，老奶奶也含怒上床，口中依然唠唠叨叨，却是声音很大，被儿媳听见了。老寡妇不合说出几句刺心的话，说是，"儿媳妇死了丈夫，就在家里横行霸道，要想嫁人，不要拿捏我苦老婆子。黑更半夜，借事生风，分明是晚上睡不熟想汉子了，也不知是想死汉子，还是想野汉子。"偏偏这恶骂又被儿媳听见，一个婆婆，一个儿媳，就隔着屋子，躺在床上，互相诋闹。不但把丢客人的话放去一边，甚至连房门也不管，灯也吹灭了，彼此打叠起精神，互吵不休。越吵越急，少年寡妇哭起丈夫来，吓得小孩子号啕不已。到了这时，婆婆的气焰顿挫，依然喃喃暗骂，儿媳的声音反而高起来了。

正哭吵得热闹，忽然间，暗影中发出种劝架的声吻，说道："老奶奶，小娘子，少说一句，睡觉吧，都是我这个寻宿的客，给你们婆媳惹出麻烦来，得了，全瞧我吧。"

婆婆儿媳一齐大惊，寻声看去，黑影中恍惚有人。那个失踪的道姑，不知什么时候，又在屋中坐着呢。

儿媳在内间，婆婆在外间，都吓得失声叫唤。婆婆顶沉不住气，喊道："毛儿娘，毛儿娘，你出来看看，你看看那黑影里坐的是谁？是那个师傅吗？"儿媳不敢出来，反而越发搂紧了孩子，往床里头钻。婆母又叫儿媳点灯，儿媳说："你……你老点吧，我怕……"又道："那个人影，许是那个师傅。师傅，是你吗？"

黑影中的人影格格的笑了，用安静的语调，慢慢说道："老奶奶，大娘子，只顾拌嘴，连我这个寻宿的客人也忘了。我就在这里呢，你们娘俩闹什吗？"

婆媳两个听出道姑的口音来，渐渐神定，不甚害怕了，跟着又起了疑怪。婆婆借着月影看了看，质问儿媳："你不是说这位师傅不见了吗？人家这不是在屋角落椅子上坐着呢。"道姑笑道："是呀，我老早老早就在这儿呢。"

于是乎婆婆越发不高兴，认为儿媳妇黑更半夜瞎炸尸。寻宿的本来在屋呢，她想是睡迷糊了，或者眼离了，反而把那么大的一个大活人看不见，硬说门没开，人没影了。老婆子摸着心口说："尽管你这么一瞎诈尸，吓得我这工夫心还跳呢。"

但是儿媳妇心里很明白，她清清楚楚记得道姑没在屋。她把孩子抱着了，重新点亮了灯，走出来看。她很不悦的质问道姑："刚才你到底在哪里了？你是在椅子上坐着吗？我可是屋里床上全搜了一遍，我就没看见你。"道姑赔笑道："刚才我是出去解溲来着，等到我回来，你们娘俩就拌起嘴来了。"儿媳崔氏仍然不肯信，含嗔道："不对，就是茅房，我也找到了，你没在茅房。到底刚才你到哪儿了？"道姑笑道："我实在是上茅房了，不过没在院里。我太对不住你们了，教你们娘俩为我生气，为我受惊。得啦，大娘子，我给你赔不是了。"再三说好话，想把这事岔开。

可是儿媳不比婆母，她年轻明白，不易蒙混。她记得清清楚楚，刚才屋里床上椅子上并没有人。就是厕所，她看过了，她心中起了很大的疑团，对道姑很不满意。

这一晚上，勉强敷衍过去，第二天，由儿媳妇发起，要赶逐这个道姑。儿媳对婆母说，这个道姑简直像妖怪似的，忽然失踪，忽然又来了，简直太吓人，“我们家孤寡无依，又没有男的，趁早教她搬出去吧。”婆母含愠道：“本不是我收留的，你能够把她赶走，你就赶吧。”于是儿媳妇向道姑发话，立刻请她走。然而这道姑很世故，不容儿媳说话，她自己就讲开了：“明天准走，今晚只再借住一宿。”

像这样就没有问题了。却是这天，道姑跟何崔氏偷偷嘀咕一阵，把自己手腕上的一双镯子褪下来，亲自给何崔氏带上。又买了许多食物果品，请何家三口同吃。转眼到了第二天，道姑并不走，儿媳妇何崔氏也没好意思赶逐。这样，马马虎虎又留下了。不过半夜失踪的事，却没有再发现了。

就在这天，道姑在鲍金娘家，开始诊病了。

鲍金娘的女儿，刚刚十七八岁，还没有出阁。近些日子，忽然病了，面黄肌瘦，肚皮很大，精神也似乎很疲怠。她自己不承认有病，她母亲却看出她神情不对。鲍家塘这地方，本没有医师，也就没得治疗。这病闹了好儿个月，总不见轻灭，反形沉重。有些闲人说，大概不是臌症，恐怕是胎。鲍金娘听了大怒，背人问女儿，女儿矢口不认。鲍金娘细想女儿为人，觉得她没有走错步，因此她仍以为女儿的肚子大，必然是病不是胎。现在，幸得请来这么一个道姑，鲍金娘就把女儿得病的原由，仔细对道姑说了，这病乃是夜守瓜田，偶受风寒得来的，也许是冲犯了什么邪祟，人很懒，肚子很大，到如今五六个月，百医罔效。鲍金娘恳恳的询问道姑，她到底是什么病呢？好不好治呢？又特别提示出来，“我们这孩子是个姑娘，还没出阁。”青年道姑听了，很有把握的说：“不要紧，不管什么病，临到我手里，准保手到病除，请把病人请出来，待我看看。”

当下，青年道姑由鲍金娘陪伴，来到了病房外间。病人鲍姑娘虽然害病很重，却还没有病倒不能起床。道姑进门时，她衣裳齐楚的，正在里间屋枯坐着，只觉得气短，精神恍惚。不过脸上气色太坏，蓬头垢面，不曾梳洗，两眼发直，向空凝视不语，鲍金娘叫了一声：“换姑！”这是病人的小名，“换姑，妈妈给你陪来一位瞧病的师傅，你出来看看哇！”

里间屋懒懒的答道：“妈妈，又是什么郎中，我没有病，我不瞧。”鲍金娘忙说：“孩子，妈妈为你，跟你糊涂爹吵了一场架，大远的把师傅请来，哪能不瞧？这不是男郎中，是一位女师傅。你不用出来了，我陪师傅进去吧。”她还当是女儿卧床没下地呢。

鲍金娘一掀门帘，把青年道姑让进去。病人鲍换姑打量道姑，想不到这个装神弄鬼的道姑，会如此俊俏漂亮，尤其是衣履入时，是鲍家塘少见的；细高挑，粉面朱唇，修发漆亮，双手白嫩，不像乡下人那么粗莽，脚下弓弯纤瘦，更是少有的。换姑娘不由看呆了，却又不知不觉，双眉一皱，带出不耐烦来。

道姑也扫量病人，小小破瓜年纪，容颜如此寂寞，双眸凝滞，双蛾紧锁，似乎病容中隐现幽怨。道姑来了，她倒不高兴似的。却又强抑心情，脸上泛出客气的笑貌，慢慢站起来，叫了一声：“妈！”跟着吁了一口气，果然呼吸重浊。肚皮紧勒着，果然看着不小，怨不得说是臌症，真的凸出来了。道姑坐下来，请病人和她对面坐着，款款的打听病情，无非是看病照例的规矩。问罢症候，又问生辰八字，低头掐着手指头，口中念念着辞，半晌抬起头来，摸摸病人的肚子，教病人张开口，看看舌苔。又索过换姑娘的右手来，却不诊脉，只捏住中指中节，嘴里依然默念咒语。过了一会儿，做出恍然大悟的样子，对鲍金娘说：“鲍奶奶，姑娘这个病，若据我看，不是看瓜田得的。若据我看，这病跟这房子有干连。鲍奶奶，你领我到院子里看看去。”鲍金娘道：“师傅还会相宅吗？”道姑笑道：“不是相宅，是看病。我要看看这儿的房子，是不是跟姑娘的身体犯着冲？”

于是鲍金娘陪道姑，来到庭院，东张西望了一阵，面对南墙，直望到墙外天空，南山在望，映日泛丹，山峰如火。道姑伸纤纤玉手，遥指山峰道：“哦，天门鬼户，山精临门，你们这正房门楣子，应该挂个‘太公在此’的牌子。”又到前后院各处看了一圈，又问后院有没有井？病家问她：有井该如何？无井该怎样？道姑她做出匆忙的样，凝目看人的嘴，微笑不肯答，反而提出许多别的问题来，反诘病家。问的这些话，竟都是鲍金娘这种乡下妇女想不到答不出的怪话。因为怪，鲍金娘越觉着不懂，越觉着神奇，也就越发的信服心折。

道姑验完鲍家全宅，返回病房，她坐下来，眉峰紧皱，好像了不得似的，肚子里揣着很大的“疑难”。把个鲍金娘闹得毛毛骨骨，连问：“怎么样？我们姑娘这病可好治吗？我们这院子可盖的平安吗？”

青年道姑冲鲍金娘摆手示意，禁止她说话；道姑双手合十，口中照旧念念有词，却是神气与刚才不同，此刻好像有了把握，找出邪祟，但只一个人捣鬼，不对病家说。——总而言之，女巫举动诡异，鲍家母女十分惶惑，猜不透女巫闹什么把戏。

跟着道姑奋然站起来，挨到病人鲍换姑身旁，再摸验她的患处，就是那个不平常的大肚子，跟着发话，向宅主人讨要方桌一张、椅子一把，法物种种：纸码，香烛，无根水，黄表纸，朱笔，砚瓦，一个铜镜，一双胆瓶，一个盛米的斗，盛上五谷，就作为香炉用。道姑又把自己带来的锦囊打开了，取出一柄短剑，长才一尺八寸，也放在桌上。此外又要了些黄布、红绳，一起散放在桌上。道姑便用黄表纸，叠了一个牌位的样子，却不写字，就这样白白的供在桌上。将一对红烛点着，燃起九根线香。地上铺了拜毡，这青年道姑立刻整肃面容，三跪九叩，拜倒在地，口中念念有词：“九天玄女娘娘，上洞金鼎真人在上，弟子胡筠仙，今因得信女鲍换儿姑娘，身染重病，不知主何吉凶，不知犯何邪祟，叩求上真仙灵，指点迷津，驱除病魔，阿弥陀佛，永保福康！阿南多罗叶，叶多罗，诃摩柯，阿遮蜜梭佛罗多，……元始天尊，太上老君，儒童菩萨，观世音，天灵灵，地灵灵，一切法，一切经，一切无量神灵上真，多保佑，开福荫，一切灾星化为尘……”

道姑双手合十，低声默念，有声无词，越念越低。好久，好久，突然立起来，把九根香拔起，念一遍咒语，又插在米斗中，右手将桌上小宝剑抓起来，双眸怒视，左手取过镜子来，连吹三口气，叫作布罡。然后挥剑舞镜，向空照看，当此时，道姑手忙脚乱，鲍家母女十分诧异，要问不敢。道姑虽然把铜镜一转，照到病人身上，对准了鲍换姑的膨胀的肚皮，一照，再照，三照，口中不断念咒。又将镜子一转，青年道姑这才凝眸持剑，对镜一看，面色一变，厉声发诧异的呵斥声音来道：“咦！哦，原来是你作怪，好孽畜，我不用五雷天心正法劈死你，你竟敢恋恋不走吗?”

鲍氏母女见这番举动，不觉大骇，忙问道：“师傅，你说的是什么？是什么东西作怪?”道姑骤然一回首，恶狠狠瞪她母女一眼，不许乱问，鲍金娘立刻噤住了。

道姑越发慌忙紧张，右手持宝剑，对准病人的病肚皮，虚挥，直照；她自己叩齿，嘘气，注目，念咒，吹法气，喷法气，几乎五官并用，手乱脚忙。突然间，诵咒声加紧，猝将镜子一照，再照，三照，突然扣放在桌上。腾出左手来，对准病人的额门，掐真武诀，好像往下一抓，抓到肚子那里停住；却又很慌忙的丢下这个，抄起那个，将那个铜镜又捡起来，照病人的肚皮，又慢慢的移动，移到额门，送到瓶口，可是瓶口上已然捆上红布了；道姑便持镜子在瓶口上面照晃。连晃七七四十九下，打住；又复手忙脚乱的，坐在椅子上，口念咒，手持笔画符。共画了三道符，很着急，很吃力的念着咒，焚化了这符，亲自腾出手来，用一条黄绳，把胆瓶口重新封固了。

此时鲍金娘和女儿换姑，也都有点理会了。张嘴要问，仍被道姑拿眼神禁止住。道姑依旧很紧张，很振奋，把瓶子供在神牌前，她一手持剑，一手举铜镜，口中加紧念咒，往屋内外照了又照，旋又跪倒祷告。站起来，跑到院中，挥剑举镜，照了一大圈。然后返回病房，跪倒拜毡上，持咒良久，用剪刀剪了五个小纸人，就烛火焚化了，这才喘吁吁的停住了捉妖诅邪的举动。看她神气，与妖魔斗法，仿佛是筋疲力尽。鲍家母女愣愣的看着，不敢多问。

约莫过了半顿饭的时候，道姑振奋的神色逐渐歇过来似的，拿出手巾来拭面。又讨了一杯水，漱口喷出，这才笑吟吟的说："得了，不要紧了。"指着那紧封的胆瓶，告诫鲍氏母女，"我已经把你姑娘的妖气拘了来，装在瓶子里面了。这瓶子你们不要忽略，这是我拿符箓封住了，妖气在里头尽管挣扎迸跳，决不会逃出来的。但是这妖精很厉害，饶这么念咒，我竟制不死它，照这样，必得我天天来念咒，天天运神火烧炼它。须经过快者三天，多者七天，才能把妖气化为劫灰，永不复活。你们可要小心了，不可把妖气放跑。"

跟着，道姑站起来，就要告辞，回归借寓之所。却是金娘和病人换姑，每人肚子里愁闷着很大的一个闷葫芦，道姑不给解说，她们娘俩全不能瞑目。姑娘直张嘴，不敢过问，怕道姑说出别的来。母亲忍耐不住，满脸赔笑，轻问道姑："我说，师傅，到底我们姑娘这病，是什么病呢？你说是捉住了妖气，到底是什么妖气呢？怎么得的呢？"

青年道姑侧睨着鲍金娘，停了一会儿，又转眼瞧着鲍换姑道："姑娘这个病，可教我怎么说呢？"脸上似乎流露出疑难的神气，仿佛一说明病症，未免碍口。鲍换儿姑娘蓦的脸红了，带出怒容，瞪着道姑，低声说："你说我有病？我有什么病？"

青年道姑微微笑了。按照世故人情说，人们的确有"讳病讳医"的。道姑措辞故意迟徊，果然鲍家母女全带出顾忌的意思来。病人看着自己的肚皮，仍要说自己没病；病人的母亲也不觉像输了理似的，口头不再盯问，只拿眼神叩问道姑。末后竟凑到道姑身旁，用恳求的口气，低声问道："师傅，你老是有道行的人，我求求你，到底我们姑娘这病……要紧不要紧？是什么妖精附着她呢？"

究其实这青年道姑，的确她有疑难的地方。因为她乃是巫师，不是医师。病人的肚子大，到底是怎么一回事，在道姑诊断，好像她并没有确切的把握，而且病人是十七八岁的处女，有些话，有些病，真不好说，不宜于说。

可是这道姑就利用这不好说，不宜说，作为反攻侦窥的巧招。当下，她请鲍金娘出来，到外间屋，屏人低议病情。她连讲了几段邪祟害人、妖气附体的故事，甚至于美貌少女，被鬼男子所缠，为雄妖狐所魅，以至于结下鬼胎，生下妖孩，带狐狸尾巴的胎儿。她讲今比古说了好些，自然全是别家的事，却将鲍金娘说得毛骨悚然，而且老脸通红。鲍金娘不能说道姑这是指桑骂槐。反得承认，这乃是人家口下留德。

道姑是如此的伶牙俐齿，措辞很乖巧，善于避责，鲍金娘绕着圈子问，她绕着圈子答。这头一天的作法，只算是先除妖气；病人身上有邪祟，那是无疑的了。不过夜守瓜园，也是得病的缘由，病原不打一处来的。这房子盖的也不对付，女巫劝宅主，赶快在正房门楣上，钉一块"八卦"，或写一个"太公在此"。因为这房子不合开门见山；而湘东多山，要教它开门不见山，房子就不好盖。

跟着道姑便告辞，"明天见！"

鲍金娘可有点发慌，请道姑原是她一个人坚决的主张，曾因此和丈夫家主翁鲍金榜抬过杠。而现在，空跳了一回神，"疲里瓜唧"的，问不出确切症候来，鲍金榜是要闹脾气的，鲍金娘拦住了道姑，"他们若问我，瞧的怎么样了，我可对他们说啥话呀？"

道姑笑了，"你就告诉他们，就说我说的，这是邪祟。大概是个女妖狐附着病体，今天先清妖气，明天接着治，明天我带法器来，用不了七天，你们姑娘的肚子，我准给治小了，平复如初，大娘子，你放心！”

说完，道姑就这样走了。

鲍金娘不禁发怒，她原是个泼妇，是个雌虎，而且和她丈夫吵惯了架，抓惯了脸的。这个道姑，当她初请来时，不啻视若神明；此刻一回味，又觉得道姑，巫术“不过如此”。况且道姑的嘴，似乎刻薄一点，老实说，鲍金娘起了反感。病人换姑更是脸红红的，暗恨女巫；以为这个娘儿们装神弄鬼的，嘴太损了！

娘儿两个都不乐意，唠叨着，一面撤去桌上的香烛，一面议论刚才种种举动。鲍金娘忽又迁怒到女儿身上，喃喃的说：“我也不知是哪一辈子缺德，积修这么一个闺女，冤孽病，活现世！饶好礼好面的请来，要了半天，也不肯告诉一句实情，到底是什么病，看出来，没有看出来呢？”前一句抱怨女儿，后一句自然是怨恨女巫，病人听不下去，哭起来了！鲍金娘最爱她这女儿，女儿一啼哭，她就收住了怨言。女儿却又接了声，喃喃的说：“谁说不是冤孽！我知道吗？无缘无故的，像我乐意害病似的，倒不如拿把剪子，自己个儿开了膛，省得教这个作践一顿，教那个抱怨一顿。”

这工夫，鲍换姑正拿起那个铜镜和胆瓶。母亲说：“你要小心了，刚才师傅还说，瓶子里摄着妖气，你把它供在菩萨佛龛前边吧。”鲍换姑没有好气，心中又纳闷，她放下镜子，不听母亲的告诫，反把胆瓶拿在手中端详。瓶口用黄布红绳扎裹着，她信手摇了摇，瓶里似乎没有什么东西。她举到窗前，就着阳光查看，又侧耳听了听，忽觉瓶内微有响声。她说道：“这瓶子里头，我就不信，会装着什么妖气。”要打开看一看，却又不敢。她的母亲吓了一跳，慌忙过来拦阻说：“这可不是闹着玩的，你你你放下！”

鲍换姑放下了。

鲍金娘慌忙双手捧着这胆瓶，放在佛龛前面。说道：“丫头，你要作死！这岂是看着玩的。”

鲍换姑虽然十七八岁，到底有点女孩子娇痴意态的，她只是比画着玩，她母亲就不拦，她也没有胆量打开看。女巫的造作，终竟带着许多神秘诡异的气派，是有些吓人的。

于是装着妖气的胆瓶，被供在鲍家祖先牌前面了；有鲍家祖先监管着，又有一个白瓷的小型观音菩萨，在旁帮忙，妖怪是不会逃走的了。

鲍家的舆论对这女巫却不大很好。头一个的是鲍金榜，老古板，书呆子，大骂“怪力乱神”，他很想“辞而辟之”，盖巫鬼之害更甚于扬墨，但是，孔子乃是圣之时也，时不可，则不能瞎驳，鲍大奶奶的雌威，连鲍金榜所崇信的圣人，也恐怕惹她不得。孔子云：“彼妇之口，可以出走。”当鲍氏母女招待神巫，在家中大做法事的时候，鲍大爷真格的出走了，没在家中，跑到街坊老头子那里，谈了半天“今古奇观”。家务事只好交给“女人治内”了，他不敢解，他怕鲍大娘子的尖声吵叫。

第六章

雄娘子邪术杀人

道姑在行法之后，也没有返回借宿的何寡妇家，她一个人，围着鲍家塘这小地方，闲转了一圈。因为她有点奇装异服，又不是湘东口音，她长身玉立，而又缠足，鲍家塘全传遍了。户口既少，老邻旧居如同一家人，鲍家的近邻，全晓得她是鲍金娘请来的漂亮道姑。

这却是道姑的疏忽。

有人打听道姑的姓名，据说出家人没有俗家姓名的，她的法名是叫胡筠仙，筠仙师傅是由江南云游来的，法术很高。这成了鲍家近邻的谈柄。

道姑筠仙在鲍家塘徘徊，忽然觉得注意她的人太多，她也似乎有了戒心，她赶紧的到小酒馆，沽酒买肉，面食馒首，又买了茶叶，慢慢的踱回借宿的何寡妇家去了。

何家的老孀妇携带孙儿子小毛，出去串门子，家中只剩着年轻的孀妇何崔氏，一个人在床上坐着赶外活。道姑笑嘻嘻的把酒肉交给何崔氏，何崔氏一看，肉食很多，满心欢喜，试探着问道："师傅一个人买这些东西，吃得了吗？"道姑筠仙说道："我这是买的四个人的吃喝，今天晚饭还是我请客。你们娘儿三个，加上我一个，一共四个人，这三斤面食够不够？"

道姑想象不到乡下人饭食苦，饭量大，她以己之量度人之量。娘儿三口至少要差两斤。何崔氏脸上红红的说着谢谢的话，"哪有这个理呀，师傅是客人，怎的教师傅破费？买这些东西做什么？其实我们饭量都不大，再有三斤，就差不多够了，等我添钱，再买上点。"

青年道姑笑了笑，忙又出去，依言添买了三斤，又加了些酒。何家婆媳对这道姑，本来由怀疑而生厌恶，却被这区区几斤肉食，把恶感全化解了。少时婆婆带孙儿回来，乍见道姑的面，刚把脸一沉，转眼看见桌上的馒头肉包，老奶奶欣然笑了，小孩子更直率，爬上椅子，先抓了两个包子。老奶奶说："怎么的又教师傅破费？"区区肉包，能够化除恶感，昨夜的猜疑一扫而空了。

于是主客之间，欢然饱食，饭罢冲茶，茶后吹灯睡觉。一宿无话，次日天明。少年道姑又提了锦囊，到鲍金娘家看病。

一切和头天的排场差不多，焚香，画符，念咒，清妖气，驱妖魔，如法办理。不过，道姑另从锦囊中取出一小包丸药来，择取三粒，命病人换姑服下。这丸药是红的，如梧桐子大，到口有辛辣之香，好像有肉桂和冰片。然后又施手法，命病人躺在床上，道姑亲自给按摩推拿，一面推拿，一面念咒。然后，又用宝剑铜镜，对着病人臌症的肚子，照摄妖气，把妖气二次收摄在胆瓶中。

这道姑把胆瓶才取在手，立刻发出疑讶之声道："唔？这瓶子，你们动了吧？"

鲍家母女面面相觑，齐说："没有，没有。"

道姑说："不能，不能，这瓶子里头装的妖气，分明逃走了，怎说没动？你们一定偷看了？说实话，动了没有？"

鲍金娘见女巫说得有鼻有眼，不禁冲着女儿，瞪着责备的眼，说道："不教你动，你要动……"转脸对道姑说："我们没敢打开，只是我们姑娘，她拿着瓶子，对着太阳看了看，上面的封布捆绳全没敢动……”

道姑道：“如何？你们不动，妖精不会跑！”信手把铜镜宝剑放下，拿着瓶子走到屋门口向阳地方，把鲍氏母女都叫过来，当众拆封验看。先解开红绳，再撤下黄布，突然有一物从瓶中飞出来。鲍家母女正在精神查看，觉得这像是个小小飞虫。不意，青年道姑忽然怪叫了一声，吓得母女一抖搂，“怎么的，怎么的？”再看飞出来的东西，已然冲出屋外，飞向院中看不见了。

道姑做出惊惧的神气，连说：“跑了，跑了，五个妖精全跑了！”立刻不容人寻视，瞻顾，回味，她再开始作法，把昨天的造作重新表演了一遍，把鲍氏母女狠狠的抱怨了一大顿，“你们既想治病除妖，你们就该听我的话。这不是别的，这是仙法。常言说，诚则灵，你们若是不相信我的话，这病可怎能治的好？”

鲍家母女全都被她震住了，诺诺的答应着：“师傅，教我们怎么着，我们一定怎么着。我们不是不信，是我们没有见过，一时失神罢了。”

再度行法既毕，道姑只吃了一杯茶，又谆谆嘱告了一顿，真是寸草不沾，站起来走了。

鲍金娘问女儿换姑，“病可见轻？”回答的话是：“还是那样。”虽不敢坚决的说治疗无效，可是折腾得病人越发气促，精神不宁。母女两个人全不敢断言巫术无灵，因为这才行法两天。

那道姑照样买了酒食，回转何寡妇家。共食之后，照样吹灯借宿。在夜间，年轻的寡妇留了神，借着月光，不时偷看那道姑的宿处。一连两三天，道姑没有再失踪。

光阴荏苒，道姑天天到鲍家念咒治病，作法完毕，便回何家借宿。一晃过了五六天，鲍家塘的人几乎都晓得了，可是病人病情毫无显效。鲍换姑首先发出不满意的话，家主人鲍金榜更是嗔着妻子滥信三姑六婆。鲍金娘到了这时，也起了疑心，对这少年巫婆，发出讽刺的话："她光说她的仙方多么好，我们姑娘的肚子还是这么大，她到底治得了治不了啊！"怨言渐次传到道姑耳边，而且鲍家的礼貌更是表露出冷淡来。道姑再不露一手，在这鲍家塘便没法立足了。

道姑胡筠仙是个机灵鬼，这天，她对病人母女宣布："姑娘身上的妖气，算教我的法术，给除没有了。现在可真该扎裹这妖了。姑娘肚子里生着痞积，光念咒不行，还得吃药扎针。"

鲍换姑卧在床上，女巫亲施手法，给她按摩，并背着病人的母亲，偷偷向病人低声私语。女巫的嘴很能说的，一席话把换姑哄得顺了心，两个人嘀嘀咕咕，很透着亲密了，于是道姑向鲍金娘出主意，如果肯缓治，可以吃符水，加药物，慢慢把肚中痞积消化了，只是这得八十一天的耐心。如果等不得，要立刻见效，必须吃药扎针，那么病人反不见受苦，然而这也得三七二十一天。问病家究竟打算着怎么办？

病家对道姑已生疑心，鲍家里的亲眷便有人说，她想吃定我们了！莫说八十一天，二十一天也太长，简直问她，十天之内，能够手到病除不？

话僵到这里，道姑胡筠仙冷笑道："莫道十天，七天也成，只不过病人要多吃苦受罪，拿药硬治，拿针硬扎罢了。"于是女巫很不高兴的说出来："明天就动手。"便悄然走回借寓之所去了。偏巧她回到何家，也只剩少年孀妇何崔氏一人，何崔氏也不知想起什么来，也向她追问治病的事："师傅许了愿，得还愿哪。我的这病，这两天又不好，今儿个怎么样，师傅给我扎裹扎裹吧？"

道姑双眸凝视着少年孀妇，心中暗想："她们一齐冲我来了；治，我一定给她们治。"双眉一挑，看着这村里俏的何崔氏说："好极了，今晚上我就给你治病，你可不许告诉人。"

说罢出去，照例的买肉食，另外多沽了许多酒。何崔氏忙着做菜，做饭，烫酒。饭熟时，恰好何老奶奶同着孙儿也回来了。坐下来一同吃饭，这回当然又是道姑做东道，斟了热烧酒，劝何家婆媳喝几杯。这老少两个孀妇都是乡下人，都不会吃酒，禁不住道姑一死儿苦让，老寡妇像吃毒药的喝了两杯，小寡妇呷了三杯，婆媳又登时醉了，忽忽吃了饭，婆婆首先支持不住，回屋上床睡了。

这时天还没很黑，乡下人本来饭早，何崔氏强支醉态，刷锅洗碗。等到刚掌上灯，她就带着小毛上大床睡去，向道姑说了几句客气话，屋中的事全不能管了。道姑笑道："大娘子，你不是还要治病吗？"答道："不行了，我只要吐，明天再说罢。师傅你还不睡吗？"道姑笑道："我在城里住惯，吃完饭，还得喝点茶。"何催氏道："啊呀，我们可没有茶叶。"道姑笑道："我早买来了。"

道姑自己要生火烧水泡茶。少年孀妇醉眼迷离，不大工夫，就睡熟了。道姑脸上忽然带出奇异的神色，走到床边，低头打量沉醉的少年孀妇，脸泛赤霞，颇露娇态。道姑在床边立了一会，转身出去，抱柴火，坐锅，烧水，泡茶。喝了半壶茶，走出屋外，到院中转了一圈，关上街门。这时候夜风沙沙，比白昼凉多了。

道姑回身进屋，掩门上闩，悄悄的吹熄灯，悄悄的上床，脱去长身躺下了。

这一夜，夜色清明，天空微起风圈，环着一轮圆月。何崔氏孀妇屋中，早已止了灯，从窗隙透过淡淡的月光，屋中，床上，沉沉黑暗。……忽然间，听床上，哎呀一声，旋即发出惊叫声："谁呀？"

床上微微发出繁乱的响动，何家的青年孀妇，从睡梦迷离中，骤然惊起。一手紧扯着被，掩盖身体，而且挣扎；暗影中，却被一双手按住了。耳畔有个人悄悄告诉她："娘子，是我，我给你治病，你不是有肚子疼的病，要教我给你治吗？"

何崔氏早忘了白昼的话，此时只有吃惊。她双手掩被，怔怔的说："什么，什么，你要干啥？治病？漆黑的天，我都睡了，你你你怎么乱摸我！"……突然间，她喊起来了。陡然间，她头顶上被手巴掌一拍，她耳轮轰的发响，她鼻孔中嗅着一种迷人的异香，渐渐地昏迷不省人事了。

好久，好久，她又苏醒过来。那个年轻貌美的道姑胡筠仙，偎在她的身旁，作出手艺来，给她按摩。她此时只有惊诧，糊涂，极力的支拒。道姑低低在她耳畔说话，说了许多话。

年轻孀妇何崔氏大睁眼，惊惶失措。她不由得要嚷，嘴便被堵住；她要起，身子便被按住，渐渐地丧失了支拒的勇气，道姑整个身子压迫着她，她的眼泪流出来了。

最可怕的一句是："好心好意给你治病，你倒乱动！你敢声张，先杀死你的孩子，再杀死你！"

孀妇害怕，她叫了一声婆母，婆母就在隔屋，她又不敢叫了。她改为央告，她说饶命，她说："你你你，到底是什么人?"

黑影中，少年道姑诡谲的答道："我是仙姑。"话声杂着匿笑："给你治病。"

一番挣扎，少年孤孀何崔氏终于完全屈服了。户外寒风阵阵袭窗，一丸冷月悬空，屋中一片黑影，笼罩住农舍的木榻长枕。少年孀妇活活的梦见了她死去的丈夫，而且比她死去的丈夫还力强。

次日天明，主客起来，青年孀妇何崔氏竟没有抬起头来的勇气。她周身懒怠，如抽了筋似的慵软，而且精神恍惚，躲避着道姑，她又忍不住偷眼看道姑。

道姑扬扬如平时，满不介意似的。

何老婆婆一夜沉醉，最后起来的，一见道姑，便说："哎呀，师傅，这酒怎的这么厉害？比上回的力量更大，醉得我睡了一整夜，连身都没有翻。还是我们毛儿的娘，年纪轻，担得住酒，你倒喝了像没事人似的。"末了一句话冲儿媳说，儿媳何崔氏蓦地满脸通红，直红彻后颈，低下了头，只看自己的脚。道姑筠仙在旁微微一笑，老婆婆依然懵懵懂懂问道姑许多话。

烧水洗脸之后，道姑又买来许多点心，给大家吃，又凑着找这何氏儿媳说话，何崔氏总是躲着发愣。到了辰牌以后，鲍金娘来接巫婆给女儿看病了，巫婆离开了何家。

何家少年寡妇，眼圈红红的，怔了半晌，忽对婆婆说要带着儿子，住两天娘家。何老婆婆不以为然，趁着这两天，有道姑借寓，供给好馒头好肉，好点心吃，何必带着孩子住娘家去呢？却是她自从儿子死后，待承儿媳十分客气，不敢太拦，何况前天还吵过嘴。此刻只说道："毛儿的娘，你再等两天，等这师傅去了，你再回娘家不好吗？"少年寡妇咬着嘴唇道："不，我不，我现在就要走。"婆婆皱眉道："你一定要去。要不然，把小毛子留在家里，你一个人回去，也罢了。"

青年孤孀含着泪，脸扭到别处，她还是坚持着，定要带孩子住娘家。婆母再想不到儿媳的苦心，以为这个年轻女人又无事生非，想着也生气了。住娘家有何好处？不过回娘家吃粗米、咬菜根，哪比得这借寓的道姑，天天给买肉，还有白面馒头。她固然不敢惹这孤媳，她只好蔼声央告着："你要走，你自己个儿去吧！教小毛儿在家，也可以吃这道姑买的肉。"婆媳两个，为了孩子吃不花钱的肉，坚持不下。到底婆婆有点发急，这孀媳才委委屈屈，自己收拾，单独住娘家去了。

然而少年孀妇何崔氏，夹了小包袱，一个人踽踽凉凉的走，半路上突然被人截住。那个道姑筠仙如飞的追上来了。

道姑不知用什么方法，把何崔氏逼到无人处；又不知说了什么话，竟把何崔氏住娘家的心思打消。何崔氏很沮丧的夹着包裹，低头重新返回婆家。道姑紧跟着她，低言悄语，说了好些好听的话，也便是不便告诉人的话。何崔氏一声不哼，眼看着脚，脚走路，进了鲍家塘村庄。这时道姑落在后头了。街坊们看见了何崔氏，有的就问："小毛的娘，你不是住娘家去的，怎么又回来了？"何崔氏道："是的，又回来了。"低垂眼睫，进了自己的家。婆母也很诧异。问道："你不是要住家，没去吗？"何崔氏放下包袱，答然说道："我不去了，我们小毛呢？"婆母道："那不是，刚才还在这里玩；唔，他跟后巷的三宝一块玩去了。”

青年孤孀何崔氏叹了一口气，出去寻找小毛，在后巷寻着了，拉手领回，揽在怀中，很亲热的样子。婆母冷眼看着，很高兴的点头着：“她是想住娘家，又舍不得离开小毛。”婆母想着，又有点伤感。然而，她蓦地看见儿媳妇搂着孙子小毛，默默落泪，豆大泪珠簌簌直流。婆母越发诧异，要问，又没有勇气，老婆子也愣了。

儿媳妇愣愣地枯坐在里屋床边上，小毛跳着出去了。她就擦了擦眼睛，拿起活计，爬到床里，倚窗做活。捻着针，比画着，其实一针也没做，只是怔怔的发呆，精神似乎失常。

她左思右想，打不定主意，“这个小毛实在是我的要命鬼，万一有个好歹……”她的眼泪又流下来了。忽然她想到自杀，“倒也干净”，上吊之念一动，她还是舍不得儿子小毛。她由此又想到死去的丈夫，忽又想到尘世间的可爱可恋，苍白的脸蓦地泛出浅红来了。昨天晚上的事，教她想起来，无地自容。而且这道姑，说她不是女子罢，她又蓄发缠足，说她是男子罢，她又女气十足，比自己还漂亮。到底这道姑是什么人呢？……

她正想入非非，那个道姑翩若惊鸿，矫若游龙，悄没声的进来了。这时小毛和何老奶奶全出去了！道姑轻轻的上了床，很亲热的偎在少年孀妇的身旁，唧唧哝哝，又笑又说，由自己手腕上又褪下一只金钏，给何崔氏带，并且笑说：“这样，我就给你配成一对了。”

少年孀妇似乎不愿镯子配成一对，再三支拒，又不敢强拒。被道姑一半用强，一半情央，硬给带在腕上。何崔氏偷眼看这黄澄澄的金镯，是她没有带过的，她心中止不住怦怦跳动，低垂眼帘，偷偷瞥了道姑一眼，四面无人，悄声问说：“你，你到底是什么人呢？”

青年道姑筠仙笑说：“我不是告诉你了，我是仙门之徒。大娘子，你好好的听从我，我把法术全传给你。你就再不用辛辛苦苦的过乡下日子了，你可以坐在家里享福，你可以跟我修成长生不老。你想要什么，就能有什么，吃的，穿的，使的，用的，想什么有什么，你说够多美?”

道姑花言巧语，哄，慰，诱，吓，少年孀妇何崔氏依然疑骇，沮丧，莫名其妙。她虽是个乡村女子，却也想得到，这道姑尽管花说柳说，她胸中必抱有令人难测的企图。究竟是何企图，崔氏却又想象不出来。却有一节，崔氏低头问道：“你是活神仙，是仙门之徒，你何必光顾到我们这穷乡野地来?你到底是怎么个讲究?为什么单单照顾到我们一个穷苦的年轻孀妇身上?”

道姑嘻嘻的笑说：“那就是缘法，我也没有害你呀，而且我还给你治病!”“这是治病呢，”何崔氏呐呐的说：“这叫什么缘法，我们本来是个山沟子里的丑陋女人……我且问你，你到底是冲着我来的，还是冲着鲍换姑来的?你跟人家那个有病的姑娘，莫非也……”道姑笑着伸手来掩她的嘴道：“你不要乱说，告诉你，我实在是冲你来的，你和我前世有缘。你不要小看你自己，你是个大有来历的人。我这回到鲍家塘来，明面说是由鲍家请来看病，实在专心一意，就是为找寻你的下落。你从前来是我的师妹，因你修道思凡，才被贬下尘世，教你老早的守寡。我是奉师命，特来寻你，把法术传给你，免得你再坠落。师妹，你也是仙门之徒啊。”

何崔氏一听这话，很吃了一吓。她到底是个村女，苦想半天，想不出所以然来。因又讷讷的问道：“你说我是什吗?我也是仙女吗?”道姑道：“你不是仙女，谁是仙女呀?”崔氏道：“你别胡说了，仙女还有像我这样苦命的?”道姑笑道：“你又不懂了，孟姜女也是仙女，她可是苦瓜星，哭倒万里长城。”崔氏道：“我也是个苦瓜星。”道姑笑道：“对了，你是苦瓜，我却能教你尝着甜蜜的味道!”

这个少年孀妇竟测不透道姑的话，是正经话还是调皮话，茫茫的又问道：“你为什么这样打扮?你到底是怎么一回事?”青年道姑笑道：“我的打扮不坏呀。我就是为了行道，才这样打扮。”说着伸手来摸崔氏，崔氏要躲，没有躲开。不觉的带出一种无可奈何的神色，低声诉苦道：“不知道有多少人上了你们的当，吃了你们的亏。你们这叫行什么道？男不男，女不女，活活是妖精。我问问你，你得说实话，到底她们鲍家娘儿两个，也知道你的底细不？”

青年道姑说：“你猜她们知道不？”何崔氏懊恼的说：“我猜不出来，反正，哼，鲍家那个病丫头，免不了也要吃你的亏。”

道姑道：“什么叫吃亏？左不过开玩笑，凑趣罢了。老实说，你们的病，我一定行法给你们治好。”崔氏摇头道：“去吧，去吧，我不教你治了。我的病不要紧，你还是给鲍换姑治去吧。她那个肚子那么大，你何不掏出你的本领来，把大肚子化小，小肚子化大？”说时也不禁笑了。

道姑也笑了，说道：“你这个乡下人，嘴也够刻薄的。我们不但能把大肚子化小，还能把小肚子化大。”说着一指崔氏，格格的笑起来。崔氏被指得一哆嗦，道：“你不要害我出丑。我可是个寡妇。”道姑笑道：“你放心，我不但能够变老变幼，化男化女，我又能给你种瓜摘瓜，我决不会害你。”

道姑就在这鲍家塘，敷衍搪塞，一面向崔氏打听当地的富户，混了几天，渐渐的敷衍到“不掏真格的”便站不住脚了。于是，在第五天头上，道姑要给换姑施行大法术，捉膏肓二小鬼，除臌症，消减肚中过多的肾水。

道姑自己首先预备法物，预备针砭。到了这天早晨，照常提了一个锦囊，来到鲍金娘家。对鲍金娘说，照上次那样，供上神牌、红烛、五穀、香斗，命病人给神牌跪下。先祷告了一遍，叫病人的母亲也跪拜行礼，礼毕，由道姑自己跪在香案前，低声持诵咒语。然后化符，焚香，仍用胆瓶，向病人身上，吸取邪气。然后命病人躺在床上，由道姑加紧持法。行法，扎针，吃药，三方面并进，道姑从锦囊中取出一包红色药粉，命病人鲍换姑，用无根水服下。这药粉异常辛辣，入口螫舌头，病人不肯服，被道姑和病人的母亲，强给灌下去。

这药一入肚，鲍换姑几次作呕，连喊不好受。道姑教鲍金娘按住病人，不许她乱动。换姑只可好好的躺在床上，渐渐觉着头脑昏昏，她却不知道，这是药力行开了。

道姑凝视着病人的神色，病人连说不好受，末后抓住了她母亲的手，哭道："妈妈，妈妈，这药不好，我受不了……"嘶声挣扎，忽然间，好像沉迷过去了。鲍金娘大骇，请问道姑，道姑笑道："别害怕，这是药力行开了。"鲍金娘道："她怎么说不出话来呢?"道姑笑答道："再过一会儿，她还不能动弹呢。你不要虚惊，我把病人麻醉过去，才好给她扎治呢。"

于是，病人躺在大木床上，道姑胡筠仙运用仙方、药力，再加上针法，三方面并进，给活人治病。从锦囊中取出三寸长带彩线穗的三枝银针。先叩齿三通，掐诀念咒，随运一口罡气，照这第一枝银针喷了一口法气。然后命鲍金娘给病人解衣袒腹，露出肚脐来。道姑双手捧针，到神牌桌案前，赶紧行三跪九叩礼。又捻着三根针，向神牌上一照，这样就领到仙气。然后赶紧来到病人身旁，教病人的母亲按着病人，道姑她左手捻针，右手扪腹找病。找着了病人病根的所在，道姑把这第一针扎下去。

病人已经被药迷昏过去，仰面躺在床上，恍惚睡着了似的；这针照肚脐旁刺入很深，病人突然一动，似乎觉到疼痛，两只手不觉的掩上来护疼。道姑忙叫鲍金娘赶紧按住病人的手，要用力按住。鲍金娘依言办理，抓住了女儿的双手。道姑忙又行法，预备扎这第二针。

鲍家塘原是湘东荒僻之区，乡下地方向来缺少医师。像用符水针灸治病，在乡下原本盛行，在湘东更流行着祝由科跳神、扎针、放血和一些符水语咒的疗病治法。道姑给换姑扎针，鲍家塘的人本已见惯不惊的了。但是医与巫本来异途，"扎针"和"跳神"，以一个人而兼行两术的，却是少有罕见。这道姑筠仙居然三方并用，第一针扎下去，恰中穴道，只扎得病人动了一动，旋即安静下去，好像不很疼痛了，病家鲍金娘也就放下了心。

但等到道姑重新施法，捻着第二枝银针，照这换姑的肚脐再刺下去，昏迷不醒的病人，忽然尖叫了一声。鲍金娘大吃一惊，不禁一疏神，冲着道姑一张嘴，要问，她那按着病人双手的两只手，也不觉的松了把。……病人护疼，她的两只手一齐伸向肚皮乱抓，要抓那针。鲍金娘大骇，道姑也一惊，忙喊道："快按住她的手，别教她抓！"

鲍金娘登时手忙脚乱，病人嘶出声来，不住的唉哟，两手乱抓，身子也蠕动。道姑手中的第三枝针竟未及扎下去，病人已然受不住了！

"这是麻药力量小！"

"别是扎的不好吧，扎的太深了吧？"

病人这时在大木榻上打滚，道姑和鲍金娘全都按不住病人，病人狠命的挣扎。

病人竟疼醒了，两只眼直瞪着，似昏迷，似清醒，一迭声喊肚子疼。鲍金娘张皇失措，道姑也很惊慌。但是她旋即镇定心神，教鲍金娘不要害怕："这不要紧，扎针焉有不疼的？你不该松手，你瞧，你这一松手，教病人一阵乱抓，估摸碰着针，针动了地方了。"又申斥病人："治病不许害怕，不要怕疼，千万别乱动弹。"鲍金娘很着急的说："师傅，你瞧瞧我们孩子，头上都出了虚汗，你还不给设法子止一止疼？"又说："要不就，……你先给把针起下来罢！"

道姑不悦道："起下针来，岂不是白受疼了？你要明白，扎了针，必得病人躺在床上，一点也不要动，行一行针才能有效。我不是嘱咐过你了，教你按住了她，你不听话，你说这怨谁？"又抱怨病人："你怎么乱打滚？"

但是无论怎样责备，第三针是不能扎了。那第一针和第二针现在仍在病人鲍换姑的肚脐旁，病人咬牙咧嘴，呻吟呼痛。这时候的病人，已被她母亲和道姑，一边一个人，强给按在床上，仰面朝天，肚皮外露。三寸长的银针，深深刺入，不许动一动。

病人呻吟。

病家惊慌。

道姑皱眉，心中也打了鼓。

病人本来服了蒙药，蒙药竟似乎失了效验，病人竟疼得这么厉害。这也许是没有扎准了穴道，以致误伤要害，疼得这样，再不然别是蒙药不好。但是不管怎样，道姑应该想法子下台。不幸道姑又迷信自己那点艺业，她确是懂得一点针法，她自己心里明白，病人肚子里的臌症，简直像是胎；把胎给扎下来，岂不显得自己道法无边？无奈这胎太坚实了，第二针又扎的不对。病人又乱挣，结果坏了。

最后道姑向病家说着大话，念着咒语，开始起针。拔第一针时，鲍换姑肚皮上汪着一点血，似乎无碍。等到拔第二针，顺着针眼，冒出鲜血来，病人疼得捧腹嘶唤，满头是汗，脸变黄了。鲍金娘越发着急，瞪着眼诘问少年道姑，道姑仍说不要紧，用很快的手法，先给病人患处敷上了一种药。血液直冒，药粉阻不住；道姑忙又由锦囊中取出一方细棉，倒上许多药末，往针眼上一按，赶紧拿一条长带子，给病人紧紧扎裹上，道姑嘘了一口气，说："好了，不碍的了。"

病人还是疼，鲍金娘大睁着眼，盯住道姑，催她给设法止疼。道姑想了想，忙又取出红药粉，仍用无根水化了，教鲍换姑服下，说这是宁神补气的药，吃下去，睡一觉，赶明天，病人的臌症管保好了。

果然再吃下这大量的红粉，鲍换姑就双眼迷离，支持不住，躺在床上，昏昏睡了，或者说，是蒙过去了。道姑亲自给病人盖上一床棉被，对病家说："治这种大症，疼是免不了的。不疼，怎么治得好病？但是，疼一阵过去，这针力一行开，肚子里的痞积就慢慢的化了。今晚上好好的睡，赶到明天，病人一定要解溲，那病就跟着扎下来了。也许到不了明天，今晚下半夜，病人也许要走动，那就是痞积淤血块，要打下来。”向鲍金娘说：“大嫂子放心，这一来，姑娘的病管保好了。”啜了一杯茶，她便收拾了针、锦囊，告辞要走。

鲍金娘上床，扪了扪病人，心中打鼓，向道姑说：“师傅，你别走，你得留在这里……”道姑笑道：“你是有点害怕，你只管望安，今晚上病人一准很安静，决没有闪错。万一病人到了夜里，还觉着有点疼，你就打发人到何家找我去，我一定全始全终，给你姑娘治好了这个病。”

鲍金娘变脸道：“那不成，你不能走！我们姑娘让你扎的直喊，你要躲，可不成！”

道姑大笑道：“我凭什么走，我往哪里走啊？你还怕我溜了不成？”

鲍金娘想了想，料想道姑也逃不到哪里去，就很不满意的说：“今晚上，我们姑娘要是情形不对，我可找你，你可准来。”

道姑说：“那当然的了，你什么时候叫我，我准什么时候来。你瞧，等着把你姑娘的病打下来之后，我还得给她补一补气呢，我决不会半途而废的。”

鲍金娘到底不放心，再看了看病人，似乎睡得很熟，她就暂且释念，亲自把道姑送回借宿之所，又背着道姑，向何家二孀妇，秘密嘱咐了许多话：“万一她要溜走，你们娘俩千万给我们送一个信。”

鲍金娘自恃在当地，是有头有脸的人家，料想道姑一个缠足的女子，不会偷跑；就逃跑也跑不开。她就万分懊恼的转回自家，索性搬到女儿房中，小心看守着。

因为她曾经为了这事，跟丈夫吵过一顿架，丈夫责备他，不该崇信三姑六婆；她此刻怕丈夫抓住了理，定要抱怨她，索性瞒起来了，对丈夫鲍金榜一字未提。扎针时，病人疼得直喊，鲍金娘提心吊胆，反倒怕教丈夫听见。恰巧鲍金榜出去下棋，闹得最凶的时候没有在家；等他回家之后，一时疏忽，也没有打听，鲍金娘也就乐得揭过去这一篇。现在见女儿安稳多了，她稍稍松心，仍没把实话告诉丈夫。她躺在女儿身旁，小心厮守着，工夫不大，她倒打起鼾声，居然睡熟了。

忽然间，她又警醒，听见女儿的呻吟声。幸而她没有脱衣裳，忙欠身起来，将灯火点着，就光亮一看。鲍换姑仍然沉睡未醒，呻吟声是从睡梦中不自觉发出来的，脸上神气十分难看。对着这惨淡的灯光，夜静无声，渐觉景象很不吉利，鲍金娘止不住心头惊悸，悄悄的下了地，索姓把灯火移到床边，她轻轻伸手，把病人身上的棉被，掀开了一点。病人和衣侧卧着，呼吸声重浊，时时夹杂着哎哟呼疼的声音。鲍金娘又怕又悔，轻轻伸手，把女儿的衣裳撩起来，验看患处。哎呀，那细棉白布束裹着的地方，竟涔涔的渗出血来。虽然不多，可是针眼能有多大？患处隆起，随着病人的喘气，忽扇忽扇的动着，鲍金娘不禁皱眉咧嘴。

鲍金娘愣了一会儿，把灯挪到桌上，她想把病人唤醒，问她一问；旋又想病人好容易睡熟，不要叫她了。鲍金娘此时悔惧交迸，不能入睡；重新给女儿盖好了被，悄悄的躺在女儿身旁，翻来覆去，只觉心神不宁，好像有大祸将临似的。

耗过了一刻，鲍金娘双眼迷离，渐渐又要睡过去，猛又听见女儿哀叫。她又吃了一惊，睁开了眼，换姑在旁连叫娘。鲍金娘忙问病人："孩子，怎么样，好点了不？"鲍换姑哭声说："娘啊，我疼的太厉害了，爹爹在家没有？"

鲍金娘道："你问他做什么？他，没在家。你现在还疼吗？好孩子，你告诉娘。"

鲍换姑垂泪道："娘啊，我不敢说啊，我怕爹爹不饶我，我怕娘骂我。"

鲍金娘大睁两眼，坐了起来；鲍换姑伸出一双手，来拉她的娘。鲍金娘赶紧扶住女儿的手，用好言语安慰道："孩子，不要紧的，你爹没在家，在家也不要紧，有话只管对娘说，娘给你做主！"

鲍换姑长叹一声道："娘啊，我太对不起娘了，娘这样疼爱我，我，咳，我受了二表哥的骗。娘，我一步走错了！我后悔也来不及了。"

鲍金娘骇然，听直了眼。鲍换姑侧脸，盯着她娘的脸，说道；"娘，娘，你生气了，我不敢说了！"

鲍金娘赶紧遏住心情，向女儿说："我不生气，好孩子，你快说罢。我问过你多少次，你总瞒着我，现在你，你，你……还不快告诉我？"

鲍换姑道："娘，咳，什么露脸的事，我早告诉娘了。无奈，我怕，可是，现在，娘啊，我教这个师傅扎治坏了。她扎伤了里边，我恐怕我活不了了。那一天，她吓唬我，她说我这是胎，若不扎治，再过两三月，一准生养下来。她偷偷的问我，逼我说实话。她告诉我，你只承认一准是胎，我就有打胎的药，也有扎胎的针。我一时害羞，她又引我，好像我的事，她全晓得了，我也没法子瞒她了。我就冲她点了点头，央告她救我。她笑了，她说头一次见我，就看出是胎，她答应给我扎治，她说服了她的药，不会疼痛。我知道她这针这么厉害，扎下去，疼的我受不住，我又不敢喊。现在我觉着一阵比一阵疼的厉害，我觉着我这条小命保不住了。……这也怨我不识羞耻啊，做下这错事，我死了，娘也别难过，就算你没有生下这么一个无耻的女儿……"说着呜咽起来，鲍金娘听了这话，耳中响了一个焦雷，气坏了，吓傻了。

鲍金娘的脾气是非常暴烈的，他的丈夫都怕她。但是她虽不是贤妻，却是慈母。她乍一听，固然恼怒，当不得女儿紧紧拉着她的手，央告她，连声叫娘："娘，我是活不长久的人，娘不要生气了，娘饶恕我吧。娘，娘，你给我一个好脸吧！"泪随声下，欠身要起来叩头。鲍金娘面对这怯怯的病女，不由得一阵阵心如刀扎，眼泪簌簌的流下来了。可怜天下父母心，她忍不住抱住了女儿，连叫："换儿，换儿，你，你你！"

母女两个，抱头痛哭，而病人的病状急转直下！鲍换姑感觉肚皮越发绞疼，突然爬起，突然倒下，哀嘶不已。母女已经彼诉衷情，用不着隐瞒强撑了，她忍痛对鲍金娘说：“娘，我这阵子越发不好，肚子里头好像要……”腹内的垒块似乎要坠地，她吞吞吐吐的告诉她的娘，已经觉痛了。

鲍金娘慌了手脚，急忙动手，掀起了床上的被褥，预备临时的东西。鲍换姑已然迫不及待，要断气似的呻吟，疼得撕东西。折腾了好久的工夫，终于把肚中的“痞积”打将下来，却是血淋淋的肉块，已是具婴儿之形。血行不止，鲍换姑晕死过去了。

鲍家男妇老幼全都惊起，这件事已经无法隐瞒。鲍金榜披起衣来，懵懵懂懂问。鲍金娘吞声呜咽着，把实情告诉她的丈夫。女儿这是胎，教道姑用药物和针法，生生给整治下来了。只是手法太凶，胎固然打掉，人也受了重伤。若在寻常的产妇，胎儿已离母体，产妇便当止疼，至少也该缓过一口气来。现在不然，血反而越下得多，人更剧痛难忍，刚刚还醒过来，又疼晕了过去。发泼的鲍金娘此刻没了主意，家中人也都慌了神，不知所措。家主翁鲍金榜勃然大怒，痛骂女儿该死，又骂老婆少家教，又问道姑现在哪里。这样草菅人命，把她抓来送官治罪。

鲍金榜也是个糊涂虫，一方既嫌丢脸，一方又嚷闹出来。大喊小叫，惊动了四邻。这时候，五更破晓，天色渐白，鲍换姑折腾得瘫在炕上，只剩了一口气。鲍金榜大犯痰气，顿足跳骂不休，向老婆穷诘道姑现在何处。鲍金娘抱着女儿狂哭，犯了老病根，又像遇见了“撞客”。于是，四邻全惊动了，邻人们敲门过来问。都是老邻旧居，鲍金榜一时忘情，指手画脚的说：“三姑六婆没有好人，你们看，草菅人命。这不知是哪里来的女妖，装神弄鬼，错断了病症，疼死了活人。这不行，我得跟她打官司！”邻人们听不明白，忙问：“到底怎么回事？”要追里边屋去看，鲍金榜忽然醒悟，拦住了大家，连忙说：“女儿生病，老婆接来一个道姑，道姑�仙生生扎死了她的女儿，治痞积，疼断肚肠子了。”

这工夫，天大亮了。那近的街坊听见鲍家哭声一片，登时又进来了几位，无非是四嫂子，六姑姑，三大伯，小歪子，毛顺儿，有一半是鲍家的本家。女人们比男子更不客气，到底一涌而入，进了鲍家的深闺，就是换姑的卧房。

当此之时，鲍换姑的屋中，已被快手的二婶娘一顿乱抓，乱掖，乱藏，头一招，已将那块血淋淋的病根子，咧着嘴撮弄到马桶子里。顾不得给病人穿衣裳，只忙着把木榻上的血，用柴灰垫了，好歹抓草铺上，然后把被褥放好，把病人放倒。又叫来家里的人帮忙动手，把嫂子鲍金娘也换下床来。鲍金娘舍不得离开女儿，仍然倒在女儿身旁，打着滚的哭，她心中后悔万分。

二婶娘慌忙找香，这可真凑巧，道姑请神骗鬼檀香线香，很有富余，整摆在供桌上。二婶娘赶紧点起香来。屋中登时又充满了香味。

二婶娘很能干，老实说，她这个侄女的病，她早就猜出几成来了。她现在居然胸有成竹，代为掩遮一切。她又低声叫着嫂子：“嫂子，你哭尽管哭，可别数落出别的话来。你听，外头来了好些人，四邻八坊全都挤进来了，也不知是谁开的街门。”

开街门的其实是一家之主，鲍金榜老先生。

二婶娘刚刚收拾了一多半，街坊王大娘头一个挤进来了“怎的？怎的？”一迭声的问，眼睛早打量到病榻上。

换姑娘有出气，没入气，挺在木榻上，下体兀自涔涔下血。做母亲的一面哭，一面叫：“儿呀，肉呀，是我害的你呀，你要死了，我可怎么活呀！”

王大娘上来劝解，其实是窥看病人的真相，口中说：“大嫂子别哭，闺女不行了，你还不给她准备衣裳？别教她光着来光着回去呀！”两只眼睛几乎跳出眼眶之外，下死力侦察换姑娘，并且尖着个鼻子直嗅。鲍金娘只顾哭，不理会，二婶娘很不悦，顾全着门户之私，要把王大娘架出去。走过来，一面动手一面说话，刚要说："大娘外屋坐！"不料四嫂子、六姑姑蜂拥而至，一霎时把换姑的卧房围满。"哎哟，哎哟！""可惜，可惜！"夹杂着问讯的话，连珠炮似的发出来。

"大嫂子，换姑到底怎的了？昨儿白天还好好的，怎么隔了一夜这样了？"

"大嫂子，换姑的病可是教那个年轻道姑给扎治坏的吗？那个道姑，她哪里去了？这不能饶她呀！"

"哼哼，我早瞧出她来，整个是生意口，没有真本领，好么打眼的，单找她治，还不如我找黄外婆呢。"

"还不如老老实实，自己个儿养着呢。"

许多嘴，许多舌头，徒乱人意，一霎时泄出这么些个后悔药，把个二婶娘气得小眼睛只翻。这其间到底还是隔壁王大嫂年高有德，经多见广；一开头，她的话最多，此时不言语，爬上床去。伸出枯瘦的手，来试病人的呼吸。呼吸微弱到觉不出来，忙又用手臂试摸病人的脸。

"哎哟，不好，大嫂子，姑娘可是过去了！"

"哎哟！"

这些老娘儿们，一个个全把脖颈伸长，全把眼珠瞪圆，看而又看，跟着一齐咧嘴，叹气，挤泪，伸手，抹泪。

"年轻轻的，一条小命，糟蹋了！哼，才十八岁！"

"这不成，这得跟她打官司，杀人就该偿命。大嫂子别尽哭了，到底这个道姑是哪里迸出来的？还不把她抓来？哭有什么用啊！"

这些邻妇钻到内室，乱嘈嘈的说出打官司的话，那些男邻在屋里院中，更是嚷得凶；也是众论归一，主张抓道姑送官治罪，"草菅人命，这还了得！"

起初，鲍金榜怒气勃勃，最先喊骂着要成讼，此刻被众人一哄，忽然他又打了退堂鼓。打官司便须两造上堂，打人命官司更得验尸。一面洗剥了身体，交仵作检验，一般人认为侮辱，何况他家受害的又是个女孩子，还没有出嫁，又何况得的病还是这种“臌症”。

鲍金榜疑虑起来，他的娘子鲍金娘哭成泪人，也想到涉讼验尸的耻辱，“那是把死尸剥得一丝不挂的，我们换儿又是个姑娘。”

两口子疑惑，有一个邻人叫道：“难道白死了不成？”又一个邻人道：“我们可以见官拦验，只告状，不验尸。”

群众相聚，最易煽起公愤怒火，乡下人对于活埋花案深感兴趣，也就是由于群众心理喜事妒情。现在这受害的人既是少女，害人的又是个年轻道姑，鲍家塘的人们登时哄闹起来，怂恿事主告状，千万不能私了。有一个年轻男子大声问道：“这个跳神的女人现在跑了没有？”又一个邻人说道：“没有，没有，昨天我还看见她住在何寡妇家呢。”

众人立刻包围了鲍金榜，教他去抓道姑。他还是迟疑，众口哗噪，已然由不得他了。推着，拉着，架弄着，出离鲍家，径奔何寡妇家。沿途聚了许多人，男的，女的，老的，少的，大哄之下，像捉臭贼蜂拥而去。说什么话的都有，有的说抓住她，打死她，有的说活埋了她，有的说架上火，把她烧死。

鲍家塘大动公愤，人们来到何寡妇家，砸得门山响。天时尚早，何家老少二寡妇全都睡着没起，听见外面的嚷叫，刚刚欠起身来听。外面一个愣小子，连踢带蹦，把何家的破柴门登时打裂，众人一拥而入。

那个年轻的道姑胡筠仙，还没有起床；和何家的年轻孀妇崔氏睡在一个大床上，相偎着，几乎是共枕而眠。何崔氏叫道：“谁呀？”何老奶奶在隔室也叫道：“毛儿娘，谁砸门来了？”

话声中，鲍家塘的住户打开街门，逼着屋门，拍拉的砸门不休。何崔氏慌慌张张，披衣下地，拔下屋门闩，几乎被闯进来的人撞倒。

一个人叫道：“在你们这里寻宿的那个跳神的娘儿们，在哪里了？”

一个人不消问，一直侵入内屋，发现了大木床上，欠身半起，支头外望的少年道姑胡筠仙。这男人登时大叫：“没有跑，在这里啦！”

动公愤的人陆陆续续闯进来，事主鲍金榜也被架进屋。一个愣小子，过去就要动手，做出捉活人的样子。那个道姑并不慌，淡淡的抬起头来，说：“你们做什么？”一双俏目好像透露出不可侮视的意态，而且她生得如此不俗。

愣小子噤住了，大张的双手，不觉垂下来，歪着脑袋打量道姑。

背后另有一个愣小子，把前边的人一推，侧身挤上来，仰脸望着屋梁，厉声叫道：“是你！你是道姑！你妖言惑众，你草菅人命，我们拿你来了！”

道姑好生胆大，回眸一扫，微微一笑道：“我犯了什么罪，有人要拿我？你是干什么的，挤到屋里头来，要打算做什么？你不知道男女有别吗？”

两个愣小子被道姑安闲镇定的态度逼住，又被道姑的话噎住。其实他们都是良民，凶不上来，而且受礼节的约束，“好男不跟女斗”，其实下不了手。何况这道姑又如此大方美貌，而且人还躺在被窝中，他们再也鲁莽不上来了。

后边的人都喊，外间的人也喊：“把她抓出来，教她穿上衣衫，跟我们走。她妖言惑众，行针扎死了活人，她还嘴皮子哓哓的，不行，叫她滚起来！”

人群中一个老者劝道：“你们老爷们闪开一步，教她好好的穿齐衣衫。”

一个买卖人说：“这得教王大娘上前，把她拉下来。”立刻得到赞同，大家齐叫王大娘。另一人说道：“咱们男的先在外间屋等着，王大娘没来，教别的女眷进屋，和她打交待，反正跑不了她。”

立刻过来一个中年妇人，却不是王大娘，是张大嫂；王大娘脚疼落在后面了。这中年妇人张大嫂义形于色，扼着腕子上前，叫两个愣小子退出去。她一屁股坐在床边上，瞪着大眼，手指着道姑，催她穿衣。其实不用催，少年道姑已然坐了起来，正自缓缓披衣，缓缓拿被遮着穿鞋，缓缓扶床下地。乱嘈嘈围了这些人，她脸上一点也不慌，她打扮齐整，又掠了掠发，轻启朱唇，问这些人："你们要怎么样，出了什么事了？"

张大嫂怒冲冲的说："你把人治死了？"

道姑扬眉道："哦，把人治死了，把谁？"

"喝，你瞧她这股子劲，喂，我说，告诉你，你把我们街坊家的姑娘鲍换姑姑娘，活活整死了，你还装没事人？你出来，跟我们走。你就是女人怎么着，杀了人，也得抵命。你再不走，我们可要动粗的了！"这嚷的还是那个愣小子，把着屋门口，挺胸腆肚的叫唤。一面叫，一面推他身旁的另一个愣小子说道："别跟她耗了，咱们俩先把她架出来。"

这个愣小子寻思过味来了，正可以乘机会，把这漂亮道姑啰唣啰唣，跟她动手动脚，占点小便宜，她这工夫决不敢支吾。

这时窗外聚满了人，何寡妇家三间屋内，固然人头攒动，语声嘈杂，就是院子里，也不晓得从哪里招来这么些人，里里外外挤满。单在院中，差不多便有四五十位，想要瞧瞧这道姑，挤不进来，把窗纸也扯破了，虚眯着眼往里面探头。

这道姑站在屋地上，往外一看，心中也未免一动。可是她刚刚的气一馁，见张大嫂直推她，而门口那两个愣小子，二番又要过来动手；她心知这事不好，要大费手脚。她忙把胆气一正，回手把张大嫂一推。张大嫂哎呀一声，倒坐床沿上。同时那两个愣小子伸过来两双手，直往她肋下叉来。她怒道："你们干嘛？"微往后退半步，倒转半身，左手挺胸，右手伸出来，只一拨，又一推。两个愣小子，前边的碰着后边的，都被拨得一歪身，道姑的手劲很不小。

愣小子大哗，"这娘们敢拒捕！"

道姑眉峰一锁，急急往窗户一望，窗户早已聚满了人头，黑压压的看见人影晃动。这不能往外闯，而且也闯不出去，就闯出去也逃不开。

这道姑心似旋风一转，立刻打定主意，锐声叫道："诸位乡亲们，杀了人，我偿命，伤了人，我跟你们打官司去。人家小男妇女的，你们老爷们可不能跟我们动手动脚！你们闪一闪开，容我收拾了我的东西，立刻跟你们走。公事公办，杀剐存留，我都接着，我可就是不教老爷们挨挨蹭蹭的！"

她冲着门窗，这样大声讲，又瞪着两个愣小子，说："你们二位这是做什么？你们家难道没有姐姐妹妹的吗？你怎么跟我动手，你不嫌失了你们男子汉大丈夫的身份吗？"又回身向张大嫂福了一福，说："对不住，我莽撞了，推了您一把，你别怪我，我是一股子急劲！"

张大嫂也是个泼妇，如何肯吃这亏。但是这工夫，道姑已经上床，把她的锦囊小包，抓取到手，锦囊带上恰挂着一尺八寸长绿沙皮鱼鞘的一把小宝剑。道姑把小剑抽出鞘，剑光青莹莹，看出锋利来。张大嫂刚撒泼抓挠，见状噤住了。而且两个愣小子，被道姑轻轻一推，便跟头踉跄往后倒退，张大嫂看得清清楚楚。刚才自己被道姑一拨，也便来了个坐蹲，她觉得这道姑多半会邪法，也许会把艺，她倒不敢轻举妄动了。

张大嫂扎煞着两只手，远远催迫道姑道："你还不快走！"外面一阵喧噪，也催促屋中人："快把她抓出来！"却是两个愣小子，一个张大嫂，都不敢动粗，院中人干嚷，挤不进来了。

有的人找到居停主人何老寡妇和少寡妇何崔氏，向她二人盘问女巫的情形。何家的那个小孩子毛儿，这时候吓哭了，直嚷着找妈。明间，暗间，人头攒动，崔氏被阻在明间，小毛留在内间床上，还在被窝里面呢。

王大娘这时刚赶来，喘息着向何崔氏打听，道姑会什么妖法？为什么收留她？何崔氏脸上红红的，也有点当事则迷，柯柯的说不出话来。何老寡妇急了，大嚷道说："叔叔大爷们哪，你们这都是干什么？干吗挤进来这些人？你们要找这位师傅，碍不着我们寡妇失业的事呀！你们瞧，我们的门窗都给挤坏了！咳哟，还摔了我们一个大盆！祖宗们，你们往外让让吧！你们要找那位师傅，我叫她出去！这都是毛儿娘多事，答应了鲍金娘。鲍金娘来了吗？你瞧你干的这是什么把戏？到底出了什么乱子啦？鲍金娘，你瞧瞧，你把你的客接走吧，这是怎么说！”

何老寡妇在那边屋里嚷，也没有人搭理她。明间屋的人乱挤，又有两三个男子拥进内间，催逼道姑出来，这两三个男子也是当地混混一流的人物，乘着人多胆气冲，打量着道姑，都想挨上来摸摸动动。却不料这个漂亮道姑浑身净刺，说话尖刻刺耳，动起来更很扎手。这两三个男子刚刚张着手，往前一扑，便被道姑侧身轻轻一拨，都被拨得打踉跄，不能靠前。后面有人喊起好来，“好硬的手把子，这个娘儿们准是会妖术！”

可是道姑尽管手底下硬，也挡不住来的人多。乱到最后，这道姑终被大众蜂拥着出来了。一到街上，比在院内屋中不同了，人是聚得更多，气势是更凶，男男女女七言八语：“打死她！”“烧死她！”“活埋了她！”“把她抓到衙门里去！”

乱吵着，有好几个壮丁要行凶暴打这道姑。道姑一看不好，要逃跑，跑不开，她把眼一瞪，重抽小宝剑出鞘，就要抵拒强暴。她刚刚摆出抵抗的架势，群众大哄了一声。有许多人拾起砖头要投掷，又有许多人抄木棒，拿锄头，要打。

眼看要起暴动，也不知是哪一位积德行好，把本镇的地方叫来了。这地方慌慌张张跑来，忙问出了什么事。众人乱嚷着，地方听不明白，他还以为是抓住了拍花的女犯呢。见到了漂亮道姑，又以为是抓住了拐带，拿获了风化案件。问了好半晌，方才问明。

地方既出面，问明缘由，制止住行凶，把动公愤的人群，压伏着，劝说着，更由耆老排解着，又征询了事主鲍金榜的意思。归结是由地方押着，把道姑解到保正家，讯明案情，秉公办理。大众还不愿意，幸而保正的家离此不远，由地方和耆老引导着，很快的趋向保正家去了。

第七章　三太保贪色被阉

鲍家塘的保正也姓鲍，和鲍金榜乃是本家，名叫鲍清泉，是本镇有头有脸的人物，拥有很多的田，财势权势在当地首屈一指。

“把这个妖术杀人的女巫，押到保正家。”许多人都说好，这样子可免得把事闹大。事主鲍金榜到了这时，没了主见。众人拥着道姑，跟着地方，齐往保正公所走。大群人前行，后面跟许多小孩和女人。顽童要抛砖头打道姑，幸亏被几个年长的人吆喝住了。

这时候道姑胡筠仙心上也很发慌，想不到扎死少女，动了公愤。许多凶民用狎亵的眼光盯着她。她锦囊上所带的小宝剑，已被算作凶器似的，教地方拿过去了，连她的小包袱，全被解除了。她见机很快，未敢支拒，乖乖的跟着众人走。众人只紧盯着她，也没再动手。

于是，押送道姑渐次来到公所门前。这公所其实也就是保正的家。大院落，高堡墙，建筑宛如土城。这时候，保正也听见信了，当大众聚哄的时候，已经有人给保正送过信去了。

保正叫鲍清泉，是鲍家塘赫赫有名的人物，却是出身不高。起初是个赌徒，后来改节学好，努力积储，买了几方荒地，历二十多年的经营，在鲍家塘成了首户。鲍清泉既是个耍人的出身，便很晓得对付人的妙法，对付口讷的人，可以跟他对骂；对付力弱的人，可以和他相打；力气斗不过，便拿钱砸；钱砸不倒，便借官势压。总而言之，他是个能软能硬的人物，他决不是呆鸟。因此，他在鲍家塘很能吃得开。

等到鲍清泉当了保正之后，一方交结官府，一方拉拢会帮，使得他的地位更加增高，同时使得他的家产更形增富。他现时早已娶了“后老伴”，本家，亲戚，都聚来了，新筑的宅子，房间多院子大，俨如土皇帝的皇宫。只可惜他是没见过大世面的人，阔尽管阔，总免不了“土暴子”，而他的外号就叫“土豹子”。

土豹子鲍清泉，如今有妻有妾，有子有孙。他的大儿子鲍天福早死，二儿子鲍天祥很会过日子，比老子尤其吝啬；三儿却是个花花公子，这也是当然的结果，二儿子岁数大，亲尝过苦日子，知道钱是命。三儿子岁数最小，乃是妾生子，一落草后看见他爹爹是他鲍家塘的绅士，没见过他爹爹给人叩头，只见过别人冲他爹爹作揖，所以他天生成公子命，也就会摆少爷谱。

三儿子的外号，就叫三太保，名字是鲍天禄。鲍天禄今天刚刚二十五岁，娶的是山沟子里女人，比他大四岁，而且因为水土的关系，这位三少奶奶抬不起胳臂来，四肢有残病，三太保又是个风流人物，瞧着媳妇便堵心，恨他爹爹做错了事。可是这个短胳臂三少奶奶，娘家很有钱，娘家爹和鲍清泉乃是当年的帮友，这是所谓爱好作亲。当鲍三少十五岁时，新媳妇十九岁了，他们就结了婚，而且是大办喜事。

三太保年岁太小，不知道闺房之乐。仍然贪与群儿嬉，新媳妇正当芳龄，却守着这么一个小孩子女婿，洞房花烛，其苦可知，闹出来的笑话也不少。新婚头一天，新郎官竟不敢入新房，被他母亲强迫着，像入监牢一般，进了洞房。新娘子盛装艳容，坐在合欢床上，是这么大的一个姑娘，好似三太保的姐姐。三太保看了一眼，又害羞，又胆怯，就往洞房外面跑。可是洞房的闺门已被倒带上了，门外聚了偷听新房的好事的女太太们。三太保不过十五岁，况且是虚岁，又是腊月生日，实在他才十三岁。他竟在屋里呆不住跑到屋门口捶得山响，大叫："妈，我不在这里睡，我还跟你！"

偷听新房的女人哗然大笑，这都是三太保的婶子大娘之类，隔门缝，叫着三太保的小名，"小三，不许闹，老老实实上床睡觉。你成了家了，由打今天，你是大人了，不许再装小孩子了。"

然而不行，三太保拼命砸门，大闹起来，叫妈开门："我不在这里睡，妈，我还是上那屋跟你睡。"

屋外哗成一片，新郎官三太保急得推门乱叫，新娘子在合欢床上哭起来了。

鲍清泉大愧大怒，要行家法打新郎。还是三太保的娘亲疼儿子岁数小，开了新房门，进去安慰新郎，亲自给新郎脱去长袍马褂新郎装束，打发小孩子钻了被窝，然后又安慰新娘子。

"新郎官他小，"做婆母的只好从权设计，向这新娶的儿媳说了许多好言语，先哄得新媳妇不再掉泪。然后又低声附耳，婆媳大说体己话，教给新人许多为妇之道。第一，"你要知道，你丈夫他岁数小"，第二，"好闺女，你嫁到我家，你就是娘的亲闺女一样"，第三，"不要害羞，你要好好的哄着他，先教他不再找我才好，先教他愿意跟你睡才好。"

婆母的好话，新娘子闻似未闻，竟含泪诺诺的低应着，容得婆母退出新房，这十九岁的新娘子，偷眼看了拥被而卧的小新郎，仍然止不住泪下，忍气吞声，暗恨着爹娘糊涂，枯坐到天明。她自然也想依照婆母的秘嘱，上赶着哄新郎，然而她却是恪守闺训的十九岁黄花处女，她不是路柳闲花，她不能那样。

洞房三天，竟这样凄凉的度过。直等到耗过两年，新郎大些了，新娘在鲍家也熟习了，他们俩方才成为名副其实的夫妻。却是，终因二人年岁相悬，种下了悲惨的根苗。当新娘子艳如春花之时，新郎官还是人事不通的小孩子。当新郎官春情发动，知慕少艾时，又眼看着自己的老婆变成了农村健妇，又黑又胖又高又大，而三太保又是老儿子，太娇养，未免生得单细。况且这三少奶奶太死板，不会哄丈夫，才挤得丈夫在外问柳寻花。鲍老奶这老婆子居然教导儿媳妇，自己也该修饰修饰，打扮打扮，见了丈夫，要好好的逗他一乐，不要像块木头似的。他喜爱什么，你就给他来什么。这个贤良的婆母，居然劝儿媳对儿子行媚术。婆母却再也想不到，儿子早把这大四岁的娇妻，看作招呕吐的苍蝇。三娘子在丈夫面前，越献殷勤，越招得三太保当面唾唾沫，甚至骂出来良家妇女最怕听最难堪之言，“贱女人，又想汉子了！”三娘子两边受挤，难为得背人掉泪。而夫妻间的感情，越发的不可挽救了。

夫妻俩好比一只牦牛和一只瘦狼做伴，太不般配了。不幸三太保的同学，又向三太保说了些玩话，“那个黑胖的女人就是你的女人吗？好像你妈，好像你嫂子，你姐姐！”

不幸童婿所怕的就是这样话，这话扎了三太保鲍天禄的心。他本已嫌他老婆岁数大，更架不住人们的讽嘲。而且更有使他说不出口，恼在心中的事，便是他十七八岁的时候，他妻正当二十几岁。妇人到二十几岁，正是情窦早开，体壮爱美，思春最浓的时候。他的妻又是个直爽的人，未免有女追求男的时候。却是这一来，反而招惹出三太保的鄙视，骂他太太没出息，疑心他太太放荡。这正是旧道德旧礼教下贞顺女子最苦痛的事。女子只能被动，不能主动；若是闺房之好，一由女子发动，便被迂腐的丈夫所羞辱。三太保原是个没心没肺的公子哥，不幸交友不慎，同学开玩笑太过火，害得三太保越发看不起他的太太，也就越发看不上。

又被坏人勾引，三太保鲍天禄由打十八岁那年，居然嫖起暗娼来了。既有外遇，越发看不上家中的黄脸婆。三娘子虽然不是黄脸婆，可惜她又太黑太胖。妓女拿狐媚手段，引诱三太保，无非认三太保是块肥肉；三太保竟着了迷。一个妓女年纪实在比他大两岁，却娇称刚十八，和他同庚，再三向他说，要跟他从良。山盟海誓的说，除了三太保，再不嫁别人；三太保要是不娶她，她一定要自杀。其实这个妓女比三娘子，好不了许多，不过会修饰罢了。然而她却抓住了三太保的心肝，真是情人眼里出西施，觉得处处比他原配太太强。第一，岁数先少，他再想不到他天生是娶大老婆的命，妓女口中的十八岁，十个倒有十一个靠不住。这妓女却赌咒说，和三太保同岁，还小十个月，自称小妹，三太保是情哥。

后来三太保瞒着老家，在外面设立了小公馆。可惜鲍家塘并不是大地方，小公馆成立不到两三月，便消息败漏，被他父亲土豹子鲍清泉查出来了。土豹子大怒，大怨儿子好色，深恨妓女无良；仗他在地面上势力，竟把这妓女驱逐出境。本要对儿子行家法，无奈三太保是他的老儿子；老当家的刚要教子，内当家的大哭大闹；在家庭中吵了一个罗圈架，最后，内当家的宠容幼子，反把儿媳妇教训了一顿，仍嫌三少奶奶太死板，不曾哄丈夫，才挤得丈夫在外嫖女人。如此云云，天天唠叨，儿媳妇更苦了。结果三少奶奶既不得丈夫之爱，又不得婆母之欢。

三太保没了小公馆，照常的寻花问柳。鲍家塘并不是大地方，只有三两家暗娼；这些暗娼又个个寿数大，容颜怕人。三太保的风流债，有时找不着讨债鬼。可是不正道的女人，哪个地方都免不了有，三太保后来又交结了一个放诞的女人。偷偷摸摸，时常把他妻的首饰珍物私自拿出来，赠给这个情妇。情妇找他要钱，他就背着父亲，向自家所开的店铺柜房支钱。三太保是少东，铺中司账掌柜哪能不敷衍，也就背着老东家，截长补短，透支钱财，供给少东嫖资。

这样日久天长，没有不透风的墙，老当家的土豹子鲍清泉也渐渐有个耳闻。老当家的到柜上查账，发现少东的亏空透支，比家中的正用项不少。鲍清泉大怒，痛詈铺掌，又要撤换司账。他却不能管儿子，只责备铺中同人。幸而掌柜和司账都是老实人，为了维持老东少东双方的感情，也就酌量着办，该圆谎，就替少东圆谎；少东花的太浪费了，也稍稍裁制。

又不幸三太保新近认识了另一个落拓女人，这女人吮血啃骨似的善会花钱，她教导着三太保要花招，造假账，拆东补西；又引诱三太保偷盗家中财物，粮食也偷，器具也盗。

三太保嫖得头昏眼花，起因就只一点，他老婆比他大四岁，而又自幼成家，父母主婚。

乡下人好娶大媳妇，本为进门就可以当家过日子，哪知流毒所及，伤害了伉俪之情，室家之好，反惹得小女婿荒唐不务正。小女婿非嫖娼，即纳妾，大媳妇往往遭到被遗弃的命运。

最奇怪的是做父母家长的，明明看见覆车之鉴，还不后悔，照样一代接一代的错下去！于是乎三太保岁数越大，越荒唐，越大胆，后来竟有盗押房地契的事情发现！偏偏又遇上没良心的店铺司账，这司账见老东人吝啬，少东人是散财童子，他就装出两面的面孔，对老的故意摆出刻薄手段，极力逢迎；对少的便花天柳地，做出篾片伎俩。不久这少东鲍天禄便和这新司账，情投意合，偷偷换了帖，拜了把子，暗中替少东造假账，弄小柜，他却乘机从中揩油。

三太保鲍天禄，就这样的荒唐。所幸土豹子鲍清泉家大业大，势大，人也很魄力，对这不肖子管束不很严，却也不太放松。三太保也不十分便利，所以他贪色好交，尽多耗费，鲍家还没有伤筋动骨。只将他父株州经营的一家商铺，消耗亏空了。却是三太保的豪纵，竟影响到故乡的风气。从前此地本是僻陋的小镇，只是一家暗娼，虽有人聚赌，还不曾有专设的赌坊。自从三太保这一闹，别家土财主的少爷们也跟他学，整日花天酒地，只几年工夫，这鲍家塘赌局也有了，饭馆也有了，娼寮茶肆都渐渐的开张了。

而且三太保鲍天禄倚仗父势，成了一家赌局的刀把子，有的娼寮，也在暗中受着他的护庇，他倒成了鲍家塘的人物。人们也另眼看待他，尊之为少保正。

这一天早晨，鲍家塘的居民，把道姑�仙，以妖术杀人的罪状，解到保正家，三太保恰好没出门，头一个得了信。他父土豹子鲍清泉是当地保正，此时还没有起床。这些男妇老幼，跟随地方，把事主鲍金榜，道姑筠仙，蜂拥到保正公所内，也就是鲍清泉家的前院。院子很大，人竟挤满了，三太保忙问何事。众人七言八语，说不清楚。末后还是由地方，拦住大众，把事主和被告，带到公所大厅，把案情草草对少保正三太保说了，请他进宅，把老当家的催起来，好问一问案情，是不是径行送官。

三太保听明案情，抬头一看被告，这个青年女巫，二十多岁年纪，长身玉立，姿容亢爽，虽然犯了案，惹起公愤，她居然面无怯色。她的锦囊还在自己手内，那把匕首已被地方拿去，现在就放在公所桌上。倒是原告鲍金榜，面色惨白，也不知道是早晨畏冷，还是心慌，竟战抖抖的喘粗气，说不出话来。他们原是本家，三太保请鲍金榜坐下，先消一消气。又见这些动公愤的居民，依然腐聚不退，堵着门口探头发话，乱成一片。三太保把脸一沉，向外拱了拱手，然后做出挥手驱逐的样子，向众人说："诸位叔叔大爷们，散一散罢。我爹爹这就起来了。他一定秉公办理，决不轻饶，诸位乡邻，你们请回吧。"

连说了好几遍，看热闹的人略为减少还是没有全散。有的人叫着三太保道："三当家的，这可是个女妒精，你可告诉老当家的，重重的办她。"又有人说："估摸她也是个拍花的，三当家的，你可教老当家的好好审一审她，西街蔡三家的童养媳跑了，多半也是她拐的。"议论纷纷的，都恨不得当时在公所开审，他们当场看过下落才好。任凭三太保驱逐，这些老邻旧居，没正事的闲人，全不肯走；走的不过是小买卖人，小伙计学徒之类。

三太保也就不再驱逐了，叫一个长工，进内宅给老当家的送信，他自己就在外院，对付这案内的一干人犯。打量原告鲍金榜，坐在椅子上，还在喘气拭汗。道姑也坐下了，地方紧挨着她，坐在一旁监管着。这道姑神色稳定，低头不语。三太保先问完地方，又问完原告，遂即说道："好哇，妖术杀人，该当何罪，这还了得吗？"说罢便扭头凝视道姑。道姑并没有恐惧的意思，只微微抬头，慢展秋波，向三太保睃了一睃，面上露出似笑非笑的神气。

这一眼却把三太保看得心直跳。三太保原是个色鬼，而这道姑又这么妖娆。三太保忍不住凑到道姑身边，做出半审问半调侃的神情，问道："你这位……我说喂，你叫什么名字，多大岁数？哪里的人？好好的一个人，为什么干这个？"

道姑�仙似笑不笑的说："我这个人怎么啦？也没偷人，也没犯法，您是干什么的，你问的着吗？"

说的话很硬，声色很柔媚，地方在旁忙吆喝道："这是我们鲍家塘的少保正，哎，是保正的三少爷，怎么管不着？你好好的答对，有你的好处，你不要刺拉格击的找倒霉！"

道姑瞟了三太保鲍天禄一眼，小嘴一撇，轻轻说道："保正是啥玩意儿？保正就算是官儿，也碍不着三少爷的事呀！"

她的话有那么一股子劲，三太保是风流惯了的人物，很赏识打情骂俏，一听这话，倒龇着牙笑了，说道："你别啸了，我说你这个人，我问你口供，自然问得着才问呢，我是这公所的帮办，你懂吗？你快说你叫什么玩意儿？你多大了？是十九，还是十八？是我们湘东的？还是外江的？你为什么行妖术害人？"

道姑筠仙起初不答，后来见周围看热闹的这许多眼睛，个个都瞪得像鸡蛋，摆出凶虐相来。只有三太保笑眯眯的，比较可亲，她就一改作风，做出忸怩之态，低声说："你问我嘛，我姓胡，叫筠仙，我也不十八，也不十九，那是我妹妹的岁数，我却二十四岁了，是江南人，行医卖药。我没有害人，也没有施妖法。我告诉你罢，你这位先生的女儿，没出阁的大姑娘，肚子很大，他们家说是臌症。请了我来，给她治臌症，我却诊出来，那不是病，是胎。他们家教我偷偷给他姑娘打胎，我不肯，他们一死儿麻烦我，找我要打胎的药。没有法子，我就给了他们一个方子，也不知怎么一来，他们家的姑娘，说是坏了，就赖上了我。我也不是妖人，我也不会妖法，少保正大爷，你秉公问一问罢。他们是欺负我们年轻女人，他们要讹我，我不让他们讹，他们就……"

三太保道："就怎么样？"

道姑又瞟了三太保一眼，笑了笑说："他们净起讧，跟我动手动脚。其实人家本主，没有打算讹我。你不信，问问鲍金娘，到底她女儿是我害的不是！"

三太保听道姑自诉，振振有词，他搔头道："原来是这么一回事！但是，你说人家欺负你，是怎么欺负你了？你告诉我，我给你做主。"

三太保就这么屁喷喷的问供，被告几乎变成了原告。门外窗前，伸头探脑，全是动公愤的，看热闹的人。群情热烈纷纷议论，和前年办那桩花案，活埋奸夫淫妇那场事，正是一般的动人。有许多耽心世道的正人君子，最赏识犯了法的美貌少妇，最乐看她那玉容无主，彷徨求助的可怜相。尤其是临活埋时，不幸女子的惨呼哀啼，有许多人专爱听爱看似的。现在鲍家塘这伙子老乡，人人拿一种幸灾乐祸的心，希望保正和地方，用刑讯问这个道姑。少保正反而和道姑斗嘴，不像问案，倒像调情。有的正人君子勃然大怒了，隔着窗骂闲话；有的正人君子都闯进屋，自己也要参加审讯，至少也要做个陪审官。可是三太保当局者迷，忘其所以，只顾跟道姑斗口，毫不理窗外的公愤和异议，窗外渐渐有人嚷起来。也有人代出主意，审这女妖空口讯不成，应该吊起来，拿重刑来讯问。有几个人索性挤进屋来，地方看着不像话，忙叫公所的人，再进内宅，催请保正快快出来，一面站起来，冲着看热闹的人瞪眼发话："这是公所，不是你们家，不要起讧！"又把一个刚刚挤进来的小伙子，拖胳臂推出去。这一来院中人情越加浮动，吵嚷声更大起来。幸而保正鲍清泉出来了，这才稍稍压住。

保正鲍清泉已有五六十岁的年纪，穿长袍，敞着大襟，衔着旱烟袋，拖着鞋走出来。为人又黑又胖，一对三角眼很有威棱。刚出二门，看见外院聚了这些人，怫然不悦，把脸一绷，说道："诸位街坊有什么事？找我有话的，请到公所里面坐！没有事的人，请借一步往外闪闪！"

只几句话，人们默然散了多半，只剩下鲍金榜的近邻了。鲍清泉站在二门台阶上不动，眼睛盯住这些人，这些闲人受不住他这严冷的眼神，搭讪着又溜出去一伙。还有一些人舍不得走，鲍清泉冲着公所的夫役发话："你这是怎么看的门？进来了这么些人，你也不问问，他们有什么事？你要知道这是公所，不是茶馆！门口上挂着闲人免进的牌子，你倒放进来这些人！"

保正的气焰居然比地方大的多，比少保正也硬，鲍家塘的人全惹不起他。他把这些闲人都瞪走，然后进了公所屋，地方和事主鲍金榜一起迎着保正打招呼。

保正把脸上的威严收拾起来，另换了一脸"天官赐福"，礼贤下士，向公所中人拱手。然后冲地方说："老八，忙吗？"重说："老侄，什么事？"眼角一扫早已看出是事主，那个道姑是被告了。他看了道姑一眼，道姑正和他的令郎三太保对坐着说话，三太保见他爹出来，也不起身，所谓家礼不可常叙，还是笑眯眯的问道姑。

鲍金榜此刻心神略定，把指控辞也暗暗打点好了。保正问他话，他站起来，行过礼，叫了一声老叔。原来鲍金榜和土豹子鲍清泉是远族本家。论辈分也许鲍金榜大，可是他们并没有家谱，而鲍清泉乃是当地的首户，所以他们重新排辈，叔侄称呼了。鲍金榜对这位老叔，指控道姑妖术杀人，如是云云，"你的小孙女换儿，教她害死了！"

鲍清泉听罢，又问地方。地方也贡献了他的意见，说："这个女巫已犯众怒，当家的可估摸着，必得严办。"

湘东僻区的保正居然代理民词，有生杀予夺之权。地方的意思，是劝保正拿出土皇帝的权威，接受公议公愤，把女巫重惩一下。土豹子鲍清泉听完，再看道姑，如此妙龄如此美貌，他就一捋胡须道："这还了得，妖术杀人，该当何罪！那当然重办，是的，那当然是重惩。"打了一个呵欠，喊了一声来呀。外面进来两个乡下男子，说是保正公所的工役也可以，说是鲍清泉公馆的长工也可以，反正公私不分。土豹子鲍清泉命这两个乡下汉，一左一右，把女巫架过来。他自己就往堂屋当中桌旁一坐，颇有点开堂审讯的模样。保正土豹子大摆出官势，口发官腔，命原被告直立在桌案前，却没有下跪。土豹子发话，教公所的贴写，在旁执笔录供，他就讯问起来。

先问地方交案的经过，次问原告鲍金榜，虽然是熟人而且是本家，照例问姓名、年龄、籍贯、职业，随问随录，照例叫原告提出控词。末后问道姑。

这女道姑被两个村丁架着，直直立在案前。这个土豹子土财主当保正，却大摆官谱，这道姑气得直咬牙。然而三太保却低声悄悄哄她："别害怕，你只没有害人，我一定搭救你。他们要过堂审你，你只好好的答，问官就是我们老太爷，你只没有做坏事，我一定想法出脱你。"道姑哼了一声，现在在众目睽睽之下，她也就把土财主当官老爷，好好的恭敬着，心中虽然有气，口头有问必答。于是照例问完了姓氏、籍贯、住处。跟着问：何时来到鲍家塘？因何挟妖术害人？道姑委婉的回答了，还是那话，她没有害人，她只开药方，病人自己死的，她不承认扎针扎死的。恰好鲍金榜讳病讳辱，不敢说自己未出嫁的女儿，是因打胎打针致死，只说女巫妖法害人。倒弄得双方供词同样支离，好好一个女孩子，哪像吃了一点香灰和草药，便断了气。土豹子把惊堂木一拍，说道："你说实话！你到底把鲍换姑怎么治死的？"

土豹子高坐堂皇，大过官瘾，瞪眼呼叱，像煞有介事。道姑似乎一点不畏惧。道姑看出土豹子人虽老，一对眼睛冲着自己，也直冒邪火，口头话尽凶，神色和他儿子一样，有点儿戏。这道姑居然使出女人伎俩，向土豹子哓哓抗辩，振振有词。土豹子干发威，不肯用刑讯。审了好久，没有一点结果。这工夫院外又挤进来七八个人，内有两三个白胡子老人，在鲍家塘也有地位，都是刚才被驱逐的人勾引来的。说是地方拿住一个道姑，保正爷俩只顾跟女巫打牙斗嘴，不肯好好的刑讯。这三两个白胡子，乃是道门中人，自以为维持风化，责有攸归，素日又和土豹子争名争权，这工夫可就闯进来，借事生风，暗中向土豹子捣乱来了。

两个白胡子，内中有一个还算是副保正，有个黑胡子，是退职书吏，这三人长袍马褂进了公所，大声说："鲍大爷，听说我们公所，捉住妖人了？审问的怎样了？"

土豹子不是好惹的人，一见这三个老头儿的神气，早就明白了来意。登时不审了，登时起身让座，略说案情，捋着胡子说："三位来了，很好，我现在正要到肇事场所去验尸，我们一块去吧。"吩咐他的儿子三太保，把女巫押进厢房去，拨人好好监守。

三个绅士同土豹子，和原办地方，原告鲍金榜，一齐出离公所，到鲍金榜家验尸。鲍金榜深以验为耻，曾再三拦阻。向土豹子一口一个老叔叫着："你那孙女儿换姑，还是个没出阁的大姑娘，怎好教她的尸体在青天白日下，裸露检验？"土豹子皱眉，向三个胡子绅士问道："三位，怎么办？验不验？"

三个绅士也诡，齐说道："这是保正的事，我们不敢做主。"土豹子笑了笑道："验是必得验，便是我们不必像件作那样裸尸检验，我们只去看看好了。"

几个人来到鲍金榜家，鲍金娘正呼天抢地的哭，鲍换姑的尸体停在门板上，还没有装敛。土豹子就请三位绅士验尸，那个在道门的白胡子，到了这时，打了退堂鼓。他不肯看死尸，怕惨死的女鬼冲犯了他的道行。他这一说不看，别的绅士也都后退。土豹子冷笑着说："诸位既然来了，怎好不验验？"推这个一把，拉那个一把，正在强拖，鲍金榜进了内宅，把公所来人验尸的话，告诉了鲍金娘。鲍金娘又悲又忿，披头散发跑出来拦验。冲众人大哭大叫："我们姑娘人都死了，你们几位还要验她？还怕她装死不成吗？"

排头土豹子故意退后，教白胡子上前抵挡，白胡子也滑头，眼往别处看，一味假装犯咳嗽，不肯回答。那两个退到土豹子身后，也不答话。土豹子含笑向他们一看，这才越众上前。对鲍金娘说："金嫂子，你放心，我们这是照例公事，不能不验。"回头对鲍金榜说："你是当家人，大主意还是你拿。你若是想经官告状，那就免不了验尸。你若想私了，我可以想法子，不必验尸，把这女巫处置了，就看你的意思怎么样了。"

鲍金榜也拿不定主意。他是既不愿验尸，又不愿轻饶这女巫。鲍金娘也抢着哭天抹泪的说："我们姑娘不愿白死，得教她偿命，验尸可不成，我们是什么人家？一个大姑娘，哪能教仵作们随便的验……那不成，简直不成！"

土豹子微微笑了，对鲍金榜说："金嫂的话只能在这里说，经官动府，可不能由着女人的性子。你到底打算怎么样？"说罢，眼盯着鲍金榜，眼角扫着三个白胡子绅士。可是金榜夫妇到底也没说出所以然来。土豹子也不再挤，一伸腰说道："好罢，这件事交给我办罢，但是，照例的事，总得办一办。"于是进了内室，和地方一同把死尸看了看，土豹子口发嗟叹道："可怜，可恨！"于是验尸的事，因为鲍金娘出头拦验，就这么草草了了完结。

土豹子又问三个绅士："验尸是完了，现在就是惩凶，三位，你说该怎办？"

内中一个绅士，刚说出自己的意见："这应该严惩。"土豹子冷笑道："老兄高见，好极了，就请你一力主持罢。"一个软钉子碰回去了。末后，众议佥同，还是请保正主持公道。土豹子就说："这是妖人，一定该重办，你们诸位擎好罢。我一定严讯，严惩，决不姑宽。"

于是保正和绅士出离了事主家，重往保正公所走。离着公所还远，土豹子就向三个绅士虚让：“不进去坐一会儿吗？”口气冷冷的，其实是不欢迎他们去。那个副保正也很刁钻，反诘道：“我们去是可以的，可是，那不碍着你的事了吗？”土豹子哈哈笑道：“老兄真在行，按说问案审贼，是怕人打扰的，这又不是三堂会审。不过三位是高兴看热闹，那么，现在天气还早，我们先回去吃午饭。吃完午饭，再开审，我再叫人邀三位去。”说着，冲三个绅士拱一拱手，独自回家了，家也就是公所。三个绅士虽然不高兴，却因在地面势力上，敌不过土豹子，也就说着不忿的话，各自回转各自的家。他们全有他们的正业，只能暗中捣鬼，没有常工夫和土豹子对顶，土豹子也就大权独揽，武断乡曲了。

土豹子回转公所，先进内宅用饭。早饭后没事，这才来到前院公所，打算提出女巫来，过堂开心。却是土豹子的令郎三太保，早和道姑胡筠仙，在厢房又说又笑，叙起家常来了。他的父亲要审道姑，他头一个拦住，对他父亲土豹子道：“这个妇人其实犯不了多大的罪，她说她不是女巫，也不会跳神，她只是个自小修行的道姑，常常行好，给人看病罢了。”

父子二人为这道姑，抬起杠来。土豹子一定要重审，三太保却一力主张把道姑放了。父儿两个竟大呼小叫，吵了一顿架。末后还是得过堂，却不再提讯了。土豹子亲到厢房就讯，也不教书记录供，只由土豹子随便盘问。盘问的时间很长，直到午饭时，还没有问完。末后土豹子饿了，就回内宅用饭，叫手下长工，炒了几个鸡蛋，买来一盘肉，作为囚粮，给道姑送了去。土豹子也怕人议论，对人说，这是道姑自己花钱买的，人犯了法，肚子没犯法，何况保正并不是官厅。

道姑就这样拘在保正公馆的前院厢房中，一切自由，有吃有喝，只不准离开地方。对外人说，就是口供还没问完；问完之后，当然依法重办。可是另外还有手续，必须写禀帖，押送官厅。

不过这件事早轰动了鲍家塘，“保正家现时押着一个女巫”，一个传两，两个传三，许多人听见了，都来瞧瞧。这一天保正公所的门限，几乎被当地居民踢破。土豹子发了烦，贴出告条来，禁人无故闯入公所。

午饭后，土豹子衔着烟袋，又到厢房，就讯女巫。信手一推门，门里边闩上了。土豹子怒道：“开开门！”连叫两声，屋里面隐有笑声，旋即有人轻轻走过来，把门开了。土豹子一看，好他的令郎三太保和女巫对面坐着吃饭呢。有酒有肉，还有火腿鹿脯，比他老人家预备的鸡蛋熟肉丰美多了。

土豹子很生气。这两个人见土豹子进来，脸上都有点忸怩不安。三太保更有点失措，那女巫却笑着站起来说：“老当家的，吃完饭了吗？你们这位少当家的，太小心了，总怕我偷着跑了，又怕我行短见，始终在这里盯着我。我不幸打了挂误官司，却又侥幸遇见了善人。老当家的，你真是佛心肠的人，你这少爷更是厚道。”且说且笑，指着桌上的菜，让土豹子吃：“老当家的，喝一点酒吗？”

土豹子本来震怒，尤其是看着他那令郎。他那令郎虽然红着脸，神情中似乎对他父亲贸然闯进来深感不快。低声说：“你老吃完午饭，不是还要睡午觉吗，溜到这里来，干啥？”土豹子骂道：“娘卖皮的，这里有魔鬼，缠住你了，我瞧你今天就拉不动腿了，总在这厢房干啥？你还不出去，找你那玩友去？这是公所的案件，不是我们家的事，你搅在里头干什么？”

三太保骤聆父训，又羞又怒，反唇相讥道：“不是你教我看着的吗？怎么转脸又不认账了？我在这里碍眼，惹厌我躲开这里，还不行吗？教你老一个人问案。”忿然推门出去了。

土豹子鲍清泉纵然老辣，也禁不得老脸发红，骂了一声：“娘卖皮，你这小子是怎么说话！”回头看道姑锜仙，正在那里举着筷子微笑。鲍清泉说：“这小子是个荒唐鬼，我这公所的事，他也来胡乱干预。你不要听他胡扯。你这案子可大可小，全握在我手心里呢，你可明白吗？”

女巫巧笑道："我很明白，这全靠保正行好罢。"一面说话，一面吃饭，又指着酒肉说："保正赏饭，坐下来喝两杯吗？"

保正鲍清泉逡巡欲前，这就要坐在他儿子原坐的地方，与女巫对酌两杯。可是偶一回头，看见窗前有个人影，鲍清泉立刻一绷面孔，站在屋心说道："你快吃饭，人犯法，肚子不犯法。你吃完了，这就问你的口供。你要老老实实的供……"口中搭讪，走到屋门口，推开门扇，往外寻看。

偷看的人并不是他的令郎，乃是公所的夫役。原本受命，教他监视这个道姑，以防偷跑，或畏罪自杀。土豹子这工夫早忘了旧茬了，勃然大怒，申斥夫役："你在这里鬼鬼祟祟的干什么？"夫役要申辩，土豹子不容他开口，一口一个娘卖皮，把这夫役骂得满脸赔笑，倒退着溜出去了。却是刚转脸，就指着土豹子，切齿臭骂："吝刻鬼，摆官架子，早晚遭红事，爷儿俩个一对色迷鬼，什么事瞒得过我！"

土豹子斥退夫役，依然关上厢房门，藉问供向道姑勾搭。一时忘其所以，直到晚饭以前，他还是没出来。他的令郎三太保派别的夫役，几次来窥探，都被土豹子骂回去了。忽然间，三太保用阴谋，通了内线，土豹子的原配鲍老奶，拄着拐杖，骂骂咧咧寻来了。

但是土豹子为一方土豪，到底有两下子，原配鲍老奶刚出内宅，便有人跑到厢房送信。鲍老奶拄着拐杖，刚到二门，土豹子倏然离开了厢房，转到前院公所了。

鲍老奶的嗓音非常尖锐，到厢房摸了一空，冲着道姑连骂几声"迷人精"，然后到前院，大叫老当家的。老当家的装聋作哑，鲍老奶叫骂不休，终于土豹子脸上挂不住，出来了。老两口子犯唇舌，叮叮当当的，同时回了内宅。于是母豹穷诘土豹，土豹当然有一番支吾。

土豹子刚刚被母豹叫走，三太保立刻从跨院钻出来，一溜烟又跑到厢房，替他父亲监管起女巫，盘诘起女巫来了。土豹子父子贪色忘形，竟不理会旁人的冷笑。老的刚走，少的又来。这一天，三太保竟没离开厢房。

转瞬到了晚饭时候，土豹子被母豹唠唠叨叨拴住了，没得出来。三太保越发得意，照样弄来酒食，陪着这杀人犯女巫胡筠仙共饮共餐。直到晚饭后起了更，土豹子才从内宅出来，吩咐公所的人小心看守门户，现在厢房拘着要犯，千万不要疏忽。嘱罢，又派公所服役叫小黄的，到厢房监视女犯。小黄吐舌道："老当家派别人吧，我可不行。"土豹子瞪眼道："你怎么不行？"小黄张了张嘴，说道："我年纪轻，我可不敢看守这个女妖精。"

这么一说，土豹子才把怒容收起来，笑了。于是改派一个有年纪的夫役，叫作老张。老张很是老奸巨滑，老当家的派他，他诺诺的答应；可是他并不到厢房去。一任那个道姑和少当家三太保在屋中说话谈天，他只在外面打幌罢了。

土豹子自己亲自到厢房看了一趟，三太保早已躲开。土豹子向道姑说了几句话："你不要偷跑，不要寻短见，你在我这里拘几天，等着外面风声稍为缓和，我就把你放了。你们小男妇女的，只要不害人，不作怪，我决不会把你重办的。"道姑当然道谢，土豹子看了看门窗，又看了看屋中的物什，遂走出来，把老张叫到面前，低声告诉他："你千万小心，这大概是个女江湖，她总不会畏罪寻死，只怕她得空偷跑。你跟陈三可以分上下班坐夜看守她，可别大意了。江湖上只有女子和僧道最不可测，你们懂不懂？"

老张和陈三一齐答应了，于是土豹子回转内宅，对付母豹去了。

土豹子转身走去，老张和陈三嗤嗤的笑起来。不想两人一回身，小豹三太保鲍天禄已然悄没声的又溜来了。这工夫天色已黑，三太保像鬼似的，一声不响走来，倒把老张等吓了一大跳。幸而没说闲话，没有叫当家听见。可是他贼人胆虚，不由的红了脸，向少东搭讪了几句话："少东上哪儿？少东没出去玩吧?"

三太保毫不理会，反问二人："刚才老当家的又嘀咕什么了？可念道我没有?"二仆回答："老当家没说到你老，只是说这个女巫，是个女江湖，教我们小心看守她。"三太保问："派谁看守?"回答："就是我们俩。"三太保道："哦，派你们俩，你们俩多辛苦吧!"掏出二十串钱，赏给二人，说是："坐夜看犯人，最容易困，给你们这钱打酒喝。"两个人请安谢过。

于是三太保又一头钻进厢房，却是刚打二更，三太保又被三娘子催请进宅。三娘子是听公公说了些闲话，这才出来寻找男人。不过三太保鲍天禄跟他父亲不一样，他并不惧内。三娘子来找，他立刻勃然大怒，跟着三娘子进了内宅，厉声诘问三娘子："你找我干啥?"三娘子赔笑说："天不早了，请你回来，早点歇着。公所里的事，你犯不上管，倒招的公公不高兴。"

三太保越怒，恶狠狠唾了三娘子一脸唾沫，丑言痛诋："不要脸的东西，你也不自己尿泡尿，照照镜子，和老妖精似的，跟我死缠什么!"骂得三娘子十分惭沮，痛哭起来。却被婆婆听见了，先骂儿媳妇无能，不会把男人暖住。又骂儿子："死不要脸，跟你爷一样，我早听说你们公所抓来一个女妖精，你们爷两个可就全走了魂了！呸！爷两个一对色鬼!"

母豹骂土豹子，土豹子念在老夫老妻的面上，又加之以儿大女大，惹不起母豹滚刀死肉缠不休，有时就装聋容让。土豹越忍让，母豹雌威越伸张，所以土豹子近年尽管在鲍家塘成了人物，可也传出去惧内的名声了。其实土豹子只为保持绅士家风，不愿听太太的直脖子怪吵，母豹可就得寸进尺了。但是母豹能跟老头吵，却不能跟儿子吵，儿子是不肯恭听她的唠叨的。母豹的锐声叫骂，刚一开腔，三太保就一瞪眼，一摔帘子，愤然走出内宅，往外面跑。母豹连喊小禄："你上哪里去?"三太保一声不响，如飞的走了。母豹追着喊，骂，鲍天禄只做听不见。气得母豹顿着歪歪扭扭的镰刀脚，回转身来，又骂儿媳。夹枪带棒，由儿子转回儿媳。由儿媳又转到公公身上，老豹鲍清泉也被骂急了，拿起旱烟袋，也走到前院去了。

老豹鲍清泉一生气，就在家中呆不住，在前院坐了一会儿，耳畔畔隐隐听见母豹还在里面吵闹，他就骂了一声，“娘卖皮的！”索性躲到柜上去了。

土豹子的买卖铺子，就离住宅不远。掌柜见老当家含嗔来到；晓得又是闹家务，忙让到后面，特给烫酒，陪着且喝且谈。土豹子不肯说，掌柜当然不敢问。可是七八杯酒下肚之后，土豹子脖颈也粗了，眼珠也红了，话也多了，立刻大骂起“妻不贤，子不孝”，如今的世界太不成话，老娘儿们一味吃醋，年轻的人又死不要脸的贪恋女色。越骂越有劲，酒也越喝越多，舌头却越来越短了。

土豹子虽然骂的是世风不古，掌柜却晓得这是东家的家务事，掌柜就顺着口气应付着，也不肯指实了，只是跟着骂海街，转瞬三更过了，掌柜的因问东家，可是在柜上住一夜吗？土豹子矍然失警道：“不，我还得回去，公所里还押着一个女妖精呢。”于是土豹子说了一车闲话，骂了半夜海街，心头比较松爽了，就晃晃悠悠站起来，叫伙计打灯笼带路，他要回公所回家。

掌柜忙叫一位打更护院的大师傅，背鸟枪，打灯笼，又命一个年轻徒弟，搀扶着老东家。土豹子醉醺醺回家，鲍家塘虽是山村小镇，地方却安谧，可以说夜不闭户，路不拾遗，夜间行路，所怕的只是野狼罢了。三个人走了不大工夫，便到土豹子的本宅庄院之前，大师傅上前敲门，砸了好半晌，庄院中方才出来人，问话开门。

土豹子骂那看门的人：“怎么叫了这半天，才出来？你又睡了是不是？”小陈不敢答话，过来帮着徒弟，搀扶土豹子进内宅。母豹已睡，土豹子的小妾还在里面等候，见老当家的吃醉了，便给倒茶，削梨削萝卜。土豹子吩咐小陈，把大师傅徒弟遣回，街门要上好了，又问小陈，那个女犯人，有人看守没有？小陈低声回答道：“有人看守。”土豹子也不再问，就迷迷糊忽和衣躺在床上了。

却不知怎么一来，他又惊醒。姨太太要给他宽衣服，他反倒坐起来，说是要吐，也没吐出来。又吃了一两个酸梨，坐着发了一回愣，忽吩咐姨太太，把灯笼给点着。姨太太不敢违拗。土豹子接过灯笼，就要到前院去。姨太太忙说："老当家的，你上哪儿去？黑更半夜的，不要受了风。"土豹子冲姨太太一笑，说："我到前边查看查看去。"姨太太也明白了，嗤的冷笑了一声，不再拦劝。土豹子打着灯笼，迈步往外走，忽然又止步，把墙上挂的一把腰刀摘下来，抽刀出鞘，左手掌灯，右手提刀，一径奔前院。

土豹子当然是走去查看厢房被囚羁的那个道姑。他喝的酒很多，此时被风一吹，头脑似乎清醒一些。便走到西厢房阶前。厢房窗户漆黑无光，门扇交掩，屋内似乎传出一种很难听的声音。土豹子心中一动，忙叫了一声老张，听差老张并没在此值应。土豹子骂了一声，约猜着一半，大概他的令郎三太保和道姑滚到一块了吧？

土豹子一步来迟，不禁大怒，忙用手一推门，门扇吱的一响，只推开一个缝，里面没有上闩，似被椅凳之类顶住。土豹子叫了一声，里面寂然没人答应，却隐隐听见哼声。土豹子忽然害起怕来，左手的刀不敢丢下，只将灯笼挂在门环上，腾出手来，再用力推门。猛然一使力，门缝又大了些，突然觉得由屋中冲出来一种恐怖的气氛，迫得他一阵阵头顶发毛。他竟不敢再推门，只大声叫喊老张，又叫小陈，随后更叫小禄，小禄便是他的令郎三太保。

叫了几声，屋中没有回声，他有心叫旁人，不知怎的，又起了一种疑忌。幸而他手中有刀，便一手持刀，一手重举起灯笼，用肘使劲，用肩膀顶门，居然把门顶开了。乍入屋中，观物不明，略一凝神，眼前大木床上，似乎并没有那个道姑。却是后窗大开，直往屋内灌风，屋中还有一种怕人的气息。土豹子大骇，情知出了差错，那道姑必然是跳后窗跑了，土豹子就厉声的再喊叫仆人。

土豹子此时喊的声音很大，而且喊岔了音。听差老张在南屋听见，慌忙跑出来。土豹子见来了人，有了仗胆的，便稍为镇静，和老张一同重返厢房，点起灯火照看，登时发现道姑已经失踪。却在大木床根下，躺着一人，口发微哼。土豹子就知不好，走上前一看，还没看明白，已觉出脚下湿淋淋，似乎是血。不禁叫了一声："不好，伤了人！"

提起灯笼细照，炕下血泊中，正卧的是土豹子的令郎三太保鲍天禄。赤身露体，侧身倒卧着，下半身尽是血，人已昏死过去。土豹子惨叫起来，一霎时，里外全惊动了，值夜的首先进来。几人协力，把赤裸的尸体先抬上木床。跟着女眷们也惊动出来了，忙着救瞭三太保。长工和护宅的把师们，各拿刀枪搜寻那逃走的道姑。

土豹子气得脸发白，眼珠通红，已经验明三太保的伤，只是一刀之苦，被人阉割了。别处也有一两块破伤，都不要紧。只有这阉割处，血流不止，三太保早疼死过去了。而且三太保全身赤露，僵在床下，分明是乘夜跑到道姑被囚禁之所，来找便宜，结果被道姑下了辣手。

三太保已经半死，他的母亲、妻子、姊妹全跑来看，看见一个赤体浴血的人，除了他的母妻，别的女眷全吓得跑回去。他的母亲冲着土豹子大嚷："你怎么坐在那里直喘气，还不快想法救救孩子！"她不知土豹子此时又痛又恨又惊，人已半痴了。幸有别的人，找来止疼药、刀创药，给三太保好歹敷上，用布捆扎了。不便穿衣，给盖上了被，又用童便，冲灌了三黄保蜡丸。鲍老奶奶和三娘子在房守着，好半晌，三太保才呻吟出声来。

下人们打扫地上的血，寻找割掉的肉。居然在地上发现了。大家问三太保，遇见什么事？三太保说不出话，半晌才说出道姑来。土豹子心神略定，这才亲自出去验看道姑逃走的路。

这道姑确是伤了三太保之后，破后窗逃走的，护院的把师们一直搜出去，在西北庄院土围墙上发现一些痕迹。几个把师拿鸟枪，持火把，续往堡外追去。一直追出二三里地，再没有痕迹了。

土豹子见三太保呻吟的声音渐强，知道他苏醒过来，忙凑过了，问他，怎生被害？何时被害？三太保已经能够说话了，横躺在大床上，伤处奇疼无比，不住哎哟。他的母亲守在他左边，他的妻子守在他的右边，他要说，又说不出口，半晌才说：三更以后受的伤，当时昏过去了，也不知自己怎会栽到地上，也不知道姑何时逃走的。他向父亲说，疼的受不住，教他父亲想个法子，给他止疼。而且伤口捆扎不好，依然出血，三太保的脸都惨白了。

土豹子束手无计，鲍家塘是小地方，没有名医，只有一座小药铺，药铺葛先生治病人带开方。土豹子忙叫长工小陈，快去把葛先生请来。

此时天色渐近黎明，长工小陈把葛先生请到，并先说明是外伤硬伤，葛先生就带来一些治伤的药和定痛丹之类。等到见了土豹子，说起三太保下体已被割掉，现时仍然出血；因向葛先生提出包治包好要求，情愿多出钱，但须葛先生写包票。葛先生脸上立刻露出难色，当时也不说什么，只要求先看看病人。三太保仰卧在大木床上，呻吟不已，气息微弱，经土豹子和葛先生把他身上搭的被撩起来，伤处包缠着棉布，已然被血渍透。葛先生刚刚一动，三太保便呻吟起来。好容易解去棉布，露出伤口，葛先生不禁吐舌摇头，忙给重新缠上，向土豹子说出“辞不开方”的话来。

葛先生说得很明白，这不算是刀枪外伤，这必须用阉割太监的灵方妙药才成，我们寻常的外科疡医是治不了的。因为不只要定痛止血，还得通小水，利便溺。一个治疗不得法，便怕创口生肌，弄得小便不通；再不然便化脓腐烂。葛先生不但不敢答应包治，连临时救急止痛，也不敢贸然下手。再者病人受伤过久，失血过多，就使病情没有变化，病人照样有生命的危险。

当时葛先生说出许多为难的话来，土豹子这才害了怕。也不敢再说包治了，收拾起保正的架子，反而向葛先生作揖打躬，说许多好话，求他救命。葛先生只答应给敷药止血，服药止痛，还是请病家另请高明。这种伤病，最好是找阉寺想法儿。可是鲍家塘不是北京城，既没有太监，也没有阉割专家，土豹子央告葛先生代荐名医，葛先生心目中也没有合适的大夫，结果只好派专人进都省，悬重赏访求包治专家。

偏偏三太保遇害的时候，正在夏末秋初，创口化脓，竟陷危笃。后来，接来了一个老太监和一个外科郎中，三太保幸得保住性命，人已转成残废，而且还留下隐疾，和太监们一样的隐疾。这也可以说，是他贪色之报。

这件事轰动了鲍家塘，人人都说这道姑也太毒辣。土豹子不肯吃这大亏，派护院把师，踏访这跳窗逃走的道姑。居然也访着一些形迹，细一追寻，却又没了影，土豹子索性经动了官面。地方官签发文书，拨派干捕到鲍家塘，勘明案情，立即到各处，访拿这连伤二命的人妖道姑。就在同时，由江南也来了几个有名捕快，奉江南总督之命，也来缉捕这个人妖胡筠仙。

这江南来的四个名捕，一听说鲍家塘惨案发生的情形，立刻望风扑来。就在三太保被阉割负重伤的半月内，四个名捕，乔装改扮，来到鲍家塘，请见苦主鲍清泉，细问道姑的年貌。又求见养伤的三太保鲍天禄，问他受害的情形。此时三太保，仗恃家中有钱，聘得外科名医，救治得法，幸保残躯，却是下体已然溃烂生脓。四个名捕直达病榻，细问当日受害的经过。三太保还不肯说，这名捕很在行，问的话一句钉一句，三太保竟没法掩饰。

据三太保说，正与鲍家塘一般猜议无异，是他自己贪色忘害，半夜调戏道姑。道姑佯为顺从，面含怪笑。在三太保手挽道姑，双双登榻欢会，正在自幸奇遇的时候，猝然受了惨害，给了他一刀，而且把他踢下木床。然后狂笑毒骂着，跳窗跑了。三太保立刻痛晕过去，连道姑怎么逃走的，都不知道。只是后来查出后窗洞开，猜出道姑是这样走的罢了，却在后窗框上，留下了一个粉漏子打的蜻蜓记号。

四个名捕问完了当夜情形，领看了粉蜻蜓暗号，彼此示意微笑。跟着又低声盘问三太保："鲍三爷，我们再钉问你一句话，就是这个道姑，据你看，她是个女子，还是个男子？"

三太保一听这话，不由吃惊，连土豹子也惊异道："四位上差，你说这话怎么讲？这个道姑不是女子吗？"父子二人一齐回想当日情形，愣愣的说道："这个道姑并不是旗装，头上留着很长的头发，脚下很小的脚，怎么竟是个男子改扮的吗？"四个捕快相顾笑了，为首的耿头笑道："鲍保正或者弄不清楚，我想鲍三爷总可以追想一下，她实在是个男子，化装道姑，她多少总有破绽。鲍三爷你再细想想！"

其实鲍天禄，就想也想不出来。第一，这道姑语音柔软，不似男子；第二，一双小脚是乡间罕见的，实在是在当时怎么想，也想不出哪点有破绽。其实当时若可以看透她是男子乔装了，三太保就不致于强迫道姑顺从他，反而赚来一刀之苦。而现在，三太保竟因贪色，反而丧失了男根，以至于委顿在床。四个捕快再三向他打听道姑的一切，他到底说不出疑点来，只有从年纪口音上，证明道姑胡筠仙正是他们要缉捕的那个人妖，那个男扮女装的恶贼玉蜻蜓。

当下，四个名捕在鲍宅问不出什么来，也就不多问了。却又到鲍金娘和何寡妇家探问了一回。何家小寡妇被问得羞愧无地自容，若不是婆母劝阻，她几乎自杀。这四个捕快旋由鲍家塘出发，开始了踏访。因为内地像筠仙那样的道姑非常罕见，而且她的长身纤足的形貌，也容易惹人注目，遂在鲍家塘出事后的两个月，四个捕快终于缀上筠仙的踪迹了。而道姑筠仙，其实就是人妖玉蜻蜓的假名。

第八章 玉蜻蜓决斗遭擒

这四个捕快乃是江南安庆府捕盗的名手。一个是叫神眼耿永廉，一个叫石守仁，外号叫石敢当，一个便是有名的盲捕快岳阳的范瞎子，和他的徒弟旗人桂保山。这神眼耿永廉和石敢当，乃是原办捕快，奉命缉拿江南的飞行大盗人妖玉蜻蜓桑林武。桑林武逃到湘鄂交界巨贼独眼龙小杜三那里，官人追到那里，攻破了小杜三的巢穴，擒获了小杜三的副手和小杜三的姘妇白唐氏，一时失神，竟被小杜三漏网。他们赶快放出眼线，续行跟缉，把独眼龙直追到洞庭大盗佝佝张六的势力圈内。佝佝张六手底下竟有二三百的党羽，出没在洞庭湖一带，声势极大。神眼耿永廉等不敢冒昧动手，特请岳阳已经退役的捕快范瞎子帮忙。他们不想拿张六，只想叫张六“开面”，把小杜三和玉蜻蜓交出来便罢。

这时候，范瞎子的两双眼，已经真个全瞎了。耿永廉、石敢当找到范瞎子家内，一口一个师叔叫着，请他出头代办这一案。范瞎子推辞不开，只得答应了。遂打发一个徒弟，找到佝佝张六的好朋友梁先生家，送了一份礼，要求佝佝张六，赏脸见面，有点小事谈一谈。

梁先生是湘阴县的一个村塾塾师，肚里有几部英雄谱，水浒传，响马传。前些年，曾因夏夜闲谈，论到湘江的群盗，别人都痛骂群贼，杀人越货，行为万恶，梁先生却根据梁山泊“替天行道”的说法，盛称佝佝张六“盗亦有道”，乃是当今的草莽豪杰。又说他们原本是好人，只可惜贪官污吏，把这些英雄逼上梁山了。

梁先生这番话，不过自矜独见，自夸博学，乡下人不识字，没有看过水浒传，梁先生就把梁山上的豹子头林冲打虎武松的故事，对众夸说了一回。归结到末后，便说洞庭湖的佝佝张六乃是当今的盗侠。他本是信口胡说，不想言者无意听者有心，在这豆棚瓜架月光之下，聚坐着许多乘凉的乡农，吸烟喝水，放言高论，哪知这黑影中竟有一个夜行人物，坐在人背后偷听。这个偷听的人便是佝佝张六。

纳凉的人谈了一回盗绩，旋又转到别的话头上去。这黑影中的人站起来走了。人们又闲扯了一会儿，挨到三更，暑气全消，人们回家睡觉去了。梁先生也就回转学房，趁着月光，也不点灯，就倒在木床上睡觉。刚刚似睡未睡，忽然听外面啪哒的响了一声。跟着又听见屋顶上有动静。梁先生吓了一跳，不由坐起来，乍着胆子，问了声：“谁呀?”

屋顶上竟有人搭腔，低低的说道：“先生，是我。劳你驾，把门开开吧。”

声音很生疏，梁先生吓傻了，他以为这不是狐仙就是鬼怪。只顾害怕，忘了回答，更不敢开门。可是沉了一会儿，外面声音又道：“先生别怕别嚷，我这就进来!”

忽然窗扇悠悠自开，一个黑影直跳进来。梁先生吓得要喊，那黑影很快的扑到面前，手中一晃，发出火亮。就用这火亮，把桌上油灯点着，然后笑哈哈的说：“梁先生，认得我吧!”

梁先生已知这来的不是狐鬼，定是一个人，当然决不是寻常人。乍着胆子一看，这人穿一身青短打，用青绉包头，提着一个包，身量不很高，举止很矫捷，面目正背着亮，看不很清楚，只两眼灼灼有光。

梁先生有些瞧科，可是他不言语，不敢说。那人笑了笑，把小包放在书桌上，冲梁先生一拱手道，“先生，我就是你刚才提起的那个佝佝张六。佝佝张六是杀人不眨眼的巨盗。”梁先生越发害怕，忙道：“六爷，我可没得罪您，您手下留情！”

张六爷道：“梁先生，这是哪里话，承你看得起我，人前人后，拿我当个人看，我这是来谢你，不是来吓你的。”

佝佝张六带来了酒肉鲜果，意思是想跟梁先生作彻夜之饮，为通宵之谈。可是梁先生骤与这杀人魔王抵面，连话都说不利落，更怎能作宾主酬酌！佝佝张六很世故，见状不可再留，向梁先生又一拱手道：“先生，你不要害怕，我姓张的不是那不懂人事的人，我想跟你交交。我也有一肚皮的牢骚，愿意跟知己叨念叨念。不过今天是初会，我也不多呆，我们改日再谈罢！”

说了一声再谈，陡然起一阵冷风，书塾刚点亮的油灯，突然又灭了。紧跟着窗扇一响，佝佝张六又从窗口走了。梁先生吓的出了一身冷汗，呆了好半晌，心神略定，又听外面没了动静，这才缓缓站起来，敲火把灯再点上。

书桌上放着小包，打开一看，有酒有肉，还有一只烧鸡、一对银杯和一锭银子。

梁先生不敢告诉人，偷偷把这鸡肉白酒都享用了，把银杯和银锭也藏起来。自己自惊目炸的直过了好几天，每到夜晚无人声，只听见外面鸡鸣犬吠，草动风吹，他便疑心佝佝张六又来了。可是佝佝张六直过了半个月，没有再来。

这一天，将到端午节，梁先生上市镇赶集，买了点过节的物品，就手进了一家小饭馆，要自己喝两杯酒。吃一顿犒劳。小饭馆饭客很多，恰好梁先生跟一个赶集客人同挤在一张桌上。梁先生要了一壶酒，一碟熟菜，三十个蒸食。等了一会儿，堂官端上来，却是四样荤菜，两壶酒。梁先生以为送错了，那同坐的人笑道："梁先生你吃罢，没有错，是我叫来的。"

梁先生抬头打量对坐的人，面黑身矮，低头据案，二目迷离，穿一身乡下打扮，说话声音是很爽利。梁先生一时瞠目诧异道："你老兄贵姓？恕我眼拙，不记得了。"那人猛抬头，和梁先生一对眼光，二目灼灼放光，笑说道："梁先生真是贵人多忘事，你可记得前些天，有人请你吃烧鸡，喝酒吗？那就是我，我姓……"低声道："弓长张。"

梁先生吃了一惊，对坐的人又低下头去，两眼又现出睡不醒的迷离呆状了。

"这一定是佝佝张六！"

梁先生吓得张皇失措，也不敢躲，也不敢出声。对坐的客人竟很坦然，举杯敬酒，举箸布菜，冲着梁先生大谈起来。又问梁先生在乡下坐馆，每年收入如何？家中还有什么人？又打听梁先生，最近我们乡下佝佝张六他们闹的很凶，你先生觉得怎么样？

梁先生像罪犯一样，又像身赴阎王宴，纵有美酒肥肉，也忘了馋虫。可是对坐的客人竟很世故，似知道对方胆怯，把那酒连连斟了几杯，再三请梁先生喝。直等到这位塾师接连有七八杯酒入肚，胆子便大了，话也更多了。等到酒足饭饱，梁先生竟把这位张客人当作了酒友，已经将戒惧之心一扫而空了。

张客人从兜肚取出一锭银子，叫来堂官，说道是："这是酒饭钱，剩下的赏你！"站起来，邀着梁先生往外走。梁先生喝酒稍多，又上了几岁年纪，有点走不动了。张客人竟一手搀扶着他，走到闹市，买了许多过节的东西，打做一包。他忽然捏嘴唇，吹了一声呼哨，引得行人侧目，他也不管；昂然的走出镇外，站住了。对梁先生说："先生，你太醉了，你骑驴回去吧！"

梁先生方在谦让，不想旁边已有一个穿短打的汉子，像脚夫又不像脚夫，牵一头小黑驴，立在二人身旁。张客人打一声招呼，那脚夫一声不响，过来把梁先生搀上驴。张客人把刚买的节货交给脚夫道："你好好的把梁先生送回家去……梁先生，这里有一点小意思，请你收下，我们改日再在书房见罢。"

梁先生竟这么被送回家。那脚夫道："梁先生，刚才那是我们头，我们头很愿意跟你交交，你不要害怕，不要多疑，我们决不会毁害好人的。不过你要说话多小心点，别教外人知道才好。我们并不怕，只怕他们腿子们找寻你。"说完，这脚夫一跃上驴，眨眼去远。

梁先生回到家下，打开张客人送的那个包，包中果然有许多过节的食物，另外还有一个小包，内中竟是一大锭银子十串钱。

梁先生又惊又喜，又有点害怕。若说实了，这就是通匪有据，他的娘子看见这些钱和这些东西，也不住盘问："可是学东送的吗?"梁先生说："不是。"又说："你不要乱问了，等我想想。"可是独自想了好半晌，依然是穷书生善财难舍，到底把礼物全收下了。他以为佝佝张六既然赏脸，就该喜纳；如若拒绝，诚恐招恼了这个杀人不眨眼的盗魁，反而更坏。

于是，梁先生在家中，过了一个富裕节，三天以后，他就离家回馆。

自此，梁先生便同佝佝张六交了朋友。每到夜深人静时，梁先生在书房挑灯独酌，忽然听见房顶上瓦响，或者听见轻微的叩扉弹窗之声，那就是佝佝张六来了。不来则已，一来，就有酒有肉，和梁先生山南海北，大谈一阵。有时谈旧说部的盗侠故事，有时谈近时官场的颟顸情形，和绿林跋扈的状况，再不然，便向梁先生打听舆论。大概这佝佝张六，也是中了旧说部的毒，他自己纠众做着杀人越货的营生，却自视不凡，以为自己乃是杀富济贫的侠客。每逢他做了一案，或者帮助了哪一家穷人，他就一定乘夜来找先生，打听附近乡民对他的批评如何。

究其实，佝佝张六在洞庭湖边，已然是出没飘忽，威镇一方，当地的人除了自己人私谈，没有胆敢公然议评他的。偶尔有人骂他，他还不晓得，便被他手下的小喽啰，把骂街的人刺杀了，甚至割舌挖眼，手法非常歹毒。以此，湘湖的人提起了张六，莫不神肃色变，互相告诫，不敢讥评他。甚至夫妻俩在床笫之间，提到了张六，也都立刻捺低声调。比如男的说，喂，听说东庄赵大家，昨天佝佝张六，在他们房顶上走过了。赵大只道是闹毛贼，刚刚喝问了一声，房上人就答了话，先回答："是走道的，"却是高抬贵腿，走上了人家的房顶。跟着便骂："娘卖皮的，少嚷嚷，乖乖的睡觉去。"赵家的人便不敢于出声了。却分明听见房上，人来人往，又听见搬运东西的声音。尤其奇怪的，佝佝张六所到的地方，好像连狗都吓得不敢狂吠。

这样子，佝佝张六和他的党羽，在东庄闹了一个下半夜，转眼天明，人们出来打听，竟听不见谁家被抢或被盗。地面上好像很安静似的。却是过个十天半月，渐渐透出消息，果然是东庄附近某村大户某家被盗了，失去多少箱笼，可是他们只吃哑巴亏，决不敢报官。如果报官，不但追不得贼，拿不住贼，反而被佝佝张六的党羽再来个第二次第三次光顾。

佝佝张六来去飘忽，常常在荒野古庙坟园内聚众。湘江一带，很有些古刹和看官坟的仆户，这些人每每与地面上的光棍勾结着。甚至招娼聚赌，替匪党销赃，当时湘江匪群，竟有许多帮，其行为介在混混和土匪之间。他们也有种种戒条，就是"老鹰不吃巢下食""光棍斗富不斗势，斗财不斗官"。

但是，佝佝张六他们越闹越凶，到底引起了地方官的干涉。有一家调任官眷，行至洞庭湖边，半路宿店遇盗。这位调任官勃然大怒，向店房问出来，湘江响马纵横，又听说张六最为出名，他就到湘阴县正堂上，提名指控张六，县太爷立刻拨派干捕，到洞庭湖一带查缉。

内中有一个年轻精干的捕快，姓周叫周立功。年才三十二三，大高个，手底下很利落，两眼尤其锐利，在本县很做了些露脸的事，因此恃功挟能，气焰很高。这一次奉派缉盗，他独自一人，担当一路，骑着一匹高头大马，带着手叉褥套，大大意意的过来。

捕快周立功仍然报定匪帮斗富不斗官的老例，一直访问到佝佝张六常常出没的地带。这周立功捕头，来到湖边村，往茶馆一坐，精神抖擞，向人兜搭。他向茶客们说："听得本地出名的大盗佝佝张六，是位好汉，很讲外场。我是个外乡人，要想跟他交交，不知他肯见生人不？"

周立功连说了几遍，茶客们全不敢接声。周立功笑道："我又听说，佝佝张六常常白昼出面，也常独自一人出来赶集，大概你们诸位乡里乡亲的，都认识他罢。这个人是怎么一个模样？"

周立功虎背熊腰的坐在那里，大放厥词。忽然茶馆走去一个人，忽又走进一个人。这个进来的人，把周立功打量一眼，悄悄溜出去了。紧跟着又来了一个短小精悍的人，一直走到周立功身边，伸手一拍肩膀道："朋友远来辛苦，是你打听张六爷吗？"

周立功要站起来，那人一按肩膀道，"不要客气，坐下说话。"就坐在周头身旁了。仍然询问周的来意，又问周立功由打哪里来。周立功艺高人胆大，又自恃年轻力足，含笑说道："我在下姓周，是打湘阴县来的，我是久慕佝佝张六爷的大名，要跟他见一见，交一交。"

那个短小汉子道："哦，周爷，是湘阴县来的，要见张六爷。张六爷跟我不是外人，好，我可以给二位做个引线人。你要见他，跟我来罢。"遂代会了茶钱，引领周立功，往郊外走。周立功一点也不怯，牵着马，暗带匕首，一面走，一面很外场的向这短小汉子说些江湖话。并极力勾搭，盼望对方回答。短小汉子一声不响，直走到树林边，站住了，然后说："朋友，你真是要找张六爷吗？"

周立功刚应了一声："是。"这人往前凑一步道："你找他作什吗？"周立功赔笑道："有一桩小事，我打算向张六爷领教。”这人又逼问一句：“到底什么小事，你只管说，外场朋友不必废话。”

周立功想了想，略述来意：“是有一件案子，要跟六爷接头，打算烦你老兄接见，当面谈谈。”这短小汉子忽然笑道，“哦，有案子，……我看你不用找六爷，你找你姥姥去吧！”一弯腰，抽出匕首，唰的一下，照周立功刺去。周立功大骇，连忙招架。可是这短小汉子手法很快，只几下，便刺中周立功的软肋，连刀柄都戮进去，周立功哼了一声，登时殒命。

短小汉子并不把刀拔出来：刀不拔，血不出，立刻架住周立功的尸身，直送入树林，大卸八块，掘坑埋了。这短小汉子立刻骑上周立功的马，重奔回市镇，进了茶馆，大声对人说：“刚才那个姓周的，很够朋友，他大概是湘阴县来的捕快。他现在找他姥姥去了，承他看得起我，把他的马，他的褥套，全送给了我。诸位如有跟他认识的，可以给他送个信，就说他没有找着佝佝张六，由我人厨子接待他了！”

说罢大笑，又坐了一会儿，付了茶钱，一径出去，上马走了。周立功就这么大大咧咧前来送了命。

这人厨子就是佝佝张六的党羽，杀了周立功，跑去向张六报功，张六眉峰一皱，只说了一句话，“你办的太狠点了。”

周立功已死，官府只晓得他是失踪。官府为了访拿张六，仍不断派捕快来踏访。

这一天又到了赶集的日子，时候是正当隆冬。有两个捕快化装私访，来到湖边村。不知怎的，又被佝佝张六的党羽窥破。正当赶集热闹的时候，男妇老幼很多，突然间，听见惊喊喝骂之声，有两个乡下人，从人丛中飞跑。有四五个精悍的汉子，发出暗号来截追。结果，两个乡下人，只跑掉一个，那一个最年轻的被擒了。这就是一个化妆的捕快。

这个捕快结伴来访查佝佝张六，始终不知张六盗群的潜伏所在，只知他忽然而来，忽然而去，围着洞庭湖出没，经用尽方法，找不着他的准巢穴。这两个捕快因知湘阴县，湖边村等处，是张六盗帮常出现的所在，所以才改装前来卧底。不知怎的，又被佝佝张六看出来了，当下把被擒的捕快捆起来，并剥脱了全身衣服，吊在树上，用马鞭重打，问他口供，是谁支使来的。这时天气已然很冷，年轻捕快不用甚打，便已冻得面无人色了。

这时赶集的人也都惊讶骇怪，因为佝佝张六并不骚扰乡邻，大家都围着看。有的妇女不知什么事，也挤进来看，一见是个裸体男子，又惊讶着跑开了。佝佝张六的党羽见状大笑，反把这被擒的捕快押到人多处一面打，一面游街示众。招得许多人哗噪不休，不想却惊动佝佝张六本人了。

佝佝张六到人丛中一看，恰见这裸体捕快，正捆在一家布铺门口的大树下。已然吓得傻了，冻得说不出话来。佝佝张六问明是捕快，看了半晌，眉峰一皱，立刻抢奔肉铺，肉铺案子上有一把明晃晃的刀，他顺手抄起来，说："掌柜的，借用用！"不等回答，拿了就跑到布铺前。

众人大惊，被擒的捕快更吓得怪叫。不想佝佝张六奔过来，向四面一看，突然用刀，割断了绑绳，把捕快解放下来，照臀部踢了一脚，喝道："混小子，还不快逃命！"

这捕快竟赤着身子，拼命的跑出镇外，逃得没影了。镇上的人哗然叫好，佝佝张六把刀还给肉铺，一笑走了，当时这件义释捕快的事，传遍了江湖，人人夸张六软的不欺，硬的不怕，是条好汉。

佝佝张六竟是这样好名。

但佝佝张六的出身，不过是常德府乡下一个放牲口的村童罢了，没念过书，因为穷苦，给当地大户放牛。他天生身手矫健，每每在野地游戏，他能够用蝎子倒爬墙的姿式，由树根爬上树身。当地有见识的人就说，这个孩子天生成贼相，可要小心他。他后来给人扛活做短工，忽一年过节赶集，下赌摊，赌输了，而且输得很不少。他的衣服被褥都折了赌价，乡邻们越发瞧不起他，再不雇用他做工。于是这样一挤，他再没活路了，就溜入了黑道。

好像佝佝张六做小偷不久，便遇上了名师，他便得到异人传授，越发学会了飞檐走壁的技能，而且更精擅胠箧破锁的手段。不论多高的墙，他慢慢走到墙根，只把腰一佝偻，挺劲一耸，便可攀上墙头，用胳臂一跨，就算上去了。

当佝佝张六崛起湘湖时，湘湖本有些草莽豪杰。有的佩服张六年纪轻，功夫好，打算把张六拉进去。不知怎的，张六竟峻拒谢绝，情愿做独行小盗，不肯入成帮盗群。当地土豪有的就生了气，忌妒他，唆使当地盗群和佝佝张六捣乱。张六被逼无奈，有一日跟一个盗魁狭路相逢，激斗起来。张六身手矫捷，苦斗半日，竟把这盗魁刺死。盗群的二当家很钦佩张六的武功，竟与盗伙合议，共推张六为首。张六起初还峻拒，后来有人告诉他，再要推卸，便要化友成仇了，佝佝张六这才答应了。

这一伙盗群也有百十号人，平日恣扰湘东西近邑。等到佝佝张六做了竿子头，他便宣布：第一，老鹰不吃巢下食；第二，宁偷不抢，宁抢富户，不抢行旅。这一帮人真个就改变了作风，由明火强盗，变为成群的夜行人黑钱贼了。

但是佝佝张六虽是黑钱，却很讨厌黑钱二字，他傲然以英雄豪杰自居，他这样偷人抢人，他以为那是替天行道，他本来出身牧童，一个瞎字不识，他只在肚里装着一些小说戏文的英雄好汉罢了。而他结交的文人，又是一个村塾冬烘梁先生，他的杀人越货的行为，反而得到念书人的称扬，弄得佝佝张六很有理的抢人夺人。

佝佝张六起初是独行窃贼，既有骆老六的党羽投托他，又有塾师梁先生的赞扬他；他遂一变而成为出名的大盗，又成为最显赫，声势张大的竿子头。他率领盗帮，沿洞庭湖各处行窃，专好抢富商大贾和土财主。

他现在的做法，是先派踩盘子小伙计，上各处打听油水。打听准了，他自己改妆去复勘，把这家大户的财力和势力看清楚之后，他就带领数十名党羽，乘夜光顾。

第一个翻墙进去的，便是佝佝张六自己，倚仗他天生的飞纵技能，腰背微微一佝偻，便上了房。然后他用极神速的手法，带一个助手，勘清全院，他把箱笼钱柜的锁头，一律打开。值得拿走的，把锁头浮挂上，他们不要的，就把锁放在箱柜里面。然后他用神速的身法，把街门后门全开了。他从房头进院，便从正门出来。很快的告诉大家，如何起赃，如何运赃，他便飘然走了。只留下党羽，和那个助手，由正门进来，搬箱携柜，用不了半个时辰，就把本家的财富一扫而空。

最奇怪的是，他动手时，好像会隐身法，本宅的人竟不知道他光顾。乡村大户多半有看宅护院的打手，有司夜的猛犬，却碍不住佝佝张六的光临。他一来，往往悄悄停停，鸡不叫，狗不咬，没有半点阻挠，便把赃物偷走了。

佝佝张六的做法，纠众像明火，窃物似神偷。因为他不做案则已，作案必挑肥肉，而且手法利落，以此湘湖盗群，顶数他的名望最大，也顶数他惹得官府侧目。

不过，当时朝廷讳盗，尤讳叛逆。像佝佝张六这样啸聚多人，出没窃掠，官府没有一个敢呈报上宪，请兵剿除的。不但不敢称他为盗，也不承认他手下有党羽。迫不得已，偶见公牍，只把他说成鸡鸣狗盗罢了。佝佝张六由于这一点，才能纵横湘湖多少年，而各地响马之多，也都是地方官上下隐讳，才越滋蔓越多，却没有一个地方大吏，敢于禀请大军剿匪清乡的。

这时候，江南省安庆知府楚明伦，是个干吏，他一到任，访出本府地界，也是盗匪出没，杀人越货，愍不畏死。因为府县讳盗，防营通匪，闹得地方很不安，甚至在安庆府城厢外，就发生了白昼放明火，劫当铺，刃伤事主的大案。更有妖贼玉蜻蜓奸掠良家妇女。这楚明伦太守一到任，却毫不姑息，立刻檄调防营，拨派干捕，把当地大盗独眼龙小杜三的巢穴攻破了，但只捉住几个胁从副贼，救出几个肉票，主名大盗独眼龙小杜三和妖贼玉蜻蜓竟没有捉着，小杜三的姘妇白唐氏，当时已经落网，可是不知怎么一模糊，起解时又被她逃跑了，却把别一个匪窟女票顶了缸。

这件事很离奇，后来据人传说，乃是当地防营，按月都拿着小杜三的供奉，遇上事总得有点照应。所以防营刚一奉檄清乡，立刻有人把消息透给杜三爷了。杜三爷是人物，不得不躲一躲，结果本帮积匪一个也没拿着，只留下看票的乡下汉子，给杜三爷打了脱案，还有一位二寨主。和小杜三起过争执的，此次可就失脚了。

独眼龙小杜三，从此在江南站不住脚了，他若再闹，便对不起防营的朋友。小杜三率领党羽，连同玉蜻蜓桑林武，星夜迁场，由江南来到湖南。

防营泄漏盗案的事，瞒不过精明强干的楚明伦太守。无奈防营的统兵大员，乃是旗人，楚太守碰不过他。楚太守无可奈何，一面把本案上详，一面拨派干捕，签下海捕公文，跟踪追缉逃犯，无论如何，也得把独眼龙小杜三、人妖玉蜻蜓抓获归案。

楚太守派出去的捕快，一个叫神眼耿永廉，一个外号叫石敢当的石守仁，此外还有两三个眼线。独眼龙玉蜻蜓率伙盗往湖南跑，耿永廉、石守仁率伙伴，改妆在后面紧盯，一直盯到洞庭湖佝佝张六活动的范围内。独眼龙赖绿林同道的引见，竟和佝佝张六换了帖，两帮订盟互相照应。

那安庆府的捕快神眼耿永廉，泰山石敢当，带人潜入洞庭湖，稍为一捞摸，知道佝佝张六的势力太大。要从佝佝张六掩护下，捕捉小杜三，实非容易，他们是干练的捕役，做事不肯鲁莽，先把各方面有势力的人物都打听明白，知道岳阳名捕范瞎子，在湘湖很吃得开，叫得响。可是范瞎子由打去年，就两只眼全看不见了，现在是他的徒弟旗人桂宝山当差。耿永廉、石守仁，遂人上托人，带重礼，登门拜见范瞎子，一口一个师叔叫着，只说是来瞧瞧，并不说破来意。

范瞎子翻着眼珠子，用手摸那些礼物，哈哈一笑，盘问耿石的来意，“可是冲着小杜三和玉蜻蜓来的吗?”

耿永廉、石守仁不敢装傻，只是作揖打躬。范瞎子再三推翻不掉，遂替石耿二人画计，派一个徒弟，找到佝佝张六的好朋友梁先生家，送了一份礼，要求佝佝张六，赏脸见一见面，有事当面请教。

这梁先生真是个冬烘老夫子，本来他不该答应的事，他居然答应了。他只是贪图便宜，由捕快们出钱，沽酒买肉，择定一天夜晚，在书塾和张六见面。

捕快和剧盗天生仇敌，焉能在筵席相会。梁先生对佝佝张六说，有两位江湖人物，钦慕六爷，要和六爷谈谈。张六爷微微一笑，答应了。

这天夜晚，天色漆黑，梁先生和耿永廉，石守仁摆好了酒筵，静等张六莅临。范瞎子师徒是撮合人，自然也在场。直耗到二更以后，几个人候得倦眠难睁，那佝佝张六仍然未到。耿永廉、石守仁，有点不放心。不时到门口探头，或者窥窗观望。惟有范瞎子，翻着一对白眼，坚坐不动，只和梁先生闲谈。

几个人紧坐在书桌旁，转瞬到三更天了。耿永廉忍不住问："张六爷到底怎么说的？没说明什么时候来吗？"这话是冲梁先生说的，梁先生早急得抓耳挠腮，比耿石二人还着急，红着脸说："他只说今晚必到，没有说准在什么时候到，不过他说一句算一句，从来不失约的。"

刚这么答应了，耗过一会，还是没有来。石守仁也不禁盘问梁先生："到底六爷答应的时候，看样子是勉强，还是乐意？"

正在捣鬼，忽然听见外面驴鸣和铜铃响声，人们哄然立起来道："大概是六爷到了！"有好几个人沉不住气，打算迎出去。石守仁也跟着要出去，被耿永廉拦住，只要他在屋中等。这时候铜铃声和蹄声越来越近，好像奔村庄走来。可又不到跟前来，似乎围着村子来回打圈。梁先生说："这一定是六爷。"他忙出书塾迎上去，摸黑叫了几声。果然发现村口有一人影，骑着牲口。梁先生又叫了一声："六爷！"那人影哼了一声，仿佛冲梁先生直点首。梁先生立刻凑上去。就在这工夫，塾中枯坐的范瞎子忽然发了话，说道："张六爷到了。"众人全站起来，要追踪梁先生往外迎接出去，范瞎子笑道：“你们干什么？六爷已经进来了！”用手一指内间。

内间屋漆黑无灯，却立刻听见一声痰嗽，门帘一动，钻进来的全身黑衣服的佝佝张六。向众人一抱拳，满面春风道：“诸位久等了！”向门口站着的人说：“你们谁费心，快把梁先生请回来罢。”然后向范瞎子抱拳道：“范爷，今天光顾，我很高兴。”又冲耿石二捕快举手道：“二位很辛苦了！”然后，向众人让座，他自己毫不客气，坐在上首第二位了，把第一位让给范瞎子。

范瞎子师徒也满面春风的招待，只有耿石二人免不了要留神打量这名震江湖的大盗。只见这大盗五短身材，一身黑衣，趁着一张黑脸，二目迷离，睫毛很长，一点也不显得威风强悍。当下周旋逊座，众人都不知他是什么时候进来的，令人未免诧异，直向内间探头。张六大笑道：“里面没的有什么，你们还是去一个人，把梁先生叫回来罢。”

说时，梁先生已然走回来了，脸上很露不安。梁先生看见张六已到，张嘴要问，又咽回去了。张六笑道：“梁先生给我们引见引见罢！”于是梁先生按名介绍了，大家落座。耿石二捕把盏敬酒，宾主连尽三杯，该着说话了。佝佝张六拿眼打量范瞎子师徒和耿石二捕，静听他们的说辞，神色上是毫无惧色，也无傲容。耿石二捕要等范瞎子先发话，范瞎子翻着白眼睛，一杯一杯的喝酒，好像不打算开头炮。耿石二捕忍不住了，暗向范瞎子的徒弟桂宝山笑着点头。

这样耗过一会儿，宾主全不先开口，耿石二捕可就急出汗来了，两人你看我，我看你，打算揭开这窘境。耿永廉干咳了一声，亲自给范瞎子斟上一杯酒，低声道：“师叔你把今天这个约会，对六爷说了吧。”石守仁也是眼看着佝佝张六，面冲着范瞎子，赔笑说道：“我们久慕六爷的威名，是江湖上一条好汉，我们早想拜访，不幸我们吃着这六扇门的饭，不敢贸然前来。现在多亏我们范师叔给出头引见，我们今天得瞻虎威真是三生有幸的了。我们还有小小一点意思，……”说到这里，不敢径说下去，便叫道：“我说范师叔，你老别不言语，你老把我们那点小意思，对六爷讲讲罢。”

耿石二捕明点出来了。

范瞎子这个老奸巨猾，脸皮连红也不红，笑说道：“耿爷，你心急什吗？什么事能瞒得过张六爷，何用你说，又何用我说！”白眼一翻，面冲张六道：“六爷别笑话，他们年轻人就是心急，肚子里一点事也装不住。他们可不知道，六爷是何等精明之人，难道就不猜猜你们的来意，会贸然赏脸见你们吗？我说是不是，六爷？”

佝偻张六微微一笑，说道：“二位老爷刚一到这里来，我就知道信了。我也知道二位不是冲我来的，你们紧缀着独眼龙和玉蜻蜓来的。你们这回邀我来，可是要教我做个引线，领你们见见独眼龙吗？”

耿永廉道：“哦，这个，是的。六爷明鉴……”底下的话很不好开口，范瞎子翻了翻白眼，不肯帮一句话。耿石二人全都红头涨脸，不肯也不敢说出；要六爷让个面，容他们动手拿办独眼龙。

可是佝偻张六，看外表那么萎靡不扬，说出话来非常透亮。耿永廉方在嗫嚅，张六便痛快的说了：“二位来意我早明白，今天的聚会，我也知道是为什么设的。索性我们打开窗户说亮话，独眼龙小杜三投奔我来，就是看得起我，我却不能卖了他。既然彼此都是朋友，又有范爷出头，我们可以这么办，我先叫他躲开这里。……”

说到这里，范瞎子把脸一沉道：“六爷！”

佝偻张六不答，接着往下说：“若是躲的法子不好，我还有一法，我可以点明他，教他自己定规某天某日，在某地方，跟耿石二位见面。我决不帮偏手，范爷也不要惊动本地面，只教他们安庆府来的朋友，跟杜桑直接答话；冤有头，债有主，自了自事，范爷你看怎样？”

范瞎子没回答，耿石二人全都面呈难色，立刻凑到瞎子面前，低声嘀咕了一阵。范瞎子只是摇头，最后才有允意。于是耿石二人归座，范瞎子对张六提出一种办法，请张六婉商小杜三和玉蜻蜓，能不能跟去圆案。如果肯去，可叫耿石二人保险他们绝无性命之忧。佝佝张六听了，也不拒绝，只说："这话我不好讲，我只能引见小杜三和耿石二位会面，究竟该怎样交代公事，顾全面子，可以任听他们两方当面对讲。"又道："范爷，我觉得这么办，你我面子上都好看。你和我一样，全算是地主，有的地方不能做得太死了。"停了一停，又重复一句："就这样，我们改日再见罢。"佝佝张六打了一个懒腰，就要往外走，耿石二捕心中着忙，急急站起来叫了一声："六爷！"身子一横，把路一挡。

佝佝张六已走到书塾门口，见状一张目，双眸灼灼放光，低声道："怎么着，你二位不教我走吗？"

耿永廉、石守仁不由往后一退，佝佝张六傲然走出去了。众人一齐往外送，来到村口，范瞎子站住叫道："六爷慢走，我范瞎子跟你说几句话。"

佝佝张六止步道："你说罢。"

范瞎子笑道："我要跟六爷咬咬耳朵。"

两个人在黑影中，低声讲了几句，只听张六说："好吧，范爷的面子，我总得顾。"遂一撮口唇，吱的响了一声。不大工夫，从荒林中奔来几个人影，内中一人牵着一头小黑驴，张六飞身上驴，一抱拳道："再见！"范瞎子忙道："我静听六爷的信！"张六道："好罢！"立刻驱驴如飞，投入荒郊不见了。

耿石二捕吃了一惊，原来佝佝张六并不是匹马单身，前来践约，他在书塾周围下着许多埋伏呢。

直等到张六去远，范瞎子师徒这才把耿石二捕叫进书塾，辞别了梁先生，又道了谢，一齐回转下榻处。

耿石二捕问范瞎子，和张六秘谈的结果怎样。范瞎子笑道："你明天听信罢。"

耿永廉、石守仁很觉为难，范瞎子站起来，要回家。范瞎子的徒弟桂宝山悄悄告诉二捕："我们师傅既然说了，你就擎好罢。他说明天听信，明天一准有信。"

当晚大家出离书塾，全散了。直到次日傍晚，范瞎子果然打发桂宝山来送信，说是佝偻张六答应明天上午，在堤东一带，邀独眼龙和二捕会面，叫二捕务必如期前往。至于三方面会面之后，有什么结果，那就看耿石二捕应付的是否得法了。

这是范瞎子的场面的话，桂宝山秘密告诉二捕，这一会吉凶难测，教二人小心预备，不要吃了暗亏。二捕听罢，忙召集手下人，各各秘带兵刃，暗中布置，表面由耿石二捕空手赴会，实在已经调动了二十多个硬手。

约定的时候是在上午辰牌，众捕盗却于三更后，便分批遣人，化妆溜到堤东，大都是装成乡下耕地人的模样，也有装捕鸟放青的。二十多个人散布开了，约下互相关照的暗号，以便善说不行，可以试着动武。

耿永廉、石守仁耗到五更，方才来到堤东。指定的地点，是在一带荒林坟园附近。二捕直等到天色大亮，细看这地方很荒凉，几乎没有行人。二捕绕林查勘了一遍，只发现自己的埋伏，没寻见半个眼生的人，耿石二人又走到路边等候，直耗到辰牌以后，还不见佝偻张六和独眼龙出面，两个人又不禁疑虑起来，互相观望着说："张六是个人物，不会说了不算吧。"两人正自捣鬼，忽听林后坟园发出一声呼哨，突然从坟园中跳出三个人来，全很面生，一直走到耿石二捕面前，拱手说道："二位早来了，我们三人奉张六爷之命，恭请二位和二位的朋友到坟园那边谈谈。"

耿石二捕不禁诧然，两个人一到堤东，就曾亲到荒林坟园里外，加细查勘过，竟没有看出坟园中有埋伏。耿永廉望着石守仁，石守仁皱眉不语，说实在的，两个人都有点害怕，尤其是这三个人，话语很客气，神气很骄悍，六只眼盯着耿石二捕，脸上带出考较二捕的胆量的意思。见二捕沉默不语，三人又催道："张六爷教我们告诉二位，一切请放心，可以把你们的朋友一块引了去，凡事自有六爷主张，二位千万不要多疑。"

耿永廉知道这话越说得客气，越有吓唬人的意思。耿永廉也是说得出的硬汉，就一拉石守仁说："石伙计，六爷邀咱们，咱们走罢。"二捕暗中带来的人，既被三盗点破，也就不必隐瞒，由石守仁吹胡哨，都唤出来，暗留下四个人在后巡风。其余不到二十个人做一块，跟着三盗往前面走。耿永廉向三盗说场面话，问张六和独眼龙、玉蜻蜓现在何处。三盗一指北方说："就在前面。"石守仁笑道："其实六爷和独眼龙就在此地见面，也没有什么，何必又挪地方？"三盗笑道："前边宽绰，这是独眼龙的意思，他怕你们几位不识相，勾引一大批人来，没的给六爷面子上不好看。"

说着引领众捕役，往北投荒，绕湖堤又走出六七里地，来到另一座大坟园站住。耿永廉看这坟园，四面丛林茂草，地势幽僻，四界立着石碣，上写"吴氏祖茔"。三盗刚引众人，进了丛林小径，便发现树后埋伏着两个农人。彼此一打招呼，穿林深入，直抵坟园前面的"阳宅"。喊了一声，立刻出来七八条大汉，远远叫道："老乔，你把安庆府的上差接来没有？"三盗答道："接来了。"

这些壮汉全是短打扮，一直迎出来，把耿石二捕打量一个够，然后往阳宅里面让。耿石二捕到此不无惴惴怀着戒心，这些壮汉虽然没拿着兵刃，可是自己仍然有入虎穴的感觉。耿永廉一面走，一面给自己人递眼色，又向众壮汉拱手，请教姓名。壮汉们都笑着不回答，都说他们是张六爷的朋友，给你们双方做见证来的，请不要多虑。石守仁也问："六爷现在哪里？"回答说："六爷早来了，诸位请进来罢。"

众壮汉把耿石二捕和带来的下手，一共二十来人，全让到阳宅。只有年轻的四个捕快落后，藏在坟园外面。

这吴家坟地，乃是昔年朝中大官的祖茔，前面有祠堂，有阳宅，那阳宅足有七八间之多，专备后裔女眷上坟落脚之用。

现在荒废了，被当地的土豪借为聚赌之所，现在由佝佝张六转向吴家看坟人借来做会场用。张六的部下把众捕役让到阳宅里面，里面陈设全无，只临时摆着几条长凳，两张方桌，又泡了两大壶茶，摆了几十个粗碗，这就算聚会的场所了。

众壮汉殷勤招待，耿石二捕交待了一番话，便请张六爷和杜三爷出来见面。壮汉笑道："各位稍候，他二位这就到。"

当下耿石二捕在阳宅中坐候，耳听外面人去人来，仿佛人越聚越多，两人不禁有点提心吊胆。他的手下更是发毛，忍不住要探头往外看。旁边相陪的壮汉，只微笑看着，露出看不起的意思，如此耗过了半个时辰，才听见外面一阵喧哗道："六爷、三爷来了。"跟着听见群盗迎接出去的声音，耿石二捕自然也站起来，随同众人迎出阳宅。

果然，由打坟园外面，来了七八个。内中有三个人骑着牲口，为头是佝佝张六，骑着黑驴，后面是一男一女，也骑着黑驴。耿石二捕忙凝神打量这后面的两人，男的头戴大草帽，一身白裤褂，女的打包头，纤足粉面，穿一身蓝衣裳。俱都带着长条形包裹，内中显见是兵刃了。

男女三人来到坟场，立刻下驴。同时又听见一片铜铃声，那岳阳名捕范瞎子，也同着徒弟桂宝山，骑牲口赶到。耿石二捕到此方才一块石头落地，觉得范瞎子一来，无形中多了一层保障。

当下，三方相会，互相逊让着，进了阳宅。落座献茶之后，佝佝张六往当中一站，首先发话。手指范瞎子师徒，和耿石二捕，向那一男一女介绍，说这耿爷就是范爷的师侄。一男一女笑着说："久仰久仰！"跟手张六又引见这一男一女，指着男子说："这位就是独眼龙杜三爷。"这个独眼龙杜三，年约三十多岁，其实并不是一只眼，不过是右眼有毛病，两眼一大一小罢了，说实了，应该叫鸳鸯眼才对。张六引见了，范瞎子立刻拱手道："杜三爷的大名，我是晓得的。今天我们却是初会。"耿石二捕就说："我们弟兄和杜三爷是早就会过面的了。"

彼此点头一笑，就算“对盘”了。

佝佝张六又引见那个蓝衣女子，却说道：“这一位乃是玉蜻蜓雄娘子桑舵主，大概范爷和耿爷、石爷都没见过罢。”

范瞎子也站起来拱拱手道，“我和桑舵主久已慕名，今天更是幸会。”耿石二捕虽是原办，全不知道这玉蜻蜓的来历，更没对过面，因此只好说：“幸会，幸会！久仰，久仰！”忍不住侧目打量这个玉蜻蜓桑舵主。

这玉蜻蜓雄娘子桑舵主，长身玉立，细腰纤足，两只水灵灵的大眼，顾盼动人，修眉粉面，玉貌亭亭，手臂尤其洁白，一到阳宅她便坐下来，一声不响，只打量群捕和范瞎子的举动。耿永廉也是久在六扇门混饭的人了，偷看这桑舵主好久，竟不知她是女子还是男子女妆。他睁着疑惑的眼，转看同伴石守仁，石守仁也是十分诧异，不敢断定这玉蜻蜓的身份，二捕暗想，这个桑舵主，莫非真不是女子吗？莫非真就是那个人妖吗？但决不是小杜三的姘妇，小杜三的姘妇，二捕是早就认识的，而且她也不会武功。这个玉蜻蜓，却分明看出是有本领的人了。

三方引见之后，道罢了寒暄，彼此凝目相对。那佝佝张六首先向范瞎子说：“范爷前日嘱咐我的话，我已经对杜三爷说了。多承三爷看得起我，立刻答应前来践约。现在我这牵线的差事是做过了，就请耿石二位和杜三爷你们面谈罢。”说罢，坐下来，看着耿石二捕，面含谲笑。耿永廉、石守仁忙向范瞎子说：“师叔，我们的难处，决瞒不了道里的朋友，我们大远的来到贵宝地，我敢说决不是来办案。我们只是恳求我们范师叔，转求张六爷，把我们的难处，转达杜三爷。请杜三爷看在面子上，转求桑舵主，给我们想个交官差的法子。但凡我们回去有交待，我们就深感六爷、三爷的盛情了，别的意思，我敢起誓，我们决不敢，也不肯冒犯各位的。”

耿永廉这样表白，小杜三和玉蜻蜓一齐面露鄙夷，佝佝张六站起来抗声道：“你们什么话也不必说了，我都替你们转达过了。杜三爷也晓得各位为难，不好交差。不过杜三爷就凭你们各位几句话，便教他的好朋友桑舵主，跟了你们去打官司，他面子上也不好看。他的意思，是要请你们几位，多少指教两手，教他见识见识，不问输赢，交待完了，他和桑舵主就立刻跟诸位去到案……”

耿永廉变色道：“杜三爷的意思，是要我们弟兄献拙吗?”

张六笑道：“比武乃是俗套子，杜三爷并不是那个意思。刚才他对我说，冲着范瞎子的情面，他情愿让一步，他和玉蜻蜓几位就在这座坟园住下，定在今晚或明晚，诸你们几位前来探园。只要你们几位能够打得进去，又能闯得出来，他们就把兵刃一放，拍胸脯跟你们几位回安庆府投案。若是这两夜，你们攻不进去，或者攻进去，便闯不出来，杜三爷可就不客气，准于第三天夜里，离开此地，另投他处。他这是给范爷留面。他的打算是这样，定而不可移，就听诸位几句话了。”

耿石二捕听罢一愣，独眼龙杜三发话道：“我这是冲着张六爷和范爷的情面，特为摆出这两条道，二位若是不以为然，那么，就在此刻，赏光赐教也可以。”

二捕快打量对手，恨不得现在就上前动手，却又怕佝偻张六横来干预。石守仁冷笑一声，问张六道：“六爷可听见了，杜三爷要我们现在就献丑，我们可是碍着你的面子，你说怎么样?”

佝偻张六仰天大笑，刚要发话，范瞎子立刻一翻白眼珠，抢先答道：“我们全冲着六爷，既然杜三爷答应今明晚，在这坟园赐教，我一定教他们竭力奉陪。不过我只要张六爷一句话，今明晚这两场事，六爷是在旁作证，还是下场帮忙?”

张六笑道：“帮拳或作证，事不在我，我只冲范爷说，范爷你是帮拳呢，还是旁观呢?”

范瞎子冷笑道：“张六爷如果肯袖手旁观，我范瞎子当然闭着眼旁观。六爷要是为朋友拔闯，我瞎子也说不上不算。”

张六哈哈大笑道：“好，咱们一言为定。”

范瞎子也哈哈大笑道："好，我们一言为定。"转脸来，向耿石二捕说："你们听明白了吗？还不过来，谢过六爷三爷？"

耿永廉、石守仁连忙站起来，向张六杜三作揖。然后范瞎子也一抱拳，冲玉蜻蜓桑林武说："桑舵主，也请你今明晚这里候着吧，我一定教他们请教来！"玉蜻蜓雄娘子桑林武始终未说话，到此忽然振开银铃似的喉咙，皱眉说："这位范君我不认识，我只冲耿石二位说。我们是晚上见吧，你们不必再缀我了，今明晚我们好好的把这事交待了就是。"说着，三方面全都站起来，行礼话别，约定当晚或明晚，在坟园相会。

范瞎子、桂宝山师徒，邀着耿石二捕及手下人，先行出离坟园。佝佝张六和独眼龙小杜三、玉蜻蜓雄娘子，率部下数人，送出坟园，便不送了。可是他们也不走，竟扫数重返坟园。耿永廉、石守仁的手下人，禁不住要回头看，竟被范瞎子觉出来，低喝道："你们不要回头，快跟我走。"

当下，群捕回转下处，耿、石二人十分着急，打算请范瞎子一同进城，到湘阴县县衙，投文请兵。范瞎子道："你这主意很糟，你们大概不晓得张六手下的人数，就把防营全调来，也不是他们的对手，就算能把他们打跑，可也捉不住小杜三和玉蜻蜓。"

耿永廉皱眉道："可是就凭我们弟兄，晚上到坟园践约，也不是他们的对手。我们弟兄没有过人的本领，真要去践约，简直是送死。师叔你不给我们想一个十全必胜的办法吗？"

范瞎子很不高兴的笑了一声，说道："你们要是只想拿小杜三、玉蜻蜓归案，今明晚上，我一定替你们想法子。只要不惹佝佝张六，我想我可以把事全担起来。"

耿、石二捕转忧为喜道："师叔要肯出头，我们还不放心么，可是，你老打算怎么办？是不是已替我们暗中邀好帮手了？"

范瞎子不耐烦的说："你就不用嘀咕了，你和你的帮手，趁着时候还早，赶快睡觉养神去罢。今天晚上，你们好好的卖一回气力。”立刻的催他们吃饭，睡觉，别的事不教他们管。

转瞬到了晚晌，耿永廉、石守仁把一应兵刃都备好，却不由得坐立不宁，和手下人这个商量商量，和那个计议计议。范瞎子听见后，发怒道：“你们不用这么蝎蝎螫螫，等到二更天，我瞎子亲身带你们去赴约。”耿、石脸一红，不再言语了。

天色渐黑，范瞎子缓缓立起来，命门徒帮他打扮。这瞎子也换了一身短打扮，带一柄铁尺，一袋暗器，叫大弟子桂宝山给自己带路。到二更刚过，范瞎子说：“走！”

弟子桂宝山也是一身短打，手拿着铁尺，身带绳索，往范瞎子前面一站。范瞎子便左手扶着桂宝山的左肩，右手持铁尺，当先走下去。双目虽然失明，可是桂宝山在前头展开夜行术飞跑，范瞎子扶着弟子的肩头，也照样的飞跑，脚下很稳，和明眼一样，耿永廉、石守仁，依照范瞎子的话，只把手下人挑出六个强干的，紧跟瞎子往北走。由下处到约定的地点，不过十几里，不大工夫便赶到了。范瞎子走到分际，喝命止步，仰起脸来，当空似听似嗅。半晌说，“大概没埋伏，我们往前蹚罢。”

约定的坟园相隔渐近，似乎就在面前不远。范瞎子命众人散开了，俯腰蛇行而进。走出一段路，坟园大门已在面前，范瞎子命桂宝山拢目光往前瞭望。瞭望了一会儿，范瞎子问：“门口有人没有？”回答说：“没有。”又问：“外面有埋伏没有？”回答说：“也没有。”范瞎子便命桂宝山领着他，又命耿、石二捕跟着他，绕着坟园往坟园徐蹭。

相隔愈近，桂宝山依着瞎子的指示，教大家各择树木土岗，作为自己隐形之处。择定，催大家卧下。然后桂宝山邀同耿、石二捕，分别爬上两棵大树，由高处下望坟园内外，范瞎子就立在树下。耿、石二捕竭尽目力，只望见坟园内外漆黑无光，似乎并没有人影出没。

如此耗过一顿饭的工夫，大概时候已到三更了。忽然听见坟园偏西，洞庭湖边，陡然起了一声轻啸。别人都没听出来，只有耿永廉和范瞎子听到了。耿永廉忙寻声望去，范瞎子在树下也促桂宝山寻声察看。跟着轻啸过处，紧北面也似乎浮起了另一种啸声，跟着啸声，又发现湖边似有人影。

当下啸声连起三次，范瞎子道："到了！"教大家留神。也就是转瞬之间，湖边人影直往这边奔来，暗加计算，约有四五个人。耿永廉忙低唤石守仁："点子大概来了，你快叫咱们伙计预备迎上去罢。"石守仁刚要下树，范瞎子喝道："别动！这不是点子，这是找寻点子来的别人。"又道："你们千万不要轻举妄动，一切你们要听我的招呼。"

就在这悄悄嘱告的时候，北面也发现人影，大约也有三四个人，如飞的驰来。两边人影奔凑渐近，低发胡哨，合到一处，似乎谈了几句话，一齐绕奔坟园后面去了。

这拨黑影刚走，范瞎子似已听出暗号，立即催促众捕快，跟踪快上，却不奔园后，一直的投向坟园正门，叩门求进。依然是桂宝山在前，范瞎子在后，斜对门大声喝叫得一句："张六爷，践约的人来了！"叫罢一闪身，催耿、石二捕刚刚上前，突然从门缝黑影中，发出一阵暗器雨。桂宝山带着范瞎子往左一跳，挥铁尺乱打，居然没受伤。耿、石二捕也是一面闪躲，一面招架，把暗器搪开了。

于是，耿永廉、石守仁，率六个精强的帮手，大声报名，奋力往园门闯。暗器雨过去，黑影中跳出四五个大汉，手持利刃，堵门叫道："来的可是耿、石二位吗？"耿永廉、石守仁抢到门口，大声答道："君子人言而有信，正是我二人前来践约。"大汉又问："范爷没有来吗？"范瞎子在门外左厢应声道："我瞎子倒是来了，却不是当事人，乃是做证人来的，我决不动手。"

大汉笑道："范爷够朋友，耿、石二位你请上来吧？"四五个大汉一摆兵刃，拦门不教人进来。耿永廉、石守仁立刻并肩硬上，挥铁尺便攻。双方登时打起来。那六个捕盗助手，也各抡兵刃，伏伺两旁，相助夺门。黑影中打得很凶。耿、石二捕咬牙切齿要卖一手，只十来个回合，当门五个大汉便拦不住了。地方既窄，动手犯挤，五个人反不如耿、石二捕得手。耿永廉对准面前敌人，猛往前一冲，面前敌人似乎受了伤，不由往后一退。石守仁也认准一敌，欺身硬扑，这敌人也不禁往旁一闪，耿、石二捕立刻很快的往前一跳，竟攻入了坟园大栅门。

五个大汉已散复集，尚欲合力把二捕挤退。这时坟园内忽有一人大笑道："耿、石二位很够朋友，弟兄们往后撤，赶快让身。"又叫道："范爷快把耿、石二位陪进来，我们这里恭候了。"

这话一出口，五个大汉齐退，同时坟园中一声暗号，突然的火把灯笼齐明，有十五六个壮汉一手持火把，一手持刀，在坟园甬路两旁列队守候。甬路当中站定一人，原来就是地主人佝佝张六。

于是阻门一战，就此结束。耿、石二捕和六个助手，以及范瞎子师徒，全被张六让进坟园。

耿、石二捕严密戒备着，被佝佝张六带到坟园阳宅后面广场中。广场中本无灯火，却等到主客到达之时，张六捏口唇吹了一声呼哨，那十六个持火把的壮士，立刻从甬路移到广场。那独眼龙小杜三，和玉蜻蜓雄娘子桑林武，也从坟头后面，带着十几个伙盗，各抱刀剑，昂然迎出来。

耿、石二捕一看这阵仗，知道众盗这边人多势大，自己人力太少。范瞎子虽说暗邀的助手已到，看这局面，也须自己人打得差不多，帮手才肯出头。这样一盘算，耿永廉和石守仁并肩而立，急忙向对方递话，自然是先客气几句，随后便要求张六，转告杜、桑二盗："我们情愿单打独斗，领教各位的武学，却不打算仗势欺人，率众群殴。"

佝佝张六还未及发话，那独眼龙小杜三，睁着一对阴阳眼，冷笑道："耿朋友，你就是有本领，赶快施展。别看我们人多，决不会欺你人少，硬来群殴的。可是你也不要明面来比武，暗中调动官军，来截剿我们。"耿石二捕急忙声辩，那佝佝张六和范瞎子拦住双方，一齐答道："我们两人给你们做见证。谁也不许挟众欺敌，谁也不会私设埋伏，暗算对方的。”又说道：“话已讲明，请你几位各挟所学，‘以武会友’好了。”

独眼龙小杜三厉声说了一个“好”，跳过来，抡刀单挑耿永廉。耿永廉连忙一摆铁尺，就要迎敌。张六忙道：“等一等！”遂与范瞎子，把群捕让到左首，把伙盗让到右首，四面由张六的部下，督同十六个壮汉，高举着灯笼火把，圈出一个决斗场。然后说：“杜爷，耿爷，二位全是朋友，你们就是斗，也不要忘了江湖义气。”

捕快耿永廉，巨盗独眼龙齐说道：“对，对，我们先谢谢二位。”这才各提兵刃，客客气气，走下场子。在火把和风灯交辉之下，两人对立着抱定兵器，互相拱手，说得一个“请”字，这才打起来。

独眼龙杜三，力猛刀沉，尽抢先招。刚一对手，他便抡钩刀，照耿永廉“泰山压顶”当头劈来。耿永廉也是个有名的捕快，手底下并不劣。见敌人刀挟劲风砍到，不慌不忙，等到刀临头顶，他这才一闪身，左腿往外一跨，右手铁尺一抡，却不击敌，竟照独眼龙的钩刀刀背猛砸下去。独眼龙赶紧收刀，微退半步，就势发招，照敌人右臂斩去。耿永廉把铁尺一收一架，杜三刀锋一转，却又奔下三路钩来。耿永廉侧转半身，左手一指，右手铁尺照杜三右腕直砍。独眼龙急忙也一闪，叫道：“好哇，全是进手的招数啊！”把钩刀一紧，也采取进手招，照耿永廉左一刀，右一刀，劈个不住。耿永廉抡铁尺，攻守兼施，一连斗过二十余招，独眼龙杜三不觉发怒。想自己也是一方盗魁，现在遇上区区一个捕快，竟战不败他，岂不被佝佝张六耻笑。于是他大喝了一声，陡然改换刀法，钩，砍，抹，刺，挥动如风，一口刀变成一团青光，竟把耿永廉圈住。

这耿永廉虽是名捕，也颇有些武功，无奈独眼龙是强盗，强盗行凶是要拼命的。耿永廉是捕快，捕快一贯的作风，是要活擒要犯归案。因此杜三刀刀皆是毒招狠招，耿永廉却不能拿拼命的招数来狠斗。这一来就要吃亏了，当时被杜三抓住弱点，一味硬拼狠扑，斗过三四十个照面，耿永廉已被牵制得有守无攻。忽然间，独眼龙假装目力不济，故意卖了一个破绽，耿永廉急忙乘虚进攻，横匾铁尺，照敌人一拍，以为这一下可把巨贼拍倒。却不料独眼龙乃是挟诈弄诡，容得铁尺递进来，倏然一伏腰，连人带刀猛进，钩刀竟奔耿永廉软肋扎去。耿永廉要退，已来不及，忙收铁尺招架。只听当的一声，火星乱迸，独眼龙猛然收刀一劈，用十二分力，竟把耿永廉的铁尺砸飞。而且一招得势，毫不容情，第二刀斜切藕，照耿永廉头项削来。耿永廉慌忙伏腰外窜，被杜三赶上前，腾地一腿，踢中大胯。耿永廉哼哧一声，斜身栽倒。独眼龙大喜大叫，赶上一步，举刀就杀。陡然听得耳旁喝道："且慢！"捕快石守仁如飞抱上来，叶底偷桃，用铁尺一架口中说道："杜爷好俊刀法，我来请教。"托梁换柱，架住敌刀，把耿永廉救了。

群盗大欢，群捕大骇。耿永廉惭然立起，垂头退下。石守仁横铁尺上前，和独眼龙就要对招。那一旁恼了玉蜻蜓桑林武，锐声说："讲明一个对一个，不要车轮战，喂！姓石的，我来和你打！"如一阵轻风，扑到石守仁面前，催独眼龙退回去。独眼龙一笑收刀，说："耿爷多指教，多承让。"跳到右首来了。

这玉蜻蜓桑林武，抽二刃青锋剑，上前和石守仁动手。石守仁的武功并不比耿永廉强，却是玉蜻蜓的剑法比独眼龙的刀高超得多，不但招数精熟，而且手法极快。这人妖桑林武依然是女妆，青绢包头，一身蓝色女夜行衣，紧腰巾，跨豹囊，脚下依然莲足纤纤，和对手刚刚一对相，便娇叱一声："看剑！"挥动利剑，嗖嗖嗖，一连三下，既狠又快。石守仁方在打量敌人，一被猝击，慌忙招架。也就是走了五六个照面，这位捕快完全陷在被动地步，只有招架之功，没有还手之力了。但他依然咬牙拼斗，不肯落败。在火把下，二人继续又斗了十数回合，石守仁越发不支。弄到末后，玉蜻蜓娇笑着，竟摆出猫斗鼠的架势来，挥动一片剑光，把石守仁圈住，就想要败退，也退不出来了。

这时候，旁观的耿永廉满脸是汗。十分着急，身在敌人圈内，结局简直不堪设想。用眼神叩问范瞎子，范瞎子翻着白眼，似乎并不着急，范瞎子的门徒桂宝山，却不住东张西望，也好像觉出不利来了。其余捕盗帮手更是惶恐。

场子内，玉蜻蜓越斗越勇，石守仁汗出如浆，简直支持不住。又斗了十几回合，玉蜻蜓忽然发出清脆的笑声道；“得了，姓石的，别不知进退了，躺下歇歇吧。”话才出口，剑又一变，石守仁眼看不得了……陡然间，石守仁往下一败，玉蜻蜓挺剑一追，猛听一惊叫，那石守仁跳一两丈以外，身子摇摇欲倒，那玉蜻蜓窜身追赶，突又跳回来，手按肩头，张皇高叫道：“谁施暗算？讲的一打一，你们怎么放冷箭……”说时，随手从肩头拔下小小一只甩箭。玉蜻蜓张目回望，寻找发箭之人。

却是捕快这一边，人人垂手旁观，分明没有放暗箭，玉蜻蜓不禁骂道：“哪个不要脸的东西，悄没声拿冷箭来射我？给我滚出来……”

佝佝张六，独眼龙杜三，也一齐张目四寻，开口痛骂。却不道骂声还未住，骤如狂风一般，从坟园后，越过了群盗所设的卡子如飞鸟似的，跳进来八九个夜行人物。

这八九个夜行人物，个个飞踪术高妙，个个提一口碧莹莹的宝剑，雁行而进，扑入决斗场。

为首的两人冲独眼龙和玉蜻蜓指了指，厉声喝道：“就是他，杀——”八九个人一齐动手，把杜三和桑林武包围起来。

独眼龙很惶骇，忙叫：“什么人?”来人不答，只挥利剑猛攻。

玉蜻蜓极恐怖，叫了一声：“不好!”要跑已经跑不开，登时被围。

佝佝张六也诧异，抱拳说：“诸位英雄是冲谁来的，请留名!”

那为首的两个夜行人傲然不答，反而抗声诘问：“谁?”

佝佝张六道："在下是洞庭湖佝佝张六，你是……"

为首的人道："哦，张朋友，没有你的事，我们乃是嵩阳剑客，我们要找的是淫贼人妖玉蜻蜓桑林武，和他的无耻的下贱朋友。"又一个女子声口说道："我们只要人妖的脑袋，和他的口供!"说到此，再不发话，剑光霍霍，往独眼龙、玉蜻蜓二人身上，猛烈环攻。

玉蜻蜓如同鼠遇猫，只想夺路逃跑，被嵩阳剑客横波女侠杜若英攻得紧，唰的一剑，首先刺中肩胛。他狂叫一声，急往旁跳，被女侠夏澄光赶过来，抬腿踢倒。二女侠向耿、石二捕叫道："你们快捆。"耿石二捕急忙动手，玉蜻蜓被擒了。

独眼龙瞪着一大一小的眼睛，挥刀拼命，只十几招，被嵩阳剑客了因老尼和灵修道长，双剑盘住，很快的打去兵刃，也活活捉住。

其余独眼龙的同伙群盗，在外潜伏的十几个人，早被嵩阳剑客刺死，就有残余，震于嵩阳的声威，也顿被一赶而散。却把个佝佝张六窘在那里，要斗斗不过，要走太丢人，而且未必走得脱。佝佝张六却是个人物，一看光景，情甘认输，把手中兵刃一丢，双臂一背说："你们把我也捆上。"这时转过来名捕范瞎子忙叫道："这没有张六爷的事，六爷跟我们走吧。"命门人桂宝山，硬把张六拖走。

横波女侠恨极了男扮女装的玉蜻蜓桑林武，持剑向他喝问孽徒张青禾的下落。玉蜻蜓抗颜扬言，"为江湖义气，我不能说，况且我也不晓得。"横波女侠大怒，收剑掏出匕首，要挖瞎玉蜻蜓的一双妙目。了因老尼道："姓桑的，你是要朋友，还是眼珠?"

玉蜻蜓至死也爱惜他的俊俏相貌，长叹一声道："青禾，我顾不得你了。"只得把张青禾现时隐匿之所如实供出。

嵩阳剑客向范瞎子道谢，这一番诱擒玉蜻蜓，全是瞎子秘报的消息。因此范瞎子恳求嵩阳剑客，把大盗独眼龙和淫贼人妖玉蜻蜓，交给他的师侄耿、石二捕解往官府完案，众剑客不能拒绝，慨然允诺，而且派两个剑客，押护犯人起解。然后他们嵩阳群侠立刻依照玉蜻蜓的口供，星夜动身，前往访拿那藏在长沙“海砂帮”的孽子叛徒张青禾。

张青禾终究逃不出嵩阳群侠的搜拿，末后遭擒，押到衡山祝融峰，开坛讯罪，乱刀分尸。他的惨死，就是他心性浮动，受不了淫朋的诱惑。

整理后记

白羽在抗战后期曾搁笔三年，没写武侠小说。本书是他抗战胜利后的首批作品。白羽于1945年“八·一五”日本投降后重新投入报界，任天津《民国日报》（时称M报）、《新时报》（时称X报）编辑、总编辑。1946年夏初内战逐起，白羽愤而辞总编辑，再度笔耕，应民办报纸相邀撰写此书。

本书前四章于1947年6月由上海正新出版社出版，续集四章于同年12月由上海元昌印书馆出版。两集均由上海正气书局总经销。尔后，再无任何版本重版。

本社此次出版，即据正新、元昌两个版本整理的。

白羽武侠小说全集

十一

雄娘子

白羽 著

山西出版传媒集团
北岳文艺出版社 ·太原·

图书在版编目（CIP）数据

雄娘子 / 白羽著. — 太原：北岳文艺出版社，2022.1
（白羽武侠小说全集）
ISBN 978-7-5378-6468-8
Ⅰ. ①雄… Ⅱ. ①白… Ⅲ. ①侠义小说—中国—现代
Ⅳ. ①I246.5

中国版本图书馆CIP数据核字(2021)第215705号

雄娘子

白羽 / 著

出品人
郭文礼

选题策划
孙茜

责任编辑
孙茜

印刷监制
郭勇

封面插画
杨苇

封面设计
阎宏睿

出版发行：山西出版传媒集团·北岳文艺出版社
地　　址：山西省太原市并州南路57号
邮　　编：030012
电　　话：0351-5628696（发行部）　0351-5628688（总编室）
传　　真：0351-5628680
承 印 者：山西人民印刷有限责任公司

开　　本：890mm×1240mm　1/32
总 字 数：5280千字
总 印 张：200.625
版　　次：2022年1月　第1版
印　　次：2022年1月　第1次印刷
书　　号：ISBN 978-7-5378-6468-8
总 定 价：1380.00元（全25册）

采花贼雄娘子张青禾淫犯义母，被逐出师门，流窜民间，恃艺高貌美，态意欺辱良家妇女。武林退隐名镖师黎道朗与儿子黎绍光、女儿黎小霞为护乡里平安，挺身斗贼。不意父子一时言语失和，采花贼乘隙用蒙药掳走小霞。小霞性刚烈，忍辱十余年，携子远走他乡，欲寻贼踪报仇。仇人张青禾自觉罪孽深重，早已遁入空门，又复前来认子。小霞恨怨交加，无以所终……

目录

第一章 车前拦双美 酒楼论人妖

湖南株洲西南，有一个小地方，叫作黎家冲。黎家冲地方住着一位隐居的老武师，名字叫黎道朗，原是南方有名拳师。当黎道朗中年的时候，在岳阳一家镖局做事，镖局字号是长胜记，总镖头朱宏业，年岁已老，他却很佩服黎镖师的武艺，把他倚为左右手。因着黎道朗镖师，不但武功好，而且人缘佳，所交的朋友，各界都有，拉拢既大，在保镖行自然吃得开了。往往有别位镖客，押货出行，沿途发生了事故，得罪了江湖人物，甚至于镖货被劫，经长胜镖局闻耗之后，就派由黎道朗镖师，拿着长胜镖局的名帖，备具拜山的礼物，前往肇事地点，疏通人情，每每地能把失镖和平讨回。以此黎道朗在镖局劳苦功高，一直干了二十来年，已经升为副总镖头，而且加了"人股"。

等到黎道朗镖师五十多岁的时候，本局镖客又因争镖道，和同行起了纠葛，双方镖客竟以武力拼斗起来。临到末了，总镖头朱宏业，仍烦黎道朗前往折中，费了很大的力量，幸得化险为夷，把镖道争回来，却得罪了好几位朋友。黎道朗为此灰

心，觉得同业相争，比起跟绿林道打交道还难，他就暗暗地有了退志。

如此又对付了几年，黎道朗已然五十七岁，并且家成业就，子女长成了，他就向镖局告老乞休。恰好此时他的第一知己好友总镖头朱宏业已然逝世，朱宏业的二弟朱宏道接管镖局，黎道朗决计退股，告老还乡，朱宏道自是恳切挽留。无如黎道朗去志已决，又耽搁了一个多月，到底算清股款，退出镖局。那朱宏道自然依礼馈赠，又排筵欢送。黎道朗便这样善退了。

黎道朗老不歇心，回转黎家冲，拿出钱来，开了一座酒楼，又在店铺后面，铺着把式场，照样授徒传艺。这时候，黎道朗的一子一女，早已长成。长子黎绍光，幼承父学，善使单刀铁拐，年已二十七八岁，生得长身量，重眉毛，两肩甚阔，十分雄壮；次女黎小霞，年已十八，至今未嫁，也生得长身玉立，气度英爽，颇有英雄气概，善使双刀，又精暗器，却恪守闺训，从不在外面炫才。外面的事，和酒楼的营业，都由黎绍光主持，老当家的黎道朗只和门徒们在酒楼后面练武场，督促门徒习艺，也不过是一半结习难忘，一半随意消遣罢了。

这一日，夏末秋初，宝泉居酒楼（就是黎家新开的那一号），当未申之交，正是午饭已过，晚饭未到，酒楼饭座空虚无人。少掌柜黎绍光也觉得闷闷无聊，便推楼窗，往外闲眺。酒楼对面小巷，住着一家姓张的读书人，家中人口恰与黎家一样，也是一个老头儿，守着一子一女，老婆儿早死了，不过张老者不甘寂寞，新续弦娶了一个二十七八岁的老处女姓王。这老处女大概是因为婚姻不遂，芳春虚度过去了，现在虽然出了嫁，给张老头做了填房，她却被环境激迫，脾气很怪。而且张老者不比黎武师，那是一个身体很弱的老头子了，与这张王氏年貌既不相当，这老处女做填房就郁郁不乐，每每地好生闷气，闹小性，跟这前室之女张家姑娘闹着别扭，连儿媳妇也跟她不和。所幸张门乃诗礼之家，虽然娶了这么一个幽怨乖僻的继室，大体上尚能相安于室，不过不甚融洽罢了。

张姑娘今年十九岁，小名桂枝，从前和黎小霞，乃是闺房良伴。自从张家继室过门，黎小姐看出这张王氏撇嘴咧嘴的怪脾气，就渐渐跟她们疏远了，而且黎小姐年岁也大了，也不便串门子了。

张家的大少爷叫张金铉，和黎绍光又都是本街上出头露脸的人物，女眷虽不常走动，男子照样往来。街面上每有公益的事，多是黎绍光和张金铉出头，所以，黎家和张家不但是近邻，而且是通家之好。

这天午后，黎绍光在酒楼清静的时候，对窗闲看，恰望到张宅的门口，门口只有一个小贩。放着鲜果挑子，有一两个小孩，围着果挑买零食。还并没有怎么，黎绍光只是漫不经心地闲看罢了，心上空空洞洞的。忽然间，由大街抬来两乘小轿，跟着一辆轿车，直开进小巷张宅，便停住了，一个听差，一个女仆，先从车上下来，过来到轿旁服侍，轿帘一挑，先下来十六七岁一个少女，衣裙富丽，是大家闺秀模样；黎绍光并不认识，大概猜想，许是张宅的亲戚眷属了。第二乘小轿下来的，恰是张家桂枝小姐，两位小姐由女仆跟随，都进宅去了。听差先进去一趟，随后拿出钱来，把小轿和轿车全打发走了。于是哐啷一声，张宅的朱红大门交掩，小巷除了果挑，又寂静无人了。

少掌柜黎绍光在酒楼上，看了个清清楚楚，想这大概是张桂枝到亡故的母亲的外家去了，这是刚回来，但不知同来的少女又是何人。心头微一作念，随后也就丢在脑后，把眼光一放，更望到远处。远处是镇外农田，一片青苍，被片片林木遮掩，黎绍光看了一会儿，又放眼往下看，恰好又注视到小巷张宅门前，这工夫，忽有一穿长衫、戴大草帽的少年，从大街穿过，一直进小巷，到张宅门首停住。片刻之间，围着张宅绕了两圈，末后就到果挑前边，似乎也买果子吃，又似乎正和果挑小贩搭讪着说话。这个少年忽然回头往身后望了一眼，从身上掏钱，买了两大捧果子，分给挑子旁的孩童，一面凑合着，跟小孩攀谈。

少掌柜黎绍光是个行家，一见这情形，心中一动，自己问自己："这个家伙是做什么的？看光景分明是刺探什么。他是私访的六扇门，还是拾买卖采盘的黑道朋友呢？"不过这少年穿着打扮，类似书生，又不很像黑道上挖窟窿、跳墙头的合字。黎绍光心中滋疑，不觉得尽力注目下望，只可惜相隔较远，看不十分仔细，更看不出这少年跟小贩讲什么话。

但是黎家冲这个市镇，因是黎镖师故乡，一向地面很安宁，巨盗关照情面，不肯来打搅，小贼惧怕威名，更不敢来闯祸。黎家冲可以说这些年，没有发生过盗案窃案。而张宅又是书香人家，不会犯法被官人查访的。邻舍也都是良懦之民，黎绍光这样想，便又释然，不再窥看了。他就转过脸，往别处眺望。

过了一会儿，那少年生客还未走，黎绍光不禁回过头来，再往下看。那个少年竟又买了许多果子，靠张宅大门，坐在小贩的凳上，且吃且问，谈个不休，把果核果皮丢了一地。忽然间张宅大门开了，出来一个听差模样的人，似乎嫌门前弄脏，冲那小贩指手画脚，似在谴责，想是话头伤了那个少年客，少年客突然立起身来，和听差对吵，而且把一堆果子（似乎是瓜子、落花生），都撒在地上，态度很傲慢。听差也不服气，两人竟要动手，被小贩作揖打躬地劝开了。

随后便是听差哓哓地进了宅，拿出扫帚来，那小贩抢过去，接了扫帚，代为清除果核。那少年立在门旁，似乎也消气，等到小贩把地扫干净，听差接过扫把进了宅，关上街门，小贩也挑起筐来走开，那少年也就不再逗留，转身出离小巷，转弯抹角不见了。

黎绍光把这一台吵街小戏看完，以为这少年穿着虽整洁，大概还是个光棍泥腿罢了，只是气度又不大像，正在揣摸着，身后一阵楼梯响，上来两人，回头一看，前行的是一个戴大帽的长衫少年，和刚才吵街的生客模样相似，后行的便是本酒楼的堂倌了。

这少年生客上得酒楼，往四面一看，只有他一个座客，他

立刻面露笑容，略一踟蹰，一直向临街窗前的座位，择一个座头，恰好望得见对面小巷，摘帽子坐下了。堂倌上前，问客人要什么酒菜，这客人说道："先泡一壶茶，酒饭随后再叫，时候离吃饭还早，我要在这里等候朋友。"堂倌答应着，下楼去了。

少年生客就座四顾，侧目看看少掌柜黎绍光，略一注意，旋即回过头来，临窗外望，意态很是消闲。少掌柜黎绍光，暗暗打量这个生客，已然断定这一定是在对巷张宅门前打晃的少年，这少年的行止很觉可疑，黎绍光就坐在隔桌，暗中琢磨这个少年，并要看他以后的举动。过了一会儿，堂倌给打来净面水，泡好了茶，这少年慢慢喝茶，两只眼依然往对巷看。

少年客守着茶壶，竟喝了半个时辰，被堂倌连问数次，他这才点菜、要酒，一面缓斟低啜，一面伸着颈子，往窗外望着，还是窥看那对巷张宅。这种举动，引得少掌柜黎绍光越发不肯离开地方，在旁桌尽量冷眼打量这个少年。只从表面看，这少年潇洒昂藏，颇有豪气，似乎不与平常百姓相类。黎绍光更打量他的身手，觉得手掌颇大，青筋微露，与那白皙的面庞不类，这很像一个会武的人，却又没有拳师、镖客的粗率气。黎绍光暗想，这个人多半是独行客，江湖人物，可又有些稚气，近来株洲一郡，连传离奇盗案，莫非就与此人有关吗？心中猜疑，更想仔细察看少年客的眼神和气度，黎绍光便离开旁桌，闲闲地转到少年对面的酒座那边，坐下了，慢慢地窥察。这少年也抬头看了黎绍光一眼，似乎毫不理会，仍然独乐其乐地饮酒闲望。忽然间，少年似有所见，身躯一挺，目露光芒，又扭头看了黎绍光一眼，收回眼光，低下头吃菜，黎绍光被他这一看，心中微动，这少年客的眼可有点厉害。

当下，黎绍光越发觉得少年客孤踪可怪，少年客依然是旁若无人，不觉得耗过了一个时辰，黎绍光心中微笑："我这黎家冲里，好久没有闹过贼了，莫非今天真要有事？莫非真是对巷张秀才家，谩藏诲盗，勾来了歹人不成吗？这个，我父子可不能不管。"黎绍光虽然这样猜，心上还是不肯相信，暗中

又想："且看一看这少年客是否有同伙，在这里订约相会。……不过，这少年眉目清秀，相貌不俗，又未必准是歹人。"黎绍光面对一个异样的生客，未免想入非非，有些个胡思乱猜了。

但等到又耗过半个时辰，已到了晚饭时光，渐渐到上饭座的时候了，于是一阵楼梯响，从下面上来了三个客人，其中有一位是本地商人，和黎绍光还认识，黎绍光忙过来打招呼。那商人对黎绍光说，是与同行借这酒楼，宴请一个远来的商贩。当下寒暄过了，三个客人落座，那商人还请黎绍光入座，黎绍光当然谢绝了。

三个酒客就坐在少年生客的隔桌，先是分宾主让座位，次是点菜叫酒，乱了一大阵，方才坐定饮酒。三个客人说的全是买卖交易，随后三杯入肚，又谈到别的闲话上。大概那首座客人是个外江贩货客人，话引话很谈了一些"行路难""路劫多"的江湖艰险。那个陪客，又说近年地面上不靖，不但出门难，便是在家做生意也是不易。头一宗是官面的骚扰，和土棍的捣乱，全使得商人没法子安生。

如此谈下去，这三个座客竟由生意经，扯到江湖道了。三个人旋即骂起车船店脚，勾结会帮，种种刁难，比开黑店还霸道。跟着又讲起近数月来的盗案。某商某人路遇拦江贼，弄得船货皆空，只侥幸逃回性命。某商某行雇了镖客，想不到半路上遇见挖店的小贼。说来说去，竟讲到近日吏治废弛、绿营黑暗，才弄到三江五湖群盗如毛。

黎绍光在旁听得暗笑，这些买卖人谩骂盗贼，固然是言者无心，只恐怕闻者有意。黎绍光就用冷眼偷窥少年客：少年客似乎不甚理会，只抬头往这边瞥了一眼。忽然间，那边座客又谈起了人妖和采花贼，上首客人就大骂起新近株洲发生一件事。说是有个男扮女装的贼，到处诱骗良家妇女，既破害了人家妻室，又劫女子的珍饰，实在是万恶滔天。那个陪客就说："这样的妖贼，既然是男扮女，想必是生得很俊俏，一准不是正经绿林好汉，多一半是戏班中的旦角，或者竟是武旦，若不

然，他怎会有很好武功。男扮女装的妖人，脚下也是莲步姗姗，头上也蓄着长发，言笑举动和女子无异。只等到采花作案时，才知他是男子，这样看来，好人哪里肯装扮女人的，这一定是个像姑娈童之流。”

座上客说到这里，全都笑了。那个做主人的就指着陪客笑道：“我们四爷，就素好男色，你要是遇上这么一个雄娘子，你准乐了。”三个人说着全笑了。那上首客又说：“据我猜想，这个男扮女的妖贼，也许就是什么地方大盗的男宠。既然是女子打扮，又有这么厉害的夜行功夫，他准是大盗的娈童，从他孤老那里，学来的能耐。”那做主人的就大笑道：“有你这么一猜，大概是这样的。”又看看那陪客说：“四爷你不是挑识过四喜班的胡彩云吗？胡彩云就天生的跟女人一样，他的武把子又好，你问问他，会上房不会？”陪客笑道：“胡彩云只是个花旦，他再不会当强盗。”主人道：“他可是比女人还风骚呢。”上首客笑道：“所以四爷就教他一个小兔蛋，迷的连家都不顾了。”

于是，这三个座客就大谈起人妖和男旦，又提到采花贼，座上客笑道：“这个男扮女的采花贼，也许会碰见男子。像他这么闹法，倘有一天碰上一个武功很硬的男子，把他竟当女子活捉住，他也就采不了花，还要被采花吧。”主人道：“那可是没准的事，他只顾玷污人家的妇女，他自己也许免不了一报还一报，当下被人捉住，竟拿他当女人……”

正说得兴头上，猛听砰的一声，又哗啦一响。三个客人吃了一惊，忙回头寻望，只见那隔座的少年客，把饭桌拍得山响，大骂起来。三位座客不知哪里的事，正瞠目不解，酒楼的堂倌忙跑到少年客面前，抄着手很客气地问：“客爷，是你……你还要什么不要？”

少年客怒睁二目，望着隔座，半晌才说：“混账东西，你们这买卖怎么开的？这是吃饭的地方，怎的满嘴喷粪！天生不长眼珠子的下贱坯子，你们一家子全是像姑，你们一家子全是

兔蛋！”一片大骂，把堂倌骂得翻白眼，不知所谓。那边的黎绍光早已望出棱缝来了，可是他把怒火一按，一声不响，只冲堂倌施了一个眼色。堂倌依然和颜悦色，向这少年客极力敷衍，低声下气地问：“是不是要热酒？是不是还要别的菜？”少年客含嗔不语，仍然斜瞪着隔座，似乎隔座三个客人只一搭腔，这少年便要向他们挑隙。隔座这三个买卖人却觉得少年客无端发怒，又跟自己不认识，觉得他不会骂到自己头上，主客三人扭头观望着，都愣住了。俄延了一会儿，便没人拾这个碴，仍然扭转头去，照旧传杯欢饮，照旧谈自己的话。

不过那个请客的主人，心意也有点不对劲，疑心这少年指桑骂槐，也许骂的是自己。只是天底下断没有拾骂的人，“我却不理他，我还是谈我们的。”眼望着那个陪客，重提前话，那个陪客也自己会意，两个人咬定了男扮女的采花贼，越发恶骂起来，什么兔蛋、娈童、像姑、男妓，越说越丑。一面骂，一面侧目看着隔座少年，心想：“这小子莫非也是个兔蛋，我们闲谈，骂着他了不成？他还真敢答声不成？我偏要骂，看看到底谁拾骂。”

这个请客的商人，自问应付的招儿很阴，又自恃是本乡有地位的人，同座的人数又多，料到少年客人单势孤，不会接明吵。他就一面骂，一面冲那陪客施眼色，两人含着恶意地笑。他们万想不到这个少年早已怒满胸膛，到此再忍不住了，把桌子一拍，站起身来，面向三客喝道：“你们三个东西，是在这里吃饭，是在这里骂街？呔，我问的是你！”

请客的商人见少年红着脸，瞪着眼发威，他就傲然地把身子往椅背上一仰，冷笑道：“你是干什么的？我跟你不认识，你问不着我！”少年越怒道：“我偏要问你，我不是干什么的，我就不许你们三个东西，在这里胡言乱语，脏了太爷的耳朵！”

这商人不识起倒，还拿着惫懒的神气，向少年说：“我们是骂臭贼，骂男扮女的像姑，我们没有骂你呀！这可真是怪道。”转脸对同座笑道：“我们骂兔蛋子，竟有人挑了眼，好像

骂了他似的，难道说人还有自认是当像姑的不成吗？”

他还在说便宜话，少年早已玉面泛红，顺手抄起碟子，骂一声：“满口喷粪的东西，大爷今天要教训教训你！”两个瓷碟脱手飞来，这商人哎哟一声，起身要闪，不知怎的身子反溜到桌子底下，碟子正打在椅子背上，顿时粉碎。少年客跳过来，抡拳就打，那个商人竟夹在桌椅当中，动转不得。那个陪客和上首客一齐喊骂，站起来要帮拳动手。眼瞧这酒楼就要受池鱼之殃，那边旁观的掌柜黎绍光再也耐不下去了，忙走到少年背后，叫了一声：“客官且慢！”这工夫，少年把那陪客捣了一拳，推到一边。那上首客才绕桌子转过来，竟吓得举着拳头空嚷，这个宴客的主人好容易从桌椅夹缝钻出来，头顶后背，连挨了少年三四拳，弄了一身菜汁，这时就疯了似的，扑上来抓打少年。少年只一伸手，便扣住商人的手腕，一带一推，又把他推倒在椅子上，竟把椅子连人都推倒在地。少年又一转身，来揪打那个陪客。黎绍光这才迫不得已，把少年胳臂一架，说道：“客官，请不要动手！”

那个跑堂的也早过来，伸手扶搀那个挨打的商人，商人怒极，竟挣扎着，要跟少年撞头。少年忙把胳臂一挣，竟不料他的胳臂被黎绍光架住，仓促没有夺出来。少年暗吃一惊，努力一挣，伸左手照黎绍光手臂上一切，黎绍光用左手一穿，把少年两臂全架住了。然后轻轻一送，把少年客推送出两三步外，离开了三酒客，然后微微赔笑说道：“客官请息怒！客官看在我的面上，请息怒！”于是松了手，把身子横遮住。

这工夫，堂倌们也已劝住了三酒客，三客依然哓哓叫嚣，兔长兔短地骂，少年客更是愧愤。等到松开手脚，回身凝眸，打量黎绍光，黎绍光满脸是笑，不住地打躬。这少年客要变脸打黎绍光，却是他看出黎绍光的体态神情，似不易与，暗想：“这是个行家！”心中仍很不忿，抗声道：“你要替他们拔闯吗？”黎绍光拱手笑道：“客官你误会了！这小酒馆就是在下开的，凡是顾客，都是我在下的衣食父母，如果酒言醉语，吵闹

起来，我在下一定要舍死忘生地劝解，我不敢偏向一方。”很客气地站在少年客面前，左一个揖，右一个揖，似乎赔礼，恰好把邻座三客挡住了，叫他们双方都没法往一块凑。

少年客气势虎虎，怒目不语。那邻座三个客人有点不识起倒，此时有了人劝，三个人捋袖子，伸胳臂，喊骂不休，仗恃着三打一，要扑过来群殴这少年客；堂倌们竟拦阻不住，眼看两边又要挤到一块。少掌柜黎绍光胸中冒火，赶忙回身，伸双臂，把三酒客拦住，口中连说：“别打！”急急向那做主人的酒客再三示意，又高声说：“你动不得手，快消消气吧，回头我对你说！”

此时酒楼下的人也已听见喧闹，跑上来几个人。内中一位司账和堂倌们，都过来劝架，黎绍光授意司账，把三个酒客劝到别间，单留下少年客，由黎绍光对付。

这少年客已经看出黎绍光目露英光，膀阔腰细，两手粗筋暴露，像个身有功夫的人。他就忽然收拾起怒气，见座无他人，满面佯笑，向黎绍光拱手道：“我谢谢阁下，若不是阁下劝架，刚才我一时鲁莽，就打出是非来！这实怨我沉不住气，可是刚才那三个畜生，也真混账，也许你们这个地方，时兴这一套，偏拿脏事当众抖搂，我是外乡人，耳朵有点装不下去……”

这话其中带刺，似乎连黎绍光也捎带上似的。黎绍光虽然是镖师家风，做了多日生意，比较的躁释矜平，一任少年客恶言诋斥，他只赔笑劝解，又招呼堂倌：“这位客官的酒凉了，快给重烫。”客客气气请少年入座，自己在旁相陪，一味顺着少年的口气说，果然把少年的怒气和敌意全化解了。然后黎绍光假做无意，淡淡地向少年请教姓名，打听职业，何时来到黎家冲，有何贵干？

黎绍光问的口气尽管平淡，少年客不是傻瓜。只是说自己姓张，到黎家冲，乃是路过，要在此地会个朋友，别的话一点问不出来。黎绍光正觉失望，少年客忽然手指临窗对面的小巷，问道：“黎掌柜，我跟你打听打听，这小巷这对大门，可

是姓张吗？他家可是个秀才，家里有个年轻姑娘吗？”

黎绍光顺手往外一看，顿时恍然了：“这小子果然是冲张家姑娘来的！好哇，瞎了眼的东西，真敢到我们黎家冲来踩盘子，哈哈！”扭转头来，再望少年客，少年客正在盯着自己，想必是自己动了感情，脸上变色了，忙按下心头火，赔笑说道：“你老问的是朱红大门那一家吗？不错，他家正姓张，倒也是个秀才，家中倒也有个没出阁的姑娘。不过他们家乃是世代书香，在本地很有势力，听说他家至今还雇有护院的武师呢，他们家是一大户，人口必多，可以说是我们黎家冲首户，有名叫作张大户。”他就一半恶作剧，一半叙实，把张家大大形容了一番。又说到张宅的护宅武师，功夫很强，上年曾经捉住挖房洞的小匪，几乎被他们打折了腿。那少年客漫不措意地听着，似乎也知黎绍光言中有物，想要开口和黎绍光抬杠，不知怎的，张了张嘴，又不言语了，也不再问了。

这少年客喝完残酒，就叫跑堂的拿饭来匆匆吃罢饭，算还饭账，向黎绍光拱了拱手，下楼而去。黎绍光暗想，这东西一定不是好人，只怕我的话未必能把他震住。遂又到楼窗前，往下看了看，已不见那少年徘徊，遂又到那三个酒客那里，敷衍一阵。这时已到晚饭时候，饭座越来越多，黎绍光便信步下楼，到楼下去了。转瞬天黑，万家灯火齐明，黎绍光预备回家，刚出酒楼，突又跟那少年碰上，少年客想是又到这吃夜饭来了，黎绍光暗嘱堂倌，留神少年的举动，他自己一径回家，找他父亲商量此事。

老镖师黎道朗正在家中饭后闲坐，女儿黎小霞自在闺中刺绣。黎绍光一到上房，见了父母，便问：“妹妹呢？”黎老太太说：“她在厢房呢。”黎绍光便叫婢女快把小姐请来。

黎老镖师看出儿子的举动，有些奇怪，遂问道：“什么事？我看你脸上神气，好像有事，你找你妹妹做甚？”黎绍光做出淡漠的样子来，赔笑道：“没有什么事，只是今天在酒楼上，遇见了一个外来客，好像绿林人物，冲着张秀才家来的，我打

算对父亲讲一讲，把妹妹叫来，叫她也听听。”黎老太太不禁失笑：“张家就算闹贼，有你妹妹什么事？真格的，你要教你妹妹施展武艺，出去拿贼吗？”

黎绍光也笑了，说道：“我只是叫妹妹听听，好让她也长一点见识。”谈话时，黎小霞姑娘已被使女请来了，挨着母亲坐下，向黎绍光问道：“哥哥是叫我吗？”

这工夫，黎绍光已有些后悔，这话似乎不该当着母亲说，母亲是最不喜欢儿女谈论江湖上的事的，对待女儿，更是严加管束，不准她拿刀动剑，以女侠自命的。不过黎老镖师又喜欢女儿聪明，愿意把家传拳技传给女儿，说是可以健身、可以御侮，学会了拳，没有什么害处的，何况我们又不叫女儿出头露面，不打算跑马卖解，这有什么相干；而且，黎小霞姑娘和她哥哥相差不多，当年黎老镖师教给儿子练拳脚、练兵刃时，为了试招的方便，便将女儿与儿子同教，现在女儿的拳技跟儿子也差不多，女儿又喜爱学，儿子又直怂恿，黎老太太虽然不以为然，也拗不过丈夫子女去，平日为了这事，可也短不了抬杠！

当下，黎小霞已然出来，黎绍光尽管自悔失言，也就不能不讲，遂对妹妹说：“今天我在酒楼上，遇上一个外来客，好像是道里朋友，冲着张秀才家来的。据我推测，这个东西多半不是好人，他不只是冲着张家的财产转念头，弄不好，还许是冲着张家桂枝姑娘来的……”说着，转脸对黎老镖师说：“爹爹，你说怎么办？这少年客品貌清俊，两只眼却歹毒，绝不是好贼，而且他盯得很紧，先在张家门口绕，后来又上咱们酒楼来，假装饮酒，暗中实在是窥探张宅出入路口，而且是来了两趟。据孩儿推测，这小子如果是下五门合字，今天夜里，就怕他要下手，孩儿想，爹爹是出了名的镖师，现在万一堵着我们的家门口，出了抢案、盗案、淫杀案件，我们简直是没法再在黎家冲住了，这是一节。再说张家跟我们又是通家至好，张家桂枝姑娘在她家中，又跟继母不大和好，万一外间有个风吹草动，她那继母更要振振有词了。刚才孩儿在铺子里琢磨了好半晌，

觉得此事我们不能袖手，至不济，也得想法子关照张家一声，爹爹你想，怎么办才好？”又回顾黎小霞姑娘道：“妹妹可不可以用你的口气，派个使女去，把桂枝姑娘邀到咱们家坐坐呢？”

黎绍光的意思，是要叫妹妹到张宅假装串门，送个信去，当着她母亲，有点不敢明说。果然黎老太太很不高兴道：“你们今天练把式，明天练武艺，把眼都练邪了，望着谁都像是绿林，这哪里是治家之道？常言说：各人自扫门前雪，不管他人瓦上霜。就算真有小偷儿，冲张宅打主意，又碍着咱们什么事？况且张家那位续弦娘子，酸溜溜的，我们更犯不上管他们家的闲事！”

黎老太太说话很絮叨，竟麻烦了好半晌，闹得黎绍光、黎小霞这兄妹俩相视微笑，全不敢搭腔了。黎老镖师皱眉道：“你又唠叨了，绍光不过是说，看出有歹人琢磨我们的四邻，我们又是干过镖行的，不能装聋装瞎，我们这是商量商量，你不用管了。”

但是黎老太太不歇心，一定要干涉，这老夫妇眼看要抬杠，黎绍光正要劝解，黎小霞抿嘴一笑，站起来，出去了。工夫不大，黎绍光的妻黎大娘子从厢房出来，到老太太面前，讨论裁衣服的事。黎老太太不知不觉，跟着儿媳，到厢房看衣料去了。黎老太太前脚走，黎小霞姑娘后脚进来，面含谲笑，向父亲和哥哥说：“娘已经裁衣裳去了，爹爹和哥哥快说吧。可是叫我到张家，关照桂枝姐姐一声吗？”

黎老镖师拦阻道：“你先等一等。”转问黎绍光：“你说的这个少年客真是绿林吗？你不会看错吗？”

黎绍光道：“决计看不错，我再告诉你老一件事。刚才那少年在我们酒楼上喝酒时，恰巧邻座上有三位酒客，因为酒后闲谈，顺口谩骂贼盗，这个少年客就面带怒容，很不喜欢听。后来他们骂起株洲近来闹的人妖案子，和淫贼采花的案子，好像正骂着这个少年客的心病，他居然答了腔，要打人。孩儿劝了半天，才把他劝住，同时我也就试出他的膂力。他果然很有

功夫，那三个酒客竟不是他一个人的对手；若不是孩儿把少年客的臂腕架住，那三个酒客当下就要吃大亏。”

黎老镖师起初很留神听，听到末后，不禁摇头道：“这未必是绿林，倘是绿林，焉肯在酒楼中露相?”

黎绍光笑道：“爹爹你是没看见这个少年，这少年客十分狂傲，恐怕是初出茅庐的绿林，所以才这么张狂。孩儿自信决没把事看错。”黎道朗老镖师仍不甚相信道：“我只怕你看走了眼，现在这个少年还在酒楼不?”

黎绍光道：“一定还在，他又吃夜饭来了。”

老镖师道：“那么，我先看看去。”

黎小霞道：“我也跟了去。”老镖师不悦道：“你一个女孩子家，做什么去?”黎小霞很不痛快，面对哥哥说：“我一个女孩子，你叫我出来做什么?”招得黎老镖师也笑了，用好言安慰道：“我知道你们，学会了本事，愿意找个机会试试。你放心，我准叫你试试好了，不过得瞒着你母亲。”说罢，穿上长衣服，和黎绍光一同离家，径奔到酒楼。

那少年果然还没走，依旧坐在楼上临街的窗前酒座上，自酌自饮，不时往窗外对巷窥望。少掌柜黎绍光便暗暗引领他父，隔帘窥伺这少年客的举动。头上脚下，望了半晌，黎老镖师就悄嘱堂倌几句话，然后自己假装饭客，一直走进来，择一副座头坐下，和少年客正好对面，叫来一壶酒、两碟菜，慢慢独酌，潜加品察，少掌柜在外面等候。

这时饭客不少，楼上很热闹，但是独酌的酒客，只有这个少年和黎老镖师。黎老镖师乍进来时，这少年只抬头看了一眼，似乎也觉得黎老精神矍铄，体格壮伟，有些异样。可是他依然很傲慢地自斟自饮，不时把堂倌叫到面前，问东问西。堂倌预受黎老之嘱，一面权词答对，一面设言诱引。那少年居然自称是武林之士了。

黎道朗老镖师足足窥察了小半个时辰，看眼神，看体气，看穿着打扮，听谈吐，听他与堂倌问答，已然断定黎绍光所料

不虚，少年客确乎是个新出手的绿林。黎老镖师本要上前向他搭话，用言语把他讽走。后来听少年公然向堂倌打听张家的姑娘，多大年纪，有没有婿家，她家中都有什么人？她家可是黎家冲的客户首富吗？这意思简直公然自认是采花贼了，而且就在酒楼里打听，未免太以藐视黎家冲的人物。黎老镖师十分恼怒，重重咳了一声，少年只斜睨他一眼，仍不理会，反倒面带傲容。黎老镖师越怒，索性一声不响，假装喝完酒，记账出来。一面打发堂倌，把自己的一个徒弟唤来，叫徒弟暗中缀着这少年客；一面叫儿子黎绍光同他回家，预备把少年贼驱逐，或擒拿交官。

这老人知道他的太太最不愿管闲事，临到家门，告诉儿子说："不要叫你娘知道，你只把你妹妹唤出来，咱们爷三个，在前院客厅商量吧。"黎绍光笑着答应了，刚要往里院走，黎老镖师又把他叫住道："你不用进去了，想这事不叫你妹妹知道也好。她一个没出阁的女孩子家，让她参预这拿采花贼的事情，也嫌不好。"

黎绍光游移道："这怕不行吧，妹妹平日以女侠客自居，学好了武艺，总想得机会一试。你不叫她参预，她若晓得了，又该耍小孩子气了。"

这父子二个站在外院客厅门前，低声商计，随说随进了客厅，命雇工点上灯火，黎老镖师随便坐下了，叫黎绍光在旁边。想了一想，说道："一个女孩子，哪能尽依着她一贯的性子去做。我看对付这个少年贼，就由你我父子二人，再加上你那两个师弟，人数足够了，很不用你妹妹下场。"

黎绍光道："但是，我们要想关照张家桂枝姑娘，不叫妹妹去，又打发谁去呢？"

黎老镖师沉吟道："我的打算是，四面下卡子，你我父子师徒四个人，恰好分四面张网，贼子若来，我们四面包围，把他活活擒住，简直不必惊动张家，我们就把贼逮住了。"

刚说到这里，忽然窗外接了声："我们女孩子就不该学武

艺，爹爹引着头，教我们练，就只许我们跟哥哥打下手，所以练会了武艺，也不准用，是不是！”

父子俩一齐抬头，往窗外看，知道密议的话叫黎小霞姑娘偷听去了。父子俩哂然一笑，黎小霞已然含嗔带笑，走进来了。故意努着嘴向哥哥说：“你刚才把我提登出来，现在又跟爹爹瞒着我，你们拿着，还不许我们看看热闹吗？我只问爹爹，当日教我们练武艺，到底有什么用？况且刚才你们本来答应我了，现在怎又反悔？”

老头子望着这满面娇嗔的女儿，点头微笑道：“孩子，不是我反悔，我是怕你母亲不答应。”黎小霞道：“所以你就连我跟娘一块瞒起来了。我只问哥哥，到底还用我不用？不用我，为什么又故意馋我？”说着，她坐在父亲身边，发出了威胁的话道：“反正这一回我也看出来了，爹爹和哥哥又要管闲事，又要背着娘，你爷俩不把我打点好了，我到娘那里告诉去。”

黎老镖师皱眉笑道：“是了，是了，我就只许你跟去看看热闹，你可不要动手。”黎小霞道：“不动手就不动手，可是我得跟哥哥一样，必须带了兵刃去。”黎老镖师道：“那倒可以。”

父子兄妹就在客厅内间，悄悄地计议应付贼人之策。一切都商计好了，只剩下一节，是通知本主张家呢，还是瞒着他们，悄悄把贼赶跑，或捉住交官？

依着他们初计，是不打算惊动张宅。可又想到，张秀才虽然没有护院的武师，家中却有雇工、壮丁，夜晚拿起贼来，又真怕良莠不辨，引起误会，最后还是觉得暗暗关照他们一声好，这样一来，便谈到教谁去传话了。黎老镖师要叫儿子黎绍光，去知会张秀才父子，黎小霞自告奋勇，要去知会张桂枝姑娘和她的继母。兄妹俩互争起来，好在他家跟张宅相距不远，黎老镖师说：“你们兄妹俩一同去也好。”

这时已经快二更天了。黎小霞姑娘并不修饰，只进去系了裙子，便偷偷溜出来。黎绍光也穿上马褂，兄妹二人就提着一盏灯笼，也不带使女，也不带长工，径到张宅叩门。

第二章

护芳邻兄妹御寇

张宅的门户很严紧，一到天黑了便加闩上锁。黎绍光敲了好半晌，张宅的长工方才隔着门搭话。等到问明白了，仍不敢开门，把客人蹲在外面，转身进内宅，通报宅主。这时张翁和他的继室夫人，已经归寝，还未睡熟。只有张秀才在书房念文章，一听说黎家大爷有要事来拜，吓了一跳，忙讨钥匙，叫长工端着灯，把街门开了。

在摇动的灯影中，张秀才问道："黎大哥夤夜光临，有什么事情?"忽一眼看见了黎小霞，越发骇异，拱手说道："这是……这可是……"黎绍光忙道："是舍妹!"黎小霞也笑着答声道："张家大哥连我都不认识了?"张秀才道："哎呀，我没看出来，原来是黎世妹，我真想不到世妹和大哥一道来的……快请里边坐吧，你们兄妹夜间见访，莫非有什么……事吗?"

黎小霞扑哧一笑，和黎绍光且往里走，且说道："张家大哥头前引路吧。这么黑的天，我们来了，自然有事。伯父、伯母安歇了没有，桂枝姐姐睡了没有?"

张秀才陪伴绍光兄妹，进了前院，吩咐长工，重闩上街

门。一面回答应道："家父早睡了，舍妹这工夫大概……"说着眼望西厢扇，见有灯光，接着说："她大概还没有睡。"因为他们两家是通家之好，不肯往客厅让，张秀才就把黎氏兄妹往自己住的东厢房让，却先隔窗叫了一声："少奶奶，黎家大哥和黎家二妹来了。"

张少奶奶刚把被褥铺好，闻声忙应了一声，慌慌张张，把被褥掀起来，在屋中答应道："哦，快请进来吧。"

黎绍光叫张秀才在前面走，兄妹二人跟着在后，一面走一面打量院内的格局，院内倒也有一盏灯，地方很宽敞，当下来到屋里，看见张少奶奶正立在外间屋心，彼此见礼逊坐，黎小霞坐在茶几旁，黎绍光坐在客位，张秀才夫妇满面惶惑，只坐在一边，献过茶之后，张秀才就问："大哥和二妹今晚闲在呀，可有什么事情？"夫妇两个都眼巴巴看着这兄妹的嘴，静听发话。

黎绍光自知来得仓促，已使主人惊讶，便放缓了声音，淡淡说道："大哥今天没出门吗？"

张秀才道："没有。"

黎绍光道："可是桂枝妹妹今天出门了吧？"

张秀才道："她吗？她今天没出门……她是前几天到外婆家住了几天，今天坐车刚回来的。"

黎绍光道："就是桂枝妹一个人来的吗？"

张秀才答道："不，还有外婆家的孙女儿，玉洁妹妹同她一块来的。"说着，眼望黎氏兄妹静等下文。

黎绍光道："那就是了……"底下的话，他竟不知何从说起。一来他的口讷，二来他知道张秀才家忌讳很多。他正在斟酌说辞，黎小霞忍不住冲张娘子发话道："大嫂，我问问你，这工夫我桂枝姐姐可睡了没有？请你费心，把她请过，我告诉她几句话。"

张娘子道："我看看去。"站起来，就往外走。张秀才仍问黎绍光道："大哥，到底是怎么一回事？你们打听舍妹回来没回来，究竟是怎么个意思？"

黎绍光沉吟说道："大哥，你可别怪罪。今日白天，桂枝妹坐车回来的时候，我在酒楼上，瞥见一个人，在车后面紧缀着，等到桂枝妹妹和令亲下车之后，这个人还是在府上徘徊不去，末后又到我们那个酒楼上，隔楼窗往府上窥看。当时我便看出这个人，绝非良民，很像是个走黑道的绿林。而且这个人年纪很轻，气度很狂傲，必不是寻常的小贼。近来大哥可听说株洲的凶杀案吗？"

张秀才还没听完，便满面通红道："这这岂有此理，黎大哥据你看，这个人真是歹人吗？"

黎绍光道："这个人确是歹人，不但小弟看出来，我还请家父看过，家父也断定他不是平常挖墙洞、偷鸡摸狗的小贼，上月株洲发生的那件凶杀案，听说是个采花妖贼……"

张秀才的脸更红了，又是害怕，又是害臊，口中却不住说："岂有此理，岂有此理，我们乃是书香人家，哪能招引来这种的歹人，黎大哥你不要吓我。"他简直有点讳疾忌医的意思，倒怪着黎绍光不该往坏处猜想似的。

黎小霞扑哧的笑了，插言道："张大哥既然这么看，也很有理，也许是家父、家兄看错了人，虚惊虚诈，那就算我兄妹不该来就是了。哥哥我们走吧！"

她才站起来，张秀才又慌了，张着手说："不不不，黎家妹妹不要误会，我是说歹人太可恨了。黎大哥给我送信，我们很感激。不过，不过，现在天黑了，我们怎么办，报官也来不及了，可是的，黎大哥，这贼是一个贼，还是两个贼？还是好多好多贼？……"

张秀才简直是没有勇气来听恶消息，他不住口地说："岂有此理，岂有此理，贼怎么单冲我们来？我们黎家冲的财主很多，就是有年轻姑娘的人家也很多很多，他他他，这恶贼怎么偏生找到我家！这不是家门不幸吗？"

他正在这里怨天怨地，一筹莫展，这工夫他的娘子，已将妹妹张桂枝姑娘邀来了。

张桂枝姑娘今年已经十九岁，且经许配人家，因故尚未过门。桂枝姑娘确是生得很俊美，而且也很明智。她一听黎氏兄妹夤夜来访，问了几句话，赶紧起床，掠了掠发，走了出来。

张桂枝刚一进屋，黎小霞立刻迎上去，握住了桂枝的手，容得桂枝向黎绍光见过了礼，问候完了，两个姑娘就相携坐在床边，张桂枝是个很聪慧的女孩子，凝眸向黎家兄妹一望，又看了看哥哥的神色，立刻发话道："黎妹妹，你有什么事，要对我说？"

张秀才正要讲话，黎小霞抢着问道："桂枝姐姐你可曾理会今儿白天，你坐车回家的时候，有一个年轻的外乡人，缀着你的车，一直跟到你家门口吗？"

张桂枝杏眼一转，想了想道："恍惚是有这么一个人似的，莫非这个人是歹人吗？"

黎小霞笑了，把桂枝一搂道："桂枝姐姐，你心眼真快，你可记得这个外乡人是从什么时候，在哪个地方，就跟缀下来的？"

桂枝姑娘低头良久道："这却记不清了。"又改口道："我起初没有留神，大概是在半路上才瞥见这个人。只因这个人忽然赶到车前，忽然跟在车后，贼眉鼠眼的，非常可恶，一直到我们的车夫冲他叫喝，他方才留了神，玉洁妹也对我说，这东西可恨！我们临到家，下车的时候，这个东西居然跟到巷内。玉洁妹只回头看他，是我叫玉洁不要回头，我们就进家了。我也没对嫂嫂说起，我想这是个年轻的混账罢了。黎妹妹忽然问到这个，可是知道这东西，真是歹人吗？"说着，俊目往在座各人脸上一扫，见诸人都看着她，她不禁红了脸。

黎小霞姑娘，就把父、兄窥察此人的可疑情形，很快地告诉了桂枝姑娘。又说："据父、兄揣测，此人绝非良善，恐怕今夜他就要到府上来，潜行非法之举了。故此我家父和我家兄合计了一下子，念到舍下和府上的交情，趁现在时候还早，打发我兄妹来，关照府上，要多加防备。"……话还没说完，张

桂枝姑娘蓦地惊羞交迸，脸色由白转红，由红转成灰色，她是个玲珑剔透的少女，立刻听懂了黎小霞未说出口的言中微意。她却是很胆小的女孩子，竟掉下眼泪来了，一手抓住黎小霞，一手抓住了嫂嫂，很惶恐地说道："这可怎么好？这一定是歹人，我我，我们怎么办呢？"

张娘子也很吃惊，忙向丈夫说："快把长工们叫起来了吧，我们赶紧报官。"

张秀才立刻大声喊叫："长年！长年！"（长年，就是南方人喊长期雇工的名词）。黎绍光笑拦道："张大哥，且先别慌。你们家的长年，不过是几个乡下笨汉，恐怕不足以护宅防盗……"说着凑到秀才耳边，低声道："大哥你先想一想这歹人的来意，他是为什么来的？第二步再盘算个应付之法，而且要现在就实行起来。"

黎绍光的话，就是暗示秀才，贼人乃是采花来的，可是这话决不能明点，张秀才还是没有听明白，涩声说："贼人还有别的打算吗？一定不是偷，就是抢，我说黎大哥，到底这贼是一个人，还是有同伙？你猜是怎么个来法？他要打算怎么样？还是明火，还是暗偷？"

这话问得黎绍光兄妹暗笑。那桂枝已然猜出黎氏兄妹偕来的意思，越发羞得她满面通红，又不肯说出口，只眼望嫂嫂，希望嫂嫂比哥哥明白一点，替自己想个妥当法子。不料张娘子跟丈夫一样，当事则迷，立刻要禀报公婆。这夫妻俩一递一声地乱出主意，可是一点准打算也没有说出来，惹得黎氏兄妹很不耐烦，黎绍光首先说："张大哥，你看看什么时候了，你怎么还是乱糟糟，你还不拿出准办法来？"

黎小霞更干脆，手拉着张桂枝姑娘，站起一眼望黎绍光说："哥哥，你就不用再催张大哥，张大哥这工夫分明是乱了方寸，现在第一步，是该把他们的府上长年叫起来，教他们悄悄地上房，悄悄地巡逻，别的不行，替府上打更线还成。"

黎绍光摇头道："他们一些乡下人，胆量最小，叫他们巡

风，反倒误事。”黎小霞咳了一声道：“不管怎么样，你趁早替张大哥布置吧，你们不要说了，越说越乱。”她的意思，是催哥哥越俎代谋，赶快替张家安排防贼御侮的办法。黎绍光想了想，笑着站起身来，对张秀才说：“大哥，你不要寻思了，快跟我出来吧，我们弟兄，通家至好，我小弟怎好袖手避嫌，现在我要不客气，替你府上派兵点将，勘地设防了。”催着张秀才，出离厢房，叫起群仆，点了许多灯笼，到前院后院各处照着，张秀才一面惶恐，又一面犯疑心，以为那个少年外乡人也许不是贼，也许是黎氏兄妹看岔，其实他是有点怕事，他府上的长年也多一半不肯相信，以为黎绍光是个练武艺的阔少爷，黑更半夜跑到这里来闹贼，简直是显本领，开玩笑，黎绍光并不管他们主仆的猜疑暗笑，依然很认真的布置。

同时，黎小霞姑娘，也拽着张桂枝，来到西厢房，这正是桂枝姑娘的卧房，那个玉洁姑娘已睡在绣榻上，并没有醒，黎小霞悄悄地私问了张桂枝许多话，张桂枝含羞点头，承认了那个少年异乡客，两只贼眼确是直盯了她俩一道，并且那个人在半路上，还和她们的车夫吵过架，那个人故意跑到车前拦路，为的要看看车中的桂枝姑娘和玉洁姑娘，车夫叫他让路，他竟口出不逊。张桂枝承认这个异乡客心怀不测，大概是冲她们来的。张桂枝又垂泪说，回家之后，心上很难过，父亲年老，母亲是继母，心腹不能对她说，嫂嫂是个没主意的人，哥哥是个书呆子，又说自己此时很害怕，倘或这个异乡客真是歹人，恳求黎小霞设法救她，她的话很可怜，纵然有父兄，有母有嫂，好像他们并不能体贴女孩儿的苦情。

张桂枝这样诉苦，越激动了黎小霞的不平，她立刻打定了一个主意，要把张桂枝姑娘接到自己家去，她自己情愿李代桃僵，睡在张桂枝姑娘的卧房里，等候歹人前来。她告诉张桂枝，她的武功自信能够御侮，她已经带来了匕首和暗器，她要会一会这个少年的采花贼。她毫无顾忌地叫出这“采花贼”三个字，张桂枝羞得抬不起头，忙掩住黎小霞的嘴，叫她不要说

这样的话，这样的话传到继母耳中，必然向父亲说桂枝举止轻狂，才把采花贼引到家来，桂枝是有着这个顾忌。黎小霞听了，越发勃然大怒，立刻催张桂枝跟自己回家暂借一寓，她决计要替张桂枝姑娘留在张家，等候这个恶贼。她首先把这个办法对桂枝说出，张桂枝自然是求之不得，可是黎小霞叫她避到黎宅，天色这样黑，时候这样晚，道路虽近，在她看来，还算是远，抓住了黎小霞的手，说道："黎姐姐，我不上你府上去，行不行？我就藏在我自己家里，你看好不好？"

黎小霞看桂枝这等娇怯，心中很不谓然，万一贼人来到，势必动手，那岂不把这位小姐吓坏了？可是黎小霞不好过于强迫桂枝往自己家去，恰好张娘子惊惊惶惶的，也站在身旁，黎小霞就问张娘子："张大嫂，你说怎么样，是叫桂枝姐姐暂到舍下躲一躲，还是藏在府上别的屋里？"

张大娘子也说不出准主意来，她此时只惦记着要禀报公婆，她唯恐将来受这继母婆婆的抱怨，黎小霞问她话，她简直心不在焉，怔了一会儿，才说："还是跟她哥哥商量商量吧。"

这工夫，张秀才被黎绍光牵率着，已将前后院勘巡了一遍，把阖宅奴仆都叫起来，分派了一下。众奴仆出来进去的一闹，上房张老员外已然惊醒了，只有他的继室夫人，娇惰已甚，依然睡得很熟。张老员外不忍惊动这新娶的娇妻，慢慢爬起来，披衣拖鞋，站在窗前，轻轻问了一声："是谁在外面哪？你们乱什么？可是下雨了？"张秀才慌忙答道："老爷子，是我，外面没有下雨。"张老员外道："没有下雨，你们打着灯笼照什么？"原来外面的灯光，照到上房纸窗，张老者看见了。张秀才仓促没有回答，张老者穿好衣履，回头看了看床头，床头人倚枕侧卧，香梦正酣。这老人便悄悄地溜到堂屋，开了房门，走出来了，低声喝问："你们到底乱什么，可是闹贼，还是闹鼠狼？"又问道："那是谁？可是张升吗？"

张秀才答道："这个……"黎绍光忙一举手中灯笼，大声叫道："张老伯，是我，我是黎绍光。"

张老员外唔了一声，十分诧异道："原来是黎绍光大少爷，黑更半夜……莫非你父亲身上有事吗？"他的话是疑心黎道朗老镖师半夜害病，黎绍光前来讨药。黎绍光笑着走过来，见了礼，然后说："老伯没睡吗？小侄到府上来，倒不是舍下有事，乃是府上有点事，小侄特来送信。"

张秀才本不愿把实情对年老昏庸的父亲说出，黎绍光却因听出张老口气不快，也就引起他的不快，便咳了一声，把采花贼行将光顾尊府的话，率直说出来。因又讲到自家和张家的交情，既有所见，不敢不告。"小侄这是奉家父之命，偕同舍妹，前来送信的。"

黎绍光话太直了一些，顿时说得这老人脸盘一绷，怫然不悦。可又见到他的大少爷，督促奴仆，窜前跑后，听得情势紧张，他也有些心慌。这老头子向来没有准主意，先说出："不能，不会有，我家怎么会招出贼来？"又说："倘若贼真来了，那可怎么好，报官也不好，不报官也不好，官面上专会欺负乡下财主的。"末后又质问黎绍光："你们没看错吗？"

黎绍光只得说："没有看错。"

这老人又问："贼准来吗？"

回答道："大概准来。"

老人却又问道："你看他今晚上准来吗？今晚上什么时候来，来几个贼，他们要想怎么样？他们怎么单冲着我家来，为什么不琢磨别家呢？"末后又问："你们怎么知道的呢？"

这个老呆子越问越不像话，好在黎氏兄妹素来晓得他，是色厉内荏的老废物，便不屑跟他计较。黎绍光依然很客气地回答他所问的话，说是在酒楼上目睹贼人在府上踩道。黎小霞恰在那边听见，暗暗生气，脱口说："张老伯，你不要细问了，贼人若来，就在三更以后，现在时候不早，要提防，就该快准备了。"

张老员外搔头道："哦，侄女也在这里了，我还没有看见呢，你说怎么准备？"不等回答，他先说出自己的办法，吩咐

奴仆，前后院，里外屋，一齐点亮了灯，人要聚在一处，都拿了棍棒刀枪，贼人一到，立即呐喊。这样一来，预示有备无患，准可以把贼吓走。

这法子一说，他的大少爷首先赞成，他家的奴仆也应声赞叹："还是老太爷的主意高，这种匪人不过是欺负住户孤弱，这样一办，把匪吓得不敢动手，又不失财，又不结怨，而且也积了德，也省得惊动官面，自惹麻烦。"

这位奴仆赞不绝口，原为讨家主翁的欢喜，黎氏兄妹不约而同，齐哼了一声。黎小霞比哥哥嘴还快，忍不住说道："这法子好倒是好，就有一节，贼人见硬就回，却不免乘虚而入，你总不能天天摆阵，夜夜设防呀。照你这样说，天天大举等贼，贼不来，久耗生厌，不等贼，贼又突然而至，那时候，又该怎么办？何况这贼不是好贼，他不只要偷要抢，他还是个采……"刚说到这里，她的后襟被张桂枝姑娘扯了一下，黎绍光也忙插言打断，道："对！对！舍妹的话很对，家父也这么说，所以才打发小侄到府上来，家父叫小侄转达老伯，御贼之法，不可虚张声势，必须暗中布置，给贼一个厉害，教他知难而退。家父说，虚张声势实在就是示弱，凡做贼的都懂得，主家越闹得凶，贼人越知道他好斗。贼人最怕的是，主家静悄悄毫无动作，虚实难测。到底宅中有无防备，外面一点看不透，贼人倒不敢轻举妄动了。"又道："现在时候不早，小侄既来，一定要替府上设法御贼。最好是把贼诱进来，捉住他，那时或打，或放，或送官，给他一个厉害，他就再不敢正觑府上了。老伯当知家父乃是老镖师，对这贼情确有深知。老伯只要信得及小侄父子，一切请望安，小侄兄妹情愿留在府上，替你老把贼给打走了。"

张老员外听黎绍光这样透彻一说，顿时不言语了。心中暗想，敢情这么好，只不知黎家父子这等热心代谋，有什么私意没有？

其实黎氏兄妹的私意，不是没有，他们不过借此炫才逞

能，要表示他们的武师门风，不许宵小在黎家冲胡为，也可借机一试所学。黎小霞姑娘竟比哥哥心眼还多，见张老头伫立不语，料他又犯了愚而多疑的毛病，便微微一笑，径直揭破他的疑猜。叫了一声："张老伯，府上闹贼，家父打发侄女们过来，绝不是多事好事，也不敢卖好逞能。实在因为家父在这黎家冲，乃是有名的武师，断不允许邻居亲友家下闹出盗案来，那于他老人家的名声太有妨碍了，我们是为这个来的。况且靠府上跟舍下的交情，家父既有所知，更不肯袖手旁观了……"

黎绍光也笑着接声道："舍妹小孩子说话，太嫌爽直，可是她讲的倒真是实话。"又一指天空道："时候可快到了，老伯不要多虑，赶快地叫他们布置吧。"

张老头至此渐渐释然，连连拱手道："我谢谢你兄妹的盛情，现在我们该怎样呢？"却又皱眉头，说："怎么贼人单打我家呢？况且我又不是本镇首富。"

黎绍光不禁微笑，复道："现在就请老伯照常回房安寝，院里院外一切事，尽请交给张大哥和小侄，我们两人一块儿安排，管保不叫你老受惊。"

正说着，张桂枝姑娘悄悄走到父亲身边，低声说道："爹爹，黎家姐姐要叫我到她家暂住一宵，她要替我在西厢房等候一晚上。贼万一来了，她说她可以拿袖箭把贼打跑，爹爹你说，我是去好呢，还是在家好呢？"

张老头道："哦，这个，你屋里不是还有玉洁侄女儿吗？她现在哪里？"张桂枝道："玉洁妹还睡着，没有醒呢。"

张老头道："你倒不必躲开，你索性到上房来，在西套间睡就行。倒是玉洁侄女，人家乃是客，不要吓着她，她岁数又小。"

张桂枝道："但是玉洁妹这工夫睡得很香，还得把她叫起来吗？"

张老头眼望黎氏兄妹道："我看也无须要这么大惊小怪……简直的就叫黎家侄女跟你们俩，都在厢房一待，反正后半夜，

你们睡灵醒一点就完了。贼人真敢造反不成？”

张秀才掩言道：“还有她嫂子，索性也搬到西厢房，这东厢房可以请黎大哥跟我，在里面守候动静。”张娘子一块石头落地，忙向黎小霞、张桂枝说道：“这样子很好，两位妹子咱们先进屋吧。老爷子你也不要在当院站着了，怕受了夜寒，你请进上房吧。”

张秀才和黎绍光一齐请老员外回家安歇，张老员外更沉不住气，再也不能就枕，就进了上房，把灯剔亮，看一看继室娘子，依然睡得很香；老头儿不忍惊动，坐在床边，一时看看这年当少艾的娇妻，一时看看窗，心头麻乱，等候看闹贼。

院中的黎小霞，左手拉着张桂枝，右手拉着张娘子，三女相伴，进了西厢房。黎小霞立刻看了看房中情形，请张娘子到内间绣榻，与玉洁姑娘共枕，把帐子放下来。小霞姑娘自己拉着张桂枝，预备在明间床上假寝，以等候贼人，催张桂枝姑娘先行上床，全不脱衣服，外面盖上夹被，也放下帐子，就手要把桌上的铜灯熄灭。想一想又不熄灭，拿来放在地上，信手找了一铜盆，用东西垫高，把灯亮扣住。

张桂枝眼睁睁看着黎小霞的动作，似了解，又不尽了解，她心中受到无形的恐怖，十分不安，睡不着，坐不住，在绣榻上翻来覆去，直折饼子。黎小霞扭头看看她笑，依然自己忙自己，把暗器、小剑都备在手头。这口小剑只一尺多长，心想当时与贼人对敌，太不应手，站在屋心想了想，打算找哥哥回家，拿她那一口二尺八寸的长剑去，于是她掀帘要出，张桂枝在榻上出了声：“妹妹别走，我怕！”黎小霞回头失笑道：“我不走，这就回来。”于是她一径找到对面东厢房，隔门喊她哥哥。

哥哥黎绍光此时也正布置，带着张秀才，安排好了外面，然后收拾东厢房，也是用扣灯亮的法子，把一只灯笼藏在屋内。张秀才有人仗胆，这工夫也拿着家藏的一把古剑，比了又比，试了又试。黎绍光瞪眼笑，这把剑就只是古玩，并未开锋，如何能防身伤贼，正在劝秀才丢下宝剑，上来睡觉，黎小

霞姑娘已然隔门缝叫道："哥哥在屋吗？你出来！"

张秀才大惊，吓得退后一步道："你听，黎妹妹叫你了，贼准是来了！"

黎绍光也被他闹得心虚，忙抽匕首奔过去，问道："什么事，有动静了吗？"随说随将门开放，黎小霞道："哥哥，我们还得回家去一趟，我们的应手兵器全没有带来，哥哥是你去一趟，还是打发他家听差去取一趟呢？"

黎绍光忍不住笑起来道："好好，你这一叫门，把张大哥吓了一跳，连我也慌了。"兄妹二人原来打定的主意，是要回去一趟的，一面要给父亲送信，一面把张小姐送去借寓，现在主意已变；黎绍光想一想，便告诉秀才，要叫张家的雇工，到自己家去取兵刃，外带传信。这时二更已过，将到三更了，张家的雇工支支吾吾的，不大愿意出门，黎绍光不悦道："算了吧，还是我回去一趟。"也不打灯笼，提好匕首，站起来就走，张家长年给开了街门，黎绍光气哼哼往外走，心说："管闲事，找麻烦，我倒成了求他们的人了。"他前脚走，黎小霞追在后面叫道："哥哥，你到我房里，千万把我的那口剑找出带来，我使别的家伙不合手。"

黎绍光漫应了一声，拔步出门，来到小巷，径往自己家走去。

却不料就在这时，夜行人已然潜踪而至，正伏在邻院，往张宅虎视眈眈地窥望。

黎小霞目送哥哥出去，转身回来，由张宅外院，进了内宅。张秀才这时候想起了走黑道需要灯亮，把那个藏在东厢的灯笼，拿了下来，手打着由内宅往外院走，且走且说："大哥，给你灯笼不要摸黑走！"

这个灯笼却和黎小霞姑娘碰了个对脸，黎小霞的面貌恰被灯光照耀得清清楚楚，明明白白。

邻房上的夜行人，凝神下窥，也就看了个清清楚楚，明明白白，心中说："咦，这又是一个漂亮女子，跟白天那个不大一样，哦，这么苗条，手里头还拿着家伙！"这个夜行人物正

是被人妖玉蜻蜓桑林武引诱误入歧途，流为采花匪的雄娘子张青禾。

张青禾自恃貌美，每每顾影自怜，也效法桑林武，忽然扮作女妆，设计诱骗良家女子，忽然又露出本来面目，幕面男装，夜袭民宅，以武力强施淫威。在短短的八个月中，连被他淫污少妇少女五六个。当他以女妆诱奸时，自称是落难女子，逃亡婢妾，恳求良家闺秀收容，乘夜恳谈，拿媚情艳语挑逗。等到女子们被他说得春情流露，他就猝然灭灯，与女子并枕，把女子迷住了。就有坚贞之女，也无法拒绝，因为他除了美色，还借重玉蜻蜓送给他的药物药酒。到了那时，女子们往往守身无术，一任他破坏了贞操，甚至丧了性命。可是他玩厌这套媚术时，也突然扮成凶眉竖目的妖精，用秘制的假鬼火，持刀登榻，威吓良妇，故意吓得女子们战战兢兢，迷迷糊糊，他然后横施强暴，欢然地欣赏这丧胆待屠的羔羊。

张青禾便这样日趋下流，挟技孤行，一味纵情淫虐，但是他又十分乖觉，深知自己是嵩阳派南支剑客门下的叛徒，嵩阳派群侠已经接受他的义母兼恩师的杜十一娘杜若英的控告，正在到处访拿他，他便忽东忽西地乱跑，并且他时时化妆，天天改扮，行踪诡密。到一个地方，决不作旬日以上的勾留，访拿他很难着手，他越发得意妄为了。

他被淫朋拉入了下五门，却不与下五门的人们交接。除了他那几个淫朋，他谁也不敢信，对谁也不说实话，以此全身远害，自谓奇祸可免。可是他有时清夜自思，也会忏悔起来，常常睡梦中惊醒，觉得师长同门追来了，把他捉住了，要把他乱刀分尸了，便突然吓得叫起来。然而他自知罪深孽重，今日就想赎罪，也知师门不能轻恕，嵩阳派的森严的门规条例，倒挤得他无地自容，明知自己往地狱走，已然陷入泥潭，摆脱不出来了，而况耳旁还有坏朋友，在那里勾引，而况还有淫虐的怪兴趣，在那里把他迷恋住，他终于无力自拔，做成十足的一个淫恶之徒，不久便得了“雄娘子”这个绰号。

张青禾到处漂泊，一来避祸，二来寻乐。当时溜到黎家冲小地方。在这小地方，突逢双艳，便是张桂枝姑娘和玉洁小姐。他明知这两个女孩子够不上绝色，他竟睁着一对色迷眼，跟着盯梢，要看看两个女孩子对他怎样。果然这两个小姐被他盯急了，桂枝姑娘的脸红红的，放下车帘，低声吩咐车夫快走；张青禾反倒欣然得意，迈开大步，跟牲口赛起跑来。居然走出不远，被他抢到车前，口中发出调皮话，遮前窜后，漫无忌惮地闹，引得车夫跟他闹起来，他满不在乎，一直跟缀到张家门口，眼看着两位小姐下车进院，他依然徘徊不去。

他竟看中了娇嗔满面的张桂枝姑娘。玉洁小姐年岁小，望见一个生人缀车，她不由得好奇心生，侧目流盼；张青禾越发高兴了，自言自语道："两个都不坏！"

于是他盘算办法，决计今晚一箭双雕，究竟是装女郎呢，还是装妖精？张青禾暗想，这是两个女孩，我若假扮落难女子，恐不相宜，而且深宅大院，也怕挨不进门。想来还是装妖精，可以把两女孩子全吓住，全弄到手。打定了主意，随即探道。绕张宅转了一圈，末后上了酒楼，由楼窗下窥张宅房舍的建造款式。两次登酒楼，窥街窗，竟引起了黎氏父子的愤怒。现在他就要下手装妖，黎家兄妹也就要动手捉盗了。

张青禾伏在那邻院房上，窥见了另外的一个女子，就是侠女黎小霞。黎小霞漫不措意，由外院回转内庭，偶然抬头，往上一瞥。其实黎小霞没有看见张青禾，张青禾自己多疑，暗道："不好，这个女子怕是行家！咦，她怎么直往这边瞧？而且她手里还有刀？"

这工夫黎小霞很快地走过去了，一男一女，一高一下被墙阻挡，谁也望不见谁了。张青禾道："不对，我得盯住了她，到底她望见没有？看这小娘大概手底下有玩意儿，我不要吃了她的暗算！"一时多心，从潜窥处，伏腰蛇行，往这边绕来。绕到分际，便由邻院屋顶溜到墙头，直起腰来，看准落脚处，嗖的一窜，由墙头跳到另一排房上，身法是十分迅速。这样再

一绕，便可迫近张宅，俯身径可察见黎小霞姑娘究往何处去了。却不料张青禾只顾盯着黎小霞，外边来了黎绍光。

黎绍光回本宅取了兵刃，告诉了乃父黎道朗老镖头。老镖头也跟来了，老镖头多年的江湖经验，刚到大街，仰望天星，便说时辰已近，匪人若来也该到了。立刻吹灭了灯笼，掖起长袍，命儿子黎绍光抽剑出鞘，将暗器也备好。不走正路，父子相偕，悄悄地贴墙根，蹑足急行。于是十分凑巧，瞥见了伏绕房脊、三面窥院的采花人雄娘子张青禾。

黎道朗老镖头暗拉黎绍光，黎绍光也瞥见了。父子俩各持兵刃，各带暗器，一声不响，唰的分开，不敲张家街门，悄悄地溜到前后院墙根。黎道朗老镖师持刀在外潜伺，黎绍光持刀越墙，跳入张家后院。

黎氏父子想，此时不到三更，匪人暂时还不会入户作案。哪知此人色胆如天，自恃蒙药有灵，薰香助虐，竟敢装神弄鬼，提早动手。

少年采花贼张青禾，瞥见了急装短剑的武林少女黎小霞，他心说："这可有趣，我还没有会过手下有功夫的漂亮女子呢，今天真是天赐良缘！我若把这个女子弄到掌握，大可不必始乱后弃，我可以把她拐走！叫她给我做伴，做猎艳的钓饵！"

又想："她也许手底下很有玩意儿，桀骜不驯，我应该先把她麻酸了，玷污了，再把她治醒，把真面目摆给她看。自古嫦娥还爱少年，何况我有着这么漂亮的脸庞儿，这么硬朗的功夫，我一定能够把她恋住，教她怎样就怎样。她就算支吾，我给她软硬一齐来。上月那个姓虞的女孩子，也是拼命支拒，拿刀威吓她，她都不怕。但等到我把她拍过去之后，乘她昏迷不醒，让我恣意蹂躏了个够，我把她剥得赤条条一丝不挂，然后我搂住她，把她救醒，她不是一点撑拒的能力也没有的吗？……被我连睡了好几夜，末后她倒哭着央求我，一点也不闹了……我把她整治得神魂颠倒，拿真事当了做梦，拿做梦当了真事。实在是我把她熏过去了，她倒当作梦中会情郎。她含泪问我，

是做梦，是真的？问我是人，是鬼？那简直有意思极了，她把我当作五通神、灵鬼狐仙了。临到末了，她竟无可奈何，一到夜晚，三更以后，便偷偷遣开使女，自己修饰打扮，擦胭脂抹粉，换新衣裳，穿绣花鞋，等着我去。我也用不着迷她了，她倒迷上了我。末后几天，倒在我怀里，央告我把她娶了，她也知道我是个匪，她已经失身于我，再也没法子出嫁了，只可将错就错，教成全她。但是，她一开头拒绝我时，我倒觉着扭手扭脚，很有意思，现在她竟认了命，跟我百依百随起来，我就腻烦了，我可也未忍害她，我把她丢下一走！”

张青禾追想旧日淫孽，脑海随见幻景，黑影中仿佛看见那个虞姓少女身遭淫污，无可奈何，反而忍辱乞怜的凄哀面容，蹙着眉峰，含着眼泪，要求自己不要始乱终弃；然而她当初拼命拒奸，实是贞烈之女，一旦失身，竟甘心哑亏，反愿委身下嫁淫匪，她这不是太矛盾吗？然而这正是旧礼教奖励片面贞节的自然结果，女子失贞，不论是情愿，是遭强迫，一样被道学所不齿，社会流俗，倒是对那始乱终成的男女，肯于原谅，以为善补过，虞姓的女子一片私心，便是想到，既已失身于张青禾，倘得嫁给他，反倒遮羞。她哪里知道，张青禾并不真爱她，只是纵情淫虐，而且日久生厌了！

虞姓少女的日后结果，当然很悲惨，张青禾现在伏在张家墙头，眼望黎小霞的俏影，陡发遐想，忽然看花了眼。黑影中现出这一个黄瘦少女面孔，向他凝睇含怨，十分悲苦，他顿然眼差，乍见这面影似是虞家少女，随即一变，变成血淋淋的另一个俊俏面孔了，那却是他数月前，被他惨杀的另一家闺中少妇。

张青禾心中一迷糊，顿然忘其所以，身在房顶，不禁忘情唔的一声。那由院心已走到西厢的小霞姑娘，正伏在窗前，微启窗幕，悄然向外偷窥匪徒。西厢房的铜灯，依然用铜盆扣住，光不外射，屋内昏昏暗暗。黎小霞手中，只有一把一尺八寸长的短剑，不足以应敌，渴盼胞兄把长剑取来，可是胞兄黎绍光竟一去不回，黎小霞姑娘十分焦灼。

当她这样窥窗待援的时候，床头上的张桂枝小姐，在黑影中看呆了，也吓愣了，忍不住低声叫了一句："黎妹妹，你瞧什么，可是，可是匪来了？"

黎小霞不禁着急地说："你怎么叫起来了？"赶紧回身连打手势，不教她出声。黑灯影里，张桂枝小姐只顾惊慌，没有看出手势。她只觉一个人留在床上，十分危险，竟又低叫了一声，掀起被单，摸索着要下地。她是缠足姑娘，并没有脱鞋，连睡鞋也没敢换，自然也没有脱去小衣。她竟战抖抖地溜下屋地，要凑到黎小霞姑娘跟前仗胆。她可就忘了屋心的铜盆和铜灯，还垫着书。她蹑手蹑脚地一走，叮当的一响，把铜盆踢翻了。吓得她失声惊叫，同时屋内的张大娘子、玉洁姑娘也吓出声了。

张桂枝小姐慌慌张张奔过来，把黎小霞拦腰抱住叫道："妹妹，我怕！"屋中的张大娘子和幼稚的玉洁小姐也互相搂作一团，以为贼人来到了，闯进来了。铜盆一翻，铜灯立见，贴地发出了晕光，映到纸窗上，虽不是灿然大亮，也照得门缝窗隙微露一线之明。

黎小霞姑娘大恚，赶紧放下窗帘。

张桂枝紧紧搂住她的腰，呼呼地喘息着，语不成声地叫："妹妹，救救我！"黎小霞这只手还拿着匕首，那手也正潜摸暗器囊；一生气，腾出手来，掩住了桂枝的嘴，骗她道："匪还没来，你嚷什么？"

张桂枝战战兢兢道："我害怕，匪没来吗？妹妹你瞧什么？"仍然搂住黎小霞，整个身子往黎小霞怀中钻，恨不得教黎小霞抱着她，她才不慌。竟把黎小霞累赘得没法，也不能察看来匪的趋向了。

第三章 幕后短剑窗畔嗅异香

黎小霞一面撕罗，一面悄声埋怨说："你看你吓得这样！贼还没来，你就把我揪住，那不是给贼留穴，让他闯进来吗？"又发狠道："这不行，你还是……你就不该留在这里。这工夫也不能上我家藏着去了，简直的，咳，你索性进里屋，找大嫂子去吧，教她给你仗胆，我在外头替你等贼。贼来了，我就给他这一刀，这都有我呢，你还怕什么！"

当下，黎小霞插起匕首，也顾不得外面的贼人，里面的灯光，把张桂枝架起胳臂，硬搀进内间黑影中，张大娘子也正搂着玉洁哆嗦。黎小霞悄叫了一声，把张桂枝抱上床头，送到大嫂子怀中，于是张大娘子、张桂枝、玉洁，一个少妇、两个女孩子，互相偎抱着，挤在内间床头。黎小霞索性给她们放下床帐，坚嘱数语："贼这就来，再听见什么动静，你们千万可不要出声了，再出声，可是自找倒霉。"

黎小霞这才又好恼、又好笑地转身出来，重将铜盆扣好铜灯。一切摆布舒齐，重奔到窗前，微掀窗幕，再察匪踪，匪人早已离开了对面房头，不知溜到哪一面去了。黎小霞往里屋瞥

了一眼，愤愤不已，抽匕首转到另一窗前，扒幕缝，撕窗纸，重寻匪影，匪人的影子仍然不见。同时她的胞兄黎绍光已然取刀回来，但并未叩门。

黎小霞双眉微蹙，紧咬银牙，暗暗地生气……不料这工夫，这独行少年贼张青禾，已然窥见西厢的艳影，也猜破她们几个女孩子暗中是有准备。

这少年贼微微一笑："这一定是刚才那个拿小剑的女孩子窥见了我，她一定在屋中暗暗设下埋伏，要骗我上当。丫头，你把我看成什么人了？你真敢跟我斗？"

雄娘子张青禾，他立刻伏身蛇行，绕到西厢后，立刻拿出了他的化妆，很快地扮成妖精。他也知西厢中女子既有行家，这鬼脸假磷火未必吓得住她；可是他还有别的方法，他打扮完毕，立刻又取出了薰香盒，四外一瞥，飞身跳到西厢房后夹道。抬头一找，找见了西厢房后窗，立刻沾唾津，点破小小一洞，把薰香盒的机关弄好，伏身暗隅，用火折悄悄燃着了点薰香引火物，鼓动起来，很快地把薰香点着。然后，挺身站起，傲然四顾，嘴角微浮浅笑，立刻扑到西厢房后墙根，将放香盒的喇叭口，对进了纸窗破洞，站在后面，鼓动小风箱，顿时浓烟发作，穿窗洞灌入西厢房。

不料此时，黎小霞姑娘在西厢屋中，听见了鼓风的微响，她到底江湖经验不足，虽然会武，竟不懂运用晕香匣子的伎俩，虽然听说过昏香贼，却想象不出昏香该如何用。她已然觉出屋有异味，她反倒不躲；她居然艺高人胆大，既感到后窗发出异响和异香，她居然扑过来，要撕开外窥，要看个究竟。

她竟提一尺八寸长匕首，在屋心微微一窜，来到后窗根，伏窗观一目，往外细瞧。当此时，少年贼雄娘子张青禾的一只眼，也正往里瞧，两只手也正往里鼓捣。两个人陡然对了脸，同时出了声。

黎小霞娇叱道："好大胆的贼！"匕首往外穿窗一削，就在同一刹那间，也咦的一声低喝："什么味？"骤忘厉害，用鼻子

连连寻嗅，竟吸入很多的蒙药。陡觉眼花缭乱，头脑轰轰，地转天旋，不能支持，失声一叫，忙往后一退，便跌倒了。

却是她手疾招快，她那一尺八寸的匕首，已然破纸窗，刺中了外面的匪手，外面的匪哼呀一声，把手缩回，手背上迸出热血。

少年匪张青禾大怒，而且色胆如天。匆忙中收抢起薰香盒，把创口一按，抽出了剑，他使的仍是嵩阳派的剑技，并且很快地探囊掏出两个布卷，塞住自己的鼻孔，唰的跳上窗台，把窗扇一扯，掠空翻入西厢房的窗台。西厢房薰香烟气灌入得不太多，却也显得薄雾迷离，足以使喘气不舒。

张青禾穿窗跳入人家的深闺。黎小霞误中薰香，坐倒地上，侥幸知觉尚未全失，兵刃更未脱手，见匪人袭入，倏地一滚，身体挺腰跳起。就在这一滚身之际，将手中尺八匕首一挑，立刻挑起了扣在地上的铜盆，亮出来放在地面的铜灯，灯光闪闪，随人影掠风，霍霍跳荡，但依然能够烛物见人。

黎小霞瞥见了胆大包天的少年匪，少年匪盯住了胆豪气傲的黎小霞姑娘。平地上，灯影摇曳里，照不见双眸蕴怒的黎小霞的芳容，却照见了贴地雀跃的莲钩。张青禾见所罕见，欢然大悦，面含诡笑，兴冲冲喝一声：“呔，丫头，不许动！”剑光一闪，翻窗直入，合身猛扑过来。

黎小霞姑娘止不住目眩心跳，她不知自己已中薰香之毒，反恨自己遇变怯敌，咬紧银牙往后一退步，侧身挺刃，一尺八寸长的短剑，照敌人刺去。张青禾启窗带笑，身势不停，长剑一挥，简直是欺负人家女孩子刃短力弱。当的一声响，竟把黎小霞的小剑磕飞，直激到前窗，破窗抛落到院中。

黎小霞姑娘哟的一声叫，心头小鹿乱跳，浑身酥软，薰香的药力循血液，散布到全身了。幸药尽猛，受毒无多，黎小霞神志尚还清醒，她正应该振吭呼救。却见少年匪一脸亵意，向自己扑来，右手剑奔黎姑娘的粉项，左手爪竟奔了黎姑娘的细腰；那意思是用利剑一吓，左臂便要插入女子的右肋，居心叵

测。要把黎姑娘抱住，甚至于挟走。

黎姑娘一股急劲，杏眼圆瞪，紧盯敌手，竟倏地扭转柳腰，微退弓足，可惜的是短襟小打扮未全改换。短剑已失，双拳一错，亮开了猴拳，竟奋不顾身，两手空空，很迅猛地挺身搏敌。这只纤手一格张青禾的左腕，那只纤手便抓张青禾持剑的手腕，整个身躯偻着，直抢到敌人怀里。

张青禾很识货，心中微微一惊，这个姑娘居然会空手入白刃的招数，而且应变快，空着手硬往自己怀里挤，这分明是逼迫自己，使利剑没有发挥的余地。他立刻微微撤半步，左手掌一磕敌腕，右手剑往回一缩，突然往外一吐，“金蜂戏蕊”，正取黎小霞的心窝。

这时候，黎小霞姑娘头脑涔涔然，已然支持不定。张青禾这一剑，贪恋女色，未下绝情，他若快速，黎小霞立被刺中胸膛。他不忍下毒手，他另安着毒念，而是剑势前挺略缓。黎小霞惊叫一声，忙用左掌硬来夺剑，居然夺住了敌人手腕。恰在同时，张青禾陡发怪吼，本扮妖魔，左手一抹脸，顿时磷光满面，现出了巨口獠牙，就用这左手，往下一削黎小霞夺剑的手腕。不防黎小霞身手很快，左掌伸出来夺兵刃，却有虚有实，见硬就回，不等到敌人招到，强拖敌腕，往里猛然用力一拧，右手掌紧握拳头，扑地捣上来。

张青禾玩弄敌人，欺负她力弱。黎小霞这一拳直奔面门，并不怕他这张假鬼脸，而且喝出来：“呔，好贼！”张青禾反而受制，慌忙一侧脸，哼哧一声，腮帮狠狠挨了一拳，把个假鬼脸打落地，挂在耳轮的巨口獠牙全掉，只剩了半边蒙额角、遮眼眶的绿油绸面幕。

雄娘子张青禾吃了举动不狠不猛的亏，黎小霞骂道：“恶贼，教你装神弄鬼！”用双手强来夺下敌人的宝剑。她也小瞧匪人，匪徒张青禾这一只持剑的手被黎小霞双掌擒住，那一只左手却空闲着，只听他骂一声：“好丫头！”陡然施“黄莺托腮”，紧扣咽喉，把黎小霞下颚一托；下面双腿一错，一绞一

绊，更掉臀把黎小霞整个身子往外一挤，黎小霞顿时失势，赶紧侧脸退步，夺剑的双手不待破，而自行松开。

张青禾乘敌招乱，就手用力，横剑一拍。这工夫黎小霞救招急躲，双臂收回，往上一穿，原为破解张青禾扣咽；张青禾一躲，竟踏着了黎小霞姑娘一只细足。不由得疼得她哎呀一声锐叫，想往外挣，已不能够。张青禾更进一步，再施阴损之招：这只脚不抬，那只脚硬上，右手剑一晃，左手掌当胸一推。

黎小霞姑娘扑噔一声，玉树倾斜，栽倒在地。就被这一震，脑际轰轰，耳鸣眼花，薰香的力量越发按压不住。可是她到底不弱，竟施“燕青十八翻”，往外一滚还想跳起。无奈右足奇痛彻骨，头脑晕眩，柳腰连摆，到底又跪倒在地了。少年贼大喜，挥剑上前，要活捉此女。黎小霞姑娘猛将右手一扬，发出的暗器相距甚近，势难躲闪，偏生黎小霞呼吸短促，芳心狂跳，竟失了准头，竟被张青禾略略一个侧身，闪开了暗器。同时疾如电火，他也探囊取出一物，照黎小霞劈面打来。黎小霞急待退避，不料这暗器不是寻常镖石袖箭，才出手便腾起一层迷雾，笼罩了黎小霞。黎小霞欲避无从，赶忙屏心摄气，到底呻吟一声，被这暗雾扑倒。

张青禾大悦，叫道：“好你小妮子！教你快活！”飞身过来，俯腰扑捉。竟把黎小霞挟在肋，夺门要走。陡然间，户外一声暴喝，连连发来了两支暗箭。少年贼张青禾急一俯腰，恰已缩身在窗台以下，暗器全都打空。张青禾十分大胆，挟住黎小霞，扑向后窗要跑。黎小霞神志半昏，尚知身落贼手，狠命地一打千金坠，张青禾便不能腾墙上窗。同时，外面的救兵已在霹雳般狂吼声中，脚踢前面屋门，急遽扑入；黎小霞姑娘的双腕也从贼人挟持下，强夺出一只手来，竟趁张青禾忙乱之际，探手掌猛往上托，硬来扣贼咽喉。

张青禾大叫：“我杀死你！”一面扭项，一面要用剑背箍黎小霞的手。可是这工夫已然来不及，从前门扑进来的人，正是黎小霞之父，老镖师黎道朗。这老人也是忽略了少年贼的伎

俩，更不知道自己的女儿，李代桃僵，反受了薰香之害。他只听得女儿的一声惊叫，方才袭入，坐令爱女竟陷魔手。当下大吼挥刀，照张青禾猛砍来。张青禾猛然一施身，就势把黎小霞一抡，侠女黎小霞竟做了贼的挡刀牌。

黎小霞锐叫了一声："哥哥快上，我教贼捉住了！"她并不知来的人乃是她父。黎道朗闻声大骇，霍地停刀一退，厉声喝道："好贼！"张青禾公然还口，笑骂道："你敢砍！砍就砍死你们家姑娘！"又高叫一声："闪开了。"左臂又将肉质一抡，右手剑乘空往外一吐，身似旋风一转，后窗不好窜，公然夺路，要走前门。

老镖师黎道朗见状闻呼，大恚大愧，惨吼一声，抛刀上前，展开空手入白刃的功夫，截住张青禾，拼命夺剑，其实是夺人。

黎道朗不比黎小霞，年虽已老，精力过人，况又未中薰香之毒，竟挥动双拳，堵住屋内，与匪人交了手。少年匪张青禾本怀恶意，佯借肉质夺路，实在要挟黎小霞逃走。他却忘了这件事决计行不通，他再想拿肉质拒敌，反倒趁了对手夺人之愿。当下，双方也只见了三四个照面，张青禾所挟持的黎小霞，已被黎道朗夺住。张青禾的右手兵刃，也被黎道朗冒险扼住手腕。张青禾不认输，不想走，还要强夺。却是黎小霞姑娘人虽昏昏迷迷，依然辨清利害，她就趁机奋身一挣，双手全从敌人臂下挣出来，竟狠狠往上一捣，拳头捣中张青禾的要害。匪人不禁哼了一声，骤然失手。黎小霞又一挣，脱然坠地。同时黎道朗也腾出左手来，右掌捋住敌人，这左手便扣上去，把敌腕一拿。张青禾又失声一叫，连剑也被人夺去了。

张青禾竟弄得两手空空，宛然偷鸡舍米。黎家女孩子已然跌倒地上，不能再斗，仅仅一滚身，翻到较远处。黎家老头子须眉怒张，早挥动了夺来的剑，向匪人唰唰的猛砍下来。

张青禾仓皇失措，往地上瞥了一眼，要夺门而逃，老镖师堵着门，他立刻要翻身越窗，老镖师的刀就猛砍他后背，青禾

在焦灼之下，怪叫一声，取出一件暗器，照黎道朗面上一打，不管打中打不中，猛喝道：“看镖！”飞身掠窗洞而去。老镖师黎道朗惊喊了一声，屏息后退，原来张青禾随手一撩，又泛起了一层迷雾。黎道朗经多见广，竟不敢跟踪穷追。也不顾扶救爱女，忙翻身绕从前门窜出，跃短墙上房追匪，更振吭大呼，教长子黎绍光快出来截匪，更连喊小心暗算：“匪是个下五门薰香匪，快追，不要叫他跑了，小心他的暗器！”

老镖师黎道朗这样喊，他的长子黎绍光伏暗隅，早已闻耗跳出来。恰瞥见逃出来的人影，立即横身追截过去，老镖师的喊声，他仅仅听出“快追”，不曾听出暗器的厉害，人就提刃猛缀下去。张青禾拼命地在前跑，黎绍光拼命地在后钉，转眼间，穿镇出郊，两人没入黑影中了。

老镖师黎道朗又顾念儿子，又顾念女儿。女儿挣出匪手，跌倒地上，想必受了贼剑。这老人又愧又恨，又急又怒，竟丢下儿子，折回来先查看女儿。一口气奔到张宅，由壁头跳下，扑入西厢房。先叫了一声：“小霞！”地上的铜灯早已踏灭，忙寻火种，点着了灯，低头一看。爱女黎小霞倒卧在地上，喘息声弱，仅能涩声低应，以肘拄地，抬起头来，呻吟一声，又复躺倒。

黎道朗十分焦急，忙端过灯来，俯身验看。黎小霞姑娘面色惨黄，鬓发蓬松，衣衫凌乱。这老武师蓦地红了脸，顿足打咳，话到口边，要问，又不敢问。把灯放到一边，扶起女儿的头，放低声音，低到有字无声地问：“你你伤了吗？哪里伤了，可是遭到恶贼的……”

黎小霞惨笑摇头，把父亲看了一眼道：“是爹爹！”又道：“我没有，没有伤，这恶贼人捉住了没有？哥哥哪里去了？他太耽误事……我是受了贼人的薰香！”

老武师心痛爱女，不禁骂道：“你哥哥浑蛋！他追贼去了！”急将黎小霞抱到床头，重举铜灯，细加验看，把黎小霞由上到下，看了一周，方才吐了一口气，放下悬着的心，低说

道："孩子，你是怎样受了薰香？可是睡熟了受的害？你没有别的伤吗？现在觉得怎样？"

这老头儿也是呆脑，只顾担心盘问，忘了急救。黎小霞心中难过，叫道："爹爹，我心上翻腾，快给我一口水。"黎道朗这才想起来，寻找冷茶，给女儿喝了一杯，又用冷茶渍湿手巾，给女儿擦脸。被冷水这一激，黎小霞才清醒过来，可是十分羞愤，躺在床上，切齿掉泪的恼恨胞兄，取剑迟来，误了大事。

这工夫，黎家父女兄妹，斗贼追贼，跳踉喊骂，闹得惊天动地，宅主人张秀才父子和仆役下人，全吓得钻在屋里，不出头，不哼气，袖手不管，连呐喊助威、拍山镇虎的举动也没有。西厢房里间，蜷卧着张桂枝、张娘子、玉洁姑娘，藏在西厢房黑影里床帐内，分明听见外面扑跌斗殴，全吓得傻了一般，互相搂抱作一团，连喘气都吓住。

老武师黎道朗容得女儿精神稍稍恢复，亲扶她坐起来，把她蓬松的头发，用手捋得整顺了，又替女儿把凌乱的衣衫也整理一下，向女儿连连示意：吃个哑巴亏，不要声张出去。黎小霞姑娘歇了好久，强站起来，把床边小凳上放着的裙子寻着，原来已经掉到地下了，拂去了土，重新穿上，眼泪汪汪，看着父亲说："爹爹给我报仇，我倒做了张桂枝的替死鬼了。教恶贼整对着我的脸，喷了好些薰香。爹爹和哥哥务必设法，把恶贼活捉住，挖他的眼，砸折他的腿，把他碎尸万段，才出女儿这口气！"说着话，摇摇欲倒，体力仍不甚强。

这工夫，西厢房内间的张大娘子、张桂枝、玉洁姑娘已然惊魂稍定。东厢房的张秀才刚才听得人声暴喊，门窗乱响，吓得他不敢出声。此刻已好半晌没有动静了，他也就试探着出来询问。再过一时，张宅的下人们也逐渐出头了。

黎道朗老镖师十分懊丧，等着女儿精神气力渐次恢复，便要携女返家。张大娘子和张桂枝姑娘已听见贼人逞凶的情形，竟不肯放黎氏父女走，仍留他父女防贼。张秀才也一再向黎老镖师作揖打躬，务请在宅多多待一会儿。直耗到天亮，黎宅的

人差不多全起来，黎小霞姑娘方得随同她父黎道朗，离开了张宅，回转自己家中。可是她的胞兄黎绍光仗剑追贼，竟一去无踪。

黎小霞回转自己的卧房，很羞愤地和衣躺倒床上，对黎老镖师说："父亲还不快找找哥哥去？我哥哥至今未回，是不是遇上了……是不是上了匪徒的当？"老镖师黎道朗双眼通红，命儿媳伴着女儿，他立刻穿上长衣，暗带兵刃，率领两个徒弟，亲自出去寻找。老武师当时只顾救护爱女，没顾得援助长儿，此刻带人寻找，又不知黎绍光追向何处，只得根据匪徒暗缀张桂枝姑娘轿车时的来路，先往西郊一带访去。

黎老武师直访到午，没有发现匪踪，也没有寻见儿子的下落。正自心慌懊悔，到各处乱找乱问，不想家中人已打发长工倒找来了。老镖师的长子黎绍光，竟被人在北郊外土堡发现，现在叫人用门板搭回来了。果然受了匪徒的暗算，身负重伤，倒在土堡下。因为地点很僻，直到近午，方被行路人发现，幸而黎家冲是小地方，老邻旧居彼此认识，这才把他抬回来。

黎绍光受的也是薰香蒙药之害，并不是硬伤，但当他中毒摔倒之时，也险些被少年匪徒张青禾所手诛。因为时届黎明，已有晓行之人，黎绍光大呼捉匪，才把张青禾惊走。当下黎镖师黎道朗率领弟子，回转家门。看见一个女儿、一个儿子，全受了匪徒的智算，他心中十分痛愤，这少年贼张青禾所用的蒙药十分歹毒，只用冷水喷救，人虽惊醒，却是四肢无力，时欲呕吐。老武师黎道朗忙用解毒丹，给这一子一女服下，暂且不问贼情，命二人安睡养神。这老人暗暗盘算，决计寻贼复仇，把门弟子悉数找来，将此事告诉最得意的三个弟子，三个弟子一齐自告奋勇，要助师门访拿这个恶贼。

挨到申牌以后，黎小霞和黎绍光渐次精神恢复，黎道朗便把门弟子邀到后堂，命一子一女细述贼的年貌口音，自己也把自己所见说了，三个得意高足立刻分三面出去访查，老镖师也亲担一路。

访到下晚，渺无音耗，张秀才家已经两次派了人来，请黎

氏父子，到那边去谈一谈防盗的善后，黎老镖师见张秀才父子没有亲到，心中很不痛快，竟向来人发话："我父子替张家御侮，人已然受了伤，张家父子竟没有一个人来慰问，好像我们父子吃着他们、喝着他们，该当给他们护院似的，这太难了。"末后竟说："我们没有工夫。"

来人很会说话，忙向老武师道歉："黎老太爷你不要误会，我们老太爷是吓病了，我们秀才大爷进县城报案去了，我是我们老太爷躺在病床上，面嘱邀请来的。一来就是给你老道劳，二来就是奉请你老再辛苦一趟，他们怕的是匪今明夜再来，他们打算把两位姑娘送到亲戚家住一天。"

原来张老太爷并没吓病，倒是他续娶的那位继室娘子倒在床上，哼哼唧唧，说是吓病了。张老爷全副精神全放在继室太太身上，对于真个吓病了的女儿张桂枝姑娘，倒不甚理会。还是张秀才的娘子，向公公请示，要把张桂枝姑娘、玉洁小姐，全送回外婆家去，一则养病，二则避匪。张老太爷答应了，便吩咐下人套车，可是护送二女的还没有妥人。张秀才已然进城报案，老太爷一味服侍继室太太，张大娘子十分着急，这才假传公公之命，到黎家去求助，意思是请黎家派人代为护送。

老武师黎道朗大发牢骚，被黎绍光听见了。他此时精神已复，忙向父亲疏通，做人要做彻，何不转烦同门师兄弟，替张家辛苦一趟，连说了两次，老武师方才答应，就叫门弟子谢东华，跟随来人，到张宅去了。张宅这才套上两轮车，张桂枝、玉洁小姐各坐一辆。谢东华和张家一位亲友分跨车辕，仍跟随一仆一婢，径往外婆家去了。张老太爷仍烦求黎老武师护院防匪，黎道朗竟峻辞请绝："你们不是报官去了吗？官面防护，比我们强。"

黎道朗表面上峻拒，暗中却照样提防着。耗到天晚，刚过二更，便吩咐一子三徒，全换上夜行衣，持兵刃，带暗器，悄悄在黎家冲设下卡子，女儿黎小霞就在家中戒备。这样防守了一通夜，匪徒没来。第三天白天仍出去勘访，到晚又钉了一

夜，匪徒仍未出现。大家连熬了三天三夜，精神顿感不支，黎老武师说：“像这样不行！”遂将门徒和子女分成白班、夜班，继续戒备下去。

如此，一连六七天，只偶然在晚间，发觉荒郊夜月，犬吠人影。等到追了过去，人影又不见了。这时候，张秀才进县报警，官衙也派了捕快，明访暗缉，也没有访出匪踪。县尉又率民兵，下道清乡，如此又过几天，这件盗案就要模糊下去了。

黎老武师和黎绍光、黎小霞，以及门弟子们，也商量了几回，以为这少年匪大概是过路绿林，也许是看出我们防备森严，已经知难而退了。又戒备了几天，渺无所猎，一无所见，人心便渐松懈下来。只有黎小霞姑娘，怏怏不乐，引为奇辱。

如此，过了不到二十天忽又出了事。

第四章 外家避贼突逢卖花娘

在黎家冲张秀才宅，和黎武师宅，经他们昼夜提防，少年匪张青禾数度化装窥伺，未敢再来打搅。可是张桂枝姑娘和玉洁小姐，那天避地移居外婆家的时候，忘了潜避之计，是在白昼坐车走的，虽然没被张青禾瞥见，可是不知他用何法，又被他访出来了。

张桂枝的外婆住在昭陵，外婆家姓韩，乃是当地的富农。韩老员外早殁，只有一子一女，儿子年已四十多岁，也算是乡绅，女儿便是张秀才之嫡母，已然病殁。这韩乡绅也有二子一女，女儿便是玉洁小姐，今年才十六七岁。韩老夫人年已七十岁，今尚健在，她是很疼爱这没有亲娘的外孙女张桂枝的。她的孙女儿玉洁，跟外孙女张桂枝一块又回来了，这老婆婆便问："这是怎的一回事？你们去了几天，又翻回来，可是你的继母又闹脾气了？"

张桂枝含着眼泪，诉说家里闹匪之事，孙女儿玉洁小姐说起那天夜间，匪徒跳窗进屋，和黎小霞动了手。这老婆婆一听大骇，赶紧把儿子韩乡绅找来，一五一十说了，教他派人到黎

家冲，安慰姑老爷，又教他吩咐长工人等，小心自家的门户。又命张桂枝姑娘和玉洁小姐，同住在一个闺房内，拨派一个仆妇、两个使女，给她们两个女孩子做伴。

玉洁小姐和桂枝小姐就住在韩老夫人的佛堂房后，乃是三间精舍，独占着一个小院。住了几天，平安无事，韩乡绅亲到黎家冲，安慰姐夫，据说闹匪之后，经小心戒备，已然没事了，于是大家全放心。

哪想到少年匪青禾跑到别处，连做了两案，现在又折回黎家冲、昭陵一带了，他竟辗转访出桂枝姑娘现时避居韩乡绅家中，他以为那个会武的女子也必在内，他竟扮成一个卖珠花的少妇，白昼到昭陵来摸底。

桂枝姑娘和韩玉洁小姐，在闺房没事，无非刺绣解闷。秋高气爽，韩玉洁一时倦绣，引着桂枝，去到佛楼闲眺。这佛楼供着观音菩萨，原来是韩老夫人焚香诵经之处，也是乡间大户筑来做瞭望台之用的。两个小姑娘带一个使女，攀扶楼窗，往外面闲看，正好看见韩宅后院墙之外，墙外是一片旷场，附近有几座矮房，竹篱茅舍，住着农家。忽然间，从那边走来了一个挎竹筐、卖纸花的年轻卖花婆，凑到村妇面前，兜揽生意。

韩玉洁小姐在楼上望见，很觉奇怪。这花不知卖的是什么花，刚来到时，只有一两个村姑跟她搭讪，旋即哄然地围上来，好几个村妇都在篮里抢买花朵，似乎篮中还有别的装饰品物，这些村妇不但争买，而且纷纷往自己家中跑，把大姐姐二妹妹叫来一大帮，都争先恐后地买花，好像遇上了便宜货。

玉洁小姐觉得稀奇，第一，是从来没有看过这样打扮的一个年轻卖花婆，远远望来，似乎很漂亮，第二，又从来没见过卖花像白送一样，招得人这般争购，她就忍不住向桂枝叫道："姐姐，你快来看！"桂枝姑娘开那边楼窗，走到玉洁小姐身旁，两人并肩下望，看了一刻，也觉得奇怪。她们再想也想不到，这卖花婆的花真像施舍一样，贱得出奇，这些村姑贪小便宜，由争买竟致争吵起来。那个小使女也凑过来看，这小女孩

眼尖，立刻看出便宜来，就劝两位小姐下楼去买花。桂枝姑娘说："这种串村镇的卖花婆，她手里怎会有好货色？我们不要买吧。"玉洁小姐说："姐姐你看，围了许多人，一定有好货色。"那个使女插言道："姑娘你看，那个卖花婆很年轻，雪白的脸蛋，长得很俊，咱们看看她去。"

两位姑娘禁不得怂恿，居然款款下楼，徐趋后院，来到了后门口，由使女开了门闩，高声叫道："卖花的过来，卖花的过来！"

那个少年卖花婆不等着叫，早已回头看见了高门三女相拥同出，她就嗷应了一声，收起货色，分开村姑，很快地寻了过来。双眸直勾勾地盯着桂枝，顺眼又看到了玉洁小姐，说道："小姐买花吗？"款动莲足，凑到桂枝面前，把花篮放下，一脸的笑容，请两位小姐选取假珠花。

张桂枝看这卖花婆颇为可讶，这卖花婆只有二十来岁，姿容俊美，小口直鼻，长眉秀目，精神伉爽，穿戴尤其不俗。凡是卖花婆，多半衣饰褴褛，这个卖花婆却年当少艾，装束入时，腰肢纤细，双眉甚阔，耳垂金环，头罩绢帕，穿一件月白色短衫，下系长裙，裙下微露纤足，瘦不盈掬，尖削如菱，直够得三寸莲钩，这居然是个很漂亮的少妇，只身材细长，较寻常妇女高过半头似的，两只眼不住的，顾盼灼灼，不住地盯着张桂枝姑娘和韩玉洁小姐，面上时露奇怪的笑容，手也不闲着，从篮中选取上好的珠花，硬送到桂枝手内，口中哓哓夸奖道："这花儿太好了，姑娘生得这么漂亮，戴这个花最好。"

桂枝也和寻常少女一样，看见了美貌妇女，她必要凝眸打量，可是她刚刚把这少年卖花婆，由头到脚，看了一眼，这卖花婆不错眼珠地盯着她，竟看得她很不好意思，而且无端地心跳，脸红起来。那卖花婆的一对眼十分尖锐刺人，满脸笑容，强将一朵珠花往桂枝手中塞，竟趁势抓她的手腕，微搔她的手心，脸上神气也似半献媚半轻佻，双眸射出饿虎扑食样的强光来，做足了耽耽而视的猛样。桂枝竟不由得畏缩起来，无形中

觉得一种莫名其妙的、恐怖的空气所笼罩，她竟要往后退。退到了后门框边，她的手也躲回来，不肯接取卖花婆递过来的珠花。

这所谓珠花，也就是人工所制的灯草、琉璃珠、蜡纸所造的假花。卖花篮子内盛花全是这些纸制的石榴花、茉莉花、珠花，还有些胭脂、宫粉、花样子、小毛巾、弓鞋面，以及针头线脑之类，货色不多而很精致，索价极贱，贱到出奇，直同白舍。玉洁小姐年岁小，也心惊这卖花妇的年轻貌美，衣饰整齐，不似寻常的卖花婆。她究竟是个小女孩，只顾俯身选花问价，再没想到其他。那张桂枝却觉得这个少年卖花婆双眸的可怕，尤其是卖花婆的身手直迫过来，做出咄咄逼人的气势，张桂枝十分羞怯。卖花婆的手假装选花，摸不着她的手，竟又来摸她的胸乳，她不禁红了脸随转嗔怒，低喝了一声："做什么？我们不要，妹妹快进来吧。"

韩玉洁小姐不知哪里的事，刚拣起两三朵珠花，看了又看，向卖花婆问价，卖花婆转眼一看玉洁："这个小丫头也够爱人的，就是个儿小点。"遂含笑答道："姑娘要买这个珠花吗？我卖给别家三百文钱一朵，卖给二位姑娘，我要格外让价，你只给五十文钱吧。"这种假花竟是精品，按时价说，至少也须五百文一朵，这个卖花婆开口价便小，如今又落到五十文，真是太便宜了。韩玉洁很欢喜，手举着对张桂枝姑娘说："姐姐，你瞧，她才要五十文钱，咱们买几朵吧。"

韩玉洁捉花赏鉴，恋恋不肯走，一迭声地说："姐姐，我们可以多买几朵。"张桂枝暗含疑怒，不欲明言，只是摇头说："我不要，我不要！"扭身就要进门，韩玉洁不知就里，竟抓住她不放，一定教她挑选。张桂枝一面摘夺她的手，一面向玉洁说："妹妹，我决计不要，你也不用要……这个卖花婆很讨厌，你不要搭理她。"

两个女孩子你拉我推，已然进了后门口。韩玉洁仍然问："什么？什么？"张桂枝很着急，暗恨玉洁年幼无知，迫不得已，附耳说道："这个卖花婆不是好人，妹妹快关上门吧，不

要买她的东西了。”但是韩玉洁小姐手里还拿着三朵珠花。这卖花婆一声诡笑，竟提篮追进后门洞，笑嘻嘻说：“二位小姐选两朵吧，这全是京货，价钱便宜好多呢。”绕转身子，居然挡住了张桂枝，不放她往回走。

张桂枝大怒，俏眼含嗔道：“你这个卖花婆，好可恶！你怎么追进院子来！快给我出去！”对丫头说：“把她轰出去！快把门关上！”

张桂枝这样发怒，韩玉洁十分惶惑，她素知桂枝性情柔和，从来没有疾言厉色，不知今日何故无端动气，她也觉得这卖花婆艳姿轻俏，衣妆似乎十分飘浮，现在见这卖花婆公然进门入院，阻住道路，她便随着张桂枝的口气，申斥道：“你怎么直往院子里闯？你快出去！”

卖花婆满面春风，扑到玉洁小姐面前道：“小姑娘，你不要发脾气，你拿着我的花，直往你们家里，你到底是要不要呢？”

玉洁道：“这个……”可不是自己手内还举着三朵珠花，不由脸一红，赌气把花往卖花婆手中一送道：“给你，给你，你还怕我们拐走你的花，不给你钱吗？你不要不放心，还你的花，我们不买了，你给我出去！”

卖花婆嘻嘻地一笑，把手一躲，不肯接花，向二女说道：“两位姑娘挑了这么半天，怎么又不买了呢？你们阔小姐不要拿我们穷人逗笑，你多少得买一两朵，不要开玩笑，耽误我们的生意呀。”

张桂枝、韩玉洁一齐生气，卖花婆竟似个赖不着了。张桂枝不愿跟卖花婆还口，只想往院里走，反正卖花婆不敢进入内宅屋里走。韩玉洁却怒道：“我们怎么不想买，我嫌你的东西贵，我们买不起，你快出去吧！”

卖花婆笑道：“你是嫌贵呀，可是，姑娘，多少钱才算不贵？姑娘你还没有还价哩！”

韩玉洁道：“给你十文钱一朵，爱卖不卖！”说罢，将珠花

往篮中一丢，转身要走。卖花婆咯咯的一阵娇笑，把丢下的花全抢起来，说道：“十文钱一朵，可真少点，姑娘别走，卖给你了，全卖给你了！”双手分举着这三朵珠花，又横身一遮，把二女全拦住，却将珠花分递向二女。

二女笑不得，恼不得，价值五百文的珠花，卖花婆她竟十文钱就卖了。这固然是便宜货了，可是卖花婆满口说得也是便宜话，她说：“这花卖给别人贵，卖给二位姑娘，我怎肯舍得多讨价钱？二位姑娘不认识我了吗？我却认得二位姑娘，我还知道姑娘你姓张，姑娘你姓韩，对不对？”

韩玉洁不禁睁大了双眸，很诧异地说：“你这卖花婆，我们多咱认得你呀？你怎知道我姓韩，我姐姐姓张？”

卖花婆笑道：“你二位是贵人多忘事，这些日子，你二位不是去黎家冲张秀才家住着吗？你们家里，前些日子在晚上还闹过事，对不对？”

二女越发骇然，韩玉洁以为离奇，便想盘问，张桂枝悄悄说道：“妹妹快给她钱，把她赶紧打发走吧。”韩玉洁小姐赶紧命使女回去取钱。小使女答应着去了，卖花婆竟停在后院门以内，流连不走，看出张桂枝风格严峻，她就巧笑着，向年幼的韩玉洁搭讪，三朵珠花买定，只索三十文钱，她又拿起别样的花朵、脂粉，向韩玉洁兜售，索价格外低廉，她没话找话，向韩玉洁逗弄。别的村姑村妇那些贪小便宜的，也凑了过来，韩家后院门以内，竟挤进来好几个乡妇村姑，七言八语，向韩玉洁说道：“韩小姐，也出来买花吗？这花真便宜呀，这位小姐是谁呀？是黎家冲的张小姐吗？几年没见面，张小姐长得这么漂亮了。”

张桂枝含嗔低头不语，容得小使女取来铜钱，付了花价，也就扯着韩玉洁小姐，往内宅走。韩玉洁贪恋便宜货，还不想走。张桂枝再也忍耐不住，独自抽身走回内院去了，独自坐在韩玉洁的闺房内，潜生闷气，又细细琢磨这个卖花婆，不知从哪一点，竟觉出她十分可怕。这卖花婆分明是个妖冶的妇人，

气度轻狂，决不像个负苦的穷妇，而且张桂枝，又觉得这卖花婆的面目，尤其是她那一对眸子，好像在哪里见过，她那一对眸子恍如饥鹰饿眼一般，看人一下，似乎咬人一口似的，张桂枝再也想不到这少年卖花婆并非寻常女子！

张桂枝姑娘独自生了半晌闷气，韩玉洁小姐仍未回来，连那个小婢也没来。张桂枝暗想，她们买花的，怎么教卖花婆买住了不成？莫非这卖花婆竟是个拍花婆吗？寻思着，忍不住又慢慢出离闺房，走到后院角门旁，探头窥看，果然看见韩玉洁小姐和使女相伴立在一旁，那个卖花婆竟在门洞内条凳上坐下来了，旁边围着村姑，跟她又说又笑。这少年卖花婆把一只纤纤莲钩伸在凳上，用自己的手捏着，皱眉说："走得路远了，有些脚疼。"这些乡妇村姑都看着她这一对纤足，似乎十分惊羡，她的脚怎的这么瘦小周正呢？卖花婆也似乎故意在人前卖弄脚小，把这只脚放下，又翘起那一只脚，自己依然用手捏揉，村姑们都看着她，跟她说话，韩玉洁小姐和那使女每人手里拿着珠花、纸花，也都在赏鉴这卖花婆的绣鞋莲钩，主仆都不想遣逐这个卖花婆。张桂枝年长心眼多，心中有气，可是自己在外婆家乃是个客，也不好意思做主强驱这三姑六婆，便哏了一声，扭头又走回去了。卖花婆竟在韩宅逗留了好久，将到晚饭时，方才收拾了花篮走去。

韩玉洁小姐拿着好几样便宜货，进了闺房，很欢喜地向张桂枝夸说便宜，像这件珠花，上年哥哥给买了两朵，花了一串钱，现在才十文钱，这盒宫粉，上月花了六百文才买到，现只花了十二文……她这里直夸便宜，抬眼看出张桂枝面露不悦，她越发惊讶道："姐姐，你怎的了？"

张桂枝道："我不怎的，我有点头疼。妹妹，那个卖花婆怎的总不走？她堵着后门干什么？她都说了些什么？"

韩玉洁道："她没说什么呀。"

张桂枝道："没说什么？你怎的这工夫才进来？"

韩玉洁道："啊，你说她怎的在咱们门洞耗了这大工夫呀。

她是说起了她自己个人的事，她原来身世很可怜，她说她是个被人赶出来的年轻小寡妇，她说她丈夫生前不正干，好嫖好赌，包了一个妓女，后来生什么花柳病死了……姐姐，什么叫花柳病呀？”

张桂枝皱眉道：“不晓得，不知道。”

韩玉洁接着说：“她说，她男人一死，她家中有个大伯子，顶不是东西，总调戏她。她们大嫂子又很厉害，是个吃醋精，她的大伯子和大嫂子总为了她，天天吵架。她还有个本家远门小叔子，也没事找事，常来调戏她。她这小叔子竟为了她，跟她大伯子动起刀来，小叔子砍伤了大伯子，大伯子昏死了过去，小叔子只当是砍死了人，弃下凶刀，连夜逃跑了。可是大伯子并没死，只是流的血太多了，躺在床上起不来，病了好几个月。她那大嫂子就骂她是迷人精、害人精，硬拿擀面棍，把她打出来了。她万般无法，这才卖花糊口，可是她没有住处，没有家，住店又常受人欺负，她说她今晚上就没地方寻宿，她说着哭起来了。”

韩玉洁说到这里，颇有恻然之意，张桂枝姑娘到底心眼多，不禁冷笑了一声，叫道：“她这样的寡妇，也倒少有，她男人死了多少年了？”

韩玉洁道：“她说死了半年多了。”

张桂枝失声冷笑道：“丈夫死了半年多，她那打扮就这么花里胡哨，她一定很正经，很贞洁的了！”

韩玉洁道：“可不是，她说她是为了保全贞洁，才被大伯、大嫂子赶逐出来的，刚才她一说出来，就直拿手巾擦眼泪。”她竟听不进张桂枝的话意含反诮。

张桂枝徐徐说道：“她是很可怜，她穿得很阔，打扮得很漂亮，她倒是个美人儿，现在她离开咱这村庄没有？”

韩玉洁道：“你没听说，她没地可投吗？现在是后巷贾三娘很可怜她，她把她引到她们家去了。”

张桂枝姑娘哼了一声，半晌没言语，当下，也就把这件事

隔过去了。转瞬到了午饭后，韩玉洁看出张桂枝寄寓无聊，便要邀集女伴，跟她玩耍。张桂枝再三拒绝，只说自己乃是饭后食困，所以打不起精神来。韩玉洁搔头说道：“我看你总像有心事似的，你到底觉得怎样？莫非还惦记着那天晚上闹贼的事吗？”

张桂枝捧心道：“可不是，我一想起来，就心跳，真把我吓坏了。”

韩玉洁道：“谁说不是，我也吓破胆子了，但是姐姐你躲在我们这里，不是很消停的吗，你何必总皱着眉头？”停了一会儿，又道：“姐姐，我们还是上佛楼玩玩去吧，也省得坐在屋里发闷。”遂强扯着张桂枝，出了闺房，再登佛楼，远眺散闷。

这样的佛楼，乃是乡间大户常见的建筑，楼上供祀神佛祖先，又可以做瞭望台使用；女眷们也常借来，作为登临游目之娱，韩玉洁小姐把张桂枝姑娘重引到佛楼上，远望村景。林岗起伏，云霞影彩，倒也开心骋怀；旋又绕到楼这一角，抬眼遥望，仍然是一抹云天，低头俯窥，便望见脚下村舍，竹篱茅舍，鳞次栉比。张桂枝怅望良久，忽然微喟了一声，她的环境和韩玉洁不同，玉洁乃是韩家门唯一的爱女，上有祖母，中有双亲，一家子都钟爱她的；张桂枝姑娘年已及笄，不幸失恃，父亲续娶，这位继母虽不刁悍，却甚冷漠无情，张桂枝在自己家，宛如做客一般，没有一个嘘寒问暖之人，又届婚期，出阁无日，这更使少女芳心时增寥落之悲了。

韩玉洁只比桂枝小着两三岁，却是两个女孩子的境地，影响到心情，张桂枝已然是大姑娘了，韩玉洁的性情竟比她的岁数更小，张桂枝这里凝眸远望，默心思，韩玉洁宛似小鸟一般，绕楼窗看了这边，又转到那边。突然一眼看到宅北村舍的墙院中，不禁发出诧异之声，道：“桂姐姐，你瞧！”

张桂枝转身道：“瞧什么？”

韩玉洁道：“你瞧这个小院里，聚着这些人，哟，她是谁，就是那个卖花婆吧？”说着，手指楼窗以外。

张桂枝姑娘顺着她的手，往北窗下一瞥，呀，果然在一座茅舍旷院的当中一处，有着六七个妇女，聚在一座小院，院心当中，围着一个人，这个人，果然就是那个卖花婆。

现在，这个年轻卖花婆，已被后巷贾三娘收留在自己家里，她幸得宿处，大概仍不忘招揽买卖，又勾引了这么许多村姑，再不然，便是她自己守孀，以美色招来意外侮辱的凄艳故事了。她在贾三娘家的竹篱院落中，守着她的花篮，坐在一只长条凳上，仍是那样翘着纤足，指手画脚，似乎正在讲话，有几个村姑围在那里，有的翻动她的花篮，有的望着她的嘴，似乎听她说话。张桂枝姑娘一眼望下去，心中暗想，这个青年花婆到底是怎的一回事呢？她为了什么，在这里流连不走？她恃花卖的这样贱，她恃什么生活呢？

张桂枝凝眸俯视，这样涉想，恰值那个卖花婆也正抬头楼窗仰望。当下，一个在楼上，一个在楼下，又恰恰眼光相碰了，虽然远隔，张桂枝觉得卖花婆的眼光像剪刀似的犀利，直勾勾地盯上来，使得张桂枝局促不宁，急忙一缩身，退回来了。韩玉洁还在身边，絮絮叨叨地问话，张桂枝竟不要看了，闹着要下楼回房，韩玉洁只好跟她回来。

这一日，桂枝精神扰动，十分不安，对玉洁说，要请舅舅给她套车，她要回黎家冲看看，外婆韩老奶奶晓得了，心疼外孙女，再三挽留，教她多住几天，说是："孩儿呀，你家里又闹贼，又有个后娘，谁是知疼着热的人呀，你在外婆家多住些日子吧！"桂枝到底被劝住了，哪想到第二日夜间，在这昭陵镇韩府上，又发生了变故！

这天晚饭后，桂枝姑娘依然神思恍惚，怏怏不乐，韩玉洁问她："到底怎的了？"她说："大概是昨天日间在佛楼上闲眺，受了野风，身上有点不得劲，要早睡一会儿。"韩玉洁便要告诉她父，打算找点成药给桂枝吃，张桂枝一再阻拦，连说："我睡一觉就好了。"天刚起更，张桂枝姑娘就和衣上床了。

张桂枝姑娘在外婆家，本与韩玉洁联榻，现在她不很舒

服，韩玉洁就要跟她并枕，她笑说："不用，不用!"于是韩玉洁亲自给这个表姐加盖了一床被，又给放下幔帐来，让她很安静地睡下。韩玉洁独自对灯挑绣，又到上房去了一趟，和祖母说了一会儿话，随后韩老奶奶扶着一个仆妇，亲到闺房省视，隔帐问了一声，张桂枝欠身说道："外婆还没睡吗?"这老太婆撩起帐子，摸了摸张桂枝的头，她的额角并不十分热，韩老奶奶便说："不碍的，睡一觉就好了。"命使女给拿来几只鲜果，慰问了几句话，扶着仆妇回去了。

挨到二更，韩玉洁小姐倦绣停针，打个呵欠，也就收拾睡了，不大工夫，微透轻鼾，香梦沉沉的了。张桂枝姑娘竟翻来覆去不能成寐，尤其是上床太早，倒害得心神浮躁起来。帐子本已垂下，她觉得闷气，悄悄坐起，把帐子重新挂起来，闺房中桌子上点着一只铜灯，已将灯草拨得很小，吐出淡黄的光晕，听外面风声，阵阵作响，窗格鸣动，遥闻外面村犬吠声，一声远，一声近，这时候大概快三更了，不知何故，张桂枝陡觉心悸，想要招呼韩玉洁，见韩玉洁绣帐低垂，睡得很香，她想了想，到底忍住了，本已拥被而坐，觉到惊恐，便又躺下来，把头一蒙。

不知过隔多久，急起一身躁汗，便又钻出头来，两目炯炯的，一点困倦的意思也没有了，翻来覆去地折腾，强张眼闭上，自己安慰自己："何必害怕?有甚可怕的?睡吧，睡吧!赶明天回家吧!我本来没有择席的毛病，今天是怎的一股劲儿，会睡不着了呢?害怕，怕的是什么呢?"

胸中鬼念着，紧闭双眸，强行寻梦，忽然间，心中又一惊，睁眼一看，铜灯灭了，有一股奇异的香气扑人鼻观，乍闻很香，心说："这是什么味?在哪里闻过呀?"可是连连猛嗅几下，忽觉香气袭人甚深，耳畔轰的一响，头脑烘烘地乱鸣。紧跟着觉得帐顶乱转，双眼先冒绿星，旋见黄雾，耳门又轰的一震，便人事不知了。

隔过不知多久的时候，张桂枝突觉身体割裂似的奇疼，跟

着又坠入梦境，恍惚觉得对面那个少年书生，向自己表示亲热，似乎少年书生的嫩白面孔，正偎着自己的唇腮。张桂枝在万分羞惭下，闭着双眼，觉着少年书生在自己脸上乱嗅。可是桂枝姑娘竟睁不开眼，虽然睁不开眼，却分明看见这个少年书生正对自己施行狂暴的亲爱，自己又羞又气，反感觉一种从未经验过的舒服，……于是，好久，好久……

她以为是个怪梦，可是她的身体似被一条温暖的蛇紧紧缠住，上至唇腮，中至腹胸，下至双股，一点也动弹不得，她痛苦地又呻吟了一声，拼命一动，只有一只手抬起来了，立刻听到一个奇异的语音道："小妮子，别动！"她又拼命地又一睁眼，哦，这一回分明睁开了，而且清清楚楚，看见一个雪白的面孔，正压在自己的眉眼之前，相距不到半尺，这雪白面孔的口中嘘气，吹到自己脸上，嘘嘘作声，同时也分明觉出……哎呀，一个活人，压在自己身上！

她大骇惊醒，恐怖，羞耻，可是她不能挣扎，她是处女，从来不肯脱去的小衣现在没有了，身体竟在睡梦中裸露。她惊恐得浑身一跳，失声地悲呼了一声："哎呀，有贼！"

她只喊了一声，她的身手又被按住，她的咽喉又被一只手扼住，稍稍一紧，张桂枝感觉到死的逼迫。

她痛泪交流的，噤不敢声，仅仅不自觉地发出了呻吟！她看见了闺房的铜灯又发出黄光，她看清了这个白面孔修眉丰颊，头蓄长发，很像那个年轻卖花婆，可是这卖花婆现在分明是个男人，而且，双眼露出饿狼似的凶暴，毁害了张桂枝姑娘的童贞！她恐怖，她辗转摆脱，终不能逃出。一任这个青年卖花婆恣情狂暴，感到比死还可怕的恐怖！

这白面孔狂徒两肘压住自己的臂，两手捧着桂枝的两腮，连连狂吻，而且说："小妮子，你还躲不躲！"

张桂枝满眼泪痕地说："你是谁呀？你你……你没冤没仇，你害死我了！"在无力抵拒之下，泣不成声，可是她的哀咽，似乎得不到狂徒怜惜，反倒越发勾起第二度的疯狂，张桂枝禁

不住喊了一声："救命！"又喊了一声："饶命！"

"救命"二字才出口，狂徒怒道："你喊，你敢喊！"忽有一物按在张桂枝的口鼻之间，一阵怪香气，张桂枝又不知人事了。

良久，良久，狂徒丢下张桂枝，再看对面绣榻上的韩玉洁小姐。

咦，刚才还看见她在榻上，现在没有了，狂徒桀桀地一笑，束衣跳下床来，寻找韩玉洁。呀，竟在绣帐后床底下，发现只穿小衣、战战兢兢、面无人色、年才十六岁的韩玉洁。

狂徒一声狂笑，捉住了韩玉洁，韩玉洁小姐比张桂枝更年轻、更胆小。她半夜惊醒，似乎听见表姐窒息似的呼喊。她睁眼一看，灯影里，对榻绣帐中，表姐张桂枝不住呻吟，她欠起身看，看出压在表姐身上，似有一个妇人头，正自喘吁吁地蠕动，表姐就随着喘声发出呻吟，大吃一惊，以为这不是女鬼，就是女妖精。她蒙头往帐里藏躲，竟从帐缝坠落到地上，她连人带被蜷伏在床底，连大气也不敢喘。可是那个妇人头，那个女妖精忽然离开了表姐，又来搜捉她。她只哼了一声，当那女妖鬼从床底被中，把她扯出来的时候，她一阵害怕，竟随手俯仰，整个吓昏过去。

那个狂徒，也就是韩玉洁心目中的女妖鬼，张桂枝眼中少年卖花婆的白面孔，活捉着半裸体的韩玉洁，把玉洁放到绣榻，解开了小衣，扯断了腰带。仅只十六岁的韩玉洁竟如被剥脱的羔羊，横陈在刀俎之上。

狂徒发出了毒虐的欢笑，同时韩玉洁发出了惨痛的哀呻，经过了好久的工夫，年幼体弱的韩玉洁小姐，更搪不住狂暴，赤裸裸地晕死过去了。

天破晓的时候，昭陵韩府上的主人翁韩乡绅夫妇，忽听见惨号救命的声音，夫妇俩全都惊醒，可是又害怕，又怀疑，只侧着耳朵听，"这喊声从哪里来的呢？"侧耳细听时，喊声又没有了。夫妇俩从将头放在枕上，以为耳讹了，却是两人才将提起的心神一放，要继续寻前梦，喊救的声音又出来了，韩府本

是深宅大院，这喊救的声音似乎很近，似乎就在院内。

如此数回，韩大爷见窗纸已透曙色，便扱衣下床，开了屋门寻找这喊救声音。

这声音很怪、很低哑、很恐怖似的，寻来寻去，韩大爷终于听出来，这喊救命的声音就在他女儿玉洁的闺房之内！

韩大爷吓了一跳，踉跄奔向闺房前，叫了一声，房内无人回答，用手一推，门扇紧闭。韩大爷忽感惊慌，狠命一推门，又大声一叫，屋中居然有了应声："救命啊！救命啊！"似乎是使女，韩大爷忙叫着使女的名字，催她开门。使女只喊救命，不来开门，大爷狠命一撞，这格扇门竟被撞开，韩大爷扑进去，险些跌倒。

闺房门一开，有一股奇怪的气味扑脸。韩大爷急看时，不由失声惊喊。后窗已开，窗前还放着一只小凳，使女小红被捆在外间床足之下，这分明是"糟了"！

韩大爷二目一瞪，急叩内室，内室门应手而开，韩大爷叫了一声："洁儿、桂姑！"屋中没人回答。

韩大爷顾不得乡绅的架子了，一步闯进了女儿的卧室！

"哎呀！……不好了，你们快来！"

韩大爷分明看见女儿韩玉洁像小白羊似的，裸体横陈在绣榻上，手足张开，仰面瞑目，脸无人色，而且身上一丝不挂，简直使人无法逼视！

更望对榻，哎呀！寄寓的甥女张桂枝姑娘穿一身小衣，已然悬挂在帐柱上，上吊了。

韩大爷骤经惨变，失声大号："不好了，你们快来！"

时当凌晨，韩大娘刚起，仆妇和长工们刚在开街门扫除庭院，闻吼大惊，一齐奔寻过来，头一个奔入闺房的是长工黄三，第二个人是一个老女仆，第三个才是韩大娘子！

但等到长工黄三扑进闺房时，韩大爷忽然省悟，大张着两只手，阻住了长工，不教了他进来，大瞪眼说："滚出去，谁教你进来的！"却一任桂枝姑娘吊在帐柱上，一任使女捆缚在

床足下，一任女儿裸卧着，他要维持他的绅士颜面！

仆妇被放进来，一望见悬梁的桂枝、裸体的韩玉洁二位小姐，这仆妇失声大号起来，翻身往外跑。恰好韩大娘子姗姗走来，两人撞个满怀，几要跌倒，终于，经过了失神惊扰，韩大爷方才着手抢救二女。

韩大娘子用一床夹被，慌慌失失给裸露的玉洁盖上，已看明爱女童贞已失，人已垂毙。“儿呀，肉呀！”搂抱着哀叫起来，韩大爷在极度恐怖中，到底喊进一个年老长工和一个年轻仆妇，合力把张桂枝姑娘解救下来，外间值宿的使女，此时也被人解去了绑绳。

全宅男妇俱已惊动，连年逾六旬的韩老夫人也被哭声惊醒，这老妪不住声地问：“怎的了？怎的了？”韩府上的人极力隐瞒着，可惜隐瞒不住了。

韩大娘子偎着女儿玉洁小姐哀叫，渐渐叫得玉洁小姐苏醒过来。母女两人一味对哭，韩玉洁昏昏沉沉，亡魂丧胆，经母亲的穷诘，勉强说出了昨夜晚的噩梦。

咳呀，可怕的噩梦呀！那女妖精，那卖花婆，那女妆的采花贼呀，毁害了两个女孩子的贞操，毁害了两个女孩子的生命！韩大娘子对这意外的灾害，怨天怨地，终于怨到甥女张桂枝身上，都是她招引来的邪魔外道，她上吊了，连累得自己女儿也遭强暴，自己女儿大门不出二门不迈，怎会勾引来采花淫贼……韩大娘子搂着这娇滴滴的十六岁女儿，望着她粉嫩的脸，而现在蜡渣似的黄，真是心痛不过，怨恨已极。

韩大娘子不知怨恨恶贼，反而怨恨住亲戚，避难来的张桂枝，是张桂枝姑娘给带来了大不幸，这简直是嫁祸！韩大娘子哭，诉，怨，痛……搂着女儿，望着张桂枝姑娘，张桂枝姑娘羞愤自杀，虽被解救下来，可是入缢时间稍长，至今还没有苏醒，虽然肢体还没有僵挺，可是口鼻间不闻吹气，胸口也摸不出跳动来，她也许就这样死下去了，韩大爷悲愤惊惋，一面督促家人急施药救，一面派人给亲家张员外父子送信报凶耗。

直乱到过午，张员外本人要来，被继室夫人强留住，只来了长子张秀才夫妇，车到韩府，秀才夫妇双双趋入厢房，验看胞妹的肢体，此刻早已僵冷了！韩府上起了一片号啕。

张秀才要给妹妹雪冤报仇，要禀官缉凶，但报官便须验尸，而任听仵作检验闺女的尸体，在缙绅旧家，一向引为奇辱。韩大爷的意思，顾全生者的体面要紧，应该以“急病暴亡”为辞，赶紧买棺成殓为是。韩大爷的意见跟张秀才截然不同，甥舅二人争执起来，张秀才更诘问韩舅爷：“是怎的疏于防范，坐令舍妹入缢？”韩舅爷反唇相讥：“我家门无闲丁，从何处招来淫贼？分明这淫贼是由你家里引来的。”

这两位绅士丢下善后不办，竟这样咬文嚼字，穷吵个没完没散。韩大爷拿出舅父的面孔来，申斥外甥：“你小孩子，不懂什么，快教你爹爹来，我要跟他讲。”

外甥冷笑道：“我父亲要肯来，早就来了。”

韩大爷说：“他的女儿死在我家，他想脱心净，不来怎能成？我找他去！他只顾续弦老婆，连惨死了的女儿也不管了吗？”

韩大爷吩咐套车，气哼哼地要找员外！不幸到了黎家冲之后，这郎舅二人，韩与张两位绅士也照样吵闹起来，互相抱怨，互相责难，韩大爷教张员外到昭陵验看张桂枝，赶紧备棺成殓，张员外受继室的讥讽，不肯棺殓，怒说：“我们好好一个姑娘，吊死在你家，怎么还教我自备棺殓？”韩大爷怒说：“你们家闹淫贼，教你女儿引到我家，你女儿吊死了，我女儿也也……活不成了！我的女儿才十六岁，教她怎么嫁人？都是受了你们家的害！”

两位绅士本说“家门不幸，家丑不外扬”，可是怨天尤人的结果，越闹越凶，终于“涉讼公堂”！一经涉讼，昭陵韩家闹采花贼的可悲消息，顿时喧腾众口了。

县官出头了事，虽然依着张家报案的情形，亲来验尸，可是并没有裸验，更没教仵作验视女贞，仅由县官看了看，连

说："可惜可惜，可叹可叹！"随后便劝韩大爷买棺木，张员外购殓衣，先把惨死的张桂枝成殓，然后密讯了韩大爷采花贼一切情形，韩大爷含怒说："职员一切不知，要请父台大人讯问张绅父子。"可是所有案情底细，他已托人密禀了，县官转问张员外父子，员外父子无可奈何，把采花贼闹宅，和张桂枝、韩玉洁同时被扰，同时迁入韩家暂避的情形，如实供出。

县官沉吟良久，屏人向张、韩二家开导了许多话，劝两家息讼。他当然要拨役缉贼，替死者雪冤的。但却说"采花贼"三字是为两家门户之玷，暗暗讽示两家，把张桂枝自缢一事作为私了，不登讼牍，不经官府，如此可以保全绅士的体面。"因遭强奸羞愤致死"一语，"恐非你两家府上所堪。"

张秀才挥泪："如此办理，舍妹岂不白死了！"

县官说："不然，不然，这采花贼，我一定要拿办的，我可以把他办成明火盗案，他仍然有死罪，照样可以给府上雪冤。"

这县官花言巧语，利用两家的绅士架子，居然把采花贼的案子消解了，把一条因奸毙命的命案也消减！仅仅"大事化小"，变成了寻常盗案。这一桩寻常盗案，便交到捕快手内，教他们加紧访拿，虽然严加追查，可是……假如不再生新案，渐渐会变成了具文。

无如那采花贼雄娘子张青禾，乃是一个少年狂贼，初乔女妆，以为新奇，及至为之稍久，反而沾沾自喜，越发搔首弄姿起来。起初采花作案，胆量还小，及至积日稍久，见到受害的人家，大抵顾全颜面，宁吃哑巴亏，不肯声张。若一味劫掠，还有人报案；若采花淫掠，受污辱的良家妇女大多讳莫如深，失节之后，连失盗也不敢说破。他可就得到便宜了。于是他每逢作案，必定先污辱妇女，次偷盗财物，如此可以避掉惊动官府，可以免掉犯案，他就越发大胆胡为起来。

而且他作案的地方，不择通都大邑，专找僻邑荒村土财主，好比吃柿子，专找软的捏。他作案越多，胆量越大，起初

他还不敢久在一地流连，每做一案，必立即迁避。弄到后来，看见受害的女子忍辱不敢声张，他偶然去一趟，再去第二趟，他公然持刀逼奸，把良家闺秀当作情妇似的，一连气光顾多少次。

现在他乔装卖花婆，逼死了张桂枝，他仍然徘徊未去，在半个月以后，他重入韩府，要找桂枝，他不晓得张桂枝已然自杀。他夜入韩宅，里外搜寻，既未寻见张桂枝，也没有寻见韩玉洁，反而惊动了韩府上守夜护宅的人，乱哄哄闹了一通夜。他不肯死心，暗想这两个女孩子许是又到黎家冲去了。隔过数日，他公然乔装女子，再到黎家冲刺探。

第五章

雄娘子再呈色相

张青禾这一回不再扮作卖花婆，却装了一身素服，扮成一个年轻小寡妇模样，于白昼来到黎家冲，单找那人家稠密处，假装步行力乏，坐在街头巷尾发呆。遇上了男子，她佯羞不语，遇上了村妇少女，她就似装悲戚，向她们打听近处的衙门。人家问他，要打听衙门告谁？他故意含羞不语，半晌才说，要控她婆家的人，她说：她丈夫死了，婆家的人欺负她年轻，要把她怎样怎样。她现在是无家可归，若不能打官司告状，那就只有一法，跳河自杀。

乡村妇女们好奇喜事，有一个老妪开口一问，立刻又聚拢许多人，围住她，向她盘问许多话："你娘家没人吗？你要告你婆家什么人？你家住在哪里？你今年多大岁数？"

张青禾佯羞带愧地自陈冤抑，工夫不大，招引来许多人。不想她这一来，竟惊动了黎家冲一个行家，这个行家不是别人，就是老镖师黎道朗的一个门徒。

这门徒名叫郝允正，本来暗受师傅之命，潜行踏访贼踪，见张青禾乔装少妇，姿容甚美，可是口音特别，他就立在张青

禾身后，暗中端详他的言谈举止。张青禾比不得妖贼桑林武，桑贼女妆已久，言语姿态，尤其这走路的样式，完全女化。并且桑贼的喉音，又天生十分娇细，便留神听，也听不出男腔来。仔细看，也看不破他的裙下双翘是假，张青禾便不然了，虽然极力装点，走站似乎不稳，说话用假嗓，稍不留意，便流露出男子腔调来。他的造作只能欺骗村姑乡妇，却当不得江湖人物的留意。

郝允正留在张青禾身后，侧目而视，方觉此妇来路不正，这断不定他是男扮女装。张青禾却自起毛骨，觉出身后有人盯梢。不知不觉，动了戒备之念，回身把郝允正一看，郝允正正自偷偷验着他的耳环。两人不期对了眼神，张青禾觉得郝允正目灼灼凝视不已，郝允正也觉得张青禾目灼灼凝视不已。

旧日女子，尤其是年轻的，一向不教人凝视的，更不敢与男子不错眼珠地对瞪，张青禾忘了这一点，竟狞目相看，失声说道："你看什么？"忽然觉出忘情，这才低下头来，做出羞怯模样，那几个村妇不曾理会，郝允正却心中一动，抽身就走。

张青禾十分胆大，遇到这种情形，应该躲一躲才是，他竟傲然不动，心想："你这小子就算是六扇门，又敢把我怎样？"他还是在黎家冲流连不走，跟那些妇女搭讪，起初诉苦，嗣后打听本地善人大户，末后竟打听起张秀才家的事情，旋又起身，慢慢踱到张宅门前，他自以为改装女子，外人决看不出来。哪知郝允正一径奔到宝泉居饭馆，见了少东黎绍光，报说现有一个外路妇人，来路不正，少东黎绍光和郝允正乃是师兄弟，便请郝允正回家，给老当家黎道朗镖头送信。

老镖头黎道朗已晓得张桂枝暴亡的事，别家不过疑心张桂枝死在外婆家，必有不可告人的缘故，都猜想到继母身上去了。再没料到张桂枝是在外婆家，遇上追踪不舍的采花贼，因而羞愤自杀。黎家冲的人们都说，张姑娘死得太怪，一定是继母作祟。独有黎氏父子，一闻凶信，便已料到十之八九。也曾设法探问，张秀才家虽然讳言其故，可是那天闹贼的事，曾经

黎氏父女帮忙，当下被黎道朗一再挤问，张秀才也就吐出一点口风。他只说："舍妹暴亡，跟那回闹贼多少有点关联，这总是家门不幸！"老武师黎道朗再要深问，张秀才就不肯细说，只是哽咽悲泣罢了。老武师便不再问，仍督促门徒和儿子暗中访缉恶贼。正自访不出下落，不料张青禾又二番来了，郝允正向黎老镖师一说，黎老镖师立刻披衣出来，亲自查勘。

黎道朗镖师和门徒郝允正刚刚寻到，少东黎绍光也从饭馆出来了。三个人分两路寻找伪装寡妇的张青禾，张青禾还没走，正向村妇探问："此地听说有一个老镖师，不知姓什么，叫什么，住在哪里？"村妇没有戒心原原本本告诉了他，又问他："打听镖行黎家做甚？"他说：他的冤枉恐怕告状不行，打算找武林侠客，侠义帮忙。

正说处，黎老武师到了，女妆少年贼张青禾漫不介意，仍跟村妇们瞎说，郝允正冲老武师黎道朗暗递眼色。其实不待招呼，黎武师早就盯上来了。黎郝师徒二人远远立在一座小摊贩的摊前，假装挑选摊货，暗中潜察张青禾的形色。只耗过一杯茶时，有个村妇瞥见了黎武师，就向张青禾说："大娘子，你不是要找黎武师吗？这位老人家就是。"说时用手一指。

张青禾回身一看，黎武师恰也侧脸，两个人对了盘。黎道朗老镖师久闯江湖，眼力很歹毒，一双眸子如剪刀般，冲着张青禾，头上脚下，看了一个够，然后双眸凝定，盯住了张青禾的面目。张青禾陡觉这老人双眼透露恶毒之意，不禁怙惙起来，可是他仍不示弱，一双眸子也瞪着黎武师。一个老人，一个女妆贼，眼光对斗了好久工夫。黎武师不言语，也不凑近，渐渐脸上带出冷酷，眼角抹到张青禾的耳轮双环和裙下双钩，于是从鼻孔中哼出一声冷笑。

张青禾竟十分胆大，把身子一扭，背对黎武师，依然肆无忌惮的，跟村姑乡妇们闲扯。村妇再问他："你刚才打听武师，这黎武师来了，你怎不过去找他？"张青禾摇头道："现在我还不想找呢。"又看了看周围，说道："我还先找县衙门。"站起

来走了。就在他刚走的时候，黎绍光赶来了，黎小霞姑娘扶着一个小婢，也从家里闻讯赶来了。女妆的张青禾被黎氏父女师徒四个人错落跟缀着，公然不惧，往另一条街巷走去。黎老武师见儿子黎绍光寻来，微微点头示意，从后面远远缀着，又向门徒郝允正示意，抢先一步去堵。见女儿黎小霞来了，这老人心中不悦，怒目示意，催她回去。黎小霞年轻好奇，张目一寻，反而紧赶几步，扑到女妆的张青禾身旁，急急地盯看，她盯着张青禾，张青禾也盯着她；她认不出改妆的张青禾，张青禾却认得她，而且公然冲她一笑，脚下也放缓，还要凑过来说话。

一个女妆的狂贼，一个擅武的女子，彼此凝视，竟要通言，这便惹恼了老武师黎道朗，不禁抢行几步，催促女儿赶紧回家。黎小霞无可奈何，带着小婢，抽身回去。她这里往回走，女妆的张青禾竟驻足延颈，往回看她，直看她出大街，入小巷，他便要跟了过去。嗣见黎武师父子师徒恶狠狠地看自己，黎绍光尤其愤怒，竟要奔过来动手似的；张青禾觉到景象不对，这才微微一笑，轻举莲步，往另一小巷走进去了。

黎道朗、黎绍光、郝允正散漫开，前后跟缀着。张青禾走出很远，三人跟出很远，张青禾顿觉情势不利，心想："我的伪装被他们看出来了不成？"情不自禁，低头看了看裙下双翘，摸了摸耳上坠子，才又缓缓前行；不便在黎家冲逗留，重往镇外走去。

老武师黎道朗亲自跟缀，直追出三四里地，渐渐不耐烦起来，遂命门徒郝允正，儿子黎绍光，远远盯住，教两人务必认准张青禾落脚之处，留一人监视，派一人回来送信。嘱罢，他自己抽身回家。

黎小霞姑娘被父兄催回，正自纳闷，觉得女妆的张青禾眼神很可恶，不是女贼，就是男贼化妆的少孀，猜疑了一阵，黎老武师刚一回家，她便向父亲盘问。黎老武师说："这分明是个男贼乔妆的。"黎小霞说："我看他是的，我哥哥呢？"黎老武师说："我教他跟你郝师兄缀下去了。"黎小霞想了想道：

“这个人可跟张家桂枝姐姐的暴亡案有关吗？”黎老武师道：“你不用乱猜，等你哥哥看准了贼人的落脚地点再说。”

老武师黎道朗当着女儿，不肯从自己口中说出采花贼三字，可是他已然断定了，张青禾确是乔装妇女。候过一个时辰，黎绍光回来了，具说那个少年孀妇模样的人，经缀出很远，始终没有落脚地点，既没有投店，也没有到民家借宿。现时她独行荒郊，在一座土山旁，大树荫底下盘膝枯坐，真像个穷途寡妇似的。彼时恰巧遇上郝允正的一个姓张的朋友，郝允正便邀那个张姓朋友帮忙跟缀。因为饭馆宝泉居事情忙，所以黎绍光先回来了。

黎道朗老武师听罢，心中默想，郝允正总是很精干的人，不至于上当吧。但总觉黎绍光回来不妥，当时放下不究。对绍光说：“柜上忙，你先回柜吧。”黎绍光站起来要走，又对父亲说：“我看这件事情，我们不要深管。这个少年孀妇，如果真是歹人，只要不跟张宅那一案有关，我们只把她驱走就罢。如今白莲教闹得太凶，我想我们不必太过强出头。”说着上饭馆去了。黎老武师哼了一声，也没言语。

却不料黎老武师直等到下晚，还没见郝允正回来，渐渐觉得情形不对。等到吃过夜饭，老武师大怒，唤来儿子，拿了武器，重新寻了去。寻到荒郊，找不到郝允正；到郝家去问，也没回来。寻张姓朋友，却早回家了。问起来时，那女子忽然钻进树林，郝允正追入树林，随后就全失了踪。

老镖师黎道朗越发愤怒，抱怨儿子黎绍光道：“教你们两个人盯着，就怕的这一手，你们俩一对糊涂虫，弄不好，郝允正就许遭了贼人的暗算了。”黎绍光满面通红道：“这该怎么样？我想郝师兄也不会太笨吧？”黎道朗道：“我也不知道该怎么办，现在只有一法，就是尽力到各处去找。”父子一齐出门。这时候新月已挂天空，郊野一片凄清。黎氏父子依照张姓朋友所说，到那树林前后，往返排搜，并用口哨招呼。直找了半个更次，无人回答，反而引起村犬狂吠。又蹚了好半晌，月色大

明，最后才在丛草中发现了被捆成粽子样的郝允正。黎氏父子把他扶起验看，口中倒没有塞物，人却昏昏沉沉，好像中毒。郝允正苏醒过来，细加盘问，才知是受了蒙药的毒。

这事总怨郝允正自己疏忽，又受了贼人美貌艳语的诱惑，才上了一个当。郝允正暗缀女妆的张青禾，起初张青禾也有点惊慌，意欲逃避，只是逃不开。后见黎绍光回去送信，荒郊中只剩下郝允正一个人了，张青禾便乘机拿出妖媚手段，反向郝允正勾搭。郝允正原本疑心他是男子假装，因见他移岸就舟，便也凑上来，拿张青禾当作女子来调戏。张青禾假扮作青年艳孀，向郝允正眉目含情地说："你这位客爷，放着大路不走，总缀着我们女人做什么？"郝允正恶作剧地说："小娘子，你放着大路不走，总扭回头来，看我做什么？莫非小娘子一个人太嫌孤单，要我给你做伴吗？"

口说轻薄话，直凑上来，一面睁着一对狂放的眼，一面就动手动脚，把一只手直往张青禾肋下伸来，并且笑说："我看小娘子鞋弓袜小，走路艰难，待我来搀扶着你走路吧。"很鲁莽地拉住张青禾一臂，硬往路旁扯。此时荒郊野外，黄昏时分，近处一个人也没有。郝允正故意把张青禾当作女人，似乎要施强暴。要借这猛拖强曳之势，看一看张青禾脚下双钩，是否是踩着木跷。张青禾果然被拖得踉跄欲倒，故意哎哟地叫，口中不住讨饶道："客爷别这么拉拉扯扯的，你老缀着我，不让我走，你老打算怎么样？你老要好好地说，别动粗的！"

这么很柔媚的央告，把个粗疏的郝允正引逗得弄假成真，居然生了调情之念，张青禾一面娇怯怯地往后挣躲，一面软语乞怜，决不大声呼救。郝允正就双睛冒火，狞笑道："小娘子，我不管是真也罢，假也罢，现在旷郊无人，日影已下，你痛痛快快跟了我走，有你的便宜。你要不依着我，我就捉住你，捆上你，验看验看你，到底是个风流女盗，还是个男扮女装的采花贼。小娘子，你不知我老人家也好男风吗？"

郝允正且说且用强力，把张青禾脚不沾地，直往草丛强

契。张青禾顿时满面通红，益增娇媚，口中不住告饶，身子也直往后闪，似乎他的力气敌不住郝允正。他一面往外挣躲，一面往四周看，猝然一个冷不防，把袖中一物抽出，猛照郝允正脸上一扑。郝允正恶意调情，把张青禾看作念秧一流，疏于防范，不料遭了暗算，哎哟一声，奋力挣扎，无如这药力很大，又是直冲塞到口鼻间，两人开了交手仗。论力气，论拳技，郝允正全不曾失败；可是他一受蒙药，头晕眼花，便被张青禾一扑倒地。郝允正仰面栽倒，女妆的张青禾反而压在他身上。他努力踢打，张青禾不管不顾，只将袖中物按在郝允正的鼻孔上，郝允正渐觉不支，振吭大吼，又被扼住咽喉，工夫不大，便人事不省了。郝允正是怎样被捆，是怎样被拖到草丛，他全不知道了。张青禾本要残害他的性命，幸而村犬望影狂吠，张青禾又没带着刀，郝允正这才幸免。

当黎武师父子，寻见了郝允正，用门板搭救时，只顾救人，可惜忘了搜贼。当时若能绕着附近细搜，必可发现潜伏的张青禾。现在只顾抬人往回走，殊不料反教张青禾暗暗缀下来了。

黎氏父子回到家，在堂屋中，把郝允正救醒，细问受给经过。郝允正非常羞惭，不肯说自己贪色被惑，只草草说受了蒙药。问他，张青禾到底是男是女，他也说不清；问他，张青禾逃到何处，他也说不上来。武师黎道朗对这无能的弟子，大表不满。正要呵斥他，又要细讯他，这工夫女儿黎小霞正立在旁边，也跟着打听。黎老武师因此有些话，不好当着女儿说。跟手郝允正的叔父寻来了，听说侄儿追贼受害，反而抱怨黎老武师，郝老头立时雇来了暖轿把郝允正抬回家去了。

黎府堂屋之中，明灯辉煌，黎老武师坐在太师椅子上，十分不快，先申斥儿子黎绍光，废物无能，又骂郝允正枉生了三十多岁，旋又数落女儿黎小霞身上，“你一个女孩子家，这是访拿淫贼的事，你出来做什么?”黎小霞见她父亲有点泄愤迁怒，女孩儿家性子娇惯，不由掉泪说道：“爹爹越老脾气越怪，把我们全骂到了，也捉不着贼呀!”一顿足，转身走回闺房，

对着灯生闷气。

老武师黎道朗真个是越老，脾气越古怪了。他没有访着采花贼，又受了郝老头的抱怨，竟把儿子徒弟骂了一夜。徒弟已走，儿子也躲到柜上去了，这老儿没的可骂，就很负气地喝了一顿酒，说道："你们这帮年轻人，个个全浑蛋，又不听话，又不受教，我再也不管你们的闲账了。"竟气哼哼地睡在书房，把寻贼的事丢下，不闻不问了。

哪里晓得，因为他们父子师徒的怄气，竟便宜了采花贼张青禾，毁害了侠女黎小霞！

就在这天夜间，张青禾潜踪重来到黎家冲，把黎武师家宅的门认清。三更以后，更跳登邻房，伏在房脊上，窥看黎府的虚实，黎武师醉眠的书房，黎小霞安歇的闺房，都被他认准了。

这张青禾少年狂傲，暗算郝允正以后，认为黎武师是个有名无实的老镖客。他的门徒既如此不济，他的本人和他的子女，其本领也就可想而知，稀松平常了。他把牙一咬，竟要恶作剧，斗一斗这个镖师的全家。并且他已然两次认准了貌美英爽的黎小霞，他早就起了痴念。心想，我是个武林人物，我若能得此女为妻，却是艳遇，我应该设法把她抓到掌握之内。

他想他的同伴桑林武说过，有一个武功很好的女侠，被桑林武诱擒失身，这女侠痛哭之后，竟向桑林武说，情愿嫁他为妻，但要他改行；不然的话，这女侠便要先杀桑林武，次再自杀。桑林武当时假意答应了，这个女侠居然将错就错，真个委身相从。不过弄到后来，桑林武不改恶行，这女侠到底悲愤而死了。张青禾想到这一节，认为桑林武太狠。他说，自己若能得到这么一个多情美貌的女侠，他就一定拿她当妻室看待，现在张青禾看上了黎小霞姑娘，他要想法子，把黎小霞弄到自己掌心。

黎小霞在闺房中对灯枯坐，怅惘无聊。她是个很受父母宠爱的娇小姐，今天横被父亲吃醉酒，数落了一顿，把她气哭了，对着灯生气，要睡，又无倦意。这工夫，少年贼雄娘子张

青禾已然悄悄掩入黎宅，溜到后窗，破窗偷窥，看见了灯下负气的黎小姐，穿一身粉地碎花、家常短衣裤，长裙已然脱下，显得体格苗条，嫩白手臂，支着下颊，看着灯下刺绣活计，一言不发。闺房布置雅素，没有张桂枝的绣房那么华丽，却在壁上挂着一只箭袋、一把弓囊，还有一把绿沙鞘的宝剑，摆在梳妆台上，似乎是刚取下来的。黎小霞坐在桌旁，发了一个怔，叹了一口气，忽将银灯挪到绣榻旁的小茶几上，似乎要上床。不知怎的，又不肯解衣入睡，连鞋也不脱，和衣倒在床上。

这一来，张青禾在后窗，看不见了，便要绕到前窗；却又隐隐听见前庭有人说话，他便藏在暗处偷听，原来是黎小霞的嫂子，也就是黎绍光的妻子，听使女说，小姐跟老太爷怄气了，特来安慰小姑。到了闺房，一直进来，坐在床边，向黎小霞解劝："老爷子轻易不闹脾气，就怕酒喝多了，免不了嘴碎。今天老爷子连眼珠都喝红了，你哥哥已然教老爷子数落走了，姑娘就别生气了。老人家绝不是跟姑娘生气，实在是跟郝允正郝师兄闹别扭。"

姑嫂二人说了一回话，黎小霞似乎消了气，坐起来了。过了一会儿，黎娘子出去了，黎小霞起来掩门，摘下首饰，梳了梳鬓发，预备睡觉。张青禾睁着一对色眼，偷看黎小霞的举动。果见黎小霞放下帐钩，脱了绣履，换上睡鞋，抬眼看了看窗，便上了床，从帐子内探出半身，把灯也煽熄了。在张青禾眼中看来，黎小霞已然熄灯登榻，解衣安眠了。

张青禾大喜，看了看四周，各屋灯光多已熄灭，估计时候，早到三更以后了。立刻活动起来，把薰香盒子打开，点着，发出浓烟来。破窗送到绣房，轻轻扇动机关，把薰香完全输入屋内。

约莫有一刻工夫，时候差不多了，便撤出薰香盒子，熄灭了烟，放在百宝囊内，然后退离后窗，轻轻跳上墙，绕到前庭，里外查勘了一遍。偏巧黎府上并没有司夜的狗，院中一点防备都没有。张青禾溜到上房，侧耳偷听了一回；又溜到书

房，偷听了一回，知道全院都入睡乡。他就大放宽心，暗笑黎武师有名无实，竟如此废物。他这才把精神一提，不走后窗，仍到前庭，掏出小刀，摸到黎小霞的闺房门前；把小刀插入门缝，轻轻一挑，只听得哗啦一响，门了鸟似已被挑落。张青禾将欲推门，又回头看了看，漆黑的庭院，悄然无声，张青禾放心大胆，收小刀，抽宝剑，左手提着，右手便推门房。不料随手一推，只听吱呱呱响了一下，竟没推开。

张青禾心想，也许门了鸟虽然挑下来，另外还有插关，张青禾把宝剑换交左手，右手再抽出匕首，插入门缝，轻轻地划动，先往上一挑，又往下一挑，居然发觉，约当四尺高的地方，有东西阻挡刀锋：这一定是插关儿了。张青禾用力往下撩，竟撩不动。改用刀尖，一点一点地拨，渐渐拨开了，便信手一推，门扇依然吱吱地作响，依然推不开。更用匕首刀，插入门缝，上下重划，觉得在三尺多高的地方，又有了阻碍了。

张青禾心中诧异，明明记得三尺高的地方，原有了鸟，已被挑落，是怎的又挂上了，莫非是屋中人已然起来，自己在外面拨门，屋中人在里面上了栓？

张青禾此时异常胆大，怒恨了一声，把匕首拼命插进门缝，拼命用力挑划，结果，里面的栓挑开了，又挂上了，始终无效。按理说，张青禾应该明白，这是遇见了劲敌，当谋改计，而且三十六计，走为上计。他竟欺负黎武师的无能，低声怒骂了一句道：“我偏要弄开门，我不信屋中人会破了我的薰香。”便将匕首刀插起，一手提剑，俯下腰来，一手扣住门扇下端，要把门扇硬端下来。

这闺房的门，原是格扇，很容易往上端的，张青禾单臂用力，响了一声，把一片格扇门端出槽了，便急急一侧身，往里一推，推开一尺多的缝子。张青禾急急地往后一瞥，耳目留神，身手急进，把半个身子掩入闺房！

张青禾太胆大了，一心欺负黎小霞姑娘是少女，又中了薰香，料想无甚伎俩。却不料他身子刚刚钻进闺房，背后侧面便

有一道冷风袭来。张青禾倒是防备着了，急急地往旁一闪身，啪的一下，肩头上被钉上很尖利的一物，立刻火辣辣地痛。张青禾大怒，利剑一挥，旋身索敌，就手把肩上的暗器拔下，是小小一支袖箭，幸未深入，却也鲜血迸流。忙按了一下伤口，照袖箭发放处，用原箭还打出去。啪的一声，知道打空了。

这时闺房内银灯已灭，满屋黑洞洞，几乎对面不见人。只发现后窗已然洞开，似乎窗扇已然落下，张青禾正在挺剑索敌，敌人已先寻来。黑乎乎的人影，一声不响，唰的一声，又嗖的一下，一阵利刃劈风，猛扑过来。张青禾急忙招架，先躲开第二支暗器，然后挥剑迎斗，把对手的兵刃架住，就手一送，还刺出去。

对面人影竟不出声，挥动手中兵刃，照张青禾劈、刺、挑，扎，刚递手，便发了四五招，张青禾肩头负伤，自悔大意轻敌，可是对手不出声呼喝，他也恋战不退，把嵩阳派剑法施展开，和敌人摸黑狠斗，转眼间，在闺房明间，一进一退，对斗了七八招。

对手使的也是剑，倒也招熟手快，只是臂力不济。张青禾隐隐听出对手，娇喘吁吁，进退轻飘，一定是黎小霞姑娘本人。张青禾低声喝道："丫头，赶快投下兵刃，有你的好处，不然我可要下绝情了。"恰见对手在黑影中，向自己这边凝眸窥看，跟着一声不响侧身进剑，又照张青禾咽喉刺来，张青禾故意卖一招，容得敌手的剑刺到，方才一闪身，右臂用足力量，把剑锋照敌剑狠狠一削，敌手抽招不及，两口剑相碰，铮然啸响，激起火星，敌手不由得喊了一声："哎哟！"

张青禾说道："好！"认定人影就是黎小霞，低声骂道："丫头，我教你尝尝，你倒有两下子，我也给你一下子！"说到此，喝声："着！"约略方位，探囊取物，照对手脸盘打去，对手早有防备，似乎不怕他打暗器，只怕他打迷魂袋，倏然一俯腰，又往旁一窜，跟着失声一呼，似乎摔倒，张青禾大喜，把利剑一顺，拨草寻蛇，往前挂下一扫，扫开了脚下磕磕绊绊的

东西，立刻进步跟追。

不料，他才迈进两步，脚下又绊着一物，黑影中几乎摔倒，赶忙地用剑一扫地，身往旁闪，奋足一扫，突然劈面又砸来一物，黑乎乎形状甚大，张青禾赶紧招架，竟是个洗脸盆架，张青禾摸黑夺住，对手的腕力似乎敌不住他，被他夺过来，就手还送过去，对手似乎用兵刃架开，扑噔一声，重物坠地，张青禾用剑又一扫，进步上前，欲要捉拿黎小霞。

这个对手真就是黎小霞，黎小霞姑娘少年性傲，自恃本领，要亲手捉贼，并报那日误中薰香之愤，无奈黎小霞毕竟是女子，气力敌不住少年贼张青禾，她把屋地上摆了许多木器，想把贼人绊倒，贼人并不上当。可是黎小霞很负气，不肯出声呼援，自恃黑影中认得清屋中形势，贼人却未必活动得开，便往后退下来，退到屋隅，依然和张青禾支持。张青禾也太胆大，黎小霞不肯出声，他也就昂然不退，两人摸黑对剑，全不敢太迫近对手，只用剑尖突击。

当下两人又对了几招，在张青禾觉得对手功夫很强，在黎小霞却觉得情势恶劣，自己不是贼人的对手，有心喊救，又有点不甘心。这工夫，张青禾双目凝神，渐渐辨清一切，很狂荡地笑道：“你是黎家的姑娘，你打不过我，趁早依从了我，不要教我费事。黎姑娘，我是个风流人物，我很欢喜你，你趁早把剑丢下吧。不然的话，你可是作死，我要拿法宝取你！”

不论他怎说，黎小霞还是不言语，手中剑不断照张青禾要害刺来。张青禾暗将一物取在左手，右手剑一展，照黎小霞下盘斩去。黎小霞微微一闪，正要还招，张青禾忽然冒险迫攻，直逼过来，黎小霞留神防备他的剑，他却将左手一扬，猝照黎小霞面孔抖来。黑影中，似乎泛起一阵黄雾，黎小霞吃一惊，急忙屏息躲避。黎小霞本晓得张青禾有薰香，又有迷魂袋，她已将鼻孔堵塞，自谓不用鼻子嗅，便不至于中毒受害。她自然不明白物理，人的呼吸，不止于用鼻，也还用嘴，嘴吸进蒙药，肺里照样要受麻醉，黎小霞只道堵住气孔，闪开正面，便

不怕贼人的毒招了，哪知力战气喘，口张喉开，立刻有一股毒气入肺，立刻觉到了恶心欲呕。

黎小霞自觉不好，趁精神未迷蒙，急急振吭呼救。“爹爹快来！哥哥快来！”一面挥剑拒敌，一面觅路欲逃。

张青禾真是干这个的，一看出黎小霞中毒欲逃，左手又将迷魂袋一抖，右手剑更恶狠狠照黎小霞高胸刺来，料到黎小霞心忙意乱，必然横剑格架；果然黎小霞慌不迭地闪躲，右手剑也往外一封，张青禾正等着这一招，立刻抢剑一收一发，猛照黎小霞的剑背上一搭一颤，叮当一声响，黎小霞的宝剑几乎被打落。虽未脱手，可是虎口震得生疼，不觉地又失声叫了起来，张青禾大悦，叫道：“小姑娘来吧！”猛然进欺，直挤到黎小霞怀中，便要下手活捉人。

两个人立刻开始了肉搏，张青禾夺住黎小霞持剑的手，黎小霞也夺住张青禾持剑的手，这样一斗，黎小霞上当了，第一，女子的气力断敌不过男子；第二，张青禾还有一只迷魂袋，越肉搏，越好运用。张青禾阴凄凄地发出猥亵声调道：“小姑娘别动手了，跟我享福去吧！”两膀用力，要俘虏黎小霞；并趁百忙中，用迷魂袋照黎小霞人脸一打，居然很得手，整个打在黎小霞脸上。但是黎小霞也正抢先招，把一支暗器狠狠插在张青禾的臂上。两人同时受了对手的暗器，同时失声叫喊起来。

黎小霞的镖深入张青禾臂上，张青禾负伤溅血，张青禾的迷魂袋打在黎小霞脸上，噎得黎小霞喘不出气来，虽然努力挣扎，狠命地闭住呼吸，虽然还没有中深毒，却是先声夺人，黎小霞吓得乱了手脚，不由心慌意乱，锐呼：“爹爹救命！”张青禾立刻再下辣手，这只手将黎小霞一臂拖住，那只手来扣咽喉，两腿一错，竟把张皇失措的黎小霞姑娘一推又一带，脚下又一绊，整个摔倒在地下。张青禾赶紧地用迷魂袋来掩黎小霞的口鼻，整个身子压了黎小霞，低声喝道：“老实点，别动，看宰了你！”黎小霞发狂似的挣夺，竟被青禾很快地抽出兜包

绳套，要将黎小霞背走。就在这时候，迷魂袋药力渐渐发作，黎小霞失去了争斗的力量，连叫也叫不出了，勉强出气，连叫了几声。青禾急用布套，往黎小霞头脸上蒙套，黎小霞窒息欲死，竟被套住，用兜包一兜，黎小霞的兵刃早被打落，青禾忽遽间把黎小霞的武器，草草搜洗了一下，当下就要把人措在背后，生生架走。

就在这时候，黎老奶奶在上房已然听到了动静，而且听了好半晌了。这老奶奶直听到门扇响，这才大惊坐起，大声叱问，竟没有问出答话来。这老妪虽手无缚鸡之力，毕竟是镖客之妻，慌忙地爬下床头，黑影里摸了一只铜盆，开窗猛抛了出去。当啷的一声，又振吭大声喊道："有贼，有贼！"于是院内的人多半惊动。内院里全是妇女，黎老奶奶之外，便是黎大娘子，黎大娘子也是懂拳技的，而且丈夫黎绍光也没在家，黎大娘子竟冒险溜到外院，砸书房的门。

黎老武师在书房负气饮酒，老早地睡了，直到儿媳妇敲窗低叫，方才醒转。只听得闹贼二字，陡然惊醒，这老人一跃下地，摸着枕边一把刀，又抓起镖囊，衣履不整，慌忙地开门跳出来。刚喝问了一声："贼在哪里？"不等答话，如飞地抢到内院。采花贼张青禾背负黎小霞姑娘，已然抢出厢房，扑奔后院，黎小霞身虽被俘，教凄冷的夜风一吹，闭塞的呼吸好像畅通，拼命喊了一声："爹爹救我！"一打千金坠，往下一挣，张青禾正要跳墙，这一下竟没跳过去，老武师黎道朗已然狂呼赶到。

张青禾大怒，持剑威吓俘虏，老武师黎道朗见状大吼道："好恶贼，胆敢抢人，快给我放下！"探囊取出暗器，要冲贼人打；陡又投鼠忌器，重喝一声："贼子，看镖！"手一转闪开上盘，照下盘打去。镖才发出，手中兵刃一摆，急急上步，照贼人刺去。张青禾狮子摇头一摆，闪开敌刃，还剑急扫，两个人在墙边斗起来，老武师且斗且喊，又厉声叫着女儿黎小霞的名字。黎小霞被贼人兜包套住，拼命嘶声喊叫："爹爹，爹爹，我中了贼的暗算了！"

老武师黎道朗怒气填胸，酒已惊醒，手中刀如狂风骤雨，狠狠攻打。不料采花贼张青禾拿黎小霞做了挡箭牌，牵制得黎道朗不能下毒手，老武师愤极怪吼，阻住墙头，不使贼人越墙掳人逃走。斗了十数合，张青禾好像支持不住，故意一败，循墙急走。黎道朗赶上去，唰的一刀，心想砸飞张青禾手中的剑，便可硬上前，打交手仗，张青禾果然还剑一架，剑锋碰刀刃，激出火花，张青禾失声一叫，老武师大喜，一直追上来，刀花一转，直欺到张青禾身旁，老武师情知恶贼张青禾背负一人，周转不灵，立刻展开肉搏，奋力进身夺取爱女。

不意张青禾正要用他那一招毒计，容得黎道朗挨近身，提剑往外一封，把黎道朗的刀架开，立刻对左手迷魂袋一迎，整整打在老武师面孔上。这也是黎道朗搭救女儿心切，明知贼人有这种阴毒的暗器，他还想要紧快的斗法。迫得贼人缓不过手来，而好就中取事，哪知贪功过甚，这一迷魂袋打在脸上，似有异香刺鼻，不禁大惊后退。青禾看出对手惊慌失措，却又追进一步，再赶一招，把迷魂袋又打出来，黎道朗老武师到底年老自力不济，赶紧还刀一挑。青禾右手剑唰的砍下，将迷魂袋又一抖。老武师黎道朗急忙后退，青禾赶上去，倏蹴一脚，老武师咕噔一声，仰面栽倒。青禾哈哈的一声长笑：“这样的武师，真个丢人！”本要进身挥剑，刺杀黎道朗；不知怎的，稍一俄延，黎道朗就地“燕青十八翻”，滚出多远，青禾叫道：“老头子，看在你女儿面上，我饶了你吧。”一手提迷魂袋，一手持剑，背后负着迷失知觉的黎小霞，很快地循墙急走，扑到后院，越向短垣，这就要掳人越墙而走。

突然，角门黑影中窜出一人，叫了一声：“有贼杀人了！”举起黑乎乎一物，照青禾打去。张青禾侧身一闪，便闪开了，只将手一抬，听得咕噔一声大响，是重物坠地，旋又有一个人在厢房屋门后大喊：“救命，杀人，有贼！”

这工夫，黎宅全院喧闹之声惊动了四邻，更惊动了四邻群犬狂吠，少年贼张青禾有些心慌，用尽气力跑开来。往墙头一

跃，又没有跃过去。张青禾便要把成擒的黎小霞姑娘弃去不掳，但又舍不得，黎小霞姑娘此时似已失去知觉，不能出声，也不能挣扎。张青禾回手一摸黎小霞，顿时变计，竟撞开后门，如飞地逃了出来。

黎宅的四邻虽然惊动，竟没有一个人敢出来援救，张青禾放心大胆，背着人逃走，黑影中只从黎宅奔出来两个人，一个人是中毒就蹶，因而跌倒的老武师黎道朗，黎道朗人已气糊涂，想不到人老受欺，一世威名竟抵不住二十许岁的少年贼，气极几乎要自杀，还要追救女儿，偏偏儿子又被他骂走，门弟子也没在眼前。第二个追出来的，仅是他家一个长工，睡梦中惊醒，抄起竹杠，赤背出来赴援。黎老武师急得说不出话，只连叫："追，追，贼，贼！"两个人奔追出来，张青禾已将去远。

黎老武师本可以追上，无奈头脑涔涔，两目昏花，他吃亏的就是他那一只老花眼，一到夜晚，十成本领剩不到两三成，而且他又多喝了酒，仓促间哑着嗓，乱叫急追，右胯好像错了环，干着急跑不动。那个长工崔福升，居然很忠勇，高举竹杠，如飞赶上前，大叫："好贼，快给我放下人！"张青禾且跑且回头，奔驰田野间，好像胸有成竹，不过背着一个女子，既恐人追上，又怕人看见，见黎氏主仆追赶甚急，故意缓了一下，等到崔福升扑到，抖手一镖，把崔福升打伤，张青禾冷笑道："畜生，不要命就追。"立刻把崔福升吓住，大叫起老主人来。腿上一镖深入寸许，一拔下来，流血不止，张青禾借此机会，把黎小霞背入林中。

转眼间，老武师黎道朗赶到，长工崔福升坐在地上不住叫唤，黎道朗顾不得救伤，忙问贼人逃往何处，崔福升一指树林；老武师舍死忘生，抢奔树林，但等到一步一探，提防暗算，把树林搜完，张青禾已背着黎小霞，逃得没影了。

第六章

同床异梦一击未中

老武师黎道朗擂面号啕，大呼大叫，可是女儿到底已被掳去。

黎小霞姑娘挟着一身武技，到底被少年贼俘走。

当初被俘时，黎小霞神志渐昏，尚能挣扎，少年贼张青禾百忙中又张蒙药照黎小霞口鼻塞去，黎小霞极力抵拒。终于耳轮轰的一响，天旋地转，满眼冒黄烟金花，人事不省了。

也不知经过多大时候，黎小霞觉得周身奇冷，如被冰蛇缠绕，而且浑身骨节酸痛，身体也觉着有了变化，更觉头痛若劈，气阻喉塞，拼命一呼，没有呼出声来，一举手，一抬腿，也转动不得，费了很大气力，仅仅睁开了双眸，满眼昏黑，犹在夜间，鼻孔嗅得湿霉之气，好像身埋坟墓之中。定醒良久，方才觉出，身子被绑在土室草榻上，小木板门大概倒闩着，小窗洞也被什么东西挡着，却从窗隙透过来一线微光，大概这时候已非夜间了。黎小霞非常难过，挣又挣不动，叫又叫不出，只发轻微的呻吟来，但她立刻疑到自己已被陷入魔手，身在魔窟，便不敢再叫，只努力定醒，过了好大工夫，神志越发清明，更觉得自己不但手足被缚，而且浑身衣服也被脱去，现在

身上只覆着一个被单，试努力挣起，才觉出双足被捆在床腿上，双手反缚，也难起劲。

黎小霞知道受了污辱，忍不住痛泪交流，尤其口渴得难受。现在被囚在这小土屋里，正不知究在何处，也不知恶贼是否潜伏在一旁。想到这里，又悲、又愧、又无法可施。幸而腿被捆住，上身还略能转侧，努力欠起颈项来，向四面一看，土室中一个人也没有，室中又没有什么摆设；猜想这一定是恶贼的垛子窑了。若是贼人的垛子窑，外面定有监视肉票的贼党。黎小霞向外看了一眼，累得颈项生痛，又不禁惨然泪下了。

想不到自己乃是个名武师之女，现在竟被恶贼绑了肉票，成了财神奶奶了。一个女子陷身盗窟，清白当然难保，自己遭遇更惨，这贼人多一半就许是父亲的仇人，故意污辱自己。自己为全名节，保家门，最好是赶紧自戕。但是如今被贼捆得一个结实，怎样才能够自尽呢？就自尽，怎能洗刷清白之名？

黎小霞苦思无计，真有求生不能求死不得之痛。更且怒火上腾，一点也不饿，只觉十分口燥，好像口渴比饿还难受。侧耳听了听外面，没有什么动静，忍不住发恨道：“该死的贼，就这么样把我囚在这里吗？”正想处，忽听外面叽叽喳喳，似有人说话。仿佛一个苍老的口音说：“许是醒过来了。”又一个较为幼稚的口音说：“大概醒了。”那个年老的口音，好像带着恐怖的意味说：“这件事可真不好，我们不管吧，他要毁我们，我们要管吧，这明明是犯法的事。这个女子据他说，是他逃妻，可是我明明看出，那是一个没出阁的姑娘，又明明是我们本地人，怎会是他的逃妻呢？他拿刀子威吓我们，又拿银子钱骗哄我们，我们不答应他，他要杀我们。常言说，奸情出人命，弄不好我们跟着打诖误官司呢。”

黎小霞在囚室中，听见这样的私谈，已猜知这看票的不是贼人一党，多半是被贼威逼利诱的荒庄野民。她想了想，要冒险发话，套问真情，忽然想：“且慢，我再听一听。”停了一会儿，又听出那个年老的人唠叨着，抱怨命运不好，遇上这等犯

法的歹事。那个年幼的人就说：“依着我说，我们丢下这个破家，偷跑到镇里，找我们亲戚藏几天，不就完了。我们的家，就算叫他们霸占了，我们的人可能逃出虎口，不至于受他们的拖累。”那个年老的人说：“你这主意不行，若是行，我早就带你跑了。要是只有那个年轻的外来贼一个人的话，我们逃掉，他再也找不着我们。最可恨是汪老四，受了外来歹人的好处，甘心当他的小伙计，汪老四又是个地理鬼，我们决计跑不开，就跑开，也被他们掏出来。他们本说，我们如果妄想泄底潜逃，一定把咱们俩杀了。你说怎么好？我又胆小，又腿脚不灵，你又太年轻，我们简直是闭门家中坐，祸从天上来……”说着低声呻吟，微带哭声。那个年幼人好像动了怒，刚骂了一句：“万恶的狗贼，我上衙门告发他们去！”那年老的人很恐慌地阻住了，好像又低声说了几句话，两人全不敢言语，并且离开了地方。

工夫不大，便听见一个湘中口音的粗暴男子，走了过来，骂骂咧咧，敲打柴扉，又叫了一声：“陆跛子，娘卖皮的，你，哪里去了？”

那个苍老的声音，大概就是陆跛子，立刻答应了一声，道：“听见了，汪四爷才回来，小毛子，快给四爷开门。”

于是那个年幼的口音，便是陆小毛，赶紧地且答应，且奔跑，把柴扉开了。这门好像还倒加着锁，跟着履声橐橐，汪老四进了院子，里外巡看，喝问陆跛子和小毛：“没有人来吗？”回答说：“没有。”又问：“你们出去了没有？”回答说：“你老一走，我们这门就锁着，我们连门口都没去，我们就在这房后劈柴禾呢。”汪老四骂道：“娘卖皮的屋里的点子没跟你们过话吗？”回答道：“没有，没有，从你老走后，屋子里一点动静也没有，不是睡着了，恐怕就是……”汪老四厉声道：“恐怕什么？”陆跛低声搪塞了几句话，好像是担心屋中被囚女子或已困顿垂危。

汪老四说道：“放屁，你怎么知道她快死了？你趴窗眼看

了吗？”陆跛忙道：“小人可不敢。”汪老四半晌没言语，好像正攀窗缝往里窥看。被囚的黎姑娘横陈草榻之上，早已听出话口，见窗隙忽透微光，赶紧闭目不动，俨如昏厥。

汪老四穷看良久，忽然说：“唔，别是真坏了？不能啊！”转脸来，依问陆跛：“这屋里的女子没向你们央告吗？也没向你们要求释放吗？也没向你们要吃的、喝的吗？”陆跛赶紧答应了一串话：“没有说话，没有央告，也没有要水喝，要饭吃，就是一声儿也不响。”

汪老四咳了一声道：“你们要小心了，昨天幕面的那一位是江湖上有名的杀人不眨眼的女贼。你们可留神，别叫女的宰了你，别叫女的跑了。她只一跑，一定告你们，幕面的那一位也决不饶你们，好在那一位说了，只在你们这里耽搁三五天。不久还要带这女的远走高飞，只要平安无事，熬过这三五天，他一定赏你们二百两银子，你们就发个小财了。好在你们这地很僻，绝没有打岔的人来，就有人来，你们也别让他进这屋，你可以往正房让，这间小屋千万别叫生人伸头探脑，人家要问，你就说是产房。”随又告诫陆跛：“你们注意屋中女子，须提防她听见动静，狂呼救命。她如敢喊，你只管进去堵她的嘴，把她拍昏过去。”好像将一物交给陆跛说道：“她只一嚷，你拿这东西，照她口鼻上一蒙，不大工夫，她就人事不省了。你不许胆怯。只保得这几天平安无事，你也发财了，我也发财了，别的事咱们全不管。好在这并不是绑票，也不是图财害命，不过是那位幕面的绿林英雄，追拿逃妻罢了，咱们一点也不丧阴德。就是经了官，咱们也不算犯法。这个女人嫁了人家，又跟情人卷逃，现在本夫捉住了。人家本夫是大英雄，不是杨雄，是石三郎，你明白了？”这个汪老四说的幕面英雄，黎小霞已听出这是妖贼张青禾。明是采花贼，强掳良家闺秀，他却诬成逃妻。汪老四只顾诓词欺骗陆跛，说话声稍为大些，有一多半话被黎小霞努力听去，黎小霞几乎气疯。可是，立刻明白了下手自救的门路，并且暗暗打定了主意。

过了一会儿，便听见开屋门的声音，门口人影一晃。那个陆跛想是避嫌畏罪，不敢进来，怕叫黎小霞认出面目；那个汪老四戴了面幕，提着一只小篮，走了进来。直到黎小霞身边低头验视，黎小霞唯恐贼人或行无理，一声也不哼，假装昏迷。

汪老四好像看出来了，诡笑了一声，叫道："喂，小娘子，别睡觉了。醒一醒，快吃东西，我们是不要饿死活人的。"放下提篮，轻轻给松解绳索，双腿照旧绑在草榻上，只将拦腰缚肩的绳子松开，伸手要把黎小霞扶起。黎小霞睁开了眼，怒叱道："闪开！"身躯一挺劲，自己坐起来了。面色苍白，形容憔悴，却有一种决然不可侵犯的神气，从双眸口吻间流露出来。

汪老四好像吓了一跳，身不由己，往后倒退。他看出黎小霞不能挣脱绑绳，就冷笑喝道："小娘子，你算是失手了，你不要发雌威吧。我是好心好意，给你送吃的、喝的来了，你不要吵嚷，你乖乖地认命，有你的好处。"遂将提篮中的食物和一壶水拿了过来，笑嘻嘻地说："我们晓得你手底下有两下子，我可不敢给你松绑。你不要嚷，也不要咬，等我好好地喂你一点饭。"

黎小霞怒道："恶贼，你敢过来！姑娘不幸误落在你们一群淫贼手里，杀剐任便，你要作践人，我可拼给你们。"说着，把牙咬得乱响，面目悲愤，真如落井的狮子一般，神色十分可怕，双目闪闪，盯视汪老四，喝道："姑娘误中了你们下五门的薰香毒计，别看姑娘落在你们手中，你们不要妄想称心。我看你们谁敢过来，我拿热血喷他！"又道："你不是害我的那个贼，你不要助纣为虐，你一定是那个贼的小伙计，你要放明白些，姑娘并不是好惹的。冤有头，债有主，你可估量估量。架我的那个贼呢？你把他叫来！"

汪老四见黎小霞侃侃而谈，心中惊服，忙说："小娘子，你倒猜着了，绑架你的不是我，是别人，我是专伺候财神的。小娘子消消气，先吃点东西！"黎小霞骂道："恶贼，姑娘要自己饿死，你别妄想！贼子要明白姑奶奶是好好一个姑娘，落到

贼人手里，活着出去，没脸见人。我现在就要拿性命来洗刷我的不幸！吃东西做什么？姑奶奶不打算活着回去！”

汪老四说了半天，黎小霞闭口不肯进食，汪老四探头道：“想不到小娘子如此烈性，可是，你已经失去贞节了，就饿死，也洗不去终身的玷污。我看你吃点东西吧。再不然，你喝一点水。”把水壶递过来，说道：“小娘子，你可自己喝，我的差事就管看票，喂票。别的事我并不管。”这个汪老四似乎被黎小霞的凄艳容色、慷慨激昂气概、以死全贞的烈性所感动，不但把水壶送过来，把饼饵也送到黎小霞身边，徐徐说道：“我猜你是不肯叫男子喂的，你自己吃吧，我先躲出去，等你吃完喝完；我再来收拾。”说着退出去了，把门也给掩上。

黎小霞要自己饿死，但是饿还好受，渴却厉害。一阵怒骂之后，黎小霞觉得五中如焚，嗓哑欲裂。本想滴水不入口，竟忍耐不住，只得挣扎，把水壶取来，双手捧壶，用牙齿把壶盖咬住揭开，验明壶内不是浓茶，竟是白开水，试着喝了一口，似乎并无异味，连喝了几口；越喝越渴，一连数次，竟把一壶水全喝了。气愤愤地丢在草榻上，经有这水一滋润，精神上也略觉恢复了一些。只是周身仍然酸痛，坐在木榻上，有绳拴着腿，有手铐子扣住手，仍不能移动，只能微转身躯，看看三面罢了。黎小霞叹恨了一声，不肯再躺下，竟枯坐在榻上，闭目等待后来的结果。

这时候，汪老四正藏在窗外，往里偷看。既羡爱黎小霞的美貌，又佩服她的临变凛然不可侵犯的气概，自觉帮助张青禾，做这强污女票的恶行，于良心上难安。他虽然也是个绿林人物，却没干过这种事。只是寻常偷盗罢了。他看了半晌，不知怎么一来，他竟哼了一声，被黎小霞听见了，厉声喝道：“什么恶匪，快给我滚进来！”

汪老四低声答道：“小娘子，可不要乱叫唤，我们头儿有命，人只要狂喊求救，我们立刻就得拦上你的嘴，我们念你也是行家，不肯挫折你，你也该留面子，不要叫我们落包涵，才

是光棍。”

黎小霞转面对窗叫道：“狗匪，你快把你们头儿叫来！我问问他，安的什么心，我们保镖黎家跟他有什么仇恨？”汪老四说道：“得，得，你别说话了。我们头儿这就来，我劝你不要自找苦吃。你已然叫人架了财神，你就该守着财神的本分，按着做难友的规矩，决吃不了亏。不然的话，倒给我找出麻烦来，可不能怨守票人不懂情面。”

黎小霞听了，恨恨不已，半晌说：“你原来是个匪奴才，你快给我把你们的头儿找来！”汪老四说：“好吧，好吧！你不用忙，我们头儿过会儿准来，你好好等着吧。”黎小霞负气不语，躺在草榻上养神。经过了很大的工夫，屋中渐黑，似已到黄昏时分。那个汪老四大概又走了，那个陆跛和陆小毛又在窗前悄声低语，说是：“天不早了，他们全没来，屋中囚着女子没有吃饭，我们不管，我们却饿的肚子叫。他们既不许我们生火做饭，又不给我们送饭来，我们无故挨饿，够多么冤！”那个年轻的小孩陆小毛说道：“爷爷你在这里盯着，我们偷偷向邻舍家讨点饭来吃。”那年老的陆跛说道：“使不得，若叫他们碰上，可就活不成。他们不准我们离地方，我们还是忍着点吧。”跟着，听见窗隙有人偷窥，那个陆小毛说道：“那个女的这半天没有响动，别是饿死了吧。”陆跛忙道：“不要胡说，三天两天的，哪能饿死。”

这祖孙二人在外私语，黎小霞约略听出来了，心中一转：“我何必顾忌？名节已污，至不济，也就是一个死，死了比活着还痛快！”打定主见，立刻坐起来，发话道：“喂，外面的老大爷，你行行好吧，你过来，听我说几句话。”她这一发话，外面语声骤停，似乎很害怕。黎小霞不管那一套，立刻大声说：“老大爷别害怕，我知道你不是害人的人，我是黎家冲的好人家姑娘，叫万恶的采花贼架绑了来，囚在你们这里，我知道你也是好百姓，是被他们强迫着看守我的，你们要明白，替匪看守匪票，就是死罪，现在匪人不在这里，请你把我放开，

我们一块儿逃跑告官，我家很有钱，一定重谢你们！”

黎小霞哑着嗓子，很快地诱说，可是陆跛和陆小毛全吓住了，好半晌，才想起来低声说：“你这位姑娘，你千万别再说话了，若叫他们听见，你也活不了，我们也活不了，他们有话，你只要一嚷，就叫我们拿东西堵你的嘴，他们说那东西一堵嘴，人就死过去，你不要多话了，叫他们听见，彼此不便。”陆跛似乎怕极了匪党，黎小霞明明听出来，他们只是没胆释放肉票，黎小霞纵诱不动他，可是心中倒很喜欢，因为听口气，既已证实陆跛不是匪党一伙了，总还可以设法。

黎小霞连忙再下说辞：“我是个好人家姑娘，叫恶匪绑架了来，囚在你们这里，我们家里人不肯甘休，一定报官捉匪救人，老大爷你想，官人要在你这里，把我搜出来，你岂不是身犯死罪？老大爷，你不要听匪人威吓你的那套瞎话，你若能放了我，我家很有钱，我家里人一定拿你当恩人，养你的老。”陆跛和陆小毛对这些话，似乎全听不入，那老人只一迭声催黎小霞快住口，说道：“你再说话，我可要堵你嘴了。”那个陆小毛似乎犹豫起来，反问道：“你到底是哪里人？你不是那位好汉的逃妻吗？”黎小霞忙说：“我实在是个没出闺门的姑娘，怎么会是恶匪的逃妻呢？我是咱们本地人，我就住在黎家冲，我是黎道朗黎镖头的女儿，掳我的人是采花匪，你放了我，我会武功。一定跑得开，老大爷，你多多行好，你不敢放我，你想法子给我家送个信成不成？”

陆跛不语，陆小毛问道：“往哪里送信？”黎小霞大喜道：“往黎家冲，宝泉居饭馆送信就行，那是我家开的饭馆，老大爷，我问问你，你贵姓，叫什么名字？这地方离黎家冲有多远？是什么地名儿？”黎小霞心想，问出两人的姓名，打听出此地的地名，就好办。

哪知陆跛胆小得出奇，怕匪比怕王法还甚，陆小毛刚一张口，便被他拦住了。黎小霞再三催问，再三央告，许下重酬，答应厚报，陆跛依然很害怕地说：“别言语了，别言语了，你

听听，他们要来了，你瞧瞧，那不是人影吗？”又突然一惊地说：“真来了，嗜嗜，别言语了，人真来了。”

说话时，听见一个清脆的少年口音，立在窗前说道：“跛子，你好大胆，你不要命吗？”陆跛立刻央告道：“好汉爷爷，我们没敢违背你老的意思。”少年叱道：“我分明听见你……”跟着听见哎呀，哎呀，苦打告饶的声音，旋复人声寂然，另传来开锁推门声响。于是立刻又有一个幕面人物，出现在草榻之前。

黎小霞刚刚卧床闭目，不言不动，至此微微启眸偷看。这个幕面人物立在黎小霞身边，正在摘下面具，露出本来面目。已看出黎小霞人早清醒，竟低笑一声，凑到身旁坐下，款款说道：“黎姑娘，缓醒过来了。你吃了东西没有？喝了水没有？”说着话，便来伸手，要摸索黎小霞，黎小霞身子被捆住，上半身还能动，突然坐了起来，要挣扎，依然挣扎不得，恨得无法，便瞋目切齿骂道：“狗贼，我姑娘误遭毒手，有死没活，你要想作践我，你是妄想，狗贼，你把姑娘绑架来，到底安着什么心？狗匪，你叫什么名字，我黎家跟你有什么仇恨？别看我被你捆住，我还能够拿热血喷你！我还有父兄，找你算账！”慷慨骂匪，双眼几乎怒出火来，淡白色的面色也陡然泛起红霞，纵落魔手，另有一种凛然不可侵犯的气概，使得幕面少年贼不能侮视。这幕面少年正是少年匪雄娘子张青禾，张青禾自恃品貌清秀，居然拿出真面目来，向黎小霞设辞劝说。张青禾说道：“黎姑娘，你不要发怒，我实在是佩服你，很爱慕你。我今年二十一岁。我在武林，也是名门之徒，我至今还没有娶妻，我起初把你掳来，固然没安好心，但是你的英姿艳质，我已十分心折。我愿意改过赎罪，正正经经地要娶你为妻。而且从此洗手，再也不做采花的案子了。我虽然污辱了你，我愿意把真心掏给你，从此折节改行，也算是你救了我。黎姑娘，你不知道，我初次见你，就很爱你，现在我更万分地钦佩你。你不要生气了，我们可以好好地讲一讲。”说时又要拉黎小霞的胳臂。

黎小霞愧怒躲闪，却已躲闪不开，顿时气得面无人色，就要巽血自残，她刚刚的要这样做，张青禾已然看破，慌忙退身靠后，连摇双手叫道："黎姑娘，黎姑娘，你千万不要自残。你不要这样做，你听我说，我有下情。你是千金之躯，我害了你，请你准我赎罪！"竟再三的央告，说出爱慕之意，补过之法，后来竟跪在黎小霞的面前了。

黎小霞这时候泪流满面，偷瞥了张青禾一眼，已看出张青禾的心意。并不愿意过分强迫自己，且已看出他真是爱慕自己。可自他头一手，败坏了自己的贞操；第二手把自己掳到这里，仍然捆着，自己的一生是被他毁害了。他定是自己的冤家对头；自己哪肯听他花言巧语。黎姑娘哭了一阵，怒道："恶贼，你已经把我毁了，你还说什么赎罪！你不要痴心妄想，拿鬼话欺哄我，你真想赎罪的话，你先把我放开。"

张青禾跪在草榻前，仰着脸说："我和你府上无仇无怨，素不相识，我只是爱你过甚，才做出无礼来，我真是要赎罪，我当然要释放你的。黎姑娘，你可能可怜我这个一步走错的少年人不能？你肯下嫁我吗？你只要点头答应了，我也不要你发誓，我一定好好把你送回家，我再正正经经地登门求婚。"张青禾这后面的话，多半是谎言了。跟着他见黎小霞垂泪不语，便又说道："我也明白，姑娘已然失身于我，或者无颜回家。如果是这样，我愿意携带姑娘，远走高飞。等着在外乡成了婚，过个三年五载，我们再来黎家冲，登门认亲。"张青禾花言巧语，向黎小霞跪求。

黎小霞妙目含嗔，手足被缚，无法摆脱开，尤其可恨的是，张青禾把黎小霞的底衣全部剥光，上面只盖了一个被单，要想挣扎，也苦于裸露无法逃亡，黎小霞恨恨不已地说："恶匪，你尽管拿好话欺骗人，到底还捆着我。你把我剥得一丝不挂。你认真要赎罪，头一手你得赶快给我解缚；第二手你得把衣服还我。"黎小霞心想，只要手足恢复自由，身体不再裸露，我就跟狗匪拼了。可是又想，张青禾不是傻子，这种解缚还衣

的要求，未必肯许可，她说完了这些话，就两眼盯着张青禾，等他回答。

果见张青禾眼珠一转一转的，笑道："姑娘你放心，你要求的事我全照办，只是姑娘得答应我，决不动手打我，我是百叫百应。"黎小霞恨道："我落在你手心了，我怎能打得过你！你快把衣服还我，把这绳子给我解开。"张青禾笑着说了一个"好"字，便站起来，偎到黎小霞身旁，不住端详她的脸和手脚。见她满面泪痕，手脚捆肿，似乎非常怜惜，遂伸手把黎小霞扶好，坐在草床上。黎小霞非常愧恨，只索闭上了眼，任听张青禾解缚。哪知张青禾并不先解扣，一只胳臂半环着黎姑娘，一只手轻轻抚摸她的手腕，口中低言道："黎姑娘，你只不跟我硬拼，我决不忍施展强暴手段。"

黎小霞闭目不语，只催他快点解绳扣。张青禾竟抽冷子，把黎小霞抱住，以唇腮相就，做出来轻薄模样，黎小霞气极睁眼，极力闪躲，张青禾低说道："姑娘，我实在爱你，我实在的……"便要将搂抱在怀的黎小霞，推放在单榻上，他自己也要登榻求欢。黎小霞不能抵拒，满脸通红，只恶狠狠一扭脸，把一口唾沫，喷吐在张青禾脸上，身子扭动，把颗头抵在张青禾怀中，切齿骂道："你敢，你敢！"

张青禾竟不能得手，两个人在草榻上挣扎，黎小霞厉声喊骂："狗匪，狗匪，你说人话，还是不做人事，你你你给我滚开，姑娘拿鲜血喷你！"恨极了，竟真要切齿自咬舌根，含血喷人。张青禾变了色，慌忙地躲开身，两只手依然攀着黎小霞的肩头，没口地央告道："好姑娘，好姐姐，别别别自己作践自己，别别自残，我真是爱极了你，我就躲开你，把衣服先还你。"这工夫，黎小霞面色苍白，口角渍出血来，已经咬伤了舌尖，张青禾非常的惊慌失措，黎小霞含血喷了他一口，很凶惨地笑道："恶匪，我误遭暗算，我活不成，还不能利利落落的死吗？狗匪，你只敢过来，姑娘有一腔热血，都喷给你，你想轻薄我，你做梦吧。"破口痛骂不休，一脸惨厉之气，悲愤

至极。

张青禾似乎束手无策，跳下草榻，远远地站在黎小霞对面，作揖、打躬、下跪、发誓，恳求黎小霞不要自残、自戕，黎小霞口角沥血，恨笑道："恶匪，你的话我全不信了！现在只有一条道好走，还我衣服，解去绑绳，让我自己个回家，我已然教你害了，不是处女了，我就投托尼庵，出家修行，你小子只算是我的冤孽，我也不想报仇，我也决不能从你，你放下你那颗私心吧！我不是那种良懦女子，你休要妄想生米做成熟饭！"

张青禾愣了半晌，自己搔头道："我作孽作的多了，我所害的女人，只要跟我硬拒，我一定要她的性命。不知何故，我一遇上你，我就舍不得下毒手了，我实在是要娶你为妻，从此改节向善，不料姑娘如此贞烈，杀你是舍不得，放你又如何能成？罢罢罢，黎姑娘我也不知何故，竟如此迷恋你，你放心，我就依着你，今晚天一黑，我就把你送回去。姑娘若能可怜我一片痴情，你只说出一个字，我就携带你远走高飞，在你是躲避人间耻笑，在我是从此改过，另做新人，现在我也不必多说了，我先把衣服还你，把你手下的绳子解开，你先歇歇，喝点水，吃点东西，我到夜晚，准来送你还家。"说着话，双眸凝视着黎小霞，确乎充露出惜情爱意来。

黎小霞牙恨得痒痒的，竟有抓不着搔不着之苦，仍骂道："狠心匪，你还是花言巧语，你无非是引逗我多跟你多说话，慢慢地好趁了你的心，匪子，你的狡计我已然明白了，我现在就张口吐出整个舌头……"她竟要切齿狠咬。张青禾大骇，很快扑上来，用"黄莺托嗉"，一手托住黎小霞的咽喉，一手忙伸二指，来向黎小霞嘴角探入，以免她含愤嚼舌。但黎小霞也非易与者，似乎不易抢救，大概是黎小霞饱受顿挫，历时已久，神情激动，一昼夜未进饮食，又加以女子不如男子力大，何况又裸露，又被捆着，竟咬着牙，口发呜呜之声，到底被张青禾按倒。咽喉被扣，气息不通，自然地喘不成声，自然地张

开了口，张青禾的手指竟插入黎小霞口齿以内，这一来可阻住嚼舌的惨剧，等到黎小霞稍为缓过一口气，便狠狠一口，咬住了张青禾的手指。而且下死力狠咬，毫不放松，张青禾疼得叫了一声。要往外夺，忽想一夺必断，他突然地将计就计，身子压住了黎小霞，竟用自己的头，来拦黎小霞的鼻子，扣喉的手更不放松，同时被咬的那只手，也不住强夺，反而忍痛往里深探，口中却连叫："姑娘松口，姑娘松口！"到底，吃亏的还是女子，张青禾是三个手指被咬，既是护痛，又能用力，当他的三个手指被啮出血之时，也正是黎小霞窒息欲绝之际。终于黎小霞惨哼一声，支持不住，不自觉得松了口，将身躯一滚，把张青禾甩落，张青禾趁此取出一物，跪在榻上，按住黎小霞的肩膀，说道："姑娘你真狠，你看你把我手指都快咬断了，我实实没有害你的意思，你看你满口是血，我给你擦擦，从此我绝不敢稍有轻薄之意，可是你不要自己残害自己，你要明白，舌头一断，就是残废人了！我给你拭去这血！"且说且凑，把一方绢巾，掩向黎小霞口鼻，黎小霞惊惧怒叱，已来不及，这手巾又被拦住了口鼻，一阵香气过去，黎小霞又已于昏惘状态了，迷迷惑惑，做了一个怪梦，梦见自己做了新嫁娘……丈夫忽然温存，正向自己款洽，丈夫忽然狂暴，自己发出呻吟。等到黎小霞苏醒的时候，雄娘子张青禾已经偎在自己身边，而且同衾共枕，黎小霞刚刚强作挣扎，那香气又袭入鼻孔，再度失去知觉。不晓得过了多少时候，黎小霞忽为凉风吹醒，却已在夜间，已在人的背上，少年匪张青禾背负着她，出离了旧囚所，又改奔另一窝藏地方。那旧囚所，原离黎家冲不远，是一户荒山民家，只有祖孙二人，便是陆跛和小毛，他们原是很穷的窑户，孤寄荒山山根，四邻无靠，猝然被张青禾劫持，逼做守票人，陆跛不良于行，小毛年岁小，他们倒想喊告，又想逃跑，却被张青禾持刀威胁住了，若单是张青禾一个人，陆跛也许要奔告邻村保正，摘落开自己被匪强逼的底细，无奈张青禾又勾结了一个伏地小匪汪老四，由汪老四受他重贿，助纣为

虐，陆踆祖孙就眼看着一个良家少女教匪徒囚禁在自己家内，陆踆脚步既不好，眼力又坏，竟一筹莫展地甘受匪人支使，然而陆踆惧祸的神情，已被张青禾看破，他是个年轻胆大、妄为已极的人，他竟不怕陆踆被逼过甚，情急反噬告密。可是他也晓得久留山村，不甚妥当，距离黎家冲过近，诚恐黎老武师跟踪寻来，因此，张青禾劫囚黎小霞，只在这贫苦窑户家逗留了一天两夜，他在窑户家，玷污了人家处女的清白，立刻改装出去，另觅落脚处所。据汪老四说：距此地四五十里，魏新屯地方，有一土豪，招娼窝赌，广事结纳江湖人物，凭张青禾的本领和嵩阳派的名望，前往投托，必可大受优遇。张青禾便问："这个人叫什么名字，我若带了这个姑娘去，他也敢收留吗？"汪老四笑说："这个人叫魏敬友，素常好友喜交，可谓名副其实。凭张爷这份品貌，你去了，他一定欢迎。至于你老若是带个女相好的去，那他决不在乎，就怕你老架的这个肉票，到了那里，狂呼乱喊，瞒不住他。魏小爷他是光棍眼，赛夹剪，恐怕看破你的真相，就不好了。你应该对他实话说，你再小小地打点打点他，也许能成。这就看你老了。"意思是说："看你开窍不开窍了。"不好意思明说，改口道："只要应付得当，一准能成。"张青禾点了点头说："魏敬友这个人，我也知道他，我有个朋友跟他认识。"立刻奔魏新屯，见了土豪魏敬友。

魏敬友年约四十一二岁，生得凶神一样，大高个黑脸膛，却是见人便笑，很显得亲切似的。当日见了张青禾，彼此寒暄。张青禾便举出他那淫朋的名字来，求魏敬友，并求借寓。魏敬友久闻嵩阳派剑客的威名，有心结纳，立刻答应了假馆，并开宴款待，他自然不晓得张青禾已是嵩阳派的叛徒。宴间酒酣耳热，问了张青禾是否偕有伙伴，张青禾趁机捏了一套话，向魏敬友说："若说小弟本人，既在江湖上闯荡，正是随遇而安，到处为家，什么地方都能住。偏偏我现在带了一个累赘物，须要躲避官人耳目，故此必须投托好朋友保护了。"魏敬友问他："带着什么累赘？"张青禾把捏好的话，一字一板说出

来，说他自幼和一个姓黎的武林人家的女儿订婚，不幸小弟身遭家难，投入嵩阳派学剑，志在替父复仇。“兹因女方已然及笄，小弟奉母命前往岳父家，请定婚期，择吉完娶，以便延续宗嗣，然后小弟就可以舍身复仇了。不幸家岳父人品卑鄙，欺我年轻，嫌我贫乏，不但不许成婚，反而逼勒退婚。是我一怒和他吵闹起来，我那大舅子也不识大礼，帮着乃父，跟我动手，幸而小弟手底下还有两招，当时没被打败，可也不敢再留，小弟顿足出来，就向家岳父说，我与令爱小姐，自幼订婚，爱好做亲，你既然嫌贫爱富，我可就仗恃本身拳技，一定要把令爱图娶到手，我们翁婿打了赌，我就设法把未婚妻抢娶过来。”

魏敬友道：“哦，有这等事，这就叫抢亲了，你抢到手没有？可是要在下帮忙吗？”张青禾兴致勃勃地说：“我谢谢你的好意，我已然抢亲得手了，现在内人已然和小弟成亲……”魏敬友道：“我给老兄贺喜，这是多咱的事？”张青禾道：“就是眼下的事，我已然跟内人成了亲，可是我晓得家岳父犹不肯甘休，正在满处托武林朋友，跟我捣乱，还想把他的令爱夺回，小弟现在就是带了贱内，满处躲避，意思是要请老兄帮忙，容我夫妻在尊府暂住两天。”

魏敬友哈哈大笑：“令岳也太难了，人是生米做熟饭了，他还抢回去做什么？老弟就是这一点小事为难啊，不要紧，你全交给我，我可以出头，找令岳老先生，劝他一顿，你只稍为给他一点面子，给他磕几个头，他还有什么法子好想？令正嫂夫人呢？现在这里吗？何不请来一见？你们两口子一定是一夜夫妻百日恩，当然没什么的了，你为人又这么英俊，武功又这么好，她一定很爱你的了，可是的吗？”

张青禾故意脸一红道：“她正年轻，今年刚十七岁，免不了胆小害怕，哭哭啼啼，差点没把我当了强盗，这两天好多了。”魏敬友打趣道：“我明白了，你一定是洞房花烛夜，过于强暴了，招得嫂夫人受不了，一定哭闹的。现在你们已经几天

了？她一定跟你情投意合了？”张青禾故意说道：“魏老兄不要打趣我，她年纪太小，简直跟小孩子一样，动不动就哭，回头我把她接来，老兄可不要看我的笑话啊。”

魏敬友问：“你什么时候接她？”回答：“今天夜晚。”魏敬友笑道：“只有娶后婚，才在夜间。”张青禾道：“但是我们这是抢亲啊。”魏敬友道：“可不是，我忘了这一层了，但不管怎样，既有好朋友引见，又凭老弟这样人物，况又是婚姻大事，并不是为非作歹，我在下一定要帮忙的，老弟你请放心好了。”这个土豪满口答应，张青禾大悦，当时告辞，火速转回窑户，见了黎小霞姑娘，还在昏迷呻吟。张青禾把黎小霞救醒，劝她喝一点水，挨到子夜，冷不防又给拍上蒙药，用背包攀带，把黎小霞背在背后，离开了窑户陆跛之家，直投魏敬友的庄院借寓。

“光棍眼，赛夹剪”，张青禾那一套“抢亲”的话，虽然骗动了魏敬友，可是等到把人背来，魏敬友一见黎小霞的形容气度，顿时动了疑，黎小霞被张青禾撮弄得昏昏沉沉，魏敬友拿着闹洞房的口吻，调笑了一阵，黎小霞仍然瞑目不语，魏敬友忙问：“张老弟，弟妇这是怎的了？”张青禾道：“吓病了。”魏敬友便不多问，给张青禾拨了三间精舍，算作夫妻俩的洞房，另外，拨给一个年轻精干的女仆，一面服侍，一面察看。这一来，当天夜间，没有看出形迹，张青禾算是跟着新娘子老早地睡了。等到第二天白昼，张青禾不能永远用蒙药麻醉黎小霞，麻醉过久，人将死亡，等到黎小霞稍稍清醒，依然倔强，痛骂着张青禾，而且不许张青禾近身，张青禾再三赔笑哄慰，可是到底不敢给黎小霞解绑，只一解绑，便打起来了，像这情形，十分尴尬。

魏敬友很快地晓得了。魏敬友想：“这不像是抢亲，恐怕是绑票，这个女的一定是良家妇女，被张青禾朋友看上了，就架了来，强逼成亲。简直说吧，这是强奸肉票，绝不是掠婚。”魏敬友手底下也有些个狗头军师，立刻替主人挑眼，说：“姓张的现在借你老爷树荫凉，他又扯谎不说实话，他太不够朋

友，当家的你看怎样，索性给他一下，再不然，把他驱逐出去吧。”魏敬友低头一想不以为然，问手下人说：“那个女的漂亮不？”狗头军师笑道：“当家的没看清吗？我们更没看清了。”魏敬友道：“那个女的不知叫小张怎么整治的跟死人一样，躺在床上，连眼都睁不开，脸上气色很难看，可是骨格儿、面庞儿确足够十成十人材。这样便罢，咱们先不揭穿，今晚上咱们也学人家，偷听新房，就可以听出真相来了。”

当日白天，魏敬友假装不理会，仍上他这赌局去照应一切，并邀张青禾，前去观光，张青禾惦记着黎小霞，不肯离开，魏敬友也就不再强邀。混了一个白天，挨到夜晚，张青禾把黎小霞治醒，仍用好言语劝诱，黎小霞只稍为逞强，张青禾便用蒙药，再把她蒙过去，等到黎小霞醒转，张青禾照例偎在她身旁，而且并肩共枕了。

黎小霞痛愤异常，自知不能硬拼，忽然做出认命的意思，向张青禾含泪说道：“我已经失身于你，你口头上说的尽好，可是动不动总拿蒙药蒙我，我现在身觉得神志失常，我的性命简直要断送你手。你只要不再动蒙药，不再行强，我就将错就错，把身命交给你了。”话中还有倔强的模样，却已流出屈服的意味。而且渐渐地双眸流盼，已对张青禾不吝颦笑了。张青禾大喜，心想：自古烈女怕缠郎，我这一味软磨，到底把这位黎姑娘制服住了。张青禾便哄着黎小霞起了誓，两人从此矢共白首，黎小霞甘心下嫁；然后张青禾也起了誓，誓以黎小霞为妻，决不变心。然后两人讲和，张青禾把黎小霞手足的捆绳暗暗解去。

黎小霞这时候已然折磨得半死，外面穿着衣服，里面上着绑，现在解缚，她的手腕和脚胫被捆肿了。而且两日夜未进饮食，更觉气馁，心跳。黎小霞现在决计忍辱求全，暗中别作打算；张青禾色欲迷心，忘了自己的强暴，反而迷醉黎小霞的屈从，以为黎小霞真个没奈何，“生米做成熟饭”，要甘心认命了。起初，张青禾还稍作防备，后来黎小霞竟含羞带愧，闭目

受辱，不再挣扎，张青禾可就越发动情了。张青禾投到魏敬友这里的两三天，黎小霞已然恢复了身体的自由，而且张青禾向她献食献饮，她也忍耻接受。

魏敬友一党在外面偷看，竟误认为真是新婚夫妻的举动，新娘子本来是半推半就的。张青禾一脸执意，黎小霞满面娇羞，闪闪躲躲，真像洞房调情。魏敬友的党羽从事听了一夜，并没听出什么可异行动来，倒听出张青禾和黎小霞商商量量，要远走高飞，到他乡安家落业，这口气和张青禾所编造的“掠婚”故事恰好吻合了。党羽们把偷听的话告诉了魏敬友，魏敬友半信半疑，想了想，定规了一个日期，特设小宴，请张青禾和新娘子小酌，就算宴请新婚夫妇。魏敬友对张青禾说了，张青禾又对黎小霞说，黎小霞拒不肯出，她本是自料陷入人家手心，势力不敌，既已打定主见，姑且忍耻，以求密计之成功。现在再叫她和张青禾的朋友见面，坐实了贼徒新娘子的身份，她无论如何，也不肯允许。

她也看出张青禾对自己犹存顾忌。明知峻拒，将使张青禾更生戒心，她就滴着眼泪，向张青禾央告：“我本是好人家儿女，不幸遇着你这前世冤孽，我既然决计嫁你，便盼你从此洗手，你为什么跟他们这些人拉拢？你要是真爱我，不但明天的宴会不必参加，我还盼望今明天，我和你赶快离开这里，远走高飞，从此你和我全都更姓改名，摆脱亲故，另做新人。你若依了我，我们就算是夫妇，不然的话，我还有一个死呢。”半软半硬地说了这些话，神情凄艳，张青禾不觉动心，不忍强迫，黎小霞便又向张青禾要求，赶快离开此地，越快越好，张青禾见黎小霞既然顺从了他，心中十分庆幸，对黎小霞的恳求，不忍峻拒，立刻答应了，两三日内，即行迁走，黎小霞便做出高兴的模样来，用好言语敷衍着。

但是到了第二天，魏敬友和他的小妾，已经特设小宴，坚邀张、黎二人入座，黎小霞依然拒不出席，却搁不过魏敬友的小妾，强来劝驾，力说在内宅设宴，并无外人，张青禾也在旁

怂恿，魏敬友也过来亲劝，到底把黎小霞架出来了。主人是魏敬友夫妾二人，客席自然是张青禾和黎小霞。黎小霞强忍羞愤，勉强入座，魏敬友和小妾都向张、黎二人贺喜，调笑，颇有闹洞房的意味。张青禾自然洋洋得意，黎小霞强忍怒火，到后来终于借故离席，逃到别馆。可是黎小霞一走，张青禾也坐不住了，立刻追到别馆，黎小霞默默地卧在床上，眼含着泪，张青禾上前温存，黎小霞很怒恨地瞪他一眼，躲到一边了，张青禾到底看定黎小霞。在魏敬友处，寄住了五六天，最后张青禾方才告辞，带着黎小霞，决计東行。

这天清早，雇了一辆车，离开了魏宅，打算先奔萍乡，再投罗霄山。张青禾自知强劫黎小霞，黎小霞虽已屈从，他多少仍不放心；不料一从上路，黎小霞似乎十分趁愿，脸上一点不带怨恨的神气，指东说西，打听沿路风景，似乎久居深闺，一旦上路，眼界忽宽，非常的心悦。张青禾大放怀抱，向黎小霞百计献媚，说道："将来我们觅定隐居之所，从此你我夫妇誓做新人，你既喜欢野游，我天天陪伴你游山逛水，再不做绿林生涯了。你正是我的恩人，我若得到正道，全是霞妹妹你的感力了。"黎小霞脸红红的，只冲他强颜一笑，末后又点了点头，悄悄说："不要乱说了，咱们是心里有数好了。"两个人真像夫妇一样，女的坐在车内，男的跨在车辕，往前赶路。

这一天到了萍乡附近，投入一家荒村野店。饭后就寝，黎小霞忽然抱头说："我很头晕。"又说："我要吐！"张青禾试摸她的头，倒不甚热，只是青筋暴露，呼吸似乎浊重。这夜晚黎小霞很是折腾，张青禾小心服侍，直闹了一通夜。

次日清晨，张青禾还想赶路，黎小霞滞床不起，轻声低呻，说是实在是支持不来了。张青禾还想催促，黎小霞睁着幽怨的眼道："你把我折磨得半死，你还逼我上路吗？你也不想想，我都叫你毁死了，你真要断送我一条性命吗？"话是这样哀凄，张青禾再不忍催。两个人就在这萍乡郊外小店内，停留下来。黎小霞的病似乎见重，要求张青禾给她寻医求药，又要

求张青禾就近另觅民家，以便借寓养病。黎小霞说：“这小店太脏，我忍受不住了。”但在这荒山野店，向何处去寻医求药？张青禾不肯抛下黎小霞，独出访医，他仍恐黎小霞偷跑，黎小霞便恨恨地责备他没良心：“我如今已跟你这个样子了，也彼此发过誓了，你怎么还不放心我？”张青禾笑道：“因为我爱你过甚，你是我这性命，我怕丢了你，就要了我的命！”黎小霞唾了一口道：“你还作践人！你打算活活看我病死！好吧，我知道你的心太歹毒，我就死在这里吧！”

张青禾不肯给她访医，她就躺在床上呻吟，连饭食也不吃了，她似乎要绝食自尽，张青禾又慌了，再三再四地央求，先劝小霞往前赶一站，到了大镇甸，便可就诊，黎小霞仍以病重不能动转为辞，不肯上车，张青禾无可奈何，这才于次日早晨，带领店伙，到附近镇甸求医。他一来一去，很快地转回来了，邀了一个年老郎中，给黎小霞诊脉，说是感冒勾动了他病，怕有转伤寒的危险。开了药方，受了马钱，便告辞去了。

张青禾立命店伙去照方抓药，自己买了一些鲜果，陪着黎小霞，极力安慰她。黎小霞原来主意，似要把张青禾支出半天，无奈张青禾潜存提防之心，去得快，回来得更快，黎小霞便闭目假装病重，一来可以拒绝张青禾，不叫他再来腻烦，二来故意折腾张青禾，教他不得休息，自己倒在床上，呻吟喘息，做出恹恹欲绝的样子，张青禾心上十分矜怜，不知怎样才好，白天他既访医求药，夜晚又亲侍汤药。这样只做了三四天，病人倒不怎么样，侍候病人的张青禾可就彻夜不得安眠，有点犯瞌睡，精神很觉不振了。张青禾坐在病榻旁，不住打呵欠打盹。

黎小霞偷眼一看，暗暗欢喜，到得第四天头上，黎小霞从表面看，病感加重，而且昼发呓语，梦中啼哭不休，张青禾见状越发心怜。挨到黄昏，黎小霞突然咳了一口血，血喷在床上，张青禾吃惊道：“哎呀，霞妹，霞妹，你怎么吐红了？”竟忍不住落下泪来，拉着黎小霞的手，心上似乎非常自疚自悔。

黎小霞强睁双眸道：“我是薄命，想不到遇上你这个冤孽，我的贞操已被你毁害。我的性命恐怕就要葬送在你手，我已然将错就错，情愿嫁你了，你还是不放心我，总这么盯着我，怕我逃跑似的，我饶认了命，你还是不肯信任我，我简直是哪辈子欠了你的血债，央求你请好郎中，你总不肯离店，张青禾，我死在你手里就是了，你不觉得缺德吗？”

张青禾低头无语，半晌说：“我实在是坏人，我现在要赎罪，我这就给你延医去。”黎小霞道：“你就是延医，你也不该在这附近村镇，找那无能的草头郎中啊。”张青禾站起身来说：“我一定去上大城市，寻访名医，你好好养着！”很慌促地穿上长衣服，走出房间，向店家打听了一回，挨到天刚破晓，张青禾特意雇了驴，带一店伙，到数十里外，访求名医去了。黎小霞候到张青禾已去，假装扶病小便，慢慢下了床，到店院中看了一回，又到柜房打听了半晌，回转房间，把门掩上，悄悄地在地上来回走溜，又将张青禾所留的包袱偷偷打开，内中只有数十两纹银，和一些珍宝值钱之物，还有一把刀，黎小霞要把他的害人物，那薰香蒙药搜出，不料，张青禾没有留下。

黎小霞便坐在床上，把腿脚扎裹了一回，望着门窗，叹恨了数声，低头默想今后的办法，一件事是要逃出魔手，一件事是要雪耻报仇，她心上最难过的是，自己被掳失身，已隔时半月以上了，如今甘愿从贼，诈死图逃，却是逃到何处去呢？如要逃回家乡，她的父兄是不是深以自己失身为耻？是不是四邻乡亲都要看不起自己？

黎小霞明明记得，数年前邻郡有一富室少妇，被贼掠去，本来是绑票勒赎，她的娘家婆家都引为深耻，讳不肯救，也不肯赎，对外面人不说少妇失踪，反说少妇已死，到后来少妇不知用何法，感动了盗首，盗首竟乘夜把她送回家来，结果婆家嫌她失踪隔日已久，断定她早成失贞之妇，硬把她休回娘家了。她娘家的人，老父老母虽然哀怜女儿的不幸，她的哥哥嫂子，兄弟弟媳，都以为这位失身票匪的姑奶奶太没有廉耻了，

怎么会跟盗党混了好几个月，而且并感动盗匪，把她送回？那一定是她牺牲失身，献媚盗婿，故此才能换得虎口逃生。她的嫂嫂弟媳们竟全都冷眼冷语挖苦她，家中的别人也似乎把她看成不祥之物，有的不愿搭理她，有的故意谩骂贼婆娘，有的故意向她打听陷入盗群的情形。结果，在这位富室少妇逃出匪窟，见弃夫家，避居娘家的半年后，受不住冷待和毒讽，竟很悲愤地自戕了。

黎小霞一想到这位富室少妇，立刻推想到自己的遭遇，自己跟这少妇正是一样，并且少妇还是已嫁之妇，自己乃是守贞未字的处女，比少妇更属不幸。因而推想今明晚就要设计刺杀张青禾，逃出店房，奔回家乡。到了那时，自己的父母将怎样看待自己？自己的哥嫂是否悲怜自己的恶运？抑或卑视自己的无耻？骨肉虽亲，纵不致幸灾乐祸，也终不免憎恶不祥人的遭际吧！

黎小霞设想来日，不禁珠泪横颐，痛不欲生，忽然她想出一策，自己一定要报仇，要雪耻，并且一定要转回家门。见了父母兄嫂之后，自己便对他们表示，这一番本已无颜回家，所以要回家的缘故，就是向家人报告，自己并没有甘心从贼。现在自己已然逃出来了，可是自觉有玷门楣，无面目再见亲族，如今只求与父母生晤一面，决计以后要削发出家为尼。是的，这样表示之后，家中人如有菲薄之意，我便不削发，我便横刀自杀！黎小霞想到痛切处，如醉如痴，又想到张青禾这个少年贼，能把自己松捆，他又对自己屡示忏悔之意，看他年轻轻的，竟甘心做了采花贼。他说他是受了淫朋的引诱，如果自己肯于下嫁他，他将洗手改节，他说的话尽管好，可是他把自己强掳来，又用蒙药败坏了自己的童贞，难道自己真就将错就错，甘心自污，做一个少年采花贼的妻室吗？“不能，不能，他害了我，无论如何，也要拿他的血，洗刷我的耻辱！”黎小霞想着脸一红，又复懔懔然志切复仇了。

当下默想了一阵，估计时候，又悄悄出去，买了一些食

物，非为饥饿，只是预备出走，恐怕空腹气馁，趁人不见，吃了一些，又喝了一些水，便躺在床上，再装病重。原来她的吐血，只是咬破舌尖，借以吓唬张青禾，催他出去求医罢了。

挨过中午，张青禾方才急匆匆地回来，从四五十里外大镇甸内，邀来了一位比较有名的郎中。这郎中本不肯出诊，被张青禾出重金，又威吓着，强给逼上车，请到这小店里来。这郎中已然五十多岁，架子很大，本领平常，见张青禾发怒，勉强来了。刚进店房，就问病人在哪里，忙请来诊脉。张青禾满头大汗，把郎中陪到床前，说道："娘子，医生请来了，你醒一醒。"黎小霞佯装睡醒，微发呻吟，转过身子来，任凭郎中诊脉。郎中闭眼诊了左右手，点了点头，对张青禾说："病不要紧，只是气郁伤肝，三焦火盛些。"问到吐血之症，郎中说："妇人们吐红症，是不要紧的。"遂到桌旁，取出纸笔开了药方，说道："吃了我这药，如果见轻，就照原方服下去。如果不见轻，你阁下再请高明。"张青禾忙道："如果不见轻，我还要请先生费心出诊的。"郎中心中不愿，含糊答应着，拱拱手，告辞登车回去了。张青禾安慰了黎小霞几句话，忙又打发店伙，快去抓药。

黎小霞催他自己去，他只是不肯离开，黎小霞故意叹了一口气道："你是死也不放心我，我很明白！"张青禾委婉说："我实在不放心你的病。"黎小霞道："什么不放心我的病，你是不放心我的人罢了，你还是怕我跑了！我都眼看死了，你还是藏着坏心眼，你真真是我的冤孽！"说得张青禾嘻嘻直笑，偷偷附耳说："谁叫我喜爱你呢！"张青禾就坐在床边上，极力温存，黎小霞忍而又忍，又想出一法来，向他说："我这工夫口干舌燥，想吃一点凉东西。"张青禾忙说："你想吃什么？我叫店伙去买。"黎小霞道："他们开小店的人，会买什么？还是你出去一次，择那新鲜的果子，给我买一点来。"张青禾赶快地答应了，出去寻买。可是小镇甸并没有好果子，黎小霞吃了几口，说不好吃，叫张青禾给她寻购蜜饯的枣梨。张青禾赶快

去买蜜饯果饵。如此折腾了好几遍，黎小霞故意做出撒娇撒痴的劲儿来，要使张青禾出入不息，感觉疲倦。

这样又磨烦到黄昏时分，店伙才买药回来，黎小霞故意儿又叫张青禾新给她煎药。药煎好，刚服下去，黎小霞暗暗伸手探喉，顿时大吐。呻吟不已，苦着脸说："不好，不好，不好。我心上更难过了，我觉得肚内发空，两眼发黑……"在床上起来倒下好几次，带出药不对症，病更危殆的样子，把个张青禾闹得束手无策。直到二更后，黎小霞方才不折腾，似乎昏睡过去了。张青禾果然疲倦不堪，头刚挨枕头，发出沉睡的鼾声来。张青禾刚睡熟，黎小霞便发出呻声，试着叫张青禾的名字，说口渴思饮。连叫数声，张青禾鼾声如故，又试着推了两下，依然不醒，黎小霞轻轻坐起，剔灯注视张青禾的睡态，半晌，悄悄披衣下地，结束停当。第一手，先把张青禾那把匕首刀，盗取在手。这把匕首虽压在张青禾的枕下，刀柄却有系绳，仍绾在他的腕上。黎小霞轻轻地抽出，慢慢地摘下；吓了一头汗，方才得手，黎小霞利刃在握，心神一宽，不禁低哼一声。

此刻决计逃走，但不甘心一走了事，她还要复仇。她急忙屏息宁神，把房间打量了一周，门房已栓，外面寂无人声。她恶狠狠盯了张青禾一眼，心头小鹿不由乱跳。忙又把手当胸一按，镇住心声，提刀先走到后窗前，悄悄划开窗缝。不料，这后窗是钉死的，撬了一阵，未能划开，反倒发出响声来。她只得转身潜开屋门，蹑足溜出门外，探了探路，赶紧退回来。第二手，就来盗取张青禾的兜囊。这兜囊内有张青禾得自淫朋的薰香迷药，张青禾虽与黎小霞同宿，仍存警戒，这兜囊临上床时，固然解下来，一等到要睡熟，便又改系在腰间，他似乎早就提防着这个同床异梦的人，会有窃药盗刀的举动。黎小霞此时心头突突地跳，左手提捉着匕首刀，右手便来轻轻掀被。轻轻摸索到张青禾的腰际，要设法把皮囊摘取在手，如此，就算拔去猛兽的爪子了。她却戒备过度，自知惨遭挫辱，体力消耗不支，又加数日伪病忍饥，深恐气力上敌不住张青禾，倘或把

他惊醒。自己势必吃亏，故此黎小霞不敢放下刀子，用双手解囊。心想只手探囊，固然费事，倘被警觉，左手刀还可以刺仇自卫。她仓促之间，竟忘了先行刺，后盗囊的透彻行动了。她虽会武，从未伤过人，也未做过夜行人的伎俩，于是她做错了这一步。

当她刚刚地探着兜囊，摸索着要摘解，张青禾突然惊醒了。而且最糟的是黎小霞做这事，本该吹熄灯。她因为缺乏夜行动功夫，不能摸黑动手，这样她固然看得明白，张青禾一惊醒，当然也看得明白了，张青禾骤然张目，虽未看清一切，却立刻从直觉上，感觉到黎小霞居心叵测，已有异图。他立刻喊了一声，右臂往外一挥，同时身躯一滚，同时飞起了一只腿。就在同时，黎小霞惊惶失措，慌不迭地缩右手，将左手一举一落，匕首刀照张青禾捌下去。哎呀一声，刀锋入肉。同时黎小霞也失声一叫，往后倒退下来，她已被张青禾踢中一脚，正蹬在肩头上，张青禾血淋淋地跳起来，如受伤的兽，大叫："好丫头，你暗算我，你跟我全是假的呀！"整个身子猛扑过来。

黎小霞若不失措，只凭这柄匕首，便可把负伤乍醒的张青禾给结果了。她却害怕张青禾那个万恶的迷药袋，见行刺一击未诛，顿时气馁。她身上本来气力未复，百忙中，抽身急退，趁势扑灭了残灯，立即夺门逃出去。张青禾的胳臂被刺伤三寸多长口子，血流如注，仓促忘了痛，如飞地追出去。也忘了自己的衣服不整，也忘了兵刃不凑手。但等到黎小霞逃出店院，跳墙跑到街上，张青禾跟踪追上来，被夜风一吹，身上激灵灵打了一个寒战。臂上的血溅到身上，冰凉湿粘，更奋力一跑，伤口痛起来，渐难忍受；他就霍地转身，又奔回店房，撕衣襟匆匆敷药裹创，摸了一条木棍，披了衣裳，重复急追出来，这样往返一折腾，黎小霞早已逃远。却是黎小霞太没有江湖经验，白天问明道路，此刻竟投直道奔去，一点也不晓得曲折绕避。在月光下，一路直奔。只跑出三四里地，便被张青禾紧寻犬吠，遥望人影，很快地追上了。

夜阑人静，古道荒郊，月影下一望茫茫，张青禾约略逃踪，试着大声吆喝起来。黎小霞本可以藏匿，她跑得太慌，喘息不堪，回头望见追来的人影，又听见喊声，她窘迫得几乎要自杀。浑身力气已然不支，强睁四望，近处有一片浓影，被轻雾笼罩，黎小霞以为这必是小村庄，赶紧提一口气，双脚用力投奔过去。张青禾大呼小叫，立刻追了过去。到最后，此奔彼逐，他们俩相距还有半里多地。张青禾挥木棍赶到村边，陡闻村内犬吠声四起，立刻说："好了，我看你这丫头往哪里跑！"可是他多少晓得江湖禁忌，心想这一入村搜寻恐不免惊动了居民，自己必须打点好应付的话头；略一迟疑，绕村走了半圈，然后飞身闯入村口，一面提防暗算，一面提防居民的干涉。

第七章 蝶恋花愁侠女夜奔

这工夫，黎小霞宛如穷鸟投林，当真扑入这不知名的小村。这一阵犬吠，竟惊动了村中一个武林中人物。黎小霞提着那口匕首刀，喘不成声，钻入村巷，东藏西躲，被巷犬围住了，冲她乱吠。她几乎要放声痛哭，恨骂这欺人的恶犬。东藏不妥，西躲不留，她十分无奈，钻进了一家村舍。野犬竟对着这村舍，乱叫成一片，顿时引起了那个武林人士的骇异，披衣提刀，突然出来寻看。同时也引起了穷追不舍的张青禾的注意，紧寻犬吠，扑到这村舍。少年贼张青禾抡木棒，直入小村，寻到黎小霞藏伏的所在，低喝道："黎小姐，你出来！你安心骗我，你还暗算我！是我先对不过你，你只乖乖地出来，我便饶恕了你。你要不知好歹，我可要下毒手了。"

黎小霞藏在人家院内黑影中，已然喘成一片。任听张青禾叫骂，无力回答，手提着匕首凝视外面。突然间，又听张青禾喝道："小霞，小霞！我看见你了！"飞身一纵，上了墙头。黎小霞再也忍不住，切齿骂道："你这万恶的淫贼，我是好人家儿女，我岂肯从你这下五门的贼子？姑娘不幸，今天死在你

手，也不能从你！”从黑影里跳出来，就要跟张青禾拼命，却又怯着他的那恶毒暗器。张青禾在墙头哈哈一笑道：“丫头，我跟你是前世的冤家，像你这样的女子，死在我手里，足有三四个，我越不想杀你，你越想找死；你就找死，我仍不杀你。丫头你过来，你看看你扎的我，我不计较你，你好好地跟我走吧，我是一死儿爱上你了，你逃不出我的手心。”说时，一跳落地，抡棒照黎小霞打来。

黎小霞奋力抗斗，气虚不敌，又怕张青禾再发迷魂袋。强支几个回合，夺路又逃，口中发出喊声：“救人哪！救人哪！恶贼杀人了，抢夺妇女了！”且喊且跑，奔到后墙，努力窜上去，往下一跳，脚一软，顿然栽倒，一滚身爬起来又跑。张青禾穷追不舍，他刚刚跳上后墙，见状大喜，叫道：“小霞，你喊救也不成！来吧！”做出攫拿的样式，飞身下跳，来捉黎小霞。

这时候，那个武林人士看得清清楚楚，听得明明白白。“这分明是一个女子被一个男子追逐。哦，这叫的多半是逃跑的女肉票，追的是架绑妇女的恶淫贼！”却又转想：“也许还有别情，我要小心了。”陡然抽出刀来，一声不响，从斜刺里扑到。这时候，黎小霞踉踉跄跄，跑出十数步，似已力尽气竭，不能支持，可是她终不甘心束手受擒，喘不成声，回身骂道：“恶淫贼，你丧尽天良，姑娘今天就死在你手，也不能再受你的污辱了！”止步挺刀，预备拼命，如果实不能胜，便要自杀。可是她犹存一线生望，现已逃在小村中，她希望喊出居民来救助自己。不知怎的，竟喊不出人来，忍不住一面盯视张青禾，一面偷眼四顾。张青禾仿佛“棋胜不顾家”，如飞地抢上来，抡木棒要打飞黎小霞的短刀，再把人活捉回去。

他刚刚往前一扑，陡然听声身后一阵冷风扑到，一个人厉声喊道：“呔，站住，不许动！”张青禾应声忙往旁一闪，黑乎乎一件东西，擦身落到地上。立刻有一个短装男子，提刀赶到，趁着男女两人错愕寻视之际，这个人横身跳到黎小霞和张青禾的中间，喝问二人：“究竟怎么一回事？为何半夜里追杀

凶殴？”

黎小霞忙叫道：“这位壮士救命！这东西是土匪，他抢男霸女，他把我掳去，我刚逃出来，他要追擒我，污辱我，他是绑票匪，他是采花贼，万恶的强盗。”张青禾忙道：“胡说，你这位朋友少管闲事，她是我的女人，她背夫逃走，我是追赶她，你不要多管。”两个人各说各词，可是黎小霞趁着有人来救，越发振吭狂呼，意欲惊动全村。张青禾到底做贼心虚，不敢任听她乱喊，竟厉声道：“丫头，不许你乱喊，趁早给我住口……”一抽身，跳出来，抡棒便打。黎小霞急忙招架。

那个武林壮士立刻横身过来阻止，厉声说：“不许动，全给我住手！”且说且抡刀逼住张青禾，喝问：“你叫什么名字？”又问黎小霞：“你到底是他的什么人？”张青禾叫道：“你管不着！”黎小霞忙道：“我不是他的什么人，他是贼，我是受害的好人家姑娘。”武林壮士说：“你怎么会武？”黎小霞仓促不及深思，脱口说：“我是黎家冲黎镖头的女儿，我自然会武，我是受了这贼的暗算。我家离这里不远，他是外路贼，你不要听他胡说。”

那武林壮士恍然省悟，立刻向张青禾喝道：“你分明是外乡口音，你的话多半全是谎言，你趁早丢下那棒子……”张青禾厉声道：“放狗屁！”不等壮士说完，抡木棒照壮士就打。壮士哈哈大笑，骂道：“你一定是个贼了！”立刻挥刀还攻，跟张青禾打起来。黎小霞大喜，喘息稍缓，忙向那壮士叫道：“这位壮士，我谢谢你，请你活擒住他，他是使薰香的采花贼，千万不要放走他。”略为一定神，挺匕首刀，上前助战。张青禾使的是仓促寻来的木棒，武器既不趁手，又在负伤穷追之后，跟这武林壮士斗了几合，不能制胜。偷看这武林壮士，穿一身寻常短装，脸上用一块青布遮着，不能认出本来面目，只听口音，却是个年轻人，手中刀霍霍舞动，颇为精熟，若在平时，张青禾还能打得过，现在却不成了。等到黎小霞挥短刀上前助战，张青禾越发不支，三个人团团缠战，雄娘子渐感应付不暇。

突然间，武林壮士一刀搠来，雄娘子张青禾挥棒一闪，黎小霞的匕首刀冒险从背后袭来。张青禾大呼一声，回身招架，那幕面壮士又抡钢刀，“独剪华山”，狠狠劈到，张青禾急闪不迭，横棒急架，喀嚓一声，手中木棒被壮士的折铁刀削断一截。张青禾大惊旁窜，黎小霞又探身追到，匕首刀奔后心刺来，张青禾挺半截短棒，狠狠一荡，当的一响，黎小霞的匕首刀脱手横飞。她不禁大骇后退，张青禾急急追上去，抡棒再打，幕面壮士大叫：“好贼，看刀！”张青禾觉得背后生风，不敢追击黎小霞，慌忙回身自救。黎小霞趁此时机，脱过险境，赶忙去抢那落地的匕首。张青禾闪开了壮士的急袭，偷眼瞥见黎小霞俯身取刀，便也飞身一跃，抡棒一晃，吓得黎小霞往旁一退，张青禾便将地上的匕首用脚踏住。幕面壮士道：“好贼，还不受缚！”将手中刀一展，照张青禾急攻过去，张青禾不敢再用木棒招架，竟被冲退，幕面壮士欺身硬进，刀照张青禾肩胛削去，张青禾不觉又一退，幕面壮士早已迫到那坠刀之处，一面刀不停挥，照敌猛砍，一面用脚尖一踢，把那地上的匕首踢到黎小霞面前。黎小霞立刻抢起了匕首，重来攻斗。

张青禾心知不敌，幕面壮士刀法太紧。张青禾且战且退，急欲抽身佯退，以便发放暗器。黎小霞忙喊道：“这位壮士留神，这恶贼又要发放他的歹毒暗器！”壮士笑道：“不要紧，恶贼，你不过会使迷魂袋一类的东西，别人害怕，我却不怕。”刀光一展，先抢上风，把张青禾圈住，不使他得手。不料张青禾的暗器囊，仓促穿衣时，套在里面，掏取很不方便。那武林壮士已经提防到这一节，冷笑着骂道：“你真是采花贼，你这招施不出去。”越发展开了迅疾的刀法，要把张青禾砍倒，张青禾两次佯装败，欲抽身发放暗器，全被这武林壮士紧紧钉住，不容他缓手。黎小霞也强自支持，运用匕首短刀，夹攻张青禾。照这样，三个人又斗了二十几个照面，武林壮士唰的一刀，对准张青禾刺去。张青禾慌忙招架，被这壮士翻手又一刀，猛劈下去。张青禾提杆往外一荡，当的一声响，木棒突被

磕飞。张青禾惊惶急窜。黎小霞赶上来，狠狠一匕首，照张青禾软筋点去。张青禾拼命又一跳，喝道："看暗器！"倏将手一扬，黎小霞惊弓之鸟，大惊后退，张青禾怒骂一声，拨头疾跑，原来是虚招。

那武林壮士恰好堵截过来，刀尖一指，喝道："还不受缚！"张青禾慌忙一闪，往旁飞窜，又将手一扬，道："打！"仍然是虚招，借这一晃，如飞地落荒逃走。武林壮士哈哈一笑，晓得他黔驴技穷，立刻探囊，掣出一支镖来，抖手打去。张青禾且走且探囊，百忙中仍要用他的暗器，猛听见锐风破空之声，赶紧一躲，武壮士连发三镖。张青禾哼了一声，大胯上被打中一下，竟负伤进入林中去了。

那武林壮士奋步追赶，回头一望，忽闻黎小霞低吟了一声，竟不能自支，坐在地上，救人重于追贼。武林壮士不由止步，问道："你这位姑娘，到底你贵姓？家住哪里？怎样被这贼掳走的？怎样逃出来的？现在你打算怎样？可能走得动吗？可要我伴你回家吗？"连发数问，黎小霞哽咽难言，半晌才说："你这位恩人，你不要问我了，我不幸误落恶贼之手，虽然蒙你仗义拔刀，救活了我的性命，可是我名节已污，无颜回家再见骨肉，我我我……"忍不住痛哭起来。

这时候，天将破晓，武林壮士绕林搜巡一番，转回来，立在黎小姐身边，再三慰问，黎小霞只是悲咽伤心，一面拜谢他救命之恩，一面请他勿再追问自己之事，也不用管自己以后的办法，试着要挣扎起来。这武林壮士"救人救彻"，自然不肯袖手，黎明影中，偷觑黎小霞的形容，已知她不是个寻常的女子，因劝道："姑娘不必难过，这地方离着人家很近，少时便有农人出来，你在这里啼哭，太不合适。姑娘，在这边不远，有我的一家拜盟弟兄，请你先到他家歇息歇息，然后我再设法送你回家，你不要再说那短见的话，人都难免有不幸，千万不要拙想。"武林壮士再三劝驾，黎小霞抬头微睨这壮士的面目，依然是用青布幕脸，看不出庐山真面目，只听语音，知是外路

人，年纪也只二三十岁，虽是技击纯精，言语温雅，举动矜慎，倒很像是文墨人。他立在小霞身旁，劝她起来，小霞不起，他干着急，未肯动手强搀，足见他是个知礼的人，小霞无可奈何，拭去泪痕，勉强立起，一步一颠，跟着这武林壮士，重入这座小村。

村中住户已然有些人，听见夜间人声喧闹，和女子呼救的动静了。农产人家多半胆小，在犬吠声中，虽听见女子悲呼，多半认为闹鬼，谁也不敢出来寻声查看。武林壮士趁着曙色未明，把黎小霞邀到村中一家住户门前，请黎小霞在门前稍立，他跳墙头进去，开了街门，把黎姑娘让到院中，照旧闩上了门，然后把黎小霞邀到南侧座，这南侧座便是客馆，便是武林壮士暂时借寓之所。黎小霞力竭声嘶，满腔悲惭，跟着不相识的人来到南房颓然欲倒。武林壮士请她落座，又摸着火种，点亮了油灯，然后说："姑娘请在这屋稍微歇歇，我去把宅主人、宅主妇请了起来，姑娘总是遇难的人，请不要难过，你只好好坐着，我这就来。"说着，退出南屋，去到正房叩门。

黎小霞忍愧枯坐，耳听那壮士剥啄声里，连连喊叫五哥、五嫂，叫了一会儿，似听应声，旋闻开门邀人。此问彼答，隔了好一会儿，有一男一女跟了壮士过来。男子年约四十多岁，女子三十多岁，衣服朴素，像是小康人家的夫妇，只那男子气度豪迈，很像是武林人物。这一对夫妇进了屋来，黎小霞连忙站起，男主人拱手道："你这位姑娘请坐，请坐。"那主妇便拽黎小霞归座，黎小霞看看主人夫妇，又打量了武林壮士一眼。那武林壮士年约二十七八岁，面貌微黑，双眸精光闪灼，顾盼动人，此时坐在男主人那边，手指黎小霞说道："这位姑娘一定是附近的良家闺女，五嫂、五哥，请仔细问一问，我们想法子把她送回家去。"

男主人把黎小霞端详了好半晌，转问少年壮士："你在哪里救的？那个贼跑到哪里去了？"少年壮士说了一遍，男主人默默听着，遂向主妇说道："你问一问。"主妇便紧挨着黎小

姐，细问她被掳出逃的情形，又问她姓名住处，黎小霞含泪忍耻，略陈被害的情由，只肯说自己姓黎，家住在湘东黎家冲，不肯承认自己是黎镖师的女儿。那男主人听了，向武林壮士施一眼色道："湖南黎家冲，不是有一位著名武师，并且是你要打听的吗？他叫什么名字？跟这位姑娘可是本家不是？"武林壮士道："我要打听的那一位，乃是两湖著名镖头，他名字叫黎道朗。喂，你这位黎姑娘，你可晓得这位黎镖头吗？他跟你可是本家吗？"黎小霞不禁满面通红，半晌才说："我知道这位武师，我们是本家。"少年壮士大喜道："黎姑娘既是黎镖头的本家，那好极了，我可以亲身把你送了回去。我这次赴湘，本是专诚拜访黎武师的，不料两次投谒，全未见面。如今好了，我借着这机会，总不致再遭黎武师的谢绝了。"

黎小霞一听这话，心中微动。记得月前曾有人拿着荐书，来拜访她父，意有所求，被她父设辞谢绝了，连面也没见。现在偏偏自己就被这个人救了，到底这个人叫什么名字，是什么来意呢？黎小霞低头想着，抬头看了壮士一眼，一时失神，脱口说道："你这位壮士贵姓？你找家父，有何贵干？"那武林壮士听后站起来道："哦，你就是黎道朗黎武师的令爱？"小霞俯首无言，只将头微微一点。那武林壮士拱手道："我不知姑娘是黎小姐，真是失礼之至。我在下姓秦，名叫秦昭良，乃是河南洛阳人氏。我有一家亲友，为了一件琐事，得罪了一位地方土豪，只有黎道朗黎武师的情面，才能化解纠葛，我在下迫不得已，远道前来到求助，不料两度登门，未能瞻仰。今日幸得在小姐面前，效得微劳，尚望小姐，届时面请尊翁，代为解说，我在下不胜感激之至。"

这个秦昭良自认为很侥幸，滔滔讲了这些话，抬头一看，黎小霞面色惨变，似乎十分难过。秦昭良忙问："黎小姐，你怎么了？可是劳累了？若是小姐乏累，要歇一歇，我们可以出去。这间屋倒也清静，就请小姐随便躺下歇歇，赶到过午，再送你回家，好吗？"黎小霞不语，仍然点了点头。少年壮士秦

昭良这才邀着宅主人夫妇，退出南房。

那宅主人很不放心似的，看看黎小霞，暗嘱主妇稍稍落后，主妇会意，向黎小霞殷勤叙话，又代为展被，请她安歇，看见黎小霞实在支持不住，要躺倒歇息，主妇这才道了安置，掩门退出。宅主人姓张名育林，和武林壮士秦昭良乃是朋友，彼此低声议论，决计等到天明，由秦昭良雇轿，亲送黎小姐回家，当下也就分别安息了。次日天亮，秦昭良和宅主育林商量雇轿，宅主妇到南房去看黎小霞，南房门扇紧掩，轻推不开，低叫不应，宅主妇心想，黎小霞也许奔逃力尽，滞榻未起，不忍再叫。退了回去，快到辰牌，复又叩门，一连数次，寂无应声，宅主人张育林和武林壮士秦昭良全惊动了，忙一面拨门，一面验看后窗，后窗已然洞开。秦昭良说道："不好！"跳进窗去，一看床头蚊帐低垂，人果不在，慌忙开了屋门，把宅主人夫妇放入，三个人惊奇不已；又到院内外搜寻，黎小霞早已没影了。三个人乱猜黎小霞失踪的缘故，也许她负愧潜出，独自回家了；也许她含愤自戕，不知跑到哪里上吊投水了；也许那个少年贼寻了她来，又把她掳走了。三人揣测一阵，总觉第一第二两个缘故近情，便由宅主和秦昭良，先到附近隐僻地方，搜寻了一阵，未见下落，便由宅主人陪同秦昭良，径赴黎家冲，拜访黎道朗镖头。

这时候，黎道朗镖头，和长子黎绍光，正在忙乱奔走，各处撞闯。女儿黎小霞失踪已有多日，穷搜遍访，渺无下落。明明知道已落在采花淫贼之手，为了门户声誉计，仍不敢向外声张，只暗暗设法搜访。当这秦昭良和张育林登门投刺，前来报信时，黎道朗父子恰恰全不在家。两个客人向黎宅长工百般麻烦，恳求一见宅主，说是极紧要、极机密的事，要面见密谈；长工越说宅主不在家，客人越要面见，总疑心是推托，闹到最后，不可开交，秦昭良方才说："老主人、少主人全不在府上，我们愿意见见老奶奶和少奶奶，我们实在是有要事，必须面诉。"末后索性披露意趣，说是得有府上小姐秘信，要当面投

送，又问长工："你们府上小姐不是这些天没在家吗？现在我们偶然得知府上小姐刻在难中，所以特来报信。"二人说了同样的话，那个长工方才变颜色地说："二位请等一等，我进去回一声。"长工立刻让二客在门房小坐，慌慌张张进去了。

隔过好半晌，一个二十八九岁的少妇走出内宅，命长工把二客让到客厅，这少妇便是黎绍光的妻子，也就是黎小霞的嫂子，黎老武师的儿媳。黎少奶奶面见生客，不敢吐露真相，先盘问客人的来意，张育林还在迟疑，秦昭良就一连说出实话，自承在荒郊救了黎小霞，黎小霞拒绝伴送，独自回家，敢问府上，黎小姐到底回来了没有？诚恐她半路上或者再遇歹人，或者含嗔不归。念在武林一脉，故此特来关照。那黎少奶奶很认真地听了，半晌不能置辞，请二客少坐，复又踱回内宅。隔过半晌，黎老奶奶也出来了，向来客详询一切，便再三称谢，请二位留下地名，暂请先回，舍下这就打发人去把老当家、少当家追回来，面见二位。秦昭良摇头道："我们的住处离这里很远，既然如此，我们暂且投店。黎武师回来时，请到店房找我们好了。"遂与张育林规定下投止的店房，辞了黎宅。张育林到底是个寻常农户，颇嫌黎府缄默冷待，又认为秦昭良自找麻烦，不肯到店房，径回本村去了。秦昭良心中也不痛快，为要结识黎武师，只得投店候信。

那一边黎府上一位老奶奶、一位少奶奶，闻耗全都惊喜震动，不晓得怎样应付告密人。把二位来客很冷淡地打发走了，婆媳二人赶紧派长短工，去给黎道朗、黎绍光送信。黎道朗、黎绍光秘密地寻访失踪女儿恰分成两路，闻耗先后赶回来，立刻到店房，拜见秦昭良。黎绍光深以胞妹被掳为羞，和秦昭良谈话，辞涉吞吐。黎道朗觉得不对劲，索性实说了，然后问秦昭良："在何处救了小女？掳小女的是何人？小女现在又跑到哪里去了？可是回家时，又生了枝节？"黎老镖头问的这些话，秦昭良不能全答，只就所知，说了一通。仅仅说出那个贼人的姓名，叫作张青禾，这是黎小霞亲口说的。至于被掳情形、被

囚地点、以及现在黎小霞又失了踪，到底是二番遇险，还是悲愤自戕，秦昭良可就全说不出来了。黎道朗十分懊恼，可是一筹莫展；最后决策，就请秦昭良帮忙，一同到张育林家附近，重加搜访。这个主意打定了，立即实行。黎氏父子跟秦昭良，寻访了一昼夜，竟仍无黎小霞的下落。

但等到数日后，在一天夜间，黎家冲黎老镖头宅中，忽有一人影袭入，径把黎小霞的闺房打开，而且点亮了灯。恰巧这几天夜间，黎老武师家暗有警备，派了几个徒弟值夜，当下惊动起来，还当是贼人重来，立刻将闺房围了。不料破窗一看，这袭入闺房的，不是别个，正是黎小霞本人。小霞一身短装，正自在灯下，提笔留书，一面拭泪，一面书写信笺。黎武师的弟子不禁失声叫了一句："师妹，你可回来了，你往哪里去了，教师父好找！"这一叫，小霞猝然抬头，形容憔悴已甚，闻声粉面立泛红云，忽然投笔，抓过来壁上的利剑，就往项上要勒。黎门弟子已然闯进来，见状大骇，慌忙拦阻。因为师父不在家，立刻通知师母黎老奶奶和大师嫂大娘子。黎氏婆媳跄踉地进了闺房，哭叫道："姑娘，你回来了。"顾不得别的，夺去宝剑，婆媳双双抱住小霞，失声痛哭。小霞也不禁号啕起来，向母亲说："娘，你不要管我了，你的女儿不幸，落在恶贼手内，已经玷辱了黎家门户，我想回来了，我是把这信送回来，请娘只当女儿凶死了，女儿不打算寻死，也不打算削发出家，我要从此奔走江湖，寻找仇人拼命。"一面说，一面挣扎着往外奔。黎老奶奶和黎大娘子如何肯放，一齐扯住了她的手，一个叫乖闺女，一个叫好姑娘，千万不要如此。这时候黎门弟子已然在窗外听出原委，立刻拨出两个人，火速地去寻找黎老武师和大师兄黎绍光。黎小霞姑娘到底没得寻仇出走，被她的母嫂哭留住，又被她的父兄苦留住了。她的父兄很贤明，认为女儿被擒，乃是家门大不幸，全不肯苛责女儿一人，只于吩咐上下人等，把这事哑秘起来。仍仔仔细细询明真相，既知恶贼名叫张青禾，便下功夫搜访张青禾的根底。

黎小霞姑娘悲苦、劳碌、羞愤，终于支持不得，病倒在家中了。黎道朗父子竟从武林同道中，访出青禾的门户，他乃是嵩阳派剑客第三代的门徒，黎武师咬牙切齿道："好，想不到嵩阳派门下，竟有这样的无耻门人。好极了，我一定要找嵩阳派罗靖南、夏金峰两位剑客去算账，我要教他们拿脑袋来，赔偿我女儿一生的命运，我要教他们拿鲜血来，洗涤我黎家门的耻辱！"黎氏父子怒发如雷，定要找嵩阳派诘讨罪徒。那个少年壮士秦昭良居然丢开了自己的正事，大告奋勇，要帮助黎武师，偕访衡山祝融峰。

黎氏父子很感激，因心绪麻乱，不遑深计，也就不曾细询秦昭良的来意。殊不知秦昭良正是为了他的一家亲眷，受了家乡土豪的毁害，访闻土豪恃以御侮的护院镖师和黎道朗很有渊源，特意投谒黎门，恳请相机说和，拿情面把那镖师劝走，不教他助纣为虐，或者用旁的法子，把那土豪制服也可。却不料秦昭良远远来求，倒赶上黎宅家门之变，求助的倒成了助人。这一来，秦昭良倒很得意。当下黎道朗、黎绍光、秦昭良，一同由黎家冲出发，径奔南岳衡山。可是他们才走到半途，便从武林人士口中听说："张青禾乃是嵩阳派叛徒，已与妖贼桑林武同流合污，到处奸骗良家妇女，现在嵩阳派群侠已然得信，正在搜拿他。"黎氏父子一听愕然，盘算一阵，仍要驰赴衡山一探究竟。父子俩和秦昭良续往前行，不久又从一个武师口中，听到了一番话，说是那妖贼桑林武已然在株被擒，解送官府治罪，那个张青禾听说是嵩阳叛徒，改投到长沙龙沙船帮去了。听此说法，黎武师一行便当北上，不须南赴衡山了。黎绍光仍劝父亲，面见嵩阳双侠，秦昭良却劝他径赴长沙。黎武师竟似年老昏瞀，一时拿不定主意，商计了通宵，还是先奔南岳衡山，一搜张青禾根底，再访他的踪迹。当即转道，径奔南岳，本有江船可搭，却是逆流，三个人嫌慢，竟改由陆路走去。

黎武师到底奔到南岳，扑了一个空，这时候，嵩阳双侠已然率同门大举奔赴长沙去了。黎武师仅仅会见了嵩阳派留守的

门徒，证知张青禾确是叛徒，已沦下流，现在正拿门规来搜寻他、捉拿他。据说已投入长沙府的龙沙船帮，大得庇护。黎武师父子问明大怒，立刻搭江船，火速北上。就在这往返徒劳的期间，小霞姑娘突然在家又失踪了，却在她被掳失贞，脱逃归家，大病几死，幸得痊愈之后，历时已然三个多月了。

黎道朗父子由于秦昭良的引见，恰在长沙府，会见了嵩阳派剑客沅江徐鹤、张伯循数人。双方接谈，备悉详情，现在嵩阳派正与龙沙帮发生误会。沅江徐鹤奉命查询叛徒，听一个绿林人物说，叛徒张青禾是由龙沙帮帮友顾同春引荐，已加入了龙沙帮，大受龙沙帮帮头卢天朋的宠遇。徐鹤立即用嵩阳派的名义，到卢天朋那里投谒求见。卢天朋是个六十多岁的赤红脸老者，气度粗豪，手下帮友很多，倒也久慕嵩阳派的声威，当下以礼延见，叩问来意。徐鹤听说本门再传弟子张青禾违背门规，犯了淫恶大罪，现奉掌门师兄秘命，前来搜拿他。听道路传言，张青禾投入贵帮，未敢擅拿，特来请命。想贵帮也有帮规，必不容叛徒溷入，务请舵主协力，把人交出。龙沙帮总舵主卢天朋听罢，微微笑道：“这件事前些日子，我倒也有个耳闻，敝帮朋友姓顾的倒是引见来一个年轻人姓张的，要入敝帮，我在下因为这姓张的来历不明，已然把他谢绝了。贵派搜捉叛徒，清理门户，这是我们很钦佩的事，按理说应当效劳，可惜我们敝帮不知底细，实难相帮，还是请阁下自行寻访去吧。”

张伯循和徐鹤听了这话，很是不悦，又恳切地讲了一回，卢天朋坚不承认有收容叛徒这事。徐鹤想了想，又说：“也许是贵帮别位舵主把张青禾收下了，总舵主或者还不知道，可否费神代查一下？”卢天朋笑道：“代查的话，在下倒可帮忙，不过在下忝掌总舵，所有本帮事无巨细，我全晓得，我敢断言，帮友们没人敢瞒着我弄鬼的，这一点请徐兄放心。”徐鹤和卢天朋讲了许多话，总不合拢。张伯循便插言说：“这张青禾的一切行事，总舵主既然不甚详细，但是贵帮帮友顾同春顾兄和

张青禾乃是朋友，何妨请来面谈一下。”总舵主卢天朋沉吟不语，半晌方说：“这样办，也倒不错，赶明天我教他到二位住所去，当面谈谈也好。”徐鹤、张伯循至此无话可说，随即告辞。龙沙帮总舵主卢天朋等到客去，便召见顾同春，告诉此事，顾同春说：“前几个月，确有这么一个张青禾，持帮友秘札，前来投托，他自称是嵩阳派的被逐第三代门徒，我因见他年轻貌美，目光流动，又带些公子哥儿气相，只把他收容在我们附设的赌局内，住了一个多月，只算吃挂钱，不料这小子很好色，又气傲，有点看不起我们帮友，总夸他们的剑术高、本领大，后来跟本帮的迟金生比斗武术，他不合出手伤人，激起了众怒，是我看他不妥，把他打发走了，后来他跟淮阳人妖桑林武遇合，跑到株洲一带胡搞去了，他并没加入本帮，我们管他不着。”卢天朋点点头道：“原来这张青禾真不是个好东西，现在嵩阳派正在访拿他，居然找到我们头上，我们犯不上代人受过，那嵩阳派的夏罗双侠，武功既高，对我们又很留面子，我们也不必怕事，也不必护庇歹人，赶明天你拿了我的片子，可以到店房找找那个徐鹤和张伯循去，一来算替我答拜，二来可以把实情告诉他们，也不妨指示他们一条明路。”

顾同春欣然答应了，到了次日，由本帮预备礼物，径到铺房，拜访徐、张二位，不料这顾同春说话憨直，又自恃本帮势力，不把嵩阳派看到眼里，双方言语误会，竟起争执。徐、张二侠疑心顾同春护庇叛徒，顾同春疑心二侠藐视他们龙沙帮，弄到后来，不欢而散。顾同春临行时丢下了话：“我们龙沙帮也许是袒护恶人，也许是不顾江湖义气，但是我们龙沙帮却不能受人登门欺负，我说的话二位既然不肯轻信，那就随你们便好了，至于张青禾的下落，我们也许是实在不晓得，也许是就晓得了，也不能随便泄露他人的机密。二位既是嵩阳派的侠客，何不自己设法寻访？若认为有人窝藏他，何不去搜搜看？”甩下这憨直的话，愤愤地走了。

沅江徐鹤十分震怒，当时就要变脸，张伯循连忙拦住道：

"这个顾同春太不识相，我们不必跟他计较，我们还是找他们总舵主去。"徐鹤道："不然，我们拿本派的名义，到卢天朋那里，登门投帖，我们是很客气的了，这卢天朋却如此骄狂，他本人不来答拜，派了这么一个东西，说这么蛮横的话，我们不能认为顾同春无礼，我们得径直认成龙沙帮看不起本派。"张伯循道："依你之见呢？"徐鹤道："依我之见，他既无礼，我便无情，听他们的口气，张青禾显然被他们窝藏，至少他们也必晓得张青禾的下落，我们很可以秘密搜查他们一下。"张伯循低头想了一会儿，说道："我们后拨的人眼看就到，索性等他们来了，商计一下，再作道理。"沅江徐鹤哼了一声，也未置可否。

只过了两天，嵩阳南派群侠陆续来到长沙，内中就有了因老尼、灵修道长、十一娘杜若英、女侠夏澄光、乔亮工、乔亮才、小侠萧珏一行。张伯循、徐鹤便把龙沙帮态度倔强，不肯协助搜访叛徒，颇涉袒护窝藏之嫌的话说了，问大家意见如何，灵修道长和了因老尼齿尊望重，比较持稳，打算自己再去找龙沙帮总舵主卢天朋等，疏通疏通。杜十一娘却衔惧叛徒已极，认为龙沙帮明明默佑叛徒，敢违江湖正义。女侠夏澄光年轻性傲，她说："龙沙帮轻视我嵩阳派的威名，他既看不起我们，我们何必再去撰辞求助？简直不必管理他们，我们自行搜查叛徒好了。"灵修道人笑道："龙沙帮声势浩大，江湖秘帮多与他互通声气，他们久视长沙一带是他们的天下，我们若不打他们一个招呼，径自搜寻叛徒，势必引起他们的误会。"杜十一娘、沅江徐鹤一齐愤道："他们若果如此，便是他们甘趋下流，护庇淫贼，我们尽管不理他，他若不识起倒，横来出头，我们就可以收拾他。谁是谁非，可交江湖公判。"此话一出，众议佥同。了因老尼、灵修道人纵然不欲多惹是非，也难犯公论，唯有再再切嘱群侠，千万不必挑衅，事事务要持重一些。

当下拿定主意，即日在长沙府茶寮酒肆、妓馆赌坊，明搜暗访起来。杜十一娘因张青禾叛师辱母，抱恨已深，更与女侠

夏澄光结伴，把龙沙帮的秘密巢穴，也踏探起来了。这一来竟种下了嵩阳派和龙沙帮的衅端。沅江徐鹤和杜十一娘极力刺探龙沙帮的秘密。这一天夜间，探出长沙府一家赌坊，聚集着许多龙沙帮友，内中就有顾同春等，赌坊门前人来人往，似乎正有秘事会商。杜十一娘和女侠夏澄光在外伏伺，小侠萧珏和沅江徐鹤乔装赌徒，先时溷入。一到赌坊内，看见一个大赌案上，有三个庄家，六七个伙计在那里开宝。有许多短装的朋友，围着赌案押宝。人多拥挤，乱嚷乱骂，看来只是寻常的赌徒，好像并无诡秘。只有三四个人出来进去，若有所待。徐鹤听了半晌，渐渐听出他们是等候什么人，要在什么地方打架。小侠萧珏也凑在赌案前人群中，留神察听。过了不大工夫，忽听一阵骚动，有五六个凶眉恶目的男子，架着披头散发的两个女子，哭闹着进了赌坊。徐鹤、萧珏志在寻究叛徒，本不理会这些事，忽听其中一个女子喊叫道："无故作践妇女，难道真没有王法了不成？你们上哪里，我跟你上哪里。"另外一个女子只是哭，听不出说什么话，却被那几个凶暴的男子，你推我拖，从赌案前掠过，径奔了赌案后上面房去了。跟着起了一阵哗笑，一个男子笑骂道："她还算良家妇女呢？好不要脸的娼妇。"

第八章　飞来艳奔则为妾

萧珏和徐鹤百忙中已看出两个女子，一个是二十几岁的少妇，敷粉饰脂，打扮妖娆，分明是个风尘女子，虽被这些人推推拉拉，口中却哓哓不休，一点也不怯；那一个女子只哭不说，倒是个十七八岁的少女，也是艳妆盛饰，面貌颇为俊俏，很带着憔悴恐惧的样子。徐、萧二人目睹此状，忍不住要看个究竟。小侠萧珏乘人多杂乱，竟跟着进了后面院子，沅江徐鹤也要溷进去。不料才转身，突被人拦住了。厉声喝道："相好的，干什么？"徐鹤笑道："我要小解。"那人道："小解在这边，你不能随便进人家内院啊。别看这里是赌局，后头乃是东家的家眷，你不要胡乱啊。"徐鹤假装乡愚，连说："是，是我不知道，你老不要怪罪。"只可站住了，转奔厕所。

那小侠萧珏竟得直入里面。里面一道院子，上首一排房，明灯煌煌，摆着香堂。有几位舵主，正高踞上座，比手画脚地说话。那风尘少妇和那个少女，被人们架在桌案前，似乎受讯。少女一味哭啼，少妇十分倔强，抗声答辩，痛骂这些男子欺凌良家妇女。舵主们哈哈狂笑，说道："你还是良家妇女？

你不知有几个野男人，你还炸刺?”跟着听连声威吓二女，好像逼取她们的口供。风尘少妇连被推打，依然抗拒不说。为首的舵主说：“这个娘们是有名的泼辣货，软硬都不吃，你们把她拉出去，剥光了她的衣服，把她吊起来，多咱招了口供，多咱放下她来。”说时立刻有几个男子，逼来强拉风尘少妇。少妇面色惨变，仍不服软，抗声道：“你们找我要金鱼，我真不知道，你们能胡赖我!”旋即大声喊叫起来：“救命呀，杀人啦，强奸妇女啦!”乱嚷不休，突然被人堵上了嘴，拖到旁屋去了，挣扎的声音很大，好像真个的脱剥衣服，吊起来了。那个十七八岁的少女，起初是捂着嘴哭啼不已，问她什么，什么也不说，只偷眼环顾众人，露出十分惊惧的样子。等到少妇被拖，她立刻神色一变，乘人不留神，陡然往墙撞头寻死，却被龙沙帮这群赌徒很快抓住。这少女哀叫道：“你们杀了我吧，我什么也不知道。”又道：“你们饶了我吧，这里面没有我的事，我一个做艺的苦女子，师父叫我做什么，我就做什么，别的事我实在不晓得，你问我的师娘吧。”

那为首舵主厉声喝道：“丫头，你还敢扯谎，吴金鱼那小子盗了秘宝，藏在你们那里。他盗用好几千银子，也都花在你身上，你怎会装不知道?趁早说了实话，有你的好处。你若贪图小惠，替你那情郎隐瞒着，你可晓得我们龙沙帮的厉害?莫说你一个艺人，你就是公主娘娘，我们也要收拾!”说着双眼一瞪，把桌子一拍，其余的人和侍立的齐声大喝：“还不招吗?再若不招，可要吃苦了!”众人连声逼供，这少女似乎心神不在此，只顾侧耳倾听那个风尘少妇的动静，那少妇确在别室受刑，但因堵上了嘴，听不出惨嚎的声音来，最多不过听得闷哑的低哼。那少女被两三个男子拖住了胳臂，不能动转，浑身乱抖，颜色惨白，仍然是不肯认供。龙沙帮的那位首领，起初也像有点怜香惜玉之情，只虚声恐吓，未肯动手，最后想是因为没法不取供，狠声说道：“你们给我把她夹起来吧!”众赌徒们答应了一声，一个莽男子，要找扛子，当夹棍用。在座的第二

个首领说："收拾女人，用不着夹棍，可以用拐子。"又一人笑道："哪里找那玩意儿去？"首领道："黄老八，你的手巴掌不是练过铁沙掌？你何不拿你的手，暂当刑具？""还是我们龙头有法子。黄老八，还不露一手？"那个名叫黄八的莽汉，立刻张牙舞爪地过来，说道："对，我黄老八服侍你吧，小毛桃。"立刻伸出萝卜似的粗手指来，把少女抓到面前，另由两个人架住，黄老八便把自己的手指，插在少女的手指中间，用力一夹，少女便哀号起来。赌坊群豪不但没有惜花悼艳之心，反而哗然大叫，连连喝彩，齐夸："黄老八好手法，舵主好主意，这真是好刑法！"这少女疼痛难忍，哭求不休，可是依然没有招供，身子摇曳欲倒，被两个男子架住倒也倒不下，蹲也蹲不下，霎时间泪流满面，哭得哑了声。讯供的群豪兀自拍桌子喝问道："还不快招了？"

这一来，伏在窗外的小侠萧珏，头一个看不下去了，不由自己，发出了嵩阳派求援的暗号。沅江徐鹤在前面也听见了惨号声，也忍耐不住，打算往里面闯，可是赌案上的人监视很严，似已看透徐鹤是来卧底的人，竟在暗中拨了三个人，专盯徐鹤一个人。徐鹤正要发作，同时小侠萧珏口发低啸，也被内院中听出来。跑过来两三个人，厉声喝道："你是干什么的，快给我滚出去！"口说着，拳头也上来，便要揪打萧珏，并往外拉他。萧珏口中强辩，正待还手，突然间，从房上发来两件暗器，一件打倒一人，一件穿窗而入，打灭了屋中的灯光，顿时哗乱起来。黑暗中，有一人喝道："不好，合字，有奸细！"为首的舵主发出了龙沙帮的暗号，大家乱嚷："抄家伙，拿奸细！"屋中人一阵骚乱之后，立刻有人把少女带到后面，同时有五六个打手，各拿了兵器，闯出来寻人打架。小侠萧珏已从屋中跳出，顿时被围在院中，动起手来。萧珏没有带长剑，只有一把短刀，三四个大汉将他围住，要把他活捉审问。正在危急中，沅江徐鹤突然闯入内院，因不知真相，连向萧珏喝问情由。龙沙帮友立刻把他挡住，萧珏仓促回头说了句："他们私

设公堂，凌辱妇女！”纷乱中稍一失神，被人打了一下，他一怒拔出匕首，怒喝道：“快救人，被难的是风尘女子！”龙沙帮这些赌徒顿时哗噪，一齐亮出兵器，要把萧珏刺倒。萧珏大呼动手，龙沙帮首领喝命开门拿奸细。

萧珏陷入包围圈中，被挤到墙隅，这时房顶上，突然现出两个人影，正是杜十一娘杜若英和女侠夏澄光。两女侠登房窥望，已看见龙沙帮抢掠妇女毒刑逼供的情形，便不察细情，勃然动怒。两个女侠骤发暗器，旋即挥剑跳下平地，和龙沙帮动起手来。这座赌坊，乃是龙沙帮的几个门徒经营的。那两个被刑的女子，乃是当地女伶，兼操淫业，龙沙帮的帮友吴金鱼盗用了本帮公款，偷取了本帮的秘密文件，和嵩阳派叛徒张青禾协谋遁走，却因这女伶小毛桃，和她的姨母崔香兰，跟吴金鱼有割臂之盟，吴金鱼盗用的公款，又多半花在小毛桃身上，故此龙沙帮把小毛桃和崔香兰一同捕来，逼问吴金鱼的下落。小毛桃和崔香兰身被吊打，依然供不出吴金鱼的潜逃所在，龙沙帮正用酷刑威逼，反被嵩阳派的人窥见了。本来两方同须追究叛徒，正可协力追缉，反而引起了误会。

龙沙帮在长沙很有势力，嵩阳派在湘南也很有威势，此刻双方的部下，竟在赌坊中，昏夜里，凶殴起来。赌坊中的龙沙帮本来不识小侠萧珏和杜十一娘，杜十一娘和夏澄光又都穿着夜行衣，跳下房来，便施毒手，连连砍伤了好几个龙沙帮的帮友。龙沙帮友吃了亏，哗然大叫，立刻往外面勾兵。沅江徐鹤挤在内院门旁，也被迫动了手，虽未拔剑，也打倒了两三个人，抢到院内，要把小侠萧珏援引出来。小侠萧珏和两个女侠连说：“他们抢架妇女，我们必须把落难女子救了出来。”徐鹤见事已闹大，只可发出警号，拔剑合攻。不大工夫，便把赌坊中的龙沙帮友全都打跑了，只在院中躺着几个负重伤的人。可是龙沙帮临败退时，已然安下了眼线，盯住了嵩阳派的举动。杜十一娘和夏澄光由萧珏引领，到各屋搜寻，只搜出厢房中被吊打的半老女伶崔香兰，便急急地解救下来，由夏澄光给她穿

上衣衫，不及研问，先把她背起来，逃出赌场。那个年少女伶小毛桃，杜十一娘恍惚看见，被龙沙帮的人乘乱抱走，穿后墙逃出去了。杜十一娘便嘱萧珏、徐鹤断后，她自己立刻追寻出去。龙沙帮老窑设在长沙，可说是人杰地灵，他们把小毛桃架出来，三钻两钻，便藏在民宅，找不着了。杜十一娘无可奈何，方欲穷搜，不料龙沙帮的援兵大至，从前后巷如潮般涌来，徐鹤见事不妙，招呼同帮速走。

女侠夏澄光剑法迅猛，很快地刺伤了两个人，龙沙帮友大怒，此呼彼应，又拢聚来十多个人，内中颇有强手，霎时间把夏澄光围住了。夏澄光不肯杀人，只用剑尖扎伤对手，这些龙沙帮友都是亡命之徒，不顾死活硬攻，夏澄光渐觉吃紧，便一咬牙大呼，挥剑乱砍，杀开一条路，往外急闯，可是夏澄光虽然闯出去，她救的人已被龙沙帮重新掳走。夏澄光一眼瞥见，便又大呼追救，龙沙帮友忙又裹上去，奋力攻打，如潮如蜂。夏澄光重又陷入重围，杜十一娘恰巧赶到，忙发暗器救援，沅江徐鹤等本已闯出来，听见同伴失陷，复又折回，和小侠萧珏合手，从背后袭入。

但是龙沙帮也闻警赶到大批援兵，竟将嵩阳剑客四五个人围在狭巷中，前后不能相顾，一霎时，喊杀之声，午夜惊人，住户们不知所以，全吓得坐起来，却没有人敢出头过问。

嵩阳剑客灵修道长、了因老尼、张伯循和乔亮工、乔亮才等，续后也听见了动静，一齐赶来动手，龙沙帮势力浩大，人越来越多，了因老尼见状不利，忙发紧急警号，招呼同门速退。幸仗夜深，杜十一娘、夏澄光、徐鹤、萧珏等，逐渐撤出来，发一声暗号，大家相继跳上民房，登高急走，火速地离开肇事场所。龙沙帮人多势众，武功不强，当时竟没得扣住嵩阳派的人，但嵩阳派的人也没有救出两个女伶来。两下里空聚殴了一阵，结果还是龙沙帮的人受伤的较多，只是嵩阳派的人，竟被龙沙帮认识出来。龙沙总舵主卢天朋，约派人找嵩阳派首领夏金峰、罗靖南，究问祸首，夏金峰、罗靖南也向卢天朋追

究护庇叛徒张青禾的帮友，双方闹得很僵，其实是很可合作的事，及落到仇视不已。当下龙沙帮一面搜寻逃走的帮友吴金鱼，一面和嵩阳派诘责衅端，嵩阳派也是一样，一面应付龙沙帮，一面仍在秘缉张青禾的下落。

也就是过了五六天，黎家冲老武师黎道朗，恰与少年壮士秦昭良赶到长沙，由嵩阳派的门人，引领黎道朗，面见灵修道长，俱说叛徒张青禾的罪行，秦昭良又从别的武林人士口中，探出张青禾现在的窜伏所在，大概是在湘东、江西一带，杜十一娘最恨张青禾，便向同门诸友说："本门跟龙沙帮的纠葛，可请夏、罗二位领袖亲来料理，我们现在应该赶紧跟这位黎武师，追拿张青禾去。"了因老尼知道杜十一娘的心，恨不得手刃叛徒，便怂恿大家，分出一半人，来与黎道朗合手，径往江西秘访。这时候，叛徒张青禾早在江湖上，赢得了雄娘子碧蜻蜓的绰号，在龙沙帮和嵩阳派大起纠葛的那几天，他果然窜到江西狮子岭去了，那被他污辱的武林少女黎小霞，恰已改扮男装，追寻不舍，赶到了狮子岭，而且预备亲手诛杀碧蜻蜓张青禾，以涤身受之辱。

狮子岭山麓，有一家富户的别墅，别庄内住着一个富家公子姓伍名吟秋，因患弱症，携娇妻美婢，住在这山墅内，读书养疴。这一天夜晚，月悬晴空，风吹丛木。泠泠然微啸，管娘子已然就寝，伍吟秋公子又犯了失眠的病，转展枕席不能沉睡，竟拥被坐起来，挑灯读书，心上一阵烦躁，又读不下去，便披衣下地，开门出来登台望月。忽然间月影下，望见短垣外，旷野地上出现一个女子，在一株大树下坐着，似乎正在哭泣。伍吟秋不觉森然毛耸，想起了说部上所讲的狐鬼故事，心想这不是一个女鬼吗？那女子在树下坐了好久，眼望山庄，要走过来，却又停住。忽然从树林后奔来一个男子，望见女子，立刻扑了过去，隐约似听说："好啊，你跑到这里了，老老实实给我回去。"那女子突然立起来，似要逃躲，那个男子公然上前动手，要把女子拖住，女子叫了起来。伍吟秋陡然想到，

这不是女鬼，也不是妖狐，大概是私奔的人吧？不禁在高台出了声，喝道："干什么的？"女子和那男子一齐抬头，女子便叫喊道："乡亲们救人呀，强盗抢人了！"挣扎着往这边跑，那男子依然抓住不放，伍吟秋公子十分惊奇，慌忙走下高台，到前面招呼奴仆，等到唤起奴仆，开了别墅的门，隐隐听得喊骂呼痛之声，旋见那女子如飞地奔寻过来，那个男子不知怎的一来，跌倒在地，突又立起身，重又追赶，似又迟疑，旋见他一转身，奔入林后去了。

这里只剩下女子，伍吟秋公子自恃是缙绅之家，年轻漫无顾忌，便命奴仆把女子带进来，一问究竟。自己先进了客厅，仆人们点了灯，跟着把那女子领到客厅，那女子披发娇喘，似乎惊惧不胜，刚带到屋内，便呻吟一声，坐在椅子上，掩面啼哭，且哭且向伍吟秋道谢。伍吟秋就灯光打量此女，年约二十一二岁，粉腮朱唇，瓜子形的脸，生得十分俊俏，穿长裙微露双足，衣饰素雅，不似村农，倒像个富家年少孀妇，虽然哭泣，并无戚容，双眸侧睨，看了伍吟秋一眼，半晌说："谢谢这位大爷救命，若不是你老，我一定逃不开那个流氓的啰唣。"说时扪着胸口，好像还在喘乏。伍吟秋的眼界是高的，想不到在这山村夜月之下，会救了如此美貌的一个少妇，被那少妇目含睇一眼，心头蓦地一动，心想："这女子当然不是妖鬼，可也绝不是寻常妇女，她到底是怎样来路呢！"因即诘问道："你这位娘子，你贵姓？你是哪里人？家住何处？为什么一个人深夜独行野外？刚才那个人，到底是路劫还是流氓？你可以从容说来，我可以设法把你送回家去。"那少妇凄然叹道："我若有家，何至于落到这般光景！不瞒这位大爷，奴姓张，乃是湘东的人，幼遭不幸，生身父母亡故，叔父不仁。把我卖给富家做了使女。到我十五岁时，主人要把奴收房，主妇又不答应。后来主妇往娘家去，主人强把奴收下了。不久我怀了孕，被主妇发觉，又乘主人出门，把奴骗出去，转卖到别家。"说到这里，似乎伤心含愧，不能再往下讲了。

伍吟秋双目凝视着她，徐徐说："张家娘子，你不必伤心，有话只管往下说。"那少妇迟徊良久，方才说道："后来我主人知道了，把我赎回来，藏在姑奶奶家，如此过了两三年，我那小孩也糟蹋了。不料新近姑奶奶家的一位爷们忽然盯上我，教女眷们讽示我，说我们主人已然死了，主人家不要我了，要教我从他。我不肯答应，姑奶奶家的人都算计我，我没法子，才偷跑出来。我又不认得路，脚底下又不行，一阵乱逃，跑到这里，连东西南北也弄不清。不想遇上刚才那个流氓，他要啰唣我……"伍吟秋不由听直了眼，灯下打量这个少妇，果然姿色秀媚，足够中上人材，谈吐清朗，颇有大家风范，只两个眸子似乎皂白分明，略逐英锐之气，沉吟一会儿道："你的话全是真的吗？"少妇道："我不敢欺瞒大爷，只求大爷恩典我，就算救我一命了。"伍吟秋道："你本是个来历不明的人，我怎样恩典你，倘或你家里找我要人呢？"那少妇做出悲惶之容道："大爷若不收留我，我出去必落在歹人手内，我也就是一个死，大爷不觉有损阴德吗？我还不是个胆小的女人，大爷只管放心，倘或出了麻烦，我自然自己答对，决不会连累你老。"伍吟秋又复沉吟道："现在天也不早了，只能收留你一晚上。明天天亮，你要赶快想法，离开我这里。"少妇似有喜色道："那敢情好了，我也不敢久在你大爷这里逗留，我只求避过这一天去。"伍吟秋公子站起来道："好吧，我教他们给你收拾睡觉的地方去。"便留少妇现在客厅坐候，伍吟秋打算把她收容在婢妪房内。

那个看门的长工忙凑来，低声禀答道："大爷可要小心，这女的不知是怎回事呢，大爷不要招出麻烦来。"伍吟秋笑道："难道说还有人告我拐卖人口吗？"长工道："凭咱们家，倒不怕歹人讹诈，不过，只这少妇的娘婆二家的人找寻了来，倒是个累赘。"伍吟秋说："不要紧，我们只收容她一两天，赶明天便打发她走。"遂命童仆，叫醒了仆妇，把少妇送到女仆下房安置。伍吟秋办完了这件事，回转卧室，伍少奶奶依然沉睡未醒，伍吟秋便解衣登床，心上胡思乱想起来："这个少妇原来

是个逃妾，她一面诉苦，一面偷看我。”未免想入非非了，他竟折腾了一夜，直到天明，方才睡熟。但等到伍吟秋睡醒时，忽听外间堂屋，有两个娇婉的声音，正在说话，略一倾听，原来是他的娘子管静宜，和那个少妇攀谈起来。伍吟秋心中微微一动，旋即咳了一声，坐起来穿衣服。一个使女闻声走来，张罗洗脸水，伍少奶奶听见了动静，便掀帘进屋，双眸微含疑怒，向伍吟秋诘问道：“这个女人是你昨晚收留下来的吗？”伍吟秋忙说：“是的，她是一个避难的少妇，被流氓赶逐，跑到我们这里来喊救，是我把她放进来的。”少奶奶微哼了一声道：“你就喜好做这种事，我刚才已经问过她，她原是富户的逃妾，你不怕人家告你窝藏人口吗？”反复抱怨了几句。伍吟秋含笑认错，却是这位少奶奶，已跟少妇谈了一阵，少妇柔媚善言，居然惹动少奶奶的怜惜，竟没再说别的话，等到开早饭的时候，居然把这少妇当作客人似的，请来入座。

于是，就照这样，伍氏夫妻竟把这来历不明的少妇当作上宾一般。少妇言谈甜蜜，不但把伍吟秋哄住，把少奶奶也哄住了。这少妇起初只求在伍氏别墅，作一夜住宿，等到看出主夫妇全不厌烦她，她便说：“家无所归，情愿给伍府上为奴为婢。”她又自承知书识字，“府上如有小姐少爷，情愿做个伴读。”伍少奶奶便含笑向伍吟秋示意道：“大爷，你行好吧，善门难开，现在我们怎么样呢？”伍吟秋也笑了，说道：“这件事情还得请主妇做主。”少妇便向伍少奶奶敛衽恳求，伍少奶奶早有允意，便欣然答应了，对少妇道：“我家虽没有小孩，可是我们很想请一位师母，能够代办笔札、整理图书，最好不过。但不知你能做这些事不？”信手取了一张诗笺，命少妇抄缮。这少妇持笺迟疑，面含羞惭似的说：“我哪里会为小楷呢？不过大娘子有命，我只可试试。”伍少奶奶道：“你一定行。”遂让到书案前，给她开了墨盒，取了纸笔，这少妇就坐在伍大爷常坐的椅子上，拈笔取纸，照抄了一遍，字迹居然娟秀，虽不够当记室，却也不是孩儿笔。伍氏夫妻在旁围观，欣然笑赞

道："好，好，好！我们有了女记室了。"这个来历不明的女人，就这样被留在伍氏别墅了。

却是这来历不明的女人，每每凑到女主人前面献殷勤，男主人又每每凑到女人前面献殷勤，往往三个人碰到一处，言笑无忌，情形别致。女主人常常嘲笑男主人见色起意，男主人又说女主人："你得了一个女清客，打算把我驱逐出境不成吗？"女主人却又嘲笑道："你若喜欢她，你说实话，我自有道理。你不要直眉瞪眼，没话找话，跟人家斗口。"男主人说："你不要诬赖好人，我却是个正人君子。"女主人又笑说："正人君子只是当着我的面，我不在的时候，你为什么只端详人家的脚？你为什么盘问人家，脚是怎样缠的这样小？可有特别的瘦金莲方没有？你一个贵公子，无缘无故问一个女记室，盘问脚大脚小，请问这怎么讲？"问的男主人伍吟秋闭口无言，只嘻嘻地笑，且笑且辩驳道："你这人太多疑，我看她的脚太小，我想请教请教她，好把缠脚的法子传给你。"女主人笑道："呸，你不要扯臊，我的眼瞎，心还不瞎，你若识趣的话，赶快从实招来，我可以教你趁愿。"伍吟秋低头笑道："你教我怎么趁愿？"女主人道："那就看你心眼上有我没我了。你只肯如实招认，我就可以给你做媒，你若拿我当外人，我就不是你的内人了。"伍吟秋公子笑着脸，看别处道："我一定把你当内人，你若愿意效法李笠翁的'怜香伴'，我倒是初无成见。"伍少奶奶道："啐！色鬼，我没猜错吧。我老人家成全了你们吧，我看你们俩眉来眼去，我给你们做媒，大概不会碰壁，你听我的信吧。"伍吟秋道："你不要挖苦人了，到底你跟她怎么说的？人家现在是孤苦无依，投托无所，人家也许是本心不乐意，只苦于没有退身步，勉强答应你的。若是那样，你可是强逼人家的少年孀妾改嫁，你不但犯法，还未免缺德呢。"少奶奶道："哎呀，我忘了这一节，我别做缺德事，趁早打退堂鼓吧。我这就叫她去，当着你的面，我告诉她，就说你的意思，你不愿缺德，孙妈，来呀！快把张师母请了来。"

少奶奶故意做出悔不可追的样子，伍吟秋公子沉不住气了，连忙站起来，坐在少奶奶身旁，用手堵她的嘴，又探手摸她的胸怀道："静宜小姐，你真会放刁，我看看你的心到底有几个窍？你真会琢磨我！"少奶奶管静宜把丈夫一推道："我怎么琢磨你了？你说的乃是正大道理，我本来就错，本来不该替丈夫逼娶人家的逃妾。我本来缺德吗。"伍吟秋笑道："是我缺德，是我说错了，静宜小姐罚我个不知好歹吧。"少奶奶道："啐，看你胡说！"伍吟秋道："我说实在的，她决不像寻常女子，尤其是眉目舒展，跟你们不同。大抵你们女人越把脚缠得小，你们的眉心越露出一种凄苦之相，她独不然，双翘如此纤瘦，她脸上反倒跟男子一样，很坦坦然然的。这真奇怪极了。"少奶奶忍不住笑起来，俯视自己双足，又取镜子自照道："你简直瞎说，若照你的话讲，女人们脚大脚小，只看眉目，就猜出来了！"伍吟秋笑道："差不多吧，你看，你的眉目就不大舒展，就因为你没有把脚缠好，常常疼痛，皱惯了眉，自然带出凄楚的模样来。你再看看我的眉毛，是不是比你舒展？你回头再看看她，是不是跟男子一样？"

少奶奶伸指羞他道："不要扯臊了，我别不识趣，我把她请来吧。你是绕着弯子，要在这工夫，先跟她谈谈，要看看她，既经提婚之后，对你意思怎么样？"说着，便叫："孙妈，孙妈，快把张师母请过来！"

孙妈在第一次喊她时，已然来了，因见主人主妇正在闺房调情，只掀探头，偷看了一眼，便躲在外间了。此时忙答应了一声，先走进来，听完吩咐，又退出去，把舌头一吐，径去书房，邀请女记室张师母。

张师母便是那个逃妾，经主妇一请，立刻过来。不想她刚一进屋，主人伍吟秋便嬉笑着跑了出来。两个人劈头碰上，张师母慢款莲步，摇曳欲倒；主人公情不自禁，上前搀扶一把。张师母侧脸回眸，冲主人一笑，却又低头说了一声："谢谢！"姗姗地走进了主人主妇的闺房。主妇一迭声地叫："吟秋，

吟秋，你不要走啊！我把张师母邀来了，你怎么的倒躲了？”

主妇追到闺房门口，张师母恰来到门口，主妇一手挽住了张师母，仍向伍吟秋公子叫个不住。伍吟秋一溜烟地躲出去，主妇管静宜很高兴地笑，且笑且说：“张师母，你看，我们吟秋一见你进来，你没有害羞，他倒臊跑了。”

张师母道：“太太又逗笑了，奴可担不住！”居然改掉做西宾的派头，冲主妇执行侍妾之礼。站在管静宜的身旁，非常恭顺，又非常亲昵，竟似乎把自己变成小女孩子，要偎在主妇怀抱似的。两个人相将相扶，进了闺房，主妇仍命女仆快把主人请回。张师母羞羞惭惭地央告，求主妇不要闹了：“他一进来，教人怪难为情的，太太，还是奴陪您谈一会儿吧。”并对主妇私陈下情，如果主人进来，抵面相对，教自己深了不是，浅了不是，稍一疏神，怕教主人把她看成无耻。那一来，恐怕不能长侍主妇了。说的话十分柔婉，教主妇听了，不忍拂逆。因是主妇笑了笑，往床上一躺，向张师母招手道：“来吧，你的话也对，你陪我躺一会儿。我还要问问你，你的芳名叫什么？”

张师母果然往床头一倒，滚身往主妇怀中偎去，双手探怀，来扪主妇的双乳，并且低声的似呻非呻地说：“太太，我叫张倩萍，太太若嫌名字不好，您给我另起一个名儿。”

这个逃难的女子，未来的侍妾，撒娇似的在主妇怀中揉搓，樱唇吻着主妇的粉腮，双手抚弄主妇的胸乳，把主妇摸索得春情荡漾，且又触痒，不由笑了起来，用手推拒道：“好好，你这个人可了不得，别看你是个女人，你竟要调戏我吗？你拿这一套，冲我们吟秋施展，还倒罢了。你一个未成礼的侧室，倒跟大妇挑逗，你好厉害呀。”深处璇闺的管静宜，哪里会想到人妖雄娘子的把戏呢？她反而反攻上来，说是：“你不要唠唣我，我倒先给你来一下吧。”主妇一滚身，把这自称张倩萍的女人按在床头，主妇便一扑，压倒张倩萍身上，双手捧住张倩萍的腮，狂吻狂嗅起来。

两个女人，一个为夫做媒的大妇，一个未来的侍妾，在深闺调情，渐流于狂纵，竟忘了主人公伍吟秋公子此时还在书房。伍吟秋也是少年好色之人，他居然不来凑趣，两个女人居然把他忽略了。哪知他在这时，突然为别墅的园丁悄悄邀请出去，说有一个生客来访，好像是打听逃亡的姬妾，好像是张师母家中的人，找寻来了！

伍吟秋不觉失惊，忙问园丁："生客现在何处？是个怎样的人？他都说了些什么？"

园丁是个老年人，语言迟讷，只说这生客是个年轻书生模样的人，从昨天就在别墅附近徘徊不去。据说："曾向门房打听过，咱们这里可曾来过眼生的少年女人，脸子很俊，脚很小，身量细高，自称是逃难的、告状的、被家里赶逐的？门房没有好生答对他，他也就不多问了。可是他还不走，今早他又问我；他问的话，越问越离奇。小的因他穿戴不俗，不像个流氓，就问他打听这个做什么？他说的话吓了小的一跳，小的不敢妄说。现在他就在花园等着，他愿意面见主人，细说详情。他说他是访拿妖贼的，他说有一个妖贼，生得很漂亮，专好将男扮女，诱骗大家贵妇的财物。他的话简直吓人一跳，他说这个男扮女的妖贼本领很大，又会邪术，很不好捉拿，现在大概落到咱们这里了！……"

园丁还要说，伍吟秋已然变了色，十分忐忑。抬头看天色，已渐黄昏，站起脚来，要往外走，忽又心一动，忙转身回去，把女仆孙妈叫到面前，低嘱数语。这才匆匆走出去，且跑且对园丁说："你千万不要告诉别人，也不要走漏消息。"园丁连声说是，主仆二人悄悄溜出别墅，绕到后院外。那个少年书生也很像怕人见，已然隐藏在竹林后面了。

伍吟秋到竹林后，与这少年书生抵面相会，也觉诧异。这是一个很文弱、很清秀的一个少年；身量不高，面白如冠玉，手臂尤美，双瞳如剪水，微含愁态，举止风雅，步履纡徐。乍一相对，面泛红霞，颇有女孩儿气，却是一整面盘，顿转肃

然，敛袖拱手，向伍公子道："这位想是宅主人，你家贵姓伍吗？"

伍公子道："正是姓伍，阁下贵姓？素非相识，有何事见访？"

少年书生左右四顾道："这里还僻静，可否请屏退贵仆，区区不才有一秘事奉闻。"

伍吟秋也往四面一看道："这人是我家世仆，也是心腹人，当着他不要紧，请客人有话尽管明言。"

少年书生双眉微蹙，似有不得已之状。半晌方说："此事关系府上全家性命，不是我在下故作诡秘，委因我在下和这男扮女的人妖，仇深似海，我为了复仇，一路寻访他，不想他落到府上了。府上若不小心，也恐陷我舍下的故辙，弄得府上宅眷求生不能，求死也不得。我很想跟公子密议捉拿此贼，这事实不能让第三人知道……"

伍吟秋乃是有学问的贵胄，顿时听懂了，猜明了，不由大为震怖道："哎呀，不好，莫非我舍下新救的这个避难的贵家逃妾，竟是男扮女装的，竟是人妖一流人吗？"

少年书生冷然道："是，是，若不是，倒真是公子飞来的艳福了。"又道："府上这一会事，能够遇上我，真乃是尊府上有德。我在下的亲眷，就不幸得很了，我为了替舍亲复仇，一路追缉他；现在我便要设计捉拿这个恶贼。这个贼已然恶贯满盈，他一定要遭报应了。但是这个贼身上有一种迷药，我若跟他力斗，仍恐敌不住他。我要请公子助我一臂之力，我要做成圈套，乘夜诱捕他。"

伍吟秋此时心神惊惶不定，又多少怀着疑猜，怕这少年另有机谋。比如说，这少年书生跟这个假装逃妾张倩萍，乃是合谋打虎的，乘机混入富家巨室，里应外合，乘机抢劫。又比如说，逃妾张倩萍实是女子，这少年书生知道他的根底，特来讹诈。……人的心是曲曲折折的，往往看事不敢只看一面，愿要深究里面黑暗处。伍吟秋是聪明人，当时心中又转轴了。抬头

把少年书生端详了一会儿，这书生如此美，而且头戴儒冠，微露鬓角，而且说话女声女气的，伍吟秋心中未免打鼓。

伍吟秋皱眉凝目良久，方才说："先生，你说的话我全信，只是我还要考察考察。你说他是男子？你说你要乘夜诱捕他，你用什么方法呢？"

少年书生也似看出伍吟秋的神情，起初震惊、惶愧，渐渐转为疑虑；书生便知仓促初会，交浅言深，对方自然要由疑骇而生猜防了，便咳了一声，又仔仔细细剖白了一番，更将诱捕的办法，低低地向伍吟秋说。伍吟秋还是盘诘，也就是还在猜疑。

少年书生摇头长喟道："我也晓得我在下突然无端至前，公子不敢率然轻信。然而我请公子看我的脸神，我是坦白的，还是诡诈的？我再请公子细细揣摩那个逃难女子，毕竟男扮女装，必有破绽。第一，他相貌尽美，终露江湖气，丈夫气。第二，他既是男子，必非缠足，他的脚是踏着木跷的，那一定太小太瘦，走路不稳。第三，他既然装的是假脚，他的身材一定比寻常女子高，他是不是一个长身玉立样的妇人？他是不是像戏台上的武旦？第四，他既是个伪装女子，他一定模仿女人的娇态，这一点真真假假，难免过火，必露马脚。第五，他是假装女人，他对男子故作娇羞，他对女人又免不了撕皮掳肉，过于亲昵，流露出轻狂调情的憨态。公子，你仔细回想一下，我的话可有假？我再警告公子一声，他是淫贼，他不但要污辱妇女，还盗取你家的珍宝，他是人财两得。这件事十分险诈，机栝很紧，刻不容缓；你不要犹疑，误了大事。他一混到人家，必定首先哄骗人家妇女，尤其是未出阁的女孩子，更难逃出他的手心。府上一定有女眷，你想想可怕不可怕？你可以问府上女眷，据说他已混进来三四天了，我恐怕……我不忍说，公子你快快应付吧，你不要猜疑自误。"把这雄娘子的劣性细细描说了一遍，把自己要如何设计诱捕的方法，也扼要讲说出来。

那诱捕的方法，只是个托梁换柱之计。暗示着伍公子，如果此贼还未与府中女眷同室而宿，今晚就可以暗遣一个美貌女

子，看出来是此贼所觊觎的，故意和他同床共枕。到了时候，故意弄灭了灯，把少年书生换进去，当场捉拿；验明是男子，便加诛戮或交官。少年书生的意思，是当场一杀，若伍府上下不敢做这事，书生要求把此贼交给他，以便押出交官归案，治罪复仇。

伍吟秋听了，疑疑思思，不以为然。他说："何必费这大事？我可以找一个有年纪的女仆，等这张师母睡熟，潜施摸验，岂不省事？"

少年书生冷然笑道："他是干这个的，他岂容你挨近？他睡觉必有防备，他必自托贞烈，独宿必严门户，你的女仆就挨不着他。只有美貌的少女少妇，他愿意邀来同枕，才能挨着他的身。公子不信，可遣青年使女试试也可以，只恐他看不上谁，他就决计不容谁挨着他。他若愿意和谁同室，他就是要用蒙药，暗算谁了。"少年掰开揉碎这么一说，伍吟秋心中渐渐活动，口头上说："好吧。"他还要进去问一问他的妻子管静宜。少年书生无法勉强，叹了口气，心中着急，口头上也只得说："好吧。"便与伍公子叮咛后会，约定了今日见面听信的时刻和地点。书生很想潜藏在伍氏别墅，看出伍公子不放心自己，只略为透了意思，又说："我是一来为自己，一来为府上，一来为受害女子，才要惩治此贼。公子你不要忽略了我的至意！"说罢，便飘然而去。

可是事情进展得很快，伍吟秋深以少年书生无端而来为可疑，等到他进入内室，把妻子管静宜调出来，秘密一说；管静宜凛然一震，面颊泛起红潮，哎哟一声道："张倩萍，她真是男子吗？"浑身抖擞起来，竟突然落泪道："你把我害苦了！"

第九章 冤家聚首雄娘子失脚

伍吟秋公子不禁大骇，握住了妻子的手，一句跟一句地穷诘。才知道刚才，就是刚才，这个逃妾张倩萍跟主妇管静宜，在闺房内室，同床并枕，抵面私语时，由调笑而调情，她竟摸索起管静宜来了。而且把管娘子弄得春情荡漾，两个妇人恍惚变成一男一女似的戏谑。等管静宜情不自禁，互相拥抱，接唇偎怀，胡闹良久。忽然她清醒过来了，忽然她觉得这个逃妾，这未来的侍姬，未免太轻狂，太放荡，居然以侍妾的地位，敢跟主妇大妇胡调。

管静宜是大家闺秀，一时被春情挑逗，一时又觉不合。……正在此时她的丈夫忽然告诉她，张倩萍是男子伪装，现在有人告发追缉来了，管娘子几乎吓倒！而且情不自禁，愧不可仰，猝然指着伍吟秋道："都是你，都是你，你把我毁害了！"对对的眼泪流下来了。

伍吟秋大惊，照这样子看，似乎自己引狼入室，自己的结发之妻大概已经上了当！然他眼看着娇妻，竟没有勇气，作更好的设想。

他猝然搀起了他的夫人，连说声："不要哭，不要哭！"张皇四顾，还想瞒着婢媪。他很快地把管静宜娘子，架到别室，再三盘问。他最恐怖的是，他的娘子是否已被这人妖暗算，以致失身了？他愧恨成怒，极力推摇妻子的双肩，说道："不许哭，快说！"管静宜这才忍愧说出这个逃妾如何地挑逗自己，如何地调戏自己，以至于拥抱、接唇、偎怀，全做过了……伍吟秋拭着汗说："还有别的没有？"

管静宜满脸通红地说："就在刚才，她跟我说风话，动手动脚，这就够恨人的了，够毁人的了，还有什么别的？"

是的，一个伪装女子，跟堂堂高门贵妇冰枕调情，自然是濯西江之水，不足以涤辱。"还有别的？还有什么别的？"

伍公子不放心，不满足。他当然不盼望别的，可是他不问出别的来，总疑心着还有别的。而娘子口羞不说，他急头暴脸地低声追问。直等管静宜娘子心神稍定，方才想到丈夫的最怕的那一点，连忙地说："他不过是跟我胡闹，我还没有上他的当，你放心，这就是刚才的事。"

伍公子仍道："快说实话，你不要瞒我。"

管静宜道："情实我没有瞒你。"

伍公子道："你为什么哭？你一定被他……被他骗了！"

管静宜看见丈夫急怒过甚，赶紧地拉着丈夫的手，极力把愧恧之容镇定下去，说道："秋哥，你不要多疑，不要害怕，我怎能欺瞒你？我是，你想想我的身份，再想想我们的门楣，一个人妖混进来了，我怎会不臊得哭？好哥哥，你不要多疑，我全告诉你。"再把闺房中的事，一字不遗，细细描说给丈夫听；并且指天誓日，"就是这个，没有别的了。"

伍吟秋长吁了一口气，说道："我的天，你幸而没有受害！……现在我们必须帮助人家，把这个妖贼捉住。"

他的娘子的一副羞惭之泪，把他引得犯疑；他的娘子一番誓告之辞，把他的怀疑一扫而空，他再不疑惑少年书生的无端而来了，他的娘子所说张倩萍的猥亵举动，已足证明张倩萍绝

非被难女人。伍吟秋慌慌张张往外走，要给少年书生送信，管静宜很难堪，很愧恨地抓住了丈夫，说道：“你做什么去，你走了出去，我呢?”伍吟秋道：“这个我就找书生去，你可以躲到旁屋去。”管静宜道：“哎呀，那不成，他要是再来撕捋我呢？我得跟着你，这个人妖不除，我简直不能再在这别墅待了。”伍吟秋无可奈何，低告娘子数语，把女仆丫鬟叫来，片刻也不要离开主妇，在白天，在暂时，决不会出错。管静宜还是胆怯，而且她丈夫要教她脸上不露形迹；她简直做不到，她眼中含着泪，恨不得迁出别墅，躲避人妖。伍吟秋十分无奈，想出一个下策，暗告管静宜，从使女中挑选了一个最美貌的少女，即命美貌小丫鬟，陪伴这个“张师母”，借此暗作李代桃僵之计，然后伍吟秋很快地溜出后园，派人寻找那个少年书生去了。

少年书生很快地来到，就在竹林中，与别墅主人伍吟秋定下了秘计，要捉这个雄娘子飞来艳妇。依着少年书生的主张，这个雄娘子既跟主妇管静宜昵近，那么他一定是把主妇管静宜当作口中食了；今天夜间，仍当望主妇跟他同居一室，然后临睡时故意弄熄了灯，然后主妇假装赴厕，摸黑换了少年书生，少年书生就可以当场擒贼。然而这主意，既知雄娘子是雄非雌，主妇管静宜岂肯再干，也没有这份胆量去干，而主人伍吟秋是决计不肯教娘子如此干，好比玩火伴虎一般，万一有个闪失，真真不堪设想。少年再一申说，伍公子脱口峻拒。少年顿生难色：“你不肯这样做，我却不是恶贼的敌手，若明着去捉，一个捉不好，府上可要受害!”别墅主人伍吟秋立刻说出了另一个李代桃僵之计，那便是暗遣美婢为饵，他告诉书生，他已然这么做了。少年书生微微冷笑，情知伍公子要拿这个婢女，一个女孩子做牺牲了，他怕自己的娘子失节，他教婢女李代桃僵，然后再叫书生李代桃僵，少年书生以为他这居心殊欠仁义，虽然摇頣腹诽，只得接受了这个主意，重新授以秘计，但是事实上仍要主妇协力。

议定秘计，少年书生潜藏在别墅别室，伍吟秋回转内宅，悄悄告诉管静宜，管静宜恨不得离开别墅，不敢照计行事。伍吟秋把书生谆嘱的话，再三解释给她听，她这才惴惴然拭泪答应，把怨尤的眼波注到丈夫脸上，心中实在是恐怖，经丈夫再三的苦劝，而且安慰再三，方才答应了。主妇管静宜沉不住气，把那个少年美婢叫来，低声暗嘱："你今晚上陪着张师母一屋里睡，你可得灵醒一点，不要睡熟，你先把灯弄灭了，回头有人摸黑敲门，你悄悄地出来，把人放进去。"却隐瞒着真相，不肯告知婢女，脸上的神情带出尴尬相，这婢女觉得有些可虑，但也不敢违拗，悄声答应下了。

张师母（那个被告发为男扮女装的逃妾）一点也不理会，照样找主妇来凑趣，主妇借着事由，总躲避她，幸而女仆孙妈比较灵透，此刻已受过主人、主妇的隐约的关照，她便猜出张师母大概是坏人，主人教她留神，她就留神，主妇教她帮着美婢陪伴张师母，她就怂恿美婢，和张师母搭讪亲近，而且代传口谕，说主妇吩咐的，今天叫荣芬姑娘陪着张师母在小书房安歇，老早地给铺床垫被，又给泡了一壶茶，把美婢荣芬撮弄到小书房，与张师母同室同床。婢女荣芬，今年在十六岁，是个小女孩子，果然生得苗苗条条，曲眉粉颊，有几分姿色。这个张师母起初并不曾顾盼到她，张师母原意，今晚要与主妇同榻，细诉怀抱，把男主人故意赶到书房去睡，这好比妻妾和美，驱逐丈夫似的。表面看，乃是一种女人的恶作剧，主妇管静宜本来笑着答应了，现在变了卦，而且主妇老早地回转闺房，关门睡觉去了。据女仆传言，太太今天头痛，连老爷也赶到外书房去了。像这样，这个张师母应该回想一下，不料这李代桃僵之计，居然生效，主妇不在面前，换了这个娇如小鸟的使女，张师母便忘情了。

张师母到现在，才把荣芬仔细一看，居然很可人，很有媚态，最奇怪的是，使女奉命来给张师母做伴，也是女孩儿们的常事，这个荣芬姑娘竟含羞带愧，立在一旁，敛眉掠发，垂睫

视地，仿佛像新妇似的不敢抬头。此时天色很不早了，张师母看出美婢娇羞，她再想不到娇羞是躲避，无名的恐怖也像娇羞，也是一样躲避，张师母她倒反觉得有趣，便上前把荣芬拉了一把说："姑娘，你叫什么名字？你可是太太打发来，给我做伴的吗？"荣芬俯视脚下，低声说："是的，奴才叫荣芬。"张师母握着荣芬的手，搭讪了一阵闲话，随即拽到床前，使她跟自己并肩而坐，徐徐问道："荣姑娘，今年你几岁？"荣芬道："奴才十六岁了。"张师母笑道："原来你十六岁了，岁数很不小了，但不知道你有了婿家没有？十六岁也是大姑娘了，不知道你心眼上有谁，告诉我，我告诉你们太太，准教你称心如意。"

荣芬还是不言语，这张师母便咯咯的欣笑起来，说道："我像你这大岁数的时候，早就开窍了，天天做梦，梦见小女婿子，我们几个女伴，也是一样。我们凑到一块，什么话都说，哪家的学生漂亮，哪家的男孩子温柔多情，哪个姑娘的未婚夫婿好，哪个姑娘的未婚夫婿坏。没有外人，没有事的时候，我们天天讲究，我们不但是讲究，几个女孩子聚在一处，玩笑惯了，嘴敞极了，什么话都敢说，什么事也都敢做。有时候，我们睡在一处，我们就装新郎官，新娘妇，我们也是成双成对的，和真入洞房一样，不但这么样同床并枕，还这么样搂搂抱抱的，这一个当新娘妇，羞羞怯怯，那一个当新郎官，就这么着。"张师母且说且表演，荣芬姑娘被闹得脸通红，心乱跳，而且硬被张师母撮到床头，按倒了，把唇吻放在她的腮上。她还小，从来没见过这个，不禁失声叫了起来："哎哟，张师母，你你你别闹，我我我不成！"极力地撑拒，声闻于户外。张师母忽然警觉。灯还没有熄，门也没有关，她立刻松手，下了床，打算过去掩门。使女荣芬鬓发松散，立刻从床上爬起，一溜烟逃出去，张师母一把没抓着，赶紧追了出去，不想那女仆孙妈正藏在外面偷听，忙咳了一声，问女婢荣芬说："小芬，你还不睡，你出来做什么？"荣芬说道："张师母，她

尽跟人家闹！”女仆忙笑道：“这么大姑娘，还不识逗？张师母是喜爱你，还不老老实实睡去？给太太知道了，又要骂你不好生服侍人，尽淘气吵闹！”凑到荣芬身旁，连连捏手，默嘱数语，立逼荣芬回房。张师母也已追来，笑道说：“想不到这小芬姑娘还这么腼腆，她不愿跟我做伴。来吧，小芬姑娘，你也不愿跟我一头睡，我们可以打通腿，你在一头，我在一头，偌大丫头，原来不识逗，怕人给她说婆婆。”且说且动手，把小芬捉小鸡似的拉了回去。荣芬眼露出求助、求免的神气，终不敢违拗主妇，于是心上怕怕的，赔笑说：“张师母你松手，我跟你做伴去，你别摸我，怎么着都行。”

第二番入室，张师母不再鲁莽了，荣芬也不敢再强拗了。一个好哄，一个软躲，重新打点上床安歇。荣芬先给铺好了床被，便要另白搭铺。张师母不许，定要同床。荣芬便把一对枕头一东一西放着，预备好了暖壶，端来了灯，掩上了屋门，便请张师母先行上床，自然是女客在床里，侍女在床外，以便服侍了。张师母要叫荣芬睡在床里，荣芬一死儿不肯，也不敢，说是怕太太说。张师母笑了笑，说道：“由你吧，我们一块儿脱衣上床吧。”荣芬笑请张师母宽衣。她说她还要出去小解，就便把溺器拿来。张师母等着她，她不肯，婉婉地恳求张师母先解衣履，先登榻。张师母想了想，笑了，说道：“也好，不过我有一个毛病，不吹灯，不能脱衣上床，我现在要睡了。”一面解衣纽，一面命荣芬熄灯，张师母自然是熄了灯，才好脱她的鞋袜的。不料这灯光一灭，荣芬如释重负，向床头说道：“你老请先躺下吧，我这就来。”

灯光已灭，全屋漆黑，张师母窸窸窣窣地脱衣裳，脱绣鞋，摸黑展被上床，就枕等待。美婢荣芬就摸着黑，开了门，走出去，上厕所，取溺器。当此时，那个突然而来的少年书生，正在别墅别室，伺机而动。男主人伍吟秋一面陪伴着书生，一面顾虑着爱妻，一面怕着乔妆女子“张师母”的意外举动，把一颗心分在三处，悬悬不宁。少年书生一声不言语，远

远地坐在一旁，已将捉淫贼的武器带来了。书生也自心神不宁，眼珠乱转，起来坐下，把伍公子嘱了又嘱，教他沉住了气，静等时机。两个人好似度日如年，耗到时候差不多，少年书生站起来，便问宅主伍公子："那贼睡了没有？你快去看看，或者叫别人去看看，我觉得够时候了。"伍公子赶忙地答应了，悄悄溜出去。

不大工夫转来，却吃了一惊，少年书生把屋门掩上了，伍公子推了一推，没有推开，忙说："怎的了？"少年书生在屋中说："等一等！"停了片刻，开了门，把宅主人放进屋，灯光下一看，伍公子越发惊骇，这个长袍儒服的少年书生已变成急装紧裤、穿夜行衣的女子了。伍公子瞠目相视，几乎说不出话来，吃吃地说道："你你你！"那张师母既是男扮女装的妖人，这捉人妖的书生又突成男扮女妆的夜行女子，事情太不测了。他不禁由"张师母"疑到少年书生身上，虽然这书生变成花容月貌之女，他反而畏若蛇蝎，倒退着要出去。这少年慌忙阻住退路，低声说："你不要害怕，不要多疑，我为了要拿他，不得不这样装扮。"伍公子道："但是，你不是装扮的，你分明是个女子……也许你是男子，你比他装得还像，你们到底是怎么一回事？"女妆的少年书生咳了一声道："你不必问了，我跟这贼子有很大的仇恨，你不要管我是男是女，我是要报仇来的，你是要除祸害。现在时候不早了，你不要乱想，快依着我办。到底贼子睡了没有？我必须这样打扮，才好设计生擒他。"这急装紧裤的书生女子，细腰削肩，体态婀娜，配着她那娇柔喉咙，伍公子确已断定她是个女子。这女子一力催促伍公子，盘问贼子到底睡了没有？伍公子吃吃半晌，这才答道："她已然进了内书房，由丫鬟荣芬陪着她，她大概这就睡。不过荣芬太不济，怕哄不住她，女仆刚才告诉我，我没有亲自过去探看。"

急装紧裤的夜行少女，点了点头，说："好！"又皱眉一想问道："使女太小，本也不能办这大事，现在就这样吧，我立刻就去盯着！"站起来，备好武器，催伍吟秋引路，一直往内

书房去。

两个人一声不言语，蹑足而行，到了内书房外，藏在暗隅，内书房灯光摇曳，隐隐传出笑声，又挨了一会儿，目睹美婢荣芬逃了出来，夜行女子忙拖伍吟秋藏到角门后，女仆旋将荣芬劝回去，所谓“张师母”也已回房，夜行女子便悄悄凑了过去。

工夫不大，内书房灯光忽灭，美婢荣芬悄悄溜出内书房，直往厕所走。夜行女子忙会同伍公子，掩到荣芬背后，轻轻叫了一声，黑影中，荣芬闻声回头，问道：“是大爷吗？”伍吟秋忙问：“张师母睡了没有？”荣芬低答道：“刚躺下。”夜行少女（伪装书生）紧盯着问：“她可是脱了衣服睡的？”

荣芬答道：“是的。她把衣服全脱了，只穿着小衣裳，钻进被窝了。”

夜行少女问：“是谁吹的灯？你吹的，还是她吹的？”

答还：“她吹的，她说她不吹灯，不能脱衣服睡觉。”

问道：“你没见她脱鞋吗？”

回答道：“没有，她是先吹灯，后脱衣服，没有见她脱鞋。”

又问：“你可看见她带着兵器，刀子和暗器囊，薰香盒吗？”

荣芬很诧异地望黑影看，当然看不出这少年书生改装的夜行女子的相貌，只听声口，知是女人，便答道：“我不晓得，我没见她带刀。”

夜行女子略一迟徊，立刻奋然道：“好了，她现在不是刚卧下，还没有睡着吗？”

答道：“是的。”

夜行女子道：“丫头，我为了保全你，只好冒险了。伍公子，现在我就要假装丫头，偷偷混进去，好在她已然熄了灯，你听动静吧，我只一喊暗号，你赶快叫仆人打着灯笼，进去帮忙。万一不好，万一我拿不住她，或者我杀不过她，你也要留

神，你要赶快逃命。”

嘱罢，便命使女荣芬藏起来，少女便摸着黑，咬牙蹑足，径往内书房门溜进，使女荣芬慌忙藏到女下房，宅主慌忙跑到男下房，男下房已有壮仆持械守夜。赶紧知会了，预备下灯笼，静听动静吉凶。

夜行少女暗提一剑一囊，悄悄来到内书房门口，略一定神，又侧身听了听，便即犯难入内。

床上的张师母正等得发急，一听脚步，便问道：“芬姑娘，你怎么解了这半天的溲？”

夜行少女不响，只含糊一诺，便摸摸索索上前。

屋中漆黑无光，虽然漆黑无光，夜行少女已经先时问明了内书房的布置情形，何处有桌椅，何处有书橱书架，何处有床榻，已由伍吟秋公子说明，不但说明，夜行少女还教他绘出房图，顶要紧的便是床帐所在处，和门窗的方向，和房心的回旋退身地步。夜行少女晓得床设在门旁，便把门扇猛一关，做出关闭上闩声响，可是暗中并没有闩上，反而露出一缝：她仍有怯心，怕斗不过“张师母”。于是样样都布置好，将身子移到床榻前，稍不留神，举步触着床前放着的矮脚榻，几乎绊倒。

她到底不曾事先履勘过，并且没做过夜行功夫，她的手往下一扶，按着了床头倚枕的“张师母”。张师母笑着说：“荣芬姑娘，你慢慢地来呀。”探手一拉夜行少女的手臂，居然拦住手腕，便往床上一拖。

夜行少女似乎有些慌，迫不及待，立刻动手，把包囊一抖一蒙，嗤的一声，床头砰腾，随发锐叫，夜行少女明明觉得包囊中的蒙药拍落了空，只有得手中匕首，软腻腻地刺中了对手，对方突然反扑，两个人摸黑交了手。

夜行少女咬牙切齿，挥短刀连扎，张师母猝出不意，失声瞋叱，如中箭虎，双手牙牙叉叉硬来夺刀，同时将整个身子猛箍下来。夜行少女在黑影中左手抓敌，右手连戳，对手不顾性命一般，不闪躲，反进扑，空手夺刀。两个人滚成一团。咕噔

一声，张师母栽下床来。夜行少女急退不迭，两只胳臂被人交关抱住，也被牵扯得仰面跌倒。

黑影中两人满地乱滚，张师母的一双手猛来扼扣少女的咽喉，少女的刀疾来刺张师母的手脸，张师母的手又来抢刀，刀锋被手抓住，少女疾疾一抽，似乎把对手的手掌勒裂，哎呀一叫，顿然松手。

夜行少女一声不哼，跃身跳起，挥刀寻人下剁，张师母厉声叫骂，也猛然跃起，夺门欲逃。此时，内书房窗前、门外，已伏了伍府上好几个健仆，夜行少女振吭疾叫："你们快来，把她截住！"

恰巧有一个鲁莽的干仆，听清了颠扑之声，提灯寻门来看，恰巧张师母血淋淋地往外钻，两人劈面相逢。夜行少女疾叫："快抓！"干仆便冒冒失失用身一挡，张师母慌慌张张，奋力一蹴，竟把干仆蹴倒。少女已然赶到，喝道："看刀！"一尺八寸长匕首奔后心刺去，张师母侧身一闪，急急招架，竟被这冒失鬼的干仆双手一抱，整个抱住，张师母狠狠一挣，少女狠命一揪，干仆与张师母同时栽倒。

伍府仆从好几个人提灯扑来，百忙中，就灯影里，七手八脚，把张师母按住，却忘了拿绳子，夜行少女握住张师母的咽喉，喘吁吁叫道："快捆上她！"一个仆人应声奔出去寻绳，那个美婢荣芬战抖抖凑过来。夜行少女一眼望见，忙叫："荣芬，快到屋里，把这贼腰带寻来。"荣芬嗷应着要走，忽然说道："我这里有腰带！"把自身外面一件腰巾，赶快地解下来。

张师母手和脚都被人拘住，两三个壮仆骑在她身上，她不住挣扎，但已无及，夜行少女仍怕她挣脱，很快地接过女婢的腰巾，把张师母双手反缚了，男仆们见状也忙各解腰带，于是左一道，右一道，把张师母捆成粽子，抬到内书房，往地上一丢。夜行少女说："你们把她抬到床上，我还要审问她！"男女仆婢都挤了来，有的高举灯笼，有的点上铜灯，有的忙着点蜡，整个的书房摆了许多灯火，照白如昼。伍吟秋公子惊魂乍

定，命女仆到内宅告知主妇："贼已成擒，不要紧了！"主妇管静宜娘子，很惊慌地搀出来；她又害怕，又要看看真相。内书房里，里外挤满了人，伍吟秋公子遂即发话，只留下两个健仆看贼，其余人全命退出。屋中只留下女仆孙妈和美婢荣芬，扶着主妇坐下。夜行少女喘成一团，也搬了一把凳子，坐在屋隅歇息。

于是众人齐看这个被捕的张师母。张师母被丢在床上：身上只穿着小衣，浑身血迹淋漓。她挣扎着说："好啊，姓伍的，你还有一套，想不到我栽在你手里，可是动手捉我的，到底是你们哪一个？"她抬起头来寻找，她受伤处依然汩汩地流血，她在黑影中遇刺，并不晓得伤她的是哪一个，她只道是自己形色漏了破绽，伍府上谅有护院镖师，看破了她的伪妆，暗算了她。她又问了一声："是你们哪一位把我捉住的？"身子被捆，视听不便，极力欠身扭颈，看见了伍吟秋夫妇，不由面发狞笑道："二位主人，你不要苦害我们被难的人呀！请问你们为什么这样琢磨我？我没有妨害你们，也没有犯法，难道逃难也有罪吗？"伍吟秋夫妇正自凝视她，见她花残月缺似的，姿媚顿灭，她头上的假发还在，她裙下的双翘已然脱落在床头枕底，业被搜出来，摆在桌上。她已然露出了马脚，她还不认账。伍吟秋恨极切齿道："你这恶贼，你你你……"忽然瞥见男仆和女婢都露出诧容，伍公子想起了门户之羞，便要把仆婢屏退，起来问夜行少女："可使得吗？"

夜行少女点了点头，当下健仆齐退，只留下使女荣芬，连女仆也遣开了。伍吟秋骂道："你这恶贼，你图财行骗，我并不恼恨，就是你打抢我，我也不介意。你却男扮女装溷入人家闺阁。恶贼你一定是桑冲之流，你快从实招来！"这张师母微笑不答，半晌方说："姓伍的，你虽然眼力高，活捉住我，你也不能奈何我。你敢把我交官吗？是你先存了贪色之心，才把我收留下。你只敢把我送官，我就如实供诉，你的夫人可是跟我……哈哈哈哈……你不嫌丢人，你就害我。要知道你害了

我，我也害你；你要我的命，我就毁害你夫人的名节；这无非打个通奸，我才不怕呢。你还能把我杀了不成?”伍吟秋、管静宜四目对视，都红了脸。伍吟秋过去打他一个嘴巴，恨道：“我一定从严法办你，我就杀了你，替人间除害。恶贼，你到底叫什么名字?是哪里人?有多少党羽?我跟你素无冤怨，是谁叫你来的?”

张师母笑道：“是你的妻子招我来的，是你自己把我拉进门的。我便是匹马单枪一个人，可是我还有党羽，你胆敢把我送官，我的伙伴便跟你没了没完。我的姓名，你不必问，说出来你也不晓得我是谁。”他还在肆口威胁，夜行少女坐在屋隅，缓而又缓，歇过一口气来，偷闪双眸，眼睁睁看着这个“张师母”，咬牙不语，心中纷乱如麻。此时张师母纵横被缚，挣扎不得，上身穿浅碧短衫，下身穿淡青肥腿裤，胸前系大红金链抹胸，颜色侧艳，却从创口殷殷溢血；虽然形容惨淡，鳞伤遍体，竟一点也不怯馁，面上流露疏犯之态。夜行少女看而又看，终于忍不住出了声，厉声锐呼道：“张青禾，不晓得你是谁！张青禾，狗淫贼，你睁大了眼，看看我是谁!”

张师母闻声一惊，扭转身子，往这边寻。夜行少女早不待她寻顾，突然站起身，直昂昂立在张师母面前，并且把张师母脖颈一扭，直扭转来，使得两人面面相对，便顺手端过来一盏灯，高举床前，两个人四目对看，灯光辉煌下，这个张师母凝眸看清了武装夜行少女。

“哎呀，是你，你你你，一定是黎小霞！你怎么来到这里?”

伍氏夫妻这才听明：黎小霞是少女的名字，而张青禾就是男扮女装的张师母的名字；并且立刻明白：少女黎小霞必与这女妆的张青禾，有着很大的纠葛和怨仇。

夫妻俩看了看这人，又看了看那人，张口欲言又复住口，依然眼睁睁盯着两人的嘴。只见夜行少女冷笑个不住，说道：“张青禾，你还认得姑娘！你要知道我怎么来到这里吗?狗贼，

姑娘就是专心一意，找寻你来的。狗贼，你无端地毁害了我，我姑娘早要一死，可是我不肯白死，现在我就拿着死的心肠，来亲自找你来报仇。狗贼，你今天栽在姑娘手心了，好贼子，你拿命来吧！”把张青禾按倒，嘲的拔出了刀，回顾使女荣芬：“快来给我端灯！”

荣芬战抖抖端不住灯，伍吟秋公子连忙接灯，并加拦阻，少女冷笑不听，张青禾把眼一闭道：“黎姑娘，果然是你。你要取我的性命，我早应该还给你，但是，你先不要杀我！可容我多说两句话吗？”

夜行少女不肯听他的话，尤其怕他胡言乱道，便要上前赶紧动手。宅主人伍吟秋虽然听出来夜行少女名叫黎小霞，却不知黎小霞是如何人。但不论怎样，他不愿意在别墅杀人，闹出命案，恐受讼累。他就横身遮住了张青禾，他的夫人管静宜也忙过来，拉住了黎小霞，吃吃地说：“你这位姑娘，快不要动刀，我们可依法治他的罪。”夜行少女黎小霞冷笑道：“伍夫人，你不要害怕，这个贼子决不能交官，你若把他交官，他一定嚼舌根侮辱你的名节，你们就不愿出人命，我也该挖去他的贼眼，割去他的毒舌，省得教他毁了良家闺秀，再肆口诬害良家闺秀。”说着还要动手，伍氏夫妇再三劝救。

张青禾坐住了，目视众人，摇摇头，向黎小霞道：“黎小姐，我不是生来便是恶人，不幸我少丧生父，跟一位女剑客做义子，学会了武艺。我这义母管我太严，又不得法，以致我受了小人的蛊惑，闯出大祸，走投无路，才沦入下流。自从我遇见小姐你，我实在是敬你、爱你，很想得你为妻，从此折节洗手，改入正途，我绝不想污辱你，我实在是……”

黎小霞双颊一红，把刀一举，张青禾连忙以目乞哀，接着说：“我实在觉得姑娘你一派天真、一派英爽之气，把我笼罩住了，我就私心妄想，如能娶到这样的女侠为妻，便是死也甘心。我做的恶事很多，独独对于小姐你，实是衷心敬爱，好像我的心魂都教你吸住了。我敢自誓，姑娘你若成全我，肯于下

嫁我，我对天誓愿，改过自新，重做好人。我绝不是因为我的性命在你掌握，我便这样哄骗你，央告你。就是月前，姑娘在我掌握时，我也不是这样对你说吗？姑娘，我对你纯是一片真心，姑娘真个觉不出来吗？难道你一点怜惜我的意思也没有吗？”

黎小霞侧着脸唾道：“你害得我好苦，我为什么怜恤你？我一定要拿你的血，来洗刷我的耻辱。”

张青禾叹道：“姑娘恨我是应该的，我爱姑娘是真心的，我只求你俯鉴我这一片血诚，你便杀死我，我也不悔不怨。”又转脸对伍氏夫妻说：“二位主人，你们不晓得，这位黎小姐实是我心目中的爱妻，因她不肯下嫁，我才自暴自弃，她若肯下嫁，我何至于甘居下流呢！”

张青禾这番话与实情很有出入，伍吟秋、管静宜夫妻听了，看看张青禾，又看一看黎小霞，两个人年纪相仿，全都秀美清爽，正是一对璧人。他夫妻俩听了张青禾的片面陈情，真以为张、黎二人旧有婚约，只为张青禾堕落了，方才解婚，因为解了婚，方才更堕落。管静宜是妇人，忍不住问道：“黎小姐，到底这个人是你的丈夫吗？你为什么不肯嫁他？你可是嫌他不务正吗？他的意思，只要你肯嫁他，他就学好，你说他真是这样的吗？”

黎小霞愤愤道：“他满口胡言。”

张青禾忙道：“伍夫人，我和黎小姐已然是夫妻了，我们同居多日，无奈她嫌恶我，我才……”

黎小霞大怒，顺手一刀，刺中张青禾，骂道：“你还诬蔑我！”

张青禾臂上又中一剑，他一声不哼，反而笑道：“小姐恨我，只管扎我，我决不皱眉。”

这时，张青禾遍体负伤，沁沁出血，他的脸惨白如灰，并且呕吐苦渴，看情形就要晕倒。伍吟秋、管静宜全不懂得，女婢更不知厉害，别人没有一个插言。黎小霞忍不住说：“这恶贼，你们看，流的血满处都是，这应该拿药堵在他的伤口……”

张青禾做出索水的样子，黎小霞侧转脸说：“你们给他一点白糖水喝吧，不然的话，不等起解，就会倒毙在你们这里！”又骂道：“恶贼，便宜你，我本想杀了你，又怕连累了本宅，叫你多活一会儿！”

遂告诉伍公子吩咐健仆，给张青禾敷药裹伤，又命女仆冲了一杯白糖水，却是女仆不敢灌张青禾。伍吟秋试探着说：“黎小姐，你可以把这糖水端起他喝。”黎小霞一死地摇头，不禁又红了脸，仍由健仆把这杯糖水喂着张青禾了。张青禾吁了一口气，叹道：“我的命全握在黎姑娘手心中，杀剐存留，解官私了，全在你了。我现在是静等着……”把身子一仰，咕噔，躺倒床上，闭上眼，再不说话了。

第十章 情留余孽

在雄娘子张青禾失脚的数月后，在黎家冲的邻镇昭陵地方，一座尼姑庵前，忽一日，来了一位贵妇，携带侍女，坐了两乘小轿，进尼庵焚香随喜。在方丈室，和庙中住持老尼谈了一会儿，随到后面禅房。那里，有着一位带发修行的少年女尼，和贵妇见了面，不由彼此掉下泪来。贵妇带了许多素点心、斋食，请少年女尼享用。女尼摇头苦笑，表示不受。跟着屏退侍女道侣，这贵妇自与少年女尼喁喁私谈，贵妇忽大惊道："哎呀，是真的吗？怎会有这等事？"少年女尼清癯的姿容，突起红云，低下头来，悄声说了几句话。贵妇十分慌忙，连说："这可怎么好？人家这里乃是清修之地，断乎不能在这里，姑娘，我看你还是回家……"少年女尼又低低说几句话。贵妇越发慌张，一手握住了女尼的春葱，再三央告道："那可使不得！姑娘，谁不知道你规矩，你遇见的乃是意外的飞灾，怎能说是门户之羞？短见是决计行不得的，你难道连母亲也不顾了吗？她老人家只为你这回出家，便急得患了一场重病，公公更是懊恼得天天喝酒消愁，你倘若有个好歹，二位老人家岂

不要急死，痛死？妹妹千万不要心窄，这乃是前世的冤孽，已然摊上了，又有什么法？妹妹千万保重，最好你现在就跟我一同回去，好在有两乘轿，是可以坐得开的。我们家人口虽然多，人嘴并不杂，决不会传到外面去。好妹妹，好姑娘，你现在就跟我回家吧，我这就去见住持，对她说明了……”少年女尼双颊越发羞红，把贵妇拦住道：“嫂嫂，你千万不要说明。”

贵妇道：“哦，是，是，我不是说明这件事，我是向她说明，你现在有病，必须回家调养，我决不会告诉她实话的。”说着迈步往外走，少年女尼依然拦阻不放，眼含泪点，小声说了好些话，贵妇听了，皱眉不语，良久方道：“妹妹你越这样说，我也越不放心。”贵妇又沉吟了片刻，对少年女尼重下说辞，讲而又讲，把带来的侍女留下了，命侍女好好小心服侍“姑娘”。然后贵妇又到方丈室，见了住持老尼，说出了姑娘有病，必须还家就医的话，然后跟少年女尼告别，叮咛而又叮咛，含着眼泪，上轿去了。

次日一早，贵妇本人，贵妇的婆母，一位老夫人，贵妇的丈夫，一位绅士，雇了安车暖轿，一齐由黎家冲，来到昭陵尼庵，接取少年女尼，回家养病。少年女尼见了贵妇婆媳，不禁哭啼起来，婆母抱着少尼，几乎放声悲号，却又不愿教庙中群尼听见，全都吞声忍住。由贵妇人和绅士面见尼庵住持，说明了迎接少尼回家养病，又奉上香火钱，随即告别登车上轿，这个带发修行的少年女尼，便又由昭陵尼庵回到黎家冲本宅了。这少年女尼，带发修行的，便是那遇贼被俘的女侠黎小霞。侠女黎小霞误陷在人妖张青禾的魔手，因此失贞。后来她自己仗剑寻仇，把妖贼雄娘子张青禾亲手捉住，设计送官治罪，黎小霞本人深痛白璧微瑕，感伤怀抱，遁迹尼庵，图了余生。竟不料怨缘留孽种，她已然受孕。转瞬足月，在后院佛楼静室，竟育麟儿。黎家的人大多要将这个无父的孽子溺毙。却是这小孩毕竟也是私生子，一生下来，体貌英挺，玉雪可爱，二目清莹，啼声洪亮，处处有异于常儿。当那黎家的老人，抱起此

子，打算猝下毒手时，这小婴孩寻视光亮，好像认人似的，双瞳注视大人，面含娇笑，手舞足蹈，引得人没法子再下毒手。黎小霞姑娘拥被而坐，看见了这情况，意思很有些不忍。黎老夫人也是老眼含泪，悄声说："这孩子错托生了，可怜，可怜！"眼睁睁一个小性命，谁有这等狠心呢？并且黎府上很久很久没有小孩了，黎大娘子娶来多年连殇两女。现在黎宅老小都盼望小孩，碍于颜面，谁也不肯说出保留此子的话；怜此一块肉，谁也不肯把此子扼毙或溺毙。如此犹豫，小孩子啼哭索乳，黎大娘子跟婆母密议，结果是姑且当小猫小狗养活着吧。

这无父的孽子，便这样延续了一命。黎小霞娩身之后，未肯催乳，把乳汁很快地截回去，黎大娘子女殇已久，早已没有乳，姑且用糕干米汁，哺喂小孩。这小孩偏偏长命，只喂米汁，也能得活，并且发育得很好。

这个孽子，他们给他起了一个小名，叫作"熊"，算作黎大娘子的儿子，黎小霞算是姑母。流光箭驶，熊儿已是四岁的小孩了。这时候黎大娘子已生了一男，嫂子为了拉持小的，便把大的交给了姑姑。于是在名分上，小熊便跟着姑姑，其实是生身之母。这小孩非常乖，好像从一生下，便自知犯了过，犯了不该活而贸然活的罪过。他竟非常的顽健，聪明伶俐得动辄惹人怜，但又动辄引人骇怪，他像小女孩似的听话，家中人他谁都怕，家里的人起初只是像怜惜小猫小狗似的怜惜他，又像厌恶小猫小狗似的厌恶他。

大人们这样的态度，其实大不对，却引起了姑母黎小霞的悒悒不平。起初黎小霞本不喜欢熊儿，为了众人过于冷待，便又唤起黎小霞的母爱来了。大家全不疼，黎小霞心中暗暗不愤，又被这年才五岁的小孩体验出来了。熊儿天天亲近姑母小霞，所以不久，便离开了他的名分上的娘，来到后楼，跟着这真实的娘、称呼上的姑姑，同居在一室了。

熊儿到了七岁，应该出就外傅，上学读书。为了种种缘故，他大门不出，二门不迈，直耽误到九岁，才携弟入塾。起

了个学名，叫作黎梦熊，黎大娘子亲生的那个男孩，就名叫梦麟。黎梦熊挎着书包，和弟弟梦麟开始离家门，蹈到外界。他上学是很聪明的，只是天分既高，但淘气得出众，般上般下的同学，比心眼，比膂力，都斗不过他。他入塾最迟，后来居上，竟然成了邻童的领袖，就这样生出是非来了。偶因游戏，他打了人家的小孩，人家的大人出来叱斥他，他口齿很锐利，竟把大人问住。而且小孩话更气人，教人急不得恼不得，以此惹起了大人的痛恨。这个邻家老妪本来护犊，竟戳指毒骂熊儿："贼种，野种，天生下流种子，从小看大，三岁知老，果然是私生子，小杀坯！"黎梦熊不甘示弱，依然反唇相讥。到底小孩斗不过大人，邻家老妪连掴他好几掌，他挨了打，跑回家了。

他把邻家老妪骂他贼种、杀坯、私生子的话，学说给母亲黎大娘子听，又说起邻童先骂了他，说他是丫头养的，他为此才打架，扯着黎大娘子的手，教她出去给人评理。不料黎大娘子并不像人家妇人样护犊，反而把黎梦熊痛骂了一顿，不许他跟学伴一块玩耍，更不许他与邻童一伙游戏，坚命他从今以后，下学回家，赶紧领弟弟回家，如果再跟邻儿淘气，不问谁是谁非，将永远不准他上学，永远禁止他出街门口。

黎梦熊是个早慧的小孩，认为母亲太不讲理，又不疼他，也反唇相讥起来，哭着说："我知道娘不疼我，只爱我兄弟，我知道我不是娘亲自生养的！"

这一句话说坏了，黎大娘子大怒，揪过来打了一顿，黎梦熊大哭，忙叫："姑姑救命，我娘偏心眼，又打我了！"

最疼爱他的姑姑，从后楼慌慌张张出来，也不知姑姑和娘说了些什么话，娘和姑姑起了争执，两个人全哭了。娘把外间丑骂的话只略一说，只说出"贼种，杀坯，下流种子"这几句话，姑姑蓦地黄了脸，一向姑姑是爱护他的，这一次不然，竟也揪过他来，痛打了一顿，且打且说："下流种子！你好孩子，你好捏子，并会给你娘找骂！早知今日，倒不如捏死你！"这

一顿打，把黎梦熊如坠五里雾中，尤其奇怪的是娘，一见姑姑生气，反而央告起来，连连道："好妹妹别生气，是我错了！"姑姑哭着说："不是嫂嫂错，是我的错，是我的罪孽。"满面热泪，一个劲地吞声呜咽，不令出声。

从这天起，他的姑姑竟忘寝废食，一连哭了好几夜，而且真个的不教黎梦熊上学了。黎梦熊到底是小孩，最怕大人哭，他竟吓得跪在黎小霞面前，再三悔过说："姑姑不要生气，我再也不敢了，我再也不跟街坊同学吵架了。姑姑别哭了，赶明天让我上学吧。"

家中情形很像出了大纠葛，爹爹，娘，甚至于太婆，都来佛楼，向姑姑说好话。姑姑一味啼哭，说出了还要带梦熊离开这家，离开这黎家冲。乱了好些天，他也就废学好些天，终于这一天，发生新事故了。

姑母黎小霞搂着梦熊说："熊儿，你不知你跟寻常小孩不同吗？你本来是个小孽障，你不自安分，弄得在此地没法存身了。孩子，我要携带你逃避家乡，埋没在没人的地方，孩子，你是跟我走呢，还是留在家呢？"黎梦熊说："我自然是跟着姑姑，我晓得太婆、我娘、我爹，都不很喜欢我，只喜欢小麟弟弟，我知道只有姑姑真爱我，我永远跟着姑姑过，我不愿跟他们，姑姑上哪里去，我跟姑姑就上哪里。"这一番孩子话，说得黎小霞越发心酸，叹道："孩子，你真是我的活冤孽，你你你太聪明了。"

这时候，老武师黎道朗纵酒致疾，已经谢世，黎老奶奶垂暮之年，也没有多大寿数了，黎小霞自知久居母家，老母一死，兄嫂能容，也恐侄男长成之后，不能久安；她就向老母兄嫂，说出别离的话。家中便像遭了变故似的，七言八语，感伤哭劝，乱了好些天，黎小霞去志已坚，到底诀别了。

黎小霞带着黎梦熊，遂迁到昭陵山麓，距离尼庵不远，是黎姓本家已经半荒废的山庄。长兄长嫂亲来督工修葺，就作为黎小霞守贞习佛之所，发给一个使女、一个老妪，还有老仆。

黎小霞不要这些人，只留下使女执炊。

黎小霞无心习佛，只是闭门课侄，教给黎梦熊读书习字，并教给他学拳练剑，借此忘愁。黎小霞又想到山居宜图自卫，既须当心夜狼偷食鸡豚，又须留神椎埋小盗肆扰，她便不但督促黎梦熊练武，她自己也把武功拾起来，勤加演练，一来课子，二来防患，三来也可以借此占住了心思，暂忘身世之悲。昼间无事，她又种菜养鸡，一天忙到晚，伤心人别有怀抱，就这样消磨岁月，把精神寄托小孩身上。

到黎梦熊十三岁那年，黎梦熊一个人入山打鸟，好在近山没有猛兽，最厉害的只是野狼罢了。黎小霞教给黎梦熊防身的本领，能够窜高，能够上树，能够发箭、发镖、发甩箭。只要不遇狼群，他是并不害怕的。于是黎梦熊越来越胆大，竟一个人远猎到邻山。山行最易迷路，有一日他独自逐鹿，误撞到一座山寺前，叩门问路。寺内僧侣见黎梦熊十几岁的小孩，宛然做猎人打扮，孤行独往，颇以为奇。老和尚指示了迷途，便问他姓名、住处，何故一人独出？父母放心吗？小孩说实话，告诉老僧，他姓黎，跟姑母山居，父母健在，只是不喜欢他，他算是过继给守贞独居的年轻姑母了。

问他："姑母是谁？夫家姓什么？"老和尚以为这小孩的姑母，一定是守寡的节妇。黎梦熊答不出来，只说："姑母也姓黎，跟我一个姓，我从来没有姑父的，我姑母没有两姓，只是姓黎。"问他："为什么这样胆大？不怕狼吗？"黎梦熊笑道："我姑姑一身的好本领，全传给我了，我不怕狼，便是老虎，我也不怕。"又说："我们家全会武，我祖父乃是有名的武师。"倚靠他的聪明，他的稚气，和他的傲然自负，把老和尚招得很诧异，又觉得可笑。他又一点也不腼腆，拿出干粮来，大嚼一顿，跟着向老和尚要水喝，问这个，问那个。问完，便告辞要起。老和尚叹道："这个小孩太聪明了，只是两眼如秋水一般明澈，似乎早慧些，恐怕将来难逃桃花劫！"

黎梦熊道："什么叫桃花劫？我为什么逃不开？"

老和尚道："看你这么诡，原来不懂得桃花运！你不要问，以后你也要懂得了，小檀越，你要自爱呀！"

黎梦熊睁着一对水汪汪的眼，很疑惑的样子，说："你的话我全不懂，等我回去，问我姑姑。"扭头出去了。

这工夫，黎小霞因他逾时未归，已然携猎犬出来寻他。姑姑见面，免不了盘诘去向，黎梦熊把老和尚的话，一字一板学说给姑母听。黎小霞心如止水，骤闻此言，不禁怅触前情，凄然变色，随即说了些别的话，劝梦熊一个人不要远行，见了生人，不要随便披述身世，"尤其是我们家全家习武的话，不该随便告诉生人，武林人士往往有恩有怨。孩子你还小，不晓得人间险诈。"说完，也就揭过去了。

流光瞬度，又是一年，黎梦熊十四岁了，黎小霞年逾三十。突然间，昭陵山麓，来了一个游方道士，山村民户挨家募缘，并在黎小霞隐居之所徘徊了两天。到第三天头上，黎梦熊跟了姑母攀山越险，练习飞纵术，这个游方道人潜伏在岩树后，暗暗窥伺良久。因为隔得远，藏得严，黎氏姑侄全不留意。

到第四天，黎梦熊奉姑母之命，往山涧上汲水摘菜，这个游方道士四顾无人，蓦地现身，向黎梦熊打了稽首，说道："小居士，你可姓黎吗？"黎梦熊愕然道："不错，我姓黎，你怎么晓得？"

道人逼近了，把黎梦熊上下细看道："你的母亲可叫黎小霞？"黎梦熊道："黎小霞是我姑姑，你问我这个做什么？"

道人仍不回答，依然追问道："你今年一定是十四岁了，对不对？你姑姑的父亲，是叫黎道朗？你姑姑的哥哥是叫黎绍光？你们是黎家冲的人，对吗？"黎梦熊道："对呀！"他小小的人，心中也怦然耸动，说道："老道，我跟你不认识，你怎认识我家里的人？"

游方道士凄然长叹道："孩子，你十四岁了，你却不知道你的生身之父，你回去问问你母亲，不，你问问你姑母，你的姑父是谁？你的生身父亲又是谁？你告诉你姑母，现在你的姑

父他并没有死。他受了多年牢狱之灾，他侥幸还活着，已经改邪归正了。你问问你姑姑，可愿意见见他吗？他现在也出家了，他为了悔过，要求见你姑母一面。如果你姑母肯见他，我可以把他领来。”

黎梦熊越发纳罕，抗声道：“老道，你不要胡说，我姑姑从来没有出嫁，哪有姑父？”便凝眸打量道人，年约三四十岁，面色惨白，只是双眼炯炯，看人似将入骨，死盯着黎梦熊，连连点头，好像含着眼泪。黎梦熊潜生厌恶之心，骂了一声：“讨厌！”掉头不顾，径回家门。

到了吃晚饭的时候，黎梦熊无心中提起此事，问道：“姑姑，我是有个姑父吗？”黎小霞正举碗运箸，闻言突然一震，赶紧把饭碗放下，说道：“这是谁说的？你怎么无缘故问这个？”黎梦熊忙道：“姑姑别生气，我是，我是……”

黎小霞忙镇定心神，道：“我不生气，你是听谁说的？”黎梦熊惴惴地望着姑姑的脸，说道：“哪里呀，是今天，我在河边，遇见一个游方老道，他问我，你可知道你有个姑父吗？他又问我，你可知道你的生身父吗？”

黎小霞变了色，两眼直勾勾地看着这个小孩子，半晌道：“游方道人？这道人什么样？多大年岁？姓什么，叫什么？哪里口音，他还问你什么？怎么答对的？”黎梦熊嗫嚅起来，黎小霞猛一眼看见使女小红，便吩咐小红：“把街门掩上，快到厨房，给我泡茶来。”屏退女奴，然后悄悄地谒声诘问梦熊，黎梦熊只得如实说了。黎小霞嗒然若丧，切齿道：“这一定是他！他竟会没有死！他要干什么？他又找来了，他……”

正自恨詈，窗外忽起了弹指声，一个艰涩的语音道：“黎小姐，不错是我，我没有死，我找来了！我不是干什么，我只是向你赔罪，悔罪，我要见见我们的小孩！”黎小霞蓦地立起身，目视窗外，厉声喝道：“张青禾，你还没死！你怎么不死？你莫非害了我一生，还不甘休，还不教我贴贴实实活着！”窗外又传来了央告声。黎小霞愤起胸臆，一挫身，倏地灭了灯，

用手拉起黎梦熊，按他伏隅卧地，很忙地说：“这是贼，你不要动。”火速地抄兵刃，夺门冲杀出去了。月光下，张青禾一身道装，赤手空拳，向小霞连连作揖。黎小霞不顾一切，叱斥一声，挥剑猛斫。

黎梦熊蜷伏在屋隅，幼稚的心迷迷惘惘，怦然一动，突然也蹿起来。就黑影中，摸索着一把剑，大叫一声：“姑姑别怕！”也飞身扑出来，紧缀出去了。

荒山风吼，月色凄迷，依稀有三条人影，翻墙越室，此逐彼奔，喧斗声中，冲破了夜幕，越去越远。

张青禾越狱在逃，为忏情补过，苦寻黎小霞，来到此间，图拾旧欢。黎小霞白璧留瑕，芳心如碎，十余年来抱恨已深；此日冤家重逢，毕竟能否“将错就错”，屈节下嫁，似属不可测，但想她和他之间，春风数度，情留余孽，既有着这样一个熊儿，也许是造化小儿恶作剧，故意给她留下一缕丝牵连，也就给他，网开一面，故意留下赎罪的机缘。

在当日，在夜间，在厨下烹茶的婢女小红，几乎吓掉了魂。先听见生人叫，继听见女主詈，旋听见一片刀剑交触声，脚步崩腾声，夹杂着辩诘声、央求声，以及猎犬绕院狂吠声，疑心贼来打劫。吓得她趴伏厨下，抱头屏息抖战。跟着是喊止吠停，一种深不可测的寂静，笼罩全院。一直耗到天明，街门依然严扃，屋门依然洞开，残灯欲灭，凤去楼空。女主黎小霞，小主黎梦熊双双一去，渺然无踪！

整理后记

《雄娘子》一书实为《剑底惊螟》续集。上海百新书店1949年1月出版，上下册各五章，全书共十章。1992年8月北岳文艺出版社版《雄娘子》第四章缺约四千五百字，第八至九章缺八千余字；本次出版，将所缺全部补齐。

白羽武侠小说全集 十二

子午鸳鸯钺

白羽 著

山西出版传媒集团
北岳文艺出版社 ·太原·

图书在版编目（CIP）数据

子午鸳鸯钺／白羽著．— 太原：北岳文艺出版社，2022.1
（白羽武侠小说全集）
ISBN 978-7-5378-6468-8
Ⅰ.①子… Ⅱ.①白… Ⅲ.①侠义小说—中国—现代
Ⅳ.①I246.5

中国版本图书馆CIP数据核字（2021）第215722号

子午鸳鸯钺

白羽／著

//

出品人
郭文礼

选题策划
孙茜

责任编辑
孙茜

印刷监制
郭勇

封面插画
杨苇

封面设计
阎宏睿

出版发行：山西出版传媒集团·北岳文艺出版社
地　　址：山西省太原市并州南路57号
邮　　编：030012
电　　话：0351-5628696（发行部）　0351-5628688（总编室）
传　　真：0351-5628680
承 印 者：山西人民印刷有限责任公司

开　　本：890mm×1240mm　1/32
总 字 数：5280千字
总 印 张：200.625
版　　次：2022年1月　第1版
印　　次：2022年1月　第1次印刷
书　　号：ISBN 978-7-5378-6468-8
总 定 价：1380.00元（全25册）

洵阳武师张玉峰，投师艺成，以招熟手快、心路善变称誉武林，被黑龙江绥化厅通判文贵之慕名邀为通判幕府武西席，随任前往关东一显身手。

关东绥化地旷人稀，土豪胡匪横行凶悍，官府无力顾及。文通判新官上任意欲树绩擢升，授权张玉峰倾力灭匪患。张玉峰凭着过人胆识和高强技艺，智取恶匪『东霸天』，降服色魔『北霸天』，为民除害，义名远播……

目录

自序

事变以还，卖文糊口，交游寂绝。四年前，忽有洵阳老拳师张玉峰投名刺见访。闻不佞撰述武林故事，欲将生平所身经、目睹、耳闻之奇缕缕见告，蕲以笔录问世，倘亦有壮士暮年，留名身后之志？不佞初颇以为讶，人与草木同朽耳，立言立名，迟早终须一朽。何况传奇说部乃落伍之文，技击拳勇亦背时之术，更谈不到留名。而且不佞根本不懂武术，甚至私心怀疑过它的理论。凡以其所写小说，纯出意构，任意挥毫，然后有操纵自如之趣；苟有事实为底本，如作茧自缚，反感掣肘，苦无回旋余地了。以此种种缘故，作者既不愿自寻苦恼，对于张君请作传的雅望，当日唯有敬谢不敏罢了。

如是大约过了一年，张先生那时僦居旧英租界，每晨起徐行散步，往往逍遥到河北，一到河北，就时常绕道见顾寒舍。一次不见，两次，两次不见，三次，如是久之。耆年坚志，锲而不舍，不佞不禁愕然，而且有些歉疚不安。既诧其人，因思一见，一见如故。乃知矍铄一老叟，今年已七十有四，面容颇和善，形体魁梧，步履健勇，不亚如少年。既时与共谈，言语恳诚，无时下拳家浮夸

之气，对于拳学持论，则甚平易近情，力戒门户之见，亦屏怪诞之说，其为人可以“朴忠”二字概之。而守志弥笃，勇于自信，是不佞区区懦夫最折服者。时执教于河北法政桥市立师范，教女弟子八卦掌、长拳。于器械，擅青钢剑，晚年精研子午鸳鸯钺，独创一派。鸳鸯钺又名乾坤剑，又名鹿角刀，共两柄，形似大小两月牙钩相衔；本为董海川所创造，近世唯山东省海丰宋异人能用之，系由后天八卦六十四拳，化成剑术。宋异人传剑于海丰高义圣，高氏现居河北省武清县，对此剑术颇为秘惜，此为一派。又有先天八卦名家眼镜程，亦擅鸳鸯钺，传之次子程友信；此人健在，年四十八，现在天津，亦未传徒，此又为一派。张玉峰老拳师，起初始见此剑于程友信寓庐，因求学剑法，程笑而未许，以为先生老矣，先生何苦学此？张老拳师坚欲学之而不得，乃自发奋，潜思冥索，用金钢锤（金钢八节）变化，参以八卦掌转法，竟自创一派。昔赵瓯北问诗之声调于渔洋山人，渔洋靳不肯予。赵乃发古唐诗集，辗转自寻得之，乃作声调谱，以发其秘。张老拳师既变八卦掌金钢八节，以运用子午鸳鸯钺，亦以此技授徒，广传于世。程门剑法，高门剑法，各有独至，皆甚秘惜；而张氏所自创者，俨然与之鼎立而三。张先生和易静穆不甚健谈，及逢莫逆之友，述武林逸话，则亦娓娓动人。张先生有“游历纪略”一卷，粗述平生，曾持示不佞，乞为作传，不佞惭不敢承；亦以不佞劫余病骸，久倦笔札，幸子弟辈佣读代劳，差免饥躯，愚得窃苏余息，辍笔养疾，如释重负。顷老友左君坚约，命再为冯妇。昔人“时穷而后工”，我则“稿穷而后作”，不穷不执笔，垂二十余年矣，唯此次在平生为例外，自非穷逼，仅为情迫，因此预料稿必不好，亦必稿不好也。虽然，好与不好乃另一问题，今之所述，与旧作不同者有二点：其一，叙录七十四岁老拳师张玉峰所述武林旧事，尤多京东响马逸闻，如佝偻张六辈，至今口碑独传，酌加小说点染。其二，所采尽多事实，皆裁成短篇，使自为起讫，其述法略依科南道尔所作“遮那德中佐自伐”，分之则为短篇，合之亦相贯串，由此两特点看来，势必获得第三特点，即是实话不如谎话说得巧，然而，不妨试试看，不好时，另换新篇。

第一章

京城习武塞外作幕

河朔豪气最浓，旧京兆三河县，古洵阳地方，自昔尤多拳勇之士。就到现在，当地少壮乡民，也往往于春秋暇日，蹭交相扑，习练技击，以此颇出了一些名捕剧贼，豪士拳师。清人小说上所描写的白马李七侯、李八侯、左青龙、皇粮庄头恶霸某某（小说化名花得雷，实在并不姓花，今其子孙犹有服官于外者），据故老相传，不但实有其人，亦且实有其事；只是时代错误，并非远在康乾，实在道光以后。就是拘留县官的话，也属实有。却决不像小说剧本那样，要“杀死贼官，免除后患”，乃是他们这些赌徒窝主们仓促认破了前来微服私访的官，冒冒失失把他软禁起来，杀既不敢，放又不能，莽汉做事，管前不顾后，弄得群雄聚议，一筹莫展了。末后还是绅士出头，谢罪赔钱，仍指出一两个祸首来，算是畏罪潜逃，又雇一两个替身，献臀挨打。官自然也怀了投鼠忌器的心，情愿胡乱了结，免得掀成巨案。作奸犯科的，也从此稍稍敛迹，此之谓面子事，吏不举官不究，相安无事者多日。

又有一些人物，如飞行绝迹的佝佝张六，杀人不眨眼的屠

户某某，名捕快双失目能骑劣马的宛瞎子，在三河至今犹脍炙人口，可惜还未见有人记载。这些草野人物当日杀人越货，快意恩仇，未曾不令谈者咋舌，然而他们的武器已经渐渐不是匕首飞镖，而是十三太保，小六转，换上近代的火器了。那个名捕快宛瞎子，就是在他用密计手擒一个亲本家，缚往天津枭首正法之后，因此与贼党结了深怨。有一天，他往邻村会友归来，在他到了家，临上炕睡觉时，遂猝被霹雳一声，火光穿窗一闪，击中了要害，饮弹而死。据说他已然中了致命伤，血流满床，犹能狂吼下地，扑到水缸前，狂饮了数瓢水，仍要挣扎出去捕盗复仇。但到底没有迈出门槛，而倒地绝气了。

今欲叙胜国朔方游侠儿，诚不欲开倒车，劝人练双拳，奏三尺龙泉，去斗一吨重的炸弹，百吨重的战车。姑特举子午鸳鸯钺名手，现独健在的七十四岁老拳师张玉峰为开篇。犹之乎史迁叙七十列传，实是为六国百家儒墨名法道兵农阴阳纵横，九流诸子立言之士垂不朽；若四君养客三千，正是九流的居停主人，其余秦汉将相是立功的人，也可以作兵家法家看。而史迁先替伯夷叔齐的逸诗作传，次为管晏二汉家、伍孙二兵家作传，正是视夷齐管晏伍子胥孙子写百家之一子，他们全有遗书佚文留于后世，这正是史迁著书寄慨之处。今我首叙张老拳师，张老拳师正是现代的活人，那么由于他，便可以告诉读者，练武技的人，可以健身、延年，也可以防身，独不能做万人敌。张老拳师给我们做了例证，开倒车之讥，作者或可稍从末减。

七十四岁的老拳师张玉峰，看外表敦厚和易，威而不猛，骨子里却有一种锲而不舍的精神。他要想拿到这个，他就努力去做这个，以至于钢铁磨绣针，不拿到不休。这种精神或者就是武术真精神吧。已往的技击小说，惯好写衰叟斗强汉，妇孺败壮男，恐怕是文人狡狯，或者是道家想“以柔制强”的喻言。道家思想在九流为最后出，太史公谈说他集六家之大成，其实只是六国时三晋兵家阴符，燕齐阴阳家生克训的调和。常

人打过“齿落舌犹在”的比喻，乃是兵法“先人者后人”之一招，若拿来作为处世之方，阴柔小人越发得到哲理的辩解了，那是非常有害。而武术的正统精神，仍当以“锲而不舍”为贵，才不会误人走入歧途。

老拳师张玉峰现在津校教拳，他是三河县人，名枢印，玉峰是字，世居马房镇务农。幼年的时候，在故乡村塾读书，智力豪壮，锋芒微露，已为塾师所刮目。清光绪十二年，他的长兄张继武，投到北京城九门提督衙门服官，乃奉双亲，携幼弟，迁居京城。张玉峰恰以十二岁的小孩子，来到首善之区了。三河县民风本来好武，这时京城王府贵家也正盛行蹭交斗拳，王邸中多养着拳师力士，非为护宅实为好奇。草野各宗各派的武师，也趁了这种时候，纷纷入都，求名求利，一逞身手。便是自视较高的武林名手，为了发扬本门技艺，也不惜进京开宗开派，设场授徒。张玉峰赶上这种风气，又加以往之所近，蓦地动了弃文习武之志，遂由其长兄挽人献贽，投拜在深州徐巷口名武师徐德义（茂龄）的门下。徐德义武师那时正在京城铺场授拳。徐武师擅各种拳技，尤精弹弓，有神弹之誉。张玉峰投贽登门，徐武师首先考验学生的体格资性，以为他骨气健强，悟性通慧，是可造之才。弟子择师，师亦择弟子，徐武师既喜孺子可教，遂将生平技业，倾囊授予；技击如长拳、金钢八节，器械如罗成枪、六合刀、缠丝刀、青钢剑，远攻之器如金镖，一一循序传予这个十二岁的新收弟子，前后凡四年。

张玉峰年力与学业俱进，现在已到达成丁之年，也到了成学之路。徐武师乃情托设教京城的各宗各派武师，遣张玉峰以晚进子弟，挨次登门奏技请益，借此历练他的才气胆量，增长他的见益。各派名武师，也就推情关照，各邀高足弟子，和张玉峰下场过招，并不是比武争强，只是互相切磋实习。这样友谊比赛，果然获益匪浅，使张玉峰见到各种拳学，然后知道武林之大。未可以一隅自封，自然要虚心励志了，而同时又增加

了他的自信。张玉峰和他那般大的武林少年，不断的踏场武拳，各逞身手，大体较量起来，总是他的招熟手快，年纪虽小，膂力颇强，心路应变之才来得很快，一时声名鹊起，九城武林竞传“徐武师得到一个好弟子!”

甲子年秋，满洲正白旗人文贵字秀山，擢黑龙江绥化厅理事通判，将要携眷赴任。那时的黑龙江尚未改省，地带荒旷，胡匪出没，沿路跋涉关山，更多险阻，文通判就任之前，先忙着聘请文武幕府西席。掌文案钱谷刑名的师爷，已聘而未定，人人都畏疑道路险远，不大愿意出塞。文通判赶紧又聘请武的西席，须年轻力壮，能沿路保镖护行，抵任能提戈护宅，出案能协捕缉盗的人物，至少需五六个人才敢上道。文通判很物色了几天，无如关里人根本不愿出关，历问多人，到底没有聘妥。文通判偶然和提署（即步军统领衙门，俗称九门提督）友好谈及，一时皱眉为难。提督的问官春绍芝，是个旗员，与文通判为世交，因想到同僚张继武的令弟张枢印，恰在英年，乃是深州名武师徐德义的高足，此刻技成，正思问世，而且初生犊儿不怕虎，做事勇往直前，当日遂和文通判说了。文通判大喜，设小酌，宴请张继武、张枢印昆仲。杯酒之间，宾主言语投契，立刻聘定，仍请张枢印（即玉峰）代约助手。张枢印即禀赐徐武师，荐偕师弟朱天雄、吴宝华，辞别亲旧，同入文通判幕府。三位武西席既已聘定，所有文案钱谷刑名几位文西席，渐渐放了心，一同入幕，踏上二千里地征途。

这时候京奉铁路已经开筑，尚未竣工通车，由京城出关，走长途旱路，历日甚久，路程也多颠险。张玉峰随文通判眷属起初登程，大约走十几天，方才到达滦河。现时已架有滦河铁桥，那时犹然没有，行旅全仗渡船过河。文通判行抵滦河岸时，恰值奉天巡抚衙门，派遣官弁百余人，押运灵柩，进关过河，扈从人夫很多；渡船摆过来，再摆过去，由午牌到黄昏不停。河宽流急，文通判一行，在岸边守候颇久，仍然无船可渡；所有的渡船，都先一步被抚署官弁征调去了。而且滦河一

片汪洋，河西近处无店，文通判的家眷连个坐卧的地方都没有。前进无渡，就想退到后一站，也日暮途远，来不及了。张玉峰观望良久，挺身上前，找到抚署兵弁，以同官谊气，请他们于放渡空船之际，让文通判家眷顺便坐空船过渡，以免久候之苦，且与抚署行程毫无妨碍。

这要求本来很合情理，一个东来，一个西往，空船让渡，可算是顺水人情。不意该署小队兵士倚恃着上峰衙门，又恃他们人多，小队子足有百十号人，居然抗不让渡，而且声色俱厉，口出不逊之言。“小小通判也敢争渡？”张武师正在少年气盛之时，已经蕴怒，但仍纳着气说：“您诸位请看，我们敝上拖家带眷，在这里等候多时了。若是我们，就等到明天，又有何妨？无奈里面还有夫人小姐，仆妇使女，女眷们在河岸露天地里坐候，太不方便了。您再瞧，天色太晚了，转眼天黑，我们实在是进退两难，往前赶，没有船；往回赶，也返不回店了。”再三再四地商求，又说道：“全是官面上的人，何苦放着河水不洗船？做个顺路人情？”这几句话不知怎的，触动对方之怒，竟变了脸，始而恶语相侵，继而挽袖子、撮拳头，拿武力恐吓，要把张玉峰吓退。眨眼之间，十几个队丁蜂拥进迫，把张玉峰三面包围，只给留下后退的路，拳在头顶上比来比去。

张武师愤不可遏，抗声诋斥。张武师的同门师弟朱天雄、吴宝华见到这情形，急命扈从、仆弁保护官眷，朱、吴二人立刻赶到包围圈里面，刚要帮话，对方已然猝下毒手了。七八双手齐照张玉峰打来，张玉峰大喝一声：“干什么动手？”立刻施展师门拳技，先往后一退，再往前一扑，猱身而进，用拳术打倒了最先下手的两个兵士。朱天雄、吴宝华也在同时侧身冲入围阵，三个人背对背往外开打。只经过了一杯熟茶时，十几个小队子少壮兵士都东倒西歪，有的倒地不能起，有的被踢出很远，有的被打到脸上，鼻涕跟泪横颐，睁视不开。

事情扩大，惊动长官。那个队官登岸查问，也知道文通判这个人，于是叱退幕卒，并允让渡东岸。

第二章

夜袭荒山捉东方一霸

滦河争渡以来，继续趱程，千里长征，车船店脚的争执，都费唇舌，也靠臂力。终于文通判一行先到省城报到验凭，平安转抵绥化厅上任。这绥化厅在黑龙江省会卜奎城以东八百里，一片荒地，人烟稀少，住民差不多尽是关内流民，在那里开垦寻金，因此在当年颇有作奸犯科的强悍之徒，夹杂在开荒的良懦难民之间，更有胡匪三五成群的出没。移民在那里落户的，都把自己的房子筑成堡垒似的院墙，而且家家户户都备有火器，用来打猎防盗，这情形是关里人没见过的。

文通判是旗员，生长首善之区，膏腴之家，早忘了他的辽东故乡风味了。这绥化厅竟没有砖城墙，只有三里地见方的土围子城垣，内衙前衙，大堂二堂，班房库房，因陋就简，也都是草筑泥砌的房。文通判彼时的心情，颇有于成龙初到南服的况味。蛮想励精图治，振作一番，没想到如置身绝域，十分苍凉。接篆视事不多几天工夫，竟连接二十七纸呈文，状告土棍葛凤祥抢男霸女，夺产讹财。那呈文上居然给这葛凤祥捏上一个厉害的绰号，叫作“东霸天葛天王”！其实正是旧日刀笔讼

棍所掉的枪花，所谓无捏不成辞，人若有了外号，好像在舆论上先定罪了。但这葛凤祥的为人，状子上的话，并不算冤枉了他。他这人真好像公案小说里的恶霸。

文通判是个干员，原晓得刀笔讼棍的把戏——无捏不成辞。因此他不肯鲁莽。他把这些呈文一一详阅，待与幕宾商量。先在字句间，审核案情的虚实，次命隶捕访问民间真正舆论，又传请当地绅士假他事咨询，暗中套问葛凤祥的为人到底怎么样？可惜绥化厅没有什么绅士，传来传去，只请到一个老秀才，一个烧锅的东家，一个杂货店的掌柜，和一个退职小武官。和他们谈了一回，绕弯子打听葛凤祥。这几位绅士词涉吞吐，无形中已供出，葛凤祥是绅士们惹不起的人物。跟着亲信使役也秘来禀报："葛凤祥起初也是个垦荒的地主，后来暗通胡匪，替胡匪做窝主。他的外号的确叫东霸天，却不叫葛天王，他家本住在土城东边，现在他另有庄园在疙疸山，地势很险阻，他公然结伙打劫过往行旅。抢男霸女的话，并不算诬蔑，七八年前，他曾强娶邻家蔡某的甥女为妾……"

罪状访问属实，文通判吩咐："拿！"当派余庆镇经历徐子英，率捕捉拿东霸天。不知怎么一来，东霸天葛凤祥先期得了信，徐子英率二十多人扑到葛凤祥家，老葛家已经成了空堡。他的本人和他的妻妾羽党，早两天突然移到疙疸山庄院去了。疙疸山有他的山产，他不住东乡，必住疙疸山。这疙疸山在靠青山前面，长林丰草，易进难出。徐经历率二十余人，冲到疙疸山。山庄守望的，正是葛氏死党，假装糊涂，拿徐经历当土匪，公然发出一排火枪，打得人人不敢上前。耗到日暮，葛凤祥的党羽成群结伙，从四面开火，大喊着拿贼。徐经历慌忙退回来，安下眼线，以匪党纠众抗官拒捕，报告了文通判。

文通判赫然震怒："这不是要造反吗？"立命师爷备文，札调镇边军剿匪。掌稿师爷忙说："东翁请斟酌一下！"朝廷恶叛，官军讳匪，案情闹大，不易收煞。师爷劝文通判，面见镇边军统领伊崇阿，只说调一小队兵，协助办案拿贼，不要用剿

匪字样，文通判点头默喻："先生高见，我当照办。"就这样一做，果然伊崇阿欣然答应协助，派协统穆金阿，率军二百名，协同缉贼归案。张玉峰拳师当然请缨，恐怕镇边军是客情，办案或不得力，请准了文通判，邀了得胜镖局主人杨广文，作为帮手。张玉峰乃率师弟朱天雄、吴宝华，精选精强捕快，于夜间潜进疙疸山。

镇边军二百名大兵，由打四面，把疙疸山包围。张玉峰、杨广文、朱天雄、吴宝华，四位拳师，和两个会技击的班头，带着十来个干捕，拨草穿林，走狭径僻道，首先摸到葛凤祥的庄院后墙。张玉峰、杨广文在墙外侧耳窃听良久，时已将近四更。两人慢慢爬上墙头，又悄悄跳下墙头，把后门偷开了，把伙伴放进来；只留下两个人在外巡风，仍把后门虚掩了。张、杨二人鼓勇寻索过去，进了两道院，到一座连七间的北房前面，发现屋中有灯亮，正是葛凤祥睡觉的所在。东霸天葛凤祥正同一个女人，躺在土炕上，吸鸦片烟。八仙桌上放着小六转，十三太保，墙上排着两杆大抬杆，这都是清季的火器。

张玉峰、杨广文手持小枪铁尺，由窗缝往里偷听偷看。葛凤祥在屋里喷云吐雾，那个女人和他对面躺着。两个武师窥伺多时，屋中人没有觉察，原想耗到葛氏夫妻入睡，再进去掩他不备。哪知葛凤祥俾划作夜，看光影吸烟到天亮。二人忍耐不住，互相知会，料到带来的人都布置好了，便由张武师举手叩门，"吧，吧，吧！"杨广文藏在门那边，张玉峰站在门道边。吴宝华、朱天雄钉上来，站在纸窗前，就是张、杨原立的那个所在，吴、朱两人觑着眼往里看。

葛凤祥愕然坐起来，手中还拿着烟枪。叩门声一连三下，葛凤祥说："谁呀？"外面不回答，又敲了一下门。葛凤祥放下烟枪，穿上鞋，眼睛不由往窗纸上看，仍问道："谁拍门，妈巴子，什么人？"张玉峰仍不言语，仍在叩门。杨广文是四十来岁，正当壮年，有阅历的武师，变着口音答了声："是我呀，当家的，您哪，出来看看，山那边有亮。"葛凤祥好像一惊，

不知是为山边有火亮，还是为了口音生疏，他竟一探身，抄起八仙桌上的小六转，又端起桌上的油灯，侧身举步，吩咐那女人给他开门。那女人很年轻，干答应不肯走在葛凤祥的前面。葛凤祥骂了一声："妈巴子的，给你灯，怕啥？"于是他一手提六转，一手去开门。女人端灯在他身边晃，似乎心怀怯惧，葛凤祥又骂了几句，终于一男一女来到屋门边，哗啦一响，拉开了门闩。

张玉峰是由暗窥明，葛凤祥是由明窥暗。葛凤祥方在拢眼光，张玉峰手疾招快，已然猛扑上去。葛凤祥随觉形势不对，提嗓音喝了一声："谁？"顺势把小六转一顺。张玉峰急急地一侧身，手中的铁尺骤落下去。轰然一声，手枪开了火，却又吧哒一声，立时落了地。张玉峰抡兵器上步，再往下砸。葛凤祥骤遭急袭像受伤的野兽，并不退缩，反而迎上去。两个人登时扭打起来。那女子骇叫一声，端着的油灯，失手摔在地上，油溅火熄，全院昏黑。张玉峰、葛凤祥全都跌倒，杨广文、朱天雄、吴宝华一齐上前。经过了猛烈的挣扎，葛凤祥到底被擒。他还要大声吆喝，朱天雄最猛最愣，调过刀来，照头顶砸了一下，登时这个土豪被打闷过去。那个女人逃到屋里怪叫，得胜镖局的杨广文急忙追进去，不管屋中有无埋伏，用黄莺托嗉，把这女人掳住，低声威吓她，不许她喊。这女人是葛凤祥的爱妾，张玉峰忙说："码上她。"连葛凤祥都反缚了，嘴上都给他吃上麻核桃。

猝出不意，掩捕成功，但是免不掉有了动静，由打前面黑洞洞的屋里蹿出两三条人影，似乎刚一露面，又缩了回去。吴宝华登时瞥见，忙说："不好，留神！"张玉峰忙指挥潜伏暗处的各同伴，留看差的四个人，余众立即分路搜捕，自然先奔前面屋。有几个人抄后路，从旁边绕过去。有几个人弯了腰，循墙贴壁，抢那前面的堂屋门。得胜镖局的杨广文最年长持重，恐怕同伴受伤，忙提出一杆火枪，向对面屋窗放了一下，只打高，不攀低，意在以虚声惊人。张玉峰也把小六转一挺，吧吧

吧，连打了五枪。所有武师和捕头齐声大喊："拿贼！"要犯已然成擒，这是拍山镇虎，利用贼人胆虚，打算把匪党吓出来，再兜拿。

不料这东霸天葛凤祥的手下，颇有悍贼。葛凤祥在地方上本是一个牌头，暗中与胡匪勾结着，现在潜伏在他家中的，就有枭强的胡匪，并且白日已与官面打过交道，他们已存戒心。众捕快分两面来搜前面屋，捕盗的官人开了火，前面屋中的匪人居然拒捕，也开了火。这些有名的匪徒，全被堵在前面屋里了，并且在这庄子外圈，还有葛凤祥的下手，有的踞守山坡，有的潜藏林丛。他们都是非常胆大，却又非常胆小的莽汉。恃众就气可包天，虑患又迟疑得可怜。

庄院里面开了火，外圈守望的众匪登时惶惑失措，由外圈的外面包抄过来的镇边军，此时也已听见动静，登时放了几炮，铜号连吹，二百名兵齐喊杀，在夜静时，空山传声，声势十分惊人。外圈的匪人竟不肯回援老窑，反而纷纷溃散了。匪人摸着黑奔蹿，官军摸着黑开枪，乒乒乓乓乱响。匪人猜知官军大队来到，越发地各不相顾，白昼拒捕的勇气此刻一点也没有了。独有庄院内，堵在屋内的那几个悍匪，像神枪手高福、潘四阎王之流，眼见官人袭进窑内，分明听见外边号炮连响，他们骤然惊醒，起初还想突围逃走，可是转眼之间，竟陷到困兽犹斗的境地了。他们在屋内睡觉时，一共六七个人，首先惊醒的，是宾士阿和金帽缨子，跟着神枪手高福也醒了。宾士阿是头一个听见枪响，跟着听见葛凤祥夫妻的吆喝。他说："不好，奸细进来了吧？"翻身坐起来，推翻了金帽缨子。两个人倾耳一听，果然外面声息不对。两个人蹬上裤子，赤膊下地，把伙伴乱推了几把，迷迷糊糊一齐外闯。被塞外寒风一吹，登时清醒，不觉又蹿回去，这才忙着摸火器，找刀子。

那神枪手高福是有名的善使十三太保（十三响的旧式大枪）、小六转的悍匪。他本是猎户出身，他专好打枪，因此手枪总不离身；他的小六转临睡时就压在枕头底下。他忙忙地蹿

回来，头一把摸着他的手枪，跟手这才抓棉袄。那潘四阎王是个关内的强盗，因案逃到关外的，他对于拒捕溃围，好像有点经验。伙伴告诉他：“不好了，奸细进来了！”他登时一翻身，先穿上裤子系上腰带，赤足穿鞋，披上皮袄，立刻瞎捞一把，捞着一件兵器，立刻他就跳上炕，踢窗往外蹿。陡然怪号了一声，整个地栽出去，不料这窗外正好潜伏着捕盗的人。他的一条腿刚踢出去，便被人狠命一揪，直摔到外面，顺手又给他一刀背，潘四阎王遇上了吴小鬼，活活遭擒了。这吴小鬼就是绥化厅的一个捕头，为人鬼头鬼脑，是顺天府霸州的人，居然露了一手，并且说：“相好的，这官司你打了吧。”潘四阎王并不够味，反而怪叫起来：“哥俩，我教他们捉住了。”

潘四阎王在窗台上栽了跟头，宾士阿、金帽缨子全都听见，越发心慌，他们俩还想夺门逃走。神枪手高福忙说：“伙计，拼命吧，别妄想逃生了！”催他们两人赶快开枪，扼守屋门。他自己跪在土炕底下，只露出半个脸，把火器架在炕沿上，对着已踢开的破窗洞，连连开枪。捕盗的人几次冲进，都被打退，竟没人能够上前。

这时屋中群贼全都惊醒乱蹿乱叫，找兵器，要拒捕夺路。张玉峰喝命师弟，往窗里开枪还击，又悄悄地循墙贴壁，往窗根凑，却是蛇行鹤步而进，凑到合适尺寸，突然把一个火把，穿窗投入屋内。这样一来，我暗贼明，袭击自然也容易瞄准。他们捕盗，最要紧的是活擒归案，除非是贼党拒捕太甚，总不肯“格杀勿论”。因此，纵把匪徒堵在屋内，一霎时虚实未明，仍未能一网捕尽。并且这一窝几乎全是悍匪，经神枪手高福大声连喊，人人从梦中惊醒，明白过来，出屋就得受伤遭擒，不出屋也要掏窝堵，这场官司迟早脱不开。那个宾士阿就怪叫一声，从屋墙摘取两杆火枪，乒乒乓乓，乱放起来。

金帽缨子本名叫金茂英，这个人五大三粗，看外表像老虎，骨子里色厉内荏，借刀杀人不眨眼，遇见事顶没胆子，此时他浑身抖搂起来。塞外天气本来寒，夜半乍起，连牙齿都错

响；他也抄了一根十三太保，两手抖得开不了闩。

这工夫火把落在土炕上，燃烧起来。炕上还有一个匪人，正在被窝里张皇，登时吓得连人带被滚落到地上。神枪手高福说："不好，快抓！"伙伴不中用，自己忙探身要抓，陡然间外面一阵喊拿声，枪弹如雨般打进屋来，屋内的自鸣钟、帽筒、茶壶茶杯，叮叮当当全碎。神枪手险些中了枪，缩手藏头不迭，忙改用火枪，将火把拨落在地，却是土炕上的皮褥子棉被已然烧得冒烟，破窗格上的残纸也冒了火。满屋灌满火药气息，泛起缕缕黑烟；屋中漆黑，抵面看不清人的脸。但是屋中的情形已被外面看透，神枪手的火枪每一开火，便有一圈火光一闪。

张玉峰等料知屋内不足十个人，忙大声叫："相好的，出窑吧，官司打了吧。枪子没眼，打死更冤！"旁人也帮着喊，教群匪抛械受缚，免遭横死。"官司自有姓葛的顶着，姓葛的已然被捉，用不着给了拔闯呀。"喊得尽管凶，屋内拒捕依然猛勇，神枪手高福已和另一个悍匪合了手。这人的名字已经忘失，是高福的盟兄，是个行使假银子的匪徒，从炕上滚下地来，高福忙叫："老大给我装枪。"这人登时领悟，弯着腰摸来一挂子弹。神枪手不住手地开枪，放完这一排子弹，立刻放下这杆枪，端直那杆枪；这杆枪子弹没等放完，帮手早把头杆枪又喂好了。两杆枪来回地掉，一放一装不住手，一放一装不住声，外面的官人也就不能硬往里面闯。

张玉峰喝道："砸门！"杨广文也喝道："砸窗户！"猛然大震了一声，屋顶沙沙落土，屋门仍未砸开，屋中的贼不由随声骇喊了一声。跟着又大震一下，屋门闩得严，也禁不住绳悠巨木硬撞，已经岌岌欲倒。忽然有个贼失声叫娘，正是金帽缨子金茂英，似乎是挂了彩，自觉力竭欲降，又似乎是为劝降的话所动，认为抵抗无用，他就忽向屋里跑，突又折往屋门口上蹭，冲外面低声说了几句话，这话竟被伙伴王金山听出来，王金山急头暴脸地诘责道："妈巴子，金帽缨子你要干啥？"金帽

缨子不答应，侧着身子奔门口，仿佛要拔闩开门，又犹豫不敢伸手。就在这时候，外面又咕咚地大撞了一下。金帽缨子料到这人是在外边，运木石重物来撞门，门若被撞开，那就算当场被逮了。金帽缨子猝叫道："等等撞，等我给你们开，你们可得替我免罪，没有我们的事。"

王金山大怒，厉声骂道："好你个金帽缨子，你要献窑哇？"金帽缨子柯柯地说："我我我……"王金山竟往前一上步，照他背后狠狠扎来一刀，登时惨呼一声，扑登地栽倒了一个人。那神枪手高福全副精神用在十三太保枪上，坚拒官人，不令其入。那个对手竟听见王金山厉诘金茂英卖窑门的话，他正要装好一杆枪，他说道："好哇!"就把这枪杆一顺，枪机一扳。乒的一声响，不幸金在前，王在后，这一弹从后打倒了挺身欲刺叛人的王金山。倒势很猛，刀锋续进，金帽缨子也同时闪一闪身，栽在一边。

两个人先后跌倒，相隔只在一转瞬间，王金山哎哟一声爬起来又摔倒。金帽缨子只被刀锋划了一下，一骨碌跳起来，拔闩开门，向官人投降。有许多话要说，说明不是歹人，他也没有拒捕。他还要表功，表明他这开门延进捕快之功，他为的是将功赎罪。但是官方没人肯听他那些唠叨，也没有工夫听，听了也没有用。他刚刚说："诸位老爷们别打，我领你们……"还没有说出领他们做什么，早有一把铁尺砸在他的肩膀上，跟手又踢他一脚。金帽缨子打了一溜滚，官人把他捆上，他怪嚷着表白："老爷们别拿错了人。"立刻又有人给他一只麻核桃，教他别说话，他这才不说话。

官人趁这机会，抢攻屋门。神枪手高福竟凶猛异常，把十三太保一调向，对准了屋门，吧吧吧，一连数下。官人这面登时有两个受伤，余众赶紧退了回来。流弹横飞，神枪手的同党王金山，刚刚挣扎起来，又受了第二次的误伤，倒地不能动弹。这屋中只剩了神枪手两个贼。这时候，镇边军扫荡外圈的匪徒，已奏全功，渐次合围，攻进山庄来。捕快和武师们搜捕

庄内余贼，也渐次肃清，在别的屋续捉住了几个歹人。合计捕获匪徒已受伤未受伤的二十余名。

独有这个神枪手高福，和他那个帮手，区区两个人，倚仗着两杆火器，三四袋弹药，蹲在屋内土炕后面，负隅死抗，仍未落网。两个人抱了拼命的心，决计不肯束手就擒。官人只一探身，他便吧的一下。他的枪法实在厉害，可以说百发百中。若只有一杆枪，装子弹来不及，官人还可乘机袭入。就是只有两杆枪，发得子弹多了，枪膛必热，那时也可以硬闯进去活擒他。偏偏百忙中，他把屋中火器全弄到手底下，子弹也很多，又有一个帮手给他装子弹，他的连珠枪竟得很自如地施展开。这时天色将明未明，镇边军的铜号声越吹越近，已然由屋外将包围圈缩小，闯进二十多个官兵，协统穆金阿眼下就要进庄。案子还没有办利落，张玉峰武师和两个捕头，都焦躁起来，几次想冒险进扑，都搪不住神枪手的火器，师弟朱天雄出了一个主意：“拿火烧他妈巴子的！”

这法子既妙且毒，众人齐声哗赞，但转念一想，捕快头一个说：“不行！烧死了差使不好交代。”镖头杨广文也说：“官面放火，太不像话。”又有一个人出主意，不拿柴禾烧，硬拿柴禾堵：“把妈巴子的堵在里面，我们再进去掏活的。”但是塞外树木成林，烧火多用劈柴木块，荒地深过人顶的野草，都放荒烧了，没有人打草放在家里的，因此，仓促没处去找柴禾。经这些人前后搜了一遍，只找到喂马的草，数量又不多。这工夫，斜堵着门窗，仍有官人往屋里开枪；屋里的神枪手仍旧咬牙切齿，瞪红了眼珠子，往外还打，挂彩的官人已有四五个人了。所幸那时的火器并不十分锐利，除非打着头脑心房，轻易不致就死的（据说那小六转，对着胸口放，竟没有把人打死，因为是在冬天，被打的人穿着鹿皮马褂，老羊皮袄，虽人体腔，故此仅负重伤，并未殒命）。这些官人十分着急，立刻动起手来，要往屋内抛柴草。

少年勇敢的武师和捕快，聚了七八个人，一人提了一捆

草，借墙掩身，凑到屋门口和窗户洞前面。刚刚投进一两捆去，神枪手高福登时识破官人的用意，破口大骂起来："你们想堵太爷，你们那是妄想！我教你们堵！"乒乒乓乓，连发了数排枪，枪口接连掉方向，又把官人打得倒退。官人登时又想出主意来，搜来木板木凳，往屋里砸。刚刚砸了几下，神枪手突然从炕沿底下蹿出来，跃登土炕，枪口摆在窗眼，身子隐在窗台后，吧吧吧，又是一排枪。官人索性不能挨近屋前面了。他的枪骤然像雨点似的猛打了一阵，官人被迫都退到两旁，不敢正当对面了。张玉峰武师愤怒已极，突然得了一个计较，忙和镖师杨广文点手，把两位捕快也叫过来，两个师弟自然也凑到一起，五人秘议，顷刻商定。

这工夫，天色已亮，对面可以看出人的面貌来。张玉峰和杨广文镖头留在后面。师弟朱天雄、吴宝华率领官人，各持火把干草，做出要放火的样子。

捕班班头，快班班头两人，率领手下，把东霸天葛凤祥两口子绑出来，就拿他两个人做了挡箭牌，站在屋对面斜掉角墙根，扯喉咙向神枪手发话："相好的，喂，你停停手，别招呼啦！你很够味，可是你跑不开了，这场官司，你总得打。你能够总不出来，招呼一辈子吗？早晚我们也得拴上你。好汉子要识相，我说喂，咱爷们交一交，你趁早把磕子（火器）扔出来，是朋友就得当朋友待，我弟兄管保教你吃不了亏。"

官人的枪声暂停，柴禾火把比比画画，要下毒手放火，一时也拦住。二位班头高喊劝降，其余的人也敲边鼓。再看屋中的神枪手高福，将枪口掉转，对着斜掉角的墙根两个捕快立脚处，瞄起准头来。有个眼尖的人瞥见，急口地喊："留神枪！"吧的一下，破空一道烟，一溜火光，这发话的捕头慌不迭地一矮身，本来立在葛凤祥夫妻两人的背后，由人缝中，两个肩膀头上探头；枪口一转，吓得他赶紧蹲在葛凤祥的屁股后。摸了摸自己的头，狐皮帽子的飞沿打穿一个洞，惊出一身冷汗。那个没有发话的捕头，原也隐在匪首的身后，在开枪的同时，一

个箭步，蹿出老远。只有葛凤祥夫妇，当然也吓了一大跳，都捆住了，戳在那里不能动，女人发哼，葛凤祥也哼哼。官人一齐哗然大骂不休。

这发话的捕头险些送命，更怒骂得凶。不过按原来密计，并不打算斗口，张玉峰急急地嘘唇作响，向两个捕头打手势，“照计而行，不要为这一枪，变了算盘珠。”两个捕头相对龇牙，骂骂咧咧，撮弄着要犯，往偏远地方挪，把防弹的架势摆好，再向屋里叫：“喂，神枪手姓高的，别傻干了，这不是非要命不可的案子，干啥你非要拒捕不可呢！拒捕伤官，可是掉脑袋的罪名啊，伙计，你犯得上给姓葛的顶头炮吗？你这么干可是给你姓葛的朋友加重罪了！”又从背后，捣了葛凤祥一拳：“姓葛的葛朋友，你别装傻，你也吩咐一声啊，你别教你们的伙计胡搞没完啦？看看天，多早晚了？再打有什么用？再说你自己玩的把戏，你自己还不知道吗？你没犯死罪，你怎么一定要往拒捕造反的案情上挤呀？好朋友听人劝，趁早教你们高伙计，扔出磕子来，咱们一同归案打官司去。没有打不出来的官司，你们不是那个事。里里外外有我哥们呢，准得好好照应你们几位就是了。”

这样说劝，葛凤祥只是哼，不说话。捕头又捣他一拳，那另一捕头说：“哥们，别别……你教他说话，你可把嘴里的核桃掏出来呀！”这捕头恍然大悟道：“忘了这一手，丢人！”忙给葛凤祥掏出堵口之物。葛凤祥略略喘过气来，就瞪眼发话：“我犯了啥罪？”捕头又向他说：“你是头牌，怎么说这傻话？牌票上写得明白，你只把你们高伙计叫出来，我们自然跟你好话好说。”

葛凤祥先要求官人，把他的爱妾堵嘴之物也掏出来，官人照办了，他果然依言向神枪手劝降：“高老弟，真有你的，哥哥我承情不尽了。你快住手交枪吧，这场官司有我呢，我顶着头打。我可没杀人，又没放火，又没造反，拿我干啥？咱们厅里说话，你们哥们别来这一套。”末句话是向官人甩腔。随后

又说了一些不含糊、不在乎的话，教神枪手别打了："把磕子扔给他们，咱们跟他们上厅。"

神枪手高福犹疑不决，从窗眼露出半个头，一只眼，往房外一张，打三面一瞥，立刻又缩回去。这工夫，镇边军陆续开进庄院来。协统穆金阿仍在庄门前，骑在马上，盘旋巡视未下，里里外外动静很大。神枪手又探出头，盯了葛凤祥一眼，要从眼神上，探测首领的真意，到底他这劝降，是无奈何的真情，还是被逼迫的假话？相隔稍远，又偏着身子，只看见葛凤祥半个扁脑勺，一个眼珠子，神情意态看不出来。到了这分际，官人好像很焦急了，实情也是耗得工夫太大了，人们乱喊乱叫，催神枪手交枪："再不交枪，就要用火攻之计，教你尝尝。"有人传出一个暗号，柴禾火把又开始往屋里投，柴禾先投进一捆，却在投掷时，故意弄散了捆，乱草横飞散落之下，紧跟着又投入点着的火把，只略差一样，火把干烧没沾油。就这没沾油，人也受不了。

神枪手心头小鹿往上一撞，暗叫："坏了，这一手！"忙推助手，两人一齐用枪头往外挑，又用东西砸，仍苦来不及。神枪手急急换用左手枪（他双手会打枪），左手托定小六转，右手抓起火把往外抛，吧吧吧，一面救火，一面开火。

神枪手闹了一个手忙脚乱，更糟的是外面尽管有人照旧劝降，却已重新开始往屋里放枪。不过这枪瞄得很低，仅仅打透窗台以下，乒乒乓乓声中，簌簌地落土，好像要把窗台打透。又夹杂着柴禾火把，继续往屋里扔，落了他一头草，火近攻，枪远打，上下两头忙，这也须防，那也须防，神枪手高福毕竟是硬汉，虽然渐不能支，拼命招架着，仍不服输。他的帮手低声问他："怎么样？支持不住了，出去吧！"他看了看袋中子弹，还没有消耗一半，他又一咬牙，发狠道："打完了子弹，再去送命也不迟！"一个人拒住了这么多官人，他真有些卖味，涩着喉咙冲外面嚷："当家的，别管我，我的枪膛没炸，我至死不交枪。相好的，死了那个心吧。"末一句话冲着捕盗人等说。

捕盗人等了一声号，一排枪弹骤如狂风暴雨，往里面猛打，点着火苗的碎柴禾，漫散开往里洒。神枪手和他的帮手赶紧招架，乱草几乎围在他的头顶上，他乱拨乱打。围着屋子枪声轰轰，震耳欲聋，烟硝弥漫如雾；神枪手避弹躲火，头晕眼花，就在这一阵忙乱中，突然间草盖的屋顶破漏一个大洞，忽隆一声响，神枪手急忙仰面抬头。迟了！飞将军自天而降，屋椽横飞，灰土迸落，草舍像要塌，其实只有一块单扇门板砸下来。跟随门板，还跳下一个人，跟踪又跳下一个人，又一个人。

神枪手被拍在门板下，砸破了头皮，夺去手中的枪。他的助手迷了眼被踢倒，也被拧腕子捆上。这自天而降的飞将军，就是洵阳武师张玉峰，和得胜镖局杨广文镖头，跟踪而下的，还有张玉峰师弟朱天雄。喊了一声号，外面枪声顿住，火把停扔，众人一挤而入，踏灭土炕上的星星欲燃之火，直字大绑，把神枪手高福，和他那个失名帮手一齐架出来；连同东霸天葛风祥、金帽缨子金茂英、宾士阿、王金山、潘四阎王，以及其他副贼伙匪，共擒获二十余名。算起来捕快和官军各捕得十几个。在牌票上指名逮捕的，不过他们六七个人，于是逐个点名，教眼线一一认确。然后又验伤，搜赃，缉逃。

镇边军协统穆金阿带队进庄，入室，升堂验犯人，点姓名，略略讯供，把内外剿捕的人犯，会在一起，押在一屋，镇边军二百名官兵，布开了防，由哨长带领，续往山地上排搜，恐有在逃人犯。直办到过午，因要犯已获，这才征调车辆，排队起解。敲起得胜鼓，吹起铜号，浩浩荡荡，始入绥化厅土城。绥化厅文通判，接到快马飞传来的捷报，亲自跨马到城门外，迎接协统，延入官衙，摆庆功酒，犒赏所有出力拿贼之兵弁衙役人等。张玉峰替文通判做主人，单摆一桌酒，酬谢助拳的杨广文镖头。

庆贺已过，次日开审，文通判按着那二十七张状纸上所指控的情节，逐件讯问起来，东霸天手下的党羽多半据实招承，有些悍匪更昂昂的卖味，问什么，认什么。不过是一颗七斤半

的脑勺，爷们卖了，请堂上愿意定什么罪名，就随便写什么罪名。神枪手高福就是这样的招法，宾士阿也不含糊。

只有罪魁匪首葛风祥，咬紧牙关，挺刑不招。抢掠人口，压根儿没有这回事情。强买地产，那是对方情愿贱卖，他们要回老家，故此把荒地折给牌头。至于潜与胡匪通气的罪名，他供的话更是强硬，这是官府保护良民不力，一任胡匪入境，成帮胡匪枪多人众，哪一个村镇，哪一家地主敢抵抗他？“我们关外风气从来就是这样，匪人前脚来，我们得提心吊胆地拿供奉，要牲口给牲口，要钱要烟土，就得给钱给烟土。官面后脚到，也是提心吊胆照样拿供奉，抓车给车，要人夫给人夫，哪一方面伺候不到，哪一方面都要找寻我们当牌头的毛病。得罪官面，不过坐监，得罪胡匪，他们要烧我们的房。若说通匪，我们绥化厅都得算窝主，老爷是清官，老爷手下的人可肯喝西北风，老爷手下的人到我们疙疸山去，巡防清乡，我不是不招待，无非是招待的不足，这才引出二十七张呈子来。下民为人嘴直，自知疏神得罪了人，所以才闹到这样，老爷想情！”他的口锋很刁很硬，文通判大愤，喝命动刑，却是这葛风祥现当着牌头，又捐着功名。文通判一怒，就革去他的牌头，褫去他的功名，把他刑讯起来。过了几堂，大罪一件不招，小罪只招了一个。招土娼、聚赌的条款。

文通判办理这一案很认真，定要给他一个应得之罪。葛风祥的漏网的党羽，竟在外面布置起来。遣人打点厅上下，探监牢，向葛风祥通消息，要主意。葛风祥身在缧绁之中，仍能指挥外面的伙党。在被捕数日后，便有人专程进都省，想门路。同时在外面，还有葛风祥的外甥周振东，当日由疙疸山脱逃，奔到一拨马贼的潜伏巢穴，向杆子头报信求援，杆子头派部下给各处送信。不数日间，绥化厅境内各草野人物都晓得：“厅官厉害，疙疸山的葛风祥教他给抓了。”葛风祥竟有这么大的潜势力，居然旬日间，在靠青山山坎，聚集了百十多个马贼，密议搭救葛风祥。他们公然定下了攻城的劫狱之计。那主谋人

便是葛凤祥的外甥周振东——周振东年纪轻，膂力猛，胆气更冲，他竟蛮干起来，不但是劫牢反狱，而且是要在白昼，攻城焚衙。

一百多个马贼，人人骑快马，挟十三太保，约在某日白昼午时，编成两队马队，分两路直攻绥化城。土城既小且矮，衙门没有院墙；监狱就是班房。衙门里的人，寻常州县厅该是三班六房，绥化厅却有四班：捕班，快班，皂班，勇班，多着一个勇班，乃塞外所特有。四班班头以下，各有差役百余人，都是不在名册的“腿子”占了过半数。这些人“扰民有余，御盗不足”。

到劫城这一天，官方事先一点也不晓得，还在照常办事。文通判在签押房批阅公文，正忙着地丁钱粮的公务，这天不打算过堂讯案。阅完公事，回内堂用饭。饭后看书，和太太闲谈，觉得心绪不定似的。忽然，听见一排枪声，文通判愕然站起来，这时候，护宅武师张玉峰带领一个牢头，慌慌张张，奔来告密：“葛凤祥一案的犯人颇有炸狱的可疑情形。如果狱内生变，深恐衙外必有同党接应。刚才听见了几声枪响，好像在城外……”张总爷又说，已禀告二老爷、四老爷，并已转告四班班头人等，小心戒备着。

文通判听了骇然，侧耳谛听外面，心中疑惑，仍未肯轻信。虽说在塞外，天高皇帝远，可是炸狱的罪名很重，谁敢胡来？但又说道：“方才的枪声倒很可疑，你们听不是打猎的吗?”正在问话，忽听内堂屏门外典狱吏大声地说话：“王升，王升，快请大人出来!”文通判不禁一抖，忙举步往外走，太太小姐都听见了，吓得抱住了文通判，不让他出去。夫人向张玉峰说：“张师爷，你们几人护内宅，快去！快去!”

文通判正了正胆气，摆脱开夫人小姐，长随扶着文通判，往外踉踉跄跄走。大堂二堂之间，沸沸腾腾，听得一片脚步奔驰声。守北城门的官弁，已派来快马飞报，报警的人直奔进大堂，方才下马，立刻求见通判大人，说是：“北门以外，黄尘

浮起，确有大批马贼驰向北门，恐其来意不测。”文通判登时急了一头汗，说：“快快去调镇边军，快快守城！开枪打，打！”

没等到调派妥，北城门已有匪开始攻城。四五十个马贼，策骏马，端火枪，往城门闯，城门登时关闭。他们立刻向城门吧吧吧，开了一排枪。这又是一伙胆大妄为，毫无成算的莽贼。既要劫牢救犯，便当乘夜暗袭，潜攻。像这样青天白昼，结队持枪，硬闯城门，把官兵视同木偶，岂不太拙笨，太狂妄了？而他们自恃枭勇，料到绥化厅土城低矮，不足拒守；城门攻不破，还可以爬城墙；混饭吃的四班差役都是些当地土著，顾恋身家，听枪必跑。

他们就骂骂咧咧，任凭周振东作主张，一拥而上。他们太胆大了，还自以为英雄，可是他们也算料着一步，北城门纵然关上了，里面没人还枪。这一伙马贼，立刻迫到北城根，往上开枪，那另外一队也是四五十匹快马，豁喇喇地抢奔东门。东门先时闻警，关门登城抵抗，下面马贼一排枪，上面守城官弁还发一排枪，终是寡兵不敌众寇，懦弱不敌悍强，北城门先失守，众贼先锋队越城而过，砸开城关，把自己人放进来，然后纷纷上马先放了一排枪，为的是先声夺人，好教衙门隶卒趁早逃掉。果然这一来吓得商民乱蹿，关门上板。北门大街空荡荡只剩了一眼望到头的空道，男男女女都躲净。众贼跟手就设下巡风之贼，整大队，猛扑厅衙。那攻东门的一队几次没有抢上城垣，又没有攻破城门；这时已晓得北门得手，立刻掉转马头，跟踪由打北门冲入。两队马贼合为一队，却在攻城半个时辰以后了，厅衙早已接到匪警的初报，二报，三报。

厅衙变成空衙，文通判由护宅武师和长随搀扶，脱官衣揣印信，跳后墙逃出去，潜进民宅，太太小姐先一步逃出，钻到旷地草棵丛里，战抖抖的面无人色，由家丁持十三太保保护。四班班头率领众役，分持枪火，护衙，护狱，护宅，宅早空了。厅官一走，衙中人一齐惊慌。一个班头带了十几个捕快，

直奔后宅，大声请大人发令。连叫数声不应，人心动摇，势将溃散。幸而武师朱天雄从旁边奔到，厉声叫道：“杜头，大人在前边签押呢，刚才传下话来，教你们快上房开枪护衙，匪人不拘多少，格杀勿论！”杜班头回转身，朱天雄再三指挥，吴宝华也在房上叫，杜班头慌忙带人，折转二堂，登上更道。

这时候，张玉峰武师把长官藏好，急急请示办法，文通判心神略定，急急下令。第一，传令衙中人，一半上更楼拒盗，一半在衙内各处守护要犯。第二，传命快班，派急马调镇边军驰援。张玉峰领命，右手持小六转，左手提单刀，还背着十三太保，奋勇重入后衙。张武师到的时候很凑巧，成队的马展眼就要扑到衙前。因为众贼是攻破北门进来的，所以他们顺道先攻后衙，张玉峰只身一人，从民宅绕出来，刚刚翻上厅衙墙头，马贼的一排枪已然隔着街打到，震得墙头索索落土。张玉峰急滚身往下一伏，幸未负伤，连忙借衙障身，跳进更道，进了衙门里边。多亏正在白昼，衙中人全认得他，见他从贼人火线下冲过来，如同活见鬼似的，乱叫张师爷快伏腰，快过来。官人们一面乱喊，一面开枪打贼。枪声砰訇历落，张玉峰哪里听得清喊声，他只是赶快地翻墙登房，往衙里猛闯罢了。所幸环攻厅衙的匪众，因为个个都是火器，又因为人人全是马贼，故此先锋队虽到，不能迫近衙墙来打；而且他们还没合围，也没有下马，七八个先锋队还隔着一层民房，张武师便平安地偷渡进后衙了。

巷前和衙内，一方是贼人跨马远攻，一方是官人登高据守，已然硝烟迷蒙，流弹如雨，震耳欲聋。张玉峰在夹缝里，从外面硬往里钻，实在是涉了大险，这全靠英雄出少年，血气方刚，有这一股子锐气；更道上作壁上观的捕役，都替他捏一把冷汗，他却也满头冒热汗，一时登上更道，立刻指挥传呼起来。第一道号令，先教衙中人节省火药，不要像这样瞎放空枪，贼的影还没看准，乱七八糟地开排枪，少时子弹必完。第二道命令，便是厅官刚才所示护衙护狱，力战后援的话了，一

面传令，一面大声喊："快快快！"

这时节，匪众的大队如潮水般涌上来，前队后队齐到了，倏然分开来，以后衙为正面，后两肋斜抄，把厅衙整个包围，把前衙出口也堵上，好像这群马贼只会明火打劫，还不会攻城围宅，竟把官人堵死在里面，不给留"围城必缺"的缺口，好像故意挤对官人死门似的。这是周振东的拙打算，要救亲娘舅葛凤祥，唯恐官人把要犯移走。殊不知张玉峰带来文通判的密谕，已遣数名牢卒监视着葛凤祥，万一监狱不守，就先刺死要犯。但文通判也殊不知牢卒别有私打算，刺死要犯，势将危及自己的身家性命，几个牢卒在惊慌中，已打定先顾身家性命，后管囚徒的诡算盘。

马贼的攻势，在后衙的一时很占优势，守内堂的官人藏在过道两旁，伏在北屋后窗内，努力还枪，起初流弹打过了头，砸不着他们，他们奋勇不退。

猛然间，从斜刺里打来一排枪，内堂的守兵有一人负伤，别的人险些挂彩。紧跟着又来一排枪，守兵不约而同，乱跳乱喊道："坏了，攻进来了。"一齐弯腰，扯转身，往二堂跑。于是内堂失守。马贼先锋队又攻进一层，立刻发一暗号，踏踏的一阵响，竟有十几个马贼，骑在马背上，冲进后衙院了。

马贼已入后衙，马贼的先锋队立刻抢进内堂，又据在内堂，进攻二堂。由内堂到二堂，中间一段道路，左右两厢，当中颇宽敞。更楼上的官人，刚巧架好了大抬杆。这是高过一人的大火器，必须两个人燃放。朱天雄本来不甚会用，但一见贼人攻进内堂，他一顿足，焦灼万状，大喝一声："快放！"助手抖抖地点不着。朱天雄过去一把推开，亲手开火。轰然发出大响，一片铁砂子如黑雾一般，罩到内堂。众贼骤出不意，虽然没有负伤，却已惊惶呼噪，连忙退回。但是过不到一会儿，众贼重又结聚，溜箭扑上来。朱天雄再发大抬杆，因有窄垣阻挡，不见瞄准，连发数枪，贼人反倒迫近前来。正在危急的时候，张玉峰带人抢上更楼，立刻也架上抬枪，并排一共四杆，

齐照贼人来路轰击起来。这一杆点火门，那一杆发火药，四枪轮流点发，烟斜雾横，轰击如雷，后衙的贼人竟不能得手，霎时间阻在内堂之前，二堂之后。马蹄声豁喇喇一阵乱响，紧跟着听见马贼枪声暂住，众贼发出互相传呼之声，夹杂着恶声丑骂，威吓捕快交出犯人，紧跟着前衙后衙、左箭道、右箭道，似同时发出几排枪。忽然轰隆一声大震，前衙大门似乎被砸倒；官人不由惊耸，有的失声怪号。忽然又轰隆一声大震，后衙靠左箭道攻倒了一堵墙，困守衙内的捕快差役隶卒，不由震动乱叫道："不好了，衙门失守了！"有的人就要丢下火器往外蹿，往屋里钻藏。三个武师、两个勇敢的班头，厉声喊道："打，打，别慌，别走！"无如人心已然浮动，绥化厅共有四班六房，上上下下约有四百多号人，将近五百号人，竟被百十个马贼围住，而且眼看着要失陷，要溃散，要被马贼活捉。

张玉峰眼珠通红，班头吴某满头大汗，两个人都急了，只要人众溃散，衙内的人必要悉数灭亡。两个人齐声喊："打叛徒！"其实是打逃卒，喊错了，可是明白人全听懂，吴班头带刀砍倒一个要逃走的捕快，张玉峰用小六转，打倒一个正跳更道往外逃走的更卒。于是，四个班头三个武师一齐大喊："谁逃跑，要谁的命！"一顿刑威，人心暂被镇定。张玉峰举枪当先，引领官人放弃了后衙，漫散着齐奔内堂。留一部人扼守内堂，余众还奔更楼。

更道之上，恰有张氏师弟朱天雄，带领十数人，抢先上去。更楼之中，竟有大抬杆十六杆之多，朱天雄与手下人赶忙架出来。后衙颓倒的墙口，已涌进六七个马贼，都是身轻步健的汉子，一手持刀，一手持手枪，还有只挺着十三太保大枪的，刚一探头，又猛然一蹿，跳出堵口，抢到房后了。又一探头，再往前一蹿，立时又进一层。他们都是先找好障碍物，隐藏身形，然后才肯往前挺进。他们并不贸然骈肩，硬往里面闯。而且在外面，还有他们的接应。他们是步下有能耐的硬手，外面的那都是骑术很精巧的马贼了。好像这些接应之贼并

没有下马，都已一直地迫近了衙前，贴在墙头之外，好像把身子站在马鞍上面，只露出半个头，一对眼，把火器顺架在墙头，瞄准衙内的更道、鼓楼、墙角、门缝，乒乒乓乓，往里面不住手的开火。上上下下扫射攒攻，他们借此掩护同党步下先锋队的冲锋。单看这一点，马贼之中也似有能手。原来这方面并不是莽汉周振东，这方面竟是靠青山的大寨主，亲自督攻，那莽汉周振东，这工夫抢攻监狱去了。

那抄攻前衙的马贼，又已破门而入，直攻到大堂，却不再往前进扑，好像贼中有人认得监囚之所，一直地抢奔班房去了。当时扑了一个空，葛风祥等确是押在班房中，此时已由典狱吏贾勇督同牢卒，把要犯移到巡检衙门那边去了。巡检衙门就在厅衙旁边，有角门通着。这时巡检早将门户关闭上锁，和部下兵弁登上屋顶墙头，也架起大抬杆，努力守护着。贼人并不晓得已然移狱，由周振东率领，凭一股锐气，仍扑入班房。班房就是临时的大牢，此地大牢还没筑好。贼人攻入班房，班房一个人也没有，只在桌底下抓出一个小当差。经持刀喝问，小当差哆哆嗦嗦地一指巡检衙门的角门，贼人手黑的斫他一刀，再问更问不出来了。周振东立刻纠众，再抢巡检衙门。

前衙进来的众贼，猬集到巡检衙门的门前，向门缝里开了一排枪。旋即奔出几个大胆的贼，动手来砸门。角门不坚固，一砸便碎，贼人大喜，鼓噪着攻进去。突然迎面还打出一片黑雾似的铁砂子，众贼哗然乱叫，往后面奔退！贼队中已有人负伤，旋又合拢来。二番进攻。贼队中颇有玩火器的高手，由角门探头，往里面还击。这时候衙前衙后，两面开火，砰訇之声不断，众贼狂奔怪喊，攻势很猛。巡检衙门首先不支，原因是浪费火药过甚，只顾乱打，把火药都打到空处；只铁砂打伤了二三个贼，一个死的也没有。马贼这边都是有计划的，往往连合数杆枪，先发一排子弹示威，随后便一递一声历落瞄打，照准官弁藏伏处开火。

只攻了片刻，巡检部下的火药已耗尽十分之七八，部下这

才觉得子弹就是性命，还得留下一点保护自己。稍一顾瞻，枪声顿稀，由稀渐至于停，众贼立刻鼓噪音，续往前纷纷进扑，有的钉在角门，有的绕抄后墙，巡检衙门突然危急起来。

在这时厅衙的人，已陆续退到鼓楼上面。厅衙门四角的瞭望角楼，已失守两处，所剩两处倒是硬手把守，同时也算被马贼围住，逃不出去了，自然发生了负隅死斗的勇气。两座角楼的火器，往马贼来路打得很紧，鼓楼上的人，自张玉峰率众赶到，已展开手脚，把十六杆大抬杆，都架出来，分两面瞄准；火药也都抬到垛口后，立刻照二堂群贼和角门群贼轰击起来。贼分两面进扑，大抬杆便各用八杆来对付。此发彼装，一递一下，惊雷连响，顿然如迷雾飞砂。中间还夹杂着三四支火枪、十三太保、小六转，还有两尊土炮，也拉开栓，轰了几下。鼓楼如此顶住了，角楼那边也是不住手往下打，和鼓楼交织成十字炮火。人心也似随枪火渐趋镇定，越打越有准头，越有联络。贼人陡觉不利，接连有十几个人挂了彩，还有三四个当场殒命。大抬杆这种武器，运用较难；张玉峰和几个猎户出身的狱卒，起初还是乱打拒贼，渐渐地把贼人的攻势压倒。之后索性把抬杆更往外架，使枪口下抬，八杆对着二堂和后衙，八杆对着巡检衙门，往贼人聚集处、蹿处瞄准。抬杆发出来的铁砂子是一大片，手枪六转也集中了打；张玉峰指挥枪手，要两三支枪单瞄一个贼，十支枪分瞄十几个贼，这样呼号齐发，一打一个准。

这样的打法，贼人负伤的越多，渐渐不敢在火线露头现身了，渐渐退向墙根屋后。靠青山的寨主，和周振东互相传呼，调动大队，不敢再抢监狱库房，索性采包围式，把鼓楼角楼围住。贼人隐身暗处，探出枪口，往上面击，意思要先占领鼓楼，扫荡了残余的两个角楼。然后再砸监救友，这样一来，猛攻陡然变成相持了。可是贼群在平地，官人占据高处，高下相形，攻守异势，贼人究实不利。

靠青山的大头目动了怒，周振东更是焦灼。暗中传令，把

两人所率领的马贼，会成一路，排成长蛇阵势，往鼓楼连发了好几排枪，一排枪约有四五十发子弹，登时泛起很浓的烟硝气。另遣几个大胆身轻的贼，爬墙往上抢攻鼓楼。这几排枪真个是打得鼓楼坠瓦落土。却因官人都伏身开火，一个人也没受伤。只听见子弹破空声，沙沙声十分惊人，张玉峰连忙督率大众，掉转大抬杆，冲着下面发枪处，瞄打下去。但是贼人在下面骤攻几排枪，早不等还攻，又绕到别处。张玉峰只顾抵挡正面发排枪的贼，因鼓楼上烟气极浓，没有理会贼来探头爬墙。突然间，有一个贼爬到鼓楼侧面墙边，举起手枪，照一个衙门抬枪手背后，悄悄瞄准，乘其不意，抬枪手狂呻一声，登时往前一扑，流血殒命。张玉峰正在持手枪督战，猛然大骇，急一回头，瞥见好几个贼人，冒险上墙头，遂大骇，手中小六转只一拨，吧的一下，吧吧吧，一连数下，同时大喊："贼上来了！"师弟朱天雄、吴宝华，和班头们俱各惊耸寻顾，在硝烟迷蒙中，究竟正当白昼，立刻瞥见贼来爬墙，立刻乱喊，立刻掉转七八支枪口，错落地对着侧面墙头轰击过去。这真是马贼的失策，枪响处登时有三四个贼党失手，由墙头倒栽到平地。实际只伤了为首的一人，其余的贼禁不住这迎头一击，仓皇挤避，一个个闪坠下去，却把官人吓得个个咋舌。"贼人的胆子真够可以，哈，真敢白昼硬夺鼓楼！"张玉峰武师在事后谈起来，还是不住地摇头："塞外的豪气是这样强悍嚣张的，哪懂得什么杀头灭门之罪！"

当下官人又多加了一倍小心，不只往下攻，还要时时刻刻提防着屋顶墙头。鼓楼的一角，恰好接连着一堵长墙，张玉峰挥手示意，教两个师弟朱天雄、吴宝华，专挡这一面，别的事不必介意。他自己仍和枪手专击下面探头露脑、不忘抢鼓楼、劫狱囚的群贼。

群贼毫不气馁，靠青山大寨主（名字已忘记）反而激起愤火，向周振东连施手势，似教他改变攻势。这时候枪声震耳欲聋，低声悄语，是道不明听不清，声高传话，又怕对方听了

去，他就用手比了又比。周振东听了又听，看了又看，毫不明白大寨主的意思，只当是他要退走，不由发急，连说不行不行。大寨主急得直跺脚，又点手教周振东扑过来。周振东一心要攻破鼓楼，身子避在墙后，一味地装枪开枪，不肯离地。大寨主气急，骂一声："混蛋！"弯腰奔过去，不想刚离开障身之所，突然遇上大抬杆，一片黑雾笼罩，栽了一个跟头，滚身而起，翻身逃回。周振东瞥见这情形，陡然一窥直扑过来。恰巧正当大抬杆装药换枪，被他逃过去，急急将大寨主扶住。大寨主挂了彩，脸上滴血，耳朵已打穿，但不是致命伤，大骂周振东："妈巴子，教你过来，你怎么不过来！"举手打了周振东一个耳光。周振东连连道歉，替大寨主裹伤。大寨主立刻提出声东击西之计，如此这般放火烧衙："赶快救你舅舅去，行不行就在这一下了。我们的人伤了好几个，半位活人也没有救出来，爷们栽了，光棍该栽就得认栽，别死心眼。"

大寨主是愤话，周振东以为他负伤气怯了，意很不悦。他说："鼓楼角楼再打一会儿，一定可以攻下来，官人的枪声越来越少，再过一会儿，他们的火药就耗完了。"大寨主说："放屁！究竟人家坐地主的火药多，还是外来的客火药多，这不是显然易见吗？"大寨主又说："耗不完人家，准把自己的火药耗光了。"两个人意思大拧，周振东认为放火烧衙，不济急，还恐把他舅舅葛凤祥也烧死在内。不过大寨主说这一把火，乃是诱敌之策，周振东又以为双方已然开火，还诱什么敌？到底周振东挣不过大寨主，大寨主乃是客情，既教周振东分头行事，周振东只可依言。把手下人喊聚到一处，暗暗递过密语，假作撤退模样，悄悄从原进口处退了出去，却留下埋伏，有的藏在衙内，有的藏在外面。那大寨主裹伤督众，也往后撤退了一段，自己带几个帮手，潜奔至后衙各处，找到柴禾堆，把火点着，打算就用这火燃烧鼓楼和库房，盼望把官人烧出来。一霎时烟腾火起，大寨主大喜，立刻埋伏好了，静等官人救火。

不料火势已猛，官人一个奔出来救火的也没有。他们假装

撤退，装得不很像，因为并没有骗动居高下望的官人，官人将计就计，反倒把枪声暂住，趁这工夫，补充火药。刚才只顾拼命抵抗，巡检衙门尽有不少火药箱，只苦没有工夫开锁，此刻立即搬出来，打开了，取出来分配停当。刚才不住手地开枪轰击，枪筒发热，有的不敢再放，此刻急忙寻冷水，设法散热。刚才鼓楼和角楼，各不相顾，人自为战，此刻大声互相问讯，交换了联防协抗的办法，三方面一同合力救护巡检衙门。自然，官人中，也有怕贼人放的火延烧大了，获罪不小；可是情知贼人没退，断没有救火的工夫。人人都说："先把贼困住，耗一时是一时，眨眼间镇边军的救兵要开到，反正贼人不会耗到一整天的。"

官人趁这工夫，重新布置好再接再厉的抵挡法，并派出一二人，爬墙头，探望贼踪。这工夫，大寨主眼看柴禾堆燃烧起来，立即督众悄悄散布开，挺枪开栓，预备攻打救火的官人，官人不出来，他只好呐喊一声，续往里进攻，登时双方又开起火来。那一边，周振东潜伏外面，等了又等，火势已然冲起，衙内枪声反停，他不由纳闷起来。他更不暇潜伏，忙把部下带出来，重新攻进衙前。他刚到衙前，鼓楼角楼又把大抬杆对准方向重架起来，照前后两面轰击，和刚才初次进攻时，是一样的情形。而且巡检衙门的枪声更由稀少一转而为繁响，正是歇了这一会儿，越打越有了劲。周振东恨恨骂道："糟，他们添了火药了。哥们帮小弟一把，这没有别的，狠命进攻吧！"又继续攻打了半个时辰，毫无进展。官人们的斗力和军火，已然补充过的了，马贼们的子弹随身所带，到底有限得很，每个人最多不过二百粒，少的有不到五十粒。这样迫近了猛攻，再一再二，不休不止，终归是有穷尽之时。尤其是周振东，他把自己的二百五十粒大枪火药用尽，把小六转的三十多粒子弹也打完，由伙伴袋中借了两三排，他还想狠狠地攻打，他的伙伴懔然警告他："周老弟，手底下留点余地，你可至少要有一两排子弹救命用！"这边子弹渐尽，靠青山大寨主那边，因为是一

伙积匪，攻起来其势汹汹，耗起来，暗有打算，子弹却消费得不甚多。他这边是这一排枪放完，那一排接发，轰击之声不断，发出来的子弹并不太多。但是不论怎样节省，马贼所带的火药断不如厅衙库的子弹多，靠青山的寨主心上很明白。一次抢攻不成，二次抢攻不成，大寨主已经隐有去志了；却在当时，还是恋恋未退。

鼓楼的护衙武师和隶卒，也渐渐看透这步棋，他们逃不出去，唯有死守。乍守还心慌，此刻相持已久，渐渐有了指望。看日色还不到黄昏，现在厅衙轰击声如雷，驻扎近处的镇边军，衙中已经派人请救。就算请救的人中途受阻被害，镇边军的协统也必有探马，料必探出万城被攻的情形，因此他们的守志越来越坚。等到贼人纵火之计，仅仅延烧了一个柴禾堆和几处小房，官人们越发放了心。他们只专心坚守鼓楼，同时兼顾巡检衙门，最后便是盼望救兵早到。起初，贼人攻势甚猛，子弹密集如雨，他们已经渐觉不支，到了此刻，贼人的子弹越打越稀，他们一群人中，颇有久经不敌之人，立刻向伙伴告诫："贼人快退了，多加小心，多加小心，他们再有一次猛攻，便要溜走。整个的厅衙，只失守了一半，最要紧的是鼓楼，只要仍在我们手中，我们就有活命了。不但是护衙，也是自己救自己的性命。"这道理人人晓得，文通判带来的人，几乎个个是关内的人，一向遭马贼仇视的，他们全明白，所以打得很勇。

大众互相传告，互相勉励，同时仍将大抬枪、火枪，往下面打；下面贼人的火器，也还不断往上打。渐渐地越打越不带劲，贼人奔蹿的踪迹更见稀少。张玉峰等暗暗心喜，说道："马贼快退了！"刚说完，便有人往来探头，突然从厅衙又发来一阵密雨似的排枪。枪击又猛烈起来。贼人大呼："援兵已到，努力攻啊，努力攻啊！"鼓楼上的人大惊，忙拼命拒住。枪声又激烈起来，同时听见远处殷殷发出火炮之声，夹杂着呐喊声，于是角楼鼓楼，巡检衙门中的人，一齐惶骇。就在惶骇惊呼声中，远处的火炮声越来越近，声响越大越紧。然而奇怪，

攻入衙内的马贼们的进击声，应该随声附和，以收夹攻之效才对，此时反倒骤见减少，由减少而至于稀稀落落，而至于寂然无有。鼓楼隶卒，见贼已增援，唯一自救的办法，就是把大抬杆努力地加紧地排击。于是，轰轰轰，嘭嘭嘭！十六杆分两队，川流不息地轰。轰击震耳欲聋，硝烟迷目。不知怎么一来，轰击稍停，这才听出厅内外，衙前喊："停一停，停一停！"张玉峰也恍然有所悟，也指挥同伴停枪。吆喊声听不见，便用手拖推，一霎时大抬枪不响了，小六转和十三太保也住了手。这一住手，才发觉下面马贼大概早已撤走。鼓楼的人探出头来往下观望，角楼的人也照样。巡检衙门伏在更道上的人，不但探头，而且站起全身来，向鼓楼打招呼，登时互相传告："马贼跑了，别开火了！"人人全从潜伏处亮出全身，往衙门院内察看，再往外面远处瞭望，远处黄尘浮起，密排的枪声、炮火声，十分繁密，十分清楚，同时听见马队奔驰声；铜号浩浩地吹起了进军冲杀的调子。衙中人登时欢喜，这必是镇边军开到，救兵来了。猜度远近，只在南门以外二三里以内了。全衙中人重重喘出一口复苏的气来，随后，鼓楼据守的人多半下来，把全衙重新检阅一遍，布置一回。避到民宅的文通判也回了衙，家眷重返内堂。

文通判到这时慰劳属下救死扶伤。马贼退得很干净，只在衙内留下数摊血，和半条断腿、一具死尸。马贼本已伤亡十数名，大概都运走了。只这一具死尸，也许是最后撤退时因断后而中枪身死的，也许是他们救死扶伤，临末了漏下这么一个，那就猜不出了。全衙损伤，大致不过被砸倒几堵墙，烧毁几间房；倒是内堂，被马贼毁害得不浅。然而要犯一个未失，库房也没被砸开，总算是大幸。文案，捕役，长随，更夫，上上下下，伤了十多个，死了几个，吓坏了一位师爷。夫人小姐都连冻带吓，也害了一场病。

那驰援的镇边军，是由打南门进来的，马贼是由北门退走的。绥化城成了穿堂门，前脚走的马贼，后脚追的官兵，究竟

双方是接过仗了，却没望见面目。马贼是预先布巡风的人，镇边军刚一整队出营，他们便先一步知道了。镇边军果然是闻警赶来救援的，厅中所派去的求救的驿卒，竟不会偷渡过去，在厅衙和防警之间，马贼设了两道卡子，驿卒背着黄包袱，骑着马飞奔，被贼卡瞥见，瞄准一枪，把驿马打死。驿卒摔得发昏，爬起来，往回跑了。直等到镇边军的探子报告厅城被攻，协统大骇起来，佯抄马贼的来路，阴作救城之计，虚张声势，先时开炮，把马贼吓走。又在马贼走后多时，这驿卒方把告急求救的警报，送到镇边军大营。他算是交了差，实际无补于救城。

这一事给了张玉峰武师一个切实的教训，以后遇警告急，当遣心腹勇士，断不可委命于泛泛的胆小驿卒。这一事又给了文通判一个沉重的打击，他险些受到失陷城池的大罪，仓促一避，影响人心很大，等到事定以后，行文呈报上司，镇边军的看法，颇与文通判的体面有碍。文通判自然说："经督率标兵隶卒，誓死据守，全城幸获保全，要犯概未逃逸。"镇边军却以为"贼势露张，直扑厅城，经本军力攻收复，匪始败蹿"。不过明清政制，重文轻武，到底依了文通判，行文都省，同时把东霸天葛凤祥一案，提前申报出去。文通判想，葛凤祥罪迹昭彰，不久就该解省覆讯，发回正法的了。结果却出人意料之外！黑龙江将军伊克堂阿，突然批谕绥化厅通报："仰将葛凤祥全案要犯，迅行解省。"解省以后，似该传讯原被两告对质，依律治罪。张武师说："哪知道这一案，自经将军饬提过去，便没了消息。"这件案子从此哑昧下去了。

隔过数年，案情冷落，那葛凤祥好像放出来了，突然又出现在边荒。张武师说："这件事直到末了，我如同坠入五里雾中，直到今儿个，我还是说不清！"不过葛凤祥到底也似有所顾忌，从那时以后，倒不敢明目张胆，在绥化厅露脸出头。他的党羽神枪手高福一流，陆续常出头，照旧干起旧营生，不久又受了招安，而故态不改；终坠刑网，却在黑龙江换了另一个将军之后。

第三章

北霸天倚强占女伶

光绪二十一年四月，张玉峰武师奉命率捕，往疙疸山东北十三道岗，捉拿剧匪王洛五。

王洛五名字叫王才，绰号北霸天，在十三道岗这个地方，开设着一座“王爷店”。因为他姓王，又因为他胳臂硬，势派横，故此叫“王爷店”。凡商旅行人路经十三道岗，住在他这王爷店内，哪怕进去歇歇腿，不管你用过饭、住过宿没有，照例须付店钱二百文一天。你如果不开销这笔钱，他倒不瞪眼，只微微笑笑。你只管走吧，不出十里，必遭劫掠，所失财物，比起二百文一天，恐怕多过几十百倍。那么付这二百文好比就是过境保险费了。王洛五在十三道岗，很戳得住，很叫得响，不但开店，并且招赌，不但招赌，而且窝藏匪徒，塞外荒旷，马贼纵横。恶霸像王洛五一流者，当然所在多有。居民身受其害，都敢怒不敢言；官府势力不能天天照顾到，警察未设，是无可奈何，而他们也就越弄越胆大。王洛五也和葛凤祥一样，把人挤到死路——受害的人忍无可忍，也就猝然具呈告发他。

告发王洛五的是一个姓杨的伶人，本来是个唱野台戏的。

唱的是老梆子，杨某便是班主，手下有临时雇的生旦净末丑，有花钱买的几个徒弟，内中还有两个女徒，在当时也算坤角了。这两个坤角，一个十七八岁唱旦，一个十四五岁，唱娃娃生兼旦角。老梆子的唱法，和半班戏似差不多，角色本不很全，唱腔也像只有生旦花脸之别。这两个女徒，内中一个，据说实是杨某的嫡亲女儿；那另一个据说是外甥女儿。谁准知道呢？只听得堂上的供词，那个杨玉环实是承认和班主为父女，那个杨金环确是管班主一口一个舅舅地叫着。

杨某这一次是应邻境大户抬邀，特地由盛京叫来，前往演剧，大概也是酬神社戏之类。塞外本少戏乐，这一次演戏好像破天荒，在庙前演了十几天，别家财主又请了几天。惊动了邻庄，等到此地演完，那边乡民又凑钱赶紧定下了，据说他们这边荒地方，这是头一回演戏。

杨某居然在黑龙江境内，巡回献技，直演唱了半年。转瞬到了秋后，又有人许下重酬，邀他们演唱明年的春节戏。在秋后到春节，中间还空闲数月，别处偏僻的庄堡，也出了较廉的价钱，把杨某传邀了去。这样子一年三百六十天，天天有生意做，杨某算大发财源了。不料在这个夹当，乐极生悲，遇上了王洛五。

杨班主倒没有误投"王爷店"，乃是他在十三道岗附近献技，被王洛五看上了他那班中无独有偶的两个坤角的芳姿。

王洛五出身流犯，遇赦得择，不知怎的发了财，开了店。全一辈子大概没有看过戏，仅只在幼年看过州戏影而已。现在，他初次看见活人演戏，似入了迷。王洛五是在邻镇看见了杨玉环、杨金环，他立刻设法，进身到后台，找老板，看看角色；于是乎大爷有钱，掏出六百吊土票子来，赏给小妞妞。不知怎的，杨班主有了戒心，做生意人无不爱小便宜，杨班主独对于王洛五的缠头之赠，婉拒不敢收受。王洛五大愤，立刻回去，找到十三道岗各商户，对他们说："咱们也该唱唱戏了，咱们别净跑到人家别村里去听蹭戏，咱们不会也叫一台戏吗？"

其时杨班主已接受他家之聘，王洛五硬出大价，强夺过来。杨班主不敢把财神往外推，而且出头邀戏的并不是王洛五本人出面，乃是由十三道岗首户商号出名，骨子里却是受着王洛五的摆布，杨班主不知不觉入了圈套。于是，在十三道岗高搭席棚，择吉开演整本的大戏。杨班主的二女杨玉环、杨金环，有时扮一生一旦，有时装两个旦角，自然一个正旦，一个花旦了，王洛五天天狂捧去。

他不过是塞外的强豪，大约并不懂故都梨园捧角的做法，也不知道打首饰，做行头，他只晓得在台下狂喊喝彩，后来看见别人点戏放赏，他不禁大悦，也就掏出钱票点戏。点一出小戏，一赏就是二百吊，他为了摆阔，好引得旦角的垂青，他就在一天之中，连点四五出戏；四五出戏还是不解恨，就又一点七八出；把两个女孩子累得要死，喉咙都要喑哑了。他以为这两个女孩子必然对他表示好感，或表示敬意，殊不知两个女孩子累得要死，痛恨异常，以为花钱的老爷故意摆阔，可不知卖艺人的罪孽了。

应戏的人也震于王洛五的豪举，哄传为话柄，王洛五洋洋得意。可是他一连斗富逞势经旬，只能在戏台上望见美女，却不能在台下亲炙美人，台上二女把他恨得牙根疼，他在台下也急得心眼上痒痒，不晓得该如何入手，才能把二女弄到自己手腕之内。就在这时候，杨班主早已觉出风色不对来了，可是干这行业，对付官绅大户，只能用软招绝不敢硬顶。杨班主左思右想，亲自买了几色礼物，到王洛五店房，好像是拜见绅士，意思之间，并求王洛五体恤这两个孩子，教她俩歇息歇息，别再像这样点戏了。王洛五明白杨班主的要求，就把眼一瞪，吆喝说："你们是卖这个的不是？为什么不教爷们点曲子？"旁人们在旁帮腔，说来说去，说道："把两个孩子叫来，我瞧瞧她，是真累病了，还是装着玩。"这倒一拍而合了，杨班主大骇，极力支吾，告退出来。回到窝伙下处，和他的谋士（一个丑角，一个武生）商量："这可怎么办？姓王的瞪着两只色迷眼，

用意不善，想什么法可以躲开他？”武生想到一策，是花钱求饶，丑角却想三十六计走为上策。但是这些妙计未等施行，王洛五突然找上门来了。

王洛五在店中，容得杨班主去后，忽然灵机一动：“他会找我来，我就不会找他女儿去吗？”

戏班的下处，就在戏台不远。王洛五换了一身好衣服，骑骏马，带手枪，囊中装了几百吊钱票、银锞子，还有他亡妻一对镯子，他一直找来了。戏班的锅伙，聚居许多伶人，在台上扮饰出来，庄严华美；下台来赤臂的，光脚的，只是一群粗汉，没事就凑在一起耍钱。只有杨班主携带着妻女，便和本班唱老生的马金声夫妻，另住着一明两暗三间房。马金声不但唱老生，也是戏篓子，兼本班教师，所以能和班主同住在一起，并且也有携眷之权，不过他只是夫妻两人罢了。王洛五找到门口，下了马，敲门直入。杨班主正在吃饭，慌忙迎出，一见面：“原来是王五爷！”杨班主不觉脸色一变，连忙请安，让座，马金声忙给拴马。进了房，王洛五一屁股坐到上首椅上，已不是刚才发威的脾气了，换出一副笑脸，说道：“杨头，你坐下。我听说你闺女嗓子唱哑了，是真的吗？我们爷们花钱找乐，不能累死活人，我得验验，若是真累病了，由打我这里说，可以教孩子先歇几天，不算什么。你闺女呢？还有那个杨金环，是你侄女，还是你外甥女？是不是她也把嗓子累哑了？”

王洛五大模大样说话，杨班主毕恭毕敬，侍立在下首。唱老生的马金声也凑过来，想帮班主说话；王洛五把眼一瞪，斥道：“你是干什么？”杨班主忙道：“这是小人班里唱老生的马……”王洛五道：“你出去，我跟你们班主讲话，不是跟你讲话，我这里没有你插嘴的！出去！”吓得马金声诺诺连声，倒退出去，连自己屋都不敢进，径直上大帮锅伙去了。王洛五哈哈地笑起来，把手枪解下来，往桌上一摔道：“这东西真累赘，我说杨头你闺女呢？”眼往内间一瞧，他突然站起来，把戏帘（临时挂在内间门首的）一挑，贸然钻进去。

内间正在吃饭，杨班主之妻，马老生之妻，杨玉环、杨金环二女，团团聚坐在土炕上，当中铺一块油布，摆两个大碗荤菜，每人端着一只粗碗，盛着高粱米饭。原来他们唱野台戏的伶人，吃喝是这样苦的。王洛五大嚷道："怨不得嗓子哑，吃这种粗粮，岂不把孩子的嫩喉咙给塞粗了？我说杨头，你也太财迷了，孩子拼命给你挣钱，你可舍得给她们吃好的。"

王洛五突然如其来的发话，吃饭的妇女骇然侧脸看他，他两只眼珠子流露出怪样。头一个是马老生的老婆，吓得下了炕，钻回自己屋，连饭也不敢吃了。她的男人早已躲到了大帮锅伙去，只剩她一个人，她也不觉溜出去，找她男人。一明两暗三间房，只剩了杨班主和他的妻，和杨氏双环，女孩子心慌，也要躲出去，王洛五横身挡在那里，两个女孩子退回来，都低了头，不言语。

王洛五欣然大笑，回头对杨班主说："你就是舍不得钱，教孩子们吃这个，哼！"从自己身上，掏出一叠钞票，硬塞在杨班主手内，教他快去打酒，买菜，买肉，买馒头、点心；又教杨班主去买鸦片烟，外带找烟馆借一套烟具："就说是我王洛五借的，他们不敢不借给。"

杨班主心里打着鼓，出去沽酒买菜；杨的妻心上慌乱乱的，不知所措。杨家二女起初低了头，后来放下碗，对这不速之客不觉各自溜了一眼。

王洛五是个大高个，粗眉豹目黄眼珠，黄白面孔，凶相就露在眉心两道竖纹和那一对鹰眼上，肩膀很宽，扁脑勺，大辫子，雄赳赳的样子。同时这不速客王洛五，更直眉瞪眼盯着二女，先寻看脚，后寻看脸，一对豹子眼流露出猥亵之光。这两个女孩子有些害怕，她们俩在台上风流跌宕，妖冶异常，私下里实在规矩。但她们时常串演风月戏文，自然晓得花园赠金，湖边私会一类故事，比起旧日少女，总算早熟。杨玉环生得较为秀美，心也灵透，岁数也较大，被王洛五这一看，粉颊先红起来了。王洛五的眼又发出无声的话来，这女孩子越发踧踖不

宁，盘着的腿一伸，又要下地往外走。王洛五猝然发话："喂，你叫杨玉环，是不是？装樊梨花的不就是你吗？你比台上更漂亮了，哈哈哈，你嗓子是唱哑了吗？哎？"

杨玉环已然站在地上，杨金环不觉也跟随下了地。王洛五突然横身障门，伸出一双手，要拍肩膀。杨玉环不由一缩，停在屋心，已然没有出门的路了。王洛五重问了一句："你是不是杨玉环，说话呀？"杨玉环低声说："是我。"越发踧踖起来。王洛五很得意地四顾，两眼盯着杨玉环的脸，又问道："你真哑了吗？"答道："有点发哑。"可不是，说话的声音有点沙涩，身子还在屋心打晃，似乎觅路欲出。王洛五大笑道："什么？你这么说话，比台上更好听。喂，你别走，你们姐俩全别动，我教你爹买菜去了，今天是我的请，吃完了，我还要烦你姐儿俩来一段呢。你们就会唱老梆子吗？你还会唱蹦蹦不会？会唱二黄不会？"

王洛五这家伙好像对这狎优调情的把戏，不大惯熟似的。他只会嫖土窑子。他的举动十分露骨，居然对杨妻发下"逐主令"，他说："老伙计，你在这里死盯着干啥？我还会把你俩女儿吃了不成？我说老家伙，快去弄弄火，回头你男人买来菜，好快快调治啊。"立刻拿出了土豪的面孔，先把杨妻逐出去，次将二女拘在屋，渐渐动手动脚胡闹起来。两个女孩子又惊忧，又羞臊。杨玉环岁数较大，勉强还能对付，端起茶壶，客客气气给斟茶，完全依着跑江湖拜首户的女艺人的路子走，想拿"敬而远之"的态度，抵抗邪魔外道。杨金环一味害怕，只想逃躲；王洛五不肯放，她竟叫唤出来："我找我妗子去。"王洛五笑吟吟说："找你妗子干啥？傻丫头，陪五爷说会儿话儿不好吗？来，喂，给你这个。"把十两一锭的银锞子两个，塞在杨金环手里："拿去买花儿戴去。"杨金环不再挣扎了，握了银锭子。不由请了一个蹲安，"谢谢大爷的赏，干吗还教您赏钱？"十四五岁的女孩子，把王洛五当作寻常绅士，得了钱，忘了怕，说出照例的话。杨玉环连冲她施眼色，她通通没看

见。王洛五大乐，但是出乎意外，杨金环谢完赏，还是想往屋外走。这结果徒惹得王洛五更进一步的啰唣。杨玉环觉出不妙，忙说："妹子别惹大爷生气，大爷教你陪一会儿，你老老实实待着不结了？干吗老想往外钻？撕撕掳掳的，什么样子？"

王洛五松了手，冲着杨玉环咧大嘴笑，露出满嘴黄牙，说："还是你明白，小丫头片子任什么不懂，不知道五爷爱惜你们吗？"把一锭大银锞，丢给杨玉环，足有三十两。杨玉环往后退，连忙说："大爷别再赏钱了，给我妹子一个人，我们俩都谢您了。"王洛五道："给她是给她的，给你是给你的。嘻，你老往后躲干吗？"张开大嘴道："我不是老虎，不会吃活人啊。"一直凑过来，要把银锭也塞在这个女伶的掌心，杨玉环越发红了脸，但是后退无路了。

王洛五捉住她的手，把银子强塞给她。她没法子拒绝，勉强道谢。王洛五方才一喜，她立刻又说："我们可不敢私自接您的赏钱，我得问问师父和爹爹。"王洛五沉了脸道："怎么？给脸不要脸，是不是？"他这句威吓的话刚出口，杨玉环早大声冲着窗户叫起来："妈呀，您来！师父，您来！这位大爷赏给我们钱了。"两个人差不多同时出声，外面立刻有人答应。但走进来的却不是杨玉环的娘，竟是杨玉环的爹——杨班主。

杨班主跑得呼呼带喘，把酒肉蔬菜买来，把鸦片烟具也借来了。

情势一缓，王洛五便命杨班主夫妻做菜温酒，又命杨家二女侍候他吸鸦片烟。王洛五竟躺在内间炕上。可是刚一侧身，忽又坐起，把身上所藏的手枪、弹药、银钱，一一掏卸下来，满不介意的，丢在炕上；其实这一支手枪，只用来拍山镇虎，他身上还秘藏着另一支手枪哩，这另一支手枪，是他眠食行走，片刻也不肯离身的东西。

他强迫二女给他烧鸦片烟。他又把杨班主叫过来，作为陪他闲谈。他先说起二女嗓哑的事："真哑了，我给治。某人某人是本街的名医，拿我的片子，可以把医主请来，冲我的面

子，他也不敢要钱。”次又说到生意：“杨班主，没钱花，别为难，短什么？冲我姓王的说。”把一千吊钱票子，强命杨班主收下：“我瞧你这人怪好的，你别不收，不收就是瞧不起我。”随后他又说起他所开的阎王店，他说他的定章，客人进店每人每天二百文：“不是咱们派他，是他们愿意花。花了这钱，对他们有好处。”某山某寨的某人，跟咱是熟人，某地某窑的舵主跟咱换帖，都是过命的交情：“客人在我这里花了钱，走遍方圆七百里，保管有人照应。”末后又说到杀人越货的事，某一件他晓得，方才说，他很爱惜杨班主的两个女儿：“这两个女孩子，我看却不错，难道真跟你老哥奔走一辈子吗？莫如由我给她们找个主，嫁了出去，她们俩固然落叶归根，都有终身倚靠；你老兄也可以多得一笔钱，做棺材本。哪怕你还愿意干这行，你不会再买两个女孩子吗？”总而言之，威逼，利诱。口说不算，把那支手枪摆弄着，立逼着点头，而且当晚他就要留宿。

杨班主竟被他镇吓住。不只是他的手枪令人惊，他的神情令人怖，尤其是他素日的狂豪的威棱，杨班主都打听到县内，刚才他给王洛五沽酒借鸦片烟具的时候，酒铺和烟馆主人，只一提王洛五三个字，便都替他咧嘴，脸上带出古怪神气，好像王洛五想琢磨这两个女伶，这烟馆中人都晓得了，临出烟馆时，他明听见人冷嘲地说：“杨班主该大喜了！”这句话的意味多么可怕！又听人说过，某某山沟，某某村民，被他裂眦之怨，一家十数口，一把火，全给葬送在火窟，连一个小孩芽子也没留。某某村庄，某某孀妇被他看上了，霸占了去，人财两得，经夫兄具呈到官厅控告，半路上说是遇上狼群，分明有人听见吧的一枪，末后夫兄是完结了。还有这孀妇的弟弟和族叔，也突然失踪。这孀妇不上一年，也窝囊死了。王洛五竟拿良家的孀妇，当粉头似的玩弄着，公然在手下党羽面前，摆出调戏、猥亵举动。这个孀妇生生饮恨而死了。诸如此类，事情很多，他究竟仗恃什么？据说，一来有财势，二来有羽翼，最

凶的还是他自己，本是亡命徒，不怕死，火器更打得好，百发百中，人也颇有豪气，做事一掷千金不吝，因此在匪党中，颇有人缘，也因此能获得一二落拓女人的倾心。他的一个爱妾，便与他同恶相济。现在不幸，这一个活阎王偏偏光顾到杨班主头顶上，杨班主仓皇失措了。他还想央求王洛五，他已然词不达意，只是翻来覆去，求“高抬贵手”而已。

王洛五俨然成了屋主人，一时菜做成，酒也烫好，王洛五说：“你们来，吃！今天我做东。”阎王爷赏饭，杨班主夫妻父女不敢不吃，吃的饭都从脊梁骨下去的，不大舒服。吃完，王洛五催杨妻到外间收拾杯碗，催杨班主：“也帮着你们太太忙活忙活，别直眉瞪眼发愣啊！”于是又摆上鸦片烟具，他一头躺在土炕上，命杨玉环给他烧烟，命杨金环给他弄茶水。杨氏夫妻惊极愧甚，一筹莫展。阎王登门，当晚留髡；夫妻俩面面相觑，心想找唱老生的马金声，商计一下善遣的办法，可恨马金声躲得远远，连他老婆也溜出去了。一明两暗三间屋，内间只坐着王洛五和杨家二环，另间屋只有杨班主夫妻堵着一口憋气。王洛五在内间，渐露狂态，声息外传。杨班主耳根发烧，在外间听，蓦然间心头火一撞，要摸切菜刀。被他女人一把抱住，比一比手枪。杨班主呻吟一声放下屠刀，愣了半晌，隔戏帘探头，向女儿施眼色，打手势。自己央求不成，教女儿委婉情恳，也许免掉堵上门的这场难堪。他妻子竟怕极，意思之间，卖艺街口，何时是了局，不如要个大价钱，把女儿给了这人。杨班主却认为女儿卖给这人，乃是后话，今天晚上这一件丢人事，仍得先想法子避免。因此，他还是外面伸头探脑，要把女儿哨出来。

不想他刚一探头，王洛五把烟枪（不是手枪）一摔，翻身坐起，横眉立眼，舌绽春雷：“滚，找死呀！”一刹那间，二女矍然侧脸，杨班主冒死抢进一步。王洛五大怒，脸色一变，抄起手枪，手扣枪机，拉开保险机。

不想在这一刹那，杨班主扑登地跪下了：“王大爷，您得

给小人留面子！”王洛五挺枪要放，杨玉环倏将烟签一丢，横身遮挡，昂扬立在王洛五和她父之间，抖抖地说：“五大爷，您这是干啥？您别吓唬他，他是我爹，您有什么冲我来！”

女英雄懔然挡住了枪口，纤纤玉手按住王洛五手腕，樊梨花的英姿好像活现在土炕、绿豆碗、瓦烟灯、竹烟枪之间。王洛五（这个草野英雄）一霎间愕然。呆了一呆，突然一长身，咯咯地怪笑着，猝然微弯身，把杨玉环抱住，往炕上一放。回身，抬腿，喝道：“滚出去，老丈人！”要踢又不肯，俯身探手，把杨班主连拖带推，撮出外间去。

呼隆一声，内间屋门交掩。一灯如豆，外间屋漆黑，塞外寒风阵阵打窗，偶闻一声马嘶。唱老生的马金声和他妻，直挨到天亮，方才往回走，猛一看见这一匹紫色马，兀自拴在门窗前，夫妻一缩头颈，又溜到别处去了。

第二天，杨玉环、杨金环全没有出台，杨班主也没露面。第三天，第四天，第五天……杨玉环、杨金环仍没登台。杨班主倒露面了，鼻涕一把，泪一把，溜到戏班锅伙，向大家要主意。大家乱七八糟，七言八语；一连过了七八天，说到归结，不外三条妙计，一拼，二躲，三告状。但是强龙不压地头蛇。王洛五天不怕，地不怕，以一个孤身汉霸占二女伶，堵上门欺侮人，不就是全凭他那杆百发百中的枪吗？在留宿第三天，他就露了一手甩手一枪，打落枝头小鸟，“这玩意儿，谁惹得起？”而且杨老板不过是个跑野台唱戏的伶人，又是个唱花旦出身的，身上好像早就缺少男子骨头。强暴之徒，他年轻貌美时，也曾遇上过。最糟的是他的性命比谁都值得多，因此头一个他拼不起，他的老婆也是怕死。一家四口，竟教王洛五吓住。只有杨玉环，身虽遭污，却有些倔强之气，王洛五作践了她，她变着法琢磨王洛五，把王洛五摆布得牙痒痒。待等至王洛五把他老婆的首饰、镯子全数送给了她。她也就又恼，又恨，又马马虎虎，好像有点愿意了。王洛五的豪气，有时候吓人，可也有时候动人似的。

其次说到躲，如要躲，也得先有一拼的决心才成。王洛五天天泡在他们家，喝酒，抽烟，睡觉，大把花钱，不教二女登台，天天在他鸦片烟盘子前面，陪伴着他说笑玩闹，这怎么躲得开？最末一着是告状，杨老板倒可以溜出去，上官厅递呈子。王洛五本来嫌他碍眼，天天催他上后台照料去，不喜欢他在家里。如此，杨老板很有机会告状去了，可是他还害怕一层。绥化厅距离十三道岗很远，近处倒有经历衙门，无奈“衙门口向南开，有理没理拿钱来”。更无奈经历老爷听说跟王洛五换帖，这话是王洛五亲口说的，或者靠不住；但跟别人也打听过，王洛五敢这么横行霸道，好像骨子里必有点来头。若不是跟官面有交往，何以这么有恃无恐？光棍斗富不斗势，唱戏的在前清是下九流，状子也似乎告不得了！

杨老板的顾忌特别的多，左不行，右不可，致令他的后台谋士，人人咧嘴干瞪眼，头一个惹得他的丑军师嚷道：“哎呀呀，拼也拼不得，告也告不得，躲又躲不得，这便如何是好哇！”缩脖子躲开了。唱武生的赛活猴更气得：“呀呀呸！老板，你只好当杨雄外带潘老丈吧！”唱老生的马金声只求晦气不落在自己头上（他还有个年轻媳妇儿呢），一任班主伤心掉泪要主意，他只有吸凉，不敢言语。

一晃又半个多月，在十三道岗的戏唱完，该着拆台往别处唱去了。王洛五还是照常留宿在他家，一个女儿，一个外甥女儿，都算是养嗓子，不登台，现在到了“善离”或“凶终”的最后关口了。杨老板憋又憋，想了又想，想出一套软央求的话，请王五爷放他爷们走。

王五爷躺在烟盘子前，眼珠翻了翻杨老板，说道：“我知道你的戏唱完了，你要走，走你的吧，至于你的两个闺女……”呼呼地吸了一阵烟，欠身坐起来，拿着烟枪，比比画画说出两条路，教杨老板挑选走一条道，要多少钱，给多少钱：“你的两个女儿，我全留下了。着你两个女孩子抛头露面，在外面现世，何必呢？你索性跟我好了，你就是我的老丈人了。”又道：

“赶明天，你听我的话。”

第二天，杨班主又央告，王洛五立刻从身上掏出一叠钱票，说道：“戏一打住，我早就替你打算好了。我看你的意思，大概是不愿把女儿卖给我。那么你一定愿走第二条道了。人生在世，不过吃和穿。你两口子没有儿子，谁教你两闺女都跟我睡了呢，我就养你的老。你不用领班唱戏了，把他们全打发走了吧。你在我这里一待，净剩了装老太爷，够多美？你的女儿就算是我的两房太太了。”一面说，一面点票子，立催杨老板，走到锅伙，把整个戏班解散，钱倒确实出得不少，可惜全是本地出的土票，点完票子，交给杨老板，说道：“你们戏班子里一共不过二三十人，这足够打发他们还乡的了。你只把人遣走，戏箱子、行头可以移到我的店里去，暂且算是寄放在我那里。等着有了工夫，我给你买十几个孩子，你给我打一科班，咱爷们算是另开了一个科班，往后可以长远在咱们这里唱。”说完，立催杨老板去办。

杨老板还想央求，王洛五竖起眼珠子来，这就够怕人，同时他又把身上带的手枪掏出来，比画起来。杨老板好像是软柿子，被王洛五捏惯，再拾不起个儿来。哭丧着脸，携了钱，谨遵王命，溜到戏班。

戏伶锅伙内，没了戏唱，一群伶人正在赌钱。杨老板把解散戏班的话一说，登时群伶哗然。有一人说：“老板真要洗手不干，当外老太爷吗？那么倒也好，可是我们哥几个千里迢迢被您撮弄来，请神容易退神难，您给的这两手，不够我们回老家的，真个要教我们困在关外，做个外丧鬼吗？您也替我们想想！”又有一人说：“杨老板要洗手，各人有各人的打算，我们不敢管。咱们这么着，您把全套戏箱行头，借给我们；我们二十几人可以另推班主，上别处唱戏混饭，您别半道上搁车，饿死我们。”唱武生的赛活猴更是大发脾气，直走到杨老板面前，指鼻子问：“你解散本班，是出情愿，还是受别人架弄？”杨老板几乎落泪，向群伶说了实话，意思是：“我也情出无奈。这

钱实是王洛五拿出来的，是他教我这么干。”丑军师道：“好哇，原来如此，果然如此，我请问班主，王洛五他是狼，他是虎？是您亲老子，还是你写了死字的师父？”二十多人七言八语，乱七八糟，齐向杨老板责难。唱老生的马金声，拦住众人，向杨老板说：“您的疑难，我们全明白，咱们也不必细说了。干脆吧，您要解散这班，也成，散伙就散伙，可别砸碎我们大家的饭锅。您无论如何，也得把全份戏箱全副行头借给我们。这份戏箱，本来不能算是您一个人的，这里头还有我姓马的和谢三爷的股份。你收了王洛五的钱，要送给他也罢，卖给他也罢，您总得把我们的股子退出来。”

杨老板势到如今，倒不是利令智昏，竟是人已吓破胆，居然一筹莫展了。又经过七言八语的争吵，杨老板垂头丧气走回去，不敢向王洛五实话实说，只讲解散费太少，还差多一半呢。王洛五诧异笑道：“散伙的买卖，给他们一人一百吊钱，还少吗？他们打算要多少？”杨老板低头嗫嚅半晌，方说：“那份戏箱乃是自己和马金声几个人共同凑钱购置的，不能由自己随便留下，他们托我传达，您若是要用，再赏给他们一点钱。”王洛五道：“哦，戏箱怎么不是你一个人的？你不是班主吗？马先生不是你外邀的角儿吗？”杨老板又说：“只因欠他们几个人的包银，故此把戏箱押给他们了。”王洛五问押了多少钱？回答说：“欠的包银很多，押的钱也没有准数，您只再换给他们……”说至此又迟疑不敢说下去，王洛五又连声催问。他方才努力说出一个数目：两千两纹银。

这两千两纹银才说出口，王洛五登时眉毛一挑，眼珠一转，嘻嘻地冷笑了几声。半晌才说：“不多，很不算多。”又半晌重问道：“刚才我拿给你的那笔遣散费呢？他们收下了没有？”回答道：“没收，他们还等我的下文呢。”王洛五道：“没给很好，索性我一律拆给他们银子吧，你把票子给我。”

杨老板依言，把票子掏出来，送到王洛五手内。王洛五接到，点清是足数，突然变脸。冷笑道：“他们的意思，是不教

你把戏班停办，他们想霸占你的戏箱。哈哈，几个臭伶人真敢在我们十三道岗子叫字号，他们大概不知道我王洛五是谁。杨头，你这就回去，告诉他们说，钱，我是分文不添，不但不添，连这个也不给了，戏箱我是要留下。你再告诉他们说，说是我说的，教他们给我赶快滚蛋!”立催杨老板重返戏班锅伙去说，他自己也气哼哼的，离开杨老板的寓所，径返阎王店。戏班中的人正恃人多，七言八语地批评班主怯懦，怒骂王洛五豪横。唱武生的赛活猴尤其愤恨，因为他早与杨玉环眉目通情，心心相印了。只无奈杨老板夫妻，方以嫡生女儿做钱树子，不肯放手遣嫁，而现在蓦地跳出一个王洛五来，先行而后其言从之，把二女全弄到手里。赛活猴这一气，非同小可，不过他只是个唱戏的罢了，无钱无势，无奈王洛五何。只可借着这散戏班之事，力主收回戏箱。

正在这时杨老板喘吁吁空手奔来，报告说:“王五爷变了脸，戏箱也不准给，钱也收回。”这句话如同投了一个惊雷，全班伶人一齐狂怒:“那不行，欺压人可不行，我们二十多人，跟他拼了。”正吵作一团，突然间一阵马蹄声，包围了锅伙。丑军师探头往外一看，王洛五还没露面，他的党羽已然调动了三四十匹马贼似的壮汉，带火器，持木棍，立逼群伶滚出十三道岗，片刻不准逗留。

赛活猴领着头，稍一支吾，老大木棒，打破猴头，别的伶人，唱武旦的，唱老生的，唱花脸的，个个挨了打，行李卷也被掷出锅伙。马金声两口子，也照样被赶逐出来。于是，二十多个伶人，当天被赶出数十里以外，只剩本身行囊，另外没得分文钱，戏箱全份一直搭到王洛五店内，杨老板也摸不着边。同时，杨老板借的三间房那边，也来了一小队骑马的人，一色紫骝马；人人有武器，王洛五亲自出马，见了杨老板之妻，口说“接家眷”，把杨氏双环一齐接进阎王店。另开小跨院，略事铺陈，二女伶从此成了阎王外宅，杨老板之妻硬给迁到别处，也给预备了三间房。然后，王洛五找到痛哭失声的杨老

板，装着笑说："我把他们打发走，你跟着我过吧，我养你的老。你老两口子，从此不愁吃，不愁喝，愿意给我帮忙，你就到我开的赌局内帮忙。不愿意做事，你就守着你老婆子，也是一个乐。"竟这么硬来硬干，把事情做了。

王洛五外面做得十分豪强，暗中却也布置得很周密。那一伙伶人，他已阴遣党羽，秘密跟缀着，直跟出数百里，眼看他们分散了，又隔过两个月，方才停止监视。至于杨玉环、杨金环这两个女孩子，他拿出不测之威和十分的宠爱来，双管齐下的羁縻着，摆布玩弄着。还有杨老板夫妻，他已然把握在自己掌内，自料两个"窝囊废"决逃不出手心。他一往豪强之气，自谓绝无问题，却不料外面放走了一个赛活猴，也算是一个情敌在内呢。杨金环那女孩子岁数太小，不堪强暴，失身三四个月后，便日见黄瘦，得了不治之症。好好一朵花，横遭摧折，终于被王洛五折磨病了。

光阴如箭，过了一年，杨老板之妻忽然病死。杨老板便成了老鳏，孤影吊独，十分悲惨；杨玉环又把妹妹病床不起的话，对父亲说了，杨班主愈加伤心。王洛五居然拿出半子之份的派头，力慰老丈："别难过，我给你再娶一个老伴。"杨老板要把亡妻送回原籍安葬，王洛五说："好的，我给你张罗。"于是撒帖打网，弄来一大笔钱。杨老板要自己运灵柩，就便回老家看看去。王洛五说："也可以。"于是乎雇了一辆大车，装上灵柩，杨老板也坐上去，一径出了十三道岗，奔杨老板的家乡走去。万不料，这一来，虽不是纵虎归山，到底落到捕鼠松把，遭了意外的反噬。杨老板在半路上，遇见了那个唱武生的赛活猴。

赛活猴本与杨玉环眉来眼去，有啮臂之盟；王洛五强逐戏班群伶时，又曾经支使人，把赛活猴打得头破血流。在当时，王洛五人多势众，赛活猴区区一个唱戏的下九流，当然惹不起十三道岗的土豪。独怪王洛五做得太狠，把群伶逐出境，分文没有给；一二守本分的伶人，手有余资，还能设法改业糊口。

像赛活猴一流人物，平素纵赌贪玩，透支包银，拖了一身债，一旦被逐，登时两手空空，沦为乞丐一般了。幸得塞外地广人稀，人工很贵，赛活猴仗着年轻有力，会赶大车，投入一家炭厂做工。心中痛恨王洛五，又惹不起。可是当日之仇，始终未忘。这一天，恰巧赛活猴赶着一辆大车，和杨老板相遇，立刻叫了一声老板。两个人都改了模样了，虽仅别一两年，杨老板已见衰老，满脸悲郁；赛活猴又黑又瘦，非常憔悴。赛活猴看见车上的棺材，忙问死的是谁，又问老板是否逃出王洛五的手心。杨老板看着车夫，略微有一点顾忌；赛活猴到底不死心，意驱车改途，跟随杨老板落在一个店里，沽酒叫菜，屏人诘问。

杨老板一腔悲恨，喝了几杯酒，不觉尽情倾吐实话。王洛五把他女儿当了外宅，他的妻子生生窝囊死的。自己的戏箱，被王洛五弄到他那店内，悍不发还，自己好好一个戏班，教王洛五硬给拆了。现在王洛五对待自己，还和从前一样，有时拿自己当长亲岳父看待，有时就把自己看作龟奴毛伙也似。说着，哭道："我准是哪辈子该了他的，这辈子教他啃上了，竟摆脱不开。"

赛活猴又问杨玉环、杨金环二人，是否愿意嫁王洛五，王洛五待她二人怎样？杨老板说："杨金环只有畏惧，被他害得面黄肌瘦，杨玉环还能恃宠相抗。"叫着赛活猴的名字道："你想，她们俩不过是小孩子，王洛五却是三十多岁的壮汉子，她们俩孩子实在是情出无奈，唯恐王洛五毁害我两口子，俩孩子这才舍身嫁给他，她俩怎会愿意呢？"

赛活猴又问："譬如我帮着你老打官司，过堂的时候，你能保得住玉环、金环的口供向着你吗？"杨老板矍然道："这个，我倒保得住。不过，听说现在的经历老爷，乃是王洛五的把兄弟，我们告不倒他呀！"赛活猴嗤道："经历是把兄弟？听谁说的？"答说："他亲口对我说的。"赛活猴道："他亲口对你说的，你就信了？现在绥化厅的通判文贵是我的表兄弟，比他这把兄弟更气势。你只管告状，我给你仗腰子。"杨老板哭丧

着脸道："你别拿我开心了，我现在又死老婆，丢了闺女，外甥女又病倒，火火爆爆一个戏班，弄得光杆一个人，你还冲我说笑话！"赛活猴看杨老板这怯懦的情状，实在忍不住，向地下啐道："怎么是笑话，哪个王八蛋说笑话！你不是怕势力吗？他有经历把兄弟，我有通判表兄弟势力更大，你还怕什么？"

杨老板还是灰心丧气地说："他真跟经历有交情。"赛活猴道："我也实跟通判有面子！我的杨老板，你怎么教王洛五拿服到这步田地了？他吹气冒泡，空口一说，你真个就信。我也曾吹气冒泡，空口一说，你怎么就不信了？他亲口对你说的，我也是亲口对你说的呀！走，我领着你去，找我们老表去，告他一状，管保你有赢没输，把你女儿，你外甥女，你的戏箱全得还你，再治王洛五一个霸占的罪名。"

杨老板沉吟不语，赛活猴又狠狠将了几句。半晌，杨老板抬头道："到底绥化城通判那里，好递状子吗？真个的，你有路没有？"

赛活猴知道班主胆小如鼠，只得扯谎说："怎么没门路？如若不然，我就敢撺掇你了？我当年在北京搭班的时候，就侍候过这位文老爷，他是最爱听我的百水滩十一郎，他最是好脾气，赏过我好多两银子，还有文老爷现在的稿案门上，早先我们也有个认识，我们在一桌上吃过饭。老板，你放心，这官司准赢，咱们又有理，又有人，怕什么？只要您的两个女孩子，上堂对口供的时候，不向着王洛五，十告十个赢，十告九个准。到底你的女儿教王洛五拿服住了没有？她若是顺到他那一头，官司可就不好打了。可是您的戏箱是教他霸占了去，您的戏班也是教他搅散的，就打不回人来，也打得回东西来。现在咱们班里的人，还有好几个流落在此地，这都是证人，我可以把他们掏寻出来。"又道："现在听说只有马金声两口子已然进了关，回老家种地去了，别位十有九个，困在这里卖苦力气，苟延残喘，一个个把王洛五恨到骨髓里去，恨不得生吃了他。只要老板出头一告，您瞧好吧，他们全愿意联名具状子，上

堂，别说是做证了。”又提到十三道岗一带的商户绅董，和王洛五结怨的很多，早想下手毁了他，只一时没人出头罢了。老板只要把状子一递，他们十三道岗的老乡，管保有人出来跟着打死老虎，这就叫墙倒众人推，现在全看老板这头一炮了。

赛活猴说得热辣辣的，直怂恿了一整天两通夜，渐渐把杨班主说得挂了火气。赛活猴索性把炭厂的事情交代了，即日陪伴杨老板，回乡葬妻。等到把杨班主之妻草草入土，赛活猴立刻伴同杨班主，折回十三道岗附近。赛活猴出了不少阴谋暗算的计划，然后架弄杨老板，直赴绥化厅，觅状师，写呈子，“击鼓鸣冤”。临办时，又暗暗通知玉环、金环，透了一点意思。果然二女心恨王洛五，愿意跳出火坑。

赛活猴把杨老板领到一个吃荤饭的秀才那里，前情后话都据实说了，就请代拿主意，起草呈状。这秀才又补问了一些话，扪着还没有生髭的嘴唇，沉吟道：“这官司不大好打，太搁得冷了，当时为什么不早告？并且令爱跟被告姘居，已够一年以上，这个事情，唉……我想，倒还有一个做法，不过，得找通关节。你阁下要知道，如今的年月，光有理不行，还得有钱，有钱才好说话。有钱才有理，你明白吗？”说罢，眼盯杨老板，又把眼光渡到赛活猴脸上。赛活猴忙说：“先生多费心，这是一件仗义行好的事，我们杨老板说了，只要把两个女儿争出来，戏箱要出来，一定要重酬先生的。”

写状秀才名叫马子兰，笑了笑道：“那个自然，那是一定的了。不过这两天，在下正忙，还没有工夫办这件案子。黑龙江王寡妇那十八垧地，就是我在下主持着的。不过，彼此全是朋友，既然找了我来，足见看得起我，我不能不识抬举。”把赛活猴叫到一边，低声附耳，叽咕了半晌。赛活猴说了好些好话。先是皱眉，后又赔笑，末后教杨老板先出五两银子的笔资，说是第二天取银子。杨老板和赛活猴道了费心，出了秀才大门，回转店房。赛活猴有些暗中着急，想不到请讼师竟这么难，打官司竟这样难打。实话不好告诉杨老板，自己默打主

意，教杨老板在店中候他，他独自出来，要设法摸到厅衙门，撞木钟似的，要寻一个熟人，略通关节。

赛活猴对于文通判左右的人，一个也不认识，现在他是惊急了，硬碰运气。事有凑巧，他在衙门口打幌，头一个人便遇见了护宅武师张玉峰，及其师弟吴宝华。这两位武师是晚饭后出来闲逛，劈头遇上赛活猴这个伶人。既不似关外人，也不似良民，头顶剃去一块勒水纱的月亮门，气象雄赳赳，面露犹疑，只在衙门前边徘徊。吴宝华认为形迹可疑，上前吆喝一声，要加盘诘。赛活猴吓了一跳，回身要溜，又扭回头望了一眼。

张武师忽然认出他是伶人来，就叫住他，问道："你不是上年在绥化城，唱野台戏的赛活猴吗？"赛活猴忙应道："我就是赛活猴，唱梆子的，老爷您贵姓？"张武师道："我姓张。"赛活猴道："您不是在衙门里当差的张玉峰老爷吗？"张武师道："不错是我，你怎么认得我？"赛活猴满脸堆欢，忙请了一个安，说道："那年小的在本城演戏，正棚上押大令的那位官，特点小的们唱百草山这出戏，就是小的装二郎神。那天不但那位老爷开赏，你老还特赏我二十吊钱，我不但感念您，认识您，不瞒您说，我这回还是专诚投奔您来的呢。"

又向吴宝华请安，叩问了姓名，还道："请二位老爷赏脸，到小的店里坐一会儿去吧，现在我们班主也来了，正要想求您二位老爷恩典呢。"

张玉峰武师看见赛活猴雄赳赳的体格，却是很卑屈的谈话，有点羞与为伍的意思。禁不住这赛活猴好容易在衙门口，找得了两位熟人，既可在班主面前吹牛腿，又且打官司告状幸获门径，当下左一安，右一安，坚求二位武师赏光。张玉峰闲着没事，还以为他们整班伶人全来了呢，就对吴宝华说："师弟，走吧。既是他们班主邀咱们，咱们就去看看。他们班里还有两个小女孩子，唱得很不坏，咱们点两出清唱。"赛活猴忙道："您要听杨玉环、金环的清唱，那好极了，我们老板一定叫她俩侍候您。"于是好让歹让，把二位武师陪到他们的店内。

两位武师来到店房，赛活猴蹿前跃后的招待，先给斟上两杯茶，随把老班主扯到一边，自己表了一回功，说："这两位老爷都是厅官老爷的亲信人，跟我早先认识；我们打官司，有了门路了。"极口形容了一阵，教杨班主好好拜见去。杨班主天生怯官，听说来的既是老爷，当然很有势力，不论多阔的绅商土豪，没有不怕官面的；这官司不用打，准可看赢。这样想着，喜欢得心直跳；向赛活猴又问了几句，忙穿上长衫，竭诚致敬，给二位武师请了安，也斟了茶，又敬旱烟、水烟。然而拿出下九流艺人的派头，请二位武师上坐，自己垂手而立，侍候在旁边，太恭敬了，倒把随便惯了的二位武师闹得迷迷糊糊，不知何故。张玉峰先问道："你就是杨老板吗？你们那戏班呢？怎么在店里就只你们二位？"杨班主哼了一声，伸伸脖颈，刚要说话；赛活猴人分外透机灵，抢先说道："二位老爷，我们的戏班随后就到，是我们两个人先到贵宝地，投拜官厅和绅董来的。是的，我们的戏班这就到。"吴宝华一听全班没到，又看了看店房，好像杨氏双环也不会在此，就觉着索然寡味，不打算久坐了。他站起身要走，说道："等着你们班子全来到了，再照顾你们吧。张大哥，咱们走。"张玉峰笑道："宝华，你忙什吗？我说赛老板，现在我哥们没工夫搅你，等你哪天张罗出演，我们再来捧场。现在请便吧，你不必客气。"也就站起来，打算走。

赛活猴慌忙横身拦住："老爷别走，您您您听，小的有下情。不瞒二位老爷，我们的戏班本来这两天可到，无奈教一位恶霸恃仗势力，硬给扣下了，连人带东西，全套戏箱，只跑出来我和我们老板两个人。没有别的说的，谁教小人认识二位老爷来呢，务必恳求二位恩典，想个法子，央求央求厅老爷，把我们的人和戏箱讨出来，小人和小人的班主至死，也忘不了您二位的好处。"说着二人双双请安。张玉峰武师觉得这话很突兀，问道："这怎么回事？在什么地方扣的？谁扣的？你们怎么惹着他了？他是个干什么的？"赛活猴和杨老板互递眼色，

低声私议："你先说？我先说？"杨老板仍是怯官，叫赛活猴："你说吧。"

赛活猴咳了一声，咽一咽唾沫，把王洛五擅扣戏箱，强逐群伶一案，原原本本说出来。

二武师听了，说道："王洛五这名字好耳熟，他就敢扣你们的行头，你们竟这么老老实实教他扣吗？"吴宝华说："你们不会跟他打架吗？"赛活猴赔笑道："老爷您圣明，您想强龙不压地头蛇，小的们不过是一帮唱戏的，怎敢和当地绅董打架？这王洛五在十三道岗子，开着阎王店，不管住不住，一天二百钱，过往客人都惹不起他，小人们生几个脑袋，敢跟他碰？他有上百号的党羽打手呢，不瞒二位老爷，他还抢男霸女，白昼杀人，厉害极了。这只有求二位老爷给小的们做主，我们打算告他，无奈厅衙门又没有门路。现在好了，遇上二位老爷，我们就是遇上贵人了。二位老爷务必开恩，帮小人这一把吧。"赛活猴说着一弯腰，要深深请安，杨班主以为他要磕头，自己连忙羊羔吃乳，扑登登跪下了。杨班主既然跪求，赛活猴只好协同一致，顺坡而下，跟着跪下了。

二位武师大惊，连说："这是怎的？这是怎的？"张玉峰道："王洛五扣下你的东西，你只管写状子告他，有什么害怕的？为什么给我们哥俩磕头呢？"杨班主作哭声道："二位老爷您不知道，这王洛五王五爷太厉害了，动不动开枪就打人。您只当他把我的戏箱扣下了，您还不知道他把我的一个女儿、一个外甥女儿也给……也给……"蓦地红了脸，说不出口。赛活猴替他接说道："也给霸占了！"

两位武师十分惊异，说道："有这种事，是真的吗？从多久霸占的？"杨老板满面通红的，正要实说霸占二女的实情，赛活猴忙插言道："小人们绝不敢欺瞒二位老爷。我们班主为人太老实，甘受其气，他的令爱教王洛五霸占一年多了。是我们哥几个太看不过，才公推出我来，帮着我们班主告状。现在我们已经烦托马子兰马秀才，代写呈文。我们打算一两天就往

上递，不过如今的年头，尽写状纸打官司，怕不中用，总得挖个门路才行。是小人想起二位老爷来，刚才我到衙门口去，原本就是要求见二位老爷，不想您先问下来了。这也是我们班主该遇贵人，这没有说的，二位给做主吧。只要官司打赢了，二位积的德可就大了，我们杨班主一辈子也忘不了二位的好处。”说完又是请安，又是打躬；杨老板也期期艾艾地说感谢的话，也是不住请安下拜。

两位武师全是关里人，从来没遇见这样事，当时听了，颇以为怪。教两伶坐下，沉住了气，详详细细地述说前后原委。二伶口述前情，语极烦碎而不扼要。问了好半晌，方才明白。二武师全是热肠汉子，不等坚求，慨允援手，遂对杨班主说：“你们还是先把状子写好了，暂且不用递，先给我们拿来，看一看，我再替你带到稿案门上去。”赛活猴忽然灵机一动，就说道：“我们本来是求马秀才代写呈子的，得了，一宾不烦二主，现在一包总，就求二位老爷费心吧。”转向杨老板说：“咱们索性就烦张老爷、吴老爷，转托马秀才，把呈文写好着点。”两伶说着，就请二武师一同去找马子兰。

二武师少年喜事，笑了笑答应了。那马子兰秀才，常常走动官府，倒也认识张玉峰。一见四人偕来，马子兰就笑笑说：“杨老板恭喜呀，你们的官司，有张老爷、吴老爷帮忙，这就好办多了。”张玉峰道：“马二爷，这还得烦你大笔一挥，我看杨老板人很老实，也太可怜了，你多费心吧，给写好着点。”由于两位武师到场，马子兰立刻动笔，立刻就将状子缮好，又教给杨老板一套话，预备过堂时好答对官府。当下杨老板谢过了笔资，站起要走。马子兰说道：“这呈文你们自己递吗？”赛活猴道：“我们就烦二位爷代递。”马子兰沉吟道：“那么着也好，我就不用管了。”张玉峰笑道：“马二爷不要误会，状子我可以替他递一递，为的是好快一点。至于别的事，该怎样，还是照老例，就怎样。马二爷，你别脱心事。”马子兰这才笑了。四个人出了刀笔之门，赛活猴立刻请二武师下小馆，托了又

托，说了许多感情的话，把呈子交给张武师。果然官中有人好办事，不出三天，挂牌听审。

因为呈词写得很厉害，霸占强奸少女的罪状实在重大，况且又有霸产的罪，二武师又秘密将案情禀报过了，通判文贵竟亲自升堂，传讯原告。赛活猴蹿前蹿后地帮忙，到了这时，却上不去公堂，只能蹲在衙门口以外，抓耳搔腮听候风声。原告杨老板被官役脚不沾地传上来，昏头涨脑跪在大堂之上。文通判高踞大堂，把案情册子一看，问道："你叫杨韵笙吗？"杨班主供道："给老爷回，小的是杨韵笙。"问："多大年纪？"答："四十九岁。""哪里人？"答："直隶省保定府儿的（保定口音，儿话音重，故用"保定府儿"）。""做什么？"回答："唱戏为业。""为何事告状？"回答："为了十三道岗子开阎王店的王洛五，他霸占了小人的女儿、外甥女儿和小人的全份戏箱，小人的妻子因此生生被他吓死了。小人要不然，还不敢告他，因为他还要小人的命，小人没法子，才告他，所供是实。"又问："你女儿真是被王洛五霸占了吗？不许捏词妄控。"回答："小人的女儿实在被王洛五霸占了，现在他还霸占着呢。老爷不信，请票传王洛五和小人的女儿和外甥女儿到案一问，就知小人所供是实。"

堂上沉吟一会儿，又问："你女儿被王洛五霸占多少日子了？"答："由打上年七月二十七，到现在，整一年零七个月了。小人的女儿和外甥女儿，屡次想逃出火坑，无奈被王洛五拘禁过严，逃不出来。小人的女儿屡次向小人哭诉，要求小人给她鸣冤。求老爷开恩，救小人父女三命！"

文通判又问："由打上年七月，到现在一年半有余了，为什么不早告？可见你自己情愿将女儿卖给被告，现在又因勒索钱财不遂，又来与讼吗？一年半之久，你早干什么去了？"把惊木一拍，衙役齐喝堂威，在堂下偷听的二武师吓了一跳。再看杨老板，更吓得一缩脖，但是稍一愣神，应即答道："小人早想控告，无奈王洛五监视很严，起初霸占小人二女时，他强

逼小人夫妻齐搬到他那阎王店里居住，明是拿小人当亲戚，暗中把小人扣起来了。现在小人本班的赛活猴为证，是他眼见王洛五拘小人的情形的。”堂上听了，说了一声：“哦！”继续又问了一回，遂命下堂取保候传。状子是准了，所有堂讯之词，全是吃荤饭秀才马子兰教的答话，幸而堂上问的话，全平安答下来了。二武师齐向杨老板贺喜，杨老板就向二位武师道谢。于是，杨老板和赛活猴一径回店，等候被告传到，再行过堂对质。

第四章

闹赌坊计擒王洛五

过了数日，签下拘捕被告的传票来。杨老板、赛活猴一再向二武师说，王洛五必不肯束手受捕，他手下有好几十个党羽，又与红胡子通气。厅官老爷如要办他，千万得多派能手。二武师听了，也从外面打听了一些消息，确知二伶所言非假，忙乘便禀报了文通判。但是文通判也早对王洛五有所耳闻，因此，拘票一发，立刻把二武师叫到，命张玉峰为首，拨选能手，协助四班班头，一同办理此案。计共派定班头周万苍、小李太、李会庭、神枪余永堂等，共十余人，由张玉峰率领，许以便宜行事。

这件案子办得很机密，唯恐打草惊蛇，怕王洛五先期闻讯跑了，故此一切都在暗中布置。张玉峰武师，和班头周万苍等，化装潜伏十三道岗，先见了经历，递了公文，次即密访王洛五的劣迹（那个经历并未暗助着王洛五）。只几天工夫，已将王洛五从前所作所为、无法无天的事，都访实了。以后就该动手拘捕王洛五本人了。周万苍、张玉峰暗中商量，在这天高皇帝远的边荒塞外之地，明目张胆去逮捕他，他必要拒捕，甚

至还要硬把官人诬为土匪。

张玉峰几个人得了当地经历的帮助，遂定下大伏窝、虎入穴的计策。这时王洛五正新接办了一座大赌局，牌宝全有，赌徒麇集，输赢很大，王洛五所得的头钱很丰。他天天泡在赌局，一来镇压搅局的人，二来交结过往的豪客，末后索性连他的爱妾也接到赌局去了。他天天在赌局吃喝玩乐，吸鸦片烟，看人豪赌，他自己也赌。

他的这个爱妾，已不是杨家二环了。杨家二环是他的小玩物，好比一对画眉鸟似的，生得玲珑小巧，唱得婉转动听罢了，其实两个小女孩子，除了给五爷开心以外，没有旁的用项。王洛五这一个爱妾则不然，乃是附近村镇的一个女光棍，有名的烂桃子王三巧。说起来和王洛五乃是同姓，同姓不该通婚，王洛五不懂那一套，什么五百年前一个祖宗，就算五十年前是一个祖宗，他看着女人好，女人看着他好，那就该姘，往一块姘好了。于是王洛五和王三巧，一个草野英雄，一个草野英雌，不待父母之命，不用媒妁之言，眉来眼去，一来二去，情投意合，就“天作之合”了。

这个王三巧，外间传说她翻穿过四条白裙，她的新死的这个丈夫，据说因她靠人，含怒去捉奸，被她唆使姘夫给打伤要害，糊糊涂涂做武大郎而一痛逝世的。但新死的这个丈夫，原本也是要胳臂根的混混，死了不白死，有他的口盟弟兄声言要替友报仇，做一个拼命三郎石秀，或打虎的行者武松。

王三巧不怕这一套，偏偏她新靠上的奸夫，却是个色厉而内荏的假光棍。听说对头天天磨小刀子，摆弄小六转，他便吓得不肯再幽会了，口头上却对众扬言：“王三巧这个臭婊子一点人心也没有，天生是祸水。大丈夫不能受女色的魔害，要拾得起放得下，才算光棍。别看我把她汉子搬倒，我也不要她了。你们想，她跟她男人翻脸无情，她跟我早晚脱过了新鲜劲，不也一样吗?”倒好像这人大彻大悟了似的，骨子里他却是害怕，索性远走高飞，把王三巧孤零零抛下了。

王三巧大骂大闹，而且大找之下，这件事传到王洛五耳内，他不由一笑，说道："什么王三巧，她会迷惑四五个汉子，我倒要领教领教。"于是王洛五骑了一匹马，带了他的百发百中的手枪，一径去找王三巧。王三巧水性杨花，正在追寻姘夫；见了雄赳赳气昂昂的王洛五，是这么人高马大，悍勇可畏；于是乎一拍即合，二人开始姘度。只半个月，居然没坐花轿，只坐了草上飞大轱辘车，算是嫁给王洛五了。两个人情投意合，尤其这女人也是双枪将，和王洛五一样，躺在土炕上，便拿起鸦片烟枪；骑上大马，便放得了手枪。以此特别技能，遂擅专房之宠。王洛五天天在赌局混，所以把王三巧接在赌局里住。一来是新鲜劲，离不开；二来烧鸦片烟，躺烟灯，二人有同好，一灯双管，正是人间的艳福；三来擦手枪，弄火器，二人是同道，正好王三巧成了王洛五的贤内助。有如此等等的情形，王洛五手下狐群狗党，莫不啧啧称赞"五爷有福"。

这王三巧真是个尤物，她情实已是三十多岁的人了，又有烟瘾，花容当老，偏偏生得纤足、粉面、细腰，十分妖娆。若不然，怎能凭一个半老徐娘，会把杨氏双环压下一头！便是王洛五的正妻、旁妾，以及其他乱七八糟的姘妇，到此时也都被这新宠挤到冷宫。最可怜的还是杨玉环、杨金环，自被霸占，曾几何时，已然被丢在脑后，这近半年的情形更加不好了。唯其如此，杨老板的讼事才能一控而胜。若是杨老板早告半年，那杨玉环、杨金环说不定认了命，抱定嫁狗随狗、嫁鸡随鸡的古训，既已失身于人，也许将错就错，逆来顺受，以终晚节，三从四德，谁敢说错呢。

张玉峰武师、周万苍班头，一行共十二人，先到经历衙门投文报案，经历老爷披览公文，吃了一惊。因为来人是上差，命手下人陪着吃饭，细问过案情，便说："这王洛五在地方上，声气很不好，本衙门早已暗访过他的劣迹，正要究办他；现在果然有人在厅里告他了。你们几位办他的时候，务必要小心，这王洛五手底下很有些人，要慎防他拒捕，还要提防他潜逃。"

经历老爷很替上差出了些主意。那公文上明明写着密拿要犯、全拘同党的话，口气很严厉，经历已然担着失察的处分，此刻唯恐走漏风声，跑了王洛五，未免自己的处分更大。因此之故，经历老爷特意拨了两个眼线，又调派四名干隶，一同协助办理本案。——王洛五在外扬言，经历老爷跟他有交情，他们的交情就是这样！

然后，张玉峰等分成三批，化装来到十三道岗。第一步，便是卧底；第二步，便是朝相。这两步办法是同时进行的，张玉峰以下诸人，由眼线暗中指引，一一和王洛五对了盘。跟着周万苍、小李太班头，挑选了几个捕快，年纪轻、脸生、胆气雄的，假装赌徒，设法和王洛五及其手下人接近，这几个假装的赌徒，面带草野豪莽之气，赌起钱来大输大赢，满不在意似的，以此引起了王洛五的注意，好像惺惺惜惺惺，好汉爱好汉，不到半个月，居然攀交，呼兄唤弟地亲热起来。又有几个办案的官人，假装收买和运贩军火的贩子，到阎王店落脚。那时胡匪纵横，颇有些不轨之徒，在滨江一带，批发来军火，运往边荒土匪出没之区，拿大价卖出去。红胡子得财容易，花钱自然慷慨，一支火器可卖大价，子弹、火药也很有好行情。那时候，“自来得”刚刚出现，价钱更是奇昂。办案的人竟带来一杆自来得、数排子弹，说是到十三道岗换金子来的。王洛五听见部下耳目报告，立刻要看货。假枪贩拿出两排子弹，给主顾看，说是“自来得”现货不在手头，你老若是要用，可以讲好价钱再看。王洛五志在必得，掏出数千现款，掷给假枪贩。假枪贩就把自来得和五排子弹全真卖给他了。可是王洛五心里很不痛快，认为卖枪的故意拿捏人，价太大了。那几千枪价，不应该教他拿走才对，可是这事情又关系着以后采买的信用，不能恃强硬抢硬赖。王洛五便支使出党羽来，引诱卖枪的人，到他新开的赌局，“拉八局”去。

拉八局，就是押宝。王洛五要做成圈套，把卖枪的贩子大价讹去的钱，由赌局上弄回来。那枪火贩当然非常好赌，只一

勾引，便入了圈套。他们一伙四个人竟流连在阎王店，天天去赌。王洛五自幸得计，以为人家上了他的当，而不知他实上了人家的当。假枪贩和假赌徒本因人多，恐防王洛五看着扎眼，方才分为两批，慢慢地进身暗算他，如今倒一拍即合，联为一气了。而且两引三，三引两，越勾引越多，十二个官人都得混入王洛五的赌局。王洛五的赌局天天有十几个人，乃至几十个人，在那里豪赌。南来的，北往的，伏地的，过路的，此出彼入，人头异常复杂。王洛五不是没有戒心，却倚仗手下党羽多、耳目灵、势力厚，料到没人敢动他。近处的官厅，如经历老爷之流，月月受他的供奉，断不会办他；地方、牌头，更要趋奉他；他放心大胆地干，任什么危险也不怕。但是，他总是吃这个的，尽管放心大胆地干，就在寻常，他也是身不离枪，枪不离身，以防万一之变。他的手枪打得很好，可以说百发百中；他不拘白昼，不拘黑夜，总有一两支手枪带在身上。同党们曾劝过他："带这东西累累赘赘，五爷何必这样小心？"王洛五却笑说："咱们爷们干的就是这种行业，咱能暗算别人，别人不能暗算咱们吗？有朝一日，来一个人找我来比武拔闯，我若不带枪，就许栽给他。我现在枪不离身，身不离枪，要想扳倒我充好汉的人，只怕他就不敢挨近我。"这样看来，王洛五虽然大胆，不是没有戒备的。办案的这三位武师，和两位班头，跟王洛五朝相对盘之后，果然处心积虑算计的就是王洛五身上这两支枪，只六七天工夫，便看见王洛五以打枪为戏，抬手一枪，击坠飞鸟。

周万苍、张玉峰秘密商量，擒猛虎得先拔去虎牙，捉王洛五须先弄掉他这杆手枪才好。不然的话，怕受他的反噬，而且罪状难得，口供未取。官人捕盗，必须擒活口，动起枪来，便会有死有亡。张玉峰又和师弟吴宝华、朱天雄密议，也发愁王洛五这杆枪。还有王洛五的党羽，在赌局出入的，总不下二三十人，多的时候，可到四五十个。办案的官人不过十二人，加上经历衙门暗中拨派来的帮手和眼线，不足二十人，统共还凑

不到四十位。由绥化厅谘下拘捕，也许不敢拒捕，也许逼急了竟拒捕，谁敢料得准？倘真拒捕，这四十个人能不能押犯走出十三道岗？议来议去，定了诱捕之计，第一，先设法调开王洛五的党羽，第二，要解除王洛五的武装，第三，才可以动手。

张玉峰武师、周万苍班头，故意露锋芒，显出江湖豪气，和王洛五攀交，张玉峰、周万苍等人，与之结为弟兄。王洛五的戒心，也因此渐渐疏忽下来。于是到了五月上旬。

端午节即临，王洛五的党羽有的回家过节去了，赌局的人也减少，人们忙着过节。张玉峰、周万苍本来心焦，到了节关，心头一松，互相通告道："该着下手了，是时候了！"

到了端午，赌场摆上雄黄酒、黄米粽子，人数减少，赌局几乎不能成局了。小李太班头头等人，一进店叫道："王五爷，王五哥，过节好。刚才我到赌局找你，想不到你竟会在这里享福。王五爷，今天赌局怎的这样清静？"王洛五刚到这店账房，正倒在柜房，喷云吐雾，闻言睁眼说："他们都回家过节去了，我也是刚来，刚算完节账，妈巴子的，这一节差远了。老李，你也来弄一口。"小李太满脸堆欢道："请，请，五爷您自己请，我不能弄这玩意，吸一口就晕。我说，咱们哥俩也该乐一乐了。喂，咱们还是拉八局吧，那比什么都痛快。"王洛五道："你自己不会去吗？你五嫂子三巧在那里。"小李太把头摇得像拨浪鼓，说道："没有五哥在场太没劲。我们吴子英吴老弟，新近得了一笔外快，正要跟您决一死战，他喜欢推牌九。走，五爷，他们全等着你呢。"

正说着，周万苍也跑了来，进门就嚷："五弟，你跑在这里脱心净了，那不行，如今不是到了节下了吗？我们五弟妹王三巧老早就要打一副纯金九连环，上回问过我。今天正好消停，咱们多抽点头，给五弟妹凑一副九连环吧。"门口又跑进一人道："给谁抽头？"王洛五抬头一看，是张玉峰武师。王洛五让座道："张二哥也来了，他们要给你五弟妹打金饰。"张玉峰笑道："好好，该打，该打。打几副？"周万苍道："打一

副。”张玉峰道：“怎么就一副？至少也得打四副。”小李太道：“为什么打这些？”张玉峰笑道：“四个人一个人带一副，不打四副，怎够？”几个人都笑了：“对，对，打四副，王五爷艳福不浅，有四位大美人，谁能比得了。唐伯虎有十美图，五爷有四美图。”正说着，班头余永堂也来了，凑趣道：“王五哥，你至少也该凑一桌，八美图，才够。如今还差一半呢。”小李太说：“你别忙，我管保不出三年，五爷一定能凑一桌。”周万苍大笑拊掌道：“赶到了五爷生日那天，来一个八仙上寿，那可美透了，连盛京将军也没有五爷的福分大。盛京将军怕老婆，连半个小婆也没有。”

众人一齐恭谀，王洛五美得两只眼合成一条线，讲到归结，众人还是怂恿他回赌局。他呢，虽然听饱了四美图和八仙上寿，可是他心上仍然气闷闷的。缘因他最近几日，忽听一个官场朋友秘密告诉他说：“绥化厅新近派出四班班头，到十三道岗一带办案来了。”而十三道岗一带最近并没有发生什么大案，王洛五推来倒去，不觉疑心到自己身上，莫非有人把我告了吗？是谁呢？为哪一件事情？他昨天已经托人到经历衙门刺探。经历老爷和文案师爷说，那是谣言，如果厅里有人出来办案，必要到经历衙门投文，可是本衙门并没有接到公文，足见这是谣传瞎话了。

王洛五的朋友回来告诉了王洛五，又说已经转托经历老爷，倘有风吹草动，千万费心关照。经历老爷和师爷全答应了。王洛五有点放心，还是不很放心。想了想，特把本节节礼，加一倍送上去。这一回经历老爷竟未收，措辞很客气，却到底不肯收，所以令人不放心，这是与往年各节不同的；王洛五又将礼物加厚了两倍，派一能言善道的手下，第二番再去送礼。这一回经历老爷竟派他的舅老爷，对来人说了私语，经历和五爷的交情不在这一点上，请五爷不要误会嫌轻，实在因为经历现在正买了两垧荒地，内中颇有些波折，正要借重五爷的力量给了结，他还要亲去拜托五爷呢，怎能再收重礼？只要经

历面托的时候，五爷不推托，就感情不尽了。很说了一些客气话，并重赏来人，把礼物又原封打退回来了。

王洛五为此心上不舒服："到底经历这一节为什么拒收礼呢？"翻来覆去推测，测不出所以然来。要说经历将有重托之事，故此拒收重礼，总觉情理上说不通。王洛五的一个谋士翻了半晌眼珠子，断定："经历老爷将有大竹杠在后头，故此暂时不吃零食。"别的人也这样说："什么买地有波折？简直教王五爷垫钱罢了。"王洛五将信将疑，只得丢在一边。可是他心上总有些委决不下。这件疑云就陪伴着王洛五过了一个端午节。

端午节过午以后，张玉峰、吴宝华、朱天雄三位武师，周万苍、李太和、小李太、李会庭、余永堂五位捕快，错落来到王洛五的赌坊，言明要赌大钱，给五嫂子王三巧打首饰。另外四个捕快，和经历衙门派来的助手，就潜伺在赌坊左右。经历衙门内一个隶役，和当地牌头，假装来拜节，进了赌局。还有伶人赛活猴和由绥化城来的一个眼线，就化装溷到阎王店附近，设法和杨玉环、杨金环见了一面。店房出入人多，竟没机会过话，只递了一些手势和眼色；杨氏双环并不很明白，只以为赛活猴混穷了，来叙旧情求助。杨玉环居然念旧，摘头上首饰，并荷包内两锭小银锞，远远丢给赛活猴。

此时的杨氏双环已然失宠，住在阎王店后边小跨院内，一天吃两顿闲饭，除了王洛五偶然高兴，叫二女来唱一段，平时早已不到她屋了。二女本是艺人，到了这步田地，俨如拘处牢笼，深感无聊，心生幽恨。天天饱食无事，睡午觉，站门口，怅闷愁烦；杨金环的病渐见轻了。此时和赛活猴见面，杨玉环又勾想当年卖艺时跋涉风尘的旧情景。那时的生涯，纵然劳瘁，却见天日，有自由之乐，无幽禁之苦，对赛活猴不禁生了异样的感情，很想与他一叙，又惧怕王洛五。杨金环年纪小，胆小，杨玉环却比较刁钻，把王洛五打给她的首饰，摘给赛活猴，实在有点泄愤的意思。她再也想不到赛活猴不是来求帮，是救她两个来了。

但是赛活猴也误会了二女的意思，二女掷金无吝，本为泄愤，为矜旧，赛活猴却以为杨玉环跟他又“有意思”了。他竟着了魔，冒着危险恋恋不走，要把自己架弄杨老板告状喊冤的话多少说一说，一来诉旧情，二来表大功。二女动容色变，比比画画催赛活猴走：“若教他看见，可了不得！”赛活猴冷笑：“怕什么？咱们旧同行，你也算是我的少女东，跟你说两句话，还犯歹吗？你们不要怕阎王，阎王遇上我这小鬼，哼，你往后瞧吧，教他吃不了，兜着走！”麻烦了半晌，一定要把心腹话诉诉，二女仍是胆怯。见赛活猴得了首饰还不走，杨金环催道：“你快走吧。姐姐，咱们进去吧，教他看见了，咱们就该挨打了。”竟丢下姐姐和赛活猴，先进了院门，迈进门槛，又催：“姐姐，快进来吧。”杨玉环也有些心慌，立刻跟进门内，扭头对赛活猴说：“你的话我不明白，你说你遇见我爹，你在哪里遇上的？我爹不是回家葬我娘去了？上厅里告状，是要告谁？”赛活猴道：“要告谁？怎么我的话，大姑娘您一句也没听见吗？实对你说，我不是来找你求帮，我是帮着老板，把王洛五告下来了。厅老爷是我的旧恩上，已经派下捕头，访拿王洛五来了。你听着点，不出十天，就要拿办他。我这是来给你通个信，将来上堂对证的时候，你可要预备好了，别答错了，状子上告的是抢男霸女，强占戏籍。”赛活猴的嘴像迸豆似的一阵紧说，他其实也怕王洛五手下人碰着，却乍着胆，在二女面前逞英雄，恨不得把一腔话，三言两语道尽，越说得急，对方越不明白。杨玉环越催他走，他越要说，越说越乱。杨玉环仿佛若有所闻，忙说：“是了，是了，你快走吧，你快走吧！”赛活猴还在唠叨，果然街头巷尾，有人重重咳了一声，杨玉环急急一挥手，进了院，闩上门。赛活猴方一徘徊，从那边走来一人，上去给赛活猴一个嘴巴，又踢了一脚，骂道：“小王八蛋，瞎了眼的奴才。你知道这是谁的公馆，你竟敢在这里强讨！”

这个人果然是王洛五手下一条走狗，把赛活猴当作强化缘的恶丐，痛殴起来。在巷角瞭望的那个眼线，见赛活猴挨打，

眼看要被打急，忙过来，假装过路人，把两方劝开。赛活猴气得咬牙切齿，骂道："王洛五，王洛五，太爷今天受你这顿打，等着吧，咱们将来不加十倍奉还，算我不是人！"赛活猴骂骂咧咧，照预定地点走开去。这一回送密信，他本受着杨老板的暗嘱，叫他在事先千万给二女透一个信，没想到白挨了一顿踢打，信没有透明白。那一边，武师张玉峰、吴宝华，和班头周万苍、余永堂，却在赌局布好了阵势。

李会庭等几个人，凑在一处推牌九，张玉峰武师指名要王洛五坐庄，推牌九也可，拉八局也可。王洛五仍然是衣不解甲，身不离枪，躺在烟榻上，一路狂吸，心中仍是闷闷不悦。王三巧和他对躺着，给他烧烟，张玉峰武师就过来催他下场，他教王三巧替他上场。张玉峰笑说："这拉八局的事，怕五嫂子不行吧。五爷不忙，你先吸你的，我们这里先自己凑凑。"赌局中人立刻摆上牌宝，几个人呼五喝六地起来。赌局的人越凑越多，却都是一帮闲人。所有王洛五手下的人，大都回去过节，现在赌局的，不到七八个人。张武师和周万苍、李太和互施眼色，决定下手捕拿王洛五。于是，不容王洛五再吸鸦片烟，过来三两个人，硬劝王洛五下场豪赌。王洛五情不可却，烟瘾没过足，到底被这几个假装赌徒的官人，架弄到赌案上去。

赌了片刻，场中已有三十多人。屋子虽大，无奈人多拥挤，个个汗出如雨。那王洛五穿着绸衫，大赌起来。起初输赢尚小，他有点心不在焉，后来一掷千金似的，连赢了几笔大注，不禁鼓起兴来，也就把全副精神都搁在赌上。越赌越热，人人都满脸挥汗，屋里门窗大开，屋外也聚着人。王洛五面前，赢了许多现银和票子，堆得很高。旁人替他喝彩，齐夸五爷手气真壮。但有一节，天气尽管这么热，王洛五身上还是带着手枪。王洛五的尊宠王三巧，躺在赌案对面烟榻上，榻的左壁，还挂着两杆枪。

办案的人有一半假赌着，有一半装着看热闹。张玉峰武师假装输急，一怒下场不赌了，站在一旁骂点子，恰好就站在王

洛五的左首。小李太本在另一桌上赌，也假说牌九没意思，凑到王洛五这边来，恰立在王洛五的右首。班头周万苍赌兴最豪，叫得最凶，骂骂咧咧，真好像输上火来，满头大汗，就到王洛五身边叫道："五哥，我又输光了，你再借给我一千吊。"王洛五道："你不会找账房支去？"周万苍道："不行，我要借借您的赌运，支柜上的钱，赢不了钱，我要从这一堆里借。"手一指王洛五赢的那些钱。王洛五笑道："那不行，我这是彩钱，借给你，我就该输了。"周万苍说："五爷还在乎这个？"假装笑脸似的，硬拿了王洛五六百吊钱，还是不肯走，站在王洛五背后，看王洛五赌，口中仍是唠叨："还是五爷，你手气怎么这样壮，我怎么就不行呢？"张玉峰抬头往四面一看，笑道："你能跟五爷比吗？五爷在赌局长大的，经得多，见得广，你差多了。"口中说着这些话，两只眼东张西望，递出好些眼色。周万苍也递过眼色。几个官人一齐相喻于无言，知道："现在是时候了！"

神枪余永堂首先倡言："他娘的，今天怎这样热，我恨不能连裤子都脱掉了。"对王洛五说："我可要无礼了。"一回手把汗衫脱了，光着膀子赌。这一来，别人也相效脱去短衫。这些赌徒一向衣冠不整，今天因为是过节，又是给王三巧抽头，把赌案摆在内室，有王三巧在场，所以众人拘着礼貌，直到此刻，才光起膀子来。这些豪客一光膀子，王洛五也就脱去了汗衫，露出了身上带的手枪。

王洛五的手枪一露，张玉峰、周万苍一行人的眼光，不约而同，偷偷瞥过来，眼角旁斜，又互相示意。王洛五身穿茧绸裤，光着肉满膘肥、五大三粗的上身，虬筋凸出在黑赤的巨臂上，显然威武有力。腰扎阔大的"腰里硬"百衲兜肚，手枪系黑缨，装在皮匣内，垂在左臀下。兜肚鼓鼓囊囊，不知装的什么。王洛五赢得很多，心也痛快了，把全神倾注在赌上，这许多人不怀好意的眼风，他通通没留神。

王洛五的枪法，是官人们最怀戒心的。他如拒捕，定要拼

命；而官人办案，却不能捉死犯，只能拿活的。张玉峰首先发言道："妈巴子的，真热！五哥，我可要对不起，我也要脱小褂了。"王洛五笑道："那有什么？我都脱了，谁教你们拘礼来？"张玉峰道："不是这话，五嫂子现在这里，我真不好意思。"王三巧正在烟榻呼呼地吸烟，吆了一声坐起来道："张爷，您这是怎么说？我又碍着您哪里啦？你们哥几个给我捧场，我还教你们受热不成？我说诸位叔叔大伯们，哪位嫌热，趁早脱衣裳，别拘着我，我还要脱光膀子呢。"

张玉峰笑着解开短衫纽，只敞了怀，仍不肯全脱。吴宝华说："我不热，我不脱。"张玉峰笑道："你是年轻面嫩。"其余的人大半都脱了光膀子，兴高采烈地豪赌。

周万苍说道："咳，五爷，你怎么就累累赘赘，挂着这一串山里红啊！你说够多热！"张玉峰忙插言道："不是的，五哥，你那手枪也该摘下来了。还有那大兜肚，我不知您自己难受不，我瞧着就替您热得慌。"朱天雄道："还不快解下来？人说五哥胆大，我就不信，整年整月带着家伙，也太小心了。这十三道岗子乃是您的天下，谁还敢到您这里，拔老虎胡子不成？"王洛五笑道："我是带惯了。不带这东西，心上就好像短点什么。"赌场十几个人齐说："摘下来吧，这个地方，这个时候，又凭您这个人物，您还怕拔闯的硬闯进来叫字号不成？就有人敢来炸刺，咱们哥儿十几个，吐吐沫也把小子淹死了。"

七言八语一阵乱噪，王洛五最怕人讥笑他胆小，把脸一绷道："你们说我胆小吗？"赌徒中有一个叫王玉书的，乃是天津人，庚子之役是他纵火烧了三岔口望海楼；后来畏罪逃到黑龙江，在镇边军当兵，却天天在王洛五所开的赌局里泡。他不知就里，随话说话，就自夸自己的勇敢，当年在天津，赤手空拳和天津南市的混混叫字号，真是寸铁不带："当时人们都夸咱是黄天霸上连环套。"又道："五爷在这个边荒野地，足够人物，若到了我们天津衙那个小地阶（地阶：天津土话，地方的意思），哼哼，专讲究下油锅，躺铡刀，争菜市，夺码头，一

天打八顿架。不是我吹，火烧望海楼的时节，就是我一个人，一支火把，别说带手枪，连小刀子都没带。”

王玉书只顾狂吹，王洛五把赌案一拍，怒瞪虎目道：“知道你烧过望海楼，五太爷耳朵眼里听你小子说过一百二十八遍了，说了又说，自己也不嫌讨厌！好汉休提当年勇，咱们说现在的，你敢跟我王洛五比画比画吗？王洛五虽然不是英雄，可是我做的事多啦，从来不肯挂在嘴皮子上。我若把我干过的把戏全告诉你，只怕吓破了你的苦胆。你除了烧过望海楼，还有什么？”王玉书一见王洛五急了，立刻换出笑脸道：“五爷，今天我们是给五嫂子过节捧场来的，看这意思，五爷还要揍我吗？官不打送礼的，咱们改日，成不成？”

王三巧忙说：“咳咳，一句笑话，你怎么就急了。当家子，你别搭理他，少说一句吧。”再三地说，把王洛五劝住了。王洛五怒气不息，顺手把手枪解下来，往赌案旁一只小凳上一丢，道：“这玩意解下来，不解下来，都算不了一件屁事。这是我自己的赌局，我在自己家里带手枪，就算胆小；不带手枪，就算胆大，岂不成了笑话了吗？若讲究好汉，也不在这地方。王玉书，不是我说你，你太好吹了，吹得人家直吸凉气，你还是吹。就说火烧望海楼这件案子吧，你这家伙不管遇上什么人，说不上三句话，你就又翻弄出来了。你自己不嫌贫吗？我王洛五倒没烧过望海楼，你可知道东沟子里的双枪将谢老发吗？他家十七八口人，光大抬杆就有四五杆，在本乡狐假虎威，自觉不错似的，你知道到后来，他家落了怎样一个结果？是怎的现在连一个人芽也没有了？男子汉大丈夫，做一件事，不要自己吹，要听别人怎么说。挂在嘴皮上，有什么劲？”

武师张玉峰、班头周万苍，都晓得王洛五挂了劲，各个示意，在旁帮话，暗中各将脚步立好，继续往下赌，赌注越来越大。张玉峰一看，自己的人已然散开了，无形中已将赌徒一个看一个盯住。王洛五又自己给自己解了武装，正是到了好时候了。然后递一眼色，宝盒一开，赌案上的小李太，陡然一声怪

叫，把拳头往赌案一捶，力量很猛，把赌注现钱砸得乱蹦，口中骂道："捣妹子的，你看这是什么点子！"围着赌案的赌徒诧然顾视。小李太伸着手，在赌案上一抓，连自己带别人的赌注，一齐抓过去了。"干什么？干什么？"一阵乱号声中又有人说："不许赖，输急了吗？"小李太道："就算我输急了。"

王洛五把眼一瞪道："你这人，你要在我们十三道岗撒野，你胆子真不小……"身子刚往上一起，要站立起来，背后监视他的人，急用肩膀一抗，想把他撞倒。不料王洛五确有一点力量，身子微微一侧，立刻凝身站定，曲肘往外一架，把对方挡住，恶狠狠回眸一望，冷笑道："你们！"好像已认出上了当，教张玉峰等盯上了。他立刻伸手抽枪，枪已不在身上，急急往赌案旁小凳上一捞。张玉峰刚好飞起一腿，把枪踢飞，落到两丈以外地上。班头周万苍一个箭步蹿过去，恐被人拾去，用脚急急踩住，俯身夺取在手。同时，那张大赌案也被一个人猛然一掀，往王洛五身上直砸过去。王洛五大吼一声，挥臂一格，赌案反而斜落在吴宝华身上。吴宝华急急一闪，转身奔王洛五。王洛五狞笑道："原来是你们来拔闯！"手中恰抄起一串钱，照吴宝华猛打去。朱天雄立刻从背后掩过来，使手法一拿王洛五的胳臂。王洛五急急一卸，转身迎住，两个人扭作一团，各官人纷纷围上来。

赌局内一阵大乱，凡在赌局内动手的官人，上身都没敢带火器，恐被王洛五党羽识破，只在下身肥腿裤里腿内，紧藏着手叉、铁尺一类短兵刃。王洛五奋身拒捕，大声吆喝，是关照同党速来相帮的意思。但是这些赌徒，三停有两停是官人化装，其余一停，乃是十三道岗的游民，乃是真正的赌徒。赌局内王洛五的同党，在此刻连十人都不到，又一个个已被官人暗盯上，一个官人看住一个匪党。在场官人一声暗号，都掏出家伙来厉声喊嚷："我们是办案的，不是抓赌的，闲杂人等赶快蹲下，不许乱动。"又大叫道："格杀勿论！"班头李会庭拿出牌票、法绳、铁锁来，举过头顶，仍然喊："闲杂人等赶快蹲

下，格杀勿论！”六七个赌徒没命地往外逃窜，外面埋伏的官人一拥上前，把赌局团团围住，一个也不往外放。赌徒就像没头苍蝇似的，乱叫乱钻乱撞。但外面的官人，已然掏出手枪，支支枪指定在场的人，赌场内立刻又起了一阵鬼哭狼嚎的怪叫。

那王洛五，已被四五个官人圈上。吴宝华、周万苍、朱天雄、张玉峰一齐动手，竟没有把王洛五弄倒。王洛五好像受了伤的猛兽，真是一人拼命，万夫难挡。王洛五和朱天雄四手对搏，吴宝华从背后来掀王洛五的腿。王洛五猛一挣，竟挣脱，怪吼一声，一拳捣中朱天雄的脸。武师张玉峰急急一扁身，用跺子脚，照王洛五左腿狠狠一蹬，王洛五栽在周万苍身边，仍没有跌倒。周万苍掉转手枪柄，照王洛五头顶猛砸，被他一侧头，砸在肩上，仍没有砸昏他，他反而抱住了吴宝华，拿吴宝华做挡箭牌，使力往外一推，吴宝华几乎和周万苍相碰。

但这样相持，也不过一眨眼之间，时候稍久，便单拳不敌四手。班头和武师四五个人联合齐上，把王洛五抓住。张玉峰照他鼻头捣了一拳，王洛五登时热泪和鼻血齐下，两眼睁不开。张玉峰大喊：“放躺下他！”朱天雄抽铁尺一敲，吴宝华用力一扳，王洛五咕噔一声，仰面倒地。场中只剩下王洛五寥寥无几的党羽，此时有的拒捕，有的遭擒，有的逃窜。等到首犯失脚，也就眨眼失去了挣扎之力。满屋尽是捕匪的人了。外面埋伏的官人，用火器指定拒捕之人，拒捕之人相继受捕。但还剩下一个强汉，被挤在屋隅，拿着一把刀拼命抵抗。官人齐声喝令受捕，这人也看出情势不对，持刀护住身子，大声喝问：“你们到底是干什么的？”官人齐说：“我们是办案的，要拿这位王洛五王朋友，交代一件官司。”这人又问：“你们有公事吗？”答说：“当然有。”这人道：“有公事，我就跟你们走。你们只要不是砸赌局、充光棍，要真是六扇门，我就跟你们走。”这人已有受捕之意，官人齐将心一松，李会庭又把公文高举过头。不料就在这时，猛然听轰的一声大响，一溜硝烟，满屋登时惊乱，众人惊疑四顾，张玉峰武师眼光很快，只一瞥，但见

王洛五的爱妾王三巧，突从烟灯旁立起，伸手摘取墙上挂的十三太保，把枪一顺一放。只是一击，已有一个官人被打中负了伤。官人急喝：“快捉！好大胆，敢拒捕！”有的往后退，有的要开枪还击，有的往旁闪，暂避火线；唯有张玉峰武师，立身处太近，欲避无处，厉声喝道：“住手！”

王三巧并不听，仍要拒捕，轰然又放出一枪。张玉峰再不遑深思，猛然伏身一跃，游身而进，直登烟榻。王三巧又搂枪机，张玉峰猛一探身，往上一托枪，扁身一腿，将王三巧踢倒，十三太保大枪，顺手夺过。众人一齐动手，把这个王三巧也捆上，应捕各犯也一一上了绑。外面街上听见枪声，也是一阵大乱。张玉峰武师、周万苍班头，认为这一番设计诱捕，不可持久，久恐生变。十三道岗有王洛五不少的同党，也许要拒捕，要劫夺要犯，潜备的大车赶到，把王洛五赶上大车，立刻要起解。王洛五失手之后，一言不发，怒目而视，双眸中闪闪蕴着毒火。赌局被捕的，连王洛五、王三巧，一共七个人。王洛五直到王三巧开枪抢救自己，方才打破沉默，哈哈大笑道：“老子想不到在阳沟滚翻了船，但是我还交了两个好朋友，娶了一个好女人。”问官人道：“你们哥们先别忙着走，我看你们几位这样大的举动，把我捉住不杀，一定不是仇家子了。你们哥们一定是办案的上差，没请教哪位是头？贵姓？贵衙门是哪里？”吴宝华受了他的反击，心中不痛快，骂道：“你也睁大眼珠子看看，既知爷们是官面，趁早咬紧牙关，闭住鸟嘴，腆出屁股来，等着挨板子，你少要充光棍吧。爷们要恭请你们大驾五花大绑，上大车。”五花大绑上大车，乃是出斩砍头，众官人缚贼唯恐不急，连王洛五的脚也上了木狗子。两人伺候他一个，把他搀起，往赌局外面架。王洛五十分发急，忙道：“你们哥们也太不懂交情面子了。你们假意跟我拜把子，设计骗我，我并不恼，你们是官差不由己。可是好歹我们也盘桓过好多日子，难道一点私情也不通吗？你们不要忙，我还要交交诸位哩。诸位为我的事，很受辛苦，我不能没有一点人事。诸位

可以把我押到店房，我叫柜上给你们每位支二百吊钱买鞋穿。哪位是头？另外我奉送二百两，请他把我这场官司告诉我，难道我犯了案，连案由也不给我看不成？诸位要知道我王洛五是个朋友，彼此都要看开点。”

其实，李会庭、小李太、周万苍这些老捕快，早就预备了卖案情，向被告索钱的主见。不过故意做难点，希多得报酬。四个班头都换了笑脸道：“王洛五我们对不起，奉官所差，事不由己。我哥们承你老兄不见外，也周旋了这些天了，朋友总拿着当朋友待。一切你望安吧，除了徇私买放不行，你想打听案情，那不算什么。”意思之间，要把大车拉到店房，以便索贿。张玉峰矍然变色道：“这可太悬虚！”暗冲向王三巧一指，周万苍向王洛五说道：“对不住，我们只求现佛，不能远去了。我想王五嫂子总可以给我们点酒钱。”王洛五皱眉道：“也好，三巧，你听见了没有？”王三巧此时也已被缚，她一点不怕，嘟嘟囔囔说：“抓赌也犯不上摆这样大阵仗，老娘不怕。你们说上哪里，我就跟你们上哪里，何必来这一套？你们到底是冲谁来的？”李会庭笑说：“五嫂子，请你放心，绝不是冲你来的，你跟前头那位大哥的事，算是完了，吏不举，官不究，我们管不着。这一回事，老实告诉你们两口子，厅里有人把五爷告下来了，情节也平常，请你望安，没有五嫂子的干系。不过五嫂子拿刀动杖的，我们不能不捆一捆。只要五嫂子不再玩火器，光摆弄羌贴站人洋钱，我们就松套。”

做好的活局子，有软有硬，硬的要钱，软的泄露案情。由小李太把王三巧松了绑，押着她开箱开柜，给官人拿“好看钱”，王三巧这娘们，比王洛五还横，又不开面，只掏出几百吊钱，再不肯多破费了。王洛五怒道：“老娘们懂得什么？我这一进厅，一路上山高水低，全靠朋友照应，你还想惠而不费地打发地方那样吗？”立逼王三巧拿出许多金银首饰，奉送给众官差，笑道：“小意思，诸位别嫌恶。”小李太见了偌重的包金镯子，心中大喜，连声夸赞道：“怨不得外面都夸五爷人物，

果然不虚，我弟兄这一番奉官所差，概不由己的苦处，五爷难为你全看得很开……”底下的要说“拜领”和“照应”的话了。不料老猾的周万苍和持重的张玉峰，同时翻了腔，喝道：“小李太，你要脑袋吗?”过去斥责王洛五道：“王洛五，我们拿你当人物，你怎么弄这个，你要毁我们哥几个呀，你可瞎眼了!”大声吆喝道：“装车，装车，少跟爷们弄把戏，爷们花的是光棍朋友的钱。”王洛五忙解说道：“二位太多心了，情实我手底下没有许多现货，所以拿几样首饰，这有什么?既然诸位不愿要首饰，三巧你再搜搜箱底，我记得还有几十张羌贴，还有四只元宝，都给我寻出来。”

于是别的官人又往回拉钩，把张、周劝住，静等王三巧寻出四只元宝，和单元五元的一共百多张羌贴（旧俄纸币，清庚子前后，已流行吉、黑）。王洛五赔笑道：“这两只元宝和这几张羌贴，跟这些现钱，是在下奉送诸位的。我知道诸位为了我这一案，在十三道岗盘桓了个把月，足见厅里老爷把我看重了。其实呢，我不过是个开店的买卖人罢了，不错，我接了这个赌局，我是为结交朋友，不是为发财，也不是为坑人。我这人一生口直，有口无心，不知哪句话得罪了朋友，把我告下来。我现在没说的，当然跟诸位上厅打官司去。不瞒诸位，绥化厅我也有个把朋友，但是求外圈不如求内圈。这点小意思，请诸位务必赏脸，算我王洛五交朋友了。”客客气气，很说了些外场话。又说：“这另外两只元宝，也请诸位替我收着，不知哪位是头?请头儿一路上多关照我。等我到了厅，我自然设法教他们在外面另给我铺陈，和这笔钱没关系的。这笔钱，我完全托付诸位，在路上多多照应我点。还有我那小店，恐怕还不晓得我在这里遭了官司，请诸位上差，派一位弟兄辛苦一趟，把我们柜房上姚先生叫来，叫他赶快预备一千吊现钱，一千两现银子，并给我们舅爷送个信。这一切都要诸位帮忙了。”又道：“这区区之数太少，好在现时天气尚早，最好诸位能跟我到小店去一趟，管保和诸位多少也有点益处。再不然，请稍

候片刻，等着把我们姚先生叫来，我只对他说几句话，我另外奉送每位二十两银子。总而言之，这场官司，我一定跟了去打，可是我得留下几句话，好教他们给我打点。区区下情，全靠诸位恩典了。”把强悍之气，一扫而空，王洛五以甘言厚币，一味央求。这些班头、捕快之流，见了银子钱，如苍蝇嗅见血腥，早已喜得眉开眼笑，把刚才拼斗拒捕之情丢在脑后。王洛五只要求“和管账先生见一面”，这是打官司的人的常情，唯恐家里人得不着信，致身陷囹圄，无人搭救。殊不知任何人本身一被捕，立刻有衙门的腿子，跑到事主家，通消息，讨花销，用不着被捕的人另外花钱买嘱。王洛五这一套，大概也是这样，每人多敲他二十两岂非是好事？左不过跟司账见一面，谈几句话罢了。

武师张玉峰在厅衙，究竟是幕客师爷的地位，而且利害之念也看得清楚。见周万苍正与师弟吴宝华、朱天雄叽咕，忙凑过去道：“你们留神，这地方可是天高皇帝远，跟咱们关里可不一样，碰巧他不但拒捕，他还要戕害捕吏呢。现在还是赶紧起饵，天色一晚，再走可就难了。王洛五手底下有上百的党羽，又跟胡匪暗中勾结，周头你可估量着点，不要只顾找外落。”周万苍道：“我这里正跟吴师爷、朱师爷商量呢。”遂把李会庭等几个要紧人物，连经历衙门派来的协捕的差人，都调到赌局外，秘议几句。经历衙门中的人首先说：“这王洛五可不大好惹，他手黑心狠极了，我们捉他容易，他要是跑了，咱们管保都得葬送在他手里。”周万苍道：“不过按办案讲，咱们总得到他那店房去一趟，还有原告的两个女儿杨金环、杨玉环，也得一同到案。”正在计议，那王洛五的对头，伶人赛活猴已溜进赌局，此时在旁踊跃告奋勇道：“诸位老爷，王洛五这小子，在他店房里，光大抬杆就有十七八杆，手枪八音子、七封子，更不知有多少。他手下的狗腿子，足有七八十号，碰巧今天是过节，换在旁的日子，他们就敢结伙抢差事。诸位老爷不是要传杨老板的两个女儿吗？我知道两个女孩子的住处，

我领哪位老爷去，一叫就叫出来，不过得预备一辆轿车。——您诸位千万不要再到他们店房去了。留神吃了暗亏。”

官差看不起伶人，李会庭冷笑道：“上店房怎的了，难道还连我们都扣在那里，剁在那里不成？那儿还有我们的行李呢，真个的丢掉了，不敢回去拿吗？”赛活猴忙说：“是，是，诸位老爷自然不怕，只怕王洛五教他们夺回去，张老爷您瞧怎么办？”张玉峰笑道：“我倒有个八面圆通的法子，管叫你们想上钱，也办好案，不落一点闪失。”周万苍问什么高见？张玉峰说出三步办法。第一步，王洛五仍由赌局起解，装上大车，由各官差各执火器，严密护行，由十三道岗起解，直趋余庆街（今改县）经历衙门，如有风吹草动，可以就近调镇边军协助。第二步，在起解之先，同时举行，由吴宝华、小李太，带同赛活猴和眼线，去到阎王店后街，提取案中有名之被害原告之女杨玉环、杨金环。轿车没处去找，由地方给抓来一辆草上飞大轱辘车。第三步，一俟二女赶到，即与王洛五一同起解。在起解的同时，由周万苍、朱天雄，外带两人，立即押着王三巧到阎王店去，通知案情，索取重贿，就便把行李取出来。这个主意当然稳当，大家都赞成，立刻就办起来。

但等到分派人的时候，这些班头各抱私心，都愿意押着王三巧去拿行李，都不肯押着王洛五起解。起解的责任是大的，而拿行李的好处是多的。班头李会庭和周万苍两个人就对争起来。张玉峰武师大怒，说道：“你们只知要钱，不知要脑袋吗？在这地方正是红胡子出没之区，真个的，这王洛五的来头，你们又不是不知道。得了差事，不赶快走，你们再耗着吵嘴，我可不管了。我们师兄弟三个人，是奉了厅丞之命，帮你们办案拿贼，案子已然得手，别的事没有我们的了。朱师弟、吴师弟，上马，我们回厅！”

吴宝华还在迟疑，张玉峰立催上马。吴宝华真个要上马，朱天雄忙说：“稍等一等，四位班头你们怎么说？”四个班头立刻说：“张老爷别生气，我们静听你老的，你老派谁就是谁，

我们谁也不许推托。”张玉峰仍要维持原议，自然以护差为重。他自己亲押王洛五上道，命四个班头分为两拨，抓阄定去取，两人押王洛五，两人押王三巧，索性把提杨氏二女的一拨人，也并在这一路，捣了半晌乱，方才起身。王洛五的起解，由张玉峰督率着官差，先给王洛五在外面披上长衫，又给带上大草帽，遮挡住面目。其余拒捕之犯，也押上大车，打算把他们解到余庆街经历衙门，按赌棍例，打一顿板子释放，只把王洛五押到厅里。押解官人，自张玉峰以下，都骑上马，持火器在车旁襄护，并有经历衙门中几个差人，持枪坐在车上，拿枪口对着王洛五，以防不测。照这样，由赌房开出四辆大车，二十多匹马，一径出了赌局，上了十三道岗通行大道。头一辆大车，却是王三巧，正犯王洛五押在第三辆车上。差车刚出赌局大门，门口便已聚了许多看热闹的人，这里面就混有王洛五的一两个党羽。并且刚才的枪声，早已惊动四邻，四邻纷纷刺探，都晓得：“王洛五盛记赌局出了事啦，开了火啦！”这消息不到片刻，便已传到阎王店店房。店房的司账姚某，正是王洛五的军师，这军师立刻运筹帷幄，派出几个人奔来打听。打听消息的人恰巧和起解的大车碰了个对头，立刻惊得呆了。闪在路边，只瞪着眼，冲头一辆车的王三巧、第三辆车的王洛五翻眼珠子，透出叩问的意思来。王洛五在车上本来低着头，却在帽子底下，转动两眼，往四面偷看。恰好看见了自己的党羽，他一声不哼，装作没事人。容得大车往前开，开到同伴身边时，他就要“发话”了！事情不尽如他的意，王洛五憋足了话，挨到车与人接近时，他猛然一仰头，草帽从他头上落下来，他的全部面容露在光天化日之下。他振吭叫了一声：“朋友，我王洛五栽了！众位乡邻看在往常咱们的交情上……”话不容王洛五说完，押车的官差狠狠捣了他一拳：“相好的，你太不够朋友，带上朝廷的王法，还有你吆喝的分吗？这不是出西门，再嚷嚷，我可对不住，要堵你的嘴。”同时，两旁押护的骑马官人也早扬起鞭子喝道：“闲人闪开！”吧的一下，那个把脖子伸

得很长，耳朵张得很开的路旁闲人，正要和王洛五递话，马鞭已然斜拍到肩膀上，热辣辣地疼痛。同时马头也碰着他的后项，惊得他一跳，跳躲一边了。但是官人仅仅禁住王洛五，王洛五再要说话，就要堵他的嘴。前边第一辆车的王三巧，也被当前开路的官差盯住，只容她转动秋波，暗透心情，来许她悄吐娇音，自陈落难了。偏偏在第二辆车上的犯人，本非主名逮捕之人，官人对他稍涉疏忽，他居然和路旁一个看热闹的汉子，潜通了消息。这犯人坐在车上，把脖颈伸得老长，把嘴噘出老远，路旁人也照样，伸长了脖颈，斜楞了耳朵，长喙对准耳孔，急匆匆递过去几句话。话虽然少，人已全然听懂。马上官人刚刚发觉，正要举起马棒，那旁听的人已然抱头鼠窜而去了。

张玉峰武师押车在最后出来的，策马刚出局门，便瞧见看热闹的人太多，离差事车太近，大声吆喝前面开路的官人："驱逐闲人，闲人靠边！"吴宝华把马缰一勒，招呼另一个骑马的官差，把马放开，挥动马棒，往路边上横冲，看热闹的人哄然四散，大车四辆很松爽地开到大街上了。来至十字路口，立刻分途，前一拨人押着王三巧一辆车，直奔阎王店。后一拨人押着王洛五三辆，径向绥化城的大道开过去。这时候，看热闹的人被马棒驱逐，仍有人跟在车后，追着看把王洛五解到什么地方去。有的说趁愿的话："教他横吧，到底碰上钉子了。"有的说惋惜的话："这一抓了去，把王洛五苦了，这一辈子完了。关外和关里不一样，没事便罢，只要一经官，就是大罪了。"在群言纷纷中，路边独有三两个人，表面看热闹，全都默然无言，互递眼色。

四辆大车分途的时候，这三个人也霍然分散开，有的步王三巧的后尘，奔向阎王店；有的追王洛五的大车，上了官道；另有一人先一步奔跑开去，钻入十三道岗后街。班头周万苍等，押着王三巧，开到阎王店院内。几个官人手不离枪，带着王三巧，直入柜房，找司账姚先生。姚先生不在，说是回家过节去了，再找别的人，能够负责的竟没有一个，都说："我们

是店里伙计。不知道东家的事。”周万苍很不悦，在柜房大甩闲话，拍桌子一闹，闹出一个人来，说是本柜上的二掌柜，现由他家里找回来的。二掌柜和王三巧过了话，协力答对官差，把应该付的好看钱，加一倍付了。周万苍改嗔为喜，把拘票给他们看了，案由抄本也给二掌柜留下。又对王三巧送了许多空头人情：“五嫂子，刚才你不该开枪拒捕，拒捕是格杀勿论的。不管怎说，至少得把你带到绥化厅，过个一两堂，那时候五嫂子本是回头人，真许审出别的枝节来。现在我们哥几个，多少担点处分，把您免究了，这可是我弟兄懂交情的地方。好在票上本来没有您，我们犯不上多攀拉了，这一点你要明白。”王三巧也早换了面目，口中不住地千恩万谢，又重重拜托诸位：“洛五到厅，全仗几位照应了。”

周万苍等在柜房开了一会儿药方子，最后告辞出来。那提取原告被害人杨氏双环的官差，也就在此时，把杨氏双环提到，由伶人赛活猴安慰二女，上了大轱辘车，追上前边押解王洛五的车，一行往绥化城开去。

第五章

押解要犯山行斗马贼

塞外五月天气，当正午时，热得十分酷毒，能把人枯晒死。但等到过了正午一个时辰以后，气候便渐凉，日影一没，山风一吹，真得脱去汗衫，披上皮棉袄。官人逮捕竣事时，已然在午后申牌；等到起解，已到酉戌之交，转眼天边渐暮了。李会庭、张玉峰看了看四面，古道如同羊肠似的，荒草丛生，高过人顶，把通行路掩没。远望黑云当空，高山映日，泛出火焰似的山色，背日的山景，又阴沉沉染了暗碧色。三四十名官差，押解四辆大车，走在这地旷人稀的荒道上，看不见来往行人的影子，只听见古木长林随风的怪啸和野草的籁籁低吼，人们心上蓦地起了一种莫名其妙的戒心。大车是在当中走，前面有班头。武师骑马开道，后面也有官差督护，防备本严，却不知怎的，人们越走，越觉着不放心。

这十三道岗子，本来路途不平，一起一伏尽多岗陵，车行在岗陵起伏之处，官人们都加一倍小心，好像料到这地方是胡匪出没之区，怕无端撞上他们。他们胡匪和官人，处在敌对的地位上，就便案子上的犯人，跟他们不相干，他们若遇上，也

要劫差事、抢犯人的。而且官人们又都知道王洛五绰号北霸天，素日便和土匪通气，现在逮捕他，纵然容易，起解时却怕出差错。因为由十三道岗，起解到绥化城，路程太远了，而在案的人犯又似乎太多，押解的官人似乎较少。

李会庭班头，惴惴地策马跑到张玉峰的马旁，低声说道："张师爷，咱们奔哪里走？是一直往绥化大道走，还是先到余庆街经历衙门？"张玉峰道："这怎么说？"李会庭嗫嚅道："我看情形不大好，直奔绥化，恐怕路上要生事。"张玉峰往四面看了看道："你从什么地方，看出不好来呢？莫非说这地方太险吗？"李会庭道："前途的确是有凶险，不好走。我们一直奔绥化，前站的宿处，正好是前不靠村，后不靠店。不但这样，您再看看王洛五的神气，实在是不对。"

张玉峰一声不响，把马勒住，等到王洛五坐的那辆车开来，暗暗看他一眼，倒也没看出别的来，只觉王洛五刚被捕时，精神颓丧恼怒，此时一变，倒显着神色兴奋似的，并且他坐在囚车上，不住东张西望，若有所觉，脸上很像有所希冀。张玉峰又看了看别的囚犯，也似乎神色不定，正在企盼着什吗？张玉峰仍不言语，更观察别个官人，别个官人如押后车的小李太，也似乎觉察出不妥来，一时看看前边，一时看看犯人。犯人的眼色不停地往后面看，有的时候，竟伸长了脖颈，看出很远，他们一定是有所期待了。张玉峰和李会庭两个人，稍稍一嘀咕，小李太就也凑过来说道："案子的神气不大对，他两眼直勾勾地尽往后头看，好像后头必有救兵追来。张师爷，咱们可得多加小心。"张玉峰点点头说："你把周万苍叫过来。"周万苍不等着叫，只看举动，已然醒觉，立刻也挨过来问道："张师爷，怎么了？莫非案子不稳，前边有事吗？"张玉峰道："好像有那么一点。"囚车照旧往前开着，几个要紧官人展眼间已然交换了意见。对于犯人神色不定，前途的凶险，都默喻于心了，并且悄悄商好："趁早改道，奔余庆街吧。"

几个官人不动声色，暗中把话告诉了车把式。车把式依

言，把车赶起，悄不声地改了方向。大队差不多三四十口人，都随着这方向往下走，没有一人说话。车上的犯人忍不住开了口道："众位老爷，走错了方向了，这不是奔绥化厅的大道，奔绥化厅，应该往左边拐。"说了一次，没人答言，王洛五又说了一次，车把式照旧往错道上赶，官人也跟着齐往错道上走，还是没人答言。王洛五又大声和车把式说话："喂，车把式，你走的路对吗？你刚才拐错弯了！"车把式回头笑道："没错，这是当走的道。"王洛五道："你分明走岔了，再往前瞎赶，可要错过宿头了。"车把式一味装傻，王洛五不由犯了老脾气，大嚷起来。登时惊动了押车的官差，齐向他吆喝："五爷，五爷，你可给我们留面子，我们才好给你留面子。半道上走得好好的，你嚷个什么鬼呢？"王洛五赔笑道："我是告诉他，这不是往绥化厅的大道，他把车赶岔道了。"周万苍笑嘻嘻地走近囚车道："王五爷，人家没走错，是你想错了。你老心想着一定要把您解到绥化城，其实头一步还得把尊驾先解到余庆街经历衙门那里，您在那里过完头一堂，歇上一天半天的，再把您转到绥化厅，这中间还隔着一个衙门呢。"王洛五嗒然半晌道："原来我是先到余庆街，后到绥化厅吗？我分明记得诸位一开头告诉我，说我的案子是在厅里，怎么会转到余庆街了？刚才临上车的时候，我还听众位哄嚷着说：直奔厅衙。到底是为什么临时又改了道呢？"官人一齐笑道："那许是您听岔了，再不然是您想左了。对不住，赶路要紧，有话等到了地方再谈吧。"立刻一阵传呼："马前，马前！"夹杂着皮鞭策马之声，四辆大车加紧攒行，速度较前超过一倍了。把个王洛五在囚车上颠顿得和皮球一样，一颗头碰了许多疙疸。

直到太阳西沉，方才走出十三道岗子的末两岗。遥望前途，仍然看不见打尖之地。武师和班头恐错过站头，力催大车加紧赶路。曲折前途，约莫着前后已经走出三十里地，车越走，越发加快。在这车声辚辚、蹄声踏踏之中，突然听见很清脆的吧的一声爆响，分明是子弹破空声。众官人不禁仰面寻

看，觉得情形不好，急忙寻看，枪声似出于侧面林丛，直掠头顶而过。跟着又响了一声，众官人忙又往后寻看，觉得枪声又似出发于背后。

张玉峰武师、周万苍班头，大声地吆喝："停车，停车！"众人一齐趋奔近处土冈，借物保障住一面，随即把马勒住，车也停住。跟着招呼了一声，立刻纷纷下马，护住囚车。四辆囚车紧在一处。赶车的把式，按寻常遇见胡匪的惯例，把车往路上一丢，人便跑到路边一蹲，没有他的事了。却不知这是官差，不是商旅，官差一阵怒喝，把车把式催起来，仍叫他跨上车辕，等候命令。几个官差望空还枪，身子伏在乱草中。几个官差快快地奔跑，把周围形势匆匆一看，快快地定了趋避的方向。"左边有警，后面有警！大车还是赶快往前边闯，往右边开！"一面喊，一面继续寻找枪声的来路。就在这时候，枪声如密雨乱发起来。侧耳细辨，声在后方，同时后方也已发现了骤马飞驰的蹄声。

"哦，十三道岗子有人追下来了！"左侧丛林果然转出二十几匹马，马上的人开枪往这边攒攻。只有一样，双方相距尚远，目光可以望见人影的显现，火枪却不能瞄准。众官人一齐耸动："果然有了劫差事的了！"张玉峰、李会庭、周万苍、神枪余永堂，到了这时，把心神镇住，一手扯马缰，一手提手枪，抢到囚车两厢，催促车把式："休要怕，往前闯，闯！闯！"骑马的追兵正是北霸天王洛五的死党。王洛五猝然被捕，他们也仓皇失计，现在刚刚纠齐了人，就追下来了。分为两拨，共有五十多人，全是快枪骏马，他们绕道紧迫，居然赶出三十里，便赶上了。头一声枪声，乃是他们的暗号，通知两拨人马，往一处兜合。官人骤然遇变，不知追兵多少，仓促间还想下马拒战。殊不料人家的马快，官人策马驱车而行，人家还要追上，这一下马护车，反倒落入抵面交攻的情势之下了。王洛五的党羽两拨马贼，火速地追上来，到达够上火线之处，立刻下马，往囚车这边开枪示威。目的不在伤人，实在要截路劫

囚。弹丸如雨，只照下三路打来，未伤人，只是先要伤马。官差这边迤逦闯躲，躲到一道较为高峻的土冈后面，便不再闯，立刻列成阵势，开枪拒斗。马贼人少而枪多，人又是亡命徒，舍命攻土冈，要越岗过来夺囚。官人这边人多而枪少，内中又有些胆怯的，与贼相形之下，倒像势弱。而且虚实不明，主客异势，贼人既敢青天白日，硬来抢救首领，那一定是来者不善，善者不来。因此之故，双方交了锋，马贼一味威逼狂骂，叫绥化厅的腿子们，快把王洛五放了，饶了你们。官人这边倍觉惊惶，虽然还击，总想夺路速走。而且天色也不利，渐渐日暮了。一到夜深，贼党势必越聚越多。官人们个个着急，隔土冈相斗了片刻，官人已有两个挂彩。有几个悍匪，突然三番两次硬闯过来，被官差一排枪，登时打回去，但是他们从这边绕不过来，转眼他们又从那边扑上来，情形是越来越显得吃紧。

张玉峰和李会庭，看出恋战不妥，硬拒非策，立刻吆喝同伴："还不上马夺路！刚才已经探问明白，距此不远，最近的一站，叫作刘家烧锅。"官人互相传告："快开车奔刘家烧锅！"车把式在这恶斗的局面下，已然失去驾驭之能。张玉峰忙命自己人，赶快跨辕赶车。张玉峰自己就舍马登车，命师弟吴宝华执鞭打马，他自己坐在车厢后，背朝前，面冲后，一手持手枪，和囚徒王洛五背对背，膝下放着一支十三太保，另外一只手，提一把利刀，向王洛五威吓道："我不怕劫差事，只要谁敢上前，我头一下先打死差事！"两眼怒睁，做出拼命的样子，叫王洛五勿要生心图抗。周万苍、李会庭也照样，都舍了马，上了囚车，与囚犯共生死，拿囚犯做了挡箭牌。他们就分为二路。朱天雄与两个官差，持枪上马，驱策着十几匹空马，当先开路，落荒往前闯。一阵尘烟过去，夹杂着枪声，引得劫差之贼哗然大叫："腿子们跑了！"当此时，日色已昏。荒草尘烟中，看不清人数多寡，群贼一迭声叫道："跑了，快追！"

官人这边张玉峰、周万苍、李会庭等驱车夺路，到底闯出土冈。群贼立刻上马跟追。但土冈后面还有断后的官人，那是

神枪余永堂为首，他的十三太保很有名，可说百发百中，他尤其擅长骑着马开枪。群贼刚抢上土冈，余永堂连发几枪，把两匹马打伤，把贼摔下来。马贼一阵大哗，乱嚷道："岗后还有埋伏哩！"立刻往后路退，开枪照土冈攻打。为首的贼人也很有指挥之力，把同伙分为两拨，这一小拨在步下攻打土冈；那一大拨，就骑上了马，绕道紧迫囚车。

余永堂专司断后，一看贼人的攻势，竟留出少数人，把自己圈住，大队仍要追截要犯。这一来自己断后，反而落后，恐怕落在夹击局面之下，立刻招呼同伴，猛烈地开了一排枪，悄悄退出土冈，快快地上了马，追逐着囚车的征尘，从斜刺里飞奔过去。

护差的官人，和追截的强贼，恰恰一前一后，夹成四层。在这塞外荒郊，此逃彼追，此攻彼拒，只听见子弹吧的一下，吧的又一下，跟着发出掠空之声，哧哧然怪响，夹杂在马蹄和车轮颠顿声中。强贼的马全都神骏，官差现征来的车全部破旧。这么被迫疾斗，起初距离稍远，弹发无功，渐渐便够到火线了。押车的官人，有的受了流弹的伤。张玉峰武师和周万苍班头，急得怪嚷，把马鞭猛打驾辕的马，前途有路，驱车如飞前奔。众官人恨不得一步抵达前站，却必须把追兵略略甩开，又必须把自己人会在一处，方保无虞，也好交差。前边那四辆大轱辘车，一直奔到古道上，忽然一转，竟落荒而走。这大轱辘车又名草上飞，驰行草地，最为相宜。张玉峰武师蓦地在车厢上一长身，向后大叫，意思是催断后的人，快快跟上来。断后的人立刻望见，也发声大叫。后面紧迫的马贼，立刻也答了话，却不是空言，吧吧地发了一排枪，子弹哧哧然掠过张武师的草帽。张武师赶紧俯下腰，被同伴扯过去，连叫："小心，小心！"张武师笑道："不要紧，他不敢真打。"同伴道："这岂是闹玩儿的，他们凭什么容情？"张武师一拍王洛五道："他们怕伤了他们头。"果然，王洛五和同时被捕的二人，这时都做了官差的护身符、挡箭牌，群贼弹发如雨，只是上打天空，下

打马腿或车轮。

一霎时子弹乱飞，此奔彼逐，又追出二三里，不但够上火线，简直地彼此可以相望通话了。大轱辘车尽管驰行草地最宜，总不及匹马单骑周旋如意，履险如夷；而且草地上也是陂斜不平，常有大石块；大轱辘一碰上，车轮便碎。所以车行须择途，马驰全不顾；又加上群贼个个骑的是关外“狼掏腚”的良驹，比起官马，比起临时抓来的驾辕驽马，简直不啻龟兔竞走。于是“赶上了，赶上了！”群贼马上加鞭，一阵阵怪喊：“站住，站住！快降！快降！妈巴子，再不停，全打死你们！”官人奔得满头满身大汗，却谁也不敢停，都晓得马贼手段歹毒，而北霸天王洛五收拾对头的狠辣，更叫你尝上求死不得的酷毒。捕快小李太蓦地从车厢立起，屈指大骂：“凭啥站住，你奶奶个皮，劫官差就是造反，剐不了你！”为首一贼大骂：“再不站住，乱枪打死你们！”小李太还骂道：“打不死你！”对骂声中，为首那贼，策马飞奔，早将一杆枪举起，一平，一放，吧的一声脆响。同时，小李太也早悄悄把手枪隐在车厢后，也一抬手，一平，一放，吧的一声脆响。小李太怪叫一声，倒在车厢。车厢中官人吃了一惊，张眼齐看，突然见那为首一贼，也一声叫，身形一晃，想是被奔马一颠，斜身一溜，突然栽下马来，连人带枪，一齐坠地，那马仍然往前奔。官差一齐欢呼，群贼一齐怒骂；怒骂声中，奔驰来数骑，跑到落马人跟前，跳下马来扶救。落马的人好像皮糙肉厚，没受致命伤。眼看摔得不轻，竟一骨碌跳起来，破口大骂。官差在狂喜声中，把车赶得飞快，仍然往前闯。群贼激怒，起初跟缀，顾忌着官人的开枪还击，又怕误伤自己人，他们尽管穷追。中间仍留着相当距离。这工夫，那落马的贼好像是首领，因受伤而大怒，厉声发令：“追，追，追！打，打，打！”重新跳上马，加紧往前赶，群贼把马缰放开，霍地分两翼，兜抄上前。约莫赶出半里地，前后相距越近，贼人喊一声：“开枪！”把马一齐勒住，就在鞍上，端枪开火。吧吧吧，骤然一阵急雨，泛起一

片硝烟，登时流弹乱飞，整整开了一排枪。然后又喊一声：“追！”群贼又把枪挎起来，马上加鞭，复往前赶。

这样，追到分际，便开枪打，打过一排子弹，又放马急追。且追且打，展眼又赶出一里多地，前面逃跑的官人，四辆大轱辘车排成一串，马鞭如雨点似的乱打，打得马负疼狂奔，就像一条线，一溜烟似的，掠过草地，直奔刘家烧锅。断后的数骑官人，也把马拼命地打，打得马四蹄翻飞，渐渐跟上来，尾随大轱辘车后面，曲曲折折，合在一处奔；一面奔，一面还枪往后打。贼人追得近时，他们开枪；贼人停住马放枪时，他们就加鞭逃；如影戏似的，又如走马灯。却是追兵越赶越急，情形越来越紧，官人们人人跑得喘不过气，汗如雨滴，马也喷沫。但是，这路途也越走，距刘家烧锅越近了。遥遥望见刘家烧锅那座高大的碉堡，耸出土坡丛林之外。丛林土坡之后，便是一个市镇，刘家烧锅就在市镇的核心，略略偏北。余庆街经历衙门的官差，头一个发出欣幸的叫声：“快到了，到了，就在前面了！”且嚷且回头，可是他的嗓子已然哑了，人也吓得快傻了。官差一齐大喜，群贼一齐大骂。继续着奔逃，继续着追赶，渐渐追近刘家烧锅时，官差的车马越跑越快，群贼的马队反而越跑越分散，往两厢兜绕了。

这其间自然有缘故，官差将近四十人的马匹，马贼队也有四五十名，这差不多共有百十来匹马，再加上四辆车，飞奔起来，轮声蹄声，宛如惊霆疾雷。当官差刚刚望见烧锅的碉堡，而碉堡上的人早已听见追奔的骇人声浪，又加上哧哧然破空的火枪流弹声，刘家烧锅的护院把式立刻报告了东家，东家鸣锣聚众，霍然地关上了堡门，把式摆好大抬枪和土炮。刘家烧锅全镇上（这自然是个烧锅名，同时也成了一镇的地名）大大小小商民各户立刻也闻警知变，霍然地铺家上了板，民家闩上门。同时，守望相助，壮丁全数上了房，有的上了墙，有的上了土堡围子墙；火枪、快枪、花枪，满都亮出来，并且男男女女互相惊呼传告：“不好了，大队的马达子，又来攻咱们来

了！”塞外边荒，这没有别的招，只有自救。“开枪打东西，一个也别放进来！留神他们火攻，可别像去年冒冒失失上当！”刘家烧锅全镇动员守堡御盗。绥化厅的官人、余庆街的捕快，扬鞭打马，一直投奔过来，恰恰正顶着炮口。四辆大轱辘车星驰电掣，后随三十多匹马，狂奔如风，远远地大喊：“快开闩，我们是官面，我们是绥化厅！”呼喊声中，一座土炮轰发出一炮，炮子铁砂弥漫天空，越过了四辆草上飞，直打到马蹄所过的飞尘影里。后面紧追的贼队早霍然分开，炮子恰让过官差，落在空处，恰挡贼队的前途，却将官差吓得乱叫。其实，烧锅炮台上，那四个炮手，的的确确已看清楚，这前奔的四辆车，内有囚犯。炮手旁边站着刘家烧锅的东家，正用千里眼望远镜，仔细观看来队，并且，的的确确，已然看明，前逃者是官面，后追者必是马达子。他们当然不敢伤官役，可是他们仍要成心故意，连开了这样四炮，为的是打草惊蛇，震吓贼党。这一来吓坏了前行的官人。张玉峰武师是关里人，不知关外风俗，连呼同伴：“不好，前面开炮，后有追兵，他们一定误会了，我们快快地绕着走吧，不要进到刘家烧锅了。”周万苍班头却说：“不要紧，只管往里闯，他们这炮正是帮我们的。”吴宝华也嚷：“万一叫他们错打了呢？”李会庭说：“决计不会误伤的，我们快把凭据亮出来。”立刻把那公文黄包袱抽出来，挂在枪上，高高挑起来，又把红缨帽，带月光的号衣，也挑在枪尖上。一面仍旧冒着炮弹的硝烟，硬往刘家烧锅街里钻。刘家烧锅全镇守望的人，共有四五只千里眼望远镜，由望远镜窥见了四辆大轮车上的囚犯，虽无囚笼，也非囚车，但已看出犯人手铐脚镣，戴得很全，而且又望见大车上所插的小旗子，旋即看见官人们高高举起了红缨帽、黄包袱、号褂子。守望人驰报刘家烧锅本镇的牌头，这镇头就是烧锅的东家刘某（张武师已告撰人，撰人忘未笔记，今姑假名为刘静波），刘静波是本镇有头脸的绅士，按理说，应该协助官人，抵挡土匪，却又怕中了“诳城之计”。

刘静波的谋士，是烧锅的二掌柜兼司账，也有小股，好像他姓马。马二掌柜是山东人，肚里有几部宝贝，号称三案五义，如同四书五经一样，那就是施公案、彭公案、于公案，大八义、小五义、续小五义、三国演义、列国演义。他是本镇上唯一有学问有本事的人，敢于结交官面，招待过路豪匪。他登上土圈子，凭高下望，立刻想起了诸葛亮老先生的“空城计”。吩咐护围把式：“一门大开，三门紧闭。”门侧布下了埋伏兵，反用诸葛亮在西城的妙计，把几位打枪最准的好手，调派在开了门的土围子围墙上。这开着的堡门，与官人和马贼的追逃正路，恰好相反。追逃之路在东面，他便大开西门，为的是前面逃来的官兵，后面赶上的土匪，必须绕围城半匝，方能入内。当他们绕道时，土围子上面，尽有埋伏，可以察看虚实真伪。马二掌柜吩咐已罢，陪同东家，站在土堡碉楼之上，倒没有羊羔美酒，也没有设琴，每人提了一杆自来得，这是当时最难得的火器，督视炮手，相机行事。炮手先开了四炮，又奉命复开了三炮，便即打住。十数支大抬杆，也轰击了一阵，忽然鸦雀无声地停住了。

这工夫，官人驱车狂奔，扑到东门，大声吆喝道：“快开城，我们是绥化厅办案的官差。我们是余庆街经历衙门办案的官差。”烧锅中人认不得绥化厅官差，倒认识余庆街经历衙门一两位差人，这差人到他们烧锅征过酒税的。这差人大声地喊：“刘当家的，马掌柜的，快开门，快开门！”此时堡中的抬枪虽说已停，仍不免误发出一两声枪声，后面追贼也发枪乱打，前面官人提着喉咙喊，竟裹在轰击声中。堡上人只望见车上马上的官人，伸脖挥手怪嚷，嚷的什么话一个字也听不出。虽然听不出，却看得明，猜得出，是呼助，是叫关，是请求派兵点将，替他们打退追兵。烧锅军师马二掌柜于是乎把一颗头一摇，又一点，这才吩咐：“照计行事！”把式们在土堡垛口后藏伏，露出头脸，向奔驰叫门的官人发话：“西门开着呢，你们快奔西门！”这也是瞎嚷，堡上和路边隔得远，枪声仍响，

人又跑得乱喘，堡中人的话，官人照样一字也听不清。虽然听不清，手势乱比，后边追来的贼又分两股逼到，这四辆大轱辘车为势所逼，东门叫不开，自然而然，绕城而逃，绕到西门了。于是，官人驱车绕到西门外，逃进西门里，一进西门，堡门立刻关上。所有刘家烧锅全镇的壮丁扫数上了碉堡，所有的火器都枪口冲外，瞄着土匪追赶的来路。一声号令下，“打！”全镇火器冲马贼奔驰尘土大起处发去，乒乓乒乓，硝烟登时迷漫全土堡。牌头刘静波和军师马二掌柜，一手提自来得，一手举望远镜，从碉堡探头，往外往下寻看，已看见官差的车和马，相率逃进来，又看见马贼的三十多匹快马分为两路，包抄土堡，竟被这堡上一阵排枪所迎击，霍地落荒退回去。军师大喜，自庆指挥如法，抗贼得策，竟请东家下碉楼招待官人。守堡壮丁也大喜，挟技思试，今番幸得机会，开枪御盗了。他们竟不管硝烟散布处，究竟伤了几个贼，他们只顾逞高兴，一味吧吧排枪乱打，“轰轰”地抬杆乱放。殊不料堡墙为硝烟迷住视线，马贼刚往前一冲，遇敌倏往回急撤，这工夫群贼已然两路归一，齐退到一个土坡后面，纷纷下了马，借物障身，观望堡围，暗打主意。

为首的马贼一定要救出王洛五，切齿咒骂刘家烧锅的打搅，一面派出三个探子，悄悄拨荒草、走荒原、舍宽道、穿小径，慢慢往土堡跟前哨探虚实，一面不等到探子回报，亲自掏出千里眼，爬上土坡，看了又看。看罢，立刻吩咐伙党，在土坡后只留下四人四马，盯着跟土堡打，他自己竟潜率十几个马贼，偷偷地牵马步行，往回退下去，又斜抄上前，潜度荒原丛林，从斜刺里剪截去路。官差们要想潜押囚车，绕堡西奔，再折西北投余庆街，再抄道而回绥化厅交差，此刻已然不能够。这为首马贼竟把全队潜调过来，并且沿岔道下了卡子，把要路口，全行堵住。为首马贼骂道：“你们在刘家烧锅藏一辈子吧。你妈巴子除非别走，你只一走，爷爷憋着你呢！”恨恨不已，检点同伴，裹伤设防。就在马贼布防下卡之时，刘家烧锅的壮

丁，在军师指挥之下，用排枪攻打土坡潜藏贼人之处。随后又开炮攻打。打了好半晌，不见动静，他们又受官差的怂恿，竟亮大队，杀出堡外。人多枪利，喊一声，直往土坡攻去。土坡后留守的四贼四马，与堡丁支持半晌时辰。堡丁开枪，他们停击，堡丁住手，他们便发一排枪。一排枪共四响，由这四响，勾引得土堡上快枪、抬杆、火枪，乱哄哄狂击一大阵。容得土堡稍停弹击，他们又逗上一逗，或发排枪，或遣一人登坡探头指骂。这本是诱攻之计。可怜赛诸葛的马二掌柜，只顾走下碉楼，向官差寒暄、道劳、道惊，言外自表功，竟忽略了他的对手，反而中了外面司马懿的空城计。四个贼据守这一道土坡，竟诳了刘家烧锅数百发火药。就在火药乱发，震耳欲聋声中，大队马贼斜抄到土堡西门，横卡住官人欲归之路，悄悄埋伏下了，马二军师一点也没想到。刘家烧锅的全镇壮丁，耀武扬威攻打了一阵，以为贼人势已不敌，旋报告牌头和军师，竟整队出发，开堡门追击逃贼，先开出一小队马队，约二三十骑，后开出一大队步队，足有七八十号人，一鼓勇气，冲杀到土坡。一排枪攒击之后，从四面包抄，把土坡占领，再寻贼踪，已然没了人影。俯察战地，只发现空子弹壳，和数堆马粪。这分明是四个司马懿，跨马弃坡逃跑了。

壮丁大获全胜，立刻齐队班师，由东门杀出，现在绕堡一遭，走南门，过西门而回北门，沿途不见贼踪，杀马贼救官差，奏凯回堡。领队的人齐赞军师妙计，用这种杀四门的战法，居然把贼人打退。牌头吩咐摆酒，款待官差，问官差办的什么案件，是半路遇贼，还是贼人安心劫夺差事？班头周万苍、武师张玉峰说是贼人故意追抢要犯。问要犯是谁？余庆街的官差回答："就是十三道岗的北霸天王洛五。"牌头刘静波、军师马二掌柜不禁一惊。互相顾视道："怎么是王洛五？他不是十三道岗的人物，现开着阎王店的吗？"王洛五的势派很大，刘家烧锅跟他算是邻镇，彼此闻名，都算是地方上出头露脸的人物，不料今日刘牌头做了招待官差的主人，王牌头竟成了阶

下囚。刘静波担起心来，暗遣一个伶俐伙计，给王洛五送去一份好酒饭，说了安慰的话，表面上是善邻叙旧，骨子里还防后患，套交情，留下日后好见面的余地。原来王洛五被捕刚半日，烈日下，踏荒野起解，当不得苦晒，人已改了模样，又一脸沮丧之气，刘静波竟不认得他了。王三巧是个落拓女人，在十三道岗芳名艳布，刘家烧锅却是不晓得她，故此抵面不相识。便是杨氏双环，人们虽然看过她们的戏，如今被贼追赶，连惊带吓，也都失了艳容，满脸带出囚犯相，此刻连赛活猴都押在烧锅客房。烧锅给官差压惊设筵，酒饭以后，官差即整车要走，刘静波拿出辛劳禄来，给所有各官差。官差自然是笑纳，既帮了大忙，又给钱，焉有不收之理。官差齐夸刘牌头真是人物，可称外场朋友。刘牌头又说："王洛五和在下虽不认识，究竟他也算十三道岗的一个好汉，现在也犯了案，他自己受。在下现在有点小意思，拜托诸位，多多关照他。不过诸位要明白，我和他实在没交情，谁也不认得谁，我不过看他落到这一步，怪叫人心上难过的，故此替他铺垫下，诸位可别误会我姓刘的别有用意。"周万苍立刻说："刘掌柜真有你的，你这份居心，咱们常在外面混饭的人，全都明白，你请放心，你这番好意，不但我弟兄佩服，就是犯案的王朋友，他也该知道知道。"

周万苍说着，把王洛五带出来，与刘静波相见，告诉王洛五："人家刘爷念你也是个人物，现在拿出五百两银子来，叫我弟兄替你铺垫一下，你看刘掌柜，真够交情。"意思是教王洛五当面谢过。王洛五心中蕴怒颇深，若不是刘家烧锅助阵，他们党羽一定把他夺回来。如今不消说了，总算自己倒霉，但是当场仍得摆出光棍谱来，满面笑容，向刘称谢，又对班头说："你们诸位不知道，这位刘爷和我姓王的，可算是慕名的交情，谁都知道谁。他帮我，我谢谢，就是你们哥几个，为了在下我，大远的辛苦了，我照样也要补报你们的。官司是官司，交情是交情，咱们都看得开。不过刚才道上，叫诸位多受

惊，这是我最觉过意不去的。你没听我嚷吗？我告诉他们，办案的是朋友，这官司我打了。他们是关外野苗子，不懂江湖道里的事，还是一味死追，倒闹得我很挂不住，我就此也替他们道歉吧。好在我的话他们总还听，再往下走，管保平安没事了。”

王洛五还是棵硬菜，当场很讲了些场面话，倒讲得刘静波心上很不自在。王洛五话里话外，对刘露出不满，仿佛说，我的官司，我自己当然有打算，无故累得朋友替我着急，太不像话了。又向官差也说出带刺的话，暗示着他本身虽陷缧绁，他仍有潜势力，暗听他的指挥。夹枪带棒说完话，他向刘静波及官人点点头告退。他说：“咱们该上路了吧，前途大概好走，不致有枝节了。”他是这样说，官人听了，反觉着口气冒冷风，意含反射。班头李会庭头一个不吃这一套，面孔一整，摔出几句不中听的话：“相好的，你看我们哥几个是瞎子是聋子，还是傻子？我们什么话听不懂？”武师张玉峰哈哈地笑着，从旁拆解了几句，说道：“朋友来得不得力，王五爷刚才不大痛快，还用说吗？我们该商量动身了。现在天色太晚，到底我们今天还上路不上路呢？”官人主张上路的占多半，张玉峰有心拦阻，又怕人家笑他胆小，想了想道：“要走，现在就得套车，前站固然不远，也得多预备灯笼。”冲周万苍说：“我想烦这里的刘牌头费心，给咱们拨几个人，最好是猎户、善打枪的才好，一来领路，二来伴行，路上走着也稳当些。夜间走小道，小心遇上狼群。”

余庆街官差插言道：“这里附近倒没有听说有狼群。”刘静波忙说：“猎户有，好枪手也有，张老爷打算用多少人护送？”张玉峰道：“不是护送，简直说吧，是烦他探道。有四五位就够了。”说着，眼望师弟吴宝华、朱天雄道：“不是我多虑，我只怕追赶差事的那伙朋友，不肯善罢甘休，这里攻打不进来，也许在前边等着咱们呢。”刘家烧锅的人自矜成功，说他们早把贼赶得没影了，官人们不敢轻信。神枪余永堂忙言道：“有

这么顾虑，等我问问去。”邀着小李太，屏人向王洛五探问，抛开官话，作为私地打听：“刚才追赶下来，要搭救你阁下的究竟是些什么人?”这一番私问，可算拙想。余永堂固然绕弯子，旁敲侧击来套弄，北霸天王洛五把余永堂盯了一眼，口角带笑，道：“您问这个吗?”刚才他本已明目张胆，透露话风，承认追赶的马贼是他的好朋友，意在示威，也有点夸声势。此刻余永堂要追问那些人的确实行踪，王洛五可就哈哈一笑，转了轴子。他淡然说道：“刚才那一伙，一准是马达子，跟我吗?倒也认识，不过恰是死对头。他们吃过我的苦子，他们分明是过路，跟咱们不期而遇。他们看见我王洛五倒霉，打官司了，他们一定要报仇，要绑我的票，把我架到他们窑里去，捞我的油水。他们这才是笨打算呢，殊不知您几位好容易把我办了，哪肯叫他们夺去呢。小子们倒弄了一个拦路劫官差、夺犯人的罪名，叫你们哥几个很受惊，还有受伤的，他们也太胆大了。”一字套问不出，骨子里倒惹得王洛五奚落。

小李太生了气，余永堂也发怒，王洛五脖子梗梗地不服；余永堂翻了脸，小李太要动手。余永堂首先骂道：“王洛五，好小子，爷们正正道道向你好好说，你倒给爷们轴吃。妈巴子!”这个举手一掌，那个扬腕一拳，王洛五连吃了六七个嘴巴，打得王洛五双睛直竖，闪闪冒火，大嚷道：“余爷，李爷，你你你们太不够朋友，太不讲交情！半路上怎么给我来这个?这里不是公堂，你怎么给我大脖溜！我王洛五现在犯了官司，自从被捕，直到起解，我哪一点不守着难友的规矩了？人有面，树有皮，该花的没少花，我不是不开窍。你们随便问，我有问必答，哪点答错了？往后日子还远着呢，别看一时!”越说声音越大，大喊起来。小李太和余永堂越不爱听，越打得凶，王洛五手铐脚镣全份戴着，虽说不能动弹，没法抵抗，却也被打急，愤然一挺，双手举起来，要拿手铐还砸二官差。二官差一边一个，索性揪住犯人的手，左边一个嘴巴，右边也一个嘴巴，左边一拳，右边也一拳。王洛五十分激怒，破口大

骂。同被捕的两个犯人在旁边连声呐喊："爷们留面子，爷们留面子！王五哥少说一句，王五哥少说一句！"

他们在烧锅后罩房内间打成一片，张玉峰、周万苍正张罗上道，都在前院，竟听见喧声，一齐奔来，急急扯住小李太和余永堂。余、李二人也是下不了台，住了手，仍骂王洛五。王洛五两边腮被打得通红，双睛冒火，从鼻孔中嘻嘻地发出冷笑。张玉峰问："这是怎么回事，你们两位为什么一齐动手，这位王朋友，你也是外场人，你别教他们两个做官事的，下不了台呀！"王洛五异常愤恨，仍在冷笑不语，李、余二人只骂王洛五混账："他犯了案，还这么耍戏爷们，给我哥俩轴吃。"王洛五忽然长叹道："二位上差，我领教了！我还得仰仗你们几位，到衙门多多关照我呢。不料你二位一点不留情面。我现在没有指望了，打也打了，骂也骂了，该怎着，就怎着吧。"摇了摇头，表面上做出屈服之状，可是在场的人都看出王洛五神情非常可怕。张玉峰因自己身份关系，不便说话，叫周万苍班头把李、余二人调到一旁，悄悄责备他几句。也只好"成事不说，遂事不谏"，丢下这个碴，先忙着办正事。一切预备好，立刻由刘家烧锅出发上道。走法是四辆囚车都换了飞轮轻套、坚而快的"草上飞"；张玉峰武师命师弟吴宝华、朱天雄，与四班班头差役人等，押解囚车；张玉峰本人，骑上快马，带了十三太保，提了灯笼，率四名年轻力壮的捕快，和刘家烧锅四个引路的荷枪猎户，先行出堡开道，约定探道平安，囚车方才出发。

张玉峰武师和神枪余永堂、小李太出离土堡，走出半里多地，路上似乎平静，一点风吹草动没有。续往前走，也没有发现意外；除了夜风舞动荒草，沙沙怪响，远近望不见一星火亮，听不见丝毫轮声蹄声。这已经离开刘家烧锅三里多地了。张玉峰还往前蹚，小李太心急，说道："行了，不用再往前摸了，回去催差事上路吧。"张玉峰不以为然，问开路的猎户，猎户说："往前再走七八里地，倒有一个地方，是一带荒林，

比较不大太平。”因问官差，是否蹚到那里。余永堂、小李太说：“那就蹚出十几里路了，再翻回去送信，岂不是来回三十里，就误路程了。”张玉峰坚持要多蹚一段路，命同行官役回去两名，催囚车动身。他自己仍率余永堂、小李太和四名猎户，续往前走。一面走，一面视察四面，对小李太说：“这样办，我们在前，囚车在后，既误不了路，也保点险。”余永堂、小李太笑着说：“对了，还是张师爷持重，我们都不行。”口气中颇有奚落的意味了。

哪知还没走到荒林前面，便听见林丛中几声马嘶。夜旷声清，边塞人稀，轻易没有赶夜路的，这马嘶太觉可疑。张玉峰武师头一个心惊，喝命同伴：“快停！”一齐把马缰勒住，翻身下镫，侧耳倾听。余永堂还有一点“拧劲”，说道：“您耳岔了，哪有马叫唤？”可是跟手又听见几声。张玉峰怒道：“你不要抬杠，随便你怎么说，我也得察看明白了再走。”几个人驻足在右道旁荒草丛中，留神考察四周。这时月光孤悬在长空，周围吐出风晕，天边只有几颗星眨眼，显得很凄旷。猎户悄声向张玉峰说：“张老爷，办案的事，我们可不懂，可是林子里的确是有人了，而且不在少数，足有二十多……至少也有十几名。唵，还有马，足够十几匹，和人数一般多。”小李太道：“如果真个的遇上了的话……我总想不至于……我们可以试他一下，给他打个招呼。”神枪余永堂道：“待我来！”

余永堂的枪法是很准的，刚才他还抬杠，此刻不敢坚持己见了，他突然挺身而出，往前走了几十步，双眸注视林端。看了一会儿，悄说：“是了！”把枪一摘，一顺，一端，就要放。张玉峰立刻阻住，道：“且慢！”问余永堂，又问猎户：“不是密林中真有了人了吗？我们快给后车送信，先不要开枪惊动他。小李，这是你的事，你快上马往回翻。老余，你别开枪，你跟我往前闯，试一试他们究竟有多少人。”又命猎户随同小李太往回退，勉励道：“诸位把火器预备好了，多多地帮忙吧。”

哪知，他们看透林中的虚实，林中也早看出他们的动静，而且比他们看得还清楚。小李太和四猎户刚刚地领命上马，才往回走；张、余二人伏着腰，引缰带马，刚刚地要往前挪，林中立刻有了动作。月影下悄悄地从林后转出数人，从步下伏腰疾走，来横剪官人的来路，大队的贼人，悄悄地绕林横进，从正面阻挡官人的去路。小李太掉转马头，刚刚地一放马，空中立刻吧的一声清脆的炸音，同时听见破空声哧哧然怪啸，林中的埋伏竟全部发动。小李太最先放马，也就最早做了贼人攻击的目标。小李太赶紧策马狂奔，子弹从身畔掠过，吓得他狠命的打马，身躯伏在鞍上，这马如一阵风似的，逃向刘家烧锅。四个猎户错落随着他，纵马狂逃。贼人既已出动，张武师倒沉住了气，大声说："老余，看咱们俩的了，快开枪吧！"一齐端枪还击，双方竟隔林而战。林中群贼眼见来人分出五骑，奔回原路，一定是送信勾援。为首贼人忙率众策马，抄道加紧追赶，只留下三四个人，把张玉峰、余永堂远远围住，互开火器遥攻。张玉峰本想诱引敌人，专攻自己，好乘机叫小李太奔回，无如探道官人月走荒郊，通过了贼人沿路所放的卡子，他们的人数和用意，已被贼人历历看明。而且官人在烧锅喝压惊酒的时候，贼人已经派人折回去勾兵。当下，为首的马达子紧追小李太，且追且开枪。马达子枪法甚好，全能跑着马瞄准，小李太险被打中，吓得他狠命鞭马。幸有猎户做伴，不会迷路，紧跑了五六里路，竟与后开的囚车相遇（那张玉峰和余永堂，竟被贼人包围，没得随后逃出）。

囚车和大队官人得到探道官役的头一次回报，坦坦然然地出了刘家烧锅，灯笼火把照耀着，声势颇壮。小李太被贼追得很窘，远见火光，立和猎户迎上去。一共五个人，五匹马，跑得太急，几乎被押车的前导误认为匪。老远望见，便端枪吆喝："什么人？站住！来人站住！"小李太大声招呼："是我，是我李太，你们别往前开了，后边贼人追来了！前边真有贼呀！"他说的后边也就是前边，周万苍迎上来，见只回来一人，

其余四个猎户已然落后，忙问：“有多少贼？张师爷呢？还有余永堂？莫非……”没容小李太答话，后边追来的贼人以火器代答了。吧的一声，哧的一响，又是一排枪。周万苍不知贼的实数，感觉深夜荒郊，有贼拦路，以为局面太危险，亟命回车进堡。

后面排枪越打越紧，越追越近，夜旷地野，声势惊人。众官人中刚有人大声说：“不要紧，我们闯！”意思是说，贼人本为救犯人而来，当不致纵枪盲射。不料才眨眼的工夫，就听马队有人骇吁，似受了流弹，并且立刻有数匹马惊扰乱窜，吴宝华、朱天雄两位武师，急奔到囚车前，将灯亮打灭，低声喝：“不要乱，不要乱，一面迎击，一面后退！”但是二人一片的弹压声，竟镇不住人心的吵扰，好像人人觉得马贼胆敢留恋不走，仍在这里拦路邀截，一定勾来大批助手。又加以夜月迷蒙，看不清虚实，马队中竟有两三匹马往回奔去。奔退的既已有人开端，越发喝止不住，一霎时竟乱了阵势，居然被这数排枪声，打得官人一哄而散，乱糟糟地往回跑。只剩下吴宝华、朱天雄两个武师，悬念着师兄张玉峰的下落不明，犹想挽救败势，各个亮出火器，据地迎斗，吆呼四班班头勿退。四班班头周万苍以下，竟护了囚车，一拥重返刘家烧锅。吴、朱二人又急又怒，无如孤木难支，打了一阵，马贼渐渐逼来，两人只得飞身上马，往后放了几枪，火速也退回去。

囚车已入刘家烧锅街里，立刻登堡备御。全镇壮丁慌慌张张放枪，军师马二掌柜更亲自登上堡墙，指挥炮手。实际只是空忙了一阵，马贼二番邀截，竟没有穷追，只跟了一段路，便远远地停住，时续时断地放了几枪，忽又退走。烧锅这边大大地轰轰了十几炮，抬杆火枪发得更多。挨到天破晓，枪声渐住，登高瞭望，连个贼影子也没有了。遂派人在外搜了三四里，仍无贼踪。官差检点人数，囚车囚犯幸无伤失，押差隶役从马上摔伤了一名，受误伤的二名，被自己火器炸伤的一名，幸无死亡。但最糟的是武师张玉峰、捕快余永堂，当先开道，遇贼断后，至今没有退回来，只恐是凶多吉少！

武师吴宝华、朱天雄、张玉峰是患难弟兄，同列一个师门，又同是关里人，非常地关切师兄，要出去找寻。而且囚车起解，既经两次追截，前途简直必仍有马贼潜候，总须再去侦察一下，方敢动身。遂与班头李太和，三人结伴，带一个引导人，骑四匹马，一同出镇。周万苍班头就看守囚犯，暂留刘家烧锅，等候结果。四个人试一步走一步，直奔到那座夜行遇阻的丛林前边，下马察看，竟未发现张玉峰、余永堂的踪形。吴宝华、朱天雄都有些心慌。转想人若遇难，必有遗尸，除非两人活活被掳，人和马多少总能留点痕踪。四个人商量着，策马直闯树林。刚刚地越过一道土冈，望见一条人影。塞外荒旷，罕见孤踪，就有行旅，也都是结伴成行。四个人一齐耸然注视，互相惊告道："留神那边土冈！"一言未了，吧的一声炸音，哧的一溜破空声。人方一震，朱天雄那匹坐马，猛然受了惊，往斜道上横蹿起来。吴宝华大喊："有警！"土冈后丰草中，丛林乱枝纷杂里，蓦地出现若干支火枪，映日闪光，喷出硝烟，又遇上拦路贼卡。

四个人寡不敌众，霍地带转马头，往回路退却。却各将手中火器背手一顺，照着敌弹来处，且还打，且后退，展眼去远。独有朱天雄，马惊横蹿，路线绕远，稍稍落后，好容易紧勒马缰，把马勒住，两路潜伏的马贼已有一部追赶过来。四个人唯恐陷入伏中，一面纵骑狂奔，不时回顾追兵，一面仍要提神注视归路草丛，怕遭他们迎头截堵。如此狂奔出一里多地，马贼忽然又复退回，不再追逐了，沿途也没有别的埋伏。四个人深觉侥幸，同时又很沮丧，怏怏地往回走，未进刘家烧锅有二三里，便迎上第二拨出来探察的人，抵面说明，回归烧锅。吴宝华擦着汗说："怎么着马达子还在那里等着囚车呢，我们张玉峰张师兄，还有余永堂，也不知到底怎样。想不到关外马贼这么厉害！想不到王洛五竟有这大的势力！周头，这差事竟解不走，你有什么法？"几个人都很着急，七言八语，商量起解的办法，有的人主张派人回厅禀报，先请大兵剿匪，再请派

拨兵押解。周万苍道："也只好这样。"几个官差忙打了禀驰，一份就近给余庆街经历，一份专递绥化厅通判。俟到夜晚二更天，推定两个年轻力壮、健步善走的捕快，改变农民，悄悄溜出土堡，绕道摸黑请援去了。

谁想驰报的人前脚刚走，后脚土堡北门便来告警。而且是悄悄重来，大队的骑马贼一点火亮不带，摸着黑围上来的，直迫近土堡半里之遥，方被巡哨的本镇壮丁听出蹄声，发现行踪。全镇立刻鸣锣纠众，立刻登堡备御。这一次重被攻，防备得很严（本来没有解严），可是人心很惊惶，认为马贼苦缠不舍，明知故犯，已非偷袭，一定是又邀来大队马贼了。军师马二掌柜很着急，催炮手快开炮示威，大抬杆也一排一排不断往下打。黑影中辨不清贼人实数，但听蹄声绕着土堡打。在北面放一排枪，又绕到东面放一排枪，然后又绕到西面，再转到南面，居然想来杀四门，刘家烧锅的火药消耗得很厉害，贼仍然纠缠不退。堡上停住了枪，马贼又迫攻上来。堡上认准马贼来路，发炮猛击，马贼却又悄悄撤退。直打到三更以后，月光上来，方才隐隐约约看出贼骑游走的影子，好像是比昨日增加人数了，并且好像是也有马贼，还有步贼，正不知从哪一方绕来的。枪声断续，苦苦相持，到了四更天，还闻吱吱的鸣笛之声，贼人竟收队而去。这一回牌头刘静波、军师马二掌柜奋然对众说："这不行！我们得追他！他们欺人太甚了！"立刻下堡楼，集众列队，开堡门追杀出去。绥化厅与余庆街的官人，也挑出数人参加战事，一同追出。只追出五六里，便又停止。人家是马贼，烧锅多步队，人家的马良，烧锅的马劣，越赶越落后，军师无可奈何，传令收队。这一闹已到天大亮了，堡中怨声载道，这分明是收留官人，才触怒马贼，害得空耗子弹，不由得迁怒到官人身上了。官人也不痛快，堡中既有乡团，何不出去剿匪？怎么就赶出那么远就折回来了？这都是心上闹别扭，面子上彼此还维持着，既然官差又走不了，烧锅只得再摆上酒筵，连官面带罪犯，一同款待。早饭吃罢，刚喘了一口

气，壮丁还没有解散，东门上又来告警："马贼又来了！"跟着便听见一排枪，随后又听见三声炮，堡楼上的土炮，再和卷土重来的马贼打起来。相隔只半里，众人一齐持火器登堡。正在白昼，赤日当空，踞高远望，历历分明，据测足有二三百名马贼，占据一道高坡，借坡掩形，伺机硬来爬城。军师马二掌柜和牌头刘静波又懊丧，又惊恐，同时又怨恨官人把匪氛生生给勾引来，好似嫁祸一般。可是仍得督同壮丁，不惜子弹，与马贼叮当着打。马贼的攻城法，非常狡猾。在这面攻一阵，突又转到那一面，下了马只放一排枪，便又上马转到另一面，意在混骗堡中的火药。果然只两天工夫，堡中便将火药耗费去储存的一半，正不知贼人纠缠到何时方休，涉念及此，堡中人个个着急，深恐弹尽援绝，被贼人攻进，势必恣意焚掠。马二掌柜在城楼上督战，一时又奔下来，找到官人，钉问他们，派去求救的人是否可靠？准到得了否？能够把救兵立刻调来不能？问了一会儿，又找到牌头刘静波，私地计议："若情形不好，等到天明贼人再退时，想把官差打发走了，教他离开咱们这个地方，马贼就不来寻咱们了。"主意自然不错，又怕得罪了官面。两个人重又上了城楼，观战窥情形。这时情形还是和刚才那样，马贼响了一排枪，忽又停住，黑影绰绰，从南面绕到西面去了，枪声总是那么零零落落，乍停乍作。

这时候，月色渐沉渐黑，离着天明还早，刘静波熬了两晚，晕头晕脑，下去躺着去了。只剩军师，在堡楼看了半晌，对炮手说："大家留神，这一黑夜可不好，贼人怕来爬墙。"这个确如他所料，天色一黑，乌云遮月，西北角堡墙上，突然枪声大作，是堡中抵挡的声音，也就像是马贼攻到墙跟前的情形。军师说："不好，西北吃紧，快调炮，快打！"炮手一律调向西北，大抬杆也照样。但是这土炮全是远攻之器，御近殊不得用。军师爷亲自上堡墙，亲自指挥持火枪的壮丁，由各方面齐往西北驰救，官人捕役一齐助阵，都奔了西北，西北角轰炸声大震。约过了数杯茶时，忽然觉得墙外已没有声响。军师大

声地喊嚷，叫堡中人停枪，别人也帮着嚷，方才嚷得住了枪声，忙竭尽目力耳力，往下窥察：“贼人又走了？”军师问守西北的人：“到底看见什么人没有？”西北角的一个守望壮丁抗声说：“怎么您老还问看见没有？简直差点叫他们爬上来！”又一个守望说：“一共三四个，好像背着匣枪。”手指一段堡墙道：“由这里越过壕沟，直爬到那里。”比比画画，正说到吃紧，此处才停火枪，不想东南角陡然发了一阵清脆的排枪。众人中有人叫道：“不好，贼人这是声东击西！赶快救东南吧！”众人立刻由堡墙更道上，弯着腰，往东南绕。

众人到了东南角，东南角的枪声已住。伏伺好久，外面再也没有枪声了，细细地远近辨察，外面更听不见马嘶和蹄声。众人又提心戒备一会儿，夜影渐淡，堡内被震惊的鸡狗，本来乱啼，此时狗不再吠，鸡竟报晓。军师马二掌柜方才明白，贼人故意拉锯，此时又潜退了。军师这才留下守望的人，传令收兵解队。人们都熬得心烧意乱，男男女女七言八语，怨天恨地，露出不稳的情形来。

官人自班头周万苍以下，又恨又怒又担心，齐骂：“王洛五这王八蛋，想不到有这么大的声势，我们得收拾收拾他，叫他想法子给咱们退贼。”军师马二掌柜也想到这一招，悄悄建议给官人，官人欣然以为妙计。立刻提出王洛五，重新盘问。王洛五脸上露出十分的得意，仍是一推六二五：“我再想不到打了官司，又遇上了贼，叫我有啥法子呢？”好哄歹说，王洛五一味推脱，众班头怒火，狠狠地折辱他一顿。李会庭发出威吓的话：“贼人若再来，我一定把尊驾绑上城头，拿你挡炮眼！你小子听过冀州城这出戏没有？爷们一定这么干。”王洛五这家伙宁死不弯，嘻嘻冷笑道：“我王洛五不过狗命一条，能同诸位上差同生共死，我太荣幸了。反正随诸位的便，若叫我退贼也不难，却不是这样做法。”周万苍瞪眼说道：“姓王的，你要怎样的做法呢？你要充光棍，你死了这条肠子吧，我们决不叫他们把尊驾救出去。实在没办法，爷们还会杀死犯人，骑马

一走呢。爷们跟你说好的，你要识趣。回头贼人再来，我们准把你阁下架上更道，那时专看你的了。你要明白，趁早叫他们撤退，你若是找不痛快，爷们对不起你，可要给你小子插蜡灌尿了。”王洛五一听这话，惨然变色，苦刑可受，这却是一种毒虐，一种侮辱，叫人没法承当。王洛五还试着支吾，捕快想法讨来一支蜡。王洛五再说不起硬话，只可低头。愣了半晌方说：“诸位，不是我不懂面子，他们想截我，究竟是我的朋友，还是我的仇人，我实在不知道。就算他们准是朋友，准是想搭救我，我和他们不能对面讲话，我就想劝他们少给我添罪，这话可怎么传到他们耳朵里去呢？”周万苍、李会庭齐道：“只要你肯，我们自然有法子呀。”两人全换了面孔，把王洛五哄了一顿：“只要退了马贼，厅里的官司，便请放心。”

王洛五假装顺心，也接受了。两个班头遂与同伴商量了，又和烧锅的刘、马二位说了，刘、马二人很喜欢，忙说：“这法子很妙，就请诸位快办吧。说实在的，咱们可真跟他们耗不住了；子弹火药耗费得太多，再打下去，此堡一定难保。现在堡里人就七言八语，真怕生出别的事故来。”大家意思全同，遂聚在一处，盘算第二步办法，怎样叫王洛五跟马贼通话，没等盘算停当，瞭望的人又奔回来报警：“贼人又从堡东绕攻过来了。”众人一齐怒骂：“这群马贼竟这样死缠不休！太也胆大了！”大家慌慌张张上了堡东围墙，把王洛五松了脚镣，仍戴着手铐，到东围墙，藏在更道后，预备与贼人过话。刘静波和周万苍，各举千里眼，往东边窥望，军师也出场，捕快也全到。马贼远隔在数里之外，只望见尘起，被一道荒林隔阻着，看不出人的实数。众捕头带火器来到东面后墙，要看王洛五如何对贼说话，刘静波对周万苍道：“贼人距离远，够不着说话；距离太近，够着说话了，又怕他们假装答话，一拥而上，硬来开枪抢堡，这该怎么准备才好？”周万苍也没有别的招，皱眉说道：“只好冒着险，试着来，我们可以叫一个人拿着白旗，先跟他们讲开了，然后再叫王洛五露面对讲。”至于防备意外，

军师马二掌柜说："我们把枪炮摆好了阵，严阵等候，王洛五说不退他们，咱们就开火。"当下照这办法匆匆布置好了，东面出现的马贼渐渐扑向土冈，乱蹄践踏之声殷殷如雷，越来越大，浮尘冒起很高。官差和烧锅中人踞高而望，觉得马贼声势较前更大，人们都有些心慌，忙偷看王洛五，也正凝眸远眺，脸上露出一种难测的表情，有时又透怒容，他一定把官人恨透了，叫他说劝马贼，正不知法子是否妥当。

正观望着，林外马贼蹄声越近，却仍没有冲上来，也没有发出探路开道的谍骑，竟在林后迟迟盘旋，好像他们正做什么打算，又测不透他们打算怎样。堡中人很可以迎上去打，至不济，也应该打发探子过去察看，他们竟因连遭围攻，弄得心胆已怯，又抱着挟犯求和的心，眼睁睁在堡上张望着，坚守不出来。

转眼间，林后面情形一变，枪声大作，人马奔驰。赫赫危局顿解，贼队动摇，想不到闻耗驰援，剿匪护犯的官军居然开来了！双方立刻起了接触，马贼且打且退，堡中人兀自迟疑着，不肯开门夹攻。赶来剿匪的，是镇边军大队。被打退的，果然是截救王洛五的马贼。双方相隔一里多，便开了枪，当然马贼有了撤退逃走的空。

这马贼是王洛五的死党，既不曾把王洛五拦路劫回，一直追到刘家烧锅，又攻堡未成，他们派人回去勾兵，大队马贼就乘夜偷袭邻庄。距烧锅十数里，有一无名小庄堡，只住三五十户人家，武器不足，壮丁又少，被这伙马贼，措手不及，一攻而入，占领全庄。所有壮丁全缴了械，上了绑，又四面布岗下去，正堵住官差起解必经之路。这小堡也在一带荒林之后，武师张玉峰、班头余永堂一行，驱马探道，恰被他们阻林扼住。这马贼大队冲出来拦路，续来的贼队也已赶到，一共超过百十人，声势很大了，竟把二番起解的囚车，重打回烧锅去。他们贼党一时失计，没把张玉峰、余永堂二人围住，这两人枪法都准，胆子又大，骑的又是好马，竟乘昏夜，落荒夺路，闯过了他们的卡子，直奔到余庆街。见了经历，具说伙匪劫差，官人

被围之事。经历大惊，立刻请兵迎接押犯官人。余庆街本驻扎三四百名镇边军，由经历面见管带，请他即刻发兵。这管带官还想禀报上峰统带。经历又说：囚犯和办案差人现时都在匪人包围之中，必须急速驰援，若往返行文，必误大事。管带官是个壮年人，办事还不猾，当下传来两员哨官，抽调二百名兵，亲自率领，星夜赶来。官军调动大队，首派探子改装侦探，次日一员哨长，带五十名弟兄，作为先锋官，当先开路，末后便是管带亲率大队了。四个探子出去数十里，由农民口中探知马贼现在无名小堡盘踞，官兵立刻往无名小堡进发，距这小堡还有七八里路，先锋队和马贼的放哨兵开了火。贼人哨兵打了一排枪，立刻退回无名小堡。小堡此时竟是空的，马贼大队已与续到的贼人援兵合作一路，又去攻打烧锅去了。镇边军很容易的克复了无名小堡，把被囚系的土民一一释放了。管带即在小堡驻下，先锋队立即紧逐贼踪，赶出堡外。大队马贼刚刚向烧锅进发，遥闻枪声，已知根据地有变，旋即见放哨的贼党、留守小堡的贼党，陆续退逃过来，始知机会不凑巧，镇边军前来打岔。他们不知道这是绥化厅捕快官人召来的救兵，还以为官军又来清乡，彼此不期而遇。好在一贼未伤，他们就要收队，却又不死心，到底绕奔刘家烧锅，重来抢堡。他们还没追到烧锅堡前，镇边军已经跟踪追来，双方登时开了火。

先是官军的先锋队和马贼的后队，相隔半里地，交起仗来。先锋队的领队官某哨官，急急退踞险塞，命官兵伏在土坡后放枪。同时派谍骑驰回报告，并请管带进兵。管带忙带大队，从斜刺里杀进来，一面是策应自己人，一面是采包抄之势。也是照样，遥望贼踪，辨明枪响的方向，便即散开队伍，开枪还攻。有了火器，战法自然起了变化，再不似从前那样长枪利矢、肉搏进战了。这管带唯恐多伤部卒，无法交代，距贼很远，便命旗鼓手，把铜号战鼓吹敲起来，把一对一丈见方的门旗，也远远竖起来，令贼人望而生畏，好望风退逃。果然这一片洋洋的铜号声，非常有效，和张良的箫也差不多。铜号浩

浩地吹过数通，群卒随声喊杀，声势异常惊人，这群马贼起初还和先锋队抵抗，等到一望见门旗，又听见铜号，为首的马贼方才晓得，镇边军大队来剿，这应该“留面”，吩咐部下：“走！”官军放了十数排子弹，马贼还了三五排子弹，便住了手，把枪一背，悄悄拉马，退出火线，悄悄绕荒林逃走了。官军还盼望刘家烧锅内的官人和乡丁，出来夹攻，不意全部马贼退走了半个时辰，瞭望的人也看见了，可是烧锅的堡门仍在紧闭不开，官军放了一枪，往前攻了一段路，先锋队带队官满身征尘，禀见管带，报告：“贼已击溃。”管带传令先锋官稍息，命另一个哨官，率队追缉逃匪，便亲自率大队，开往刘家烧锅。绥化厅的官人，武师张玉峰、班头余永堂，随着大队一同进了堡。堡中人这才晓得，求来救兵的，竟不是事先派去的急足，反是开道失踪的张玉峰。刘家烧锅二番开筵，款待官兵。这一下子，刘家烧锅虽没被贼攻破纵掠，可是损失甚重。比遭抢也差不多。一来是子弹的消耗过甚，二来是先招待官差囚犯，再招待官军兵弁，人数又太多，足有三百号人，整个镇甸都变成行营，家家民宅，都腾出三五间房屋，请弟兄们住。弟兄们是大肉大酒，足足地吃喝。一边盘桓了五天，直等到四出清乡的兵弁，分头回来报告，地面已靖，又等到追蹑股匪的哨兵，追出一二百里，把贼追没了影，回来报说：马贼全部溃散，投入边荒。管带官这才传令收兵回营。

绥化厅的官人，就请管带拨兵护送囚车。管带官命一员哨官，率一百五十名镇边军，好好地护送到余庆街，又由余庆街护送到绥化。所有往返军旅之费，照例“据实报销”，由厅里补了檄调的公文，并发出清乡的捷报，管带官大喜过望。此行剿匪护犯，收获不小，不但刘家烧锅商民人等恭送万民伞、万民旗和貂囊、鹿茸、烟土，还由上司那里批准了报销，真所谓名利双收了。想不到王洛五这家伙，会惹起这么大的风波。至于那天晚上探道遇贼失踪的四个猎户，直等到官差押囚犯起解，方才露头。原来他们一听见枪声，就各奔前程，跑回自己

家去了，一个人也没伤。

王洛五终于在绥化厅过了堂，他的威焰至此全消。若依案情，照王法去审讯，则王洛五的罪名太大，尤其是身陷法网，犹能鼓动马贼拦路劫夺，并公然与官军交战，目无法纪已极，实已触犯叛逆大罪。不过叛逆大罪，最不便于上详，如果据情上详，这都省势必往上奏报，那就花销太大，牵涉太多了。头一个便是将军不愿意，第二个便是文通判新任官，没有那些钱去打点铺堂。所以，文通判和师爷秘计之后，又与镇边军管带捏好了词，把那王洛五掠夺妇女一案和马贼劫夺要犯一案，拆成两案，分别办理。马贼一案只算是寻常的清乡，好像与王洛五毫不相干，这就容易收场了。王洛五真是刁民，他也就公然窥破官厅这一个弱点，晓得堂上讯诘自己，如果上详，必须先和自己串供。他就咬定牙根，苦苦地狡展，意思是说，他可以据实全盘招供，却不肯替官面回护匪案叛案，他情愿打叛逆官司。为了这缘故，惹起官方之怒，王洛五很受了许多苦刑，他仍然不肯顺供。

过堂的这天，原告杨班主，被告王洛五，被霸占二女杨金环、杨玉环，分两边跪在厅衙二堂。文通判亲审，原告自然是指控王洛五霸占戏箱，霸二女，逞强恃势，逼死杨班主之妻。被告王洛五却一口抹杀，说杨班主挟嫌诬告：“实在是杨班主欠了我的钱，久赖不还，情愿把二女嫁给自己为妾，一来折债，二来还要沾光。堂上不信，他夫妻俩先日就住在小民店内，当外老太爷、外老太太。不幸老岳母一死，岳丈丧尽天良，要陷害姑爷。堂上如不信，被告我有人证，也有物证。”人证是他的党羽，物证是他早先伪造的字据。杨班主为人懦弱，王洛五口若悬河，头一堂王洛五不但把原告驳倒，并且连问官也被他一顿狡辩，弄得头晕眼花。文通判大怒，把惊堂木一拍：“好一个刁民！打！”打了四十板，收监，紧跟着又过第二堂。一连数堂，王洛五既利口饶舌狡辩，又顽皮，能抗刑责，问官对付这样犯人，好像没有办法。

但是塞外是天高皇帝远的地方，地方官很有自由处置案情的权威。文通判见犯人如此狡展，即请文案师爷，商量办法，结果，按照老例，停止审讯，把王洛五一案搁置起来，犯人呢，就监禁在大牢中。从此犯人永远不过堂，旧案永远不重提，于是王洛五就这样瘐死在绥化厅了。他的党羽，也就落到树倒猢狲散的地步，又经官军一再清乡搜剿，渐渐溃散。王洛五的势力，既已一点不剩，而王洛五的名字也就渐渐不被人提起，偶尔提起，也只当古语说说罢了。倒是被霸占的二女，杨玉环、杨金环，倒落得有声有势，被当地一位有力乡绅，俟案情冷落之后，量珠聘去。那杨班主照样做了外老太爷，却不是土豪，而是富绅的“舍亲”了。那唱武生的赛活猴，跑前跑后，空费了许多气力，妄想续旧欢，纳杨玉环为妻，实际贫不斗富，纵把王洛五扳倒，美人仍归了别人。于是赛活猴照旧唱他的戏，后来竟惨死在塞外。有人说，是被王洛五的党羽暗算的；有人说不是。不管是不是，赛活猴却是肋下一刀致命，反倒死在监毙的王洛五的前头了。天下的事一向是这样无情无义更无理！北霸天的故事就此了结，武师张玉峰照旧在绥化厅衙门办事，不久，又出了捉拿土皇帝的一案。

第六章

探地下皇宫捕混元皇帝

这个土皇帝姓徐，家住在徐家园子，本是当地富户。年约四五十岁，拥有百顷荒田，数座青山，户大族众，雇工很多。他的先人原也是由滦州一带移往塞外开垦的良民。不幸徐立方是个持斋念佛的人，好诵太上感应篇，好读玉皇宝历，本是袭父祖的余荫，他偏偏自信福命甚大，受仙佛保佑，所以至此。所谓“积善之家，必有余庆”。他把自己的诵经修庙，斋僧施道，看作积善积德。骨子里他待承乡邻雇工，本以吝啬出名，他却自以为那是勤俭持家，理所当然。他行好乐善，竟行的是这种好，乐的是这种善，实在是走入魔道了，却妄想获得金丹大道。金丹大道，给他种下了杀身灭门的大祸。

塞外本来僧道少，这一年，忽然来了一个募缘的异僧。这僧人能够单掌开石，又会练金钟罩，以至于拘鬼妖，跳神扶乩，样样全成。乡愚一向是有病不求医，专要求巫的。这和尚给当地另一个土财主治好了膝下唯一娇儿的邪怪病，引得当地人把他看成活佛，恨不得家家把他请出供养。那就惊动了信佛好善的徐三爷，派人去请这和尚，要同这和尚盘盘道。这个和

尚也有四五十岁年纪，生得肚大腰圆，赤红脸，秃脑门，红中透亮，而且“鞍马一新”，穿新僧袍，衣履齐整，倍觉够样。等到高僧延到，和善绅会面，共谈金丹大道，这两个人竟十分投契。这高僧是北直口音，自称在五台山出家，法名圆照，是佛家子弟，却说起超凡入圣、三教皈一的大义。举凡道家的炼丹、辟谷、长生术，拳家的气功、内功、外功，佛家的寂静、虚无、真如，他都糅杂来混为一谈。而且其中还有变戏法、幻术、吞刀、吐火、白水画朱术、素纸现奇字，种种怪诞不可究诘的妖风巫术，都被他装点起来。徐三爷本是塞外土财主，哪里见过这种怪人，更没听说这等怪事，几乎把圆照和尚看成活神仙了。而圆照和尚也自居有半仙之体，殊不知半仙之体，便与佛家涅槃之义，隔绝千里。圆照和尚完全是一种游方卖艺的技人，胆大敢言，居之不疑，实在他也有几手看家本领，混饭的敲门砖。徐财主亲自试验他，他自己正要奋勇卖一两招。有钱的人无求不得，所缺欠者只是寿数。圆照和尚有延年益寿之方，有龟息却谷之术。索静室一间，备蒲团一个，香炉一座，余物一概不用，只需把静室予以特别改筑：将门窗全塞，只在屋顶偏东，留一圆穴，以延东方乙木之气。东方属木，主于长养，可养成生人一团浩然之正气，另在西壁留一小玻璃窗，好教信士参观。静室既弄妥，圆照和尚穿阔大的僧衣，捧一个木鱼，提一百零八枚念珠，进去打坐。这念珠足有核桃那么大，呈紫檀色。一百零八个是很大很长的一串了。圆照和尚便在静室趺坐，手数念珠，口诵佛号，请徐立方把进身之门，用泥土封了。这样，就只留出屋顶一窗洞，西壁一圆穴，既没有灯火，屋内当然暗昏昏的了。可是那圆照的坐处，恰好对着屋顶天窗穴，窗穴透阳光，正可望见和尚的秃头和肥脸。他腰板挺得很直，口中念念有词，低不可闻。屋中一片黑暗，把和尚的肉体笼罩了，越显得幽怪动人，越显得和尚的脸肥眼珠亮。和尚一面念佛，一面数念珠，果然坐了七天关，一物未食，只偶尔喝些清水。约定试验一百零八天，是为大成。只试了三七二

十一天，是什么大乘之数。和尚在黑屋中诵声朗朗，毫没有饿坏了的样子，而且越囚越有神气。徐施主偷窥圆穴，借暗淡的一隙阳光，看和尚的容色，并没有饿坏，已使他五体投地，不胜心折了，再也不必多试，启请和尚出关。和尚高诵一声阿弥陀佛，真个舌绽春雷，像个大花脸。等到刨开堵塞的屋门，他便鞠躬如也，缓步走出来了。两条腿并没有麻木，不用人搀扶，到底真有功夫。不但徐施主敬服，连邻舍闲人也称赞颂扬不休。只有一节，那一百零八枚的核桃大的紫檀色念珠，竟不够数了，不足一百零八个了。有人说，那一百零八个念珠，乃是牛肉干做的。一个念珠，是四两精牛肉块，煮熟，晒干，切成圆球形，涂抹上一种颜色，制成了串珠。一个串珠便可搪一天不饿，一百零八个，便可度过三个半月而有余。这却是后话了，徐财主已经全家被戮，失了时效，无救于妖妄之害了。

从此，圆照和尚竟成了徐财主府上长期供养的替僧。圆照和尚募请施主，给他修庙，徐财主就答应给他修庙。圆照和尚要筑坛诵经，朝拜南北斗，给善士消灾延寿，徐财主就捐金起坛场。和尚是僧侣，僧人而朝拜南北斗，就好像老道要念心经礼佛祖一般，涉知内典的人会窃发一笑的。可是在塞外穷荒，竟遇上了徐财主这样的识主和信士，不以为离奇可笑，而以为僧道儒三教算来是一家。南北斗是天上管生死的神，和尚为什么也可以礼神？他本就不晓得道巫的冥伯、列宿和佛门的诸天神、诸地狱，截然出于二途。他只听见这样一个怪和尚的信口胡謅，又惯常听见门馆师爷冬烘秀才的冥报论，纳九流于一轨，化三教为一炉，连孔圣人还是佛门儒童菩萨，那么太上老君西出化胡，当然也是尊佛的了。而且徐立方很有钱，有钱则财大烧身，第一盼望有寿数，第二盼望有威势，第三盼望还富上加富，贵上加贵，永保富贵，骑鹤下扬州，立地成仙。塞外荒旷，土匪出没无常，官军剿匪，难免勒索民间，一般良懦若徒富而无权势，免不了受官面的气。土财主自有土财主的苦处，这徐善绅生平就教官面拿过两回大头，不但耗财惹气，险

吃冤枉官司；而且被豪吏唆动冤家，狠狠咬了他一口。他为此气不出，心上又很害怕。既然两次被捉大头，难保没有第三次、第四次，乃至第多少次。因此他很盼望子弟们能够有出息，进学，中举，做官，好拿出书香官宦的门风，来抵挡地方上的骚扰欺凌，好来保护自己的产业。无奈他的子弟又都是庸才，强巴结着进了学，再往上考，怎么也考不上了。万分无法，才给捐了监，若想捐官，竟苦于无门路。但是徐立方要想一洗土财主的心是很热的；也曾攀附过地方官，地方官拿他当肉头，只想啃他，不肯援引他；他想由富而贵的野心，终于怀之多年，没有做到。地面上欺负他有钱无势，种种明亏暗算，他受过不少，他越发起了热衷的妄念了。偏偏这时来了这样一个妖僧，信口妄言，既能配仙方，炼金丹大道，制长生不死药，又夸说善识仙机，能望气，能相面，盛称徐善绅生有异相，乃是大福大贵的人，“尊驾的后福，不可限量”。盘桓日久，圆照和尚到处妖言惑众，对徐财主的近邻，盛夸徐财主是有后福的人，又举出例证来，天天这样宣扬，近处愚民渐多相信，人们也就把徐财主当作有大福命的贵人了。徐财主忘其所听，只觉得自从收留和尚之后，附近乡邻对自己渐渐刮目相待，他也就炽起野心。第一步，受妖僧的蛊惑，虽还没有僭王图叛，徐财主已经公然纠众创教。但是创教纠众，已然触犯刑章，为清朝律条所不容了。其祸至于砍头，还不至于抄家。

不幸这时又来了一个妖道。这个妖道自称是终南山炼气士，善知过去未来之事，仰识天文，俯察地理，诸葛亮、刘伯温都是他的老师。他这是从关外游方，游到塞外，看出这徐家园子地方，有王气出现，为了扶保真主，他特来访求潜龙。经过辗转传说，这道人先和妖僧圆照会了一面，两人密谈一通夜，次日又求见徐财主。刚刚一对面，便口诵无量佛：“善哉善哉，山人寻访真主，已经多年，不料今日在此地得遇万岁！”当下，一派胡言，把徐立方拍得晕头昏脑，而且和先来的圆照僧也谈得志同道合，两人全是不知死活的妖人，结果三个人关

上门商量造反。

道人的法名叫作刘真庆，他实在是一个大妖人，先在热河烟筒山做耗，煽动上千的愚民信奉他的邪教，渐渐欺压不信他教的良民，渐渐绑票诈财，把事情闹大，经官兵围剿，他才逃窜在绥化厅内。本已穷得一塌糊涂，他的妖言惑众的招数没地方施展了。他就卖野药，顶香画符，苟延残喘，一路乱逛，来到徐家园子，才听说本地首富徐立方家，现养着一位和尚，也会画符治病，还会配长生不老的仙丹，好像那排场比刘真庆阔多了。

刘真庆心中大动，想不到绝路逢生，我的福命应在这里了！他立刻把私藏的余财掏出来，换了一套新行头，把徐财主和圆照僧的关系和结识的缘起，都打听明白，他就登门求见。

圆照僧是个色厉内荏的小妖人，刘真庆却是个敢作敢为的大妖道。为人健谈，口如悬河，相貌更好，赤面长须，飘飘欲仙，而且久跑江湖，深识人情。当天一夕话，先把圆照抓住，每个人都炽起了大干的野心。圆照的本领是假的，刘真庆却有真玩意，他会技击拳术，外面用幻术巫术做掩饰，连圆照也被他骗信了，以为这人真有仙法。

而且徐财主门下还有一位门馆师爷，姓金，叫金联元，看他名字这样俗，就可以想见他肚里装的什么了，真是个三家村的村学究，徐门子弟考不上举人，也就是受了他这位良师学问太好的影响。这位老师一肚子三国演义、彭公案、水浒传、西游记，头脑冬烘已极，还自以为怀才不遇。在徐家教读带管账，应酬地方隶役，喝上两杯烧酒，悬想当年的诸葛亮，他还盼望有朝一日，出茅庐大阔一下。也就是他这样才学，才能在徐府吝啬鬼门下久处不去。他虽然自负奇才，却是天性胆小怯上，尤怕财主；见了徐立方饭东，唯唯诺诺很恭敬，徐立方有时听他讲今比古，也以为金先生学问渊博；土财主和村学究居然宾主很相得。宾主纵然云天雾罩，侥幸处在边塞山洼里，不会惹出是非来。但等到妖人刘真庆和妖僧圆照一齐收为徐府的清客，可就滋生出事故来了。

一僧一道一秀才，自以为佛道儒三教归一，若不轰轰烈烈干一下，未免虚度此生。这佛道儒三大国师，聚在一起，就把徐立方送了忤逆。

刘真庆善观天文，能掐会算，又能避枪炮火药。他有一部《三官宝录》，如果把这部真经用熟了，真有肉体飞升，成王成仙之望。他说，可惜他有仙缘，独无仙财，而且仙骨也不够。唯有徐善绅，后脑勺生着一块仙骨，既然家资富有，便又有了仙财。又遇见这一僧一道，这当然巧逢仙缘了。因此，刘道人和圆照和尚劝徐饭东，赶快掏出腰包来，一面炼仙丹，一面谋王业，“主公，你的造化太大了！”

刘道人有三道灵符，可以拘神遣将，又能生拘人魂，法术无边。两个妖人和一个土财主，一个村学究，天天聚议，居然这一天也在后园焚香聚义了！又是三国的桃园，又是水浒的梁山，歃血订盟，结为生死弟兄，共举大事。

徐立方为大哥，为真主；刘道人排行居二，为护国神师；圆照和尚居第三，为保国圣僧；金馆师居末为四弟，为开国军师。随后祭告天地，誓共生死，共谋大事。

几个人天天密议，既想创教开国，便该招兵买马，徐立方大破悭囊，把祖先积蓄的钱财，像流水似的拿出来，延揽人才，传布教义——据张玉峰武师说，这事大概也有些“合该”，听事后的传说和犯案时的供状，徐立方忽然发了一笔邪钱，平白获得二三十万白银，他就越发花着不心疼了，而且由此证明，天赐巨财，天命攸归，兴王图霸的野心越发炽热。就是刘真庆和圆照，真实不过是骗财主，吃秧子，弄到后来，鬼迷了心窍，居然真要扶保真主，拼命大干起来。

这样看，徐立方发了邪钱，越发引起妄念。但也有人说，并不是他掘着那个地方的藏镪，实在是徐立方招延贤才的结果，从奉天弄来了几个造假银子、制假票子的匪类，居然在徐家园子大量造起假银锞子，满处行使，因此筹饷有术，造反日有进展了。

徐财主的做法，受二位国师的指引，是先传混元教。等到信徒入股，方才设法告诉他实话，量才器使，封他一个大大的官职。边荒僻隅，民智未开，也不晓得利害轻重，只过了六七个月，徐教主获得了数百信民。他的做法也和寻常邪教一样，言说本年运逢阳九，天降大劫，天塌地陷，海啸山崩，疾疫流行，人死过半。只有一条可以免灾，就是信奉他的混元教。信了他的混元教，有灵符三道，可以逢凶化吉，遇难成祥；信了他的混元教，还可以救穷，发大财，长生，多福多寿，人旺财旺。由护国神师刘真庆，编造了好几本经典，什么“通灵宝典”，什么“消灾化难混元一字真经”，什么“金刚杵莲花台十方万福神咒”，七个字一句，似歌非歌，似谣非谣，翻来覆去，左说右说，不过是一入混元教，万事亨通；不信混元教，生逢劫难，死下地狱油锅。

他的教门，还有些稀奇古怪的仪式，每五天一诵经修真，教长教徒团聚一处，又跳神，又念咒，又像唱曲子，又像演戏，非常的有趣。念完了经，又同饮福酒，给好些油炸小点心吃。入教不收任何费用，还可以吃斋，而且同教教友又互相护庇，可御外侮。这对于良懦的乡民，好像给了一种安慰，又给了一种倚靠。塞外的人心居然像流水归海一样，真把徐教主当作救世主了。徐教主起初还是秘密传教，到后来信徒越多，人心归附，他连官面也不怕了，公开地宣扬起来。

这期间，当地的官吏捕役，当然也有所闻。这种贪污之辈，无事尚且生非，何况真有不法行为？自然地方和小吏都找了徐教主来。但这时的徐立方，已不是当年的土财主了，手下有许多党羽和教徒，胆子大多了，而且也有人给他出高招。官人一来找寻他，立刻被真庆之流引到密室，摆筵款待，盘桓终日，临走时，怀中凸凸囊囊，饱载而归。回去报告长官，不过是说：徐财主劝人学好，维持地方，防备土匪，不但无罪，而且有益于闾里。

官人来一个，这样打发走一个，有的食嗓太大，或是缠绕

没完的，最后仍被徐党用威逼利诱的法子，施展釜底抽薪之策，把事情压下去。若是外面风声不利，他们就临时敛迹。总而言之，人多了，势众了，迎合愚民之心，躲避官人之目，只经过三数年的工夫，徐教主的混元教是兴开了，阴谋也萌芽了。

这自然还是妖道刘真庆之功最大，仗着他飘飘欲仙的外貌，能言善辩的口才，他居然把当地的地方也劝入了教，还有一个未入流的小官，也成了教友，并且优加礼遇，一同订盟，算为第五个兄弟，这就是五王爷蔡某了。

不久，徐教主啸聚党羽，竟有七八千人了。人多势众，气焰越张；内中预谋造反的占十分之三，只信混元教，不知密谋的占十分之七大多数。渐渐地也就人多分子杂，形迹暴露，而且这些信徒也就有了恃教门为非作歹，欺凌良民的行为。渐渐地引起了官府的注意，徐教主仍然忘其所以。

末后连着滋生了两桩事故，叛谋便一旦揭穿。

一桩是徐教主受僧道两位国师的怂恿，竟在自己的庄堡内，修造地窨，内筑金銮殿，每到夜静无人，便纠集党羽，升殿演礼，讨论教务和军情；他们加紧地招兵买马，打造兵仗，购买军火。一面他又大封功臣，自立为混元皇帝，封他的老娘为皇太后，封他的妻为皇后，又有丞相、镇殿将军等伪职。只可惜他的皇太子不及受封，得了伤寒，被国师诊治死了。混元皇帝大痛之下，亟于立后，便秘选偏妃。一家佃户的女儿生得很美丽，徐财主未登基时，就想纳以为妾，可是徐太太坚决反对，徐财主到底没敢遣媒。等到现在，徐财主已成了大皇帝了，皇帝照例有三宫六院，七十二偏妃，做娘娘的不能再吃醋了。由于各位军师国师的劝谏，娘娘委委屈屈地答应了，附带条件，是只许选一个西宫，一个东宫，再多了不行。混元皇帝大喜过望，立遣能臣，到佃户家纳聘选妃。不想这佃户是个山东轴子，他的女儿早有了人家了，皇帝龙恩下顾，他竟峻拒，不肯当皇帝的老丈人，他记得戏台上，皇亲国舅，涂着涂鼻子奸白脸，被人丑骂，他再也不愿攀高了。国师任凭怎样劝诱、

威吓，这家伙抱定决心，不做国丈，后来逼得太紧，佃户气得直骂街，要告状。他这样一扬风，混元教友大惊，就要杀他灭口。可是他们本是一伙愚民，并非强盗出身，他们还没有杀人害人的经验和胆量，倒被佃户听见了消息，吓得他带了女儿，逃入绥化厅避难。他也有亲友，逢人说到此事。结果，徐家园子出了土皇上的话，弄得厅里也有些耳闻了。

偏偏混元皇帝的国师刘真庆，又逞三寸不烂之舌，说降了一杆子红胡子，约有三十多名。这可是杀人不眨眼的惯贼，为首的胡子头姓马，是个官迷，他的三十多个同党，他都札委为哨官哨长，他自居为管带为统领，手下可是没有兵（这个事情，从破案的匪案中，抄出他们的官衔片子来，都是煌煌都司游击的自相称呼着）。究竟自己派自己当统领，过不了官瘾，现在混元皇帝竟要封他为镇边将军、天下都招讨、兵马大元帅，头品顶戴，赏穿黄马褂，他就荣幸非常。这一夜竟在围墙内地下金銮殿，觐见了皇帝。皇帝穿了一身黄，不满不汉，又像戏台上的皇上，又像县衙门的老爷，可是高高坐在砖台上的黄帔大椅子上，两旁有宫女，左右为国师，排列叙礼，明灯辉煌。倒把个红胡子吓住了，连连地三跪九叩，行了君臣大礼，天子口吐人言，只说了四个字："下面赐宴!"国师就把马大元帅领出来了。

果然就徐宅前院赐了御宴，另外赏给一口宝剑，发给一颗"元帅印"，可是木刻的。好在马胡子得此已足，另外又领到了几十份"御札"，把马胡子手下的小胡子，一律封为将军，如果续有投效的，也可以现填空白御札。

这一来，马胡子一加入混元教，挂帅封官，立刻出了是非。他有一本"奏明圣上"，若创大业，必筹底饷，臣愿率领部下，前往大清国，武力借粮借饷。还没等到混元皇帝御批"准奏"，他就抢起来了，竟掀起很大的一个风波。

这时候，恰有一批大租银子，该解进省。大租就是地丁钱粮，关外花的榆眼钱，又小又薄，平贴水面，可以不沉。但是

交地租却要青铜大钱，解运官用十几辆大轱辘车，装满好多木箱铜钱，合银子在八万两左右，调十数名镇边军，一同由绥化厅起运进省。那里黑龙江还没有改省，由将军驻守都省，都省也叫黑龙江，也叫卜奎。因为这是国库正税，没有土匪敢劫夺的。劫了私人的钱财，就是数目大，也可以不破案。若是官家正税，国库官帑，断不许出一点闪失，万一出了错，连地方官带当地驻军，一齐担着严重的处分，就是严拿务获，人赃俱得，也还有后患的。不知道有多少官人吃罪不起，更不知有多少流贼土寇受株连，遭痛剿。只要是官款一出错，下至地方文武，上至都省大吏，全都要慌的。因此在前清时的胡匪和关内的土匪，作案都有一个秘诀，是斗富不斗势，斗财不斗官。劫了官帑，到最后的结局，终要被挤吐出来，还把性命饶上，还连累了线上别的朋友（这种风气，写秦琼故事的作者，已然早早说破过。程咬金劫了皇纲，才逼得一群草野强豪到瓦岗寨啸聚谋反，混世称王）。

不幸这混元皇帝驾下，新升的大元帅马胡子，听了国师刘真庆的妖言诱惑，居然牵党，把大租银子劫了！以致连累了许多人，丢掉“项上的人头”！

马胡子也不是不知利害，偏偏听信了刘真庆、圆照和尚这两个妖人的信口胡言，自谓炼有神符，持有神咒，好好修持起来，可避枪火。自然是空口说白话，没人肯信，也没人敢信。刘真庆为了抓住人心，打破了愚民想大阔又胆小的弱点，所以放出这个谣言来：“你们既想从真龙，保真主，就不要怕死。其实死有什么可怕的？为国尽忠，为本教卖命，死了可以上天堂。”教友们只想封侯拜相，不想上天堂。他才又生二计：“你们怕什么？怕大清的兵吗？他也是个人，咱们也是个人，他能杀你，你也能杀他。他们有势力，我们得人心。”这样说，人们还是怕。他这才又生第三计：“你们不要害怕吧。你们不过是怕大清国的贪官污吏有枪火，会打死你们。咳，那才没用呢。”圆照和尚忙自承会金钟罩，我不怕枪炮。别人也跟着学，

可是自来江湖人相传，练金钟罩，必须童子功，这些教友多半是成年乡下人，而且练法也不能急抓，又不易蒙骗人。

独有刘真庆这一招，却是奇绝妙绝，只带上他的三道灵符，念熟他口授的一百零八句神咒，便可以刀枪不入，火药也不怕，简直地入水不濡，入火不焦。

谁要说不信，“我们可以试试”。刘真庆在“法不传六耳”的秘密条件下，只叫马胡子和另外一个教友，在半夜里参与试验。由刘真庆佩符念咒，由圆照开小六转打他。只听念动真言，一二三，圆照开枪便打。怪极了，干搂机子，枪不响，弹不发。马胡子问：“怎么回事？”回答说：“避住了。”

马胡子疑疑思思的，说道：“我开枪，行不行？”回答说：“行，谁都行。”马胡子又问道：“手枪可避，火枪也成吗？”刘真庆飘飘欲仙，微微一笑道：“岂但火枪，大抬杆亦可避也！”

马胡子就要找大抬杆，圆照道：“且慢，那个东西，动静太大。恐其惊动了官面，这里不是有两杆十三太保吗？你拿去试试。”马胡子依言，取了一杆十三太保，验看一下，遂即举起来，略略对着国师刘真庆，把枪机一搂，刘真庆口念真言，只听这枪腔哧哧地一响，马胡子大吃一惊，赶忙一松手。幸而枪腔没炸，但是打不出火药，却也证实了。从此，一传十，十传百，刘法师会念咒避枪火，人人都相信了。立刻有许多人要学，拜刘为师。刘也不拒，只是这咒太难念，据说一面念，一面要拿手指画空画符，必要咒也念完，符也画成，恰到好处，方能避枪弹，差一点是无效的，而且持咒时必先吃斋，还要避内，有老婆的学这个，可不大相宜。若是不避房事，届时念咒避枪火，不但无效，且有大害。另外还有一个戒条，是“诚则灵，信则效”，只要你修持此咒，稍存疑虑之心，或有不信之意，那就一定“不灵”了。因为他还说过，这是神术，泄露天机，有干天忌，学会此咒的，只可拿来救命救急，千万不要胡乱试验儿戏，若是试之过于渎亵，也要失效的。这也是道门中常有的戒条，刘真庆既然这么严重地说出来，人们听了，似乎

觉着很近情，很近理，也就十九相信了。可是由这一来，对这避弹妙法，人人畏难，不敢轻于试练了。刘真庆告诉他们，学只管学，等学过来，遇见大灾大难，再用不迟。结果混元教友人人会念咒，大多数不曾实用或实验。

那新封大元帅马胡子，自经一度实验，深深相信无疑，把刘真庆佩服得五体投地。不久，他就听说地方官派武弁，押解十几辆大轱辘车，运送大租银子进省。马胡子要建头功，竟勾结同帮，动手抄劫。在他想，劫官帑固然有大麻烦，但本教有这样神师仙法保护，还怕大清兵做什么？他就带着他那一杆子人，约有三十多名，藏在山麓要路口。直等到解帑车插着黄旗，排成直行，穿山道而过，马胡子就首先发出一枪，手下人也就随声放出一排子弹。

解帑武弁大骇，连同官兵，一齐下马，伏在散漫岩石后，开枪抵抗。官兵人数既少，火药也有限，只支持了半个时辰，便陷入马贼的包围圈内。马贼不要命地逼迫过来，喝令官弁留下地租银，留下枪火，“饶你等的性命”。紧接着一排枪，又一排枪，胡子的枪法都很准，武弁首先受伤，随后官兵也顶不住了，一群马贼一拥而上。解帑官兵官弁，只得弃车上马逃走。

官帑失落，侥幸逃出性命，武弁急急负伤归营禀报，说是途遇大批叛匪，约有二百人，恃众劫去官帑。押帑的厅吏也这样报了，绥化厅的文武，一齐震恐。幸喜追缉贼踪还容易，在场的差役兵卒，亲眼看见马胡子把地租车带进山坎，转投到一个小村内。这小村正在徐家园子附近，地名叫狐狸洼。

绥化厅理事通判文秀山、镇边军统带伊崇阿，协派干练人员，前往失事地点勘详。只几天，很容易地勘得详情：该地土财主徐立方，庇养妖人一僧一道，创立混元教，妖言惑众，潜谋异图，曾经秘购龙袍，暗筑皇宫。又云，劫夺官帑之匪，即是妖贼逆首徐某之党羽，现受封伪职大元帅等官，据称率众明目张胆，劫取国库，于次日夜深，原车解入私宅，据云即用以充备叛军军饷。

谍报的话比这个还加详，早把个文通判、伊统领吓黄了脸。这若教上官知道，文武二吏失察罪状百口莫辩。这没有别的办法，赶紧派兵捕，剿要犯，起赃银。上详的公事，只好冒着“隐匿要案”的危险，暂且压一压，豁着先办案，后报案，文武全谋，当晚就调兵，即刻便出剿。麻利极了！

伊统领调了三百名镇边军，前去剿捕妖人，竟不知妖人混元皇帝徐立方，此时声势已然很大。手下教徒党羽，已将及万人。而且塞外民风强悍，寻常住户，都筑土堡，聚族而居，家家都有枪火。徐立方蓄志称王，又秘密勾结枪火贩，新买了一百支枪；除了马胡子，又收服下另一杆子马贼，足有五六十名悍匪，也封了元帅将军，还把贼首章德旺封为王爵，马胡子也追封为王。等到马胡子劫了国库地租，混元教下群雄全认为这一来惊动了地面官府，经一度聚议，要就此起义，先攻绥化，再夺黑龙江省会卜奎。偏偏妖道刘真庆、妖僧圆照这两个家伙迷信巫术，自谓仰观天文，时辰还未到。“吾皇万岁要想兴兵创业，仍要依照三皇宝录，应于明年八月十五日，中秋节日起兵，那就攻无不胜，战无不利了。”

马胡子迷信刘真庆的神术，首先赞成。以为：“我把大租劫了，官兵全被我打跑，他们一定不知道为臣是给万岁服劳，他们把我看成寻常的马达子，再不会找到万岁头上的。”章德旺大元帅深不以为然：“若要人莫知，除非己莫为，马将军劫了这许多官帑，连夜运到大皇帝的府上，地面官人一定要探出底细来的。为臣认为事不可缓，先下手为强；此刻应该立即高揭义旗，迎头袭夺绥化城。我们占了绥化厅，就在那里建都，然后出兵略地，先夺取黑龙江，再进兵盛京，再直取北京城，赶走大清皇帝，天下归心，定可一统。”

御前会议，抬了半夜杠，僧道二位国师还是坚持八月十五起义，最后是提早一年，改于今年八月十五发动。此刻刚刚进七月，还差一个半月，尽可以先行预备。哪知道还没容他预备好，清廷大兵杀进来，混元皇帝就此亡国！

劫帑数日后，官兵三百名杀到徐家园子五十里外。探马报到地下金銮殿，混元皇帝大惊失色：“大清兵来得好快呀！他们怎么失了地租，专找我来？”他们把人全看成傻子瞎子了。马胡子首告奋勇：“万岁不要担忧，微臣不才，愿领一彪人马，把大清兵杀个片甲不回！”

立刻在徐家园子鸣锣集众，召集了二三百名混元教友，全是深信教义，誓保真主的信徒。即由一位亲王率领，另由马元帅和章德旺元帅，各率本部，三路出发，居然有三百五六十人，人数超过官兵，火器更为精强，全是新从外国浪人那里用重价买来的。

当天开战，混元教三路义勇军，仗着一股子邪气，骁勇异常，内中又有积年的胡匪，又有善玩火器的猎户，三百名镇边军竟抵御不住，半日工夫，险被包围。督队的先锋官看事不妙，把所坐的爬犁车掉转头来，预备往退路走。先锋官这样示弱，顿时影响军心。也不知是谁喊了一声：“不好了，后路有了敌人了！”在前面据守土冈和教匪对打的，一齐起了后顾之忧。

先锋官驱爬犁车往歧路上退去，部下官兵跟踪撤下来。又全是马队，竟骤然地退下来了。这一战就算打败。先锋官忙发文书，禀请增援。言说：“贼势浩大，数逾千人，枪械精良，官兵势弱。”

伊崇阿统领文秀山通判天天在那里盼望捷报，哪知出兵刚五六天，便吃了败仗。

文通判亲访伊崇阿统领，协议增兵。这番要大举，一举破贼，竟将镇边军抽调了两营，又由通判厅内四班班房，挑选出精干的捕快，凑足一百名整，全是火器上、技击上有两手的劲汉。官兵由一员帮统、两员营官出马，捕盗由巡检杨毓封率领；加上幕府会武术的师爷张玉峰、吴宝华、朱天雄，并加上镖客李云山、杨久和、叶梓材，武师齐景山、王庆和、魏德善、王玉书、王洛义这些人，通通带了火器和利刃。预定步骤，由官兵攻正面，明剿叛逆，使幕客张玉峰，带领这些矫健

的镖客武师，设法暗袭。双管齐下，里应外合，以求赶速破案；若日子太耽误了，别的事小，这将及十万的地租银子，误了限期，全吃罪不起。

镇边军分两队，一直开到徐家园子，远远采大包围式，正面择一山岗，暗暗架上两尊土炮，四杆大抬杆。背面埋伏下大抬杆队，左右两翼也安好卡子。又揣度地形，徐家园子一攻破，逆贼必要落荒奔西北逃窜，就在西北角也择一山坎，架上两尊土炮、两杆抬枪。

官军络绎开到，混元皇帝像蒙在鼓里一样，数年前他最胆小怕事惧祸，此际被僧道两个妖人愚弄得又太胆大了。头一仗杀退官军以后，这个混元国公然大开庆功筵，燃爆竹，悬灯结彩，欢贺头功。同村的教民也如疯如狂，公然挂起国旗来，杏黄方旗，当中阴阳鱼，四周是八卦，这就是混元旗。可是国师刘真庆到底还绕着一个死扣，现在已和大清兵开了仗，他还是要等八月十五才正式举兵。据他推算，只有八月十五这天出兵攻打绥化城，不但一战成功，还可以收降清营将吏和城内文武官。混元国满朝文武都主张趁这头次胜仗，索性出兵略地，刘真庆偏还是要死等八月十五。这一来好极，堵窝捉老鼠，省得大皇帝蒙尘出狩，一下子就“国君殉社稷”了！

满朝中文武固然是些疯子，可是也有不太傻的。顶狡狯的人，设法躲到别处去了，其余的人受了刘真庆的愚惑，正加紧练他们的避枪火神咒，还有较少数的人，觉得国师的应敌之法太以大意，联合了许多人上奏一本，恳请万岁速派二位元帅出国都巡边防敌。混元皇帝这时把帝王的尊严摆得十足，一心正想算三宫六院七十二偏妃，如今刚刚凑上一位西宫，特派一员大臣，下乡给他去采选宫娥，满腔只想皇王之乐，倒忘了目下江山之危。奏事的人力陈时艰，言说清兵败退，仍未出疆，恐有后患，千万聚兵追击，不可据城孤守。混元皇帝驾下的臣民共总还不够一整万，明白人仅仅这六七位，异口同声，再三絮聒，他这才重登地下金銮殿，召开御前会议。只顾了表演威

仪，正经事只商议了一小会儿，便算定规了。这还是明白人力争的结果。由皇帝下诏，所有教民壮丁，凡年在十八岁以上，四十八岁以下的，不分男女，一律限明日前来国都，听候点名，发给武器，年老的和小孩子，别编老人军、孩儿营，也按名发给刀枪，只没有火器，准备教壮丁应敌，教妇孺老人守城。

诏书一下，第二天附近各村的教民，真个全来了。可是远处的教民竟被官军所放的卡子给打回去了。这一来，立刻有人奔来报信，说是不好了，咱们徐家园子方圆附近，都屯了大清营的兵队了。混元皇帝这才大吃一惊，他驾下的二位国师、两位元帅，竟没有探出清兵援兵已到的消息，可算荒唐已极。

徐家园子登时发动，赶紧鸣锣聚众，赶紧派兵点将，出去迎敌拒敌。圆照和尚有点发慌，忙问刘真庆："这怎么办？外头有好几千大清兵呢？"刘真庆哈哈笑道："几千清兵，何足惧哉？我教他们赶快熟习护身神咒，我亲自率领他们，把清兵剿了。"他还是大言不惭，一点也不害怕。不过，八月十五再举兵的话，他也不再坚持了。成群的教徒，纷来领取战具，居然按名查点，凑足了两千多人。内中壮男不过一千多人，剩下的竟是娘子军、孩儿营。仍由章德旺、马胡子两位元帅，分率着一千名壮丁，各引五百名为一军，出离土园子挑战。四位镇殿军，八名镇兵，就分带着二三百名男子和数百名娘子军、孩儿营和老头队，登上土围子，护城备敌，并巡逻围子内。这就是混元教忠义军的倾国之旅了。

两位元帅各领着五百名壮丁，内中有火器的每军只占一二百名，其余的就是长矛和短刀、白蜡杆子和狼牙棒，马胡子手下有三四十名悍匪，章德旺手下有五六十名马贼，这都是劲兵，不但胆大，而且久惯杀人放火，玩火器很熟。他们于当日一清早，用堂堂正正之师，分两队攻打清兵，居然打得很激烈，若没有土炮和大抬杆，清兵简直又抵挡不住了。这些清兵全是绿营游卒猾勇，谁也不肯卖命。章马二匪却聚的是一群悍寇和一伙教匪狂徒，打起仗来，不知死活。当天直打到过午，

各个消耗了不少火药，伤亡了一些人。清兵往后稍退，教匪也往回撤下来，照样扼住要道口，暂且休息。

耗过了一两个时辰，战士们轮流着吃了干粮，喝足了水，马章二帅一声令下，续往前攻。双方接触，隔着一段高粱地，一段土冈，又打起来了。一时官兵抢上土冈，一时又退下去，一时教匪攻过了土冈，一时又撤回来。拉锯式的战斗，足足又支持了三个时辰。

清营带兵的帮统，本就没打算一鼓作气，攻入徐家园子土堡。他要耗到夜间，按预定计划，正面佯攻，背面偷袭。那巡检杨毓封和武师张玉峰，挨到日头西山，一百多人，便一律换上短打扮，青衣绔，头上也打的是青洋绉包头，只每人带一条白布手巾，系在左手腕上，作为标识。一百人中，计有五十多支自来得，二十多支小六转，此外是十三太保，背在身上。每人另外还带着刀剑、铁尺、铁拐、袖箭、金镖。并且还有十几盏孔明灯，两只千里眼，以及绳索、手镣、火炬、绳梯等等。

挨到起更，杨巡检向帮统请求了暗号和里应外合的办法，一切预备停当，百十个人，率两名眼线，悄悄地绕道斜趋徐家园子的西南角。

距离土围子不远，大家都藏在庄稼地里等候。

这时正面北方，官兵趁着教匪战乏收兵，回队吃饭的夹当，忽然吹起进军号，除土炮未动外，大抬杆队一齐出离阵地，往土围子进攻起来。攻势非常迅猛似的，铜号浩浩地吹个不住，兵们随铜号音，齐声喊："杀！杀！杀！"两营官兵上千的人，铜号既非常惨厉，喊杀更异常浩大，震天震地似的，火枪声也乒乒乓乓，连续不住地打。这是今日两次开仗最激烈的一次冲锋。混元教忠义军两次索战，都是要打便来打，要走便收兵，清兵只取以逸待劳，没有追击。现在，天黑了，人饿了，清兵反而越打越勇了。马胡子和章德旺虽是积匪，从没有正面作战的经验，惊恐之中也慌神了。他手下那些教匪，更沉不住气，没等敌人吓他，他们自己先吓唬起自己来，很多的人

失声叫道："不好，大清营又调了大队救兵来了！"他们竟不知自己这一方面是倾巢出战，清营那边始终只拿来一半力量来打。这些教匪不约而同，弃了扼守的土冈，忽忽鲁鲁往土围子撤退下去。

章马二匪帅也弹压不住，索性带大队一同退入围子内，登上土堡，调来大抬杆，冲黑影往清兵喊杀声中，乱打起来。清兵依然是连吹进军号，一千多名兵声声不断地喊杀，火枪也往土堡上面打。

这一来，所有混元教的兵力，全聚焦在正北面，摸着黑，据堡拒敌，苦苦地消耗他们的火药。可是乘着这一阵乱，杨巡检、张武师这一百多名敢死队，潜踪进袭，居然偷偷地爬到徐家园子西南角下干壕沟那里，又居然悄悄地爬过了壕沟，把一个个身子紧贴在土墙根下，半蹲半坐，各持着火器，仰望上面的围墙更道。

这时候，正北面枪火声、铜号声、喊杀声依然不断，堡中的抗战声仍然很热闹。这时候更道上虽然由下面看不见人影，仍然历历听得出有动静。更道上必有教匪的瞭望兵，这已无可疑。要想翻墙头跳过去，便需拼命冒险。但舍命犯险，仍恐打草惊蛇，不易奏功。

这时候已耗过二更天了。正北面进攻的清兵，由帮统悬重赏，挑出了四名号手、十几名火枪手，穿庄稼地也往土墙前潜踪进袭。却不是真偷营（实际也不能偷，教匪全神都注意这北面一路了），混元皇帝和两位国师，也刚刚地出离地下宫殿，到土堡城头，往外观阵，一面鼓励斗敌之兵。此时巡了半圈，又已回转宫殿，由二位国师，拜表玉皇大帝，请天兵天将，连夜下降，助我杀清兵，成大功。其实呢，刘真庆一听见枪炮声，竟脑袋疼起来了。混元皇帝此时也有些心慌，正宫娘娘吓傻了，派宫娥请万岁进宫。他们在围城内，自己骗自己，外面的清兵居然潜踱到更进一步的所在。四个铜号手，十几个火枪手，把身形择地蔽好，立刻齐声暴喊，把铜号狂吹起来。

果然这一来，招得土堡上教匪人人惊恐："不好了，大清兵竟杀到跟前来了！"又是一阵骚动，马胡子、章德旺两个悍匪在纷乱声中，侧耳细辨，已听出这杀过来的敌人数目寥寥无几，就在近处不远。忙吩咐调大抬杆，照准号声喊声来处，速发数枪，果然把铜号声打哑巴了。但是堡上人心竟被扰动，很有些人溜下土堡。章马二匪和四位镇殿将军，再三再四鼓励士气，略略把人心凝住，不料东北角忽然浮起火光，东北角一片丛木和乱草地，竟被敌人放起火来，而且风势正往这边刮。人心立刻又浮动起来。

这一把火，却是武师张玉峰冒险点着的，这一把火距离土围子仅仅两箭地，风大势猛，太危险了。混元教群匪乱喊乱叫，有的人说："赶快教出去救火！"有的人说："快请国师，念咒救火！"

国师爷刘真庆请到，这家伙早已慌了神，大家说救火，他就随声说："快去救火！"大家说："国师爷快念咒！"他就说："你们，快开堡门去救，我这就登坛念咒。"他一溜烟跑下更道，到下面捣鬼念咒；两位镇殿将军妄想乘机救火，伺隙潜逃，他就带了二三十名壮丁，拿了救火的东西，开堡门逃出去。

流弹横飞，二位镇殿将军没有完整逃出火坑，清兵照火场连开数排枪，一个被打死，一个中了伤。二三十名壮丁乘黑夜窜逃。有的往外逃，有的往回跑。却由他俩这一闹，帮了杨巡检、张武师很大一个忙。杨张二人率百名武师镖客和干捕，乘乱一拥而上。有的爬上土墙，登上更道，有的混入救火团，进入围墙里。

徐家园子，大势去了！

五十支"自来得"，在当日真和机关枪一样的凶猛无敌。百名敢死队，入虎穴，捉虎子，一阵风地猛扑，把枪开了，如雷鸣，如电扫，把混元教匪留守在西南面和南面的（但是些老弱，又十九没有火器，只凭刀矛）打得乱叫乱嚎，乱钻乱跑。

武师吴宝华见已杀入贼巢，立刻将暗号发出去。是特制的

旗火，冲天而起，一溜火光，留在外面的两个敢死队，立刻响应，更放出较多的旗花，火光在半空连闪。一路上所留的巡风传信的人，立刻也响应，也照发信号。如此辗转通报，正面大营的帮统顿时得到确实的捷报，顿时发令进攻。这是真进攻！

果然，杨巡检、张玉峰武师百名敢死队，刚刚攻入徐家园子腹心之地，还没寻着地下皇宫，那正面土堡更道上的教匪，已得急报警报说："大事不好了，西南角闯进敌人来了！"章德旺大吃一惊，立刻督队下更道，要还救皇宫。马胡子也大吃一惊，立刻把旧部数十名悍匪一叫，他却不是回宫勤王。他密告同伙："见机而作！"跳下更道来，就往马号跑。夺了几匹马，和同伙悍匪，摘枪上马，冲出堡道，夺路要走。章德旺的勤王官兵，恰和他们相逢，一个忠义军还喊："马元帅，敌人在这边呢！"略一阻拦，马胡子甩手一枪，把人打倒。章德旺怪笑道："哈哈！"也甩手一枪，马胡子滚鞍落马。

马胡子的旧部开枪救首领，章德旺的旧部开枪打叛逃，双方混战起来，杀人如麻。堡上堡下，人声鼎沸，黑影中男女教友鬼哭狼嚎。

镇边军一千名官兵在进军铜号浩浩狂吹声中，顿时冲杀到土堡北门。

杨巡检、张玉峰武师及一百名敢死队，夜袭皇帝地下宫城，竟如探囊取物，攻破后园，砸开宫门，在五间大的地窨子里，发现了"金銮宝殿"。由黄龙宝座抓下来混元皇帝徐立方。皇太后、正宫娘娘、十六岁的美貌公主，一齐落网。像粽子一样，都上了绑。在宝殿内，起出玉玺、黄袍、尚方剑等等妖妄法物。

妖僧圆照逃到地上东厢房，仗恃他两臂有力，过去几个兵，没有擒住他，反被他开枪打伤。直耗到子弹用尽，他才狂吼一声，举戒刀杀出来。另外还有几个混元教友，也是破出死命拒捕。这全靠敢死队内的武师，展开技击的功夫，力战把他们生擒。

其他教匪，除了混战伤亡，其余投下兵器，跪在地上，即

行免死，但照样上了绑。势败之后，死走逃亡，成擒的教匪，只有二百多名，死的也差不多。轰轰烈烈，人数上万的混元教，如昙花一现，终于灭亡。

独有罪之魁、祸之首护国军师妖道刘真庆不知何时从何处竟被他逃走。却由他断送了这么多的愚民的性命，他可算死有余辜。

据张玉峰武师说，一直过了两个多月，才在绥化厅以北百十里地以外，一座小土堡内，把他捉住。他已经剃去了道士的蓄发，刮去了满口的长髯，打扮成一个俗人模样了。他正在那小土堡中，乔装治病的郎中，给人治伤寒病。这东西真是神通广大，到底不晓得他怎样兔脱，也不知是谁掩护着他了。最后是讯明口供，赏给他一个“剐”。

至于混元皇帝徐立方，因抢劫大租银子，犯罪虽然重大，却因官场上种种顾忌，窃案盗案可以上详，股匪案件便不好上报，叛逆案子牵涉更为严重，绥化厅的文武地方官，一再密商的结果，只悄悄把徐某一家问斩，全案是压下去了，到底没敢上详。只由理事通判文秀山，亲自到盛京将军衙门，把案情秘禀罢了。盛京将军也是不敢掀动叛案的，前清向来怕民造反，一有叛案，株连太大，故此做官的不敢认真。

这一来积德不小，徐立方的亲戚本家，免去不少罪行。甚至他那位年方十六的美貌小公主，因被杨巡检看中，而且她也娇小得太可怜，结果，也把她开脱了，随后，变成了杨太太。

那被教匪劫去的大租银子，当然也被他们耗用了不少。但自有混元皇帝的逆产，可资抵补，全案刚一破，租银便解进省去了。

这便是洵阳武师张玉峰故事的大要。那时张武师正在英年，他还做了许多事，随后得暇，还要陆续记录下来。

三十五年四月二十八日白羽述

整理后记

《子午鸳鸯钺》是白羽的一部传纪武侠小说，也是抗战胜利后的第一部作品。报纸连载时名《子午鸳鸯钺》，出书时改名《弹剑记》。北平北京书店1946年5月初版，一册，共六章；1947年3月，上海平津书店改名《弹剑记》出版，删去第六章，剩五章。本次出版，恢复《子午鸳鸯钺》原书名，恢复第六章。

白羽武侠小说全集 十三

偷拳

白羽 著

山西出版传媒集团
北岳文艺出版社 ·太原·
BEIYUE LITERATURE & ART PUBLISHING HOUSE

图书在版编目（CIP）数据

偷拳 / 白羽著. — 太原：北岳文艺出版社，2022.1
（白羽武侠小说全集）
ISBN　978-7-5378-6468-8
Ⅰ. ①偷… Ⅱ. ①白… Ⅲ. ①侠义小说—中国—现代
Ⅳ. ①I246.5

中国版本图书馆CIP数据核字(2021)第215699号

偷　拳

白羽 / 著

//

出品人
郭文礼

选题策划
孙茜

责任编辑
刘晓京

印刷监制
郭勇

封面插画
杨苇

封面设计
阎宏睿

出版发行：山西出版传媒集团·北岳文艺出版社
地　　址：山西省太原市并州南路57号
邮　　编：030012
电　　话：0351-5628696（发行部）　0351-5628688（总编室）
传　　真：0351-5628680
承 印 者：山西人民印刷有限责任公司

开　　本：890mm×1240mm　1/32
总 字 数：5280千字
总 印 张：200.625
版　　次：2022年1月　第1版
印　　次：2022年1月　第1次印刷
书　　号：ISBN 978-7-5378-6468-8
总 定 价：1380.00元（全25册）

富家子弟杨露蝉，为学内家拳，投师碰壁，历尽艰辛。后乔装哑丐，又扮哑奴，三年不语，苦苦偷学绝艺；终于盗技败露，却因祸得福，其至诚精神，感动了名震海内的太极拳名家陈子平，遂得入师门，获真功，扬名京都。

目录

第一章 弱龄习武 志访绝学

杨露蝉世居冀南广平府，务农为业；承先人的余荫，席丰履厚，家资富有。但杨露蝉却生而孱弱，从小多病。他父宠爱弱子，恐其不寿，教杨露蝉读书之暇，跟从护院的武师李德发习练武技，借此强健身体；又买些拳图剑谱之类，任从露蝉随意观摩。他父子那时做梦也没想到，将来要以武术驰名于一代。

杨露蝉身体单细，天分却聪明；一年以后，已将李师傅最得意的一趟“长拳十段锦”学会了。李师傅不过是一个寻常的教头，有些力气，会几招花拳罢了，并没有精深独到的武技。自教会杨露蝉那套长拳，不料偶因试技，竟闹出笑话来。

时当初夏，李师傅在场子里看着露蝉练拳，一边解说，一边比画；哪一招不对，哪一招没有力量；应该这么发，应该这么收。杨露蝉颖悟过人，又读了些书，一知半解，已竟有点揣摹。随将手放下来，走近几步，对李师傅说：“我练这手‘摆肘逼门’和‘进步撩阴掌’，总觉不得劲。劲从哪里使，才得势呢?”说时做了个架式。

李教师拍着小肚子说："劲全在这里呢！劲，全凭丹田一口气。露蝉，你太自作聪明！我常说，练武的是内练一口气，外练筋骨皮。用力全凭气，你那个架式不对。……"露蝉忙笑道："师傅，照你老那么练，我总觉别扭！刚才你老说我那两招发出的力量不对，我再来一趟，你老给我改正。"

露蝉走了两招，李教师摇头；遂自己亮了个"摆肘逼门"和"进步撩阴掌"的架子，道："露蝉，你把劲用左了，你看我这掌怎么发？这掌力发出来够多大力量！"露蝉道："师傅这一招怎么破？"李教师道："这要用'劈拳展步'；这么一来，不就把这招闪开了吗？"杨露蝉道："这么拆行不行？"身随话转，右脚往后一滑，右拳突从左腕下一穿，噗的一拳，捣在李师傅的鼻子上，鲜血流出来。杨露蝉道："哎呀！弟子走手了。"

这一招随机应变，李师傅一时按捺不住，勃然大怒道："好小子，教会了你打师傅！"顿时鼻血流离，发起哼来。杨露蝉忍笑赔罪，却不禁露出得意神色。那李教师越发恼怒，过来要抓打露蝉；却被露蝉双手一分，闪身窜开。早有三两个长工上来劝解，一个长工向内宅跑。李教师低着头，拭去鼻血；见劝解的人多了，突然省悟过来，脸一红，对众人摆手道："没事，我们过招，碰了一下。……好徒弟，你请吧，我教不了你这位少爷！"当天露蝉之父极力赔罪；李教师自觉难堪，敷衍了几天，解馆而去。这件事传扬开了，乡里传为笑谈。露蝉也被老父斥责，不应该侮师。

过了几月，杨父的一位挚友，荐来一位武师，姓刘名立功，精长拳，尤以六合钩享名于时；年纪已经高大了，而豪放不羁之气掩盖老态。他以前职业镖局十五六年，一帆风顺；旋于六旬大庆之年，毅然退出镖局；想以授徒，聊娱暮景。及被荐到杨宅，那精神谈吐果然与李武师不同。

露蝉拜师之后，教师刘立功教露蝉将以前所学的技击试练以后，这老人背手微笑不言。露蝉疑问道："莫非弟子以前所

学，已入歧途了吗？”刘立功摇了摇头，问道：“你练了几年了？”露蝉答道：“四年。”刘立功咳了一声，又问：“你从前的师傅是谁？”露蝉照实说了。刘立功点头不语。沉了沉，正色向露蝉说道：“武门中率多以门户标榜，自矜所得，嫉视他派，诋毁不遗余力，所以往往演成门户之争。武技不为人重看，大抵由此辈无知的武夫造成的。所以我练了几十年功夫，绝不敢妄自褒贬他人，轻易炫弄自己；这就是我免祸之诀，弭争之术。武功这一门，练到老，学到老；一日为师，终身不许忘。所遇的师傅，功夫有深浅；若说跟这位师傅练了几年，没得着一点真功夫，空把年华蹭蹬过去，那你应当自怨择师不慎。作师傅的不度德，不量力，固然也有不对；可是他绝没想到把你的年华耽误了；他还以为尽其所长，全教给你了。不过他所得不精，终归落个误人误己，所以收徒投师都是难事。”

杨露蝉点了点头，看着刘立功。刘立功又道：“我也不是真有惊人的武术，出类拔萃的功夫。止于当初我师傅教我时，专取其精，不教我好高骛博。于拳义口传心授，只将一趟‘长拳十段锦’的精义和六合钩的诀要，费了十来年的工夫，才得一一领悟。我刘立功在江湖中多年，就仗着一双肉拳、两把钢钩，图出一点虚名来。如今我们凑在一处，我当初怎么学来的，就怎样教给你。多咱把我这点薄技淘弄净了，你再另投名师。我今日只当着你一人，敢说句狂话，我还不致把你领到歧路上去。说句江湖粗话，一个将军一个令，一个师傅一个传授。你空练了整套的拳，可惜拳诀一窍不通；你就那么再练十年，也算没练。练拳不知拳诀，练剑不知剑点，那怎能练出精彩来！露蝉，咱就在入手开教之前，咱们先讲好了。你只当从前没有学过，我也当你是乍入武门的徒弟，我就从初步的功夫教起，你不许厌烦，不许间断。练武非一朝一夕，一蹴而及的事，须要有耐性，有魄力；许我不教，不许你不练。你能够答应这几件事，我收你这个徒弟。不然你另请他人；我不愿意到老来，落个误人子弟之名。”

杨露蝉乍听愕然。想了想，拜谢道："弟子愿遵师傅之命，不论多少年，只要师傅愿教，弟子一定耐着心，好好的学。弟子要是不好武功，从那位李老师一走……"刘教师摆手道："好，咱们一言为定，明天你就下场子练。"

杨露蝉一误未曾再误，这退休的镖客刘立功果然有真实功夫。看他那言谈气度，沉稳矍铄，也与寻常教师不同。开教的时候，每站一个架式，必定详为解释：属于上盘，属于下盘，属于中盘，在拳术中有何功用？于健身上有何效应？反复讲解，不厌求详，必使露蝉真个领悟了才罢。

露蝉天资聪颖，倾心向学，刘老师的教法又不俗；师徒相投，进步很快。刘立功算计着教露蝉固下盘，筑根基，至少须有一年的工夫。哪知只六七个月，露蝉已将固下盘的窍要得到。刘教师欣然得意；当教师最难得的是徒弟既聪明，又听话，遂赶紧的传授"长拳十段锦"。杨露蝉一看这位刘教师所教，果然跟那李教师的截然两样。刘立功先将这一整套长拳，亲自从头练过；真个是守如处女，翩若惊鸿。练完，然后向露蝉讲解，分拆开一招一式的运用；又把自己精心所得，与古代留传不同之处，一一现身说法的指示给露蝉看，解说给露蝉听。露蝉心领神会，十分悦服。

于是两年过去，刘立功教师已将"长拳十段锦"中的拳诀，一一传与露蝉。长拳中原有三十五字的拳诀，后来化繁为简，演成十八字；相传为武当派开山祖张三丰化少林寺"十八罗汉手"的精华，演为长拳十八字的拳诀。可是这十八字诀的研求所得，后起各家多不相同；见仁见智，全在个人天赋，和锻炼的功夫深浅。

教师刘立功又教了三年的工夫，把自己数十年所得于拳术上的学识，倾囊赠予了露蝉；露蝉也不辜负刘武师的期望。不过刘武师六合钩这套功夫，杨露蝉却练不好；这就因为杨露蝉限于天赋，没有那大的膂力。刘武师也深愧自己对于内功上，没有十分把握，不敢妄传内家拳，恐怕一旦授受失当，反倒前

功尽弃。

杨露蝉这几年习练武功，练得身体已不像从前那样羸弱；瘦挺矮小的身材没法改变，容色肌骨却已渐渐坚实。刘武师谆嘱露蝉道："两膀没有五六百斤的膂力，不能运用六合钩。"露蝉也深知这六合钩并非刘武师靳而不授，实是自己力不能及，徒唤奈何。

一天，金风送爽，残露曳声，刘立功忽动乡思，慨然对露蝉说："我师徒五载相依，于今尚有半月之聚。中秋节过，是我归期。嗣后你是自己下功夫，或是另投名师，别访益友，我不便代筹。我以自己才技所限，已经尽我所能，倾囊相授。你体质不足，聪悟过人；如果遇有深通内家功夫的武师，尚能弃短用长，别图补救。前程万里，诸望自爱。"

杨露蝉骤听刘武师要走的话，十分惊愕，赶忙站起身来，肃然请问道："教师，弟子尊师敬业，学而未成，从未敢疏忽；莫非弟子有失礼的地方？下人们有伺候不周的吗？弟子于老师所授的武功未窥堂奥，哪敢说自己研求？还望老师多住二三年，弟子多得些教益。"刘老师欣然笑道："露蝉，我们师徒相处已久，难道你还不知道我的脾气吗？我虽没多念过什么书，可是懂得言必信，行必果。你我师徒有言在先，我初来时说的话，你难道忘了？你父子待我情至义尽，当教师的能遇上你这么好学知礼的徒弟，于愿已足。你技艺已然粗成，我呢，年衰倦游，亟欲归老田园。彼此神交，你不必做那种无味的挽留了。"

杨露蝉深知刘老师的秉性直率，言行果决，不敢再言；悄悄的把刘武师要走的话，禀明了老父。父子暗中给刘武师预备丰富的行装。到中秋节日，父子欢然置酒饯行。快饮数日，情意拳拳；教师刘立功捻须欣然，十分心感。到八月十七日那天，刘武师就要走了；晚间，父子把所预备的行装，及历年刘武师未曾动用的束脩，全数捧送出来。束脩之外，有两套崭新的衣服，红纸封裹着五十两银子，用托盘托过来，恭恭敬敬的

放在刘老师面前，说道："这是老师历年所存束脩，四百七十五两。这五十两银子和这几件衣服，算是徒弟一点心意，老师赏收吧。"刘立功含笑道："你们也太认真了。说实在的，我家中尚不指着这种钱糊口。你们收起来，替我存着；哪时我用得着，再找你们要来。这身衣服我倒拜领了。"刘武师虽则这么说，露蝉父子哪肯听从？不待师傅吩咐，遂把银子包囊全给打点在一处，教人收拾好了；又泡上茶，坐在一旁，要敬听师傅临别的赠言。

刘立功教师见露蝉父子这等热诚，不禁有感于中，向露蝉道："可惜我的武学太浅，你的天分甚高；教我空舍不得你这好徒弟，却已没有什么绝技来教你。缘尽而已，尚有何言？"露蝉忙答道："师傅，您既看得出弟子来，弟子也实是跟老师情投意合；往后何在乎教我不教，就多在我舍下盘桓几年，指点着弟子，也总比弟子瞎练强啊！"露蝉说了这话，再看刘武师，仰面不答，好像没听见，愣柯柯似在思索什么，露蝉遂不便絮聒。沉了一刻，刘武师方才慨然对露蝉说："你将来打算做什么呢？"露蝉道："弟子因病习武，多得其益；钻研既勤，爱好益深。我已经在这道上用了功夫，索性就把它练出点眉目来，也可以从中成名立业。"刘武师道："我十分爱惜你这天资，你若得遇名师指点，不难成名；要是半途而废，我也实在替你可惜。我之所学既已倾囊相授，我实在不能再耽误你，现在我指给你一条明路吧。河南怀庆府陈家沟子，有一位隐居之士，姓陈字清平。他幼遇异人，传授给一身绝技；推演太极图说，本太极生两仪之理，演为拳术，名为太极拳。这种拳术浑一归元，实有巧夺造化之功；所有别派拳家多半莫名他的手法。这种拳术不止于所向无敌，并且有益寿延年、养生保命之效，以巧降力、转弱为强之妙。依你这种天资，牵就你这种体格，你若拜太极陈为师，那时舍短用长，以巧降力，何患不能成名？"

露蝉欣然答道："师傅既知道有这位名师，咱们何不早早把他请来。弟子明日就备重礼，打发人去请这太极陈陈老师

去。”刘武师哑然失笑，向露蝉点点头道：“你看得实在太容易了！这位太极陈陈老先生，不是你银钱所能请得来的，也不是人情面子所能感得动的。你想把陈先生请到你家来，岂不是笑话嘛？就是你备上千金重礼，他也未必肯来。”

杨露蝉脸一红，忙说：“弟子是个小孩子，不明白的事太多，老师你看我该怎么办呢？”刘立功捻须微笑道：“大凡奇才异能之士，性多乖僻；这位陈老先生更是古怪异常，做事极不近人情。他身怀绝技，他门下弟子倒没有多少。他以自己独得之秘，经过二十多年的精思苦练，始获得拳招诀要；他以为这太极拳得来既非容易，所以他也不肯轻易传授于人。他又恐怕传付非类，反倒将他的门户清名玷污了！所以择徒极苛，既不讲情面，也难动之以利。他这个人实是狂狷之流，孤高鲠介；他又是素封之家，无求于人，闭门高卧，足乐生平。因此养成了一种一介不取，一介不予，软也不吃，硬也不怕的性格，他这种人委实不好对付。我看你的天资，若半途而废，未免可惜；所以想劝你转到太极陈门下，定能发挥你的天才，成名于天下。但是要聘请他来，那是十九办不到的。你应当专诚赴豫，拜投到他的门下才行，这只看你的机缘了。”

杨露蝉不禁作难道：“老师的意思，是教我登门投师？这位陈老师性情既这样孤高，我又跟他素昧平生，无一面之识；老师可以不可以给我写一封荐书？”刘立功摆手道：“那倒没有用处；告诉你，志诚可以动人。你只要安心求技学艺，虔诚优礼的登门献贽，叩求收录，这比人情荐送，反而强得多；况且我跟太极陈也不过慕名，并不认识。露蝉，我因你志趣不俗，所以指示你一条明路。你愿去不愿去，你慢慢仔细思量，也不必忙在一时。”

一席话打去露蝉不少高兴。杨露蝉低头寻思良久，忽然一挺身子，向刘立功问道：“老师，由广平府到怀庆府陈家沟子，共有几天的道？是起旱，是坐船？往返该多少路费？我一定去投拜名师。”

第二章

入豫投师 观场触忌

五年以后，杨露蝉父丧既除，负笈出门，由故乡策驴直指河南。

当教师刘立功散馆还乡时，杨露蝉陪师夜话，已将路程打听明白。刘立功心知这个爱徒年纪虽小，颇有毅力；只是少不更事，人虽聪明，若一涉足江湖，经验太嫌不够。刘武师一片热肠，将自己数十年来经验，和江湖上一切应知应守应注意的话，就一时想到的，约略对露蝉说了许多，杨露蝉谨记在心。刘武师去后，杨露蝉便要出门游学；偏生他完婚未久，老父弃养；直耽误了五个年头，方才得偿夙愿，踏上征途。

杨露蝉风尘仆仆，走了十余日，已入怀庆境。投宿客店，饭罢茶后，杨露蝉一时睡不着，信步出来，在店院中踏月闲步。寻思着已将到陈家沟子了，应当怎样虔诚拜师，怎样说明自己的心愿，怎样坚求陈清平收录。也可以先把自己以往所学说一说，好教陈老师瞧得起自己是个有志气的少年。他心中盘算着，在院中走来走去；时而仰面望月，时而低头顾影。这时候店中旅客俱都归舍，声息渐静；只有几处没睡的，尚在隐隐

约约的谈话。忽然从别院中传来一种响亮的声音，乍沉乍浮；倾耳寻听去，却似是武器接触的磕碰之声。性之所好，精神一振；杨露蝉不觉挪步凑了过去。寻声一找，知道是在东偏院中。小小院门，门扇虚掩，杨露蝉傍门一站，分明听出讲武练技的话声来。

杨露蝉是少年，又是农家之子，不习惯江湖上的一切禁忌。这声音好像一种绝大的诱力，杨露蝉人虽聪明，却做了傻事，一声没言语，推门径入。

吓！方形的院落，十余丈宽阔；月光中，东墙下，站立着四十多岁的一位教师，手握单刀，做着劈砍之势。面前分立着三五个少年，似正听教师讲解。场那边也有七八个短装男子，各持刀矛棍棒，正在舞弄。

小院门扇吱的一响，武场中的少年一多半住手不练，眼光一齐回注在杨露蝉身上。那个四十多岁的武师也很错愕的，收刀转脸道："你找谁？"

杨露蝉这才觉得自己鲁莽了，忙拱手道："打搅，打搅！我是店里的客人。……"教师上眼下眼看了看杨露蝉，虽是二十多岁，却只像十七八的大孩子。教师道："哦，你是几号的客人？一更多天了，你有什么事？"又向门扇瞥了一眼，对一群少年说道："你们谁又把门开开了？没告诉你们嘛，练的时候，务必闩上？"一个少年说道："老师！是我刚才出去解小溲，忘了上闩了。"这武场中的师徒十余人，神色都很难看。杨露蝉不禁赧然，说道："对不住，我是九号客人；夜里睡不着，听见你们练武了。一时好奇，贸然进来，不过是瞧瞧热闹。老师傅别过意，诸位请练吧。"

那教师又看了看杨露蝉，见他瘦小单弱，不像个踢场子的，遂转对弟子说："他是店里的客人，年纪轻，外行，不懂规矩，你们练你们的吧。"那一班少年，有的照样练起来，仍有两个人还是悻悻的打量露蝉。

杨露蝉到此，退既不能，留又无味，脸上露出窘态。那个

教师倒把露蝉叫到里面，向露蝉说道："听你的口音，好像黄河以北的，没领教你贵姓？"露蝉道："我是直隶广平府的，姓杨，请教老师傅贵姓？"教师道："在下姓穆，名叫穆鸿方；这个小店，就是我开的。在下自幼好练武，没有遇着名师，什么功夫也没有。不过乡邻亲友们全知道我好这两下子，硬撺掇我立这个场子。我这些徒弟也都没有外人，不是我们教门老表（即伊斯兰教），就是靠近朋友的子侄；我教的对不对，都有个包涵。好在他们也就是为练个结实身子，也没打算借习武成名，若不然我也不敢耽误他们。我早跟他们说过，我这个场子只要是有人一踢，准散。"他说到这里，向露蝉微微笑道："我讨个大说，老弟你这么冒然一闯，我们真全疑心你是踢场子来的。这一说明，你又是我店里的客人，我穆鸿方更不能说别的了。我说句教老弟你不爱听的话吧，常出门在外，可要谨慎一点。把式场子是交朋友的地方，也是惹是非的所在，不打算下场子，趁早别往这里来。即或是你也会武，打算拿武学访道；试问既铺着场子，在这里教着一班徒弟，若是输给人家了，请想还能立脚不能？所以教场子的老师，一遇上有串场子的，那就是他拼生死的日子到了。但是不会武术的，难道就不能往把式场子来吗？也不尽然，一样也能来。像老弟你是这店里的客人，晚上心里闷得慌，又爱看练武的，可以先找店里伙计问问他，谁铺的场子；教他领你来，那不就没包涵了吗！老弟你可别怪我饶舌，因为少年气盛，若我不在这里，这班徒弟们倘若嘴里有个一言半语不周到，老弟你是听不听呢？说了半天，老弟你既喜爱这个，多少是会两手。天下武术是一家，万朵桃花一树生，你会什么，练两下，这也不算你踢场子。"他说着，将手一拱道："请下来，练两手。"

杨露蝉满面羞惭，想不到一时冒昧，惹来人家这么一场教训。这总怪自己太没有经验，这一来倒得长长见识。此时穆鸿方反而撺掇露蝉下场子；露蝉灵机一动，暗想："这个穆鸿方定是个老奸巨猾，他分明指点我，这下场子便是明跟教师结

仇。这时他又竭力引逗我，教我露两手；我只要一说会武术，他一准认定我是来踢他场子的了。”

露蝉心中盘算，忙向这位穆老师抱拳道：“失敬，失敬！原来穆老师是教门的人。我久闻得教门弹腿，天下驰名。在下是没有一点经验的年轻人，从小看见练武的就爱。只是我们老人家不喜好这个，我空有这个心，也没有一点法子。老师傅教我练两手，我可练什么呢？请想，我除了挨打，还有什么能为？”穆老师哈哈一笑，随说道：“你真不会倒很好，练武的最怕只会点皮毛，没有精纯的功夫，反倒是惹祸之道。你既有这种心意，不妨将来有机会找一位名师教练。”露蝉道：“我将来一定要访名师，学练几年。穆老师，你这练的是哪一门的功夫？我想大约是太极门吧？”穆老师道：“你怎么猜我是太极门？”露蝉道：“我因为听人说，您这怀庆府出了一位太极拳名家陈老先生，河南北，山左右，没有第二个人能比得上这位陈老师功夫精深的。我想您守在近前，想必也是太极一派，不知可是吗？”

穆老师听了，点点头道：“老弟，你说得倒是不差。不过这太极门的拳术，谈何容易！我们离着陈家沟子很近，不过几里地；可是空守着拳术名家，也没有机缘来学这种绝艺。陈老先生这种功夫一向是不轻易传授，不肯妄收弟子。我这种庄稼把式的老师，还妄想依傍陈老师的门户吗？我当初练武的时候，这位陈老师尚未成名；我那时简直不知道武林中有这么个人。赶到太极拳见重于世，陈老师名噪武林，我已经把年岁错过了；再想重投门户，就是人家肯收我，我也不能练了。历来我们练武的门户之见非常认真，半路改投门户，尤其为教武术的所不喜。我们教门中人，若连本门的十路弹腿全练不到家，再想练别的功夫，更教本门所看不起。老弟，这位陈老师的事情，你怎么知道的这么清楚？你听谁说的？你可是有心拜在陈老师门下习武吗？”

杨露蝉经这一问，心里非常游移，迟疑着答道：“我吗？

我是听我们家中护院的讲究过；因为今天到了怀庆府境内，所以一时想起这位陈老师来，跟您打听打听。像我这种笨人，还敢妄想学这种绝艺吗！”穆鸿方含笑道：“老弟，你不用过谦，像你体格虽然稍差，可是这份精神足可以练这种绝技。听说陈老师这种太极拳，不是尽靠下苦功夫，就能练的出来；这非得有天资，有聪明，才能领悟得到。只就他这种拳名，便可以看出含着极深的内功，实寓有阴阳消长，五行生克之妙。像老弟你若是入了陈老师的门户，用不上三年五载，何愁不能成名？”

杨露蝉听穆教师滔滔说来，知根知底，不由得心中高兴，不觉的脱口说道：“穆老师傅，像我这种体格，要想练太极拳门，人家陈老师可肯收录吗？”穆鸿方道：“那就在乎自己了！只要你虔诚叩求，怎见得人家不收？你只要真打算练这种绝艺，就得心无二念，别拿着当儿戏就行了。”杨露蝉道：“我天性好武，别说遇上名师，不敢轻视；就连我从前遇上的那种混饭吃的老师们，我也不敢慢待。……”露蝉说到这里，忽觉得自己把话说漏了，想再掩饰，又不知说什么好，不由得面红耳赤起来。穆鸿方噗哧一笑道：“老弟，你还是练过功夫，你何必瞒着呢？你究竟练的是哪一门？令师是哪位？没有什么说的，既然会武，就是一家人，咱们考究手法。这也不算你踢场子，我也不拿你当江湖访道的朋友看待；来来来，咱们走两招。”说着回顾徒弟道：“你们看老师的眼力如何？”回头来又向露蝉道：“老弟，你不要客气；说句江湖土话，光棍眼，赛夹剪！我一看就知你不是诚心来找我的，可是我一看，早就看出老弟你会功夫来了。老弟尊师是哪位？提起来我或许认识。”

这位穆教师竟向露蝉问起师承来。露蝉一想：“刘老师的姓名实在说不得；我的功夫没有深造，没的给师傅露脸，别给老人家现眼才好。”遂正色说道：“我方才说的是实话，不过看着家里护院的师傅们练功夫，日子长了，磨着人家教个一招两式的，哪能算师徒呢？”

穆鸿方道：“老弟你太谦了，我们论起来全是武林一派；

武术会的多会的少，满没有什么说的。老弟你既不肯提贵老师的大名，那么练的是哪一门呢？”杨露蝉道：“教穆老师笑话，我是好歹练过几天长拳，不过只会个大路子；究竟拳里的奥妙，我是一点不懂。所以在外人面前，从来不敢说会武二字。穆老师是武林前辈，既承你老一再动问，说出来也不怕你老见笑，其实我还得说是武门外行。”穆鸿方笑了笑，说道：“客气、客气，我们还有什么说的？你是我店里的客人，我绝不能按平常的武林朋友待你。来，咱们过两招，解解闷。”

杨露蝉往后退了一步，摆着手道：“这可真是笑话了！您要是教我下场子，还不如您打我一顿呢。”穆鸿方道：“什么话！老弟你太拘执了，这有什么干系？咱们不过是比画着玩；咱们把话全说开了，难道还真个动手吗？说句不客气的话吧，在下也练过几天长拳；可是教我的这位老师傅是个南边人，教的日子又浅，口音又不大明白，好容易才学会了。赶到后来，我在别位行家面前，一练这趟长拳；人家看着就摇头，说是招式各别，全不一样。我这才知道南拳和北拳又有不同，只要遇上北派拳家，我就一定要领教领教。今晚侥幸又遇上了老弟，我太高兴了！我们又可以对证对证了，到底我的长拳跟北派拳不同的地方何在。我也不是定要跟老弟你较量谁的功夫纯、谁的招术巧；你只要把你的拳路比画一下，我也把我的拳路练给你看一看；我也开开眼，你也开开眼，咱们两受其益。这总没有说的了吧？”

露蝉被穆鸿方一再逼撄着，简直有些不能再摆脱了。带着迟疑不决的神色，很羞涩的向穆鸿方说道：“穆老师，我已一再说明，实在说不上会武。我只练过这趟长拳的大路子；至于怎么拆，怎么用，我实是一窍不通。穆老师非要叫我练不可，我只好遵命；只望穆老师多多包涵，多多指教我。”

穆鸿方含笑答道：“吓，老弟，你太谦虚了！你不要疑疑惑惑的，我还能欺负老弟不成吗？”说着将双拳一抱道：“请！”

穆鸿方步步紧逼，杨露蝉无法再拒，遂说道：“我谨遵台

命，我自己老着脸练一趟；有不对的地方，你老多指点。要是跟我过招，我可不敢。”穆鸿方道：“老弟，你请练吧。”

穆鸿方一侧身，将手一挥，向一班徒弟们说道：“你们闪开点，看这位杨师傅练两手，你们学着点。”徒弟们哗然的散开，交头接耳的窃窃私议。露蝉心里暗自怙惙惙：“一时的莽撞，自寻来烦恼！我若是往好处练，他定要逼我动手；我若不好好的练，恐怕他们又要当面嘲笑我。我该怎么办呢？”自己一边往场子里走着，一边心里盘算着；倏然把主意打定，且先不露自己在拳术上的心得；我倒要先看看这位穆师傅到底有真功夫没有？果然看准了他的本领，我真能降的住他，就给他个苦子吃，教他往后少要倚老卖老，看不起我们年轻人！寻思着，已走到场子南头。穆鸿方跟在露蝉身旁，那一班徒弟们散漫在四周，十几对眼睛全盯住了露蝉。

杨露蝉赧赧的先把心神摄住，只装作看不见这些人。溜了半圈，立刻向穆鸿方双手抱拳，一揖到地，又向四面一转道：“老师傅，众位师兄，别见笑，多指教，我可献丑了。”说了这句，立刻一立门户，按长拳摆了一个架式，向穆鸿方道：“这么开式对吗？”穆鸿方道：“哪有什么不对？老弟你练吧，不要客气。”杨露蝉这才双拳一挥，眼神一领，立刻一招一式的练起来。

露蝉故意的把这趟拳练得散漫迟滞。穆鸿方微笑着，向他一班徒弟说道：“你们看见了？人家这位杨师傅这趟拳，才是受过名人真传。你们看，练的多稳，练的多准！”露蝉把这趟长拳九十一式，从头练完，虽然拳慢，手法到家。一收式，复向穆鸿方抱拳道：“献丑献丑，让穆老师见笑！哪招不对，穆老师费心指教指教。”穆鸿方凝神看完，眼珠一转，笑着凑过来，说道：“老弟别客气，练得很好，这才真正是名师所传。不过，这里头还真应了我的话。老弟所练的不是不对，实在你我彼此不同，看起来南派北派果然有别。老弟你那手‘仙人照掌’跟我练的截然两样。老弟，你再比画一下看。”

露蝉听了心想："也许南派北派真个不同，我何不趁这机会，引逗他也练练？究竟是怎么个不同，我也长长见识。"遂欣然来到场心，穆鸿方也跟了过来。露蝉照样亮了个"仙人照掌"的架式。穆鸿方道："老弟，这一手最显然不同，你这手变招是什么？"露蝉道："这是个攻势；这招用不上，跟着变招一杀腰，用'连珠箭'，上步穿掌。"

穆鸿方道："我当初学这手时，我的老师说过：这手'仙人照掌'只要用不上，赶紧撤招取守，取走，不能攻。——这不是跟北派长拳大相反了吗？来，老弟，你只管进招，我接一个试试；看看这两种打法在实用上，到底哪个得力，就知道哪一种练法对了。"露蝉此时见穆鸿方说的情形颇为蹊跷，不觉的引起好奇之心，心想："我不过假装不会！我若是真打不出功夫力量来，连刘老师也暗含着跟我栽了。"心里这么想，口中还是谦谦让让的说道："我只能摆个架式，我哪配向老师傅发招呢？"穆鸿方道："老弟，你又固执了；武术上要不这么身临其境的换招，哪能分的出好歹来！再者，我说句放肆的话，我还会教老弟你打着吗？"

杨露蝉脸一红，暗中着恼：你也太狂了！你就看透我打不着你吗？陡向穆鸿方说道："这么说，我就遵命。……"杨露蝉仍施"双照掌"的招数，倏然往外一撤招。穆鸿方用"双推窗"一接道："这就把你的招数拆了。"露蝉骤然将精神一振，手足利落，与刚才判若两人。拳风一敛，往回撤招；突往下一杀腰，右脚往前抢半步，半斜身把右掌穿出，掌力挟风，嗖的往穆鸿方腰上击来。

不料这穆鸿方容心要剉辱人！脚底下连动也没动，容得露蝉拳到，立刻的凹腹吸胸，腰上微往右一闪，右手嗖的把露蝉腕子刁住，"顺手牵羊"往外一带，右腿往露蝉的右腿迎面骨上一拨。借力打力，咕咚，把露蝉摔了个嘴啃地；一班徒弟哗然大笑起来。——这一招并不是长拳，乃是穆鸿方精擅的弹腿的一招。

第三章

路见不平 解纷挥拳

穆鸿方慌不迭的抢上一步，伸手相扶道："这这怎么说的！太对不住了，摔着哪儿没有？"

仗着武术场子上，是全铺细沙的土地，露蝉又用左手支撑着，算没把脸抢破。露蝉站起来，臊的脸都紫了；心上十分难堪，勉强的笑了笑，向穆鸿方道："穆老师，谢你手下留情！你这才信我没有功夫吧？你要想打我这个样的，绝不费事。我……我本来不会嘛。"穆鸿方冷笑一声道："老弟，你下过功夫、没下过功夫，你自己总知道；若不是我姓穆的还长着两个眼珠子，哼哼，准得教你蒙住了！"回头向徒弟们说道："怎么样，你老师没瞎吧？"呵呵的大笑了两声，又道："你们看人家，年纪轻轻的，总算练的不含糊；错过是你老师，换个人，就得扔在这里。"

杨露蝉方才明白，人家竟是借着自己，炫弄拳招，好增加门徒的信佩，越发的羞愧难堪。当时也不敢跟他翻脸，含着一肚子怒气，向穆鸿方抱拳拱手道："穆老师，我打搅了半天，耽误了师兄们练功夫。我跟你告假，咱们明天见吧。"穆鸿方

立刻堆下笑脸来道："老弟，你怎么真恼我了？我不是说在头里了嘛？就是我们两人过招。也不算是你踢我的场子；谁胜谁败，全不得摆在心上。老弟你怎么认起真来？"露蝉道："这是穆老师多疑，我要早早歇息，明天还要赶路呢。"穆鸿方道："老弟，你可真想投到太极陈门下吗？"露蝉至此更不隐瞒，立刻说道："不错，我天性好这个；学而不精，到处吃亏受欺。我立志投访名师，要把功夫练成了，免得教人轻视。我这次出门，就是专为这个。"说罢转身。穆鸿方忙道："好，有志气！老弟，我是直性人，有话就要说出来，你可别多疑。我想武术的门户很多，哪一门的功夫练纯了，都能成名。你何必认定了非投太极门不可呢？只怕老弟你去了，白碰钉子。这位陈老先生脾气那份古怪，就别提了，谁跟他也说不进话去。他这太极拳享这么大的威名，可是并没有什么徒弟，这么些年只收了五六个。慕名来投奔他的可多呢！只是大老远的奔了来，个个落得败兴而返，简直他就是不愿收徒；并且就是勉强求他收录了，两三年的工夫，不准教个一招两式。只我们这本乡本土练武的人，跟这位陈老先生几乎是怨声载道，就因为他拒人太甚了。杨老弟，我不是打你的高兴，只怕你这次去了，还是白碰钉子。再说学旁的武功也是一样，何必定找这种不近人情的人呢？"

露蝉此时对于这位穆老师，已存敌视之心；就是他的话全是真的，自己也不肯听他，遂虚与委蛇着说道："好吧，我自己思索思索，我现在还拿不定主意。"强忍着满腔羞忿，遮断了穆鸿方的话头，略一拱手道："明天再谈！"说罢，不容他答话，转身就走。穆鸿方很得意的装出十分的谦虚，笑着说道："别走啊，咱们再谈谈。……困了？咱们明天见，我可不远送了。"

杨露蝉半转身子说道："不敢当！"遂拉开门闩，悻悻的出了别院，回转自己房间内，把门掩了。躺在床上，越想越难过，想不到自己无端找上了这场羞辱！由此看来，要学惊人武术，非得遇上名师，下一番苦功夫不可；不然的话，就得绝口

不提武术二字。江湖上险诈百出，自己就是拿诚意待人，人家依然以狡诈相对。这位穆武师把自己玩弄得如此歹毒，这就是很好的教训。这真应了那句俗语：“逢人只说三分话，不可全剖一片心。”一时惑于他的长拳南派北派的一番鬼话，吃了这眼前大亏，从此可要记住了。辗转思忖，直到三更过后，方才入睡。天方亮赶紧起来，自己不愿再见那个穆店主，遂招呼店伙打脸水，算清店账。打听明白了赴陈家沟子的道路，距此还有六十多里的道路，立刻匆匆离店，雇了匹脚程，赶奔陈家沟子而来。

露蝉出离店房，心中烦恼，跟那脚夫有一答没一答的闲谈，打听陈家拳在当地的声势。行行复行行，在申末酉初，已到了陈家沟子。远远望去，这陈家沟子是个很大的镇甸；听脚夫说：“这里三六九的日子，都有很大的集，附近四十多个村庄都要赶到这里交易。”那赶脚的向杨露蝉问道：“你老到这里来。是看望亲友，还是路过此地？你老若是没有落脚的地方，这一进陈家沟子镇甸口，就有一座大店。要是错过这里，可就没有好店了。”

露蝉想了想：“天色倒是不晚，只是初到这里，也得稍息征尘；问问当地的情形，访访陈老师的为人，再登门求见，方不冒失。我不要再冒失了！”拿定主意，向脚夫说道：“我是看望朋友来的，倒是有地方住；我怕乍来不大方便。店里要是干净的话，我就先落店吧。”脚夫把大指一挑道：“喝！三义店干净极了，净住买卖客商，你老住着准合适。”露蝉道：“那么就住三义店吧。”露蝉哪里知道，脚夫是给店里招揽客人，好赚那二十个大钱的酒钱。来到店中，哪是什么大店？分明是极平常的一座小店罢了。露蝉想着，不过住一两晚上，倒不管什么店大店小；见了陈老师，自然献贽拜师。就可住在老师家里了。

由店家招待着，找到了一间稍为干净的屋子，露蝉歇了。到晚间，就向店伙仔细打听这太极陈的情形；只是传说互异，跟那刘武师以及那穆鸿方所说的并不一样。露蝉东扯西拉的问

了一阵，心里半信不信，遂早早安歇。第二日一早起来，梳洗完了，露蝉问明了太极陈的住处，遂把所备的四色礼物带着，径投陈宅而来。

顺着大街往南，走出不远，果然见这趟街非常繁盛。往来的行人见露蝉这种形色，多有回头注视的；因这陈家沟子虽是大镇甸，却非交通要道，轻易见不着外县人的。走到街南头，路东一道横街；进横街不远，坐北朝南有一座虎座子门楼；虽是乡下房子，可是盖的非常讲究。露蝉来到门首，只见过道内，有一两个长工，正在那里闲谈。露蝉觉得这房子跟店家所说陈宅坐落格局一样，遂走上台阶，向过道里的长工们道了声辛苦，请问："这里可是陈宅？"一个年约五十多岁的长工，站起来答话道："不错，这是陈宅，你老找谁？"露蝉道："我姓杨，名叫杨露蝉，是直隶广平府人，特来拜望陈老师傅的。请问陈老师傅在家吗？"一面说着，把所带的礼物放下，从怀中掏出一张名帖；拱了拱手，递给长工。那长工把名帖接过去，看了看，一字不识，向露蝉说道："老当家的在家呢。"一个年轻的长工在旁冷笑道："老黄，你又……你问明白了吗？"露蝉忙抢着说道："大哥，费心回一声吧。"长工老黄捏着那张名帖，走了进去。等了半晌，老黄红头涨脸的从里面出来，手里仍然拿着那张红帖，来到露蝉面前，丧声丧气的说："我们老当家的出去了，还你帖子吧。"

露蝉一怔，忙拱手问道："老师傅什么时候出去了？"老黄道："谁知道，他走也不告诉我，我怎么知道啊！"杨露蝉说道："他老人家什么时候回来？"长工把帖子塞给露蝉道："不知道，不知道。你有什么事情，你留下话吧。"说着一屁股坐在长凳上，拿起旱烟袋来，装烟叶，打火镰，点火绒，嘬着嘴吸起烟来。

露蝉揣情辨相，十分怅怅。只是人家既说没在家，只好再来。遂赔着笑脸道："倒没有要紧的事，我是慕陈老师傅的名，特来拜望。劳你驾，把名帖给拿进去。这里有我们家乡几样土

产，是孝敬陈老师傅的。也劳驾给拿进去吧！我明天再来。”那长工老黄翻了翻眼说道：“你这位大爷，怎么这么麻烦！不是告诉你了，没在家，谁敢替他作主？你趁早把礼物拿回去，我们主家又不认识你。”

这一番话把杨露蝉说得满面通红，不由面色一怔，说道：“不收礼也不要紧呀！”那个年轻的长工忙过来解说道：“你老别过意，我告诉你老，我们老当家的脾气很怪，我们做错了一点事，毫不容情。听你老的意思，大概跟我们主家不很熟识。这礼物你拿回去，等着见了我们当家的，你当面送给他。我们一个做活的，哪敢替主家收礼呢？”

露蝉一想，也是实情，这礼物只好明天再说了。举着名帖，复对长工说道：“在下这张名帖，还求你费心！”长工将手一摆道：“这名帖也请你明天再递好了，你老别见怪。”

杨露蝉只好回转店房，心想：难道这么不凑巧？他一定是不愿见我吧！但是他就是拒收门徒，他还没见我，怎知我的来意呢？无精打采，在店房中闷坐了一会儿；便想叫店伙来，再打听打听这陈清平的为人；偏偏店里很忙，店伙没工夫跟他闲谈。直到午饭后，杨露蝉才叫来一个店伙，说到这儿登门访师，陈清平人未在家，礼物没收的话。店伙道：“这位陈老师傅可不大容易投拜。我们这一带的人差不多全好练两下子；只因当初匪风闹的很凶，各村镇全有乡防，哪个村镇都有几处把式场子。自从这位陈老师傅出了二十多年门，回来之后，一传出这种太极拳的武术来，谁也不敢再在这里铺场子了。全想着跟他老人家学一两手；只是谁一找他，谁就碰钉子。两个字的批语，就是‘不教’。从前也有那看着不忿的人，就拿武术来登门拜访；只是一动手，没有一个讨了好去的。人家骄傲，真有骄傲的本领呢！后来渐渐没有人敢找他来的了。可是我们这陈家沟子，从此以后，也就没有出过一回盗案；连邻近几十个村庄也匪氛全消，这足见人家的威望了。这一班闯江湖吃横梁子的朋友，固然全不敢招惹他；可是练武的同道，也都不愿意

交往他，他就是这么乖古!”露蝉道：“这么说，难道他一个徒弟也不教吗?”店伙道：“那也不然，徒弟倒也有，据说全是师访徒。他看准了谁顺眼，他就收谁；你要想找他，那可准不行。”露蝉听了，不禁皱眉。店伙又道：“你老多住一两天也很好，我们这里是三六九日的集场，明天就是初九。这里热闹极啦，你老可以看看。”店伙出去了，杨露蝉非常懊丧。

第二日天才亮，就听见街上人声嘈杂，车马喧腾；露蝉知道这定是赶集的乡人运货进镇了。自己也随着起来，店伙进来打水伺候。吃过早点，怅然出门，到店门外一站，果见这里非常热闹，沿着街道尽是设摊售货的；其中以农具、粮食为大宗，各种日用零物，果物食品，也应有尽有。露蝉略看了看，回身进店；想了想，换好衣服，仍然提着礼物，带着名帖，再奔陈宅。

这条街上，因为添了临时赶集的摊贩，来往的乡人又多，道上倍显着拥挤；不时还有路远来迟的粮车、货车，一路吆喝着进街。街道本窄，就得格外留神，一不小心，便要碰人或踩了地上的货摊。“借光，借光”之声，不绝于耳。露蝉将手中的四色礼物包，高高的提着往前走。走出没多远，街道更加狭窄了，两边尽是些卖山货的，卖粗磁器，和道口特产铁器的。正走处，突然从身后来了一头小驴，驴颈上的铜铃哗朗朗响得震耳。露蝉忙侧身回头，往后一看：是一个二十岁上下的青年，新剃的头，雀青的头皮，黑松松的大辫子盘在脖颈，白净净一张脸，眉目疏秀；穿着一身紫花布裤褂，白布袜子，蓝色搬尖鱼鳞大掖根沙鞋；左手拢着缰绳，右手提着一根牛皮短鞭子，人物显得很精神。这一头小黑驴也收拾得十分干净，蓝丝缰，大呢坐鞍，两双黄澄澄铜镫。在这么人多的地方，这驴走得很快，很险；但是青年的骑术也很高，在这铃声乱响中，闪东避西，控纵自如。那前面走路的人们也竭力地闪避着，眨眼间小驴到了杨露蝉的身旁。露蝉慌忙往旁边一闪，手提的东西悠的一荡，整碰着驴头，险些撞散了包。露蝉方说道：“喂，

留点神呀！”一语未了，青年的驴猛然一惊，青年把驴一带，躲开了杨露蝉这一边，没躲开那一边，小驴却将靠西的一个卖粗磁的摊子踩了一蹄子，摆着的许多磁盆磁碗，稀里哗啦，碎了好几个。

卖磁器的是个年约四五十岁的庄稼人，立刻惊呼起来。这一嚷，过往行人不由得止步回头；那骑驴的青年立把缰绳一带，驴竟窜了开去。卖磁器的老头子站起来，一把捋住了驴嚼环，大嚷道：“你瞎了眼了，往磁盆子上走！我还没开张呢，踩碎了想走？不行，你赔吧！”青年勒缰下驴，凑到卖盆子的面前道：“踩碎了多少，赔多少，瞎了眼是什么话？可惜你这么大年纪，也长了一张嘴；怎么净会吃饭，不会说人话呢！”卖磁器的涨红着脸，瞪眼道：“噫！眼要不瞎，为什么往我货上踩？饶踩坏东西，还瞪眼骂人？哼，少赔一个小钱也不成；我这是一百吊钱的货！”青年气哼哼说道：“踩坏你几个盆，你就要一百吊钱？你不用倚老卖老，这是官道，不是专为你摆货的。许你往地上搁，就许我踩。我不赔，有什么法你使吧！”那老头子恶声相报道：“你不赔，把驴给我留下！小哥儿，你爹爹就是万岁皇爷，你也得赔我！”

青年见这卖磁器的捋住了驴嚼环撒赖，不禁大怒道：“想留我的驴，你也配！”把手中牛皮鞭子一扬道：“撒手！”老头子把头一伸道：“你打！王八蛋不打！”一言未了，啪的一下。牛皮鞭抽在老头子手腕子上，疼的他立刻把嚼环松开，大叫道：“好小子，你敢打我？我这条老命卖给你了！”他两手箕张，往前一扑，向青年的脸上抓来。青年把左手缰绳一抛，一斜身，“金丝缠腕”，把卖磁器的左胳膊抓住，右手鞭子一扬，喝叱道：“你撒野，我就管教管教你！”啪的又一鞭子落下去，卖磁器的怪叫起来；啪的又一鞭子！突然从身后转过一人，左手往青年的右臂上一架，右手一推那老头子，朗然发话道：“老兄，跟一个做小买卖的……这是何必呢！”

骑驴青年没想到有人横来拦阻，往后退了一步，方才站

稳，那卖磁器的也被推得踉踉跄跄，退出两三步去；教一个看热闹的人，从背后搡了一把，才站住了。

青年一看这推自己的是一个年纪很轻、身形瘦弱的人；穿着长衫，说话的口音不是本地人。手底下竟很有几分力气，不禁蓦的一惊，脸上变了颜色。

这个路见不平，出头劝架的，正是入豫投拜名师，志学绝艺的杨露蝉。杨露蝉正为这青年策驴疾行于狭路人丛中，心中很不以为然。纷争既起，行人围观，不禁惹起了路见不平之气，触动了青年好事之心。立刻把手提的礼物，往一个卖土布的摊子上一放，说了声："劳驾！在你这儿寄放寄放。"也不管卖布的答应不答应，竟自抢步上前，猛把这青年的胳膊一拨，挺身过来相劝。

这青年双眉横挑。侧目横睨，向露蝉厉声道："你走你的路，少管闲事！"露蝉道："老兄不教我管，我本来也不敢管。不过我看你这么打一个做小生意的，人家偌大年纪，太觉得过分了！真个的，拿皮鞭子好歹打出一点伤来，只怕也是一场啰嗦吧！碰坏了东西，有钱赔钱，没钱赔话……"

青年未容露蝉把话说完，早气得瞪眼说道："不用你饶舌！我一时不慎。误碰碎了他几个粗盆碗，我碰坏什么赔什么，我没说不赔。他却出口伤人，倚老卖老，要跟我拼命，要留我的驴！我姓方的生来就是硬骨头，吃软不吃硬！打死人我偿命，打伤人我打官司。你走你的路，满不与你相干，趁早请开！"这骑驴青年声势咄咄，杨露蝉强纳了一口气道："乡下人就是这样，你碰碎了他的盆，他自然发急。老兄还是拿几个钱赔了他，这不算丢脸，我看老兄也是明白人，你难道连劝架的也拉上不成？我这劝架的也是一番好意呀！"

那青年把脸色一沉道："我不明白，我浑蛋，我赔不赔的与你何干？就凭你敢勒令我赔！我要是不赔，看这个意思，从你这里说，就不答应我吧？"

杨露蝉被激得也怒气冲上来，忿然答道："我凭什么不答

应？我说的是理。”这时那卖磁器的从背后接声道：“对呀，踩碎了盆碗不赔，还要打人。你妈妈怎么养的你，这么横！”

卖磁器的倔老头子骂的话很难听，骑驴青年恼怒已极，把手中皮鞭一挥道：“好东西，你还骂人？我打死你这多嘴多舌的龟孙！”

这马鞭冲着卖磁器的打去，这话却是冲着杨露蝉发来。那老头子一见鞭到，早吓得缩在人背后。杨露蝉却吃不住劲了，嘻嘻的一阵冷笑道：“真英雄，真好汉！有鞭子，会打人！”

青年霍地一翻身，抢到杨露蝉面前，也嘻嘻的一阵冷笑道：“我就是不赔！我打了人了，哪个小舅子儿看着不忿，有招只管施出来，大爷等着你哩，别装龟孙！”

杨露蝉到此更不能忍，也厉声斥道：“呔！朋友，少要满嘴喷粪！饶砸了人的东西，还要蛮横打人，在下就瞧着不忿。你们本乡本土，说打就打；我是个外乡人，我就是看不惯，我就爱管闲事！朋友，你不是会打人吗？哼！我身上生就两根贱骨头，还真愿意替别人挨打！”他说着往头顶一指，大指一挑道：“尊驾有皮鞭子，就请往这里打，不打就不显得你是好汉！”说罢，双臂一抱，挺然立在青年面前，从两眼里露出了轻蔑鄙视的神色。那青年的皮鞭尽管摆了摆，没法子打下去。

只见那青年眼珠一转，往四面一看，脸上忽然泛出笑容来，仰面哈哈的大笑一阵。却将马鞭往地下一掼，双拳一抱，向杨露蝉拱手道：“哈哈，我早就知道老兄你手底下明白！你要够朋友，请你跟我走，咱们离开这里，那边宽展！”青年将驴缰一领，右手向杨露蝉一点，随又向南一指道：“那边出了街，就是空地。”

第四章

误斗强手 失著一蹴

杨露蝉向四面看了看，路上行人围了许多，交头接耳，纷纷议论。那卖磁器的远远的发急叫喊道：“不行，走可不成，打也打了，骂也骂了，赔我的盆！”杨露蝉道：“掌柜的你别急，该多少钱，回头我给你。布摊上还有我的东西哩；劳驾，你给我看着点。”于是骑驴青年吆喝了一声道：“众位借光！”看热闹的人登时霍地闪开。青年又回头向杨露蝉瞥了一眼道：“走吧！”

杨露蝉雄赳赳的大叉步跟来，冷笑道：“走到天边，我也要跟着你！”就有一个看热闹帮着杨露蝉道：“你老别找亏吃，不要跟他去。”杨露蝉笑了笑道：“这人太横了。我倒要碰碰他。”拔步而前，昂然不惧。

两人出了街，来到一处广场。

街上人纷纷跟了来，三三两两，窃窃私议道：“快瞧瞧去，太极陈的四徒弟又要跟人打架了！”

青年悻悻的走到广场，把驴缰往鞍子上一搭，用手掌轻轻将驴一拍，任听它到草地上啃青。然后一侧身，横目向杨露蝉

上下一打量，冷笑开言道："朋友，你有什么本领多管闲事？来来来，我倒要领教领教！"

杨露蝉也侧身打量这青年，势已至此，不得不一试身手。杨露蝉说道："老兄，你无须这么张狂。我在下只是个过路人，实在没有抱打不平的本领。一个苦老头子，小买卖人，你砸了人家的磁器，你还要打人，你还要打劝架的人！老兄，我是外乡人；我初到你们贵宝地，我实在没看见过这个！"又回顾看热闹的说道："你们诸位乡亲，可看见过这个吗？"

青年陡然浮起两朵红云，从两腮边直彻到耳根，厉声怒叫道："哪里来的野杂种，还敢掉舌头！今天大爷要教训教训你，教你往后少管闲事，省得你爹妈不放心！"一语罢了，突然往前一欺身，到了露蝉面前，喝一声："接招！"右手劈面往露蝉面上一点。露蝉见他真动手，急往旁侧脸，用左掌往外一磕。青年突然把右掌往回一撤，右肩往后一斜，左掌突然斜向露蝉的小腹劈来。掌风很重，似有一股寒风袭到。露蝉竟不知他用得是哪种拳，发得是什么招；原来这青年正用的是太极掌中的"斜挂单鞭"。

露蝉忙往外顺势一伸左臂，身势斜转，往左一个斜卧式，右掌往下一切，掌缘照青年的脉门便截。青年一撤左掌，用"玉女投梭"，向露蝉的胸膛打来。露蝉右腿往回一缩，斜转半身，翻左掌，想叼青年的腕子。青年招数快，手下滑，竟不容露蝉把手腕扣住。霍地右掌一撤，双臂一分，右足向露蝉的丹田踢来。这招"退步跨虎"，用得很厉害，露蝉急忙抽身撤步，才把这招闪开，心中十分吃惊。本想到这青年必是会家子，却不料青年竟有这般身手。杨露蝉才躲过这一招，青年欺身又到，身轻掌快，用了招"提手上式"。露蝉急使"铁门闩"，把这招拆开；不容青年进招，往前一上步，"顺水推舟"，向青年便打。只是露蝉对于敌人的手法不明，自己武功根基又浅，运全神，尽全力，不过仅能勉强招架。这一招使出去，指望准能打上青年，欺敌太紧，招术用老了，竟犯了拳家之忌，被青年

把露蝉的双臂封开，倏地一变招，转为“弯弓射虎”，“蓬”的一掌，打在露蝉的右肋上。露蝉一疼，急忙收招，却不防青年唰的又一腿，扑噔，把露蝉踢个正着，倒坐在地上。那看热闹的人不禁哄然喧哗起来。

骑驴青年把露蝉打倒，哈哈一笑道：“就凭这点本事，也敢出来多嘴多舌？回去跟你师娘多练几年，再出来管别人的闲事吧，打不平的好汉！”说着，不待露蝉答言，眼向四面一看，昂然举步，大声吆喝道：“借光，借光！”竟抢到那头黑驴前，一按鞍子，窜上驴背，抖缰绳，取路而去。

露蝉受了这场剉辱，十分惭愧，站起来，掸了掸身上尘土，觉着右肋左胯隐隐疼痛；低着头，不敢看那围着看热闹的人，转身就走。内中有一个爱说话的短胡子老头，凑到露蝉的身旁，带着惜惋劝慰的口吻道：“这是怎么说的，一番好意反倒招出是非来！我说句不知深浅的话吧，本来这陈家沟子个个人都会两手，可就是个个人都惹不起人家这个陈家拳！”

杨露蝉矍然张目道：“陈家拳？”

又一个中年人道：“你老不知道吗？我们这里陈清平老先生的太极拳，天下扬名，看你老也像是个会家子，你难道不晓得这陈家拳吗？”

杨露蝉这一惊非同小可，不禁失声说道：“我哪知道是陈家拳，刚才这青年莫非是陈清平的什么人？”

那中年汉子道：“这个青年就是陈清平的四徒弟，你难道不晓得吗？”

杨露蝉不待这人说完，登时惊得浑身一震道：“哎呀！……”

那短胡子老头对中年汉子说道：“你没见这位是外乡人吗！人家怎会晓得？”转身来向露蝉说道：“你老要知道他是陈老师傅的徒弟，也就不至于多管这闲事了。我们这里人若讲到武术，谁也惹不起陈家……”

杨露蝉急忙问道：“这个人真格的就是陈老师傅的亲传弟子吗？他叫什么？”老头子答道：“他姓方叫子寿。你别瞧他打

得过你，他还是陈老师的最没出息的徒弟哩！据说他天质很有限，跟陈老师学了好几年，一点进境都没有。陈老师常常责备他，嫌他不用功，没有悟性。”

杨露蝉忍着羞愧，打听这方子寿的武功能力。才晓得陈清平一生只有六个徒弟，在本乡的现有三个，就数这方子寿不行。这方子寿只有鬼聪明，没有真悟性，在师门很久；只是限于天资，后来者居上，第五个师弟和第六个师弟锻炼得功夫，个个都超过了他。不过方子寿也是陈家沟子的人，既有同乡之雅，陈清平又喜欢他听话，献个小殷勤，伺候师傅，非常的尽心；所以陈清平虽嫌他天资不好，没有艰苦卓绝的刚劲，可是他人缘颇好，到底做师傅的并不厌弃他。杨露蝉远道投师，想不到一时多事，竟与这心目中未来良师的爱徒，为了闲事打起架来！

“唉，真糟！”

杨露蝉摔得身上有土，不便再往陈宅去了，老着面皮，钻出人圈，走回街来，找到那个土布摊，把自己寄存在那里的礼物拿来。一回头，看见那个卖磁器的老人，他倒没事人似的，正在那里，挑拣那些踩坏了的破磁器，把那不很碎的另放在一处，还打算锔上自用，一眼看见杨露蝉，忙站起来申谢道：“客人，我谢谢你老，教你受累了。”杨露蝉满面通红地说道：“唉，别提了！”从身上取出一串钱来，说道：“踩破的盆碗，不管值多少钱，我赔你一串钱吧。”那老人连连推辞道：“不用了，不用了，那个蛮种赔了我钱了，这不是两串钱嘛！我谢谢你老，若不是你老一出头，这小子打了人一走，一准不赔钱。”

这却又出乎露蝉意料之外。这真是自己多管闲事了，人家还是赔钱，并不是蛮不讲理。这一场抱不平打得太无味了，街头上人都侧目偷看自己，窃窃地指点议论。本想争一口气，偏偏自己的本领如此的泄气，不度德，不量力之讥必不能免。杨露蝉只得提了礼物，低着头，紧忙走回店房。

却才一进店，那店伙看见了礼物，劈头一句便问：“怎么

样了，又没见着吗？”露蝉看了店伙一眼，进了房间，把礼物往桌上一放，说道：“泡一壶茶来搁着；我头晕，得歇一会子！”一头躺在床上，不再搭理那店伙。店伙不再多嘴，赶紧泡了茶来，出去张罗别的客人去了。

露蝉这时候沮丧到极处，也后悔到了极处了。心想：怎么这巧！抱打不平，多管闲事，这就不应该。不意偏偏遇上太极陈的弟子！我大远的跑来，想投到人家的门下，竟先跟未来的师兄动起手来，这不是自己给自己堵塞门路么！我才到陈家沟子，就有这场是非，知道当时实情的，原谅我是路抱不平，可是人家要往不好处批评，定说我不安分，恃勇逞强。是个好惹是非的年轻人。那一来，陈老师焉能再收留我？

杨露蝉愧悔万状，茶饭懒用，自己竟拿不定主意，陈老师那里还去得去不得？直到晚间，反复筹思，方才决定。还是硬着头皮去一趟：倘若遇见那个姓方的青年，我就向他赔礼。我入门以后，总是师弟，难道他就因这点小节，就不能容人，阻碍我献贽投师吗？

露蝉一会儿懊悔，一会儿自解。这一夜竟没好好睡觉。早晨起来，又踌躇了半晌，方才强打精神，穿戴齐整了，提了礼物，再次投奔太极陈的府上而来。

今天已过了集场，街上清静多了。沿街往南，顺脚走熟路，转瞬来到太极陈宅的门首。方一走上台阶，就见上次给自己递帖传话的那个长工老黄，正在擎着旱烟袋，吸着烟，跟伙伴说话。

露蝉含笑点头，向老黄打了招呼，把礼物放在过道里懒凳上。老黄道：“杨爷，你来的很早，你想见我的主人吗？他出去了，你最好明天来吧。”

露蝉一听，不禁十分难过，没容自己开口，迎头就挨了这么一杠子顶门闩；看来这分明是不见我了！强将不快按下去，和声悦色的向老黄说道：“黄大哥，我的来意也跟你说过了。我是诚意来拜谒陈老师傅的，不论如何，我得见他老人家一

面。就是他老人家不收留我，也没有什么要紧。可是我既大远的来了，我怎好就这么回去？就是今天不见我，我等上三月五月，也非见着陈老师不可。黄大哥，你老给费心再回一声吧！”

老黄把烟袋磕了磕，向露蝉道：“杨爷，我告诉你老实话吧，你就是见了他，他未必能收留你作徒弟，我们老当家的脾气太已的不随俗了。在以前像你这么来的，很有几位，个个全碰了钉子回去。依我劝，你何必非见他不可呢？”露蝉道：“我要不是立了决心，也不出这么远的门投奔了来。不怕他老人家不收徒弟，让我听他老人家亲口吩咐了，我也就死心塌地的另访名师、重投门户，何致于连见也不见我一面呢？”老黄道：“这倒不是，今早倒真是出去了。”

露蝉沉吟一回道：“我跟你打听一件事，陈老师门下可有一位姓方的弟子吗？”老黄翻了翻眼皮道：“有一个姓方的，你问他作什么？”露蝉道：“我嘛，有一点事，我打算先见见他。黄大哥，你受趟累，请他出来，行吗？”老黄摇摇头道：“杨爷，你跟他早先认识吗？”露蝉道：“不，我是来到这里，才见过他。”老黄道：“他不常来，现在没在这里。有什么事留下话，他来时，我教他到店里找你去。”

露蝉低头寻思着，向老黄道：“我就托付大哥你吧。只因我昨天往这里来时，无意中竟跟这位方师兄拌了几句嘴，我得罪了他，当时我实不知他就是陈老师的高徒，事后有别人告诉了我，我很懊悔，我既打算拜投在陈老师门下，反倒先得罪了他老人家的弟子，我这不是自己给自己堵上门路了？可是不知者不怪罪，我打算见见这位方师兄，赔赔不是，化除前嫌，免得被陈老师知道了，怪不合适的。”

老黄道：“杨爷，你怎么会跟他争吵起来呢？”露蝉遂把昨天的事说了一番。

老黄听了，连连摆手道：“杨爷，我劝你趁早不必找他。你要是一提这事，倒糟了，他绝不敢把外面惹是生非的话跟师傅说。他是最不长进的徒弟，练了六七年的功夫，据当家的

说，他一点也没练出来。教师傅骂过多次了，弄不好，还大嘴巴子梗他。前几年他不断地在外面惹是招非，老当家的只要知道了，就不肯饶他。这两年他也好多了。近来因为他母亲多病，不在这里住了，有时来有时不来。你要是一提这事，他一定教老当家的重打一顿。我看你简直别提这事，他也不敢提一字。”

露蝉听了，这才放了心。遂又谆谆的托付老黄：“务必在老主人面前致意，但能见老师傅一面，我就感激不尽。”老黄满口答应着；露蝉怏怏的辞出来，精神颓丧的回转店房。

露蝉耐着性子，一趟一趟的，直去了六七次，在店中前后已住了十几天。去得太勤了，把陈宅的长工们都招烦了，个个都不肯搭理他。尽管露蝉逊辞央告，这些长工冷笑着瞅着，互相说道：“那个人又来了！”

杨露蝉实在无法了，才想起递门包的巧招，把老黄、老王几个长工都打点了。乡下人没见过大市面，只几吊钱，便买得这些长工们欢天喜地，有说有笑的招待了；而且热心肠的替杨露蝉出主意。杨露蝉且喜且悔，怎么这个巧招不早想出来。

这一天，杨露蝉老早的又来到陈宅门前。没容他说话，长工老黄从里面出来，一见面，竟向露蝉道：“铁杵磨绣针，工夫到了自然成。我先给你道喜，昨天我给你说了好些好话，我们主人请你客屋里坐。”

露蝉一听喜出望外，看起来还是耐性苦求，倒还真有盼望。“这一定是陈老师见我这么有长性，有耐心，打动他了。他这一见我，定有收留我之意了。”恭恭敬敬随着长工老黄，走东面屏门，进了南倒座的客屋。

里面并没有人，屋中却是刚洒扫完，地上水渍犹湿，纤尘不染。屋中的陈设不怎么富丽，可是朴素雅洁，很显着不俗。露蝉不敢上踞客位，找下首座，靠茶几坐下了。老黄把新泡的茶给露蝉倒了一盏，放在茶几上，教露蝉稍候片刻，又教露蝉说话客气点，很是关照。

然后老黄踅身出去，露蝉在客屋里等候了很大的工夫，老黄拉开风门，探着身子，向露蝉说道："杨爷，我们老当家的来了。"露蝉赶忙站了起来。

第五章

献贽被拒 负气告绝

从外面走进来的是独创一派、名震武林的技击名家太极陈。露蝉一看这陈清平，年约六旬，身高五尺有余；须发微苍，面庞瘦长，肤色却红润润的；两道长眉，鼻如悬柱，二目棱威凛凛，神光十足。穿着蓝绸长衫，白布高腰袜子，挖云字头的粉底便履。虽届花甲之年，绝无老态；细腰扎背，腰板挺得直直的。走进客厅，当门止步，把眼光向杨露蝉一照。杨露蝉抢步向前，深深一揖到地；往旁一撤步，起敬的说道："老师傅起得很早！老师傅请上，弟子杨露蝉叩见！"

陈清平把眼光从头抹到脚下，将杨露蝉打量了一遍，立刻拱拱手，脸上微含着笑意道："杨兄不要客气，不要这么称呼，愚下不敢当！请坐请坐。"杨露蝉道："老师傅是武林前辈，弟子衷心钦慕，私淑已久。今蒙老师傅不弃在远。惠然赐见。弟子万分荣幸。老师傅请上，容弟子……"说着把自己的名帖拿出来，双手举着，恭恭敬敬地递过来；然后，便要下拜，施行大礼。太极陈接了名帖过去，眉峰一展，立刻一指客座道："杨兄请坐，坐下谈话。"露蝉谦了半晌，抢坐在茶几旁，陈清

平再三向客座逊让，露蝉不肯。太极陈笑了笑，一侧身，自己也坐在茶几旁主位上相陪，依然按主客之礼相待。长工们重献上茶来；太极陈道："愚下这几日为了些私事，未能恭候，教杨兄屡次枉顾，有失款待，抱歉得很。杨兄此番迢迢数百里，来到这小地方，有何见教呢？"

露蝉道："弟子自幼爱好武功，只是未遇名师，空练了好几年，毫无成就。听得许多武师盛称老师傅独得秘传，创出太极拳一派，有巧夺天工之妙，养生保命之功，为各派拳家所不及；南北技击名家，多不明这太极拳的神妙手法。苦学惊人艺，必须访名师；弟子既承人指示了这条明路，所以特地从远道投奔了来。求老师傅念弟子一点愚诚，收录弟子；使弟子获列门墙，得有寸进，弟子感恩不尽。"又加了一句话道："弟子杨露蝉是直隶广平府农家子弟，家中薄有资产，尚不是那无家无业、来历不明的人。"

陈清平淡然一笑道："杨兄原来是直隶人，远道而来的，怪不得上当了。……你不要信他们那些无稽之谈，我何尝得到什么秘传？这都是江湖上闲谈信口编排，故炫神奇，把我说成一个怪物一般，我怎的会巧夺天工？不过太极拳是从阴阳消长、刚柔相济之理发挥出来的，好比跟那道家修炼，必须内外兼修，是一个道理。一讲究起来，那些目不识丁的武夫有些听不懂，于是乎就神乎其神了，究竟这里面并没一点玄奥。而且这种拳术也不切实用，我不过闲着来练一练，活动活动气血；就好像吃完饭，出门散散步似的。要指望着练会了这套太极拳，便可以防身制胜，称雄武林，甚至于从中争名求利，那岂不是妄谈嘛！莫说这拳很没有意思，不值一学；你就练会了，也是白练，一点好处没有。要跟人打架，是一准挨揍；要拿来混饭，杨兄又不是混饭吃的人。所以我一向决不收徒弟、设场子，免得教人唾骂。杨兄远道慕名而来，足见看得起我；只可惜我是有名无实，空负杨兄一番盛情。杨兄你只骂那冤你的人好了，我拿什么教你呢？教好了，教你挨打去吗？"说罢哈哈

一笑，眼睛看到门外去了。

杨露蝉肃然听着，不想陈清平竟是这样说话，当不得一头冷水，满面飞红。

陈清平将茶杯一端道："杨兄请吃茶。"跟着说道："其实大河以北，技击名家很多。杨兄英年好武。尽可拜访一位名师，投到他门下，不愁不展眼成名。何况杨兄武功，已有根底；不是我当面奉承杨兄，我们这小地方，真像杨兄这种本领的真还少见。听说杨兄也来了好几天了，请看我们这里可有铺把式场子、练武术的吗？我们这里本来就很少练武的人。杨兄刚才说得好，要学惊人艺，必须访名师；名师尽有，可惜不是我。杨兄还是速回故乡，直隶是燕赵联邦，民风刚强好勇，那里真是有的是好手。再不然山东曹州府……"

陈清平竟不留余地地拒人于千里之外。杨露蝉年少性直，却也听出陈清平弦外之音；只是远道而来，到底要碰碰运气看。露蝉不等太极陈话毕，自己站了起来，从怀中取出一个红封套，双手放在太极陈面前道："老师傅，请不要推辞了。弟子怀着一片虔心，前来献贽投师。弟子倾慕盛名，已有五年之久，好容易才投奔了来。老师傅，求你念在弟子年轻不会说话，空有一片诚心，口中说不出来。弟子习武，只是一片爱好，并不想称雄武林，更不敢挟技欺人。弟子只望锻炼身体健强，于愿已足……这是弟子一点孝心，另外还有弟子家乡中几样土物，求老师破格收录下弟子；弟子逢年遇节，另有贽敬。弟子家尚素封，敬师之礼，自当力求优渥……"末了又加上一句道："这是二百串的票子。"

这一说到钱，却大拂陈清平之意。陈清平面色一沉道："杨兄这是什么话！我历来说话是有分寸的，我说我没本事收你作徒弟，这是实话，绝没一点客气！你就摆上一千两银子——不错，我爱钱，我愿意收你；可是收了你，我拿什么教你呢？这绝不敢当。像杨兄这分人才，这分功夫，说老实话，足可以设场，传授徒弟了；我要在壮年，我还要拜你为师呢。"

这几句话把杨露蝉臊得低下头来，不敢仰视。太极陈却又说道："我可有点不合世俗的脾气，好在杨兄也不会怪罪我。但凡江湖上武林同道，一时混穷了，找上门来，我一定待若上客。住在我家，我必好好款待；要是缺少盘费。我给筹划盘费。杨兄你却不然，你是很有钱的人，我倒不愿留你了。我还有点琐务，杨兄如果没有事，我们改日再谈。"

太极陈公然下起逐客令来了。

杨露蝉嗫嚅道："老师真就教弟子失望而去吗？"

太极陈含笑说道："这有什么失望？我历来把这练武的事，没看得那么重；再说你另投别的门户去，将来一定也能成名，绝不会失望的。"杨露蝉十分懊丧，强陪笑脸道："老师傅既是不愿意收录弟子为徒，弟子以为能拜识老师傅这样技击名家，也引为一生光荣。这些许贽敬，算是弟子的一点见面礼，请老师傅赏脸收下。还有这几色土物，也是弟子特意给老师傅带来的，请老师傅一并笑纳吧。"

太极陈道："杨兄，你这份盛情，我已心领了，我是历来不收亲朋馈赠的。人各有志，杨兄，你谅不至强人所难吧？快快收起，要是再客气，那是以非人视我了。"说到这里，竟大声招呼道："老黄！"外面一个长工应声进来，问："有什么事？"太极陈用手一指道："把这几样东西，替杨爷提着。"长工答应着，立刻提了起来。杨露蝉一看这位太极陈，简直硬往外撵自己，只好把红封套掖起，脸上讪讪的站起来，向太极陈告辞。太极陈早已站在那里，侧身相送了。

露蝉往外走，陈清平送到客屋的门外，露蝉回身相让道："老师傅留步，弟子不敢当。"太极陈竟毫不客气得向露蝉举手道："那么，恕我不远送了！"只又向露蝉略微拱了拱手，转身进去了。杨露蝉被长工们领了出来，在过道里，露蝉站住了，长吁了一口气。蓦地想把太极陈说自己足可以铺场子，教徒弟，用不着再跟别人学习武术，这话来得太觉突兀。心想：我只说练过武功，可是我究其实练到怎么个地步，他何尝知道？

这显然是听他那个弟子先入之言了。这倔老头子这么拒绝我，定是听信了那姓方的谗言了！

长工老黄看见同伴把露蝉的礼物提了出来，就知道碰了钉子。老黄倒有些过意不去，走过来，向露蝉道：“杨爷。怎么样？你不听我的话，非见他不可；果然教他驳了！”杨露蝉垂头丧气，默然不语。长工老黄安慰着道：“何必跟他呕这个气，别处好武术多着呢；再投奔别人，绝没有这么不通人情的！杨爷，你别生气，你歇一会儿，喝碗茶。”露蝉道：“谢谢你，这就很给你们几位添麻烦了。黄大哥，我托你点事。实不相瞒，这次我到河南来，投师学艺，所有亲戚朋友全知道了；只大家给我送行，就热闹了好几天，全期望我把武术练成了回去。如今碰了钉子回家，黄大哥，你替我想想，我有什么脸见人！我想陈老师傅一定是听了别人的闲话，所以这么拒绝我。我打算过几天，再想法子疏通疏通。现在把这四色土物留在这里，回头烦你给他老人家拿去；就提我这次因为不回家，还往别处去，带着太麻烦了。就算不拜老师，这作为一点敬意，也不致于教你们受埋怨。”老黄很是犹疑，露蝉不待他再说驳回的话，立刻道了声：“打搅，改日再谢！”丢下礼物，转身走了出来。

杨露蝉这时已感到十分绝望，回到店中，闷恹恹愁苦异常。等到午后，店伙从外面提进许多东西来，露蝉抬头一看，果然是自己送给太极陈的。没等自己问，店伙道：“杨爷，这是南街陈家打发人送来的，来人说有忙事，不见你老了；并且说你老知道，撂下就走了，连回话全不等，我们只得给你老拿进来。”

这是些土物贽敬，任店伙堆放在案上，杨露蝉一言不发，对着发怔。那店伙还站在屋心，睁着诧异的眼，要等着杨露蝉说话。露蝉把手一挥道：“知道了，放下，去你的吧。”杨露蝉把脚一跺，在屋中走来走去，发恨道：“连礼物也不收，这个倔老头子，可恶！”

杨露蝉越想越气，自己卑词厚礼，登门献贽，他竟这么拒

绝人到底。想到可恼处，恨不得当天绝裾而去，径回老家，另访名师，跟太极陈争一口气。可是转念一想，自己的老师老镖头刘立功早就说过，这太极陈太已难求；若真个负气而回，那不是显得自己少年气盛，太不能屈礼了吗？杨露蝉左思右想：要学惊人艺，须下苦功夫。尽管太极陈拒人过甚，我还得存心忍耐；我索性过几天，再去登门哀恳。早晚把他磨腻了，不收我不成。我天天去，我日日磨！

不想杨露蝉再去登门，门上那些长工全都变了面孔，口发怨言；说是那天因为收留露蝉的礼物，险些被主人辞退。那个老黄更是恼怒，曾因这件事，被太极陈打了两个耳光。人家都为了杨露蝉受了申斥，杨露蝉再来登门，他们焉能欢迎？杨露蝉连烦他们再为禀见的话，也不敢说出口了；甚至弄到后来，连台阶也不教上了。杨露蝉至此已知登门请见之路已绝，然而他已在陈家沟子流连了一月有余了！

露蝉忽然急出一个招来。露蝉想：门上人是不肯传话的了，我一天就来八趟，也是没用。但是露蝉曾听说，督抚衙门上，候差谋事的官僚见不着主人，实在无法，便会在辕门外等着。等候主人出门了，便抢上去举名帖，报名，请安，禀见；被巡捕赶开，还是抢着叫两句。人家都是求差事、谋碗饭；而我现在，求名师，学绝艺，也不可以照方抓药，来一下子吗？想到这一点，精神又一振，暗道：太极陈无论如何，反正他不能不出门。我破出工夫来，不到他家门口，我只在横街等他。只要见着他，就好办了，我就上去请安，问好，请教。一天，两天，一月，两月，功夫到了自然成；他就是个铁石人，也教我磨软化了。

杨露蝉自以为这个主意很好，从第二天起，老早的吃了饭，竟到南横街一等。从辰牌以后出来，等到过晌午，便回店吃饭；吃完饭，喝点水，就再出来等，等得倦了，就来回走溜。有时就到陈宅门口瞥一眼，看见了长工们，就赶忙闪开。直挨到快天黑，再回店吃饭。这个死腻的办法，起初刚一想

好，自己也觉得好笑；但是实行起来，却是真讨厌，在街上站得脚胀腿酸。

但是这头一天，太极陈并没有出门。第二天、第三天也没有碰见太极陈。到第四天傍午，太极陈忽然同着一个穿长袍的中年人，一前一后出来了。太极陈才走到横街，杨露蝉抢上一步，一躬到地道："老师傅起得很早！弟子杨露蝉给你老请安！"

太极陈立刻止步，愣然的注视杨露蝉，半晌道："哦，你！怎么尊驾你还没有走吗？"露蝉恳切地说道："弟子不远千里而来，实怀着万分诚心，老师不破格的收录弟子，弟子实在再无面目返回故乡了。"

太极陈突然把眉峰一皱，打咳强笑道："岂有此理！我已对尊驾说过，我绝不收徒弟；你怎么强人所难，在大街上拦着人，这是什么样子？"说着，恶狠狠瞪视着杨露蝉，回头来对那同行的人说："真真岂有此理；我和这人素不相识，硬要找我拜老师，居然拦路邀劫起我来了！"杨露蝉又作了一揖，还想说话，那同行的人笑道："陈老师不收徒弟，尊驾请吧。"因见太极陈很生气，那人便劝露蝉回去，有事可以登门拜访，不可以在半道上挡着说话，这太不像样子；又说年轻人不懂事，劝太极陈不要计较，两个人一同走了。

杨露蝉眼看二人走远，心想：他同着人呢，自然有事。我应该看他一个人独行时，再面求他。

杨露蝉毫不懈气的依然天天到南横街等候。半月工夫，连遇见几次；不是同着朋友，就是带着女眷，露蝉未敢上前。

于是到了最末这一次了。时当下晚，太极陈悠然自得的出了家门，那意思是出来散步。露蝉认为机缘难再，从后边溜了过来，一躬到地道："老师傅！"太极陈悠然一侧身，立刻展开了身法；不想一回头看时，还是那个登门献贽，挥之不去的年轻讨厌鬼！

陈清平按捺不住了，苍髯戟张，双睛怒睁，喝叱道："杨

兄，你这可是无理取闹了！你怎么还来麻烦？我已再一再二的告诉了你，我绝不收徒弟；你尽日在我门前徘徊，你打算怎么样？你安着什么心？”

露蝉仍是耐着性子，把自己下决心，慕名投师，不得着绝艺，无颜再见亲友的话，恳切地说了一番；最后道：“弟子是打点一片血诚来的，绝不想再回家，再投别人。就是死在陈家沟，也要叩求……”

陈清平这一怒非同小可！心想：好个杨露蝉，竟敢拿出讹人的架式来强拜老师了！于是厉声道：“告诉你了，告诉你了！我就是不收徒弟，我就是不爱收徒弟！你还能赖给我不成？”

杨露蝉卑词央告道：“老师傅，你老人家行行好吧！老师傅门下已然有好几位高徒；老师傅收别人是收，收我也是收，何在乎多收弟子一人呢？而且弟子又不是不肯向学……”

杨露蝉未假思索说出了这句话，哪知竟把太极陈触怒更甚！

太极陈霍地转身，直抢到杨露蝉面前，指着鼻子骂道：“你这人太啰嗦了！拜师收徒，是两相情愿的事情，哪有你这么不识趣的，硬来逼人！不错，我收徒弟了，我愿意收，我就不收你，你能把我怎样？我收徒弟要收好的，第一要知道尊师敬业，不死麻烦，要有眼色的人。那个死乞白赖的无赖汉，越赖我，我越偏不收！告诉你，江湖上什么匪类都有；知道我有两下子，恨不得磕头礼拜的向我讨换高招，我知道安着什么心？卑词厚礼的学了去，转脸就去为非作歹，我老头子岂能上当？你老兄的为人，我也打听过一二；你说什么，我也不敢收你。你想麻烦腻了我，我就收你了，你那是错想。给我走开！你要是不服气，想跟我老头子较量较量，我倒愿意奉陪。把你那打人的本领，再拿出来施展施展；我老头子这两根穷骨头还许能挨你两下！”两眼注定杨露蝉，双臂一张，喝道：“你说，你打算怎么样！你走开不走开？”

杨露蝉这才知太极陈耳边入谗已深，拜师之望绝无挽回余地了。也不禁勾动了少年无名之火，也厉声说道：“陈老师，

你也拒人太甚了！我姓杨的不过慕名已久，抱着一片热诚，前来投师习武，我安着什么坏心教你看破了？不错，我曾经因为抱不平，得罪了你一个徒弟；那个姓方的，在闹市上骑驴飞跑；踏碎了人家磁器，饶不赔钱，反殴打小贩。姓杨的看着不平，一时多事，出头劝解；你那徒弟连劝架的全打了，我姓杨的为人有什么不好，教你打听出来了？不过是这件事呀！此处不留人，自有留人处，我拜师还拜出错来不成？我这是抬举你，拿你当武林前辈；你却跟我一个后生小孩子要较量较量。我自然打不过你，你是创太极拳派的名家，我姓杨的是无名之辈，年纪轻，没本事。你要打请你打，你徒弟还打我呢！你打我，我更卖得着！太极陈，陈老师，我现在诚然不是你的对手；太极陈，你休要小看人，我此去一定要另访名师，苦学绝艺，十年之后，我要不来找你，誓不为人！”

说罢，愤然转身，却又回头道：“十年后的今日，咱们再图相见！”

太极陈呵呵大笑道：“有志气！十年后我若不死，我一定等着你。姓杨的，别忘了今日！”

第六章

忽来哑丐 悄扫晨街

日月兆丸，流光驶箭，于是五年过去了。陈家沟子匕鬯不惊，盗贼敛迹；居民安居乐业，格外显得富庶。

有一年新秋，野外茂林深草犹带浓绿；有一道小溪，斜穿陈家沟镇甸，绕了一个半圈。这小河微波荡漾，清可澈底；夹岸柳林高飘青条，虽说不上幽景名胜，却也深饶野趣。河边青草铺地，乡里小儿多在那里玩耍。

每到黎明的时候，常有一位精神矍铄，宽衣博带的老人，踯躅郊原，循溪散步。等到农夫牧童荷锄牵牛，趋赴田野时，这个老人迎晖散步，已赋归来。全镇老幼乡民都认识此老，此老就是那以太极拳名震中原的陈清平。

陈清平的武功造诣与年俱进。虽说年高德劭，锋芒日敛；却是他生性孤介，姜桂之性愈老愈辣。对外人很是谦和，毫不带武夫之气，但对待弟子，越发规诫精严了。弟子们但凡误犯门规，轻则斥责，重则逐出门墙。他唯恐弟子们挟技凌人，为传惊人艺，必先折去他们的少年傲气。

太极陈每日晨课，早早起来，净面漱口后，随即出门，围

绕全镇闲游一周；迎取东方朝阳正气，调停呼吸，做内功吐旧纳新的导引功夫，数十年如一日。这时正值天高气爽，太极陈起床绝早；只有长工老黄，还可以跟老主人不差先后的起来，跟着来开街门。别的长工总在老主人出去一会子，才相率起来；有的在宅里收拾，有的到田里做活，有的拿扫帚，打扫内院前庭。

太极陈性极爱洁，有时自己一高兴，脱去长衫，拿着喷壶，督促着徒弟长工们，一同扫除内外，必定得把前后院，打扫得一尘不染才罢。可是长工们没有不偷懒的，教他们打扫，只要一离开陈清平的跟前，他们就收拾面前一点，屋隅墙角，街门巷外，再不肯多费些力去打扫。有时教太极陈亲持帚畚，当面逼着，他们才把阶前巷口，围着院墙的秽土，打扫净了。太极陈亲持喷壶，把扫完了的地方全洒了水，却将长工老黄叫到面前，申叱一顿，不准他引头脱懒。然后到练武场子里，督促弟子们，习练武功。练完了功夫这才进早点，料理家事；晚间再下一遍场子。——天天如此，已成常课。

起初这些长工们总是偷懒；主人爱洁，他们只会敷敷衍衍，清除门面；被陈清平大闹过多少次，给他们分派开操作。这些长工们口头答应，怎么说怎么办；可是隔上十天半月不挨说，又一反常态，懒惰起来。有一次，太极陈清早起床，步经中庭，一开街门，街门台阶下，就有头一天收柴禾掉的碎柴枯叶，和风吹来的乱纸，堵着门口，很是肮脏。太极陈立刻又把老黄大闹一顿，限他们立刻打扫。等到陈清平野游回来，见门庭清洁，方才不言语了。

自经这番大闹，长工们好像勤快了许多天。太极陈每一出门，见门口打扫得干干净净，一连十几天都是这样，太极陈心里很痛快。暗想：这一次把他们管过来了。这样经过一个多月之后，每逢陈清平破晓起床，叫起长工老黄来开街门；那老黄一脸睡容，披衣起来开门，下了闩，把门拉开。太极陈借着阳光微熹，一看门外，台阶上纤尘不染，走道上也打扫出多远，

都很干净的。太极陈有些觉察了，心想：我起得这么早，只有老黄还起得来？我明明看见他刚从门房出来，我看着他落的门闩；可是这街门以外，他什么时候打扫的呢？

这一天太极陈不经意的问了老黄：“这街门前是谁扫的这么干净？”

老黄睡眼迷离的说：“我！”

陈清平想：“这一定是晚上临关街门时打扫的了。……老黄这个懒货，居然也这么勤快起来了？”

太极陈照样的出了街门，一直往东，迎晖缓步而行，照样做他的常课，呼吸吐纳，涵养内功。于是又过了几个月，无论太极陈起多么早，街门以外总是干干净净；有时街门外干净，而街门内反倒碎纸草片余尘堆积未扫。太极陈不悦道：“老黄，你怎么尽管门口，不管门里呢？”

老黄答辩道：“扫院子是老张。”太极陈把老张叫来闹了一顿。

忽有一天，太极陈起得过早了；院里还有些朦胧，夜幕的残影淡淡的笼罩天空，东方空际，在一抹浮云中，微微泛出一点鱼肚白色来。鸦雀无声，鸡鸣三唱。太极陈洗漱毕，穿上长衫，走到门首，长工老黄还没有起身。太极陈就亲自来开街门；刚下了大门，老黄已在门房听见动静，遂故意咳嗽了一声。太极陈叫道：“老黄，起来关街门来！”随手把街门轰隆的一声拉开了。

突然见正在街旁，有一个衣衫褴褛的乞儿，伛偻着身子，手里拿着一把短扫帚，一下一下的正在扫地。台阶砖道干干净净，阶西边业已扫完，只剩下阶东边，还没有打扫利落；这乞儿正用短扫帚往墙角扫土。陈宅的街门一开，那乞儿回头望了望，看见陈宅有人出来，他把腰一直，夹起扫帚，一径走了。

太极陈愕然，忙招呼道：“喂，你别走，我问你话。”这个乞丐竟像没有听见似的，夹着扫帚，徜徉的踱向东去，走过一条小巷不见了。太极陈没有很看清这人的面貌。略一寻思，转回头来，向街门内大声叫道：“老黄！”连叫了两三声，长工老

黄来了；一面走，一面扣衣纽，到太极陈面前一站，说道："老当家的，今天起的更早了。"太极陈手指当地，问道："老黄，这是谁扫的?"老黄冲口说道："是我们，天天都扫。"太极陈哼了一声道："是你们扫的?你们什么时候扫的?"

老黄不知道怎么回事，依然强口说道："我们一清早扫；你老走后，我们就起来打扫院子。"

陈清平怫然说道："你胡说!"一指门前，由东边指到西边，恰当陈宅门前一段路，打扫得干干净净的，却还有几堆脏土没有除去。太极陈怒视老黄道："这是你扫的?你起在我后头，你什么时候扫的?"

老黄眼望着地，信口说道："你老问街门外头呀?那是我晚上临关街门，信手打扫的，省得白天忙碌……"太极陈不觉动怒，厉声斥道："还要强嘴!我眼睁睁看见一个穷人，扫咱们的门口台阶，怎么又是你扫的了，唵?"

老黄瞠目不能答。

陈清平寻思了一刻，又到门洞过道，察看了一遍，心中有点明白。吩咐老黄："若是看见那个乞丐，可以问问他是怎么一回事，是个干什么的?"老黄连忙答应了。太极陈冷笑数声道："我说你们怎么会无故勤快了呢?没学会做活，先学会扯谎偷懒!快拿簸箕来吧，把这几堆秽土收了去。"说完，依旧悠然的出了家巷，绕着村镇，溜了一圈，做了一会儿吐纳的功夫；晨曦既吐，缓步回来。

到次日，陈清平照常早起，到街门一看，仍然扫得干干净净。老黄候着关门，陈清平问他："看见那个扫台阶的穷人没有?"老黄径直说道："没有看见。也没有人给咱们扫台阶。"陈清平斥道："你还捣鬼!"闹了一阵，也就罢了。

一晃又过了半月。陈清平一早起床，照旧野游。这天起得较早，又碰见那个乞丐。却是已将半条小巷扫完，把秽土堆成数堆。因为没有土簸箕收除，这乞儿就用一块破瓦盆端土。把秽土收在破盆内，端起来倒在巷外。这一回，陈清平早已看清

这个穷苦男子的长相。这个男子发长面垢，浑身肮脏褴褛，但是细辨容色，仿佛五官端正，眉目也似乎清秀，不像个寻常乡下讨饭的花子。

陈清平不明白他为什么天天来扫地，遂走过去问道：“喂，我说你这是做什么？是谁教你来扫地啊？”

那个乞儿仿佛没听见陈清平的话，回头望了望，把扫帚一夹，直起腰来又走了，到了这时，引起陈清平的注意，一定要根究一下，这一个乞丐，究竟为什么天天给自家扫地呢？

陈清平心想：必定是自己家中做饭的，把剩饭天天周济他，他感激不尽，所以天天给扫地。但是问到厨师傅，力说并没有拿主人的饭随便给人。陈清平又一转想，看了看自己门口的形势，便有点恍然。他想：大概这个乞儿是因为没有宿处，夜间借我这门洞过道，躲避风露，临起来便把门口打扫了；就是宅内人碰见他，也不致于再讨厌他，驱逐他。凡是穷人，难免对人先起畏惧之心，所以一见了我，就赶紧躲开。

陈清平暂时不再野游去了，回转宅中，把长工叫来，严词诘问：“这过道中是不是你们容留穷人住宿了？那个扫地的穷人，是不是就是避宿的人？”老黄再隐瞒不住了，这才说出：“的确有个年轻的讨饭的，借咱们过道避宿，很可怜，又很仁义，所以没驱逐他。这街外台阶，都是他一早起来给扫的，已经有好儿个月了。”

太极陈瞋目看着老黄，半晌不语。老黄惴惴的说：“老当家的，别着急，我明天赶走他好了。”

太极陈仍然看老黄，道：“这乞丐可在我们这里讨过吃食吗？”

老黄道：“没有。”

太极陈道：“这人多大年纪，可是本村人吗？”

老黄道：“年纪不大，好像不是常要饭的，见了人很害羞，总低着头……”

太极陈皱眉道：“我问你，他是哪里人？”

老黄慌忙答道：“这可不知道……”

太极陈又复怫然，申叱道：“你听口音还听不出来吗?”

老黄道：“他是个哑巴!”

太极陈道：“哦！他是哑巴?”

老黄觉得主人面色已然平善，这才放心大胆地回答道：“我也问过他，他连答也不答，我也怕他是来历不明的人。后来我把他拦住了，仔细问他时，才知道他是个哑巴。打着手式告诉我，他不是此地人，离这儿很远。好像是父母全没有了；只剩他一人，流落到这儿来。因为没地方睡觉，借咱们门洞里避避风露；他十分知情，所以要打扫净了门口才走。一个年轻残废人，这么知道好歹。……”

太极陈沉吟道：“一个哑巴！无家无业，又有残疾，还这么守本分。……你往后要在他身上留意，每天给他两个馍馍，别教他饿着。对这种可人怜的乞丐，周济周济他才对呢。”

老黄道：“前些日子，我把头天剩下的吃食给他，他还不要呢。现在倒是熟悉了；天天给他剩饭，他也老实的吃了。”

太极陈把眼一张，哼了一声道：“你不是说没在咱们这里讨过吃食吗？肉头肉脑的一嘴谎话，蒙得住谁？可恶极了!”

老黄被主人彻头彻尾的斥责了一顿，心里老大的不自在；当面不敢顶嘴，退下来之后，嘴里嘟嘟哝哝，走进门房。过了几天，也就把这件事搁过去了。太极陈起得尽早，却也轻易碰不见这个可怜的哑丐。有时赶上哑丐醒睡略迟，为太极陈启闩声惊起。也必定惶惶然敛起所铺的草荐，匆匆走去。太极陈料想这个哑丐胆小怕人，也就不再追问他了。既知道他是哑子，就叫到面前，也问不出他的家世。凡是哑子又十九耳聋，告诉他话，他也听不出来。——这时太极陈正为那个刚出艺的弟子方子寿，料理一件人命挂误官司；太极陈又着急，又很忙，更把这哑丐的事忘下了。

第七章

劣徒遭诬 恩师援手

陈清平这个四弟子方子寿，是离着陈家沟子四五里地，方家屯的财主，家里很有几顷田。方子寿是庶出的独生子，父母十分钟爱；但有家产没有人，时常受乡人的欺侮讹诈。方子寿的父母一心教子习武，练出本领来，好顶立门户。费了很大的事，托付了那跟太极陈相识知己的朋友，拜求收录，几次三番的请托，才得把方子寿拜在陈老师的门下。

不过方子寿只有鬼聪明，没有真悟性，所以在太极陈门下数年，对于这名重武林，为南北派技击名家所惊服的拳术。竟没有多大成就。陈清平尽管不时的督责，只是方子寿限于天赋，无可如何。幸仗着他善事师傅，必恭维谨，故在功夫上尽管没有多大的进步，尚不致过为太极陈所憎。后来太极陈看透方子寿不能再有深造，遂教他自己慢慢的锻炼，择日命他出师，知道深邃的内功不是他所能学的。

这方子寿入师门七年，算是出艺了。在太极陈门下，顶数他没本领，可是就他所学得的功夫，拿来与别派的技击家相较，已竟高人一等了。方子寿虽然出师，不再随着老师下场

子，可是感念陈老师傅的教诲之恩，终不敢忘；逢年过节，孝敬不减当年。每隔十天八天，必要来看看老师，或者带点新鲜的礼物。老师不吃，就拿来散给太极陈的子孙眷属，对于同门也很亲热，以此他倒很有人缘。不料在方家屯，有一家私娼，很是声名狼藉，聚赌贾淫，实为方家屯全屯之玷。方子寿早想把这私娼赶走，只是父母不教多事。恰巧有个表弟张文秀，受歹人引诱，在这私娼家中，一场腥赌，被人诈骗去数千金，还教人饱打了一顿，赶逐出来。这表弟气忿难出，找了方子寿来，哭诉着教方子寿给他出气找场。方子寿年轻性躁，并且早想驱除这班杂乱人，遂立刻带着表弟张文秀，找到私娼家中，立刻把这私娼家中打了个落花流水。当众扬言：限他们三天以内，赶紧搬出方家屯。并且说："只要不走，教你们尝尝方四爷的手段！"

这不过是一句虚声恐吓，说过就完。当时方子寿欣然回来，不料竟于打架的第五天上，这私娼家中突然出了血案。那私娼的本夫，跟九岁的养女，及一个帮闲的侄子，竟被人剁死。那女的也被剁了两刀，却不是致命伤；事后缓醒过来，报了地面。这私娼到案告发，一口咬定，是本屯方子寿率人作的案。县里把方子寿捕去，认为方子寿有杀人重嫌。方子寿身陷囹圄，数遭刑讯。方子寿家里的人惶惶无计，一家子痛哭嚎啕，来向太极陈求救。陈清平起初也很惊骇猜疑，后来仔细打听，才晓得方子寿实在冤枉。太极陈念在师徒之情，况又关切着本派的清白之名，遂竭力的奔走营救。

陈清平晓得：要将方子寿这场命案罪嫌，洗刷净尽，第一固然要托人情，但最要紧的还是搜出反证，找出真凶来。经过数日的奔走，太极陈已经找出强有力的证据来，证明了血案发生那天，方子寿从午后就在邻村一个亲友家，给人做中证，书立租地的文契。等到立据立好，中保画押之后，那租地的户主又为酬谢中证，把几个人都邀到城里，一同吃酒玩乐，闹了一个下晚。没到二更，方子寿的嫡母又旧病复犯，派人把方子寿

找寻回来。方子寿遂在城内，请了本地名医庄庆来，一同到家。医药杂陈，直忙了一通宵，才套车把庄医生送走。

血案发生这晚，方子寿所作所为，存身所在，都有人证目睹，他焉能分身出去杀人？不过这些证人，都各有正业。谁也不肯出头作证，跟着过堂听审。方子寿的嫡母惊吓得老病加重了，他的生母也只知道啼哭。他的父亲又是个乡下富农，一生怕官怕事；遭上人命官事，竟束手无计，只知道托人行贿；竟花了许多冤钱，于案情毫无益处。

陈清平慨然出头，把这些证人用情面托了，衙门内上下也全打点了。就是苦主方面，也辗转托人破解，不要因为衔恨方子寿，反倒宽纵了真正凶手。那个被砍受伤的妓女，却还一口咬定了方子寿，虽许下钱财，她仍然疑疑思思的。陈清平勃然动怒，转向官府极力疏通。直忙了两个来月的工夫，才将方子寿这一场人命挂误官司摘脱开了，由绅士保释出来。

方子寿出狱之后，切骨的感激陈清平老师；登门跪谢，涕泪纵横。陈清平见他一场冤狱，打得人已瘦削了一半；又是痛惜，又是痛恨。把方子寿彻头彻尾痛骂了一顿，并且说："从此以后，不许你再说是我的徒弟了！我的徒弟没有跟娼寮龟奴打架的！"就这样切齿拍案的数落。方子寿跪在地上，连头也不敢抬。自己骂誓赌咒："从此力改前非！师傅管教我，搭救我，我若再招惹是非，我就连畜类也不如了！"太极陈之妻又从旁讲情，陈清平叹息了一阵，方才宽恕了他。并且警告说："再闻子寿有打架斗殴的事情，不论有理无理，立即逐出门墙。"方子寿也惴惴的答应了。

但是陈清平虽把徒弟搭救出来，而悠悠之口势可铄金，全镇里说什么的全有。有的人明白真相，晓得这是件妒奸情杀，便说方子寿实在冤枉；可也有人说方子寿咎由自取，谁教他横行霸道，恃勇惹事来呢！更有人说得格外离奇，以为方家到底有钱有势；血淋淋的一场命案，大事化小，小事化无，居然靠着铜臭熏天，把一场血案洗刷净了。"哼哼，银子钱，非

等闲!”

而实际上方子寿家本富有，这一场人命官司，方子寿的父亲又当真填送了不少的冤枉钱。

这些闲话，方子寿当然不会入耳。却被太极陈听见了，心上异常着恼。这似是而非的道路闲言，最足淆乱听闻。照这说法，方子寿一条命是花钱买出来的，太极陈就不啻作了过赃行贿的人。陈清平孤介之性，哪堪忍受？而谣啄可畏，欲辩无从；人们信口拿来当作谈资，就想声辩，也没人来听。陈清平以此悒悒不乐；到底这暗娼的本夫，是教谁给杀害的呢？若不访个水落石出，方子寿的名声是总有玷，而太极门也无形中被污辱。

太极陈在地方上是一个有身份的绅士，他一心想把这娼寮凶杀案根究一下，要访出那个真凶手来，给自己徒弟洗去不白之冤。但他虽精武功，却与下流社会隔阂。当真的化装私访，夜探娼寮，他又觉得太猥亵了。每天清早起来，到野外漫游，吐纳导引；日课已罢，他就仰天微喟道：“这件事该当怎样下手呢?”

太极陈曾经把方子寿找来，将谣言告诉了他。方子寿立刻暴怒起来，似要找人拚命；可是又不知应该找谁。自经这番变故，方子寿的父母又禁制他，不教他无故出门。方子寿的娇妻也曾哭劝他：“刚打完人命官司，在家里避避晦气吧，没的又惹爷娘着急!”又将他的嫡母怎样忧急卧病，他的生母怎样天天对佛像焚香，将呻吟哭祷的凄惨，学说给他听，并且说道：“你别出门啦!”那么，就教方子寿自访凶手，也是出不来，办不到的。

但是方子寿外面尽管镇静不动，心绪却非常躁恶。他也曾思前想后盘算过：身受师恩，七年教诲，涓滴没报，如今反惹出一场是非来，教臭娼妇横咬一口，带累得师门也蒙受不洁之名。若不洗刷清白了，我还有何面目，见同门的师兄弟？挨过了些日子，自己到底又下决心，要设法钩稽出血案的实情；但

也不过是望风扑影。这方家屯和陈家沟子，又是他生长的家乡，老邻旧居，谁都认识谁。方子寿假作无意，要向人前打听一点情形，问起那个私娼家里的事情。这些乡邻们全知道方子寿是被害过的，对别人尽可乱嚼一阵；对着当事人，倘有一言半语答对不善，方子寿吃这大亏，岂肯甘休？问者有意，答者越发的不敢说了。他们就是真个晓得些什么，也只推说不知。方子寿连访了数日，茫无头绪；心灰意懒，索性只在家里睡觉。而且他每逢出门，遇见了熟人，便给他道喜：说是一场官司打出来了，总是可喜可贺的事情。说得方子寿恼又恼不的，听又听不下去。他的父母看着他出狱之后，神情一变，与旧日的活泼判若两人，唯恐他憋闷出病来，反又催着方子寿出去溜溜，再不然，到老师家里走走。

于是方子寿强打精神，不时到太极陈家中。太极陈也是连日发烦，曾经密告别的徒弟，教他们暗中访察此事：好歹要给你方师弟的污名洗刷了去。一晃半个多月，官府缉凶不得；太极陈师徒访察真凶，也访不出所以然来。只晓得是“奸情出人命”罢了；行凶的究竟是谁，一时竟成了悬案。

这一天午后阴云四合，天气骤变，时候已是深秋了。秋风瑟瑟，冷雨潇潇，雨势并不大，可是竟日没晴；未到申刻，屋中已然黑沉沉的了。太极陈不能出门，吩咐长工点了灯，从书架上翻出一本英雄谱，随意浏览，也不感兴趣。人的精神仿佛受了天时的感应，太极陈很觉无聊。这时只有太极陈一个次孙，和一个三徒弟，在书斋里陪着闲谈。天到二鼓时分，太极陈一向早睡早起，这一晚上越寂寞，竟越睡不着。听窗外雨声淅淅，遂教长工烫了一壶陈绍，备了几碟夜肴；太极陈展开了书本，倚灯小酌，闲听秋雨。直到三更，忽然听街门上一阵乱敲，有人很迫切的叫门。太极陈停杯说道：“天这早晚了，这是谁？”隐隐听见长工老黄，和叫门的人对付。向例大门一关上，就不再开了；但是门外的人被雨淋着，好像很着急，大声嚷了起来，不住的叫：“老黄，开开；老黄，是我。”

太极陈站了起来道："这是方子寿，难道案子又反复了?"遂命次孙快去开门。不一会儿，方子寿像水鸡似的跑了进来；一见太极陈，忙上前施礼，满面喜色的说道："师傅，好了。我知道凶手是谁了，就是东旺庄的布贩子小蔡三!"

太极陈诧异道："你怎么知道的? 怎见得是他? 他不是头些日子，就上开封去了吗?"这小蔡三便是那暗娼澄沙包的第四个姘夫。曾因妒奸，和第三个姘夫打过架；和澄沙包的本夫也吵闹过，后来被暗娼的第五个姘夫赶逐出去了。太极陈访问凶手，曾听长工老黄和小张都说过的。

太极陈眼望着方子寿，诘问他如何访出来的。方子寿把头发上的雨水擦了擦，拭干了手，便向衣兜内掏摸；摸出一张纸，一个信封来。一时欢喜，仓猝跑来，忘记了御湿，这张信纸也教雨水弄湿了。

太极陈很骇然，将这张湿纸，湿信封，接取在手，就灯光细看。粗劣的信封，上写"呈方四师兄子寿玉展"下款是"内详"二字。再将湿信纸慢慢展开，把酒杯肴碟推了推，将纸铺在桌上，几个人都凑过来观看。

第八章

有客投柬 揭破阴谋

秃笔劣纸，写着一笔颜字，虽不甚好，笔力却健，只是看着眼生得很。太极陈低声诵念道：

子寿师兄阁下台鉴：此次我兄突遭意外，险被奸人诬陷，仰赖恩师鼎力回天，多方援救，幸脱囹圄之灾。然杀人凶犯竟逃法网，众口纷纭，语多影响揣测，究与吾兄清名有玷，亦即师门莫大之辱也。弟也不才，未忍袖术，故连日设法踩探，已得个中诡谋。杀人者乃通奸之人，住东旺庄，名小蔡三，此人现时隐匿于魏家围子。设谋嫁祸，意图诈害吾兄者，则另有其人；即毛伙李崇德是也。请师兄速报同门，禀知恩师，设法将该私娼家中之龟奴谢歪脖子引出，加以威胁利诱，定能吐实。缘弟已访闻此人意有不忿，稍予贿买，必肯揭穿奸谋，使案情大白，水落石出，一洗吾兄疑嫌，更于师门清规盛名，有裨匪浅也。事须急图，否则杀人凶手俟隙远扬矣。匆此奉陈，余不多及，敬问福安。弟知名不具。

太极陈念罢，抬头道："这是谁给你的信，靠得住么？哦，这个人管你叫师兄，是哪一个呢？"方子寿道："我也不晓得。"太极陈道："你也不晓得？这封信怎么到你手的呢？"方子寿道："就是刚才，弟子还没睡着呢，有人拍窗户。弟子追出来一看，人已越房走了；却留下这封信，从窗眼塞进来的。"

书斋中的人，由太极陈起，不由全都愕然。太极陈取信再看道："这不是闹着玩的，万一这封信又是你的仇人的奸计呢？子寿你坐下，我来问问你，刚才你怎么个情形，接到这封信？送信的人说话了没有？……老四，可惜你还练了七年，怎么就容人越房进来，又越房走了，你自己连个影子也摸不着？"

方子寿低头不能答，原来送信人叩窗时，方子寿其实已脱衣服与他妻子何氏上床睡了；容得他披衣起床，人早走得没影了。方子寿也和他老师太极陈一样，秋夜苦雨，心绪不佳；坐在椅子上，仰头发怔。他妻何氏问他："心里觉着怎么样？可是不舒服吗？"方子寿恶声答道："不怎么样。"何氏凑过来，挨肩坐下，款款的慰藉他，满脸露出怜惜之情。知他好喝一杯白干酒，便给他烫酒备肴，对他说："坐着无聊，你可喝一杯酒解闷嘛？"方子寿意不忍却，夫妻俩对灯小饮了数杯。何氏见他已经微醺，便劝他早些睡觉，收拾了杯盘，夫妻俩双双入睡。不一会儿，何氏已然沉沉的睡熟了，方子寿却还是辗转不能成寐。直到三更将近，方才有些朦胧，似睡不睡的；突然听得窗棂子有人轻弹了两下。方子寿蓦地惊醒，霍的翻身坐起来，喝问："是谁？"窗外轻轻答道："师兄，是我。师兄不要惊疑，师兄身蒙不白之冤，师傅的盛名有累，是小弟略表寸心，把私娼的奸谋，和杀人凶手，访察明白。师兄请照小弟留的这封信行事，自然得着真相。"方子寿吃了一惊，听不出说话的口音是谁，忙道："你是哪位？"急忙抓起夹衫，跳下床来，听外面那人说道："师兄你不用起了，你一看信，自然明白。"外面语声一顿，跟着窗纸嗤的一响，从窗洞塞进一封信来。方子寿越发惊疑，道："你到底是谁？你可请进来呀！"外

面答道："不用了，咱们再见吧。"

这件事来得太突兀，方子寿慌忙窜下地来，扑奔门口；伸手拔门插管，轰隆的一声响，将门扇拉开，往外就闯。那床上睡着的他妻何氏打了一个呵欠，问道："你干什么，还没睡么？"方子寿早已窜出屋门，扑到阶前。外面冷森森的细雨下着，觉着透体生寒。方子寿披着夹衫，趿着鞋，将眼揉了揉，拢了拢光；瞥见东夹道有一条黑影，只一晃，扑奔东面一段矮墙。身形矮小，身法却也敏捷。方子寿喊了一声："喂，等会走！你是哪一位呀？"抬腿将鞋登上，追赶过来。只见那人奔到墙根下，竟一纵身，窜上墙头，辗转间，已一偏身翻出墙外。及至方子寿赶到墙下，那人早逃出视线以外。方子寿也忙一长身，双手攀墙，往外寻看，那人已顺着一片泥泞的小道，如飞而去，没入夜影中了。

方子寿跨在墙头上，有心要追，却又犹疑。这时候，他妻何氏已然惊醒，坐了起来，一叠声叫道："寿哥，寿哥，你不睡觉，你可要做什么？"

方子寿想到自己正在晦气头上，怔了一回，飘身窜下墙头，悄然回到屋中。何氏已将床前的小灯拨亮了，正要穿鞋下地，出来找他。何氏睡眼惺忪的问道："下着雨，又出去干什么？也不穿衣裳，不怕冻着？刚才你是跟谁说话？"方子寿摇头不答，眼望窗台，急忙寻找。果然在窗纸破处，摆着一封信。方子寿一把抓过来，拆开了信；看了又看，又惊又喜，又是纳闷。皱着眉揣度了半晌，料道这封信分明是份好意。可是送信人管自己叫师兄，自己哪有这么一个师弟呢？若说是五师弟干的把戏，他又素来不会写颜字，想来真真把人糊涂死了。但是信上指明凶手是小蔡三，这话太对景了。谁都知道小蔡三是个色鬼，好嫖；不错，行凶的一定是他。那娼妇却控告我，无非是存心讹诈。信上教我别耽误，我真得赶紧找老师去；就便问问五师弟，可是他写的不是？

方子寿打好主意，草草告诉了妻子何氏。吓得何氏拦住

他，不叫他去。方子寿发急道："我又不是拚命去，我不过拿着信请教老师去，这怕什么？"闹了一顿，一定要当夜到陈家沟去。把长工叫醒，备上驴，冒雨而来。

这便是方子寿得信的情形，当下一一对老师说了。太极陈眼看着这信，摇了摇头，问三弟子道："你看这信是老五写的吗？"三弟子道："不像。"太极陈道："而且他得着信，一定告诉我，他何必黑夜雨天，玩这把戏呢？"

太极陈沉吟一阵，觉得这送信的人或者是一个武林后进，路见不平，访出真相；又不便出名，才露这一手。再不然，便是什么人又耍手腕，要诱方子寿再上第二回当。太极陈老经练达，不肯鲁莽。对方子寿说道："今夜太晚了，你就住在我这里。你临来时，可告诉你父母了吗？"

方子寿不敢说私自出来，忙扯谎道："是我告诉家父了，是家父叫我来请示师傅的。"太极陈点点头道："好了，这封信你就不用管了。明早你回家去，不要告诉人，随便什么人也不要告诉。你照旧在家里待着，不许出门，也不许跟人打听小蔡三。你只当没有这回事好了，师傅我自有办法。"

太极陈催着方子寿到客厅搭铺睡觉。这一夜，太极陈通宵没睡，把三徒弟耿永丰留在书斋，秘密的嘱咐一些话，又拿出几张银票子来，交给耿永丰。

到次早，太极陈把照例的野游晨课停了。吩咐方子寿回家候信："不叫你，不必来。沉住气，别出门！"到第四天，忽然方家屯哄传起来：杀人凶手小蔡三被捕了！被捕的地点，是在魏家围子范连升家。……

方子寿把接得的匿名信，呈给师傅陈清平之后，就谨遵师命，在家静候消息。陈清平只谆谆嘱咐他不要出门，不要告诉外人，此外什么话也没说。方子寿躲在家中，非常的纳闷着急，如热锅上爬蚂蚁一样。

挨到第四天上，村中忽然哄传，私娼家中凶杀案的真正凶手，已然在魏家围子被捕，就是那个荒唐鬼小蔡三。小蔡三好

嫖贪色，人也不见得多么强横，但是他竟刀伤三命！方家的长工们很关切这件事，打听得实实确确，立刻跑回来，向主人报告。

方子寿的父母妻子听见了，一齐喜出望外："这可一块石头落地了！"有钱的人最怕打官司牵连。方子寿却有点明白，加倍急躁起来，恨不得立刻出去，打听师父，到底是怎么办的。穿上长衫，叫长工备驴，就要出去打听，但是没容他动身，陈家沟子已经打发人来请他了，来人正是长工小张。

方子寿欢跃着出来，盘问长工。长工小张只说是三师兄耿永丰打发来的，不晓得有什么事。方子寿拿出几百钱来，给长工做辛苦钱，说是自己随后就到。长工走了，自己赶紧到里面，禀明了父母，立刻起身，策驴飞奔陈家沟子。

来到陈宅，一径进了客厅。只见师傅没在，三师兄耿永丰却在那里等着，一会面，耿永丰就拱手道："师弟，我这可得给你道喜！"方子寿向师兄行过礼，坐在一旁道："师兄，我近来只有倒霉，哪有喜事？师兄莫非说那小蔡三被捕的事吗？"耿永丰笑道："好师弟，你真会猜！你的冤枉官司，到今日才算真相大白。正凶已经捉住了，把你洗刷出来，这岂不是大喜事？我说老弟，你得好好的请请师兄才对。"

方子寿道："小弟负屈含冤，被人构陷，带累得师傅也跟着蒙受不洁之名。如今真能够把正凶获案，我岂止请客？我感念师傅一辈子。师傅倒是怎样把凶手捉获的？师兄告诉告诉我，也教我明白明白。"耿永丰遂把访拿凶手的经过，向方子寿说了一遍。方子寿这才知道，耿师兄对自己暗中出了许多力。

原来太极陈自从那天方子寿雨夜来谒，以离奇的匿名信，指出了私娼家中凶杀案，是因奸妒杀，凶手为小贩蔡三。陈清平不动声色，先将方子寿打发走了，立刻把三弟子耿永丰叫到面前，正色说道："你子寿师弟，这次惹下一场祸事，带累得我太极门清名受玷；所以我这些日来，寝食难安，总想把这件事访察个水落石出，方才甘心。只是多日一再访寻，仍觉茫无

头绪。如今幸有这意外之助，我想我们若是单刀直入的去找谢歪脖子，不论威胁利诱，总难免贿买之嫌。这次我想教你去找周龙九，他在本城人杰地灵，也戳的住，官私两面也叫的响。你把这件事的原委向他说明，烦他讯取谢老四歪脖子的亲供，只要谢四说出真情，再也不敢反复。”

耿永丰听了不大明白，迟疑的说道：“那么谁去找谢四歪脖子呢？”

太极陈道：“你只把周龙九稳住了驾，别的事不用管。到时候，自有人把谢四歪脖子送到了。”

耿永丰深知师傅的脾气的，他老人家的事，怎么说了，怎么答应。遂立刻带着钱票起身，径奔南关外三里屯周龙九家中。

这周龙九是个很有钱的秀才，素日为人极喜拉拢，官私两面都叫得响。在地方上排难解纷，是个出头露脸的绅士，所有商民很颂扬他是个人物。一班泥腿说起周龙九周七爷来，总有点头疼，不敢惹他，弄不好，他的禀帖就上去了。他虽然是个文墨人，手无缚鸡之力，但是利口善辩，有胆有识，作事极有担当。周龙九与陈清平两个人，一文一武，文弱的偏任侠，武勇的反恬退；性格相反，好尚不同，但是两人却互相仰慕，太极陈也曾帮过周龙九的忙。

耿永丰提着一点礼物，拿着师傅的名帖，面见周龙九，周龙九把耿永丰让到内厅，只见满屋子坐着好些客人。周龙九挽着小辫，只穿着件小夹衫，抽着小烟袋，猴似的蹲在太狮椅上，跳下来招待耿永丰。耿永丰将师傅所托的事，从头到尾说了一遍。周龙九听完这话，就将水烟袋一墩道：“好东西，竟讹到咱们自己人的头上来了。陈老哥怎么不早说？依着我看，哪有工夫费那么大事？把这窝子暗娼龟奴打一顿，一赶就完了。谣言算个什么，值几文钱一斤？听那个还有完？”

周龙九这个老秀才，简直比武夫还豪爽。耿永丰说：“家师的意思是为洗刷污名，并不为出气。七爷还请费心，将谢歪脖子的口供挤出来就行了。”周龙九想了想道：“陈老哥既然不

愿听谣言，这样吩咐我，也好，我就照办。”吩咐下人：“来呀！弄点吃的，我陪耿老弟喝两盅。”耿永丰推辞不掉，于是摆上来很丰富的酒宴，把别的客人也邀来相陪。饭罢，容那一班客人陆续散去，泡上一壶香茶来；周龙九陪着耿永丰闲谈，静等着谢歪脖子到来。

太极陈这次打定了主意，要亲临娼窑。到二更时分，候家人睡了，略事结束，不走大门，不惊动家中的长工们，悄悄的从西花墙翻出宅外。外面黑沉沉，寂静异常；只有野犬阵阵吠声，跟那巡更的梆锣之声，点缀这深秋夜景。太极陈到了镇甸外，略展行功身手；只用一盏茶的时候，已经到了方家屯。

故乡的里巷，虽在夜间，也寻找不难。一径来到这私娼家门口，陈清平收住脚步，看了看左近无人；抬头一打量，这全是土草房。太极陈微纵身躯，蹿到房顶上，往院里张望，是前后两层院落。前院只南北房，四间屋子，有一道屏门；后面是三间东上房，南北一边一间厢房。前院的屋舍，昏暗暗的没有亮光；后面却灯光照满纸窗。娼窑究竟是娼窑，乡间虽然习惯早睡，他们这里还是明灯辉煌。

太极陈伏身轻窜，径奔后面。来到上房窗下，还没有贴近窗棂，已听见屋内笑语之声。想是几个男女，在里面赌博，摔牌骂点，喝雉呼卢的吵，夹杂着狎言亵语。太极陈是磊落光明的技击名家，像这种龌龊地方，绝不肯涉足的，如今为惧自家清名的失坠，不得不来，一究真相。但是太极陈虽望见满窗的灯光，究竟还不肯暗中窥视。于是转身扑到北厢房，北厢房灯光仍明，人声却不甚杂乱。他略倾耳一听，微闻一个女人的声音，妖声娆气的发出呻吟之声，道：“我说你怎么还这么损啊？我的伤还没有收口呢，哪里搪得住你这么闹！”跟着听见一个男子猥昵声音，嘻嘻的笑道：“还没有收口，谁信啊？我来摸摸。”那女人骂道：“该死的短命鬼，人家越哀告，你越来劲。你闹吧，回头这个主儿又来了，没的吓得你个屎蛋又叫亲娘祖奶奶了。”

太极陈听到此处，眉峰一皱，拔步要走，忽然听那男的赖声赖气的说：“你别拿小蔡三吓唬我，我才不怕呢。他小子早滚得远远的了，他还来找死不成？”只听那女的急口的说道：“臭鱼，你娘的烂嘴嚼舌头，又胡喷粪了。他们赌局还没散呢，你再嚼蛆，给我滚你娘的蛋吧。”……忽然那女的哎哟哎哟的连声低叫道：“你缺德，你该死！滚开！滚开！”那男子笑了起来。

隔了一会儿，那男子忽然大声叫道：“谢老四，谢老四！”那女子忙道：“你叫什么？歪脖子那小子早睡了，你要干什么？”男子道：“我肚子有点发空，有点心什么的，教他给我拿点来。”

那女的从鼻孔里哼了一声道：“点心啊，你倒想的到哇。歪脖子这小子近来支使不动啦！我从昨天教他进城买东西，他宁可坐着，也不肯去。稍微说他两句，立刻瞪着眼跟你发横，整天说闲话。自从闹了那场事，就算在他手里有了短处啦。你看歪脖这小子，把他那间狗窝似的南屋收拾得干干净净，整天躺在那屋里，仰面朝天的装大爷。都是李崇德狗养的出的好主意，讹不了人，反倒留下了把柄。方子寿是出来了，我还提着个心。方子寿肯轻饶吗？说不定哪一天，就教谢歪脖子咬一口。前怕狼，后怕虎！想起来，我恨不得宰了他，可惜我不是个爷们。”

太极陈听到这里，已得要领。他再想不到此行不虚，只一趟便已摸得眉目。谢歪脖子果然意有不忿，而且又听出谢歪脖子是住在南屋，这当然是前院的南房了。

这说话的女人，推想来定是这个被砍受伤的娼妇。男子名叫臭鱼，却不知是谁？因点破窗纸，向内张了一眼，认明了此人的貌相，然后踅身要走。

这时候上房门扇一开，从中出来两个人。太极陈耳目甚灵，早已听见；倏然一纵身，捷如飞鸟，掠到外院；又一挪身，窜上了房，将身形隐起。

只听这两个赌徒骂骂咧咧，到茅房解手；口中闹着：“不好了，不好了！”可是依然转回上房赌下去。跟着上房有人喊叫老谢；连喊数声，谢歪脖子只是不答腔，反倒打起了鼾声。这人骂了几句，不再喊了。

太极陈容得一点动静没有了，重复窜下房来，到外院南屋窗前。外院各屋悄然无声，南屋里谢歪脖子鼾声大起。太极陈听了片刻，轻轻的弹窗格，连弹数下；屋中人鼾声略住，跟着听一个哑嗓的声音，丧声丧气的说：“谁呀？睡觉了，半夜三更的诚心搅我嘛！”太极陈变着嗓音，低低说道：“老谢，好朋友来了，你怎么不出来？”谢四歪脖迷迷糊糊的，一面披衣服，一面说道：“你是哪位？”屋门一开，太极陈轻舒猿臂，稍一用力，已将谢歪脖子拖出门外。用左手抓定，右手骈食中二指，向谢四歪脖子哑门穴，轻手点了。谢歪脖子吭了声，想嚷却嚷不出来了。

太极陈立刻把谢歪脖子拦腰提起，好像鹰抓燕雀似的，略展身手，已窜到了那临街的矮墙上，然后翻到街心。可怜这谢歪脖子被人这么摆弄，连捉弄他的是什么人全没辨出来。太极陈藏在暗处，掏出绳来，把谢四捆好，鸭子似的提起来；如飞的赶到南关外三里屯，不过刚交三更三点。到了周龙九的门外，陈清平先把谢歪脖子放在地上；随即解缚推拿，用“推血过宫”的手法，把闭住的穴道给推开。可是不容谢歪脖子十分清醒，赶紧又把他往肋下一挟，绕到了周龙九住宅的东墙下，立刻又一翻，翻进墙去。

周宅外客厅黑沉沉没有灯光，忙转奔内客厅。内客厅灯光亮如白昼，正有两人高谈阔论，讲着闲话。陈清平挟定毛伙谢歪脖子，到了客厅门首，仗着院中黑暗，突然把门拉开，将这谢歪脖子往屋里轻轻一摔，立刻说了声：“有力的证人送到，龙九兄，你多偏劳吧。”说罢，转身仍趋东墙下，纵身窜上墙头，轻飘飘落到墙外。

陈清平径回陈家沟子，静候佳音。

第九章 娼奴嫁祸 绅豪讯奸

周龙九性情最急，这时候早等得不耐烦了。直问耿永丰："到底怎么定规的？可是由令师亲去找那毛伙吗？"……正在猜疑，忽听房门一开，从外面摔进一个人来；耿永丰忙赶到门外探望，太极陈早走得没影了。晓得太极陈暂时不欲露面，忙翻身进来，把谢歪脖子扶起。谢歪脖子被摔得晕头转向，哎哟了一声；睁开眼一看，眼前是座很讲究的客厅，客厅里灯光辉煌耀目。谢四歪脖糊涂得如入梦境，用手抚着歪脖子；翻着骇疑的眼光，看了看周龙九，又看了看耿永丰。这一个是五十多岁的人，身量高大，赤红脸，剑眉长髯，两眼很有威严；那一个是年轻的，约有二十七八岁，精神壮旺，似曾相识。谢歪脖子不晓得自己被什么人弄到这里来，但揣情度势，这一定凶多吉少，吓得他颤抖起来，半晌，哼道："二位老爷，这是哪里呀？"

周龙九和颜悦色的说道："老谢，你不用骇怕，你可知是谁把你带到这里来的吗？"谢歪脖子道："我睡得迷迷糊糊的，教人诓出屋来，抓了我一把，我就晕过去了，我不知是教什么

人架到这里来的。我没得罪过人，我也没有为非犯歹，你老放我回去吧！”周龙九笑了笑，令耿永丰把他扶坐在凳子上；将桌上一盏茶给他喝了。遂问道：“老谢，你认识我么？”谢歪脖子又看了看周龙九，愣了片刻，说道：“我看你老很面熟，我脑袋直发晕，一时想不起来。”周龙九道：“我姓周，城乡一带全管我叫周七，你大概有个耳闻吧？”谢歪脖子一听，浑身哆嗦，在凳子上更坐不住了；往地上一溜，就势跪下来，说道：“原来你老是七爷，小人没见过七爷；七爷的大名，小的早知道。……七爷，小人干着下三滥的事，就够现眼的了，小人再不敢在七爷眼皮底下惹事。七爷，小人可真不知道怎么得罪了你老。你老就要办我，也得教我明白明白。”

耿永丰一旁听着不禁微笑；谢歪脖子这么骇怕，想见周龙九名不虚传了。这时周龙九向谢歪脖子道：“老谢，你起来，不用骇怕，我把你请来，绝无恶意。起来，请坐。我也没有别的话，我不过是向你打听一点闲事，怕你不肯来，又怕你当着外人，说着不方便，所以才把你请到这边来。你只要好好地说，把实底都告诉我，咱们就是好朋友，我还要酬谢你哩。”

谢歪脖子眼珠一闪，一块石头落地了，可是还有一点惴惴，忙说道：“七爷，你老可别这么说，小人不敢当。你老有什么话，只管问我，我什么都说。我瞒别人，还瞒七爷你老嘛？你老大概是要打听……”

周龙九把身子一探，眼睛一张道：“你猜我要打听什么？”谢歪脖子倒抽了一口凉气，道：“小人可猜不着，你老明白吩咐出来吧！”

周龙九两眼看定了老谢，忽然满面泛起一层怒气，一字一顿的说：“老谢，我要问你，不是别事。你可晓得本城那个小蔡三吗？”谢歪脖子浑身一震，不禁一缩脖颈，果然是这件事发作了。站在客厅里，毕恭毕敬的听着。

只见周龙九向耿永丰瞥了一眼，随即说道：“这小蔡三胆敢欺负到我头上来了。我也没有别的。只不过打算管教管教

他；教他认识认识我周老七，还不是容易受人讹诈的人。我访闻上月你们那里，出了一点小事，这件事我就听说跟小蔡三有关。可是这小子真有种，他居然逍遥法外，差点没把姓方的填了馅。哈哈，他倒想嫁祸于人，我听说他的军师就是李崇德，哼！算他会出主意，可是瞒不了我周老七！如今这小子得意洋洋的，要在怀庆府挺腰板，充好汉。莫说我还跟他有仇，就没有仇，我也容他不得。谢大哥！……”谢歪脖子毛骨悚然的说：“嗻，小人不敢当。”周龙九哈哈笑道：“谢大哥，这件事我就拜托给你了。没有别的，我只烦你把上月那档子事，原原本本告诉我，此外没有你的事。可是你若不说呢，或者是说来不符呢，谢大哥，我可要对不起你了。好朋友，你就请讲吧。”

周龙九的凌威，把龟奴谢歪脖子慑住。

谢歪脖子心想：这真是想不到的事，这玩艺竟惹得这位爷出头！这位爷出头，竟会找到我头上来！……可是这么着也好，有周七爷顶在头里，我还怕什么？他们争风行凶，阴谋嫁祸，我早晚想跟那臭娘们闹一场事；这一来更好！……说，说，我就全给他们抖搂出来！

谢歪脖子心神略定，把利害祸福反复筹划明白，他决计要说了。把腰一弯，叫了声：“七爷！”

周龙九吸着水烟袋，瞑目等着，用纸煤子一指道：“不用麻烦，你就有什么，说什么。”在周龙九对面坐着太极陈的三弟子耿永丰，伸纸拈笔，做出录口供的架式。

谢歪脖子又从头想了一过，惴惴的说道：“七爷，要提这档命案，情实是我亲自眼见的。不过七爷您圣明不过；俗语说，宁打贼情盗案，不打人命牵连。这里头关连着好几条人命，要不是七爷您问，我真不敢提一字。可是我把这事告诉七爷您，往后我的事，七爷您行好，可得给我托着点。不是小人我怕事，这事一挑明了，他们知道是我泄的底，准有拿刀子找我的。”周龙九把胸口一拍道：“老谢，有天大的事，七爷一个人接着，绝不能把你埋在里头。你放心，趁早说吧。”

谢歪脖道："说！小人一定一字不漏，说给您听。若说方家屯这回命案，可真应了那句俗语了：'赌博出窃盗，奸情出人命'，一点也不假。澄沙包这个娘儿们，她也不是本地人，是跟着她男人逃难来的。他们本是成帮的难民，流落到这里，没法子过活，就偷着卖。她男人外号臭倭瓜，也就睁一个眼，闭一个眼，后来就靠着她吃了。这些事情，想必您也有点耳闻。澄沙包这娘们可坏透了，她又爱钱，她又爱俏，有时候翻脸不认人。她姘靠了好几个野男人，都是说踹就踹。这一回是她把小蔡三挤兑急了，才惹得他刀伤三命。偏偏澄沙包挨了好几刀也没死；她的男人臭倭瓜夺刀喊救，可就叫小蔡三一刀致命，给豁开了膛。她的养女冒冒失失一喊，也教小蔡三给剁了！她的侄儿要想跑，也被他赶上砍死。……"

谢歪脖滔滔地说，那边耿永丰持笔录写。写到此处，不由问道："小蔡三究竟为什么行凶杀人呢？"

谢歪脖子道："总不过是一半吃醋，一半穷急罢了。事情是这样，小蔡三和澄沙包姘靠了差不多一年多；她这女人是抓住了一个就死啃，啃得没油水了，一脚就踢开，一向是不肯零卖的。这一年多，她把小蔡三迷的头晕眼花，弄得倾家败产；临了几场腥赌，把个小蔡三活剥了皮。末后小蔡三输得急了，跟他本家大伯吵了一场架，偷了家里的地契文书，又赌，又输了。小蔡三再没有捞本的力量了，就找澄沙包要那两副首饰；又要找澄沙包的男人借二百串钱，许下重利。澄沙包的男人臭倭瓜倒答应了，澄沙包却翻白眼。首饰固然不肯借；就是他男人放账给小蔡三，她也给打破水。说是小蔡三输断筋了，借出去，一准不回来。这就够激火的了，澄沙包又来个紧三点；她本来常背着姘头，偷偷摸摸，找点零食；这一回看透小蔡三下了架了，她就明目张胆的把小窦留宿了。小窦这小子本来年轻，长得又俊；可是他家里大人管的很严，没有多余钱报效她，她也没有给他动真格的。偏偏出事的两月头里，这小窦也不知哪里发了一笔邪财，一副金镯子，五十两银子，还有几件

女人皮袄，都一包提了来，把澄沙包包下了。并且说：‘再不许她招小蔡三进门才行。’澄沙包、臭倭瓜两口子正因为小蔡三输得一身债，常来起腻发烦，骂闲话，两口子本就够够的了。这时候，可就抓了个邪碴；澄沙包翻脸大闹，把小蔡三臭骂了一顿，一刀两断，从此不许穷种进门。小蔡三人虽然乏，可也搁不住硬挤，被骂得脸都黄了。他一恼，奔到澄沙包屋里，大摔特摔，说是：‘姓蔡的为你这臭娘们弄得倾家败产，老婆住了娘家，亲娘一气病死，把个有钱的大伯也闹得不许我进门了，我没有活路了。澄沙包咱俩一块上吊吧；你那工夫，不是跟我说了好些割不断，扯不开的交情吗？大爷刚刚输了点钱，臭娘们你就变了脸。咱们就阴世三间打伙计去吧！’他这一摔砸，按说是真急了，就该来软的便对了。谁想臭倭瓜这个活王八头，打他，骂他，都不要紧，可就别动他的钱。一摔他这些东西，他可就火了；抄起门闩，就给了小蔡三一杠子。两个人招呼起来，臭倭瓜挨了揍喊人，澄沙包也嚷，李崇德他们都出来帮拳。三个人打一个，把小蔡三打了一顿好的。打完了，就赶出去，再不许进门了。”

周龙九笑道：“打小蔡三的时候，一定也有你吧？”

谢歪脖子把脖子一歪道：“七爷，真没有，我可不敢。”

周龙九道：“你还瞒着七爷，七爷不用看，就能猜着。往下说吧。”

谢歪脖子道：“这可就真应了那句话了：‘狗急了跳墙’。小蔡三本来螂螳似的，四根骨头架子；可是他一份家业，全消耗到澄沙包手里，临了落个赶出来，还挨了一顿打，把鼻子嘴唇全给打破了，还打掉了两只牙，本来也太窝心了。大家都想这小子窝囊，不意这小子挨完了打，爬起来拍拍土，一声也没哼，只冲着大伙翻翻眼珠子，怔了一会儿就走了，大家伙寻思着，这小子吃个哑巴亏，也就算了。没想他竟要拚命！”

周龙九道：“哦，这小子还有种。以后呢？”

谢歪脖子道：“这可就到了出事那一天了。那天晚上，也

就是二更多天，一场雨浇得赌局散了。李崇德和我收拾完屋子，也就是刚刚睡下，就听见北屋一阵惨号。这小蔡三竟翻墙跳进来了，凶神附体似的闯进院来，澄沙包的侄儿刚喊了声谁？就教小蔡三一刀剁在门外了。小窦刚跟澄沙包睡下了，小蔡三一闯进屋，小窦这小子抄起一床棉被，把小蔡三的刀搪住，夺门跑出来，喊了一声：'杀人啦，有贼啦！'这小子就跑了。小蔡三赶出来，本要追着剁小窦，不想澄沙包吓糊涂了，她反在屋里大喊：'救命啦，杀人啦！'这一来倒把小蔡三叫回去了；澄沙包的养女刚往外跑，碰了个对头，一刀抹在脖子上，'咯'的死了。这一闹腾，我们全起来了；可是谁也不敢上前来。偏偏臭倭瓜喝了酒，睡得迷迷糊糊的，一听见喊，他糊里糊涂的就跑了出来。他冒冒失失的光着膀子，往屋里一钻；刚迈进一条腿，就教小蔡三戳了一刀，正扎在胸口上，直豁下来，差点大开膛，栽在门上了。澄沙包起初还喊，后来他男人被剁，这女人可就害了怕，冲着小蔡三跪着叫饶命，叫祖宗叫爷。小蔡三这家伙真狠，一声也不哼，顺手就把她扎了一刀。这女人光着身子，竟会把小蔡三抱住了，鬼号着挣命夺刀，一只手竟把刀夺住，教小蔡三踹了一脚，一抽刀把她的手心也豁了，就脸抢地，栽躺下了。小蔡三连剁她好几刀，都剁在女人脊梁上。这时候我们都害怕，不敢出来。"

周龙九道："那么小蔡三是怎么走的呢？"

谢歪脖子咽了咽唾沫，说道："后来那女人剁的已死过去了，小蔡三拿着刀又找臭鱼。我和李崇德都吓的把屋门顶上；眼看着小蔡三开开门走了，我们才敢出来。澄沙包的养女一刀致命，当场就死了。臭倭瓜只哼了哼，我们往床上一搭他，他就断了气了，血流了一地。只有澄沙包这女人，顶她挨的刀多；光着个屁股，赤身露体的，后脊梁上七八刀，两手上全是夺刀的豁伤；肩膀上，屁股上，剁成烂桃子了。她是斜肩带背先挨了一刀，就势栽在里屋了。大概小蔡三连杀三命，手头劲软了，澄沙包竟没有死。只是失血太多了，经我们把她救了过

来。小蔡三是跑了，还有厨子老罗也吓跑；院子里只剩下我跟李崇德。我们知道这场人命案太大了，我们都怕牵连；可是我们也不敢溜走，那倒无私有弊了。我和李崇德说：'趁早报官。'谁知李崇德在澄沙包屋里嘀咕了半夜，回头来告诉我：'这凶手是方子寿方少爷。'我说：'我明明看见是小蔡三吗。'这个女人躺在床上，哼哼着说：'不是小蔡，是小方。他砍的我，我还不知道吗？'这一来倒把我闹糊涂了。我本来没看清凶手的头脸，只是我明明听见澄沙包挨刀时，满口的央告：'蔡大爷，蔡祖宗！'又说：'你饶了我，我再不跟你变心；王八头死了，我一准嫁你！'那凶手就说：'臭婊子！你害苦我了。今天不宰了你，我不姓蔡！'那说话的腔调虽然岔了声，可是我也听得出来，明明是小蔡三，怎的会是方子寿呢？凶手临走，把凶刀和血衣全脱下来，还在脸盆里洗了手。……"

周龙九立刻拦问道："现在凶刀和血衣呢？"

谢歪脖子道："血衣早教李崇德给烧了，刀也搁在灶火膛烧了，只剩下铁片了。"

周龙九道："这么说来，他们是定计嫁祸给方子寿了。他们究竟为什么要害姓方的呢？"

谢歪脖子道："这个，小人可就不知道了！"

周龙九把水烟袋往桌上一墩，厉声道："你怎么会不知道？"

谢歪脖子吓的一哆嗦，忙道："小人实不知他们安的什么心。可是七爷您最圣明，你老想，他们这无非是因为小蔡三是个穷光蛋，拚命的人；他哥哥蔡二又是个要胳臂的，不大好惹；方子寿可是家里很有钱。小人虽然不知他们到底是怎么回事，可是听他们话里话外的意思，大概是一来为报仇，方子寿曾经带人来，大打大砸过；李崇德就吃过亏，挨过方子寿的嘴巴。二来呢，方家是个富户，李崇德跟地保勾着，想借这场命案讹诈一下子。哪知道方子寿不吃，只得弄假成真；李崇德这才怂恿澄沙包告状。自从摊上这档事，李崇德就跟澄沙包凑对上了；李崇德简直成了她的军师。这场官司，方子寿的老太爷

许了五百串钱；李崇德调唆澄沙包别答应，一口咬定要一千串。没想到方子寿竟把一场挂误官司打出来。小人知道方少爷冤枉，曾跟这个臭女人闹过好几回。”

周龙九把握已得，便问道：“现在你可知道小蔡三住在哪里吗？还有小窦，出事后还常来吗？”

谢歪脖子道：“小蔡三的住处，小人倒不晓得，我想他还跑得远吗？至于小窦，出了凶杀案以后，早吓得不敢来了。现在倒是于连川，外号叫臭鱼的那小子，跟澄沙包勾搭上了，因此李崇德还很不愿意呢。”

周龙九听谢歪脖说完，把大拇指一挑道：“罢了！老谢，你算看得起七爷。不过我还想再托你一点露脸的事，不知你有胆子没有？”

谢歪脖子道：“七爷，你老先说是什么事吧？我的胆子太小，全看是冲什么人，为什么事。只要是为七爷，我准卖一下子，为别人我可犯不上。”

周龙九道：“我想教你出头告发。老谢，你可听明白了，我却不是借刀杀人，不过我想拿这件案子拾掇他们。我就是不能出头，因为我是局外人，你是在场的。你可以说先前受他们威胁，不敢声张，连门全不教你出；近来你把他们稳住了，你才出头告发。衙门口的事全由我办，你我是前后脸。老谢，你替七爷把这口气出了，咱们什么事心照不宣。往后你不必再干这种下三滥的事了，反正七爷准教你有碗饱饭吃。你要不愿意呢？我也不能勉强，我自然另想别法。”

谢老四心里一打转，想到无论如何，这位周七爷万万得罪不得的。慨然说道：“七爷您望安，我一定能给七爷充回光棍。咱们这次不把他们按到底，那算我老谢没有人味了。七爷您只要接着我，官司打到哪去，我准不能含糊了。可是您老得把衙门里安置好了，只要我一告发。就得立刻把小蔡三捞来才行。他是正凶，若把他放走了，官司就不好打了。”

周龙九道：“他住在什么地方？”谢歪脖子道：“就是他窝

藏的地方，我说不清。”周龙九皱眉说道：“这还得细访。”

这时坐在一旁的耿永丰接声道：“七爷，这个我知道，小蔡三现时隐匿在魏家围子，要想掏弄他倒不难。他是藏在他亲戚范连升家里。”

周龙九道：“那么老弟你就辛苦一趟，这就动身到魏家围子，千万把小蔡三绊住了。他要是一离开那里，你不拘用什么法子，总要把他扣住了才好。等到我们在县衙告了下来，就派人抓他去；把他抓着了，老弟你再回来。”

耿永丰应声而起，周龙九又道：“老弟你听我说，他要是没有逃走的神气，老弟你就不要跟他照面。只暗中缀着他，省得教他见了面，胡乱攀扯人。”

于是耿永丰立刻动身，到魏家围子去了。

周龙九把谢歪脖子留下，教给他一套控词。挨到天明，周龙九暗遣谢歪脖子，到县衙告发命案。先把谢歪脖子搁在班房，周龙九一径到稿案师爷那里，把案情说了一回，随即禀告县官。县官正因方家屯这场血案缉凶未得，悬案未结，心中着急。既有人指控正凶，立刻看了谢歪脖子的状子；标发签票，拨派干捕，立拘蔡广庆（即小蔡三）到案；又拘传毛伙李崇德，和凶案在场的嫖客窦文升（即小窦），火速到案，不得徇情卖放。

这件案子，刀伤三命，关系县官的考成，办起来真是雷厉风行。没到晌午，全案人犯人证，一齐提到。

人犯已到，县官立刻亲自过堂开审。

谢歪脖子把当日小蔡三砍死娼妇的本夫和养女、侄儿，又砍伤娼妇的情形，说得历历如绘。又供出凶案发生时，李崇德和小窦均皆在场。那小蔡三就想狡辩，但是搪不住谢歪脖子处处指证。又经县官把李崇德、小窦隔开，个别套问，县官察言观色，又综核过去的供录文卷，晓得谢歪脖子并非挟嫌诬告。

县官遂和颜悦色，单讯小蔡三，对他说道：“你年轻无知，一时迷于女色，致落得倾家败产，又被赶逐殴辱。你负气行

凶，倒也情殊可悯。你老老实实的供出来，本县念你受害情急，还可以从宽发落。不要落得受刑吃苦，再行招供，那可就晚了。”

小蔡三起初还倔强不认，但是禁不得县官刑吓软诱，先把小窦的口供逼讯出来，再命堂吏念给小蔡三听；又将搜出来的已经火销的凶刀，拿来做证。小蔡三本非穷凶极恶之人，只经了几堂，便支吾不过，把实供吐露出来，痛哭流涕的直喊冤枉。

县官把小蔡三的实供取到，更来严讯娼妇澄沙包和李崇德，因何嫁祸反诬方子寿？是谁出的主意？李崇德尚在矢口不认，无奈澄沙包只受两拶子，便将记念前仇，诬告方子寿，意在诈财泄忿的阴谋，全招认出来；供的是李崇德出的主意。

——于是全案到此，已然完全讯明了。各科以应得之罪，杀人的偿命，诬告的反坐；方子寿的冤诬这才彻底昭雪。

方子寿经耿永丰把这件事的真相，详细告诉明白。他自然深切的感激老师太极陈，并感激推情仗义的周龙九，这都登门谢过了。但是，那个夜半扣窗、匿名投书的恩人，首先访得正凶，揭发冤狱的人，方子寿师徒都很感谢他，却是到底没有访出他的姓名来历。

第十章

雪漫寒阶 矜收冻丐

这时候已入冬令了。人事无常，天象也变幻无常。忽一日气候骤变。陈家沟那条小河，竟封冻成冰了，比寻常时候，好像早了半个多月；而且天色阴霾，浓云密布，到夜间竟下起雪来。

太极陈早晨起来，推门一看，这一整夜的大雪，已将陈家沟。装成一个银镶世界。风已停，雪稍住，却是天上灰云犹浓。太极陈精神壮旺，不因雪阻，停止野游，照样的用冷水洗脸漱口，只穿着一件羊裘，光着头，也不戴帽子，走出内宅。长工老黄畏寒未起，太极陈咳了一声，落了门闩，把大门一开；只见门道檐下隅角一个草荐上，躺着一个乞丐。曲肱代枕，抱头蜷卧，并不能看清他的面孔；身上鹑衣百结，一件棉袍缺了底襟，露出败絮，哪能御寒？下身倒穿着一件较为囫囵的裤子，却又是夹的。被那旋风飐来的雪打入门道内，乞丐身上也盖了一层浮雪。太极陈心想：这大概就是那个天天给扫阶的乞儿吧？想起昨夜寒风料峭，这乞丐露宿无衣，真够他经受的；此时蜷伏不动，莫非冻死了？太极陈忙走过去。

在往日。这寄宿门道的乞儿起得很早，就有时太极陈出来

过早，这乞儿每听门扇一响，必然慌慌张张的起来，赶紧收拾了就走，怕人讨厌他。今日却不然，太极陈已然出来，这乞丐只浑身微微战抖，勉强的抬头，往起一挣，微哼了一声，又闭上眼了。

太极陈站在乞儿身前，低头注视，心说道："还好。"太极陈用脚略略一拨乞丐的腿，就说道："这么冷的天！我说，喂，别睡了，你快起来！"

太极陈的意思，恐怕这乞儿冻死在自己的家门。那乞丐以为是太极陈驱逐他，强睁着迷离的倦眼，抬头看了一看，将身子一动，胳膊拄地，往上一起；但是肢体已经半僵，竟挣扎不动，又委顿在那里了。

太极陈道："不好！"忙回头向门内叫道："老黄，老黄！"长工老黄口头答应着，挨了一会儿，方才出来道："老当家的，这大雪您还出去呀？……咦！我说你这要饭的，什么时候了，怎么还不走？起来，起来！"老黄一眼看见了乞丐，就走到跟前，用脚踢这哑丐，一叠声逐他。当着主人的面，做出加倍的小心来，厉声说："你这东西怎么越来越讨厌！在这里借光，还不说早早起来，闪开这门口，你这是找打呀！"

太极陈叱道："不用多费话！来，快把老张叫出来，把这人架进去，到门房教他暖和暖和，你不看他都快冻死了！"

长工老黄把乞丐看了一眼，——心想：他倒走运了！怏怏的走过去，道："我一个人就行。"架起乞丐的胳膊，往上就拖。那乞丐挣扎着，借劲坐起来，可是两腿直挺挺的，好像冻僵了，已经不能站立，脸上气色很是难看。老黄不禁吓了一跳，把恼怒忘了，忙一松手，把乞丐放下，对太极陈说道："当家的，你老可斟酌着，这不是闹着玩的事！人命关天，惹出麻烦来……"

太极陈不悦道："少说话，多行好；这也是一条性命。你教我见死不救吗？"俯身过来，把乞丐的胸口脉门略一扪试，对老黄道："赶快叫老张去，我救得过来，这个人死不了！"

老黄不敢多言了，忙把长工老张叫了出来；两个人协力，把乞丐搭到门房。这老黄心存顾忌，把这乞儿竟放在厨子的铺上。太极陈跟着进来，吩咐老黄，把乞丐迁到暖炕上，给盖上了被。催着长工，泡来一碗淡姜汤，慢慢的给这乞丐喝下去，乞丐渐渐的苏醒过来。

太极陈问道："这个乞丐可就是天天给咱们扫阶的那个哑巴吧？"老黄道："就是他。"太极陈细察乞丐的面容，见他正在少年，面容憔悴，衣服敝污；此时在暖屋盖着厚被，寒冷已祛，神智渐清，睁开了眼看了看，不禁有两行热泪从脸上流落下来。太极陈点头叹息道："他是又饿又冷。多亏年轻力壮，要不然，这一夜就冻死了。你们看他这不是缓过来了嘛？救人一命，胜造七级浮屠，怕什么？老张，你到厨房看看，有剩粥给他热一碗来。""什么，没有？""没有剩粥，就给他赶快煮，听见了没有？你们不要偷懒，这是救命行好事！不要教他多吃，也不要给他吃硬东西。等他缓过来的时候，把他带上来，我还要问他话。"

老黄插言道："他是个哑巴！"

太极陈恍然道："但是哑巴也可以问问。"又叫着老黄道："你可耐着点烦，你们也照样能行好呀！行好不在贫富。听见了没有？"

说罢，出了门房；太极陈还想到野外作功课去。可是，才走出门口，一想，这些长工最会做眼前活，教他们伺候乞丐，他们说不出肚里怎不高兴呢。于是竟转回来，要亲眼看着长工们救治这个乞丐。

太极陈坐在门房一个铺上。这少年乞丐服下姜汤以后，精神渐已缓转；眼向太极陈等看了一转，脸上现出来一种不安的神色，向太极陈额手点头，做出感激的神气，挣扎着要下地叩谢。太极陈大声说道："你躺着吧，你不要心里不安。给你煮粥呢！喝了粥，慢慢的就缓过来了，不要害怕。"

不一刻，长工老张从里面端出粥来，叫那乞丐道："喂，

喝粥！”那乞丐似不肯教长工们喂他，两手颤颤的伸出来，接着粥碗，一口一口的往下咽。老黄在旁插言道：“慢着点，别烫了嘴，别吃呛了！”那乞丐吃了一头热汗，脸色也转变过来了；口中呵呵的，意思又要挣着下地。

太极陈说道：“你不用忙着下地。”对长工们皱眉说道：“年轻轻的落到这步田地；又是个残废人，少衣无食，这一冬就够他受的！”转过脸来对乞丐说：“你只管躺下，在这里睡一觉，不要紧的；少时我还有话对你说呢。你放心，我救了你，我必有一番安排。……老黄，你们不要嫌他脏，等他十分缓过来的时候，把他带到内宅来见我。”

太极陈直看着乞丐吃完了粥，又躺下了，方才站起来，回到内宅。

此时狂风大作，雪花乱飞，气候格外显得冷冽。太极陈用完晨餐，读书消遣。因为这雪太大了，徒弟们除了三弟子耿永丰外，谁也没来。太极陈闲着没事，想起那个乞丐，把老黄叫来询问。老黄说：“这个乞丐没有别的病，只是连饿带冻，才差点死了。这时候好多了，已经能在门房里走动了。”太极陈道：“怎么样，我说他死不了不是。”

这个乞丐真是不讨厌，刚刚缓过来，就不肯躺在床上装动弹不得。自己挣扎下地，向老黄、老张拜谢；又比着手式，求老张领他进来，叩谢主人。

太极陈遂命老黄把哑巴领了进来。这个哑巴进了门，向太极陈看了一眼，立即叩拜下去；用手一指户外，又用手指了指嘴，又指了指心，复又叩头。太极陈叹息了一声道：“起来，不要叩头。”

那乞丐畏畏缩缩的，立在一旁，把头低下来。

太极陈端详这个哑巴，满面带着惭惶，低头不敢仰视；又见他上下身衣服非常单薄，虽在暖室，犹有寒意；太极陈和蔼问道：“我听说你不是本省人，你家住在哪里呢？你是从小时就要饭，还是新近才流落到这里的？”那乞丐口不能言，用手

一指北方，做了许多手式；表示他家离此很远，家里没有人了，飘流在异乡。又比画着因为身上无衣，肚里无食，昨夜大雪，才冻倒不能起来，好像说：若不是太极陈救他，他就冻死了。

太极陈把三弟子耿永丰招呼过来，一同反复盘问这个乞丐，猜谜似地揣摩乞丐的手式。问了一晌，太极陈对耿永丰说道："就像今早，若不是我把他救来，只怕他也就冻死了。现在严冬未过，来日方长，幸而遇上我这个好管闲事的人；不幸遇见怕事的人，谁也不愿冒着命案牵连，来救一个残废乞丐的。我打算给他一条饭路，可惜他又是个来历不明的残废人，恐怕没人肯用他。我想，还是我把他容留下；先叫他给咱们扫扫地，挑挑水，这却是哑巴干得了的。"

耿永丰答道："师傅肯收留他，这真是好事。这个人倒不是来历不明的人，弟子在街上见过他，确实是讨饭的哑巴。师傅不是说咱们把式场子里，收拾打扫，擦磨兵刃，这些不吃力的活，打算雇一个小孩吗？这不如就教这个哑巴干，倒是两全其美。"

太极陈说道："是的，我也这么想。看他年轻可怜，打算留他过这一冬，给咱们做些琐事，免得他在外面忍饥受冻。等到来年天暖了，他愿意走时，我就给他点盘费；他也好回他的家乡，投奔他的亲友。"

师徒正说着，那哑丐恭恭敬敬立在门口；忽然抢上一步，扑的跪下来，口中呵呵的，连连叩头不已。

太极陈道："你可愿意在这里吗？我们的话你都听明白了么？"哑丐张了嘴，忽又低下头来，复向太极陈下拜；那个意思分明是求之不得的。

太极陈知道哑丐愿意，因为他不能说话，就不再多说；遂命人取了一套棉衣，又取了两三串钱，教老黄领他到城里洗澡，给他换上新棉衣，买了鞋袜。等到老黄领着这哑丐回来的时候，"人是衣服马是鞍"，这个哑丐几乎另换了一个人一样。先见了太极陈，谢过了；太极陈把哑丐每日应作的活计交派下

来，是打扫院子、挑水、收拾把式场子。另嘱咐老黄："他现在饥寒劳碌，体气大亏，你们先不要教他做累活。挑水的事眼下不要交给他，赶明天先教他收拾把式场子好了。打扫院子，扫地扫雪，这也看着来；别把他累坏了，救人反倒害了人了。"

老黄应命，先把哑丐领到把式场中，教他看了看把式场中的情形，告诉他怎么收拾。这哑丐从此幸免饥寒，在陈宅作了哑仆了。

哑丐在陈宅将息了几天，得到饱食暖衣，精神气力大见恢复。在门房中寄住，非常的老实勤恳，一点也不讨厌。老黄们应该做的活，他都抢着做；虽然一样的都是雇工，可是哑丐自视歉然，仿佛是奴中奴一样，给老黄们打下手，很听话，很卑逊。老黄们也都欢喜他，大声的对他说话："哑巴，扫地来！""哑巴，拿水壶来！"虽然不能声叫声应，可是每呼必至。陈宅上下都可怜他，说他安分守己。老黄是直性人，投了他的脾气，他格外会体恤人；便又对主人说："老当家的，哑巴还没有盖的呢。是我把一床褥子借给他盖，他只是不肯，瞧着怪疼人的。"太极陈道："他这个人倒很知好歹。"吩咐家人，把旧被给了哑巴一床；另给他几吊钱，叫老黄给哑巴买一床褥子。

连日大雪，把式场中漫成了银田；太极陈和他的门徒多日未得下场子。一日雪住天晴，老黄们奉命打扫把式场。全家的长工短工一齐动手，老黄领着哑巴，一同扫雪抬雪；太极陈的门徒们也来帮忙。

太极陈对弟子讲说这个哑丐的来由，并且说："把式场本该有一个人经管，不过长工们太粗心；他们也忙着别的事，我也不愿意教他们进场子来。这个哑巴倒可以放心支使他，你们该着分派他收拾的，就只管支使他。像刨沙土，擦兵刃，不拘什么活，只要是场子里的事，估量他做得出来的，都可以交给他。他是个残废人，哑巴，你们在他身上要存点恻隐心。这个哑巴倒不像个要饭的，一点懒惰习气也没有。"遂将风雪中救收哑丐的话，对众说了一遍。太极陈捻着胡须，一半也是心里

高兴，以为作了一件好事。

众弟子听着老师的话，都注目打量这个哑巴。见他虽然流落到乞丐队里，可是骨骼体貌并不见得猥琐，只不过身材瘦小，面色枯黄些。方子寿（自从遭事以后，感激师恩，这些日子总在老师家里盘桓）看了这哑巴一眼，这哑巴只顾低头扫雪，扫满一抬筐，赶紧的就往外抬。于是收拾了好久的工夫，把场子的雪扫除净尽。太极陈便下场子，与徒弟们练起拳来。哑巴往不碍事的地方一站，收拾收拾这个，归着归着那个，人虽有残疾，眼力是很有的。

太极陈师徒数人练了一场，一回头看见哑巴；太极陈过来说道："没你的事了，出去吧。"

哑巴努了努嘴，挤了挤眼，似乎没有听明白。太极陈大声说道："你出去吧，没你的事了。"哑巴点点头，这才转身慢慢退去。

太极陈下场练武的时候，一向不许任何人旁观偷窥的；哑巴虽然是哑巴，可是收拾完场子之后，太极陈还是照例把他打发出去。

哑巴并不偷懒，不收拾把式场子了，就忙着扫场院，清除庭阶。太极陈看他年轻体弱，不教他挑水，他却抢着帮别个长工的忙。小矮个儿，挑着一对大水桶，颇为吃力。

过了些日子，哑巴在陈宅越发熟悉了。起初哑巴只敢做外面的活，后来就穿宅入户，太极陈住的静室，他也进去收拾。太极陈性好雅洁，常嫌长工们粗鲁肮脏，只知打扫明面。这哑巴虽是出身卑贱，却也似有洁癖；太极陈的静室经他扫除，就是墙隅桌后，书架底下，以及棚顶窗棂，角角落落的浮尘积土，他都很细心的，扫的扫，擦的擦。凡是他收拾的屋子，真是纤尘不存。有时收拾桌面，归着笔砚，也井井有条。太极陈见了，很是喜欢，对三弟子耿永丰说："这个哑巴出身恐怕不低，你看他很爱干净呢。"耿永丰道："他收拾桌面上的摆设，也搁的很是地方。"

哑巴这时正在打扫客堂，太极陈便道："从来十哑九聋，他的耳音还不算太坏；你们呼唤他，声音稍大点，他还能听得见。这大概不是先天的残废，恐怕是小时候因病落的残疾。"耿永丰看着哑巴的背影，对老师说："老师说的不错。……哑巴！"哑巴照旧俯着腰做活，耿永丰提高了声调叫道："喂，哑巴！"哑巴直起腰来，回头看着陈、耿二人，双手垂下来，静听吩咐。

太极陈道："是不是？他并不聋吧。我说，喂，你是从小就哑的吗？"哑巴摇摇头，做了个手势，表示他不是胎里哑。太极陈道："看你的样子很聪明的，你自己的姓名，你可会写吗？"

哑巴怔了一怔，好像不解其意。太极陈一指笔砚道："你会写字吗？"哑巴摇摇头。耿永丰道："哑巴哪会知书识字？"太极陈道："不然。凡是哑巴，十九就会写他自己的姓名岁数，有的还能写他的家乡住处呢。"

太极陈把纸笔放在桌上，叫过哑巴来道："喂，哑巴，你会写字吗？你会写的话，把你的名字写出来，往后好叫你。"

这哑巴望着纸笔，迟疑了一会儿，看了看太极陈，又看了看耿永丰。耿永丰当是他没有明白老师的意思，遂又大声说了一遍。这哑巴嘴动了动，走过来，拈起了笔，像拿小杠子似的，满把握着，抖抖的写了个"路"字。耿永丰见所未见，看着很稀罕的说道："你是姓路？"哑巴点了点头。耿永丰对老师说道："师傅，弟子倒真没见过哑巴写字。"太极陈笑道："这有得是，你们年轻，没看见过罢了。"耿永丰遂又大声说道："哑巴，你叫什么名字？你再写出来。"哑巴看了看耿永丰，遂又写了一个"四"字。耿永丰道："你叫路四？"哑巴点点头，放下笔，又要拾扫帚。耿永丰道："你别忙，你多大岁数了。"哑巴写道："二十五。"又问："你是哪里人？"这回哑巴却写不出来了，拈着笔，复又一指北方。

自此，哑丐就在太极陈门下，做了个"短工"。虽然问出

他的名字来，叫作路四，可是大家还是管他叫哑巴。哑巴做事很勤苦，似乎深感陈老救命之恩。派给他做的活，头一样就是收拾把式场；这就只嘱咐了一次，他便按时做起来，做得很得法。场中用的兵器，不用人说，隔三两天，就擦拭一回；擦得溜光锃亮，一点也不生锈。其次是打扫庭院，哑巴似有洁癖，收拾得极其干净。再其次是挑水，这个哑巴矮矮的小个儿，挑着两大桶水，走起来乱晃；好像这种负苦的事，他从没做过似的，他的肩膀也似乎怕扁担磨，他用双手托着扁担挑水。老黄们都笑他；说哑巴干什么都行，就是不会挑水。但是老黄老张们很懒，私下里叫哑巴挑水，哑巴就挑。一日被太极陈看见了，见他被两个大桶摇晃得几乎迈不开步，便叫道："哑巴，你不会挑，不要挑了。"又告诉老黄："哑巴受尽饥寒劳碌，身上没劲，你不要把累活交给他。我上回不是告诉你们了，专教他打扫院子屋子吗?"

教哑巴打扫屋子，乃是救了他半个月以后的事了。以前，总因为他是个流浪的人，当家人不敢过于大意；哑巴也很小心，不叫他，他是不敢进屋的。但是半个月以后，已看出哑巴的为人来，确乎是当得起"老实可靠"四字；于是穿宅入院，以至于打扫太极陈的静室和前院客厅，都交给哑巴了。可是他应办的要紧的活，还是收拾把式场子。

太极陈的练武场子，乃是宅内一个跨院，不练武就锁上门；钥匙本由老黄管着，如今就交给哑巴了。哑巴这个人实在值得可怜；不止于太极陈，连那一班弟子，以及下人们，都很怜悯他。做活的时候，他做活；闲着的时候，他就在门房屋角一待。见了人，口不能言，就满脸赔笑的站起来；仿佛自入陈宅，已登天堂，非常的知足称愿。这情形看在太极陈眼里，心上很觉快慰；自以为做了一件善举，救了一条人命。

太极陈每晨到野外迎晖散步，作吐纳日课，回来便率门下弟子下场子习武。

当太极陈指授拳技之时，照例不许外人旁观；就是家中人

也不许进入。哑巴刚来时，自然不晓得这些规矩，有时候还在武场逗留。但是每逢师徒齐集武场时，太极陈就把闲人遣出，哑巴自然不在例外。哑巴也很知趣，每到太极陈下场子教招时，不再等着太极陈师徒发话，便悄悄退出把式场。将跨院门一带，到前边忙着做别的事去了。至于太极陈这些门徒们随便演习拳技时，也许一个人下场子独练，也许两个人对招，那时候或早或晚，就不一定了，所以也就不禁人出入。

一晃度过了残冬，到了春暖的时候，太极陈把哑巴叫来，问道："现在天暖了，你在这里整整四个月。你虽然没要工钱，可是我也一样的给你。你现在想回老家吗？你要回家，我可以把工钱算给你；另外我还给你十两银子作盘川。这是使不了的，你到家还可以剩下几两；拿着这钱，投奔亲友，你也可以做个小生意，比如摆个小摊，卖个糖儿豆儿。……"

那哑巴一听这话，脸上很着急。比手画脚的做了许多手式，立刻又跪在太极陈的面前，那意思是说："我不回家，家里没有人了，情愿白吃饭，给恩人做活。"

太极陈看了，面对三弟子耿永丰道："你看他，还不愿意走呢。"

耿永丰赔笑道："本来师傅救了他一命，他是感激你老，愿意在宅里效劳。"

太极陈笑道："他倒有良心。喂，路四，我问问你，你是不愿意回家吗？"哑巴点点头，又问："你愿意长久在我这里负苦吗？"哑巴又点点头。太极陈又道："不给你工钱，你也愿意吗？"哑巴指指嘴，做了个手势，表示：管他饭，他就很知足了。耿永丰在旁说道："哑巴很有良心！"

太极陈道："那么我就留下你，我这里倒是用得着你。不过，你虽然不要工钱；可是穿个鞋啦，袜子啦，剃个头，洗洗澡，总得用几个零钱，我不能白支使人。这么办吧，我一年就给你十串钱，给你做零花。穿衣服你倒不用发愁，我自然按时按节，给你整套的单棉衣裳。……"

说到这里，哑丐脸上现露喜色，口中呵呵不已。耿永丰道："哑巴，老当家的话你都听明白了吗？你要晓得，这是我们老师恩典你；你一个残废人，上哪里挣十串钱去。你知道老黄吗？他一年才挣十五串钱，还是宅里的旧人。快谢谢老当家的吧！"——哑巴赶忙跪下来，叩了个头。

自此，哑巴就在太极陈门下，做了"长工"。

哑巴路四在陈宅，一晃数年。太极陈待承哑巴，和别的长工不同；很有怜悯他，扶救他的意思。哑巴年纪轻，身量小，太极陈仿佛把他当作一个残废小孩看待，许多累活仍然不教哑巴做。

太极陈独居静室，一切服侍，都是老黄们这些个长工；宅中女仆，他是不教近前的。而老黄老张之流，正是活活的一个村仆，眼色上差多了。哑巴却很聪明，又很老实。自在陈宅做了内活之后，不久便已摸透太极陈的脾性和他日常起居的习惯；虽然不能说话，却渐渐服侍得熨贴如意。哑巴在太极陈面前，成了贴身服侍的人了。老黄老张之流都生着嘴，免不了饶舌多话；而哑巴却只知低头服侍，一言不发。哑巴虽不会说话，却会哄小孩；太极陈的孙儿们又常教哑巴照顾。小孩子们专爱跟哑巴一块玩，听他那呵呵的傻笑，跑跑，闹闹，玩起来像小孩一样，做起活来又很勤奋，在陈宅当然颇受上下人喜爱了。

这一年夏末秋初，怀庆府一带疫病流行，农村死亡枕藉。这本是当然的，乡下人最怕传染病；求医既难，又舍不得钱；大抵一有病，便不求医而求巫，烧香许愿，喝香灰，吃偏方，结果，葬送许多性命。更不懂得隔离预防，常常一个村庄，东邻病，西邻就逃不开；每每一闹时疫，一个村庄竟会抬出许多口棺材。这时，陈家沟子这地方竟也被瘟神所袭。太极陈家人口很多，竟一下子病倒了三个人，是一个徒弟，两个长工。

太极陈素不信医巫，到这时也不敢忽视，极力的给救治；侥幸没出大错，病人都慢慢好了。太极陈是精于武术，兼擅内功的人，自然调摄身心，较比旁人胜强得多。虽当大疫之年，

依然康强非常，很觉自慰。却不料就在忙着给徒弟、长工治疗瘟病时，他已经潜被传染上，只不过仗着他内功好，抗力强，当时没有显出病形来。直到八月节后，天时失序，本该凉爽了，可是依然燥热；只在晚间戌亥之交，才稍有凉意。太极陈静室里的纱窗依然未换，虽到夜晚，照旧开着。

太极陈这天做完功夫，调息过了，便在静室看书消遣；却是天气闷热，太极陈有些不耐。直到晚上，月亮出来，余热犹存。太极陈在庭院中设竹床藤儿，饮茶赏月；直过二更，方才归寝。斜月照窗，清辉入目，这才觉得精神清爽，沉沉的睡去了。

到四更以后，天气骤变，清风朗月，一转而为骤雨狂风。太极陈蓦地惊醒，把火具摸到手中，很费了一回事，将火打着；点上灯一看，这暴雨随风直打入纱窗之内，把窗前案上许多书卷都淋湿了。太极陈忙起来收拾；被凉风一吹，不觉打了个寒噤。太极陈想找件夹袄穿，偏偏的一件小夹袄挂在窗前板壁上，也被雨淋了。太极陈遂拖着鞋，披着件大衫，开了屋门，把支着的窗扇放下来。这时候雨势正猛，满身上淋了好些雨水。

有许多日子没有下雨了，太极陈屋中没有雨伞雨具。回转屋来，用手巾把头上的雨水拭净，湿衣也脱了。到了这时，渐觉得身上有些发冷；太极陈便想上床，盖上棉被暖一暖。忽又一想，前几天新收的粮食，还在后院堆着，只怕他们忘了盖席子，必被雨淋坏了。太极陈是当家人，立刻的又把湿长衫穿上，拿一块布巾蒙上头；开门重复出来，到后院一看，果然新收的棉花，粮食，全被雨打了，他们并没有用芦席盖严。太极陈忙唤家中人起来，把长工们也叫起来。督促家人，把这怕雨之物，该搬的搬，该盖的盖，一阵乱抢；正赶上雨下得很大，势如倾盆的倒起来。众人只顾忙乱，可就忘了太极陈穿的衣服最少，教雨浇的工夫最久了。

后来还是太极陈的儿妇看见了，忙说：“爷爷，你老没打伞，也没穿雨衣呀！”赶紧的将一把雨伞递给太极陈。太极陈

打着伞，提着灯，到前院后院，都寻着看一遍；眼看家人把院中各物都遮盖好了，方才回屋。这时候已到五更天了。却是阴沉得很，雨还是一个劲儿的下。

太极陈家中人说："老当家的教雨激着了。"张罗着给老当家的砸绿豆汁，又要找发汗药。太极陈自恃体健，说道："不要紧。"只换了干衣服，吩咐家人道："我这时只觉有点冷，你们给我弄碗姜汤好了。"遂拉过被盖上，打算睡一觉，回头再用一会儿工夫，把丹田之气提起来，也就可以好了。

太极陈教家人不要惊动他，上了床，盖好被，就睡着了。却是直睡到将近午时，还是迷迷糊糊的，觉得发倦。家人们都耽了心，以为老当家上了年纪了，打算请医生去；太极陈还是不以为意。他精于拳技，复谙内功，多少年来不知病痛为何物。就是被雨激着，受点寒，自己调息运气一回，便可将风邪驱去。因对家人说："你们不要乱，这不要紧。"

但是，大凡体质健强的人，是轻易不害病的；等到一旦真有了病，就一定很沉重。当日太极陈一觉醒来，已到傍晚，自己下了床，打算照平时的日课，练一练气功。却不想稍一运动，顿觉气浮心摇，连呼吸全调停不好；而且口干舌燥，鼻息闷塞，浑身觉得隐隐的酸疼起来。勉强的练了几个式子，只觉不耐烦；回转来，竟自倒在躺椅上，吩咐仆人泡茶。连喝了两壶茶，还觉口渴；这是太极陈从来没有的现象。家人们忙给买来一些鲜果，太极陈连吃了几个梨子，方觉得好些，又躺在床上了。

太极陈的病势眼见来得不轻，到第二天，数十年如一日的晨课，竟不得已而停止。

第十一章

病叟却诊 义奴侍药

那哑巴路四，每天到微明时候，便早早起来，要先到把式场，收拾打扫。打扫完，再到太极陈静室里，洒扫屋地。那时候，太极陈早就出门，到野外做吐纳功夫去了。今天却不然，哑巴见武场泥泞，不好打扫，就把兵刃擦拭了一回。放好了，取过扫帚簸箕，来到静室。出乎意外的，老当家今天依然拥被偃卧，并没有起床。这是哑巴自入陈宅，两年没见过的事。哑巴以为太极陈是阻雨不出去了，遂轻着脚步，不敢惊动，悄悄的收拾几案，打扫屋地。不意太极陈虽滞恋衾褥，可是并未睡熟，将眼微睁，看见哑巴来了，就叫道："喂，拿点水来！"

哑巴慌忙回头，走过来，站在太极陈面前。太极陈重说一句道："拿开水来，我口渴。"哑巴俯身一看，太极陈面色红涨，颇异寻常，并且呼吸很粗。哑巴赶紧的点头作势，转身出来，直到厨房，向做饭的长工讨开水。又找到三弟子耿永丰，比着手式：向静室一指，做出病卧在床的姿式来；把耿永丰一拉，又一指水壶，往嘴上一比。耿永丰不甚明白，因向哑巴道："你是说老当家的要水吗？"哑巴连连点头，导引着耿永丰

到了静室，把开水斟酌得不很热了，献给太极陈。太极陈口渴非常，一连气喝了三大碗开水。

三弟子耿永丰一到静室，见师傅竟滞留床榻，逾时未起，暗暗疑讶。忙上前问道："师傅，今天起晚了？"太极陈摇摇头道："我不大得劲。"耿永丰俯身一摸太极陈的手腕，觉得触手很热，脉搏很急；又见倦眼难睁，两颧烧红，不觉十分骇异。忙柔声问道："师傅，你老昨天还好好地的，今天怎的病得这么猛？"

太极陈这时头面作烧，浑身作冷，盖着棉被，还有些发抖。强自支持道："没有病，就是昨天快天亮的时候，忙着抢盖粮食，教雨激着了。"耿永丰道："你老这病不轻，你老觉着怎样？赶快请位医生看看吧。"太极陈笑道："不要紧，只不过受了点寒气。我等躺一会儿，烧过这一阵去，做一做功夫就好了。稍微受点凉，那还算病？"

太极陈素厌医药，他常说："人当善自摄生；有病求医，把自己一条性命，寄托给当大夫的三个手指头上，这是太悬虚的事。"但是三弟子关切恩师，遂不再与病人商量，竟自退出来，到了内宅，面见师母，把老师病情说了。便要亲自套车，进城去请名医庄庆来大夫。

陈老奶奶皱眉道："你不晓得老当家的脾气吗？他那静室就不教女眷进去，他的病是轻是重，我就不知道，要说请医生，更麻烦了；不但他自己，就是我们有了病，他也不喜欢给请医生抓药。上年大儿媳妇有病，差点教老当家给耽误了。我教人套车请大夫，他就拦着不教去。他说庸医，名医，时医，究竟谁有手段，咱们就断不定。治病简直是撞彩，灌一些苦水；说不定是治了病，还是要了命。后来媳妇娘家的人把医生请来，老当家的才没法了。你说他就是这种古怪脾气，我哪敢给他请医生？他仗着他那点功夫，就不许人说他老，更不许人说他病。他昨天教雨激着了，我教儿媳妇看看他去，他都不让进门。还是昨天晚上，教二孙子进去看了看，给他买了点水果。"

不过，三弟子耿永丰已看出师傅的病来，分明很重，这不能一任着病人的性子了。自恃是师傅的爱徒，便硬作主张；把车套好，亲自进城，去请名医庄庆来大夫。陈老奶奶还是担着心，恐怕陈清平发起脾气来，就许给医生一个下不来。

于是耿永丰到午饭以后，亲自把医生陪来；果然太极陈勃然不悦，拒不受诊。三弟子、四弟子、五弟子、大孙儿、二孙儿，一齐聚在病榻之前，再三央告，说："你老吃药不吃药，还在其次；大夫老远的请来了，就教他诊一诊，给详一详病象，咱们听听，也好明白。"

四弟子方子寿说话最婉转，会哄师傅，就说道："我知道老师体质很好，不会害病，这不过小小受一点寒气。这不是大夫来了嘛？你老人家就把他请进来，咱们全别说出病源来，也别告诉他病状，咱们听他断断，看看这位极出名的大夫到底有两下子没有？师傅，你老人家看好不好？"五弟子谈永年也赔笑说："四师兄说的很对，老师练了这些年功夫，哪会有病，这不过发点烧就是了。回头你老别言语，听听这位大夫说什么，说的对，你老就吃他的药，不对就不吃。"

太极陈以为他们太虚吓了。但见众人殷殷相劝，这才点头说："我知道你们看见我几十年没喝苦水了，你们觉着不对劲。总得教我喝点，你们就放了心，天下就太平了。瞧病就瞧病，我不瞧病，你们也不饶我。"

然后由弟子把庄庆来大夫，从客厅陪到静室。庄大夫素闻太极陈之名，尽心尽意的给诊视了一回，看脉息、验舌苔；然后退出来，到客厅落座。然后向三弟子耿永丰道："老先生这病可不轻呀！你们不要把这病看成寻常感冒。诊得此症，阳明肝旺，暑瘟内蕴，猛受风邪内袭，伤寒之象已呈。法宜平肝热，清暑湿，祛风散寒；试投营养脾胃之剂。能否奏效，尚不敢定；最好是另请高明评断一下，才不致误事。"

耿永丰一听这话，蓦地心惊。自己也倒看的出师傅的病象很重，可是骤闻医生庄庆来的口气，居然有拒不复诊的意味，

心上不由格外的着急。陈宅的内眷更是吃不住劲，惊慌的问道："先生，我们老当家的这病，要紧不要紧？"

庄庆来摘下墨镜来，捻着很长的胡须，慢条斯理的说："医生给人看病，向来不愿意吓唬病人；陈老先生这病实在不轻。"陈老奶奶揣着侥幸的心理，问道："可是，庄先生，我们老当家的别看上了年纪，他素常很结实呢，从来也不闹个什么病的。"眼望儿媳道："我还记得，前十一二年了，他病过一次，是受了暑，只病了那么一两天。这十来年，就连个头疼脑热也没有。庄先生，我说他不碍事的吧？他身子很好呢。"

庄大夫笑了笑，对耿永丰说道："耿爷，你必晓得这个道理。越是像老先生这种人，才越害不得病；小病不能侵，一病必定很重。你看见患不足症的人没有？今天冻着了，明天热着了，天天离不了病，倒绝不会得暴病。尤其是伤寒这种病，弱人得了，好的很容易；结实人一病倒，倒费了事了。"

陈宅上下越发惊慌，道："先生，我们老当家的真是伤寒病吗？"庄庆来道："病势很像。耿爷，费心拿纸笔，我先开方子看。依我想，老先生这病，诸位不要疏忽了，最好再请一位名医评评。彼此都不是外人，我绝不愿耽误了病人。"

但是，怀庆府的好医生，就数庄庆来了，更往何处请名医去？耿永丰忙将纸笔墨砚取来，磨好了墨，庄大夫就提笔仔细斟酌方剂。众人再三向庄庆来说："务必请庄大夫费心。"又谆谆恳请庄大夫下次务必复诊，千万不要谢绝。"因为庄大夫医理高明，我们很佩服的，请别人更不放心了。"

庄庆来一面开着方，一面说道："且看，等吃下这服药，再看情形；府上尽管放心，晚生一向口直；话虽这么说，我一定尽力而为，这就是那话，我们要看医缘了。"当下开好药方，又嘱咐了饮食禁忌；用过茶，戴上墨镜，告辞登车而去。

当医生在这里时，大家苦苦求方求药，惟恐医生下次不来。但等到大夫一走，大家又很着急的商量怎么能教病人情愿吃药了。

耿永丰看着方子寿道："四师弟，你的嘴最能哄老师，你怎么想法子劝说劝说呢？"

陈宅上立刻打发长工进城抓来药，然后用炭火把药煎上。众人一齐来到静室，宛转劝请太极陈吃药。方子寿一向能言，说的话最投合老师的心思；独有这一次，却说崩了。太极陈病象已现，两颧烧得通红，虽盖着棉被，身上还冷，但是神智还清。一见众人，便问道："庄大夫走了吗？他说什么？"方子寿蔼声声说道："庄大夫说你老这病很重。他说的很有道理，他说你老这是伤寒病。"

太极陈微微一笑道："他说我是伤寒？"

方子寿道："是的。这庄大夫医道实在高明，刚一诊，就知道你老身体很壮实。他说得这种病，就怕病人身子壮实，越壮实，病越重。"遂将庄大夫的话学说了一遍，又把庄大夫敬重老师，用心诊治的话，描述一番。以为师傅既知病重，必然乐于服药；大夫夸他康强，敬他为人，必然教他听着顺心。

而不意太极陈反不耐烦起来，从鼻孔哼了一声道："胡说！就凭我会得伤寒？常言说：'气恼得伤寒'，我哪里来的气呢？别听他胡说了；我这不过是冻着点，重伤风罢了！酸懒两天，自然会好。家里还有红灵丹，我闻上点，打几个喷嚏就好了。"

等到哑巴把药煎好，又斟一杯漱口水，小心在意的端了进来；太极陈就眉头一皱道："快端出去，我不喝这苦水！"

太极陈执意不肯服药！在跟前的几个弟子束手无计，家眷们出来进去的着急；越着急越劝，而太极陈越不耐烦。太极陈的妻室陈老奶奶更不放心，带着儿媳，前来视疾，太极陈的静室一向不准女眷入内的例竟被打破。太极陈恼了，竟把身边的一只水碗摔在地上，厉声说："你们要怎么样？我还没死呢，你们老娘们擦眼抹泪的来做什么？"

陈老奶奶不敢惹太极陈生气，只得嘱咐孙儿和徒弟们轮流侍护，勉强带着儿媳出去。这个老婆婆也是有脾气的人，不由恨得拭泪骂道："这个老倔把棍子，实在气人；有病不吃药，

该死！死了也不多！”可是夫妻情重，到底不放心；每于太极陈睡熟的时候，偷偷溜进来，摸一摸头，按一按脉，汪着眼泪，向服侍人打听病情。

太极陈的儿子没在家，孙儿年纪小，女眷不准进病室，服侍他的，只有委之于门徒的长工们。

太极陈的病一天比一天重，又把庄大夫请来。庄大夫听说上次的药没肯服用，便不甚高兴，当下就辞不开方。好容易的经耿永丰再三央告，方才处了一个方，告辞而去。

太极陈卧病在床，烧得很厉害，自然心虚怕惊；服侍的人动静稍大，就蓦地把他惊醒。而且病人气大，看着人个个都不顺眼，几个门徒都挨了骂。太极陈最怕他们虚吓，最不爱听病重；而他们不知不觉带出担忧的话来，太极陈听见了更讨厌。而且有病的人不耐烦，耳边喜欢清静，这些服侍人好像得了“话痨”似的，嘘寒问暖，不时在耳边絮聒。气得太极陈嚷道：“你们不说话行不行？我还没病得人事不懂，用不着你们瞎嘀咕，瞎小心！”又骂方子寿道：“看你很机灵，怎么也蝎蝎螫螫的！”又骂耿永丰道：“我渴我会要水，我冷我会盖被，你们就不许教我歇一会儿吗？怎的我刚刚闭上眼，歇一会儿，你们的事就来了？”

太极陈嫌他们服侍的太琐碎了。骂得耿永丰、方子寿，相视无言。太极陈翻了个身，身子向里道：“你们这叫服侍病人，还是给病人添病？一个一个的都这么虚喝，你们就不会装哑巴吗？”

太极陈性本孤僻，这一有病，又不肯吃药，性情越发古怪了。门徒们，家人们，都被骂得乱迸，不知如何是好。

然而那个哑佣路四却服侍得很对劲。太极陈最怕人问长问短，而哑巴不会说话，自然也不会问了。太极陈最怕人劝他吃药，哑巴不会说话，自然也不会劝了。

老黄老张这几个长工们轮流守了两夜，全是气粗手笨，睡熟时鼾声大作，反把病人吵得不能安静，被太极陈驱逐出来，

不准再进屋，白天由徒弟们照应，晚间只有哑巴路四服侍；并且非常的警醒，夜间不论什么时候，太极陈只稍微一转侧，哑巴立刻起来，看一看，听一听；用什么，立刻递过来，有时不用指使，只看意思行事，颇有眉听目语的机灵；太极陈被他照应得很舒服。

耿永丰、方子寿到内宅，告诉陈老奶奶，说是："师傅教哑巴侍候得很好，师母放心吧。"陈老奶奶道："哦，哑巴倒有良心！"耿永丰道："可不是，师傅没白救了他，他敬心敬意的侍候着。你老没留神吗？这几夜把哑巴的眼都熬红了。老张这东西总怕老师把伤寒病传上他，教他服侍，他总躲躲闪闪的；这哑巴却不怕，真算难得。"

陈老奶奶一听，很是感动，把哑巴叫来，勉励了几句。又吩咐白天由大家照应病人，只晚上教哑巴值夜侍疾。又告诉长工老黄，不要教哑巴做别的事了。

太极陈这三间静室，是两间通的，只有一个暗间。太极陈性喜敞朗，便住在这两间通连的。屋内靠南放着长榻；那暗间虽设床榻，他却不在那里睡。哑巴终夜侍疾，只把一张圈椅放在屋隅，前面放一张方凳，半躺半坐的闭眼歇息。耳边只一听太极陈转侧有声，立刻就过来看看。

太极陈这一场病，把哑巴熬得面无人色了，可是依然不厌不倦，尽心服侍起来，比太极陈的子孙、门人，以至别的仆人要强得多。

太极陈有数十年的功夫，暗中调停气功，以御病魔；满想以自己的静功毅力，可祛去外邪。无奈寻常感冒好办，这回却是伤寒症，最厉害的传染病！他又拒不服药，病势来得又凶猛；太极陈运气功以斗病魔，两相抵拒，支持了几天，到底支持不住，气一馁，终于病得起不来床了。

家人、门下弟子哀求他服药，太极陈昏睡中，依然摇头。太极陈的孙儿捧着药碗，三弟子耿永丰拿着一杯子漱口水，哑巴端着痰盂，众人环绕在病榻之侧；陈老奶奶藏在人背后，暗

暗抹泪，太极陈还是不肯喝药。弟子们不敢再劝，一劝就骂；陈老奶奶暗命儿媳上前哀告公公；太极陈对儿媳是很有礼的，当然不好骂。可是他迷迷糊糊的还是说："别麻烦我，你们出去，我心上乱得慌。"

此时太极陈身上不断发烧，两耳有时发聋，面目已见枯瘦了。急得陈老奶奶说："他还不吃药！这可没法了，我们只好灌他了！你们瞧，他都改了模样了，偌大年纪，怎的还要年轻脾气！"不想太极陈到底与常人不同。就到这时，他还听得出来，嘶声说道："又是你捣乱，给我出去！"伸手把枕头抓过来，要砸陈老奶奶。众人赶忙劝止；大家走出来，来到内宅，纷纷议论，人人着急。陈老奶奶因对耿永丰道："老三你看看，你师傅这病到底怎么样？我瞧着很不好。……"说时又掉下泪来。

耿永丰皱眉道："不吃药，反正不易好。想什么法子呢？"方子寿道："师母别着急，我想了一个法子，可以把这药煎成大半碗，混在茶饭里，一点一点的给他老人家喝。"耿永丰摇头道："药味很浓，那怎能尝不出来？"方子寿道："咱们想法子呀。"

太极陈曾经自己点名要吃清瘟解毒汤，他说成药稳当。于是大家要骗病人，把治伤寒的药假作清瘟解毒汤，教哑巴给太极陈端来；趁着太极陈迷糊的时候，给他服下去。但是太极陈只咽了一口，就说："这是什么药？味不对呀？"哑巴比手画脚，做了一个手势；却将清瘟解毒汤的药单拿来，给太极陈看了。太极陈勉强喝下去，疑疑思思的躺下了。

太极陈的病势毫不见轻，到后来竟神智一阵阵迷惘起来。众人只得把药渗在粥内和茶水内，教哑巴一点点的给太极陈喝。太极陈昏昏沉沉。舌苔很厚，只觉口苦，不能辨味，竟有三四天昏迷不醒。陈老奶奶越发着急道："病的这么重，你们灌他吧！"

耿永丰再把庄大夫恳请了来，偷诊了脉息，对症下药，陈家上下人人着慌，最后只好用羹匙盛着药，一口一口的灌。太

极陈坚持不肯吃药，到了这时，他也不能自主了。

这病直害了半个多月，太极陈才渐渐缓转过来，知道要水喝了。哑巴忙把水碗端来，太极陈连呷数口；抬头看见耿永丰、方子寿立在榻前，陈老奶奶坐在脚后，众人环视着自己。太极陈明白过来，呻吟着说：“我觉着不要紧了，你们不要围着我了。你们看到底不吃药，也能好了不是？”众人听了都不言语，但是太极陈却觉出茶味不对来。问众人道：“这是什么茶？怎的这个味？”

众人相视示意，太极陈皱眉想了想道：“你们灌我了吗？……咳！这一场病，整整躺了四天。”众人不由笑了起来。陈老奶奶道：“老当家的，你才躺了四天吗？告诉你吧，你差点把人吓死，到今天你整躺了十八天了！”

太极陈的病，险关幸已度过，精神气力却都差多了。邪热一退，病人便清醒过来；跟着就是极度的疲倦，躺在床上歇息着。家人们过来省视，太极陈也能耐着烦答对了。家人便把哑巴路四感恩侍疾，十几天通夜没睡的话，对太极陈说了。

太极陈抬头看了看哑巴，果然哑巴眼圈全熬青了，眼皮也睁不开似的。听见大家议论他，他只把头点点，微笑示意，好像说：“老当家的病好了，好极了。”

太极陈很是欣慰，点点头道：“他这人别看是残废，倒很有血性。”跟着向众人发话道：“你们知道吗？别看我发着烧，懒怠言语，可是我心里明白。哑巴伺候我，不一定就只他能细心；他第一件长处，是不会麻烦我。谁像你们，病人越不愿说话，你们越围在跟前，像问口供似的审问我；好像我小小有点不舒服，连吃喝我都不知道了。告诉你们，是病人就喜欢耳根清静，最怕人琐碎。”说得大家禁不住微笑。

又休息几天，太极陈觉着十分轻松了。可是他到底不肯承认是吃药治好了的，他说那是他四十年的功夫，把病魔逼退的。他便想坐起来，试着要运一回静功。方子寿等劝他多歇两天；太极陈不以为然。不意他刚刚坐起来，这才觉出周身依然

酸痛，头目依然昏沉，一阵阵晕眩。试一用功，只觉丹田之气不甚顺调；这才咳了一声，又躺下了。

又过了几天，太极陈自觉好多了。夜将二更，静室无人，只有哑巴睡在椅子上；太极陈久卧生倦，自己坐了起来；默运内功，试调呼吸，觉得还是不能持久。于是摸着黑，又试着要下地；可是想不到竟如此软弱，单腿才着地，好像脚下踏了棉花似的，一点根也没有。不禁喟然叹了口气道："这场病可不轻，莫非真是伤寒病吗？"

忽然，听着外面似有异声。

起初，太极陈还疑心是秋风吹残叶的声息。细一听，忽然觉着不对；而且这声音很可疑，似有人搬挪什么物件，簌簌的，沙沙的，还有脚步声音。

太极陈道："唔？"

这声随风一荡，忽然听得见，忽然听不见了。太极陈坐在床上暗想：是谁不放心我，要过来瞧看我来吧？这大概是老婆子？我只装睡熟，她就放心回去了。遂一倒身，躺在枕上。哪知过了好一会儿，并没有人进来。而且细听足音，很轻很小，似蹑足而行。那唰唰拉拉的声音，又似有人搬动枯柴。太极陈诧异起来："唵？"转想病中体弱，也许是自己耳鸣，也未可知。但这声音竟连接不断，未免太可怪了。声音越来越近，后窗也响起来了。

太极陈暗想道：这到底是怎的一回事？好在距床不远，就是窗户，太极陈提起一口气，又坐起来；往床下一站，打算走过去看看。噫！这才晓得病久了，这全身一落地，才走了一两步，浑身虚飘飘的，两腿居然哆嗦起来。这病魔竟如此厉害，不论你内功多么强健，也招架不住二十多天的病折磨。太极陈自己叹息道："总是功夫没练到炉火纯青的功候吧！区区一场病，竟走不上道来了吗？"

太极陈一面叹息着，一面强支病体，扶着床，一晃一晃的往前移步。猛然，听得劈拍一声响，立刻前窗上闪起一道火

光，跟着后窗外也闪起火亮。

太极陈吃了一惊，惊出一身冷汗。急急的扑到床前，吁吁地喘着；更不遑仔细，伸手哗地一下，把窗纸抓破了一把。急努目力，往外察看；还未容看清，早有一团浓烟，夹着光焰扑卷过来。浓烟从纸窗抓破处窜入屋中，跟着轰的一声，后边窗纸已经燃着。

太极陈大叫："不好！有火！"顿时精神紧张，倏然一窜，倒退回来。太极陈脑海如电光石火的一转，立刻想到这是贼来放火！

太极陈神威一震，虽在病后，虎似的抢近屋门，要夺门救火拿贼；但是空有雄心，两腿抖抖的打绊。太极陈急怒交加，用力一推门；门扇严扃，顺门缝往里窜烟。原来门扇竟被倒锁了！他蓦地一吼，声如洪钟，道："有贼，嗐，你们快来！"脚下一软，急急的退到床上，喘个不住。

当此时，危急万分！那侍疾兼旬、疲极睡熟的哑巴路四，蓦地惊醒过来。屋门口，前后窗，火光照得通红；浓烟卷到屋中，前后窗的纸烘烘的早全烧着。哑巴失声喊了一声；忙乱中，太极陈叫道："哑巴，快去叫三徒弟！有歹人放火！"

第十二章 沉疴初起 仇火夜发

哑巴路四失声哎呀的叫了一声，突然蹿起来；把倦眼睁开，向四面张皇的一看。火焰燎亮，屋中随风飘进来浓烟。哑巴忽地跑到屋门口，把门扇狠狠一踢，竟没有踢动；门口外堵着许多干柴，鼻中嗅得一股子硫磺油蜡的浓臭，哑巴旋风似的在屋中一转，烟影中，只听太极陈又大声叫道："哑巴，快叫人去，有歹人放火！"当这时，前后窗棂都烧着了。哑巴猛然一拉太极陈的右臂，又急急一伏身，把太极陈背起来。……

外面的火辟辟拍拍的暴响，阵阵浓烟随风发出呼呼之声。大厅上睡着的太极陈门下众弟子一齐惊动。三弟子耿永丰虎似的跳到院中一看，烟火是从跨院涌来的。耿永丰大惊，狂呼长工们快起："不好了，老当家养病的跨院失火啦！"

陈宅上下全都惊醒。耿永丰、太极陈的次孙陈世鹤非常惶急，齐扑到跨院来，聚在静室门前；静室为干柴烈火所围，恍如窑烟火窟，耿永丰、陈世鹤绕圈大叫，急得两人齐要突火入援，就在伏身作势之时，猛听屋门咔嚓一声，黑乎乎飞出一物，是一只木凳，直抛出来，一落地，"啪嚓！"摔得粉碎。跟

着火焰略一煞，倏的从屋门内窜出一个人来。众人忙看，正是哑巴路四，背着师傅陈清平，冲火而出；从屋内往院心一窜，落下来，踩着碎凳；哑巴踉踉跄跄往前栽过去。耿永丰纵步赶过来，一把扶住哑巴，陈世鹤抱住太极陈。

众人在惊慌中，见宅主得救出来，一齐大喜，都围过来，搀架问讯。太极陈喘吁吁道："好孩子们，难为你们，全不看看这火是怎么起的！我死不了，房子不过烧这三间，连不到别处去。你们还不快去寻拿放火的人吗？"

一句话提醒三弟子耿永丰，急率长工们救火，扑救甚速，火未成灾；家人们搀着太极陈奔客屋。耿永丰和五师弟谈永年，急往前庭、后院、内宅，查看失火的原因，搜寻放火的歹人。各施展轻功提纵术，先后窜上了房；拢目光，往四面察看，四面绝没有人影。耿永丰从跨院房上，窜绕到西南面；突见西南角一带墙头上，灰土剥落一大片。五弟子谈永年从前院绕过来，踩看平地上，也在西南角院墙外，发现了疑迹。两人相会，揣测这火确是歹人放的；并且这放火的人准是个笨货，很有几处留下明显的脚印。前前后后查看一遍，已断定放火贼人至少当有两个；一个贼人进院，另一个贼人在外巡风。大概是放火报仇，不是纵火打劫。——两人又到街上搜了一遍。

天色已然发亮，左右邻也全惊动起来，纷纷慰灾问状；耿永丰回答说："是长工不小心，把柴灶引着了。"向邻人敷衍了几句话，暗对五师弟说："放火的贼手脚很笨，必然跑不远，可惜咱们迟延了一步。依我推测，后邻张老拴家太可疑了。"谈永年诧异道："张老拴难道敢放火不成？老师跟他也没有仇啊？"耿永丰道："不是他放火。就我查勘的情形来看，贼人带着火种，是由张老拴家上的房，跳到咱们老师后院来的。火一起，贼人又从后院翻到张老拴家。可惜我们见火心慌；若是火一起来，就上房查看，可以当时把贼捉住。你看罢，回头老师准得责备咱们粗心。"

耿永丰心中嘀咕，果然太极陈经这一场火灾，非常的发

怒，一叠声的找耿、谈二弟子；瞪着眼对众人说：“想不到我这场病，竟教人欺负到门口来了。要不是哑巴，看这样子，我要烧死在屋里，你们还许不知道呢！火怎么样了？”家人忙答道：“早泼灭了。”太极陈奋然坐起来，看见耿永丰悄悄溜进屋，冷笑了几声道：“老三，你查勘得怎样了？”耿永丰惴惴的回答：“查明确是歹人放的火，大概是从西南角爬墙进来的。”太极陈怒道：“看见人没有？”耿永丰低头道：“没有。”

太极陈哼了一声，半晌说道：“岂有此理！我们爷们在这陈家沟子，一向安分守己，从没有恃强凌人的地方。陈家沟子的一草一木，从来没人肯动；就是绿林道，也没有敢来在我眼前撒砂子的。至于老邻旧居，我更没有得罪过谁。如今竟有人找上门来，堵着屋门放火，想把我活活烧死！我太极陈闯了这四十多年，儿孙满堂，徒弟一大堆，临了落个教仇人烧死，也死得太现世了吧！要是让放火的人逃出掌握，我还有什么脸面，在陈家沟子活着！……”因又拍枕叹道：“可叹我这几个高徒，到了师傅危难的时候，哪个有点用！若不是哑巴背出我来，就许活活烧成灰烬！难为你们两三个人，查勘了半天，竟会让贼人逃脱了？”耿永丰、谈永年，全都惭愧无地，没话可答。

太极陈盛怒之下，连家人带门徒，一个不饶，挨个申斥一顿。忽一眼看见哑巴路四，不由点了点头；又看了看徒弟们，唉了一声，遂躺在床上，不言语了。

耿永丰等深知师傅家门失火，有损威名，当然很着急，又很抱歉。直容得太极陈稍为气平，耿永丰这才把查勘所得的情形，一一说明。但是张老拴是个老实人，若说他放火，这绝不近情理。耿永丰又低说：“师傅歇歇吧，弟子破几天工夫，一定要把贼人的底细访出来。当初弟子们不是不知道拿贼，因为当时想救火救人要紧。……”太极陈哼了一声道：“你们好几个人，就不会分开来做吗？再遇上事，千万记着；别往一处挤，务必分途办事。救火，救人，护家眷，抢抬财物，捉贼，各认定一件事下手。贼人焉能逃出掌握！”

耿永丰连忙引咎认过，顺着太极陈的意思，极力慰哄了一阵。见太极陈闭上眼，这才悄悄的退出来，忙和五师弟谈永年，秘商探访纵火歹人之计。也不敢再向太极陈多说，只暗地用心钩稽。因想太极陈在乡里间，虽然并没得罪过人，可是就为吝惜拳术，不轻授徒，他就颇招许多武林后进的妒忌。这放火的人就许是拜师见拒的人，访实了太极陈身在病中，特意纵火，以快私怨，也未可知。耿永丰想张老拴家中并不见有可疑的人出入。五弟子谈永年，次日把七弟子屈金寿找来，两人偕往各处暗访，也没有头绪。

太极陈身在病后，更经这番惊急气恼，病势又加重起来，喃喃自语道："竟会有仇人大胆的来我家放火！"恨不得立时病愈，亲手追究此事。急得唉声叹气，心中却是暗暗感激哑巴路四；这次多亏他舍命背救，才得逃出火窟。"我倒没有白救他！这个小哑巴居然知恩知德！"但是他又想：那天哑巴如不在跟前，凭自己一身功夫，也会逃出屋来；人老不服气，太极陈更甚。虽然这样想，到底吩咐家人，此后好好看待哑巴，给他加月钱，不许再教他挑水了，也不必做别的活了，只教他服侍我，他倒会侍候人。陈老奶奶更感念哑巴，当天便赏了十两银子，又给了一套衣服。然而哑巴也病了！

这一回舍命救主，哑巴不但惊吓过度，又努过了力。他经月侍疾，早熬得眼红力疲。仇火突发，屋门口有歹人堆的柴禾，门又倒锁着，烟熏火燎，被他破死力砸开门；又恐歹人暗算，把一支小凳抛出去；背着太极陈，拚命往外一窜，登时失脚栽倒。虽经耿永丰扶起，经这一跌，吁吁狂喘，几乎软瘫在那里，第二天他便病倒。陈宅上下慰劳有加，忙给他治病；第三天上他就好了。

这一回火灾，太极陈的静室，门窗烧毁。当时泼水浇救，屋中什物全被水渍坏了；因此移到客堂养息。人都存着"贼走关门"的心情，一到夜里，弟子们轮流值夜。太极陈一觉醒来，看见耿永丰、方子寿、谈永年等，窃窃私议，聚在客堂。

方子寿是隔日才听见老师家里发生火警，今天才买了点心，跑来探问。三师兄告诉他，师傅因为捉不住放火的贼人，正在着急。两人正说着，忽然七师弟屈金寿慌慌张张走进来；向四面看了看，悄声对耿永丰说：“三师哥，四师哥，方才在村外土围子东边，乱葬岗子里，发现了一具死尸，情形很可疑。……”耿永丰耸然道：“有什么可疑？”七弟子屈金寿低言道：“这具死尸年约三十多岁，短衣襟，小打扮，腿上带着凶器，是一把一尺二的匕首。在他左肋任督二脉的脉眼上。插入一把八寸长的刀子，连把插入，并未拔出来。看尸体，也就是昨天才死的。”方子寿悚然道：“这像是仇杀。”七弟子道：“那是无疑的了。最奇怪的是死人身上带着夜行人的用物。而且还有一张房图，画得是咱们老师的家！”耿、方二人闻言愕然，道：“真是吗？”七弟子道：“一点也不差，三层院，三十七间房。”却又低说道：“师哥，你猜这死的人是谁？”二人齐问：“是谁？”七弟子悄然说：“蝴蝶蔡二！”

客堂中人一齐大惊。沉默了半晌，耿永丰看着方子寿；方子寿也看着耿永丰，隔了一会儿，率直说道：“这蔡二就是小蔡三的亲哥，一向是要胳膊的汉子。他怎会死在土围子那边呢？七师弟，你怎么看见的？”七师弟道：“四哥，你不在这里，你自然不知道。前天有人到师傅这里放火，扑救很快。幸未成灾；但师傅却非常动怒，责备我们无能。我和三师兄、五师兄这些天急坏了，天天出去查访。当天失火时，要是留神，或许当场捉住放火的贼；如今隔了日子，哪里访得出影子来？老师骂我们废物，我们没法子，只可出去瞎碰。我刚才偶尔溜到乱葬岗子，看见一群野狗打架；过去一看，才看见这具新死尸教狗给刨出来了。新刨的坑又很浅，我就赶开了狗，过去仔细一看。……”

耿永丰哼了一声道：“老七。你好大胆子，竟不怕教人看见？闹着玩的吗？人命牵连！”七师弟说道：“巧极了，四面一个人没有，我就把死尸搜检了一遍。这小子，我可以武断地

说，他一定是放火的人。三哥你说我胆大，你看我作的事更悬呢，我把死尸的鞋竟剥来了。三哥你试比一比，准跟房后墙根那个泥脚印一样。”打开手中小手巾包，拿出一只鞋来。

互说着，太极陈已然听见语声，便问道：“子寿来了吗？你看，竟有人堵着我屋门口放火来了。若不是我自己发觉的早，我就许糊里糊涂的教火烧死，还没人知道。你们哥几个，可惜跟我这几年，没有一个成材的。咳！你们大师兄傅剑南还算罢了，武功可以，人也细心；他要是在这里，他一定能替我出这口气。你们又讲究什么？”

耿永丰看了看太极陈的神色，忙低声告诉道：“七师弟在咱们村外，查见一具死尸。”太极陈道：“死尸怎么样？”七弟子道：“是被人刺死的，这个死尸身上带着夜行用具呢。”太极陈道：“什么？……”抬头看见那只鞋，登时憬然若有所悟。道：“难道是放火的？”群弟子一齐颂扬道：“老师明鉴，你老料的一点不差，大概是放火的歹人！”墙根下的泥脚印早经用纸摹下；太极陈立刻吩咐三弟子，拿这鞋底，互相比勘一下，果与纸上画的脚印吻合，一定是放火的贼无疑了。“却是被谁杀的呢？”太极陈眼望众弟子，眉峰紧皱，面现严重之色。愣了一晌，忽双眉一挑，向方子寿说道：“难道是你？……”方子寿吓得急忙站起来，道：“弟子可没那大胆子，我可不敢胡为！”

太极陈盯了方子寿两眼，点头不语；又转而看定七弟子。七弟子屈金寿忙说：“老师你老可别错疑！弟子只会这么一点功夫，我可绝不敢那么用，你老放心！”太极陈又点了点头，道：“你们坐下。”双眉又皱起来，道：“谁呢？……”耿永丰拿着这鞋，比量过来，比量过去；忽然发话道：“老师，你老可记得给四师弟匿名投信的那人不？”太极陈矍然道：“哦！不要胡猜！”心想：登门放火的暗中有人，捉贼加诛的暗中也有人；上回揭破奸谋，也有这么一个匿名人物。这两件事，是不是出于一人之手？我反倒暗中教人保护起来了？虽不教弟子胡

猜，自己却反复揣猜良久。

当下暗嘱众弟子不要声张，把这鞋也烧了；打算等候自己病愈，定要访一访这匿名的能人。放火的贼人已然伏诛，究竟是件痛快事情；太极陈的病一天比一天减轻，不久也就好了。

地面上哄传乱葬岗发现无头男尸，官验后掩埋了，就饬捕访凶。地方上纷纷议论，但是再也猜不到这死者与陈宅放火案有关。这就因为死尸经屈金寿发现时，本来有头；等到再被地保发现时，忽又凭空被人把头割去；没有头的死尸，人们就不晓得死者是谁了。

第十三章 月下说剑 隅后观光

太极陈在中秋节后得病，直到九月中才痊愈。又养息了十多天，这一日太极陈精神爽快，对群徒说："你们只顾服侍病人了，把功夫也耽误了。等明天叫哑巴把场子打扫打扫，兵刃也擦磨擦磨。"

太极陈性情严冷，却是寻常也不是总闹脾气的；何况这一场病，弟子们尽心侍疾，他尽管口不言谢，心上到底感激的。坐在太师椅子上，捻须含笑而谈；众弟子侍坐左右，见师傅今天高兴，各人遂将自己所练的技业，和内功调息之法，有不明了处一一说出来，请师傅指正。太极陈给众人指点了一二，随即欣然说道："今天天气很好，晚上月亮明，我就下场子。一来我自己也该练习练习，二来也可以验看验看你们近来的功夫。"

耿永丰、谈永年一听此言，很高兴的答应了；忙着到方家屯，给方子寿送信；又到隔巷，把屈金寿找来。即刻开了跨院的门，吩咐哑巴路四，把场子快快收拾干净，耿永丰大声告诉路四："老当家的今天是病后第一天下场子，非常的高兴；你

把兵器架子全打磨净了，老当家的今天一痛快，就许把太极门的绝招，倾囊抖露出来。”

哑巴听了，赶快打扫把式场子，擦磨兵器；用细砖末醮油，把架上的兵刃擦得锃亮。耿永丰、谈永年、屈金寿，也跟着一齐动手。虽是老师傅才病了一个来月，可是没正经练武，差不多快半年了。不一刻，方子寿也赶了来，欣然说道：“师傅今天高兴？”耿永丰道：“老师今天高兴极了，要在月亮地练拳，老四你赶到了很好，今天老师不知要教多少路呢！你不用回去了，今晚就住在这里吧。”

四个徒弟聚在武场，未到申刻，已经忙着把练武的罩棚和露天场子都收拾好了；又将以前学过的招术私自演习了一遍。晚饭后，师徒喝了几杯茶，又闲谈一回；太极陈这才率领群徒，来到跨院。

这时碧蓝的晴空，万里无云；星河耿耿，新月初升。那兵器架上的长短兵刃，被皎月的清辉照耀着，反射出来闪闪的青光，显露出兵刃的锋芒锐利。在练武场的四角，本有四架戳灯，不过光亮很小。等到太极陈师徒齐集把式场罩棚前，哑巴路四走过去，要把灯焰全拨大了；太极陈迎面说道：“哑巴，把灯全熄了吧！这清亮的月光，岂不比那昏黄的灯亮还强？”又随口说道：“我们练功夫，你可以随便歇着去吧。”

眼看着哑巴熄了灯退出去，又把跨院门掩了；太极陈转过脸来，向耿永丰、方子寿、谈永年、屈金寿等说道：“你们这几个月，自己练得怎么样了？觉着有进境吗？”耿永丰见师傅今日的神气，声色蔼然，遂向五师弟等看了一眼。谈永年忙说：“头些日子，师傅欠安，我们人人心上慌慌的，也没顾得考究。这些天倒是早晚用功，不敢稍懈；有了疑惑的地方，我们就请教三师兄。不过这里头，三师兄也有说不上来的。”太极陈转看耿永丰；耿永丰赔笑道：“太极拳的奥义，弟子领略的不多，五弟、七弟他们不知道了就问我，有时就把我问住了。师傅常说，牵动四两拨千斤，弟子倒是明白；只是运用起

来，手法上总觉得够不上得心应手。五弟摆出式子来，教我给他矫正，我还不知巧劲怎么使呢。”

太极陈微微一笑道：“初涉门径，常常会觉着有这样的。有的好像明白了，细一深究，又全不明白；有的心里明白了，可是口上说不出来。这就是功夫上还隔着一层；点破这一层，就到了升堂入室的地步了。可是欲速则不达！太极拳的精义，是随着各人功夫的进境渐渐领悟，不是靠着讲解指示，就能速成的。”

太极陈又微咳了一声，徐徐说道：“太极拳的拳法，微妙处就在一圆中。”说着做了一个手势。“这拳法本于太极图说。有人说，太极图是从道家推演来的，并非‘易学’正宗，这个不去管它；我们只说太极拳的运用，不管太极图的来源。太极拳依太极图的学理，由无极而太极，即由无相而生有相，由静而生动。太极十三式，崩、履、挤、按、踩、挒、肘、靠，是为八卦，亦即四方四隅；进、退、顾、盼、定，是为五行。合八方五行，统为十三式，就是太极拳的拳诀。每一字诀，有一字诀的运用；哪一诀功夫不到，就运用不灵。初学常觉顾此失彼，又被玄谈奥义所迷，就以为太极拳不易学了。却也是的，太极十三式变化不测，式式相生；运用起来是一贯的，包括起来是由动至静的。拳术练成，便能静以制动，攻瑕抵隙。练拳的时候，还要一心存想。英华内敛，抱元守一，这就是炼气凝神；必要气贯丹田，持重不摇，使得静如山岳镇，动若河决。人刚我柔为‘走’，人顺我背为‘粘’；能得走字诀，休为粘字累。敌未动，我不动；敌动，我先动；只争一着先，便是守为攻。”太极陈讲到这里，向众弟子脸上一看，看看他们领悟了没有。随向三弟子发话道：“永丰，你解说一遍，给他们听听；我问，什么叫敌未动，我不动；敌动，我先动？这为得是什么？攻敌制胜的要着，是早动手，先发招好？还是容得敌人的招术发动出来，我们以逸待劳的好？”

耿永丰从师有年，这些理论早都老熟能详了。遂答道：

“我们这太极拳，要诀在以柔克刚，以巧降力，能制先机。敌不动，我当然不动，这就是‘静以制动’。可是身虽未动，精气神早贯于四肢，正是暗寓先发制敌之意。容到敌人已经把招发出来，这绝不是一味的以逸待劳；正是使敌人的力量发泄出来，敌人就外强中干，身心失了平衡。此时我们运用太极拳，可就绝不许慢了；我们应该乘虚疾入，攻敌不备。要借劲打劲，以敌之力攻敌之力，这就是‘敌动，我先动’。‘我先动’不是我先动手，乃是说我‘得占先着’，应付灵活。‘四两拨千斤’，巧妙全在这里。师傅，是这样的吗？”

太极陈道：“子寿、永年、金寿，你们说对吗？”一齐答道：“是的。”太极陈今天下场子，虽然未脱长袍，可是口讲指划，且说且练，把太极拳的一招一式，颇讲出不少来。众弟子认为机会难得，头一个是耿永丰，他心中怀藏着疑而未决的地方很多很多，正要请师傅逐式表演指拨。不意五师弟永年也趁师傅高兴，抢先凑过来，问道：“师傅，太极拳第七式‘搂膝拗步’，第九式‘手挥琵琶’，还有第十六式‘海底针’，第二十七式‘野马分鬃’，是这么练吗？弟子运用起来，总觉着这几招不能得心应手。曾听师傅说，这几招的功用能置敌人于不能用武之地；展开太极拳封闭拦切之力。用好了，不仅能把敌人的招拆散了，还能趁势取胜。可是我直到现在，这几个式子的诀窍，一点也没有得着。”一面说，一面把这几套拳式演出来，请师傅指正。

太极陈微微含笑道：“你说的‘搂膝拗步’这一式，如遇敌人用‘铁腿扫桩’，或用‘摆莲腿’，来踹我们的下盘，我们就可以用这式来破他。用的得当，不但可将敌人的招术给拆了，敌人招术变化稍迟，我们还能把他的身势制住，使他不能立即换招。然后我们趁势变式发招，便令敌人难逃太极拳下。这一招在太极拳诀上是运用‘履’字诀，重在下盘之力。”说到这里，太极陈把这招的功用以及行招的诀要，都以身作则的摆出架式来。随着又表演第九式“手挥琵琶”，这一式太极拳

中非常重要；敌人走中宫直进，用“黑虎掏心”“鸟笼出洞”等招术来攻，我便可运用此招破他。在拳诀上重在“挤”“按”之力，按卦象是离宫，论方向是正东；离中虚，由无极生有极；这地方既不能避，又不能走，全靠着静以制动，虚中有实，借力打力。

太极陈随又把第十六式“海底针”、二十七式“野马分鬃”，全演了一遍，演完这几招的窍要，然后又教谈永年重练了一遍，别的弟子也全都随着看。谈永年经师傅这番指点，立刻心领神会；四弟子方子寿看着师弟谈永年那种高兴的神气，如膺九锡，不禁偷笑。

五弟子抢先领教，饱载而退。耿永丰叫了一声“师傅”，刚要请教；四师弟方子寿却又先抢上来；乘着师傅转脸的工夫，将一柄纯钢剑提了过来，笑嘻嘻的捧到师傅面前，道：“师傅，你老看这把剑，……”太极陈转身一看，接过来，就月光细细端详时，剑长三尺八寸，绿纱皮鞘已然破坏，吞口铜什件却很精致。方子寿笑道：“这是弟子新从怀庆府一家古董摊上买来的，倒是一口古剑，师傅您瞧，使得过吗?”

月光下，太极陈一按绷簧，绷簧松了，用不着按，信手便噌的拔出鞘来。剑才出鞘，一缕青光映月增辉；脊厚刃薄，鞘虽残旧，柄虽活动，用指甲弹了弹，剑身却铮然作响，恍似龙吟。太极陈掂了掂，又验了验刃口，立刻对方子寿道：“哪里买来的?”方子寿答道：“在府城古董摊上。”太极陈道：“你倒识货，花了多少钱?”答道：“才五吊九六串，买来刚六七天。”太极陈就月色下，细赏此剑；群弟子聚过来，一同看剑。太极陈对众弟子道：“这把剑也可以说是无价之物。你们看，这是精钢所铸；刚中有柔，比我那把剑还强。”方子寿欣然说道：“师傅那把剑，不是三十五两银子买的吗？这个便宜货，倒教弟子瞎撞上了。”

太极陈手提着剑柄，颤了颤，连声说：“好剑！不过零件必须收拾，剑把剑托也都摇晃了。”

太极陈提剑走到武场当中一站，向众弟子道：“我这些日子一病累月，功夫也都搁荒了；子寿这把剑，倒很值得试一试。子寿，你拿这把剑给我看，你是绕着弯子，要究一究奇门十三剑剑点吗？”方子寿见师傅脸上隐含笑意，忙顺着口气应承道：“师傅，你老人家栽培我们。不过师傅病刚好，我怕你老过于劳神。”太极陈笑道：“子寿，我不是舍不得教给你，无奈你天资有限。”耿永丰、谈永年等，一齐怂恿道：“师傅，你老人家精神要是好，你老就费心练一套吧。我们几个人巴不得你老人家练一趟，我们看看哩。”太极陈哼了一声，却又笑道：“我就知道子寿专好要这小心眼。想要学剑，就弄一把好剑来给我看看。”

但是，太极陈这回却把方子寿的本意猜断错了。方子寿深感师傅救命洗冤之恩，无以为报，他花了五十六两银子，寻来这一柄好剑；意思是看准了师傅爱的话，他就装配好了，奉献给师傅，聊尽孝心。他的酬恩微忱，可以借剑掬示了；不道意外的师傅错疑他要学剑，这又是求之不得。

太极陈对群徒道：“连你们也误会我了，我何尝把太极门的武功秘惜不传？我只恨你们悟性太慢，耐心不足；教我费了多少唇舌，把拳诀剑点给你们讲解了一遍又一遍，你们还是瞪着眼珠子发愣。你们总觉得我说的这些理论近乎空谈，你们只盼望我不讲玄理，只演实式把一招一式从头到尾，都传给你们；你们比葫芦画瓢，就算是学会了。告诉你，那不成！人人都是这样，最怕我逼着练死式子；一个式子练二三十天，你们都嫌我太麻烦；‘人家会了，还这么琐碎！’殊不知太极陈这一门，差之毫厘，失之千里；筑根基一点也不许躐等含糊。子寿的脾气就是没耐心，又没悟性；练个粗枝大叶还行，一到细处，你就嫌麻烦了。我不肯教你，不是舍不得，乃是看准你要半途而废。你还记得吗？我教你‘盘马弯弓’那一招，只教你站半个月，你就受不住了，那可怎么能行？现在你哥们几个，都盼望我把太极十三剑演一套，我就演一套，你们好好看着。

自己哪点不对，就势改正过来。其实光看我练，不听我掰开了细讲，那不过是看热闹；除非你们自己有一点根，看我练还有点用。”

这时月到中天，清辉匝地，令人倍觉爽快。太极陈立身于月光之下，眼望晴空，精神一提。立刻目拢英光；左手倒提剑把，右手掐剑诀，把门户一立，双臂一圈，立刻将剑换交右手，左手掐剑诀，指尖指到左额，剑尖上指天空，亮“举火烧天”式。一变招，身随剑走，“青龙探爪”“白鹤抖翎”，把身法剑式倏然展开。说道：“你们留神看！”登时间，剑光闪闪，泛起一团青光；进退起落，身剑合一。身法是迅若风飘，剑法是疾若电掣，果然不愧为技击名家。施展到“龙门三击浪”，身随剑起，嗖的一纵，纵出两丈多远。跟着一收势，立刻仍回到原起式的地方，连半步也不差；把剑重交左手，虽在病后，仍然摄得住气。弟子们不禁欢呼：“今夜竟得观太极十三剑的全套！”

忽然间，墙隅那边，人影一闪。众人齐叫道：“谁？”太极陈扭头一看，原来是那个哑佣路四。

太极陈提剑走过两步，大声叫道：“是路四吗？你还没出去，你难道也想看我们的剑术吗？”

哑巴转身要走，忽又过来，呵呵了半晌，才用手一指兵刃，又一指跨院门口。太极陈这才想起来，哑巴大概是等着师徒练完了，好进来收拾兵刃，关门上锁，他一天的差事才算交代完。然而这个哑佣的兴头却也不小，他竟不去下房假寐等候，却跑到这里，看练剑演拳。太极陈不禁失笑道：“你也喜好这个吗？你一个残废人，也要练太极拳吗？”

哑巴比手画脚，向太极陈做手势。耿永丰等说：“这可糟，好容易师傅高高兴兴的讲着武功，传着剑术，却教哑巴打岔了！”走到哑巴面前说道：“你忘了规矩了吧？师傅上武场，不许闲人出入。……”哑巴一低头，急忙转身退出去了。

果然不出耿永丰所料，太极陈觉得多少有点疲累，遂向门

人说道："天不早了，明天再练吧。"

自此太极陈督促群徒，逐日的下场子，练功夫；不过有时不高兴，还是教徒弟们自己练。

光阴荏苒，转瞬又是一年。太极陈的大弟子傅剑南，十年受业，深领师恩，艺成出师，跋涉江湖；虽然鱼雁常通，书壁时至，却是师徒久违，已经七年没见面了。这一日傅剑南忽然带着许多礼物，来到陈家沟，给师傅请安祝寿，顺便还打听一点别的事情。

第十四章

师门欢聚 武林谈奇

十月十七日，是太极陈的生日。耿永丰、方子寿、谈永年、屈金寿、祝瑞符，齐集师门，商量着要给师傅设筵祝寿。而久别师门的大弟子傅剑南却于此时赶到了，大家越发兴高采烈。

傅剑南精研掌技，在外浪游，自己也经营了一个镖局子；这一次赶到陈家沟，带来不少土物，献给师傅。

傅剑南身高体健，紫棠色面孔，浓眉方口，年约四十一二；久历风尘，气魄沉雄，带着一种精明练达的神情。见了师傅，顶礼问安，请见师母；太极陈含笑让座。傅剑南见师傅年事已高，精神如旧，只两颊稍微瘦些，忙又敬问了起居。

太极陈笑道："你在外面混了这些年，可还得意？"傅剑南欠身说道："托师傅的福。"将自己的近况约略说了说。退下来，又与师弟们相见；问了问师弟的武功，都还可以成就，傅剑南心中高兴。单找到三师弟，两人私谈了一会儿，打听太极陈近来的脾性，耿永丰告诉他，师傅近来一个徒弟也没再收，脾气比旧年好多了。随后于十月十六这天，傅剑南拿出钱来，叫了几桌酒筵，为师尊暖寿，又宴请师弟；太极陈宅中顿形热

闹起来。

就在把式场上设宴暖寿，师徒不拘形迹，开怀畅饮，对月欢谈。傅剑南亲给师傅把盏，谈起七年来在江湖上所闻所见的异闻奇事，和近来新出的武林能手；又谈到各门各派杰出的人才，和专擅的技业。

傅剑南道："近来我们太极门，仗着师傅的英名绝技，武林中都很见重。外面的人邀请弟子传授太极拳的很多，弟子造次也不敢轻传。一开头弟子还铺过场子，自接到老师的手谕以后，弟子就收起来了；这几年弟子是给长安永胜镖店帮忙。那总镖头武晋英，是武当派的名手；虽然他和我们派别不同，倒是彼此相钦相敬。在永胜镖局一连四年；由前年起，弟子攒了几个钱，自己也干了个镖局，字号是清远镖局，以太极图的镖旗子镇镖；弟子擅自用师傅名讳起的字号。还算给老人家争气，居然挑帘红，没栽跟头。弟子可明白，全仗着师傅的万儿正（名头大），镇的住江湖道上的朋友。镖局子虽没栽跟头，内里可险些闹出人命来。"

太极陈听傅剑南居然当了镖头，并且不忘本，还把师傅的名字嵌在镖局字号上，足见这个徒弟有心。太极陈皱眉笑道："你胡闹！"口头上这么说，心上却很快慰。因听得镖局子几乎出了人命，即擎杯问道："什么事，至于闹出人命？"

傅剑南道："就是师傅所说：武林中最易启争的那话了。弟子镖局中，有一位山左谭门铁腿楚林，和形意派的戚万胜，两个人互相夸耀，互相讥贬，越闹意见越深，各不相让，终致动手较量起来。两人都带了伤，又互勾党羽，竟要拚命群殴，一决雌雄。幸经弟子多方开解，把他们二位全转荐到别处去，这场是非才算揭过去了。这种门户之争，比结私仇还厉害。弟子这些年在外头，很见过几位武术名家，因派别之争，闹得身败名裂。一班少年弟子更是好勇喜事，借着保全本派威名为辞，往往演成仇杀报复，说来真是可怜可恼！……"太极陈听了，喟然一叹，向在座弟子说道："你们听见没有？这都是见

识。”傅剑南跟着又道：“近来又听说山东边界上红花埠地方，出了一位武术名家，名叫什么虎爪马维良，以八卦游身掌，创立一派；此人年纪不大，据说功夫很强。师傅可听说这人没有？他的师傅，人说就是襄阳梁振青。”

太极陈倾听至此，又复慨然说道：“长江后浪推前浪，一辈新人换旧人；你说的这几个人，我全不认识。像我这大年岁，就不能够再讲什么武功了；自古英雄出少年，我今年五十九了，老了！”

弟子齐声说道：“师傅可不算老。”

傅剑南殷殷敬酒，向师傅赔笑道：“老师怎么说起话来？虎老雄心在，论武功还是老成人。江湖道上，这些后起的少年不管他功夫多么可观，总免不了一隅之见，自恃太深，锋芒太露，火候不足。一遇上劲敌，立刻不知道怎么应付了，这还得靠阅历！”

太极陈哑然一笑，不觉的点了点头。傅剑南一见，欢然说道：“历来咱们武林中，敬重得是前辈老师傅，正因为功夫锻炼到了火候，毕竟有精深独到之处；而且经多见广，断无狂傲之态，尽有虚心之时。弟子自出师门，跋涉江湖，深领师傅的训诫，从不敢挟技凌人。所以这几年，也时常遇见险难，总是容易对付过去。看起来我们武术之士不能全恃手底下的本领，还得靠着长眼睛，有礼貌，有人缘，这样才不致到处吃亏。然而说起来也有真气人的时候，就有那死浑的妄狂小子，说起大话来，目无敌手；较起长短来，稀松平常。你只和他讲究起功夫，说的话全是神乎其神，道听途说，闭着眼瞎嚼。当着大庭广众，又不好驳他，这可真有些教人忍耐不住。……”

群弟子全不觉的停杯看着傅剑南的嘴。傅剑南说：“弟子在济南一家绅士家里，就遇见这么一个荒唐鬼。打扮起来，像个戏台上的武丑；说起武功来，简直要腾云驾雾，王禅老祖是他师爷；教行家听了，几乎笑掉大牙，他却恬不知耻。你猜怎么样？他倒把本宅蒙信了，敬重得了不得。”说到此，眼望几

个师弟道："老弟，遇上这种人，你们几位该怎么样？"

方子寿率尔说道："给他小子开个玩笑，真真假假，就怕比量；一下场子，还不把他的谎揍出来嘛？"太极陈哼了一声道："所以这才是你。"傅剑南笑道："四师弟还是那样。"太极陈道："老脾气还改得掉？"

傅剑南接着道："四师弟总是年轻。弟子那时可就想起师傅的话了。我也开玩笑似的，跟着把他一路大捧，捧得他也胡涂了。竟和个武当派新进怄起气来，当着许多人动了手。只过了两招，教人家摔得出了声，捂着屁股哎哟。"众弟子哗然失笑起来。

太极陈道："近来武林中门户分歧，互相标榜。不过越是真有造诣的，越不轻炫露；好炫己的，定是武功没根基的人。即以太极、八卦、形意、少林，四家拳技而论，门户已很纷杂。这四家拳更南辕北辙，派中分派，自行分裂起来。少林神拳的正支，原本是福建莆田、河南登封两处；不意推衍至今，竟又有南海少林，峨眉少林。同室操戈，互相非议；看人家儒家，哪有这些事！"

谈永年笑道："文人儒士也有派别，什么桐城、阳湖文派，什么江西诗派，什么盛唐、晚唐、中唐……"未等到谈永年说完；小师弟祝瑞符听得什么糖啊糖的，觉得好笑，不由站起来说道："他们也要比试比试吗？他们也要下场子？"七弟子屈金寿忙抢着说："把笔杆较量，乱打一阵；飞墨盒扔仿圈，倒也有趣！"太极陈哈哈大笑起来，说道："年轻任什么不懂，肚子里连半瓶醋也没有；你又笑话人了，你懂得什么！"众弟子也不禁脸红起来。祝瑞符脸一红，又坐下道："我就懂得刀枪棍棒，黑墨盒子的玩艺，我一窍不通。"太极陈道："你懂得吃！武术二字，你也敢说准懂？"

太极陈说完，看看眼前这几个弟子，个个都很精神。只是说到真实功夫，大弟子资质性行都不坏，却是家境欠佳，不得不出师寻生活去；四弟子家境最好，天赋太不济；三弟子、五

弟子都还罢了，可是悟性上究嫌差池；七弟子颖悟，八弟子粗豪，可惜没有魄力，缺乏耐性。二弟子最可人意，家资富有，人又爱练，性也沉静；但是他双亲衰老多病，早早的拜辞师门，回家侍亲务农去了。人才难得，择徒不易，太极陈心想：是谁可承我的衣钵呢？

只听大弟子说道：“师傅，少林一派虽然门户分歧，互相訾议，但仗着福建和嵩山两派代出名手，把神拳与十八罗汉手越演越精，发扬光大，到底声闻南北。八卦、形意两家近来就渐渐的没人提起了，当年何尝不彪炳一时？看起来，这也像各走一步运似的。”八弟子祝瑞符道：“大师兄，你老在外这些年，经多见广，何不把江湖上所遇的异人奇事，讲一讲，我们也开开窍。”

傅剑南笑道：“要讲究武林中的奇闻，差不多是老师告诉我的。少林四派如今很时兴，咱们太极门近来在北方也流行了。”

太极陈精神一振道：“咱们太极门在北方也有了传人了吗？出名的人物是谁？”

傅剑南道：“出名的人倒没有，讲究的人却一天比一天多。我们太极门，自从老师开派授拳，威名日盛。有别派中无知之流，以及想得这种绝技，未能如愿的人，生了嫉妒的心；声言河南的太极拳，绝不是当年太极派的真传；不过是把武当拳拆解开，添改招式，愣说是不传之秘。”太极陈道：“哦，竟有这等流言，从谁那里流传出来的呢？”傅剑南道：“竟是那山东登州府，截竿立场子的武师，黑牤牛米坦放出来的风话。”

太极陈及陈门弟子听到这里，一齐眼看着傅剑南，究问道：“黑牤牛又是何如人呢？”傅剑南看了看太极陈的神色，接着说：“弟子亲到登州府，访过这位名师；果然他竟以太极真传，标榜门户。弟子拿定主意，不露本来面目，只装作登门访艺的。及至一见面，略微谈吐，已看出此人就是那江湖上指着收徒授艺混饭碗的拳师一流。这种人本不应当跟他认真，无奈乍见面，弟子不过略为拿话点了点他，他便把弟子恨入骨髓，

认定弟子是踢场子来的，反倒逼着弟子下场比试。和他讲起太极拳的招数来，也着实教人听不入耳；果然与江湖上的传言吻合无二，江湖上的谣言，确实是他放出来的无疑。弟子跟他下场子，请教他的手法；他竟敢拿长拳的招数来，改头换面，欺骗外行。只不过把第一式变为太极起式‘揽雀尾’，把第四式‘大鹏展翅’变为太极拳的‘白鹤抖翎’，把收式变为太极拳的收势‘太极图’。行拳完全是长拳的路子，他却狂傲得教人喘不出气来。居然敢把我们太极门下的拳，信口褒贬得半文不值；说是沟子里头的玩艺儿。庄家把式，不要在外头现眼，倒把我管教了一顿。”

太极陈听了冷笑。

傅剑南又道：“这种无耻之徒，弟子只好给他个教训。先用大红拳来诱他，容他把自己的本领全施展出来；弟子才把太极拳的招术展开；一面跟他动手，一边点拨他，教他尝尝太极拳的手法。只跟他用了一手‘如封似闭’，把他整个的摔在地上。弟子这才揭开了真面目，告诉他，这就是太极派庄家把式，沟子里的陈家拳！有工夫，可以到陈家沟子走走；太极陈如今年老退休，他还有几个徒弟，愿意请米老师指教指教。”

傅剑南说到这里，群弟子全重重吁了一口气道：“摔得好，他说什么了没有？”

傅剑南道：“他自然有一番遮羞的话。什么‘青山不改，绿水长流；三年之后，再图相见’。强颜胡嘮了一阵。不过最后我还警告他，只要米老师还把这太极派的长拳在登、莱、青、济、兖、东六府号招，弟子一定还拿沟子里的庄家把式陈家拳来领教。又在登州府探听些日子，那米老师果然因为场子被踢，无颜在那里立足。听说散场子的时候，他曾对人说，定要到陈家沟找老师来。料想他是一时扯臊的话，但是也不可不防。所以弟子这才离开登州，一路回转陈家沟子，想给老师送个信。弟子一入河南，逢人打听，咱们中原一带，倒真没有敢拿太极拳冒名号招的。只是听镖行同道说，在直鲁豫三省交界

的一个偏僻镇甸，叫作黑龙潭的地方，那里铺着一座场子。那个教师，听说是北五省有名的武师铁拳卢五，他教出来不少的徒弟。凡是出师后踏入江湖的，也全能走的开。他的拳法据说得自异人传授，名叫‘先天无极拳’。但是这铁拳卢五师傅，倒不是故意跟咱们过不去；他也知道陈家沟子太极拳，中原武林独步。他说他那先天无极拳，和河南陈家太极拳是一个来源；不过所传不同，手法也就各异了。据说他那先天无极拳，以练精、练气、练神为主，而技术之功在其次。他的说法，以纯柔为工，以先天然之气，调后天纯阳之精，使他返本还元，凝神反虚；至于无人无我，无象无迹地步，与我们刚柔相济，内外兼修的拳义相差颇多。据他说，他这拳完全是一派至柔。弟子也曾亲自拜访过这卢五师傅；这人的谈吐就与众不同，虽是武师，却神情谦逊。弟子领教他的手法，果然招术微妙；和弟子较量了几招，彼此也不相上下。只不过弟子的功夫火候，觉得不如人家稳练；若说手法，他还似乎略逊一筹。弟子为此很是疑闷，越发的要求拜见老师，一询究竟了。到底咱们这太极拳以柔克刚，是‘纯柔’呢？这是‘刚柔相济’呢？”

太极陈捻须沉思，倾耳谛听；听到深处，把头微微一点。半晌，忽然抬头道：“你所说的这卢五师傅，你跟他当面领教过了？”

傅剑南道：“是的，他的手法，弟子大致都看到了。”

太极陈道：“你还记得吗？”

傅剑南道：“大概还记得，不过人家的拳招变化不测，弟子怕遗漏了不少，未必能连贯得下来。”

太极陈道：“不妨事，你只将记得的招术演出来，我只看个大概就是了。”

于是傅剑南起身离席，出罩棚，来到了空场。

第十五章

筵前试手 墙外偷拳

一听傅剑南要试演先天无极拳，众弟子忙站起来，要出去点灯。太极陈摆手道：“不用，月亮地练拳更好。”这时候明月清辉，照如白昼；众弟子鸦雀无声，静观大师兄试演这同派异出的名拳。

傅剑南面向太极陈一站，两手往下一垂，说道：“我们太极拳以无极生太极，所以挺身而立，面向前方，两眼平视迎面。脚下不踩‘丁’字，也不踩‘八’字；脚趾微向外展，脚踵略向内并；沉肩下气，气纳丹田，舌尖微舐上颚，两手顺下，掌心向内，指尖下垂，指掌不许聚拢。此乃无极含一炁，先天的本源；由无极而太极，由无形而有形；这是我们的手法。他们这先天无极拳，却是拳式一立，一切运式用力，双掌都附在两髀上，十指紧紧拢着；这一开头便跟我们太极拳不一样。不过若不细心省察，却也彼此很易相混。”说罢，目视太极陈。太极陈只微笑点头，向傅剑南道：“太极拳的手法拳理，岂容别派混淆？你再把这拳式演来我看，到底看他是怎么个源流？”

傅剑南应声道："我就练两招请师傅看，只苦我也记不很真。"遂将先天无极拳的招术，按照自己记忆所得的，摆出架式来。他果然记不很清楚，略练了几招；有的忘记了，就默想一会儿再练；实在想不起，就跳过去，用口舌来形容，来补助。

这先天无极拳也是本于太极两仪生克之理，只不过把拳术原理归于阴柔。行招分六十四式，是八卦的定式；虽本先天自然之理，却是有往无复，有正无反，有柔无刚；有生克却没有克而复生，生而复克，有先天而无后天。似于循环往复之理、生生不息之道，知其一而不知其二，所以没有太极拳的变化不测。

傅剑南将这先天无极拳演到第十一式，是"金龙探爪"；这一式却和太极拳的三十一式"劈面掌"似乎一样。三弟子耿永丰首先窃窃私议，太极陈看到这一式，也就向众弟子说道："你们看，这一招跟我们的'劈面掌'是一样的吧？"七弟子应道："好像差不多。"太极陈道："可是，这两招看着是一样的掌式，一样的发招，不过打法却有不同。太极拳、无极拳，两家的拳法不同之点，这就因为太极拳走的是离宫，趋生门；虽属亢阳之力，用的是上盘之功。'金龙探爪'取象亢龙，有飞腾之兆；太极拳中的'劈面掌'和'金龙探爪'，手式虽同，精神运用实异。这手'劈面掌'是反注到太极拳诀的履字，反顾下盘，变卦入坎宫；则坎离交媾，生克相济之意，这正是太极拳微妙之处。至于这先天无极拳，却只是八卦奇门掌中的手法，由'金龙探爪'变式为'铁锁横舟'，招术上是变实为虚，化敌人的掌力，拆敌人的攻势。这样拳术，不能尽得变化灵活、虚实莫测之妙。"

太极陈讲到这里，推杯离席，走到场子来，笑道："口说无凭，你瞧我，拆给你们看。"教大弟子傅剑南重演这一招，太极陈一面口讲，一面比画；仍用原式，把傅剑南的先天无极拳，举手破了。众弟子不禁同声喝彩。太极陈酒酣耳热，一时技痒，对傅剑南说："我索性再跟你对拆几招，教你师弟们看看我们太极门的手法，是否有胜过他派之处。"傅剑南欣然得

意，却又逊辞道："师傅，弟子手头上荒疏得很，您老就教我拿本门的拳法给您接招，我也怕招架不来。这先天无极拳又是我看来的，偷记下来的，只怕接不住。……"五弟子谈永年忙说："大师哥怕什么，老师还真揍你不成？"众弟子也一齐怂恿，傅剑南也怕打破了老师的高兴；只不过口头上谦逊了这一句，早不待太极陈吩咐，自己就甩去长衫，方子寿忙接过来。傅剑南笑嘻嘻的说："师弟们，瞧着我挨打吧；我快有十年没挨老师的打了。"

八师弟祝瑞符也过来，到太极陈身旁说道："师傅，您老宽一宽大衣不？"太极陈摇手道："不用。"师徒二人摆好了架式，傅剑南赔笑道："老师可把掌势勒住点，别往外撒，弟子可是接不住。"太极陈笑道："难为这个镖头怎么当了，这么胆小吗？"众弟子笑道："大师哥在师傅面前自然胆小，在外人面前可就不然了。"说着，傅剑南把铁拳卢五所创的"先天无极拳"一亮，请师傅先发招。太极陈道："剑南，你几时见过我们太极拳与人动手，先发招式的？"傅剑南道："弟子知道。"这才将掌势往外一展，头一招"仙人照掌"，奔太极陈的华盖穴打来。太极陈微微一笑，道："好！这是'仙人照掌'，你被卢五骗了；他大概是怕你偷艺。他这先天无极拳没有从头施展，他这是拆开了，从半路开招的。"

太极陈一边说，手底下松松散散，用太极拳第四式"斜挂单鞭"往外一拦，轻轻把这招拆开。傅剑南随又变招为"顺水推舟"，向太极陈拦腰便打。太极陈依然原式不动，容得傅剑南的掌势已到，悠然的将"斜挂单鞭"的掌式往里一收，变招为"七星掌"。这一掌不只把傅剑南的掌势拆开，反倒转守为攻，把掌力逼过来，说道："还不撤招！"傅剑南顿觉着自己的右掌被太极陈罩住，撒掌也撒不出去，撤招也撤不回来，不由一窘。太极陈哈哈一笑道："换招吧！"傅剑南这才把手掌撤回来，面含愧色道："师傅，这不行，咱们爷俩不用比画了。这先天无极拳看起来，实在难与我们太极拳争长短了。我看我还

是独自个儿演给你老看，你老再把咱本派的拳法演一遍；互相对一对，也就印证出来了。”

太极陈把笑容一敛，正色说道：“剑南，你这么说，就错了，并且也容易误人误己。这先天无极拳绝非蒙人混饭的那一派江湖拳。他这门功夫练到了火候，也自有他的妙处，断乎不可轻视。不过你得来的无非是仓促之间偷记下的，哪能得着他的精华要诀？况且这铁拳卢五必然还提防着你，既知你是访艺而来，他一定不肯把要招都摆出来给你看。这还是你武术上有了根基，要换你这几个师弟，恐怕一点也记不下来，你这就很难得了。再说你我师生关上门演武术，本着实事求是的心，把两派功夫互相印证一下，并不是较量长短。我告诉你，学问上的事不怕亏输，才能成功，不怕丢人，才能露脸。”

于是，傅剑南整了整身法，把铁拳卢五的先天无极拳，一招一式的继续施展。太极陈不慌不忙，随招应式，用太极拳接架。仗傅剑南天资不坏，两家拳路又极相近，居然把无极拳一招招的贯穿下去。群弟子一声不响地观看，太极陈的武功已臻炉火纯青之候，就是不经意，不着力，只一伸手，便异寻常。傅剑南把先天无极拳运用到第十九手以下“降龙伏虎”“千斤掌”“反正生克”“连环四式”；太极陈用太极拳的第十九式“云手”，不变招就把“千斤掌”给拆开了。

本是师徒试拳，两人发招都慢。傅剑南一招一式的演下去，太极陈毫不费力的招架。不一时傅剑南已将先天无极拳施展完毕，师徒含笑归座。

三弟子耿永丰献上一杯热酒来，太极陈一饮而尽，欢然说道：“难为你，能有这么好的记性。”对群弟子说：“你们别把这先天无极拳看凡了，这不是没有来历的拳法。当年我未出师门，就听说有这一派。这拳法也深含阴阳造化之机，若是练好了，偏锋取胜，也足称雄。只不过他们这一派人偏执一隅之见，总以为至柔纯阴可制一切。他们这一派要肯再参酌着我们太极派刚柔相济之功，必然更臻至善。我将来有工夫，还要访

一访这独创一派的卢五师傅去，我们互相对证一下。”

陈清平此时兴致勃勃，余勇可贾，大弟子傅剑南乘机请益道：“刚才老师用‘云手’一招，连拆弟子连环四式，一点也不费劲。弟子觉得这一招最是可异，请老师给我们讲究讲究。”三弟子耿永丰也道：“还有‘弯弓射虎’‘高探马’‘野马分鬃’这三式，老师运用起来，既不费力，又很灵巧；怎么我们一施展起来，就觉着不得劲？老师再演一遍，教我们瞧瞧。”

太极陈哈哈的笑了，说道：“什么叫功夫火候？你们难道说我藏奸不成吗？”方子寿连忙说道：“不是那话，老师平常教我们的时候，运起招来太快，我们稍微不留神，就赶不上了。我们瞧着你老练，顾得了姿式，就顾不来手劲；顾得来发，就顾不来变招，总是眼睛不够使的。若是老师也像刚才这样慢法，我们就容易记住了。”

大弟子傅剑南一听到四师弟这话，回想当年，不禁微笑。太极陈功夫精熟，带着弟子传习起技功来，尽管自以为很慢，弟子们还是追不及。他每嫌弟子们记性不好、悟性不强，其实他疏忽了学者的心理。只想到自己当年学艺时，一点就透，以为徒弟们也该这样才是。他却忘了人的天资不同，像他那样专心神悟的能有几人？太极陈实在是个好拳家，却不是个好教师。

弟子们几乎一哄而上，纷纷的请求师傅，也像刚才和傅剑南对招那样，把本派太极拳练得越慢越好，从头到尾，给试演一回。

太极陈眉峰微皱，忽然笑了。对傅剑南说：“你听听，他们不说自己笨，倒说我教的不得法。剑南你来一套，给他们看看。”傅剑南做出小学生的顽皮样子道：“不，不，我大远的瞧师傅来，哪能白来？你老人家总得练一套，给弟子矫正矫正。这些年弟子每天自己瞎练，难免有错了的地方。师傅，你老赏弟子一个脸。”傅剑南走过来，到陈清平面前，请了一个安。三弟子耿永丰也走过来，请了一个安。太极陈忽然大笑道：“你们是串好了把戏，要逼我老头子给你们练一套？你们这是

给我暖寿?”

师徒们喧笑成一片，太极陈今日特别高兴。居然站起来，长衫不脱，厚底鞋不换，重复走到场心一站，先向群弟子一看，说道：“练慢点不是？好，咱就越慢越好。”群弟子欣幸极了，都凑了过来。

太极陈面对着皓月晴空，气舒神畅，把双手一垂，脚下不“丁”不“八”；口微闭，齿微叩，舌尖舐上颚；眼看鼻，口问心，气纳丹田，神凝太虚；掌心贴两髀，指尖向下，十指微分；于是立好了太极起式“无极含一炁”，精气神调摄归一，这才把身形一煞；右脚往前微伸，左手立掌，指尖上斜；右掌心微扣，指尖附贴左臂曲池穴，摆成“揽雀尾”式。身躯微动，已变为“斜挂单鞭”；步转拳收，第四式“提手上势”；这一亮拳招三式，加上太极拳起首的“无极图”起式，便是太极拳“起手四式”。凡是初窥门径的，无不练得很熟。乃至一换到五式“白鹤展翅”，太极陈两掌斜分，嗖嗖嗖，掌势劈出去，立刻从劈出去的掌风和衣袖一甩的声音，显露出功夫的深浅、力量的大小来。众弟子十几只眼睛随着太极陈的身手而转。演到第十一手“如封似闭”，倏然一个旋身跨步，“抱虎归山”；身形未见用力，太极陈却已箭似的飞身横蹿出一丈五六。眼看变招为“肘底锤”“倒撵猴”“斜飞式”“海底针”“扇通臂”“撇身锤”。但是太极陈于不知不觉中，招术越走越快；方子寿首先叫道：“师傅，慢点呀！师傅慢着点呀！”

太极陈微笑道：“这招术有的能慢，有的就不能慢。”徒弟们已有许多时候，没见师傅把整套的拳练给他们看了，此时都聚精会神的看。太极陈依着弟子们的请求，能慢处把招术极力放慢。同时把太极拳的拳诀：崩、履、挤、按、踩、挒、肘、靠、进、退、顾、盼、定，十三字诀表现得精微透稳之极。拳风走开了，虽然慢，依旧是掌发出来劈空凌虚，带得出锐利的风声，这便是所谓掌力。傅剑南低声告诉三师弟耿永丰：“三师弟留神老师落脚的部位；你看一起一落，一进一退，都敢说

可以拿尺量，连半寸都不许差。”

只见太极陈将这整套的太极拳，走到“野马分鬃”“玉女穿梭”，随招进步，矫若游龙；作势蓄力，猛若伏狮。忽然一个“下式”，身形不落，猛往上一起；竟用“金鸡独立”式，挺身拏空纵起五尺多高。继续练下去，演到三十二式“十字摆莲”，这一招尤见下盘的功夫。虽则是轻描淡写，慢慢的演来，可是腿劲异常的沉着有力，可以踢断柏木桩。跟着变式为“进步栽锤”“退步跨虎”。跟着又是一招下盘的功夫，“转脚摆莲”，运身形，一个“卧地旋身”，腿力横扫，把招式一变；依然用“弯弓射虎”，就着收势，立刻把身形还原，重归“太极式”。然后蔼然发言道：“练完了，够了吧，唵？”看脸上的丰采，神光焕发，无老态，无疲容。众弟子欢然喝彩，深深感谢大师兄提起了老师的高兴。

太极陈笑吟吟的随即在场子上转了半圈，略舒了舒行拳后全身奋张的血脉。抬头看了看天空，皓月凝辉，清光泻地，兵器架上的兵刃全被哑佣擦得锃亮，月光射照，透出缕缕青光。太极陈忽然向三弟子耿永丰等说道：“本门的拳术，你们倒能这么认真考究；还有本门兵刃，你们也不要漠视了。我当着你们说一句狂话吧，我太极派的奇门十三剑、太极枪，若跟现今武林中的枪剑比较起来，还足以抗衡得过，你们也要好好的钻究，不要只顾一面。永丰、永年，你两人把奇门十三剑的‘剑点’全弄透彻了？”

耿永丰、谈永年等同声答道：“弟子没敢忘下，也不过多少得着些门径罢了。”太极陈笑了笑，道：“真的吗？”扭头向傅剑南说道：“你的剑术已经把握着要诀了，不过这些年你在太极枪上，可曾悟彻出它与别派不同的所在吗？”傅剑南忙答道：“弟子这些年来虽然奔走衣食，可是功夫从不敢荒疏。弟子觉得这趟枪颇与杨家枪相近，可又不像杨家枪纯以巧快圆活为功，似乎兼擅十三家枪法之长。弟子在外面，轻易不用枪，所以也不知道自己的功夫究竟怎样。不过内中，‘乌龙穿塔’

一式，用起来我总觉着不大得力；是不是弟子把枪点解错了？还得求老师指教。……”

太极陈听了，向耿永丰等一班弟子们道：“我今天索性把这太极枪的精华所在，以及这趟里最难练的‘乌龙穿塔’‘十里埋伏’‘撒手三枪’的运用要诀，重给你们比画一下，你们要牢牢记住；可不要教我傻练一回了，你们白看热闹。”

众弟子一听，这分明又是借了大师兄的光，遂齐声说道：“师傅这么谆谆教诲我们，我们再不好好记着，太辜负你老的心了。”立刻由四弟子方子寿到兵器架上，把师傅用的一杆长枪递过来。太极陈提枪走至场中，丁字步一站；众弟子把地势给亮开，也各自捻了一根枪，以便依式揣摹。太极陈将枪的前后把一合，一抖枪杆，朱红枪缨乱摆，枪头噗噜噜颤成一个大红圈子；只这腕力，就须有十年八年的功夫。太极陈把门户一立，步眼移动，一开招，就展开四式。众弟子全神贯注，看师傅把枪招一撒，唰唰唰，头三招施展出来，“拨云见日”“倒提金炉”“狮子摇头”；顺势而下，到“倒提金炉”这一招，身随枪势，往下一杀，斜身塌地；枪上用的是拿、锁、坐之力。等到一换势，身随枪起，往上一长身；左把撤开，全凭单把往上一送；那枪上的血挡被前式坐枪之力一抖，枪缨倒卷上去，紧贴着枪尖。这时突向外一送，往上一穿，那血挡竟“噗”的被抖回来。这枪笔直的往上一穿，尺许方圆的一团红影，夹着枪尖的一点寒光，穿空一刺。太极陈“金鸡独立”式，单臂探出去，身形如同塑的一尊像一般。群弟子目瞪舌侨，哗然喝彩。然而就在这喝彩声中，突然左边墙头高处，也有人叫了一声：“好枪法！”

“这是谁？”

太极陈哦的一声，倏地往回一收式。但见得大弟子傅剑南眼光一闪，舌绽春雷：“什么人？”早一纵身，提枪窜上墙头。墙头上一条人影，只一闪不见了。

第十六章 失声露迹 绰枪捕蝉

月下试技，墙头竟有人窥探。太极陈勃然张目，亢声叱问："是谁？"傅剑南到底比师弟们机警，不待师命，嗖的跃过去，一伏腰上了墙。但见墙头上人影一窜不见，已然溜下去了。

三弟子耿永丰一时恍然大悟，急忙一纵身，也飞跃上墙头。顿时之间，这些弟子们个个发声喊着追赶。太极陈厉声喝道："你们不要全赶。"急命谈永年、屈金寿，火速到内院守护宅眷；又命祝瑞符出把式场，抄道奔后院柴垛粮仓。才要命令方子寿，方子寿已经跟随耿永丰，跳出墙外，赶过去了。太极陈张眼一看，自己也右手提枪，左手略把长衫一提，脚尖点地，腾身跃上墙头，翻到房上，从高处要察看这喝彩人的来踪去影。

此时月影正明，隐约见那条黑影从把式场外，向外院的一条夹道奔去。傅剑南挺枪急追，回头一看，三师弟、四师弟已然赶来，连忙吆喝道："你们快抄着东西两面搜一搜看，看还有别的贼没有？"方子寿还在飞跑，耿永丰闻言止步，急忙往别处搜堵下去。耿永丰还记得师傅病中，歹人放火的那场凶

险，急急的又抢奔柴垛粮仓。粮仓后，谈永年已奉师命先到；耿永丰扭转头来，又奔前院。方子寿却打了一个旋，略一迟疑，复又顺夹道追过去；大声吆喝着，好教宅中人都晓得。

傅剑南捷足先登，已然看出前面是一个身形矮小的人影，身法轻快，顺夹道如飞的逃去。傅剑南脚下攒力，喝道："好贼！天刚黑，你就横行？"扑到那人背后，手中枪一颤，奔那人后影便扎。就在这枪尖往外一递时，突觉头上一股劲风一掠，并没看见对面的人回手翻身，却黑乎乎当头飞来一物。傅剑南一惊，随往后一缩身，那人影又一晃，转过墙角不见。旁边门口却横窜出来耿永丰，背后又赶过来方子寿。三个人立刻各将手中枪一摆，分头紧逼过去。那人影只一回头，翻身又跑。这一回前后堵截，这贼再想逃奔前院，已不可能。

这贼人好像熟悉陈宅的地势，竟抹转身，撞开一道角门；似欲从斜刺里，穿跨院，走游廊，趋奔后宅粮仓柴垛空场。从那里越墙逃出后层院落，便可以循墙急走，逃奔后街小巷。但是傅剑南哪里容他逃走？三个人分三面兜抄，那保护粮仓的八弟子正站在墙上，傅剑南吆喝道："喂，截住他，这个小矮个儿是个贼！"八弟子飞身跳下平地来，挺枪把路挡住，口中骂道："好贼子，这是哪儿？你敢来窥伺！"

那矮小的人影瞻前顾后，抱头疾驰，身形一转，似欲另觅逃路。却一声不哼，陡然凭空一窜，竟横跃上近身处的一道墙。想是看见墙那边有什么厉害，只见他略一犹豫，不敢下跳，尽着众人噪骂，飞似的登墙又跑，傅剑南大怒，正要追上去，忽然背后唰的一声。傅剑南急一闪身，那耿永丰已经把手中枪直标出来；黑乎乎一条长影，照墙头贼人投去。眼看着长枪正中贼人上三路。——猛然听得一声："还不下去！"声若洪钟。

再看时，枪已投到贼人背后；贼人轻轻一侧身，一扬手，把枪抄住；一换把，枪锋掠空一转。群弟子大喝道："好大胆的贼，还敢动手！"陡听吧哒一响，那人影把手一松，长枪坠落在墙根下。更见他身形一晃，低头下看；忽然一翻身，扑登

的一声，直掉下来，竟摔到内宅墙那边。傅剑南、耿永丰，立刻赶过去，窜上西墙头。这矮小的人身才落地，猛又一骨碌跳起来，伏腰便跑。忽然又听见师傅喝道："哪里跑?"这才看见对面房顶上人影一长，巍然站着太极陈。

大弟子、三弟子、以至于四弟子，先后窜落到内宅。内宅台阶上，站着太极陈的次孙陈世鹤；一顿足窜入屋内，轰隆的关上堂屋门，又轰隆的把门拉开。门再开时，陈世鹤提着一口剑抢出来，跃下台阶，把上房门和东角门扼住。这贼顿时陷入重围，前后左右，没有了逃路。寻搜追喝声中，五弟子从跨院奔过来，七弟子从前院绕过来，八弟子从粮仓那边也寻过来。

那人影逡巡着犹欲逃走，却已无及，是路口都被人把住了。陈世鹤专守上房，七弟子屈金寿、八弟子祝瑞符绕过来，分堵东西两角门。四弟子方子寿、五弟子谈永年把通前院的屏门挡住；三弟子耿永丰拾起一杆枪，奔到通跨院的月亮门下，迎门站住。太极陈从房顶飘身下落，拄枪站在月亮门的墙上；双眸炯炯，不注视这被围之贼，却借月光往四面寻望。这矮小的贼正被圈在内院庭心。大弟子傅剑南见贼人逃路已断，立刻把枪锋调转，赶上前。唰的盘打过去。这贼急急一伏腰，闪开了，五弟子谈永年跳过来，唰的迎面一枪。傅剑南急喊："扎腿，扎腿!"谈永年就一领枪锋，拧把往外一按，往外一送，枪锋直取贼人下三路。贼人双臂一张，腾地跃起五尺多高，斜着往左一探，落下来，拔头就跑。众弟子哗然叫道："哈哈，这贼是高手，捉住他!"

六个弟子，五杆枪，顿时往上一围。那贼窘急，急张皇一望，嗖的一窜，又一伏腰，从屈金寿肘下冲过去，似抢奔月亮门。屈金寿大怒，抡枪打去。耿永丰急回身，把月亮门拦住。那贼倏然一转身，窜到太极陈立身处墙根下，双膝一曲，扑的跪下来，叫道："师傅，饶命!"

大弟子傅剑南喝道："捆上他!"群弟子一齐赶过来，就要

动手。太极陈诧异道："等等，这是谁？"轻轻一纵，窜落平地。他的话却说慢了，谈永年早奔上来，唰的一脚踢去。直奔那贼后肩背。那贼贴地一伏身，谈永年竟从他身上跨过去，并未踢着。那贼就势又一跪，连连喊叫道："老师，老师，是我！"

太极陈拄枪低头看视，愕然道："你是谁？你们慢动手。"五个弟子纷纷围上来，五杆枪一齐指住这个贼的身子。这贼鼠似的蜷伏在地上，连连顿首，俯首不敢仰视。屈金寿、方子寿，掉枪杆便打。傅剑南喝道："师弟别打，先捆上他！"傅剑南凑过来一看，只见师傅太极陈满面惊诧，指着这人叱问道："你你你，你是谁？"忽然话声一扬，厉声道："哈哈，原来是你！你不用装模作样，你给我抬起头来！"

地上跪伏的人颤声说道："老师，你老饶恕我！"众人骇然，这个人被太极陈催逼着，把头抬起来了；通鼻瘦颊，秀目疏眉，瘦小的身躯。头一个诧异的是方子寿，第二个是耿永丰和谈永年。耿永丰挨到跟前，提枪比画着，俯身细看，方看出来这个人的全貌，不禁失声道："咦！原来是哑巴他呀！"

"好嘛，闹了半天，是你！"

哑巴窥垣不足异，就是哑巴做贼也可恕；独独这哑巴被围，竟说了话，这可就震骇了太极陈师徒人人的心！

太极陈刚刚看清了这个偷儿的面貌，竟是自己义救恩收的雪中哑丐，不禁勃然震怒，厉声呼叱道："好大胆，你！你是什么人，竟敢乔装哑巴，混迹到我家来？好，好，你小小的人，好大的狗胆！你居心叵测，情理难容！"手中枪一动，便要下刺；吓得这蜷伏如鼠的哑佣路四，就地一旋。师徒六杆枪直指着他，他立刻又收膝跪倒，急急的说："老师饶命，我我我有下情！"

群弟子骇然注视这意外的变局。自然他们都晓得这个哑巴阑入师门，收为佣仆的来由；这里面最不晓得前情的，自是大师兄傅剑南。急忙把师傅一拦道："师傅慢动手，你老要问问

他，他到底是怎么个来路，安着什么心。”

太极陈面如铁青，仰天笑道：“他安着什么心？那还用问！哈哈，好东西，难为你用这大苦心，装哑巴来卧底！我在江湖上四十多年，居然被你蒙住，我太极陈想不到栽到你手里！小伙子，你有胆，你有能耐！剑南，我告诉你，这东西装哑巴，装讨饭的，在我门前弄诡装死；是我一时可怜他，怕他冻死，把他从冰天雪地里救转，收留下他两年，三年；哦，前后足有三年。原想他年轻轻残废人，救活他一命。哪里想到，他原来暗藏着奸谋诡计，跑到我家来卧底偷艺，我老头子竟瞎了眼！”太极陈恨得牙咬得吱吱乱响。群徒无不骇然，一齐喝问道：“哑巴！”他们已叫惯了哑巴，“你还不说实话嘛？你到底安着什么心？”四条枪的枪杆齐往假哑巴身上乱抽乱打；假哑巴缩成刺猬似的，一味死挨，一点不敢动，不住的叩头求饶。傅剑南阻住师弟们，又劝稳住师傅，把手中枪轻轻向假哑巴身上一拨，道：“喂，起来，这不是磕头饶命的事，你趁早实话实说，你是哪一门的？你小伙子事到今日，还不快说实话吗？你到这里来，究竟安的什么心？你是为卧底？你是为偷招？你还是偷了招，学好了能耐，出去杀人报仇？”

假哑巴从枪林中爬起来，映着月光，他的脸都青了。向太极陈瞥了一眼，嗫嚅道：“老师，我实在有不得已的苦衷，你老人家救过我一命，我绝没有稍存恶念。皇天在上，我若有一分一毫不轨的心，教我碎尸万段。”

耿永丰突然扬起枪来，唰唰的照哑巴身上连抽几下，唾骂道：“狗贼，你住了口吧！你也知道师傅待你有救命之恩，你竟存心欺骗！你好好一个人，无缘无故，咬着舌头，装哑巴做什么？你若不安着坏心眼，谁肯下这么大的苦心啊！不用说，上次失火，一定也是你玩的把戏。”唰的又一枪，照哑巴打来。哑巴不敢躲，只把腰一挺苦挨着，口中却吃吃的说：“三师兄，三师兄，你老可别那么猜疑；火从外头烧，我可是待在屋里，跟师傅在一块儿呢。师傅，你老人家可知道，我背您往外跳火

炕，可真不容易呀！我我我真没安着歹心，师傅，师兄，你老听我一说，就明白了。现在我的事已经破露，我绝不隐瞒。我不敢表功买好，可是我一心一意，在暗中报答过师恩。”

哑巴恨不得身生百口，口生百舌，来表白自己实无恶意。但是，好好一个人，无故箝口装哑，至三年之久；若无苦心阴谋，谁肯这样？太极陈和耿永丰、方子寿等个个含嗔穷诘，又不住手拷打，打得这假哑巴结结巴巴，越发有口难诉。三年装哑，已经使得这人口齿钝讷了。大弟子傅剑南忙道：“师弟，你们别乱打了。师傅，你老也暂且息怒。这么问，倒越问不出来。你老看，他光张嘴，说不出话来。还是把他带到罩棚，消停消停，你老一个人盘问他；再不然，我替你老问。”

太极陈恶狠狠盯着哑巴，喝道：“滚起来！”由傅剑南等押着，往把式场走。太极陈满面怒容道：“不要到那里去，到客厅里去。我一定细细的审问他，这东西太可恶了；他竟蒙了我两三年，我不把他狗腿砸断，我就对不起他。”

方子寿道：“大师兄，看住了他，别冷不防教他暗算了你。”

傅剑南道：“不要紧，四弟你不懂。”回手一拍假哑巴道：“相好的，别害怕！你只要不是绿林恶贼，师傅也不能苦害你；可是你得说实话。……三弟、四弟，师傅正在气头上，你们别闹了，看激出事来。”

第十七章　操刀讯哑　挥泪陈辞

于是五杆枪前后指着哑巴，耿永丰、方子寿，一边一个，拖着假哑巴的胳臂，直奔跨院。此时全宅都哄动了，晓得哑巴说了话，原来是个奸细。妇人孺子、仆妇长工，人人都要看看。太极陈把家人都叱回内宅，只教门人们拥架着假哑巴，进了客厅。

客厅中明灯高照，群弟子把哑巴看住，站在一边。太极陈坐在椅子上，两只眼盯着哑巴。哑巴慑于严威，不由低下头来，不敢仰视，浑身抖抖的打战。太极陈面挟寒霜，突然把桌子一拍，问道："路四，你受谁的唆使，到我家来？你到底安着什么心？"

路四把头一抬，忽然俯下，两行热泪夺眶而出，道："师傅！"太极陈喝断道："谁是你的师傅！"

傅剑南见师傅怒极了，忙斟了一杯茶，捧上来，低声道："师傅先消消气。"对哑巴说："喂，朋友，你究竟怎么一回事？"又问众弟子道："他叫什么？"耿永丰道："他装哑巴，自写姓名叫路四。喂，路四，你到底姓什么？叫什么？"

哑巴路四看了看众人，众门徒各拿着兵刃。三弟子耿永

丰，和太极陈的次孙陈世鹤，各提着一把剑，把门口堵住；四弟子方子寿拿着一只豹尾鞭，看住了窗户；五弟子、七弟子、八弟子，各仗着一把刀，环列左右；假哑巴如笼中鸟一样，要想夺门而逃，却是不易。耿永丰嘲笑他道："伙计，也难为你卧底三四年，一点形迹没露，怎么今天喊起好来呢？"

哑巴未曾开言，泪如雨下，向众人拱手道："诸位师兄！"又面向太极陈道："师傅息怒！"又向大师兄傅剑南道："大师兄！"这才又转向太极陈，含泪说道，"师傅，弟子我实没存坏心，我这三四年受尽艰辛，非为别故，就只为争一口气。"

太极陈道："什么，就只为争一口气？你这东西一定是贼，你要从我这里偷高招，为非作歹去，对不对？"

哑巴惨然叹道："师傅容禀，弟子也不是绿林之贼，也不是在帮在会的江湖人物。弟子实不相瞒，也是好人家儿女；自幼丰衣足食，家中有几顷薄田，只不过一心好武；因为好武，曾经吃过许多亏，所以才存心访求名师。师傅，你老人家还记得八年以前，有一个冀南少年杨露蝉不？"又转脸对方子寿道："四师兄，你老总该记得，我跟你老还对过招，不是教你老用太极拳第四式，把我打倒的嘛？"

"哦，你是……杨什么？"

"弟子是杨露蝉，八年前我曾到老师家里投过帖。……"哑巴说出这话，太极陈早已记不得了，四弟子方子寿忽然想起来，失声说道："可是我的驴踩了盆的那回事吗？那就是你吗？"哑巴顿时面呈喜色，这已获得一个证人了。哑巴接着说道："老师，弟子当年志访绝技，竭诚献贽，不意老师不肯轻易收留。向往有心，受业无缘；是弟子万般无奈，出离陈家沟，才又北访冀鲁，南游皖豫，下了五年工夫，另求名师。不意弟子游遍武林，历访各家，竟无人堪称良师，这其间吃亏、上当、被累，简直一言难尽。弟子当年曾发大愿，又受过层层打击，一定要学得绝艺才罢。实在无法，弟子这才改装易貌，重返陈家沟。弟子当时想，获列老师门墙，已成梦想，只盼望

但能辗转投到哪位师兄门下，做个徒孙，弟子也就万幸。不意弟子到此以后，才知各位师兄奉师命都不准收徒；弟子至此心灰望断，不知如何是好。后才拔去眉毛，装做乞丐，天天给老师扫阶。忍饥受冻，苦挨半年。弟子这时是自己给自己怄上气，也不承望准能换得绝技，只不过拗上了劲，就是冻死饿死，我也要从陈家沟得点什么再走。不想又苦挨数月，机缘凑巧，一场大雪，得邀老师垂怜，竟把弟子收录为佣。弟子在老师府上，一心服役，除了窃学绝艺，别无他意。老师若拿偷艺之罪来惩罚我，处置我，我罪无可逃，情甘领受。若说弟子还怀藏着别样心肠，有什么歹意，皇天在上，弟子敢告神明。”

太极陈听了，摇头怒喝道：“你只为偷学拳技，就下这大苦心，谁肯信你！装乞丐差点冻死，装哑巴几年不说话；你必是有什么不可告人的阴谋。你必是哪一派的叛徒，犯了规矩逃出来；上我这里偷学拳艺，好来对付旧日师门。再不然，你就是奸淫邪盗，被江湖侠客追寻，不能抵敌，无地容身，才跑到我这里装哑巴，避祸偷拳。我看好好问你，你也不肯实说。来吧！”他把手一伸道：“我先把你废了再说！好好问你，你也不会实招。”突然站起来，伸出两个手指头，就要点假哑巴的要穴，道：“废了你，也算成全你，省得你充好汉，为非作歹。”

太极陈的手指竟向杨露蝉左乳下要穴伸来。

杨露蝉吓得逃无逃处，避无避处；不禁失声痛哭，连连叩头道：“师傅，你老人家饶命，我我我实说呀！”

太极陈冷笑道：“你还是怕死嘛。说，快说！”

杨露蝉既窘且惧，不禁失声哭诉道：“师傅我实实在在不是绿林，也不是匪类，更不是哪一派的叛徒；我是广平府的世家，老师只管派人去打听我。”

太极陈怒道：“你还支吾？”

杨露蝉窘得以头叩地，吃吃的哀告道：“师傅我说，我说。师傅，我说什么呢？我实在没安坏心！你老不肯饶恕我，实怪我不该假扮偷拳。但是老师，这三四年我在师门，竭诚尽意服

侍你老，我一点坏心没有。师傅，你老身在病中，弟子昼夜服侍过你老；歹人放火，弟子又舍命背救过你老人家。”

耿永丰唾骂道：“你胡说，这把火不是你主使出人来放的吗？你这是故意的沽恩市惠！”

杨露蝉忙道：“师兄，你老别这么想。那火实是蔡二支使人放的。师傅请想，你老的仇人怎么会无故死在乱葬岗？你老是圣明人，你老请想啊！”又回顾方子寿道：“四师兄，你老快给我讲讲情吧。师傅，那匿名投信，替四师兄洗冤，也是弟子做的。你老请念一念弟子这番苦心，恕过弟子偷拳之罪吧！四师兄，四师兄，那年下着雨，半夜里敲窗户，给你老送信的，就是我呀！四师兄，你老得救救我呀！”

假哑巴杨露蝉跪伏地上，缩成一团，断断续续说出这些话来。太极陈不禁停手，哑然归座。回头来看方子寿，方子寿也和太极陈一样，睁着诧异的眼，看定杨露蝉，不觉各各思索起来。

太极陈暗想：据他说，匿名投书，揭破刁娼的阴谋，救了方子寿，洗去太极门的污名，便是他做的。我在病中，他尽心服侍；他果存歹心，那时害我却易。那火决计不是他放的。放火的蔡二竟无故杀身，横尸郊外，听口气，这又是他做的，而且也很像。他在我家中，勤勤恳恳，原来是为偷拳？他竟下这大苦心，冒这大危险！他这么矮小的一个人，骨骼单单细细的，瞧不出他竟会有这大“横劲”？

想到这里，低头又看了看假哑巴。只见他含悲跪诉，满面惊惧之容；可是相貌清秀，气度很是不俗。我原本怜惜他，只可惜他是哑巴罢了。三年装哑，谈何容易？他如果不挟恶意，倒是个坚苦卓绝的汉子！

陈门众弟子也人人骇异，一齐注视这假哑巴。客厅中一时陷入沉默，好久好久，无人出声。到底是方子寿冲破了寂静，低声叫道：“师傅！”

太极陈只回头看了看，二目瞠视，兀自无言。

大弟子傅剑南听话知因，已经猜出大概；凑过来，仔细端

详杨露蝉的体貌。见他通鼻瘦颊，朗目疏眉，骨骼虽然瘦挺，面目颇含英气。这个人在师门装哑巴三年之久，难为他怎么检点来，竟会一点儿破绽不露吗？其实破绽不是没有，无非人不留神罢了。一来事隔四五年，他才重回陈家沟。二来他改容易貌，不但衣敝面垢，甚至把自己一双入鬓的长眉，也拔秃了；并且眼睫下垂，故作迷离之状。他乍来时，本是剑眉秀目的富家公子，重来时，变成秃眉垢面的哑丐了。因此不但太极陈、方子寿都被瞒过，连长工老黄等也全没看出来。他自己，提心吊胆，白昼装哑巴已非易事，他最怕夜间说梦话。傅剑南想：据他自述，是冀南世家，看他的举止气派，倒不像江湖匪类。但是他一个富家子，竟能下这大苦功吗？傅剑南不禁摇了摇头，才要开言；方子寿在那边忍耐不住，又低低叫了声："师傅！"

太极陈道："唔？什么？"

方子寿用手一指道："这个路四说，不，这个姓杨的说，弟子当年那场官司，那封信是他投的。"

太极陈道："怎么样？"

方子寿迟疑道："刚才他说的放火救火那一档事，已经过去了，随便他怎么说，这话无凭无据，一点也对证不出来。唯有那封匿名信是怎么投的，是什么辞句，那可是有来历的；不是局中人，断不能捏造。"说着看了看太极陈，就接着说："弟子看，莫如就从这一点盘问盘问他。只要他说得对，证明那封匿名信是他投的，他总算对咱们师徒尽过心，没有恶意；我求师傅斟酌着，从宽发落他。"耿永丰也插言道："匿名信的笔迹也可以对比。"

太极陈不语，脸上的神气是个默许的意思。方子寿便过来发问。傅剑南道："四弟，你说的什么匿名信？"方子寿就把自己遭诬涉讼，承师傅搭救，虽然出狱，却是谣言诬人太甚等话，对剑南说了。又道："多亏师傅收到一封匿名信，才揭破了仇人的阴谋，把真凶捉住。"说时眼看着杨露蝉，问道："那封信是你寄给师傅的吗？"杨露蝉忙答道："四师兄，那封信是

我写给你老，送到你老府上的，不是给师傅的。你老忘了，那天晚上蒙蒙淅淅的下着小雨，是我隔着窗户，把信给你老投到窗台上。你老那时候，不是先喝了一会儿酒，就同嫂嫂睡了。我跟你老就过话，你老不是还追我来着？”

方子寿不禁失口说道：“哦！这话一点儿也不差。”

太极陈眼望方子寿；方子寿点点头，复向杨露蝉问道：“姓杨的，你下这么大苦心，到师傅门下，究竟怀着什么意思，这先不论。你说那封匿名信是你写的，你就说吧。只要把投信的情形，前前后后，说得一点不错。信上写的都是什么话，那些话你怎么得来的，只要你说得全对，那就是你怀着善意来的，我就向师傅给你讲情。”

杨露蝉凄凄的低声说道：“弟子实是怀着善意来的。四师兄那档事，实在弟子费了好些日子的工夫，才访出来的。我知道老师和师兄都为这件冤枉官司，闹得闷闷不乐；弟子幸经访出原委，当时本想借此微劳，当面禀告，或者老师就能慨然收录我。但是思来想去，觉着还是暗中效劳的好；这才匿名投书，给四师兄写信。那信上的辞句，弟子现在还默记得出来；那信一共是两页，白纸八行书，红签信封。”说着伸手道：“四师兄，你老给我纸笔，我默给你老看。”

耿永丰问道：“那件事，你又怎么访出来的呢？有什么用意呢？”

杨露蝉凄然长叹，面向太极陈及耿、方二弟子说：“老师，师兄！弟子自幼因病习武，跟师傅刘立功刘老镖头，学了四年，只学会了一套长拳。那时，刘老师说弟子骨骼单弱，练硬功夫，不能出色；要想成名，还是学内家拳。他老人家对我说，唯有老师这太极门的拳术，可以济我之短，展我之长。他老人家声夸太极拳的好处，但是老师不轻易收徒，刘老师也知道的，特别告诫弟子：‘要学惊人艺，须下苦功夫。’神诚感格，也许能打动老师。弟子这才下了决心，从故乡来到河南，专诚投拜老师门下。不想弟子年少无知，方到陈家沟，就因多

管闲事，和四师兄惹起了一场误会。等到登门献贽，老师果然拒收弟子。弟子无奈，想到‘要学惊人艺，须下苦功夫’的话，就逗留在陈家沟，打算每天在街上等候，只要老师一出门，我就赶上去问好，叩求收录。只想天长日久，老师鉴及这份苦心，也许一笑收录。哪知弄巧成拙，日子一长，反惹起老师的疑心；以为弟子居心叵测，要拿弟子当宵小办。弟子彼时少年气盛，忍耐不得，才闹得拂袖告绝。”

太极陈唔了一声。

杨露蝉吓了一惊，忙抬头看了看太极陈的面色，接着说道：“但是，弟子是下了决心来的，立誓非入陈门，不学得绝艺不还乡。弟子在家乡临起程时，亲友们曾经设筵欢送，预祝成功；弟子把话说满了，这一下子被拒出河南，弟子可就无颜回转故乡了。”说到这里，不禁呜咽有声，数行泪下，道：“弟子家本富有；到了这时，竟落得有家难归，便在外飘流起来了。”傅剑南道：“那么，你就入了江湖道了，是不是？”杨露蝉拭泪抬头道：“师兄，弟子不是没名没姓的人家，哪里会干那个？我在外面飘流，我仍是东一头，西一头，寻访名师。江北河南一带，凡是有名望的武师，弟子都挨门拜访。也和到老师门前一样，只要打听这一派拳术好，我的体质可以勉强学得，我就去投贽拜师。”他又叹息道：“可惜的是，弟子白白耗费去了四五年的工夫，慕名投师多处，到后来意发觉这些名师不是有名无实，虚相标榜；就是恃强凌人，迹近匪类。再不然，就拿技击当生意做，有本领不肯轻传人。弟子于其间，吃亏，上当，遭凌辱，受打击，不一而足。”

这末后一句话，又有点形击到太极陈的短处。方子寿等不由转头来，看太极陈的神色；杨露蝉也省悟过来，不由又变了颜色。谁想太极陈满不介意，只痴然倾听，捻须说道：“你说呀！四五年，你都投到谁那里，学了些什么，为什么又转回来呢？”

于是杨露蝉接着细说这四五年来的访师遭遇。

第十八章 忿求绝技 误入旁门

当那日负气离开陈家沟时，杨露蝉本没怀着好意；他定要别访名师，学好了绝技，再来找陈清平出气。一路上逢尖打店，必要向人打听近处有没有武林名手。他从怀庆府南游，走了二百多里地，居然连问着三位武术名师。一位是黄安县铺场子的大竿子徐开泰，据说徐开泰一身横练的功夫，有单掌开碑之能。他那一条竿子，纵横南北，所向无敌；教了三十多年场子，成就了四五十个徒弟。当年有大帮的土匪侵扰黄安，多亏徐师傅一条竿子，十几个徒弟，竟把二百多土匪击溃。自从名闻四外，黄安县再没有土匪敢来窥伺。还有一位姓曾的，住在江南凤阳府东关，以地躺刀成名。在早年这位曾师傅也是跋涉江湖，挟技浪游的；不过后来他的儿子、徒弟全闯好了，曾师傅就回家纳福。他这地躺刀已传三世，教出来的徒弟不多，可是成名的不少。据传他这地躺刀，竟是当代独门绝传，没有别家再会的。此外还访得一位名师，就是黑龙潭的“先天无极掌”名家铁掌卢五。

杨露蝉旅途沮丧，不意离开陈家沟，没得多时，便已访获

三位名师，心上很觉安慰。自己盘算，依路程之远近，先去拜访黄安大竿子徐。谁想在豫南店中，听人说得这大竿子徐威名远震，却一入鄂北本境，竟没人说起。在黄安辗转访问，费了半日工夫，才渐渐打听着，这位徐师傅原来住在乡间一座小村子内。及至登门拜访，把杨露蝉的高兴打去一大半儿。徐师傅这三间茅庐，倍呈荒伧之象，在街门口挂着些木牌，上写“七代祖传壁蟢吃气功”“秘传神效七厘散”，又一块牌是“虎骨膏大竿子为记”；一看到这几片方木牌，杨露蝉不禁爽然若失。犹记得刘立功老镖师对露蝉说过，巾、皮、彩、挂，为四大江湖。这种卖野药的拳师多半是生意经，绝非武林正宗。（巾是算卦，皮是相面，彩是戏法，挂是卖艺的。）

杨露蝉远远的扑奔了来，哪想到传言误人如此！怅立门前，踌躇良久，自己安慰自己道：“也不见得这位徐师傅准是江湖生意。人不可以穷富论，古来就有奇才医隐，卖药的也许有能手。”存着一分侥幸心，杨露蝉只得登门投帖；晋见之后，接谈之下，杨露蝉越发失望。这个大竿子徐十足的江湖气，和当年刘立功老师傅所说：当街卖拳的“挂子行”，练武卖膏药的“卖飞张”，以及使“青子图”卖金创药，当场割大腿，见血试药的江湖人，活活做个影子。但是竿子徐却十分殷勤，毫不像太极陈那样傲慢。听杨露蝉自明己志，求学绝招，竿子徐很夸奖了一阵，许为少年有志，将来定能替南北派武林一道出色争光。又夸露蝉有眼力，能投到他这里来。当时许下露蝉多则五年，少则三年，定教露蝉得到真本领。又表明他不为得利，不为传名，并不要杨露蝉的束修贽敬。“相好的，我若要你半文钱，我算不是人！”

杨露蝉到底年轻脸热，既知误入旁门，竟不能设词告退；又教竿子徐的慷慨大话一逼，行不自主的掏出二十两银子来，口不应心的说出拜师请业的话来。竿子徐十分豪爽，并不谦让，把贽敬全收下，说道：“这个，我在下倒不指着授徒糊口；这几两银子，我先给你存着，就作为你的饭费吧。”

杨露蝉行违己愿的拜了师，开始学艺。他想：在店中既听人说得那么神奇，这位竿子徐至不济也得有两手本领。等到练了没有两个月，名武师的真形毕露了。他也没有精心专擅的绝技，他也没有独门秘传的良药。他那追风膏全是从药店整料买来的；自己糊膏药背子，印上“竿子徐”的戳记，就算独门秘制了。他的七厘散、金创药，也不过如此。至于武功，更是蒙外行，全仗他有几斤笨力气罢了。单掌开碑的话，竟不知是谁造的谣言，他倒会劈砖，砸石头块儿；也只是用巧劲，使手法，用来炫惑市井，好比变戏法一样。然而他武功虽弱，挤钱的本领却在行，口说不要束脩，可是花销比学费更大。今天该打一把单刀，明天该买一袋铁沙，后天你该吃什么药，补内气；大后天你该洗什么药，壮筋骨；至于吃饭下馆子，请客做寿，有事弟子服其劳，有钱先生花其半；变着法子教杨露蝉破费。虽然仅仅两个来月，却把杨露蝉的川资榨去了七十多两。露蝉一想不好，收拾收拾，这才不辞而别，避难似的出了鄂境。

杨露蝉一怒私奔，且愧且恨；一时恼起来，竟要回广平府，从此务农，绝口不谈武术。但，在这只是一转念而已；在路上走了几天，气平了，还是要争这口气，而且机缘竟会逼他；这一日过摆渡，又和脚行拌起嘴来。车船脚行向来惯欺单身客，两个脚行竟和杨露蝉由对骂而相打，明明欺他孤行客，年少瘦弱。头一个脚行被杨露蝉施展长拳，占了上风。第二个脚夫就喊骂着上前帮打，也被杨露蝉倒一边。两个脚夫吃了亏，立刻爬起来，招呼来七八个脚夫，把露蝉踢打了一顿。杨露蝉吃了亏，增了阅历，咬牙发狠道：“我一定要练好武功！但是我不可冒昧献贽了，我必须访明教师的底细。”于是他又走旱路，到了黑龙潭。

那黑龙潭的“先天无极掌”名家铁掌卢五，身负绝技，确有威名，在当地有口皆碑；杨露蝉确访得一无可疑了，便登门献贽。未肯鲁莽，先去求见。不想连访两趟，始见一面；而一言不合，又遭了拒绝！

铁掌卢五先问露蝉的来意和来历，是哪里人？从哪里来的？又问："为何要立志习武？听谁说才投访愚下来？"杨露蝉不合实话实说，无意中只透露出"从陈家沟子来"。铁掌卢五顿时起了疑心，又道是太极陈打发人来窥招了。卢五是个阴柔的人，不像太极陈那么明白拒人，当时只泛谈闲话，不置可否。等到杨露蝉下次求见，卢五竟不出来，由他的门徒代传师意："家师现有急事，昨天已经起五更走了。"造出理由来，说明此去归期无定，三年五载都很难说。又道："家师一走，这里的场子，到月底就收了。"

杨露蝉犹豫不信，暗向店家打听。店家竟说："不错，卢五爷前天托我们给他雇车了。"这店家不等细问，便说到卢五师傅此次远行，归期无定，和卢氏门徒的说法竟一样。露蝉无奈，只好重登卢门，先述明自己殚心习武，志访名师的心愿，次后说到自己下半年要再来登门。告辞归店，闷住了几天，问起店家，近处可还有著名的武师没有。店家说："有，河南怀庆府的太极陈，他的内家拳打遍中原无敌手。杨爷既然爱好武功，很可以投奔他去。"倒把露蝉支回来了。（却不知店家这番答词，乃是卢五授意！）

杨露蝉只得重上征途，一路寻访，不久折到凤阳。在凤阳住了两天，仔细打听那个东关有位有名的武师地躺曾。这一回居然未教他失望，东关果然有这么一个人，姓曾名大业，果然以地躺刀得名，手下有好几十个徒弟。这凤阳一带，提起了曾武师师徒来，全有些皱眉头，那情形很是令人敬畏。

露蝉想：这人许是名副其实，真有惊人的本领；要不然，何致令人如此畏服？至于说话的人们口气之间，似乎稍透出曾武师恃强凌人的意思，那也无怪其然。英雄好汉惯打不平，自然市井间闻名丧胆，望风敛迹的了。

杨露蝉遂沐浴更衣，持弟子礼，登门求见地躺曾。

这位曾武师却阔气，住着一所大宅子，客堂中铺设富丽，出来进去尽是人。曾大业武师年在五十以上，两道长眉，一双

虎目；紫黑的面皮油油发光。气象很精强，比起太极陈不相上下，只身量略矮而胖。曾教师接见访艺的后生时，在身旁侍立着如狼似虎的几个弟子，全是短衫绸裤，花裹腿沙鞋，一望而知是有饭吃的好武少年。露蝉这时候却穿着一身粗布衣裳，神形憔悴，面色本白，却经风尘跋涉，变得黑瘦了；身量本又矮小，跟这些趾高气扬的壮士一比，未免相形见绌，自惭形秽。曾武师手团一对铁球儿，豁朗朗的响着，先盯了露蝉两眼，随后就仰着脸问道："杨兄到这边来，可是身上短了盘费？"杨露蝉恭敬回答道："不是。"遂说出慕名拜师的意思。曾教师听了，脸上露出诧异的神色来，向徒弟们瞥了一眼。露蝉忙又将自己的志诚表白一番；如何的奔波千里，如何志访名师，如何远慕英名，才来谒诚献贽，仔仔细细，说了一遍。曾大业道："噢！"又把露蝉上下打量了几遍，半晌，摇了摇头，说是他这地躺刀的功夫，不是任何人都能练的；若能练的，不下十年八年的功夫，也决练不出好来。可是当真练成了，却敢说句大话，打遍江南无敌手。"足下你可有这么样的决心吗？你可有这么长久的闲工夫吗？"

杨露蝉高兴极了，这老师的气派与竿子徐截然不同，果然名不虚传；立刻表明决心，恳求收录："莫说十年八年，多少年都成。"曾大业还是面有难色，又提出一个难题，是"穷文富武"。"这学习绝艺不是冒一股热气的事，你就有决心，你家里可供得起吗？"杨露蝉连忙说："供给得起。"于是曾教师又盘问露蝉的家世、家私。好容易得遇名师，杨露蝉格外心悦诚服，哪敢有半字虚言；忙把自己的身世家境，几顷地、几所房、几处买卖，都如实说了。曾老师这才意似稍回，向露蝉说出了许多教诫；总而言之，要有耐性，肯服劳，舍得花钱，才能学得会绝艺。这与刘立功老师的话根本相符，可见名师所见略同。最后曾武师又轻描淡写，说明每年的束脩六十两银子，每月另外有三两银子的饭费。因为曾氏门下，众弟子在学艺时，照例不准在外乱跑，免得心不专；这又是武师传艺应有的

戒条，露蝉连忙答应了。此外三节两寿，那是不拘数的，全在弟子各尽其心；可是最少的也得每节十二两。

总之，凡是师门规谕，曾武师一一说出，杨露蝉无不谨诺。旋即择吉日，行了拜师之礼，又与同门相见。赶到入手一练功夫，露蝉可就心中觉得古怪！曾师傅教给站的架式，满与当初刘立功老镖师所授的一般。露蝉略微的表示自己从前练过这个，曾师傅就怫然不悦。同门们立刻告诫他，凡入师门，就得把从前学过的全当忘了才行。

杨露蝉深愧自己轻躁，不敢多言，照样的从师重练。师傅教什么练什么，只好不管学过与否。哪知曾师傅虽对新生，也并不天天下场子亲授；一晃十天，只见老师下过两次场子。别的师兄弟们，都是由大师兄代教；独独自己，只有一味死练那一个架子，每天把自己四肢累得生疼，还是比葫芦画瓢，刻版文章。师傅既不常下场开教，师兄们也都卑视他。

这些师兄们却把这新进的师弟当了奴仆佣工。住在老师府上，除了洒扫武场，擦拭兵刃，做晚生下辈应当作的苦工以外，整天仍得要忙着给这位师兄钉鞋去，给那位师兄买白糖去。轮到自己练功夫了，明是站的架子对了，这个师兄过来，说是腿往左偏了，照迎面骨上一掌。那位师兄又把脖颈子一拍，说是没有挺劲了。偏偏这些师兄们个个虎背熊腰，个个是本乡本土，只露蝉一人是外乡人，又生得瘦小。于是众师兄们赠给他两个外号，“杨瘦猴子”“小侉种”。杨露蝉为学绝艺，低头忍受；未及三月，把个杨露蝉挫折得真成瘦猴了。杨露蝉生有异秉，常能坚忍自宽，虽然形销骨立，却仍怀着满腔热望。只要学成绝艺，到底不虚此行，什么苦他都肯受得。

到后来他也学乖了，一味低声下气，到底不能买得师门的欢心，他就私自掏出钱来，给师兄们买点孝敬，请吃点心。果然钱能通神，渐渐的不再受意外的凌辱了。半年后，内中一二位师兄也有喜欢他的，倒同他做了朋友。

但是，杨露蝉虽得在师门相安，反而渐渐有些灰心起来；

这半年光景，只承师傅教了半趟“通臂拳”，尚不算失望。只是在凤阳寄留日久，慢慢地看出曾师傅师徒的行径来。这曾大业就算不上恶霸二字，可是恃强横行，欺压良懦之迹，却实免不掉，并听说曾老师排场阔绰，断不是单指着教徒为活；他另有生财之道。在东关外开着四家宝局，都靠着曾老师的胳膊根托着；此外还办着几种经纪牙行，这班徒弟仿佛就是他的打手。而且光阴荏苒，这半年来，历时不为不久，竟始终还没看见曾大业露过他那一手得意的“地躺拳”和“地躺刀”。

偶尔师兄们也练过一招两式，在露蝉看来，平平而已，并不见得精奇绝妙。

也是机缘凑巧，杨露蝉合该成名为一代武术名家。他的天才竟以一桩事故，才不致被这些江湖上的流氓消磨了。有一日，这曾老师门前，突然来了一个对头，指名拜访，要会一会地躺刀名家曾大业。曾大业及其二子恣睢无忌，无意中竟激怒了山东省一位地躺拳专家，特地从兖州府赶到凤阳来，登门相访，要领教曾大业这套打遍江湖无敌手的地躺刀。

第十九章 盛名难副 地拳折胫

此人一到，名师跌脚丫。曾大业或者是一时大意惯了，并且南北派会这地躺招的人也实不多见，而他自己少壮时候，本曾下过苦功。曾大业近十几年来没遇过敌手，接见这不速之客，起初还当他是江湖上沦落的人，来求帮的。曾大业为人虽操业不正，对武林同道却常常帮衬；及至一见面，这人不过是四十多岁的山东侉子；蓝粗布袄裤，左大襟，白骨扣纽，粗布袜子，大洒鞋；怪模怪样，怯声怯气；满嘴络腮短胡，一对蟹眼。可以说其貌不扬；但体格却见得坚实，双手青筋暴露。曾大业照样令弟子侍立两旁，方才接见来宾，叩问姓名和来意。来人突如其来的就说道："以武会友，特来登门求教。"家乡住处、姓名来历，一字不说，只催着下场子。

曾大业还没答话，徒弟们哪里禁得来人这么强直？哄然狂笑，立刻揎拳捋袖，要动手打人家。这人回身就走，问场子在哪里？

曾大业冷笑，问来人用双刀，是用单刀？山东侉子漫不在意地说："全好。"曾大业立刻甩去长衫，扎绑利落，吩咐弟

子，把他惯用的青龙双刀拿来。山东侉子就从兵器架上抽取两把刀，却非一对，一长一短，一重一轻。曾大业未尝不知来者不善，善者不来，但是众弟子既然哄起来了，也不能再气馁。又兼近十数年来，曾大业还乡之后，一帆风顺，现在更不能含糊。

起初他还要设法子试探来人的来头，但见这个山东侉子竟取了差样的两把刀，这岂不是大外行嘛！顿时把悬着的心放下，口头上仍得客气几句。曾大业说道："在下年老，功夫生疏了。朋友既肯指教，你远来是客，我曾大业是朋友，绝不能欺生。朋友，你另换一对刀吧。这边兵器架上，双刀就有好几鞘。"山东侉子道："曾师傅，你放心，俺大远的来了，不容易，你就不用替我担忧。我当初怎么学起的，就怎么练，我倒不大在乎家伙一样不一样，不一样也能宰人。你信不信？可是的，曾师傅，你这就要动手，也不交代交代后事吗？"

曾大业怒骂道："什么人物！姓曾的拿朋友待你，你怎么张口不逊？教你尝尝！"双刀一分，随手亮式，"双龙入海"，刀随身走，身到刀到，双刀往外一砍，这不速之客只微微把身形一转，已经闪开，冷笑道："你就是万矮子那点本事，就敢横行霸道，藐视天下人？"

曾大业怒极，他年逾五旬，看似人老，刀法不老；立刻一个"梅花落地"，双刀盘旋舞动，倏然肩头着地，往下一倒。腕、胯、肘、膝、肩，五处着地用力，身躯随刀锋旋转起来，在地上卷起了一片刀光。那山东侉子看着人怯，功夫却也不怯，一声长笑，随即一个"懒驴打滚"，身躺刀飞，差样的双刀也展开地躺刀法。平沙细铺的把式场，经这两位地躺专家的一滚一翻，顿时浮尘飞起，滚得两个人都成了黄沙人了。

弟子们打围看着，纷纷议论："好大胆，哪里冒出来的？""许是有仇。""踢场子逞能的。""哼，哼，你瞧，还是师傅！""这小子好大口气。""找不了便宜去。""别说话，瞧着；喝，好险！""喂，差一点。""吓，大师哥，咱们怎么着呢？""看着。""把兵刃预备在手里吧。"

唯有杨露蝉杂于其间，一声不响，注目观招。以他那种身分，竟看不出功夫的高低来。但到两方面把身法展开之后，这个轱轳过来，那个轱轳过去，优劣虽不辨，迟速却很看得明白。一起初，见得是曾师傅旋转得最为迅快，浑身就好像圆球似的，盘旋腾折，气力弥漫，那个山东侉子显见不如。但是看过良久，渐渐的辨出深浅来了：那侉子一开头好像慢，却是一招比一招紧，不拘腕、胯、肘、膝、肩，哪一部分，仅仅一沾地，立时就腾起来，直像身不沾地似的，轻灵飘忽，毫不吃力，当得起轻如叶卷，迅似风飘。那曾大业可是翻来转去，上下盘总有半边身子着地，身形尽自迅快，却半身离不开地。

曾门弟子也似乎看出不好来了："小师兄，咱们怎么着？你瞧瞧，你瞧瞧！"

二十几招过去，曾大业一个"蜉蝣戏水"，展开刀锋照敌人一削，旋往旁一撤身。那山东侉子"金鲤穿波"，刀光闪处，呛啷一声啸响，悬空突飞起一把刀片。就在同时，听"哎哟"一声惨呼，不觉得眼花一乱。忽的蹿起来一人，正是那山东侉子，浑身是土，双刀在握。曾大业的双刀全失，一汪热血横溅出来，身子挺在血泊里，群徒哗然一阵惊喊。

山东侉子一声冷笑道："打遍江湖无敌手的地躺刀名家原来这样，我领教过了！姓曾的，你养好伤，只管找我去。我姓石名叫光恒，家住在山东兖州府南关外石家岗子；我等你五年。我还告诉你一句话，种德堂的房契不是白讹的，是五年以后，三分利息，拿老小子一条狗腿换来的。你明白了么？我限你三天以内，把人家的房契退回去；若要不然，要找寻你的还有人哩。再见吧，对不起！这两把刀一长一短，我还对付着能使，还给你吧！"啪的将那一对刀丢在地上，拍拍身上的土，转身就走。

当曾大业失刀负伤时，大师兄和曾大业的两个侄儿，抢先奔过去扶救；却是一挨身，齐声叫喊起来。曾大业不是被扎伤一刀，他的一条右腿已活教敌人卸下来了，只连着一点，鲜血

喷流满地。

这群徒弟惊慌失措，忽然醒悟过来，一齐奔兵器架，抄家伙，嚷骂道："好小子，行完凶还想走？截住他！"山东侉子横身一转，伸左手探入大襟襟底，回头张了一眼，"呸"的吐了一口道："你们真不要脸吗？练武的没见过你们这伙不要脸的，你们哪一个过来？"握拳立住，傲然的嗔目四顾。

曾大业此时切齿忍痛，努力的迸出几个字道："朋友你请吧！你们不要拦。你们快把老大、老二招呼过来……"底下的话没说出来，人已疼昏过去。山东侉子竟飘然出门而去。

徒弟们骇愣万分，有那机警的忙缀出去。只见那山东侉子到了外面，往街南北、巷东西一望，忽然引亢一呼，侉声侉气唱了两句戏文。顿时从曾宅对面小巷钻出来几个人，从曾宅房后钻出来几个人，从附近一个小茶馆也钻出来几个人。这些人错错落落，都跟着那个侉子，顺大街往北走了。

曾大业的两个儿子，当日被寻回来，忙着给父亲治伤，访仇人，切齿大骂。这其间杨露蝉心中另有一种难过，可是在难过中又有点自幸；自幸身入歧途，迷途未远。于是挨过了两天，杨露蝉又飘然的离开了凤阳。

但是，杨露蝉忽然懊悔起来；自己一心要访名师，既看出曾大业盛名之下，其实难副；这一个山东侉子分明对地躺招有精深的功夫，自己为什么只顾惊愕懊丧，倒轻轻放过这位名师，不立即追寻他去呢？一想到这一点，已经后悔难挽，他离开凤阳，脱出曾门，既是不辞而别的，现在也不好翻回凤阳了。好在那个山东侉子叫劲时，曾留下了姓名、地址。杨露蝉道："我莫如一径下山东，找这位石武师去。"

杨露蝉又大意了，石光恒武师是曾大业的对头，他岂肯收录对头的徒弟？知道安着什么心？杨露蝉心无二用，一直扑奔兖州去。到石家岗子访问时，此地确有其人，石光恒说的并非假话，但是石光恒并没有回来。杨露蝉为慎重计，暗向当地人打听石光恒的武功、行业、品性；果然是地躺刀名家，只是在

家时少，出外时多。杨露蝉在兖州候了一个多月，石光恒仍未回来。再向知根知底的探听，才晓得石光恒是被凤阳种德堂尤家聘请了去的，恐怕一年半载未必回家。大约此时仍未离开凤阳，还在暗中监视着曾家父子了。

奔波千里，扑空失望，杨露蝉十分扫兴。此地离家转近，不由颓然转念，又打算从此丢开手，将借武术成名的念头歇了，老实回家务农也罢。

杨露蝉此念一起，决上归程。由山东往冀南走，路程已近。但他意懒心灰，走起路来，不按程站，只信步慢慢的走。

行到东昌府地界，天降骤雨。时在午后，天光尚早，前面有一座村庄。杨露蝉健步投奔过去，打听此地名叫祁家场，并无店房，只有一家小饭铺，可以借宿。杨露蝉急急寻过去。饭铺前支着吊搭，靠门放着长桌条凳。铺面房的门口，正站着一个年轻的堂倌，腰系蓝围裙，肩搭白抹布，倚门望雨，竟很清闲无聊。杨露蝉闯进铺内，浑身早已湿透了。

小饭铺内没有什么饭客，柜台上仅坐着一个有胡须的人，似是掌柜，正和一个中年瘦子闲谈。露蝉脱下湿衣来，晾着。要酒要饭一面吃，一面问他们，这里可以投宿不？回答说是："可以的，客人这是从哪里来？"露蝉回答了，阻雨心烦，候着饭来，也站在门前看雨。

那胡子掌柜和中年瘦子仍谈着闲话。山东果然多盗，正说的是邻村闹土匪的事。胡子掌柜说："邻村大户刘十顷家，被匪架去人了。头几天听说来了说票的了，张口要六千串准赎。事情不好办，爷们被绑，还可以赎；这绑去的是刘十顷第二房儿媳妇，才二十一岁。刘十顷是有头有脸的人物，儿媳妇教贼架去半个多月，赎回来也不要了。"瘦子说："他娘家可答应吗？"掌柜说："不答应，要打官司哩。打官司也不行，官面上早有告示：绑了票，只准报官剿拿，不许私自取赎；说是越赎，绑票的案子越多了。"

那瘦子喟然叹息道："可不是，我们那里，一个没出阁的

大闺女，刚十七岁。教土匪绑去了。家里人嫌丢脸，不敢声张。女婿家来了信，要退婚。活气杀人！就像这个闺女自己做不正经事似的。娘、婆二家都是一个心思，家里不是没钱，谁也不张罗着赎。谁想过了半年，土匪给送回来了。这一来，他娘家里嫌丢人，女婿家到底把婚书退回来了。”掌柜道：“听说这个闺女不是自己吊死了？”瘦子道：“可不是，挺好的一个闺女，长得别提多俊咧，性情也安静，竟这么臊死了！”

杨露蝉在旁听着，不觉的恚怒。只听那瘦子说：“刘十顷的二房儿媳妇是出嫁的了，又是在婆家被绑的，总还好些吧？”掌柜道：“也许好点。”瘦子又道：“刘十顷家不是还养着好些个护院的吗？进来多么土匪，竟教他们架了人去？”掌柜说：“护院的倒不少，七个呢！一个中用的也没有。土匪来了十几个，比刘家男口还少。可是竟不行，七个护院的干嚷，没人敢下手，平常日子，好肉好饭喂着，出了事，全成废物了。这也怪刘十顷，那一年他要是不把赛金刚宗胜荪辞了，也许不致有这档子事。”

杨露蝉听着留了意，忙问道：“宗胜荪是干什么的？”那掌柜和瘦子说道：“客人你是外乡人，当然不晓得。提起这位宗爷，可是了不得的人物。他是给刘十顷护院的教师爷，一身的软硬功夫。那一年闹黄灾，这位宗爷就仗着一手一足之力，你猜怎么着？两天一夜的工夫，他竟搭救了四五百人，男的、女的、老的、少的都有。这位宗爷不但是个名武师，还是个大侠客哩。要是刘十顷家还有他在，一二十口子土匪，也是敢进门哪？早教他赶跑了。”

杨露蝉道：“哦！这个人多大年纪？哪里人？”

掌柜道：“这个人年纪不大，才三十几岁。听说是直隶省宣化府人。莫怪人家有那种能耐，你就瞧他那身子骨吧，虎背熊腰的，头个儿又高又壮。”瘦子道：“要不然，人家怎么救好几百人呢？这位宗爷难为他怎么练来，什么功夫都会，吃气、铁布衫、铁沙掌、铁扫帘、单掌开碑，样样都摸得上来。那一

年，我亲眼看见他在场院练武；一块大石头，只教他一掌，便劈开了。他又会蛤蟆气，又精通水性。说起来神了，这个人简直是武门中一个怪杰。在刘十顷家，给他护院，真不亚于长城一样。谁想待承不好，人家一跺脚走了。”

这些话钻入杨露蝉耳朵里，顿时心痒痒的，急忙追问道：“这位宗师傅竟有这么好的功夫吗？他现在哪里？他可收徒弟吗？”

掌柜道：“这可说不上来，人家乃是个侠客，讲究走南闯北，仗义游侠，到处为家。他倒是收徒弟，听说他这次出山，就是奉师命，走遍中原，寻访有缘人，传授玄天观武功的。”

杨露蝉又惊又喜，想不到在此时，在此处，途穷望断，居然无意中访出这么一位能人来。只是住脚不晓得，要投拜他，却也枉然。正要设法探询，那瘦子却接过话来，脸冲掌柜，闲闲的说道：“你不晓的宗师傅的住处吗？我可晓得。前些日子，听说这位宗师傅叫观城县沈大户家聘请去教徒弟了。”

露蝉忙问：“这位沈大户又住在哪里？”

瘦子扭头看了看露蝉，道：“怎么，你这位客人想看看这位奇人吗？”露蝉忙道：“不是，我不过闲打听。”瘦子道：“那就是了。”回头来仍对掌柜的说道：“咱位邻村螺蛳屯牛老二，就是这位宗师傅的记名弟子，他一定知道宗师傅的住脚的，大概不在观城县里，就在观城县西庄。若说起这位宗师傅，真是天下少有，不愧叫作九牛二虎赛金刚。就说人家那分慷慨，那分本领，实在是个侠客。他的师傅乃是南岳衡山的一位剑侠，名叫云云山人。”

他又对露蝉道：“咱别说他师傅有多大能耐，就说他那三位师兄吧，你猜都是什么人？”杨露蝉自然不晓得，瘦子瞪着眼说道：“告诉你，他那三位师兄全都不是人！”

露蝉骇然要问，那胡子掌柜接声道：“他那三位师兄，一个是人熊，一个老猿，一个是苍鹰，有一人来高。……”说着用手一比，又道：“这位宗爷乃是小师弟，他的功夫都是老猿

教给他的。你说够多么希奇!”

饭馆两人见露蝉爱听，便一递一声，讲出一段骇人听闻的故事来，把个杨露蝉听得热辣辣的。在饭馆借宿一宵，次日开晴，忙去访螺师屯牛老二，向他打听宗胜荪。却极易打听，牛二一点也不拿捏人，把宗师傅的现时住处，告诉了露蝉。这位奇人现在并未出省，他确已受聘，到观城沈大户家，教授两个女徒去了。牛二盛称宗武师的武功，自称是宗武师的记名弟子；跟着又把宗武师的身世艺业，仔仔细细，告诉了杨露蝉。

第二十章

认贼作父 诈侠图奸

这宗胜荪宗武师的身世颇为离奇，但有的地方颇和杨露蝉相似。宗胜荪年少时，据说也是一心好武，志访名师。他从十三岁上，就只身出门访艺，游遍江湖，历尽艰辛。一日行经南岳衡山，得逢奇遇。衡山之阳有一山坳，生产许多茶树；正值新茶应采之时，邻近村姑少妇结伴成群，到山坳采茶。村姑少妇一面采茶，一面口唱山歌，一唱百和，娇喉悦耳；宗胜荪不觉停步看得出神。

不料突然间山洪暴发，巨流漫地，顿时深逾寻丈。二三百个采茶妇女哭喊奔逃，哪里来得及？宗胜荪见义勇为，奋不顾身，竟泅水前往搭救她们。仗他天生神力，把采茶女子，用双臂一夹两个，背后又驮一个，登高破浪，一次救三个；只一顿饭时，便救出七十多个。山洪越来越猛，搭救越来越难，宗胜荪一点也不畏惧，费了多半天的工夫，居然把二三百个妇女全都背出险地。据说只淹死了两个：一个是老媪，早被浪头打没了；一个是十七八岁的姑娘，至死不肯教男子背负。

这三百来个采茶女子，都给宗胜荪磕头，称他为救命活菩

萨。宗胜荪反倒红了脸，一溜跑了，信步走下去。当天晚上，宗胜荪竟迷了途，陷在乱山中。又值月暗无星，大雾弥漫，只听得狼嗥狐啸，风吹树吼，恍如置身鬼窟。宗胜荪却一点也不怕，昂头前行。又走了一程，忽然一步陷空，又像被什么东西推了一下，骨碌碌地直滚下去，竟坠到山涧下去了。宗胜荪自思必死，哪知就似腾云驾雾一般，直坠了一杯茶时，才落到底。睁眼一看，别有天地，只见一个长髯道人，和一只巨猿。站在对面，头顶上却飞着一物，炯炯闪着两点星光。宗胜荪十分骇异，上前问路。那道人微微一笑说道："小居士，救人足乐乎？"宗胜荪这才晓得自己因险得福，慌忙跑到，口称仙师。那道人手捋长髯道："小居士，你本该今日此时，命丧衡山。只为你小小年纪，做了绝大善事，至诚动天，延寿一纪，并且教你得偿夙愿，获遇贫道。贫道要传给你玄门妙术和武林绝技，为我门户中放一异采，但不知你的福缘如何，武术、道法任听你选学一种。"

宗胜荪福至心灵，登时投拜这道为师。被道人引到一座山洞中，才往里一走，突然从里面闯出一只绝大人熊，把宗胜荪吓了一跳。道人说："胜荪休要害怕，这是你二师兄，给我看守洞府的，他名叫熊灵。"

宗胜荪这个师傅，便是所谓云云山人，云云山人当下指着那巨猿说："这是你大师姐，名叫袁秀，你快来拜见。你莫小瞧她，她虽横骨插喉，披毛戴爪，她却久通人性，深谙武功。你往后须要受她指教。"又一指那个人熊道："你袁大师姐精擅玄门剑术，你这熊二师兄却会铁沙罩。"又一点手，飞进来一只苍鹰，道："这是你三师兄，名唤英凌。他专会轻功飞纵术，又善突击，有空手入白刃的功夫。"

据说宗胜荪就在衡山，与那云云道人苦修一十二年，学会了一身惊人奇技。他少时本来黄瘦，云云道人又捉了一支黄精，教宗胜荪服用了；一夜之间躯干暴长，不啻易骨换形，所以才有现在这么魁梧的身躯。他艺成之后，奉师命云游四海，

寻访有缘人，广结善缘，普传绝技；同时还要游侠仗义，除暴安良。……

杨露蝉无意中访得这位异人，这异人又是以发扬本门武艺为志的，真是说不出来的欣喜。既访明这位高人现在观城，杨露蝉就立刻动身来到观城，逢人打听。这沈大户名叫沈寿龄，是观城首富。他的老妻八年前已经去世，留下两个女儿，没有娘照管。这两个姑娘一个十八岁，一个十五岁，极得父亲的宠爱，天性好武，整日价不拈针走线，反而倒弄剑舞刀。沈寿龄自己就好武，这也就无怪其然了。

赛金刚的大名既哄传一时，沈寿龄与他一度会晤，见宗胜荪双眸炯炯，三十几岁的人，世故人情非常透彻。谈到武学，又头头是道；把个沈寿龄佩服得五体投地，几乎拿他当神仙看待。遂以每年三百两的重聘，将宗师傅请来；在内宅后花园，辟了把式场，传授两位姑娘拳术，兼管看宅护院。

宗胜荪却志在发扬武学，沈宅本供食宿，他仍在本地关帝庙，租了两间房，挂了一个以武会友的牌，上写："武当派拳师宗胜荪传授蛤蟆功、长拳、铁扫帚功、铁布衫、铁沙掌，以武会友，不收分文。"上午在沈家教两个女徒，夜间给沈宅护院，每日下晚没事出来，便到关帝庙溜溜。

不久宗胜荪在本街收了些男徒弟，这些男徒都十分钦服他。他不但体格壮伟，又兼吐属文雅，健谈好交，外场本就动人。又过了些日子，他和城厢广合店的老板说投了缘，遂又在广合店，租了一间房，借着店院，另辟了一个把式场。每逢一、三、五、七，他在关帝庙传艺，二、四、六、八，就在店中授徒。旋又挂了一块牌，给人治病："五痨七伤，接骨补血。"不须药物，专用推拿和气功，而且照例不要钱。这一来观城县越发哄动了。

于是志访绝学的杨露蝉，慕名投了他来。

今日的杨露蝉非比刚出门的杨露蝉了，他晓得武门中蒙人的把戏很多，自经大竿子徐、地躺曾两次上当，他就格外小

心，未出投师，先要访贤。既来到观城，住店投宿，暗地里重新打听这位宗师傅的本领和为人；防准了，看透了，他才肯献贽。他以为骗两个钱不算什么，只是耽误了他求艺的光阴，却是无法挽救的损失，如今白白的已经耗去很多的时光，不得不特加慎重了。

杨露蝉住在观城广合店内，暗暗访察宗胜荪的为人。六七天的工夫，已访实了这位宗师傅的确不含糊。露蝉他正要登门投刺，不想没等他去，这个宗胜荪竟先找了他来。

这天杨露蝉吃过饭，正在店房中坐着，吃茶琢磨，忽然宗胜荪推门而入，开口只一句道："这位杨大哥，你在这店里住了好几天，你到底有何贵干？你真是访艺的吗？"

杨露蝉骇然，答对不上话来，心中却想：我的心思，这位宗师傅怎么会看出来？露蝉却忘了，他连日向店家，向街面上的人，不时打听宗胜荪的为人，自然有人告诉了宗胜荪。

可是宗胜荪这么抢先来一问，越发耸动了杨露蝉。杨露蝉于惊喜中，径直开陈己意；立刻从行囊中取出五十两银，一封红柬，作为贽敬，拜求宗师傅收录为徒。所有自己好武的志向和寻师的苦恼，面对名师，自然一字不漏，又全吐露出来。

宗师傅看了看这五十两银子，呵呵一笑，道："且慢！"竟拒而不收，这就与大竿徐不同。

宗胜荪先把杨露蝉的来踪去影，忽东忽西，究诘了一阵。问完了仰脸想，想完了对脸再问。然后，又盘问他的师承，先后共经过几位师傅，这几位师傅都是何人何派。把杨露蝉的身世、家业、访师的志向，一切都问了个极详极细，宗胜荪又复沉吟起来。半晌方说："杨兄，你倒有志气。我一见面，就知道你的来意，不过我须看看你，我们是否有缘。"

露蝉自然极力哀恳。宗胜荪暂且不置可否，教露蝉仍住在店里，听他的信。过了两天，宗胜荪重到店中，又问了一些话；到了这时，才把杨露蝉带到关帝庙，就是："暂收为记名徒弟"。露蝉献上贽敬，磕头认师。宗胜荪只受他磕头，不收

他的钱，说是束脩要等半个月以后再议。但却引领露蝉，与同门师兄相见。在关帝庙有七八个少年，全是宗师傅的门徒，露蝉一一称之为师兄。露蝉是上过两回当的了，虽已拜师，暗中仍很小心的考查师傅。师傅却也暗中考查露蝉，后见露蝉一心习武，并无别意，宗胜荪这才正式收下他。而杨露蝉也从同门口中，打听到宗师傅的确是品学兼优的良师，自己心上非常庆幸。

半月后，宗胜荪正襟危坐，把露蝉唤到面前，对露蝉说起自己的志业。他说，他获得云云山人的真传，仗一身本领，到处游侠，多遇武林名手；走南闯北，闯出一点浮名来。可是他为什么单跑到观城县这个小地方来呢？宗师傅说："此地隐遁着一位江湖大侠，叫作青峰丐侠，可惜世人多不认识他的真面。"他是为访这个能人，才肯在观城县流连的。若不然，他早走了；岂肯为沈大户耽误自己的游侠事业？又说："我宗胜荪浪迹江湖，历时十载，总没访着一个好徒弟，能传我的绝技的。我不久就要归入道门，我打算就这访侠之便，在此地寻求几个有缘人，把我平生艺业传留下来，不致我身入道门之后，没人接续我这派的武学。"又说，他还有两年限，就该还山了。他现在收的这几个徒弟，是各传一技，至今还没有寻妥一个足继薪传的全材。

宗胜荪这些话，说得他门下几个少年个个目眩神摇，人人把这师傅钦若天人。他又不是口头上虚作标榜，有时试演几招，果然足以震骇世人。更难为他三十几岁的年纪，竟会这许多武艺。据行家讲究，每门武艺说起来都得十年八年的功夫，才能学精；宗师傅却样样都行，这好像太离奇一点。但是宗师傅笑着说："会者不难，难者不会。万朵桃花一树生，武功这门一路通，路路皆通。"何况他又不是凡夫俗子。

宗胜荪对徒弟传艺，第一不收束脩，第二量材教授。须看学者的天资，够练什么，他才教什么，不准强嬲；不准躐等；不准朝秦暮楚，见异思迁。说出许多戒条，有八不教，七不学，十二不成。讲究起来，却是头头是道。杨露蝉私心窃喜，

这位老师的话比刘立功镖头还强！

宗师傅夜晚宿在沈宅，凌晨教女徒，直到午饭后，便长袍大褂的到关帝庙或者广合店来，教这几个散馆的门徒。他把杨露蝉仔细考察了一个月，方才宣布说：“杨露蝉的天资，应该学岳家散手。”杨露蝉求学太极拳，宗师傅微然一笑，说：“你不行。”

宗胜荪整日的生活是这样：教女徒兼护院，教散馆兼行医。但是每一月中，他总要请三五天的假，说是出门访友，大概他还是要找那个青峰丐侠。青峰丐侠什么模样？据说也有人见过，不过是个讨饭的花子罢了。但是，决非寻常的花子。有人在荒村野庙中见过他，睡在供桌上，一点也不怕渎神。忽然外面有放火枪打鸟的，砰的一响，这乞丐突然一跃，从供桌直蹿出来；跑出庙门外，足有两三丈远，可见是个江湖异人。

杨露蝉因为家不在此，曾要求师傅准他住馆，但是师傅不许。关帝庙本来还有房间，宗师傅只赁了两间，似乎露蝉也可以就近另赁一间，但是师傅又不许，只说：“露蝉，你还是住店吧。”

杨露蝉觉得奇异，似乎宗师傅不愿他住馆似的。但宗师傅的解释是：“我对徒弟一律看待；你住在这里，你一个新进，他们要猜疑我偏私的。”露蝉一想，这也对。

杨露蝉就这样，天天跟宗胜荪习艺，夜里住在广合店，下午到关帝庙来。果然得遇名师，进境很快，比竿子徐、地躺曾，截然不同了，他的岳家散手居然很有门。

但是一年过去，地面上忽然发生谣言，这谣言有关于宗胜荪和那沈大户家两个女徒弟。起初街面上流布风言风语，渐渐在同门中也有人窃窃猜议，并且宗胜荪也似有所闻。忽一日，宗师傅竟把一个说闭话的粗汉，打了个半死；谣言立刻在明面上被压住。

又过了几天，宗胜荪突然搬出沈宅来。外面谣传：沈寿龄的大小姐不知为什么，上了一回吊；二小姐也差点吞金；沈寿

龄也险些得了瘫痪。闲话越发散播出来；宗胜荪却声势咄咄的说：“一日为师，终身为父。就是解去聘约，要削除师生的名分，那是不行的。”因为他这派玄天观的武学向忌半途而废，女侠弟好磨打眼的不学了，那不成，不能尽由着家长，也得听听做师傅的。一时情形弄得很僵。

外面传说，宗胜荪曾向沈宅大兴问罪之师。又有的说，沈宅给了宗胜荪一千多两银子。却又有人说，到底沈寿龄忍受不住，用了官面的力量，才把宗胜荪辞去，聘约作废，勒令搬出行李来。沈寿龄是本县首富，据说他定要宗胜荪离开本县。而宗胜荪说：“你管不着！”依然在关帝庙住下，依然设帐授徒，依然挂牌行医。却是再没有女徒了，而男徒也倏然减少。但宗胜荪意气自若，抱定宗旨，要发扬他那玄天观独有的武学，不屈不挠：“闲话嘛，随他去！”

别的男徒弟都是观城县本乡本土的人，彼此互通声息，耳目甚灵。杨露蝉却是外乡人；但同学中也有一两人跟他交好的，彼此时常闲谈，也议论到师门最近这桩事，悄悄的告诉露蝉许多出乎情理以外的话，使他听了不禁咋舌。但杨露蝉志求绝学，宗师傅确有精妙的武术传给他，他虽然犹豫，依然恋栈。他说：“真的吗？不能吧？”

如此，就在这风言风语中，又挨过了十天，二十天，宗胜荪照常在关帝庙设场子，在广合店挂牌。但广合店的老板忽挨了宗师傅一个嘴巴，竟致绝交，把店门口的牌子摘下，场子也收了，宗师傅一怒不再住店。宗师傅仍住在关帝庙，关帝庙的和尚怕宗师傅瞪眼，宗师傅在关帝庙，照常办事，并且每月照常要离开三五天，自然是出游访侠了。忽有一次，宗师傅出游访侠，一去六天没回来。回来时，满面风尘之色，意气消沉，说是病了，再放三天学。杨露蝉觉得古怪。

忽一夜，观城县的街道，静悄得死气沉沉，只有城守营的巡丁不时在各街巷巡哨，这也不过是例行公事。只是一到二更过去，东关街一带，沈寿龄住宅附近，在昏夜之间，忽然来了

两小队营兵，每队是十六名，把街口暗暗守住。这与平日查街似无不同，可就是不带号灯。守兵全用的是钩镰枪、钩竿子等长家伙。跟着从街隅溜溜达达、蹑足无声的又走来十几个人影。

同是关帝庙前也潜伏着人影。人影闪闪烁烁，低言悄语。挨到三更，沈宅前的营兵渐有一半移动，关帝庙前的人影越聚越多，有的搬梯子上了房。那关帝庙的火居道人，早被人唤出来问话。有一位官长。骑着马藏在庙前空场后。关帝庙的山门，悄悄的被人开了，鬼似的一个个人影从四面闪进庙去。

只听昏夜中，发出一个幽咽的声调，发问道："差事在屋里没有？""还在呢。""闯！"

忽然孔明灯一闪，两个短装人堵墙，两个短装人破门而入，呐喊一声，齐扑奔床头。床头高高隆起，似睡着一人；不想奔过去一看，乃是被褥堆起的人形。当二更天还在屋中睡觉的人，此时不知哪里去了。马上的官长大怒。

却不道，在沈宅后院，此时忽然告警。这些人影慌忙重扑回沈寿龄住宅那边。在沈宅西厢，二位小姐的闺房内，本已藏伏着两个快手，灯昏室暗，潜坐在帐后。沈寿龄本人却躲在后跨院；直候到三更，满想着两位小姐房中先要告警。却出乎意外，沈寿龄躲藏的屋门，门楣倏的一起，蹿进来一个雄伟大汉，轻如飞絮，扑到屋心。这大汉摘去蒙面的黑巾，张目一寻，看见了沈寿龄，举手道："东翁，久违了！"嘻嘻的笑了一声，走过来，到沈寿龄面前一站，说道："东翁，这件事儿教我也没法子。大小姐和我，我们是志同道合，脾气相投。'千里姻缘一线牵''英雄气短，儿女情长'，这也是缘法。东翁请想开一点，我不是没有身份的人，绝不会玷辱了你。你不要小觑我，我还不希罕你那一千两银子。大小姐今年十八岁，我也不过二十八，这不算不般配。东翁你无论如何也要成全我们。我家里确是没有妻小，你不要轻信那些谣言，他们都是胡说乱道。"

沈寿龄面现恐惧之色，忙道："你不要糟蹋我的女儿，你

给我走，你，你，你出去！”

那大汉悄然一笑，又走近一步，道：“东翁，请是由你请，走可随我便了。东翁你可要看明白，你家大小姐如果要嫁别人……”

沈寿龄往后倒退，大汉满面含笑往前凑。忽然，背后门吱溜的一响，突然出现一个壮士，青包头，短打扮，公差模样，手持铁尺，是山东名捕铁胳膊褚起旺。褚起旺冷笑着，挑帘进来，回手关门道：“相好的，你真来了？走吧，这场官司你打了吧。”

那蒙面大汉吃了一惊，回头一瞥，急急的又一蒙面，抽身要走。哪里来得及？他的庐山真面已被人看了个清清楚楚，正是武当名家宗胜荪！”

宗胜荪张皇四顾，夺门待走，铁胳膊褚起旺这个名捕急横铁尺一拦，抢一步，先把沈寿龄护住。宗胜荪大喜，便抢奔屋门，屋门口忽挺进来一对钩竿。宗胜荪一蹿闪开，就要踢窗。窗户却悠然地自启，探进一个人头来，是铁胳膊褚起旺的师弟，也是一个名捕，名叫快手王定求，喝道：“呔！姓宗的，识相点，跟我们走吧。”

宗胜荪因在屋心，穿着一套贴身短装夜行衣，竟没带兵刃，只腿上插着一把手叉子。他已然真形毕露，索性把蒙面黑巾投在脚下，猛然狞笑道：“原来是你们俩！二位多咱来的？对不起，我失陪了！”一弯腰，要拔匕首。两个捕快，两把铁尺，断不给他留空；里外夹攻，喝一声，扑过来。

这武当大侠不慌不忙，一闪身躲开攻击，顺手抄起一把椅子，对吓堆在屋隅的沈寿龄道：“东翁，咱们改日再见，你等着吧！”徒然抡椅子，照铁胳膊褚起旺砸去，铁胳膊左手一接，右手铁尺抽空敲去。宗胜荪“巧燕穿林”，从平地一纵身，嗖的掠空而起，直往门楣穿越出来。快手王定求急忙大喝一声道：“相好的，哪里走？哥们，差事出来了！”外面顿时一阵大哄，各处潜藏的人都闪出来；房上的，地上的，屋前的，屋后的，足有十多个，将后院出入之路登时把住，褚、王二捕立刻

追出来。

宗胜荪傲然不惧，穿窗出室，腾身落地，竟在沈宅后院庭心，施展开三十六路擒拿法，空手夺刀，和褚、王二捕斗起来。铁胳膊褚起旺把铁尺一抡，赶上去，斜肩打去。宗胜荪一闪，贴刃锋进身，左手拨铁尺，右手反剪铁胳膊褚的腕子。铁胳膊一撤招，快手王定求猛上步，从左边抡铁尺便打；后面同时又攒来两杆钩镰枪，不声不响，齐奔宗胜荪的下三路，钩搭过来。

赛金刚果然有几手，斜跨一步，避开左手的铁尺，后面的枪竟到了，他就一拧身，左手拨枪，一个旋身，反欺到枪手身旁，一个靠山背，撞得枪手仰面栽倒。百忙中得了空，唰的一伏腰，拔出匕首来。铁胳膊老褚把牙一咬，骂道："好东西，胆敢拒捕！伙计们上，格杀勿论啊！"二次抡铁尺，劈面便砸。宗胜荪往旁一让，右手匕首一晃，便来到敌人的手腕。铁胳膊把铁尺一翻，说声："碰！"要砸飞宗胜荪的匕首。不防宗胜荪倏一伏身，嗖的一个扫堂腿，铁胳膊下盘功夫差点，险些被这一腿扫倒。快手王道："好东西，来吧！"从后面一扑，眼看硬把宗胜荪抱着，宗胜荪忽的一矮身猛转，快手王不知哪里挨了一下，霍地往后退了数步，晃一晃，咕咚，到底跌倒了。一骨碌爬起来，乱喊道："哥们放箭，放箭，差事可扎手得利害！"这时猛听一个人在房上大喊："差事在后院哪，你们快上呀！"又一个人接声喊道："箭哪！箭哪！"

宗胜荪百忙中偷看四围，竟不知来了多少人，房上房下，晃来晃去，全都是人影。宗胜荪觉着不好，乱箭一发，避逃皆难。他就突然一闪，跃上墙头，急忙如飞的逃去。铁胳膊褚、快手王等大呼追赶。那宗教荪竟不知有何眷恋，不奔黑影逃命，反向关帝庙奔去；关帝庙却已有许多人埋伏着。这宗胜荪一溜烟奔到关帝庙前，忽看出光景不对。迎面孔明灯一亮，一阵呼啸，伏兵四起；庙内外，房上下，俱都藏着人。宗胜荪怒骂一声，跳下房，夺路往黑影无人处逃去。脚程极快，官人竟

追赶不上，眨眨眼看不见他的影子。

官人劳师动众，竟把要犯失去。褚、王二捕追缉下去；其余官人乱骂，乱喊，乱抱怨，忙着把关帝庙又搜洗一遍，同时并拘捕与宗胜荪有交往的人。关帝庙居住的僧侣和宗胜荪的徒弟、朋友都一网打入，被拘去讯话，一共捉去了十一个人。据讯说，宗胜荪的徒弟跑了六个。内中两个，一个叫杨露蝉，一个叫杜承贤。这两人全是外县的人，观城县的人都猜疑这两人是宗胜荪的党羽。而宗胜荪口中所说的那个青蜂丐侠，那个大隐士，当然也是同党，此时却已先期被捕。这个丐侠，讯起来，才知不是什么青峰大侠，实是宗胜荪的采盘子小伙计。所以一个月内，总和宗胜荪见面一两次，三四次。——这是一件大案，县衙里一面审讯被捕的嫌犯，一面缉拿在逃的人：头一个宗胜荪，其次便是杨露蝉、杜承贤等，还有别的人。

但是杨露蝉逃到哪里去了呢？他又是怎么闻耗逃去的呢？这却多亏了杜承贤，是杜承贤救了杨露蝉。

宗胜荪傲然自大，形迹不检，自搬出沈宅，早闹得满城风雨，许多门弟子也借故不下场子了；他却依然自若，仍不拿着当事。那个杜承贤也是外乡人，素日和露蝉不错；便找到杨露蝉，两人暗地议论，俱已觉出宗胜荪行止离奇，决非寻常的武师。宗胜荪忽又对徒弟说，要出门访友；将关帝庙寓所的房门倒锁，径自飘然出城。

杜承贤摇着头，又来找杨露蝉说："师傅又走了。外头的声气越闹越不好听，人家本地人大半都不来下场子了，咱们俩怎么样呢？"两人也有心退学，却又想在未走之先，要设法看看师傅的行藏，到底他是什么样人，怎么回事？两人约好，半夜搭伴出来，悄悄溜向关帝庙。不想正往前绕着，忽见一条人影直向关帝庙走去，将近庙门，突从暗处蹿出十几个人来，把那人一围。跟着听见连声的喝问和呼答："什么人？是那家伙吗？""不是那家伙，是个别人。""不是他，放了吧。""放不得，把他看起来。"

杨露蝉很纳闷，冒冒失失的还想过去看看；却被杜承贤一把扯住，赶紧退到暗处。旋听得惊咤声，诘问声，辩白声，显见是卧底的官人把一个嫌疑犯捉住了。那个被捉的人哓哓抗辩，忽复噤声，跟着听音辩影，似有几个人，把那人押到另一小巷去了。

杨、杜二人相顾骇然。夜深声静，侧耳细听，隐隐听见卧底的人唧唧喳喳的还在密语，这二人急忙溜回去。

这是围捕宗胜荪前一夜的事。——当晚，杜承贤把露蝉引到自己的寓所去，对他说道："你回不得店了，外头声气太紧。老弟，我告诉你，我听我二舅说，沈大户把他告下来了。"

次日夜间，两个少年潜存戒心，重去窥伺。仗着本身都有些功夫，提气蹑行，仍到关帝庙附近探看。凡是从关帝庙巷前走过的人，都被人缀上；凡是到关帝庙门前叩门的人，都被人捉去。两人越发大骇，躲得远远的，上了树，隔着街，往下听窥。庙前庙后人影幢幢，语声喁喁。直等到三更过后，突然见一条长大人影疾如星掣的奔来，后面隐隐闻得鼓噪追逐之声。未等得人到庙前，便伏兵骤起。那长大的人影怒骂一声，猛翻身越墙横逸而去。

宗胜荪前往沈大户家吓诈被逐，他还想回庙起赃，却被褚、王二捕究追过急，只得翻城墙逃跑了。杨露蝉和杜承贤看不清来人的面貌，却已猜得出追捕的情形。料到官人将穷究党羽，难免涉嫌；两个人目瞪口呆，悄悄溜回去，叹息一回，搭着伴，连夜逃开了观城。

杨、杜二人一口气逃出一百多里地，该着分途了。杜承贤要回家务农，不再练武了。因问杨露蝉，作何打算？杨露蝉叹了一口气，一言不发，半晌才说："杜大哥，我谢谢你，多亏你救了我。我今后，咳！"不由得潸然掉下泪来。

两个人怅怅叙别，杨露蝉灰心丧气，便往自己家乡走。

第二十一章

志传薪火 北上游侠

杨露蝉生有异禀，打定主意，誓不回头。这时走到广平府近处，却不禁住了脚。怅望故乡，临风洒泪，把前情旧事想了一遍；觉着自己流浪四五年，一技无成，重归故里，我拿什么脸见那劝阻我的人啊？坐在一个大土堆上，望着广平府城，睥睨在目，雉堞依稀；他若返回故乡，还得穿府城而过，再走百十里。沉思良久，左右为难，一顿脚，又想起铁掌卢五师傅，于今五年阔别，我再去登门，求学他那“先天无极掌”如何呢？于是杨露蝉一挺蹶劣，站起来，重奔直、鲁、豫边界黑龙潭。

但是还没到地方，便突然听见个惊人消息：卢五师傅教他一个叛徒连累，已经打了官司，并且负怒呕血，在狱中生了重病！杨露蝉愕然，愣了半晌，忽然掉下眼泪来。店中人各各诧异，都道露蝉必是卢五的徒弟，乍闻师耗，失声落泪，这个人倒有好心。他们哪里晓得，杨露蝉自恨蹇涩，投师无缘呢。

杨露蝉重打主意，左思右想，忽然又想到太极陈。太极陈性情冷僻，却是在武林不得人心，在故乡颇负清望；人家才是

不会骗人的良师，与竿子徐、地躺曾、宗胜苏的大言欺世，截然不同。

杨露蝉抽身离店，二次南行；拔眉改貌，更衣饰丐，来到陈家沟。他想：陈门严扃，料难混入；但能与陈门弟子方子寿之流亲近，也许间接获得薪传。想不到机缘凑巧，他仿效曹参门客的故智，居然能在陈门为佣。现在三年装哑，一旦败迹；偶因喝采，被师穷诘。杨露蝉于惊悸中慷慨陈辞，细述这八年来的坎坷艰辛；陈门群弟子听了，无不骇然。再看太极陈，依然沉吟不语，只细细打量杨露蝉的貌相。好久好久的工夫，太极陈把大弟子傅剑南叫到客厅外面，低嘱数语。傅剑南点头默喻，把杨露蝉带到别院，慢慢的盘问了一通夜。

两天后，太极陈修书一封，暗遣大弟子傅剑南，到山东曹州府，拜访老镖客刘立功。又派三弟子耿永丰往广平府，寻找一个熟人。仍派五弟子谈永年前往凤阳府，打听地躺曾的为人和事迹。

二十天后，耿永丰先转回来。具说广平府确有个杨家庄，杨家庄的首户杨某人早殁。他的儿子名叫杨露蝉，自幼好武，入豫游学，已经八年未归了。却是常通书信，他家的管事也常常按节给他汇钱，杨露蝉家确是世代安善农民。跟着大弟子傅剑南也从曹州府回来，带转老镖头刘立功的一封回信；证实露蝉确是刘老镖头的徒弟，曾于八年前，遵师劝告，入豫投贽。只有偷拳的事，却是徒弟年轻无知，弄出来的乱子。刘立功对傅剑南，很说了些客气话。承认教徒不严，致犯偷招之罪，本当亲来负荆，无奈年衰多病，腿脚不灵了。刘镖头年已七十，当年的威武消磨殆尽。更展读来书，措辞也非常谦虚：“劣徒年轻，冒犯尊严，请陈老师从重责打。如怜其年少无知，志慕绝艺，实无恶念，还望推情宽恕。”又说：“此子天才甚佳，如能得学内家拳技，将来造就，未可限量……。”太极陈看罢来信，又等了几天，五弟子谈永年由凤阳回来，却是白跑了一趟，那个地躺曾早已在几年前死了，门徒星散。有个姓杨的少

年在曾门习过艺的话，当地没人说得上来。

太极陈详加究诘，至此已无可疑，杨露蝉真是个志访绝艺的富家子弟；他并非别派叛徒，也非偷招的贼匪。他竟为了偷学太极拳，不惜屈身为丐为奴，钳舌装哑。他虽然欺骗自己，究竟其情可悯，其志可嘉，而且“这小伙子，他竟这么羡慕我的太极拳，下这大苦心！”好像得了一个晚进知己一样。

于是太极陈又招集门徒，逐个问他们的意见。有的说：“怪可怜的，打两下放了吧。”另有的说：“我太极门威名远震，竟被这小子欺骗了三年，传出去太难听；这该拿来当贼办，捆送县衙。”又有人说：“那倒便宜他了，他不是装哑巴嘛？师傅简直就把他点了哑穴，教他假哑巴变成真哑巴！”

众人哗然道：“这招真损，可是真对。”但又有人说：“那太狠了，不是老师应该做的。”大弟子傅剑南力排众议，慨然说道：“武林义气要紧，既然惊动了刘镖头，老师还是留个情面，从宽发落的对。不然，就把他送到他师傅那里去。”议论纷纷，可是全都佩服这小伙子的狠劲：“难为他怎么装来，三年是闹玩的吗？”说着齐看太极陈。

太极陈默然，忽又重问大弟子：“剑南，你说呢？”傅剑南道：“这个人下如此苦心，又不是身世暧昧的宵小，师傅成全成全他，把他放了吧。”

太极陈笑了，又问众人：“放了他，好吗？”群弟子又众议从同，顺着口气说：“放了吧，怪可怜的。”

太极陈哈哈一笑道：“放了他，我倒没这么打算。我打算把他留下！”

出乎意外的，太极陈宣布了一句话：“我要收他，做第九个徒弟。”众徒愕然，就有人问道：“真的吗，老师？”太极陈道：“我几时说过笑话？”立刻选择吉日，令杨露蝉行拜师之礼。

而且格外的郑重其事，破例的邀请了怀庆府六七位武林同道和当地几位绅董至友，如周龙九等，把这新收的弟子向众引见了。耿永丰、谈永年等看了，都觉得这实是师门多年来罕见

之举。

太极陈亲自拈香行礼，然后令杨露蝉拜祖师，拜业师，拜师兄，最后宣布本门戒规。杨露蝉早已更换了衣冠，容采焕然，只有拔去的眉毛仍然淡淡的似有如无；跪在香案前叩头设誓，终生恪守师门戒条，矢不背叛。太极陈又向众宾述说这个小徒弟三年装哑，艰苦投师的经过。在场的人啧啧称异，不禁齐看杨露蝉，见他瘦小清秀的貌相，都以为奇。

太极陈满面欢容说道："我陈清平幸获本门拳、剑、枪三种技艺，承武林推重，许为绝技。其实这种太极拳并非多么玄奥，不过是学的人须备三长，缺一不可。第一要有好的天资，第二要有好的师傅，第三要有好的机缘；只要有这三长，太极门的精义定可获得。我陈清平忝掌这门拳术，多年来留心物色承继人材，以期昌大门户；我已经收了八个弟子，可是具备三长的并不多。"说到这里一顿，眼望傅剑南等说道，"先说这第二件好师傅；我就是一个不会授徒的老师；我自已很知道，我这几个徒弟也很明白。"傅剑南忙道："师傅太谦了。"太极陈含笑摇头，接着说："再说第三件要事，是有好机会。什么叫好机会？说开了，就是学的人要有长工夫来学。即如剑南吧，你实在是我的好徒弟，我满指望你多跟我几年，好钻求一下，给我昌大门户；无奈你为衣食所迫，老早的出了师门。你这就是空有好天资，可惜没有好机缘。穷文富武，可惜你没钱。"

转头来，他又对耿永丰、方子寿等人说："你们呢，倒有长工夫，可就是天资差点。学太极门讲到天资，倒不一定要怎么虎背熊腰，顶要紧的倒在乎有没有悟性，有没有恒心。悟得来，耐得住，学着才有进步。"

周龙九在旁听着，点点头，对身边一位武师说："回也闻一知十，这就是好悟性。人而无恒，不可以作巫医；练拳学文俱是一样。"那武师看了周龙九一眼，说道："可不是，太极门倒不在乎膂力；教一回，练十回，那不就会了嘛。"周龙九微微一笑。

太极陈接着说："所以我这八个弟子不是不堪造学，也不是我秘惜招术，也不是他们不肯向学；这都是天资所限，境遇所累，无可奈何。将来他们几个人的造诣，究竟怎样，这全看他们个人了。如今我忽得露蝉这一个徒弟，像他这种百折不挠的魄力，在我们武林中也就很少有。他的悟性，我这两天很考问他几回；难为他整日操劳，偷偷摸摸，看他们八个师兄练几手，轻易看不见练整套的；可是他举一反三，日积月累，居然说起来大致不差，他的悟性实在不坏。他的恒心呢？更是难得，你看他三年装哑，谈何容易？所以我对他期望很深。不过他入门最晚，算得我最末一个徒弟，我从此就闭门不再收徒了。将来他们九个人，谁能昌大我太极门的拳术，那全在他们自己努力了。现在当着诸位好友，我专语拜托一下，"遂向众宾一躬到地道："嗣后还求诸位同仁格外关照他们，使我太极门的薄能微技，得以附骥武林，我陈清平承情不尽了。"

太极陈的言外余音，暗示着太极门的衣钵，将来怕要后来居上，终须传给杨露蝉。

傅剑南、耿永丰、方子寿、谈永年、屈金寿、祝瑞符等弟子，听太极陈的口气，分明器重这个偷拳的假哑巴；几个人正窃窃私议。太极陈这时对杨露蝉说道："你乔装哑巴，在我门下混了三年之久，本门拳术多少必有所获。我已经考问过你，现当着诸位前辈，你这无师自通的偷学，不妨练出来，给大家看看，也好教你这几位师兄争口气。"

杨露蝉看了看师父的脸，此时来宾中正有好些位名武师，同门诸位师兄又都睽睽的看着他，不由脸上讪讪的，趑趄不前。

太极陈道："怎么，你的勇气又哪里去了？你就练错了，谁还笑你？会到哪里，练到哪里。"杨露蝉赧然走到场心，先向来宾一揖道："老前辈指教！"又向太极陈行礼，向师兄们一拜，说道："弟子献丑，师傅、师兄指正！"

杨露蝉一立太极拳的门户，虽是偷学，已得诀要；只见他站好这"无极含一炁"的架子，沉肩下气，气静神凝，舌尖抵

上颚，脚下不“丁”不“八”，目开一线之光，潜蓄无穷之力。遂把太极图一变，施展开拳招。初起时如春云乍展，慢里快，动里静；六合四梢，守一抱元；精神外露，不过不及；顿时一招一式试演出来。

大弟子傅剑南心中暗想：到底此人的天资怎样？站在师傅旁边，留神细看。露蝉走到第七手“搂膝拗步”，第八手“七星手”，第九手“手挥琵琶”，傅剑南惊诧道：“师傅，你看我这杨师弟，这手‘七星’内力多么足？‘手挥琵琶’的臂力也运用得当。”

太极陈道：“这还罢了。其实你看他‘如封似闭’‘抱虎归山’这两式，可就运转不灵；失之于偏，失之于滞了。‘海底针’这招，双臂也稍高，气就沉不去了。”傅剑南道：“师傅，‘搂膝指堂锤’这招，在太极拳中最难练，像杨师弟没受师傅亲传，能够练这样，也就很难得了。”转瞬间杨露蝉练到二十八式“玉女投梭”，三十式“金鸡独立”，三十一式“劈面掌”，座上的武林同道都同声赞叹道：“这还是偷招，居然练到这样；天才究竟是天才，绝技究竟是绝技！”

由这天起，杨露蝉正正经经列入陈门；得到名师口传指授，自较暗地偷拳进步更速。七年后，杨露蝉可以说升堂入室，尽获薪传了。

一天，太极陈对杨露蝉说：“你累年苦学，已尽得我太极门的秘要。以后你自己勤修精练，无师已足自励。你离家日久，你可以回去看看了。你这几位师兄各有所长，可是比起你来，你总是我最中意的徒弟。我门中掌门户的大弟子，自然是你傅剑南师兄。但是将来昌大门户，我却指望着你。你要明白，我因为收你，很引得别个徒弟误会。露蝉，你要给师傅争气，你好好的自爱呀！……”

师徒二人慷慨话别，行了出师礼。露蝉长揖肃立，挥泪请训。他晓得师傅年已老迈，从此要闭门谢客，颐养天年了，所有的同学都一一遣散了。

太极陈面上露出凄然之容，徐徐说道："你我相处已久，你的为人我很放心。你的技艺虽已大成，你来日踏上江湖，务必还照现时一样，要虚心克己，勿骄勿狂。多访名师，印证所学；尊重别派，免起纷争，这是最要紧的。我一生收徒无多，我盼望你不要仿效我这样孤僻；你还是多多观摩别派的技艺，多多培植后进的人材才好。"因又想起黑龙潭的铁掌卢五，对露蝉说："我听说此人现仍健在，你归途之便，可以访访他去。他的'先天无极掌'和我们的太极拳，异派同源。你见了他，可以向他讨教讨教，借此验证验证你自己的艺业，也考考人家这派的心得手法。考校的情形，等你到家时，你再写信告诉我。不过你礼貌上要恭敬一点，人家总是个前辈，你不可嚣然自大。你如果能到北方创业，把咱们太极门的拳技树立起来，使它在武林中，能与别派并驾争先，那么样更好。那你就算报答我了。你千万不要挟技自秘。"又谆嘱了一句道："你不要学我！"

杨露蝉恭聆师训，叩头起来，又向陈府上下辞别。这时三师兄耿永丰已因母老还乡；五师兄、七师兄也都先后艺成出师；只有四师兄方子寿家居邻近，时在师侧。在同门诸友中，倒是方子寿和露蝉交情最厚。他自被命案牵连，折节改行，倒成了温温君子。杨露蝉见了方子寿，弟兄两人握手告别，又叮咛了后会。露蝉暗说："师傅年已高大，嗣后师傅如果有个体气违和，四哥，你千万给我一个回信；我好来看望师傅，服侍他老人家。"说罢，这才襆被登程。

第二十二章 结网比武 艺斗群雄

杨露蝉到今日才艺成出师，屈指离家已经十四年了。在这悠久年光中，他只回了两次家。这一日重返故土，谨依师言，便遵访卢五。无极掌卢五师傅早已出狱，这时也已五十多岁，快六十岁的人了，白发苍然，非复当年气概。杨露蝉身获绝艺，除了承师傅“喂招”，跟师兄“试招”外，还不曾正经与人交过手。这一次以武林晚辈之礼，请见卢五师傅，也费了一回事，才得相见。叙谈之下，面请试拳。卢五师傅端详杨露蝉的形容，说道：“杨师傅，你和我过招吗？”推辞了一番，随又一笑道：“我老了，不中用了。”把他的掌门弟子唤来道：“冯起泰，你陪杨师傅走几招。”

冯起泰把眼一张，笑道：“杨师傅，我们这场子值不得踢，一踢就收。我们敝家师年高，早不练了，小弟可以陪你走走。”两个人下了场子。杨露蝉身历艰苦、处处矜慎；虽然是登门访艺，却辞色谦退，也无心取胜，只想看一看无极掌的招术。冯起泰却动了疑，一开招，便施展以柔克刚的手法，要诱露蝉上当。杨露蝉一面展开心得的太极拳手法，一面体察无极掌和本

派的异同。起了七八招，冯起泰竟已处在受牵制的地位了，不但不能以柔胜，反倒手忙脚乱，变成招架之势了。卢五师傅吃了一惊，忙吆喝道："杨师傅住手！我道是谁，原来是太极陈的高足来了。足下不是大名叫杨露蝉吗？"

杨露蝉应声收招。卢五师傅过来，拍着露蝉的肩头道："请到里边坐吧。咱们是自己人，这可谁也不能较量谁了。"

任凭杨露蝉如何请教，卢五师傅不肯与他动手。杨露蝉属遵师训，自不能出冷语相强，便一笑而罢，长揖告别。那个开店的教师穆鸿方，露蝉乍出陈家沟，也曾找了去，穆鸿方却已死过两年了。

杨露蝉回家扫墓，遍拜亲友。在家小住经年，料理家务；然后依着师傅的指示，为要观摩别派拳技，复又漫游各地，历访各派。这一年，忽然接到同门八师兄祝瑞符的来信，邀他入京观光。京中朝贵现时正流行一种风气，多养着武教师，摔跤比拳，争雄斗力，好像是表彰刚德，实在和半闲堂养蟋蟀无异。但是拳家争名好胜，也免不了堕入彀中；现在京城独让外家拳执着北方武林的牛耳，旁门别派竟无法立足。肃王府武教师曹化龙拳技出群，正是少林派的名手。杨露蝉经同门荐引，辗转得入肃王府献艺。荐者把露蝉独得内家之秘的话，形容了一番，肃王听了，不由诧异。见了杨露蝉，诧异更甚。

杨露蝉瘦小的体格，清奇的貌相，绝不像个大力士。王府中听说有力者荐来太极门的能手，人人要来请教。而杨露蝉扬言要遍访武林各派的名手，这越发的哄传开了。许多武师说："这个人未免有点不知自量！"却不知杨露蝉正是有为而来，奉师之命，要在燕都树立太极门一家的拳学。

肃王召见露蝉，问了几句话，杨露蝉说："并非来投托谋生，也不是挟技求名。不过末学后进，学得内家拳技，到处访求武林先辈，一示本门的拳名，二请各家的指正。总而言之，是访学。因听人说，天下武林名家，都集会在王府，所以才冒昧投谒，恳请赐教。"话是很谦卑，骨子里的劲，竟十足的硬。

武教师曹化龙等一听口气。这个瘦小的人竟是特来较量武功的，好大的胆子！几个武教师略作商量，就请肃王答应下来；并问露蝉，哪一天较技，怎么较量法？露蝉说：“弟子出师日浅，本不敢在名家面前献丑；可是铅刀末技，实在盼望名家不吝指正。不过，武林较技，难免失手伤人。弟子窃想，既不愿为人所伤，也不愿伤人。还请王爷恩典。”

肃王点了点头。但肃王深悉世情，洞知江湖武士的习惯；口头尽管如何谦抑，动起手来，谁也不甘示弱。当武教师的为了饭碗和名声，哪有不暗中拚命的？这个杨露蝉却说出这样的话来，不知他安的是什么意思？因即问道：“这意思倒很好。只是你们动手比试，要想分出强弱，就不得不用力；既然用力，就难免失手伤人。你说的比武不伤人，那又想什么法子，才能办到呢？”

杨露蝉不愿树敌结怨，更不愿恃技伤人；他说了这话。早已想出一个法子来：“请在把式场中，四面张上绒绳织就的细网；把网绷起来，当中留出两丈见方的空地。我们比较拳技，就在网当中的空场内动手。我们各凭所学，要把对手掷在网上，那才算胜。如不坠网，仅在场中失招，也不算败，还可再打。诸位师傅愿意这么练吗？”

肃王道：“好！”王府执事人等立刻预备起来。王储武师摇头咧嘴，不以为然：“这是什么招？比拳又怕伤，不打好不好？”可是口头这么说，也答应了。

结网比武，事属创闻，又传说是乡下新来的一个不知名的拳家出的主意；这个拳家还历会武林各派名师。这件事立刻传遍九城，各王公亲贵多养着武师，也都要来看看。到比试时，肃王正要夸示各王公，在广厅中设筵款待众宾。各府武师踊跃参加，仿佛夺武魁一样。

王府的管事暗助着本府武师，对肃王说：“这个姓杨的不知怎样的来历，也许没有实学，来这里蒙事。”肃王笑了笑，本来各亲贵养着武师，也和收古董、养清客一样，正是要借此

夸富斗胜、消闲解闷；遂不听管事的话，照样悬下利物，教这些武师下场比武。

那外家的名手曹化龙在京城已经人杰地灵，与别的武师互相结纳，颇通声气。此时与各派拳家相率来到广场，彼此间都有关照。杨露蝉却由荐主陪来，孤零零只他一个人。曹化龙向结好的绳网瞥了一眼，微然一笑道："杨师傅，你这也太小心了。我们谁跟谁也没有深仇大怨，不过点到为止，谁还真伤害谁不成？就不结网，我们也绝不肯摔坏好朋友的。"

杨露蝉微笑颔首。在许多人围观中，各人结束上场。曹化龙短装束带，腾身一跃，从网上跳入圈里，把手一点道："来！杨师傅，你远来是客，就请进招。"杨露蝉也脱去长衣，向上一拱手，又向周围一揖，缓缓的走进圈来。两个人略一逊让，立即发招。

这位少林武师曹化龙身高气雄，杨露蝉却身形瘦短；相形之下，如虎斗狐。杨露蝉将太极拳的开门式"无极含一炁"一立。曹化龙用"平拳"当胸，左拳横搭着右掌虎口，脚下踩短马桩。杨露蝉一看曹武师所立的架子，是少林寺南支嫡传，不敢轻视；仍本静以制动，逸以待劳的拳势，垂双手，凝双眸，静观敌人。

曹化龙把眼一张，立即踏"中宫"，走"洪门"，欺敌直进；往前走三步，往后退半步，这正是少林的宗法。却倏然一纵身，已到露蝉面前，一出手，就是少林派十八罗汉手"金豹露爪"，一掌打来，招快力猛，掌风极重，果然名不虚传。

杨露蝉容敌发招，把太极起式"无极含一炁"一变，转为"揽雀尾"；左掌一拨敌腕，右掌突然换出来，用"七星手"还招迎敌。两个人在网隙空场，一来一往斗起来。曹化龙连走十余招，已觉出敌人不可轻视。于是他一个"金龙探爪"，手指一点露蝉的双目。露蝉往回一撤步，曹化龙左掌走空，唰的一个"蟒翻身""大摔碑手"，斜翻左掌，照露蝉的小腹击去，掌风迅捷。杨露蝉忙用"斜挂单鞭"，右掌往下一沉，猛切曹师

傅的脉门。曹化龙虚实莫测，用了招“腿力跌荡”，唰的一盘旋；这一手在“十八罗汉手”中，是最为得势的招术。杨露蝉沉机应变，用借势打势，以巧降力之功，容得曹武师把招术撒出来，不能再变化了；便霍然往左一跨步，“跨虎登山”，把曹化龙的“腿力跌荡”的势子破解了。倏又一变招为“十字摆莲”，反来伤曹武师的下盘。曹武师蓦地吃惊，忙用“移身换步”，刚刚闪开了露蝉的右脚；双掌猛往右一推，立即应招还招，用“双阳塌手”，手指发出来，已沾着杨露蝉的背衣。莫道双掌全用上，只容他把这少林掌法“小天星”的单掌掌力登上，杨露蝉一生盛名便从此断送。杨露蝉却识得这招的厉害，往前一个“倒转七星步”，闪开了。攻上去，铁臂轻舒，扑的把曹武师的腕子叼住。太极拳“借力使力”，牵动四两拨千斤，只微微往外一带，左手往曹武师的背上一按；轻飘飘没看出怎么用力，右掌只似往外一展，曹武师那么庞大的身躯竟倏地被露蝉举起。疾如星火，杨露蝉一个旋风舞；曹化龙身失凭借，有力难展，扑通的被掷在绳网上。观众哗然大噪。

绳软，网飘，曹武师六尺之躯球似的飞掷落网，又被弹得连腾起两次，方才实落落仰卧在网上；乍沉乍浮，刚一挣扎，却又滚坠。杨露蝉转身对厅，向肃王告罪。就在这一刹那顷，身旁袭来一阵劲风。急回头，只见一个擎菜盘的太监，——右手托着一个大菜盘，盘中热腾腾的摆着四个菜，一碗汤，——如飞跃上绳网。脚踩网绳，如履平地；右手托盘，左手把曹武师轻轻一提，竟从绳网上提起来。人登网上，那网绳并没看出怎样吃重来，依旧是载沉载浮的。那人翻身一纵，已到了露蝉立身之处。

这司膳太监满口京腔，向露蝉说：“杨老师，好俊的功夫，好大的胆量，真捽王府的教师！我感求我们王爷，回头我来领教。”说时，把曹武师一撒手。曹武师挺然立住，把个脸臊成紫茄。就见这太监左臂往右手托盘下一托，暗用“龙形穿手掌”，身形似箭，飞上台阶，进厅房献菜。

这是一个猛劲。肃王和各亲贵来宾，当时只震惊于杨露蝉的拳术神奇，见所未见，目睹这司膳太监提曹教师出网，只想是本府的人罢了。但却把杨露蝉吓得一惊；这太监矫如游龙的身法，登悬空之网，托浮置之盘，左手提人，行所无事，这非有登峰造极的轻功，难以到此地步。在这一怔神之际，杨露蝉双眸直注视太监的背影，却把曹武师"订期再会"的忿语，一字也没听入。曹武师连铺盖也没带，飘然出府，远求名师深造，期雪今日之耻。杨露蝉傻子似的眼望着厅房，肃王已请露蝉上去问话。

杨露蝉一面走，一面想，这像是"八卦游身掌"。师傅曾经说过，是外家所创，融合点穴、擒掌、短打、轻身术于一炉，乃是当代的绝学。露蝉入王府献艺，本非冒昧的举动，原有成竹在胸；而现在，竟遇见意外的劲敌了。

杨露蝉由从人引导，进了厅房；那上菜的太监正站在一旁。肃王道："杨露蝉，我虽没练过多久武功，但是夙好此道，略知门径。你的功夫已得刚柔相济之妙，这很难得。我要留你在这里多盘桓几天；府里还有些人要请教你，你可以跟他们试试。"又一指那个太监道："这个人也会两手，他也想跟你比量比量。"说着笑了，道："难为我府中还有这么一个能人，我竟没有留心。"

这个太监不禁失声微喟了一声，这个太监就是那有名的董老公，姓董名海川。他时乖运蹇，空怀着"八卦游身掌"绝技，竟不见容于世俗，埋没于阉侍多年。他恳求王爷，准他下场，和杨露蝉的太极拳一较短长。肃王哂然许诺，便命二人下场比试。王府中的人啧啧称奇："咱们府里上菜的老董原来会打拳呀，快看看去吧！"聚拢来许多人，挤挤挨挨，贴墙根站着看。杨露蝉瘦小身材，也被人指指点点，诧以为奇。

杨露蝉穿一身短装，紫花夹衫，紫花裤，头打包头，腰系紧带，脚登薄底快靴，完全是武师打扮；身形短小，却二目凝寒；徐徐走近绳网边，往旁一站，仔细打量对手董太监。董太

监跟了过来，此时也已结束停当，脱去长衫，露出了盔袷袄，破坎肩，肥功裤，脚下一双挖云便鞋。却生得好高的身量；两人一并肩，竟比露蝉高半头。细腰扎臂，赤红膛，粗眉巨眼；把小辫往脖颈上好歹一绕。撇着京腔，一指绳网，向露蝉发话道："杨师傅，请您进网；您这主意真高，难为您怎么想来！"杨露蝉双拳一抱道："董师傅多见笑！弟子学会了一手太极拳，奉师命来到京城，观光访艺。实不相瞒，弟子绝没有争名夺利的心。不过师命谆谆，教我到天子脚下，向各派老师傅讨教。我看董师傅使的是八卦掌，你这门拳术和敝派一样，现在都不大时兴。董师傅，咱们现在就要过招；请你搂着点，彼此点到为止。现在外家拳盛行一时，我盼望咱们这两家拳也能亮出来；如果弄得两败俱伤，董师傅，这恐怕彼此都不相宜。"

董海川一听，扑哧笑了。"没动手，就先讲和吗？这个小矮个儿，他倒诡！"立刻答道："请吧，您哪！杨师傅的话我明白啦，敢情您是奉命进京开派的。我董海川可不然，我也不想创牌匾，我也不想争名夺利；我不过跟您凑趣，随便走两招罢啦。您也搂着点，我可是没吃教师爷的饭，也没有教师爷的本事。您把我扔在网里头，那也不大好看！"

两人说拧了。杨露蝉哼了一声，心中不悦，立刻抱拳请招道："好，我的话递到了，董师傅你请赐招！"董海川抢行一步，面东一站，立即一煞腰，双肩抱拢，双手如抱婴儿，立拳当胸；指尖、鼻尖、脚尖"三尖相照"。掌不离肘，肘不离胸；一掌应敌，一掌护身；右掌往左臂一贴，展开了"八卦游身掌"的开式。

杨露蝉微微一震，急观敌势：这八卦掌竟与我太极拳如此相似。心中作念，二目凝神；立刻双手一垂，亮出"无极含一炁"的起式。随一煞腰，转成了"揽雀尾"。董海川也似一动，把杨露蝉的拳招打量了一眼；往左一斜身，沿绳网游走起来。杨露蝉立刻走行门，迈过步，也往右游走。两下里盘旋一周，才往当中一合；彼此都不肯抢先发招，于是合而复分，又走了

一圈。杨露蝉二目紧迫着敌踪，见董海川翻身反走，拳式不变，却是右掌微往前推，左掌回缩。这一走行门，活步眼，露蝉已见出董海川脚下的步法，全按着先天八卦的图式；转折圆滑，四梢归一，果然是个劲敌。两个人连聚三次，连分三次，仍未发招。按着本门的手法，两派都是静以制动，后发待敌。董海川忽然叫道："杨师傅，您哪远来是客，咱们别溜啦；请您发招吧，难道非教我先动手不成吗？"杨露蝉应声一笑道："也好，我就遵命！"往前一纵步，到了董海川的面前。

杨露蝉把太极拳拆散了用，一照面是第二十手"高探马"，右掌猝击董海川的上盘。董海川左掌往外一穿，右掌"游空探爪"，斜劈杨露蝉的右肩头。杨露蝉"退步跨虎"，忙用左掌往董海川的掌上一挂；身随掌走，避敌反攻。董海川急用"八卦游身掌"的"二路翻身"，往后一退，两下里合面复分。两个人各将身形撤开，捷如飘风；往左略一盘旋，又复回身献招，接触在一处。董海川猱身进步，一个"猛虎伏桩"，探掌来切露蝉的左臂。露蝉用太极掌二十七式"野马分鬃"，一拆董海川的掌势；变式进招，用第十四手"倒撵猴"，反击董海川的下盘。董海川"游身掌"倏一变式，"劈雷坠地"，右掌堪堪击中露蝉的左腿环跳穴。露蝉喝声："好！"展开二十九式"提手下式"，借势拆招，掌挟寒风，照董海川小腹关元穴一展。董海川唰的退开。两个人互相盯了一眼，顿时又凑到一处。

这一番比试，刚才是一刚一柔相对，现在是一稳一疾相搏。两个人棋逢对手，各展绝招，辗转相斗，两不相下；瞬息间，连拆了二三十招。在外家拳盛行的当时，各王公亲贵和各门各派的武师，屏息旁观，只看见太极拳的沉稳，八卦掌的迅疾，不由人人称奇。于是往返相斗，耗过很大的时光，两人仍不分胜负。凡较掌技，如逢高手相对，那就谁也寻不出谁的破绽；打起来倒不见惊险，反如演戏一般，点头为止似的。这一招才发出，被敌人识破，自己就赶紧收势变招。那一招刚要转变，敌人迎头先挡上来，自己这一招便陡然收转。绳网中但见

杨露蝉、董海川穿花也似游走，打到极处，只见人影乱晃，不闻一点抬手顿足的声息，外行看了，还不觉怎样，内行却看得舌挢目眩。

两个人不分胜败，耗来耗去，在各人精熟的招术下，自然不会有败招。在强敌对抗的局面下，自然不敢诱敌取巧。仿佛僵持住了，两个人全收起捣虚抵隙的战略，变成了耗时鏖战的苦斗。

两个人渐渐的全都出了汗，两个人全都起了惧敌之心，唯恐在众目睽睽下，一招失败，本门的盛名便要扫地。虽然鼻洼鬓角见汗，可是谁也不肯先下。这时，一位行家向一位贝勒说道："贝勒爷，这两个人可要不好！两虎相斗，必有一伤。我看他们都要累坏了。"这位贝勒也是行家，说了一声："哦！"凑到主人肃王面前，把这话说了出来。肃王点头称是，便道："罢战，罢战！"

"罢战，罢战！"

王府管事奉王命把两人止住。肃王很欢喜，吩咐从人，要把两人叫来问话。

杨露蝉跳出网外，向观众说了声："献丑！"抹了抹汗，和董海川互说钦仰的话："承让，承让！"交相钦服。在起初，董海川因自己一生遭际坎坷，激得满腔牢骚，实在把杨露蝉看不入眼，抱着人前显耀的心思，想要当场战败露蝉，也把他掷在绳网里，教他作法自毙，"请君入网"。但等到连斗数十招，渐由轻敌转成钦敌。这个小矮个儿，瘦猴似的人，居然敌得过我二十年的苦功夫！钦重之心油然而起，敌忾之气潜然消释了。现在两个人拉着手，互叩师承，互道景慕，非常的亲近起来。

但是在场的别位武师，很有与曹化龙门户相近，声息相通的；见杨露蝉一个外乡汉子，居然把外家拳打破，从此外家拳在京城的威名扫地无余，就暗暗不服气。十几个武师低低私议，推出两个人来，功夫自然是最好的，上前请求与露蝉比武。

便有一个黑大汉，忍耐不住，径直来到杨露蝉身旁，叫

道："杨师傅！"杨露蝉正要上厅，闻声回头一看。这黑大汉说道："杨师傅武功超奇，在下十分钦佩，如果不嫌弃，在下也学得两手笨拳，也想请教请教。"

又一个赤红脸的教师，凑上来也道："杨师傅，在下是我们四爷府的教师。在下学会了两手长拳，如果杨师傅没有累着的话，……"

杨露蝉诧然，侧目看了看，又看了看四周。只见那边还有三五个教师模样的人，摩拳擦掌，啾啾唧唧，似乎也要过来。杨露蝉登时微微一笑。今日的杨露蝉不是当年的杨露蝉了，点头笑道："这是二位师傅赏脸。不知二位师傅一起上，还是分着来？"

正说着，董海川忽然抢上一步道："胡师傅，蔡师傅，人家杨师傅可是以武会友。二位如果愿意比量，这么办，我和杨师傅一对一个，奉陪你们二位。我们两个人可都打累了，二位是生力军，二位手下留情。"惺惺惜惺惺，现在董海川竟暗助着杨露蝉；要贾真余勇，把两个敌人揽到自己身上一个。

但杨露蝉眼珠一转，早有打算，口中道："不要紧。"抢上一步，进入大厅，到主人肃王面前请示道："王爷，小民技拙力薄，刚才已经请教过二位了。这二位也想和小民比试。请示王爷定个日期，哪一天比试，小民情愿奉陪，每次暂以两三个人为限。"一句话，把乘疲邀战的两个武师的狡谋，轻轻的给了当头一棒。肃王微微的笑起来，说道："好吧，明天你们再比试。"

当天肃王把杨露蝉留下，赏了一桌酒席，就命令董海川等作陪。又命人询问杨露蝉的身世、师承，此番来京，是求名，是求利，还是别有他谋？杨露蝉一一如实说了，乃是奉师命观光帝京，游学问艺。肃王听了，知道他是求名；因又问："可肯应聘，做王府的教师吗？"

杨露蝉很谦虚的说："此时不敢骤承恩宠，等到跟此地各位名家，一一请教过了，再行报命。"

肃王听罢微微一笑，吩咐侍从人等，给各王公府邸送信，明天仍在本府，广召有名拳家斗技。特设小酌，请各王府亲贵，莅临观战。

到了第二天，果然九城的拳师，斗拳的，不斗拳的，全都聚拢来了；在王府外号房登名挂号，齐集校场。王公贵人就由肃王延入正厅，说起赛拳这件事，在旗的阔人们全都兴高采烈，以为比斗蟋蟀有趣多了。

谈笑之间，王府司阍呈上名薄来，九城拳师到了五十多位，其中想跟杨露蝉决斗的，已有七名之多。贵客中也有带拳师来的，共有四名，此时也由他们的东家，替他们说出名字，都写在一张红笺上。肃王一笑站起，陪同贵客，往斗拳场走去。

时辰已到，正在午膳前一个时辰。杨露蝉由董海川陪伴来到，先向主人肃王请安。肃王命人把比赛人的名单，给杨露蝉看过，一共十一人。依昨日预先约定的办法，每次只斗三人，十一人分为四次；前三天，每次与三个人比拳，末一天与两个人比拳。

这十一个拳师，都是驰名京城的方家，代表着内外家各种宗派。自然这些人艺业有深有浅，却都有绝技，堪以自立。杨露蝉来京不久，访闻不周，幸而有这新交的朋友董海川，给他做了指南针；暗暗告诉他许多话，可以作量敌制胜的参考，杨露蝉很感谢。

场中仍张开了绳网。依名单，第一位五行拳张相谦，第二位猴拳胡三元，第三位八仙拳齐洛唐。杨露蝉请董海川引领自己，先和张相谦见了面。

这张相谦是靖公府的护院拳师的领班，年方四十二岁，生得胖而矮，黑面圆脸，气势雄浑。两个人客气了几句话，随即入场开招。王公亲贵都站在北面高台上看比赛；东南西三面是平地，用绳子立竹竿围上。圈外是各王公的侍从执事人等和不比斗的拳师们。

杨露蝉和张相谦，互相打了一个对手，绕场一周，立即开

招。张相谦施展开他的五行拳。这种拳法，看斜是正，看正是斜，以五行为主；又有鸡腿、龙身、熊膀、虎抱头等招式，专以变化取胜。

张相谦认为杨露蝉体格单弱，必须以巧降力；他现在要用小巧的功夫，来和杨露蝉缠斗。一来一往走了十几招，张相谦陡然觉出杨露蝉身使臂，臂使掌，掌心似有粘力；不只一味诱招败敌，另外还有柔以克刚的潜劲。于是他慎重发招，小心应敌；不求有功，先求无过。他的意思，要以久战，耗败了瘦小的杨露蝉。却不料这一来，上了太极拳的当；几个照面之后，张相谦竟陷到被动地步；自己想持重，杨露蝉的招处处进逼，自己竟受了牵制，渐渐要展不开手脚。张相谦有些心慌。圈外旁观的朋友，也替他着急；有的人喊出声来，教他改守为攻，千万不要久耗受制。

张相谦果然见危改计，把拳风一变，要抢先招；连展拳锋，改守为攻。一个“大摔碑手”，照杨露蝉打去。杨露蝉不慌不忙，往后微退，旋即提手上势，运用“海底针”“扇通背”“进步搬拦捶”，照张相谦攻去。张相谦不肯后退，挺身硬抗；突然被杨露蝉一个“揽雀尾”“进步绷挤”“进步栽捶”，眼看着把张相谦扔到绳网里去了。全场叫起了一声暴喊，原来太极拳不只是静以制动的柔劲，也还是进步抢攻的硬功。

张相谦惭然的下场。他的朋友有的人抱怨他不该改招，应该跟杨露蝉坚耗到底。张相谦摇头道：“这个小矮子，真有两手，总是我学艺不精，料敌太易。”悄悄的退出场子，卷铺盖回家了。

紧跟着第二场开始。猴拳胡三元不容杨露蝉喘气，急遽上场。这胡三元，由他的同门知友，代替他想了许多制胜的阴招；务要他一战成功，可以称霸九城。这时杨露蝉正要出场，向宅主人报告一声。胡三元立刻抢上来，迎面拦住；叫道：“杨师傅，别走，还有我呢；请你不吝赐教！”杨露蝉看了他一眼，说道：“你阁下可是胡师傅？请你稍待。”胡三元叫道：

“讲定的规矩，一天斗三人，等什么？”话未说完，蹿上去，“黑虎掏心”就是一拳；唰的一伏腰，又是一腿。这一掌一腿，非常的迅快。杨露蝉慌忙闪过，两人遂打起来。胡三元是个长身量大汉，却精熟猴拳；把腰一佝偻，眼灼灼，臂屈伸、掬手、挫腿、拳风如骤雨掣电，拚命的往上攻。四面观客正在凝神观看，却不料猝出意外，杨露蝉连连退步；仅只一转身、一挥手之际，这猴拳名家胡三元像驾筋斗云似的，腾地凌空飞起；扑通的落在绳网之中了，几乎把绳网砸到地面。

观众愕然，有的竟没看清胡三元怎么失的招。胡三元在网中挣扎不起来，杨露蝉慌忙过去相扶，连说：“承让，承让！”胡三元一声不言语，扭头出了王府，连衣服都未拿。

第三位八仙拳齐洛唐上场。走过几招，也被掷入网内。这一天的决赛，杨露蝉大获全胜。肃王很欢喜，决计要聘杨露蝉为王府武教师；同时也把董海川升为武教师。董海川拜谢了。杨露蝉仍说：“要等比赛完毕，方肯受命。”

于是到了第二阵、第三阵，杨露蝉历会各家，都是大获全胜。好在每天只斗三个人，是不怕力尽的。在这第二、第三两场，共斗了七个人；其中有一个地躺拳王曼青，虽然落败，未被杨露蝉掷入网内。第三场的末一场，临时来了一位不知名的拳师，也请决斗；观众全不认识他。问他姓名，他只说：“等着会过了杨师傅，我再留名。”董海川过去请教他，很客气的跟他叙话，他也是不说。董海川深恐此人来意不善，杨露蝉也许力乏；他便抢先邀住了这人，要替杨露蝉先应付一场。结果，下场之后，这人竟与董海川打了个平手。随后杨露蝉过招，也打了个平手。众人莫不惊奇盘问，这个人哈哈一笑，到底没留名，飘然引去。有人说这个人是个飞贼，有人说不是。九城五十多位拳家，竟没人晓得此人的来历。

到了末一天第四阵，杨露蝉该和最后两个拳师比斗了。此时杨露蝉的威名，已然喧腾众口。这两个拳师临时怯阵，悄悄托人向杨露蝉说明，只试过手，不要真斗。杨露蝉含笑答应

了；只算是虚比了两场，未见胜负。跟着，杨露蝉在半年内，又战胜了几个威名的武师，从此太极拳的威名，震动武林。

杨露蝉到底受了肃王的聘请，和董海川成了莫逆的朋友。这两个人就在京城，创立“太极”“八卦”两宗的拳术；教出来的徒弟，桃李盈门，声闻大江南北。

初版后记

《偷拳》一作，本于事实，“王府比武”乃露蝉一生重大转关；盖曾连败名拳师数人，皆操胜券；最后始遇董老公，而成双雄对峙之局。顾初稿限于篇幅，未得畅述；一二读者曾以函询，更有讶其前后详略不匀者；读者固不知卷末数章两经删略也。今稍增补，仓卒涉笔，亦未遑尽致，容于再版足之。

董海川之为人，传说不一。或云：其人实阉寺。或曰：非也，彼实有妻有女，但年长无须，遂有董老公之号。今以行文之便，姑从一说，未敢证其必然也。

闻拳家言，杨露蝉、杨班侯父子，祖过太极拳时，颇有与之争名者。又闻太极陈临殁，诏弟子面授秘诀；大弟子傅剑南竟以后至，一无所得。杨因先到，独得秘要，获得薪传以去。后剑南转请益于师弟焉；杨、傅二家各传心得，遂分两派。杨露蝉之两世、董海川一生，颇有异闻，足资传写。今此《偷拳》，小作结束；他日有暇，更写别传。

二十九年（1940年）十月二十二日，白羽记

沪版后记

七七事变，华北沦陷，作者困居津门，以白羽之笔名，卖文糊口；写些传奇小说，媚世投俗。其时有七十四岁的老拳师张玉峰，也正旅津设场授徒；想是关念到身后之名，一日忽然不介来访，把他的《塞外纪游》一书拿给我看；并说了许多近世技击故事，希望我拿他当“书胆”，也给他来一篇传。

我因为纪实之作，不如虚构故事挥洒自如，曾一再谢绝。然而张先生毫不气馁，拿出钢杵磨锈针的气派来，每隔过三五天，必来投访，凡四年如一日。白羽当时渐渐的为他那种锲而不舍的精神所感动，到底给他写了一本《子午鸳鸯钺》。

技击故事逃避现实，一向是虚想多，写实少。拙作《十二金钱镖》三部作，及《大泽龙蛇传》两部作，约五十余册，全出意构；惟有这本《偷拳》和《子午鸳鸯钺》，纯本事实。当初会张玉峰先生时，《偷拳》已曾出版。张先生告诉我：杨露蝉、董海川故事很多，又引见董海川第三代传人程有信君来谈。

现在，就本着张、程二君所谈，把杨露蝉父子、董海川师徒的事情，重新记录下。只可惜一件事，当《子午鸳鸯钺》刚刚出版

时，听说张玉峰老先生已经得了肢体不良的病，离津赴平，就养于次子了。我很想知道他的下落，并愿将《子午鸳鸯钺》一书赠给他，使他在病榻上自阅一过，也许欣然而喜占勿药吧！

附文

杨露蝉父子

杨露蝉又作杨陆禅，是清季咸同年间，直隶省广平府的人，原与武禹让同精长拳。游河南访技，遇见太极门名家陈清平的弟子，较拳被打败。旁观的人说：“这个人是陈门中最劣等的弟子呢，阁下尚不能敌，还谈什么会拳?”杨露蝉大愧，百计求入陈门学太极拳，而不得如志。

过了几年，陈清平家门以外，忽有哑丐露宿宇下，每天早晨给陈扫门扫街。经过很久的时候，陈老先生晓得了，很可怜他，就把他收下。过了三年，忽一夜，陈清平教弟子太极枪法，听见房上有人赞叹声；弟子要拿枪投掷他，陈先生拦住了。唤下来一看，就是那个哑丐，很诧异的盘诘他，杨露蝉这才述出求学不得入门的苦处，伪装哑丐，志在效劳求教。因为他锲而不舍，三年如一日，陈清平很受感动；使他试拳，演了一套偷学来的太极拳，居然没有入室已得升堂。陈清平慨然收他为弟子，把生平拳技传授给他。

后来杨露蝉艺成出师北游燕市，入肃王府，结绒绳网，与人斗拳，一连战败许多著名武师。最后始遇董老公，以八卦掌与杨的太极拳相斗，成为双雄对峙之局。据说杨露蝉每每抛人入网，他那抛

人法，是把人擎起来，作一个旋风舞；然后远远抛入绳网，和现在的人抛篮球差不多。但看他的本人，很瘦小单弱，没有百斤力似的；却能把体重二百斤、不肯受掷、极力抗拒的壮士，高举远抛入网。不知他的神力从哪里施展出来？

杨露蝉有二子，杨建侯居长，杨班侯是次子，世称杨二先生。露蝉有一个得意弟子，叫王兰亭。当露蝉年老闭门谢客时，王兰亭扬言说："太极拳本来是杨家物，但是老师一旦弃世，只怕太极拳改姓王了。"

杨班侯听见这话，很是忿怒，父亲衰老，不敢禀告。等到杨露蝉病殁，杨班侯服关之后，竟找到王兰亭，同门斗起拳来。果如王言，一战而杨败。王兰亭大笑说："我的话没有错，师弟，你差的还多！"

杨班侯由此发愤，闭门埋头苦练；十数年后，拳法精妙，已掩过父名。杨班侯有阿芙蓉癖，手无缚鸡力，而能跌扑千钧力士。太极拳广平一支、北京一支，都是出自杨班侯的传授。广平派出名的，是陈秀峰。陈秀峰曾侍班侯入京，看见京派与广平派迥然不同，密问杨班侯：何故同出师授，而广平派有刚有柔，北京一味纯柔？杨班侯起初笑而不言，末后才说："京中多贵人，习拳出于好奇玩票。彼旗人体质本与汉人不同，且旗人非汉人，你不知道么？"话中寄托深意，问的人不敢再问了。

但是太极拳有刚、柔两派之分，到底传播于外。人说发之于李瑞东，闻之于阎志高，实则很早的由杨班侯就创出分别来。

（宫以仁注：有人著文，言杨露蝉身材高大，非瘦弱体形；但偷拳故事大体相同。可参考。）

董海川师徒

董海川的传说很多，有人说，董实是阉寺。有人说，不是的，他有妻有女；但年长无须，遂有董老公之号。今询据董门第三代传人程有信君说："董太师确是太监。"北平东直门外有董海川墓，墓前有弟子犛公立的碑文，可以证实。

董海川，今河北省文安县米家坞人，幼习各家拳术；后访江南，在桃花山（或说雪花山，或说少华山，或说在浙江，或说在江苏）得遇异人，是一个丹士；由这人获得游身八卦掌的秘要。

另一说，董海川山行遇一小和尚，挥掌向树盘旋绕行，董以为奇而问其所为。小和尚说，我练的是拳家的绝技。董海川不信，恃自己勇武，上前交手；结果竟敌不过小和尚，一战而倒。乃请见老和尚，尽获其艺。老和尚劝董出家，董不肯；艺成告别，老僧嘱告董海川道："勿忘勿忘！你穷命无家，你终归是出家人也。"

嗣后董海川迫于环境，寻绎僧言，竟自净身，入肃王府，当司膳太监。这时，清廷阴嫉汉人习武技，其有拳勇者，设法縻羁之，使老死于酒肉间。肃王这人也是拿养蟋蟀的精神来豢养武师的。肃王府有护院拳师夫妇两人，全以技击自炫。董海川说："你们的拳

术，只是混饭的敲门砖罢了，不足以防身御敌。”

这个拳师大怒，起而索斗。董海川把一支花枪递给拳师，使他刺自己，自己空手抵御。拳师奋力一刺，董海川运手掌拨枪退走，连刺不中。一直逼到墙边，拳师觑准，猛力进扎；枪入墙三四寸，董海川忽跃坐墙头，仍没有刺中。

有人说，拳师夫妻衔恨至极，曾经乘夜行刺，妻由后窗持手枪轰击董的卧处，夫由前门入，提刀砍董；前后夹击，谓董必死。讵料夫挥刀入室时，其妻持枪未动，已被董先发制人，擒腕掷于榻下。夫妻俩大骇告饶，董海川一笑释之。

其后董脱离肃邸，京城有黄带子某夫妇，以师礼迎董，居于花园中；夫妻俩皆从董学八卦掌。一日妇倚楼窗闲坐，忽闻小孩笑乐声，在半空头顶上。妇潜开窗寻窥，见董海川背着自己的孩子，从这边楼上飞腾到那边楼上，且飞且说：“小子，跟着爷爷驾云去吧！”小孩子大乐，驾了一回云，还要驾第二回；董海川和小孩子玩得高兴，忘其所以了。隔日，居停夫妻见董，跪请学驾云；董怒而不言，峻拒不许。

董海川在京下茶馆，遇见两个镖师，是给一家大当铺护院的，两人语言狂傲，声惊四座。茶客全都侧目听这两个人“神聊”。董海川看不惯，微语规劝道：“都城能人多，守本分，混饭吃，是没有差错的，最是狂傲不得。”

两个镖师体格很雄伟，语言愈骄纵，竟侵辱到董海川头上。董海川不再说话，敛容避之。就在这一夜，当铺的号签，突然全数遗失；当铺中人无法取当交赎，门市大哗。两镖师大窘，到日前那座茶馆，对人念道这件事。董海川时正在座，因笑道：“也许是说狂话的报应吧！只要肯改过，也许失去的号签会自己回来。”二镖师心中怙惙，口头上极力认错。

董海川临走时，方才笑告二人：“回去早早的睡，不要伸头探脑。”二镖师回转当铺，依计而行。次日早晨，果然号签俱在如故，大概是把号签塞入衣物里；一夜工夫，一一又把它扯出来了。

董海川的弟子很多，最著名的有眼镜程；即程廷华，字应芳，开眼镜铺，故号眼镜程。有尹福，字寿朋；有煤马，即马惟骥，开

煤厂，故号煤马，俗讹为梅马；有翠花刘，即刘凤春；有宋长荣等。是为第一代。名武师李存义，为刘奇兰、郭云深弟子，亦曾请业于董；称门弟子，列为第二代。

第三代再传门人尤多，著名者有眼镜程之子程有龙，字海亭；程有功，字相亭；程有信（现年约五十岁，犹健在）及马贵，字世清；马俊义、宫宝田等。其第四代门人，有孙锡堃，字玉朋，作《八卦拳真传》一书；内列董门八卦拳根派五代名人表，列举五十余人，尊董为“董太师”。

董海川享高龄而殁，相传易箦时，弟子欲为易衣，微触其身，董惊起，自头上掷弟子于两丈以外。临殁昏惘，仰卧床上，两手作换掌式；往返运掌，以致将所穿马褂襟，全行磨烂云。

三十六年（1947年）二月一日记

整理后记

《偷拳》是白羽抗战时期写的第四部武侠小说，是根据清末杨派太极拳创始人杨露蝉的真实故事撰成。1940年10月由天津正华出版部初版发行。据上官缨（潘芜）等君考证，1943年曾在《华文大阪每日》连载，从原20章增为22章。1947年更名《惊蝉盗技》，由上海励力书局再版，为22章，又增后记和附文二篇。三种版本的内容、文字相差无几。此次出版以正华版和励力版为主，也参阅吸收了其他版本的长处。

白羽武侠小说全集 十四

太湖一雁 黄花劫

白羽 著

山西出版传媒集团
北岳文艺出版社 ·太原·
BEIYUE LITERATURE & ART PUBLISHING HOUSE

图书在版编目（CIP）数据

太湖一雁·黄花劫 / 白羽著. — 太原：北岳文艺出版社，2022.1

（白羽武侠小说全集）

ISBN　978-7-5378-6468-8

Ⅰ. ①太… Ⅱ. ①白… Ⅲ. ①侠义小说—中国—现代

Ⅳ. ①I246.5

中国版本图书馆CIP数据核字（2021）第215702号

太湖一雁·黄花劫

白羽 / 著

//

出品人
郭文礼

选题策划
孙茜

责任编辑
孙茜

印刷监制
郭勇

封面插画
杨苇

封面设计
阎宏睿

出版发行：山西出版传媒集团·北岳文艺出版社

地　　址：山西省太原市并州南路57号

邮　　编：030012

电　　话：0351-5628696（发行部）　0351-5628688（总编室）

传　　真：0351-5628680

承 印 者：山西人民印刷有限责任公司

开　　本：890mm×1240mm　1/32

总 字 数：5280千字

总 印 张：200.625

版　　次：2022年1月　第1版

印　　次：2022年1月　第1次印刷

书　　号：ISBN 978-7-5378-6468-8

总 定 价：1380.00元（全25册）

《太湖一雁》描写清朝雍正年间，武林侠客华山虎孟英为救朝臣遗孤，被捕入狱。江湖奇士『太湖一雁』密谋策划，入大牢、劫囚车，将华山虎孟英救出。二人英雄相见，志趣投合，遂歃血为盟，网罗志士，结成金龙会，共图反清复明大业。

《黄花劫》描写南宋襄阳太守赵承佐殉国后，遗孤赵孟频、赵仲颖昆仲的故事。追求功名的赵孟频，不甘寂寞，终于落水，效忠新朝；而赵仲颖却在义师刘熹的熏陶下，深研武功，入山加盟，成为抗元志士的首领。

目录

太湖一雁

第一章

槛中一虎

湖北襄阳府，是季汉诸葛亮躬耕高卧之地，在昔铁路未筑，这地方便是入豫要道，和河南南阳府隔省对峙，绾着荆、豫二州的门户。府城人烟稠密，商贾辐辏，景物繁华，竟与省会不相上下。又值比年丰收，民生康乐，虽正当雍正朝，政尚威猛，屡兴大狱，这襄阳府倒好像天高皇帝远，依然安谧如常。这一天府衙起更，街灯已上，市廛间还是熙来攘往，茶寮酒肆，时闻弦歌，点缀着升平气象。但在府城的另一隅，却夜暗天昏，正有一群可怜虫，呼天吁地，呻吟于镣梏鞭笞之下，求生不能，求死不得，度着人间地狱的苦楚。这一隅地，就是襄阳府首县的监狱，牢狱中屋矮灯昏，一条狭长的甬道，两边对峙着黑色铁叶子木门，门闩紧闭，便是一间间的牢房。牢卒们这时候正忙着，各个的挑灯笼，提皮鞭，将监房一间间挨次察看一过；时时从他们脚步声中，透出鞭扑叱骂声音和隐隐的泣声。甬道尽头处，另有巨大的栅门，门楣画着像虎头一般怪物，吞住了栅门，这便是死囚牢。狱吏马修仁按时收封放茅，率领四个狱卒，挨号点名。狱卒各有职司，一个抱木牌，每到

一监，就按木牌上所写的姓名号数，大声喝问。罪人一到狱中，便没有姓名了，他的大名立刻变成某字的第某号了。从来狱吏之尊，古有名言，司狱俨然地指挥着狱卒，狱卒厉声地呼名叫号，囚犯兢兢应声报诺。每查点完一个监房，验明无讹，另一个狱卒，赶紧过来，咯噔一声，加上大锁，不到次晨，不得特命，是不准再开的。这就叫查牢封号。

司狱吏马修仁和四个狱卒，一号跟一号地查点过去，有的囚犯应声稍迟，辞色稍差，轻者被呵斥，重者那持皮鞭的狱卒，就劈头过来一鞭，立刻鬼哭狼嚎，惨不忍闻。这样逐号查点过去，狱吏狱卒满脸露出厌倦神色；这本来是照例公事，日日如此，年年如此，哪会高兴得来？而且监房里别有一种恶浊气味，令人触鼻欲呕。

可是查到第七号监房，马修仁和四个狱卒，顿时改换了一种神色，五个人个个脸上带着一种紧张，这第七号监房的罪犯，囚首垢面，与众无异；但是另有与众人不同之处。一个年近五旬的囚徒，是个虬髯汉子；另外一个是年约二十四五的壮年人，却好像柙中虎似的，蜷伏爪牙，犹带棱威，都不似寻常百姓。

这虬髯汉名叫蔡汀，是江湖上剧盗，作案累累，虽然幸逃诛戮，却是终身难脱缧绁之苦；他是由斩监候，经过大赦，被判为终身禁锢。那个青年人，却是奉旨严拿，罪名不测的钦犯，逃亡到襄阳府属县被捕。几次研讯，没有口供；因为是要犯，也不敢过用重刑，囚在这里日子不久。司狱吏和狱卒，对这样犯人，可说是另眼看待，既不敢管束他过甚，也不敢监视他稍松，几乎是逐日戒备着，怕他自戕，防他越狱，更怕生出想不到的枝节，比如勾党炸狱，呼援劫牢。

狱卒把皮鞭紧握着，上前打开监门，两个犯人钉镣啷当，闻声全直起身来。持鞭的狱卒，小心盯着犯人的举动，挑灯的狱卒高高地把灯举起，照例地点了名。马修仁借着灯光，仔细看了看犯人身上，又看了看门窗；忽用和蔼的颜色，向剧盗蔡

江说道："蔡江，你要好好地守监规，熬得出来的。你也是条汉子，不许胡缠。王头管犯人，碍着你什么事，你却发疯？再不许那样了！"

剧盗蔡江浓髯一动，张开了大嘴，一双豹子眼倏一开阖，灼灼发光，丑怪的面貌，忽然浮现出笑容，又眨了眨眼，向狱吏马修仁道："马老爷，俺蔡江是个粗鲁汉子，却也最识好歹。你老爷十分抬举我，俺断不能给你老惹事。你老别听王老标那个鬼种的屁话，俺多咱胡闹来？俺在这里有年数了，俺不是新来乍到，俺就是不受欺负，也看不惯狗子们欺负人。俺就是这颗六斤半，早卖出去了，俺现在还顶着它，算是白拾的，不打紧。"

司狱吏眉峰一皱，勉强笑了笑，骂道："混账！蔡江你又来了，王头办的是公事，你倒挑剔他，你就够不上做难友的道理了。"把手一挥，蔡江往后退了一步，笑了笑，也不再言语了。

狱吏复向那壮年犯人道："喂，三十六号，我们都知道你是个壮汉子。可是好汉子做事，明明白白，不要给办公事的人找麻烦。你看这里上上下下，待承你两个，就算很够面子，你就该安安静静地待着就是了。你怎么在这里乱说一气，说的全是一切离经叛道、叛逆不轨的话，他们做公的当然拦你，不教你说。这也是监规，监牢本来严禁犯人私谈，更不许煽惑人心；你怎么见个人影，就信口胡訾，骂起朝廷来了？"那少年壮士，面色白而微青，时露愤郁之色，有一种逼人英气，仍不可侮。听狱吏这么说了，微声答道："马老爷，我说的是句句实话，谋位杀兄的人，是不是衣冠禽兽？……"

这少年还要往下说，马修仁忙掩耳拦住道："我本来训诫你，不教你乱说；你怎么对我也说起这个来？"少年犯人笑道："马老爷不要害怕，一人做事一人当；言者有罪，闻者无罪，我是要说我自己的话，连累不到别人身上。"狱吏皱眉道："你再这么随便说话，我只可把你挪到五十七号里去了。那里又暗又潮，我就把你一个人监在那里，看你向谁白话去。这里也有

箍嘴的东西，我可要对不住你。”

少年犯人不禁一笑道：“马老爷，你以为我故意讲这些话，给你不心静么？不过我如鱼骨鲠喉一样，不吐出来不痛快。你要把我挪到单间独囚，我更是求之不得。你要堵我的嘴，那也随你的便，你可揣量着点。”狱吏改转了话头，漫问犯人道：“你到底姓什么，叫什么？姓赵，姓胡，姓刘，哪个是你的真姓？”少年犯人微微一笑道：“呼牛唤马，任从公便，我倒很不在乎。案卷上派定我姓胡，监里派定我叫三十六号，我就姓胡叫三十六号好了。”修仁道：“你是哪里人？”犯人道：“大清朝的人。”

狱吏双目一睁，隐蕴怒意。本想逐日与犯人闲话一会儿，可以勾出一点实情来；这个犯人年纪不算很大，却是城府很深，竟一点不露破绽；口吻中还敢带出嘲笑的意思来。这要是寻常犯人，他怎敢！无情的皮鞭早打上了。知府曾经一再亲自提讯过他，问他：“允禟的次子，被人隐藏在哪里去了？”犯人就连允禟这个人名，都装作听不懂，别的话更难钩稽了。

司狱吏道：“三十六号，你是会武功么？”那犯人笑着摇摇头，狱吏道：“你监在这里，我们奉公办事，也没有力量减免你的罪，也不忍用酷刑挫折你；我们都怜念你是个好汉；总而言之，你不要教我们为难，以后你口齿间，少要胡讲吧，教上头知道了，彼此不便。我听说你打算越狱逃走，你可不要胡想，你万万跑不出去的。你想你乃是个朝廷要犯，这监狱里里外外戒备得很严很严，你就是插翅变作一只鸟，也逃不开去；何况身上还带着刑具？其实事有事在，你如果真没有窝藏允禟的次子，案子自有昭雪之望。你看我们待承你，总算很刮目的了；我们不承望你感激，只盼望你光棍做事，不要给我们过不去。要知道给我们添麻烦，也就是给你自己找不方便。”末了的话，明明带着一点儿威吓。犯人立刻答道：“谢谢马老爷的恩典，我心上明白的。至于越狱的话，那简直是笑谈，可又说回来啦，哪个犯人不想飞出去？谁还有这个迷，愿意蹲在狱里

等候砍头的？只可惜犯人还没有插上翅膀，空有飞的心，没有飞的机会。”

马修仁微微摇了摇头，这个汉子软硬不吃；若不是府尊谆谆密嘱，狱吏早就给他点苦刑，教这三十六号尝尝，看他到底身在监笼之中，还能唬人不成？狱吏重重哼了一声，看时候不早，趁势收篷道：“你只好好遵守监规，彼此都好。”又向剧盗蔡江道：“还有你。”蔡江答道：“我没错，马老爷望安。”马修仁道：“不是冲你一个人的事，这三十六号，总是新来乍到，你多照顾他点。你总是铺头了，你得替我多操一份心。”说罢，对狱卒道：“收封吧，后牢还没查到哩。”

五个人退出来，狱卒咯噔的一声，照样把七号牢房上了锁。纸灯前导，马修仁率领狱卒，到后牢点名收封；却另换了一种严厉的神气，鞭笞哭叫之声又起来了。

襄阳府是府县同郭，县衙大狱，共有二百余号的轻重罪犯，牢房共三十余间。修仁按名查点收封，暗嘱狱卒，对这三十六号要犯胡英，太守有谕，须严加警戒，不得疏忽。狱外责令壮年快班加紧巡守，并且临时由襄阳总镇调来营卒一队，协防大牢。

自从这三十六号犯人入狱之后，外面风声骤紧，也不知从哪里放出来的流言，说是这个名叫胡英的罪人，别看他年轻，实是江湖上一个有名人物：只怕他猛虎入陷，不甘笼络，早晚会弄出事故来。襄阳府知府袁士辉，是政途中一员能吏，视民十余年。所至以干练称，行事未免酷烈些，仕襄阳府正堂，尚未期年，不想突然遇上这棘手的案子。

这时候，朝廷上“夺嫡”一案，闹得血淋淋的，许多宗室朝臣，被株连屠戮的很多。当清圣祖康熙皇帝龙驭上宾。皇太子早卒，皇四子胤祯，皇八子允祀，皇十四子允禟，结党争位，皇四子胤祯用阴谋获得帝位，是为清世宗雍正帝，记恨争位之仇，遂下辣手，惨杀诸弟。大将军年羹尧，曾经参与夺嫡密谋，却与十四子允禟私交甚好。雍正阴命年羹尧戕害十四

子，年羹尧不肯，反上密本保奏。雍正大怒，又因别的关系，不久便把年大将军赐死。

这个华山胡英便是年大将军的门客。年大将军料到狡兔死，走狗必烹，料到雍正杀完了亲兄弟，更要杀害他夺嫡的功臣了。当他身任四川总督，忽然特旨调他为杭州将军，便晓得杀身之祸已至，遂暗将次子年绍武，托付给亲信武士华山胡英。胡英受了托孤之重，将绍武潜藏起来，亡命河南，四五年来幸未漏迹。不意第六年上，胡英为人所卖，以致失脚，落在狱中了。

告密卖他的人，并不是仇家，或者还可以说是同党。告密的是当年大将军府中的护卫，叫作汪长年。其时年大将军正在罗致江湖上奇才异能的人物，礼贤下士，颇得了些人才。这汪长年倚仗将军的威势，又工心计，善于钻营，居然发了财。祸作时，府中士吏也都星散，有的被官府拿去，以别的罪名处死。汪长年却走了一步运，恰因母丧请假回籍，侥幸脱了大祸。他变姓名亡命潜踪，也是埋首六年，幸无识者；不料风尘中遇见了胡英。他们旧本相识，故人患难相逢，起初念旧情深，彼此都无诈虞；但汪长年一路逃祸，家资耗失很重，眼下度日十分拮据。偶尔听胡英说，年大将军的二公子，被他救了出来并携带了不少细软珍财。又说同僚们星散各地，感念故主之恩，虽当势败，还有非常的密谋。汪长年久在窘乡，听了这话，受家中人的怂恿，陡起负恩之谋，遂动告密之念，害得胡英由此落网了。

汪长年这一次告密，一来要洗刷自己的罪嫌，二来借告密之功，自己从此可以公然出头，三来便是盼望得赏救穷。此时告变之风大炽，朝廷每每地拿犯人的资产充赏。汪长年贪财辜恩，竟到湖广总督衙门告密。不说是窝藏年大将军的次子，反说是允禟之子。总督大惊，立刻委干员持密札，饬府掩捕。居然一举得手，把胡英擒来，寄押在县牢。却是有一事不了，那主犯年将军之子，竟没有搜着，不知逃到哪里去了。这案交派到襄阳府办的；委员和太守密议，一面由委员驰驿回省请示，

一面由府县将要犯收押，严讯余党，追捕逃犯。于是胡英在县监一囚经旬。

湖广总督一听主犯未获，就不敢奏报请功，把幕府文案邀到内堂，商量本案应当怎样处理。幕府说："皇上明察，又最关心这件案子，东翁要等主犯捕齐到案，再行奏报；只怕万一把这消息泄露到京中，要是内阁先问下来，可就多有不便。依晚生看，还是迅发奏折的好，皇上见奏，一定欣悦。"总督皱眉道："可是跟着皇上一定找我要那主犯，我却没有拿到。随后将主犯拿到归案，是很好了。万一事情不顺手，主犯捕不着，皇上要得紧，这可自寻苦恼；请功不成，反惹事了。"宾主之间，密计良久，还是暂不奏报，先命襄阳府把犯人提省亲讯。料到府官遇上这种案情，必不敢严刑取供，不用酷刑，自然追究不出逃犯来。巡抚决计要自己亲讯，又谕知襄阳府，解送犯人，沿路要严加防范，火速解来为要。这一番商议，乃是胡英被擒二十日以内的事。

胡英本名，并不叫这个，他这是假名。他实是少华山山畔的人，又是武当派有名技击之士，真名叫华山虎孟英，这一次要起解，可就给襄阳府添了苦恼！搜捕孟英时，乃是知府袁士辉定下密计，仗着迅雷不及掩耳的手段，把孟英猝然诱擒。孟英丝毫没有防到，所以官府方才侥幸得手。现在县狱寄押，县官固然是昼夜提防，恐怕出了意外；襄阳府为本案原办，更是提心吊胆，这一回起解，更是遇到难题。在巡抚与幕友密议奏报之后，紧跟着就是知府与幕友密议起解之时了。而华山孟英，傲然囚处在狱中，早把生死置之度外。只要二阿哥逃出罗网，他想："自己拼着一身傲骨，来受酷刑。"只可惜仓促被获，没得服毒自尽，灭口全忠！

但是消息传播得很快，孟英一入狱，外面的同党和江湖会帮，陆续得了信耗。官部掩捕孟英，尽管做得机密，尽管是带同眼线汪长年，乘夜包围了孟英的寓所，终于由近邻口中，慢慢透露出风声，于是孟英的死友，在几日间，历历落落，赶来

了四五个，另外还有邀着别的风尘人物来的，也有的溷入城中，也有的潜伏在郊外，很想伺机搭救这个华山孟英。

这潜踪而来的外援，竟分两派，一派是孟英的同事，是年大将军星散在各处的死士。另有一派，竟是明末遗胄，要伺隙图谋死灰复燃。苦于无机可乘，今见将军的门客志在护孤，也与雍正作对，这些遗臣打定主意，要把孟英拉拢过来，要做一个道不同，不妨同谋的伙党。现在来到襄阳城的，有一个五十来岁的行脚僧，号称太湖一雁，携带一个头陀侍者，就在郊外荒山野寺中，挂单驻锡。这随行的头陀，年约三十七八岁，面目丑怪，膂力很强，名叫什么铁丁，肩挑一口铜钟，到城里大街小巷，敲钟募化，各弄乱串，说要重修这荒山的废刹，老和尚太湖一雁，就敲木鱼，喃喃诵佛，向善男信女求布施，也说是为了修庙，不知怎么一来，惹得做公的注了意，两个捕役，截着二僧，翻来覆去地盘诘，最后把他师徒逐出城外，好像还敲了一笔钱。但师徒二人纵遭驱逐，依然恋恋，仍在城厢以外，大小村庄，挨户化缘。

据说这老和尚颇有道法，能够画符给人治病，施圣水给人消灾。村庄人竞相传说，有的人便觉得老壮二僧迹近诡异，但事不干己，也没人闻问，只有北关的一个地方，曾找了头陀一趟，后来也完事了，大概也是图了钱，便不根究，老壮二僧在襄阳城郭，方圆左右，出入募化。

忽一日，又来了一个年轻女尼，带发修行的模样，不知他们出家人有什么讲究，竟逢人打听太湖一雁老和尚的落脚处，有那闲人指告了她，她寻到老僧，同上山寺。也不知耽搁有多久，也不知他们说些什么，临出来时，有人瞥见女尼，眼泪汪汪，低头急驰，随后便不见了。

跟着湖北地方，竟传出现了豆儿和尚，说是拍花的妖人，不但妖言惑众，还拐骗小男弱女，开膛挖心，配卖蒙药。有几处城镇，发现这豆儿和尚，到茶寮酒肆，说书馆，杂技场，把一袋煮豆，施给客座，就便募缘；人吃了他的豆，据说是迷糊

失心，不死必疯，再不然，就跟了和尚走。这样的谣言传播出来，卖豌豆罗汉豆的小贩，都吃了挂落，行脚僧人也受了嫌疑，谁也不敢给小孩买豆吃了。在襄阳城内外，有的人就指目这担钟化缘的二僧，疑心他必是豆儿和尚的一党。却也奇怪，自从谣言一起，自从女尼一到襄阳，太湖一雁师徒蓦地销声匿迹了，似是闻风避罪，这谣似乎有因。

随后在襄阳城内，又发现两个异乡口音的男子，总在府衙县狱左右徘徊；一连三日，流连不走，东张西望，形色可疑。六扇门里颇有几个高眼力的人，看出这两个男子行止不对劲，就上前搭讪，试用话诈问他。经这一诈，到第二天，这两个男子也不再露面了。

像这些情形，只有捕役下边的人，略觉可疑罢了，襄阳府正堂袁士辉并不晓得。袁知府只知这是钦犯要案，没想到外面有人营救。袁知府亲自提讯华山胡英，究问余党，要寻允禟次子弘基的下落。这天开审，把胡英提到内堂花厅，先用好言诱讯。这个胡英口风很严，把真相瞒得滴水不漏，他只承认自己是安善良民，连年羹尧的名字也不懂。不想正在这时候，突在县牢后街，抓获了两个夜行人物。这两个人用全副掘洞的器具，正在挖掏大牢后墙，被干捕擒获，从两人身上搜出一张年貌单，一张县房图；那年貌单，正写着胡英的形貌和年岁。把这东西呈上去，知府和县官吓了一大跳，这才知道案情严重，狱中囚犯胆敢劫牢造反。这万万疏忽不得，除了加紧戒备，多调官军，严防越狱外；袁知府连忙饬役，把两个夜行人物押到，由袁知府隔别开亲加讯审。这两个夜行人，一个自承名叫黄友明，一个自承名叫谢林，也不知是否真名真姓。经百般拷问，两个犯人只供认是小偷，再不肯承认和胡英通谋。

袁知府大怒，把胡英提出来，教他三人对质。这华山孟英看了看黄谢两犯，情实不认识。袁士辉本是干员，也知他们三人之间，未必认识，若是认识，就用不着带年貌单子了。但是袁知府料定他们必是同党，多方设计，要诱出他们的实供来，

结果一番徒劳，三囚全是硬汉。知府气得拍惊堂木，要用严刑，重加拷问。对于华山孟英，因是要犯，不敢过用刑法；对这两犯，把夹棍板子种种严刑全都用上。两犯受刑仍不肯招。隶役一喊堂威，把夹棍收紧；两犯人昏厥过去了，这一堂没有问出结果来。

袁知府跟省中委员商议，隔了两日，重复提讯要犯，和委员一同会审。这一回，由委员用好言诱导，对两犯道："你俩必是受了别人撮弄，他们不出面，支使你二人做这劫牢的事，你的同党太不好了，他们的居心实在阴险。我看你二人也是一时痴迷，你若招出实底，本府定要从轻发落，不往重罚上问你，开脱你二人，你二人不要自误啊！"黄友明、谢林笑道："二位老爷，我两人本是穷极无聊，才做这挖洞偷东西的营生，不想挖错了地方，我们真不晓得错挖到县衙门了。我们是初犯，老爷开恩，下次我再不敢挖了。"

委员把惊堂木连拍，喝道："你还要装傻？你不怕皮肉受苦，你还支吾么？"堂役再将重刑摆上，威吓二犯。二犯破出死来，矢口不承认。

知府和委员又重提华山孟英。经反复讯问，孟英一时失言，微露破绽，问官立刻啃住紧钉，孟英索性负怒供道："你们也不必多照顾我了，我多谢二位老爷的盛情。你说我暗藏着允禵世子，我就算暗藏着了；这个事老实说，成则为王侯，败则为贼寇，我早不想活着，你们杀了我吧。你二位不能做主，你们趁早把我起解。我是早就不要性命的了。你问我的同党，我早没有同党。就有同党，也被雍正威逼利诱一一收买了；我的同党，只有我一个人。"

委员反复诘问，不得真情，不觉动了火，喝命动大刑。袁知府有心拦阻，又不肯驳面子。两旁皂隶吆喝一声，将刑具给犯人掌上。孟英紧咬牙齿，挺刑不语，夹棍连滑，孟英面目变色，竟昏死过去。知府一见不好，忙将衣袖微微一摆，立刻停刑，掌刑的官役用药物冷水喷救，半晌，孟英才缓过来，态度

越发挺傲，至死不招。知府向委员示意，暂把孟英搭下去，再讯黄、谢，两个犯人各受了两夹棍。两人受刑不堪，已然出了声，却是仍无实话；上了刑，连喊有招，刑具一下，又狡展抵赖。这一来，激怒委员，知府袁士辉竟拦不住，把三个犯人连夜熬审起来。一干邻证，也连累受了刑。

这件钦案，要紧的是要寻主犯年绍武和允禟嗣子。袁知府派出许多番役，查店查街，一来缉逸犯，二来搜捉通谋破牢之人。堂上讯供，也加紧办理，一连问了数堂，全在夜间。知府知道委员办得过于操切。因为是上差，是巡抚的亲信，他也不好明驳，只得委婉劝解，最好少用刑讯，万一问出差错来，案子便不好了结。不意刑讯之下，果然出了差错，却不是重刑拷死了人犯，乃是罪犯外边同党，趁着过堂，动起手来。

这一夜，府衙明灯辉煌，委员和知府又在内花厅，提出犯人熬审。把华山孟英和黄、谢二犯同时押到堂上，对面用刑，也是拍山镇虎的意思，借此恐吓犯人，逼取实供。更番上刑，依然不招，委员渐觉到技穷，正要另换非刑，忽然哗啦的一声响，一道青光自天而降，穿花厅直飞到公案桌上面，把笔筒朱砚打得粉碎。委员一声惨呼，斜身栽倒在另一公案上。知府袁士辉吓得站起来，又坐下了。全堂惊叫，齐喊："不好，有刺客。"倏然见两条黑影手握利刃，从花厅对面房上，如飞鸟掠空，翩然窜到堂前。花厅当时大乱，府吏以下书吏皂班，狂喊乱窜。灯影闪闪，人影纷纷，知府到底是把能手，拼命喊了一声拿贼。逻卒应声大呼，上前捕凶欲前又却。这两条黑影分明是两个夜行人物，百忙中看不清真面目，只瞥见一身青色，明晃晃耍着刀。两个刺客左右手又一挥，立刻浮起一层迷蒙白雾，笼罩在全堂上，对面不见人迹。雾影中，恍恍惚惚，似见这两个刺客扑奔了受刑的孟英。

知府惊悸亡魂，登时醒悟："这不只是刺客，这是劫犯！"扯喉咙又喊了一声："拿，拿！"忙乱中，飕的一声，花厅西墙又飞蹿下一个刺客。这刺客也是一身黑衣，身才抵地，回手摘

取背后的弓，开弹弓一阵暴打，把官役逻卒打得乱扑乱撞。那先下来的两个青色人影，在迷蒙白雾中奔突，一个驱杀厅上官人，一个抽削铁宝刀，俯身过来一扯孟英，噌的一声，用力猛削镣梏，可是咯噔一声没有削动。同时隐隐闻得讯话声："还走得动不?"华山孟英低声说："不行!"他遍体鳞伤，已难挣扎；刑具未除，逃走更难。

这时节，委员颠扑在地，有他携来的跟班，冒着勇气救主，把委员背起来，就跑入后堂。知府喊了几声拿拿，也抽身跑到屏风后。书吏官役逃的逃，喊的喊，花厅只剩下逻卒皂隶，被那持弹弓的刺客，一阵乱打，都打跑了。却围着花厅，一叠吆喝："有劫差事的了，有刺客了!"也有大胆的奔出来传呼救兵，催众拿贼。

花厅后墙又跳出两个刺客，一个提刀，一个张弓。乘着蒙蒙雾影，忙忙地一齐斩截刑具，背救囚犯，由那持弹弓的人开道。一共五个刺客，竟要当场劫救要犯，可称为胆大气豪。镣梏太坚固，刀削不断，忙用百宝钥匙来开；无奈这镣梏不只是分量重，锁得紧，而且锁孔全都灌了锡。费了很大力，仅仅锉折了脚下刑具，手上的桎梏再无暇来开，三个刺客背起了三个囚犯，喊一声："得手了!"

可是他们得手了，官军也得信了。公堂上一乱，早就有人驰报府标和襄阳镇兵，先有一拨人赶到，把官衙包围，由外向内攻救。番役三班，护衙的标兵，将火把高照，刀矛弓箭齐上，一员武官催众从后衙绕入，里应外合，来拿刺客。

三个刺客背着犯人，两个刺客用弹弓利刃，一个当先开路，一个断后护友。头一个刺客背走了华山孟英，一跃出了花厅，再跃上了花墙，更一窜便可闯出内堂。

借着弹弓开道之力，头一个人居然闯出去。第二人闯出花厅，一连三跃，竟未能抢上墙头，刺客的弹弓把官兵打得七零八落，官兵的弓兵手也开了弓，一阵攒射，把刺客也给阻住。第二人背着黄友明，三跃未能上高，只得循墙而走，第三人背

着谢林，竟未能扑出来。反而折身向后走，奔向屏风内宅中。百忙中，到底不能相顾，刺客散了帮。断后的刺客忙返身援救，索性分道向外逃。

这样一来，给官兵腾出展手脚的功夫，迎头一阵乱箭，跟着刀矛兜抄；刺客踉踉跄跄，择活路便走，越发地不能相顾。第二个刺客贴墙而逃，突中一箭，囚犯黄友明惶急中，忙叫道："快给我一刀！"这刺客不暇回答，背上背着人，手上挥动刀，把甩手箭连发，一抹地抢到二堂，突然又遇阻挠。再要退回，乱箭从背后如骤雨一般上上下下射来，这些弓手都藏在明柱后，穿廊里，或倚墙隅，或闪在角门边上，借物隐身，只开弓远射。官兵道路熟，绕前绕后，左右逢源，这五个外来的刺客，仅持预先画的房图，道路生疏得很。幸而官衙建筑大抵是一样的，统统由四合房筑合而成，他们匆遽中有路便走。黄友明见势不妙，又催叫了一声："并肩子，放下我，你快逃命去吧！"唰的又一排箭，黄友明哼了一声，饮羽气绝，头向后仰，背救他的刺客登时见察，怪吼一声，一欠身，弃尸在地，圆睁二目，急加验看。黄友明耳门上中了一矢，致命之伤，确已无救。这刺客大怒，志在救活人，不是抢死尸，立刻腾身挥刃，向官军拼命。官军迎上来，长矛攒攻，为首小兵官忙督手下兵，先把黄友明的尸体提到，唯恐要犯尸体再被劫走，就势枭首，以防意外，这刺客挟一团拼命的锐气，居然冲开长矛，挺身一跃，飞上短垣，又翻身下跳，一抹地奔寻华山孟英。他的意思，救不了全数，也得把要紧的人物救出，方不虚此孤注一掷之功。利刃一顺，连闯两道院落，不见华山孟英逃走的方向，忙再飞身上房。突然听见弓弦响，黑影中不能见物；急急闪跳，肩上中了一箭。不由得伏身往下一落，奔黑影中一窜，脚下一绊。黑影中陡又听见哗然大叫，从角门扑出一小队巡卒，唰的一排箭。刺客挥刀招架，不防头顶上瓦片飞下，几个利落的捕快，登高下瓦，连往下打。刺客顾上顾下，到底被数把挠钩搭住，一扯而倒，身落在官军之手。

第二章

群雄劫牢

官兵越聚越多，刺客不能猝然夺路，耗时稍久果然弄巧成拙。第三个刺客，背救谢林，窜到后堂。知府袁士辉惊慌失色，有一名跟班，在身边搀扶他，他忙对跟班说：“快传外班，快保护内宅，快防备监狱！”喊了这几声，知府自己钻进偏庑，顶住了门扇，催跟班快去。他自己抖抖地扯破窗纸，向外探头，忽有一条黑影跟踪奔来。袁士辉明知这人影是刺客，他一声也不敢哼；那跟班被逼出去呼救，正和刺客碰了个面对面，哎呀一声，回头要跑。断后的刺客恰恰赶到，顺手一刀，把跟班刺倒，然后护住了谢林，一抹地抢奔后宅甬路。背人的刺客在前，断后的刺客在旁，错落并肩，冒黑影急闯。连连穿行两道穿堂门，迎面已有官兵绕道赶来，保护官眷。双方抵面，唰的一排箭，唰的又一排箭，背人的刺客登时中箭，血流及踵。两人大呼，一齐协力，往官兵据守的角门硬冲。官兵七零八落，又射出一拨箭，再想抽矢上弦，刺客的刀已然劈到。官兵小队不过十六七个人，登时溃散倒退。两个刺客冲开这道卡子，出了角门，走上甬路。官兵在后追蹑，两个刺客急发暗

器，打倒了两个兵，杀开一条活路，居然奔出后衙。

偏偏不凑巧，二刺客中箭拔箭，带伤狂奔，刚刚奔驰在府后街，突然与襄阳镇标的大队相逢。镇标兵足有一二百，火光照耀，把这血淋淋的二刺客、一囚犯团团围住。后衙也追蹑出二三十个府标兵，各处巡卒也传呼奔驰赶来。二刺客奋死力夺路，无奈外面的接应，已被官军破获，两不相救，大事落败。两刺客努力苦战，居然溃围逃出，又不敢败回老巢。后面官兵苦追不舍。万分不得已，奔入一家空宅，官兵立刻把空宅围住。耗到天明，官兵纵火，把两个刺客烧出来。囚犯谢林也在空房中搜出，人已半死。两个刺客力竭被擒，伤重身死。

那华山孟英被头一个刺客背出花墙外，落在平地。地方仍在府衙中，是府衙西跨院。这个刺客是华山孟英的旧友，名唤田元壮。田元壮的武功甚佳，背负孟英，奔到跨院，闪目一望，黑影中似没有埋伏。立刻掠空一跃，意欲飞上偏庑。只是背定一个人，勉强翻短墙，还可努力，若跃登高厦，实在力不能及。他刚刚奔到这里，官兵打圈巡缉，也迎头堵上。喧噪声中，人还未到，火光先照到。田元壮不能登高，正要走平地，扑奔南面的穿堂门。却劈头被官兵邀住，一阵呐喊，唰的一排箭；田元壮咬牙切齿，又退回来，官兵渐集，前前后后聚拢过来，平地挥矛，登高放箭。两面截击，田元壮顾前不得顾后，正在危急，黑影中奔来一条人影。还道是开路的同伴，不防此人是府衙的班头，有名的好技击，猝然迫近来，照华山孟英一铁尺。孟英伏在田元壮背后，手上桎梏未除，无法自救，喊了一声。田元壮已然觉察，旋身一蹿，抬手一镖，把班头打退。这班头抖擞精神，退一步，复挥铁尺，上前转战。灯笼火把照耀，弓手不敢再射，恐伤自己人，只打圈围住。田元壮凭武力，很能斗得过这班头，只因背着一个人，刀法大见减色，竟抛不开这个班头的缠战。抵拒十数合，越加危迫；到了这时，那开路的同伴，挟弹弓已然闯出去，见危回身来救，曳弦开弓，一连数弹，把班头打得闪身倒退。乘此机会，两人合在一

起，各挥兵刃，张皇夺路。

这开路的刺客，是有名的神弹弓，北方称他为连珠弹，生得长眉俊目，宛如女子，年已二十七八，外貌还像十八九岁的白面书生。他本姓朱名叫玉山，和田元壮是表兄弟。他们劫救孟英，和太湖一雁是两码事。只为早发动了几天，风传孟英克日要起解，他们候援未到，又探悉府衙空虚，才猝来硬行打抢囚犯。他们终于落败。连珠弹襄护田元壮，田元壮背负孟英，努力猛扑，把官兵捕役打得既退复聚，竟换上挠钩手，就近来抓掳下盘。有的捕快和兵丁，又搬梯登上房顶揭瓦往下打。府标的弓兵也上了房，用弓箭攒射，堵住了出路。田元壮如怒狮一样，指东打西，连伤兵卒，无奈敌人云集，不能上高，若就平地夺门，连试数次未能得手。连珠弹看透情势危急，候外援至今未到，只可拼命向外夺路。连珠弹把牙一咬，飞身上房，收起兵刃，拽开弹弓，认定东角门，一阵暴打，乒乒乓乓，把房上的官兵，堵门的官兵，打得没躲闪，遂厉声喝道："元哥，快上这边来！"这样，连珠弹居高护下，田元壮抡刀平取，竟扑到东角门。

连珠弹身上，竟佩带了两只豹皮囊，满装了弹丸，每一皮囊袋，装着一百二十粒弹丸，舍命这一暴打，官兵不敢上前，挠钩手抱头旁窜，只剩下那个班头，还提铁尺来挡。被田元壮狠狠一刀，房上连珠弹又照班头后脑，连发数弹。班头不能支，蹲身往开处一跳，连珠弹踊身跳到东角门墙头上，骑墙而立，打里打外，田元壮趁势俯身一钻，出了东角门。连珠弹翻身曳弓，照追兵连打数弹，这才奋身跳落平地，抢先一步，再给田元壮开道。连珠弹只凭这一张弓，两囊弹丸，以一身兼管开路断后，多仗着他和田元壮久已共事，颇收指臂呼应之效。

从东角门逃出一段路，到一长甬道，墙外赶到了两个接应，撞倒了一堵墙，引领田元壮，逃出缺口，连珠弹也跟踪逃出，官兵也跟踪追出来，被这两个接应，横身阻挡，乱发暗器，只挡得两杯茶时，田元壮竟得贴箭道，逃到街上。择一短

墙，由连珠弹朱玉山扶助，一跃上高。田元壮背负华山孟英，登上临街的市房，这一上高，便得了手，展开夜行功夫，履险如夷，蹿房如走平地，把官兵全落在地上了。夜暗星昏，田元壮前逃，连珠弹断后，按预定之计，连珠弹故意往别处逃，把追兵诱到岔路上。这兵刚要改道，连珠弹立刻发弹弓，打他几下，教官兵穷追自己。那两个接应挨到时候，也往歧路上，且战且走。借这机会，田元壮竟得松缓了一步，背负华山孟英，远远地逃到预定的潜伏所在。

这时候田元壮身上已经中箭，虽经拔下，依然沁沁出血，并且累得浑身浴汗。华山孟英唯恐两败俱伤，伏在元壮背上，再三催他放下自己，逃命去吧。田元壮哪肯答应。如今已将追兵甩落后面，刚才夺路尚不肯事废中途，此刻眼见有了活路，雄心愈炽，且跑且说："孟仁兄不要担心，我们的密巢这就快到。"孟英道："我们的巢是在城内，还是在城外？"田元壮喘吁吁说道："就在前面，就在城里。"孟英叹道："这样说，还不能出城？田仁兄，我谢谢你的大恩，你还是把我放下来。你可以把我放在人家房顶上。你先歇一歇。"田元壮顾不得再答话，连说："唔，唔，唔！"蹿房越脊，仍往黑影没人处蹿奔。蹑足而行，践瓦无声，越过了一层层的房舍，眨眼到了一处地方。忽然止步侧身向下一望，低说道："到了，孟兄放心，我要往下跳。"从房顶一溜，滑落平地，正是一所临街的小院落。

田元壮把孟英放在墙根，走到前面东舍窗前，刚要弹窗，前房顶上突现人影，喝问了一声："谁？"同时屋中灯火骤明。有人喝问道："回来了么？"田元壮忙递暗号，低声道："是我，回来了！"房顶的人也寻声跳过来，两面一对，惊说道："田兄，是你，他们怎么样了？"田元壮喘息不已说道："你别忙，你快把孟兄搀进去。"这人依言，急急寻到孟英，失声说道："连刑具还没有除？……哦，孟仁兄，还认得小弟我么？"

华山孟英早已支持不住，仰面一看，认得这人名叫楚良材，呼道："楚兄台，咳，我谢谢你们，我太对不住。自己不

小心，劳动诸位!”这楚良材放下巡风的兵刃，立刻背起孟英，东舍门豁然打开，迎出一人。田元壮累得几乎寸步难移，屋中人忙过来扶着他，一同进了东舍。

东舍里只有两个人，全都守灯没睡。这灯光是用瓦器罩住的，外面刚有动静，掀去瓦器，立刻透露亮光。屋中发出一种气息。四壁陈列木格立柜，原来是药铺。屋中人外表全像商店伙友，一人微有胡须，算是原居停，把华山孟英扶在床上，让田元壮坐在椅子上，略问搭救的情形。田元壮摇头道："快想法子，给孟仁兄除去刑具，还得治刑伤。"楚良材也说："田大哥也挂了彩。"田元壮道："我不要紧。"

华山孟英到了此时，果然神色恶劣，强向众人道谢，眼睛一睁一闭，似要昏厥。众人忙找家具，给他破锁。那年长微须的人说："不好，先给孟英灌点药吧。"众人一面忙着开镣，一面忙着拿药。药极现成，这里本是一座小药铺，取了成药，给孟英服用下去，开镣也有准备，把自来簧如意钥拿在手边，先验看锁门。这一条粗巨的铁链，套着脖项，垂下来绾住双手，要截断巨链，实非容易。要开锁门，可惜锁孔灌了锡，什么如意钥匙，也不能投簧。硬开既不能，借助火力，想要熔化了锡，锁又紧锁在脖颈手腕上。但是官府给犯人上这刑具，也自有打开之法，楚良材略知法门，从巨链上寻找了一段破碴口，由破碴口用力，垫上铁墩，用力猛挤猛砸，这才把镣梏解开了。孟英微呻一声，头上汗出如雨，昏死过去。众人把孟英搭放在软床上，盖上棉被，教他慢慢苏缓。容出这工夫，齐向田元壮询问公堂劫犯的情形。

田元壮疲劳已极，裹创服药之后，只是摇头。反问楚良材："连珠弹还没有回来么?"又点着人名，问这个弟兄回来没有，那个伙伴回来没有。他一问，楚良材便一摇头，这些人显见全没回来，回来的只他一个罢了。田元壮道："咳，不好，我得寻寻他们去。"五个人袭公堂劫囚犯，七个人在外巡风打接应，巡风露面的只见着两个人，那五位也不知遇见什么了，

既未上前入府衙，也未退后返回药店。田元壮情知不妥，站起来，一晃一晃，抄起兵刃要走。楚良材急忙挡住道："这是小弟我的事。"田元壮道："不然，我们还得保护孟仁兄，连夜出城，这事该归你办。"楚良材不肯，一指那有胡须的人说："出城之举，可由韩世叔想法。你看你的神气不好，你动不得了。"

楚良材留住田元壮，代往寻伴，他早已改变形装，暗藏兵刃，趁天没亮，忙往外走，一蹿上房，先侧耳听，又定睛看，夜色深沉，风声瑟瑟，府衙附近，隐隐浮起火光。凝神良久，分明听见乍起乍伏的喧哗声，更俯察近处，渺然不见人影。这一夜襄阳城内有非常之变，已可觉出。更锣不响，漫漫长夜，只听见狗叫。楚良材立刻跳到平地，奔上前去，决计要把连珠弹等寻回。

这边华山孟英卧在软床上，半晌不苏，那年长微须的人名叫韩立青，以行医为名，实是江湖一个侠客，所谓寒山医隐的，就是此人。田元壮很不放心孟英的情形，韩立青说道："你不要过虑，等我看看。"走过来，拿起孟英的手，暗诊脉息，半晌说道："脉息平和，不要紧的。田兄，我看你失血太多，面色惨变，你倒很该歇歇。"命那青年人抬来一床，催田元壮躺下。又命快煎两杯参汤，给孟、田二人服用；又命年轻人，仍将灯火用瓦器扣上。然后两人卧床，两人倚案，坐在黑影中，听候吉凶，等待劫犯众人的续归。

候过半个更次，连珠弹一行半个也没回来；楚良材迎上前去，也不见返转。还有他们的第二步接应，也没有准时来援。田元壮心中惶急，再卧不住，挺身坐起来，觉得精神略可支持，提了兵刃，出院上房，向四面瞭望。寒山医隐韩立青也走出来，把长袍一提，跃上短墙，翻上房脊，一同向府衙那边瞭望。直瞭了好半晌，方见一条黑影，从西南小巷奔来。方以为是劫犯的人逃回，及至迫近，才知是那太湖一雁的弟子名叫铁丁的那个头陀。

双方抵面，从房顶跳下来，进入东屋。铁丁道："你们成

功了，这不是华山孟英么？”田元壮叹道：“正是孟兄，这回事情只有一半得手，我们的人折失了好些。老师傅现在哪里呢？”头陀道：“家师现在前作埋伏，他老人家进城数日，看出在内设法，不如在外面。他老本意，是要耗到孟兄起解，槛车行在半路上，再拦道动手。他老人家已然布置好了，想不到诸位竟冒险成功，直入虎穴，已将孟兄救出来了。由此看来，家师的打算，未免太小心了。”寒山医隐道：“这都是连珠弹的险策，人虽救出，出城还是难，并且他们全没有如时回来，正不知折了多少人哩。”

头陀看了看孟英，孟英依然昏睡。头陀问道：“他身上有伤没有？”寒山医隐韩立青道：“焉能无伤，伤却甚重。幸亏没有折筋骨，医治不难。”头陀铁丁嘘了一口气道：“我给你们庆功。我这就赶紧折回，给家师送信，好教他遣散党徒，不必在山坎设埋伏了。”喝了一口水，站起身要走。田元壮、韩立青一齐拦阻道：“且慢，千万不要遣散。……你等等，我们想一想。……好了，我们还得请老师傅慨助一臂，请他老人家，率领几位硬手，给我们帮忙吧。我们要出城，也是一道难关。”

头陀道：“这工夫，就计划出城么？你们刚劫了要犯，立刻要走，不怕官捕打眼么？你们最好是多在此处潜伏几天，容得稍为冷静，再乘夜逃走。”田元壮道：“我们本是这个打算，可惜连珠弹等全没回来，还不知吉凶如何，但不拘如何，总得请老师傅亲来一趟才好。”头陀沉吟道：“这话很对，那么我还得回去。并且，我这就回去，一到天亮，城门必严。告辞了！”打一问讯，推门要走。华山孟英忽在床上呻吟了一声。头陀回身止步，孟英竟拄着床，抬起头来，说道：“铁师傅也来了。我谢谢！”

铁丁和尚复又回身，挨到床边，和孟英握手谈了几句话，笑着说：“你我可算是道不同正相为谋，我家师很想劝你加入我们这一伙哩。你好好养着，我不能再多耽误，你看天不早了。”孟英道：“见了老师傅，请替我致意。”头陀道：“那是当

然，我还要请他来。”又向田、韩二人点了点头，飘然出舍，一纵身上了房，穿房越脊，飞檐走壁，一径翻城而出。城厢果然很乱，城门严扃，把城门的人不知哪里去了，头陀趁这机会，可说是来去自如。

华山孟英叹息一声，又闭上眼。田元壮、韩立青把头陀送走，仍在进去出来的探望。同伴依然不归，田元壮又要出去寻找，因为邀来这些人，很有地理不熟的。寒山医隐道：“你好好歇着，让我出去。”长袍马褂，暗带兵刃和一匣袖箭，一袋铁莲子，飞身越垣，从小药铺后院，跳到外面。黑影中，往各处转，居然此行不虚。搜到一小巷，瞥见暗隅，蹲着一人，觉得此时此地，不应有人在此，忙挨了过去。未容挨近，这人突然一长身，明晃晃的刀影一闪，抖手发出一暗器。韩立青往旁一晃身，探手接住，口中忙发暗号。那人应声答了一句话，跟着哎哟一声，身躯一栽一栽，终于又蹲踞在地上。

寒山医隐韩立青急忙奔过去，伸手搀扶。这人果是同伴，名叫王立庸，已然力战负伤，不能动转。逃在小巷中，果然迷途，不能寻回小药铺了。韩立青搀起王立庸，急往回走。刚走出一箭地，王立庸挣扎不动；韩立青验看他身上，肋部重伤，血流不止，当时裂衫缠塞创口，竟捆不住。韩立青只得背起他来，奔回小药铺，沾了自己一身血迹，把王立庸放在床上，忙与舍中人代为敷治。王立庸略略神定，告诉韩立青，还有一个同伴，负伤跃上人家房顶，创口比自己还重，能把此人搭救回来才好。此时田元壮疲极卧床，刚刚迷糊过去，更无他人可遣，韩立青皱眉道：“也罢，还是我去。”脱去长袍，另换了一件，急急地寻找过去。

韩立青直摸到鼓楼附近，跃上人家房顶，细细寻看。距府衙已近，衙中喧哗声音已停，内外火光星星点点，依然甚明。独有北关一带，人呼马啸，似有大队官兵。韩立青纵目极望，到底看不分明，因为相隔太远，天尚未亮。低头俯察民居，家家户户关门闭户，一个宵行的人也没有，好像全城已知有变。

最热闹的大街，商铺栉比，此刻也没有开门板的。韩立青依照王立庸所说的方向，寻来寻去，这才又在一家房屋顶上发现一个人，横躺在房顶上，手里依然握刀。身旁渍着一片血，人已然说不出话来。韩立青向他递暗号，他只点了点头。韩立青摇头叹息，细看此人，原来是马朝佑，乃是一个同党晚辈，管打接应的，身上中了乱箭的攒射。韩立青把他夹在肋下，往邻房一跃。这人家院落内，陡起了一阵犬吠，屋中人发出了咳嗽之声，到底不敢出来探头询问。

寒山医隐扶定此人，连连蹿过数家民宅，到一僻巷，正要溜下平地，突然听见隔有数道弄堂，有一阵人马奔驰声。寒山医隐把身躯藏在屋脊后，侧目下望。竟有一小队官兵，打着灯笼，循街飞奔，各拿着兵刃。韩立青忙往下一藏，这小队并不是巡缉街巷之兵，由一个小兵官率领，直奔北城门而去。韩立青窥明官兵趋向，这才探身出来，扶着所救的同伴，溜下平地，斜穿小巷，居然平平安安逃回小药铺，幸未被人发现。其实此刻街巷中，阒然无人。就有人一探头，也赶紧缩回去。府衙的喧哗声，火枪声，是从来没有的。人们全从睡梦里惊醒，偶有两个大胆的，上房顶眺望，看见火起，也吓得出了声，被家人喊下来。把街门严拴紧顶，唯恐祸变闹到自家门。

韩立青把难友救回药铺，急施疗治。田元壮再出去寻人，直到快天亮，连珠弹朱玉山倒回来了。辗转苦战诱敌，被他手诛数人。官兵越聚越多，他一退再退，被挤在城墙根，翻过民家房屋，才一路脱逃回来，杀得浑身尽血。寒山医隐忙给他更衣，并嘱咐他，转瞬天明，千万别露面，怕的是此番劫衙救犯，官府必要搜城。连珠弹朱玉山笑道：“不要紧，官兵真个搜来，我自有脱身之策，我自信还不致连累了居停主人。”他这一说，寒山医隐倒没话了。又看一看华山孟英，此刻稍微苏缓过来，只是经过这些天的炼狱，人已失形，骨瘦如柴。头上发也滋长起来。寒山医隐找了一把剃头刀，给孟英剃头刮脸，省得白昼落在人眼中，漏了破绽。

转瞬天明，再没有逃回来的人，自然是全失陷了，再不然逃出城外去了。在小药铺中，只有孟英、连珠弹和王立庸等两个负重伤的同伴，共只四个人。果不出韩立青所料，天色大亮，全城戒严，城门四扃，不准出入，官兵军森然布岗，各要路口都有兵丁把守，贼走关门，街市上十分紧张。人人交头接耳，传说昨天出了炸狱犯，捕快和官兵还要挨门挨户地盘查，有人说查到北门了，有人说咱们这里回头就来查。风声鹤唳。一座襄阳城变成讹言百出，有人说府太爷被歹人伤了，有人说知县已然逃跑。韩立青把孟英、连珠弹窝藏在铺后面堆房，他自己出面，到街上扫听了一回。未敢到城门口，远远观望，只听人说，是不准人随便出入，连城外菜挑子，城内粪夫也不放出入。韩立青为人持重，不便多所流连，缓步回了药铺，向连珠弹、孟英低声报告了。他们这药铺早有安排，居然赶筑了一道复壁，忙把华山孟英和两个受伤的同伴，一齐抬入复壁中养伤。就有四邻商人前来谈话，也看不破行藏。又请连珠弹也避入复壁，连珠弹摇头道：“我用不着藏，只要外面有动静，我可以上房。”寒山医隐道：“上房不妥当，被人看见了。”连珠弹道：“我不能那么傻，决不会教人看见。”他只在后房一坐，要耗到晚上，仍去寻找失散未归的同伴，等候失期未到的外援。

转瞬过午，外面谣言传得更凶，挨户搜查的话，说得活现，可是并未查到药铺这边来。韩立青派药铺那个年轻伙计，假装买米，再出去察看风色。第一件，看一看到底挨户盘查宵小的话，是否属实。四门鼓楼，究竟何处被搜过，这药铺伙伴也是同党，登时点头会意，悄然出去了。

隔过一个时辰，伙计转回，说是北门确已搜查了；南市地面最杂乱，也都搜查了。但搜查的不是民宅，不是正经商店；但凡茶寮酒肆，店房澡堂，全是官人注意的地方，都被捕快光顾过了。听说真有人落网，听说在一小店内，抓去了三四个嫌疑犯。又听说在一家民宅房顶上，抓获一个要犯，浑身是血，手拿兵刃，韩立青、连珠弹听罢，一齐动容道：“不好，这又

是谁?”

两人纳闷，要派伙友再去访问，又恐怕访问太紧了，勾出不妙来，想了想，只得忍住：“且候援兵到了再讲。”

到当天半夜，华山孟英苏缓过来，田元壮也恢复了劳累，二人向韩立青打听一切。外面情形越来越紧，他们的援兵没来，官兵的援兵已然大批调到了。街面铺户也都提早上板，跟着听说官捕挨门搜户，在前边街上拿去了许多人，小药铺也受了波动，田元壮、连珠弹还要乘夜出去，寻找同党，韩立青再三劝住：“你要多加小心，千万别出去了，外面风声实在不对。还是等候太湖一雁师徒，再想办法。我们此时应该避敛形迹。”连珠弹道：“我们只做了一半，虽然救出孟兄，像这样困在城中，也不妥当。”韩立青道：“经过几天，熬过头阵风色，再想第二步办法，此刻实在不能鲁莽了。”连珠弹、田元壮想了想，暂且依言。

到第三天夜间，孟英呻吟卧榻，似睡不睡，忽听外面似乎进来了人，睁眼一看，夹壁墙漆黑，低声向外招呼了一声，韩立青提灯陪进一个人。孟英凝眸观看，这来人是自己的同党，名叫蝎子刘熹，是他当年教拳的启蒙师傅。师徒患难相别，已然数年，此刻闻变赶来急难，是冒着险爬城进来的。因为他们不只是旧日师生，还算是同党。蝎子刘熹依然那么精壮、短小干练，如铁人一般，孟英却瘦成一把骨头了。孟英问道：“刘老师，难为你老，怎么进来的？外面听说搜查正严。”刘熹道：“城里街上果然很紧，但是我闻讯已迟，不能不来。我还约来几位朋友，此刻都留在城外。我在半路上，已然听见襄阳府白昼闭了城门，我想老弟必被好友救出来了，我恨不得插翅赶来，不想到底落后。”又向韩立青、连珠弹道谢道歉：“小弟落在后头了，教诸位偏劳。”二人忙道：“我们办得太冒失，失陷许多朋友，实在对不起江湖上的朋友。”

当下蝎子刘熹问明现在的情形，遂与韩立青、连珠弹，田元壮，商定出城的计划，预备五日内，救出孟英，计定立刻告

辞，他说："城外的朋友还等我的回信，我得返回去，省得他们等急了，再生枝节。"出离屋门，一拧身上了房，一溜黑影，直投城南而去。

这里，在柜房中，仍只停留着连珠弹朱玉山，田元壮睡在后面堆栈中的床上，寒山医隐到夹壁墙，给受伤的人敷过一遍药，便转到前边铺房去了。连珠弹凑到栈房里，与田元壮和许多药材相伴而眠，颇嫌药味熏鼻。又加堆栈潮湿，先时疲劳已极，尚可安枕，这一夜竟然失眠，心中有事悬挂，越发转侧不宁。直过了四更，方才渐渐合眼。突然听见有簌簌的声音，连珠弹蓦地一惊，翻身起来。月暗星黑，正在上半月，忽一眼隔窗瞥见对面屋顶，似有一点火光一闪。

连珠弹立刻一跃下地，侧耳细听，只听环药铺有人脚步声响，再细听院中已然聚拢了人，跟手院中院外屋顶，街门，同声一阵暴喊，连珠弹不及再穿长衫，幸亏是和衣而卧，立刻往木床上推了一把，又抓了一把，田元壮愕然跳起来，正待问话，外面又喊了一声："拿贼！"连珠弹立刻一窜，踢开后窗，一道白线，穿房遁走，田元壮大骇之下，也想破窗向外急逃，不幸迟了一步，刚抄起枕下匕首，使被挠钩搭住，首先遭擒了。

里外黑乎乎，蹲着十条人影，伸出丫丫叉叉几柄挠钩，田元壮已然失手，大叫并肩子快走。连珠弹早已穿窗而出，登时院中一阵大乱。埋伏的人影立刻跳起来，大呼："差事出来了！"正是官兵大举前来缉盗，正不知如何漏了风，官兵把药铺连四邻，一起包围得水泄不通。连珠弹大吼一声，张皇四顾，格开刀矛登上墙头，往四面一望。想不到官人如此大举，竟来了二三百名兵捕。情知此时不暇救友，但当出力自拔，再作后图，他便狠狠叱一声，挥兵刃往房上一跳。房上有几个兵，见状来拿。被他奋刀夺路，踢倒一个，砍倒一个，一溜烟走了，追兵不放松，连珠弹展开夜行术，冲破重围，跳到小巷一转，又上了房，登时没在黑影中。

华山孟英，在夹壁中，拥被养伤，已然睡熟，骤觉耳畔微

有异响，眼前忽忽发亮。他便心中一动，还未容凝眸看清，外边喊声大作，夹壁内明光照眼，早奔上来一伙番役，把孟英扑床按住，努力挣扎，终被缚牢了手脚。其余受伤的同伴王立庸等，也跟着遭擒。药铺先生连伙友，恍惚也没逃开，俱被一网打入。外面推来槛车数辆，把华山孟英一干人等，重上刑具，推入车内，立刻刀矛拥簇，押到府衙；沿路亮出队伍，先头部队净街。因为出过错，戒备极严。华山孟英张目四顾，田元壮、王立庸、冯朝佑，全都受了自己的累害，心中万分难过；囚徒中独不见寒山医隐韩立青，还有连珠弹朱玉山也没在数。官兵前呼后拥，足有二三百名。孟英长叹一声，二目紧闭；二番落网，定无活路。大丈夫有死而已，可恨的是无端牵害了好朋友！

当天过堂，时已五更。知府袁士辉大概是“因公出缺”，再不然那天受了惊，得了病。这回讯供，连上次的委员也没有上堂，另换了一个有胡须的文官，一个四十多岁大胖子武官，把孟英和那两个负伤的同伴一齐押上来。这一次不比上次，只问了问姓名，好像验明正身，便即了当，不多研讯了。跟着在府衙押了三天两夜，立即装上囚车，起解进省。

第三章

拦山救友

起解这一天，正当初秋七月二十四日，天刚破晓。府衙传谕净街，押犯出城。沿路营汛关卡，已趁三天的空，先期行文知照，“仰各一体严加护送”，因为是“案关钦犯要件”。华山孟英因在槛车中，也不知一同起解的有几人，把他紧卡在囚车中，前面只有两辆囚车，在他身后还有几辆，他便看不见了。二百多名官兵解送，两员武官押护，弓上弦，刀出鞘，如临大敌，如槛猛虎，一路上格外关防。也再讲不起全案破获了，只就现获之犯，先解到都省，于是逢站打尖，遇镇落店，官兵必然先派妥员开路，十分小心，决不疏虞。于是第一日，一路无阻，当午打尖，到晚落店。第二日一路无阻，当午打尖，偶尔遇见了一个卖伞的小贩，当晚落店，又遇见一个卖伞的小贩。第三日出店起解，又碰见了一个卖伞的。官军登时大怒。赶过去几个兵弁，拿马棒一阵乱打；把那卖伞的打得抱头告饶，逃窜到一边去了。

到晚照常住店，占据一处大店房，大院舍。官兵连店门都把守起来。次日早晨登程，仍旧派出打前站的官兵，在头段路

上开道。第四天一早，续走了一段路，行近荆山。华山孟英在囚车中，被初秋的骄阳，晒得头脑昏昏的，口干舌燥，有求死不得之苦。多亏押解的官役都不敢虐待他，一路上未致受辱。落店投宿，官役也是照样拿好茶好饭服养着他，唯恐怕要犯在路上有了不测。那受伤的两个难友，王立庸与冯朝佑，更是伤势危殆，全都面容惨淡，似要毙在路上。押解官人都很担心，省里委员裹伤随行，坐着驮轿，当时跟带兵武官黎都司嘀咕了两次，要把犯人提出囚笼，另抓轿车押运。这省里委员正是在大堂受刺的那一位，当时受伤未死，被跟班背到后堂。事后经袁知府延医调治，虽未有早占勿药，却不致死在府衙。知府只受虚惊，已知此案毁了自己的前程，仍得坐镇府城，料理善后，故此只派吏目，随同省委，起押犯人。开囚车的话，吏目不敢做主，兵官也不敢做主，省委也不肯担沉重。此刻省委自己，却是坐在驮轿中，是襄阳府特给预备的。那带兵官和吏目都凑到省委面前，向他讨主意；因犯人的神色变得太不好，再有一两天，真怕死在路上。

省委受了伤，本已恼怒，认为这一趟苦差，险些丧命，有点怨天怨地。吏目向他请示，他摇头道："我的差事，就在提取犯人进省，我并不管护犯人，你们自己看着办，就是犯人死在路上，我照样可以销差。"要开囚车，本是他的主意，现在他又这样说。带兵官黎都司不敢顶抗他，可也不悦，绕着弯子描说：自己奉命护送要犯，只要犯人不跑，路上也没人来劫，自己的差事便交代了。要说把犯人提出来，乃是好意，替大家设想，其实犯人死在囚车中，我们绿营一点儿也不受处分。那吏目也背后说出怨言，府台派我来押差事，差事死在半道上，只要不是服毒，不是自杀，我微末小吏，也受不到什么处分。如此他们几个人各把自己的责成推开，连官兵和捕快，也都有一番表白，都说责成不在我这里。其实他们全明白，犯人侥幸没事，大家都不落褒贬，犯人当真死在半路，他们全都咎有应得。可是破封皮，开槛锁，出囚犯，责任本来太大。空商计一

回，结果还是催促囚车快走，还是不敢开囚车。

又走了一程，计程九天，已然走出五天。遥见前面路上，一带长林丰草，掩着一座小山岭。官兵前队穿林登山，省委兵官押着囚车在后，展眼来到山麓，再进便是盘山的栈道。山路随形逼窄，迂回盘旋而上，险如羊肠，车仅容轨，人刚并肩。前队小校返回来报告：“前山山势很险，槛车通行，请加小心。”黎都司早已看出山势险阻，策马回头一望，槛车七八辆在后，省委的驮轿更在后，忙吩咐帐下传令卒，向省委报告一声，也对护囚车的番役关照了一声。然后督队分两厢夹护，前呼后拥，往盘山道上开。

槛车由下而上，驾辕的马力不足，番役官兵慌忙过来，帮助着车手推挽。车手摇鞭打马，兵役在车后推送；山形愈耸，车行顿慢。……忽然间，后岭道山凹中闪出一个黄衫游方僧人，踉跄过来，合掌当胸，只诵佛号：“阿弥陀佛，施主老爷，善哉，善哉，贫僧要……”

要字没说出口，扑过来如狼似虎的兵役，老大马鞭马棒，照游僧劈面便打。其余官兵也一声断喝：“躲开，躲开！”

这游方僧竟不躲开，拦住了车前马头，一口一个阿弥陀佛：“贫僧要向施主募化一点东西！”一个小校喝道：“你们不要打出家人！喂，和尚，你偌大年纪，不要我打。你睁眼看看，这是什么事情，岂是布施你的人么？大野地里，你要募化什么？”

那游方僧哈哈一笑，伸手一指槛车，说道：“施主老爷，贫僧要向诸位募化这个……”

他的口气似乎要募化囚车，兵卒哗然：“这一定是钦犯的党羽！”齐声吆喝，扑过许多人，把游僧抓住。游僧并不支吾，一个劲地口诵佛号：“阿弥陀佛，阿弥陀佛！贫僧要向施主募化这个！”

省委在后边驮轿上看见，不由得心中大诧，探出身来，仰面问道：“前面乱什么？”番役官兵一齐禀报：“拦山过来一个

游方和尚，要向囚车募化，恐怕是钦犯的党羽。”省中委员忙道：“把他押过来，不要教他跑了！”游方僧不等推搡，竟口诵佛号，挨了过来。带兵官已然纵马赶到，喝问：“你出家人偌大年纪，你怎么作死？你要募化什么？你要募化囚车？”

这游方僧果然须眉皆白，年纪老迈，兵役拥簇着他，他一点儿不怕，直走到前面领队小兵官马前，口中仍诵佛号。兵官勒住了马，重复喝问：“你要干什么？”

老僧合掌道：“阿弥陀佛，出家人的本意，是要向施主老爷募化善缘。”说时又回手一指槛车，小兵官登时拔出刀来，喝道：“你再说，你要募化什么？”

老僧朗然道：“阿弥陀佛，贫僧是要募化这车。”

兵官兵卒互相顾盼，忙往四面寻看，道：“你你你青天白昼，你要募化囚车？”

老僧蓦地一张目，蓦地一合眼，合掌说道：“不错，然也，贫僧是要募化。施主老爷，贫僧年老，步履艰难，我是要向诸位老爷募个善缘。你们可不可以把贫僧捎在囚车上，把贫僧带过山那边去。贫僧老了，走不动了，这山道爬不上去了。阿弥陀佛，施主老爷，布施布施吧。我只借你们这车，爬上山岭，就够了。”兵官兵役剑拔弩张，把老僧的突如其来，看成意外之变。不想瞪着眼问来问去，老僧要募化囚车，不过是募借囚车代步，好便上山。这游僧如此年老，想必是游方来到山坎，力竭半途，好容易看见有过路车来，故此拦路求告。这也是在情理之中，并非怪事啊。

但是，转念一想，如此旷山，如此荒野，前不着村，后不挨店，突如其来，会出现这样一个人物。僧人就便到处化缘，也从来没听说谁家僧道会向官人，冲着囚车，募求代步的。但是，再转念一想，如此荒郊，四顾无人，看此老僧，须眉皓白，而且是只身一人，寸铁无有。就便他是劫道的大盗，也不会人单势孤，只凭一己，硬向二百多名官兵手中，劫夺要犯。

但是再想到要犯身上，上次已被匪党闯衙劫过一回，如今

一路行来数日，人人恐怕出错，可是竟未出错。现在正行上这凶险的山道中，正到了容易出错的地段，偏偏遇上如此的一个年老僧人，能够说他不可疑么？

押犯车的官人，上上下下，心中都有一番猜想。带兵官为防意外，厉声喝道："胆大的僧人，这么不睁眼，还不快滚开，来人呀，赶开他！拖到一边去！"登时身边隶卒，蜂拥而上，把老僧拉拉扯扯，连推带打，往旁边赶。老僧竟仰面跌倒，哎哟不止，动弹不得。隶役们挥马鞭往起来打，老僧抱头哀叫，一口一个阿弥陀佛，身子躺倒处，恰恰阻挡囚车的通行要路。

正在扰攘中，陡然听山峰那边一阵怒吼声，深宏无比。群卒惊顾，声在林间。众人禁不住各相顾问："这是什么叫唤？"一人说道："好像是老虎？"蓦然间又一声大吼，细辨像虎啸，又不像虎啸。山腰间陡然有人哀呼救命。

群卒愕然，倏见一个美貌的短衣女子，从山坎斜坡飞奔过来，一步一跌，连滚带爬，且跑且回头，口中不住乱叫："救命，救命呀，老虎，老虎！"

群卒惶骇，急道："不好，真有老虎！"登时乱窜起来，挤成一团。小兵官和后面押队的黎都司也各吃惊，旋即大喝群卒："快护住囚车，开弓，开弓！"队中有一马兵把总，有一步兵什长，武功有几下，立刻亮出兵器，喝道："哪里有虎？"

那押队官黎都司，也是襄阳镇特选出来的好将校，把队伍调派好了，心神略定，急忙勒踏镫，摸了摸鞍下顺挂的枪，摘肩上弓，壶中箭，挺身一望道："深山里面也许有虎。"群卒胆小的乱了一阵，胆大的抽弓搭箭，旋即亮好阵势。齐抬头往山坎上注目。那美貌女子磕磕绊绊，向这边挣命，是乘势往下溜，一滑一滚，两只脚朝了天，原来是一双大脚。众人的眼光由女人脚上越过去，直望到山坎高林中。林中吼声，越吼越近，众人侧耳细听，果然像虎啸。

那押队官黎都司，唔了一声，又转脸看囚车。此时前哨开路卒已越过山岭，往岭后走了。后队还在山麓，正往上开。那

老僧还在地上，挨了打，泣哭撒赖的，不曾起来，群卒已无暇驱逐他，一齐看那美貌女子的惊慌挣扎。那女子虽然惊惶，心神不乱，到底向人多处奔了过来，远远地扬手喊叫救命。

这女子踉踉跄跄，直奔到黎都司面前，合掌求告："老爷救命！"恰恰挡住马前。都司喝道："女子闪开！"女子似惊悸亡魂，应声一晃，几乎栽倒。女子年少貌美，黎都司不免垂怜，讯问道："可是有虎么？虎在哪里？"女子已然腰肢连闪，又扑到驮轿囚车中间，向省中委员磕头礼拜的哀叫："老爷们行好吧，我爹爹叫老虎追上了。"

群卒不禁发问："虎在哪里？"一言未了，随又听见一人大喊救命，果然是一个村老汉，背负小包，从林间断崖后窜出，沿山道往囚车这边奔来，一滚一跌，一滑一两丈，又一跌一滚，爬起来，涩着嗓子狂喊："救命啊，救命啊！"跟着就在老汉现身处的后面，起了一声猛烈的大吼。

群卒惶然睁大了眼，凝视林边断崖。

那老汉踉踉跄跄，也向囚车这边奔来。女子狂喊："爹爹，爹爹，快上这边来！老爷们，快行好救命吧！哎呀，老虎出来啦！"

又一声巨吼，突从断崖乱草之上，出现了毛毵毵大物，遍身黄毛黑纹，护犯之群卒与押队的兵官，各个一震，有的失声，"真是老虎，不好，要跳过来！"却还隔着断崖。

驮轿中的省中委员吓得闭了眼，却又瞪大了眼，催驮夫："快快！"意思是快往回跑。

黎都司也害怕，赶忙地再吩咐群卒："预备，放箭！"弓箭手一律搭箭。长矛队一律围护槛车。又命人催前队，赶快回来。但欲催前队，必须在断崖下通过，受命的小卒焉敢犯险？而且恐怕人近老虎，更惹得老虎扑下来，岂不更坏？

那老虎凭据断崖，斗大的头颅往下探，望见这边人多，好像也知敌己之情，往下一蹿，似要扑过来，相距稍近，又止步不动，反倒退踞在一块大石之后，蓦地仰头，大吼起来。

黎都司和部卒，见这虎刚一扑，立刻不约而同，嘣的发出一排箭，自下仰射，距悬崖尚隔数十丈，当然射不到，全落在崖下了。那虎大怒，陡然人立起来，掉头发威，吼声如雷，又挨到崖边，那样子跃跃欲下。

逃命的老汉，就在崖下，吓得哎呀一声狂叫，失足跌倒，身子一翻，顺着山坡，骨碌碌滑下来，直滚到羊肠小路槛车停放处前面一段路，方才顿住。惊恐过度。好像不能言，不能动了；仰面拉叉，躺在那山道边。老虎立即垂崖下瞥，好似到口之食，必须扑下来，才能获到。这老虎把身躯一抖，重往下望了又望，把尾张爪，一阵发威。那山崖上乱石被虎爪刨蹬得纷纷乱坠，夹杂着一声一声的吼叫，震耳欲聋。石块下坠，顺山道往下滚，群卒一看，竟有斗大的巨石，把当道通行之处阻住。

正是猛虎拦路，槛车不得通行。如要通行，必须把老虎打死，或者把老虎赶跑。

这老虎竟通人性，也知料敌，也知避箭，一路示威怒吼，反正不扑到利箭射程所及处。人与兽就此拒住了。

断崖下是老汉，像死尸似的躺在那里。囚车旁是老僧，也吓得一个劲地念佛。囚车前是美貌大脚女子，哀求官老爷救命：“你行好积德，教他们把我爹爹拉过来吧。他吓昏了，老虎一蹿就把他吃了！”

黎都司眉峰紧皱，正待发命夺路打虎，陡然又听一声长啸，其声凄厉。在断崖对面，也是一座断崖上，眼望不到处，又出了怪啸。群卒齐喊：“这边也有虎！”

虎字未绝声，对崖怪啸大作。这边断崖的虎犹未去，也应声大啸。群卒越发惊怪，正不知道这一啸，还要引来多少虎，若把虎群引来，全不得活。省委叫了一声：“快退回来吧！要命，要命！从来没见过这等事！”府中吏目也吓得黄了脸，连说：“近处一定有猎户，快传猎户来打虎。”群卒一齐恍然道：“对呀，我们只会杀贼剿匪，要打老虎，可是的，还得去传猎

户。”但是猎户在哪里呢？谁去传呢？

黎都司忍不住怒道：“你们这些懦夫！你可知道人怕虎，虎也怕人。你们预备了，跟我上前，我不信，一排箭准把老虎射走！”

群卒全有难色。虎要是受伤，必要害人；虎不受伤，只怕射不走。黎都司一迭声催逼，忽然间哗啦的一声响，空谷传声，又有一种怪啸，骤有一个彪形赤面大汉，顺着迂回的山坡，绕从官军的背后，如飞奔来，大叫：“好畜生！我可捉住你了！”眨眼奔来，手提大铁椎，铁链很长，腰间还有虎叉，口还打着呼哨，滚滚如飞烟，将来打虎。

押队官人一齐大喜，全说：“是猎户，是猎户！”又一人说：“猎户快来，怎么才一个人，一个不够！”

一个猎户诚然不够，这里现形的是一只虎，听声分明是一对虎。对崖虎啸一声跟一声，只不见虎出头，猜想许是一牡一牝。但就是一只虎只凭一个猎人，也怕不行；何况至少有两只虎？群卒正在高叫，不料这彪形大汉刚刚出现，忽又从侧面，也听见哗啦一声，山坎深草中，突然又窜出三个彪形壮汉，各持虎叉、铁椎，一齐奔过来。这便有四个猎户了。

押队官人个个欢喜，盼望猎户越多来越好，一齐招呼道：“猎户快来！”前头那个赤面猎户大吼道：“来也！”他回头一扫，抬头一望，掉头往四面一巡，三脚两步，飞奔到官军队里，直扑到囚车前边。官兵刚说：“那边有虎，你往那边截！……”出其不意，这猎户竟狂呼一声，举起大铁椎，不打虎，打囚车，照那护槛车的军卒，唰的狠打下去。

椎下处，血溅山腰，登时死了些个押囚官兵。

赤面大汉运手中椎，挥霍乱打，把群卒打得张皇失措，乱窜乱喊；赤面大汉怪吼一声，踊身一跃，到了槛车门前。领队小兵官大叫：“不好了，有刺客，快拿劫犯贼！”小兵官挺腰刀，将赤面大汉拒住，不教他扑近囚车。

当此之时，那被殴倒地的黄衫游方老僧，正吓得对虎发

抖。铁椎一挥，陡现神威，这老僧倏地挺身一跃，朗呼：“阿弥陀佛，青字亮亮！”把右手一张，白光如游丝二闪，小兵官哎呀一声，栽倒在山道之上。

黄衫老僧左手一扬，黎都司的坐骑怪啸一声，突然人立起来，把黎都司掀在地上。

黄衫游僧哈哈一笑，把黄僧袍掀起，抽出白烨烨一把短剑，扑入官军中，乱刺乱劈。

黎都司恍然大悟，骇然大惊，中了人家的假装猛虎拦路劫犯之计。仗他武功可以，滚身爬起，拔出腰刀，喝命部下，快快快拿贼人护囚车，一迭声怪叫：“老虎是假的，不要怕！”

赤面大汉正要袭槛车，黎都司跳过去，两人交了手。部下小兵官，一齐拔兵刃，拼性命护差事，并且自救。群卒乱窜，前队奔回，后队赶上来。这劫囚车的群雄，老叟、游僧、女子、猎户，先后发动，争先恐后地动手。那后出现的三个猎户，运用虎叉，由下边奔到，取出利器，要开囚车，被官兵冒死命阻住。

劫囚车的人是从两边往当中挤，官兵陷在欲逃无路的局面下，竟出乎意外。团团打转的苦斗，囚车竟打不开。那被虎赶逐，跌倒在地的老叟，卧在地上装死，此刻突然缓转，大吼一声，响若铜钟，把背后小包打开，内有兵刃，立刻大展身手，越过人丛扑奔囚车。

那美貌大脚女子，此时当然不再哀求救命，托地一跃，从襟下拔出利刃，照那省委心窝便刺。省委惊叫一声，仰面栽在驮轿中。美貌大脚女子提刀一看，竟扑奔黎都司。黎都司正与赤面猎户苦斗，女子替出了赤面猎户，她自己独战，这黎都司是绿营有名的教官，本领颇强。赤面猎户腾出身子来，便可以运大铁椎，砸破囚车，负救孟英。

双方乱窜乱打，官兵队中弓箭手，竟射出几支利箭。后出现的三个猎户，方欲助砸槛车，见乱箭伤人，忙抽出一个，挥动虎叉，突入弓箭手队中，扰得他们不得开弓。

黄衫老僧略略地驱逐官军，便也扑奔槛车。赤面大汉运大铁椎，抢砸第三号囚车。第三号便是华山孟英。那老汉便奔第四号囚车。黄衫老僧首先蹿到，用利剑，要削断槛车大锁。这五辆囚车应该同时砸破，同时把受伤的囚人背走，方不误事。可是他们前来拦路救人的群豪数目也不多，一个人须兼做攻打官兵，背救同伴两方面的事情。当下大家纷纷动手，和官兵绞在一处。

那美貌大脚女子，竟似斗不过黎都司，她只提一把匕首，黎都司竟取一支枪。美女子裹不住黎都司，反被冲得倒退。黎都司两眼通红，见两头都有贼人，自知性命难脱，便咬牙狠战，分明是拼命。那背小包的小老汉腾身一跃，如燕子掠空，直落下来，倏然飞起一脚，正踢中那个什长的肩头。什长怪叫而倒，老汉立刻直抢到黎都司的身畔，替下那美貌女子，把黎都司缠住。

美貌女子抽出身子来，也夺取群卒一支长矛，把群卒乱挑乱刺，与那四个假猎户协力，逐杀兵队；容出工夫来，以便一齐努力抢砸囚车。但是官军尚在负隅死战，出乎意外的猛勇。黄衫游僧用力砸打槛车，忽从背后射来一箭。黄衫游僧耳听八方，急回身一剑，把飞箭打到一边，险些伤了槛车中的囚人。黄衫僧颇觉奇怪，官兵为何这么勇敢？挺身一望，才知自己这边人，把上山路阻住，把下山路也挡住了，官兵被截在当中，羊肠小道险峻异常，他们逃无处逃，自然挤在一处，拼用全力，苦斗不休了。黄衫僧忙打呼哨，招呼同伴让出一条活路，好容官兵奔逃。同时那白发老汉也看到这一点，也正吆喝假猎户，不要这样两面堵截。猎户醒悟，稍稍放松了一步。这群官兵，本像蚱蜢似的，挤在当中乱蹦，如今一看下山路已然无人拦阻，也不用商量，不用招呼，竟有一半人，齐打伙的且战且走，奔向山道下面去了。那府衙中的隶役，更是不济事，逃得更快。把个黎都司甩在山坎，兀自护囚畏罪，破出性命，与这群亡命徒死斗，还有那个把总，还有一个记名守备，自知槛车

被劫，罪在不测，全都拿出浑身武功，力战群雄。那黎都司望见群卒奔溃，急得大叫大骂，眨眼间还剩二十来个散卒远远地放箭。

劫车群雄七手八脚，将槛车砸开。如电光石火，把犯人抱出车外。黎都司一见这情形，怪吼一声，与那记名守备，双双奔来抢救。蓦地听山坎上又是一阵惊天动地的虎啸，竟见那只猛虎人立而行，飞蹿过来。黎都司吃了一惊，虽知虎啸是假，也不由得心慌。稍一疏神，被那美貌大脚女子跳上来，刺了一刀。二十来个散卒忙来护官，黄衫老僧又一扬手，白光过处，散卒跌倒了两个，其余的人不由得吓得倒退。黄衫僧又打了一个呼哨，那猛虎像人似的奔过来，竟到华山孟英面前，立刻口吐人言，叫了一声："孟仁兄，多受凶险了！"扭身一蹲，把孟英抄起，往背后一背，立刻奔上山坎。其余负伤的三个囚人，同时由三个假猎户，也背起来。黄衫游僧，白发老汉，大脚美貌女子，赤面运椎的猎户，立刻同时全吹起呼哨，立刻向官兵虚一斗，抹转身形，保护着那前行背人的一只虎，三个猎户，绕上断崖，绝尘逃走。

黎都司肩上挨了一刀之伤，尚不甚重。省委吓得半死伏在驮轿中，府吏吓倒在山道边，劫囚群贼已然逃走，要是追赶还来得及。无奈黎都司独力难支，部下卒溃散多半。正在着急，那败卒逃到山下，勾来附近驻军，加紧赶上山来。那前锋开路的兵，也兜转回来。二百多名兵，加上驻军，又复声势一振。黎都司满面是汗，心中焦躁。歹人区区八个人，竟把差事劫走，这罪名自己如何担受得住？当不得暴跳如雷，把部卒用马鞭连打，喝命快追。二百多名兵，受伤的不过七八个人，被严令所逼，迫不得已，联合驻军，立即分为三队，大举搜山。

但是劫夺囚车人，预有布置，官兵登上断崖，遍寻不见人影。只在一座山神庙内，发现了一支短前。乃是官兵流矢，射伤了假猎户，假猎户逃到此处，方才拔箭敷药。敷药已毕，几

个人替换着，从预定地点，逃亡下去了。

槛车全都被打开，人全被背走，可是救活了的，只有华山孟英和田元壮两个人，其余起解的人犯，身负重伤，半死不活，遇救逃亡，又一路颠顿，竟死在半途。

第四章 荆山洞英雄结盟

华山孟英，被那假虎背救，一路逃亡，先藏在一个山洞中。官兵满山查搜，竟未发现山洞的秘道，劫车的人预有计划，另遣两个故意露出马脚，引诱着官兵，往歧路上追赶，其实劫车群雄只奔出六七里，便潜藏起来。

潜藏的地方，正是黄衫游僧太湖一雁和尚的秘窟，就在荆山畔。华山孟英，出生入死，自从遭擒，两番被救，今日虽得活命，心中仍极难过。而且刑伤没有养好，一路起解，被山风日光吹晒，身上发寒作烧，行在山坎，人已昏迷。假虎负救他时，他只睁眼看了看，以后就人事不省。

也不知昏迷了多少时候，及至神志清醒，睁眼一看时，阴沉沉一座山洞，在他面前站立的，乃是他的师傅蝎子刘熹。孟英虽是硬汉，如今饱受挫折，见了师傅，也不由得凄然落泪。问起同伴来，方知寒山医隐韩立青，当日并未落网，田元壮已同救出，正在隔洞。至于连珠弹朱玉山，竟没了下落。还有槛车中两个负重伤的同伙，王立庸和冯朝佑，甫出囚笼，人即绝气，已被太湖一雁等，把尸体埋在荆山中了。

华山孟英呜咽有声，向刘熹道："弟子生趣已尽，实不想活了！倒为了我一人不小心，害得好几位同志，因此殒命。那个装老虎，背救我的，到底是哪一位呢？"

蝎子刘熹安慰他许多话，又告诉他，当日设谋，全是太湖一雁所为。那个假老虎，正是江湖上有名的虎牙童刚，他善装虎吼，惟妙惟肖。那个美貌大脚女子，便是崇明岛灵尼妙爪法师。孟英听了十分感动，就要趋谢，问他们这些人现在何处？刘熹说："你好好养息着吧，你太苦累了，况且身上还有刑伤。我们武林中的朋友，感谢的话不必出口。他们此时正忙着引诱官兵，往歧路上走，也没工夫和你细谈。"

华山孟英满腔心事，一身病痛，只得依言，卧床养伤，暂且由蝎子刘熹服侍。过了两天，太湖一雁和妙爪灵尼方才回来。这太湖一雁上人须眉皓白，武功精湛，是南荒中的秘密会帮的首领；他的身世，颇为诡秘。那妙爪灵尼是个俊美的女子，名为女尼，实未削发，只是一双大脚罢了，飞行术很高，据说是一员武官的后代。夺嫡之变，她父也惨被加害，妙爪法师一怒，投身在江湖会帮中，要替父报仇；因为她的父亲死得很惨，又很冤枉。妙爪灵尼知道她父亲是死在何人手内，一心要行刺雪恨。殊不知仇人手下颇有能人，给他护院，妙爪行刺未成，反被活擒。她又是女子，生得又美，这些护院的武师对她不免侮辱，仇人看见这个貌美的女刺客，也动了色情，可又不敢留下这只雌虎。妙爪不幸落在这样的罗网内，原本是报仇不得，拼却一死；哪知仇人不教她死，她不免饱受挫辱，欲死不能。这其间惊动了一位侠隐，使是太湖一雁。竟施奇计，把妙爪灵尼救出群魔之手。妙爪女尼自以一个清白女郎，为复父仇，受此大耻，当时痛不欲生，就要自杀。太湖一雁微微一笑道："姑娘，这一来你可就如同匹夫匹妇自绝于沟壑了。大义为重，小节不足计较，你受了群丑的恶虐，这好比教蚊虫咬了一口。你不必太自轻生，你更当拿这身体，专心矢志来报大仇！"太湖一雁向妙爪说了一回法，妙爪女尼含泪听了竟在佛

前立誓，带发出家，誓不嫁人。遂加入了太湖一雁的秘密会帮，成为一员健将。

在妙爪灵尼出家之后，又过了两年，由于太湖一雁的介绍，她到崇明岛，投拜雪山老尼为师，受了佛前三戒。所以妙爪女尼乃是先出家，后皈依的；既皈依，却仍然带发。她本要削断青丝，太湖一雁把她劝住，说是你留下这撮头发，遇事很有用处。在我本帮中，你还是留发为是。将来要用你这一撮青丝，做好些事哩。妙爪女尼素本多智，闻言醒悟，遂不复剃度，遇上化装打探的事，她便可以乔为少妇，乔为少女，装作同党的家眷，果然大有益处。

太湖一雁把妙爪收为党羽，旋又看中了虎牙童刚，这虎牙童刚真是猎户出身，善装虎啸，力能搏擒猛兽。太湖一雁此次拦山救人，便多倚赖童刚，假装老虎，才把官军蒙住；然后乘乱取事，才得救了孟英。那乔装父女，遇虎呼救的，便是妙爪女尼和那位老江湖，名叫柳泉的。

这柳泉老人，乃是华山孟英的前辈，蝎子刘熹转邀出来的朋友，也是江湖中的一个孤踪怪客，总之，这一回在半路上搭救孟英，太湖一雁实为主谋。太湖一雁认为孟英和蝎子刘熹，在武林中都是条健将，他安心要收服这师徒二人，作为自己的帮手；把两帮化为一帮，势力自然增强。蝎子刘熹要救爱徒，在这荆山，原没有落脚处。结果，仍由太湖一雁，引领他们，到了这座山坎，钻入这座山洞。这山洞是上古时代，初民山居所开的洞穴。秦汉大乱时，又有逃难的人民奔入深山，重新开掘了一次，所以山洞口很小，内堂很大。倒不是神仙的洞府，也不是高士的求仙窟，实是游猎的古人的山舍罢了。古人巢居穴处，最怕虎狼袭来，更怕仇敌杀到，所以建筑这种洞，选择地点必很幽僻，更要依山环水，可汲可登，而且定必筑有前后的隧道，为的是万一被仇敌大举袭来，不能抵抗时，居民便可以走地道逃命。不但狡兔要营三穴，上古的人民也要营三穴，或者更多。不过这种小洞久无人住，必然塌坏，往往出入口迷

离难寻，里面霉气更大。数年前，太湖一雁云游至此，无意中发现了此处的洞口，起初寻幽探险，后见内中石室石床可居，他便心中大喜，以为此处若没有仙人，也定有异人。遂与徒弟铁丁，费了许多日子的工夫，打通旧隧洞，深入旧洞府，又燃柴，投鸡，试验内中有无毒气怪兽，是否可住。渐渐掘通之后，新气流通，洞中的毒腐气，被太湖一雁想一个法子，买来万子爆竹，点着了，投到洞内，乒乓一响，空气震荡，又入烧柴烟，竟将湿气去掉不少，慢慢的可以住人了，太湖一雁大喜，遂与铁丁，住在洞口稍里一间石室内。师徒逐日到外探索，越来越见得这座洞实在很大。一雁初是好奇，等到寻不见洞中地仙，只发现洞中人骨，他便有些失望。随后他又有意把这里开为秘府，遂又传来党羽二三人，大事经营，购办盐米，作为久居之计。这洞府既是古人之窟，因此才发现一洞，接连便发现了六七个洞，洞与洞全有隧道通着。收拾好了以后，居然可住三四百人。这荆山，原是上古荆蛮后胤的故墟，太湖一雁一行只觉得这隧道工程太大，若非神仙洞府，人力岂能造得？他们并不晓得古人日日奔忙，只有衣食住三件事，而且子子孙孙开辟，经过数百年、数千年，自然工程可观了。太湖一雁和他弟子，全都诧异，各处寻找，希望遇见异人，到底没有寻见。

太湖一雁决计在此地，设立秘窟，还想把本帮总窑迁到这里，可免官人物色，但是住长了，立刻发现此洞交通不便，盐米供给不足。此时又不比古时，虽在山中，狐鹿已少，只有小兔。若想山居自隐，仍不能够，太湖一雁只得将原议作罢，姑且把这地方算作支窑。但也有用处，去到深山无人处，铸铁造兵刃，官面上发现不着。况又是僧人，山脚下平民见了他，也不觉得可异。太湖一雁遂留下同党，专在此地铸造兵器，出头露面，进城买粮，仍打发出家人出头；居然一住三四年，没被人发现。现在他们打算营救华山孟英，恰好用着这山洞了。任凭官军大举搜山，也没有搜着他们的踪迹；因为他们早在入口

存下戒心，不留一点儿形迹，这地方真成了理想中的逃罪薮。

华山孟英在洞中养伤，外面官军搜山。太湖一雁指使众弟子和妙爪灵尼、虎牙童刚等，故意地露出一鳞半爪，把官兵诱到别处。他们直等到官兵去远，方才抽身回来，进入洞府。打定主意，在半月之内，不论何人，决不许出头，只派一两个人，在半夜出来巡风瞭望，他们早已办好粮台，汲下饮水，预算是够五十天。他们就是烧柴做饭也暂时停止，为的是炊烟一起，必被官兵望见，既望见人烟，定要寻来。他们早已办好干粮，数十天内不起火，照样足饮足食，太湖一雁安排好了，这才引领妙爪、童刚，和孟英师徒见面。孟英要下地叩谢，头陀铁丁忙过来按住，说道："家师早说过了，先给你治伤，过半个月才教你下地，你不要客气。"

孟英只得伏在床上，向一雁叩谢，又向妙爪灵尼、虎牙童刚道劳，问起田元壮，一雁答道："他现在隔洞，由柳泉照应着了。"那妙爪灵尼向一雁说道："我久闻孟英的大名，只道他是前辈英雄了，看他今年不过三十几岁。真是闻名不如见面。"铁丁道："孟师傅在江湖上传名已久，一定从十几岁上，便露锋芒，所以才有这样大名。孟师傅的名头，比他的令师还大。"说着一笑。孟英道："惭愧，惭愧，我吃亏就在这点。"妙爪道："豹死留皮，树死留根，孟施主在北方名震一时，往后我们盼望跟孟施主合起手来，做一些事业。"孟英不禁抬头看这妙爪灵尼，只看外表，年约二十二三岁，果然生得美貌，两只眼十分锐利，透露光芒，两道长眉也似稍含煞气。再看太湖一雁，穿着短僧服，童颜修眉，神光盛旺，只一看便知内外功俱臻绝顶。

一雁闲闲地跟孟英叙话，也微微透露出两家联手的意思来，但并未往下深谈。倒是妙爪灵尼忍不住，竟先讲出来。孟英此时精力未复，未遑深想，当下只说："小子的性命乃是雁师傅救活的，今后一息尚存，当报大德。老师傅如有用我处，我决万死不辞。"一雁听了这话，向妙爪施一眼色，教她不必

再追了。若要正正经经地劝孟英合伙入帮，须等他伤愈之后。眼时孟英的心情，一来挂念遇难逃生的幼主年绍武，二来悬念为救己而不知下落的韩立青、连珠弹……这些人的生死，至今不晓得，孟英寸心如捣，恨不得自己伤痊强壮起来。人家救自己，自己再去救人，才合乎江湖上的义气。

光阴荏苒，一晃半月。华山孟英渐次伤痊，只有一条腿不甚得力，下了地，走起路来，一瘸一拐。孟英不由得叹了一口气，向师傅蝎子刘熹说：打算再过几天，便去寻找幼主年绍武，刘熹说道："你还不明白一雁上人他们师徒的意思么？他实要劝我们师徒，加入他们一伙，故此费这大力，营救我们。他连日已对我透出一点意思，我已然明白他们是怎样的作用了。他们走的路，跟我们不同，可是他们要跟我们一块儿走。不是跟我们一块儿走，是教我们跟着他们的大帮走。我认为他们说的那层道理很对，我是决计要跟他们合手了，我打算就此跟他们加盟。老弟，我看他们十分器重你，比对我还重，你心上怎么样呢？是不是就跟他们合手？"

孟英默然良久道："丈夫做事，要有始有终。我生受年大将军礼待，担负了托孤重责，我怎好半途改辙呢？"刘熹笑了笑道："据他们说，你这举动近乎匹夫小义。他们也替你打算过，你在眼前，是急要寻找幼主的下落，他们愿意替你查找。他们要借重你的，是要请你做引线，把山东群雄陶方城、胡开等，全数拉到他们帮内。他们知道你和陶方城是换盟弟兄，又知你救过胡开，胡开十分感激你，总想出力报答。一雁上人的意思，只要把你邀入伙内，那么陶方城手下几百人，胡开手下那几百人，全可以借重你的力量，拉了过来，加入他们同盟之中。老弟，他们把你看成秦叔宝、孟尝君，能得到你的臂力，江湖上的人物，全冲着你，扑奔他们来了。"

蝎子刘熹说的是实情，华山孟英比较名望大，固然是他武功好，最要紧的还是他眼界宽，交游广，他在南阳隐居，才暂与江湖隔绝。可是他刚刚犯案落网，江湖上人物知道了确信，

立刻纷纷传说，居然有两拨人赶来搭救他，他的为人，颇得武林人士的爱重，好似一块磁石一样，很有吸引人的力量，太湖一雁决计要把他拉拢过来，拉他一人，胜过别人一千。只是孟英走的路和一雁截然不同，孟英志在感念旧主之恩，力救幼主。太湖一雁却是存心隐微，另有异图。一雁既将蝎子刘熹说服，跟着就要顺说孟英，却先烦刘熹道达本意。当下孟英听了，低头寻思。他要等伤痊，去寻幼主，一雁却欲请他伤愈之后，立赴山东，去找陶方城。

太湖一雁也给孟英设身处地，打好主意。只要孟英能够动身，那么寻找幼主年绍武，寻找连珠弹、韩靖、都可由一雁派人担承。等又过了几天，孟英已然下了地，颇能挣扎着走路了。太湖一雁择了一天夜深，屏退众人，只偕妙爪灵尼，把孟英邀入另一石室内，低声和他讲道。一一直讲了两个更次，还拿出许多别的东西，都指给孟英看。

孟英当下诧然，听完一雁这番话，心中怦怦欲动，妙爪灵尼也在旁帮说，晓以微言，请他入盟。

到了第三夜，太湖一雁复又说法，这一次把蝎子刘熹、虎牙童刚，也都邀来。一共五个人恳谈竟夕，又拿出一些图册来，给孟英看。华山孟英如梦中闻雷，这才晓得太湖一雁的声势竟十分的大，现在江湖流行的秘密会帮，好像是妖言惑众，原来骨子里也和太湖一雁秘有勾结，他们立下决心，要把明朝已覆的山河，重由清帝手中夺回。他们和明末遗老暗通消息，还有运河道上，那些个盐枭、水寇，活跃很凶，据说这跟一雁也有渊源。

于是，经过了三通夜的对谈和会议，华山孟英到底入彀，答应了加盟，立刻摆上香案，太湖一雁已预备好了，白雄鸡，黄表纸，红烛，盟单，七七四十九只茶杯，八八六十四个石子，列成祭坛，摆好香堂，蝎子刘熹，华山孟英，全都九叩首，三插香，三啜血酒，做了一雁的帮友。

孟英将从此泰命入鲁，访问陶方城，访问胡开。太湖一雁

也派人两拨，一拨寻访孟英的幼主年绍武，年绍武一时竟无下落。一拨寻访连珠弹朱玉山、韩靖；只一去，很容易地将韩靖寻获，独有连珠弹朱玉山，竟一个人另杀开一条血路，另走一条歧道，另有一种离奇的遇合了。

原来那天，连珠弹没有逃开，被困在襄阳城内，没得出路。

他无计可施，跳入民宅，忽遇见一个奇女子，把他藏匿起来。由这女子的叔父所设计，将他化装，保救出来。于是他另有际遇，直到半年后，他方得知华山孟英，太湖一雁，蝎子刘熹，群雄聚首，重掀起大浪。

第五章 当头棒

连珠弹朱玉山，为人生得美秀而文，貌似女子，却有一身很好的武功，夜行术既精，又善打好几种暗器。他的外号叫连珠弹，就因他用铜弹子打造一百零八颗串珠，遇见仇敌，信手打去，百发百中。他还会甩手箭，子母鸳鸯胆；他和田元壮，合力营救华山孟英，可惜做得紧了一步，后援未到，忽闻谣传，要犯孟英一名，已奉到谕札，就地正法，不再起解了。田元壮、连珠弹朱玉山非常焦灼，竟冒险动了手。援兵未到，人单势孤，弄得大功未成，孟英已出虎口，又落法网。连珠弹援助着田元壮，把孟英救出府衙，官兵追缉不舍，连珠弹忙与二友，回身迎堵官兵，往北且战且走，容出空来，让田元壮穿小巷，上房顶，逃到药铺。连珠弹自己仍用暗器，逗弄官兵追赶自己。田元壮在当夜竟得逃开，奔到药铺，他和孟英连珠弹，先后在药铺内潜藏，要等风声稍缓，即便翻城遁走。

无奈官兵骤失要犯，焉肯甘休，次日立即闭上城门，秘密地挨户搜检。数日后，官兵包围了药铺，把孟英重行擒获，连累得韩立青也一同落网了，田元壮也当场被捕，唯有连珠弹朱

玉山，夜半闻耗，踢窗逃走。不过形迹已露本城守将骆振祥竟督队追捕，半步不肯放松。官人队中更有十多个高手捕快，也会飞檐走壁，把连珠弹紧紧盯住，连珠弹上房，他们也上房；连珠弹跳下平地，他们也跟踪跳下平地，竟缀得十分紧。连珠弹大怒，忙抽兵刃，回身索战，这些捕快忙即退下来，立即涌上数十名箭手，由守将骆振祥提刀指挥着，纷来攒射连珠弹。官人似有拿捕快大盗的好计划，竟这样死追不退，瞄住逃犯的踪影，不跟他斗力，只跟他耗时候，逃到哪里，缀到哪里，只要转眼天亮，连珠弹就逃不开了。

法子非常歹毒，连珠弹顿时觉察出来，狠狠大叫，抽剑猛砍，眨眼间伤了数人，冲开了步队弓箭手，一路乱窜，逃到歧路上。守将骆振祥勃然震怒，竟抽枪带马，由亲兵营挑灯保护着，一路紧缀下来，仍拨小队，抄小巷在前堵截。连珠弹回头一望，知道逃不开，立刻咬牙切齿，翻身回扑，直跳到骆振祥的马前，手起剑落，砍下马来。群卒一见主将落马，登时哗乱，有的乱窜，有的放箭，有的奔来抢救长官。连珠弹一不做，二不休，顺手一剑，把骆振祥的首级割下来，却在一旋身之际，中了流矢，正在后肩胛，连珠弹回手拔下，抽身一跃，上了民房。

主将阵亡，群卒失了指挥，登时追迫不紧，连珠弹这才长吁一口气，手扪箭创，脚下如飞，连穿过数处街巷民宅，脱开了官人的眼，然后跳下平地，伏身急驰，蹑足穿巷，又飞身跃上民房，忽高忽低，专往黑影中奔逃。末后跳上人家一道后院花墙，伏身听了听没有动静，望了望院中没有灯光，他就再翻身跳到院墙里面。

连珠弹朱玉山这一回若不是手戕守将，仍恐逃不开。却因此挨了一箭；究其实也算是事逢凑巧，府衙中的官人抓住了一个倒运的替身鬼，把一个起夜的人，当作了逃犯。将这人射倒擒获，直等到拿火亮一照，发觉此人衣服打扮不像，又没有兵刃，又是一个老头子，他们连忙捆上这个老叟，重来搜捕连珠

弹。连珠弹这工夫早已连挪了数道小巷，另奔进一家后院了。

这地点正在东城。连珠弹朱玉山逃到东城小户人家，却喜是外面无人跟缀，院里面也没有动静。连珠弹便借此机会，撕衣襟裹住箭伤，把人头也包起来，喘了一口气，然后张目注意，先观察这藏身处，究竟是什么人家。

连珠弹越墙跳进来时，本出于急不暇择。只要这户人家没有火亮，没有狗叫，他便要硬往里钻。院主人只要一声喊，他再赶紧往邻院里跳。如此辗转逃跑，他已越过不计其数的人家了。匆遽中，也不能留神吉凶祸福，到了这时，只能撞大运。连珠弹身上湿漉漉的，溅着杀人的鲜血和自己身上的血，料想一到白昼，寸步难移，遂先决计要摸到民户人家，借件衣服更换，并须重裹箭伤，但必须避免打草惊蛇才好，这只有暗偷的法子了。连珠弹痛不可忍，满头大汗，喘息略定，忙看了看附近形势，跃上墙头，登上房顶，借房脊隐身，挨户端详。侧耳偷听，找到路东一家，墙最矮，院最小，料到住房必少，便急急地四望无人，悄悄地来到小户门前，把手一拍，忽又止住，左右一望，恰巧小门楼左边墙角处，立着一块上马石，便登上去，攀墙内窥。西房三间算是正房，两侧北房南房各两间，仿佛还有后院，只有北房隐隐透出灯火，想内中人口必然不多。连珠弹又扳墙上去，轻轻一跳，已到院中，正要移步扑奔北房有灯光处，却听正面西房，有人重重咳嗽一声，那声音怯怯的，好像本就没有睡着。

连珠弹朱玉山不管，一直奔到北房窗前，窗前灯影一亮，屋中也发出痰嗽声音，这一声过后，却好半晌没有动静，朱玉山提剑四顾，蹑脚溜到墙根，侧耳听时，屋中似有微响声，院外远远还听得鼓楼那边，喧噪声乍浮乍沉，朱玉山便将刀交到左手，伸出右手，沾着唾沫，把纸窗弄破一个小洞。往里一窥，只见北房室中，一盏孤灯，灯前站立一个衣服不整的妙龄女子，扣着衣纽，两眼睁得大大的，满面惊疑愕愣之色，歪着头，直勾勾地望着窗格。这女子好像已听见外面有人撕窗，吓

得她手抖抖的，倒退一步，失声惊叫了一声。回望床头，床头上还有一个小孩，蒙头沉睡，连珠弹朱玉山看明了屋中情形，户主十分单弱，可以强入借衣，正想挪步，猛听背后又有声响，那正面西房里，忽然有一个苍老声音，大声叱道："谁呀?"跟着重重地咳嗽了一声，俄而发出一种轻微的响动。连珠弹朱玉山急忙回身，西房里，忽又闪出火亮，好像打火镰，把灯点上了。连珠弹朱玉山轻轻踱过去，北房中那个女子虚怯怯地叫道："叔叔，叔叔，是什么响?"西房中那个苍老声音，打了一个呵欠道："许是猫吧。"停了一停，又有一个模糊不清的声音问道："福子他爷，什么呀?"说话的腔调，像是个老女人。

连珠弹朱玉山试探着挨到窗前，听这老妇的声音，分明有点害怕。老头子说道："外头好像有谁喊了一声。"原来惊醒老头的，不是连珠弹朱玉山，却是那个女子的惊叫。连珠弹朱玉山弄破西房窗纸，往里面张望，灯影摇曳里，又是一个老婆子，坐在床头，揉眼打呵欠。地上站着一个老头子，不知弯着腰做什么，看那样子，似要找件家伙，拿着出来查看。连珠弹朱玉山如旋风似的一转，把全院的虚实看明，眉头一皱，计上心头。退后数步，再打量院内出入路口，再进一步，打量门窗，看见窗台上，放着一只酱菜小篓，一只破碟子，还晾着一双旧鞋。连珠弹朱玉山便将破碟破篓取在手中，先唔的叫了一声，跟着假装小猫儿，喵喵地叫了两阵，把小空篓破碟子往庭院中一丢，骨碌碌的啦嚓一响。他又装猫叫了几声，立即躲在西房夹道中，他想这可以蒙混过去。却不揣自己并非黑道人物出身，这等装猫变狗，弄得南音很不像，一番做作，反倒露出马脚。

那老头子，立刻侧耳留神，眼望窗户窥望，忽看见窗纸破了一个小洞，登时明白，把灯忽地吹灭。这时连珠弹朱玉山藏在夹道中，还想再耗一会儿，等屋中人睡着，便来实行他那偷衣改装，天明闯关的计策。他一探头，看见西房灯灭，又听那苍老声音道："没有什么，是小猫打架。"更大声说："禄侄女

睡吧，没有什么呀，是小猫打架。”又叫道：“禄侄女，禄侄女，吹了灯睡吧。”

北房那个女子，这时候眼望着窗户，正在害怕，忽听她的叔叔如此说话，犹疑一阵子，应道：“叔叔这不是吧，你老得出去看看。”那老头子做出困倦呵欠的声音，只叫道：“孩子，我听见啦，是小猫啊，还打了个碗呢。”

北房中的少年女子半信半疑，听了家中人答话，胆子才大些，心神也稍镇定，果然依言吹灭灯光。不大工夫，西房鼾声已起，这边房中女子也似摸摸索索，重上了床。连珠弹朱玉山忍耐了半晌，觉得时候差不多了，便放胆钻出夹道，扑奔北房，立刻动手。忽想北房中的主人，是一个少年女子，觉得深闺弱质，倒好震吓，这是该下手的地方。但又恐深夜入户，人家是个姑娘，自己未免于良心有愧，更决定径入西房。明知西房是一明两暗三间，必然人多，自恃武功，又在难中，也就顾不得，在院隅丢下所带的包囊，蹑脚走过来，扭头四望，院内更无别声，就便动手。扪着西房门缝，轻轻一推，自然推不动。从腰中抽出小刀，插入门缝，慢慢拨弄，连珠弹朱玉山的出身，并不低微，他简直不懂得做贼的营生，只顾自己动手，却没留神屋中人，已然暗有动作。

西房里的老人，早偷偷伏到窗台，顺着连珠弹朱玉山挖的那个窗纸小洞，往外瞧窥，正瞧见黑乎乎的一个人影，拿着明晃晃的一把剑，从夹道溜出，往北房走。北房中是老人的侄女宿处，这老人不觉又惊又怒，料想此人必是走黑道的贼匪，还恐他窃财之外，又来采花。

老人气得打战，便悄悄推醒老婆子，低说有贼。老婆子吓了一跳，一把抓住老头子，不教他动。老头子急得附耳低言，告诉了几句话，用手一指北房少女的宿处。老婆子无法，这才抖抖地穿上衣裳。老头子摸了一把刀，一根木棒，将木棒递给老婆子。老婆子又抄了一把剪子，哆哆嗦嗦，避在屋门后。老头抚着心口，悄悄开了屋门，摸到隔壁儿妇房内，恰巧大儿子

刚刚歇宿在家，又恰巧这间屋子只有格扇，没有屈戌儿。老头推开格扇，摸着大儿子的脑袋，捂着嘴使劲一推。大儿子睡中一惊，双手啪的一挥，把他父亲打了一掌，口说："谁呀？"一翻身要爬起来。老头子忍痛低呼道："祥儿，是我。"大儿子使劲把他爹的手摆脱开，昏头昏脑地问道："干什么，干什么？"老头子忙按住他，低声道："院里有贼了！"大儿子猛吃了一惊，不由得又挣扎着要跳起来。

老头子掩住他的嘴，附耳告诉他道："我看见有一个贼，正在这里拨门，瞧光景大概是个小偷，你快起来。"随将设计御贼的法子，低低说出。大儿子揉揉眼神志渐清，穿上衣裳，摸着一根铁棍。父子两个悄悄藏在深堂屋门后。老婆子把儿媳叫醒，也穿好衣服，一同藏在里间。当这时候，连珠弹朱玉山用小刀划拨门闩，已然渐渐拨开一道门，屋门里老头子和他的大儿子，各拿着家伙，侧耳听着，两颗心怦怦跳，连嘴唇都打战。朱玉山又费了一会儿工夫，将两道门闩都拨开了。竟不再游移，伸手推门。门扇吱吱地发出微响，已然推开尺许宽的门缝，便径直探头往里窥看。黑影中，只见堂屋阒然无人，便抽出利刃，把门完全推开，迈步进去。才迈进一步，那老头子很勇敢，把手中木棒高举，从门边闪出，一声不响，唰的猛往下砸。朱玉山忽觉寒风袭面，才待侧身横剑招架，大儿子的铁棍同时唰的落下，用尽气力怪叫一声。朱玉山顿觉轰的一声，耳鼓齐鸣，眼冒金花，同时觉得脑后腰后，受着意外袭击，如雨点骤降，噼啪乱打。他久战力尽，身又负伤，更不能支持，这铁棍恰打中要害，正当顶门。朱玉山扑地栽倒，知觉顿失了。他竟似落在阴沟中，把船弄翻了。

等到还醒过来，身子被捆在地上，屋中灯光明亮，一个老头子，一个壮年男子，手拿棍棒，都立在身边，那北房中的少年女子，也穿齐衣服，扶着一个老婆子，在内间屋门里站着，挑着门帘向外探头，满面露着惊诧之色。还有一个少妇，一个小孩，藏在屋中，那老头子用木棒敲打连珠弹朱玉山的大腿，

喝道："你这恶贼，别装死了，你叫什么名字？是哪里人？你在哪里犯案了？又跑到我这里来做什么？"朱玉山十分懊丧，看见擒拿他的，是一群老弱残兵，寻常百姓，不由得转怒为笑。想了想，答道："这位老丈休要错疑，我不是贼。"

那壮年男子怒骂道："你这东西，你看看你浑身的血迹，手里还拿着凶器，你肩膀上还有伤，你不是贼，不是小贼，是杀人放火的大强贼！"说着回过头来，对他父亲说："咱还不如搜搜他哩。"老叟拿棍子比着连珠弹朱玉山的头，大儿子便过去搜检朱玉山的周身。竟在衣袋里翻出几两银子，一条手巾，一张襄阳府官衙和牢狱的房图，用红笔勾着出入线道。又在院里，搜出连环弹朱玉山藏着的那个包囊，老头父子心想这必是贼物，谁知打开一看，竟是血淋淋、须眉缠绕的一颗人头，妇女惊喊，父子齐声叫道："这是杀人凶手，呔，你跑到我家里做什么？我们和你既无仇，又无恨，素不相识，你却来拨门挖户。是何道理？你莫非要栽赃陷害我家？"大儿子越说越怒，拿手中棍，照连珠弹朱玉山重重打了几下。连珠弹朱玉山不觉激怒道："你们不要动手，我是男子汉与你们无仇，我也不是匪人，我乃是为报深仇，才行凶杀人。我杀的不是良民，我杀的是贪官污吏。你问我为何到你家，实不相瞒，我是借道。我是找你们借两件衣服，好改装逃走。上天在上，我与你们素无认识，我何必陷害你们？我现在误落在你们手里，现在只有一死，你们把我送官好了。你们休要如此无理，你们不该这样侮辱我，士可杀不可辱，你这位当家的，正在壮年，对付一个不能还手的人，就不该这样乱打。喂，天下的事未可知，杀剐由你，我也不恨，只是你们不该这样作践我！"说时声色俱厉，眼中冒火。

那老头子听着愕然，他的大儿子也不觉停住棍子，不能再下手了。老头子眼看着那颗人头，喝问连珠弹道："你说实话，你杀的到底是谁？你杀了人，为什么提着人头，跑到我们家挖窗户撬门？"这时府城闹劫狱犯的事，已然轰动。这家宅主已

然猜出来，可是竟没有胆量敢于说破，只一味催朱玉山说实话。朱玉山仰脸道："我不是说了么，我是来借衣裳，我杀的这颗首级，就是……"老头子道："就是谁?"朱玉山咳了一声道："我就是死，也要死个明白，绝不落个贼名，我告诉你们吧，我杀的就是你们这里守城的军官!"老头子父子大吃一惊，忙道："你这话可真?"连珠弹道："你们看呀。"

父子两人俯下身，端详那颗首级，毛发蓬蓬，目张眉竖，神情惨厉，细加辨认，果然是本城守将骆某的头颅。老头子情不自禁，把人头踢了一腿道："你这万恶的奴才，也有今日!"由内间屋探头的那个青年女子，刚才一看人头，吓得退入室内，这时听说是本城守将，觉痛快异常，竟奔出来，问道："叔叔，骆小鬼真被杀了么?"低头望着那颗人头，又怕看，又想看，到底教她的哥哥，那个男子举给她看了，她愤愤地说道："这真是那个奴才的首级么，我怎么，我怎么看着不像呢?"壮年男子道："不错，真是他。他的头长在他的腔子上，是一个模样，教人割下来，当然会改了像。你瞧这个可恶的鹰鼻子，一定是他没错了。"说罢，把人头抛在地上，女子却伸纤足，踢这人头道："奴才，你也会恶贯满盈了，谢天谢地。"

当时这一家，欣喜异常，痛骂一句，谢天谢地一句。朱玉山被捆在地上，心想这家想必定是这守将的仇家，不觉心思一转，打了主意，生出侥幸心来。正要开言，那老人已然改了声气，问道："喂，我说你这汉子，你怎么杀的他，你跟他有什么仇恨?"朱玉山料到说出，或有意外的遭逢，也许得活，也许中了计。事到如今，也顾不得许多，就编了一番假话，自承与这死人头有深仇大怨，现在方才得机行刺，有眉有眼地说了一遍。又说刚才自己得手之后，溅了一身血迹，城内又侦骑密布，不能混出城外，打算悄入民宅，窃取衣服。准备改装之后，先找藏身之所，后谋脱身之计。不想无意中碰到府上来，教你们受惊，很是抱歉，却也出于万分无奈。

末后又说自己生本宦裔，志切复仇，才出此一举，实不懂

夜行人的做法，所以失着，被你们狙击擒拿，这是真情，我早抱必死之心，现在杀剐存留，一任尊便，最好你们把我杀死，免得交官刑讯，多受折磨。说罢叹一声道："我算死无遗恨了！这颗人头你们费心给埋了罢，我本要投弃，因恐牵害了良民，一直带到这里，现在全完了！"

老头父子留神听了，不觉相顾无言，半晌老头才盯问一句道："你说的可是真的么？"朱玉山道："人头在此，怎么会假！"老头子点头，把大儿子叫到屋内，私相计议了一会子，然后出来，对连珠弹说道："外面人声沸腾，可就是你们这案件发作么！"朱玉山点头，老头子寻思一回，又问道："可是我怎么听说是府衙劫了狱呢？又听说府衙出了刺客。到底是怎么回事？"连珠弹朱玉山道："这个，我们跟这死的有仇，就因他把我胞弟陷在狱中，故此我们不得已方才劫牢……"老头子道："哦，你们好大胆，你们简直是反叛啊！"老头子对他大儿子说："这件拖累官司，事关叛逆，我们却打不起。我们要想个妥当法子，把他送官不送官呢？"

连珠弹朱玉山忙插言道："这些贪官恶吏，惯会掠功，你们真要捉我献官，他们难保不反咬一口，把你捕犯的人当窝主办哩。"老头哼道："这倒不见得，可是我何苦呢。喂，姓朱的，我若把你放了呢？"

连珠弹朱玉山道："那全在你，我说我如何感恩图报，未免人心隔着肚皮，但是我们也不能无故陷害对己有恩的人。"老头点点头道："我只怕你走不妥当，再被别人擒住，那时候，追究出来，私纵凶手的罪名，我却吃不起。"连珠弹朱玉山连忙发誓道："皇天后土在上，你老人家当真释放了我，我就是再被擒拿，绝缄口不言，就是刀锯加身，我也不能恩将仇报，把你一家好人泄露出来。"

老头听了，又与大儿子唧唧哝哝商量一回，又进屋内，把老婆子和少年女子聚在一块儿商量一遍，都以为连珠弹朱玉山替自家报了仇，应该放了他，这是一点。又想到当真把连珠弹

朱玉山拥送官府，势必跟着过堂，连珠弹朱玉山若一一歪嘴，自己是有身家的人，真受不了拖累。何况自家本与骆某有仇，更怕骆家的人反咬自己。反复核计才议定，出来说道："时候不早了，以速为妙。"便一齐过来，替连珠弹朱玉山拨去绑绳，低嘱道："朱某人，这就凭你的良心了，我们决计放你，我们一家的吉凶祸福，可就全系在你的舌尖上了。"先解缚，随后把连珠弹朱玉山扶起来。

连珠弹朱玉山感激万分，等着把手脚血脉活动过，便起身对着老头子深深一揖。随又下拜道："大恩不言报，愿求老丈的姓名。"老头子刚要答言，只听屋里嘤咛叫道："叔叔，你老快进来！"老头子应声进内，那少年女子嘱咐道："叔叔，咱们可是拖家带眷，住在这儿，好比在人掌心一样，你老人家千万别说出真姓名来。这个姓朱的是杀人凶犯，自己避祸还来不及，想来他不会卖了我们，可是还怕他无心流露出来。你老人家仔细想一想，我看还是不必说出咱家的姓名来。"老妪也说："姑娘的话很对。"老头子听罢，很觉有理，遂点头走出来道："我说朱爷，咱们是意外遇合，常言说擒虎容易放虎难，你也就不必打听我们姓什么。我们也是在此浮住，不日就要回南，你现在患难中，未出虎口，我说出姓名来，与你无益，与我倒有害；就没有害，也未免悬心。请你不必问了，你逃你的性命去吧。"

连珠弹朱玉山意外被释，心中感切，还是坚求姓名，以安铭戴之情。老头子人很爽快，就说道："算了罢，你要强问我，我也会假捏一个姓名告诉你，那是何必呢？"连珠弹朱玉山这才丢了，又回身对那壮士男子下拜，又要请老夫人小姐出来拜谢。老头摇手道："事情危急，你不走我们不安，少叙虚礼吧。来来来，你这走不出去，你不是来借衣裳么，我已给你找出一套衣裳。你快打扮好了，乘夜逃命吧。"

当下领着连珠弹朱玉山到厢房空室，教连珠弹朱玉山把血衣换下，连那把刀和暗器都强留下，都用火烧毁。拿出一身短

衣，一件长袍，教连珠弹朱玉山换上。灯火辉煌上下照看，连珠弹朱玉山袜子上也有血迹；只得另找出一件中衣，又给他换上，以至于袜子靴子，都细心查验，把血迹拭去。连珠弹朱玉山后肩胛的伤口，仍然浸血，也代他先行敷药包好。那个壮年男子却将烧毁的没把刀片，也砸坏了，要投入井中。老头子道："且慢，你丢在墙角好了，这就是劈柴刀，咱们还能用。"看着连珠弹朱玉山打点已毕，又赠给两串铜钱。

连珠弹朱玉山受领赠物，重新拜谢，正要告辞迈步，老头子忽然侧耳听了听外面，倒吸了一口凉气，连连摇头道："你就这样，也怕出不去城，外面好像还有动静，一定是搜拿你的。离这里不远，有处旷宅，依我之见，你可以乘天色未明，悄悄爬进去，暂躲一两天，等风声稍定，我再设法通知你，你再设法出城，比较妥当。"

连珠弹朱玉山想了想，此刻必然是闭城大搜，出是出不去，却是藏又恐怕藏不住，精神又太疲乏，不觉面有难色。老头子却饶有智计，解说道："我告诉你，那处旷宅就在我家房后，相隔不远。那里本是一家显宦的私邸，后来那官得罪了朝廷，满门被抄。父老相传，他家的夫人小姐，都闻凶讯，唯恐受辱，在宅内服毒自尽，到现在已有三四十年了。因为冤魂不散，时常有白衣女鬼，在空处哀哭，还听说吓死过一个人。这里的人，都知道是所凶宅，没人敢住，所以一直空闲起来，年久失修，荒草乱生，越发显得阴森可怕。你若是有胆量，莫若乘着天色尚黑，径去藏在那里，我想是最妥当不过的。绝没人去搜。就算有人去搜，你也可以设法躲避，因为那里有一二百间房子哩，草长得一人多高，实在很容易躲，不容易寻。朱爷，你意下如何？"

连珠弹朱玉山此时急待脱身离开此处，好去打听同伴的吉凶，连忙说："好好，老丈替我想法，定然稳当。只是万一出不来，这几天饮食却是难办。"老头道："这个你尽管放心。"教大儿子拿来一个口袋，尽家中所有的干粮，都给他装上。独

有喝水却不便，老头寻思一回，姑且用一只酒葫芦灌满清水，交给朱玉山道：“这足够明日一天间饮用的了。”老头子和朱玉山又商量一阵，约定了种种暗号，把守将骆小鬼的首级包了，教朱玉山提着，预备掩埋；老人拿了钉子绳子，悄开后门，溜到空宅墙边。老头子便要抛绳插钉，教朱玉山上墙。朱玉山悄说不用，竟飞身跨上去，向老人父子一摆手，自己一直跳进空宅院内。

只见这空宅广厦层层，乱草丛生，足有一人多高。幸在城内，没有狐鼠，除了暮鸦鼬鼠外，不过是些草间小虫。朱玉山一直走进宅内，恰当后园，果然此处茂草深僻，朱玉山一个人藏伏在内，外面一点查不出。朱玉山提着干粮和水葫芦，独自一个人，在这阴凄凄的空宅中，寻找藏身妥处。又值深夜，伤处疼痛，心中茫然难过。只是生死交关，顾不得许多，一路分草择路，穿过荒园，找最幽秘的一个小院内，四面静听，并无异声，这才把骆小鬼的头颅，掘坑掩埋了，自己找到两扇破门，放在草棵后面，将身放倒。

这一夜过度奔劳，虽然身在虎穴，朱玉山竟支持不得，不一时昏昏睡去。直到次日午间，被骄烈的阳光晒醒，连珠弹翻身坐起，觉得脑后棒伤，肩胛箭疮，隐隐灼痛，浑身也松懈无力；幸亏没往城外逃，就逃也怕翻不出城墙。遂将干粮水壶取出，饮食一顿；缓了缓力，自己给自己敷药裹创，慢慢溜出小院，轻轻地往全宅各处探看。但见苔草满防，积尘满户，一阵阵霉湿之气，冲人欲呕；这宅子实在空闲已久，恐怕不止三四十年了。朱玉山悄悄到各处勘探一回，全院形势已明。挨到黄昏时候，爬上院心一棵大树，借枝叶障身，偷往外面窥看；竟看到街衢上，犹有防卒布岗把守，果然是戒备森严，与前日不同。连珠弹看罢不禁着急：而且最觉奇怪的是，这一夜会没有更锣。跃下树来，姑且躺在石阶上；约莫到二更左右，已是那老头子约定的时间，连珠弹这才溜到院墙根下，倾听一会儿，外面静悄悄的，竟没有一个行人脚步声音。又挨过许多时候，

估莫三更已过，猛听啪嗒一声，从外面投进一块砖头来，连珠弹急忙溜到墙根，信手折取一根干树枝。等外面第二次投进砖块的时候，忙照着投来的方向，把树枝远抛出去。按照昨夜约定的暗号，外面抛砖三次，里面投枝两回，然后连珠弹站在墙根，等候动静。

第六章 亡命客

那个老头子，真是个奇人，他果在三更时候，冒着大险，亲带着长子，提着水壶干粮，表面上假装起夜，实地里前来接济逃犯。墙外火光一闪，听得老人重重痰嗽一声，便将东西用绳投系过来。外面这父子一声也不敢响，里面的连珠弹当然一声也不敢言语，双手接过来，把空壶空袋，照样投系到外面去。仅仅的应声也咳了一下，如此传送了两次东西，方才听见外面低声说道："袋里有火镰，有字条儿，多加小心，不要透亮，我们走了。"连珠弹立刻离开旷宅墙下，奔到空屋中隐僻处，将火镰火纸敲着，把蜡点上。借这烛光，细看字纸条，却只有寥寥七个字，是"风紧，不可出，听信"。这意思是警告连珠弹，不要乱钻，怕万一忍不住，出来窥视，泄露了踪迹，反倒不美。

连珠弹看罢，暗暗点头。当此性命交关之际，过信人固有危险，不信人也怕有祸害；思索一回，只得依着这不知姓名的老人的秘嘱，伏在旷宅，静听回信。越是心有所盼的人，越觉光阴过得太慢，前后只度过两天三夜，把连珠弹圈得如热锅蚂

蚁一样。可是借此耽搁，他的箭伤便好得多，觉得手臂可以上下自如了；偏偏又是右手，仍不能持剑用刀。脑后棒伤却见痊可。挨到第四天夜深，才见那个隐名老人，丢进一个包袱来，包袱中是一套儒巾儒服、一锭银子、半串铜钱，另外一包药末，包着一张字柬，说明药末用法。至于一切改装出走的步骤，约定时间，是在次日；却只给连珠弹预备下这点路费，不但兵器没有，连行囊也没有。原来那老人连日刺探，备悉湖广大吏已获警报，有一位干员奉命驰驿前来查办。老人料想届期必然更紧，打算就在大员到府以前，打发连珠弹逃走。

却喜襄阳城中，赶将囚犯起解；从翌日起，白昼已经解严，居民已准出城入城，不过盘诘之兵，还没有撤。这老人非常热心，又非常细心，与大儿筹划了一回，悄悄通知连珠弹，替他规定了出走的日期。连珠弹这一夜没有安睡，挨到四更时分，换好衣装，儒巾儒服走到院墙根，听候动静。不一时外面投进石头来，前后投来三次，连珠弹借此得知外面并无他人，急忙掖起袍襟，跃身窜出墙外。两脚落地，垂襟拭土，看那个老人正在巷口，神色极其不安，遥向连珠弹一点手，老人回身提杖徐徐走开。

朱玉山照约定的计划，两人各不关照，在路上一前一后，一靠左一靠右远远相望，低头走路。连珠弹扮成书生，做出潇洒的样子，算是早起出来闲游。那老人赤着脚，衣衫不整，手扶竹杖，提着一只小篮，算是清晨起来上街买菜。老人前行，连珠弹在后跟着，好像各走各路，直奔北门。此时天色刚亮，城中虽已解严，街上行人还是很少。约走了一顿饭的时候，路上遇见一个巡防营兵，好像是收更回队的。老头回头看看朱玉山，朱玉山神色不动，比老人还镇静，老人又往前走，忽遇见熟人，叫道："赵老伯好早，上哪里去？"老人站住脚，支吾了几句，朱玉山借此才知老人姓赵。

赵老人与熟人点头说话，朱玉山不好跟着站住，只得往前走过去，到一小铺门前，回头寻看老人，赵老人提杖跟来，远

远咳嗽一声，微微把头一摆，紧走了几步。连珠弹故意流连落后，让老人前行，仍旧跟着走。转了几道弯，距离北门已然不远。赵老人走近北城，寻到一家茶馆，站住了，大声咳嗽了一阵。

这是暗号，连珠弹便摇摇摆摆走进茶馆，择一副靠门口的座头，侧身坐下了。茶馆中喝早茶的很不少，单有一角落，聚着许多茶客，尽穿短衣服，好像是行贩们，借此地集会。这些粗汉说笑吵闹，看到改装的连珠弹走进来，似乎这地方本不是秀才模样的人该光顾的，人们都拿诧异的眼光看他。连珠弹自从同伴落网，肩胛中箭，盗衣又脑受棒伤之后，实已元气大伤，即如此刻，遇见猜疑的目光，他竟未免气沮，又很懊恼；这一来自己觉得似乎太胆怯了，侧脸慢慢地向外寻看。赵老人正向自己这边递眼色，先咳嗽一声，冲着连珠弹微微点了点头，老人转身往街上那边去了。按照密计，是把连珠弹放在这里候信。连珠弹勉强做出没事人的样子，端坐在茶馆，茶博士过来沏茶，挎篮卖早点的，卖烧饼包子的，不断过来叫卖，连珠弹照着一般茶客的模样，也买了些吃着。不一时，赵老人挎着一篮鲜菜，从北门买回来，好像累了，走进茶馆，花两文钱，沏了一壶粗茶，喝着歇腿；择的座头恰跟连珠弹相近。又过了一会儿，赵老人的长子从一道斜巷绕来，匆匆从茶馆门前走过，并不进来。

老人喝着茶，两只眼早已瞧着外面。忽见长子走过，急忙把手一摆，又咳嗽一阵；连珠弹同时也悟会了，忙站起身，叫茶博士会了茶钱，眼望老人，双手一拱，又微微一点头，面现感谢之容，张了张嘴。老人急忙将头摇了摇，露出不许声张的意思。连珠弹微微示意，转身出离茶馆，抹过横街。到前面街头墙角，老人的长子，正在那边等候。面对临街砖墙，假装看那墙上的房帖；却眼光斜溜，一望见连珠弹出来，便低哼了一声，拔步前行。相隔一箭远近，连珠弹慢慢追随在后，如针引线，徐徐相引，不一时来到北门。连珠弹在路旁找一棵大槐树，就在树荫下站住，弯下腰去，假装紧腿带，就此偷眼往后

面张看。朝阳已出，街上行人匆匆往来，数日前的大变，此刻好像渐复常态；唯有街头要口，还驻着兵，远远地站住些行人，似是看热闹，不知看什么。再往城门洞一望，那襄城内外，竟有数十名防营兵列队把守，比前数日增多不止一倍。出城进城的车马依然很多。

连珠弹已然改了装，脸上又涂上黄黄的颜色，半旧的长衫，褪色的儒巾，配上这脸色，颇像个穷秀才。城中出入的人又多，他徐踱而行，当时竟似乎没引起人家的注意。府城的武将既已殒命，临时摄印的武吏，倒是久涉宦场的营弁，认定贼走关门的办法，徒扰民心，无济于事；因此一经摄印，便禀承大吏，下令解严，只在暗中调遣，潜布下密探，凡客店妓馆，闲杂地方，均都拨派干捕踩访。又从防营士卒中，挑选六十名强明干练的精卒，改装巡逻；像关城搜检这些办法，都下令停止了，认为这是打草惊蛇。那大员骑驿前来查办，也是这个主张；故此在表面上倒查得松了。那赵老父子，就利用这个机会，做出偷放凶手的计划来。

老人的长子，当先探路；老人在后伴送，保护着连珠弹，来到城门口附近。老人的长子看清城门出入便利，并不盘查刁难，他就头也不回直进城洞。忽然背后来了一辆粪车，长子说道："好臭！"掏出一方蓝布手巾，用来掩鼻孔。不知怎的一来，手巾掉落在地上；长子道："咳！"连忙俯身拾起，紧行几步，走出城外。

后面儒服巾，恹恹病容的连珠弹，一眼瞥见坠巾拾巾，急忙直起腰来，放胆踱过去；口中喘息有声，只顾低头进城洞。两旁好像有十几只眼睛看着他，他毫不瞻顾，一直出离襄城。到了城外，北门外两旁市房，龌龊异常，有脚驴骡车上前兜揽；连珠弹吐了一口气，心中自庆脱出虎口，不禁回头一看，后面恰有两个青衣同行。连珠弹急忙回过头来，重往前看，前面竟不见那老人的长子踪迹，后面也不见老人的行迹，朱玉山心中未免稍涉迟疑，却也不好住脚，只放慢脚步，顺着北关大

街的车辙印，徐往北行。

过了那道护城壕上的破石桥，离开了关厢，前面又是两排土房，高高矮矮不等。再望过去，便是一片青葱的田畦，已然是北郊以外了。当中夹着土道，纵横两条；路旁树下，仍有茶摊果挑。朱玉山又走出一段路，方才看见那老人的长子，恰在茶摊矮凳上闲坐着；他算是出城走乏了，在那里歇腿，连珠弹心上一放松，上前拱手道："劳驾，往三间房怎么走？"老人的长子，故作不相识，仰脸答道："一直往北，逢十字路口，再往西拐。"朱玉山道："有多远？"长子道："唔，二十六七里地吧，你老去么，何不雇个脚？"正说着，后面两个青衣人物，居然跟踪赶到，由背后接声道："哪位上三间房？"朱玉山急忙回头，上下打量一眼道："是我打听打听。"一个青衣人忙接言道："你这位先生，可是想往三间房去么，我们正好同道，我们上三间房。"

朱玉山心中蓦地一动，看了青衣人一眼，徐徐说道："不是，不是，我不过是闲打听。"青衣人互递眼色，随口答道："哦，你老是闲打听么？"两人又自相问答道："唉，咱们歇歇吧，不走了。"竟也在树下，凉快起来。

老人的长子，神色一变，扭过头去，一声不响，乘隙对连珠弹瞥过一个眼色；他自己缓缓站起来，跟茶座儿闲搭讪两句话，慢慢往西南走。绕过一段小巷，四面无人，回头望了望；这才倒抽了一口气，心头悬悬的，踱进城去了。老人的长子如释重负，如出险地，却又一步一回头，十分放心不下，走进刚才那个茶馆里，择副座头坐下，远远地盯着城门。心想若有一变，连珠弹必被捉回，在这里尽可看得见的。却好这工夫，他的父亲也缓缓踱回；父子打一打招呼，便在茶馆佯作品茶，暗候吉凶。

转瞬间已经过午，连珠弹并未回头，两个青衣人也不见回转。父子二人暗想：此事实在弄险，却也势到如今，无可奈何。出了茶馆，回家告诉妻子，全都悬着心，不知是福是祸。

这分明是一件飞来的奇灾，既不敢把逃犯捆献官府，恐被仇家反噬，那只有私行释放一招不可了。私放之后，自然又有私放的危险，不过赵氏一家的人全想连珠弹就算失脚，也许不会供出自己来。有此一念，大家略放宽心，哪知道这时候连珠弹在城外，真个就遇见了意外！

那两个青衣人啃住连珠弹，只是逗留不走；四只眼一上一下地打量连珠弹，搭着与连珠弹说话。越说越紧迫，到后来竟叩问起姓名住处："出城有何贵干？"公然盘诘起行藏来历了。连珠弹此时赤手空拳，又当白昼，情知这两个青衣人问得古怪，便做出骄蹇的样子，置之不理，心想赵老人的长子，已然避开此地，总不至于连累了他家，这两个我倒要小心对付。这两人究竟怎么回事，还不敢断定；想了想，竟仰着脸，不再搭理这两个人；旋又站起身来，溜溜达达，往北信步走去，走了两三箭地，借着转弯，扭头一瞧，那两个青衣人，不出所料，果然也不歇脚了，竟往后面遥遥缀着。

朱玉山吃了一惊，忙低头察看周身，竟不知何处，漏出破绽；没奈何折往西走，两个青衣人也改道往西，寸步不离，把朱玉山看住。朱玉山不觉心慌，若是手中有兵器，肩胛不受伤，他此时恐怕早要动手。现在好比虎落平阳，又离城太近，只可让他们一步。朱玉山两只脚不觉加快，昂然举步紧走，且走且偷瞧。两个青衣人忽紧忽慢，缀在后面，竟半点不放松。朱玉山不由得大怒，仍不肯鲁莽，诚恐遗祸于赵老人，自想我不要动气动手，太任性了。这样打算，脚步不停，不一时走到一处三岔路口，一道往北可到三间房，一道往西北，另外一道可回府城。朱玉山便走上西北小路，心想抛一抛看。

不意他这一改路，更动人疑。这西北直通乱葬岗子，并非大道，轻易没有行人。那两个青衣人越不放松，简直踵后背追上来，一左一右，盯住朱玉山，越发寸步不离。朱玉山又择一条小路，斜岔过去，撞到一段崎岖坡岗，蹲下来假装大解，那两人公然守候在路边。朱玉山到此地步，已断定这两人形迹尴

尬，必是捕皂，却猜不透自己如何露出马脚。事已至此，只好冒险砸碰，站起来紧系腰带，往北急走下去。那两人抄道紧跟，前后相距不到一箭地。

前面一段高岗，横着一带树林，回望四面，地势隐僻，并无人行。朱玉山抢上高岗，极目远眺，林岗掩映，正是好地方；立刻止步不走，跃上土岗，投向林边，容两人近前，突然面现怒容，叉腰一站，厉声斥道："喂！你这两个放着道不走，紧缀着我做什么？"两人豁地错开身，一遮前，一对面，嘻嘻笑道："奇了，皇家大路，许你走，不许我们走么？"朱玉山无言可对，怒视良久，突然转身，眼望林内，旁看四面，冷笑一声，拔步走入树林。那两个青衣人都忍不住，从两面一抄，紧截几步，当头拦阻道："站住！"连珠弹朱玉山倏然一闪，却又凝身，急翻转头来，伸手一摸腰带，青衣人齐退一步，四只眼就眼看腰带。朱玉山顿然醒悟，身畔并无武器，两手手臂垂下来，将面容一整，抗声发话道："你们要干什么？"一面说，迈步又要走。两个人登时放下面孔，也往四面一望，也觉四面无人，正好发作，厉声道："喂，朋友，别做作了，跟我回去。"抢上一步，两人中这一个紫脸膛的，两只手伸张如箕，横在旷林前，那一黑面孔的，侧身而立，紧盯在逃犯身旁，似乎就要用武。连珠弹朱玉山急急将两眼一轮，四面形势早已了然，却又稳稳的，估量对手，放缓声音道："你们教我回到哪里去？"紫脸汉子大声道："回到城里去，你从哪里来，还回到哪里去，少装糊涂！"连珠弹朱玉山冷笑，半晌道："为什么回城？你这两人跟我一道，莫非要讹我么？"这一个黑面人哼了一声道："讹你，为什么讹你，不讹别人？……"朱玉山道："哈哈，你凭什么讹我？"这一个紫面人道："凭这个！"说时嗖的掣出袖口中法绳来；那一个黑面人，也唰的拉出铁尺来，涩声道："爷们就为这个要讹你，哼，讹的就是你！"朱玉山目瞪口呆，果然自己露出破绽来了；眉头一耸，捺一捺火气道："两位可是官差？"两人道："你倒明白，少说闲话，一个字，走！"连

珠弹朱玉山后退一步道："到底为什么，铁尺法绳，当不了拘票，我不是怕唬的人，我还要请教你们正经的，我犯了什么罪？"

两人一阵狂笑道："老爷做事，向来吊儿郎当，我们唬的就是你们这路人，你向我要拘捕人的签票，你配么？你还敢拒捕么？走！"朱玉山打一躬道："不是那么说，平白无故，无根无据，我怎生跟你们走。你说是官差，我可惜一向没有领教过，请你拿出点凭据来，我好照办，只凭一条绳子，一块铁片，当不了什么事。"两人互相顾盼道："还是根硬棒儿哩。喂，告诉你，我们是府衙门的密捕，你说你到底走不走罢？若要不走，不要装假，快说出不走的道理来。"

连珠弹朱玉山明白了，他们不只是办案，还是想发财。连珠弹笑了笑，说道："二位的来意我明白了，但是我不打算走，因为我心中没有亏心事。"黑面人唾道："呸，过来吧。你亏心不亏心，别跟我说，有地方说去！"两眼一瞪就要动手逮人。那紫面人拦住道："慢着，咱们倒听听他的。"转过来询问连珠弹："相好的，放明白些，你想不走，你打算怎么照顾我们哥俩呢？"连珠弹说道："你们何不早说，这个好办……"假装作探囊掏钱的姿势，两个青衣人各提铁尺，含笑相候，不再那么汹汹了，不意连珠弹猛然将长袍一挽，长袍襟一掖，突然伸掌，照那紫面人胸前一推，出其不意，掌力十足，紫面人仰面跌倒，哎呀狂叫，铁尺落地。连珠弹捷如飞鸟，急弯腰拾起，嗖的一个箭步，抢奔树林。

黑面人大吼一声："好贼子，胆敢拒捕。"急抡起铁尺，慌忙追截。紫面人一个鲤鱼打挺，跃起就追，朱玉山左手提着长袍，右手拿着铁尺，一头钻入林深处。两个青衣人居然脚程不弱，紧紧追进来。朱玉山竟掩藏不迭，偏偏这树林，乃是坟园，中有隙地，倒成了斗场。那个黑面人抢上一步，抡铁尺便打，朱玉山急往斜蹿。那个紫面人跟踪赶到，急伸手一抓，朱玉山长袍大襟，随身势飘展，恰被捋住。这个一揪，那个一

挣，刮的一声，长袍扯成两半。黑面人翻手一铁尺打来；朱玉山忙往旁一蹿，脚下忽然一滑，急拿桩站稳。敌手的铁尺挟锐风砸到，朱玉山忙将夺来的铁尺往上一格，当的一声，火星乱迸。连珠弹负伤气虚，气虚则心急，心急反倒力猛；如狂风般拧身抡铁尺，对紫面人扑来，唰的一下。紫面人铁尺被夺，赤手空拳，急往后退，一叠声喊叫："伙计快上，秧子扎手！"黑面人赶紧挥铁尺挡住，紫面人抽身急退，跑出十几步，眼望大路，高喊拿贼。只喊了几声，恰巧时野无人，又值逆风。那边朱玉山且战且张望，忽闻喊声，不觉大大着急，咬咬牙，将长袍扯落，手中铁尺，嗖嗖嗖没头没脸，对黑面人猛攻。黑面人支持不住，哎哟一声，叫道："好贼子，好狠！"原来肩头上，也挨了一下，不禁痛极大喊："伙计快来。"

紫面人顾不得呼救，急急折取一根粗树枝，抓了两把碎石块，二番抢进坟园。这时候黑同伴，正被对手打得倒退。那朱玉山两眼瞪视如灯，牙咬着嘴唇，铁尺翻飞，胳臂越痛，越显出拼命的架势。那黑面汉一失神，被连珠弹劈头砸下一尺。黑面汉极力招架，被对方一转手，唰又打下来，骤然失神，措手不及，铁尺下落；正打在黑面青衣的手指节上，不觉哎哟一声，铁尺坠地。这黑面人耳边轰一响，扑地栽倒。朱玉山立下毒手，铁尺再一下，黑面人惨号一声昏厥在地。朱玉山又复一下，正打在黑面人脑门上，立刻脑浆迸裂，血溅毙僵。

连珠弹朱玉山急急弯腰，把一柄铁尺也夺过来，抓这机会，站起身回头便逃跑；自知伤势未愈，不敢恋战。紫面人刚绕到林这边，急忙振吭喊叫："好贼，拒捕伤人，要跑，要跑！你们快来截住他！"拿着树枝，紧叫，却不敢紧纵过来。朱玉山跑了几步藏在大树后。那紫面人，只听见伙伴扑地惨号，未知人已脑裂气绝，此刻溜过来，到黑面人所处一看，鲜血四溅，脑浆横流，立刻怪叫一声，将眼一寻。看北面树后，露出一角蓝衫，便大转绕过去，极力往远处藏，唯恐连珠弹朱玉山再毁了他。朱玉山一不做，二不休，索性跃出树后，倒寻回

来，一对铁尺照青衣人上下乱打，只七八个照面，将紫面人手中树枝打断，紫面人心惊胆裂抹头便跑，朱玉山断喝一声道："咄，哪里跑！"赶上去又一铁尺，正打在紫面人项际，复一下，紫面人狂号扑地。朱玉山更不犹疑，照准脑袋，连连狠凿，眼见这一个滚了滚，嘶喘了喘，也随了同伴，气绝身亡。

连珠弹朱玉山连杀死二役，伸伸腰，张皇四顾。旷郊外近处无人，便窜出林外，又往前后眺望一回；第二番投入林中，弯下腰去，剥那两个青衣人的衣服。把黑面人尸体翻动，却已血染衣衫，不好穿用。只从身上翻出二个腰牌，上有孙得福的名字，是襄阳府捕快；又有一些银钱和一套捕盗文书。玉山全取过来，又去剥紫面人，也搜出一个腰牌，名字是施万顺。一时将两人的外罩衣服全剥下来，又看看自己，儒巾犹在，蓝衫已碎，鞋也划破。恰好里面人的薄底靴，尺寸仿佛，就也剥下来。忙了一阵，喘息有声，心慌肉跳，越发觉得赵老人一杠子把自己打昏了，精神上已受了大伤。目望两尸，思量着必须埋尸灭迹，才能走得干净。却是手头只有两把铁尺，自己仅仅带着一把裁纸小刀，是赵老人给预备的，试了试，实在不能掘土挖坑。便在林丛中寻了一遍，恰有一座荒坟，旁有一个深坑，就将两具死尸，一个一个提来，投入坑内，匆匆盖上一层浮土，捡些乱草，掩在上面，又撒了一些浮土。急忙把自己脱下来的血衣一卷，一径离开斗殴地点。心想选择一个幽僻地方，重行更衣改装，火速逃走，邀援救友为要。却不道猛回头，看见树林南角，探出半个人脸来，却又一闪隐去。

朱玉山吃了一惊，更不暇揣想，立刻飞奔过去寻看，究竟深草长林，绕走那边，四面搜寻森林内竟不见人影，往来查勘数遍，依然没有动静。急又扑出林外，往远处寻，只南面小道上，远远望见三四个行人前行两个，好像过路客；后面隔开一箭地，又是一个农人模样的中年男子，手头拿着扁担板斧；后面还有一个小孩子，全看不出是否从这坟林内走出来的。玉山凝望一刻，看北面东面西面，虽有行人，却相隔甚远；呆站了

一会儿，倒不得主意起来。也就抽身回林，把破蓝衫脱掉，换上那套公门中的青衫，铁尺儒服等物，不敢轻弃，都包在蓝包袱里。匆匆收拾利落；又四面张望一回，觉得暗中似乎无人窥察，便放心大胆，绕出坟林，不奔正北，折到西北面，寻小路只顾走去。

连珠弹慌不择路，饥不择食，一路信步顺道乱走，到夕阳落山的时候，奔到一个所在，前面横着一条清溪，旁边靠着三五十家住户的小小渔村。朱玉山至此，又饥又渴，来到岸，掬取清水，喝了一顿，随即寻找饭馆。这小小渔村，当然没有饮食店，只寻着一家豆腐房，带卖火烧、煮豆、白干酒。朱玉山掏出钱来买了一些，吃饱后稍歇一会儿，向卖豆腐的老人打听路径；才知此处地名叫作柳河沟，离襄阳才四十多里。朱玉山乱走了一阵，自觉奔出去，至少有百十多里，原来走了不少冤枉道。朱玉山问明前边的去处，寻着渡船，过了清溪。一面走，一面想，在豆腐店中问路，那几个闲谈的乡下人，上眼下眼，不住打量自己，莫非自己身上有什么破绽么？想到这里，低头望着自己，似乎无什么破绽。他却忘了一点儿，自己穿着公门衣服，谈吐还像寻常百姓那么谦和，教人看了觉得不伦不类。而且他更不该把腰牌挂在腰带上，原是解人疑，反倒引人注目，官中人谁也没有这么明挂的。他虽然久涉江湖，独与官府隔阂，多加小心，反倒多露破绽了。

在他走后第二天，地方上便已发现两个公差的尸身，被野狗拖出来嚼食。第三天城里衙门中，发觉二役未来应卯；恐其逃亡，便已派人四处侦察，竟寻到柳河沟；从这里探明如此这般一个当地的公差，形色仓皇，好像是枉在本地当差，连附近地名都说不清，岂不是大笑话。官人得此线索，又发现死尸，立即紧缀下来。连珠弹在前边跑，官人在后面追，相隔只有三天。当下朱玉山从柳河沟，紧赶出八九十里路，看天色已黑，前面恰有一座小村镇；料到必有客店，空身人却不敢投宿去，只得绕过去，好容易在僻静地方，寻到一座小破庙，四望无

人，把门拨开，将供桌上的浮尘擦去，搬一块大石，把庙门顶住，就这样住下了。奔波力疲，这一夜直睡到天色大明，方才醒转，只觉得浑身骨头疼，左肩胛也似发炎。连珠弹心中愤恨，想不到挨了一箭，受了一闷棒，觉似拔去了自己的真魂一般。挣扎起来，找个地方，寻了一口水，又往前走，却不知暗中已有一个夜行人，亦步亦趋地缀着他。

前面有一座市镇，连珠弹向人一打听，地方叫樊家屯，还没有离开襄阳府地界。连珠弹这一阵乱奔，正不知走了多少冤枉路。落荒续往前走，忽然想起，距此地不远，在豫南僻邑境，记得有一个武林人物，名叫魏季芳，乃是个乡下财主，生来好武，专喜与江湖上人物交结。“我落得这样狼狈，衣履又不整，神色又憔悴，我莫如投了他去，假馆休养几天，只要歇过这一口气，我再设法搬兵求救……”

连珠弹这样盘算，这才沿着沙河，通过豫南，又北越伏牛山，直投鲁山县境而去。于是在一个月之后，他竟勾结了魏季芳，又联结豫北绿林，大举地闹起来，给雍正手下地方官，添了许多麻烦。并且朱玉山通过伏牛山时，遇着一个女强盗唐亚男，就是在坟林暗窥他的那个夜行人。唐亚男故意向他挑隙，两个人动了手，“不打不成相识”，两个人竟议起嫁娶的事来。这女强盗，正是有名的女贼。靠着这唐亚男的牵引，朱玉山这一帮，竟与冀南大盗结成义盟。

第七章 三羊开泰

那华山孟英在伤愈之后，和太湖一雁，也正式结盟，又加入太湖的水路豪客杨邦子，遂创立“三羊开泰金龙会”。

“金龙会”的用意，是扶保坠渊失位的潜龙，也故意写作兴隆会，以免官人注意。华山孟英竟立为副盟主，正盟主自然是太湖一雁了。等到孟英体力完全康复之后，太湖一雁请他收复山东的豪客陶方城和兰陵公子，以壮本帮声势，因为孟英是山东人，自易着手。孟英应诺，立即携伴改装就道。

这时各地伏莽迭起，有的真是与清廷作对，也有的只是寻常的教匪乱民和剧寇流贼，却是乱民剧贼都和明末的遗民通气。这时候要数江浙闹得最凶，鲁南豫西也很不安静。只有北方，在清朝旧疆之内，较为平稳。

清世宗雍正帝，为人严刻，大驾巡边时，曾遇上刺客，虽没有刺伤他，却也吓了他一跳；他为此大怒，便采治乱国用重刑的法子，狠狠地屠戮一阵；连富户良贾也多被累。无奈越斩杀，反叛他的越多；江淮鲁豫，闽粤一带，竟有七处大帮的强寇，俨然割据山寨。在这七处强寇以外，还有一些坐地分赃的

土豪。这些人本是歹人，明末遗臣却会巧用他们，不惜给他们以一种名义，教他们筹兵筹饷，许下他们，匡复以后，一律封侯拜将。他们这些土豪流贼，本不知君臣大义，但只痛恨清世宗的酷刑重戮，又可怜明崇祯失国自杀，又有种族之见，因此也颇有不平之论。明末遗臣由此巧加引诱，结果他们一齐归心于故君，切齿于新朝了。

这里面就有海州地方的一个土豪，他的名字叫一缕毛杨开。

这一缕毛杨开，可算是第二路土豪，手下有七八十个无赖泼皮，做着鼠窃狗盗的营生，暗地纳给杨开的供奉，受着杨开的庇护。一缕毛开有一座店房，一家当铺，还有赌局、娼窑，都倚着他的胳臂根，才能开业。但杨开实是一个吏员出身的人物，略会技击，而不甚精，居然招贤纳士，上则结交官府，下则交往窃贼，手眼很阔大，势力颇为雄厚，消息极灵通，好像朱家郭解一流人物，只是行径更为卑污。

杨开在本地并没家口，只包着一个妓女，绰号叫老迷汤的暗娼，他好像是及时雨宋公明。他比宋公明更为刁钻，为人却有侠气，挥金似土，好友轻财，每每借端暗中支使人，和官府捣乱。不知怎么一来，被金龙会看上眼，派了几个说客，秘密把杨开劝服，也经过加盟的手续。以后，便教他专搜罗海边一类的草野人物，兼承办水陆交通消息的事情。杨开居然做了露脸的事，在加盟不久，便给金龙会立了一件奇功，由他探出雍正派心腹大吏，到江南督造海船，预备剿捕海盗蔡牵；杨开勾结船工，把首批造的大船，放了一把火，给烧得片板无存。雍正大怒，要加罪监工大吏，监工大吏早已畏罪吞金自杀了，其余地方官和工匠之类，因此获罪的很多。雍正余怒不息，又派了一个心腹宦官，带同工部掌理土木的官，前来视察船厂，船厂已不可用，只得另行征调木材改地迁厂，重新修造。海缉捕盗之事，虽然到底实行，竟因杨开这一把火，又延期两年。

金龙会诸友，嘉赏杨开这一件奇功，把他升了三级，封以爵号，在本帮颇有说话的地位了。可是华山孟英与他只慕名，

还没有会过面。当下，孟英由豫入鲁，绕道来到海州。

华山孟英只带着一个助手，扮作商贩，又像是两个保暗镖的镖客，两人悄悄来到州城，投入一家客店。

孟英住店，向店家暗暗打听一缕毛杨开的为人和住处，这原是访问帮友，却不知这店房正是一缕毛杨开的店。华山孟英一味地刺探杨开的行藏，店中人心中一动，偷偷地检查行李，摸出包袱内中有兵器。店伙急忙报告司账，司账急忙过来，假装开店簿，绕弯子盘问孟英。孟英答复完了，司账又设法单调开孟英的从者；从者答的话和孟英答的话原是捏好的词，并没有什么不符。但到底瞒不过有心人，孟英二人假装买卖客商，竟不懂这项买卖的行情。司账登时大疑，急忙回柜，私和掌柜商量，派一个走街，火速给杨开送信。说是由打燕京来了两个客人，自称贩卖皮货，并没有货物随身；自说是由北方来，却又是山东东部的口音。情形可疑，言谈古怪，他们又极力刺探咱们东家的行藏，显见是北庭燕王的走狗，来调查烧船一案的来了。一缕毛杨开正在赌局，看人要钱敛头；听见了这个密报，丢下赌具，穿上长袍直裰，又详细问了一个遍，把来人的形貌，身带的行囊武器，一一问明；便冷笑了一声，懒懒地踱到店房。他说道："我身上没毛，我教你们挑出毛来，我就算栽！"他是书吏，却满口的混混话。

华山孟英这时刚从街上回来，寻找几个人，全没有找着；他把从者留下，在那里替他寻访。正是潜伏六年，人事无常，故乡情形已然大变，孟英的老朋友都不知何处去了。孟英回转来，一缕毛跟到那号店房中，便向孟英举了举手道："客人贵姓？从哪里的？可是找杨某人么？"华山孟英见杨开眼神盯住了自己，心中就不悦，自己前脚进屋，杨开立即缀在自己背后，也不打招呼，硬闯入屋内，他心上更是疑怒。又见杨开穿着直裰，衣襟不掩，像个绅士，颇带匪气；看似店中人，又像官面；黑瘦的身形，两只眼珠白多黑少，一昳一昳的闪动，淡淡地生着几根睫毛；嘴上稀稀几根胡须；不等让座，就坐下

了，眼仰望着门问话，那神气比阎王还厉害，简直像小鬼。华山孟英心下怫然暗想："我这时候什么也不怕了。这东西到底是干什么的？"孟英按住气，用好言语回答，跟着还是打听杨开。容对方问完，便反问道："贵处杨某人，有一个朋友，托我给他带来一封信，因为这个，我才打听他，我不是闲打听。"杨开道："哦，原来如此。……信在哪里，请你拿出来。"

华山孟英把杨开看了一眼，说道："信在这里呢，可是，你老是贵姓？"杨开如果自承认姓杨，也就完了。他偏偏不说，笑了笑："我么，我姓任，你是受朋友所托，给姓杨的带来一封信，我也是受杨某人所托，替他拿信来的。请你费心，把信找出来吧。我可以转交给他。"

华山孟英瞪了他一眼道："这信很有关系，敝友托付我，要当面交给本人。"杨开道："本人，本人又是谁呢？我就是本人。"孟英道："你阁下姓杨么？你刚才不是说你姓任么？"杨开道："不错，我也姓任，也姓杨。姓杨的朋友，当然都是人，都姓杨。我也姓杨，你老兄也姓杨么？我说你老兄，一个劲地打听杨某，到底有什么意思，只管对我说。近来外面不大消停，求帮告助的太多，杨爷早就不在这里了，他的事完全托付了我。你老兄真要是找他有话，不管是有信也好，没信也好，你只管掏出真格的来，对我开诚布公地说，我自然还你一个痛痛快快，你何必绕着弯子，东问人，西问人，打听人家私事做什么？你又不是做公的，就是做公的，可惜杨某没犯法！"说罢，站起身来，把手一伸，道："拿出来吧。"

华山孟英也站起身来，喝道："你这人是怎么说话，你找我要什么？你教我拿什么？"

一缕毛杨开道："你拿着什么来的，你就把什么拿出。文也罢，武也罢，信也罢，刀也罢，你既敢来到我们这里，你一定是有点道理。请你只管施展，我这里接着。"

华山孟英耸然一动，忙把自己身上看了看，自觉没有什么可疑："怎么这小子一进门，就拿话挤对我，莫非他是做公的，

我已然露了白不成?”

一缕毛偏偏也是这样想法，两个人心中全有病，全以为对方要刺探自己，要诈自己。

两个人驴唇不对马嘴，越说越僵，假使孟英一见面就通暗号，也就不致吵。假使杨开先把他们本帮中的手势做一下给对方看，也就不至于你疑我，我疑你了。两个人好像天生不投缘，孟英不喜杨开这种龛懒样，杨开又不满意孟英的傲骨抗爽气概，两个人越说越翻腔。偏偏孟英的从者还没有回店，只剩他二人抵面争论，越弄越拧，连个化解的也没有。孟英愤然立起身，杨开愤然一拍桌子，两个人跃跃欲动。

华山孟英悬崖勒马似的，把怒气又一按，想起来一句话，喝问道：“我这人有点不识相，你不要看错了人，你可知道三羊开泰么?”

一缕毛杨开道：“这个?”抬头看了孟英一眼，哼了一声，说道：“什么三羊开泰，你这家伙有话不早说，你快给我报个家门来。说得对好眼相看，说得不对，你就别想走出去了。你瞧我这里是能教你随便撒野的么?”孟英也犯了脾气，说道：“你要我报家门，你先等一等，我要先听听你的，你可就是……”把头发往上一掀道：“你大概是这个，你不要隐瞒了吧?”一缕毛杨开不禁一缩脖颈，却又怒目而视，将头一晃，两手乱摆，抗声说道：“咱爷们这么对咬不成，我说你跟我这边来。”手往门外一指，身躯往前一上步，伸手来抓孟英。华山孟英，微微冷笑，往后一退步，左手一拨，右手一扣，立刻把杨开的腕子刁住。两个人登时一较劲。杨开道：“你敢动手!”孟英道：“我就不敢动手!”只一摔，又往外一推，把杨开直搡到屋门，若不是门框挡着，几乎跌倒出屋外。华山孟英哈哈大笑道：“叫你们姓杨的来吧，你这东西，我看也就是嘴皮子成。”

一缕毛杨开蓦地瘦脸通红，把衣服一甩，一跃出这房，抢到院心，大声吆道：“你这东西要作死找打账。”这么一闹，司账和店伙，早已伏窗根，听得真切；立刻打一暗号，抢着上门

板，招呼打手；又摆开了争码头、闹赌坊、打群架的样式，所有店中寓客，一一嘱告。

华山孟英事迫临头，一点儿不怯，好在自己没有携带什么太多的关键之物，只有会帮中两件秘符，已藏在身上贴肉处，又一封密信，局外人也看不懂，照旧仍留在包袱内，他就昂然迈步，来到店院当心，寸铁不带，空手叉腰一站，抵面叫住杨开道："你到底叫什么名字？你是开店的，还是店外的混混？快说实话。"又招呼了一声店家："店家快来，这个人是干什么的，为什么欺负过路客人？找到客人屋内，胡说乱道，还要动手打人，难道没有王法么？"

孟英口中这样叫，眼光四注，早已看清店家的举动，分明庇护着这个突如其来的人。他不知此人就是杨开，杨开就是这客店的东家。当下孟英看见好几个店伙换了短衣，拿了短棒，远远地堵住出入路口，杨开已然进了柜房。在店院旁门，通着一个大旷院，像个把式场；场中摆着刀枪架。内中正有两三个武师模样的人，向孟英招手道："你好大胆量，敢来扰闹店房。看你也像行家，你过来咱们比试比试，这里有的是刀枪棍棒，你爱使哪样就使哪样。"一齐叉腰戟指，向华山孟英叫阵。华山孟英冷笑道："你们这一群东西，青天白昼，就要欺负孤行客。我倒不怕你们，可是要跟我动手，你们还不配，我要找你们刚才那位。"

话犹未了，背后已然有人答了话，道："你要找我，我还要找你呢。"华山孟英回头一看，正是一缕毛杨开。杨开已然换上斗架的衣服，还同着一个穿短打的伙伴，两人从柜房一同出来。那短打的稍为靠后，杨开抢先步，向孟英一指，说道："咱们场子里见。你不要怕，我知道你诚心来找是非的，咱们按江湖道上的规矩。只要你掏出真的来，我们绝不会真打你的。"

华山孟英连说："好好，场子里见！"大踏步走到把式场。一缕毛杨开带领伙伴，在旁盯着，也走进来，喝命场中人闪开。于是场中的武师，和店内的打手，打圈散开，都倚着墙根

立着。放出当中空地方来，让孟英走到核心。孟英向杨开点手，杨开一抱拳，往前一上步，两个人展开身手。一缕毛杨开用急三枪，猛向孟英冲击三次，孟英沉着应付，微微侧身，用一臂护身一臂还击。杨开用的是行者拳，孟英用劈挂掌应敌，两人一来一往斗了五六个回合，不见胜负。杨开立刻加紧招数，一招紧似一招，一拳猛似一拳，攻多守少，一味猛击，手下处全奔孟英要害。孟英凝眸蓄力，预备以少敌众。两个人影倏前倏后，屡进屡退，又走了几个照面，一缕毛暗暗佩服，心想："这个人大概有来头。"他也改为缓招，由急转慢了。但是孟英至此，已将敌人数招理清，断喝一声，陡将拳风一变，嗖嗖嗖，如雨打残荷，如风吹败叶，尽力向杨开加紧反攻，杨开闪转腾挪，避实乘虚，无奈孟英的门户封闭很严，行招很快，杨开想寻隙进攻，却无瑕可击。只不多几招，孟英便把杨开裹在核心，在杨开的前后左右，全变成孟英的拳影。

一缕毛杨开遇着劲敌，一面支持，一面觉得对手发招太快，变招难测，自料势不能敌。连忙抖擞精神，竭力相抗，渐渐头上见汗，眼花缭乱起来。华山孟英微微一笑，突然间，故意漏了一招，容得杨开合身扑过来，他就蓦地一旋身，绕到杨开背后，喝一声："打！"杨开喝道："少要弄诡！"也霍然一转身，下着腰，拢着双拳，要来破解敌招。哪知孟英则打出一拳，突然收回，却将身形一偏，一个翻身踩子脚，照杨开猛踹去。杨开绕身一跃，闪开这一腿，就势矮身还招，伸一腿也向孟英打去，孟英微微一挫身，足尖点地，双臂一振，凭空蹿起五六尺来。杨开见状大喜，心中暗道："你跳那么高做什么，自找倒霉！"急忙进步矮身，倏地又一腿扫来，孟英冷笑，右脚尖点左脚面，施展燕子飞云纵，凌空拔起，轻飘飘落在杨开左侧，伸二指照杨开身上一点。杨开打个冷战，半身发麻。孟英趁势进身，双手倒撮住杨开的腰肋，伸右足抵住杨开的后腰，喝一声："去！"双手单足同时用力，一缕毛杨开竟如断了线的风筝似的，直飞出去。

一缕毛却也了得，落下时，用力一挣，左肩头找地，一滚身跳了起来，幸未受伤。还恐怕孟英追打，急忙回身护住要害，把肉厚处亮出，准备挨打的架势。华山孟英哈哈大笑，反倒退了一步，说道："领教过了，足下这一路就地十八滚真高！"竟不肯再动手。杨开满面通红，也哈哈大笑道："朋友真是来者不善，善者不来，我说……"眼光往四外一看，又往那边店房看了看，这时随从杨开一同来的那个壮年人，立即扑过来，其余两个武师也要动手群殴。杨开连忙喝住，只教壮年人过来。

那壮年人紧一紧腰带，飞身一跃，直落到孟英面前，双拳一抱道："朋友很有两下子，我来奉陪几招。"抵面站住，握拳候斗。

华山孟英看望这些店中人，心中也有些着急，咬牙切齿道："你们打算用车轮战，好，我也不介意，你们只要不嫌丢人，只管一个跟一个的来。"壮年人向杨开使了一个眼色，杨开做了一个手势，壮年人立刻答话道："请赐教吧！我们会的是英雄，一定按照江湖道走，决不能欺负孤身客。请！"左手一晃，右手劈面一拳，直扑上来。孟英急忙招架。深虑久战吃亏，改了速战速决的办法，把拳风一展，略略理清敌人招数，便展开心得的拳术，壮年人往前一扑，孟英身躯不动，单臂往外一封，唰唰唰，速还三招，就势一转，转到壮年人背后。壮年人回身招架，砰的一声，恶虎掏心，壮年人眼冒金花，后背早着了一拳，踉踉跄跄，往前抢了好几步。壮年人急忙翻身招架，凤凰单展翅，叭的一声，斜肩带臂，又挨了一掌。壮年人急忙撤身，双足一顿，窜出五六尺，未及回身，华山孟英早如影随形，跟踪而至，喝一声："着！"矮身形一个扫堂腿，直奔下三路扫来。壮年人十分慌张，自知不好；急忙尽力拔身一跃，蹿起三四尺，刚刚躲过这一腿。不防孟英左腿收回，右腿又扫出来，喊一声："倒下吧！"壮年人忙绕身再跳，哪还来得及，刚叫道："不好！"咕咚一声，也仰面跌倒，和杨开一样。

华山孟英挺身站住，手指这人道："对不住，请起，请起！"话未完，杨开向那两个武师一使手势，两个武师双双下场，分左右扑过来。孟英嗔道："你们真个要倚多为胜？"两个武师不答话，杨开恨恨叫道："你猜着了，我们回头还要请教请教你的兵器呢。"孟英怒道："你不觉无赖么？"杨开指着自己鼻子道："在下正是有名的无赖，倒叫阁下猜着了，谁教你跑到这里来呢？"两个武师，一个高，一个矮，神情都很精强。那个高身量的先抢到孟英左边，丝毫不客气，抡拳就打。矮身量的跟着抢到右边，照样欺身进招，两面夹攻，把孟英夹在核心，拳风嗖嗖如骤雨急降。

华山孟英哼了一声，心说："那可不行，要教你们围住，我准得毁在故乡了！"倏地一矮身，趁敌人未到，猛迎上去；以进为退，一纵身跳出圈外，两个武师全扑了个空，孟英旋风一转，早转到矮身量武师的左边。趁敌人回身应招。还没有站稳，孟英金鹏展翅，反手一拳，矮武师忙用左臂一封，右手金蜂戏蕊，奔孟英打来。这时那高身量武师，已然追到孟英背后。黑虎掏心，也一拳打来。孟英身法好快，蓦地往下一扑身，两个对手的拳招都落空，忙抢一步，猱身探爪，伸二指奔矮武师璇玑穴点来，矮武师招已发空，收拳不及，急将足跟一点，一矬身纵回四五尺。孟英脚尖点地一滑，怪蟒翻身，转过身来。不出所料，果然此时那高身量武师，已然用金龙探爪的招数，探单臂直奔孟英的后腰。孟英急侧身形，左掌护身，右手照敌人手腕投去。高个拳师急将右臂往回一圈，未及还招，孟英真真假假，喝一声："着！"反臂双风贯耳，直抵敌人双太阳穴。高个武师用童子拜观音，由胸前双手一合，白鹤亮翅向外一分，正待变招还攻，哪知上了一个当。孟英趁敌人双手向外分之际，自己双拳也不收回，一纵身，低头向前撞去，高个武师，噔噔噔，倒退了好几步，方才站住，只觉咽喉发甜，胸前如火烧，似乎伤了内部。

杨开在旁望见，忙命打手过来，把高个武师搀回柜房。这

时场中只剩了矮身量武师，这人的功夫稳健，见孟英用铁头的功夫打败自己的同伴，他一声不啊，唰的一个虎跳，直扑到孟英背后，要狠狠照后心一拳打去，忽地挟有一股劲风，直沾到孟英衣襟，孟英以孤掌斗双敌，已然防到，忙用怪蟒翻身，金鹏现爪，一掌向背后打来。矮武师满想一招成功，偏逢孟英变招迅速，忙撤身塌腰。用孔雀抖翎，试展一招，倏地变为绵里腿，一脚飞来。孟英收招斜身，往后一跳，二人复又错开。孟英心中着急，想道："早点把他打发回去吧，我不能恋战。"身形一变，叶底偷桃，跟着双风贯耳，力劈华山。矮身武师撤身退步，野马分鬃往外一封，搪开两招，第三招躲不开了。失声一叫，把头一侧，被华山孟英平掌一推，仰面跌倒。突然间一缕毛杨开悄然赶到，猛从背后抓住孟英，叫道："朋友，算了吧！"华山孟英一心取胜，欲避不及，忙用大脱袍，想化解这一招。

一缕毛杨开早二臂用力，欲将孟英举起抛出，自好转转面子，殊不知孟英武功精熟，眼看着孟英被举起来，杨开厉声喝道："你歇歇吧！"跟着听见沉重的声音答道："不见得！"众人只觉得眼前一花，凌空飞起一人，紧跟咕咚一声。众人急看时，杨开坐在地上，孟英却安然地立在七八尺外，众人大惊，原来孟英被举起时，伸手向杨开臂下一触，杨开顿时左臂发麻，左臂当时往下一垂，孟英乘势弯腿，向杨开肩下一蹬，借力使力，直飞出去，轻轻落在地上，那杨开冷不防被这一蹬，暗算人没有成功，反倒失招跌倒。

第八章

一绺毛一只鹰

华山孟英动了怒，过来又要打杨开。矮身武师已然负愧跳起，急忙过来拦救，两个人又复交手。辗转数合，孟英突然一掌，又击中敌人。敌人大吼，向杨开叫道：“扎手，扎手，车轮斗不行，简直群殴吧！”店中人早已跃跃欲试，听说一喊，四面站立观战的人，立刻蜂拥过来，向兵器架上，抄取木棍，要用乱棒，殴打这个孤行客。

此时由店前院奔来一人，向杨开打手势。杨开忙向众人喊道：“你们打圈围住他，不要伤他，回头我还要和他见个真章。”杨开匆匆直奔到前院，华山孟英见状，恐怕杨开要借仗官府的力量，来捉弄自己。不由得震怒，他决计要走，偏偏跟他来的那个从者还没有回来，也许回来了，已被店中人扣留在前面。孟英急展辣手，要冲出重围。刚往外一闯，有两个打手正当面前，立刻动手邀战。头一个打手，抖手一棒，照孟英腰肋打来，孟英不往旁躲。往前扑，一纵身直抢到敌人怀里，左手把木棒援住，右手一晃，下面一腿将敌人踢倒，木棒已然夺到手中。第二个打手大叫一声，直扑上来，其余的人也哗然大

噪，竟不顾店主之诫，纷纷进攻，要把孟英乱棒打死。华山孟英手疾招快，第一招泰山压顶，上打迎面敌人的头。第二招一转，疾如狂风，往下一剪。啪的一声，正打在另一敌人的腰胯上。挨打的人叫了一声，孟英抢上一步，可是左边和背后的打手，已然抢堵到前面，上上下下挥棒打来。华山孟英忙退步举棒，横招，斜扫，平推，直劈，连躲过四五招，连打出四五招。几乎是一招打伤一个。

这些打手吃了亏，依然拦前遮后，当路不退，不但不退，还一迭声招呼援兵，从店房各处，蹿出十几个短衣的人，都拿着一色的木棒，向孟英围上来。尤其奇怪的，关上店门这样行凶打人，店中寓客没有一人出头干涉，更没有一人敢出店房探头观望的。却不知店伙早已挨号通知了，说是我们店东今天在这里以武会友，诸位客人们，请不要伸头探脑，误伤了彼此不好看。有那胆小的客人，要溜出店外，店伙照样陪伴着，开了角门，送到街外，杨开在此地人杰地灵，地面官役已有关照，只要不打死人，决计没有人来管。店中人对外声言有人来争码头，今天我们要决斗一下。华山孟英没有料到杨开有这么大来头，当时只恐自己是钦案中要犯，万一被他们捉住，一经官府，将由小斗殴，引起大叛案来，故此心中暴怒，手中夺来一根木棒，立即狠下毒手，眨眼之间，被他打伤了三四个人。

那店伙已然出去勾兵，那杨开被手下人唤出，跑到柜房，亲自检查孟英的行囊。那手下人趁后院斗时，已将孟英的行囊，提到柜房，细加检查。竟发现那两封密信，但是看不懂，故此急请东家杨开，亲来阅看。杨开把密信反复详查，似明白，似不明白。忙取出金龙会发来的秘本，逐语查对，这才译明，这来的人竟是鼎鼎有名的华山孟英，真名叫作周伯阳。密信上还说，要请杨开和孟英协力，去收服沿海的船帮，陆路的陶方城。发信的人是太湖一雁，传信的人是孟英本人，收信的人正是杨开。

杨开一时多动猜疑，竟和孟英动了手。杨开持信大诧，后

面打得正厉害，这可怎么下台，而且杨开加入三羊开泰金龙会，和太湖一雁秘有勾结，只有几个亲信知道，像这些动武的打手，全是他手下跑腿、卖力的小脚角，并没有参与他个人的密谋。杨开思索一阵，忙包起密信，仍放在包囊内，叫伙伴送回原处，又命人把他的心腹盟兄弟叫来。他更怕后面打出乱子来，匆匆吩咐已毕，急忙拭汗，扑到后面把式场。

华山孟英正被十六七个大汉，包围攒击，孟英单手抡棒，运转如风，打手虽然多，能够挨上前的，按固定的交手距离算，也只有六个人，照例是左右两个，前后四个，如六出雪花瓣，攒围着孟英一个人，孟英用一根棒抵住正面四个人，独有后面两个人最不好应付。孟英就如车轮般，团团打转，抡起单棒似一条怪蟒，遮住全身，指东打西，指南打北，防前顾后，如游蜂舞蝶，雨打梨花。棒到处直取敌人要害，棒起处遥攻远敌，棒收处横扫近敌。一连数十棒，敌人没有把他放倒，他倒翻翻滚滚，打到院门边，冲门角一跳，立刻负隅面门，不用再顾虑腹背受敌了，可是这样也不能持久恋战。

杨开走到把式场，刚一探头，正遇上十几个打手，作半圆形围住站角门面立的孟英。孟英倚在门边墙，眼看着短垣，正意欲腾身一跃，登房冲出，打手们也正要分出两个人，从墙那边蹬梯子，往下投石头，砸打孟英，一缕毛杨开忙提一根木棒，扑到众人跟前，向孟英叫，道："朋友，真有两手，我很佩服，请你住手罢战，有话对你讲。"又招呼众人："你们暂且住手，先歇一歇，把他交给我好了。"打手叫道："你老多留神，他可要上房逃跑。"杨开挥手道："你们多辛苦了，回头我给你们道劳。这一位很够交情，我要和他攀攀，他不会逃跑的。"

于是罢战，孟英停棒张目，怒目而视，说道："你又变什么戏法，我全不怕！"杨开笑了笑，把众打手一个一个全都遣开，然后投棒在地，向孟英举手说："我就是杨开，你不认我，我可知道你。刚才真是误会，请到我的下处，我正有事请教。"

华山孟英摇头道：“你是杨开么？你知道我么？”杨开道：“正是。”孟英道：“你既然知道我，刚才是怎么讲？这时候又是怎么讲？”杨开含笑道：“这……”低声道：“遮掩外人的耳目。”孟英怫然，心中更是不快，含怒说道：“聚了这些人，打起群架来，怎么倒叫作遮掩耳目，我真不懂。”杨开赔笑道：“一言难尽，请你到屋里来，我有下情奉告。”孟英迟疑不动，说道：“你刚才太不像江湖道上的举动了，我不知你把我看成什么人，居然和我动手。现在你又变了面孔，我是信不及你，你有话尽管在这里说，不必进屋。朋友，光棍眼里不能揉沙子，我可以明说出来，我不知道你在屋中又摆着什么阵仗。你有法子，现在拿出来施展，不必换地方了。”

现在是孟英动了疑心。杨开皱眉道：“我实不相瞒，你的来路和来意，我本不知，是刚才把你看错了。”孟英道：“现在呢？你又怎么知道了？你知道我到底是什么人物呢？”杨开伸出三个手指道：“三羊，不对么？阁下是山字号？”孟英道：“这就怪了，不相打的时候，你不知道我，打了一阵，你忽然又知道我了，索性你把你的故事明说出来吧。你到底姓杨不姓杨？”

杨开在这地方，不便说出偷拆密信的话，被逼无奈，又不能不说，这才赔笑道：“我的确是杨开，你老兄不是有两封白字么，我现在才知道，你老是传信的，我是受信的。”孟英道：“啊，我晓得了。好好好，咱们屋里讲吧。”

杨开这才向孟英深深一揖，翻身引路，先到柜房，换上长衣，洗面净手。邀同孟英，提了行囊，出离了店房。临行时，嘱咐店伙：“这位孟客人的贵友回店时，可以也引到我那边去。”

杨开的窟穴共有三处，他的外宅是一处，他的赌坊又是一处，另外还有一处秘窟。现在他把孟英先引到外宅，那个暗娼花枝招展地迎出来，杨开一挥手，进了跨院套间，私嘱暗娼数语，推开柜橱，直下地室，这地室共有三间，虽当白昼，室中

漆黑，当中放着长榻短几，杨开取了火种，点上一盏小灯，这才把孟英让到里面，命那暗娼在地上室看门，他自己和孟英重新见礼。孟英是行家，刚把自己的行囊提到手内，登时晓得这行囊已被杨开偷看过了，摇了摇头，索性从身上取出铜符，让杨开过目，然后指着行囊说道："这包中还有给阁下的两封信，还用我拿出来么？"杨开笑道："信上怎么说，是谁给我的？"孟英道："真人面前，应当揭开假面。杨仁兄，你既然知道我姓孟了，你当然已经看过了。"孟英用话点破他，仍旧打开包，把两封信取出，指着已经拆破的封口，冲杨开冷笑了一声，随手递给杨开。

一缕毛杨开也有些内疚，装作不理会，把信笺取出，又从头看了一遍，向孟英举手道："久仰大名，今日幸会。"又往下看了看说："原来你老是我党的副盟主，实在失敬！"站起来要行帮中大礼。孟英拦住道："何必多礼！杨兄，我们虽是初会，究竟谊属同盟，刚才我们初见面时，在下再三声说，你老兄竟是百般挑拨，到底你是什么用意？我倒要请教，莫非是信不及我么？"杨开赔笑道："实不相瞒，我弟子要请前辈一展身手罢了。"孟英道："那更岂有此理！我们做的是什么事，力求缜密，还怕透风，你阁下倒勾引来一伙打手，跟我斗殴，你难道不怕官府打眼么？"杨开赔笑解释道："此地官面，全由小弟联络得很好，若不然，我总莫过是一个开店的，青天白日关上门，殴打旅客，地面上早不答应了。他们假装不看见，这就是小弟把他们早喂熟了，这是前辈到了，若是江湖朋友来店，我小弟只一歪嘴，官面上还可以来人，把扰闹客店的痞棍捕走。"

华山孟英听了，心中更不悦，暗说："你原来是摆弄势力给我看啊。"竟变颜诘责道："这话更不对了，你既然有这大势力，怎么反倒在我身上施展？这太不合乎盟规了。"杨开抱拳道："这是小弟慌张，太觉失礼了。可是这期间也有缘故，附近鹰游岛山上有一个盗魁，名叫陶方城，和我是死对头，最近传出风声来，不久要下山来找我，跟我争夺码头。前辈落店之

后，极力地扫听我的行藏，我的手下人便把前辈认错了，以为不是清廷派来的密使，定是陶方城遣来的能手，特来访查我的。我有这先入之见，故此赶了来，和前辈当面考较，前辈又虑事过于审慎，没有立刻拿出我们的秘符来，我越发动疑了。后来虽然听话听音，觉出不符，我小弟又猜想前辈也许是过路英雄。我自己拳学不精，这是我的短处，我在此地叫字号，可说是有名无实，全靠各方面联络得好罢了，一等到动真格的，不但我自己不行，连我的朋友帮手都不行。故此我就冒昧挑隙，要验看来人的功夫，如果不济，我一定好好道歉送走，如果武功精良，我定要开诚布公，留驾请助。我和前辈动手的用意，就是这一点，却办得冒失一些，可是我万想不到是本盟的自己人来了，更料不到你老还是我党的副盟主。”说罢又深深一揖，再三赔罪。

华山孟英对这样的说法，似乎不很可信，半晌道：“哦，你原来是起初误会了我，随后要考验我。”杨开不好回答，只点了点头，孟英登时仰面大笑道：“我孟英闯荡江湖多年，纵然无能，却有天幸，到处还能获得朋友的青眼，不论识得不识得，还没有人肯好意思来佃量我的，你要晓得，我不是应考的举子，我也不是乍出门的学徒，我竟料不到好端端来到山东地界，倒教阁下当小孩子似的耍了一个够，还累了一身汗。我只当我自己的行藏露了马脚，坏了自己的大事了呢，原来这不过是杨兄和我小开玩笑罢了！”

杨开搔着头皮，有些发窘，他只当孟英是真恼了，连忙站起来，恭恭敬敬，立在孟英面前说道：“小弟实在糊涂！”孟英道：“你不糊涂，你太聪明了，可就未免拿人当傻子了。”杨开道：“小弟实在有意访贤，反倒成了无心失礼了。我只因此间的陶方城，虎视眈眈，要来侵犯，我渴盼良师已非一日，只要过路江湖人士，稍有一技之长，我一定卑礼延留。”孟英摇头道：“似你这等弄小狡猾，多猜疑人，就是有本领、有骨气的人，教你这番弄也恐怕望望然离你而去了。”

正闹着，外面有了动静，孟英的从者已然回店，店中人把他引到赌房，赌局的人又引到这里，那暗娼忙把从者让在别室，她来到密室前叩门。杨开忙过去开门，问明原委，把从者引入。让座之后，从者不知刚才的误会，对杨开很客气。孟英还像是怒气不息，有了第三者来到，他反倒怒焰越张，盛气抗声，向从者指斥杨开的失礼，杨开诺诺连声，又解释了一番，从者也不很认识杨开，见二人闹僵忙用好言拆解。孟英越发的振振有词，杨开真有点无法下台了，作揖打躬，似要下拜，孟英也越说越怒，把桌子一拍，跳下长榻，从身旁抽出短刀来，向杨开比画，杨开仓促之间竟垂头拱手，不拒不避。

那从者本是太湖一雁的人，觉得孟英闹得太过了，生恐挤出事来，急急横身拦阻。孟英倒得了理，把刀子一扬，要扎杨开。杨开不敢还手，从者劝道："盟主息怒！"孟英把从者一推，抢到杨开面前，杨开一味恳求道："前辈，我给你跪下了！"做出屈膝的样子来。

从者骇然，连说使不得，华山孟英忽然大笑，收刀归座，目视杨开缓缓说道："杨兄，我也试探试探你！"从者方才恍然，华山孟英用这个法，来报复杨开，也捎带着考考杨开的忍耐性，杨开好似早就明白，吁了一口气，又向孟英作了一个揖，三个人这才一齐落座。

华山孟英问道："杨兄，你说这陶方城，占据鹰游岛，有意和你争夺码头，这人我有些耳闻。盟主太湖一雁打发我来，也有多一半是冲着这个人来的。我们若能设法，把他招降过来，那么沿海一带又得一助。不知这陶方城到底是怎样一个人物？"

一缕毛杨开道："不瞒前辈，这鹰游山起初原是一座海滨荒岛，有些盐枭在那里盘踞，为首的盐枭，姓邱叫作五百斤油。"杨开由五百斤油说到陶方城。据说这鹰游山，最早由五百斤油借这荒山，作为他们的外窑，五百斤油名叫邱大猷，在五年前，邱大猷忽然劫掠了一只商船，内中押船的有几个镖

客。五百斤油邱大猷，把货船劫了，又将这押船的镖客打伤，镖客败走时，留下字号，他们的总镖头名叫欧少云，说不出三年，必要拜山。五百斤油不听那一套，押着所得的油水，往自己窑内走。还没有走远，岸上缀下来两个绿林人，向五百斤油道字号，说这票货，是他们缀下来的，五百斤油不该独得，应该分给他们一半，五百斤油认为这二人无理取闹，三说两说，动起手来。他把这两个人打死一个，打伤一个。那受伤的人说出江湖话来，情甘认输，要领尸一走。五百斤油竟要斩草除根，非但不教领尸，还追赶这受伤的，打算一同把他活埋了。这受伤的人飞纵术很快，竟落荒逃走，五百斤油也未介意，哪知竟由此留下祸根。也就是刚刚过了半年，那失镖的镖客欧少云，竟率领十几个门徒，邀同二十多个武林同道，登门来找五百斤油邱大猷算账，仇人见面，立刻动手，双方在空山荒地上放起对来，一来一往，斗了一个早半天，还没分胜负。不意就在这时，五百斤油的副舵主气急败坏跑来，说是他们的老窑出了内奸，已被一伙子外路江湖攻进去了，而且放火烧山了。

五百斤油闻报一惊，回头一望，果然鹰游山冒起浓烟。他的手下喽啰，人人惶恐，他和欧少云比武，闻乱心惊，失招受伤，竟被欧少云打瞎一只眼。他还想败走，这欧少云也和他一样，斩草不留根，一直穷追下来。五百斤油前无逃路后无归路，竟在林边大吼一声，抽刀自刎。欧少云一见大仇得报，哈哈大笑，率众走了，剩下五百斤油的残部，既失首领，又失巢穴，正在彷徨乱窜，忽见本窑奔出三头目，陪出一个少年壮士，大声招呼，来招降他们。这个壮士就是陶方城。

陶方城竟夺了鹰游山，他先收买了五百斤油的三个头目，又私入鹰游山，偷画了地图，竟乘五百斤油与镖客决斗之际，袭取了全寨，那五百斤油性情暴烈，部下群贼只畏威，不感情，等到陶方城做了寨主，却极会笼络人心，只用半年的工夫，便把全寨人心收服过来，一心一意倾向着他了，他然后又招揽江湖上外路人才，竟在岛上大做起来，经过三数年的经

营，陶方城竟聚了二三百人，声势实比一缕毛杨开大过一倍。

这陶方城年轻得志，武功极高，待部下很厚，为人却非常骄慢。对待附近的江湖同道，每有恃强失礼之处，似乎他这人并不是绿林出身，既不懂江湖成规，也不讲就近结纳。独霸一方，颇有野心，虽然收揽人才，又不断和近邻启隙，绝不甘居人下。

一缕毛杨开把陶方城的为人，对华山孟英说了一遍。华山孟英听了，颇为耸动，觉得这是一个奇人，怪不得太湖一雁远道慕名，要请自己来招揽他了，孟英低头算计了一阵，他在山东确有不少朋友，不过隔年过久，人事变迁，此时还得细访，若访得旧友，再设法说降陶方城，未免旷日待久，缓不济急，孟英便又转问杨开："阁下和这陶方城见过面没有？有过交接没有？"杨开道："岂但见过面，更有过大交涉，我就栽在他手里了，我们现在正在想法子对付他，要找他报仇呢。"

杨开遂说起和陶方城结隙之事。在一年前，一缕毛杨开因事接济同盟秘帮，提走一笔巨款，手头颇感支绌。旋又接到太湖一雁的通知，因有急需，再要他筹划两万六七千金，杨开措手不及，凑不及这么多的现银，遂与同伙秘议，一方开赌局抽头，一方向朋友拆兑，如此赶办了二十多天，仍不足数，旋接得密信，雍正效法他父清圣祖的故智，把杭州首富某绅，以私藏禁书的罪名，给抄办了，简直是皇帝诈财，百姓哄传，这笔巨金要由山东起运，径解燕都。江湖上的人都听见这信，都红了眼，可是谁也不敢下手，绿林人物到底不敢和官府斗力，独有这些秘帮，倒不介意，安心要趁火打劫，这其中就有杨开。

杨开自问己力，也不敢妄动，却有徐州的秘帮首领贺兆林，闻讯奔来，和杨开核计，要协同下手，这贺兆林也正是奉到盟主筹款之命，仓促无以应命，才想到冒这一次大险。

贺兆林和杨开二人密谋，认为明劫必要惹动巨火烧身，最好的是暗中抵盗，用托梁换柱之策，最为稳当。当下计定邀助，请高手做假银子，做假金子，悄悄地缀下来。偏巧这贡金

的官府奉到秘命，为了躲避道路的讹言，不教他们明目张胆地起运，教他们扮作商旅，悄悄秘运入都。这一来，绿林人物倒得了手。杨开和贺兆林秘遣好手，只缀了十来天，趁着解帑的官人落店之时，暗用薰香，偷开鞘银，把这笔巨款抵盗了十二万，内中尽是金条，只有少数银锭。

下手之时，贺兆林和杨开全都亲到，抵盗之后，二人忙把这十二万金暂时埋藏在河岔内，两个人带着助手悄悄溜在一边。过了数日，居然没有听见官人闹失盗。那解帑官已按程走了，两人一齐大喜，又耗过数日，外面一点动静没有，这才乘夜备办驮轿前去起赃。这一起赃，竟和陶方城遇上了。

陶方城也要劫夺官帑，不知用何方法，竟被他看破杨开、贺兆林的密谋，杨贺二人抵盗时，陶方城稍微落后，不肯再替人顶缸，故此没肯下手。二人埋财时，他远远地看着，但杨、贺预有防备，外面有巡风的人，陶方城不肯冒失，只约略认准了地方，也抽身回去了。杨、贺二人刚刚离开身，他又翻回来，瞄着河岔子，穷搜秘勘之下，竟把二人埋藏之地发现。陶方城立即回去邀人，乘夜赶来掘赃。双方发动，也就是一前一后，杨贺二人刚赶到，陶方城刚率领伙党把赃物弄走。

杨开、贺兆林一步落后，对着河边空坑，面面相觑，噤不出声。他们便把留守看赃的人，严词诘问起来，两个守赃人全都起誓说，没有离开地方，更不敢言语泄露。杨贺二人追问得过紧，疑心两个守赃的盗卖给外人了，两个守赃人窘迫已极，有口难分，竟一齐拔刀，要剖心明志，被杨开等慌忙劝住。经细勘足迹，又偷着访问当地居民，果然查出线索。说就在前天，发现十几个人，在河边出没。

杨开等一番谋划，到此证实已被外人抄去，狼叼了来，狗拾了去，二人不由得大怒，经极力勘搜，只费了一天工夫，竟查出是陶方城所为。杨开、贺兆林忙带人备礼，登门讨要，坚请发还，作三股均分，退回三分之二，陶方城竟连百分之三也不肯退，饶不肯退，而且耍滑头，瞪着眼珠子装傻，不认账。

杨开、贺兆林有力气没处使，竟见不着陶方城的面。访闻鹰游山附近镇店上，有一家客店，专给陶方城做眼线。贺兆林和杨开忙又投住客店，入夜找店家攀谈，叙交情，递名刺，烦他转达。店家起初倒接了，第二天忽又变卦，名刺不收，礼物退回，杨、贺二人在店中候了两天，不得结果，气得骂闲话，店家也不搭茬儿，杨贺二人索性径赴山寨，陶方城更不见面，问起守寨的头目，说是寨主出去了，何日回转，向来没准，竟像搪债主，这么支吾。

杨开、贺兆林怒极，乘马回来，纠集同伴，持兵器扑到山下，对着山口叫破喉咙，山上的人一味装聋作哑。杨开等意欲攻山，山上投下礌石滚木来。贺兆林愤极，重扑到那座店房，把店房给砸了，可是这座小店，本没有值钱之物，店中人也早见机躲开了。杨开等重新打听，据说这座山并不是陶方城的本窑。他的本窑还得通过这道山口，再往里走。杨开、贺兆林负怒攻山，既不能得手。在山中徘徊旬日，万般无法，这才丢下一封恫吓书，暂先回转海州。双方由此生隙，在杨开这方面吃了大亏，一时总不肯甘心，那陶方城也因砸店之辱，扬出口风来，不久说要亲找杨开算账。

当下杨开把经过情形，原原本本，告诉了孟英。孟英低头沉思良久，对杨开说道："这陶方城倒是一个人物，不要紧，我既然来了，我一定想法子收服他。我临来时，盟主太湖一雁早就料到这陶方城不大易与，他给我一个锦囊秘计，我们可以照计行事。

于是孟英东投入鲁的半月后，孟英居然设法和陶方城见了面，示之以威动之以说词，费了一个月的工夫，居然把他收服。三羊开泰的秘帮，由此声势大振。

黄花劫

第一章

边城留孤愤

元世祖忽必烈统一中原以前，南北构兵，宋师屡败，汉族士民被蒙古铁骑屠杀淫掠，惨死者不可胜计；亡国景象，令人毛发悚然。江淮一带兵争最久，人民涂炭最甚。宋相贾似道谋国不忠，援鄂大败，私遣密使，向忽必烈求和，情愿纳贡称臣，划江为界。等到忽必烈还兵北上，争取蒙古天下大位，在多伦上部胄立为君，贾似道便讳和为胜，反把忽必烈的使臣一个一个地幽囚起来，以抗敌大捷闻宋廷。宋廷也就赏功臣，庆战胜，把屡败的苦恼一一全发泄出来。殊不料元世祖忽必烈汗位已定，又派大将伯颜来责贡问罪。贾似道的戏法变穿，兵端再起。他又嫉功多疑，激得前方战将刘整一怒归元，甘为异族向导，劝元兵大帅并力夺取襄阳。襄阳若得，长江上游失险，南宋的边防从此不固。蒙古大帅依计进攻襄阳，襄阳再度被围。

这时长江上下游全都告警，宋师竟无法增兵进援。襄阻守将是吕文焕，地方官是太守赵承佐。吕文焕是个骄豪的武夫，平日能征惯战，善待士卒，却性情傲上，对后方和枢府的政令，常常讥抗。幸赵太守承佐乃是大宋宗室，他深知吕文焕人

才可用，性情甚骄，事事容忍着他，努力博取他的欢心，也就是借此买得他的死力。不意襄阳被围二三年，围紧时，羽檄求救，救兵也不来；围解时，报捷求赏，赏文不到。反来了内使显官，前来巡视边防，摆出中央大员的架子来，把吕文焕当一员小将看待，任意呼叱。吕文焕自以为苦战立了奇功，后方的大员倒挑出他许多不是来，是什么军功虚报，什么军需冒领了。“吕将军，你做的什么事？吕将军。你要脑袋不要脑袋？”总而言之，中枢对付边疆，事急则看死不救，事缓又挑剔百端，这一来，就把吕文焕也给激变了。

当吕文焕叛变的前几天，襄阳太守赵承佐便已获得密报。赵太守身为大宋宗室，既是忠臣，又是干吏，他得此耗，大吃一惊，连忙布置起来。第一步，秘修一札，驰报后方。第二步，悄悄地打点细软，把胞弟赵承佑唤来，教他携两个幼小的侄儿，乘夜越城，逃回吴兴原籍，又告诉胞弟：敌强我弱，襄阳必失；襄阳一失，宋室必亡。教赵承佑逃回家乡之后，变卖田产，赶快再逃到边荒腹地，更姓改名，作避地逃秦之计。至于赵太守本人，那就城存与存，城亡与亡，决计以身殉国了。赵承佑挥泪听了胞兄的话，还以为事不至此。又要把嫂嫂送回故乡，又劝胞兄与他同逃。赵太守摇头阻止道：“这绝使不得！兵荒马乱，你嫂嫂决定逃不开；我又职任民社，断无弃城私逃之理。你我兄弟只有二人，正好一个做忠臣，授命殉职，一个做孝子，延嗣全宗。”兄弟二人说了又说，相对哭了一场。赵太守立刻催赵承佑乔装难民，携带个世仆，把二子也改了装；主仆叔侄四人连夜越城，逃奔故乡去了。

赵太守这里又回内衙，和夫人诀别。夫人是名门之女，守定知府印，决计夫若殉国，妻便殉节；端坐在内衙，静等见危授命。赵太守又呼唤全衙吏员隶役丁壮，一一勉以大义；他自己骑上了马，就去拜会那将要叛国献城的负气将军吕文焕。

这吕文焕将军扼守襄阳，力抗蒙古铁骑，已经苦战三年。好容易熬到忽必烈提兵北上，争取汗位，襄阳解围，在吕文焕

想，自己奋守孤城，建下奇功，怎么讲也当封侯挂帅。不知何故，没把枢府打点妥帖，宋廷反倒疑猜他恃功而骄，求封不遂，心生怨望，有了拥兵自固之意了。这才激得吕文焕顿足痛骂，真个的潜生叛宋异谋，但还没有抓着降元的机会。

不久元世祖大位已定，派伯颜为元帅，决策南征。伯颜的用兵计划，是分三路侵宋。第一路派骁将阿里海牙，攻打襄阳，席卷湘、鄂。第二路派阿珠，攻打真、扬诸州，切断宋师淮南各路的援兵。第三路便由伯颜亲自率领蒙古铁骑，从广德、江阴、平江，三道进窥宋京临安。这一番进攻，不比前番，三道并进，恍如泰山压顶，襄阳又陷重围，别处也同时告警。襄阳赵太守和吕将军飞檄告急，百计守御，好容易盼到援师发动，可是这援军大帅竟拥重兵，截江自守，屯驻钟祥，把襄阳划于度外。跟着又传来一个恶谣，说是吕文焕的儿子已被朝廷暗暗监管。吕文焕自此越发惊扰不安，已知朝廷对他猜疑太深了。偏偏这时攻襄阳的蒙古将军阿里海牙，又搜罗了好几个甘心献媚外族、建策覆灭宗邦的无耻秀才，给蒙古当主谋，做向导。其中有个马秀才生平以诸葛亮、王猛自许，他仰观天文，俯察时变，认为宋室必亡，大元必兴，一心要做蒙古开国元勋。他熟读“十七史”，考出蒙古就是匈奴。匈奴乃是夏后氏之苗裔也。《史记·匈奴列传》上写得明明白白：成汤代夏，夏桀率领徒属五百人。败奔南巢，行至不齐山，渡海逃至辽东。夏桀身死之后，他的儿子悖维继立，妻其庶母，横越大漠，建立了匈奴王朝。所以宋与元全是黄帝子孙，乃是一家人。古人有言：“四海之内，皆兄弟也。”马秀才以为中原久无真主，江南王气亦尽，非有大元的塞外雄风，兴王朝气，不足以一统华夷，永绝兵争。阿里海牙攻打襄阳，马秀才正在馆中，他立刻献计，要设法说降吕文焕，即可唾手而得襄阳；又可利用倒戈之师，直袭汉阳、夏口。此亦一奇策，阿里海牙立予批准，马秀才就利用俘虏和降人，暗暗策划起来。

经过了旬日的秘密接头，渐渐收功，投降的条件渐渐商

定。最后一次，马秀才竟潜入了襄阳城内，在宋将行馆里和吕文焕见了面。吕文焕的亲信副将也潜出城外，到蒙古大营见了阿里海牙。

在吕文焕议降的条件内，蒙古军师马秀才本要吕文焕将军，第一献城，第二献赵太守的人头。至于吕文焕部下实际统领的兵员人数花名册、武库军资清册和襄阳城男女户口的户籍册，也是要吕将军先期献出的。吕将军对蒙古军师马秀才的条件答应了，只有杀害赵太守、割取太守头、献上太守印的这一条，他还是犹豫不决。献印须先杀官，却因为太守人太好，待人既热诚，处事又精详，与吕文焕文武同僚，共处十分相得，吕将军虽然不得已而卖国，还有点不忍卖友。

马秀才的意思，颇不谓然，他说："将军既已降元，便是元朝的从龙功臣了，你不能纵虎归山，把赵太守放走。况且赵太守又是宋朝宗室，你既知他必不降元，放既不可，杀又不忍。你怎么对待呢？"吕文焕想着也对，浩叹一声道："我的意思打算把他请到，劝他一劝。他若肯降，我们便是一殿之臣；他若不降，可不可以饶他一命，把他拘禁起来？等到降旗一举，大事已定，宋室已亡，我们再释放他一条活命，借此报答几年来他与我同甘共苦之情，不知是否可行？"马秀才听了，微微一笑，说道："这也可以，我也要见他一面。"

随后他们又秘议了许多事：如何诱擒赵太守；如何不动声色，把元兵引入襄阳城；如何领导元军，化装宋卒，混作败残兵马，去乘夜偷袭宋师后援军的根据地钟祥县。由此再夺取宋营水师，循汉水顺流而南，一举而攻下汉阳、夏口、武昌三镇；则宋室半壁江山由此剪断。把川、陕、湘、鄂的联络切开，然后与中路、东路元军会师，拔湘、鄂，破江、淮，把宋师逼蹙于海隅，则一举便可把宋朝灭亡。那么吕文焕的倒戈大功，将不下于楚汉相争时的九江王黥布了。而且据马秀才说，蒙古人不耐久居中原江南酷热之地，他们还要旋师北归的。将来吕将军一定可以封为江南国王，奄有江、淮、湘、鄂。"到

了那时候”，马秀才说，“相君之背，贵不可言，那可就成事在天、谋事在人了。”马秀才的大话透露出野心，煽动起吕文焕的奢望。吕文焕连忙举手道：“马军师的硕谋高见，开我茅塞，区区小弟不足以当黥布之誉，马军师真有张良、陈平之谋了。今后大事全靠马军师调度维持，尤其是奉事新朝，小弟又不懂蒙古语，全仗鼎力斡旋了。”

两个人一文一武，谈得很入味，也很有救万民、安天下的宏愿似的。吕文焕又向马秀才打听蒙古权贵的脾性爱好，马秀才也向吕文焕打听宋朝腐败的实情。正在“推心置腹”地快谈，忽然外面的司阍报道，说是赵太守来拜！

吕文焕不觉愕然，忙问司阍：“赵太守带了多少人？”司阍答道：“只有太守单骑一人和一个随从壮士、一个马夫。”吕文焕脸上犹带错愕之色。那马秀才也吓了一跳，站了起来，问道：“赵太守可时常黑夜到这里来么？我应该躲起来么？”吕文焕摇手道：“军师请坐。素常赵太守偶有公事，只到我营去会见，从来不到此处来的。此处乃是我的私人行馆，只有小弟、小妾在此，一向不延见宾客的。赵太守怎么会突如其来，找到这里？莫非消息泄露了？”急命司阍先去敷衍，说吕将军就来延见；暗命帐下亲信开旁门出去察看：黑影中是否有赵太守带来的人潜伏在暗处？

吕文焕这里慌忙预备，赵太守却很坦然地下了马，立在吕将军行馆的前庭。马夫带着马，留在门外；侍从壮士挎刀紧随在太守身后。约过了两杯茶时，吕文焕将军方才轻装缓带，从内宅迎接出来。一见面，吕文焕举双手道：“不知太守公枉驾辱临，小弟失迓之至！这里蜗居简陋得很，请到那边坐吧！”立刻有两个童仆，打着灯笼，在前引路。文武二同僚，相携往行馆小客厅走。在吕文焕将军身后，侍从着六七个带刀持杖的军校；在赵太守身后，只有一个护卫。那个马夫，连人带马，仍然留在外面。

文武二同僚进了小客厅，客厅划分一暗两明；暗间挂着绣

帘。吕文焕就让赵太守，在暗间上首椅子落座，他自己在下首奉陪。吕文焕起初面色微变，此时镇定下去了，扬扬如平时，只是目光不时隔绣帘往暗间看。一时宾主相对无言。赵太守暗暗觉出气氛不对，客堂中有些个紧张浮动似的。那吕将军的侍从，竟似雁翼般，分立在吕将军椅子后面，个个都努着眼，盯住赵太守和赵太守那个佩刀的护卫。

赵太守明白了，宾主两人都不先开口。

末后，还是赵太守忍耐不得，慨然叹息一声，首先发了话；叫道："吕将军，我此刻黉夜奉访，有几句心腹话，要请吕将军开诚布公一讲，我希望将军暂且屏退左右，你我剖腹推心，谈一谈今后的……大势结局！"

吕文焕环顾左右，微微笑道："太守，这左右之人，全是我的心腹死士。太守公有何见谕，不妨明言，他们绝不敢泄露的。"又掀髯笑说："为将军之道，若不能推诚结众，得将士死力，那也就不足称为名将了，太守敬请释怀放谈。"

赵太守面容略动，也环顾左右，沉吟一回，把精神一正，壮容说道："这也好。将军，你我共事已非一朝一夕；你我同甘共苦，协御强敌，倏历三年之久，彼此可谓知己之友，患难之交。目下国事日非，战局愈危，我听谍报说，蒙古大兵已经分三路发动，将要一举覆灭我大宋社稷。现在已到了英雄定取舍、忠臣决生死的末日了。敢问吕将军，襄阳此城的前途如何？你我二人今后的进退出处，究竟当怎样？"赵太守由这大题目，远远绕来，末后渐渐逼紧，问吕文焕到底怎么办？吕文焕起初当然还在支吾，可是赵太守的话锋慢慢透出来，图穷匕见。讲到了外面的谣传，恳切地说道："我营中听说已经有人和城外强敌常通消息，似欲议和，将军是否亦有所闻？"吕文焕照样说些他们不能，他们不敢，不着边际的搪塞话。但赵太守毫不放松，拿话点了又点，末后吕文焕也就忍不住，揭开假面，站起来慨然说道："太守，你只听说谣传我军中有人通谋敌国，你可还听说我的小儿、家属，已被枢府当轴监管起来了

么？太守公，士为知己死，女为悦己容。我吕文焕堂堂一男子，为了大宋抵御强敌，煞非容易。可是我们的枢府，竟把我当汉奸看，处处猜疑我、防备我。他们不知从哪一点上，认定我没有救国之志，一味拿我当叛臣看待。即如二路援军，好容易盼来，他们竟不上前线，反倒扼守下游，屯兵钟祥，把我们襄阳城划出度外。这两天更布下了卡子，连谍报都不通了，好像襄阳已经失陷。太守公，你设身处地，为我着想，我又该如何是好？”

吕文焕直截了当地说破了，又直截了当地承认了！赵承佐太守愕然凝视，吕文焕的面色尚然镇静；他那环侍左右的带刀侍卫，俱都露出剑拔弩张的神气来了。一个个眼光盯定了赵太守和那个扈从壮士的身手，并注视着房门，好像怕赵太守逃跑，又像怕从外面窜进来刺客。

赵太守夷然不动，他也有点出乎意料。他虽知吕文焕举动不稳，还想不到现在公然把叛国的事，直认不讳。他就浩叹一声道：“将军，你的苦处我都明白，但是，自来做大事立大功的人，哪一个处境没有拂逆？哪一个不是任劳任怨，迁就着种种人事掣肘？现在事已危急，吕将军你我都是大宋子民，你我难道真肯编发左衽，去做胡虏的降奴不成？枢庭措施乖方，我也很知道；其间有几位执政，似对吾兄不无误会。这一节，我赵承佐愿以身家性命，向他们力保吾兄忠君爱国，矢死无他。至于令郎被监管的话，一定是出于敌人的离间！吾兄千万莫要轻信谰言，致中敌人反间之计。我盼望吾兄力遏悲愤之情，效命邦家。枢府不是对吾兄稍有猜疑么？你何不竭尽忠诚，出力苦战，以战功洗刷诬谤？现在强敌压境，正是我兄效忠之时；你若能鼓励士气，出兵夜袭，倘得斩获胡虏上将，以此闭执谗者之口，实是上策。就算枢庭群小，不谅边将孤忠，我们还有明天子在上，定能洞鉴吾兄一片忠忱。古人云：止谤莫若自修，我兄此时只要打得一场胜仗，种种猜疑立可消除。我兄若肯整兵背城再一战，小弟不才，愿竭绵薄，助你一臂。然后我

再驰书报捷，替兄弟剖白一切，好歹设法直达天听。仁兄，仁兄，你意如何？这是出处大节，你要再思再想啊！”

吕文焕听罢，桀桀大笑道：“打一个胜仗，打一个胜仗！好，太守公替小弟设身处地，出此妙策，我实在感激。无奈今日敌人势众兵强，我军困守孤城，士气已馁，兵资已缺。后援军若能早早开上前线，不必用他真打，只借重他掎角之力，我们虚张着大军增援已到的声势，也可以一鼓作气，缒城出兵，夜袭敌营，侥幸也许可邀一胜。可恨援军大帅，死不上前，竟屯兵钟祥，把战船都拘了去，不许我们用；又布上卡子，连谍报也不许通。一切布置全是把襄阳豁出度外，把我们弃于死地，他们苟求划江自保。他竟不知襄阳乃是长江上游的屏障，汉阳、夏口的门户，这样的撤防退守，就是示人以弱，就是逼使我们自溃，自取灭亡。我营中颇多百战之兵，他们也懂得一点战略，他们已经万分愤激。太守公，你要知今日的兵心已然颓败，是他们要投戈溃逃，却不是我吕文焕存心激变他们。太守公，你我久共患难，今日请你自便，我志已决，我心已灰。我的家眷被朝廷监管多日了，我已经早成了叛臣；我就再想给大宋尽忠，其奈当轴不信不容啊！我还有一句话忠告太守，你自己也要酌量酌量，识时务者为俊杰，你看看今日的天道和朝政，你再看看今日的士气和民风，你再看看今日秉国之钧的大臣，都是些什么人物？你想想看，大宋半壁江山，还能守得住么？我们现在只有二条路好走：不死则降，不降则走。太守公，你是我唯一的知己，所以我这才剖心露胆地对你说实话。太守公，你也要再思再想！”说着站起来了。

赵太守也变色站起来，厉声正色说道：“哦，如此说，吕将军你是降志已决了？”吕文焕脸色一红，应声说：“然而不然，我只是苟全性命罢了，我不能拗天违众而行。况且大宋朝廷原不许我做忠臣，我妄想要做忠臣，如何能够？我的苦衷，别人不了解，你太守公难道还不明白么？太守公，请你自便，我志已决……”

至此，赵太守确知吕文焕降局已定，再难挽回。赵承佐太守就勃然震怒，面容泛成死灰色，抗声说道："好好好，不用说了，吕将军，你只为了你一个儿子被监，你便愤激不能自制，你决志降元，你还说什么天道人心？你原来只为你这个黄口小儿，便要背叛宗邦遗臭万年！你自觉是被猜忌，受逼迫，方才降敌，你可知道青史上对你决不轻饶么？"

吕文焕怒道："太守公，你不许骂我！我大丈夫做事，甘为知己死，不受肮脏气。别人不知，你总该知道，三年间，我受了多少恶气？我解甲之志早决，所以恋恋至今，就是感念你是我的知己。怎么时至今日，你倒不原谅我了？我不是不能做忠臣，我这里在疆场上拼死命、冒矢石，为守孤城做忠臣，他们后方大员偏要排挤我、刁难我。我的儿子、我的家眷，其实你都知道，早被他们囚起来了，不知哪天开刀受剐！还有，我有时候派家奴带家信，也有时候写信给京中亲友，我那信上并没有犯歹的话呀，你猜怎么样？这也犯了法，近一月来，我的人去一个，扣一个，只逃回一个来。枢府认定我是汉奸，好像他一定要激怒我，才好证实前言，显出他的高见来。我如今实在忍无可忍，只可教他们趁愿。他们说我是汉奸，果然我是汉奸了；他们说我是叛将，果然我是叛将了。太守公，你不必劝我，我还要劝你。宋室大厦已倾，万难挽救。你莫如随了我，暂且一同降元。他们莫看是塞外夷狄，民智固陋，他们却是直心肠，以至诚待人。"

吕文焕还想说，赵太守怒极断喝道："吕文焕，你住口！敌人纵好，他是我的仇敌；宋国纵坏，他是我的宗国！我赵承佐乃是宋宗臣，我生为宋人，死为宋鬼；我岂肯献媚新朝，无耻偷生，做汉奸，留骂名？你既然一定要降元奴，好……"立刻摘下纱帽，往地下一掼，目闪英光，大声喝道："吕文焕，你快把我的首级摘了去，去做你投降新朝的第一功！"往前迈一步，延颈待诛，威棱烈烈，不可逼视，吕文焕被迫得倒退一步。吕文焕左右带刀侍卫，立刻挥刀上前，就要动手。那跟随

赵太守同来的扈从壮士，虽然只一人，竟横身一挡，目眦尽裂，提刀护住赵太守，眼光瞪住吕文焕。他厉声大骂：“你们这群反叛，你要取太守的头，你得先把我蔡元禄的首级砍掉！”烛光摇曳里，小小客厅里，顿时要大动刀枪，摆成一场乱战场。猛然间，吕文焕往后退一步，伸手拔出剑。往前赶一步，提剑厉声喝道：“住手！”同时客厅绣帘黑影一晃，露出一个人头，向吕文焕吆喝了两句话。

吕文焕止住了带刀侍卫，抱剑拱手，向赵太守叫道：“太守公，暂请息怒！这位蔡壮士，也请听我一言。”

壮士蔡元禄，一手提刀当前，一手拽住赵太守，夺路疾往外闯。吕文焕大声叫道：“太守公，你做你的苏武，我做我的李陵，士各有志，各有各的苦衷，无法相强。……但你我曾共患难三年，我已叛国，我绝不负友。你赶快请便，我这就要竖起降旗。你快带你的人去吧！”

赵太守声如裂帛叫道：“我上哪里走？襄阳就是我的死地！……”未容说完，壮士蔡元禄提住太守的一臂，硬往外拖。并且蔡元禄连声大喊：“挡我者死，快快闪开！”

那吕部的带刀侍卫，还要截斗，吕文焕不住挥手，连声喝阻。六七个侍卫刚往两边一让，蔡元禄拽定太守，舞刀闯出客厅。吕文焕双眉一挑，急向部下一招手，提剑送出来，大叫：“太守公，你我永别了！你不要忘了我……”赵太守被强拖着，踉跄走到院心，忽听见吕文焕的凄惨送别声，不禁回顾。突然间，吕文焕换为左手提剑，右手猛一抬，袖口咯噔的一响，骤如寒光一线，一支冷箭倏地射出来，正中太守咽喉。

宋室宗臣赵承佐太守于是中箭殉国，血溅庭心，唇吻翕张，微呼道：“大宋祖宗，微臣效命！……”

壮士蔡元禄努力挥刀护主夺门，突觉得把握中的赵太守身臂往下一坠，他骇然惊顾；倏又有一道寒光，奔他的咽喉。叛将吕文焕再下毒手，发出第二支冷箭；蔡元禄大吼一声，抡刀格开大骂：“奸贼，叛贼，忘恩无义的狼心贼！”百忙中急弯腰

一扶太守，发现箭中要害，气绝血流。他吼叫一声跃起，照吕文焕一刀劈来，吕文焕横剑架住。蔡元禄如疯似狂，跳踉大骂叛奴，不顾性命地挥刀猛砍乱砍。吕部带刀侍卫纷纷全上，把蔡元禄围住。这时候从客厅中，钻出一个奇异装束的人，还有几个伙伴，正是蒙古军师马秀才，站在高处大叫："全捉住，不要放走了，不要放走了消息！"于是吕氏行馆中，又出来许多人，都来围攻蔡元禄。吕文焕慌忙吩咐部下，快搜赵太守的侍从，大声说："还有赵太守的一个马夫，现在门外。"立刻分出一拨人，去追杀太守的圉人。但经蔡元禄"叛贼，降奴！"一阵狂喊毒骂，那马夫已然惊觉，他被留在门外，正急得乱转。骤然间，吕文焕的侍卫撤出一半人，开门来搜马夫；蔡元禄在院心被围，顿时立见松动。当下，侍卫开门追出来，蔡元禄也杀出来，冲马夫怪喊："吕文焕反了，太守死了，你还不快回去，给府衙送信，给夫人送信！"他只顾喊，精神一分，被侍卫砍伤倒地，他又挣扎着跳起，侍卫齐来捉拿。那马夫百忙中，正不知如何是好，被蔡元禄一提醒，他顿时霍地跳上马，马上加鞭，如飞地奔向来路去了。

赵太守中冷箭，身已殉难。

壮士蔡元禄负伤被围，大骂着横刀自戕。

马夫已奔向黑影中，回衙报信。

降将吕文焕就在此时，竖起降旗，割了太守首级，献给蒙古军师马秀才。军师马秀才褒扬有加，立命吕文焕献城门，占府衙。吕文焕带回部下亲信，潜离行馆，从间道归营，把营中不肯降元的部将，扣的扣、杀的杀，一律换上了同心叛宋的亲信牙校。于是整队出发，一方直袭府衙，一方开城，献绾纶，引进元军受降接防。

就在这天夜半，就在赵太守中箭殉职的当晚，蒙古铁骑大队，从襄阳城外，一拥而入，冲进了城小而固的这座金汤。降将吕文焕，督兵扼住了通衢要路口，一面献城，一面扫荡了登陴防敌的府标兵，一面衔枚急袭襄阳府衙。襄阳府衙内，太守

已死，衙前还有判官群吏，后堂还有赵夫人。太守只身单骑，去说吕文焕，只有判官和夫人深知底情；两个人正在自提心吊胆，等候吉凶。但是宋营中已有叛将，通款敌军，阴谋献城的消息，这两日已渐透露，全府城人心早已浮动。

这一夜，月暗星黑，光景惨淡，正似山雨欲来。城以外黑漫漫展开夜幕，到处散布着星星爝火，围城的蒙古铁骑，正自蠢蠢移动。城以内阴沉沉，路断行人，巷绝烛火；只偶有人影憧憧，在街隅出没，便是守卡的逻卒，巡夜的官军。俱都荷戈暗伺，沉寂如死。于是谯楼忽打三更二点，叛将吕文焕高揭降旗，以红灯为记，率大队急袭，来攻府衙。

府衙恰好先一步得到太守殉国的噩耗，判官急率群吏隶役，登垣据守，但大势已不可归，勉强支持，卒被攻破。叛将占领了府衙，判官及群吏相继战死。有的遭擒，隶役丁壮伤亡以外，扫数溃散。同时内堂起了火，赵太守的夫人抱印信，自焚殉节。城门大开，蒙古铁骑如潮水般涌入，五更黎明，襄阳陷落。

蒙古铁骑在襄阳城，恣情大掠子女玉帛，焚杀奸淫；汉族士民十室九空，横死者不可胜计。街巷上死人层层枕藉，血腥逼人。直过了五六天，各处商铺民宅，尚不断起火。元军大将阿里海牙，于次日午刻入城，旋即出榜安民。一面安民，一面派出许多人，满城搜捕不肯归附新朝、改装潜匿的宋军吏卒，并拘拿替地方筹饷抗元的绅董：这都是不识大命的顽民，在所必诛，降将吕文焕换官服，捧籍册，欢迎元师；于阿里海牙进城的当天，吕文焕便被召见。立刻命他收起降旗，检点部卒，改装败残兵，引导乔装宋军的蒙古兵，限三日内，袭取钟祥，再进攻夏口。并在吕文焕军中，派了一个蒙古副将，一个蒙古监军使，两个翻译官，和一小队蒙古卫队，其余暂仍照旧。吕文焕再不得像从前那样杳渺，也不容他再像从前那样骄横。倒是这新兴的王师，行军打仗，样样来得迅速，说干就干。却不懂什么叫爱民，只知打抢洗城，见了宋人，男的就屠杀，女的

就奸污，以此他们抓不住民心。假使南宋枢府稍稍得人，也许不会灭亡。但能去掉北宋重文轻武的恶习，把边疆将吏与朝堂公卿，一视同仁，不强分内外；更以公允严整的法纪，驾驭悍将骄兵；以尊王攘夷之大义，振起南北民心；并且慎选廉吏，征兵夫，敛财赋，处处办理得法，那么，宋虽半壁江山，何致重蹈北宋覆辙？不幸宋廷始终以中华大国自居，对辽对金对元，始终加以轻视，以为边夷小丑，实无能为。忽略了新兴强国，一旦交绥，战一阵败一阵；既败求和，和则割地纳币，既纳币则又深耻丧权辱国；既割地，更想收复失土。于是乎好大喜功之人，明耻尊王之士，一想到外交的屈辱，便一百二十个不服气，二百四十个不甘心。结果，不度德，不重力，轻开边隙，引起了灭亡大祸。更吃亏的是，外侮当前，仍不能消弭内争。别国常假外患以消弭内乱，借战争以转移革命旧潮，中国偏偏是由外患引起内乱，由内乱落到亡国。边疆上蚀政压境，战事吃紧，内则骄兵悍将踞地梗命，地方豪杰，打着忠义的旗号，拥众骑墙；为筹兵饷，苛捐杂税，扰及民生，越发勾起流寇土匪的纵横。北宋就这样灭亡了，南宋也照样！

襄阳既陷，宋二路援军据守钟祥，一战而败，再战而败，终于溃退到夏口、汉阳。当败退时，若能临时放一把火，把战舰自行焚毁，也能稍阻敌锋。却又吃亏在步兵与水军，号令不一，失却联络；蒙古铁骑乘胜进袭，迅如狂风，沿江猛搏，竟尽俘宋营的水师战舰。既以宋营战舰渡师，又用降将为前锋，整兵再攻夏口、汉阳。夏口、汉阳又陷入重围了。敌人攻势神速，宋营水陆溃卒，竟被遮断，首尾不能相顾。同时江淮也吃紧，蒙古铁骑部众中，混杂着不少北人、中原人，都随着元兵南下，沿途恣行淫掠，江南难民纷纷逃难。元兵又是分三路进兵，三路同时告急。宋当轴下命征兵勤王；勤王之兵数目寥寥，来不及赴援，也有的半路上遇敌溃散的。只有宰相文天祥，再接再厉，屡次起兵勤王，终于兵败被俘。敌势既张，溃卒作耗，土寇蜂起，各处驿站不通，宋枢庭渐渐弄得一筹莫展

了。紧跟着元兵攻近临安宋京，朝廷下令疏散文武。百官纷纷逃向闽海。朝廷万分无奈，再度迁都南渡。元兵追得很紧，宋朝迁来迁去，直落到茫茫神州，竟无一片立足之地。

谢太后、宋帝昺、宰相陆秀夫，最后一退再退，把朝廷悬寄在海疆舟师之上。海风大作，追师迫近，眼看逃不脱，宰相陆秀夫先把妻子投入波中，后负幼帝蹈海。谢太后仰天长叹："我老寡妇，辗转流亡，只为赵氏一块肉耳，而今已矣！"老太后呼天抢地，痛泪被面，也就投海殉国，宋室遂亡。还剩下大将张世杰，率一旅孤军，苦苦鏖战，与敌相持。最后一战，全军崩溃，张元帅率残军，也退入海疆，登上舟师。哪知天不佑宋，狂风大作，部将启请大帅，移舟泊岸避风。张世杰满腔悲愤，拒而不许，竟在船头陈列香案，敬谨行礼，仰叩上苍："若天意佑宋，当能波平浪静，使我军得以远航闽海；再接孤军，与敌死战。若天意竟欲绝宋，孤臣今日途穷力尽，宁愿死在波心，不复拢岸避风了。"一番祷告，未能仰邀神灵佑护。一阵飙风怒吹，张元帅覆舟而死，竟与部卒同伍波臣了。宋室至此彻底沦亡！

然而人心不死，死灰尚可复燃，萌蘖犹能吐蕊。二十年后，宋宗室赵承佐太守的孤儿已经长成。

那些投降元朝的汉将汉卒，替异族做向导，劳苦功高，此时就成了新朝的荣军宠将，打冲锋，占城邑，把当地绅民恣意杀害了一够，随后元军就派来了蒙古县令。那蒙古县令一上任，顿时把新朝的政令带了来。第一，凡属大元顺民，男子必须剃发。第二，凡属大元顺民，当如蒙俗，实行"收继"之制。第三，凡属大元顺民，每十家都要供养一个蒙古防军的人马食宿之费。这新朝的新猷，也有许多条，独有这三例，是和汉族风俗礼教最为乖谬的。大元帝国乘破竹之势，占有南宋疆土，其间并未费多少气力，也未遇见过分激烈的抗拒；唯有这三条新政一颁，汉民族哗然，竟激变了好多郡县。元人不晓得汉人重视头发，以为受之父母，不可损伤，并且古代更以髡发

为罪刑。蒙古人又不晓得收继之俗，在汉俗竟认为是乱伦。所谓“收继”，便是父死之后，父亲的侍妾可由儿子承受；胞兄胞弟既死，又得以寡嫂孀娣为妻。此种婚制，胡人通行已久；中国人却认为乱伦渎姓，这乃是禽兽之行。至于第三条，十家汉人供养一个胡骑，这又是元人的弊俗，他们始终是以俘虏看待降民，毫不晓得收拾人心。又严分阶级，划为四民，一蒙古人，二色目人，三汉人，四南人。汉人乃是先降金后降元的北方人，南人便是南渡后的宋遗民；以宋金疆域为断，江浙湖广江西三行省为南人，河南行省以江北淮北诸路为汉人，待遇上大有差别。以此竟激变了江南大半的郡县。各地纷纷杀死元官吏、元防卒，哄传起“八月十五杀鞑子”的口号。以后终被豪杰利用，而掀起白莲教的秘密结盟，那却是数十年后的事了。在南宋复亡的初期，南方人抗拒剃发令，反而招来大元帝国一度更残酷的大屠杀。

赵承佑秉亡兄遗嘱，虽未能逃奔边荒，却已预先隐居深山僻村，因此脱过了一番大劫。

第二章 乳虎露爪牙

那一日，赵太守的胞弟赵承佑，受兄密嘱，携带细软，乔装难民，由襄阳城逃出来，一径逃奔故乡吴兴。甫走出两站，便见沿路被兵难民，男妇老少，纷纷逃难。宋官军由后方调来的援师，和由前方败退下来的溃兵，更是先后交错。地方骚乱之象已成，路上时有散兵游勇，侵扰行旅，掠财伤人。所有车船多被征调，就连小航船、驴子、太平车，也都逃避不见。赵承佑携两个侄儿，一个世仆，只可步行逃难。好容易走出两三天，方雇着一辆车；走不到十里路，又被官军把车抓走。幸亏身边还有一纸护照，赵承佑才免被征去当夫。叔侄主仆四人吓得不敢走大道，只择僻静地方去走。末后风声越紧，各处拿奸细，盘诘行旅。他们白天简直不敢走了，只得夜行。如此逃了六七天，仅仅走出三百多里地。便听见道路纷纷传言：襄阳失守，蒙古铁骑已然渡过了江淮，一路直扑夏口，汉阳，一路径围临安东京。甚至有人说，京城已然陷落。赵承佑听了，大吃一惊。若是敌兵真个过了江，那么襄阳必已失守，胞兄必已殉职了。若是敌兵真个过了淮河，那么江南江北将做战场，自己

恐怕回不去故乡了。两个侄儿幼小，不敢告诉他们，悄悄和世仆密商，也商不出妥计来。正是兵荒马乱，谣诼纷歧，真假难辨，只可走一步，试一步，往前闯着看。

这时候江淮一带，其实已无一片干净土地，到处不是战场，就是防地；所遇不是散兵游贼、敌军谍骑，就是成帮的难民，有的往东奔，有的往南逃，也有的反着方向乱窜。江淮士民，恍若热锅上蚂蚁一般，正不知怎样逃，方免兵劫，才避兵役，赵承佑等昼伏夜行，临到危急时，竟与仆人把两个小侄儿背负起来，风餐露宿，脚底生茧，苦苦地挣扎，绕出许多路，耗过了五十多天，方才逃抵故乡吴兴。

宿松这地方，适在江南僻区，地距宋元兵争之处尚远，地方尚还平静。却是征粮、征饷、征兵、征夫，也闹得风声鹤唳，人心惊惶不宁。赵承佑一到故乡，未遑宁息，便忙着潜依胞兄所嘱，赶紧变卖财产。无奈此时人心早已慌乱，谁也不肯置地买田。赵太守坚命乃弟，尽去田产，逃往边荒之计，此际看来，有些行不通。赵承佑只好另打主意，把田产做好歹，以低价典租给本家亲族，也多少得了一些浮财。又将家中金银首饰之类，都窖藏起来。在家乡匆匆布置了两个多月，方才听见襄阳失陷，胞兄殉职的确耗，同时临安京城被围的消息也传实了。赵承佑痛哭了一阵，遥望西北，设奠招魂。旋听说蒙古军已占领金陵，距吴兴尚有千里之远，赵承佑却急急地携带两侄和自己的一妻一子，与两个仆人，多带财物，离开了吴兴，一径迁到皖北潜山山根之下，在这里有他新置的山田。

这潜山山麓，三面环山，地势险僻，山洼只寥寥三五座山村，村民非常稀少，赵承佑就在这山村中隐居避难。果然当他隐居之后，过了半年，江南大半沦陷。未几，吴兴便也杀进来大元帝国的游军，占据了府城，掳掠了一阵。其实这队游军，并不是蒙古兵，实在也是汉人，不过降元较早罢了。

元世祖至元十六年，宋亡；至元十九年，宋丞相文天祥就义于北京柴市口，江南大定。赵承佑耗到这时，认为宋室再无

复兴之望了，决志伏处草野，做个遗民。于是悄悄拿出金帛来，购田置地。时值兵灾之后，继以凶年，江南死亡枕藉，良田坐荒，无人耕种，田价大贱，赵承佑很容易地把田产赎回来，而且乘便增置了许多良田。自己夙兴夜寐，辛苦经营，数年后家业渐次恢复旧观，而且更富于前。

赵承佑不肯出仕元朝，只在山村，闭门课侄训子，做成一个耕读之家。他的两个侄儿，长名赵孟頫，年已十二；次名赵仲颖，年已九岁；他自己的儿子叫作赵季显，年才六岁。便请了位游学儒生，在家设帐，教他们读书。赵孟頫天分极高，读书过目不忘，写字尤妙，只稍涉柔媚。赵季显已很听话，学着写红摹，识方字，居然一天能认二十字。唯独二侄子赵仲颖，非常顽皮，不喜读书，专好跑到田野间，聚一伙村童，耍棒打架，以英雄好汉自居。叔父逼他学书，他说那耍笔杆子的事，乃是没出息的人干的；似乎他只愿做飞而食肉的班定远，不肯做兰台修史的班孟坚。而且他性情非常倔强，叔父屡屡管教他，甚至打他，他瞪着眼不服气，依然偷空摸空逃学。叔父以此非常叹息，觉得二侄子不肖，恐不足以继父志；也就是自己对不起亡兄，因此越发要管教他。到后来赵仲颖淘气越来越不像话，九岁的小孩居然要和馆师对打，馆师责罚他，他胆敢还手；若不是他的胞兄赵孟頫拦阻，真把先生抓伤了。赵承佑怒极，先安慰了馆师，遂把赵仲颖找来，狠狠打了一顿，厉声斥问他："不好好读书，是不是要自甘下流，去做牧猪奴？"

赵仲颖居然说出自己的志向来，他愿意练武。叔父说："你小小一个孩子，懂得什么叫武？你可知道这个武，练出来，究有什么用？"赵仲颖回答得很好："叔父一定叫我念书习文，这个文，练出来，又有什么用？"他居然侃侃而谈，拿话顶撞叔父；他一定要练武的意思，乃是学会了武，有了力气，可以不受人欺负，可以去打那不讲理、专好欺压人的野种。若是一味念书，不过学出能耐来，给鞑子做走狗，当书吏罢了，往往受蒙古长官的挫辱，那岂能是大丈夫所能忍受的？

这一番话，使得赵承佑大大吃了一惊，因为这决不像九岁小孩的口气。再三盘诘他，这番话是谁教的？听谁说的？赵仲颖始终说是自己说的，没有人教。赵承佑起初惊讶，末后只拿来当作儿童的妄言。仍是逼他上家塾去念书。他就仍然逃学，一眼看不到，溜出家门，跑到田野间，和一伙村童打闹、掼跤，恣情憨跳。有时候也往山麓跑，玩要到天黑方回。只一诘责他，他就说：念书没用，练武有好处，渐渐地这话把赵承佑打动了。

赵承佑想：亡兄遗嘱，本不教后嗣出仕元廷，那么习文诚为无用。现在这个孩子一心要习武，这也许是他天生成的将才，也未可知；那么，也许将来不可限量。……到深处，这才怦然动念，要给赵仲颖物色一个武师。

这时大元帝国横跨欧亚，兵威震赫，却已由极盛极强，而潜伏下颓败之兆。最糟的便是吏治贪污，士风顽钝无耻。凡是省会郡县，都有蒙古防军、蒙古官吏；一面用着一群降奴，只晓得假借新朝权势，作威作福，欺罔贪墨之风大炽。草野间，更有土豪纵横，欺压良懦；盗贼杀人越货，无人过问。蒙古大夫由朔漠荒野之间，入主中原，把雄武之风渐泯；只一味纵情淫乐，夺取江南美人，做他的姬妾；侵占良民土地，做他的牧田，一味搜刮，不管人心向背。降奴无耻偷活，更是得乐且乐，一味鬼混。以此弄得各地民不聊生，江淮一带接连发生了饥民叛变的事件。蒙古大夫仍本一贯作风，派铁骑搜捕清乡；凡是叛变之区，不问良贱，一律屠戮，弄得江南士民人心震怒。

在当时，酷虐为政，颇收下“治乱邦、用重典”的效验，可是日积月累，到底因此掀起了亡宋复仇的怒焰。元朝屠杀得越狠，乱民叛变得越多，终于激出更大的反抗力量来。

当下赵承佑决意成全孤侄的志愿，要给仲颖聘请一位好的武师。无如南宋重文轻武，又成风气，要找略识书字的穷书生，城里乡间，到处可以寻见，若想聘请技击之士、骑射之夫，却一时物色不到。赵承佑以护宅为名，多方延聘、其间只

访到一个练把武、卖野药的拳师，只会花拳绣腿罢了。旋又聘到一个武秀才，仅只晓得骑射舞剑，却又高自位置，束脩之奉、宾席之礼，争得厉害。由这两个人，把赵仲颖耽误了两三年，不但武未习成，反害得学生日久生厌，又逃起学来，惹得赵承佑又恼怒，又伤心，认为这个侄儿学书既不成，学剑又不成，太顽劣了，将来如何是好？

适有天幸，竟逢名师，到赵仲颖十一岁那年，忽由故旧处，转荐来一位匿名避祸的武师。

这位武师真姓名是叫刘熹，诨号血蝎子，乃是中原有名的豪客，曾在文文山宰相部下做过裨将。文文山初次被俘逃走，便是刘熹负救出来的。等到文文山最后兵败，就义燕市，刘熹逃亡江湖，直沦落到给人雇工糊口。不久被居停主人蒲衣居士识破，幸而这主人蒲衣居士费伯奇也是亡宋遗臣，与赵太守曾为同僚，又是同年。经与刘熹密谈之后，揭开庐山真面。本想把刘熹馆为上客，又恐奴仆疑妒，激生事端。恰巧赵承佑曾要寻聘武师护宅，便写了一封荐书，暗叙情由，把血蝎子刘熹资送到吴兴城北山村。

赵承佑在山村中，总算是富户。刘熹突然远道登门投访，看门人传进话去，倒把赵承佑吓了一跳。因为他避地隐居，本要与世隔绝，最怕的就是生人来找。且不延见，向看门人细问来客年貌，口音，有何来意。血蝎子刘熹为人持重，不肯吐实，只坚求宅主抵面一见；蒲衣居士写的那封荐书，他又不肯拿出来，打算面递。看门人再三诘问，问不出什么来，只得重新进去禀报。赵承佑越发多心，想了一想，便踱到书房，要请门馆师爷代为接见。不意那位武秀才恰巧听见，就自告奋勇道：“这大概是打秋风的，晚生可以替东家打发他走。”赵承佑还在游移，武秀才已经出去了，径到门口一站，先将刘熹上下打量一过。见刘熹中等身材，四十多岁年纪，赤面细目微髯，衣服敝旧，饱带风尘忧患之色，便断定是求帮的汉子。也不往院里让，摆出骄蹇的样子，向刘熹盘问道：“阁下贵姓，你是

什么来意？宅主没工夫，也没在家；你有什么话，尽管先告诉我，我可以做一半主。朋友，你说吧。”

血蝎子刘熹微微一愣，蒲衣居士原说：与刘承佑弟兄，为通家之好，投托了去，必蒙优待。现在远道投奔前来，怎么倒摆出这样的面孔？也许是下人之过？自然他也不悦，只得忍气恭答，略陈来意：“听说府上延请武师，不才姓刘，精通拳技；今承府上至友蒲衣居士推荐，特此远道来投。不才要求见的是本宅宅主赵二老爷，不知阁下尊姓高名？”

武秀才一听，两眼一瞪，也不由得发愣，心说：“怪道，怪道……”眉峰一皱，猛然有了主意：“我先探一探他，到底是本宅又请来的呢，还是本宅亲友强荐来的呢？”立刻满面堆欢道：“哦，哦，阁下原来是位武师，失敬失敬，久仰久仰！”说出这两句，忽又一想：“不对，这个决计不是本宅主请来顶替我的，若真是来夺我的饭碗的，宅主不会不见，也不会叫我代见。哼哼，这一位还是求帮的，投靠的。”赶紧又把面孔一板，傲然地说道：“你来得不巧，本宅宅主不在家，而且也没听说要请武师。从前倒是要请，你可惜来晚了，人家早请好了。哈哈哈，早就请定了，你还是请回吧。”拱了拱手，又挥了挥手，教刘熹走。

刘熹不觉地也皱起双眉，武秀才的话还不算太难听，他的神色太教人难堪了，直像打发乞丐似的，挺着胸说话，又直眉瞪眼地催刘熹走。刘熹强忍着气，拱手道：“我也不知道阁下是赵府上什么人，但是我但请你老兄多多费心，上复一声，不才这次远道而来，实持有蒲衣居士给赵二老爷的一封书信。临行时，蒲衣居士再三面嘱，要把信交到本人，能有回信更好。”武秀才道：“哦，有信？”刘熹笑道：“那当然了。”武秀才道：“你老兄大远地好几百里地投来，当然不能空手来。我知道一定有荐书。无奈人家早把武师聘定了，有信也不是白饶……是的，你那信呢？”刘熹道：“信在这里。”从怀中取出来。

武秀才道：“好吧，把信交给我吧。”刘熹双手递过去，

说："这信是要交赵二老爷本人的。"武秀才不理会这话，径接过来，然后说道："你老兄请吧，我一定给你面交赵二老爷，可得等他回来，才有复信。"刘熹见状，不由得把脸色一沉道："既然赵二老爷此时不在家，请把原信仍交不才，不才是要面递的。"武秀才怒道："你怎的小看人？我还把信昧起来不成？"

血蝎子刘熹一定要索回原信，武秀才偏偏不给，两人喧哗起来。武秀才打量刘熹，一脸的落拓神气，他便十分看不起。刘熹强索不已上前迈了一步，武秀才立刻举手就打；刘熹退后一步，也要还手。不想赵承佑在内宅等得忐忑，已悄悄溜出来，全看见了。

赵承佑急急地赶过来，把两人拦住，问二位因何事争执。刘熹打量了一下，料知是宅主，便自道来意，通了真实姓名。武秀才便将那封信，原件递给赵承佑，诉说来人强索无礼。赵承佑劝开了两人，接过信来。信皮上写着"秘启"字样，未具下款，只有"蒲缄"二字。但是赵承佑端详刘熹的举止言谈，已然看出二三分，又在门后，听见刘熹与武秀才刚才争辩的话，知道客从远方来，必须延入。遂拱了拱手，把刘熹请到外客厅，分宾主坐下。先用好话语，安慰了几句，旋即拆开信一看，不禁诧然。抬眼看着刘熹，问道："足下是新从蒲衣居士那边来的，失迎之至！"心中默想：国变后谣传蒲衣居士费伯奇已死，原来还健在。又往下看信，才知他已弃官归农。信中措辞非常谨慎，只说刘熹乃是一个落魄的同乡，为人颇有壮志，又工技击，不幸遭际颠沛，沦落江湖。言外的意思，显然说刘熹是个屠沽英雄，但是"生不逢时，大招俗妒，若无赵平原，为作贤居停，将恐终罹尘网，不得瓦全"。托付的话头，就是坚乞赵承佑，收留来客，畀以容膝之地；不但困厄之中，救了一个风尘之士，而且缓急之时，得到一个御侮之臣。末后还有几句话，便是："务推屋爱，感同身受，琐屑情事，请由刘君面详。"

赵承佑匆匆看完了信，已经明白大半；不过来信还是推贤

之意多，荐师之意少。赵承佑对这远来之客，素不相识，纵由至交推荐，多少总有顾忌。但既远来，势难拒绝；一面与客攀谈，一面冷眼打量刘熹。见他衣冠敝旧，气度不俗，似颇有豪迈之气；因先打听蒲衣居士劫后的近况，随后盘问刘熹的身世。刘熹自说是江北人，昔年做过小吏，当过教头；不幸国变后，丧失本业，沦为流民，妻子产业尽没，只剩孑然一身；幸承蒲衣居士重矜末路，慨修荐书，冒昧投来。因说道："晚生是个拙直汉子，身无一技之长，只求糊口之地，不拘为佣为仆，恳请宅主推情留用，晚生当竭愚忠，尽心报效！"说罢站起，打了一躬。

赵承佑听他口气，是不惜为佣为仆；却是言谈态度，分明是以门客自恃。并且从他一进屋，便在客位坐下了。因为是初会，刘熹没有露出真面目，赵承佑也未得深问。寻思一回，面堆笑容道："好极了，蒲衣居士与先兄，乃是患难之交；足下既承蒲衣居士推荐来，一定是靠得住的朋友。如果不嫌弃，舍下粗茶淡饭，尚可屈待高贤。不知刘仁兄带来随身行李没有？就请同他们取来吧。"说着便唤长工，刘熹惨然道："晚生空身而来，被褥全无。"赵承佑矍然道："是是，本来道路太远，劫道又多，带行囊是不方便的。好在舍下被褥卧具，很有富余。"遂命长工收拾外舍，给刘熹腾出一间小屋，更从内宅取了一份铺盖。当晚又特设小酌，给新来之客接风。赵承佑多存了一分心眼，把酒席摆在内宅；开宴之后，连敬数杯酒。刘熹倒不客气，酒到杯干。赵承佑等到宾主酒酣耳热，方才谈起国破家亡、流离逃难之苦，借此拿话引话，要探知刘熹的真实底细。刘熹异常谨慎，只把自己在蒲衣居士家，寄居为佣的话出。因说到蒲衣居士国变退职后，被敌吏降奴，百端唠唣逼勒，由此他们讲到新朝的虐政。说至痛切处，彼此扼腕一叹，可是刘熹绝不谈到他自己。

当日宴罢，赵承佑把刘熹安置在外舍，次日便引见他和那武秀才及塾师见面。一连住了几天，赵承佑并没有派刘熹做什

么事，刘熹也没有骤然请求职事。就这样不上不下地浮住着。只像个住闲的门客，以此渐为赵家奴仆所厌恶，那个武秀才更从骨子里不喜欢他。

转眼过了两三个月，赵孟频弟兄三人，还是白昼从师课读，下晚跟武秀才练拳。乡里多广场，每到晚饭后，武秀才领着赵孟频、赵仲颖两个少东，在空场习拳、练剑、学弓箭、学骑马。赵季显年纪太小，不练，只在旁边玩耍，幼仆村童也跟着来凑热闹。刘熹终日饱食无事，有时出庄院闲游，有时也看着武秀才师徒练拳。武秀才傲然自大，没把刘熹看在眼里，因见刘熹常来偷看，他心中越发不喜，就向刘熹盘问："你老兄也是方家了，请下场练练。"刘熹听了，慌忙辞谢。因有乍见面时那场误会，武秀才对他树下恶感。刘熹已入赵宅，体察人情，反倒尽敛锋芒，又不知武秀才和宅主是何友情，故此对这武秀才极力避让。武秀才仍未释然，总疑心刘熹是本宅亲友强荐来的武师，迟早要夺去自己的饭碗。他暗中考察刘熹的举动，估量刘熹的能力，想找机会和他较量一下；索性把刘熹打跑了，自己便可以保住令名，又可以固住师位。他这样打算，很快地被刘熹看出，到后来每逢武秀才传徒试拳，刘熹便赶紧躲避，决不再看。刘熹志在迁地避祸，无意夺位争名；武秀才只不放松，一味寻隙。

这一日，武秀才在空场摆设鹄的，携徒习射，有几个闲人聚观。刘熹独出庄院闲步，临回来时，须经过空场。武秀才在人前显耀，立刻唤住刘熹，向众人说："这位是赵庄主的贵客，新从中原大地方来，得懂得武技的，我们可以向他请教。"遂将弓箭递过去，请刘熹射靶子。刘熹连说不会，武秀才笑道："哪里是不会，不肯赐教罢了。"自将弓箭拽开，连发三箭，在百步内一一射中箭靶上的红心，周围的人一体哗然赞好。射完了，请教刘熹，意态上颇含冷峭。刘熹一股怒火上攻，想一想，立刻压下去，退后一步，还是再三谦谢。

武秀才哈哈大笑，说道："凭刘师爷这样好身手，怎么不

懂骑射？我还记得刘师爷刚来到时，盛气虎虎，派头很冲的。怎的到赵府上住了这些天，吃饱喝足，倒驯顺得像羊了？这没干系，何妨射一回玩？”跟着很说了些尖刻的话，明颂扬，暗奚落，催逼刘熹下场；刘熹皱眉微笑不语，众人都看着他。忽然凑巧，天空飞来一只野鸟，落在空场树枝上，连叫数声，鸣声尖锐。一个人说：“这像是子规鸟。”一人道：“不像不像，这鸟大得多。”连连挥手，发出驱逐声来，因隔离得远，这鸟夷然不动。一个人俯身拾取一块小石头，打了过去，半途坠落下来。这鸟受惊，叫了一声，展翅掠空飞起来，又落到另一棵树上，好像很不怕人。

刘熹心中一动，俯身拾起两块碎石头，一大一小，先喝了一声，把小石投出去。这鸟又一挫身，凌空飞起。刘熹把手中大石，抖手掠空掷去，疾如流星，眼看打中那只鸟，那只鸟往上一冲，翅膀一翻，滴溜溜随石块落下来。相隔一二百步以外，又在半空，众人哗然叫起好来。

少东赵仲颖大喜，火速跑过去拾取，只见那鸟的头已被击碎，众人一齐称赞刘熹的手法。刘熹笑道：“这只是碰巧罢了。”转身要走，赵仲颖欢喜得直跳，竟将刘熹拦住，一定要叫他再打一回试试，众人也一齐从旁怂恿。刘熹推托不开，张目一望，空场那边又有一群麻雀，集在树上乱噪，刘熹仍用小石虚掷，惊起全群；次用大石，掠空连抛，居然应手连打下两只飞着的小麻雀。众人越发夸赞，武秀才也看直了眼，心中大为不悦。

当天晚上，赵仲颖磨住了刘熹，盘问他投石击鸟的手法。血蝎子刘熹尽管笑，不肯答，把这少东当小孩看。赵仲颖叮问得太紧了，他就笑着说：“二少，你打听这个做什么？抛石块，打弹子，乃是乡下野孩子的玩意儿，二少还是好好地念书，好好地练骑马射箭，将来可以做大官。你看人家蒙古贵人，个个都会骑马射箭，所以人家才会混一中原，成为上国。”

赵仲颖听了，很不服气道：“他们是一群强盗，我不愿练

那个，给强盗当奴才去。”

血蝎子刘熹听了这句话，暗暗吃了一惊，两只眼上上下下，打量这个十来岁的少东，心中阴怀骇异。刘熹是个潜有所为的人，认定这话不像孩子话，忙用玩闹的口吻答对，打算蒙混过去。哪知赵仲颖竟缠住了，再三麻烦刘熹，求学投石之技；麻烦无效，便径去找叔父。把刘熹信手掷石，掠空落鸟的本领，一五一十说了，声言自己愿意跟刘熹学这一招，请叔父给说说。叔父赵承佑反倒发怒，把赵仲颖骂了一顿，不准他学。对于刘熹的绝技，赵承佑并没有往深处想一想；只顾懊恼着赵仲颖的顽皮，认为他见异思迁，将来没有出息定了。赵仲颖又悄悄央告哥哥，恳请替他疏通。哥哥赵孟频劝他专心读书，打鸟有何用处？难道将来去当猎户。

赵仲颖没法，转回头再去麻烦刘熹；刘熹一味嬉笑，婉辞拒绝。赵仲颖真的没法子了，便逐日抓空，找刘熹攀谈，盘问这个，打听那个。日子久了，一个四十多岁的男子，一个十一二岁的孩子，居然谈得很亲切，很入味；宅主赵承佑仍不理会。

过了些日子，忽然有一天，发生一件事故，刘熹的奇才异能，终被宅主赵承佑觉察。赵府卜居山村，山村夙多野兽，常有狐鹿出没林麓，因此附近也有猎户，佃户们也有习猎的，每到秋冬，往往结伴上山打野生。这年冬天，连日大雪，深山积雪，野兽无食，大大地闹起饿狼来。林边小村居然发现土狼，夜袭村中猪牢羊圈，跟着又有人传说，山道打柴的人，曾遇见一只土豹子，而且有一个樵夫，被这东西伤害了。不久，这闹狼的谣言也传到赵府上。赵仲颖听了大喜，就找到门客刘熹，怂恿他去投石打豹打狼。刘熹只是干笑，自说胆小，不敢去打，任凭赵仲颖怎么拿话激，他到底不肯去打猎，只在赵府闲住着。

但在这年腊月中，赵承佑吩咐家中人备办年货，派人买猪购羊，并到自己山庄上，装运山果、干柴、木炭等物。由赵承佑派了一个仆人、一个长工，相伴去下乡。正赶上前村闹狼，

邻郡又闹匪，仆人们通行山野有点胆怯，就面禀主人，请把那家藏的两杆火枪带着，以防意外。这时候，既是蒙古当政，严禁民间私藏火器兵戈。仆人一说，被宅主赵承佑申斥了一顿。仆人无奈，猛然想起新来的客人，会投石击鸟，武秀才也曾说这位刘客人会武技、有本领，不过他藏招不露。这佣仆便向主人说，请烦门客刘师爷跟了去，万一遇上野狼，也好有救。就是进城赶集，办年货，买猪羊，现在各处正闹土匪，多跟一个有能耐的人，也多一层保障。赵承佑听了这话，方在思忖，赵仲颖恰巧听见，欢喜得雀跃不已，连说："叔父，这位刘客人，真是有本领的人，他膂力很强，请他押运年货，再稳当不过。而且他也说过，来了这些日子，叔父总不支使他，一味拿他当客人供养着，他心里很不安呢。"

赵承佑道："小孩子少说话！"到底依了这个主意，吩咐书童，请刘师爷进内，当面拜托了。索性把银两货单，都交给刘熹，称是由刘熹代办年货，两个佣工只是随从下人了。刘熹也不推辞，拿了银两下来，预备套两辆车，明日五更，先下乡奔山庄，次日再进城办货。赵仲颖忙又跑前跑后，央求婶母，在叔父面前讲情，他要跟了刘客人一块儿去。看意思，好像小孩子过年心盛，所以忙着赶市集，办年货；又像小学生愿意放年假，可以出去玩耍。婶母笑着答应了，对赵承佑一说，赵承佑哼一声。婶母再三讲情，赵承佑终于答应了，教赵孟频、赵仲颖一块儿跟了刘师爷去。

兄弟两个自然高兴，临走的时候，小弟弟赵季显也闹着要去。他年岁太小，这么一闹，宅主又都不教去了。赵孟频垂头丧气，哄着小弟弟，进了内宅；赵仲颖这孩子，暗中掉猴，趁人一眼不见，溜出大门，跑到巷口外，竟悄悄地等候。直到刘熹率二仆，坐上大车，开出庄外，赵仲颖便一溜烟赶上来，定要跟去赶集。佣仆不敢违背主命，一齐阻拦；赵仲颖坚坐在车上，不肯下来。仆人一看劝阻无效，就要回车禀告主人。

刘熹见赵仲颖瞪着眼发急，要拿鞭子打那仆人，他就忍不

住说道："既是二少一定要跟去玩玩，去去也没什么。"仆人忙说："近日邻村闹狼，急景凋年，又连连闹贼，倘或遇上凶险，吓着少东，我们担当不起。"刘熹笑道："不要紧，你们担不起，由我担。二少，你听见了么？你一定要跟我们去，你可听话，不要淘气。"答道："我不淘气。"又嘱道："你不许满处乱跑，也不要乱买东西。"答道："我本来就不乱买东西，我也不乱跑。我不过闷得慌，要出来逛逛。"刘熹笑道："既然这样，这份责任，我担了吧。二少，你可不要叫我丢脸；你若不听话，教二老爷说我几句，我可受不住。"赵仲颖笑嘻嘻坐在车上道："你放心，我就跟着逛一逛，我绝不叫你为难。"于是两辆车首先开向山庄，佣仆车夫都带着弓矢枪棒，以防意外。

天刚破晓，晨光不暖，林边山风很强，迎面吹来，锋利如刀。赵仲颖戴着皮帽，傍着刘熹坐着，喜滋滋地东张西望，静盼遇上老虎，他好欣赏血蝎子刘熹投石打狼的本领。他自己也带了一把匕首和一筒袖箭，希望得着机会，试试看。却是奇怪，直走出十来里路，一只狼也未遇着，连狐兔也少见。赵仲颖心中焦急，暗问车夫："你们说有狼，怎么没有呢？"佣仆和车夫一齐说道："二少，你是怎么的，遇上狼岂是闹着玩儿的？大年底价，别说破话，教二老爷听见了，又数落你了。"血蝎子刘熹冲赵仲颖一笑道："二少要打狼么？"赵仲颖红脸一笑，也不言语。

于是驱车前进，一路平安无事。傍午直达山庄，佃户高老旺慌忙迎接出来，把少东、师爷让进村舍，一面备饭款待，一面将应缴的山货年货，打点装车，内中还有雉兔野味。饭后又泡茶，取出山果来，孝敬少庄主。这高老旺租着赵府山产很多，对小庄主不知怎么待才好。因见仲颖似乎枯坐无聊，忙把自己的小儿子高星儿唤出来，命他陪伴少庄主。

高星儿是个十三四岁的孩子，两只大眼睛很精神。赵仲颖正在想心思，要独自出去逛；听说高星儿会猎兔打鸟，便高兴起来，忙和他攀谈，向他盘问，怎么猎鸟，怎么猎兔？高星儿

便告诉仲颖：雪后捕鸟之法，用马尾织成套网，扫去地上雪，露出干地，撒上谷粒，把网埋好，飞鸟入冬遇雪，缺食苦饥，一见谷粒，便三五成群飞下来啄食。鸟爪子一入了套，套有松紧扣，便可以络住了鸟爪，人可以过去掩捕它。高星儿说："这种网套只能捉小鸟，要是大鸟，不张大网，就得用弹弓打了。"赵仲颖道："你也会弹鸟么？"高星儿答说："是的。"赵仲颖十分羡慕他，因而向他索观弹弓。高星儿拿出来一看，却是一只自制的弹弓。

赵仲颖要过来，把玩不已，因又问："要猎野兔，得上哪里去呢？"高星儿道："在我们这山上，山腰里有很多的野兔。"赵仲颖问道："这些野兔，你怎么猎法？"高星儿道："最好的猎法，是找兔群喝水的水道，你藏在一边打它。兔子一来，就是一大群；还有野羊，它们都是成群成群的。"赵仲颖道："也有狼么？"高星儿道："有狼，不过教猎户打的，都跑到深山里去了。我们这里，白天轻易不见狼。到了夜间，狼有时溜出来打食。其实打兔子，最好是在月下河边。就因为邻村闹狼，我爹爹不许我夜晚出来。"

高星儿说出山居许多事情，全是赵仲颖没有听过的。高星儿也是个顽皮的小孩，觑大人不留神，悄悄低声对赵仲颖道："月亮地打兔子，太有意思了。它们成群地聚在一块儿，踏月亮跑出来，跳，叫，玩，闹，喝水，寻食，鼻子一嗅一嗅的，两只大耳朵乱动。你只稍微一响动，它的耳朵立刻一张，冲着声音转过来，它一对红眼睛盯着你；你够不着它，它竟不跑，你刚要过去，它一跳，就没影了。可是捉不着它，还能打着它。"赵仲颖道："用弹弓打么？"高星儿说："不，用弹弓打也可以，却是只能打它的腿，那是轻易弹不着它的。我是用狼头棒投它。"

赵仲颖听了，又觉新奇，问道："狼头棒是什么样？"高星儿见自己的话，使得这绅官少爷如此心醉，他越加高兴，立刻把他的狼头棒取来，递给仲颖看。仲颖接过来一瞧，这是二尺

多长一根巨头短棍，用整棵的小枣树截制的，借根为槌头，削干为短柄，掂来很有分量。赵仲颖握在手内，试了一试，觉得沉甸甸，这样抛出去，果然和标枪一样。高星儿指着说道："就用这棒，照野兔一抛，单打它的后腿。它的后腿不禁打，一打就折，折了腿，你再过去捉活的。"赵仲颖握着棒说道："若是打它的头呢？也能把它打昏么？"高星儿道："不行，打它的头，至多把它打一溜滚；它爬起来，还是跑掉。最好就是你弯着腰，贴地这么一扫，好歹扫着它一点，它的腿不折也得瘸。它便跑不动了，你便可以跳过去活捉它。你可得留神捉，要先捉它的两只耳朵；捏耳朵一提，它四腿登空，它就挣扎不动了。却不要捉腿，一捉腿，它回头就咬你一口。"赵仲颖惊讶道："兔子那么胆小，也敢咬人么？"高星儿道："别管是兔子，随便什么东西，急了就要拼命。小虫、螳螂、蚂蚁，还要蜇咬人呢，何况那么大的兔子？"

一席话煽动得赵仲颖心头跃跃，恨不得也要山居采猎为乐，便向高星儿说：要他领自己到山上猎雉兔的地方看看。高星儿也要显耀自己，立刻站起来，觑大人不留神，往外溜走，赵仲颖蹭随在后。此时赵府佣仆车夫们，被佃户高老旺拿酒食灌得迷迷糊糊，只顾在酒后放谈，并向佃户索讨便宜货色，谁也没留神少主出去了。

只有门客刘熹一眼瞥见，冲着仲颖微微一笑；仲颖游猎心盛，满不理会。刘熹也不说破他，容他二人走出去，便假装解溲，悄悄跟踪在后。他要看一看，赵仲颖出去干什么？

高星儿引领赵仲颖，径到山麓。穿林择径，曲折斜绕，来到一条山涧岸边；枯草纷披，仅可容足。这小涧是由山腰泻出，水槽很隘，水流很猛。若在夏秋，急流飞湍，浑如瀑布。此刻正是山高水低，枯草凝寒的季候，溪中水只剩一股细流，涓涓下行；两岸水涸，露出断崖和浅滩。江南气候本暖，这溪水又系出势湍疾，所以有的地方接岸凝冰，有的地方潺潺细流，仍未结冻。这正是山涧下游。高星儿指着说："你看，这

里就是狐兔等物偷来喝水的地方，不过白天很少见。只到晚夜，山羊和野兔成群地跑来，就在滩边喝水跳跃；狐狸和鹿，有的单个儿来，有的一对一对的来，它们不会成群的，也不知什么缘故。可是它们都很机警，又善警，稍微有点响动，它们就哄然逃走。成群的野兽，它们还有领队的和打更的呢，人是不容易靠近它的，它们太精灵了。”

赵仲颖道：“你不能上前，那可怎么捉？”高星儿笑道：“我们可以下埋伏的。白天，我们先在浅滩上，验看它们的脚迹和遗下的粪球儿，便可以猜出来是什么兽。验准了道，就在要路上，按下埋伏，网套、绊脚索、陷坑，都成。晚间下埋伏，第二天早晨来拿。若是白天，你可以远远地藏好，只一听见吱吱的、唧唧的乱叫，那就是有一只兔啊、鹿啊入网了。你便赶紧跳过去，当场伸手捉。”

赵仲颖望着滩前兽迹，问道：“一准捉得住么？”高星儿道：“十成准有五六成捉得住吧。可也有时捉住了，又被它挣脱，跑掉。有时候人们下埋伏，把它捉住，反被狼跑来享现成，给叼了走，那最恨人。还有夜间下网，等到早晨去看，连网子套子全丢了，那儿分明有捉住的痕迹，却不知是它挣脱，还是叫狼吃掉。也有人说，那是教山神爷拿去了，再不然，就是山上的猴子淘气，是它把网套弄走。”赵仲颖道：“不是人偷的么？”高星儿摇头道：“不是，我们都是熟伙伴，谁也不偷谁。”

两个人且说且看，走到水边，高星儿把下网的痕迹，指给少东看；赵仲颖十分高兴，又问：“猴子好捉么？”高星儿说：“这东西最精灵，太不好捉，只有猎户能把它捉着。我们猎着玩，总不能活捉它。”仲颖道：“狼怎么样？”高星儿道：“捉狼，我却办不了，只有他们猎户才成呢。”赵仲颖道：“你怎的不成？”高星儿吐舌道：“有句俗话，叫作白眼狼最难惹，你杀狼还容易，捉狼可就难多了。你若是外行，你就没法子下手。”赵仲颖道：“怎的呢？”高星儿道：“你把它弄在陷坑里，你却

只能扎死它，不能活活地把它拿出来。”

赵仲颖不禁讪笑起来，说：“我就不信，狼不过像个狗罢了，它能把你怎么样？你不会一手拿着刀，一手抓它么？”高星儿仍然摇头道：“它的爪子太厉害，嘴大，牙长，比狗凶得多。它饿了，敢吃活人；它急了，要拼命，更凶狠，我可不敢斗它。我们邻村，打柴的张大，遇上了一只孤狼，他手上还有斧子、扁担，他都吓得怪嚷。那狼太诡、太凶，比人还灵，它单抄你后路，你拿斧子对着它，它便躲开正面，净向你屁股后面溜。它要攻你后背。它会站起来，前爪抓你肩膀。你不要回头，只一回头，它就当的一口，照准人的嗓子眼，一口便要了命。”

高星儿是个村童，颇知山居颠险。他又说：“这山上本来只有狼，不知怎的，新近又出现了土豹。也不知是两对，还是娘儿四个。这东西比狼更凶狠，真敢溜进村偷猪，偷羊，钻进圈，叼了就走。只遇大雪天，天不放晴，把它饿急了，它才咬牛咬马，甚至咬活人……”

赵仲颖忙问：“我听说狼叼小孩？”高星儿道：“可不是的，那也是狼饿急了，才干。这土豹可比狼凶，真敢追咬走山道的人；你若不带家伙，真就受它的害。这东西力气大，行动比狼还快。你刚看见它在山那边，离着很远，可是一眨眼，它怪吼一声，一跳两跳，就扑上来了。连猎户都惹它不起，单个猎户真斗不过它。猎户拿火枪打这豹，火枪只一响，它立刻顺着枪的烟，猫似的一窜，就扑上来，真比流星还快。猎户再想装火药，发第二枪，早就毁在它爪子底下了。所以打这土豹，总得有好几个猎人才成。猎户先藏好，在豹子出没的道旁边瞥着它，等它走来，够得上了，两杆火枪要轮流放，一下紧跟一下。若等这豹子扑上来，枪手就施展不开了；那就由使虎叉的，拿火把的，上前截住它，可是到底打不着它。豹子这种东西，大概怕火光，听说猎户们总是拿火把，冲着它乱舞乱晃，它这才发怵，把头一掉，就跑没影了。闹了这些日子，听说猎

户们只打着一只豹子，还有两三只土豹呢。这里总碰不着它，说是常在潜山深林里出没，简直很难捉住它。”

赵仲颖听了这些猎兽惊险的故事，不禁悠然神往，因向高星儿说：“你领我去看看猎户打豹子的地方去。”高星儿吐舌道：“那可不是耍的，你要想看看打野鸡的地方，我可以陪你去。那猎豹子的地方又远又险，我可不敢去。”赵仲颖道：“打野鸡的地方在哪里？”高星儿往山腰一指道：“就在那边山坎深草里。”赵仲颖催他领去看看，两个人且走且说，真个寻了过去。仲颖问道：“不是落在树上么？怎么在草里？”星儿笑道：“野鸟倒是往树上落，独独野鸡这东西，个儿不小，胆子不大，好像怕鹰抓，专好钻草窠。你来得不是时候，你若是在春夏天来，我可以领你看看野鸡孵小野鸡，那可太有意思了。它把蛋下在草丛石块堆里，有沙土的地方，小野鸡生出来，吱吱的叫，常常藏在石块夹缝。你听吧，只要找着孵蛋的地方，必定是一大堆；变成小野鸡，必定是一群一群的，满山吱吱咯咯的叫，好听极了。可是，只听见叫，却看不见它。”

赵仲颖道：“怎会看不见？”高星儿兴高采烈地说：“小野鸡的羽毛色，和石块地皮的颜色分不清楚，都那么花花达达的。它只听见人的脚步声，立刻便藏起来。”仲颖道：“藏在石缝里，还是草窠里？”星儿笑道：“全不是，这小野鸡诡极了，真像会隐身法似的。人只过来一找它，它便仰着脚贴地一仰，两只脚把那块石头一抱。压在胸脯上，纹丝也不动，拿那块石头当被盖似的，它也不叫唤了，也不动弹了，老老实实地装死，你再不会找着它。”

两人此问彼答，履着山腰栈道，偕往深处走。高星儿指手画脚，形容那雏雉抱石自匿、仰卧伪僵的样子，赵仲颖不禁嗤笑道：“唔，真的么？”他简直不很相信。高星儿再三说，仲颖仍是冲他笑。高星儿是乡下孩子，心眼儿实，急得抓耳搔头申辩道：“谁骗人，谁是小狗子，我说的全是真的呢。你觉着小雉鸡抱石块太怪么？其实小鸟兽、小虫豸，它们遇上险，一害

怕，全都会装死。你捉一个蜣螂试试，就知道了。这小雉鸡仰脚抱石头，也是装死。你不信，我领你去看。”

高星儿在前，赵仲颖在后，两个健步急进，越过山道，斜趋狭径，寻找那山崖石堆。拨草攀藤，盘旋绕上，不大工夫，望见山坎侧面稍低处，展开了一大段平坦的山崖。高星儿引领着少庄主，履着高低起伏的狭径，奔这山崖走下去。约莫走出两箭外，下降五六丈，便到了地方。四面荒草乱生，当中有数顷地的平广山洼，正是一片沙碛。产生着大大小小的天然卵石，颜色斑驳陆离，酷似山雉锦羽，十分好看。

这原是潜山支脉，半山坎的一块沙碛石田，四面尽管峰峦起伏，独有这里地形低洼而平坦，只是乱石嵯峨，行人不易下脚。两个人侧身下行，高星儿生怕少庄主失足跌倒，忙侧着身子，伸出一只手来搀扶。赵仲颖好强逞能，挥手不教他扶，独自一步一步走下来。于是两人全来到沙碛石田上，低头察看这沙石中的彩石，五光十色，小的如豆，大的如瓜，一堆一堆的，圆形的、椭形的、棱形的，无奇不有。赵仲颖如见异宝，环顾欣然，不由得俯身撮拾起来，要挑选一些色彩好的，拿回去玩赏。高星儿却蹲下来，连连翻动石头，果在石下发现鸟粪，指给赵仲颖看道：“你瞧！”又寻了一阵，在石缝中，找见一堆碎卵壳。高星儿说道：“你看这些蛋壳，野雉就是从这里孵出来的。你看这石头，跟小野雉的毛色简直一样。它们就在这石块里跑着玩耍。可是，它只一听人声，或是听见母雉惊叫，你再看吧，它们哄的全不见了。离着母雉近的，都藏在母亲翅膀底下；离着母亲远的，它就赶紧仰面一躺，两只小爪子立刻抱起一块石头来，往身上一盖，它就算藏起来了。往往百十只小雉，咯咯乱叫，你攀崖只一探头；岂容你探头，你只刚刚往这里一凑，还离着老远，它们就听见了，唰的全藏了。它们真诡透了。”

高星儿又笑道：“我再告诉你一件奇事，母雉这东西本来能高飞，只要一下小雉，它可就护崽子，不肯飞了。不管人来

兽来，它护犊子，真敢拼命。若是遇见鹰，野鸡和家鸡一样，全都怕鹰，一见鹰扑下来，它就吓得乱跑乱叫，末后到底教鹰抓走，给吃了。若是它抱着小鸡，你猜怎样？鹰扑下来，它不肯飞，也不肯躲；它把小鸡护在翅膀底下，它仰着头，尖着嘴，眼盯住了鹰，在地上打转转，跟鹰拼命，和鹰对打，反能把鹰啄走。所以，我爹爹常说：看见野雉护小雉的情形，真叫人心动。人真得孝顺父母；父母为儿女，连性命都不要了，连死都不怕。”

他一面说，一面翻动石块，寻找雉鸡蛋壳，指给少庄主看。赵仲颖此时爱上这五光十色的卵石了，蹲下身来，低头选择那光彩好看的石子，要拿回家，种水仙花；高星儿也帮着他拾，两人各拾了一兜。两人就在这沙碛上，流连很久。忽然听见山上轰的两声大响。赵仲颖愕然直起腰来，说道：“这山上也有人家放爆竹么？”高星儿也站起身来，笑道：“不是的，山顶上只有一座庙，没有人家；这大概又是打猎的，恐怕也不在山顶。”

说时，又听见轰轰大响数声。赵仲颖仰头向四外看，峰林掩映，任什么看不见，忙向高星儿说：“年根底下，真还有打猎的么？”高星儿说：“奇怪呢，按说这时候，猎户都忙着过年，没人出来打猎了；可是我明明听出，这是放猎枪。”赵仲颖道：“我们看看去。”高星儿面露疑难之色，说：“我听这火器声，绝不是猎户，大概又是城里的蒙古阔人，或者是蒙古驻军，出来打围取乐。他们这些鞑子，净欺负我们南方人，我看我们还是躲得远远的才好。”赵仲颖听了，侧耳发怔。他虽然年幼，曾经乱离。仅知蒙古是关外鞑子，夺了宋人江山。他们气焰很大，动不动就说南方蛮子是反叛，常常有良民被杀。赵仲颖的父母全是殉国死的；但因他叔叔看破时势险危，国家已亡，不敢把旧事说给孩子们听。而且赵仲颖遭逢家国危难时，年纪尚小；他哥哥赵孟頫还记得，他早把当年逃亡之苦忘了，连他父母的模样也不记得了。赵承佑又把家移入深山，力求与

外界隔绝，赵仲颖又自小娇养在宅，就没有见过蒙古官、蒙古兵的模样。现在听高星儿说是蒙古人打猎，他只知鞑子可恶，毕竟不理会鞑子的凶焰；偶尔听家中人形容过外人的残虐，仍然是只恨不怕。他又生来胆大，心中不禁起了一种愿望，要认一认蒙古人的真面目。他对高星儿说：“他们打猎，我们不挨近他们，只远远瞧一下，又能怎的？”说着，他便头一个寻声举步，要找过去看个究竟。

高星儿到底也是个孩子，见少庄主一定要看，他也想看看，他还记得蒙古人打猎，举动极大。山中猎户打猎，乃是谋衣食；蒙古人打猎，乃是游戏娱乐，常常聚拢许多的人，骑了马，拿了猎具，布成猎阵。飞禽走兽，大的小的，遇见便打，而且还带着猎狗、猎鹰，尤其是鹰追兔子，狗追狐狸，看着非常有趣，每逢鹰和猎狗追飞逐走之时，蒙古人在后面策马大呼奔驰，样子是非常勇猛，比看戏还热闹。两个小孩子不觉地合了帮，从沙碛站起来，约略枪响之处，一径寻了过去，可就忘了凶险。血蝎子刘熹在暗中跟缀，竟没听见两人商量着要看打猎的话，只远远盯蹑，以防意外。这意外不过是怕赵仲颖遇上野狼罢了，哪知道赵仲颖未遇野狼，竟遇上残民以逞的人中之虎！

第三章 杀人为戏

赵仲颖和高星儿竟不识利害，寻声访猎。山回路转，走出不远，果然在一座密林边，山道旁，远远地发现了蒙古人的猎队、猎幔、猎车。六七个蒙古贵人，戎装骑马，持棒挂枪，率领着十多个蒙古装束的汉人，支使着就地征来的领道猎户，就在潜山山麓，拉开了很大的猎围；正在施号令，吹胡笳，人马喧腾，在丛林密菁中，出没搜寻。

这一拨猎队，正是蒙古防营的一员蒙古武官，名唤牙都的，陪同县衙新到任的那位蒙古县令，带领译员、汉卒，“公余之暇”，出来寻乐。

那县令名叫巴克坦布，初次莅任江南，采风问俗，得知城里老百姓都成了顺民，十分奉公守法。只乡间偶有盗贼跳梁，也都是穷乡饥民，饿极无赖。三五个人盗弄潢池，偷生诬良罢了；此时已经没有僭号称兵的顽民。县令巴克坦布觉得意气索然，牧民之才无从施展；他又初到南方，不服水土，越不得劲。因此，他的文武同僚防营守将牙都，就劝他打猎。

他们这些人一向游牧漠野，资性武暴，最好冒险。来到江

南降地，鞭笞屠戮，以牧牛羊之法牧民，南方人咬牙忍泪来受；差不多的人已经丧失了抗拒的力量，也消失了抗拒的勇气和信心。任听战胜者作威作福，纵情恣睢，敢怒而不敢言；经几番大屠杀之后，甚至连怒也不敢形于面了。住在通都大邑的亡宋遗民，一讨逆，二讨贼，被惩治得“诚惶诚恐”，服服帖帖。到了这种地步，降人转瞬就要畏威感德，心悦诚服，战胜者也就越感觉无趣了。于是天下太平，地方安谧，王道之治大成；蒙古贵官再不必提防叛乱，可以纵情寻欢了。这文武二吏连日游猎，颇觉欢娱；却是猎来猎去，只捕到狐兔小兽。这些小兽见了人，就哀啼逃窜，竟无反噬之力，猎起来不很费事；无抵抗，不担险，也就同样觉得无趣了。

防营守将又给出主意，劝县令更入深山，搜猎猛兽，可以高兴些，而且，他们也听说过，潜山山中出现土豹；打豹比打兔有趣得多。两位蒙古贵官此来正是要打豹。

巴克坦布和牙都，连在潜山山麓，游猎数日，结果所猎野兽无多。大抵这些野兽白昼总蜷伏崖穴，深藏不出，夜半饥饿，才肯出来觅食。蒙古贵人正是白昼出来寻乐，当然所遇饥兽有限；他们就使来猎户，教他们指引兽穴，勘寻兽迹，并用猎狗嗅寻野兽的气味。他们这样搜索，很有几处狐兔老窟，被他们发现。两位贵官督同部卒、猎户，在兽穴洞口张下网罗；洞若宽浅，便放猎狗和猴儿，进去掏捉；若洞深邃，便用火具点烟来熏。老兔小兔，雄狐雌狐，立刻吱吱怪叫着，突烟往外奔逃，或陷入网罗，或夺路乱窜。巴克坦布和牙都大笑着，教汉卒拿花枪去挑去刺；他们自己也动手，用狼头棒，堵着兽穴来赶打。

他们本为猎猛兽而来，只捉一些狐兔，觉着不尽兴；仍督同猎卒，往山里搜。旋又发现狼穴，巴克坦布大悦，照样张网熏烟，又拿鸟枪，冲洞口放了两三枪。果然窜出好几只巨狼来，夺路逃走了一两只，一只被牙都用狼头棒打断腿，一只紧跟着被巴克坦布拿长矛刺死。可是跟踪又窜出两只母狼，和几

只小狼，汉卒齐拿花枪来围捉。这母狼护犊，来势凶猛，居然困兽犹斗，把汉卒伤了一个；其余汉卒惊呼急救。这狼见了人，竟张牙舞爪，人立起来。又有一个汉卒被利爪抓伤；若不是身穿厚棉衣，险被开了膛。巴克坦布和牙都，一齐大笑，以为汉卒太怯懦。二贵官手中都有兵刃。不肯相助，竟都旁观，坐视汉人和这红了眼的母狼拼命！

于是，汉卒的惊叫，母狼的惨号，夹杂着蒙古贵人的欢笑，在狼窟之前，展开了人兽的凶斗。终于汉人多，孤狼势弱，母狼和幼狼全被花枪扎死。狼巢已空，猎人大获全胜；却是汉人死了一个，两三个带伤，贵人这才稍稍欢喜！

贵人发命，堵死狼窟，再搜别的兽穴。贵人的意思，仍是寻豹。猎队搜下去，接连又发现一两处兽窟，仍是獐狐之属，非豹也非狼。贵人忽然动疑，牙都和巴克坦布冲着猎户步卒，瞪眼发威，咕咕噜噜，说着蒙古语；猎户们茫然失措，连连过来打千。这两位蒙古贵人越怒越嚷；那位译员忙走过来，告诉猎户："长官嫌你们胆小无用，说你们并不是找不着豹子，乃是你们害怕，不肯用心去找。"

猎户赶紧解说，奴颜婢膝，没笑强笑，神气不大清高；蒙古贵人越加暴躁起来，拿马棒连打了好几个人，又嚷了一顿。蒙古语译员就厉声传话道："你们还不加紧搜！长官说，你们再不能寻着豹子窟，他要把你们这些蛮子拴上绳，全投入狼窝呢。还有你们这些兵，个个都是些废物，长官骂你们心眼儿坏了，不肯好好陪着老爷取乐，要把你们活挑死呢。"

猎户和部卒都很惊惶，拼命地登悬崖，披深草，带猎狗，没命地穷搜；要借狼虎的性命，救自己的安全。仗着有猎狗，一路寻嗅，在枯草丛林错杂的一个山坳内，发现了很深的两三个洞窟。一只猎狗冲洞口叫了一声，别的狗也寻到这里停住，都远远地对洞口叫唤，不敢上前。猎户们察看山坳前后的形势，又验得附近并无狐兔的遗粪和足迹，觉得此处很像伏有猛兽。忙把前后道勘好，先禀告了蒙古译员，再转达蒙古长官，

会合部卒，张开了猎阵，试行搜捉。

猎户举着虎叉，弄好了火器，由一个老手，拿长竿往山洞中试探着扎了下去。同时口中装出羊鸣来，跟手把竿子一搅，隐隐听得洞的深处，发出低而猛的吼声。猎户们大喜大惊，立刻打招呼："这里……这里有豹!"

巴克坦布和牙都这才改嗔为喜，提了鸟枪，吆喝着过来。他们蒙古贵人，比江南猎户更懂得狩猎；立刻指挥部卒，扼住要路，以防豹子出洞猛窜。这时猎户们也已预备好，将一只火把投入洞内，随即引燃熏烟，大家齐声发喊。

这洞中的猛兽，正在饱后昼眠，外面尽有假羊鸣，它只低吼了一声，仍不肯动，只睁大眼，往外张看。不料猎户们拿烟火熏它，它被呛得卧不住，唬唬的一阵发威，躬腰摇尾，突然窜出洞外。却不是土豹，竟是雄伟硕大的一只黄毛大虎。出得洞口，抖抖毛，把四足一蹬，抬头一望，神威凛凛；见围了许多人，碧油油的一对眼，射出愤火，阔口一张，锯牙峣峣可怕；蓦地一低头，发出霹雳般的怒吼。

众人大惊，不觉退下来，看一看蒙古贵人，又咬牙抢上去。巴克坦布发出一鸟枪，同时又听见洞中续有吼声，这时又窜出一只巨虎。早有一个猎户，在惨号声中，被头一只虎扑倒，连肩带头，被咬去半边，血流如潮。这正是雄虎，又一抖威，巨尾一摆，腾空蹿起来。

猎阵包围不住这兽王，部卒把花枪乱舞，猎户连摇猎叉，蒙古贵官的鸟枪轰轰的又放了两下。那雄虎竟突出猎围，又咬伤一个汉卒，扑倒一个猎户，一跳再跳，跃上悬崖，如飞地窜入林丛去了。好像这虎不是饥虎，所以不曾残民以逞；好像这鸟枪也打中了它，却不似致命伤，这雄虎竟弃洞逃走。

那雌虎却比雄虎更形凶猛，全身出洞，摆动那粗如海碗的修尾，一个劲地抽打。身形一挫，发出沉闷的怒吼，一声跟一声，震耳欲聋，竟奔人扑来。雄虎伤人，只是人碍着它的逃路；这雌虎不然，简直是寻人而噬。它大概是护洞窟，也就是

护犊。这虎穴中，当然还有乳虎。

雌虎像疯了一般，追着人咬。这些舞花枪的部卒，首先抵挡不住，吓得狂呼乱窜，倾倾跌跌，往各处乱钻。只剩下了猎户，合成一伙，挺着虎叉，摇着火把，不住声地喊，也只是自救。巴克坦布和牙都两位蒙古贵人，本来勇于田猎，但只打过猎群，这却是第一次探虎穴，斗雌雄二虎。他们俩也慌了，与蒙古同伴，大呼大叫，用鸟枪来打。可惜他放的没条理，未能轮流不歇的攻击，竟做一堆开了火；顿时后难为继，来不及装火药了。这就给虎留下机会，眨眼间，三个猎户失手。猎户多是同族亲故，骨肉受害，人们红了眼，一齐拼命上前搏虎。

突然间，又从虎窟钻出两只小虎，张牙舞爪，扑出来寻母。蒙古贵人的鸟枪刚得装上火药，也要瞄准试放。那母虎本已窜出去，此刻护犊拼命，又大吼窜回来，寻人乱咬。咬住人，口衔着，掉头一抡，把人甩出多远；咬伤一个，再追咬第二个。猎户和部卒都吓得往后退，空有利刃，不能杀虎，只恃火枪的袭击。大小三只母子虎，两只负了伤，霎时全会在一处，一阵跳跃，飞逃出来；大概它们是怕火枪的巨响。蒙古贵官一定要捉住一两只虎，厉声催部卒、猎户快追。部卒、猎户只留下两个人，救死扶伤，其余的人只得举猎枪、虎叉，再追下去。

三只母子虎被逐出虎穴深林，窜到了山道旁。巴克坦布和牙都，全都上了马，带火器追虎，由山坎降至山道。山道上有一辆车，刚刚从峻路驰过来；是一个中年车夫，车厢中坐着一个三十来岁的村妇，抱着小孩，车上还有年货。恰巧这车撞到猎围附近，鸟枪轰击，声震山林，赶车的正要躲避；那驾车的骡子已然受惊，拖车狂奔起来。车夫努力收缰，竟禁制不住。就在这工夫，那三只虎突林而出，因伤负痛大吼。这匹骡子大骇要逃，又被车挟住，不能着头回转。它竟拖着车子，横蹿起来。急转直下，车子险些翻倒，车夫和妇孺惊得怪叫。蒙古贵人见状大笑，以为有趣，就冲着这车，放了一火枪。轰的大

响，车夫猛然一栽，竟一击而中，从车上摔下来，顿时碾在轮下。这辆骡车失了驾驭，被惊骡拖着，落荒狂奔；山道坎坷，车子轱轱辘辘，车轮一迸多高，车中村妇吓得惨呼救命。车子忽一震，人倒在车厢中，这匹惊骡还是挣命地飞逃。蒙古人大呼小叫，远远地又轰了一枪，也不知是打虎，还是打骡，还是打活人。

这时候惊骡狂窜，其速如箭。赵仲颖、高星儿要看打猎，正好寻过来，正好迎着这只惊骡狂逸的前路。高星儿年龄稍大，看出险状，急叫道："不好，快躲!"他首先跳到一边，钻入林中。他是跑开了，赵仲颖岁数较小，不知厉害，他还要见危驰救，想把骡子截住。他高举着那只狼头棒，当途一站，掠空一晃，大喝道："畜生站住!"哪知道惊骡奔驰太疾，又被车子夹着，虽欲急停，也站不住。转眼间这骡子直往赵仲颖撞来；赵仲颖大吃一京，才觉出来势锐不可当，要躲，已然无及。

这时候，赵府新门客血蝎子刘熹，恰恰暗缀到近处。见状大惊，心说："不好!"一个箭步跳过来。倏地扬手，发出一物，照那骡子掷去；同时把赵仲颖拦腰抱住。不遑后退，借力往前一蹿，侥幸脱过骡车和车轮。

刘熹掷出去的，是一把小小的防身匕首。这匕首正刺中骡子的要害；骡子踉踉跄跄，奔出数步，倒地不能动了；车厢中的村妇和小孩，已经昏死过去。那边逐虎的蒙古贵人，也望见了这情形；巴克坦布向译员说："这是个什么人？不要放他走!"立刻带部卒追过来。

血蝎子刘熹眼快手疾，才脱险境，张目四望。一手挟定赵仲颖，容得骡倒车停，他便跳过来，伸手从骡身拔下那把匕首。往车厢一看昏厥的妇孺，意良不忍；抬头更往远处一瞥，蒙古游猎的贵人已气势汹汹地奔来。刘熹一转念，咬牙摇头，收起匕首，背起赵仲颖，如飞地奔入林中。

赵仲颖也惊呆了，他先被刘熹挟在腋下，后被负在背后，已觉出刘熹举重若轻，气力很强。刘熹很惊慌，自以为形迹已

露；背着少庄主，穿林疾走。一口气奔出一段路。择一隐僻地方，把赵仲颖放下，忙问仲颖："那个高星儿不是跟你在一块儿么？他上哪里去了？"赵仲颖用手一指道："他落在后面，他大概钻到那边林子去了。"刘熹皱眉吸气。有心把仲颖寄放此处，又怕受伤的虎窜出来。他又一咬牙，重将仲颖背起，循旧路再找高星儿。赵仲颖不肯教他背，要自己走；但是气力拗不过，到底被刘熹背起来飞跗。

高星儿这个孩子，刚才虎吼骡惊的情形，他全看在眼里，吓得目瞪口呆，逃入村中。要爬上树躲避，当不得心慌腿颤。好容易才跨在树枝上。血蝎子刘熹背着赵仲颖，且呼且寻，不便高声唤，只低声叫他的名字："高星儿，高星儿！"高星儿正在害怕，闻声忙叫："少爷，我在这里呢。"血蝎子刘熹恨恨地找过来，高星儿溜下了树，刘熹立刻一手扯一个；把两个小孩，半拖半架救出来，重往没人处奔去。

刘熹深晓得现在情势险恶，已经闯了大祸。两个孩子齐说："我们快回去吧。"刘熹皱眉搓手说："使不得，等一等。"又数说高星儿："你这孩子引着少庄主，出来惹事，回头我定要告诉你爹爹打你！"刘熹唯恐回庄时，被蒙古人看见，将嫁祸于村庄；只可带这两个孩子，在此地潜藏一时。赵仲颖很诧异。问他："回去怕什么？"又问："那车上的妇人死了没有？能搭救么？"刘熹恨道："我们还想救人？二少，你不要问了；我一个人，真是孤掌难鸣！"说着，张目四寻，很想找个地方，把两个小孩子妥藏起来，自己再看看那村妇母子去，可是打不定主意。他问赵仲颖："二少会上树不会？高星儿，你是会爬树的了？"赵仲颖说："我可以爬爬试试，刘先生你要做什么？"

赵仲颖原是阔公子，不会爬树，他恃强不肯说不会，刘熹早听出来。说道："好二少，你不要骗我，我要把你两个安置在一个妥当地方，我好出去探道。你们是小孩子，不知道鞑子的厉害，他们专好残害我们南方人。你们要晓得，刚才惹出麻烦来了。他们打老虎，没有打着；他们就要迁怒到过路人身

上，说是给他打了搅。我们要藏好，千万别教他们看见。”赵仲颖不很信，高星儿有这经验，吓得吐舌说：“刘师爷说的话一点不错，我们真得藏起来。教他们查见，不死也得挨揍，他们时常唆使他们的猎狗咬活人。”赵仲颖道：“他们这么可恶么?”高星儿道：“我看见过。”

刘熹和高星儿的揣测并不假。却是这一回惹祸的，并非两个少年，倒是刘熹他自己。刚才惊骡狂奔，他奋身出来，拯救轮蹄下的赵仲颖；耸身掠空一跃，捷如飞鸟；抱起仲颖，如蜻蜓点水，一跳多高；又撒手掷匕首，惊骡应手而倒；蒙古贵人看得历历分明。他们最痛恨的，便是草泽英雄，不轨之徒；不想屡次清乡，这里还有一个！他们并不管吓死车厢中的妇孺，碾死车轮下的车夫。他们仍要捉虎；明明探虎穴，逐出来大大小小四只虎，又多半受伤，却一个没猎着，未免扫兴；无论如何，也该活捉住一两个小虎。同时，他们还要把那个飞剑刺惊骡，单臂救少年的那个蛮子，寻着带到，盘问盘问他，是否本地人？以何为业？从前干过什么？本领多大？

巴克坦布、牙都，指挥防营汉部，策马追寻过来。经过死骡破车旁，瞥了一眼；车夫流血卧地，人已八成死，还在那里嘶吼。最奇怪的是，这些蛮子气脉竟如此长，分明活不成了，那口气还没有绝！他们又看车厢中的妇孺，原来是个中年村妇，长得并不漂亮，尤其是歪歪拗拗两只小脚，招得巴克坦布吐了一口唾沫。巴克坦布和牙都，都毫不理论这因他轰击，而受惊而遇险倾生的妇孺与车骡；这本来怪他们自己，不该闯入猎围。蒙古贵人们去山林游猎取乐，这些蛮子降奴本应避道；而他们偏要往这里走，偏要找倒霉，可算是孽由自取。就算误打误撞，被鸟枪打死，那也是误伤；蒙古老爷扪心自问，也与己无涉。现在他们横尸溅血在山路边，只可由他去，总怨他们自己不小心。蒙古老爷们现在仍要找寻那逃窜的四只负伤的猛虎，和那个行踪飘忽，倏然而来，杀骡救人，倏然而去，挟童匿迹的怪人刘熹。

防营武官牙都，县令巴克坦布，督率译员，鞑子兵，汉兵，大呼大叫，搜人寻虎。(所谓汉兵，就是中原降民，被征服役的兵，也就是中原豫鲁燕蓟的汉人，从元朝人眼中看来，也就是全国的遗民；这和蛮子南人不同。南渡后的故宗遗民，元朝人最加歧视，称之为蛮子，好比岐周时代的殷顽一样，不识天命，其罪该杀。更疑心每一个蛮子，居心万恶，不感皇恩，意图造反。每一个蒙古人，都是这样看法。江南的汉人因此孽深罪重，横被罗织，残戮的很多。有财的和有才的人，更易受诬。）血蝎子刘熹料到这一层，眼看村夫三口被难，不能援手；现在又有少东赵仲颖和佃户之子高星儿，两个胆大无知的少年累赘着他，更不能脱身，为所欲为。本想把两少年寄放在林中僻密处，腾出自己来，好去探看一切，却又不放心那被扰出洞的母子虎。这树林也藏不牢，况且两个少年也未必听话潜藏。刘熹倒左右为了难，皱着眉低嘱二人："你们别觉着事不干己呀，鞑子杀人不眨眼，一肚皮坏心烂肺。你们千万不要教他们看见，看见可就麻烦了……"赵仲颖果然不信。抗颜说道："他们打他们的猎，我们在这里游玩，他们还能把我们怎样？我们又没有碍着他！"

这个十二岁小孩，讲理不讲势，振振有词。刘熹摇头道："想不到我走在哪里，哪里就磕磕绊绊。二少，你年纪小，不知厉害；你要明白，鞑子拿咱们当贼看。你们原不相干，可是他们遇见你，一定要审问你们，追究我的来历。我刚才仓促之际，不合露出本色。"

赵仲颖还是懵懂，不但哓哓地抗辩，还想出去看看那负伤的虎。刘熹说不服他，越发不敢离开他。少爷脾气傲兀，遇上蒙古贵人，一准滋生枝节。刘熹心中琢磨，在这山林旷野，要带着两个孩童脱身，不教人瞥见；倘不先探道，决然做不到的。咳了一声，正色警告赵仲颖："二少，你信我不信？你若信我，你就要听我的话，我是不怕事的人，可是明知祸患当前，我们犯不上去硬闯。你不是想跟我学本领练武艺么？你这

么倔强使性子，我可没法。”

赵仲颖立刻态度一变，笑道：“刘师爷，我听你的话，我只觉得鞑子也是人，不会无故毁害人的。你既然那么说，我就依着你，教我怎样，我就怎样。你可一准收下我，可不许说了不算。”刘熹道：“好好好，你只听我安排，平平安安地躲开这场是非，往后怎么都好说。现在……”寻定枝叶纷密的一座树丛，前有岩石挡着，地势颇形幽僻，便引领两少年投了过去。对高星儿说：“这地方还不坏，可以躲人，又可以躲虎狼，所怕的只有会爬树的土豹子。你跟二少快攀上去，无论下面有什么动静，千万不要出声。我这就出去探道；寻着道，就带你们回去。”先叫赵仲颖，蹬着高星儿的肩头。攀上树去；刘熹也上去帮着，把赵仲颖安置在高枝的交叉处，试了试，很稳当。又切切叮咛一回，最要紧的一句话，便是钳口扪舌，万勿出声。然后自己跳下来。教高星儿指点出路，要择捷径僻路，躲避着蒙古人的眼目闯出去。高星儿岁数大，比较明白些，他已然害怕，就引着刘熹，循林径走出去。说道：“师爷，你从这里出去，你这么绕，再这么走，往东，再往南，再这么拐……”拿手比画着，说了个乱七八糟。刘熹重将高星儿送回，眼看他上了树和赵仲颖凑在一处，这才只身出去，寻找出路。

出路是很多的，但须躲着鞑子的眼目。血蝎子刘熹蹚出两三箭地，发现这山林交互的地方，林径樵道很不少。刘熹暗想，只将两少年领到这左近山村，潜入人家，便可无事。往远处张望一遍，不再往前蹚，转身折回。

赵仲颖、高星儿，高踞树窥，果然很听话，只悄声细语。赵仲颖问：“打猎的胡人，真是凶恶，任意杀人么？”高星儿倒有这经验，记得去冬游猎的胡人，曾把一个行路人殴毙，因这行路人误入猎围，惊走了野雉群。接着说道：“少爷住在城外庄子里，总不出门，自然不知道他们的厉害。我常常跟爹进城，看见过他们拿皮鞭无故打人。我爹爹嘱咐过我多少次，胡人打猎，千万躲开了，别惊走他们的野兽。遇见他们，最好躲

得远远的，还有给他们当翻译的，狐假虎威，更是可恶，抢男霸女，谁都不敢惹。”

这些话，赵仲颖竟是前所未闻。他的叔父不教家中人讲论时事，连“蒙古”二字也要禁谈；一来避祸，二来痛心。他们又住在山庄，深居简出，与世隔绝；所以赵仲颖知道的事太有限了。高星儿说的话，赵仲颖骤然听了，不胜愤愤。跟着两人又讲到虎，高星儿说从前没见过，这是初次，果然虎威吓人。复又讲到这位师爷：“吓，真真有本领！”两个少年唧唧咕咕，低声悄论，忽听见火枪又在近处响，恍惚夹杂着虎啸。高星儿吓了一跳，竖坐在树杈上，双手紧紧抓住树枝；叮咛少东，千万坐住抓牢，不要掉下来。枪声过去，随听见脚步声，谩骂声，由远而近；却听见两个汉人穿林搜索，且行且骂胡奴残虐。两少年并不知这是防营汉卒，两人作一伙，奉命前来搜人寻虎；他们汉卒不肯忠心搜捕，只敷衍搪塞，在林子里穿过来穿过去，虚耗时候。静等时候差不多，便钻出去交差，两个少年倒吓了一跳，全都不言语了。大瞪眼往外看，怕被汉卒寻获。

时隔不大工夫，血蝎子刘熹探道返回。两少年正怕刘熹贸然现身，必被这汉卒闻声搜着；哪知刘熹穿枯林，拨衰草，踏狭径疾行，走得尽管快，可是处处留神。眼睛看前途，耳朵听四面，一来提防那受伤的子母虎，恐其潜藏附近，负痛噬人；二来提防那惯以人命为儿戏的胡奴，猎虎不得，必要寻人的晦气。

刘熹当然不晓得近处有生人，只按武师夜行的走法，蹑足直往二少年潜藏处走来。不肯远远地打招呼，这正是他的小心处；刚刚挨到树下，便听见有人说话。刘熹愕然止步，急伏身窥察，两个汉卒还在那里走来走去，乱骂胡奴。一个接口说：“骚鞑子们在江南住不惯，人人长了一身湿疥，瘟神爷也不显灵，怎就不烂死他们？他们嫌这地方潮湿，又说天气太热，热也热不死他们；老天爷不睁眼。真他娘的胡运发旺！”又一个接口说：“狗种天生成野物，惯往野处跑；打猎打猎，整天拿

咱们汉人性命喂野兽。老虎也该死。怎么就专伤汉人，不咬死他们！”

血蝎子刘熹听着暗暗点头，却又冷笑。听说话的口音，已知道两人不是本地土著，像是江北河南的老乡。刘熹暗想：这多半是蒙古强征的民兵；刚才打猎的，也许就是他们。伏着身子从树缝察看；只见脚步，怎样也看不出上半截。刘熹忍不住直起腰来，贴着树干，一棵棵倒换着，慢慢往前凑，要认一认二卒的面目，却忘了树上的二少年。

赵仲颖早已望见刘熹回来，依旧不敢出声，静等他上来。今见刘熹竟要寻到那边去，那边明明有人；赵仲颖、高星儿全着起急来，不约而同地出了声：“喂，刘师爷，快回来，树那边有两个兵！”纵然是低呼，两个人居高临下，喊齐了声，刘熹听见了，那两个兵也听见了。

血蝎子刘熹大吃一惊，急忙抽身，要拦阻二少年；正是驷不及舌，已经迟误。两个防营汉卒同时叫道：“咦，这里有人！”绕林寻过来了。

刘熹心思本来快，现在却也手忙脚乱，顾不得藏躲，竟火速地奔到二少年潜身的山岩大树下，手攀树枝，回头一看。这一回头，整整跟两个汉卒朝了相。

两汉卒欢然叫道：“哈哈，在这里了。咱们头儿要寻的，可不就是他！喂，老百姓，喂，快下来。”声调很狂傲。

刘熹怒焰上冲，心似旋风一转，打定了主意。匆匆向赵仲颖、高星儿，仰头低喝唱：“别动，别出声，等着我。”他自己赶紧一松手，跳下树来，潜提匕首，恶狠狠迎上去；相距数丈，站住，对两卒发话：“你们是干什么的？”

两个汉卒全看出：刘熹神色很不平善；一个兵顺过枪来，一个兵一手提着刀，一手捏着一只铜笛，不觉地停了脚步，一齐打量刘熹。那当前的一个胖脸的兵，大声说：“你这家伙，你敢盘问我们么？我说你不就是刚才扎倒受惊的骡子，救走路上小孩的那个汉子么？”

刘熹道："不错是我，怎么样？这也犯了你们的王法了么？"胖脸的兵很生气，刘熹的态度又傲慢而轻蔑，施之于常人，已然有寻隙的口吻，何况对付新朝的大兵。这兵怒骂道："你这个老百姓，好浑蛋。你对谁讲话，敢这么横！来，跟我走。"另一个瘦脸的兵也说道："你说你不犯法，你一个人在林子里头，鼓捣什么？你能瞒得过我们么？"

刘熹道："一个人在林子里，就算犯法么？这是什么王法？"胖脸兵越发动怒道："唔！你还有理！你是不犯法，告诉你，蒙古老爷正教我们抓你，你的理可以冲他们去讲。来，跟我走吧！"刘熹双眼一睁，杀气满面，两个汉卒双双走上来，却又踌躇不进。胖脸的兵提着枪，做出威吓的样子，说道："吓，瞧你这股子劲，你还要拒捕不成么？"刘熹冷笑道："你猜着了，我没有犯法，我就不叫人随便捕捉。你们两个若是识相的，趁早走开这里，彼此留面子，后会有期了。如要不然……"瘦脸兵道："如要不然，你便怎么样？还要行凶么？"

血蝎子刘熹立刻往四面一望，转身向开处一退，那只匕首顺在肘下，不教二兵瞧见。

这兵误会了，以为他要跑。胖脸的兵挺花枪，威吓着往前走。那个瘦脸的兵却看出不对劲。这个林中人既是刚才飞刀杀骡的人，那就一定不是寻常人。同伴刚要上前捉人，他眼珠一转，急忙拦住，低声说："伙计，你先别忙。"抬头把刘熹看而又看，说道："老百姓，你不要摆这恶模样。听我告诉你，刚才在大道边上，杀骡子，救小孩，不就是你么？你一定是会武功的人，教我们头儿看出来了！他打发我们满处找你，要我们把你带了去问话；并不是说你犯法，要捉你。你也不必害怕，也不用瞪眼，老老实实地跟我们去，自然有你的好处。"

血蝎子刘熹哈哈笑了几声道："你这位朋友倒会说话，你们的头儿，不就是那两个鞑子么？"瘦脸兵笑道："不错。"血蝎子摇头道："我最恼恨的就是鞑子，我不见他；我走我的，你走你们的吧。"

胖脸兵怒道："我说你这家伙真不识抬举！……伙计，跟他说好话，他反疑心我们骗他，他分明是怯官。干脆，好说他决不肯去，你快拔刀。"

这就要动武硬拘。刘熹立刻摆好了迎敌的架势。胖脸兵抢行几步，见同伴不肯偕上，他也站住了。他由胆怯激成愤怒，立刻掏出铜笛来，就要鸣笛聚众……

血蝎子刘熹大大地吃了一惊，猛扑上前，就要刺杀这个兵。不想那个瘦脸兵抢先一步，把胖脸同伴执铜笛的那只手抓住，把铜笛也给夺过来。锐声说道："老四，你做什么，你这一来，这个人准死没活！"

刘熹看得分明，听得清楚，立刻站住了，面色也缓和下来。胖脸兵还在挣扎不服，被同伴坚持不放手，附耳低声，说了几句话，胖子也不闹了。瘦子这才板起面孔，向刘熹发话："你这人太难了，怎的颠倒不识好人？老实对你讲，你不该杀骡子救人。你自然会武功，有两下子，可是这么一来，你露了相了。刚才我们蒙古上司就叫我们哥几个搜寻你，把你带去问话，也许是好意爱才，也许是歹意，拿你当土匪办。这一层我可说不上来，不过我们是上命差遣，概不由己。现在你偏巧叫我们哥俩碰上了，我们没打算跟你用武，我只问问你，你是去呀，还是不去？"刘熹道："去，去做什么？我又不想当蒙古奴才，我伺候不着他们。我不去！"

胖脸兵道："好骂！我们哥俩当然是蒙古奴才了。可是我弟兄乃是由家乡，换户抽丁，给强征来的。不是我们愿意干，我们是没法子，家里都有妻子老小；这就叫终朝伴虎，为虎作伥。我说：你不是不愿意去么？"

刘熹道："当然，你们就拿刀枪来比画我，我也不去。"

兵道："不去，也好，算你有见识。告诉你吧，去了，说话投了机，蒙古老爷重用你，也许从此大阔起来。要是一句话不投机，他们把嘴一歪，说你武功这么强，不肯出来当差，一准是土匪，是反叛，那你就死无葬身之地了。我们哥俩奉命搜

寻你，本来打定主意，敷衍鬼混，没打算搜你；所以我们才藏在树林里，磨蹭时候。哪知误打误撞，倒真碰上你了。我们想多一事，不如少一事。很想放你走；无缘无故，谁愿意害人呢。但有一节，我们放走你，你可得多加小心，不要再碰上别人。若教别人搜着，带去献功，我们哥俩可就吃不了，兜着走，犯了大罪了。”

刘熹疑眸听着，也不言语，匕首仍然紧握在掌心。

这个瘦子接着说：“听你口音，也是河南人，咱们都是家乡人；你要明白我们的心意，你不要冲着我们弟兄瞪眼。幸亏你是遇上我们哥俩，若换个别位，你就有本领，我们只把这铜笛一吹，蒙古大队立刻围上来，你有能耐杀惊骡，你可不能搪鸟枪啊。”又对同伴说：“老四，你也不用生气，你看他冲你发横，你就吓他一下，可是这一来他竟认了真。竟把你我也当作蒙古的奴才了……朋友，你可要记住，我们是按户抽丁，被抓来的民兵，不是诚心乐意，当蒙古奴才啊。”

胖脸兵也就改嗔为喜，可是心上仍不高兴，对同伴说：“其实我是吓他，他太不识好人。我不过比画一下子，他竟跟我瞪眼，好像有多大本领似的。你也不想想，爷们还能怕你不成？无非是想到彼此都是家乡人，你是汉人，我们也是汉人，无缘无故，谁肯自个儿害自个儿。你别觉自己了不起，我这铜笛一吹，大兵一来，你就是铁打的好汉，也要吃眼前亏呀。”

两个兵口吻固然很挖苦，到底同心合意，要把刘熹放走；不过坚嘱他小心，不要再教别人碰上。

刘熹此刻早没了气，心中暗想：“也许我看错了人，想不到鞑子营中的汉人也有好的。”究其实，这也是半真半假，血蝎子刘熹如果不摆出点威棱来，他们两个的主意也许有变。人的性情，欺软怕硬；若换一个怯懦的乡下人，两个兵也许把他捕出献功。刘熹这一发横，两个兵自然要投鼠忌器了。可是种族之见，同胞相护之情，也不能说他们一点没有。

当下，刘熹问他二人：“贵姓？”二卒皱眉道：“别叙家当

了，你赶快走吧。我们的姓名是不敢留给你的，你的姓名我们也不想问；谁也叫不上谁的名来，顶好。知道了，倒是块病，你只记住咱们彼此全是汉人，就完了。来，我们先给你蹚蹚道。”

血蝎子刘熹挑大指，称赞二卒爽快，他并不用二人探道，双方互一拱手，各道了一声：“后会有期！”二卒绕到林那边去。刘熹忙将赵仲颖、高星儿，两个小孩引下树来。仍然是一手扶掖着一个，穿林觅径，奔寻小道，向田庄逃去。绕林拨草，一路奔窜，居然平安逃出鞑子们的爪牙耳目，却不料又误撞上了猛虎。

刘熹累了一身汗，方将少庄主和佃户之子，救出蒙古贵人的猎围。面前有一道山径，方要往前闯，突然听见呜呜低吼之声，出现在乱崖枯草丛里。刘熹大惊止步，凝神一看，草丛中竟是被蒙古贵人驱出洞来的那只雌虎，带着两个小虎，负伤避猎，一路逃窜，竟也潜藏在此。那母虎正给小虎舐伤，也给自己舐伤。刘熹惦记着两个小孩，不曾往远处探道，心想只躲避蒙古兵罢了，忘了这受伤的虎，还在近处，现在不幸碰在一起。雌虎护犊，听见足步声，嗅出生人气，立刻站起来；一对黄眼珠闪闪吐出愤火，抖毛甩尾，怒吼示威，那两只小虎也跟着叫。

血蝎子刘熹慌忙拖两个少年，回身急避；两个少年吓呆了。幸而雌虎示威，并未追赶；刘熹携二童藏在树后。慢慢探头，只见那虎的头尾露出在草丛上，巨尾乱摆，瞪着黄眼睛，仍然向这边张望。刘熹明白了，这受伤的虎是不准有人通过此地。但是，前面既有猛虎挡路，后面又有鞑子拿人，闯既闯不过去，退也退不回来。更加上这两个小孩惊慌害怕，更是久耗不得。他不由得万分焦灼，闪目四寻，打算爬山绕开这条路。

刘熹低嘱二少年，别出声，别发慌，更千万不要乱动。“你不跑，老虎它或者不追；你只一跑，它就扑上来了。”于是他端详这山道两旁，乱石枯草丛木，似乎可以攀缘斜上，绕出

虎道。

刘熹抽出匕首来，指着山崖，低问高星儿："你能爬上去么?"高星儿张大着嘴，吓傻了，只点头示意。刘熹便指点着。教他先爬；因为刘熹料定赵仲颖是少爷，必不会爬山。

但等到这危急时候，高星儿抖抖的，几乎爬不上去；反而是赵仲颖神志未乱，从后推扶着他，也跟着爬上去了。刘熹大喜，指点二少年，极力往高处爬；他自己持匕首断后，怕老虎前来扑咬。

霎眼间，二少年扯枯藤，登悬崖，爬上一大段山坎，刘熹低头往下望着那虎。果然见那雌虎，双目灼灼瞪视着，把腰一躬，出离草丛，要扑人。又打愣，好像怀着诧异之意，又似恋子不肯骤离地方。刘熹晓得野兽的习性，它们多半是多疑善惊，除非饥饿，人不犯它，它决不犯人的。现在看出来，这虎还在犹豫。刘熹这才溜到树后，也慢慢攀上山崖；同时告诫二少年，慢慢往上爬，不要回头，不要害怕，手要抓紧。脚要蹬牢。

却不知怎的一来，那雌虎蓦地发一声巨吼，爬山的二少年吓得一哆嗦。刘熹忙又警告道："别回头，别往下瞧!"那佃户之子高星儿竟往下一溜，险些撞倒了少庄主赵仲颖。刘熹吓了一跳，急忙往上爬，要扶止二人。……不料，突然在这时，在这山崖之上，正当二少年头顶上，山丛莽中，出现了一只豹头，跟手又出现了一只豹头。

第四章

山中豹头人

刘熹大震，二少年不由得失声齐喊，先后滑倒；幸被荒草山石阻住，没有滚坠下来。两少年慌忙挣扎爬起，要往别处逃窜，已经来不及。豹子扑出来了，同时下面虎啸声又作。两少年更加惊慌失措，血蝎子刘熹急急地往上抢救。不想这豹子窜出草丛。陡然人立而行，竟是戴皮帽，穿豹皮衣的两个壮士。手提虎叉，目灼灼据崖下望，倏地一伏身，丢下虎叉，猛将两个绳套抛下来。绳长三四丈，一人一个，把两个少年套住，横拖直拽，很快地拉了上去，两个少年几乎被拖坏。

血蝎子刘熹越发惊慌，猜想这两个豹头人举动鲁莽，十九是绿林人。用套白狼的法子把人掳走了。这真是祸不单行。下面的雌虎，也正作势要扑上来，刘熹弄得首尾不相顾，百忙中不暇深计，回头瞥了一眼，虎距此地尚远，手提匕首，向豹头人喊道："呔！把人留下！"拼命往上蹿去。这时候豹头壮士，早将二少年拖入枯草丛中，重复现身，一人提虎叉，一人仍持绳套，照刘熹抛下来。刘熹急忙招架，用匕首往旁一挑，身子往下一伏。两个豹头壮士喊道："喂！不要找死，不要支吾，

老虎追上来了！”一个壮士仍拿绳套，二番抛套刘熹；另一个壮士持虎叉，往下坡抢来，意将迎斗那只雌虎。两个壮士的举措，似乎不恶。刘熹稍为放心，或者这两人乃是近处的猎户，乔装虎豹，在此狩猎活虎活豹。但是，刘熹仍不肯教他们套上，用匕首挑开绳套，施展开轻身术，一蹿两蹿，跃上了悬崖。

崖上的豹头壮士很诧异地看他一眼，立刻丢下绳套，拾取虎叉，也蹿到坡下，帮助同伴，双搏猛虎。血蝎子刘熹只有小小一支匕首，不能助搏猛虎，心怀惭愧，赶紧寻找少庄主赵仲颖和那佃户之子。

赵仲颖和高星儿，此时全瘫到衰草丛中，不能动弹；被豹头人一阵强拖，身上负伤，冬衣也破了。刘熹急忙走过去，低头察看。这两个少年陷入半昏惘的样子，仰卧在衰草上，唤之不应，只是重重地喘息。

血蝎子刘熹，心中懊悔，觉得对不起宅主，使少东横遭险难，出生入死，虽然是小孩子不识轻重，究竟是自己监护无状，免不了要受抱怨，而且自己也露出本相来了，因想到自己命运奇蹇，走到哪里，都惹出麻烦来。吐了一口闷气，把十二岁的赵仲颖，搀扶得坐起来，要设法施救。忽听旁边有一人发话道：“你这个人哪里来的？你不要动他们，教他们好好躺着。你是他们的什么人？”刘熹扭头一看，在崖石枯蓬交错处，又站出一个人；也是猎户打扮，穿革衣皮裤，戴虎头兜鍪，只露出二目和口鼻，唇上有髭须，是个老年人，体格很雄伟。刘熹凝神注视，觉出此人多半是隐居山中的豪客，并且近处定有洞穴，供他们潜踪。

这个老人走过来，一面打量刘熹，一面盘诘他：“你是要搭救这两个孩子么？你们是一块儿的么？”刘熹应道：“我们是一块儿的。”老人露出诧异容，站住了脚，大声追问：“你这男子太怪，此地乃是空山，很多虎狼，你带了两个孩子，跑到这里，打算做什么？莫非也是避难的么？”刘熹已听出老人是豫北口音，同时这老人也听出刘熹的口音。刘熹猜想这老人和两

个豹头壮士，必是父子戚属，看举止气派，他们倒像避难逃祸的中原人士了。仓促相逢，刘熹不肯吐露真情，随口应声道："我们不是避难的，我们是过路人，不幸遇上了老虎，一路乱跑，迷失了路。"随向老人一拱手，打听奔山庄的出路。

这老叟像是很有阅历的人，定住双眸，把刘熹看了又看，摇了摇头，说道："你们三个人来路很蹊跷，那一个大些的孩子，分明是一个本地村童；那个小些的像个缙绅之家的少爷。你阁下外表像个文人，气派很带武夫气，况且你还带着匕首。我告诉你，我们本是避居山中的野人，不问世事的。你们有何苦处，遇有什么险难了？你不妨开诚布公地告诉我们父子，我们父子纵然无能，多少还可以指示你们一条明路，教你逢凶化吉，遇难呈祥。"

原来这老叟猜测：刘熹和赵仲颖是避祸的王孙，一个少主，一个家将，把高星儿看成当地引路村童了。这一定是故宋王孙贵臣的遗族，主人殉国殉难，只逃出孤儿少子，由家将受托重寄，潜护少主，到处流亡；必是在此遇上了告密的汉奸，追捕的元兵，一路落荒狂逃，侥幸避开人祸，又撞上虎群了。这老叟胸有成见，肝肠又热，自以为猜得不错，一再向刘熹劝道："你尽管吐实，我可以借此为你主仆划计。"恳挚之情，溢于言表，见于眉目。

血蝎子刘熹匆匆听罢，衷心感动；可是事情竟不如叟之所料，刘熹不是家将。赵仲颖另有嫡叔胞兄，其中委曲情形，又不便细讲。老叟究竟是陌路人，刘熹只得权词以对，语气支吾；那老叟微皱眉头，仍然坚持己见。好像自知问得冒昧，不再追诘了，冲刘熹一笑道："慎言是好事，机事不密则害成，我自信老眼无花，阁下既然谨慎，难于出口，我也不便强问了。来，我先帮你救醒这两个孩子，你们打算投奔什么地方，你不妨说出方向，我可以指给你一条逃路，可免鞑子的逻骑。"又说道："我有两个孩子，也都跟我隐居。他们打虎去了，你刚才一定遇见他们了。"

刘熹道："哦，那两位戴豹头兜鍪的，都是老丈的令郎么?"老叟道："一个是儿子，一个是侄子。告诉你，客人，你们三人一路惊窜，逃出荒林，又遇上猛虎，我们都看见了。大概是有蒙古铁骑追捕你们，你们才落荒窜入山中，迷失了道路，恐怕你们的行囊斧资也全丢了吧?"

血蝎子不肯乱说，这老叟但凭揣测，全盘托出，可惜隔着一层，有一半猜错。老叟拿出一件肥大的羊裘，作为兜包，教刘熹相帮，把赵仲颖放在上面，两人抓四角，把人兜起来，慢慢搭到岩石那山窟，深而不广，并不像古人穴居的洞室，倒好像野兽的空穴。大概被人挖大掘深，巧借土石掩护，留着小小入口，不到一人高，人要走进去，必须低头弯腰，曲折盘进去。又巧借岩石，挖出一个天窗，洞内居然透明。里面没有什么铺陈，只靠侧四面铺着厚草，上敷草荐，壁张兽皮。洞当中垒着一个土台，作为桌子，看格局可容四五个人。就是洞中只有草囊干粮，锡壶水酒和卧具猎具，并没有水缸火灶，刘熹暗想，这地方不似隐士避居的洞府，倒像猎户临时潜身的"团焦"。

老叟年高力健，与刘熹合手，把赵仲颖放在草褥上，又给盖上一张兽皮，且不施救，招呼刘熹，运石堵上洞门，再去搭运高星儿。于是把两个小孩先后搭来，并头放在草褥上，都给盖了兽皮。试了试呼吸，摸了摸头脸，向刘熹说："洞里很冷，应该生一个火，又怕冒烟。惹出麻烦来。告诉你，我们都是夜间生火饮食，白天藏着不出头的。现在就叫这两个孩子，慢慢地缓着吧，我要去看看我那两个孩子。他们去打虎，过了好半晌了，我很不放心。"挥手让刘熹坐下，自己站起要走，又叮咛道："我走后，你务必拿石块堵住洞门，这石头你搬得动不?"

堵门的石头足有二三百斤，老叟搬来推去，似乎毫不费力。老叟的意思，要留下刘熹，在洞中歇息，自己走到洞口，要搬石头，替刘熹堵门。刘熹道："老丈，且慢，你老人家不

是要找二位郎君么？不知道区区在下，可不可以跟了你去？”老叟笑道：“他们两个孩子好跟猛兽硬拼，不听我的良言，不肯使用毒弩，早晚要吃亏的。客人你看这工夫很不小了，他们还没有回来，又不知道出了什么岔头？你若愿意跟我去，也可以，不知你有防身的兵器么？”

血蝎子刘熹拿出那把尺八长的匕首来，老叟摇头一笑，说：“这东西在城邑里，在江湖上使用，却还可以；却不能拿来在山野施展。那是可以斗人，不可以斗猛兽的。”说着，从洞中铺的厚草中，翻来覆去，找出一柄虎叉，说道：“客人，你拿着这个。不过，我看你还是不去的好；留在这里，看着两个孩子，比较稳当。”刘熹慨然说道：“老丈父子真是英雄，我今日不想逢此奇遇，但是我也还可以追随虎威，不敢落后的。”老叟笑道：“我失言了。你不要过意。我不是看不起你，我是不放心你们这两个孩子；怕他们缓醒过来，不肯老老实实在洞中待。我这藏身洞窟，很是幽秘，外间从来没有人晓得。倘或这两个小孩醒转来之后，伸头探脑，钻出洞外，教别人看见了，未免疑神疑鬼，我的机密可就败露了。”血蝎子刘熹矍然道：“这一层，我没想到。”

正说着，赵仲颖躺在草褥上接了声，说：“刘师爷，你要上哪里去，我也跟你去。我好了，缓过来了。”推开兽皮，坐了起来。

这老叟瞥了赵仲颖一眼，又看了刘熹一眼，说道：“哈哈！我果然老眼未花，你这少年是少爷，你这客人是西席师爷，大概是武教师吧？”

血蝎子刘熹恧颜笑答道：“老丈真是巨眼。你既看破，我也不瞒了。只是现在虎狼当道，你我亡国孑遗，言行不可不慎。”因正色说道：“这个少年果是我的少东，他是隐居潜山山麓北山庄赵员外的令侄，我是新到那边的西席，既不是书记司账，也不是拳脚教师，我只是个住闲的汉罢了。承主人不肯把我当作厮仆，所以管我叫师弟，我在下姓刘名熹，河南府的……”

老叟听了，恍然大悟道："哦，是了，是了。你们不是逃难的，是久在这里隐居的。你阁下姓刘，大名是哪个'希'字，可是'学有缉熙于光明'的那个'熙'字？还是'希圣希贤'的'希'字？"刘熹顺口答道："是光明熹熹的那个熹字。"老叟道："是呀，不是下面有四点水么？一定是缉熙的'熙'字了。"

刘熹不再更正，信口道："不错，是的。"

老叟又道："我到底也猜着了，你们不是土著。赵员外大概也是河南府人氏？"刘熹不肯辩证，点了点头，过去安慰赵仲颖。老叟又道："你们刚才形色仓皇，到底遇见什么事了？"刘熹道："不瞒老丈……"赵仲颖精神恢复，竟发话道："吓，了不得，我们遇上了虎，遇上了豹，我们还遇上了蒙古人，他们要捉我们刘师爷。我们刘师爷一拔刀，一瞪眼，把他们吓得不敢动。刘师爷带着我们跑，又在这里，遇上那受伤的虎了。刚才那戴豹头帽套的两个人，都上哪里去了？真把我吓了一大跳。"且说且推身旁的高星儿，高星儿也醒过来了。

这老叟纵声大笑道："刘仁兄言行谨慎，怎奈你这少东人，不管不顾，信口胡诌，于是乎仁兄的权词巧对，如今都掷于虚无了。不过，这位小朋友……见人只说三分话，世路谨防蛇咬人，我说赵少爷，以后我劝你见了生人，最好少说实话，话说多了，要想咽回去，可就办不到了。"

赵仲颖自己目光灼灼地看这老叟，不知怎么的，会合了他的脾胃，笑着答道："老丈，我可是一点也不傻，我若是遇见歹人，随便让他问，我是一句实话也不说的。只要是瞧出他不是东西，我就远远躲着他，一点也不理他。"老叟道："噢，如此说，赵少爷肯和我说话，一定是拿我当好人了。"赵仲颖笑而不答，只点了点头。

老叟重问刘熹，刘熹这才将今日所遇，一字不隐，告诉了这个山居的异人。老叟听完，面露沉吟，半晌方说："刘仁兄，你真是露了马脚，鞑子们顶怕草野间隐藏着奇才异能之士；如

被汉奸告发，他必穷究不已。有时他们借求才访贤之名，故意搜罗遗逸，实际是文而庸陋地诱以利禄，智勇之士，就设法剪除了。他们的用心非常可怕，因为他们人少，我们汉人多，他们时时提防我们叛变。他们用以汉制汉的法子，厚赏汉奸，鼓励告密，我们河南人惨死的太多了。你老兄必是武功可观，被他们看见，所以派人搜访你。你千万不要上当，你不要把他们看成求贤若渴呀。”

血蝎子刘熹把手一拍，面含怒容道：“他们的伎俩，我件件懂得，而且身受他们的害，不止一次。这一回正因为我要逃躲，方才误窜到这里，遇见老丈。老丈豪气英风，晚生已然领略，就请指示一条明路，助我把少东送回去才好。”

老叟道：“这一层，你尽请放心，我一见你的面，就猜透你的为人。我所以挽留你，也正有心腹之谈，跟你细讲。现在，我们先把我那两个孩子找回来……可以叫他们给你领路。”重又站起身来，要出去寻子。忽然一阵风也似的，豹头壮士已然奔回来一个，俯身进了洞，把众人一看，很慌张地说：“你们都在这里，好极了。爹爹，你老赶快掩护他们，教他们藏好别动；鞑子这就来搜山，必须留神他们往洞里滥开火枪。”

老叟愕然，血蝎子刘熹忙道：“这可不好，我们走吧，不要连累了老丈。”豹头壮士把眼一瞪说：“你这人真糊涂，他们就来搜山，你偏这时候走，快给我藏起来，不许你妄动。”转脸对老叟说：“我想往别处诱他们去；爹爹你看住了他们，不要教他们妄动。”说罢就走，老叟追着问：“你哥哥呢？”豹头壮士道：“他就在外面，等着我呢。”

豹头壮士匆匆钻出山洞，老叟要送出洞外，就便观察情形。豹头壮士阻拦道：“你老人家别看了，我替你堵洞吧。”老叟道：“也好。”旋听得举石堵门之声，豹头壮士运来巨石数块，垒到洞口，然后一跃登上洞顶，往上爬去。此时山洞被石块堵住门口，顿时显得全洞黑暗，只头上还透光亮。老叟站起来，弯着腰，走到刘熹面前，扯着袖子说道：“刘仁兄，请你

原谅，我这孩子，活是野兽，有好心，没好话的。现在你可以帮着我，把这两个小孩子藏好了。”刘熹说道：“是是，那不相干。”

老叟走到洞之深处，搬开兽皮厚草，又现出小小复洞。把赵仲颖和高星儿，全藏在复洞中，坚嘱他俩勿动勿出，然后老叟又引刘熹到洞顶透亮处。

原来这洞顶上，也是一个较小一点的洞口。那边大的洞口和寻常人家门户一样，是由平入深的；这边却是由高坠下的悬空洞门，与其叫作洞门，不如叫作天窗。这悬空的洞穴，就旁边石壁，盘成石坎，恰可容足，人可以蹬着往上爬。老叟笑向刘熹道：“这个小洞也须堵上，不过没堵之先，我要探头看看外面的情形，究竟他们为什么要搜山？”说着猱身而上，身临洞口，只探出半截身子，向四周看了一会儿，跳下洞来，就要运石封门。刘熹也想看看，向老叟一说，老叟笑道：“可以。”

刘熹也是猱身而上，也探出半截身子，往四面一望，却是只看见远，看不见近。还没有容他看清，陡然听见一声断喝道：“好东西，你真是找死！”刘熹寻声一看，还是那个豹头壮士，刚刚蛇行而进，爬到这里来，正要由打外面运石堵门。他以为刘熹伸头探脑，未免惹祸；他竟骂不绝口，立逼刘熹缩回身子去。刘熹想不到自己会在这里受辱，忍着气跳下来。豹头壮士立刻攀穴探头，往里窥望，冲老叟叫道：“爹爹，这里也得堵上，一点亮也不要透。我说爹爹你把这个人看住了，千万不要叫他伸头探脑地找死。鞑子这就来了，这个人太昏诞了。”他还是骂刘熹。老叟怒道：“你这孩子，怎么这么讲话！这一位乃是前辈英雄，你休得无礼！”可是少年壮士早骂完了，缩回头去，搬来大石，立刻把洞口堵上。上下两个洞口全都堵上，洞内越发黑乎乎，俨如地狱，对面伸手不见掌。

老叟叫着刘熹，扶着刘熹的手，一同回到复洞之内，两个大人挨着两个小孩，全都席地坐下。地上铺着皮褥草垫，老叟笑道：“我们全坐在这里听听动静吧，刘仁兄，我们可以

谈谈。”

血蝎子刘熹，已知老叟是非常人，这才拿出真面目来，敬问老叟贵姓，大名？由打何时，退居这座荒山？又说：“这山洞如此简陋，你父子三人怎样生活，将来作何打算？”

老叟见问，伸出一只手来，握着刘熹的手，摇了摇，说道：“我的姓名应该告诉你，不过，现在还有个俗人在此，虽然是小孩，小孩的嘴更不严。所以，我很愿你把你的身世告诉我，我此刻可又便把我的身世告诉你。我们可以这样办，等着鞑子搜完山，我帮你把这两个孩子送回去，然后我再邀请你，到一个可谈的地方，和你深谈一回。并且我在下还有小小一点谋干，也盼望草莽的英雄，义气为重，拔刀相助。”

刘熹矍然道：“哦，……那么，老丈的话，我倒听懂了。这里真个不是老丈隐居的山舍了？”老叟道：“你不见这里，既没有贮水的缸，又没有生火的炉灶，当然此地不是住人的地方，这里只算是我父子游猎打尖的秘洞。我另外更有住处，却是‘只在此山中，云深不知处’；我打算邀你去谈谈，你可肯下顾么？”

刘熹肃然动容，也把老叟的手紧紧握了一下，说道：“那是我渴望之至的事，但是老丈，你还没有告诉我，你贵姓啊？”老叟笑道：“本来用不着瞒你。只是……”左手把着刘熹的手掌，右手在他掌上书写笔画，附耳低告道：“我姓宀、八、土、四、贝。”恰恰成一“竇”字。又写道：“我单名是左边一个臣，右边是人下品。”恰恰是个“臨”字。刘熹却没有弄明白，还是老叟念道：“是居高临下的临。”这才知道老叟叫窦临。

血蝎子刘熹一听窦临的名字，不禁大惊道：“哦，莫非老丈就是燕市行刺，力救文丞相，功败垂成的大侠窦福临么？”“福临”二字还没念出来，被老叟掩住口，低声重复警告道：“小孩子嘴不严，请不要再谈吧。”

这时候血蝎子刘熹不胜惊异，据江湖传言，窦福临杀了许多人，当时被擒身死，不想他还健在。正在疑讶，黑影中，赵

仲颖竟接了声，说："刘师爷，今天的事情，和你们谈的话，我回了家，一准任谁也不告诉。"又对高星儿说道："星儿，你千万也不要告诉你的爹爹。"

原来窦刘二人促膝对谈，年幼的赵仲颖。居然在那里很留神地听。虽然这一天所遭所遇，惊险万状，竟一点也没把他吓坏。当然他也不是不害怕，却比高星儿强多了。

这个隐居荒山的窦福临和血蝎子刘熹，听赵仲颖在旁插言，都不禁错愕，跟着全都失笑起来。窦临道："赵少爷，你真聪明，可是你千诡万诡，你能猜出，我父子为什么隐居荒山，不肯出山么？"赵仲颖到底是小孩，担不住人家夸奖，立刻很逞能地说道："你为什么不肯出山？哪里蒙得住我，那是因为你'不食牛羊肉，只为恶腥膻；隐居山林里，偷懒不做官。'我说的对不对？"

这山居老叟窦临，越发地惊诧，口中寻声诵念道："你说什么不食牛羊肉，只为恶腥膻；隐居山林里，偷闲不做官。哎呀！这意思可怪……"禁不得凝目看着赵仲颖，说道："你才十二岁，而且是脱口而出。"

赵仲颖笑嘻嘻地说道："你念错了，是偷懒不做官，不是偷闲。"窦临道："对呀，偷懒不做官，是犯不上，奏不着，这意思太对了。偷闲是隐士高致，偷懒便是志士苦心了。赵少爷难为你小小年纪不忘故国之悲，唔，你本来是宗姓啊。你应该是我们的少主人……"

说罢，目闪闪看着刘熹。黑影中，对面不见掌，仅从鼻息咻咻的声音中，听出刘熹也很动情。

但是这二十个字，实在不是赵仲颖出口成章的五言成句，乃是赵仲颖的叔父，常常在内宅念道的几句悲愤语；如今被赵仲颖无意中想起来，而且念出来。当时，山居老叟窦临和血蝎子刘熹，精神上很受这两句话感动。山洞黑暗，不辨面目，看不出赵仲颖念道这二十字的神气，乃是拾叔父唾余。窦刘二人竟默默地互相握手示意，不约而同，动了非分之想。

“莫非复国雪耻的真主，就应在这个小孩子身上吧？”

当时，蒙古贵人早来搜山，幸未发现这洞，因此也没开枪。直耗到黄昏时候，蒙古贵人猎罢回城；老叟窦临方才引领刘熹，赵仲颖等，出离山洞。窦临正要亲自送三人回转山庄，这工夫，窦临的子侄，那两个豹头壮士，已然从森林中钻出来。两个人居然捉了一只虎，捆抬着运上山来，于是恰和刘熹等相遇。

老叟窦临便命子侄，重与刘熹见礼；又悄悄告诉，子名窦元朗，侄名窦元皓，是两个鲁莽汉子，如今就以打猎为生。遂命子侄改换衣装，带着猎具，把刘熹、赵仲颖等送回。刘熹和窦临，一见如故，订交为友。窦临秘向刘熹道：“我另有隐居的处所，容改日我先奉访阁下，再邀阁下到我那蜗居，作一夕长谈。”刘熹连声称谢，慨然应诺，当下长揖作别。

山庄中此时早已惊扰不堪。佃户高老旺，烦出许多人，来寻找赵少庄主和他的高星儿。若只两个小孩失踪，还好猜些；偏偏连西席刘师爷也不见了，佃户高老旺可就再也猜不着是闹出什么乱子来了。

赵仲颖等三人，一直到二更，方才转回山庄。当天是不能回转赵宅的了，便在庄子上住下。次日乘车回宅，血蝎子刘熹不等主人诘责，便先请见宅主，详说原委，然后自己引咎辞事。所遇险难，刘熹也不隐瞒，窦临父子的奇才异能，他稍为讳避一点，只说他们是山中猎户，不敢把他们形容成山居隐士，他们不怕宅主，却怕辗转讹传。

宅主赵承佑，早已得知侄儿仲颖与佃户之子出游失踪，半日不见，连刘师爷也没了影。赵仲颖一回来，他便沉住了气，好好地哄问：“你们上哪里玩去了？可是刘师爷领你们去的么？”赵仲颖实话实说：“是佃户之子高星儿，跟自己去看野鸡。遇上蒙古人打猎放枪，后来刘师爷赶了去，把我们俩救了。”如何遇见母子虎，如何蒙古人放火枪，如何遇见蒙古兵，刘师爷跟他们吵，如何遇见豹头猎户，刘师爷烦他们引路；都

原原本本地说了。

赵承佑这才知道：多亏了刘熹，才得把侄儿救出元兵之手，脱去猛虎之口。又由此得知刘熹的武功，的确不弱。刘熹引咎告退，赵承佑用好言语挽留，反而特设小酌相谢。刘熹这才安心，在赵府停留下来了。

赵府过年内外仍然忙着，少主人游山遇险这件事，积日稍久，渐渐被人忘怀。倒是那车夫从仆，曾在下房，向同伴们讲说刘师爷如何爬山避荒，如何武艺高超。被刘熹听见了，暗暗行贿堵嘴；又告诉他们，这话传出去不好，恐于主人不利，从仆也就不敢再说了。唯有赵仲颖，自经这番险难，越发喜欢刘熹；私底总找刘熹，不是请教拳技，就是叩问武林奇事。刘熹不能再拒，把那练拳习武，初步筑基的功夫，背着人，不时点拨这少主人。又向少主人讲些江湖异闻，说些南渡的惨状，往往使这少年听得瞠目切齿。

这工夫，血蝎子刘熹曾趁赵府过年忙乱，私自走出去，独行深山，会见朋友，便是那个山居老叟窦临。

刘熹和山中老叟窦临，互相访晤，已有两三次了，并曾在山庄一个佃户家，借地饮酒快谈。有人问到刘熹，这是什么人？刘熹说："是山中的猎户，我上次到山庄收租，曾经买过他的野味。现在我烦他们，给我寻一只獾。"人问："寻獾做什么？"回答说："獾油可以做烫伤药。"人们听了，也都相信了。

窦临第一次访问刘熹时，确是带来野味，两只野雉，一对活松鼠，就是烦刘熹转送赵少庄主的。赵仲颖一听窦临来了，也很欢喜；他拿着松鼠，很高兴地玩耍，被他哥哥赵孟頫看见了，说了他一顿。说是什么"玩物丧志"。赵仲颖不服，哥俩打起来了。赵孟頫打不过弟弟，常常吃亏。

第五章

荒村说剑

转年后，元宵节也过了，赵府的家馆又该开塾。赵承佑定正月十七、二月初二，两个日子，为学生上学的日期。学生们过年，定没玩够，希望二月初二日上课才好。赵仲颖又私找婶母，恳请专心学武；自己也向叔父赵承佑说，情愿白昼习文，下晚学武。赵承佑问他："你打算拜谁为师？"赵仲颖说道："就拜住闲的刘师爷为师，刘师爷的功夫很好。"那个护院兼授拳的武秀才，赵仲颖是看不上眼的，而且这一节，武秀才回家过年，至今还没有回馆。赵承佑想了想，叹道："也罢，我就成全你的志愿，你这孩子天生的怕念书；我却不知你一心习武，将来想做些什么事情？"赵仲颖道："叔父也不是说过么，你老仰观天文，俯察人事，料定天下眼看要大乱，正是英雄用武之世。乱世重武轻文，也是你老讲过的。练武太有用了，可以防身御侮，又可以除暴安良。"

这些话又是赵仲颖平日从叔父口中听来的，现在原封端回，赵承佑也笑了。左思右想，说道："你真要习武？可是你既拜师，就得敬师。你不要看现在，刘先生常哄着你玩，一旦

拜师，你再不勤学，他可就要打你了。”赵仲颖道：“叔父放心，我一定敬师勤学；老师打我，我也决不逃学逃跑。刘师爷很喜欢我，不会打我的。”

当下，赵承佑特别请刘熹到内厅小宴，次日托教书的塾师向刘熹致意下聘，然后择吉拜师。赵孟频、赵仲颖、赵季显，都拜在刘熹的门下。弟兄三人白昼习文，下晚到中牌以后，便在宅内后院习武。

自此赵仲颖安心学习拳剑，他的胞兄赵孟频天性不近武，只跟刘熹练了一套花拳、一套青萍剑，自谓足以健身防害，无须深求；向叔父说了，不再入场操练。赵孟频现在一面研读策谕经解，一面探讨书画篆刻；他年纪还未到成丁，可是他的书法已经特创一格，足以成名了。这就是他那软软的一笔赵字，如美女簪花，十分娟秀，可惜缺少一点峻拔英挺之气，失之于“媚”。那小弟弟赵季显，年岁很幼，于拳于书，全不曾好好学。只有赵仲颖，天性倔强，年纪不大，脖子梗梗的，一对大眼看人死盯，有些不服人管的样子，偏和刘熹投脾气；师生到一块儿，天南地北，又说又笑，又讲究，又比画，似乎师生都乐此不疲。拳技、剑术、枪法、刀法，一件一件地习练，武师教不倦，弟子学不厌；连宅主赵承佑看了，都觉得奇怪。赵承佑起初以为仲颖做什么都没有长性，现在他居然耐住性子，安心习拳，想来一定是教师武艺高，并且教授得法，才得如此。却不知血蝎子刘熹，暗暗看中了赵仲颖，一面教拳，一面讲道，有许多话，把学生吸住了。

于是光阴荏苒，岁月催迁，赵孟频、赵仲颖这胞兄二人，性行与学业，渐渐分歧，各走各路。赵孟频极力追求文章书史，熟习书本上的学问，存着学成致用、出人头地的思想。赵仲颖极力地追求拳经剑谱，饱闻江湖上奇人奇事的传说，小小年纪，竟会含着一肚皮不合时宜。

这件事也很怪，赵府上请着两位文武教师，这两位教师恰好具备相反的两种性格。教书先生倒是个饱学之士，凡是琴棋

书画，金石篆刻，无不博通，只是博而不精。他这个人似乎猥俗一点，既矜才自喜，又懦弱畏事。肚子里满装着学优而仕的古训，明哲保身的格言，时常鼓励学生用功上课；说什么吃得苦中苦，方为人上人，脱不掉举巍科，登仕版，居朝堂，享荣禄，显亲扬名一类的想头。赵孟频这人天分极高，名心又重，自视高人一等，不肯埋没草莽之间；受了这塾师感染，果然习与性成，自然不甘寂寞，要驰骋于名场的了。

赵仲颖和他哥哥恰巧相反，而武师血蝎子刘熹又是个潜有作为人物，认定赵仲颖，虽是个小孩子，却颇有骨气；若诱掖得法，将来定要成为一个不修细行，落落负有奇节的男子。他本是在此避难，既看中了赵仲颖，一面授武技，一面把“知耻近乎勇”的话，慢慢讽示弟子。刘熹他自己是满腹牢骚，对这三个小学生，任意讲说。赵孟频听不入，赵季显听不懂，唯有赵仲颖很能听受。到后来，刘熹对赵仲颖，越发另眼看待，有许多话，对别人不说，单对赵仲颖讲。大抵小孩在十六岁以下，心地如白纸一样，往往先入为主，每把师父的言语，当作天经地义。并且越是偏激之谈，愤世之语，越能打动人心。血蝎子刘熹起初说话，多少还有些顾忌，后见这潜山山村，仿佛与世隔绝，山民唯鲁，也不会献媚常道，刘熹说的话也就越明显了。

刘熹的话，大致便是“尊王攘夷”，教学生不要忘了自己是汉人。他并不理会小学生听得懂，听不懂，他总搬出古史来，把五胡乱华，辽金侵宋的故事，绕着弯子，讲给学生听。然后又牵扯到时局上面，现在鞑子们如何残杀南人，如何霸占民产，如何强逼剃发，如何把子纳父妾，弟娶寡嫂的“收继”的陋俗，强制推行到中原，以致民间许多烈妇，因违旨而犯胡法被诛。又说到“收继”敝俗，现已推行乡间，乡下人为了争夺寡妇田产，往往有无耻的小叔，以奉旨收继为名，硬来逼奸守寡的孀嫂，每每激出人伦惨变来，这都是新朝的秕政。刘熹尽量打听来，恶狠狠地向学生说。本来这些事情，过于荒唐淫

虐，不该教小孩子知道。刘熹却不管不顾，凡是人间不平事，他定要发出不平鸣，一字一板，对这得意弟子讲，他把当时人间一切罪恶，统统归咎到异族入主中原，故意拿胡俗，摧毁我们汉人固有的民德善俗。他极力形容，把学生说得小脸通红，满面怒气，方才罢休。

又不只如此，血蝎子刘熹更举出"刚毅木讷近仁"的道理，劝学生多听少谈；务必要人前沉默，暗地精明，要喜怒不形于色，要临难不惊，受宠勿喜。总而言之，刘熹用五年的工夫，要把赵仲颖铸成一个猛似烈火，坚如寒钢的烈士。居然他没有看走了眼，赵仲颖这个少年，居然变成一个又冷又热的任侠人物了。

在这五年期间，血蝎子刘熹把全副精神，都用在赵仲颖这个门人身上。自己的武功，已经倾囊尽授，自己的希望，也全都寄托在赵仲颖身上。因为赵仲颖不仅是汉人，而且他又姓赵，的确是故宋宗室的后裔。刘熹把赵仲颖看得很重，赵仲颖也不负他所望。这两个人虽然年龄差得很多，却在这五年中，已经成为肝胆相照，性情相投的好朋友，早超过师生义气了。简直可以说，他们师生志同道合，一心一德。

还有那山中猎户窦临父子三人，也不断和刘熹、赵仲颖师徒，秘密往来。赵仲颖已经十五六岁了，竟与窦氏父子，也结成忘年之交。

不过，血蝎子刘熹的言谈、举止，过形激烈，免不了引人注目。起初，刘熹总还有掩饰的地方。后来在赵府做客日久，看出宅主赵家是避世逃难的亡国遗民，上上下下都不满意时事；刘熹不知不觉，露出真面目来。于是他的为人，也被宅主人赵承佑看破了。

赵承佑虽是亡国遗民，却因身家沉重，甘心携子侄，逃到这僻邑山村，隐姓埋名的匿居，只求安居乐业，做个遗民，以保全种姓为志，很不以任侠人物愤世嫉俗的傲态为然。为天命所在，胡运方张，我汉人既无力揭竿起义，纠众驱胡，那就该

蜷伏爪牙，老死草莽，做一个伯夷叔齐不食周粟，也就可以了。若是妄发狂言，口头上谩骂胡奴，其实是贾祸有余，无济于事的。赵承佑是绅士，是耆旧，受儒道熏陶，虽懂得尊王攘夷的大义，总不如明哲保身的古训，更可以作为“苟全乱世”的借口。人是畏葸的动物，赵承佑也是其中的一个，他当然和刘熹不同了。

赵承佑已然看出刘熹为人，料定他是当年抗胡的将军。却因亡兄承佐，也是抗胡殉国的忠臣；只要刘熹不给他惹祸，他也就伪装不知道。等到积日既久，刘熹无意中说出来的话，常觉刺耳。随后又觉出侄儿赵仲颖小小年纪，说话也带锋芒，和老师刘熹口吻一样，赵承佑就有点疑虑了。经暗中留神体察，渐渐看出：大侄儿赵孟频，依然是书生本色；二侄儿赵仲颖可就性情变化，渐形偏激。按说十几岁的少年人应该活泼的，读书习剑之暇，自当开怀寻乐才对。可是赵仲颖近两年竟像成年人一般，不喜儿童游戏，专好访探人间不平事，又好探听新朝的虐政。这就不大相宜。而且神情意趣，也似过于沉默严冷。赵承佑渐渐不放心。遂暗地向家人打听，又把侄儿叫来，几次屏人私谈，拿话引诱他。终于断定二侄儿受了刘熹的感染太深；而刘熹的思想，实在是祸害。

赵承佑为了保全身家，保全侄儿，反复筹思多日，终于决计，要把刘熹解聘，心中又有些疑难。可是刘熹似乎十分机警，这一方稍露疑思，那一方见机而作，不等主人开口，自己先行告退了。

告退的日子，恰好五整年零四个月。这天，刘熹拜见宅主，说道：“晚生在府上叨扰五六年了，深蒙礼待，至深感激。现在，晚生要回故乡看看去。”赵承佑一听，正中下怀，不觉面带欣容，忙答道：“刘师爷想回家看看么？好极了……”刘熹赶紧表明这不是暂时请假，实是永远解聘，不再回来了。赵承佑大喜过望，求之不得，连忙厚赠川资，盛筵饯行。

血蝎子刘熹一面打点行李，一面向学生话别。师生恋恋难

舍，赵仲颖很惨淡地说：“老师走了，何日再来？”刘熹却说：“山高水长，后会有日。”

终于血蝎子刘熹悄然离开潜山山庄，悄然远行了。临行以前，刘熹秘密和赵仲颖说了许多话，又赠给仲颖一个外号，叫作“铁面赵”；还留下几本书，赵仲颖珍藏起来。教师虽走，学生自己仍然用功自修。

于是日月跳丸，光阴似箭，赵孟頫十九岁了。赵承佑忙于给赵孟頫成婚；这还是赵孟頫的父亲殉职前，给订的婚事，乃是吴兴管礼部的女儿。大乱之后，两家亲戚隔绝，现在甫通音讯。管礼部已经死了，现在只剩下管夫人和一子一女；逃避乡间，苦度岁月。两家亲戚互通消息之后，那位管夫人便催男亲家定期速娶；赵承佑这才携带长侄赵孟頫，前往亲迎。

这位管小姐，年已十八岁，比赵子昂（孟頫）小一岁，是一个才媛，生得秀美温文，而且知书识字，称得起扫眉才子，和赵子昂正是一对璧人。过门以后，和赵子昂恩爱非常，父事叔父，子抚幼弟，全家称赞她贤淑。这时叔父赵承佑已然鳏居，此日欣得贤媳妇，代主中馈，赵承佑更为宽慰，便渐渐将家事交给侄妇了。

赵仲颖和哥哥赵子昂，天生性情不同。一个年幼而倔强，一个年长而柔雅，手足间感情并不融洽。赵仲颖年纪虽小，却看不起哥哥的脾气随和；哥哥又不满意弟弟的风骨强傲，以为小小年纪，自作聪明，不肯听大人的话，又不喜读书，未免有隳诗书家风；为此做哥哥的每每规劝胞弟。偏偏这胞弟胸有主心骨，私自抱定主意，最不喜人劝诫。而且哥俩年纪差不多，纵不打架，也常常拌嘴，好像谁也不服谁，谁也不让谁。等到这新嫂嫂娶进门来，她却是个很有耐性的女子；居然拿出做主妇的身份，一面劝阻丈夫，一面哄慰小叔；不但替丈夫兄弟之间，消弭了多少争辩，还把他们兄弟之间的感情，调和得很好。赵季显年岁小，两个兄长都肯容让他。赵仲颖却有时犯起牛性，叔父责打不改，哥哥规劝不听；单靠这位嫂嫂很温柔地

规劝他，他多少还能依从几句。因此叔嫂之间感情很好，居然引得兄弟之间感情也好起来了。这样做，只一年的工夫，全家上下，莫不称赞新少奶奶的贤惠。

叔父赵承佑本是百劫余生，行年整六，料理家务，事必躬亲，免不了忧劳致疾，坐下病根。赵子昂成婚后，忽一年残冬，赵承佑因受了感冒，引起哮喘旧疾。住在山庄，没有良医；等到病重，请来医师；可是他大限已到。到底医药无效，渐致不起了。前后卧病两个多月，赵承佑自知钟漏将歇，来日无多，便将两个侄儿，一个侄妇，和自己的一个儿子，全唤在病榻之前，掩上卧室门，屏人秘语。把自家已往身世，细说了一回，如何兄嫂城破殉国，如何自己抚孤逃亡，埋头创业，喘息着都说了；侄儿侄妇挥泪敬听。

赵承佑又道："我埋头荒村，已经将近十年；从来未曾细谈过往事。现在已经快不行了，我将要到地下，去见你们死去的父母；我们家的事，不能不说一说了。我这些年来，自问抚孤课侄，煞费苦心，就是因为我家系出贵胄，富有资财；自从经过时变，变卖祖产，出走逃难，弄得消耗很多。及至重新经营，挣扎了十年，方才得到万贯家产。没能给你们兄弟多留一点，这是我心中歉然的一件事。从今以后，我希望你们和睦同居，勤学守业。说到将来的出路，我有两句话，对你们说。你们要是想保家免害，也不妨出仕新朝，在元廷做官；但是如要明耻立节，便该闭户读书，管理奴仆，耕田种地，做个亡宋遗民；那就随你们自己的志愿了。但是孟頫，你的性格过于柔懦，应努力坚拔一点。仲颖，你性格太嫌偏激，应该往谐和一点做去；这是我对你兄弟的遗训。新妇是一个好孩子，不用我多嘱咐了。"又特嘱自己的儿子赵季显："务必听从长兄长嫂的话，千万不要析居。万一你们兄弟异趣，实在不能同居呢，也就不必勉强怄气，那就把遗产分为三份，孟頫、仲颖、季显，你们人各一份。"

说到这里，赵季显挥泪应诺。自誓今后定必遵从遗言，和

两个同堂哥哥，好好同度日月。赵孟频夫妇和赵仲颖都很凄惨地哭着说：“叔父放心，我们一定和季显兄弟好好相处。至于产业，这全是叔父创出来的，我们愿意分作两份，我弟兄当共分一份；季显弟弟当独分一份。因为我们本是两房，当然该折作两份的。况且我兄弟，若不是叔父舍死忘生，负救逃难，我们兄弟两个早就死了，我们焉能忍心和季显兄弟平分遗产呢。”管小姐也再三地说，将来就有妯娌，也决不分家，万一折产，也须教三弟多得。

赵承佑点点头道：“这个，由你们自己去办吧，我管不了许多了。只是仲颖至今还未订婚，孟频你应该替他物色。还有老家人赵禄曾在患难中背负你们兄弟，越城逃跑，很是不易，他的子孙，你们要好好看待他。”一番叮嘱，语多气虚，又复昏迷过去。延至次夜，竟尔逝世。兄弟叔嫂四人抚尸痛哭，遵礼成服。

赵氏祖茔远在吴兴，赵子昂设法把叔父的灵柩，用车运回故乡宗茔安葬。从此赵孟频，管小姐，便以长兄长嫂的身份，主持赵宅全家大计；服满之后，因三弟季显年纪小，学业未成，子昂仍给他延请一位塾师，每天在家授课。子昂因自己居长，又须料理家务。便不再上学，只自己研读。却是赵仲颖年岁比自己小，又没有娶妻，孟频做兄长的意思，很愿这二弟和三弟做伴，一块儿念书。不意赵仲颖此时已然志不在此，再不肯抱书本，镇日咿唔咕哔了。大哥赵子昂对他说了几次，他摇头峻拒。嫂子管小姐也曾用好言语，探问他，劝诱他；他只哈哈嘻嘻地笑。再问急了，便道：“念那些书，做什么？叔父临死的意思。埋首荒村，长为农夫，以殁一世。我不打算应考，又不打算出仕，念那些诗云子曰，倒害得人气短胆小。”

赵仲颖的话只是微露锋芒罢了，但就这样，已说得赵子昂很悬心。赵子昂就要摆出长兄的谱来，规诫胞弟。管小姐比较聪明，急急劝住丈夫。夜间闺房无人时，她向丈夫说：“我看二叔为人豪气英风，与众不同；他不愿念书，你就不要强逼他

了。你们是手足，你还没看出他那脾气，识顺不识强，你越勉强他，他越拒抗。”

赵孟頫听妻子这样劝说，就深喟一声道：“你哪里知道，二弟性情倔强，从小不喜念书，这个还是小事。我只担心他终日游闲无事，好似野马一样。我深恐滥交恶朋，沦入歧途。他的拳技练得很不错了，万一被匪类勾了去，恐将为家门之祸。我不是真劝他上学。我只是想把他拘束在家中，免得浪游惹祸。”

管小姐听了这话，低头寻思良久，抬头说道：“二叔的脾性，一来好武，二来好交，的确是容易招惹是非。但是你要想化解隐患，却不能强按他头皮，逼他念书。我有一法，二叔今年十七八岁了，我们何不给他物色一个淑女？不管他性情有多么野，年轻人没有不慕少女的，给他娶一个艳妻，他就贪恋闺房，不致出门惹祸了。”

赵子昂道：“这话很是。不过二弟从小不喜读书，他的学问太没有根底；我实在盼望他跟三弟好好地再念几年书。他已经十八岁了，可是他只念过论语，孟子，左氏春秋，而且是粗通大义，不能成诵；诗经书经并没念完，别的他只胡乱翻过十七史和六朝杂著。我的意思，很愿他把五经都念过才好。至于诗词韵文，行书楷隶，他也素欠研究。”管小姐笑道：“你不要希望二叔和三叔一块儿进书房，这是绝办不到的事。他志不在此，你不要勉强他。古人说：‘父子不责善。’你们是兄弟，更不可逼勒他太甚，还是由着他自己的性子为妙。据我想，二叔已经成丁，你还是赶快给他说亲吧。”

赵子昂依言托人物色淑女，可惜他们乃是避地隐居潜山的，与老亲旧邻多半隔绝，因此为胞弟提亲，也很不易。他们是书香门第，自然要聘娶旧家闺秀，无如他们现时住在山村，这里只有农家猎户。经半年多的物色，才提到一家老秀才魏明经的幼女。据说这女子才十六岁，品貌颇佳，针黹精巧，只是不认识字。她的父亲，是个老儒，家道也很平常。经女眷相亲之后，大致总算相配，赵子昂便要给仲颖放定，管小姐连忙拦

阻道："使不得，你必须问问二叔，万一他不乐意，将来岂不为难了？"赵子昂便在内宅，亲向仲颖提说，把这女子如何贞顺贤淑，家庭如何知礼守法，盛赞了一回。问仲颖意思怎样？果不出管小姐之所料，赵仲颖没等听完，就脸皮一红，诘问道："哥哥说的不是魏明经的姑娘么？"赵孟頫答："正是他家。"赵仲颖摇了摇头，再叮问时，他便说："哥哥常读古书，难道不晓得男子年未三十，不应受室么？我是不要成家的，哥哥千万不要给我胡乱提亲吧。"赵子昂再三提说，赵仲颖再三推却，又背地向嫂嫂透露心思，请嫂嫂千万拦住哥哥，暗含着表示：哥哥倘或冒昧给他成家，他就要弃家出走。

管小姐忙问："二叔可是嫌这魏明经家的女儿不好么？"赵仲颖点了点头道："魏老头冬烘极了，他的女儿一定是个糊涂女子。大概这个女孩子，一个字也不认识，我不要不认识字的女人，魏老头也不配跟我们攀亲。"管小姐笑了笑，忙又叮问："二叔若嫌魏家的女儿不好，我可以告诉你哥哥，另外给你物色知书识字，门当户对的女子。可是二叔若依你之见，到底你要什么样的妻室，才算可心呢？"

赵仲颖依然是脸红红的，只说不要不要。管小姐笑着说："比方新娘子若是像我这样子的人，或者比我还强，你可喜欢要不？"赵仲颖也笑了，当下不好置答，愣了半晌，才说："女子像嫂嫂这样的能有几个呢？不过，我并不想成家。"管小姐道："为什么呢？"赵仲颖道："大丈夫志在四方，匈奴未灭，何以家为？"

这"匈奴未灭，何以家为"八个字，把管小姐吓了一跳。管小姐乃是才女，听了小叔这句话，秋波盈盈，凝睇不已，很惊惧地问道："二叔，二叔，你说什么？"

赵仲颖道："我没有说什么，我不过说，我年岁还轻，没有到成家的时候。"

然而管小姐又害怕，又着急，又不敢告诉赵子昂，她素来知道赵子昂比她还小胆的。但是赵仲颖这句话实在教人悬心，

她又不敢明劝，只得用好言语，委婉哄慰小叔；讽示他汉祚已尽，死灰难燃，天命佑胡，虏运方张。因劝仲颖做个保家延嗣之子，不要做复宋抗元之士，说着说着，几乎急下泪来。赵仲颖唯唯诺诺地听着，见嫂嫂过于害怕，他便撰辞解说道："嫂嫂放心，我只是不想老早地成家，我不会在外面惹出灭门之祸。我在外面不过跟几位好武技的朋友，一块儿游戏罢了，其实没有什么事。"管小姐越听他这样说，越是着急。她是个贤明的女子，知道口头劝解，劝得了浮面，劝不了内心；现在还是只有那一法，就是赶快给仲颖物色一个极美丽、极聪慧，知书识字，既有学问，更有权谋，难够拴住丈夫野心的女子。而且要使得这个豪放不羁的小叔，从心眼儿里爱恋他的那个妻子，如此方能把他绊住。管小姐暗暗对丈夫说了，魏明经女儿的婚事作罢，另外托人寻求别的闺秀，务必要做到"贤贤易色"的反面，拿着古人"爱玩艳妻"的柔情，去打消赵仲颖的"偕交报仇"的豪气侠肠。

只可惜赵子昂、管夫人的主意想得迟了。此日赵仲颖，似乎羽翼已丰，再不受羁勒。常常独自策马出游，经旬不返，问他："上哪里去了？"他说："游山逛景去了。"不知怎的，他的话竟教人不敢置信。而且他忽然狂歌极乐，忽然缄口沉默，也教人测不透，他的一双眸子，更是深沉得可怕。有时候，他独自一人，在家中对灯枯坐，支颐冥想，一坐坐到天快亮。这使得做贤父兄的赵子昂夫妻，万分的惶惑担忧。而且，不管你怎么问他，再也问不出他的实话来。他只是说："出去玩玩，出去遛遛，没有同着朋友，是独自一个。"

赵子昂很悲戚地对妻子说："二弟简直把我急疯了，他……他到底装着一肚子什么打算？小小的年经，比壮年人还沉默，莫非真要弄出灭门的大祸来不成？"

赵子昂没有别法，只有百般拦阻赵仲颖的游兴。但是赵仲颖究竟已是成丁的人了。做兄长的到底与严父不同，何况他二人年岁相差无多。并且赵仲颖毕竟是男子汉，不是闺女，你也

不能整年整月，把他拘在家中。管夫人再三警告丈夫：“对二叔只能以好换好，千万不可强行家法，硬来禁制他。禁制他太紧，他是要飞的。”

赵仲颖还是这样游荡，累得兄嫂担心，他却满不在意。

后来管夫人想了一法，赵仲颖如果出游，夫妻俩双双地在家恭候游人。赵仲颖如果迟归，兄嫂便挑灯坐待；弟弟回来，问茶，问饭，伺候完了，看得游人登榻安枕，这两口子方才回卧室就寝。弟弟不归，兄嫂坐耗到天亮。若是赵仲颖流连在外，一连数日不归，赵子昂就丢下一切正事，满处寻找二弟。找着二弟，决不抱怨诘责，只是做出欣然安心，如释重负的样子，给仲颖看。似乎说：“我可找着你了，我可放心了。”再不谈别的话，邀着弟弟一同回家。到了内宅，嫂嫂管夫人早经督饬奴仆，给二爷预备饮食，茶点；温情慰藉，宛如慈母。这种纯以恩情感动的办法，行之既久，赵仲颖可就招架不住了。从此，迫不得已，他只得稍稍敛迹，不太远游了。但是他心中依然另有他的打算。

这时候，朝野大局早已大变。元世祖忽必烈入主中原，奠定蒙古帝国大业；宗姓大将分封各地，横跨欧亚，建了许多藩封属国，兵威武力，锐不可当。许多的亡宋孤臣遗老，试图死灰复燃，舍死忘生，前仆后继，在长江沿海一带，几次纠众起兵，倡起匡复之号，打起驱胡之旗，宛如以卵击石。明知送死，义士们好像打定主意，要杀身成仁。但是人心尽管炽热，终不敌大元铁骑，弓马精熟，能征惯战。这些股顽到后来一个个剿的剿，杀的杀，死的死，囚的囚，降的降，亡命的亡命。不知有多少志士，眼见元人混一四海，心怀奇愤；然而避秦无地，驱胡无方，有的酒醉贪杯，纵欲自戕，有的隐姓更名，出家为黄冠缁流。这自是仁人志士，委离抱痛，甘心趋死。至于一般流俗，觉得皇天不佑大宋，胡运正在兴隆，又听那些降臣所辅导的：“四夷全是炎黄胄，天下南北是一家”的大道理，相信蒙古即匈奴，“匈奴乃夏后氏之苗裔也”。这句话明明白白

写在司马迁的史记匈奴传上，绝没有错。都是同胞，谁算君主，谁算臣奴呢？只不过蒙古贵人，到底是有贵相的。各地老百姓渐渐心悦诚服，纳税效忠了。大元帝国又有好些降奴，代做谋主，一面开科取士，收拾人心；一面大张挞伐，屠戮叛逆。文武之道齐施，德刑之政并布。这样做，不拘中原的汉人，南方的蛮子，渐渐地，慢慢地，老老实实地做了大元的顺民。

当赵孟頫、赵仲颖昆仲，学成文武艺之日，也就正是中外人心畏威怀德，一体归元，甘为胡奴，再无叛志的时候。

赵仲颖和哥哥赵子昂年纪相差无多，可是性情如此悬殊。第一，赵仲颖脾气倔强，根于天性，又生得面貌微黑，大眼长眉，嘴角下掩，不怒似怒。而赵子昂生来柔媚，颇富女性美，他和他的爱妻管夫人，风姿都那么俊俏，宛如玉树双辉。试看他的字，就可以看出他的为人。第二，赵子昂受教的那位塾师，乃是屡试不第的老秀才，装了一肚子经诗策论，诗文作得非常当行出色，可惜笔慢，不得志于考场，惭恨生平没得掇巍科，入翰院，登朝堂，做高官。他既坎坷半生，痛怨笔砚无灵，可就把满腹经纶，都教给学生。希望这得意弟子赵子昂，能继师志，实现师门“学而优则仕，仕而优则学”的大抱负。偏生赵仲颖所遇的拳师血蝎子刘熹，与这冬烘老夫子大大相反。小学生当然尊信师父的话，老师的话比圣旨还灵，结果这一对胞兄弟，被两个教师带得背道而驰，差得很远很远了。

那拳师刘熹竟把门弟子推心置腹，教得合盗跖夷齐为一人。赵仲颖不食周粟，可是欲食胡肉。

那塾师竟也把门弟子倾囊倒箧，教得合佳人才子为一体。赵子昂不但才高学优，还要练达世情。工于揣摩，拿着迎合考官的精神，来博人欢心，善事公卿。大抵猎取功名，必须投机讨好，赵子昂十年寒窗，竟学会了这一套。

于是，在叔父赵承佑逝世的五年后，赵子昂真要驰逐名场，猎取科名了。赵子昂似乎是自恃奇才，不甘埋没荒野，与木石同朽，利禄之心未断，名心勃勃，不可遏止了。

第六章 才子求荣为免辱

在潜山山庄邻近，有着一个遁世闭户，读书务农的世家。这世家也是南朝名宦，亡国后才携眷避难迁来的；埋首隐名，山居很久，素日和邻家不通庆吊。但因与赵家门阀相当，臭味相投；当赵承佑生前，曾以一个偶然的机会，两家有了来往。这宅主自称姓周，也是拥有农田多顷，素常以诗酒自娱。这周员外也有一个爱子，也请着专馆教师，在家读书，后来和赵府成了通家至好，两姓子弟也时常共学共游。周公子名叫周章武，性情却很文弱；年岁、门阀、学识，和赵子昂非常相类，两个少年会文课诗，性情相近，不久成了莫逆之交。

周员外资性坚僻，因抱亡国之病，看不惯新朝左衽的胡服，听不惯都鲁多罗的新朝国语，更弄不来请安打千的胡礼，他比赵承佑还顽固。不但谢绝交游，不肯进县城，简直国亡后，连家门也不愿出。把自己囚在斗室内，日日酒杯不离手，向故纸堆中钻研排遣，一方是“一醉解千愁”，一方是“讽古以亡今”，他有他的苦处。在他以亡国遗民自居，他的令郎周章武公子，可就不然了；少年矜才，不甘肥遁。抱着“学成文

武艺，货卖帝王家”的志趣，这少年不肯伏处草莽，虚度一生，总想怀才一试，要争功名于朝堂。他的父亲要把他拘在山村旷宅之内，他早已不堪寂寞。他是活泼的少年热衷人物，做隐士本来不成。西汉末年刘向刘歆，父子异志，周章武公子跟他父亲，也是这样。等到他父亲一死，他可就脱颖而出了。他要献身大元帝国，以才能自见，给汉人争一口气。

而且他们这种人打算出仕，也还有一种不得已的苦处。大元帝国最贱视南人，各地的蒙古县令，征兵抓夫，又专坑害没有势力的老百姓。周宅、赵宅既不曾出任新朝，又没有蒙古亲贵来往，可算是道地的良懦之家；因此抓夫征财，很受贪官酷隶的剥削苛扰。周公子的一块山田，出了瓷土，可以制瓷器，地价变贵，就被佃户们勾结县衙门的译员隶役，硬找出冒名的原业主，拿原地价的五成，硬给买回去。还有周公子的另一家佃户，叔侄二人，忽被地方官强抓了去，既不知罪名，又不知下落。佃户的母亲媳妇，骤失当家人，断了生路，至今还归周家代养着，镇日啼哭，情形很惨。周员外当时曾因此气了一场病，竟由这病卧床不起，缠绵半年，旋即下世。周公子办完丧事，也看透这步棋，想结纳一两个蒙古贵人，或汉籍的翻译员，借他的势力，保护自己的产业。

周公子这样存心，并不是一定要攀高结贵，更不想狐假虎威，只于在异族统治下，做个“顺民”，求个“顺气”罢了。

可是那些为贫而仕的头一期的新朝降臣，早对这些拥财肥遁的遗民，怀着妒意。以为你们有钱，你们爱国爱得起；我们穷极，当了汉奸，你们瞧不起我们。到了今天，你们骨子里拿我们不当人，表面上又想借我们的势力，你们也太清高了吧！于是很有些遗民结新贵，反被新贵倒咬一口，再不然也被拖下浑水。至于寻常老百姓，巴结蒙古小吏和译员的，也常常得不到真的庇护，反害得引狼入室，使自己的妻女受了意外的污辱。又有一些遗民，起初怀念尊王大义，誓不食周粟，甘心埋没荒郊，做个殷顽。却是这般人多半是念书的人。念书人一向

自视加人一等。士农工商，士流本居四民之首，免不了有优越感。等到做了亡国奴，当然优越不起来了。蒙古人又偏偏拿念书人不当人。这一来，有的地方，越激起遗民之愤，有的时候，也竟迫得这些伯夷叔齐，在首阳山受不住了。譬如乡村一个种地的，无故挨了打，人都不理会。若在大庭广众中，有一个儒生，因言语不通，平白挨了蒙古驻军一个耳光，别人看着，自己觉着，好像比挨饿挨刀更难堪。这怎么办呢？亡国奴无他法，自然是躲避。但为衣食所累，躲避不开呢？可就有些念书的人慢慢地变了心，国亡既已恢复无望，不觉动了出仕之念。他们这出仕，非为“干禄”，只为“免辱”罢了。当降奴，非为升官发财，只为不受气，苟活逃死，这也就很可怜。但是当降奴，也须有阶梯。这时候，恰值大元帝国开科取士，南人北人一体得兴考试。若头场考中，连捷上去，也可以扬眉吐气，不再受新朝走卒下吏的欺凌了。于是，为了这出仕免辱一念，为了这不甘寂寞，使得周章武公子，一旦变节，同时把赵子昂也拖下水去了。

他们俩本是好友，周章武进城买试卷，竟买了两本，回来就告诉了赵子昂，讲了好些道理，劝他应试。两个人都很年轻，又都有才学，都不甘沉埋荒丘，虚度一生，而且他们两家都受过新朝下吏走卒的吓诈，周章武是决计要应试了，劝赵子昂和他同去。屏人说道：“赵仁兄，你就不肯出仕，何妨去应试呢？不登仕版，只索取一个功名，也可以镇压狗腿子们，免受挫辱。”

这话不为无理。赵子昂点点头道：“是的。”

于是两个人结伴联袂，进城赴试。周赵二人都是富有文才的人，潜山县又是文风固陋的僻邑，两个人应考，居然高列前茅，一个第二，一个第一。蒙古县官当然不通文，他却请着文笔很优的幕府师爷；这个师爷向县官道贺，说：“东翁大喜，现在你这县治内，出现两个大才子了。”蒙古县官说：“谁是才子？”师爷盛夸周赵二人的才华；这二人的试卷，淹贯经史，

富丽典雅，实是罕见的两个奇才。因说道：“夫文章足以华国，而荐士实为美政。”这师爷尽量的一拍马。蒙古县官也就欣然得意道：“哦，这两个才子，叫他们来，我见见。”

周章武、赵子昂，到了这个地步，可就顺水行舟，顺流而下了。这一天，两人衣冠楚楚，进县衙门投刺，拜见了部民的父母，门士的恩师。两人相貌都够雍容华贵，决不带潜山县山民鄙朴之气；蒙古县官看着顺眼，很拿两个人当人，两个人也就很顺气。从此两个亡国贵公子，竟驰骋于名场，欲罢而不能了。两个人都成了茂才异等，县官也保送，府官也保举。旋到行省乡试，又复高高的中上。

这时候，元世祖采纳了降臣的忠谋秘议，正在开馆招贤，努力搜罗江南的人才。为的是收拾人，使天下豪杰尽入彀中；免得他们毫无出路，伏处草莽，图谋不轨。于是降旨封疆大吏和藩邦属国，一体荐举贤才。访求隐逸；苟有铅刀一技之长，不吝高官显爵之赏。江南蒙古大吏更受到密旨，务必尽量搜罗亡宋失职的官吏和有才能的遗老遗少。大吏遵旨，就把赵子昂、周章武，还有别的人，全都保举上去。别的中书行省也满处搜举贤才，总不似江南闹得厉害。这样一闹，许多遗民隐士，追踪夷齐，发誓不仕新朝的，到了这时，也有穷极饿不起的，也有受辱耐不住的，也有不甘寂寞的，也有名高望重的学者名流，被当地官府，指名挖出来。像逼寡妇改嫁，催他们上道应试，美其名曰：“安车蒲轮，优礼贤良”，被举的也算是征君了。可是如果不去，那就是抗旨，抗旨是要砍头的。许许多多亡宋的旧吏遗臣，借这“征君”的美名，避这砍头的大罪，纷纷出山了。

赵子昂和周章武，因为年纪轻，名头小，还不算征君，只算是茂才。两位茂才被架弄到燕京，礼部赴试，金殿对策。结果，周章武名附榜尾，赵子昂高捷探花郎；尤其是他一笔软软的媚在骨子里的小楷，使试官爱不忍释。就是蒙古万岁皇爷，见了那篇文，虽不懂得，见了那笔字，也觉得很不坏。于是周

章武谋干了一个小京官，赵子昂居然入了翰林院。若不是他姓赵，考官大臣都有点顾忌。倘换个别的姓，更要大阔了。

然而这一来，却给他的胞弟赵仲颖一个很重的打击。当赵子昂初应县试时，原本说好，身为一家之长，为免受奸隶恶卒的勒索敲诈，不得已，且去弄个小小功名。赵仲颖也曾劝阻，也向嫂嫂管夫人说："新朝吏卒如禽兽，越躲远他们越好，哥哥为什么倒接近他们？"管夫人皱眉说："二叔，你哪里知道，你不管家里田产的事，自然不晓得你哥哥受的那些闲气。县城里的胥吏隶卒，个个比虎狼远凶，每来收地租，征车征夫，动不动就逼着你哥哥亲自去当役。又说二叔你够了岁数了，要征你去当官差。遇上这种事，便赔多少好话，花多少冤钱，才能把他们打发走了。这就因为咱们家只有钱，没有势力，所以才落得受他们的气。你哥哥被逼没法子，这才打算和周公子一同去应试。好歹得一点功名，无非是镇压这些恶奴。二叔你心上海阔天空，不杂一点俗事。你哪里知道居家过日子，顶门户的苦处！县吏和保正把咱们欺负得太厉害了！"

管夫人这样解说，赵仲颖方不言语，却是心中仍不以为然。哪想赵子昂一帆风顺，一路连捷上去，竟做了京官。赵仲颖这一怒，非同小可；从潜山一直追到燕京，面见胞兄，逼他弃官回家，隐居耕读。赵子昂到了这地步，已经撮上火炉，欲罢不能。他这人颇富才华，元朝君臣虽然酷待南人，却很优礼他。那蒙古大臣，蒙古宰相，都对他异常刮目，又好像见他姓赵，晓得他是前朝的遗胄，反而格外宠任他，用以倾动故宋遗臣，隐消草野异谋。像这样，赵子昂在新朝，可以说意气发舒，名动朝堂了。他就忘其所以，以齐桓公的仲父管夷吾，秦苻坚的权相王猛自命。他确乎是变节了，他有他的理由，是民命为重，宗社次之，个人的名节更次之。好像他屈节做了蒙古大夫，完全是为了济物利民。

倔强峻傲的赵仲颖，对胞兄应试就不悦，对胞兄出仕更齿冷，一口气北上，赶到赵子昂京城寓庐，屏人苦谏。说了许多

激昂慷慨的话，劝哥哥立刻挂冠回家；赵子昂只是淡然一笑，对弟弟道："你说的全是孩子话。"长本大套，讲出了一番柳下惠玩世，伊尹用世的道理。

仲颖又瞪着眼说："怎么是孩子话？达则兼善天下，穷则独善其身；哥哥，今日虎狼当道，岂是你兼善世界的时光？况我们亡国之余，幸未覆家，赖叔父之力，薄有田产，不愁冻馁；我们又是大宋宗室，固然是支子疏族，并非金枝玉叶，但父母抗胡殉国，你我兄弟纵不能誓志报韩，也不该觍颜忍耻，臣事世仇。"

赵子昂脸一红，说道："天生我才必有用，我岂能埋首蓬蒿，没没至死？古人贬节出仕，惠济天下，正自有他们的苦心。孔子并不非薄管夷吾啊！"赵仲颖忙道："管夷吾他是尊王攘夷的，哥哥难道不晓得齐侯小白也是华夏之君，是宗周的甥舅之国啊！哥哥没听说父亲的老朋友谢叠山先生，为了拒聘新朝，情甘饿死，你怎么不学他？汉朝的中行说，甘心做胡奴，他不过是个阉寺小人，焉有堂堂士大夫辈，效颦贱奴的？"

赵子昂变了色，忍受不住了，站起来关上房门，手指着赵仲颖，恨恨地说："不许你胡说乱道！小小年纪，任什么不懂，读几句死书，胆敢妄议时政！王猛智士，怎的肯做苻秦的宰相？狄仁杰贤臣，怎的肯奉事女主？士各有志，当不恤小节，以成大业。佛说我不入地狱，谁入地狱？你从小就纵恣偏激，单往狂狷一路上走；往后不许你荡处乱路，信口乱道！滥交些江湖匪类，自此任侠，其实是宵小。看你这样子，早晚弄成灭门大祸来，后悔也迟了！"

更进一步，做出威吓的样子道："可恨就是你这张嘴，再这么胡讲，我的性命断送在你身上。蝮蛇螫手，壮士断腕，那时节，我为了保全身家，也就顾不得手足之情了。手足到底是手足，我不能一味姑息你，害了赵氏满门性命。我限你明天，就给我滚回家去，不许在这里惹祸！"

赵子昂恼了，赵仲颖也恼了。哥哥瞪着他，他也瞪着哥

哥，毫不逊让，半晌冷笑道："好好好，我这才明白，兄弟是手足，手足之情断断抵不住功名利禄！看你的意思，你一定做官，不肯回家了。那也好，我是好交匪类的，也许连累了哥哥。这样做罢，你是新朝攀龙贵臣，我是亡国下流种子，正是士各有志，我们趁早析居另度。往后我做了砍头的事，也省得害了你这个阔人顺民。"仰面自语道："中行说是强逼出使，恚愤叛汉，李陵是力尽援绝，兵败降胡，都是被激迫，现在你们可是甘心自乐，你还嫌我，我却不愿跟胡奴同炊共活。"

赵仲颖说罢，赵子昂大怒，骂道："好蠢材，倒骂起我来了，越怕你说胡虏，你偏说，便是找死……"不觉举起手掌，又似来打赵仲颖，又似要堵赵仲颖的嘴。赵仲颖竟误会了，抬手把这赵子昂一推，直推得倒退数步，跌倒在椅子里了。

赵子昂大叫："好弟弟，你竟敢殴打胞兄！……"几乎气昏过去。

赵仲颖竟说道："什么弟兄，你少跟我论弟兄！我没有弟兄！"开了房门，气愤愤地走出来，策马出离燕京，顺路访友不遇，旋即遣返潜山隐居的山村。

回到山村，面见嫂嫂管夫人，泣诉情由，便要立刻析产。管夫人爱弟心重，知他弟兄阋墙，且不论谁是谁非，只如哄小孩似的，反复地劝慰仲颖，赵仲颖只是含愠不听。管夫人心中为难，也哭起来，唏嘘地说道："二叔，你哥哥贬节出仕，我也劝阻过他许多次。只是他一生受病的地方，便是名心太重，总不肯埋首田野，这跟二叔你太好漫游滥交，都是一样的毛病，那有什么方法呢？你知嫂嫂的心，析产是小事，如果我放你走，从此使你弟兄分离，再也不能见面，你哥哥回来，岂不恼我，我又于心何忍呢？况且你哥哥做的虽然不对，他可是你的胞兄啊。况且他这出仕，不尽是为利禄所诱，实在也有贬节自污，保家护产的意思。他的苦处，你也要原谅一点，他难道一点也不疼你么？"说到委曲处，便将丝巾掩面号啕。

她这一流眼泪，把赵仲颖急得在屋里直打转，没办法了。

强按住心头火，央告嫂嫂道：“嫂嫂别哭，我先不走，等哥哥回来我再走。”管夫人道：“就是你哥哥回来，你也走不得。就让他在朝内争名，我却不愿意离开家远去，正靠着二叔支持门户，理家务农。你弟兄俩一个在朝，一个在野，岂不正好？你怎么能拔脚就走？”赵仲颖想了想道：“这个，那么就这样吧。”便出了嫂嫂的闺房，回到自己的卧室，躺在床上默想。

过了一会儿，管夫人扶着使女过来，安慰赵仲颖。多方譬解，很谈了一会儿，便教内厨房给二爷预备晚饭，又道：二爷好喝酒，把那四坛陈酒，快开一封来，赵仲颖也不拦阻，任听嫂嫂摆布。饭后管夫人还不放心，二次又到书房探问，赵仲颖故意藏在纱帐里，说道：“嫂嫂，小弟躺下了，跑了这几天，很乏累。”把管夫人骗回内宅。

到了夜半，鼓打三更，赵仲颖侧耳细听，四面人声静寂。便悄悄地起床，先掩窗篝灯，磨墨拂笺，写了两三页信，掷笔长叹了一声，然后熄灯，和衣卧在床上。过了一会儿，忽又一跃而起，换了全身短衣，携带兜包，开门出来。回身虚掩门扇，下台阶，径奔内院。却不开屏门，越墙而过，登上正房檐，向四面打一照。用倒卷帘势，探身下垂，先将堂屋门撬开，一跃入内。轻轻踱过储藏室，找开银柜，将赤金锭取出一半，白银取了八封。

旋又一转念，把金条放回一小半，白银放回四封，其余的做两包包好带起。这才合柜加锁，出离堂屋，一跃上屋；从内院跳到天井。刚要折至前院，忽觉脑后一阵冷气吹来，仿佛是金刃劈风。赵仲颖是个会家，心疑有人暗算自己，并不敢回头争看，急俯身向旁猛然一窜。躲开了这一劈，又纵出数步，停住身形，这才回头仔细察看。

黑影中，只见一个身形魁梧的人，浑身穿着一色的青短衣裤，左手倒持着明晃晃的一把刀，骤然把右手一扬。仲颖此时手无寸铁，只小包中，有着一尺八寸长的一把短剑。匆遽中，晓得是暗器打到，连忙侧身闪开，一跃登房。不知来人是到自

家办案的捕快，还是到自家行抢的强盗；心想总是把他调出本宅，才免得惊吓着嫂嫂和三弟。也是赵仲颖年轻气壮，毫无恐惧，便向怀中揣好金锭，手提着银包，抽出短剑，口打着血蝎子教他的江湖人所常用的呼哨，悄向来人叫道："来来来！"连蹿带跳，奔出本宅。

且跑且回头，直奔到一处丛林旷野，赵仲颖方才止步，拔剑出鞘。但见那人一声不响，也似一阵旋风似的赶来。直追到双方对面，方才听那人喝道："什么大胆的狂贼，竟敢到铁面赵仲颖家中行窃！趁早把偷的东西，给我如数留下，饶你不死。"

赵仲颖这才一块石头落地，哈哈一笑道："你是什么人，可是血蝎子打发来的么？"赵仲颖此时完全省悟，"铁面"二字的绰号，乃是师父血蝎子刘熹临行时所赠，除了那山中隐居的三个猎人，别人再不晓得。那来人按刀止步，暗中打量赵仲颖，仍有点不放心，还问一句道："到底你是谁？你跑到铁面赵府上，登梯爬高，要做什么？"赵仲颖笑道："我就是铁面赵仲颖，朋友贵姓尊名？一定是我师傅血蝎子刘熹叫你来的。你找我有什么事情？"

那人哦一声，侧着脸不住端详赵仲颖，口中说道："闻名胜似见面，见面胜似闻名。你就是铁面赵三弟，你可晓得金面是谁？玉面是谁？"赵仲颖道："金面彭铁珊，玉面许汉冲，是我二位师兄。"来人立刻插刀大笑道："我便是金面彭铁珊。"赵仲颖道："可了不得，大师兄来了，失迎失迎。"就在荒郊，赶忙行礼。两人平磕了头，都站起身来。

赵仲颖道："师兄多早晚来的？你这是怎么一回事？冒冷子给我一刀。"金面彭铁珊笑答道："对不起，老弟多多原谅，我来了四天了。头天刚到，我就去找你。你们那个看门的长工，颇有衙门司阍的派头，拿眼翻了我一阵子，说你不在家。问你上哪里去了？多早晚回来？回答说是出远门去了，没有准日子回来。前天我又去探听，那长工一脸的不耐烦，还是说没

在家，没回来；再问不答，把脸扬起来，架子好大。昨天我又去，贵门房还是那句话，直冲着一个小当差的龇牙咧嘴地捣鬼。使得我不由得犯了疑心，怕他们把我当了求帮告助的，不肯往里回话，熬到昨夜，我可就不客气，施展夜行术，竟到你的府上，偷偷窥探了一回。我又不认识你，只蒙着偷看，觉得没有看见像你这模样的人。今天夜里，我是第四次再登贵宅访友，想不到竟瞥见你穿一身短打，穿房开柜。我只当你家闹贼了，冒冒失失砍你一刀，打你一箭，真真对不起你。老弟，你恕个罪吧！”

赵仲颖忙道：“师兄越说越远了，你这是护卫我家，我应该感谢你。”金面彭铁珊道：“老弟，我可不该问，你刚才鬼鬼祟祟，在自己家里，蹿房越脊，翻箱倒柜，你那是要干什么？”赵仲颖浩叹一声，沉吟不语。彭铁珊非常疑惑，忍不住透出冷讥的口声道：“大概你是在外荒唐，钱不够花的，你家里的人又禁制着你，所以就偷着鼓捣家里的钱。你多半在外头，有了女相好吧！”

这话一逼，赵仲颖不由得红了脸，抗声道：“师兄大概没听师傅说过小弟的为人，我何至于无赖到那种地步。我只是……咳，家丑不足外扬。我只是为了士各有志，不打算滥竽官场，和家兄闹了一场别扭。我要弃家出走，所以瞒着嫂嫂，我们家里的黄白物，取携出一点。”

他这样解说，彭铁珊还是不明白，还是有点看不起他。年轻人最怕的是人家鄙视自己，赵仲颖无可如何，方才把骨肉异志，胞兄变节，自己要抛家远避，溷迹江湖，嫂氏挽留，只得潜行出走，所有的前因后果，都无遗地说了出来。又说：自己由燕京回来，曾到师尊住处访候，竟没遇见师尊。此时自己便要拿这金锭和银块，打点行李，潜行离家。仍要找到老师面前，向他讨教一个将来安身立命的出处门径。因说道：“我今年才二十一岁，我不能随随便便白活下去。我总得找一条明路。”

金面彭铁珊听罢，不禁嗟讶，手拍赵仲颖肩膀，称赞道：

“老弟，你真有两下子。你一个缙绅子弟，家资富有，竟抱着这等气节，怨不得老师一提起你，便赞不绝口。实对你说吧！那天你等老师，没有遇上；等到老师回来以后，知道你来找他，料定必有缘故，所以特意打发我来见你。老师现在正在谋干着一点事业，正要请你去，你去了最好不过。老弟，你跟我走吧！”

赵仲颖道：“跟你上哪里去？”彭铁珊道：“跟我找老师去。”赵仲颖道：“他现在哪里？”彭铁珊道：“你不用问，反正不是鞑子衙门，那个地方没有我们老师，我们老师是在山上。”赵仲颖道：“什么山？现在谋干的是什么？”彭铁珊笑道：“就是汉高祖斩白蛇起义的芒砀山，老师要在那里占山为王，要造反，你敢去么？”

此刻赵仲颖怀着两个念头，一个是独善其身，拚着虚度半生，浪游不仕，不家居，不娶妻，踏遍天下，啸傲湖山。另一个念头，是仗一身武功，走向坎坷世途，做一个不平人，游侠仗义，在异族统制下，做一个朱家郭解。他是再也没想到起义造反，因为他年纪还轻，没有这种魄力。并且大元帝国的国运方张，横亘欧亚的大帝国，一统华夷，欧洲的俄奥，亚洲的印度，都做了忽必烈大帝的藩属。正好像元朝威武，炙手可热；故宋积弱，尚且不敌，匹夫起义，简直不能梦想。赵仲颖身在草莽，并不清楚朝廷的动静，更不知元朝此时已到了强弩之末。然而血蝎子刘熹，却是耳目最灵，并且姜桂之性越老越辣，他此刻果然正在秘密鼓捣着。于是年轻而有血性，不耐烦而有魄力的赵仲颖，终被血蝎子牵引到另外一条道上去了。

这一夜，赵仲颖仍回本宅，师兄彭铁珊替他巡风，在外面等候。赵仲颖潜入内宅，把留给嫂嫂的信，放在嫂嫂所住堂屋的桌上，用镇尺压上。暗暗叹息一声，觉得不忍离别，眼泪也流了下来。又到自己卧房，收拾了一个行囊，在宅内徘徊良久，不胜凄恋。还是彭铁珊进来催他，他这才一狠心，跟师兄彭铁珊，跳墙出来。两个人背着行囊，一口气走出数十里地，方才觅店住宿。次晨两人改装遄行，径奔湖州城。

第七章

壮士弃家试北游

这湖州城，是江浙中书行省的一路，地面很繁华，距离赵氏旧家乡，不过百十里路程。赵子昂应试通籍时，所写的乡贯，就是湖州吴兴县。两个人紧走了十多天，到了这地方，方才住脚，歇息了两天。在路上，赵仲颖再三请问师兄："到底老师现在何处？是不是仍然隐居天台山？他到底营干什么事情？真是要招兵买马，落草为王么？"金面彭铁珊直是笑，说道："老弟，你不是很信服老师么？你不是不甘心做降臣么？老师再不会领你走死路，也不会引你走瞎道，反正他是看得起你，有一条明路。要指示你的。"赵仲颖心中依然疑问，又说："师兄带我跑到这里来，莫非老师离开了天台山，就在此地落脚么？"彭铁珊道："老师早不在天台山了，也没有住在这个地方。"赵仲颖道："真跑到芒砀山去了不成？"

金面彭铁珊看着这个年才弱冠的师弟，点头微笑。赵仲颖神色上，只有疑闷，并没有惊虑，倒是个铁打的少年壮汉。彭铁珊因道："师弟不要问了，你只跟我走，自然见得着老师，老师就在此地不远。现在我且领你到一个好地方去，让你先开

开眼。”

两个相偕出离店房，行囊不带，就留在店中。在湖州街中走了一转，旋即穿通衢，走小巷，进了一个小弄。靠小弄中间路南，有一所宅院，黑漆大门，铜环石阶，很是排场，门扇悄悄交掩。门框右上首，钉着一个铜牌，上写：“世传儒医马承华寄庐”，左首另贴了一张红纸笺，写着一行楷书字，是：“本宅马郎中应聘赴杭出诊，每日门诊暂停。”彭铁珊走到这里，站住了，扭头来看赵仲颖。

赵仲颖心中不解，也低头看看彭铁珊。彭铁珊很低声地对赵仲颖说：“贤弟，你到弄口站一站，要是有人走过来，你咳嗽一声。”赵仲颖道：“叫我巡风么？”彭铁珊笑道：“不错。”把赵仲颖遣开，他自己竟到马郎中宅门前，并不叩门环，往四面一望，俯身拾起三块碎砖石，又往四面看了一眼，恰好没有行人；他便探怀取出一张黄纸，这是刚才买的。随手扯作三块，把碎砖石全包了；就欠身扬手，轻轻投入马郎中院内。

赵仲颖站在那边弄口，目力所及，已经看到了，不禁猜疑道：“这是干什么？”

隔了片刻，马郎中的街门，呼隆一声大开。只见一个穿蓝衫的瘦汉子，探头向外望了一眼，侧身一让，和彭铁珊一同走进去了。呼隆一声，门又关上。赵仲颖暗想：“这是怎么讲？莫非师兄前来看病？郎中又出门了，莫非是探望朋友来么？怎么又往院内投砖头？”尤其可怪的是，彭铁珊邀他一同来，可是并不往院里让他。

赵仲颖把眼睛睁得大大地看着，经过了好半晌，方见金面彭铁珊出来，手中累累坠坠，提了好几个包裹。彭铁珊前脚迈出大门，紧跟着后脚人家就把大门关上，而且隐隐听见上闩，更不见主人出来送客。

彭铁珊也不回头，提了包，匆匆地走出小弄。会着了赵仲颖，把手中的包，分出几个来，教赵仲颖替他分携。赵仲颖接取过来，掂了掂，分量奇重，决不像衣饰。心想莫非是买来的

药，郎中也有卖自己秘制的丹药的。赵仲颖不由得伸手去摸，两个包冰凉，挺硬，一个包柔软，飘轻。赵仲颖道："这是什么东西？莫非是铜钱？银锭？钞子？不像不像，咦，硬的倒像是铁箭镞，软的像点心包。"心中乱猜，嘴边也不禁发出疑问声来。彭铁珊直冲他使眼色，又连连摇头。赵仲颖忙往四周看了一瞥，已到大街，人来人往，便闭了口；可是暗暗称奇，肚里也有几分明白了。当下目不斜视，眼看彭铁珊，低头提包慢走。

不多一会儿，又到了一个地方，是另外一家门口。金面彭铁珊照样拾砖裹纸，抛砖叩门。照样烦赵仲颖巡风。这一回耗时不久，彭铁珊才进去，便出来，手上又增多了一个大褡裢，俗名又名马捎子，分量仿佛更沉重。出了这家门，伴同赵仲颖，走出一小段路，找一僻静地方，把小包都索回去。从褡裢中取出一块方袱，将所有小包，全打在一个方袱内；自己提了提，单教赵仲颖，代他扛那笨重的褡裢。口中轻轻说道："小伙子，肩膀上能吃力么？"仲颖接来，往肩上一扛，硬邦邦足有六七十斤重，也像是铜铁器。两个人提的提，扛的扛，回转店房，把东西放在店房床铺上。赵仲颖生平没有负过重，觉得肩头火辣辣的，忍不住又要问。彭铁珊悄声说："等吃过晚饭，就打开给你看。我要求你帮忙呢，必须借仗着你的长才，我方能把这些东西运出城外，然后我们才算正经上道。现在我们可以睡个午觉，今晚我们必须走黑道，爬城墙。我们要好好地冒个大险哩。老弟，你估量着怎么样？这可是犯罪的事。"

赵仲颖双眸凝定，沉吟答道："只要不是杀人行抢，我全敢来一下。爬城墙，只怕我的功夫不够。别的事情我不怕，尤其是师兄若想招惹鞑子兵，小弟愿意告奋勇。"彭铁珊答道："老弟够聪明的，我们先睡一下吧。"

两人和衣卧在床上，彭铁珊是老江湖，此刻只能闭目养神。赵仲颖倒满不介意，耳朵一挨枕头，安然睡着了。

等到掌灯时分，金面彭铁珊叫醒了赵仲颖。这十几天，两

个人总是下饭馆，从不在店中用饭的；今天改了样，彭铁珊叫了两份饭菜，一斤白酒。两人饱食畅饮，饭后吃茶闲谈。直耗到二更天，彭铁珊起来，掩门上闩，验看纸窗。窗上没有破洞，这才横身遮住灯光，把包袱打开了。

赵仲颖疑闷了好半天，因为他出身贵胄，保持着缙绅气派。师兄不愿解说，他就不肯再问；师兄不解包裹，他就不肯翻验。师兄打开包，他反而躲在一边。彭铁珊回头看了他一眼，笑了，向他招手，低叫："师弟，你来瞧瞧。"赵仲颖这才挨过来一看。从那郎中家里拿出来的包，果然是许多铁箭镞和袖箭、钢镖等物，每类打成一包或两包，每一包都够千数。另外一包，又是各类丸散膏药，赵仲颖越发惊奇，手摸铁箭镞，要拿起来验看。彭铁珊忙道："你要小心，最好垫着手巾拿，这些铁箭镞，全是喂了毒的。"又说："袖箭和镖也都有毒，毒性很烈，见血立死的。"

赵仲颖依言垫布，很在意地拿起一把箭镞，就灯下验看。果然在很锋锐的镞尖上，镶有一道槽，槽上涂着黄蜡。赵仲颖倒有点明白了，槽道上一定涂有毒药，用黄蜡封住。这箭射人人体，蜡见热一化，毒就灌入血液。看罢，忙问师兄："这些毒药镖箭，做什么用的，竟这么歹毒？"彭铁珊道："自然有大用。"又问："是师傅定制的么？"答道："你猜着了。"

赵仲颖想了想，又看那另外的药包。是大包包着中包，中包又包着小包，也有用瓦瓶、木盒，纸盒装着的。都标着药名，差不多全是刀创药、暑药、冻药、避瘟丹、化毒散之类。都有纸单写着服法，敷法，种种文字说明。另外有几个很珍贵的锦盒，外面各画着很奇怪的图画，是什么狐鹿麟羊等兽，雁鸦凤雉等鸟，既没有标出药名，也没有写着用法，味道却有一种奇香。赵仲颖又道："这是什么药？"彭铁珊先看了看纸窗，然后附耳低说："是蒙汗药，薰香药粉，和类乎这一类的药。"赵仲颖大诧道："师傅乃武林名士，怎么他还采买这种害人的东西呢？"彭铁珊道："师弟，你年轻，你乍看这些事不伦不

类。但是你该明白，水火二物足以成灾，也足以利物济世。你只看谁用它，和怎么用它。”

师兄彭铁珊虽然这么解说，赵仲颖心中总有点怅然：以为正人君子，不该用薰香蒙汗药害人。当下也不好说什么，把药盒放下了。彭铁珊又将那褡裢里的东西，掏出数件来，给仲颖看；果然是整封的银子成块的金锭，和当时名为“交子”的纸币。金银算到一块，足值三四千金。彭铁珊一面给仲颖看，一面教他帮忙改包。从自己的行囊里，拿出四个背包，把黄白药和丸散膏丹，摊匀了，分别装在背包之内。又加上两人的行李，足有二三百斤之数，彭铁珊试了试，觉得堆垛太大太多。两个空身人，只凭肩背之力，无论如何，也运不出去。于是坐下来，皱眉盘算乘夜越城之法。赵仲颖也跟着坐下来，拿眼望着师兄。彭铁珊起来坐下好几次，赵仲颖忍不住追问道：“这些金银，都是谁的？莫非老师和师兄，给人保镖代运么？”铁珊瞠目答道：“是的，哦，不是的，是师傅自己的，教我顺便代取。”赵仲颖道：“东西这么多，明早何不雇两辆车，运出城去？”彭铁珊笑道：“老弟，你难道不晓得这些东西犯禁么？管保一到湖州城门，便被蒙古防营，连人带货全扣留下。这是兵器呀，元朝国法，是不准我们南人私藏甲兵刀剑的。”

赵仲颖恍然，其实他早已瞧科，他不过是再叮问一下罢了。彭铁珊还在筹划越城的法子，赵仲颖心中沸沸腾腾的，却在揣思今后自己的出处。师兄、师傅不用说，是干了不堪告人的越轨勾当了。我怎么样呢？我本来要投奔师傅，请教自己今后的生路，偏生师傅打发师兄先找我来，分明是要我加入他图谋的秘帮里去。我现在恰处在祸福关头，今天就是我决定出处大节的时候了。我……怎么样呢？”

赵仲颖不仅是一勇之夫，他是故宋宗室后裔，他固然心恨胞兄，不合变节出仕新朝；也正因为他是贵胄宦家，他实在也不愿作奸犯科，以致当强盗，做草寇。他总是书香门第，伏处草莽，做游侠则可，做盗侠，总觉低辱了身份门风。

他心上难过，师兄在那里枯坐深思，他坐在这边，也是枯坐瞑想。他诚恐一失足成千古恨，盗寇二字实在担受不起。而且师兄在路上，本来用开玩笑的口吻说过：师傅要占山为王。占山为王，岂不就是当草寇？

过了一会儿，他深思默虑，忽然打定主意："我何妨先跟了师兄去，到师傅那里，先看一看动止情形。把师门所作所为，小心考核一下，再定去取？"想罢，自己点了点头道："不错，应该慎重！"

这时彭铁珊也把主意打定了。站起来对赵仲颖说："我只想今夜一下子连人带物，一起运出湖州城，如今越琢磨越不行，我们只好匀两天办。并且，仅只我们俩，人头也不够用。我还得找马郎中，烦他拨一两个人，帮我们的忙。"赵仲颖道："这马郎中是个什么样的人物？莫非也是师傅的同党么？"彭铁珊道："当然是同党，实则他还是故宋的一位御史哩。跟我们老师志同道合，交情很深；若不然岂肯把这犯法害人的药，私自配制，卖给我们江湖人物？"

赵仲颖道："你说什么？马郎中是什么御史？"彭铁珊道："告诉你吧，他不姓马，实在姓冯。就是赵宋先皇帝驾下的一位御史。和文丞相还是同榜同年。现在他都六十多岁了，国变后，更名改姓，在这里当医师，他却眷念故国，很给我们帮忙。这些药便是师傅筹来的许多钱，交给他秘密配造的。你要晓得，这种药是没有地方可以买得到的。"

赵仲颖听了这话，颇受感动。马郎中乃是前朝的御史，竟肯帮助师傅的忙，替他秘制毒药兵器，那么马郎中一定很赞许师傅血蝎子的策谋了。御史本是清贵之官，居然折节给江湖上不轨之徒，情甘做下手，这个江湖人走的道路，一定不会大错。如此推想，赵仲颖心头一转，向师兄说："这个冯御史想必很有学问，小弟如果要想见见他，不晓得他肯赐接见不？"

彭铁珊微微一笑道："他一向不见新朝官吏的，却对江湖畸零人，很肯另眼看待。比如说，令兄翰林登门求见，他一定

拒绝。若是老弟你求见，他必要欢然延纳的。”

赵仲颖道：“哦，我明白了。这样的人物，我很想见见。”

彭铁珊把大拇指挑一挑道：“老弟，你真是把好手，可称得起有识有胆，又有准主意，又有真聪明，愚兄不胜钦佩。现在我可以陪你去见他。”

赵仲颖道：“他不是正上杭州行医去了么？”彭铁珊道：“他实在家里，正给我们赶制毒箭，故此把门诊暂停了，我们此刻就可以去访他。只有一节，我们这些东西，很担沉重，必须有人留店看守才好，你等我设法吧。反正我们二人分派不开，索性多耽搁两天，冯御史为人，是年老的儒者，可是慷慨激昂，比年轻人还刚强。此人年高德劭，颇识大势，单替老弟设想，也不可不见见他。”遂留赵仲颖在店中看守，自己改装出去，工夫不大，同着一个商人模样的汉子回来。即留这人在店房内看守，彭铁珊穿上直缀，与赵仲颖打着灯笼出店，两人一径来到马郎中医寓，赵仲颖要仿效前法，包纸投砖，彭铁珊将他拦住，先将灯笼熄灭，把长衣掖起，教赵仲颖也照样。两人溜到马郎中住宅侧首，深更僻巷，四望无人，彭铁珊道：“上房！”一伏身，跃上了短墙。赵仲颖心想道：“噢！”也提襟一跃登高。后院漆黑，两人很快地蹿到前院，院内仿佛只有像书房的三间屋，还点着灯亮。彭铁珊往下一指，即提一口气，跳到院内，真是身轻似叶，落地无声。赵仲颖也跟踪一跳，却免不了咕噔一声。

就这一响，书房中灯光骤灭。彭铁珊道：“不好！”忙叫仲颖留神，他自己抢先来到书房前，低声发话道：“喂，北风吹来了，黄花落地了。”这时隐隐听到书房中发出杂乱的响动，一个人涩声叫道：“什么时候起的风？”彭铁珊忙道：“八月二十三。”又问道：“什么时候花落地？”答道：“也是八月二十三。”又问：“什么时候花再开？”回答道：“南风起时自然开。”问道：“什么时候南风起？”答道：“自然是过了八月又九月，头可断，刀可斩，丹心浩气惊河岳。”

这时书房的灯灿然重明，书房的门豁然大开，出来一个戴儒巾的人，张眼四寻。望见了金面彭铁珊，忙道："可是彭打铁么？"彭铁珊道："马二老爷么，不错是我，买药来了。"

那个戴儒巾的书生低声说道："你可吓死我了，你们来了多少位？"彭铁珊笑道："我们一共两个。"黑影中，书生略一拱手道："请进来吧。"彭铁珊同赵仲颖相偕走进书房。

刚迈进书房门槛，顿嗅得一种辛辣的焦味，刺鼻穿脑，原来屋中正在煮药。一个白须老人，正从药鼎中，取出煎得的药，往立柜中收藏。屋内桌上、凳上，满是制药之器，白须老人好像是在忙着掩匿，抬头一见彭铁珊，不由得笑道："彭打铁，我猜是你去而复返。果然是你，却把我师徒吓了一跳。"彭铁珊赔笑道："老前辈，晚生太觉对不住，没有妨碍你老的事么？"老人道："还好，药幸而没有碰洒。"

宾主逊坐，白须老人双目炯炯，打量赵仲颖。彭铁珊忙给介绍道："老前辈，我给你引见一人，这一位是大宋宗室末胄赵仲颖赵公子。虽然年轻，却是我辈中最有来头的人……这一位就是我在店里对你说的冯允中冯学士，道号就是孤尘子，是我们大群中，主持另一角落的先进老夫子。"

孤尘子冯允中把赵仲颖看了一眼，略略拱手道："原来是赵公子。"态度很淡漠，又说道："请坐，余生再泡茶来。打铁兄，你俩夤夜再度越墙而来，必有紧急事务……"说罢看看彭铁珊又看赵仲颖。彭铁珊道："老先生，我们也没有什么紧急的事情，只是这位赵公子很敬仰老先生的高节，特地登门修谒。这位赵公子，便是在襄阳殉国的赵承佐太守的次子，他的令兄便是以画马蜚声艺苑的赵子昂公。"

孤尘子顿时须眉一动道："原来是赵府君的令郎，令尊襄阳府赵君，我听说奋守孤城，把叛将吕文焕牵制了三年，方才投降。临到吕某叛国的那一天，还妄想劝降令尊，令尊襄阳公却很慷慨骂贼，自杀殉国了，实际情形可是这样的么？"

赵仲颖立起来，恭敬答道："先公殉国时，晚生还小，大致

情形就是这样。”孤尘子叹息道：“却喜忠臣有后，但是……”忽然话头一变，绰须对彭铁珊道：“我听江湖传言，艺苑杰才赵子昂，已然出仕燕都，颇邀新朝荣宠，这话可是真的么？”

赵仲颖闭口不能答，彭铁珊道：“这也是实在的。”

孤尘子道：“那么……”话没往下说，脸上神气却透出严冷。彭铁珊心中明白，忙道：“老前辈要知道他们亲手足，如今已变成路人；他们就在这一月，方才诀别。这位仲颖公子，是晚生引进来的，老前辈不要想错了。”

孤尘子点头一笑，忽又摇头道：“打铁兄，你跟我来。”把彭铁珊引到别室，问了一个明明白白，这才放了心。又出了许多主见，方才重会赵仲颖，礼貌上很是谦和了，赶着和赵仲颖攀谈，夸他是有作为的青年。

赵仲颖竟被孤尘子留下，两人联床夜话，倾吐肺腑。孤尘子反复设辞，探问赵仲颖的志趣操守，并略略讽示血蝎子一行人的密谋真相。总而言之，赵仲颖暗地被人考验了，他自己也有些觉察。

彭铁珊也临时变计，因为孤尘子手下，没有做私贩的人才；他另在别处邀人帮忙，把黄白物和私造的兵器，偷运出城。直到一切办置完竣，方才到孤尘子那里，请赵仲颖回店一同登程。却又背着赵仲颖，跟孤尘子私谈。孤尘子先向彭铁珊拱手道贺，说道：“你们物色的这个故国王孙，实在太好了，你们从哪里搜访来的？”彭铁珊道：“哦，据你老法眼看来，我这师弟，到底人品如何？可以推戴为领袖不？”孤尘子道：“赵王孙这个人，一来年富力强，前程远大；二来是故国宗室，易于号召；三来听他谈吐，他为人满腔热血，抱着雄心。你们若能精选几个妥当的师保，随时启迪他、诱掖他，只消二三年功夫，定可把他养成一个伟大的开国元首。昨晚我和他通夜深谈，觉得他既有项羽之骁勇，又有刘邦之豁达，实在可以奉为领袖，所差者，只怕他年轻气盛，能‘为’而不能‘守’；能‘守’而不能‘耐’耳。这全在你们师徒好好辅翼他就是了。”

彭铁珊听了大喜道："我老师血蝎子，常自夸巨眼，能识英雄，再不会看错人的；现在你老先生又这么说，我们这位赵师弟，只怕真是我们的真主了。我们一定要歃血为盟，共推他为大宋新主。"孤尘子道："你们不要忙，你们还是假托暗中还有领袖，表面上只请赵王孙加盟入伙，做一个小头目。因为他太年轻，骤然推他为首，他也许受宠若惊，张皇失措，也许居高临下，傲兀自骄。推尊的事，还是留在日后。"彭铁珊道："你老先生稳健的做法，一定错不了；我回去一定告诉家师，请他慎重从事。"

一番议论之后，次日告别登程。金面彭铁珊对待赵仲颖，越发敬重，无形中已将他看作幼主，不再拿他师弟待承了。赵仲颖满不理会，在路上只打听孤尘子的为人，和血蝎子的渊源。这孤尘子和血蝎子的关系很深。刘熹得在赵府寄居西席，就是孤尘子推荐给蒲衣居士，蒲衣居士又推荐给赵宅。彭铁珊不便细讲，只告诉赵仲颖："他们二老，从前大概是文武同僚，交情很深，等你到了地方，师傅对你一定细讲的。"

当下两个人坐着一辆车，离开湖州。走出一站地，忽遇见另一辆货车，车上堆着许多货物。由两个客商，一个车夫，停在路口等候。见了彭铁珊，那客商悄悄打了一个招呼，便押车在前趱行。从此这辆货车不即不离，忽前忽后，总跟着彭赵二人的车子走，住店一同住店，登程一同登程。赵仲颖已然觉察出来，彼此虽然不通话，像是搭伙的同路人。第二天住店时，这辆货车的客人，又与赵仲颖、彭铁珊同住在一排房。赵仲颖低问彭铁珊道："这货车上的客人，恐怕是我们的伙伴吧？"彭铁珊笑道："这话怎么讲？"赵仲颖笑道："那天从孤尘子那里，取来的毒箭毒镖，师兄没有携带上路，一定装在这辆车上了。所以我疑心这押货客人，必定是师兄的同党。"

彭铁珊含笑点头道："师弟真聪明，什么事也瞒不过你。"仲颖道："其实把那些东西，都放在我们这辆车上，岂不省一份人力？"彭铁珊摇头道："那可不行，这是孤尘子的主谋，他

是不肯让师弟为这点小事涉险的。”赵仲颖道：“这怎么讲？莫非嫌我年轻，看我胆小？”彭铁珊道：“不是不是，乃是因为师弟身份很重，所以不让你冒这险。”赵仲颖道：“咳，我怎的身份重？”彭铁珊道：“因为你……这总得你到了地方，见了师傅，咱们师徒四人开诚布公，核议好了。那时你才称是我辈中人，那时才能烦你干那违禁犯科的事。现时你还是一个贵客，我们总不肯让你跟着我们，做这偷运军器的砍头把戏。”说时见赵仲颖面带不悦，彭铁珊说道：“却是我们都晓得师弟武功绝伦，故此邀你同行，无形中是请你给我们保镖。阳关大道，倘若遇见了关卡防营，就由押车的人去答对。山径小路，倘或遇上了绿林豪客，那就请师弟你一试身手了。师弟，你明白了么？”

赵仲颖微笑道：“我还不大明白，我觉得你们是临时变卦。起初师兄是要邀着我，一同运送这些毒箭金镖，随后你又变了主意，想必是听了孤尘子的话，以为小弟年幼，不足以担当大事罢了。”彭铁珊笑道：“吓，师弟，你不要误会我们！你且放心跟我走，等到了前途忽要遇上枝节，你就明白我们把运私货的人和邀请来的能人分作两拨的作用了。”

于是这两辆车，忽先忽后，一同上道，照例在路上互不通问。走了许多天，果然在第四天，遇上了地面关吏的搜查。幸而他们躲着要路走，被阻的地方，乃是一个较小的关卡，由押运人把搜检的胥吏，预先调在一边，行了贿赂。等到过步时，假装一搜，轻轻地放过去了。倒把赵仲颖、彭铁珊坐的这辆空车，搜了又搜，盘了又盘。

等到闯过这一道卡子，彭铁珊私告赵仲颖道：“你看刚才的情形，够多么严厉？多亏我们这二位押货的朋友，都是做私商的大行家，他很有办法，所以容容易易地对付过去了。若换你我二人，全是外行，就是花钱行贿，也怕花不到刀口上，一准弄砸。这辆车只要认真一搜，准保货被扣，人被押。”赵仲颖其实早替他们暗捏一把汗，至此点头道：“对付他们这些酷

吏恶奴，我真没有办法，只有拔剑一招。”彭铁珊也笑了，说道：“孤尘子真有先见之明，他本来说你少年气盛。”

货车继续前行，接连又遇上了绿林劫盗。这时河南河北群盗蜂起，大伙上百，小伙数十人、十数人，水旱都有。这天货车前行，走到一座山下，猝然遇上了数十名大盗，押货同伴答对不下来，金面彭铁珊连忙上前，按照镖客借路的规矩，很费了许多唇舌，那个赤面盗魁才准放行。紧接着渡过了江，又遇上一拨翦径贼，约有十多个人，由押货的人上前说唇典借道，翦径贼横目不答。彭铁珊忙又跳下车，过去答话。这一拨翦径贼，来去不明，提起了血蝎子，他们不认识，讲起江湖话，他们满不懂。彭铁珊往四面一看，恰是旷野荒林，招呼赵仲颖一齐拔剑硬闯，那两个押货的同伴也从车垫底下，抽出兵刃；那赶车的车夫，原来也会点练功，一齐帮着护车夺路。

那为首强盗，提一把砍刀，一面站在土岗上瞭高，一面招呼盗伙开抢。彭铁珊喊一声：“师弟，上！”赵仲颖道：“来了！”赵仲颖这一回是初试身手，提剑奔过去，要跟为首盗动手。群贼拿着木棍、长枪，蜂拥而上；第一步，抛开了护车人，竟来刺那驾车的牲口。那车夫大呼，急忙拦阻；赵仲颖忙提剑奔回来救车，正和一个高大的强盗相遇。强盗挑枪迎面刺来，赵仲颖一闪身，躲开了枪锋，划剑往上迈进一步，斜切藕式，唰的一削，出乎意外，那贼狂吠一声，栽身跌倒。

赵仲颖这剑竟砍得很快、很准、很重，贼人的肩胛喷出鲜血，反把初次临阵的赵仲颖吓了一跳。就在他微微一愣神之际，忽听背后同伴连喊，急回头看时，一个贼高举着刀锋，一个贼顺托着花枪，正冲着自己攻来。赵仲颖着急，忙回剑招架。那持刀的贼骤然一声怪叫，踉踉跄跄，退出多远；那持枪的贼也不觉一怔。这就给赵仲颖缓出工夫来了。赵仲颖初次杀人见血，活泼的一个人，被自己一剑砍倒，未免心中不忍。多亏了师兄彭铁珊，一面邀贼护车，一面照顾着师弟，趁空发了一毒镖，才把袭击赵仲颖的贼，打退一个，吓住一个。赵仲颖

倒吃了一惊，觉得骤有一股热气，从丹田往上一撞，顿时二目圆睁，大呼寻敌，和那持枪的贼斗起来。

师兄彭铁珊久经大敌，心神稳定，展开了纯熟的剑法，一面当先开路，一面指挥同伴，结阵护车。车在当中，人在两旁。且打且走，锐不可当，转眼间冲开了一条血路，就要越过高岗。

这时为首盗魁，立在高岗，正指挥群寇，杀牲口，掠货车，只想拦路，无意伤人。却不料遇上了劲敌，部下落败，顿时大吼一声，他自己跳下高岗，急急挥刀来斗彭铁珊。赵仲颖恰好抡剑进迫，杀退了持枪的贼；持枪的贼逃向高岗后，赵仲颖追过去，恰与盗首相对，立刻短剑与单刀斗在一起。赵仲颖猛勇进搏，只十数合，把盗首砍得手忙脚乱。彭铁珊已经闯过高岗，回头瞥见，忙挥剑奔回助战。只扬手一镖，正打在盗首的右臂上。盗首大叫，副贼顾不得截车，急急奔来援救首领，把赵仲颖邀住，盗首按住伤口，抽空退下来，伸手一拔那镖，流出黑色的血，顿觉创口奇痛如灼，叫道："不好，我中了毒镖了。"先前中镖的那贼，也连声喊叫，群贼大惊。盗首发出暗号，群贼立即吹起呼哨来，背起受伤的人，大骂着逃入林中。

群贼已退，金面彭铁珊忙招呼众人，不要追赶，快快驱车，快快逃跑。料此地还有贼窟，怕他们勾了同党，再来报复。赵仲颖拭去了剑上的血，依然有点目眩神摇；彭铁珊急忙催他上车。两辆车很快地奔逃下去。一直逃出十数里地，前面有了镇甸。金面彭铁珊方才放了心。于是驱车进镇，落店住宿。

两辆车本是装着互不相识，现在骤脱虎口，也不再掩饰了，都聚在一处，共谈御贼之事。连称好险，好险；又一一称赞赵仲颖初次临阵，竟这么沉着勇敢。赵仲颖道："惭愧！惭愧！"那乔扮客商的两个同伴，又说："贼党人数多过一倍，反而落败受伤，猜想他们必不甘心，必来穷追寻仇，哪知他们竟认输了。"赵仲颖也很纳闷，十多个贼反被六个旅客打跑，觉得贼人太怯。殊不知金面彭铁珊发出去的，乃是毒镖，贼首中

镖毒发，群贼忙着救治，顾不得寻仇了。只派出两个小伙计，盯着他们入店，暗暗刺探他们的来路和去向，以备后图罢了。两辆车居然平安登程，也算侥幸。

次日上道，两辆车又走了几天，到达徐州境界。徐州城内有一家三义镖店，派出两个镖师，赶出一站地来，迎接他们。金面彭铁珊不认识这两位镖师，这两位镖师却认识彭铁珊，可是双方不放心，照例用隐语，互相盘诘。等到说开了，又拿出信物来，这才欣然叙礼，开诚相见。又引见赵仲颖，与二镖师相会："这就是赵王孙，家师的得意门生，我的三师弟。"二镖师一听赵王孙三字，肃然改容，深深下拜道："原来是赵王孙。"很恭敬地给自己报名道："小人叫解良材，小人叫郭少熙。今后愿听赵王孙的驱策，赴汤蹈火，万死不辞。"这一番客气话，把赵仲颖听愣了。

彭铁珊又把押车二客，给两镖客引见了，两镖师也草草周旋一下，随即屏人对彭铁珊道："近日城防很紧，外客进城，颇多不便。我看彭仁兄督运的货物，就在此地交割我们吧，不必进城了。"彭铁珊连声说好，又道："但是我必须和总镖头见上一面。"解郭二人道："那当然，而且我们总镖头也久仰赵王孙的大名，也渴想一见的。他若早知王孙已经邀到，他就早来迎接了。"又含笑低声道："我总觉王孙年轻家当，未必一请就肯出山，哪知真请出来了。今日识荆，仰见英雄气概，与众不同，足见我党有幸，得此……"正要往下讲，彭铁珊忙大声笑道："我们这位师弟是英雄，我们老师早说他一请准到的。"借着笑声，把话岔开了。

旋即商定，货物交给郭、解二位镖师，由二镖师将毒箭、武器，悄悄运在城外一个机密地方。金银数千两，化整为零，散运进徐州城。另将秘字回复文书写好，交给押车二客，另外还带去一车药料。

二客领了，坐原车回转湖州，仍交给隐医孤尘子，代为淬毒密制刀剑箭镝。他们忙着收藏货、发货、起货，金面彭铁珊

却与赵仲颖，先行进城，偕访三义镖店的总镖头雌雄镖神手杜伦。

这个雌雄镖神手杜伦，面黄体瘦，恍如病夫，年约四十余岁，举止文雅，沉默寡言。只看外表，很不像个武林中夙负威名的人物；只有他那两只眼，黑白分明，顾盼之际，炯炯惊人。和赵仲颖在镖局相见，礼貌十分敬重。却也没有许多话，只向仲颖说："小人杜伦，久仰公子大名，今天相见，足慰生平。我和令师血蝎子刘熹，乃是二十多年的患难至交，我常听他说到公子的壮志豪情。今日幸会，即成至交；以后公子如有什么事情，请尽管告诉我。我这小小镖局，倒聚集着几十位武林壮士，足供公子差遣的。"

赵仲颖摸不清路数，听了这些话，只可说："不敢当，不敢当。"杜镖头又在当晚设宴，给赵仲颖接风，把镖局中的武师，选邀了几位作陪，也一一指名引见了。这些武师对待赵仲颖，也是非常恭敬的。好像把仲颖这个少年公子，当作旧主看待。在徐州酬酢两日，彭铁珊跟杜伦，又领来当地几位知名人物，一一和赵仲颖见面，都很谦抑。有的人过分恭敬，拱手侧坐，陪着仲颖，应对诺诺，有如小吏拜见贵官。赵仲颖略感惊异，却也猜不出缘故来。

到第三天，金面彭铁珊、镖头杜伦，陪同赵仲颖，辞别徐州人士，径行出城。由铜山城西，走出六七十里地，到一座小村，名叫白马屯地方。彭铁珊请赵、杜二人在路边稍候，他独自进村。过了一会儿出来，皱眉向赵、杜说道："引路人不在，我们不能立刻上道，只可在此地暂歇一宵了。"三人一同进村，在很僻的一条小巷内，有一座小院。门前有一个村学究模样的人，在那里等候，悄悄地把三人引进院内。

这小院好像是座村塾，却只有三五个村童；村学究让客到上房，立刻把学生放了。彭铁珊告诉赵仲颖："这位是吕宜谦吕先生，国变后在此隐居，躬耕课读，虽然是局外人，处处很给我们帮忙。"转身向村学究吕先生说："这位就是赵王孙，是我由潜山邀来的。"吕宜谦道："哦！久仰王孙的大名！"赶紧

行礼，很注意地打量赵仲颖，让到上首坐，旋向镖头杜伦拱了拱手，似乎彼此很厮熟。

宾主落座，逊茶之后，吕先生说："彭壮士远道邀贤，一路辛苦；杜镖头莫非也要陪同入山么？"杜伦道："是的，我必须亲走一次。"吕先生道："不过今天走不得了，近来山上很紧，江南中书行省拨派大军，剿捕盐枭，山林中的朋友也遭波及。故此他们在山麓山径，都加了卡子；没有人做向导，就是熟人，也不易进山，进了山，也找不着人。可惜我们的向导苏五，前天刚刚过去，你们三位只可在这里等候。"彭铁珊道："我下山的时候，还没有这么紧；想不到隔过一月，局面又有小变。莫非山中的举动，已被官人觉察了么？"

吕先生道："听苏五说，我们的底细，大概鞑子还不知道。我们山上的事，经九峰先生调度，做得很机密，还不至于招风引浪。"

当晚三个人就在村塾，进膳住宿。彭铁珊悄悄告诉赵仲颖："这吕宜谦为人缜密，和师傅血蝎子刘熹，也是患难至交。时常给师傅代传消息，师傅也常在这里歇脚。"赵仲颖一路辛苦，连日和这些诡秘人物交接，颇感心神扰动；卧在塾中，辗转不能入睡。荒村没有更锣，也不知夜到何时；忽然间听见响动，睁眼一看，熄灭的小灯业已重明；彭铁珊、杜伦两人，雄赳赳的，穿好了行装，低叫仲颖，起来上道。赵仲颖翻身坐起，彭铁珊对他说："向导已来，我们趁着夜深，正好入山。"仲颖揉了揉眼，见一个中年男子，穿一身急紧装，手持弓鞭，正很匆忙地跟居停主人吕宜谦低声谈话。这中年男子便是山中向导，众人管他叫作流星苏五。

这流星苏五由彭铁珊引见，给仲颖见礼，旋即哑着嗓子说话："这两天风声很恶，吕先生最好多加小心，我们暂时不上这里来了。"转身又问彭铁珊："要走，我们现在就该动身，赵王孙走黑路行么？"彭铁珊道："行！"立刻讨来热水，教仲颖擦了一把脸，穿好长衣。由吕先生挑灯开门，连同镖头杜伦，

一齐出离村塾。

村塾门前，拴了三匹马，黑影中有两个短衣人，在那里持缰伫候。彭铁珊道："只有三匹马，我们四个人怎么走？吕先生能打近邻，再借一匹么？"吕宜谦说道："借倒可以借，只是……"向导苏五忙悄声说："那绝使不得！我可教他们两人步下赶，请赵王孙和彭、杜三位骑马，我步行引路。"彭铁珊道："那如何使得？"苏五道："不相干，谁不知我流星苏五脚下来得？"即刻三人上马，苏五当先夺步先路。那两伙伴，不肯留在塾中，催吕先生回去，掩上街门，两人也慌忙拔步跟追下来。

当下三个人骑马，三个人步下走，择小站，乘夜而行。金面彭铁珊唯恐苏五劳乏，提缰徐行，不肯放马。走了半里地，苏五着急道："这么走，何时能到山头？我们这些人未免太扎眼；最好是不等天亮，就赶到地方。彭爷、杜爷不要客气；你还不知道我么？我脚下管保钉得住。我可要放脚腿了，你们只管撒缰吧！"

向导苏五立即一抖精神，展开了夜行术，顺小路飞驰下去。赵仲颖、杜伦、彭铁珊只好放开马缰；那两个伙伴却不济，不大功夫，跑得直喘。苏五回头说："你们两位不必紧跟我们了，我知道你们不愿在吕先生家寻宿，你们两位只管慢慢地走。我把三位送入山中，回头再来接你们。"

两个伙伴应声道："你们走你们的吧，我们俩试着劲来。"于是苏五遄行，三骑紧缀，转眼间奔出五六里路。彭铁珊向杜伦说："苏五这家伙自恃飞毛腿，不要把他累坏了。我们三个人莫如替换着骑马，这一回我先下去走一程。"教苏五接过马去。苏五起初拒绝，彭铁珊怒道："你不要逞强，没有人跟你赛腿，我不过是怕误了事，你快上马吧。你可以骑了马，在前引路，我在后面跟着。我们一站一站地替换，全不至于累。"苏五这才依言上马，仍旧在前引导。金面彭铁珊展开夜行术，一口气走出六七里地；镖头杜伦慌忙下了马，改为步行，把马

让给彭铁珊。

如此每行六七里，便替换一回，仗着三人武功都好，居然快得多。赵仲颖见状，不甘独自落后，轮到这一班，他也要下马步行。杜伦、彭铁珊、苏五，一齐劝阻他，不肯让他步行。赵仲颖年轻好胜，再不肯依，一定也要下马走一程。彭铁珊劝不住他，镖头杜伦说道："赵王孙，不是我们对你客气，也不是怕你气力不够，武功不行。实在是山中同伴，仰慕你的威名；正有许多人物要欢迎你，和你周旋。你必须留些精神，进了山再用。我不能叫你跑冤枉路，累得精神不振呢！"赵仲颖道："怎么，山中不止我老师一人哪？还有许多什么人？"杜伦笑道："山中的人物，还有别样人物么？自然是山林人物了。"

杜伦的话稍涉含混，赵仲颖自到徐州，便已蓄疑甚深。到此忍不住诘问彭铁珊道："师兄，到底山中都有什么人？请你明白告诉我。"彭铁珊道："少时便到，你一见面，自然明白了。"赵仲颖暗暗不悦，说道："等一等！师兄，我不是疑心你，我也不是胆小。先在湖州，师兄秘运武器，原说是顺路代运，与老师无干。自到徐州以来，你向我引见这一个人，介绍那一个人，把我当稀罕物一般摆布给许多人看。那许多人对我，又似乎另眼看待，不知把我当作什么人了。我原和师兄讲得明白，我此行决定今后出处大节，所以才远道来找师傅。我有我的打算，我却不想涸迹绿林。师兄对我说，决不强我所难；我要求见师傅，才跟你到这里。现在我可以预先约定一句，我只是要见师傅，我不愿沦入江湖。老师如果不在山中，或此山中尽是别人，那么我就不必进山了。"说罢勒马不前，黑影中看不见面目，单听语言，显然很不痛快。

镖头杜伦忙说："赵王孙休要多疑，我是镖客，我能陪伴王孙一同进山，山中绝不是寻常盗匪。"赵仲颖道："寻常毛贼，我当然不愿跟他相见；就是非常大盗，我也不想和他往来。我可是决定不打算置身绿林。这一点，彭师兄你要对我说个明白，如若不然，我们此刻便当分手。"

赵仲颖这番话，把杜伦说得发愣。据彭铁珊暗地关照，赵王孙怀念故国，发愤抗胡，意气本来很坚定。而且曾因胞兄出仕胡元，弄得手足反目；现在行将引他入山加盟，竟中途止步。忽然信念动摇了，到底是什么缘故呢？可是他胆小变计？杜伦固然很纳罕，彭铁珊也更觉得狼狈失措。譬如同舟共济，船行中流，忽然一个人变卦要下船，未免叫人无法应付，杜、彭二人都觉得尴尬。

这是杜、彭两个武夫，不能深切了解人性之过了。赵仲颖确乎是痛恨胡虏，可是他出身贵胄，世代书香，他到底是个绅士，多少看不起江湖良人，也跟这等人不习惯。至于作奸犯科，更一向深恶痛绝，斥为匪类。他这回弃家北游，跟了师兄来，只是他从小受过血蝎子刘熹的熏陶。他又倾倒师傅血蝎子的为人，他想师傅为人正直，断不会走邪道的。师兄既然是奉师命而来，当然也不会是越轨玩法的歹人。可是一路同行，眼见师兄有许多诡秘行动，又交结着许多武林强梁之士，赵仲颖不禁犯了疑心，并且他已经隐忍了这些天了。

总而言之，他的思想还是受着家风家教的影响，纠众抗胡则可，做强盗不行。然而当时的局面，如要纠众抗胡，必须是自贬身价，潜入山林，结纳跳梁之士，啸聚不轨之徒。然后揭竿而起，北伐中原。断不能书生造反，关在门里唱高调的。而且招兵买马，聚草囤粮，也必须摆出强盗的面目，潜做反叛的举动，才不致为当道所察觉。赵仲颖毕竟年轻，不能深思时限，通权达变，骤闻这“啸聚山林”四字，顿觉刺耳：“我堂堂宋室遗胄，若果与盗为伍，岂不是有玷门楣？”当下他便与师兄彭铁珊支吾起来了。

幸而金面彭铁珊和赵仲颖一路同行，略能体认出他的脾性。就对症下药，辩解了一阵，劝勉了一番；赵仲颖依然不屑与山林贼寇为伍。可是彭铁珊看出这个师弟，最信爱老师刘熹，现在只好把他引到老师面前，由老师激劝。彭铁珊因就这一点，极力转圜道：“我明白了，师弟狷洁之性，贵胄之裔，

唯恐跟我们江湖人物结交，把人品玷污了。现在我也不必多说，我也不用保证这些山林之士。好在师傅就在此山中，我只引你去见他，一切你和师傅面谈好了。”又叹了一口气道：“实在讲起来，山中这些位朋友，既不能称是强盗，也不能称是良民。你若抛开世俗之见，但从国仇家难，大处着想，那么对于这帮人，见仁见智，当然又有一种看法。我们以为这些人物，在元朝贵官眼中看去，当然是反叛、是强盗；转过头来，若拿你我大宋遗民的眼力辨认，这些不法之徒，岂不正是忠臣义士，有所为而为？师弟请不要多疑，也不要把愚兄看得太坏了；我先把老师请出来，你和他老人家剖心露胆，仔细谈一回，合则留，不合则去，何必半路上打退堂鼓？”

赵仲颖沉吟良久，见镖头杜伦、向导苏五，都屏息看着他；到底他年轻脸热，叹道：“我有我的苦衷！也罢，既来之，则安之，我现在好比跳火坑，欲罢不能了。且等见过老师，听他怎样讲？我要当面请问：他老人家邀我，究竟为了是什么？作奸犯科，我决不行！”

金面彭铁珊捏了一把汗，这才策马又往前走。五更时分，来到了芒砀山谷。乱山丛莽，空旷无人，却在山回路转处，突然发现了拾柴的、打猎的。这正是山中人的卡子，看似一个人，暗中还有埋伏，草中藏者弓箭刀矛。生人若一声不响往前走，拾柴打猎的人会忽然变成拦路贼，陡然发出响箭，陡然抛出镖枪，反正不教生人登上山中的秘道。

向导苏五至此改为骑马，当先开路；镖头杜伦在后掩护。赵仲颖居中，师兄彭铁珊步下走，给他牵着马缰，做了临时马童。赵仲颖自然不敢当，彭铁珊告诉他说：“这不是客气，乃是小心。”这时候朝日甫上，山风冷冽；流星苏五一直往前走。刚进谷口的时候，山坡发现两个猎户。一个猎户张弓扣箭，一个猎户走下山坡，一言不发，把手一举，伸出三个指头，大指和食指捏成环形。流星苏五且不下马，也把手一扬，握紧了拳头，做出捣击的样子。经过这一番动作，双方凑近，一问一

答，如流水一般快。于是盘诘无讹，两个猎户抱拳道："请！"把路让开了，却将彭、赵、杜三人，再三打量了一阵，忽然说："你们短一匹马，这多么不便，我给你们找一匹如何？"苏五道："不用了，前面第四栅也许有马。"猎户道："有。"

猎户慢慢走上山坡。没入丛林不见了。流星苏五按辔徐行，彭、赵、杜三人两骑跟踪徐随，进入山谷。

赵仲颖佯装不理会，侧耳倾听猎户和苏五的问答，窥察双方的举动，无奈相隔稍远，双方对答的话很快，他一字也没听清。他不肯放松，仍在暗暗留神；对人察言观色，对这山谷观望形势。彭铁珊知他动了疑，也不说破，只很快地往前蹿行。

第八章

盗跖行径夷齐心

入山谷渐深，情形越紧。江北的山多半辟为山田，筑有村舍。唯独芒砀山，一片荒凉。谷中有一望无际的野草，峰峦间又丛林茂密，乱石嵯峨，显得十分险峻。更兼多年来，为山寇所盘踞，连山麓也绝无人迹。血蝎子一行人，偏择此处隐居，他们的企图可想而知了。赵仲颖被他这个素未谋面的师兄引领着，潜投荒山，寻师问计，恍惚觉得身陷虎口一般，被无形中的诡秘气象所包围，心中未免有些懔然。

通过山谷，连连发现埋伏。旷林岗坡环带中，人行古道，忽地从这边闪出一个人影。经苏五迎头发出暗号，递过隐语，这样答对过去，人影忽然不见了。再往前走，忽然又从那边冒出人踪。不是猎户打扮，便是樵夫模样，三三两两，人数多寡不定。走了数里路，越过了空谷草原，便投入狭窄山径，将要登山了；山坡倾斜，栈道逼窄，像磨盘似的回转着。四个人全都改为步行，牵着三匹马，悄然踯躅其间；只听见履声踏踏。蹄声得得，发出回声，两旁是峭壁悬崖。赵仲颖仰面四望，宛如身临绝地，人若从两旁崖上，潜施暗算，只消推坠山石，便

把他们四个人全都砸死。又加登山渐高，山风渐猛；一阵阵风吹来，使得人毛骨悚然。山木被风，时发奇啸。越往深入走，越觉得景物阴森可怖。赵仲颖虽然年轻胆壮，此时也有点面无人色了，觉得身上十分寒冷。

金面彭铁珊头一个看出赵仲颖的神情有异，忙向苏五低声说："苏五兄，慢走吧。我们必须找个地方，设法搪一搪寒气。我们师弟穿的衣服单薄，你看他，入山渐深，有点支持不住。"杜伦道："我也有些打熬不得了，这里真冷。"其实杜伦衣服轻暖，说这个话，不过替赵仲颖解嘲。流星苏五说道："既然害冷，好吧，我们可以找个地方打尖。"

顿时改走斜径，拂草旁行。走不多远，望见山坎上，有一座团焦窝铺。苏五喊了一声，从窝铺里钻出一个人。只看外表，这个人很像个庄稼的佃户，手里提着一支木棒，见来的人很多，面露惊诧；站在窝铺面前，大声问道："你们是干什么的？可是打听路的么？"流星苏五忙说道："对了，我们是打听路的。借光二哥，我们打听路，往黄叶村，该是怎样走法？"借光二哥乃是山东土语，流星苏五却是江南人，说出来声调很奇。

那农户听了，似乎神色一动，重问道："哦，要上黄花屯，你们几个人全上黄花屯么？"

回答道："是的。我们全要上黄花屯。"

又问道："上黄花屯，天黄黄，地黄黄……要找哪一家？"

答道："天黄黄，地黄黄，史家有个赵儿郎，要找东京朝奉黄，我们全是给他送地租钱来的。"佃户说道："你们全上黄花屯，前些日子，八月十五中秋节，有人要上黄花屯，也是这么走，走错了路。你们是打哪里来的？有何贵干？"

答道："我们是打前边来的，我倒听说八月十五庆中秋，有人走到十字路，果然走错了方向，又退回来，只是往后边走，走了三七二十一天，到底也来到黄花屯；若不是朋友多，几乎回不去家。"

那农户似乎听懂了，立刻抱拳走来，赔笑说道："我家主

人就姓黄，你贵姓?”

流星苏五道：“我姓秦汉唐，我有一个街坊，名字叫流星苏五。是他打发我们来，叫我找一个蝎子，九个头。”

那农户满面笑容道：“好吧！我知道找蝎子，请到我们这里歇歇腿。有什么话，都可以对我讲，我能替你转达。你们要是打算自己去，回来我再指给你一条明路。”

这一番双方对答，声音较大，措辞支离；赵仲颖都听见了，晓得其中颇有隐语，只是意思不能明了。流星苏五也看出赵仲颖注意的神气，冲他笑了笑，随即向众人招手。赵仲颖跟彭铁珊，镖头杜伦一齐过来。苏五问农户道：“这三匹马怎么办?”农户换了一种平常说话的口气，道：“四位不用管了，可以交给我。”随即捏唇吹哨，连吹数声，又从林中钻出一个中年人，猎户打扮，手执弓箭。这中年猎户一露面，就冲着苏五等人说：“你们是打听路的么？可是要上黄叶村，黄花屯的么?”苏五道：“正是。借光二哥，我们都向街坊交代过了，我姓秦汉唐，拜访朝奉黄，要找赵儿郎……”那个佃户忙插言道：“借光二哥，不要问了，这位是流星苏五，那三位全是街坊。自己朋友，要找九头蝎子的。你过来，替他们四位照管住这三匹马。”

猎户打扮的人，收拾起弓箭，过来代牵牲口。笑一笑说道：“我原来认识苏五兄，不过照例的话不能不问，九峰再三吩咐过我们。”遂将马牵到林后去了。农户打扮的人，就引领流星苏五一行，进了团焦窝铺。

流星苏五以居停主人自居，取干柴枯叶，生了一把火，请赵仲颖取暖。他便对农户说：“这一位便是彭大哥，奉蝎子之命，把要请的人请来了，现在要立刻和蝎子见一面，你可晓得蝎公现在何处?”佃户道：“你不晓得么？九峰山人来了，和血蝎子刘公正商议要事。据说新近有人刚打上京来，近日朝廷正闹着夺嫡争位的把戏。九峰山人说，他们大都地方的朝贵，难免开仗。我们若要动手，正是时候；只可惜我们一切都没有预

备好，恐怕坐失良机。所以九峰老人家连夜渡江赶来，特意来问问血蝎子，此间布置的情形究竟怎样？据九峰讲，他们那边人心不齐，差得太多；无论人力、物力，全都不够格。他心上很着急，盼望蝎公这边能够有进步；只是蝎公这儿跟他也是一样，八字还没有一撇，很好的机会恐怕又错过去了。吴会的人心，现下确很浮动，也因我们人少力薄，不能乘时利用。九峰山人在目下唯一的盼望，是听听河北山东的动静。如果我们把河北山东的群雄能够拉拢住，九峰讲，那就可以冒险一试了。”

苏五听了，说道：“这些消息，你怎么知道的？我却一点也没有听见。”农户道：“这是昨夜的话，他们把我传去了，问了我半天，我今早刚回来，当然我是晓得的了。这是昨晚的密会，最近的情报。”

镖头杜伦立刻接声道：“既然如此。”对彭铁珊道：“我们赶紧进山，和九峰山人、血蝎子到里面谈一切，岂不是很好的机会？”彭铁珊道：“我也是这样想。”对农户说：“现在我就要见家师一面，烦你费心领导我们去。”

这农户盘算道：“七星岩离这里不远，不过我在这里，本是奉命等候一个要紧的人。万一我带你们去了，我邀的那个人来到，竟扑了空，可就贻误时机不小。我有点分不开身，这便怎好？”

彭铁珊道：“你那位伙计，难道不能替你么？你邀的是谁？”农户道：“说出来，你也未必认识，他叫谈岳华。”镖头杜伦道：“我却知道这个人，这人是个书呆子，你们等他做什么？”农户道：“我是奉命而行，他这人胆小，我也不知道九峰山人请他做什么。听血蝎子刘公讲，是九峰山人出的主意，要请这位岳华先生，编造三部什么经典；要拿着经典，表面替佛劝善，暗地纠党劝盟。详情我说不清，只听说经典叫什么‘济世伏魔宝笺’，还有什么‘真经’、‘宝诰’，说只有这位岳华先生会造，因为这位书呆子学过佛，也入过道教。”

这几人匆匆聚谈，赵仲颖听了，很不耐烦。金面彭铁珊和

苏五，仍是坚请这农户打扮的人引路。农户仍然迟疑，怕耽误自己的正经事体。后来彭铁珊急了，就指着赵仲颖说：“我告诉你吧，宝岱兄！”这宝岱兄三字，自然是这农户的名字了。彭铁珊道：“我此刻一定要烦你引路，领这位朋友面见家师。因为这位朋友不是别个，那是家师的得意弟子赵王孙，也就是我的师弟，他急急地要和我们老师见一面，不然，不肯入山……”

不等彭铁珊说完，这个农户宝岱一听赵王孙三字，顿时改容道：“原来这位就是赵王孙，你怎么不早说？”肃然起敬，向赵仲颖行礼，更自己报名道：“小人名叫汤宝岱，在血蝎子刘公面前，久闻王孙大名；今后小人愿听王孙驱遣，万死不辞。”行罢礼，说完话，站起来道：“我就领四位去，九峰和蝎子就在近处，不过他不许我往外说。既然王孙大驾光临，我一定抛开别的事，先引王孙去见九峰和蝎公去。”

这个农户汤宝岱立即答应给赵仲颖带路，彭铁珊说：“宝岱兄你可有多余的衣服，借给赵王孙一穿么？他从南方北上，衣服单薄。这一登山，有点受不住。”汤宝岱忙说：“有有有，恰好这里有一件狐裘，穿着上山，最好不过。”立刻找出来，献给赵仲颖。一面笑着说道：“你们打算先见罗寨主，那就可以上山，若是只打算找蝎公，还得下山，现在他们二位全在黄花屯呢。”

彭铁珊忙道：“我们不见罗寨主，我们跟他没有事情。杜镖头，我们还是径投黄花屯吧。”杜伦道：“如此说，我们还得下山。”汤宝岱道：“正是，得翻回头，再往山下走。”

这个汤宝岱出离团焦，重复吹哨，把那个猎户唤回。嘱咐了几句话，把三匹马接过来，陪同四人另走捷径。曲折行来，穿过林岗，降下山谷，斜穿过一带密林，在一道山涧旁，发现了小小一座山庄。

这山庄就用本山岩石所筑，依山面水，被丛莽掩遮着，骤看恍似高阜。这便是血蝎子刘熹，新近才弄到手的一个潜居秘窟。地形险阻，草木丰长，这地方自兵燹以来，与世隔绝，已

有十多年。原来住着一位隐士，因国变携眷逃到这里，自耕自食，埋首避秦。暂与草木同朽，不再出世。不料近因山大王罗应龙，由鲁南窜到江北，占据了这座芒砀山的西高峰，打劫行旅，气焰横绝。伯夷叔齐不肯与盗跖结邻，这位隐士无可奈何，又携眷避盗，航海移到他乡，这座山庄便空废了。

后来血蝎子刘熹，得遇九峰山人，二人同心，文武合谋，竟开始订盟纠众，兴宋灭元。血蝎子刘熹第一步做法，便将这山大王罗应龙说服，改为同党。这罗应龙原是中原的一户大财主的少爷，不幸财大烧身，被贪官污吏所害，才一怒杀官亡命，流为强盗。人在壮年，饶有血性，起初只是唱着“杀贼官，除恶霸”的绿林口号罢了；旋被刘熹说破了时艰：“你的家祸，实在由于国难。”详细地一解说，这罗应龙竟率伙盗一百余名，加入血蝎子的秘盟。血蝎子需要一个隐秘藏身所在，罗应龙发现了这座山庄，本来要用作盗帮的一道卡子，不久便赠送给血蝎子。血蝎子把这地方，作为自己的秘窟，至今不过一年。又给这山庄制造了一个秘密的名称，叫作“黄花屯”，那条小山涧叫作“杀胡川”，那土岗叫作“杀胡岗”；其实是同党的暗号，民间并不晓得，也不叫民间晓得。

假农户汤宝岱，把赵仲颖一行，引到杀胡川和杀胡岗之前。汤宝岱由山涧旁，乱草苇丛中间，寻着小小一具木筏，一次只能引渡一人，费了很大的事，才将众人挨个摆渡过去。这时候山庄的秘密瞭望台，已然瞥见他们了，顿时迎出来三个壮士。流星苏五和农户汤宝岱，不等盘诘，抢先答话，彼此虽然认识，照样说了一套隐语，三壮士这才当先引路，把众人延入山庄。

山庄的建筑宛如碉堡，内有更道，外有护水濠。房舍前不太高，护水濠却很深阔。金面彭铁珊到了这个地方，显得很熟习，不像入山时，那么生疏。因为环山一带，向归山大王罗应龙督众戒备的，这山庄却由血蝎子主事。金面彭铁珊一进庄院，也就拿出主人的态度，把众人让到客舍。请赵仲颖、杜

伦、苏五等人坐下；他自己匆匆进去，径到上房。

上房五间，二间通敞，血蝎子刘熹正与九峰山人和各路同党数人聚谈。彭铁珊一进房，血蝎子欣然道："你回来了？可见着赵公子没有？"彭铁珊道："不但见着，而且邀来了。"九峰山人等一齐大喜，急问："赵公子在何处？"彭铁珊道："现在客舍。"血蝎子刘熹很得意地向着众人说："我的眼力还好，居然没看错他，他居然一请就来。铁珊你把他请进来，九峰先生你可以看一看他的人物。"

彭铁珊道："但是，老师，这却有点疑难。"血蝎子道："他人已经来了，还有什么疑难？"答道："他为人虽然英锐，大概不脱贵胄脾气，他看不起绿林，又不屑于加盟结社。"遂到师傅面前，附耳低语。把赵仲颖最恨强盗的意思说出："现在他虽然来了，却只想和师傅见一见面，谈上一谈，似乎还要走，他不愿跟我们走一条路。"

血蝎子听了一愣道："这是何故？他不肯加盟，请了他来，也没有用啊？你没有把底细全告诉他么？"答道："他为人过于清高，有些话没等我说，他的傲兀神色，把我的话噤住了。"

血蝎子顿时不悦道："这是书生恶习，不足以成大事。既然如此，他不屑于干这个，就教他干他的去吧。唯同志始能同谋；现在，道不同，不相为谋，把他打发了吧。"

九峰山人在旁听了半晌，忽然点点头，笑道："我明白了，赵公子这个人乃是年轻的贵胄，多少总有书生门风，纨绔习气；他看不起绿林，正可以想见他的人品志节。这不要紧，我可以跟他谈谈。"遂对血蝎子刘熹秘嘱了许多话；血蝎子点头会意，当下把聚会也散了。各山人物一一避开，单留下九峰山人和血蝎子刘熹，然后血蝎子刘熹亲自迎出。

赵仲颖和镖头杜伦在客舍坐候；流星苏五、汤宝岱等，已被庄中人引走。过了好一会儿，又来了一个人，把杜伦也邀走了。只剩下赵仲颖一个人。枯坐无聊，心中疑闷，站起来往门外看。全庄院寂静幽清，浑如僧庙，一个人影也没有。过了好

一会儿，才见师兄彭铁珊，引领师傅血蝎子刘熹，从上房走出来。刚一见面，老师血蝎子就大叫道：“赵贤弟，你真来了，你想找我了。我听说你找了我一趟，又听说你弟兄不和，好教我疑闷不安。我又整日穷忙，不能到你府上来，所以我打发你师兄找了你去。只不过打听打听你，找我究竟为何事？想不到你师兄把你折腾来了，可算是阴错阳差，小题大做。”

老师血蝎子刘熹，听言谈，看外表，还像当年那样热诚，满面欢容，直奔过来；赵仲颖方要施礼，竟被刘熹双手捉住肩膀，十分恳挚地说：“老弟，你还好！你很壮实，你们令兄可好？你成了家没有？”

赵仲颖依师生之礼，要给刘熹叩头；刘熹坚决拦住，一味大说大笑。又对仲颖讲：“仲颖，我想念你不止一天了。你来了，好极了，你可以在我舍下，多住几天。赶等到你住腻了，我再打发你二师兄送你回去。”

赵仲颖听了老师这番话，颇以为奇，这好像是平常的师生交际，并不是邀弟子加盟起义。血蝎子刘熹滔滔叙旧，等到词锋稍敛，赵仲颖忙问道：“我听师兄说，老师现在正有些营干的事，所以把我唤来。”血蝎子笑道：“你听他胡说，我有什么营干！你不知道么？你老师是‘老夫耄矣’，壮志已摧，我好容易找了这么一块隐遁地方，再不想出去挣扎了。我不过很记念你，你兄弟失和的事，我也听说了；我猜你找我，定是向我要主意，所以我把你找来。我是一点野心希望也没有了，我却永远忘不了你们赵家待我的隆情厚意。是的，我一辈子也不能忘了你们赵家的。”

说到“赵家”二字，语涉双关，面容一整。赵仲颖张着嘴，要说话，总不得机会，血蝎子刘熹的话滔滔不绝。正说着，突然站起来，拉着赵仲颖道：“咱们上里面谈吧，你也见见你的新师娘。”又笑道：“你还不晓得吧，我前头那个老伴儿死了，如今又娶了个后老伴，年纪很轻，我只怕……”呵呵地笑起来，扯着仲颖往正房走，且走且说：“你来看看你的老师

家……”又向空发论道：“你们亲弟兄斗嘴了，生气了，哦，这是何苦呢？常言说：‘兄弟阋于墙，外御其侮。’你老师是个武夫，不懂诗曰子云，但是你要明白，我们今日的处境，是什么光景？人家拿我们汉人不当人，我们自己再吵家窝子，斤斤计较鸡虫得失，岂不叫人家大元贵族越发笑掉大牙么？”

血蝎子刘熹把赵仲颖让到内室，见过了师娘、师妹。师娘很年轻，说是新娶的，两只大眼睛很精神；师妹只十几岁。这是初会，赵仲颖忙掏出一锭银子，送给师妹。师妹不肯收，血蝎子笑道：“你师哥给你钱花，你怎么不要？快接着，谢谢！”一番酬酢之后，血蝎子对这师娘师妹说：“仲颖大远地来了，你们娘俩快给打点酒食，我们师生好好地喝两杯，谈一谈。”师娘师妹领诺，到后边去了。屋中只剩下血蝎子刘熹和彭铁珊，赵仲颖。血蝎子刘熹又叫彭铁珊，到前边照应流星苏五、镖头杜伦去。于是彭铁珊也离开了。屋中仅仅剩下两个人，酒都摆上来了，血蝎子刘熹，就叫仲颖坐下吃酒，并且笑着说：“咱们俩一面喝，一面谈，咱们又恢复当年在你府上的情况了！”

刘熹亲自斟了一杯酒，递给赵仲颖。仲颖急忙站起来，接了，又回敬老师一杯；看了看四面，请师母入座。血蝎子刘熹道：“她不会喝酒。”赵仲颖又让师兄彭铁珊，血蝎子刘熹道：“他们忙着呢，他和杜伦镖头，跟我这里的居停主人有事。你坐下来吧，老实说，现在就是你我二人，我们正好彻头彻尾地谈一谈。”

赵仲颖明白了，笑着点了点头，坐下来；师傅让他酒，他就喝了，同时还敬刘熹。正是酒过数巡，赵仲颖再不能耐，单刀直入地问道：“老师，你住的这座庄院，究竟是怎样的一个地方？为什么沿道都设着卡子，戒备这样森严？弟子乍到来时，如同置身山寨一般。师傅你老可以切切实实地告诉我，究竟是怎么一回事？”又将师兄彭铁珊在沿路所说的话，所做的事，一一提出质问。

血蝎子听了，冲仲颖一笑道："我知道你犯了疑心。你师兄已经告诉我了。赵贤弟，你我师徒相处有年，你总该相信，老师不能指点邪道教你走。贤弟，你该明白，你老师是怎样的器重你，盼望你，盼望你将来轰轰烈烈。你的身世，我不是不熟悉；你的志气，我不是不明了。从你小时，我就看出来，你是个有心的人。你老师就算暮年堕落，也不肯把你引入歧途，教你为非作歹，做出黄巾贼、黄巢方腊一类的强盗行为，玷污了你们赵氏家门的清白啊，你想！"

血蝎子刘熹说了开场白，顿了一顿，又讲："黄巢、朱温、方腊之流，乃是匹夫，所谓强盗行径，史册上永留污名，你老师一生最看不起他们。但是陆放翁有句诗：'身后是非谁管得？满村听说蔡中郎。'东晋大司马桓温也说："'大丈夫不能流芳千古，亦当遗臭万年。'这句话怎么讲呢？……"

刘熹凝望着赵仲颖，半晌才说："我近来认识了一个奇人，名叫九峰山人，听他讲今论古，颇说出许多非常异义，可怪之论。据他讲，桓温这句话很有意思。晋人南渡之后，新亭对泣，国运陵夷。唯有大司马桓温，灭蜀辟疆，励志北伐，驱除胡虏，匡复中原，实有尊王攘夷的硕志。可是当时朝臣王谢之流，却把桓温看小了，以为北伐成功，功臣将不可制，恐不免近效王敦，上效晋祖，霸业开创了王基。朝臣王谢之流因此处处防制着桓温，破坏他的北伐大业。桓温大司马为此怒极、恨极，这才陡发遗臭万年之叹，把个光复英雄激成跋扈将军了。假使当时的人看开了，以攘夷复土为第一义，以尊王防篡为第二义。桓大司马必不致臣节不终。因为他一生志愿，就在立功驱胡，光复中夏，并不甘心做司马氏一姓家奴啊。"

赵仲颖听了，说道："这却是创见。"刘熹笑道："九峰先生的读史创见多得很呢。他还说过，英雄立功立事，必须持恤大体，无小节。他说汉高祖斩蛇起义，实在曾在我们住的这座芒砀山，聚众做过强盗。"

赵仲颖道："什么，刘邦当过强盗么？"刘熹斟了一杯酒，

饮下去，说道："这也是九峰山人的话，他说史记上明明记载着，刘邦以亭长奉令，中沛县押解罪徒赴咸阳。中途徒犯多逃，自度到了地方，必致逃尽，刘邦乃将余犯扫数放走。说是：'公等皆去，吾亦逝矣！'逝到哪里去呢？便是逃亡在芒砀山，《史记》说，有十几个壮士，跟着他一块去了。他妻吕后日常给他送饭。两口子合谋造谣，说刘季头上常有云。刘季头上有云，别人看不见，只有吕后看得见，当然还是诡词愚众了。后来陈涉揭竿举义，天下土崩，沛县令也要应时叛秦。县吏萧何、曹参以为不邀外助，不足以威众，劝县令勾结刘邦。《史记》上明明说，是刘邦已有众数十百人矣。请问这数十百人是甚样人，躲在芒砀山做甚？难道喝西北风么？可见汉高祖创业，乃是先在芒砀山啸聚为群盗的了。"

刘熹又道："等到西汉末年，王莽篡位，刘秀起兵，赤眉、绿林、新市、平林，全是强盗。而且后汉书明明说，当时人称光武为铜马皇帝。铜马便是群盗的一个大帮。光武的哥哥刘缜起兵时，自号柱天都部，这跟梁山上的及时雨、托塔天王，又有什么不同？"

刘熹泛论古人，称述了许多大事，都说是："这全是九峰先生对我讲的。"跟着便眼望赵王孙，察看他脸上的神气。赵仲颖也凝眸不语，口角上微露笑容，心中说："老师这是对我说法！"

血蝎子刘熹停了一停，又说："《史记》上的《伯夷列传》和《论语》上的伯夷、叔齐，史家和孔子把他说成殷商之际的耻遁的隐士，九峰先生却偏偏说不是。他说伯夷、叔齐，乃是殷商的忠臣，实欲夹扇商朝余烬，助纣子武庚复殷抗周，乃是两位勤王英雄。不幸事败，才被周人放逐在首阳山，归晋国监管，活活饿死。二人既死，韩非子说，周人以将军之礼葬他二人于首阳山下。韩非子以为太滑稽了，哪知是真事，《尚书·大传》说得更明白。九峰先生说，尊王攘夷是人生第一义，大丈夫做事，当为其大者、要者，不须斤斤计较小节。拘守小

节，只是民间的愚昧寡妇之行。”

血蝎子刘熹就这样讲今比古，称述了许多故事，归结前后，全是九峰先生读史的独见。刘熹还记得当年在赵家做西席时，每有称说，立能抓住学生的信心，学生两眼一张一张地看着他的嘴，神气上很被打动。现在他想，他当然还有这样的口才，却不料今日的学生不是小孩子了。他的话好像没有十分打动赵仲颖，在筵间，赵仲颖只是随便敷衍一两句。刘熹觉得自己对于这个学生，已经丧失了吸力。

这却怨不得赵仲颖，这全是金面彭铁珊的失策，他的诡秘不测的举动，惹起赵公子的疑心来了。刘熹在席上，虽说了好些话，赵仲颖只是唯唯诺诺地答应着。抽空还是盘问血蝎子：现在到底做些什么事业？是否落草为寇？仲颖又说：“自己治史不熟，汉高祖、汉光武，究竟当过强盗没有，我却摸不清。就算是这两位明皇圣帝，当真做过绿林生涯，圣帝则可，我们庸人却使不得。”血蝎子讲今比古，暗劝赵仲颖；赵仲颖就讲今比古，暗暗拒绝。若问仲颖的本意，他正徘徊歧途，他现在正是顺口答音地抬杠，这只是他少年倔强性格的表现罢了。

血蝎子直谈到掌灯，舌敝唇焦，赵仲颖还是不搭碴儿。刘熹倦怠了，把大弟子彭铁珊唤来，陪伴赵仲颖，他自己打九峰山人问计。镖头杜伦、流星苏五，和别位英雄都很着急。有人说：“这位赵王孙既然打不定主意，我们何不另邀别人？难道非他不可？”九峰山人皱眉道：“别人不如他，我们最要紧的是要找一个真正姓赵的。”杜伦道：“假的不行么？”九峰道：“冒名迟早败露的，所以刘项起兵，必寻楚怀王孙心，正有不得已的苦心。”众人默默无计，九峰山人想了想，对刘熹说道：“你不要心急，我们慢慢地设法劝诱，今晚教他自己寻思一夜；明天晚上，请你引见我和他相见，由我破釜沉舟的再下一次说辞。”

当下商定。九峰、杜伦、刘熹，三人分头办事。赵仲颖就留在黄花屯刘熹家内，由师傅刘熹陪伴，只是闲谈，再不谈论

别事。等到第二夜，刘熹特给腾了一间精舍，请赵仲颖独自宿在屋中。只由刘熹的女儿刘岫青小姐，来给预备茶水。屋中很雅洁，陈列着几部书，赵仲颖信手拿过几套书来，打开了看，原来是《相台五经》和《金陀粹编》，另有几部写本，是文文山丞相《指南录》和《谢山集》。孤灯独榻，闷居无聊，他的老师是躲开了，他便不知不觉，取过这几部写本，任意浏览。

这文天祥的《指南录》却是看不得的，人只一看，字里行间，立刻有一股忠愤之气，刺人心脾。又有一部书，未题撰人姓名，书名叫《猾夏纪闻》，打开一看，骂的正是鞑虏新朝的虐政。怎样惨杀南人，怎样在河北中原地方，强迫汉人剃发，怎样推行"收继"恶俗，激迫得贞妇自杀，都是血淋淋的实事，看了令人毛发悚然发怒。赵仲颖翻了几页，气愤愤丢在一边了。仍拿起《指南录》来看。这里面很有许多好诗，越看越不忍释，不觉看入了迷，尤其是文丞相自己，述到如何孤忠独抱，仗义南奔，如何反招得同胞疑忌，几乎以汉奸嫌疑被杀的事，看了更令人扼腕。

赵仲颖虽是诗书世家，这种书却没读过，读罢冥思，叹恨交迸，不觉失起眠来……就在这工夫，忽然听见隔壁有人谈论。侧耳一听，似有五六个人在邻室秘议，语声很低，然而他正好听得见。

他正在怀疑，不觉欠身起来听，这一听，却获得闻所未闻的事。他哪里知道，这隔壁戏，实是九峰山人故意排演的呢。隔壁的六七个人，听口音当然是各地草莽豪杰，他们正议论如何灭元扶宋。六七个人此一言彼一言的对话，把这些话总括起来，是：

现在有这一等人，囊剑携椎，北赴虏廷，要效张良搏浪沙，图刺元酋忽必烈。现在这伙人已然登程，路费似乎不大充足，恐不能在北廷久羁，刺客技能也怕没有十分把握，恐遇上事不足以了事。商量着要追派能人，携资财北上，相机应援刺客。这是一件密谋。

现在又有一等人，啸聚山林，化名纠众为盗，却不是恭候招安，乃是看不惯胡人衣冠，不肯称臣于虏廷，迫不得已，方才落草，权为群盗，以示不臣。说话时，便有一人建议："我们可以和他们通消息。他们虽然是土匪，却有良心，我们可以跟他们勾结起来，串通一气，蓄为后图。"——这又是一件密谋。

又有一等人，流浪江湖，到处结纳英豪，勾结煽惑，专给蒙古、防营、降奴官府捣乱。——这也是一件密谋。

又有一些人，溷迹市井，做着屠狗卖浆的职业，实则是亡宋遗臣，一面匿名避祸，一面暗地窥伺异族行动。——自然也是一种不轨之谋。

最厉害的是另一种人，乃是亡宋的败残兵马，抗敌的将校，亡国后逃窜在山林僻乡，照样打着大宋旗号，不时出来袭击新朝的城镇。现在这类人物，在吴越山险地带，和山东地方，滨海之区，多有出没，也不时出来，向民间借粮，叫作打草谷。行为介在强盗和"忠义"之间。（注："忠义"二字，乃是两宋当时的义勇军的专名，不能依字面解。北宋时梁山泊群寇也曾盗用"忠义"的美名，实际却做打家劫舍的盗行。）这种人都有着精良的武器，严密的军纪，人数既多如牛毛，又散在各处，出没不常，元驻军屡次清乡也没有把他们消灭；因为他们变成了流寇，说跑就跑。这股人应该设法拉拢过来，足可以张大声势。——隔壁密议，大约六七个人，高一声低一声的讲论，语音南北都有，似是由打各地赶来聚义的，趁着深夜，在此接头，互换消息。他们一致的口吻，是请血蝎子刘熹，转向九峰山人请教意见，并索讨军饷接济。

赵公子失眠静听，心情耸动。过了一会儿，听见隔壁发出纷乱的声音，似乎在座群雄哄然起立，互相转告道："九峰先生来了，九峰先生到了！"一番逊座寒暄之后，旋听见一个苍老沉重的口音，说出许多计划。大概的话，是说芒砀山一带，如今差不多布置已妥，只少一个号召群伦的领袖。这个领袖必须赶快推定，方足以号召大众，结大众，举大事，乃至于成大功。

那个九峰先生很沉痛地说："诸君！丈夫做事，决不应该与草木同朽，尤不应该与仇敌同活。北狄犬种，非我族类，炎黄贵胄岂得坐视神明陆沉！"

九峰这一席慷慨誓众之词，被赵王孙热辣辣地听了，心上十分感动。旋听见九峰先生对在座群雄，说了许多密谋，直到破晓时分，方才散去。赵王孙这才就枕，就翻来覆去，不能成寐。直到午饭时才起，师傅血蝎子刘熹亲来请他吃饭，便在筵上会见九峰山人。

赵王孙毕竟是有血性的少年，一见这九峰山人，顿觉倾心。这九峰山人年约五十余岁，面瘦髯长，二目炯炯有光，志趣亢爽，是文人而有武人气概，是老年人而有少年人的魄力。尤其说话毫不吞吐，斩钉截铁般，率陈心志，把赵王孙当作旧主看待，自称是亡国老臣，说了许多亡国后的惨象。亲问赵王孙："我们汉族的父老兄弟，死在蒙古铁蹄之下的，不可胜数；我们的诸姓姊妹，被胡人降奴残杀淫辱的，更不可胜计。我们堂堂炎黄遗胄，做了俎上之肉！王孙请看今日的域中，成何景象，王孙就不为社稷血食奋起，难道还不为斯民请命么？"

在筵席上引杯倾谈之后，九峰又与仲颖联榻共话。凡历三昼夜，到底把赵仲颖说动了，于是择日加盟，延见群雄；群推赵王孙为盟主，决计大举驱胡复宋。九峰山人便做了谋主，血蝎子刘熹做了副帅。

十数年后，终于爆发了"八月十五杀鞑子"的大举，那便是九峰山人和赵王孙等人的密谋。在元末官书上所记载的韩山童、韩林儿，便是赵王孙后裔的伪名。

整理后记

《太湖一雁》是白羽在抗战胜利后，辞去天津《新时报》总编辑，“重度沦陷生活，再掷钱镖”的首批武侠小说之一。写于1946年下半年，第始在报刊连载（报刊名未详），1947年8月上海元昌印书馆出版单行本，一册，共八章。

《黄花劫》是白羽的第二部武侠小说，1932年在天津《中华画报》与刘云若的名作《小扬州志》相邻连载。1949年4月，上海百新书店改名《横江一窝蜂》出版单行本，一册，共八章。此为出版商乱改名。“横江一窝蜂”为白羽《摩云手》第三十至四十二章中登场人物，与《黄花劫》全不相干。1992年8月北岳文艺出版社版《横江一窝蜂》沿用百新书店版书名，本次出版，予以改正。

《太湖一雁》根据1947年8月元昌印书馆出版、上海正气书局总经售的版本校订；《黄花劫》根据1949年4月上海百新书店出版的版本校订。

龙舌剑

白羽武侠小说全集 十五

白羽 著

山西出版传媒集团
北岳文艺出版社 ·太原·

图书在版编目（CIP）数据

龙舌剑／白羽著. — 太原：北岳文艺出版社，2022.1
（白羽武侠小说全集）
ISBN 978-7-5378-6468-8
Ⅰ.①龙… Ⅱ.①白… Ⅲ.①侠义小说—中国—现代
Ⅳ.①I246.5

中国版本图书馆CIP数据核字(2021)第216038号

龙舌剑

白羽／著

出品人
郭文礼

选题策划
孙茜

责任编辑
孙茜

印刷监制
郭勇

封面插画
杨苇

封面设计
阎宏睿

出版发行：山西出版传媒集团·北岳文艺出版社
地　　址：山西省太原市并州南路57号
邮　　编：030012
电　　话：0351-5628696（发行部）　0351-5628688（总编室）
传　　真：0351-5628680
承 印 者：山西人民印刷有限责任公司

开　　本：890mm×1240mm　1/32
总 字 数：5280千字
总 印 张：200.625
版　　次：2022年1月　第1版
印　　次：2022年1月　第1次印刷
书　　号：ISBN 978-7-5378-6468-8
总 定 价：1380.00元（全25册）

武林败类铁算盘汪春、抱头狮子焦通海为人奸诈，作恶多端。因命案太多，遂投河南南阳知府杜尊德，充当保镖和密探。

一日，汪春的徒弟刘华拾到寄给本地义士李殿元的一封书信，内中密商宏缘会反清复明大计。杜尊德获信大喜，以为可以仕途青云，一步登天。遂设计诱捕李殿元，押解进京，邀功请赏。

武林侠客镇西方龙舌剑余公明闻讯，即派弟子孙启华、陈宝光等五人，沿途跟踪，劫夺囚车，青云镇乱柴沟一战，反被汪春、焦通海等人俘获三人。孙启华、陈宝光和李殿元家人李进落荒逃走。

龙舌剑余公明得知详情，偕同师兄谭光韬，昼驰夜奔，立即赶到，率领孙启华等人，联络其他武林志士，一举劫牢，与官府展开一场恶战……

目录

第一章

乱柴沟剧贼劫镖

自陕西华阴道上，远远的来了一群人，前面领头的是一个骑马的人，振吭高呼："达！摩！"声音沉宏，野外无人，更能远及，这是华阴县永胜镖局保的一支镖，保的有四万两白银，径奔郑州。护镖的镖客有两位，一位叫做潘景林，一个叫做李占成，下有二十几名镖行伙计，另外还有一辆车是给两位客人预备的。那两位客人，一位姓赵，一位姓王。这天行到青云镇，那潘景林和一位客人，忽的感觉不舒适起来，头痛发热，大吐大泻。那李占成对潘镖头道："大哥，怎的了？"潘景林说道："身体不爽，难受得很。"李占成忙请来一位郎中，给二人诊断病症，抓了一剂药，亲自看着煎了。那潘景林叹道："贤弟，不想我会在这里病倒，离所限的日期也差不多了，这可怎好？"李占成道："大哥放心，只这青云镇到乱柴沟，道路比较难走一点，也没什么，都是咱们的熟路，并且，难道咱们还怕什么不成？依小弟看来，大哥尽可在此将养，小弟留下两个人伺候你老，小弟押镖先走，等你老好了，再赶去不是一样吗？"回头对姓王的客人道："王掌柜，我看你老也是病着，走是走

不了，我看你老，还是和我们这位潘镖头一块儿在这里养着，俟等你二人病好了，再一块儿随后赶不好吗？至于赵掌柜你愿意怎么走都可，要不放心，随着镖银一块走也可以。”那赵先生看着王先生卧床不起的样子，有心要同镖车一块走，看王客人萎颓憔悴的样子，又不忍舍他而行，想了想，又往外看了看天色，天空上只有薄薄的一片乌云，便转头对王客人道：“老王我陪你住两天吧，要是好的快，咱们一块儿赶，否则等你稍好一些，上路送到前站再看。”那赵先生又摇头道：“怎么赶的这么巧，单在这小地方病了，连个好医生都没有。”王先生道：“老赵，别陪着我啦，我看你还是同镖车一块儿走好了。”老赵道：“你怎样这么小心，没关系，永胜跟咱们不是一天的交情了，你不放心吗？你不必推辞了，你一人在这孤村小店，那我也实不放心。”说话时意态坚决。王客人也不好过于拂逆好友的一片诚意，并且人在病中，也实在愿意有至近的亲友陪伴着，也就不再说什么了。

这时镖客和客人正在谈话，忽然进来一个镖行的趟子手，此人姓刘名芳，进门慌慌张张便道：“李镖头……”说到这里，忽然想起屋中还有客人，便顿住了口，李占成问：“刘芳，什么事？”刘芳却也机灵，忙改口道：“李镖头，钱师父找你老商量一点事。”说话时，眼望着李镖头，眼珠一转，眼角往外一扫，又微微一点头，又说了一声：“李镖头，最好快一点。”

又向赵、王二客人，潘镖头寒暄了几句话，匆匆的走了出去。

赵、王二客人只觉得这趟子手是个粗人，带着一阵风进来，却又带着一阵风走了，不由得好笑。那潘景林潘镖头，却把眉头一皱，沉了一会，捂着肚子道：“哎呀！”喊趟子手杜海道：“杜海，你扶我出去走动走动。”杜海道：“你老病着呢，在屋里走动不好吗？省得着了风。”潘景林潘镖头摇了摇头，扶着杜海出了门，不奔茅房，直奔李占成住的屋子去。一进门，就见李占成满面忧色，李占成见潘景林进来，忙站起来道：“怎不好好养着，反倒出来了。”潘景林先不回答，忙问：

“二弟，方才刘芳有什么事找你，是不是有人缀上咱们了？”李占成道：“大哥，刘芳找我不过是一点小事，没什么关系！”潘景林道：“不对，二弟不要因为我有病就瞒着我，你要一瞒着我，我心里一别扭，病就更得厉害了，并且有什么事说出来，咱们大伙商量商量，也好想个办法，是不是有人缀上咱们了？”

李占成眼望着刘芳，心想：“这也瞒不住了。”便道：“大哥真有眼力。”低声对潘景林道：“刘芳和小弟说，咱们的镖银，大概是让人缀上了。”潘景林道：“真的吗？”不由低头寻思道：“附近这里并没有绿林啊，再说走过的几站，地势也很荒野偏僻，倒没有多少动静，到了这里，会有人看上咱们，不可能……不过这些日子，我只是心惊肉跳，莫非真要出事不成？”想到这里，便对李占成说：“二弟，依我看来，前面乱柴沟比较难走，不然……”李占成道：“大哥，因为难走，就不走了不成。那么咱们这镖局子是干什么的。”潘景林道：“二弟别急，我的意思不是不走，唉，我怎么，我单这时候生病呢？二弟依我看来，派人约请当地镖师相助，一面慢慢走着，等着帮手来了，只要过了乱柴沟就没事了。”李占成道：“大哥太仔细了，永胜镖局名气很大，总镖头余公明也是够朋友的人，还真有敢动咱们这镖的吗？”潘景林道：“二弟，不是这种说法，树大招风，永胜镖局难免有得罪人的地方，也许有新出手，或饿急了的绿林，饥不择食，我看这不是咱们赌气的事，只愿刘芳这回看错了，并且咱们还是小心为妙。”李占成道：“大哥既愿意如此，请人也没有关系，我只是觉得大哥太仔细了。”

当下众人计议了一会儿，各自休息。第二日，李占成押镖起程，潘景林便派人先约请友人相助，免出意外。那潘景林自在青云镇中，一边盼望着，镖车如果经过乱柴沟，最好平安无事，一边盼望请的帮手快来。天将近午，潘景林计算路程，大约着镖车快到了乱柴沟了，这时院子里忽从地上卷起一阵狂风，西北角上的那一片乌云顿时增大，真是快如奔马，四外阴阴沉沉丛聚，顷刻布满天空。潘景林看了，心中不由替镖客们

担起忧来，天空中一个霹雳，随着雷声，拳头大的雨点倾盆而下，好大雨，只片刻，沟满渠平，约有半个时辰，雨点才由密而疏，由大变小，变成了蒙蒙的毛毛细雨。正在这时，忽从店门外闯进四人，为首的正是去请帮手的徐顺。这些人浑身上下，全都被雨打湿，徐顺先进屋道："潘师父太巧了，正碰上保镖回来的孙镖头、邹镖头和陈宝光。"潘景林听了，不由得大喜，忙令杜海找店家安顿了众人，那些镖客们洗脸换衣，潘景林这时见众位镖客们，洗完脸后，纷纷探视潘景林病体，问完后各个休息。房中只留下邹雷、孙启华、陈宝光三位镖客。这三人陪着潘景林，问潘镖师找他们有何事故。可是镖银出了什么差错不成？潘景林便说刘芳看出有人跟缀镖车，故此命人约帮手，霹雳子邹雷道："哎呀，既然看见有人跟缀，为何不等我们来了再走，他们人少，假若出了事，岂不……"说时看着潘景林的脸上已然变色，悔恨之情直由脸上现出，孙启华接过来道："凭余总镖头及永胜镖局这点小名气，真个有人摘咱们的牌匾不成。"又转口道："不过咱们也不能大意，还是小心点好。"对陈宝光道："陈贤弟，咱们快点吃饭，领人快赶上去，比什么都强。"

潘景林忙叫店家预备了四份饭菜，慌慌张张吃完了，四人都心急，吃完后，便招呼趟子手们上马直奔乱柴沟而来。潘景林也要去，众人拦阻，潘景林执意不听，众人也无法，只得同奔乱柴沟。这时雨已停住，雨后凉风，彻体寒凉，别人还不觉怎么样，那潘景林不知不觉激灵灵打了一个寒战，仍咬牙前行。众人乘马而行，一瞬时走出二十余里；这一带的青沙，远远的树木森林，被烟环雾锁，西北风雨后气候寒凉。用目往正东观看，乱柴沟不远，大约相隔一里之遥，道路的两旁边一片片的小树，被风吹得树枝乱摇，雨花乱飞。那乱柴沟山坡上的荆棘，倒吊着葛藤，明明的显出乱柴沟的山口。道路两旁，野草黄花被雨摧残，横卧在道旁。车辙的细水，是涓涓的不断。此时除去这些人之外，可称得起路尽人稀，就是不见镖车的踪

影。徐顺在马上不觉得吸了一口冷气，就听孙启华颤巍巍的说道："潘师父此事不好，他们的镖车已进乱柴沟，恐凶多吉少。"又用手一指道："你看乱柴沟里回来的那个人。"众人抬头一看，远远的望见一人，伛偻而至，等到此人临至前面，向着众人张口喘息着说道："众位镖师父们，可，可，可了不得了，镖银丢失，全班人丧命。"

众人勒马停蹄，愣怔怔一齐观看，就见此人浑身上下一身的黄泥，连面目也辨不清。看此情形，就知道事出意外，遂即弃镫下马。此时邹雷、徐顺、陈宝光等也下了马，一同向前细认来人，不看则可，众人一看，吓得目瞪口呆。此人非是别人，正是车夫李二。孙启华看见李二，明知事变，倒定了一定神，往北面观看，道旁一片树林，又往四外看了看，并无行人来往。遂向众人说道："什么话也不用说了，事已至此，咱们到北边树林里，再细问他一切吧。"潘景林长叹了一声道："也好！"叫道："李老二，你跟我们到树林里，我有话问你。"李二点头，四人遂拉着马匹直奔树林，工夫不大，众人来到树林里面，将马拴在树上。这才向着李老二说道："你不要害怕，也不要着急，事情已然到了这个地步，你慢慢的告诉我们，镖银怎么丢的，伙计们如何死的。"

李老二闻言，不由得两泪交流，口中说道："这个镖车由店内一起身，李师父恨不能一步赶过乱柴沟，他就紧催镖车快走。天虽阴，可是始终也没下雨。这三十里地，一个多时辰，可就赶到乱柴沟西沟口，李师父催我们进沟，前面的趟子手喊着镖趟子，镖车在后面紧走。李师父他的心意打算赶出乱柴沟，就是再下雨也不怕啦，李师父想的倒是很好，不想一进沟，刚走了没有二里路，核桃大的雨点，可就落下来了。那时我在后面也是这么个意思，只要镖车一出东沟口，就是有匪人，可也就不怕啦，车到平川之处，还怕的是什么哪。不想走了没有半里之路，这个雨可就如同搬倒了天河一般，前面的车马可也就走不动啦，雨水已然托了车底。镖车正在进退为难之

际，猛听得山坡上面的山石乱响，我一想山石若滚下来，临死落个碎骨粉身，这个时节，人声呼哨，山石乱响，这时候我可顾不了他们啦，我只可往山坡上面爬，往西沟口跑，我若不爬山坡，沟内的水是二三尺深，我跑也跑不动，再说我跑也跑不出多远，山石若是下来，也得把我砸死了；再说四外准有人卡着，跑也跑不出去。这才一横心，凭命由天，只得拼命往上爬，我焉能爬得上去呢？幸而我有一把鱼刀，和一个小鹿犄角，我就仗着这个鱼刀子和这个小鹿犄角，我的左手拿着鹿犄角，右手拿着鱼刀子，我把鱼刀子，戳在黄泥之内，我搬住鱼刀子可就滑不下来。我将身子一用力往上纵，随着把左手的鹿犄角，戳在山坡黄泥之上，我又往上一爬，随着又将右手的鱼刀子插入黄泥之内。我就这么一步一倒，实指望爬上山坡，刚爬了有十数余丈，可巧上面有一块大山石，山石的底下被雨水冲了一道沟。我爬到这个沟内，再想往上爬，再也爬不动了，头一样我筋疲力尽，又有山石阻路，我若不借这山沟团合在一处，只要是一滑，我就得溜将下来，我正在惊怯之际，就听我们伙计喊嚷，他们嚷着说镖车不要啦，赶紧往回跑。人声嘈杂。又听见李师父在下面喊嚷，伙计们留神啊，有了呼啸啦。山头上势若山崩地裂，犹如沉雷一般，顺着我的头顶滚将下来。我心中明知上面有人把石头推下来啦，碰上就得死，我只得将腿往回撤，我的脑袋顶着上面的山石，我将身子团合在这道沟的里头，上面推下来的这些山石，撞在头上，震的我双耳皆聋，准知道必得碰死，我一害怕，可就昏迷过去啦。猛然间我就听人喊嚷，我才微睁二目，偷着往下面一看，雨下的很大，往下面看不甚真。就见下面大约有五六十人，还有十几匹马，蜂拥似的冒着雨往正东去了。我看着马上驮着物件，好像我们车上的镖银。就听下面有人道：‘这一回寨主做的这号买卖，可顺气儿。’又听有人说：‘伙计们，他们有逃走的没有？’就听有人答言说：‘头儿您这是多想，就是那么些山石推下来，他们碰上哪一块也得死，再说两旁的滑泥，一个也逃不了，咱

们是放心大胆白得这号买卖。’他们是一边说着，一边往东走下去了。我爬在漩涡之内，大气也没敢出。我容他们走远，我准知道镖银已失，他们大家的性命不能保全。又待了老大的工夫，我这才慢慢顺着山坡爬下来，我才出离了漩涡，脚下的泥一滑，我就连滑带咕噜，溜下来了。我这周身上下，没有一处没有泥，刀子鹿角也丢啦，我仰面往上一瞧，我才想过这个意思来，要没有上面这块山石，再没有这个漩涡，我这条命决无生理。我这时往东面一看，乱石堆叠，压着死马亡人，砸碎了的车辆。我站在那里发怔，我的身上被雨激的全都湿了，我明白过来，这才知道雨淋的我身上难受。我才打算回镖局子报信，出离沟口，我只顾低着头寻路，一听前面有人与我说话，这才看见二位少镖主与潘师父。李师父丢镖，与众伙计们丧命，俱都是我亲眼得见。”

就见潘景林站在那里，脸上的颜色惨淡。孙启华双眉倒竖，眸子瞪圆，一阵阵的冷笑，瞧着李二点头。邹雷厉声说道：“咱们已经听明白啦，贼人既是劫镖，他准知道在风雨之下无人知晓，不如你我大家先亮兵刃，趁贼人走之不远，将镖银抢回，拿住贼人，否则也能知道点线索，访出是谁劫的镖，你我好回镖局子交代。”众人答应，孙启华忙说道：“李二，你骑着我们的马，奔青云镇长合店，我们要是等到明日天亮不回青云镇，你于明日清晨，赶回镖局面见总镖头，将镖银丢人和我们的所遭所遇，报与镖主，听候镖主的调遣。你可将话记准，千万不可错误。”李二点头应允，遂说道：“几位请吧，这个事情交于我办，决无差错。”孙启华将话说完，回手由马上把宝剑摘下来，用自己的绒绳勒紧身后，回手亮剑。此时潘景林，由背后早把金背砍山刀亮了出来，刀往怀中一抱。邹雷使的是一口鬼头刀，手内擎刀，将刀鞘早就背在背后。徐顺使的是一条三棱吕祖锥，掖在腰间。四人收拾停妥，别人也都收拾好了。将话又嘱咐李二一遍。

众人出了树林，往南直奔乱柴沟而来。临至乱柴沟的西沟

口，往里面观看。地下白沙漠漠，雨水横流，两边的山坡皆是黄泥，山沟狭窄。孙启华看至此处，心中暗想：“真是天生的险地。”回头说道：“三位请看，此沟如此窄狭，你我倒要小心留神。”徐顺在旁边答言说道：“你我既将主意拿好，到此不便犹疑，就此进沟。”孙启华只得点头，手中提剑，在前行走，后面三人相随。紧往前走，孙启华越看越怕，走到沟的当中，猛抬头，孙启华就见前面山石堆垒，阻住道路，遂用手往前一指，口中说道：“潘师父请你来看，莫非遇险，就在此处。”潘景林手提兵刃，听孙启华之言，迈步向前，众人后面相随。

绕过前面这块山石，举目观看，把众人吓得险些骨软筋酥，目瞪口呆。就见前面，车辆被石砸碎，死马亡人，横倒竖卧，脑髓鲜血，溅在山石之上，情景可惨。众人看此景况，不由得心中发酸。潘景林早就两泪交流，仰面向天长叹。左手背刀，右手指着地下的镖局子伙计的死尸，含泪言道：“我潘景林若不与众人报仇，誓不为人。”徐顺在旁边说道：“潘师父不必在此发愣，你我追赶贼人要紧。”潘景林闻听此言，回头一看徐顺，就见邹雷站在那里，手提金背鬼头刀，在那里暴躁嚷道：“你们还不走，尽自在这里站着做什么，倘然若有意外如何是好，不如趁此时机，贼人未能防范，你我急忙出沟，再作商议。”潘景林只得点头，大家绕着地下的山石，遂冒雨往前行走。这一段山沟甚长，好容易出离东沟口。孙启华是个细心人，用目往地下一看，就见地下有马蹄的痕迹、人脚踏的印子，虽然是青沙地，看的很真切。遂向众人说道：“你们众位请看，地下的痕迹，看这个方向，贼人向南去了，你我大家趁贼人走至不远，急速追赶，若容贼人去远，再要寻找，反费周折。”

众人闻听孙启华之言，大家一齐说道：“言之有理。”孙启华在前，众人在后，看地下的足迹，转向东南，众人顺着东南的小道，追赶下来，再看两旁边一带的树木，被风一吹，树枝儿乱摇，雨星儿乱坠，道旁的青草迷目，满地的青石，就看不出地下的足迹来啦。只得向前行走，又兼着众位英雄，周身上

下被雨水淋湿，满目的凄凉风雨，这种苦况不堪设想。众人往前追赶走出约有十五六里之遥，就见前面有一伙贼人，大约有三四十名，各擎刀枪，正当中有十几匹马，马上驮着物件，远看好像镖银的形象。孙启华用手向前一指，遂向众人说道："前面莫非就是劫镖的群寇。"潘景林刚要与孙启华答话，未提防邹雷在旁边一声喊嚷，口中嚷道："前面的贼人慢走，还不把镖银留下，等待何时。"孙启华一听邹雷喊声，遂将脚一顿，口中说道："师兄，你怎么这样性急呀，你不看看前面贼人，贼多势众，你我势孤人单，我没告诉你吗？前面若是贼多，你我暗地跟随，认准了他的巢穴，再为下手。他若是势孤人单，你我就此动手，也可以夺回镖银。如今前面贼众我寡，你怎么反倒喊叫起来啦。"

邹雷说道："兄弟，你别报怨我啦，皆因前面发现贼人，我本来性子就急，不由得我就喊叫出来啦，其实这也不要紧，今既被他们听见，不如你我杀上前去，杀死几个贼人，先给我们镖局子死去的伙计们，报仇解恨，然后有什么事再说。咱们先痛快痛快，发散发散他娘的胸中的怨气。"孙启华一听邹雷言语，心中暗想："我师兄这个人真是快人快语。"孙启华想跟潘景林相商与贼人动手的方法。

就听前面有人喊道："后面什么人？"孙启华抬头一看，就见前面的贼人一部分拥着镖驮子走了，一部分雁翅排开，拦住去路。因为邹雷一声喊嚷，前面贼人已然知道，当时就排开了阵式，潘景林见贼人既看出后面有人跟下来，难道说还能退避吗？若是前面的贼人果然没有能人，就势把镖抢回，再捕获几个贼人，可也对得起镖主。若要贼人队中，有能人在内，夺不回镖银，也得缀上他们，得点消息。潘景林此时抱定奋不顾身的主意，他是一语不发，提刀直前，直奔正东，向贼人而来。孙启华到此时，明知劝不回潘景林，事已至此，不得不与贼人动手，随着说道："你们看潘师父过去啦，咱们也一齐往上攻吧。"邹雷、徐顺、陈宝光等在后面喊道，别让前面贼人走了。

此时潘景林跑至群贼面前，举目一看，就见两旁站立约有二三十名，俱都是蓝毛巾包头，身上都穿的是蓝布裤褂，脚下洒鞋白袜，打着裹腿。一个个，粗眉大眼，各擎刀枪，都没穿着雨具，浑身上下，被雨淋的，已然不成样子。在正当中站着四个人。为首这人，细条身材，身穿白绸子裤褂，绒绳系腰，脚下洒鞋白袜，打着裹腿，煞白的脸面，满脸的红糙面疙疸，两道立眉，一双圆睛，鹰鼻子，大嘴岔，一嘴的板牙，两个锥把子耳朵，约有三十来岁，手中擎一口锯齿飞镰大砍刀，刀背上有三十二个锯齿，这口刀足够一掌宽，刀光烁闪。在他上首站立一人，看年纪在五十上下，身穿青绸子裤褂，足下洒鞋白袜，绒绳系腰，头上青绢帕罩头，黑紫的脸膛，一脸的苍皮，粗眉恶目，阔口獠牙，两耳无轮，右手提着一口大砍刀，站在那里发威。下首站的那一个，身材短小，形容枯瘦，身上穿着一身蓝绸裤褂，脚下青鞋袜，腿上打着裹腿，淡黄的脸膛，两道细眉，三角眼睛，小鼻子，菱角口，看年纪也在五十上下。这二人可都没有胡须，右手擎着一口厚背雁翎式的钢刀，看此人面色阴沉，站在那里冲着他们四个人乐。紧挨着这个人，还有一人，潘景林看着他分外注目，身穿土布裤褂，脚下小洒鞋千层底，倒纳鱼鳞带提跟，打着蓝裹腿，青中透黄的脸膛，上面用土黄布手巾勒着头，两道棒槌眉，一双酸枣儿眼，小秤砣鼻子，三角口，两撇掩口花白胡子，手中拿着一口朴刀。

潘景林越看此人越眼熟，好像在哪里见过似的。猛然间想起，莫非是他？潘景林想至此处恍然大悟，不由得咬牙切齿，心中暗恨。旁边站着的孙启华，见潘景林并不与贼人答话，脸上现出一种怒容的样子，须鬓皆张，孙启华在旁边问道："潘师父，您既要与贼人动手，因何发怔？"潘景林向孙启华点手，孙启华向前近身，潘景林用手指着下面站着的贼人，在孙启华耳边说道："想当年如此如此……"

孙启华转睛思想，方才明白丢镖的前因后果。孙启华这时可就明白啦，在后面闷坏了精明强干的徐顺，急煞了暴躁的邹

雷，那么到底是怎么回事呢？提起了这回事，可是年份也不算很远，是八年以前的事。

八年前余公明永胜镖局，买卖正兴旺之时，永胜镖局的买卖做不过来，柜上的人不够分配使用，买卖越好，人越不够用，可巧华阴县北门内，天元银号是本柜上的老主顾，只要银号有什么要紧的事项，皆由余公明永胜镖局护送，两方交际多年，无论多少银子，永远没有出过错，可巧本柜上有一笔银子，共计五万两，是拨与信阳州联号，急用的一笔现款。本银号的掌柜的，派柜上的伙计，把余公明请到柜上和余公明一商量，要是别的柜上的镖银，余公明可不敢应，皆因为是柜上没人；又一想这是多年的主顾，又不好驳，买卖又不好让别人做。银号掌柜的又再三的托付，余公明实在没有法子，才把这号买卖应了。此时柜上又没有人，就是潘景林在柜上帮着料理，余公明意欲命潘景林走这一趟镖，自己却又不放心。若是他一人前往，路上有一点差错，可就不好办啦。余公明百般无奈，就得自己前往，临走起镖，可就与潘景林商量好啦，让潘景林随同前往。那个时候，潘景林在镖局里，余公明还不那么器重他，皆因他在镖局里日子不多。

余公明将镖车收拾齐楚，带领潘景林与本柜上的客人，由华阴县起镖，经过陕州，行至在崤山山脉，皆因不走凤池县，抄崤山的小路为的是近些个路程。不料想行至鹰爪山的山前，打虎岭的地面这一带地方本是余公明常走的一条道，知道这条道儿不好走，打虎岭左右，俱都是贼人出没之所，任凭是谁，也过不去。皆因余公明这条道最熟，有几处占山的寨主，也都是走的打出来的交情。只要是余公明的镖，经过此路，也别说他们不敢，都不好意思劫余公明的镖银，皆因如此，余公明才敢放大胆子，由打这条小路上走，虽然如此，镖车行至此处，连伙计们全都得多留点神。

那个时候，抱头的喊镖趟子的伙计，就是吴得利。这个地方也是真险，两旁边俱是荒山野岭，树木阴森。当中间车道，

路旁的青草，都有半人多高。他这个镖车正往前走，前面有一片树林，这片树林，约有二三里地，对面是丛林，当中是道，将到树林旁边，镖车尚未进入，就听树林子里面，一阵铜锣声音，头里镖趟也不喊了，镖车可就打了盘啦。余公明往前面一看，就见林内，蹿出约有五十名喽啰兵，都是二三十岁，俱都是周身上下一身蓝，蓝绢罩头，斜搭麻花扣，脚下快鞋白袜，怀抱鬼头刀。为首一人，长的面目凶恶，大身材，年纪约在五十多岁，身穿青绸子裤褂，脚下白袜，大掖搬尖洒鞋，打着花裹腿，腰中绒绳紧腰，头上青绢帕勒头，结着麻花扣，脸上看，青中透暗的脸孔，三角形的菱角眉倒吊着，深眼窝子，一双金睛叠暴，鹰鼻阔口，鲜红的嘴唇，满脸的黄髯，连鬓络腮，压耳的毫毛倒竖，脸上核桃大的一脸金钱癣，在手中擎着一口锯齿飞镰大砍刀。在前面有一个喽啰的头目，站在那里念道歌儿，说道："咳，此山是我开，此树是我栽，要想从此过，留下买路财，牙边半个说不字，一刀一个不管埋。孤雁的绵羊，将镖车留下便罢，如若不然，小心你们的脑袋。"

余公明听前面喊镖趟子的，喊的是："头里有了扛梁子啦！"什么是扛梁子，断道劫财的。余公明赶紧由外首下马，剑把朝后，为是从里首下马，顺手由后面亮剑，因为做镖师的，他把自己的兵刃，挂在外首鞍鞘之前，朝前首下马时顺手由前抽剑，他的脸老冲着前面，为是防范敌人暗算。余公明下了马，顺手抽出金光闪烁的龙舌剑。此时潘景林也就下马，相随在余公明的身后。余公明来在镖车的前面，细看前面喊道歌的这个人。余公明认得他是鹰爪山阴风寨踩盘子的小伙计，奴随主姓。此人姓姜，名叫姜小五，外号人称旱地蝎子。后面的寨主，非是别人，正是鹰爪山阴风寨老寨主，姓姜，双名天雄，外号人称活阎罗，占据鹰爪山阴风寨多年，余公明早就认识他，就是永胜镖局的镖，时常经过鹰爪山，他可也没有劫过，彼此都是个面子，今日也不知是怎么回事，把镖车给扛住啦。心想这一定有人拢对。

余公明遂将金光龙舌剑，交左手往怀中一抱，迈步向前，含笑抱拳，口中说道："前面莫非是姜老寨主，伙计们都多辛苦，余某向不敢得罪好朋友，也许余某手下人，不知规矩得罪贵山，今天望乞寨主高高手闪个面子，让我们过去，余公明必定要登山谢罪，老寨主高高手吧。"

他哪里知道姜天雄，此次当真带着伙计，专为等的是余公明的镖。这是怎么回事呢？就皆因余公明永胜镖局买卖好！这些年来，一来是自己的买卖的运气好，再者字号也叫得响，虽然走各省的镖，就说潼关内外这些个镖局子，哪一家也敌不住永胜镖局，不免招惹同行的嫉妒。其实余公明也没得罪过人。这些镖局子，因为妒名，在各处给余公明散布流言，就宣扬余公明说的，不是我买卖运气好，我这镖走遍天下，不拘有多名望的大王，也不敢正视我的镖银。别说是劫我的镖，他连正眼也不敢看。其实余公明并没有说过这些话，这就是外面小人是非之口，气恨永胜镖局买卖好，在外面捏造许多不三不四的谎言，为的是在外面给永胜镖局拢对。余公明并不知道其中的原因。

不想这个风言，可巧传到鹰爪山阴风寨姜天雄的耳朵里去啦，还不只听一个人说的，姜天雄为人自负争强，秉性好斗，素不服人，他听见这个消息，才和他的两个儿子商议劫镖。姜天雄这两个儿子，长子名叫姜金彪，别号人称拦路虎。次子名叫姜金豹，人称青眼虎。又请来两位寨主，贺玉、贺云，一同合计，把听得来的言语与众人说了一遍。三寨主贺云向姜天雄说道："大哥这件事，您要慎重，据小弟我想，余公明镖银时常由此路过，他也没有出过规矩；再说余公明武艺超群，可是有点扎手。话又说回来了，他的镖又不出规矩，与你我又无仇恨，别人既不干涉，咱们何必多找这个事呢？再说过耳之言也不可听，这里面也许别人与他有仇，惹他不起，故意造出非言，咱们何必受人愚弄呢？小弟的话，可不一定对，大哥您要三思而后行。"大寨主将要答言，旁边二少寨主姜金豹说道："三叔您做事太小心啦，俗语说无风草不动。他要不说，外面

也没有那么大的风言，不管他说不说，若是他的镖车由此经过，先劫他一回，也让他知道知道，鹰爪山阴风寨不是好惹的，也减一减余公明的威风。”姜金豹把话将才说完，就见大寨主点头说道：“这话也有理，余公明这些年总是一帆风顺，也让他尝尝丢镖的味道。”大家计议已定，姜天雄便吩咐姜小五道：“如若永胜镖车过此，早些报来。”

这一日，恰巧永胜镖局的镖车路过此地，姜天雄一看，二子和两位寨主都未在山寨，不由皱眉，想道：“余公明这小子好运气。”复咬牙道：“没人我也劫你。”

那姜天雄率领旱地蝎子姜小五下山劫镖。双雄抵面，那姜天雄明知前面是余公明，手提锯齿飞镰刀，横刀而待。他听了余公明的场面话，并不搭腔，只将双睛一瞪，说道：“余镖主，我久已闻名，阁下威名远震，晃动乾坤，今日姜天雄不才，并非是为劫夺阁下的镖银，专为在此等候阁下，比试武艺，阁下胜得了我的锯齿飞镰刀，任凭阁下镖车通过，如若胜不了我的锯齿飞镰刀，将镖银留下，如若不然，要想镖车由此经过，势比登天，早早当面较量，不必多讲。”余公明听得此言，不由得撞上气来，余公明再三求路，姜天雄坚要比武，那余公明早年也性如烈火，只因久涉江湖把性情柔和了许多，所以这次这样央人。这时余公明说道：“阁下既是挡住我的镖车，我苦苦相求，阁下是执意的不让，非比试不可，余某若要失手，伤了阁下的毫发，休怨余某无理，依我看阁下不必动手，留这个脸面，日后还有相见之时。”姜天雄闻听此言，不由得气冲斗牛，哇呀呀的怪叫，说道：“余公明果然大言欺人，来来来！我倒要请教。”遂将刀一摆，垫步拧腰，往前一蹿，高声喊道：“你我二人，倒要比试比试。”余公明看姜天雄来的势猛，要摆龙舌剑向前对敌。就在这个工夫，就听身后有人答言，说道：“镖主何必亲自动手，不才潘景林愿先献丑。”话将说完，余公明用手相拦，口中说道：“潘师父你休前往，此事与你无干，既是姜天雄寨主在此等我，我当奉陪于他，据我看，我不与他

动手，难以偿姜寨主之愿，潘师父，你与我看守镖车最好。”潘景林只得点头，往后倒退，吩咐伙计们，谨守镖车。

他自己提刀挡住前面，此时余公明手中顺剑，丁字步一站，说道：“姜寨主，阁下勒令要求，余公明只得奉陪。”姜天雄大吼一声，说道：“老儿你有多大能为，看刀。”话到人到声音到，姜天雄往前一纵身，左手一晃，右手劈面一刀。余公明一看锯齿飞镰刀离头顶相近，遂将身一矮，向左边一上步，右手一横，直奔姜天雄右腕下划来。活阎罗的刀若再往下落，手腕子碰在剑上，腕子必折，姜天雄他恐怕手腕碰在余公明的剑上，急速往回撤手。未提防余公明的剑，一扁腕子进身便刺，姜天雄将自己飞镰刀刀头冲下顺，用刀刃截余公明右臂，余公明随即抽剑往右边一闪，左手剑一指，右手剑“白蛇吐信”，直奔姜天雄咽喉刺来。姜天雄向右一步，将刀往上一立，用了个里剪腕。余公明见刀临手腕已近，随即将剑往左边一带，余公明的剑，正碰在姜天雄锯齿刀的刀刃上，姜天雄虽然力大，余公明往回一带的力量，暗用气功，姜天雄锯齿刀险些撒手。他只顾自己的锯齿刀，未提防余公明的剑，借着一带的力量，顺着姜天雄的膀臂，直奔脖项便抹。姜天雄见剑临近，闪躲不及，只得一长腰，身形向左一转，把脖项虽然躲过，并未躲开肩胛。余公明这一剑，正抹在姜天雄胸前肩臂之上，只听嘭的一声，红光崩现，鲜血直流。姜天雄大叫一声，刀未撒手，往圈外一蹿，口中喊道：“余公明，咱们是后会有期。”众喽兵见大寨主受伤，连忙救护上山。

不言姜天雄败走，且说余公明见活阎罗姜天雄负伤率众逃走，便长吁了一口气，将龙舌剑往怀中一捧，遂向伙计们说道：“弟兄们起镖。”此时伙计们已将余公明的马匹牵至面前。余公明怀中抱剑，纫蹬上马，此时潘景林也上了马，打头的伙计吴得利，仍然在前面乘马，喊着镖趟子起镖，后面车辆相随，由此直奔信阳州来了。这天到了信阳州，将镖银交兑完毕，余公明颇有戒心，余公明便急忙赶回华阴县镖局子，当时

便告诉伙计们，从此以后走镖，不准由峭山小路而行。

且说活阎罗姜天雄，带伤率众，由树林逃走，到了鹰爪山的山寨，急忙检视伤痕，姜天雄右肩头，衣服崩裂，皮开肉翻，血迹遍体，惟有伤口左右，血痕都已干燥，一面命喽啰兵将金伤药预备停妥，又命喽啰兵取水，用水将血液洗净。伤口很重，在肩头之上，有半尺余长，深约有寸许，这一剑刺得实在不轻。遂将汗褂绒绳俱然撤去，用袖绫将伤口的水痕拭干，然后将金伤铁扇散敷好，上面又用金伤膏药贴上。

那姜天雄从来未栽过如此的跟头，只气得暴跳如雷，过下七八天，两位寨主贺玉、贺云和他两个儿子俱都返回山寨，获有很多财帛，却想不到姜天雄受了这样的重伤。二贺同二子问缘由，姜天雄便把独自劫镖、交手受伤的事说了一遍，并言必报此仇。那贺云说道："老大哥不必着急，小弟倒有一计，可与大哥报仇雪恨。余公明武技高强，不可力敌，只可智取，大哥在山上静养，小弟命人打探，若要余公明镖车再由峭山小路经过，小弟命侄男金豹，多带人下山，绊住他，小弟在后面抢劫他的镖银，掳走客人，余公明见客人被掳，他必然与我拼命动手，将他引至八盘山，山势窄狭，令吾兄焦面鬼贺玉，带领姜小五，带着二百名长箭手，埋伏在两边山头之上，容我们过去，开弓放箭，一阵乱箭，再把山上的山石推下来，余公明飞也飞不出去；余公明若是在八盘山不往前追赶，小弟命金豹带一百名喽啰兵，皆都要弩箭手，截断余公明的归路，小弟等由前面反回来，带领长箭手，由后面开弓放箭，给他一个前后夹攻。镖银也得到了我们手里，大仇也就报啦，大哥何必着急，此事皆在小弟的身上。"

活阎罗姜天雄听至此处，不由得忍痛仰面大笑，随说道："此计甚妙，愚兄就将此事托付在你的身上啦。"随即命人下山打探，贺云听寨主依计而行，随即分派喽啰兵下山打探，这本是贺云的一片宽心话，说给姜天雄听的，姜天雄也不想想，余公明哪能再从这里走，自找麻烦呢。那姜天雄立时又派人下

山，秘密打听余公明镖车的消息，不觉数月之久，并未打听出来余公明的镖车经过的消息，姜天雄心中纳闷，暗想：莫非有人将计策泄露。又派旱地蝎子姜小五，秘密出山，命他扮作小买卖的商人模样，到华阴县永胜镖局左右，探听永胜镖局的镖车行踪。

这一日众位寨主，陪着活阎罗姜天雄，在聚议大厅之上闲谈，此时姜天雄伤痕早就痊愈。大家正高谈阔论之际，见一喽兵由外面来，至大厅说道："启禀寨主，今有寨主的挚友铁算盘汪老英雄前来拜访。"姜天雄闻听，不觉大笑，扭项与二寨主、三寨主贺玉、贺云说道："二位贤弟，大概不认识这位汪老英雄吧！"贺云说道："小弟听着耳熟，一时想不起来。"姜天雄微然含笑，左手伸出两个手指，说道："此人与我二十多年故旧之交，姓汪名春，江湖人称铁算盘。足智多谋，精明强干，掌中一口砍山刀，武艺超群。自从由我占山以来，他并未来过一次，听说他现在弃却绿林，在南阳府做事，不知是哪阵香风把他刮到此处。"遂向喽啰兵说道："有请。"

这时姜天雄同二位寨主及二位少寨主都迎出庄门以外。就见在左门外吊桥上站立一人，细看却是汪春，这二十多年未见，果然面目显着老啦，身量可还是中等身材，就是显着矮一点。身穿蓝袖子裤褂，外罩青袖子大褂，脚下白袜，青缎子皂鞋。脸上生就长脸膛，面部透青，两道细眉，直插入鬓，吊角二目，高鼻梁儿，三角口，雪霜白的掩口髯须。两耳无轮，花白剪子股儿的小辫，手内提着长条儿的蓝包袱。姜天雄一见，赶紧抢步向前，口中说道："我打量是谁，原来是老哥哥，小弟率领孩儿们来迟，兄长请勿见怪。"汪春赶紧说道："姜贤弟，休要折寿于我，贤弟你一向可好，恕过我这几年未能问安。"姜天雄扭头，向后面说道："孩儿们，与你汪老伯父见礼。"二位少寨主一齐向前跪倒叩头。汪春伸手往起相搀，遂问道："这二位小英雄却是何人？"姜天雄闻听此言，往后仰身，哈哈大笑说道："老哥哥，你连他们都不认得啦，这就是

你两个侄子。”遂用手指着说道：“这个是您大侄子金彪，那个是你二侄金豹，我一说你就想起来啦。”汪春用手拈着银须，上下打量二位少寨主。笑着说道：“老弟，你可又怪错了我啦？你我弟兄分手之时，他们尚在幼稚，如今皆成了英雄啦，我怎么能认得哪，看起来这可应了俗语的话啦，后浪推前浪，父是英雄儿好汉。”姜天雄含笑说道：“老哥哥，您这是抬爱我们父子。”姜天雄还要与汪春谈话，旁边闪出贺玉、贺云，二人上前与汪春见礼，一面口中说道：“老哥哥，这几载未见，你老人家堪可须鬓如霜，小弟这边有礼了。”汪春一面还礼，一面说道：“二位贤弟免礼，看哥哥老了吗？”贺玉说道：“兄长你老人家的精神尚且不老。”汪春大笑道：“兄弟，几年没见，学会了油嘴，到底我还是老啊。”姜天雄道：“老哥里边坐吧！寨外也不是说话的所在，有话请老哥到里面再说罢。”

众人进到客厅里，各自落座，谈叙江湖异闻。多年老友相逢，话越说越说不完。那姜金彪由老寨主身背后转过来，口中说道：“父亲你老人家，只顾与伯父谈话，天也不早啦，莫若预备些酒，与我伯父接风洗尘，再者也可以饮着酒谈心哪。”姜天雄闻听，看了看天色，鼓掌哈哈的大笑道：“只顾与你伯父谈话，竟把他老人家给饿了起来了，错非吾儿提醒，我倒将接风之事忘却了。快往下面传唤，预备酒菜，为你伯父接风洗尘。”贺云、贺玉在旁边说道：“我们尽顾听话了，我们也把这件事给忘啦。”汪春含笑说道：“这是你们老哥儿几个爱惜我，尽顾了谈话啦，那么着我还是真想酒喝，咱们就吃着酒谈心倒也好。”他们说着话儿，不多时，头目们已然将桌椅摆好，跟着放好杯茶。老寨主姜天雄站起来让座，汪春只在上首落座，三位寨主相陪。跟着酒菜也到了，二位少寨主往上献酒献菜。老寨主将酒斟好，擎杯相劝，大家彼此痛饮。酒过三巡，菜过五味，正喝的痛快时，见有厅下跑上一人，姜天雄这时停杯举目一看，非是别人，正是旱地蝎子姜小五。姜天雄忙把他喊过来，问他探听余公明的事怎样，那姜小五道：“启禀寨主，属

下下山，今已将此事探听明白，特来报告，……”这句话尚未说完，汪春急忙站起身来，向姜天雄说道：“贤弟，此事若关乎机密，劣兄可以暂时回避。”姜天雄遂含笑说道：“兄长你太多心，此事我还要与兄长商议，这时他回来更好，兄长你先落座，容我问个明白，然后再求兄长与我筹谋计划。”遂向姜小五说道：“你下山这些日子，事情打探的怎么样？”

姜小五道：“余公明回到镖局之后，因为与老寨主有动手的一节，他暗地嘱咐镖局内大小的伙计，从今以后，若有信阳州一带的镖，不准由峭山小路涉险而行，皆因有自己的前辙之鉴，怕寨主有报仇之举，寨主若要欲报前仇，再想别的计划。”姜天雄将话听明白了以后，向姜小五一摆手，说道：“辛苦你了，也就难为你了，下去休息吧。”姜小五将要转身，姜天雄说道：“且住。”姜小五说道：“寨主有何事吩派？”姜天雄说道：“没事，我赏你纹银十两，账房去领。”姜小五连忙说：“谢过老寨主的恩赏。”转身下去。

第二章

铁算盘妙计寻仇

铁算盘汪春，在旁边听老寨主与姜小五说的话，不知是什么事，可把他打在闷葫芦里面啦，他又不好明着问，遂向姜天雄说道：“贤弟，方才之事，我可以听一听吗？难道你和永胜有碴吗？”姜天雄见汪春这一问，不由长吁了一声，说道：“兄长，只因小弟好胜。”说着话遂将自己的衣服纽扣解开，将右臂现出来，将身形一转，脊背向着汪春道：“兄长你看，我肩胛这处伤痕，近日才得复原。”汪春一看这一道伤痕，虽然是好啦，但是伤口约有半尺余长。遂说道：“哎呀，贤弟，这是怎么一回事？”姜天雄一语不发，将衣服穿好，复又落座。姜天雄双眉倒竖，眸子圆睁，钢牙乱咬。先咳了一声，遂不慌不忙，就把听信传言，在打虎岭劫抢余公明的镖车，动手带伤；三寨主贺云，在寨中划策，命姜小五打探永胜镖局，方才禀报的情由，从头至尾细说了一遍。复又说道：“兄长，你的外号人称铁算盘，你与我算一算，此一剑之仇，怎样能报，也不枉你我弟兄朋友一场。”汪春听完姜天雄的话，沉吟半晌，连连的摇头，口中说道：“若要急于报仇，事情很难的，我早就知

晓，余公明为人精明强干，老成谨慎，若要设其牢笼，他是决不涉险作事，若要是以武力报仇，也不是我长他人的威风，弱自己的锐气，恐怕难以完全。”

姜天雄闻听汪春之言，高声说道：“若依兄长之言，小弟此仇今生不能报了。”汪春摇头说道：“兄长你还是这样的性躁，仇一定得报，可是只能智取，不可力敌。”姜天雄说道：“兄长有何妙策?”汪春说道：“贤弟别忙，等把我的铁算盘打好了，别说是余公明，就是大罗的神仙，也逃不出我掌握之中，可就是一样，你可别忙，就按贤弟你这样性急，一辈子也报不了仇。”活阎罗姜天雄一听汪春之言，蹙着眉说道：“兄长，言之差矣，性紧就不能报仇吗?”汪春含笑说道：“不是那么说，古人有云，知己知彼，方可对敌。在这个时候，你要急于报仇，若让他知道消息，这就是打草惊蛇。余公明这个人，本来他就生平谨慎，若是让他得着消息，他再加上一分细心，此仇终难得报。”姜天雄闻听说道：“那么怎样才能报得此仇呢?”汪春拈髯微笑，说道：“你欲报此仇，必须要不动声色，在冷静里去求，何为冷静去求呢?比如若要欲买这件物件，可别面目上露出非买不可的样子来，你要露出非买不可的样子，他必抬高物价，你若欲防范此人的奸诈，必先与他亲近，令他不疑，拿你当作心腹，然后你从中取事。似乎余公明，生平老成干练，深谋远虑，你稍表一点声色，被他知觉，要想报仇，势比登天，他是断然日夜防范，你虽有千条妙计，也难入手。故而我于他的身上，取冷静主义，就算受害已过，都疑不到你的身上，可就是一样，必须慢慢的入手，趁隙而入；你要是性急，我这条计策不如不说。就算说出这条计策来，也算无效。贤弟，你自己先酌量酌量，吾之计百发百中决不落空。你若不能忍耐，我作一个闭口不谈，咱们说别的，倒显着开心，贤弟，你想好不好?”姜天雄听了汪春的言辞，不觉的笑起来了，说道：“不过都说，上了年岁的人牢骚，兄长，我和你求计，你连一个主意也没出，你倒说了不少的忍耐，好些个性紧，还

怪我一身的不是，始终你也没说出什么主意来，岂不闷死人吗！只要兄长你说出的计策，我是没有不忍耐的，你放心，我决不能耽误你的妙策。”

汪春听到这里，不觉得也笑啦，遂说道：“兄弟你忙了不行，我先喝一盅酒想一想。”说话之间，将酒盅端起来，一饮而尽，复向姜天雄说道：“你再与我斟一盅，我索性让你多闷一会儿，我为是锻炼你的暴烈之性，前次你要不是性暴，哪个能削你一剑啊，兄弟我一面喝着酒，我一面说我的计策，若依着我的话，贤弟你还不用亲自下山，就把仇报了，报仇的这个地方，离这里也不远，有一座乱柴沟，沟内狭窄。前些年，我不知谁家镖局子的镖，行至乱柴沟之内，在沟内被劫。这个抢镖银的主儿，也真够狠，他把乱柴沟山上的山石推下来，不但把镖银得到手里，连人带马，皆砸死在山沟之内，到如今始终也不知谁作的案。你可以就这现成的地利，闲着无事的时候，命姜小五带领几十名壮丁，到乱柴沟山头之上，搬运山石，暗派精明的头目，打探余公明的镖车，寻常的日子，不拘哪个镖局子的镖，行过乱柴沟，千万可别劫。让他的胆子放得大大的，几时伙计打听得余公明的镖车，冒险过海，也不用贤弟亲自下山，就命二寨主和三寨主，带领金豹、金彪、旱地蝎子姜小五，五十名得力的喽啰兵，埋伏在山头，要是镖车走到沟内，把平日埋伏的山石，由上面往下一推，连客人带镖师，以至随从的伙计一并砸死，若是余公明亲自押镖，那更好了，插翅安翎，他也难逃活命，贤弟不但白得镖银，此仇伸手可报。这个名儿就叫以逸待劳。贤弟，你想此计划如何？说了归齐，还是这句话，性急了可办不了。”

活阎罗姜天雄将话听完，伸手舒大拇指说道：“兄长，你说了这么半天，我明白啦，你知道我的性紧，你才乱七八糟的说，你是为了给我报仇，是怕我稳不住性，兄长你自管万安，我的仇一辈子报不了，我都得照着你这计策行事，倘若该当报仇，就是砸不死余公明，将押镖的客人砸死，这一场官司，也

够余公明打的。兄长，咱们不必说啦，吃酒吧。”遂着教喽啰兵添酒添菜，大家擎杯，开怀畅饮。这汪春一连住了半个多月才走。

姜天雄果然按着汪春所定的计划，遂命姜小五带领二十名壮丁，在山头上埋伏，搬运山石。姜天雄见埋伏齐备，便秘密派人至华阴县，打听余公明镖车的动作，由年前直顶到转过年来五月间，喽啰兵不断往山中报告，余公明买卖萧条，并没有多少镖行的买卖。不过不是余公明买卖不好，是各镖局子生意都不大很好。姜天雄屡次得报，见无机会，也就把这个事情放在一边，就把这报仇的事情冷淡下去啦。虽然老寨主不以此事在意，唯有少寨主姜金豹，惦记老寨主报仇，仍然暗派心腹在华阴县打探。

三年之后，姜天雄正和二寨主商议要事，忽然，手下人送上一封信来说道：“大寨主，有汪春，汪老英雄介绍数位绿林豪杰持信到此。”说着话将书信双手往上呈递，姜小五由下首座位站起身形，伸手把信接过来，递给姜天雄。姜天雄接过书信打开一看，信上写着：“天雄老弟，别来许久，渴念殊殷，本欲早来拜访，未克如愿。前在贵寨叨扰，荷蒙宠遇优渥，承赏赐川资多金，钦感之情，兄由贵寨镌返南阳后，巧遇旧日良友数人，皆为当时绿林中之豪杰也，刻下东流西荡，无处栖身。兄知我弟望贤若渴，故敢冒昧枉荐，兹令其持函投呈阁下，倘蒙金诺，则感戴无涯矣，专此藉请，武安，不庄。”附名单一纸，下款写的是愚兄汪春拜上，兹将来人姓名，开单列后，计开：鬼头刀韩天寿，花枪陈禄，滴溜旋风邢燕，泥小鬼胡奎。姜天雄将书信看完，掀髯微笑，遂向众寨主说道：“我当是哪里来的，原来是老兄汪春，又替我打上铁算盘啦，算计我寨中的人不够用的，替我约请几位朋友，金豹你到外面替我将这几位英雄请进来，待我问一问。”姜金豹闻言应了一声出去，前去迎接。于是鹰爪山上又增加了五位豪杰。

这天，忽然手下弟兄报告，永胜镖局，押镖过此，寨主意

下如何。活阎罗姜天雄闻听永胜两个字，想起当年一剑之仇，不由得咬牙切齿，说道："二弟、三弟、金豹、金彪，下山随我劫镖。"这句话尚未说完，旁边有人答言说道："大哥何必动怒，此事极为容易。"姜天雄扭回头一看，说话之人，正是三寨主铁心鬼贺云，遂叫道："贺贤弟有何高见？"贺云道："老寨主，您事情未办，怎么又犯了性紧的脾气啦，这不是当年汪老英雄，原来订下的计划，这二、三年之内，你老人家把这个事情忘了吧。"姜天雄当时想了起来哈哈大笑道："可不是忘了，汪大哥算是神算。"贺云道："大哥你什么也不用管，擎好得了。"贺云便同金豹等众人上山，看了看山石，又派人打听永胜镖局的消息。过了一天，派出的人回禀报道："永胜镖局的镖车，今日晚间必到青云镇，若不落站，必定加夜过沟。"姜天雄未及答言，就见三寨主贺云以手叩额，说道：此天助我也。"姜天雄扭头看着三寨主说道："三弟何言天助于我报仇雪恨？"贺云站起身形，用手往外一指，说道："早长请看，外面天色，堪可欲雨，今日就算他们落站在青云镇，明天必然起身，或者起身之后赶上雨，如若遇雨，劫镖后，恰好将咱们劫镖的形迹洗去。"

姜大雄将话听毕，举目往大厅之外观看，果然是满天的乌云，遂说道："贤弟此计甚善，你们四人前往，我有些放心不下，我派韩贤弟等五人，下山接应就是了。"贺云说道："兄长您可是慎重为妙，我们还是先去山沟埋伏为是，您在山外接应。"姜天雄点头说道："贤弟，你们爷四个就辛苦吧。"一面将平日挑选好了的五十名壮丁队，外面预备十头骡子，让他们备好，好预备驮他们的镖银，又将雨衣雨具一并带好，二寨主贺玉，遂吩咐各带兵刃，与大寨主告辞，带领兄弟贺云、三少寨主姜金豹、旱地蝎子姜小五等，在外又带了十名精细踩盘子的小伙计直奔乱柴沟而来。这时天气已晚，踩盘子伙计已来报告，这镖车落站青云镇，明日定能过沟，贺云、贺玉闻言点头，遂带领众人直奔北山坡下的树林内，就在林内预备一切，

在林中过夜，静候永胜镖车过沟。天近五更左右，贺云命姜小五带领五十名喽啰兵，顺着山坡上山，把原先预备的山石，用铁撬运至山头上，并将山头上边的山石，四外用铁镐刨空，为的是临时往下推着容易些。这时忽然从沟外驰来一人，正是踩盘子伙计，报道："请寨主早作预备，镖车现已启程。"贺云得报，不觉大笑，遂向姜金豹道："贤侄你来看，这可应了汪老英雄的话了，地利人和已有，老寨主此仇，伸手可报。"便吩咐探报的伙计，看守骡子，遂向众人说道："趁着此时，你我预备十个人装镖银，趁此时机你我先上山。"将话说完，贺云在前，众人在后跟随，出离松林，直奔西山坡，顺着西山坡的小道，曲折而上。

这时天已将近午，天上乌云浓密，地下草色碧青，野草鲜花，香芬可爱。工夫不大，来在山头之上。贺云吩咐喽啰兵先将雨衣穿好，以防暴雨，跟着大家也都将雨衣穿好，吩咐喽啰兵俱都蹲在东面山坡之上，千万不准站起来，恐怕是教保镖的看见。贺云命兄长贺玉，与金豹在此等候，自己带领着姜小五等奔西山头，找了一块山石遮身，露半面往正西瞭望。就见影影绰绰，仿佛像镖车的形象，直奔乱柴沟而来，越看越近，仔细一看果然是镖车，临到镖车进沟，可就将镖旗子看得真切，正是永胜镖局的镖银。那贺云见镖车就要进沟，不觉大喜，告诉大家听他的胡哨，胡哨一起，便自动手，正在准备停当，猛然间核桃大的雨点自天而落。这些人趴伏在山头之上，幸有雨衣护体，大雨如同巨浪一般，众人冒雨仍在两面观望，就见镖车仍冒雨东行，意思要冲雨闯过乱柴沟。哪知雨越下越大，李占成率众意欲冒雨过沟，行至该处，雨水依然托至车厢，车不能前行。李占成意欲在此少驻，等雨略微住些，再走不迟。怎么着他也想不到此处有埋伏。

这时贺云在山头上面，观看下面车辆不走，若不趁此下手，等待何时，急忙调动众人，随即传令预备，自己一捏下嘴唇，吱喽喽一声呼哨，姜小五等呼哨相和，喽啰兵一齐下手，

将山石往下一推，不亚如山崩地裂，李占成等要想逃命，势比登天，最可叹是镖局子伙计们，俱丧在山石之下，死马亡人，肠肚皆崩，无一人幸免。

贺云在山头之上，已看明白，随即传令，我兵退下东山坡，自己带领姜小五、姜金豹，并手下喽啰兵，寻路下山，来在松林之内，命踩盘子的小伙计，由树上把骡驮解下来，教他们跟随在后，贺云自己头前引路，进了乱柴沟，进东沟口，往前行走，就见沟内雨水横流。工夫不大，就见前面山石挡路，临近细看，只见被砸的镖局伙计，破腹肠流，脑髓溅在山石之上，裂马碎车，狼藉沟内。贺云遂吩咐喽啰兵，将镖车的软包镖银，搬在骡驮之上，四万两镖银，分在十个骡驮之上，用绳子勒好。贺云遂向三少寨主金豹说道："今事已成，你我暂且回家。"贺玉在旁答言，高声说道："检查检查他们，有逃走的没有。"采盘伙计接声说道："并无逃脱一人，请寨主放心。"贺云在前引路，口打呼哨聚齐喽啰兵，一齐出了东沟。命喽啰兵牵着骡驮，保着镖银，顺着西山坡往南，贺玉先在头里走。后面贺云、金豹、姜小五等，带着四十名喽啰兵，各擎兵刃，扬扬得意，往正南而来。来到南边的大道，顺道往东，此时雨已见小，贺云遂吩咐喽啰兵，暂且打住。话将说完，姜金豹问道："叔父怎不往前走哪？"贺云说道："贤侄你有所不知，喽啰兵若要穿着雨衣，显着走的慢，莫若把雨衣脱下，那就走的快啦，只要一回到山上，就算平平安安，完全交代了咱们的公事，你想怎么样。"金豹一听，遂说道："那么着也好。"遂吩咐喽啰兵将雨衣俱都脱下，都放在骡驮之上。本想平安劫了镖银，再想不到潘景林等自后赶来。

那贺云、贺玉见后面有人追来，不觉纳闷，在山上明明看清无人逃走，怎么刚离开乱柴沟不远，就有了人追赶呢？他们再也想不到潘景林因病落后走，那姜小五看清是潘景林，即向众位寨主说道："前面这人，可是潘景林，咱们大家可要留神。"此时铁心鬼贺云说道："既然他们后面追下来，众位可别

忙，咱们先预备动手。”遂教姜小五，押着骡驮先回山寨，再教三十名采盘的小伙计分两拨五个人，去通知外面巡风接应的那十五个人，护镖先走，此时贺玉，吩咐喽兵往两边一闪，一边五十名，各擎刀枪，挡住去路。姜金豹在当中丁字步一站，手提锯齿刀。上首贺玉，下首贺云。贺玉手擎大砍刀，贺云提着雁翎刀，迈步向前，一声喊喝，说道：“后面什么人，敢斗胆前来送死，尔等报名，你家寨主刀下不死无名之鬼。”对面潘景林，早就把主意拿定啦，镖银丢去，李占成等众人丧命，自己岂能独生，错非孙启华、徐顺相助，以无用之身，办有力之事，自己早就把心一横。虽然带病身躯，又被暴雨这一激，又是四肢的酸疼；方才在乱柴沟，目睹众镖师遇害的惨况，此时也就顾不了自己的劳累，心中想着欲作困兽之斗，听贼人之言，不由得气往上撞，双目尽赤，厉声喝道：“呔！”真是声若霹雳，山谷响应，说道：“尔等鼠辈，难道说不认得潘景林吗?”待话说完，垫步向前一纵。

贺云一看潘景林来得势猛，遂将雁翎刀一摆，自己想先下手为强，后下手的遭殃，左手向潘景林面门一晃，右手抡起雁翎刀，向着潘景林的脖项刺来，潘景林见刀临近切，身形向左一转，右手刀抡起来，向贺云右手腕子就剁。贺云见潘景林用刀剪腕的招数，随即左腿往回一撤步，用手一扁腕子，刀刃冲外，往回一撤，用刀由底下砍来，想将潘景林的手腕斩断。他尽顾用刀刃找潘景林的右手腕，没防备潘景林将刀往回一撤，跟着蹦起来，左腿一踢，使的是飞身踩子脚，这一脚正踢在贺云肚腹之上，贺云站立不稳，往后一仰身，栽倒在地。潘景林跟着就是一刀，刀刚举起来要往下剁，就听有边喊声：“休伤吾弟，看刀。”潘景林就听右边金刃劈风声音，向着自己斜肩带臂而来，潘景林不能再刺铁心鬼，还不敢扭项观看，若要一回头，这一刀非砍上不可。潘景林受过明人的指教，并不回头，跟着一个箭步跳出圈外，赶紧转身一轧刀，瞪睛观看，见一人手提大砍刀，岔步发威，潘景林一声断喝，说道：“什么

人，竟敢暗算你家镖师。”就听对面一声喊嚷，说道：“我正是你家二寨主，贺玉。”

潘景林咬牙切齿，正要向前动手，就听旁边答言说道：“潘师父，稍微休息，待我将他废了。”潘景林扭头一看，原来是邹雷、孙启华、徐顺，各擎兵刃赶上前来。要按着孙启华的主意，若要追上劫镖的贼人，他们要是人少，就可以向前动手，他们要是人多，在暗地跟随，探明白了他们的窝巢，然后再想法子。俟至追上贼人，孙启华一看贼人众多，不料邹雷一声喊嚷，贼人止步亮队。孙启华正要与潘景林商议，就见潘景林提刀直前，与贼人当场动手。潘景林刀法精奇，与贼人双战，孙启华见此光景，也就不能不动手啦，遂与邹雷、徐顺等人说道：“你我大家齐上。”孙启华手中擎剑在前，正遇上贺云，他一翻身刚爬将起来，手中擎刀，意欲报一脚之仇，将要扑奔潘景林；这时孙启华迎至面前，一声断喝，说道；“咳！好贼休走。”贼人未及答言，就听潘景林高声说道：“众位，可别放走了他们，我认得，他们是鹰爪山阴风寨的群寇，他们欲报老镖头一剑之仇。”孙启华闻听，这才明白其中的缘故。口中说道：“贼子你们原来如此，快报姓名，剑下纳命。”

贺云一听潘景林喊他们是鹰爪山的，知事已败露，就是不通姓名，他们也知道啦。遂说道：“小辈，尔等问你家三寨主，姓贺名云的便是，尔要通你的名姓。”孙启华瞪睛说道：老子便是孙启华。”话将说完，手起剑落直奔贺云头顶击来。贺云往左边一闪，右手擎刀，使了个外剪腕，孙启华向左一迈步，往回一撤剑，将剑一横，用剑尖向贺云胸膛一划，贺云将刀一立，刀头冲下，来截孙启华的剑首，孙启华撤剑，二人战在一处。此时邹雷手擎金背鬼头刀，一声喊嚷，声若霹雳，直奔姜金豹而来。姜金豹手持锯齿飞镰刀，喊喝一声：“来者何人？”邹雷厉声说道：“小辈，若问你爷的姓名，我姓邹名雷，别号人称霹雳子，鼠辈，你也通名姓，好吃俺一刀。”姜金豹说道：“二少寨主，姜金豹是也。”话到声音到，一摆刀，向邹雷斜肩

带臂劈来。邹雷见刀临近，并不还招，向右边一上步，姜金豹的刀就落了空啦。邹雷见他刀一落空，跟着右手刀一摆，向姜金豹脖颈便砍，姜金豹将刀撤回，用了一个里剪腕，奔邹雷的右手腕一截，邹雷一撤身，姜金豹的刀往里横着一推，这一招名叫金刀断蛟，邹雷将身一矮，就势用于一个扫堂刀，向姜金豹连脚骨便剁。姜金豹将右腿一提，腰中用劲往起一纵，这一招叫作旱地拔葱，顺着刀跳将过来，姜金豹虽然将邹雷这一刀躲过，可是吓了一身冷汗，心中暗想，好厉害，错非是我躲得快，不然双腿截折。遂高声喊喝："伙计们风紧，缓着点……扯活。"这就是他们调坎儿，且战且走。他这句话刚说完，就听北面哎哟、扑通一声，可把姜金豹吓了一跳，扭头一看，原来是喽啰兵头目孙成栽倒在地，身带重伤。

那潘景林看贼人提刀暗算，自己往圈外一跳，撤身一看，见贼人手提大砍刀，潘景林问道："尔叫何名，报名受死。"才将话说完，就听对面贼人说道："潘景林，你连三太爷都不认得了，我就是鹰爪山二寨主贺玉。"把话才说完，贺玉将刀往前一顺，用了个乌龙入洞，向着潘景林胸膛便捌，潘景林见离胸膛相近，稍微往左一闪，右手刀随着往起一立，用金背刀的刀背，将贺玉的刀往上一挂，只听当的一声，贺玉的刀，可就被潘景林的刀挂开。潘景林可就不能留情啦，跟着一挫腕子，潘景林的刀头，就直奔贺玉的面门劈来。此时贺玉，想躲万难，堪堪丧命，喽啰头目孙成，一看二寨主性命难保，他想由后面暗算潘景林，手提着花枪，绕至潘景林的身后，照准就是一枪。那潘景林刚要结果贺玉的性命，就听后面花枪的声音，直奔后腰而来，潘景林受过高人的传授，并未回头，他并不管贺玉，将刀顺着左边，刀头冲下往回一撤，随着一转身，自己的刀，正贴在后面孙成的枪杆之上。孙成意将撤枪，哪里可能，刀顺着枪杆往里一撩，孙成擎枪的前手四指，被潘景林一刀削落。跟将刀往上一提，潘景林用了个反臂劈丝，这一刀正剁在孙成左肩头之上，呀呀一声，扑通栽倒。贼人打算爬起要

逃，这时正值徐顺赶到，跟着一脚，将贼人踹着爬伏在地，徐顺跟着照着腿上可就是一刀，孙成就动不了。

镖客、贼人战在一处，镖客是拼命死战，贼人渐敌不住，且战且退，镖客一直追上去，潘景林等人，追出约在三里之遥，前面一座山寨，贼人欲要逃走。潘景林等众人，绕着岭追赶。猛听见前面当啷啷的锣声一片，孙启华后面喊喝："众位留神，前面恐怕是贼人的余党。"众人止步，就见约有一百多名喽啰兵，往两边一闪，为首五位寨主，当中一人甚是凶猛，掌中金背鬼头刀，两旁的寨主一个个相貌狰狞，在下首的，手捧兵刃，怒目横眉，潘景林就知道是贼人的接应到了。孙启华众人一看，众寡不敌，人家又是生力军。众人也都明白，呼哨一声，施展飞行术，一阵狂奔，姜天雄率众赶了一程，便吩咐收队护着劫来的镖银回山去了。

那众英雄因人数不敌，死战枉送性命，便跑了回来，跑回约三里地左右，方止了脚步。那潘景林直走到方才动手松林之前，向徐顺说道："你看看方才砍伤那个人，可是被人救走了没有？"徐顺闻听，依言顺着树林一找，就见受伤的这个人，被砍伤肩头大腿，鲜血淋漓，呼咳不止。徐顺回头对潘景林说道："贼人尚且未逃，我捎着他吧。"徐顺向前将刀往右手一背，此时潘景林将孙成伸手提起，放在徐顺肩头之上，徐顺用左手扶住，孙启华在后面保护，直奔乱柴沟头而来。此时天色已经不早，这个时候虽然是雨过，满天的乌云乱走，正西的天空，红日被浮云遮起，现出一层层的晚霞，相映着乱柴沟碧青的青山，这时潘景林带领邹雷、徐顺等，进了东沟口，往前行走。走到丢镖之处，潘景林实在是不忍再看那被害的镖师死的那种情况，遂吩咐道："这个地方危险，咱们可得快走的为是。"众人急忙赶回了店中，走进屋内，潘景林将包袱打开，拿出专治内伤的八宝紫金锭来，拿起个茶碗，叫伙计打一点老酒，让孙启华把药研开。

众人擦了擦脸，各自检视自己，受伤上药，换衣的换衣，

忙了一阵后，又把捉住的孙成，带过来让他坐在炕沿之上，教伙计把脸盆拿出去，与他泡了半碗水，潘景林把水接过来，说道："朋友，你先把这碗水喝下去，定一定神，我与你有话说。"孙成抬头看了看潘景林，说道："你老贵姓？"潘景林道："你要问我呀，我就是余镖主的弟子，名叫潘景林。"孙成闻听，点了点头说道："久仰得很，我有件事跟您商量。"潘景林说道："朋友你自管说，我只要办得到，决不能含糊。"孙成听着说道："我已然被获遭擒，身带重伤，血流过多，你就是放我，我也不逃走，我走不了啦。你这个意思，我也看出来啦，你给我敷药止疼，用水定神，我已经感激不尽啦。你这个用意，您为的是探听鹰爪山阴风寨那姜天雄所用的计策。您是怕我不说，这是套我的实话，您让我说也行，此时我跑不了，我也活不了，您若教我说实话，也成，我当时得求个舒服，你把我绑绳给我解开，我把水喝下去，稍微的缓缓这口气儿，我必说实话。其实我也明白，说也是死，不说也不能活，如若您不给我松绑，您还教我说实话，那可没别的，我是情愿死，我是决不发一言。"

潘景林将孙成的话听完，说道："你这个话，我也听明白啦，你准知是被获遭擒，说与不说，你也不想活了，其实把那个理由想错啦，我们与鹰爪山寨主有仇，与你无仇，不过你是山中的一个头目，你若有话实说，我决不伤你的性命。你若肯帮助我们破鹰爪山，事毕之后，我们还得重用于你。松绑的一节，何必你相求，这也没有什么问题。"一面说着话，潘景林伸手将他的绑绳儿解开，命邹雷将他扶起，坐在炕上，让他舒服舒服四肢的血脉，然后潘景林把水递过去，孙成接过水来，慢慢的喝下去。将水喝完，把碗放在炕上，然后向着潘景林叹了一口气，说道："少镖头，论起来我可不当实说，山中老少寨主，均待我不错。今天被获，我若不说，你们众位也不能饶我，我一定是说实话，说完了就在乎你们啦。您要问，这次乱柴沟劫镖的一事，也不是一日的准备。"孙成就把当年打虎岭

劫镖，老寨主被余镖主砍伤一剑，欲报此一剑之仇，铁算盘汪春划策，三寨主贺云，秘密打探，在乱柴沟埋伏，镖头中计，劫镖归山，自己被擒，前后事从头至尾，滔滔不断，细说一遍。潘景林听完，这才明白，叹了气道：“冤冤相报何时是了。”遂命陈宝光奔永胜报告余总镖头去了。

第三章

余公明善后赴援

陈宝光走后，孙启华、邹雷、徐顺，向附近镖局借了些银两，埋藏了死去的镖师伙计，把捉来的孙成，也杀了，算是给死者报仇。一连住了五日，第六天正在清晨，孙启华等梳洗已毕，正在屋中吃茶，就听店门外，人声嘈杂，有人喊道：“我们进店，门洞儿的人闪开。”孙启华站起来，隔着帘笼观看，就见前面有三匹马闯进店门，后面还有两辆轿车，前面马上正是小黄龙姚玉，后面是陈宝光，轿车里面坐的正是老镖师余公明。

书中交代，这一天镖局门口，来了一个人，站在门口说道：“众位辛苦，我与众位打听打听，这是永胜镖局吗？”原来余公明正在镖局中闲坐，照料柜事。余公明举目观看，由外面进来一人，此人身量不高，年纪很轻，身穿蓝布裤褂，头上蓝手巾包头，蓝纱扎腰，脚底下洒鞋白袜，打着裹腿。脸上看，大约有十八九岁，圆脸膛，通红的脸，看着像太阳晒的，浑身上下一身尘垢，脸上是一脸的土，面部上现出一种着急的样子。两道浓眉，两只大眼睛，额头丰满，方阔海口，大耳有轮。就见他站在大门的门口，与两旁连坐着的伙计打听永胜镖

局，就听伙计对他说道："不错，这是永胜镖局，你找谁？"就听那人说道："众位，既是永胜镖局，有劳众位与我通禀一声，我见本镖局的镖主。"就听伙计问那人道："你找哪一位镖主呢？"就听那人说道："众位，我打听这位镖主姓余，双名公明，江湖人称镇西方龙舌剑，乃是成了名的一位侠客。"伙计接着问道："朋友你贵姓？"就听那人说道："我是南阳府人氏，我姓李。"

余公明站在院里，听那人说是南阳府的人氏，他姓李，赶紧抢步向前，来到大门的门洞儿，向那人说道："你找余公明吗？"这镖局的伙计，见镖主出来，大家一齐站起。遂向那人说道："这就是我们镖主，你有什么事，过去见他就行啦。"姓李的那人听里面说话，举目一看，心中暗含佩服，果然名不虚传。别看他年纪高迈，精神焕然。看老英雄中等身材高着一拳，生就的细腰扎臂，猿背蜂腰，身穿土黄色河南绸子大褂，里面白绸子裤褂，青缎子云鞋白袜，腰中扎一根黄绒绳，灯笼穗排子飘排。往脸上看，面若满月，两道蚕眉一双虎目，额头丰满，唇似涂珠。生得三山得配，大耳垂轮，白剪子股的小辫儿，颏下一部银髯，根根见肉，生得精神百倍，不由心中佩服，往前抢步，口中说道："您就是余老太爷吗？"说话间双膝跪倒，向上磕头。口中说道："老太爷在上，小子有礼。"余公明伸手相搀，说道："你叫什么名字？"那人站起身形，上下又细看了看余公明，口中说道："您就是余镖主余公明吗？"余公明含笑说道："正是我的名字，难道还有假吗？"那个说道："小子名叫李进，我这次太巧啦，我来到，就见着你老人家啦，不然可把我急煞，您这里有僻静的所在，我与您老谈谈话。"余公明情知有事，伸手拉着他的手道："你跟我向这里来，上柜房内谈话，倒也清静。"遂转身拉着李进的手，奔柜房，后面姚玉相随，来到柜房门首，启帘笼，一同进了柜房。

到柜房并不落座。余公明说道："李进，你有何话说，当面快讲。"李进看着旁边站立一人，脸上现出一种难色，有话

不肯照直说。余公明早就看出来啦，遂说道："他不是外人，是我徒弟，姚玉，他是我的心腹，你有话只管说无妨。"李进闻言说道："话倒没有多少，就有一封紧急的书信，请你老人家拆阅。"说话间随手把蓝布汗褂纽扣解开，敞开怀，原来他里面贴身围着一个小黄包袱，纱包扎上。就见他这小黄包袱，上面拿针线缝得甚密，见他恭恭敬敬的把缝线拆开，里面是一个棉纸包儿，里面却是一封书信，就见他把这一封书信，恭恭敬敬往上一递。

余公明接过书信，就见上面写着呈余镖主公明拆阅。并没有下款，后面封口写着八个字："内有要言，严守秘密。"余公明知道事关紧要，冲着他们两个人一摆手说道："你们转面。"他二人只得面向外站，余公明看了看他二人，这才背转身形，由上面将书信拆开，把里面信纸取出来，举目观看，不由得大吃一惊！赶紧随手把信纸装在信筒之内，叠了一叠，贴身带在腰间。复又转身叫道："李进！"这时李进听余镖主呼唤，只得转过身来。余公明叫道："李进，书信之内情由，大概你必知道。"李进说道："老太爷要问，小子一概尽知，可就是不敢明言。"余公明说道："你说的也是，莫若你与我耳语。"李时只得向前，将口放在余公明耳边，低声悄语，如此如此。余公明将话听完，不觉得叹息了一声，说道："也难为你这一片的忠心，你可要言语上谨慎，你就在我这柜房住几天，等我把柜上的手续办完，我决不误你，你只管放心，此事都在我的身上。"李进点头。又叫李进与姚玉相见，一面叫镖局子伙计到厨房预备饭菜，就命李进同桌而食，用完了晚饭，就留在这柜儿里面安歇。一夜晚景无事。次日清晨，余公明等起来，梳洗已毕，拿钥匙把银柜打开，由里面拿出一个存款的折子，遂叫道："姚玉，你拿这个折子，到通达银号，将所存的现款五千两，全数提出来，套上咱们柜上的轿车，把它拉到柜上来，我有急用。"姚玉接过取钱的折子，到外面叫伙计套车，奔往通达银号。余公明在柜上等候。

大家吃完了早饭，就见姚玉从外面进来，后面跟着镖局的伙计，往柜房里头盘款。工夫不大，将银两俱都搬到柜房。姚玉回禀老师，请老师过目。余公明站起身形，临至近前一看，俱是口袋布打的软包。姚玉拿着个单子，请老师过目查点，余公明一看，是五百两一包，一共十包。看着银两皱眉，向姚玉说道："你这个孩子怎么这么糊涂，我没告诉你吗，我有急用，我不要整宝，我用的是散碎银两，这个整宝，还得过火，把它熔化了，还得过了枷剪，把它们剪碎倒不要紧，那得费多大事。"姚玉笑嘻嘻的说道："师父您别着急，弟子早就算计到了，这里面并不是整宝，俱都是散碎的银两，里面是五十两一封，十封一包，不但是十封一包，银子先用纸包好了，外头又复上一层布，然后才把包打好，您当时用也可，往远路去带着也可，若不然弟子怎么去了这么大的工夫呢，就因为这个事麻烦。要按着通达银号柜上，他愿给整宝，皆因弟子与通达号柜上掌柜的伙计都熟识，这才跟他要的散碎银两，为的是咱们用着方便。"

余公明听姚玉之言，看了看姚玉，说道："你倒是伶俐，正合我意，那么你就休息休息去吧，回头我还有事。"姚玉将要转身，就是这个时候，柜房的帘儿一启，由外面进来一人，手内提着马鞭子。余公明不看则可，一看不由得打了一个冷战。来者非是别人，正是弟子陈宝光，余公明一见，就知道镖银有失，因为这次计算路程，还不到回来的日子。余公明不容说话，遂冲着陈宝光说道："宝光什么话不用说，你先坐下歇息，回头我再问你。"陈宝光一听，心中也就明白啦，知道镖主怕走漏风声。陈宝光便在旁边一坐，将马鞭子放在桌子之上，一语不发，余公明遂教姚玉让厨房预备饭，又问道："宝光，方才你回来的时候，没有人与你说话吧？"陈宝光接着说道："镖主你老放心，回镖局子，什么话我也没说。"余公明点了点头，知道陈宝光意会。等了不大的工夫，厨房把饭开了来。余公明看着陈宝光吃完了饭，厨房将皿盏拾了去，这才隔

着帘子往外面一看没人，又命姚玉往外面看着点，若有伙计们来，别叫他进来，又看了看柜房之内，没有外人，就是李进、姚玉。遂把陈宝光叫至面前，低声说道："陈宝光，镖银如何？伙计们性命如何？你慢慢告诉我，我好想主意。"陈宝光闻听一怔，说道："镖主，您怎么会知道啦？"余公明说道："并非我知道你们的事，再者我一见邹雷、孙启华、徐顺三人没回来，命你回来报信，你脸上气色又不好，其中必有重大的关系，这个事还用我问，我一见你回来，我就猜着了，你不要着忙，你慢慢的告诉我。"陈宝光一听余公明这片言辞，心中自然是佩服。遂把由镖局子里起身，潘镖头得病，住青云镇长合店，李占成起镖，乱柴沟冒雨丢镖丧命，邹雷、孙启华、徐顺、潘景林等在树林内划策，追贼动手，巧捉孙成前后事细说一遍，又道："潘师父命我回来报信，以后的事情可就不知啦。小子临起身之时，少镖头嘱咐请镖主多带银两前往青云镇，办理善后之事。"余公明容陈宝光将话说完，顺口说道："真是福不双至，祸不单行。"叫道："陈宝光，事情我俱都知道啦，你千万不可走漏了风声，我自有办法。"回头叫道："姚玉，咱们镖局子里，现在还有多少名伙计？"姚玉闻听，即刻答道："现在还有四十名得力的伙计。镖师有两位，现在已经告假回家，大概明天就回来。"余公明与姚玉说道："今日晚间，叫四十名伙计将兵刃备齐，明日五更天随我起身。"姚玉心中明白，知道有事，又不敢多问。余公明又告诉姚玉，你们晚上把兵刃备齐，将你们马匹备好，明日预备一同起身。又教他告诉柜上赶轿车的车把式，别教他们出去，明天早晨把车套齐了，等候出车。余公明将事交代完了，这几个人都不知道余公明是怎么个用意，只得按照师父所说的预备。

到了晚饭后，天刚到掌灯的时候，余公明把银柜启开，把柜里的散碎银两取出，带在身边，把柜上出入的账本，均都包在一个包袱内，就是姚玉、陈宝光，虽然久跟老师在一处，也料不出来老师是什么用意。余公明把自己的兵刃包裹，均都收

拾齐毕，到了晚上，大家安歇，直到天交四鼓，余公明起来，命伙计烧水，大家梳洗已毕，告诉姚玉把马匹备齐，唤伙计们到院中听候训话。工夫不大，就见姚玉由外面过来，说道："启禀恩师，车辆套好，马匹备齐，伙计们都在院中伺候。"余公明向姚玉说道："知道啦！"余公明由柜房来到院内，见伙计们一个个背后背着包袱，各带兵刃，站立院内，余公明向伙计们说道："众位弟兄们，我余公明养兵千日，用兵一时，只皆因宝生祥的镖银，在太行山，被困在山谷之内，今有陈宝光报信，望众位随我前往，誓必把山贼赶散，救镖车出险。望诸位都跟我辛苦一趟，今天咱们大家早一点走，免得街坊知道，不然他们必要问，咱们若是一说，显着咱们镖局名誉不好听。我打算命你们十个人一拨，暗暗的出东门，在东门外小树林会齐，咱们再一同走，众位可能肯出力吗？"一来也是余公明素日待伙计恩厚，再者镖局里也免不了丢镖，大家一听，齐声答言说道："镖主您只管万安，这有什么呢，这都是我们分内之事，那我们就分拨儿先走吧。"余公明说道："既如此，你们就多辛苦啦。"伙计们一声说道："镖主您老不用嘱咐。"说话间，伙计们大家分拨出了镖局。余公明看着伙计们走后，这才把镖局看门的伙计老五叫进柜房，随手把刚剪的银子拿出来，凑在一处，放在天平里。称了称，三十六两，余公明说道："老五，我这里有三十六两纹银，交给你。我们走后，你一人看守镖局，顶到晚上，你要如此如此，千万不可与我误事，你将事情办好，也不枉我素日恩待你一场。"老王闻听，连连的称是："我一定照你老人家所说的话办理。"

余公明将话说完，由柜房内走出来，叫姚玉、陈宝光，将柜房的银两搬出，放在两辆轿车之上，一辆车拉两千五百银子。把包裹拿出来，俱放在前面的车上，命李进坐在后面那辆车上，让老五把马拉过来，姚玉、陈宝光骑马，把包裹扎拴在马上。余公明自己坐在前边那辆车上。这才告诉赶车的起身。赶车的摇鞭，车辆出离镖局门首，奔往华阴县东门。其时城门

刚开工夫不大，车辆出了东门，越达了关厢，走了约在五里之遥。就见坐北的一片小松林，见众伙计们俱在此处等候，为首的伙计，抱着镖旗子，看着车辆来到，冲着车辆一摆旗子，余公明叫车辆站住，由车上跳下来，冲着众伙计们说道："你们众位多辛苦，把镖旗子插在车上，路上要有人问，就说去太行山要镖。"伙计们闻听，只得答应。把镖旗子拴在车辆门柱之上。余公明复又上车，由此起身，赶奔青云镇而来。

那余公明到了青云镇，邹、徐、孙三人迎了出来，余公明道："潘景林呢？"孙启华答道："他现在旧病又犯了。"余公明道："我先看看潘景林去，他在哪里？"余公明进入病房，轻轻的来到炕边，看了看潘景林，因为是潘景林又旧病复发。这次，似乎病体又加重的样子。便低声叫道："潘景林，我来看你的病来了。"潘景林微睁二目，看了看余公明，颤巍巍的说道："镖主，你的事还不够办的，还挂念我的病。"将话说完，遂长叹了一声道："镖主我对不住你……"那余公明道："你说的哪里的话，这生意，本就是刀尖子上的买卖，本不敢说一定保准不出错，镖银现已有了眉目，你放心养着吧！"又说了几句安慰的话，随即出屋，又要去看死亡的墓地，要设祭一奠。孙启华命人买来祭物，到了墓地，余公明把买来的火香，每坟墓之前，各烧四炷香。命邹雷、姚玉、孙启华、陈宝光，站立在自己背后，命徐顺，告诉他们容我奠祭已毕，你们在坑内点着钱纸，将祭桌上五供摆齐，点着了蜡烛。唯有李进，没有他的事，让他站在旁边。余公明亲自致祭拈香，把四炷香插在香炉之内，徐顺斟酒。余公明恭恭敬敬，将酒杯高举，亲自口中念道："众位弟兄，为吾经营，乱柴沟死的情形可惨，今我无可致祭，烧化钱纸，清酒一杯，我余公明誓死替诸位复仇。"余公明将祝词念毕，将酒洒于地上，复又恭恭敬敬磕了四个头，方站起身形，不由得两泪交流，就是两旁边的伙计，见镖主待死去的伙计们这一分的恭敬，不由得众人也就悲惨起来。余公明向众位伙计们说道："你们众人同事一场，也当致祭。"

众人等也轮流祭奠了一遍。此时徐顺已然把钱纸早就点着啦，容钱纸烧化。然后将祭席搬下来，作晚上的菜，余公明看着众人收拾已毕，这才带着徒弟们回奔店中。

余公明回到店中略稍休息了一会儿，静坐沉思，想了一刻，叹了一口气，命姚玉预备包银子的桑皮纸，又教邹雷由桌子底下搬出一包银子来。教他把绳子打开，把里面十封银子取出，俱都放在桌子上。此时姚玉已经把纸由外边取来，余公明命姚玉站在旁边包银子，余公明把桌子上五十两一封的银子十封，俱都打开，放在一处。另将散碎银两，称了二十两一包，包了许多包，余公明便命孙启华将本镖局的伙计招齐，孙启华答应，不一时由外边进来，向前说道："师父，弟子奉命已把伙计找齐。"那镖局子伙计在外面说道："请问镖主有什么分派？"余公明道："只因镖局子里头我有一点办不开的事，你们暂时不必回镖局，我每人给你们二十两银子，你们暂且回家，在家中听候我的信。若要不见我的信，可别回镖局。"众伙计们听镖主之言，也不知怎么回事，只可就是点头答应。余公明说着话，将银子一包一包的递给伙计们。伙计们只得接过银两，与镖主告辞。余公明笑着说道："你们候信吧。"众伙计们只得接了银子退出去，各自归家。余公明所办的事，不但伙计们不知道怎么回事，就是连他四个徒弟，也不知道是怎么回事。不但他的徒弟不知怎么回事，就是跟随他多年的徐顺，也摸不着头脑。到底是怎样回事后文自有叙述。

却说余公明将伙计们开付已毕，回头问道："徐顺，外面车辆马匹可曾备齐？"徐顺回禀道："早就备齐啦，在院中侍候着呢。"回头又问道："李二在哪里呢？"李二正在西里间侍候潘景林，听外面镖主这里问他，随即由西里间走出来，说道："镖主，你老问我有什么事，我在这里哪？"余公明说道："我教你把景林送到家里，你可知道，山西省南交界，阳城县，孝义村，你到那里，一询问潘景林住宅在哪里，一问便知，你把他送到家中，沿路可要小心服侍，千万可别出差错，我这里有

书信一封。”说着由腰内把写得了的那封信，拿出来交与李二。又教李二雇了一辆车，他自己先去看潘景林，就见潘景林半倒半卧倚在枕头上，看那个样子，比昨天显着精神。余公明率众人来到屋中，迈步来到炕下说道：“景林，今日你的病症，如何哪？”潘景林一见余公明进来这一问，遂说道：“镖主，贱躯染病，多蒙镖主请医调治，自从昨天吃下药去，今天透着很精神，就仿佛病症失去大半，今天不知不觉的我坐起来。腹中还显着有些饿，周身还显着有一点力气，若要是再吃一点东西，还可以能吃得了。这剂药吃下去，真透着大见好。”余公明听一潘景林之言，搭着坐在坑沿之上，说道：“我打算送你到镖局子将养，怎奈镖局里面人也多，也不得静养。我想派人把你送到家中。一来有人可以服侍你，再者你也没什么挂念着，我就势给你多带几个钱，决不让你有内顾之忧。李二他伺候你也相宜，我就派他把你送到家中，镖局里的事，你也不要管，都有我哪，你就不用挂念着我啦。”余公明一面说着话，看着潘景林的情景，似乎愿意到家中将养。便不再让他说话，只安慰了他几句，便叫姚玉、邹雷，扶着潘景林上车，潘景林扶着姚玉、邹雷，挣扎着站起身来，身形晃了两晃，好在两旁有二人搀扶着他呢，慢慢的一步一步，对付着出离上房。走到院内，便觉着一阵阵凉风刺骨，不由得口中说道：“喝，好冷。”余公明在旁边，心中明白，知道他身体微弱所致，其实天气正在暑热，余公明在旁边答言说道：“景林，既然你身上觉着冷，莫若再穿上一件衣服。”潘景林说道：“那倒不必，坐在车上就可以避风。”说着话来到车前，车把式把车凳拿下来，潘景林踩着车凳，众人连搀带抱，把潘景林安置车辆之内。余公明又教李二把潘景林的包袱和他的金背砍山刀拿来，都放在车内。余公明爬在车辕之上说道：“景林，你一路平安，到家中替我问候，所有的盘费，我就交与李二啦，你自放心。”此时车把式把车帘已经放下来啦，余公明嘱咐了李二一遍，沿路上小心，不可在道路上耽误。李二点头答应，与镖主告辞，赶车的摇鞭

儿，径直去了。

余公明看着他们出离了店门，这才转身奔了上房屋，众人相随，来到屋中。余公明这才教陈宝光由桌子底下，把五百两银子搬出来，放在桌案之上。余公明伸手把绳子解开，从里面取出两封银子计一百两，交与孙启华、姚玉，说道："你们各带纹银五十两，拿包袱包好了，扎在你们的马上。"复又说道："你们把你们的兵刃包裹，也就扎备齐了，咱们可就要起身啦。"余公明低声说道："咱们车辆上乱柴沟。"众人闻听，点头说道："是啦。"后面五人骑马，相随在车辆之后一同出离店门。张掌柜的带着伙计们送到店门外，张掌柜的与余公明彼此抱拳，看着他们奔东镇口去了。

余公明和众人，一直奔了乱柴沟，到了乱柴沟，四顾无人，随教众人下马，进了树林，将众人教在一起，余公明回手从兜裹之中取出书信。命大家观看，吓得众人痴呆呆发愣。这才明白，余公明为何遣散众人。书信里头原文是什么哪？书里头内容，写的是：

启者顷为本会干事李殿元之仆人李进报称，家主人李殿元，前奉何腾蛟密报，着家主人在河南省南阳府设宏缘会，以期广搜人才，共聚大众。不意事机不密，寄函，中途将密函遗落，被伪地方官察觉，致将家主人逮捕，并累及多人，搜捕余党，阁下及日躲避，并请相机设法援救，实为公诣，此致余会友。

大家一看，俱都茫然不解，唯有宏缘总会四个字，正在犯禁之时，才吓得众人呆呆发愣。这才明白余公明这一番的举动，清朝对谋反的事，亲友株连，俱是死罪，余公明岂敢大意。

原来自吴三桂占据云南，由康熙十四年起兵，欲复大明的疆土，各省有志之士，众意为保持汉族起见。不料吴三桂优柔不断，不思进取，以至马保、张国桂、杨遇明、王辅臣等相继失败，李成栋举义未成，郑成功败走台湾。唯有大明湖南总督何腾蛟，为满清蔡荣，图海战败，遂投入川。自知各路举义未成，遂率领残败的余众。尚有十营，马步将校，只有数十人，

内中有一人，乃是何腾蛟的心腹，此人姓马名奎，武艺超群，对于各种的兵刃，无一不精，人送外号称为赛展雄。他本是少林寺的门人，总理何腾蛟全军中军，只皆因兵败，随入西川。何腾蛟不敢在西川逗留，即入大金川，就在雪山的山脉，有一座大岛，名曰黑风岛。这座山岛，三面是水，一面是山。若有一人把守，可称得起万夫难过。何腾蛟看此山出产丰富，可以在此屯兵，遂在此山创造房屋，在山中有十营兵丁，开垦种地，开伐山中的土地，以作久居之所，若满清不能相容，可以由黑风岛这条僻路直通云南、孟买，由孟买有股山路，可以直通外国。扎下宏缘会的根基，是为宏缘会的大本营。

第四章

飞毛腿失函惹祸

何腾蛟为掩清朝眼目，成立了宏缘会，明为宣扬教义，暗地却招纳草野英雄。这一天，何腾蛟因有要事，修了一封公文，命飞腿谢云，由金川起身，赶奔河南南阳府，在路途之上谨慎小心，将公函贴身带在兜囊之内。路途之上，非止一日。这一日，到了南阳府的西门。天色已晚，一来是沿途的劳乏，再者又因赶路，腹中饥饿，打算买一点现成的吃食。飞腿谢云正扬着胳臂递钱。在这么个工夫，由后面来了一个白钱扒手，这个贼人叫做快手刘，名叫刘华。此人乃是河南著名的大贼，铁算盘汪春的徒弟，此人原是夜间窃取偷盗的飞贼。只因铁算盘汪春，在南阳府本府当教师，他又在本地做买卖，为得是借汪春的势力，他才拜汪春为师。汪春知道刘华手底下很快，这才收他作了门人弟子，为得是每月多少得孝敬俩钱儿。这天刘华出来打算在西关大街作两号买卖，为得是花着好方便。可巧一眼就看见飞腿谢云由西边来，身上是一身的尘垢，两眼发直，好像从远处而来。兜里面透着发鼓，好像兜里头带着钱财似的。刘华可就跟下来啦，只因谢云走得快，无法下手，可巧

谢云饿啦，要买蒸食，从兜里掏钱，向前一递，一伸右胳臂递钱这么工夫，刘华在后，看见便宜来啦，自己也作为买蒸食的，从谢云的身后，顺着右边后面往上一挤。用左手捏着四文钱，在谢云的后面喊道："掌柜的，我也买两个蒸食。"刘华虽然上面举着手说着话，其实右手顺着自己的衣襟底下伸过去，用两个手指头，探入谢云的兜囊之中，用二指一捏是纸。他以为必是一包钱钞，其实并不是钱钞，就是宏缘会紧要的那一封公函。两个手指头用力往外一挟，就把这个包儿夹出来啦，右手把蒸食接了过来，转身就走。飞腿谢云丢失公函，他连个影子也不知道。

刘华以为这一包定是钱钞，遂找了千僻静的短巷，把纸包拿出来，看了看四外无人，打开一看，这一看并非是钱财，原来是一封书信。看着像平常的信件，不是钱财，心中很烦，原打算把它撕了一掷。一看上面写着这个人的名字，是本处有名望的人。刘华认识字又不多，上面写的是内交李殿元亲拆；后面看了看写着八个字：内有要言，旁人勿拆。刘华知道李殿元是本处的一位绅士，心中想着，这是谁给他来的信呢。又一想我也没什么事，莫若拆开看一看。伸手把信从上面拆开，从里面取出来。一看写的竟是行书字，最末写着宏缘，底下这个字还不认识。在这个不认识字底下，一个会字。刘华一看见这几个字，吓得他一吐舌头，急忙把信折叠折叠，带在他的腰间。心中暗想，当今康熙旨意，下给蔡荣将军，驻师郑州，为五省宣抚使兼办善后事宜。搜集各省密探的报告，现今前明逃亡的旧臣，设立宏缘会，流亡各省，欲谋举事，扰乱疆土。唯有南阳府吃紧。前者我听老师汪春提过这件事，还让我留心在意。现在府内派密探各处调查，严缉密捕。到如今本府内未得着确实的情形。这封信里面有宏缘会这几个字，莫非李殿元与宏缘会有什么关系，心中说道："先等一等，作买卖不作买卖倒是小事，我把这封信，明天一清早送进去，交与老师教他老人家看一看，就知道怎么一回事啦。"自己将主意想好，转身回家。

第二日刘华便去见汪春，汪春正和一个老友谈天，是他师父的挚友名叫焦通海。刘华一听这人不是外人，连他师父在衙门里当教师，都是这位的介绍，可要论起焦通海这个人，他也是少林寺四派之一。何为四派呢？若要提起来，话可就长啦。僧道两门，始兴于秦汉之间，是时正在汉朝的时代，从西方印度来了一位高僧，欲在中国传道，此僧名叫金禅，他从印度至中国，行至山西五台山，站在五台山中台山顶之上，一看中国，旺气甚盛，早晚必有圣人出现，他可就没敢在中国传道，他仍回印度去了。从金禅在印度传道，传至二十五代，是时正是中国梁武帝那个时候，印度出了一位圣人，称为达摩尊者，他也想到中国来传道。由西方海渡进入中国，行至陕西、河南交界熊耳山，自己恐怕道行浅薄，就在熊耳山面壁一住九年。这位达摩尊者，运用的是内丹的气功，行功十二，站功十二，坐功十二。这就是三十六个架子。行功十二，名字跑字功；站功十二，练得是骨肉生肌，身若钢铁；坐功十二，到打坐之时，腿拧成麻花，腿心朝天，手心朝天，搭在小腹之上，微闭二目，沉着下气，眼观鼻，鼻观口，口问心，舌尖顶上腭，气贯丹田，运用气功，吸呼天地之灵气，得日月之精华，倒转三车，别名叫渡雀桥，恶气由鼻孔而发，功夫既久，可能修的返老还童，发白皆黑，牙掉重生，此为还重不老，长生之术。如今相传达摩三十六精义，即此术也。九年术成，投奔河南嵩山，入少林寺，遂传弟子六人。就是阿尼，阿然，阿元，阿衡，喏喏，圣广。达摩尊者传大徒阿尼之时，在少林寺正南，有一座尼姑庵，庙名永泰庵，永泰庵的尼姑，名叫永泰，第二个徒弟，就传授的是她。从此乱派，若不然直传到如今，大凡和尚称呼尼姑，都称为师兄，皆因他的派大。俗家称尼姑，称为二师父。此等称呼，皆从此而起。达摩尊者，留守山门，永泰不在此数。圣广赶达摩，西渡黑海（所有书中达摩渡江的故事，即此典也，并非渡长江，是渡黑海），由此传为四派。后分为八刹，分东西南北四派。至今相传，每刹必有二位僧人入

朝少林。每一年少林寺，必有一位高僧，西渡黑海，朝天竺国雷音寺，直传到如今，仍然还是这个规矩。所以说汪春的这个朋友，也是少林的宗派，他是四派之一。北派就是五台山，小雷音寺。达摩分派之时，留下江湖黑话之际，就派了孔雀和尚，维持小雷音寺。以武术传遍天下，遂立北派。

孔雀和尚的大徒弟，名叫黑虎，此人受孔雀和尚的真传，遂自立一家，名叫黑虎门，此人手黑心狠，名术之中，狡猾百出，可称天下无敌。此人品行不端，专爱偷盗窃取，奸淫掠抢，无所不为。后来被他师父孔雀和尚所知，孔雀和尚亲自下山，将他治伏，成为废人。若论他的武术，可称得起天下绝艺。只皆因他行为不正，后人无人习学，往往小说中有黑虎门的朋友，就是黑虎这一门所传。惜此拳腿之功，奥妙无穷，神鬼难测的招数，为黑虎人品所累，至今不能存在，埋没无遗，诚为可惜。

汪春这个朋友，就是北派黑虎门的人，此人姓焦，双名通海，他原籍是大名府的人氏。这个南阳府的知府杜尊德，也是大名府的人，由京都刑部郎中转缺之时，转到南阳府知府。彼时焦通海，他本是京南一带的大贼，外号人称抱头狮子，皆因人命案太多，无处栖身，以旧日同乡之故，他才投到京师的杜尊德宅内。杜尊德知道他武术高强，遂将他留在宅中护院，以至杜尊德调往南阳府知府，又恐怕道路南行，携着到任，带的行囊又多，遂请他沿路保护，把他带到任上，又有同乡之情，沿路上他又很尽心劳累，遂派他为府衙里头的密探。

刘华见师父，行了礼，说道："师父，弟子今天得了一封信，上写有宏缘会字样……"话未说完，汪春忙道："什么？快拿来我看。"刘华将信取出递与汪春，汪春接过来一看，信已经拆开啦，信封上写的是内交李殿元先生亲拆。后面写着八个字：内有要言，旁人勿拆。随手把信笺从信里面取出来一看，上写：

本会自成立以来，我朝人民来归者，刻已接踵而至，然本会会址地处偏僻，山川为阻，远隔重洋，虽有志士，亦难投至，必须多设分会，方足以广范围而张势力。除在福建设分会外，着派本会干事李殿元，在河南南阳府设立第二分会，并着该干事李殿元，兼充分会会长，总理会中一切事宜，该干事自当激发天良，各尽乃心，复我大明疆土而后已。本总会长，誓死灭贼，理无用顾，凡我同志，亦当务本初衷，毋背此盟，相应函达查照，此致李干事兼第二分会长李殿元。委托随寄。

下款写着宏缘总会公启，末尾写着宏缘总会长何腾蛟。名上盖着篆字图章，系光复大明宏缘总会会长之章十二个字。

汪春将密信看完，把肩膀一晃，胡子一捻，倒吸了一口凉气，把舌头一吐，说道："喝，这样重大的事件，单让你遇上啦，这是闹着玩的吗？"

焦通海在旁边坐着，听得糊里糊涂，遂向汪春说道："大哥，什么事你这么大惊小怪的。"汪春把舌头一伸，说道："焦贤弟，咱们是走运哪，这封信若不叫我这个徒弟得到手里，别说连咱们哥俩的事情干不了啦，就是连咱们官府也受不了。"焦通海说道："你老人家说了半天，倒是什么事呢？"汪春说道："兄弟你也不问，你一看这封信，你就知道啦。"说话就把这封书信递与焦通海。焦通海不看则可，这一看吓的脸色焦黄，皱着双眉向刘华问道："贤侄，这封信，你是从哪里得来的？"

刘华一听焦通海问他，赶紧说道："老伯，您可别笑我，这是小子我的见识，皆因我作黑道儿的买卖不够用的，我这才作白道儿的生意，我为的是多剩几个钱，好用着方便。再者说衙门口儿这一帮穷神，我那一炷香烧不到，他们也得找寻我。"遂就把在西关跟下一个外乡人，就把他买蒸食窃取的情由说了一遍。"我以为里面是钱钞，便拿到僻静巷口，我打开纸包儿

一看，原来是平常的一封书信。我打算把它撕了一掷，我一看有本府著名的绅士李殿元的名字。我一想自己也没有事，打开看看吧，唯有最后的几个字，我看着诧异。上头宏缘两个字我认不准，底下‘会’字我认得，当中那个字我还不认得。皆因我听我师父说过，让我留一点神，圣上有旨，命蔡荣蔡将军，驻在郑州，严防宏缘会；文书已行到本府。我师父让我各处留心，我看见这封信，我怕李殿元与宏缘会有什么关系，我把这封信拿到衙门来，叫我师父看看，里面有什么关系没有，可巧焦大叔您在这里啦，这更好啦嘛。”

焦通海说道：“好小子，从前我真没看出你有材料作这一档子事，你就算对啦。可有一样，事关机密，小子你可别往别处去说啦，事情重大的很，事情要完了，不但大人有赏，连我也亏不了你。”回头向汪春说道：“老哥哥，这个事应当怎么办？”汪春向焦通海说道：“这个事还能迟误吗？不若禀见大人，即把此事回明，迟则生变，贤弟你想怎么样？”这哥俩刚才商议完毕，就见帘子一启，从外面进来两个人，倒把焦通海、汪春吓了一跳。定睛细看，一看前边走的是少爷杜新，后边的是伺候少爷的书童。一见少爷进来，这哥俩赶紧站起来啦，就听少爷对他师父说道：“老师，刚才我打发张福、赵才这两个小子，到外面看看你老在把式房没有，这两个小子也不回去，我在书房等的着急，我这才带着进儿上这里来啦。焦师父也在这里哪，其实我倒没什么事，我为的是叫汪师父把我这趟六合拳，再给我熟悉熟悉。”汪春、焦通海遂往旁边一闪，遂说道：“少爷请坐吧。”

杜新随着入座，看桌子上有一封书信，顺手拿过来一看，将书信看完，遂大声说道：“李殿元私通宏缘会，这封信你们从哪里得来的？”汪春赶紧摆手说道：“少爷，事关机密，你可别嚷。”杜新说道：“这个事情也没有多大的要紧哪，再说这屋里也没有什么外人，你们这个事情打算怎么办。”焦通海向杜新说道：“我们还没有回禀大人哪。这个事情也不是忙的，总

得慎重行事，听大人堂谕。”杜新向焦通海说道：“那么着也好。”刚把这句话说完，杜新在桌子上一趴，口中不住哎哟哎哟直叫。焦通海问道：“少爷，你老怎么啦？”杜新遂说道：“你们不知道，我犯了腰酸啦。进儿，你赶紧给我捶一捶。”焦通海道：“进儿赶紧过来，慢慢与他捶打后背。”杜新喊道：

“进儿，你别使劲，震得我五脏疼。”进儿遂说道：“我没敢使劲，这不是慢慢的捶吗？”杜新说道：“你轻一点砸，不要紧，你不知道我的五脏全是坏的吗？”焦通海说道：“少爷，你老坐着，我到里面回话要紧。”说着话，焦通海出了把式房，向东直奔上房去了。

焦通海进了上房，杜知府问他有什么事，焦通海看了看左右，口中说道：“大人，事情机密，请屏退左右，方敢明言。”杜尊德对下人说道：“你们暂且下去。”众人只得退出。焦通海看家人退出去，遂将那一封要紧的公函取出，双手呈与杜尊德。杜大人将书信接过来，以为是平常的书信，看了看信皮，遂把书笺取出来，不看则可，一看吓得面目更色，不住的摇头说道：“这还了得。”又说道：“通海，此书信从何而来？”焦通海说道：“跟大人回禀，这是我手下人刘华无意中得的。”杜尊德听焦通海之言，不由得皱着眉说道：“李殿元他是本处的一位绅士，岂能擅捕呢？我的意思，恐怕惊动本处的监生员，与本处的治安有关系。我这个意思，打算往上行文，听上宪的交派，再做道理，你想怎么样？”焦通海听着摇头道：“大人，这倒不必，你老人家请想，这个事情，是一时都不能缓，若要日久，必当生变。您想，丢失书信人，今又在逃，未能当场就捕。他既然将紧要的公函失去，他必然设法报告宏缘会的机关，李殿元既是宏缘会的首领，据我想，本地宏缘会余党，不只李殿元一人。若要稍一容缓，再上行文，若等回文发到，李殿元闻风在逃，这个公事，你老更不好交代啦。”

杜尊德听焦通海之言，点头皱眉道：“你言之有理，那么应当怎么办呢？”焦通海道：“大人，此事关系重大，又有宏缘

会这封公函与何腾蛟这颗图章，不如用个稳军计的法子，请大人派人将李殿元请至衙中；就提有要事相商，李殿元若是来到衙内，大人将他让至书房，用言语盘问他，若要看出形迹，书房外预备差役，就当场把李殿元捕获。我暗中带领自己的徒弟和多名快手，到李殿元的家中，搜查他的文件。若要查出李殿元和宏缘会来往的私函，然后再搜捕他的全家，拿至衙门，听大人的审讯。若要搜不出来他的密函，派官兵围住他的宅院，将李殿元看押，然后再将这封私函，一同行文郑州，听候蔡将军、图海侯爷钧谕，再行处理。就算这封信是假的，大人因为清理地面起见，也没有多大的处分。大人您想这个主意如何？”

杜尊德一听焦通海所说的这片话，甚为有理，说道：“事已至此，也就得这么办。那么我就派人去请李殿元，也就不必知会外班，你就带着徒弟在书房外伺候，以备捉拿李殿元，这件事都交给你办了。”

焦通海离了书房，把捉拿李殿元的计划与汪春一说。汪春道：“这个事情，教刘华到下处，把徒弟们教到把式房来，不用告诉他们什么事，等他们到了这里，再告诉他们。刘华，你可快去快来，你就辛苦这一趟吧。”刘华向汪春道：“师父，你老放心吧，慢不了。”说话间，刘华出了把式房，奔了下处去了。焦通海跟着落座向汪春问道：“少爷哪里去了？”汪春笑话道：“贤弟，你看看你给荐的这个徒弟，这还练武，方才坐着，腰就疼起来啦。你走之后，腰倒是不疼啦，肚子又疼起来啦。进儿搀着他上茅厕去了。”焦通海听汪春之言，不由好笑，叫道：“大哥，当初我荐您在这衙门里教武术，我没告诉你吗，这是个养老的地方，你管他练不练哪。”

再说杜尊德回头叫刘福道：“你把我的护书给我拿来。”刘福转身由桌案上将护书拿过来，双手递与杜尊德，杜尊德把护书打开，从里面拿出一张名片，向刘福道：“福儿，你去一趟吧，你到李殿元的宅内，拿我的名片，就提本府请同城乡绅，并举监生员，在本府的花厅见，讨论本地治安，务必请老员外

来府商议，就提本府在花厅恭候，千万驾临。”刘福儿将名片接过来，转身出了书房，直奔马号，教马夫备了一匹马，出离马号，直奔北关庙青竹巷而来。

刘福到了李宅，将名片递上去，李殿元正在家中闲坐，见杜大人的名片，不由一愣，便问刘福道：“大人何事相请？”刘福回答不甚知道，大概讨论治安和修筑文庙问题，各位绅商俱已驾到，只等你老人家一人。李殿元听完点头，吩咐家人好好看家，他去去便来，命刘福先回，他带了翰墨，出离青竹巷，进北门，直往府衙。来在府衙门首，就见衙门差人，俱在门口坐着闲谈。李殿元叫书童翰墨将名片拿出一张来，自己接到手内，亲自向前递过。众公差一见是李员外来到，赶紧都站起来，垂手侍立。皆因众差都知道李殿元是本处的绅士，因此俱都站起来，恭恭敬敬向前说道：“员外来到衙门有什么事？”李殿元带笑说道：“你家大人约我参加讨论本处的治安，有劳众位与我通禀。”遂将名片递过去，将话说完，旁边转过一位值日的班头，双手把名片接过去，说道：“员外，你老少候，待下役与你通禀。”李殿元说道：“那么阁下受累吧。”值日班头转身往里走，由仪门直奔书房，只见刘福在书房外坐着，役差递上名片，刘福心中暗想道：真来啦。伸手把名片接过来，向外班说：“你在外边站一站。”刘福随即出了回事处，拿着名片上了外书房。来到书房门首一看，在门首外站着四个人，却是焦通海的四个徒弟，一个叫劫江鬼解德山，一个叫矮脚鬼解德海，一个叫花刀郑英桥，一个叫闪电腿时元，站在廊檐下。书中暗表，知府杜尊德，见着刘福的回禀，准知李殿元已到，秘密地埋伏下了四个人。

这时见刘福走了进来，举着名片回禀道：“李殿元求见。”杜大人向焦通海一挥手，焦通海会意，四人藏起，杜尊德这才向刘福儿说道：“请！”刘福儿擎着名片出了书房，直奔二堂，由大堂穿了过去，来到衙门口，就见李员外站在门首。刘福遂向李殿元说道：“里面大人请。”刘福将名片一举，转身在前引

路。李殿元和书童翰墨，过仪门至大堂转过屏风，将到二堂，就见杜尊德在二堂之下，笑嘻嘻的说道："哎呀，原来李员外到此，恕我未能远迎。"李殿元见大人迎接，遂向前一拱到地说道："民人蒙大人相约，焉敢不到，岂敢劳动大人远迎。"杜尊德笑道："老绅士太谦了。"说着话携手揽腕，一同进了二堂，直奔书房而来。来到书房门首，有人启帘；杜尊德执手相让，一同进了书房，就往里面让座，再三的谦让，仍然是杜尊德上座，李殿元下首落座。刘福跟着献茶。杜尊德与李殿元茶罢搁盏，李殿元抱拳笑道："适才呼唤李殿元，听说大人为讨论本处的治安，在府里茶厅会议，听说并有本土的绅士，与同城举监生员，怎么大家还不来呢？莫非俱在花厅。"杜尊德闻听，遂捋须微笑道："老绅士，这个事情，也不必约集同城读书的功名人，就是各位乡绅，也不必劳动，只因本府接到上宪的公文，内说大明朝的逸臣，接连盗匪在南阳府欲谋不轨。本府接到公文遂派密探各处调查，近日屡次得报，他们在各处设立宏缘会，欲扰乱南阳府。本府得报后，甚为惊骇，终未得有确实的消息。今有人报告，言说阁下与宏缘会很有关系，所以为地面治安起见，也就不必惊动乡绅父老，就把阁下一人请来，就可以商酌，老绅士若能知道宏缘会的底蕴，老绅士只管明言，本府必当格外的保护。阁下若要知悉，不肯明言，本府要按着公事办，与老绅士的脸面上，可就不好看啦。若依着本府的主意，还是实说为是。"

李殿元将杜尊德之话听完，不由得心内暗吃一惊，自己暗想："杜尊德这句话，正戳在我的心头。"又一想："我在宏缘会作事机密，并无人知觉，莫非他以言诈我。"自己心里头拿定了主意，我自己倒要镇静才是。李殿元面目上，并不带惊恐，遂和颜悦面色说道："老大人，李殿元素日安分，府台是尽知。就是在您治下这些年来，凡有公议事情，或是与本府有益的事情，我是无不尽心竭力。就是这些年，李殿元敢说没有不法的行为，老大人今日反拿李殿元取笑起来了。"将话说完，

哈哈大笑。

杜尊德见李殿元不慌不忙，从容分辩，心中暗含着佩服李殿元，真不愧宏缘会的首领。看他何等的胆量，他明知道事来到当头，你看他口齿何等的伶俐。杜尊德想到此处，不由得脸上往下一沉，说道："李殿元，你太能分辩了，明明有人出首于你，我与你留着很大的面子，你既是不肯实说，我可以给你一个大大的证据。"李殿元听杜尊德之言，明知道自己的事情恐将有漏，不得已就将脸一沉，跟着说道："有何证据，明明是府台故意捏词，李殿元并无冒犯，本身有何劣迹，到要府台指摘。若无确实证据，便是府台敲诈乡绅未遂，捏词陷害，李殿元就对不过府台，我必就要上诉了。"

杜尊德闻听李殿元一片的言辞，不由得勃然大怒，口中说道："好大胆的李殿元，汝叛形已露，欲谋暴动，被本府察觉，本府宽恩，与你留许多的体面，你竟敢在本府的面前咆哮。你所作的事情，都要与国家为难，当然你是目无法纪，本府应当与你一个大大的见证。"遂说道："来呀，先把他拿下。"这句话尚未说完，焦通海由后面抓李殿元，往后一用力。李殿元如何经得住呢，不由得往后一仰身，咕咚一声，栽倒在地。解德山、解德海向前抢步，他们早就预备好啦，按倒推翻，绳缚二臂，两个人往一起一搀，架着李殿元，面向杜尊德，丁字步一站。

李殿元气得颜色更变，气昂昂的复又一阵的冷笑，高声喊道："好你杜尊德，你竟敢欺辱乡绅，凌虐斯文，我把你这贪官，……我与你定有个分辩的所在。"杜尊德站起身形，用手指着李殿元，说道："你们大家看看这个东西多狡猾，暂且把他押下去，回头待谕严刑审讯，哪怕你不承认宏缘会的首领，左右与我推下去。外面派人看押，勿令脱逃。"这时郑英桥、时元等，已把书童翰墨捆绑起来，一同押到外面去了。

杜尊德发落完了李殿元，又回头叫道："焦通海，你到外面传本府的谕，同你四个徒弟，外带四十名快手，前往青竹巷搜查李殿元的住宅，勿令脱逃一人，严查他的来往函件，速来

回禀，千万不要走漏风声，惊动他的牙爪。”

焦通海说道：“遵谕。”转身呼唤四个徒弟，到外面约会班头，挑选精明强干的四十名快手，暗带铁尺、铁链，由府衙起身，一直出了北门，来到李殿元的住宅，就见大门关闭，遂命捕快将李殿元宅院围住。焦通海这才上前叫门，里面并无人答言，焦通海急忙下了台阶，施展蹿房跃脊的功夫，垫步拧腰，蹿上门楼，由里面跳下去，将大门启开。官人蜂拥似的闯进去，欲要拿人，到了里面一看，别说是人，连一条犬也没有。焦通海带着徒弟，你看我，我望你，面面相觑。焦通海向徒弟们说道：“咱们师徒奉谕前来拿人，咱们若拿不着人，怎能回府交差？”花刀郑英桥在旁说道：“师父，大人不是那么交派的吗，拿不着人，搜查他的来往函件。”焦通海向郑英桥说道：“言之有理。”复又向左右说道：“你们大家里面去搜，千万可别动他的银钱什物，只搜查他的来往公文信件。”

众人闻听，一齐答应，向里面各处搜查，前后内外搜查数遍，并不见有来往私函。搜到后面祠堂大柜之内，有一个楠木小箱子，上面封锁严密。焦通海吩咐，用铁尺把锁震落，将箱子打开，往里面一看，里面却是李殿元与宏缘总会来往的公函，点了点，一共是四十七件。焦通海看见私函，心中可就放下心来啦，总算是差使有了交代。焦通海吩咐把小箱子捆好，叫徒弟解德山等用棍子搭着；又命二班的班头郑英桥，带领二十名伙计，在本宅的内处栽桩。什么叫作栽桩，这个栽桩就是在宅内安着官人，将大门一关，如若外面有人叫门，官人将大门与他开了，跟着躲到门后，只要人一进来，两旁边的人，由门后出来，伸手拿人，这就教栽桩。外面官人留下这十名，暗中围着这座宅子，或是见着有人往宅子里打探，或是面生可疑，办案的老在远处的看着，只要看准了，伸手就办。

焦通海把官人安排好了，这才带着徒弟，与差役抬着箱子，抬回到府内，见了杜大人道：“回禀大人，奉大人的堂谕，往青竹巷李殿元家中，搜捕他的全家，他家中人口，业已闻风

远飏，不知何人走漏消息，并未捕获一人。因此搜查他的内外，并未搜查着他的赃证，只在后面祠堂，搜出木箱一个，内有与宏缘会来往的公文，一共四十七件，听候大人检阅。”

杜尊德一听，沉吟半晌，摇着头向焦通海说道：“要按你所回禀的事，李殿元结连宏缘会，叛反是实，本府细想起来，实在是可怕，错非是你精明强干，外面派的人多，明察暗访，才将此事发觉，不然南阳府必要演成杀人流血的惨剧，这总算国家有福，本地的百姓不该受涂炭之灾，本府免得从中受累，都是你一人之功，本府行文之时，必当保举你就是啦。”焦通海闻听大人之言，向上请安，口中说道：“多谢大人提携。”杜尊德说道：“你先把外面的箱子搭进来，待本府查看他的来往公文。”焦通海跟着说道：“遵命。”转身出去，将箱子拿进来，把箱子盖揭开，将里面的公文一件一件取出来，向上呈递。杜尊德逐件查阅，吓的毛发森然。里面的事情，俱都是何腾蛟命李殿元在南阳府招贤纳士，暗地招兵买马，聚草屯粮，何腾蛟命李殿元在南阳府代宏缘会暗办军火，送往西川。

杜尊德越看越害怕，随将公文看完，向焦通海说道：“李殿元谋叛未遂，今既被捕，本府要严刑审讯，你到外面传话，本府即时升堂。”焦通海答应一声，退出书房，知会外班，伺候升堂。遂又叫郑英桥将公文装在箱子之内，命时元、郑英桥将箱子搭在大堂之上，放在公案桌旁，预备审讯李殿元。时元、郑英桥二人，将公文放在箱子之内，把箱盖盖好，二人搭着箱子，出离书房，直往大堂而来。

工夫不大，就见焦通海由外面进来，说道：“跟大人回，外面八班人役，业已在外面伺候，请大人升堂。”杜尊德向焦通海说道：“本府知晓，你也在外面堂上伺候着。”焦通海答应一声，退出书房，杜尊德遂吩咐左右，预备官服，跟班的大家忙乱，伺候大人将官服换好，然后四个跟班的给大人提着皮褥子，拿着水烟袋，和大人应用物件，俱都带齐，杜大人穿上公服；上了公堂说道：“带李殿元！”左右一声答应，喊喝声音未

了，只听堂下哗啦啦铁链响的声音，就听下面回事的喊李殿元带到，此时对面将全副刑具，早就与李殿元戴好。杜尊德在上面一看，就见李殿元身戴手铐脚镣，铁锁加身，班头把他带在大堂之上，将铁链向堂上一掷，哗啦的一声，口中说道："跪下。"李殿元站在大堂之上，看了看杜尊德，身形向外一转，一阵的冷笑，口中说道："杜尊德，我把你这贪官，只因你敲诈乡绅未遂，今日将你家老爷，如此的作剧，带在堂上，有何话讲，快快的说来，无非仰仗你的职衔，欺压乡绅，你要讲啊。"杜尊德在座上将脸一沉，惊堂木一拍，口中说道："啊，你这大胆的李殿元，你竟敢结连宏缘会会匪，欲图扰乱南阳府，施行暴动的手段，今被本府查觉，你来在堂上，还不从实招来，你反倒咆哮公堂，立而不跪，本府就应当重责于你，无奈你的案情太重，本府宽恩，决不加刑，你还不从实招来，等待何时，你如若不肯承认，休怪本府，我可要用酷刑啦。"李殿元闻听杜尊德口口声声，追问宏缘会，不由得心中暗想，我所办的宏缘会之事，并无人知晓，严守秘密，莫非有什么泄露，莫非是别人事犯，连累于我，也未可知。暂且跟他鬼混，看他如何问我。遂将身形一转，面向杜尊德说道："杜大人，我把你这贪官，你若想用些个银两，你尽可以明说，你何必捏词敲诈乡绅哪。此时宏缘会正在犯禁之时，你要捏造字据压迫于我，你说你家老爷与宏缘会结连，也不能凭一面之词，可有什么确实的证据。若无确实的证据，你就是讹诈乡绅，损坏我的名誉。杜大人，我可有些个对不过你，咱们二人到开封府分辩，我可要上诉于你，你可要估量些你的功名，你可要赔偿我的名誉。我问你，捏词敲诈乡绅，赔偿名誉这个罪名，你可晓得。"

杜尊德在座上一声断喊，说道："李殿元，你这个东西着实的可恶，你所做的事情，以为本府不知道，若没有确实的证据，谅你也不肯屈服。"遂吩咐左右先把他勾结会匪那一封秘函拿过来。跟班的在旁边，听大人要那封公函，遂把护书打

开，由里面把那封书信拿出来，双手呈递，放在公案上。杜尊德随手将书信举起，用手指着这封书信，向李殿元说道："这就是你谋叛大逆的证据，我让刑房念与你听，大概你也就认罪，无可分辩啦。"回头叫道："刑房，将书信念给李殿元听！"刑房书吏，将书信接过来，站在公案一旁，高声念了一遍，书吏将公函念毕，双手放在公案之上。杜尊德将信笺拿在手内，用手指着何腾蛟的图章，向李殿元说道："你来看，这是你们总会长何腾蛟的印章，这你还不招吗？等待何时？"

李殿元听书吏念诵公函，心中早就辗转，不由得自己纳闷："这封紧要公函，如何落在他们的手内呢？"回头向左右观看，并未有犯罪之人。心中又一想，这必是下书人不慎，沿路遗失，既无人质对于我，就凭一纸的公函，也不能算我的真实的证据。再说宏缘会的机关，我岂能说呢。只得自己咬住了牙，为大明的江山，就是死于刑下，也不能轻易的招认，只得与他设法分辩。自己拿定了主意。猛听得杜尊德指着图章让他承认，李殿元笑着说道："大人，你既要设法坑陷乡绅，你必要作出一件假书信，再刻出一颗假图章来，你好捏词，不然你以何为凭呢。无非你是作出来圈套，欲设法谋害我，就凭一纸书信，你教我承认结连宏缘会会首，我可有什么招的哪？你可以思索思索，我可以招认，怎么个说法哪。大人你可得与我想一想。"

杜尊德听了李殿元供词狡猾，心中思想，李殿元这个东西，一来他是本处的乡绅，再者他在本地呼唤的又灵通，本府没有正式的把握，想要把他问倒屈服，势必很难。他的口词如此锋利，不若给他这个证据让他看看，他也就无的可狡展啦。"在座上遂把小胡子一捻，叫道："李殿元你这么一说，本府是屈赖你啦，当然是本府不对呀。那么说要是有确实的证据，你能承认吗？"李殿元冲着杜尊德腆着胸膛说道："你若与我找出确实的证据，我也不用你三推六问。"

这时郑英桥，早把箱子搭在公案之前。李殿元此时早已然

看见，认得是自己祠堂存放重要公函的楠木箱子一只，不看则可，一看险些吓了个胆裂魂飞。自己定了定神，心中暗想，莫非全家被获遭擒，家中被抄。不然这个箱子如何来到公堂？自己正然心中思想，猛听得上面惊堂木一拍，杜尊德说道："李殿元，这是由你家祠堂里搜出来的木箱一只，内有你与宏缘会何腾蛟来往的公函，四十七件。这是由你家中搜来的物件，大概你没有什么可说的了吧。你若早早承认，宏缘总会设立何处，本府治下，你们的会友共有多少，你全家逃往何处，你要从实招来。如若不然，本府可要得罪你了。你自己想想，如不招认，临到本府严刑审讯，那时你可也得招，不过是枉受严刑。最好，你还是承认的对。"李殿元他见了自己的箱子搭在公堂，又听杜尊德这一篇话，自知祸到临头，无奈与宏缘会重大的关系，如何能说呢？俗云，大丈夫宁死堂上，不死堂下。李殿元自己想到这里，才发动了一定的决心。听杜尊德这一问，往后倒退半步，仰面哈哈的大笑，自己早就把生死二字抛于九霄云外。他遂向杜尊德说道："贪官，你若问我，我也不必隐瞒。我李殿元，乃是大明世袭镇国威山公的后裔，先朝遭闯贼之乱，满人入关占据大明的疆土，屠灭前明的汉族，我辈世受先朝的皇恩，岂肯坐视汉族的戕灭？遂设立宏缘总会，何腾蛟为主脑，总会设立在各商埠群岛，所有大小都市，皆有宏缘会的足迹。就告诉你总会的住址，你也无法抄办。皆在海外，方才书吏念的那封公函，内有山川险阻，远隔重洋，大概我说的不假，你也不必往下追究。至于设立分会，是我李殿元要求前明川湖总督何腾蛟，在南阳府设立分会，是李殿元的要求，回函至此，不知如何落在你手。这就是机关不密，萧墙祸起，今李殿元被捕到案，你若问会友多少人，分会未立，哪里来的会友哪。家眷在逃，我更不得而知。你若问我的本意，就是为光复前明，保全汉族，恢复大明的原状。这就是我们本会的宗旨。"李殿元将话说完，又道："我话已说完，任凭发落，倘要勒令再问，你可休怪李殿元出口不逊。"

杜尊德听李殿元的供词，见他从从容容，并无惧色。明知李殿元发下决心，就是严刑苦拷，他绝不肯吐露他的爪牙，莫若让他先画供收禁，然后修写行文，将搜出来的函件，一并解往郑州，若严刑审讯，李殿元刑下毙命，我又得费一番的手续。想到这里，遂说道："让李殿元画供。"李殿元慨然画供。书吏将供词献与杜尊德的面前，杜尊德看了看原供确实，顺手用朱笔标禁牌，向左右说道："将李殿元带下去收禁，派人看守，勿令通风。"众差役把那李殿元推下去收禁。

杜大人退堂不久，忽有当地绅商十余人求见，杜大人微然一愕，连忙请进，原是本地绅商联名具保李殿元，由一位当地薛公递上禀帖，杜尊德看完，遂向薛公说道："老绅士，与众位绅商原有同乡之情，理应保释，怎奈李殿元案情重大，就是他所作所为，连本府也得担着一分处分，既是老绅士众位到此，原是一分好意，无奈李殿元所作的事，连本府也不敢宣布，请老绅士同各位绅商暂且回家，不必担保。日后宣布他的罪状的时候，诸公也就明白啦。"薛公含笑抱拳，向杜尊德说道："既是老大人不赏脸，不肯开释，学生等斗胆敢问，李殿元身犯何罪，学生等可以明了明了。"

杜尊德向薛公含笑说道："论起他的案情，本府不敢令各位乡绅知晓，恐怕走漏了风声，既是老绅士勒令的要求哪，可是要到外面严守秘密。"说着话，顺手就把桌案上这封公函，递与薛如彬。薛公双手接过来，由头至尾，细看一遍，不由得颜色更变，摇头咋舌，仍然双手将这封公函放于案上，往后倒退，口中说道："老大人，学生无知，打搅大人的公事，实不知李殿元有这等不法的行为，只知李殿元因事冒犯大人，故敢前来保释。若要知晓李殿元有如此重大的案情，学生等天大的胆子，也不敢具保担负，望求大人恕学生等冒昧唐突，千万恕过。"杜尊德带笑说道："不知者，不怪。再者众位绅商，原是一片热心，保全乡绅的体面，本府也不怪。"说着话，将案上联名的禀帖交与薛公，说道："请众位回府，千万严守此事。

李殿元案情，休要在外面宣布。”薛公只得诺诺，接过禀帖，退下大堂，约同众人出离府衙，仍回山东会馆，将此事说明。大家各自作别回家。

哪知杜尊德，吩咐郑英桥、时元等，将公案上这封公函，一同收在箱内，搭回书房。杜尊德将公事办完，吩咐退堂，站起身形，离了公位，转过屏风，穿过二堂，直奔书房而来。派人把焦通海请来，杜尊德说道：“通海，你坐下，我与你有话相商。”焦通海只得落座。杜大人道：“通海，你屡次用心帮助于我，今又访查着如此重大的案件，本府刚才升堂审讯李殿元，他当堂承认宏缘会的首领，又讯他所供确实，唯有不肯承认他手下有多少爪牙。按本府拟用严刑审讯，无奈本府又怕他刑下毙命。只因奉蔡将军图海侯钧扎，想将李殿元押解郑州。本府与你商议，我办一份呈文，把李殿元函件证据，及他的原供，一并押解郑州，可就是沿路上危险。恐怕宏缘会党羽知道，李殿元被捕，怕他们在半路中，劫夺李殿元，我与你商议，想一个万全的法子，只要押到郑州，将李殿元交与将军侯爷，依法惩治，咱们可就脱了关系啦。我想一定非你不可，我又怕你人单势孤，有防范不到的地方。我打算问问你，你手下有无武术高强的能人，或是本府内，有成名的英雄，咱们也可请出来，让他协力相帮。我这个用意，就是为慎重起见，你与我计划计划。”

焦通海听了知府杜尊德的交派，焦通海不由紧皱双眉，心中暗想：“府台所说的话，句句是实。李殿元既是本处的乡绅，他又结连宏缘会，他手下难免没有党羽，若要由南阳府押解起身，就是这郑州的路上，可也是真危险的。”自己想到这里，不由的更慎重了，遂向杜尊德说道：“府台大人，你老所虑的甚是，就是我焦通海，也是这个意思。如果押解李殿元，在路上有点舛错，我焦通海也吃罪不起。府台既教小人约请能人，押解李殿元起解郑州，我焦通海倒想起一个人来，此人武艺超群，也是少林北派的英雄，他是我们本派的人，此人的武术，

可就比小人胜强百倍了。如今他前来看望小弟，此人头两天，就打算告辞要走，被我苦苦挽留，因此他才中止行期，我打算再款待他几日，再叫他走。这个事情可就太巧啦，正赶上李殿元的案件发生，他现在我们下处住着，尚且未走，可得小人与他商议，不定此人愿意不愿意。此人性傲，大人若备封公函为是。”杜大人道：“那有何妨？此人何名？”

焦通海道：“此人名叫神手大将楚廷志。”杜大人点头道：“那么我就把这件事交付你了。”焦通海道：“全在小人身上。”商议完毕，焦通海辞别大人返回下处去了。

知府杜尊德正与曹师爷在书房谈话，由外面慌慌张张跑进一人，来至杜尊德的面前，喘吁吁的说道：“启禀大人，大事不好，只因书童李进，陪着少爷在把式房闲坐，少爷一阵肚腹疼痛，李进随同少爷入厕，工夫太大，不见少爷回来，我们不放心，直奔茅厕前去观看，并不见书童李进，只见少爷在中厕之内，不知被何人用裤带将少爷勒死。我等各处寻找李进，不见踪迹，特的前来报告，小人等恐怕是李进暗害少爷，请大人前去查看。”

杜尊德一听此言，吓了个胆裂魂飞。杜尊德只急得颜色更变，连话也说不出来了。还是旁边曹师爷在旁答言：“启禀大人得知，既是少爷被害，旁边又无别人跟随，只有书童李进伺候。据学生想，恐怕李进暗害少爷，这里面还有别的情由，请大人先派人将李进捉住，一问便知。不知大人尊意如何。”知府杜尊德听了曹师爷之言，这才缓过一口气来，杜尊德一世，就是这么一个儿子。本来他素日多病，杜尊德终日就以此事为忧，今听少爷被害，只急得两泪交流。听曹师爷说得有理，急忙传谕：“你们到外面知会三班，急忙与我捉拿李进，千万别让他跑了。如果李进逃走，告诉他们我定要重办，叫他们班上务必用心，如若拿住李进，本府还有重赏。”报信人转身出去，传大人的堂谕，捉拿李进。

李进，乃是李殿元家中管家李禄之子，皆因他七岁他娘就

死了，他就在宅中跟着他父亲李禄过活。李殿元爱他聪明，身体又长得健壮，李殿元早晨用功，熟练武术的时候，他总在旁边看着。李殿元问他愿意不愿意练，他还是喜欢习学。李殿元时常给他锻炼腰腿，日子一长了，他也有点成效，索性让他一同用功，由七岁上就练，直练至十六岁，他的拳法精熟，俱是李殿元亲传，掌中一口雁翎刀，十八趟闪手花刀，真有神出鬼没之能。

李殿元那时节，正然筹备宏缘会，皆因是杜尊德任南阳府知府，李殿元暗地结合宏缘会未免在知府的身上注意，凡事留心，打算在衙门里安下一个人，作为自己的眼线。倘若自己机谋不密，府衙内有个风吹草动，为自己的事好有人报信。这才命李禄，在府衙内结交刘福；李禄托刘福与他儿子李进在衙门里找个事情作，别的事情，李进不能作，最好在衙门里当差，作小伙计，这个差使原是事少人多，总遇不上机会，可巧少爷的把式房，要找个小书童，一半伺候少爷，一半在把式房伺候众人练武。刘福与李禄一商议，老管家李禄，倒很愿意，这个事情，三言两语，就上了工啦。其实李进在衙门伺候少爷，他不为赚钱，就是李殿元暗派李进在府衙内卧底，衙门内凡有一举一动，李进暗暗的报知李殿元。事逢恰巧，今天伺候少爷到把式房闲坐，可巧就遇上刘华，搜得宏缘会的公函，拿到府衙把式房内，面见恩师汪春，因此才与焦通海相见。以至少爷来到把式房见桌案的书信，少爷杜新拿过来一看，那李进站在少爷的身后，少爷没看完，李进早就看明白了。不看书信则可，这一见公函，吓得李进胆裂魂飞，自己打算先奔李殿元住宅报信，怎奈少爷杜新命他捶腰，一时一刻也不能脱离，心中暗自着急。李进见焦通海到里面回话，又因杜新，走动入厕，李进又是一番的着急。这一封公函，大人一见着，必然要派兵，捉拿李殿元，一家老小，性命俱都不保。自己又一想我父子世受我家主人养育之恩，此时正是报主恩德之际，唯有杜新这小子，非我伺候不可，难道说自己眼睁睁看着主人全家被擒，这

可没别的说的了，杜新这小子既要入厕，我趁着他在茅厕之中，将狗子结果性命，非是我意狠心毒，实为报答主人李殿元之恩德。自己想到这里，把主意拿定，遂扶着杜新，来到花庭的后面。

李进扶着杜新，进了茅厕，杜新命李进将他的裤带解开，又叫李进扶着他蹲在厕坑之上。杜新复又吩咐李进将他后面的衣服，与他掖好。李进心中暗想，真是你小子该死，莫若我用裤带，将狗子勒死，然后再去报信，令我家主人早早脱逃，不然祸不远矣。自己想到这里，站在杜新的后面，一面给他掖起衣襟，一面把裤带系好了一个活扣，顺着杜新的脑袋往下一套，在后面一紧绳扣。杜新以为是李进与他开玩笑，遂说道："李进别闹。"这句话尚未说完，好狠的李进，两膀一用力，在后面就是一脚。这一脚正踹在杜新的后腰上，杜新身形往前一栽，手扶在地。李进向前一赶步，用膝盖顶住他的后心，两膀又一用力，一紧绳子。此时杜新爬在地上手刨脚蹬，李进猛听得杜新下部出了一个虚恭，腾的一声，李进准知杜新已死。随手将绳子在脖项上拴了一个扣儿，杜新再想活，除非是转世。李进见杜新已死，时不可缓，随即急忙跑回李家见了父亲一说，李禄大惊，忙见主母、公子、小姐，说李主人事犯被捉；主母、公子、小姐，也没了主意。还是李禄有些主张，忙张罗着，收拾些细软，找了车辆马匹，直奔宜昌府，宏缘会的会友那里去了，那李进不走，躲在城外一个会友刘治国家中，探听李殿元的消息。

杜尊德因此案重大，办了一套咨呈，命焦通海将李殿元并有书童翰墨，一同押往郑州，交蔡荣蔡将军图海侯爷讯办。并秘密起解，不准外面声张。府衙内又出了一件案子，知府杜尊德之子杜新，被书童李进，用裤腰带勒死，里面杜尊德，知道了这个凶信，一面将杜新的死尸抬在后面盛殓，一面痛恨李进，派府衙内的人班人役马快手等，悬赏缉捕李进；拿住还要就地正法，如若要是教李进逃走，知府杜尊德，还要重办。

过了几日，刘宅派人往南阳听李殿元的情形，派去的人回来，禀明李殿元的情形，刘治国不由得双眉紧皱，看着李进，说道："你这孩子办事真爽快，刚才的言语你可听见了?"李进说道："小人已经明白的。不知员外怎么设法。"刘治国对李进说道："你不要忙，我倒有主意，回头我派人，到外面找一套农人衣服，你把它换上，你带点盘费钱，我写一封密书，你由此混出往潼关华阴东关路南永胜镖局，面见镖主余公明，此人外号人称龙舌剑镇西方，此人年过花甲，问明白了，再将书信交与他，他必有妥当的办法，你可要沿路仔细慎重，不可大意。事关至要，你千万把我的话记住了。"自己写完了信，复又看了一遍，交与李进。李进双手将信接过来，向家人要了一块包袱，又把衣裳脱下来，把信包好，贴着身将包袱系在腰间，然后将汗褂穿好，化了装，变了脸色。刘治国又命家人取来纹银二十两，给他作为路费。李进收拾齐毕，向刘治国双膝跪倒，口中说道："刘爷爷，我主仆的性命，皆出于爷爷掌中所赐，小人也不敢言谢，小人之心，唯天可表，今日之事，铭于肺腑，咱爷俩个，后会有期就是了。"李进将话说完，当时告辞。刘治国又再三嘱咐，命他沿路保重。李进是一一的谨遵。临行之时，刘治国命他由后门而走，刘治国将他送出了后门，自己这才直奔前面，照常度日。

且说李进，由南阳府，直奔潼关而来。在路途之上，日夜的兼程，非只一日。这天出了潼关，来至华阴县的东关，遇着行人一问永胜镖局，这才有人指引路南大门便是。李进来到门首一看，就见门前有许多人，好像镖局子的伙计。又见大门上有一块匾，黑匾金字，上面写的是"永胜镖局"四个大字。这才上前打听永胜镖局，很巧就遇见了余公明正在院中站着，与伙计们谈话，因为听见外头有人询问永胜镖局，他老人家才过来说道，你找谁。李进一听有人问话，举目一看，见余公明气宇轩昂，这才过来接谈。不料果然就是镖主余公明。因此当面投信。

余公明不看书信则可，这一看信，就知道这个镖局开不成了，恐怕玉石皆焚，反而连累了别人，自己这才下了一个决心，歇了镖局。因而带同李进与徒弟们，一同起程来到青云镇，将前后手续办清，并送走潘景林，开发银两已毕。这才带同众人来到乱柴沟以北树林之内，才将刘治国命李进下书，打救李殿元这一封密函拿出来，让大家观看。众人这才明白了老师余公明的这个用意。此时孙启华等，将书信看完，仍然交与老师余公明，向恩师说道："师父你老人家这个用意，弟子原先不明，这内中之事，我等也不敢过问。今老师把书信拿出来，我们大家看了，虽然已经知道信内的情由，恩师你老人家对于这件事，怎样的办法呢？"

余公明听了，脸上当时变出一种怒容，只见他双眉倒竖，虎目圆睁，须发皆张，咬牙切齿，说道："唉，你等若问，只因大明锦绣的疆土，遭闯贼之乱，旁人乘隙，唾手而得天下。吴三桂只为陈圆圆，遂引狼入寨，不思进取。陈圆圆到手按兵不举，遂至失败。他若忠心，为国为民，聚天下义士，早就将他们赶走，何至受今日之迫。论起来我可不当说，吴三桂只为一女子陈圆圆，忘却君父，遂落于不忠不孝，不仁不义。所以何腾蛟，首创宏缘会，聚明朝的遗臣，天下的义士，欲图再举，复还大明的原状，保护民族，不受外人之欺，我等因之加入，就是潘景林潘师父，也是明朝名臣之后，我二人俱表同情。虽然为师开设镖局，一半经营，一半招聚义士豪杰，好参加宏缘会。不意乱柴沟失去镖银，李占成等丧命。就凭为师掌中的一双龙舌剑，再有尔等相助，再约上几位同志的英雄，攻打鹰爪山阴风寨，捉拿姜天雄等群寇，好与镖局的伙计，报仇雪恨，要回镖银，照旧作你我镖行事业，这些个事到没什么要紧。唯有会友李殿元设立分会，会长何腾蛟，用人不当，路途失去密函，因而事发，遂遭此祸，刘治国派义仆李进，前来下书，命我在南阳路上，相机打救。还要劫抢囚车，打救李殿元，咱们这个镖局，万不能再为设立。既不能设立镖局，岂能

再有工夫往回夺镖银？并非是为师，为丢镖银，无法赔补，难见宝生祥银号经理。镖局这次倒闭，实系环境所迫，只得落个对不起宝生祥银号，弃镖局脱逃之名。我这才将柜上所有的五千两纹银全数提出，办理善后一切，将事情办完，我才敢把书信交与你等观看。然又恐怕事关重大，走漏了风声，倘若消息走漏，岂不成了画虎不成反类犬，如今的事情，你们也都知道了，所以就与你们商议，若劫到囚车，不但镖局不能开，就是连我家中老小，也得躲避。我有心率领你等前往要隘，等候囚车，怎奈无人迁移我的家眷，我打算与你们商议，你们四人，前往方城县东，有一座方城山野狐岭，这条道路，是由南阳府到郑州必由之路。他们囚车若由南阳府起身，非走这条路不可。此处多山，道路幽僻，行人稀少。若在那里等候，准可以抢劫囚车。我打算命你四人，带同李进，作为眼线，在那里等候。如将囚车劫下，救了李殿元主仆，你们就由小路赶奔宜昌康家村，面见康金栋，就在那里躲避躲避。李殿元他与康金栋交谊过厚，自有关照，就不用你们分心了。我想带着徐顺，上泗水县，搬取家眷，也奔宜昌康家庄，在那里躲避躲避。咱们那里聚会，再想别的法子，重整宏缘会。如若你们到了野狐岭，就在那里等候囚车，我接取家眷，也得走方城山。你我若是见着，就让徐顺保护着家眷先奔宜昌，我带着你们再等候囚车，如若我赶不到，囚车来了，你们要是抢劫的时候，可要谨慎，千万不可大意。孙启华，你们弟兄四人，就是你精明强干，我将此事，托付在你的身上。你们见机而作。”

孙启华等将话听完，遂向余公明说道：“恩师既以重任相托，弟子决不敢大意，那么我们弟兄，就与恩师分手啦。”余公明点头说道：“我也就不必再嘱咐了。”余公明将话说完，这才叫孙启华他们大众起身，看着他们进了乱柴沟，穿沟而过，余公明这才叫徐顺，告诉赶车的快奔泗水县。

余公明回归余家村，暂且不表。那邹雷、姚玉、陈宝光、孙启华，他们四人带同李进，五个人四骑马，由乱柴沟，穿沟

而过。五个人调换骑着，沿路之上，孙启华想主意，告诉大众："行在路上，有人要问咱们是做什么的，就说是保镖的。李小弟，可得把名字改一改，不然，他勒死南阳府知府杜尊德之子杜新，杜尊德必然派人在各处追捕。倘若教人看出破绽，那时候再出点舛错，可就麻烦了。莫若教他把名字改一改，我想把李进两个字，改为李有方，把咱们四人的衣裳，让他换一换，倘若有人来盘问，就提他是贩卖珠宝的客人。为的是沿路之上，遮盖众人的眼目。咱们倒不要紧，就是李贤弟他身上背着案件，你们大家想一想这个主意好不好。"众人一听，孙启华说得甚为有理，大家俱都应诺。就按着孙启华的计划而行。沿路之上，暗地小心留神。

这一日正往前走，已经到了鲁山县，孙启华等由渑池县乱柴沟起身。他们所走的道路，由沙石山，走登封山，绕走汝水奔宝丰县，至鲁山。鲁山离方城山相隔甚近，孙启华与姚玉、邓雷，催马前行，只见道旁的青草，配合着一片片的黄沙，远看翠叠叠的青山，近看树木森森，行人短少，唯有樵夫，在林间伐砍的声音。小鸟儿在头顶上乱叫，四人马踏征尘，李进在后跟随，遥望远村，听有犬吠的声音，孙启华向姚玉道："姚师兄，我们走的这条道，是鲁山县管辖。前面那个庄子，叫做寒坡岭，靠着南边的有一座狭岭，这个庄子就以此岭为名，要再走过寒坡岭，可就是方城县的地面啦。莫若你我今天越过寒坡岭，离方城山野狐岭相近有一座庄子，咱们就在那庄子内找店一住，吃完了饭，或是早晨，你我调换着到野狐岭瞭望，俟等囚车到来，咱们再为动手。师兄你看这主意怎么样？这叫以逸待劳之法。"姚玉听完之后，说道："此话甚佳，那么你我急忙催马，紧着赶路。"唯有李进徒步相跟，在后面就受了罪啦，那焉能跟得上呢。好在路途之上，他们五个人倒是替换着骑马，今天是李进的班儿。该李进步下徒行，他们一催马，李进气得在后面乱喊，说道："你们四位别忙，我可是跑不动啦。"

孙启华听后面喊叫，这才猛然想起后面李进，在马上笑着

喊道："咱们慢着走，把李贤弟，落下了。"大家回头一看，也就未免的笑起来了。孙启华四人勒了住马。孙启华随着跳下来，说道："咱们两个人换换。"李进在后面跑得喘吁吁说道："你们几位真会拿我玩笑，只顾你们一催马不要紧，我在后面跑得上气不接下气，差一点就断了气。"孙启华笑着说道："得啦，老弟，谁让我们把你忘了呢。我与你牵着马，你先骑两步休息休息。"李进接着说道："也就得这个样，不然我也实在跑不动了。"说着话由孙启华手内把马接过来，便翻身上马。孙启华在后面相随。绕过寒坡岭，走的小道，到了方城县地面。靠着东面黑暗暗的有一个庄村，姚玉等四人下了马，姚玉向前与孙启华说道："贤弟你来看，东面这个庄子，里面大概有店吧，你我不如暂且住宿在此处，然后再探听野狐岭的消息。"孙启华摇头说道："此处不好。"孙启华看了看四处无人，向众人一点手，五个人合到一处，遂向众人说道："你我众人要住在这个村里，如劫车事成，这里没有往北来的道路，必然逃往湖广地面；若劫了囚车，难道你我返回来取马吗？依我说，今天天时已晚，咱们暂且住在此处，明日起身，咱们还是往野狐岭上往南，再找下处。你们看这个事情如何，按这个主意怎么样。"姚玉抬头一看，红日已坠西山，天果然是不早啦，遂向孙启华说道："那么就这么办吧，很好，咱们就投奔这个庄村啦。"

第五章 群雄败走

孙启华、邹雷、陈宝光、李进等，众人落了店。到了夜间，五人聚在一起，秘密计议。规定了计划，这才轮流打探囚车的消息。一连十余日，才探听囚车明日准能由此经过。第二天，天还似亮不亮的时候，阴云满天，细雨凄风之下，正赶上囚车暗度野狐岭。五位小英雄，正赶上囚车到此。论起来这个囚车早就应当过去，他们五个人，非误事不可。这里面有个原因。前文表过，南阳知府杜尊德，与焦通海商议妥当，约同楚廷志，保护囚车，若论起楚廷志的武术，实在是天下无双。掌中一杆方天画戟，受过高人的传授，可算得起是魁首。这天杜尊德下密令让焦通海带着自己的四个徒弟，劫江鬼解德山、矮脚鬼解德海、花刀郑英桥、闪电腿时元，又在本府外班，挑选了五十名快手、一个马快的班头、一个朱快的班头，奉知府杜尊德的面谕，并有亲笔的提牌，在外面预备大车两辆，趁着人不知鬼不觉，捧着咨呈押解李殿元及书童翰墨起身。这个意思是不走咨呈，也不等候郑州的回文，怕是走漏了风声，路上出险。迅速急快起身，焦通海就让他们大家收拾收拾兵刃包裹，

领取盘费，焦通海又把公事交代明白，教外面班头预备起身，焦通海带着楚廷志，同他这四个徒弟，直奔后面花园把式房。只因铁算盘汪春主意多，所以找他要个妙计，大众这才奔了花园。由西边角门过去，来到把式房，焦通海启帘走进，就见汪春在屋中，手捻着白胡须坐在那儿发愣。汪春一见焦通海进来，向焦通海说道："贤弟，李殿元的事情怎么样了？"焦通海与楚廷志随着落座，焦通海就把大人审讯李殿元，当堂供实，并将大人的分派，约请楚廷志协力相帮，带领徒弟预备差役押解的情由，向汪春说了一遍。汪春听着点头，向焦通海说道："焦贤弟，事情你办的总是很好，可有一件你看看我这个事情够多难，总算贤弟你成全我，给我找了这么一个养老的所在，实名教给少爷练武术，其实任什么事情也没有。如今衙内出了这种事，少爷又被李进勒死。少爷已经是死啦，大人派人各处捉拿李进，如今李进脱逃；其实这个事情，与我没有关系。可有一件，我在衙门里头算干什么的呢？这一来，我在衙门里头也干不了啦。再者贤弟你与楚贤弟，也是艺高之人，就带着几十名快手，由此解押郑州，倘若道路上有点舛错，你准能顾得过来吗？其实我这是多说，你想怎么样。"焦通海回头看着楚廷志，沉吟半晌，遂向汪春说道："汪大哥，小弟没有兄长深谋远虑，我带着楚贤弟到此，为的是把所有的事情，告诉您老人家。就怕是有漏空的地方，要是出个主意，小弟实在是比不了兄长您，因此小弟特来向兄长您请教，您给我想个主意，但愿平平安安把差事交到郑州，小弟我可就卸了责任啦。不然，道路之上，真要是有点舛错，小弟我可担不起。求您给小弟想一个万全之策。"汪春将话听完．向焦通海说道："贤弟你不用说，方才我坐在这儿发愣，我算计兄弟你一定来，我早就把主意给你想好了。要依着贤弟你的主意，由此起身，赶奔郑州，道路上没有事便罢，倘若有事，准教兄弟你照顾不及。不用说别的地方，就说由此起身，最难走的是方城山野狐岭，那个地方太幽僻。那一条道，正是匪人出没之地。真有点悬心。那个

地方又是山路，又是要路咽喉，树木又多，容易窝藏匪人。兄弟你想，要押解囚车由那里一过，前面若有人打抢囚车，后面再一堵截，贤弟，你到那个时候，可就进退两难，受了包围啦。你虽有擎天之能，也是首尾不能相顾；无法用武，岂不落在人家圈套之内。贤弟你想想我说得对不对呀。”焦通海听汪春这一片言辞，不由得一怔，遂哦了一声，说道：“老哥哥，小弟的浅见，兄长您老所想的这个道理，比小弟高的太多。若是依您的主意，应当怎样办才好。”汪春听焦通海之言，笑嘻嘻捻着胡须说道：“焦贤弟，此事我与你熟思已久，我早就想出主意来啦。你还得见见大人，请大人调本处的官兵一二百名，由本处守备带领。你先带着你四个徒弟、五十名快手，在前面押着囚车，经过野狐岭。没事便罢，若在前面遇事，我与楚廷志贤弟，带着我徒弟刘华，捧着咨呈，带领二百名官兵，与守备大老爷，随后接应。哪怕他抢劫囚车？这是万无一失之计，我们在远远的跟随，匪人若要抢劫囚车，他看着前面人少，若用夹攻之计，我们赶到，岂不将他们困在垓心，大概连劫囚车的匪人，也难以脱逃，就势当场拿获，就在本处管辖的县境内，讨要车辆一并押往郑州，又是一份好差事。再者用囚车押解李殿元，也不是事。再说这个事，也不是忙的，我这里有张图样，按着这图的样式把囚车做出来，把李殿元装在囚车之内，就把囚车放在那儿叫他们抢，他们也是束手无策。何况咱们在路途之上，严密保护，他们匪徒们要打算抢，势比登天。也让他们知道咱们弟兄的能为，到那时差使也就交代了，你在大人面前也露了脸啦，虽然咱们弟兄可是有交情，我不能不与你细心筹划。贤弟你想想，是按着这个主意呀，还是按着你的个主意呢？”焦通海把汪春的话，全都听明白了，自己也是越想越怕，遂说道：“依着您这个主意，莫若我通盘与大人回禀明白，那么这个囚车的图样，您拿出来我看看。”汪春说道：“你先稍微候一候。”说着话站起身形，伸手把桌子抽屉打开，由里面拿出一张图样，回身放在桌案之上，把图样打开。

焦通海、楚廷志，走到近前观看，正当中画着一辆囚车，就在囚车旁边写着字，四柱多宽，车的尺寸多大，怎样制造，写得清清楚楚。两个人看着点头，焦通海笑着说道："难得兄长您怎么想的，这个囚车若要按着这样造成，沿路就是遇上匪人抢劫，它也是万无一失，怎么您想起这个主意呢。"汪春先笑嘻嘻的说道："兄弟们还是少见，并非是我想的主意，这是按着古时的囚车，无非我是改造而已，你先把这张图样，呈与大人观看，然后再定日起身。"焦通海说道："哥哥，你在此等候，我先拿此图回禀大人，就手动工，打造木笼囚车。"汪春说道："那么我就在此听候。"焦通海拿起图样，奔往里面书房，回话去了。

过了很大的工夫，就见帘子一启，焦通海从外面进来，汪春迎着问道："贤弟怎么样？"焦通海一面落座，一面与汪春谈话，说道："大哥，我到里面去啦，大人已上内宅，原来是大人到里面，照应着少爷盛殓，里面太太痛子的心切，两口子俱哭得像泪人一样，里面太太还跟大人闹了一场，非教大人把李进拿住，替少爷报仇不可。方才大人下来，我又不好意思往上回，恐怕大人见怪。容大人把悲惨之际过去，我把哥哥您这个主意，与大人当面说明。大人很赞成，并亲自告诉我，约请大哥随同前往，并且大人请南阳府总镇商议，调官兵与守备亦随前往，必须等囚车造成了，再为起身。可得多等几天。"汪春将话听明，点头说道："那么着你就传唤木匠，按图赶造木笼囚车。"焦通海说道："兄长，这件事您交给我吧，您不用管啦，您与刘华收拾手下的兵刃，等候起身就是了。"汪春说道："那么你急忙去办好了。"大家将事议定，焦通海吩咐木匠、铁匠，打造囚车两辆。把囚车造成了，直费了七八天的工夫。焦通海这才约同众人，与大人回禀明白，官兵预备齐全，命汪春带着徒弟刘华，会同两个守备，一名张祺，一名何辉，率领二百名官兵，在南阳府北门外集合。焦通海带着四个徒弟，用提牌由监狱之内，将李殿元与书童翰墨提出来，掐入囚车。这个

囚车五尺见方，四围四棵立柱，俱是五寸见方，高三尺，四围作出就仿佛笼条一般模样，皆是核桃粗细般的铁条。四个车轮子，车轮都是铁的，车轴还不是整根的，是两截拼在当中，有三个透眼，上面穿着三个穿钉，穿好了穿钉，是一根整轴。若要遇见劫囚车的，把三个穿钉一撤，车辆往两下一劈，车是不能动啦，人抬也抬不动。两根车辕子是活的，头里用两个牲口拉着，把犯人装在囚车之内，里面是一个椅子，令犯人坐在里头。这个囚车的盖儿，是一面枷，两只手与脖子，用这面枷枷好，把项锁顺着这面枷穿下去，锁在车轴之上。囚车里有两块卡子板，把两只脚卡住，脚撤不出来，连上面枷带下面的卡子板，俱都松大，四围钉上毡子，怕把犯人脖子磨坏了。也不能把腿磨坏，要是长途远路，真要把犯人磨坏了皮肉，押到郑州，不好往上交代。再说他这是要紧的案子，道路之上，还不能叫他受屈。外面早有车夫预备了两辆大车，拉着他们的行囊，并在李殿元家中搜出来的箱子，还有宏缘会来往的公文要件。焦通海带着四个徒弟，把一切全都收拾齐备，这才令神手大将楚廷志先在北门外与汪春集合，楚廷志带好自己的双戟，把小包袱背在自己身上。焦通海带着徒弟各带兵刃，外面两个班头，带着五十名快手，在衙前等候。看见囚车，由衙门里头出来，众人在两下里一分，跟随囚车，一同起身。囚车由署衙顺着大街，走鼓楼奔北门，这一走不要紧，惊动阖城的百姓。众人不敢近前，俱在两边站立观看，暗地议论，有人议论的是李殿元为人忠正，和睦乡里，亲近四邻，但是李殿元加入宏缘会，应该保守秘密，杜尊德，怎么会得着了这个消息呢，把一位为国为民的绅士，当场捕获，押往郑州，一定性命难保，真可惜。也有在旁边议论，可惜这样的家庭，又是本地的乡绅，又有财势，入的哪门子宏缘会呢。现在各处严拿宏缘会，这一定是被人引诱的，这一入宏缘会，直落得家败人亡，妻子离散，放着好好的日子不过，自找家败人亡。他们哪里晓得，李殿元因为不愿见大好河山亡于异族之手，乃起而复明，为保全

民族起见，别说是家败人亡，就是粉身碎骨也不足为憾。这看热闹的还有这么议论的，李殿元无事要造反，这不是自找倒运吗？一个绅士，你还反得了，这不白白的把生命财产全都饶上了吗？我要有这么大的家当，我决不造反，躺着吃也能够吃几辈子，何必呢，入宏缘会自己找死，偌大的家业白入了官啦，要把这份家业给了我多好。其实这小子是做梦未醒，天生来资格浅薄，他哪里能够深明大义，他哪里知道，明朝锦绣的疆土，大好的民族，受人的压迫。他哪里知道李殿元深明大义，不顾家财，舍身就义，到如今只知有保全民族，光复前明，一死尚不足惜，何况是财产呢？

再说如狼似虎的差役，押解着两辆囚车。囚车内坐定两个血性的男儿，由大街，直奔关乡，看热闹的人，还是人山人海。由此门经过十里坊，焦通海在头前引路，远远望见树林之内，站着三个人。一个是铁算盘汪春，带着徒弟刘华，后面的是神手大将楚廷志。树林里头隐隐的军队。就见汪春冲着焦通海打手势，是教囚车在前面走的样式。焦通海也接着打了个手势，作为没看见。囚车由此经过，在路上赶站。沿路上打尖的时候，囚车一打住，焦通海命四个徒弟，解德山、解德海、时元、郑英桥，擎着军刃，带着官人围护着囚车。焦通海买来吃食，命徒弟端着，往李殿元主仆嘴里头喂食。李殿元自己是个明白人，自知身被缧绁，押往郑州，是决无性命。见焦通海献上酒饭，在囚车之内，就是一吃一喝，仍然是谈笑自若。这就是一死不足惜，酒饭足安然。至于后面书童翰墨，见主人慨然就义，他也就把死掷在九霄云外。焦通海等候李殿元主仆吃喝完毕，然后他们大家轮流吃饭，打完了尖，往下站赶路。及至晚间，到了住店的时候，找大镇店。开店的看见差役押着住店，开店的就怕囚车进了店，他们一见囚车就觉着头疼。因为什么呢？但凡开店遇见押着差使的住了店，什么房子好，他住什么房；什么好吃，吃什么。第二天早晨，人家都不起身，他们就起身，白吃白喝白住房，一个钱也不给，开店的还是不敢

得罪，真惹不起。真所谓“官人下乡，百姓遭殃”，这句话真说的不假。店里头见他们囚车进店，就得认倒运，还得殷勤伺候，若不然稍有一点伺候不到，张口就骂，举手就打，还得忍受。及至他们进了店，焦通海还是处处细心，先把囚车上的锁开了，把差使起下来，趁着溜一溜，带到厕所里，教他们大小便，这个别名叫放茅。然后搀进上房，让他们坐在炕上，内外屋门口，俱都派人把守。四个徒弟把犯人围在当中，瞪着眼看着，手里还拿着兵刃，然后这才预备饭，伺候犯人吃完了，喝完了水，他们才调换着吃饭。夜间轮流坐夜，真称得起时刻防范。及至第二天起身的时候，焦通海先派人在前头打探，前面没有别的危险的地方，这才敢起身。行在大道之上，处处留神，后面还有汪春带着官军，在远远的瞭望。就这么样在路途上，早行晚宿，严加防范！好在还有一样，李殿元在路上饮食住宿，倒不用焦通海操心，吃喝倒是自然，焦通海这一样儿还放点心，真要是李殿元在路上不吃不喝，到店里头病倒，那可真得把焦通海急煞。这个差使比不了平常的差使，平常押解着犯人，说打就打，说骂就骂，要不然挤兑差犯的银钱。这个差犯可不行，皆因李殿元，他的案情太重，事关重大，他是宏缘会的首领，国家的要犯，倘若在路上，一个饮食不调，道路上染病，真要闹出点错来，到了郑州将军署，无法交代。也难为焦通海这小子，押解起身，不但道路上留神，还是一点委屈也不敢给李殿元受。在道路之上，殷勤伺奉。

这一日已离方城山野狐岭，约有一站之地，前面有个庄村，名叫枫柳村，他们就在这村里住下啦。顶到夜晚事情全都办完，他这才与四个徒弟，暗地计议，明天一起身，可就是野狐岭，要按着起身的日限，可就走过野狐岭去啦。皆因是汪春的计划，等候打造囚车，一来方城山山路难行，囚车又走得慢，这一来不要紧，却耽误了途程。不怕别的，这个野狐岭，我是知道的，道路最崎岖，行人稀少，正是匪人出没的所在，咱们几个不得不小心。虽然后面有官兵接应，我们想个万全之

策。我打算与你们四个人商量商量，今夜晚三更时分，不论你们谁，先到野狐岭探听探听，前面有没有意外的动作，赶紧回来报信，咱们是四更起身，如果把野狐岭度过去，咱们可就放了心啦。倘若野狐岭这个地方，有意外的变动，咱们可就别走，知会后面的官兵，咱们再商议防范之策，你们哥四个，谁肯辛苦一超。闪电腿时元在旁边答言，说道："师父，那么三更时分，我到野狐岭探视一趟。"焦通海闻听，说道："很好，你的腿比他们还快一点，可是千万要谨慎小心为妙。"时元说道："不劳师父嘱咐，您就在店内等候就是了。"他们师徒五个人，将主意拿定。三更时候，闪电腿时元，收拾利落，手持齐眉棍，知会焦通海，叫店里伙计把店门开开，这才由枫柳村，出东村口，直奔野狐岭而来。

时元刚到野狐岭相近，越看这个地势越害怕。也兼着夜深之际，又是天如墨染，两旁边的山坡，林草迷离，山坡上黑暗暗树木丛杂，愁云浓浓，黑雾漫漫，似雨非雨，阴惨惨的天气，道路上无人。脚底下坑坎不平，偶一失神，几乎把自己栽倒。好容易低头寻路，才来到野狐岭山口。时元站在山口，往东北上观看，当中是道，迷离不真，因无月色，又无星斗，怎么能看得真呢。心中暗笑，师父如何这样的胆小，此处虽险，哪里会有匪人，莫若我回去报信，这个地方平平安安就走过去啦，我师父这真是多想啊。自己想到这里，一转身形，寻找旧路而回，赶到他来到枫柳村，天尚未到四鼓。来到店旁门首，上前叫门，店里伙计将门开放，一看是时元，差役大老爷们，也没敢问。时元进来，一看上房屋灯光明亮，自己来到上房门首，启帘走进。此时焦通海，早就知会差役，叫他们大家收拾齐备，就等候时元回来好动身。这时就见帘儿一启，时元由外边进来，倒把焦通海吓了一跳。遂问道："时元，你去这趟怎么样？"时元傲然含笑，口中说道；"你老太细心啦，弟子前往野狐岭，我看看没有什么动作，连个人影也没有啊。可是你老细心是好啊。前面任什么事也没有的，就是道路不平，都是些

个石块，可就是黑点。咱们得多点几盏灯笼。”焦通海含笑说道：“傻小子，只要平安过去，我就认为万幸。还点灯笼？若要夜间一点灯，不是给贼人安眼吗。你先休息休息。”焦通海回头叫道：“英桥，你到外面知会他们，咱们起差，就此起身，你们可把兵刃预备手底下，别等着临阵磨枪，总是要谨慎。”郑英桥答道：“师父您不嘱咐，弟子知道了。”郑英桥转身出去，工夫不大，就听外面人声嘈杂，车辆马匹的声音，喧哗了一阵。就这么个工夫，郑英桥启帘进来，说道：“启禀老师，外面都预备妥当了，等师父起差了。”焦通海这才将自己鬼头刀背在背后。劫江鬼解德山、矮脚鬼解德海，二人在身后背好虎尾三截棍；郑英桥手提金背刀；时元手擎齐眉棍，跟随焦通海奔了上屋，叫看差使的人们，起差使。大家听了焦通海的吩咐，立刻七手八脚，将李殿元及书童翰墨，由炕上搀下来。这主仆二人是手铐脚镣项索缠身，身披罪衣罪裙，被恶狠狠的差役，连搀带架，拉拉扯扯的，由屋中带到院内。李殿元举目一看，在院中两旁站立的众差役，一个个雄赳赳，手擎铁尺，恶狠狠站立两边。正当中摆设着两辆囚车，车夫持鞭，在旁边站立，在前面暗惨惨点着两盏灯，又兼着天如墨靛，对面看不清，店门此时已然开放。李殿元看着心中暗想，什么叫作起解，什么叫作地狱天堂，我李殿元今为光复大明，保全民族，今事犯押，看起来，两旁边众差役情同恶鬼，在这凄风惨雨之下，深夜起程，何异人间地狱。李殿元，正站在院中发愣，那一般情同恶鬼的差役，早就向前伸手把李殿元主仆二人，掐入囚车。焦通海在旁看着，上下铁锁俱已收拾完毕，囚车马匹备好，又叫过两名差役，在耳边低言耳语，说道：“你们二人千万告诉他们起程，可别误了事。”两名差役，答应一声是，转身走出店房。抱头狮子焦通海往下传话，伙计们一同起身。赶车的车夫摇鞭，出离店门，顺着大道，直奔野狐岭而来。他们由此起身，可就苦了开店的啦，由昨夜白吃白喝白住店，还不敢得罪他们，等他们走了之后才长吁了一口气。

焦通海师徒，带领差役，押解囚车，由枫柳村起身。道路越走越不平，真是山路崎岖，坑坎不平，天地黑暗，好容易走得东方将然发亮。焦通海吩咐将前面的灯光熄灭，定睛一看，前面正是野狐岭的山口。焦通海吩咐伙计快走，千万不可耽误，此时天尚未发亮，正往前走，一阵阵的凉风，细雨儿纷飞。囚车正在前走，焦通海在后面一看下起雨来了，又一想，囚车正行在险要的所在，虽然是秋冷，没有多大雨，倘若再下大点，囚车走的必要慢。这一慢可不好，要在前面有了意外的变动，这个事情可就不好办啦。想到这里，在后面高声喊道："伙计们，咱们的车辆赶紧往前走。"伙计们在前面答言，说道："慢不了，您只管放心。"赶囚车的车夫摇着鞭，只顾往前赶路。焦通海带着四个徒弟，只顾催着快走，正走到东边树林前面，猛然间就见东面树林里，蹿出五条好汉。只有一人挡住去路，前面非是别人，正是那邹雷、姚玉、陈宝光、孙启华、李进，弟兄五人！

这弟兄五人，奉师父之命往野狐岭等候囚车，由牛家屯起身，这时天气正在似亮不亮的时候，又赶上深秋的景况。在凄风冷雨下，恰巧遇见囚车，只因孙启华，看见囚车来到，心中又惊又喜。惊得是彼众我寡，若要动起手来，胜负难定。喜的是，事太恰巧，适遇其时。错非四鼓起身，不然就把囚车放过走了。自己这才与兄弟们商议，教他们不要猛撞，自己打算上前答话，他们若是讲面子，把囚车留下，万事皆休，倘若不肯，那时动手，也不为晚。这就叫先礼后兵。孙启华这才手中亮剑，垫步拧腰，向前一蹿，口中喊了一声，说道："呔，行人住脚，把囚车与我留下。"一面说，一面用目观看。就见前面的差役，将囚车打盘围住。由对面，走过五个人来，一字排开，站立面前。下首一人，身量不高，五短的身材，身穿一身蓝布裤褂，脚下白袜洒鞋，青脸膛两道棒槌眉，一双圆眼，大鼻头，火盆口，手擎一条齐眉木棍。上首，左边站立一人，细条身材，身穿一身白布裤褂，足登白袜洒鞋，打着裹腿，白脸

膛，两道细眉，一双小眼睛，小鹰鼻子，薄片嘴，两耳无轮，手捧金背刀。正当中站着这三个人，俱都穿着一身青，左右两个人，俱都生得凶眉恶目，每人擎一条虎尾三节棍。正当中这个人，长的甚为凶恶，手擎金背鬼头刀。书中暗表，正是那抱头狮子焦通海，挨着他的那两个人，就是那劫江鬼解德山、矮脚鬼解德海。在上首站的，正是花刀郑英桥，在下首站立的是闪电腿时元。孙启华虽然看出这五个人的凶猛，他是一个也不认识。孙启华向前说道："朋友们，别走啦，在下我有几句话，同你们几位，讲在当面。囚车里面，正是我们宏缘会会长，因下书人不慎，此事犯在赃官杜尊德的手内。我们本会得到了消息，特派我们弟兄，在此等候囚车。我们是奉总会的差遣，在此等候多时，你们虽是公事，我们也是差使。朋友你们若是讲面子，将囚车留下，众位转身一走，可免伤和气。如若不肯将囚车献与我们弟兄面前，可别说我们哥几个，不讲交情，那时动起手来，可别说我们手下无情，你们几位也白把性命饶上。我说对面的朋友，赶快答话，别让我们哥几个费事。"焦通海其实早就看见他们啦，先命马步的二位班头，带着伙计们，把囚车保护住啦，这才吩咐，各擎兵刃，把前面挡住。见这五个人，雄赳赳各擎兵刃，为首的站在面前，对着自己，说了一遍场面的话。焦通海一看孙启华年轻，只是五个人，也不敢大意，不知树林里还埋着多少人，暗示余人休得妄动，他自己带着四人，越众上前向着孙启华，一阵冷笑，手中擎刀，用刀尖向前一指，遂厉声喊道："对面贼人，好大胆量，你等竟敢在此拦住囚车，还要抢劫宏缘会的会匪李殿元，你们的胆量可真是不小；依我相劝，尔等即刻闪开道路，如若不然，你等可知到抱头狮子焦通海掌中鬼头刀的厉害。"孙启华闻听焦通海之言，一阵冷笑，口中说道："焦通海，某家是良言相劝，鼠辈竟敢口出大言，趁早把囚车留下，尚有尔等一条生路。如若不然，哪一个前来首先纳命。"焦通海闻听孙启华之言，不由得大吼一声，向左右说道："哪一个前去捉拿这个贼匪。"这句话

尚未说完，一旁有人说道："弟子愿往，捉拿这个小辈。"随着声音，向前一蹿。焦通海一看正是闪电腿时元，手擎木棍蹿到对面贼人的面前。

此时闪电腿时元，来到敌人面前双手把棍一横，丁字步一站，这个架式名叫将军横下铁门闩。冲着孙启华大声喊道："呔，大胆贼人，竟敢目无国法，抢劫囚车，口出大言，还不受死等待何时。"孙启华手中擎剑，微然冷笑，说道："无名之辈，还敢与我动手。"孙启华用剑尖向前一指说道："待我先结果了他。"话言未住，旁边大吼一声，说道："师弟靠后，待兄杀却这个小辈。"随着声音向前一蹿。孙启华一看，正是师兄邹雷，此时邹雷垫步拧腰，蹿到时元的面前，口中喊道："小辈看刀。"左手向时元面前一晃，右手举着鬼头刀，向时元斜肩带背就是一刀，时元见刀来至切近，往回一撤步，将棍一顺，用右边的棍头，向邹雷右手腕便打。邹雷见棍已到，随手往回撤刀，将刀一横，顺着时元的棍，将刀刃向上，一划时元的右手腕。时元赶紧往回一撤棍，用棍一挂邹雷的鬼头刀，左手棍向前，直奔邹雷的头顶便砸，这一招名叫泰山压顶。邹雷随即抽刀往回一撤身，用刀使了一个里剪腕，一剁时元的左手，如果剁上，时元的棍可就撒了手啦。时元赶紧往回撤棍。邹雷刀的招数急快，遂往上一反手，鬼头刀平着向上一挺，直奔时元的脖项。时元赶紧叉步，往下一矮身，用了个缩颈藏头，这一招真险，刀顺着时元的头顶砍过去。时元双手擎棍一转身，用右手攒住了棍，往自己身后一抡，直奔邹雷的左腿，这一招名叫扫蹚棍。邹雷是手疾眼快，刀往回一撤，用了个夜战八方的架式，见棍临身切近，脚尖一碾劲，用了个张飞扁马，身形往外一纵，一扁腿，顺着时元的棍跳将过来。邹雷心中暗想，这个贼，这条齐眉棍真够厉害。见他棍使两头，双手攒棍，使的是阴阳手，这个招数倒换得急快。邹雷认得这招数的门路，他用的招数，名叫泼风八打棍，暗藏三十六招行者棒，错非是邹雷，要换个别人，早就败在下风。对面时元，见

邹雷刀法精奇，也认得他的刀法，这招数是闪手刀的招数，用的是闪吹劈剁，剪铡撩扎，刀法门路随手乱转。时元心中暗想，这个贼人这口刀，错非是我这条棍，不然必丧在他的手中。这两个人动手各自留神，分不出高低，论不出上下。

焦通海见自己徒弟时元，恐怕不是邹雷的敌手，遂向左边说道："你们谁敢前去相助。"话言未了，旁边一声答言："弟子愿助师弟。"刚要向前助手，就听面前一声喊叫，说道："小辈，尔等竟敢依仗人多势众，尔休要逃走，待我来结果你的性命。"解德山举棍一看，心内暗中羡慕，此人长得美如少女，年纪不大，掌中擎着一口柳叶雁翎刀。解德山不容陈宝光动手，左右手捧着虎尾三节棍，两边一边搭着一节，棍环子都是铜的。虽然是木头的三节棍，这种木头最坚固，三节均是黄檀木做成，拿在手中分外的沉重，若要打在头上，就得脑浆迸裂。他冲着陈宝光，用左手棍一晃，右边这一节抡起来向太阳穴便砸，这一棍名叫单贯耳，遂喊了一声："小辈看棍。"陈宝光见棍，来的甚猛，将刀一顺用了个夜战八方藏刀式的架子，见棍来至到切近，自己用刀向解德山手腕上一砍。解德山见刀来得甚快，急速向回撤右手棍，左手棍趁势抡起来，向陈宝光右边耳根便砸，这一招名叫十字插花。陈宝光见棍来得势猛，遂将身往下一矮，棍顺着头顶过去。陈宝光趁势一顺刀，伏在地上，刀往回一撤，使了一个外缠头，这一刀直奔解德山腿部便砍。解德山见陈宝光刀临腿部相近，他把棍往回一掳，陈宝光赶紧往回撤刀，一长身，用刀尖向解德山咽喉便刺。解德山见陈宝光的刀到，赶紧相还，这二人，也就杀在了一处，胜负难分，这边小黄龙姚玉擎刀向前一蹿，打算帮着师弟陈宝光动手，对面焦通海派解德海迎战姚玉。这二人刀棍并举，也就杀在一处，胜败难分。焦通海自己擎刀，直奔孙启华，口中喊着，说道："小辈，我先把你结果性命。"孙启华一见焦通海，不由得气冲斗牛，遂说道："小辈看剑。"说着话遂用了个举火烧天式，这一剑，直奔焦通海头顶便刺。焦通海用刀相迎，这

二人也就打在了一处。此时只剩下花刀郑英桥，见师父与贼人动手，难定胜负，各施绝艺，恨不能把贼人全数结果了，准知道贼人为救李殿元，俱都是宏缘会匪，自己想到这里，莫若协助恩师，把这个使宝剑的先结果性命。手中擎刀，往前抢步，就在这个时候，就听对面呐喊，说道："贼人，你休要暗算，小太爷与你比个雌雄。"郑英桥举目一看，来的这个孩子，岁数不大，身上一身蓝布裤褂，纱包扎腰，脚下洒鞋白袜，打着裹腿，蓝布巾包头，一双手擎着一把匕首尖刀。郑英桥细看，敢情是这小子，原来是南阳府署衙内勒死了少爷，逃走的李进。

那郑英桥见是李进，心中暗想，这劫囚车的一定也是他勾来的，真要把他拿住，可是件好差使。想到这里高声叫道："把你这弃凶逃走的李进，还不束手就绑等待何时。你将少爷勒死，就应当远远脱逃，尔今日反倒前来送死，今天你还想跑吗，待我将你拿住。"话言未了，话到人到声音到，嗖的一声，郑英桥向前一蹿，纵至李进面前，搂头盖顶就是一刀。李进看见贼人两只眼睛都红了，恨不能将贼人全数结果性命，打救主人李殿元，早脱危难。见郑英桥的刀临自己头顶相近，随将身形向左边一闪，用右手匕首刀，向郑英桥胁下便捌，郑英桥心说这小子好快。遂将刀往回一抽，用了一个搂膝护胁。李进将匕首刀撤回，左手使的匕首刀，跟着向右一转，直奔郑英桥的胸膛，郑英桥将刀一反手，跟着向前一上步，将刀一推，够奔李进的脖项便剁。李进忙一伏身，郑英桥的刀，顺着头顶过去啦，李进换式进招，这二人是仇杀恶战。此时两个班头，带着五十名快手，保护着囚车，最难过的就是那囚车之内的李殿元，早看见李进率众到此，抢劫囚车，最可恨的是焦通海带着四个徒弟，竭力的抵抗。这五位英雄，与焦通海师徒五个人战在一处，真是刀光闪闪，三节棍环子的声音，又兼着那无情的老天，把天阴得如同墨色，趁着四外的青山，满目秋日的百草，含雨带露，湿满了路旁，两旁边的树木丛杂，愁云密布，阴惨惨细雨纷飞，在这大道之上，拼死仇杀。就见那义仆李

进，小小的年纪，我在平时传习他些武器，不料想，今日舍命前来救我，但愿上苍见怜，早把焦通海师徒五人结果，成全李进，为他的一片忠心。李殿元正在观看之际，就见前面仇杀恶战，谁也不肯相容。孙、邹五人是拼命恶战，焦通海师徒方面人虽多，无奈不知敌人有多少，也决不敢教他们离开囚车一步，一面担心，一面争战，又盼着后援速来，心悬两地，手脚未免迟慢，就在这个时候，焦通海师徒五人，堪堪敌不过这五位小英雄，眼看得焦通海且战且退，堪可不敌，李殿元暗中祷告上苍："但愿这五位小英雄，当时成功，杀却焦通海等辈，暂解我一时之恨。"

这时胜负已分，那闪电腿时元，棍法虽精，怎敌得了邹雷猛勇，这口刀上下翻飞，时元的右手棍抖开了向邹雷头顶便砸，邹雷见棍来得切近，将刀一顺，向右边一上步，将棍躲过去，反手趁势用刀背往下一砸，时元用棍往回一挂，向右边一转身，稍为一慢，邹雷是手急腿快，趁自己往回撤刀之际，一反手，此时时元的右腿，未能抽回，这一刀反背一砸，刀尖正划在时元的右腿之上。时元喊声不好，抽棍往圈外一跳，好在伤痕不重，当时鲜血直流。邹雷趁势追赶，时元无奈，咬牙忍疼，与邹雷招架。就在这个时候，就听那边哎哟了一声，时元用目斜视，原来是解德山带伤。解德山虎尾三节棍，与陈宝光战了多时，陈宝光这一口刀，真是神出鬼入。解德山的三节棍上下翻飞，虽然是棍招熟练，怎奈陈宝光，少年英勇，又兼着刀法精奇。陈宝光的刀向解德山的头上一剁，解德山抡三节棍由下面往上一撩陈宝光的刀。陈宝光的招数是虚虚实实，这刀看着是实招，其实是虚招。解德山用棍往上一撩，来势甚猛，陈宝光遂扭身，往后撤步，刀随着往回撤，一转身，手中刀往后一扫，这一招名叫作退步撩阴刀。只因解德山用力过猛，手中可就露了空，再往回撤棍，可就撤不回来啦。陈宝光的刀，直奔自己小腹，真要是扫上，肚腹皆崩。解德山一着急，身形向左一斜，虽然躲过小腹，可是大腿上，就着了刀啦。刀尖入

肉，约有一寸有余，哎呀一声，撤棍往圈外一跳。陈宝光岂肯相容，将身一转，用了个夜战八方藏刀式的架式，高声呐喊："小辈休想脱逃，将首级留下。"此时解德山，腿部疼痛，见陈宝光蹿过来就是一刀，斜肩带背的劈来。自己只得忍着痛，用棍招架。这时对面郑英桥，也带伤败走。郑英桥他的外号称为花刀。今天可遇见对手了，郑英桥与李进要凶杀恶战，正赶上孙启华提剑转身，两个撞了个满怀。郑英桥这才摆刀向孙启华头顶便砍。孙启华见刀来到切近，向前一迈右步，用掌中剑斜着直奔郑英桥的右手腕。郑英桥的刀可就不敢往下砍了，恐怕自己手腕子受伤。急忙往回一撤，只顾往回撤刀，他焉知道孙启华的剑术高强。虽然未挑着郑英桥的手腕，顺着劲一反手，宝剑一平，使了个顺水推舟的招数，直奔郑英桥的脖项。郑英桥是闪躲不及，只得将身往下一矮，用了个缩颈藏头法，虽然把首级保住了，孙启华的剑尖，正挑在郑英桥罩头的绢帕上，剑尖在郑英桥头上划了一道，虽然是微伤皮肉，血可就流下来了。郑英桥吃了一惊，不敢再战，遂撤刀向圈外一跳，孙启华哪能让他逃走，捧剑由后面追来。焦通海正与李进交锋，猛然见郑英桥带伤，只得抛却李进，手提鬼头刀，挡住孙启华。孙启华是一语不发，心中暗地欢喜。押囚车五个为首的，倒有三个带伤，这个囚车就在掌握之中，伸手可得，再把这个为首的贼人，结果性命，去一心腹之患。遂照着焦通海胸膛，举剑便刺。焦通海见宝剑临近，遂将身向右一闪，用鬼头刀冲着孙启华手腕便砍，孙启华见刀来的甚急，左手一推自己的右臂，身形向右一闪，宝剑的剑锋，直奔焦通海的右肋下刺来，孙启华此时动手，是心中坦然，明知道物在必得，不觉得意，一招比一招紧，一招比一招快，真是剑剑狠毒而快，直奔焦通海杀来。

唯有焦通海心中着急，一面动手，一面心中暗想，我奉南阳府杜大人重任之托，押解要犯李殿元，老哥哥汪春说过，野狐岭这个地方危险，真有这等事。匪人在此，果然打抢囚车，我师徒五人，三个带伤，只剩我师生二人，岂能抵挡这五条猛

虎似的贼人。心中一想后面的接应，因何不到，倘若来迟，差使如果丢失，如何交卸重责。焦通海一面动手，一面看着荒山野草，风声甚急，这成全人的老天，这小雨怎么反倒下紧了呢。倘若脚下一滑，更不好用武了。自己心急，未免掌中的刀，招数可就显出迟慢。孙启华一看焦通海的刀，心内说，招数要慢，老伙计你要想逃走，恐不可能。想到这里，冲着焦通海递兵刃，一招紧似一招，一招快似一招，恨不得一剑将焦通海劈为两段，方才称心。这一场仇敌恶战，真是难解难分，唯有李殿元，身在囚车之内，虽然官人挡着，看不甚清，却也看出官人要败，一面看着他们动手，一面思想着焦通海害人先害己，彼只知贪功要赏，不顾大义，陷害我李殿元，实指望将我主仆二人押往郑州，邀功受赏，尔等怎么也没想到我宏缘会血性的男儿，不怕死的英雄，在此等候，就像如此的动手，必将焦通海等辈，送入幽冥之路。想到这里，自己唉了一声，遂说道："人见利而不见害，鱼见食而不见钩。"自己打着唉声，用目一看，唯有押囚车的二位班头，五十名快手，人家是久惯办案，刚才前面一劫囚车，彼此都吓了一跳，今见焦通海师徒五人，难以抵抗，堪可不保，二位头目就知道要糟，暗着知会伙计们，预备好了，保护囚车，焦通海正然力不能敌，心中着急之际，孙启华心中暗喜，若不趁着此时下手，等待何时呢。孙启华便高声喊道："弟兄们，马前着点，把柴把点，结果性命。"这是什么话呢？孙启华吊的是江湖的坎儿，吊坎就是江湖黑话，向众弟兄们说马前着点，就是叫弟兄们快当着点；把柴把点，结果性命，柴把点就是办案的官人。孙启华这么一喊，邹雷、姚玉、陈宝光、李进等闻听，一个个抖精神，一齐向前用力加攻。焦通海一看，事情不好，师徒五个人且战且退，正在危急之际，猛然间就听一阵呐喊，顺着东西两边的树林内，转出无数的官军，把一干人众，圈在当中。

官人援军赶到。焦通海一见不由精神增长，气力倍加，孙启华此时，也就看见啦。为首的这个人手捧一对画杆方天戟，

旁边站着一个年老的，形容枯瘦，手中捧着一口雁翎刀。下首站着一个尖嘴猴腮的小子，手里头提着一口朴刀。带队的，一边一名守备，手下的官军，一个个刀枪利刃，寒光闪闪。顺左右向前一抄，把五个小英雄圈在当中。此时焦通海，可就放了心啦。为首使戟的，非是谁人，正是神手楚廷志。使雁翎刀的白胡须老人，是铁算盘汪春。尖嘴猴腮使朴刀的，正是汪春的徒弟，快手刘华。在外还有两名守备，一个叫张祺，一个叫何辉。只因前次汪春与焦通海所定的计划，由南阳府集合，汪春打手势，看着焦通海带着徒弟，并由马步的二位班头，带着五十名快手，眼看着焦通海等，押送囚车前走，他们后面保护。前后相隔总在一二里地远近。他们等着焦通海下店动身之后，又停了一会，便也动身启程，请二位守备老爷调齐了官兵，又嘱咐众人预备好了，带着官兵出离店房，顺着村内的大街向正东而来。此时天也就是五更已过。头里队伍，打着号灯，在头前引路。出离了枫柳村，向东走，越走天越亮，正走之间，汪春忽觉着方城山危险，自己心神不安，便先派刘华骑马先去看看前面的囚车，刘华依言催马而行。走了一会，汪春忽觉着雨点飞在面部，自己在马上抬头一看，浓云满天，西北风大吼，吹的道边小树来回乱晃，汪春一看这个雨恐怕下大了，遂在马上与楚廷志说道："楚贤弟，你看老天爷多么不凑巧，单赶上今天下雨。真是越怕什么，越有什么。这个地方要是下大了，还真是没有地方避雨，咱们不能耽误，还得往前赶，看起来当这份差使够多么难。"楚廷志在马上含笑说道："汪大爷，你这个铁算盘，全都算得好，这个下雨，你怎么就没算出来呢。"汪春听着楚廷志之言，忙说道："这个你可不对，你别与老哥开玩笑，倘若能算出来，我也就不受这个罪啦。"说完了，大家彼此就是一笑。就在这个工夫，就见前面蹄声踏踏跑来一人。汪春一看，就是一怔，此人正是三只手刘华，汪春一看见刘华变色，赶紧问道："前面野狐岭的事怎么样？"楚廷志在前面也看见了，就见刘华跑的喘吁吁的向汪春说道："果然不出

师父所料，小徒前去打探野狐岭，尚未到达，就见囚车停住，前面有人正在劫车，我焦二叔已经跟贼人动上手了。小子不敢少停，赶紧回来报信，请老师定夺。”刘华把话说完了。旁边众人，听着一怔。汪春回头向楚廷志众人说道：“贤弟，你听见了没有，刚才你还说，哥哥的铁算盘不好。你看怎么样，头里有事了吧。看起来哥哥这个算盘不错吧！”楚廷志闻听说道：“哥哥，应该怎么办呢？”汪春说道：“兄弟你先别忙。”回头又向刘华问道：“刘华，你既前去探信，贼人多寡，贼人可曾带了多少贼兵。”刘华忙答道：“前面贼人不多，大约就只五六个人。可是来得甚猛，我焦二叔，正与贼人动手，小子未敢耽误，急忙返回。”汪春听了点点头，遂向楚廷志说道：“贤弟，这个事情也不用我细算，焦二弟细心，先命时元打探野狐岭，前面没有危险的动作，焦二弟才押着囚车前往，到了野狐岭，可就遇上了。若据我想，这些贼人，在此抢劫囚车，他决不是早有预备，若是早有预备，时元不至于探听不出来。这些贼人，不是今天在此巧遇囚车，必是早在店内等候，天天在野狐岭瞭望。若是早有预备，他必要多带手下人，至少也得有个百八十名。据我想，他们一定是巧遇。焦二弟这几个徒弟，能为倒是不错，若真遇见能人，这几个徒弟，可是有点不行。他们这几个的能为，可都在我心里装着，咱们若不是在后面预备，这个囚车还是非丢不可。”楚廷志闻听汪春之言，遂说道：“依着老哥您的意见应该怎么办呢？”汪春说道：“你先别忙，我先把我这铁算盘打一打。”说着话仰面一想，不一刻说道：“有啦，准要是几个人在前面行劫，这个主意，管保叫他们一个跑不了。他们后面若是有的接应，那可没有法子，那只好把囚车给了他们，咱们逃走。不然也得白白饶上。我出这个主意，教官兵不要声张，多预备挠钩套索，叫刘华带着张祺，顺着右边绕至囚车侧面，挡住贼人的归路。咱们哥俩同着何辉，也多预备挠钩，顺着左边抄到前面，把贼人围住，叫小子们插翅难飞，一同擒住，押往郑州，也不枉你我弟兄在大人的面前告了

奋勇，拿住贼人，也算你我的功劳。事已至此，不能不这么办。动手的时节，是一齐向前，得力可就在挠钩手的身上。只要搭住了一个，那几个也跑不了。贤弟你想这个主意怎么样？”楚廷志闻听，说道：“兄长之言甚是，事已至此，咱们就得这么样办。”

大家商议已定，催队前行，此时天已亮了，前面也把灯笼熄灭。正往前走，就见前面兵丁回禀说道，前面已来到野狐岭的山口。汪春向前一看，两边山势险要，道路不平，路旁的山石堆叠，浑身上下的衣襟被雨打透，衣服都单薄，冷得周身寒凉，又想着在这浓云密雨之下，前面又设伏着杀人的战场。汪春在凄凉风雨之下，心中暗想，我汪春年过花甲，又赶上这么一种险恶的厮杀。想到此处，把心一横，只可调动官兵向前动手。遂向前面兵丁说道：“你们闪在一旁，听我调动。”遂向楚廷志说道：“楚贤弟，你带队在后接应。刘华你同张老爷带队依计而行，千万不可错误。”自己忙下马，各打开包袱，亮出兵刃，众人俱都收拾齐毕，分两路而行。汪春刘华，各分一百名官兵，暗进野狐岭山口，往两下一分。汪春带着官兵，顺着左边往前抄来。一面走着，一面用目观看，就见远远的大道上，好像动手的一般。汪春这时自己想着主意，临到囚车的左面，楚廷志他也跟着来到前面。汪春一打呼哨，命兵卒一齐呐喊，向前面一抄，把群雄困在当中。

此时孙启华等，见囚车的后面，有接应的官兵到此，并将自己的归路挡住。此时孙启华等众人，遂高声喊道：“弟兄们，大家一齐努力，把这群害民的官兵，一个可别叫他们走了，俱都把他们，结果性命。”说着话首先仗剑，向前冲闯。这时候焦通海正在危急之际，四个徒弟，倒有几个带伤的，堪堪囚车不保，徒弟们性命难逃。在危急万状之时，后面官兵赶到，当时把精神又振作了起来，遂高声呐喊：“你等大家努力，休要放走劫囚车的贼人。”这一声呐喊，后面五十名快手、两个班领，也帮助呐喊。此时野狐岭就成了杀人的战场啦。两个守

备，张祺、何辉，带领着二百名官兵往上一围，各擎军刃，喊道："别叫劫囚车的逃走了。"刀枪乱晃，邹雷手中擎刀，见官兵手持长枪，堪可临近，扭身向右一闪，刀顺着枪杆进去，官兵想要脱逃，那焉能来得急。这一刀斜肩带背，将官兵劈死在地。将要往前杀，就听后面金刃劈风的声音。邹雷一转身，使了个鹞子翻身，将后面暗算自己的官兵，连人带刀劈为两段。官军往后倒退，复又往上一围。邹雷见官兵枪刀乱戳，邹雷这口金背鬼头刀，就仿佛是疯了的一般，杀的官兵死尸横卧，血流道旁。这哥五个，不亚如生龙活虎。神手楚廷志，在后面督队，见邹雷骁勇无敌，官军难以进前，自己手捧一对方天画戟，一声怪叫，遂喊道："尔等闪开，待我捉拿这个小辈。"官军往左右一闪，楚廷志正与邹雷冲个满怀。邹雷见前面闯进一人，手擎一对画杆方天戟，邹雷并不答言，向前就是一刀。楚廷志见刀临切近，左手戟，往上一穿，遂向右一迈步，左手又往回一撤，此时邹雷刀可就落了空啦。楚廷志趁着他的落空，左手戟像月牙峨嵋针，正捋在邹雷的鬼头刀上，右手戟一抡月牙子，直奔邹雷的脖项，邹雷的刀是撤不回来，被楚廷志戟上的月牙子咬住，只可撒手。向后一撤步，打算转身逃走，虽然躲过楚廷志的方天戟，未提防后面的挠钩手一齐向前，密密麻麻，将邹雷衣襟钩住，邹雷此时想逃万难，挠钩齐上，将邹雷搭倒在地。孙启华在远远的看见邹雷被擒，被官人按在地上捆绑。自己已知道不好，有心向前解救，怎奈官兵势大人多，再若战久，又恐被官军捉拿，莫若暂且率众人逃走，再设法搭救邹雷。就在这个时候，孙启华抖丹田一声呐喊："弟兄们休要动手，随我来。"一面喊着，一面奋杀。李进、陈宝光，与孙启华三人抱在一处，分三面敌住官军，一面动手，一面向东南退去。就把那个小黄龙姚玉，落在后面。姚玉打算向东南逃走，与孙启华合在一处，这官兵如何肯容，四面包围，死也不放。姚玉正在不能逃脱之时，迎面来了一人，正是神手楚廷志。姚玉一看急忙摆刀，向对面来人，嗖的一声就是一刀。楚

廷志一闪身，双戟往上一支。姚玉往回撤刀，想要逃走，未防备由后面来了一人，向姚玉腿上一棍，打了个正着，姚玉身形向前一栽，趴伏在地。此时官兵向前，一齐动手，遂将姚玉，当场捕获。楚廷志威吓声音说道：“焦二弟带着徒弟保护囚车，待我捉拿逃走的三个小辈。”楚廷志将话说完，举目一看，孙启华、陈宝光、李进三人，已经杀出重围，向东南逃下去了。

第六章

怪龙岭高僧赐宝

楚廷志虽看着他们三个人逃走，有意要追，自己又害怕，如若追赶，野狐岭地势危险，倘若再有别的意外，这个事可就不好办了，只可回头。这时汪春正派人将姚玉、邹雷，捆绑着推推拥拥，官兵各擎刀枪威吓，就见汪春站在他二人面前，指手划脚，因为离着远，又兼着人多声音众，所以听不清说的什么。自己只得倒提着画杆方天戟，向人群而来。临到切近，就见这两个人，横眉立目，楚廷志向前叫道："汪大哥你先别问这两个人，那逃走了的，咱们还是追，还是搜查呢？"

汪春听楚廷志之言，遂说道："楚贤弟，你先别忙，你只顾与贼人动手，你还没看见呢，焦二弟的徒弟好几个带伤，这一干人还真是厉害，错非你我弟兄赶到，这个囚车非让他们抢了去不可。兄弟你先别忙，官兵还有好几十名受伤的，咱们此时先办理这个善后的事情。"楚廷志听了汪春之言，遂说道："大哥，你打算怎么办呢？"汪春说道："要依着我的办法，拿住这两个贼人也不用问，这个时候也没工夫问他们，把他们捆好了，咱们后头不是有两辆大车吗？把两个贼人放在车上，请

张棋、何辉，带着二十名官兵，到前面村庄，找村长，跟他们要人预备绳扛管箩，把受伤的官兵，搭在屯内将养，然后再请治外科的先生治伤。我回头派刘华奔东南追赶逃走的三匪，随后缀着他们，可千万别抓，倒看他们窝巢在哪里，让他回来报信，咱们再设法。因为野狐岭这个地方危险，倘若要有贼人前来劫抢，那可就不好办啦。我想带着五十名快手，所有的官军，与两名班头，押着囚车早离开这个险地。咱们赶到叶县再跟县里头挂号，教本县里头预备刑具，派官人预备大车，协同保护囚车，再押解郑州。张、何二位，让他们在后头慢慢的办理，咱们是先走的为是。"

汪春将话说完，冲着张、何二位说道："你们看着怎么样？"何辉、张祺二人在旁边早就听明白啦，又见汪春调度有方，只得在旁答道："汪老既然如此分派，咱们就那么办。你老到郑州，千万等候着我们，这事求您千万别把我们哥儿俩忘了。"汪春跟着说道："哪里能够呢，咱们在郑州会齐就是了。"汪春等人，把主意商定，遂吩咐官军，将拿住的姚玉、邹雷按倒，四马攒蹄式捆好，搭在车上。焦通海命受伤的三个徒弟，解德山、郑英桥、时元等人在伤口上，敷好了金创铁扇散，叫他们在车上看守那两个被擒的贼人，把兵刃预备在手下。然后叫徒弟矮脚鬼解德海携带着兵刃，带着官兵在那左右树林里面，搜查搜查，有无贼人的余党。解德海答应一声便带着官兵搜查去了。

焦通海然后吩咐官军，将那地上所抛弃的兵刃俱都拾起，放在后面大车之上，一面叫官军整队，一面与汪春商议就此起身。正在这个工夫，就见解德海带着官军，后面牵着四骑马，来到面前。解德海向焦通海说道："弟子奉命搜查，并无贼踪。只有四匹马，上面俱系着小包袱，大概必是贼人遗弃下的，听师父的谕下。"牡春在旁，跟着说道："你看那包裹里面可有公函书信吗？"解德海随即说道："弟子已经查验过了，里面只有随身的衣服，与散碎的银两，并无别的东西。"汪春闻听了点

头说道："那倒无关紧要，把马匹系在车后。"汪春看事俱都办完，又看了看张祺、何辉带了二十名官军，往道旁搀扶受伤的官军，并有当场丧命的。那受伤官兵，周身血迹模糊，哼咳之声，惨不忍闻。遂回头看见自己徒弟三只手刘华在那旁站立。汪春前向刘华点手，刘华一见，赶紧走至近前，说道："老师有何事分派？"汪春向刘华说道："刚才我交派的话，大概你也听见啦，没有别的，你辛苦这一趟吧。三个贼人向东南逃下去了，你在后面跟踪涉迹，看准贼人的巢窝，不可打草惊蛇，探准贼人扎足的所在，直奔郑州报告，我们在郑州听你的回信，你可要小心留神。"刘华说道："老师差遣，弟子谨遵师命。"刘华将话说完，汪春看着他奔了东南，追赶三个贼人去了。

汪春这种调遣，真是老谋深算。汪春站在那里扬扬得意，只顾他在这里心满意足，他哪里知道在囚车之内的主仆二人。刚才李殿元在囚车之内，看见李进带着四位小英雄，如生龙活虎一般，只杀得焦通海的徒弟三个带伤，只剩下焦通海与解德海师生二人，难以迎敌，堪可落败。若要战败焦通海，五位小英雄，必当砸毁囚车，救我主仆二人早脱缧绁。李殿元看至此处，顿觉心中一喜，不啻重睹天日。不料汪春、楚廷志带领官军赶到，将五位小英雄包围，那俩英雄当场被获。这一来不要紧，叹坏囚车内披枷带锁的、恢复前明设立宏缘会的首领李殿元，见二位小英雄被获遭擒，想二位小英雄不能救我，反倒被擒，被押到郑州，也难以有命，事不能成，怎奈天不遂人愿。幸而李进同那二位小英雄，得脱虎口。救自己的那几位少年英雄，我连姓字也不晓得。这二位小英雄也随我身入樊笼。自己想到这里愁肠万转，心若刀割，正在思想之际，猛听得前面喊叫，抬头一看，就见两旁，众官军刀枪齐摆，众差役面目狰狞，一齐呐喊"起差"二个字，不知不觉囚车往前行走。李殿元在囚车内往道旁一看，鲜血满地，那受伤的官军倒卧道旁，呻吟呼唤；并有那断头折臂的死尸，横倒竖卧，惨不忍睹。

不提李殿元囚车向前行走，再说那逃走的三位小英雄，奉

师命前来打劫囚车，事未成反而折了两条膀臂，难见恩师。含羞带愧，悲愤交集，恨苍天不称人愿。那位小英雄孙启华，领着年幼的师弟陈宝光，与那不怕死的年幼师弟李进，杀开血路，脱离了重围，落荒而走。一面走，一面回头望着，幸好，后面官军未能追赶。弟兄们不敢顺着大道脱逃，只得顺着小路穿林越岭，向东南而走。此时正值秋景，又兼着愁云密布，凄风冷雨，三位小英雄在仇杀恶战之际，只累得遍体生津，哪里顾得了冷雨寒风。今脱重围，又行在山僻之处，满腹愁肠；孙启华怎禁得这一种冷雨凄风。不由得回头看了一看，在李进面上发现一种悲惨形容。

孙启华看了，不由得心中一阵难过。只得壮着精神说道："二位贤弟，你我弟兄虽然事已如此，总算是我孙启华一时的痴愚，误中了贼人的奸计。邹雷、姚玉二位师兄，又被擒获，今总算画虎不成。可是谋事在人，成事在天，虽受恩师之重托，怎奈你我寡不敌众，又将奈何。"孙启华说到此处，止住了脚步，转身复又说道："有负恩师重任，实难与恩师见面。本欲横剑自刎，奈因二位贤弟将何以归，今愚兄转留无用之身，令恩师伤心。我打算与二位贤弟相商，你我将兵刃暂为解下，寻山中小路找一个栖身之所，再问明道路，不知二位贤弟意下如何。"

李进未及答言，就见陈宝光站在对面冷笑，向孙启华说道："师兄何出此言，自古及今，成败难定，虽然你我弟兄一时失算，误中贼人奸计，未劫成囚车，反倒折了你我的膀臂，总算你我弟兄逃出贼人的罗网，大丈夫既有三寸气在，何以为忧？就按师兄您所说的话，我们急忙寻找栖身之所，再作商议，何必作此为难之态。师兄您难道忘了，事到临头须放胆。再者说今日之事，你我弟兄未能得手，若要得手，焉有这群鼠辈的性命？这总算是不该事成，胜者何荣，败者何辱。咱们行在深山，就是说话也得留神，倘若后面有人跟下来，把咱们这话听了去，岂不是反为不美。师兄难道说就忘啦，君子防未

然，依我之见，咱们就往下寻路，找相当的所在投宿，明天再起程。虽然有这么点小雨，似乎你我这条汉子也不要紧，何必您发出这种悲惨之词，叫小弟听着不入耳，咱们可是走哇。”说着话，陈宝光把刀鞘由身上解下来，将刀插入鞘内。

孙启华听陈宝光说的这些话，复又把精神壮了起来，说道：“贤弟之言甚是，为兄一时痴愚，反不如你。”一面说着话，一面将剑匣由身背后解下来，将宝剑插入鞘内，悬于胁下。遂顺着山道，直奔了正南的山岭。

众人穿过山岭，孙启华止住脚步，向东面一看，一片黑暗的松林，在正南重叠的乱山。扭头往西观看，远山在目，山坡下一条小道，直奔了正西的山道。孙启华在前，陈宝光、李进随在后面，此时李进早就把匕首尖刀藏在衣襟底下。孙启华顺着山坡下来，来在小道，回头向陈宝光说道：“此地愚兄实在道路不熟，你们弟兄俩哪一位认识这条道路？”陈宝光看着孙启华摇头，将要开言。李进在旁边说道：“少镖头您要问这条道，我可是实在没走过，您看东面树木丛杂，恐怕没有大道。此时天可又不早啦，又赶上阴天，天更黑的早，倘若再迷了路途，咱们可就不好办啦。若是依着小人之见，咱们还是往正西走的对，不怕多绕几里，那倒没什么，只要找着相当的住处，再打听道路，咱们可就不怕啦。我记得由南阳到宜昌，是斜着一直奔正南。走山路，总得绕道，没有一直的道路。”孙启华听了李进之言，说道：“那么咱们还是往正西走的对。”陈宝光在旁答道：“兄长，事已至此，咱们就奔正西，何必犹豫呢？”孙启华闻听只得点头，先往四外望了望，看看是否有人暗中跟着，这才领头迈开大步，顺着小道，向正西走下来了。走了约在二里之遥，这个天就渐渐的黑了。看了看天，雨却停住了，满天的黑云已散，看前面一片松林，这三人穿过松林。

这时天已经黑啦，到掌灯的时分了。在东闪出一轮的明月，照耀得满天浮云乱走，星月之光，被浮云所遮，行隐行现。往四外观看，山岚瘴气，遍满山坡，一阵阵西北风，吹得

身上遍体发凉。孙启华一面看着山谷中凄凉的秋景，一面急忙赶路。三人行走，借着蒙蒙的月色，一看正西有一座矮山坡，远远看着山坡上隐隐好像有民房一般。孙启华遂向李进说道："李老弟，你看，那山坡上可有民房，现在天色已晚，不如你我到那里暂为投宿，就便问路，贤弟你想如何。"此时李进身上衣服本来单薄，又兼着夜间清冷，再加上拼杀了半日，早就身体劳顿不堪，恨不能寻找一个下榻所在。遂接着说道："既是这样也倒好，莫若咱们到那里看看。"三人议定，便顺着小路奔了山坡而来。

临到山坡之下，就见上面有一条小路。顺着小道，来到坡上一看，前面有几棵古柏，直入云霄。此时正是月明如画，借着月色一看，前面的房间，并不是住宅，乃是一座失修的古庙。孙启华等来在山门之下，举目一看，当中的山门，两边的角门，有口无门，四外矮墙破乱不堪；里面，东西配殿已然坍塌，当中正殿也是破坏不齐。并没有门窗，看这个样式，恐怕没有主持的僧人。弟兄们看着这冷落的庙宇，孙启华向陈宝光说道："贤弟，咱们既来到此处，咱们就到里面看看，里面若有主持的僧人更好，若没有僧人，咱们就在这大殿栖身，也免得露宿，可不知这个庙叫什么名字。"说着仰面往山门上一看，上面有一块匾，字迹模糊，细看才看出，上面写的是"敕建白骨寺"。孙启华看罢，迈步进了山门。李进、陈宝光相随在后。正当中的甬路，两旁边的丹墀，里面卧着断碣残砖。孙启华顺着甬路来在大殿廊下，往里一看，上面神像模糊，看不甚真。回头再看，见师弟带着李进站在身后，又见阶前流萤弱草，星光乱飞，不由迈步进殿，顺着神橱向后面观看。原来是一座穿堂的大殿，随着转过神橱，就见里面东配殿，俱已坍塌。正中的大殿，殿前的月台，就见月台之上，一片火光，细一看，原来是一个七八岁的孩子，跪在台前，面向正南。那孩子的前面有一个炭炉，上面坐着水壶，这个孩童半爬半跪，在那里吹火，又见大殿之内，隐隐的灯光。

孙启华看见庙内有人，心中暗喜，为的好在这里投宿。遂迈步上了月台，再一细看这个孩童，长得是真好看，看着面目就仿佛很熟，像在哪里见过似的，可是一时想不起来。就见这个孩子身量不高，身上穿着蓝布裤褂，足下小洒鞋白袜。

往脸上看，圆脸膛，头上梳着团天杵的小辫，扎着青头绳，前发齐眉，后发盖颈，白净面皮，两道浓眉，一双俊目，鼻如玉柱，唇似涂珠，牙排碎玉，大耳有轮，借月色看得分外真切。刚要跟这孩子说话，似乎这孩子知道外面来人，站起身形，回头一看，高声说道："你们几个人是作什么的，因何深夜来到我们庙院？"孙启华将要答言，就听大殿之内有念佛的声音，举目细看，孙启华暗吃一惊。就见由大殿之内走出一个和尚。这个和尚长相古怪，大身材，身穿灰色的僧衣，外罩昆卢褂（昆卢褂就是和尚穿的大坎肩，错非有道行的和尚，不能穿此昆卢褂）。腰中系着黄绒绳，灯笼穗飘摆，蓝中衣，白高筒袜子过膝盖，足登开口僧鞋，手拿着拂尘，乃是十八节罗汉竹，上面相衬树棕；往脸上看，黑漆漆的一张面孔，光头顶子未戴僧帽。头上亮中透光，前面头发已然脱落，只剩两道白鬓，一双蚕眉，寿毫多长。深目高鼻，唇似丹砂，颏下白胡须，新刮的日子不久。耳垂肩，就是瘦得难看。伸出手来，似乎鹰爪一般。胳膊上耷拉着皱皮，约有一寸多长。

孙启华一看，原来是一位怪僧。孙启华见和尚走出大殿，合掌问心说道："哪里来的檀越，姓字名谁，因何深夜到此，请道其详。"孙启华赶紧抱拳，口中说道："这位禅师若问，我等乃行路之人越过宿头，误至贵庙，打算在这庙内，借宿一宵，明日早行，不知禅师可肯慈悲方便。"和尚闻听，口念南无阿弥陀佛道："檀越说的哪里话来，此庙也非是小僧的主持，小僧也是行脚的僧人，原是行无定所，只因此处幽僻，庙内清雅，此处又无主持，因此带着小徒在此权住，暂为栖身。如若不嫌殿内污秽，请到里面暂为休息。"孙启华弟兄三人一齐抱拳说道："长老方便，我们可就要打搅了。"和尚回头对那孩童

说道："徒儿赶快烧水，预备供客。"遂转身说道："三位请，待小僧头前带路。"说着话和尚迈步进殿。孙启华弟兄三人，相随来到大殿。就见迎面的佛橱，上面的神像，并无五供，只有一个香炉。在佛前铺些蒿草，上面放着两个蒲团，靠着佛橱放着一个大黄包袱，在包袱外面放着一口戒刀。在东面两边有一块青石，在青石上点着一盏油灯，旁边架着火石火镰，虽有这盏半明半暗的油灯，也很黑暗。和尚伸手相让，请众位屈尊，在蒿草上休息，休怪老僧不恭，实在是庙内清苦，休要见怪。孙启华说道："禅师哪里话来，请坐谈话。"孙启华一面说着，三人一齐坐在蒿草之上。此时和尚在一首相陪，孙启华抱拳说道："请问高僧怎么称呼？"

和尚含笑答道："小僧上悟下通，乃陕西人氏。皆因带着弟子，游行至此，小僧观看此地山清水秀，庙内清雅，就在此打坐，就便传授徒弟两手笨拳。不料今日三位檀越深夜到此，小僧款待不恭，未领教三位贵姓高名家乡何处？"孙启华见和尚问他们的姓名，自己一想，我们做的事，深山幽僻之处，焉能知道呢，何必隐瞒名姓，就是说出真名实姓，也没有什么妨碍。孙启华想到此处，遂说道："在下名叫孙启华。"又用手往下首一指，说道："这位叫陈宝光，他是我的师弟，我们是河南泗水县的人。"又一指李进道："此人姓李，单字名进，乃南阳府的人，与我们弟兄都是莫逆之交，因为一同贸易，贪赶路程，越过镇店，想不到与禅师有缘相会。多蒙禅师收留，我们在此打搅了，还有一事，要与禅师相商。"和尚闻听说道："什么事，阁下当面请讲，小僧愿闻。"孙启华说道："只因我们赶路所走的俱是山场，并未经过村镇，因此无处打尖，整整饿了一天，老禅师这庙内若有吃食，今日暂与我们充饥，明日我们临行进，必然有份人心。不知禅师意下如何。"和尚闻听，遂说道："三位檀越，沿路既未打尖，我们庙里可没有什么好的，只有些馒头，还是冷的，外面有烧的开水，还有几块咸菜，恐怕你们几位吃不下去。如若肯用，那倒现成。"

孙启华闻听将要答言，旁边李进，早就饥肠乱鸣。遂在旁边答言，说道："禅师既有馒头，就能充饥，倒是很好很好。"和尚听李进说话透急，明知他们三人是饿啦。遂笑道："这位檀越您稍候一候，待小僧取来大家一用。"说话间站起身形，迈步转至神像的后面，一伸手取过一个白布口袋，放在众人面前，遂说道："众位既未用饭，你们几位包涵着吃吧。"说着话又从神像后面取出一碟子咸菜，也放在众人面前，还向外面叫道："绍先，你看那个水烧开了没有，把它提来。"那孩童回答，声若铜钟，说道："水才烧开。"随着声音，就见这个孩童，手提着水壶，从外面走进来，将水壶放在众人的面前。又从佛柜之内，拿出四个黄沙碗来，孩童用揩布把碗擦干，然后斟了四碗水，先递与孙启华，随后每人一碗。这时和尚坐在孙启华的对面，这个孩童站在一旁，垂手站立。和尚就见孙启华把白布袋的绳扣解开，由里面将馒头取出，看这馒头每个重有半斤，随手先递与李进，然后又取出两个。陈宝光随手拿来就吃。孙启华看着他二人，心中暗想，要在镖局内，这个干馒头他们绝对不吃。看起来是饥不择食，渴不择饮，到了今日这个时候，白水就馒头也行啦。孙启华看着他们，自己不由得把馒头放在口内，用嘴一嚼，分外得香。借着半明半暗的油灯，一看馒头里面就仿佛有树叶似的，嚼到嘴里，越嚼越香，还透着有点甜味。遂回头向和尚带笑说道："这位禅师，这个馒头里面有什么材料，怎么这么香甜好吃呢。"和尚带笑说道："众位檀越有所不知，这种馒头平常许多人吃不着，这是老僧在天不亮的时候，提着篮子出庙，在后山采得百花的花蕊，百草的草尖，带着露水把它采来的，用刀将它切碎，加上少许的白糖，用面将它掺在一处，再用干面将它揣在一处，搁上少许的白碱，然后团成馒头，用锅蒸好，无论搁放多少日期，它也不干，此名叫作'如意百草糕'。人要终日吃用，可以健脾养胃，生津化痰，还能强壮筋骨，又能耐饥，所以我们出家人，应当吃这个才好。你们众位吃着觉得怎样呢？"听老和尚所说，点

着头心中暗想：我们弟兄奉命打劫囚车，舍死忘生争杀半日，冒雨突风，不顾性命杀出重围，逃至万山幽僻的僧寺，讨和尚一顿馒头充饥。想起来名利二字，何如老僧这么清闲潇洒。

孙启华手拿着馒头正自发怔，猛听得旁边有人说道："檀越你吃老僧这个馒头怎样呢？"孙启华抬头一看，见和尚与他说话。这才猛然想起，刚才与和尚说话之时，自己一时的忘神。遂赶紧着说道："这个馒头实在是可吃，总算我们与老师父有缘，讨得您这百草糕。"孙启华说着话，就见这位老僧，目光炯炯，双眸似电，不由得心中一动。看这个和尚，神色也是江湖上的高人，孙启华看着，双手一揖道："我看禅师仪表非俗，定然是得道的名僧。刚才我看包袱上有戒刀一口，我想禅师一定通达武术，一定是世外的高人。小人有缘在此相会，何妨禅师明言，我等可以请教请教。皆因我等也练过几手笨拳，方敢大胆直问。"和尚听孙启华之言，合掌含笑道："阁下既问，实不敢相欺，老僧原是出家少林，拜玄同长老为师，习学少林的拳脚。因小僧年老气衰，何敢再言武术二字。今错非檀越相问，小僧实不敢言及于此。请问三位受过哪位明师的指教呢？"孙启华见和尚一问，不由得心中踌躇不决，蓦然一怔，就听和尚说道："此处幽僻，我看三位必有要事在怀，老僧早就看出来了，皆因不敢贸然动问，今说至此，方敢动问。就是阁下明言，也没有什么妨碍。"孙启华看和尚说话诚实，遂将馒头放在蒲团之上。双手抱拳说道："适才听禅师之言，我等所学的武术，也是少林西派，与禅师同宗。我之恩师他在华阴开设永胜镖局，论起来为弟子不当言讲师名，今日承禅师动问，不可不说。我的恩师他姓余双名公明，江湖人称龙舌剑镇西方。"和尚听孙启华说话至此，遂舒左臂，用手扶着孙启华的肩头，上下细看。跟着说道："汝之师祖莫非少林僧上悟下空。（这"上下"二字原是和尚的称呼，若问和尚的名字，应当请问师父传贵上下，所以著者才用"上下"二字）孙启华仰面看着和尚，遂说道："禅师何以知之？"和尚闻听鼓掌大笑，

遂说道："大水冲了龙王庙，一家人不认识一家人。老僧名叫悟通，江湖人称诨号铁臂禅师，汝之师祖悟空禅师，乃是我之师弟。你等休要见怪，此乃是门户的关系，并非是老僧攀大，你们休要多想。"孙启华、陈宝光、李进，一齐站起身形，遂向和尚说道："我当是何人，原来是师祖。弟子等多有冲撞，望老人家宽恕我等。"说罢随即下拜。此时和尚早就站起身来，将身一闪，合掌当胸，口念南无阿弥陀佛。说道："你等先坐下，有话再谈。"孙启华请老和尚先落座，然后大家才敢落座，孙启华遂向禅师问道："祖师不在少林，因何在此?"和尚遂向孙启华说道："我在头三年前，行在河南陆安府汤成县，我遇见一个人。论起来也是我的师侄，原是南派的人，后来也受少林的教训，此人根底很好。

"此人名叫潘景林，江湖人称赛李广。并有家传的一条五钩神飞枪，在步下一口金背砍山刀，若论此人能为俱都不弱，就是此人命运乖蹇。家中虽有些个余资，又遭了一场回禄，家业荡然，我遇见了他，便把我让在他的家中。我看他家道艰难，我才问他，因何落到这般景况，自己打算欲谋什么生理。他曾对我言，因朋友介绍，如今在华阴县永胜镖局镇西方余公明手下，充当一名镖师，现在请假回家。只因余公明待他很好，由柜上支与他纹银五十两，外赠予他路费十五两；命他将银两放到家中，赶紧返回镖局子，皆因镖局内人少不敷。只因老僧很爱惜他，所以他沽酒款待。吃酒之际，我看他妻子徐氏娘子，怀抱幼子，五官相貌甚好，我才一问此子生辰八字，那潘景林对我说明，我才细细的占算，此子命大福洪。我在饮酒之际夸奖此子，潘景林对我说道：'此子将才三岁，他若长成，再过几年我又是一番的为难。'我那时就问他，因何为难呢?他说皆因家中无人，此子难得教育，我又不在家，终归如何。那时也兼带我有些酒意，我与潘景林言说，此子若到七岁，我将他带至少林，传授他技艺，你还有什么不放心吗?那时潘景林离席与我叩首，向我说道：'你老人家既然成全您这师孙，

就是如同成全我潘景林一般。’我伸手把他搀起，他又将他的妻子唤至面前，当面说明。倘若潘景林不在家中，此子若到七岁，如师叔到此，命他妻子将此子交付于我，我将此子带回少林，传授他文武技艺，并让他妻子放心，绝无舛错。他妻子当面许可，这才与他分别告辞。我自己觉着倒很后悔，如若将此子带至少林学艺，岂不与他母子分离。我若不领此子，一来有误此子的前程，此子必当荒芜废学。再者出家人不说诳语，我岂能食去前言。无奈这才由上半年到潘景林的家中，将此子带走。那徐氏娘子，倒很满意，并无难辞，将子交我带回少林，我又想少林人多，我若偏袒传授此子，恐庙内人多物议，我这才想起，才来到了此处。此山，名叫怪龙岭，庙名白骨寺。这座庙宇年久失修，行人绝迹，这庙中正好传授武艺。”说着话遂用手一指那孩童道：“潘景林之子就是他，他名叫潘绍先，今年才十岁，这也是我自找其累。”遂叫道：“绍先你过来，你见过这三位师兄。”这孩童转身来至三人面前，和尚悟通禅师，遂与孙启华、陈宝光、李进三人引见。孙启华见绍先过来行礼，伸手相搀，各通名姓。彼此大家见礼已毕，然后和尚让座。

大家归座后，和尚吩咐绍先过来每人各献白水碗，此时孙启华等，已经知道和尚前后的来历，一面喝水，就听悟通禅师问道：“你们弟兄三人，据老僧看面带仓皇之色，身上又有血迹，你们一来的时候，老僧早就看得明白，并未敢问，皆因不知你们的来历。今既叙起不是外人，但不知你们因何到此，只管实说，老僧可以与你们划策。”孙启华见悟通禅师这一问，遂长叹了一声说道：“我们弟兄是奉师命前来搭救李殿元，在野狐岭劫抢囚车，弟兄五人与官兵动手，一场鏖战，邹雷、姚玉被擒。”遂又将镖局子在乱柴沟镖银被劫，永胜倒闭，直到如今弟兄三人如何逃走，误入白骨寺，前后始末，从头到尾，细说一遍，“不想在此，巧遇师祖，方敢明言，还万望师祖指引道路，我等赶奔宜昌……”

只见悟通禅师向孙启华一挥说道：“慢着，你往外听。”说

着话和尚用手往大殿外面一指。孙启华随手向外面一看，侧耳闻听。只听得大殿的外面，秋风飒飒，只见殿外明月在天，浮云远退，冷潇潇毫无声响，唯有那风急吹动的声音，充满了耳鼓。孙启华看罢，荒山古寺，远望无涯，唯有秋景在目。遂低声向和尚说道："师祖，外面只有秋风吹树，并没有别的声音。"和尚微笑说道："弟子锻炼耳音，所以练武术所学的，就是一个灵字。练成武术，人体与天体相合，得天地钟灵之秀气，取日月之精华，练得清气上升，浊气下降，不怕你我坐在屋中，外面有风吹草动，应当知晓。何况外面有偌大的动作，你尚自不觉，怎称得起武术家。待老僧变幻一个法术与你来看。"说着话站起身形，一转身向外一躬，脚下碾劲，顺着门口往外一纵，纵到门外一挺身，直蹿到大殿的房檐下，用手向上一点。就见房屋上一物坠落，扑通的一声，见老和尚随声而下，用手轻轻的提起，一转身纵至殿内，用手提着一物放在孙启华等面前。

孙启华借残灯细看，吓得目瞪口呆。今见地下放着一人，僵卧不动，细看此人身量不高，身穿蓝布裤褂，蓝布巾罩头，背后勒着一口短刀。不但孙启华看着发愣，就是陈宝光、李进也看着咋舌。孙启华吃惊问道："师祖如何知晓外面有人？此人是谁，师祖倒要指示明白。"和尚一听孙启华之言，哑然而笑。遂说道："方才你我正谈话之际，我就听见有人顺着大殿东面墙垛，往上爬的声音。我就并未理他，谁想他竟敢斗胆蹿上大殿，顺着瓦棱爬在前，偷听你我谈话。他以为你我不知，其实我早就知晓。就是我往外纵身的时候，这个小辈打算要跑，被我一伸手，用的是点穴法，把他点落于地。今把他放在面前，你们把他捆上，我把他唤醒，问问他因何来此窃听。"

孙启华闻言，向李进说道："你过去把他捆上。"李进答应一声，站起身来先把他脊背上的短刀撤下来，然后解他身上的绒绳，就势把他捆好，用手往起一扶他。李进捆人的这个时候，孙启华向悟通禅师说道："师祖，这个事容易明了，不问

可知是我们弟兄劫抢囚车未成，反倒失去两条膀臂。我弟兄三人闯重围，逃走的时候，必是他们，命这人追踪跟下。不问可知，大概此人还是他们得力之人，请师祖将他唤醒，我把他问个明白，好做防范之计。”和尚闻言说道：“也可以。”遂说着话，在这个人胸膛用手一拍。就见这个人哎哟一声，缓过气来，孙启华向前将身形一凑，借着灯光往脸上观看，这个人长得其貌不扬，尖嘴猴腮。孙启华含笑说道：“朋友，今日你被获遭擒，你姓字名谁？你奉何人差遣？大概李殿元遭难，所有的事你必尽知。你要说了实话，我们必当酌情放你，如若不说实话，你自己想一想，我们能饶你不饶你。你如若不肯实说，我们也有法子制你，你何必还让我们费事呢？朋友你说吧！”被擒的人抬头看了看，又低头看了看自己，叹了口气说道：“得啦，什么话也别说，我是错翻了眼皮啦。皆因我没看起这个和尚，没想到如今反被拿住。我姓刘单名华，李殿元的事，也由我身上所起。”说着话就把自己的事从头至尾说了一遍。

原来刘华是奉他的老师铁算盘汪春所派，暗地跟踪，追赶下来。若论起这小子的武艺，可没有多大。头一样儿就是黑夜之间，拨门撬户，偷盗窃取，再者就是白昼行窃。若论黑白两道，总算他说的出。若论采探点什么事，也可数一数二。今奉师父之命，追赶孙启华他们三人。在刘华追的时候，可就看不见孙启华他们的踪迹啦。这小子他并不追赶，顺着道上的足迹，他先把脚印认准，看着这个脚印，一直向东南而去。他这才沿道进了山路，他可就看不见足印啦。皆因地下都是山石，越过这段矮岭，爬在岭上，往正南都是乱石。正东是树林。唯有往西是股小道。刘华这小子，也真难为他，冒着风雨，此时虽然雨停，可是秋风的寒冷，也真够这小子一受的。他想逃走的人绝不能奔往东南，一定是奔正西啦。刘华遂顺着山道向西面来，一面矮着身形向四外留神。猛见前面一片树林，只因孤身一人心中胆怯，将身往地下一爬，顺着树林往里看。恰巧正看见孙启华弟兄三人在林内谈话。事情真巧，若是孙启华他们

三人不在树林中谈话，一直奔了怪龙岭白骨寺，这小子还是找不着。所以他爬在地下，看见树林内站着三人，他算着定是逃走的那三个人。原因是，四外荒山，并没有行人在此经过，他才暗暗的在后面追下来了。直跟到怪龙岭白骨寺，看着他们三个人进了庙，他并未敢走山门。顺着东面坍塌的破墙，隐在大殿东面墙垛之下。皆因看见和尚把孙启华三人让进大殿之内，他就在墙垛旁边蹲着，听不见大殿里面说些什么。

刘华这小子，一着急他才想起，不如顺着墙垛犄角向上爬。要按着绿林中窃盗调侃说，这个名叫作盘角子。他以为没有人听见，他才顺着前檐的瓦棱，爬在大殿正当中，对着门口用了一个夜叉探海的架式，两手扶瓦檐，探身形向大殿内观看。和尚与孙启华所说的话，可把人吓了一跳。他这才知道抢囚车的这些人，原来是华阴县永胜镖局镇西方龙舌剑余公明手下的爪牙，他还打算往下听；正赶上孙启华将话说完，和尚用手向外一指，叫孙启华注意外面的动作。刘华一见这风头不顺，打算要逃跑，他没想到和尚这么快，在刚一抬身的时候，和尚伸手一指就点在他的气穴之上，连哼也没哼出来，就随和尚的手掉下来了，虽然被点住，心里头可明白，就跟岔了气的一般。浑身不能动转，嘴内说不出话来，就是缓不过气来。和尚用手在他胸膛上一拍，他这才缓过这口气来。

刘华将气一顺，可就让人给捆上了。今被孙启华一问，自己一想，若是不说也是不行。无奈，只得把奉汪春之命，跟踪涉迹，追赶下来的情由，从头至尾说了一遍。

孙启华听了，复又问道："朋友你既然是铁算盘汪春的徒弟，你又说李殿元的事，从你身上所起，莫若你也说说李殿元的前后详情，我们明白明白，反正你也是得说。"刘华被孙启华问得急迫，又一想刚才一时的失言，说出李殿元的事情，此时不说也还不过口来。又一想反正是活不了，遂向孙启华说道："此事虽由我身所起，所作之事，与我无干，刚才您曾说过，我若说了实话，您必放我逃走，可是这么着，君子须言而

有信。”孙启华接着叫道：“刘华你放心，我一定放你就是啦。你赶紧着说吧。”

刘华也就不能不说啦。遂把自己无非是夜间窃取偷盗，后来皆因案情太多，才拜铁算盘汪春为师的情形说了一遍。“因为他在南阳府知府杜尊德衙内，教习武术，我是借着他的势力，做白道儿的买卖。白道儿就是白昼掏兜窃取，那李殿元遭事之先，有一天我在西大街，想要几个钱做份买卖。我看见一个行人走道慌张，一身的尘垢，看他像个行远路的人，腰中沉重，我可就缀下来啦。可巧他要购买食物，见他从腰中掏钱，我顺手由他腰中掏出一个纸包。我以为是钱钞，找了个僻静所在，将纸包打开，却是一封书信。信封的上面，有交付李殿元的字样。我知道李殿元是本地的乡绅，我这才把书信拆开。我一看这封信有关系，我又不敢让别人看，我就把这封信拿到衙门里头，面见汪春。正赶上人称抱头狮子的焦通海与我师父正一处闲谈。我师父问我有什么事，我就把这封书信交给汪春啦。我师父与焦通海一看，才知道李殿元是宏缘会的首领。这个工夫，少爷杜新带着书童李进……”刘华刚说到书童李进，他见李进在那边坐着，脸上随即带出一种不敢说的样子。李进在旁答道：“刘华，你只管说你的，我不怪你。再者这个事情都是我亲眼看见，你可就是说实话，往后还怎么样，你说。”刘华遂又说道：“因为少爷一到把式房，看见了那封书信，后来少爷腰疼，都是这位李爷伺候。少爷要入厕走动，这位李爷可就随着少爷上茅厕去了。焦通海与我师父汪春商议好了，焦通海这才拿着书信，奔了里面书房回禀知府。所回禀的事情，我可就不知道啦。后来知府把李殿元骗到府衙，升堂审讯。那时节知府杜尊德随着暗派焦通海，捉拿李殿元，暗中押往郑州。在野狐岭擒获了你们的二位英雄，我师父命我追踪涉迹，跟下你们三位爷台来的。实望跟到庙内，探听虚实，不料被擒，小子一片实言，既然被获遭擒，众位爷台，格外施恩，宽释我这条性命。”

孙启华听完，遂冷笑一声说道："刘华，我倒有心放你，不过怕你回去告诉江春对我们不利。简直的说你不死我实在不放心。"刘华一听准知道活不了啦，遂说道："唉，我就知道活不了啦，可别让我零碎着受。"孙启华答应说道："你放心吧，刀钝不了。"回头向和尚说道："师祖，我把他提到庙后，结果他的性命，您看如何。"和尚闻听，口念阿弥陀佛说道："此人是万不可留，非是老僧不慈，事到如今只得将他杀了，何必你前往？"遂叫道："李进，若没有此人，你家主人李殿元，岂能遭受这场灾祸，他就是你主仆的仇人，你还不与你家主人报仇雪恨。"

李进闻听，不由双眉倒竖，二目圆睁，牙咬的咯吱吱的乱响。厉声说道："师祖之言，却是有理。"说着站起身形，将刘华一手提起，出了大殿，放在甬道的当中，回手拔出匕首尖刀。此时众人俱到，要观看李进怎样雪仇。就见李进把匕首尖刀往口中一含，让刘华双腿着地，倒剪着二臂，如同跪着的一般。

李进右手把刀举起，用手一点刘华，口中说道："我主仆与你远日无冤，近日无仇，尔白昼窃取，巧得宏缘会的公函，你不应该将公函献于贼官杜尊德，致害得我主仆家败人亡。你也无非落一个害人的名目，也没有多大的好处。今可称得起是未曾害人先害己，你害我主仆，我今天也叫你尝尝我的匕首。"李进说到此处，钢牙咬定，把脚一顿，声色俱厉，手擎匕首，厉声说道："我恨你有二目能以窥窃，窃我宏缘会的公函，我今天先挖你的眼睛。"说着话手起刀落，此时刘华被绑，不得动转。正在心惊胆怯之际，就见李进恶狠狠手擎匕首尖刀，光闪闪向面部刺来，一阵发晕。他这一晕不要紧，李进可就得了手啦，左手揪住他的发髻，右手匕首刀扎在刘华右目之内，疼的刘华哎哟一声，李进用手向外一挖，把个泪淋淋的眼珠儿挖将出来，又用刀尖挑着，向自己口中一送，咬的咯吱咯吱乱响。随着抽刀又将左眼珠挖出放在口内，一边嚼着眼珠顺着口角流血，面目改色，余怒未消。此时的刘华，身形乱颤，两个

血淋淋的红洞，看着实在是难看。此时李进用刀尖指着他的胸膛说道：“我把你这依赖官府陷害好人的恶贼，我倒要看看你的心，是红的是黑的。”话音未了，匕首刀早就刺入刘华的心窝，刘华只一喘气，李进腕子一用力，用刀顺着胸膛一划，来了一个大开膛，里面肠肚迸出。遂将刀向口内一含，用两手的二指，扣住他的左右两肋，用力向左右一分，只听嘭的一声，将刘华左右的肋骨撕开。用刀尖照准里面的人心，向外一挑，伸左手用布捻着把刘华的赤心捏住，右手刀割断里面的心管，将心取出来。

和尚在旁边，口念阿弥陀佛。和尚因为什么念佛呢？皆因看见李进年幼心狠。和尚遂向李进说道：“如今你已拿住仇人，将他挖目摘心，难道说还有什么不出气的吗？”李进听了和尚之言，将匕首刀在死尸的身上擦了擦，插入鞘内带在腰间，然后向和尚双膝跪倒，口中说道：“错非禅师将贼人拿获，弟子何能报仇雪恨，此皆是禅师所赐，弟子这里参拜。”和尚向李进说道：“你且起来。若按江湖绿林的规矩，大英雄杀人灭迹，我命绍先帮着你将贼人的死尸搭在后面掩埋，我等在大殿之内等候。”和尚把潘绍先叫过来，又告诉他一遍，和尚悟通，这才带着孙启华、陈宝光回到大殿。

众人来在大殿之内，和尚又把青石上的油灯剔了一剔，然后就座。和尚用手一指说道：“你看刘华前来送死，非是出家人妄开杀戒，此人是万不能放。今将他结果性命，总算是大快人心，总算由贼人口中间出李殿元前后被害的情由。若不拿住此人，他在后面跟随，终归也是你们的祸根。这么一来倒是剪草除根，以绝后患。”孙启华说道：“师祖，错非你老在此，我们弟兄必为刘华暗算。这也是天网恢恢疏而不漏，报应循环，他是自投罗网，也难怪李进的心狠，他是报仇的情切……”这里和尚正要答话，此时李进、潘绍先由外面进来。李进向前说道：“奉禅师的法谕，将死尸掩埋，殿前的血迹打扫干净，我带着潘绍先回来的时候，走到山沟，借着山泉，我二人就便洗

了脸。您看看脸上都没有血迹了吧。”和尚一听，笑向李进说道：“你没看看，你们三个人衣服上的血迹，谁的身上也不少。就这个样儿走在街市之上，岂不令人生疑？应当把衣服脱下来，都得用水洗一洗，不然你们也是走不开。”说罢，和尚叫潘绍先，把开水给每人斟上一碗，跟着大家把百草糕的馒头拿起来，众人饱餐一顿，吃喝已毕，和尚命潘绍先在神橱后面取出一个瓦盆，叫潘绍先他们轮流把衣服洗净，到了半夜之后，衣服晾干了，让他们穿戴齐整。和尚向孙启华道：“皆因此山幽僻，我才在这庙内栖身，为的是传习潘绍先的武术，皆因你们到此，又杀了刘华，此处庙内不洁净，我们也不能在此久住。我带潘绍先别寻山场栖身，你们意欲何往呢？”

孙启华闻言，叹了一口气，说道：“我们先投奔宜昌康家村。”孙启华遂又把乱柴沟失去镖银，接着李进的书信，奉师命在野狐岭搭救李殿元，事毕在康家村相会，所有与师父相定的计划，从头至尾说了一遍。和尚听了此话，遂说道：“你既有前定之约，那么到了康家村，想什么主意呢？”孙启华闻听说道：“师祖有所不知，我们弟兄五人原定的计划，如若将囚车劫下，救了李殿元老先生，无非是先到康家村，不料囚车未能劫成，反中了贼人的奸计，我两个师兄邹雷、姚玉被获遭擒，当时虽不致有性命之忧，必然和李先生一同押往郑州，我们此次到康家村，可就不能说逃灾避祸啦。见着我的恩师，赶紧商议妙策，还得奔往郑州，搭救他们出虎穴，然后再想主意，恢复宏缘会，扩充势力，大家努力，保全我们的汉族。”

和尚闻听孙启华的言辞，口中说道：“壮哉血性的男儿。”

复又说道：“你们若是由怪龙岭起身，可认识道路吗？”孙启华说道：“弟子等并未走过条道路。”和尚说道：“此处属方山县管辖，你们若是由此向西南，是奔南阳的大道，这条道你们是万不能走，由南阳奔襄阳，过江城奔宜昌，可是一条最近的道路，你们不如奔东南，可是尽是山道。奔泌阳县经过确山，直奔信阳州，由崇石山直入湖北，由湖北汉阳乘江船转到

宜昌，这么走可是避免不少的是非，你们三人可有盘费吗?”

孙启华闻言，皱眉说道：“只因我们劫车之时，贴身的衣服包裹路费，现在都已丢失，我等战败弃马逃走，哪里来的路费呢。”和尚一听说道：“那倒不要紧，我与你们找两块布，把兵刃包好，我再给你们点路费。孙启华，我还有一件事，尚且未能问你，你师父余公明，所传你们的武术，都是什么功夫呢?”孙启华遂不慌不忙，就把师父所教的各种的拳脚，各样的兵刃，与蹿高纵矮小巧之能，从头至尾说了一遍。又把师父亲传青龙剑术一百单八招，从头至尾说与和尚。

悟通禅师听着点头，遂说道：“老僧我本当见着你们隔辈人，应当传授你们本领的秘诀，如今我有一事，当与你等说明，你们到了康家村，与你那恩师余公明相见之后，必得设法到郑州搭救那被囚的李殿元与你那两个师兄，他们必是锁铐加身，项带铁链。你们怎样的搭救呢?”孙启华听到此处，不由得双眉紧皱，口中说道：“师祖，有何高见，弟子愿闻。”

和尚闻听点头笑道：“我有一口得力的宝刀，就是尺寸太短，待我取来与你观看。”和尚说着话，站起身来，由神橱旁边，将那包袱上的戒刀拿下来，放于地下，仍然将包袱包好，老禅师又将小黄包裹拿到孙启华的面前，孙启华一看，里面原来是一口匕首，长约一尺二寸，约有三寸的刀把，龙头的吞口，刀形若龙尾。真金的饰检，绿鲨鱼皮的刀鞘，杏黄带子勒的刀把，相衬两个皮疙疸。就见和尚将刀拿起叫道：“孙启华你来看。”孙启华赶紧双手将刀接在手内，一看上面有崩簧，右手握住刀把，左手按住刀鞘，顺手捏崩簧，哧的一声将刀击出来，留神一看。这口刀冷嗖嗖光闪闪，夺人二目。绕眼光芒，电光灼灼，冷气侵人。用刀鞘往刀面上一敲，当啷啷的声音，正如钟磬之声，真可称得起龙吟虎啸，稀世之珍，爱不释手。孙启华遂叫道：“师祖，此刀真乃宝器。”和尚一听，微然笑道：“老僧留此无用，情愿相赐予你。”孙启华赶紧答道：“此宝乃祖师心头之爱，弟子岂敢擅夺。”和尚哈哈大笑的说

道："你见利思义真不愧侠义的门徒，此宝刀难为稀世之珍，究属杀人利器，出家人最戒的是杀盗淫妄酒。杀为第一戒，要此凶器何用。古人云，宝刀宝剑赠予烈士，孺子正在少年得意之秋，与民族争先之际，堪佩此宝，故而割爱相赠。"孙启华说道："请师祖赐教。"

和尚笑道："提起此刀年限太古，此刀乃出自大禹时所造，禹王愁做孟劳刀。只因禹王治水擒水兽之时，内有一丈毒猿，被禹王所擒，用宝链锁住青猿，押在扬州天心井中，惟此链经万年不朽，宝刀宝剑不能断之，因而静坐沉思，此链无宝器可降，愁思终夜，猛然间想起制造大夏龙雀刀所余下的良质，就质铸了孟劳刀一口。此刀小巧玲珑，可惜就是尺寸太短。此刀可能剪金削银，切铁断玉，吹发可过，迎风断草。此刀在战国之时，落于季孙氏之手，后来此刀落于少林，汝师祖将刀赐我，随身佩之已久，我未曾用此刀杀过生命，无非是护身而已。今见汝天生英俊，真可称良材良器，我将此刀赐汝，宝而藏之，不可轻视此宝，日后遇急难之时，可以做护身之用，平时不可妄用，尔可要牢记心头。"孙启华闻听此言，紧转身形，将此刀双手呈与和尚，随即撩衣拜倒，口中说道："多蒙师祖赏赐宝刀，弟子不敢言谢。"说罢向上叩头，遂说道："弟子大礼参拜了。"悟通双手接刀，身形向旁一闪，口中说道："尔且免礼。"孙启华站起身来。和尚将刀双手递于孙启华，孙启华用手接了过来随身带好。此时大殿以外星月满天，风清月朗，估量着这天快亮啦，和尚一看，东方堪可发晓，又见孙启华、陈宝光、李进三人已经饱餐已毕，遂吩咐潘绍先将馒头，仍然收在布袋之内，水碗撤去。复又向孙启华说道："天气不早，非是老僧不款留你等，此处也不是你等久居之所，老僧现有散碎白银数两，可以作为川资，你们还是依着老僧之计，抛却南阳绕走武汉奔宜昌，等到天亮，再登程不晚。"此时悟通由佛柜内，取出零碎纹银一包交与孙启华，和尚又与他们找了两块包布，命他们将兵刃包好。此时天就亮啦，大殿之内的残灯黯

淡，和尚遂向孙启华等说道："天可不早啦，待老僧相送尔等出庙，指引你们的道路，休误途程。老僧在此怪龙岭恐不能久住，咱们是后会有期，你们要沿路保重就是了。"孙启华三人听了悟通之言，险些落下泪来。孙启华所想的是落难脱逃，身临荒山，饥腹无宿，今天遇师祖，蒙师祖这一番款待，得其饱暖，顾念同门，并赐宝刀，恩深义重，黎明忽然分别。孙启华三人脸上现出一种不舍的情况来。老和尚合掌当胸，口念阿弥陀佛，遂说道："你们随我来。"说着话出了大殿。孙启华等三人，只得后面相随。出离了大殿，就见天色大亮，斜月西沉，东方曙色已升。孙启华三人出了山门，那潘绍先也在后面相送，和尚在前，绕走古柏苍松。顺着山坡的小道，度了怪龙岭，往前行走数步，前面树林。和尚率领众人穿林而过，和尚站在树林之外，用手向正南一指，叫道："孙启华、陈宝光、李进。"三人立在和尚面前，一齐答言说道："师祖有何话讲。"悟通禅师手指着正南说道："由此向南转东，离此不到五里之遥，前面有一段山沟，过了这段山沟，便是大道，直奔汉阳。你们沿路之上千万谨慎小心，你们所做的事，你们自己还不明白吗?"孙启华闻听唯唯称是，口中说道："勿劳师祖远送，弟子等就此拜别了。"说罢，三人一齐跪倒叩头。和尚将身往旁边一闪，口中说道："你等免礼登程去吧。"三人一听，站起身来，退身告别，转身向正南，顺着小道走下来了。孙启华走出数步，回头观看，见和尚仍然站在树林之外合掌目送，看意思也是恋恋不舍。孙启华不敢回头再看，直奔正南。和尚自领潘绍先回庙去了。

第七章　青阳镇奇人示警

单提孙启华三人，往南走了不到三里之遥，就见大道往南岔去，只得顺着东南的小道往前行走。道旁山石堆垒，猛听得山歌高唱，牧童方出。弟兄三人进了沟口，孙启华走至此处，触动乱柴沟的感想，想起与恩师余公明话别之时；如今劫车未成，落荒而走。虽遇悟通禅师，从中成全，如到了宜昌府，见着恩师，有负重任之托，反倒折去两条膀臂，有何面目与恩师相见。自己想到此处，面带忧容，心中一阵难过。孙启华正在思索之际，后面催促快走，孙启华只得点头往前赶路，孙启华正在思索之时，早被那陈宝光看出情景，故而以言语相催。弟兄们说着闲话，已然出离了沟口，远望山坡之下，短篱茅屋，又听得鸡鸣犬吠，才看见道路的行人。孙启华等喘吁吁行步匆忙，弟兄们过了这段山庄，才到了大道。

大道上人烟稠密，往来的客商，一个个肩负行囊，往前赶路。孙启华猛一抬头，不知不觉，就见那正东，现出黑暗暗一带村庄。遂回头说道：“二位贤弟，你们来看，红日东升，正到打尖的时候，你我弟兄在前面镇店打尖，然后咱们再问程赶

路，你看如何？”陈宝光未及答言，就听李进在旁说道：“少镖头言之甚好，你我打完尖再作商议。”孙启华遂止住了脚步，看了看四外无人，遂叫道：“李贤弟，你我弟兄患难扶持，同生同死，从今后把少镖头三个字抹去，如若如此称呼，恐沿路之上令人见疑，遇事诸多不便。再者你我这是什么时候，依我说不如你我呼兄唤弟，省得旁人猜疑，又显得无拘无束，你说好吗？”李进说：“小人怎敢？”那孙启华执意不肯，李进推辞不得，只得回答说道：“既然如此抬爱，小人谨承遵命。”陈宝光在旁答道：“应当这么办，李贤弟太爱拘礼，就凭你所做的事我们就佩服你，你一客气，倒把我们拘住啦。”陈宝光说着话就往前走，孙启华、李进后面相随。

不多时，已然进了西镇口，弟兄三人进了镇口，用目一看。好热闹的一个镇店，大概还是集场。就见东西的街道，南北对面的铺户，往来的行人，十分热闹。弟兄们正往前走，就听北面有人往里相让。孙启华一看，原来是一个小饭馆。门口对面放着十几条饭桌，就在饭桌的外面站着一个伙计，正在那里让客，见他们三人像是行路的模样。孙启华见伙计往里让，遂说道：“二位贤弟，莫若在此打尖，我看倒也方便。二位贤弟怎么样？”陈宝光在旁答道：“咱们先到里面看看。”孙启华尚未答言，伙计上前说道：“三位里面请吧，到里面看看，不合适您再到别处去。”孙启华弟兄三人进了饭馆，灶上掌灶的正在煎炒烹炸，刀勺乱响，屋子里面摆着桌椅条凳，甚是干净，后面是穿堂门，有一段花瓦墙，当中一个月亮门。来到后堂，见两旁的桌子条凳倒是很齐整。孙启华道：“伙计，你们这里有雅座吗？”伙计道：“有，有。”遂将孙、陈、李三人让进雅座，三人先要了些酒菜吃着。

此时李进早就把杯箸擦抹干净，提起酒壶先与孙启华将酒斟满，后给陈宝光斟了一杯，彼此他们大家擎起酒杯，各自饮酒。这个时候跑堂的可就忙啦。外面不断的进来饭坐，工夫不大，这个后堂的饭坐已然卖满。孙启华见饭坐很多，弟兄们又

不好商量正事，只可饮酒说些不相干的话。就在这个工夫，听跑堂的站在堂口喊叫，口中喊道："你早不来晚不来，你单等着上座的时候来，众位爷台尚未吃完，谁能给你呢。你先到外面转个弯再来，回头若有了剩菜给你留着。"又听有人在外面接声说道："得啦，你不必难为我，我要的是客人们的钱，给我不给我不与你相干，你何必往外赶我呢。"说着话就听有哎哟的声音。

孙启华顺着声音往外一看，就见外面进来一人，看着心中好生不忍，就见这个人年纪太大，中等身材，身穿旧蓝布裤褂，足下穿着一双旧洒鞋，白袜子还是高筒。腰里头系着一根蓝纱包，右手拄着一根半截竹竿。伸出手来炭条相似，胳膊上皱皮有一寸多长，左手提着一个小包袱，包袱上带着好些个尘垢。往脸上看，形容枯瘦，黑漆漆的脸膛，头上谢顶。后面白剪子股的小辫，系着蓝头绳儿，两道残眉，里面长的寿毫堪可遮目。塌眼皮，看不见眼珠。额头丰满，两撇掩口胡须，颏下胡须约有半尺多长，根根见肉，大耳垂轮，低着头，一面说着话，一面往里走。伙计怎么拦，也没拦住他。就听他说道："何必呢，那不是修好哇。"说着话进了后堂，向各桌上的客人讨要。就听他说道："众位吃不了的剩菜剩饭，赏给我点吃，实不相瞒，我两天未曾吃饭，众位可怜可怜我吧。我是落魄的，万般无奈，实在是腹中饥饿，求众位爷台们赏赐赏赐吧。众位不嫌弃我，可以管我一饱，永世不敢忘报。我还不白吃，我送给您一相，我看过麻衣相，水晶集，董柳庄，不敢说深通相法，不信我与众位说说，可以能断当时的吉凶。哪位先赏给我头一份，众位不肯看相，我绝不要求。哪一位愿意看，我就当时在众位面前献丑。"就见他将话说完，仍然挨着去。走了好几桌，连一个给他钱的都没有。转来转去，转到正起。这张桌子不但不给钱，还直赶他，嫌他身上褴褛不堪。吃饭的客人大声说道："你这个乞讨的，你也得看看，你够多么的污秽，满脸的鼻涕，又是眼泪，一看你，实在令我呕心。我们还让你

相面，你趁早儿躲开，别让我们看着你呕心了。”就听这个老人说道：“爷台别生气，既不相面，又不赏给我什么，何必这样嫌我。谚云：‘莫笑他人老，转瞬白头翁。’我也不愿意这么老，谁让我上了年纪，这有什么法子，看起来人可别老，人要是老了，讨要都不值钱。”这个老人口里叨叨念念，就转到孙启华他们的桌案之前。口中说道：“这三位公子，您看见了没有。那边那几位爷台，也不相面，也没有赏赐，还说了许多的闲话，三位公子爷，您相面吗？”看陈宝光那个样式，就要哄开这个老人。

孙启华忽然心思一转，想和这个老人问问道路，当时便止住陈宝光，向这个老头说道：“老人家，偌大的年纪，何必生气，他若不赏给你钱，你不会再上别处去要吗？”孙启华将话说完了，就听这个老人叹了一口气道：“三位公子，只因我自幼爱读相法，以相面为生，我也很赚过些钱，开了一座相馆，不过相医不能自医，卜不自卜，我也曾算过我的八字，流年不旺，未想到回禄呈凶，一把火，把我的相馆并所存的积蓄皆烧成灰烬。万般无奈，只可卖卜为生，与人家细批八字，善观气色，也倒可以糊口。不想时运乖蹇，年老气衰，染病在床，以至病体痊愈，衣服当卖一空，还拖欠下店饭账无力偿还。多蒙那店房主东家，慷慨仗义不加催讨，我得以脱身。我想往渑池县寻找弟子，因无盘费，遂落到乞讨之中，至今两日未能一饱，我刚在那边桌上讨要，反招惹出一套闲话。公子看我年老无依，实在可怜。三位公子成全我一饱吗？”孙启华听了老人凄惨的话语，遂触动惜老怜贫之念，遂问道：“老人家您贵姓？”老人闻听咳了一声，遂说道：“我身贫至此，还敢担贵字吗。不才老朽姓谭，原籍海州人氏。因事流落在此，也算奔忙一世，如今行无定所，三位公子见笑见笑。”孙启华闻听，含笑说道：“老朋友何必这样的客气，富贵乃人生之定数，今日与阁下在此见面，总算是有缘，何在乎这一顿酒饭。你老人家只管放心，我愿你与我同桌而食，你老可能赏脸吗？”老人一

听，叹了口气说道："唉，若能赐我一饭之德，只要我有三寸气，不敢忘报。"孙启华带笑说道："这算的了什么？"遂向跑堂的说道："给我们这里添一双杯筷。"跑堂的赶紧过来，向着老人道："得啦，你真能跟人家三位公子坐在一处，这倒好啦，省得你讨要去啦。"老人家一听正色说道："将心田放在当中，处处都有好人。"伙计遂说道："我给你老把杯箸预备好啦，请你入座吧，小心别吃多了。"

这位老人也不理会他，随即落座，孙启华拿起酒壶来，给老人满上一杯酒，又向跑堂的说道："你再与我们来两碟菜，再来两壶白酒。"孙启华张罗这位老人喝酒，陈宝光在旁，看着心里很不满意。心中暗想，我们这个时候遇的是什么事，哪有工夫管别人的闲事。自己又不好拦阻，只得随着。大家吃酒，李进看着这位老人酒量还甚豪，孙启华不住的添酒要菜，唯有这个老人大吃大喝，和他说什么话，只是一语不发。孙启华问了几句，见老人不答，心中生气，有心上火，心中又想，做好人索性做到底吧，也就不再问了。哪知酒过三巡，菜过五味之后，老头将酒杯往前一推，不住的定睛细看，孙启华被他看的脸红耳燥。遂向老人说道："谭老先生，阁下目不转睛看我这是何意？"老人点了点头说道："未领教公子贵姓？"孙启华见老人问，又不得不说，遂说道："在下姓孙，这是我两个兄弟，一个姓陈，一个姓李。"老者将话听完，点头说道："三位公子休怪老朽言语唠叨，休怪老朽言直口爽。方才我倒并不理会，也搭着我吃了这几杯酒，再猛然一看，三位公子印堂发暗，眼角发青，脸上气色不正，下眼皮发黄。若按着相书上的说法，下眼皮的下边名曰脸部，若是发青，必有口舌是非。若是发黄，有官司当头，眼下发赤，必有血光之灾。何况三位少公子，眼下发黄，印堂发暗。据老朽来看，三位满面暗淡，又透出凄惨的形象。休怪老朽口直，这个相法，往远者说不过十日，十者为贯数，这是往远处说。往近处不过终日，终日就是今天哪。不出今日恐怕有横祸临头。三位可要慎之，休怪老朽

口直，别把老朽之言作为儿戏。”这位老者将话说完，一仰脖喝了一杯酒。

陈宝光在旁边一声冷笑，心中想道：“孙师哥这是自招烦恼，吃完了饭就走够多么好，非要多管闲事。请这老头子一顿饭，其实他吃这顿饭也不要紧，还给人心里添堵。真是花钱找别扭。”不由得冷笑说道：“谭老头，您说这话好没有道理。我们弟兄三人，与你初次会面，再者我们是行路的人，又不做犯法之事，您就吃您的酒，我们又不求您相面，您何必说出这种的言语，让我们弟兄心中不安。你偌大的年岁说这无稽之谈，有什么用呢，也就太不自量了。”说着话脸上带出不满之色。李进在旁一看，忙劝道：“师兄您吃您的酒，这位老者又没跟您说话，咱们管这个事干嘛。有孙师兄陪着他说话哪，咱们喝咱们的酒。反正……你又何必和他动气呢？”陈宝光一想，吵一回，老头也是白吃，又何必呢。遂伸手举起酒杯满饮了一杯。陈宝光遂不以此事介意。唯有那孙启华，定睛细看那陈宝光与李进的面部，面上的气色与老人所说的相法相同。自己暗想不问可知，我的脸上气色也是如此。自己想到此处，不由得毛发森然。心中暗想，倘若我们弟兄再有遭遇，这便如何。自己一想，不由得一着急，酒往上一涌，险些吐出酒。只觉得头沉目眩，手扶着桌案，自己心中后悔，不当多贪几杯。那老人说道：“三位公子休以老朽拙口为是，不过我按着相法的批判，但愿无事，倘若相法有验，老朽必当面质事实。”说罢，哈哈哈鼓掌大笑。跑堂的在旁边一看这个老头子吃饱了，乐起来啦。孙启华见老人说罢，鼓掌大笑，虽然是落魄的形容，双目开合之间，精光彩蕴，隐含着放荡形骸英雄的气态。遂接着向老人说道：“这位老者所说之言，不过是我们弟兄脸上出现了一种晦气，叫我们弟兄谨慎。错非是您熟识相法，岂能看得出来呢。但凡我们行路之人，虽然不招灾惹祸，我们自当遵守谨慎二字，虽然我这二位兄弟不懂相法，我也觉得我们弟兄气色晦暗。我这里先谢谢你老的金石之言，天也不早啦，咱们吃饭

吧。彼此都要往下赶路。”孙启华说着话叫道：“堂官。”伙计一听，赶紧来到桌案之前，笑嘻嘻的说道：“众位爷台要什么饭菜，请您分派。”孙启华说道：“可口的饭菜，来两盘，随着来饭。”伙计答应一声，转身出去，工夫不大，将饭菜一齐端上，孙启华大家将饭用毕，叫伙计算账。在这个工夫就见那谭老头站起身来抱拳说道：“多蒙厚赐，恕老朽口直，我要与众位告辞了，咱们前途再会。”说着话提起小包袱抱拳告辞，出了饭馆扬长去了。

孙启华自己觉着吃酒过量，又兼这几日的奔波，觉着身体劳顿，自己打算在此住上一宿，明天赶路。遂与陈宝光、李进说道：“二位贤弟，劣兄我饮酒过多，身体不爽，我打算与二位贤弟相商，在此店内住宿，明日再走，咱们可以住得吗？”李进一听，手扶着桌案看了看左右无人，低言说道：“兄长，咱们离开这是非之地，不如强挣着往前赶路，我看此处危险。”李进这句话将说完，陈宝光在旁接着说道：“李贤弟，你也太小心啦，据我想这个地方后面有店，也很清雅，再说我师兄身体不爽，就是在此住一宵，也没什么妨碍。”孙启华听了，看了看李进，自己心中又添上一分的难过。明知李进这个人谨慎，又想陈宝光不乐意走，他因我身体劳倦，实在难过。遂向陈宝光说道：“论起来应当遵着李贤弟之言为是，怎奈我酒往上涌，不如咱们在此暂宿一宵。明早赶路。”李进道：“师兄既然身体不爽，休息一日又有何妨。”孙启华遂叫道：“堂官。”伙计赶紧的过来向孙启华问道：“爷台什么事？”孙启华向伙计问道：“你们这店里，后面有闲着的房间吗？”伙计笑道：“天将过午，又不是让客人住宿的时候，里面的客房全都闲着哪。您请随便住吧，你老愿意住哪间，您就住哪一间。有的是房子，有的是房子。”孙启华说道：“既然如此，很好，你同我们到里面去，连饭账算在一处，明天早晨我们再开付。”伙计一听说道：“就是吧，众位爷台随我到后面来吧。”

孙启华三人随伙计到了后边，挑了三间上房，那伙计连忙

打了一盆脸水，请三人净面。孙启华等净面以后，就想要坐在炕上休息休息，只见伙计又扛了六床棉被，放在炕上俱都铺好，又泡了一壶茶放在炕桌之上，将杯斟满。遂向孙启华说道："众位爷台喝茶吧，我到前面照看照看，到用晚饭的时候，我就来伺候您哪。"孙启华摆手说道："你去吧，我们也得歇歇啦。"伙计转身出去。孙启华站在屋内用目一看，虽然是土房，后面有三个后窗户，倒觉着屋中很清亮。孙启华遂脱鞋上炕，在当中盘膝一坐。陈宝光、李进一边一个坐着喝茶，陈宝光喝了两杯茶，自己想着，这些日子，连一天舒服觉也没睡，今天好容易坐在炕上，底下铺着棉被，又喝着热茶，比较在荒山古寺之中，凄风冷雨之下，真是天渊之别，想到这里，不由得向孙启华说道："师兄您看，今天较比荒山古寺……"这一句话未说出来，将说到这个"比"字，孙启华手快，一反手把陈宝光的嘴捂住，孙启华用目瞪了陈宝光一眼，向外努嘴。陈宝光自知失言，脸上觉着烧得发赤。孙启华低言说道："二位贤弟，这事是随便说的吗。你真不谨慎，不过你我住在店房，明日还得早走，皆因小兄身体不爽，若不然咱们一刻也不能在此逗留。怎么着我们也得往下赶，等到用完了晚饭，咱们是早些睡觉，在这个店里，你们是少说闲话。"陈宝光往外看了看，只得低头不语。孙启华向陈宝光、李进说道："你们哥儿俩要是劳乏，你们就随便歇息，我觉着这个酒喝得很难过，你们睡一觉吧。"李进此时坐在那里，前仰后合有些困倦，嘴里唧唧咕咕，也不知说了些什么。孙启华看他歪在那里沉沉睡去。陈宝光这几日也沿路劳乏，随着也就躺在炕上睡着啦。

虽然孙启华酒没喝得甚多，只因谭老头的一句话，心里一烦，酒就涌了上来，酒一涌，就仿佛喝醉了似的。虽然看着他二人倒在炕上，自己觉着一阵心中难过，就要呕吐。随就赶紧由炕上下来，出了屋门，打算打个僻静地方把酒吐出来。站在台阶上看了看满院幽雅，非常洁净，不好意思吐，随即下了台阶，不由得身形乱晃，脚底下如同踩着棉花一般。就觉着头上

发晕，荡荡悠悠的不好受，遂歪歪斜斜的奔了西边夹道。来在夹道内一看，也是扫得干干净净，怎么好意思吐呢。遂又顺着夹道往北，后面还有一个院子，靠着两面墙角有一个小门。自己一想，大概这门里必有厕所，倘若呕吐不出来，倒可以小便。自己想到这里，用手扶着西墙，慢慢的走到门口，往西一看，在小门里边有一个慢八字的木头影壁。在影壁当中挂着一个木头牌子，上头写着黑字，上边写的是武学二字。孙启华本是练武的，不由心中一动，莫非这里面还有把式场子，心中这里想着，两腿早不由己的走了过去，就听里面有人大声喊道："用心好好的练。"

孙启华一听，就知道有人练武。有心退出来，又想着要看看。正巧这个木头影壁有一道板缝，紧走两步，隔着板缝往里一看。就见里面好宽阔的一个空场子，四周围的土墙，满都是栽种的柳树，当中地势平坦，靠着北面五间土房，在上房门口外面，放着一张八仙桌子，两旁摆着条凳，在八仙桌中间有个茶具，在上首放着一个罗圈式的椅子，在椅子上坐着一人，长的相貌凶猛。大身材，穿着青绸子裤褂，脚下鹰脑洒鞋，白袜子，打着裹腿。往脸上看，青中透暗，两道抹子眉，一双金睛，大鹰鼻子，阔口，两耳如锥，花白剪子股小辫，颔上连鬓络腮半部花白髯，坐在椅儿上腆胸叠腹，带出一种凶恶的形象。在身后站着五六个人，高矮不等，年岁不一，个个都是雄赳赳，威风凛凛。在条凳两旁，也有站着的，也有坐着的，都是三十来岁，个个俱都透着雄壮。每人穿戴打扮都是一样，都穿的是蓝布裤褂，脚下洒鞋白袜，纱包扎腰，蓝布巾包头，斜勒麻花扣。长的都是脖短颈粗，两旁约有五六十个，俱是精神百倍。孙启华看这个样式，当中坐的必是教师，两旁一定是徒弟。这个意思是教徒弟练功夫，我倒要看看练的是哪一家的拳脚。仔细一看，在西面摆着兵刃架子，上面十八般兵刃件件皆全。刀枪剑戟斧钺钩叉，鞭锏锤抓镋链拐棍槊棒，在旁边花枪单刀摆列两旁。孙启华正在观看之际，就听椅子上坐的那个教

师向徒弟们说道："你们这些孩子们，教与你们打一趟拳脚都打不好。一点功夫也没有。腰不是腰，腿不是腿，可惜了我这点功夫。你们不想用功夫只想多学，一趟拳都打不好，还想着多学，一趟拳要是打好了，比练十趟还强。你们要这样，不把我气死吗，怎么练来的，这拳打了半趟就会忘啦，我再看看你这个小红拳，还记得住吗？"孙启华就听那人叫道："金魁你过来。"那人这句话未说完，由下首转过一人，身量不高，身穿也是一身蓝布裤褂，脚下洒鞋白袜，腿上打着裹腿，头上蓝手巾罩头，脸上长的凶顽，黄白的脸面，一脸的横肉，两道棒槌眉，一双吊角的二目，大蒜头鼻子，薄片嘴，连鬓络腮的胡须，两耳扇风，看着就不是良善之辈。就见这个人站在教师的面前，口中说道："老师唤弟子有何吩咐？"就见那位沉着脸说道："我叫你做什么？你练的那趟小红拳是怎么练的？把一趟拳都练散啦，一点劲也打不上，我叫你来是怕你的拳再忘了，你打趟小红拳我看看，练不好回头我让你在树底下跪着，我看你还要脸不要脸。下场子去练。"就见这个人答应一声："是。"就来到场子当中，两脚并齐，双手往外一伸。孙启华隔着影壁缝一看，不由得好笑。就见他伸腰拉胯，打出来的拳不是拳，腿不是腿，可惜这一趟拳，让他练了个乱七八糟。那人糊里糊涂练完了之后，站在当中，向着教师说道："师父你看看这趟拳打的好吧。"就见那个教师用手把桌子一拍，险些把桌子上的茶碗震落，把双眼一瞪，将要责罚练拳之人。就在这个工夫，由里面条凳后头奔过一人，爬在教师的耳边低言耳语了几句，就见这个教师，点了点头，站起身来说了句："今天不练了，你们先别走，过一会还有话和你们说。"说完，那个人奔了后面去了。

孙启华见场子要散，恐怕叫他们看见，多有不便，自己就撤身顺着角门往回走，由夹道来到上房门首，慢慢的进了屋门。就见陈宝光、李进倒在炕上沉睡未醒。自己在外面走了一走，觉着心中很舒服。自己也脱鞋上炕，斜着身枕着包袱，稍

微倒了一倒，觉着一迷糊。就听陈宝光那里说道："天不早啦吧。"孙启华睁睛一看，就见李进坐在那里揉着眼睛。孙启华往外看了看跟着说道："大概是要黑啦。"这时李进问道："大哥，你身体好点了吧。"孙启华点头说道："这个时候心中很爽快，你们大概也睡够啦，咱们该用晚饭了。吃完了饭，咱们早睡，明日还要起早赶路。"李进听了孙启华之言，遂转身由炕上下来，到了外面，站在门口喊道："店里的伙计呢？"这句话尚未说完，就听前面有人答言说道："来了您哪。"李进一看，仍是前面那个跑堂的伙计，笑嘻嘻就来啦。伙计说道："爷台您唤我有什么事？"李进接着说道："你到屋里再告诉你。"说着话伙计跟着李进来到屋内。孙启华一看伙计来啦，遂说道："我们叫你没有别的事，你给来两个炒菜，一个汤，随着就上饭，酒我们是不用啦，吃完了，我们还要早些歇着呢。饭菜一齐来才好。"伙计闻听，笑嘻嘻的走出，不大的工夫端上饭菜。三人将饭用完，孙启华向伙计说道："店饭钱明天早晨再算，你把桌上收拾干净，我们要睡觉啦，没别的事，你也别惊我们。"伙计闻听，答道："是了，爷台你请早点安歇吧。"说着话就将桌上一切饭具，赶紧收拾完毕。伙计说道："还有事吗？"孙启华说道："你去吧，我们收拾就要歇着啦。"伙计答应了一声，直奔前面去了。

孙启华叫李进把房门关好，将门闩插上，重又把被褥收拾收拾。孙启华由炕上下来，将鞋穿好，低声向陈宝光、李进说道："你们睡觉，可别将衣服脱去，枕着兵刃包裹，头冲着里面，咱们是小心为妙。"陈宝光、李进二人点头，孙启华转身将桌上的灯烛熄灭，复又转身来在炕沿旁边，看了看他二人已经倒下啦，自己坐在炕沿上，深为后悔。离开是非之地不当贪酒，若不贪酒，哪能住在此处。自己应当警诫自己，从今后酒要少吃。又回思白昼，老人与我们谈话，看那个老人，又有些个奇怪，看起来江湖道上无奇不有。又想起店房的后院，又有这么一个把式场子，不问可知，这个开店的在本镇里，一定是

个人物。自己坐在炕上，正然思想，又听得村镇上更鼓齐敲，天交初鼓。自己一想，莫若早些安歇，明天也好赶路，想至此处，往炕上一歪身，枕着包袱刚要睡，猛听着前面的窗户纸，就仿佛有人用手弹的一般，腾腾的乱响。

孙启华一惊，翻身爬起来，坐在炕上侧耳一听，只听得外面声音微细，有人说话，说道："里面有人吗？"孙启华不语，就要推陈、李二人，又听外面低声说道："别言语，我是白天相面的，你们住的是贼店，快快开门。"孙启华听着耳熟，好像是白昼之间相面老者的声音，遂用手按了按腰间所佩的兵刃，刚要答言，就听外面说道："你把门开开，我有要紧的事情，与你相商。"孙启华在屋中答道："你稍等一等。"孙启华由窗缝偷看，果然是白天那个姓谭的，遂慢慢的来在屋门，轻轻的把门闩撤去，将门一开，身形向旁一闪，斜着身按着刀往外一看。

外面明月将升，借着月色一看，果然是白昼的老叟，赤身伛偻而入，向里面摆手。老者低言说道："声音轻点，有话到屋中再谈。"孙启华按刀将身往后一撤，就见老者迈步进入，形若猿猴，就见他一转身，将门照样的关好。冲着孙启华点头，低言说道："你们三人祸到当头，还在这里盹睡不醒。"孙启华低声说道："谭老者，你夜间来此何为？"谭老头低声说道："我是特来报信，只因白昼之间，一饭之恩，我岂能忘报，此处乃蛇蝎之乡、豺狼之地，不可久留在此，迟则有祸。你先把他们二人唤醒，待我一同说知，你们好作防范。"孙启华一听，明知这位老者，必是异人，遂点头说道："您稍等一等。"孙启华走到炕前，用手将陈宝光、李进推醒，此时这二人皆因连日的劳乏，倒在那里甜睡正浓。被孙启华一推，二人坐起身来，就见白昼间那个谭老者与师兄站在炕前。他二人睡眼蒙眬，遂问道："师兄，什么事？"孙启华遂低声说道："谭老者前来报信，说此处危险，命我把你们叫起来一同说明，你们休要高声，恐怕别人窃听，多有不便。"陈宝光遂向谭老者问道：

“老先生有什么事只可请讲。”谭老者闻听，凑至三人的面前，低言说道：“你们三位大概还认识我吧。”陈宝光说道：“我们弟兄实在是眼拙，请问大名。”谭老者带笑：“在下名叫谭光韬，我祖上乃是前明功臣之后，只因满清入关，占领中原，我才由家中起身，欲访挚友，行在湖广的地面，巧遇我一个当年的老友，此人已出家做了和尚。他本是大明的宗亲，此人姓朱双名德畴，只因大明的江山，一旦付于东流，他遂在福建双龙山少林寺削发为僧。人称痛禅上人，他的法名上宗下兴，我与他多年未见。此次一见，他就将明朝川湖总督何腾蛟，在西川设立宏缘会，在福建建宁府，设立分会，并有先明的遗老功臣良将之后，协力辅助的情形告诉我。并说必要时，恢复前明疆土，得以保全我们的民族免受外人的压迫。事情将有头绪，尚未完全有效，他就问我欲往何处，又说道：‘此事不宜宣传，理当严守秘密，阁下暂找一个幽僻之处，听候我的佳音，倘若事成，宏缘会会友，天下都有，倘若同志群起相应，阁下望风寻找，岂不是我们的膀臂吗，何必你奔驰徒劳无益。’我一想深为有理，我就问他，阁下欲想何往呢。他对我说，机密之事，岂能轻易泄露于人。阁下不必多问，请各自便。我也未敢往下深问，那痛禅上人，扬长而去。我见他去远，我就由湖广地面，来在此处。我看此地幽僻，我在山坡下结草成屋，暂为栖身之计。我遂作出放荡形骸，貌同乞丐，终日里胡言乱语，佯为疯癫之状，好令人不疑，作为隐匿藏身之计。不料今日清晨，由茅屋走出，欲到青阳镇。行在途中看见一人，面貌相熟，想了多时，我才把他想起，他本是南阳府一带之大贼，此人姓汪单字名春，外号人称铁算盘。他今已年老，须发皆白，我当时不敢相认，我想此贼，来到此处，必然有事。我在暗中就跟了下来，没想到，他就奔了这里而来。我早就知道这个店房的掌柜，不是安善良民，我在这里住了多日，这镇店里所有的人，没有我不知道的。这个掌柜的名叫赵如虎，外号人称野毛太岁。他有五个儿子，名叫赵金龙，赵金魁，赵金彪，赵金

豹，赵金雄。本庄人称赵五虎，本镇上没人敢惹。前面开着饭馆，后边是店。他由前二年设立一个把式场子，招聚镇上的土棍，在场子里面练习棍棒刀枪，还有江湖之中的几个小贼，明着在他这里学艺，其实是在他家内躲藏。后来我打听出来，他是北派黑虎门的门徒，那个门户，原来讲究偷盗窃取，断道劫财。可好的，他在本地面没有案，我是深知，今天我是暗中跟着汪春。等我跟着他进了西镇口，就见他进了这个院内。我就想起来啦，他也是北派黑虎门的人。汪春到了店门，他正要往里走，忽然间又止住了步。他站在门外往里看，他往你们那个桌上一看，我就多了一点心儿。我可不知道，你们跟他有什么事。我就见他问外面的伙计，问你们是刚来的，还是早来的。那伙计跟他说道：'他们是刚来到，工夫不大。'他这才转身由饭馆前面绕到后院，双手敲门，就见里面出来一人，问了他几句，这人就进去啦，想必是与他通禀。我在暗中观看，这时赵金魁就由院内走出，两人见面非常亲热，可就把他让进去了。他们只顾让人，可就没把后门关上。我在外面看着，我一想莫若我也跟着进去，暗中听听他们说些什么。就是有人看见我，都知道我疯疯癫癫，把我往外一轰，也没什么说的。我想到这里，我可就溜进去了，就在你们住的这个上房的后面，还有一个院子，也是上房三间。两边还有东西配房。西边就是把式场子，我就在上房的后面后窗下窃听。听他们说完了话，吓得我魂飞魄散。原来他在南阳府，杜尊德署衙内充当教师，传习少爷杜新的武术，后来我听到陷害乡绅李殿元，并有焦通海助纣为虐，把个堂堂宏缘会的表率，诱获押往郑州，行在方城山野狐岭，遇见抢囚车的五个人，汪春设计，在后面接应，还有神手楚廷志，当场拿获二人，逃走了三人。汪春就派他徒弟快手刘华，在后面追踪涉迹，追赶下来。汪春这个时候，把受伤的官兵连差使，先送到牛家屯住宿，然后聘请名医调治。所有杀死的官兵，让乡正地保找大车拉到牛家屯，备棺掩埋，各立标记。汪春把事办完，告与张祺、何辉两个守备，并通知焦通

海，楚廷志，带着受伤的徒弟，押着囚车，赶奔郑州。留下官兵扶持受伤的人，并请外科名医调治。汪春他也不放心快手刘华，他打算跟众人商量明白，如要追上这三个人，并不动声色，看着这干人，受何人所使，为何抢劫囚车。他这主意是想一网打尽，免去后患，他要独立其功，这才与官军分手，由牛家屯起身，一路上也没追上刘华。他打算赶到青阳镇，再说他与赵如虎又系同门，来到店前，可巧就看见你们三位啦，他没敢进来，怕你们看见他。他这才绕到后门，拜访赵如虎，并将前后事和赵如虎说明，并恳求赵如虎竭力帮忙。如若拿住你们三人，他还要在知府杜尊德的面前，保举赵如虎。我在后窗之下，听得明白，不知你三位是谁，我又一想，你们三人既劫囚车，搭救李殿元，必与宏缘会有关。在这个时候，我就由后门出来，绕到前面进到饭馆之内，仍然作出乞丐的形骸沿桌乞讨，没想到你们弟兄三人，慷慨大义，恤老怜贫，赠我一饭。我在吃酒之间，看见你们弟兄三人，印堂发暗，目下发青，我这才开口乱说相法，叫你们弟兄三人见笑。饭后我与三位告辞，其实我并未走，我就在外面暗中留神。你们三人不但不走反倒住宿，你们这岂不是自陷虎穴吗？我在外面看着不忍，绕到西院，我看四外无人，我才越墙而入，借着树影遮住我的身体。我这才由西面，奔了后房，看了看四下无人，就在后室外窃听。我在外面听他二人商议已妥，他们打算在三更时分，趁你们睡熟之际，率众到前面一同下手。我又听了，并没有别的主意，仍然顺着北面转至西面，我恐怕你们不知消息，特此前来与你们三人送信，早做防范。你们千万不可大意。还有一件事，若不然你们酌量着，趁此远逃，也是一条妙计。走为上策。我还得到后面去看看。”谭光韬将话说完，转身来到室门口，听了听外面没有动静，随手将门一开，探身往外，由门口之内，一纵身蹿到院中，脚尖点地，纵身房上，直奔后面去了。

此时孙启华、陈宝光、李进，弟兄三人一看谭老头，虽然年迈，形若猿猴一般，一转眼踪迹不见。孙启华一面关门，暗

自嗟叹，低声向李进说道："这就是你我弟兄的奇遇，临难的救星。他老人家偌大的残年，尚能如此的灵便，你我弟兄正在年轻，若讲究小巧之艺，咱们真比不了他老人家。看起来，强中自有强中手，刚才谭老前来报信，我有一句忘神未答，所说的让你我趁此脱逃，早离开这是非之场。可是你我弟兄，是等候听那谭老者的回信呢，还是赶紧走呢？"孙启华这句话尚未说完，那陈宝光初生犊儿不怕虎，冷笑答道："师兄你好胆怯呀，就是你我弟兄逃走，贼人岂肯相容，一定他们也要分头追赶，莫若依小弟的主见，祸到临头须放胆，咱们遇上了这个事，莫若先下手的为强，不如咱们大家亮兵刃分头放火，见了贼人便杀，先给他个措手不及，反正咱们也是一个跑，不如杀他几个也解消解消我们的怨气。"孙启华道："你太任性了，你不想想，彼众我寡，如有疏失，悔之晚矣。"陈宝光一听此言，不由得怒形于色，遂冷笑说道："师兄，你我若不下手制人，必得受人暗算，再者说这个开店的又有多大本领。谭老者前来泄机，此时正是天授于我，你我还不趁此下手，等待何时。"孙启华紧皱双眉，并不以陈宝光的话为然。那陈宝光尚未再言，就听李进在旁说道："孙师兄，或走或战，快拿定了主意。难道说你我坐而待毙吗？"孙启华说道："就是你我弟兄由此逃走，也得把兵刃预备在手下，将身上收拾利便了，倘若动手，也省得误事。"陈宝光、李进二人一听，把包袱拿过来，打开包袱把兵刃取出，背在身后，把长衣服折叠好了，包在包袱之内，勒在身后，弟兄三人才收拾齐毕，听外面村镇上更鼓三敲，正要破窗而走，就在这个工夫，耳听外面有脚步的声音。陈宝光一摆手，冲着李进低声说道："来啦。"孙启华回手亮剑，爬在门缝往外看，借着月色的光亮，看着东西两边的夹道，人来了不少，就要上房包围。

铁算盘汪春与野毛太岁赵如虎，他二人在后面商量计策，为的是捉拿他们三人。他哪里知道有人在背后偷听，他们一点不觉，仍然按着所定的计划进行。赵如虎让他的五个儿子赵金

龙，赵金魁，赵金彪，赵金豹，赵金雄等五人，还有五十余名徒弟，个个都带着随手的兵刃。唯有这五位少庄主，每人一条齐眉棍，武艺高强。棍的招数是泼风八打，三十六招行者棒，都是赵如虎的亲传，都有万夫不当之勇。

此时汪春见赵如虎，将事分派完毕。汪春说道："贤弟，此事千万不可打草惊蛇，晚点儿倒不要紧，回头打发伙计到前面看看，等他们睡着了，再设法拿人。不过他们三个，也是笼中之鸟，跑也跑不了，回头先叫伙计到前面看看，只要他们睡着了，咱们大家再奔前面，先将上房关住，大家一拥齐上。"赵如虎说道："兄长，只管放心，这事都交给我啦。"说着话，看着小伙计周三道："你到前面上房，探听探听，三人睡着了没有，只要是上房没有动静，赶紧回来报信。"周三接着说道："遵命。"转身出去，轻轻的奔了前面，顺着西边夹道，转到前面，上了台阶，往屋中一看，见灯光已熄，侧耳倾听，一听屋内有人说话。就听里边有人说道："天际不早，你我还是早睡的为是。"再往屋里听，什么也就听不见啦。这就是周三误事的地方，你倒要听明白了，你再回来报信哪，里面人是睡熟了没有？别看周三透着机灵，其实他是没办过事，就是这么一点小事，也未听明白，他就奔了后面报信去了。来到后面，正赶上赵如虎与汪春坐在那里说话。赵如虎见周三由外面进来，遂问道："你到前面探听的消息怎么样？"周三跟着说道："小子奉命，到前面打探，正赶上他们三人要睡，再听可就没有什么动静啦。请东家自己定夺。"赵如虎未及答言，汪春在旁说道："俟等他们睡熟了，咱们的人也就聚齐啦。然后再为下手。"赵如虎点头说道："也好，周三你到后面看看，如果人都到齐了，赶紧禀报。"周三答应一声，转身出去。汪春、赵如虎正在吃茶说话，就在这个时候，猛听得更鼓三响。周三由外面进来，向赵如虎说道："外面已然把人调齐，都在后院等候。并有五位少爷带着五十余名徒弟。将兵刃俱都预备在手下，专听庄主爷的分派啦。"赵如虎一听，急忙说道："汪大哥，外面人齐

啦，怎么样?”汪春说道：“既是天已经到时候啦，你就让他们进来吧。”赵如虎向周三说道：“你告诉五位少爷，叫他们众人进院，千万不可大惊小怪，将脚步放轻着些，在院中等候。”周三转身出去。赵如虎派他的下人，预备他的齐眉棍，工夫不大，有俩人抬着齐眉棍，赵如虎接了过来。这时就听窗外有脚步声音，赵如虎回头向汪春说道：“大哥，你老预备兵刃，后面人都到齐啦。”汪春把自己的包袱打开，将雁翎刀取出来，又拿出一根绒绳，放在一边，这才把身上的大衣脱下来，折叠好了，用包袱包好，然后又用绒绳把刀鞘捆好，往背上一背，在胸前斜勒麻花扣，把自己的小包袱也背在身上。赵如虎手提着齐眉棍，汪春紧跟在后，二人双足垫劲，来到院中，见众人各擎木棍站立两边，在院中站着的，约有百十余名，俱都是蓝布裤褂，纱包扎腰，脚底下洒鞋白袜，打着裹腿，各擎木棍刀枪，一个个都是相貌狰狞，虎视眈眈。

赵如虎向众人低声说道：“汪老兄带着龙儿、魁儿，由西面绕到前面院内。我带着彪儿、豹儿、雄儿由东面夹道，绕到前院集合。”赵如虎将话交代完毕，大家一同起身，奔了前院而来。虽然脚步儿轻，人多却是声音大。这时屋中孙启华、陈宝光、李进，三人把兵刃收拾齐毕，正要越窗而走。就在这个工夫，汪春他们已经赶到，孙启华一听院内有脚步声音，遂低声说道：“二位贤弟，你听外面有了动作。”李进闻言，隔着门缝往外观看，借着月色光亮一看，人都满啦。陈宝光回手亮刀，遂向孙启华说道：“师兄，您看外面这些人，可都是冲着我们来的，您打算怎么样?”孙启华说道：“莫若你我由后窗脱逃，还是不动手的为是。”陈宝光皱着眉说道：“师兄您说什么，由后窗逃走，我想前面这些人，堵着屋门，后窗外面，也必有人把守。如今焉能逃走，据我看咱们就祸到临头须放胆，您打算在屋子里头等着吗?人家都拥上来啦，如若闯进屋中，那时候你我再想动手，也施展不开，倒不如咱们给他个先下手的为强。”说着话，陈宝光就将门闩撤去，把门一开，先扔出

一条凳子，紧跟着一摆刀，蹿到院内。就听院内呐喊一声，叫道："不好，他们有预备，蹿出来啦。"孙启华知道难免动手，便和李进各亮兵刃，也就跟着蹿到院内。

陈宝光由屋中蹿出来，就听前面喊道："小子们不必乱动，待我派人擒他。"陈宝光举目一看，见说话的人这个人，五官相貌在月下看不真。只见他手中擎棍，气派雄威，身旁站着五个人，俱都拿着齐眉棍。在他身后站着一个人，头上额发苍白，手擎雁翎刀。两边的人，刀枪密摆，就听当中擎棍的那人说道："雄儿，你还不上前等待何时。"就听下首站立最末的那人，答道："父亲，休要性急，待孩儿上前捉拿此贼。"说话之间，直奔陈宝光而来。陈宝光与对面之人相近，借着月色一看，这个来人身量不高，身穿青绸子裤褂，脚下洒鞋白袜，打着裹腿。往脸上看，素绢帕罩头，斜拉麻花扣。青中透黑，一张脸面，两道浓眉，一张火盆口，酸枣似的眼睛，大鼻子，两耳扇风，项短脖粗，手擎齐眉木棍。陈宝光一看，高声一喊，大声说道："呔，来者报名，你爷刀下不死无名之鬼。"说着话将刀一晃，用了个外缠头，按刀塌腰，夜战八方藏刀式，说道："小子进招，刀下纳命。"来人听了，不由得气得高声乱叫，大声喊道："少爷赵金雄的便是。小辈看棍。"赵金雄双手举棍上左步，左手棍一晃，单手往上一举，右手棍，用了个泰山压顶的架式，照准了陈宝光搂头便砸。陈宝光见棍临头切近，将身向左一闪，迈左腿，双手捧刀，斜着向赵金雄的肘下用刀刃一划。赵金雄见势不好，往回撤右步，用右手棍往回一带，跟着跳了起来，左手棍冲着陈宝光头顶便打。陈宝光见棍来的甚急，将刀往回一撤，随着一翻手，用刀尖向赵金雄的左胳膊便挑。赵金雄见刀来得急快，左手棍往回一撤，用了个二郎担山，右手举棍一矮身，向陈宝光腿部便扫。陈宝光脚尖一碾劲，身形向上一纵，顺着赵金雄的棍跳过来，一矮身将刀往后撩，直奔赵金雄的腹下便砍。赵金雄随手将棍一扫地，这一招名叫支篙赶船，陈宝光的刀，险些磕伤，只听腾的一声，猛

然一惊，陈宝光复又翻身与赵金雄杀在一处。

此时孙启华早已亮剑，要想协助陈宝光。不料身旁跳过一人。孙启华一看，此人身量高大，细腰扎背，双肩抱拢。身穿蓝绸子裤褂，洒鞋白袜，素绢罩头。对面相近看得很真，黑漆漆的面孔，一脸的风疹，两道细眉，大鼻子，薄片嘴，两耳无轮，手提一条齐眉棍，见孙启华由屋中跳将出来。遂双手执棍，迎着孙启华，向上一蹿，一声呐喊，说道："尔小辈还不抛刃受死，等待何时。今有你家大少庄主赵金龙在此。"孙启华口中说道："无能小辈何必报名。"话到人到声音到，宝剑举起，对着赵金龙头顶便劈。赵金龙双手举棍向上一架，孙启华忙即收剑斜身，宝剑从底下往上一撩，此招名叫进步撩阴。赵金龙退步抽身，双手握棍身形往下矮，用棍一碾，用的是横下铁门闩的招数。孙启华用了个旱地拔葱，由棍上面一跃，跳在右面。孙启华脚刚落地，不料这小子的棍法出奇，用右手单臂，身形往左一撤，将棍抡起来擦着地皮，直奔孙启华的左腿腕。孙启华趁势往起一跳，才把这一招躲过去。赵金龙双手握棍，孙启华用了个疾行绕步捡金钱的招数，这一剑直奔赵金龙的面门而来。赵金龙将棍向外一磕，孙启华随手撤剑，金鸡独立的架势，右臂向上一举，剑尖冲下，左手一指赵金龙，这一招名叫魁星临斗。赵金龙随即撤步抽身，举棍相迎。孙启华、赵金龙，这二人杀了个难解难分。

李进持匕首要想协助孙启华，就在这个工夫，顺着西边转过一人，此人姓韩名申，是赵如虎的徒弟，正与李进走了个对面。他见李进年幼，手擎一对匕首尖刀，遂迎着李进喊道："这个小辈竟敢找死，你看枪。"随即一抖杆儿，枪尖直奔李进的胸膛而来，他哪里知道李进这对刀的厉害。李进见枪已到胸前，向右一上步，用匕首刀向枪杆上一贴，左手刀贴着枪杆往里一推，随着向前一上步，韩申喊声不好……那韩申的左手四指，被刀削落。韩申哎呀一声，撒手抛枪，就想逃走，好狠的李进，跟着向前一上步，举起右手的匕首刀，对准韩申的后脑

往下一落，只听哗的一声，刀尖顺着韩申的太阳穴扎了进去，脑髓迸流，当时丧命。这时李进听着后面有人暗算，急转身，左手匕首，照准来人的后脑，往下一落，就听扑的一声，鲜血暴流，此人死于非命。李进刚要转身，迎面扑过一人，手擎齐眉木棍，口中喊道："贼人竟敢拒捕官军杀伤人命。"说着话举双棍照着李进便打。来人正是赵金魁，李进见来人五短身材，棍法来得势猛，李进一矮身向左一闪，右手刀往里就递，照准来人的右胁便扎。赵金魁见贼人身体灵便，遂用右手棍向回一挂，左手棍直奔李进的耳边便打。李进一矮身，棍就从头顶上过去啦，李进借势往前一纵，左手刀直奔赵金魁的小腹。赵金魁双手抡棍，用了个横下铁门闩，骑马式，用棍一砸李进的手腕。李进撤左刀，递右手刀，两个彼此往回一撤兵刃，李进往前一蹿，赵金魁用棍相迎，二人战在一处。这弟兄三人，与赵氏群寇争斗，分不出高低胜败。

铁算盘汪春，一见三人骁勇无敌，若要单打单斗，难以取胜。遂向野毛太岁赵如虎说道："如此动手，谅难取胜，不如大家一拥齐上，活捉三盗。"赵如虎闻听，点头说道："此言有理。"遂吩咐手下的门徒，大家一齐拿贼，千万不可后退。赵如虎的主意，打算把三个贼人都捉活的，不可伤害他们性命，众人一听庄主谕下，一个个抖起精神，向前围攻，舍命似的往上冲。无奈孙启华等，就如同生龙活虎一般，不肯束手就绑，死力抵抗，这时候庄兵，伤了好几个。无奈弟兄三人，仰仗手明眼快，招数纯熟，正在紧急之际，里面一片喧哗。孙启华一看，内中有赵如虎的三子赵金彪，并有四子赵金豹，向前相助。野毛太岁赵如虎，也跟着蹿上来，喊叫着赵金彪协助赵金龙，捉拿使剑的孙启华，又令赵金豹帮着赵金雄，捉拿使刀的贼人，休要放他们逃走。汪春带着徒弟，与本地的四十名乡勇，各擎刀枪挠钩套索，一齐由外面往上攻。这个时候伙计们掌起灯笼火把，在四外照耀着，照得满院光明，就如同白昼一般，又令徒弟们呐喊，喊叫拿贼，赵如虎亲自擎棍，在四外照

料，恐怕他们三人逃跑。他这一喊不要紧，惊动了青阳镇的住户，真是惊天动地，海啸山摇。

唯有孙启华、陈宝光、李进，弟兄三人被困中心，难以逃脱。没想到他们是人多势众，一拥齐上，虽然自己掌中刀上下翻飞，遮前顾后，观左看右，还得留神李进，替李进担心。只因他的兵刃太短。一面动手，一面留神。就见李进虽然年幼，这一身勇气，亚如活虎生龙一般，虽然是弟兄三人，动手甚勇，这个时候，只有招架之力，没有还手之力。又搭着赵家五虎，抡五条齐眉棍，真是风车相似，错非他三人气力勇猛，不然难以逃脱。他三人见势不好打算逃走，怎奈四周的长枪短刀挠钩套索，不住的往身上递来，一不留神，就得被获遭擒，哪有逃走的机会呢。汪春指挥着众人往上围，看这三人被困在内，犹如笼中之鸟，老贼汪春以为今日必得成功，手提雁翎刀，在外面欢欢喜喜，指挥着拿人。那老贼汪春正在得意之际，此时这弟兄三人都惊慌失措堪要被掳，猛然间就听得一声喊道："放着把式不练，怎么凑着伙儿打架呢，你们大家愿意把我掺上吗，咱们打一打，倒可以凑趣儿。"赵如虎听着房上的声音，不由得吓了一跳，抬头一看，借灯火之光看的甚真，就见在房上站着一个老叟，细看原来是在街上要饭的那个老头儿。

只见谭光韬今日与往日不同，在身上斜背一个小包袱，背上背着一个剑匣，双手捧着一口明亮亮的宝剑。赵如虎明知此人来历稀奇，遂高声说道："你这个老头子休要多管闲事，你可小心你的首级。"这位老者，在房上金鸡独立的架式站着，哈哈哈一阵的狂笑，喊道："赵如虎，尔在此欺压乡绅，勾结盗贼，尔不思改过，反勾结老贼汪春，欲害三位小英雄，汝岂不知老夫暗中的动作，岂能受尔等的诡计。汪春与你合谋，尔等以为事在必成，老太爷心中放你不过。赵如虎放着买卖你不做，陷害英雄，老太爷今天多了一点事，我在后院给你放了一把火，大概这时候，也着起来啦。"说着话站在房上，用手向后一指。赵如虎回头往后一看，就见后院火势凶猛，照得满天

通红。

赵如虎一看，心中着急，有心后面救火，又怕这三人脱逃。如若不救，后面房子一烧，所有这些年的积蓄，皆在后面，想到此处，进退两难。看着房上老叟，咬牙切齿，用棍指着谭老头说道："你这老匹夫，你家赵太爷，与你有何仇恨，你在后面放火，荡尽我的家财，尔还不报名来受死，等待何时，你还等你家太爷，上房擒拿你吗？"老者闻听仰面大笑，口中说道："你死在眼前还欲害我，老太爷乃无名氏是也。我掌中的宝刃，这几日欲吸人血，汝父子的血肉，当染我的剑锋，我不欲结果尔等性命，怎奈尔等誓不欲生，我将奈何。"说着话由房上一纵，向院中落下，正跳在赵金雄的面前。此时孙启华、陈宝光、李进，正与赵家五虎，杀的难解难分，猛见谭老头在房上说出这言辞，持剑蹿了下来，赵金雄撇了陈宝光，摆棍向谭老头，劈头盖顶就是一棍。就见谭老头，不慌不忙脚踏实地，微微一侧身向前一上步，用剑向赵金雄的胸上一横，只听噗的一声，赵金雄的木棍折为两段。赵金雄见棍一折，转身要走，谭老头哪肯相舍，单手举剑，照着赵金雄头顶，向前一挫，用了个顺水推舟的招式，就把赵金雄的脑袋推下来啦。这时红光迸现，身首异处。谭老头刚要转身，后面赵金虎见五弟丧命，双足一蹿，用棍照准谭老头腰部便点，谭老头提剑，随即转身，用剑一横，后面赵金虎的棍，只听啪嚓一声，赵金虎的棍头，随声坠地，赵金虎就欲逃走，谭光韬手疾眼快，一翻手用了一个反臂劈丝，宝剑的剑锋，正劈在赵金虎的天灵盖上，只听啪嚓一声，将赵金虎的头颅劈为两半，当时丧命。赵如虎见二子丧命，急得牙齿乱咬，大声嚷道："此贼可恨至极，快快与我拿下。"众徒弟一个个奋勇当先，各乡勇挠钩套索，一齐向上乱递，谭老头一看众人齐上，挺身挥剑迎敌，身起剑落劈死数人。

谭光韬原不肯多杀无辜，怎奈这些无知的愚民，受赵如虎的指挥，竟不顾生死，向前抵御。谭光韬只得举剑向前。这一

来不要紧，挨着死碰着亡，擦上筋断骨伤，眼看着人头顺着谭老头的剑锋乱滚。谭老头真亚如虎入羊群，剑刃过处，骨断筋折。这一阵厮杀，尸体满院，血溅庭阶。又搭着火光的照耀，那尸横满院，血迹淋漓，只杀得众人不敢上前。谭老头将剑舞动如飞，遂挥剑直奔赵如虎，一面向前动手，一面向孙启华三人说道："尔等还不逃脱，等待何时，后面自有老夫迎敌。"按江湖的黑话，就是让他们三个人快走。孙启华将话听完，把剑一摆，垫步拧腰蹿上东房。陈宝光、李进，也随着蹿上房去。三个人，由东配房蹿到东墙外，出离短巷，顺着镇街，一直奔了东镇口而来。

孙启华弟兄三人，由镇东口逃出来，顺着大道，一直奔了东南逃下来了。走了约有二里，弟兄三人回头一看。就是青阳镇内，火光未熄。弟兄们又往前走了约有一里多路，靠着北面有座树林，李进向孙启华说道："二位兄长，咱们先到树内暂为休息休息，再去不迟。"孙启华点头说道："也好。"三人刚进树林，就见林内有一人，手中提着明亮亮的利刃倒把他弟兄三人吓了一跳。孙启华正要相问，就听树林里那个人说道："你们弟兄三个，怎么才来呀？"

第八章 郑州城盗狱劫牢

三人大吃一惊，止步细看那人，正是年迈的老叟谭光韬。孙启华遂向谭老头说道：“老人家倒走到我们前面来啦。”谭老头微微含笑，对孙启华说道：“只因我挡住群寇，让你们三人脱逃，并非是怕你三人被获遭擒，皆因我不忍多杀无辜，若不然就是我这口剑，可能将他们全都诛绝。我看你们三人走后，明着我跟他们动手，暗中我是不让他们救火，那后院的火光焰烈，贼人巢穴已遭回禄之下，老朽这才追赶你们三人。我看你们走得太慢，因此我在林内等候你们。其实贼人失却巢穴，万不能在此驻足，他们总得逃走，所以我为什么等你们呢，就是方才老朽在屋中，与你们谈话的时间仓促太短，没问你们根派门户，因何抢劫囚车搭救李殿元，可以对老朽说说吗，让老朽明白明白。”

孙启华闻听，赶紧向前抢步行礼，口中说道：“老人家今日搭救我等性命，当谢活命之恩。”谭老头伸手相搀，口中说道：“这点小事，何足言谢，你们的礼也太多了。”孙启华三人站起身来，往树外看了看四面无人，遂说道：“承劳动问，提

起来，大概也许晓得，恩师家住河南泗水县，姓余双名公明，江湖人称镇西方龙舌剑，在陕西华阴县的东关，开设永胜镖局。”遂把乱柴沟丢镖，李殿元遇难，以及李进报信，奉命在野狐岭劫抢囚车，误走深山白骨寺，巧遇悟通禅师，赠刀指路，经过青阳镇，方与老人相会，只因贪酒过量，才误入了他们的店内，夜晚之间多承老人相助的情形说了一遍，又道：“不然，岂能逃出他人的毒手。”孙启华从首至尾说了一遍，谭老头将话听完，遂又问道：“李老员外因何事犯，这事我真有些不明白。”孙启华遂又讲了白骨寺，巧获快手刘华，逼问口供，刘华供出实情，都是那焦通海、铁算盘汪春二人主张，设谋共骗，以致李员外被获遭擒的经过。

就在这时，李进在旁边接着答言，遂又把自己勒死杜新，与华阴县报信之事，从头至尾说了一遍。谭老头一听，叹了一口气，遂说道：“我量你等是谁，原来是余公明的弟子，我就知你们与宏缘会有些关系，我才伸手搭救，不知道这里还有这些情由，余公明并不是外人哪，你们听师父常说过吧，有一盟兄，是南派嫡传，玄妙观的剑客，你们可听你师父说过吗？”孙启华闻听老人之言，登时说道：“老人家您原来就是谭老伯父吗，恕弟子眼拙，不敢相认，师伯在上，受弟子等一拜。”谭光韬伸手将他们搀起说道：“别多礼啦，现在不是那时候了。”谭老头低声说道：“那么你们弟兄现想何往呢？”孙启华道：“我们奉师命赶奔宜昌，面见恩师，设法到郑州搭救李员外，与二位师兄，早日离开虎穴，不料中途巧遇师伯。不然我们弟兄岂不遭了毒手。”

谭光韬将话听完，遂点头说道：“李进这个孩子倒有点儿志向，急中有智，深明大义，不避险恶，千里报信，舍命救主，可敬可佩，可惜只有这一团英勇，就是武术的根基太浅。我想收你做个徒弟，你看如何？”谭光韬这话，是爱惜李进。李进这时就当急忙叩首拜师，这真是个好机会呀。没想到他不但不磕头，而且站在那里看着老人发愣。陈宝光是个性紧的

人，看着也是很高兴，今见李进发愣，在旁答道："兄弟，老剑客要收你为徒，还不快快磕头吗？"李进闻言，遂说道："少镖头有所不知，老剑客收我为徒，我当然是求之不得呀，怎奈我是做下人的身份，我怎敢高攀，如让我家主人知道，我也担不起呀。"谭光韬一听李进之言，叹了口气说道："此子可见临难不失主仆的身份，不乱主仆的礼节，可称得起是异人，你今拜我为师，日后我见着你的主人，我把你赴汤蹈火，临难不避，这种忠义，与他说明，让他收你作为义子，大概就没有别的说的啦。"李进一听，赶紧双膝跪倒，口中说道："老师既肯如此，弟子敢不从命，恩师在上，受弟子大礼参拜。"谭光韬并不相搀，口中说道："好小子，你磕头吧，为师受你大礼。"李进大拜完毕，孙启华在旁说道："师伯今天收了弟子，我给你老人家叩喜啦。"谭光韬用手相搀，大家彼此见礼已毕，孙启华遂向谭光韬说道："师伯，天不早了，弟子要跟你老人家告辞，师伯你想何往呢？"谭光韬叹了一声，说道："我应当回归青阳镇，我那个小屋子里，还有我的行囊，我又舍不得你们三人。今天我送你们三人几站，以免我放心不下。"孙启华赶紧说道："既是如此，弟子等求之不得。"谭光韬遂命孙启华三人，将兵刃包在包袱之内，将身上的衣服整理整理，一同出了树林，奔了东南的大道，向下赶路。此时天气也不过刚亮。

这时众人正往前赶路，四人直走了一天。眼看着日色西斜，路上行人稀少，已然到了入店的时候了，爷儿几个打算住宿，怎奈这个地方并没有旅店。只得向前赶路。又往前走了约有十数里地，就见前面崇山阻路，都是高山峻岭，并没有住户。谭光韬止步，向孙启华说道："孙贤侄，你可认得这条山路吗？"孙启华答言说道："弟子走过这条道。"谭光韬闻听，哈哈的大笑。孙启华道："老人家你笑什么？"谭光韬说道："今天我行到此处，我想起一件可笑的事迹。前次我在青阳镇时，我不是与你们说过吗，我在汉阳遇见了痛禅，我二人分手，投奔河南。也兼着天稍晚一点，我经过这个山岭，这座

山，属确山县所管，名叫确山。这条道是奔信阳的大道。素日我就知道这条道路难走，是贼人出没的所在，我正往前走的时候，由南边树林里，蹿出一人，手持钢刀，断道抢劫。我一看这人四十来岁，身上穿的很整齐，相貌凶恶，我一想，这可是喜事到啦，可喜的是什么呢，皆因我这些个日子走道的盘费缺少，他这一劫我，我的盘费可有主啦。我想到这里，心中说道，咱们来个贼吃贼，我先哀求，让他放我过去，没想到这个贼人，非要我的性命不可。他蹿了过来，给了我一刀，我一上右步，左腿抬起，用了个十字摆莲腿，就把贼人的刀踢飞啦，跟着往前一进步，使了个玉环步，鸳鸯脚，正踢在贼人胸膛之上。我过去把他按住，把匕首尖刀，放在他的脖颈之上。我跟他要断道的银钱。谭光韬说道："这小子苦苦的哀告，他说他叫陆云，没看出太爷是个能人，饶命吧！本应当将他结果性命，奈因他哀求的可怜，我这才在他的兜子里，摸出三十多两银子，我就把他放啦。今日我走到这里，想起前番的事，不觉可笑，今日咱们又到了这里，你们三个人跟着我走，不要紧，可也得留点儿神。"

谭光韬一面谈着话，就来到东山口，天已快掌灯啦。孙启华在旁边说道："师伯，天不早啦，咱们找店住下吧，明天一早咱们再赶路。"谭光韬说道："那么也好。"又走了不远，越过树林，就听前面有人说道："客官老爷们别往前走啦，再走就错过了宿头啦，您住在我们店里，房屋也洁净，伺候也周到，几位往里请吧。"谭光韬听伙计往店里让，抬头一看，坐南的大门，门口儿挂着一个灯笼，上面有红字，写的是"迎宾客店"。店里的房子不少，谭光韬心中想道：这个店看着令人心疑。一看这伙计也太伶俐，身量不算高，身上穿着蓝布裤褂，腰中系着一个围裙，脚底下穿着白袜洒鞋。从脸上看，长的刀条子脸儿，两道小眉毛，一双小圆眼，小鹰鼻子，薄片嘴，看着那个样儿，很透着精神。谭光韬看着说道："我们倒是有意住店，可有干净房间吗？"伙计一听，笑着说道："请进

去看看，房子不相宜，您再走，请进来吧。”谭光韬遂向孙启华说道：“咱们进去看看去。”孙启华抢步上前，来在谭光韬的耳边，低言说道：“老伯父，这个店近不靠村，这个地方又僻静，行路的人又少，这个地方真危险。”谭光韬向孙启华低声说道：“不要紧，你不要管，什么事都有我哪。”说着话谭光韬往前走，弟兄三人在后相随。店内伙计，用手一指南土房，遂向谭光韬说道：“老爷子，你老人家看看，这三间上房怎么样，三位爷台，可以将就着住下吗？”谭老头向伙计说道：“这三间没有客人吗？我看着不错，我们就住这三间吧。”伙计一听，向前抢步，口中说道：“几位爷台，就往屋里请吧。”爷儿几个跟着进到屋内，伙计出去给众人拿灯取水去。

孙启华低声向谭光韬说道：“老伯父，我看着这个店不安稳吧。”谭光韬带笑说道：“你太细心，安稳不安稳，咱们爷儿四个还怕什么？都有我啦，你不要多说。”孙启华只得不敢多言。就在这个时候，伙计从外面进来，端着一盏蜡灯，后面跟着一个伙计，端着一盆脸水。就见前面的伙计，将灯放在桌上，后面的伙计将脸水放在地上，转身就走。临出门的时候，复又回头向里一看。孙启华在旁边看着这个伙计，两眼发贼透着可疑，就听谭光韬说道：“你我大家先洗脸，然后再叫伙计预备酒菜，吃完了饭咱们好早早的休息。”孙启华赶紧站起。这时，三人洗脸已毕，谭光韬把胡须也洗了洗，一面与伙计说道：“伙计你贵姓啊？”伙计说：“小子不敢担这贵字，我姓张，我叫张二，请您多关照吧。请问四位爷台贵姓。”谭光韬闻听，遂说道：“我叫谭光韬。他们三个人是我路遇的同伴，皆因我们爷几个，尽顾向前赶路，连早饭也没有吃，我们都饿啦。”伙计一听，说道：“今天我们客人也少，这个酒菜误不了，稍等就齐。”说着话转身出去，工夫不大，就见张二端着一个黑漆托盘，随手将杯箸放在桌上，托盘里面四样凉菜，两壶酒，一齐摆在桌上。伙计遂说道：“还有什么分派？”谭光韬向伙计答道：“我们暂且先喝酒，不必在此伺候，张罗别的客人去

吧。”伙计一听，转身出去。谭光韬往外看了一看冲着李进使眼色，低言说道：“你到外面看看。”李进知道有事，随即站起身来，隔着帘子往院观看，那孙、陈二人也在窗前听了听。李进转身来到桌前向谭光韬说道：“师父，外面无人。”说完了话随即落座，谭光韬向孙启华低声说道：“你三人看这酒杯里有什么毛病？”说完了话用手指着酒杯，孙启华三人一看，原是很清亮亮的一杯酒。遂低声说道：“师伯，弟子看视不出。”谭光韬微然含笑低声说道：“酒倒是酒，就是里面有点药。这酒虽然清亮，酒在杯中乱转，不信你们用鼻子闻闻，隐隐的有些个药性气味。”孙启华端起酒杯一闻，气味芬芳。遂向谭光韬说道：“师伯既看出酒内有药，应当怎么办呢？”谭光韬说道：“我还得试试他这酒菜。”说着话由腰中取出银匙一个，往菜里一挑。孙启华看得明白，就见银匙撤出来随着下面都是些黑色，在菜里一试，均然一样。谭光韬向孙启华说道：“这个酒菜，万不可用，你们看见没有。”孙启华说道：“那怎么办呢？”谭光韬说道：“不要紧，咱们把他这个酒菜，全倒在炕席之下，店里伙计要问咱们要什么饭的时候，就提咱们喝了酒，心中都不舒服，我们要早些睡觉，容他把空盘托出去，咱们就关门睡觉，暗中收拾利便，将兵刃放在手下，你们三人不要忙，听着他们外面一有动作，这可就不怨咱们爷儿们；就此把店内的匪人杀个干净，给本处去个大患，免得旅客到此遇害。李进你先到外面看看有无来人。”李进站起身来，隔着帘儿向外观看，见院内无人，李进向里一打手势，陈宝光忙把菜盛端起。孙启华伸手将西面炕席揭开，陈宝光将菜倾下，孙启华又把炕席盖上，外面一点儿也不露形迹。孙启华、陈宝光复又就座。这时李进向炕前紧走了一步，一面用手向门外一指。

在这个时候就听外面有脚步的声音，又听得外面有人说道：“众位客人酒喝的怎么样啦？”话未说完，随着声音进来一人，谭光韬一看正是送菜的那个伙计。谭光韬就假装着前仰后合，身体摇晃，向伙计说：“我们爷儿四个，喝的头直发晕，

我们再也吃不下去啦，也许我们走路上了火啦，你把家具捡下去吧，我们还要睡觉，为的是早些休息。”伙计说道：“我们店里向来卖的都是好酒，也许你老上了火啦，早点儿休息吧。”说着话将桌上的碗筷都捡出去了，复又泡一壶茶，放在桌上，跟着说道：“众位爷台，早点儿休息吧。”说着话往外走。临走到门口的时候，又看了看他们爷儿几个，伙计心中暗想：怎么他们爷儿几个喝了酒不露形迹呢，莫非把药下错了，也许是药受了潮湿啦。伙计一面想着一面往外走。

谭光韬遂高声向李进说道：“你把门关上。”李进站起身来将屋门关好，插好了门闩，谭光韬将灯熄灭，低声向孙启华三人说道：“你们在里面炕上收拾你们的兵刃，咱们看他夜晚怎样的下手，此时天气还早，大概他们这个时候不能动手。我由后窗跃出，到外面看看，你们可千万别动，不要性急。”谭光韬伸手把后窗子的划子撤开，听了听外面没有动静，将窗向外一推，用手扶着里面的窗台，探身向外一看，跟着往外一跃，身若长蛇，就蹿到外面去了。孙启华在里面一看，这老人如此的灵便，遂低声向陈宝光、李进说道：“老人偌大的年纪，从后窗跃出，一点声息也没有，你我弟兄正在青年，我看着真是惭愧，从今以后，必要留心用功，追随老人的足迹。”说罢叹息。

这位飞行剑客谭光韬，由后窗蹿出，其快如飞，施展大鹏摩云式的功夫，跃到院中，谭光韬向四外留神，就见院中并无灯光，黑暗沉沉，又一跃身施展蛇行式，蹿到后院，留神一看上房屋内，灯光明亮，里边站有七八名彪形大汉，都着蓝布裤褂，蓝布巾包头，一个个虎视眈眈，这屋子里面并无隔断，粉白墙壁，上面都挂着兵刃，借着灯光，看着甚真，在桌案下首坐着五人，头一个看着很眼熟，猛然想起，此人正是陆云。

在桌案上首也坐着五位。老剑客举目留神，不由得心中动怒，此人正是那老贼汪春与赵如虎，还有赵如虎的三个儿子。谭光韬看着心中纳闷。

且说汪春见飞行剑客谭光韬纵火后，那孙启华三人又逃出

青阳镇，汪春一看火势甚烈，由后院已接燃到前院，院内尸身横卧，汪春一看，这些条人命怎么办，不如先将赵如虎父子骗到村外，再作计议，汪春便大声喊道：“可千万别让这贼盗们跑了，赵贤弟你我携同三个侄男前去拿贼，快让众人救火。”汪春说完冲着赵如虎一递眼色，赵如虎一看这个事情也不好办，赵如虎随即叫道：“徒弟们赶快救火，我们前去捉贼，如把贼人拿回，好与众位复仇。”将话说完，冲着他三个儿子一摆手道：“孩子们随我快快追贼。”赵如虎将棍一摆，顺着大街向正东而来。后面汪春紧跟，众人出了东镇口，往南走了不远，来到松林之内，赵如虎一看青阳镇的火，烟气冲天，不由得双足乱跌。叹声说道：“汪大哥，我闯荡江湖这些年来，今天被这老匹夫一火而焚，我岂能甘心。”汪春说道：“家产还是小事，被杀的二十来条人命，岂能与他甘休。”赵如虎一想，财产荡尽，二子被杀，只急得两泪交流。我怎能担得起这二十来条人命呢。赵如虎想到这里，只剩了两眼垂泪，双足乱跺。汪春急忙说道：“事已如此，我们赶快离开此地，咱们先投奔确山陆云弟那里，到时再计议复仇。”赵如虎只得随从，众人即行动身。

赵如虎、汪春等，这天来到确山，见店门口站着一人，看像伙计模样，汪春向前说道：“你们陆云在家吗，请你通知一声，就说我汪春前来拜谒。”伙计应声进去，汪春在外等候，工夫不大，就见由里面走出一人，汪春一看正是陆云。只见他身上穿着宝蓝绸子大褂儿，青缎鞋白袜，身量魁伟，老远看见汪春，就上前抢步行礼，口中说道：“大哥许久未见，老哥哥头都白啦。”说话之间哈哈大笑，说罢忙向汪春行礼。汪春带笑还礼说道：“我也是想念贤弟，咱们到里边再说罢。”说着话，一转身向赵如虎父子一点手。赵如虎紧上一步冲着陆云一躬身，陆云抱拳还礼，口中说道：“里边儿请吧。”陆云在前引路。

众人进了客厅，就见里面还站着几位少年。汪春道：“我先给你们二位介绍介绍。”转身用手一指赵如虎说道：“这位家

住青阳镇，姓赵双名如虎，人称野毛太岁。”又用手一指陆云说道：“这位就是陆贤弟。”赵如虎与陆云彼此行礼。陆云向汪春说道：“这三位贵姓呢。”赵如虎回头叫：“金龙、金彪、金豹过来，与你陆叔父行礼。”小哥儿三个往前抢步叩头。陆云伸手相搀，三人站起，闪在一旁垂手侍立。陆云带笑向汪春说道：“大哥这两位您不认识吧。”汪春闻听带笑说道：“眼拙的很，不认识。”陆云用手一指那两个穿蓝褂儿的道：“这一个是我二弟陆霖，这个是三弟陆德。”然后又与赵如虎父子等相见已毕，然后彼此让座。伙计献茶，众人入座吃茶。茶罢，陆云向汪春抱拳说道：“老哥哥这些年未见，您可好。”汪春说道：“总不见太好，如今又把赵贤弟连累在内。”陆云说道：“什么事呢，请兄长说明。”

那汪春叹了一口气，就把自己在南阳府内充当教师，奉命护送要犯，野狐岭遇匪，官兵大战野狐岭，追赶匪盗，来到青阳镇的情形说了一遍，又道：“只落得如此狼狈，无奈前来求助，请陆贤弟多多帮忙，不知众位兄弟意下如何，可能帮老哥哥一场吗?”陆云说道：“只要是能办，绝不能含糊，何况是这点小事。可有一样，你得派人前去探听，只要是他们由确山经过，认准他们的面目，我就能引诱他们进店，只要他们进入店内，这点儿事就算办完啦。如果进了店，还能让他们跑得了吗。”汪春一听陆云之言，遂站起身来抱拳作揖口中说道：“贤弟如此仗义，受兄一拜。”陆云含笑抱拳说道：“老哥哥，太客气啦。”

陆云预备酒菜，与汪春、赵氏父子接风洗尘。一夜晚景无事。到了第二天的早晨，汪春与陆云二人秘密商议，先派店里的伙计同着金彪、金豹，顺着大路打听匪徒的消息。第二天中午，打探的伙计来到后院回话。伙计说道：“彼等大概今天晚上能到确山。”汪春闻听点头说道：“你们歇着去吧。”汪春与陆云商议，就命伙计今日在店内殷勤照看，等他等到来之时，只要把他们引诱进店，自有道理。千万不要把他们放过去。说

话之间，工夫不大，就听外面一片声喧。就见店门外有十几头骡马，后面一乘驼轿，最后跟着两匹马。前面骑马的约有六十上下，白发银须，身穿米色绸衫，腰中系着一根绒绳，手拿着藤鞭，精神百倍。后面那个骑马的约五十上下的年岁，黄色面孔，掩口胡须，此人长得透着精神。汪春一看这两个人，赶紧把身子往后一退，不由得大吃一惊，来者非是别人，正是老英雄镇西方龙舌剑余公明，后面跟着追风腿徐顺。

书中暗表。那余公明由乱柴沟，与孙启华等众人分开，自己计算着这弟兄几个的本领，若在野狐岭抢劫囚车，是伸手必得。这才放心，带着徐顺，回归泗水县余家村，路上非止一日，这天来到余家村回到自己家中，老夫妻相见，也搭着余公明二三年没回家，夫妻见面自然是各叙衷情，不必细表。余公明休息了一天，直到夜静更深之时，余公明才秘密的把乱柴沟丢镖遣徒抢劫囚车，康家村聚会的事，细细说了一遍。夫人闻听吃了一惊，遂问道："此事应当怎么办呢？"余公明遂向夫人说道："只好将房产地契交与亲友们经管，此处万不可久居，离开这是非之地，只可投奔宜昌康家村，到了那里再作计议。"夫人只得应允。夫妻们商议已毕，一夜晚景无事，次日清晨，余公明梳洗已毕，拜会本村的贵老，就便托付亲友，照看自己的房产，声言到外省投亲，一月内准能返回，所有的亲友点头答应。余公明办完了手续，夫人已将细软及应用的东西，俱都收拾齐毕，此时徐顺早把驼轿雇妥，将事办完，与众亲友告辞。夫人乘坐驼轿，余公明帮着徐顺，押着车辆，就由泗水县起身，沿路更换驼轿，晓行夜宿，不必细表。这一天来到野狐岭附近。暗中命徐顺打听劫车的动作，俟等徐顺打听明白，余公明一听可就愕然，原来劫车未成，反被擒去两人。余公明明知事败，然此时亦束手无策，被擒之人，已经押在郑州，所幸总没有性命的危险，只可赶路，俟到康家村，再作计议，这才催着众人赶路。若论起来余公明应当赶到孙启华他们的前面，只因沿路上的耽搁，这天才到确山。余公明知道此地是贼人出

没的所在，只因天晚赶不上村镇，来到店铺，伙计们殷勤相让，余公明一想自己还怕甚么，这才叫他们进店。伙计往上房相让，余公明说我们有内眷，需僻静的地方才好。伙计说道："您看看后院的房好不好，房子里面又干净。"余公明来到后院，一看房舍洁净，随即住下，众人梳洗已毕，等了不大的工夫，伙计把热茶与蜡烛，俱都送来，放在桌案之上。余公明向伙计说道："我们等一会儿就安歇，叫你的时候再来。"伙计答应一声，转身出去。余公明低声向夫人说："喂，你看这小子真是贼眉贼眼。"夫人闻听，笑嘻嘻的说道："回头我叫丫头把我的兵刃备齐，我也叫他们知道我的双刀的厉害。"这位夫人也不好惹。这位老夫人的先父，在世之时，威名天下，保了一辈子镖，名震江湖。江湖人称铁臂双鹰张魁，这位夫人的武艺是父传女受。余公明听了微然含笑。说道："何必呢，你不要生气，你只要自己保护着自己就得啦，外面的事皆有我一面承当。"

老夫妇二人在屋中收拾齐备，老英雄身佩龙舌剑，夫人吩咐丫鬟们听到外面如有动作，你们小心。此时天不到初更，余公明正把灯光熄灭，猛听得前面窗外，噔的一声，仿佛有人跃上他的住房。余公明向夫人一摆手，侧耳细听，又往外面一看。就见后窗外，站着一人，扭动臂膀蹿上后面花瓦墙。余公明定睛细看，心中暗喜，非是别人，正是多年未见的老盟兄谭光韬。心中暗想，这老头子还是当年的相貌。余公明忙由儿凳上跳下来，低声向夫人说明，又嘱咐夫人在屋中等候："待我看看老人的行踪。"余公明仍然蹬着几凳，把后窗打开，身形往外一跃，跳在外面。余公明奔了西面去了，隐身形往院内一看，就见飞行剑客谭光韬，站在南房檐上，正往屋里观看。

且说客厅之内汪春与野毛太岁赵如虎、赵金龙、赵金彪、赵金豹，下首是陆云、陆霖、陆德，两边站立着二、三名小贼，正在里面高谈阔论。老英雄谭光韬闻听汪春在里面说道："赵贤弟、陆贤弟你们看，这事就是神差鬼使，你我只望拿住

那个姓谭的，跟这三个小辈，押往郑州，没想到一箭双雕，可巧余公明的一家子又赶到咱们店里来啦。前次在鹰爪山，盟弟姜天雄，在前几年，被那余公明一剑刺中肩头，一剑之仇无法可报，后来，姜天雄在乱柴沟率众劫镖，才报此仇，在乱柴沟，石块砸死了他十数名镖伙，内中还有他的一个得力的镖师李占成，外号人称猛金刚，听说已死在沟内，还累坏了一个镖师潘景林。此仇虽然已报，但是在青草坡鸳鸯岭，这一战伤了三条好汉。这三个都是我的至近的朋友。”陆云在旁道：“这也是天网恢恢，疏而不漏。老贼余公明今日住在咱们店里，他也是自投罗网。”说罢仰面大笑。这个笑声还未住，赵如虎在旁咬牙切齿说道：“我最可恨那个相面的姓谭的老头子，若要没有他，我岂能把青阳镇的家产化为瓦解。我要拿住这个老贼，必当将他碎尸万段，方解我心头之恨。”谭光韬一听贼人之言，心中动怒，就要回手亮剑。猛觉着后面有人一扯他的衣襟，谭光韬扭头一看，在身后蹲着一人，留神一看，正是那镇西方余公明，谭光韬不由大喜。

余公明皆因看见谭光韬，转至南上房的后坡，跃过房脊，见谭光韬回手要亮剑，遂向前用手一拉谭光韬的衣襟，谭光韬回头一看，见是余公明，心中一喜，遂一伸腰用脚尖找瓦楞，来到房脊。此时余公明远望四外无人，谭光韬冲着余公明一打手势，往西一指，余公明只得在后相随，谭光韬立住了脚步，余公明只得也跳将下来，余公明忙向前行礼，口中说道：“兄长数年未见，小弟参见。”谭光韬伸手相扶说道：“贤弟你由何处而来？”余公明不由叹了一口气，低声向谭光韬把同家眷逃往康家村事，前后细说了一遍。余公明又问谭光韬道：“兄长你因何到此呢？”谭光韬闻听含笑说道：“如今还有你的两个徒弟跟我在一处。”余公明听着就是一愣。遂问道：“我的徒弟，因何与兄长会在一处？”谭光韬遂不慌不忙，就把青阳镇与孙启华、陈宝光、李进相遇，对余公明道了一遍，又说：“如今我随他们奔宜昌，我在途中收了李进为门下弟子，行到确山，

我打算把此处的贼人剪草除根。我们住在前面厅房内，我出来就为探听贼人的动作，不料与贤弟相遇，兄弟你的家眷，在哪屋里住着哪?”余公明低声说道：“就在前面这厅房内，只因小弟看出贼人的破绽，故而前来窥探，没想到在此处邂逅相遇。”谭光韬对余公明说道：“既然你我今日相见，总算又得着膀臂，不如你暂且回归屋中保护弟妹，如若到了我们与他动手之时，请贤弟亮兵刃示威，谅他这几个小贼，也难逃你我手内。”余公明向谭光韬点头说道：“兄长既然吩咐，小弟遵命。”

余公明这才明白，自己的镖车，在乱柴沟被劫失事，却是那姜天雄所做，定是老贼汪春的计划。那李殿元被俘之事，也由汪春身上所起。这时余公明向谭光韬道：“这些贼盗，丧心病狂，无恶不作，你我兄弟，就在三更时分，一齐动手，我们要剪草除根，一个都不留。”谭光韬应了一声。余公明双手抱拳，屈膝一礼，双足垫劲，纵身越墙而去。那谭光韬见四外无人，越过短墙，纵上后窗，回到自己屋内来了。

这个时候外面更鼓二响，谭光韬与孙启华等，正要预备动手，这时就听院内，哎哟的一声，谭光韬忙拉开后窗，向外一看，见一人双手捂脸，鲜血淋漓，飞奔而来。

因汪春与陆云计划，先派人去封前院，探听余公明等，是否睡熟，外院如无动静，他们就动手，陆云忙派那独眼龙冯达远，去到前院探听。冯达远乃江湖毛贼。他没把余公明放在心上，那冯达远就由后院蹿跃，来到余公明的住房，在余公明的窗外偷听，用手指戳破窗纸，用一只眼睛从窗纸洞往里观看。这时余公明正与夫人低声谈话，此时夫人早就收拾齐备，将双刀放在身边，把左右手双筒袖箭装好，正在这个时候，就见窗外，人影一晃，在窗纸上发现了一个小洞口。夫人就知道有贼人在外窥探，好狠的张氏，一语未发，将右手向前一指，对准窗框纸上的小洞一按崩簧，只听嗖的一声，这只袖箭正钉在冯达远眼上，疼的他哎呀一声，这个独眼龙就成了没眼鬼啦，眼睛上还带着一只袖箭。谭老头已然从后窗跃出来，手起剑落将

首级砍掉。谭光韬在院中，叫道："贤弟快到后面捉贼，我们已经动手啦。"就这一嗓子尚未喊完，就见余公明蹿出院来，孙启华、陈宝光、李进，此时早由后窗内蹿出，忙向师父行礼。余公明一摆手说道："快跟你师伯到后面，捉拿贼盗。"三个人答应遵命。这句话尚未说完，就听后面锣声响亮，谭光韬在前，众人在后，就见院中灯笼火把已满，众贼盗都来在院内，各拿刀枪，约有数十余名，灯亮如华。那汪春本想杀害他们的性命，后又派人探听前院的消息，此时不料有人报称："冯达远遇害，请寨主下令定夺。"陆云一听就是一愣，陆云忙向汪春说道："老英雄此事当怎样？"汪春遂说道："这有什么，你我既是暗杀不成，不如先下手的为强，先将手下人召齐，杀上前去，将他们全都杀死，咱们是以多为胜，难道说咱们还怕他们这几个人不成吗？"此时陆云明知被汪春利用，可是事到如今也无可奈何，只得鸣锣齐众各亮兵刃，站在两边，耀武扬威。汪春手中持刀，在中间站立，上首赵氏父子，下首陆氏昆仲，就见谭光韬、余公明与三位小英雄转了过来。此时余公明，一见汪春，想起此贼蛊惑姜天雄，抢劫我的镖银，陷害我镖店钧伙计，暗害李殿元，都由他身上所起，以至邹雷、姚玉被擒在野狐岭，也是受了他的暗算，我与他远无仇恨，因何与我作对，遂高声叫道："汪春此贼可恨至极，待我将此贼结果了性命。"余公明飘飘银髯，一摆龙舌剑跳在当中，喊道："老贼汪春，还不剑下纳命，等待何时。"汪春哈哈大笑道："余公明老匹夫，你一剑伤我的盟弟姜天雄，我当拿你雪仇，尔竟敢勾串宏缘会，在野狐岭抢劫囚车，竟敢明目张胆。众位贤弟与我捉拿此贼。"这话尚未说完，就听身后一人说道："小弟愿往。"汪春一看，正是陆霖，抖花枪直奔余公明前面就扎，余公明夜战八方的架势，见枪尖儿临近，往左一上步，一扫枪杆，回首照准陆霖胸上穿来，陆霖当时丧命。陆德一见兄长丧命，蹿过来搂头盖顶就是一刀。余公明并不着忙，见刀临近，撤右腿用剑一截他的手腕，陆德将要撤刀，不想余公明手急剑

快，一抖腕子，冷气嗖嗖，剑光一闪，推窗望月，直奔陆德的头顶而来，只听的一声，死尸翻身栽倒。余公明刚要撤剑，就听身后嗖的一声，余公明自知有人暗算，遂将剑头冲下，大转腕，随着一转身，这一招名叫反臂钓鱼。余公明一看正是陆云，老英雄抬右腿，大上步，斜剑往回搂，一推兵刃，就将陆云前手的手指削落。贼人转身要跑，余公明岂能相容，龙舌剑对准贼人陆云的后心，穿膛而过，只听噗的一声，陆云应声倒地，一阵脚手乱舞，死于非命。

汪春一看，大吃一惊。忙向赵如虎说道："你我上前先杀死余公明这老匹夫。"这话尚未说完，赵金龙大喊一声嚷道："万恶凶贼休要逞威，小少爷赵金龙前来杀尔。"赵金龙双足抬起，往前一纵，蹿到余公明面前，抬左手大翻腕，手起棍落，照准余公明头顶打来，余公明撤右腿，大斜身，让身一纵，赵金龙一棍击空，余公明抬右腿照准赵金龙手腕，就是一脚，正踢在赵金龙的腕头之上，赵金龙叫声不好，撒腿便跑，余公明大上步，照着贼人拦腰一剑，赵金龙难以躲避，只听嚓的一声，赵金龙身为两段。赵如虎一看大吃一惊，大声喊道："尔等还不动手，等待何时，休让彼等逃跑。"汪春、赵如虎，各举枪刃，往上围攻。

就在这时，谭光韬率领孙启华、陈宝先、李进，亦一攻而上。正在动手之际，就听前院杀声突起，余公明顿时一惊，以为是贼人由外杀来，细一留神，才看出是徐顺带着车夫、伙计等，手持木棍由外面杀来。声势壮大，杀声震天，这么一来可把汪春等吓住了，他们也不知道外面有多少人接应，谅是余公明等早有预备，遂向赵氏父子喊道："风势太紧，咱们速走。"众人一听，纵身上房，往南面逃脱去了。

这时孙启华等就要追赶，余公明急忙喊道："众贼已逃，彼辈业已丧胆，尔等不可追赶。"余公明眼见这帮贼人已经逃走，惟恐自己人孤势单，故不让孙启华追赶。余公明这时便向谭光韬说道："贼人已逃，院内尸体如何，此事如何办理。"谭

光韬说道："这有何难，不如速将贼人巢穴以火烧之。"谭光韬便吩咐孙启华等焚火烧房，众人一齐纵起火来。

余公明吩咐徐顺，急忙将车轿预备妥当，请夫人等大家上车，咱们就此动身。徐顺将车轿已经备妥，夫人已经上车；然后大家动身出店，谭光韬说道："大家请先头里走，我在后面再赶，因恐贼人暗算，咱们前边见。"这时大家顺着大道往前赶路，余公明走出很远，又回头一看。只见迎宾店内，火光四起，冲云直上，正在此时，就听后面脚声阵响，踏、踏、踏由远而近。余公明止住脚步，往后一看，见是谭老头与孙启华跟踪而来。余公明急忙问道："事情如何？"谭光韬说道："果然不出预料，贼人还在暗中跟踪，已被杀退，汪春老贼逃走无踪，赵如虎父子均死剑下。"众人随即叹了一声，这才一同赶路。

这一天余公明等来到康家村，刚到康锦栋的门首，就见家人迎了出来。问明来意，忙往里相让。这时康锦栋也由院内迎了出去。那康锦栋果然非俗，只见他赤面黑须，蚕眉阔目，鼻正口方，身穿绸子裤褂，足下白袜云鞋，举止大方。大家彼此见礼，大家礼毕，早有家人预备脸水，大家净面梳洗已毕，康锦栋抱拳一揖说道："众位因何一路而来。"余公明站起身来说道："因在途中巧遇。"遂把李进下书，乱柴沟失镖银，孙启华野狐岭劫车之事说了一遍，康锦栋这才回头又向谭老剑客说道："老剑客足智多谋。李殿元所遭之事，如何办理呢？日期一久，恐有性命之忧，众位有何高见，赶紧设法，早早救出李员外，得脱缧绁。"谭光韬手捻着胡须说道："此案案情重大，若一耽搁，恐怕连累多人，据我之见，此事刻不容缓，众人随我去郑州，夜入监牢，将李员外救出，回归康家村，咱们再作计议。还有一件要事，须在郑州城内找一落足之处，如有落足之地，这事就好办了。"康锦栋闻听，说道："老剑客之言甚佳，此事固然刻不容缓，我在西关外有一挚友，此人姓王名长钧，亦是咱们会中的会友，我写信介绍众位，如在那里落足，万无一失，需用什物，他都可以措办，不知老剑客意下如何。"

谭光韬闻听站起身来说道："若有这个所在，此事必成。今日大家暂且休息一宿，明日清晨起身，速奔郑州，不知众位意下如何。"此话尚未说完，大家站起，遂向谭光韬说道："我等愿往。"

次日早晨，众人离了康家村，日暮的时候，便到了郑州，众人便分路，赴往西关外，谒见王长钧，俟与王长钧老先生一见面，那王长钧便吃了一惊，因见众人举止不一，心中顿觉惊怯，那谭光韬急忙说明来意，又由怀中取出一信，双手递与王长钧说道："此乃康先生手谕，请要严守秘密。"王长钧将信接过来，拆开一看，看完了，将信用火焚化，纸灰拨碎。王长钧含笑对大家说道："大家的来意我已明白，自从李先生被押解到郑州，只因我人孤势单，无法动手，今有众位到此，那好极啦。昨天我派人打听消息，那李殿元主仆，尚未吐露实情，余公明二位高徒，在堂并无隐瞒，原实供出，现在人已经收押入狱了。或是押解进京，或就地正法，均待上文，要是公文一到，这事就不好办了。诸位要是动手，须在这一二日内，迟则生变。"谭光韬说道："我们今夜就要动手，请王老先生给我们预备大车两辆。"王长钧答道："这点事都由我给办了，明天绝不误事。"王长钧叫伙计预备茶饭，大家用饭已毕，各自安歇。

天到了二更时候，谭老剑客亲自进城探道，探罢急忙返回，便与众人计议动手，随即收拾妥当，并将兵器随身带好，众人一齐来到院内。只见星月满天，谭老剑客头前带路，蹿房越脊，来到郑州西关吊桥，此时郑州城门，早已关闭，街上无行人。众人来到城下，谭老剑客率众，顺着城墙爬进城去，后面余公明跟随，不多一时，众人来到监狱后面，谭老剑客一看四外无人，遂向孙启华说道："就是你可以随我进狱，你的一口盂劳宝刀，可以断他的铁链，余贤弟你在外面等候接应，听候我们的动静。"

谭老剑客在前，孙启华在后，二人相随蹿上狱墙。谭光韬举目往里一望，狱内静静无声，二人纵身跳了下去，谭光韬用

手摸了摸腰中的绒绳，二人绕过狱神庙，又越过二道监门，就见一排排的牢房，每个房门都钉着牌子，上面写着第一号、第二号，等等字样，就见第三号门外有两个看守，在那里守卫。谭光韬双足垫劲，嗖的一声，蹿了过去，手起剑落，两个看守当时丧命。谭光韬将门锁打开，让孙启华在外面巡风，谭老剑客蹿入牢房，就见一个差犯，蓬头垢面，披锁带镣，谭光韬走到近前，用剑将刑具削落，命孙启华将李老先生背起，出了牢房。在这时又见谭老剑客将书童携出，那谭老剑客又由腰中，将绒绳取出来，捆在李殿元的腰间，孙启华接着绳头，将李殿元系下狱墙以外，由余公明众人接应，后又把书童、邹雷、姚玉等均行救去，在这人不知鬼不觉的时候，这几个要犯就被人救走。

大家由牢狱外动身，不多时来到郑州西门，大家按序将李殿元主仆系下城去，众人绕走吊桥。大家一路狂奔，不觉来到王长钧家中。王长钧问道："怎样了?"谭老剑客低声说道："人已救出，车辆如何?"王长钧答道："现已预备妥当。"随即将李殿元送到车上，又将车帘挂好，由大家保护着，就奔了宜昌康家村而来。不多时大家来到康家村，康锦栋与李氏夫人，皆大欢喜，随即预备酒宴，与李殿元贺喜，众人欢叙一夜。李氏阖家自此团圆。

整理后记

白羽先生撰写的武侠小说，一般先在报刊上连载，然后再由出版社编辑出版。《龙舌剑》一书，是否曾在报刊上连载？尚不能肯定；首次出版于何年何月？也不能肯定。现在查到的，是1949年4月上海正气书店再版、上海元昌印书馆总经销的版本，此次出版，即依据这个版本校订。

秘谷侠隐

白羽武侠小说全集 十六

白羽 著

山西出版传媒集团
北岳文艺出版社 ·太原·

图书在版编目（CIP）数据

秘谷侠隐 / 白羽著. — 太原：北岳文艺出版社，2022.1
（白羽武侠小说全集）
ISBN　978-7-5378-6468-8
Ⅰ. ①秘…　Ⅱ. ①白…　Ⅲ. ①侠义小说—中国—现代
Ⅳ. ①I246.5

中国版本图书馆CIP数据核字(2021)第216068号

秘谷侠隐

白羽 / 著

出品人
郭文礼

选题策划
孙茜

责任编辑
孙茜

印刷监制
郭勇

封面插画
杨苇

封面设计
阎宏睿

出版发行：山西出版传媒集团·北岳文艺出版社
地　　址：山西省太原市并州南路57号
邮　　编：030012
电　　话：0351-5628696（发行部）　0351-5628688（总编室）
传　　真：0351-5628680
承 印 者：山西人民印刷有限责任公司

开　　本：890mm×1240mm　1/32
总 字 数：5280千字
总 印 张：200.625
版　　次：2022年1月　第1版
印　　次：2022年1月　第1次印刷
书　　号：ISBN 978-7-5378-6468-8
总 定 价：1380.00元（全25册）

太湖边上的清平镇镇主、亡明遗臣史成信，月下访得贤人钟常，将爱子史麟密托于钟家，学武习剑。钟常爱女红薇，亦善击技，常与史麟对剑比武，情同手足。后清平镇失守，史成信自刎殉国。史麟的身世被奸人探得，并千方百计加以谋害，逼得钟常带红薇、史麟避居深山古寺，钟常又惨死山中。

目录

第一章

月下访贤

明末清初，江南崔苻满地，也有亡明遗臣孽子，啸众为患，虽是随起随灭，亦为可歌可泣之故事。

传说太湖附近，有一个大镇，镇主史成信，为史阁部同宗，阁部困守扬州，成信已知大势必去，即招集全镇壮丁，办理乡团，实际是暗中访贤纳士，准备兴大举。但不久，扬州失守，清平镇被围，终以势力单薄，全镇被屠，史姓全家仅其公子未有遇难。

那村镇被焚之后，即化为一片瓦砾，不久已成原野，后人多已不知史成信殉国的故事，幸有附近孟姓住户，其先人曾与史公共事，史氏后裔即为其所救，孟姓世世相传，尚能道出史公烈传。

据说那个村镇，在明末为清平镇，全镇管辖十多个村落，史家为全镇大户，成信为一不第秀才，因愤魏阉专权，纪纲败坏，竟弃文习武，浪荡江湖，结识高人甚多，剑术虽不甚精，亦与庸俗不同。李闯张献作乱时，即纠合乡勇准备防范，至清兵南下，预知大势已去，明知不可为而为，决心整顿清平镇，

思与清兵一抗。

在史成信聚义之初，正在深秋时候，一日史成信与镇上诸杰，同聚史宅大厅，于明月之下，饮酒浩歌，赋诗言志，那首诗至今孟氏遗裔仍能道出，诗云：

鼙鼓轩轩动未休，关心楚尾与吴头。
岂知剑气升腾后，犹是胡奴扰攘秋。
万里江山多筑垒，百年身世独登楼。
匹夫自有兴亡责，肯把功名付水流！

诗情激昂慷慨，堪称一世，诸人自然称美，也随声附和，史成信连饮三大觥，微有醉意，席上杯盘狼藉，灯阑酒尽，诸客纷纷告辞，史成信送出厅来，望着天边明月，尚觉得恋恋，不肯便回，遂吩咐侍从向北行退去，只留二三壮丁护从左侧，向镇边巡查，徘徊良久，方和二三侍人，跨上雕鞍，缓缓地踏月归去。

在归途中，史成信忽见清平镇西边数株大树之下，罩着一家水边人家，竹篱茅门，朴而不华，门外还张着一个大渔网。在竹篱内，忽然有白光一道，闪闪霍霍，若银龙般上下飞舞，史成信不觉骇异道："这地方哪里来的剑气刀光，事非偶然，必有非常之人在那里隐藏着，我既然见到，一定不肯放过。"一个壮丁道："那边平常都住着些渔户和养猪的，何来非常之人？"这时候剑光还在闪烁，不过没有起初时的奔放夭矫了。史成信摇摇头道："你们哪里晓得？"说着话，把手向西边竹篱内一指道："你们不见那边的白光吗！"众人正要看时，一刹那间已没有了，史成信正有大志，怎肯默尔而息，立即就带了壮丁，向那柳林走去。

到得那地方，立马篱畔，凝神向里注视，只见篱内是个空场，有几株梧桐，梧桐树下有一张小小的方桌，桌上放着些酒肴，有两个人面对面地正坐着饮酒。一人年近五旬，头上挽个

短发，身披短袍，足踏草履，像个渔翁模样。又一个也有四十多岁的年纪，黑布缠头，双目烁烁如电，身穿一件蓝布夹袍，足蹬薄底快靴，手里托着酒杯，在那人身边的梧桐树上却悬着一柄宝剑，绿鲨鱼皮鞘，杏黄流苏。史成信看着，暗暗点头，遂命侍从上前叩门。

这时已有三更，里面的人正在豪饮，忽听叩门，惊起一阵犬吠，那个渔翁模样的人脸上立刻露出惊异的神情，向对面的人说道："半夜三更还有谁来敲门呢？"一边说话，一边借着月光，也已看见篱外的骑影，难免更是疑异，遂和那人一齐立起身来，那人便摘下树上的宝剑，挂在腰下，一同走到外边来开门，呀的一声，柴门已开，史成信不待询问，很客气地说道："鄙人史成信，忝为本镇联庄会会长，今夜巡逻到此，口舌燥渴，借杯水酒如何？"那渔人端详了半晌，笑道："史庄主眼力果然不差。"哈哈一笑，便拉了史成信的手进去，一面介绍自己道："我姓孟名哲。"又指那黑布缠头的道："他姓钟名常，平日好习枪棒，方才酒后练习，被庄主见笑。"

史成信和钟、孟二人一同坐下，孟哲端过酒来，先谈些武术，便谈到明室覆亡，天下大乱，三人志同道合，又在酒后，不免披肝露胆，有话便说，说得兴起，钟常拔出剑来，击案作声，孟哲道："钟仁兄，何妨舞起一套，请庄主指点。"

钟常对成信说一声"放肆了"，便将外边长衣脱下，拔出宝剑，寒光耀目，走至梧桐树之东，将剑一挥，从容起舞。初起时上下左右，好似落英缤纷，舞至后来，但见一团白光，兔起鹰落，不睹人影。史成信拊掌称好，忽然白光如车轮般直滚至东边墙侧，突又飞回来，则如白练绕树，在桐树下旋转三四，方才止住，人影复现，成信众人莫不惊奇。孟哲道："钟常兄夙谙武术，确是俊杰之士，但鄙人却老而无能，结庐于此，终日捕鱼，不问外事，只求安乐地做一湖上渔翁，以老天年罢了。家中有一老妻，既无儿女，又无昆仲，打得鱼归，换来美酒，借此浇愁，且以嬉乐，所以生平唯有曲酒与小人最亲

了。前二年钓鱼湖上，得遇这位钟兄，他隐居湖滨，足迹罕入城市，性亦喜酒，我常常送鱼给他吃，他请我喝酒，二人遂为知交。今日他因我数日未至他家，故来探望，痛饮浊醪，舞剑助兴，敢劳庄主驾到，这是梦想不到之事。”

史成信笑向钟常道：“钟兄先前作何生理，可否告诉一二。”钟常道：“少年无赖，实不足道，年来国事蜩螗，我辈只能愤愤，实亦无力回天，便来到洞庭西山太湖之滨，买得茅屋三椽，隐居在青山绿水中，种竹栽花，以终吾生。膝下只有一个女儿，名唤红薇，且喜天性聪慧，如娇鸟依人，足使小人忘忧解愁，伊性喜学习武术，小人遂把自己会得的教她一二，又令她入邻家一个私塾里去读些四书五经，因为小人唯一的希望也就只有在我女儿身上了。其他时候当泛一叶扁舟，在太湖中徜徉自乐，孟老渔翁能饮一石不醉，不慕名利，垂钓湖滨，小人认为是个高尚之士，志同道合，所以常相往来，今宵贪赏月色，猛饮少舞，却不料惊动了庄主，谬蒙赞许，弥觉汗颜。”大家又谈了半晌，直至五更，史成信才和壮丁回镇。

史成信得到钟常、孟哲两人，帮同整顿镇上防务，并又联合各庄有志壮丁，声势渐壮，这时便听到史阁部死守扬州，扬州攻陷的消息，史成信痛哭流涕，诚继阁部遗志，恢复亡明，钟常、孟哲，亦扼腕不已。

忽一日，守镇壮丁报告，清兵侦得本镇聚议，派兵来围，铁骑数千，势力雄厚，请庄主定夺。孟哲道：“我镇新培武力羽毛未丰，恐难抵御清兵。”史成信道：“虽然如此，我等也得死守，才对得起阁部。”便传知全镇各村，小心提防，准备死守。

清平镇联合十多个村落，招集壮丁也还有一千余人，因史成信极力招纳，其他各地流亡到此的倒有三千以上，合计五千余人，声势也还不小。清兵最初小觑了这个地方，只派来少数兵卒，攻打本镇，哪里禁得住清平镇上的人，正是一场热血沸腾之时，几次交锋，清兵都被打退，镇上情形，变为小康，一般无识壮丁，便不由得兴高采烈起来。

孟哲暗和钟常计议道：清平镇地势狭小，清兵屡次不入，等到他处战事结束，定要派大兵前来，如那时众寡不敌，必无幸理，史成信立志玉碎，只是全家妇孺，如何安排？史成信只有一子，名叫史麟，自幼知书明理，又学习武功，确是一个有希望的青年，若是一日玉石俱焚，史家岂不绝嗣。

钟常听了，默然半晌，便道："仁兄先离开此地，择一幽僻所在，一到事机紧急时，我必能想法救出史麟。"孟哲道："还是先和史成信表明，以免临时找寻史麟不着，以致误事。"

二人计议决定，便去拜见史成信，说明来意。史成信最初还是执定全家殉难的见地，后来孟哲再三解说：第一是后嗣问题，第二是将来遇机再举的问题。史成信看着钟常，深信他有一些本领，把史麟托付与他，将来必有希望，也便同意。

当下叫史麟道："现在清平镇危如累卵，我志已决，以身殉国，毫无犹疑。只你年纪还轻，这样殉难，未免可惜。现有你钟、孟两伯父，为当代豪侠，将你带出清平镇，今后一切听钟、孟两伯父的指教，不要忘掉你自己的前程，不要忘掉你父亲的志愿。"

史麟年只十几岁，听了父亲的训后，落下泪来，史成信便着家人备了筵席，请孟、钟两人痛饮，把他一首诗抄写了交给史麟道："我一家许国，无物遗留，这首诗要你好好地保存，日后见了诗就如同见了我一般。"

此日上午史麟带了行李箱箧来见孟哲、钟常，要跟从钟常和孟哲到太湖去。他们三人先至孟哲家中，在孟家中用了午饭，便把自己的渔舟，载送钟史二人到太湖。渔舟一叶，驶入万顷烟涛，湖光山色，上下一碧，真是好看煞人。芦苇中时有渔舟出没，一群群的野鸟回旋飞翔，又有许多网船，鱼贯而驶，船上都是些裸足袒胸的渔人，唱出很好听的渔歌。大好水云乡中，别有风景，使人心旷神怡，宠辱皆忘。

在红日西坠时，孟哲渔船已驶至一个小小的湾中，湖水渐浅，而清晰可以照影。钟常回转头来，见史麟正一手支颐向远

处游目而观，就笑嘻嘻地对他说道："少庄主，你坐了半天的船，觉得厌气吗，到了到了。"说着话，一手指着岸上竹篱东边三四间矮屋，脸上满面的笑容。史麟跟着看时，见那三间瓦屋，墙上都有绿色薜荔，随风荡漾，如碧浪一般；院里面有翠柏一株，亭亭如盖，又有修竹数竿，甚是清幽；门外两扇柴扉悄悄地闭着，篱边还有数丛黄菊，真是个隐士之家，远离尘嚣。岸边有两株柳树，可是时已三秋，柳丝已谢，只是稀朗朗地剩着数条枯黄的垂丝，水边正有一群鸭子在那里戏水逐波，呷呷的叫着。渔舟已到岸边，徐徐泊下。湖水很高，和陆地相去无多，水边且有很平正的石堤，所以三个人很不费事地走到了岸上。孟哲又用舟上的一根链把小舟系在了水边一根木桩上。钟常已去叩动柴扉，只听门里有人问一声是谁，这声音清脆而婉媚，传入耳鼓，如听黄鸟在枝头上弄音。史麟定睛看去，呀的一声柴门开了，走出一个小女子来，年可十六七许，桃脸含霞，柳眉映翠，生得非常清丽，穿着一件浅紫色的短褂、淡绿色的裤儿，足下却是一双天然脚，踏着黑缎绣红花的大鞋儿，怪触目的，头上梳着两条小辫儿，用紫色丝线扎着，飘在两肩，甚是好看。她一见钟常，便扑到他身边去说道："爹爹，你怎么又去了多日，在外边忙些什么，丢下我一个人在家里，好不冷冷清清。"说着话，又向孟哲叫一声："孟老伯，你也同来吗？"一眼又看见史麟站在二人背后，不由一呆，四目相视，各人都觉得眼前十分光亮。钟常一手摸着他女儿的小发辫，哈哈笑道："丑丫头不伴你游玩吗，你只要好好读书，好好玩耍，在此地怕有老虎来吃掉你吗？我自有我的事，不得不向外边走走，今天我和孟老伯还带得一位小朋友来此，来，你见见，他姓史，名麟，是个很有志气的少年。至于他的来历，少停再行详细告你。"一边说，一边将手向他一招道："这就是小女红薇，将来你们要常在一块儿玩耍，一块儿学剑，不可不见见的。"史麟知是钟常的女儿，忙上前磬折为礼，红薇也福了一福，却躲在她父亲背后咯咯地笑。于是钟孟二人，又

去渔舟中帮着他忙将行李搬出船来，带到钟常家中去。红薇在旁看着，她不知来的少年究竟是个何许人，像要住在她家中的模样了，心里十分奇异，但看这人的相貌态度，雍容英华，绝不是寻常市井小民呢。

孟、钟等一行人走入里面。庭院很是宽敞，种着许多花木，那亭亭如盖的翠柏，即挺立在东窗之前。正中三间屋子，左面是一客屋，右面便是卧闼，中间却是客堂。有一个蓬头麻面的丑陋不堪的丫鬟，从客屋里跑出来，向钟常叫一声："老主人回来了，红小姐天天盼望你归家呢！"说着话，她见主人手里拿着东西，便过来接在手中，又到孟哲、史麟身边，把行李都接了过去，双手扶着箱箧，好似一些不用气力似的，飞步走入客屋中去了。史麟看着，觉得这个丫头的气力也着实不小了。他随着钟常等步入客屋，见客屋中的陈设甚为简朴洁净，正中悬着松竹梅岁寒三友的中堂，旁边挂着一副张旭草书的对联，不知是真是假。钟常早一拉手请他们二人到客屋中去坐下。孟哲是常来的，也不用客气，他握着史麟的手，踏进室中，便让他在屋里的大椅子里坐了。史麟见二人没坐，他也不肯就座，只是负着手在室里细细端详。室中陈设也很简单，供着数盆盆景，钟常请他们二人上坐，自己和红薇坐在下首相陪。此时丫头已放下她手里的行李，端上茶来。钟常举起茶杯，说声请，又对史麟说道："少庄主，这里僻处湖中，一切都是简陋得很的，少庄主向来养尊处优，不知骤然间到了茅居，可过得惯这种寂寞生活吗?"少庄主道："钟老丈，小子随老丈到此，是奉着家父之命，一则预防不测，二则跟着名师习艺，并非贪图逸乐。家父尽了孤臣孽子之心，为人子的，不能枕戈磨剑，代父分忧，已是十二分的抱憾，今托给于老丈，蒙老丈盛情许可，不以亘乡童子见弃，收诸门墙，心中铭感，何日忘之，故小子今日在此一心学艺，以图将来，不负家父所属，不知有他，安敢耽于安乐，自误前程。管子有言：'晏安鸠毒，不可怀也。'孟子亦云：'生于忧患而死于安乐。'小子

能不格外自勉呢！务请老丈把我如一个小孩子看待，耳提面命，一切不用客气，这才是小子的大幸了，又少庄主这个称呼，也望免掉，只呼名字便了。”

钟孟二人不防史麟小小年纪，竟会说出这种话来，真是深明大义，不由得连连点头，连在旁边的红薇听了，也把一双曼妙的目光，射向史麟的脸上，钟常说道：“少……”说到“少”字又缩住了口，改说道：“我，那么就遵命了，大胆唤你的大名了，你所说的话，句句打入我的心坎，足见你的胸中有志，使我们十分佩服，只恐我们才疏学浅，不足辅导呢，此后我们都要如自家人一般。你住在这里，如嫌寂寞，我女红薇也随我学习武技，自可一同练习，有个伴侣便可活泼一些，只是我女生长草野之中，性情虽然直爽，而恐她不知礼仪，如有冒犯之处，请你不要与她一般见识。”史麟道：“老丈你又要客气了，小子既得老丈指点武术，又蒙视同家人一般，教令爱和我一起练习，如此优渥，五衷感激，只恐小子有什么不当之处，还请老丈也要原宥。”红薇听他们说话，只是嘻开着嘴笑，忽然她好似想起了一件要紧事情的，跳起身来对父亲说道：“哎呀，我几乎完全忘怀了，今天早晨柏树村的何正送来一筐洋澄湖的大蟹，说是他的亲戚从唯亭带来的，他因爹爹喜欢吃酒，所以不欲自尝，特地送来给爹爹吃的。我因爹爹不在家，不知何日回来，要想退回他，但他一定不肯带回去，他教我待到晚上，父亲不回家时，可以把它洗干净放在瓮中，饲以米粒，隔二三天不死的，我只得受了，恰好爹爹和孟老伯等回来了，家中没有家肴，这时正好享受，爹爹要不要立刻做来吃呢？”钟常一听有蟹，便笑起来道：“妙极了，我正想吃这个东西，洋澄湖蟹又大又结实，今晚可以大家饱啖一顿了。”红薇道：“我去拿给爹爹看。”说着话，早已跑出去了，一会儿手中提着一个大筐子，放到钟常的脚前，说道：“爹爹请看这蟹大不大？”钟、孟等三个人一齐走近看时，见那筐子外面是用一根根竹篱做柱，空着很方的格子空隙，看到里面约莫有二三十只大蟹，重

重叠叠地伏在其中，金爪铁壳，唾吐成沫，果然不是平常河里的小蟹，做熟时金膏玉质，其味无穷。钟常说一声："好大蟹！"便叫一声阿俊，那丫头便跑了进来，钟常吩咐伊道："这一筐子的大蟹，你快拿去一一地洗了，放在锅中去烧，我们今晚要吃大闸蟹咧。"丑丫头答应一声，拿了竹筐便走。

此时天色已黑，红薇便去掌上灯来，对钟常说道："这许多蟹恐怕丑丫头对付不了，待我去帮她的忙。"钟常点点头道："很好，你去端些醋和姜，再把那半只火腿切了熬些汤喝，并预备几样吃饭的菜，从后面菜园中摘些大菜切几棵，把虾米一同烧，捕的鱼也可煎一段，再把瓮中的酒舀起四五斤来，烫熟了一齐拿上来。"孟哲把手摇着道："我们都是自己人，不必多劳令爱，随便吃什么就是了。"史麟也道："今晚有闸蟹足供大嚼，老丈不要多忙。"钟常哈哈笑道："这算什么呢。"

红薇退到外面去，钟常却脱去了长衣，先到外面客屋里，把两张桌子拼在一起，又去点亮了正中悬着一盏玻璃灯，走至庭中，把篱边陈列着的十多盆菊花陆续搬进来，放在桌上，史麟立即帮着同搬，菊花已是怒放，紫的、黄的、白的、红的，齐色各样，清香扑鼻，钟常错综地把菊花放好了，向孟哲微笑道："今晚我们可以效古人行螯赏菊了，这都是何正所赐的，但这一筐的大蟹确乎是不容易吃呢，其中尚有一段曲折的经过，至今思之，尚有余悸，现在趁这还没有做好的时候，你们请稍坐，待我讲出来给你们听听吧。"

第二章 枫村拯弱

汪洋三万六千顷，七十二峰，沉浸其间，风景的伟举，足以荡涤俗虑。而在这个水云乡中，所居的许多人民，都有特异的习俗，和外间又是同又是不同。隐士钟常，携爱女红薇及丑婢阿俊，倦游归来，卜居湖南紫云村，起初乡下人对于他们不甚熟悉，自然有些歧视，可是后来钟常和他们相处得熟了，大家佩服他的武术和他豪爽而有礼的性情，一村之中凡有疑难之事，常要找他来商议，所以钟常在紫云村中，俨然为一巨擘。然他并没有别的心思，对乡民们甚是谦恭，他自己的生活也十分清闲，有时和老渔翁孟哲饮酒谈天，有时教他的女儿红薇学习剑术，其他时候，每每喜欢独自一个人驾着扁舟到太湖中去随处遨游，竟日而归。

这一天正在清晨，他是一天亮就要起来的，在家里吃了一些东西，立刻坐了一只小船，想出去游湖，因其时天高气爽，正是中秋已过，重九将临之时，太湖里秋色大有可观，钟常遂一清早便要出去了，红薇知道她父亲的脾气，说什么就要做什么的，只对她父亲一笑，说道："爹爹早去早来。"钟常答应一

声，到湖边去下了船，鼓动双桨，驶出紫云湾，便到了万顷碧浪之中。

太湖里的村子很多，大家都是聚族而居，民风厚朴，然而又有些横暴，男女之间，桑间濮上之风，也很盛行。这时正值乡民大捕野鸭的当儿，那野鸭在太湖里最多，要算是湖中的特产，每值秋季，浅汀芦畔之旁，一簇一簇地成群而翔飞，黄嘴翠羽，到处觅食。因为野鸭的肉味鲜而且香，是野味中的上品，尤以富人酷其甘，乡人遂在此时，争捕野鸭，一对对拿到城里去卖。他们捕野鸭的方法，有些特殊，人们往往带着火枪，悄悄地潜伏在芦苇叶中，等鸭子们起飞的时候，便迅速地开枪射击，一枪放出时，有许多很小很小的弹丸，野鸭纷纷下坠，但这不是最良好的方法。大多数的乡民在晚上到湖边去安排下捕野鸭的网，专待野鸭觅食时自投罗网的，到了清晨，乡民们叫他们家里的女儿或是童养媳到水中去取已入网的野鸭。这些女子大部分是十七八岁的少女，身体很是康健，泅水术也熟谙，身上脱得赤条条的，只穿着一件入水的肚兜，用几根带子上下束着，掩护了她们的私处和胸前的双峰。她们很天真地一个个奋勇跳下水去，泅到她们的捕鸭网所在，见了网中满满的野鸭，好不欢喜，大家负着网，连网带鸭，从水里扯回家去解俘。

钟常出来的时候，正遇见这些捕鸭的少女，他看着很觉有趣，又遇见许多网船都往湖心里去捕鱼的，成群结队去赶着水上生涯。钟常划了一会儿，稍觉乏力，遥见东边有一座小山，山下红叶萧疏的林中，有一个村落，钟常便想到那边村子里去玩玩，所以将小舟划进湾去，正要泊了舟上岸，去小酒店里喝些酒，休息一会儿，再往别的地方去遨游。忽见岸边有一个年轻的汉子，形色败坏，脚步匆忙地向太湖边来，背后有一伙人紧紧地追赶。那汉子跑到水边，满头是汗，见了钟常便呼救命。钟常虽不知是怎么一回事，但见着许多人紧追一个人，而这人又向自己求救。他本是一个侠义之辈，怎能袖手旁观？遂

将小船靠近了岸，向那汉子一招手道：“下来吧。”那汉子跳到船里，气喘吁吁的，向钟常说道：“老丈，可怜我的，快快把我摇开去，岸上那些追赶的人，要将我置于死地呢。”钟常因为事机急迫，也来不及细向根由，立刻把船划向湾外去，划到一箭之遥，岸上追赶的人已到水滨，高声大喝：“你这小子逃到哪里去，谁敢把他救去，谁就要和他一同处死，还不将船划回来吗？”钟常不去理会他们，只顾将小舟划向外边去，要脱离他们的威胁，又听岸上人喊道：“哼，凭你们逃到什么地方去，老子一定不肯轻易饶过的，天下有这种便宜事吗，灭损了班家的威风。”

钟常出了村湾，已望不见岸上的人了，看这汉子年纪还不满二十岁，面貌生得还好，但略有些傻态，身穿一件青灰面袍，并不像农家之子。此时他伏在船中，满露着惊惶的形态，似乎十分可怜。钟常一面划桨，一面细察这人既不像盗匪之类，为什么岸上那些人紧追不舍，一定要把他处死，忍不住向他问道：“你姓什么，是不是这村中的人，他们为什么要害死你？究竟为着何事？你要告诉我知道。”钟常问时，只见他脸上一红，嗫嚅着说不出话来，只说：“小子姓何名正，但人家都唤我何傻子，并非这里村里的人，是住在邻近的柏树村，小子实在是做事太荒唐了，以致闹出这个乱子来，他们定要杀死我，但小子实在是三房合一子的，请老丈援救我出险，当结草衔环以报。”钟常听他说话倒还斯文，像个念过书的，他自己虽是个武夫，平常却很敬佩读书种子，所以他更是不忍眼看何傻子被那些人给害了，又对他点点头道：“你不要害怕，我必救你出险。”何正却把手向背后一指道：“哎呀，不好了，老丈，你看他们追来了。”钟常回头一看，见背后五六条浪里钻的小船如飞一般地向自己船追来，每只船上立着三四个人，手中都高高举着棍棒、钢刀等武器，又有二人划着桨如火如荼，好似遇到了湖匪，钟常虽把自己的船向前紧摇，但速力却差着甚远。一刹那间，后面的浪里钻小船越追越近，便有人高声喝

道："你这人好大胆，是从哪里来的，载着这小子逃生，莫非和他是同党吗？好待老子来收拾你们一同去见阎王！"

何正指着后面当先一条船上握着铁棍站在船头的一个中年汉子说道："老丈，这人就是此间丹枫村里的班老四，别号赤尾蛇，设着拳社，招募弟子，听说他的本领很好的。老丈，以我看难以逃走了，他们追得渐近，老丈你能够把我送到柏树村吗，到了那里，我们村中也好出来相助了。"钟常摇摇头道："一则我不晓得往你们柏树村的水路怎样走法，二则时间也不早了，这不是他们已是追近吗？"何傻子哭丧着脸说道："那么怎样办呢？不是又害了老丈吗？"钟常哈哈大笑道："你虽年纪轻，却为何这般不中用，凭我一人一力，包管击退他们，你会摇桨吗？你快坐到船艄来，代我摇桨，我自己在船头上去对付他们。"说着话便将手中的桨交给何正，何正有些似信不信地说道："摇桨我是会的，但老丈手中没有兵器，又是一个人，怎敌得过他们十数个男子呢？"钟常道："这个你莫要管，我自有能力，你只要好好儿地摇着桨，心里千万不要惊慌，把船摇得稳定，就是你的责任，其他天大的事有我一人担当，不要说这些十来个胎毛未干、初出茅庐的小子，便是有千百兵马在前面，我也视若无物的。"遂把他自己身上的长衣脱去，走至船头，喝令何正把船调转身去，何正这时也只得硬着头皮，调转小舟，唯望钟常抵挡一阵，听天由命。

当钟常的船调转身来时，丹枫村上的追来的船已相隔一丈来远了，那个班老四恶狠狠地举起铁棍，向钟常说道："你叫这小子快快束手就缚，免得我们动手，谁叫他跑到我们村子里做歹事，我若饶了他，就不再姓班。"钟常抱着双拳，很镇静地立着，不动声色，等班老四的船近时，方才开口说道："凡事有理可讲，何必要如此蛮干，姓何的究竟有了什么罪，你们把他看作盗贼一般呢，倘是好好地讲话，我愿意代你们排难解纷，消怨释嫌，岂不是好。"班老四道："你既然不知内中情由，用不着你来多管闲事，只要交出姓何的小子来，我们也不

来伤害你，何苦要袒护这小子，若强欲出头，那我就不客气了。”钟常闻言，冷笑一声道：“姓班的不要自恃技高，你有棍子，我有双拳，不妨来比试比试吧。”

班老四闻言，气往上冲，说道：“你这人有多大本领，敢是吃了豹子胆，来此挑衅。”旁边又有一个拿着短刀的少年，说道：“四哥，你和他多说什么。”班老四的船这时已和钟常的船接近，看着钟常赤着空拳，更不放在心上，他把手中的棍子紧一紧，直向钟常胸口捣来，钟常哪里注意他，等到棍子贴胸时，身子向左边一侧，伸右手乘势向前一抓，早将那根齐眉棍抢住，班老四等也未免太大意一些，故此被钟常抓住；他心里一想，连忙用力要把棍子收回去。但是钟常怎肯放过这机会，早运用神力，向里面一带，班老四没有钟常力气大，立足不稳，身子向前直倒，口里说声不好，连忙将手一松，身子跌到船头上，两手撑住，若不松手时，早跌入湖中去了。钟常的身躯只微往后略侧一侧，一根齐眉棍早已抢到手里，此时的钟常真是如虎添翼，挺着这根棍子，瞋目大呼道：“哪个还来尝试尝试这根棍子！”船后的何正看着也不由愁眉顿开，嘴也张开来了。

班老四跌得快，爬得也快，站起身子，见自己的棍子已落入他人之手，左右都是他的朋友和门下，平日夜郎自大，目空一切，常在他们面前夸口，今日竟然当众出丑，怎不羞愧，脸上立刻涨得红红的如猪肝一样，便从他的同伴手里取过一柄朴刀，咬牙切齿的对钟常说道：“你趁我不防，夺我棍子，何足道哉，须吃吾一刀。”说着话，恶狠狠的一刀照准钟常头上砍来；钟常有了棍子，便把齐眉棍去拨开班老四的刀，还手一棍，向班老四下三路扫去，班老四急忙跳过，险些儿着了一棍，便又觑准钟常的咽喉，疾刺一刀；钟常横棍格住。两人斗得不到五六合，班老四的刀方向钟常腰间刺去，却被钟常将棍子使个旋风扫落叶，和刀背碰个正着，班老四手中那柄朴刀，早已飞到三丈外的水面上去了。

众人见钟常厉害，呼哨一声，四面拥上来，想要以多取胜。钟常不慌不忙，将棍子从容舞开，只见上下左右都是棍影，宛如一条匹练，忽东忽西，众人哪里是他的对手，碰着棍的，不是头青脸肿，便是打落下水，一连打落了四五人。钟常一心要把他们击退，救出何正；忽然听得何正在背后说声不好，回转头来看时，只见船后水里上来两个汉子，揿住何正衣服，喝了声下去，扑通一声响，何正早已跃翻水中去了，接着水里又伸出两条手臂来，扳住船头，自己那只小船便滴溜溜地打转起来。钟常知道不妙，忙将棍子往船帮一扫，手便缩下去，船也不转了，但又见水里探出几个人头来，向他窥探，又有一个汉子浮出水面，手里挟着何正，湿淋淋地抱上对面一条小船上去了。此时钟常方知被他击落下去的人都会水性的，他们不能以力取胜，便来水底暗算自己了。何正被他们捉去，船上无人摇桨，自己一个人又要力战船上的人，又要对付水里的人，真是孤掌难鸣，不免要吃他们的亏呢。他一面手里殴斗，一面眼睛带望着水波之中，他们可要再来扳船；倘然自己的船倾覆没，那么自己虽勇，不谙水性，便要得到大大的危险。他正在思想之际，水底里果然又有几条手臂来扳他的船，他又将棍子去扫时，手又缩下去了；一会儿船梢已被人扼住，这船又滴溜溜地打起转来。钟常知道这个样子，是终于要吃亏的，顾了前不能顾后，不容易防护好自己的船只，于是他纵身一跃，跳到了班老四的船上。

班老四刚才手中的棍被钟常夺去，刀也被他磕去，他手里又换了一柄短剑，正在指挥同党，包围钟常。不妨钟常勇气无双，蓦地跳到自己的船上，不由心里吓了一跳。钟常直奔到他的面前，喝一声："小子不要以人多为胜，看你家钟爷来捕你。"说着一棍打班老四的肩头。班老四把短剑架住他的棍子，已知他的厉害，心中胆怯，硬着头皮迎战。钟常觑个空隙，一棍击中班老四的大腿，就在船中，趁势夺了班老四手中的短剑，插在自己的腰里，右手握棍，左手揪住班老四的发辫，高

高提将起来。

众人见班老四被拎，蜂拥而前，尚欲来援救，钟常高声说道："姓班的小子已为我擒，难道你们的本领还比他高强吗？谁敢上前来救的，我就叫他剑下丧生。"说罢，又把棍子放下，从腰带上取下短剑，提着班老四的后颈说道："你快叫他们不得动手，否则我先杀死了你，再去对付他们。"班老四这时性命已在他人掌握之下，战栗不已，连忙依着钟常的话，向众人说道："弟兄们快快住手，莫害了我的性命。"众人听班老四呼喊，又见钟常威风凛凛，不可侵犯，立刻呆呆地都停住，钟常见已镇住强人，心中暗喜，遂又吩咐班老四道："你快叫水里的人一齐上来，不许在下面暗算，不然我就把你的头割下。"班老四道："我说我说，请你千万不要伤我。"便又对水里的人说道："水中的弟兄都上船来吧，不要动手。"水里的人正在无主意，听了班老四的话，果然一个个都跳了上来。钟常又对众人高声说："你们如要我释放姓班的，快些先将姓何的释放回船，要不然我可先杀了姓班的，再和你们厮杀。"众人听了这话，犹豫不决，钟常又把短剑在班老四耳朵上触了一下，说道："你也吩咐他们一声。"班老四忙又说道："弟兄们快把这人放了再说，今天我们算输了。"班老四说过这话，便有一人放了何正，放他爬回自己船中去。

钟常见何正已回到自己船中，没有损伤，心中大为安定，班老四哀告道："我都依了你说的话，此刻你总可以把我放下来了。"钟常道："你别慌，只要你能顺从我，绝不至于伤你，但此时还要稍缓片刻。"他说完了这话，仍把班老四高高举起，短剑插在腰里，提起棍子一步步地走回自己船上，又对众人说道："你们若要我放回姓班的，那么你们只可留下一条船、两个人，随我的船再往前行，到了相当之处，我自然放他，让他坐船回去，其余的船都不许逗留，快快回去村里等候，大丈夫出言如山，绝无更改，我绝没有片言只语哄骗你们。"众人听了面面相觑，做不得主。钟常又和班老四说道："你快快说

吧。”班老四叹了口气，只得对众人说道：“弟兄们请留下一条船，两个人随我同去，其余的人只好先请回去，等我回村再作道理。”众人听了班老四的吩咐，果然留下一条小船、两个健儿，余众垂头丧气地回船去了。

钟常见他们一一依了他的说话，便又对何正说道：“现在已无事了，你快快把船摇回村里去。”何正答应一声，很兴奋地摇着桨在碧浪中悠然而去。

班老四那边留下的一条船，跟着钟常坐船而行，过了一段水路，已隐隐望见前面陆地，钟常指着问何正道：“前面可就是你们村庄吗？”何正点点头，钟常便将班老四释放，说道：“今天姑且警戒你一下，以后再不要恃强欺人，快快回船去吧。”班老四已吃了苦头，不敢再和钟常分辩，垂头丧气地回到他自己船上去。他的同伴接到船中，方才安了心，鼓桨如飞，回到他们村中去了。

钟常放回班老四，又对何正说道：“今天我救了你，索性把你送回村去吧。”何正道：“老丈真是金刚身手，菩萨心肠，使小人不胜感激。你若送我回去，家父知道了一定要感激涕零，将来父子们要代你供个长生牌位，一辈子不忘大恩德的。”钟常听他说话真不像是傻子，便又问他道：“你究竟在那边和姓班的有什么过不去的事，而他们要追捕加害你呢？他们这也太没有王法了。”何正复经钟常这一问，他的脸上不由一红，嗫嚅着说道：“这事也是小子一时糊涂，自取之咎，本也不能深怪班老四的。但班老四等众人恶狠狠地必要杀死我，那也未免太残暴了。老丈请恕我的荒唐，待我把此事事实真相告诉你吧。”于是何正一边摇桨，一边将他在丹枫村里所做的事分条分缕奉告。

何正本是湖滨柏树村上的人，他的父亲何寿田是村中的富翁，田地财产很富，伯叔都在苏城经商，三房只生他一子，所以不但他父亲爱如珍宝，一家一族都是喜欢他的，乡人最重后嗣，因为何寿田若不生何正，他们都要变作若敖氏不食之鬼

了。自幼他父亲便请了一位老儒在家，给他讲读五经四书、诗赋文章，希望他可以做个读书种子，博取功名，光荣门楣，谁知他有些呆头呆脑，小处虽能明了，大处偏要糊涂，有时文章做得很好，有时却又不知所云，不守格律起来。后来那位老儒因自己教他不好，便气愤告退，何寿田无可奈何，只好让儿子在家自修，兼习绘画，因此大家都称他何傻子。他父亲眼看着儿子渐渐长大，功名虽无成就，恰逢时势大乱，还是姑且养闲，不过何正既然是三房合一子的，不可不代他早早授室，自己也可早得弄孙之喜，以慰桑榆之暮景。无奈何正性情十分固执，必要他自己眼里看得中的，方可联秦晋之好，虽有许多做媒的来说合，却多不能成功。他父亲几次劝他，责备他，把孟子“不孝有三无后为大”的话讲给他听，他总是不肯顺从父母的意思，何寿田也奈何他不得。一年一年的因循下来，他父母不知何正究竟要怎样一个女子做他的妻室。这一来何正到丹枫村去赏红叶，游玩山景，住在姓鲁的乡人家中，姓鲁的是他的父执，确知何正是三房合一子的富家子弟，格外殷勤款待，留他一连住了数日，打发人到何家去通知，留住他不放回去，谁知一段孽缘由此而生。

有一天下午，何正自己出来散步徘徊，忽见东边小篱旁有个园林，树木甚多，有儿枝红枫已是胭脂般红起来了，在西山许多村子里大多数人家种植果树，所以园子很多，而且不论什么过路客人，都可以从树上采取果实，肆意饱啖，绝不取值，只不许带回家去，这也因为洞庭东西山各处都是著名出产水果的区域，有果树的人家出产得多，当然不计较他人吃一些了。这时候橙子已黄，枣儿甚大，何正是喜欢吃枣子的，遂信步走将进去，只见一丛丛的树，没有一个人影，他走至一株大枣树下，偏巧那边地下有一支竹竿横着，他就取在手里，抬起头来，觑临枣子多的地方一阵乱敲，那已熟的枣子便纷纷落到地下。何正见地下已有不少枣子，便丢下竹竿，且拾且吃，吃了一个畅快，不舍得离去，又从林子里走过去游玩一下，只听那

边橙树上窸窸窣窣的声音，仰首一看，忽见有一个绿衣女郎，立在一条树枝上，亦在摘取橙子，兜满了一衣兜，露出裙下一双金莲，红缎鞋儿，绣着黄色的花、绿色的叶，虽然没有三寸小，至大也不过四寸，瘦瘦的很在样儿，这一喜真是非同小可。原来何正所以不肯娶妻，并非真的不要妻子，实在他读了古书，忽然有一种嗜好，便是喜欢女子的小足，他喜欢娶一个女子最好要像窅娘一般的纤纤莲钩，瘦不盈握，那么帐中被底，格外销魂，因此他曾作了十首咏绣鞋的诗，寄托情怀，自誓非有小足的女子不与缔姻。可是乡间的女儿十有七八是天然足，她们都要做工，缠了小足如何能耐劳苦。即使有几家大户人家，强迫女子缠足，也是有名无实，只有胖肿而不美观，貌美的虽有，足小的不多，因此他的婚姻便耽误起来了，然而他的父母哪里知道他的心事呢？否则早向城里女子去求亲了。何正物色多时，更觉莲钩难得，痛寐思之，今天忽然见了这一双小足，岂非蓦地里遇见了风流冤孽吗？

他不由轻轻咳嗽一声，树上的女郎听得下面有人，低头一看，乃是一个陌生少年男子，不禁双颊红晕，回过脸去，何正先见双钩，已是魂销不禁，后见女子玉姿绛香，风姿雾鬓，不觉目怡神往，呆呆地立在树枝，默默无语。绿衣女郎见树下有了男子，也不再摘取橙子，心慌意乱地要紧溜下树来。哪里知道小足一滑，竟从树上跌将下来，口里说声“不好”，这株橙树很是高，她又爬在最高处，倘然跌在地上，定要受到重伤。此时何正正在下面，也顾不得男女授受不亲，奔上前去，伸手将女郎一抱，女郎早跌在何正怀里，何正支持不住，扑地坐向草地将女郎托住。一丝毫没有受伤，在她衣兜里的橙子，却跌了个满地。女郎受惊之余，面色变白，似乎已有些晕厥的模样，何正不知她的芳名，只凑在她的耳旁，低声唤道：“姑娘醒来，姑娘醒来。”唤了二三声，女郎樱唇里嘤咛一声，睁开星眸，见自己的娇躯竟坐在这少年的怀里，如何不羞愧万分，忙伸双手掩住了她的面庞，说道：“怎的怎的。”何正道：“姑

娘莫惊，刚才我走至树边，见你从树上坠下，倘然不救，必有死伤，所以不避嫌疑，赶上前将你抱住，幸姑娘并没有受伤，而虚惊却不免了，请姑娘镇定心神，不妨事的，并乞谅吾孟浪了。”女郎听了这话，闭目不语，何正见伊不开口，也不动身，他也坐着不动，软玉温香抱满怀，一阵阵的肌发之香透入他的鼻管，他忘记了所以然，一时神不守舍，半晌沉默。

过了一歇，女郎才嘤咛一声，立了起来，何正又向女郎一揖道：“幸恕冒昧，愿闻姑娘芳名。”女郎回转头来，脸色又转红了，羞怯怯地答道：“我姓赵，闺名香玉，今日因为爱吃橙子，故到自己园里来采取，稍有不慎，失足而坠，幸君前来救援，感愧得很，但不知尊姓大名。”何正道：“小子姓何名正，是柏树村人，来此盘桓，巧遇姑娘，三生有幸。”说罢又是一揖，女郎听了“三生有幸”这句话，微微一笑。何正见四下静悄悄地别无他人，遂又向女郎说道：“姑娘，为何不叫佣人上树采取，而自己不怕有损玉体的危险……来登高树呢。”香玉眼圈一红说道：“妾已十有九岁了，但因先母见背，在后母膝下过活，后母自己有了儿女，把妾时常虐待，妾孤苦伶仃，万分酸楚，一切操作都要动手的，哪里可以叫人做呢？”何正听香玉身世如此可怜，心中更是感动，发生了一种极浓厚的同情心，遂说道：“原来姑娘遭逢这般不幸，使小子听了，万分扼腕，小子今年虚度十九，已和姑娘同庚，不瞒你说，家里父亲屡次要代小子完婚，而小子因为不得心上中意的人，所以宁做鳏夫，尚未如愿。”香玉把一块手帕在唇边咬着问道：“那么何君心上的人是谁呢？”何正近两步，大着胆子，向香玉又是一揖，轻轻说道：“姑娘，我的心上人儿就是你了。”何正说了这句话，香玉却低着头，不作一声，何正见她并不叱责，便知这事有几分成功，遂又说道：“姑娘不要恼我无礼，怪我轻薄，只因我自诫愿得纤足的女子为偶，今姑娘貌美如花，足小如菱，只是我所渴望的人，故斗胆向你说了，如蒙垂允，我回去就叫人来捏合，可缔丝罗，这也是天作之合，否则怎会有这样

的巧呢，千乞姑娘可怜小子，切勿见拒，那么此后一生幸福都是姑娘之赐了。”

何正这话说得甚是诚恳，以为可得香玉青睐，谁知香玉把手摇摇道：“何君，妾很感君美意，当愿侍奉巾栉，但是恐怕何君忘记了这其间还有一个问题，使妾与君难以成姻缘的，请君不要痴想吧。”

何正一听这话十分疑异，一时倒想不出是何问题。香玉见他疑异，想不出方才说的问题，便紧蹙蛾眉，对他说道：“何君，你难道忘记，我们丹枫村五年以来，早有禁令，全村人民不论大小人家，均不得和你们柏树村人通婚姻之好吗?”何正被她这么一问，方才如梦初醒，立刻哭丧着脸，说道：“不错，小人倒忘记了，这个确实是一个难题，我们将怎么样呢。”

原来七年以前，丹枫村里有一家高姓的，他一个十三岁的女儿送与柏树村中农人梁某家中去做童养媳妇，谁知梁某的老妻马氏性情十分暴戾，和他的两个女儿把新来的童养媳百般虐待，时常痛打。有一次高某去探望他的女儿，见他女儿额上有明显的伤痕，便向他女儿询问，他女儿且泣且诉，偷偷地把情形实告。高某是个性急的人，遂和梁某理论，不许以后再虐待他的女儿，梁某受了高某的责言，等到高某回去后，便去怪怨他的妻子；谁料马氏是著名的雌老虎，岂肯受丈夫的责备，夫妇俩勃谿一番。这妇人又以为都是童养媳在她父亲面前挑唆，以致闹出这个气恼，便和她的丈夫寻觅童养媳妇一些小过，母女三人把她结结实实地毒打一顿，打得她遍体鳞伤，又把她关在一间小屋里，不给饮食，马氏的儿子一则怕他的母亲，二则和童养媳妇没有什么感情，也就不去过问，梁某在外边赌钱，不知这事，可怜那童养媳妇受伤沉重，又不得医治，仅仅禁闭两天，一条小性命便不活了，等到梁某知道，也已无及。恰在此时，高某又来探视，偏巧亲眼看见这幕惨剧，于是他放声痛哭之下，要和马氏拼命，马氏不服，挺身而出，和高某理论。马氏半点错处也不肯认，高某和她有理讲不清，勃然大怒，打

了马氏一个耳光，马氏有两个女儿相助，到了这个时候，梁某也帮助他，和高某斗了起来，把高某打了半死。高某回到丹枫树，已是奄奄一息。高某临死前，表弟洪某恰来探伤。高某把前后经过告诉了洪某，要洪某代他报仇雪恨。那天晚上，洪某聚集本村壮汉，商议复仇。洪某本是村里的无赖，勇而有力，他见他的表兄和侄女儿都死于柏树村之中，难咽下这口怨气，又有高某临死委托，所以他天明立刻便聚集了许多村民，奔赴柏树村兴师问罪，也把梁某和马氏打得半死，捣毁梁某全家财物，算代他表兄和侄女报了私仇，马氏受伤最重，不久也因伤而死。柏树村的人以为洪某不该带领大批打手到柏树村里来殴人致死，明明蔑视村中无人；柏树村中自然也有不少好勇斗狠之徒，借着这问题，也聚集了百余健儿，到了丹枫村去和洪某殴打，洪某不甘示弱，率众抵御，两人恶斗一场，柏树村打了胜仗，洪某也因此伤重殒命；丹枫村人隔了数天，又去柏树村问罪，班老四率众迎斗，两村遂成了械斗的局面，事态扩大，彼此结下怨仇，相争不休，最后由柏树村里的几家富家巨绅，向官中呈文报告，要求太湖厅出来秉公调解，方才终止械斗，可是丹枫村中人推求祸根，免不了深恨柏树村人，所以他们村中定下一条禁令，就是以后他们村中不论任何人家，均不得与柏树村人通婚，虽然隔了数年，前事淡忘，两村人互有往来，而禁止通姻这条禁令尚未取消。这就是香玉姑娘说的疑难问题。

何正呆立多时，香玉也含情脉脉地站在他的对面，二人相怜相爱，一见倾心，却因为这个问题无法解决，未免可惜。何正早已醉心于香玉的裙下双钩，怎肯硬着头皮就因此放弃。色情狂会使人胆大起来，超过了一切，对立半晌，何正忍不住又对香玉说道："我们既已相爱，何必顾到这问题，能够成功的话，这自然是最好了，否则我将来也必携带家财，和姑娘双双走向他方去，不是很好吗？"那香玉也没有什么主张，只微微一笑。何正又说道："姑娘家中人多吗？今夜我可能私下到你

闺房里来一会儿吗？”香玉一听这话，不由脸上微有红晕，低着头回答道：“你要到我那里去吗？我也不忍拒绝你，我家的人不多，父亲到无锡去了，后母不管我的事，并且我住的一间卧室，单独在后边，和他们隔离甚远，你若在夜里到我房中来时，他们不会知晓的。”何正听了这话，喜形于色，点点头道：“这就是小子的大幸了，只不知姑娘的家门在哪里，请姑娘指点明白。”香玉道：“这园是我家的，晚间也有护园的住着，你来时不便，况又在黑暗之中，何处觅路呢？在园门外西首有一条小巷，巷里左右有两个小小的门户，左边的便是我家便门，今晚我可暗暗把门虚掩上，你可打从那边进来，顺手转弯，有个小天井，在天井对面有两扇长窗，我站在那里候你，决不有误。”何正听了，牢牢记在心里，香玉又道：“我们既已约定，请你就去吧，我不便在此和你多谈，倘有人看见了，反为不妙。”

何正说声“是”，他遂向香玉作了一揖，回身走出园去，走至园外，照着香玉所说的话，已走到西首一条小巷里，见那巷是走不通的，巷左右果然有两扇一样的小边门，何正认清了一下，方才回到鲁家。晚上推说头痛不适，要早些睡眠，自往客室中去熄了灯，默坐一会儿，延至外边人声静寂时，他就偷开了鲁家的后门，溜到外面路上，这天还是很黑暗，他小心翼翼地循着墙根走到那边，且喜没有遇见他人，才向小巷里一溜。他还是第一次做这偷香窃玉之事，大着胆子，鼓起勇气，自以为不入虎穴，焉得虎子。摸着这扇木门，正是虚掩着的，轻轻一推即开，慌忙闪身进去，乃是一条小小过道，昏黑不辨门径，暗想香玉若欢迎我来，何不在此挂一盏明灯，好叫人容易走路，继思这本是秘密的行为，她怎好挂起灯来，使人猜疑呢，只有暗地摸索了，便将小门仍旧掩上，摸索入内，顺手走了个弯，黑暗中见有一条苗条的黑影走过来，把一只软绵绵的手伸到他的手掌里，低低说道：“怎么你迟至这时才来？”何正只说了一声“是”，接着纤手，早已魂销，不禁望着黑影往里

面而去，不见所谓天井和长窗，暗想香玉姑娘不是说站在长窗边候我的吗？怎么她又在黑暗里迎上来呢？他也不敢询问，从黑暗里随着她去进一个小小卧室，室中没有亮着灯，听她悄悄地将门掩上时，何正心里不由卜突卜突地紧跳着。接着见她伸开双手，早将自己一把搂住，亲亲热热地把樱唇凑到自己嘴上接了一个吻；何正暗想不出斯斯文文的香玉，竟会这样热烈的，她究竟是不是个闺女呢？这也是一个疑问，他心中这般暗想。她早又问道："我的好人，你怎么今晚变了哑子，一句话也不说呢。"一边说一边早拉着何正的手，抚摸她的乳胸，何正这才觉得情形有些不对，声音也微异，便叫声"你可是香玉吗？"她突然松开纤手，发出惊骇的声音道："你……你是谁，什么香玉，你走错人家了，这这，如何是好。"何正也惊慌道："那么你是谁家，怎样引我至此了。"

两人都作疑问，忽听室门嘭的一声响，又有一条黑影闯将进来，说道："阿梅阿梅，你在此和哪个讲话？"室内的黑影接着说道："不好了，我屋里有一个贼闯进来了。"外来的黑影说道："快把他捉住。"何正发急喊起来道："我不是贼，你们快快放我出去。"何正情急了，他到底有些呆气，竟没有顾虑到他自己身处在什么地方，竟贸然喊了这么一声。外面早有人惊起，两条黑影都说一声不好，那外来的黑影早回身便逃，何正此时也知不妙，跟着拔脚想走，早被女的一把将他拖住，也喊起来道："哥哥，我们这里有贼。"何正大惊，用力将女的一推，才摆脱身躯往外便逃，但在黑暗时东碰西撞的如何走得快，早见背后有灯光，又有人大声喝道："哪一个吃了豹子胆，不管三七二十一地闯到我妹妹的房间来做甚，逃到哪里去，我班老四捉住了你，务要剥你的皮，抽你的筋。"何正一听班老四三字大名，把手一摸头颅，自思我是要走到香玉家中去相会的，怎样会跑至班家来呢，自己也弄不明白了。班老四是本地村中有名的拳师，别号赤尾蛇，惹也惹不得，今夜我遇见了他，我的头颅将要保不住了，所以吓得心惊胆战，没命地向外

飞跑，好容易跑出后门，穿出小街，却见背后已有几个人照着火把追来。

何正虽想回鲁家，但苦不及，后面追赶的人渐近，面前边又有犬吠之声，怕要遭人堵截，偏巧旁边有个荒落的桑园，矮树乱草，黑乎乎的看不清楚，他也不知害怕，便往桑园中一钻，跌跌撞撞地逃向里面，从树背后藏身，听外面足声杂乱而过，火光渐远，他才暗暗放心，捏了一把汗，自思这一遭真像鬼摸了头，跑至班家去，所谓阿梅其人，当然是班老四的妹妹了，她如何会知我来而牵我入内呢？还有后来的黑影是谁呢？这明明是班老四的妹妹另有奸夫，约作幽会，起先认错了我，而我也是走错了右边的门户，以致闹出这个岔事来，这虽是说他不巧又是巧了，但愿他们追我不着，回家去吧，我在此躲过了一夜，明天逃回家去，万事全休，只好有负香玉的深情了，否则我若不幸而被班老四捉住，岂不是有口也难辩吗？

何正这样想着，忽听人声又起，似乎人数越多了，火光又明，很快地走回来，只听得班老四粗暴的声音喊着道：“那厮怎会跑得这般快，踪影都不见呢。”又有一个人说道：“小弟听得这里喊叫声，忙和他们三弟兄从小杏桥边迎上前来，也不见有一人影，那厮难道插翅飞上天去不成吗？”又一人接着说道：“班老四哥，我料那厮一定逃到这边桑园里去的，你不信时，我们进去搜查一下。”班老四说声好，即见火把移向桑树边来，有几个黑影窜入园中，何正惊慌极了，摸着身边地下有两块小石子，连忙拿在手中，将身子蹲在树根边，眼睁睁地看见有一黑影，也走向自己这边来，忙将一块石子向他飞去，落在那人脚边，只听那人骂道：“小王八，真的躲在里面。”背后一人喊道：“老王你要当心。”话刚说完，匆匆又一石子飞出，正击中老王的嘴巴，啊呀呀地喊起来，前后的人跟上前时，何正又取了乱石块飞出去，击中两人，于是这些人吃了亏，火把集了一处，不敢向前，退出去了，又听他们中间有人说道：“那厮已在里面了，黑夜进去，他从暗处可以看得出我们，而我们都看

不见他，徒然被他飞石击伤，太不值得，不如守在四处，把这桑园围住，等到天明后再进去，把他擒住，活活地种了荷花，方出得我们这口气。”班老四道：“老弟有主见，依你这么办吧，那厮也不打听打听，敢到我妹妹房中欲行非礼，该死不该死。”众人哈哈大笑，于是又见火把四处散开了。

何正暂时得安，自思转瞬天明，自己终成瓮中之鳖，逃到哪里去呢，必须在这夜间想法逃遁为妙。他潜伏了好多时候，实在忍不住了，便爬上一株桑树，向四周窥探，果见四面有火把亮着，班老四等监视在外，自己逃到哪里去呢？默察良久，只有东北角上火把离开甚远，而且一无声息，自己不如就逃向那边去吧。遂下了树，怀中揣着许多小石子，做紧急防身之用，膝行而前，从丛树中摸到矮墙之下，寻得立足空隙。越墙而出，且喜班老四等尚没知觉，已有四鼓时候了，在黑暗中走了数十步，不敢回鲁家去；因为那边桥畔也有隐隐火把亮着，他只往村外走。一会儿东方已白，他越是心慌，想找只船儿坐了，逃回柏树村去，这是最好的方法，然而雇船必须说明，自己又露不得面；倘若给他们看见了，怎肯载送我归呢？晨光旭旭中，前面已有人走动，他忙把怀中石子丢了，低着头走，幸喜无人遇见。走了多时，遇到了个牧童，坐着牛背过去，也没注意他。他走至小溪旁边，见有数只小舟，他想前去偷取，东边矮屋里已有人出来，他回身便走，不知自己走到哪里才好，绕着圈儿想回鲁家去，拜恳他的父执出来代为缓说求和，然又恐被班老四撞见，走两步退一步，趔趄难前，这时候忽见远远的田岸上有一群人向这边飞奔而来，他一看便知是班老四那边的，手里都拿着刀枪棍棒，气势汹汹，他连忙回身奔逃。

班老四等天明后在桑园里四处搜查不着何正，心有不甘，遂又追寻。遇见牧童，向他询问，牧童告诉有一生人走过，于是他们追向这边而来，果然遇见。何正无路可奔，只往水边走，巧遇钟常划舟到此，情急呼援，也是他的侥幸，遂被钟常仗义救下，护送回村，此时他在舟中把经过的详情告诉了钟

常。钟常也觉奇怪，徐徐划着桨，到得柏树村，村上人家甚为繁密，何正引导舍舟上岸，一同到家，钟常一看何正门墙高大，屋宇连绵，内外仆从甚多，真是村上殷富之家了。何正引导他去见父亲，何寿田见儿子同一位魁梧奇伟之士回来，未免有些惊异。何正此时方向钟常问起姓名，介绍相见，何寿田经他儿子的简略报告之下，知道钟常是救儿子性命的恩人，怎不感激异常，连忙设宴款待，钟常老实上座，举杯畅饮，且叫何寿田好好管束儿子，又勉励何正数语，酒终席散，告辞归去，何家父子苦留不得，只得由钟常回去。

钟常回到紫云湾，他的女儿红薇迎着问道："爹爹何处去游览的？"钟常哈哈笑道："我是出去救一条性命的。"便将丹枫村救出何正的事告诉了红薇，红薇也觉好笑，隔了三天，柏树村中的何寿田和他的儿子何正带了不少隆重的礼物，亲自前来拜访，接谈之下，方知何正虽然遇到了一次危险的风波，何正未遭毒手，而心里仍是舍不下赵家的香玉，而香玉的一双纤足，尤使他念念不忘，所以几次三番地向他父亲恳求，要他父亲来此，拜恳钟常出面去到丹枫村赵家为媒，玉成婚姻，消释前仇。他父亲应儿子之请，遂来商请，顺便备了几份厚重的礼物赠送钟常，申谢他前天救助之德。

钟常哈哈笑道："何君受了这场惊恐，却仍不能忘情于赵氏女吗？这件事很是困难的，因你们两村既有世仇，一时不易消释，除非有排难解纷的鲁仲连出面调解，不易成功。"何寿田又向钟常拱手道："阁下便是今世的鲁仲连，所以此事非借重大力不可，鄙人所生只有这一个儿子，又是兼祧三房的，不免宠爱情重，早想代娶妇，无奈他执拗不肯，必要裙下双钩细如束笋，鉴美于古之窅娘的，方中他的心意。此番他在丹枫村中见了赵家香玉，梦魂难忘，只是舍不下，天天在鄙人面前要求，因此只好来拜托阁下，玉成其事，有烦至丹枫村向赵家一说。乘此机会，好将我们两村的世仇一笔勾销，岂不是好？想阁下蔼然仁者，一定能够俯允所请，救救小儿这条性命，吾儿

若不得成功此事，他一定要思念成病，没得药救了。吾儿有不测，我家将为若敖氏鬼，所以此事无论如何要恳求阁下帮助成功的，不但愚父子终身感德，何氏数房宗族是同深感戴。”说罢又向钟常连连作揖。此时钟常再不能不答应了，遂说道：“既然如此，我明天准向丹枫村去找姓赵的说项，看你们的命运如何。”何寿田大喜道：“难得阁下允许，这是愚父子的大幸，你到了那边，再可以找鄙友鲁九渊，说起鄙人托阁下前来商量这事，他和我很相得，他必肯帮忙。”钟常点点头说声：“好吧。”问明白了鲁九渊的住处，坐谈了一会儿，何寿田父子方才告辞而去。钟常那时要璧还他们的礼物，但何寿田一定不肯，钟常也只得受了。

到得明天，钟常坐了船，又到丹枫村去，找到了鲁九渊，将来意告知。鲁九渊一则是村里有名的好先生，二则又和何家至好，当然十分赞成，遂介绍钟常去见赵香玉的父亲赵德，把此事的前因后果说个明白，要求赵德允许。赵德心里虽然同意，但村中的禁令尚未撤销，未便答应。和钟常商量之后，遂请到班老四，和他讲明，要把前仇清除，班老四见了钟常之面，非常羞惭，自己知道本领相差太远，枉在村中设了拳社，贻人讪笑，钟常却对他十分谦逊，没有骄矜自喜的样子，班老四方才稍安。钟常和他反复讲了，班老四此时也已察知他妹妹的行为，并不十分深责何正，但因钟常是个壮士，不得不听他的话，于是召集村中父老，商议取消禁令之举。鲁九渊和班老四先后说了，钟常又在旁发言，劝两村和好，悉释前嫌，本来两边械斗之事，已隔数年，为首的都已物化，所以大家没有一个反对，很容易地把禁令取消了。禁令既然取消，何、赵两家婚事自然没有问题，钟常此行果然不虚，遂至柏树村何寿田处复命，何家父子非常欢欣，异常感激，遂又请钟、鲁二人为媒，往返说合，使何正和香玉配成良缘，如愿以偿。

班老四佩服钟常的武术，自己到紫云村来见钟常要拜在门下，可是钟常因见班老四好勇斗狠，为人不很纯良，不欲将武

艺传授与他，所以婉辞拒绝，班老四讨了一场没趣而去，心中未免有些怨恨。何正却是感激钟常相助的恩德，铭刻心间，时常赠送礼物，所以此次又送了阳澄湖的大蟹来了。

钟常借花献佛，便请史麟和孟哲持蟹赏菊，等他把何正的事告诉完毕，阿俊已托了一大盘闸蟹上来了。

第三章 湖滨习剑

钟常便对孟哲、史麟二人说道："我的故事已讲完，菜已来了，快请持箸吧。"史麟带笑道："这蟹果然雄大，我们是靠老丈的福，得快朵颐，老丈一片侠义心肠，人家到底是感激不忘的。太史公所说的，既已存亡死生矣，而不矜其能，羞伐其德，盖亦有足多者焉。老丈为了何正，水中械斗，几濒于危，依赖神勇获胜，完璧归赵，又不惮词费力，亲自去丹枫村说亲解怨，成全了人家的好事，自始至终，敢作敢为，使小子更是佩服得五体投地了。"

孟哲听史麟这样说，频频点头。钟常道："某有何德能，只是行我心之所安罢了，二位快吃大蟹，不要把蟹冷了。"说着话，便向盆中挑选两只最大的雄蟹，分送到二人面前，说道："今晚吃蟹，当然要先吃雄的，方才名副其实。"二人各谢了一声，便动手吃了。孟哲道："菜已煮熟，令爱在哪里，快请出来同食。"钟常道："孟兄休得客气，她在厨下，恐怕还要预备好两个菜，然后才能出来吃呢。"说着话斟上酒，托着酒杯，连声说道："请啊请啊，这酒也是好酒，平日里我是藏着

不舍得吃的，今天当着贵宾，方从缸里取出来敬客呢。”史麟连说：“不敢当，不敢当，敬拜长者之赐。”

于是三人围坐着吃酒，留着下首一个空位，是给红薇来坐的。孟哲和史麟吃过雄的，又吃雌的，一只只都是非凡结实，金膏玉液只其味美而已，一会儿阿俊又添上一盘嫩笋来，孟哲问道：“红小姐在哪里？”阿俊答道：“刚才和小婢烧好了菜，在厨下洗手呢。”孟哲道：“请小姐出来吃哩。”钟常遂大声喊道：“阿红快来。”丑丫头回身进去时，红薇已很快地走了出来，笑嘻嘻地站在一边，钟常指着下首的空座说道：“你来坐下，陪着孟老伯等吃两只吧。”孟哲也说道：“红小姐，你太辛苦了，这样饱满的大蟹，自己不来尝尝味道吗？”红薇点点头，走过来坐在位子里，一眼斜睨着史麟带笑说道：“这蟹果然不错吗？何正这人有办法。”孟哲道：“雌雄都好，老朽虽是一向捕鱼的，然而像这样好的蟹也是难得快嚼的啊。”

红薇伸出玉手也去盘中取了一只雄的便劈分着吃，钟常又请二人拿来吃，大家吃着酒，谈着江湖上的轶事。史麟年纪虽轻，酒量着实不错，竟和钟、孟二人对喝着，一点不让，钟常不由称赞史麟好酒量。红薇是不会喝酒的，喝了一点，两颊带酒，益发红如玫瑰，娇艳绝伦，孟哲却对钟常说道：“后生可畏，史少庄主的酒量可观，除却老兄能和他对喝，小弟不能再喝了。”钟常哈哈笑道：“年纪轻的人尚不甘示弱，我们老当益壮，断不可自甘败北，今晚尽量多多痛饮，缸子里的酒尚多着呢。”一边吃一边代孟、史二人斟酒，又吩咐阿俊快些儿再把酒烫将出来。孟哲勉强又喝了一杯，带笑说道：“我今天一定要醉倒在这里了。”钟常道：“不用慌，卧榻早已预备，任君酣卧。”

一会儿阿俊把酒烫上，又端上两样菜来，一样是虾米烧青菜，碧绿的菜心上面加着许多虾米；还有一样是干贝炒蛋，上面散着火腿丝，孟哲赞一声好菜，阿俊道：“都是小姐煮的，我不过帮帮忙罢了。”孟哲又向红薇称赞道：“红姑娘，你年纪

虽轻，却能烧得出这样的好菜。真不容易，老朽此后要常来叨扰呢。”红薇把头一摇道：“我哪里会烧，只不过胡乱煮一些，恐怕不配胃口吧，孟老伯若是不嫌不好之时，请常常到此，我家只有山菜野味而已。”钟常闻言，很得意地微笑，招呼史、孟二人快喝，史麟吃着，也赞一声可口的好菜，钟常笑道：“你不要赞了，你一向山珍海味吃惯了的，怎么也称好起来呢。”史麟道：“实在是好，并非恭维。”孟哲道：“久食膏粱者得尝藜藿，换换口味，自然也要觉好。何况红薇姑娘烧煮得果然好呢。”

红薇也持着蟹儿而微笑，隔了一会儿，她立起身来，走到厨下去，和阿俊又端来三样热腾腾的菜来，一盘是两条大鲤鱼，用冬笋红烧的，一盘是芹菜炒肉丝，一碗是火腿萝丝汤，放在桌子上，说道：“我看孟老伯确实有些醉醺醺了，蟹已吃够，再喝热的菜和汤吧。”孟哲道：“啊呀呀，红薇姑娘怎么又烧了这许多菜来，我们已吃不下去，我今晚真的醉了，不能再喝，钟常兄还要喝时，我可就献丑哩。”说话时舌头已然短了，红薇道：“孟老伯酒不能喝时，吃些饭吧。”孟哲道：“好的，姑娘教我吃饭，有了这许多美肴，就是喝不下，也要喝下去的了。”钟常却又代他斟上了一杯酒，说道：“孟兄，这杯酒请你干了，再可吃饭。”孟哲向他看了一看，说道：“你今晚一定要灌醉我吗？好，我若不领情，不够朋友了。”说罢，马上拿起酒杯凑到他唇上，一仰脖一气立刻喝完，又将酒杯向钟常亮了一下，钟常说声好，自己也斟满一杯，喝下肚去，又代史麟斟酒，史麟欠身托着酒杯，连说不敢不敢。也照样喝了一杯，红薇坐在旁边看他们喝酒，只是憨笑。钟常方才举起竹箸招呼道：“请吃些菜吧。”史麟很喜欢吃鲤鱼的，他也就老实不客气地拿着竹箸夹鱼吃。

孟哲刚才夹了一块火腿，送到口里去嚼时，忽然哇的一声，别转脸去，想要吐时又忍住了，立起身子不能支持，像要跌倒的样子。红薇慌忙去扶住他，史麟知道他要吐，早向窗前

取一只痰盂来，孟哲见了痰盂，一张口吐了数口，回身坐到椅子上，口里还说："钟兄你要我再喝吗，我可再喝一杯。"钟常笑道："果然不能喝了，你吃饭吧。"此时阿俊已送上四碗饭来，把蟹壳收拾下去。孟哲要想吃饭，却忍不住又要吐了，红薇仍把他扶住，钟常笑道："今晚他似乎喝得太多一些，红薇，你同阿俊扶他去睡吧。"红薇答应一声，遂教丑丫头掌了烛台由她扶着孟哲送到客室里去，一会儿已走回来。钟常问道："孟老伯已安睡吗?"红薇点点头，道："我已扶至榻上，孟老伯倒头便睡，丑丫头代他脱了衣服，盖上棉被，方才离去的。"

钟常道："很好，让他多睡一会儿吧。"于是，他又叫红薇坐下，陪着史麟吃过饭，桌上残肴由丑丫头来撤去，红薇端上一盆冷水来，去摘上一些菊花叶，请史麟把菊花叶擦了手，可以洗去蟹的腥气。史麟和钟常父女先后洗过手，丑丫头又换上一盘热水来，请他们洗脸，大家洗脸后，掌着灯，又把史麟引至书室里憩坐，钟常啧啧称赞史麟好酒量，喝了这许多醇酒，竟会不醉，正是自己的劲敌，史麟又谢他们父女款待的盛意，钟常道："你将来要常住舍间了，何用客气，我们都是自己人，你要什么也尽可以向我说，我能够办到的，一定为你办到。"史麟道："小子能在此间藏身学艺，这是最大的幸事，还请老丈不吝教诲，耳提面命，这正是小子的愿望。"钟常点点头道："这武术方面的事，那自然我要悉心教授你的，我终不负令尊之托。"二人说着话，红薇端了两碗姜片白糖汤进来，请二人喝，因为多吃了蟹，可多喝些糖汤，解去寒气；她自己早喝过了，史麟谢了一声，端直糖汤，喝了一个干。红薇又走出去了。

钟常陪着史麟闲谈一刻，说道："时候不早，你也该早些安歇，我送你到客室里去吧。"遂喊过阿俊一同掌着灯走出书室，穿过客堂，在客堂后面向右手转一个弯，有一个小小天井，在天井里有一株桂树和几丛海棠月季花之类，也有几盆菊花。天井对面有一间小卧室，向南四扇明瓦长窗，左边一扇小门虚掩着，里面隐隐透出些灯光，钟常推门进去，原来就是孟

哲睡的所在，东西设着两张小床，一张没有帐子的床上睡着孟哲，鼾声沉沉，沿窗方桌上点着一盏油灯，小小的火亮着，丑丫头把灯放到桌子上，室中更见光明，桌旁两边放着乌木交椅，钟常请史麟在椅中坐下，丑丫头早已把史麟带来的铺盖打开，代他铺上了鲜明的被褥，请史麟安睡。

史麟他看这屋子很小，因为搭着两张床，地位已是不多，壁上倒也挂着些书画。还有一座小小衣柜，自己的行李也堆置在床边，钟常又对史麟说道："敝居是狭小得很的，请你暂时委曲着在此下榻，等明天孟兄回去后，这一张床也可拆去，让室中可以宽广一些，你在白天时候不妨在外边书房里练书习字，后面小园中舞枪弄棒，都很可以的，我女儿和这丑丫头都喜欢学习武艺，她们也会伴你同玩，谅不至使你寂寞。"丑丫头站在一边，听了这话，背转脸儿去笑。史麟道："老丈如此优渥，小子感激之至。"钟常道："不用客气，你今日疲乏了，便请安睡，我们明日再见。"说罢，便和丑丫头掌着灯，回身走出房去。

回到书室，丑丫头把灯点着，悄悄走出去了，钟常并没有喝醉，他的酒量是很洪大的，独坐在椅中养神，看着桌上的灯，壁上的剑，凝思了一刻，不见红薇走来。听听外面远远的更锣已鸣三下，万籁寂寂，他就掌着灯走回自己房中去，他的卧房是在书房门对面，前后分为两室，前面的一间是他住着，后面一间便是他女儿红薇的卧室，中间有一扇小门可通。他回到卧室里，把室门关上，持烛放在桌上，听听里面红薇房中只有喇喇的声音，听不得红薇有什么话，便唤一声："红薇，你在房中做什么？"说着话，立即一推小门，走到后房里去，只见红薇她拿着她的一柄明月宝剑在那里擦拭剑鞘，摩擦青锋，钟常不由很奇怪地问道："你为什么在此弄这宝剑，还不去睡。"红薇仍是低着头擦拭剑鞘，很随便地答道："这宝剑是你老人家赐给我的，我很惭愧，不能好好儿学习武功，有负此剑，好几天没有舞它，今天看见剑鞘也是黯然无光，没有人家

的好，所以把来擦抹一下。”

钟常听了红薇的话，方才明白她的意思，因为刚才在书房里史麟坐下的时候，曾把他的一柄龙泉宝剑从腰旁解下，悬在壁上的，不料给红薇看在眼里，便以为自己的剑不及人家了。钟常知道，她是好胜心重的人，现在史麟来了，我倒不可不叮咛她数语，他这样一想，便在红薇对面椅子里坐下。

这卧室虽不大，却被红薇收拾得十分整洁，一榻一椅布置得井然有序，后面也有四扇短窗，正对着后园的，所以坐在屋里便可听得一二凉虫的哀鸣。钟常静默了一回，方才对红薇说道：“我要告诉你，从现在我们家里多来了一位贵公子，他要长住在这里，我们都要照顾他，爱护他，如同家人一般，那位贵公子就是你我方才陪他持蟹赏菊的史麟，也是史阁部这支的后裔。”红薇抬起头来说道：“我本不认识他，父亲为什么把他留在这个幽僻的湖滨上来呢？”钟常道：“这个我起先也没有告诉你，只因这事须严守秘密，不得不稍郑重的。”于是钟常遂把自己和史成信相遇，以及成信如何把史麟托他照顾的事，详细告诉与红薇知晓，且说道：“此事除了我与你以及孟家老伯知道，别人面前都不可泄露半句话，将来很有关系的。”红薇点头。

钟常又说道：“我既受史公之托，自当忠人之事，史麟在此，我一切都要留意在他的身上，且要把武艺传授于他，你当伴同他一起练习，互相观摩，更易进步。但我有几句话不得不叮咛你的，就是因为你是我独生的女儿，家中除了我只有你。什么事我都放任你，所以我知道你的脾气很是高傲，不能受人家半点儿委曲，也喜欢妄自尊大，和人家怄气，这也是我过分宠爱你所致。但你的年纪渐渐长大起来，尤当要趋向温和幽娴，凡事和人家要谦恭，不可傲视他人，恐防你以后要有什么任性的举动，得罪人家，使人家不欢，你终要多多忍耐，款待人家，当有礼貌，不要给人家说我钟某溺爱不明，又讥笑你不懂规矩。”

红薇听了她父亲的一席话，不由把头一扭道：“不就是来

了个姓史的吗？不管他是什么贵人，他若好好待我，我自然也好好待他。爹爹不要只说我当守礼貌，我跟随爹爹隐居在这村中，已有好多年，我常和丑丫头顽弄，也不和他人交接，安见得我对人不能谦恭呢？爹爹也要叮嘱姓史的休惹恼我，我自然不会得罪他。”钟常听了，把足一顿道：“我早知和你说不明白的，你倒会说话，须知就是因为你不多和人交接，一切的事，爱怎么说便怎么说。不知让人三分，丑丫头是件件让你，听你的，自然没得话说了，我方才说的话，决不会错，我是爱你，所以先要和你说明，你一定要听从我的话。”钟常说这话时，声色都较前严肃一点，红薇只得勉强答应了一声，把剑插在鞘中，挂向床边，慢慢儿走至桌子边，背转身立着，剔着手指甲，默默无语。

钟常明知他女儿素来不受人说的，今晚自己性急了些，未免向她说得太严重了些，她是受不起委屈的，所以他心里却又不忍起来，又带笑向她说道：“红薇，我知道你是肯听我的话的，人家有哪个敢欺你呢，只要你好好对待人家便了，不过你有些孩子气，容易使人家误会，但这也是你的天真，人家绝不会说你坏话。史麟虽是阁部后裔，但性情十分和气，和你相处一起，必能合得来的，我只望你优待他些就是了，我想他也一定能够敬重你的，至于为父的意思，你必然都体会得到的，村上人都称呼你是孝女哩。”红薇听了“孝女”两字，噗的一声笑了出来，回转身来对她父亲说道：“爹爹说笑话了，我哪里可称孝女呢，你老人家的意思我当然体会到的，往后我当益发谨慎，若有得罪人家时，任凭爹爹怎样责打我便了。”她一边说，一边脸上露出笑容，钟常看了，方才安心，便点点头道：“你能这样做，这不称孝女是什么呢？我心里快活多了。今晚时候不早，你也早些睡吧。”红薇道：“爹爹也该早睡了，你今夜的精神怎么这样好啊？”钟常哈哈笑道：“大约多喝了些酒，意兴倍增，红薇，你快睡吧。”钟常说罢，走回自己房中去了。

一会儿房中灯火已熄，父女二人也已同入梦乡。次日天明

时，史麟早已起身，推开长窗，望着天井里花丛中正有一只黑狸猫在那里窥伺小鸟，太阳的影子还没有照下来。孟哲也醒了，伸了一个懒腰，见了史麟，便说："我昨晚竟喝醉，可有失礼之处吗？谁扶我来睡的？"史麟带笑把昨夕孟哲醉酒的光景，告诉一二。孟哲点点头道："侥幸在至友处没闹笑话，史麟，你的酒量怎么这样好，我竟望尘莫及，不如你们小辈呢。"史麟道："小子时时侍奉家父饮酒，因此酒量稍能和人家周旋，但钟丈的酒量可说洪大，倘然再喝下去，小子也要敬谢不敏哩。"

二人正说着话，丫头已听得客房里谈话声，知道客人已起身，遂送上洗脸水来。孟哲赶紧披衣下床，和史麟一同洗漱毕，听得外面步履声，钟常已走来看他们了，大家见面，道着早安，钟常请二人到上面去用早餐，丑丫头早已端上。史麟因为自己要在此间长住下来的，不再多作无谓的客气，孟哲和钟常是老友，更不用谈客套，三人一同吃过早饭，又谈起昨晚的食蟹之乐，红薇早梳妆后走出相见，她今天又换了一件淡红夹衣，脸上薄施脂粉，蛾眉天然，孟哲对她带笑说道："昨晚我竟喝醉了，都亏姑娘扶我去睡。我没有脏你的衣服吗？这蟹的味道真不错。"红薇笑道："孟老伯的酒量太浅了，第一个醉倒，以后人家也不喝了。"孟哲道："我也算可以喝几杯，无如昨晚逢的都是劲敌，我就不能胜任了，今天我还觉头脑有些不清哩，少停我就要告辞回家去酣睡一夜。"红薇道："孟老伯不能在此多住一天吗？昨晚的大蟹尚没有吃完，我可以用蟹黄炒给你们吃，这里很多鲜虾，我已命丑丫头买了一小篮，预备在早晨炒虾仁的。"孟哲道："谢谢你，我真的要回去了，舍间尚有些小事情呢。"钟常说道："孟兄，你何不在此盘桓一天再去。"孟哲道："不争这一天工夫，往后我是常要来的。"一边说，一边看着史麟微笑。

史麟道："小子盼望老丈能时时到此，使我得益良多。"孟哲道："希望你能在此安心学艺，不负史公之托，钟常兄是最忠实的良师，我也要常来拜望你的。"钟常道："小弟只识武

术，不懂国学，关于国学方面还是要仰烦老兄的。”孟哲道：“我也是门外汉，懂什么呢？”红薇笑道：“不要客气，我也要请孟老伯教书呢。”孟哲笑道：“姑娘不嫌老朽无能，我当然是要常来的啊。”钟常道：“孟兄既这样说，我也不再紧留你了，改日有暇，务请惠临的。”于是孟哲别了钟常父女和史麟，道了珍重，走出门来。钟常等三人一齐送至湖边；孟哲下了船，又回头向他们拱拱手，然后摇动双桨，自回苏城去了。

钟常等站在水边，直看到舟影已杳，然后一齐回至家中，钟常陪着史麟在书室里闲谈，红薇却到后面厨下去和丑丫头预备炒虾蟹的佳肴了。

午饭时，大家吃过午餐，史麟又尝到红薇做的佳肴，心里暗暗佩服她年纪虽轻，而烹饪的手段却很高明，天资真是聪慧呢。

下午钟常在书室里憩坐了一回，史麟坐在旁边看书，钟常望望日影已照到西边墙上，便立起身来说道：“史麟，我们到后园去练习一刻武艺可好？”史麟听了正中下怀，欣然答道：“好极，小子等候多时了，正要请老丈赐教。”钟常道：“你把你的宝剑带去。”史麟遂向壁上摘下龙泉宝剑，钟常到里面搬出一柄大刀和一条朴刀，和史麟一同走到后园去。

后面的园地很大，一半是种着些名花果树，还有几座假山，和一座小小的茅亭，外面是种的菜和山芋葱韭之类，中间在茅亭之东有一片空地，铺着浅草，就是平日预备给红薇和丑丫头练习武术的。钟常陪着史麟走至这地方，他把大刀、朴刀放在地上，脱下外边的衣服，对史麟说道：“我的武艺是浅薄得很，然有令尊之厚托，我也许当仁不让，贡献一得之愚，但不知你以前练习些什么，你先使一路剑给我看看可好吗？”史麟答道：“小子以前也缺少有真实本领的人指教，所以学习得十分浅陋的，今日方得名师，荣幸非凡，老丈既教我舞剑，我也只得献丑了。”遂也把外衣服脱下，走至中间，将龙泉剑向怀里一抱，使个金鸡独立的架势，把剑渐渐地舞将开来，上下左右，进退疾徐，无不中节，舞到后来，剑法渐紧，居然也变

成一道白光，滚东滚西，把人影掩蔽了。钟常在旁看着，不由鼓掌叫好，然而南边短窗里起了一阵笑声，隐隐地也在那里说好，钟常回转头一望，原来是自己的女儿红薇和阿俊立在房中，开着后窗，在那里偷看呢。

此时史麟已把一路剑法舞完，听得钟常喝彩之声，立即收住宝剑，向中间站定身躯。钟常见他面不改，气不喘，全无力竭之象，不觉又点头说一声好，又向那边窗中招招手道："红薇，你也过来练习练习。"史麟也回头看见了窗里的红薇，想不到她在那边作壁上观，又惊又喜。

那时红薇已扑地将窗关上，一会儿只见她捧着明月宝剑，和阿俊一同走来，对着钟常笑嘻嘻地说道："爹爹有何吩咐？"钟常对着史麟道："红薇，我今天陪着他在此练习武术，史麟不愧是将门之子，年纪虽轻，而他的剑法很有可观，方才恐怕你也已看见了，你也是爱武术的人，今后可以和史麟一块练习，有了很好的朋友，更将使你高兴了，彼此不要客气，他的剑术你已见过，现在把你学的梅花剑使给史麟一看如何？"红薇听了父亲的话，斜转眼睛，对史麟微笑道："我的剑术浅陋，不值识笑的，怎能舞给人家看呢？"史麟一听这话，像要开口的样子，却又缩住，只是对着红薇微微一笑，阿俊却在背后对红薇说："小姐，你平日只要拉扯着人家和你使刀弄枪的，今天有了很好的同伴，老爷让你舞一回剑，你又怎样推辞起来呢。"钟常哈哈笑道："阿俊说话不错，红薇不要不好意思。"

红薇回转头去说道："谁，要你开口做什么。"她遂将明月宝剑一横，嗖的一声，从剑鞘里抽出昨夜刚才拂磨过的青锋，轻移脚步，走至中间，将剑使一个旗鼓，又带笑说道："请不要耻笑，我今献丑了。"徐徐把剑舞起，一路紧一路，上下左右都是剑影，把她的娇体遮盖在中间，这梅花剑法共有五大门，一百二十五路，是钟常按着平生的经验变化出来的，很忠实地教给他女儿，加着红薇尽心学习，所以神妙非常；史麟在旁看着，只是点头赞叹。红薇本是好胜心重之人，今天当着史

麟更格外要卖弄本领，全神一致地贯注在这柄明月剑上，钟常在旁负着手，观他的女儿舞剑，也觉得今日异样精彩，每一路剑都是身到手到力到神到，没有一点半点的懈怠，若能天天这样用力使弄，进步自能一日千里，他也明知今天的情形是特别的，这是女儿故意要争口气，不肯示弱于人，虽然给史麟看了，教他知道我女儿的武艺高强，自己的面上未尝不增光荣，因此他老颜生花，一张嘴嘻开着，只是合不拢来。

红薇把一百二十五路梅花剑舞毕，收住宝剑，仍往怀里一带，往旁边一点，神情自若，向她的父亲带笑说道："我舞得不好，徒给人家见了笑掉牙齿。"说着话，又对史麟流波一顾，史麟忍不住走上前对钟常说道："恭喜老丈，令爱这一套梅花剑使得神出鬼没，小子望尘莫及，佩服得很。"钟常笑道："这算是什么，小孩子胡乱舞弄，未臻上乘，你不要夸赞，反使她生骄心。"红薇将头一偏道："我自己知道功夫浅薄得很，哪里敢骄傲。"

钟常点头道："你这话说得很好，越是有本领的人，越不可骄矜自喜，所谓满招损谦受益，往往自负多能之流，很易跌翻在人家手里，因为技术是没有底止的，只自己以为好，谁知人家比较他还要好呢。以前我在南阳沈子雄友人家里曾遇见一个异人，那人是一个男佣，容貌清瘦且眇一目，没有人看得起。沈子雄是仗义好客的江湖英杰，在豫南一带很有名气，善使一对黄金锏，别号金锏太保，武术高强。这天大会宾客，席间大家谈些武术，说得高兴时，大家挨次在庭中献艺，佣仆站在两旁静静观看。其中有一个姓杨的是著名的大力士，他独自在庭中玩弄五百斤的石锁，好似绝不费力的样子，沈子雄当着众人，大大称羡姓杨的有力如虎，说古时候的乌获也不过如此，且说今日会开群英，都是当世俊杰，而杨君可称巨擘。众宾客听沈子雄赞美姓杨的，自然齐声附和，齐口称誉，姓杨的趾高气扬，左顾右盼，自谓那年在山东济南摆设播台十八天，打败了六十多人，没有人能够把他打倒，因此人家都称他大力

士将军。姓杨的正滔滔地说着得意的话，谁知那个眇目的男仆本站在一旁上菜的，这时候忽然挺身而出，对沈子雄说道：‘这位姓杨的客人自称大力士将军，真是狂妄得了不得，在小的看来，这些蛮力有何足道，在济南摆擂台时，也许没有遇见能人，以致侥幸获胜，天下之大，四海之广，安知没有比你本领高强的人。不要说天底下，便是在这里，堂上堂下坐着许多人，难道没有一个能够胜过姓杨的吗？何以大家这样畏缩，让姓杨的目高于顶，睥睨一切呢，小的实在看得气愤，所以敢说这几句话。’眇目的仆人说罢，众人都不由一怔，沈子雄也觉来得突兀，正要开口说话，那姓杨的方受众人的称誉，忽然被一个貌不出众的下人当面抢白，他自然怎能忍受得住？他早哇呀呀地叫起来道：‘你是谁，你不过是沈家的一个奴才，你主人尚看重我，不敢和我较量，你却吃了豹子胆似的走出来，胡说八道，真令我气死，难道你也有胜人之力，出我之上吗？’沈子雄也对这眇目的下人说道：‘独眼龙，你虽是新来的佣仆，怎么这样不懂规矩，得罪客人，快快退去。’眇目的下人却冷笑一声说道：‘今天我是看不惯姓杨的如此傲慢，所以出来说这句话，人不可以貌相，海水不可以斗量，你们休要小觑人家，我第一个便不佩服他。’眇目下人说了这话，姓杨的早跳起身来，一脚踏在椅子上，把手指着他说道：‘好，你敢说这话，必定你自己以为有了本领，不肯佩服我，那么我今天就借沈府这里摆擂台，你若能得胜我时，让你出头，情愿送你一百两银子，我也立即离开南阳，不再称大力士将军了。’姓杨的说了这话，把外面的长衣一脱，立时一个箭步跳到庭中去，站在正中，把手一招道：‘来来来，我姓杨的岂惧怕这独眼龙，但是你自己要度量度量，休得轻捋虎须，打断了你的脊梁骨，莫要后悔。’眇目的下人笑嘻嘻地慢慢走到庭中去，也不脱去身上衣服，对姓杨的说道：‘你我怎样较量，我都可以，我的脊梁骨，不知你能够打得到打不到，要打出来看哩。’此时沈子雄和宾众一齐带着惊惧之色，起身出席来看他们交手。那时

候我也是其中的一个人，自己虽有薄技，却不敢在人前卖弄，怀着好奇之心，在旁作壁上观。”

钟常说到这里，顿了一顿，咳嗽了一声，史麟、红薇和阿俊都立在旁边静听，钟常又说道：“我看他们俩比试时候，姓杨的先动手，一拳打到眇目下人的胸前，他绝不避让，反挺着胸子受他一拳。说也奇怪，一招打在胸口，宛如打着破棉絮一般，声音也听不出，姓杨的刚想收回自己的拳头，谁知自己的拳头已紧紧吸住在眇目人的胸头，饶他怎样用力，要想拳头收回时，他的拳头好似生了根一般，拔不回来。姓杨的脸都涨红了，连忙又一拳打向他的肋下，真奇怪的，照旧吸住，好似独眼的下人身上都是磁石，含绝大的吸力一般，姓杨的双手全都被吸住，动弹不得，独眼的人倒退三步，姓杨的随退三步，失去了自主力，尽由独眼人摆布。独眼人笑了一声说道：‘如何，你的力气虽大，有何用处，去吧。’又把身子一挺，姓杨的倒退数步，跌倒地上，良久方才爬起身来，满面羞愧，低着头退回原座，一语不发，方才的气焰顿时挫折，消灭于无有之乡了，独眼的下人却尚立在庭中。

“沈子雄在旁看着，有些不服，走过去对他说道：‘你的本领大概专练习这一套的吧，也许你懂什么妖法的，把人家糊糊涂涂地弄输了，这有什么稀奇，你做了我们的下人，却得罪我的宾友，使我对不起人家，我倒要自己和你较量一下呢。我们大家要打对手的，这样不动手而取胜于人，现不出你的本领，我的双锏可说在黄河南北无敌手，你也能够用了军器和我斗一百合吗？”独眼的人此时不称呼沈子雄为主人了，却淡淡地答道：‘不动手使人家输，是不足为奇的吗？这却是我的客气，你说要用军器和我斗一下子，我也可以遵命，什么刀枪剑戟我都不用，我只要用一根马鞭子就得了。’沈子雄自仗技高，说一声好，便叫左右去取出自己的黄金锏来，一会儿早有两个下人捧着一对黄兵刃过来，他这对兵刃有三尺长，共重三四十斤，灿烂光辉，是沈子雄生平喜用的祖传利器，在这对兵刃下

不知打败了多少英雄好汉。他取到手里，向左右摆荡了一下。独眼的人自到外边去取了一条较长的马鞭子来，说道：‘这是马夫老陈的，我向他借来用用。’此时众人又围拢来观看，姓杨的也如斗败公鸡一般站在一边，沈子雄用手向独眼下人一指道：‘你这样藐视我们，岂有此理，这马鞭子又有多大用处，我真不信，不妨你打过来便了。’独眼人微微一笑道：‘我虽然来的时候不多，你总算是我的主人，不能不让你几分，请你先动手好了。’沈子雄冷笑一声道：‘我手里兵刃却不认识人的，今日是你自己讨死，死而无怨。’独眼人笑道：‘放心吧，今天我决不会死，不要你破费钱买棺材的。’

“沈子雄又是一气，舞开兵刃，踏进一步，照准独眼人当头一锏打下，独眼人腾地向左一跳，沈子雄一着打个空，身子向前冲了一冲，骂一声：‘瞎奴，你怎么躲起来了。’又使个枯树盘根，兵刃向独眼人下三路扫去，独眼人纵身一跃，从兵刃上跳过，沈子雄又打了个空，咬紧牙齿，又骂了一声，左手兵刃向前虚晃一下，故意让他避向右边去，却跟着又是一锏横扫过去，离开眇目人胸前只三寸，口里喝一声着，大家在旁看着，这一个声东击西之计，以为眇目下人万万闪避不及了，姓杨的更是欢喜，几乎拍起手来，谁知眇目人不知怎样的又是轻轻一跳，已至沈子雄背后，冷冷地说道：‘有劳贵手，我在这里呢，侥幸我的脊骨还没有打断。’沈子雄又气又恼，又惊又愧，暗想这独眼人躲避的功夫真好，莫不是平日练成的，自己一连三次，竟打不到他身上，在众宾客面前怎样交代得过呢，马上回过身来，圆睁双目，又对眇目人说道：‘你这人只管东闪西避，跳来跳去做什么，是真有本领的，怎么不与我交手。’眇目下人笑嘻嘻地说道：‘你该明白，这是我让你三下，客气一些，你若要再打过来时，休怪我要无礼了。’沈子雄大怒道：‘啊，我要你让什么？’右手一起间，嗖的一声，又向他当头打下，眇目的人此时不再闪避了，举起马鞭往上轻轻一撩，早把沈子雄的兵刃搭住了，马鞭是软的，在兵刃上绕了两转，顺手

一推，沈子雄不知不觉地左手一松，手里的兵刃已落到地上。心里一怔，还不肯让，恶狠狠地又把左手兵刃呼的一声打至眇目下人的腰间去，眇目人不慌不忙，又将鞭子迎住兵刃只一绕，说也奇怪，沈子雄左手中的兵刃，又当的一声，坠落到地上，两手成空，口里不由喊了一声‘哎哟’，眇目人哈哈笑道：‘大力士将军，金锏太保，我都领教过了，可再有什么英雄好汉，让我看看他的真实功夫。’沈子雄硬着头皮说道：‘你拿一条马鞭子，以巧胜人，大概是妖法的吧，我还是不服。’眇目人说道：‘你还不服吗？我老实告诉你吧，久闻金锏太保名高中州，所以我假作到此求做佣仆，要看看你的本领，究竟如何？来此一月，已知你浅陋得很，并无什么特异之处，见面不如闻名，使我感到失望，本想在日内离去了，今天适逢大会宾客，又想看看你的客人中间可有什么奇才异能之士，谁知那姓杨的徒具蛮力，没有真实的功夫，余者碌碌，更不足道，心里实在有些不耐，故出面游戏三昧，姑与你们小试其技，果然都是银样镴枪头，毫不中用。天下人大都向声背实，可耻可笑，我也不要你们的一百两银子，我今去了。’说罢，将身一跃，疾如飞鸟，早已到了屋上，纵声大笑，笑声过后，倏忽不见。

“众宾客无不目痴口呆，沈子雄听了这话，倏然无色，自知遇到了异人，没奈何拾起地上兵刃，交与仆人拿去，自己和众宾客退到座上，叹口气说道：‘这人来此不过一个月光景，自言穷途落魄，愿在此间操作，作一豢养，哪里知道他是有心来试探人家的哟？今天我们吃亏了，由这人猖狂，我很惭愧。’姓杨的也说道：‘这人专会以巧取胜，真实的力量也没有施展出来，我们只当他是个疯子，活见鬼，今日算我霉气。’于是大家斟酒重酌，强作欢笑，将这事掩饰过去。当时我虽在座，自知武术尚是浅薄，所以未敢多事，但知那眇目的一定是位异人，他的本领出人头地，能用软功得胜姓杨的，又用马鞭套人兵器，这些还不是真实本领吗？可笑沈子雄和姓杨的明明输了，还不肯坦白承认，反为识者齿冷，这真是不足为训了，所

以今日我把这往事告诉你们，就是要警诫你们千万不可恃才傲物，而当虚怀若谷，因为能武的人往往喜欢好勇斗狠，彼此仇杀，这也当切忌深诫的啊。”

钟常说罢，史麟、红薇都听得津津有味，史麟说道：“老丈之言正是很好的教训，小子敢不自勉。”钟常又道：“往日我所遇的奇闻逸事甚多，以后我再告诉你们，现在你们俩都已舞过剑，待我舞一回大刀给你们看着可好？”史麟道：“小子正要请教。”钟常便从地上拿起一柄大刀握在手里，走至场中，摆一个骑马势，将大刀上下左右地飞舞起来，一片刀，不见人影，唯闻刀环上叮当乱响，史麟在旁很留神地看着，觉得钟常这路刀法非常紧张，上中下三路，每路有独到之处，与众不同，很有几下杀手，可以令人学得。等到钟常一路刀使毕，把刀头向地下一插，走过来对史麟道：“我是胡乱舞着，你看我的刀法有没有破绽。”史麟带笑说道：“光摇冷电，气凛清风，老丈使得好刀法，可谓世无其匹了。”钟常笑道：“何必如此谬赞，你是天纵之才，若能用心学习，前途进步，未可限量，惶憾老朽寡能，不足为人师资罢了。”史麟道：“老丈休要谦卑，小子能得老丈指示，实在是天大的幸事，尚请老丈时时指教。”钟常点点头道：“我当然要极尽我思，贡献于你的，方才你的剑法很好，不知你喜欢学习什么。”史麟道：“我见令爱舞过的梅花剑，非常精妙，小子也想学会这一套，老丈可肯赐教。”

红薇听史麟要学梅花剑，不由微微一笑道：“我使的梅花剑幼稚之至，爹爹再使一套吧，人家要学，却不能说不好了。”钟常点头道：“也好。”于是他便从红薇手里，取过这柄明月宝剑，一路一路舞给史麟看，史麟很留意地注视着，等到钟常一百二十五路梅花剑舞毕，才带笑说道：“老丈使得真好，小子当心练习，现在稍休憩吧。”钟常道：“我还不觉疲乏，且把此中诀窍指点于你，你是聪明人，不难窥得门径。”遂把梅花剑前后起讫诸要点，讲解与史麟听，史麟恭恭敬敬地耳聆面诲。钟常讲了一番，又对红薇说道：“今后你闲暇之时，可以陪伴

史麟世兄练习武艺，也不必客气，也不许胡闹，我是知道他脾气的，人家是很有规矩的，莫给人家笑为乡村里的女娃。你们也可以兄妹称呼，如同一家之人，你须要好好款待这位嘉宾。”红薇听了，笑而不答，她把一双秋波去斜盼史麟，钟常也对史麟说道：“小女性情直率，日后倘有什么不到之处，言语冲撞，你也要看在我的面上，不要和她计较，只当她是个小孩子便了。假若她的母亲在世时，也许她还要索奶吃呢。”说得史麟、红薇和阿俊都笑起来。

这时候史麟和红薇彼此渐渐接近，且知道各人的本领了，晚上钟常又陪着史麟喝酒，赞他好酒量，史麟不敢多喝，适可而止。钟常见他彬彬有礼，更是欢喜。从此史麟住在紫云村，读书习武，换了一种生活。

孟哲有时也来探望，讲些经史给他听，他也是执卷请益，析疑赏奇，饮酒谈天，足解寂寞。钟常是直率的人，待他如自己儿子一般，使他大大感激，而红薇渐渐和他熟了，常在一起习武，看着红薇一种天真的妩媚，也足使这位公子忘忧解愁，何况湖上风景清美，波光山色，也能荡涤胸怀呢。

第四章 侠女比武

有一天钟常到镇里去拜访孟哲不在家，午后无事，史麟坐在书室中看书，四下里静悄悄的，只闻檐前小鸟唧唧之声，忽听脚步响，抬头一看，见红薇挟着宝剑，走进室来，他连忙放下书卷，立起身来，做出欢迎的样子。说道："世妹请坐。"红薇道："不用客气。"便在他对面一张椅子里坐下，史麟也坐在原座，红薇说道："世兄，你在此用功看书吗？我想同你到后花园中去练习剑术可好？"史麟道："很好，今天因为尊大人不在家，所以我本不想练习，在此看一会儿书。"红薇道："武术是要天天练习的，不要管我父亲在家不在家，我们仍旧要用些时间去练习，方才我在后园中等待不至，所以跑来请你，不知你高兴不高兴？"史麟道："当然高兴，但有劳世妹久待，抱歉之至。"红薇闻言，立起娇躯道："抱歉什么，我们快到后园去吧。"史麟知她是性急的人，不敢怠慢，就走向壁上摘下龙泉宝剑，伴着红薇一同走到后园。

这时候已在十月之初，篱畔黄菊已渐枯老，却还挺着傲霜之枝，和那西风抵抗，有许多树已是落叶枝秃了，唯有一株丹

枫，却尚红着，二人走至草地上，两人对面立着，史麟细看红薇今天穿着一件墨绿的夹衫，脸上略敷脂粉，额上排着刘海，背后梳着一条松鬈的鬈辫，又是一种装束，越显出她的处女之美，不觉一阵出神，红薇喜孜孜地道："今天我们不用打拳了，大家各舞一会儿剑好吗？"史麟点点头道："很好，世妹请先舞，我学的梅花剑法还未纯熟，不及世妹精通，也好给我暂时观摩了。"红薇也不客气，便道："你教我先舞，我就舞一下子给你看看。"遂抽出宝剑，使开解数，红薇霍霍地将一百二十五路梅花剑舞毕，然后收住宝剑，向旁边一跳，又对史麟说道："我今天舞得很不好，世兄请舞吧。"史麟也把龙泉剑抽出鞘子，将剑向外一摆，立刻舞将起来，也将一百二十五路梅花剑法使完，向红薇连忙说道："我真舞得恶劣不堪，请世妹指教。"红薇道："你舞得果然很好，莫怪我爹爹常在我面前夸赞你的聪明，他又说将来你的武艺超出我之上呢。"

史麟听了这几句话，受宠若惊，忙笑说道："世妹这样说，使我惭愧极了，我怎敢望师妹的项背呢。"史麟这样说，虽是表示谦虚，但红薇却摇摇头说道："我不信，你说的是不是真心话，你莫不是反说，习武艺的人大都不肯示弱，不情愿说自己的本领不如人家的，你却说不敢望我，这不是有意讽刺我吗？"史麟向红薇脸上望了一望说道："啊呀，我怎敢说世妹你，简直我的本领不及你呢，我当然说的真心之言，由衷而发。"红薇仍摇着头道："我不信，我不信。"史麟见她如此，却再没有话可说了，只好仰着脸，看看天空，不出一声。红薇又道："敢是恼我吗？"史麟听她的话越说越不对了，忙走前一步说道："世妹是我敬爱的，我怎敢戏耍你呢？世妹不必疑心，我们再来舞剑可好？"史麟想借此拉扯过去就完了，谁知她又说道："你要我相信，今日我和你各用宝剑比上一比，谁胜的就是谁的本领高强，不用话说了。"史麟把手摇摇道："我怎敢和世妹比试剑术，倘然彼此失手，如何是好，我自己承认我的本领不如世妹。"红薇将头一扭道："你又这样说了，我一定要

和你比试的，彼此若如有失手，谁也不能怪怨谁，爹爹也说你的本领不错，我自己不信比较你好，无论如何一定要比过一番，方见高低，你若不和我比时，你就是恼我。”红薇说这些话，一张小嘴早已凸起，像是生气的模样，史麟在此答应不好，不答应也不好，真是进退为难，处在无可奈何的地步，不知所以，口里嗫嚅着说不出话来。

红薇本是性气高傲的人，所以她父亲在史麟初至时便向女儿告诫，教她不要傲视人家，为难人家，可是红薇生性如此，怎肯听从她父亲说的话。而钟常又不知不觉，在她面前说起史麟的专心习武，是个可造之才，将来也许他的武艺比较红薇要好，这也是钟常一时欢喜史麟，说出这句话，借此勉励红薇的，谁知红薇因此偏不服气，早存着心要和史麟比试比试，方才罢休，恰巧今天钟常不在家，她就逼着史麟必要和她比试剑术，把这个难问题加到这位公子身上来了。史麟遂不得已说道：“我俩不用比剑，大家比一回拳可好，我的剑术哪里及得世妹精妙呢？”红薇摇摇头说道：“不，我一定要和你比剑的，你这话是反说，不比一下，怎分高低？比打我骂我，还要厉害呢。”史麟听红薇说话如此坚决，今天无论如何逃避不了，便对着她的俏面庞凝视了一下，带笑说道：“世妹是一定要和我比剑，那么我也只好奉陪了。”

红薇闻言，方才回嗔作喜道：“世兄早答应我不好吗？快来快来。”说着话，提了明月剑，退下数步，右手反挺着宝剑，对史麟点头微笑，史麟也将龙泉剑一摆，说道：“世妹请。”红薇笑道：“我是主，你是客，主人是理该敬重客人的，我不先下手，请你快快过来吧！”史麟见红薇憨态可怜，虽然不赞成她的骄矜之气，可是小女儿一片天真，在这里未尝不见得有可爱之处，便将宝剑使个游龙取水式，向她胸前刺过来，还说道：“我的宝剑来了。”红薇把剑向外一撩，当的一声，架开史麟的剑，踏进一步，使个恨蝠来迟的剑法，一剑已横扫到史麟的头上，史麟觉得这剑来得迅速，将头一低，在剑锋下钻过

去，又是一剑向他下三路劈去，红薇一剑扫个空，见史麟的剑又至，不及遮格，把身子往上一跳，躲过了一剑，二人这样的你一剑我一剑，来来往往，斗了十数合，红薇觉得史麟的剑法果然不错，她自己把剑使高兴了，只顾一路紧一路地威逼上去，忘记了自己和他是比着玩的；史麟见她逼得紧，他只得很谨慎的招架，不知不觉地渐向后退。红薇左一剑右一剑，苦苦进迫，竟乘个空隙，一剑扫向他的膂下，史麟险些儿不及躲了，把身子向左一横，奔奔跄跄地倒退数步，几乎跌下地去，总算侥幸躲过这一剑，汗流浃背，心里吓了一跳，暗想："我是和你比着玩的，你怎么认真进攻，倘不是我躲得快时，不要被你刺伤吗？红薇太不知利害了，自己不能太示弱哩。"他这样想着，红薇跟进一步，又是一剑向他下部扫来，于是他假作防御，俯着身子，把剑往下一撩，红薇刚想收回剑时，史麟早已使个鸢飞戾天式，蓦地跳至红薇身旁，一剑向红薇头上扫去；红薇说声不好，忙将首一低，幸亏史麟的剑偏了一些，从她的髻旁削过，红薇髻上本插着一朵小红花，早被剑锋削落在地上。红薇侧身往旁边一跳，伸手摸摸自己的云发，已略有一些蓬乱，脸上不由一红。史麟连忙收住剑，向红薇深深一揖道："我一时不小心，有惊世妹了。"红薇正是要说话时，门里面笑声哈哈，阿俊已跳将出来，拍手说道："好剑好剑，小姐输了。"

红薇当着阿俊之面，倒不好意思发作，只得勉强带笑说道："输了输了，世兄的剑法果然高强，经过这遭比试之后，我就知道你的武术比我好得多了。"史麟道："怎敢怎敢，世妹不要谦逊，这是世妹故意让我的，我怎敢有伤世妹，所以赶快收住宝剑，但已削落了世妹头上的一朵花，多多得罪，待我来赔偿与你吧。"说毕，忙走到西首假山石边采了一朵紫色的花朵，跑过来代她插到发上，红薇起初心里不免有些着恼，以为史麟有心欺弄自己，尚有些不服输，但也觉得史麟的剑术神奇，应付灵活，断乎不在自己之下，给阿俊丫头跑来一说，她

也板不起脸来；现在史麟又去采了花朵，代她插上，连连向她道歉，不禁使她回嗔作喜，哈哈笑出声来，说道："世兄说什么话，这样一比试，你的本领比我强得多了，我很佩服。"史麟听红薇银牙里迸出"佩服"两个字来，真不是容易的事，如膺华衮之荣，心里说不出的快活，嘴里只说："不敢不敢。"

红薇回顾阿俊说道："你好大胆，竟敢来此偷看。"阿俊笑道："这样好的比剑岂可不看，我在门里偷看多时了，公子的剑起初甚是迟慢，小姐却专捉他的破绽紧紧进攻，其势十分凶猛，公子步步退让，险些中了你一剑，所以他也还击了你一下，我看小姐太咄咄逼人哩。史公子这一剑是败中取胜，出于不意的，幸亏彼此都没有损伤，其实如此比剑很是危险的，和真相杀又有什么分别呢？老主人若然知道了，一定要不许的。"红薇忙说道："你不许多说，少停我父亲回来时你千万不可说的。"阿俊笑道："我知道的，老主人倘然知晓，连婢子也要责备在内，婢子怎敢饶舌呢。"

红薇点点头，又回头对史麟说道："阿俊也习过武术，世兄你要见见她的本领吗？"史麟道："原来令婢亦谙武艺，难得难得，真是将门之中无弱手了。极愿一见。"阿俊听红薇说她懂武，忙道："啊呀，婢子一些不会的，怎敢班门弄斧，在公子面前出丑，小姐自己要卖弄本领，怎么拉扯到小婢身上来呢？"红薇道："你不要假惺惺了，你若是不会武艺的，平时怎会和我一起练习呢？今天无论如何，你必须试一回，否则我决不饶你。"史麟也在旁边说道："小姐教你试一下，你试一回吧！大概你也有很好的本领，大家都是自己人，何必客气。"阿俊听史麟如此说，就点了一下头说道："那么婢子只得遵命了。"立即回身出去，取了一双鸳鸯锤进来，史麟看她手中的双锤，约莫有四十斤重，能够使这东西，武艺一定错不了。阿俊走至中间对二人说一声："婢子放肆了。"将双锤左右一摆，慢慢儿舞将起来，渐舞渐紧，恍如两团黄云，上下左右的旋转，把她的身子都盖没了。舞到酣急之时，蓦地收住，垂着双

锤，又向二人说一声献丑献丑，史麟拍手称赞道：“锤法甚佳，无懈可击，平常二三十人近身不得呢。”

阿俊又带笑对红薇道：“自从史公子来后，小姐天天和史公子练习，丢下了婢子，婢子已有多时没练习，手里自觉生疏了。”红薇听她这话，似乎有些醋意，便道：“谁教你怕羞，不来一块练的呢?”史麟道：“以后正好一起练习，你们主仆俩都是有根基的人，使我十分钦佩哩!”红薇笑道：“世兄又要这样说了，大家的本领都已知道，不必再说客气话；练好了武艺，将来自有用处，世兄比我们更其重要。”史麟听了这话，触动他的心事，不由感触万分，雄心勃勃，阿俊见他们在谈话，她就提着双锤退出去了。史麟又对红薇说道：“阿俊容貌虽然丑些，而身怀绝技，勇敢刚烈，也是青衣中不可多得人才，真是人不可以貌相呢！全武术大概都是从尊大人传授的吧!”

红薇道：“要说这丫头很有来历，差不多在七八年前，我父亲还没到太湖边上来的时候，他老人家有一次到嵩山附近去拜访一个朋友，走到归途的当儿，错过了宿头，腹中十分饥饿，看见远远的树林边有一茅舍，他想那边既有人家，何不跑到那边去告借一餐呢，于是他飞快地跑至那家，双扉空掩，矮垣里听得叮叮当当，有金戈之声，我父亲十分惊奇，连忙推门而人，只见亭中有一个老妪拿着一柄单刀，正和一个胖头陀恶战，那胖头陀手里一支铁禅杖，舞得十分酣急，有风雨之声，老妪的刀法虽然不错，但力气已弱，不是他的对手，渐渐向后退却，那胖头陀哈哈狂笑道：‘你这老乞婆逃到哪里去，今日俺送你上鬼门关去吧!”猛地一禅杖扫中那妪的头颅，仰后而倒，我父亲料想那胖头陀必非善类，白昼伤人，不容坐视其猖狂，于是拔出佩剑，跳至胖头陀身旁，正要问话，那胖头陀一见我父亲，以为是老妪家中的人，马上呼的一禅杖打向我父亲的腰际，我父亲遂和他恶斗一回，那胖头陀果然厉害，我父亲使出降龙伏虎剑来，方才逼住他的禅杖，向他一剑刺去，击中他右臂，鲜血直流，胖头陀狂叫一声，拖了禅杖，逃出门去。

“我父亲也不追赶，便俯身察视那地上的老妪，那时室内有一个女孩子跑出来，伏在老妪身边哀哀哭泣，那老妪脸上一片血肉模糊，一只眼珠子也凸出了，对我父亲叹口气说道：‘义士，你来此拔刀相助，刺伤了那胖头陀，使我十分感激于你，但我这条老命不能活了，只好来生结草以报吧！’我父亲正要说话时，那个小女孩却在旁边拖住老妪的衣襟，大哭大跳，老妪又对我父亲说道：‘这女孩名唤阿俊，是我的孙女儿，可怜她的父母都早死了，她的父亲就丧在那胖头陀的师兄手里，我和丈夫为了报仇，二年前曾把仇人刺死。那胖头陀的本领很强，所以隐居埋名地来到这嵩山之下结庐而居。不幸去年我丈夫患病逝世，抛下了我和孙女二人在此。谁料那胖和尚依然会探根问底地找到这地方来，他虽知我的丈夫业已去世，却仍不肯放过我，要取我的性命。我为自卫计，遂和他狠斗起来，可是我年老力衰，敌不过他，中了他的禅杖。我死无怨，唯不忍我这小孙女冻饿而死，无人照顾，我要请求义士收养她做个小丫头吧！她面貌虽丑，心地却很忠厚，千万请你答允我的请求。’那老妪断断续续说到这里，已不能再说话了，立刻一瞑不视，我父亲不忍不依老妪临死之言，只得带了女孩子回来，渐渐长大，便是这丫头的历史了。可是当时老妪死得很快，没有将他们一生的事迹说个明白，问这个丫头时，她也完全不知，只好变成个闷葫芦了。她自幼臂力很强，我父亲教我武术的时候，常在一旁偷看，所以我父亲也将武术传授于她，也使我多一个同伴哩，可怜她孤苦伶仃地，连自己的家世也不知道，有时和她讲起了，她常常要流泪哩。”

红薇一句一句地告诉史麟听，史麟只是点头叹息，红薇刚才说到这里，忽见丑丫头跑到后园来，对红薇道：“小姐，那个姓何的又来了，真不巧，主人又不在家。”红薇道：“是不是何正？”丑丫头道：“是的，还有他的夫人一同来的。”红薇道：“那么我只好出去接待了。”说罢话，遂和史麟一齐走到外边客堂里，只见何正和他的夫人赵香玉坐在一旁，他们看见了红

薇，慌忙站起身来道："钟老爷子不在府上吗？"红薇请他们坐下，说道："真是不凑巧，今天家父到城里去了，不知他是不是当天回来，还不一定，抱歉得很，二位可有事。"何正道："没有什么事，我和内子因为好久不见尊大人的尊颜，所以今天特来专诚拜谒，问候起居，兼带奉一些微物以佐下箸。"

说着话，把手向东边地下一指，正放着一大堆东西，乃是两缸好酒，一对野鸭，两支火腿，四缸茶叶，一大篮鸡子，还有一串鱼翅。又说道："就请小姐哂纳勿却。"红薇连忙说道："啊呀呀，这里不敢当的，不多时候承先生送来洋澄大蟹，一快朵颐，现在又送了许多珍品，我若拿了，家父归来，必要责怪我不会客气。"何正道："这些都是不值钱的粗货，请你千万不要客气，收了我的，我们才乐意呢！"香玉也带笑说道："小姐，你性子很直爽的，为何现在也学会了客气，我们多蒙尊大人搭护之恩，一世报不了的，这区区微物，又何足挂齿呢？"红薇笑了一笑，她再不会说客气话了，阿俊早送上茶来。

何正见红薇身边站着的一个少年，英姿飒爽，不同凡俗，向没有见过，遂忍不住问道："你们二位手里都拿着宝剑，莫非在后园练习武术吗？可敬可敬，但不识这位公子是谁，可是令亲，能不能代我介绍一下。"红薇只得答道："这位史公子是家父老友的令郎，暂时寄居于此的，今日闲着无所事，方在后园使剑玩呢。"遂介绍史麟和何正见面，一同陪着坐下，二人且将兵器交于阿俊去放在原处，红薇看着何正夫妇有一搭没一搭地胡乱闲谈，史麟看何正容貌也很清秀，不像乡村之人，谈吐间也很斯文，又见香玉生得姿色华丽，身材苗条，而裙下双钩，更是纤小如菱，三寸红缎弓鞋，隐在裙里，若和红薇的一双天足相比更是轻纤有致，楚楚可怜，无怪何正为了她要神魂颠倒，不能自持，黑夜幽会，险些儿送去性命呢！何正夫妇谈了一刻话，就要告辞回去，红薇也不多留，又谢了他们一声，和史麟送出门去。门外在柏树村里的小船，迎着二人下舟，载他俩回村去了。

红薇送罢何正夫妇，和史麟在湖边小立片刻，遥瞩波光，上下一色，天壤相毗，碧澄金荡，过山点点，如列翠屏，如聚青螺，不觉为之神往，暗想太湖三万六千顷，不少清幽之处，怎能够和红薇驾舟一游，以慰我忧呢，红薇见史麟呆呆地遥望水波，出了神，忍不住向他问道："世兄，你在想什么？"史麟答道："我看这湖上风景甚是清丽而雄壮，值得人们流连，我自到此村以来，尚未越雷池一步，几时能得世妹驾着一叶小舟，在这太湖里徜徉一天，以畅胸襟，这才是不可多得之乐呢！"红薇道："你想往湖上一游吗？这也是容易的事，我家有现成的小舟，我和阿俊都能摇船，隔一天待我禀明了父亲，与世兄出去游一天也好。"史麟道："如此我就感谢不尽，只恐尊大人轻易不许我出去的。"红薇听了这话，沉吟半晌又说道："这也未必一定，我想得出去游玩一天，也没有什么妨碍，只要自己谨慎便了。"史麟道："这要仰仗世妹代我说项了。"红薇道："你不要担心，我必要求我父亲答应这事。"二人说着话，已有两三乡人闲闲地走过来偷看他俩，史麟早已觉得不便直说，只说："我们进去吧！"二人就回身走入门去，把门关上。阿俊正在把何正送来的东西一一地搬入书房中去，带着笑对红薇说道："小姐，那姓何的很有良心，常常送礼物来孝敬主人，这善事行得不错，救人到底不虚的。"红薇笑道："救人是见义勇为，我父亲当初援救何正岂是望他报恩的呢？他老人家早已忘怀，倒是何正夫妇不忘恩德，一再送物前来，这也是他们的一点意思，我父亲也不希望他们多多送物呢！"

红薇说罢，又与史麟在书房中坐谈了一刻，天色渐黑，而不见钟常回来，红薇道："我父亲对我说今天必要赶回，怎么到这时候还不回来呢？"史麟道："也许尊大人被孟哲留住饮酒，今天不及回转，将耽搁一宵了。"红薇心里十分焦躁，吩咐阿俊到门口望望湖边可有归舟，阿俊答应而去。

一会儿室中已暗，红薇去掌上了灯，阿俊也走进门来，说道："天色已黑，湖上船只无有，主人今晚一定不归，我们不

必待他，先煮晚饭，炒几个鸡蛋给公子吃，至于那野鸭，留着明天再拔毛洗煮吧！”红薇道：“好的，只是我父亲怎么还不归来，他要是不回家的话，为什么不先告诉我呢？”阿俊笑道：“主人不回来，我们也是要吃晚饭的，小姐又不是三岁的孩子，难道还吃奶吗？将来出阁后，也能够一辈子跟随主人吗？”红薇听了，面上一红，说一声：“啊，阿俊你知道什么？我一辈子不嫁人，要跟着我父亲的，你不要胡说八道。”阿俊一伸舌头，笑嘻嘻地走去了。晚餐后，钟常仍不见回，红薇也知父亲今晚不归了，心里思念他可有什么事情。史麟道：“你放心吧！他老人家怕什么，况且镇上是我父亲掌管，绝无他事。一定和孟哲喝酒喝高兴了，醉得他不能动了。明天他老人家自必安然回来，世妹千万放心。”

红薇点点头，她因今天整个的一个下午伴着史麟在一起，现在已经天晚，不宜久坐，遂告辞回房。史麟看了一回书，听听远处更锣已鸣二下，也就想歇息，躺到床上，他想：今天和红薇比了一回剑，又叙谈多时，觉得红薇又爽直，又妩媚，虽然性子有点娇气、骄气，也无所谓瑕；心中觉得这个小女孩可爱极了，这也是自然的，本别无他意。有这个女孩相伴，便隐居在这紫云村中，竟一些不嫌寂寞呢。

次日上午，他依然看着书，红薇在厨下却忙着和丫头洗煮野鸭。时间不大，红薇便把一只野鸭放在盆子里请史麟吃。史麟道：“尊大人尚没有吃，小子怎敢先尝美味。”红薇道：“我已给父亲留下了。这只野鸭，你尽吃不妨，我在鸭肚子里塞了胡葱，加上好酱油，加上许多佐料，你尝尝味道。”史麟听她这样说，遂把这野鸭撕着肉吃，啧啧称赞道：“味道真好，真是妙极了！”红薇听史麟赞美，十分喜悦，把鸭腿和鸭脯让给他吃，二人边说边笑边吃，午餐后，红薇正要和史麟再到后园练习武术，只见钟常回来了。红薇见了父亲便拉着他的衣襟说道：“爹爹，你昨晚可在孟伯伯那边喝酒了吧，也不回来，使孩儿望眼欲穿了。”钟常道：“昨天本想回来的，只因……”钟

常遂对史麟说道："令尊差人到孟哲那边去邀请，我遂和孟哲去拜见他的……"史麟忙问道："家父请二位，可有什么别的要事，老丈可以知道一二，我小子在此间一些没有知晓；请老丈明以告我。"钟常点点头，便同红薇、史麟一齐走到寓室里，坐定后，才皱皱眉头，把史成信的事告诉了史麟知道。

第五章 庄主托孤

清平镇与清兵对垒，却因清兵他处有事，未有大举进攻，双方对峙反成小康之局，史成信乘机，又夜袭清营，清兵反倒撤走了，于是清平镇索性平安无事了。钟常、孟哲到镇上来，与史成信见面，成信设宴招待，钟常见面之后，便将史麟在他家中习武读书的情形详详细细地告诉一遍。成信闻史麟安好，心中甚慰，向钟常道谢。钟常谦逊不遑，成信道："目下清兵撤走，清平镇暂时无事，我欲抽暇到府上一看，顺便见犬子一面，不知可否？"钟常道："唯盼庄主小心，不要被人知道。"成信道："那是当然，我只同亲信一名同往好了。"

当下说定，钟常遂先要告辞回家，以便略为预备，见了史麟，告诉他父亲要来看望，史麟高兴万分。红薇在旁听得史庄主要到自己家中来，暗想常闻他大名，却没有见过一面，今番可以一识庐山真面目，心中喜不自胜。钟常既已告诉了史麟，便和他女儿和丫头等立刻将屋子内外打扫干净。他们家里本是很清洁的，加上一番洗扫，里里外外没有一处不格外明净了。又把花盆陈列在廊下，室中的陈设也换过，装饰得雅洁非凡，

可坐嘉宾，又和阿俊到市上去买来许多鱼肉佳品，隔夜叫红薇在厨下一样样预备好，以便明天款客，史麟书也没心思读了，专待父亲到来，晚间也觉喜而不寐。

次日清晨，钟常父女以及阿俊都是一早起身，红薇更是妆饰得十分婉娈，穿件紫色的女衫，一种少女之美，轻倩动人，走到外边来，见史麟衣冠整洁，背着双手在庭中徘徊，便带笑问道："世兄，你好早啊。"史麟回头见红薇今日出落得格外娇丽，便微微一笑道："世妹，我清早起来等候我父亲到临，希望天赐顺风，快快送我父亲到此。"红薇笑道："你真是个呆子，你父亲清早动身，最早也要午时抵此，这时候你已要等候吗？"史麟道："我听得父亲要来，一切的事情没有心思，眼巴巴地只是盼望他到来，但又要忙劳你们一家人了。"红薇摇摇头道："这算什么，也值得说什么忙劳，你父亲肯屈尊降贵，到茅庐中来，这是最光荣的事，只恐这里一切简陋，不足伺候令大人呢。"史麟听了这话，又向红薇瞥了一眼，说道："世妹，怎么你今天也说起这种客套的话来。"

二人正说着，阿俊已托着早餐出来，请二人同用。钟常换了一件蓝袍子，也已走来，对着史麟笑嘻嘻地说道："今天你该大大快活了。"史麟点头微笑，三人一齐用过早餐，走到庭中，史麟道："我盼望一路顺风早些到此，现在我父亲正值暇不席暖之时，而特地抽了一个空隙，亲自来湖上望我，这种天高地厚之恩，叫我怎样报答呢？"说着话，眼眶隐有泪。钟常点点头说："这话对了，你父亲何等爱你，当然他此刻也不希望你有什么报答，只要你此时读书习武，用心不懈，将来能够卓然树立，不堕史氏家声，能够继承大志，那就是你父亲期望于你的了，愿你自勉自励吧。"史麟道："敬拜老丈训言，小子一定不负我父亲的期望。"钟常道："那么老朽也有光荣了。"他又走到厨下去看红薇和丫头忙着预备肴馔，把何正送来的火腿鱼翅等东西，切着烹着，以敬嘉宾，他自己也去开了一缸上好的竹叶青饷客，史麟回到书室里，看了一回书，因为没有心

思，不知看的什么，自己也不知道。

看看将近中午了，钟常开了柴扉走到湖滨去眺望，史麟跟着出去，一齐正在水边。这天的风很大，远看湖中浪花很高，天上阴云阵阵，日光时时遮没，照在大地上，其色惨淡。史麟脸上不觉微有忧色，徐徐说道："这风若是再吹刮得大时，湖上行舟便有些不稳妥了。"钟常带笑说道："这风也不能说大，太湖中风浪是常有的，只是风浪也专欺一般不会驾舟的人，若像孟哲老渔翁，他在湖上来往很熟，久惯风浪，有他同在，一定没有危险，你何必拳拳顾忌呢？"二人立了一刻，钟常把手向水上远处一指道："你看前边驶来的一艘船，必是史庄主来了。"史麟跟着他的手看去时，果见千丈之外正有一艘很大的帆船，扯了三道布帆，向这里疾如奔马般驶来，轻而且速，史麟也料知道他父亲的来船，精神陡振。一会儿那帆船愈驶愈近，看得出船上的人影了。只见船头上站着两个佩剑的武士，眼睁睁地也向这边眺望，舟行至岸，帆也下落，大船在河滩边泊住，舟子搁上跳板，船中首先钻出一人，正是孟哲。钟常欢呼道："孟兄，我们在此恭候多时了。"孟哲点头说道："很好！"说话时候，史成信已跟着出来，两个亲信家丁，紧随身旁，孟哲引着上岸，钟常连忙上前长揖为礼，此时远远地有七八个乡人走来看热闹，所以钟常当了旁人之面，也不称呼什么。史麟早跑至父亲身边，牵着衣袂，很亲热地叫一声父亲。成信见了史麟，满脸笑容，握住他的手，对他脸上身上相视了一下，点点头道："麟儿，你在这里谅很快乐，面色也好看，今日……"说到"今日"二字，见有一二个乡民挨近身旁，便缩住口不说了，钟常连忙招接进门，孟哲便跟在身旁，两个仆人也随在后面，乡人以为钟常家里来了一个大富翁，大家伫立而望。

成信走进柴门，钟常早已把门关上，到得客堂上，便请成信上座，又叫红薇和阿俊出见。成信前已听说钟常有一个女儿，精能武艺，性情活泼，现在他见了红薇，果然生得娇憨而

英爽，不像寻常女儿，心里十分喜欢。红薇行礼后，站在一边，偷觑成信，不像草莽英雄，严整的面部和两手，都酷史麟，不由心中倍觉敬重。丑婢阿俊献上香茗，成信一摆手叫两仆人退到外边去，室中只有钟常、孟哲、史麟三人，连红薇和丫头都到厨房去了。成信向史麟道："现在清平镇暂告平静，只如风雨之前，绝不能长久晴朗，日内清兵必大举来攻，清平镇势必玉碎，将来史氏后裔，唯你一人，要发奋图强才是，。钟、孟二公，常常指教，你必要听从他们的说话，如听我言一样。"史麟含泪答应。钟常道："鄙陋不文，辱荷庄主把爱子委托，自当竭其所有，以稍进步。"成信哈哈笑道："钟兄不必客气，今日能允我之请，我已是万分感幸。今天造访高士之庐，又观湖光山色，是涤尘之氛，使我心里十分快慰的。小儿得在此地安居，甚为合宜，我心便很安了。"

这时日已过午，阿俊走来问酒席可要摆上。钟常便叫红薇到厨下去帮着阿俊将酒菜搬上，他自己便和孟哲端开一张方桌，安排座位，铺上桌衣，到厨下去烫好酒。阿俊和红薇先将预备好的四只冷盆端上。钟常把上一柄很大的酒壶，便请成信入席，史麟、孟哲旁坐，钟常坐在下首相陪；敬过酒，又说了几句客套话，红薇和阿俊接连送上菜来。移时酒饭用毕，又畅谈了半晌，成信便向钟常告辞道："我已叨领过美酒佳肴，感荷不尽，军务在身，不便多留，今日尚须回去，所以要告辞了。"钟常也不敢多留，成信又指着史麟对钟常道："此子已托钟兄代为训诲，必能勿负所托，我也十分放心的。"成信又道："我此来带有几样礼物，送与二兄与红薇姑娘，希望你们哂纳。"说毕，遂向窗外喊一声"来"，那两个仆人早已走至室前，垂手而立，成信对左边的一个身上背着一只小皮箧的仆人说道："你把这皮箧放在桌子上。"仆人说一声"是"，立即走进室中，把皮箧取下，恭恭敬敬地放在沿窗桌子上，开了皮箱，取出一个羊脂白玉制成的姜太公钓鱼人像，约有五寸长，放在一个红木座子上，又有十枚古钱，古色斑斓，都是秦汉间

物。成信对孟哲说道："这两件微物是敬赠孟仁兄的。"又取出一个古铜的小方印章，以及一顶小立轴，对钟常说道："孟贤士隐于渔，所以我送他一个白玉渔翁，钟贤士有古名将之风，这一方印是东汉定远侯班超之玺，那立轴是岳武穆的手迹，因此我送与钟仁兄。"钟、孟二人慌忙致谢，成信取出一个玉玦，给史麟挂在身上，说道："我愿你守身如玉，坚决不易，你将来常佩这玉，便可想到你父亲的立训。"史麟连忙拜倒，成信又取出一对翡翠的鸳鸯和一只金凤，都是价值连城的珍品，又向钟常笑道："令爱在哪里，请她出来，我也要把这两样东西赠送于她呢。"钟常连忙唤红薇出来拜谢。成信一一赠送完毕，一看窗外的日光，笑道："今日江村一叙，也是生平中难得的乐事，偷得一日之闲，领略了许多风景，异日倘能有一天，重来湖上，那就是侥天之幸，此刻时已不早，我要告辞了。"说着话一抖衣袖，走将出来，钟常父女两人和史麟送到湖边，看着孟哲、两个仆人扶着成信上了船，离岸很远，史麟想到父亲言的话，不由落下泪来，被红薇看见了，忙一挽胳臂，笑道："你不要悲伤，我们进去练习剑术吧。"史成信回到清平镇，当日便接到谍报，言清兵大队向本镇开来，领兵的是那位降将刘泽清的旧部，名叫黄德清，骁勇非常，营中又有火器，声势甚大，当夜史成信便招集全镇各村庄壮丁，对天发誓，要学史阁部死守扬州的前例，壮丁们莫不慷慨激昂，准备迎敌。

次日一早，黄德清的队伍果然开到。成信便率领壮丁，到镇外排好阵势，与黄德清对敌。那黄德清生得獐头鼠目，满面黄须，坐下一匹白马，手执双刀；史成信戴紫英雄巾，蓝色箭衣，骑一匹枣骝驹，手持长剑，双方对垒。黄德清喝道："方今天下已归大清，尔史成信为史可法余孽，不思悔过，尚敢聚众，抗拒大兵，倘能在我面前投降，还可替你美言几句。"成信笑道："清平镇虽小，但是人心常在，可惜你也曾听从阁部的指挥，如今竟这般丧心，可恨可恨。"黄德清听了，一阵面红耳赤，老羞成怒，一言不发，舞刀杀了过来。成信身边跳出

一人，原是本镇有名武师赵钰，手执浑铁棍和黄德清交起手来。赵钰武术虽然平平，但是膂力过人，马步相交，杀个平手。

史成信回看自己阵中，一般壮丁皆摩拳擦掌，士气甚旺，再看看敌人甚多，多半却无斗志，想是一半为刘泽清降卒，看出机会，便将长剑一挥，众壮丁喊杀连天，直向敌阵冲去。那黄德清被赵钰缠住不能脱身，眼看两阵混战起来，清平镇的壮丁，都是以一当十，一阵乱杀。黄德清见势不敌，窜出赵钰棍阵，一摆双刀带队败了下去。

史成信传命收兵，点察壮丁，他死的四十五个，掳获敌方兵器甚多。清平镇的百姓，见清兵如此无能，更是放心；连成信都怀疑，清兵如此软弱，何以入城掠地，无往不利。他想也许这是刘泽清的降兵，真正清兵一定是很骁勇的。

孟哲这时也在镇上，见成信又胜一阵，万分欢喜，便向成信道："我等若趁此机会，扩充地域，与广德等地联庄会联合，必能有为。"成信道："我意也是如此，至于将来如何，不敢逆料，但感上天相助，事事顺手，那就是不世之功了。"

孟哲见清平镇暂可无事，便到紫云村去访钟常。史麟自从他父亲探望之后，心里更自惕厉，勤加练习，孟哲来传达了消息，私心顿觉宽慰。钟常父女闻得清平镇获胜，也自欢喜，便留孟哲在家里盘桓一宵。晚上置酒欢饮，史麟陪着钟常一杯一杯地痛喝，这一遭他竟醉倒了，由阿俊扶着他去归寝。孟哲当然也早酩酊大醉，唯有钟常却还没有醉倒，微觉醺醺，他的酒量可以上追太白而继刘伶了，次日孟哲别去。

气候渐渐寒冷，史麟潜伏在紫云村里，从钟常学武术，有红薇相伴为戏，时时在一块儿谈笑为饮，足解岑寂。红薇的年龄虽轻，而一片芳心，很能体贴到寄人篱下的史麟。因此史麟住在钟常家，别有一种愉快。史麟久有一游湖上之心，一日天气甚好，遂乘这时候向红薇说了，要她去要求她父亲的同意，可以达以自己的愿望。红薇知道史麟久有此愿，自然情愿促成，遂得闲，和钟常禀明了此意，并且自己也愿与他去一游，

他自己不便向你请求，所以托我来要求你们允诺。钟常听了他女儿的说话，踌躇不语。红薇又笑嘻嘻地拉着她父亲的衣襟笑道："父亲答应了吧，只此一遭，下不为例。"钟常知道他女儿的脾气，又料想史麟出游湖上的渴望，此时不能不答应他们的请求了，遂微微叹了一声，答道："红儿，你须知道史公将他的爱子交托与我，这是一个很重大的责任，保得他永远在此安宁无事，我这个心也自然平安无忧了；所以我不让他前去游玩，以免给人家注意，将来或有不便。虽然这里是很僻静的，却也不可不防，换了别人时，我为什么要这样严紧呢？你该明白的。"钟常的话尚没有说完时，红薇早把樱桃小嘴一凸道："那么他永远不能出去了吗？他究竟不是狱囚。"钟常望她紧看了一眼，说道："你没有听完我的说话，不必多开口，你该明白这是我的为难之处，不许你们出去，你们当然要怨我太严厉一点了，倘若允许你们出游时，万一有什么意外，我又如何对得起史公呢，我今从权宜计，到清明日的那天，准许你们一清早起往湖上一游，到午时便要回来，不准在外流连，只到近处去游览，休要远适，以免他虞，凡事宁可谨慎一些的好，你们可以为老年人的话为然吗？"红薇听父亲业已许可，脸上立刻变为欢悦，泛起欢笑之容，点点头答道："父亲说得不错，我们自然遵守你老人家的教训，决不会流连忘返的。"钟常也笑道："好，准许你们去游玩半天吧。"

于是红薇就把父亲允许的消息去告知史麟，史麟自然欢喜无限，谁知次日天气忽变阴霾，下了一天的雨，史麟既不能到园中去习武，坐在书室里，两手支颐，仰视着窗外的天空里一块一块的乌云，推来推去，一会儿暗些，一会儿亮些，始终没有停过雨点，庭院中雨声滴滴，他心里暗自沉闷，看这雨势到明天也不会有晴好的希望，自己和红薇好容易商得钟常同意的湖上之游，不也要因此的作罢吗？老天为什么如此不作美呢，不觉引起他心中的惆怅，而想到老父，坐困危镇，已有多日，一直没有消息听到，"这几天我看钟常的脸上，颇有不豫之色，

而孟哲老渔翁前日来此探访，曾和钟常背着我在室中密谈多时，我隐隐听得孟哲的叹息声。当然是清平镇的情形不好，而使他们长叹呢，他们也不肯告诉我听，恐怕我要烦恼，然而事实总是掩不了的，日后我总要知道的”。他正在愁思无聊，红薇却在书室外跳了起来，说道：“世兄独自在这里苦思什么，这天下雨不停，好不令人恼恨。”史麟放下手，回转头来说道：“是啊，我也恼恨天公不作美，我眼巴巴地盼望明日和世妹驾舟出游，以慰我忧，一赏渴想往时之愿，哪里料得到春雨连绵，不肯放晴呢，唉！”史麟说到这里，长长地叹了一口气，红薇道：“世兄不要忧愁，也许明天会晴，倘然仍是下雨，那么可以缓一日出游，父亲既已允许了我们，不论哪一天我总可以陪你去一游的，你千万不用忧愁。”史麟听红薇这样安慰他，心里更是感激，就咧着嘴说道：“世妹之言甚是，不过天一晴，我总会找一日和你去一游青山绿水的，你父亲现在哪里？”

红薇答道：“他因下了雨，意兴不佳，正在他自己房里打午睡呢，晚上你陪他吃一些酒吧。现在我父亲对于诸事意兴阑珊。唯有这杯中物，一向嗜饮不休，三杯下肚，什么事都忘怀了。”史麟道：“不错，他老人家近来话也说得很少，唯有教授我们练习武术的时候，似乎尚有些豪情逸兴，他对于我们的希望心很大，所以我一毫不敢懈息，我们盼望他日不负你父亲的期望。”红薇道：“你的武术进步很快，我及不上你了。”史麟笑道：“世妹又要说这些谦虚话哩，我哪里敢和世妹争论上下呢？”红薇道：“这并不是我故意伪谦，前天我父亲在我面前也说过，借此勉励我一番呢。”史麟连说：“哪里，哪里。”其实他心中也很有几分自喜，红薇便坐在他的对面，和他喁喁而谈，这样尚能解去他的寂寞，阿俊又煮了些鸡蛋和面粉混合的蛋糊，请二人用点。

转瞬天色已黑，听听外面雨声小了一些，可是檐溜依然滴个不住，钟常也已走来，阿俊掌上灯，钟常但叫阿俊去烫酒，史麟和红薇坐着，陪着他饮酒。红薇虽不会喝，而史麟的酒量

很可以的，看着钟常一杯一杯地喝，红薇恐他又要喝醉，遂教他不要多喝。钟常见他们小儿女之间感情很是笃厚，不觉微笑，他也知道红薇特别待史麟好，这是自然而然的，所谓“天也，非人力之所能为也”。所以放任他们去自便。到了次日早晨，史麟从床上醒来，听听雨声已止，窗上也较昨日明亮了多了，连忙披衣起身，走到外面庭心中，一望天空十分晓朗，灰色的云已四散推开，东方云影里隐隐有日光透露，天上也东一处青、西一处青地露出它本来苍苍之色，但知今日可以晴了，庭中树上也飞来数头小鸟，很唧唧地歌唱着，他心不由大为兴奋，恰见红薇走出房来，二人各道了一声晨安，史麟欣然笑道：“昨日天雨，今天却幸晴朗，湖上之游可以如愿以偿了。”红薇一笑道：“昨天既不是和我们作对，终会天晴的吗，果然如愿。待咱们吃了早饭，一同去游湖，好不好？”史麟喜笑颜开地答道：“很好，让阿俊早点预备早饭，愈早愈妙。”他们说话时，钟常是从外边走来。红薇叫一声爹爹，指着天空：“今天雨势已止，我们要到湖上游耍去了。”钟常点点头道：“好，你们早饭即去，早些回来。阿俊也跟你们一块去吧。”红薇高兴说道：“阿俊同去，这是最好了，我和世兄也可摇桨，您不去吗？”钟常道：“你们出去，留我在家里看守也好。”

第六章

遇暴泛舟

红薇和史麟进去，一同吃了早餐，红薇自回房中去，换了一件碧罗夹衣，梳着凤髻，薄施脂粉，更见清丽；阿俊也换了一件青布衫，踏着一双缎鞋儿，鞋头上绣着很大的花朵，头上梳着两个双垂髻，颊上涂着两堆胭脂。红薇看着她，莞尔笑道："今日丑丫头变作俏丫头了。"钟常和史麟听了这话，一齐哈哈大笑，阿俊却害羞得缩到厨房去，不肯随行了。红薇仍去把她硬拖出来，说了好话，阿俊这才答允。钟常又叮咛数语，三人辞别了钟常，走出大门，来至湖边。一切准备好了，史麟、红薇坐在船舱里，阿俊解了缆，把船推入湖中，几人驾起桨来划动，霎时间，小船出了港口，湖波汹涌，阿俊在后梢摇着橹，那小船渐渐驶往湖心。在湖中，凌万顷之茫然，红薇和史麟都不肯闲坐，一边闲谈，一边使力划桨，船驶得更快了。他们本没有目的地，纵其所以，直往前行。忽见前面一座高峰，史麟问道："这是什么山？"红薇道："西山古迹最著名之处，上面的山峰都是很秀异的，最妙的要算缥致峰了，山麓还有一个林中洞，是天下第九洞天，我听孟老伯说，在昔春秋之

末，吴王他也曾差灵威丈人入洞，昼夜秉烛，行了七十余天，还没到尽头，不得已而退出；洞中的蝙蝠和鸟一样大，也有人说此洞可通洞庭湖的君山，洞外怪石林立，极出奇之致，世兄要往那边去一游吗？”史麟道：“恐怕时间不容许吧，我们还是在湖上游罢，不要忘了你父亲的叮嘱。”红薇道：“也好。”小舟摇向碧波中驶去，这天湖上的船舶较多，宿雨新雾，山色如洗，十分好看，阿俊在船艄上唱起山歌来道：

什么鸟飞来节节高，什么鸟飞来像双刀，什么鸟飞来青草里躲，什么鸟飞过太湖梢。

史麟听了，对红薇带笑说道：“到底是年纪轻的人，到处能学方言，你听阿俊已能唱很轻软的吴语了，她不是生长在河南的吗？这几个字已念得像苏州音一般无二了，即如世妹，吴侬软语，完全不是北方人，我是最爱听的。”红薇笑了一笑道：“我们说得不好。”这时阿俊又接着高声唱道：

钻天鹞子飞来节节高，燕子飞来像双刀，野鸡飞来青草里躲，鸬鸭飞过太湖梢。

红薇回头向后梢问道：“阿俊，你摇得不吃力吗？唱得真好听！”阿俊笑了一笑，正再唱时，西边有一只帆船驶来，船上忽然有人大声向这里呼喊道：“钟小姐，你们到哪儿去？”不知来的又是何人。

红薇听得唤声，回头一看，说道：“原来是他。”史麟跟着看去，只见那边帆船上有几个人立着向这里望看，模样似都是雄赳赳气昂昂的，内中有一个身材较大的中年汉子，穿着短装，面貌生得很是粗陋，正和他的同伴向这边船上指指点点，史麟看着，一时不便向红薇询问，阿俊也早望见，山歌也不唱了，口里却低语着说道：“唱山歌唱出野兔来了，不要看他

们。”红薇说了一句话，也就别转脸来，但是那只帆船行驶得非常之快，它借着风的力量，宛如奔马就追将上来，一会儿已和史麟、红薇等坐的小舟相并。

那汉子见红薇不答应，依旧提高着嗓子喊道：“钟小姐，你们到哪儿去？老英雄可在府上？为什么不和你们一路起行呢？”那汉子一边说着，一边双目直向史麟注视，目灼灼如贼，红薇因为那汉子连连向她招呼，船已近身，也就不便置之不理，所以淡淡地说道：“父亲正在家里，我们游一会儿湖就要回去了。”那汉子又带笑说道：“小姐可到我们村中去玩吗？”红薇摇摇头。就在说话的时候，那帆船已抢出了小舟，那汉子尚回头向史麟看个不休，史麟便向红薇叩问道：“那汉子是谁？可是你父亲的朋友吗？还是……”史麟的话尚未说毕，红薇早把嘴一凸道：“我父亲有这种朋友吗？世兄不要误会，须知那厮不是好人。”史麟闻言有些吃惊，带着抱歉的态度说道：“我的话说错了，请世妹不要见气，那么他怎样认识你父亲的呢？”红薇道：“你不知那厮就是丹枫村的班老四，以前何正险些吃了那厮的亏，被我父亲救下的，我不是已告诉你的吗？事后那厮曾到我家里来，要拜我父亲为师，而老人家一定不肯收这个好徒弟，他是败兴而去的，所以他认识我。”史麟听了，点点头说道：“原来就是何正的对头班老四，巧极巧极，今天被我看见。”红薇道：“像班老四这种人，都是地痞，游手好闲，招事生非，不可相与为伍的，所以我父亲虽然居住湖滨，而绝不愿意和这种人周旋哩。”史麟道：“那是自然。”

两人这样在船头说着，那艘帆船已去得远了。两人仍划着桨向前，又约莫驶了二三里水程，大家都有些力乏了，看见前面有一沿湖的村子，小屋数丛，绿树掩映，红薇把手指着道：“我们到前面这个村子里去泊了舟，休息一番，上岸去走走，好不好？”史麟见红薇有兴，遂道：“世妹说得是。”红薇便望前面村子边划去，渐渐相近，阿俊用力把船摇往岸边，在河岸边一株大树下，将船泊住，红薇对阿俊说道：“我们要上岸去

了。”阿俊笑嘻嘻地说道：“你们俩上去散步一会儿也好，我在此看守船只，你们不要多耽搁，早些回家。”红薇答应一声：“我知道。”遂和史麟跳上了岸，并肩走去。有几个乡间妇稚看见二人容光焕发，气魄英爽，不知是哪里来的，都很奇怪。

东边有一小丘，丘下几株枫树红叶未脱，史麟指着带笑对红薇说道：“世妹，即此湖上一片土，不就是世外桃源吗？何必刻舟求剑呢。”二人一边说，一边走，渐渐行近林边，听得泉声潺潺，料想林后尚有清泉，遂踏芊芊的芳草，缓步入林，满地露叶，林中确是没有一个人影。史麟道：“快哉此游，这村不知是何名称，当唤作红叶村了。”红薇道：“我虽住在湖上，可是足迹罕出，除前随父亲曾一游西山外，其余地方大都不熟悉的，我们管他什么红叶村、黄叶村，只要给我们畅游便算了。”史麟道：“世妹说得是。”

二人穿过了不少枫林，水声愈大愈近，只见前面有一条清溪，曲曲折折由丘上流下，两旁怪石森列，继而相累而下的如牛马之饮于溪，冲然角列而上如熊熊之登山，山泉水从石上流过，其势甚急，所以声响较大；史麟立在清溪边，拍着手说道：“好极了，好极了，这地方大可人意。”恰巧临流有一个鱼梁，梁上有一块方圆的青石，上面有一株老松，葱茏曲折般的枝干，绿团团地撑着一顶翠盖，红薇便和史麟并肩坐在石上，歇息一会儿，听听泉声松韵，悠悠然，冷冷然，恍似置身尘外。这时候天空里有二三头苍鹰在那里盘旋翱翔，一声声叫着，史麟仰首观看，只见其中有一鹰越飞越低，蓦地向南边一处很迅速地身子一侧，直坠下来，一会儿又冲天而起，鹰爪下好像抓着一样东西，飞向北边去了。史麟知道这是老鹰抓小鸡，红薇道：“这可恶的鹰，何等残忍啊，它抓了一头小鸡去了，可惜我没有带得弓箭，否则就要请它吃一支箭。”史麟道：“世事都是如此，以强暴弱的，即如父亲死守清平镇，到今已有多日。父亲立志死难，将来还不知如何结果，真令人报忧不已。父亲自从来此间望我一遭，至今好久没有消息，有时孟老

丈来，我向他询问一二句，他却没有什么消息告诉我，我又见你父亲和他谈话时，面上好似有殷忧之色，料想清平镇情形一定不利。”史麟说了这些话，长叹一声，红薇只见他动了心事，有些不乐，便安慰他道：今天我们出来湖上游，劝世兄且寻欢乐，莫多忧虑。”史麟听了她的话，不由点点头，勉强一笑，并头双影，倒映入澄清的溪光中。史麟看着，又不觉悠然遐想。

但在他们谈起清平镇之时，相距数十步外，一株树后，有一个汉子正躲在那里窃听，且向二人细细察视。他也听得清平镇的话，虽然不十分清楚，可是已能料到这和红薇做伴的少年，仪表不凡，一定是清平镇上的有关人物。当史麟出神的时候，他又咳嗽一声，走过树来，向二人身边走去，红薇和史麟同时闻听，回过头来看时，见就是湖上相遇的班老四，不知怎的，他也在这里，也会走到林中来。班老四见了红薇，仍是恭恭敬敬地说道：“钟小姐，今天巧极了，到东遇见，到西也遇见，你们在此游玩吗？这位公子是谁，可是尊大人新收的门弟子？”红薇实在不高兴和班老四多讲话，又见他查问史麟的来历，恐怕露出行藏，只得答道：“是的，他正是我父亲新收的弟子。”但是红薇说出了这句话，又觉有些不妙，班老四遂冷笑一声道：“如此看来，尊大人不是绝对不收门徒，不过想我姓班的恐还不配做尊大人的弟子，辱没师门，所以不收吧。”红薇听着，脸上已露出一团不高兴的神气，冷冷地说道：“这个你要自己去问我父亲吧。”班老四双目狠狠地注视着史麟，正要再开口时，只听背后树林里脚步声，有几个短衣少年奔进来，一见班老四，便齐笑说道：“班师爷，我们哪一处无不寻到，师父在这里呢！他们已将家伙搬出来了，我们请师父同去和他们会会吧。”班老四答应一声，他遂又对红薇说道：“钟小姐，我们今天到这里村来，是和村子里一个拳社中的师徒演习拳棒的，闻得钟小姐精于此道，何妨请过去一同聚聚？”红薇忙答道：“谢谢你，我们便要回去的，恕没有这工夫奉陪。”班

老四讨了一个没趣，向二人狞视了一下，立刻和他的同伴走出林子去。

史麟对红薇说道："世妹，我看那姓班的对于我很有猜疑，对你也有些记恨哩。"红薇点点头道："是的，这种小人最可恶，我父亲不收他做徒弟，他是怀恨在心而不忘的，今天我们回家时，在我父亲面前不必说起遇见班老四的事，恐怕他老人家以后便要不放我们出外的。"史麟道："不错，停会知照阿俊，教她也不要说。"红薇看了一看日影道："啊呀，我们只顾贪坐，时候不早哩，我父亲只许半天光阴，不可违背他老人家的吩咐，触他之怒，我们快些回去吧。"说着话，立起身来，史麟只得跟她站起，二人遂恋恋离开了这个可爱的清溪、可爱的枫林，走回船上。途中还听乡人争说快去看那强武社的拳术家和丹枫村里的班老四表演武术啊，红薇知道这是班老四做的那一套了。回到船上时，阿俊早说道："我在船上等了好一会儿，小姐再不回去时，主人要嗔怪了。"红薇道："我们快些摇吧。"于是解缆开船，阿俊摇橹，红薇和史麟打桨，一路驶回家去。

等到他们回至紫云村时，日已过午了，登岸的当儿，红薇又回顾阿俊说道："少停你见了我父亲，不要说我们曾遇见班老四，免得父亲多说一句话。"阿俊答应一声，三人走进家门。钟常迎着说道，"你们怎么去了这好多时候方绕回来，肚子可饿吗?"史麟上前应着，红薇含笑说道："父亲，我们回来得稍迟了，游得好爽快，肚子也不觉饿。"钟常说："我把你们饭也煮好了，快吃饭吧，我已吃过哩。"红薇道："啊呀，倒累父亲动手，心实不安。"她遂和阿俊到后面厨房里去预备菜肴了，钟常和史麟坐下，谈谈湖上的风景，一会儿饭已端出，红薇陪着史麟一同进膳；钟常坐在一旁看他们吃，心里好似转着一阵思潮，面上却是笑嘻嘻的。饭后二人因为划舟乏力，各去休息，武艺也没有练习。

史麟坐在室中，冥想着湖上的风景，以及枫林中清溪白石边的情状，津津然若有余味，但他哪里知道他的父亲正喋血清

平镇呢。原来大清统帅，因清平镇史成信屡次抗拒大兵，教养痈成患，特派亲信将官哈赤尔，带数万大兵杀到镇上来，这次不比往常，全是百练精兵，一到镇边便总攻全镇，史成信也侦知清兵厉害，拼死守御，武师赵钰与哈赤尔交手，未有数合即被哈赤尔一刀劈死，其余壮丁死伤甚众，清平镇已是无法守御了，史成信退到自己宅中，先看着夫人自刎了，自己拔剑正欲自刎，却见孟哲走来，连忙向孟哲摇手道："现在大势已去，承孟先生之才，将来还有用处，速去到紫云村见钟先生，就说我不能向他告别了。"孟哲知道成信的意思，是要他偕同钟常照看遗孤，便含泪点头，看那成信一探长剑，颈血外溅，倒于庭前。孟哲痛哭一番，只听见杀声已近，连忙跑至宅后，在灶下放起火来，自己便从宅后小径溜出，逃至水边，驾小舟逃向太湖而去；划了一程，回头再看清平镇一片火光，不由泪落如雨。

史麟在紫云村早已闻得清兵围攻，紧急恶信，风声鹤唳，一夕数惊，心中便十分忧闷，暗暗祝祷上苍，保佑他父亲可以击退清兵，转危为安。红薇见钟常悄然不乐，也知史麟为了清平镇的被围而寝食难安，心里暗想：父亲既有这一身好本领，为什么老是隐居在这湖上，而不去相助史公大难，以解倒悬呢？假使我也能出外从戎的，那么自己年纪虽轻，亦可随着父亲去和清兵喋血酣战，立些功劳了。所以她乘隙向她父亲探听口气，颇有怂恿钟常出山之意，钟常却微叹道："清平镇形势日益败坏，已到了不可收拾之势，我要留有用之身，再作一场事业呢。"又叹了一口气道："我在此间落落寡合，唯有孟哲老渔翁是我的知己朋友，他知道我，我知道他，他也是同我一样的心思，只是近来他好久没到此间了。听说他患过疟疾，未曾痊愈，我十分想念他，正当攻城杀场纷乱的时候，他住在附郭之地，是不甚稳当的，我为了这个缘故，前日瞒了你们，冒险往那边去，探询他的行踪，方知他已到镇里去了，假使一日镇上有失，他家岂不要受兵灾吗？"红薇听了父亲的话，也代孟

哲所忧，当他们忧虑之时，忽然孟哲来了，他们如何不欢喜，连阿俊也嘻开着嘴笑了。

大家相见后，钟常便请到书房里去坐，阿俊献上香茗，大家对他格外殷勤。钟常开口问道："我正在思念你们一家是否无恙，因为我曾设法探听，知道你已不在那里了，教我到哪里去寻你呢？难得你来了，很好，你们是不是迁在城内，那么你又怎样出城的，据小弟的愚见，孟兄还是搬到这里吧，贵体又怎么样了？"孟哲流着泪把成信死难情形说了，史麟哭了声便昏了过去，大家连忙也皆垂泪。自从清平镇被降以后，史麟匿伏在太湖边上，痛不欲生。

过了几天，孟哲老渔翁忽然不知去向，钟常也觉得凄凄凉凉，更无伴侣，更是感觉到郁郁，所以除了教授史麟和红薇剑术以外，终日唯以高粱自遣，常在醉乡中过光阴。红薇却仍是一味娇憨，博老父的笑颜，逗引史麟的喜欢，解除他的忧闷。史麟尽心学习，所以他的剑术真像百尺竿头，蒸蒸日上；钟常见他的武术大有进步，这一点稍觉足以慰情。这样过了一二个月，还算太平无事，钟常心里的一大块石放下了一半。有一天下午，钟常正在后园看史麟、红薇二人舞剑，阿俊在外面扫除庭阶，忽听门上拍打声起，阿俊暗想自从孟哲失踪后，这里门可罗雀，简直没有什么客人上门来，现在有何人来呢？不能无疑了，她先从门缝里向外面张望了一下，见门外人影不多，遂大着胆子开门，只见门前站着的就是丹枫村里的那个班老四，背后还站着一个中年汉子，鹰鼻鼠目，容貌十分猥琐，一双眼睛尽对着阿俊细看，班老四便对阿俊带笑打个招呼说道："对不起，你家主人可在家中吗？我要拜见他，烦你通报一声。"

阿俊见了班老四，白了一眼，心中已是厌恶，可是人家走上门来专诚拜访，自己未奉主人命令，也不能回答什么话的，只得说道："你要看见我家主人吗？不知道他有暇没有暇，你且在此站着等一回，我去通报后再说。"说罢，又对班老四狞了一眼，班老四见阿俊这般情态，不由回过头去对那中年汉子

眨一眨眼，摇一摇头，阿俊跟着噗的一声，将双扉闭上，跑到里面去。只见史麟在场中舞着宝剑，剑影夭矫，如龙飞凤舞，钟常和红薇都立在一旁观看，阿俊走至钟常身边，报告说："外边有班老四求见主人，要不要见他？"钟常听了，不由一怔道："班老四又要来见我吗？真讨厌。"红薇走过来说道："什么，可是班老四又来了吗，这种人不怀好意的。父亲休要去理睬他。"钟常点头道："不错，我不愿意见他，你快去对他说，我身体有些不适，一时不能见客人。"红薇把足一蹲道："阿俊快去回绝吧，这种人上门来，你还要代他通报，难道你不知此人可恶？"阿俊被红薇埋怨了一句话，心里也有好几分气恼，连忙走到外边去，开出门来，见班老四和那个中年汉子立在那边，正凑着耳朵，啧啧咕咕地讲话，她就一狞眼睛，向班老四说道："老主人有病，一概不见客，你这种人下次不要来吧。"说了这话，回身进去，噗的一声立刻将双扉闭上，不管班老四怎样了。

钟常吩咐丫头回话后，依旧和红薇看史麟舞剑，阿俊从外面跑进来复命，钟常点头道："这样很好。"史麟已把一路剑舞毕，将剑带住，立定身躯，对钟常说道："小子自知近来心绪不佳，没有什么进步，惭愧得很。"钟常笑道："今天这一路剑法舞得精神饱满，小女不及多多了。"红薇带笑答道："父亲，待我来使一路单刀，和他的梅花剑走上一趟。可好？"钟常微微一笑道："你又要来了。"但却并没有不许的意思，阿俊在旁却插口道："小姐，你要史公子走上一趟，很好看的，小婢要在这里一观呢，但你要小心，莫再被……"阿俊的话还未说完时，红薇早对她紧狞了一眼，阿俊立刻缩住，不说下去了。

红薇知道父亲已然许可，她就脱去外面一件衣服，从地下取过一柄单刀，正要和史麟去交手，猛地一眼瞥见东边短垣外一株大榆树上，正有两个人爬在树枝中间，向这里偷窥，她认得其中一个正是班老四，还有一个鹰鼻鼠目的汉子，却不认识是谁；连忙将手指着，对她父亲说道："父亲，你看那边不是

班老四这狗头吧？”钟常跟着她的手一看，点点头道：“果然是的，我已回绝了他们，再来鬼鬼祟祟地探望做什么呢？”红薇倏地俯身从草际拾起一块小小尖石来，将手一扬，向墙外榆树上飞去，只听哎哟一声，正中班老四的额上，接着便见两个人很快地溜下树去了，阿俊拍手称快，红薇道：“那厮可恶，给他吃一石子，略吃些小苦头，看他下次再敢来墙外偷窥吗？”史麟笑着道：“就是那个班老四吗？”刚要说下去，红薇对他眨眨眼睛，史麟转变着说道：“现在我识得此人的面貌了，世妹给他吃一石子，算是请他吃一些小点心。”阿俊道：“可让婢子出去看看他们作何光景。”钟常摇摇手道：“不必了，你休要出去多事，随他去吧。”又对红薇说道：“他明知我是托词的，却还从墙外偷窥，不知他可有什么歹心肠。”红薇笑道：“班老四是父亲手下的败将，武术平常，怕他做甚？他到这里来，也许又要恳你收他做徒弟呢。”钟常看着史麟，沉吟不语。

红薇再向墙外望了一下，见树上已无影踪，便走到场中，对史麟笑道：“世兄快来，我在这里领教了。”史麟笑笑走过去，将宝剑使个旗鼓，说一声请，二人便你一刀我一剑地舞将起来。丫头立在一边，咧着嘴看，钟常虽然也在看他们舞剑舞刀，可是他的心神不专，时时要向墙外那株榆树上观望。红薇、史麟好胜心重，各人施展平生本领，红薇这一路刀和剑使得甚是紧凑，很有几手出神入奇之处，因为两人是游戏性质，绝不愿使对方受到损伤，所以一路刀剑走完毕，两人并没有受到伤，各将兵器收住，回过头来笑道：“父亲，你看我们这一次谁使得好？”钟常点点头道：“都好，你们可以休息去了。”

红薇见父亲不肯说，也就付之一笑，向史麟招手道：“我们到外边书室里去坐坐吧。”史麟跟着她便走，阿俊收拾地上的兵器，钟常把手支着头，仰天看了一回，然后向里面去。见红薇又和史麟并肩坐在一起，絮絮地讲话，他不欲去打散他们的讲话，自去烫了酒独酌，想起了孟哲，心中未免不快，喝得有些半醉，便回到房中去睡眠。

第七章　青山埋骨

傍晚时天气忽然转变，刮得好大风，他房里的窗没有关闭，都被风吹开了，但钟常在睡着，一些没有觉得，红薇从书房里出来，天色已黑，刚要回房，见父亲房中黑漆一般黑，她知道父亲是在睡着，便悄悄地走进房去。一阵风来，吹得她身上寒冷，黑暗中运用眼神一看，数扇窗都大开而特开，她父亲熟睡在床上，连忙唤阿俊掌上灯来，她去把窗一一关上，唤醒父亲，钟常抹着双眼说道："我正熟睡，你唤我做甚？"红薇道："父亲喝了酒，睡在这里。一扇窗也没有关，外面起了大风，满屋子都是冷风，父亲怕不要中寒吗？所以我唤醒你了。"钟常坐起身来，点点头道："果然身上觉得有些凉了。"遂去披上一件外衣，和红薇一同走出房来，说道："我方才酒喝得不畅，你去唤史麟来和我对饮。"

红薇听了父亲的吩咐，马上跑至书室中去唤史麟他来喝酒，她为要博取老父的欢心，自己到厨下去和阿俊一同烫酒煮菜，今天日间红烧了一只很大的猪蹄，吃去了三分之一，便拿来熬熟了，预备做吃晚饭的菜，又炒了几个鸭蛋，切了一块火

腿，煮了一段梭鱼，一齐拿出来去请他们吃，此外还有花生米、豆腐干、盐笋丝儿、糟彭豆等，摆满了一桌子。钟常和史麟对饮，喝了数杯，很感慨地对史麟道："现在这个时光，可谓凶乱之世，像我这样已届烈士暮年，元龙豪气，亦已消磨殆尽，我处在这湖滨，未卖故侯瓜了，学种先生之柳，以一武人只学做了隐士，居然有时也要咬文嚼字，效那文人墨客，把酒对明月，自觉可笑亦复可怜，辜负了自己这一身铜筋铁骨，所以今日唯有把生平本领，齐传授给你，以赎我的罪行，但望你他日有以树立，那么就不负我，也不负你父在天之灵了。"钟常平常时候对于史成信，在史麟面前不敢提起只字，恐防伤了他的心，然而他今日有了醉意，不知不觉地大发牢骚，忘记了忌讳，遂又提起了。史麟听他这样说，不禁触动了他的愁思，眼眶中隐隐含有泪痕，向钟常说道："老丈之言甚是，小子匿居湖滨，苟全性命，幸蒙老丈爱护栽培，把剑术传授于我，又承时常教诲，鼓励小子脆弱的心志，不要说小子感激涕零，便是先父在九泉，亦当感谢，小子他日倘有成就，要烈烈轰轰去干他一番。"钟常道："对了，后生可畏，来日方长，我也希望你如此。"两个人各发胸中的牢骚，无处可以宣泄，于是借眼前的杯中物来解忧了，你一杯我一杯地喝了不少。

红薇端了猪蹄走出来，见他们两个已喝得很多，各人面上都有不快活的颜色，遂坐在一旁，默默然听他们说话，方知他们有些醉意，发起牢骚来了，史麟也是追念亡父，结思难解，于是她就把别的话去拉扯，要使他们忘忧，果然像红薇这样玲珑心肠，娇憨情态，话是解语之花、忘忧之草，所以二人也就谈锋一变了，但是二人酒已喝得很多，钟常仍要史麟陪他对饮，史麟不甘示弱，一杯一杯地喝下，倒是红薇恐史麟大醉，有伤身体，而老父也不宜如此剧饮，遂再三劝他们停止了酒，而用晚餐。钟常今天大吃大喝，把猪蹄吃了不少，史麟已是玉山颓倒了，红薇遂先扶史麟去睡，再伺候她父亲安睡。红薇又吩咐阿俊好好收拾一切，又自己掌了灯去屋子前后照了一下，

回至自己房中，洗面卸妆，解衣安睡。

哪知她父亲睡到半夜，大呕大吐，腹中又是剧痛，惊醒了红薇，跑到她父亲房中去，见了钟常那种情状，心中一惊，以为他父亲患了急症，村里又无什么名医，如何施救呢？不得已取出沙药来，用开水给他父亲吞了十数粒，幸亏腹痛渐渐停止，身上只觉十分怕冷，红薇遂扶父亲睡下，又代盖上一条棉被。钟常拥被而卧，对红薇说道："我不要紧的，恐怕多喝了些酒，多吃了些肉，以致如此，但是平日常常喝很多的酒，也没有这种呕吐的，大概今日心中不快，喝得不巧呢。"红薇道："方才父亲睡熟了，窗都没关，一室里都是风，受了一些风寒吧。"钟常道："那么只要是出了一身汗便好了，你且去睡觉吧，天还未明哩。"红薇哪里还肯去睡，坐在一旁伺候她父亲。钟常见红薇不去，知道她是孝顺的，必是不放心走开，也就让她坐着，自己闭上眼睛养养神，一会儿，不知不觉又睡着了。

红薇坐在一旁守到天明，熄了灯，唤阿俊来帮着她收拾地上呕吐狼藉之物，自己又去洗脸梳头，忙了一回，再回到她父亲房里去，见钟常仍睡着，伸手摸摸他额头上很烫，知道她父亲有了寒热，不觉忧形于色，一会儿见钟常醒来，嘴里很渴，教红薇倒一杯热茶来给他吃下。红薇问道："父亲这时候觉得怎样？"钟常皱着眉头说道："方才肚子里仍有些不爽快，两眼有些昏眩，如在云雾中，一定有寒热了，又想要出恭。"红薇道："父亲有了寒热，不好上茅厕里去的，去呼阿俊端一个马桶来吧。"钟常点点头说："也好，此刻很是便急，你快去教她端来吧。"红薇遂去叫阿俊端一个马桶来，钟常立刻坐起来去大解，可是解了一些，又解不出来，腹中仍痛，只得又到床上去睡。红薇心中，很是忧虑，便去告诉史麟，史麟听了，更是焦灼，马上走到钟常房里来探视，见钟常又坐在马桶上，面色很不好看。史麟便问道："老丈如何病了？莫不是昨天多喝了些酒。"钟常道："我的身体自以为素来是很强壮的，绝少疾病，至于酒是常喝的，昨天虽然喝得多一些，然而何至于因此

生病呢？大概有些积食，现在常常要大解，却又解不出来，腹中很痛，胸中非常不舒畅，莫非生起痢疾来了吗？”红薇道：“也许是的，到哪里去请大夫来诊治呢？孟伯伯已不知去向，同谁来商量呢？”钟常叹了一口气道：“我听人说长坂桥有一个姓汪的大夫，医道还算不错，以前曾医好东村王姓的伤寒重症，今天你请他来诊治一下吧，也许他会治好我的。”红薇道：“很好，待我立刻请他来。”

红薇说罢，便请史麟守着门，她和阿俊出门去请大夫。隔得不多时候，那位姓汪的大夫来了，是个五旬左右的老者，头上戴一顶小帽，又戴一副老花眼镜，身上衣服也很敝旧，嘴边留着一撮短须，见了史麟便深深作揖，红薇、史麟把他让到钟常房中，把过脉，看过舌苔，细细诊察一过，遂对钟常说道：“钟先生，有了湿热，加以饮食不慎，肠胃积滞，所以有痢疾，不妨事的，吃剂药，便可痊愈了。”钟常向他拱手道：“全赖汪大夫医道高明，治愈我这病了。”姓汪的大夫又叮咛了数语，遂到外边去开了一张药方，对红薇说道：“吃了一剂，明天看情形再说罢。”红薇谢了他三百青蚨，送他走后，便差阿俊拿了药方，坐船到西山镇上去买药，等阿俊买药回来，红薇便煎给她父亲吃。

这天钟常泻了二十多次，总是不畅，而且腹痛如割，晚上寒热更高，口里呓语喃喃。一天到晚饮食不进，服药后虽然睡着，而没有什么良好的影响。红薇很不放心，夜间搭了临时床榻，睡在父亲房中伺候，到了次日，钟常的病势仍不见好转，依然腹泻，红薇没奈何，再去请那姓汪的大夫来诊治，姓汪的皱眉头说道：“看这情形是噤口痢了，病情很是危险，我再开一张药方，让他服下试试，倘然再不减轻时，请你们另请高明吧。”遂费了许多时间的思索，开好一张药方而去。阿俊立即去抓了药来，煎给钟常吃。

这两天红薇闹得心乱如麻，饮食俱废，平时脸上常带着愉快的笑容，现在却蛾眉深锁，玉靥寡欢了。晚饭时，她虽伴着

史麟同吃，但是吃了半碗便放下箸子，吃不下了。史麟也只吃了一碗，他知道红薇有了心事，所以如此，遂勉强用话安慰她道：“世妹不要忧坏了玉体，想吉人自有天相，你父亲的病虽然凶险，或不至于……”史麟说到这里，红薇的眼眶里已流出泪珠来了，对史麟说道：“我自幼就没有了母亲，父亲是以严父而兼慈母，我父女二人相依为命，我是一辈子离不了父亲的。倘若父亲不幸而有三长两短时，教我怎能独自活着呢？”史麟听了这话，又触动了他的心事，几乎失声哭出来，强自忍着，又用话劝解一番。阿俊在旁看着，也是满肚皮的不快活。

晚餐后，二人进房，又去看看钟常，他虽然是一位英雄好汉，可是到了此时，却已疲惫得坐不起来，连上马桶也摇摇欲倒了，史麟觉得钟常的病不但没丝毫减轻，反而加重，这无怪红薇要发急，英雄只怕病来磨，所以他呆呆地站在榻旁，不说什么，红薇却坐在她父亲床边，背着父亲不时地流泪，钟常反安慰她道：“红薇，你不要为我忧急，红薇，我吃了汪大夫的药，不久自会好的，总不至于就此送命吧。”红薇只得笑道：“你歇着静心睡吧，我希望你明天可以好一些。”钟常点点头。

二人伴了一回，史麟告辞回房去安睡。红薇仍睡在父亲房里，侍奉汤药，昼夜辛苦，并目不交睫，直到天明时才似睡非睡地蒙眬了一会儿。钟常又起来大解，红薇惊醒，一骨碌坐起身，走过去扶着她父亲床上，摸摸父亲头上依旧烫得炙手，心里不由得闷上加闷。钟常的头刚着枕时，忽听外面大门上有人敲门声，敲得很是急促，父女两人都惊奇起来，这个时候有什么人来呢，好不奇怪，钟常带着喘对红薇说道：“这个时候，有谁到此，你快去看看，千万小心，不要让坏人进来，我为着史麟时常担忧的。”

红薇答应一声，她暗暗地带上明月宝剑，走出房屋开门。这个时候阿俊也就跑出来了，她手里拿着一对双锤，悄悄地对红薇说道：“这时候来的必定是坏蛋，他们将要不利于我们的，主人病了，人家便要来欺侮我们吗？哪知道你小姐不肯惹人

的，我也不怕，我开了门，一锤一个，把他们结果了性命，也给人家知道这里紫云村钟家是不好欺侮的。”红薇道：“你别鲁莽，待我开了门，见机行事。”阿俊道：“小姐，你站开一边，让我来开吧。”阿俊很快上前，门呀的一声，两扇柴扉开了，右手的锤高高举起，正要向前对面站着的一个人打下去时，那人喊了一声：“啊呀。”又道：“慢慢动手，怎么要打呀？”红薇在后也已娇声喝止，此时阿俊凝眸看着，原来门前来的人，乃是柏树村里的何正，何正见她们手里各拿着兵器，倒吓得退后数步，阿俊才哈哈笑道：“我道是谁，却原来是何家的公子，小婢子失礼了。”红薇也点点头，招呼何正入内，何正方才放大了胆，来到门里来。这时候史麟在客房里也已闻声惊起，披衣出外去，才闭了门，他们把何正让到客堂中去坐下，丑丫头赶紧放下双锤，炉上烹茶，红薇也放下了剑，和史麟陪坐在侧，看何正额汗涔涔，像有要事的一般，红薇便开口问道：“请问尊驾今天一清早惠临敝舍，可有什么要事？”何正点点头道：“正有些要事奉告，钟老丈在哪里？”红薇皱着蛾眉答道：“我父亲正患很重要的痢疾，睡在床上，不能起身了。”何正不由把手摸着头道：“钟老丈卧病吗？这如何是好？不知姑娘可曾延医代他诊治。”红薇道：“已请得一个大夫，看过两次，但是服药后如水沃石，一点没有效验，因此我们心里十分忧急呢！”何正道：“无怪姑娘要忧烦了。”何正把足顿着道：“真是不巧，唉！这事怎么办呢？”史麟以为何正自己或有什么需要钟常相助的事，遂忍不住说道：“何先生，你有什么事？钟丈虽然病倒，我们若能为力，也可仗义相助的。”何正道：“这倒不是我自己的事，而是你们的事，很重要的。我不能不和你们说啊，然而……”何正的话还未说完，红薇听到是他们自己的事，突然一惊，再也忍不住，立刻又向道：“咦，奇了，我们的事吗？快快告诉吧。”何正道：“钟老丈在房中吗？请你们领我去见了他，再行告诉，好听取老人家的主张。”

于是红薇、史麟只得陪着何正来见钟常。何正见了钟常，

先是请安行礼，钟常见来的是他，便请何正坐在一边，丑丫头端上茶来，站在红薇背后，听何正特地来讲什么话。红薇早催促何正道："你快快说吧，有什么事呢？使我急煞了。"钟常也喘着说道："可是有谁来欺侮你吗？"何正道："不是的，我向你们说明白了，你不要惊慌，慢慢儿商量对付之策便了，昨天我和香玉回至丹枫村，碰见班老四家来了不少人，有几个像是城里衙门里的公差，我便觉这事有些蹊跷，但赵家虽和班老四住在近邻，然这一回的事却丝毫不甚知道。我为了好奇心，便托香玉假做送些东西到班家去，因为香玉后母生下的妹妹和班家的姑娘很熟的。她们到了班家，窥见班老四正和几个人在一间屋子里秘密谈话，外边人完全禁止旁听的。班家的姑娘本是出名的快嘴，香玉把她引到僻处，细细问她家中可有什么大事，为什么衙门里的人进进出出。班家姑娘遂对香玉说：她的哥哥正和一个姓秦的，昨天往城中去告密，今日衙门里派人来乡，预备明天要往紫云村去捉人。香玉听了这话，不由心里一动，再问紫云村去捕什么人，班家姑娘说她也不十分明白，只知紫云村钟家中藏着一个是什么清平镇史家后人，他们告发他，官中已定明天前去搜捕，要她的哥哥做眼线，又怕钟家父女会武术，所以要等晚上官兵来村会合以后，然后一同上紫云村动手捉拿。香玉听了她的话，知这件事很和恩公有关系的，不敢怠慢，立即回到家中，把班家姑娘的话一齐告诉我听，那时候小子非常代恩公发急，明知恩公这里住的一位贤公子，必是他们所说的史公子，这种事牵连恩公很大的，不比寻常的事。"

何正说到这里，对史麟看了一眼，大家脸上的神情顿时紧张，史麟早忍不住说道："这事可是真的吗？这……这……这如何是好呢？"何正道："小子怎敢胡说八道？想到了明天便来不及报信了，小子受恩公再生之恩德，一向只恨没有报答，此番岂可漠视，所以立即和香玉坐船回去，即在半夜坐船摇到这里来，报个信息与恩公知道，好使恩公早早防备，他们若然在

早晨动身，那么将近午时便要到达这村了。”钟常听了这话，望望窗上还没有阳光，知道时候尚早，便点点头道：“多谢足下前来报信，只是我不幸得很，恰才病倒，否则也不怕他们那些脓包的。”红薇把眼一睁道：“嘿，那个班老四要来这里捕人吗？父亲虽病了，但凭着我一口剑，包管也能杀得他们片甲不归。”史麟的脸上露出万分不安的情态，说道：“小子在此有累仁丈了，我想这事儿也不可鲁莽动手的。”何正道：“不错，若是单单数个捕役前来，当然容易对付了，现在他们十分郑重其事，派有官军前来，不知其数多少，众寡不敌，是很险的事，况且恩公正在卧病，如何照顾得到呢？”红薇听了，把嘴一凸道：“依你们这样说，我们难道只有束手就缚吗？”史麟知道红薇已生了气，不敢说什么，钟常皱双眉说道：“前日班老四上门来窥探，我已疑心他不怀好意了，今天果然有此意外的事，只恨病魔欺人，致难对付，唉！”钟常叹一口气，一手握着拳头，在床边轻捣了一下，显出他愤恨的情绪。

何正道：“小子倒想得一个办法，不知恩公等以为如何？”钟常道：“愿闻其详。”何正道：“小子以为恩公已病，万难和官兵对垒，不如预先避到别地方去，让他们扑个空，他们自然也奈何不得，也许班老四反要受处分呢。”钟常点点头道：“我也是这样想，舍此以外，没有别的良策，可是我在此虽已多年，而仍是人地生疏，除了紫云村也没有去处，以前有个老友孟哲，现在他已不知去向，一时难找安稳的地方。”何正道：“小子有一个去处，可以介绍恩公等前去暂避，只是我们应该秘之又秘，万万不能给官军知道的。”钟常道：“你且说什么去处，如果稳妥，那是再好也没有了。”何正道：“在西山的后山，有一座古刹，名唤白莲寺，筑在山环之内，十分隐僻，寺中有一个老和尚，法名慧静，和我家父子很熟的，他能弹琴弈棋，很是风雅，山中有一果树园，每年出产些水果，僧侣也不多，只有二三人，其中有一个是哑巴，看守寺门，那寺香火甚少，所以外人难得去的，不若小子介绍恩公往那边去住，不要

说什么，只说是他方到此，投亲不遇，病倒旅舍，所以借居寺中养病，他们便不会疑心了。且待恩公病好以后，如风势紧急时，恩公便可远走他方，以避其祸，不知这个办法可好吗？”

钟常道：“很好很好，但一则多多累烦你，二则你也未免代我担一些干系咧。”何正道：“我只望恩公一家平安，他非所愿，好在那边也是暂时居住的。”红薇道：“父亲病了，不能和那些鼠辈周旋，请世兄伴同前去，我可和阿俊留在这里，断不让他们占便宜。”钟常连忙摇手道：“别胡说，你们两个小女孩怎么去抵御官兵，不要闯出乱子来吗？自己有了一些本领，怎能恃勇轻视？外边能人很多，你万万不可傲视一切，牢记吾言，现在我们决从何君的计划，你们伴我一同到西山去暂避一下，我若得病好，自可从长计议，红薇你切不要鲁莽啊。”红薇被她父亲这一说，凸着嘴不响。何正说：“既然恩公决定往西山去暂避，那么快请预备一切，不妨坐了我的来船前去，时刻急促，事情紧急，不能稍缓了。”钟常点点头道：“不错。”又叹了一声，吩咐红薇快去收拾一些细软、随身衣服，和史成信所赠的宝物，一起带去，其余的都可以丢下。红薇不敢怠慢，忙和丑丫头去收拾，史麟也回到他房中去收拾要带的东西。这里何正坐着和钟常闲谈，但他瞧钟常病势十分沉重，心里头不免代他暗暗发急，又恐怕清兵便要由班老四领道到此捕人，自己本和班老四有宿怨的，今天若被看见我在这里时，定要诬陷我在内，虽用太湖之水也洗涮不清了，他这样想着，如坐针毡，心头很不安静。

钟常只是呻吟，英雄只怕病来磨，平日铜筋铁骨之体，天不怕，地不怕，到了此时，他也是徒唤奈何了。过了一个时辰，红薇、史麟、丑丫头三人，各将东西收拾在行箧之内，跑来请示。红日已照到窗上来了，大家虽然都没有吃早餐，饿着肚皮也不顾了，何正先引红薇和阿俊，将行李箱箧搬到门外水滨自己摇来的小船上去，然后由何正和史麟扶着钟常上船，因为钟常此时已走不动路了，只好让人扶持着行走。钟常上船

后，红薇又去闭上门房，悄悄地从后园跳到墙外来，幸亏左右邻居都到田里去了，没有什么人窥见，然而她回过头望着家园，一步一回头，大有恋恋不舍之意呢。

何正等候红薇上船后，便教船夫开船，快快离开这里，驶往西山，舟子是何家的心腹人，奉命维谨，船出了港，在浩荡的湖波中，挂起一张大帆，向西山而去，且喜后面没有什么船追来，何正心中才安定一些。钟常坐在船里，只是热，红薇把手去摸摸他的额角，依然很是烫手，她为了她的父亲而担忧，更为了史麟的事而加上一层烦闷，史麟更是有切肤之忧，且觉钟常父女为了他而有家难住，深夜奔波，心里更是抱歉万分。因此湖上风景虽好，各人都无心观览，舟至西山，在湾里泊下了船，何正忙唤了一乘肩舆来，抬着钟常上岸，往山寺里走。

何正陪着史麟等携了行李，随着红薇而行，行了好一段路，方才到这山寺，何正熟悉路径，指点一行人，到了白莲寺，和慧静长老相见。那慧静年纪虽老，而精神很是矍铄，面目也还和蔼可亲。何正把假托的言辞告诉慧静，要假借这里一室之地，暂养疾病。慧静当然一口答应，便把一行人引至大雄宝殿后面，从左首一个月亮洞门里进去，有两间客室，现成有三四张床铺，搭好在那里，花木桌椅，颇觉幽静，便请钟常父女等暂居于此。

当下钟常和史麟住了外房，红薇、丑丫头住了内房，各把行李箱安讫。钟常早由红薇扶他到床上去睡，慧静又端茶、素斋，请大家出来吃饭，史麟和红薇心绪意乱，饭也无心吃，勉强用了半碗，仍回至房中来看钟常。钟常今天为了迁避之故，药也没有吃，热势未退，更是疲乏，何正便托慧静长老代在附近请一位医道高明些的大夫，来治钟常的病，慧静也应允。何正便要辞别了钟常，再回到丹枫村去探刺消息。倘然班老四等到紫云村去扑了一个空，这事又怎么办，且叮嘱史麟、红薇好好留心服侍钟常，自己回去后有什么消息，当再来报告，且教他们深居简出，万不可越雷池一步。

何正去后，慧静长老已往附近山里请来一位大夫前来，代钟常诊病，那大夫诊过后，也是急蹙双眉，说此病十分凶险，医治非常棘手，开了一张药方而去。慧静长老去抓了药来，交给红薇当心去煎，红薇不敢懈怠，立即命丑丫头煎好了药，给她父亲服下，希望她父亲服了这位大夫的药，能有转机。晚上红薇和史麟饭也吃不下去，坐在钟常榻前愁眉相对，悄然无言。钟常睡着了一回，张开眼来，惨淡的灯光下，看见他的女儿和史麟俩对面坐着，一个低着头，一个支着颐，并不谈什么话，一变平日活泼跳跃之态，他知道此时红薇的一颗心，业已整个给忧患笼罩住了，他不为自己的病发急，倒反代女儿可怜。不由悠悠叹了一口气，红薇听得她父亲叹息之声，回过脸来，见父亲已醒，遂立起身走至钟常身边，轻轻问道："父亲现在可觉得好些？"史麟也侧转身子听钟常说什么话，钟常摇摇头道："这一遭病恐怕不会好了，世无华陀，厥疾不瘳，这也是天数吧。"红薇一听她父亲说出"不会好"三个字来，顿时眼眶里泪如泉涌，钟常又说道："红薇，你别哭，生死有数，修短随命，人力不可勉强的，即使我现在不死，将来总有此一日，你也不必过于悲伤。"红薇把足一蹲道："父亲别这样说，我愿你活一百岁，现在怎么要……"说到这里，哇的一声，哭出声来，史麟立在一旁，也偷弹着同情之泪。钟常见她这么一哭，他的话倒不好说下去了，只把手向她摇着，叫她不要哭，停了一会儿，红薇渐渐不哭了，钟常方才又说道："我有几句话要叮嘱你，你千万不要哭，听我讲完了再说。"红薇点点头，钟常道："我的病假使能有转机，这自然是最好的事，万一不幸而无救，我便要离开这个浊世，别的都不足恋，唯有你这块心头之肉，我却十二分放心不下。"

说到这里，钟常的声音更是抖颤而凄咽了，红薇几乎又哭出来，极力忍住，听她父亲又说道："你年纪还轻，世路崎岖，尚未经历，人心鬼蜮，尚未认识，此地不是安乐之窝，故我要你和史公子带着阿俊快到四川鸡爪山白云上人那边去栖身，上

人是我的方外知交，虽然这许多年来我们流离已久，没有通过音讯，可是我托他的事，他无有不当做自己之事的，你到那边去说起了我，他自然竭诚招待，他的武艺远胜于我，你们可拜他为师，从师学艺，隐居在山上，以避耳目，倘然天下有变，你们有机会可以出去建些事业，那就是侥天之幸了。你的性情很执拗，气高傲，一向在你慈父的怀抱中，由得你如此，你以后年龄渐渐长大，他日遇人接物，却不可如此，切忌警戒，至于洁身自好，不堕淫邪，这是我深信过你的，知道你赋性尚不错，必能撮守，勿烦我过虑，我也说不了许多话，希望你善体亲意就是了。”

又把手招招史麟，史麟走近两步，低着头，含着眼泪问道：“老丈有何吩咐？”钟常说道：“方才我和红薇说的话，你也听得了，所以我不须赘述。我死后，你可同你世妹一齐到鸡爪山去投奔白云上人，待时而出，路上一切小心，我知道你是天赋甚高，与众不同，他日必然是大丈夫，也不用我今天多说什么话，只把‘自强不息’四个字赠给你，你待红薇要和你自己的妹妹一样，她的脾气很有些不好之处，你也要原谅她，规劝她，大家好好在世做一个人，方才对得住天地，对得住祖宗，对得住自己，除恶行善也是我侠义之徒所应为的，一切希望你自己勉励吧，我……我不能多说了。”钟常说至此，气喘不已，要喝些水，史麟连忙去倒了一杯水来给钟常喝。红薇见父亲不说话了，她又呜呜咽咽地哭起来，阿俊在外边听得声音，走进房来见了这个光景，也不由得双手连连擦泪。钟常又说道：“你们不要哭，徒乱人意，生死大数，无可逃避，我为人一世，扪心自问，虽没有功业建立，可是寡寡落落，并无不可靠人之处，虽死无憾，你们何必这个样子呢？”红薇颤声说道：“我不能离开父亲的，我不要父亲死。”钟常叹气说道：“好在我已和你们说过，你不要我死，我就不死便了。”遂闭目养神，果然不说话，红薇没法想，含着眼泪，走到外面佛殿上拈香祷祝，要求观世音挽救她父亲的沉疴。

可是她的祷祝有什么灵效？一到明日，钟常的病更发沉重，双目常常闭着，言语也说不动了，仍是常常下痢，慧静长老又去请那大夫前来救治，那大夫诊过脉只是摇头，勉强开了一张方子说："这一剂药若吃下去仍不能止时，请早备后事吧，也不必再来请我了。"红薇听着更是发急，忙由慧静差人去抓了药来，红薇煎好，给她父亲服下，切切期望看着这剂药或有万一之效，然而服了药后仍是如水沃石，毫不见效，慧静长老也代他们非常沉忧，史麟不见何正前来通信，未知班老四到紫云村去捕人不着后，又将有什么诡谋要算计自己，也足令人悬念。

这天晚上红薇侍奉在钟常床榻之前，一宿没有合眼，史麟也陪着坐在一起，虽然红薇屡次催他去睡，他心中充满着忧愁和惊惶，哪里能够安睡，两人直坐到天明，钟常越发不支了。面色大变，额上有些冷汗，两眼已定，口里出气多进气少了，慧静长老走来，瞧见了钟常垂死的情景，不由口里念了一声阿弥陀佛，说道："这位居士今日即将物化，你们是远来的人，可有什么准备？要不要通个信与何公子？"钟常此时已说不出话，只把双目微微地向慧静长老抬了两抬，红薇道："我们没有什么准备，但箧中尚有金银，即请长老代我们做主，何公子那里倘能差人去给个信也好。"

大家正在说时，只见何正正从外面匆匆跑入，一见这情景，摇摇头道："怎么，恩公不好了啊。"红薇带着哭声说道："我父亲已是很危，这事如何是好呢？"何正走到钟常床边，何正叫了一声恩公，钟常见了何正似乎有些认得他，口里虽然不说，眼睛对他望了一望，何正安慰他道："恩公你放心，恩公身后之事，有小子一同帮助办理，决不使你遗憾的，你放心吧。"钟常口角边方才勉强笑了一笑，闭目而逝。红薇匍匐榻前，哭得死去活来，此时何正也不好和他们讲什么话，跟着挥泪，史麟也在一旁涕泣，阿俊跟着红薇哭。哭了好一回，方经慧静长老劝住，便和何正商议收殓钟常遗体之计。好在寺中一切都有，何正即去镇上购了棺木衣衾各物，把钟常遗体如礼收

殓，且请寺中慧静长老邀集几位僧侣，为钟常诵经，追荐亡魂，忙了一天，方才过去。钟常的灵柩，暂时就放在白云寺内，晚上红薇仍自哭哭啼啼，哀思亡父，史麟心里更是难过。

次日早晨，红薇、史麟等才起身，用过早餐，何正走了进来，和二人一同在外房坐下，红薇谢了何正，何正也安慰数语，史麟向他问起班老四那边有何消息，何正道："此来本是要通信与你们的，不幸恩公逝世，一切乱漫漫的，我还没有和你们提起，今天我告诉你们吧！"史麟十分心急道："快说快说。"欲知后事如何，且看下章分解。

第八章

湖上飞头

当时何正就对史麟红薇二人说道："我从这里回去后，连夜便和内子又到丹枫村班老四那边去刺探消息时，方知班老四在那天和姓秦的引导官兵赶到你们村子里去扑了一个空，拘捕左右邻舍询问，只知你们在上午坐了船出去的，却不知往何处去。可怜那几个乡民受尽榜掠之苦，也招不出什么来。"何正刚才说的这几句话，红薇早忍不住叹口气道："唉，我们平日也没有什么好处给左邻右舍，现在却教他们去吃官司，这是十分过意不去的事。"何正道："现在已释放了。官军因为捉不到要犯，便把班老四和那姓秦的扣留为质，要他们必要交出人来，所以班老四正在叫苦连天之时呢。"红薇听了，破颜一笑道："阿弥陀佛，这种坏蛋应该给他吃些苦头，也是报应不爽。"史麟道："班老四为什么要去告密？他怎样知道我的行踪？"红薇道："他前番来我家窥探，就是可疑了。"何正道："我也细细探听过的，原来那姓秦的是扬州城里的地痞，平常时候专会兴风作浪，敲诈人民，本在刘泽清麾下一个姓程的将军那边吃闲饭的，后来清军破了扬州，他又投降了那边。此次

他偶然有事到丹枫村来，班老四和他本通声气的，请他在班家喝酒。酒后，班老四大发牢骚，姓秦的问班老四可有什么仇人，班老四说出钟恩公姓名，并提起恩公家里的少年佳客，姓秦的就说他以前曾闻清平镇的史成信有一幼子，十分宠爱。史成信把幼子送在太湖中一个隐士家中藏身，莫非就是此人？班老四也说形迹可疑，他在某处村子里窃听得红薇姑娘的谈话，似乎是清平镇的余孽。两人商酌之下，遂假作到紫云村来拜访钟恩公。姓秦的窥探以后，他认得史公子的，他们回去后便一同到太守那边去告发。太守便禀明上宪，派马守备率兵五百，以及府衙全班捕役，到村来捉拿的。”史麟听到这里说道：“好险哪，多谢何兄通信，我们不至落网。”红薇道：“若非我父亲病危时，我们父女偏不走开，和他们对垒一番，也未必吃他们的亏。我虽一小女子，然视官兵如腐鼠一般，全不在我的心上。”史麟微笑道：“老伯若不病倒时，合着我们的力量，也未必怕他们。只是为谨慎计，我们还是避去为妙。鸿飞冥冥，弋人何慕？”何正又道：“听说官军限班老四在十天之内交出人来，否则便要治班老四和姓秦的罪，所以班老四发了急，会同他门下许多徒弟以及衙中捕役，正在四处湖滨村庄里搜寻。也有少数官军帮着他们行事，所以各乡人都受骚扰，叫苦不绝。”史麟听了，说道：“那么他们也许要搜查到这里来的，不要连累了他人。”何正皱皱眉头说道：“这件事风势很严厉，更兼有班老四等为虎作伥，他们都是湖上的地理鬼，说不定别处搜不着，最后要到这里来的。所以我来通知你们一声，这两天千万不要出去。”红薇凸着嘴，依着她的心理，最好和班老四等厮杀一场，试试她的明月宝剑。可是致使环境，未便鲁莽从事。史麟又道：“老伯曾有遗嘱，教我们两人到四川鸡爪山白云寺白云上人那边去栖身，我们与其藏在这里，担惊受恐，出了事还得连累他人，不如投奔那边去较比平安有益，而且又可随上人学艺，比较在此好得多了，只是道途辽远一些。”何正道：“这样也好，此处本是暂居性质，现在老恩公业已逝世，当然

不必久居。不过老恩公厝柩于此，急需埋葬入土为安。”红薇道：“这件事比较麻烦一些。因为我们在此没有墓地，营葬之事不得不费时日了。”何正道：“前有一块墓地，乡人方某曾向小子兜售过。小子也曾和一位堪舆家往那里看过，据那位堪舆家说，这块地枕山临水，气势也很雄壮，可做墓地。方某索价也不大，小子早想买下，尚未成交。现在待小子立即去向方某认购，然后选个吉日，把恩公灵柩安葬，但不知你们之意如何？”红薇道：“能得何君如此惠助，茕茕孤女，感幸何似？但这样去办时也非十天八天所能了事的，而缇骑之来，朝夕可至，我们在此又是急不容缓啊。”何正道：“那么二位不妨先行，恩公告厝之事，由小子妥为代办，谅二位必能信任的。”红薇道：“当然信任，这是再好也没有的事。可是怎能完全丢在何兄身上呢？”何正很诚恳地说道：“这个倒没有什么关系，你们的事就是小子的事。小子前日若无恩公援救，此生早已罢休。有生之日都是恩公所赐的，这一些小事何足报德于万一？该让小子去办吧，只要你们二位可以安然脱险，或可慰恩公幽魂于九泉。”

红薇很爽直的，也就谢了何正，托他办理父亲安葬之事，便预备和史麟离开太湖，远适途中。何正要赠送盘缠，红薇再三推辞，说道：“盘缠我们全有，并不缺少，不敢拜领。父亲安葬，尚需种种用费，我理当交给你呢。”何正道：“不必客气了，这件事小子已允代办，何必你们再拿出钱来呢？”史麟在旁说道：“那么彼此不要拿出来了。此次何兄代我们如此出力，援助我们脱险，真是不胜感谢之至，以后如有机缘，当再来湖上拜谢。”何正道：“这是小子应尽的事，何足挂齿？但愿二位前程万里。”

于是红薇把所有的东西收拾好了，取出二十两纹银托何正交与慧静长老，聊表一些谢意。何正自己又取出二十两纹银，一齐谢了慧静。何正又因湖上各处巡逻甚严，叮嘱二人出行时切须留神，莫上圈套。自己也不敢去雇舟，恐怕万一发生事

故，自己难免波及。只指点二人说，山下某处有个船埠，那边有一船家姓王，名唤小毛的，有二三只快船，专供客人行驶各处。可以雇用他们的船只，驶至湖州，然后从泗安广德而至安庆。溯江西上，走这条路较为稳当一些。史麟又谢何正的指示，且请他先回柏树村去。何正必要送他们出寺以后方去。红薇遂和史麟、丑丫头等，又至她父亲灵柩前，拈了香，拜别幽魂，反痛哭了一番。三人携着行囊，拜别慧静长老。慧静长老和何正送出寺来，何正当着慧静长老之面，也不好再和二人说什么话，只说一声前途珍重。二人谢了，带同阿俊下山去了。

何正等他们去后，返身入内，和慧静长老谈了一刻话，方才辞别回去，预备办理安葬钟常灵柩的事。他业已答应红薇，自当忠人之事，何况钟常是救他的大恩人呢。

那红薇史麟阿俊三人携着行李，迤逦下山。且喜尚没有人注意，他们遵着何正所嘱，跑至船埠，唤问王小毛，便有一个瘦长的舟子出来，问他们呼唤何事。史麟遂说要雇他的船到湖州去，许以五两银子的船钱，饭食另付。王小毛听客人如此慷慨，自然乐于答应，遂由他自己和一个伙计载送他们三人前去。他引着三人下船，史麟安放好行李，红薇立刻取出五两银子给他。王小毛欢欢喜喜地便去买了些蔬菜鱼肉下船。史麟催着他们开船，王小毛遂把船摇出西山去，挂上了一道巨帆，正遇顺风，其疾如箭。

红薇和史麟对坐舱中，阿俊立在头舱里。红薇蛾眉深锁，杏脸不舒。她心里怀念着紫云村，业已住了许多年月，山色湖光，朝夕饱览，春花秋月，尽人流连。现在竟离开这可爱的太湖，而自己不能再回到紫云村了。又想起老父的声容笑貌，宛然在目，而人天永隔，风木兴悲。这恨事永远没有可以补偿的了。所以她心里充满着悲哀的情绪，一变她活泼泼的态度，闷闷不语。而史麟也因此次为了自己的关系，累得钟常临危之时，都不能在家中发丧，还得急急他避，心中对于红薇万分不安。虽然钟常的逝世是死于病症，而总是多少为了自己，耿耿

在怀，负咎莫赎。因此两人在舱里各有心事，坐听着荡荡的湖波浪声。

王小毛一边驶舟，一边在船舶煮饭，饭香送到鼻管里，他们到这时候腹中也有些饿了。少停王小毛端上饭和菜来，乃是一碗红烧肉，一碗虾仁蛋汤，其他两样素菜。钟史二人吃了，便教阿俊吃。主仆三人吃毕，由王小毛收去。

史麟暗计行程，约莫行了二十里水程了，忽然斜刺里小港中驶出两艘小快船来，正和他们的坐船碰个正着。船头上站着几个人，当先一个汉子正是班老四，旁边站的就是姓秦的，还有数人都是班老四的徒弟，一艘船上面都是捕役。原来他们刚才搜罢了芦雁村回来，班老四眼快，一眼已瞥见头舱里的阿俊。此时阿俊也已瞧见班老四，要想闪避已是不及。班老四这几天寝食不安，朝夕奔波，正在四处找寻钟常父女和史麟的踪迹，恐防捉不到人，自己反要受累入狱。害人自害，心里有无限彷徨，无限惊恐。此刻忽然在湖面上碰见了他们，正是求之不得，无异在黑暗里找到灯光，心中大喜。把手向来船一指，回顾姓秦的说道："秦兄，我们东搜西查，踏破铁鞋无觅处，原来他们并未远飏，仍在湖上。今番相遇，天教我等破案了。"大家立刻取出兵刃，一声呼哨，把来船阻住。班老四还不知道钟常已在西山物化，他是吃过苦头的，心里不免依旧有些惴惴然，不过他倚仗着人多，而捕役中间很有几个能武的人，尤以捕头铁尺赵五，武艺最是高强，或可以此取胜。而铁尺赵五还不知道钟常的厉害，他在那边船舱里，一闻班老四的报告，取了两柄惯使的铁尺，连摇带跳，跑至船头高声大喊："清平镇余逆在哪里？"他生平惯捕江洋大盗，自恃其能，以为对付乳臭小儿，真是毫不费力之事。他的身躯果然高大，站在船首，宛如一座黑铁宝塔，威风凛凛。那红薇和史麟在船中窥见班老四等两艘船横在前面，知道狭路相逢，少不得要厮杀一番。他们两人都是初生之虎，气吞全牛，没有什么怕惧。而红薇心里更是求之不得，她本来深恨班老四助纣为虐，掀起这意外的风

波，使他们不能安居湖滨，而老父也在病中耽误了。无疑是自己的仇人，不见面也罢，今日相见，岂肯轻饶？各人从行囊里取出宝剑来。阿俊见有厮杀，十分高兴，也去取了一双鸳鸯铜锤，跟他们一齐来到船头上。

班老四手横双刀，见对面船舱里走出红薇主婢及史麟，而不见钟常，又见红薇全身缟素，戴着孝，心里不免有些狐疑。遂扬起双刀，向红薇喝问道：“你家老头儿何在？他胆敢窝藏着史成信之后，匿迹湖边，叛逆不道，我引人去捕他时，不知他又得了谁的报告，事先逃逸，连累我担着心事。哪一处不去寻找你们过？今日在此相逢，这是老天把你们交与我了。”红薇忍不住答口道：“班贼，你敢挟嫌诬害吗？我父亲不幸患病去世，否则他决不肯饶赦你这贼的。你要找他吗？我送你上鬼门关去找好了。”班老四听了红薇的话，方才知道钟常已死，那么剩这一双小儿女，更是容易对付了。但听红薇说话很厉害，手里又握着明晃晃的宝剑，也非没有本领的人可比。遂回头对赵五说道：“对面立着的女娃娃就是钟常的女儿，站在她身旁的就是史成信的儿子，我们快快上前把他们捉住了再说。”于是班老四运用双刀，直取红薇，赵五横着铁尺，径奔史麟，三艘船成了一个“品”字形。

红薇举起明月宝剑，迎住班老四交锋。宝剑如银龙取水，直奔班老四要害之处。班老四的双刀只能欺侮一些外行，他哪里是红薇的敌手？红薇在这几年来跟随她父亲学剑，进步很快。自从史麟来后，有了良好的同伴，她的剑术更是突飞猛进。年纪虽小，而她的一口剑已非常人可敌，很有几样杀手的剑法，用出来时可以出奇制胜。今日她和班老四一交手，便觉得班老四的本领俗浅平庸，从容对付。所以两人交手不到六七合，只听当的一声，班老四右手的一柄刀已被明月剑削作两截，刀头已落水中。班老四突一吃惊，而红薇早乘此机会，踏进一步，一剑飞到了班老四的头上。班老四刚要把左手刀去架格时，一颗头已霍地滚落。他的徒弟见班老四丧身在这小女子

手里，一齐惊惶失色。红薇杀了班老四，回头见史麟已跳在捕杀的船上，正和铁尺赵五猛扑。赵五的铁尺果然使得不错，呼呼然有风雨之声。他的脾气就是在自己和人家对垒之时，不喜欢自己弟兄相助一臂之力。也是他好胜的心理太重，万一不敌时，须待他把铁尺向上一举，做个暗号，然后要他人去助他。所以他和史麟动手时，众捕役立在一边，并不上前协助。他起初以为这些乳臭小儿只消他走上三四合，马上可以手到擒来的。谁知史麟一口剑上下翻飞，居然变成一道白光，一些没有空隙。赵五心中暗暗惊奇，怎样一个少年公子，竟有这般高深的武术，真真猜度不到的了，不得不用出生平力量来对付。而史麟今天也遇到了对头，他起初以为这些差役怎在他的心上，现见赵五果然勇猛，而那一双铁尺又是沉重非常，自己的宝剑削他不断，反恐损坏了自己的剑锋，所以格外当心。两个人你防着我，我防着你，这样斗了三四十回合，还是不分胜负。红薇见赵五如此厉害，自己不能不去相助了，便一摆明月剑，跳过去帮助史麟。

这时班老四的徒弟们见师父已被红薇所杀，又恨又惊。见红薇去助史麟，船上只留着一个小小丑丫头了，遂想过去把她捉住，聊为师父泄恨。大家举起兵刃，跳到红薇船上去，要把丑丫头生擒活捉。丑丫头持着双锤，本来技痒难熬，渴欲厮杀，试试自己的本领。现在班老四的徒弟来了，正是自己的大好机会，立刻举起双锤，向众徒弟横扫过去。众徒弟当着的不是头破，便是臂折。又有两人都被阿俊的锤头打落水中去了。大家方才识得她的厉害，退回自己船上，不敢上前。那赵五虽然艺高，却被这一双小儿女缠住，竟一些得不到便宜。而红薇和史麟的两柄宝剑，不是在他头顶盘旋，便是在他腰里围绕。又战了十数合，渐渐觉得手中只有招架功夫了，心中好不焦急。暗想自己在外很难得栽过跟头，今天若跌翻在这两个小儿女手里，一世英名行将扫地了。遂把左手铁尺向上一举，他的同伴本都代他捏把汗，今见他举铁尺，大家立即舞动刀枪棍

棒，上前来一齐动手，想以多取胜。阿俊见众捕役动手，她也迎上去一同助战。当然船头上地位小，不够许多人盘旋，有几个捕役已跳至阿俊船头上来狠斗。他们已见阿俊身手敏捷，锤法甚佳，所以不敢怠慢，把她围在里面。阿俊见那些捕役本领平常，所以从容对付。那史麟和红薇二人愈杀愈勇，剑光飞处已有二三个捕役受伤退下。赵五勇气沮丧，红薇一剑向他面门刺来，赵五把铁尺去架开时，史麟又踏进一步，手中的龙泉宝剑望他下三路扫至，喝声“着”，赵五忙跳避时，右腿已中了一剑，向后仆跌，被众捕役们抢救去。红薇还想多杀几个，倒是史麟把她的玉腕一拉道：“世妹，我们业已战胜，不必多杀了，且去自己船上肃清一下。”于是二人跳回自己船上，两剑横扫，又有两个捕役击落水中，其余的都逃回去。只见两艘快船很快向东北面逃去，史麟红薇也不追赶，只命自己船上的舟子快快前驶。那王小毛和他们伙计都吓得伏在船艄底上，战战兢兢地动也不敢动了。经阿俊把他们唤出来，见了二人手中的宝剑，仍是害怕，不知是怎么一回事，也不知史麟红薇又是何许人，为什么官军要来捕捉。不敢上前去询问，只好依着吩咐，驶向湖州而去。史麟红薇阿俊各将兵器拂拭去血迹，藏在剑囊中。

坐定后，红薇对史麟说道：“今天我杀得很是爽快，班老四那贼已死在我的剑下，只是那个姓秦的被他逃匿，我倒忘记到他们船上去细细搜索一遍，便宜了那贼。”史麟道：“天下竟有这种巧事，班老四害人自害，今天会自来送死，料何正知道了，一定要为我们欢喜哩。”红薇道：“那个捕头使铁尺的武艺很好，不知他姓甚名谁？”史麟道：“果然不错，但到后来他的手法也乱了，他哪里及世妹的勇武呢？”红薇给史麟这么一说，不由嫣然一笑道：“我有什么本领？还是你的好。”史麟道：“哪里哪里！阿俊也很好，可谓强将手下无弱兵。”阿俊立在旁边，听史麟赞她，也笑了一笑。史麟又道：“别的不要说，今天他们逃回去后，定要报告官兵来湖上追赶的，我们究竟人少

呢，寡不可以敌众，须得连夜驶行，早早逃往湖州，免被他们包围。”红薇也以为然。

幸喜是顺风，舟行的速率加倍，直到天色渐暮时，他们的船已驶了七八十里。问问王小毛，知道到湖州只有八十多里的水程了。舟傍野猫湾泊住，煮了晚餐，大家吃过后，红薇吩咐王小毛在夜里开船，不得迟延。王小毛不敢违拗，遵命开船。黑夜里在太湖行驶，当然是带着冒险性的，幸亏王小毛是个精明熟练的舟子，在湖上行驶很有经验。他们一个在船头，一个在船后，照料着那船。仍挂了巨帆，破浪疾行。王小毛坐在后梢掌舵，不使方向偏乱，安安稳稳地行走着。红薇和史麟面对面地靠着在行李上，各自假寐，灯火也不点，有时明月从篷窗中射进来，二人有着心事，哪里睡得着，但也不言语，听阿俊独自睡在船头里，鼾声已起了。船底水声，荡荡入耳。

直到下半夜，二人蒙眬入睡了一会儿，睁开眼来时，天色已明。红薇伸了一个懒腰，便向后稍向道：“湖州可到了吗？”王小毛答道：“到了到了，不满二十里了。”二人暗暗欢喜。阿俊闻声爬起，王小毛早在船后送上洗脸水来，请二人盥洗，并煮起早饭，端了过来，请他们主仆充饥。大家吃过早饭，舟行迅速，前面已隐约窥见湖州城池了。红薇史麟见背后并无追兵，更是放心。等到舟到埠头靠住，王小毛从后梢头钻了过来，对二人说道：“公子小姐，今已到湖州，请上岸吧。”红薇遂又取出五两银子给他算饭钱和酒钱。王小毛接过道谢，阿俊遂代他们提了行箧，伺候二人上岸。

他们还是初次出门，湖州人地生疏，只管向城外热闹的街市走去，心里要想找一家旅店，暂且歇下再作道理。刚才走至一条街上，前面高耸耸的有一座吊桥，三人跨上桥时，红薇低着头走，史麟却左右观望市景，忽然旁边走上一个人来，高声叫道：“红薇姑娘，你们竟在这里吗？”三人听了，不由吓了一跳。

红薇回过脸来看时，原来就是她的左邻快嘴长根，常来帮

助钟常修理屋子，编扎篱笆，也是村上的一个工匠。所以和他们很熟的，不料在此邂逅相逢。红薇只得停了脚步，带笑说道："我们来湖州有些小事，就要回去的。"快嘴长根把手摇摇，轻轻地对红薇说道："你们回去不得了。"红薇假作痴呆，反问道："你说这话是什么意思？"快嘴长根向左右看了两眼，又向红薇一招手道："你们随我来。"三人只得跟了他走下桥去，在桥南转弯处立定，那边行人较少，快嘴长根便低声说道："你们还不知道吗？前天苏州城里全班捕役以及官军，由一个丹枫村里姓班的做眼线，坐了大小船只三十余艘，赶到我们村子里来捉什么清平镇的余孽，先把你们的家团团围住，破门而入，不见你们的踪影，才把我们左右邻舍拘捕，一家家地搜寻，要我们招出你们藏匿的所在。但我们怎知你们父女上哪里去的呢？招不出口供，受尽鞭挞之苦，可怜我也挨受过二十下皮鞭，打得我遍体青紫，处处有伤呢。"他说时，一边做出呻吟痛苦的样子，一边两只眼珠子滴溜溜地只向史麟身上打转。红薇说了一声："这却难为你了。"也不多说什么，因她早已知晓，毋庸再申说了。快嘴长根又问道："红薇姑娘，你的父亲在哪里？你头上戴的谁人的孝？莫不是……"他的话没有说完，红薇早说道："是我的父亲已故去了，我们现在要往杭州去呢。"红薇这句话明明是哄骗他的，所以说了这话，立即说一声"再会吧"，便和史麟阿俊匆匆地向城中走去。那快嘴长根却还立在桥边呆望着他们的背后影子。

三人进得城门不多路，见有一个招商客栈，红薇便和史麟等进去打尖。大家歇息一会儿，午饭后，红薇对史麟说道："我们本拟在此歇宿一宵，赶奔泗安，但我的意思最好不要逗留，马上动身。"史麟道："莫不是世妹方才遇见了那乡人，恐他要泄露我们的踪迹吗？"红薇点点头道："世兄真是聪明人，他是著名的快嘴，什么事不肯留在肚里，必欲一吐为快的。恐怕他回到紫云村必要告诉乡人知道，难免有人报告清军，那么清军必然即将蹑迹而至，我们便受其累了。所以我们千万不可

在这里多耽搁。”史麟道：“世妹说的是，我们付了店饭钱走吧。”红薇道：“再且等一刻，方可动身。”史麟道：“事不宜迟，早走为妙。世妹何以又要等待？”红薇笑道：“我们两个年轻女子，和你一个少年同行，在外面最容易惹人注意。况且庐山真面不可不掩，是于旅途上极不方便的事。所以我要和阿俊都改装男子，我和世兄可做兄弟称呼，而阿俊算是我们的小童，这样岂非省却许多麻烦呢。况古人花木兰易钗而弁，代父从军，瞒过了多多少少的伙伴，我何不学呢？”史麟微笑道：“妙哉妙哉，世妹豪爽的性情不输于丈夫，倘然乔装了男子，我们犹如弟兄一般，更无用避嫌疑，不快来哉！”说罢，哈哈地笑起来。阿俊立在门外，听得笑声，走进来叩问缘由，红薇把这事告诉了她，阿俊也很赞成。当前的问题就是缺少衣服巾履，史麟便说：“我们身边有钱，可以到外面街上衣店里去选购的。”红薇一想，也只有这个办法。

于是三人带了银子，走出客寓，到街上来找估衣铺。走了一段路，瞧见左边有一家衣店，三人就进去挑选了十几件单夹薄棉的衣服，约莫可合红薇和阿俊的身材的，花了十两银子。什么都有了，只缺鞋袜。三人又到一家鞋子店里买了数双靴鞋，携回店中。他们在店里不便改扮，只得付了房饭钱，携带行李，立即登程。出了湖州城，望泗安那边走去。史麟在路上问道：“世妹买了衣服，何时改装？”红薇道：“便在今宵。我们不要先投客寓，可以向乡下人家借宿，改扮之后，悄悄一走，便无人识得我们的庐山面目了。”史麟道：“就是这样办吧。”

三人赶了十数里路，看看天色渐晚，前面有一个小小乡村，红薇史麟阿俊便走到一家人家门前，正有一个乡妇抱着小孩，立在门前。红薇向她说明要告借一宿之意，且许重谢。乡妇便进去禀告了一位老人，得到他的应允，方把三人让到里面。靠右首有一间小小瓦屋，甚为黑暗，房中只屋面上开了一个天窗，地下是砌的方砖，也没有铺地板，正中放一张床，有几张桌子和椅子，是老人儿媳的房间。那个抱小儿的乡妇便是

老人的媳妇，丈夫尚在镇上未归呢。她放下小孩，去掌上灯来，泡上一壶茶，请三人坐。红薇取出五两银子给她，教她去预备一些晚餐。乡妇见有银子，欢欢喜喜地去了，便听后面有磨刀杀鸡声。三人坐在房间里闲谈一切，等了好多时候，听得外面男子的声音，老人的儿子也回来了。乡妇已送酒菜来，居然鸡肉鱼鸭样样都有，放满了一桌。史麟笑道："有劳他们忙一会儿了。"二人遂叫阿俊一同坐着吃喝，不必分开。晚餐后，阿俊帮着乡妇将残肴搬去，又泡上了茶，坐谈二鼓时分，便阖门安寝。红薇和阿俊合睡在床上，史麟却睡在旁边一张竹榻上，铺了枕褥，做了临时的床铺。

红薇和阿俊都觉得疲倦，酣睡不醒，史麟却时时醒着。将近五更时，史麟先穿衣起来，唤醒了她们，催她们速速改装。于是红薇和阿俊各将从衣店里买来的衣服穿戴起来，各人都梳了一条辫子。史麟站在旁边观看，只见红薇乔装之后，果然是一个美男子，有子都之娇，不由暗暗喝声彩。阿俊也还像个奚奴。遂对二人说道："你们俩改扮得甚好。"红薇走至史麟身边，拉他并立着对阿俊说道："你看我和史公子哪个模样儿好？"阿俊指着二人带笑低声说道："一样好。"史麟说道："恐怕世妹比我好得多了，我哪里及得世妹的美丽呢？"红薇摇摇头道："我不信，乔装男子最要有英雄之气，若有脂粉气便不像了。我就怕这个。"史麟道："世妹乃巾帼之英，所以一经易装，便惟妙惟肖。并不是我面谀，你若不信，将来给陌生的人看后，便知分晓了。"这时阿俊指着红薇衣裳下面的双足笑道："小姐，唯有这个是大大的破绽，我们必须掩盖过去。"红薇望下一看，嗤嗤地笑道："当然这绣花鞋是不好穿的，幸亏我的双足没有多缠过，并不十分窄。以前我父亲常嫌我双足太大，无金莲贴地之致，恐怕我因此没有婆……"说到"婆"字，连忙缩口，不由脸上红了一红。又说道："现在我可便宜了，只要略缠些布，外面套了靴子就得了。"阿俊道："我也是这样办吧，我的脚比小姐还大呢。"于是二人各自脱下绣鞋，把两条

白布缠紧在足上，然后穿上靴子，在室中走了数步，果然如男子一般，无娇娜之态。

史麟回头向窗上望了一望，对二人说道："天快亮了，你们快快预备好了，便可上路。"说话时，远近鸡声已起，纸窗上已有些鱼肚色。红薇道："快好了，我们只要略再修饰，就得啦。"于是红薇又戴上一顶小帽，帽上钉着一粒明珠，果然益发好了。三人收拾了行装，史麟又摸出五两银子留在桌上，给屋主人的。他们三人趁着屋子里的人尚睡未起，便偷偷地走出室来，开了大门，一径去了。

他们走在路上，到了泗安，果然没有人看出破绽。但在交谈的当儿，史麟仍唤红薇为世妹，红薇低声说道："我们业已改装，请世兄留意，千万别再以兄妹称呼，以致人疑。我叫你哥哥，你称我弟弟便了。还有阿俊，我们也要改口了。"史麟点点头道："不错，这是我失于检点。以后当兄弟相呼，不妨起个假名，我唤史仁，你唤钟义，算为结义兄弟，可好吗？阿俊可以称他为钟贵。"红薇道："如此很好，总期大家不要露出破绽。"又对阿俊说道："以后你不可称呼我小姐，免得给人听了生疑。你只唤我二公子，称史公子为大公子，决不要忘记了。"阿俊道："婢子理会得。"红薇指着她笑道："你自称婢子，不是大大的破绽吗？"史麟道："你可自称小的。"阿俊道："小的理会得。"史麟点点头道："这样便对了。"

在泗安他们又在客店里休息一宵，次日动身至广德，一路至安庆。其时明亡未久，各处军事状态尚未全除，盘查很严，幸亏没有破绽给人瞧出。安庆有巡抚驻守，十分热闹，三人因为陆行不便，遂雇了一艘帆船，讲明驶至武昌。上了船，溯江上驶，红薇坐在船里，眺望长江风景，气势雄壮，又和太湖不同了。

这一天到了马当，史麟因为自己读古文时尝读苏轼所作的《石钟山记》，在彭蠡之口确是一个奇妙的古迹，彭蠡就是鄱阳湖的别名，现在距离鄱阳不远，正可便道一游。遂和红薇一

说，红薇是年轻的人，正喜游览。她虽然对于这个古迹是不甚领会的，但也十分高兴地怂恿史麟往游。史麟遂吩咐舟子要到鄱阳湖石钟山一游，叫坐船往那边去绕道一下，可以多加些舟资。舟子听得史麟许加舟资，当然听命。遂上岸办了些食物，立刻开往鄱阳湖去。史麟在舟中起先讲一篇《滕王阁序》给红薇听，讲至“落霞与孤鹜齐飞，秋水共长天一色”，红薇也叹为佳句麟词，不可多得。到了彭蠡之口，时已近晚，水面上帆影渐少，有许多渔舟结队而归，真是渔舟晚唱，水乡风景。红薇觉得又和太湖有些仿佛了。

他们的船泊在芦苇边小港口，舟子便在船尾煮饭。史麟同红薇立到船头上来眺望晚景，见一轮皓月，已从东面升上，远处碧波浩荡，汪洋万顷，不再那片帆一苇。阿俊也立在一旁，看了一会儿，晚饭已熟，遂进去用晚餐。餐后略坐片刻，即命舟子把船驶往石钟山去。阿俊听说去探古迹，聆石钟之声，心里也是异常高兴。舟子把船行驶时，却请史麟在中间静默而坐，熄去灯火。因闻战事初定，各地方匪氛尚未全靖，鄱阳湖中素有湖匪出劫行舟，不可不防。史麟红薇等虽然窃笑舟子胆小如鼠，但也未便固拒其请，只得坐在黑暗里，不发一言。

舟行湖中，唯闻波涛澎湃之声，因为黄昏时湖上起了些西风，而风浪遂较平时为大了。舟子小心翼翼地把船驶向前去。月光甚是皎洁，波光如银，拥着一阵阵银浪打向船头来。史麟虽忧浪大，但有了风，一定可以听到石钟的佳奏。舟行多时，远见前面一座高山巍峨地如巨灵神矗立湖上一般，就是石钟山了。史麟红薇各自欣然，以为目的地已达到了。一会儿坐船已至绝壁之下，左边大石侧立千尺，宛如猛兽奇鬼，森森然择人而啮的样子。仰视山上树木荫翳，草木行列，除了风声木声，四围静悄悄地不闻人声。此时史麟红薇阿俊三人都立至船头上，不顾浪花溅衣。红薇对史麟说道：“这山上难道没有人住的吗?”史麟道：“也许有些樵夫渔户，但是这时候十九已入睡乡了。”正在说话时，忽听山崖树际有老翁咳且笑的声音，史

麟等都惊奇起来。听了数声，方知是野鹤叫。阿俊学着野鹤的声音，叫了一声，山上有数只野鹤，闻得人声，惊飞而起，在云霄间叫出喃喃之声，盘旋在明月下，似在向山下侦察。

红薇又对史麟说道："我们已到石钟山下，只听鸟声而不闻钟声，莫非古书欺人吗？"史麟道："这石钟得名的历史是在水经上郦道元说'下临深潭，微风鼓浪，水石相搏，声如洪钟"，而唐顺宗时有个少室山人李渤，也曾一度来此访寻遗迹，得双石于潭上，试聆它的声音，南声函胡，作宫音，北声清越，作商音，抱止响腾，余韵徐歇，自以为得到了，但是苏东坡却都怀疑不信。后来苏东坡和他的儿子亲自到此间来访问，也是在夜间来的，被他听到石钟的声音，以为郦道元的话虽是对的，却嫌他说得太简略，不能使人明白，而李渤得的双石是欺人之谈。所以苏东坡游此后，作了一篇《石钟山记》，我因读了这篇文字，恰又逢路过彭蠡，遂顺便纡道一游。至于是否有钟声可听，这却要看我们的机会如何，不得而知了。"遂吩咐舟子沿着山下驶去。月光下又驶了一程，只听那山下突然一片大声发于水上，其声噌吰如钟鼓不绝。红薇欣喜道："试听这声音不是很像钟鸣吗？"史麟一边倾耳静听，一边向红薇点头道："这大概是了。"阿俊也喜孜孜地侧耳听着，舟子听到了这声音，更是用力前驶，沿着山壁绕圈儿。史麟一边听，一边细察，看山下都是石穴罅，不知道有多少深浅，涵澹澎湃，方才发出这个声音来的。舟行了若干水程，回至两山中间，前面将入港口，见有很大的一块砥石，恰当中流，可坐百人。舟至石旁，月光下细视这石中空而为窍坎，风水相吞吐，有窍坎所发之声，和方才那处的噌吰之声相应，宛如奏乐一般。史麟笑道："你们听到吗？今夜我们不让髯翁专美于前了。"因在船首引吭高歌苏东坡《浪淘沙》一词，豪情壮气，勃然而兴。

第九章 石钟血战

正在徘徊聆音的时候，忽然北面湖上驶来三四艘很大的帆船，激起了高高的波浪。舟子眼快，早已看见，连忙过来悄悄地向史麟摇手说道："公子请你别声张吧，你们快看那边飞驶而来的帆船，不是很可疑的吗？在这时候，商船怎敢在湖中冒险夜行？十九是盗船啊，我们快快逃避吧。"史麟听了舟子的话，他和红薇一齐向北面望着，也觉得这几艘帆船来路不正，然而他们仗着自己有本领，并不放在心上。史麟对舟子说："管他盗匪不盗匪，你照常驶回去就是了。"舟子道："月光清白，我们恐怕逃不脱吧？不如到前面芦苇丛中去暂躲一下，免得遭殃。"史麟也不去理会他，舟子和他的伙伴在这时赶紧摇动这船向芦苇丛中去了。可是一片清光，照彻湖上远近，他们既然瞧见了盗船，当然那边船上的人也已窥见了史麟等所坐的船。于是这数艘帆船飞也似的向这边小船驶来，自然小船行得迟慢，帆船驶得迅速，一会儿帆船越追越近，船上的人已望得见了。忽然有一支响箭忽喇喇的一声响，射到史麟船边，掠篷顶而过。史麟红薇知道这些帆船果然是盗船了，放出响箭，就

是要教自己的船停驶，今晚看来难免又要动手。

舟子在船梢头听得响箭，吓得脸上变色，船也摇不动了。史麟红薇阿俊一齐走到里面去，向行李中取出自己随身的武器，脱去外边衣服，结束一下，准备厮杀。史麟且安慰舟子道："你们只顾当心摇船，盗匪虽然追来，但你们别看轻我们都是年轻的人，有我们在船上，杀几个狗盗如探囊取物，并非难事。"说毕，各人亮出兵刃，走向船头去。舟子听史麟话，虽有些将信将疑，然瞧他们一种勇武之概，绝非虚饰，换了别的青年在此时候，也早吓得一团糟了。事已至此，怕也无益，且看他们怎样厮杀吧。

背后的帆船渐渐追近，船上喊声大起。史麟教船家掉转船首，以便迎战。船家也觉背后危险，立刻把船掉过身来。史麟等在船头上望到盗船中站着许多彪形大汉，一时看不清楚什么人，然而手中都扬着明晃晃的兵刃。嘣的一声，早有一弹打向史麟头上来，史麟把手中龙泉剑迎着一击，当的一声，早已激落到水里去了。史麟回顾红薇道："你看他们竟会用暗器伤人。"方说了这话，又是一弹打向红薇身上，红薇柳腰一侧，闪避过去，那弹扑地中在船的门上。红薇大怒，喝一声："狗盗不要抛掷弹丸，快快放船过来，一决雌雄。"这时盗船已和史麟的船相距不过一丈，共有四艘，正中两艘船身较大，左右各一艘好似雁行般列着，正中右边，一艘最先，和史麟的船排触，船上有一个少年，手握双刀，蓝布扎头，全身黑衣，身躯瘦小如猿猴一般，向史麟等大声喊道："你们是哪里来的客船？船上有何财物，快快献将上来！"史麟冷笑一声道："我等是来游湖的，别无财物可献。你们如有不要性命的，可来试试我的宝剑利与不利！"那少年听史麟说话如此倔强，手中又有长剑，知道他们也谙武艺的，所以不敢大言。但瞧他们年纪都轻，遂也笑了一笑道："你们这些小娃子，从哪里来的？难道不知道鄱阳湖姚家的厉害吗？"红薇道："什么姚啊饶啊的？你要求饶命吗？我手中的青锋却不肯饶你。"少年听了红薇的话，勃然

大怒，舞开双刀，上前径取史麟。史麟把龙泉剑迎住便斗，少年船上又有一个黄脸大汉，手中挺着铁棍，飞身一跃，跳到红薇船上来。红薇见他来势凶猛，不敢怠慢，将明月剑使开，接住那大汉，黄脸大汉骂声“乳臭小儿”，呼得一棍打向红薇头顶来。红薇把剑一架，虽然被她架住，但觉得这大汉的棍势沉重，膂力不小，自己的力气不及他，不得不用取巧的姿势相斗。而且又怕损坏自己的宝剑，不敢去削他的铁棍。那大汉把铁棍使开了，好似一团黑云，骁勇无比。红薇也施展平生本领，和他恶战。阿俊舞开双锤，来助红薇，在外面的船又已和他们的船接近，船上有一个面目狰狞的盗党，挥动大刀，向阿俊劈来，阿俊只得和他战住。盗船上的人虽然不来相助，可是人数甚多，呐喊助威。史麟虽无畏，然见盗党人数多出自己数倍，而又都是劲敌，久战恐要吃亏，急欲取胜，待那少年一刀劈向他的怀里来时，他把龙泉剑迎着他的刀锋，顺势用力一削，只听噌的一声，那少年右手所握的刀已被史麟削作两段。史麟又是一剑刺去，少年吓了一跳，急忙将身避开，不敢恋战。

左面船上早有一个少女青绢裹首，身穿黑色夜行衣服，脚下双钩纤小，穿着大红弓鞋，手里横着一柄宝剑，娇喝一声：“哥哥闪开，待我来战三合。”少年闻言，立即退下。史麟见盗党中来一女子，不由一愣，可是那女子的剑早已扫至腰际，说声“看剑”，这是一个玉带围腰式，史麟不慌不忙，将剑望下一扫，两剑相遇，只听当的一声响，宛如龙吟虎啸，两剑火星乱迸。两人各吃一惊，各个收回宝剑，借月光一看，各无损伤，方才安心。史麟知道女子手中也是一口宝剑，遂不敢去削她的剑，只想以技取胜，使开梅花剑法，向女子进逼。女子也把浑身解数使出来，倏忽之间，两柄剑全化作两道白光，但见剑光，不见人影。战得多时，尚不分胜负。

可是左面船上走出一个七旬以上的老翁来，一部花白长髯，飘至胸前。精神矍铄，相貌奇伟，向这里三对厮杀的人看了一下，便对左右说道：“怎么我儿和孙女等，还不能战胜这

三个乳臭小儿？岂非将损我姚家威名？便老夫费些手脚吧。”遂向身边一个侍奉的盗党手里取过一柄镔铁龙头拐杖，跑至女子身旁说道：“孙女，待我来擒这小子，看他能在老夫手里逞能吗？”女子回头叫一声：“老祖父，你高兴动手吗？千万要生擒住，不要伤他的性命。”老翁点点头，女子遂虚晃一剑，跳开一边。老翁将铁杖轻轻摆动，史麟的宝剑和拐杖相遇时，立刻直荡开去。史麟虎口震裂，知道这老翁是个非常之人，本领又在女子之上了。正踌躇间，老翁的铁杖又已呼的一声，打向他的头上去了。史麟迸勇气，运足全副力量，将剑望上一迎，要想架开，老翁的拐杖却犹如泰山压顶，向下直沉，自己怎能架格得住？拐杖将及头顶时，他只得向旁边一跳，躲过这一杖。可是老翁趁他立足未稳时，早已转变拐杖，迅速向下一落，向史麟的下三路扫来。史麟急忙再躲时，足骨上已略被拂着，推金山倒玉柱地扑倒船边。老翁将他一脚踏住，夺去宝剑，提将起来向自己船上一掷，喝声“拿下了”，女子早已吩咐盗党擒住。红薇见了，心中又惊又急，要想来援救时，却被大汉纠缠住，不能脱身，暗暗叫苦。老翁既擒史麟，又来对付红薇，红薇究竟初出茅庐的人，想不到在这里遇见了强硬的对头，眼见史麟被擒，老翁武艺高强，自己也必凶多吉少，只得硬着头皮迎战。然而红薇的一口剑，如何敌得过老翁的拐杖和大汉的铁棍？刚才架开棍，杖来了，避过杖，棍又到了头顶。两膀酸麻，香汗淋漓，勉强战了三四合，背上被铁棍带了一下，一个翻身，跌入湖波去了。阿俊一见小姐落水，喊了一声“啊呀”，双锤架开盗党的大刀，跟着红薇，奋身跃入水中。老翁哈哈大笑，说道：“初出之犊，真不畏死，让他们与波臣为伍吧。幸喜擒住了一个，可以带回去问问口供哩。”遂吩咐众盗速入船中搜查。那两个船家在后梢吓得瘫软了身子，动也不敢动。众盗人船翻开行箧，得不到什么，唯有少数金银和成信相赠的珍玩，被他们搜刮了去。回报老叟说，船中没有客人了。

于是老翁长啸一声，表示胜利，下令诸船返棹。立刻把四

只帆船一齐掉转了头，向南面疾驶而去。月光照射湖波，依然银光腾跃，汤汤有声。唉，石钟之声方听，蛟龙之舞已起。杖影剑光，虎斗猿拿，竟使一双小儿女乐极生悲，死生莫卜。甫离缇骑之手，又遭暴徒之侵。

鄱阳湖上一幕血战告终后，史麟被盗党擒住，跟着盗党前去，将近天明之时，已到一座小山之下。那座小山屹立湖中，好似一条水牛，晨晓中望去，山上也有房屋树木，红日从水平线上涌起，映着美丽的云霞，湖波都作浅蓝色，湖上的景色美丽极了。可惜史麟心中充满着忧郁的愤怒，无心去领略，和昨晚泛舟石钟的豪情逸致大不相同了。帆船泊定后，早有那个瘦小如猿猴般的少年，吩咐两旁快解史麟上山。此时史麟陷身虎穴，已将自己生命置之度外，迤逦登山，见关上一处处皆有寨栅，插着旌旗，知是到了匪窟。

一会儿被盗党推到一座厅前，两廊插满着刀枪剑戟，庭中矗立着一根高巍巍的旗杆，杆上有一面红旗，随风飘展，上有一个斗大的“姚”字。厅上正中虎皮椅内坐着的便是自己被他擒获的银髯老者，右手椅子里坐着一个黄面大汉，下面椅子坐着二三个壮士，还有那个舞剑的女子，也坐在黄面大汉的下首。那瘦少年押着他在阶前站定，向老翁说道：“老祖宗，这个俘虏如何发落？”老翁又对史麟上下相视了一会儿，一手摸着颔下的银髯，说道：“我们起初以为必是什么奸细黑夜来岛上窥探我们的动静，但是现在觉得不对了。此人年轻貌美，不是平常之辈，剑术也确乎不错，若非我亲自出马，恐怕一时也捉他不住哩。”那个黄面大汉在旁也说道：“这几个人虽然不是奸细，却也很奇怪的，方才那落水的两少年虽是主仆，不知和此人有何关系？月夜孤舟，来此湖上，真好大胆。我们不妨向他问个明白。”老翁点点头，遂对史麟正色说道：“你的姓名是什么？从何处到此？为何在夜间到这水乡深处？快快实说。”史麟不欲吐露真姓名，便答道：“你们这群狗党，聚众横行，为害国家，你家小爷恨不能将你们悉数除灭。既已被擒，我也

不想再活，快给我爽爽快快的一死，何必多言？”老翁见史麟说话如此豪强，倒也是难得遇见的，便冷笑一声道：“我若要教你一死，当然是极容易的事。但我念你年幼无知，所以想问明白了，或许可以饶你的性命。你又何必这样急急求死呢？你的同伴早已葬向湖波，蝼蚁尚且贪生，何况是人？难道你真的不想活吗？”史麟道：“狗盗，我的兄弟已死，我无意再活人世。你们是我的仇人，我又岂肯觍颜事仇？狗盗，何必多言，你们的末日也不远了，狗盗何必逞能！”旁边站着的瘦少年听史麟口里狗盗长狗盗短地大骂，按不住心头火起，又向老翁说道：“老祖宗佛心仁慈，不欲妄戮非辜，然那厮不知好歹，非但不肯听命直说，反而任意谩骂。孙儿实在忍耐不住了，请老祖宗快快把他一刀两断，或是绑他抛在湖上，让他和他的同伴一块儿去做水中游魂吧。”老翁道：“好，既然他自己不要活命，那么赐他一个全尸，将他抛入湖波也好。”瘦少年听老翁既已有令，立刻就教盗党推着史麟，回身走去。

这时候，下首坐的那个少女忽然立起身止住瘦少年道：“哥哥且慢把那人推去。”瘦少年对她瞪着双目，露出很奇怪的神情，说道：“妹妹，这是老祖宗的命令，你又何能阻止？”少女且不理会他，回转娇躯，向老翁跪倒说道：“老祖宗不是在前天当着大众宣过誓，说此后不再妄戮无辜吗？现在这少年既然不是歹人，我们劫了他的钱财，伤了他的同伴，似乎已是很厉害了。何以又要不留他的性命呢？况且此人武艺不错，是个俊杰之士，他使用的兵器又是宝剑，绝不是没有来历的人，杀之可惜。不如把他软禁在山上，慢慢再行详询，或可知其底蕴。倘能收为己用，岂不使我们山寨中多一人才吗？老祖宗千万请听孙女之言，宥其一死。”旁边的黄脸大汉也对老翁欠身说道：“父亲，芳儿的话也不错，不如姑且把此人监禁山上，过几天再行询问。如若他有意投降我们的，那是最好的事，否则到那时再把他杀却，也不为迟。”老翁听了，微微一笑道：“你们倒能体上天好生之德，我却不能不答应的。”遂又吩咐盗

党把史麟押送到后面石室里去监禁，不可给他逃走。瘦少年听他们如此主张，只得怏怏地押着史麟前去。

史麟本已拼了一死，现在盗匪忽又赦而不杀，他心里反而踌躇起来了。被那瘦少年押解而行，曲曲折折地走至后面，见有一间石室，靠着山壁而筑，门上有锁，瘦少年将匙开了，推开一扉小小的铁门，里面光线十分惨淡。瘦少年把史麟推至里面，解去了束缚，对他狞笑了一下，说道："便宜你这厮，且在这里多活几天吧。"遂即把铁门闭上，加了锁走回去。

史麟在石室中徐徐镇定心神，向四面详细看了一看，虽然不甚分明，而已知四下里都是石壁，上面又是天然的大石倾斜下盖，只有对面开着一个小小圆洞，透些亮光进来。像这种地方实在是生平难得到的，被囚在这石室里面，任凭什么英雄好汉也难想法逃出去了。至于室中也没有什么器物，只有一张小小的石台，把它当桌子，或是椅子也可，壁隅堆着些稻草，恐怕这就算是睡榻了，真是十分凄惨。史麟在石台上坐下身子，一手支撑着，默默思量。他深觉对不起红薇主婢两人了，都是自己忽发奇想，要来湖上探访石钟名胜，谁知因此遇到了盗匪：初以为凭着自己的本领，足够对付，哪知道盗匪却是劲敌。而那个长髯的老头儿，本领尤其高强，我等都非他的敌手，无怪我要被擒。我死虽不足惜，咎由自取，只是红薇和阿俊双双落水，在那洪涛巨浪之中，她们是不谙水性的，一定与波臣为伍了。可惜得很，想红薇花容月貌，年纪轻，本领好，前途正要开放灿烂的奇葩，现在却为了我而牺牲，我怎样对得起他们父女呢？除非我也死了，魂魄有知，地下相会，当不寂寞。他这样哀痛的追思着，眼眶里滴下几点英雄之泪，忘记了自己处境的危险，而悲悼红薇的惨死，不幸之至，然而他又有什么办法呢？

过了一会儿，肚子里渐觉饿起来了，听得外面有了步履之声，只听嘎巴一声，铁门开了一个小方洞，有一个儿郎站在门外，手里托着木盘，对他大声说道："这小子，这是你的午饭，

快拿去吃吧。”说毕，将两碗菜肴两碗大白米饭从小方洞里递送进来，史麟饥肠辘辘，熬不住饿，只得走过来接了进去，胡乱吃着。那儿郎守在外面，等到史麟吃毕，收了碗盏，关闭了小方洞走去了。

史麟吃过了饭，坐在稻草堆上，养了一回神，精神已是全复，看看天色渐暮，石室里更是黑暗，不能瞧见什么，只可看到对面小洞里透进一些灰白色的光。那儿郎又开了门上的小方洞送晚饭进来了。史麟又将晚饭吃毕，室中已是黑得伸手不见五指，他知道已是到了黑夜，除掉睡觉而外，简直没有法想。可是他到了此时，一颗雄心又复燃起，自思他们不杀我，虽然不知是何用意，然而我不是傻子，为什么不乘此机会设法逃出牢笼呢？红薇已死，而我尚在世间，当然不能辜负了她。可是我若不死，将来还要偿我的志愿。父亲临别叮咛的话，言犹在耳，岂能忘之。我还要去做一番事业，完成我亡父未竟之志，那么我又何必一定要死，不如别谋生路的好。想到此际，黑暗中一闭眼睛，好似瞧见他的父亲史成信站在他的面前，脸上露出很渴望的神情，于是他才不欲死了，只想如何逃遁出去。然而睁眼四顾，一片漆黑，四周都是坚硬的石壁，一些没有隙缝。自己手中又没有器械，一柄随身的龙泉剑早给盗匪夺去了，怎样能够走得出这个石室呢？

他正如此想着，忽见石洞外面有火光一亮，他心里不由一动，忖度外面必有人在，难道是来救援自己的吗？但自己一想，绝没有此理。自己一个人孤单单地被囚在石窟中，红薇已死，世上更无一个亲近的人，怎会有人来救呢？怎么，莫非盗党要来害我的性命吗？跟着听得步履细碎之声，有女子咳嗽之声，很像红薇。咦，奇了！世间安有第二个红薇？难道她昨日竟没有死，知道我被盗众擒来，她来援救我出险吗？他心里不由活跃着，几乎要喊出红薇的芳名来。接着便听门上锁钥声音响了一下，吱呀的一声，那扇铁门已是开了，走进一个苗条的人影来，正是一个女子，左手托着烛台，右手提着宝剑。咦，

难道真是红薇吗？借着烛光，仔细向那女子望了一望，哪里会是红薇，原来就是山上的女盗，曾和自己决斗过的。他就睁圆了眼睛，愤然无语。那女子却去把门关上了，将手中烛台放在石台上，走近史麟身边。此刻史麟心中十分奇异，对那女子厉声说道："狗盗，你莫不是要来杀害我吗？那么快快动手吧，只要死得爽快……"史麟的话尚未说完，女子早向他微微一笑，摇摇手道："你不要骂人，我若是要来杀你时，早晨我又何必向老祖宗阻止，劝他们不要杀你呢？你不知道感谢我，真是不识好歹了。"史麟道："你既然不要杀我，那么手执兵器，夜间来此做甚？你们既不杀我，把我监禁于此，不是侮辱我吗？"女子道："这都是我的好意，若没有我劝止时，恐怕你早已饱了鱼鳖之腹哩。还要说侮辱你吗？"史麟道："奇哉奇哉，你是盗匪的女儿吗，不杀我做什么？"女子笑道："好好的人不做，为什么口口声声只求死，一个人要死总是容易，只是我的宝剑一挥，你便身首两处了。"史麟道："要杀就杀，何必多言。"女子却叹一口气说道："唉，你这人真是不识好歹，我一心救你，又不要杀你，你何必这样说呢？"史麟听她这话，便不说了。女子又对他说道："你是谁，请你先告诉我，我对于你一片好意，并没有坏心肠，你也不用隐瞒，老实告诉我听。"史麟还说道："我姓史名仁，世居吴下，此次同我的结义兄弟钟义以及童儿钟贵，赶到四川去投奔亲戚的，路过此间，因闻鄱阳湖上石钟山的名胜，遂乘月夜泛舟探访，一聆钟声。哪里知道遇见你们前来行劫。我们既谙武术，当然不肯束手受戮，而要和你们厮杀了。我既不幸被擒，义弟又遭于难，所以不忍独活受辱，而愿一死。"女子听了，点点头道："原来如此，昨晚的事我们也并非要来劫夺你们的财物。因为夜间湖上绝少行舟，恐防你们是官中派来的奸细，刺探我们山寨情形的，所以上前查询。你们却胆敢抵抗，当然我们不能饶恕了。但是你们的武艺也是非常之好，尤其是你的宝剑，现在已被我拿去藏着，细细看过，珍贵异常。剑销上镶的翡翠和精金，也非平常

人所能有的。不知你何以有此宝剑?”史麟道:“这是我家祖传之物,被你拿了去,诚堪痛心。”女子又笑道:“你若投降了我们,此剑也可归还原主了。”史麟道:“大丈夫何事不可为而偏要做盗匪呢?要我投降,这是无意恶语。”女子哼了一声道:“你不要看轻我们绿林中人,我们也是很有志气的人,只因老祖宗不忘前朝,而隐身在此间的。英雄不怕出身低,古今成大事立大业的,起初时候谁不卑贱?便是皇帝老子也是如此。”

史麟听了这一番说话,心中不能无动,便问女子道:“你们姓姚吗?所谓老祖宗又是何人?”女子道:“老祖宗就是我的祖父,我家姓姚,我祖父名唤兆安,在这鄱阳湖上称霸山林已有二十多年了。因为他生得一部花白长髯,江湖上大家称他为银髯翁。提起这三个字来谁人不知?我父亲名唤宏仁,因他面色常黄,所以别号黄面虎。生我兄妹二人,哥哥名唤志敏,别号小猿猴,我名字叫志芳。”史麟点点头道:“你的武艺果然不错,未知你可有什么别号?”志芳笑了一笑道:“你要问我的别号吗?就是胭脂虎三个字。”史麟又点点头道:“名副其实。”志芳道:“你不要以我为盗家之女而以为可怕,其实我们也讲道理的。尤其是我的脾气,只喜欢杀掉贪官污吏,骄兵悍将,对于一般无拳无勇的小百姓,却从来不肯轻加杀害。而又喜济困扶危,帮助人家的。”史麟道:“这就是江湖上人的一点美德,若是连这些也不能做到时,简直是祸国殃民的狗盗了。但是你们昨晚到什么地方去的呢?”志芳答道:“你倒问得精细,前日我们是到星子一家富户那里去借粮,因闻那富户为富不仁,积了不少造孽钱,所以我们去向他借一些来。果然被我们借了三十万来,可是一个人也没有杀伤,回来时恰巧遇见了你们。”史麟叹道:“这是我们的不幸,现在我的义弟业已葬身湖波,我还有什么生趣留在这浊世呢?”志芳道:“你是一个少年,不应该这样悲观。你若能入我们的伙,包你逍遥快活。死了一个义弟,多了许多朋友,不是很值得的事吗?”

史麟听志芳说到值得的事,他暗暗嗟叹,想志芳怎知道我

的义弟是一个女子呢？自然她不知道我内心的悲痛了，我既是一个俘虏，他们留着不杀，难道真要劝我入伙吗？然而一则红薇死在他们的手里，他们就是我的仇人，我应该代红薇报仇的，岂可和仇人同处？二则我是一个清白的身子，岂可屈身绿林，贻祖宗之羞？所以我宁可一死，不愿苟活。志芳这女子明明是来劝我投降的，此人虽是盗女，倒也妩媚，说话也很爽快，宛似红薇第二。但她怎知我们的真相呢？我只有毅然拒绝她了。史麟低着头凝思，志芳以为他的心已有些软化，遂又说道："你现在可觉悟了吗？我们决不亏待你的。等我明天和老祖宗说明白了，立刻可以释放你出这石室。这地方我也知道你不能住的呢。"史麟忍不住摇摇手说道："你要我投降你们吗？这是不可能的。我早已说过我姓史的是个大丈夫，决不为盗。"志芳听史麟说来说去仍是不肯，便冷笑一声道："世间只有你一个人是大丈夫，他人都不是好汉吗？我早已告诉你鄱阳湖上大牛山姚家是天下闻名的，哪一个不是英雄好汉？你休要蔑视，我老祖宗的本领你也领教过了，天下没有敌手。难道你还不佩服吗？"史麟道："不是这样讲，你们虽然有了天大的本领，可惜总是个盗匪，千秋万世，难逃恶名。"志芳听了这句话，顿时柳眉倒竖，露出一脸的杀气，将手中宝剑一指道："你还要这样辱骂吗？休怪我无情，把你一剑两段杀了。"史麟道："死便死，我并不怕的。"说着话伸出脖子，准备受志芳的一剑。志芳将宝剑在史麟面上磨了一下，说道："好，你这个人真是铁石心肠，要死总好办的，你家姑娘姑且饶你多活一夜，明天禀告了老祖宗，再作道理吧。"志芳说了这话，又对史麟紧瞧了一眼，拿起石台上的烛台，提着宝剑，回身走出去。嘭的一声，仍把铁门关上，加了锁，履声与火光渐渐远去。

史麟依旧坐在稻草堆上，瞑目自思。他本来心中懊丧万状，准备一死了，却不料盗魁的孙女黑夜前来，向他劝说了一番，他虽然不愿意投降他们，耻与盗跖为伍，向志芳坚决地拒绝，可是他的一颗心不免已有少许活动，因为他所以要死，完

全是为了红薇之故，自己觉得非常对不起她的，既而又想到亡父所以把自己托孤于钟常，完全是要留下我这一支小小根苗，将来可以光大后裔，继承宗祧，完成亡父生前未竟之志。那么自己一身的责任却是非常重大的，不幸而死，那是没有话说，假使可以不死的话，还要保留将来的希望，岂可效匹夫匹妇之为谅也，自经于沟渎而莫之知也？所以我还是在后别谋良法吧。志芳来说降的当儿，史麟仍是秉着一往无畏的勇气，誓死不屈，而在志芳去后，他思前想后起来，心头又起了变化，想到后来，他竟在办法之中找出了一个办法，就是自己不妨乘此机会来一个假降，虚和他们周旋其间，让他们可以恢复自己的自由，等到有下手的空隙，自己就可击刃于姚家仇人之胸，而代红薇复仇。这样岂非比较引颈受戮好得多吗？因此史麟的思潮往复上下了好久，到底他又决定变更原来的宗旨了。他横在稻草堆上，黑暗里听得远远的更锣的声音，乃是山上巡逻者依稀打了三下，精神十分疲乏，闭着双眼，蒙眬地睡去。昏昏沉沉地一觉睡至天明，那小洞里已有亮光透入，他站起身子，在石室内负着双手，往来踏着，不知道今天盗匪要把自己怎样发落。少停有人送洗脸水和早餐前来，他方始知道姚家对他仍无恶意。吃罢早饭，他坐在石台上，十分无聊，回想到太湖里和红薇相聚的光景，好如隔了一世，茫乎邈乎，此乐不可复得了。

他正在深深感叹，忽然铁门开了，两个儿郎握着短刀，走进室来，对他说道：“姓史的，我家寨主唤你去问话。”史麟到底要显出自己是好汉，仍是不屈不服，面色阳阳如平常一般，跟着他们挺身就走。到得厅堂阶下，只见那个老祖宗姚兆安踞坐胡床，脸上十分严肃。旁边坐着姚宏仁父子，却不见志芳。他心里知道有些不妙，对着姚兆安屹然而立，神情自如，静候他们发落。姚兆安指着史麟喝问道：“你姓史吗？我们因为见你年纪虽轻，本领尚好，所以不忍把你杀却。今天我倒要问你，究竟可肯投降我们，在我们山上做个小弟兄？快快想定了回答，如其不识抬举，我就也不再留你的性命了。”史麟道：

"我要问你们究竟要不要杀了我？若然要杀我的，快快杀了我，何必多言？我是誓不屈辱了。"姚兆安冷笑一声道："你这人可是有些傻的吗？若然我们真心要杀害你时，何必留至今日？便是因为爱惜你的人才，遂一再问你。你须三思，莫要辜负了老夫的好意。"史麟心里暗想这个机会不要再放过吧，不妨假许了，以后再作道理。遂说道："你们若果能招贤下士，何以对我并无礼貌？倘若要我归心，须要许我自由之权。"姚兆安哈哈笑道："你肯归降吗？当然我们要好好款待你，并不干涉你的自由的，只要你一心对我们便了。"史麟乘势说道："那么我也可以答应在山上追随骥尾。"姚兆安大喜，立即请史麟登堂，且对屏后哈哈笑道："史仁已归降了，志芳快出来吧。"姚兆安方说完这话，只见屏后闪出志芳来，丰容盛鬓，绮装华服，宛如新嫁娘一般，向史麟浅笑道："你肯归降我们吗？很好，这是你的幸福，也不辜负我的一片心了。"史麟听了志芳的话，不由一怔神，姚兆安走过来，一摆手道："志芳，待我来和他讲吧。"史麟听了，更是惊异。

第十章 盗窟奇缘

史麟站在一边，双目瞧志芳的娇容，静听姚兆安向他讲话。姚兆安一手摸着颔下银髯，对史麟说道：“老夫因为耻食团寨，所以聚合同志，借这牛山暂作栖身之地，一向招贤下士，不肯妄杀一人。今日得见你年少英杰，愿意将老夫一件心事托付于你，却不知你意下如何?”史麟还不明白姚兆安的用意，遂拱拱手道：“老英雄有什么事见委，即请明告，小子自当努力。”姚兆安道：“老夫有一孙女名唤志芳，”说着话，一手向志芳一指，又说道：“是我一生最宠爱的人了，今年十九，早欲为她物色一位佳婿，使她终身有托。但因她心高气傲，少所许可，长久不得其人。且喜你英俊不凡，武艺也很不弱，老夫颇有此心，问得志芳同意，愿侍巾栉，所以不忍将你杀害。难得你已肯和我们一起聚义，现在老夫做主将志芳配你，招你在山上做姚家的赘婿。至于我志芳的本领，谅你也见过的了，或不至于不屑一顾吧?”史麟听了姚兆安的话，明知自己的性命得以保留，都是志芳之力，这个时候也不能不答应了。虽然我心已爱红薇，对于他人绝不属意，然而我为要谋将来逃脱之

计，此时也不能不权宜行事，红薇幸而不死，他日若知此事，也不能深责我的啊。于是他就对姚兆安说道："小子无才无能，蒙老英雄宽恕其咎，赐以优渥，已觉感幸万千，又承将令孙女下嫁，受宠若惊，何以克当？"姚兆安道："不要客气，你们先来见见，待老夫选个吉日，便在山上代你们二人成婚吧。"史麟道："谢老英雄的恩德。"

志芳走过来向史麟微微一笑，又伸出柔荑，一拉史麟的衣襟，说道："这是老祖宗的恩典，我们快快叩谢吧。"史麟遂跟着她一齐向姚兆安下拜。姚兆安笑容满面，双手扶起二人，连说"好好"，又对史麟说道："你去拜见你的岳父吧。"史麟便和志芳又走到宏仁面前拜倒，宏仁倒不过如此，并无十分欢喜的形色，一摆手说声"请起"，瘦少年志敏也上前和史麟相见。姚兆安又对志芳说道："志芳，你母亲听得这个消息，也该欢喜。你当领他入内去一见。"志芳答应一声，便引导史麟到后厅去拜见志芳的母亲马氏。史麟见是一个四十多岁的中年妇人，青布抹额，一束柳眉，颇含英气，也像懂武艺的人。史麟拜见后，志芳将老祖宗说的话告知马氏，马氏听了，见史麟一表人才，果然是个美郎君，心中很是喜悦，教史麟坐在一边，和他谈谈，细问史麟的家世。史麟照着昨夜和志芳说的话重述了一遍，马氏闻史麟已失怙恃，倒很有怜惜之意，便对史麟说道："很好，你家中既已没有他人，天涯何处不为家？在我这里做赘婿，相助我们一起共成大业，将来自有希望。我的女儿容貌生得不错，和你匹配，正是佳偶。她别样技术虽没有，而一柄剑却是不弱于男子。将来你们二人正可一同研究武术，自有老祖宗指示你们。不过我女儿娇养习惯，十分任性，恼怒了她时，她就要大发脾气的，这一点请你须要加以爱护而原谅的。"史麟连忙点头说道："敢不遵命？我决不触犯她的脾气。"志芳笑道："我自问也没有什么怪脾气，母亲这么说，真不爱我，所以如此不放心吗？你看我不会和他耍什么脾气的。"马氏笑道："你能不要脾气，这是再好也没有的事了。本来你年

纪渐大，切不可再有孩子气，惹人好笑的。”史麟坐了一会儿，又告退出来。姚兆安吩咐厨下预备一桌丰满的酒席，为史麟压惊。祖孙四人以及山上几个大头目，坐在一起，陪伴史麟喝酒。史麟本有酒胆拳风，和大家对喝起来，一杯一杯地不甘示弱。志芳坐在一旁，玉靥微笑，看史麟喝酒。他有些半醉时，她就要劝止了，志敏笑道：“妹妹，你还没有和妹夫成婚，已经爱护他了吗？今天我一定要和他喝个畅快。”别看他人虽小，酒量却大，真是史麟的劲敌。彼此又喝了数杯，史麟喝不过他了，还是姚兆安吩咐停杯，散席后由志敏志芳兄妹二人招待他到一间精美的客室中去休息，不再尝那石窟风味了。次日由姚兆安选定一个吉期，要为史麟和志芳二人成婚。

史麟静等着做新郎，一些没有事做，除每日清晨去见老祖宗及岳父宏仁，其余的时间都是和志敏志芳兄妹俩在山上散步闲谈，优游安适。然静中思量，自己的奇遇真是不可思议，谁料到会在牛山做赘婿的呢？

到了吉日，山寨里悬灯结彩，鼓乐竞奏，铺排得十分富丽堂皇。众儿郎欢天喜地地都来吃喜酒，姚兆安年纪虽老，兴致最好，史麟本来潇洒出群，俊美异常，今日装扮了新郎，更是如子都璧人一般。而志芳的新娘也是艳丽若仙，真是一对好匹配，金童玉女，齐临人间。参拜天地毕，逐次拜见家长，史麟遂改称姚兆安为太岳丈而称宏仁为岳父了。见礼之时，马氏也是笑容满面，唯有宏仁却淡淡然，不过如此，史麟也没有留心。洞房设在里面楼上，房中另有四名女婢伺候，陈设华丽，耀眼生辉。妆台上华烛双辉，锦帐中鸳衾灿烂。此时的史麟宛如处身另一境界了。深宵人静，史麟对此粲者，罗韩襟解，香泽微闻，携手同入鸳帏，不觉销魂真个。

婚后，那志芳对史麟万种温柔，如小绵羊一般。所以史麟起初虽然假意爱她，而后来一颗赤心被情丝所缚，觉得志芳自有可爱了。他的龙泉宝剑也已向志芳取了回来，悬在自己房里，每天下午无事，便同志芳到山中空旷之处练习剑术。两人

舞剑的功夫彼此不相上下，不甘示弱，舞得非常尽力。姚兆安有时在旁指点一二，史麟心里也很佩服。他在山上虽然过着甜蜜的光阴，但是当志芳不在他身边之时，静中独坐，自思自量，不由暗暗嗟叹，想自己本来奉着钟常的遗命，和红薇主婢同投奔四川鸡爪山白云上人的，谁知中途闹出这个大大的岔儿来呢？一念之差，铸此大错，假使当时自己不主张来鄱阳湖边聆石钟之声，那么此时恐已安抵寻阳，何至于会逢着姚氏群雄，以致和红薇生死异途，换了一番情景呢？又想红薇投身湖中，她本不会水性的，在那万顷波涛之间，如何能够挣扎出水，脱险就夷呢？一定如三闾大夫一样，葬身鱼鳖之腹了。这样我的内心歉疚，恐怕永远没有已时。但愿苍天护佑，有如万分之一，红薇能逢凶化吉，出死入生，那就如天之福，将来方可以见钟常于九泉矣。又想到自己父亲的遗嘱，万途远方，那么自己倘然一辈子在这牛山上与群盗啸聚，不是无面见先人了吗？所以史麟虽在山上雀屏中选，随遇而安，然而他并不像刘阿斗一样的，此间乐不思蜀，心里总是要想离开这鄱阳湖，不干盗匪生涯，出去创造事业。而红薇尤其是他心上常常思念的人，是死是生，总是一个问题，不能解决呢。

红薇那晚投身洪涛后，阿俊相继而下，一齐没入水中。红薇的双足早被阿俊拖住，阿俊的意思是想拉住红薇，然而她不知道自己不谙水性，如何能在水中救人？红薇本来尚可在水中挣扎，但是她的双足已被阿俊拉住，减少了她的活动的能力，遂和阿俊一同没入湖波，而从三闾大夫游了。

那时候盗舟已去，湖上唯闻风波之声。月光下可以瞧见红薇和阿俊主仆二人的尸体浮出在水面上，宛如随波之鬼，向下流头奔去。恰巧这时有打鱼船从西首小港里驶出，回至石钟山来。船上有一父一子，都是石钟山下的渔夫，今天是从湖滨某村亲戚家吃喜酒回来。他们姓周，父名二保，子名阿大，水性精通，常在湖面上下网捕鱼，出入风涛之中。因为生长在水云乡里，不但水路熟悉，而且湖上的人都相与无事，盗匪见了他

们，也不伤害，所以敢在月夜驶舟，无所畏忌。二保多喝了酒，有些醉醺醺的，坐在船舱里，让他儿子独自驾舟。阿大也喝了数杯酒，又从喜事人家回来，默想日间见到的新娘子，大家都在称赞美丽，真是令人羡煞。我阿大今年已有十八岁，却因家里贫穷，老父好赌，一个钱也没有积蓄，至今还没有老婆，只恨我父亲不代我好好论婚，苦哉苦哉。阿大正在沉思，忽然瞧见上流头浮来两样东西，他的眼睛很尖，早已见到是两个溺沉波涛的人体，恰恰撞到船尾上来，不知是死是活，连忙拿起篙子，轻轻一拨，正触着一个人的头发，头发绕在篙子上，便不流过去了。阿大唤一声："父亲，你来看看这两个活不活？"二保听得儿子的呼声，惊醒了他的酒意，忙从舱里走到后梢边，看了一看，说道："救人一命，胜造七级浮屠。我们且把他们救了上来再说。"于是二保就帮同阿大将两个人救了上来，一看乃是两个少年，像是主仆模样，一个少主手里还握着一柄宝剑。二保便俯身下去，伸手向两人胸口一摸，觉得还有些温和，遂对阿大说道："我们且救救看，这二人入水不久，虽是吃了水，还没有完全气绝，只要吐出水来，或可有复活的希望。我们且把他们颠倒提起，让他们呕出水来吧。"阿大答应一声，二人遂各个如法炮制，果然各人口里都吐出了好多的水，二保道："把他们拉到舱里去，待我再来施救。"阿大又帮着他父亲将二人舁入船舶，放下宝剑，解开各人的衣襟，各上推水，要二人再把余水吐出。一会儿阿大好似探得奇迹一样，突然回头向他父亲惊呼起来道："奇了奇了，这一个美少年我在他胸前发现他并不似男子，而似一个女人。父亲，你手里的一个怎样？"二保听了这话，留心一摸，说道："呀，果然是女子，奇哉怪哉！"父子俩同声呼奇。

原来二保手里的是阿俊，而阿大手里的乃是红薇，她们在水里随波逐流，半死半活，现在却被二保父子救起来。二保又对阿大说道："既然是女子，我们更要好好对待，等她们醒时，可以细细叩问。"阿大口里含糊答应一声，正又要动手去推水

时，红薇早又吐出几口水来，却立刻苏醒，张开双目，也不知自己身到何处。惨淡的烛光下，只见身边立着一个年轻的渔夫，正用双手摸到自己的胸口。她连忙把手一推，挺身坐了起来，口里喊了一声“啊呀”，阿大慌忙把手缩回去，二保道：“这位小……”说到“小”字，又缩住，红薇早开口问道：“这是什么地方？我们方才落水，幸被你们救起。”二保道：“这是在渔船上，我们是鄱阳湖上的渔夫，今晚恰从附近村子里吃喜酒回来，遇见你们二位浮在水面，遂将你们捞起救醒。且喜你们入水时间不久，所以尚能复活。但不知二位从哪里来的，如何落水？可能告诉我们吗？”二保说时，阿俊也已醒转，坐起身来，张圆着眼睛，静听他们说话。红薇遂指着阿俊说道：“我姓钟名义，他叫钟贵，是我的书童，苏州人氏。方才和一个朋友坐船经过鄱阳湖，不想……”红薇不要说遇盗战败，无奈她生性高傲异常，不肯在人家面前说自己的技劣，丢自己的脸，所以改变语调，说道：“遇到覆船之危，以致和那朋友分散了。”阿大抢着说道：“这鄱阳湖是个汪洋巨没，此处又是水深的地方，你那朋友一定葬身鱼腹了，你们二人也是命该不死，恰遇我们把你们救起。”红薇道：“是啊，我们深感二位救援之德。”二保又指着旁边的宝剑问道：“这柄宝剑是你们的吗？大概二位熟谙武艺的了。”阿俊听了这话，一看自己手里的双锤却不知到哪里去了，这是因为她入水后要去拉抱红薇，所以不觉把双锤抛去，而红薇对于这柄明月宝剑是心爱之物，所以虽然落水也不肯放弃呢。红薇答道：“这剑是我们家传之物，所以带在身边。我们实在不晓得什么武艺，可惜行囊都丢了。”阿大道：“身外之物不要顾它吧，有了性命，已是万幸。现在寂寂深夜，在这湖上，谅你们也没有去处，不如随我们到石钟山去休息休息再说，不知你们意下如何？”红薇道：“多谢美意，此刻我们也没有去处，既已在你们船上，只得跟二位去，将来再补偿大德吧。”红薇刚才说了这话，阿俊早说道：“小姐，你不是有一副珠环藏在你身边吗？环上的珠子也可以

拿一粒下来谢谢他们。小……”再要说下去时，红薇已对阿俊白了一眼，阿俊方觉自己一不留神，连忙缩住，二保遂问道：“我倒要请问你是钟先生呢还是钟小姐？何不对我们说个明白，也好称呼。”红薇忙正色说道：“我们都是男子，老渔夫休要多疑。”阿大冷笑道：“不管是男子女子，我们既已救了二位，古话说得好，送佛送到西天，我们是一例招待的，又何必查根究底呢？”二保道：“不错，我们且载他们到了村里再说。”于是唤阿大回到后梢去掌舵，免得误了行驶，自己请了二人坐了，又去船后烧了两杯姜汤来，请红薇和阿俊喝下去，以解冷寒。红薇心里自然更是感激，那渔船遂向石钟山驶去。

红薇阿俊对坐在船舱之内，听着水声汤汤，都默默无语。因为此时各人都觉十分疲乏，而且身上都已湿透，一时无衣可换，觉得非常不适。红薇心里又默念着史麟已为盗匪擒去，一定凶多吉少，不知那盗匪又是何等样人，本领都很高强。尤其是那个银髯老叟，他手里的一根镔铁拐杖，果然厉害，自己万万不是他的对手，这仇恨恐怕难报的了。万一史麟有什么三长两短，那么不是白费我亡父的心思吗？红薇愈想愈恨，心中十分懊怅。

隔了一时许，渔舟已驶入一条小港，前面正有一个小村，这时月影已西，已在下半夜，村中人都入睡梦，四下静寂如死。渔舟靠岸泊住，二保父子走入舱里，对红薇主仆说道：“我们的茅舍便在岸上，请你们上去坐一会儿，等我们生个火炉，给你们烘干了衣服，方可穿在身上呢。”红薇道：“这样很好，你们父子的大德真是难报啊。”于是二保搁上跳板，让红薇主仆走上岸去。红薇带了宝剑，跟着二保阿大二人，借着月光，向对面桑树边三间小矮屋走去。听得远远的村犬的吠声，二保叩门数下，门开了，里面有一个老妇掌灯来迎，说道：“你们父子俩到这时候才回家吗？”一眼看见红薇和阿俊二人，身上水淋淋的，便又问道：“这二位是谁？”二保道：“阿大娘，且到里边去讲话。”

阿大娘把灯照着他们进去，阿大把门关上，里面是三间小屋，灯光惨淡，黑魆魆地也瞧不清楚。老渔翁二保引导红薇二人走进一间房里，点起一支烛台，请二人坐。红薇见屋中器具十分简陋，靠里有一张小床，张着布帐，若和老渔翁孟哲的家相较，真有天渊之隔了。红薇坐定后，二保又问她们肚子饿不饿，红薇很感老人之意，不欲多扰他们，便说不饿。二保走出房去了，隔了一会儿，阿大端着一只小火炉进来，请她们烤火。又去拿了几件干净的旧衣服来，笑嘻嘻地对二人说道："如不嫌肮脏，请你们将就换一换吧。"红薇谢了一声，阿大又对红薇脸上望了一望，退出室去。红薇对着热烘烘的炉子，便对阿俊说道："我们穿了湿衣，非常不舒适的。现在有此火炉，我们只得脱下来烘干了再穿。这虽是渔夫的旧衣服，我们也不得不暂穿一下了。"阿俊遂去关上了房门，二人立在火炉前，各将衣服脱下，穿上了渔夫的旧衣，把衣服放在炉边去烘。但当红薇脱衣之时，瞥见窗前有个人影一闪，似乎有人在外面偷窥。红薇忙问是谁，一晃便不见了，并无什么动静。红薇终有些疑心，十分注意外面的声响，然而也没有什么事，等到远近鸡鸣，天色已曙时，衣服也已烘干，二人方才在床上略睡片刻，红日已照满窗上。

二人醒后，披上自己的衣服，炉火已熄，开了房门出去，二保早已起来，吩咐他的妻子在厨下煮了粥，请二人用早餐。阿大也走过来，红薇和阿俊用过早餐，和老渔翁二保谈谈，知道他们父子在这村里打鱼已有数世了。二保问红薇既遭覆舟之危，此后当投何处，红薇叹道："此后东飘西泊，也无定处。或至九江一行，我们的伴侣已死，请你们把渔舟送我们到了南昌再定行止。"说罢，便从怀中取出一粒又大又圆的明珠，这就是她耳环上拆下来的。她本有一对珠环，上缀四粒明珠，是她父亲给她戴的，说是母亲的遗物，所以她十分珍贵此环，平时常戴耳上。自从改装后，便藏在贴身衣袋中，阿俊是知道的，所以在船中提醒她。昨夜红薇在烘衣之时，曾取出珠环，

拿了两粒珠子下来，一粒要拿来赠送与渔翁，聊谢救命之恩，一粒是预备变卖了充盘费。二保一见这明珠，知道是价值甚巨的珍宝，虽然红薇说明送与他们父子，却不敢接受。红薇再三要他们收受，二保遂谢了受下。阿大瞧着这粒明珠，只是张开着嘴笑。二保便留二人住下，应许明天把船载送她们到南昌去。红薇听了自然答应，二保又吩咐他的妻子预备些菜，请二人用午饭。阿大自至外边去买了一大块猪肉回来，忙着在厨下做菜。红薇见他们接待甚是殷勤，心里当然安慰。午饭后，主仆二人坐在室里闲谈，红薇双眉深锁，因为史麟被盗匪擒去，自己不能救援，耿耿此心，无以自解，最好要探听明白是哪一路盗匪，自己去想法援救史麟，阿俊却说道："我们不会水性，况又人少，无能人相助，怎能前去和那些强盗对敌呢？况且此时要去设法援救史公子，也恐来不及了。这是无可奈何的事，请小姐不要悲伤。"红薇道："史公子是史庄主托孤于我父亲的，不幸我父中道病故，不能始终护持他，这已是莫大的缺憾，现在我和史公子奉了父亲遗嘱，一同赶赴蜀中，又谁知在此突遇这样不幸的事，真使我心中难过得很。从此好似飞雁失侣，叫我到哪里去才好呢？"阿俊道："我们到了南昌，再想法探知仇人的姓名，然后到四川去拜见白云上人，请他下山来代我们报仇。"红薇冷笑一声道："你的话真是越说越远了，我们自己不能复仇，而去请那素不相识的上人，你想他肯千里远地为我们复仇吗？"阿俊被她这么一说，默然无语了，红薇又长长地叹了一口气。

到得晚上，二保父子请二人用晚饭，阿大送上一瓶酒来，劝二人饮酒解闷，红薇说不会喝的，一杯也不喝，晚饭后回至房中，红薇因昨夜受了惊恐，没有好睡，精神十分疲乏，明天又要坐船动身，所以她和阿俊都要早些安歇。脱了外面衣服，熄灭烛台，和阿俊一同睡在那小床上，抵足而眠，一到枕上，便酣然睡熟了。谁知一觉醒来，似乎有一些很小的火光在眼前一亮，立即不见，她不觉迟疑起来。

红薇见了这一点亮光，知道有些不妙，忙一骨碌爬起身子，但是已觉得有一只冷冰冰的手摸向她的面门上来，忙将身子向里面一闪，定神一看，见有一个黑影站在床前。她心中早有几分明白，绝不是什么外来的窃贼，不是那厮还有谁呢？她尚没有开口，然而那只手臂又来摸她的被窝了。红薇大怒，再不忍让了，一伸手捉住那人的手臂，顺势向外一送，只听啊呀一声，那人已喊将出来，跟着咕咚跌倒在地。红薇跟着跳至床下，一脚把那人当胸踏住，此时阿俊也已闻声惊起，在桌上点亮了烛台看时，原来她足底踏着的不是别人，正是阿大。手中拿着的小蜡烛已丢在一边了，两手撑着地还想站起，而房门也不知在何时候给他偷开了。红薇把手指着他喝道："你这厮夜半跑到我们床边来做甚？"阿大不答，仍旧挺起身子，恼怒了红薇，俯身用手将阿大的一只臂膀微微一拉，阿大早杀猪一般地叫起来，红薇又对他说道："我早知你这厮不怀好意了。"阿大哀求道："姑娘，请你饶了我吧，我虽察知你是个女子，却不料你有这么厉害的本领，早知如此，我再也不敢来讨苦吃了。"阿俊听了这话，走过来向阿大骂道："你这厮真是吃了豹子胆了，敢来觊觎我家小姐吗？老实告诉你，我们虽是易钗而弁的人，但都非没有本领的。你们这种酒囊饭袋，如何近得上身呢？你这厮非痛予惩戒不可。"阿俊说罢，握着拳头，待要向阿大打下时，红薇喝住道："不可不可，我们慢慢摆布他。"同时二保和阿大娘早已闻声跑来，见了这般光景，惊骇莫名。阿大早喘着道："父亲快来救我！"二保一看地上的儿子，心里也有几分明白，只得勉强说道："阿大，你怎么得罪这两位客人呢？"红薇早对二保说道："你儿子夤夜跑到我们床边来，是大不应该的事，他既然知道我们二人是女子改扮的，更不应当跑来了。明明是他心有邪念，故有禽兽之行。若不是我们都有本领，换了别的女子，怕不要遭他蹂躏吗？我本不肯饶他，要给他大大地吃个苦头，但因知道你们人家是好人，并无歹心，而我们落水也是你们救起的，不可恩将仇报。所以看你老人家

之面，姑且饶恕他一遭。”二保连忙说道：“多谢二位宽宏大量，这是小儿的不是，多多冒犯，尚乞二位海涵，我们当严加责备，以后不许他胡乱妄行的了。”二保说了这话，谁知那地下躺着的阿大又喊起来道：“这虽是儿子的不是，但父亲不能管我。你们为什么不代我早早娶一个媳妇，那么我也不至于见色起淫心了。唉，父亲母亲，都是你们害我的。”红薇听阿大这样说，真是闻所未闻，不由笑起来道：“我倒没有见过你这种儿子，自己要做非礼之事，都完全怪在父母的身上，我若不看在你父亲的面上，一定不轻恕你的。”阿大娘在旁也苦苦哀求，红薇遂放他起来，说道：“你快滚出去吧。”阿大从地上爬起，抱头鼠窜地一溜烟逃出房门去了。这里二保和阿大娘又向红薇主婢道谢道歉，红薇让他们去安寝，不必把这事记在心上，自己也不追究。二保遂和阿大娘退出，他心里很疑红薇主婢以两个女子之身而奔走天涯，女扮男装，不知是何来路？又不敢动问。阿大娘却喃喃地说她的儿子不好，一对老夫妇自回房中去了。

红薇仍和阿俊关了房门，上床安睡。阿俊道：“那厮真可恶，怎样识破我们的秘密而起邪心，谁知我们都不是寻常妇女，怎让他近得上身？小姐这样处置他，真是给他大大便宜了。”红薇道：“大概我们给他们在水中救起的时候，他们已觉察我们都是女子了，不过因我们没有说破，所以我没有防到这么一着。”阿俊道：“现在我也想起了，这老渔翁很诚实，而那厮却是目灼灼如贼，常向小姐偷窥。老实说，像婢子这样的丑陋，即使他知道了真相，也未必即起歹念，都为小姐的容颜实在美丽，改装了男子，仍旧美好如少女一般，无怪那厮要垂涎了。”红薇道：“你说我便宜他吗？我早已说过，看在老渔翁的面上，放过了他。并且我们若没有他们父子援救，恐怕也早葬身在鄱阳湖中了，断乎不能反去伤害他们的。我们明天也要仗他们送到南昌呢。”

第十一章 穷途巧遇

阿俊听红薇说得有理，也就不再多说，闭目重睡。睡了不多一刻，天色也明，二人一齐起身，梳洗毕开了房门出去。二保和阿大娘早也煮好了早饭，端出来请二人吃。二人也不再客气，坐下吃时，却不见阿大的踪迹，谅他自觉惭愧，匿迹不见，也就绝不提起昨宵的事，只对二保说道：“老渔翁，我们多谢你救了我们的性命，再要请你把渔舟载我们至南昌，好让我们上道如何？”二保点点头道：“当然要送二位前去的，请二位稍待一刻，等我去买了一些菜肴，再和阿大娘载送二位动身。”红薇道：“很好，有劳你了。”二保遂带一只竹篮出门而去，红薇和阿俊坐在客堂里等候。隔得一歇，二保手提了满满的一篮东西，走回家来，对阿大娘说道：“你同我送二位动身吧，这里可让阿大看守。”阿大娘答应了一声，于是老夫妇俩陪着红薇主婢走出门边，到水滨去下船。红薇的行李早都丧失，唯有那柄明月宝剑却仍被她取得，带在身边，不忍舍弃的。红薇主婢坐上了船，老渔翁二保在上首撑篙，阿大娘在后梢掌舵，渔舟离了村子，向北面驶行。正遇顺风，挂起一道巨

帆，其疾如矢。红薇和阿俊在渔舟中回顾石钟山浮起在湖面，白昼所见的风景，又和夜间不同。自己死里逃生，总算侥天之幸，然而史麟的死活存亡，却不得而知了。心中非常感伤，水波风景也无心玩赏。

船至南昌城外，二保泊住渔船，送二人上岸。红薇又谢了他数语，主婢二人方才走向城关而去。在东城附近，找得一家较大的旅店投宿，因为自己的行李都已失去，身边银钱也缺少，所以在旅店房间里略坐了一会儿，向店伙问明城里珠宝店所在，主婢二人便入城去，走到那家珠宝店里，红薇取出一粒明珠，向他们兑换金银。店中伙计看了这粒明珠，知是珍品，忙拿到经理先生面前去估价。经理先生戴上眼镜，把珠子托在手掌里看了一下，连连点头，自己走过来问红薇要换多少价钱，红薇也不知道什么时值价钱，只说你们看值几何就给几何便了。经理先生大喜，就说这粒明珠可值六十两银子，红薇道："那么请给我六十两吧。"经理先生立时秤足银子，给与红薇，主仆二人得了银子，又去别家店铺里购备行李衣服。她们因决定依然乔装，所以只买男子穿的衣裳鞋袜，花去了二十多两银子，然后回归各寓。她们因为两夜没有好好安睡，所以各据一榻，安然酣眠。

谁知次日早晨，红薇刚要起身，忽觉头脑昏沉，很不舒服。知道自己恐要病了，不能动身。阿俊见红薇这般模样，便问小姐怎样，红薇道："我有些病的现象了，只得再在客寓中耽搁一天吧。"阿俊听她如此说法，也知她果然病了，否则她是好动而不好静的人，岂肯久卧床褥呢？遂皱着双眉答道："那么请小姐多多休息，缓一天动身也不妨。只望小姐的病快好就是了。"红薇也不说什么，倒在枕上，闭目便睡。阿俊问她可要吃什么，红薇摇摇头道："我胸中很饱，一些也吃不下，精神也大为不佳。"红薇说话时好似十分怕烦的样子，阿俊也不敢多说什么，去烦扰她的精神，自去吩咐酒保，送早饭来吃了。

午后，阿俊守在红薇病榻边，见她沉沉酣睡，两颊发红，

暗想这病不像一时能好的样子，虽然不敢去惊动，而心里十分忧愁。少停红薇醒来，星眸微启，瞧见阿俊坐在一边，她觉得此后自己可亲之人，天壤间唯有这个婢子，遂悠悠地叹口气。阿俊听她叹气，知道她心头郁闷的缘故，自觉无语可以宽慰她的芳心。红薇道："我心中气闷得很，大概最近我受的刺激太多了，你知道我在紫云村时，随着父亲学习武术，何等逍遥自在？自从史公子来后，使我更多一个良伴，增加学剑的兴趣。谁知天有不测风云，人有旦夕祸福。我父亲忽然因病逝世，使我兴风木之悲，哀痛入骨。因为我是父亲鞠养长大的，平时形影不离，今乃人天永隔，使我顿成无父无母的孤雁，岂不太戚？而又被奸人陷害，不能再在村中安居，不得已从了父亲的遗嘱，我们三人乘舟入蜀，满拟弥造之后，乘时而起，又谁知鄱阳湖里忽遇山寇群盗，以致史公子被盗所擒，生死莫卜，至今我这颗心也很放不下哩。"阿俊道："不错，小姐一向是快乐的人，此次不快活的事接踵而来，难怪小姐要大大悲伤。婢子料史公子性情刚强，为盗擒去，一定不肯屈服，恐怕他的性命早已不在了。婢子也在深深可惜。然而这是天给我们的不幸，况石钟山之游也是史公子的主张，我们业已落水，自己尚且是死中逃生，怎能顾及史公子的安危呢？想史公子死在九泉，也决不能怪我们的。小姐悲伤他又有何用？徒然损坏了玉体。"红薇又叹道："不是这样讲的，我们既然侥幸没有死，当然要想到那里去一探史公子的信息，万一他也如我们一样尚在人世，必要设法把他救出盗窟。倘然他已被害，那么我们也要代他报仇，方才对得住人家。若是丢下了不顾，于心何安？"阿俊听红薇这样说，知道红薇的心里依然不能忘情史麟，只得说道："小姐的话也不错，且请小姐宽心静养，病愈之后再行设法为史公子复仇吧。"红薇颦蹙双眉说道："我这病自知是很重的，倘然一时难愈，如何是好？"阿俊道："大概小姐那夜湖中落水，受了寒气所致，婢子侥幸没有发作，但望小姐不要忧愁，忧以伤人，对于病体很有不宜的。"红薇又叹了一声道：

“我怎能不忧呢？我的身世你是知道的，从今萍飘絮泊，更无一个相亲，在我身边的只有你一人了。我本来常是快快活活的，不料现在忧患之来，层出不已，教我怎能忍受得住呢？病魔也是欺人的，所以在这个时候，二竖也来作弄我了。万一不幸而厥疾不瘳，那么我的身后事都要托付与你哩。想你也是孤苦的人，为我父亲救来，然而为德不终，到今日，主仆俩恐也要永远分手了。”阿俊从来没有听红薇说过这种萧瑟的话，此刻一听，心中难过非常，双目一酸，险些落下泪来，别转着脸说道：“小姐莫要说这种话，偶然患病，何足为忧？想吉人天相，不久就会痊愈的。只恨我们在此处人地生疏，否则请个大夫来代小姐一诊病情，服两剂药，自然好得更快了。”红薇道：“我一向怕吃药的，也许让我睡到明天，寒热退了，自然会好的。就是不好的话，你也莫要悲伤，人生迟早总有一死，譬如那夜我在鄱阳湖里不逢渔翁施救，早与波臣为伍了。”阿俊是不会说话的，所以也不再说话。

这天夜里红薇仍没有进食，寒热很高，全身发热，口中津液很少，嗓子里干燥异常，呻吟床褥，睡眠的时间很少，只是要喝热水。阿俊在旁侍奉，目不交睫，直到天明时方才安眠了一炊许。寒热依然不退，阿俊心中大大焦急起来。恰巧酒保进来，见红薇卧病不起，遂问道：“这位少爷有病吗？可要请个大夫诊治一下？”阿俊道：“我们是过路客人，不知道这里有没有名医？店家你可知道吗？倘然有的，便请来一诊也好。”酒保点点头道：“有的，离此不远，有个弗山堂药铺子，常有一位姓秦的大夫在内代人诊病，听说医术很是高明。你们如要他看病时，我可以代你们去邀请的。”阿俊道：“很好，烦你去请这位大夫来诊治一下也好。倘得医愈，自当重谢。”酒保答应一声，走出去了，隔得不多时候，请到一位大夫，年纪约有六十多岁，须发皤然，驼背折腰，自称四世儒医。坐在红薇病榻边，代她诊脉。他说她这病恐是伤寒重症，倘然服了药，寒热不退时，须到第七天或者可以愈好。阿俊很是担忧，姓秦的大

夫开了一张药方，叫红薇吃一帖。阿俊遂拿出一两银子交与酒保，叫他去代付诊金。等到大夫走后，酒保遂说恒山堂的药是地道药材，可以到那边去打药，阿俊又将钱交给他，差他去打了药来，立刻煎给红薇吃，希望红薇吃了这剂药，寒热可以立刻退凉。谁知一夜过去，到了明天，红薇的病势依然未灭。阿俊无奈何只得又叫酒保去请姓秦的大夫来诊视。姓秦的大夫诊察后，连称这病非常棘手难治，开了药方而去。今天这剂药贵得多了，酒保带了二两银子去，竟没有找余，反欠了一分。阿俊也不去管他，只要红薇的病会好。然而一连五六天，红薇的病丝毫未灭，昏昏沉沉，晚上常有呓语喃喃，有时喊她的父亲，有时唤史麟的名字，阿俊急得没有办法，买了香烛来，当天祈祷，也没有效验。

这样红薇的病缠绵难愈，不知不觉已有二十多天，元气亏损不少。姓秦的大夫虽然天天来诊，却是吃下去的药如水沃石，不见功效，医药费倒花去了不少。红薇身边的珠子都已兑换了去，欠了五六天的店饭钱。店主见红薇在此患病二十多天，日见沉重，欠了店饭钱付不出来，显见是他们行囊中的旅费已告匮乏，倘若再如此迁延下去，益发难以付清。况且病人一旦死去，那么何来金钱收验遗骸？这些都是问题，所以他就走进来向阿俊询问他们主仆从哪里来，到哪里去，近邑可有戚友，阿俊不便直说，她又不会措辞，只是含糊而答。店主听了，更是疑虑，以为她们形迹不明，恐非普类，遂向阿俊催索房饭钱，阿俊自己又没有钱可以付出，又不敢告诉红薇，更使病人加忧。她遂答应店主三天后一定可以再付十两银子，店主遂对她说道：“既然你如此说，我就姑且答应你。可晚三天以后若再不能付下时，这里的房间决不能再让你等居住。你们不妨另寻别处，我这里也要别做生意了。”阿俊听店主这般好利无义，心中十分气恼，恨不得把他痛打数下，出出这口鸟气。

三天的光阴很容易过去，到了第二天，依然没有办法，想来想去，她想出一个极端的主意来了。她要在夜里凭着一些本

领出去做一下妙手空空，好捞得一些金钱回来，付出房饭钱，并充医药之费。这也是无办法中的一种办法，但是有一个难问题，就是自己常要侍奉红薇病榻之侧，倘然自己溜了出去，红薇唤起来时又将如何？若然老实告诉了红薇，那么红薇一定不许她出此下策的。

阿俊正在踌躇间，忽听外面人声，她走到房门口从门帘向外偷窥时，只见有一个五旬左右的老者，带了一个童儿，从庭中步入。那老者蓄着短须，精神奕奕，毫无老迈之象。而身上衣服也是十分华贵，像是富贵中人。酒保代他们携着行李，十分殷勤，领到左首一间上房里去住宿了。一会儿又见酒保送酒送菜，十分忙碌，伺候异常周到。阿俊心中暗想此翁囊箧一定富有，取之也不可谓不义，不妨夜间去向他借取一下吧。主意既定，于是待至夜间，店内外人声寂静，众人都入睡乡之时，瞧见病榻上的红薇也正闭目熟睡，就想这个时候，再不动手，更待何时？自己的兵器已在湖中丧失，好在去做偷箧家，也不必携带兵刃的。她就脱去外边的衣服，并不开门，只开了一扇窗户，轻轻跳至外边来，又把窗子掩上，蹑足走至那上房边来。见房中灯火也已熄灭，谅室中客人早已安睡。她推推房门，见那房门是闭上了，没有法想，遂将手指去戳穿了窗纸，向里偷窥进去，见黑暗里并无动静，床上的人影都已睡熟，于是她竟伸一指进去，拨落了窗上的栓锁，轻轻推开那窗，一跃而入。没有灯光，只好暗中摸索，幸亏窗外有些月光，她的夜眼也能看得清楚。见一主一仆分床而睡，鼻息齁齁。她就放胆不小，看见床旁有一只小箱子，知道这是老者的行箧，其中必有金银可取。遂悄悄地走过去，摸着了行箧，见上面有一小锁，不能启箧。她正要用力去折断那小锁时，忽然自己背后突然伸来一手，搭在自己的肩头，不由心中一急，忙想立起身来，反抗那背后袭击的人，可是自己被人家按住了，竟然动弹不得。自己的力气一时不知到哪里去了，心中一发急，刚要伸拳反击，却被人家轻轻一拉，竟跌倒地上，爬不起来，早被人

家用绳子缚住。暗想室中只有一个老者和书童，也不像有本领的人，谁和我来弄这花招呢？自己本领虽不高强，但也并非无勇无技之人，何以一被人家按住便不能动呢？阿俊正在惊奇骇愕之际，听得有人轻轻唤道："贵儿快起来，燃上烛台。"跟着便见那边榻上有一黑影，迅速地起身，点明了烛台。方见按住自己的人便是老者。童儿掌着烛台，站在一旁。老者指着阿俊喝问道："你这厮是从哪里来的小窃，胆敢到老夫这边来窃物？快快实招，否则送你交官，从严惩办。"阿俊想不到自己初出茅庐，即遭失风，遇见了能人，非但一文钱不能到手，反而被人家擒住，出乖露丑，倘给红薇知道了，不要深责自己不应该出此下策吗？况且他们把我送了官，那么红薇的病正在沉重的当儿，无人照顾，定不会好了。这如何是好呢？所以她叹了一口气说道："古语说得好，路极无君子。我本来不是做贼的人，也因一时无奈，被逼而出此啊。"老者道："那么你快直说，为何行窃？"阿俊道："我姓钟名贵，一向住在苏州，此番跟随小主人钟义，有事往蜀中去，路过此间，不料小主人在逆旅中生了一场大病，缠绵难愈，旅费用罄，欠了房饭钱，房主苦苦逼索，限我三天之期，须要付清，否则不能再住下去了。但我因客地生疏，无处筹措，又恐小主人病中加愁，所以不敢向他言明，只有自己想法。不得已而来施行窃的手段，想拿得一些钱去付店饭钱。哪知反给你们擒住。你们要把我送官，这也是我自取之咎，不过我的小主人病重得很，你们如把我送官，他没有人侍奉，如何是好呢？"老者听了阿俊之言，点点头道："如此说来，你的做贼还是情有可原。你若能详细把来源告知，也许我能够帮助你们一臂之力呢。"阿俊听了这话，不由一喜，便问道："请问老英雄是谁？也让小子知道一二。"

老者捋着短髭，微微一笑，对她说道："你要知道老夫的姓名吗？待我老实告诉你吧，老夫姓李名祥，世居九江城外浔阳江边，人家都称我浪里蛟。因我通谙水性，兼有武艺，江湖上也略有声名。此番带了童儿李贵到吉安去祝寿回来，在此歇

宿，想不到你来行窃。但当你拨动窗上钌鸟之时，我已惊觉。你想我们老走江湖的人，岂会轻易受人暗算？不过要试看谁来施行偷箧手段，所以故作不觉，让你进来，谅你后生小子有何本领，胆敢妄行？本当送官惩办，姑念你来路初试，情有可原，遂决定饶恕你了。你说你家小主人病倒在这旅舍里，你们年纪轻轻的做什么不惮远道，跋涉赴川呢？”阿俊仍不肯说出真实的来源，只答道：“因为老主人临终之时，曾嘱小主人到四川鸡爪山去拜访白云上人，学习武艺，所以长途跋涉，不幸中途又病倒客寓，囊无现金，只得不顾耻辱，出此下策，尚请老英雄原宥。”李祥道：“如此说来，你家小主人也是习武艺的人，可怜病倒客寓，又无旅资，老夫理当竭我全力，以助他乡游子。等我明天来看看他的病情，或者老夫可以设法的。”阿俊听李祥答应帮助，不胜之喜，便称谢道：“多蒙老爷慨允援助，小婢……”说到“婢”字，连忙缩住，改口道：“小的感谢无量，我家小主人便在右首第三个房间里，明晨老爷请早驾光临。现在既蒙宽恕，请解去我的束缚吧。”李祥哈哈笑道：“我只顾和你说话，竟忘记了。”便教贵儿快快将这少价松了绳索，李贵上前将阿俊解去束缚，阿俊又向李祥拜谢，然后悄悄地退去，仍从窗间跃出。远处更锣传声已打三下，幸喜众人已入睡乡，没有他人知觉。她回到自己房中，空手而回，心中暗暗惭愧。微窥红薇却仍糊里糊涂地睡着，完全没有知道这回事，否则定要受她的呵责了。阿俊虽然废然，只得脱衣安睡。

次日一清早起来，红薇也已醒了，病态依然，口里呼渴。阿俊到外面却取了一杯热开水给她喝下，自己赶紧用过早餐，只见李祥已从房门外咳嗽一声，走将进来。阿俊连忙立起答应，李祥指着床上的红薇，问阿俊道：“这位就是你家小主人吗？”阿俊点点头道：“正是。”忙请李祥上坐。红薇却不认得这老者是谁，和自己有什么关系，阿俊怎会和他相识的，不免有些奇异，便问阿俊道：“这位老丈是谁？来此何干？”阿俊不敢直说，只得诡辞以答道：“这位李祥老爷，原是九江地方的

老英雄，昨晚来此宿店，我和他偶然相遇，把店主逼索房饭钱的事告诉了他，请他相助。承蒙他慨然允许，所以今天来看小主人了。”李祥跟着说道：“钟君，今天老夫听了尊价之言，特来探望你的，困厄是我辈常有的事，你们旅途卧病，一钱逼死英雄汉，老夫知道了，很表同情，愿尽力相助，如有所需，老夫囊中尚不匮乏，总可应命。现在先送上六十两银子，请你们收用了再说吧。”李祥一边说，一边从他怀里摸出一大包银子，放在桌上。红薇道：“多蒙李老丈盛情照拂，感激无已。小子患病多时，未能起谢。”李祥道：“戋戋之数，何足言谢？钟君的来历，尊纪已告知一二了，少年英雄，前途无限。”红薇听了，不由凄然道：“承老丈谬赞，愧不敢当。只是小子一病至此，药石无灵，自己的生命也恐难保咧。”李祥道：“你不要悲戚，我看你虽已病重，而精神尚有数分，面无夭寿之相。不至于有什么变故的。老夫对于医道，以前曾随一位名医研习多年，所以也有些知晓，但未悬壶问世罢了。待我来代你一诊，也许老夫能够代你将病治好。”红薇和阿俊听李祥说能医病，一齐大悦。红薇道：“小子自恐厥疾难瘳，承老丈惠许诊治，一定能够妙手回春的。那么老丈之德，不啻生死人而肉白骨了。”李祥道：“不用谢的。”遂坐到榻边来代红薇诊脉，诊了好多时刻，又看了她的舌苔，细问前后病情，阿俊又将那姓秦的大夫开的药方一齐呈给李祥察阅。李祥一一看过，说道：“此人看错了，钟君的病，外病十之二三，内病倒有十之七八。据老夫看来，半由心中郁闷而起，姓秦的竟当作伤寒症看，所以服药服在夹层里，弄假成真，迁延多时，元气大伤。等老夫开一方子，一面开发肝经的忧郁，一面补他的虚损，吃了一剂，如没有什么难过，那么可以加添数味，多服数剂，不难霍然了。”红薇和丑丫头闻言，同声致谢。李祥遂坐到桌子边去开方子，丑丫头取过笔墨纸砚，又敬上香茗。李祥冥思良久，然后援笔而写，开好了一张药方，交与丑丫头，再对她们说道：“老夫今天本来便想动身，但因钟君的病还没有知道如何，

且待服了我的药后，再看究竟。所以老夫只得在此多耽误一天了。”红薇又谢道：“老丈的恩德真是使人难报。”李祥教她静睡，不要思虑，遂即辞出。

丑丫头立即拿了药方和银子到恒山堂去打了药回来，煎给红薇吃，但是那店主又来催索房钱来了。店主的意思要教她们早些离去，丑丫头却取出十两银子，付与店主，且说道：“我们交给你十两纹银，可不少你店里的钱的。你不要催逼，待我家小主人病愈后，总要动身的。至于店饭钱决不短欠你分文。”店主见丑丫头付出灿烂的白银，马上带笑说道：“你们请宽住不妨，小店一样是留客的。”谢了一声，拿着银子出去了。丑丫头伺候红薇服过药，看她睡熟了，仍坐在窗下打瞌睡。下午红薇醒来，丑丫头忙问小姐服药后胸中可舒服，红薇道：“很觉舒服，没有以前的气闷。这位老者代我开的药是很合我病的。我病垂危，且又囊无分文，店主逼索，可谓已至山穷水尽之境，而天遣这位仁义的老人前来救我，我的病一定会好了，只是我们如何去报他的恩呢？”丑丫头道：“他也决不望我们报答的，老主人在世时也不知行过许多见义勇为拯苦救贫的事，何尝望人家有什么报答呢？大家不过各行其心之所安罢了。那位李老英雄是九江地方的侠士，所以肯这样的相助，只要我们以后不忘记他就是了。小姐现在只顾静养，不要管别的事。他不是说小姐胸中忧郁，酿成此疾吗？小姐的心事，婢子也有些知道，但这是无可奈何的事，也许苍天护佑，史公子未遭毒手，尚在人间，那么此后安知没有重逢的一日呢？”红薇听了，点点头道：“你的话也未尝不是，但我总因为亡父之志未能达到，中途丧失了良伴，不能相救，耿耿此心，无时释怀。哪能使我心中快乐呢？但愿你的话能够应验，那才侥天之幸了。”丑丫头恐防红薇多说了话，未免要伤神，所以劝她不要多讲话，仍旧安睡。

次日一早，李祥又来探望，红薇将昨天服药后的经过告诉了李祥，且谢他关切之情。李祥道：“那么老夫诊察还算不错，今天可以按着原方，回添数味，连服数剂，定可渐愈。老夫不

能在此多留，且教童儿李贵在此伺候，等待钟君病愈后，请至舍间一叙如何？”红薇道：“承老丈不弃，仁恩可感，小子病愈后，定要随尊价趋府问候起居，拜谢大德的。”于是李祥又取出一百两银子，交与丑丫头收藏，说道：“此数谅可偿付药资与店银钱了，愿钟君好好珍重，连服五天药后，不必再吃。只要好好安心静养数日，便可复原了。”红薇丑丫头又向李祥道谢，李祥叮咛数语，走出房去。命李贵换了一间小客房住下，待钟义病好后，一同引导赴浔。李贵自然喏喏遵命，李祥遂携着行箧，独自回转九江去了。

这天红薇服了第二剂药后，寒热渐通，小便亦通，胸中更觉舒松，夜间睡眠也很酣适。到了次日，更觉好些，心里自然欢喜。丑丫头心中的一块大石也放了下来，高高兴兴侍奉小姐。晚上红薇要喝些粥汤，丑丫头吩咐酒保去预备一些黄米，煮了薄粥，另外备一些素洁的粥菜，一同送来。红薇喝过粥，胸腹甚是舒适。次日仍服李祥开的药，一连数天，果然其病若失，渐能起坐，心里自然非常快慰。遵守李祥的话，不再吃药，只是静养，食欲渐振，想吃鸡，想吃豚蹄，丑丫头都吩咐酒保去办来，好在手里有了银子，不愁不得食物。又经过了五六天，红薇的病体已是恢复，她对丑丫头说道：“我本一病垂危，幸遇李公，既医我病，复助我金。云天高义，无可报答，这真是彼苍者天，不忍置我于死，而鬼使神差，得遇此人。且闻他也是一位老英雄，我既痊可，自当到九江去拜谢他援助之德。好在他留一童儿在此，不怕无人引导。”丑丫头道：“闻李老英雄久在江湖，且谙水性，我们此去，若将鄱阳湖姚家水寇的事向他探听，要求他相助一臂之力，或能同去复仇，也未可知。”红薇点点头道：“你说得不错，见了李老英雄，我们要求他相助，谅他无有不允的。”二人谈谈说说，甚是宽慰。

又隔了一天，红薇要动身了，遂将房饭钱付清，会同童儿李贵上道，溯江而行，数天后已至九江城外。李贵引二人到得李家，庄院闳畅，仆从众多，李祥闻得二人前来，亲自出迎，

红薇登堂拜见，谢李祥相助的恩德。李祥甚为谦和，他见红薇丰姿俊秀，翩翩美少年，心中甚是喜欢，便引入后堂，拜见他的夫人。李祥的夫人唐氏，年纪也有五旬，夫妇俩结缡已历三十年，却憾伯道无后，没有子女。所以唐氏见了红薇，也很欢喜，打扫一间精美的客室，为他们主仆下榻。设宴款待，备极殷勤。红薇更是感激，当夜宾主尽欢，住在客房里。次日李祥又伴红薇到九江城中去游览一天，迫暮而归，晚上仍是饷以酒筵，红薇更觉主人好客，无以报德了。就在这天夜里散席后，李祥和红薇在灯下品茗小坐，丑丫头也侍立在侧，李祥忽然对红薇说道："钟君，老夫有一件事要冒昧和你一谈，不知你可肯见允?"红薇道："小子蒙老丈救助，恩同再造，只恨无以报答。老丈如有所命，小子断无不遵从之理。"李祥道："那么老夫说了吧，不瞒你说，老夫和拙荆结发三十载，却憾未生子女。常欲螟蛉一子，而难得俊杰之士。昨晚拙荆见钟君之后，就对我说起，很欲有屈钟君做我们的义子，使我们无子而有子，而钟君本已失去怙恃，这样一来，亦可无父母而有父母了。只是自愧衰朽，不足为他人父罢了。现在不辞孟浪，向钟君一说，幸勿见笑。"红薇方知李祥要自己做义子，自己本感觉无父无母的苦痛，漂泊天涯，谁与为亲?既然李祥要自己做义子，这是再好也没有的事了。遂欣然答道："老英雄的恩德如同父母一般，辱何不弃，要我做螟蛉之子，得侍膝下，这是我的荣幸，我岂有不答应之理呢?"李祥喜道："既然能得同意，明天便是吉日，愚夫妇准备遍告亲友，邀集一叙，即认钟君为义子。"丑丫头在旁听了，也是不胜之喜。等到李祥去后，阿俊说道："恭喜小姐，你本忧茕茕无亲，现在有了这样好的义父母，真是不容易得到的，连婢子也代欢喜不尽了。"红薇道："阿俊，你代我想想吧，我本是女儿身，怎能欺人家为义子呢?这一遭弄假成真，也是不得已而为之，心中却很觉惭愧。欺骗了这位老英雄，倘然说穿了，一则要使他们大失所望，二则反要使他们疑惑我们或是歹人呢。"丑丫头道："男女一样是

人，小姐充了男子身，何妨做一做义子，恐怕将来还要给人家做女婿呢。”红薇道：“啊，你休要乱嚼舌头，给人听去不是玩的，莫要多说吧。”听外面更锣已打二下，二人方才各自安寝。

次日李祥吩咐家丁洒扫堂除，在大厅上燃起一对胳膊粗的绛蜡，将近午时，诸亲友已奉邀而来，宾客满堂。红薇早换好衣履，亭亭出见，李祥一一介绍与众人，大家啧啧称美，叹为谢家宝树。于是李祥请出他夫人唐氏，举行拜认义父之礼。阿俊和李贵搬过两只太师大椅子，朝南排着，请李祥和唐氏上坐。红薇立正着双膝下跪，拜见义父义母。李祥老夫妇笑容满面，也还了一半礼。唐氏又取出一个二寸长的白玉美人，系着红丝线，送与红薇做见面礼，亲自代她佩挂在腰边。李祥遂大排筵席，请众宾客饮酒。众人因知红薇习武的，大家要求她当筵舞剑，红薇遂取了她的明月剑来，在庭中使出一路梅花剑法，寒光如雪，风声嗖嗖，罩满了她的全身。她的脾气当然不肯示人以弱的，尽量使将出来，瞧得李祥和众人都呆了。想不到他小小的年纪，竟有这种惊人的剑术，绝非没有来历的人了。等到红薇一路剑法使毕，抱剑在胸，走至筵前，向众人拜倒道：“献丑献丑，还请义父和诸公赐教。”大家见她面不红，气不喘，一齐拍手称赞。李祥酌酒以贺，大家又向他们父子俩各贺一杯。唐氏见红薇一表人才，武艺出众，自己晚年得此义儿，何幸如之。忍不住笑声连连，多喝了几杯酒，慈颜微笑。众宾客都尽欢而散，李祥心中自然更是快活。

从此红薇主仆在李家一住逾旬，李祥把红薇钟爱非常，时在一起坐谈江湖轶事，红薇心里急于要找寻姚家父子，探听史麟生死消息，且复前仇，和阿俊暗暗商量过，决定要请李祥相助他们去找那姚老头儿。

这一天，父子俩谈到水路英雄，李祥便讲起鄱阳湖上的姚兆安来，红薇乘机进言道：“不瞒义父说，我们此番从吴下出来的时候，还有一个结义弟兄姓史名麟，结伴同行，不料有一夜在鄱阳湖中游览石钟山之时，突遇盗舟剽劫，史兄被盗擒

去，我们主仆二人坠入水中，幸遇渔翁救起，得保性命。耿耿此心，誓复前仇，只因不谙水性，不明地势，怀仇未报。倘然义兄已遭毒手，更是对不起他的。所以要求义父相助一臂之力，同往那边去除掉盗匪，感谢不尽。”李祥听了她的话，便摇摇头说道：“你要我相助去报你义兄的仇吗？别人我还可以答应，可是姚氏父子，是有名的大盗，本领非常高强，我自问不能胜过他，暂时不能答应你同去了。”红薇听着，顿失所望，低着头不响，李祥又隔了一歇，又道：“你若一心要报此仇，我是无能为力，但我尚可代你去请求另一位老英雄出来。若得此人应诺，不怕姚家父子厉害了。”红薇于是转忧为喜，急问道：“义父，你说是哪一位？”李祥一摸短髭说道：“此人也是我的结义弟兄，姓季名九如，别号圣手猿，马上步下，水中陆地，各样武艺，莫不精通。住在黄州岐亭山中，隐居多年，我在前年曾去拜望过他一次，若要除却姚氏，非得此人相助不可。”红薇道：“义父既然识得此人，我愿义父代为介绍，踵门求见，务要他出来相助复仇。”李祥点点头道：“你既如此急切，我就即日带你往黄州去走一遭，但不知他能否答应。这是要碰你的运气了。”红薇道：“我只要义父先允了，再去一试，也许他鉴我的诚心，能够一为援手的。”于是李祥和红薇约定后天动身。阿俊知道了，暗暗喜欢，也愿随往。

第十二章 假凰虚凤

到了后天，李祥和红薇带着阿俊，辞别唐氏，束装登程，从九江到黄州，路程还不算远。他们坐船前去的，所以路中并不辛苦。到了黄州，舍舟登陆。阿俊代他们携着行李，向岐亭山中行去。这时已在深秋，天高气爽，木叶渐落，远山近岫，刻露清秀。红薇随着李祥走在山径中，赏观山中景色，忽见那边树木里泼喇喇地窜出一头白狐来，背上已中了一箭，望东边山坡边飞逃。红薇看见那白狐身上的毛，白得如玉雪可爱，倘然得了这白狐剥下白狐的皮来，做件狐裘，天气渐冷，真用得着的。她转了这个念头，立刻拔出她腰边所佩的明月宝剑，飞步而上，要想拦住这白狐，捉它到手。谁知道白狐十分狡猾，瞥见前面有人拦截，立即回身逃近。红薇不舍，从后紧紧追赶上去，追了几个转弯，白狐要望林子里窜，红薇急了，把剑飞去，正中白狐后股，倒扑草际。红薇大喜，赶上前将白狐擒住，拾起自己的明月宝剑，一手倒提着那白狐，走将回来。忽然背后林子里飞驰出数骑，雕鞍上坐着两个少年，臂上系着箭带，全副猎装，手中各拿着兵器，其间又有一个少女，俨如木

兰将军，左手高高举着一弓，大声呼喝道："这是我家射得的狐，来人休要拿去。"一齐向红薇这边风驰电掣般追来。

红薇既得白狐，心中欢喜不迭，不防那些人忽从背后追来，不得已回过身来立住。先前两少年已追到她的身边，大声对她说道："这白狐是我家射下来的，你怎么可以夺去？"红薇冷笑一声道："山中的野兽任何人都可取得，这白狐方才被我用剑刺倒，所以拿住，怎说是你家的呢？"少年用手一指道："你不信，看那白狐背上插着的一支箭便可知道，我们早已射下，怎好给你来凑现成呢？"红薇道："什么你们先射不先射，我却不晓得，只知白狐是给我擒住的，不容他人来夺。"说罢，却又要去。一个方面的少年早勃然变色，对那较长的少年说道："哥哥，我们休要和他讲理，快将他手中的白狐夺过来再说。"于是弟兄二人各自大喝一声，一个人展动手中铜鞭，一个抖开一支长枪，向红薇下三路进攻。红薇岂肯轻易让人，将白狐挂在身边，也就使开明月宝剑，和那两少年狠斗起来。这两人的武艺很好，鞭如黄云，枪如紫电，红薇舞开了剑，却又如银龙腾空，架开鞭迎开枪，还要左劈右刺，向两少年进攻，矫捷勇武，令人一看她的解数，便知非寻常可比。那个挟弓的少女勒住丝缰，在一边张开着樱桃小口作壁上观。

这时李祥和阿俊已从后赶至，看见红薇在和人家交手，不由惊疑，再一看那两少年时，他不由高声呼喊道："前面是季家贤侄吗？别要决斗，我们都是自己人。"又喝住红薇道："义儿快快住手，这二位就是季家昆仲，不要失礼。"红薇听了，立即将剑一吐，跳出圈子来。二少年也已瞧见李祥，一齐跳下马来，放下兵器，叫声："大伯父，你老从哪里来？"李祥道："我今番正是从家中携带这个新认的义子，特地造府奉访尊大人的。方才他追赶白狐，老夫落后了一段路，不想他和二位在此交手了。抱歉得很。"年长少年带笑说道："原来这一位乃是伯父的义子，我们不知道，多多冒犯。因为适才间我同舍妹出猎，舍妹用箭射中一头白狐，那白狐狡甚，带箭逸去，我们从

后追寻，却见白狐已给世兄拿去，我们不认识他，向他要时，两下言语冲突，遂争斗起来了。若非伯父至此，我们自己人险些儿伤了和气。”少年说毕，又回头向那少女呼唤道：“华妹，你快来见见李伯伯吧。”少女遂亦从桃花马上跃下银鞍，过来行礼。李祥笑嘻嘻地向二少年说道：“这位姑娘就是你们的妹妹？果然出色，我以前没有见过咧。”年长少年道：“是的，她是三妹秋华。”李祥点点头，遂对红薇说道：“你来见见这两位世兄。”一手指着年长的少年道：“这是季九如老英雄的长子芸华。”又指着方面的道：“这是二公子棣华，我带你上老英雄的门第拜见拜见，却不料你冒犯了世兄，这白狐可以还给二位世兄，莫要攘夺他人的所有。”红薇一笑道：“我也是一时高兴，既然他们心爱此物，不妨以此为进见之礼。”棣华道：“我们也是一时好胜心重，不一定要此物，李世兄拿去便了。”李祥向地上的白狐一看，见了白狐背上的箭，又看看秋华手中的宝雕弓，便道：“这白狐果然是先中了秋华小姐的箭，那么请小姐取去为是。”秋华也笑道：“我不要，还是让李世兄取的好。”李祥笑道：“你们一会儿彼此都不要了，那么待老夫取了，送给九如兄做个上门礼吧。”于是他就俯身去提起那白狐，交与阿俊，又问芸华道：“尊大人可在府上吗？”芸华答道：“家严这一阵常在家中种花养鸟，没有出外，请伯父随小侄来见他吧。”李祥道：“好，烦你引导。”于是芸华棣华兄妹三人牵着马，陪同李祥红薇阿俊，向东面山岫中行去，数仆人跟在后面。

红薇已见到季氏昆仲的武艺，果不愧将门之子，却不知秋华小姐的本领如何，她心里这样想，眼睛便向秋华偷窥，却不料秋华也回转杏脸来暗窥她，四目相视，正成直线，红薇并不觉得怎样，而秋华却已双颊微红，旋转头去了。

走了一段山路，前面有一条清溪，流水潺潺，老树横覆。又有一座白石小桥，平渡彼岸。四围草木荫翳，境至幽静，远远地在绿树中露出一带半新半旧的土墙，上面冒着女萝之属，

绿荫蒙蒙，朱宝离离，这就是季家的庄院了。红薇跟他们走过桥去，转了一个弯，已见庄院大门，门口有两株古槐，隐逸中带着雄伟之姿，又和太湖之滨钟家所居的茅庐，迥不相同了，红薇不由暗暗喝彩。到得庄门，芸华等将坐骑兵器等都交健仆带去，阿俊也由仆人陪去休息，他们兄妹三人请李祥红薇入庄。李祥本是来过的，旧地重临，更觉可爱。而红薇却还是第一遭，左右睇视，觉得庭院阔畅，屋宇邃密，在山中有此巨厦，不可多得。童仆如云，都齐齐有英雄态，足见主人是一位在野的英杰了。此时季九如在内室已有人报告于他，连忙整冠出迎。红薇见他衣服朴素，容貌清健，年纪和李祥仿佛，而目光更是炯炯照人，颌下蓄着长须，盛以锦囊，这一点愈见得此老的威严。李祥见了季九如，早抢上前带笑说道："九哥，多时不见，且喜别来无恙。"季九如也走过来，握着李祥的手说道："李兄弟，你一向好吗？我时常要想起你，今日且喜你大驾下降，请到里面坐吧。"拉着李祥，走到大厅上，分宾主坐定。李祥指着红薇道："九哥，你瞧这孺子是我新认的义子，好不好？"遂教红薇上来拜见季老伯，九如对她上下一打量，点点头道："好极了，秀雅英俊，兼而有之。李兄弟得此千里驹，令我也喜欢不置。"大家寒暄数语，芸华棣华侍坐在侧，秋华即走到后面去了。

他们谈谈说说，转瞬间天已垂暮，季九如因为李祥远道而来，况又多时未见，早命厨下设宴洗尘，季九如陪李祥饮酒吃菜，芸华棣华秋华三人也坐在一边，大家谈谈江湖轶事。李祥却在心中转念，如何去向季九如商量，请他出山相助，遂要红薇在季九如面前显一些本领，以便进言。他喝了一杯酒，向季九如说道："我们稍微懂一些武艺的人，莫不想传之其人，以为身后之光，如九哥膝下兰桂庭秀，克绍箕裘，当然是很好的，但小弟颇憾伯道无后，寥落声名，现在却认得这一个义子，本名义字，巧之又巧，带来拜见九哥，将来也可使他向九哥领教。"季九如摸着他领下美髯，含笑说道："令义儿相貌俊

秀，如此青年，端的令人可爱。你有此义子，当不辱没你了，你可教授他武艺吗?”李祥答道：“他本略知一二的，小弟并未传授与他。”李祥说到这里，芸华早在旁说道：“李世兄的武艺甚佳，方才儿等已领教过了。”季九如不由惊奇而问道：“怎么啦?”芸华便将他们出猎，射中白狐，和红薇争夺而起格斗的事，告诉他的父亲，季九如道：“原来如此，真所谓大水冲了龙王庙，一家人不认识一家人了。你们最喜欢好勇斗狠，屡戒不悛的。”李祥便道：“我也忘记奉告九哥，那头白狐，小弟现已交与府上下人，为九哥大寒时添一狐裘以取温了。”季九如道：“这是我不敢当的，还是给你老弟拿去吧。你的义儿有这般好的本领，真是难得。”李祥乘机说道：“今夜不妨唤他在筵前使一下剑法，请九哥指正。”季九如点点头道：“固所愿也，不敢请耳。”

于是李祥便教红薇舞剑，红薇答应一声，站起身来，将前后衣襟兜扎住，退后数步，向季九如说一声：“放肆了。”走至庭中，从他腰间抽出明月宝剑来，寒光耀目，他就使出平生得意的梅花剑法，今夜为了座上有季九如在，更是竭其所能，抖擞精神，把宝剑舞得如鸾翔凤翥，众仙齐下，五花八门，变化离奇。宜僚之弄丸，公孙大娘之舞剑器，也不过如是了。季九如看得掀髯大笑，等到红薇这路梅花剑舞毕，神色自如，走到筵前，对季九如说道：“小子献丑而已。”季九如道：“好极了，你非有家学渊源，不能使这套梅花剑的，谅你也决非没有来历之人。”红薇道：“先父在日，略知武术，悉心传授与小侄。所以略谙此道，班门弄斧，还请赐教。”李祥又将他自己如何在南昌客舍中相识情形，约略告诉，季九如频频点头，徐徐说道：“小女秋华也略得我的指点，喜欢学剑，今晚也教她舞一回，以供嘉宾。”李祥道：“秋华小姐有九哥传授，一定是非常佳妙的，愿得一观。”季九如又向秋华说道：“你也来献一下子丑吧。”秋华答应一声，离座而起，回到里面去了。顷刻间从屏后走出，换了一身青色的短衣，怀中捧着一柄青莲宝剑，带

笑说道："我的剑术哪里及得这位李世兄好呢？"李祥笑道："小姐休要客气。"季九如道："你就使一路降龙伏虎剑吧。"秋华答应了，走下庭阶，使开解数，恍如梨花飞舞，又似银龙腾空。李祥和红薇凝神细看，觉得很有几路出奇制胜的剑法，看得红薇只是张开着嘴笑，觉得秋华的剑术只在己之上，不在己之下了。

这一回，秋华将一路降龙伏虎剑舞毕，把宝剑交给侍婢拿去，李祥便向季九如说道："恭喜九哥，有此多才多艺的掌珠，沈云英不足专美于前了。"季九如道："这一套降龙伏虎剑法，她还只学会浅近的一部分，他日进步与否，还要她自己勉励呢。不过她有一个绝技，却还能一观。今夜承李贤弟称赞，索性吩咐她献丑吧。"李祥喜道："这更好了。"季九如遂又对秋华说道："你可拿飞镖来一试。"秋华娇声答应，便叫侍婢去取出一个绣花的镖囊，系在自己腰间，又有一个侍婢去点了三支香，远远地向前面庭中走去，好在这庭是十分宽大的，走到约有百步的距离便停住了，季九如又叫那左右下人暂时熄去灯烛，厅上便变得一团漆黑。大家立起身来看秋华小姐献技。阿俊也随着下人入内观看，芸华等是看惯的，当然不以为奇，唯有李祥红薇格外注意，向庭心中望出去。他们都在夜间，也只见隐隐地有个人影立着，一支香拿在侍婢手里，高高举起，只见到一点小小的火星。秋华立在厅阶上，将手一抬，嗖的一镖飞出，香头立刻落到地上，侍婢毫无损伤，又将第二支香头举起，秋华连发三镖，都击中香头，李祥大声叫起好来。堂上灯烛复明，众下人逡巡退去，阿俊不胜惊奇，自思这种镖法又比自己的小姐厉害了。这里众人各返原坐，秋华至后面回去重换艳装，走将出来。季九如倾了一杯酒，敬给红薇说道："李世兄少年英雄，老夫敬你一杯。"红薇称谢，接在手里喝下，立刻还敬一杯，李祥也敬秋华一杯，说道："秋华小姐剑术既妙，镖法更强，求之闺阁，不可多得。"季九如道："承李兄谬赞，实不敢当。但我膝下三人，最爱此女，善体人意，性质聪明，

所以我更用心教她，而她的本领真也比她的两个哥哥高强得多了。”大家饮过一杯，下人送一大盘烧鸭来，季九如道：“这鸭子是我们在山中养着的，此间山场中，肴餐盘中，愧无佳味，唯有这鸭子尚是肥嫩，是我家厨役特制的，请李兄弟多用一些吧。”于是大家饱啖鸭子。

季九如很爱重红薇，又向红薇问问家世，李祥遂乘机进言道：“我义子还有一位结义弟兄，姓史名麟，据说他们在鄱阳湖上曾被姚兆安等围攻，史麟被掳，而他们主仆俩落水遇救的。我义子常想念他的义兄，欲代复仇，屡向小弟策划。无奈我自知力量寡薄，敌不过姚家父子，所以想起了九哥，特地带他来晋谒，要请求你相助一臂之力，同去鄱阳湖救出史麟，那么我义子感谢不尽了。”季九如听了李祥的话，点点头道：“银髯翁姚兆安，我也素闻此人纵横在鄱阳湖上，十分厉害，我自愧没有什么胜人之处，恐不足以取胜吧。”他一边说，一边眼望着红薇，红薇也说道：“请季老伯不要客气，倘蒙许以援助，小侄铭感心版，没齿不忘。”季九如道：“我这个人也很重信义的，虽然可以相助，必要帮忙，不肯落后。但姚氏父子威名远振，果非他人可比，不得不慎重考虑。今宵我们且欢饮寻乐，明天待我考虑后再告诉你们贤乔梓，可好吗？”李祥道：“很好。”于是大家又开怀畅饮，李祥喝了不少酒，已有些陶然微醉，红薇只喝得少许，她很敬爱秋华，在座上不时用目去偷看，而秋华也常秋波斜盼，脉脉有情。等到酒阑席散，季九如叫芸华引导李祥和红薇客房去住，父子二人，各据一榻，而阿俊亦另有宿处。季九如是一向好客的，李祥又是老友，自然格外优待。次日李祥专候季九如的回音，早饭后，季九如到客房里来邀李祥到书房中去坐谈，红薇因为季九如不唤她去，未便相随，但有芸华兄弟俩约她出去游山，她自然高兴，带着阿俊同行，在山上可以远眺长江风景之奇，游览至日中始返，见李祥已在客室中坐待了。

红薇便问李祥季老伯可能答应到鄱阳湖去走一遭，李祥笑

嘻嘻地说道："他允许是可说允许了，但是有一种交换条件，问你可肯答应。"红薇不由一怔道："什么条件？"李祥道："季九如对我说，他的女儿秋华，年方十八，尚未许人，一向没有相当的青年，配做他家的坦腹东床，今番见了你，却十分喜欢，意欲将他的女儿许配与你，曾向秋华小姐试探意思，秋华小姐却说愿从父命，老太太也十分同意，刚才他遂对我说明，诚然你肯答应他时，他愿意相助你去鄱阳湖找姚氏父子，一较雌雄，为史麟复仇。我因秋华小姐容貌和技艺都佳，真是女中人杰，季老英雄又是当世之英，难得他能垂青于你，恰好你也尚无家室，对于这位小姐，谅没有什么不赞成的地方，所以我已答应他了。现在告诉你一声，你该欢喜不虚此行了。"红薇听了李祥的话，又喜又忧，喜的是季九如已允协助他们同去，不怕姚家父子猖狂，忧的是自己本是易钗而弁，图混世人耳目。现在人家忽然一团好意，要将他爱女许配与自己，这又教自己怎样去对付呢？倘然答应了，我的秘密不久就要泄露，倘然不许时，不但季九如要骂我不识抬举，而李祥也要不欢了，又怎能希望他们助我去代史麟复仇呢？红薇这样想着，进退两难，期期艾艾地说不出话来。阿俊听着，也代她发怔。李祥见她这般模样，便正色说道："人家允许了你的请求，你若不答应时，未免太辜负人家的美意了。我想秋华小姐这般才貌，他人求之不得，你竟一旦能够雀屏中选，还有什么犹豫的呢？"红薇本想延宕，徐徐再行表明，今见李祥的态度如此，大有不容许她不允之理，自己若然说破前情，必将遭受他老人家的谴责了，只得点点头道："义父既如此说，我万万没有不允之理，只恐齐大非偶，自觉不伦罢了。"于是李祥脸上始有笑容，季九如已遣仆人来请用午饭，李祥和红薇走到外面餐厅上去，阿俊听红薇已答应了婚姻，不由又好笑又担忧，也出去吃饭了。

饭后，季九如和李祥在书房中坐谈，红薇回至自己客室里，阿俊悄悄地走来，看着四面无人，便对红薇说道："小姐，请你自己想想，你是不是真的男子身？怎样可以贸贸然答应人

家把女儿许配与你？结婚的时候，你又怎样对付新娘子呢？”红薇皱皱柳眉，说道：“教我没有办法啊，你看李老头儿逼得我如此紧急，我正要季九如相助，岂能拒绝人家呢？我只得姑且允诺了。”阿俊笑笑道：“以前我不是对小姐说过，你做了人家的义儿，还要做人家的女婿吗？果然有这种巧事，真令人可笑。”红薇摇摇头道：“这真是不巧，你倒说巧，我已答应了人家，他日真不知如何对得住这位秋华小姐呢。”晚上李祥又对红薇说道：“方才季九如又同我说，他的意思即日就要使秋华小姐和你成婚，婚后方同你去鄱阳湖找姚家父子。我要他早早相助，所以答应了，他已选择大后天吉日良辰，为你们二人成婚，好在新房可以在他庄中借用，一切布置，自有季家代劳，不用我们费一些心力，将来秋华小姐可以跟我们回去，住在我家，在我讲起来，十分简便，因人成事，何乐而不为？季九如的好意真不可辜负，因此告诉你一声，准备做新郎吧。这是我万料不到的事，有了义子，又有媳妇，真是天赐我也。”李祥说着话，老颜生欢，只是嘻开了嘴笑。红薇没奈何只好由人摆布，做一回假新郎。到了洞房花烛夜，再想方法吧。

李祥知红薇已答应了季九如，当然季家是十分忙碌的，好在季九如既有资财，又多童仆，虽在山中，而不论什么东西，吩咐之间，都可立办。三日内一切都已齐全，庄中悬灯结彩，气象一新。不过贺客却很少，因仓促之间，不及帖邀亲朋，只是山中十几家樵夫猎户，都欣然地来吃喜酒。红薇打扮了新郎，更见丰姿俊丽，阿俊瞧着她只是憨笑。季九如和李祥一个做丈人的，一个做舅大人，大家十分快活，芸华棣华也很爱红薇少年英俊，堪称同志。等到新郎新妇参拜天地时，鼓乐齐奏，送入洞房，阿俊也跟着大家到新房里去参观，锦绣华丽，谁能想到山中有此福地洞天似的青庐呢？

隔了一刻，又有宾相乐人引新夫妇拜见岳舅，季九如夫妇取出四锭黄金，给红薇做见面礼，李祥因在客中，没有什么可给新媳妇，甚是抱歉，只好等后补偿了。黄昏时又大排喜筵，

众人快喝喜酒。到亥时过后，众人都已散去，红薇还归洞房，见华烛高燃，秋华小姐艳服盛妆，独坐床头，真如瑶台仙子一般。偶举凤目，向她女婿偷瞧，倒也并不十分害羞。这时候红薇只恨自己不是男子，徒然辜负了香衾，怎么去对付这位眼前如花似玉的新人呢？只窘得她挠头抓耳，在室中往来踌躇，想不出个计较来。

秋华见她这个模样，心中不免有些奇讶，暗想夫婿如此英俊，当然识得风流，值此良宵，何以踌躇不睡，难道是个傻子吗？再也忍不住了，站起身来，过去取了门闩，把门关上，回头对红薇说道："义哥辛苦了，口渴吗？可要喝茶？"遂去旁边桌上茶壶里倒了一杯茶来，送到红薇面前，红薇听秋华称她义哥，又敬茶与她喝，这样软绵绵的情绪，自己竟无福消受，不觉叹了一口气，双手接过茶杯，道谢一声。

秋华听她叹气，心头更是一怔，今天是合婚良辰，新郎忽然叹起气来，这是什么道理呢？便又问道："义哥何以长叹，胸中有什么抑郁，莫非对这桩亲事心中有些不满意吗？还请明告。"红薇听了，不由默然，立在妆台侧，呆如木鸡。秋华此时也有些不悦了，相视着红薇之面，眉峰深锁，似有忧愁之事，遂又紧紧询诘，红薇实在觉得没有什么很好的理由可以解释自己难言之隐，遂对秋华说道："秋华小姐，巾帼英雄，承蒙令尊不弃，招赘我为婿，这当然是我的荣幸，我还有什么不满意呢？只是我以前许过誓，非至父亲服阕时不娶妇，我父逝世未有一年，而我已做新郎，新郎虽勉为，而同房则不可。若欲毁弃前誓，于心不安。所以我心里对于你很觉抱歉。"秋华听了这话，不由脸上一红，说道："原来你有这个缘故，这也是你的孝心，未可訾言。既然你有誓在先，断乎不可自毁其言。现在我们不妨做名义上的夫妇，待到你将来服阕时，我们再……"说到这里，不由微微一笑。红薇在惴惴然恐触秋华之嗔，及闻秋华说得很坦白而诚恳，便双手向她深深一揖道："秋华小姐，你真是一个贤德的好女子，我心里非常感激你，

钦佩你，将来我永远不忘你。必有一天使你快活。”秋华道：“我也是敬爱你的本领，愿你精益求精，奋发不已。我父亲虽是隐者，他有技艺，可以传授于你。只要义哥精心学习便了。”红薇点点头道：“秋华妹妹，我愿意听你的话。此来我本要仰求令尊的。”于是二人彼此一笑，解去外衣，同入罗帏。秋华小姐把一床鸳被重分作两个，虽和红薇并枕而睡，却不同衾。这一点很使红薇敬爱秋华的美德了。二人在枕上喁喁地谈了一刻，各人方才闭目安睡。明月窥窗，锦帐低垂，多情的月亮尚以为一对新夫妇如鱼得水，同圆好梦呢。

次日起身，大家若无其事，双双前去拜见季九如夫妇和李祥，众人观此一双丽影，无不欣喜。秋华十分贤淑，也没有把此事去告诉她的父母，李祥当然更不明白。唯有阿俊夜间很代红薇犯忧，现在瞧见二人十分爱好，并未破裂，不知红薇如何对付过去的，心头痒痒地急欲得知。凑个空向红薇偷偷问询，红薇把自己伪托的事告诉了她，阿俊不觉笑道：“好小姐，真亏你情急智生，想得出这种说话话。婢子昨宵几乎代你急煞了。但这位秋华小姐倒很贤淑的，她能尊重你的意志，何等地爱你，却不料上了你的大当。”这“当”字说得响了一些，旁边恰巧有一下人走来，红薇对阿俊白了一眼，便走开去了。

芸华棣华和红薇变成了郎舅，彼此更是亲密。大家在一起谈谈武艺，李祥和季九如也在一块儿喝酒谈天，从友谊而进为亲戚，老脸弥觉愉快。

不知不觉已过了四五天，红薇一心要去为史麟报仇，遂又向李祥提起这事，要李祥再去恳求丈人出山相助，同至鄱阳湖，歼灭姚家父子。李祥当然去向季九如要求，季九如因有言在先，自然答应到那里去一遭，红薇知道了十分欢喜。

一天晚上，季九如会合李祥、红薇、秋华、棣华等坐在一处，商量上鄱阳湖去的事，季九如说道：“姚氏父子盘踞在鄱阳湖中历有多年，颇著声名，附近官军也奈何他们不得。所以我们前去也不能说有十二分的把握。但我已经答应了李老哥和

贤婿，无论那里是不是龙潭虎穴，我总要路跑一趟。他们山寨里人众，我们六个人一起去对付，或者能够侥幸取胜。”李祥道：“全仗九哥大力，我们追随骥尾，一同努力。”红薇道：“还有小婿的下人钟贵，他年纪虽轻，也谙武术，可以带他同去。”季九如道：“很好，我们七人同往，合了梁山泊七星聚义，定获胜利。明天我们再在此间欢宴一天，后日便可动身。到得南昌之后，可以雇船入湖，白天不宜上山，只得于夜间入探，较为稳妥。”红薇道：“我等谨随岳父之后，同杀狗盗。姚家父子虽然厉害，也只有姚兆安可惮一些，余者碌碌，也不在小婿心上呢。”秋华对红薇说道：“你倒说得好大口气。”红薇道：“就是为了已交过手，所以敢如此说。不过我不谙水性，在水面上作战是很吃亏的。现在义父精通水性，也足为我等的一助呢。”李祥笑道：“你岳父已允帮助，我老朽也愿拼这条老命去会会姚家父子的。好在九哥的武术我是一向佩服，有九哥前去，且有你们这群勇敢的后生，还怕对付不了吗?”

商定之后，次日早晨季九如和李祥带同红薇、芸华、棣华、秋华以及阿俊，各人暗藏兵刃，装束登程。离了岐亭，到鄱阳湖去找姚家父子。这一行总算被红薇达到一半目的，暗暗祝告上苍，但愿史麟在盗窟中没有丧身，方能够把他救将出来，散而复聚，也不负了史成信之托。他们众人一入浔境，李祥本想邀众人先到他庄上去一叙，只因红薇急于前去报仇，所以要紧赶路，不欲迟滞其行。

第十三章

旅店聚义

这一天赶到青龙镇，距离南昌城只有数十里了。他们因为贪赶路程，到镇上时天色已晚，过了晚餐时候，店家都关门打更了。好容易找到一家旅店，是个悦宾客寓，但是季九如打门进去时，店中已是客满。季李二老和掌柜的再三商量，方在最后面设法腾出一间上房来，让他们住。他们本要借宿两个房间的，此时也只好将就一些了。众人在灯下坐定后，点了几样菜，大家胡乱用晚餐，肚子真饿了，饱啖一餐，店小二搬去残肴，铺好临时现搭的床铺，众人解衣安寝。独有红薇和秋华最后睡眠，尚在灯下闲谈，芸华等已起鼾声了。忽听远远有马蹄之声，如飙风疾举，一会儿已到门前，跟着有一些人声。红薇听了这声音，觉得有异，暗想这是一个小小市镇，时已不早，居民十九都入睡乡，何来这些马蹄之声，十分蹊跷，莫非有什么盗匪纠伙来行劫吗？便教秋华倾听，秋华也听得和红薇有同样的怙惙，对红薇说道："果然真有盗匪来劫掠时，我们倒不肯轻易饶让他们的。"跟着便听喝喊之声，有许多人打门进来了，红薇道："是了。"连忙跳起身来，去取她的明月宝剑，秋

华也去取过她的青莲剑，又把镖囊系在腰际。听外面人声已杀进来了，店伙等一齐惊慌乱窜，纷纷望后面逃来。秋华又去推她的父亲，一霎时季九如和李祥及芸华、棣华、阿俊等都从睡梦中惊醒，芸华眼尚蒙眬说道："刚睡得不多时候，怎么便有事情发生了？人声鼎沸，为了何事？"红薇道："芸华兄，外边有盗寇行劫。"芸华哈哈笑道："哪里来的寇盗，如此猖獗？今晚撞到我们手里来，包管他们飞蛾扑火，自来送死。"各人都去取了武器，预备和盗匪决斗一下。红薇先去开了房门，却见外面灯火照耀，如同白昼。又有许多人声，高呼："不要放走了反叛！"大家又是一怔，难道不是盗寇？而是官兵来此捉拿犯人吗？恰巧有一个店小二捧着头，急急慌慌地逃进来，红薇问道："外面来的人究竟是盗匪还是官兵？为着何事？"店小二道："外面来了不少官兵，刀枪剑戟，密排如林，冲入店中来，把掌柜的都捉去询问了。他们口口声声说来搜捕反叛人，外边房间里的客人都被他们围住，将要逐一搜查，你们这里当然也要来的。这些官兵凶得很，逢人即打，伙伴们已被打倒了二三人，却不知客人里面有没有他们要捕的人呢？"芸华说道："原来如此，怪不得如此惊天动地，但我们中间好在没有什么反叛，由他们去吧。"红薇道："我们索性走到外面去一看情势，省得他们要到房间里来滋闹。"芸华道："说得有理。"

于是大家走将出去，见院子里站着许多官兵，手中都拿着明晃晃的刀枪铁尺，准备拿人。有几个都向屋上喊着道："犯人逃到屋顶上去了，会上屋的快快上屋追捕吧。"红薇跟着望屋上一看，因为四面的灯光明亮，所以屋上也看得清清楚楚，对面厢房屋上有十几个官兵正在包围着一男一女厮杀。那一男一女都是青年，手中各舞着宝剑，宛如两头猛虎，不可捉摸，官兵中早倒了数个。红薇再向那男子一看时，几乎失声而呼，剑眉星目，龙骧虎步，不是史麟还有谁呢？史麟一心对付官兵，并没留意下面旁观的人，他将宝剑使开，一个一个地把官兵劈倒，滚下屋来的不计其数。唯有两个清将也很骁勇，舞动

朴刀，紧紧跟着二人，不肯放松一步。接着官兵攀缘上屋，秋华指着那女子说道：“你看这少女的一柄剑，也不弱于我们呢。”

红薇点点头，此时恨不得上屋去和史麟招呼，然又不敢孟浪，心中正在踌躇，只见那女子虚晃一剑，跳出圈子，和史麟向后面屋中扑来。清将追去时，两颗弹子唰的飞来，清将先后滚跌下屋，清兵惊呼。这时红薇顾不得什么，生恐史麟逸去，不能见面，立刻将秋华臂膀一拖，指着屋上说道：“咦，那屋上的少年正是我的义兄史麟，被鄱阳湖姚家父子掳去了，不知何以又在此地发现？我不得不去找他一见。”说着话，飞身一跃，已上屋檐。秋华有些不放心，跟着跳上屋去，见那一对男女已向后面遁去。红薇正追上前，她自然也跟在后面，一霎眼两人已从店后墙上飘身跃下。见史麟正向西边小径中迅奔，红薇追赶上去，史麟还以为官兵赶至，恰巧前面有一丛树林，二人窜将进去。红薇追到林外，眼前陡觉有一物飞至，连忙伸手一接，捞在手中，乃是一颗弹丸。红薇恐防进去要引起林中人的误会，自己未免吃亏。于是提高着声音，喊一声：“史麟世兄，红薇在此。”喊了这一声，只见林子里探出一个头来，向她看了一下，说一声：“钟贤弟，快请进来。”此时秋华也跑至红薇身边，红薇便和她一同入林，会见史麟和那女子。红薇运用夜眼，再一细看那女子时，乃是鄱阳湖上的姚家女匪，不由心中大大地一怔。当着她的面倒不好请问，只说：“世兄我们分散以后，却不想再在此间重逢。我正要来湖上找寻世兄，世兄怎样到此的？”史麟虽当着姚志芳的面，不便多说什么，但也正要告诉一二，不防官兵已追到林子外来了，有两个官兵说：“眼见有人逃入这林中去的，我们快入林搜寻。”接着火把大明，有数十官兵分头入林。这林子不大，他们无处可以隐藏。红薇已和史麟在一起，官兵也当她是反叛了。此时为自卫计，不得不和史麟等分头抵御，秋华也是这样，所以官军入林搜寻之时，四人立即动手。四人都是绝好本领的人，区区官军，岂是他们的敌手呢？剑光到处，血雨四溅，一会儿官军的

尸体已纵横林中了，受伤的都狼狈逃去。

这时已近四鼓，史麟等杀退官军，但在官军后面飞来两条黑影，史麟以为又是什么便衣捕役，正要拦截，红薇眼快，早上前喝住道："都是自己人，不要动手。"乃是芸华棣华来了。当红薇和秋华在店中跃登屋面之时，季九如十分奇异，既非盗匪行劫，不干自己的事，一任官军去拘捕犯人，尽可作壁上观，何必去相助他人。深怪红薇年轻好事。但红薇和秋华已去了，遂命芸华棣华弟兄俩到后面去一看究竟，劝红薇秋华回来，不要多管闲事。芸华二人奉着父亲之命，走至店后，正逢官军追赶，弟兄二人跟在官军后面，见官军入林搜寻，死伤无数。方知有人伏在林中，不见自己妹妹和红薇，他们也很担心，等官军退出后，他们也冒险入林，彼此相见后，红薇便告诉芸华兄弟，说明史麟就是她要去营救的义兄。芸棣二人都欣喜道："天下有这样巧事吗？但不知果是反叛，为何官军要来捕拿？"红薇一皱眉头道："这事说来话长，少缓我再奉告吧。现在不知外边可有官军？"芸华摇摇头道："他们都退去了，但说不定他们受创而去，报告了主将，再要增兵前来的。"史麟道："事不宜迟，我们快快避至一处较为安稳之地，再可谈话，免得他们再来缠绕。我们究属人少，恐到底要吃亏的。"红薇道："不错，现在我们合在一起，官军也要以为我们是一党的人。这林子很小，不足掩蔽，况且岳父和义父尚在旅店内，也须去报告一声，以免意外。"史麟不明白这些人和红薇有什么关系，不便说什么。芸华道："待我弟兄回去，请两位老人家来此相见吧。"红薇道："也好。"芸华弟兄遂回身出林去了。

红薇等四人守在林中，时常出来侦察外边动静，只见地上官军的尸体，其余却黑暗不见。等了一刻，人影乱晃，芸华棣华陪着季九如李祥两位老人以及阿俊，带着行李，一同来了。

芸华道："我们回至店内，店伙和客人们乱杂杂地惶骇着，因为走了犯人，死了官兵，大家都不知道究竟为了何事，我们暗暗告诉了父亲，遂带着行李，一同从后边越屋而出，以防耳

目。听说死了一个游击将军，官兵回去调集人马，再来逮捕了。”史麟道：“事不宜迟，我们快些离开此地再说吧。”于是众人鱼贯出林，其中要推李祥比较熟悉途径，他当先引导，只拣僻静处走去。走了十余里，前面有一个山谷，天空渐现鱼肚色，谷中树木荫翳。李祥指着对众人说道：“这谷中十分隐蔽，我们何不入内休坐，若然官兵追来时，我们也可据住谷口，抵挡一阵。”众人听他说得有理，一齐随他跑入谷中去。天色大明，红日已出，照着紫的山色煞是好看。于是大家席地而坐，红薇与史麟互谈别后之事。

原来史麟在大牛山上，虽有志芳为伴，但他的心思不愿长住在温柔乡中，奄忽一生，何况这温柔乡又是盗窟呢？心中更挂念红薇主仆，不知生死存亡，所以心中终觉不快，要想离开这地方。志芳是个聪明女子，如何不识得？有一天晚上，二人睡了，在枕上喁喁细语时，志芳即问史麟道：“近来我看你脸上常有不快之色，背着人叹气。不知你究竟为着何事？我们虽然待你不薄，而觉你的心终是不向我们，莫非你怀有去志吗？”史麟被志芳一句话就问到心里，不由猛吃一惊，立刻说道：“你真是个聪明人，我有去志怎样，没有去志又怎样？”志芳道：“你若没有去志，住在我们山上，彼此是一家人，当然是很好的事。但有去志时也不妨对我明白直说。古语说得好，夫唱妇随，我决定肯跟你走的。”史麟不防志芳说得这样坦白，惊喜参半，遂又说道：“你料我要想离去这里吗？”志芳点点头道：“是的，我们既然做了夫妻，彼此的心事不必隐瞒，祸乐休戚，彼此共之。你老老实实地说吧，难道还要疑心我吗？我对你没有什么歹心肠的。”史麟道：“你这样说，使我更感激了。老实说，我是扬州殉难的史阁部的宗族，我父成信在清平镇起义未成，全家殉难，我被至友收留，东飘西泊，一心要想复兴之计，岂肯侧身绿林，以老此身？但若告诉出来，恐又于我不利。此番我在山上是被俘而住的，所以常想离开此地，去访找我的义弟钟义，一同另谋发展。当然我对于此地并无留恋

之意，唯有你一人系在我心上，不忍舍去。倘然你能相助我一同脱离，远走他方，这是我的大幸了。万一你要错怪我有异心，而欲告诉老祖宗时，我也愿束手就缚，引颈就戮的。”志芳道：“我若要你死时，我早已不嫁与你了。你请放心，我决不在老祖宗面前泄露一句半句。你要远走，我当跟你同行，因你一个人要想独自下山渡过这鄱阳湖，恐怕是不可能的事。我若相助你一臂之力，也许此事有几分希望，且待稍缓数日，如有机会时，我再和你说吧。”史麟大喜道：“你能这样地体贴我，相助我，足见你的爱心，使我非常感激了。”因此这一宵夫妇俩的绸缪深情，更是如漆如胶，一心一德。

过了十多天，一日志芳忽然对史麟说道：“现在有一个机会来了，因为老祖宗在后天上午要坐船出去拜访老友，此行也许要去一游庐山，至迟有七八天光阴在外面耽搁。我父亲或将同行，那么山上空虚，我和你便可乘机他逸了。那时我可以向部下要一帆船，预泊山下，乘月明之夜和你同遁的。”史麟欣喜，对志芳深深一揖道：“我要谢谢你了。”到得后天，果然姚兆安驾舟出外，访友游山，但宏仁父子都没有随去。史麟对志芳说道：“老祖宗虽然去了，可是岳父和志敏兄都没有偕行，不知我们可能走得成功?”志芳道：“你放心吧，我父亲和哥哥虽在此间，我知道他们的本领，万一有阻挡时，我和你两人尚可勉强对付。我只怕老祖宗，他的拐杖是任何人难敌的。你既有志远随，我决定随你同行便了。并非我对于母家无良。一则我已嫁了你，生为史家人，死为史家鬼。二则也要遂你的大志愿，我不敢始误于你。三则我在此间也住得腻了，这种绿林式的生涯，也觉得太没有意思。凭着我二人之力出去奋斗一下，也未为不可。所以我情情愿愿地随你同行了。”史麟听着这话，又向志芳称谢不已。便在这天夜里，二人收拾一切，准备出走。

次日史麟志芳依然伴着姚志敏一起玩，装作若无其事，下午姚志芳悄悄地退出去，向部下一个头目要了一艘帆船，叮嘱他晚上泊在山下，预备要去月夜游湖的。晚餐后，二人佩上兵

器，携着行箧，暗暗下山。明月如水，照得四下清澈，宛如一片玻璃，但是将至山下时，忽遇一队巡卒，照着火把而来。月光下史麟志芳无处隐匿，巡卒们也已看见了二人，便拦住问讫，说：“老祖宗有令，夜间任何人不得在山间上下，你们二位携了行装到哪里去？须让我们去山上宏仁寨主那里报告一声，倘然寨主肯许你们下山时，再请二位离去不迟。”志芳娇嗔道：“老祖宗可以管束你们，但我却不受的。他已到庐山去了，吩咐我们二人也于今夜前往，你们不必多管。”一个巡卒道：“我不信，老祖宗既要你们同游，为何不于昨日一起动身？况且此人本是外来之人，才与姑娘成姻，姑娘莫要信他巧语，放他逃遁。我们却脱不了干系的。”志芳被这巡卒一句话道破秘密，立刻竖起蛾眉，骂道：“放屁，放走不放走有我一个担当，干你们甚事？不要胡说八道。”巡卒依旧拦住，不肯放他们过去。史麟急了，拔出龙泉剑，跳过去向小卒头上便斫，说道：“多管闲事的吃我一剑。”巡卒连忙挥刀抵御，志芳知道事情已僵，只得挥剑同斗，几个巡卒如何敌得住二人，早有三个跌倒在地，其余的逃上山去报告了。志芳皱着蛾眉说道：“我们快快走吧，再迟时便要走不成了。”史麟不敢怠慢，随着志芳，飞步跑至水滨，幸亏志芳约定的船早泊在那里，头目不知二人出走，迎接上船。志芳便叫快些开船，头目听令，立即将船驶向湖上而去。

史麟和志芳坐在船舱里，静默无言，他瞧着湖上的波光，映着光色，银光万顷，苍苍茫茫，不由想起前次被掳时自己和红薇月下探胜石钟山的光景，心头又有些感伤，不知她人现在何处，万一已葬鱼鳖之腹，那么伯仁为我而死，自己将何以慰情呢？又恐适才的巡卒上山报告，山寨里的人追来时，自己又难逃脱了。志芳见史麟悄然不悦，便安慰他道：“你不要担忧，老祖宗不在山上，这事总便利得多。即使我父亲闻讯追来，我也有法儿驱退他们的，你不必因此而忧虑。”史麟听志芳说出这样诚恳的话，足见她对于自己真能热心相助，愿意跟从，心

中稍觉安慰。这时湖上除了风水之声，其他一切静寂。忽听背后连吹数声呼哨，志芳连忙立起身来说道："背后有人追赶过来了。这是教我们停船的口号。"遂和史麟一齐探身后舱，向船后望去时，只见月光下相隔五六丈之遥，有三艘大船挂足了帆，正向这边箭一般地追来。史麟对志芳说道："大约你的父亲和哥哥追来了，我们怎样对付？"志芳道："我们既然逃了出来，事情已僵，回去也是个死，不如抵挡一阵。幸而老祖宗不在山上，否则我也没有这个胆量跟你同走呢。"这时，船上的头目也向志芳问道："小姐，我们要不要停船？后边有船追上来了。"志芳摇摇头道："你只管驶向前去，休要停船。"头目道："违抗了命令，回山去不得活。"志芳怒道："你听我的命令呢？还是听他们的命令？别的事你不要管，一切有我担当。你如不听我令，我手中的宝剑不认识人，先斩了你这厮再说。"头目听志芳说得厉害，只好听她的话，依旧向前行驶。但是背后的船越追越近了，高声大呼："前面的船快快停驶，志芳妹妹不要听信外人之言，袒护姓史的。快随我们回山去，听候老祖宗发落吧。"志芳听出是志敏的声音，却不答话，从行囊里取出弹弓和弹丸，走至后梢头，立定娇躯，抬起粉臂，向后面赶来的第一艘大船张弓发弹，喇的一声，一弹飞去，正中那大船桅杆上的绳索，绳子立刻被迸成两段，大帆直落下来，那船便横转在湖上，接着又是一弹飞去，第二艘船上的篷也相继落下，第三弹飞出时也是这样，三艘大船上的帆一齐落下，船便减少了速力，不能前进。志芳方才娇声喝道："谁再追来时，我便请他吃我一弹。"背后船上正是姚宏仁和志敏，率领二十多健儿，因为志芳杀了巡卒，有几个逃上山寨，报告与宏仁知道，宏仁大怒，说道："这女孩子真是太没有良心，反了反了，她知道老祖宗不在这里，胆敢跟着姓史的小子遁逃，必然是给那小子诱坏了。不知是哪里来的间谍，上了他的当，这婚事都是老祖宗做的主，我本不赞成的，现在务要把他们追回来才好。"于是他和志敏一齐坐了三艘大船，挂上了头号的帆，紧

紧追来。今被志芳击落船帆，他更是怒上加怒，吩咐儿郎们快将绳子接起来，再张上去，一边撑篙行船，但等他们将三道帆重行挂上时，志芳和史麟坐的船早已远逸，湖水浩渺，不见一点影踪了，只得废然而还，等候老祖宗回来再作道理。

志芳和史麟见三船停顿不追，暗暗庆幸，吩咐这船向南昌开驶。一夜过去，到黎明时已至南昌城下，二人上岸，吩咐头目回去，可是那头目和两个儿郎，畏惧老祖宗的责问，怎敢重返牛山？驾舟他逸了。史麟既出虎穴，又想乘便一游滕王阁，遂和志芳走上一路问讫而行。来至滕王阁上，饮茗小坐，凭南昌城墙，槛望湖，各人心里都有说不出的一种感触。早晨的风景美妙极了，上下天光，一碧万顷，有许多渔舟正迎着晨光而来。雪一样的水鸥野鹭，在浅滩边上下飞翔。二人又用了些点心，志芳见左右无人，便向史麟道："我虽随你逃出了山寨，幸而瞒过了老祖宗，父亲追赶的船也被我挡住，侥幸出险，总算如了你的心愿。可是大地茫茫，今后你想到哪里去栖止？怎样干起你的事业来呢？"史麟给志芳这么一问，心中暗想，我本来要和红薇扑奔白云上人的，不幸中途分散，红薇的生死至今还是个谜，这都是姚家害得我如此的。我要寻找红薇，然而红薇在什么地方呢？恐怕参商难见，萍水难逢，一时不容易找得到她呢。那时我不如和志芳径往白云上人那边去吧，倘然红薇尚在人间，也许她自会寻到那边去的。这样一想，遂对志芳说道："我自觉技艺尚是平常，不能和上乘的人为敌，惭愧之至。本来我是要和同伴到四川鸡爪山白云上人那边去托足而学艺的，现在同伴已失，不如我与你走往那边去吧。"志芳点点头道："你要往四川，我很赞成，蜀山山水名天下，剑阁之险，峨眉之雄，巫峡之奇，都是我梦寐求之的。我和你顺便一游，也足以荡涤尘襟，宽豁耳目。"史麟欣喜道："你能如此，我自然宽慰得多了。"

所以两人在南昌客寓住了一夜，不敢逗留，便望九江进发。他们想到了武昌，再行雇舟往长江上游去，不想在青龙镇

旅店内打尖时，恰遇见一个姓胡名玉山的，以前在清平镇上，认得史麟，此刻在九江金游击部下，充当把总之职，此时也是衔命出去鄂省公干而归。他在店中遇见了史麟，假作不识，没有招呼，史麟也已看见了他，以为胡玉山不向自己招呼，也许他已不认得自己了，不虞有他。谁知胡玉山一心要想告发，把史麟捕住，因此可以得一功劳，有升官发财的希望，所以他悄悄地离了客寓，加鞭纵马，向南昌去报信。金游击的两营兵驻在离城三十里的郊外，所以路途较近，得报后，贪得大功，立即点齐三百人马，迅速出发，要想包围旅店，生擒史麟，怎知道史麟和志芳虽是两个人，然而都有高强的本领，等到官兵闯进来大呼捉拿反叛时，史麟和志芳已知事机危迫，间不容发，各取宝剑，跳到屋上去。金游击和胡玉山跟着上屋，史麟一见胡玉山，心里明白，立刻挥剑迎战。胡玉山被史麟一剑刺在心窝，倒毙屋上。金游击也被志芳发弹击伤脑门，跌下屋去。二人乘机兔脱，又谁知因此一场恶斗，又遇见了红薇。

当史麟把自己逃出牛山的情形告诉红薇时，红薇知道史麟已和志芳结婚，认贼为妇，心中很不以为然，但是当着众人的面，也不便说什么，反而装出很欢喜的样子，对李祥季九如说道："我本想仰仗二位大人之力，前去鄱阳湖上救义兄，今幸在此相逢，真是天助我们了。"遂介绍史麟志芳和众人相见，且将自己落水遇救，旅店患病，李祥相救，拜李祥为义父，在季家成婚等事，也约略告知史麟。史麟听她已和秋华结婚，心中不由骇疑，他知红薇本是女儿身，如何为人家坦腹东床？这假凤虚凰怎样敷衍过去的呢？碍着众人之面，也不便详询。唯有阿俊在一边尽对史麟瞧了数眼，深恨他不该背弃了红薇小姐，和贼人之女去结成夫妇呢。李祥因为红薇和她的义兄业已相逢，可以不必再往鄱阳湖去会姚家父子了，遂邀季九如等同到他家里小聚，季九如也要自己女儿去拜见义姑，当然答应。史麟和志芳遂亦随往。幸喜官军没有追至，行了数十里，至午后已到李祥庄上。李祥把众人招接到里面，竭诚款待。夫人唐

氏听说义子在外边娶了媳妇，心里更是欢喜，当红薇引秋华拜见时，唐氏双手扶起，满面笑容，把自己手上戴的一副金镯赐给她，作为见面礼。红薇又向史麟志芳拜见，唐氏知道史麟是红薇的结义弟兄，丰神俊秀，而志芳也是美容质丽，不由啧啧称赞，取出一只金戒赐给志芳。

见过礼后，晚上李祥大排筵席，宴请众人。大家举杯欢饮，直饮至酒阑灯尽，方才散席。李祥引导各人至客户安寝，好在他的庄院大，下人多，足以下榻，优待嘉宾。次日又设宴款待众人，当然各人心里都很快活，独有红薇心里一则以喜，一则以恨。喜的是自己幸与史麟重逢，恨的是史麟不该贸贸然便与盗女成婚，自己的终身本来徇着亡父之意，要想归宿在他身上的，现在事情已是变幻，以前的希望顿成粉碎，而且秋华面前也无以交代。所以她反觉闷闷然无以自解，下午志芳和秋华在里面楼上讲话，众人都在书房里饮茗闲谈，她却独在庭中徘徊。

忽听史麟悄悄地从背后走来，低声说道："世妹一人在此吗？我尚有几句话要向世妹剖白呢。"红薇点点头道："很好，我也要问问你哩。"遂和史麟走到后面一个小轩里去。前后院庭很深，较为秘密，不怕旁人听去。二人到小轩里坐定后，红薇忍不住先向史麟说道："世兄娶了志芳，果是很好的姻缘，可是志芳究竟是盗贼女，我要怪你，不该认贼为妻的。"红薇这话说得较为严厉，加着叹了一口气，竟使史麟不好回答，只好低倒了头，听受红薇的谴责。他的内心实在觉得万分对不起红薇，然而铁一般的事实放在眼前，这教自己如何可以图赖呢？

隔了一歇，他方才对红薇叹道："世妹请原谅，此次我娶女盗为妇，当然是不应该的，自知罪无可逭，不容申辩。但圣人处事虽贵守经，有时亦宜达权。我虽不是圣贤，然而偷生于世，亦为了我亡父的遗嘱，谨记不忘。终想建立一番事业。且于世妹的生死存亡，也萦诸心头，欲知究竟，所以不得不虚与委蛇，隐忍苟活。因为我被掳上山，初拟一死，立志不屈，后

来转念及此，方才改变我的本衷。盗魁姚兆安父子也欲置我于死地，都是志芳一人救我于不死。他们遂要招赘我，我权宜应付，降志相从，其后遂说动志芳之心，借着她的力量，一同逃下牛山，想访寻世妹消息，且入蜀拜见白云上人，以为世妹若在人世，也许先到那边的，不料在旅店中重逢，这真是天意使我们复合了。世妹为了援救我的缘故，竟延请季老英雄等远道前来，如此热情，使我更是铭感无衷的。但望世妹能够鉴谅我的苦衷而加以曲宥，使我的负愆得以减轻，这是我今天所要求于世妹的。”史麟说到这里，微微叹一口气，表示无可奈何的样子。红薇听史麟如此说，也就不再加以斥责，点点头说道：“这当然也难怪世兄的，总之对于志芳的事情确是很不容易，现在木已成舟，我也无须严责前情。虽然是我能和你有一样的倾向，同舟共济，那也是很好的事呢。我们主仆俩若荷不弃，仍当追随骥尾，共立非常之功。”史麟听她说话，虽然很是坦白，自己总觉得十二分地对不起她们主仆，面上红了一红，遂说道：“以前我在紫云村受钟老英雄的爱恋和栽培，我亡父亦以为付托得人，堪慰身后。初不料老英雄偶染疾病，弃我而逝，而奸人兴风作浪，思欲加以危害，以致我们不得不出亡到外边来。又谁知鄱阳之游，变生一旦，竟使我们生生地分散，现在又幸劫后重逢，一则以喜，一则以愧。辱蒙世妹予以更谅，且愿一同戮力，这样的高谊和义气，真使我佩服至极。以后我们仍当一起同行，生死不渝。”红薇道：“很好，我等协力去开辟我们的前途吧。”

二人丢开这问题又谈些其他事情，史麟忍不住向红薇问道：“我还有一件事有些不甚明白，不揣冒昧，要向世妹一问，就是世妹是个女子身，怎样也会入赘季家，和秋华小姐结成伉俪的呢？”红薇微笑道：“这真如世兄所言权宜之计了。我因要救世兄，必须季老英雄出马，所以挽我义父同去岐亭，恳求季九如出山相助，而季九如忽然谬加青眼，赏识我的薄技，要把爱女嫁我。我正要得他一臂之助，岂能拂逆他的美意？才勉强

答应了。新婚之夕，我用话哄骗了秋华小姐，至今假凤虚凰，空做夫妇。将来我也不知道怎样安慰她呢？”史麟叹道：“世间人类的遇合竟有这样奇奇怪怪的事，大概那造化小儿在那里戏弄人家呢。”

二人说了良久的话，忽听轩外足声杂沓，窗子外有人向里面探望了一下，接着说道：“好，我们找寻不见，原来你们俩却躲在这里讲话吗？”二人回头一看，原来是芸华和棣华，背后还跟着阿俊，一齐步入轩中。红薇道：“我们在这里讲起姚兆安父子呢。”芸华二人相信她的说话，唯有阿俊却明白史麟正和她叙述别后的事，不知红薇可曾责问他何以和盗女成婚？看看二人的脸色，也不觉有异。芸华道：“我们此事要往鄱阳湖会会姚家父子的，只因在旅店内巧遇史兄，于是此行作罢而回到这里来了。我很可惜稳稳的一场厮杀却未能实现。好久没有唱真戏了，筋骨尽弛，怎得有一天给我们弟兄俩机会出去虎斗龙争一回呢？”史麟闻言，大有感触，遂和季氏弟兄一同坐着，谈谈扬州守城史阁部以及清平镇的轶事，季氏兄弟对于清平镇的失败也深为扼腕。

晚上李祥因为今宵有明月，便叫家人盛设一桌酒菜，在园中桂花厅上赏月。李祥陪着季九如芸华棣华史麟志芳以及红薇和秋华团团坐着，丑丫头却站在一旁伺候。月色皎洁，园中花木亭榭，恍如浸在银色的水中一般，大家举杯畅饮，唯有钟史心头各具感慨。史麟本来酒量素豪，今夕举杯狂饮，红薇不会喝酒的，不知怎样的心头异常不悦，故欲以酒浇愁，遂也举着杯喝。史麟知道她不会喝酒的，恰和她坐在一处，见她一连喝了三杯，两颊已红，便轻轻地对她说道：“你是不会喝酒的，千万不要多喝，少停……”话犹未毕，红薇狂笑说：“我为了不会喝酒，所以今夜偏要多喝几杯，若是我会喝酒的，今夜却不喝了。这叫作心理的变态，譬如有些人本来不肯做这种事，现在也会做了。这真是从哪里说起呢？”史麟听了红薇的话，暗暗带些讽刺，便知自己和志芳成婚，她心里终是不赞成的，

无怪她要发牢骚了。一时无话可答，眼看着红薇喝酒。倒是秋华坐在对面，连连用凤目注视红薇，向她示意，劝她不要多喝。红薇又对秋华说道："多谢夫人的美意，只是今宵我却要拼个一醉。"又对李祥和季九如说道："义父和泰山恕我无礼。"李祥微笑道："你今天兴致这样好吗？不妨多喝几杯，横竖在自己家里，醉倒了扶你入睡。"红薇哈哈笑了一声，斟满了一杯，咕噜噜地喝了下去。史麟见她的神情益发有异，他的心里也益发不安。李祥和季九如见史麟酒量很好，便和他对起杯。姚志芳坐在秋华旁边，秋波斜吟，看着史麟微笑，并不劝少喝，脸上露出得意的样子。红薇看见了，提起酒壶，在姚志芳面前斟满了一杯，回转头来对史麟说道："恭喜义兄得此美妇，我要敬嫂嫂喝一杯酒呢。"史麟连说："不敢不敢。"红薇又向姚志芳作了一揖，志芳不明其中原因，向红薇谢了一声，把一杯酒喝了，也还敬红薇一杯，红薇举起杯子，喝得一半，此时她实在勉强不下了，胸口一阵涌起，顿时小口一张，想要呕吐，侧转身体去，恰巧呕在史麟身上，身子也倾斜了。史麟不顾自己身上肮脏，要想去扶住红薇，阿俊也过来扶持。李祥道："果然醉了，还是扶去睡吧。"红薇口里还说不醉，秋华早立起来去扶红薇，她兀自要坐着喝酒，可是身已旋转不停，跟着呕吐不绝。遂被秋华和阿俊扶去房中睡了。

这里众人依然饮酒谈笑，史麟因见红薇适才的情态有异，心坎中觉得非常歉疚，又和李季二老对杯，不免酒过其量，也就玉山颓倒。阿俊便扶他回客房去了，季李二人酒也喝得够了，于是散席。

第十四章 秘谷隐踪

次日，史麟见了红薇，想起夜间醉状，红薇也不说什么，史麟便问红薇："我们既已遇合，是否要继续前言，同去四川鸡爪山拜投白云上人？"红薇道："先父遗言自然要遵办的，我们技艺尚不及人，不可不再求深造。世兄倘然没有变更初衷，我们主仆俩自当一起同行。"史麟道："当然我是始终愿和世妹贯彻意旨的，我一时的改变，自觉惶愧，请世妹原谅。"红薇笑了一笑道："原谅什么呢？父亲的遗言，令尊的嘱托，我是永远不会忘记的。"史麟听了这话，心中方才稍安。

午后，大家约定要去浔阳江边游玩，早用午餐。餐后，芸华棣华秋华史麟红薇志芳，携着丑丫头出去江边游览，待到渔舟唱晚，方才回去。但当他们走到书房来见李季二老时，忽听书房中多了一位客人在那里谈话，那客人正当壮年，面色微黑，满面风尘，身上穿着蓝布袍子，很是朴素，像是常走江湖的人，不知他是从哪儿来的。那客人见众人步入，也有些惊愕。李祥代他们一一介绍，这位客人姓刘名沛然，是李祥的朋友，才从琼州前来，少停还有奇事相告呢。红薇史麟听说有奇

事，不由精神一振，颇欲得知。李祥已吩咐下人在厅上摆起筵席来，为刘沛然洗尘。秋华志芳要听奇事，所以也坐在一起陪客。李祥仍请季九如坐了首位，刘沛然为次，其余挨次坐定。今晚红薇史麟一则要闻奇事，二则惩于昨宵饮酒太多而醉倒，所以今夕都不敢贪杯中物了。

酒过三巡，红薇忍不住开口说道："可是你这位客人从琼州来吗？那边山岭很多，地方想尚太平，不知有何奇事，想已向二位大人谈过了，但我们没有听得，很想畅聆其事，请客人可能在此时不吝见告？"李祥笑道："我知道你急欲明白了。"遂对刘沛然说道："刘贤弟请你再说一遍吧，让他们快活快活。"刘沛然道："小弟在江湖上东飘西泊，漫无定踪，此次从鄂入川，要到琼州去访问一位姓林的朋友，谁知那位朋友已于去年溘然物化了。我遂感到人琴之痛，无事可为，遂到琼州之南葱岭间去游览。当地人民劝我不宜单身深入，因那边山峦重叠，豺狼嚣张，入山稍深，常易被噬。况且有许多山谷，人迹罕至，外边人岂可冒险进去呢？我自恃尚有一些防身本领，凭着我的一柄单刀，虎豹豺狼，完全不在我的心上。于是我不听他们的话，带了兵器和粮入山去。起初游玩的风景甚佳，尚有人迹，并未遇到什么危险，过了二三天，入山稍深，草木塞道，山壁峭拔，不知所穷。见一蒲团，有一老僧和一小沙弥卓锡其中，他见我来，颇为奇怪，问我何往，我说要一穷诸山之胜。他劝我不要再向前，前进终必不幸，且有野人亦将打攫人而食。但闻有悬珠峰，其上可探云穴，有清泉，饮了泉水，可以长寿。我听了更要一探究竟了，遂不从那僧之言，寻到悬珠峰去。"

刘沛然说到这里，略停一停，喝了一口酒，举起箸来，夹取盆内的鸡块，送到口里大嚼，红薇正听到紧要的当儿，便说道："刘君以后又怎样？可曾一尝珠峰清水？"

刘沛然道："总算喝到的。我那里又走了三天，夜间没有住宿，便效上古时代人的穴居巢栖生活，宿在大树上，恐怕夜来酣睡时要翻跌下树，所以将一根带子把自己缚在树枝上，以

防万一。夜间虎啸狼哮，果然有许多野兽在附近出没。但我却侥幸尚没有受到它们的侵袭，只有一次我坐在树下休息，取出干粮充饥时，背后忽有一头狼来袭击，幸我发现得早，已抽出刀来防备。等它扑至时，我就跳起身来，一刀刺中狼的咽喉，那狼便仆毙在草际了。我走了数天，方才到得悬珠峰。完全没有人迹，峰上只有一座小小石屋，蛛网尘封，满地鸟粪。且有一堆骸髅，我也没有走进去。找到那个珠泉，果然一泓清水，可鉴人影。上有高大的松树遮阴，看这泉水还很清洁，所以我用双手掬水而饮，喝了不少。那水在池中时时打转，形如珍珠，故得此名。至于水源是在悬崖间迂回急流而下，所以跳珠溅玉，也很好看。一会儿有许多白云自岩穴内涌也，恍如一团团的白棉絮，顷刻间把我这个人裹在云中，什么都看不见了。我那时也不敢走动，只得席地而坐，守了一会儿，白云方始向东方推去，眼前立刻清明。望到东方山峰都是乌云掩蔽，只露出许多山尖，好似大盘凝脂中有笋脯矗现状，白茫茫一片齐至山腰，景色煞是好看。”

刘沛然说着，又喝两口酒，再说道：“我既得饮珠泉，不自以为满足，据在千仞处，纵目四顾，忽见西面隔开万重山峰，那里有一个深谷，很是幽深，见得绚烂的花，引人入胜。所以我就离了悬珠峰，向西边去探寻那深谷。谁知走过了万重山峰，却找不到那地方。前面石壁摩天，又似不通行样子。我再爬到高的树上去搜寻，却也看不见。心里不由狐疑，但自信我的目力不错，方才在悬珠峰上决不会看错的。在此丛山中一定有那好地方，不过真像桃花源可望而不可即。使我心头痒痒地终欲寻着那地方，可以一扩眼界。因此再缘着崖壁走去，前面有一条小溪，本来有一条木桥凌空盖在上面，以便两端交通，可是年久月深，那条木桥已是朽断了，像没有人往来过。俯视绝壑千寻，杳不知其幽深，倘然一失足，必将粉碎无疑。睇视桥的那边，树木荫翳，正有许多楠树，其下似有人迹可循的小径，暗想不入虎穴，焉得虎子，若欲得到世人不见的地

方，非冒一下子险不可。”

红薇在旁拊掌称快道：“对啊，到了此际，岂可半途中止错过机会呢?”

刘沛然又吃了些菜肴，继续讲道：“那时我决定要想法渡过桥去。自恃有些本领，必要克服这个困难。相度形势，恰巧有一株老榆树，生在涧旁，斜伸出半个树身，像人倾圮的样子。我就爬到榆树上，缘枝而前，到了一枝的尽头，差不多已临绝涧之半，离开对岸不远了。我就晃着数根枝条，将身子宕空，此时我也危险极了，觑准着对岸可以落脚之处，徐徐将身子向前晃动数下，枝条便如打秋千一般，临风摇曳。这么一来我就趁着势向对岸一跳，果然轻轻落到草际，安然无恙。我既到了彼岸，镇定心神向楠木林中走去，约莫走了一里多路，穿过了林子，山道便望下泄。我就从一个峰上向下面走去，又被我看见锦绣一般的花，和在悬珠峰上瞥见的相同，于是我就认定有这人间仙境了。”

刘沛然说到这里，又端起酒杯来喝酒，史麟忙代他斟一个满，众人都张开着嘴静听他讲，李季二老也徐徐举杯，听得悠然神往。红薇又问道：“那么刘君可寻着那个地方呢?”

刘沛然道：“我望下走了二百尺光景，回视山峰都高高地矗立在上面，四周好似列着许多苍翠的屏风。走到一处石壁之下，见地上有一顶人戴的旧帽子，我心里一喜，果然有人迹了。又循着山壁走去，在长林丰草之间，忽见一块大石张口如巨鳌，我一时好奇心起，向鳌口中走了进去，便见一个山洞，足容一人出入，有几只巨大的蝙蝠从洞中拍着翅膀飞出来。我拔出佩刀，警戒着，一步步走进去，走了数十步，前面已是石壁，似乎无路可通。但是从左边漏进来一线微光，我就知道希望未绝，遂折转身子向左边走。起初很狭，后来渐广。走了二十多步，豁然开朗，已穿过了山洞，前面却是一片平原。桑麻、田禾，阡陌纵横，又有许多屋舍，都筑成堡垒之形。我远远地望着，十分奇怪，不信在这万山之中竟有这么一处地方，

可称别有世界，迥非人间。但不知其中住的是什么人？真如桃花源记中所谓“不知有秦无论魏晋”的世外遗民吗？恍惚间几疑是梦是幻。来到此间，必要一访此中人了，所以大踏步向前走去。初时也不见有什么人，夕阳衔山，天色快要黑了，又向前走近堡垒式的房屋，那边忽然嗖的一声，有一支箭从屋中飞出，向自己面上射来。这也是出于我意料之外的，幸亏我避得快，将头一偏，那箭恰从我颊旁拂过。我吃了一惊，知道有人在那边暗算我了，我当怎样办呢？遂立定身形不走，等候对方的动静。一会儿从最先的一座屋子里奔出三四个人来，都在壮年，服装都是穿着戎衣，手里各拿着兵刃，完全不是什么黄发垂髫之人，我顿时感到失望，且充满着骇异之心。他们口里不知吆喝些什么，向我扑来，我为自卫计，只得挥刀迎击。他们见我凶猛，一齐动手，却被我打伤了二人，他们立刻回去，接着一阵锣响，又从各处屋子里纷纷跑出数十个壮丁来，各执很长的红缨钩镰枪，大呼快捉奸细，别放走了奸细。我方知道他们对于我起了误会，所以恶意对待我了。那时候我既有口难辩，又觉进退狼狈，不知所可。一刹那间已被谷中人把我包围住，众钩并进，向我上中下三路进攻。我只得舞动佩刀，用尽平生本领和他们厮杀。起初我把他们逐走，后来越杀越多，有几个拔发戴冠的将士，高持长矛，指挥众人和我力战。那几个将士本领很好，我战得力乏了，腿上受了一钩枪，顿时跌倒在地，被他们擒去，那时我已拼一死了。他们拥着我向西边田岸上走去，走了一二里光景，看的人愈聚愈众，都很奇怪地问从哪里捉到的奸细。前面有一座较大的屋宇，门关有荷戈守卫的士卒，点着明灯，气魄庄严。他们把我押解入屋，到得一座堂上，见中间踞坐着一虬髯大汉，穿着前代的制服，旁坐二壮士都是蓄发的，押解的人把我推至阶下，将缘由禀告一遍，虬髯大汉便亲自审问我是何人，是否奉命来此做奸细的。我遂说游玩山水，误入此间，并无其他恶意。他就说既无恶意，为什么带着佩刀，刺伤我谷中人。我说这是为自卫计，一时讲不明

白，现已被擒，死生听之。虬髯大汉听了我的说话，便叫一个壮士带我去，当作俘虏看待，叫我工作。那壮士便带我去，到了一个堡垒式的屋子里，问明我的姓名年岁，记在一本册子上，他又吩咐两个少年监视着我去造屋子，代他们搬运木石。我要保全我的性命，又要明白谷中情形，所以俯首下心，去做他们的工作。幸亏那壮士待我尚不残酷。过了十多天，我和他们熟了，渐渐向他们探听，始知那壮士姓毕名雄，是虬髯大汉麾下的偏将。那虬髯大汉姓朱名大旺，本在左良玉麾下，屡立战功。其后左良玉死，朱大旺带领数千残兵到江西来，占据九江以南各地，直到明亡，遂通入谷中。恰巧发现了这个葫芦谷。这葫芦谷隐藏在万山之中，外面狭小，里面广大，形如葫芦，故取此名。谷中原有二三百农民聚族隐居于此，以避世乱。谷中良田很多，河沼亦有，尚可自给。唯有些东西不免要取给于外的。朱大旺既发现了这个好地方，和谷中人谈妥了，方才把他的军队驻屯在谷内，以避清军耳目。但是那时朱大旺部下尚有千余人，虽然谷中地方很大，可以容身，可是粮食和其他用品不免发生问题。于是一面在谷中开垦荒田，从事制造各种用品，一面时时派人出去，暗暗购备，很秘密地运回谷中。因在谷后山壁里尚有一条秘径可通外面的，谷中人常从那处出入。朱大旺遂在秘径上设立陷阱多处，以防外面有人侵入，又将谷中的房屋改建成堡垒形式，预备倘有外人进来时，也可据堡而守，不致仓促无御。唯有这前洞因险阻难通，所以没有设防，恰巧我从那边进去，没有障碍，否则我恐怕早要堕身陷阱中了。”

刘沛然说了一大篇话，至此众人方才明白他所到的地方，红薇和史麟听了，各人心里暗暗欢喜。芸华问道：“刘君既已被他们俘获，却如何又来此间的呢?”刘沛然笑着道：“我在谷中住了两个月，和毕雄等已是很熟。恰巧朱大旺差毕雄到南昌来购置用品，毕雄因闻我说起南昌情形颇称熟悉，他遂带我出来了。我因疏散已惯，不愿老死在山岩洞穴之中，所以到了南昌，遂背地里悄悄一走，只得有负人家了。途中想念李大哥，

所以特地到这里来拜访，兼告自己所遇的奇事。”刘沛然说毕，李祥笑道：“那地方堪称世外桃源，惜乎驻有雄师，笳声剑气，将来或是个义师起义所在。”

史麟听了，心里又不由一动。大家听罢奇闻，各个饮酒大嚼，直至夜半方才散席。李祥留刘沛然在此下榻数天，和众人叙谈，刘沛然自然一诺无辞。

次日，史麟和红薇见面，芸华等不在一边，史麟又和红薇走到那边小轩里去谈话。史麟对红薇道：“世妹，我昨晚听了刘沛然的说话，心中不由一动。那葫芦谷形势十分幽邃，正好暂时韬晦，养精蓄锐，待时而动。所以我倒很想和世妹到那边去一探究竟呢。那边倘然可以做根据地，那么四川也不必去了。不知世妹意下如何？”红薇点点头道：“很好，我也是这样想。但是那地方十分秘密，非有熟人做向导，不易到达的。除非我和那刘沛然商量，请他领导我们，方可前去。”史麟道：“我想不如把自己的来历告诉与他，他也许肯引导我去的。那个朱大旺我虽然不认得他，只要把我史阁部告诉出来，他也许可以和我们合作的。”史麟刚才说到这里，忽听轩外有人哈哈笑道：“合作合作，我们也肯合作的。”跟着便跳进两个人来，正是芸华和棣华，红薇道：“我以为是谁和我们开玩笑，原来是两位内兄。我和史兄说的话，你们都在外边听得吗？”芸华摇摇头道：“我们没有听得清楚，刚才我们要找你，却又不见你们二人，料你们又在此间谈话了。我们遂寻来，果然料着，听你们说要到葫芦谷去一游，要烦刘沛然引导，和他合作。我们弟兄二人恰巧也有此志，所以我们何不一同前去？”红薇道：“这是再好也没有的事了，但恐岳父不会允许的。”棣华道：“我们不妨尝试尝试，业已到了外边来，就此回去，似乎交代不下，也许他老人家肯答应的。”史麟道：“假使他老人家不去时，我们可以去吗？”红薇道：“就是这一点，我们须加谨慎。我料他老人家未必肯老远地跑到那地方去，我们不一定要请他同行，最好要求他允许我们前去一游便得了。”芸华道：“我自

会和他说的，明天我给你们好音。”红薇道：“很好，倘然我岳父能够应诺时，我义父也能允许的。”芸华道：“李家叔父也许自己愿意同去的呢？”红薇道：“我们若有他老人家一同指导，那是最好的事了。所虑的我岳父不肯允许罢了。”芸华笑道：“妹丈，你不必多虑，万一我父亲不答应时，我可和我妹妹一同去向他要求。他珍爱我妹妹的，妹妹的说话他有十九肯听的。”红薇道：“很好，我们希望此事能够实现。”四人又谈了一刻，方才走出轩来。

午后，红薇见了秋华，便将此事告诉了她。秋华欣然说道：“我同哥哥去说，一定要使我父亲允诺。”红薇将手拍着她的香肩说道：“全仗你们兄妹之力了。”秋华怀着一团高兴，便去见她的哥哥，要和芸华一同去见父亲，要求达到目的，可以一探奇地，扩充眼界。黄昏时，晚餐早已用毕，秋华等去见她父亲，红薇独坐室中，专候佳音。只见秋华凸着嘴走了回来，脸上露出非常不高兴的样子，便料到这事有些不妥了。她立刻站起身问道：“你们和岳父说了？岳父可能允许吗？”秋华摇摇头道：“这次竟不能成功，出于我意料之外。他说此次出外，因为你和李叔父之请，方才勉强出行，多事一遭。至于琼州那边，相隔尚遥，大可不必前往，多生事端。况且那里有朱大旺盘踞在内，究非桃源。刘沛然遇险而脱，也是天幸。若去窥探，反易引起谷中人狐疑，必有杀残之祸。胜之无益，败则徒殒其生，究有何裨呢？所以他不但不许我们前去，反而吩咐哥哥等将于日内动身回黄州呢。我们向他再三恳求，他总是不肯许诺，我们不得已颓然而退了。我已在你面前说得很有把握，现在被我父亲拒绝，我也觉得无颜见你了。”秋华说罢，盈盈欲泪，红薇听了，心中很是殷忧，但不得不劝慰秋华道：“这是我和史兄的不是，好奇心生，多此一事。岳父不答应，那也无可奈何的，我们只好再想别法了。你心里切不可因此难过。”秋华虽听红薇安慰之话，可是心里终究不快，红薇也是充满着失望。二人坐在灯下，默然无语了良久，方才谈些别的话，不

觉已过二更，怅然而寝。

次日，红薇把这事告知史麟，且说此事有些进退维谷，去既不可，不去亦有不甘。史麟为着他的前途，蓄意要去走一遭，他遂悄悄对红薇说道：“我的意思，即使季九如不肯允许，我也要离开季氏弟兄等众人私自前往，不知世妹之意如何？”红薇道：“世兄决志愿往，我也自愿追随，不过一个人来去须要分明，我不欲效法世兄在鄱阳湖上秘密下山。即使我们要去，也须说个明白。我想季九如只好不许他的子女前去，至于世兄和我，却不能强加干涉了。”史麟道：“世妹说得不错，我想他不许我们前去，无非不欲多事而已，他还没有明白我们的真相呢？我所以要到那个地方去，无非听见刘沛然说谷中有朱大旺军队，所以要去会合。否则我又何必多此一举呢？我想我们的事不必再隐瞒了，索性告诉出来，也没有什么危险。他们都是义重如山的人，岂肯出卖他人呢？也许季九如矜怜我是史公的后裔，反肯让我前去了。”红薇点点头道：“世兄的话说得是，那么我乔装的事可要吐实呢，我怎样对得住秋华小姐呢？”史麟沉吟片刻，又说道：“你乔装的事不妨暂缓吐露，因为……”史麟说到这里，立即顿住，好像不便说下去的样子，红薇也明白他的意思，遂说：“很好，我们几时同季九如讲？”史麟道：“季九如和你义父在午后必在一块儿闲谈，我们不妨就在那个时候去见他们，倾吐实话。”

当晚，红薇史麟去见李祥季九如，红薇把史麟身世和盘托出，只把自己的伪装未有露出。只说自己是史麟的朋友，季李二老十分同情，季九如当时便允许他们同去。红薇又请李祥一路前去，李祥笑道：“老夫正好无事、不妨也和你们同去。”当时便请刘沛然计议，屏挡三数日，即启程赴葫芦谷。老人有李祥，其次为史麟志芳、红薇秋华真假夫妻，以及芸华弟兄。这一天已至琼州，离开葫芦谷不远。

大家精神十分兴奋，刘沛然引导众人入山。他不欲去走前一次的途径，以免迂回之劳，遂去走到山后秘密的小路。那边

虽有许多陷阱，然而刘沛然业已跟着毕雄走过一次，他都记在心里，不至于冒险了。所以众人仗着他领导之力，居然很平安地从这条小径悄悄地到了葫芦谷里面。红薇等初入异境，游目四顾，如入山阴道上，目不暇接。只见一处处村堡式的人家屋上都插着一面红旗，好似营房一般，充满着杀气，哪里有什么桃源气象？忽然村堡里射出一排箭，志芳正和史麟同走，箭射个正着，仆地倒了。史麟大惊，众人拔出兵器来四望，当当几声铜锣，各村堡出来不少守兵，当先一人，刘沛然认得是毕雄。毕雄见了刘沛然骂道："你这狗贼，前番闯到我谷里来，我听了你的花言巧语，没有把你杀却。谁知你私自逃走，泄露本谷秘密。早防你要有什么暗算的，今日果然领了人来，真是可恶万分。这次若被我们捉住，定要把你碎尸万段，以泄我恨。"不容刘沛然分说，一箭射来，刘沛然侧身躲开，恰巧志芳被箭射中咽喉。刘沛然刚要分辩，毕雄过来，举刀便砍。这时史麟扶着志芳，看她伤中要害，显是难活。不由悲愤交加，跳起来举剑直取毕雄，各守兵也一拥而上，却当不过丑丫头诸人勇武，不消一刻，死亡甚多。毕雄被史麟一剑刺中要害，死于非命。这时败残守兵已报与朱大旺知道，大旺出来却没有立刻行动，问明史麟来历，才知史麟为史阁部后人，立即和好。史麟虽然痛惜志芳，但朱大旺一方也折了毕雄，双方相等，也就没得什么说的。朱大旺当时要把一切军务交让史麟，史麟谦谢，原来大旺却是末明支裔，史麟正好做他的辅弼。

芸华弟兄俩在谷内住了多日，又去游过附近各处名胜，兴致已尽，恐老父在故乡有倚闾之思，所以要想告辞回去。史麟却坚留他们再盘桓数天。他心里正盘算着另外一件事情，因为他自志芳惨死以后，顿有失侣之痛，对于红薇不免重飏情丝，起初本觉对于红薇很有些惭愧，现在志芳已死，好似老天故意再给他一个良好的机会，以求一偿素志。所以有一天他和红薇假着出去视察地势为名，走到深谷之中，左右无人，坐在石上休息一会儿。红薇把手支着香腮，仰首看天上的白云，悠然遐

思，史麟对她说道："人在世间，遭遇各异，有时竟是出乎意料。譬如我和世妹，本要到四川去拜见白云上人的，不料夜游鄱阳湖，忽遇姚家父子，以致被掳，而和世妹分散。后因为一时权宜之计，遂与志芳成婚，但觉得这是不义之事，曾遭世妹斥责，我也自觉惭愧，无言可解。后来不幸志芳惨死，这真是出于意料之外。回想前尘，恍如一梦。不知世妹也能够原谅我的不义之举，狂悖之行吗?"红薇道："这也不能深怪世兄的，所以你前次解释之后，我也没有什么别的可说的了。"史麟道："世妹能够原谅，在我心里比较安慰多了。但是以后一切之事全仗世妹鼓励我，赞助我。我们二人是始终同患难，共甘苦的。"红薇道："世兄的事如同我自己的事，我遵亡父的遗嘱，所以追随世兄之后，共图大业，今后当然仍在一起，以效微力。"史麟点点头道："世妹的美意使我真是感激，但是还有一件事情，我要代你犯忧的。就是你和秋华小姐假凤虚凰，做到几时方止呢?"红薇听了，咯咯一笑，继又皱着双眉说道："我和秋华结为伉俪，本是一时权宜之计，同她说了假话，我想暂时敷衍过去的，不料她十分贤德，竟使我摆脱不了。如之奈何?"史麟道："我想这件事早些说破为妙，不要耽误人家的青春。况且世妹的乔装也是一时之计，断不能一辈子这样过去的呀。"红薇微笑道："照事实说来，我们正要从事戎马生涯，那么我就永远假扮男子，也无不可，像从前花木兰乔装从戎，也有十二年的历史呢。"史麟道："这也不可一概而论的。"他说了这句话，顿了一歇，向红薇脸上相视了一下，又说道："我有几句冒犯的话，要向世妹直陈，不知世妹可能鉴谅我的愚衷?"红薇一怔道："什么话?"史麟道："我承蒙你父亲教授武艺，爱我如子，如同自家人一般，十分感激。又幸有世妹一起盘桓，解我寂寞，不料你父亲早谢人世，我和你失去指导，倍觉彷徨。不得不出外来东飘西泊，努力奋斗。现在侥幸被我们找得一个立足之地，我的心里也可稍得一些安宁。但世妹既是患难相共的人，而你父亲逝世之时，又曾叮咛我们要终身在一

起，他老人家的心理不言而可喻了。所以我今日敢斗胆向世妹恳求，许为终身伴侣，永结好合。不知世妹可要鄙弃我这个人吗？至于我和志芳的事是不得已而为之，也要请你格外原谅的。”红薇听了，不觉颊上有些红晕，俯首无言。史麟又向她一再请求，显出十二分诚恳的样子，红薇的心里本也敬爱史麟少年英俊，相交莫逆，亡父之意也要他们始终在一起。那么当然天生佳偶。无如后来史麟在鄱阳湖中和盗女结为夫妇，顿使她意冷心灰，不再有这个念头。可是现在志芳已死了，史麟向她提起这件事来，芳心也不能无动。沉吟了一会儿，方才说道：“蒲柳之质，葑菲之采，承蒙世兄这样见爱，这是万不敢当的。我既许你终身追随左右，那么世兄的话敢不唯命是听？”史麟听红薇这样回答，当然是千金一诺了，好不欢喜，握着她的柔荑说道：“世妹肯许婚，此乐虽‘南面王不与易’了。”红薇又对史麟说道：“我既答应了你，但是还有一件事情不得解决，就是那秋华小姐叫我怎样对付她呢？”史麟道：“好在日子还不久，你和她说明之后，可以送她回家，另行择配。”红薇摇摇头道：“我骗了她一回，而抛弃了她，去和别人成婚，这是何等使她伤心的事？我想古时娥皇女英同嫁一夫，秋华既嫁了我，而我又嫁了你，那么你就无异于我。何妨将她也嫁给了你呢？我和秋华可以姊妹称呼，仍旧在一起，岂不是好？”史麟道：“秋华小姐也是女中豪杰，能够照你的说法，这又是我的侥幸了。此事由世妹做主，我也唯命是听的。”红薇笑笑道：“不过太便宜你了。”

二人谈了许多话，心里说的话彼此都讲过了，然后携手同归，商定在后天午时请大众吃酒，当众宣布，择吉成婚。隔夜红薇便和秋华说明此事的一切经过。秋华大为惊异，对红薇说道：“我们只知道史麟是史阁部的后裔，谁知我的丈夫又是女子改扮的，真是奇之又奇了。你既不是男子，那么哄骗我做甚？现在你去嫁给史麟便了，让我一人去休，何劳你越俎代庖呢？”红薇道：“这是我的苦心，你竟不能原谅我吗？你既嫁

了我，我又要和史麟成婚，那么你跟我嫁了史麟，无异嫁给我了。”秋华笑道：“你是你，史麟是史麟，究竟是两个人呀？”红薇又向秋华作个揖道：“一切请你原谅，答应了我的要求吧，否则我更对不起你了。”秋华笑道：“你们的事情真是奇怪，你和史麟既是伴侣，史麟为何又要同姚志芳结为夫妇，现在姚志芳死了，否则恐怕你也不能和史麟成婚，而我却要一生上你的当了。”红薇点点头道：“真是奇怪，我们自己也料不到的呀。”

二人既是这样讲定了，秋华自然也是很愿意的。别无闲言，到后天午时，史麟宴请众人，红薇换了闺装而去，还她本来的面目，众人无不惊异，连丑丫头也觉得突兀。芸华棣华见红薇和他们的妹妹并立在一起，好似江东二乔，一样媚丽，更是十分惊异。红薇和秋华脸上都堆满着笑容，只不说话。史麟遂对大家把这个事情前因后果公布出来，众人方才恍然大悟。且闻红薇和秋华将要联袂嫁与史麟，更是快活，众人都向史麟红薇秋华三人道贺。

吉期既定，大家预备热闹一番。大喝喜酒，为这个岑寂的葫芦谷添上一重喜气。新房就设在这座大堡屋内，东西相对，稍事修饰。到了吉日，史麟和红薇秋华一同通行结璃佳礼。部下儿郎一齐入贺，这时丑丫头也已回复了女子的装束，高高兴兴地做伴娘。众人见两位新娘那样美丽，而伴娘却又这般丑陋，一齐好笑。至于新婚中的美丽风光，不必细表。唯李祥好容易认了一个义子，却是英雌，这样一来，不但义子没有，义媳也没有了，未免扫兴。不过红薇仍愿做李祥的义女，史麟就做了李祥的义婿了。芸华棣华又住了半个月，不得不回乡了。遂向史麟夫妇告辞，秋华苦留不得，只得托他们在父母面前代为请安。李祥也要回九江去，刘沛然要和李祥一起走，史麟挽留不住，只得设宴饯行，由刘沛然引导出谷，临行之时，未免各自潸然。

史麟自李祥等去后，和朱大旺等苦心擘画，整顿葫芦谷，隐居在这世外桃源，与两个爱妻研究剑术，其乐是无穷的。

整理后记

《秘谷侠隐》，上海励力出版社1948年5月出版，上、下集各七章，共十四章。我社1992年8月版《秘谷侠隐》缺收下集，上集第一章缺二千五百字；本次出版，将所缺全部补齐。

侠隐传技

白羽武侠小说全集

十七

白羽 著

山西出版传媒集团
北岳文艺出版社 ·太原·

图书在版编目（CIP）数据

侠隐传技 / 白羽著. — 太原：北岳文艺出版社，2022.1
（白羽武侠小说全集）
ISBN 978-7-5378-6468-8
Ⅰ.①侠… Ⅱ.①白… Ⅲ.①侠义小说—中国—现代
Ⅳ.①I246.5

中国版本图书馆CIP数据核字(2021)第216566号

侠隐传技

白羽 / 著

//

出品人
郭文礼

选题策划
孙茜

责任编辑
孙茜

印刷监制
郭勇

封面插画
杨苇

封面设计
阎宏睿

出版发行：山西出版传媒集团·北岳文艺出版社
地　　址：山西省太原市并州南路57号
邮　　编：030012
电　　话：0351-5628696（发行部）　0351-5628688（总编室）
传　　真：0351-5628680
承 印 者：山西人民印刷有限责任公司

开　　本：890mm×1240mm　1/32
总 字 数：5280千字
总 印 张：200.625
版　　次：2022年1月　第1版
印　　次：2022年1月　第1次印刷
书　　号：ISBN 978-7-5378-6468-8
总 定 价：1380.00元（全25册）

壮士王铁肩闹市炫才，被过路驼叟信手击败。王铁肩诚心拜师，方知驼叟乃是不满朝廷腐败，辞官归隐的高官。驼叟收徒后游侠各处，偶遇义侄七姑娘，同救旧好舒大人眷属，降服火神庙凶僧……不想爱孙金哥被仇人掳去。他为寻觅爱孙，一路行侠，屡有奇遇，终获悉爱孙被友人所救，而七姑娘亦与舒公子喜结秦晋，门下弟子各已成业，遂复抛却尘凡，飘然隐去。

目录

第一章　铁肩汉遇驼背翁

这一天正当隆冬，小阳天气，芜湖十字街旁有一所空场，聚了许多人。南方天气热，可是这时也得穿棉；偏在这时候，人群当中立着一个赤膊大汉。这大汉上半身赤裸着，挺胸凸肚，正在空场当中练武。面前摆着刀刀枪枪，石锁石墩，却只得这一个汉子练，没人跟他打对手。打圈聚着许许多多闲汉，歪着脖项叫好儿喝彩。

这练武的汉子，指着鼻子报告叫王铁肩，砍了一回单刀，耍了一回长枪，跟着举石墩。只见这汉冲着石墩相一相，把脸一扬叫道："这家伙，俺的娘，这怕不有好几百斤，我可舞弄不动。"一面说着，一弯身蹲裆骑马式，把那石头拿了起来，前后左右舞动了一回，四围观众不由得咋舌，立时暴雷也似的喝了一个圆圈大彩。王铁肩舞罢，面不更色，慢慢把石头放在就地，面浮骄傲道："我王铁肩，并非自夸海口，这石头除我之外，我敢断定普天下没有第二人能拿动它了。"正说着，忽地听观众群中，有人嗤笑了声。王铁肩顺着声音打量过去，看那笑的人，是个满面病容，骨瘦如柴的老头。在这严寒的冬

日，看他穿着一身很薄的棉衣，冻得他缩肩拱背。看他那模样，不似本地人，好像外路人漂泊在此处，眼看就要沦为乞丐。王铁肩欺他年老，看他病容满面，哪把他放在心上。当时怒道："你笑什么？这石头难道你能拿起来吗？"面上似笑非笑，用一种很轻蔑的眼光，直巴巴望着老头，一声不响，静待那老头的答复。

此时四围观众们齐把眼神集中到那老头身上，你言我语，异口同音，都说这老头何苦来，这可是自寻没趣。再看那老头，伛偻着身子，有声无力地向王铁肩答道："我这大年纪，如何拿动这大分量的石头？适才我笑你年轻轻的，言语之间，太自狂了。"王铁肩听了，立时头筋暴起，满面怒容道："你真寻出第二个人能拿动这石头，我王铁肩不但爬在地下给他磕头，而且我立时滚开这芜湖地方，永不干这个。你如果寻不出来，就请你闭住嘴，少在这地方多言多语。"那老头仰头笑道："何必去寻呢？拿动石头的这人，就在你面前。"话罢，目光向王铁肩一瞬，只见光芒闪灼。王铁肩见了，不由得心怯。只以看他年岁老迈，病容满面，谅他决拿不动这石头，当时叫道："我看你这老儿有些寻我开心。据你这样说来，拿动石头的人，一定是你了，来来来。"一个箭步，到了老头跟前。一手扯住老头的腕子，把他由人群中踉踉跄跄扯到场子里。

四围观众都替那老头捏了一把汗，暗忖那老头今天算是被王铁肩奚落上了。看那老头来到场中，王铁肩的那一双手，仍紧紧地握着那老头的腕子，不肯放松。那老头把腕子向旁一摆道："我决不跑，你松了手吧。"王铁肩觉得半身麻木，那老头的腕子好像有吸弹之力，不由得他不把手松开。王铁肩呆若木鸡地望着那老头，那老头且不去拿那石头，先含笑道："你这对石头我一双手出一个指头，就可以把它们提了起来。但是我要把这石头提起来，你也不必跪地给我磕头，你也不必滚开这地方，望你以后不要再口出狂言就好了。你要晓得天外还有天，人外还有人呢。"他这一片话，王铁肩及四围观众哪里肯

信，就见他弯下腰去，两手的食指伸入两个石锁中间空隙，微微往起提了提。看那对石锁已渐渐离开地面了。王铁肩看了瞠目咋舌。正在这时，听那老头声如洪钟喝了一声起，高高把那对石锁提了起来。王铁肩看到这里，十分心怯，四围观众早突口喝起彩来。

王铁肩倒也知趣，不等那老头把石锁放下，早矮了半截，跪在老头的面前，叫了一声："师父！"那老头看了，放下石锁，忙向旁一闪身道："你快站起来，不要折煞我了。"王铁肩怎肯站起，连忙说道："小子年轻无知，今天多承你老人家教训，你老就是老师，小子今后绝不敢妄自狂言了。"说罢恭恭敬敬给老头叩了三个头，方才站了起来。又向老头问道："你老人家尊姓，贵处可否告诉小子？"那老头笑道："我终年各处飘零，并没有一定栖止之处。至于我的姓名，你也不必问，你看我这曲背病容，以后你见了我，姑且就称呼我一声驼叟，我要去了。"掉头就要走去，王铁肩哪里肯放，忙拦道："你老人家能不能赏小人个光，请到小人寓中少坐片刻，小人就要把场子收了。"驼叟把头摇了摇，挤出人群，径自去了。

王铁肩用手拨开四围观众，看驼叟已走出一两箭远，转进一条巷中去了。及至王铁肩跑到巷口，再看老人已走得没有踪迹。王铁肩心想跟了下去，一想场中物件无人照料，只得怏怏走回场中。见四围观众已散去大半，只余稀落落几个人了。王铁肩向观众点点头道："各位明天见吧。"说着穿了衣服，把东西寄存在附近一家商店里，并不回他那下处，照直向适才那驼叟走的那巷中找去。转过巷口，见路北有家来往客店，就听一阵小孩嬉笑之声。王铁肩一看，正是踏破铁鞋无觅处，得来全不费功夫。那驼叟正同几个小孩在店门内捉迷藏，高兴玩耍哩。不由得大喜过望，大踏步走进店中，奔到那驼叟面前说道："你老人家原来在这里了。"那驼叟装作不曾听见，仍旧和那群小孩嬉戏。那群小孩一看王铁肩，都停住手脚。那个蒙着眼的孩子，也把蒙眼的扎腿带子扯下来，呆呆望着王铁肩发

怔。王铁肩看那驼叟不语，不由得他双膝点地，跪倒尘埃道："我特意收了场子，寻你老人家来了。"驼叟这才转首看了看，正色道："你不去圈你的场子，来寻我怎的？"一挥手又道："你去圈你的场子干你的正经营生去吧。"王铁肩苦苦哀求道："你老人家真的就拒小人于千里之外吗？小人访师十年，今天不能错过机会。"驼叟不语，转身走进店内一间房中。

王铁肩从地下爬起，一直跟进来，那群小孩一哄地散去。王铁肩来在房中，又要跪下，驼叟忙把他一拦，哈哈笑道："别看你这汉子，倒是个可教之材，你倒虚心肯认输啊！"王铁肩道："你老人家收我这个徒弟吧，如不应允，我跪在这里是不起来的。"驼叟笑容一敛，变了话口道："我有什么本领，你跑来要拜我门下？快去干你的生活去吧，不要耽误你的前程。"说着，走近床前，面向里躺下，一双胳臂弯曲着，用手托着头颅，曲肱而卧。这一觉睡了足有大半天才醒来，一翻身坐起，冬日天短，黑影已将倒了下来，房中已然黑了。

驼叟把眼揉了揉，伸了一个懒腰，一看王铁肩还跪在那里，不由得笑道："起来吧，你倒有耐性，我暂且记名收下你这个徒弟，不过得往后看，你要跟着我受苦才行。"王铁肩喜出望外，又磕了三个头，方才起来，两膝已觉跪得有些酸疼了。驼叟道："你也有些饿了吧，同我在这里一起吃吧。"王铁肩口说徒弟并不觉饿。嘴里虽这么说，其实早饥肠雷鸣了。他本想请师父到外面寻一家酒店，听驼叟叫自己同他在店内一起吃，怎敢驳回。喊过店小二，要了饭菜，一时端上。师徒两个饱餐一顿，小二把餐具捡去。驼叟望着王铁肩道："我明天就要离开此地了，想要西游。"王铁肩不待说罢，插口道："徒弟也愿随你老人家西游。"驼叟摇头道："你能去吗？"王铁肩答道："徒弟孤身一人，又没有家室之累，今后你老人家走到哪里，徒弟随在哪里。"驼叟道："如此你既愿随我同去甚好。你去收拾吧。"

当晚王铁肩辞了驼叟，出了店外，先把小铺里寄放的东

西，找了两个汉子，同他拿回下处。他那下处里，除去行囊和几件衣服之外，别无他物。王铁肩收拾了行囊，把门从外上了链，又托付了两旁邻户代为照看，又赶回店内。到了次日天明五鼓，便同师父驼叟两人起程西进去了。

师徒两个离了芜湖，往西北进游川汉。驼叟除去一身之外，别无长物，所以走起来，方便非常。王铁肩背行囊，随在师父身后，晓行夜宿，登山过岭，行了非止一日，师徒两个在路上一搭一和地攀谈，每逢王铁肩问起他师父的姓氏住处，驼叟总是摇头说："你不必问，将来我自然告诉你。"王铁肩连问了几次，驼叟总拿这两句话答复，再问急了，就说："你若是不放心我，你我师徒就算无缘，你去你的吧。"王铁肩情知驼叟不肯明说，也不敢再问了。

这天走至川汉交界之处，但见人烟绝迹，山势奇险，中间一条羊肠山路，只容一人，路上荆棘密布，一步比一步难走。驼叟并不觉得吃力，健步如飞，走了上去。王铁肩虽有些蛮力，到了此时，也走得两腿酸疼，脚下起了两块白泡。唯恐被师父落下，他咬牙忍疼紧紧跟在后面，累得他满头大汗，喘息不住。一气走了足有二三十里，到了山顶，遥见对面一座山，同这座山悬崖相对，中间只有二三丈宽，一根独木相通，走在这独木上，向两旁一看，峭壁千仞。地上的树木村庄，望去只一二尺高矮。王铁肩两腿不由得有些颤动，心下也不知不觉有些胆怯了。

驼叟回首望了望他笑道："你胆怯了吧，走过这里，下了前面那座大山，就有村镇了。这条险路好在没有几步，咱们赶快到村镇休息吧。这山上野兽恶鸟甚多，不要耽误着了，天色一黑，就不容易行走了。"王铁肩一听，提了一口气，仍不免有些提心吊胆。走了二十余步，算是渡过这独木桥的险路，见这座山比已过去的那座山尤较秀丽雄壮，满山的松柏树木参天。

师徒两人又走了一程，驼叟忽然停住脚步，发出惊异声音道："你留点神，快看那树上落着的，大概是一双巨鸟吧。"王

铁肩听了，定睛一看，见林内树中间的一枝杈上，果然落着一只黄色巨鸟，一身庞大的羽毛，尖嘴利爪，正攫一只白兔在那儿吞噬。那巨鸟引头下望，已瞧见他们师徒两个，并不飞躲，丢下嘴里的残兔，展了展双翅，直把树木都摆动，枝叶纷纷下落，王铁肩一时淘气，捡块石块照巨鸟打去，驼叟喝道："使不得！"登时见那巨鸟一展双翅，唰的一声，直扑王铁肩而来，王铁肩哪里见过猛禽扑人，吓得他啊呀大叫一声，那巨鸟早已扑至近前。驼叟注目一看，却是一头巨大的金眼雕。未容它扑到王铁肩跟前，驼叟口发怪啸，从衣底取出数十个小球，一扬手，照巨鸟打去。金眼雕头一偏躲过，转变身躯又照驼叟扑了下来，驼叟身手矫捷非常，闪展腾挪，弹指抛球，一上一下，和这头金眼雕恶斗起来，那雕忽上忽下飞舞，转得王铁肩眼花缭乱，舌咋心惊。那金眼雕连扑几下，反挨了七八弹，立时发出神威来，一声长鸣，下狠力一头直奔驼叟头上啄来。驼叟一闪身，伸掌抓去。金眼雕来势甚猛，未曾提防，这一掌正拍在它的头顶上，长鸣了一声巨响，回旋双翅直飞到云霄，好像是受了重创。王铁肩呆站那里，望着天空出神，直待那头金眼雕飞得没有了踪影，他还仰着首呆望着。

忽地就听树木那旁轰的一声巨响，随着一股烟硝气扑鼻，驼叟和王铁肩师徒两个一惊，抬首望去，见从树木丛中一阵人声喧闹，先跑过几头猎犬，随后转出五六个猎户，手拿着鸟枪弓箭，方才那声巨响是他们所发。看那个为首的壮年汉子，见了驼叟，惊喊一声，忙跑过来道："我猜你老人家这几天要从此经过的。前五日七姑方从此地过去，大概今天已到庄上了。"

王铁肩一旁听着，暗忖这猎户口中说的这七姑究是何等人，这猎户又是谁呢？心下不由得暗暗纳罕，又听那猎户让他们家中歇息，驼叟道："你们猎你们野兽吧，看看日已西斜，我们还要赶一程路。"猎户不肯放行，到底立谈良久，说了许多外人听不懂的话，于是长揖告别了，向前赶路。及至师徒两个赶到山下，夕阳已经衔山。又转过一个山嘴，眼前现出一个

村镇，寻店房宿下，吃了些食物，王铁肩疲乏已极，一头倒下呼呼睡去。一睁眼醒来，邻鸡报晓，窗纸已然成鱼白颜色。看师父盘膝坐在那面床上，闭目养神。

王铁肩不敢惊动，驼叟已睁开二目，望着王铁肩道："今天咱们早些动身，今晚总可赶到地方了。"说着，喊进店小二，又要了几样食物，师徒两个洗沐毕，吃罢食物，一付店钱，小二忙道："店账有人付了。"两人听了，不由得一怔。驼叟忙问什么人代会了。店小二忙道："纪家屯猎户纪九。"这猎户天还没亮就来了一趟，拿了些狐兔麂獐之类，送到店中。因师徒未醒，会了店钱，又走去了。

正在问答间，一个汉子推门走进，王铁肩迎头一看，正是昨日山中遇见的那个猎户。店小二忙道："这不是纪九爷来了。"纪九见了驼叟，笑嘻嘻道："小人也没有什么孝敬你老人家的，这些猎来的土物，请你老人家收下，千万要赏小人这个脸。"驼叟见他情意恳挚，不便推却，命王铁肩把那些狐兔麂獐之类接了过来，纪九又道："你老人家到了黄堡，见了那几位姑娘，千万替小人代为问候。"驼叟道："纪九，堡上你近日没去吗？"纪九道："小人一晌没曾去了。"一问一答，王铁肩听不很懂，也不知他们商量什么。纪九直待驼叟起程去后，方才走去。

驼叟师徒两人离了这座村镇，王铁肩背了行囊，手提着纪九的礼物，一步一步行着，见山势较昨日所行的还险峻几分。攀缘而上，来到山中腰，仰视山高万丈，俯首下望，晨光熹微，云烟满眼，倒也另有一番景致。向上走了十余里，瞥见山间一棵树上，挑着一面酒帘子，风儿吹得摆动个不住。转眼走至近前，看是两间茅草房子，外面放着几条板凳，一旁摆了一张桌，上面放了一个酒罐，以外有一大盘腌鸡子，房子里坐着有几个肩挑负贩的汉子，挑担放在门儿外面，在那里吃酒，一阵阵酒香扑鼻。

王铁肩本来嗜酒如命，自从随师上路，从未吃一回酒。今

天一嗅酒香，早已喉咙发起痒来，馋涎欲滴，若不是在师父跟前，早已去吃个尽兴了。驼叟怎的看不出他这神色来，早料个八九，向他笑道：“你嗅了酒香了吧，我不拦你，不过在这里，我是不准你吃的，因为前面道路仍很艰险，你吃得烂泥似的，怎能行走。好在再有七八十里，就到地方。今天咱们总可到了，咱们先在此处打个茶尖吧。”师徒两个走进了这茅草房，看见一个徐娘半老的胖妇人，头上扎了一方青帕子，束着一块斜方式油襟在那里张罗过客。

胖妇人看他们师徒两个走进，赔着笑脸迎来。师徒寻了个座位坐下，吩咐女掌柜泡上茶来。女掌柜忙把茶泡好，拿了两个杯子。正在这时，对面桌上坐着一人，猛地把桌子一拍，劈雷般喊叫起来。这胖妇人正张罗驼叟师徒两个客人，闻声回头，猛然就见对面坐的一个汉子骂道：“臭婆子好大架子，老子们坐了这半天，怎的酒还不给老子们端上，老子们吃完还有公干呢。”驼叟抬首向喊叫的这汉子看去，恰巧这汉子也向驼叟打量过来，眼神砸个正着。驼叟看这汉子凶眉恶目，一身青布短衣服，颌下长满了短髭，四十开外的年岁，一根发辫盘在头上，身畔有一顶帽，一双小包。这汉子身旁还坐着一个三十多岁汉子，也十分强悍，也是一身青衣服，面前也放着一帽一包。

那胖妇人听了这汉子不干不净的喊叫，面色一正道：“你们吃冷酒早端上了，你们既要吃热酒，就得耐心稍候一会儿。”忍着一肚怒气，过去把烫的酒给他两个端上，以外又端了两盘腌鸡子。这两个吃起酒来，胖妇人嘟嘟唧唧走过一旁。这两个汉子举杯畅饮，好似不曾听见。王铁肩看了酒，馋虫像是爬到喉咙上面，咕的一声咽了一口唾涎。

这个四十多岁的汉子一面吃酒，一面向同行伙伴道：“你打听清楚他今天是打从此处经过吗？”这个汉子向他一使眼色，微微把首点了点，放低了声音道：“他们不从此处经过，又从哪里经过呢？”以下声音越发细微下来，只见交头接耳，不知说些什么，还不住地缩头探脑，向外张望。驼叟料他两个绝不

是好路道，两眼不时偷偷向他两人扫去。没有一刻，听门外一阵喧叫，从山脚走上来一乘两人抬的小山轿，坐着一位年老的妇人，像是官府的内眷，轿后跟了两头小驴，一头驴上乘着一位十六七岁的公子哥儿。后面那头驴，是一个年老仆役模样的人骑着。此外还有四五个挑夫，担着箱笼什物，吃酒那两个汉子见了，低声道："来了，来了。"

就是那些舆夫和挑夫到了这儿门外，想要歇息歇息，打个茶尖。那年老仆役慌忙跳下了驴，拦道："下了这山再歇息吧。"舆夫和那些挑夫心中老大的不自在。那老仆又道："到了地方，多给加些酒钱就是。"那些脚夫听了，方才抖起精神，向前走去。屋中两个吃酒汉子立刻彼此一使眼色，喊过那胖妇人，会了酒资，戴上帽子，提着包袱，跟在前行的山轿后面，走下去了。

驼叟看他两个去后，哼了一声，突然立起身，便也把茶资付了，走出店外，向王铁肩道："这才过去的那些人好似官绅人家，必是良民，被这两个吃酒汉子盯上了，咱们远远随在他们后面，看个究竟。"王铁肩也已觉出不对来，点头道是，师徒加紧脚步，距那两个汉子不过四五箭远近。那两个汉子把眼神贯在前边，后面的驼叟师徒好比黄雀在后，他们毫不觉得。

崎岖山路，走了四五里路。又到这山的顶巅，转过山巅，越发荒僻，山路两旁，遍布荆棘。那两汉子彼此一打手势，解了手中的布包，看去原来是两柄明亮亮尖刀。离前边那轿不过十余丈远近，两个汉子一声嘶喝，跳了过去，吓得那个轿后驴上的公子哥儿，先滚下来。那个老仆也转了颜色哆里哆嗦跳下驴来，壮着胆子，要把公子哥儿扶起。两个舆夫也扔下轿去，呆立一旁，险一些儿把轿子里那年老妇人跌了出来。轿内的老妇人，早连惊带吓瘫软在那里。那两个汉子到近前，那舆夫挑夫们因不关己，早远远躲开张望。那位少爷同老仆不觉作一堆跪爬在地，叩头如捣蒜地道："两位要什么物件，自管拿去。"两个汉子哈哈大笑道："我们岂只要你们的物件，我们还要你

们的命呢。”那少爷一听，上下牙齿打战，那老仆也哑声告饶。两个汉子圆睁两目，喝道：“饶你们别想，你们认识爷爷是谁吗？”把戴在头上的帽子往后一推，露出面目来。

老仆抬首向那两个汉子面上望去，突然叫道：“你，你们不是李福、王顺吗？”那两个汉子怒道：“那爷爷的姓名，也是你这狗奴才叫的吗？”老仆低声下气地说：“你们真就不看在老爷当初对待你们的恩德吗？”两个汉子冷笑两声道：“那狗官对我们有什么恩惠，不必多说，真个的你们还叫爷爷们费手脚吗？”老仆立时落下泪来，哀求道：“我这入土半截的人倒不怕的，可怜老爷清廉一世，只留少爷这一条根，你们真就这般忍心，绝了老爷的子嗣吗？”两个汉子大怒道：“老狗种，闭住你那嘴！”一掣手中尖刀，先扑那老仆刺去。

驼叟同王铁肩潜跟在后，隐身崖后草间，早已看了个清清楚楚。在这千钧一发的当口，驼叟再也忍耐不住，遥看那两个汉子掣着明晃的尖刀，望着那老仆咽喉刺去，驼叟嗖的探囊取出铁球，王铁肩也要抛他手中的刀。却不料正这当口上，猛然听见从路旁树林内，唰唰唰，前后飞出数道白光，不偏不斜，正打在两个汉子持尖刀的手上。当啷，尖刀落地，两个汉子怪叫了一声，甩着手，往旁一跳，往后一看，忽见没人处露出几个人影来，自知不好，回身撒腿便跑。王铁肩有心把他两个阻住，这两个倒也乖巧，从斜刺里穿小路跑去。

这时候树林里转出一头小驴，驴上一个妙龄女子，蓝帕包头，蓝色袄，青绸甩裆扎腿，纤足如钩，穿一双大红铁尖弓鞋，腰间悬一口金钩短剑，面貌娟秀，眉目间露出英爽豪侠之气。一转眼，那女子已来到那少年公子主仆的后面，刚问了一声：“喂，你们……”抬眼瞥见了驼叟，慌忙不迭地跳下驴来，跑过来道：“你老人家怎的今天才来，想煞侄女了。”驼叟一看道：“七姑娘，你今天怎的一个人跑到此处来了？”王铁肩一旁听了，料这女子，定是猎户口中说的那个七姑了。

就见此时，七姑同驼叟答道：“侄女今天看天气甚好，想

出来玩耍玩耍，猎些野兽。不想刚刚到此，撞见这两个凶汉剪径，被侄女赏了他两暗器，给吓跑了。可是的，你老人家怎么目睹其事，反倒袖手旁观了呢？”那少年公子同那老仆此时惊定，忙挨了过来，屈膝就要跪下。七姑蛾眉一皱道：“我这小小年纪，可承担不起，不要折煞我吧。”

驼叟从旁向他们问道：“你们从哪里来的，到什么地方去呢？”那老仆答道：“我们是到城口去的，我家老爷是现任知府，姓舒，因奉召进见，已经先往，故此派小人护送夫人少爷在后面走。”

那女子一听姓舒，哟了一声，面露疑讶。又问：“这两个强盗恐怕是早跟下来吧？”老仆叹道：“不是，这两个东西并不是寻常强盗，他是恩将仇报。那两个凶徒一个叫李福，一个叫王顺，在二年前，他两个都是匪徒，事发了，收押在狱中。我家老爷看他两个身材魁梧，很有两膀膂力，十分爱惜，极力开脱他两个的罪名，收下他做个亲随。起初他两个倒还有良心，对于我家老爷口口声声地颂扬。谁知没有一年，他两个劣性难驯，渐渐在外又胡行起来。被我家老爷查知，打了四十板子，给斥革了。不想他两个把以前的恩惠一笔抹消，起此歹心，在此要暗下毒手。”

七姑倒竖蛾眉，圆睁杏眼，怒道：“这一类忘恩负义的禽兽，留他在世上何用？”一回身把驴拴在一棵树下。转身向驼叟说：“你老人家等候侄女一会儿。”施起陆地飞腾法，顺了那两汉子的去路追了下去。履步稳快，一瞬间已不见踪迹。

那老夫人此时已被少爷救起，喘息稳时，已然不害怕了，夫人见状不由得啧啧赞道：“不想一个女孩家有这等本领。”说至此，把公子喊过，说了几句言语。那公子回身过来，向驼叟问道：“这位骑驴的小姐，你老可知她姓什么？家住在哪里？”驼叟说道：“这位姑娘姓伍行七，乃是名门之女，武将之后，你们不要错把她看成女侠客。”老夫人听了，吃惊道：“这不是故人之女吗？她可是现在参将伍廷栋老爷的掌珠么？”公子忙

向驼叟转问，果然不错。驼叟点首道："正是伍老爷的第七女。"那公子又问道："你老人家可知晓那伍小姐府上离此尚有多远？"驼叟道："距此不过五十余里，地名叫作黄堡。"语声未罢，那老仆手一指道："那小姐回来了。"

驼叟等人顺着那老仆手指望去，见七姑手提了两颗血淋淋人头走来，一时到了近前，那夫人同公子看了，吓得把脸掩上。七姑近前道："这不是那两个汉子的首级吗？"她深恐吓坏了舒夫人和舒公子，一扬手那两颗首级扔出好远，骨辘辘滚到山涧下面去了。

那舒夫人招呼道："七姑娘五六年不见，居然有这大的本领。你不认识老身了吧？方才若不是你相救，我们此时早丧身在两个负义之徒的手下了。"现出万分感谢的神色，朝着七姑福了两福，又自通身世姓名。七姑慌忙还礼不迭，说道："您是舒老伯母，我真想不到。"舒夫人忙向公子唤道："汝良，你还不拜谢伍七姐姐救咱们的恩德！"舒公子就要过来叩谢，七姑慌忙相拦道："万万不可。"舒公子恭而且敬地给七姑作了三个大揖，七姑忙回了两福，向着舒汝良打量过去，见他容貌清秀，一脸书生气色。七姑面色一红，羞答答低下头去。

正在这时就听那旁的舆夫挑夫们七嘴八舌喧嚷起来，舒夫人忙问何故，那舆夫挑夫们跑来齐道："大色已过止午了，请公子快上路吧，前面道路也很难行的。"七姑便接过来道："伯母请到舍下去吧。舍下距此不过五十里上下的样子，下了这山有个庄子，在那里吃些食物，歇息一时，今天总可赶到舍下的。"舒夫人深感故人之女救命之恩，便道："如此又叨扰侄女了。"七姑笑着谦逊了几句，转首向驼叟道："你老人家乘侄女这驴，前头走吧。"驼叟头一摇道："我是不惯乘驴的，我乘在驴上，反没有步行舒适。"七姑不敢再让，过去把那驴的缰绳解了。一挥手，那驴好像懂得人意，翻起四蹄跑下去了。

舒夫人哟的一声道："七姑娘把驴逐去，难道七姑娘步行吗？小小的脚，走这山路，真也不怕累。本来你这有本领的

人，我想走起路也算不了什么的。真个的，你这驴头前跑去，不怕途中被人牵去吗？”七姑嗤笑道：“侄女这头驴方近百余里的人户，全认得的，决无人敢牵侄女的这头驴。你请上轿吧，不要耽延了。”舒夫人回身上了小轿，舆夫把轿抬起，舒公子同那老仆看驼叟、七姑同王铁肩都是步行，便也扯着那两头小驴，缓缓随在轿后。走了没好远，转过山巅，折向山下，居高望下，坡势既陡且仄。抬轿的那两名舆夫，都惯行山路，抬得既稳又且快。舒汝良公子看如此险恶道路，不住扶在轿旁喊：“娘要仔细留些神的。”

又走了十余里，到了山下，又过了一个小岭，方见一个庄村。

寻个客店，休息了一时，舒夫人等吃了点食物，七姑同驼叟师徒另寻房屋坐下。舒夫人意让七姑同在一处，七姑道：“你休息一忽儿吧，侄女不便打扰。”正说间，院内舆夫挑夫们同那老仆因争酒资厮吵起来。七姑忙走出来叱道：“晚间我给你们几串酒资就是，何必在此厮吵！”那舆夫挑夫们对于七姑的本领是领略过了，看七姑一出来，一颗头向腔子里一缩，都不敢言语了。

一行人歇了片刻，舒夫人命叫过小二算账。小二道：“七姑代会过了。”夫人向七姑谦谢一阵，离了店房，迤逦向前行去。

路虽崎岖，却也平坦许多，约走有一二十里，七姑猛地站住，向前一指道：“她们来了。”驼叟看去，却是三姑、四姑来了，她两个也是步行跑来。舒夫人在轿内看来的这两女子，年岁和七姑不相上下，她两个装束却也同七姑相仿，腰中也各悬一口宝剑。她俩长得眉似春山，目澄秋水，一个是长长脸儿，一个鸭蛋脸儿，娇体中又带出英气来。她们两个同七姑站在一起，真是一个胜似一个的，是三个天仙化人。

那三姑、四姑来在临近，一眼看见驼叟，嘻嘻笑道：“你老人家可回来了，我们姊几个一天不知念你老人家几遍呢。前几日我七妹探望我大姊去，回来时我们还问看见你老人家没有呢。今天看七妹那驴头前回去，我们就猜着必有客来，不晓得

是你老人家回来了。”说着又很奇异地向舒夫人等望去。七姑笑道：“他们就是汉中舒太守的眷属，那轿内即是舒老伯母。走，到家中我再给你们引见吧，他们是到城口去的。”三姑、四姑听了，忙道：“我们先回去，把房子打扫打扫吧。”她两个一回身趄向回去，脚下也很快的。转眼之间，走了好远。舒夫人在轿内一咋舌，心说这儿的女子本领全是这样了得，由羡慕变成敬爱。

不一时，见眼前一条小溪，水声潺潺，溪上架了一块板桥。过了这板桥，前边即是一个大庄子，四围乌枒枒树环绕，黄堡已是在望了，进了这庄子，来至中间，见路北一片瓦房，广梁大门。三姑、四姑同几个使女婆子，以外有二三个男仆，早站在门外迎接。

当晚舒夫人即宿在她们这里，驼叟、王铁肩和舒汝良公子住在外面厅房中。舒夫人把七姑相救的话向三姑、四姑说了一遍，当晚同她姊妹三个谈得十分投机。舒夫人又向七姑问道：“这间同来的那年老的人又是哪个，怎的他在这冬日穿一件薄袍呢，难道他不畏寒冷吗？”七姑道：“提起来你一定也晓得的。”三姑接过来道：“舒老伯母虽未见过他老人家，但是提起他老人家的名头来，老伯母也定是知道的。”舒夫人道：“看他那满面病容，曲背折腰，必是大病初愈。”七姑笑道：“他老人家就是那气色，所以外人会把他老人家唤作驼叟。”七姑随着把驼叟来历说了一遍。

舒夫人一听，忙道：“我晓得的，我晓得的，原来是他呀。”七姑徐徐说道：“他老人家就是那武汉三镇总镇刘琪。”舒夫人忙道：“我真想不到。”七姑又接续前言道：“他老人家自那年随同袁公征定粤寇，后来袁公被劾，他老人家看宦海如斯，无心上进，辞官隐于川中。我那刘伯母早已物故，他老人家并无子嗣，只一女儿名唤玉娥，嫁给燕湖王家，本领也还了得，头儿脚儿可称是十分人材。可惜我那玉娥姊姊人儿虽强，命运却不佳，过门不及两载，便把丈夫故世。所幸还有一子，

我这刘伯父每年总要到燕湖去一趟，这次就是从燕湖回来。他老人家就在村西十余里八仙观内居住，此外他老人家还有一个徒弟叫纪维扬，侍伴左右。他老人家同我们故世的师父冯瑜是师兄弟，他哥俩都是江北田炎峰门下的。他老人家那身本领可说火候已到登峰造极了，在冬天穿这薄棉袍还热呢。”回首向三姑、四姑道：“据刘伯父说，玉娥姊姊这二年已不能分身进川了，她那翁姑均相继谢世，偌大的家业，皆是她一手照管。她那孩子今年也上学了。”说着，彼此叹息了阵，旋各安寝。

舒夫人自见七姑便属意了，自想同汝良真是天生一对，只愁无处去觅冰人。舒夫人在这里留了两天，同公子带了那老仆，起程走了。临行七姑等殷殷嘱告，回来时千万再在此盘桓几日。夫人道：“我回来时，定要来看你们姊妹的。”说罢，乘轿自去。

这里驼叟也带了王铁肩回了他那八仙观。这八仙观，坐落在一脉大山之下，背山面水，观前那道溪水，是同黄堡村外那道溪水同一支流。走近观前，看山门半掩，迈步到了院内，只见小小一层殿宇，两旁各三间配殿，院落虽小，却十分洁净。这八仙观在从前本是七姑们师父冯瑜在此住持，自冯瑜羽化后，即由驼叟在此居住了。

驼叟来在院中，一声咳嗽，由西配殿里走出一个汉子，年纪却同王铁肩不相上下，躯干雄伟，虬髯虎须，一身短服，顶上一条油松大辫，盘在头上。见了驼叟，声如洪钟般道：“你老人家回来了。”边说边向王铁肩打量。

驼叟把头点了点，便指着那汉子向王铁肩道：“来来来，给你们师兄弟引见引见。这是你师兄纪维扬，即是纪家坪纪九之兄。”王铁肩忙行下礼去，维扬连忙还礼，师徒三个进了殿内，看净几明窗，打扫得十分洁净。驼叟命王铁肩把行囊放在对面维扬房内。至于纪家坪纪九所赠的那狐兔鹿獐，却给黄堡村撇下了。

当日驼叟即命铁肩持了斧头，到山上砍些柴薪，回来便叫

他炊火做饭。一时饭好，驼叟便唤维扬去沽两角白干酒来。驼叟向铁肩道："你同我一路上酒瘾却有些熬得不过了，你今天尽量吃个足兴吧。话可要说在头前，你却不能天天吃酒的。"王铁肩忙道："不劳你老人家嘱咐，徒弟决不能天天吃酒的。"驼叟和维扬均不吃酒，把个王铁肩喜得眉花眼笑，转眼把这两角酒吃了个干净。把饭用过，由王铁肩把碗盘家具洗涤了。驼叟看王铁肩吃得已有七八成醉意，便叫王铁肩去休息。自到观中，就没歇住手脚，王铁肩听了这句话，如同开了大放一般，回到房中，打开行囊，借此几分醉意，一头倒下，竟呼呼睡去。

流光迅速，一眨眼间，已过了两三个月的光景。度过了年关，春光明媚，已是二月了。王铁肩自到这八仙观，驼叟从未教他练习功夫，天天不辍的命他上山砍柴，回来便炊饭。终日十分辛苦，王铁肩毫无怨言，每天干他这所应干的事。

这一天，驼叟正看维扬练习武功，黄堡一个男仆跑了来，慌张张道："紫阳的大姑奶奶昨天来了，好像有甚了不得的事，到后面和三姑姊妹三个不知说了几句什么言语，其中却把那性如烈火的七姑给气煞了，出来就要牵驴走去，口里说：'大姊姊我去给你办这宗事儿。"把个大姑奶奶急得哭啼啼地说：'七妹去不得的。'七姑看大姑奶奶这样，便又踅回里面。哪里知她在半夜间，趁着人全睡熟的当儿，这位姑奶奶悄悄骑了那头驴去了。及早间不见了七姑，急得大姑奶奶一边哭着，一边说七妹妹，姊姊害了你了。三姑同四姑急得也直跺脚儿，派小人请你老人家来了。"

驼叟听了这片话，暗吃了一惊，心想大姑归宁，有什么大不了的事，那性如烈火的七姑悄悄连夜私自去了呢？更不乱猜，忙忙地离了八仙观。脚下一紧，十余里的路程，哪容半个时辰，早到了黄堡。一进门儿，两个婆子正站在门外，一见了驼叟，忙迎着说："大姑奶奶现在房里，念叨你老人家几遍了。"一转身报了进去。大姑奶奶听驼叟来了，拭了拭脸上的泪痕，迎了出来。

驼叟见大姑奶奶面容瘦削了好些，两眼已哭得红肿。她看了驼叟，慌忙福了两福道："刘伯伯，你老人家请房里坐吧。"三姑、四姑随着也迎出来。驼叟来到房内，婆子张罗着泡上茶来。驼叟便问："七姑究竟到哪儿去了？"大姑奶奶尚未答言，三姑忙接过来道："不要提起她了，昨天我大姊姊从紫阳来，说我那大姊丈被人陷害，由官府给解往京城去了！……"底下的话未曾说罢，驼叟大吃一惊道："什么大不了的事，居然值得解往京城，再者说，周兴元终年在他那当铺里经营生意，这祸事从何处所起呢？"

大姑奶奶未语，先长吁了一口气道："提起来，真是意想不到的横事，总算慈心招的祸害。大约是去年冬月的样子，她大姊夫正从铺中走出，看有一个鹑衣百结的乞丐，行将冻死，一看心中老大不忍的，一问他，他说他是京城人氏，到这紫阳来寻亲，不想未遇，所以流落在这里。大姊丈一听，问了他的姓名，他名叫朱瑞，当时即把他带到铺中，叫他充当一名更夫。一向时倒也十分殷勤，刚吃了几天饱饭，他便故态复萌，天天酒醺醺吃得烂醉。大姊丈一责他，不想他十分强横，说你这里不养爷，还有养爷处呢。起初大姊丈看他，是几盅猫尿闹的，也不去理他。谁知他越来越不像样了，当把他逐出来。没两日，他在衙内补了一名捕役，又过了两天，他带了几名同伙，跑到当铺里，进门就说出你们收了贼赃了。东搜西翻，在一个号内，搜出一朵翡翠花儿。那朱瑞冷笑着说，去年京中博亲王的福晋是在府中丢失了一朵翡翠花，不想却落在你们这儿了，当时把大姊丈簇拥着锁到衙中去了。"

驼叟听到这里，很迟疑地问道："这朵翡翠花是博亲王福晋的吗？"大姑奶奶忙答道："博亲王福晋是在京城丢失的，怎会到了紫阳呢？当然不是的。"驼叟道："这县官未免太冒失了，如果解到京城，一验不是原失之物，这县官不但把前程丢了，而且还要受处分呢。"大姑奶奶道："所以说这位县官才是个糊涂虫儿呢，上边一要人认，却把那杀千刀的朱瑞吓煞了，

他想真到了京城，一查验不是原失之物，再一追究，他哪能脱去干系。他当时不露声色，他却也机警，跑到知县前自告奋勇，情愿随同护送押解到京。谁知他心中早打好主张了，走了没两站，他借词悄悄给鞋底揩油的潜逃了。一些伙伴们一看他逃了，便一面押犯进省，一面回来报信，知县方明了他是陷害良民。知县为自己前程打算，不得不将错就错，一咬牙拿出上千两银子，派个心腹人到省去打点，人证依旧解到省城，总希冀把这事敷衍下去，其中却苦了她那大姊丈了。"

驼叟连又问道："以后怎样呢？"大姑奶奶道："以后不晓得如何了，昨天我来一说这事，我七妹立刻按捺不下怒火，定要先到紫阳，警告那个县官儿，然后再到京城去，设法救她姊丈。我想她一个女儿家，再弄出些事儿出来，我怎对得起她呀。不料她的主意来得更妙，在半夜悄悄走了。"说到这里，泪珠儿在眼内绕了两绕，险些淌了下来。三姑、四姑一旁齐声道："七妹她这一走，我们姊妹三个正不得主意，若是追了去，恐怕也追她不上了，所以特把你老人家请了来。"驼叟道："别无他法，我亲自下去寻她吧。我先到紫阳，从紫阳再到京城，想法把周兴元救出。"大姑奶奶喜得站起，向着驼叟拜了两拜道："你老人家亲去，再好没有了，侄女也就把心放下。"

驼叟当时别了她们，先回了八仙观，嘱咐维扬、铁肩师兄弟两个说："自己这次出门，多则半载，少则三四个月，你两个好好照看门户。"又叫维扬先教铁肩一些初步功夫。王铁肩一听，先向师父谢了，又向师兄作了个大揖。驼叟当日带了随身器刃，即起身上路。这次上路，却是他自己施起陆地上的功夫，不消几日的光景，已来到紫阳。

这天进城，天色已晚。他原拟到七姑的姊丈周家去寻她，后来又一想，七姑此次到这里，既安心要警诫这县官，她决不能住在周家。想至此处，驼叟便寻家店房宿下。在刚一进店门的当儿，看客人三三五五聚在一起交首接耳，不知谈论些什么。驼叟也未介意，在店中寻了个独间，便有一搭无一搭，向

这店里小二问道："你们这里在这几天有个独行女子，骑着驴儿，从这里经过吗？"一小二忙答道："有的，有的，她就住在我们后面独院那间房里……"驼叟大喜，忙接口说道："快引了我去。"小二笑道："你老先不要着慌，下面的话我还没说完呢。那位姑娘只留了一夜，在今天一早即起程去了。"说至此，小二肩儿一耸，向驼叟近前凑了凑，低声说道："我们这里在昨夜间出了桩新奇事儿。"驼叟忙问什么新奇事。小二低声道："我们这儿县太爷在昨夜间，忽然把脑后一条发辫，齐头齐脑，被人割去了，不但不敢追究，而且还不敢声张呢。这桩事是由衙内人传说出来的，据说割县太爷发辫的这人，还给留下一个柬儿哩。柬儿上写的是什么言语，我们却不晓得了。"

驼叟听了，知道这定是七姑玩的把戏，这时外面有人唤叫小二的声音，小二忙答应着走去。驼叟不料由小二口中，探明七姑的行迹。她既离了此地，自己当然也不便多在此停留。在紫阳住了一宿，次日便起身，顺着大路，向京城行去。追赶了两日，也未见七姑的踪影。其实七姑却顺小路行去，驼叟也料她定是顺旁路下去了，只好到京城，再为寻她。

这天来到豫直交界之处，走进一座村庄之旁，瞥见一个村妇，抱着一个四五岁娃娃，坐在树下，引那娃娃玩耍。就听那村妇嘻嘻向那娃娃道："你看方才过去那个姑娘，人家一个骑着驴儿，走东走西，像你离不开我一会儿，我一走开，你就吓哭了。"驼叟一听，心想这村妇口说的那个骑驴的姑娘，莫不是七姑吗？便转身去，问那个村妇道："方才从这里过去一个骑驴姑娘吗？"那村妇抬头望了驼叟一眼，答道："不错的，刚才过去的，这时走了没好远。"驼叟一听大喜，心想这定是七姑了。驼叟连忙又问道："这女子是怎样打扮？"那村妇道："她骑着驴儿，一晃就过去了，我也没有看清。"驼叟道："她是穿的一身短衣服呢，腰间还悬了一口宝剑吧？"那村妇随口答道："是好像穿的一身短衣服，剑不剑的，我是没有留意。"驼叟转身大踏步向前赶去，一气走了三四里路，看前面果然有

个女人骑驴儿，那驴儿走动，尘土四扬，相距约有半里之遥，也看不出究竟是七姑不是。及至赶到临近，哪里是七姑呀，却原是个村姑，骑上系着两个大小包袱，像是走亲戚的模样，至此方知错会了那村妇的言语了。

第二章　老侠士仗义雪冤

饥餐渴饮，又行了半个月的光景，一路上冷月寒风，茅店鸡声，说不尽的风霜劳碌。这日来到京城，但看阛阓相接，人烟辐辏，街心两方赶生意的，接踵摩肩，家家笙歌，户户管弦，毕竟是京城所在，与他处究不相同。驼叟别了京城已有十余年，此次旧地重游，回首往事，不禁感觉无限沧桑。当在前门外，寻了家店房宿下，每日到各处寻找七姑。偌大一座京城，寻了几日，如石沉大海，哪有一些信息。

驼叟暗暗焦急，不由得心下暗忖，还是救出周兴元来，再寻七姑。可是驼叟他来京时，已探明周兴元系收押在刑部狱中，他想博亲王在前些年也曾觐见过，便换了件长衣服，以外又写了一张名刺，照直奔往亲王府，想把周兴元这被屈含冤的事，当面禀知博亲王。哪知到了王府，那些家丁仆役看了他这神色，睬都不睬，知道照直往觐，定是不可能的事。两眉一皱，计上心头，便向那些家丁仆役道："我的地址给你们留下，我住在城外兴隆店内。"那些家工仆役装作不曾听见的样子，驼叟不便久停，回身直出王府门外，府门左右有石狮子一对，

驼叟到了这石狮旁，运动气功，把这只石狮子一搂，硬给扭过头去，改为北向。门内那些家丁仆役看了，惊惧非常，恐受王爷责罚，忙扯了笑脸，向驼叟呼喊道："请回来，我们给你禀报王爷就是。"驼叟头不回大踏步地去了，那些家丁仆役本想追去把他请回，因他们全要卸责，彼此都是观望不前，七嘴八舌地喧嚷起来。

正喧嚷间，府内一声咳嗽，家丁仆役大惊道："王爷出来了！"彼此垂手站立两旁。及至抬头一看，是管家走出来。众人连忙垂手侍立，那管家却也气派十足，一身鲜衣，手托着一根旱烟袋，嘴里吧嗒吧嗒的吸着，踱着方步走了出来。一眼瞥见府门外那对狮子移动了地位，扯起官腔，忙问缘故。众人哪敢隐瞒，一一说了，管家鼻子里哼了一声，为摆脱他的干系，回身直到自己房内，扔下手里那根旱烟袋，进内回禀王爷去了，众人屏息以待，过了一会儿，管家出来，向众人道："这个移动狮子的人，你们可晓得他住在何处吗？"众人道："我们晓得的，他把住址说了。"管家挥手："你们快去把他寻了来。"众人不敢怠慢，忙按照驼叟说的那家店房寻了去。

来到店内，果然把驼叟寻着，家丁立时改变了一副面孔，也顾不得端架子，满脸笑容道："你老同我到府内去吧，管家特派我来请你。"驼叟冷笑道："你们那种骄傲态度，我是不敢再去的了。"这家丁一听，连忙嘻嘻笑着央求道："你真能和我们一般见识吗？你若真的不去，要把我们的饭锅砸了，而且我们还得要受惩治的。"驼叟不再和他纠缠，一笑立起，和家丁走向王府，这家丁方才心内一块石头落下去。

到了王府，家丁忙进内回了管家，管家慌忙禀报了王爷。博亲王却也是武艺盖世，力大惊人，门下本领高强的食客，不下数十人。一听管家禀报，府外石狮被人移动，不由得暗暗惊佩这人的膂力，便命赶忙把这人寻了来。这时管家回禀移狮之人来了，亲王便同门下食客们踱出门外。

驼叟认得是王爷，他见王爷丰采不减当年，可是一别十余

年，王爷两鬓已然斑白了，驼叟忙行下礼去，说道："原任总兵刘琪给王驾行礼。"博亲王听了，还仿佛忆想起来。开口问道："你就是当年那武汉三镇总镇刘琪吗？"驼叟道："正是卑职。"博亲王听了，且不回答，先回首过去，望着身后那些食客们说道："你们众人哪个去把府外这只石狮移转原位？"众食客一听，面红耳热，全是面面相觑，并无一人应声。博罗多亲王笑了笑，这才回过首来，捻着胡须，向驼叟道："你既把这对石狮移动了方向，你再给移转回原处吧。"驼叟一笑领命，先说了一句："王爷恕卑职无礼，卑职不敢炫才，实在是求见拿来做敲门砖。"遂起身走到门外，博亲王率门客随了出来，驼叟立在石狮前面，两手执狮足，微一弯身，肩找狮腹，运动气功，说一声起，那石狮已微微转动了。就看他如同举桌也似，只一挺，这只石狮已然被他又转回原处。一些食客看得目瞪口呆，博亲王大喜，便把驼叟唤到府内。只剩主客两人，驼叟借此机会，当把紫阳周兴元被人陷害的事，一五一十禀知了王爷。亲王大为恼怒，立时派人托情把周兴元一案重新付审，冤狱顿白，知县革职论罪，这一案也闹了半年，才得昭雪。亲王对待驼叟十分优渥，命驼叟移到府中来。这博亲王虽身在王位，可是颇能礼贤下士，驼叟在王府系住在一座傍院，王府一些人等看他很是和蔼，全爱跑来，凑在一处和他攀谈。

驼叟在府住了没有几天，这天傍晚王府中那管家跑到驼叟房中说道："府中今天有一宗事，听着却也叫人纳罕。"驼叟忙问什么事。那管家拿起他那旱烟袋锅子，拧了一锅子关东叶子，打着火镰，把烟叶吸着，狂吸了两口，这才徐徐说道："大概是在前几天的样子，福晋到城外关帝庙拈香，回来时，途中遇了一个十几岁的女子。这女子一直随了福晋轿后，及至到了府门，福晋见那女子还在后面，当时把那女子唤到跟前。别看那女子年纪小，心眼儿却很机警，忙屈膝跪在地下。福晋便开口问：'你为何紧紧随在轿后？'那女子说她是陕甘人氏，随同她母亲到此投亲未遇，故此母女两个双双漂泊在此。她母

亲为饥寒所迫，在月前已下世去，只撇下她一个人儿了，她名叫七姐。平素听人传说福晋是心地慈祥，所以随在福晋轿后，情愿给福晋充一名丫头。福晋如不收留她，她只有一条路，追寻亡母于地下了。说着她便落下泪来。福晋本是心慈面软的，待人接物，十分忠厚，一看她这模样，心下老大不忍，看她模样儿长得秀丽，螓首蛾眉，虽一身荆钗布裙，倒也很是标致。福晋就问了问她姓氏，她说姓伍，当把她带回府内，留在身下。”那管家说到此，顿了顿，驼叟忙偏首问道：“后来怎么样呢？”

管家把旱烟袋锅子里吸尽了的残烟灰，向地下磕去，又拿起那旱烟袋，嘴对嘴地吹了两口，这才放在一旁，接续前言道：“她自到府内，总凡一切琐难事，颇能体会福晋的心意，所以福晋很喜爱她。她来了十几日，花儿、朵儿、衣儿、布儿，福晋很赏了她些。不料今天一早，她忽然失踪，所有的不但府中未失何物，而且连福晋赏她的那些衣物，全有条不紊地好好放在那里，一样都未拿去。你说这事真令人莫名其妙了。她以外还给福晋留了个字条儿，上面不过是感谢福晋待她厚意等语。你说这女子无缘无故忽来忽去，是何居心呢？”驼叟听罢，心中一动，那管家又闲扯了一阵走了出去。驼叟看那管家去后，也熄灯就寝，心中仍是寻思。

到了次日清晨，驼叟刚沐盥毕，就见府内一家丁跑进来道：“外面有人要见你！”驼叟听了一怔，心想：“这人是谁呢？我到此地，所有旧日一些亲友，我均未前去探问。再者我在王府，外面并无人知晓呀。来的这人又是哪个呢？”心下不由得起疑，便随了这家丁走了出来。到府门外一看，是个中年汉子，面色瘦，衣冠齐楚，站在那里。驼叟看这人倒也有几分面善，仔细望去，来的这人非是别个，正是那刚刚灾除难满的周兴元。

驼叟过去问话，那周兴元见驼叟，喜道：“刘老伯，我有许多话，要对你说，前面闹市有座酒楼，咱爷两个到那里再谈话吧。”驼叟把头点了点，心想在此谈话，却也有些不便，当

下同周兴元一起来到闹市酒楼。只见刀勺齐鸣，酒菜香味扑鼻，驼叟同周兴元寻个僻静独间坐下，这才叩首，向驼叟道谢："侄儿若不是你老人家在王爷前一言，侄儿还不能出了牢狱呢。侄儿在牢狱再坐几天，说不定便要把性命丧掉。侄儿自到这京城，便患起寒症，自出狱方渐告痊。"

驼叟忙把他扶起，露出很惊奇的颜色，问周兴元道："我在王爷府把你被人陷害的事禀明，因此才把你救出了狱来，你怎的晓得的呢？"周兴元道："你如何救了侄儿，全是七姑详详细细地告诉我的。"驼叟忙道："七姑现在哪里呢？我找了她这多日，未见她的踪迹，新近得了一点消息，还苦于无法下手，你在哪里看见她了？"说罢两眼望着周兴元，急待他的答复。偏偏不凑巧，正在这时酒保一步走进来，问道："客官要什么酒菜？"周兴元手一挥道："稍候一时再说。"

酒保转身离去，周兴元这才慢慢答道："你老人家未曾寻着七姑，她却看见你老人家了。"驼叟忙问："她在哪里看见我了？"周兴元悄声道："她在王府见你老人家了。她来到京城，把驴儿及行囊等物，全寄在城外乡间从前给她们充过女仆的家内，她只身进了城。说也甚巧，当日遇上了博亲王福晋，被她几句言语，混进了府中。她原想借此机会，把我这含屈被冤的事禀知福晋，不想你老人家去了，把侄儿的事禀于王爷。她不便再在府中久留，在昨晨悄悄离了府内，想回城外女仆家中。她行经路上，我正在店外闲立，她一眼瞥见了我，便叫我同她到城外那女仆家中。当时我同她到了那里，她才一五一十地把我如何出狱的事说了，我方如梦初醒。七姑尚问你老人家何日回乡。"驼叟拍手道："我猜是她，果然不错！现在七姑的行迹已觅着了，你的事儿也了结了，我在这繁华触眼利禄熏心的京城，也不欲久居，明后天咱们一同起程吧。"周兴元道："七姑她还要顺便到皖省，探望她母舅去呢。她要见你老人家一面，即上路赴皖。明天你老人家到侄儿店中，咱爷儿两个一同找她去吧。"驼叟点了点头道："明天去吧，后天只有咱们爷俩一同

起程。”两人因全不善饮，便要饭菜，一时吃罢，付过了账，驼叟和周兴元出了酒楼，分手别去。

驼叟回了王府，对那管家说了自己拟定后日起程回乡，恳他转禀王爷，并向王爷作谢。那管家把他这言禀了王爷，博亲王知他早已视功名如草芥，也不便强留，遂赠他百两川资。驼叟不便推辞，只好收下，谢了王爷，次日拜别王府众人，寻着周兴元，一同上道。但见蒲柳盈街，榴花炫眼，非复自己来时景象。屈指计算，自己离川已两三个月的光景，迅速光阴，已届端阳了。

出了彰仪门，走了约有七八里，前面有一座村庄，来到村内。瞥见路迤北有个篱笆门儿，门外一棵遮遍半天的槐树。周兴元道：“到了，到了。”这时门内站着一个村妪，看了他们，抽身走进，随着七姑笑嘻嘻走出来道：“刘老伯你老人家为侄女的劳碌远途跋涉，真是侄女的罪过。不过话又说回来，你老人家如不亲到京城，周姊夫还不能出牢狱呢。你老人家快请房里坐吧。”闪身让驼叟两人走进院中，登堂入室，那村妪忙跑出跑进地张罗茶水。驼叟向七姑道：“你还不回去吗？”七姑道：“自从我那父母双亡后，我母舅处音信久疏，侄女早想到皖省去看望看望，苦无机会。今借此机会，我要顺便去探望他两位老人家，从那里薄游江汉，再转道回蜀。侄女此去，桂节前后总可回川。”驼叟道：“近来路上荆棘满目，强梁遍地，你一个女子家，虽说自负有些本领，路上仍得加上十二分谨慎。”周兴元道：“刘老伯所说极是。”七姑道：“不劳老伯嘱咐，侄女一路自当谨慎。”驼叟问七姑道：“你何时起身呢！”七姑道：“侄女今日见了你老人家，便要起程。”驼叟便和周兴元别了七姑，即回城中。七姑看驼叟他们去后，也离了这里，牵驴上路。那村妪泪眼婆娑，直看七姑驴影鞭丝隐没于绿柳丛中，她才走回家门。

这里，驼叟和周兴元回转城内，住了一宵，第二日鸡鸣五鼓，便也起身离了京城。周兴元因在牢狱大病初愈，所以雇了

一辆二套轿车，和驼叟一同上路。晓行夜宿，戴月披星，非是一天，这日到了冀南，周兴元沿途劳顿，又二次患起寒症，周身烧得火一般滚烫，躺在店中土炕之上，只觉得心里乱跳，茶饭也懒得下咽。驼叟把店中小二唤来，问这里可有比较可靠的医生。店小二道："咱们这儿却没有医生，不过倒有一个开药铺的王先生会治病，不消诊脉，只把病状同他说了，抓个几味药，吃了便会好的。"驼叟听了，一摇头，心说这听病下药，是不妥当的。便命店小二冲了一碗热腾腾姜汤水来，给周兴元喝了下去，看他蒙头睡去，当夜出了一身大汗，周身轻松许多。次日起来，觉得有些酸懒，只得在这儿将息几日，再为起行。

这日驼叟正在店门外闲望，见一乘四人绿呢轿走过，前后三四个差役，轿马跟过，那轿内坐着却是个妇人。驼叟自忖定是本地官员的眷属，也未介意。来到切近，那轿内妇人转首向驼叟打量了两眼，便走过去了。待了没有多大工夫，一个穿着官衣的差役，骑了一匹马，还牵了一匹鞍辔齐整的空马，照直到店门外面，翻身下马。一回手，两匹马缰绳交给店小二，一弯身，从官靴里抽出护书来，打开护书，从里面拿出一张名刺，一手提着马鞭，一手拿了名刺，奔到店中柜房之内。问道："刘总镇可住在你们店内？"店家很迟疑地答道："没有什么官员住在俺们这里呀。"那差役两目一瞪，叱道："刘总镇明明住在你们这里，你们怎说没有呢？"

驼叟在旁听得明白，忙走到近前，看了看那差役，问道："你是哪里派进来的？"那差役看了驼叟一眼道："我是知府老爷派来特请刘总镇的。"驼叟忙问："你们知府的姓名，是谁？"那差役道："我们知府是新从陕南调来的姓舒。"驼叟未容他说罢，忙道："你们知府是舒鑑青吧？"那差役把头点了点，驼叟说道："你先回去禀报你们知府，就说刘某随后便去拜望你们知府。"那差役倒也精干非常，心想说话这人定是刘总镇，满面笑容的，望着驼叟请下安去，双手把舒知府的名帖递了过去，说道："敝上请你务必赐光到衙内少坐片时，大人平素的

坐马特给你备来。”驼叟见这舒鑑青倒也是一片诚意，便又问那差役：“我是刚刚来到此处，你们知府从何而知呢？”那差役播了摇头道：“小人却不得而知了。”驼叟走回房内，说与了周兴元，便和那差役乘马望府衙行去，穿街过巷，不消片刻，已来至府衙。

差役忙禀了进去，开了府中二道正门，舒知府亲迎出来。驼叟同舒鑑青也是多年旧友，相见之下，各道寒暄。舒知府把驼叟让到里面书房中落座，下人献上茶来。舒鑑青说道：“刚才听贱内说：我兄来此，故特派人往迎。”驼叟方知在店外见的那乘轿，原来就是舒夫人。这时舒公子也忙过来，给驼叟行礼，垂手侍立了一时，慢慢退了出去。

驼叟虽武将出身，却也粗通文墨，抬首见这书房四壁，悬了一些古今名人书画，素知舒鑑青酷嗜吟咏，所以这书房中防陈设，极意讲求风雅。驼叟忙问道：“鑑翁近来有何佳作吗？”答道：“近来书牍劳形，也无暇顾及吟咏了。”驼叟一回首，看桌上压了一纸小笺，不由得笑道：“这不是鑑翁的大作吗？”舒鑑青叹道：“这倒不是，这是小弟治下一位潦倒诗人的旧作。可惜文章憎命，空挟奇才，落落不偶，如今人早没世了。”

彼此叹息一阵，舒鑑青又问驼叟道：“伍老兄的那几位千金，不想全是一身武技惊人。贱内同小儿前入川，若非蒙那七姑娘相救，险遭不测。真是的七姑娘进京，我兄寻着她了吗？她大姊丈被人陷害的事，了结了没有呢？”驼叟道：“这倒奇怪，吾兄怎么也知道了？”舒鑑青道：“贱内同小儿回来不几日，又在黄堡村留了几天，所以晓得。”驼叟讲罢，这才把周兴元的事已了结，七姑又从京城到皖省探望她母舅的话，向舒知府说了一遍。舒鑑青道：“小儿汝良年已弱冠，亲事尚未定妥。此次贱内从川回来，提起这位七姑娘，我是敬爱非常。问候七姑娘现尚待字闺中，小弟有意攀亲，冰人一席，早想到我兄身上，尚希我兄玉成此事，小弟感谢不尽。”说着，站起向驼叟作下揖去。驼叟道：“你我乃多年契友，你们两家又系通

家至好，当然我极力从中撮合此事。不过……”镴青道：“我兄如有何为难之点，提了出来，咱们弟兄自为计议。”驼叟道：“不过并无其他问题，我看最好还是再把她姊丈周兴元请出来，由他夫妇和她商议，我再从旁撮合，此事无有不成。”舒镴青拍掌笑道：“我兄所说极是。”便命人把周兴元请了来。一时周兴元到来，由驼叟给他们介绍了，当把给他两家撮合亲事的话说了。周兴元也极端赞成，向驼叟道：“你老人家既允出头，这婚事无有不成的，小侄当然也颇极力帮忙。”舒镴青大喜，当时设筵款待他们爷两个。至晚驼叟两人向主人作辞，舒镴青忙道：“我兄等的衣物，小弟已派人从店中取来了，现放在院旁花园内。你我弟兄阔别多年，我兄和周世兄多在此盘桓几日吧。”

驼叟同周兴元在大名府衙一住十余日，方辞了舒知府，动身上路。涉水登山不止一日，一天到了兴安，距紫阳只有一两日的路程了。他们走近兴安，天色已晚，借着月色，看雉堞高耸，城门已是上键了，只可宿在城外店中。

到了店内，驼叟两人跳下二套骡车，店小二忙上前招呼，寻了个洁净房屋。周兴元便出到院外小溲，不提防和一个醉汉撞了个满怀。那醉汉哼了一声，将要发作，一望周兴元，急忙转过首去，一路歪斜步履蹒跚地走开了。周兴元解罢小溲，走回房中，那醉汉仍远远站着呆望着周兴元。

周兴元到了房里，喊过小二要了饭菜，和驼叟吃罢，解衣就寝。驼叟向来常是盘膝而坐，闭目养神，从不倒身大睡。周兴元头一着枕，早入了梦乡。工夫不大，耳听远远更鼓三漏，忽地就听屋门外一阵窸窸窣窣撬门之声。驼叟且不去理他，要看个究竟。片刻间，门儿果然被他撬开，走进一个汉子，手里拿了一柄明亮亮冷森森手刃，直扑奔周兴元头上刺去。驼叟未容那醉汉到得周兴元近前，飘身一跃，跳下床来，一抬手把那人的刀夺过，一伸手把他后领抓住，那只手一伸揪着他的腰絛，捉小鸡般把他提了起来，那汉子一声不敢言语，驼叟把他

提到院内，尽力一抛。那汉子吃他这一抛，好像断线风筝一样，不偏不斜，正落在邻家门外一个猪圈子里面，弄了个满身满脸的猪粪，臭不可嗅，就同那城隍庙里的判官不相上下。那汉子也不顾许多，爬出了猪圈，撒腿便跑。驼叟恐其贼人还有同伴，这时已蹿到店墙之上，四面一望，看那汉子却也有些蹊跷。驼叟回身踅回房中，抄起器刃，见周兴元还睡得正酣，把屋门从外掩好，不便惊醒他，二次窜出店外。在月光下寻着那汉子踪迹，追了下去。一气赶了五六里模样，看那汉子转进一簇树林中。

驼叟看那树林深处，隐隐约约，现出一间土房。那汉子奔到那间土房临近，扯起破锣般喉咙喊道："黄大哥快出来救我，后面有人追下我来了！"随着土房内走出一人，架着双拐，暗哑的声音说道："哪个大胆的殃子敢欺负咱们哥儿们。"说话间，驼叟已来至切近。那架双拐的人一扬手，一支毒药镖，对准驼叟面门打去。驼叟一偏身躲过，那支镖当啷落到地上。那人两腿原来并无残疾，抖起精神，一举双拐，向驼叟击来。驼叟忙用手中单刀相迎，并未搭话，两人战在一处。

那人把双拐使得如疾风骤雨，忽上忽下，驼叟看他本领却也不弱，心中暗暗咋舌，心说若是换个本领平常的，不但要走下风，而且恐要丧在他那双拐之下。就看他一拐紧似一拐，驼叟手中那口单刀，也的确不弱，使了个风雨不透。那人看难取胜，便把他那看家本领使了出来。驼叟一看，便忙使出他那形意门最负盛名的刀法，只数合，便破了他的拐法，结果把那人小指削去一节，那人转身逃去。那行刺的汉子却呆站那里，看驼叟和那人，杀得甚是有趣，不由得看得出神。甚至那人逃去，那汉子仍在呆站着。驼叟过去一举手中刀，那汉子方明白过来，跑出几步，自知跑不脱了，早一个羊羔吃乳跪在地下。

驼叟道："我先问你，方才同我厮拼的那人，他叫什么名字？"那汉子一听，心想或者没他什么事了，跪在那里，肩儿一耸，眉儿一扬，比手作式地道："您问到我跟前了，换个人

真不晓他的真实姓名呢。我两个不但是赌友，而且还是酒友，我两人耳鬓厮磨，所以无话不说，这里全知他姓黄，其实他不姓黄，他名叫蔡二虎，当年系在北几省落草。那一年因劫了一趟镖车，镖车未曾劫成，反被那保镖达官叫什么孙能深……”驼叟一听这孙能深的名字，心说定是他遇上我那深州孙师弟了，忙问后来怎样？那汉子继续说：“他反而险些被那孙达官杀了，那孙达官着实地训了他一顿，所以隐姓埋名地跑到这里来了，外人全看他是残疾人，其实他借此遮盖人家的耳目罢了。”

驼叟道：“你叫什么名字呢？”那汉子道：“小人叫朱瑞。”那汉子说出姓名，深悔不迭。驼叟大怒道：“却原来是你这忘恩的禽兽，怪不得你这厮黄夜入房，谋害周兴元呢。周家被你这厮陷害得坐了几月的牢狱，今天岂能把你轻轻放过。”耳听方近河水声响，驼叟也顾不得他那身猪粪，过去把他提起，那朱瑞不住口地求饶。驼叟装作不曾听见，提了他走没好远，来至河边，向他冷笑道：“今天是你这厮报应临头了。”把他向河内掷去，扑通一声，那朱瑞随波逐浪到水晶宫报到去了。驼叟就了河边把手洗了洗，提了单刀趱返店中。

此时东方已现鱼白颜色。驼叟就仍由墙上蹿回店内，到了房中，看周兴元已然醒来，周兴元看驼叟提了刀走回房来，忙问怎的？驼叟把夜里情形向他说了一遍，周兴元大惊失色地道：“昨天将到店中，我出去小溲，撞的那个醉汉，定是朱瑞那厮。若非你老人家随在侄儿一起，侄儿已丧在那厮手中了。这总算那厮恶贯满盈了。”

说话之间，天光已亮，驼叟、兴元喊过小二，舀盆面水，略略把脸擦了一把，漱过了口，随便吃了些东西，算过了店账，外面车夫把骡子套好当即起身上路。

过了这兴安府，顺着大道，车声辘辘向前行去。次日午刻已来到了紫阳，驼叟也奔周兴元家中，看大姑仍在黄堡村，尚未回来，周兴元到了家中一看，一切什物弄得七零八落，却又出了一宗岔事。唤过老仆周忠一问情由，周忠泪眼横秋说道：

"自主人遭事，主妇归宁入川，主妇走时，命老仆好好照看门户，起初一些人们倒还循规蹈矩的。谁知不到一月光景，主人官司怎样了，也不得消息，主妇去川，也没有音信，他们一些奴仆丫头们，一个一个行动都改变了。不说别人，就说伺候主妇那个丫头春梅吧，那丫头片子就和疯了一般，跑出跑进的，说主人解到京城，不定存亡，主妇进川碰巧连惦念主人，带路上劳累，也是活不成的。趁了这个机会，给他个先下手为强吧。

"老奴也曾说了她几次，年轻轻的岁数儿，嘴头子不要这样说话。主人主妇平常待你多么厚，小小的人儿，万不可存这黑心。怎奈她把老仆的话，当了耳旁风，背了老仆悄悄把一切珍贵的物品盗了出去。那些人看她这样，也有些眼红，你偷我盗的，都长出三只手来了，故此把房里弄得这杂乱无章。老奴这大年纪，哪里拦得了他们呀。"周兴元便忙问道："春梅那丫头呢？"那老仆牙一咬道："休提那丫头了，她在月前，早同伺候主人那个王福双双逃走了。"周兴元气了个脸白，一查点物件，不过是一些不关紧要的罢了，至于珍贵细软，早被他妻子归宁求救时随身带去了。这些奴仆也就听其自去，不便追究了。当铺里的一切倒还照常，周兴元方把心放下，也想到川中去一趟，便把铺内及家中安置了一番，所有一切，全委托了铺中掌柜，便同驼叟离家去川。

这天来到了黄堡，大姑、三姑、四姑看周兴元安然回来，却不见了七姑，忙问她哪里去了，周兴元把七姑到皖探望母舅的话，向她们姊妹三个说了。随又把自己如何出狱的事，也向姊妹三个说了一遍。大姑忙向驼叟不住口地称谢道："我们夫妇将来要怎样孝敬你老人家呀。"说着便要同丈夫跪下，驼叟忙把他夫妻拦住。又向三姑问道："舒鑑青的夫人从城口回来，又到这里留了两天吧。"大姑接过来道："不错，在这儿留了两天，往任上去了。你老人家在冀南见着了舒老伯了吧？"驼叟把首点了点，三姑、四姑在旁听到此处，忽地哧的声笑了。四姑笑着伸出手指来道："提她的姻事了吧？"周兴元插口说道：

“你们怎晓得的？”大姑说道：“舒伯母已略略和我提了，我说她那个性子，我虽是她的胞姊，这终身大事，我是不能替她做主见的。最后我计议叫他们把刘老伯请出来做个冰人，这事定可成就的。”驼叟头一摇笑道：“成就与否，我是没有把握的。”三姑嘴一撇笑道：“你老人家同她一说，她没有个驳回的。”大姑道：“舒公子我也看见了，品貌长得很是端方，也配得过咱们那位七姑娘，这门亲事可以说是门当户对，我是毫无异议，很是赞成的。”驼叟道：“你们姊妹三个既是全已赞成，她本人方面也没有什么不乐意的。”大姑道：“你老人家出头同她说，她当然决没有什么不乐意的。别看我们是当姊姊的，若是出头同她提此事，她那性格儿，非炸了不成。”周兴元道：“这话确也实情，还得仰仗你老人家极力玉成此事。”驼叟颔首道：“当然我尽力玉成此事，月老一席，我是推却不了的了。”说罢一齐大笑起来。

驼叟借着这笑声站起辞别了他们，自回八仙观去了。箭一般的光阴，不到一月，已度过了中秋，七姑仍不见回来。在这一月中，驼叟不断地派徒弟纪维扬，到黄堡打听七姑回来了没有。直延迟得过了重九，七姑仍无一些信息。

周氏夫妇同三姑、四姑望眼欲穿，着急起来。周兴元屡要到皖去寻她，大姑极力相拦，说从这川中到皖，也不是一天半天的路程，山川梗阻，你真要到了院省，她要已起身回来，你不是扑个空徒劳往返吗？周兴元一听，所说却也有理，只得罢了。

又过了几日，这一天驼叟吃罢了早饭，从八仙观走了来，进了门问道：“七姑她还没回来吗？”大姑蹙容满面地道：“她去的一些信息没有了，我所怕的，她那烈火般的性儿，不要路上弄出些什么事来吧？”周兴元一旁摇着首道：“决不能的，在京城分手时，刘老伯也曾嘱咐了她，叫她路上加以谨慎。”将说到这里，一个仆妇三步两步地从外面跑了进来，口里吁喘了个不住，上气不接下气地说道：“不要念叨七小姐，七小姐回来啦，已来到门外，下了驴儿了。”驼叟、周氏夫妻，和三姑、

四姑姊妹听了大喜，慌忙站起迎了出去。

七姑满面风霜，笑嘻嘻从外走来。周兴元迎面笑道："七姑奶奶你可回来了，再有几天不回来，我们爷儿几个全要急坏了！"七姑娘含笑不语，来到房内，卸去了行装，方开口说道："我并未耽延就赶回来了，若要稍一耽延，恐年前都未必能回来的。"大姑道："舅父舅母他两位老人家还康健吧？"七姑道："他老夫妇倒还康健，不过舅父仍和以前一样的昏聩，我到了皖省，却扑了个空，原来舅父已升任漕运总督了。我又复到他老人家的任所。"驼叟道："令舅人虽昏聩，官运却旺得很呀。"七姑道："提起他老人家青云直上，却有一段缘由，总算他老人家还沾了昏聩的光儿了呢。"

驼叟等人忙问怎的？七姑道："说起来却也好笑，一年我这舅父初在江苏清河县时，一天听得本省要员入京乘船经过此地，我舅父本应亲至舟中往谒，谁知他老人家只派一名差役，持了名帖，拿了白金五百相馈。那差役回来时，问起收礼的人可有回字，那差役拿出个小小名刺来，我舅父一看，那车上的人名，并不认识。"大姑插嘴道："送错了吧？"七姑笑道："谁说不是送错了呢？舅父大怒，便迫那差役往索，哪知那船早已起锚开去。舅父立时把那差役打得皮开肉绽，给斥革了。又过了不到半年样子，本处出了一件劫夺京城某一家巨案，被劾免职，免职没半月，忽旨下升补江苏道，忽免忽升，把他老人家弄得如堕五里雾中，莫名其究竟。到任不到一月，又升了臬台。舅父自任臬台，喜极欲狂，越发昏聩起来，弄得堂断不清，冤屈了多人的生命，激起众愤，民怒沸腾。被议免职，候旨查办。舅父自分此生休矣，事情却出乎人的意料之外，没半个月旨意下来，调升皖处藩宪。"

驼叟笑道："他这一步一步升迁，却也太稀奇了。"七姑道："我舅父也不解其故，到了皖省任所，设法探问，以明究竟。后来才知有大员秘保。"众人忙问是谁？七姑笑道："你听我慢慢往下说呀。舅父托人探听，没有问出究竟，后来进京陛

见，舅父买通内监一探究竟，始如梦初觉，原在清河县时，送错了的那银两，系送到了舟中，那时某妃入京应选嫔妃，行至清江浦病卧舟中，正感手中拮据，恰巧有了这银两，得以入京。心殊感甚，从此不忘恩于舅父。故此舅父屡次被劾，不但未曾免职，而且每每升迁，却有此一段由来。”

大姑道：“舅父他一帆风顺，可是却苦了错送银两那差役了。”七姑道：“不要说那差役了，他名叫谢福，舅父已把他找了回去，他现在很得舅父的信任，自居功高，自以为主人若非我，绝到不了今日的地位，他的势焰比主人还强盛百倍呢。”驼叟叹道：“小人得志，往往如此。”七姑道：“我看舅父这个官儿也做不了几日的，非叫他给弄掉了不成，现时僚属们往谒，谢福他要的门包价银很大。”周兴元道：“这才是成也萧何，败也萧何呢。”沉一忽儿，七姑又道：“我那舅母定要留我度过年关，开春再来，我深恐你们惦记，所以没耽延就回来了，路上倒也安然无事。不过直到兴安府北，撞上一个架双拐的跛足汉子，那跛足汉子一见我是孤行女子，便心存不良，嬉皮涎脸地同我说：‘姑娘一个人行路不孤单吗？我家离此不远，坐一时去吧。’我一听，气了个脸白，跳下了驴，掣出剑来，便想把他一剑结果了。那跛足汉子却装作跛足，冷笑了两声，举手中双拐迎来，本领确也了得。我看他一双手的小指，像是受过重创，若不是他手指受了重创，我还真不是他的对手呢。打了没有几个照面，他那一只受创的手有些不吃力，卖个破绽回身便走。我将要追赶，他一扭身，亮光光一支镖向我打来。我若偏身闪躲，却来不及了，忙用手中剑把他那支镖打落地下。我过去抬起我这铁尖鞋，在他命门上一点，他也是大行家，他一合手中双拐说：‘我蔡二虎闯荡江湖这些年，不想败在你这女子的手里。’他就回身去了。”

驼叟说：“蔡二虎不想没丧在我刀下，却毁在你铁尖鞋上了。你这一脚他至多活上几天，此时想他早已了结了。”七姑忙问驼叟，哪里遇上蔡二虎的。驼叟把朱瑞暗刺周兴元未成，

追赶朱瑞，才引出蔡二虎的话，说了一回。

旋又谈说了一阵，驼叟作辞，三姑笑道：“还有事没提哩，你老人家就走吗?”驼叟心下明白，忙笑道：“她征装甫卸，容缓几天，我再来向她提说，也不晚呀。”七姑一听，忙问：“什么事向我提?”驼叟含笑不语，大姑、三姑、四姑抿着嘴儿，哧哧笑个不住，周兴元也哈哈笑个不歇。七姑看他们这神色，弄得粉面绯红、垂下首去剔指甲的泥垢，一声不语，心下有点怙惙。驼叟说了声：“七姑姐，过两天我再来看你，你也该歇息歇息。”

驼叟别去，过了几日，才又来到黄堡。大姑道：“七妹婚事已然被我说得默许了，却省了你老人家的许多唇舌了。”驼叟一听，便命拿了笔砚，给舒镒青修了一封信，派他们一个得力仆役，起身到冀南给专送去，这个亲事即算成就了。周氏夫妇看七姑亲事已妥，又住了几日，即起身回紫阳去了。那仆人去了一两个月才同舒宅门客一道回来，舒太守专函向驼叟作谢，并说定于明岁二三月赴川迎娶，以外又命那门客带了些金珠等细软物品，作为定礼。

七姑自定妥婚姻，却不似以前东去西去的了，每日坐在房中习学女红，寸刻不离的那口宝剑，也收了起来。走东闯西的女英雄，忽然一变而为不出闺门的纤弱女子了。三姑、四姑倒截长补短的骑驴儿，到附近山上去猎些野兽。她姊妹两个常常向七姑嘲笑道：“有了婆家的人，就大门不出二门不迈了吗?在从前一天不骑驴儿出去，心里就觉得发痒，现在一天闷在家里，真也坐得住。”七姑听她俩这样嘲笑，也不去置理。

腊鼓频催，这一天离年底没有几天，天上落下一场大雪来，房屋山光都变成一片白色。三姑、四姑、七姑姊妹三人，这天晚同在后面园中赏玩雪景，忽听远远一片哭喊声冲入耳鼓。仔细辨去，像是个女子声音。隐约约听那女子一边哭着，一边喊嚷救命。七姑侧耳听了一忽儿，忙向三姑、四姑道：“哪里来的这哭喊声，咱去看个究竟，莫不是强盗剪径了?”三

姑摇首道："不能是强盗剪径，这时哪还有人行路呢？"四姑道："不管是与不是，咱姊妹三个去看个仔细。"姊妹三个转回房中，束扎齐整，带了随身的宝剑，出了房门，一挺身，如燕飞光掠窜出墙外。顺着哭声寻了下去。

借了雪光，看眼前山下有胖瘦两个三十多岁的出家人，同一个短衣男子，手中各拿着短刀禅杖，围着一个少妇。那少妇不顾寒，双膝跪在雪地上，向那两个和尚乞饶道："两位大师父行些方便，放了我吧。"那两个和尚哈哈冷笑道："你要知趣，赶快同我回去，要不然把你就结果在此处。"那少妇看央求也不济事的，泪痕满面地把牙一咬道："我这条命交给你们了，我是不同你们回去的。"那和尚和短衣男子冲冲大怒，举手中禅杖，搂头盖顶望着那少妇打下。那少妇两目一闭，自知万无生理。七姑看至此，一声娇喝，攀出金钩利剑，一个箭步，到了那胖大和尚跟前。那两僧一俗身法很是矫捷，抽回禅杖，一回身撇了那少妇，使了个满堂红的架势，一齐向七姑打了来。

这时三姑、四姑也先后掣剑跳了过来，立时她们姊妹三个和这两僧一俗战在一处。那两个和尚武艺十分了得，两根浑铁禅杖使得风声乱鸣，一些破绽皆无。那男子跳前跳后，刀法很快，他姊妹三个和那两僧一俗斗了二十个照面，气力渐渐不支，累得娇嘶喘喘，汗流满面。那两个和尚一步不肯放松，一招紧似一招，姊妹三个只有招架之功，并无回手之力。眼看着她姊妹三个要把性命丧在这两根禅杖之下，正在这危急的当儿，猛地就听有人喊道："休要紧紧相迫，老子来了。"那两和尚及男子战兴正酣，忽听有人喊喝，她姊妹借了这个当口，虚是一剑，也齐跳出圈外。

那两僧一俗横了手中刀杖，一看喊喝的那人，就和半截黑塔也似，一身短打扮，一条发辫盘在头上，一只胳膊赤在外面。手中持了一柄长叉，那柄叉头足有五六尺长短，叉杆约有饭碗口粗细，由叉头至叉尾有两丈余长。望那柄叉的分量，十

分骇人，那人持在手里毫不觉得一些吃力，那人舞动这柄叉，向两个和尚奔来。那两个和尚哪敢和他厮拼，曳手中禅杖，也不顾那少妇了，撒腿便跑。七姑看出便宜，不由得一跺脚儿道：“我的那张弓未曾带在身旁，若在身旁，这时正好赏他两丸铁弹。”转眼间那持叉的人逐走凶僧，已来到跟前，七姑定睛望去，啊呀声道：“原来是你呀！”这人竟是王铁肩，他看那两个和尚跑远，哈哈笑道：“这一柄木头的长叉，却把那三个坏东西给吓跑了。”

七姑忙问王铁肩因何黉夜至此，王铁肩扔下手中那柄假叉，答道：“我今天傍晚，背了师父，跑到那山旁村中吃了几盅酒儿，刚回八仙观，不想走至半途，那座坍塌的山神庙门前，觉得有些困意，便进内想睡一觉儿，不料忽听一片厮杀声音。我又进庙去，权且把小鬼手中的叉借了来，却把三贼给吓跑了。”三姑、四姑、七姑笑道：“你这柄叉却解了我们的围了。那三贼可也十分厉害！”

这时那少妇运动莲步走了过来，一弯腰跪下，口中说道：“恩人们请上受难妇一拜。”三姑便问那少妇的姓氏，因何被那两个秃驴追在此处。七姑道：“此处非讲话之所。”过去把那少妇扶了起来，王铁肩也别了她姊妹，把那柄叉送回了山神庙，自回八仙观去。七姑背了那少妇，同三姑、四姑回到了家中。

那少妇对于她们姊妹真是万分的感激，三姑便又问起那少妇来，那少妇含泪道：“难妇乳名叫二姐，娘家姓王，许于邻村张秀才为妻。两月前因我的母亲有病，把我接回娘家，现我的母亲病已痊愈，因为离年不远，由我的爹爹把奴送回婆家。走至这北面山上那座火神庙，不觉有些口干舌燥，我的爹爹跳下驴来，到庙内想寻些水来。这时候走出两三个和尚来，向奴家打量了两眼，双手合十地望着奴家爹爹说，施主请庙中待茶吧。哪知我和我的爹爹饮了没有两口水，就觉得一阵头晕，便人事不知地昏迷了。醒来时，看自己坐在地窖之内，身旁站了两个浓妆艳抹的妇人，她们笑嘻嘻望着奴家，说了许多不要脸

的话……"

七姑听这王二姐说到这里，大怒道："这无耻的淫妇，真是剐之有余！"王二姐又接着说道："这两个无耻淫妇，说了百般巧语花言，奴家牙关一咬，一头向她两个撞去。她两个倒也有几分气力，一闪身儿，把奴家扯住了。冷笑地说：你可要知道，这儿方丈可不是好性儿的，他手下结果的可不是一个了，话我可和你说在头前啦，听与不听在你。'她俩说着，手拉手地走了出去，她俩却忘把地窖门键上，故此奴家悄悄偷逃出来，因不认路径，到此被他们追上，若非小姐们相救，我这条命完了。我的爹爹此时不知性命存亡！"说到这里，眼中的泪就和断线珍珠簌簌地落下来。

七姑姊妹道："明日我们必设法把你爹爹救出。"王二姐趴在地下，咕咚咚磕着响头道："将来叫奴怎样报答小姐们的大恩大德？"三姑把她扯了起来说道："你起来吧，我们搭救你，并不是叫你挂在嘴头子上的。"王二姐站起来，也就不便再说什么了。七姑想她从火神庙逃出，定未吃东西，便命仆妇给她弄些食物。王二姐连急带吓得心火上攻，肚内倒也不觉饥饿，此时不过觉得周身酸疼彻腑。她看三姑等一片盛意，却也不便推却，一时仆妇把食物端上，王二姐略略吃了点。

这时一个仆妇望了二姐，向三姑姊妹三个道："火神庙的和尚，附近晓得是好和尚，看起来却原来是隐恶扬善的。"又一个仆妇嘴一撇道："你才晓得那庙里不是好和尚，我早晓得的。记得有一年七月间盂兰会，那庙中设醮超度孤魂怨鬼，高搭席棚，远近一些善男信女都去了。那庙中方丈，方头大脸，很是气派，这方丈出来提步上台，刚刚要到台上，脚下一滑，从那四五丈高矮的台上，跌了下来，众人大惊失色的，一声喊嚷，说糟了糟了，方丈跌下台来了，把他跌得非丧了性命不成。你猜怎样，不但没跌伤了，而且连一点点儿肉皮也没碰着。有的说，毕竟是这方丈心田好，定是被一些孤魂怨鬼给托住了。有的悄声地谈论说，他恐怕是江湖上洗了手的大盗出

身，一身好本领，莫说这样高，就是再比这高些，也跌不伤他呀。由那年，我就知道他们不是平常守法好和尚了，那一年设了三天醮，临完年轻的妇女们失踪了好几个，不用说是被那秃驴弄去了。”七姑问道：“那庙的方丈你可晓得他叫什么名字？”那仆妇摇着头道：“这个却不晓得的。”

说话时，天已不早，那仆妇打了个呵欠道：“天眼看快要亮了，小姐们该安歇着了。”三姑们便把王二姐安顿在另一间房内，命那仆婢伴同她在那间房中。王二姐和那仆妇到了房里，便向她问起三姑等姊妹的来历。那仆妇把三姑等系宦门之后，老爷夫人早已故去的话，和王二姐说了一遍。最后又说道：“我们这几位小姐平常都是称呼大姑三姑四姑七姑的，她们还有学名。”

第二天日上三竿，三姑姊妹三个起床梳洗毕，用过了早饭，看驼叟走来了。七姑迎面笑道：“你老人家多日未来，今天可稀客得很。昨晚间若非王铁肩师哥相救，我姊妹三个全要吃亏，碰巧还许把性命赔上。”驼叟头一点道：“我听铁肩他说了你们昨夜救那个少妇，究是怎个情节。”由三姑把王二姐误入火神庙，险些失身，偷逃出来，原原本本，向驼叟说了。

驼叟听了一怔，便道：“一向方近的人，却都蒙在鼓里，全说那庙和尚是守清规举佛法的，却不料想是这等万恶滔天。在头几年，我曾到那庙中去过一趟，那里方丈法名唤作正明，看他不过四五十岁样子，不似此地人氏，生得一脸黑痣，身材十分高大。听说他一身武技惊人，他有两名最得意弟子，本领却也异常出众，一个名唤如真，一个名叫如幻。这两个体质魁梧，一身腱肉，就和一块肥油也似。”七姑连忙说道：“昨天同我们厮拼的，不用说定是他两个了。”四姑道：“昨夜咱们就应允了那王二姐，此时应想个法子，怎样救出她爹爹来才是。”七姑蛾眉竖起地道：“我们今天夜入那火神庙，一股脑儿，把那里秀驴都结果了。不但是单救出王二姐爹爹来，也除去了这一方之害。”

驼叟捻着那胡髭，听她说罢，笑道："人家又不是木头人，就老实的叫你结果了吗？况且他那两个徒弟的本领，你们昨夜是领略过了，由此可见他们方丈的本领是如何了。你们万万不可轻入虎穴，他那两徒弟昨夜跑回去一说，他们一定也防备着了。"三姑姊妹一听驼叟说了这片话，却也甚是有理，不由得二眉一皱道："那王二姐的爹，我们总要把他救出来呀。"驼叟道："自然要把她爹爹救出来，但我们不可力敌，只可智取。"

正说着，只听外面一阵喧喊，七姑忙问外面什么喧喊。一个仆妇跑出看了，回来说道："外面有个和尚来化缘，门子老李叫他到别处去化，他直巴巴站在那里，一丝不动，老李同他辩起嘴来。那和尚生得很是凶恶，两眼贼光闪闪，往院里瞧看。"七姑心说，这和尚莫不是火神庙的呀？站起来，跑到外面，见那和尚已然走出巷外，贼头贼脑不住回首向里面张望。七姑一看他绝不是好路道，回身走进院内，此时驼叟及三姑、四姑也都出来看了，驼叟道："这不问可知，定是火神庙派来探路的，今晚却要加以小心，万不可大意。"旁边立着的仆妇们，一听这话，个个吓得都已腿肚子向前了。驼叟又道："你们且莫要惊慌，今晚间各房中灯火不要燃着，一黑天，你们关了门，睡你们的觉。外面如有什么动静，你们万不可大惊小怪地跑出来，要紧要紧。我先回八仙观，晚间我再同维扬一起来。有你们姊妹三个，加我们师徒两个，足可对付他们的了。"七姑喜道："有你老人家，我们就没有什么可忧的了。"

驼叟别出，一些仆妇看驼叟走去，忙道："你老人家可早些来，我们好有主心骨儿。"驼叟笑着点了点首，迈步走出，出了这黄堡村外，一抬眼瞥见那化缘的和尚，贼头贼脑，仍站在村外张望。那和尚一见驼叟，好像认识，露出惊惶的颜色，回身梆梆敲着木鱼，大踏步去了。

当日晚间，驼叟命王铁肩看守门户，便同维扬，带了随身器刃，向黄堡而来。此时不过太阳将要落山的样子，一些仆妇

心中都是十五只吊桶，七上八下的，直待驼叟师徒两个走来，方把心放下。她们老早地便把门儿关好，又拿了那笨重的桌椅，把门顶了个结实，一颗头钻在被子里，大气不出地睡下了。外面稍有些风吹草动的声音，立时吓得她们哆嗦得成了一团。那王二姐胆量早已惊碎，较一些仆妇们尤其恐惧。三姑、四姑、七姑此时早已束扎齐整，各房灯光全无。驼叟师徒两个同她们姊妹三个，悄悄守候，静待那火神庙贼入袭。驼叟师徒同她们姊妹三个，守候了一夜，也未见火神庙贼僧光临，次日仍然又空等了一夜。到了第三日，七姑向驼叟说道："咱爷儿几个空候了两夜，未见贼秃到来，侄女的心意，今晚咱爷儿几个到他那火神庙探个究竟。最要紧的，是先把王二姐的爹爹搭救出来，你老人家看怎样?"驼叟把头略点了点道："晚间到他那庙中探个究竟，也未为不可，不过，可要格外加以谨慎。那方丈正明却是个劲敌，我和他若交起手来，恐怕也难走上风的。晚间到那里见机行事，万不可大意。"她们姊妹三个频频点首称是。

第三章 三英雌探庙惩凶

到了晚间，用过晚餐，驼叟、维扬师徒两人同她姊妹三个，束扎齐整，带了随手器刃，离了黄堡，向火神庙而去。此时天光不过二鼓模样，蔚蓝的天空，斜挂半弯残月。四外疏星点点，行至荒僻山中，阵阵寒风掠过。山路曲折旋盘，他们一行熟识途径，施起陆地上的功夫，翻山越岭，一二十里的路程，不消多时，已来到了庙前。仰着看山门外两旁立了两根刁斗旗杆，直冲云表。这火神庙坐落在山腰之间，修造得十分雄伟，庙前正是一条来往大路，从月光下看山门上面，悬了一块蟠龙红地匾额，上写“敕建火神庙”五个大字。

山门紧闭，推了推只是不动，已知门内上键了。当绕到了庙后，驼叟、维扬、三姑、四姑、七姑，一挺身，一个旱地拔葱，先后到了墙上。看殿宇凌云，楼阁高峻，越过两层院宇，见中间那层殿中，灯火煊明，犹如白昼，殿内一阵男女嬉笑的声音。七姑听了，回身转到殿后，一个燕子倒卷帘的架势，身子倒垂下来，两只金莲紧钩在瓦垄之上。脸儿已贴近了后窗，用舌尖把窗纸舐破了一个小洞，眇了一目，向殿内望去。

这一望，七姑不由得两颊红晕，殿内一个四十开外的和尚，搂抱了两个妖冶妇人，坐在中间，开怀畅饮。向那和尚脸上望去，见他面色黑紫，浓眉环眼，体材十分魁梧。一旁还站了三四个和尚，那日追赶王二姐那两僧一俗，也在其中，七姑暗忖正中坐的这和尚，不问可知，定是这儿方丈正明僧了。

这时猛觉有人在她腿上拍了两下，七姑大吃一惊，七姑一翻身站起，一看却原来是三姑。悄声嗔道："三姊姊，你可真是冒失鬼，不言不语的吓了我一跳。"三姑哧的笑了一声，低声道："走，咱们到前面巡看一过。"

姊妹两个，一前一后，顺着殿脊向前行去，来到头层殿前，朝下望去，见东配殿中灯光闪闪，门儿半掩着，顺着中间一段空隙处，向房内看去，瞧见里面有两个小沙弥，一搭一和在那里闲磕牙。三姑、七姑转到这东配殿附近，侧首仔细听去。就听里面一个小沙弥说道："方丈前几天就说派如真、如幻两个师兄，夜入黄堡去，把伍家那几个姑娘掳了来，怎的这两天又没信息了呢。听说伍家几个姑娘，不但长得花容月貌，而且一身本领却也了得。如果掳了来，方丈受用完了若肯赏给咱俩每人一个，有多么写意。"七姑听到此处，险些把肺气炸，粉面一红，一手掣剑，就要下去把这小沙弥结果了。三姑一伸手把她扯住。

这时又听这一个小沙弥，冷笑了两声道："你不要梦想，莫说掳不来，真要是掳了来，方丈受用完了，也轮不到赏咱们两个跟前呀。头两天方丈命咱们三师兄，到黄堡探望一回，原打算当日夜间，去到那里，把那几个姑娘掳来。听说私逃的那王家少妇也还在那里，谁知三师兄回来一说，看那样子，人家却已防范上了。这个也不惧怕，谁知那驼背怪叟刘某也在那里。方丈平素耳闻这驼叟武技惊人，唯恐怕人掳不了来，如败在驼叟手中，此处可就难以立足，未免有点不合算，所以只得罢了。那王家少妇也只可任其逃去，不便根究了。"这个小沙弥笑道："那王家少妇真称得是煮熟了的鹅肉，眼看要吃到口

里，却又飞了。真个的，今天掳的这个雏儿还在地窨子吧！”三姑、七姑一听，又侧首仔细向下听去。

不料正在这时，猛然间忽听正中那层殿下，有人喊喝道：“拿奸细呀，不要叫她脱逃了。”紧跟着人声喧喊成了一片。三姑、七姑心下一惊，撤开这里，忙又踅回中间那层院中。看下面灯笼火把，照得满院通明，却原来四姑被他们觑见。那如真、如幻，各拿一柄戒刀，刀光闪闪，团团把四姑围住，就见四姑累得气吁喘喘，粉面通红，手中一口剑左遮右避。本来她哪里是这两个贼秃的对手呢，三姑、七姑执手中金钩剑，刚要跳了下去。正这当儿，正殿脊上有人一声喊：“贼秃休要逞强！”随着风吹落叶般，疾如电闪，到二僧身前，摆刀便砍。四姑这才乘机跳出圈外。

三姑、七姑借了光亮，看跳下这人，非是别个，乃是驼叟大弟子纪维扬。这纪维扬却也不弱，手中一口刀上下翻飞，怎奈维扬独自一人难敌两手。两僧的两口戒刀，使得如疾风骤雨，在这灯笼火把之下，只见白光一团。好一场恶斗，弄得人眼花缭乱，维扬堪堪不敌。七姑一低首，把如意金珠弹，缭在手中，唰唰飞出两丸黄澄澄的飞蝗弹子，正打在两僧秃头上，哎呀了一声。维扬趁势一刀，先把如真结果了，咕咚，尸身倒在就地。如幻头上着了那弹，四脚八叉的也栽倒地下。维扬举刀又向如幻砍去，忽听身后喊道：“何人大胆，伤了俺的徒儿，今天我和你等势不两立！”七姑在上面看得真切，正是那万恶的方丈正明，一身短小服装，扎得十分利落，手执一对八楞铁锏，圆睁双目，向维扬扑去。

七姑看出了便宜，又施了一丸金弹，望正明飞去。到了正明身上，只见他微微避头面，用后背受弹，弹撞回多远，落在地平。正明回身就和钢筋铁骨一般，金弹落在他身上，好像毫不觉得，七姑不由得有些心惊，纪维扬一看这和尚，心中也料个八九，想他定是正明了，一摆手中刀，便要过去和他厮拼。突从西配殿上，矫若游龙，落下一个人来，一声喝道：“维扬

闪在一旁，待我来对付他！”维扬听是师父驼叟的声音，忙闪在旁边。

正明一看驼叟，他们会过面的，所以认得，一阵狂笑道：“刘琪，是你来捣蛋，我与你远年无仇，近日无恨，何必跑出和我作对？我家今日倒和你拼个你亡我存。”驼叟见他两眼红赤，头上青筋暴起，便不和他答话，手中刀一顺，纵了过来，使了个饥鹰攫兔，向正明刺去。正明不慌不忙，右手向后一荡，隔开了刀，一举左手锏，照定驼叟太阳穴打来。驼叟看来势其疾，不敢怠慢，忙把头一偏，让过了他这一下，趁势使了个鹤子钻云的解数，直向当胸刺去。正明十分矫捷，一侧身躲过。正明看难以下手，牙一咬，霍地锏花一变，嗖嗖嗖，如万点金光，飞舞起来。这一路锏法若换别人，早被他惊倒了。驼叟腾挪闪展，加意提防，好容易算是把这一路锏法闪让过去了。这时三姑、七姑已跳了下来，同四姑、维扬，各举兵刃，向一旁那些和尚，大杀大砍起来。那地下倒的如真、如幻，早被四姑一剑了账。其余那些和尚，哪里是他们这几个对手，削瓜切菜般，立时结果了几个。正明看大势已去，心中打定主张，给他个三十六招走为上策，锏法一松，便想寻个破绽逃去。怎奈驼叟早已看出他的心意，立刻变刀法，缠住了正明。驼叟一招紧似一招，一式快似一式，翻翻滚滚，正明看满眼尽是驼叟了。正明晓得这路刀法，断不能用家伙去拦架。当时把自己唯一的鹞子功使了出来，霎时就如蝴蝶穿花，又似蜻蜓掠水，顺了驼叟刀下，窜来跟去，十分神速，任你驼叟刀法如何迅快，休想伤他分毫。及至驼叟把这路刀法使完，正明抽个空子，疾如鹰隼，跟到西配殿上。回首向驼叟冷笑道：“刘琪，我同你后会有期！”说罢，一晃身影，跃到庙外去了。

驼叟并不追赶，任他逃去。这里维扬同三姑姊妹三个，精神抖擞，把一些个和尚全给了却，这也是他们恶贯满盈，平素欺男霸女，今日得此结果，可是也有那精明的，一看不好，早鞋底揩油地逃去。驼叟看了忙道：“你们全把这些贼秃杀了，

不曾留个活口，这偌大一个庙宇，怎知晓他们把那王二姐的爹爹给窝藏在哪里了呢？”七姑道：“前层配殿内，尚有两个小贼秃，待我问他们去。”

提剑回身向前走去，来到前院，那东配殿中灯光仍明亮着，门儿仍旧在半掩着。推门走进，看适才见的那两个小沙弥已失其所在了。七姑不由得一怔，心想他两个定是进去了。将要抽身走回，一眼瞥见那旁那张床不住地来回颤动。七姑走过去，望床下一看，两个小沙弥钻在床下，哆嗦得成了一团。七姑一声娇喝，手中剑在那两小沙弥眼前晃了两晃。那小沙弥屁滚尿流从床下爬了出来，朝了七姑磕头如捣蒜。七姑便问他们把王二姐的爹爹窝藏在哪里，那两个小沙弥望了七姑，把头一摇道：“我们确实不晓得的，我们就晓得那天方丈交派我们二师兄，把那王老儿安顿一个所在，以后我们就不晓得在哪儿了。这尽是真情实话，姑祖宗，你老人家饶了我们两条性命吧。”说着又磕下头去，七姑想起方才他两个一搭一和所说的轻薄言语，哪肯把他两个放过，剑光一闪，也把他两人送回西天。

七姑翻转身走出东配殿，又寻向后而去。这时驼叟等人已迈步进了中层殿中，七姑随着也走了进去，看桌儿上残肴剩馔，仍好端端摆放在那里，只是不见了方才陪同正明的那两个妖冶妇人。在殿壁左侧，却有一个立橱，外面黄纸书字，上写经卷两字。七姑过去推了推，呀的声两扇橱门开了，一看里面哪里有一本经卷，却是个暗门儿。七姑一招手儿，把三姑喊过来，迈脚就要走入。驼叟看了，忙拦道：“仔细提防呀，看内中有什么机关？”七姑听了，脚尚未落稳，慌忙撤了回来。忽地震天价轰的一声，一面千斤闸从上落下，当时尘土四扬，七姑吓得大惊失色，咋着舌说道：“好险呀，若不是刘老伯拦阻，恐怕我此时早被这千斤闸轧成肉饼了。”驼叟等人也吓了一身冷汗，彼此面面相觑。

正在这时，三姑一抬首，瞥见供桌下面钻躲着一人，便过去一伸手扯了出来。是个四十多岁一脸皱纹的半老妇人，涂抹

了一脸的脂粉，描眉抹鬓的，脑后梳了个燕尾髻儿，一种肉麻的嘴脸，令人作三日呕。一身浓绿色棉袄儿棉裤，腰中扎了一条红色汗巾，脚下那双肥厚金莲，穿的是红缎子飞蝴蝶儿的弓鞋。三姑一看她这模样儿，忍不住咯咯咯笑了。那妇人忙不迭地爬在地下叩首乞饶，一听三姑的笑声，立时胆量壮了好些，抬起头来，向了三姑看了看，做了个笑脸，哟了声说道："姑奶奶饶了小奴的命吧，小奴也是这方近的良家妇女，被这儿僧人掳来的。只因小奴生得有些姿色，即逃不出这儿僧人手中了，姑奶奶饶命放了小奴吧。"三姑听了她这口吻，忍了笑呵斥道："你站起来，我先问你，这暗门里是什么所在？里面还有什么机关没有？"那人忸忸怩怩地站起身来，扯了那张雪白粉面，赔笑道："姑奶奶问这暗门儿里是什么呀，晓得的。这暗门里是他们藏娇的所在，内里还有几个姐儿呢。这门儿里，除去有一面千斤闸，以外没有什么机关了。"

七姑忙跑过来接着道："以外既没有什么机关了，你快给我们头前引路。"那妇人转过脸去，向七姑看了看，回身向前引路，来到暗门近前，又哟的声忽停住脚步道："千斤闸不是落下来了，怎的进去呀？"驼叟、维扬向前抢了一步各扬手中刀，把千斤闸上面绳索削断，由纪维扬两手一推千斤闸，尽平生气力，只听咕咚一声，把千斤闸推倒地平。那妇人看了，伸出舌头，半晌缩不回去。维扬向旁一闪身，只见里面黑魆魆伸手不见掌。三姑忙回身跑出殿外，找了两根残余火把，持了进来。那妇人迈动莲步，曲曲弯弯向里行去。驼叟维扬及三姑姊妹，随在她的身后，步步提防望里行去。走了没好远，借了火把光亮，看里边又现出一个门儿来。那妇人顺手一推，门儿呀的声开了，不觉眼前一亮。门内明灯高燃，十分明亮，房内修饰很华丽，内中燕瘦环肥有四五个妇人，有的面容憔悴，有的一脸妖冶之气。她们这四五个妇人见了驼叟等人，陡地全惊慌失色起来，都立刻矮了半截。原来这暗室正是恶僧藏娇纳垢的所在。

驼叟令她们站起，七姑便走向前问她们道："这儿除此之外，还有什么暗室没有？"这四五个妇人齐声答道："除了这里之外，再没有什么秘密处所了，不过后层殿中还有一间地窖。"七姑心下暗想，王二姐定是从所说的这地窖中逃出的了。便又问她们，可晓得王二姐的爹爹，被贼秃藏在何处？她们齐摇着头说："这我们可不晓得了。"看她们那神色，确是不知。驼叟向她们一挥手道："这里凶僧逃的逃了，杀的杀了，这里的金银什物，你们尽量拿去，各回你们家中去吧。"

这些妇人一听，喜形于色，跪在地下，又给众人磕了一阵头，站起来各自归掇什物，预备逃走。驼叟等人走出这间暗室，转往后殿行去。七姑看后殿旁院还有间小房，又寻了根火把，走进这旁院。见门儿紧锁，一剑把锁削落。推门走进，将一迈步，不由得毛发根根倒竖起来。房内竟张挂了五六张人皮。七姑抽身退回，暗咬银牙，心中说道："这贼秃平素不晓干了多少伤天害理的事，可惜不曾把恶僧正明捉住，被他逃脱了。"心中这么想着，出了这旁院，看驼叟他们分路搜寻，又走进了这后殿内。七姑也提步走进，绕到正面佛像莲台的后面，看现出了个门儿，料想必是那地窖了。维扬过去一脚把门踢开，这里果然是个地窖。驼叟、维扬和姊妹三个走下去一看，不由得立时怔住。

这里燃着一盏油灯，似明不暗的冷气森森，见了令人不寒而栗。一抬眼，瞥见墙角一个十六七岁的女子，四首攒蹄地捆在那里。七姑跑到近前，看这女子一张清水脸儿，蛾眉螓首，模样儿十分俊俏，一身布衣服，一望而知是个小家碧玉。七姑忽想起听那两个小沙弥口中说那雏儿，必是这女子了。但这女子两目紧闭，已昏迷过去。七姑忙把她绳索解了，弯下身去，俯在她耳旁喊了两声。这女子悠悠气转，苏醒了过来，口中骂道："你们快一刀给我痛快吧，我誓不顺从你们的。"七姑一听，哧的笑了。这女子听了七姑的笑声，睁开杏眼向七姑看去，又向七姑身后驼叟等人望了望。见他们短小服装，手中明

光光提兵器，当时把她弄得惊疑万状，望了他们呆呆发怔。七姑早看出她的心意，笑道："这儿的，都被我们收拾了，你不必恐惧。你住哪里，如何被他们掳来的？"

这女子听罢，就要屈膝跪下，怎奈四肢被绳索捆得酸疼彻腑，七姑忙伸手扯住。这女子两眼含泪，说道："我就住在这方近山下，我姓张，只我母女两人，依靠十指度日。这两天我的娘偶染风寒，害起病来，十分沉重。我们一个贫寒人家，哪里有余钱请医生呀，所以我跑到这火神庙，诚心诚意的，想在佛爷面前求个药方儿。不料竟被贼秃掳到此处，百般恫吓，我誓死不从，故此才把我捆绑此处。"说罢，望了七姑姊妹，好像有几分面善。

七姑忙返身同驼叟等人把她引出了这地窖，把她先安置在前面暗室，和那几个妇人一起，驼叟维扬同三姑姊妹三个，分着在这庙的前后搜寻了一遍。偌大庙宇，空洞洞并无一人，一些火工道人，也早逃了个干净。但是那王二姐的爹爹踪迹全无。

七姑心下暗自焦急，自忖王老儿莫非叫他们害了性命了吗？王老儿真若丧了性命，我既应允了王二姐搭救她爹爹，若是回去告诉她你的爹爹十有八九是丧命了，那王二姐不知要伤心到什么地步。心中正这样思想间，猛然看维扬从庙前走了来，迎面向七姑道："那王老头就在弥勒佛的大木肚内呢。我师父他老人家把那大佛拆开，看那老儿连吓带饿喘息个不住，我去给他寻些稀粥烂饭去。"四姑一听，也不顾得向维扬答言，迈步望前跑去。果见一个老人，在拆散的木佛像前喘气。驼叟站在他身近。七姑尚未走到跟前，驼叟回身向七姑笑道："我已问他了，这老儿正是王二姐的爹爹。"七姑未答言，那王老儿抬眼看了看七姑，转首有声无力气嘶喘喘地问道："这就是刚才你老人家所说救小老儿女儿的那位伍家小姐吧。"驼叟把头一点，王老儿勉强挣扎着，就要转身跪下，七姑忙把他拦住。此时维扬已从这庙内厨下，寻了半碗稀米汤来，递给了王老儿。那王老儿偌大的年纪，直闷在这空肚弥勒佛大肚皮之

内，已两三天没进饭食了，饿得头眼昏花。接过那半碗米汤，喝下肚去，这才勉勉强强从地上爬了起来。

此时天光眼看已将亮了上来，忽然听驴声嘶喊，七姑顺了这驴嘶声音寻去，见西南有个角门。忙过去推开角门，一看见是片空场，内中树下拴了两头小驴。王老儿说道："这大约就是小老儿父女乘来的那两头驴吧。"七姑忙叫他过来相认，王老儿步履蹒跚地走过一看，忙道："是的，是的，不过以外还有行装呢。"说着，东瞧西看，算是在东配殿，把行装寻着。七姑看东方已微微发白，便命王老儿把行装放在他自己的驴上，牵了他这两头驴，头前先回黄堡去了。

打发王老儿去后，看三姑、四姑从后走来，暗室里的那一些妇人，每人手里提了个大包袱，忸忸怩怩，同了张姓女儿，随在三姑、四姑后面，走了出来。见了驼叟等，扔下手中包袱，福了两福，一弯身提起包袱，就要走出庙去。七姑一横身，把她们拦住，这些妇人立时又慌了手脚。七姑向前挨个把她们手中包袱搜查了一遍，包袱里的银钱，都给拿了出来，凑在一起，看有六七百两银子。七姑拣出有二百两来，下余那五百两仍旧璧还了她们，叫她们分了，这才挥手令她们走去。便叫张氏女先候一时，看这几个妇人联袂走出庙去。三姑笑向七姑道："你怎么趁火打起劫来了呢？"七姑笑道："我这倒不是趁火打劫，不过是慷他人之慨罢了。"叫过张氏女，把这二百两银子一股脑儿递给了她手中。说道："你拿了这银两，赶快回去，给你娘请个医生。你这一夜不曾回去，你那病榻上的老娘，也不知急成什么样子了。"张氏女接过银两，听了七姑的言语，感激到万分。不由得泪痕满面，跪在地下，向七姑们问道："不知恩人们，肯将居处姓名，告诉我么？"四姑接过来说道："你快起来。"指了驼叟道："你就念我们刘老伯的好处吧。若不是我刘老伯，哪里能把这儿秃驴收拾得一干二净呢。你问我的姓名居处，我们就住在黄堡……"底下的话尚未说完，张氏女忙道："知道了，三位恩人们是黄堡伍家那三位小姐吧。

怪不得瞧了有些面善，三位恩人以前进山打猎，也曾从我门前走过的，所以我也瞧见过几次。”遂先向驼叟磕下头去，随又转身要给维扬及三姑们叩头，七姑拦住了她。张氏女子千恩万谢，离了这火神庙，自回家中去了。

七姑向驼叟问道：“天已然大亮了，这庙中倒了这些尸身，咱们爷几个这么扔下一走，还是去报知该管官府，听你老人家分派。”驼叟摇头道：“你说了这两个办法，都是不妥当的。若是扔下一走，被官府侦知这些尸身，这里乡约地保，岂不要担罪名的。若是咱们去报知官府，遇上了清廉的官还好，如若是糊涂虫，这杀人的凶徒，岂不要加在咱们身上。趁天时还不很亮，路上尚无行人，咱们先回去，庙门仍给他从里关闭着，我自有主张。迟一时路上一有了往来行人，咱们这装束，而且一身血污，被人看了，却有许多不便。”维扬及三姑、四姑、七姑听了，点头称是。由维扬把庙门关好，爷儿几个从庙墙上蹿了出来。三姑姊妹回了黄堡，驼叟带了维扬，放一把火，把庙烧成一片灰，然后分道返回八仙观。

三姑、四姑、七姑从火神庙返回黄堡家中，看王二姐喜眉笑脸，真是说不出的万分感激。王二姐父女又住了一夜，因离年关已近，不便久停，第二天拜谢了三姑姊妹，父女双双起程回去了。那八仙观的驼叟，看王铁肩已来了两个年头，平日很是任劳任怨，虽说他已拜在门下，若按门中规则来说，总算尚未正式拜师。以往驼叟虽命维扬教了他些初步功夫，不过是些皮毛罢了。这日驼叟摆了香案，中间供了武圣神像的牌位，把王铁肩唤到近前，说道：“你来在这里已有两年，虽然你拜在我的门下，按规则说，仍是不算正式拜师。我叫你师兄维扬教你些初步功夫，不过是些皮毛，毫没有用处的，今天才算是我正式收你的日子。”遂命王铁肩向香案正中的武穆牌位磕下头去。王铁肩喜孜孜磕罢了头，又三跪九叩地给师父行过大礼，跑在香案之前，静听师父训谕。驼叟坐在香案旁一张凳上，对王铁肩说道：“你今天算是的确我的及门弟子了。我们形意门

中有四诫，先念给你听，‘矜躁色私’四个字，以后叫你师兄慢慢讲给你听吧。”又手指武圣的牌位，继续说道：“咱们形意派剑自岳圣，所以咱们门中是供奉岳武穆的。近来门外的人，都以咱们形意门武当派，说是张三丰传授下来的，这是大谬。若说形意门为内家派则可，若说内家派统为武当派，这就大大不对了。不过咱们形意门的功夫，就是本门中，也是各有不同。本门所传不过八式，系采五行十二形中的鹤形、马形、鸡形、燕形，在拳腿上根采崩拳、横拳、撵拳、炮拳，混合而成的。至于我那师伯所传的，却又与你师爷不同了。他老人家是以鹰熊二式为主，看来这两支虽不同，可是练法同出一源。咱们新传虽没有鹰熊二式，但是暗中还含着这鹰熊二式。”

王铁肩跪听到这里，不由得疑问道：“师祖新传既没有鹰熊二式，怎的还有鹰熊二式含在其中呢。”驼叟解释道：“咱们形意门的生化之道，说起来皆由于先天的横拳而生，即是万物都生于土。所以说横拳为各形之母，八式皆从此而生。故此形意门的拳术，是以横拳为母，以鹰熊二式为主，攻像鹰，守像熊，形意拳中一动静，含鹰熊二式。虽说各形皆生于横，其身心连用，却都基于鹰熊二式。这是要心思会悟，不可以言喻的。”王铁肩听了这片理论，虽未深彻明了，但是也了悟许多。

驼叟又道：“现在我再把咱们形意门的源流，向你简略地说一说。方才我已向你说了咱们形意门是创于宋朝岳武穆，以后到了明末清初，各贤又出，本门益形光大。不过初练时，有三步功夫，又有三种练法，又有三层道理。三步功夫，是易骨、易筋、洗髓。三种练法，是明动、暗动、化动。三层道理，是练精化气，练气化神，练神还虚。这几句你要牢牢记住，这是咱们习形意的诀窍。”道罢源流，开始授艺，从此王铁肩朝夕不辍，苦练起来。

这一天三姑、四姑姊妹到山上去猎野兽，路过八仙观，便走了进去。看驼叟正指点徒弟练功夫，看她姊妹俩走来，一同让到房中。驼叟便问：“七姑怎的没有一同出来呢？”三姑接过

来哧哧笑道："人家有了婆家的人儿，不肯抛头露面，不像先前疯丫头也似的了。"驼叟笑了笑，便又问道："你不提起，我几乎忘掉了。去几岁鑑青来信说，定今年三月迎娶七姑进门，现下已二月杪，眼看就到三月了，怎的还没有信息呀。"三姑道："真个的眼看就是三月，还没一些信息，是送到大名任所去就亲，还是来这儿迎娶，喜期已近，此时一些还不晓得呢。"四姑笑道："过几天总有信息的，人儿已经给了人家了，早晚还愁不叫人家搭了去吗？你看七妹她也不一天到晚舞剑和练拳脚啦，终日钻在房中，针儿线儿的，自己忙她自己的针凿活计了。"驼叟笑着打诨道："照你这样说来，七姑倒是个忙人了。"三姑道："她自有了人家，哪一天离开针儿线儿了呢。除了去岁救王二姐，直到破了火神庙，算是她没有弄那针儿线儿，歇了几天。"四姑道："她一天活计不离手的，我也不晓得她是忙着做什么呢。"驼叟道："她那妆奁各物都已预备齐全了吗？"四姑忙答道："去年我大姊丈走时，统统全托他置办去了，至于七妹的衣服，我大姊临走时，也都把尺寸用尺子量了去了。现在想都已齐备，这倒不必顾虑。我姊丈走时，吩咐我姊妹两个，如果喜期有了准日子，赶紧派人，给他们个信儿。如果在这儿迎娶，即把妆奁衣物等，送到这儿来。如若是到冀南，便派人给送到大名去。"驼叟把头点了点道："周兴元毕竟是个商人，心思倒还精密。"

说至此处，王铁肩把茶烹了来，三姑、四姑忙起身谦逊了几句，便向王铁肩问道："我姊妹进来时，看师兄正练功夫，不晓师兄近日练到哪里。"王铁肩尚未答言，驼叟道："他八式拳均已练完，他进步是很有可观，我正式传他不过一个多月的样子。"王铁肩看师父同她姊妹谈话，笑了笑，慢慢退了出来。三姑、四姑听驼叟说王铁肩不过一个多月，居然把形意八拳练完，不由得伸了舌头道："他进步确是很有可观。"驼叟道："他一个粗人，心地倒还专纯，将来造诣，恐怕要在你们那纪维扬师兄之上。他现在练到杂式捶，不过却有一层可虑，他每

每犯那贪多的毛病，我常拿那其进锐，其迅速的言语斥责他。不说旁人，就拿维扬来说吧，自拜我门下，如今已有七八年样子，他向我求讨了好几次，叫我把形意枪的点子传给他，我还没应允他呢。非是我自秘，只因他别的器械，尚未臻佳境，怎能再传他形意枪呢。若传了他，弄得全都不成，岂不白白耽误他了吗？”

四姑笑道：“你老人家这种口吻，却同我们师父言出一辙。他老人家因我们姊妹俩的造诣，不如七妹，所以除了拳腿之外，只教了我姊妹俩一趟剑就罢了。我七妹十八般器刃，我师父样样都传她了，可惜他老人家那独有的形意绝命三枪，临羽化带了去，未曾传与人的。”驼叟叹了一口气道：“可惜你师父那独有形意绝命三枪未曾传人，本来却也难怪，他那古怪的性子，一辈子只收了你们姊妹三个女弟子，除去你们三个，他又有谁可传呢。这形意绝命三枪，就是传给你们，一个女孩子家，也不去冲锋上阵，又有什么用处呢。这不过是他不曾传给你们的意思。说起这形意绝命三枪，当初我们师兄弟几个，你们师祖也就算独传给你师父了。这也难说，在传给他的时候，正是你师祖病危之际，那时我们师兄弟都没有在他老人家近前，只有你师父一个守在身旁，设若那时我们如一同守在那儿。你师祖也都传我们了。听说你们师祖在传你们师父这形意绝命三枪时，系坐在病榻上，只用了一根竹筷，就一招一式的指示着传给他。不料你们师父未得其人而传，把咱们这形意门绝无仅有的绝技，临羽化带了去，实在是一件憾事。”说着，彼此太息了一阵。

三姑、四姑随又闲谈一时，方辞了驼叟，姊妹俩又到山上猎些野兽，直到夕阳衔山，才回到家中。又过了没几天，果然有舒镒青夫人母家的人，从大名回来，顺便到黄堡带了信息来。说喜期俟缓到秋后，再为办理。因舒知府近又调任山西，夫人公子也都随同到山西去，因此喜期不得不缓到秋后了。以外又有舒知府致驼叟一封函件，除了致候之外，内容也是这一

样的言语。三姑便派人把这函件给驼叟送了去。三姑、四姑姊妹两个向七姑调笑："妹妹可是误佳期了！"这天姊妹安寝，只七姑一个，尚坐在灯下穿针引线，做她的活计，四姑躺在被中笑道："天已不早，该歇着了，一天活计不离手，也不腻吗。鞋儿袜儿，和贴身褂儿裤儿做了些，就够好了，难道说，把一辈子的都做出来吗，秋后才出聘呢，忙的哪门子呀。过了门好这样忙吗？不说旁人，小姑爷先得心疼坏了。"这句话甫罢，七姑扔下活计，扑了过来，两眉一叠，怒嗔道："你嘴又淡了吧，我非收拾你不可。"扑到四姑头前，四姑粉面向被中一钻，忙嬉笑道："你别动手动脚了，我不打趣你了。"正在取笑之间，忽听院中吧嗒一声，像是夜行人问路石的声音。四姑、七姑一惊，停住手脚，侧耳听去。此时已更深夜静，一切声音都听个逼真。随着又听好像有人从房上落下，但是声音极其轻细，一听就知这人本领不凡。这种声音如何瞒得过这精细的七姑，七姑忙向四姑一使眼色，一回身子把灯吹熄，便忙摸黑束扎利落。这时四姑也把三姑悄悄喊起，也一起装束齐整，各抄手中剑。在这当儿，猛然听院中一响，哈哈笑道：三个丫头，今天是你家佛爷报仇的日子到了，快出来，不要叫我费事。"三姑、四姑、七姑一听这口吻声音，正是那火神庙逃去的方丈正明。姊妹三人明知不是他的对手，立时大惊失色。七姑眉头一皱，计上心头，附在四姑耳旁，低声道："你悄悄从后窗越出，快到八仙观去请刘老伯吧，我和三姊同他打几个照面，便把他引到八仙观那条路上去。"四姑点首示意，不敢怠慢，从后窗越出，转到了前院。

这凶僧立在阶前，短衣窄袖，提了他那对八楞铁锏，仇家见面，分外眼红，不曾搭话，便打在了一处，正明舞动手中锏，恨不得一下把三姑、七姑结果了。三姑、七姑仔细提防，摆手中剑相迎，当时铿铿锵锵，厮拼起来。一些男女仆役们，一个个睡梦中听得这兵刃相击之声，都吓得钻在被中屁滚尿流，连大气都不敢出。三姑、七姑不敢久恋，交手不到十几个

照面，寻了个破绽，向正明虚晃一剑，一转身，姊妹两个雀鸟般，早蹿到了房上，身法确是十分矫捷。正明收了锏式，冷笑道："丫头你们也有今日呀，看你俩哪里逃，你俩就是上天，我也追你们南天门的。"一跺脚，纵上房去。

这时三姑、七姑已跳出院外，奔八仙观那条道中跑了去。正明哪里肯舍，紧紧在后面追赶。一气跑了五六里，眼看就快到了八仙观，仍不见驼叟和四姑走来，七姑不由得暗暗焦急，一壁跑着，一壁向三姑抱怨道："四姊姊真不是办事的人，这时怎还不见她同刘老伯走来。"说话间，已到了八仙观近前，看双门紧闭，侧耳听去，静悄悄并无人声。喊了两声，也无人答言，她姊妹却有些慌了手脚了。正明早已追到身近，三姑、七姑复又举剑，向他杀过去。怎奈三姑、七姑是个女子家，究竟气力不佳。况那恶僧正明不但膂力惊人，而且又是一身超人的功夫，她姊妹俩当然不是他的对手。又打了没有两三个照面，三姑、七姑已气息喘喘，眼看就要败在凶僧手里，那正明唯恐她俩脱逃，舞动手中那对锏，左右乱闪，紧紧把她姊妹俩缠住，若想脱身，却是休想。她姊妹俩堪堪就要被正明的锏击倒。七姑一壁和他交手，一壁暗忖脱身之法。在这危急之间，七姑忽娇声喊道："刘伯来了吗！"正明一听，锏式稍一松慢，三姑、七姑趁势回头，抹身便跑。正明左右看了看，哪有驼叟的踪迹，冷笑道："丫头，你们也在我面前要这套把戏吗？看你们今天逃往哪里。"边说边追了下去。

三姑、七姑心想此番性命休矣，跑出没好远，正明相距不过两三丈，眼望着就要追上。七姑回手把如意金珠弹打出一丸。那正明把头一偏，那丸金弹擦了他耳旁，飞了过去。正明脚下，不免稍有些迟慢。三姑、七姑又跑出了好远，正明怎肯轻轻放过，紧紧追在后面。转山绕岭，又跑出了四五里。三姑、七姑一抬首，瞥见前面，一片黑乌乌树林，心下暗喜，直奔这片树林跑去。到了树林以内，一纵身跃到树上。这黑夜之间，借了树的枝杈遮蔽，隐住了身躯。偌大这片树林，正明哪

里觅得见？他自忖她姊妹俩是穿林而过，按武林门规来说，若追人入了树林中，万不可轻进，恐受暗算。这正明却艺高胆大，追进了树林，从三姑、七姑攀登的这两棵树下过去，毫不觉得，健步如飞地跑过去了。

被七姑抖手一暗器，他这才怒叫一声逃去。这正明和尚自从战败后逃走，到他早年一个姘妇家中，潜藏了些天，转过年关，探知他那火神庙被火烧没了，他听了这消息，越发把驼叟及三姑姊妹恨之入骨了，恨不得含口火，把他等生吞活咽下去。这天夜间，原想先把三姑姊妹三个结果了，随着再去暗刺驼叟。不想三姑、七姑十分乖巧地脱逃了，三姑在树上待了好一时，料正明已然去远，方才跳下树来，姊妹俩转向回路走去。

七姑尚不觉怎样疲乏，唯有三姑周身大汗，两腿已觉酸疼，口干舌燥，心想寻个住户歇一歇脚儿，顺便寻些水解一解口中干燥。无奈在这深夜之间，一些人家均已入睡了，姊妹两个溜向回路。七姑看了三姑这疲乏模样，便道："三姊姊，我来背起你走吧。"三姑眉儿一皱道："你虽不似我这样的疲乏，也够劳累的，你还想背我吗？慢慢走吧。"且行且看，见前面微微透出一丝灯光来，三姑一看喜出望外，手一指道："你看那户人家，还没有睡觉呢，咱们紧赶几步吧。"不消一时，到了那家门首，矮矮圈了一段篱笆墙儿，内里有三间茅草房屋。姊妹俩不便鲁莽，轻轻把篱笆门儿叩了两下。听房内一个女子答问了一声，呀的声开了房门，向篱笆外面问道："这早晚谁来叩门呀？"三姑忙答应了声："我们姊妹俩路经此处，口燥起来，特来寻口水的。"那女子听了，方迈开莲步，开了篱笆门儿，那女子仔细朝了三姑、七姑望了望，喜得她不顾开言。翩若惊鸿般回身走转房内，高声喊道："娘呀，快把活计收了起来，咱们的恩人那黄堡伍家小姐们来了。娘快把房里略略收拾收拾吧。"复又翻身走出，笑嘻嘻道："恩人快请房里坐吧。"三姑、七姑见女子，正是那火神庙搭救的张氏女。

当走进房中，看她的老娘是个五十多岁的老妇，原来她母

女正坐灯下给人缝做衣服。这张老婆见了三姑、七姑，扯着那张满面皱纹的笑脸道："恩人们，我母女一天不知要念叨几遍呢，今天怎的这般晚，路过此处？真难得恩人们到来！"说到这儿，屈膝便下跪。七姑手快，伸手扶住了她，连忙道："这大年岁，我们可生受不起，不要折煞我们的寿数了。"张氏女忙问："怎的不见四小姐呢？"七姑当把正明如何到黄堡去厮拼，四姑如何去八仙观请驼叟，她同三姑又如何被追到树林，才得脱身的一片话，向她母女说了一遍。张老婆听了，不住咬牙骂凶僧。张氏女忙道："娘先陪在此少坐一时，我赶紧给恩人们烧柴泡茶去。"抹身走出。

张老婆向她姊妹道："这万恶凶僧，迟早要遭报的。我女儿若不亏恩人们搭救，她再晚一天回来，我不病煞，也要急煞了。恩人们，不但搭救了我女儿，而且又赏了她些银两，我母女俩提起来，感激到万分，我们真没法报答的。"七姑忙道："快不要恩人恩人震天价喊叫了，我们听了反觉怪刺耳的。"张老婆忙改了话口，笑道："小姐们不愿叫我称呼恩人，我不这么称呼了就是。"说话间，张氏女已把茶泡来，斟上了茶，恭恭敬敬给三姑、七姑端了过来。三姑这时身上越发燥起来，汗仍出个不住，索性她上身衣服脱去，只穿了薄薄一件衫儿。张老婆看了，忙拦道："小姐快穿上吧，夜深了，不要受了凉的。"三姑哪里在意，忙说不妨。

七姑又问："你母女怎的这般晚，尚未歇息呢。"张老婆未语先叹了声道："我们一年到头，倚恃着十指，给人家缝做活计，度这贫寒的日月。哪一天我母女都到三四更上，才得歇息呢。"说到这里，好像想起一桩事儿，忙又说道："我女儿和我每提小姐们的本领，很是羡慕。她常说遇机到黄堡去求小姐们，收她做个徒弟吧。不知小姐肯不肯收她这个徒弟？"七姑笑道："我们姊妹同她岁数儿，也是仿上仿下的，怎能收她做个徒弟呀。"张氏女一旁哧哧笑道："小姐必是不肯收我这愚钝的徒弟。"七姑道："你愿意练习武功夫，常到我们那儿去，我

姊妹定教给你的，何必要叫我们姊妹收你做徒弟呢。”张氏女喜道：“小姐们既肯教我练习武功夫，虽不认可我是小姐们的徒弟，可是我这徒弟的名儿，是毫无疑义了。”又闲谈了一时，天已大亮，三姑穿好外面衣服，同七姑便要走去。母女苦留不住，七姑便让张氏女有暇到黄堡去，张氏女笑道：“不用吩咐，徒弟当然要去拜望师父们去的。”七姑笑了笑，同三姑迈步走出。

将到外间，七姑一眼看见正中佛案上，供了有两个长生牌位，一个是驼叟的，一个是她姊妹三个人的。七姑过去把她姊妹三个的长生牌位抓在手中，待张氏女过来抢夺的当儿，七姑早放在脚下踏了个粉碎。随着七姑说道：“我们刘老伯的长生牌位，你们自管供奉，我们姊妹可生受不住的，不要折我们的福了。”张老婆在旁把嘴干吧嗒两下道：“小姐们怎把我女儿的命根子踏毁了，她每天净了手上三遍香呢。”张氏女看已把长生牌位踏个粉碎，深悔自己粗心，夜间她姊妹俩来时，不曾收了起来，粉面低垂不作一语，七姑对她笑了笑，别了她母女，径自走向回道去了。

姊妹俩走了没好远，三姑微觉身上有些不舒适，头微微也有些疼，当时并未介意，走了一时，忽地一抬眼，瞥见迎面四姑同了王铁肩走来。七姑怒容满面向四姑责道：“四姊姊，你把刘老伯请到哪儿去了，昨夜不亏我姊妹俩机警，险一忽儿，就把性命丧在那恶僧手里。我们姊妹俩若丧了性命，你思索思索，对得起你这三姊同你这七姑妹吗?”四姑忙道：“你先不要呵责我，容我慢慢说了详情。你就晓得了。我这一夜急得心里，也同着了火也似的。”四姑旋又说了一片言语，七姑方才怒火全消，转怒为喜地道：“这就怪不得你了。”

原来四姑自后窗越出到八仙观去请驼叟，施起陆地功夫，恨不得背生双翅，飞到那儿。一时到了八仙观，也不顾上前去叩门，一踩脚儿，纵了进去，看空洞洞并无一人，立时怔住。看驼叟住的那间房门倒扣着，来到对面房内，有维扬物件齐整整放在那儿，王铁肩的被儿却好好铺在那里，床前桌上好端端

放了一壶茶，手模茶水尚温。四姑现出失望颜色，自忖驼叟同维扬必定是出门去了，王铁肩想是在殿后面。踅身走出，站在阶前，三师兄三师兄地喊了两声，不听回语，心下了然，料想他一定趁驼叟不在家中，他在这夜晚，到邻村吃酒去了。当时毫不迟疑，窜出八仙观，向邻村寻去。果然不出四姑所料，在途中遇见了王铁肩，见他醉醺醺走来，忙问他刘老伯到哪里去了呢？王铁肩一看是四姑，他酒吃的这个模样，未免面现局促忙答道："我师父带了我师兄，出川到山西去了。"四姑忙又问道："他老人家到山西，有什么事么？"王铁肩道："我那直隶孙能深师伯，他老人家派徒弟，把师父请了去的。听说孙能深师伯的徒儿，保了笔镖银，路过山西丢失了，故此特来请师父，帮同他们去寻这笔镖银。我维扬师兄也要一同去，所以师父也把他带去。"说至此，又问四姑："因何夤夜至此，寻我师父？"四姑听驼叟果出门去，自己所料不差，当时急得汗流如注。听王铁肩这么问着，忙把恶僧正明夜入黄堡的话，说了一遍。王铁肩一听，酒立时吓醒了，忙道："听我师父他老人家说，那恶僧本领确是了得，三姑、七姑怎的是他对手？"四姑同王铁肩很焦急地说着，已快到了八仙观，忽见两三条黑影即是三姑、七姑同那恶僧动手了。

这正是三姑同七姑在八仙观门外同正明厮拼的当口，七姑诈喊了声刘老伯来了吗，趁势脱身，向东北跑了下去。王铁肩便要随在后面看个究竟，四姑慌忙拦他道："你跟了下去，也不精细，我想她同我三姊，决不能被他追上。就是追上，她也有法摆脱，万不会吃亏的。"

四姑口中虽这么说着，一颗心却早提起了多高。四姑当即别了王铁肩，踅回了家中，取出暗器，小心护宅，见一些男女仆役吓得大气不出，还静悄悄钻在房中。四姑便把他们喊了出来，这些仆役忙问三小姐同七小姐呢？四姑把她姊妹被凶僧追下去的话，向他们说了。这些男女仆役听了一个个也都提心吊胆的，替她姊妹俩捏了一把汗。四姑坐在房中，提了兵刃，愁

眉双锁，四姑至此心内越发着慌了。忙走出门去，顺了夜间她姊妹俩跑的那股道上，寻下去了。

路经八仙观，瞥见王铁肩站在门外，王铁肩忙问她姊妹俩夜间可曾回返黄堡？四姑满面愁容，把头摇了摇。王铁肩看四姑这神色，心中自不免也是一惊，便回过身走进观中，忙把门从里关闭上，越墙蹿出，同四姑一起寻了下去。恰巧走没好远，遇上了三姑、七姑，四姑同王铁肩方把一颗心放下，不想七姑劈面不问情由，便向四姑呵责，四姑把驼叟不在的话，向她姊妹说了一遍，七姑方才明白，忙不迭地道："这就怪不得你了，却原来刘老伯出门了呀。"七姑当把夜间，她姊妹怎样在树林脱身，后来又怎样到了张家，也向四姑忙说了一遍。王铁肩忙让她姊妹三个，到八仙观歇息一时。七姑道："不去了，我姊妹俩跑了大半夜，也该回去歇息歇息。"

姊妹三个别了王铁肩，回了家中。一些男女仆役见三姑、七姑姊妹俩安然回来，也全把悬了的那颗心落下去。一夜光景，想她姊妹们全已饥饿了，仆妇们忙到厨下预备饭食。三姑一进门，便一头倒在床上，身上作冷作烧起来。一时饭菜端上，三姑摇着首说："你们吃吧，我是不吃了。"四姑忙过去，伸在她额上摸了摸。啊呀了一阵道："三姊姊怎么了，头上烧得这么滚热？"七姑一听，也兀地一惊，连忙道："三姊姊她定是夜间，在张家脱了衣服，受了凉了。"忙扯了一床被子，给她盖好。又道："叫她睡一时，发些汗，就会好的。"四姑、七姑两个转眼把饭用罢，仆妇们张罗着把碗盏收下，四姑、七姑不觉也有些倦意，心想睡下歇息一时。她姊妹俩这一觉，睡了足有大半天，一睁眼醒来，金黄色的阳光，已射到东面的房上，映照着大半边院中一棵老槐树的影子，日色已是偏西了。

第四章

王铁肩计擒恶僧

四姑、七姑翻身坐起，抬手把鬓边的乱发，向后理了理，转眼看三姑一张脸通红，看她那样子，热势并未少退。七姑紧皱二眉，向四姑道："看来三姊病热来得不轻。这是她自己不小心在意的缘故。"四姑道："看她这模样，一天半天不能痊愈的，总要给她请个医生诊断诊断。"七姑点首道："今天是不讲了，明天当然要给她请个医生的。她这一病不要紧，不过却有一层可虑，那凶僧未必甘心，难免今晚不二次来寻我姊妹厮拼。咱们又不是他对手，偏巧刘老伯又在这时离川去了，今晚凶僧若来时，三姊她又病倒床上，叫咱们姊妹俩怎样对付他呀?"四姑听了，也是不得主意，姊妹面面相觑，思索不出一个妥善方法来，立时愁云密布，房中寂寞了许多。

正在这时，猛然一个仆妇跑来报说："八仙观王铁肩来了。"七姑便命把他先让到前面房中，姊妹略略梳洗，迈步走出。到了前面房中，见王铁肩喜眉笑脸迎头说道："小姐们请放心吧，我擒拿了一个大和尚，视那样子十有八九是那凶僧正明。"四姑、七姑哪里肯信，忙说道："那凶僧一身惊人武功，

他如何叫你拿得住呀？和尚可多着哩，快把人家放了，定不是的。”王铁肩笑道：“是与不是，小姐们去看一看，那厮被我尚捆在八仙观我那房中呢。”四姑、七姑听了，见他一团高兴地跑了来，不便驳回，当把首点了点，便同向八仙观行去。到了那里，看王铁肩房中，四马攒蹄捆了一人，近前仔细望去，却是出乎意料，正是那恶僧正明。四姑、七姑大喜，忙问王铁肩道：“你究竟怎把他拿住的呢？”王铁肩哈哈一笑道：“算他倒运，算我瞎猫捉住死老鼠罢了。”这正是善恶到头终有报，也是合该正明到了恶贯满盈的日期。那正明自从追赶三姑、七姑，眼望着她姊妹俩跑进树林中去了，及至追进林中，受了一暗箭，他就跑回去了。他本想拔去暗器，再来寻仇，他一看东方已微微将要亮上来，才颓然若失地返回他那姘妇家中，倒头便睡。心想三姑姊妹弱不能久战，又不能逃走，还恐她们逃到哪里去吗？今晚再到黄堡去，定把她们这丫头们做了。这么想着，不觉呼呼睡去。醒来时，天光已至中午，把面洗过，便走出他这姘妇家中，想寻个酒家吃盅酒。来到附近村中一个酒铺内，要了两角酒，以外又切了一大块腌牛肉，一个人自斟自饮吃了起来。正吃酒中间，一眼瞥见一个高大汉子走了进来，酒保对这汉似十分厮熟，忙迎面笑嘻嘻地道：“王二爷来了吗？我去给打两角酒，切上两块腌肉。”酒保一边说着，一边走到酒缸近前，拿起酒器，给这汉子打酒。

这汉子听酒保向他招呼，把头点了点，一转首看见了正明，正明也正向这汉子打量，这汉子望着正明略一沉吟，忙扯了笑脸，走到正明身旁，招呼道：“大师父难得也到这里吃酒来了。”正明微把身子欠了欠，仔细朝着这汉子看了看，暗忖这汉子，我并不认识他呀。这汉子看了他这形象，又笑道：“大师父记忆不起我来了吧，本来我有三四个年头不曾到庙中去了。”正明听他这口吻，心说这汉子必是从前常到庙中去的，怎奈一时想他不起。这时酒保已把酒肉给这汉子端上，这汉子见了，忙向酒保说道：“快把酒肉给我挪到大师父这面桌上来，

我来陪同大师父，吃个尽兴。”正明一个人正在纳闷，听这汉子这么说着，忙说道：“好极，好极，快把酒肉挪过来，一同喝吧。”酒保把酒肉接过，便向这汉子问道：“恕我眼拙，一时确想不起来尊驾的姓名。”这汉子笑道：“我就住在附近村中，我姓王，都叫我老王老王的，大师父想不起来了吗？”

这汉子非是别个，正是王铁肩。正明听铁肩说罢，一颗秃头摇了两摇，猛地伸着巨拳，震天价似的声在桌上拍了一下。王铁肩以为他觑出破绽，不由得暗吃一惊。哪知正明一拍桌子，真像想起来一样，说道：“你是不是头几年，常到庙里去，那个卖山货的王老五么？”王铁肩顺口答应，把手向大腿上一拍道：“一些不错的，大师父可想起我来了。”说到这句，举起杯子说了声请干一杯吧。正明并不推辞，端起杯子，仰脖干了一杯。王铁肩走来时，正明已经吃了有几分醉意，这时王铁肩又左一杯，右一杯相让，大凡吃酒的人，全犯这明明已醉，却偏不承认他醉了的毛病，酒已顶上了喉咙，人家若再让，还左一杯右一杯地吃个不歇。不多一时，铁肩把正明灌了个酩酊大醉，正明觉得头沉脚轻，一步却也行走不了。铁肩看他醉的这模样，立时大喜，便道：“大师父请到我那里睡一个觉儿吧。”把正明和自家的酒账一股脑儿会了，扶起正明，走了出来。正明醉得昏沉沉的，俯在仇人的背上，走了没好远，哇的一声，吐了许多酒出来。王铁肩唯恐他酒醒，解下身上系的带子，紧紧把他手脚捆在一处，提起来便踅向八仙观走去。

正明此刻酒已醒了几分过来，心中明白受了暗算，怎奈四肢无力，而且又被捆上，只可任其摆弄。一时到了八仙观，铁肩知正明一身硬功夫，怕他酒力散了，挣断了带子，那时却要吃他的亏了。猛想起自家师父房中，有两根牛筋绳索，听师父常说，无论有多好功夫的人，若被这牛筋的绳索捆上，休想挣开。王铁肩忙去拿了这两根牛筋的绳索，重新又把正明四马攒蹄捆上。仍恐他逃脱，当又把他吊了起来，把嘴堵上。这才把观门从内锁好，喜孜孜到黄堡去，告知三姑姊妹。不料三姑病

了，四姑、七姑听了，有些不相信。及至四姑、七姑同铁肩来到八仙观一看，果然恶僧正明，吊得半死了，心中大喜，忙问王铁肩怎样把他锁住的。王铁肩把拿住正明原委说了一遍。当把正明解救下来，仍缚手脚。王铁肩向四姑、七姑道："把这恶僧提得回山中结果了吧，留了他不知还要害多少人呢？"四姑、七姑银牙一咬，齐声道："这恶僧不结果他，留着叫他再去为非作恶。"王铁肩一听，拿了兵刃，把正明跌在地上，弯身把他提起，便同七姑姊妹出了八仙观，直奔观后山中。王铁肩提着凶僧，直走到无人处，把正明狠劲向地下一抛，笑了两声道："恶僧你害了多少妇女，今天可是你遭报的日子了。"正明圆睁二目，冷笑了笑，又把二目闭上，不作一语。王铁肩一看他这凶狠颜色，当时大怒，举刀向他秃头顶上砍了下去。使了十足气力，满想一刀下去，把他那颗秃瓢全给砍落。忽地就听当的一声，火星乱迸，正明的脖颈比铁还硬，震得王铁肩手臂麻木，险些松手把手中刀扔落，慌忙撤回刀来，一看刀刃已卷，吓得惊慌失色。四姑、七姑看了，也是一怔。正明一颗秃头晃了两晃，冷笑道："你们自管砍来，我是不惧的，看你等怎样处置我。"王铁肩一听，一团怒火越发按捺不下，两手齐执了刀柄，一翻两腕，二次又向正明腹间刺去，只看正明一吸气，肚腹立时凹了下去。刀刺在他那腹上，觉得其软如棉，那刀就如同嵌在他腹上一般。正明猛又一凸肚腹，王铁肩不由得倒退了好几步，两手一松，那柄刀就像断了线的风筝，给摔出了好远，呛啷落在了地上。

二女侠和王铁肩一齐乍然吃惊，呆望了正明，束手无策。三姑、四姑眉儿一皱彼此观望，也是不得主意。正明看他们这窘态毕现的神色，面上很得意，哈哈笑道："你等若知趣，赶紧把我绳索解去，我抖手一走，决不为难你等。如若不然，看你等能把我怎样。"这正明幸亏是用牛筋的绳索把他捆绑的，如是普通绳索，早被他挣开了。

四姑、七姑、铁肩听了他这狂语，七姑眉儿一紧娇喝道：

“既把你凶僧捉住，岂能轻轻把你放掉。”说到这儿，忽然把二眉一展，忙转首向四姑、王铁肩道：“凶僧这身硬功夫，若像这样用兵刃去砍他，当然是不能伤他分毫的。此时我忽地想起来了，记得我们师父在世时，曾向我说过，大凡遇上硬功夫的人，本领低弱的是不谈了，若是本领绝顶的，兵刃是莫想伤他一根汗毛的，必得先要把他的七窍挑了，只一见血，立时刻一身本领扫地无余。姑且试他一试！”说着，便叫王铁肩去把刀捡了过来。再看那正明听了七姑小片言语，面上当时改变了颜色，不似先前凶狠样子，狠狠地道：“不想我今天丧在你等小辈手中！”七姑从王铁肩手中把刀接过，走向前，刀尖对准凶僧眼角，狠狠一刺，果然怪喊血流，随手又一刀，把正明的咽喉割断，立刻气绝身亡。可惜他一身绝顶本领，既皈佛门，不说遵守清规，却专干伤天越理的勾当，今丧在这荒僻山中，也是他咎由自取。四姑、七姑要扔下他那尸身，去供那野兽果腹。王铁肩说：“不好，还是埋了吧。”解开他那两根牛筋绳索，掘土成坑，把凶僧埋了。

四姑、七姑踅回了黄堡，一进门儿，将走到院中，一眼瞥见张氏女嘻嘻笑着，莲步声碎，迎头走出，说道：“四小姐、七小姐回来了，你看你们这女弟子诚恳不诚恳吧？等不及明天，今天我就烦了我们邻户一个伯伯，把我送来了。”七姑忙道：“丢下你娘一个不寂寞吗？怎么不叫你娘也来住些日子呢？”张氏女笑道：“我娘怎能来呀，全来了，家中怎好意思全托人家邻户照管呢。这我来了，托付了我一个邻户，同我娘做几天伴，我娘倒也不寂寞的。”张氏女已进了房内，看三姑仍是烧得双颊红晕，鬓发乱乱地围了被子，坐在床上。

四姑、七姑忙问：“三姊姊此时身上觉得好了些吗？”三姑头摇了两摇，有声无力地问道：“我听说三师兄把恶僧拿住，你们去看，究是不是那恶僧正明？”七姑一扬眉儿，便同四姑，把果然是正明，已把他结果在那八仙观后面山中的话，向三姑说了一遍。三姑听罢，喜出望外，把个张氏女更喜欢得手舞足

蹈，连连说道："这个大害居然被小姐们除去，不是当面称扬，我常听人讲说什么十三妹，据我看，小姐们比那十三妹还要高出一节的。"四姑笑道："你别胡比乱比的了。那何玉凤我们怎敢比拟呢，再者说这凶僧也并不是我们把他拿住的。"说了一会儿话，三姑又倒身躺下，四姑忙又向七姑道："三姊这病症委实不轻，不要延迟着了，我看就去给她请个医生去吧，不要等待明天了。"七姑尚未答言，张氏女忙接过来道："我来时看三小姐病势委实不轻，怂恿三小姐派人请医生来了，立了方儿，已经抓药去了。"七姑忙问道："郎中诊罢脉，怎么说的呢？"张女连忙答道："郎中诊罢脉，说是受些感冒，吃了两剂药就会好的。"四姑、七姑听了，方把心放了下去。七姑道："叫三姊姊清静的休息一时吧。"一扯张氏女的手，打趣道："随师父到那间房内去坐吧。"

走到对面房中，彼此落座。张氏女喜道："小姐们是承认我这徒弟了，我还没有拜师父呢，我就在这儿给师父行礼吧。"说罢，真就站起身来，四姑坐在她身近，一伸手，把她按在座位上，笑道："你不要听我七妹妹说戏话，我们决教你武功夫的，何必定要拜师呢。一来全是相上相下的岁数儿，我们怎好意思收你，二来拜师也没有这么简单的。"张氏女忙道："还论什么岁数儿，圣人还师项橐呢，项橐不是一个十几岁的孩子吗？这样看起来，岁数儿又有什么关系呢。反正我晓得不拜师，是说不下去的。"七姑忍不住笑道："看不出你记了不少典故，你要一定拜师，就不用学功夫了，可惜要怪我们姊妹要恼你的。"张氏女道："就依了小姐们，往后我练好了功夫，人家若问起我的师父是谁来，我不是还要说出小姐们来吗？难道我还能说出别人不成？"七姑笑道："我们先教你些初习功夫，只要进了门径，决不辜负你的一片坚决心意，你还有什么可说的吗？"张氏女听罢，也就不再言语了。

四姑当把她引到后面空院中，先向她说了一遍初学要诀，又把各拳法的功夫，略略给她试解一遍，随即教了她一趟开门

功夫，这是一套形意拳，四姑、七姑指点了她一过，张氏女很是聪颖，不消多日，脚、眼、身、法、步、形，便已熟习。四姑、七姑便又引她回前面房中，七姑向她道："我们形意门各式有各式的作用，各形有各形的神妙。形意拳以各形为进阶，必须要由阶而进，此形习熟，再习他形，非至纯熟，万不能续练，最忌速效，须有恒心，一式通则各形易精，所以拳经上说，一通无不通，即是这个道理。在初习时，似你最好先练明劲，这就是第一步功夫易骨法，也即是那练精化所，再进一步即为暗劲易筋，即练气化神，神而明之，再进而练化劲洗髓，练神还虚，拳经上所说的三加九转，即是此意。"张氏女听至此，连忙问道："像我初学须先练明劲，明劲容易得很，我先天天练习着搬动些粗重器物不成吗?"七姑哧的笑道："你把初步明劲功夫看得容易了，形意最难就是这初步功夫明劲。并不能纯刚，纯刚易折伤筋骨。说句本门内的话，即是纯刚易强，但是又不可纯柔。"张氏女舌一伸道："照这样说来，这初步功夫，确是最难的了。"七姑道："专心唯一，又何惧这一难字呀。还有一层最紧要的，若第一步明劲功夫未成，再去求那第二步和第三步的暗劲化劲，就是练习十年八年，也等于不习的。由此可知形意功夫是全得基于初步的。所以练初步时，总要奇正得体。呼吸得法，刚中求柔，柔中寻刚，气归丹田，运转周身，无论变化何形，当以规矩理法为准绳。"

张氏女听罢这段言语，半解不解，牢牢谨记。七姑又道："你这初学乍练，须得随时参悟，方能有进境的。从此用功不辍，你这样的聪颖，将来的造诣，或者要在我们姊妹之上。"张氏嘴一撇地笑道："不要先夸赞我了，我练成有小姐们一半的功夫，我就知足了。要像小姐们的功夫，我练个十多年，恐也未必追赶得上的。"七姑正色道："练武功夫的人，说出这话，却是不对的，自要循序而进，由阶而升，苦心参悟，何愁不及人家呢。你要晓得，功夫是没有止境的，在你看来，以为我们的功夫，是登峰造极了吧，其实相差还远。不过我们的功

夫，也就将到山阶而进的程度上，说来不怕你畏难，似我们姊妹再用功，练他个几十年，也不能抵于大成呀。”

张氏女偏着首听一句诺一句，直待七姑说罢，才忙着说道：“我听了这片训言，才晓得功夫是没有止境的。”说至此，忙又道：“我将学的那八式不要忘了，待我去再练习吧。”说着，翩若惊鸿般，站起走出，奔向后院去了。四姑看了笑道：“看来她倒是很有专心的。”七姑道：“初习功夫，当然全是要这一股子热气的，但望她从此以后不改变了这样专心。”四姑道：“看她这坚决的心意，决改变不了的。”说到这里，听仆妇嘈杂地说药已抓来了。给三姑煎好端来。四姑、七姑忙站起，去看三姑的药方上面，开的究是什么药味。三姑吃下药，也就见好了。

那一边出门赴会的驼叟被孙能深派徒弟请到山西去寻镖银，带了维扬，同了孙门徒弟，日夜兼程，行了不消几日，已到山西。一打听匪徒劫了镖车回去，一看是插了孙能深的旗儿，便把原镖车璧回，镖银并未短少分毫。却怪孙能深派的这随镖的徒弟不曾把话说明，便和劫镖匪徒厮打起来。等到驼叟赶到中途，已闻人家早将镖银退回。驼叟见风平浪静，便带了维扬返回川中。继而驼叟又一想，同孙能深师弟阔别有年，前次为周家冤狱赴京，本不知晓他在京城开设镖局，今既闻讯，决定到京城，去探望师弟一趟。维扬本不曾到过京城，听师父要到京城去探望他师叔，心中甚是欢喜，心想借此到京城游逛游逛。师徒两个便同孙门名叫魏良的这个徒弟，一起又起程赴京。

这天到了京城，维扬初来观光，东张西望，看街门之上，人烟辐辏，车马喧闹，京城所在，与他处毕竟不同。一时来到前门外镖局，魏良忙头前跑进，察知他师门，此时孙能深听知师兄驼叟来了，忙迎了出来。维扬一看孙能深是个中等身材，黑紫面色，苍白胡须，两眼神光十足，年岁不过比自家师父相差个一两岁模样。孙能深和驼叟相见之下，手握手把驼叟让到

里面，分宾主坐定，维扬垂手立在驼叟身侧。驼叟忙道："维扬你还不给你师叔见礼！"维扬忙朝着孙能深行下礼去。能深含笑欠身把他扶起，略略问了问维扬功夫练到什么境地，维扬一一回答了。能深忙命人引他到外面房中歇息，能深这才和驼叟各道别后情况。当日要了两桌酒筵，款待师徒两个，能深陪同驼叟在这里面房内，魏良师兄弟等，陪了维扬在外面房中。一时酒菜摆上，驼叟是不善吃酒的，他师兄弟两个就座后，正吃谈忙问，能深忽然停住手中筷箸，向驼叟道："师兄认识这儿王府教师杨露禅吗？"

驼叟道："是不是那太极门广平府的杨露禅？"能深头点了两点道："正是他，师兄认识他吧？"驼叟回答道："不过我耳闻此人，并不曾会过面的，这杨露禅有什么事故吗？"能深道："这杨露禅倒没有什么事故，他在这京城名头总算也是很大的。现在肃王府人出了一董海川，是八卦门的，一身本领确已至神妙境地。这董海川在前几日，同杨露禅彼此岌岌乎弄了很大的误会出来。"驼叟忙回道："晓得的，晓得的。"接着说道："那老六爷府有个秦太监，外人全称呼他秦五爷，同我十分要好，常到镖局来寻我攀谈。他和这董海川是旧友，所以董海川的来历都是他同我说的。他也把这董海川给我介绍了，现时董海川也截长补短的出城到这里来，我们彼此间也很是相得。说起这董海川，他乃是这直隶霸州文安县城东南朱家坞人氏，他壮年不晓怎的净身了，故此人全把他唤作董老公。他幼年在江西，随祖师学艺，以后投到肃王府充了一名太监。"驼叟听到这里，忙问道："现在这董海川在肃王府还是充当太监吗？"

能深道："此时董海川早已升任肃王府教师首领了。原来那肃王爷虽身居王位，也是一身绝顶的武功夫。这董海川在肃王府，一直有五六年的样子，上至王爷，下至家丁仆役，都不晓他是一身绝技。这一天，肃王提了一条长枪，在花园内练习。这肃王也很有两膀膂力，他那条长枪的样子足有茶碗口粗细。肃王舞兴正酣的中间，不前不后，恰在这时，董海川一手

托了一个茶盘子，上面放了一杯茶，跑到王爷身边，单腿打千的说，王驾请用茶吧。肃王见他这等没眼色，当时大怒，拨转枪头，朝了海川抡起就打。海川忙立起身来，向后便退，肃王正在气头上，哪肯放松，挺手中枪，追了过去。海川一步一步后退，直退到墙根近前，肃王爷哈哈笑着说，我看你这还向哪里走。一拧腕子，就是碗口大小一个枪花儿，在海川胸前绕了两匝。再看海川托着茶盘，早一个旱地拔葱，纵到四五丈高矮这段墙上。肃王爷一见，忙点手把他喊下，海川跳落平地，又一举手中茶盘，说王驾请用茶，肃王爷一看他手中托茶盘内放的那杯茶，随他这一上一下，一些并未溢出。”

驼叟忙说道：“照这样说来，这董海川的功夫，确也很是出色。后来怎样呢？”能深道：“肃王爷当时一看茶一些未溢出，心中大喜，知他本领定是出众，立刻把手中长枪递了他，命他走一趟枪。他放下茶盘，接过了长枪，光看他那长枪到了他手中，就和面条儿似的，颤动个不住。海川走了一回他们门中的八卦转枪，肃王爷看了十分称赞，立时把他提升府中教师首。现时他的徒弟程廷华等人，本领也全是了得。”师兄弟宴饮豪谈，能深陪同驼叟，少时饭已用罢，自有仆役把家具撤下。驼叟又问道：“这董海川同那杨露禅，究弄出什么误会来了呢？”这时候，仆役献上茶来，能深端起茶杯，呷了一口茶，这才慢慢把董海川和露禅弄出误会几乎彼此恶斗起来的话，向驼叟说了一遍。

驼叟听罢，忙道：“杨露禅的太极功夫，不消说我是晓得了。这董海川的八卦门功夫，听你这样说来，确是空前绝后。”原来这京中的教师久负盛名的，即为端王府的教师首领杨露禅。这露禅自到端王府，平素访他寻衅的，可以说不计其数，都败在他手下，故此他的声名越来越大。偌大的京城，一提起杨露禅三字，几至无人不知。此时露禅年已六十开外，皓发童须，望去犹似五十许人，自然是有武功的人，体质是强壮的。忽有这一日夜间，露禅在王府前院已熄灯就寝。正蒙眬睡间，

忽地就听有人在他这窗前，用手把窗纸轻轻弹了两下，随着低声笑着道：“杨露翁歇息了吗？我特来拜访你来了。”露禅一听，睁开二目，忙坐了起来，向外问了两声，不闻言语。耳听更锣三下，暗忖定是府中人跑来作耍的，也未介意，复又倒身躺下。工夫不大，又听那人在窗上又弹了两下，哈哈低声笑道：“露翁我来特地拜谒你，怎的把我蹲在门外了呢？”露禅慌忙起身披衣下地，一开房门，那人紧紧从外推住。露禅兀地一惊，方明白来的这人定是特意寻衅的。一抬手推开上面的前窗，艺高胆大，毫不顾忌的，当时雀鸟盘纵到院中，看天空之上，斜挂月轮，映照地上，四外寂静阒无一人，方才那人早踪迹全无。露禅前后搜寻了一回，哪有一些踪影，不由得暗暗惊赞道：“这人好快身法呀，在我从前窗纵出的当儿，他却没有了踪迹。看来这人不可轻敌。”心中暗自这样称赞着，又在院中踱了一时，也不见一些动静，方才踅转房中，复又和衣躺下。闭目养神，却不敢再睡下去，一直到隐约听得远处鸡声报晓，东方微透鱼白之色，这才安然睡去。到了次日露禅也未把夜间这事告人知道，心下盘算，今夜他必然还要到来，我却要加意的防范。不来便罢，若来时我必不能把他轻轻放过。转眼到了晚间，露禅果然加意提防，静待昨夜那人光临。露禅这夜当然不敢安心就寝，盘膝坐在了床上，随手器刃放在身旁，以外又预备下了一把连珠弹，熄去灯光，静待那人光临。直等到四更头上，连一些动静也无，自忖那人定料今夜有了准备，必不敢再来作耍了。想到这里，只听外面房瓦哗啦一声，暗道：大概来了！凝神仔细听去，一阵风声过处，吹得窗纸微觉唰唰作响，紧随着又是那人把窗纸弹了两下道：“露翁昨晚多有冒昧，今晚特来请罪。”

露禅蓄精养锐，正等他到来，听他说罢，抄起兵刃，拿了那连珠弹跳下地来，一脚把浮掩着的门从里踢开，疾似鹰隼般跃到了院中。一看那人，却又没有踪影了。正四下看望间，就听上面嗤声笑道：“露翁，我在此处了。”露禅顺着声音，抬首

向北房上望去。看那人一身短服色，直竖竖端然站在房脊上，月光之下，面貌却看不甚清。露禅不由得一时火起，举起手中连珠弹，对准了那人，唰的一声，一粒弹飞奔那人射去。当时那人呵了一声，向后倒去，眼望那颗弹明明打中那人身上。露禅不觉突口说道："一连两夜跑来和我作耍，却休怪我下此毒手，看你这还向哪里跑?"说到这里，就要纵到房上，去看那人。猛地听南房的房脊上，那人拍掌笑道："露翁弹法虽准确，却不曾打在我身上。"露禅听他这揶揄的口吻，一团怒火再也按捺不下，怒声喝道："我杨某和你远日无仇，近日无恨，何故连日跑来和我作耍?"举起手中那连珠弹弩，唰唰唰，连珠般向了那人射去。那人真的是好快身法，早又到了北面房脊上，哈哈笑道："露翁我已领教过了，恕我不陪，告辞啦。"露禅回过首去，看那人已不知去向，不由得暗暗惊佩那人功夫非凡，反把心中那团怒火消了下去，十分爱慕那人本领。

这时露禅的侄儿杨班侯同王府众人，正睡梦中，听得外面声响，在这夤夜之间，不晓出了什么事故，急忙穿衣下地，各拿器刃走了出来。一眼瞥见露禅一手提了兵刃，一手提着弹弩，站在院中，望着北面房脊默默出神。班侯等人近前忙向缘故，露禅方才移转二目，向班侯等人具述所遇。班侯等人听了，也是一惊，忙说："这人太怪，你老人家倒要提防一二。"

到了第二日，露禅用罢早餐，下人跑来报说老六爷府的秦五爷来了。露禅听了，忙吩咐一声请，一抬首看秦太监已提步走进。露禅忙起身让座。这秦太监年岁五十开外，黄白色面皮，穿一件裘红长袍，腰系一根黄绉带子，带子上面缀了些槟榔盒包和眼镜盒子等物，垂在身前。来到露禅房中，露禅连忙笑道："秦五兄今天怎的这样闲散，许久未见了。"秦太监笑道："一向府中不得消闲，所以无暇出来，今日到这里办点小事，顺便跑来，寻你闲谈一时。"说话间，秦太监一眼瞥见墙上斜挂了个空刀鞘子，一柄单刀却明晃晃放在床前，那单刀近前，还放了一张短弩，不由得露出很惊异的神色，向露禅问

道："你们府中闹什么事故着吧？弩弓也放在手旁，单刀也掣出在鞘外了呢？"露禅忙答道："府中倒没出什么事故。"便把连日间有人跑来戏耍的话，向秦太监说了。秦太监一听，二目向上转了两转，便忙说道："听你这样说来，这人的本领，北京城中，除去一个他，没有两个人的，大约必是他跑来和你作耍。"露禅忙问这人究是哪个。秦太监道："据我猜想，连日夜间跑来，和你作耍的这人，没有两个，十有八九决是那肃王府的董海川。"露禅道："我同他又没有什么仇隙，但不晓何故跑来和我作耍。"秦太监笑道："这不是很明显的一个道理，怎的不晓何故呢，不过是我兄声名两字所招的罢了。话虽是这样说，但是若不是他时便罢，要是他时，我出头给你两个见一见面。不要再这样闹下去，不要彼此间由误会再生出恶感来，到那种地步，却有许多不便。"露禅听了，所说确也有几分见地，旋又闲谈了一时，秦太监便起身告辞，临行时，向露禅说到肃王海川那里，探问究竟是否是他。

别了露禅，一直奔往肃王府来。一问海川，不出所料，果然是他。秦太监道："海川弟，你连了两夜，跑去耍笑杨露禅，究竟是什么心意呢？"海川笑道："我并没有什么心意，不过我看他这太极名家，是怎个人物。"秦太监也笑道："太极名家四个字，他确是当之无愧。"海川道："话虽如此，但是听来的话，是不足相信呢？"秦太监忙问道："怎么你才信的。"海川笑答道："耳听纯属子虚，眼见方为事实呢。"秦太监听他这单刀直入的语调，显然是要和露禅比试高下，方才甘心的。遂忙说道："海川弟，我来给你们定个日期，在我那里与你两个见一见面，彼此做个好友，岂不圆满，可不要再这样闹下去了。"海川道："我兄美意，小弟是非常赞成，不过话却要说在头前，到时我可要向他过一过手，领教领教他的本领。"秦太监满口应允道："这层我倒不便驳回你，至时我很愿给你俩做个中间评判人。"海川道："既然如此，就请规定日期吧。"秦太监道："日期俟我回去，派人通知了杨露禅，再为规定。你是没有异

议，尚要去问人家哪日有暇呢。”海川道：“我兄既这样说，我就敬候我兄的日期了。”秦太监把首点了点，站起别了海川，径向老六爷府去，即派人去征求露禅同意，并问露禅哪日有暇。

过了没两三日，秦太监便把露禅、海川请到六爷府他那里，露禅一见海川，看他不过是个五十多岁的干瘪老头，细高身材，面色黑黄，因他在壮年净去了下身，所以嘴上一些胡须也无，手中托了一根长杆旱烟袋锅子，两目神光炯炯。莫看面貌清癯，精神却很饱满。海川也向露禅打量过去，见他年近古稀，皓发童颜，一部苍髯，飘洒胸间，偌大年岁，身子一点也不伛偻，挺胸叠肚站在那儿，望去犹是健壮的少年，心中不由得暗暗钦佩。当由秦太监给他俩介绍了一遍，海川因两人端王府耍笑露禅，先向露禅道歉，随着两人各又客气了一阵，海川即直要来说出和露禅过手领教。露禅也正想同他比一比手，倒要看他功夫怎个高妙。听海川一说，毫不迟疑，便忙说道：“足下既拟和我比手，我是情愿奉陪的。”海川听他允诺，心中甚喜，秦太监忙站起说道：“你等过手，我却不相拦，但是我有几句忠告，过手不怕过手，拳脚之下点到即是，万不可认真的。设如到了两虎相搏，必有一伤的田地，那时你们却辜负我原来给你俩介绍的这片心意了。”露禅、海川齐声说道：“请放宽心，我们彼此决点到就是。”

两个人各宽去长衣，迈步来到房外庭前。秦太监也随着来在院中，看露禅和海川各站在一方，立了个开门式子，彼此相对，一拱手，齐说了一声请。海川一出手，使了个推山入海的式子，左掌向露禅当胸击去。露禅看来势甚猛，如封似闭，化开海川的左掌，使个倒攒猴的招式，向海川的下路取去。海川一抽身，一个仙人脱窍，疾似闪电，已纵到露禅身后，露禅身法十分迅速，早把身躯转了过去。二人就在这庭中，各尽平生本领，一来一往，交斗起来。露禅施展出他那太极拳十三字要诀，绷掳挤按采挒靠静进退顾盼定，海川也施出他那八卦门中八字特长，是穿搬捷拦拧翻走转。两人走了约有五六十个照

面，不分胜负，却把个秦太监看得呆了。露禅、海川全暗暗生了戒心，两人全累出了汗，可是谁也不肯先住手。在这胜负难分，不可开交的当口，秦太监霍地跑到他俩中间，两手一分，把他两个隔开，哈哈笑道："你俩均称得是劲敌，今天却饱了我的眼福了，就此住手吧。"露禅、海川停住手脚，回到房中，重又各分宾主坐定，两个各自惊佩。海川这时也方信露禅太极名家四字，外人所言非虚了。从此两人便成为知己之交，往来过从甚密。

驼叟在镖局中，听孙能深口中说出杨董较技之事，驼叟听罢，忙道："露禅太极功夫不消说，我是晓得的，这董海川八卦门功夫，听你这样说来，称得是空前绝后。"能深笑道："他的八卦门功夫，当然可以说是绝无仅有的。"驼叟道："这八卦门功夫也和咱们形意门是同一样的，他们八卦门也是内家拳，有人说八卦门是张三丰传下来的，此话却是不对的。"能深道："京中也常有人说，他们八卦门是张三丰祖师所传，我便向他们纠正说，这乃以讹传讹，八卦门并非张三丰所传的。"驼叟道："他们八卦门中最出名的，除了八卦掌以外，说兵刃即属他们门中那八卦神枪了。"能深道："我听海川说过，他们门中连八卦神枪，系分上三枪，中三枪，下三枪，共是九枪。他们这套枪歌，我还记得。"说至此，便念那八卦枪歌道："八卦长枪扎九州，扎到江边水倒流，虽然不是斩龙剑，神鬼见枪也发愁。上三枪插花盖柳，下三枪孤树盘根，左三枪乌龙摆尾，右三枪大蟒翻身，上扎挪下扎搭，中平枪向外举，上有圈枪为母，下有封避捉拏，枪响往里进，枪空往外拔，有人学会此枪法，万马营中全凭它。"驼叟听能深一气把八卦枪歌念完，便忙笑道："不想师弟你这大年岁，居然记忆力尚不衰弱。难得这董海川倒毫不藏私！"能深道："不要看海川，我们相识不久，却是一见倾心，因此他到我这里，便和我彼此谈论功夫。"驼叟道："我听人言，八卦门兵刃里面，除去这八卦神枪外，还有八卦神钩，也是最负盛名的。"能深道："八卦神钩除了钩

歌，有十二个招式，八字要诀。单说他那十二招式，是铁扇关门，一截二进，迎门推扇，黄龙转身，猛虎拦路，力托千斤，霸王开弓，顺水推船，鹞子翻身，推山入海，回头望月，上截下拦。他那八字要诀，是推托拎霍钩楼掤攒。他们这八卦钩行动起来，也同咱们形意门中的虎头钩相埒，也是那八字考语，随心所欲，变化无穷。”

驼叟同能深师兄弟一起东谈西扯，本来他们师兄弟多年未见，当然十分亲昵。能深特给师兄打扫出一间房子来，他也陪在一起。当日师兄弟两个，足谈了有大半夜，方才安歇。次日那维扬同魏良等师兄弟用罢早餐，便请魏良引他出去游逛。正在这时瞥见一个汉子走来，看这汉子生得獐眉鼠目，年纪也就三十一二样子，魏良师兄弟等人全把他唤作牛皮胡。魏良用取笑的口吻，向他问道：“牛皮胡，你这时从哪里来，这两天可和什么名家过手来着！”这牛皮胡大拇指一竖，嘴一咧道：“诸位怎的全同我取笑，爱叫我牛皮胡呀，怎见我胡老二是牛皮呢？”魏良等人笑道：“你一跑来，便和我们说，不是同这个名家比手，便是和那个名家比手，可是我们一要和你走两趟，你便推三推四的。看来你不是嘴上的牛皮吗？”牛皮胡一颗头摇了两摇道：“不是我不同你们比手，你们晓得拳脚是无情的，你们伤了我，固然是没有什么紧要。比如我要伤了你们，叫我心中怎样过意得下去呢。”魏良等人摩拳擦掌地道：“比起手来，保不住谁伤了谁的，可是都没有什么紧要。你伤了我们，我们也埋怨不上你来，你又有什么过意不去呢。”说着，过去便扯他到院中去比试。牛皮胡把脖子一伸，晃着那颗头道：“不用比手，你们自管打来，我决不还手的。”魏良等人笑道：“你这是老把戏了，我们一要同你比手，你就是这套言语的，还怪我们把你唤作牛皮胡吗？”牛皮胡脸上微觉一红，忙又把头一摇道：“我同你们过手，就是谁赢了谁，又怎么样呢？就拿方才来说吧，我到肃王府去看一个朋友，正遇上了那董海川的大弟子尹寿朋，他非和我过手不可。我一见推托不开，便陪

了一趟。”牛皮胡话未说完，魏良等笑着插口道：“尹寿朋败在你手下了吧？”牛皮胡把头摇了两摇地道：“败却不曾败的，他和我走了个平手。”将说到这里，镖局的一个厨夫走了来，一眼看见牛皮胡指手画脚，说得正在兴高采烈，便轻笑了笑道：“胡二爷才来吗？那天我在天桥，看您叫人家一个练拳卖药的，一拳打倒地上，您没有伤筋动骨吗？我看那天却把您跌了个正着。我见您四脚八叉躺在就地，半天方才爬起。”牛皮胡面色一红，头摇得和拨浪鼓也似，连连分辩地道：“我向来不到天桥去，你定是看错了人了。就是我去天桥，也不去同那走江湖卖药练艺的过手呀。”那厨夫笑了两声道：“我又不是睁眼瞎子，那天我看了个千真万确，没有错误的，不是您又是哪个。”说得牛皮胡那张脸就和大红布相似，一直红到耳后，立时窘态毕现，嘴里还强辩道：“您一定看错人了，绝不是我的。”那厨夫却也故意和他为难道：“没有错，我决不会误认人的。”招惹得魏良师兄弟等，连同维扬，忍不住哄堂大笑起来。牛皮胡的面皮像下了染缸一般，越发红胀，羞容满面的，便过去扯了那厨夫，要同到天桥去对质。正在不可开交，忽见一个镖客从外走进来说道：“董老师带了尹寿朋师兄，爷儿两个来了。”众人听了，忙跑进禀报孙能深。就看牛皮胡一听海川带尹寿朋到来，立时局促不安起来，忙把手松开，也不顾同那厨子纠缠，早一缩脖子，溜出了镖局，能深已从里迎了出来。此时海川同尹寿朋已到镖局门前，能深把他师徒让进里面。

驼叟一见海川，年纪比自己不过小个五六岁模样，当由能深给介绍了一遍，海川忙含笑道：“听孙兄谈论我兄大名，我是久仰的。”彼此客套了一阵，宾主就座，这时仆役献上茶来，先给海川斟上，仆役回身复又去与驼叟斟茶。正在这当口，海川便双手捧了自家这杯茶，却去敬给驼叟，驼叟忙站起身躯道：“这可是礼由外来了，董兄究是客人，哪有先敬我的道理？”说着便伸手去接海川手中的茶杯，谁知海川却要借此欲试驼叟的功夫究是怎样。趁了驼叟伸手接茶杯的当儿，海川右

手拇食二指，已捏在驼叟左手命门之上。海川唯恐驼叟支持不住，彼此伤了面皮，只用了三四分力，见驼叟像是毫不觉得，当时不顾一切，又加了十成力，驼叟只提了一口气，面露微笑，仍是并不在意。海川大惊，就见驼叟当把左腕转了一下道："董兄请坐用茶吧！"驼叟这一转腕子，若换个本领平凡的，虎口早已迸裂。两人都是一惊，一看彼此全是无恙。海川松了手，回身入座。

在这言谈相让之间，两人的功夫虽未过手比试，可也都领略过了，彼此心中都暗暗惊佩。海川一回首，见尹寿朋尚站在身侧，便忙命他上前见了驼叟。随着魏良走了进来，把寿朋让到他们师兄弟房中，先与维扬介绍了。海川同驼叟能深三人，坐在房内，谈论些武功夫。驼叟和海川虽属初次相晤，谈来十分投契，大有相见恨晚之概。能深当留待酒饭，饭罢，又谈论了一时，直到更鼓声敲，海川师徒方别去。次日海川又命尹寿朋到镖局来，请驼叟同能深。当日驼叟、能深去到肃王府海川那里，盘桓到晚，才回镖局，一进门儿魏良迎头拿了个红柬套，递给了师父。能深接过一看，却原来是河南马三元师兄的请求。这马三元今年正是七十整寿，能深看罢，便忙问道："你马师伯的这请柬是谁送来了的？"魏良道："是他老人家一个徒弟姓李的送来的。据来的这李师兄说，他们师父今年虽是七十整寿，并非专为做寿，不过借此同诸位师伯师叔欢聚几日。李师兄临行时，还再再地和我说，请您务必届时亲去呢。"驼叟在旁听到这里，忙向能深道："这样看来，马师兄的请柬定也少不下我的。"能深尚未开言，魏良忙道："我问了有的，据来的这李师兄说，已另派人顺便给您把请柬送进川中去了。"驼叟向能深道："你看他寿辰的日期是哪一天？"能深看了看柬儿，忙答道："早着哩，七月十六日，还有一两个月呢。"驼叟听了，自想只得在此多留些日，俟到了马三元寿期，同能深到河南与他祝寿，再从河南起身回川。与马三元师兄阔别多年，今正值他七十寿辰，当然是要去盘桓些日，以倾积愫的。能深

却也是决意亲往，驼叟自此安心在能深这镖局住了下去，静候马三元寿日期近，以便结伴去豫。驼叟与师弟在此时偕逛京城，纪维扬每日挽了魏良，也到各处游逛，京中各繁华所在，差不多足迹全已踏遍。

这一天能深陪驼叟将要出去闲逛，忽见魏良带了个家人模样的汉子走了进来。此人风尘满面，见了能深，纳头便拜。能深仔细朝他望去，乃是好友闻郁文的家人陈升。便问道："陈升，你可是从你主人原籍浙江来吗？你家主人倒还健壮吧。"陈升面色哭丧，连忙答道："小人家主回籍没有好久，即染病下世去了。"能深一听老友谢世，不由黯然。那陈升又道："小人家主下世后，家主母带了少爷小姐，守了原籍那几亩水田度日，倒也相安。谁知祸从天降！……"

能深没待他说下去，忙惊问道："你快说，出了什么事了？"陈升道："家主故里位居浙东，近几年盘踞了一伙土豪，平素专干那打家劫舍勾当。在上月初间，我家小姐无意中被那土豪徒觑见，先派人来提亲，要娶我家小姐做他的夫人。我家主母哪肯把小姐许给那土豪呢，当时不顾利害，把来的那人骂了出去。那人回去一说，却把土豪招恼，第二天便又派人拿了彩礼，硬给家主母撇下，说三日后迎娶。家主母见匪徒去后，同了小姐、少爷娘儿三个抱头痛哭。"能深忙插口道："匪徒这等行为，怎的不报知本地官府呢？"陈升道："这土豪就是报告官府，也不济于事，反倒徒招匪徒们忌恨，反而全家性命都要不保的。"能深道："你家小姐究叫匪徒们掳了去没有呢？"陈升道："有财有势，本是秘帮，匪徒们丢下彩礼，说三天后迎娶。主母娘儿三个痛哭了一阵，主母原打算带了小姐少爷离家躲避些日，哪知匪徒们却早防备上了，恐主母们脱逃，早暗地派下党羽，所有村中左右出入道口，都已密布，逃是逃不脱的。主母娘儿三个没活路，三番两次要悬梁自缢，都被方近邻舍苦苦拦住。一眨过了三天，毫无一些信息，后来一探听，恰巧这土豪在这时背生恶疽，故此不顾来掳我家小姐。主母们听

了信息，很是庆幸，可是匪徒们派的党羽仍密布在各道，并未撤去。又过没几日，匪徒们又派人来送信息，说匪首背上恶疽渐告平复，不过尚未收口，喜期改为八月。主母听了这信，又焦急得痛哭起来。小人心想八月还有两三个月日限，便同主母商量别无他法，特远道来京求您搭救。家主在日，与您交称莫逆，想您决不能袖手的。”

孙能深想了想道：“我当然是不能袖手的，我先问你这土豪有什么可畏？他手下人有多少？他们本领怎样，你可晓得？”陈升道：“他们一伙不过百余人，别看他们有百余人，不过就是他们几个会舞几套枪棍，其余都是不会的，只是恃着有些蛮力，勾结盐枭恶役，随伙鬼混罢了。”能深把首点了点，吩咐魏良领他下去休息。

驼叟问：“这陈升的家主闻郁文是何等人？”能深道：“他主人系是前在漕运督衙中充文案师爷，人品很是和蔼可亲，没有一些官场中的臭架子，我俩很是要好。谁想他丰才劣运，中年死亡了呢。”驼叟向能深问道：“看来你必得亲走一趟吧。河南马师兄寿期，恐不能分身前往了。”能深道：“照方才陈升所说那伙土豪不过都是平凡之辈，却倒不足虑。若不是师兄寿辰，我却要亲走一趟吧。现因马师兄寿辰在即，不能再分身去，我想命魏良师兄弟中去个三四个，足可对付得了那伙匪徒们的。”驼叟道：“这却也是个办法，匪徒们既是本领平庸，他们师兄弟们自然足可对付得了的。”

能深便把魏良师兄弟等人唤进，除了魏良外，又指定了两个徒弟，吩咐他师兄弟三个明晨同陈升起程，去到浙东，又嘱咐他三个到那里却要小心从事，万不可鲁莽。魏良等三个唯唯听命，听师父把话交派完毕，方慢慢退出，魏良又走了回来，能深看了，便问他有什么事，魏良嘴干动了两动，并没说出什么来，却把两眼望着驼叟。驼叟一转首，瞥见房外维扬身子一晃，忙又抽身退了回去，又见魏良这种神色，心中早明白八九。便道：“你是来代维扬说项的吧？大概维扬听你们师兄弟

三个，明晨起程去到浙东，他心里定痒痒的，也想同你们去，特求你来和我说是不是呢?”魏良笑了笑，驼叟道：“他既愿同你们去，我不便拦他，就叫他随你们去吧。”维扬隐在外面，听师父允许随同去浙东，心中大喜，这时又听师父命魏良把他唤了来，维扬不待魏良走出，早大迈步走了进去。驼叟见维扬走来，便道：“你既愿同到浙东也好，我同你孙师叔已定于四五日间，去河南你马师伯处，你同你这三个师兄师弟，到浙江把事办完了，你到你玉娥师妹处候我，再一起回川。”维扬唯唯应诺，能深道：“维扬同去甚好，他年纪还大些，自然比魏良师兄弟们老练。”旋即驼叟又交派了维扬一遍。

次日破晓，维扬拜别了师叔和师父驼叟，同了魏良师兄弟四人，随陈升离了京城。向浙东进发。维扬四个都不惯乘车，全是步行。陈升虽不会武功，却正在壮年，脚下也是很健。朝发夕止，渡水过山，这天已入浙境，陈升道：“明天总可到的了。”当日路间投了村庄一家店中歇下，陈升便拟先行下去察报主母知道。天将三鼓，陈升别了维扬四人，头前去了。次日维扬师兄弟四个离了这家村店，健步如飞向前行去。天将至午，已近山下，转过一道溪岗，见涧声淙淙出松篁间，景致幽秀，转过一道溪岗，忽见山势大开，山峰矗立，眼前步入山中，见乱石杂错，歧路四出，穿崖翻巅。走了一时，越走越荒僻，时当夏日，遍山野花点点，五色缤纷，日光照耀下，越发娇妍动人，赏花玩景，不知不觉走了好久。忽闻一阵犹如铁马金戈声似，狂驰奔雷，音震山谷。魏良、朱贵、张文焕三个相顾惊讶，不由停住了脚步向四下望去。维扬在川中这种听音已是司空见惯，毫不觉奇，见魏良等惊慌神色，忙笑道：“这乃是这山间飞瀑的声浪。”魏良师兄弟三个听维扬说罢，这才又举步向上行去，绕过一个山崖，果见一匹白练从上而下，阳光中晶莹夺目，飞沫四溅，俯视泉落处，平叠三四层，如万马结队，穿梁狂奔，声如雷鸣，至此不觉心旷神怡，立在崖下，看了一时飞瀑，一看日色已然偏西，不便久停，又向前行去。

维扬见走了大半日，未见人烟，猛然站住道：“我们定是走错路了，我们虽知闻家是在这浙东笠泽山，柳树村，但我们也忘记问陈升详细路径。待我到顶巅看看哪里有人户，我们好去借问一声。”说罢，攀了峰下崖间藤干，揉升而上。魏良等看了大惊，连忙道：“纪师兄仔细些，不要跌着了！”维扬生长蜀中，这不过是他的惯技，哪里在意。陡壁半天的山峰，矫若猿猴般攀上去，就见维扬愈来愈小，没有一袋烟的光景，早到了峰巅。魏良在峰下等了一时，看维扬仍又援藤踏干而下，向朱贵等道：“峰上面四下望去，只见烟岚四封，一些也看不出路径来，我们还是走向回路，出了这山，再打探去柳树村的道路吧。”魏良、朱贵等一想，也只好如此，便回转身躯趲向来路，其实这山中的歧路四下交叉，他们早模糊了来时之路，而却又岔到了另一股山道里。渐渐斜日西沉，山石色暗，虽在夏日，却似深秋，微微有些寒意。维扬等人越走越觉不对，寂静空山，不闻人声。兄弟四个整整走了一日，口干肚饥，看这模样已是迷了方向，今天恐不能转出山去。所幸他等随身裹带着干粮，毕竟还是维扬有些见地，看这情势，便忙说道：“我们今天恐走不出山去，趁了天尚未黑，寻个栖止之所，明日再设法出山吧。”魏良等人一听，却也只好这样。这才在山坎，寻一平坦之处，师兄弟四人围拢着坐下，拿出随身带的干粮，先去跑到涧前，捧了些山水饮了一气。这山涧中的水倒还甘洌，饮罢，胡乱地吃了些干粮，算是聊把饥肠充了。这时举目四望，山色向暮，大地上黑幕罩笼下来，耳听山谷回声，仿佛有虎狼声啸，令人不寒而栗。

维扬等四人走了一天，全已疲惫，虽睡眼欲瞌，但在这山林之下，强打精神，不敢熟睡，唯恐虎狼噬伤。夏日夜短昼长，一夜容易度过，他师兄四个背倚树干间，南天北地地闲磕牙，不知不觉东方已然微明。晓雾重重，迷漫山间纵横缭乱，树石不辨，又一时旭日上升，顿时雾开色霁，全山野花芬芳袭鼻。魏良始觅路下山，曲折往外走。走没好远，山路忽然宽

阔，一时绕到半岭，方隐约听得人声。顺了声音走去，一眼瞥见挨近崖傍路侧一家野店，酒帘树间，茶棚竹下，维扬师兄四人见了拍手喜道："这却不怕了，我们去问一问去柳树村的路径吧。"

第五章

浮罗子观光得剑

四人正从野店茶棚下来，一个年逾古稀的道士，鬓发如银，颌下一缕白色胡须，被山风吹得根根飘起。这道士头上挽了一个道髻，穿了一件蓝色道袍，腰间悬了一口绿鲨鱼皮古剑，脚下蹬了一双黄色挖云缎子鞋，别看他偌大年纪，行在这山路中，脚底下强健异常，并不觉吃力，望去体质却就和二十许壮丁也似。一时走至近前，和维扬等四个挨肩而过，无意中微碰了朱贵左臂一下，但觉一阵麻木酸疼，暗忖这道士却有一把蛮力。维扬忙回转身去，喊住了这道士问道："请问道爷，我们去柳树村，可是这股道路?"就看这道士转回身来，朝了维扬师兄弟打量了一遍，扯了洪钟般的声音，反问道："你们到柳树村谁家去呢?"维扬面貌虽粗鲁，心里却还精细，听这道士这么反问着，心说：这道士莫非是那伙土豪们的同党吧?仔细又向道士面上望了望，看他道貌俨然，蔼然可亲，是个年高忠厚长者，决不似歹人模样。这才答道："我们到柳树村闻家的。"这道士听了，二目转了两转，又问道："你们是从何处来的呢?"朱贵在旁听他这寻根究底的，心中早老大地不耐烦

起来，向维扬一使眼色，意思是不叫维扬再同他啰唆了。维扬并不在意，便向这道士答道："我们从京城来的，请问道爷，去柳树村究是这股道路不是呢？"不料这道士问了半天开篇，此时维扬向他这么一问，忽看他把头摇了两摇道："我不过晓得柳树村这个名字，至于路径，我却不晓得的，你们再问别人去吧。"维扬看他问了个底掉，却原来他也不晓得，枉费了半天唇舌，不由心下有些火起，将要发作他几句。正在这时，忽听山谷回音震耳，小店茶棚之外，一人道："小人寻了一早晨，四位爷却在此处了。"维扬顺声看去，见陈升从野店茶棚下转了出来。维扬撇了那道士，迎了上去。陈升忙道："小人昨日不曾把路径说明，四位爷迷了路了吧？"维扬便把昨夜迷路在松下休息一夜的话说了。陈升连忙道："都怪小人一时粗心，忘记说知路径，害得四位爷在这荒山间屈尊了一夜。此地离柳树村并不算远，小人在头前给四位爷带路。"引了维扬向上行了去，转过这家野店山路忽仄，径似羊肠，山峰当前，五人直上了绝顶。维扬等武功全有根底，尚不觉怎样。那陈升早已汗流浃背了。转到绝顶那旁，忽见一座石洞现于眼前。陈升道："过了这座石洞，路即平坦了。"转向下行去，左转右绕，下了这座山，望去固是平原了。又走了一程，前有柳林。转眼穿过柳林，耳闻鸡鸣犬吠之声，但看短篱参差，竹木掩映，微露一层一层屋角，山村已是在望。

这柳树村不过寥寥几十家，四外阡陌连亘，交错不辨。进了这村口来，到迤北一家篱门前，陈升停住脚步道："四位爷请吧，到了。"维扬、魏良、朱贵、张文焕四人见已来到闻家，便随陈升步入篱门。门内是一片广有亩许的坪场，里面方是院墙，进了二道院门，方见院宇，陈升便把维扬等让进客房中。连忙去回察他主母闻夫人知道。浙东民俗向来淳厚，男女界限甚严，到如今还守了那男女授受不亲的古语，陈升出了客房，走到屏门外立住，轻轻弹门喊了两声，不一时走出一个女仆，陈升向她说了两句。那女仆又返身走进，陈升这才转身来到客

房，给四位客人备茶。工夫不大，把茶泡来，按位敬上。旋闻女仆把陈升唤入内宅，良久，听一阵脚步声响，陈升当先奔来忙道："家主母出来了！"维扬等望去，看闻夫人年已五十余，一脸愁容，扶了一个女仆走来。陈升忙给维扬等引见了，闻夫人忙道："为我家事，劳诸位远路来此，老身我真感激到万分。"旋又问候孙能深镖头，由魏良一一代答，闻夫人已听陈升口中说知孙镖头与驼叟，各派弟子前来解难，便忙又向维扬等称谢，旋又道："诸位远路劳碌，夜来又在山中坐了一夜，想已很是疲惫，用了餐休息休息吧。"命陈升吩咐厨下预备酒饭，跟着细说土豪近情，回转后面去了。维扬等在闻家住了几日，闻夫人十分款待，陈升却也很是殷勤伺候。在这几日中，当地土豪党羽，每天还不断地在这里盘旋。维扬等四个守在闻家不便出来，依了朱贵，便要去寻那些匪徒拼个上下，维扬忙拦住他，说："万使不得，我们虽知匪徒全是平庸之辈，我们初到这里，头一宗山中路径不熟，第二宗匪徒在山中盘掳多年，山路定是娴熟，我们若鲁莽从事，打草惊蛇，匪徒逃匿山深处，我们如何去寻。在此固无关紧要，我们若不走，救不了人家，反与匪徒结上仇恨了吗？好在还有十几日就到了八月中旬了，至时匪徒来时再看机行事。"魏良点首说："师兄所见甚是。"四个壮士代守门庭。却是出乎意想之外，在这日期还有两三天中，匪徒们不但信息毫无，而且各道口匪徒布的党羽，也都不见了。转眼间又过了几日，已逾了匪徒所定日期，维扬、魏良每天摩拳擦掌等待匪徒来时厮拼，一天挨过一天，匪徒索性连一些举动也无。

这天早餐后，看陈升从外走入，满脸喜色，笑喀嘻向维扬等说道："不劳四位爷费手脚了，那伙山上的匪徒，已杀的杀，逃的逃，全完了！"维扬等忙问道："你这是从哪听闻来的，但不知甚人把匪徒们除掉了的。"陈升道："外面纷纷传说，方近全已知晓，据说在中秋节前十几日，算来即是四位爷和小人将到这儿那几天的样子，在那山根忽发现一位皓发的老年道士，

腰间悬挂了一口长剑，外貌看来很像是个方外侠士模样。这道士逢人便探问山内匪徒的行径，匪人眼线很多，人们半吞半吐都不敢和他从实说。在两日前，有人到山外樵柴，忽看那老年道士从山中步出，向了那些樵柴人道："你们这儿从此是高枕无忧了，这山中匪徒的巢穴，已被焚烧尽了，匪徒们也都杀的杀，腿快的已逃的逃了。"那几个樵夫哪里肯信，看那道士把话说完，扬长地走去。第二日便有几个那胆量大的樵夫，结伴冒险到山里，要看个究竟。到得山中只嗅一阵腥风扑鼻，看匪徒们依山起造的房子，果然成了一片瓦砾，匪徒们尸身也都被火烧剩了一堆堆的焦骨。维扬忙失声道："听你这样说来，定是我们在山中探问路径的那个道士无疑，看他那形象，决不似那平常道士可比。"朱贵忙接道："匪徒们决是咱们遇见的那道士给结果了的，记得那天，他无意中，微碰了我左臂一下，忽地就觉一阵酸疼微肿，当时我几乎叫喊出来，便要和那道士翻脸。又一想我们练功夫人，被人家碰了碰，就忍受不住了，唯恐落了师兄的笑话，所以吃了个哑巴苦了，没有发作，忍了下去。此时我这左臂还有些微痛呢。"陈升道："小人也想了起来，你四位爷向那天道士探问路径，小人也隐约约看了他个后影。"又道："待小人去禀报我家主母知道，我家主母也就把心放下了。"说着，走到屏门外，喊出仆妇，把那些匪徒已被人结果的话，向那仆妇说了，叫她快去里面禀知主母。闻夫人听了，心中一块石头方才落下，自是十分欢喜。

维扬、朱贵等四人看匪徒已除，便要向闻夫人作辞。闻夫人恳留宽住数日，以防后患，又命陈升引导四人在本地方近山中赏观山景。维扬等见闻夫人情意恳挚，心想，再多留两日，却也无关紧要。当日由陈升引导，向山中游去。是日天色微阴，转入山中，见峰横云上，树乱山间。白云飞悬，迷漫一气，两旁悬崖树木，若有似无，维扬、朱贵看了较来时经过的那山的景象，却又不同了。将行到半山，忽闻殷殷雷声，音起西北折而向东，猛然见黑云一片，犹似墙形，随风而至，电闪

下耀，雷声已近。陈升大惊，忙扯维扬等道：“四位爷快随小人寻个避雨之处吧。”说着向前跑去，维扬等随在身后，攀萝拨榛，朝上跑了约有半里许，瞥见上面有一座小亭，来到亭中，喘声甫歇，看四外皆云，身如在半空，俄而风声大吼，若万马奔驰，木石皆动，瞬时大雨滂沱而下。山谷声响，犹如击鼓，云山烟树，历乱眼前，目观此景，耳聆雨声，不禁胸襟爽然。雨止时，维扬等鼓着勇气，兴致勃勃，续进游山。玩了一时，朦胧山间，触石皆云，卷舒荡漾，或聚或散，浓淡相错，纷纭变幻，顷刻万状。陈升说道：“不知不觉，天不早了，该向回道了，四位爷想都已饥饿了吧？”魏良也向维扬、朱贵催促道：“师兄我们游了大半日，真该转向回道了。”维扬把首点了点，仍由陈升在前引路，踅向山下行去。所幸陈升熟识路径，一时到了下面，见适才那阵山雨，地下却无一些积水，在这万籁俱寂中，只闻泉流声松涛声震荡耳鼓。转出山嘴，将穿到柳林内，猛然听张文焕哎了一声，维扬始听了，忙回首一望，却是这林中一棵枣树上的残余枣子，被风吹落，恰巧落在他头顶上。张文焕兀地一惊，不由呵哎了一声，一低头看是个鲜红大枣，不顾许多，弯身拾起，忙送进口内，维扬等忍不住笑了起来。穿过这片柳林枣木丛中，回到闻家，晚餐早已预备好了。

维扬等又在此游览了雨日山景，才作辞分道上路。闻夫人诚意恳挚特赠资斧，维扬等人哪里肯受，只拈一锭银，聊以示意。维扬等离了闻家，彼此分途相别。魏良等三人回京复命，维扬一人独行奔往襄阳，不是一日，已渡过长江，进入湖北地界。走过了省城，这天来到地名唤作梨子村，不想贪走了些路程，错过店口，身已入乱山之中。只可健步飞行，心想转过山去，定有村庄，哪知山势连绵，过去一山，又出一岭，越走越深，一时晚霞西射，映照着大半山，均成一片红色。维扬走了些时，心中暗道：“看这光景，又同前走着山一样，今晚恐又要栖在此山里面。”肚内这样想着，看眼前山路益觉陡仄，步至山腰，绕过一个山丛，暮色苍茫中，遥望竹树环拥，黄英纷

披，由花梢丛隙间望去，隐隐露出半段红墙来。维扬看了，忙提起脚步，分花穿竹，走到红墙近前，却是座破瓦残垣的废庙。这时夕阳西沉，二三星斗微露光芒，庙外匾额年久得已看不出字迹。进了庙内，院里松柏参天，荒草没膝，两厢殿早颓败得不成模样，正殿虽已残毁不堪，门首却还尚在。提步走入，天光还未大黑，看殿内只余中间三位神像，可是也残坏得看不出貌相来，那两旁偶像却已残缺得东倒西歪。维扬看神像下面，有一面土台，微把土台尘垢掸了一过，解下随身包裹同兵刃，俟身坐下，心想权且在此忍耐一夜。维扬这次却未随身备有干粮，好在练功夫的人，挨上一顿饿，倒也不觉怎样。坐在这面土台之上，四顾悄静，但闻外面风声草声，不觉寒气袭人，毛发根根竖立。维扬不由打了个寒战，便站起把殿门掩上，回身盘膝坐下，闭目阖睛，待天明上路。一阵神思昏迷，竟自呼呼睡去，猛地听得殿门咯吱吱乱响，立时把维扬从梦中惊醒。一睁眼只看见一道闪灼的光芒，从上直射到殿里墙角之下，忽地一惊，一抬首，原来却是上面坍塌的一个瓦盆大小的窟窿，月光从此穿入。猛听段门又咯吱吱响了两下，凝神侧耳仔细听去，好似野兽前爪，抓搔殿门的声音。

维扬暗忖，在这荒僻无人的深山中，难免夜间有野兽出没，慌忙把随身包裹和单刀斜系身上，把刀拉出鞘外，坐观动静。正在这时候，两扇残旧不整的殿门，呀的声开了，定睛看去，黑魆魆跳进一个三尺多高毛烘烘的东西，看不出什么形象。维扬觑那东西跳到自己身边，忙举刀一挥，刀光一闪，向那物砍去。那物身子十分灵巧，一转身迅似闪电纵出殿外，维扬随着也窜了出去。月光之下一看，却是一个猿猴。那猿猴见有人追出，早三跳两跳，跑出这座废庙。及至维扬到在这废庙外，他早逃向竹丛乱石间跑去。维扬不再追赶，仰首看残月西斜，北斗星耀，不霜而凄，天光眼看将明。维扬自忖到山岭去望日出，却也有趣得很，便离了这座废庙，转向山上行去。走了约有三四里，来到一座小山绝顶，寻了块山石坐下，但觉凉

风习习透骨，引颈东望，鹄候日出。不一时，东方忽现一月痕白色，转瞬白色渐高渐淡，倏又变成黄色，黄以渐高，而成红色一片，红色随又渐高，红光尽处，又转淡而成白色，白又变黄，黄又变红，如是数十次，方吐一线于苍茫间，倏而半规，倏而全轮，形色光华，瞬息千变，维扬连喊有趣有趣，又移时，霞彩化而为光，至此却不能正视，只见光中荡漾，有如冶金，不晓是日色动摇，抑是日光迷离。维扬观看良久，向山下行去。一眼瞥见前面人影一晃，看背影却似前山所见的那个年老道士。维扬想这道士决非庸凡之辈，想赶上前去，问他究是怎个来头。肚内这样寻思，脚下越发如飞赶了去。再看那道士，已转入路间林丛中。及至维扬赶进一簇一簇竹树交荫里，陡觉竹木交错，阴森迫人，途径曲折，那道士已走得失了踪迹。维扬穿进竹丛以内，叶干遮蔽，不见天日，只听水声汩汩，亦不辨水声所在，时时由蔓叶疏隙处，窥看悬崖下，青苔岩绿，翠色欲滴。维扬一口气走了三四里路，方出了这簇竹荫已到在山下，再看那道士，业已绕过山嘴去了，维扬急于欲问那道士来头，哪里肯舍，两步并作一步望前飞奔。一时之间，转出前面山嘴，前面却有四五股岔路，不晓那道士转进哪股岔路中去了。只得作罢，不便再赶，慢慢走入中间路中。过了一小道梁，看稀落落有几家人户，维扬饿了半天一夜，肚皮早已饥渴交迫。便寻了家野店，胡乱吃了些食物，休息了一时，又向前赶路。

不到两三日，来到襄阳。维扬这日天方过午，照奔往王家他师妹玉娥处。来在王家门前，瞥见那王家的老家仆王成，无精打采地坐在门内一面机凳上，仰了那张苍老的面色，默默望着天空。维扬走进，他好似不曾觉得，维扬看他这老气横秋模样，便向他招呼了一声，王成一惊，忙转过首来，抬了手把那双昏花眼拭了拭，这才定睛向维扬看去。苍老面皮露出一丝喜纹，哎呀了声道："纪大爷从川中来的吗？恕老奴上了几岁年纪，耳目全已不中用了。我家外老太爷没有来吗？"纪维扬略

说行程，随又命他里面去禀知主母玉娥。王成竟先长吁了一口气道：“纪大爷早来一时，还见得着我家主母……”维扬未待他说完，忙向道：“你家主母到哪里去了？”王成昏花二目，含了泪点，喑哑的声音答道：“闭门家中坐，祸从天上来，这两句话可以说应在我家主母身上了。”维扬一听大惊，急于要问个仔细，忙道：“又出了什么祸事，你快说，你快说！”

王成声音哽咽继续说道：“说来真是祸由天降。我家少主人，今天清晨同了他那书童来福在门前闲站，看走过来一个独臂怪人，一脸横肉，相貌生得很是凶恶，打扮得非僧非道，不村不俗，这独臂人走近我家少主人身旁，向我家少主人望了望，一弯他那单臂，由怀中掏出一个小包儿来，打开包儿托在了手内，向我家少主人和来福面上吹了去。只嗅一股异香扑鼻，立时迷了本性，随了那独臂人身后跑了下去。出了城，到了河堤僻静所在，把来福捆在了一棵树上，那独臂人带了我家少主人，觅舟渡河，奔往樊城而去。工夫不大，来福清醒过来，破了喉咙一喊叫，便有行人看见，忙过来把绳扣解去。来福忙跑回来，禀报主母。我家主母只守了王家这一脉根苗，如今平空被那独臂人拐了去。听了这消息，哪有不急的道理。便也不顾许多，忙束扎利落，带着挂了多年久已不用的那口锋刃双剑。临行时，紧皱二眉，向老奴说，按情理来说，我这未亡人是不能抛头露面，现今却不能顾及这个了。我此去寻见你家少主人便罢，若寻不着，我也就寻个自尽，无颜再进这家门了，你好好照应家中吧。老奴忙要去拦阻，主母已走出门外去了。”

维扬忙吃惊道：“你家少主人被那独臂怪人拐去，此时定走不甚远，待我赶上你家主母，一同追了下去。”立刻解去身上系的那个包裹，递给王成手内，问明去向，迈步出门，大踏步去了。出了襄阳城外，来到岸前堤上，见河中往来船只如梭，急忙间喊过了一只船，船夫拨船近岸，维扬跳了上去。船夫举篙点入水中，船渐渐已泛到江流，一时来到彼岸，维扬付过渡资，直往樊城跑了去。将到樊城城楼前，一眼却又看见那

年老道士正顺了城墙根，向北行着，相距不过两三箭远近，维扬再顾不得："道爷，道爷！"连喊了两声。那道士像是不曾听见，举步走去，维扬因急于要寻师妹玉娥，追那独臂怪人，见道人太难跟缀，照直走进樊城去了。维扬走进樊城，到在了街市正中，逢人打听，因那独臂人形容太怪，向了个小贩一探问，这小贩忙道："不错的，在晨间有个独臂怪人，带了个八九岁孩童，从这里经过向北行去，大约是出了北门。方才还有个斜背双剑女子，也在这儿探向那独臂人的行踪。有人告了她，那女侠急忙地追赶了下去，那独臂人看那模样，定是拐子。"维扬探问明白，不顾向他搭腔，急忙向这小贩道了一声谢，匆匆转身，他奔北门赶去。

出了北门，沿途探问，一气跑了有十余里路，一眼瞥见一个妇人迎面走来。渐行渐近，就看这妇人一身青色短服，头上青帕子罩额，额前结了个蝴蝶扣，右肩侧隐隐斜露了尺余长剑柄。心中暗想，走来这妇人，看模样十有八九是我那师妹玉娥。一转眼间，那妇人已走至切近，维扬看去果然是师妹玉娥。就见玉娥面庞焦黄，额间汗流如注，口中喘息个不歇，维扬将要开口招呼，玉娥张皇四顾，也看见了维扬，忙道："哎呀，可好，纪师兄来了，我爹爹他老人家呢？"维扬忙答道："师父从京到河南去了。"玉娥心急似火，不顾细问，忙向维扬道："我家金哥被一个独臂怪人拐了去，师兄你快帮帮我，你大概也听说了吧？"维扬忙道："我已听王成说了，故此特赶了来，不知师妹可曾追上了那独臂人没有？"玉娥泪眼汪汪，紧皱二眉道："追是追上，怎奈那东西本领十分了得，别小觑他是一只单臂，我同他交手，险些丧在他的一条七截鞭下。"维扬忙问道："师妹可曾看见了金哥？"玉娥说道："不曾看见的，那厮却原来就在前面那座三清庙中，他定把金哥藏在那庙内。我既斗不过那残废，夺不回来金哥，这便怎好？"说到这里，早哽咽不能成声，泪痕满面。随又说道："既夺不回金哥，我也就要寻个自尽，无颜再进家门！师兄既来，我总算尚有一线

希望，但是我师兄妹两个，恐怕也不是那残废怪汉的对手，到此田地，说不上许多，同他拼了性命，再断斗一场。”维扬忙道：“师妹何必先自气馁，那残废怪汉本领就是怎样厉害，师妹诸放宽心，今日总要把金哥夺回来。”将说到此处，忽听路旁树林之内一人扑哧笑了一声。玉娥同维扬忙转首向林内望去，但见浓林深密，静悄悄并无一人。玉城心急如火，不遑寻索，维扬也是急于想把金哥夺回，所以听树林笑声，一望无人，也就未在意。玉娥忙回转身躯，引了维扬，朝三清庙走去。

走了约有里许，看从树干丛隙处，微露出半段红墙。玉蛾手一指道：“那即是三清庙了。”来到切近，看这座庙只有一层殿宇，规模虽不大，庙貌很堂皇，朱红色两扇山门，上面悬了块黑底金字横额，上书“三清庙”三个大字。玉娥、维扬师兄妹俩已到庙前，回手各把兵刃亮出，迈步就要闯进庙去。恰在这时，忽听庙内脚步声响，看是走出一个四十向外的道人。玉娥停住莲步，一摆手中双剑，娇声喝道：“恶道，快去把那独臂怪人唤出！”这道人向了玉娥打量了两眼，又望了望维扬，这才慌忙答道：“女侠士问我那不成才的师弟吗？他领了个孩童，已然走去，适才在庙外，同他断拼的大概就是女侠士吧。”玉娥听他说那独臂恶人已带儿子走去，怎肯相信，也不顾向他作答，举剑直奔这道人挥去。维扬忙拦道：“师妹先莫伤他，待我向他个仔细。”玉娥一听，忙把手中剑停住，转身闪在一旁。维扬走向前，问这道人：“你说那独臂恶人是你师弟，你必是和他一党。”

这道人听了维扬这话，长叹了声，答道：“侠士哪里晓得，小道虽同他是一师之徒，因他自幼行为不端，我的师父未羽化前，就把他逐出庙外，所以我们师兄弟已断葛藤，有二十余年不曾见面。今天他改装俗家，忽然领个孩童走来，想在此歇一歇脚，不料尚未坐稳，大约就是这位女侠士追了来。我同他别了这些年，真不知他练了一身好本领，可是他一只左臂不晓何时断去。他听女侠士追来，立时走出这庙外，不一时踅回，向

我笑那女侠士险一些被他丧掉性命。我看他这不尴不尬的行径，料他决非好路道，想那孩童定是他拐骗来的。我曾劝他给人家把孩童从速送回，万不可干这伤天害理的勾当。他不但不听，反倒怒狠狠地负气带那孩童走去。小道所说俱是实言！”

维扬、玉娥听罢，怎能相信，喝道：“贼道，休要巧语花言欺骗我们！”维扬右手一扬，举刀向他砍去。忽眼前一闪，疾似鹰隼，从庙外松柏树上窜下一人，正落在维扬身旁，一抬手恰把维扬右臂托住。维扬立时不觉大惊，把刀撤回，定睛向这人望去，非是别个，正是适才一进樊城时，看见的那个长髯道士。就听这道士洪钟般声音道：“不可伤他，这位大师父所说的一片言语，大约不会假的。方才贫道坐在那路旁林中歇息，你等所说的那独臂怪人，从头至尾，贫道全已听明。”维扬忙道：“我们师兄妹立在路上说话当儿，猛然听路旁林内扑哧笑了声，转首望去，已不见踪迹，这样看来，那定是道爷你了。”长髯道士点了点头道：“贫道在林内听你言词间，太把那独臂恶道看轻，所以贫道忍不住笑了一声。当时贫道离了那片树林，来到这儿，正赶上那独臂恶道，领那孩童，负气从这庙中走去。贫道本想追下去，救了那孩童，又恐你等到此不明究竟，错伤无辜，故此贫道隐蔽在树上，特意等候你等。”维扬忙道：“那独臂恶人想必走出不远，道爷既肯相助，我们一同赶紧追去，以便把我这师妹的令郎夺回。”道士笑道：“你莫小觑那独臂怪人，贫道先把他的来历，和你说一说，你们就不轻敌了。他自离开了这庙以后，投在了鲁省茅山白莲余孽，叫什么炎山祖师门下，不但他练了身出色本领，而且熟识水性，又天生一双飞腿，每日能行五六百里，故此外人把他唤作飞单翅飞鱼，他断了那只胳臂，听说是同官兵交战时所伤，若非他会泅水，早丧了性命。近来不晓他师父炎山恶道又出了什么花样，派他到各处拍拐十一二岁孩童。贫道并非小觑你等，似你等脚程，恐追赶不上他的。他走出这庙，一定把那孩童挟在腋下，如飞地行了下去，此时恐是走出四五十里开外了。”

道士说罢这段话，弄得维扬同玉娥面面相觑，一时心中不得主意。这道士看她师兄妹俩这神色，忙向着玉娥说道："待贫道追了去，把令郎救回。今天是来不及了，明日定将令郎送回府上。"说到这里，便问明玉娥住址，由维扬代答了，这道士听罢，袍袖一拂，返身顺大路赶了下去。就看他脚下轻飘飘的，行走起来，十分稳快，一转眼间身影已渐渐隐没于树木丛处。玉娥看这道士去后，忙向维扬道："那独臂恶人既离开这里，难道我们就回去，静候这道人把金哥送回吗？无论怎样，我们师兄妹还是尽人力，听天命，追赶一程，绝不是听这陌生道人片面之词。"维扬摇了摇头答道："这道人确是大侠，我已领教过了，绝不是欺骗我们的，勿容我们师兄妹再去追赶了。这道爷明天既说准可把金哥救回，师妹请放宽心吧，不出后天，定可母子完聚。"玉娥听罢，忙问师兄："你怎么深信这道人言语，莫非你知晓这道人吗?"维扬便把这道士，怎样以一人之力，扫除山匪土豪，略略说与玉娥。玉娥听了，这才深信不疑，稍把心放下些，但这心下恨不得这道人一时把金哥救回，方才坦然。

此时日色垂山，晚霞斜射，大地渐已向暮，玉娥、维扬看天光已是不早，师兄妹两个便要想返襄阳，一转眼看这三清庙的那道人还站在那里，呆呆望着他师兄妹两个。玉娘、维扬忙向他告了一声罪，才返身离了这座庙，转向回道。及至渡河回了襄阳家中，却早已灯火万家。老仆王成看维扬寻了主母玉娥走回，心中略微安然了些，又看不曾把少主人夺回，紧皱两道苍眉，忙问怎的没把少主人救了回来。老仆王成因急于要知道今日可曾追上了那独臂恶人，是否见了少主人的情形，口里问着，一双昏花二目，不转睛望了主母玉娥和维扬面上。维扬忙把今日追赶独臂恶人，去夺金哥情况告知了王成，老仆听罢，才把心中悬了的一块石头，微微放下。玉娥回到家中，到了后面房内，除去头上帕子，解下背上双剑，理了理鬓间乱发，轻拭弓鞋落的浮尘，整了整衣衫，这才走出外面客房里，问维扬

自家爹爹如何由川中去京的详情。师兄妹坐谈了一时，玉娥吩咐厨下，给师兄维扬预备晚餐，自己因急火攻心，却倒不觉饥饿。不一时，厨下给维扬把饭菜端上。饭罢，当晚维扬即留在王家客房中。这晚后面房中玉娥因怀念爱子，一夜未能成寐。暗思明日道人把金哥救回，尚不敢定，设若救不回，这便怎好？王氏门中只他这条根苗，从此王门绝嗣，叫我怎对得住我那九泉下丈夫。玉娥睡在床上，千愁万绪，涌集心头，酸辣苦甜，也不知是哪种滋味。想至焦点之处，流泪不止，直到鸡声三唱，她兀自还未把眼合上。少时天光大亮，已是次日。玉娥忙起了床，略为梳洗。直巴巴坐在房中，盼着道人把爱子救回。

天交正午，王成从外飞跑进来，边跑边喊道："主母快出来看，少主人回来了！"

玉娥听了，犹似天上掉下一颗活宝一般，忙莲步砰砰地跑了出去，看金哥站在维扬身前，维扬正向他问话。玉娥忙过去，扯住他的小手，拉到怀内，杏眼含泪说道："我儿你可安然回来了，把娘可真真急煞！"说着，便抬首看去，却不见那道士，忙地问道："我儿，救你那个恩重如山的道人呢？"维扬忙从旁插口说道："金哥说那道爷把他送到这巷口，即转身去了，好在这门儿距巷口没有好两步，方才我听金哥说罢，急忙追去，原想把那道爷请回来。谁知我跑到巷口，在这一转瞬之间，那道爷却已走得没有踪影。我想这道爷脚下如飞，怎能追赶得上，只得作罢，便忙又转回。"玉娥听维扬说罢，自忖道人这的行径，称得是神龙见首不见尾，决非那等闲的平常道士，足证昨日维扬所说他双手剪除恶徒之言，并非子虚。心中不但万分感激，而且简直把这道士看作了神人一般。

玉娥当时扯了金哥，同了师兄维扬，走进这外面客房之内，彼此落了座，这时老仆王成，同一些仆妇人等，见少主人安然回来，也齐拢上来，一时之间，房内全已站满。玉娥便问金哥："那道人怎的把你救回？"金哥头摇了两摇道："我也不晓怎么救的，我模糊记得昨天早晨我同来福站在门外，就看一

个独臂怪人从怀中掏出一个包儿，打开包儿，向我吹了一口，就嗅一股异香，不由己的一阵昏迷，随了他走去，以后却就不晓了，到明白过来时，睁眼望去，已不见那独臂怪人，看是一个老年道士站在我身前，拉着我手，和我说那独臂怪人见了他已然逃去，我便央他把我送回来，他说此地离你家有百余里，你看天黑了，今日已晚，明天把你送回家去，他把我领到一家村店中，又给我买了一些食物。今天将一亮，就离了那店，把我背负在他背后，走起来可快得很呢。”金哥口讲指画说到这里，就看来福面上现出十分诧异的神气，走向前问道：“我昨晨嗅了那独臂恶人的迷药，怎么工夫不大就清醒过来，少主人是怎么了呢?”维扬笑着接口说：“他那迷药定是对准你家少主人金哥吹的，你不过在旁微嗅进鼻内一些，故此你没一时就清醒了。”金哥又道：“那道士今日在路上曾问我，可愿意学学武技？我说外祖和我娘都是好本领，我在家也真爱玩弄棍棒的。他听我一说，又问我外祖的姓名，我告了他，他听了，连说他同我外祖也很所熟的。他并且又和我说，叫我回来通知娘一声，他很爱惜我，要把我带了去，教给我武技呢。”玉娘听金哥这话，笑了笑，却也并未在意。但听金哥说这道人像同自家爹厮熟，暗想候爹爹来时，再探问这道人的姓名住址，将来决意带了金哥，随了自家爹爹，亲自登他那观门，拜谢人家搭救爱儿之恩。思索至此，又想爱儿被道人负在背上走这百余里，肚内定已饥饿，便扯了金哥，到后面房中去用饭。当日命他休息了一日，次日方令他到学中去。

玉娥原在家中，给金哥请了个塾师，即是由书童来福伴同他，金哥每晚同塾师宿在书房内，来福歇在这书房外间房中。在金哥遇难回来的第三日清晨，教金哥的这位塾师醒来时，一睁眼看那旁床上，不见了学生，想他定是起来到后面去了，却也未曾在意。一转眼忽瞥见房门仍旧好好在关闭着，不觉有些诧异，心想小孩顽皮，定藏在床下。忙披衣下地，拖了鞋，伛偻身躯，俯首向床下望去，也是空洞洞的。立时慌了手脚，开

开房门，看来福还在蒙头大睡，这塾师两步并作一步地跑到他那床前，把来福喊醒，告他房门未开，金哥又不知哪里去了。来福揉了揉睡眼，一听塾师言语，兀地一怔，披了衣服，蹬上鞋，跑进里面房中，就见少主人睡的那铺床上枕被依然好端端放在那里，只是少主人不晓在何时失去。来福这惊非同小可，返身走到外间，开了这外间房门，如飞跑向各处一寻，各处不见，他又奔至后宅，北边跑着，一边喊嚷道："夜来不晓什么时候，把少主人又丢失了！"

来福这一喊嚷，惊动后面房内玉娥，听见丢失了爱子，立时惊慌失色，犹似冷水浇头。慌忙起床跑出房去，却也不顾许多，照直来到书房中，看那塾师拖着鞋，呆若木鸡地站在那里。此时维扬同男女仆役听了来福一喊，全已跑到书房之内，看果然不见了金哥，不由面面相觑。这位塾师见主妇人等全已走来，连连摇头道："这可稀奇，房间好好的仍然关闭着，怎会就把人丢失了？吾未闻之也，吾未见也！"玉娥无暇和他作答，跑到书房里间，四下看了一看，忽然瞥见后窗像是有些被人微微开动痕迹，玉娥看了，指了后窗哎呀了声道："金哥定是从这后窗丢去的。"语声将罢，忽见仆人举了一张字柬，慌张张走进书房内，忙不迭地道："主母卧房窗外，一块碎石压了一张柬儿，主母快瞧这张柬儿吧。"玉娥接过这字柬，看上面潦草草，写了没有几行字。看那字迹写的是："令郎天资甚佳，颇欲授以绝技。日前送回令郎时，在路中已令回府先为奉达。贫道此次带回令郎，文武兼授，迟则五载，快则三年，定命令郎归来，请勿悬系。愚此举非但为传技，亦系为令郎防备后患。断臂怪人未除，恐其再来陷害，今交贫道，可谓两得其益，既避大祸，又获承学。况刘公琪与贫道亦系至契也。"下署浮罗子留字，玉娥看罢，想起金哥那日回来时，曾说救他那道人，要带他去传授武技，深悔当时自己听了，并未在意，以致爱子回来没两日，却又被这道人夤夜带了去，从此不晓把爱子带至何处，天涯地角，何时我母子方得见面。想到此处，不

由己地落下泪来。

那塾师看了主妇这模样，忙趋前问道："这字柬写的究是什么言语，我那学生定是被人夜间盗了去的吧？"纪维扬也正纳罕，玉娥忙把字柬递给了维扬，一看这字柬，忙道："这道爷原来是浮罗子呀，一向我却蒙在鼓里，常听我师父提说他的，既是金哥被浮罗子带了去，师妹请安心吧。将来金哥的造诣，一定是不可限量。"玉娥忙道："师兄既听我爹爹提说过这浮罗子的来历，居处你可晓得？"维扬忙道："晓得是晓得的，不过是说不甚详。"随着维扬把浮罗子的来历居处，就他所知，和玉娥说了一遍。玉娥听罢，心想爱子既是浮罗子带去，自是没有什么差错，不过爱子终日守着膝前，一旦远离，心中未免有些伤怀。其中却把个塾师急煞，学生被人带了去，自己饭碗已是没了，不住地摇着头咂着嘴着急。

纪维扬对玉娥盛夸浮罗子的武技侠风。据说这浮罗子系是罗浮山深处玉清观主，这玉清观坐落在罗浮山的深山之处，四面悬崖洞壑，地势十分险峻，是个人烟罕至的所在。曾值南方流匪作乱，人民逃入山中避难，幸脱大灾，便集资修了这庙，恰值浮罗子偕徒游方至此，曾恃武功，逐走逸贼，大家公推他做了这玉清观的观主。带了两个小徒弟，在此观中，开山为田。师徒三个一年下来，很可自给。这浮罗子嫡派当初是武当门弟子，从师髯道人苦修三十余年，不但练了一身惊人功夫，而且又练了一绝妙的轻功，大可以说青出于蓝，比他师父的功夫，似有过之。可是他一些师兄弟们，见师父对他这情形，不由百般嫉恨，时时跑到髯道人前，给他进些谗言诽语。怎奈髯道人心明似水，何曾不明白他们这伎俩，反倒把他们严加呵责，由此越发嫉恨他了。及至以后髯道人羽化，他一些师兄弟无所顾忌，简直把他视成仇人一般，常故意向他责难。他因师父羽化未久，骨骸未寒，却不愿和他们计较，伤了师兄弟的和气。谁知他这些师兄弟们不但不说加以体谅，对他倒益发变本加厉起来。最后他见师兄弟们实不能相容，便带了他两个小徒

弟，离了本庙，到各地去云游去了。这年云游来到罗浮山，耳闻山内窝藏一伙流匪，夏来秋去，为害已非一年。浮罗子听了，便带了他这两小徒弟，到罗浮山，出其不意，很容易即把那为首匪徒除掉，下余一些匪徒都已逃去。浮罗子看自已带了两个小徒弟，云游了几年光景，总没有着落之处，今承当地士绅修庙挽留，便把二徒安顿在这观内，自己仍到各处云游，趁机做些外功，每年总是二三月间出去，到九月间回来。

这一年冬间，积雪早满，日间被阳光照映，积雪渐渐融化，到晚间被山间寒风一吹，却又冻得凝结成冰，所以观外山崖岩壁，都已成冰。此时的玉清观，莫说外面人迹难至，就是鸟雀，也难飞入。这一日傍晚，徒弟青皓、丹林二人到观外去拾松柴，日色早已垂西，四外暮气苍茫，但觉山风刺骨。青皓猛一抬首，忽瞥对面岩间光芒闪灼，忽而隐没无所见，忽而光彩四射，晶莹夺目，忙喊丹林道：“师弟快看对面岩间是什么光亮，忽隐忽现，可有趣得很。”丹林一听，忙撇了手中拾的松柴，抬头望去，就见光芒忽又隐没，在光芒一敛的当儿，猛然忽听天崩地裂般轰的声，好似满山皆鸣，把他小师兄弟两个震得两耳嗡嗡作声，当时吓得魂飞魄散，呆立在观外松树之下。声绝处，定睛望去，倏地一道光芒又从岩间迸出，这次较前尤觉明澈。先还围绕岩间那方尺之地，闪闪灼灼地发光，不移时犹似一道彗星一般。忽地飞向天空直驰下去。青皓、丹林忙随了这道光华，向上看了去，就见光彩缭人眼目，转瞬忽又不见。但望明月在天，四外稀落落儿点疏星，再俯首看那岩间，已毫无所见了。小师兄弟两个观察良久，似觉山中必有宝气神光，便匆匆跑回观中，把适才所见，禀知了师父。浮罗道人细听弟子之言，觉得有些奇异，问明那光芒出没所在，便走出观外窥寻。月光下映，只见山涧下，奇石嵯峨，薄罩层冰，眼前景色纷呈隆冬阴森之象。看对面削壁危岩，直立半天之上。站立了一时，毫无所见，自忖徒儿决不会在自家面前扯谎。正自怙惙，岩间忽觉一亮，定睛望去，仿佛似是一线光

华，围在岩间闪摇个不住。初望时这线光华细如游丝，忽隐忽现，渐渐光华越来越亮，忽而上射天空，倏而杳冥不见，倏而矢矫如电。浮罗道人望了一时，记准这岩间光华出没之处，走回观内。到了次日，施起轻功，向昨晚光华出没的岩间行去。

山路崖间，冰雪相凝，途径险仄，稍一失足，就要葬身山下深壑之内。浮罗子恃一身轻功，行走这陡峭雪山路之间，很是自然。山路奇险，还得渡过一道索桥，一时来到索桥之前。这是竹子和麻绳所造，横跨两山崖间，这里终年人迹不至，所以桥板欹仄朽腐。而且上面满结成冰。行在桥上，跛倚摇荡，低首下视，怪石枪植，奇险之状，令人魂飞。浮罗子行过悬桥，毫不在意，提气凝神走了一时，已到对面那岩壁之下。辨了辨方向，仰首向昨日光华出没之处望了去。但看那岩间一块大有二三丈见方的冰块已然裂下，故此崖下跌碎的冰屑遍目皆是。冰裂之所，树木丛间，隐隐似是现有一面洞穴，形态甚奇，从下向上看去，洞口约有二三尺大小，崖势陡峻，攀登不易。况在隆冬岩冰奇滑，就是插翅恐也难飞到那面洞旁，浮罗子四下看了看，便攀藤踏干，轻似猿猴般，转眼到了洞旁。再看那洞口，大小却有两三丈见方，较岩下所望竟大好几倍。向洞里一看，十分黑暗，深不见底。浮罗子凝眼往内看，立时迈步直奔洞里。曲折而入，幸值隆冬，洞中没有瘴气，只觉阴冷。走入没有好远，猛觉脚下一绊，黑暗间看不仔细，忙弯下身去，用手摸了摸，觉得光滑滑，宽径不过五六寸，长却有七八尺。仔细摸去，似是个木匣模样。忙拿起走回洞外一看，果然是个木匣。开了木匣看，内中是一口绿沙皮古剑。心想看一看这口剑的锋刃，谁知把剑将出四五寸，只见寒光袭人，随着唰的声，掣出剑鞘外，光芒四进，耀眼晶莹，令人不敢直视。浮罗子料是千年之物，因在山岩的半空，故此至今方才发现。把玩多时，忽看剑上镌了几个古篆，月影下看不清。想昨晚岩间光华，定是此剑作祟。想至此，要试一试这剑的锋刃。挥剑向洞外一棵一人合抱不交的松树削了去，剑光过处，深入尺

余，果然锋利，连削数下，这合抱松砰然折断，堪称是稀世奇宝。心下异常的欢喜，忙收回鞘中，仍就放到木匣以内，系在背后，复又攀着藤干走下这面岩壁，由来路返回观内。白日细观，方知剑镌“庄砎之造剑”五个字。浮罗子自得了这口剑，方知这口剑不但切金断玉，吹毛得过，而且遇有风雨将至，或有匪徒暗算之时，这口剑自动离鞘寸许，铮铮作响。自此云游各地，便把这口剑悬挂腰间，寸步不离，成了云游时旅中的良伴。

在浮罗子得剑的第三年他云游到贵州，时当盛夏，午日当空，天气炎热非常，浮罗子行走途中，心想寻个树荫之处，眠一时午觉，再行赶路。浮罗子遥望前溪，丝柳成行，便寻临溪一棵大树下，拂地坐下，瞑目调息。此时神明内敛，微闻远处村童在小河内捉鱼戏水。却一阵风吹来，忽闻隔林似有哭声。浮罗子睁开倦眼，往四面寻去，果见一些小孩也正往林后跑。林后分明出了事故。

第六章

循渡口仗剑除妖

浮罗道人无意中获得把古剑，仗此宝剑，到处云游，频诛土豪恶盗。这些日行经小溪旁，倚树打坐，忽闻近处有了哭声，一群村童也奔了去看。浮罗子寻声过去，声在林后，是些家村舍，浮罗子过去打听。出来一个妇人，把柴扉掩上，把村童也喝跑。浮罗子一步来迟，餐了闭门羹。转想自己是出家人，这哭声是女子，索性白天不去打听。找一小庙暂且休息，挨到夜间，这才略束道袍，飞身出来，直跃上村舍的短墙。

此时这村舍微透灯光，哭声依然断续时有，听来是老少两个妇人哭泣。浮罗子忙轻轻跃下平地，挨到窗前，湿破窗纸，单眼看去，果然像婆媳二人，且哭且诉。那老婆婆说道："今天不来，明天也脱不过去。迟早你我婆媳还得要分离的。"说到这里，又哭了起来。浮罗子听了一时，见那婆子同那妇人一边哭着，一边叨叨念念，到底不知何故。浮罗子本想推门走进房去，问个究竟，忽又一想，在这黄夜间，人家门户开得好好的，我忽然走进，她们这老少两个妇人一定要疑鬼疑神的，还是不可冒昧。想至此处，忙又纵出院外，抬手把街门连叩数

下，内里立时止住了哭声，沉了一会儿，房中那婆子声音抖抖地向外问道："外面什么人叩门，可是刘三爷吗？"浮罗子尚未待答言，那婆子已走出房外，来到院中，一时呀的声把门开了。睁了泪眼，一望是个长髯道人，当时不由怔住。借着月色，朝浮罗子上下打量了两眼，哑声问道："这位道爷定是化缘的吧？再不就是寻错了人家了吧？"浮罗子忙道："贫道并非是寻错人家，贫道今日路过贵处，忽闻哭声悲切，故此特来问个情由。"那婆子又看了浮罗子两眼，面上现出很不耐烦的神气道："道爷不用问吧，就是告诉你，也不济事的。"浮罗子听了她这语气，忙又问道："照你这话听来，难道说是有什么恶人欺压你们吗？"那婆子摇头道："俺们这村莫说是没有土棍恶霸，就是有，也欺压到不了俺们婆媳头上呀。道爷还是不用问吧。"浮罗子听罢，越发地摸不到头脑，自忖她婆媳在此深夜悲哭，究竟有什么大不得的事，忙又含笑问道："你们婆媳究有什么为难之事，和贫道说了，贫道虽不敢说能搭救你们婆媳，但是贫道认识的善士很多，总可代你们设法出个主意。"

那婆子道："道爷既是定要问俺们婆媳啼哭的缘由，就是和道爷说了，却也无关紧要。不过道爷听了，也决无策搭救我那媳妇的。"那婆子说到这里，掀起面前衣襟，拭了拭眼中的泪痕，这才又接着说道："俺们这村庄因挨近胪江，常有水灾，年年到了这夏日，便提心吊胆的。谁知在头几日，忽来了个一只独臂的怪人，又像头陀，又像道门。这人便说，今年是南海龙王的生日，传谕向本村索要四名孕妇，定期送到河岸上，如若不然，便发水淹没你们这村庄。"浮罗子忙插口问道："这独臂残废怪人，可晓得他是从哪里出来的，村中有人眼见吗？"婆子答道："怎会没人眼见呢？凭他口中一句空话，那怎肯相信呢。那天他说完了走去，俺们这村的刘三爷同了邻居，把他送到江岸前，眼看他跳到江中去了。刘三爷又怕又信，回到村内，恐村人葬身鱼腹，便探询哪家有孕妇。俺们村里除了俺那媳妇，还有村西一家少妇，听说邻村也是两个，合起来共是四

个孕妇。本订今日用四乘小轿，一班鼓乐，由刘三爷同两村首事人，把她们四个孕妇送到江岸前。今天若不是这场雨，早已送去，现又改在明日了。俺儿子在省城作商，家中只俺婆媳娘儿两个，俺有心撇了这条老命，不允把俺媳妇送去，怎奈俺媳妇事小，全村人命事大，故此俺婆媳对坐房中啼哭，不想惊动了道爷。俺已说完，道爷也是没法搭救俺吧。”说至此，回身砰的把门关上，浮罗子一看，不便久停，返身又回小庙。心想那婆子所说的言语，必是妖人诡计，决意明天停留一日，倒要看个仔细。

夏日夜短昼长，一宿易过。次日浮罗子便在村近进些食物，信步向江岸前行去。逢人打听，直到祭江的所在，岸上搭了一个小小席棚，并无异处，便在岸近处，寻了一片林丛荫蔽所在，憩息一时。浮罗子坐憩林内，正赏玩四外景色，忽听林外人声嘈杂，转首望去，只见七八个健汉，抬了三四乘小轿，原是奔这片林丛走来，一眼看见浮罗子，便回身又向对面那片密林走去。浮罗子见这七八个健汉行迹有些诡异，定睛看时，已隐没对面密林中。又沉了一时，日色西偏，猛然就看林外人影一晃，奔向岸前跑去。浮罗子寻迹望去，那人好快的身法，形影尚未看清，已沉没岸前堤下一排杨柳丛处。暗忖这人来得蹊跷，立时疑窦丛生，想纵到树干交叉处，再攀缘到树梢尽头，看个详细。但此时已是酉末戌初，夏日虽昼长，可是这时黑影已笼罩下来，日没黄昏。四顾苍茫暮色，只听江水奔波，在这时响得越发起劲。浮罗子又起身，仰望近旁一株垂柳，在这欲上又止的当口上，忽地微风送来鼓乐声音，料定是村中送那四名孕妇来了。穿绕林丛，又向岸近走了两步，寻一株高大的柳树，箭一般迅速，跃上树枝间，随着攀缘到了树最高处。浮罗子脚踏的这根枝干，圆径不过才有拇指粗细，若换个本领平常的，早已枝折人坠，四五丈高矮的柳树，虽不能跌得粉身碎骨，却也要骨断筋折。就见浮罗子施起轻功，偌大身躯，踏在那拇指粗细枝干上，那枝干毫无些微颤动，十分的稳定。浮

罗子攀在树上，看天上一轮明月已出，江涛汹汹，果甚骇人，波浪起处，犹似片片鳞甲一般，水声怒吼盈耳。这时鼓乐之音，越来越近，回首向南望去，火把通明，渐走渐近，果然是一簇人拥了四乘花轿直向岸前行来。浮罗子目不转瞬，望着他们这簇人，忽听扑通一声，急转首望去。河中水花四溅，好似什么笨重物件落在河里。忽又觉得眼前一亮，猛听林外有人嚷道："到了，前面那不就是俺们搭的那席棚儿吗？"浮罗子向林外路上急瞥过去，那群人已到林前，鼓声停处，隐约听得轿内嘤嘤啜泣。那群人见已到岸上，鼓乐大作起来。浮罗子暗忖这定是妖人无疑，倒要看个究竟，见他们怎样发落这四名孕妇。

那群人直到席棚前，四乘花轿落平，把孕妇都安置在席棚里，当把带来的香烛燃着，那群人诚心不二，循序朝江面跪拜下去，看那种形象确是令人可恨，亦复可怜。那群人拜罢，将站起身来，倏地水声哗的一响，浪花起处，现出一个人来，身躯灵活非常，一个鲤鱼跃龙门的势子，早纵到了岸上，落脚处不前不后，恰是香烛之前。浮罗子看了，当时不禁也是一怔。火光照耀下，看从河中跳跃出这人，光溜的秃头，一身油绸短衣靠，扎束得很是利落，却是一只单臂。浮罗子心中暗忖昨夜村中那婆子说的那独臂的怪人，大约定是他了，方才扑通一声，也定是他。只见这独臂怪人跃到岸上，那群人慌不迭地又跪拜了下去，口称："信士弟子已遵法谕，给海龙王把四名孕妇贡献来了。"那独臂怪人听了，向席棚儿里望了一眼，便忙高声说道："龙王在水宫中已知晓尔等把孕妇们送来，特命我出来迎接，尔等不可在此久停，速速去吧，路上万不可回首张望，要牢牢谨记。过一时，水势一起，恐怕波及尔等。"那群人哪敢违拗，回转身躯，抬了那四乘空轿去了，一路向回道行去，哪敢回头，工夫不大，早走得不见踪迹。浮罗子静气凝神，望那独臂怪人，看他怎个举动，如何摆布这四名孕妇。此时就见他看那群村民走远，吹一声呼哨，对面林内立刻有一阵步履声响，正是那七八个健汉抬了四乘竹兜，奔向岸前。那独

臂怪人刚说了一句黑话，这七八个健汉中有一个急忙说道：“俺们来时，那片树林下有一个道士，不晓此时走了没有，待俺去看一看。”这个健汉说罢，大踏步跑进浮罗子坐憩的那片林内，各处看了一遍，忙跑出说道：“那个老道走了。”浮罗子攀登的这株柳树，枝叶下蔽，那健汉怎能看得见。

那七八个健汉来到岸上席棚前，放下了竹兜，独臂怪人便命把四名孕妇装在竹兜里，四名孕妇早吓得手足瘫软，任凭他等摆布，人已半死的了。那七八个健汉抬了竹兜，如飞奔岸下西南一股小道行去。独臂怪人从岸旁一株树，拿下一个小小包袱，就在岸前把身上湿淋淋衣裤换下。猛觉他腰间哗喇喇一声响亮，像是七截鞭声音，见他换好衣服，便就岸上，把换下湿衣服拧了拧，胡乱包在空包袱里面，围在身上，一矮身，迈动大步犹如箭离弦般，顺西南小道，向那几个抬竹兜健汉跟踪赶去。浮罗子早看出他等路道来，便不怠慢，一个蜻蜓点水，从树间落下，心中说道：“这独臂怪人好快的身法，看来他本领可也十分了得。”便也忙施起陆地轻功，追了下去，追了约有里许，看他已赶到那八个抬竹兜的健汉近前。浮罗子相隔也就有一箭远近，看独臂怪人十分精细，他已觉身后有人跟踪赶来，忙回转身躯，从腰中哗喇喇把七截鞭亮将出来。

此时浮罗子已到他身边，他定睛向浮罗子看了看，一阵狞笑，掩着手中七截鞭，朝浮罗子一指道：“你这老杂毛，若是知机，休要多管闲事，趁早躲开，我决不和你这入木半截的为难，否则你可是自捋虎须，莫怪洒家不仁了。”浮罗子冷笑一声，骂道：“好个白莲余党！”一回手便把宝剑掣将出来，月光照耀下，寒星四迸，闪灼晶莹。这独臂怪人见了浮罗子这口剑，知非凡品，自不免暗吃一惊，肚怀着先发制人的主意，一抖手中七截鞭使了个招数，奔浮罗子下三路平扫过来。满想这一鞭，过去总把浮罗子跌个斤斗。浮罗子看他来势甚疾，一撤右腿，剑光下映，锋芒寻地，一个拨草寻蛇的势子，本意是想把他七截鞭削折。这独臂怪人手眼甚是灵巧，一看不得，恐伤

了自家器刃，一翻腕子，手中那条七截鞭哗喇喇一声响亮，返转过来，算是侥幸不曾碰到剑锋之上。立时又改变了路数，转向浮罗子上三路取来，仔细提防，处处躲避浮罗子的剑锋。独臂怪人这手中鞭施展得就像一条蟒，左旋右绕，毫不松弛。浮罗子不由暗暗惊异，二人就在路间，一来一往打了足有一二十个照面。浮罗子故意把手中剑稍一松懈，独臂怪人觑出破绽，心中暗喜，自忖这杂毛可真是自寻晦气，当时哪肯放过，使了个十足气力，一鞭直向浮罗子耳旁打去，口中喝道："老杂毛，莫怪洒家要下毒手了！"他满心想着已操左券，这一鞭下去，浮罗子虽不脑浆迸裂，也得给击倒地下。他这却上了大当了，浮罗子看他七截鞭扫将起来，见他已着了道儿，忙一矮身躲过，他那七截鞭已从顶上空扫过去。趁了他的鞭还未撤回，剑光一闪，向独臂怪人头上削去。独臂怪人喊了声不好，急忙把头向下一低，觉得一阵寒风从头顶间掠过，当时吓得魄散魂飞，面色如土，回身撒腿便跑。妖人一跑，那八个抬竹兜的健汉看情形不妙，也不顾那四名孕妇，扔下竹兜，随了那妖人身后，抱头鼠窜地逃去。

浮罗子的心意，本是救脱这四名孕妇，故此任凭他等逃去，并不追赶。过去一看那四名孕妇，呆若木鸡坐在竹兜上面，手脚已吓得瘫软。看昨夜村婆的儿媳，果然也在其内。这四名孕妇惊吓得虽一时作声不得，心中却都清楚，也看穿那独臂怪人的把戏来，本早就把真魂吓掉。又看浮罗子同那独臂怪人厮斗一处，剑光耀眼，鞭声震耳，都是乡间村妇，哪里见过这种阵势，越发吓得没了魂。浮罗子见她四个吓得这样，忙把剑收回鞘内，满面笑容，向她四个孕妇安慰道："你们莫要惊慌，贫道并非歹人，特来搭救你们的。"那四名孕妇听了，沉了半晌，惊神方定，手脚才渐渐方能活转，忙从竹兜上爬出，朝着浮罗子跪了下去。浮罗子忙叫她们四个站起，此处距她们的村庄没好远，由浮罗子把她四个送了回去，那四乘竹兜即撇在这路旁。这四名孕妇回到家中，自然对于浮罗子千恩万谢，

百般地感激。直到以后，浮罗子到太空山，看望一位释门中老友壁如，提起搭救四名孕妇遇的那独臂怪人，从壁如和尚口中，才知这独臂怪人一切底蕴，果是白莲余孽。

又过了两个年头，漫游黄山，与武林故友，盘桓了些时，便转向江南，要去再探望一位道友。不想路过浙东，听人传说山内聚了一伙土豪，为害地方已非一日，最近又要强娶柳树村闻家少女。浮罗子听在耳内，决意为这一方除害，遂又在方近一探询，所听传言并非子虚。这一日恰巧遇见纪维扬师兄弟四个，向他问去柳树村的道路，他不由有些惊疑，故此才寻根问底地向维扬等四个盘问。若非闻家那仆人陈升喊叫着走来，几乎维扬等一腔怒火发作起来，浮罗子又看他四个行色，也料定他等是闻家请来和匪徒厮拼的。浮罗子既探明了匪徒的行为，这天便直往柳树村外匪徒们的巢穴而去。山上那伙匪徒，除那为首的会舞几套枪棍，其余不过都是恃着有些蛮力，随伙鬼混罢了。浮罗子闯入匪徒们的巢穴，那为首的匪徒，正背生恶疮，疮口未平，躺在床上，尚不能动转。所以浮罗子到在他们巢穴以内，掣剑在手，趁其不备，如切瓜削菜般，毫不费手脚，即把这伙匪徒除去。有那精明的一看不妙，当时逃散。浮罗子看匪徒们亡的亡逃的逃，立时引火把匪徒巢穴焚毁，唯恐以后再窝聚匪人，不一时，火光上照，映得满山通红，转眼之间，已化为一片瓦砾。

浮罗子焚了匪巢，便又回了他那道友处，盘聚了几日，便别了道友，取道往湖北而去。在途中又被维扬瞥见两次，浮罗子为避免纠缠，不愿人晓得他的行踪，因此维扬扯了喉咙招喊，他只故作不曾听见。浮罗子来到襄阳北郊，想在路旁树丛里少憩一时，无意中遇见男女两个一答一和在路旁谈论，这正是维扬和玉娥谈说金哥被一个独臂怪人拐去。浮罗子一听，心下料个八九，决想是那妖人又玩把戏。浮罗子唯恐二人轻敌，才故意纵声一笑。及至维扬、玉娥向内望去，他早转入林密处，忙施起轻功，奔向古庙。到了那庙方近，正赶上独臂怪人

引了金哥从那庙走出。浮罗子忙隐在一旁，定睛看去，正是那独臂怪人，见随了他身后又追出一个道人，不住向他喊道："你快把人家孩童送了回去，万不要做这伤天害理的事。"单臂妖人面目狰狞地冷笑道："你休管我闲事，若不看在往日师兄弟情面，我对于你早下毒手了。"带了那孩童，头不回地狠狠走去，却把那追出来的道人气了个脸白，望了他后影长叹了一声，踅进庙内。浮罗子看到这里，原想追去把那孩童救回，忽又一想，恐路旁那男女二人到来错伤无辜，这才一提气纵到树上。待到维扬、玉娥到了这里，维扬要举刀伤那道人，才忙窜到树下，把话说明，问了问维扬、玉娥姓名住址，又说了那妖人脚程甚快，恐他等追赶不上，这才回转身躯，代他们追去。赶了足有七八十里路，方才追上。那单臂怪人一回首，看见浮罗子，不由大惊。哪敢再和浮罗子交手，把腋下挟的金哥急忙放下，迈步如飞地逃去。

浮罗子看他已撇下金哥，到了金哥身前，看金哥睁着二目，如呆如痴，迷药的药劲尚未散去。便忙把他抱到一道溪旁，手蘸溪水，在他头顶上拍了两下，金哥当时一个寒战，立时苏醒过来，呆呆望了浮罗子发怔。浮罗子看金哥生得方面大耳，五官很是清秀，见他这模样，忙向他说道："你是被拍花恶人所拐，我特赶了来把你救下。"金哥听了，忙朝着浮罗子跪下，拜谢搭救之恩。浮罗子看他小小年纪，居然彬彬有礼，十分喜爱，便伸手把他扯了起来。金哥依在浮罗子膝前忙说："道爷你老人家把我送回去吧。"浮罗子笑道："此地距你家有上百里路，天已这般时候，今天是来不及了，明晨必把你送回。"说着，扯了金哥小手，想到方近村中寻家店房，权且歇息一宵。那金哥看浮罗子蔼然可亲，随着浮罗子身旁跳跳钻钻地向前行去，小手不住地抚摸浮罗子腰间悬挂的那口古剑。

当晚宿在村庄一家店内，次日天明五鼓，即离了这村店，把金哥送回襄阳，路上浮罗子便问金哥可愿随他去学习武技。因浮罗子一见金哥，看他天生异禀，资质不凡，便有心把他罗

致门下。这才一问金哥，就看金哥喜得手舞足蹈，便要不回家中，从此随浮罗子走去，浮罗子把头摇了摇道：“你得回去禀知你母，我方能把你带去。”金哥小嘴一噘道：“我娘晓得，决不肯放我去的。”浮罗子看他这烂漫天真样子，笑着向他抚慰道：“你不必顾虑，你母不肯放你，你禀知你母，我自有法把你带走。”金哥听了，方把小心放下。当下浮罗子把金哥送回。第三天上，夜间来到王家，留了个字柬，悄悄把金哥带了去。

玉娥自爱子金哥被浮罗子带去，只好等待驼叟来时，随爹爹到川中去看爱子究竟是否在那里，心中一块石头方能落平。每日坐在家中盼望爹爹驼叟到来，直到十月初间，驼叟才从河南马三元处来到襄阳。玉娥见了爹爹驼叟，当金哥怎样被单臂怪人用拍花手段拐去，后来又怎样由浮罗子救回，金哥回来没两三日，忽又被浮罗子夜间来此悄悄带了去，并留有一个柬儿。一边说着，一边把浮罗子留的那张字柬取出，递给了爹爹驼叟手中。驼叟一看字柬，忙道：“金哥这孩子同浮罗子也是有这段缘法，那浮罗子一身武功，已臻炉火纯青的地步，性格也很古怪，从不肯轻易收徒。以往只有两个道门中徒儿，尚未听他收有俗门中徒弟。这总算金哥这孩子的幸遇，将来造诣定不可限量，你们不必悬系。”

玉娥忙把自家的心意是要到罗浮山去一趟，看金哥是否确在那里，以便把悬的这颗心放下，说与爹爹驼叟。驼叟摇了摇头道：“既是浮罗子带去，决无差错的。况且浮罗子的字迹，我也认得，还有什么可悬系的呢。就是你此时定要前去，现下正是十月天气，蜀山已然冰雪封塞，雀鸟难飞入；就是去，也得等来年春开，冰雪融化，方能畅行无阻。依我看金哥这孩子功夫习成，自然回来。这时你前去看他，须知他初习武功夫，一心专一，你去不是反分他的心吗？”玉娥听了爹爹驼叟这片话，因关怀爱子心切，哪里肯听从驼叟言语。驼叟见女儿玉娥舐犊情深，本来却也难怪，她中年寡居，膝前只守此一儿，王门人口单弱，唯存此一脉。今一旦被浮罗子带去，当然是放心

不下，想到此处，不便再为拦阻。

玉娥忙又问："爹爹何时回川，女儿也随爹爹一同去川，俾便明春由爹爹领导到罗浮山去看望儿子金哥。"驼叟忙道："我一两日便带维扬转回川去，在我离川的时节，七姑已定于今年秋间迎娶，但不晓此时过门也未。七姑终身这件大事，我拟早些回去，参与她这婚礼。怎奈你河南马师伯苦留不放，所以耽延到此时，才到这里。七姑婚期十有八九是误了。"玉娥道："七妹已然有了人家，我已听维扬师兄说了，若非有金哥这事，我听知这喜信，早入川去了。"

玉娥既决定随她爹爹驼叟进川，当把家事料理了一遍，又吩咐老仆王成及一些男女仆佣好好照应门户。在第三日上，一路上荒山寒寂，鸟道盘屈，晓行夜宿，非是一天，早已走入蜀境。这日转过一个山环，眼前现出一座村庄，这座村庄四面环山围绕，周匝古树盘纡。维扬在前引路，一看来到了自家居住的乡村纪家屯，忙向驼叟道："师父，前面已是徒弟居住那村庄，同师妹请到徒弟家下吧。天已不早，索性今日就宿在徒弟舍间，明晨再行赶路吧。"驼叟一看天光已晚，意在两可，维扬未得师父驼叟答言，便大踏步头前向村中跑去。驼叟随了女儿玉娥轿旁，进了村内。维扬同他老娘和他兄弟猎户纪九，都站立在门外，等候迎接驼叟父女。维扬家中只母子三人，他母年老尚健，驼叟父女来在维扬门前，进了维扬家内。维扬母子三个，殷勤相待。那两名轿夫由纪九他们另安顿在一间房中，驼叟向纪九问起黄堡近来可有人从此经过。纪九忙答道："在上月初间伍家周姑爷同了四姑送七姑北上出嫁去了，从此地走过，那日恰赶小人进山打猎，在路上遇见。"谈了一回闲话，立即杀鸡作黍，款待佳宾。山中村户好在猎来现成的山鸡野兔，倒也不用到外面去购买。驼叟父女在此停了一宵，次晨便带同维扬起程上路。在路上又行了几日，便到了黄堡，主人多出门，是在火神庙救的那张氏女，同了几个男女仆役在主家照应门户。那张氏女看驼叟师徒同了一个素装少妇走来，她也常

听四姑、七姑谈论，即料定是玉娥无疑，忙向驼叟道：“你老人家怎的今日才回来，四小姐、七小姐眼都望穿了，若在上月这日回来，四小姐、七小姐还未起程呢。”说着，一双杏眼呆望了玉娥，却不便贸然去打招呼。驼叟忙给她们引见了一回，来到里面房内。这些伍家的仆妇人等和玉娥本系素识，往昔玉娥到此，对于她们甚厚，今见玉娥到来，都现出十二分的殷勤，张罗着献茶献水。问起来，方知三姑因病夭逝，父女大惊，不禁落泪。驼叟父女看房中三姑那口剑好端端依然斜挂在壁上，那剑柄上系的那嫩绿色丝线蝴蝶飘穗，还是当年玉娥给她打的，观物思人，便向仆妇等问起三姑怎的竟一病不起。张氏女一听问起三姑，忍不住一腔热泪，夺眶而下，极力遏止着，当把三姑病逝情形，以及得病缘由，说了一遍。

原来三姑自那夜同七姑被那恶僧正明追赶，回路上在张氏女家偶受寒凉，回到家中，便自病倒床上。哪知自此百药罔效，竟自香消玉殒。张氏女细说她垂危的情形，早已哽咽不能成声。当时除了驼叟父女，就连仆妇们，也全落下泪来，都是泪眼相向，房中布满悲哀气象。驼叟又坐了一时，便要走出，带了维扬师弟两个回返八仙观。张氏女看驼叟站起，忙道：“你老人家稍候一时，七小姐给你老人家留了一张字儿，命我俟你老人家回川时，呈给你老人家看。”说着，从身内掏出一张字儿，双手呈给驼叟手中。驼叟接来一看，系是七姑请驼叟收下张氏女这个女弟子，并且说她不但聪明过人，而且现时初步功夫已稍进门径，悟性甚佳，将来造诣定在侄女们之上。最末尚说请驼叟破例收归门下，万望勿却。驼叟看罢，见张氏女秀外慧中，便也喜悦收她这个女弟子，忙向她道：“过一两日我再来看一看七姑教你的几手初步功夫，这字柬上的话，我已晓得了。张氏女不由喜出望外，她听驼叟言辞之间，十有八九已允收她这弟子，当时便要跪拜下去。驼叟忙止住她道：“此时尚不到你拜师的时候。”张氏女忙笑道：“我这并不是拜师，不过是拜谢你老人家允许之恩。”说罢，跪拜下去，驼叟看她

这伶俐机警，益发欢喜。张氏女跪在地下，向驼叟叩了三个头，站起身来，便又转身给师姊玉娥见礼，玉娥忙向前拦阻，看她已跪拜了下去，慌忙地还礼不迭。

驼叟便又把七姑留的信柬递给女儿观看，转首又向张氏女说道："好在你师姊也留在这儿，你对于功夫如有不了悟的地方，尽管先向你师姊请教，我一两日必来。"张氏女连忙领诺，驼叟说罢，带同维扬回返八仙观，从此玉娥便留在黄堡。驼叟师徒两个回了八仙观，看王铁肩的功夫也较前进步得多了。

王铁肩自师父同师兄离川，他无拘无束，每天出去尽量狂饮，但是功夫从未间断。今见师父回来，心中甚喜。驼叟因已允许收张氏女这个女弟子，况且女儿玉娥又住那里，便常到黄堡去看女儿，借便暂先教给张氏女些武功，看她进境如何，再为择日令她拜师。张氏女却也是专心，若遇驼叟不来时，便向师姊玉娥请教。玉娥看她聪慧非常，也很是喜爱她，所以毫不嫌烦地向她详细解释武技门中要诀，因此获益良多，进境自然也是迅速异常。驼叟看她循序渐进，已至由阶而升的境地，见她行动起来，姿态活泼，刚柔合度，毫不呆滞，并无极刚不柔之弊，所有一形一势，均能切中要窍，于形意门中，已算稍窥门径，心下甚喜，便择了个日期，在黄堡令她拜师，又命她见了维扬两个师兄。驼叟便又给她起了个名字，叫作玉英，从此她便唤张玉英了。一眨眼间，又过了几个月，已度过了年关，四姑敏贞直到转年三月初间，方回返黄堡家中。见玉娥在此，姊妹间多年不晤，一旦相聚，自是十分欢喜。不过想起三姑病逝，彼此间未免有些默默寡欢。

当时各道别后情况，知七姑过门后，翁姑很是喜爱，夫妇也十分和美，玉娥听了，也着实替七姑庆幸。四姑返后，晓得张玉英已蒙驼叟允诺收罗门下，并且看玉英功夫确也进步堪惊，再有一二年工夫，武功定要赶过自己了。自忖七姑已然毕竟有些眼力，在初次教她那几手开门功夫时，就说她的造诣将来要在我们姊妹之上，这样看来，果然不虚。想到这里，对玉

英很是期望。

转眼又过了半月余，春光明媚，草木全已发动，山崖积雪，融化已尽，瞻望山光，苍苔翠色。玉娥便旧事重提，催爹爹驼叟同她看望爱子金哥。驼叟怎肯拂她的心意，便定日同她起程。四姑和玉英便也要同去，驼叟因到罗浮山路遥远，玉英一个女孩子家，况且她娘只她这一个女儿，唯恐她娘不放心她远去，便先命她回去禀明她娘。她母听她随师父和玉娥、四姑同去，倒也很是放心。起程这日，雇了三乘山轿，玉娥、四姑恐山间难行，防有歹人出没，便各带了随手器刃，玉英便也把壁上悬挂的三姑生前那口剑，带在身旁。当日天将发晓，便从黄堡来到八仙观。驼叟却带了王铁肩，一行取道向罗浮山进发，一路上山光水色，旅途中倒不寂寞。这天到了罗浮山脚下，山势雄秀，终年云雾封绕，仰不见巅，日光下山色凝红，耳听江水声澎湃，如万鼓惊雷。驼叟虽与浮罗子相善，但浮罗子所居这罗浮山玉清观尚未到过，不过听人传说山道险仄，仅仅能容一人。到在罗浮境北，便命玉娥、四姑、玉英把山轿打发了，一行爷儿几个渡过江，到在山脚之下。驼叟想寻个乡人引导，谁知到了山脚下一家野店中，一问去罗浮山玉清观的道路，请他们导往，这店户的人连连摇首咋舌地道："这玉清观听说在罗浮山深处，山道难行，歧路百出，内中虎豹野兽成群，我们这里村户虽居在这山脚之下，从来未敢轻易到过这山深之处。每年春夏两季，倒是常看有人从山中出入，但是我们这里人，都不敢冒险到山里去，客官们请自去吧，我们这儿是没人敢作这向导的。"驼叟听罢，谅他这话不虚，便同徒弟和玉娥姊妹三个，在店内饱餐一顿，日色过午，付过饭资，一行爷儿几个离了山脚这家野店，朝山内行去。

山路崎岖，山势怪特，数人行在山腰中，山路渐仄起来，天气忽而阴霾暗色，路间又是青苍密布，滑足难行。驼叟忙向玉娥姊妹三个喊叫仔细些，越走越暗，定睛辨去，却是两边陡壁半天的危岩，把阳光隔住，上面只余一线天光，行在其中，

忽觉晦暗。一时转过危岩，阳光下耀，眼前景色不觉一亮，心襟豁然开朗。山上一片浓绿，日光反映，照射人面之上，都衬成绿色，却把个王铁肩喜得忘形起来，连喊好景色，好景色。路转峰回，忽闻上下水声震耳，低首下望，山溪横贯山下，水声轰訇，是一道瀑布，走没好远，山路忽而中断，只有来往两道斜坡形的绳桥，横跨两面崖壁间。驼叟见了，不觉发愁起来，望了玉娥等人道："这道绳桥滑索，你等敢滑过去吗？"四姑忙抢前说道："这绳桥有何难渡！"说着，两臂外伸，臂一变屈，已跨上了，足一趁劲，居高临下，迅似闪电般，两足悬空，直向那面滑了过去。驼叟说了声留神谨慎些，语声未罢，看她已滑到溜索中间。王铁肩、玉娥低首向下面望去，万石林立，不由有些胆寒，不一时看四姑已然到在了那面崖前，不住向这面招手作喊。都是练武功的，怎肯自馁，玉娥、王铁肩便也先后滑了过去。玉英面有难色，但也不肯落后，也要顺索滑过。驼叟恐她气力不胜，非同玩耍，忙把她向腋下一挟，单臂跨上溜索，略一趁劲，身已凌空，展眼滑了过去。

众人没有向导，鼓勇探山，不知不觉已入山深处。玉清观在山的西北，他们左转右绕，已向山的正北偏东行去，早迷了方向，他们尚不知。又转过一个山嵎，愈觉荒寂，日色西耀，巅上一股流泉，如一条银练，山容变换，被霞光映照得成了一片红色，一簇簇杂树，枝叶翠绿，点缀其间。天上不断的白云往来飞绕，远遮岭腰。驼叟一行爷儿几个，纵目流览，不觉忘其路之远近，越走越深，四周幽壑深林，不类凡境，心中惊疑，不晓走入何境。距玉清观尚有好远，也不知道，欲一借问，怎奈山深无人。正走间，王铁肩忽一眼，瞥见林内伏着一只猛虎，伸着前面两只巨爪，二目眈眈，望着驼叟一行。口角流涎，蓄势欲动。王铁肩惊喊："留神有虎！"有心后退，已然来不及。驼叟听王铁肩喊叫，却也早已觑见那猛虎，看它半蹲半立地在林下斜坡上，前面巨爪按在地下，驼叟身后玉娥、三姑、玉英也已然瞥见，惊忙中掣剑就要向前。驼叟看山路狭

仄，她三个手中虽有器刃，究是女人家，气力柔弱，哪能和山间猛虎搏斗，反碍手脚。便命她姊妹三个隐避起来，看身旁这边山岩藤干绕满，她姊妹三个忙提手中剑，攀了藤干，踏了上去，上面约有五六丈高矮，恰有一块巨石突出，玉娥、四姑恐玉英跌着，不住地一手攀紧藤树的枝干，一手去扯玉英的衣角。到了这巨石上，姊妹三人紧扯藤干并排而立，俯首下望。

那猛虎饥饿交迫，前爪略按一按，便直奔驼叟铁肩扑去。从高下望，很是得眼，看那猛皮竖着一条长尾，身上黄黑色皮毛，根根立起，越显肥大雄壮，一种威猛神色，令人战栗，驼叟和王铁肩看来势凶猛，分向两旁闪去。那猛虎来势甚猛，一阵腥风平空从驼叟、王铁肩中间窜过。忽听一声巨响，那猛虎不提防正撞在一株二人合抱不交的树干上。身大力猛，树干动摇，震撼得那树连枝带叶簌簌下落。驼叟、王铁肩抽了这个空子，各把单刀亮了出来。那猛虎不曾把人扑着，反受了巨创，吼的声，似半天起了个霹雳，山谷皆鸣，看它咆哮性发起来，后爪略一蹲，前爪已翻转过来，虎尾倒竖，铜铃般两只虎眼怒望了驼叟、王铁肩。这次它却变了方式，单独直向王铁肩扑将来。王铁肩不容躲闪，一刀朝猛虎颈间刺去。慌忙间，不曾刺着，刀刃从虎耳旁擦过。那猛虎前爪离地，奔王铁肩两肩搭下，王铁肩哪里躲闪得及。在这紧要关头，王铁肩情急智生，把心一横，索性撒手把刀扔落，头一低，两手一抱，正正把猛虎脖头抱住，头顶恰把虎额撑住。王铁肩险些不曾被虎扑倒，那虎仰着头动转不得，虎尾把地打得巴巴山响，急待挣扎，王铁肩下狠力抱住，哪肯放半点松宽。那猛虎前爪从肩上隔在后面，被王铁肩全力抵住，也不能自由屈转，后爪急得在地下乱刨，登时一发虎威，连人带虎倒在地上乱滚。驼叟看长久下去，恐王铁肩支持不住，急斜刺一刀，向虎肚间扎去。那虎再凶猛，吃这一刀致命伤，猛然一窜，跟着一声怪吼，乱蹬乱抓，几乎把王铁肩震昏。驼叟急又扎下一刀，那虎又吼一阵，威势渐不能支，倒地不动了。驼叟又在它致命处乱刺了一阵，

才喊叫王铁肩把手松了。王铁肩气喘吁吁，面貌惊慌变色，连喊好险好险，侥幸不曾葬身虎腹。猛地忽听岩石上面四姑慌忙喊嚷道：“刘老伯、三师兄快隐藏起来吧，看那林内又来了好几个大虫！”驼叟、王铁肩一听，忙转向林内望去，果有十几只猛虎从乱林中走来，风声嘶吼，吹得林间枝叶唰唰作响，驼叟本领怎样了得，也难和群虎相搏。忙同王铁肩寻了一株树木，纵了上去，将攀枝在树上，脚下尚未踏稳，看风声过处，那群虎已到跟前。

群虎看了倒地的那只死虎，纷纷跑到它身旁，嗅舐个不歇。那群虎好像十分灵性，嗅舐了一时，便怒目张牙，四下寻觅伤仇人。正在这时那岩石上的玉英，小小年纪，却不晓利害，拾起身旁一片碎的石块，向那群猛虎打下。玉娥、四姑看了，忙去拦阻，她已然把石块掷了下去，落在那群猛虎丛中。

那群猛虎不提防，兀地一惊，蹿起丈余高，身大力重，一阵狂啸，自相撞扑在一处，当时齐向发石所在，昂起首来望去，已发现玉娥姊妹三个坐在上面突石上，群虎露出口中长牙，弓了后爪，虎背一拱一起的，虎尾竖起，来回摆动，望了上面咆哮起来。齐按前爪，先后向那岩上突石扑去。平空蹿起两三丈，却把玉英吓得先喊叫起来。群虎扑了个空，前爪不曾抓住藤干，跌落下去，彼此相撞又滚在了一起，震得地下山响。群虎滚撞了一时，翻身爬起，越发暴怒凶狠。驼叟在那株树上，恐玉娥三个惊慌失措，忙喊着道：“你们不要惊慌，群虎决扑不到那石上去。”驼叟这句话不要紧，群虎又听人声，回转虎首，朝驼叟这株树上望了去，立时又齐扑那株树下，团团地围住，仰首蓄势朝上望着。这次却不敢再向上扑去，便迁怒到这株树上去，张牙扬爪，怒向树下根干狠劲啮去。群虎争前恐后，没有好久，这株三四人合抱不交的巨干，树皮片片剥落，再有一时，这株树恐就要被群虎啮断，驼叟在树上觉得这株树左右乱摆，眼看树要连根断去。一看阳光，将次西沉，荒山寂静，下面群虎围绕，愈觉眼前景色阴森可怖，危急万分。

驼叟盘踞的那株树眼望着就要连根断去，三女不由吓得魂魄惊出窍外。正在危急间，忽瞥乱林岩石处，转出一人，面貌却看不清晰，脚下甚快，奔向这边走来。玉英究是个孩子家，恐走来这人葬身虎腹，她却忘去她们自家等身处危境了，便破着喉咙向转出这人喊道："快不要到这边来，这儿有一群大虫呢。"看来人睬都不睬，仍旧向前走来，玉英心说这人难道是个聋子，便代他捏了一把汗。玉娥、四姑也替这人有些担惊，暗道这人到此，定没性命。这人越走越近，距这里约有两三丈远近，玉英忍不住二次又向这人喊道："这儿有一群老虎，快停住脚步，赶快隐藏起来吧。"这人听了，朝上望了一眼，不作理会地仍旧向前走个不停。她姊妹三个不由心里说道："这人可是自己情愿向虎口里送。"心中这么想着，看来的这人已到群虎近旁，那群虎眼望就快把驼叟攀的那株树啮断，驼叟看势不妙，早轻轻又纵到方近另一株树干上，那群虎却一些也不觉得。

这时群虎正运用口内巨齿，下狠劲啮那株树的根干，忽听背后有人脚步声响，齐翻转身来，围拢着奔向来的这人扑去，虎尾摇摆个不歇。驼叟、王铁肩师徒两个和玉娥姊妹三人，看了这情势，都不由突口喊了声："这人性命休矣！"驼叟哪肯望着这人丧在群虎爪下，大喝一声，掏出暗器抽出刀来，就要跳下去和群虎搏拼。忽见群虎扑到这人身前，就似驯羊般，齐蹲伏这人跟前，咂嘴咂舌地向这人上下嗅舐个不休，这人伸手不住抚摩群虎头项，此时驼叟已然下树，这人忙朝群虎把手一挥。这群虎十分通灵，站起一阵风吼，趸转乱林岩石间跑去。这人一转首，看地下血泊倒了一只虎，早已没了气息。这人方才不慌不忙，回首定睛，向跳下的驼叟打量了过去。驼叟也忙仔细向这人面上看了睛，瞧这人原是个青年，生得膀大腰圆，白净净面皮，相貌非俗，决不似山中村民模样，望他年纪至大不过二十上下模样。这青年看驼叟也不像平凡之人，忙拱手赔笑地道："适才鄙处群虎跑来，多有惊犯，对不住得很。地下倒的这只虎，定被尊驾等所伤。"驼叟见竟有伏虎之能，心中

惊骇，又看这人一团春风，十分和蔼，便忙向这青年请教姓名。这时树上的王铁肩和岩腰中危石上的玉娥、四姑、玉英，全已走下。这青年抬眼向他们看了一过，这才向驼叟答道："我名叫黄士钧，就住在前面转角所在。"说到这里，便又问驼叟等人姓名，到此欲往何处？驼叟等向他说了姓名，并说到此欲往罗浮山玉清观浮罗子处，不料到此为群虎困住。黄士钧听了，呵呀了声道："玉清观在这西北，尊驾等走迷了方向了。依我之见，尊驾等今晚权且到舍间屈尊一夜吧。"驼叟一想，初次相晤，怎好打扰人家，既而又一想，荒山冷落，除了到这黄士钧家中，也是别无他法。暗忖这黄士钧居在这山深之处，方才群虎见他都如驯羊般，谅他也决非等闲之辈。想到这里，便忙答道："如此便要叨扰了。"黄士钧谦逊了几句，转身在前引路。

穿过这片乱林，转了一个山嵎，看是平坦坦一方广坪，四下一株一株桃李树，从树隙处，见短篱参差，傍崖结了一片房屋。转眼走到临近，黄士钧停住脚步，向驼叟等人道："这是舍间，请暂在此稍候一时，待我进去禀知家父。"即推开篱门走进。驼叟等人听了他家却还有老父，便鹄候在篱门外。但看黄士钧居住这所在，群峰环抱，界隔尘寰，屋后山巅一道流泉，从上转下，水声潺潺，围绕而过，水石清幽，灵岩独升。驼叟等四外赏览景色，就听篱门内一个苍老声音道："钧儿快将佳宾请进来。"语声甫罢，一阵脚步音响，黄士钧已从内跑出，笑容满面，闪身请驼叟等人走进。将走进篱门，看迎面走出一位六十余岁皓发老叟，额下银色长髯，微风吹得根根飘起，望去精神十分饱满，二目神光十足，挺胸叠肚抱拳当胸地道："适才听犬子说，尊驾等山行迷路，误至此处，这也是彼此有缘，恕老朽有失迎迓，请堂中坐吧。"驼叟等谦让一阵，进房见布置精雅非凡，随又通过姓名，方知这黄士钧之父，名唤黄振。分宾主坐定，黄振转首向士钧道："钧儿你把明燕姊姊喊出，叫她把这三位女客迎到后面。"士钧听罢，忙转身趯

出，直向后面跑去。不一时一阵莲步声响，从远渐近，莲步停处，眼光一亮，走进一个廿一二岁女子，一身荆钗布裙，粉面朱唇，生得百般秀丽，见她青眸流动，向玉娥、四姑、玉英扫了过去。黄振看女儿明燕走来，忙叫她见过驼叟，便把玉娥姊妹三个给她介绍了。明燕很是亲昵地含笑把她姊妹三个，扯到后面她那闺房中去了。

驼叟在这里和黄氏父子谈了一时，才晓这黄振是太极门中的人，看模样本领已入化境。这黄振早年在云贵一带走镖，他有宗绝技，唤作金沙掌，运动起来，手比钢铁还坚硬。兵刃休想伤他。壮年时性情暴烈非常，闯荡了半世，遇在他手中的匪徒，从不肯轻轻放过，因此仇人遍地皆是。后来他想长此下去，难免被仇家暗算，他便收了镖行生意，携了一子一女，隐居在罗浮山东面迤北深山中，依山结屋，开地为田，住了下来。原来他夫人早已下世，他自隐在这深山后，便把自家这一身武功夫，倾囊传给了他这儿女。这黄士钧自随父到这山内，他才十一二岁，一个小孩子家，贪玩心胜，看忽来在这荒山中，连个人烟也无，哪有半个孩子童同他玩耍，每日守在家中，抓耳搔腮的。黄振只这一子一女，百般疼爱，看了儿子这模样，恐把他闷出疾病来，便带了他姊弟两个，常到山中的岩穴处，去擒乳虎回来饲养。黄士钧觉得这却很是好玩，便常求爹爹带他去擒乳虎，黄振哪肯拂他心意，没有年余，擒了足有二三十只乳虎，饲养不到五六年，这二三十只乳虎全已长得雄壮非常。驼叟一行爷儿几个所遇这些大虫，即是他幼年饲养的乳虎，所以见他就像驯羊也似的。驼叟与黄振对坐相谈，黄振想驼叟师弟两个同玉娥姊妹三人定早已饥饿，便喊士钧烧火备饭。喊了两声不见答应，忽一眼瞥见了儿子士钧拖一只断气大虫，从门外踅进。驼叟看是他们路上伤的那只大虫，心中歉然，忙即道歉，黄振笑道：“不相干。”对儿子说：“钧儿，你快烧火，给佳宾们预备饭吧。”士钧说了声孩儿晓得。驼叟也正感饥肠辘辘，所以也毫不客套。驼叟忙命王铁肩出去帮同士

钧。主人还要相拦，王铁肩早走了出去。王铁肩走出堂外，看黄士钧把米已泡好，正蹲在那里剥扒那虎皮。王铁肩忙伸手相帮，士钧忙拦道："王兄请堂上坐吧，哪有劳客帮同弄饭的道理?"王铁肩哪里肯依，便忙帮着士钧把柴架上，烧着锅灶，把米下好，看士钧把虎皮早已剥下，用刀把虎肉切成一块块的方块，架火烧了起来。王铁肩哪里尝过虎肉，况且又是饥肠难忍，嗅到一阵一阵肉香扑鼻，不由有些馋涎欲滴。

第七章　游南荒忽遇侠隐

一时饭好肉熟，士钧把肉饭端在堂上，黄振坐在驼叟旁边相陪，王铁肩当然不能和师父同坐一处，便由士钧陪同在他那房内。黄士钧住的这间房中，却也很是精雅，所有一切桌椅床榻，都是伐山间林木制成，不加雕磨，自有一种天然幽趣，觉得清雅绝伦，不类凡境。士钧把王铁肩陪到他这房里，忙道："王兄少候，待我先给后面女客把肉饭送去。"返身走出，工夫不大，从后回来，兴冲冲地又跑到厨下，托了一盘虎肉，两大碗米饭，笑着走进。王铁肩忙抢着迎上前接过盘碗，放在了桌上，见那大盘虎肉热气腾腾，此时又放了些酱油五香佐料，香气较初烧时尤觉浓厚。但见一块块虎肉，五花五层，望着十分肥嫩，不过有肴无酒，却是一件美中不足。黄士钧又含笑道："王兄且慢用饭，恰巧头几日我在山外沽了几瓶酒，待我取来。"王铁肩一听，正惬心怀，这些日正感有些酒瘾难熬，不由心花怒放。士钧两步并作一步，复又走了出去，没多时，一手拿了酒瓶，一手又托了满满一大盘腌腊肉，走了进来。南方城乡中等人户，差不多家家入冬，都备造大宗腊肉，以为餐客

之需。腌腊肉造后，便一片一片储置房外檐下，任凭灰尘上落，望去尘垢落满，肉色成黑灰色。若食时取下将尘垢略略涤去，便入蒸笼蒸透后，取出切成薄块，食之肥美异常，另有一种风味。王铁肩和士钧两人推杯换盏，饮了一时，士钧忙起身到堂上去看爹爹陪了驼叟把餐用罢，忙把盘碗家具撤下，重又返回房内，二次又陪王铁肩饮了起来。士钧酒量甚豪，和王铁肩左一杯右一杯，直饮到灯阑酒尽，月色已从东岭转过山后，二人方才罢盏，胡乱地把饭用过，王铁肩同士钧把残肴剩馔收拾着撤下。见师父和黄振尚对坐堂上谈论闲话，当晚驼叟和黄振宿在一处，彼此识荆，谈来却很是投契，大有相见恨晚之慨。王铁肩自然宿在士钧房内，他两个也很说得来，三姊妹就在明燕房内。

一宿晚景过，到在了次日清晨，玉娥、四姑、玉英姊妹三个在明燕房中梳洗齐毕，走出堂前拜谢黄家父子三个夜来款待之情，便要同驼叟、王铁肩起身奔往玉清观。驼叟见爱女玉娥的神色，恨不得立时到了玉清观，见了金哥，心下方才安定，便忙向玉娥说道："昨夜间我听你这位黄伯父言说，从此往玉清观的路径，在头两年有一道偏桥可通，后来这道偏桥不晓何时被人移去，从此玉清观即算与外间隔离，就是从外面入山到那里的，那股正路上的竹绞溜索，也被人断了去。看来显然是浮罗子所为，不欲外人到他那里。可是听说另有一股捷径可通，浮罗子出入即是走这股捷径，但是此处重山叠岭，绵亘千里，山中道路密如棋盘，纵横交叉，怎知晓哪股路是去玉清观的捷径。若贸然行去，再迷失了途径，便不易寻觅人户了。而且这山深所在猛兽窟穴处处皆是，况且你黄伯父又说，这山深处，地僻多瘴，若受了毒瘴，非同玩耍，性命相关，自然要加以谨慎，万不可贸然起程。依你黄伯父说，莫如先命他这位令郎伴同王铁肩探一探去玉清观的这条捷径，一俟探明，再为前去，岂不比较稳妥？我想也唯有这样，如此却偏劳你黄伯父这位令郎了。"玉娥听爹爹驼叟说了这番言语，却也不便再坚持

已见，忙向士钧作谢，福了两福。士钧也还礼不迭，这时玉英近前插口说道："夜来我们这位明燕姊姊也是这样说法，怎奈我玉娥姊姊怀念爱子心切，哪肯听从，看来还是不可贸然起行的。"明燕忙走向前一扯玉娥的手笑道："玉娥姊姊还是依了夜来小妹的言语了吧，足证小妹之言非虚。"说罢，仍把玉娥、四姑、玉英姊妹三个扯着向后面走去，边走边说道："我们姊妹四个回头吃罢早餐，到后面山上，观望一时，趁便猎些飞禽野兽，留待晚餐享用，倒也有趣得很。"她姊妹四个一路说笑着，转进后面房中去了。

黄士钧、王铁肩吃过了早饭，二人联袂走出，去探玉清观那股捷径。王铁肩同士钧走出篱门外，见四外山间，苍松翠柏，蔽岫连云，房后山巅流下那道清溪，白石磷磷，落花沉涧，山鸟上下飞翔，景致与昨晚月下所见，却又不同。士钧走出篱门，引了王铁肩绕房后行去。到在他们居住的这片茅舍后面，士钧停住了脚步，转首向王铁肩道："王兄我们去探往玉清观那股捷径，山中道途险恶，况又不是一两里的路程，还是寻个代步吧。"说罢，未待王铁肩答言，很清脆地向了后山打了一声呼哨，回音荡耳，好似满山皆鸣，王铁肩不由怔住。黄士钧刚刚哨罢，就听山里一阵狂风，一阵虎啸，随着从山里杂树怪石深处转出二三十只大虫，迎面直向他两人身前跑来，一个一个圆睁铜铃般两眼，都是雄壮非常。王铁肩见了，不由心下大吃一惊，忽想起是士钧幼时捕的乳虎饲养起来的，惊神方定。一转眼间，群虎已到切近，摇头摆尾，围绕着士钧齐蹲卧地上，仰了虎首，张望着士钧不住地吮嘴咂舌，表示十分亲热。士钧伸手在前面蹲卧那两只猛虎的额上，轻轻拍了两下，又一扬手，朝了其余那群虎一挥。那群虎立转身躯，齐又转向山里奔去，只余那两只猛虎一丝不动，仍旧蹲卧在那里，静待士钧分遣。

士钧忙向王铁肩道："王兄你看这两虎不是我两人很好的代步吗？"说罢，在两虎背上一拍，立时两虎站起，竖起周身

斑斓色短毛，来回抖了抖，看去愈显雄壮肥大。士钧当时把两虎抚摩一阵，又引王铁肩到虎前，教虎嗅了一嗅，无形中是给人虎介绍。然后两手一按头前那只虎背，翻身跨了上去。王铁肩看了哪肯示弱，不顾许多，也翻身跨上这一只虎的虎背上面，顺了山路，飞奔下去。只觉耳畔风声呼呼，没多时转下一道斜形山坡，绕过一个山口，忽听水声聒耳，但望这一长流横现眼前，两面悬崖对峙，中间江流如一线。看江心乱石槎丫，水不能经过，涌而立，搏面拂，盘洄而破碎，波浪相激，犹如惊雷。人行此处，对面语声不闻。

士钧、王铁肩跨的那两虎，到在江边，便直向江中渡了下去。却把王铁肩吓得惊慌失色，再看士钧跨的那只虎，早跳下江去，那虎却也灵便非常，爪寻江中乱石，三窜两窜，没有多时，早到在了那旁。王铁肩跨的这只虎随在了士钧那虎后，也扑下江去，到在江中一拱一伏，把个王铁肩颠簸得摇摇欲坠，吓得他心胆俱碎，两腿紧紧夹住虎腹，两手紧扯住虎项上的短毛，哪敢放半点松。好容易到在江的那旁，方把心中悬的那块石头放下。只看路径越来越阴，那两只虎负了士钧、王铁肩两个穿山越洞，行了好久，一路上幽壑深林，山势愈来愈深，山光被日色映得一片赤色，望去山红草绿，碧树丹崖，烂若绘绚，奇险幽秀，可称是二者兼备。

王铁肩跨在虎背上，忽然失惊向黄士钧喊着说道："黄兄我们跨着虎，像这样瞎猫撞鼠地向前胡乱地飞奔，哪就恰巧被我们寻到去玉清观那股捷径了呢？"士钧一听，忙地跳下虎背，笑道："我们去玉清观的方向不曾弄错，王兄你辨一辨日影，你看方向不错的吧，我们这不是直向北行着了吗？"王铁肩这时也从虎背跳下忙道："我们都是不曾到过玉清观，黄兄你看这山里去西北的歧路四下交叉，方向虽不错，可是准晓得我们走的这路也是不错的吗？"士钧听了王铁肩这话，觉得也甚是有理，一看前边一座山峰高出半天，便忙道："王兄我们到山巅张望张望，恰巧或者也许能望见那玉清观。"说着，便即步

行奔向前面那高峰跑去，那两只虎便也随在他俩身后。

山径虽是奇险，所幸尚不觉十分难行，一时到在峰上最高之处。只看四外都是层峰叠峦，髻簇拳立，棕榈松菁，夹岩森列，峰䜭中腰，白云相隔，哪里张看得清。白云忽开处，一看下为大壑，哪有半个玉清观的影子，至是士钧却也两眉紧皱起来，方知去玉清观那股捷径，决不似心中所想的那样易寻，十有八九今天恐难以寻到。士钧肚内这样暗思，便和王铁肩彼此一商量，反正已到在此处，索性发一狠，仍到峰下，还本着那条方向走，给他个要错就错到底。即使寻找不着玉清观，好在我们有这两个代步，就是天晚也无甚紧要。两人便走下这座高峰，跨上了虎，直向西北那股山道飞驰而去。经过两三个山峰忽瞥眼前竹林密菁，隐约约听竹丛里面，有人说笑声音。从丛隙之处，定睛向林密间看去，见有两个盘髻道童，坐在林内一方石上，相对谈笑。士钧、王铁肩见了，心中不觉大喜，暗想在这深山所在，别无观院，这两道童，定是玉清观浮罗子门下的，今天总算不虚此行。想到这里，不由大喜过望，忙不迭地从虎背跳下来，两步并作一步，朝竹林内那两道童所坐之处走去。那两个道童正坐在那里闲嗑牙，一转首忽看士钧、王铁肩两人一前一后走来，身后还跟随了两只斑斓猛虎，立时两个道童把话锋停住，心中惊疑，呆呆向士钧、王铁肩两人打量过去。

王铁肩急忙抢向前开口问道："两位道兄，是玉清观浮罗子那里的吧？"那两个道童听王铁肩这样向他问着，却不回答王铁肩这话，反向他两个问道："你们两位是从哪里来的？"黄士钧接口答道："我们是从流青谷而来。"原来士钧所居之处，地名唤作流青谷。那两个道童听士钧说罢，便忙说道："你们是流青谷金沙掌黄老英雄那里的吧？"王铁肩在旁听了，自忖这金沙掌三字名色，定是士钧之父黄老者的外号，当时便忙地答道："我们正是黄老英雄那里来的，但不知两位小道兄是否玉清观浮罗子的门下？"那两个道童，中有一个年纪稍小的，将要答言，那个年纪大些的道童，忙朝他一使眼色，回转首来

问王铁肩两个道："你们先莫要问我俩是不是玉清观的，我先向你们从流青谷到此何事。"王铁肩答道："我们到此要往玉清观，看看浮罗道人新近收的一个弟子，不用说两位小兄必是那里的。"那一个年纪稍大的道童听王铁肩说罢，两眼向上转了两转，便直认不讳地说道："我俩正是玉清观浮罗子门下的，我叫丹林，他叫青皓，二位不是要去我们玉清观吗，请暂在此少待一时。"说到这里，抬手向竹林外一个山环指去。接续前言道："我们师兄弟两个今日出观来，系是砍取些枯树枝，回去烧水煮饭，我们已砍下来两大束枯树枝，现放在山环那旁，待我们取来，引你们二位一同到我们观里去。"便同了青皓，师兄弟两个，离了这片竹丛，一溜烟向竹林外那山环跑了去。

士钧、王铁肩只好在他师兄弟两个坐的这面石上坐了下去，敬候他俩转来，好叫他俩引路到玉清观去。士钧、王铁肩心下很是欢喜，暗忖今天误打误撞，居然遇见浮罗子这俩徒儿，总算还是不虚此行。这时那两只虎看他俩坐下，便也卧在了一旁。士钧、王铁肩看那丹林、青皓早已转了山环那旁，心想没一时，他师兄弟两个便要走了来的。不料等了好久，也不见他师兄弟两个走来。士钧、王铁肩不由有些心疑起来，想他俩都是十五六的孩童，定是贪玩心胜，或者许是在山环那旁玩耍起来了。士钧、王铁肩想到此处，便忙站起，想到竹丛外山环旁，去寻他师兄弟两个，谁知过去一望，但见有许多股交叉山路，看这许多股山路，尽皆鸟径崎岖，竹林夹道，望去阴暗异常，内中不见一丝日光，不晓那丹林他师兄弟两个转入哪股路中去了。在这山间，地下皆石，又毫无些微足迹可寻，士钧、王铁肩至此，方知受他师兄弟两个的骗了。深悔信了他俩言语，不曾跟定他们身后，以致功亏一篑，白白跑出来一日，怎好回去复命。依了王铁肩便要给他个误打误撞，向正中一股路中寻去。士钧忙拦道："王兄你看，日色早已偏西，这里山路错综，哪就恰巧被我们寻着他们玉清观的路径，莫若记定此处，明日我们天一明即起身到此，再为探寻。反正料定此处，

距他们玉清观必已不远。”

王铁肩哪肯甘心地就这样返去，听士钧说罢，便道：“我们管他对与不对，就循这股路再寻一时，我们再转向回道。”士钧只得依从了他，两人便忙又跨上了虎背，那两只虎迈动爪，如飞朝正中一股道中奔去。道旁夹满了的竹林，遮蔽天日，越走越黑暗，好容易转出这竹丛夹满的山路，当前一峰直立云岩，一道涧水环绕于其下，水色澄清见底。士钧、王铁肩跨的两虎连跑带窜的已大半日，早已口中干燥起来，便直奔涧旁饮了一气涧水，驮着士钧、王铁肩两个，又顺山路向前跑去。峰回峡错，眼前又有四五股交叉道路，一看斜阳西去，林鸟催归。

士钧道：“王兄我们还是明天再来吧。”王铁肩看这情势，今天是不易寻到，只可把头点了点，两人当时便走向回道。他们不知不觉间已走出百余里，及至回到了流青谷天色早已大黑。驼叟父女等人，满心希冀着他两人去了一日，准可探明去玉清观那股捷径。谁知他两个回来，说了往寻的情形，驼叟父女等人，都不由得面现难色，也很是追悔他俩不随后跟定浮罗子那两个徒儿，致失之交臂，尤其是玉娥看他俩空去了一日，口里说不出，心中却暗自焦急。士钧、王铁肩跨在虎背，往返跑了二百上下里的路程，肚中已早饥饿，士钧看驼叟等人同爹爹早已把饭用过，他俩忙胡乱地吃罢了饭，便去安歇。

当晚无话，次日天将一发晓，他俩裹了些干粮，仍旧跨了虎，顺了昨日道路，又往寻玉清观去了。王铁肩原想今日定可把玉清观寻着，谁知到了那个山环之处，左转右绕，岔路似较昨日尤多，指不胜屈。黄士钧、王铁肩却又空空跑了一整日。其实在昨日遇见丹林、青皓坐的那片竹林所在，正当玉清观的山后，不过尚隔一道偏桥，山路各处交叉，他俩哪里寻找得到。这日整整走了一天冤枉路，虽有两虎代步，可是颠簸得却也很是疲乏了。好在他俩都是练武功的，若是换个平凡的人，恐早就骨软筋酥得难以支撑。

两人很不高兴，返回流青谷，斜月西偏，已是更鼓三漏。二人回到了家下，姊姊明燕迎面黄士钧道："你可曾遇见刘伯父和爹爹了吗？"士钧突闻此言，忙问道："伯父和爹爹哪里去了，这时怎么还未回来，我们哪里遇见了呢？"明燕道："他们老哥俩儿吃罢早餐，说是游山去，直去了这时，还不见转来。"士钧听了，不由得诧异起来，虽晓得爹爹和驼叟都是本领非常，在山中若遇上猛兽，却也足以应付得了，心中虽作是想，但是终觉难以放怀。王铁肩一旁听了，也是和士钧一样甚是放心不下。王铁肩当时忙把仍未寻着玉清观向师妹玉娥说知，拟定明日再三次前往探寻。便随了士钧跑到厨下，寻了些食物，胡乱吃下，也忘了疲乏，匆忙忙随同士钧走出，借了月色，转向山中寻驼叟去了。

王铁肩随士钧走出来，便跟在士钧身后，转入门外那座山中，看山容色暗，峭壁排天，纵跃攀缘，山路陡峻难行，况且又在这月色之下。走到山的险处，俯首下望，深壑万仞，不觉股慄，耳旁又时时听到虎啸猿啼之声，士钧、王铁肩两个足音交应，愈显景色凄凉可怖，山岩间的树木也笼罩了一层浓黑颜色。两人行到山最高处，看月色朦胧众岭间，蟒石皆云，景象却又与山下迥不相同。士钧、王铁肩转过两三座山头，哪里看见驼叟、黄振一些踪影，两人见无法寻找，便要踅转，忽地就听山间一簇树林里，一声长鸣，声音十分尖锐刺耳，随着上面一阵风声，起自那簇林木间，枝叶纷纷下落。士钧、王铁肩仰首定睛望去，见是一头丈余长巨鸟飞向半天，两翅把下面遮蔽着，一阵昏暗，那巨鸟两爪大小，犹虎爪也似，形貌十分凶恶，展动两翅来回飞绕，引颈下视，像是寻攫食物。若在往日，黄士钧早和这头巨大怪鸟厮斗起来，就是王铁肩也是不能把它白白放过。但是今天他两个日间寻了一日的玉清观，未得歇息，却又跑到这山中来，体质就是再健壮，功夫就是再有根底，却也觉得十分疲乏。当时忽瞥见这头巨鸟，都抱定多事不如少事的心意，士钧一扯王铁肩忙说道："王兄你我赶紧寻个

隐避的地方，权且闪躲一时，不要被这怪东西觑见。”说着看近前有块岩石，形状上凸下凹，底面恰好能容两人，士钧、王铁肩两个忙大踏步，跑到这岩石下，悄悄向天空望去。就看那巨鸟，只是围了这山近来回飞绕，仔细望去，看这巨鸟首大似斗，隐约约见周身浓黑色羽毛，形状像是鸟生着翅的猛虎一般。这巨鸟一边飞着，一边啼叫，猛然这巨鸟灯也似一只鸟目，朝了士钧、王铁肩躲闪的这岩石下扫射过来。士钧急忙说道：“仔细些，我们大约被这怪东西看见了。”话未说罢，看这巨鸟一敛双翅从上向下，疾似闪电望了岩石下面扑来，士钧、王铁肩抽出随身器刃，准备和这巨鸟搏斗。这巨鸟已然扑下来，士钧、王铁肩将要纵了出去，见这巨鸟扑向这岩石另一旁，方晓这巨鸟目标却不在此。这巨鸟将扑下，忽听下面吱吱乱叫，紧跟着地下一种微细沙沙声音，士钧、王铁肩悄悄探首，向了这巨鸟扑落之处观望了去，不由立时大吃一惊，见是一条油光亮亮乌鳞大蟒，足有缸口粗细，一半盘在这岩旁一株树干根下，露出这一半，望去就有丈余长。料这条巨蟒全身足有两三丈长短，吞吐着口中红信，身依树干，同这巨鸟拼斗起来。

这巨鸟伸长鸟头，左右旋绕，朝这条大蟒喙去，这条大蟒红信一吞一吐，嘴里不住吱吱怪啸，也一伸一缩去咬那巨鸟，各不相让地恶斗起来。鸟喙住蟒，叫声吱吱不歇，蟒咬住鸟，羽毛纷纷下落。斗了好久，巨鸟大蟒都负了重创，它们仍不肯松放。最后这巨鸟见操胜券，便发出凶威，一声怪鸣，直朝蟒首喙了下去，那蟒此时也是凶焰外露，这巨鸟将将扑到蟒首跟前，只听这巨鸟又怪叫了声，回旋双翅，到天空去了。这巨鸟一个猛劲扑向那蟒首，本想这一次把那蟒喙毙，哪知这蟒也凶恶异常，伸长脖头，迎了上去。两下势子均是甚疾，在它俩互相一撞之间，这巨鸟未曾喙着那蟒，却被那蟒一口把这巨鸟的一翅咬伤。这巨鸟一声怪叫，不敢再为恋战，强张双翅，飞逃去了，一眨眼，已不见踪影。那大蟒看劲敌飞去，仰颈上望，口中红信吐个不住，嘴角毒涎下流，望着越显凶恶可怖。士

钧、王铁肩正张望这一条大蟒，忽觉又是一阵微细沙沙的声音，起自身后，士钧、王铁肩一回首，忽见又有一条大蟒，潜伏在他俩身背后，不晓何时从这岩石下穴中钻出来的。看这条蟒和石旁树干根下盘踞的那条蟒不相上下，一伸一屈的，蠕蠕向前行着，距了士钧、王铁肩不过四五尺远近，这蟒好似也觑见了他两个了，停住了身躯，张着盆碗似的大口，对了他俩不住地把红信一吞一吐。

黄士钧、王铁肩一看毒物当前遮后，哪敢再在此停留，忙从岩石下纵了出去。树干根下那条大蟒，一眼也看见了他俩，回过身躯，离了这个树干，身子平铺山间的草上，向了士钧、王铁肩身前而来。这时岩石下潜伏的那条蟒也已然钻了出来。士钧久居此处，晓得这山中毒蟒的厉害，莫说是被蟒咬着，就是嗅了这毒蟒口喷的毒涎气味，周身就要肿疼。士钧手扯了王铁肩，急忙道："王兄赶快走，毒物不可力敌。"左右盘旋着，向了回道跑去，不敢走垂直的道路，恐为那两条毒蟒追上，蟒行草上，系是一条曲线。士钧、王铁肩一口气跑过了一两个山头，方不见身后那两条毒蟒追上，可是他两个早已汗流浃背了。士钧、王铁肩看没了毒蟒的踪影，这才缓了一口气，脚步稍稍慢了些。士钧向王铁肩说了这毒蟒的厉害，王铁肩不由咋舌地连说好险。及至他两个回到流青谷，天光已要发晓了，驼叟、黄振仍未返来，明燕和玉娥等人都觉有些蹊跷。那明燕姊弟心想自从隐居这山里，十余年来，爹爹从未在外留过一夜，况且这方近连一家住户也无，日间他老哥俩游山是游到哪里去了呢？想到这里，心下十分焦急，眼看着天光已然大亮了，他们几人仍坐候房中，眼巴巴盼望驼叟、黄振返来。黄士钧忽向他姊姊明燕问道："刘伯父和爹爹游山去的时候，是步行去的，还是跨虎去的？"明燕摇着头道："这却不晓得的。"士钧一听，忙道："待我到后山去看一看我们那几十只虎，就晓得了。"起身走出，奔向后山跑去，晨光熹微中，山光树色，晓霞一片，看岩谷间野草幽花，含苞吐艳，一阵阵香味袭鼻，胸襟顿觉爽

然。士钧来到后山，一声呼哨，岩洞中的群虎齐奔了来，士钧一看，一个却不短少，忙又回返家中。

将转出这面后山，见王铁肩飞也似迎面跑了来，看了士钧，停住脚步，忙大声说道："他两位老人家回转来了。"士钧听了，心下方才安然许多，自忖他两位老人家怎的游山游了一夜，边走边想，确是有些心疑莫解。走回家中，看驼叟、黄振对坐堂中，正和玉娥等姊妹几个谈话。望见士钧走来，停住了话锋，驼叟转过首来，向了士钧、王铁肩说道："昨日你两个又空跑了一日，仍是未曾寻见玉清观吧？"士钧忙道："我俩今日还要去寻的。"黄振忙接着向士钧说道："你两个今日不必往寻了，我同你刘伯父，刚从玉清观转来。"士钧忙问道："你老人家同刘伯父不是游山去了吗，怎么居然会寻到了玉清观了呢？"黄振道："在昨日吃过早饭，原本想陪同你伯父到附近山中赏玩一时，哪知刚走出没好远，忽看迎面走来一个道童，到了近前，他虽和我不相识，他却认识你刘伯父……"

黄士钧听爹说到这里，忙一转首，问道："这道童定是咱头天逢着的那两个，不是那个丹林，便是那个青皓。"王铁肩尚未答言，黄振便又继续地说道："你料得一些也不错，来的这道童正是浮罗子的徒儿，名叫青皓。他说昨日遇见了你两个，回去禀知了他师父浮罗子听了，即料他新收的那金哥家中有人来了，可是他绝没想及你刘伯父也来此处。浮罗子命他这徒儿来此探望一回，恰巧遇上我同你刘伯父，当时便随了他往玉清观去。那青皓莫看他小小年纪，陆地上的功夫，却也很是了得，行走起来，很是稳快。我同你刘伯父跟定了他，上百里的路程，不消一个多时辰，便已到了。我们本想多在那里盘桓一日，因去时未容返家说知，唯恐你等放心不下，所以我们天将明，便辞了浮罗子返了回来。"

王铁肩这时又进前向师父驼叟问道："你老人家既晓得了往玉清观那股捷径，我们明天就要从此起身前去吧？"驼叟道："我已和你师妹说了，金哥确在那里，勿须再为前去，但浮罗

子可以把他领来一见。因为从此到彼，中隔了一道偏桥，他们随时移动，就是去，此时那桥已然移开，怎能通过。”驼叟说至此处，便又转首向爱女玉娥说道：“浮罗子曾说再过年余，候金哥功夫稍有根底，必命他返家探望一次，你这还有什么不放怀的吗？”看玉娥踌躇满怀，心想爹爹既见金哥确在玉清观浮罗子门下，倒也没有什么不放怀的。不过须得年余，母子方能相见，终觉难以释念，但是只有依了爹爹之言。果到明日，由丹林领来金哥，母子相见，悲喜交集，别来不久，金哥已似成童了。他居然安慰他母，盘桓终日，拜别慈母归山。

驼叟一行爷儿几个，因金哥母子已然相会，此行不虚，便与黄振及明燕姊弟告别，出山返回黄堡去。玉娥、四姑、玉英和明燕相处得十分火热，忽然别去，哪里肯舍，便又强为挽留的住几日。这日拜别了他们，彼此间均有些恋恋难舍，临行之际，明燕向玉娥说道：“姊姊妹妹们明岁春间千万要来敝处再盘聚几日，小妹本应俟等些时出山，到府去望看姊姊妹妹们，因外面仇家众多，甚是不便，还望姊姊妹妹们到在山外，万勿提及我们一字，请要牢记。”父子也向了驼叟师徒言说：“到外面请不要露我们一字，恐为一些仇家知晓。”彼此方才作别，黄振因山中歧路繁多，恐他们几个迷了来时之路，便命士钧随同送到山外。

这次士钧引了驼叟爷儿几个，抄走近径，不消大半日，已来到山外。士钧停住脚步，与驼叟等人话别，心下都是未免依依。驼叟一行爷儿几个来到山外，当日在店中住了一宿，便在那店内雇了三乘长程小轿，分给玉娥姊妹三个乘坐，朝发夕止，按了站口取路，向回道行去。非是一天，这日行到了一个所在，地势险僻，沿途山路，不见人烟。正行间忽看当前一峰突起，天色阴暗，云封其上，仰首不见峰巅，就看两壁山崖，并无寸草，舆夫们说道：“这儿连一个人也无，我们紧赶几步吧，天气不好，看要有山雨的。”又有一个舆夫说道：“没有好远，前面即是连山关了。”舆夫们一搭一和且走且谈，忽地一

阵风起。这三乘小轿的前面轿帘，立时都被狂风掀起，眼看山雨欲来。正在这时，就听后面一阵马蹄声响，转眼间斜刺里从这三乘轿旁驰过去了三骑骏马，上乘三个短衣汉子，每人身后斜背了一口单刀，柄上系了方尺余长红绸子，一被风吹得摇摆作响。这三个汉子驰到轿前，一勒缰绳，那马便缓行起来，不住地回首向玉娥等三乘轿内张望。玉娥等三个的轿帘刚才被那阵风掀起，尚未放下，玉娥本坐在头前那乘轿里，看这三个乘马汉子，凶眉恶目，不住地转首向了轿里探望，玉娥看三个决非善辈，便忙探首出去，招喊王铁肩把轿帘放下。王铁肩此时也看出那三人丑态来，一腔怒火极力按捺着，若非随在师父驼叟跟前，早张口向他三人喝骂起来。

那三个汉子看了，说了声："这口美肉我们还怕她飞到天上吗?"当时放马疾驰下去，不一时转过一个山弯，已不见踪迹。驼叟师徒两人及玉娥姊妹三个都看出那三个汉子不是好路道，可是那三个汉子临驰去时说的那句言语，他们却未听清，所以看他三个驰去，也未在意。所幸此时山雨只落了几点雨点，并没下起来，又向前行了三四里路，已到连山关。

这连山关地虽险要，人户倒还稠密。天光已晚，便在这里寻了店房停下，准备明晨再行赶路。在一进这家店内，忽瞥见里面厩下拴着三骑空马，仔细瞧去，正是路间所见那三个汉子乘的那三骑马，想那三个汉子定也宿在这家店里。驼叟一行爷儿几个宿的这房屋是这店的一个旁院，共是三间房，两明间一暗间，玉娥姊妹三个便是宿在这暗间中，驼叟、王铁肩师徒两个即宿在外间房内。店小二忙张罗着送来面水茶水，跟着要了饭菜。饭罢，店小二撤下家具，随又把茶水泡上，驼叟向是盘膝而卧，王铁肩行了一整日的道路，头一挨枕，便呼呼睡去。暗间中玉娥姊妹三个一倒身便也睡熟。天也就将有三鼓，驼叟盘膝坐在床上，忽然嗅到股异香传入鼻孔。驼叟忙睁开了二目，房中烟气已满，略辨气味，已知是黑道上人所用的薰香。驼叟急抬首望，有一点火亮从窗洞处放进。驼叟轻轻塞鼻走下

地来，看桌上放有半杯冷茶，便手蘸冷茶，悄悄过去把那薰香的火头悄悄弄灭，窗外燃燃放薰香的那人，尚兀地一些不知。又沉了一时，就听窗外有人悄声说道："这间房里宿的那病容满面的老头儿和那一个粗壮汉子，此刻想已够劲，只余下这里间那三个女的了，我们还不赶快进去，把那三个女的跨在马上带了走。"又一个人道："这三个女的正好我们每人弄一个，我们就不必再去南江掳那店中雏儿了。"

驼叟听到这里，忙掣刀在手，从后窗纵出，转到前面，天光十分黑暗，只看三条黑影都是手擎了明亮亮器刃，正在那里撬那暗间的前窗。驼叟摆刀窜了过去，那三个听脑后有人，忙回转身躯，各亮手中刀，并不搭腔，和驼叟交起手来。他三个本领都是平庸，哪里是驼叟的对手。王铁肩这时也惊醒，听师父在房外和人厮打起来，连忙提刀跳出。那三个正战驼叟不过，见又走出一个来，哪敢久恋，就见内中有一个虚晃了一刀，跳出圈外，口中喊道："三弟、四弟，我去拉了坐骑，头前等候你俩。"说着跑出这座旁院去了，驼叟、王铁肩听了这人口吻，方明白这三人正是日间所遇那三个骑马汉子。王铁肩忙要向说话的那汉子追去，怎奈这店旁院甚是窄狭，驼叟和那两个汉子正堵在这旁院角门内交手，无法走过。王铁肩身体笨重，蹿越的功夫又不甚精巧，眼巴巴望了那汉子，拉了那三骑马，开了店门走出去了。和驼叟厮斗的那两个汉子，听他们同伴那人已拉马走出店外，便也虚晃一刀，回身跑向店外逃去，驼叟望着他俩后影笑了笑，停了脚步，看他两个逃去。王铁肩忙道："你老人家怎的放这三恶徒逃去，怎不追赶呢？"驼叟笑道："你想我当真和他三个交手吗？我要当真和他三脓包交手，一个也叫他们逃不脱，如果我们在此若把他三个结果了，惊动官府，不是给店家寻了麻烦吗？若是生捉住他三个，又怎样发落呢？莫若放了他，况且我又不便追，怕中了贼人调虎离山之计。"说着，回到房内，暗向玉娥姊妹三个喊了两声，不见答应。驼叟怕她三个受了薰香，便推门走进，掌灯一看，空洞洞

哪有一个人影，驼叟不由大惊。驼叟忙喊叫王铁肩道：“怎么房中空洞洞的，你师妹她们姊妹三个哪里去了呢！”王铁肩一听，当时也惊慌起来。驼叟向这房里四下望了望，见后窗开了，忙向王铁肩道：“待我去看一看她们是哪里去了。”王铁肩便从窗纵了出去。猛听有人喊道：“师父老人家不要去寻了，我那两位师姊追了那三个贼人去了。迟一时，就要回来的。”驼叟听是玉英的声音，一回首看玉英立在后窗外一片空地中间，静悄悄在那里等候玉娥、四姑返来。驼叟想此处路径生疏，哪里放心得下，忙向玉英道：“你回房里去吧，待我去寻她姊妹两个。”将说到这儿，一眼瞥见两条黑影由外窜来。玉英手一指道：“这不是我两位师姊回来了吗？”转眼间那两条黑影已到近前，驼叟一看，果然是玉娥、四姑姊妹两个返了回来。

四人走回房中，王铁肩看了她姊妹两个回来，也才把心放下。驼叟回了房里，灯光下看玉娥、四姑手中的剑，剑光成红。忙问道：“那三个贼人被你两个结果了吧。”玉娥尚未开言，四姑忙答道：“我们听你老人家和那三个贼人交手，便都醒了，后来又听有个贼人说去牵马去，我们便从这后窗跳出，想警诫警诫这三个恶贼。他们这三个恶贼，我姊妹俩却不曾把他们结果，不过把他们三个的左耳削了下来，以示薄惩罢了。”

天已微明，听店中尚无一些声息，若在每日店家早已起来，不过他们店家和各房旅客们听夜来驼叟和那三个恶贼厮打声音，都吓得屁滚尿流，一颗头缩到腔子里，蒙了被子，哪敢出一些声息。直待驼叟命王铁肩喊叫店家算付店账，并催促舆夫起来上路，他们一些人等，方才大了胆子从被子里钻出，穿好衣服，开了房门，走了出来。店家明知夜来那三位乘马客人走去，在夜间哪敢出去向他三个索要店饭账，他便装糊涂，不闻不问。驼叟等人稍为梳洗，付过店饭账，便忙起身赶路。

向前行了一站，到了个所在，是个小城镇，地名仓集，依山傍水，形势尚佳。便想在此地寻个店口，用了午餐，再为起行。随即进了这店，但看冷锅清灶，店里小二无精打采坐在柜

房一条板凳上打盹。这店小二忽听有人走进，便忙睁开睡眼，向了驼叟、王铁肩望了望，又看门外停有三乘小轿，知道是客来此打饭尖的，忙站起强笑地说道："客官们请到别家去吧，我们这儿没有心思再做下去了，一两天便要关闭的。"王铁肩忙问道："你们开设的好好店房，怎的要关闭了呢？莫非你们亏累了吗？"店小二头摇了摇道："亏累却不曾亏累，客官们若在前几天来，我们这店还火炽炽在开设着呢。"驼叟、王铁肩听这店小二半吞吐地说到这里，忙问何故。店小二忙答道："客官们不必问了，我们店掌柜出了意想不到的祸事，此刻我们店掌柜已进城报官去了。"

驼叟师徒两个寻根问底向他探问，他也并不隐瞒，当即答道："我们这店掌柜的名叫刘五掌柜，年已五十余，跟前只有一个女儿，老伴却早已下世。我们这刘掌柜的父女两个，在此开设这爿店房，已有五六年了。我们刘掌柜的女儿别看是店家之女，生得却也有几分姿色，年已十七岁。客官请想我们干的这营生，来往人色甚杂，不晓何时我们这刘掌柜的女儿，被歹人觑见了。忽在前日夜间四更多时，来了三个骑高马的贼徒，拍打店门，说是过客到此宿店的。我持了灯笼忙去开了店门，看那三个都是满面血迹，确实吓煞人。他三个手擎着明晃晃器刃，见我开了店门，一抬腿把我持的灯笼踢灭，闯进了店内，照直奔到我们刘掌柜的那女儿房中。我们刘掌柜的女儿从睡梦中，便被这三个贼徒掳去。我们的刘掌柜只这一个女儿，平素爱如掌上明珠般，今忽被贼徒掳了去，早已急煞，哪还有心思再开设这店，所以天将微明，便进城报知官府去了。"

驼叟听店小二说了这片言语，便料个八九，想定是在连山关店里放去的那三个恶徒干的勾当，自己不欲多事，哪知纵容了恶人，生此恶果！便又问道："平素你们这方近山里可有歹人盘踞？"店小二道："我们这方近并无歹人。"问道："连山关地方可有歹人吗？"店小二头一摇说道："这儿距连山关几十里路，那儿我却不晓了。"说至此，店小二向门外一张望，忙又

道："客官们请到别家去吧，看那不是我们店掌柜的报官已回来了吗？"驼叟、王铁肩转首看去，见走来一个五十多岁的老汉，面色苍白，满脸的泪痕，暗忖这定是店小二口中说的他们店掌柜的刘五了。不便在此久停，当时只好走出，另寻别店。

当驼叟、王铁肩师徒两个和店小二问话时，轿中的玉娥姊妹三个，也全已听清。驼叟、王铁肩离了刘五店房，舆夫们抬着三乘小轿向前行去。走了没几步，瞥见路迤北又有一家客店，门上悬的匾额，上写"连升店"三个大字。驼叟、王铁肩等人照直走进这家连升店内。舆夫们把轿放平，玉娥、四姑、玉英走下轿来。这店的小二看生意上门，忙笑嘻嘻迎将上来，当把驼叟一行引到北房里。这北房一连三间，系是两暗一明，房内倒还洁净。驼叟把玉娥姊妹三个安置在西间房中，自家同了王铁肩两个便到东间房里。店小二忙去把脸水打了来，随又把茶泡上，站在那儿，笑嘻嘻问道："客官们要什么饭菜，请吩咐下来，我去先知会灶上。"驼叟便叫随便弄些饭菜，店小二答应着转身走出。

这里四姑忙从西间走出，向了驼叟道："我们今天在此权且停留一日吧，明日再起身上路，你老人家看怎样？"驼叟听四姑的语气，早明白她的心意，故作不知，忙笑着说道："天才刚刚到午刻，时光尚早，吃罢饭休息一时，怎么也得再走一站，哪能这老早即在这儿停歇下来呢？"刚说到这里，张玉英也一步从西间跑出来道："方才那一家店里的小二所说的言语，我们姊妹三个全已听清，我玉娥姊姊和四姊姊都说，我既然知道那刘五的女儿被匪徒掳去，不能不管，我等素来抱定侠义两个字，怎样也要把刘五的女儿从匪巢里给救了回来，我们再行上路。"驼叟笑道："我不过同你四姊姊说戏语，那匪徒掳去刘五女儿，我们不知晓便罢，既是知晓，哪能袖手旁观呢。听那店小二说那匪徒形状，定是昨日在连山关那三个恶徒无疑，看来他们的巢穴，也必在那连山关附近山内。我看在此用罢了饭，再寻回连山关，你们看怎样？"玉娥听到这儿，走出来忙

道："你老人家所说甚是，恶徒一定是窝聚在连山关附近地方。"

说话之间，店小二已把饭菜端了上来，几个人不一时饭罢。驼叟命王铁肩去知会舆夫们，说是仍要折回连山关，王铁肩走出告知了舆夫。舆夫们听了，心下很是纳罕，忙问道："怎么又折回去呢，莫不是在那连山关店中遗下什么物件了吗?"王铁肩佯言道："并非是在连山关店中遗下什么物件，只因那里山间有我们多年一位老友，来到此忽记忆起来，我们好在才走出一站路，故此再返回，顺便探望探望我们那位老友。"舆夫们听了王铁肩这片证言，信以为实，忙问道："客官们既是折返那里探望老友，可是客官们这位老友的居处，客官们可曾到过?"王铁肩头摇了摇道："我们却不曾到过。"舆夫们忙道："客官还是不去的吧，那连山关方近山中，除了我们来时走的那股正路，其余的山路四下交连，山路复杂极了，就是那里的老住户也摸不清那方近山的道路。况且那山谷叫作盘山谷，山势又险，谷中时有歹人出没。昨夜在连山关店中，所恃是客官们本领高强，同匪徒厮拼了大半夜，把匪徒们惊走，若不然的话，那可就难以设想了。适才那家店小二不是说他们店掌柜刘五女儿被人抢走了吗？客官们虽是一身本领，不怕歹人。但是行路在外，也得求个顺利的。就拿昨夜在连山关店里来说吧，客官们同那匪徒们相拼的当儿，我们吓得险忽儿不曾弄了一裤兜子的尿屎。直到后来，听匪徒牵了马逃去，我们几个才稍稍把心放下些。依我们说，客官们还是赶我们的路吧。就是折返连山关，恐也未必寻找得到客官们这位老友的居处。"王铁肩道："你们莫管我们是否寻找得到，到在那里，我们步行前往，又不要你们抬了轿引路，多赏你们几串酒钱就是。"那舆夫听多赏他们几串酒钱，自是欢喜，不再多语。

王铁肩走回房去，把舆夫们口中说的山路交杂情形，说知了师父驼叟等人。彼此一商议，只可到在那儿再探寻恶徒等的巢穴，不便再在此久停，喊过了店小二，付清了饭菜等账。玉娥姊妹三个坐上轿内，舆夫们抬起了小轿，随了驼叟师徒两

个，离了这家店，又向来道行去。好在相距只是三四十里路，不到一两个时辰，又已回到了连山关。依了驼叟，拟命王铁肩同玉英在店里守候，自己和玉娥、四姑前去探寻匪巢。玉英知晓师父不令她去的心意，恐遇上了恶徒，自家的武功根底甚浅，难是人家对手。但是她心中虽这么想着，可是她究是个孩子家，喜动恶静，又愿得机稍试武功，听师父不令她随同前去，粉面低垂，两手去抚弄衣角，不声不语。四姑一旁，看出她的心意来，忙代她说情道："我们莫如都一同前去，也无甚紧要，那恶徒们都是平庸之辈，有我们这爷儿几个，彼此都可照顾得来，难道还能叫恶徒们同玉英妹妹交手吗?"驼叟一想，所说却也甚是，当把首点了点道："一同去就一同去吧。"玉英听师父允许她随同前往，心下自是甚喜。大家束扎利落，各带了随身器刃，把店内房门锁上，佯言进山访友，吩咐店小二仔细照看门户，一行爷儿几个离了店中，向山间行去。

来到山内，绕过几个山角，环视其中，道路交叉错综，果然难走难寻。王铁肩看了，以为这山的道路，较在罗浮山同黄士钧寻玉清观所见的歧路，相差不多，越往前进，山势越险，四外岩崖间，异葩怪卉，层出杂见。一行爷儿几个因不识这山中道路，直奔这山中间一股正路行了下去，左转右绕，不敢误入别股岔路，唯恐迷失途径。没多时，绕过了一座山峰，瞥见一水奔流而来，一巨石突然砥柱中流，下汇成两道小溪，溪上架了一面板桥。渡过这面板桥，恰从这瀑布里面穿过，行在这股瀑流中间，仰首上视，阳光射耀，这道瀑布，望去犹如雨后长虹也似，洵属奇观。穿过这道瀑布，又转了一个小山嘴，看是一面广坪，秧畦垄菜，另有一种境地。从杂树丛隙处望去，露出两三户山家来，林木掩映，篱门半闭。驼叟见了，忙道："这里山户定晓恶徒门的巢穴，待我们去探问探问。"来到一家山户篱门前，门内一阵犬吠，随着看从篱门里走出一个老婆子。这婆子走出一看，向了驼叟等人打量一匝，这才问道："你们是寻找哪一家的?"驼叟不便开口就问她恶徒们的巢穴，

恐她俱于匪势，不敢说出，便侧鼓旁击地问道："我们并不是到这儿来寻找人家，我们是来此游山的，因不明路径，特来借问一声。"

这婆子听了，露出很惊异的神色，又望了众人一眼，忙道："你们不是这近处的人吧？"驼叟把头点了点，这婆子又接着说道："这却难怪的了，我们这地方名叫盘山谷，在头些年来此游山还可以，不过须有我们这本处人引导，若不然走错了路径，休想走出，活活就得给困在山里。我们这里除了我那儿子熟识这盘山谷道路，只因他爹爹在世时，常带他去各处樵柴。在这谷深处，有一座庙宇，唤作盘谷祠，近年那里窝聚了一伙歹人，常常出来，干那抢夺的勾当，你们去不得的。你们所幸到在这儿，便来探问，若再走一时，就是走不迷道路，也要遇上歹人的，那如何了得？"

驼叟得知恶徒巢穴暗喜，忙道："我们并不惧怕歹人。你那儿子现在哪里，就烦请给我们引导道路，我们多给酒钱。"这婆子看驼叟一行人等都带着器刃，暗忖他们却都是练武功的，便忙答道："你们既要前去，怎奈我那儿子不在家中。"玉娥近前接着问道："你那儿子现在何处？"这婆子忙答道："我那儿子系在镇内连升店给人家当佣工。"驼叟听她儿子不在家，忙又问道："你可晓得这恶徒们窝聚的盘谷祠是在这盘山谷哪股路中？"这婆子把头摇了两摇道："去盘谷祠的路径，我却不晓，不过听我那儿子说过，这盘谷祠距此只有三四里路，别看这三四里路，途中却曲折得很。"四姑一旁听罢，忙说道："这三四里路就是再曲折，好在并不甚远，怎么也能寻到了的。"当时驼叟等人道了声谢，别了这婆子，走过这片广坪，转入眼前一座山中。

此时日色西偏，山势高峻，鸟道奇仄，不住的一缕一缕的白云，从山岩间喷出。人行到山腰处，仰见天角，云漏日光，乍明乍暗。转眼走上这座山的顶巅，向四下望了去，心想这山峰在此处为最高，在此总可隐约望见恶徒们的巢穴了。驼叟纵

目望去，山峰起伏，山态难穷，空看了一时。驼叟道：“莫如我们再走下山去，以便慢慢寻觅盘谷祠的路径。”王铁肩和玉娥姊妹三个一想，也只好如此。便又齐向山下行来，看两旁都是岔路，弄得驼叟等人停了脚步，呆望着两旁岔路，却不知走入哪股岔路为对了。呆望了一时，最后还是玉娥说道：“我们爷儿几个分成两下寻觅，总可寻找得到的。”驼叟忙道：“这里路径纷杂，那如何能成，不要迷了路途，困在山里，荒山僻处，蛇虺甚多。聚在一处，比较稳当，孤行遇险，却不是要的。”四姑忙笑道：“方才那婆子不是说祠距她那里不过三四里，这里离那婆子居处总有一二里路，照那婆子话看来，这儿距盘谷祠至多也不过还有一二里，我们爷儿几个分成两下里寻觅，并不深入，分顺岔路走个一二里路，如觉不对，再行转出，这样决迷失不了路径。”驼叟听了，一想四姑所说却也有几分见地，不便反驳，只好依了她的主张，爷儿几个一商酌，驼叟同四姑为一起，玉娥、玉英同了王铁肩为一起，分途寻找盘谷祠恶徒们的巢穴。驼叟又向玉娥等人嘱咐道：“你们如寻不到时，仍回此处会齐；若寻到时，也要回到此处，以便一同前往，万不可轻入匪穴，要紧要紧。”玉娥等三人连说：“你老人家不要多嘱，我等晓得。”玉娥等把话说罢，转进右面一股岔路中走了去。

这边玉娥、玉英、王铁肩三个走进这股岔路，看山间岩下，一簇簇野卉，含苞吐艳，徐风过处，一阵一阵花香袭鼻。所行路径虽曲折，倒还平坦，且行且寻，走了约有里许，见前面是个山坡，一眼瞥见坡上林树丛后，一人探头缩脑地向了玉娥等三个张望。玉娥等三人早已觑见，暗忖这人贼头贼脑，定是恶徒们放出的探子，看来误打误撞，这前面是恶徒们的巢穴盘谷祠了。心下这样想着，三个人一使眼色，故作不曾看见，仍旧照直向前行了去。走了没有好远，距那人也就有两三丈远近，那人抽身就要跑去。王铁肩一眼觑见，哪能叫他跑脱，忙赶到那人身前，提小鸡般把那人捉住。那人看王铁肩、玉娥、

玉英各把器刃亮出，吓得爬在地下叩头如捣蒜，满口地央求道：“姑祖宗和爷爷饶命吧！”王铁肩把手中刀在他面门上晃了两晃，一声断喝道：“我且问你，你这厮可是盘谷祠恶徒的党羽？说了实话，饶了你的狗命！”那人便也直认不讳，连忙说道：“小人不过是那里一名小喽啰，实因无法谋生，才投在他们那儿。”

王铁肩等人听罢，忙道：“你要叫我们饶恕了你的狗命，快起来把我们带领到你们的巢穴。”王铁肩等的心意，是叫这小喽啰把他们带到盘谷祠，再一刀把他结果了。这小喽啰听了，忙站起来道：“小人情愿给姑祖宗及爷爷带路。”立即转身在前相引，过了这个山坡，路忽奇仄，仅容一人，蛇径鸟道，曲折难行，左右转绕，走的都是曲折途径。王铁肩、玉娥、玉英三人紧紧随了那个小喽啰。走了一时，过了数处曲折路径，眼前是一道深涧，夹涧古松老杉，大有十围，高不知有几百尺，修柯戛云，如张伞盖。面前群山，环拥林立，烟云相连，景色却又不同。王铁肩等三个自忖好个清幽之处，不想被这伙恶徒盘踞在此。想到这里，便忙向这小喽啰问道：“这儿相隔你们那盘谷祠巢穴不远吧？”那小喽啰忙抬手向了前面一簇杂树指去，说道：“过了跟前这簇树木，便望见了。”

第八章

蹈陷坑英雄落网

没多时，穿过了这簇杂树，看是亩许一段平坡，生满花草，绿叶红花，景物愈觉清妙，但定睛看去，内中花草却有不少已经枯萎。仔细一看，这些花草像是从别处移植此间的，却也未曾在意。看这小喽啰忽停住脚步道：“穿过了这道花径，即看见盘谷祠的殿角了。”王铁肩、玉娥、玉英忙走向前，顺了中间一道花径，朝那旁走去。忽觉脚下一沉，说了声：“不好！”轰的一声，三个人早坠入十余丈深一道陷坑下面。陷坑下面铺了约有尺余厚一层沙土，王铁肩三人倒不曾跌伤，四面石壁削平如镜，哪里攀爬得上来，武功就是再好，蹿越的功夫就是再精，下面是一层厚沙土，也是无法趁劲纵出。但见下面黑魆魆伸手不见掌，王铁肩忙啊呀了声说道：“不想我们师兄妹受了这个匪徒的暗算！”这时就听上面那个小喽啰一声冷笑道：“你们三个这可是自投罗网，我们头目们还欠二位压寨夫人，这可是恰好自厢情愿给我们头目们送来了。”

王铁肩三人在下面听了这话，气了个脸白，无法纵出，却也奈何他不得。那小喽啰说罢，大踏步地去了。王铁肩师兄妹

三人困在这陷坑，一时难以脱身，心中异常焦急，不想中了个无名小辈诡计，总怨自家等人一时大意，致身陷此处，但已至此，只有坐以待毙。

待了好久，听上面步履声杂，紧跟着听有人说道：“到了，到了，仔细提防些，这男女三个手下可都带有刃器。”王铁肩师兄妹三个耳听匪徒走来，有心把器刃亮出，怎奈黑暗间，恐碰伤了自家人。不一时师兄妹三个齐被人家用钩杆网套，搭了上去。没出坑口，人家弯了身躯，即把他师兄妹三个捆上。只因王铁肩师兄妹三个两臂叫人家用钩杆子紧紧钩住，哪能挣扎，所以服帖帖即被人家捆上。王铁肩师兄妹三个被人家捆出坑口外，此时岩下杂树影子都已照在地下，月光已然升上来，不知不觉天色已是黄昏。一看身前站了十余个高大的匪徒，一个个都是短小服装，青布包头。王铁肩师兄妹三个认清贼人面目，立即闭目不语，任凭匪徒们发落。

这十余个匪徒一声呼喊，用了钩杆，两个人抬了一个，把王铁肩师兄妹抬起，转绕过陷坑上这片花丛。三人至此方悟这片花丛是他们埋伏下的陷坑。匪徒们抬了他师兄妹三个，绕过花丛，转了一个山环，月光下见眼前隐隐露出一座庙宇。周围树木掩映，四面豁敞，庙址却甚宽大，这即是匪徒们的巢穴祠堂。匪徒们抬了他们师兄妹三个走进祠内。头层院中，两旁有三四株古松，枝干槎丫，形状偃蹇，如龙爪擎空，突兀天表。到在中层殿中，栋宇宏伟，但已败坏，殿里灯烛辉煌，正中间坐了四五名恶徒，正在那里谈话，喽啰们走进殿内，把王铁肩师兄妹三个放下，王铁肩等向上面坐的那四五个匪首望去，内中三个正是在连山关放去的那三个乘马恶徒。见他三人的左耳，果然用布缠扎着，布外尚有血痕。这三个恶徒，一名唤作孟桓，外号小孟尝；一名叫邓小山，因这邓小山会舞几手花刀，他排行在七，都称他喊作宝刀邓七；那一名叫吴良，三人中属他最小，所以都称他作三太保。他们不过都是略会几套花拳绣腿，以外并会舞弄一两手刀枪，便聚了几十个闲汉，把这

盘谷祠的道人逐去，便盘踞在这里，专干打劫勾当。最初不过只是孟、吴两个为首，邓小山却是以后来此入伙的。他三个都是色中的恶鬼，不但干这打劫勾当，而且还抢掳人家的妇女，不从的都一刀了账。他等盘踞这盘谷祠不过一两个年头，平素所做的罪恶累累，真是指不胜屈。三贼当下一看王铁肩师兄妹三人，他认出是连山关所遇的那行人等，想起割耳之仇，不由冲冲大怒。便怒容满面，向王铁肩等喝道："你们一行还少两个，那老奴才同那个妞儿，怎的没同你等一起呢？"王铁肩冷笑了声道："他老人家同我们那位侠女，过一时便来取你等的狗命。"

孟桓三贼听了，怒不可遏，把桌案拍得山响，吩咐快把他三人给我开膛取心，留作下酒。一些喽啰忙走过，就要剥他三人衣服。就见座上那个叫邓小山的忙拦止说道："且慢动手，先把这汉子禁在前面空房里。"说到这里，手指了玉娥、玉英道："这个妇人和这个小姐儿倒有些姿色，快把她两个送到后面，留待我等受用，千万别杀。"玉娥、玉英听罢，气了个脸白，千刀杀万刀剐的破口把匪徒骂个不歇。三个恶徒故作不曾听见，这些喽啰们已把王铁肩抬出殿外去了，返回来便又把玉娥、玉英抬进后面一层殿里。灯光下看，里面已有一个女子捆绑在那里，满脸的泪痕。这女子身边还站了一个花枝招展的妖冶妇人，以外还站着两三个婆子，正巧语花言劝解这女子。一眼瞥见喽啰们抬了玉娥、玉英走进来，便撇了那个女子，转向玉娥、玉英看来。喽啰们向那妇人说了声："这是我们从埋伏的陷坑里捉来的。"把玉娥姊妹放在这殿里，回身走了出去。

这妖冶妇人看了玉娥、玉英的装束，又见二人短衣装铁尖鞋，春风满面，哟了一声道："看不出你两个倒是个武家子，怎么误跌陷坑里面了呢。看来也是天缘凑巧，同了我们头领有这段姻缘，你们两个把心眼放活动着些。"说至此处，向了那个捆绑着的女子一指，又接着道："你两个可别同她这样固执，依了我们头领们，不是就成了这儿压寨夫人了吗？一生享受不

尽了。”玉娥、玉英听了，气得柳眉倒竖，杏眼圆睁；若不是四肢被人家紧紧捆绑着，早掣剑把这妖冶妇人了却了。玉娥、玉英暗咬银牙，恨不得一口把她活活吞下，心中后悔不听师父之言，致遭此辱。当时一口恶涎呸地朝那妖冶妇人啐了去。那妖冶妇人不曾提防，正正弄了一脸唾涎，立时面色一放，气狠狠掏出帕子，把脸上垂涎拭去，嘴里哼了声道：“你等既被捉来，还能跑得出我们掌心里去吗？”说罢，便要带了那几个婆子走去，忙又走返了来，向几个婆子道：“我们走出，别教三个替换着把绑扣解开。”便分派那几个婆子把玉娥、玉英移远些。当时那几个婆子走过来，七手八脚把玉娥、玉英和那一个女子，移到三下里，相离约有三余丈远近，又用了根粗绳把她三个，紧紧捆在殿内的楹柱上，防她三个悄悄滚到一处。那妖冶妇人仍有些不放心，便又叫婆子们，把玉娥姊妹两个身上的暗器兵刃移去，把殿中灯熄灭，这才带了婆子们走出殿去，当的声把殿门从外锁上，履步声碎地去了。

玉娥、玉英身入牢笼，自想万无生理，玉娥心想爹爹同四姑此时若不见我们师兄妹返回，转进哪股岔路，不晓要焦急成何模样了。况且这盘谷祠路程曲折，恐一时难以寻到，看来我们师兄妹三个是难有生望了。想到此间，心一横，把存亡置之度外。这时外面月色从殿的窗格映进，愈觉殿内清虚，寒气迫人，看来若是在盛夏，恐暑气亦是难到，黑森森微觉几丝寒意。此时那旁捆绑着的那女子尚在那里抽抽噎噎地暗泣，玉娥、玉英看了她这模样，一问她的姓名，正是她们所要搭救的那刘五的女儿。此时外面静悄悄的，毫无些许声息，待了足有顿饭之时，忽听殿外一阵人声，玉娥姊妹同那刘姑娘不觉都是一惊。听殿外有两个人说话声音，从远渐近，隐约约听有一个人说道：“今日三位头领都喝得酩酊大醉，沉睡在中层殿内，你我趁了这个空儿，到后面寻几个伙伴，推他几场牌九。”那个说道：“我这两天手也痒痒，也正想要一要。”一路说笑着，足音渐远，从这殿外走过去了，转眼不闻一些声息。

玉娥等人听了个逼真，从这两人口中，得知那三个恶徒已吃醉睡去，而且那两个并非奔此处来，心下才稍稍放下了些。玉娥三女被捆缚在殿内，一夜的光景，直到天明，也未见半个匪徒影子，就是那个妖冶妇人也未走来。转眼天光忽忽至午，忽听殿外又是一阵步履声音，一时来到切近，哗喇喇一声把门锁取下，呀的一声把殿门从外推开，看是昨夜见的那个妖冶妇人走了进来。见她好似忘了昨夜玉娥啐了一口唾涎，怒火全消，满脸堆欢地道："夜来要不是三位头领们饮醉了酒，还要养伤，哪能叫你们姐儿三个住在此处受了一夜的清风呢。真是屈尊你们姐儿三个了。"玉娥姊妹两个同了那刘姑娘粉面变了颜色，将要开口向她喝骂，猛然就听前面那中层殿院内，一阵大乱，紧跟看见一些喽啰奔绕这层殿外朝后面跑去，一面跑着，一面嚷道："我们快也逃跑吧，不晓得从哪里来了一个老头儿，同了一个姑娘，可厉害得很啊。我们三位头领连交手都不曾，即被人家一刀杀了。"那妖冶妇人听了，立时吓得改变了颜色，慌张张回身跑出殿去。

那妖冶妇人跑出没有多时，眼前人影一晃，定睛看去，却是四姑从外边进这殿来，玉娥、玉英见了，不由大喜。四姑忙过去把玉娥、玉英和那刘姑娘三个缚的绳扣用剑削断，慌忙向玉娥问道："玉娥姊，王师兄呢？"玉娥忙道："夜间王师兄被恶徒们捆绑着禁在前面。"四姑听罢，先把她二人的兵刃寻到，交给二人，向玉娥、玉英说了声："待我到前面把王师兄救出。"立即匆忙地走出，又奔向前面跑去。玉娥等看四姑去后，她三人绳扣已然松解，但觉四肢麻木，待了好一时，浑身筋脉方才舒开。

玉娥便同了玉英、刘姑娘三个走出这殿外，心想觅着那妖冶妇人。转过这殿，看左侧有个月亮门，内中一并排有三间北房，进了这月亮门，对着这北房是一片乱石堆砌的假山。玉娥等三个便直向这北房走出，来到这并排三间北房内，房里空洞洞，连个人影也无。进了东暗间，见桌上放了一些脂粉之类，

靠了墙壁，放了一张木床。玉娥、玉英料这房间定是那妖冶妇人所在，想她定是逃去，暗忖此刻必逃不远。玉娥掣出双剑，两口剑放在一只手里，那只手一扯刘姑娘的衣角，口里忙说道："走，我们寻那个淫荡妇人去，怎能把她轻轻放过！"扯了刘姑娘，同了玉英，便要走出这房去。玉英这时也提着自家的剑，刘姑娘见她姊妹两个拿着三口剑，寒星乱迸，面横杀气，一个店家的女儿，哪里见过这个阵势，早已心惊了。正在这时，只听房外一阵脚步声，随着听有人说道："玉娥姊，他们大约是走到这院房中来了。"一抬首看驼叟、四姑各执器刃走来，王铁肩也掣了兵刃随在后面，走进这房内。驼叟见玉娥、玉英师兄妹虽在匪窟困了一夜，所幸均各无恙，才把悬心放下。四姑手指了刘姑娘，向了玉娥、玉英问道："这位可是刘五的女儿？"玉娥忙道："这正是刘姑娘。"那刘姑娘在旁，看四姑指了自家这样问着，心中不胜诧异，暗想自己姓氏，她怎的晓得。心里这样想着，不由呆呆向四姑望着，暗暗纳罕。玉娥看了，便把怎样由她们店中小二口里，得知她被恶徒掳去，我等爷儿几个特来救你的，以及昨日分道寻觅这盘谷祠，不想我师兄妹三人受了匪徒诡计，堕身陷坑，致被恶徒们拿住，种种前情向刘姑娘说了一遍。刘姑娘方才如梦初醒，人家却为了自家，险些也丧身这里，心里愈发地感激，便向驼叟爷儿几个跪拜下去。驼叟便命玉英把她扯住。

正在这时，四姑一回首瞥见房门外那片假山石后，有人探首张望，一晃间又急忙地缩了回去。四姑反握着手中剑，转身走出，直奔那片假山石后跑了去。没一时，四姑从山石后扯了个妇人出来，随后跟着几个婆子。玉娥看去，正是所要寻的那妖冶妇人，一腔怒火，哪里按捺得下，举剑过去，便欲把她了却。四姑忙拦说："玉娥姊且慢动手。我看她却有些面熟，待我想她是哪个？"那妖冶妇人听四姑这话，慌忙仰着面向四姑仔细看去，忙哟的声说："这不是四小姐吗？"便向四姑跪下，满心想着性命总可保住了。四姑忽地想起她来，这妖冶妇人非

是别个，系是她周姊夫家的随了仆人王福潜逃的那个丫鬟春梅。四姑两道蛾眉一紧，冷笑了两声道："你这下贱货，当初趁了我周姊夫解京吃冤在官司，我大姊又在我们黄堡未回，你便同了那王福，拐了些细软，双双携手逃去。今日撞上了我，岂能把你轻轻放过？"四姑刚刚说到这儿，玉娥过去恶狠狠就是一剑，红光冒处，尸身倒在就地。这盘谷祠恶徒孟桓，系是那王福的一个远门的表亲，那丫鬟自随王福潜逃后，没有多久，即把偷拐主人那些细软随手用尽。到了后来，王福闻知他这表叔孟桓占山为贼首，便带了丫鬟投在这里。那孟桓看丫鬟春梅很有几分姿色，到此没有几时，派了几个喽啰，故意说是带王福去游山，来到山险之处，那喽啰把王福推到山涧下，跌了个肉糊如泥。从此孟桓便把春梅霸归己有。那春梅贪淫畏死，哪有拒绝的道理，今日丧在玉娥的剑下，也是她淫荡的结果。那几个婆子都吓得脸色改变，齐跪在地平，口中连连地讨饶。驼叟看她们都是四五十岁的婆子，一问她们，都是方近山间贫妇，被恶徒们诓雇了来的，充作佣工，平素给恶徒们洗做衣服。驼叟不忍伤害她们，一挥手叫她们各自散去。那几个婆子又叩了一阵子的头，站起走去。驼叟便又把她们喊回，叫她们把这匪窟的衣物，尽自己的力气，随意拿去。那几个婆子连向驼叟爷儿几个没口子地称谢，分向各房奔去，不一时每人都是弄一大包袱的衣物钱财，复又走来，谢了驼叟，才联袂地出了盘谷祠匪窟。

原来驼叟和四姑自从看了玉娥、玉英、王铁肩师兄妹三个转入那岔路去后，便也转进近旁另一股岔路，行了下去，路径甚是难行，途间乱石，剑戟岩立，石旁野草没膝。走了不到半里，又向另一股岔路走进，一路蜿蜒行去，见青苔绿草，封满山岩，苍翠欲滴。走出两三里路，哪见有盘谷祠一些踪影，日光西去，远近山容化碧，闪成紫色，驼叟见天已向晚，忙向四姑道："这路恐也是不对的，我们转回去吧，恐怕你玉娥姊她们已返出那股岔路，在那里望眼欲穿地等候我们爷儿两个了！"

说着，便同四姑转身奔向回路，及至出了这一股岔路，明月飘穿，已然暮霭苍茫，看玉娥他们师兄妹仍尚未回转，未免心中有些惊疑起来。驼叟同四姑便寻了一面山石，坐歇下来，原想等候一时，他师兄妹三个定要转来的，坐候了足有一两个时辰，仰看月色已午，他们还连半个影子也无。至此莫说四姑惊慌起来，就连驼叟也是焦急难忍，爷儿两个忙站起，便从玉娥他们转进那股路中寻了下去。走没好远，径忽曲折，左右又现出几条羊肠小径，此时夜色茫然，明月被云封住，望了这几条小径，险暗非常。想前道定是异常危峻，怎敢轻易涉险，恐入云路中，迷了途径。想了想，爷儿两个忙停住了脚步，呆立了一时，月影西斜，四姑心下还存了个万一之想，谅玉娥等定被前面白云迷了归路，便破着喉咙玉娥姊玉娥姊地连喊了十数声。在这山岩中，回音荡耳，听去却一个回声都无。驼叟到此想他三个定凶多吉少，必是陷身匪窟无疑，驼叟便忙道："你玉娥姊他们定身入匪窟，被恶徒困住，路径曲折，难以看到，我们赶紧走回，去寻来时我们问路的那婆子，向她问明她儿子的姓名，我连夜赶到连升店中，把她儿子寻来，请他引导我们到盘谷祠匪窟中去救你玉娥姊等三人。事不宜迟，我赶紧找那婆子去。"

四姑听罢，也别无他策，爷儿两个心急如火，出了连岔路，施起陆地功夫，飞转回路奔去。路过那山户门前，四姑进前轻轻把篱门叩了两下，那婆子已然睡下，忙披衣走出，随了犬吠声音，呀的声开了篱门，驼叟、四姑向她一问她儿子姓名，先时不肯说出，四姑一看，忙从怀中掏出一锭银子来，递给了那婆子手里。那婆子接过，月光下看了这银子，白花花晶莹耀目，这才满面笑纹地说了。这婆子系是姓薛，她儿子名叫三儿。驼叟、四姑忙别了这婆子，驼叟送四姑回到连山关店里，便连夜赶向连升店里，寻着了薛三儿。店里却早安歇，薛三儿睡梦中，听有人寻他，忙穿衣起来，见了驼叟，不由呆呆望着，忙问何事，驼叟不便向他说知缘故，恐他不肯前往，当

时只得扯了个谎，向他说你老娘特烦我来叫你赶快回去。三儿骤然听了，不晓家中有何紧要事，忙向了同店伙伴说了一声，明晨代他在店掌柜前告两日假，急忙忙同了驼叟出了这连升店，迈步如飞向连山关行去。

这薛三儿一心怀念着家中不知有何紧要事故，却也不曾请问驼叟姓名，直至快到了连山关，驼叟方向他说了实言。那薛三儿听了，吓得腿肚朝前，连忙地道："叫小人引路到盘谷祠去，这个小人却不敢应命，那儿的强人可手辣得很，小人怕没有性命。"驼叟忙道："并不叫你随了我们一同到匪窟里去，不过烦你引了我们到附近，要我们望见那盘谷祠，你便转去。我斗破了匪窟，把人救出后，匪徒们的马匹财物，都给你的。"薛三儿一听，肚内暗暗寻思，心想：他们又不要我随同到匪窟去，不过把他们引到盘谷祠方近，我便转去，即或他们破不了强人，与我也无干系，强人也决不知是我给他们引的路。若是他们真把强人杀了，那可是我的运气来了，弄些马匹财物，干个营生，不比当这店小二胜强百倍吗？肚里这样盘算着，因有利可图，却不似乍听驼叟说时那样惊慌失色了，连忙说道："小人姑且引路前往。"

且走且谈，不知不觉已来到关前。天光已然微明。走进店中，看四姑坐在房内，眼巴巴盼着驼叟返来，四姑因怀念玉娥等人，一夜却也未曾安眠。四姑看驼叟已把薛三儿寻了来，暗忖这一夜光景，玉娥姊等三个若没有丧生贼手，今日总可把他等三个救出。驼叟到在店里，便命薛三儿吃了一顿，驼叟同四姑因惦念玉娥等，哪里用得下一些食物。店小二把饭菜端来，他爷儿两个略略沾唇，便叫店小二撤了去，不便在店中久停，便由薛三儿在前引路，向盘山谷行去。到在薛三儿门前，那薛三儿却连家也未进，直引驼叟爷儿两个朝前行了去。果然引着他进昨日玉娥等走入的那股路去，走了没半里，进了一旁一条窄径，两壁墙立，青苍万仞。好容易穿过这条窄路，眼前秀木参天，危岩蔽日，薛三儿引了驼叟、四姑踏石级，分花梢，直

向峰上奔去。到在峰巅，古木杂树，千姿万态，幽秀非常。这时朝暾初上，峰下影物清楚楚纷现眼帘，并无一些云雾遮蔽。薛三儿手向了西南一指道："那不就是盘谷祠吗?"驼叟、四姑顺了薛三儿手指望去，见峰下树梢尽处，微微露出两三层殿角，金碧掩映。驼叟等人登的这峰，正是在盘谷祠后面，薛三儿不敢走盘谷祠正面的路，恐匪徒觑见了他。故此才引驼叟、四姑绕到这盘谷祠后。驼叟、四姑看这盘谷祠距离这峰，至远不过半里多路，薛三儿指明了盘谷祠，忙又道："小人要转返家中去了，破了匪窟，你老人家莫要忘了小人。"驼叟把头点了点，薛三儿下峰自返家中去了。

驼叟、四姑仔细看明了去盘谷祠的山径，也走下了这峰，循路奔向盘谷祠。一时到在盘谷祠前，看奇峰回互，茂树环拥，将步上门外石阶，一眼瞥见门内坐了两名小喽啰，在那儿打盹。四姑掣出剑来，那两名小喽啰糊里糊涂的即被四姑结果在那儿。驼叟、四姑各拿兵刃，闯了进去。迎头又撞上一个小喽啰，驼叟未容他跑脱，便把他抓住，口中喝道："你们匪首现在哪里?"那小喽啰吓得连忙道："我们头领们吃醉了酒，现都在中层殿里，尚未起来。"驼叟听罢，一刀把这喽啰了却，同了四姑照直向中层殿转了去。驼叟、四姑来到中层殿，不顾许多，直闯入殿内。看那三个恶徒高卧这殿里，睡梦止酣，鼾声如雷，所以不费一些儿手脚，驼叟、四姑的刀剑闪处，那三贼连哼都未哼，睡梦中即奔向鬼门关算账去了。在这当儿，殿外有那喽啰觑见他们三个头目都被人家杀却，便一喊嚷。一些喽啰们听了，都不免大吃一惊，有那看势不妙，悄悄奔了这盘谷祠后门，向乱山岩处逃去。有那年纪稍轻一些的，自恃有些蛮力，抄起刀枪，迎头跑向中层殿来。驼叟、四姑看把恶徒已然结果，趄出这殿外，便要去寻玉娥师兄妹三个，一眼瞥见从一旁角门里撞出一二十个喽啰，各执长枪短刀，嘴里喊喝着齐围上来。四姑见这些喽啰无非都是些笨汉，心想刘老伯一个足可对付他们了。因急于要寻玉娥师兄妹三个，便忙向驼叟说了

一声："待我去寻玉娥、玉英她们去。"说罢，提剑朝这殿后跑去。原想捉住个喽啰，先问个仔细，恰巧居然误打误撞，在后屋殿内寻着。四姑心才放平，见玉娥、玉英以外，还有一个女子，当时不便细问，忙把三个绳扣用剑断去。慌忙间又一问王铁肩说在前面，四姑忙又踅出去寻救王铁肩。来到中层殿院内，见同驼叟交手的那些喽啰，不似先前气势了，东倒西歪，器刃扔了一地，一个个一轱辘爬起，飞逃祠外。驼叟看他们都是无知莽汉，才盲从的混身匪类，这些汉子此后若能改恶向善，仍不失为良民，所以不曾伤他们一个。驼叟眼望了这些喽啰逃去，抬首看四姑从后边匆忙忙又踅返了来，便忙问可曾寻见他师兄妹三个！四姑忙告知驼叟，已寻着玉娥、玉英姊妹两个，可是不曾寻见王铁肩，据玉娥姊姊说王铁肩被匪徒捆绑在前面房内。驼叟听了，便忙同四姑踅回前层殿院中，果在一间空房里寻到了王铁肩，忙给他断去绳扣，王铁肩寻着了自己器刃，这才随定驼叟到后面来寻玉娥、玉英。

驼叟爷儿几个当下打发这匪窟中那些仆婆去后，驼叟自家等人均各无恙，不但搭救了刘五女儿，而且又给这一方除了巨害，心下很是告慰。不便在这房里久停，想再到各处搜寻一遍。驼叟爷儿几个同了那刘姑娘走出这旁院房外，将将出了那月亮门，抬头瞥见迎面飞来一人，玉娥、王铁肩一看，料是这儿的喽啰，各掣刀剑，便向来的这人奔去。驼叟、四姑一看来的这人非是别介，系是薛三儿，薛三儿见玉娥各亮刀剑奔来，吓得变了颜色，驼叟、四姑忙拦住了他师兄妹，说明来的是薛三儿。玉娥方知错认了，忙把刀剑收回鞘内，薛三儿目瞪口呆默立着说道："回到家去，吃了些食物，又跑了出来，便隐在这祠近山后树丛处，暗暗观望动静。小人张望了一时，见这儿匪徒，都是满面惊慌地跑出祠外，各处乱逃，后又看这儿仆婆也各提包裹走出。小人看情势，即料定你老人家和这位小姐已然得手，定是已把他们贼首结果了。故此小人壮了一壮胆子，便直奔进这祠内。"驼叟听罢这片话，说道："这里还有什么物

品，你自管尽量拿去，匪徒们这里不是还有马匹吗？你也牵了去。”薛三儿一听，喜得他两眼笑得成了一条直线，忙不迭地向驼叟等人请下安去，回身就和饿鹰扑食般，奔进各殿搜罗财物去了。驼叟爷儿几个看薛三儿走向各殿去，且不去管他。当在这祠前后搜寻了一回，见偌大座祠宇，一霎时匪徒逃的逃亡的亡，连一个人影也无。

这祠的各院都植有花树数品，花红叶绿，千姿万态，香气极清，望去似百年前物，前后各殿倒也并不甚荒芜，暗叹好个清幽所在，却变成了匪徒们的巢穴。爷儿几个前后观看了一遭，四姑便向驼叟道：“这儿恶徒亡的亡，逃的逃，我们却怎样发落，我看莫若给它付之一炬，免得以后再有匪徒窝聚此处。”驼叟把头点了点，此时玉娥师兄妹三个同刘姑娘，因在这匪窟中连一些食物未进，饥肠早觉难忍，王铁肩忍不住忙开口说道：“我们寻些食物，吃罢再为走去吧。”驼叟爷儿几个同姑娘已走进后层殿里，王铁肩大踏步跑到匪徒的厨下，搜了许多腌肉干菜等物。见厨下灶火均各现成，想去寻薛三儿来帮同弄饭。来到前面旁院马棚下，看薛三儿弄了许多包裹物件，正在向那四五骑马匹的身上系，王铁肩看了，招手把他喊出，引他来到厨下，请他帮同淘米弄饭。王铁肩忙去把腌肉等蒸上，一转眼看炉灶旁放有一个酒坛，平正正放在那里。王铁肩见了，哪肯放过，打开酒坛，看里面还有大半坛酒，酒香扑鼻，便抱起酒坛，咕嘟咕嘟地饮了一气。觉得这酒甘冽异常。唯恐师父驼叟知晓，不敢多吃。这时饭菜均已熟透，王铁肩和薛三儿把饭菜一齐搬到后屋殿里，彼此饱餐了一顿。爷儿几个同刘姑娘便走出这盘谷祠，其中却把那薛三儿喜得手舞足蹈。牵了那四五匹骑马，满载着包裹什物。驼叟看均已走出祠外，便命王铁肩去引火把这座祠燃着。

薛三儿忙道：“你老人家千万不要火烧了这盘谷祠，这儿道士都还存在着，现在连山关他们下院中，小人知会他们自然还要转来的。”驼叟听了，想这座祠宇规模宏大，真若焚燃，

却也未免有些可惜。薛三儿道："这恶徒们尸身倒容易发落，祠后有的深涧大壑，俟道士们返来时，他们自会把尸身扔到山涧下去。"驼叟听薛三儿这么说话，却也不去管他，一行人等便踅返回道。四姑见刘姑娘一个平常柔弱女子，而且腿下一只窄小莲钩，恐她不惯行走这山路，便叫薛三儿余出一骑马给刘姑娘乘坐。没多时来到薛三儿篱门前，看那薛老婆子倚门儿站在那里，看儿子牵了好几骑肥壮大马，同驼叟等人一起饱载返来，一张布满皱纹的脸，笑得嘴都合不上拢来。忙向驼叟等含笑问道："你老人家快同这几位女侠士请房里歇息一时吧。我初见你老人家和三位女侠士等人时，就看出不是平凡的人。"说着，向驼叟爷儿几个深深地福了下去，驼叟等人不便和她啰唆，便叫薛三儿趁快把那几骑满载包裹什物的马牵进院内，叫他招呼着刘姑娘乘的那骑马，给送到店中。

薛三儿忙向驼叟道："这儿四五骑马匹足够你老人家等人分乘的了，你老人家到舍间稍坐一时，俟小人把马上包裹什物卸下。"驼叟忙道："我们都不惯乘马的，你快些把这儿骑马匹牵进院内去。"薛三儿尚未答言，薛老婆子笑眯眯地望了驼叟等人，嘴里干吧嗒了两下。忙进前从儿子薛三儿手中把那几骑马匹缰绳接过，口中呼喝着，牵进篱门里面去了。薛三儿看她把那几骑满载什物包裹的马匹，牵进篱门去，忙转身躯招呼着刘姑娘乘的这骑马，离了他家这篱门前，同了驼叟爷儿几个奔往连山关行去，一时到了关店中，薛三儿又向驼叟等人称谢了一阵，欢天喜地地牵了刘姑娘乘来的那骑马自去。

驼叟等人到在店中，看天色尚早，稍歇息了一会儿，便在这店里又雇了一乘小轿，给刘姑娘乘坐，连玉娥姊妹三个原乘来那小轿，合起来共足四乘小轿，他们一行人等把刘姑娘送了回去。那刘五自女儿被恶徒掳去，虽说是报告了官府，却连一些信息都无。急得他一两天一些饭米未曾入口。偌大年纪，女儿再有两天不回来，恐怕就要急煞，今看女儿安然回来，不啻天上落下一粒明珠。向女儿一问缘由，刘五慌忙朝了驼叟爷儿

几个跪下去，口中连连说道："我女儿若非恩人搭救，我父女两个恐都要同归于尽的了。"一面说一面叩下头去。驼叟忙把他扶起，当日驼叟爷儿几个即被刘五父女留宿在他店中。刘五父女自然是以诚意恳挚殷勤相待。驼叟等原拟停留一宵，次晨赶路回返黄堡。次日晨起，玉娥姊妹三个梳洗已毕，便要去到驼叟、王铁肩宿的房去，好叫王铁肩去知会车夫们起行上路。就看刘姑娘忙道："恩人们乘来的小轿在昨晚间即被我爹爹都打发走了，恩人们不嫌我们这店里简陋，请在此多盘聚几日，我爹爹唯恐怕恩人们不肯在此久停的，所以昨晚不曾和恩人们说知，即私作主张，把那几乘小轿打发去了。"玉娥、四姑一听，忙去说知驼叟，驼叟听罢，不便拂他父女这一片诚意，心想在他们这儿多停留几日，却也无关紧要。

这时刘姑娘也随了玉娥姊妹三个来在驼叟房内，忙又开口向驼叟等道："我爹爹在天将微明便出门去了，回来时尚有事要恳求恩人们的。临去时曾嘱我好好招呼恩人们。"四姑听她说到这里，忙问何事值得相求，刘姑娘含笑答道："迟避一时我爹爹返来时，恩人们自然知晓。"驼叟等人不便再问，直到吃罢午饭，方见到刘五同了一个和他年岁不相上下的老汉子，走了进来，见了驼叟等人，刘五和那年老汉子，双双跪在地上。刘五手指了他一旁的那年老汉子说道："这是我女儿她的母舅叫陆道才，这二三年来被他们那方的一个有名的恶霸，欺压得一些活路没有，说要恳求恩人们搭救。"驼叟忙地叫他俩站起说话。那刘五和陆道才站起，说出一片言语来，尚未曾说罢，却把个玉娥姊妹们气得蛾眉倒竖，杏眼圆睁，嘴里不住连喊清平世界，却有这等事，真没王法了。

第九章

抱不平驼叟斗牛

原来刘姑娘这母舅陆道才，居住在这北村，名叫作小柳场，这小柳场系坐落在山坳中间，村前是一道蜿蜒的山水，横驰山中，围村四外遍植垂柳，每当春夏之交，绿荫荫垂丝万条，笼罩全村，地势却也很是清幽。这小柳场也算是一个大村落，这陆道才在这小柳场已居住好几世，世代都是务农，拥有一两顷山田果树，在这小柳场也算是个中等殷富之户。陆道才老夫妇俩也和刘五一样，膝下也是只有一女，他这女儿乳名叫大红，别看大红生于山户人家，姿色秀丽，艳绝尘世，从不肯出门外一步。一年二月间，他们这邻村牛家庄演唱酬神戏，一个山里的僻村，终年价当然没有什么热闹场所，忽这牛家庄演酬神大戏，传喊了出去，这方近山中村户的年轻妇女，少不得是日都是浓妆艳抹地前往观戏。陆老的女儿大红，当然也不能例外，是日修饰了一番也随邻姐儿去了。

不想来到戏棚前被牛家庄一个久负威名的恶霸牛大有看见，这牛大有是个武举，年纪不过三十八九岁模样，膀大腰圆，面皮黑黝，所以都称他叫黑莽牛。这黑莽牛平素结交官

府，自恃大小也是个武举，便欺男霸女的无恶不为，自以为人家奈何他不得，因此外人又给他起了个外号，把他唤作牛头精。这黑莽牛无意中在戏棚下看见了大红，见大红头儿脚儿无一处不楚楚动人，便向他的爪牙党羽探明了大红的姓名，都未等到三天酬神戏演罢，便央人到小柳场陆家来提亲，黑莽牛的恶名早传遍方近，陆道才是个清白人家，怎肯同他结亲，况且又知他家中尚有妻妾四五个，哪肯眼睁睁把自家女儿去许给他作姬妾，立时把派来的人骂了出去。牛头精见陆道才不允，不由大怒，怎肯甘心。没过两三日，便又派人把彩礼硬生生给送来，并说不几日便来迎娶。陆道才听了险些气昏，有心到城中县衙去控告，怎奈他和那县太爷很是结好，当然是难以生效。有心破了性命寻他撕拼，一想他爪牙甚多，而且又是个武举出身，怎是他的敌手，反倒白送了性命。望了他送来的彩礼，弄得一筹莫展，便和老伴同女儿，爷儿三个抱头痛哭起来。大红也性格儿很是刚烈，在这当日晓间，趁人睡熟时，便悄悄投河自尽了。第二天陆道才夫妇发现了，哭了个死去活来，不住地咬牙暗骂牛头精强来讨娶女儿，才逼得女儿寻了短见。那牛头精闻知大红投河信息，冷笑了笑，带了一些爪牙到在陆家，一口咬定说万余两彩金，你快点送出来，其实他先硬生生送来那彩礼，不过是些簪环头面，哪有一些银两。陆道才见他反倒寻上门来讹诈，当时气了个发昏。因惧于势焰，却又不敢问罪他，忙指着他那彩礼说，这不是好端端放在这儿了吗，万余两彩金，却不曾看见。

牛大有面色一放，冷笑了两声道："我明明送来万余两彩金，怎的说不见，快些给我退送出来，万事皆休！"陆道才听他说罢，气得哪里还说得出话来。从此牛头精作怪，把陆家这一两顷山田果树借了索还彩金为由，便硬霸占了过来。陆氏夫妇连气带急，又伤怀爱女，几下夹攻，便双双病倒床上。不料想陆道才的老伴由此竟自一病不起，陆道才却也险一忽儿不曾把命丧掉，大病好几月，方才告痊，已弄得家败人亡。陆道才

眼巴巴见自己妻女皆亡，山田果树又被他人霸占了去，一些也奈何他不得，一向便隐忍在肚内，一策皆无。所以刘五一见驼叟等人把女儿从匪窟救出，又听女儿说匪徒都被驼叟等人杀却，看驼叟等人都是侠肠义胆，便想起他妻弟陆道才这桩冤屈事来，故此在天一破晓，便跑到小柳场，把陆道才寻来，跪在那里求驼叟爷儿几个搭救。

玉娥、四姑等听说了原因，气得忍不住地连连说道："世上居然有这样万恶的恶霸，真正没有王法了。"四姑等人便要各取兵刃，立时去找那恶霸，驼叟忙拦道："我们且不可鲁莽从事，照他们话口听出，这牛大有，也是个硬手，万不可轻视。我们若这样公然前去，却有许多不便。莫如我和王铁肩装作行路模样，暗藏了器刃，先到他那牛家庄探望一遭，再见机行事。"刘五在旁忙插口说道："恩人所说甚是，听说那恶霸本领却也不弱，并且他那家中还养着几十名庄丁呢，恩人们还是加以仔细为对的。"驼叟便问明了去牛家庄的路径，带了王铁肩师徒两个暗藏器刃，走出刘五店中，循路朝牛家庄行去。陆道才在驼叟师徒两人将要走去的当儿，满面现出万分感激神色，又向驼叟跪拜了下去。驼叟留下玉娥姊妹三个在此等候，便同王铁肩走出刘五店中。那刘五、陆道才两人忙站起直送出店外。陆道才不住地连连向驼叟师徒两个说："恩人们到在那牛家庄，却要加以十二分仔细，那恶霸可毒辣得很。"陆道才说罢这话，驼叟王铁肩已走去好远。一转首看，恰有一个獐头鼠目的汉子，打从这店外走过，陆道才看了，立时吓得面色如土，忙一缩身。陆道才和刘五退回店内。走过来的这獐头鼠目汉子，正是那牛大有的爪牙，叫猴头毛四，方才陆道才说的那几句话，被毛四听了个逼真。猴头毛四便忙一溜烟，跑回牛家庄报告去了。

驼叟王铁肩循了陆道才所说的路径朝前行了去，一路间阳影交加，浓林青茂，加之所行都是山径，两崖对峙，中蚀一缕小道，人行其间，走至浓荫之处，但觉白昼似宵，骄阳疑月。

走至豁敞处，不断地见山涧之水，四面奔流，望去犹如草中蛇，四下飞驰。走了约有二三里路之遥，转过一座山岭，眼前却又现出一座高岭来。驼叟师徒两个仰了首看眼前这座岭，左右还有两座稍低山峰相连，形势就如川字形笔架也似，自忖刘五、陆道才所说的路径，过了这座笔架山，便是牛家庄了。驼叟一边想一边走，转进这座笔架山内，山中怪石林立，半壁飞泉洒金袂，时当新暑，凄然如秋。一时走出这山，觉眼前一亮，现出座大山村来。这村外引山涧的水，围了一道村濠。这山村便是那牛家庄了，遥望这牛家村房宇栉比，乌压压足有一二百户人家。渡过村濠上一面板桥，来到村内，望村中间一所房宇，起造得十分气派，周围用山石堆砌的虎皮院墙，门外左右列着两块上马石，两扇大门开敞着，瞀门洞里悬挂着两三块金色辉煌的匾额。驼叟、王铁肩停了脚步，定睛看了看匾额上的字迹，方知此处正是那恶霸的庄院。

驼叟、王铁肩正向门内看望去，里面一阵脚步声响，看走出一个浓眉恶目的人来。这人体质很是魁梧，一张面皮就像黑锅底也似。这出来的人即是那牛头精牛大有。原来这时那猴头毛四早抄走捷径跑回，把无意中听来的话，报告他了。驼叟、王铁肩却哪里晓得。当时驼叟一看出来这人形象，即料定是那恶霸。就看牛大有走出，恰赶上驼叟、王铁肩站在那儿朝里面探望，便一双恶目向驼叟、王铁肩扫了去。驼叟故意做出很疲乏的样子，向了牛大有一拱拳道：“我爷儿两个路行此处，走得劳累非常，尊驾行些方便，容我爷儿俩权且在贵府门外这两块上马石上，歇息一忽儿、再行赶路。”牛大有两眼向上转了两转，扯着笑脸道：“你等既是路过来此处，到我牛家门首，快请舍间待茶吧。哪能叫过客坐在门外石上的道理？”说罢，闪身让驼叟、王铁肩走入，驼叟、王铁肩提步走入，肚内反倒怙惙起来。暗忖这牛大有相貌虽凶恶，但话却很和蔼，看来并不似恶霸模样，难道那陆道才的话有些不实吗？可是看那陆道才言之凿凿，决不能扯谎。心下这样思索着，已来在牛大有院

内一个旁院里面。

猛地看牛头精回转身来，面色一放，一声喊喝，早撞出几个庄汉，把这旁院门儿关上。驼叟、王铁肩一看，方晓他已觑破自家形迹。就见牛大有望了驼叟、王铁肩一阵狂笑道："你等是小柳场那陆老狗烦请来的吧？我已早晓得了，这可是你等自向虎口里来送，休要怨我狠毒。"驼叟、王铁肩看他既然识破来意，驼叟哪里把这牛头精放在心下。这时王铁肩早把身上藏的兵刃亮将出来。那牛头精未待王铁肩近前，抬起右手，一插下嘴唇，就听十分清脆一声呼哨，看猛然从那旁一个门儿，窜出足有百十条肥壮大狗。当时狺狺的声浪，充满耳鼓，这百十条肥壮大狗，一窝蜂也似跑出来，看驼叟、王铁肩两个生人，张牙竖尾齐扑了上来，望着很是凶威猛恶。若换两个平常的人，体力就是再健壮些，也要被这百十条肥壮大狗，扑咬得倒在地平。当时驼叟微微一笑，刀拳齐下，王铁肩手中刀左右前后乱闪，没有多时，这百十条肥壮大狗，已被他师徒两个了却多一半。其余那些条，一夹尾巴跑了去了。牛大有一旁看了，气得哇呀怪叫，忙从一个庄汉子手中，接过他使的那对斧子交起手来。

这牛头精果然骁勇，他手中这对斧子，使得风声乱吼。驼叟看他武功倒很了得，心中称奇。这牛大有本领虽不弱，可是他娶三四房姬妾，平素把身子淘劳得早亏累不堪。他和驼叟交手，没有二十余回照面，嘴里便忽作起喘来，手中那斧子也渐渐松懈，眼看着就要有些不支了。牛大有眼望着就要走下风，便虚晃了一斧，跳出了圈外，把那对斧子齐放到一双手内，腾出了右手，忙从怀里，取出他的暗器，毒药喂的梅花针，向了驼叟师徒两个，乱施了来。驼叟看了，把手中刀舞得成了一团白气，遮住了身躯。牛大有施来的梅花针，被驼叟这口刀，纷纷给打落地下，哪里伤着了驼叟一些肉皮。王铁肩手中那口刀，也是左遮右拦，弄得王铁肩手忙脚乱，猛觉左腿一阵麻疼，已中了一根梅花针，腿一软，咕咚栽倒地上。那旁立的那

些庄汉一看，各举刀枪，齐向王铁肩围拢了上来，驼叟见王铁肩已中了牛大有的梅花针，恐被那些庄汉所伤，便忙把手中刀反转到背后，施了个魔爪扑食的招式，绕到牛大有身近，一手把牛大有凭空抓起。一声断喝，朝向围拢王铁肩那些名庄汉抢了去。牛大有手中那对斧早撒了手，呛啷呛啷扔到就地。那些名庄汉见驼叟单手把他们主人抓起，奔向他们等人扔来，一个个吓得瞠目结舌倒退出好远。驼叟抓起牛大有，就和舞器刃也似，那牛大有但觉头脑发昏，嘴里杀猪般喊叫起来，不像先那凶狠模样的了。

驼叟见庄汉们退去，低首一看王铁肩，看他面色如纸，牙关紧闭，倒在那里，已昏迷了过去。方知这牛大有施的是毒药梅花针。驼叟大吃一惊，晓得受了这毒药梅花针，若无解药，一时便会丧命。忙下狠劲，把牛大有向地上一掷，咕咚一声，把那牛大有跌了个发昏。驼叟喝道："你这恶霸快拿出解药来，若不然休要想活命。"说着，刀光在他面门上，闪了两闪。牛大有那张黑脸，向腔子里一缩，连连说道："你老人家手下留情，有解药的，有解药，待我取来。"说到这里，咬牙忍痛爬起，就要走去取解药，驼叟哪能放他走去，一把手扯住了他，牛大有吓得早矮了半截。驼叟命他叫那些庄汉们去取，牛大有忙吩咐个庄汉取来。这时庄汉们全都远远站在那里，呆呆望着，哪敢近前一步。一听说叫去取解药，哪敢怠慢，那个庄汉扔下手中的器刃，回身开了这旁院的门，飞跑去了。

一时那庄汉把解药取来，那庄汉忙又取了一碗白水，把药化开，蹲在王铁肩身旁，解开王铁肩腿下系的带子，拔去那根毒药梅花针，创口已成黑紫色。那庄汉忙给他涂上一些解药，还余下的有大半碗，便撬开王铁肩的牙关，一股脑儿，给他灌下肚去。就看王铁肩创口上涂的解药，立时顺了创口，流了约有大半茶杯紫色血水。随着肚内咕噜噜一阵声叫，王铁肩啊呀了一声，一张嘴，哇的又吐出一口绿水，已苏醒过来。一睁眼看，自家的刀扔在一旁，那牛大有笔直般立在驼叟面前，王铁

肩方才受了他们的毒药梅花针，这时醒转，怎肯把他饶过，一翻身站起，拾起刀来，向牛大有直扑了去。却把一旁那个庄汉吓得颜色改变。驼叟忙止住铁肩，那牛大有不住地向了驼叟乞饶。驼叟且不去理论，看王铁肩中的那毒药梅花针解救过来，已然无妨，便抬首向这旁院四下里望去。忽瞥见那旁放了一块桌面大小的磐石，驼叟手中刀收了鞘内，忙跑去把那块磐石举起，一运气功，看这尺余厚的磐石，一声巨响，驼叟顺口喝了声开，早分裂两下。

牛大有和庄汉们看了，伸了舌头，半晌缩不回去。这块磐石说分量足有六七百斤，驼叟拿在手内就和裂薄竹片也似。驼叟抛了那块碎裂磐石，望了牛大有道："你自忖你的头颅可比得上这块磐石？从此改悔前非，我便饶恕你的性命！"那牛大有便起誓发愿地道："从此小人决改悔就是，如不改悔，上有青天，叫我不得善终。"驼叟又道："你霸占那小柳场陆道才的山田果树，赶快交还了他，你占了这一二年光景，把这一二年出产，都要赔还了他。以后若再倚势欺压，决不能把你这厮放过。"牛大有听一句搭一句，哪敢说出一个不字。驼叟又命他亲笔给陆道才立了个永不再扰的字据。牛大有自不敢违拗，驼叟这才忙吩咐王铁肩去刘五店中，把陆道才唤了来，当日眼看着牛大有把陆道才的山田果树点交了出来，以外由驼叟主张，又令拿出二百两银子，算作折价赔还这一二年山田果树的出产。陆道才对于驼叟等人，自然是感激到百分，驼叟也自以为这桩事办得十分妥当，但是这牛大有自此虽不敢再欺压陆道才，谁知以后驼叟的性命险一忽丧在他手里。玉娥姊妹三个忙道："这样恶霸哪能把他留在世上，这岂不便宜那厮？"驼叟笑道："这恶霸行为虽可诛，大小也是个武举身位，怎能贸然把他结果，再者说真要把他一刀了账，不但陆道才的那山田果树无法索还，而且那陆道才还难脱干系，那不是反害了他吗？"玉娥等人听了，想毕竟是年长的，较青年人心思周密。

驼叟爷儿几个在刘五这店里又住了两日，便要起程返黄堡

村去。刘五父女见苦留不住，另给雇了三乘小轿，刘五父女俩送别驼叟一行人等，心中自是未免有些依恋。驼叟人等行了不到三两日，已回到了黄堡。玉娥到黄堡没有半月，便别了四姑，由驼叟相送回返了故乡家中。

浮罗子自把金哥带回玉清观中，初时不过给他讲解些经书，叫他摹写些仿字，每日傍晚还令他随丹林、青皓到观左近山里去拾松柴，从没提过武功夫一字。莫看金哥人儿虽小，聪慧非常，自到观中，浮罗子虽不提武功夫一字，他倒也毫不急躁的，所以也倒安之若素。若遇浮罗子不在观中时，他也是埋首在书本上用功，也是孜孜不倦。在驼叟和那黄振去玉清观那时，浮罗子尚未传授金哥一些武功。

流光匆匆，金哥来观已有年余。这一年春间，浮罗子将要出山去云游，便把金哥唤到跟前道："你随我在这里，已有一个多年头，我尚未传你一些武功。不过你的体力甚弱，非把体力锻炼好了，方能起始传授你的武功。从即日起，每天晨起，在这观后那座山上，攀登着往返一次。这不过是所为活动活动你的腿脚，却不可深入，若迷了途径，遇着野兽，不是要的，你要牢牢记住。我此次云游返来，便起始传给你武功。"金哥规规矩矩立在那里，唯唯领诺，听浮罗子已吐出口，云游转来，即起始传授他武功夫，小心眼里自是愉快。浮罗子说罢那片话，又向丹林、青皓两个交派了几句，离了观中，云游去了。

金哥自此遵了浮罗子言语，每晨起便到观后，攀登那高山，往返一次，头一日觉得两腿酸疼彻腑。只以观后那座高山虽不陡峭，却也很是崎岖难行。金哥每晨一上一下，没有三四日，两腿已觉粗肿起来，脚下磨了两脚白泡。金哥咬牙忍疼，仍是不肯间断，没有月余，金哥已毫不觉吃力，往返那座高山，已是健步如飞了。这天晨间，照例奔往观后上山。健步行了去。这时晨光熹微，那轮日光被远山隔住，山容色淡，清露未晞，四下笼罩了一层晓雾，景色忽浓忽淡。转眼红日渐高，眼前山处，云雾尽开，微微晨风吹过，一阵一阵花草香气袭

鼻。金哥来到了山的顶巅，风送花香，目览四下景致，顿觉心怀旷朗。便寻了个山石，坐了下去，临这山那旁有一座峰峦，异常怪伟。正瞰望间，猛瞥那峰峦上丛树间，隐约约好似有些人影闪动。金哥一看，心中暗想那峰之处，莫非有人户居住，一时便动了好奇之心，要到那面峰峦觑望个究竟，立时把浮罗子嘱他不可深入的言语，早忘在了脖后，从石上站起。奔向山那面那座峰峦行了去。

走下了这山，循路步上那座峰峦，只见径间丛林，翠光浮映，衣袂都衬成了碧色，是个人烟不至所在。金哥看出路径荒僻，怎奈为好奇心所驱使，不肯走回，勇往直前地行了去。看这道阳光不到之处，独有古柏青青，龙蟠虬舞，此时初夏，这儿却似初秋。转到这峰峦上面，豁然开朗，野草平铺，山花照人，丛树叶色凝成一片浓绿，一时之间，气候两易。金哥一心寻觅适才见的树隙间人迹，这峰峦景致，却也无心观赏，见空山寂寂，哪有半个人影。正自诧异间，猛然瞥见身前树内忽地影子又是一晃，金哥仔细定睛看了去，哪里是人影，却是十几个猿猴，跳跳窜窜在那树丛下跑来跑去。金哥一个孩子家，觉得甚是好玩，便站在那里，直巴巴望着这十几个猿猴。这些猿猴好似凑在一起彼此作耍的模样。金哥站立着觑望了一时，不由突喊喝了一声，料这些猿猴一闻人声，定要四散惊逃。哪知这些猿猴蓦地听有人喊喝，忙停住了身躯，齐睁了一双红眼，循了声音，朝四下里望了去。一眼望见了金哥，这些猿猴，不但并未惊逃，反倒齐向金哥奔扑了过来。金哥看这些猿猴在树丛里望着，好似十余个，哪知一跑出树丛外面，实有五六十个，金哥看这些猿猴扑了来，虽有些吃惊，当时胆量壮了壮，便紧攒了两个小拳头，蓄势准备和这些猿猴厮拼。这些猿猴围拢到金哥身旁，金哥将要挥拳打去，就见这些猿猴齐向金哥吮舐着啼叫个不歇。金哥看这些猿猴不似怀有恶意，方把心放了下来，忙舒开了两拳，向这些猿猴抚摸过去。这些猿猴望了金哥越发表现出十分亲昵神色，一个个都是像灵性非常，和金哥

亲热了一阵。在金哥头前那几个猿猴，前爪紧扯住金哥衣角，一双红眼望了地下，朝了金哥乱啼，看那意思是叫金哥坐下。金哥天资绝好，悟性过人，哪有不明白的道理。便在绿草上面坐了下去，这些猿猴看了，一齐翻转过身躯，又向方才转出那杂树丛里飞跑了去。一时之间，隐没在杂树丛后，一些踪影全然无有。

金哥至此，心下却有些惊奇得不晓这些猿猴既扯自家坐下，怎又忽然齐跑了去。坐在那里，正自心下怙惙，瞥见那些猿猴从杂树丛里，又转了出来，一个一个前爪里好像托着一宗物件，相距约有一二十丈远近，却也看不甚清。转眼到了切近，见这些猿猴，每个托了一个碗大的桃，以馈赠佳宾模样，一齐堆到了面前，足有五六十个鲜桃，桃红欲绽，真是异常肥大。金哥晨起即从玉清观走出，又值跑了这些山路，此刻已到巳末午初时光，不知不觉已出了两三个时辰，正值口渴思饮。见这些猿猴诚意一片，特去摘来这些个鲜红大桃，忙随手拿起了一个来，看清香袭鼻，气味甘冽，便送到嘴边咬了一口，浆汁香甜如蜜。不到两三口，便把这个桃子吃到肚内。没有多时吃了足有十几个，就看浆汁顺了嘴角直流。这些猿猴见金哥拿桃子吃，表示十分欢悦神色，不住地依在金哥身前。金哥心想杂树那旁定有桃树，忙站起身来，提步向杂树那旁行了去。这些猿猴看了，前窜后跳地随定了他身旁，穿过了杂树那面，转到峰下，遥望谷壑间，桃树分罗，不下数百株，满结着鲜红大桃，上下垂悬，株间都已结满，把枝杈压得像是堪堪欲折。

金哥望了，不由心花怒放，心说："不想这儿有这些桃树，我每天定到此叫这些猿猴给我摘些吃的。"金哥小心眼里这样想着，便又同了这些猿猴，转回峰峦上面。玩了一会儿见方才吃余的那些桃子，好端端放在绿草之上，暗想兜回观去，分给丹林、青皓两个师兄。金哥便掀起襟前衣角，把这吃余下的那些桃子齐兜起来。做出很顽皮的神气，望了这些猿猴们，把头点了点道："诸位猿兄，小弟却要告辞了。"这些猿猴却很通

灵，听了金哥说罢，像是知道他将要别去，便又齐围了上来，头前几个猿猴前爪又紧扯了金哥衣服襟角，睁了红眼，不转睛地望着金哥面上，后面那些也是看着金哥嘴里乱啼，那模样是不忍金哥别去，像是依依难舍。金哥见被这些猿猴缠住，不得脱身，便笑嘻嘻道："猿兄们请放开我吧，小弟明日还要来的。"却也奇怪，这些猿猴真像懂得人语，立时把前爪松开了，齐望着金哥叫了两声，跳跳窜窜，奔向杂树丛里跑去。

金哥觉得这却好玩得很，不想今日在此结识了这一群猴友。一边想一边走，转向回路。幸所入尚不深，路程却还记得，兜了那一些个桃子，上下山路，觉得很是吃力。及至回到了观中，气喘吁吁已是满头大汗。丹林、青皓见他这般晚才回，又见他兜了这些桃子返来，便向他问了究竟，不过恐他走入山深迷了途径。金哥细说遇猿献果之事，二友也啧啧称奇。到了次晨金哥便扯了两师兄，要他们同去寻那些猿猴玩耍，二徒因观中无人，况且浮罗子云游去的当儿，又交派他俩，无故不许离开观里，二徒自然不便随同前去，便叫金哥返来时，不要忘记给他俩再带些桃子回来。金哥只得仍是一个人独自前往，来到那峰峦上面，昨日见的一些猿猴，仍在那里，这些猿猴见金哥走来，形象较昨日越发斯熟，便忙扑奔过来，又跑去给金哥摘了些桃子，当时金哥同这些猿猴鬼混了大半日，才行回转，又给他两师兄带回了些桃子。从此金哥便风雨无阻地去寻这些猿猴，没有两三个月，早和这些猿猴相处得十分火热。

这一天金哥凑在这些猿猴群里玩耍，正在起兴中间，一些猿猴忽停住了身躯，齐睁大了那双红眼，向了对面一个山坡望了去。金哥便也定睛望去，见那山坡又转出了一群猿猴，看着足有三四十只，连跳带窜地向这座峰峦走来，这些猿猴怒目龇牙地望着跑来那群猿猴，前爪不住地在山石地上乱抓，嘴里却啼叫个不歇，那模样是在准备厮拼，其中却把个金哥弄得呆呆站在那儿望着。没有多大工夫，山坡上转出那群猿猴，已到临近，这里这群猿猴啼叫着迎上前去，和来的那群拼斗起来。本

山猿猴数少，忙发啸呼援，又来了一伙，共凑了五十多个，比来的猴多了。金哥望它们这两群猿猴数虽相悬，各不肯相让，好一场恶争，便不转眼地望着，见它们一来一往地争持好久，金哥不由若有所悟。把这两群猿猴相拼怎样姿势，都默默记在了心中。斗过多时，来的那群猿猴因数少负了伤，奔转回道那山坡逃去，两群各有负伤。金哥本来自见了这两群猿猴拼斗后，虽尚未入步习武，可是也稍领略个中诀要了。由此金哥每晨便来和这些猿猴互作相拼地玩。此时他的膂力，日渐增长，初时金哥每每被这些猿猴所困。不到两月光景，金哥却把这些猿猴弄得东倒西歪，往往这些猿猴尚没到身近，金哥一矮身，一个旋子脚下去，这些猿猴便前仰后合地齐跌倒草上。

又过了些日，浮罗子已云游返回，见金哥体质不但健壮了许多，而且行动起立，都似武功很有根底模样，心里很是惊诧，便问了问金哥每天往返观后那高山可曾间断。金哥把从未间断的话禀知了浮罗子，却把结识了这些猿猴瞒过，不曾说了出来。到在次晨，金哥禀明浮罗子，照例健步似飞向观后那高山行去，到在那旁峰峦上，又和那群猿猴混在一起。正玩耍得兴高采烈的当儿，忽听身后一声咳嗽，金哥忙停身回首望去，这一惊非同小可，见是浮罗子跟踪随了来，便忙撇了这些猿猴，跑在浮罗子身前，双膝点地，跪在那里，口中连连说道：“老人家念在弟子年幼无知，来和这些猿猴作耍，望你老人家恕弟子则个，下一遭再不敢跑来贪耍了。”浮罗子见他这惊慌颜色，便笑道：“你快些起来，我哪有责你的道理，你同这些猿猴混得厮熟，这正是你意外的功果。我现虽未传授你一些武功，可是你的下功，已算是稍有根底，这不能不说是归功于这些猿猴。我昨日返来时，看你行动起立，颇近猴相，暗觉诧异，所以今晨我便跟踪随了你来，欲觇望个究竟。”金哥看浮罗子不曾责他，反倒说他武功已稍有根底，心下自是甚喜。忙立起随在浮罗子身后，回返玉清观去。

当日浮罗子在观内设了香案，金哥重新给浮罗子行了跪拜

大礼，由此即算浮罗子正式及门弟子了。浮罗子自有一番训语诫言，金哥从此刻苦用功地随浮罗子习练武功，但是遇有余暇时，仍抽空到观后，去寻高峰上那群猿猴厮要。金哥资质超凡，异禀天生，而且又悟性过人，不到两年光景，他的武艺，虽然未曾到了大成地步，可也算是升堂入室了。十八般器刃，不敢说是件件精通，却也都舞了个烂熟。此时的金哥，发育的体质雄健，力大惊人，不似先前那瘦弱书生形象了。这一年四月间，浮罗子又离观出去云游，一天晨间，金哥跑去寻那群猿猴，转到那峰峦上面，空寂寂连半个猿猴影子都无。金哥呆站在那里，心下暗觉诧异，肚内自忖，每晨一群猿猴都在这儿活泼泼地往来跳要，今日怎的踪影没有呢？莫非都跑到峰下桃林去了吗？这样寻思着，提步便要往寻，刚刚穿进眼前那簇杂树，忽听身后有人喊嚷，金哥停了腿步，转首望去见走来一个大汉，约有四十上下年纪，头扎青巾，一身短小服装，也都是青色，面貌凶恶，浓眉努目，体材高大，望去就像半截黑塔也似。

那青衣大汉一时来到金哥身近，扯了喑哑的声音，向金哥道："那孩子稍站住一时，我来问你，有一家唤作金沙掌黄振，可是居住在这附近？"金哥听那青衣大汉把自家喊作孩子，既向自家探问人户，却一些和蔼神色都没有，心里老大的不悦，当时板起面孔，淡淡答道："这儿山势绵亘，哪里有人户居住，你另向别处探问去吧，我是不知晓的。"那青衣大汉狰狞的面色，一阵笑道："这里既没人户，你这孩子是从哪里跑来的？"金哥见他张口孩子、闭口孩子的称叫，不由得心下有些火起，有心抢白他几句，一想他不过是个粗野莽汉，怎能和他一般见地。便又极力把一腔怒火按捺下去，向他冷笑了声道："你这人好没来由，我从哪里跑来的，与你什么相干？"金哥大怒，一摆左腕，那青衣大汉，不由他不把手松开，反而欠了欠身子，心说看不出这孩子倒有一把子蛮力。他仍喝道："小孩子，我问你，你快说！"金哥怒容满面地道："你定要问你家小爷是从哪儿来的，你站稳了，待你家小爷告诉你，你家小爷是玉清

观浮罗子那儿的。”青衣大汉听罢，忽地露出惊慌的颜色。

正在这当儿，眼前人影一晃，从那旁岩石后面转出一个半老丑陋妇人来。那丑妇扯了喉咙，向这青衣大汉喊道：“俺们走吧，再转到别处去寻，还怕寻不到那黄老狗父子的居处吗？”那青衣大汉把头点了点，撇了金哥，走到那丑妇身前道：“我以为孩子是黄家的呢，想问明了，先摘下他的瓢儿。真不巧，却不是的。”金哥哪里懂得他们这道儿上黑语，听那青衣大汉和那丑妇这么说着，他便定睛向转出那丑妇看去。相隔不过十几丈远，望了个逼清。看那丑妇生得两道浓眉，一双三角眼，蒜头鼻子，翻着鼻孔，鼻下衬了一张血盆般大口，满嘴黄牙龇出唇外，穿一身紫色衣服，腰系淡蓝色带子，甩裆裤，齐脚颈扎了一道黑带，头上蓝帕包头，背后交叉地插着一对短兵刃，手里还拿着一对护手刀。那丑妇看那青衣大汉来到近前，把那对护手刀交给了青衣大汉，一前一后，走向峰下去了。转眼隐没峰腰树木丛间，不见踪迹。金哥恶狠狠啐了一口唾涎，喊了一声晦气，转身仍要往寻那群猿猴，刚转进那簇杂树丛里，一眼瞥见五六个猿猴，横三竖四，倒卧血泊中。过去一看，早没了气息，显系被人器刃伤害。

金哥看到这里，暗想必是那一双狗男女干的把戏，他们未免太残忍了，怪不得今晨来时，不见那群猿猴半个影子。立时一腔怒火，再也按捺不下，便要去追那男女两个。忽想起自家赤手空拳，怎是人家对手，忙回身一溜烟，跑下山峰，直回到观内，随手抄起一把单刀，返身直出观去。丹林、青皓看他神色不正，刚转来急忙忙复又走去，忙追出想问个究竟，哪知追到观门外，看他早走去好远了。

金哥走出观外两步并作一步向前飞奔，恨不得背生双翅飞赶的了去，把那双狗男女捉住，给猴偿命，方才心快。

一时来到那峰峦下，估量着适才那青衣大汉和那丑妇走去的路径，追赶了去。赶过山峰，不见人影，金哥估计方向，也不管对与不对，但顺了山峰下一条仄径赶去，连转越过几处空

谷悬崖，也未见那男女两个的影子。觉得有些口渴，附近又无溪泉，正自四下寻觅，忽听前面隐有泉声韵耳，金哥提步寻去，走了半天，山岩径下，尽是些参天松桧，哪有涓涓泉水，至此方晓所闻并非泉声，系是松涛之音。越走越觉口干得起火，此时一心寻找溪涧泉瀑，却把追赶那男女两个人的事，齐丢掉到脖儿后面了。峰回路转，一抬首瞥见眼前那座山岩树簇处，瀑流无数，长则十数丈，短则数丈，其实这无数股瀑流之声，金哥早已听见，他又疑是空山松涛，所以未曾留意。这时他见了这无数瀑流，心下大喜，看瀑流下，汇成六七道小溪，急忙奔到一道溪旁，望溪水淙淙，水色澄清见底。金哥口中干燥，忙用手捧起溪水，一连气饮了数口，解过了口渴，便又想起追赶那男女两个人来，重又提起精神，朝前赶去。

走没好远，忽闻四面山尖白云封顶，微雨欲来。金哥看这情势，心想行在这山深之内，真若落下雨来，却连避雨的地方都无有。暗自怙惙，便要回寻归路，哪知转绕一个山嵎，另是一个地方，金哥在这不知不觉间，看阳光西斜，天色已是不早。想定是追赶错了道路，那男女两个必是转入别途了。不便再向前追赶，决意翻转身躯，折返回途。正在这停身转向的当儿，忽见对面山坡下树林中，似有三四个人影晃动。仔细望去竟有数人在那里出死力相拼。因相距约有里许，所以看不十分清楚。

金哥看了，立时不想回去，便健步如飞，奔对面山坡那排树林跑了去。转眼到了切近，一看正是他所要寻的那青衣大汉和那个丑妇，在那里同一个老头儿，还有两个青年男女，奋勇厮拼，金哥认得那老头儿不是别个，正是那流青谷的金沙掌黄振，因当初黄振陪驼叟到过玉清观，金哥谒母，也曾与黄士钧、明燕姊弟相见，所以此时见了，尚还记得。就看黄振手中一柄虎头刀，使得上下翻飞，敌住那青衣大汉的护手双刀，士钧姊弟两个各举刀剑，双双迎着那丑妇交手。一场恶斗，十分凶恶，青衣大汉那对护手刀使动起来，十分精熟，这对刀刃上

有钩，可劈可刺，可勾可挑。金哥却哪里晓得那青衣大汉的厉害，初生犊子不怕虎，一声喊道："黄老英雄且请退后，何用你老人家动手，待我来结果这厮！"

黄振等人正斗得起兴中间，猛听金哥这一声喊叫，彼此都是一怔。在这一怔之间，金哥已然摆刀加入了战团。那青衣大汉手中双刀稍稍一松，转动二目，向金哥扫去，大怒喝道："你这孩子不耐烦活着了吧，赶快躲开，饶掉你的性命！"金哥一听，怒火高起三丈，霍的一刀，劈头向那青衣大汉砍去。那青衣大汉一侧身让过，金哥见头一出式，即砍了个空，忙撤回刀来，随着又是一个拨草寻蛇的势子，疾似风雨般，朝那青衣大汉腿下平削了去。那青衣大汉见来势凶猛，一个旱地拔葱，平空纵起，又让过了这一刀，便忙撇了黄振，把牙一咬，圆睁二目，怒冲冲断喝了声道："你这孩子当真不想活着了，来，来，来，你家爷爷就成全了你，把你断送这里！"话声未罢，一起右手，一刀向了金哥上面卷进。金哥一横刀，把他的刀隔住。他左手刀就像闪电般，跟着又奔向金哥头顶劈了去。金哥却险一些不曾躲过。赶忙一低头，但觉一阵冷风从头上掠过，头上那条发辫被削落。那青衣大汉看两刀下去，没有伤着敌人，他这次不容那金哥还手，一分双刀，认定金哥两肩刺去。

金哥这次系第一遭临敌，不想即遇着了劲敌，吓得面色如土，忙把身子朝后一退。那青衣大汉哪肯放半点松，恶狠狠直逼了过去，扬手中刀，便要取金哥性命。在这性命关头，存亡系于一发，那青衣大汉猛听脖后一股风声，忙一旋身，看是黄振虎头刀从后砍来，那青衣大汉不顾地去取金哥性命，转过了身躯，一分双刀，又和黄振战在了一处。这时看那丑妇和士钧姊弟两个，也正斗得难解难分。

那丑妇别看是个女流，和他姊弟两个交手，一对鞭舞了个风雨不透，嗖嗖嗖鞭花乱闪，他姊弟俩堪堪就要不敌。士钧虚晃了一刀，跳出圈子外，急忙间向了那旁山岩打了一声呼哨、随了山岩丛处，听一阵风声嘶吼，忽转出一群五色斑斓猛虎

来，望去把那山径都已挤满。这群猛虎也看不出是有多少，那青衣大汉和那丑妇都已看见，心中震骇，知道难敌，他俩都各跳出圈外，心一狠，想趁了这群猛虎尚未窜到的当儿，给他个先下手为强。他俩便忙把怀中藏的毒药袖弩取出，是一个连有十余个四五寸长的细竹筒。那青衣大汉和那丑妇对准黄振等人联珠般施放了去。黄振晓得他们这毒弩是厉害无比，忙喊了声仔细提防些，忙用手中虎头刀把身子护住，那士钧姊弟也不敢怠慢，各舞动刀剑，护住了身躯。金哥只顾呆看奔来那群猛虎，所以不留意，心中只盼虎来吃人，把这一对男女扑倒，方才出气，稍一失神，敌人暗器已到，左臂早着了人家一毒弩，只觉一阵麻酥酥的，两眼一黑，将要说声不好，尚没有说出口来，咕咚倒在了就地，已是人事不知，昏迷过去。

经过了不晓多时，金哥耳畔听有人喊叫声音，忙睁眼一看，见自己舒适适躺卧在一间茅舍竹榻上面。看面前站定黄振和适才见的那两个青年男女。就听那两个青年男女向黄振说道："爹爹，你老人家看，不要紧了，人已苏醒过来。"金哥听那两个青年男女的口吻，知是黄振的一子一女。尚记得自己是方才受了毒弩，必是黄家父子，把自己救了回来。想到这里，便要跳下竹榻，向黄家父子作谢。黄振忙伸手把他按住说道："你刚刚醒过来，创口上又给你才敷上了药，万不可轻动，你暂且先定一定神，待我取些解毒表内的药，与你吃了，再说话吧。"金哥听罢，看自己受伤的那只左臂在赤着，创口上果然敷着些红色药粉，提出不少黑紫色血水。可见这毒弩的毒，是如何厉害的了。

黄振便忙吩咐士钧把药取来，士钧忙转身走出，不一会儿把药取了来。黄振忙命他把药放在碗内，用温水化开，这才端在金哥头前，叫他一气喝下肚去。又命他安心睡一会儿，不可急躁。金哥自然听从嘱咐，不敢多言，闭目躺在竹榻上。睡了约顿饭之时，肚里觉得一阵作怪，悄悄出去，寻了个僻处，走动了一回，见天光早已向暮，黑影不知何时已笼罩下来，四处

山岩，都成了一片暗色，金哥慢慢又走了回去，看黄振父子正站在那儿等候自己。那黄振见金哥模样，知道他是将去走动回来，便笑道："这却不妨了，毒气全已攻下，想已饥饿了吧，快些先吃些食物。"命士钧去把给他预备下的食物端来。士钧忙即走去，一会儿端来咸菜。金哥本来从晨间出来，整整一天光景，连一粒米都未入口，先还不觉怎样，及至方才大解后，肚里已渐觉有些饥饿难忍。这时见了饭食，忙先向黄振父子谢过搭救之恩，便毫不客气端起饭碗，两大碗粥，都被他吃下肚去。黄振见金哥把饭吃罢，这才对坐灯下，问他怎的会从玉清观到了此处。金哥把追赶那青衣大汉和那丑妇的事，说了一遍。黄振听了，把首点了点，随又把那青衣大汉和那丑妇的来历，向金哥说了。金哥听了，连说："今天不想遇见这两个硬手，还算好，我若真要在观后岭上和他两个交起手来，说不定我命即要休矣。"嘴里这么说着，回思日间追赶他两个的事，尚自有些心惊，不住地连声道险。

原来那青衣大汉唤作马敦年，河南商丘县人氏，在北方几省绿林道上，很有威名。他使的那袖弩暗器，乃是马家世传绝技，从来不空发，丧在他们这袖弩下的好汉，真是不晓有多少了。同他一起的那个丑妇，系是他嫂嫂母鬼阎王娘，莫看她面貌丑陋，一身软硬功夫，却也很是了得。若是本领稍逊的男子，还真不是她的对手。马敦年的长兄叫作马敦寿，名头较他远大，在十年前因抢夺黄振的镖银，受了黄振一金沙掌，马敦寿自知性命难保，当时把脚狠劲一跺，向黄振说了声："不想俺马某闯荡半生，从未遇过敌手，今日却丧在你这老狗手下，你就提防些，此仇迟早是有人替俺报复的。"说罢，恨恨去了，即连夜的起程返回商丘家中，到家不到几日，便一命呜呼了。那时马敦年正值不在家内，也恰赶到北省去作那没本钱的勾当。马敦寿垂危时，手握着他妻子母鬼阎王娘道："真不料到我马某半世英名，竟丧在那黄老狗手中，俟等二弟回来，你们给我报仇。"话未说完，已没了气息。他亡后，没有多久，马

敦年即返家来，听嫂嫂一说，同胞手足，哪有不动心的，咬牙切齿地说道："黄老狗居然下毒手伤害了我的胞兄，此仇不报，誓不为人。"理完丧事，即同他嫂嫂起身，去寻黄振，哪知却扑个空，黄振已收了镖局生理，带了一子一女隐居他处去了。只得俟访明黄振居处，再为去代胞兄报仇，也不算迟。从此便各处探寻，怎奈如石沉大海，却连一些信息没有。

直到过了这十几年，才风闻黄振隐居在罗浮山之内，便告知了嫂嫂母鬼阎氏，嫂弟两个便日夜赶程地向罗浮山进发。到了罗浮山，见山势深邃，哪可轻易寻到黄振住的所在，直在这罗浮山里转了有十来天。好在他嫂弟两个都裹带着有干粮，走饥了便吃些干粮，晚了便寻个干燥岩洞权且宿个一宵。他嫂弟两个这日晨误走误撞的，来在玉清观后面那峰峦上，一看有群猿猴在那里往来蹄跳，他嫂弟转了两日，本想寻个人问一问路径，怎奈连半个人影都没看见，正自有些不耐烦，忽看这些猿猴，便刀鞭齐下，立时结果了五六个。余下那些猿猴分向四下里山岩丛处逃了去，所以金哥这晨来那峰峦上不见那猿猴踪迹。那马敦年已和母鬼阎氏，拿群猿猴出了一阵子气，他嫂弟转身走向峰下，猛听身后有脚步声响，回首看去，这才遇见了金哥，先以为是黄振的什么人，后来一问金哥，听说是玉清观浮罗子那儿的，浮罗子的名头，他如何不晓得呢，不便再和金哥纠缠，忙回身，嫂弟两个离了这座峰峦，信步循了山径行了去。他俩脚力都十分健快，不消多时，已走出几十里路出去，这次却被他嫂弟两个误打误撞，居然走入流青谷正路。这日黄振爷儿三个正在方近山中猎取飞禽野兽，恰赶巧冤家逢到一处，那马敦年当年也曾会过黄振，见了如何不认识，仇人见面分外眼红，向母鬼阎氏说了句："嫂嫂，俺们今日可寻着仇人了。"二人各舞刀鞭，和黄振父子三个战在一处。正厮拼得各不相干中间，金哥却赶了来，也加入了一处。后来那黄士钧看他嫂弟两个的是骁勇，才一声呼哨，把那群虎招了来。马敦年和母鬼一看，便把他们马家绝技袖弩暗器，乱朝黄振等人施了

去。黄振爷儿三个各拿刀护住身躯，算是不曾着伤，不想金哥不提防左臂着了一毒弩昏迷了过去。士钧忙过去把他背起，飞跑地先送回了自己家中。

那马敦年看此时那群猛虎已将到身近，看情势自知难是敌手，回身便要逃走。黄振已看出他们心意来，哪能容他们逃走。心一发狠，冷笑声道："你等既寻上门来，怎么放过你等，休怨我要下狠手了！"一个箭步，纵到他俩身前，马敦年将回身要扬双刀迎去，黄振手下十分迅快，早一金沙掌，击在马敦年后心上。也是致命之处，一个前栽，爬到地平，哇的吐出一口鲜血，当时气绝。那母鬼阎氏见了不由有些着慌，可怜手中鞭尚未举起，那群猛虎一扑地过去，把她咬杀，竖着虎尾，又奔返山岩间去了。黄振同女儿忙回家中。看士钧已把金哥放在房内竹榻上，他家中早藏有配就各种解毒的敷药吃药，忙招呼着才把金哥救转过来。

那黄振把马敦年和母鬼阎氏的来头向金哥说了。金哥暗想前事，尚觉吃惊，想晨间在观后峰上，侥幸不曾和他两个翻脸，若真翻起脸来，说不定焉有我的命在。当晚金哥即留宿在流青谷这里，次日谢别了黄氏父子，由士钧把他送到昨日他们相拼恶斗的那里。金哥便循了原路，走回观中。那丹林、青皓师兄弟两个见他一夜未归，正自焦急，在附近山内寻觅，看他安然而来，方把心中一块石头落下，忙问他怎的一夜未归。金哥一说情由，他师兄弟两人听罢，一咋舌连说好险。此时金哥左臂的创口虽已不怎样紧要，但仍有些许隐疼。

眨眼过了两三个月，夏去秋来，浮罗子云游回观，把金哥学业考验一遍，加紧传授起来。经过足足一年，这天把金哥唤到跟前道："我把你自带回观来，已是三个年头，你的功夫虽未到了炉火纯青，可是也已算是入了我们武当门的门径了，现时你正好出去做些外功，借便回家探望探望你母，想这时你母盼你已将眼望穿了。"金哥听了师父这话，想忽要遽别，心下很是依恋，二目不觉落下泪来。浮罗子看他这模样，微微笑

道："人生聚散，都有一个数字，你须要看彻了聚散两字。明透此理，何必伤心？你知道你母如何想念你么？"金哥听罢，似有所悟，叩首含泪道："弟子不晓几时才能返回侍候你老人家。"浮罗子把手一挥，金哥不敢多言，忙站起身来，回到房去，带了随手器刃。收拾了一番，二次又去给浮罗子叩了三个头，又向两个师兄作别，漉泪离了玉清观，走没好远，忽想起观后峰峦上那群猿猴来，暗思带两个猿猴行路，却也有趣得很，便转向观后峰峦上走去，哪知那群猿猴前扑后拥，却全不肯离开金哥。金哥不便和一群猿猴久缠，过去把身前两个稍小的猿猴抱起，把其余那群猿猴逐到杂树丛去，忙大踏步下了这峰峦。直过两三座山头，方把抱起的那个小猴放下，那两个猿猴随了金哥身后，跳跳蹿蹿地行了下去。直到傍晚，方才走出这罗浮山，转入来往大路。

金哥带了那两个猿猴，又走了一时，便要寻店歇下。忽看从路旁树林里转出个剪径黑汉来，那黑汉看金哥模样，料想金哥定是个走江湖耍猴子的，便跳出树林，横身把他拦住。手里执了一柄牛耳尖刀，一声断喝道："呔，快留下过路钱来，放你过去，如若说出一个不字来，你爷爷便把你断送在这里。"金哥听罢大怒，一抬脚早把那黑汉手里的尖刀踢飞，那尖刀就和断了线的风筝也似，呛啷啷落在了多远。金哥一回手从背后把刀亮将出来，那黑汉因在黑影里，却没有看出金哥是带着兵刃，及至金哥把刀给他踢飞，他已慌了手脚，又看掣出刀来，寒光逼人，他早一个羊羔吃乳地跪在地上。金哥大喝道："胆大的贼徒，真是老鹰把你这厮的眼给啄瞎了，竟敢滚出剪你家小爷！"刀便分心向那黑汉子刺去。那黑汉叩头如捣蒜地没口地乞饶道："小爷爷饶了我的性命吧，小人再也不敢干这勾当了，这不过是初次在这儿剪径。"金哥听他这样说着，本也不愿把他结果了，忙把刀停住，向他道："似你这厮正在年富力强，不说干个正当营生，却在这里剪径，从此再不许干这勾当，下次再撞在你家小爷手里，莫想逃却性命。"刚说到这里，

猛然听哗喇喇一声响亮，从那黑汉腰中忽落下一包沉甸甸物件来。那黑汉爬在地下，慌张张伸手将要拾起，金哥一弯身把那包物件已抓了起来，打开包儿一看，却是白花花足有百余两纹银。

原来这黑汉也是自触霉头，他刚劫了一个单行客商，弄了这百余两银子，不曾离了去，他却觑出便宜来，心想还许有单行人走过，不想撞上了金哥。那黑汉看银包被金哥抓起，忙不迭地连连叩头地道："小爷爷赏还了小人吧，小人家中有八旬老娘。"金哥见他怀中有这些银两，也料他是刚干的勾当，不晓哪个背运的人遇上了他，立时大怒，便要举刀把他了却。一听他家尚有八旬老娘，不由又心软下来，他这种不义之财，当然是取之非道，怎能全数璧还了他。便从银包里检出有几块散碎的出来，看了约有一二十两，掷给了那黑汉面前。那黑汉看金哥扔给他这几块散碎银两，余下那些，无形即算入了他的腰包，心中老大的不乐意，嘴里哪敢说出来。

金哥把这二十两散碎银子掷给了他，说道："这些银子足够你干个小本营生，养你老娘了，快些滚去吧。"那汉子怎敢多语，爬起来，也不顾地去寻他那牛耳尖刀，踉踉跄跄地去了。金哥看那黑汉去后，把刀收回了鞘内，带了那两个猿猴，慢慢向前行去。

这时天上月光荡漾如雪，眼前景物异常阴森，走了没有半里路，头前忽又现出一座山峰。转过这峰，见依山近空，结有一间茅草房屋，从外围了一段短篱墙，房内灯光闪闪。金哥心想到这家探问探问前面可有村镇，以便觅家店房歇息一宵，心下这样想着，已来到了这家篱门前。将要去叩那篱门，忽听这间房里一人粗声粗气地道："老子终年价打雁，今日却被夜鹰啄了。总是老子的晦气，老子未劫成那青年崽子，反倒将劫的那包银两被他弄去了一大半。"金哥听房里说话这人语气，正是方才那剪径的黑汉，忙把手停住，侧耳仔细听去。又有个年轻的妇人的声音，随着哼了声道："总是怪你贪心太甚，若是碰红了一号买卖，就转了回来，决不至于把到了手的银子被人

家硬给弄去一大半。像你这样笨货，却把老娘气煞了，老娘也是瞎了眼了，嫁了你这个笨货，老娘早晚是要另寻汉子的。”金哥听到这儿，才知他却没有什么八旬老娘，心中不由大怒，一纵身跃到篱门内。那两个猿猴一看，也连攀连登地蹿到里面。金哥一掣刀，过去一脚把房门端开，迈步走进，看房燃着一盏油灯，那黑汉同了一个抹了一脸脂粉的妇人对坐在那里，他俩一抬首见闯进来一人，那黑汉看是金哥，吓得三魂去二，七魄少三。那妇人也粉面改色喊叫起来。

金哥怒向那黑汉喝道：“你这厮不是说家有老娘吗，你的老娘在哪里?”那黑汉忙随口扯了个谎道：“小人的老娘住娘家去了，没有在家中。”金哥明知他是谎话，不由气向上一撞，刀光一闪，那黑汉栽倒在地。那妇人见丈夫被金哥结果在那里，红光冒处，尸身倒在地下，险些吓昏，忙屈双膝跪了下去，连连乞饶地道：“小祖宗饶了小妇人这条性命吧。”那妇人刚说到此处，猛觉一阵软绵绵东西，挨近脸上，她以为是金哥手摸她的面颊，心想这位小祖宗定是看我生得美貌，看中了我了。这样想着，胆量一壮，哟了声道：“小祖宗你想教小奴家吗?”说到这里，一抬首看哪里是金哥，却是两个毛烘烘的猿猴，伸着前爪，在她头上乱抓，她这一吓，立刻又哆嗦得成了一个团。金哥听这妇人满口猥亵言语，哪里见过这丑怪模样，心中大怒，一刀过去，也把这妇人结果。一眼看那二三十两散碎银子，好端端放在那面桌上，过去拿起，收在怀里，想设若遇着那被劫的人，便再原封璧还人家，肚里这样盘算着，一转首瞥见那炉灶上放着一个蒸笼，忙过去揭起一看，见是热腾腾一笼的馒头，正觉饥肠辘辘，便同那两个猿猴吃了个饱，引起火来要把这间房燃着，刚刚在房内把火燃起，忽听篱门外轻轻拍了两下，随着就听有人低声说道：“二嫂子，你那乌龟可在家里，你小哥哥来了!”金哥听这人语气，又是愕然，看房内火熊熊将要烧起来，便提步同两个猿猴走出。

这时篱门那人尚一些不知，听有脚步声响，还以为那妇人

走出来了哩，忙又嬉皮涎脸地道："人儿你可出来了！"话尚未说完，猛见金哥从篱墙里跳出，这人不觉一怔。金哥在月光下看这人，是个瘦长汉子，摆刀便奔了过去。那瘦长汉子身边居然也带有器刃，也急把刀掣出，就在这篱门外，交起手来。打了没有几个照面，那瘦长汉子的本领稀松平常，渐渐有些不是对手，不敢久恋，觑了个破绽，虚晃一刀，回身撒腿便跑。这当儿草房火势已然着起，金哥见那瘦长汉子跑去，哪里肯舍，带了那两个猿猴追了下去。绕过一个山弯，头前是一簇丛密树林，那瘦长汉子直奔林内跑了去。及至金哥赶到树林近前，那瘦长汉子已是踪迹全无。金哥说了声便宜了这厮，不便再赶，只可任其逃去。金哥估量时光已是不早，明月已微微有些西偏，带了那两个猿猴，转绕过树丛，跑过一个小石桥。

在这桥南，却有一座规模宏大的巨厦，从墙里面微微露出些亭台楼阁的屋角，以及槎丫的果木，秃枝的老树，像是个宦户人家模样。想不到此处竟有这等宅院，正好前去借宿一宵，明晨再行赶路。绕到前面，见朱门紧闭，静悄悄没有一些声息，门前槐树，夹着阶石，气势十足。金哥过去，在门环上，轻轻叩了两下，听里面的人好像是已然安歇。好一时，方听门内有个苍老声音道："这早晚外面什么人叩门？莫非是五爷回来了？"工夫没多大，门里一阵脚步声音，呀的把门开启，金哥看走出两个人来，一个是五十多岁的老汉，一个是壮年汉子。他俩走出看了金哥带了两个猿猴不由很惊诧地注视着。金哥便开口说道："我是错过了宿头，赶不到村庄店口，敢向尊处商量，暂宿一宵。就烦二位进去禀知你等家主，俟我明天走时，多多答谢你等。"

那老年老汉子听了金哥说罢，面上现了不耐烦的颜色，摇着头答道："尊驾来得不巧，我家主人不在这宅院里，还是请你另寻别处去吧。"那老汉说完，回身便要走进，金哥忙含笑道："别处又无村庄，这早晚哪里去寻？你们家主既不在此处，你们二位行个方便，我在此留宿一宵，我想你等决能作这主张

的，明晨行时决不亏你。”那老汉听了，向着那壮汉微笑道：“你看人家都躲避开去，他倒要送上前来了。”说罢，抽身又要开门走人，向了金哥睬都不睬。

金哥见这老汉这种冷淡情形，不由勃然大怒，心说这老汉好没有道理。那壮汉忙把那老汉拦住，不曾叫他把门闭上，却带笑地向金哥道：“我们这位老伙计话总是这样不爽快的，尊驾不要见怪，我来老实告诉尊驾吧。这宅院里不净，主人们都避开了。”金哥听壮汉这话，好生不解，便又寻根到底地问道：“你们这宅院怎的不净，我却不解。”那壮汉低声说道：“我们这宅院闹鬼，夜间闹得很凶，我家主人因此避开，只留我等爷儿两个在此看守这座空宅院。”金哥一听怎能相信，想定是这男仆在自己面前耍花腔，天底下哪有这等怪事，便微笑答道：“什么有鬼没鬼，我是不惧怕鬼的。你家主在宅院中也罢，不在宅院也罢，你等不要推托，容我在此留宿一宵，与人方便，自己方便。你等答应了我，话已说出，决不能亏你等的。”取出那一把散碎银子，又向了他两个道：“明晨我自有银子谢你等。”那老仆斜瞅着金哥手中银两，立时又改换了一种颜色，不似先前神气了，面上露出笑容来，忙道：“尊驾既是定在此借宿，我只得背了我主人应允了。不过方才我们伙计说宅院闹鬼，这并非是虚语，尊驾若是吓着了，别怨我们。话是要讲在头前，还请尊驾自己酌量。”金哥笑道：“我不是说不怕鬼的吗？有什么舛错，决怪不上你等来。”那老少二仆当时向旁一闪，说道：“尊驾请进里面吧。”金哥带了那两个猿猴提步走进，那壮仆把门关好，回身同了那老仆在前引路。

金哥来到里面，见庭院轩敞，花木深幽，毕竟是个大宅院，与平常人家不同。老仆姓张，把金哥引到院内，便回首说道：“还有件事没曾和尊驾说明，只因院内一切房屋，我等家主走时，都已锁闭，恰好左右旁院有三间房，不曾加锁，内中有现成的木床，就请尊驾自己去吧。”金哥笑着把首点了点，那张老仆便吩咐壮仆快到房里取个火烛来，壮仆姓王，忙到外

面房中，去点了一支蜡烛来，把烛台交给金哥手中。张老仆向西南一个角门指去，说道："就是那角门里，尊驾请自去吧，恕我等不能奉院。"金哥一手撑了烛台，直奔向角门行去，那两个猿猴随在身后，走进那角门、看小小一个院落，院中布着十数本花木，香气扑鼻。北面有三间房宇，来到近前，门儿却在浮掩着，推门走入，借了蜡烛光亮，见这三间房，都是一通明的，房中桌椅好好安排在那里，不过所有陈设却都收拾起来。架上尚放着些书籍，以外尚有笔砚文房四宝等类，一望即知是这家的书房模样。靠着墙壁，放有一张床榻，上面却没有被褥等物，但有积尘，却也很少，好在天尚温暖，可以和衣而卧。金哥便把烛台放在桌上，过去把房门掩好，身上觉得有些疲乏，忙将身背后的刀解下，便倒在那床上。那两个猿猴也跳上床去，凑在一处。

金哥见那张老仆说这宅院有鬼魅作祟，说了个活灵活现，鬼魅怪异的事，却也不敢断其没有，所以不敢公然入睡，闭目养神，倒卧那床榻上面。心神刚一昏的当儿，耳畔沙沙一响，蓦地就觉一阵冷气透骨，金哥身旁那两个猿猴也不由得啼叫了两声。金哥一惊醒来，就觉得好似阴森森鬼气侵袭。忽地房门呀的一声开了，见陡地现出一个面貌狰狞的巨鬼，身量和平常人高矮差不多，可是那鬼的头竟和栲栳般大小，青面獠牙，两只怪眼，就像铜铃也似，闪闪发光，不住地朝着金哥张望。金哥此时也不由得一惊，头上毛发觉得根根倒竖。

第十章 宿荒宅小侠遇怪

金哥心中害怕，神志未昏，霍地立起身来，伸手把身旁放的那刀掣出鞘外，一声喝道："什么鬼怪，竟敢打扰你家小爷的清睡！今夜撞上你家小爷眼里，却不能饶了你。"再看时房门仍在开着，那鬼影忽已不见。一纵身从房内窜到庭心，四下看去寂静静哪有半个影子，仰首见明月已将西下，凉风袭肤。金哥不觉肚内暗暗说道："这我却明明地当真看见鬼了，这倒有些蹊跷！"便呆呆立在那庭心里，忽瞥见角门外黑影一晃，金哥忙跑出这角门，看那条黑影似是奔向后面去了。金哥不顾许多，心说："不论你是什么鬼怪，今晚我也要看个底细。"直跟向这宅院后面追去。接着听有一声鬼叫，声音十分凄厉刺耳，金哥头发又是一竖，心胆俱寒，一咬牙顺了声音听去，像在这院后东面那空房发出来的。金哥带二猴，壮一壮胆气，便大踏步直向这东面这空房里走去。将要闯进那房内，猛地一声响亮，那房门忽然开了，鬼声啾啾，方才见的那个鬼物，突从这房里跳了出来，向了金哥不住口怪叫。金哥心胆渐稳，大喝道："你是什么怪物，你家小爷也要把你结果在这里。"举刀便

要向这鬼物砍去，忽见这个巨头大鬼翻身便走，足音踏踏，是有形声的东西。金哥扬手打出暗器，这鬼哎哟一声，栽倒地上，被二猴擒住。

金哥赶上去，俯腰提刀，仔细定睛看去，哪里是什么鬼魅，却是一个汉子戴着个鬼脸。又细细向他辨去，不是别个，正是方才在盗舍叩门叫二嫂子，被金哥追跑的那个瘦长汉子。金哥不由大怒，过去一伸手，把他腰间系的带子抓住，就和捉小鸡般，把他捆好提起，一直大踏步，向前面走去，那两个猿猴紧紧随金哥身后。

金哥提了那瘦长汉子，一边向前走着，一边喊道："你们这宅院的鬼已被我捉住了，快拿了绳索来。"那张老仆同姓王的壮仆从睡梦中惊醒，听金哥这样喊叫，他二人吓毛了，忙披衣下地，点了灯笼，寻了根绳索，壮着胆子，开了房门，先探着头向外张望，不敢冒昧走了出去。望金哥提着一个人走来，看并不是什么鬼怪，心下方才安定。举了灯笼走过去，便把一条巨绳索交给了金哥。金哥下狠劲把那个瘦长汉子向地下一掷，四脚八叉地倒在那里，就把他捆猪也似的捆上一道，又加上一道绳。那瘦长汉子到了此时，垂头丧气地任凭摆布，一声不响。金哥手扬单刀，一声喝问道："你这汉子是什么人，为何无故在此装妖做鬼的，扰乱人家？快从实地说来，如有半句谎语，你家小爷便一刀叫你这厮真去做鬼。"

那瘦长汉子此刻面色一变，不似先前跪地乞饶模样了，看他那神色，却是已把存亡齐丢到脖后，他听金哥这样喝问，冷笑了声道："不想我走南闯北十余年，各省府县多少有名的捕快踩缉，莫用说拿住我，就是连我那屁的气味他们都未嗅见，今儿夜间不想跌翻在你手里，总算合该我倒运。实对你说了吧，我叫邢士文，因我脚下既快，所以认识的人们，都把我叫作火流星，我并非此处人氏，从来在北方各府州县，专干窃盗的勾当，直干了十几年，那里各处窃缉甚紧，只因立脚不住，所以信马由缰，才到此地。在初到时，看这宅院十分富丽，原

想装作了鬼怪，把这儿主人吓走，尽量窃取些珍贵细软财物等，即离开这儿，再走向别地。不想在这儿姘上了那吴二的女人，因此便被她把我羁绊住了，若不然决不能被你把我拿住，也算是我吃了女人的亏了。我话已同你说完，要杀便杀，要剐便剐，任凭你了。”他说罢这片话，紧闭二目，一声气息都不出，金哥立时大怒，一刀便要把他了账。

那张老仆看了，忙不迭地道：“小人家主这宅院刚盖造没有好久。小爷万不要把他毁这院里，以免污了这座宅院。这贼人请交与了小人吧，等候天明，小人去禀知我家主，再由我家主把他送到官衙去发落。”金哥一听，当把手中刀停住，便向了张老仆把首点了点，那张老仆同了王姓仆人忙扔下手中灯笼，一弯身把那假鬼邢士文抬起，放到前院一间空房里，唯恐他挣扎开了绳索逃去，又寻了几根比较稍粗的绳子，上三下四地又重叠地把贼捆成一个肉球样，捆了后这才走出空房，忙又把这房门从外锁上。那张老仆同王姓仆人看金哥这时已趋回那旁院书房中，便忙拿起地下扔的灯笼，奔向旁院来寻金哥。他俩都另换了一种面孔，把金哥看成神人一般，不像金哥初来借宿时那冷酷颜色了。

他俩来到那旁院书房里面，见了金哥，连连向金哥请下安去，那张老仆现出十二分的殷勤来，忙吩咐王仆去给金哥烧水泡茶。金哥看他这毕恭毕敬的模样，肚内暗觉好笑，当时便忙问他们家主的姓名，张老仆答道：“小人的家主姓柴名郁文，年已五十余，从前很做过几任府尹道缺，早已回林下。家主原本世居城中，因家主素好佛喜道，为避城中尘嚣故此特地在这里起造了这座宅宇，从城内移到此地。不想被这名假鬼，把家主人吓得又迁回城中去了。”那张老仆说到这儿，又叹了口气，接着说道：“小人家主为了这假鬼，曾破了许多银两，各处请了些有名法师来，不但不曾觑出他的破绽，那些法师却也被他给吓得屁滚尿流。说来话又长了，有一次家主从峨眉山，请了一位很有名望的法师来，什么朱砂衣表香烛等物，均已备齐，

那法师将到了坛桌前，尚未站稳，不晓从哪儿掷来一小竹筐粪液，不偏不斜正正掷中那法师的道髻上，立时顺了那法师的头顶，淋淋漓漓的粪液滴了下去，弄得臭气熏天。那法师也不顾装模装样地作法了，唬得他一溜烟跑出门去，奔到门外那道小溪中，算是把头脸和周身的粪液洗涤了一阵，也无颜见我们家主，他悄悄地不辞而别地去了。”

金哥听这张老仆的滔滔不断的讲论，此时王姓仆已把茶水泡来。张老仆忙斟上了一碗，送给金哥面前，便又和金哥无话寻话，谈说闲篇。没有多时，东方已然发晓，金哥带了那两个猿猴，便要起程赶路，张老仆哪里肯放，定留金哥用罢了早餐，又要去示知主人，当面申谢。金哥怎肯打扰他，便从怀里掏出两三块散碎银子，赏与了他俩。那张老仆见了，那颗头摇得和拨浪鼓也似，连连摆着手道：“小爷快把银子收了起来，这个小人却万不敢领的。”金哥笑道：“我昨夜来此借宿时，话已说出，怎能叫我改口。”张老仆面色一红，不好再说什么，便同那王姓仆人忙一弯身请下安去，伸手把银两接过。他俩直送出大门外，看金哥带了两个猿猴，隐没山嘴转角之处，他俩才回宅商议如何进城去报主人，及怎样把那假鬼送官发落。

金哥带了两个猿猴，循路按站向前行去，夜宿晓行。一天从旅店走出，但见沿途俱是山道，行在山中，足音回响，抬眼望去，遍山积叶都已封满，看景观山地走了三四十里，连一个山村都没有。又走了一时，看曲流绕径，眼前现出一座大院落，望竹篱石堵，杂植果树，结着红橘黄柑。金哥身后那两个猿猴一双红眼，早看见这山户竹篱里树上结的果实，两片嘴皮上下动了动，一声啼叫，连跳带窜，要到篱内攀登树上，去摘取人家果实。金哥忙把它两个喝住，便在这儿寻了个野店，想吃些食物，再行赶路。到了这家野店里，吩咐小二：“有什么食物，自管拿来，一拨算钱给你。”那小二答应着，忙去知会厨下，不多时饭菜端下。金哥正感饥肠雷鸣，端起饭碗，狼吞虎咽，却忘了喂猴。

正在这时，听野店门外一阵大乱，紧跟着小二慌张从外跑进。见了金哥，忙问道：“有两个猿猴可是客官带来的?”金哥一听，忙回首望去，不见了那两个猿猴，却不晓何时它俩跑出去了，自家倒不曾留意。听小二这么问着，便忙答道：“正是我带了来的!”那小二听罢，大惊失色地道：“客官你带的那两个猿猴，给你闯下祸了!”金哥听了，立时征住，便忙问：“那两个猿猴闯出什么祸事?”小二答道：“客官那两个猿猴，攀登人家的果树，偷剥十余个红橘，被人家发现，寻到我们店门外来了。”金哥听小二说到这里，不由笑道：“我以为什么大不得的事呢，既是偷剥他十几个红橘，赔偿他几串钱也就是了，还有什么话说。”那小二把头摇了两摇，且不回答金哥这话，先回首向外张了一眼，这才转过头来，放低了声音说道：“客官的话固然是不错的，若偷平常人户的红橘，莫说是赔他几串钱，就是不赔偿他，说几句好言，自然也是没有话说。怎奈客官那两个猿猴偷剥这儿有名于二辣子家的红橘，这于二辣子原是个无事还要下蛆的主，恐不是几串钱暂能完事的。”将将说到此处，猛然就听房外有人怒向金哥道：“这不是那于二辣子已寻进店里来了。”金哥提步走出房去，一看来的那于二辣子，横眉竖目地站在那里。年纪不过三十五六模样，鼠目蛇腰，一望便知不是个良善之辈，一身短衣窄袖，头上包着一方月白色帕子。他见金哥走出，劈面问道：“偷取我家红橘的那两个猿猴，可是你带了此地来的!”金哥把头一点道：“正是我带了来的。”于二辣子听罢一声不语，过去扯了金哥，向店外便走。金哥哪里把他放在眼里，便同他走出店外。

走没几步，看路北有个篱门儿，于二辣子扯着金哥，直走进篱门里。金哥见门内树下，狼藉的残橘，弄了满地，自家那两个猿猴却不见踪迹，其实那两个猿猴早奔向近处山里跑去。金哥哪里知晓，他想必是被这于二辣子缠住，此时于二辣子已把扯着金哥的那只手松开，指了树下那些狼藉的残橘，嘴里哼了一声说道：“我这几株橘树，都被你那两个猴孙给糟蹋了，

你是怎样的说法？”于二辣子说罢，两手交叉地在胸前一抱，圆睁着鼠目，不转睛地望着金哥，急待金哥的答复。金哥见自家猿猴把他树上的红橘弄这模样，虽听小二说这于二辣子是个无事下蛆的角色，总怪自家失神，被那两个猿猴跑出，也难怨他发作，便忙强赔笑脸地道：“别无话说，我赔偿你些财钱就是。”于二辣子听金哥说出赔钱两个字来，脸上微微露出一些笑纹，说道：“你既说出钱的两个字来，这却好办的了，我也是别无话说的。”说到这里，他伸出三个手指，又接着说道：“不多不少，我决不会讹诈你这异乡的人，干干脆脆你就拿出三个整数来。”金哥心想他说出这三个整数，必是叫他赔偿他三串钱，毫不迟疑的，便忙说道：“三串钱哪里算作你讹诈我，并不多的，我赔偿你三串钱就是。”于二辣子霍地把面色一放，顺鼻孔里哼了声，冷笑道：“三串钱能济甚事，你太把我于二辣子看小了，说句明话，你赔偿我三百银两，万事皆休，若不然，你还把地下的红橘老实给我安到树上去。”金哥一听，显系他是存心讹诈，一腔怒火不由冲上头顶，勉强按捺着说道：“摘取你这几个红橘，又值几文，就是连这些树木算在了一处，也不值这三百银子，我简直看你有些敲诈！”于二辣子大怒，手 拍胸脯道：“三百银子你这厮嫌多吗？好，好，就算我于二辣子敲诈你，今天你没有三百银子，叫你这厮尝试尝试我于二太爷的手段！”说着，一抬手便去扯金哥衣领。

金哥哪里容他扯住自家衣领，早把他那只手腕握住，一侧身，借了他的来劲，顺势向怀里一领，随后把手一松，于二太爷一溜歪斜跑出四五步远近，一个狗吃屎，爬倒地下，那张猪也似的嘴，甜蜜地和石地上接了个吻。于二辣子利令智昏，尚不觉得他遇着硬手了，一轱辘爬起，弄得浑身尘土，成了刚从土地庙出来的小鬼了。于二辣子斜着眼，望了金哥道：“你这厮可是自寻苦吃，你也不探问探问我是怎个人物？”说着，举起拳头，二次又扑向金哥搂头地打了下去。金哥头一偏，一矮身躯，一个旋子脚，向于二辣子腿下扫了去。于二辣子立脚不

稳，咕咚一声，一个筋斗，又跌倒平地。这次金哥却不容他翻身爬起，一迈腿把他跨上，一手扯了他的后脖领，提起拳头，雨点般打将下去。于二辣子爬在地上，哪里挣扎得起来，金哥的拳头没打了几下，他早杀猪般喊叫起来，也不再叫金哥问他于二辣子是怎个人物了。

这时篱门外，聚满了看热闹的闲人，于二辣子爬在地上，头上那月白色帕子已松落下去，露出一脑皮的秃辣头，一根头发都没有。金哥看了，不觉有些作呕，哪肯把他饶过，跨在他的身上，一拳一拳地就和擂鼓般也似的。于二辣子忙改口央求道："小朋友，我错看你了，咱爷们交交吧。"金哥不听，打得更狠，实在受不了苦打，竟出了声，哀叫道："小爷，饶了你这小孙吧，怪小子有眼无珠，冒犯了你老人家，爷爷高抬一抬手，小子就过去了，再也不敢讹诈你老人家了！"金哥停住了拳头，哈哈大笑道："你这厮今日敲诈我的身上，好便当容容易易就这样地饶了你吗？要我饶了你，快去把我那两猿猴放了出来。"于二辣子忙地道："爷爷那两个猿猴已跑向近处山里，小子却不曾捉住它两个。"金哥哪里肯信，举拳便又向他打去，于二辣子没口子地道："小子说的确是实言，怎敢在你老人家面前扯谎。"金哥哪肯住手，装作不曾听见，还是狠打，打得他鬼嚎，旁人围了一圈，没人过来劝，似乎打他给众人解恨。

最后还是篱门外有一个看热闹的闲人，向金哥说："那两个猿猴实是奔向近处山里跑去，我确亲眼看见的。"金哥听这人说罢，这才把手停住，那篱门外看热闹的闲人，见金哥停了手，便七嘴八舌的，齐向了方才多说话的那人，悄声埋怨道："都是你多话，若不然叫这位小侠士着实地教训他一大顿，也可以杀他的威风。那才大快人心呢。"又一个道："真不料这于二辣子，今天可是鸡蛋撞到石头上了。"众人悄悄谈论，金哥从于二辣子身上站起，于二辣子咬牙忍痛的，从地下爬起来，不笑强笑地道："爷爷到山里寻那两个猿猴去吗？小子情愿陪同前往。"众人见了他这种口吻，一口一个爷爷地称呼金哥，

都暗觉好笑，心说于二辣子你平素的威风都哪里去了。就看金哥并不向他作答，转身走出他那篱门，用手分开群众，走向那家野店行去。金哥料他那两个猿猴决不远去，迟一时必要转回那家野店的，所以并不往寻。这里众人看金哥走去，一场风浪已告平息，便哄地散去。

那金哥原想回了那家野店，等候那两个猿猴转来，算清店账，即行上路。刚回到店内，尚未坐稳，一眼瞥见于二辣子拿了满满一瓶百花露酒，匆忙忙地走了来，见了金哥忙满面含笑地道："前几日恰巧有人送了小子一瓶百花露酒，特拿出孝敬你老人家，小子已吩附小二预备酒肴去了。迟一时小子陪你老人家要痛饮几杯。"金哥心地纵然聪明，究是个未历世途的孩子，所有人世一切险诈虚伪，他哪里晓得。他看于二辣子知过立改，又极口称恭自己的武功，心下反倒有些不忍起来。暗忖他这人倒还能改过自新，自家痛打他这一顿不但不心存仇视，反特跑来赠送百花露酒，由此看来，他绝不是那不可救药的坏人。肚内这样想着，便扯了笑脸向他说道："虽得你这片诚意，我就扰你几杯。"于二辣子笑道："我是你老人家的干孙孙，有什么不像的。"

说话之间小二已把酒菜端上，摆好杯箸，于二辣子便让金哥坐在上面，他便在下首相陪，拿起他那瓶百花露酒，满满斟了一杯，给金哥敬了过去。金哥看酒味浓香扑鼻，接了过来，一口气喝了下去，于二辣子随又给斟上。金哥连饮二杯，这第三杯酒尚未人肚，猛觉一阵头沉，明白上圈套了，将要出口说声不好，尚未说出，已栽倒桌下。模糊糊听于二辣子拍掌笑道："倒了，倒了！"不晓多时才醒转过来，看自己四脚紧紧被捆，绑吊在一间空破房里，房门却浮掩着。原来金哥是受了于二辣子的蒙汗酒了。金哥昏倒后，于二辣子把金哥捆绑着，移到他家篱门内空房中。所有金哥器刃行囊，统统都被他拿了去。

金哥醒来时，见已被人家缚住，看黑影已然笼罩下来，方知自家从晕倒到此时，已有大半日模样，心中不由大怒，有心

把绳索扣挣开，怎奈身子是被人家凭空吊起，无法趁劲，一阵急躁，咬牙切齿，肚内暗暗说道："不想我中了这个小辈的暗算，也怪我一时大意，把他误认作改过的善辈，眼看自己便要丧在于二辣子这手下。"索性两目一闭，把存亡付之度外。猛然听到脚步声音，从远渐近，呀一声，推门进入一人。金哥睁眼辨去，来的这人不是别个，正是于二辣子，忽地大怒道："你家小爷既受你这小辈的诡计，杀剐任凭你这小辈了！"于二辣子翻着一双鼠目，哈哈冷笑道："小爷爷？今天完了把戏了！我于二辣子给人家充爷爷，还没充够呢，迟一时便送你回阎王爷那儿去，充爷爷吧。"于二辣子一脸的侮弄神色，十分得意，金哥险些把肺气炸，怒喝道："何必迟一时，小爷已说在头前，杀剐由你这小辈，现在就可以动手！"于二辣子哼道："把你这断杀剐了，恐污了我这间房子。少时天晓，老爷爷我一定把小辈你好好送终，这近处山涧下，便是你的葬身之地。我于二辣子闯光棍这些年，岂惧你这厮！"说着，掉头走去。

金哥怒不可遏，气得头脑发昏，但已到此地步，只有把心一横，任他发落。待了足有一两个时辰，月色飘空，天已不早，外面寂静静一些声息也没有。忽地听房外那几株果树的枝叶，唰唰作响，先以为是风儿吹的声音，却未在意，哪知那枝叶越来越响，仔细凝神听辨去，决不似风吹之声，心中不觉微诧，紧跟着听吧嗒的一声，像是一个果实从树上落下。金哥心内微觉一动，心说莫非我那两个猿猴又跑来攀到树上偷红橘，肚内这样思着，低声向外打了两声呼哨。房外果树枝叶又是一阵微响，声停处，房门一启，金哥借了外面的月光望去，这一喜非同小可，正是他那两个猿猴。那两个猿猴看金哥被人家捆绑着吊在那里，二猴急得乱抓乱搔，硬往下掀金哥，揪不动，这才过去前爪爬在金哥身上，齐张了嘴，去咬捆绑着的绳索。不消多时，居然把绳索咬断，金哥扑登地掉下来，定醒良久，稍稍活动活动了手脚，心中又喜又怒，悄对二猴说："都是你贪嘴，给我惹祸。"二猴不懂，只扯着金哥，催他走。金哥恨

不得一时抓住了于二辣子，一拳把他击毙，方能消下心里那腔怒火。

歇过气来，这才提步走出这间空房，照直进里，去寻于二辣子。走进第二重篱门，看只是一连三间房子，房子里灯光闪灼，听房中有一个妇人声音道："你不要在这儿摆弄银两了，你看你这神气，这一二百银两就把你弄成这模样。显然地看出你自出娘胎，就没有见过这些银两，天已然是时候了，你还不赶快把捆来的那只羊送到山涧下去。"那个男的道："我这便去，还愁他挣开捆绳不成！"听这男的话声，正是于二辣子。这时那妇人又嗤嗤笑着说道："人家直若挣扎开了绳索，恐怕你立时又要矮下两辈，管人家没口子地呼爷爷了。"就听于二辣子似乎羞愤，说道："你就听我把那厮喊叫爷爷了，那厮将才喊我作爷时，你却不曾听见。我们光棍斗力斗智不斗口，输了口不算什么！"金哥在房外听到这里，越发大怒，一抬脚踹开房门，闯进了去。

金哥率二猴，闯到房里，看于二辣子同了一个三旬左右的妇人对坐那里，那妇人不问可知，定是那二辣子之妻。金哥见自己的行囊兵刃，同那包银两，都放在二辣子身旁桌上。那于二辣子和他那妻子，骤得二百金，正十分趁愿，一眼瞥见金哥，霍地闯来，那于二辣子险把真魂吓掉，忙一顺手，把金哥的那单刀掣出。他这却有了主心骨儿了，见金哥是赤手空拳，挥手中刀，向金哥头顶劈下，满心想着这一刀下去，准把金哥劈成两片。哪知金哥怒气冲天，见敌人来势甚疾，并不闪躲，一抬左手，恰把他持刀这只手的命门握住。随着出了右手，两势一扭，已由于二辣子手中，把自己那刀攫夺了过来。伸手把于二辣子当胸衣襟抓住，于二辣子面色吓得如土，不住地连连道："爷爷，我还是你老人家的干孙孙，真个的爷爷还能同小孙孙一般见识吗？爷爷是真金不怕火炼，小孙孙的小见识，到底抵不过爷爷！"金哥并不答言，就在他那房里寻了根绳子，把他踢倒地下，按着把他手脚捆上。于二辣子不住口地央求，

金哥置若罔闻，理都不理，把银两抓起，收到怀内，行囊和刀鞘都斜系在身上。

这时于二辣子的婆娘，吓得瘫软在那里，上下牙直捉对儿，金哥并不去理她，一手反握刀，一手捉起了于二辣子，向外便走，于二辣子的婆娘看金哥把她丈夫捉出，料定是万无生理，不顾许多，壮着胆子，扯起喉咙乞饶道："爷爷恕过他这一遭吧，下次再也不敢冲撞爷爷了！"金哥怒狠狠故作不闻，提了于二辣子，带了那两个猿猴，走出篱门外。于二辣子破了喉咙喊救，这般傍晚近居户都入了梦乡，静悄悄连一些声息也没有。莫说邻户是都已入了梦乡，就是人家不曾睡熟，若听是他的呼救声气，也绝没有半个人出来的。金哥却不容他鬼嚎，把他的嘴堵上，提了就走，转了没有两转，已走进荒僻山里，狠狠把于二辣子扔到山石地上，未等他开口央求，一刀下去，已了账了。

金哥忙回手把刀收入鞘，离开这里，不便在这里停身，连夜要向前赶路。忽想起日间在那野店中吃的人家饭账，尚未付给，哪有白白地用人家饭菜的道理，金哥肚内这样想着，便由怀里，掏出约有一二两轻重一锭银子，带了那两个猿猴折向那家野店。此时正当夜深，店门紧闭，好在墙并不甚高，来到墙近，一挺身纵了上去。见十分阒静，各房灯火都无，店中人都早已入睡。不便惊动，鹿行鹤伏，走进柜房内，把手中那锭银子，悄悄给放到这柜房桌儿上面，人不知鬼不觉，返身走出。仍从店墙窜到外面，离了这座大村落，带了那两个猿猴，连夜上路。行走这荒僻空山之中，月色皎然，时闻山间松声。带有两个猿猴相伴，旅途倒慰寂寞。穿行山径，一口气走出一二十里，路转山腰，隐约地望前面三峰鼎崎，峻极云汉，至此一见眼前山径有些交叉，便不向对否，望着那三峰行了去。

走没有半里许，忽见又是一大村落，看去篱落扶疏，四下一片广衍，随风送来一阵阵鸡犬之声。这时斜月西偏，东方已将要发晓，猛然看松柏丛里有三四条黑影来回闪动，不晓是干

甚把戏。走到临近，潜身侧目，细细看去，是三四个汉子在那里掘坑，一旁地上放了一个人，全身捆绑在一面门板之上。那人似乎身动鼻嘘，不像亡去的模样。相隔稍远，那人面貌却看不甚清楚。那三四个汉子一边持着铁锹在那里掘坑，一边不住地向左右张望，看神色着实令人起疑。金哥倒要看个究竟，便隐避在路旁一株二人合抱不交的树下。

这时听那三四个汉子中有一个开口说道："我们庄主可算是消去了这几年心头之恨了。这么个了得人物，居然叫庄主用计捉住。"又一个道："你不要小觑了这个满面病容的枯干老头，听说他不但本领了得，而且当年还做过什么武汉总镇呢。"金哥听到这里，心内怦地一动，暗忖："听这汉子的语气，门板上捆的那人，莫非是我那外祖吗？"又一转想："决不能的，我那外祖一身惊人武功，怎样被他等拿住，必不是的。"心下这么一想，又听那三四个汉子说道："坑掘好了，我们快把他抛到坑下活埋了，不要再耽误着了，天光眼看就要明上来。"金哥听到此处，也不管绑的那人是他外祖不是，掣出刀来，抖丹田一声喊，纵了过去。那几个汉子正要拾起门板上那人向坑下掷去，蓦地听有人声喊，齐慌了手脚，拿起铁锹回身撒腿便跑。金哥且不去追赶他等，直奔捆绑那人身旁走去。到了近前一看，谁说不是他外祖驼叟呢。金哥这一惊非同小可，慌忙解开绳扣，伸手向驼叟前胸摸了摸，尚觉微温。恰好这松柏丛外有一道溪水，金哥忙跑去溪边，两手捧了些溪水来，想他外祖驼叟定和他一样的也是受人家的蒙汗药了。便手蘸了捧来的溪水，在驼叟顶上拍了两下，果然被他猜着，那驼叟正是受了人家的蒙汗药。

没一时驼叟一声喷嚏，已醒转过来，睁开二目，一见面前站的金哥，同了两个猿猴，当时不由怔住。驼叟不见金哥，已有几个年头。此时的金哥力大身强，自不似先前瘦弱形象，人老形貌变化小，幼年身形日进月异，变化最大，况且又在这黑暗间，当然辨别不出金哥的面貌来。金哥见驼叟醒转，忙不怠

慢地口称外祖，叩头行下礼去。驼叟这才认出是他外孙金哥来，忙叫金哥站起。祖孙两个彼此一说情形，方知他外祖驼叟被人暗算的情由，大怒道："这样万恶滔天的恶霸，待外孙去把他结果来。"驼叟怎的叫人拿住，夤夜被人抬到松柏丛下活埋呢？

原来玉娥因怀念爱子，这年又从家中来到黄堡，转请爹爹驼叟到玉清观去寻金哥，驼叟怎能拂女儿的心意，况且前到观时，那浮罗子曾说再迟年余，定命金哥返家，如今已过了两个多年头，想此时金哥武功，必已稍有根底，便单人独行向玉清观进发。不想路遇中途，无意中撞上了那牛家庄的牛头精牛大有，那牛大有见了驼叟，满面春风，定要留驼叟到他家盘桓一日，驼叟一者是看他一片诚意，二者也是艺高胆大，所以也不推辞。哪知牛大有还不忘前次驼叟代陆道才索还山田果树的仇恨，驼叟到了他家，不料他把蒙汗药暗下在了茶杯里。驼叟并没觑出他心怀歹意，端起茶杯饮了没两口，便昏倒那里。那牛大有恐他一时醒转，撬开驼叟牙关，又给灌了两口，估量一时却难醒来，为避免外人耳目，故此直到夜半，才命几个壮汉把驼叟抬到村外僻处活埋了。

那牛大有自以为这事办得十分严密，哪知驼叟命不该绝，偏偏正被他所要寻的外孙金哥撞着。原来金哥先望见那鼎峙的三峰，正是牛家庄近处那座笔架峰，眼面前这座大村落，即是牛家庄了。金哥听他外祖驼叟说知缘由，心中大怒，便提刀要到牛家庄去寻那恶霸牛大有，驼叟忙拦他道："那牛大有听知信息，恐他早已逃避，你却哪里寻他。就是真寻见了他，那牛大有不但武功出色，而且他暗器毒药梅花神针，从不虚发，很是厉害，怕你难是他的对手。"金哥自从在流青谷受了那马敦年毒弩后，决不似从前那类初生犊子不怕虎的性格了。听驼叟这样说着，便忙停住脚步，问外祖："此事该当如何报仇除害？"正在这当儿上，见牛家庄里一阵人声呐喊。火把通明，随着从庄里撞出一伙人来。一时来至渐近，看为首一个大汉相

貌狞恶，双手举着一对铁斧，就和旋风也似的转眼来到。

这大汉身背后，紧随着有一二十个庄汉，齐执了刀枪火炬。这为首大汉，正是那牛头精牛大有。那牛大有怎的居然寻了来呢？只因他想灌了驼叟那些蒙汗药，料着此时决不能醒转，故此才敢寻来。又听庄客说。只遇上一个少年孤身客，他骂庄客胆小遗患，故此赶来灭口。若知道驼叟已苏醒过来，他早隐避了，怎敢还寻了来。及至来得近前，忽听树丛一声断喝，牛大有和众庄汉望去，见是驼叟同了一个青年，那些庄汉是晓得驼叟的厉害，看驼叟却已醒转，吓得扔下火炬，转身便跑，自恨爷娘给他少生了几条腿。那牛大有看了也大惊，哪敢交手，也要抽身，走为上策。驼叟哪里容他走脱，说了一声："好你这个人面兽心的恶徒，哪里走！"未待他举起双斧，纵过去飞起一脚，那牛大有已倒在地下。驼叟一弯身，把他两条腿的腿腕握住，两手向两旁一分，突口喝了句开。再看那牛大有，已裂成了两片，把尸身掷出了好远，驼叟方和金哥带了那两个猿猴上路，趋向黄堡。

这时天光已然微明，驼叟这次出行寻金哥，除了己身之外别无他物，自家连个兵刃都未带，所以行走途中，很是便当。不消几日，已到黄堡，金哥的母亲玉娥，正在黄堡四姑那里，眼巴巴盼着爹爹此去同金哥转来，使母子团聚，正同四姑在那里计算日程。忽看爹爹同了爱子走来，真不啻天上落下一宗活宝来。玉娥见自己儿子金哥离别膝前，转眼已几个年头，看他不但身材高大，而且膀宽腰圆，和从前显然判若两人，虽然是亲母子，若不仔细辨去，真是不相识了。玉娥心中万分欢喜，两眼却不由落下两滴泪水来，可称是悲喜交集。玉娥所悲的是他王氏门中只他这一脉独存，自他离去了这几年，自家无一日不在悬系。光阴流水，自己已是四十许人，在这几年来因悬系爱子，鬓角微微地渐有些许苍白，喜的当然是爱子无恙归来。玉娥当时便忙命金哥见过四姑，这时张玉英也正在这里，又命金哥见过了玉英。金哥一一行下礼去，玉娥这才问起爹爹，怎

的这么几日便把金哥寻来，莫非在路上逢见的吗？驼叟便把怎样逢见金哥，详细说了一遍。玉娥等人听驼叟说到被那牛大有暗算，掘坑活埋，才撞上了金哥。四姑忙插口说道："那恶霸还不如当初就把他结果了呢。"那玉娥听爹爹为寻自己儿子，险丧掉性命，陡地一阵心酸，暗想爹爹偌大年纪，真若出了舛错，自家岂不要抱恨终身，如何对得起爹爹，止不住下泪，房中立时沉静了许多。正这当儿上，就看帘儿一起，玉英抬首望去，忍不住喊嚷起来，玉娥四姑定睛一看，见跳进两个猿猴。

这两个猿猴跳进房内，伸了前爪，紧紧把金哥两腿抱住，玉娥哪里晓得这两个猿猴是她自家儿子带了来的呢。这时又听房外一些男女仆役也都大惊小怪，齐声吵喊着说，跳进两个猴子。玉娥唯恐这猴抓伤了儿子，提拳便向两个猿猴打去。金哥忙道："这是孩儿从山上带了来的。"玉娥听了，方才住手。金哥便又把这猿猴如何灵性，以及自己如何被于二辣子缚住，还多亏它俩咬断绳索，若不然孩儿焉有命在。四姑在旁听金哥把这两个猴来历说罢，又看这两猴偎近金哥身前，一双红眼望了金哥，神色十分亲昵，四姑顺手从桌上拿起两个黄柑，去引逗它俩。这两猴倒也很是乖巧，并不去抓四姑手中黄柑，先呆望金哥颜色，金哥手一挥，它俩才抓起黄柑，剥裂外皮，嘴儿上下动了动，早吞吃腹内。招惹得房里的人都笑了起来。四姑喜得伸手便去抚摸它俩的头，它俩却一动都不动，四姑越发地喜悦。

金哥看出四姑的心意，慨然把这两个猿猴割爱赠给了四姑。四姑大喜，便忙吩咐仆妇把它两个带到后面院中，好好饲养。玉娥见金哥返来，便要带了儿子回转家中，四姑哪里肯放。从此金哥随他母玉娥，即留在黄堡四姑这里，有时跟随了母亲，及四姑、玉英，到附近山里去，猎些野畜飞禽，有时到八仙观他外祖那里，去寻维扬、王铁肩闲谈，倒也颇不寂寞。

这天，金哥正随他母玉娥及四姑等到山里行猎，来到山中，见前面是两崖山峰，两峰相连之处，中间现出有两三箭路

的一道斜坡，坡上有草蒙茸，虽是秋日，还很丰茂。玉娥等人正对这两峰展望，金哥忽一眼瞥见坡上丰草中，雪白白的一宗东西，在那里闪动。金哥也并不向他母及四姑等人打招呼，便放轻了脚步，直奔那白东西近处行去。相距没有好远，仔细辨去。却是一只野兔。那野兔正在那里嚼吃青草，金哥离它不过只有两三步远，方悟手里不曾拿着弓弩，有心返身向他母去索弓弩，唯恐再把野兔惊走。心下盘算，好在只隔这般远，本可手到擒来，真个的还怕它逃脱了吗。这样想着，一时性急，身子向前一扑，两手向那野兔捉去。那野兔不提防见有生人扑来，吃了一惊，霍地向起一窜，跳出足有丈余远近，顺了这道旋坡，朝那边逃去。金哥见捉了个空，哪里肯舍。提步跟踪追赶了去。玉娥见了，连喊金哥不要追赶，恐他追至险处，失足跌伤。哪知金哥一心惦记着眼前那野兔。玉娥喊破了喉咙，他都未曾听见，仍尾随直向前飞赶。玉娥、四姑、玉英三个忙如飞地紧紧跟定了金哥后面，那野兔跑起来就和箭一般的迅快，连跳带窜，金哥哪里追赶得上。一口气跑过了一座山峰，跑得嘴里喘吁个不歇，满头大汗。再看那只野兔，早跑得没有一些影子。

金哥看身前有块平削的山石，便坐了上去，想歇息一忽儿。这时玉娥等人也已赶到，齐在金哥坐的这面石上坐歇下去，抬眼四下看了看，望这山石近处，是一股往来的山路，夹道松林丛，从树杪尽处。远望庵观殿阁，缀附峰岩，俨然一幅画图。所望的这殿阁，正是黄堡村附近山里那座火神庙。想起当年三姑、七姑杀凶僧，救难之事，如今三姑已亡，七姑已嫁，殿阁依旧，人事却已变迁，不由默默有些出神。四姑呆呆望了山神庙，回首往事，恍如一场春梦。

忽地一阵驴儿串铃声响，冲入耳鼓，四姑听了，心中怦地一动，心说这不是我七妹驴儿的铃声吗？身旁的玉娥、玉英也都已听见，就看玉英霍地从石上跳起，侧着耳又听了一听，便忙说道："你们听这声音好似我这七妹的驴儿串铃音响，大约

定是她归宁来了吧。”四姑方接口说道：“我也早听出是很像她驴儿的铃响，不过在夏间，从陕西来人说，她已怀身孕，屈指计算着，正是此时的娩期，她哪能归宁来呢，绝不是她的。”玉娥插口笑道：“驴儿上的一样铃声可多着哩，哪能闻声就断定是她呢。”姊妹三人正谈论间，串铃声浪越来越近，玉英两手一拍道：“没有错误的，决是七妹返来了。待我顺了铃声，寻去看来。”转身迈动莲步，就要循石下那股山路寻了去。

在这时，一抬眼瞥见从那旁山垮转角处，果转出一头驴儿来，上面骑着个四十上下家人模样的汉子。那汉子骑在驴儿上，满头的汗流如注，驴儿翻动四蹄，跑得飞快，他还不住地回手扬鞭，狠劲去打那驴儿，看那神气，像有什么紧急事儿。一瞬间，已到玉娥等人近前。四姑留心望去，这汉子所乘正是七姑的那头驴儿，不觉一怔。玉英也早看清，自忖：“七妹的驴儿怎么这汉子乘着呢？”不由得也有些诧异，便突喊喝了一声，原想把他喝住，问个究竟。哪知这汉子跑得满腔心火，猛然听这喊喝，他以为遇着歹人断径了，吓得他手脚失措，从驴背上跌落下来，那空驴如飞头前跑去。这汉子爬倒地上，头都不敢抬，连称好汉爷爷饶命。玉娥、四姑等人到了他面前，见他这惊慌的形色，知道他误会了，弄得忍俊不禁地咯咯笑了出来。这汉子一听是妇女的笑声，胆量才微觉一壮，抬起头来，向了玉娥等人打量了一匝，连忙站起，略略把身上尘土扫去，向了四姑脸上又看了看，忽开口向四姑道：“小奶可是黄堡村伍家的那四小姐吗？”四姑把头点了点，便忙问道：“你是什么人，怎的晓得我的姓名！”这汉子不敢怠慢，忙朝四姑请下安去，口中说道：“四小姐，当然是不识小人的，小人是舒太守那儿的家仆舒寿。”

四姑听他是七妹那里来的，心中大喜，忙问舒寿，她可曾分娩？舒寿听四姑这么问着，顿时面色一戚，两眼就要落下泪来。四姑看他这模样，不晓出何事故，立时把花容吓得变了颜色，便忙问舒寿：“来此何事？七姑究是分娩不曾？”看舒寿抬

起手臂，用衣袖把眼中的泪痕拭了拭，转着首向左右看了看，忙地道："四小姐请在此稍候一时，待小人去把方才惊逃了的那头驴儿寻来，不能走失，那头驴儿系是我家小夫人的，若走失了，如何了得。"说罢，转回身去，就要往寻。四姑哪里等得，忙道："那驴儿定跑回黄堡去了，决走失不了的。"舒寿听了，方把脚步停住，这才向四姑作答道："我家少夫人在陕州县途中产生一子，她母子倒都很平安……"四姑未待说完，忙问道："怎么在陕州途中产的呢？"舒寿哽咽着声音道："四小姐哪里晓得，说起话却长了。我家老爷总算是福无双至，祸不单行。"四姑听他这几句话，越发是丈二和尚不摸头脑，就连一旁的玉娥、玉英和金哥听了舒寿劈头这几句话，也都惊诧狐疑起来。

四姑迫不及待，忙问缘由，舒寿接续前言地道："我家公子初秋间，在陕忽染时疫夭逝了……"刚说了这一句，四姑骤然听了，犹似一盆冷水，从头顶浇下，肚内暗道："不料我七妹命儿却这般孤苦，过门不到几个年头，竟自成了寡妇！"头脑一昏，险些不曾栽倒地上，眼中的泪水，早和断了线的珍珠般，扑扑的泪满衣襟。玉娥在旁不由勾引起她的心事来，心想自家也是过门不到几载，便把丈夫故世。所幸七姑尚有翁姑疼惜，自家的丈夫故后时，又有什么人疼惜呢？当时这样思索着，也不觉地泪如雨下，再看玉英眼圈一红，也洒下泪来，其中却把个金哥弄得呆立那里，不住望着他母玉娥及四姑等人，立时就觉四下景物俱呈悲哀之色。

这时舒寿又拭了拭脸上泪痕，接着又道："我家老爷和夫人均年逾六十，只这么一位公子，一旦逝去，悲伤到了万分，少夫人若不是身怀有孕，也就决意以身相殉了。我家老爷自公子故后，已看破世途，便也无心再求仕进，当把官职辞去。把公子送回原籍祖茔安葬，原想把夫人姑媳送到襄阳，自己便要寻觅个深山人烟不至之处，青灯黄卷，了此残生。哪知从陕起程的时节，即被匪徒觊觎上了。那匪徒想我家老爷宦囊定然丰

裕，便跟踪下来，我们却一些也不觉得。这一天行到河南陕州路中，俱是荒山，哪晓得这儿正是那匪徒们的巢穴。”四姑听舒寿说到这里，忙望了他，向下问道：“后来怎样了呢？匪徒们可曾得手？”舒寿道：“说来也算是不幸之幸，那日我家老爷坐着小轿，在前头行着，距了夫人等的轿约有半里多路，若不然恐连夫人等也齐掳去。我家老爷坐在轿上，看左右皆山，地势险僻，忽然就听一声呼哨，撞出十几个匪徒，不问皂白，便连人和轿，一齐掳了去。我家老爷轿后，还跟随了一名轿役，一看这阵势，把他吓得掉转头去，撒腿向回便跑，到了夫人等轿前，忙把夫人等小轿拦住，禀报了夫人。少夫人在后面那乘轿中，蓦地听前面老爷出了变故，立时从轿里纵出，掣剑就要去追救老爷。怎奈少夫人那种身子，距产期已近，算来还不到月余，从轿上刚刚纵到地上，猛觉肚内一阵作疼，立脚不稳，昏倒那里。夫人一看，险些急煞，忙在方近寻了家村店，权且停下。仆妇们七手八脚的，把少夫人救醒转来。没有多时，便在那村店中临产了。夫人看老爷被匪徒掳去，吉凶不卜，少夫人又已临产，急得不得一些主意，所以才命小人乘了少夫人这头驴，日夜赶程来黄堡求救，不想恰在此遇见四小姐。”

舒寿把话说罢，四姑尚未开言，金哥二眉一竖，扯了舒寿道：“那匪徒们有几个头颅，竟敢如此，待我去救你家老爷，你快给我在前引路。”玉娥见他这浮躁神色，仍是一团稚气，忙把他喝住。那舒寿向金哥望了望，忙道：“小爷休小觑陕州山中那伙匪徒，小人听那村店里的人谈论，那伙匪徒，平素却不常干这劫掳的勾当。他们那为首的是个道士，叫作什么火云真人，这伙都是白莲余孽，当初系盘踞在河南，因为官兵追剿甚紧，所以才暂隐在这陕州荒山之中。”金哥听罢，忽忆起当年用迷药拐他那单臂怪人来，心中暗想：“独臂妖贼定也随火云妖道在此，我此番定去先把他结果了。”这样想着，就听四姑向了他母玉娥及玉英说道：“我们赶快归去，请刘老伯来计议，如何去搭救舒亲翁。”玉娥忙答道：“事不宜迟，计议要

定，今夜便行赶往。”说到这里，便忙命金哥头前到八仙观去，请他外祖驼叟，金哥如飞地去了。玉娥姊妹三人这才带了舒寿回返黄堡。

将到庄内，瞥见门前男女仆役都站在门外，像是迎接贵客，他们头人看玉娥姊妹三个走近，见后面还跟定一个家人似的汉子，不由得都怔在那里。这些男女仆役呆望了一时，忙说道：“我们在这儿等候迎接七姑奶奶，怎么不见七姑奶奶呢？”四姑一听，当时蒙住，忙疑问道：“什么人给你们送来的信儿，说七姑奶奶来了？”这些男女仆役笑道：“还用什么人来送信，七姑奶奶那头驴儿方才跑回来了，现尚在槽上吃料。四小姐如不相信，可去看来。”四姑方了悟，他们是见了那头驴儿，怪不得他们都在门外等候迎接。四姑当时忙吩咐那几个男仆，把舒寿带到他们房中歇息一时，赶紧叫厨下给他预备饭食。四姑交代完毕，便同玉娥、玉英姊妹三人，回到后面房中。没有多时金哥已把外祖驼叟请来。

驼叟听知舒公子夭逝的信息，不觉得痛挥老泪，又听知舒太守途中被火云妖道的羽党掳去，知道他们都是硬手，而且又晓那火云恶道很是毒辣，很替舒太守有些担心。爷儿几个一计议，哪能耽延，便定当日连夜赶往陕州。驼叟料自家等人此去，恐未必是那恶道的对手，况且那恶道手下党羽众多，自家一行才这六七个人，如何能进得他们巢穴去救舒鑑青？说不得只有破了性命，尽人力听天命吧。这不过是肚里的话，却未说出口来，恐徒惹四姑愁思。从黄堡到陕州沿途大多是栈道，除了玉娥姊妹三个和金哥以外，驼叟又把维扬带了去。那舒寿牵了那头驴儿，也跟随在一起，日夜不停地按驿站向前行去。

一路上风霜劳碌，走了足有十余日，才来到河南陕州地界。一看所行的山势，果然荒僻异常，在这深秋，遍山积叶，人行山中，足音四响。金哥听舒寿说已到陕州地界，摩拳擦掌，不住地去问舒寿距恶徒巢穴尚有多远。他童心未退，恨不得一时直捣恶徒巢穴，厮杀个尽兴，把舒鑑青救出，方觉心

快。但是他却哪里晓得那火云恶道的厉害。正走间，看天光已过午牌时分，一行人都觉有些饥饿，一看眼前有座山村，坐落在山坳中间，便直奔山村走去，寻了一家店房，走了进去。店小二走过来张罗，忽听正面房中一声咳嗽，随着走出一人，开口说道："不要另寻房间了，快请到这个房里来吧。"驼叟和四姑向说话这人望去，不由惊喜异常，哎呀了一声，驼叟和四姑向说话的这人看去，你道是哪个，正是他们来要搭救的那舒鉴青，立时喜出望外，忙走进正房内。那玉英等系初次会晤舒鉴青，由驼叟、四姑给他们引见了，一一向前见过。那家人舒寿见主人安然出险，心中自是甚喜。这里舒鉴青听知驼叟等人是特赶来搭救自己，忙向驼叟等人作谢。驼叟问起，舒知府却也是方到这村店的。舒夫人姑媳尚在后面，马上便可到来。将说到这里，忽听店外一阵嘈杂人声，舒知府忙道："大约贱内、姑娘她们到了。"四姑忙站起朝房外看去，果是自家七妹同舒夫人姑媳乘轿到来，便同玉娥、玉英走出这正房，迎了上去。看七姑花容色淡，瘦削许多，姊妹相见之下，都伤心落下泪来。七姑那婴孩方面大耳，很是强壮，虽是将及满月，望去却似一两岁模样。便在这店内，另寻了间房歇下。玉娥、玉英由七姑引着见过了舒夫人。

那正房中的驼叟，这时便忙去问舒鉴青是怎样出的险，舒鉴青一说情由，驼叟咋舌地道："鉴翁却也饱受虚惊了。"原来自被那火云恶道党羽掳去，自分是定难活命，但是鉴青自爱子夭折，因悲痛极点，所以早把人生存亡视成无碍，故此倒也毫不畏惧。哪知那匪窝中有一名小头目，当日曾给鉴青做过亲随，他看同伙们把他旧日的老饭东掳来，他深晓鉴青宦游半生，向以清廉自持，如今辞职，不问可知，定是清风两袖。所幸他虽投身为匪，心目中尚未忘掉故主，和同伙们一说，那同伙们看白费了心机，实指着弄个几万银两，一听见没有什么油水可捞，落得送了个人情，便把鉴青连人和轿都释放了。却使舒夫人姑媳娘儿两个在那野店中，把心提起了多高，连茶都未

曾用下。及至鑑青寻到店里，他姑媳安然返来，才把悬的那颗心放下。鑑青看儿媳临产，得了个孙儿，想起他的爱子，不由又落下了伤心之泪。便在这野店，直待儿媳度过满月，才起行上路。刚走出一站，即逢着了驼叟等人和家人舒寿。

驼叟和鑑青等在那村店中，吃了些食物，便又随了鑑青等人上路。先到黄堡，便下榻在八仙观中。第二日鑑青便要把他夫人姑媳送到襄阳，怎奈四姑苦苦留他们多盘桓几日，鑑青只可任凭她姑媳暂停这里。这一天清晨，舒夫人姑媳和玉娥、四姑、玉英正谈话间，王铁肩忽由八仙观前来，向玉娥、四姑等说道："我师父在昨晚间曾说，一两日同太守到玉清观访浮罗子道人，顺便去看望那流青谷的黄老英雄。师父他老人家并向维扬师兄和我嘱咐了一阵，我们师兄弟两个因师父还有一两日才起行前往，所以却也不曾介意。哪知今晨起床，一看师父和舒太守，不晓何时已去了，并在桌上留了一张柬儿。"四姑忙问那字儿你可曾带来，王铁肩答道："带来了，带来了。"说着，从怀内把那柬儿掏出，递给了四姑手中，玉娥忙凑在四姑身旁，看那柬儿上却是两行留别词，以外并无其他言词。玉娥忙道："他们两位老人家绝不会是去罗浮山，一定是觅深山修道参禅去了。"舒夫人和七姑忙问怎么见得，玉娥道："那浮罗山此时已然封山，哪里能往？并且这诗的语气，也未言明是往罗浮山。"舒夫人和七姑一听，忙从四姑手里，把柬儿接过一看，见是鑑青的笔迹，上面写的是："生死皆虚空，名利在镜中，山中延日月，笑傲看东风。"舒夫人婆媳等立时都面面相觑。依了王铁肩，金哥便要分道追寻。玉娥忙拦道："他两位老人家定然已是心意坚决，就是追赶上了，他两位老人家恐也不能返来。"舒夫人等听玉娥所说却也甚是，但是心下终觉难以释怀，怎奈都是一筹莫展。那驼叟和舒鑑青从此相伴偕隐了。

整理后记

《侠隐传技》是白羽20世纪40年代末的作品。原名《金弓女侠》，伪满洲国康德十年（1943年）10、12月由（长春）新京文艺图书公司印刷发行，上、下册各五章。1947年9月，上海励力出版社将上、下册合订为一册，改名《侠隐传技》出版。这部作品属白羽创作晚期的作品，文笔风格与早年有异，对比早、中、晚三个时期的作品进行研究，有一定参考价值。本次出版，沿用1943年新京文艺图书公司版本整理。

白羽武侠小说全集 十八

河朔七雄

白羽 著

山西出版传媒集团
北岳文艺出版社 ·太原·

图书在版编目（CIP）数据

河朔七雄／白羽著．— 太原：北岳文艺出版社，2022.1
（白羽武侠小说全集）
ISBN 978-7-5378-6468-8
Ⅰ.①河… Ⅱ.①白… Ⅲ.①侠义小说—中国—现代
Ⅳ.①I246.5

中国版本图书馆CIP数据核字(2021)第215717号

河朔七雄

白羽／著

出品人
郭文礼

选题策划
孙茜

责任编辑
孙茜

印刷监制
郭勇

封面插画
杨苇

封面设计
阎宏睿

出版发行：山西出版传媒集团·北岳文艺出版社
地　　址：山西省太原市并州南路57号
邮　　编：030012
电　　话：0351-5628696（发行部）　0351-5628688（总编室）
传　　真：0351-5628680
承 印 者：山西人民印刷有限责任公司

开　　本：890mm×1240mm　1/32
总 字 数：5280千字
总 印 张：200.625
版　　次：2022年1月　第1版
印　　次：2022年1月　第1次印刷
书　　号：ISBN 978-7-5378-6468-8
总 定 价：1380.00元（全25册）

红柳坡隐居着七位老英雄。这七位金兰兄弟，自幼闯荡江湖，各藏绝艺，杀奸除恶，名震江湖，人称河朔七雄。

一日，山西大同府镇远镖局铁掌猴娄玉、通臂猿卢俊所保的二十万两白银的镖车，行至河南彰德府地面清风嘴旱苇塘时，被一个名叫陆贞的少年英雄劫去，声称是为报当年杀父之仇，并指名要与娄玉、卢俊二人的师傅双轮邱雨决一死战。

双轮邱雨在七位老英雄中排行第二，闻听此讯，怒发冲冠，却又道出一段当年自己闯荡江湖的恩怨。于是，河朔七雄再度出世，又引出报父仇童子访师、游江湖盗金留柬、遇不平义士拔剑、七雄六义逞侠风等一系列惊天动地的故事。

目录

第一章 劫镖银七雄出世

话说在山西省有两家英雄，一个姓娄名玉，外号人称铁掌猴，一个名叫卢俊，外号人称通臂猿。弟兄二人各有一身水旱两路惊人本领，每人一条子母三节螺蛳棍，十二支三棱凹面透风镖。两个人在大同府开了一个镇远镖局，仗着武艺惊人，联络得又好，一连数年保镖并未出错，于是镇远镖局的名气就创了开去。这一天有本街庆丰银号的一支镖，镖银是二十万两，送往山东济南府。娄玉跟卢俊哥俩一商量，托了本局的两位镖师，一位姓梅名子玉，外号人称金刚手，手使一对镔铁双镢，一位姓于名斗，外号人称草上飞，手使一条笔管枪，这两位全是久闯江湖的老手，武术全都够上中的身份。抱旗喊趟子的，可就是崔三，这位崔三久在江湖之上跑腿，他为人精明强干，凡江湖绿林道的事，没有他不明白的，他在江湖上认识的人也多，凡是回汉两教，水旱两路的人物，稍微有点名气的，没有他不认识的，所以江湖上送他一个外号，名叫千里眼。这一次临起镖的时候，娄玉把崔三叫到跟前说道："三哥，咱们这个生意，可是吃的是名誉，卖的是字号，并不是纯用武力压人，

沿途之上，虽说平静，但是新出马的绿林人，到处都有，三哥你可千万小心，不要失了面子，输了规矩。”

崔三说道：“镖主，你万安吧，绝坏不了事。”

娄玉说：“三哥你多费心就是了，明天咱就起镖。”

崔三答应，到了次日早晨，把镖银子上好车子，众伙计收拾刀枪，随着二位师傅，保护镖车。送银子的客人，在后面一辆轿车之上，崔三怀抱镖旗，骑着马在前面引着镖车，喊起趟子，一同出镖局子直奔山东走下来了。一路之上，饥餐渴饮，晓行夜住。

这一天镖车正往前走，来到河南省彰德府的地面，离漳河有三里远近，地名叫作清风嘴旱苇塘，两旁尽是一丈多高的旱苇，当中一条一丈七八尺宽的大路。千里眼崔三正怀抱镖旗喊着趟子引着镖车往前行走，苇塘内忽的射出一支响箭，接着一声呼哨，有人大喊：“站住！”崔三一抬头，前面由苇塘之内出来了二十多个人，一字儿摆开拦住去路，每人怀抱一口斩马刀。在众人当中站着两人，穿黑褂青布包头，上首那一位，身高五尺，面如美玉，二十五六岁年纪，怀抱一对凤凰轮。下首那一位，看年岁也在二十多岁，一脸水锈，两道黄眉，一双绿眼，闪闪生光，怀抱一口分水剑，就见他将身向前一纵，站在大道当中，用剑一指，说道：“对面的镖手，你们晓事的快把镖银留下，放你们逃走，不然可小心你们的脑袋，对面的镖车，你们可听见了。”

崔三一看前面有了拦路的，立刻呵了一声，把镖旗子一卷，圈回马来，报告镖师。伙计们个个精明强干，久闯江湖，一见前面有人拦路，早散开来团团把镖车围住。枪去了枪帽子，刀去了刀鞘子。二位保镖的镖师，一听崔三的报告，前面有了劫车的匪人，连忙跳下车来，先四面望了望，见后面人烟浮动，心知不好。金刚手梅子玉、草上飞于斗二人三步两步跑到镖车前面，一看对面站着二十多个人，为首的两个威风凛凛，空手不执兵器。梅爷一看双手抱拳，说道：“前面的朋友

是老合吗？咱们全是线上的，我们是镇远镖局，朋友请你高手让过，以后我们镖主亲自来登山道谢。”

那位绿眼珠的人哈哈大笑，说道：“我们也不管你绳上的线上的，我跟你合不到一处，你们镇远镖局、镇近镖局我也不管，告诉你说，老爷现在没钱花，留下镖银，放你过去。”

梅爷一听这个气可就大了，因为这个劫路的不讲情理，忍气又说道：“朋友莫非说你是外行？”

对面那个人说道：“外行我不干这个。你就不必废话啦，趁早留下家伙，空手过去，免得你老爷费事。”

梅爷一听，不由大怒，暗道：“看这个样子是非劫不可，劫可是在你，让劫不让劫可在我。”想到这里口中说道：“朋友！你既是非劫不可，你是什么意思呢，是对镇远镖局有仇恨，还是对梅某、于某过不去呢？你对镇远镖局有仇，他有名有姓有住址，你应往镖局去找他报仇雪恨。对梅某、于某有仇，你应该单独找我们二人，你不该拦路劫镖。你既是绿林人，不讲江湖的规矩，你可得道个万儿，我们听听，若是朋友，因为我们失礼，请你只管把镖留下，自有我们镖主前来请镖赔礼。要不是朋友，再不讲道理，我们只怕也就要得罪了，朋友请你道个万儿吧。”

劫路的一听，哈哈大笑，说道：“姓梅的，我们全是绿林人，哪能不知道规矩呢？我们又不瞎，为什么单对你们镇远镖局这么不讲情理，自然斗的是你们镖主。对你们镖师，当然没有关系，你听明白了，晓事的赶紧留下镖银，走你的清秋大路，要问我们的姓名，少不得也告诉你们，行不更名坐不改姓，家住河南彰德府尹家林，姓尹名昌，江湖人称翻江蜃。我的家兄，名叫尹成，江湖人称小白龙。话也说完了，你们打算怎么样呢？”

梅子玉一听，口中说道：“朋友，你虽斗的是镖主，保镖的也脱不了干系，你若胜得了梅某双镢，镖银不要了，送你们买点心吃，如若胜不了梅某，朋友，你也难脱公道。为什么你

跟镖主有仇，他有名有姓又有住址，你不往镖局找他比较，你今拦路劫镖，不按规矩，可见你跟保镖的过不去，朋友你就进招吧。”说完了话双镢一分，一手指天，一手划地，真是威风凛凛。尹昌一瞧，心中大怒，口中说道：“姓梅的你就接招吧，我正要领教。”说罢一探身用手中宝剑使了个“仙人栽豆”，直奔梅爷的咽喉扎来。梅爷一看剑到，左手向下一压，右手镢盖顶便砸，尹昌左腿向前一迈，宝剑向外一磕，紧跟着腕子一翻向下一按，这一招叫外剪腕。梅爷向下一飘闪开单镢，二人打在一处。梅爷一看人家这口剑上下飞腾，真受过名人指教，自己还真得小心留神，不然的话，真要输了，镖局子的饭可就不用吃了，于是小心在意看住门户。

再说于斗，一瞧梅子玉同尹昌打了个难解难分，不由地用手一指尹成说道：“那位朋友你就别怔着了，请过来吧。”尹成看梅某同尹昌打在一处，那对双镢，镢带风声，真不亚如乌龙搅海，这个样子工夫一大，兄弟非败不可，不由得着急，正要伸手相帮，一看于爷点手相唤，随着一捧双轮，来到近前，口中说道：“于斗请来进招。”于爷双手一抖笔管枪，枪走中盘，当胸便刺，尹成左手轮向外一带，右手轮顺着枪杆向里就推，这要推在手上，于爷的前手非折不可。于爷一见轮来得厉害，一抽枪杆迎头便砸，尹成向右一上步，左手轮一压枪杆，右手轮向于爷的腰部就砍。于爷右手枪把向里一带，左手的枪一撒手，右腿向后一抬，右手枪向尹成劈面摔来，这一招叫作摔杆。

要按说于斗这条枪，运用起来可说是神出鬼没，今天同双轮遇上，可就吃了亏了，因为轮这种兵器，专讲究擒拿锁带。有一句话，是刀枪遇轮莫要扎，你想于爷使的是枪如何会不吃亏呢？还算于爷不含糊，施展身法刚刚战了个平手，工夫一大，枪头可就叫轮给套住了，人家套住枪头往里就推。于爷一较力，夺出枪来，这里尹成已欺近身边，于爷随着往后一纵，出去了足有八九尺远，这才躲过双轮，幸好枪还未曾撒手，一回头用了个玉女穿梭的架势，枪尖藏在腋下，敌人不追还好，

如若一追，枪尖由肘后向外一递，正刺敌人的咽喉，这一招急如电闪，乃是败中取胜的招法，十分难躲，好在尹成并未曾追，虽然于爷兵刃未丢，可是也算输了。于爷一看尹成不追，说道："朋友为何不追？"

尹成说的也好："你我胜负已分，又无仇恨，我穷追作什么？"

这个时候，尹昌的分水剑，可就被梅爷的双镢给围住了。正在这个时候，只听后面有人说道："你们为什么不抢他的镖车，怎么还单打独斗呢？"于爷一回头就见后面顺着大道上来了二十多个人，两个为首的，第一个怀抱金背折铁刀，第二个怀抱一对六瓣紫金锤，一声叫道："众壮丁，快快去抢镖车。"就见这两拨四十多个壮丁，各摆刀枪随着后来的这两个人往上一围，把镖车围住，敌人人多，镖局子的伙计当然不成了，往下一败，镖车可就教人家壮丁给赶着走了。

梅爷虽然占了上风，但是于爷已经落败，自己若再延长工夫，人家倘若再两个打一个，自己更不成了，于是向外一纵，口中说道："姓尹的站住，今天我们的镖，虽然被你们留下了，可是我们并未失了江湖的规矩，你们就在你们尹家林候着就是了，早晚有人前去要镖。"一回头对于斗说道："于贤弟，我们回去报告镖主就是了。"

二人说着一直向来路走下来了，刚走出不远，就听旁边苇塘之内，有人说道："二位镖师慢走，咱们一同回去。"梅爷一看原来是送镖的老客，藏在苇塘之内，于是三个人又往前走，只见前面崔三领着镖局中的许多伙计，正在等着他们三位。众人全都垂头丧气一路向大同而来。这天到了大同府进了南门一直来到镇远镖局门首，伙计一看，人全回来了，车可没有回来，就知道出了错了，口中说道："众位辛苦了，怎么回来得这么快，大概咱们的车出了错吧。"

金刚手梅子玉点头道："可不是出了错了，二位镖主在家吗？

伙计说："现在里面，你二位里边请吧。"梅子玉二人，同着送镖的老客，还有千里眼崔三，一直来到里柜房。伙计们一

看，就知道有错，不然回不来这么快，赶紧打帘子，口中说道："嘿，二位老师傅回来了，里边请吧。"这个时候铁掌猴娄玉，通臂猿卢俊，兄弟二人正在屋中谈话，忽见帘子一起，进来了四个人，正是二位镖师同着崔三，还有送银子的老客，不由得脸色一变，就知道出了错了。连忙说道："梅师傅、于师傅，莫非说咱们的镖出了错了吗？"

梅子玉惭愧地说："我二人无能……"

娄玉连忙说道："不要紧，二位先休息休息。"他回头又对老客说道："你老人家也别着急，我同你老到柜上对掌柜的去说，镖银的损失，由咱们局子里担负完全责任。"

一回头又说道："三哥你也休息休息。"这个时候，伙计已经把脸水打来，大家擦脸，伙计又给大家斟上茶，然后大家落座，这个时候。客人可就说了："娄镖主，咱们同事多年，可是始终也没有出过事，现在这不是遇上事了吗？我先回去对柜上去说，这以后的事情，咱们再想法子，谁叫咱们有交情呢。你就不必同我去了，你就赶紧想法子找镖吧，我先回柜，听你的消息。"

娄玉一听，连连点头，说道："那么你就偏劳吧，反正不出十天我们一定有个完善的办法。"客人点头，告辞回柜。

再说二位镖师，擦洗已毕，可就把失去镖银之事仔仔细细对二位镖主说了一遍。只听卢俊说道："这不要紧，不过我们带着两个伙计同镖师拜庄请镖就完了。"铁掌猴娄玉说道："这恐怕不成吧，因为拜山请镖，那是我们失了规矩，才惹得人家把镖留下，争的不过是一口气，一点面子，现在这个事，可就不然了。本来我们没有输了规矩，他们卖字号劫镖银不讲情理，并且单斗的是镇远镖局，这个事情你想，怎样能用拜山请镖的手法去做呢？要按说二十万镖银，我二人历年的积蓄可也拿出来了，但是此次他们这样作法分明是立意寻仇，可是尹家林姓尹的和我们并没有仇，他为什么专同我们为仇作对呢？"

卢俊说道："你没听见梅师傅说吗？斗的是镖主，若没有

仇，为什么同咱们斗呢？”

娄玉说：“咱们根本就不认识这么一位姓尹的，你说可是在哪儿结的仇呢，真要知道缘故，如何得罪了他，我们前去请镖，不怕当场动手，不敌丧命，那倒没有说的，不过现在为什么劫镖，我们还不明白呢，那怎么去请呢？要说他们不为寻仇，专为劫镖，出没无定，他们绝不能扬名喝号，故意不讲交情，再说他们动手并不伤人，足见他们没有十分的恶意，不过专为我们两个人罢了，你说咱们和他这个仇可是往哪儿结的呢？”

这个时候千里眼崔三可就说了：“二位镖主，这个事情依我说，你二位猜上一年，也猜不出头绪。我倒有个主意，我说出来你二位听听。我看劫镖的两个小子年轻得很，再说也同你们结不着仇，可是你们二位结不着仇，挡不住是你二位的老师当年结下的仇人，人家的子弟不许报仇雪恨吗？真要把你一位制倒了，无形中可就同你们二位的老师作上对儿了，那还怕他们老七位不出头吗？依我说你们二位写一封信，等我送到红柳坡请他们老七侠想想是哪路的仇人，这个姓尹的是干什么的，老人家经多见广，自然比咱们明白，再说也请老人家拿个主意，他们老七位自然有个相当的办法，你看这个主意成不成呢？”娄玉同卢俊一听，不住地点头称善，于是娄玉拿起笔来，写了一封请安的书信，并预备了四色礼物，全是老哥七个爱吃的，打发两伙计担着，随着崔三一同向红柳坡而来。

再说兄弟七位，单说大爷复姓赫连，单名一个民字，字一民，江湖人称三手侠，原籍是寿阳县人，手使一对虎头钩，十二蹚地行钩，在江湖上称为一绝，能打十二枝三棱凹面透风毒药镖，能仰取飞鸟，平取走兽，可说百发百中。膝下一位少爷，名叫赫连珍，也有一个外号，人称金爪神鹰。

二爷姓邱名雨，字润田，江湖人称双轮邱雨，他同大爷赫连民是亲表兄弟，手使一对五行轮，招数是翻天三十六路，一粒混元气，整世的童男。

三爷是个出家的道长，姓谷道号玄真，江湖人称铁笔道

人，是直隶省宣化府人氏，手使一口折铁宝剑名叫赛龙泉，能削铜剁铁，一百零八招青龙剑法，可称身藏绝艺，囊中一对如意铁笔长有八寸，粗似核桃，百步取人，神仙难躲。

四爷姓白名泽字天乙，江湖人称铁笛仙，是广平府人氏，同三爷谷玄真是师兄弟，打扮得形如乞丐，貌似花郎，手持一枝铁笛，长三尺六寸五分，粗如鸭卵，吹起来声裂金石，运动起来，还是唯一的武器，笛中暗藏五枝梅花弩，专取人的二目，可说防不胜防，专讲究三十六路天罡点穴法，游行江湖四十多年，未逢敌手。

五爷姓江名泊字靖波，人称卧海龙，精通水性，手使一对纯钢蛾眉刺，招法绝伦，也是寿阳县人。

六爷姓云字清辉，人称天罡剑，手中一口古剑，名叫湛卢，精通三十六路天罡剑法，是江西南昌府人氏。太太姓田，膝下一个儿子，名叫云飞，因为家中良田百顷，所以田氏太太不在这里居住。大爷赫连民常劝六爷把家眷搬在一处居住，六爷因为潇洒惯了，不愿受家庭之累，所以执意不从。

七爷复姓东方单名玉字，是江西九江人氏，人称飞砂东方玉，手使一对鸡爪练子抓，囊中暗藏三十六粒钢弹，大如蚕豆。可以仰取飞鸟，百无一失，连珠发出神仙难躲，真称得起是江湖一绝，所以得了飞砂的外号。

这老七位，自幼闯荡江湖，各藏绝艺，到处杀奸除恶，真称得起名震江湖。自从他老七位住在红柳坡，真是闭门推出床前月，抱头一卧，满打算圆一个晚年快乐，可是世间的事没有一定。

这一天忽然看门的老家人进来说道："报告大员外，门外有大同府走东路镖的镇远镖局派人前来送礼，并有书信面呈。"三手侠一听问道："他们来了几个人？"

老家人说："三个人，一个是老趟子手崔三，那两个是伙计。"

大爷说："你叫崔三进来。"老家人转身出去，工夫不大帘子一起，由外面进来了一个人，五尺多高的身材，一身黄土布

的夹裤袄，外罩青布大褂，腰扎一条青布褡包，白袜子，青布洒鞋。往脸上一看，五十多岁的年纪，窄脑门子，大下巴，两腮无肉，深眼窝子，黄眼珠子滴溜溜地乱转，高鼻梁子，大菱角口，两撇小黄胡子，头上蒙着一块青布手巾，剪子般的小辫，盘在头上，满脸风尘，一进大厅，冲着大爷行礼。三手侠还礼，说道："老三你很辛苦啦，免礼吧。"

老三起来，又给六位按次行礼已毕，转身来到大爷面前，由怀中取出一封信来，双手一举，呈在三手侠面前说道："我们镖主给七位员外请安，并有书信上呈。"

三手侠伸手接过书信，打开一看，不由得双眉一皱，说道："老三你先下去休息吧，下午我还有话问你。"崔三答应一声，转身出去。三手侠将书信放在怀中，忽听院内有人说道："大哥，小弟来了。"七个人一回头，只见外面走进一个人来，头戴一顶白卷檐的烟毡大帽，遮着多半边脸，只露出两撇小灰胡子，身穿一件灰色的破长衫，上面油泥多厚，补着许多的补丁，里面裤子破的一丝一缕，也看不出是什么颜色，脚下穿一双破布鞋，拿钱串捆着，袜子跟地皮的颜色一样，手中拿着一条烟袋，烟袋杆有核桃粗细，二尺多长。一尺多长的大荷包，满装着老关东叶，烟袋锅足有馒头大小，这条烟袋，连嘴带锅，满是铁的看分量，足有十几斤沉，真是锃光雪亮。只见他一步三摇，向前走来，到了三手侠面前，口中说道："大哥一向可好？小弟有礼了。"

大爷三手侠一看，原来是多年的老友，连忙伸手相搀，说道："贤弟请起，你我兄弟一往七八年来未曾见面，哪一阵风把贤弟你吹了来？"

这人复又说道："二哥、三哥、四哥、五弟、六弟、七弟，我这里一同行礼吧。"六位连忙还礼，执手往里相让。列位，你道此人是谁？原来此人家住保定隐贤村内，姓裘名逸，字山民，江湖人称燕冀大侠。自幼家业宏大，良田千顷，因为好练武术，直将一份偌大的家产，练了个精光，才遇见一位异人，

传授他一身出奇的本领，武术虽然练成了，家产可也一无所有。好在父母双亡，自己又练的是童子功，一粒混元气，不娶妻室，所以也用不着产业吃饭，自从练成武术，闯荡江湖四五十年，未逢敌手，到处行侠仗义。又因为自己练艺把一份偌大的家产练丢了，索性扮成一个乞丐的样子，那条烟袋就是平生得意的兵器，同七雄兄弟原是多年的老友，打算去到陕西凤翔府古枫林，访一访陕西二老。猛然想起多年的老友，江湖七雄，自从迁到红柳坡七八年未曾相会，现在去往陕西，正是顺道，我何不前去相视，这才来到红柳坡。

七雄兄弟将裘爷让进大厅，分宾主相坐，家人献上茶来，裘爷问大哥："怎么珍儿不见呢？"

三手侠说："去年三月里，因为江苏省的铁帽子左天成在苏州开了一座永源镖店，邀他帮忙去了。"

裘爷把大拇指头一伸，说道："像你们老七位，这才叫会享福啊。你看兄弟我，劳苦一生，快七十岁的人了，百无一成，真是令人可叹。"

这时候天罡剑云六爷说了："裘大哥，你不要这么说，天下练武术的练到哥哥你这个身份，名扬四海，何求不得，不过你老人家秉性清高，不喜欢罢了。真要哥哥你乐意归隐，这还不容易吗？兄弟这儿有的是房屋，田地，也用不着你操心费力，你就住在这儿，咱们老弟兄，吃点喝点随便谈谈天，你看如何？"

裘爷一听哈哈大笑，说道："六弟，你说得倒好，只是你们原来的七雄，再加上我算哪一出呢？再说我秉性喜动，你真要把我留在这儿，可不是把我入了监狱一样吗？那非把我闷死不可。我谢谢贤弟你的美意，千万别这样办。"

说罢大家一笑，赫连大爷说道："贤弟这是意欲何往呢？"裘爷就把自己要往陕西凤翔府古枫林去访陕西二老，古氏昆仲，所以顺着来看看众位弟兄的事说了一下。三手侠一听，说道，"莫非你要访那燕飞来古云秋，同那铁幅仙古化秋他们兄

弟二位吗？”

裘爷说：“不错，正是要访他二位，大哥莫非同他二位认识吗？”

三手侠说：“岂但认识，还是至好的朋友呢。这不是贤弟你想着去陕西访友吗？这个事你暂且搁两天，有一点事情跟你商量，过后我陪你一同前去，你看如何？”

裘爷说：“不知大哥你老有什么事同我商量？”

大爷一伸手在怀内掏出一封信，说道：“贤弟你先看看这封信，咱们慢慢再说。”

裘爷于是把信看完了。三手侠说：“众位贤弟也一同看看，然后咱们再想法子。”裘爷看完把书信又传给那六位庄主，依次观看，看完之后大家全都默默无言。裘爷开口说：“大哥这倒是怎么回事？”

三手侠一回头对家人说道：“你去外面把崔三叫进来，我有话问他。”家人转身出去，工夫不大，就见崔三由外面进来，给裘爷同大家行礼。裘爷问道：“老三，你几时来的？”

崔三说道：“早半天才到，小子我同你老人家十多年不见了。”

裘爷说：“可不是吗？”

他用手一指说：“这封信是怎么回事，你说给我听听。”

崔三闻听，这才不慌不忙把始末根由说了一遍。就听裘爷说道：“大哥，这个尹家林我倒知道，他们是亲兄弟三个，大爷名叫尹玉，江湖人称金顶貔貅，手使金背折铁刀，武术精奇；二爷名叫尹成，江湖人称小白龙，手使一对凤凰轮；三爷名叫尹昌，水性极大，人称翻江蜃，占聚尹家林，人称尹氏三杰。自从前年又来了两个，一位姓陆名贞，人称赛元霸，手使一对紫金锤，力大无穷；那一位姓贺，名叫贺星明，人称小诸葛妙手贺星明，能摆八宝螺蛳阵。自从他二人来到尹家林，把尹家林重新布置，周围掘了护庄河，打起土城子，又经那位小诸葛，摆设了好些埋伏，差不多进不去。听说尹氏三杰是河南少林寺金面佛法源长老门人，他们三个人，自从得艺回家，并

不劫掠行人，不过在江湖绿林道，多少创了个小小的名誉。自从陆贞他们二位来到，这才对往来行人，一切商贾，有了不利。可是他们十有八九，在水路上漳河一带出没，并不在陆地上活动，后来我听说他五个盘踞尹家林，我就有心去访他，又一打听，他们所作所为，并不伤天害理，侠义的规矩，尚能维持，所以我也未曾前去，现在他们既然对咱们镖局，发生了事件，大约这内中也许有特别的情形，不然你们老七位的声誉，他们也不是不知道，慢说他不好意思来劫，简单地说，他也不敢。”

这个时候，大爷尚未开言，邱二爷可就说了：“裘贤弟，你不是说那个赛元霸陆贞吗？我倒是想起一件事来，可不一定对。”

裘爷说：“什么事呢？”邱二爷说：“提起此事，可就长了。”

第二章 报父仇童子访师

那邱二爷说道："这个事差不多有二十多年了。有一年我往江南苏州访友，住在西关外客店中，夜间因为出来小解，那个时候天也就在三更左右，忽然远远有呼救的声音，连忙顺着声音，赶去一看，原来在西关紧西头，有三间屋子，外边围着竹篱，屋中灯光闪闪，呼救的声音就从这个屋内出来。那呼救的声音像是女子，我连忙跳进竹篱，伏在窗下，向屋中一看，就见屋内十分的寒苦。床上坐着一个二十多岁的妇人，衣衫褴褛，长得倒有几分姿色。面向窗棂，哭得甚是惨切。在下面破椅子上，坐着一个三十来岁的男子，满脸横肉，穿着一身青布裤褂，凶气焰焰。桌上还插着一把匕首尖刀，口中说道："你这个妇人，真是糊涂到了万分，你与其每日受这种穷苦，不如从了大少爷，有吃有穿，要甚有甚，你何必这么固执不通呢？"

就听那妇人说道："大少爷，你家也有少妇少女，你家的妇女，能不能随便被人家欺侮呢？再说我这孤寡的妇女，你欺侮我干什么，你自己想想，须知道天理难容，我今天就是死了，也不能失了贞节，依我说你快快走你的清秋大路，你再满

口胡言乱语，我可又嚷了。”

那个小子一听，一阵冷笑，口中说道：“你再嚷，就要你的命。”说着一伸手由桌子上拿起匕首刀，直奔床沿，伸手就去抓那个妇人。就听那个妇人喊道：“救人哪！救人哪！杀了人了！杀了人了！”我一看原来这是逼奸不从还要行凶，我一着急，用手一拍窗棂，说道：“小子，你不要发威，趁早给我滚出来，万事皆休，若等我进到屋内，非要了你的命不可。”

那个小子一听，立刻把灯吹灭，纵身蹿到院中，手拿着匕首，说道：“什么东西，敢来惹大太爷生气，赶紧通名，好在刀下受死。”

我一听，这小子真叫横，这才说道：“小子，你要问我，行不更名，坐不改姓，江湖七雄，排行第二，双轮邱雨的便是。”那小子一声不响，一个箭步纵出篱墙，向西就跑，脚程还真不慢，转眼就没了影子。当时我并没有追他，为什么呢，因为我听他对那个妇人说话，那个妇人似乎认识他，所以我打算到屋内去问那个妇人，这小子的姓名住址，在什么地方，明天我好往家去找他。赶到屋中一问，原来这一家是婆媳两个，全是寡妇，净指着这儿媳一双手，养着她那个又聋又瞎的婆婆。那小子原来是城西陆家疃人氏，他父亲名叫陆天霖。我一听，耳朵里头倒是有这么一位，就是耳软心活，行为不十分正大，可也是江湖之上有名的人物，人称百步神拳陆天霖，手使一口金背折铁刀。我听明白了立刻定了主意，既然知道他家的住处，明天访他就是了。又看那位寡妇节孝可嘉，我才给了她三十两银子，就走了。到了第二天，吃了早饭，我就奔了陆家疃，赶到了陆家疃一打听，才弄清了原委。

原来陆天霖跟前有三个儿子，长子名叫陆元，江湖人称过墙蝴蝶，品行不端；次子名叫陆亨，武术倒是有限，就是为人阴毒险狠，所以本村人给他送个外号，叫丹顶鹤；三子名叫陆贞，年方四岁。他父子在这一带，算是一霸，无人敢惹，尤其是陆元这小子坏得可恶，先是在村中奸淫妇女，后来在各处采

花作案，又加上陆天霖溺爱不明，所以把小子可就惯坏了。那陆亨虽然奸诈，但是对于采花作案这一层他可不敢胡作非为。那天晚上在苏州府西关外逼奸，就是陆元，他因为白天瞧见那个寡妇给人家送钱，晚上才跑到人家家中，打算拿钱把人家买动了，赶到屋子一提字号，不想碰一个大钉子。原来，那个妇人也知道他父子厉害，但是对自己的贞节问题，也不能因穷，就把人格给穷没了。所以用力一喊，可就被这位邱二爷听见了，等邱二爷把他叫出来，一提名字，小子知道是江湖上有名的人物，所以吓得一声也没言语，就跑回家去了。今天邱爷一打听，把他父子的行为全都打听明白，这才找到陆家门首，用眼一打量，房子真讲究，清水起脊的门楼，朱红大门带门洞，花瓦的映壁，两边的群房，全是清水细磨的方砖，门前一路四棵大槐树，浓荫满地，倒是非常的凉爽。门洞里面放着板凳，上面坐着三四个家人，一个个穿得甚是干净。邱爷看罢，一拱手说道："众位辛苦了。"

内中站起一个人来说道："你老找谁？"

邱爷说："这可是陆宅？"

家人说："不错，你老找谁呢？"

邱爷说："你们老员外可是名叫陆天霖。"

家人说："正是他老人家。"

邱爷说："劳驾回一声，我姓邱名雨，江湖上有个外号，人称双轮，特来拜望你们老员外。"

家人一听，不敢怠慢，连忙说道："你老暂在门房少候，我去回禀一声。"说着双手一举，让邱爷进了门房，家人转身往院内去了，工夫不大，家人回来，说道："老侠客，我们主人有请，你老随我来。"说着打起帘子，邱爷出了门房跟了老家人一直进了屏风，里面院子十分宽大，正房是明五暗七，东西厢房全是明三暗五，全都前出廊、后出厦，一字的清水瓦房，院中方砖铺地，门上挂着板帘，各窗户安着整面的玻璃，东西两面全有角门。邱爷一进院，就听见角门里面有人说道：

"邱老侠现在哪里?"说着由东角门出来了一位老者，看年纪足有六十来岁，头上白发苍苍，赤红脸，大鼻子，火盆口，苍白的胡须，大三角子眼，闪闪生光，两条浓眉足有一指多宽，说话声音洪亮，身穿青绸子大褂，白布袜子，青缎子豆包鞋，身高六尺，细腰窄臀，真是威风凛凛，来到邱爷跟前双手一拱，口中说道："不知老侠客驾到，有失迎接，当面请罪。"

邱爷说道："邱某来得鲁莽，老庄主也要海涵。"二老者携手上了台阶，家人打起帘子，陆天霖让邱爷进了客厅。邱爷举目一看；屋中摆设的尽是硬木家具，案上陈列着古玩，墙上挂着字画，迎面花梨大案之前摆着一张方桌，两旁摆着太师椅子，全是大红的桌袱椅靠，邱爷暗暗想道："这小子真是讲究。"

就听陆天霖说道："老侠客请坐。"于是邱爷上首落座，陆天霖主位相陪，家人献上茶来，二人对坐。陆天霖道："邱老侠客这是意欲何往，不知来到舍下有何见教?"

邱爷说："不才闯荡江湖，萍踪无定，听说陆老英雄英名盖世，一来拜访，二来有点小事，要请示你老人家。"

陆天霖一听，说道："不知老侠客有何见教?陆某愿闻。"

邱爷说："既是老英雄恕我直言，我可要直说了。"于是就把昨天夜中所见之事，仔细一叙，并且说道："虽然当时我未将他拿住，后来一问那个孀妇，才知道他自道字号：'姓陆名元，人称过墙蝴蝶。'是你老跟前的大少爷。我想我们江湖所作的最重道德，喜的是忠臣孝子，义夫节妇，恼的是贪官污吏，淫妇奸夫，最可恨的是采花作案。陆老英雄，你也是绿林道的人物，莫非说令郎所作，你就会塞耳不闻吗?因为这种事他并非作过一次，大概阁下不至于不知，这种不道德的事，为什么你就知而不问呢?"

陆天霖一听，心中暗道："好厉害的邱雨，昨天晚上真要是你一刀将他杀死，我倒不恼，你不该当时将他放走，现在找上我的门来，抢白于我，这分明是欺压老夫，给我难看，你别觉得你是成名的侠客，可是我姓陆的也不是怕人之辈，你要成

心来找不自在，我可也说不上含糊。”想罢满面含笑，说道：“老侠客，你这番意思我明白了，千不该，万不该，昨天晚上你不该将他放走，你这一将他放走，闹得我也有口难分。俗话说得好，捉贼要赃，捉奸要双。现在你老人家既然未能将他捉住，你尽听外人之言，硬说夜中所见那是小儿陆元，你老想一想，焉知那不是同老夫父子有仇，故意胡造谣言，污毁老夫父子的名誉？老侠客你不分皂白，来到舍下大发雷霆，恐怕老侠客此举也不十分正当。”

邱爷一听，暗暗想道：“好你个利口的老匹夫，你敢同我硬不认账，那如何能成？”于是又说道：“陆老英雄，你怪我当时不该将他放走，硬来到你的府上栽赃，旁人同你有仇，故意破坏你的名誉，这也在情理之中。可是你须知道，一个人同你父子有仇，两个人同你父子有仇，莫非说这一带村庄的人，全同你老有仇吗？怎么全说你这位大少爷品行不正呢？他平日所作既然如此胡行，你就不该知而不问。再说老朽已经查明白，你跟前有三位少爷，除去三少爷年方四岁，二少爷人尚不坏，这一次真要不是你的大少爷，我有个证明的法子，我昨天见过他的相貌，我是认得的，你何妨将他叫出来，我见他一见，如不是他，也可以证明，替他恢复名誉。陆老英雄，你可听明白了，老朽来到贵宅，并无一点恶意，不过我念江湖的义气，又知道阁下是条英雄，所以苦口相劝，不过打算请你对你那位大少爷，多加教训，别再教他任意胡为。昨天他幸亏遇见老夫，如若遇见别人，他是非死不可。你就该知错认错，才是英雄的本色，你不该一意袒护，倒说我硬来栽赃，请问这是什么意思呢？莫非说你不怕坏了你百步神拳的名誉吗？”

邱爷这一套话把个陆天霖说得闭口无言，不由得恼羞成怒，正要发作，忽听窗外有人说道：“邱老匹夫，你真可谓胆大包天，竟敢来到陆家疃任意发威，不错，大太爷昨天晚上是找乐去了，可是没有上你邱家去，你这不是狗拿耗子，多管闲事吗？你以为你是成了名的侠客，我们可不怕你，识趣的，赶

紧少说闲话，连胳膊带脚给我往外一拿，万事皆休，如再唠唠叨叨，可别说大太爷对不起你。”

邱爷一听，哈哈大笑，说道：“陆老英雄，你可听见了，这准保不是我胡造谣言吧。”

陆天霖一听，怒上加怒，不由得双眼一瞪，说道：“邱雨，老朽念你人称侠客成名不易，所以一再相让，你就该知趣而退才是，谁知你反倒任意胡说，欺压老夫，只知有己，不知有人，你别以为我是怕你。”

邱爷闻听，心中说道：“好小子，我就怕你不认账，现在你既认了，可就好办了。”

于是说道：“陆老英雄，你先不要着急，那么这采花作案，是你儿子不是呢？”

陆天霖道：“是怎么样，不是又怎么样？”

邱爷说道：“若要不是那可另有别谈，如若是他，那我可就要不客气地说，要替那些负屈含冤的妇女报仇雪恨，替江湖绿林人除此害群之马。”

陆天霖一听说道：“邱雨，你不必多说少道，今天你若胜了我父子折铁刀，我父子情愿当场认罪，如若不然，姓邱的你来看，恐怕你难出我的宅院。”

邱爷说道：“好吧，我正要领教呢。”说完话站起身来纵身蹿到院中。

院中站着两个青年人，全是一身短打扮，带着七八十个壮丁，全都身穿短衣手持兵器，那两个年轻的全都二十多岁，每人一口单刀，内中就有夜间逼奸的那个小子。这些人，把院子围了个风雨不透，邱爷一看明白他们的意思：如若不敌，就要群殴。邱爷本是久经大敌之人，哪里把这些人放在心上，于是微微含笑向陆元一指，说道：“陆元，你是单打，还是齐上？”

陆元道：“杀你老匹夫，还用多少人。”陆元虽然动手，可他也知道，邱爷是成了名的英雄，但是初生犊儿不怕虎。陆元左手一晃，右手刀盖顶往下便劈，老头子一看，刀离甚近，向

左一上步，左手向陆元的手腕就是一掌。陆元右腿向后一撤，把刀一横要削邱爷的腕子，邱爷左手向上一抬，右手一伸，咔嚓一声，这一掌正打在小子胸膛之上。这一招叫单撞掌，这一掌把小子打起了三尺多高，八九尺远，落在地下，一声也没有言语，立刻死了。列位，邱爷自幼练的童子功，一粒混元气，双掌如钢，击石如粉，还别说他是个血肉之躯，就算他是个石人，这一掌也可以将他打个粉碎，再说邱爷本来疾恶如仇，最恨的是采花之辈，所以这一掌用了十成力量，你想陆元如何能经得住呢？

陆天霖看见儿子被邱雨一掌打碎人字骨，吐血而亡，心中好似刀扎一样，一纵身跳到场上，用手一指，说道："邱雨，我陆家与你何仇何恨，你竟下此毒手，一掌将我儿打死，不要走，还我儿命来。"

邱雨冷笑道："我正要瞻仰你的百步神拳。"说着左手一晃，掌带风声，右手向陆天霖面上打来。陆天霖一看掌到，向左一闪身，右手向上一穿，左手奔邱爷的腋下便捺，这一掌真要被他捺上，就是不死，也得身带重伤，因为陆天霖，也是江湖上成了名的人物，人称百步神拳，那个力量也就可想而知了。这两个老者，各施身法，掌带风声，打在一处，微微听到足下唏唏的声音。动手约有三十多个照面，邱爷留神一看，暗暗佩服，不怪人称为百步神拳，真是出掌似瓦垄，攒拳如卷饼，眼到步随手准心稳，这恰好是我，如若差一点的主儿，早就败在人家掌下。似这个打法，几时是个了局？心中暗暗想道："我不如给他个便宜，我好乘机打他。"想罢双手对着陆天霖脸上一晃，回身要走，整个的后心，可就全露出来了。陆天霖暗道："你要走，那如何能成！"左腿一上步，右腿似抬未抬的时候，双掌向前一扑，这一招叫作黑虎偷心，要是打在身上非死不可。眼看双掌到了邱爷背上，只见邱爷右步一扣，一转身，可就把左腿抬起来了，左手一伸把陆天霖的双臂压住，右手一探，正扶在陆天霖的胸膛之上，下面的左腿同时奔陆天霖

的裆中踢来。上面这一掌名叫探掌，下面这一脚名叫屈腿，陆天霖一看，知道上了当了，可是也躲不开了，只可闭目等死，邱爷知道这个时候真要左腿一叫力，或者右手一叫力，陆天霖立刻就得气闭身亡。不过二爷邱雨哪能做这种短见事情，一看陆天霖双目一闭，就知道他认了输啦，于是用手在陆天霖胸前，轻轻一击，说道："老朋友，你要保重身体，你要报仇，我在家中候着你就是了，咱们改天再见。"说完竟自转身走了。

陆天霖准知道今天非死不可，不想邱二他只轻轻在胸前击了一下，说了几句话就走了，自己不由得一阵发怔，暗道："好个邱雨，你如果将我一掌震死，那时我倒干净，你这一来，教我一世英名岂不付于流水，你打死我的儿子，那是他祸由自取，你对我这种举动，岂不是拿我取笑，当着这么些壮丁，教我怎样为人呢？"想罢不由得一声长叹，令家人赶紧将大少爷盛殓起来，然后发丧出殡。过后不到三个月，陆天霖因为痛子带气，也就一命呜呼了。赶到临危，把他次子同老妻叫到床前，嘱咐他们，千万叫三子陆贞成长以后投明师访高友，练成武术，寻找邱雨报仇，就是邱雨死了，也要打他同族的子侄，或是徒弟，哪怕将他们打死一个也算报了仇了，说罢这才瞑目而亡。

再说邱爷，回到店中，慢慢地起身回家，到了家中以后，等了好些年，也不见陆家前来报仇，后来同老哥七个，搬到红柳坡，一晃又是六七年，这件事情，可就忘下了。今天听裘逸一说，可就想起陆贞这个名字来了，不过断不定是不是这个陆贞。现在对大家一提，四爷白天乙可就说了："二哥，听你这一说，这次劫镖，十有八九是陆贞，这小子学成武术，鼓动尹氏三杰要报当年之仇，要不我们并没有得罪过这么几位仇人，为什么他单同我们为仇作对呢？这么办，咱们兄弟七个暂先别出头，裘贤弟请你先探一下，照直的就教娄玉、卢俊前去请镖，贤弟你再去作为访友，给他们从中调解，如调解不了，我们再出头想法去办，你看如何？"

大爷三手侠一听，也只可如此，于是对裘爷说道："裘贤弟，你瞧这么办成不成呢？"

裘爷说道："这不是四哥这么说吗？我先办一下看，如若不成，咱再想别法，事不宜迟，明天我同崔三就回大同，你们老七位听信就是了。"

三手侠连忙说道："那么贤弟你就费心吧。"

裘爷到了第二天，带着崔三，可就往大同去了，再说尹氏三杰，到底是怎么回事呢？原来尹氏三杰，他父亲名叫尹青囊，江湖人称金针。他的医道那就算是出神入化，可称药到病除，妙手成春，并且一身的好武术，虽然他老人家武术高强，可是没人知道，就是有知道的也很少。老头子每天背着药箱子，游行济世，到处剪恶安良，他同少林寺监寺僧人金面佛法源长老交情莫逆，后来临死，把三个儿子尹玉、尹成、尹昌，就介绍在本寺的方丈金面佛法源长老门下练习武艺。尹玉练成一口金背刀，尹成练成一对凤凰轮，尹昌练成一口分水剑。他们三个等到练得差不多了，法源长老这才打发他兄弟分道下山，闯荡江湖。三四年中，居然闯出一个小小的名望，交了三个至好的朋友，一个叫赛元霸陆贞，一个叫小诸葛妙手贺星明，一个叫燕蝠齐飞骆敏。

这个陆贞是陆天霖的第三个儿子。自从邱二爷打死陆元，气死陆天霖，按说丹顶鹤陆亨他就应该聘请高人，替他父兄报仇才是，可是陆亨这小子，他不但不报仇，反倒连武术全不练了，一意经营起产业来了，有人问他为什么不练了呢，他说得也好，瓦罐不离井上破，大将难免阵前亡，我哥哥若不会武术，绝不会随便作孽，焉能被人家生生地打死呢？按陆天霖父子平日那种糊涂无理，就该有这种儿子，他不说自己行为不正，反倒说受了武术的害了。练武术何尝有害呢？第一可以说壮身体，第二可以益寿延年，第三可以防身保命，不过不能指着武术欺人罢了。

一晃过了四年，陆贞年已八岁，他母亲时常对他说，他父

亲是被邱雨气死的，他大哥是被邱雨打死的，陆贞这个孩子天生的聪明，一听他母亲对他说，就问道为什么哥哥被人打死，父亲被人气死呢？他母亲可就说了：因为你父兄好练武，同邱雨比试武艺，你哥哥才被人打死，你父亲上前报仇，不想又被人战败，一口浊气，就气死了。

孩子明白了以后，可就安上报仇的心了，因为他父亲练武身故，自己总想将武艺练成前去报仇，每天总跟母亲说，要请教师练习武术。他母亲因为他年岁太小，再等几年身体壮实了，再请教师练习。孩子说得更好，练武的必须从小用功，方能练出超群的武术，因为身体活软，练什么有什么，如若年岁一大，身体一僵硬，是任什么也练不成。再说还有一层，听说当年比武的时候，邱雨就五十多岁，等到自己长大了再练成武术，一晃二三十年，知道邱雨还在不在呢？比如说邱雨死了，这个仇可就不能报了，哪如早练早成，早去报了仇恨，早去了心中这块大病呢？

他母亲一听，孩子说得十分近理，于是替他托人在各处聘请名人，来教孩子练武。你想要出名，哪能自己各处来找教官呢，所以一晃四五年，所请来的，不过就是江湖上打把式卖艺的，再不就是黑门的人，来到他这儿躲灾避难的，总之这四五年来，一点真本领也没学，尽学的是花拳绣腿，半点真功夫也没得着。你别看这个样子，孩子还是真练，每天清晨，天色将明，就起身去到村东口大柳林活动身子，天天如此。

这一天自己正在练小洪拳，正练在得意的时候，忽听柳林子外面有人说道："陆少爷你天天起这么早，在这里做什么？"

陆贞一回头，只见林外放着一辆牛肉车子，上面放着一大块牛肉，在车子旁边站着一个人，仔细一看原来是本街上卖牛肉的马二爸。陆贞说："马二爸，往哪去？我正在这儿练功夫呢。"

马二爸说："你练的是什么功夫？倒是真诚，每天如此。"

陆贞说："不诚哪成呢？诚还练不好呢。"

马二爸说："你练的这是什么拳？"

陆贞说："你会练吗？"

马二爸说："我不会练，原先我见过练武术的，练得好极了，他能够练得自己把自己悬起来，身子贴在墙上，脚不站地。你练的这个，我瞧一辈子也练不成。"

陆贞说："马二爸，你老说的这个人，在什么地方住，我们能请他来，跟他学吗？"

马二爸说："这个时候，我没工夫跟你细说，因为我得到南庄送肉，好在二里地，你能跟着我的车子走个来回，我这话也就跟你说完了。虽然说完了，可办不到，你不过当小说听就是了。我因为瞧着你难过，你听听人家那才真叫真功夫，你要不愿意跟我跑，等今天下午，我的买卖完了，你往我柜上去，我也能对你细谈，因为我瞧你天天这么傻练，怪可怜的。"

陆贞一听大喜，说："好吧，我这就跟你走，你告诉我吧，若等到下午，我得闷多半天，那如何成呢？"

说着进了林子，拿起大褂披在身上，说道："咱们走吧。"

马二爸说："好吧。"推起车子，陆贞在后边跟着，二人一同向前行走。陆贞说："你在哪里见的呢？"

马二爸说："当初我不在此地做买卖，我在湖北省武昌府东门外，十里远近，地名望江村，在那里卖牛肉。那村北面是一条小小的山岭，名叫望江岗，我天天过岗往江边上去做生意。岭上有一座小庙名叫通真观，这个庙里也没有老道，也没有和尚，住着一个六七十岁的老头儿，那个老头儿姓颜名润字晚晴，他的道号是通真子。他在观里每天也不念经看卷，每天带着一伙子年轻的，种菜灌园子，也没有人知道他会武术。也是该着，有一天我过岭做生意，回来得晚了，因为那个时候是十四五的天气，月亮出来得很早，我走到离通真观还有半里来地，一见三个人在那儿练功夫呢。在通真观门首，本来栽着两行小松树，全都五尺来高，每棵相隔三尺来远，每行足有一百多棵，只见那三个年轻的，有一个正在练拳，可也不知练的是什么拳，就见他练着练着，来到那上首那一行树的一头，也不

知怎么一转身就立在树尖上了，就见他往前一纵一棵，一纵一棵，工夫不大，纵到那头，也没见他怎么下来的，一眨眼又上了下首那一行了，照样由那行纵回来，到了门前跳在地下。他三个人每人练了一次，最奇的是你看松树尖，有多细多软，上面站着那么一个人，就会不折不歪，还是一丝不动，我非常的奇怪。后来我一问练武的老师傅，人家说那在拳上叫作登空步，俗话叫作草上飞，又叫踏雪无痕，你瞧人家那才叫真功夫呢，据说那功夫苦练成了，可以在空中行走，这是第一次我看见了。还有一次，也在夜间，那通真观的围墙，足有一丈多高，有两个年轻的硬往上走，一步一步地硬走上去，最奇的是横着走也摔不下来，起初我以为是他们墙上有站脚的地方，等他们练完功夫走了以后，我慢慢过去一看，不独没有站脚的地方，并且平滑无比，大概是练功夫磨的，你看人家那才叫真功夫，你练的这个功夫，要叫人家那个功夫一比，你还有什么练头呢？照直的说就是白受累，按少爷你这个好练，真要有那么一位老师，准可以不到五年，能练一身好武术，可惜就是离着太远，没法子跟他去学就是了。”

马二爸滔滔地说，二人越说越高兴，不知不觉已经到了南庄，马二爸说：“少爷你先在这儿等一等，我留下肉咱们一同回去。”

陆贞说道：“好吧，我在这儿等你。”说着坐在村头上一个石碣上面。马二爸送肉进村，工夫不大，推车出来一瞧，陆少爷坐在那儿一丝不动，两眼发直，怔怔地犯心思，马二爸叫道：“陆少爷，咱们回去呀。”

一连说了两声，陆贞才啊了一声，说道：“你给人家送了肉去啦？”

马二爸说：“送去了，咱们回去吧。你在想什么了，怎么我叫你你也听不见呢？”

陆贞说：“我正寻思怎么能够想法子，把那位老人家请来，我跟他练武才好。”

马二爸说："陆少爷，你听我告诉你，像人家颜老先生，慢说相隔一二千里，你家不去相请，就是你家去请，人家还有个来不来呢。因为那一带的人，全知道他不会武术，一旦托人去请，人家一定说不会武术，请我干什么，再说我这大年纪，哪能再出这么远的门呢？人家不来，你还能把人家给拉了来吗？依我说，你先沉住了气，等再过个四年五年的，你年纪大了，你出门，你们老太太也放心了，到那个时候，他不来你不会去找他去吗，这个时候，你犯这个愁有什么用呢？"

陆贞一听，连连说道："你老说得很对，我回去还练我这种武术，倒是能强壮身体呀。"

马二爸说："对了，这种事情，心急是不能成的。"二人一路闲谈，不知不觉进了陆家疃，走到陆家门首，陆贞说道："我不请你家来了。"

马二爸说："少爷咱们明天见。"说着自己推车走了。陆贞还是按照每日的规矩，下场子跟几位老师练拳脚，可是自己有了一份心思，他存的什么心呢？他自己想的是，人家既然不能前来，我不会找了去吗？他既然有名有姓，又有住址，我为什么不去找他呢？再说，我这么小小的年纪，真要找了他去，他一定说我诚心投师，一高兴就许把平生的绝技传给了我，我学会了武术，才能给我父兄报仇雪恨哪。可是这个湖北武昌府，在什么地方呢？要是我对母亲说明了，上武昌府去，我母亲一定不教我去，这个事非偷着跑不可，既打算偷着走，这笔路费怎么办呢？听马二爸说有一二千里当然不近，路费少了，一定不够，自己左思右想，为了半天难，不由得笑道："没有钱我不会偷吗？既然偷就得多偷，可是必须先问明了路径，不然偷了钱不是也没地方去吗？"想好了主意，可就留上神了，到了第二天早晨，仍然去大柳林活动身体，果然马二爸又去送货，陆贞一瞧马二爸又来了，自己走到道旁说道："马二爸，休息休息吧。"

马二爸说："嘿，少爷真早哇。"

陆贞说："马二爸，你老说的这个武昌府，在什么地方呢，离咱们这儿有多少路程?"

马二爸一听，说道："陆少爷你真诚心，叫我告诉你，顺着苏州府这条运粮河坐船，直往正北，进了大江往西一直可到武昌府北门，望江村就在东门外十里远近，村北面是山，那座通真观就在山上，一问没有不知道的，你就是打听明白，现在年岁太小，也不能去呀。"

陆贞说："我不是说长大了以后才去吗，现在你叫我去，没人送我，我也不敢去呀，可是还有一层，从苏州到武昌有多少里路呢?"

马二爸一笑，说："大约是一千二三百里，我全告诉你了，这回没有问的了吧?"

陆贞说："没有问的了，你老请吧。"马二爸推车这才走了，陆贞问明了道路，一早晨也没练，慢慢地回到家中。一转眼过了好几天，这天正赶上他母亲出门走亲，他偷偷地把箱子开了，把散碎银子偷了有四五十两，他母亲回来也没留神。到了第二天早晨，他自己收拾好一个包袱，暗带银两，借着早起出门练武，顺着苏州大路，一直走下去了。

第三章

通真观陆贞获绝技

陆贞天刚一亮便到了苏州，一气跑到河边码头上，正赶上有北去的客船，自己也没有问价，便跳上船头。船家问道：“学生你要往哪里去？”

陆贞说：“往武昌府。”

船家说：“往武昌干什么去？”

陆贞说：“往外祖家去。”

船家说：“这正是往武昌的船。你是包仓还是散座，一共几个人？”

陆贞回答：“一个人。怎么叫包仓？”

船家一听，知道小孩子没出过门，说道：“包仓是一个人一间仓，一路吃喝都管，到武昌十两银子。”

陆贞问：“散座呢？”

船家答道：“散座是大伙在一间仓里。”

陆贞说：“包仓吧。”

船家问道：“你有行李没有？”

陆贞说：“没有行李，就是这个小包袱。”

船家说："好吧，这就开船，你可别下去了，免得把你落下。"

陆贞说："我住哪一间呢？"

船家说："你在第二间吧。"说完用手一指。伙计把陆贞领到一间仓内。陆贞一看，这间仓倒不错，搭着一个板铺，板铺对面一张小茶儿，儿上放着一个小茶壶，一对小茶碗，还有两张小方凳子。陆贞往铺上一坐。伙计问："要铺盖不要？"

陆贞说："要。"伙计出去工夫不大，拿来一份铺盖铺在床上，并泡了一壶茶，说道："等会儿，开了船再吃饭，你要买菜，我给你买去。"

陆贞说："买去吧。"伸手掏出五钱银子，递给伙计。工夫不大，伙计买菜回来，外面就嚷："人上齐了没有？开船啦。"就听大家嚷道："开船喽，开船喽！"紧跟着，提锚的声音、转舵的声音、打箱的声音响成一片。那只船晃晃悠悠，奔河心漂去。工夫不大，船离河岸，顺着风，向正北驶去。

再说陆家，自从早上不见陆贞回来吃饭，就派家人去到村口外大柳林去找。家人回来报告，陆贞并未在大柳林练功夫。又派人各处去找，一直找到天晚，连个影子也没瞧见。这个时候，丹顶鹤陆亨对他母亲说："老三大概是跑了。"

他母亲说："为什么跑呢？"

陆亨说："他一定听了那教师说，这里有侠客，那里有剑客，一定是找侠客学艺去了。你老不信瞧瞧丢了银子没有。如若没丢银子，老三或者是走亲戚去了，如若丢了银子，一定是跑了。赶紧把这几位教师赶走就完了。若不是他们，老三焉能跑得了呢？我就知道走江湖的没有多少好人。"陆亨原来有他的心思：陆元死了，又没有妻子，这一股完全没有问题。陆贞每年请教师得花好几百两银子，他实在有点心疼。但这是老太太的主意，他可没有法子。陆贞这一走，正对他的心思。第一先把教师赶了，每年可省好几百两银子。因为他平日阴毒，所以大家都叫他丹顶鹤。他对母亲这一说，他母亲当然信以为

真，于是打开银柜一瞧，正好丢了四五十两银子，才知道陆贞是真走了。老太太这才放声大哭。陆亨说："母亲何必这样痛哭呢？老三这一出门，自然可以访到名师，学成武艺，替我父亲报仇雪恨不好吗？你老人家还哭什么呢？"

老太太一听，说道："你尽这么说，哪里有侠客剑客被他访着，这么一个十三岁的孩子孤身远走，怎能令人放心呢？"

陆亨一听，说道："你老不是每天叫他学艺报仇吗？现在他学艺去了，你老又哭，要叫我说，凭老三这点孝心，一定可以访到名师，学成武艺，回家报仇，你就等好消息吧。"说着满脸含笑走了。

原来，陆亨的心思是，陆贞这一走，如若得艺回来，那就不必说了。如若死在外，这份偌大的家产，还不是自己独吞吗？再说，哪有那么多名师被他访着？早晚花完了钱饿死算完，哪能回来呢？所以他对母亲说这种宽心话，只不过这种话不应该由陆亨口中来说罢了。

再说陆贞自从上了江船，一心打算到了武昌，找到望江村，怎么拜师，怎么学艺，学成以后，怎么前去报仇，一路胡思乱想。这一天船到了武昌，靠了码头。陆贞叫船家一算账，可了不得了。因为一路没有打算，赶到一算船钱，一共三十八两多。陆贞对船家说道："为什么这么多呢？你不是说十两银子吗？"

船家说道："大少爷你想，我说十两银子，是粗茶淡饭。你老这一路，茶也要好的，饭也要好的，菜也要好的，一路上差不多一个人侍候你老。你想哪儿不是钱？这三十八两银子，我还是按本计算呢，伙计的辛苦钱，尚不在数。你赏下来吧，我还得张罗别的客人哩！"俗话说得好，车船店脚牙，那是江湖上最难缠的。就是老江湖还挡不住吃亏、受骗。一个十二三岁的孩子，又没人跟着，他如何斗得过呢？陆贞当时无法，只好把银子取出来，连小费给了四十两，自己提起小包袱，走下船来。一进武昌城门，一看街道铺户，往来的老少行人，一切

的作买作卖，真是人山人海，繁花似锦。陆贞一摸自己的钱袋，所剩不过还有四两银子，于是找了个小饭馆，吃了一顿便饭，逢人便问望江村。内中有人问他，往望江村做什么去？他就告诉人家探亲去。有人告诉他出了东门，一直向东南十余里就是望江村。他这才一直向东门而来。一出东门，向东南就走，走了不远，就是一条山岭。顺着岭南的大道，走了十里多地，前面显出一个村庄，约有四五百户人家，三条南北大街，两条东西大街，倒是十分的热闹。陆贞一进西村口，就瞧见一个老头儿，在村头立着。陆贞连忙上前叫道："老爷子劳你的驾，这个村，是望江村吗？"

老者一抬头，见是一个十二三的童子，口中说道："不错，这是望江村，你找哪一位？"

陆贞说："我跟你老打听一个人。在这村北面岭上有个通真观，观里的老当家的是姓颜吗？"

老头子说："不错，姓颜。你找他有什么事呢？"

陆贞说："我找他跟他练武术。"

老头听后一笑，说道："你是哪里人？我听你的口音不像是此地人。"

陆贞说："我是江苏省苏州府的人，因为听人说颜老先生武术极高，所以我来找他，打算跟他练习。"

老头儿问："你听谁说他会武术？"

陆贞回答："我听我们村马二爸说的。"

老头说："他那是愚弄你。那颜老头除了每天领几个年轻的灌园种菜之外，谁也没瞧见过他练武术。我们离得这么近，没听说他会武术。你们村里的马二爸怎么知道呢？"陆贞一听，心中暗想："对呀！可是，我和马二爸无仇无恨，他为什么骗我呢？"又一想，不对，马二爸当初说过，人家颜先生武术出奇，旁人并不知道，若不是他夜间偷着瞧见的，连他也不知道。本来那庙中既不烧香，又不念佛，旁人也不往那里去，他也不同别人往来，别人哪能知道呢？想到这里，陆贞忙说道：

“既有这么一个人，等着我见见他再说，如若他不会武术，我再回家就是了。”说着，他对老头子一拱手道：“老爷子多劳驾。”一转身，向村北走去了。

那陆贞一面走着，一面胡思乱想，不知不觉地走进山口，慢慢向山上走来。工夫不大，到了岭上，顺着山路一瞧，在路东有一座大庙，方圆约十余亩，四外的围墙足有一丈多高。正面上一座山门，门前左右栽着两行松树，相隔三五丈远。每棵相隔三五尺远，每行足有一百余棵。因为长得茂盛，枝叶全部连在一起，都是六七尺高，长得十分整齐，如同两道松墙似的。陆贞一瞧，暗道：“大概这就是通真观了。马二爸不是说，在观门前有两行松树吗？”又往对面一看，在半里以外，果然有一片大松林，黑郁郁十分茂盛。陆贞自言道：“这一定是通真观无疑了。”于是顺着门前大路，直奔山门走来。来到山门一看，门上面刻着三个红字，不是通真观是什么呢？只见山门半掩半开，自己也不管人家让不让进，一抬腿进了山门。往里一瞧，正面五间大殿，两旁配殿，院中四角上栽着松树，地下满砌青石，十分平整。有一个二十多岁的青年人，正低着头拿扫帚扫院子。陆贞一看，说道：“大哥，这里可是通真观吗？”那个人正在扫地，一听有人说话，连忙抬起头一看，只见山门里面，台阶上站着一个童子，眉清目秀，齿白唇红，头梳双髻，前发齐眉，后发盖顶，身穿青绸子大褂，白袜子，青缎子夫子履云鞋，手中拿着一个小包袱，笑嘻嘻地站在山门之内。青年人连忙说道：“你找谁？这里正是通真观。”

陆贞说：“这儿的老当家的是姓颜吗？”

那人说：“不错，姓颜，你问当家的做什么呢？”

陆贞说：“我姓陆，名叫陆贞，住在苏州府城外陆家疃。因为我喜爱武术，听说这儿老当家的武术高明，我特意不远千里，来到这里拜师练武。如若他老人家现在观中，没别的，求大哥给说一声。”

那人一听，连连摆手，说道：“学生，我们老当家的会练

武术不会练武术我不知道，不过现在他没在家，出去了三四天啦！”

陆贞问：“他老人家几时回来？”

那人说：“没有一定，也许今天回来，也许两三天回来，也许一个月二十天，哪有一定呢？”

陆贞说：“既然老人家不在家，我先回去，明天再来。如若他老人家回来，请你老说一声就是了。”

那个人说：“好吧，我给你说就是了。”

陆贞说：“谢谢你老，咱们明天再见。”说着回头出了山门，回到了望江村。

连去了十几次都没在家。那陆贞纳闷，又一连去了五趟通真观，那颜先生始终没有回家。这个时候，钱可就花完了。自己一想这怎么办呢？只好把包袱里面两套单衣卖了再说。于是拿衣裳对伙计说道：“我现在手内没钱了，还有两套单衣，你把它给我卖了，我好吃饭。”

伙计问：“你要卖多少钱？”

陆贞说：“你看着卖就是了。”伙计答应一声，拿着衣服转身出去，工夫不大，拿进了三两银子，说道：“人家说旧了，尺寸太小大人不能穿。我没法子硬塞给掌柜了，掌柜的给了三两银子。”陆贞一瞧没法子卖了吧，接过三两银子放在腰中。不到十余天的工夫，身上只剩下一身单裤褂。转眼一月有余，直落得沿街乞讨，夜里就在土地庙内安歇。这一来把个孩子可糟蹋得不像样子了，短发蓬蓬如同乱草，身上的衣服破得难堪，脸上脏得如锅底，手像泥条一样，赤着双足，冷眼一看酷似庙里的泥小鬼。你说这孩子也真有恒心，虽然没有看见颜晚晴，但是仍然一天一趟通真观。这天晚上，陆贞坐在庙台上，把要来的干粮吃完了。这个时候，正当八月中旬，皓月当空，清光如洗。陆贞仰天对月，不由一声长叹，暗道：“我一晃，来这里三个多月了，把自己弄得成了一个小丐。可是也没瞧见颜老先生，是什么缘故？莫非他故意不见我吗？要不怎么总不

回来呢？据他们庙中人说，他不会武术。可是马二爸，我们无冤无仇，骗我做什么呢？”自己左思右想，不由得啊了一声，暗暗说道：“马二爸当初瞧见他们练武，本是在晚上。我何不每天晚上前去观瞧，只要被我看见他们在庙中练艺，我就可以出头求他。他再说不会，可就不行了。只要他把我留下，还愁见不着老当家吗？”抬头看看月光，时当子时，万籁无声，于是觉也不睡了，站起身来直奔通真观去。不大工夫，到了观前，仔细一听，连一点声音也没有，围着庙转了一个通圈，连一个人影也没瞧见。他暗想：“他们一定是练完了。我明日再来。”反正不达目的，决不半途而废。

陆贞又一连去了十几天。这天也是该着，真是皇天不负苦心人，就按十二三岁的小孩子，这份艰苦的毅力，百折不回，可算十分难得了。这天，陆贞又去通真观，离观门尚有百十步远，月光之下见庙门前站着三四个人。陆贞心中大喜，慢慢顺着树荫向前行走，眼看来到观前左首这行松树以下，于是销声敛迹直奔庙门走来，来到近前，躲在松树后面，由树叶空隙之处仔细观瞧。只见山门半掩，门前站着四个人，一老三少。那老的年岁太大了，头上都谢了顶啦，光剩下两个白鬓角儿，身高五尺，红润润的脸膛儿，被月光一照，闪闪放光，两道白眉斜飞入鬓，两只大眼，赛似两盏明灯，白胡子足有一尺多长。上身穿一件破小褂，补丁摞补丁，下身穿一条破裤子，赤着双脚，着一双搬尖洒鞋。你别看衣裳破，可是十分干净。再瞧那三个小的，一个四十多岁，一个三十多岁，一个二十多岁，都威风凛凛，全是一身青衣服白袜洒鞋，光头不戴帽子，小辫盘在脖子上。只听那个三十多岁的说道：“师父，方才你老人家教给我的那一招，老练不得力，请你再练练我看。”

老头子说：“谁叫你不留心。守着师父不留神还可再学。若离师以后，全忘记了跟谁学去呢？你再仔细想想，我再告诉你。”

只听那个四十多岁的说道：“师父你老人家交给我的那柄

宝剑，我再练练，我还怕不对。”

老头子说：“你练去吧。”就见那个人，一回身在山门里面，拿出一口三尺多长的宝剑，被月光一照，真好比一汪秋水耀眼生寒。就见他拉开架势，一招一式慢慢地练将起来。起先慢，还不显眼，后来越练越快，等到最后，就见一团白光滚来滚去，也分不清哪是剑光哪是人影，猛然间一闪如同白虹升天，嗖的一声，起来有一丈多高，落在地上，连一点声音也没有，把陆贞看得目瞪口呆，不由得坐在树下，喊了一声：“好！”

忽听见背后有人说道：“你是干什么的，跑到这儿来搅！”陆贞一惊回头，正是那个练剑的站在自己身后，手提一口宝剑。陆贞心中想道：“没瞧见他动，他怎么会到我身后呢？”

自己正在思想，就听身后那人说道：“你怎么啦，说话呀。”

陆贞道：“你还问什么，反正我天天来，你老也该认识了，怎么你还问呢？我不是陆贞吗？”

那个人一听，仔细低头一看，说道：“原来是你呀，你怎么夜里在这儿蹲着呢？”

陆贞说：“因为白天来，总见不着老师父，所以我天天夜里到这儿来看，已经十几天了。”

就听有人说道：“师哥，师父叫你把他带到庙里，要问他话哩！”

陆贞一听这句话，真不亚于吃了一剂凉快散，立刻站起身来，冲着那个提剑的说道：“就请带我去见一见老师父吧。”

那个人说道：“你跟我来。”二人一前一后，绕过松林，来到山门下面，一进山门就见西配殿灯光闪闪，里面有人说话：“叫你告诉他们的，怎么还不进来？”

就听前面那个提剑的答道：“来了，来了！”

陆贞说道：“请你先进去回一声，省得叫老人家说我不恭敬。”

那个人点头一掀帘子，走进屋内去了，一转脸出来对陆贞

说道："来吧，师父叫你呢。"陆贞一听，连忙跟着走入配殿，一看当中这三间明着，两边两个暗间，屋中没什么陈设，靠正面迎门放着一张白木条案，案前放着一张白木方桌，桌子上面点着一盏菜油灯，灯光明亮。那个老头就在上首椅子上坐着。陆贞一看急忙上前，双膝跪倒，说道："我这里给你老人家磕头啦，求老人家无论如何把我收下来吧。"

老头子一听，哈哈大笑，说道："这个孩子这是做什么？我问你是怎么回事，你怎么进门就磕头呢？你先站起来。你这么小的孩子，为什么千里迢迢跑到这里，来跟我练习武术？你要实话实说，我一定有相当的办法。"陆贞一听，慢慢站起来，就把自己父亲如何被邱雨战败，一气身亡，自己的哥哥被邱雨一掌震死的事说了一遍，又说自己立意要练成武术报仇雪恨，怎奈不得明师，后来听一个马二爸的说你老人家武术精奇，小子我才弃家背母跑到这儿来的。陆贞一口气说完，老头子一听，哈哈大笑，说道："陆贞，听我告诉你，你知道你父亲同你兄长是怎么回事吗？"

陆贞说："小子我那时太小，知不清楚，所有的这些事，全是听我母亲对我说的。"

老头子说："你别看你不知道，我倒知之甚详，听我对你细说，你就明白了。"于是，他就把陆天霖同陆元的行为细说了一遍，又说道："武术这种技能，练成了以后不是用它欺人的，也不是用它任意胡行。第一讲的是道德人情，抑强扶弱，杀奸诛恶，去暴除残，这叫作侠义的天职。尤其是采花作案，更为江湖的公敌。所以说练成武术之后，做事须本良心，己所不欲，勿强施于人。这样，这个武术算是没有白练，在江湖之上方能落个侠义的名声。无论是什么人，所作所为背了人情天理，我们必须破除情面出面干涉，就是自己的亲父兄，也须对他不满，虽不能同他反目，也不能顺着他的心意任意胡行。实在无法挽回，只可自己一躲，暗中对那被害的加以救援，这才称得起是武林中的义士。还有一层，比如说有一个人，同我有

仇，但他的作事合乎人情天理，这个事眼看要坏，我们必须要或明或暗，用力扶助他，不能因为私仇，坐观成败，这方称得起是侠客。你想想你父兄所作所为要是不背天理人情，那光明正大的人物哪能同他为仇作对呢？再说邱雨这个人，我早就知道，他们七个人江湖人称七雄。既是江湖人称侠客，当然人格很高。你的父兄所作所为如若光明正大，无论如何邱雨也不能对他加以仇视。因为你哥哥在各处仗势欺人采花作案，所以邱雨去找你父亲，不过叫你父亲管束你哥哥。你父亲如果当场认错，也不至有意外发生。不想你父不明道理，心地糊涂，溺爱不明，一意护短，所以才当场动手，以致你哥哥被邱雨一掌打死，你父亲败在邱雨掌下，气愤身亡。你想这能怨人家邱雨吗？这个仇慢说不能报，就是能报也报不了。因为什么呢？你想邱雨人称侠客，江湖号称七雄，你真要找他寻仇，不晓得有多少正当英雄出头相助。就按我说，不知道便罢，如若知道，也得出头维持。我可不是护持邱雨那个人，我护持的是人情天理。不能说因为你跟我练艺，我就庇护你。你真要有志气的话，就赶紧把这个报仇的心，丢在九霄云外，回到家中好好上进好学。不然的话，你再按照你父兄的那种行为，就是你练到剑仙的地步，也难保你不命丧人手。你听明白了，因为采花作案是江湖公共的敌人，心地糊涂自然难同正人接近，剩下你自己孤孤单单，不遇能人便罢，一遇能手，不死也带重伤。你听明白了我这话，你就知道，武术不是容易练的，练成了错走一步，老师先不答应，就不用再说别人了。因为门户之中出了败类，自己焉能不清理门户呢？再说要没有二三十年的功夫，也练不成。咱们这个庙里苦得很，除了卖菜吃饭，连一点别的出息也没有。你小小的年纪，再说又是少爷出身，哪能受得了这个苦呢？依我说，明天打发人送你回家算了。”

陆贞听完，连忙说道：“你老的话我听明白了。我父兄之死，完全是因为他们行为不正，才惹得人家找上门去，那算是祸由自招。至于报仇，我是不敢再想了。可是小子我，自幼喜

爱武术。你老想想，那些平常的老师，我还用力尽心地去练，何况现在见着你老人家，我怎能空手回家呢？再说辛苦一层，不是有句俗话吗？要学惊人艺，须下苦功夫。你老放心吧，我是什么全不怕，别说二三十年的功夫，就是由小练到老，我全能办得到。总之一句话，练不好我绝不回家。请你老人家把我收下，就是每天叫我挑水浇园子，我也愿意。请你老人家一定把我收下。"

其实，陆贞自从头一天来到这儿，老头子就知道了。不过他怕小孩子家一时高兴，后来闹个半途而废，还不如不练，所以只推不在家。一晃好几个月，每天打发徒弟暗中调查，真要让他败兴回家，老头子少不了派人暗中相送。后来一看，孩子虽小，真有个横劲儿，直落到沿街乞讨，仍然百折不回。如若乍行讨乞，意懒心灰，受不了苦，乞讨回家，老头子也暗中派人送他。如今一看孩子真是毅力坚强勇往不退，不仅每天前来，连晚上也来此偷看。这些老头子了如指掌，不然，成了名的剑客，每日有人探看自己的庙宇，自己不知，岂不成了笑话？所以才暗中派人往陆家疃打听陆贞的身世，打听明了后这才露面。这几个月的工夫不过要试试孩子的品行如何。真要不收他，也未免辜负人心。

这天孩子一来，老头子就看见了，所以这才叫出徒弟们练武，好把陆贞引出来。不然的话，为什么单在庙外练呢？后来一瞧，他藏在松树底下，老人家不由得暗笑，才回到庙内，掌灯接客。这时跟陆贞一阵闲谈，他仍然雄心不退，老人家不由得心内欢喜，说道："你非练不可就留下吧。但我这儿本是隐居之处，对于收徒弟练武，外面没人知道，千万不要走漏了风声。每日你随三个师兄锄田种菜，待个二三年后再说。"陆贞一听，真是喜从天降，连忙跪下磕头。老头子先吩咐徒弟到大殿点起蜡烛焚起香来，参拜祖师，算是收个关门徒弟。工夫不大，收拾整齐，然后带着陆贞，来到殿上。老头子先向上面两个牌位磕头，然后令陆贞大拜。自己坐正了，陆贞这才拜师。

拜师已毕，老人家又令他们师兄弟三人，互相见礼。老人家指着练剑的那一个说道："这是你三师兄，名叫斗天仇。"又指着那三十多岁的说道："这是你四师兄，名叫成天翼。""这是你五师兄，名叫骆天池。"于是陆贞又向三个师兄行礼。老人家说道："陆贞，你听我告诉你我们的门户。在最初，我随少林门中五空禅师练习少林拳术。所以这个祖师的牌位供的是达摩老祖。后来，我又随武当内家的超尘道长练习武当拳术。所以这个祖师的牌位供的是玄洞真人。为什么这个拳术有内外两家的分别呢？因为少林拳入手先练力为主，武当拳入手先以练气为主，等赶到艺业成功之后，仍是异途同归。因为一个先讲操练筋骨，一个先讲调养脏腑，所以后人分成两家。我以为先操筋骨失之于刚，先调脏腑失之于柔，所以我综合两家汇成这一宗武术。你若加意研究，不难成名于世。至于我们的门户也可说是少林，也可说是武当。因为我们与这两家都有渊源关系。我练艺百有余年，只收了你们这六个弟子。大徒弟名叫许天琪，因为他秉性不拘形迹，终日打扮成一个乞丐的样子，所以江湖称他叫做"邋遢仙"。现在大概也有六十多岁了。二徒弟名叫陈天智，江湖人称"小猿公"。他两个自从离了我足有四十来年了，所以也不知他们现在什么地方。你这三个师兄因为没有闯荡过江湖，所以还没有人知道。现在你是我的关门弟子，等到练艺的时候，必须用心练习。不然，你瞧我偌大年纪，百岁有零之人，一旦神消气灭，再打算练习可就晚了。现在天已不早，你们休息去吧。明天给陆贞换上一身干净衣服。今晚就叫他在西配殿住宿。"

次日天色将明，陆贞就爬起来，一瞧床头上放着一套青布衣裳，拿起一穿，刚刚合体。这时走到殿外一瞧，老师正在大殿前对着斗天仇说话哩！一看陆贞出来，老头子说："你起来了，很好，跟你师兄去园子里浇菜去吧！"

又对斗天仇说："你先叫他干轻巧活儿，慢慢再做笨重的，不要太快了。"斗天仇答应，这才带着陆贞一起出了山门，直

向庙后走来。走了约有半里来远，前面是一大片菜园子，足有六七十亩。内中种有各种青菜。园子的四周，用许多的荆棘围着，上面还缠着好些野花。园子当中有三间草房。二人进了园子，直奔草房。到了近前一看，五师兄骆天池，正在屋中收拾镳铲、绳子、水桶、扁担以及斗箕、柳罐等物，除了绳子外，其余家什均是铁的。骆天池一看他二人来了，说道："三哥，叫小师弟使那一对小桶好不好？"

斗天仇说："用小的合适，日子长了再使大的。"于是拿过一条枣木扁担和一对小铁桶，说道："师弟你就使这一对吧，先把厨房的缸担满了，然后再浇园子。"

陆贞一看这对桶，吓得把舌头一伸，暗道："这对小的我也不一定能挑动。"这对铁桶高有一尺粗有八寸，光那铁板就有一寸厚。不用说盛满了水，单这对桶就有一百多斤，加上水连担子，真不下一百五六十斤。陆贞一看，暗暗想道："这一定是试验我，看看我是不是诚心前来学艺，要不为什么我才十三岁，就叫使这样一对铁桶子呢？这分明是给我难题目来作。我要说担不动，准保是派人送我回家，还会说我少爷出身受不了苦。这不是难我吗？我是非干不可，只要累不死，准有成功的那一天。"

想到这里，他连连应诺，口中说道："我可不知道，厨房在什么地方，还得请师哥告诉我。"

斗天仇说："你挑着水我领你去。"陆贞答应了，一伸手拿起扁担，把两只铁桶向膀上一担，不由得啊了一声，因为这对桶轻得出奇，连扁担也不过才十八九斤，完全出乎所料。斗天仇说："你啊什么，大概是觉得家什太轻吧。咱老师说，因为你年岁太小，怕把你累出伤来，所以不叫你费大力气。"

陆贞一听暗道："真是师徒如父子，刚拜了师，就这样疼我。"于是担起水桶跟在斗天仇后面来到井旁。井旁有个大石槽，内中一槽清水。井上安着一个八尺多高的架子，架子挂着一个大滑车、一条大绳，绳头上拴着一个铁柳罐。斗天仇说：

"你就先在槽内打水吧。"陆贞连忙把水灌满了两桶，担起来一试，大约也不过五十来斤。好在自己从幼练武，练的力气倒是很大，所以这五十来斤的一担水他担着，还是满不在乎，口中说道："师哥，领我走哇。"

斗天仇领着陆贞，来到庙东北角上，说道："你把水放下，我告诉你。"陆贞把担子放下，就见斗天仇来到墙根下一个石台前面，用手在台上面一个银锭扣儿上一按。只听咔嚓一声，一块青石张开一尺见方的巢儿。陆贞近前一看，原来是一个方洞，洞底靠墙那一面有一个圆窟窿。斗天仇说："师弟你看这个巢底下那个圆孔，直通咱们厨房内的吃水槽。你把桶里的水倒在这个石巢里面，自然就流到厨房里去了。你可别尽往里倒，因为倒得太多了，咱们的厨房可就受不了啦！你千万记住了，井上那个石槽比厨房里那个石槽大一半。你每逢打水，把井上石槽里的水打出三停中的一停来，咱们厨房里的槽差不多正满。你真要把井上石槽内的水全打到这里，咱们厨房里面可就能捉蛤蟆了。千万记着，不然你担到庙里再回来，得走许多路。"

陆贞一听，口中说道："谢谢师兄，我记住了。怎么不见四师哥呢？"

斗天仇说："他上街卖菜去了。比如说，今天你四哥上街，我在家中照管一切，你五哥单管收拾园子。你四哥明天照管家务，我就收拾园子，你五哥上街卖菜，大家轮流值日。你是专管担水浇园，咱们四个，是各执一事。浇园也有秩序，你先把石槽打满了，再把石槽那头木塞一拔，那水就顺着水沟流到畦里去了。你再去看畦口儿，放完了一槽再打一槽，几时把该浇的浇完了，几时算完，每天一遍，浇完了你就休息，别的你就不用管了。"陆贞一听，连连答应。

从此，陆贞就成了担水浇园的园丁了。头两天虽然不多累，可是陆贞年岁太小，并且乍学做活，每天晚上膀子未免发肿，两手发烧。幸亏临睡的时候，他老师必定坐在床前，叫他

躺在床上，周身替他顺气、顺血、顺力，屈胳膊盘腿。等到通完了，他不但不觉得累，反倒四肢通畅，十分舒适，不觉悠悠睡去。转眼一个多月，他有力量了，活儿也排住了，也不觉累了。就是水桶也换大的了。就是这个样子，一连过五个月，水桶每月一换，等换到头号的，扁担也换了铁的。不知不觉，待了一年，陆贞已十四岁了，身体长高了，力量大多了，周身足有千斤之力。原来那个水桶你别瞧那么厚，中间却是空的，在桶旁边有小孔儿，每天有人往里装铁沙子，一个月装满。每天有一定的分量，比方说第一对桶装满了一百斤。第二对桶，不装沙子光空桶就有一百斤，每天照旧的分量往里装。等到第二对成功再用第三对。直换到末一对，光空桶加铁扁担就有六七百斤，再加上两桶水，不到八百斤也差不多。如若担着八百斤的东西，毫不费力，这岂不有千斤之力吗？可是这个练法非守着老师不成，因为他能给你顺气、顺血、顺力，不然的话，那可就别这么练，一练非坏不可，因为没人给你周身顺通。略一用力，一定得大口吐血。就算你对付着慢慢练成了，你的力量也长不了，一旦不练了，那力量也跟着退化了，或是一上年岁，力量跟着退回去。因为这个力量，不经明师指导，它全浮在筋肉之上，由名师指导的这个力量可就不同了。

再说陆贞，这一年的工夫，虽然力量增加了，可是他老师一招也未教他武术。不但没教给他练武术，连他这三位师兄，始终也没瞧见过他们练武术。陆贞自己非常闷得慌，可又不敢问。这天吃完了晚饭，颜老先生对陆贞说道：“你先不要休息，到我这屋里。”陆贞一听连连答应，随着老师一同来到东配殿，一瞧在近面桌前放着两个蒲团。颜老先生说道：“陆贞，你来到这里，已经一年的工夫，可是武术一招也没教给你，但是你练力的功夫已经有了根基。但是尽练力不练气是不成的。今天起，我再教你练气之法。练气成功，再教你练习内外两家的武术。”陆贞一听十分欢喜，连连答应。老头子教他坐在蒲团之上，先教他静坐的功夫。这个静坐的功夫可不是五心朝天，而

专是调神运气固精第一步的功夫。身体坐正了，盘上双腿头向上，双目微闭，心中免去了杂念，把口合上，舌尖顶着上腭，单用鼻孔调气。这叫作气顶。把气由鼻孔吸入，用意领导，过天突穴气往下行，直至丹田。两手同时先用左手微扶左肋慢慢下行至丹田，左手同时兜住外肾，再由右肋慢慢回至天突。同时再用右手微扶右肋下行，兜住外肾，气至丹田绕前阴至会阴穴，再绕肛门，由尾闾上行，同时肛门微微上提，提过夹脊三关渡雀桥上走泥丸宫，经上星由鼻孔呼吸出气。行一周名叫一周天。左右手互撮互换呼吸一周而复始。九九八十一次。这个样子日期长了，自然能够精神稳固。这是混元气第一步的功夫。隔日，一撮一兜，左右换手，九九之数，真阳不走。这个气真要练成了，准可延寿益年。因为这个气要是通了，人身的任督二脉自然可以通了。任督一通，自然可以长生不老。所以道家有话：本来督任此身中，寻得仙源有路通，剖别阴阳维跻界，调冲运带鼎炉红。这虽然近乎道经，可是武术练成了，自然无形中阴阳相合，不过一般人不肯用心去练罢了。

老头子教陆贞在子午二时打坐凝神，每日除了担水灌园之外，就是运气调神。转眼三年的工夫，陆贞对于练气练力全部有了根基。老头子这才令斗天仇教给他先练各种的大小架子，操练单手。不知不觉又是三年的工夫，各种架子同各种单手全部有了根基。老头子这才亲自传授他长拳短打十八般兵器，还有带钩的、带练的、带刺的各种兵器以及蹿纵跳跃、陆地飞腾等大小技术。闲时对他讲江湖的一切规矩。前后整整练了二十年，老头子真是倾囊相授。陆贞这时已经三十三岁，各种武术样样精通，最得意的就是一对短柄倭瓜紫金锤，每个重十二斤。

这天颜老先生把陆贞叫到屋内说道：“陆贞，现在你的武术差不多了。回想你十三岁千里投师，不避艰难困苦，可说是武术界的人才，也是你自己刻苦持恒所致。要打算成名天下，非闯荡江湖不可。现在你的武术，虽不敢说打遍天下无敌，可要是遇见差不多的主儿，是可以应付自如，落不了下风，但是

不可以武术欺人，你要谨记我每日传你的言语。想当初你父亲被害就害在糊涂身上，枉在江湖闯荡一世，落了个一气身亡。这可不怨人家邱雨不对，总算是祸上自招。我原先已经给你解说明白，所好者，你心地明白也不用我多加嘱咐，最要紧就是行走江湖，要保住你自己的人格，那就算你给为师的露脸并为门户增光。你若不守师训败坏门户中规矩，我一定要取你的首级，绝不能因为你是我的心爱弟子，姑息不管，就是我死了以后，你要知道，你五个师兄都是自幼跟我练成的武术，他们的武功，可说哪一种全比你强，也能替为师的取你的首级，绝不能给门户中留下败类贻笑武林。现在我的言语嘱咐完了，切记为要。你家中的母亲，自从你偷跑以后，终日想念，盼你回家。现在你武功的程度虽然还不高，也有七成把握。二十年来，你未向家内寄过只字片文，好在你母亲倒还健康，明天我打算送你回家，探看你的母亲。以后在江湖上闯荡个十年八年的，大小也立个名誉。几时愿意回来，几时再回来练艺。”

陆贞一听，十分难过，有心不走，又记挂母亲，这一走又舍不了恩师同三个师兄的恩义，勉强答应下来。到了第二天，老头子令斗天仇预备了一桌酒席，爷四个算是给陆贞送行。师徒五人吃了早饭，老头子在暗间里拿出一个包袱，打开一看，里面是两身白细裤褂，一件青绸子大褂，一双白袜子，一双黑缎子皂鞋，另外还有一对短把倭瓜紫金锤。那锤头有大茶碗大小，锤分六瓣，黄澄澄耀眼铮光。老头子说：“你先把衣服换上，我还有话说。”

陆贞换上衣服，老头子说：“今日一别，我无物可赠，我就送你这一对兵器，送你一个外号：赛元霸。”

一伸手又掏出四十两银子，说道：“你本是回家，这点路费也足够你到家了。”陆贞接过银子，跪在地上，谢过老师复又同三位师兄作别，差一点没哭出声来。老头子说：“我们这是暂时的分别，何必这样难过呢？到了家见了你的母亲替我问候，你这就走吧。”那斗、成、骆三位也十分难过，没法子只

好催他起身。陆贞这才拿起包袱，收好双锤，带着银子，辞别了师父师兄，往外就走。那师徒四人，一直送出山门，被陆贞拦住，这才回观。

第四章

游江湖盗金留柬

陆贞一路走着，想当初来的时候，一十三岁，受尽了辛苦折磨，幸亏自己立志坚定，百折不回，始有今日艺成回家之举。看起来凡事不要畏难退缩，只要立定意志，择好了途径，勇往直前，早晚有个成功的一天。自己思来想去，转眼走出十余来里，到了武昌东门之外，在江边码头上一看，并没有下行的船只，只得找店住了。一连三天，不想连一只下行的船都没有。自己想道，从苏州到武昌，通共一千多里路，若下步走，用不了十天的工夫，我何必总在这里等船呢？自己沿江东去，不就完了吗？于是算还饭账，拿起包袱，出了武昌城，顺着大路，奔苏州府走来。

这天走到一个地方，名叫鱼鳞镇。天色将晚，自己在镇西口找了一座店房，字号是悦来老店，占了两间东配房。吃完了晚饭，自己把灯熄了，坐在床上，盘膝打坐。正在将要入睡，忽听得外面嗖的一声，自己就知道房上有人蹿纵，不然，绝没有这种衣襟带风的声音。陆贞学会的武艺尚未用过，不由得一顺双腿立在床下，回首拿过兵器，用手一开门，向外一看，什

么也没有，正要回房，猛听嗖嗖嗖，一抬头三条黑影，由东向西飞去。陆贞一瞧，连忙一翻身上了西房。向西一看，就见前面一条黑影后面三条黑影，蹿房越脊如同流星赶月。陆贞连忙一伏身随在后面。陆贞在通真观练艺二十年，可不知道自己能力有多大，因此放开脚程一追，三跳两跳可就追上了。虽然追上不敢逼近，不即不离地跟随。出了不到三四里地，就见前面一个黑沉沉的所在，大约是一座树林。前面跑的那个人来到树林切近，站住身形，口中说道："三个小辈，不要苦苦追赶，你别看二太爷怕你们，有胆子只管过来，跟二太爷比比，何必这么耀武扬威，狗仗人势呢？"陆贞一看前面那个将一转身，自己赶紧将身形一伏，伏在地下。幸亏那个人没有注意，未曾看见。就见后面那三个人站住身形，各摆兵器，向上一围，把前面那个围在当中，只见前面那个人一伸手，取出一对兵器。陆贞一看，乃是一对日月凤凰轮。只见他把双轮一抱，用了狮子滚球的招数，说道："小子们进招吧。"

只见首先一个人手持一对双拐，说道："二位看着巡风，小弟先来。"说完左手拐向使轮的脸上一晃，右手拐嗡的一声连肩带背向下砸来。那个使轮的向左一转身，右手轮向外一磕单拐，左手轮直奔使拐的头上便劈。使拐的身子向下一缩，闪开单轮，拐走卜盘，右手拐奔使轮的双腿便打。使轮的双腿向上一飘，躲开拐趁势向使拐的肩头就是一脚，嘣的一声，踹在肩头之上。使拐的一歪身倒在地下，使轮的左腿方向前进一步，右手轮用了个"青龙探爪"，向使拐的胸前便刺。那第二人手使单刀，急忙向使轮的背上扎去。那使轮的真称得起耳音灵敏，一听身后有金刀劈风的声音，就知有人暗算，于是左腿一抬右手轮顺着地皮向下一划，一翻腕子向上一托，身形一转，这个轮正剪使刀的腕子，这一招叫"回头望月"。那个使刀的往回一抽身，那个使轮的右手轮紧跟着奔腰部推来。正在这个时候，只听哗啦一声，第三个手使链子双镢，直向使轮的左肋便点。那使轮的左手向回一撤，单轮向下一压，正要用右

手轮向使镢的头上劈去，那个使刀的一口单刀早向使轮的头上砍来。使轮的一瞧刀到，右轮向上一抬，把单刀截住。这时那个使拐的也起来了，喊一声“上呵”，左手拐向使轮的面上一指，右手拐向使轮的右手打来。那个使轮的向前一迈右脚，身形一缩闪开单拐，已经到了使拐的左侧，左手轮“凤凰展翅”，向使拐的左臂便削。那个使拐的向前一纵身，出去了三四步才躲开这一轮。那个使刀的已到了使轮的身后，双手抱刀向使轮的背上扎来，使镢的双镢一抖，直点使轮的胸部。那个使拐的已经来到近前，右手拐也奔使轮的头上砸来。只见那个使轮的闪开双镢，躲过双拐，避开单刀，在三个人当中如同狮子滚球一样，滴滴溜溜地乱转，看关定式，还要得便进招。别看三个人围住一个，他还打了个自在逍遥，虽然赢不了，可也不看输。但是工夫一大，终究人多的占了上风。因为他们三个有缓气的工夫，这时候使轮的可就显出招法迟慢来了。招法虽然微慢，可是步眼择得十分清楚，所以一时半刻，还不易输。

陆贞一看，使轮的这一位实在招法高明，的确受过高人传授。现在虽然招法迟慢，可是步眼不乱，称得起站如钉、动如风，蹿纵跳跃，毫无声息。陆贞暗道：“这个人轮法既然这样高明，一定是名人的子弟，真要工夫一大，被那三个人杀了，实在可惜。但是不知他们为什么这样仇杀恶战，不如我出头给他们排解排解，问明真相。只要他们不为要紧的事情，我给他们说开，岂不多交几个朋友？”

想罢站起身来，由肋下抽出双锤，双手一擎，高声叫道：“前面的四位朋友，请你们暂时罢战，小可有一言相奉告。”说罢一纵身形，双锤一举，落在四个人面前。

再说这四个人打得虽然难解难分，忽听有人说话，紧跟着嗖地纵进一个人来，手举双锤，那个使轮的首先纵出圈外，用双轮遮住胸膛，举目观看。紧跟着使拐的、使刀的、使镢的，全都收住兵器举目观瞧。陆贞说：“你们四位为什么半夜三更在此仇杀恶战，可否对我说明呢？因为我看了半天，看不出你

们为仇的真相。你们几位有多大的冤仇？依在下看，同是武林人物，何必如此呢？不才愿作鲁仲连，与四位调解。”就见那个使轮的一声不响。那三个一看，打心里不愿意。他们想使轮的已招法迟慢，再不大会儿工夫，就可以结果他的性命。不想跑来这么一位使锤的，横打鼻子，硬来劝架。就听那个使拐的说道：“朋友你是做什么的？”

陆贞说：“我是过路的。”

使拐的说：“过路的，你最好少管闲事。”

陆贞说：“朋友你别这么说，天下人管天下事，好事坏事，有人管好。再说你们眼看就出人命，我哪能看着不管呢？所以我打算听你们几位说说，到底因为什么？能和解就和解，否则在下就不管。”

只听那位使拐的说：“朋友，依我说你还是趁早走你的路，别找不自在，我们的事，了与不了，与你无关，再说我们出了人命，不是也不用你给抵偿吗？你何必这么唠唠叨叨呢？”

陆贞一听，不由得有气，心中想道：“这小子怎么这样不通情理？你不是说不用我管吗？我非管不可！”

想到这里，他说道：“朋友，你这个人真难说话。你不会把事情的始末对我说说，也省得让我闷得慌吗？如果你们几位不愿叫我管了，我不就一走了事吗？”

使拐的一听，说道：“趁早走你的大路，我这可是为你好，我们的事，不能对你说。你真要不走，可别说我们对你不起。”

陆贞说：“朋友你先别着急，常言说得好：好事不背人，背人没好事。这个事既然你不能对人说，当然不是好事。我这个人有一种毛病，遇见事非得打听明了，否则我心里不舒服。就是你对不起我，我也得打听。再说，你对不起我怎么着？莫非你们三位还要打劝架的吗？可以这么说，你要不告诉我，今天这个架你们就别打了。因为我在这里站着，还能瞧你们打上没完吗？”

这个时候，使轮的那位看出来了。因为自己没有缓过气

来，所以没有言语。现在气也缓过来了，也看出陆贞是一位好事的人。他想：“我何不说实话，约个帮手呢？”

于是，他叫道：“这位朋友，请你不必问他们了，我对你说吧。”

陆贞一听，对使拐的说：“你看人家多痛快，那么我们就请这位说吧。”

只听那位使轮的说道：“朋友，你要问这三个人，乃是我们江湖上的公敌，到处采花作案。今天晚上他们三个到人家采花，被我搅了，所以他们跟我拼命。”

陆贞一听，啊了一声说道：“朋友你不用说了，我明白了。”

他用手一指使拐的说：“朋友你瞧人家多痛快，就是这么两句话，你就不肯说。闹了这么半天，原来是你们三位今天晚上出去采花儿去，被他搅了，没得着花儿，这才跟这位打上没完，你说是不是？”

使拐的一听，更不愿意了，说道：“是怎么样，不是又怎么样？”

陆贞笑道：“你这个人怎么不顺人情呢？我既然问，当然就有办法，你就别管怎么样。不是的话，我有不是的办法。”

那个使拐的哼了一声，道：“我先听听你那个办法。”

陆贞一听，哈哈大笑，说道：“你怎么这样糊涂呢，不是请走，如若是的话，把你们三个小子的脑袋留下。”

三个小子一听，冲冲大怒，说道：“好小子，你多管闲事，我倒不恼，你不该前来耍笑我们，今天留下你的脑袋让你走。”

陆贞微笑说：“我今天就没打算要活着，你就来吧。”只见那个使拐的向前一纵，单臂抡拐，直奔陆贞头上砸来。陆贞一看，暗道：“小子，真有你的，我若不叫你认识我，你也不知道马王爷三只眼。”眼看单拐到了头上，并不躲闪，右手一用力，本来他外号叫“赛元霸”，他的力量可想而知，右手锤向上用力一迎，这一锤正迎在拐上，只听当的一声，火星子早起老高，单拐出手，飞起了足有三丈远，啪的一声落下来了。再

瞧使拐的那个小子，噔噔噔，往后倒退了几步，虎口迸裂，单臂发麻，不能动转。陆贞又进一步轻轻一点使拐的肚腹，那人哎呀一声仰翻在地。就见那个使刀的大惊，一个箭步向前一伏身，护住使拐的。就见那个使轮的嗖地蹿将过来，说道："小子你要跑，那如何能够呢？"他一摆双轮，左手轮乌龙探爪，照定使刀的面上就是一轮，使刀的向后一闪身，自知劳乏不敌，口中说道："风紧扯活。"一回身，也顾不得背人，同那使镢的撒腿就跑。使轮的一瞧，迈步要追，陆贞说："朋友，穷寇莫追，小弟我还有话说，你们到底是怎么回事？"

那个使轮的站住身形，把双轮并在右手，来到陆贞面前，说道："朋友，没领教你贵姓高名。你若是再晚进一步，我非栽给这三个小子不可，我先谢谢你。"说完抱拳就要行礼。陆贞连忙摆手道："朋友不要如此，我还有话跟你细谈，但不知阁下贵姓高名，跟何人学习的武术？"

那人说道："小弟姓尹名成，河南彰德府尹家林人氏。我先父名叫金针尹青囊，我的业师是嵩山少林寺方丈，人称金面佛法源长老。小弟也有外号，人称'小白龙'，但不知兄长贵姓高名，仙乡何处？"

陆贞一听，心中暗道：不怪人家武术高明，原来是医侠尹青囊的后代，少林寺的门人。想到这里，陆贞说道："原来是少林寺的门人，医侠的后代，久仰久仰。小弟姓陆名贞，乃是苏州府陆家疃人氏。我的业师是武昌东门外望江岗通真观的隐士姓颜名润，字晚晴，道号通真子。小弟人称'赛元霸'。不知阁下因何同这三个人半夜三更在此争斗？"

尹成说："这三个小子，我全认识，是山东青州府清妙观九首蜈蚣李玄修的门人。"

他一回首，指着受伤的那个人说："这小子姓刘名利，人称铁拐刘利。那个使刀的名叫粉蝴蝶葛三雄，那个使双镢的，名叫小莲花沈德秋。这三个小子无恶不作，专在江湖上采花作案。我在少林寺学艺的时候，就听见家师说过，下山之后，在

山东曹州府认识他们。今天也是冤家路窄。我由家中出来，打算过江访友，不想住在这里。夜中出来小解，看见三条黑影，由房上过去，我连忙带上兵器追过去一看，原来正是他们三个小子，想着在一个大户人家采花，被我把他们搅了。三个人一路穷追，来到此处，这才同这三个小子动手。看看要败，不想遇上兄台，但不知兄长意欲何往，怎么正好在此处相遇？”

陆贞这才把当初自己如何学艺，直到奉命回家探母夜宿鱼鳞镇，听见人声追击出来的事说了一遍。尹成一听，心中暗道：“不怪人家一锤震倒刘利，原来人家是隐士的门人。看起来真是名不虚传。足见高人的门徒，真有特别的技术。”

这个时候，刘利已经苏醒过来，对二位说道，“姓陆的，姓尹的，我们可是往世无冤，近日无仇，不过因为我们的行为不对，才惹起你们出面干涉。可是我现在也想过来了。你们如愿意把我杀了，或是交给官府，我也不怨你们，那算是咎由自取。如若你们把我放了，以后我就痛改前非，必有一份补报，你们瞧着办就是了。”

陆贞说：“尹兄，你看怎么办呢？”

尹成说：“这个事还是兄长做主才是。”

陆贞说：“既是如此，莫如咱们把他放了。因为什么呢？第一，我们若把他交了官府，我们得跟着他上堂对证打官司。我们虽然没有事，可是多一事不如少一事。第二，我们若把他杀了呢，按江湖规矩，可说是替大家除害。但是他自己既说痛改前非，我们无仇无恨，不如成全成全他就把他放了吧，尹兄意下如何？”

尹成说：“既然兄长要成全他，小弟也不愿意同他们深结冤仇，咱们就把他放了。”

陆贞一回头对刘利说：“朋友，今天这个事，按你们素日的行为，本当一刀两断。可是我们又没有冤仇，再说你还要痛改前非，这是你自己说的，那么我们就把你放了。改与不改在你，你真要不改的话，不管遇上谁，你也难脱公道。因为你们

这种行为，是江湖人最痛恨的。你想谁家没有少妇长女，如若你今天不做这种不道德的行为，我们又何必同你作对呢？所以说，万恶淫为首，你以后真要痛改前非，我们对于你绝对不再仇视，以后请你自己想就是了，话说完了，你就请吧。”陆、尹二人说完了话，收拾包袱直奔鱼鳞镇去。刘利一瞧人走远了，这才慢慢地站起身来，觉得头重脚轻，神昏目眩，不由得哎呀一声。只见眼前黑影一晃，有人说道：“大哥吧，你别动，我背你同走。”刘利一看，原来是三弟粉蝴蝶葛三雄和小莲花沈德秋。刘利少气无力地说道：“二位贤弟没走哇？”

二人说：“我们因为他们没追，所以躲在树林之内暗中观瞧。他们如若把你杀了，我们再想法子替你报仇。如若把你放了，我二人好带着你一同走路。我们哪能自己走了呢？”

再说陆、尹二人一直进了鱼鳞镇。原来尹成也住在悦来店内，所以二人并不叫门，一同蹿房而过，回到屋内。工夫不大，天色已明。陆贞叫店伙将尹成请到自己屋内，一同吃饭。二人越谈越投机，真是相见恨晚，不忍分别，二人就结成生死之交。陆贞又问尹成意欲何往。尹成本打算过江访友，可也没有一定的去处，打算不久回转河南。陆贞一听说道：“贤弟，你既然无事，何妨同我回到陆家疃，待上几天，我再陪你一同去河南。不知贤弟意下如何？”尹成一听，甚是喜悦。于是二人付了店钱，一路沿江向苏州而来。这天到了陆家疃，陆贞来到自家门首一看，就见房屋焕然一新，大门外那四棵龙爪槐更加茂盛。大门里面的板凳上坐着一个家人，二十多岁。陆贞一看这人不认识，暗暗想道：“莫非房屋卖给别人家了？”

于是同尹成走到门前，问那家人道：“这儿可是陆宅？”

那人一见来了两人，全都相貌不俗，衣服整齐，连忙站起说道：“不错，正是陆宅。”

陆贞又问：“你们二爷可叫陆亨？”

家人说：“不错。不过他老没有在家，因为南庄上有事，他应酬去了。”

陆贞继续问："你们老太太可还壮实？"

家人说："老太太倒十分壮实，但因为三少爷二十年来未曾回家，每日想念，现在虽然七十多岁，可是头发满白，同八九十岁的人一样了。"

陆贞说："你可认识你们三爷？"

家人一笑，说道："这可是开玩笑。我们三爷一晃二十来年未曾回家，我们三爷出门那年我才四岁，如何会认识呢？"

陆贞一听笑道："你认识我吗？"

家人说："小子我眼拙，不认识你老。"

陆贞又问："原先看门的老陈呢？"

家人说："那是我的父亲，因为他上了年岁，老太太又可怜他，不叫他在外面听差了。"

陆贞一听，知道这里仍是自己的宅院，这才对尹成说："贤弟请家里坐吧。"说完，他自己也不管家人，领着尹成大步往里面走去。

家人望着发呆，他不敢阻拦，恐怕得罪主人的亲朋好友，但猛然一想："他问我父亲，一定同我父亲认识，我何不把我父亲找来瞧瞧呢？"想到这里，他转身抢先向里走去。将进二门，迎头撞见老陈。小子对他父亲一说有这样一个人，如何盘问自己，现在他已经往客厅里去了。老陈一听，暗道："这是谁呢？莫非是三爷回来了？"于是他连忙跑出二门。只见由外边进来了一个青年武士，三十多岁的年纪，十分面善。老头子近前一打量，面目虽然变大，身量已然长成，但幼年的神情，依然还在。可不是二十年不见的三少爷又是谁呢？看罢向前一伸手，拉住陆贞道："我的三爷，你可回来了，老太太想你想得快疯了。你赶紧到里面瞧老太太去吧。"

说完，他撒手就往里跑，口中嚷道："三爷回来了，三爷回来了！你们快告诉老太太去吧！"他这一路混嚷，里面早知道了。老太太一听二十年不见的儿子回来了，真是喜从天降，扶着丫鬟向外就走。将出上房门，还未下台阶，就见外面进来

了一个青年人，迎面走到跟前。老太太尚未看清，就见那个青年跪在面前说道："儿子陆贞给母亲磕头。"

老太太一听，双手扶住小儿子的头，将脸翻上来，仔细一看，问道："你可是贞儿?".

陆贞说："正是孩儿。"这个时候，老太太觉着也不是喜，也不是悲，心里头苦辣酸甜全有，这个滋味，可说是啼笑皆非，不由得呆呆发怔，口中念道："莫非这是做梦吗?"

陆贞这时已经站起身子，说道："母亲不必难过，是儿子陆贞回来了，并不是做梦呢!"

老太太这才双手一扶陆贞，颤巍巍地哭起来了，口中说道："我的儿哟，我只说今生看不见你了，你可把娘想坏了。"

陆贞一手扶着老太太，说道："母亲不必难过，儿子这不是好好地回来了吗？还有好些话要对你老说呢。你老一难过，儿子可就说不上来了。"

老太太这才止住悲声，说道："你快往屋内来吧，快说说这二十年的经过，让我听听。"陆贞这才扶着老太太，后面围定婆子丫鬟，一直进到屋内，让老太太上床坐下，陆贞坐在下面，丫鬟斟过茶来。

陆贞手执茶杯，慢慢把自己由大柳林练武说起，如何听马二爸传说，自己如何坐船到了武昌，找到望江村，见不到颜老先生，自己如何沿街乞讨，直说到得艺回家前来探母，路上结义。这一席话，把个老太太说得哭一阵笑一阵，真是悲喜交集。这时一家的男女老少全知道三爷回来了，黑压压站了一屋子人，全来听陆贞谈说经过。老太太派人把陆亨的妻室陈氏叫来。原来陆亨在陆贞走后娶了邻村陈姓之女，生了一个儿子，名叫陆萼，年方六岁，也随母亲前来叩见叔叔。陆贞同大家相见之后，这才对老太太说："外面还坐着自己的盟弟，名叫尹成，是在途中遇上的，儿子还要到外面同他坐坐。再说，恩师在儿子来的时候，已经嘱咐到家见过母亲之后，还要闯荡江湖，立下名誉。我还要寻找邱雨报那父兄之仇，倒要看看他们

的江湖七雄是何许人也。”

老太太一听，满心欢喜，说道：“正该如此，你父亲在九泉之下也能瞑目了，你去外面看看你那朋友去吧。”陆贞辞了母亲，这才来到外面，一瞧老家人正陪着尹成谈话，于是命老家人去到厨房，叫厨子安排晚饭。尹成问：“兄长见过伯母了吧，老人家可还健康？”

陆贞说道：“托贤弟之福，家母倒甚健康。”

尹成说：“兄长，几时领我去给伯母请安呢？”

陆贞说：“贤弟今天休息休息，明天愚兄再领你去见家母，反正我们一天半天又走不了，何必忙在一时呢？”

二人正在谈话，只听外面老家人说道：“二爷回来了，老奴给你道喜。”

只听陆亨说道：“我有什么喜呢？”

老家人说：“二十年不见的三爷回来了。”

陆亨说：“好，我先到里面放下东西，回来后再说。”待了很大的工夫，方才从里面出来，进了客厅。

陆贞细瞧二哥已经年将半百，形容枯瘦，赶紧站起来说道：“二哥你老可还健康？小弟回来了。”

陆亨一瞧陆贞身体雄壮，说道：“三弟这一晃二十年未回家，我真未想到你能得艺回来，这可真是大喜。”又对尹成说：“这位是谁？”

陆贞说：“这是小弟结义的兄弟。”于是给尹成一指引。尹成十分不高兴，冲着陆贞不得不应酬一番罢了。因为他瞧着这二爷，有点不够人格。凭二十年不见的兄弟，一旦归来，若遇个骨肉情深的人，这得如何欢喜，现在瞧他这个样子，不独不欢喜，而且面带愁容，一见面连一句骨肉话也不说，只凭空说了那么两句不关痛痒的话语。这个人可说是情义太薄，对兄弟还这个样子，对朋友就可想而知了。一看陆贞给指引，不得不敷衍两句，这才说道：“小弟入世年浅，来到府上打搅，如有不周到的地方，还请二哥指教，千万不要客气。”陆亨一听，

慢慢说道："阁下太谦了。来到舍下，招待不周，还请阁下千万不要见怪。因我每日太忙，杂务太多。好在三弟身闲无事，每日尽可以招待尊兄。我现在还有一点小事未完，有失奉陪，有话咱们明天再谈。"说着告辞往里面去了。尹成这一来更不高兴了，暗道："怎么这个人这样冷淡，莫非说怪我来得仓促，怎么连坐也不坐就走了呢？"回想陆贞待人那样忠厚，他哥待人那样淡薄，一母之子性情竟那样不同，真令人奇怪。尹成当然不知，也难怪二爷陆亨不高兴。他本来的估计是陆贞绝对不能回家，一定会死在外面。所以他使心用意，费尽精神，把个产业经营得蒸蒸日上。因为三人均分的产业，落在一人之手，这该如何高兴！所以不惜心血，把自己累得形容枯瘦。现在陆贞这一回来，一定先得聘娶妻室，下边一定得子女盈前。自己独享的家产，又经自己加意经营，好容易落到这个成色，不想硬被人家分一半去，你想这该如何的难过呢？所以他连坐也未坐就回里面去了。直到尹成回尹家林，他也没有过来招待一次。

陆贞同尹成一连住了十几天，每天二人在一处闲谈，陆贞的心思，可就被尹成看明白了。原来陆贞自从同二哥一见面，陆亨那种冷淡的神情使他很不自在。后来一体察，觉出陆亨的心思是怕自己分这份家产，不由暗暗想道："慢说钱财是身外之物，家产本是父亲一手造成，做儿子的不该存有这份自有的心理，就是自己苦力经营来的，既有兄弟也不该据为私有。现在既然二哥重财轻义，把兄弟看同他一样的人物，我何必同他在一处胡搅？自己正好寸草不带，往别处自立江山。但老太太这大年纪，必须百年以后，方能抬腿一走。"尹成看出来了这个心思，所以常劝陆贞搬到尹家去住。陆贞说："贤弟的心意我很明白，但是老太太这大年纪，岂能还叫她老人家受那风尘之苦？"所以一晃在家住了二十多天。这天晚上吃完了晚饭，陆贞陪着母亲在院中乘凉，就对老太太说："明天陪着盟弟尹成去河南访友。"老太太一听，并不拦挡，点头答应，说道："你明天出门不用路费吧？用多少跟你二哥要。"娘儿俩坐的工

夫也大一点，天气又很凉爽，老太太不知不觉受了凉，夜里就觉着身热头疼，鼻子发闷，第二天就起不来了。尹成一看老太太病了，对陆贞说："兄长，现在老伯母既然身体欠安，咱们可就别动身，等老人家好了以后，咱们再往河南，好在小弟闲着没事不妨多住几天。"陆贞一听，连连答应，于是聘请名医赶紧调治。不想大限催人，医药无效，不到十余天的工夫，老太太竟然一命呜呼！陆贞满含哀痛，尽哀尽礼张罗办完白事。按说老太太这大年纪，陆家又偌大的家产，不应该苟且了事。但陆亨也不知听谁跟他讲了两句四书，说是"礼与其奢也宁俭，丧与其易也宁戚"。他守住这两句书就是不多花钱。一任陆贞说破嘴唇，他只是摇头不允，还说，"你年轻轻的知道什么，莫非说孔圣人还不如你吗？"陆贞无可奈何，只好听之任之。等到丧事已过，陆贞觉着心无牵挂。这天跟尹成商量，打算就起身。二人说妥，陆贞就到二爷屋内来了。一看陆亨正在屋内坐着，陆贞说："二哥怎么今天没出门呢？"

陆亨说："今天没有事，所以休息一天，我有一句话对你说。"

陆亨说道："三弟，你现在也这么大了，也该知道世路艰难了。自从你回来，每天什么也不做，整天价坐吃山空，这也不是个长法。你吃还不算，还留着一个帮吃的。你想自从你回来这一个多月，光你两个，每天酒肉，得多大花费？你想想我们这个小日子禁得住吗？你也得打一个正当的主意呀。"

陆贞一听，暗道："好一个同胞兄弟，母亲一死，你就这样挤对的骨肉分离。明知我不久就要外出，不想你们仍然用出这些法子。你既然这么无情，我不妨吓你一吓。"

想到这里，陆贞说道："二哥你不必往下说了，我今天前来是有点事要跟你商量。"

陆亨说："商量什么呢？"

陆贞说："因为我自从到家以后，每天的花费，十分难为老太太，所以我不敢说。现在老太太去世了，我打算同二哥商

量。我也这么大了，也不能尽叫人管着，也得自己成家立业。我打算咱们请几位亲戚同本族的族长，给咱们把家产分开。以后我受了饥寒，也不怨你心狠，也省得你每天替我操心。二哥你看如何？反正咱们家的产业，我来了一个多月了，我也调查明了，不过请几个人来做个证，立个分单就是了。至于分家的这笔花项，等分清了之后我完全负担。你瞧怎么办？”陆亨一听，不由得吸了一口凉气，好似一桶冷水由头上洒到脚跟，头上的汗立刻好像黄豆一样滚下来。你道他因为什么这样怕呢？原来，自从陆贞回来，就怕陆贞同他分家。所以，陆亨每天想的是怎么造假账目，怎么买通中人。不想他这些手续没有做完，老太太就死了。紧跟着办丧事出殡，这个事就搁下了。原打算等两天自己再暗中着手。今天一瞧陆贞进来，满以为他是手中无钱，来要钱零用，所以先说了那么一套叫他不好张嘴。不料这位三爷没等他说完就当头来了这么一棒，不由得一急，汗就出来了，只急得面红耳赤，半晌说不出话来。陆贞在旁边瞧他这个样子，十分可笑，说道：“二哥，你老打算怎样呢？如若你老不愿意聘请亲邻，怕被外人笑话，小弟我自己去请也不要紧，怎么你不言语呢？”

陆亨一听，暗道：“看这个样子，他是一定要分了。但是自己一切的手续还没有安排妥当，真要一分，岂不叫他分去一半吗？要打算不叫他分，得用什么法子呢？瞧神气，来硬的怕他不听，真激火了，恐怕他非分不可。没法子，只能尽说好的了。”

于是，他掏出手巾把汗擦了擦，说道：“老三，你怎么想起分家来了呢？你手头没钱，不会向我要吗？何必要分家呢？再说，母亲刚刚去世，真要一分，不叫人家笑话我们，说我们弟兄不讲义气吗？用钱只管言语呀，你何必总要急急忙忙分家呢？”

陆贞说道：“我因为打算同尹贤弟往河南访友，缺几百两银子做路费，打算跟你要，又怕你没有，所以我打算同你分

家，好用家产折变路费。二哥你不是不愿意分家吗？明天我们就要起身，请你老今天给安排五百两银子我们好走。”

陆亨一听，心中暗想：“要说五百两银子，可不算事。但他若一年出去一百趟，每趟五百两银子，那我这一辈子挣的还不够他做路费呢！你说要不给他预备，他一定又要分家，这可怎么好呢？”不由得怨恨自己，不应该早先不暗中计划，以至于今天受这种苦恼。他想了一会儿，说道：“三弟你真是不知道过日子的艰难，一张口，就是五百两。你先想想，老太太这一宗大事，不花不花，花去了好几千两银子。咱们家哪里有那些余钱呢？你这不是故意给我为难吗？”

陆贞一听，说道：“怎么办呢？叫我瞧还是分开好，我花钱也方便，你也不必为难。”只急得陆亨两眼如灯，项筋粗大，汗流不止。陆贞一看，二哥急得也够受啦，这才哈哈一笑，说道：“二哥，请你把心放下，我实话对你说吧。我本没打算要这份家产。若不是老太太这大年岁，我早就远走高飞了。你也该仔细想想，我们这份家产虽然不大，也够个上中之家。老太太一死，发殡何至那样吝啬？再说，我们本是三股均分的产业，大哥已经故去，又没有子女，我又练的是童子功，不能娶妻生子。我们三个人下面就是萼儿一人。你看这份家产早晚还不是你一人所有吗？我要分家产又有什么用处呢？不过，我每回到家，有个落脚之处就是了。不想你看不明白，我刚一回家，你就十分不高兴。我若死在外面，大约就合了哥哥的心了，可是我不死也不过到家吃碗闲饭，临走拿几两盘缠费。按我们这种家产不是也十分有限吗？瞧你老的意思，马上我立刻离家，才合你意。我今天来，并不是同你来分家产，也不是向你来要路费。不过，我明天起身，你是我哥哥，我哪能不告诉你呢？不想我一进门，你就说了那么一片话。你想想，你不叫我坐吃山空，拿我们这种境遇来说，你叫我干什么去呢？因为你不惜骨肉，所以我才要同你分家，真就把你急成这个样子，你想想对得起二十年不见的兄弟吗？我也不必教你为难，这三

五百两银子，还难不住我，干脆你老人家就不用管了。还有一句话，你别看哥哥对不起弟弟，弟弟可对得起哥哥。像你老这些办法，挡不住以后出点逆事。真要有了事情，你就派人往河南彰德府尹家林找我就是了。”陆贞说完，转身出了内宅向外面去了。陆亨一看陆贞走了，这才把心放下，心中说道：“你不必来这一套，反正我不给你钱就是了。只要你再等三天，我的手续办妥了，再来分家我可就不怕你了。你有千条妙计，我有一定之规。”陆亨吃了晚饭，看了看天交二鼓，这才算了一回账目，复又开开银柜子拿出了十封银子，看好了成色，秤准了数目，包好五十两一封，放在柜内锁好，把钥匙带在身上，这才吹灯就寝。次日清晨起来，对陈氏说道：“昨天南庄上陈三爷，跟我借五百两银子，三分行息，今天我给他送去。倘若老三来找我要钱，你就说我出门办事去了，回来再说。”说着掏出钥匙，开开银柜，伸手向柜内拿银子，不由得呀了一声，倒在地下。陈氏说：“怎么啦，这个样子！”

陆亨半晌才回过一口气来，说道：“倾了吾，害了吾，可要了吾的命了。”

陈氏说：“倒是怎么啦！”

陆亨说：“昨天我放在里面的银子，是你亲眼看见的。还有原存的二百两黄金叶子。现在完全没有了。你说，这不是活见鬼吗？”

陈氏说：“这可是没有的事。门窗未动，柜也没开，怎么会丢了银子呢？这不太奇怪了吗？”说着，陈氏来到柜前一看，真的全空了。但柜子里放着一个纸条儿，上面写着一行小字。陈氏伸手把纸条拿出来，对陆亨说道：“你瞧，这是什么？”陆亨接过来一看，大叫一声，说道：“原来是老三偷去了。”说着，他如风似火，直奔外客厅。到了客厅一瞧，陆贞、尹成二人，天一黎明就动身走了。

第五章 抱不平义结骆敏

你道纸上写的是什么？原来上面写着："可笑守财奴，不惜同胞弟，小小惩贪兄，特取金钱去。"下面还有一行小字："不要诬赖好人，一笑。"陆亨本来看财如命，平白无故丢了五百两银子，还有二百两金子，一共好几千两，这不是剐骨刮肉吗？如何能不着急呢！陆亨心里明白，此事不是陆贞便是尹成所为，其余的人没有这么大的能耐。白白被他要笑了一场，真丢人！陆亨坐在床上，不由得唉声叹气，自言自语道："这要被外人知道了，有多么难听！好说好商量要五百两银子，一两也不往外拿，夜里一丢好几千两。"想到这里，陆亨放声大哭起来。

再说陆贞、尹成二人，夜里拿了陆亨五百两银子、二百两黄金，由陆家疃动身，直向南京走来。这天到了下关，渡过长江，一直奔了河南大路。一路上晓行夜宿，饥食渴饮，非只一日。这天到了淮河南岸，地名码头镇，天就黑了下来。陆贞说："贤弟，现在天色已晚，咱们今天住在这里，明天过河，你看怎样？"

尹成说："甚好，咱们找店吧。"二人顺着大街去找店房。这个码头镇的店房还真是不少，足有三十多家，但是各处全都住满了客人，连一间空房子也没有。一问，全是因为今天不能过河，住在淮河南岸，明早搭船再走。陆贞不由得十分纳闷，对店家问道："今天不过河是什么缘故？"

店家说："客官，大概你老不是此地人。"

尹成说："第一次到这里来。"

店家说："你不知道，也就不必问了。反正明早一准可以渡河。就是知道了，也没有意思，还是不知道好。再说，我这个小店，今天住的客人太多，实在没有工夫对你老细说，请你老找个别人一问就明白了。"

陆贞一听暗道："这又是怎么回事呢？"于是对尹成说道："贤弟，今天既然没有店房，那么咱们住在什么地方呢？"

尹成说："我们找一找看，哪能一间房没有呢？"陆贞说可以，于是又挨门一问，可也奇怪，连一家有闲房的都没有，甚至于连柜房全住满了。

二人问来问去，有一家店主，对二人说道："二位客官，我瞧你二位也不是本地人，我告诉你吧，你二位不必再问了，实在没有地方了，但能有地方住人，谁家肯把财神爷推出去呢？"于是向东一指，说道："离这儿不到五里远，有一个小地方，名叫夹河口，那里也有店，明早也有渡船，依我说，你二位到那里看看，也许有店可住！"

尹成赶紧说道："谢谢你老人家指教。"一回头对陆贞说："咱们可以到夹河口瞧瞧去，或许有房。"陆贞说："好吧，咱就往那瞧瞧去。"

于是二人转身奔正西走来。工夫不大，来到夹河口，一看这个村庄虽说不大，也有十多处客房。哥俩挨门一问，仍然是没有地方，陆贞一看说："贤弟，这怎么办，莫非说还要在露天地里坐一夜吗？"

尹成说："兄弟先别着急，咱们再往东找找看，万一再有

小店，不是也能过夜吗?”

二人说着又往东走了半里，看看来到村东头，有一家小酒铺，只有两间房，外间卖酒带卖熏猪肉，还有烧饼油果，旁边一个茶炉子，坐着两把茶壶，外边用青竹编了一个篱笆墙，上面搭了一个天棚，在天棚底下放着三四个座头，别瞧局面小，倒是十分雅静。

一个小伙计迎出来，他们要了酒肉菜大嚼起来，不一会儿酒足饭饱。店家是个老头儿，见他们吃完，吩咐小伙计止火，随即到外面凉棚下面乘凉。

陆贞说:“掌柜的贵姓?”

掌柜的说:“不敢当，贱姓赵，二位客人贵姓，这是往哪里去呢?”

陆贞说:“我姓陆，他姓尹，我们往河南去，今天为什么客人全截在河这边，怎么今天没有船呢?”

这老头儿也是爱说的人，于是说出一段故事来。掌柜的问:“二位不常走这条路吧?”

陆贞说:“是的，这是头一次。”

掌柜的说:“那就不怪二位不明白了，我瞧二位的包袱内大概是兵器。出门携带兵器，二位一定是两位武术大家，但是会武术的，没有一个不爱管闲事的。虽说爱管闲事，这个闲事可管不得，我告诉你二位明白就是了。明天一早过河，少说闲话，少管闲事，出门的人，少闹脾气。这个年头，什么事全有，不能说理，这叫没办法。”

陆贞说:“掌柜的你放心吧，出门的人，没人欺侮就知足了，还敢多管闲事吗?你别瞧我们带了兵器，我们不过是为了防身，说到武术我们还真不会练。”

掌柜的说:“我们这儿这条河，叫作淮河，往下不到三十里，就是洪泽湖口，淮河入湖就在那里。淮河南岸有个庄子名叫高家堰，这个庄子有三位庄主，全是水旱两路的英雄。大庄主名叫高义，人称“闹海鱼”，手使一条九节勾连枪。二庄主

名叫高智，人称“夜渡长江”，手使一对分水勾连拐。三庄主名叫高信，江湖人称“乘风破浪”，手使一对分水莲花夺。这哥三个水性非常之好，全能在水内伏个十天八天的。又因为他们武术精奇，家大业大，在高家堰，可就当了庄主了。手下时常住着水旱两路的英雄，坐镇洪泽湖，兼管淮河一带，往上三百余里全属他管。这三百里之内大小水路的码头，全有他的人，势力十分之大。”

陆贞说道：“当然他家有做官的人，要不为什么叫他管着呢？”

掌柜的一听扑哧一笑说道：“客人你不知道，他家并不做官，也不为宦，他是洪泽湖、淮河一带，使漂儿的瓢把子。”

陆贞问：“使漂儿的是什么，瓢把子是干什么的？”

掌柜的说道：“客人你久走江湖，怎么连这个全不懂。”

陆贞说：“我哪里久走江湖，这是头一次出来。”

掌柜说：“二位真不懂吗，使漂儿瓢把子，就是使船的头儿，他专管这一带大小船只，每年封河三次。”

陆贞说：“怎么叫封河呢？”

掌柜的说：“就是上下船只以及沿河的摆渡，完全得靠岸停船，不然你这个买卖就不用做了，不是船给砸了，就是出路劫的案子。你要听着他命令，你这只船就算保了险了。每次封河一天，所有各船户，没法子只好停船歇业。”

陆贞说：“不会偷着渡吗？”

掌柜的说：“渡倒好渡，只是没人敢渡，前年有一条船，因为客人有急事，暗暗多给了船钱，所以他夜中把人渡过去了。第二天这只船就叫人给砸漏了，不单单是把船砸漏了，还把船家带到高家堰去了，打了一顿，又罚了二百两银子。经许多人求情，这才算完。又有一次，是由下往上走的船，上面载的是卖珠宝的客人。因为货值钱，所以就夜中雇妥了船。一起早没有注意，就开船走了，没出去两站地，就被劫去啦。把客人同船户，每人割去一只耳朵，所有的珠宝完全抢走了。自从

这两宗事发生以后，就没有人再敢冒险了。说句简单的话，就是霸占淮河坐地分赃的大盗。”

陆贞说：“这船只暗中行驶，他如何知道呢？”

掌柜的说：“我不是说了吗，各码头上他全有人驻守，哪能不知道呢？这个话要在码头镇就不敢说，因为这儿是个小庄子，不值得安人。”

陆贞说：“不许往官府里告他吗？”

掌柜的说：“你不告他倒还没有大乱子，一告他先叫官府把你闹个家产净绝。再说，你即使去告，还不一定能告准，因为府县官员同高家有来往，谁敢去告他呢？说实在的，官府比贼盗还厉害呢。”

陆贞说：“他封河是什么意思呢？”

掌柜的说：“大庄主高义，有两个南方的朋友，全是绿林人，一个姓林叫作林兆东，江湖人称“双勾太保”。一个名叫樊瑞，江湖人称“镇海龙”，这两个人每年向高家堰要三万银子。所以他每年封河三次，每人过河交银五钱，货物另说。什么货物什么价钱，上下的船只另有价目。一次总可以收一万三四千两银子。”

陆贞说：“他们照顾得过来吗？”

掌柜的说：“明天你就知道了，每码头上安的人只许三只船往来渡人，每人全有过河执照，上下船只，每船上全有旗帜，一年换三次，如若不换或是没有旗子，就不许走。”

陆贞说：“这不比官府还厉害吗？”

掌柜的说：“厉害得多。”

陆贞问他用这些银子干什么。

掌柜的说：“客人，出我之口入你之身，千万不要同人乱说，这个话很有关系呢。”于是低低地说道：“高庄主他们现在投云南玉龙山了，听说那玉龙山三老共辅一位明朝的遗胄要夺大清的江山，招军买马积草屯粮，闹得声势很大。听说那三老，大爷名叫神拳无敌灵威叟方化龙，二爷名叫万里追风长髯

叟江天鹤，三爷名叫神掌白眉叟蒋东林。那位明朝的遗胄可就不清楚叫什么了。那樊瑞同林兆东，是玉龙山的巡山寨主，一年三趟在这儿坐地筹饷，每趟要一万两银子。不独这儿，差不多的地方全有他们的党羽，早晚非出大麻烦不可。所以高家堰这三位爷，借着玉龙山的势力，可就大闹起来了。"

陆贞说："像这个样子，国家就不管他吗？"

掌柜的说："客人，现在国家正征台湾，哪里顾得过来呢？等到把台湾平了，大概他们也站不住。他们站住站不住全不要紧，这一来老百姓可就受罪了。现在天也不早了，我明天还得照顾买卖，你二位一路劳乏，也休息吧。还是那句话，明天过河少说话，少管闲事，我们出门在外，多一事不如少一事呢。"

陆尹二位连连答应，掌柜的一回头叫道："六儿呢，你回家睡去吧，我同这二位老客在屋里睡。"

陆贞说："不必不必，掌柜的你爷两个，只管休息，我哥两个，在天棚底下的凳子上就成，你尽可关门睡觉。你临睡可以先把账目清了，我们也省得明早麻烦。"

掌柜的说："账不要紧，可是你二位在外面睡太不合适了。"

陆贞说："没有关系，我们是因为屋里太热，不然我们也不在外边，咱们先清账要紧。"

掌柜的说："二位一共吃了二两三钱银子，茶钱、店钱给不给不要紧。"陆贞一听，伸手掏出一块银子，足有三两五六钱重，说道："掌柜的，这连茶钱带店钱够了吧。"

掌柜的一看，说："用不了。"

陆贞说："用不了你也不用找了，给那个孩子买点心吃吧。"

掌柜的一看说道："谢谢你老，二位既是不愿意在屋内休息，我可要睡了。"说着叫六儿关门熄灯，六儿把里外灯吹灭了，把篱门锁上，屋门一关，就睡了。

陆贞同尹成，每人坐在一张方凳子上，闭目养神。工夫不大，屋内鼾声震耳，陆贞对尹成低低说道："贤弟我们今天夜中何不妨去高家堰瞧瞧呢，你听高氏兄弟，在这一方有多可

恶！我们看看他到底是哪一路的人物。如若他们对本地乡民有不道德的行为，碰巧了我们就许给地方除害，如果没有轨外的行动，或者我们就与他们交个朋友，如若能劝他们改恶从善，这不也是一件功德吗？再说我当初听家师说过，玉龙山方大爷三位人很正气，怎么他们又谋为不轨呢？我们若能将高氏兄弟治服了，或是把他们除去了，也算翦除了玉龙山的羽翼，给国家除去大害。"

尹成说："可不是，方大爷他们这种做法真是自找烦恼。他们也不想想，玉龙山弹丸之地，哪能跟国家对抗呢？再说大清自定鼎以来，可说是根深蒂固，何必自找这处麻烦呢？现在兄弟既然要去高家堰，我的意思去不去均可，因为去到那里一个不留神，就得当场动手，我们井水不犯河水，何必得罪这些人呢？"

陆贞说："翦恶安良原是我们的本职，若尽怕得罪人，我们可就任什么也不能做了。再说我们不知道也就罢了，既知道了，我们焉能不去呢？"

尹成说："既然兄弟要去，我就陪你老去一趟，但是仍以不露面为对，因为还没有查出他们的劣迹。不过他们归服玉龙山，不能算是为害人民，若没有别的劣迹，我们将来再来访他。可劝则劝，自然有国法治他，因为我们初涉江湖，但能少结仇人，就少结仇人。"

陆贞说："贤弟所说甚对，我们到那儿看情形做事就是了。"

二人商量妥当，换好了衣服，把包袱围在背后。陆贞用绒绳勒好双锤，尹成背好凤凰轮。二人将身一跳，出了篱墙，顺着淮河南岸，施展夜行术直奔高家堰走下来，三十来里地，小到一个时辰，就跑到了。在村头上略微缓了缓气，跳上墙头，向四外观看，就见前面一条黑影，身法十分急快，一展眼出去了十多丈远。陆贞一拉尹成，用手一指，一伏身，二人直奔黑影追来，三绕两绕已经来到了一所大房前面，就见那条黑影越墙而过。二人也跟着越过墙头，一看正在北上院落之内，灯光

闪闪。又一看门内各处，这一片房屋足有二百余间。大约分十余个院落。四面群房围绕，各院内灯光明亮。那条黑影直奔灯光而来，二人跟在背后，只见那黑影一蹲身，伏在正房前坡之上，二人打手势，分绕那人背后，二人上了东西厢房，往下一看，只见那院各屋中灯光闪闪，耳听后面各处更锣响亮，梆锣齐敲，正打三更。

就听下面正房之内，有人说话，说道："咱们庄主明天双喜临门，除了向上交一万两银子，最少也得落三千。明天骆家那个姑娘，若是答应了，晚上庄主又有一分快乐，但是这种事可是不大道德。"

就听又一个说道："二哥这是怎么回事呢？你常跟庄主接近，你必知道。"

只听先说话的那个人说道："我怎么就会不知道呢？要说大庄主这个人，处处全好，就是好色贪花，就因为骆家这个姑娘，二庄主、三庄主全都苦口劝过，怎奈大庄主一意孤行，非要人家这个姑娘不可。骆大奶奶也是死心眼，至死不应。可是人家骆家姑娘还有个哥哥呢，听说在外学艺未回，一旦人家回来，那才是活麻烦呢。"

陆贞一听，暗道："这还不是庄主的宅院。"正要打手势呼唤尹成，只见正房上那个人，一长身向下正北一纵，轻轻落在第二进正房之上。二人在背后紧紧跟随。来到近前一看，原来下面是一座很大院落，比别处讲究得多，正房是明五暗十，一路十五间。厢房是明三暗九，全是前出廊后出厦整面墙的玻璃窗户，五蹬的条石台阶。前面一路，二棵抱柱，上面彩绘十分好看，院中方砖铺地，正房门上挂着斑竹帘子，帘外挂着十余对气死风灯，照得院中十分明亮。屋内灯烛辉煌，只是瞧不见里面的人影。就听里面互相谈论，大约是五六个人说话。在门外放着十余个凳子，上面坐着几个家人，因为相隔太远，所以屋内说话，房上听不清楚。

就见那夜行人把周身的衣襟掖了一掖。陆贞一看，就知道

人家受过高人的指教，因为夜间声音最大，衣襟带风，恐怕被屋内听见。只见他掖好了衣襟，一长身，二臂一伸，用了个燕抄水式向前一纵左脚一蹬右脚面，又一挺身斜着出去了足有三丈五六，落在厢房前坡之上。由厢房前坡一坐身形，又起来了，这一次上了正房。只见他越过房脊，奔了后坡。陆贞知道他要去找后窗户，于是一转身形，跟在后面，由厢房后坡绕向正房后坡，蹑手蹑足，轻如猫鼠，一点声息皆无。来到正房后坡一看，原来后边这所院落，比前边那一所规模不小。大概各屋没有人，所以不点灯光，就见方才来的那个人，已经伏在后窗之下。再瞧左边不由一怔，原来左边后窗下也伏着一个人，这真应了古人那句话："莫道行人早，还有早行人。"两个人在左右两个窗下一伏，也不知道是不是一同来的。仔细一瞧方才的那一位原来是个童子，十六七岁，面白如少女，一袭青色夜行衣，打着裹腿，搬尖鱼鳞洒鞋，青绢帕包头，身后背着一双闭穴双镢，肋下配着一个鹿皮囊，鼓鼓囊囊，也说不清什么暗器。再瞧这边这个，也是一身青衣服，背插宝剑，面目清秀，也不过三十来岁。

陆贞吃了一惊，就见他向自己一打手势，原来是尹成。陆贞不由得暗暗想道：凭我陆贞十三岁从师，练艺二十年，身后伏下一个人，我怎么会不知道，看起来尹贤弟不愧少林寺的门人。原来尹成一看陆贞，向正房后面绕去，自己紧紧跟在背后将身伏下，就见陆贞一回头不由地吃了一惊，暗道："真是高人的门徒，怎么我跟在他后面，一点声响没有，他会知道我来了呢？"

不提二人称赞。再说窗户上伏的这两个人，左边这个猛然一抬头，只见房上伏着两个人，向下观看，以为是被人家暗中随上了呢，不由得右肘一抬，脚微一沾地，嗖的一声，上了正房。他这一来，人家屋内，可就听见了。就听有人说道："后院里有人，快鸣锣聚众。"只听呛啷啷一棒锣鸣，锣声一响，在右边窗户上那个，也伏不住了，哧的一声，也上正房，四个

人互相一看，谁也不认识谁。

就在这一怔神的工夫，下面灯笼火把，如同白昼，院中人可就满了。

为首的五个人各持兵刃，说道："房上的小辈，真乃胆大包天，还不滚下来，等待何时。"

陆贞一听，心想："好小子，竟敢出口伤人。"

方要跳下房去，被尹成一把拉住说道："兄长别忙，先看看那两个人怎么办法，今天大概不露面也不成，你先沉住了气。"

就在这个时候，只见那个身背双镢的人，一回手亮出一对闭穴双镢，这对兵器长一尺二寸，粗如鸡卵，一头尖，一头齐。齐的那头，有一个透眼，穿着一对皮套，套在手腕上。凡使这种兵器，就知道这孩子受过名人的传授，不然这对兵器，他绝使不了。

就见那个孩子，一转身落在地下，双镢一分，口中说道："谁个是淫贼高义，快快过来受死。"

就见那五人之中，过来一个人，手持一条九节勾连枪，一身青袖子短衣襟，四十多岁，面似青泥，口中说道："大太爷高义在此，小辈留名，好在枪下受死。"

只听那孩子说道："小太爷行不更名坐不改姓，姓骆名敏字成英，江湖人称'燕蝠齐飞'，因为你这个欺凌孤寡的淫贼恶贯满盈，小太爷特来取尔的狗命。"

高义一听，双手挥枪，说道："小子接兵器！"枪走中盘，噗的一声，直奔骆敏胸前扎来。眼看枪尖到了胸膛，只见骆敏不慌不忙用左手向外一滑枪杆，一个箭步，到了高义近前。左手镢一扬蹦起来，向高义头上就扎，这一招还真厉害，名叫作单掌开山，一个躲不利落，就得当场废命。再瞧高义真不含糊，向后一撤步前把一抬，用了个老渔翁搬罩的招数，打算把镢把给他撤了手。小孩子一见招数走空，身形一落地，向下一蹲，左手的镢直奔高义小腹便点，这一招叫作白猿偷桃，高义一见孩子招数太损，高一镢低一镢，自己只得一撤步左腿一

抬，枪杆一立用了一招天王打伞，枪杆向下一摔，直奔孩子头顶砸来，这一招叫作摔杆。孩子一看，枪离顶门不远，右手镢向上一立，身形一转，左手镢奔高义肋下便扎。要按高义这条枪，虽不能神出鬼没，可也算不含糊。今天被孩子左一镢，右一镢，上一镢，下一镢，如同狂风骤雨，防不胜防，三五个照面，闹了个手忙脚乱，自顾不暇，一失神被孩子踹在左腿迎面骨子上，一退两退坐在地上。尚未坐稳，只听扑哧一声，高义右眼中了一锥。原来高义一退，孩子一跟步，右手一扬，单锥出手，扑哧一声钉在高义眼上，一抖手收回单锥，高义哎呀一声，疼得闭过气去。

这一招不独高氏兄弟不留神，连那位赛元霸，在通真观练艺二十年，全都出乎意外。原来孩子袖内有两条鹿筋绳。长约七尺，一头连在肩头，缠在一个伸缩轴儿之上，一头有两个铜钩挂在袖口上，腕子一扣就可以把锥后面的皮套挂在钩上，用力一扔，那个锥带着绳儿由袖内伸将出来，一抖手收回锥来，那绳儿仍然缩入袖内，缠在伸缩轴上，这乃是骆敏的老师，给他造的，正名叫作点穴心锥，招数特别。

再说骆敏，锥伤了高义，站在院中发威。只听有人说道："小孩子不要走，某家来了。"话到人到，只见这位的打扮，同高义差不多，年岁也就三十多岁，手使一对分水钩连拐，原来是二爷高智，人称"夜渡长江"。只见他左手拐，对着骆敏面门一晃，右手拐向骆敏胸前便扎。骆敏一瞧拐来且近，一上左步，闪开单拐，右手镢向高智的腕子上便点，不等高智变招，身形一横右手镢向前一探，直奔高智的左腋扎来，这两个人全是短兵器，讲的是粘连抖随，挨帮挤靠，动上手。高智的功夫比高义强多了，只见他两条拐，运动如飞，别看比高义强，二十个照面以外，可就不成了。只见那小孩的两条镢忽左忽右，忽上忽下，招数变化，可谓无穷。高智这时候只有招架之功，并无还手之力。就见孩子动着动着手，一蹲身形，右手镢奔高智的膝盖便点。高智用了个割袍断带的招数，身形一退，左手

拐一指孩子的面门，右手拐向下一划，要用拐上的钩子去挂孩子的手腕。哪知孩子身形一闪，向旁一转身，左手镢向高智面门一晃，高智一闪身，孩子的右手一撒，说了声："着。"哧的一声，高智左眼中了一锥，疼得高智哎呀一声，坐在地下。孩子手捧双镢，依然站在院中发威，口中说道："还有不怕瞎的没有，赶紧过来。"这个时候，高义、高智全被家人搭入屋内去了。院中为首的可就剩了三个人了。就听一个说道："小孩子不要走，我要看看你的双镢如何。"原来答话的正是"浪里钻"，双钩太保林兆东。小孩子一听，就知道他不认识这对兵器，心中说道："你兵器全不认识，要动手你还成吗？"

林兆东左手钩一晃，右手钩的尖子向前一指，这一招叫作"披钩现月"，孩子一退步，那钩可就跟着劈将下来，孩子上左步右手镢，一压单钩，向前一纵，到了林兆东身后，一个扣步，转过身形，双镢奔林兆东背上便扎。林兆东一瞧孩子到了自己的身后，一上左步身形一转，躲过双镢，自己的双钩奔孩子双肩就搭，二人抽招换式打在一处。林兆东这对钩，择、解、撕、掳，钩、挂、劈、砸，金刀劈风的声音嗖嗖的乱响。林兆东毕竟不是等闲之辈。他边打边看，故意使个破绽，向一个水洼处遁去。那小孩子不知是计，猛追上去，在水洼处脚一蹭，歪了两步。林兆东乘隙而上，举钩就劈。正在这紧张关头，陆贞的双锤如流星般飞来，架住双钩，救出了那孩子的性命。

两人来到一片林子，互相揖拜。陆贞方知骆敏乃安徽骆家镇人氏。其父骆天锡是骆家镇的豪富。俗言道：祸兮福所倚。没想到飞来的横祸悄悄地闪进骆家。事情竟然是从骆天锡入府作幕开始。

第六章

骆夫人美色取祸

某一天，当地官府忽就下了一封聘书，要请骆天锡先生去衙中作幕。骆天锡一看不知他是什么意思，总以为府官是好士怜才，于是毫不犹豫，便即应允。没想到，到差未及一月，寻了个错处，就把骆天锡下到狱中，这时候刘氏娘子在家中还不知道。及至听人说，吓得魂飞天外，赶紧打发人到府衙打听，才知道骆天锡果然下到狱中。于是托人打听案情，但是费尽了气力，总是打听不出。一连过了五六天工夫，把个刘氏急得如同热锅上的蚂蚁一样。这天正在发愁，忽听门外有人拍门，这时老家人开门一看，原来是个公差，只听那人说道："这是骆先生家吗？"家人说："不错，你找谁？"那人说："我是府里的，骆先生托我带了封信来。"说罢，一伸手掏出一封信，说道："这个信交给骆太太。"家人一听说："就是吗？"差人说："你老人家对骆太太去说，有什么凭据，我拿回去好交代。"家人一听回到上房，对刘氏娘子一说，刘氏立即把丈夫素日使的一支毛笔拿出来，交给家人，家人拿到外面，说道："你拿这支笔见了我们先生就是凭据。"那人答应转身走了。

再说刘氏娘子拆开书信一瞧，不由魂飞天外，魄散九霄。原来信内天锡先生把自己入狱的缘由，写得十分清楚，打算从容就义，请刘氏娘子抚养孩儿，成人之后好叫他报仇雪恨。那么这内中到底是个什么缘故呢？此中有一段隐情，待作者仔细把他写将出来。

原来这位府官本是陕西延安府人氏，姓冯名骏字家驹，是个捐班出身。人倒是很能干，就是有点小毛病，贪财好色，只要见了财色，不顾性命也要营谋。按说他现在已经有了七房姨太太，可是他性犹不足，总想凑成八仙庆寿。这次淮河发水，他的公馆本搭在骆家镇一个财主家内。这位财主可不姓骆，他姓滑名叫滑秉寅，字利虎。虽然住在骆家镇，他可是个独门。因为祖上发了一点横财，小子可就抖起来了，吃喝嫖赌无所不干。可是他秉性狡猾，阴毒险狠。你别看他吃喝嫖赌不在乎，对于乡邻朋友，可是一毛不拔。因此村中人又给他起了个外号，叫作“瓷公鸡”。他有一种特别的能力，就是钻营巴结，用人靠前，不用人靠后。所以这一次府官将公馆搭在他家，他可就拿出他的看家能为来了。真是曲意逢迎，果然把个府太爷侍奉得眉开眼笑，并且说将来带他去衙府给他派个差事，这一来小子更乐了。有一天，府太爷赴堤监工，走至中途，路经骆宅门口，猛一抬头可就看见这位骆天锡的太太刘氏娘子了，真是鹤立鸡群，神采秀逸，把个府官只看得二目发直。这个时候，正赶上刘氏娘子一抬头，无意中向他一看，只见是位翎顶辉煌的官长，可是从此把祸也种上了。

再说这位府官冯家驹，自从看见刘氏娘子，不觉得神魂飞越，便问滑秉寅。这小子本同骆天锡作对，总打算陷害这位儒流，只是无隙可乘。今天听到府官一问，他这才乘机说道：“太尊要问，这乃是本村秀才骆天锡的家眷。”于是又添枝加叶地一说，这刘氏娘子如何的贤惠，如何的温柔，说得这位府官更是心痒难熬，于是同这瓷公鸡二人暗中定了一条计策，才暗害骆天锡，这就是已往的情由。

再说骆天锡，这天正在狱中闷坐，忽见牢头刘进喜进来，把骆天锡的刑具去了，说道："骆师爷，请到我这屋里来。"

天锡不知何事，随定牢头到了一间房里。刘进喜说："骆师爷，你请坐下，小子有点事情跟你报告。"于是给天锡斟了碗茶，二人对面相坐，牢头说："骆师爷，你这个案情是个什么案由儿，你知道不知道呢？"

天锡说："不是府太尊说我错了案件贪了贼赃吗？"牢头说："你打算怎么办呢？"天锡说："这有什么办法，不过等省里提案，到巡抚衙门再分诉就是了。"

牢头刘进喜一听，不由得咳了一声，说道："骆师爷，我就晓得你不知道。"骆天锡说："刘头，莫非说这内中还有别的情由吗？"刘头一声长叹，说道："我这个人，历来就是这个毛病，见不得亏心事。一见暗中害人，我就要插手去管，能尽力一定尽力。因为你这个事，我看着十分有气，所以我才私自去了你的刑具，打算对你说说。你自己趁早想个主意，好对付这伙贪官污吏。"

天锡一听，说道："内中到底是怎么回事呢，莫非说那个案由不对吗？"

刘头说："可不是满不对吗，你的这个案由虽然内中是这么一段，真要是你罪有应得，我还生的是什么气呢？今天我也是听里边人对我说的，我觉得十分不平，所以才来告诉你的。大概明天一定有人对你来说，我先告诉你个底儿，你自己好快想个主意。府太爷看上刘氏娘子，同本镇的劣绅滑利虎暗中定计先请你入府作幕，然后寻事害你，再把你救出来。叫你畏威怀德，双手把妻室送进衙门，如若你不应他们的要求，可就把这个贪赃枉法的罪名，加在你的身上，办你一个死罪，罪人的妻室那时仍然还得落在他们手中。你想这种暗无天日的衙门，一年不晓得能屈死多少百姓。"

天锡一听，不由得哈哈大笑，他这一笑，反倒把刘头吓了一跳。他本是个饱学儒流，他一听刘头报告，心中暗暗打好了

主意，口中说道："刘大哥，你是不是成心成全我？你如若真打算成全我，请你借给我一份笔墨，我写一封信，求你派人送到我家中，交给我妻刘氏，那就算你成全了我了。"

刘头一听，说道："不要紧，这个我办得到，这不是纸墨笔砚全有吗，你只管写吧。"于是骆天锡拿起笔来，仔细地写了一封信。大意是告诉刘氏娘子，自己要当堂痛骂贼官，从容就义。请刘氏娘子千万要保得身子，抚养孩儿成人之后，是武是文，必要找冯家驹报仇雪恨。所以刘氏一瞧这封信，吓得魂气天外，魄散九霄，半晌无言，流下泪来。后来一想，流会子泪，任什么也办不了，于是走到隔壁请二叔套车，往娘家赶去。原来刘氏的亲兄，也是一个饱学秀才，不过生性懦弱。一见妹妹带着子女全来家住，赶紧把妹妹接到家中。刘氏这才对哥哥仔细一说。刘大先生一听，吓得把舌头一伸，说道："这怎么办呢？"刘氏说："这总得请哥哥想主意，好救你妹夫，不然妹妹是个妇道人家，你叫我有什么办法呢。"刘大先生说："这个事你先别忙，等我去见王老师，看看他老人家有什么办法没有。"

原来这个王老师，名叫王本立，字道生，是个两榜进士出身，道德高深，学问渊博，并且胆识过人，不避权势，骆天锡也是这位王老师的得意弟子。在骆天锡一下狱的时候，王先生就听见说了，不过莫名其妙。今天刘大爷来到仔细一说，王先生说道："这件事我早就听说了，不过我不知道这个事的始末，今天你这一说，我就明白了。你暂且教你妹妹回家不必言语，我明天到府里打听打听，若能迟些日期，不妨我自己进省，到那里托人查案。不怕冯家驹这个小子闹毛病。但是这个事有条不好办，虽然他是硬栽赃，这个事情要做实了，就是罪有应得，就是天锡真有不幸的话，我们也得想法子给他报仇，你叫你妹妹先回家去就是了。"刘大先生一听连声答应，回到家中告诉妹妹，王老师给想办法，刘氏一听这才把心放下，也就套车回家。

不料事出意外。第二天上午，刘氏正在家中愁坐，忽听外面打门，便打发老家人出去一看，原来是府里的公差，奉府官的钧谕，来送信，说骆先生因病身亡，叫家中前去领尸。刘氏娘子一听，真好似万丈高楼失脚，扬子江心翻船，哎呀一声昏将过去。老家人一看慌了手脚，连忙将各位邻居请过来，好一会儿才把刘氏娘子救转过来。刘氏娘子这才发声大哭，托人去给娘家送信，同时请人套车进府领尸。本村骆家原是大户，骆天锡也有几家好友，一听这个信，立即全来访问。当初以为虽然下狱，又没有大事情，不过几天就出来了。今天一闻凶信，立即聚在一起，前来探听。来到天锡家中一问刘氏娘子，这才动了公愤，这时刘大先生也闻信赶了来了。王老师本打算进府，尚未动身，听见凶信，也坐车赶来。大家一商量，请王老师为首给大家想办法。王老师说："现在事情既然落到这步田地，我们大家一同进府，前去看看天锡，是怎么死的，然后再定大局。"

于是大家全都坐车，同定刘氏娘子，一齐奔府城而来。一进府城就听见三三两两地在说这件事的经过。原来这件事早轰动了全城。府官打算强占民妻，威逼人命。你道外人怎么知道的呢？原来自从刘头派人往骆家镇送信去后，到了当天晚上，府官就打发滑利虎到狱中同天锡商议。滑利虎到了狱中同天锡一说府官的心思，如能将刘氏娘子送进衙门，自然官司了结，还有特别的好处。如若不然，恐怕有性命的危险。骆天锡明知道这件事情无论如何也逃不了性命。因为冯家驹贪色如命，偿不了心愿如何能善罢甘休呢？所以早打妥了主意，与其让他用非刑讯问，何不如自己从容就义也落一个清白的名誉。但是可不能糊糊涂涂地死了，必须报复他。虽然死了，也不能再叫他在此地为官，陷害百姓。

现在一听滑利虎来说，自己可就说了："滑大哥你可听明白了，要按说这个事我可不能应。但是我若不应，不独我伤了性命，并且滑大哥也显着面目难看。这不是府太爷这么说吗？

我也有点要求，滑大哥你回去对府尊去说，请府尊给我立下个字据，将这个事情写上，写明白了之后，还得给我写上我有多大的好处，并且写上滑大哥你的保人，我就放了心了。我出狱之后，就把妻室送进衙来。不然我可不送，为什么呢？我若无凭无据，白白地把妻室送进衙门，府尊若再把我拘起来，我岂不落个人财两空吗？”

滑利虎一听说道：“骆先生这个话我先给你说一说看，不定成不成，你候着就是了。”于是转身回内宅去了。一见了冯家驹，把话一说，冯家驹一听不由得一阵冷笑，暗道：“骆天锡你这是要我的亲口实招，并且出狱之后再送你的妻室，到那时你若拿着这一纸凭据进省上告，不送妻室，这不同把我送了一样吗？你简直是拿我当了顽童，真是岂有此理。”于是他对滑先生说：“要个凭据倒没有关系，不过骆天锡他必须先把妻室送来，方能放他。不然他拿这一纸凭据出狱之后，进省上告，我们可有什么法子呢？我们自己岂不把自己送了吗？”

滑利虎说：“这个事，我也想到这里了。但是他就是先把妻子送了来，你若把他放了，能挡住他不向上告吗？”

冯家驹说：“你好糊涂，他的妻室一进衙，我哪能再把他放了呢！”

滑利虎说：“你若不先放他，他不去接他的妻室，你怎么办呢？莫非说堂堂的府太爷，还能派人去抢吗？”冯家驹说：“那么怎么办呢？”

滑利虎说：“我倒有个办法，太爷你不妨给他立下凭据，并且这个凭据还要签名盖章，好取他的信心，明天当堂将他释放，今天告诉他官司可不算完。为什么呢？因为他还没有保上呢，所以手续还不完善，这不过是放他回家看看的意思。派四个聪明的差人，跟着他一路回家，押着他把家眷送进衙门。然后再把他押入狱中，取回那一纸凭据，再治他的罪名，你看如何？”

冯家驹说：“他若不回来怎么办呢？”滑利虎说：“他还能

不回来吗，他一送家眷，第二不是回城取保吗？等一回来了，就把他押起来。这个凭据，不过在他怀内也就是存一天一夜的工夫，就回来了。太爷你瞧这个主意怎么样？”冯家驹欢喜地说道：“好主意。”这两个小子只顾了商量，哪知道有一个牢头刘进喜在暗中传柬递书破坏他们的阴谋呢。

再说府官，写好了凭据，盖上名章，交给滑利虎。滑利虎拿着这一纸凭据，可就直奔狱中走来。到狱中一见骆天锡，说道：“骆先生，你瞧我给你办成了，这是府太尊给你立的一纸凭据，并且还是签名盖章，我的保人，这一段你总放了心吧？”

骆天锡接过字据一看，不错，真是冯家驹亲笔写的，印章还是官名，于是暗暗思忖道：“好小子，你只要叫我一出狱，我立刻进省，叫你两小子一个也活不了。”想到这里，他将凭据折好放在怀中。

滑利虎说道：“骆先生，现在事我算给你办完了，可是还有几句话，也是府尊吩咐的。”

骆天锡说：“什么话呢？”滑利虎说：“官司虽然完，可是明天当堂把你释放，释放之后，派人同你去接家眷。等你把家眷送来之后，在本城找好了铺保，这官司方算完了。你回家之后不能不回来。”

骆天锡一听心中说道：“好小子，这分明是他们打就圈套，诓骗我的妻室，人送了来仍然把我押入狱中，分明是怕我进省告他。”心中暗暗打好主意。于是对滑利虎说道：“谢谢滑大哥费心，等我出狱之后再谢你吧。”

滑利虎说：“没有关系，谁叫咱二人住同村呢。”

骆天锡说：“滑大哥，现在事情已经成了，可也没的说了。但是我总觉着这个事，太对不起我的妻子了。”

利虎说：“骆兄，你别那么说，现在的事情不能一概而论。火燎眉毛，救眼前，骆兄，君子报仇，十年不晚，何必固执呢？”说完又劝了一阵就走了。

再说骆天锡，一看滑利虎走了，正要去请刘头。只见刘头

走进来说道：“骆先生，这小子对你说了些什么？”天锡就如此如彼对刘头说了一遍，刘头说：“你想怎么办呢？”天锡说：“这没有什么，不过一死而已，不过我死后有一件事求你！”

刘头惊慌失色，当时劝了一阵，骆天锡主意已定，刘头无法，说道：“你有什么事就请说吧，我能尽力，一定替你办。”天锡说：“明天我死之后，家中一定前来收尸，请你把这个字儿交给他们，千万不要叫府官得了去。”说着把字据交给刘头，刘头接过来说道：“你放心吧，我一定给你办到。”

再说刘氏，在家百般计划营救骆天锡，忽有人报告她说：“骆天锡在狱中已故殁。”刘氏一听睁开二目问道：“什么？”那邻人对她说道：“衙门里来人说：骆先生在狱中故殁，让大嫂前去领尸。”

刘氏一听，登时觉得轰的一声，天旋地转，一头栽倒地上，邻人大惊，忙喊来人，折腰屈腿，半晌才苏醒过来。刘氏一醒，便放声大哭，哭着哭着就站起来向衙门奔去。到了衙门，她见到亡夫的死尸，越发哭个不住。这时，早有她的本家，和王老师等人，雇来了人，用一块木板将骆天锡的死尸抬回来。刘氏跟在亡夫的尸首后面，一路走，一路哭。后面跟着一群看热闹的，内中有知道这事原委的好事者，一面跟着，一面和别人说这件事的原委，听者莫不叹息一声道：“人心不古，老百姓遭殃。”这时忽听后面有人哎呀一声道：“气死我也。”声音洪亮，亚如洪钟。众人回头一看，只见一位老者，身量约有四尺多高，赤红脸连个皱纹全没有，头上已然谢顶，只剩后面不多的白头发。两条白眉遮住二目，由眉毛之内透出两条光华，亚赛两盏明灯。颌下一部白髯，足有一尺多长飘洒胸前。身穿一件灰绸子大衫，白袜云鞋，腰中系着一条灰色的绒绳。伸开双手如同雕爪，托着颌下的银髯，咳声叹气。这个时候，王老师正要跟老头说话，觉得手内有人递过一个东西，低头一看，原来是个纸折儿。自己也未开看，放在怀中，仍然打算同老头子说话，再找老头子已然踪迹全无了。

大家买妥了衣衾棺椁各物，先用水给天锡洗了脸，然后装殓起来，雇人抬起棺材，带领刘氏娘子，大家上车，一路奔骆家镇走来，赶到了骆家镇，天锡平日人缘又好，遭了这种意外的变故，所以村中人全来帮忙，把骆天锡的灵柩，搭入院中，停放了，老家人同刘大爷，这才对大家道谢。等村中人散去，王老师等人才一同来到屋中坐下。老家人斟茶，大家坐下吃茶。王老师这才掏出那个折儿，打开一看，原来是府官冯家驹自己写的一纸凭据，上面签名盖章，真好似一纸招供一样。王老师看完，又传给大家看了一遍，然后令刘氏娘子好好收藏。王老师可就说："这不是有这一纸凭据吗，真是府官的亲口供状，我有了这个东西，可就有办法了，天锡先别出殡，明天咱大家商议好了，后天进省，往巡抚衙门告他。如若他手眼通天，我们就凭这一纸凭据进京，我豁着把这几根老骨头抛在外面，也得除去这个害民之贼。"

刘氏娘子一听，连忙跪倒给老师磕头，大家全说既然老师出头，我们全听指挥，老师怎么说我们怎么办，不怕把性命牺牲，非跟冯家驹这个小子拼了不可。这真叫众怒难犯，大家商定了主意，这才各自归家，连王老师也叫车夫连夜回家安置一切。刘大爷送走了大家，自己住下劝慰妹妹，这个时候，天可就不早了，足有二更来天了，正要坐着休息。

忽听门外有打门的声音，老家人出去一看，来者是一个八九十岁的老头儿。老家人问："老爷子你老找谁？"只听那个老头儿说道："老伙计，你去对你们奶奶去说：我姓古，骆天锡是我的干儿子，我听见说他得了杀身之祸，所以我连夜赶了来，看看干儿子媳妇同干孙子干孙女，就手问问倒是因为什么，出了这种逆事。"

老家人一听，并不知道有这么一位干太爷，当时也不敢说什么，连忙说道："老爷子你老先候候，我去回禀我家主人。"

说着来到上房对大奶奶一说，大奶奶同舅爷，可全怔住了。因为并没有听天锡说过，有这么一位姓古的干爹。刘大先

生半疑半信，连忙手提灯笼，来到门首，把老头子就请进来了。到了书房，让老头子上首坐下，将要令老家人泡茶。

这个时候，老头子连连摆手，说道："刘先生，大概你是天锡的内兄吧。"刘先生说道："不错，老爷子，你老同天锡这门干亲，晚生怎么没听说过呢？"

老头子一笑，说道："因为认干亲的时候，你们全小，哪里会知道呢？因为你不知道，你才把我领到书房里来，对不对？你须知道，我因为听天锡遭了大灾，所以连夜赶来，问一问究竟。再看一看儿子媳妇同孙子孙女，想法子好给天锡报仇。怎么你把我领到这屋里来，是什么意思呢？"

刘大爷一听，原来老头子怪上了，于是说道："你老人家别见怪，因为舍妹哭肿了眼睛，不能久坐，疼痛难忍。你老人家又来得仓促，所以没往内宅请你。"

老头子一听更烦了，说道："难为你还是秀才，空有满腹诗书，较真了就是个滞不通么。你想我若不为的看儿子媳妇，深更半夜，我往内宅作什么去呢。"

刘大爷一听更莫名其妙了，暗自思忖：索性不必跟他说了，领到内宅看看他是什么意思，反正他偌大年纪，还有什么不方便的吗？想到这里，站起身来，说道："既如此，老爷子，你请内宅坐吧。"

老头子一听，这才乐了，跟着刘大爷，一直奔内宅走来，一进上房，刘氏娘子正同两个孩子躺着。一瞧哥哥领着老头子进来，连忙坐起身来。老头子一摆手，说："孩子你别客气，我先给你瞧瞧眼，能治不能治，然后再说。"他叫刘大爷取来一盆热水，令刘氏娘子洗了洗脸。老头子一瞧刘氏形容枯槁，两眼红肿无光，不由地咳了一声，说道："孩子你这是何必呢？自己毁坏身体，徜若有个一差二错，两个孩子交谁照管呢？那不更对不起你死去的丈夫了吗？"说着在腰中掏出一个小白瓶儿，有三寸多高，去了塞儿，用一点新棉花，将药倒在棉花上一点，一手扶住刘氏的头，一手将药棉花轻轻拂拭，说道：

“你先躺下休息休息不要伤心，我还有话问你，有事跟你商量。”刘氏本来正在心烦意乱，目痛难禁，心中好似油煎火炙，自从敷上眼药，就觉着心头一凉，如同去了重负，立刻止住疼痛，连忙说道：“好药。”老头子说：“怎么样，保管不疼了，明天肯定能好。”于是坐在桌旁椅子上面。这时刘大爷斟过一碗茶来，说道：“老爷子，你喝茶吧。”老头先不同刘大爷说话，对刘氏说道：“你们到底是怎么回事，让天锡落到这么一个死场。”刘氏娘子本是慧心人，见那老者，满脸的正气，知道不是平常人，看年岁最少也有七十多岁，自己灵机一动，冲口说道：“干爹，大概你同亡夫不认识吧。”老头子一笑说道：“我要说不认识，你们叫我进来吗？”刘氏一听，含泪道：“可是亡夫要是早有你这么一位干爹，就落不到这种结果了。”又道：“亡夫虽然活着的时候，没得着认你老作干爹，但是死了也一定会愿意，他虽然愿意，可没得着，我可得着了。”老头子一听，哈哈大笑，说道：“干女儿同干儿子媳妇还不是一样吗？”刘氏这个时候，已经跪在地下磕了头去，老头子说道：“快快起来，既是我的干女儿，可就更不必客气了，干脆，你躺下休息吧，不必坐着了。”一回头，对刘大爷说道：“你瞧，我说你是糊涂虫不是。我这个干爹，当上了没有？”刘大爷暗笑，心想什么人都有，只好也过来给老头子行礼，他们这一乱不要紧，床上的四岁婴儿骆敏，可就醒了，一双小眼睛不转睛地看老头子，刘氏赶紧把他抱起来说道：“快去给爷爷磕头。”说也奇怪，小孩子来到老头子跟前，叫了声：“爷爷。”跪下就磕头，老头子一瞧，乐得眉开眼笑，伸手抱起孩子，坐在膝上，说道：“干女儿，你们这家子倒是怎么回事，你对我说说，你别看我七十多岁了，挡不住拿我这把老骨头，就许斗斗这个混账的府官。”

刘氏一听，不由流下泪来，说道：“干爹要问，女儿这儿有点东西，你老一看就明白了。”于是在床头枕箱内，取出一封信，一个纸折儿，是知府给天锡立的凭据。老头子接过信，

刘氏过来要接孩子，你说怪不怪，孩子赖在老头子怀里，双手抱着胡须，口中说道："我要跟爷爷呢。"老头子说："这是咱爷俩的缘分，等我走的时候带着你，你先去找你的母亲，我看完了信，你再来。"小孩子一听说，跳在地下直奔刘氏来了。老头子工夫不大，把书信同折儿看完，就见他双目一瞪，灼华乱闪，直不亚两盏明灯。一伸手把桌子一拍，只听嘎吱一声，紫檀木的桌子，硬给打去了四寸多的一角儿，口中说道："气杀人也，这种害民之贼，留他何用!"他只顾这一着急，打坏了桌子不要紧，把刘大爷可吓了一跳，本来紫檀木在木性中算最硬的木性，被老头儿只一巴掌，硬给打去了一角，好似刀砍斧剁一样，力量之大，就可想而知了，心知老者并非常人。

这个时候刘氏娘子说道："我们净说话，忘了你老人家的晚饭了。现在女儿的眼也好了，老人家如若没吃饭，我安排点吃食，叫我哥哥陪着你老，吃一点夜宵儿不好吗?"老头子说："很好，但是你不要费事。"刘氏答应，叫来老家人帮着，工夫不大做了几样菜肴，还有油饼，叫老家人温了一大壶酒，一同放在屋内桌上，请老头子吃酒。老头子真不客气，坐下同刘大爷就喝起来了，还对刘氏说："干女儿千万不要隔饭，多吃点东西才好，若心一窄不吃东西，糟蹋病了，可就不能报仇了。"刘氏一听也对，于是把饭菜拿到床上，同孩子吃饭。吃着饭刘氏可就说了："干爹，你老把女儿的眼也治了，还要替你儿子报仇，到底你老贵姓高名仙乡何处呢?"老头子一听，说道："告诉你没关系，只是不许对外人说。"刘氏连连答应，老头子这才把自己的姓名说了出来。

原来此人家住陕西凤翔府古枫林，兄弟二人，江湖称为陕西二老。大爷名叫古云秋，江湖人称飞燕古云秋。因为老头子有一种绝艺能打飞燕金针，这种东西如同小燕一样，小燕口内含着三分三长的闷心针，能打金钟罩，善破铁布衫。他这种东西，不出手没什么可说，只要一出手，那就算无法子躲避，非中上不可。因为这个小燕，腹内有绷簧。不用的时候，两翅蹝

着。一出手双翅一展，你一闪，他能跟着你转弯，三十步内，神仙难躲，只要中上，一个时辰准死，因为燕嘴上同两个翅膀上全是纯钢尖子，尖子上有见血封喉的毒药，他这个药，还是独门，非自己的解药，不能解救。因为他是一个光明正大的人物，所以他轻易不用这种暗昧的东西伤人。凡是他用这个飞燕伤的人，一定罪大恶极，人人痛恨。所以人送他这个外号。大爷手使一口古剑名叫蟠螭，是古代欧冶子所造，善能削铜剁铁，切金断玉，水斩蛟龙，陆诛犀象。招数是九手问天剑，可称艺贯今古。二爷名叫古化秋，江湖人称铁幅仙。手使一口宝剑名叫断水，乃是越王勾践所造八剑之一。招数是五手钟馗剑，能打十二双铁幅金针，同乃兄的飞燕镖大同小异，兄弟二人威震四方。

这天兄弟二人在家中闷坐，古大爷可就说了："二弟我们练艺五十余载，但到现在未能收一个得意的门人，虽然收了一个霍星明，只是他带艺投师，我兄弟的本领未能得去十之三四，他就出门行道去了。说句不幸的话，难道咱们还能把全身绝艺带了走吗？再说咱们两个，全是童子功，早晚百年之后连个披麻戴孝之人也没有，所以我心里总觉着不好过。"

二爷本来赋性好静，说道："大哥如此说，依你老应该怎么办呢？"

大爷说："我原先听江湖人传说，武昌府望江村通真观中，住着一位隐士，晚晴居士通真子，我去一趟江南访一访这个通真子，顺道物色一个得意的门人，也是你我兄弟晚年的一种乐事。"

二爷一听心中甚喜，说道："大哥既然如此，不知你老人家何日动身？"大爷说："我打算明天就走。"

二人商量妥当，到了第二天，大爷带好了兵器路费，离了古枫林，可就奔江南走来了，调查赃官，一路游山玩景。这天走到淮河下游，洪泽湖口，爱惜本地山水住了二十多天，就遇上骆天锡这个事了。老头子有爱管闲事之心，于是一探听，全都不知细情。只知道府官谋夺骆天锡的妻子，威逼人命，到了

第二天又赶上刘氏娘子哭夫预尸，知道了细情，可把老头子气坏了。本打算夜间到府衙将府官一刀两断，但是他本是皇家的命官，自己若把他杀了似乎不对，当然得想个法子叫国家治他才好。自己想到这里，才暗跟众人来到骆家镇，正赶上刘大爷送大家走了，自己这才假说是骆天锡干爹，先给刘氏治好了眼，又一看那封书信同那个纸折，这才明白。气得老头子一巴掌才把桌子打去了一角，刘氏娘子听古大爷告诉完了，说道："原来干爹是剑客一流的人物，亡夫的冤仇可全托在干爹身上了。"古大爷一听，说道："你放心吧。"

第七章

遇不平义士显身手

古大爷同刘大先生吃完了饭，一同宿在书房之内。第二天早晨，古大爷告辞往江南访友，刘大爷问道：“老爷子这个仇怎么报法呢？”

古爷说道：“你们在家里听信吧，不出二日必有消息，再过三五天府官一定得撤职拿问，巧了就许命丧无常。”

刘大爷兄妹半信半疑，又不敢十分盘问，老头子将要起身，就见小孩子骆敏，一伸双手，把老头子的衣服拉住，口中说道：“古爷爷往哪里去，我跟着。”一任刘氏百般来哄，他只是双手不放非跟着不可，古爷一看这孩子的面目体格，可就乐了，说道：“干女儿，按说我这个话，可不应当说。因为你们现在是孤儿寡母，不能片刻相离，但是我看这个小孩子，倒是有点学武的福分，你要能够舍得分别，等我由江南访友回来，我把这孩子带到陕西古枫林，凭着我兄弟二人这身武艺，不到十年准保还你一个武艺精通的孩子。可是一来怕你舍不了儿子，二来孩子太小，离不了母亲。”

刘氏一听说道：“干爹，这么大孩子成吗？”

老头子说："这么大，哪能练武呢，不过操练他的身体就是了。为什么我说这个话呢？因为我爷俩很投缘，如若不愿意，你可说话，千万别勉强。"

刘氏说："干爹你老回来不是还由这里过吗？等你老回来再说吧。"

古大爷一听，说道："甚好，等我回来再瞧孩子。"说着古大爷告辞往江南去了。

再说刘氏娘子同刘大爷回到家中坐定，互相研究古爷怎样去替自己报仇，等吃过了午饭之后，就见老家人进来报告，说王老师来了。刘氏娘子说："快请。"

就在这个时候，刘大爷已经把王老师请进来了。一进门说道："姑太太我听你哥哥说，你的眼有人给治好了，是吗？"

刘氏说："是的，托你老的福，这几天把你老可累坏了。"

王老师说："我倒不累，因为有个喜信，我特来告诉你们。"

刘氏说："什么信呢？"

王老师说："前半天我派人到府里去打听你这事府里怎么办的，今天下午我打算动身进省。没想到派去的人回来说，虽然没听见信，可是听说府里把印丢了，不独丢了印信，那狗官的辫子夜间睡觉，不知被什么人给割了去，库里头还丢了好几千银子。这个事情，省里要知道了，你想做官尢印，还不是个杀头的罪吗？没想到我们这个仇，有人给报了。如果这个事是真，这就叫天网恢恢，疏而不漏。你说这不是一个很好的消息吗？"刘大爷和刘氏听了，不觉暗暗点头，心里明白。正说着，只听外面有人说道："刘大哥走了没有？"

刘大爷一听原来是陈先生，刘氏说："陈二弟呀，请进来吧，我哥哥还没走呢。"

原来这位陈先生名思孝，同天锡是换帖的弟兄，昨天领尸他也在场。今天他一进上房，说道："大嫂子，你猜怎么样？真是说大快人心，狗官他遭了报了。"

一抬头瞧见王老先生，说道："老师几时来的？"王老师

说："刚才来到呢。"

刘氏说："叔叔怎么知道狗官遭报了？"

陈思孝说："我今天一早就去到城里，打听他有什么举动没有，不想到城里，跟稿案上刘师爷一打听，原来狗官夜里把印丢了，府太太差一点没有吓死。丢了印这还不算，夜中狗官正在姨太太房中睡觉，辫子被人给割去了，管库的也来报告说：库里五千一鞘的银子，丢了一鞘。我听见这个消息，欢喜得了不得，准保不消半月，这小子就有砍头的罪名，你说这不是大快人心？"

王老师说："这个信我倒听说了，但不知是真是假。"

陈思孝说："怎么不真呢？老师听谁说的？"

王老师说："我也是今早派人打听来的消息，就怕是谣传。"

陈思孝说："这个事千真万确，这是他们自己人说的。因为今早用印，才知道印丢了，狗官因为没有辫子不敢见人，管库的查库，少了一鞘银子，若不真确，这个信绝不能向外传。"

王老师说道："既然如此，咱们暂先听听，省里有什么消息没有，先给天锡封灵出殡，然后再看这个狗官的结果，如果他手眼通天真能死里逃生，我们再想法子，反正不能让他逍遥法外，姑太太你瞧怎么样呢？"

原来刘氏自从听说府官断发丢印，就知道此事是古大爷所为，但是他半夜的工夫，就神出鬼没，作出这种惊世骇俗的事业，真是剑客作事迥异寻常。我儿真要有这么一位老师，教他成名，何愁不能名扬四海呢？自己正然思索，忽听王老师一问，连忙说道："老师这个事情，还是你老人家同各位弟兄及我哥哥，大家看着办，我一个妇道人家，知道什么呢？不过又得教老师劳心受累。"

王老师连连说道："只要你们过得去，我受点累算不了什么。"于是王老师同一干朋友，就给天锡主办丧事，少不得搭棚候客，成服安葬，到了时候各亲友来上纸，来的人还真不少。一者因为天锡人品高尚；二者好奇心盛，都想打听打听怎

么回事。所以差不多的全来吊丧，两天的工夫把天锡总算是风风光光葬入祖坟。

这个时候各村镇可就沸沸扬扬全都传嚷开了，府太爷因为丢失印信和五千库银，已经押解进省，府事已经由省里派人接管了。骆家听了这一消息，固然欢喜，一般受过害的乡民，没有一个不合掌念佛的，都说天公有眼，恶人自有恶报。你道府里这事，省里怎么知道得这么快呢？原来抚台这天夜里正好在睡觉，忽听床前啪的一声，连忙睁眼一看，灯火摇摇，并无一点动静，自己坐起来向桌子上看，只见桌上放着一个大红柬帖，连忙下床，借着灯光一看，只见帖上写着两行铜钱大小的字迹，写的是：淮安府贪财好色，陷害良民，应当从重惩办以安人心。在红帖底下还有一个纸折儿，纸折上面头一段是骆天锡因为受了府官的陷害，给刘氏写的那封信。第二段就是知府自己的亲口实招，并且上面还是签名盖章。这位抚台原籍是山西太原府人氏，学问渊博，胆识过人，赋性刚直，可称疾恶如仇。一看这两个字柬，勃然大怒，立刻穿好衣服叫家人掌灯，一直出了内室，奔了书房，又叫家人把陈师爷请来。这位陈师爷精明强干作幕多年，一听东家夜中相请，就知道有事相商，连忙穿齐衣服，随着家人过来。一见抚台在书房坐着，连忙上前相见，说道："不知夜中呼唤晚生，有何事议？"

抚台说："先生请坐，方才我在内室得了一个东西，请先生瞧瞧怎么个办法。"于是取出两个字柬递给陈先生。

陈先生一看，说道："东翁这个东西从何处得来？"

抚台说："不知何人放在我的寝室之内。"

陈先生一听，说："我明白了。这一定是淮安知府霸占民妻，强迫人命，才惹得绿林人出头干涉，夜中前来送柬。这事东翁还是从严办理方是，因为现在的绿林人差不多的全是自命为侠义之士，他们的武术，可说是妙手空空。如若东翁把这个事情从宽办理，恐怕这个绿林人，对东翁还有不利呢。你想凭知府给骆天锡立的字据硬会到了他们的手中，他们这种神出鬼

没的法术，就可想而知了。”

抚台一听连连称善，说道：“这种贪财好色的官员，辜负圣恩，真是死有余辜，先派委员去淮安府调查这个案件。”于是教师爷连夜办稿，第二天派委员连夜动身，去淮安府暗中查案，赶到委员到了淮安一调查，把这个案的始末，可就查明了。不独查明了此案，连知府丢印带失去五千两库银，全都查了个清清楚楚，那委员连夜回省报告抚台，抚台得了报告这才派员一面接收府事，一面将冯家驹押解进省。到了安庆，抚台自己讯问，又用那一纸凭据，这才把冯知府驳得无话可说。紧跟着接署的委员报告，淮安府的印信丢失，库银短少了五千两。抚台这才令师爷，拟好奏折，派专人连夜进京。当今万岁本是有道明君，一瞧奏章，立刻龙颜大怒，御笔亲批：

据奉淮安府知府冯家驹，谋占民妻，逼死人命，并将印信库银丢失一案，查该知府，职司民牧，竟敢贪淫草菅人命，且办事不慎，致将印信库银丢失，言之殊堪痛恨。既经该府严加审讯，供证确凿，自应拿解来京，交部依律问拟。惟该犯官罪大恶极，若不就地明正典刑，实不足以平民怨。着该抚立即予以正法，用伸国法而昭炯戒，其所失库银，应将该犯家产查抄备抵，不足之数即将该眷口由官变卖补偿，迅即遴派干捕，将失印勒限找还为要。至滑秉寅，身为士绅，应如何自好，乃胆敢结交官府，狼狈为奸，着即一并正法，以惩奸宄，而免效尤，并着吏刑两部知道。钦此。

这道圣旨一下，欢喜了安善良民，吓坏了贪官污吏。

原来古大爷自从了离骆家镇，一直到了安庆府，夜中给抚台留下了柬帖，自己可就奔了武昌，到了通真观，正值通真子在观中闭坐，未曾出门，二人见面，互道倾慕情形，古大爷一连住了十余天，这个时候正是陆贞在通真观练艺的时期。通真子引见给古大爷。古大爷听说陆贞十三岁背母寻师，心中十分

欢喜，说道："大哥你瞧这些徒弟，一人强似一个，你瞧小弟我，兄弟二人年将古稀，并无一个得意的门人。"

通真子说："贤弟，你的拣选太苛，不然的话，徒弟还不是有的是吗？"老哥两个，说罢一笑。这天古大爷忽然想起骆敏，于是辞了通真子顺着大路就回骆家镇来了。到了骆家镇附近一打听，这才知道府官就要由省里发回淮安，连同滑利虎一并就地正法，并查抄家产，变卖家眷赔偿库银。古大爷打听明白这才心气为之一平，但是这印怎么办呢？库银是不能再还他了，这口印必须给他送去才是，可是非瞧着狗官受了国法，才能还他的印信。自己想好了主意，这才奔了骆家镇。到了天锡门首一打门，只见老家人出来，说道："喝，老爷子回来了，我们大奶奶天天想你老，这一晃一个多月了，你老快往上房请吧，我给你老泡茶去。"

老头子含笑点头，一直来到院中，说道："干女儿在屋中吗？"

刘氏娘子一听，说："干爹回来了，你老请进来吧。"说着领着两个孩子迎出屋门。古大爷进了上房，小孩子过来给大爷磕了个头。老头一回手从怀里掏出一个小小的布包："这里是三百两金叶子，叫你妈妈给你买点东西吧。"

一回头对刘氏说："你收起来吧，认了回子干爹也没有给你一点见面礼儿，你留着垫补着过日子罢，今天我住下听听这狗官结果如何，我还要看着他出红差呢。等我走的时候带着小孩儿，你瞧怎么样呢？"

刘氏一听，不由得感激而泣，说道："因为儿子的事，你老费尽了心机，女儿还不知道怎样谢你老人家，现在又留下这么些钱，叫女儿心里怎么过得去呢？再说敏儿这孩子，年方四岁，再叫你老人家养育成人，越发叫女儿粉身难报。"

古大爷一听，掀髯大笑，说道："孩子，你怎么说出这样话来，你若这么一说，不太客气了吗，谁叫我赶上了呢。不过孩子太小，乍离了娘，怕他啼哭，可是我也有法子哄他，就是

怕你舍不得。如若你舍得，我每年送他回家一趟待上十天。”

刘氏说：“我还能不愿意吗？不过干爹在骆家身上费的这份心，可太大了，女儿只可立个长生禄位，祝你老人家寿比南山就是了。”

古大爷一听哈哈大笑，说道：“你哪里知道，我活的年岁越大，受的罪越多呢。”爷俩儿个定规好了，到了第二日，古大爷去到府城一打听，说是府官冯家驹已由省里解回来了，第二天正午出红差。老头子一听，又回了骆家镇告诉刘氏娘子。到次日，法场上斩冯知府同滑秉寅。骆家镇刘氏娘子给骆天锡上供，两下里闹了个适逢其会。斩了冯家驹之后，因为他那些姨太太连家产早叫人家拐跑了，所以官款无法偿还，只可把官太太同三个小姐，一同发官媒变卖，方能赔偿官款。

再说古爷，看着冯家驹正法之后，可就把印信给府衙门暗暗送去了，还写了个柬儿，写明了这个是杀一儆百的意思，以后再有这种官吏，仍然是照此办理。到了第二天，雇了一辆车，别了刘氏，带着骆敏，奔陕西下来了，一路无话。

这天到了凤翔府古枫林，老头子领着小孩到家内，对兄弟古化秋一说经过，二爷一看孩子，骨格清奇，最奇的孩子从离了母亲，始终没有哭过一声，每日总是欢天喜地。但是古大爷恐怕自己兄弟，对孩子或有个照顾不到，孩子受到委屈，于是每年花二百两银子雇了一个乳母，专照应孩子每日吃喝玩耍睡觉等事。哥俩每天给他曲胳膊盘腿用药水泡洗周身，每日的玩物，都是木做的小刀小枪和铁皮的空球、铁皮的空棍，各种物件。

光阴似箭，日月如梭，不觉三年已过，骆敏年方七岁，叫二位老人给活动得肌肉丰盈，骨坚似铁。古大爷每年送他回家一趟省亲。转眼十年的工夫，骆敏长成十七岁，亲承二老的传授，又加上自己赋性聪明，所以前后十三年的工夫，把二老的能为学去了十分之七八。本来二位老人家自幼练的是童子功，无儿无女，自从收了这么一个徒弟，每日拿着调理小孩，作为消遣，所以十三年的工夫练成的一身惊人的武术，最得意的是

闭穴双镢。这对镢正名叫作点穴飞锥，因为在袖中两肩之上绷着两个伸缩轴儿，上面缠着七尺长的鹿筋绳，上端有勾儿挂在袖口之上，腕子一低那镢上的皮套就挂在钩上，双手一撒能点周身三十六路穴道，还有十二双铁蝠金针，十二双飞燕金针。他虽然武术练成，但是功夫的火候可没达到炉火纯青的地步，因为他年岁太小，没有一点经历。这天二老一看孩子的技术也有了八成了，所欠的不过功夫一步，也到了出头问世的时候了，于是把孩子叫到跟前，道："今年又到了你回家探亲的时候了，这次回家见过你母亲之后，你可以在江湖上经历经历，因为要打算出头露面，非闯荡江湖不可。现在你的武艺，虽然不敢说天下无敌，可差不多的主儿，不是你的敌手，但是你可要小心遵守本门的规矩。不然的话，别看你是我二人得意弟子，到了那个时候，为整理门户计，绝不能容你活在世上，败坏为师名誉，受人唾骂，你可要记住了。现在你练艺总算第一步成功，今天一别与每年不同，因为你这一次在最近不能回来，所以我二人送你一个外号，别叫人一听就知道你是我二人徒弟，你这个外号就按你使的暗器本势来取，这两种东西是我二人独自创造，所以你的外号就叫'燕蝠齐飞'。话已说完，你带了路费和兵器，就此回家去吧。几时愿意回来，就几时回来再练。"骆敏一听，别了二位恩师，一路奔家中走来。

这天来到家中一瞧，就见老家人低着头坐在门房，自己也没有言语，一直奔了上房。方一进屋，就见母亲同妹妹红霞，哭得如泪人一般，一瞧骆敏进来，母女二人越发大哭。骆敏一瞧，说道："母亲同妹妹倒是为什么这样大哭呢？"刘氏娘子这才如此这般仔细一说，把个骆敏气得三神暴跳，七窍生烟，口中骂道："好你高家三个小辈，你竟敢欺侮到我的跟前来了，我若不教你认得我骆成英，那就算你们祖上有德。"诸公，你道这骆敏为什么这样大怒，那刘氏母女因何那样痛哭呢？原来在三天以前，从外地来了一伙跑马戏的，三男三女，在骆家镇玩了三天马戏。要说这几个人的功夫，真不含糊，地下功夫是

十八般兵器，玩绳走索，马上的功夫就是一路捡金钱，童子拜观音，八步赶蝉，镫里藏身，各种把戏，马上步下真是绝妙精伦。刘氏娘子以为在本村玩戏，又是在门口上，领着红霞在门口上看了一回马戏，可巧叫高家堰的闹海鱼瞧见了。高义本来是个色中的饿鬼，哪里见过这样的美貌佳人，在门前一站，可说是神色秀逸鹤立鸡群，把个高义看得神魂飘荡，目眩头昏，回到家中立刻打发一个走狗，名叫槐忠，去到骆家镇打听，那是谁家女子，多大的年岁。这小子因为专门搬弄是非，所以大家全叫他坏种。等他到了骆家镇一打听，这才知道十年前被淮安知府害死的骆天锡，就是这个姑娘的父亲，姑娘乳名叫骆艳，小字红霞，因为天锡早死，骆敏外出，家中只有母女度日。这小子回去对高义一报告，高义立刻打发人到骆家提亲。刘氏娘子，早知高家堰五年前出了三个水贼，名叫高义、高智、高信，如今一听给女儿提亲的正是高义，而且还是做妾，刘氏当时一口拒绝，因为自己是寡妇孤儿，所以当时并没有张口骂他。那媒人撞了一个钉子，回到高家堰，无中生有对高义一说，并说骆大奶奶当面如何毁骂，气得高义暴跳如雷，说道："我若不将骆家女儿娶来做妾，我就不叫闹海鱼！"于是打发媒人再回骆家镇去说，应了便罢，如若不应明天下午来轿抬人，官私两面随其自便。等媒人到了一说，刘氏娘子一听，当时就把媒人骂了一顿，等到媒人走了，母女二人不由得抱头大哭。这个时候，正赶上骆敏回来，一问母亲，他如何不气，于是夜晚入高家堰，锥伤高氏弟兄，巧遇尹成、陆贞同霍星明。这就是骆敏的一段略历小史。

再说霍星明，一听骆敏是陕西二老的徒弟，才知道是亲兄弟。骆敏一问他三位因何来此，原来全是因为不得过河，听店家说高氏兄弟不法，才来夜探高家堰。骆敏当时就请尹成、陆贞一同回家，三个人并不推辞，一同奔骆家镇而来。这时天已大明，来到门首一打门，老家人开门一看，原来是少爷同着三个人一同回来。骆敏把三个人让进正房，老家人烧水泡茶擦

脸。骆敏回到上房禀告母亲，刘氏娘子一听，说道："这恐怕不妥当，你扎伤了他们两个人，恐怕他们不死心，他们若再来报仇，那怎么办呢？再说你若不在家，我岂不更没办法了吗？"

骆敏一听，说道："我师兄人称小诸葛，等我同他商议商议再说。"于是回到正房对大家一说，霍星明说不要紧，我们今天晚上去到府里，给府太爷送个信，请府太爷把他们拿了就完了。于是提起笔来写了一个字柬，天到定更之后，由尹成巡风，霍星明前去寄柬。

再说现在的这位府太爷，自从领凭来署淮安，他就听说淮安府洪泽湖一带，是个水贼出没的所在，自己立意要为民解除痛苦，他有一个表弟，是开封府南门外石家坨的人，姓石名昆字太璞，在江湖上大大的有名，人称十粒飞星百灵侠，手使一口红毛宝刀，能削铜剁铁，囊中十粒钢丸如鸽卵，连珠发出，百步取人，百发百中，这是一种特别的技术，所以有十粒飞星这个外号。虽然年岁不到四十，可是精明强悍，在江湖上闯荡以来，提起百灵侠全都知道，所以这位郑知府聘请他来淮安府帮忙治盗。石昆一听表兄相请，点头答应，到任半年有余，没有发生过一次匪警。高家堰这哥三个原先本三湖里使船，后来回到高家堰，安家立业，可是并不敢明目张胆闹，自从前年他们投了云南玉龙山金波寨，仗着金波寨的势力，可就大闹起来了。郑知府本也有个耳闻，早有心调兵把他剿灭，但是苦于无隙可乘，更兼着百灵侠时常说，得放手时且放手，对绿林人不要得罪太深了，兔死狐悲物伤其类，如若把他们得罪太厉害了，惟恐他们对你老有不利的行为，所以郑知府也没有干涉他们，再说他们在本地上也没有案子。这知府太爷早晨尚未起来，就见桌上刀柬。他拔去刀，拿下字柬一看，上面写着一行字迹，虽然合辙，可不押韵：字柬太爷知，盗贼得意时。家住高家堰，人称闹海鱼，独霸淮安府，商贾尽遭欺，民间美妇女，户户受凌辱。下面又有一行小字，言高氏兄弟勾结云南玉龙山立意谋反，若不早除，恐成大害，末后写着赛元霸、小白

龙、小诸葛、燕蝠齐飞，今叩禀。知府看完未言语，把字柬放在桌子上，匕首放进抽屉之内，赶紧梳洗，已毕，叫家人去请来石老爷。

知府说道："贤弟，我今夜得了一件东西，你瞧瞧这事应怎么办？"知府取出匕首同字柬，递给石昆。石昆把字柬看完，不住的摇头。

郑知府说："贤弟，这个事你瞧怎么办呢？"

石昆说："这个小白龙，等我想想。"于是暗暗说道，我倒是知道，是尹家林的人氏，这个小诸葛我也有个耳闻，全都很正气，但是这个赛元霸同燕蝠齐飞，不知是作什么的，大概是新出世的英雄。但是他们对高家堰又有什么冤仇，前来寄柬呢？这分明是来摘我这个百灵侠的牌匾。可是也不怨人家不对，本来我身为侠客，就不应当留匪人在我脚下立足，但是我因为怕给表兄多得罪绿林人，所以我就未曾干涉，不想就有同行给我来了这么一手，你说这个事怎么办呢？"

知府一瞧石昆沉思不语，说道："贤弟，要依我说，这个事就不必客气，明后天，贤弟你暗中带人去把窝子给他剿了就得了。"

石昆一听连连摇摇头，说道："剿倒是好剿，拿也好拿，但是若拿错了呢？这里头不定得伤多少人。一个拿不住跑了，仇可就从此结下了，我倒不怕，就怕表兄你从此种下了祸。再说又没有人告发，你凭什么拿人呢？他劫掠商贾，霸占妇女，有什么凭据呢？就算把他们拿来了，靠什么给他们定罪呢？"

知府说："难道罢了不成，我们就不闻不问吗？"

石昆说："那也不能，不过得想个完善的法子，兄长你先别忙，我在附近的地方访访这四个寄柬留刀的人，访明了再说。好在我来的日期太浅，认识我的不多，明天我改扮行装，在附近一带访访这几个人，就近查访高氏兄弟的劣迹，然后咱们再定办法，就名正言顺了，兄长你瞧怎么样？"

知府一听，暗道：难怪人称他侠客，打算事情是又沉又

稳，八面见光，想到这里，连连点头，说道：“贤弟，你就瞧着办吧。”

第二天，石昆带好了红毛宝刀，暗暗地出府衙后门，在邻近有集有店的各村，一连访查了三天，并未访着一点消息。这天来到一个小村镇名叫江村，在一个小酒馆内喝酒，听见两个吃酒闲谈，说的正是高家堰，高氏兄弟坐地分赃，大庄主好色欺压良善。百灵侠一听，可就入了耳了，于是在旁边侧耳听，又听一个说道：“高家不法，你怎知道呢？”

那个说：“你没听说前几天闹贼吗？”

这个人说：“听说了，闹贼莫非说就算人家不法吗？”

那个说：“你瞧，闹贼就是因为他们不法来的吗？”

这个说：“你既知道，何不说说我听呢？”

那个说：“说说就说说，这还怕人吗？你知道高家堰南边那个骆家镇吗？”

这个说：“知道骆家镇怎么样呢？”

那个说：“在十三年前骆家镇有位先生骆天锡，不是被那时的知府害了吗？”

这个说：“我怎么不知道呢，知府出红差，我还看热闹呢。”

那个说：“骆先生有一个儿子名叫骆敏，一个女儿名叫红霞，这个骆敏听说在四岁就跟着一个武术大家学艺去了，家中只剩下姑娘同她母亲，姑娘今年十六七岁了。”

这个说：“你说高家怎么说到骆家去了呢？”

那个说：“你真糊涂，不是事情起在骆家身上吗？”

这个说：“你就说吧。”

那个说：“这位红霞小姐长得足够十二分人材，貌比西施，不知什么时候让大庄主瞧见了，非娶人家做妾不可，立刻打发媒人去说，等媒人到了一说，你猜怎样？人家不愿意。媒人回去对庄主一提，大庄主就火了，立刻告诉媒人再去提亲，如再不应，明天就抢人，这一来你猜怎么样？偏赶上骆大奶奶是个死心眼儿，一顿大骂，把媒人就骂跑了。本来这个亲事，你想

应该吗？慢说人家书香门第的姑娘，就是小户人家的姑娘，谁肯把姑娘去给人做妾呢？”

这个说：“这样一来，大庄主不更火了吗？”

那个说：“可不是更火了，谁知道当天晚上高家就闹起贼来了，由房上跳下了一个小孩子，手使一对不知叫什么镢，一顿镢，把大庄主和二庄主全都镢瞎了，还战败了高家从南方来的朋友，后来没有人敢同人家打了，人家才走了，你说这个小孩子有多厉害吧。你知道这孩子是谁？”

这个说：“我又没瞧见，我怎么会知道呢？莫非你知道？”

那个说：“当然知道，就是姑娘的哥哥，骆敏骆成英呢，原来人家学艺回来了。”

这个说：“回来的怎么这么巧呢？”

那个说：“当然巧，要不怎么叫无巧不成书呢。”

这个说：“你瞧见了吗？说的像真事儿一样。”

那个说：“我没瞧见，可我西邻的二哥在高家雇工，我听他说的，并且那个孩子自报姓名是骆敏，外号叫什么飞呢，我也没听清楚，你想我们当庄丁的二哥要不说，我怎么会知道呢？你想这一段，是不是高家不法，最可惜那个骆敏把他们镢瞎了，没有镢死他们，现在听说他们庄上又由南方来了好几个朋友，还有侠客呢。”二人说着喝完了酒就走了。

石昆听了这一番话，自己一想，那个寄柬留刀的，大概就是骆敏，方才不是说骆敏的外号是什么飞吗，大概是燕蝠齐飞，他们没听明白，所以说不上来。既然得了踪迹，我先到骆家镇访访骆敏，然后再想法子办高氏这几个匪徒。这个事幸巧没办紧了，不然非坏不可，真要高家又来了成名的人物，我一个如何能成呢？如若当场丧命，倒不要紧，如若被获遭擒，自己百灵侠的名誉安在？心中想了半天，得了主意，暗道：“我若访着骆敏，不就有了帮手了吗？难道说为他的事，请他出头也还能推辞不允吗？”想到这里，于是还了酒钱，出了酒铺，一路溜溜达达直奔骆家镇而来。

再说骆敏，自从霍星明同尹成二人在府衙门，寄柬留刀之后，依着尹成，就要告辞动身，可是霍星明说："这二位若回了家，府里倘若不发生效力，高家堰夜中前来报仇，这怎么办呢？没有老太太和姑娘好办，现在又得保护内宅，又得预备众寇，我同师弟又太单，这不是束手待毙吗？我的意思请二位多住几天，听听消息然后再定行止，可不知二位心里怎么样？"陆贞一听也对，本来要救人就救到底，真要夜中有人搅闹骆家镇，他二人还真是麻烦。想罢对尹成说道："尹贤弟你看怎么样呢？我们可以多住几天吗？"

尹成说："那有什么呢，反正我们回去也没事。"于是二人复又住下。一晃过了三天，也没听见府里有什么动作，四个人每天也不出门，只在书房中谈话，越谈越投机，于是四个一商量，朝北磕头结为金兰之好。陆贞是大爷，霍星明是二爷，尹成是三爷，骆敏是老兄弟，于是四人重新到了上房，拜见了骆大奶奶，回到书房摆上酒席，吃酒谈心。哥四个正吃过午饭，散坐吃茶，就见老家人进来说道："外边有个河南人，自称姓石名昆字太璞，人称'十粒飞星百灵侠'，要见少爷。"

骆敏一听说道："请进来吧。三位哥哥见他不见呢？"

陆贞说："见他何妨。"于是兄弟四人一齐迎到二门，就见老家人从外面领进一个人来，看年岁四十来岁，剑眉虎目，鼻直口方，细腰宽臂，双肩抱拢，身穿着青绸子大褂，白布袜子青缎子豆包鞋，手中提着一个长条子包袱，笑嘻嘻的跟在家人背后。四个人虽然观看人家，可是人家也瞧见自己四个了：头一位三十多岁，青绸子大褂，白袜皂鞋，圆脸膛，眉分八彩，目似春星，五尺高的身材威风凛凛。第二位也是五尺多高的身材，穿着灰绸子大褂，白袜皂鞋，三十来岁的年纪，面如白玉，两道浓眉，一双眯缝眼，一看就知道是个能言善辩之士。第三位二十多岁，面如少女，细条身材，外罩蓝绸大褂。第四个十六七岁的年纪，头梳髻，面似桃花，一双眉斜飞入鬓，二眸子皂白分明，唇红齿白，十分俊美，身穿蓝绸子大褂，白袜

云鞋。四个人笑嘻嘻地一齐说道："不知石侠客驾到，恕我兄弟未能远迎，当面请罪。"

石昆说道："石昆来得鲁莽，还请众位海涵，不知哪位是骆侠客？"

骆敏说："不才就是骆敏，此处不是谈话之所，请到里面待茶。"

石昆说："来此就要打搅。"于是五个人谦谦让让来到书房，分宾主坐下，家人献上茶来。石昆一一领教了另三位的姓名，哈哈大笑说道："石某一日会得四侠，真是侥幸得很。"

骆敏说："不知石侠客来到舍下有何见教。"

石爷说道："石某有点小事，所以不揣冒昧，来到府上。"

骆敏说："不知有何见教。"

石昆这才说道："愚下有一点小事不明，大概阁下四位也不会瞒着。"

陆爷说："什么事呢？"石爷就把自己如何受郑知府之聘来到淮安，久闻高氏兄弟不法，因为自己怕给知府多得罪仇人，再说他们在此处又没有作案，所以我未加干涉，又因无人告发，所以不能名正言顺拿他治罪。没有想到前天，府衙之内有入夜中留刀寄柬。留下四位的美称，我访了好几日，才访知四位在此暂住，所以我找到府上，第一问在府衙留柬的是你四位不是，第二还有大事相求。石昆滔滔地把话说完。

骆敏一听说道："石侠客，你老问到这里，我们也不瞒着，那个柬儿，是我兄弟所为，因为我暗探高家堰，扎瞎了高义高智，未曾将他伤了性命，当时我因为留下姓名，所以恐怕他暗中报复，不得已才暗中寄柬请府太爷办他的罪名，不想倒惹得石侠找上门来。要按说阁下人称侠客，卧榻之下就不能容留小人驻足，我们暗中告发，阁下就应该拿他治罪，如今你老不但不想法除去高氏兄弟，反倒找上我们的门来，大概是因为我们寄柬留刀，于阁下的名誉有关，可是我们并不知道阁下在衙中驻足，如若知道，我们也不多此一举，现你老既然问到这里，

我们当然承认。可是还用不用我们同到衙门去打官司呢？”

陆贞一听，暗说：“老兄弟这一套话，可真够厉害，瞧瞧石昆怎么答复吧。”

只见石昆听完了骆敏的话，不独不着急，反倒哈哈大笑，说道：“骆侠客，你先别着急，听我说说我的难处。本来人称侠客，就不能容小人同在境内驻足，但是有一条，要是在河南开封府，那可就说不定得凭着手中刀，不论如何，也要把他驱逐出境。现在的立场可就不同了，因为什么呢？我受聘来到淮安，与在开封做侠客不一样，在这里的责任，是保护知府，或是有他的朱批火票，替他拿贼，余外的事，就是民不举官不究，不能无故地给主官多得罪仇人，要按说我们做侠客的，得罪人可算不了什么，可是我们虽然不怕，知府他要不做官了呢？这样绿林人找了他去，他受得了吗？所以说现在的立场，不能同开封相比。但既然你们众位告发了，这可就不能再顾一切了，只可出头去办，但是办这种案子得有办法，如若一个办法不妥，可就给府上同知府种下仇了。我不能每年尽跟着知府，可是骆侠客，你能不能每年尽在家中蹲着哟？常言说得好，不怕贼广，就怕贼想，你一拿他，把他闹了个家产尽绝，你想他能叫你安生吗？如若我们一离身，他们就来胡搅一阵，你该怎么办呢？所以我说得有个彻底的办法才算完全，我访着你们没别的，还是请你们几位出头相助，不知众位意下如何？”

百灵侠这个人，可算是涵养的功夫纯深，不然的话就得当场决裂。你想堂堂的侠客，硬叫人家当面刻薄一顿，哪能再开口求人呢？百灵侠这个人可就不然了，天生的心思周密，因为自己既是捕头的性质，当然与侠客不同，案子办妥了更好，若办不妥呢？还得给自己同上司找站脚的地方，若不把骆敏邀出来，总算没有原告。要按高义的行为，不用原告就可以出票拿他，如果手到擒来，那就没得说了，如若拿不住跑了呢，自己带去的捕役，难免受伤殒命；这怎么向上呈报呢？无凭无据出票拿人，捕役受伤，那算官府轻举妄动，巧了就许落个依官欺

人的罪名。如若把骆敏邀出来呢，第一有了原告，不怕捕役全都丧命，那算个因公殒命，拿不住跑了，那算畏罪脱逃，对上司呈报，就有根有据。要按官话说，得把骆敏传案，方算完全，但是于江湖义气上未免稍欠完善。如此一来在表面上算是邀骆敏帮忙，无形中就算有了原告，所以说侠客办事必须八面周到，既不开罪于人，又不犯江湖的规矩。

第八章

众英雄大破高家堰

再说陆贞听百灵侠一说，暗暗地把大拇指一伸，心中说道：好厉害的石太璞，不愧人称侠客，我们这一出头，无形中就算有了原告，如若拿不住跑了呢？我们也在当场相助，不能尽说人家无能。拿住呢，也叫我们瞧瞧，不枉人称侠客。再说到我们伸手相助也是应尽的责任，他这一请我们出头，真可算四面见线没有漏空的地方。慢说这个事由我们身上引起，就按江湖的义气，也当竭力相助。想到这里，没等骆敏答言，自己就说道："既是石侠客看得起我们兄弟，我们还能不出头相助吗？你老人家说几时咱们动手去办，我四个人均听指挥，请你老定规好了时期，赏我们个信就是了。"石昆一听连连称谢。这个时候，天可就不早了，于是骆敏叫家人往外面馆子里去叫饭，留石侠客在家吃晚饭。石昆一看人家四人实意相留，自己不便推辞。工夫不大，酒菜摆齐，立刻入座吃酒，五个人仔细一谈，石昆这才知道人家四位全是剑侠的门人，不由得更加敬重。石昆吃完了饭，就住在骆家，次日起来，兄弟四人陪着石昆吃完了早饭，石昆告辞回衙，兄弟四人送到大门执手分别。

百灵侠风风火火一直来到府城，由后门进了衙门，正值府官完了案件，退堂休息。百灵侠来到书房，将这几天访查的经过一一报告了府官。郑晓澜一听，说道：“贤弟，这个事怎么办呢？”

石爷说：“依我说，今天先打发人往高家堰探一探，究竟他们那里来了多少人，我们好通知守备同时带兵剿匪。”知府说：“你看着办吧。”于是百灵侠暗中派人前往高家堰打听，等派去的人回来报告，才知道除了高氏兄弟之外，还有镇海龙樊瑞，双钩太保林兆东，又来了少华山、金星寨、潼关八鸟中的大爷摩云金翅鸟陈山、八爷九头鸟米瑞。他们二位原同高信认识，此次前来，本意是往云南玉龙山，特意绕道来看高信，还有由玉龙山来的祥泽寨的寨主清风侠羊天受字子祐，前八寨蓝田寨的寨主金鞭太保徐通字远达，后八寨飞鹏寨的寨主烈火侠芮灵字知机。他们全是玉龙山派来接饷银的。更有山东青州府云门山清妙观的观主九首蜈蚣李玄修，带着徒弟小蝴蝶葛三雄，小莲花沈德秋，他们师徒本同闹海鱼高义是朋友，因为铁拐刘利在鱼鳞镇被陆贞一锤震动心房，开口吐血，经葛三雄和沈德秋把他送回青州府云门山，不想伤重身死，李玄修一问，才知道被陆贞锤震伤重身亡，被那二人说动了心，访访这个陆贞，给刘利报仇。于是埋了刘利，带着两个徒弟，直奔江南，顺道来看高义。

再说百灵侠石昆，一听探信的报告，人家又来了七八个人，于是禀明了知府，暗中通知守备调兵剿贼。原来这位守备姓伍名梁字成栋，三十多岁，手使一条铁枪，重三十余斤，招数是六合门的传授，真有万夫不当之勇，所以人送外号铁枪赛项羽，性如烈火，疾恶如仇，马上步下全都来得。这天正在衙中闲坐，猛接到知府衙门调兵的文书，于是换上官服，来见知府。知府连忙把伍大爷接进中堂，坐下献茶已毕，伍大爷这才问府尊调兵何事，知府就慢慢把高家堰不法的情形一说，伍爷一听说道：“府尊，打算几时调兵剿匪呢？”

知府说："打算今天夜晚前往捕盗，还请老寅兄严守秘密为要。"

伍爷说："那是当然，到时领兵前去，不知还有何人？"知府就把自己的表弟石昆邀了几位侠客临时相助的事说了。

"不过这个事情，老寅兄把兵调齐，夜间出发，把高家堰四面围住，内中交战拿贼，自然有舍亲同那几位侠客负责，因为老寅兄不能纵房越脊，所以不叫你进庄冒险，你就在外面提拿漏网的贼人就是了。"伍大爷同知府商量好了，这才告辞回衙，预备一切。单说石昆，暗中写了一封密信，派人暗暗送到骆家镇知会陆贞，四人夜晚三更在高家堰以南松林相见，一切布置妥当不表。

再说高家堰高氏兄弟，自从那一天夜中被骆敏刺伤眼睛，兄弟三个人同林兆东、樊瑞五个人商议报仇之策，正要聘请能人，正赶上金波寨又派来了徐通、羊天受和芮灵前来接镖，一见高义高智的眼睛，就问二人怎么回事，林兆东就把那天夜中之事说了一遍，烈火侠芮灵可就说了："高大弟，我们屡次劝你，不要贪淫好色，你总是不听，早晚非把咱们的大事闹坏了不可，因为这种事情正人君子全都痛恨，遇上硬手就有性命之虞，再说你若叫咱们总寨主同三个老头子知道了，你非有杀头之祸不可，现在因为你新入了大寨，他们还不知道你的根脚，我劝你还是改一改才好。"

正然说着，忽见家丁来报，说："清妙观的李道长，带着两个徒弟来拜。"

高义一听，说："快请。"

不多时李玄修进来，一见二高的眼睛，说道："为什么这个样子？"二人对李玄修一说，并请李玄修帮他复仇，李玄修说不忙，等你眼睛好了再想办法。正然谈话，忽见家丁来报，有金星寨潼关八鸟的大爷同八爷来访，高信连忙接进来，大家互相一指引，金星寨的二鸟同金波寨的三位可就急了，本来老道师徒全是探花的淫贼，别说跟他们同住，就是同他们在一处

长谈全栽跟头。所以那五个人略一举手，就各自坐下了。好在金星寨的二鸟本打算投入金波寨，不想在此遇上，所以他五个谈到一处。书不重叙，一连住了四天，沿河的饷银也来齐了，玉龙山的五个人打算一半天，就同潼关二鸟押着饷银回山。

这天晚上正在大厅之内谈话，清风侠羊天受猛听外面微微有点声音，似乎衣襟带风，自己不由一怔，这个时候大家可就完全听见了，微一怔神，就听外面南房上有人说道："高氏三寇还不出来受死，等到何时！"高信一听知来了仇家，一伸手在墙上摘下一面小锣，当当当响了几下，就听四面八方锣声震耳。高义高智这时眼睛已经好了，说道："众位亮兵器，外面来了仇家。"于是各摆兵器，出了客厅。这个时候客厅外面灯笼火把，照得十分明亮，只见由南房上嗖地跳下一个人来，身高五尺，细腰宽臂，双肩抱拢，一身青色的夜行衣，青绢帕包头，斜拉麻花扣，鬓边颤巍巍的带着一枝守正戒淫花，怀中抱定一口红毛宝刀立在院中，威风凛凛口中说道："高氏三寇，快快出头受死。"

高义一听，首先一拧九节钩链枪来到当场，口中说道："小辈通名，大太爷枪下不死无名之鬼。"

只听那个人道："家住河南开封府，姓石名昆字太璞，江湖人称十粒飞星百灵侠便是，你可是闹海鱼高义？"

高义说道："知名何必故问，我同你远日无冤近日无仇，因何夜中搅闹我的宅院？"

石爷说："因为你强抢民女，霸占淮河，坐地分赃，意图造反，所以我带领官兵前来拿你，识趣的放下兵刃饶你不死。"

高义一听说："好小子，竟敢口出大言，接兵器。"说着双手一抖，枪走中盘，直向百灵侠当胸就刺。石爷一看枪离胸膛不远，一上左步，用左手一推枪杆，右手的刀头向下顺着枪杆向里便划。高义一撤步，打算用外带环，把刀给拨出去，不料人家来得太快了，枪还没有动，那刀就到了胸前，那高义一瞧，只可闭目等死。石爷也不砍他，一举左手，在高义胸前啪

的就是一掌，高义一歪身扑地坐在地下，将要翻身立起，忽见眼前一晃，来了一个人，用手在高义的肩头上一按，高义立刻周身发麻，不能动转，被人家一把抓住十字绊，提到南房之下放在地下。因为这个人身法太快，等他站住，大家方才看清，来人也是一身青色夜行衣，背后插着一对倭瓜紫金锤。就见人家站在墙下，看着高义也不捆绑，大家这才知道高义被人家点了穴了。这时高智一分双拐，左手拐一晃石爷的面门，右手拐抡起来当头便打，石爷一上步，用金刀一磕右拐，顺水推舟，刀奔高智的脖子，高智一蹲身躲过金刀，没想到百灵侠用个翻身踩子脚，左腿飞起，嘣的一声踹蹦在高智的胸膛之上，高智一歪身，撒手扔拐倒在地下，还没有起来，猛觉着脊背被人家踢了一脚，立即同他哥哥一样不能动转，被人提起来放在南墙之下，同他哥哥放在一处，大家一看这个人二十多岁，面如少女，身背一对日月凤凰轮，同那个使锤的立在一处也不捆人，大家才知道高智也叫人家点了穴了。大家一看暗道："不愧石昆人称侠客，高氏兄弟一照面全都被擒。"

葛三雄对李玄修说道："那个使锤的就是陆贞。"

老道一听气冲牛斗，一回手把拂尘插在大领之上，紧跟着亮出宝剑，一个箭步跳在当场，口中说道："石昆，我们无仇无恨，请你撤退，我要会一会这个赛元霸陆贞。"

陆贞一听，一纵身来到当场，说："石兄，请你休息，我问问这老道。"石昆无法，只可退下身来。陆贞双锤一分，说道："老道通名受死。"

老道说："你要问祖师爷，乃是山东青州府云门山清妙观主，九首蜈蚣李玄修是也。"

陆贞说："原来是探花的淫贼，下流的盗寇，今天活该你报应临头。"说着流星赶月双锤向下就打，老道抽身举剑相还，二人战在一起。要说老道的武术还真不错，论身份说，足够侠客的资格，可是跟陆贞走到一处，他可差点，动手不到十个照面，就被陆贞的双锤把他困在当中。小蝴蝶葛三雄同小莲花沈

德秋，一见老师不是陆贞的对手，二人不约而同，一个摆单刀，一个抖链子双镢，直奔陆贞。陆贞一看，不由得有气，说道：“好两个小辈，在鱼鳞镇饶了你等性命，不思报德，今天反来捣乱，我若叫你三个小子走了，那算我枉称赛元霸。”说着刀到了近前，陆贞左手锤向外一挂，右手锤向着葛三雄面上一推，就听扑哧一声，葛三雄脑浆迸裂，倒在地下，这时沈德秋的链子双镢已经来到腋下，老道的宝剑也到了近前，陆贞一看，向前一探身，左足用了一个扣步，身形一转，躲过双镢同宝剑，双锤风扫叶，向外一挥，正扫在沈德秋的腰上，这一锤把小子打出去了七八步远，小子一抖手，扔了双镢倒在地下，一声也没言语立刻身死。老道一看，一照面两个弟子双双身死，心里一难过，宝剑抽回来稍晚一点了，当的一声碰在锤上，嗖的出去了三四丈远掉在地下，老道大惊，赶紧垫步拧腰，跳出圈外，扑的一声上了西房，陆贞说：“恶道哪里去！”只听房上说“走不了”。啪一声，又把恶道撞下房来，原来上面正是骆敏站在那里，老道惊魂未定，一心逃走，也未留神房上有人，所以被骆敏一掌正打在前胸之上，一歪身摔下房来。陆贞过来在他胸前一点，把老道制住。这个时候金鞭太保徐通，把双鞭一摆，奔陆贞扑来，烈火侠芮灵，亮出宝剑奔了石昆，清风侠羊天受一个箭步正要去救高氏弟兄，不想由房上跳下一个人来，手捧点穴飞锥，挡住去路。高信一看，说道：“羊大哥，这个小孩子正是骆敏，千万不要让他走了。”于是六个人战了三对，徐通同陆贞战了个平手，十个照面以后，渐渐就不成了，摩云金翅鸟陈山说道：“徐寨主，我来帮你。”一摆手中短把牛头庞，双战陆贞，这时芮灵一口宝剑同石昆对敌，也是不占上风，看情形工夫大了也得败北；清风侠羊天受一支清风剑同骆敏战在一起，也将好平手。高信一摆分水莲花夺，过来双战骆敏，九头鸟米瑞一摆凤尾双拦来双战石昆，正正的两个打一个，工夫一大，你猜怎样，石昆同骆敏那里尚还看不出一定的胜负，就是陆贞一对六瓣紫金锤，如同流星赶月，雨

打梨花，一片寒光把徐通同陈山二人迫的只有招架之功，要按说双鞭，同牛头庞，还有金锤，全是沉重的兵器，但是二人比陆贞差的太多，所以招数显着迟慢，倘若无人相助，二人恐怕被获遭擒，双钩太保林兆东一看不好，赶紧一分双钩，跳到近前，三战陆贞，这才勉强打个平手。

九头鸟米瑞同烈火侠芮灵二人同石昆战在一起，石昆一口红毛宝刀，锁闭住三般兵器，米瑞稍一失神，左手剑碰在刀上，当的一声，削成两段。哪知石昆左手暗藏一粒钢丸，他一瞧米瑞向外一纵，于是左手一扬，一点寒星奔米瑞的面门飞来。米瑞脚尚未曾站地，眉眼中间早中了钢丸，哎呀一声，血流满面，二目难睁，坐在地下。这时，樊瑞一瞧米瑞受伤，一分手中连环双刺，来助芮灵双战石昆，米瑞正立起身来，不防嗖地跳下一人，此人正是霍星明，宝剑一指奔米瑞劈来。米瑞这时面门带伤，血液迷离，又是赤手空拳，如何抵挡，两个照面被霍星明一脚踢个跟头，踏住脊背，拧胳膊拧腿捆了结实，同高义、高智、李玄修放在一处，仍同尹成立在墙下观瞧。

单说骆敏一对点穴飞锥，同清风侠羊天受、乘风侠高信三个人战在一处，一对双锥上下翻飞，清风侠一口清风剑，高信一对莲花夺，竟连半点便宜全没有。正战之间，听哎呀一声，米瑞受伤，被人家擒住，高信微一失神，骆敏的左手锥一松手，扑的一声，高信左肩井穴中了一锥，当的一声左手夺落在地下，高信一纵身跳出圈外，将要逃走，尹成一摆双枪拦住去路，说道："哪里走！"高信一臂受伤，只一只右手，如何是尹成的对手，三两个照面被尹成一腿踢了一个跟头，按住捆上，这个时候只剩下羊天受，独战骆敏可就更不成了。这边樊瑞同芮灵双战石昆，也是不得便宜。徐通、陈山、林兆东三战陆贞，还被人家迫得团团乱转，稍一失神就有性命之忧。这个时间可就大了，陆贞一看，他三个拼死恶斗，我若拿住个活的也叫旁人笑话。想到这里锤招一变，三个人一时可了不得了，周身前后尽是锤头，不见陆贞的踪迹，这就是陆贞，相逢老师二

十年来所得的锤中精华，这一路锤名迷踪锤，共分三十六路，每踪分六十四招，要不怎么陆贞小一辈的侠客中算头一位人物呢！那陈山三个人一瞧被人锤头困住，不要说战，连跑都跑不了，时间一大，陆贞一锤把陈山的牛头庞打落尘埃，一抬腿把陈山踢了一个跟头，林兆东同徐通得了空隙，一齐跳出圈外，口中说道："风紧扯活。"这个时候羊天受战骆敏，看看要输，一听徐通叫跑，于是一挫腰向外一纵，脚未沾地，骆敏右手锥一撒手在羊天受右肩，微微点了一点，道："念你是成了名的侠客，如若将你刺伤，可惜你一生的名誉，这不过先给你送个信儿罢了。"羊天受一声不语，跳上房去，这时樊瑞同芮灵也抛开石昆，跳上墙头，一同奔西南逃走，陆贞大家并不追赶，这时陈山也被尹成捆上。玉龙山的五个人向外一走，一瞧高家堰，四面被官兵围了个水泄不通，全都弓上弦刀出鞘，你虽看他五个人不是陆贞等人的对手，但是要同这些兵士遇上就如同大人斗小孩一样。三晃两晃全都出了重围，逃回玉龙山去了。守备伍大爷，一瞧群贼逃走，赶紧带兵向里围，把高家的宅舍团团围住，伍守备手持单鞭，进了大门，一看许多的庄丁，跪了一地，满地上尽是刀枪，就见石昆向众庄丁正在讲话，原来自从五个人一跑，石昆对众庄丁说："你们赶快扔下兵器免死，不然就一个也走不了。"大家一听，于是扔下刀枪跪了一地，一瞧守备伍老爷进来了，说道："守备老爷来了，一共拿住了六个活的，两个死的，跑了五个，请守备老爷拨查他的家眷，封他的宅舍，我们可要告辞了。"

伍爷说："好吧，以后的事全交给我就是了，你们几位请回休息吧。"于是石昆领四个人出了宅院，一瞧外面的兵丁，全都精神活泼，手拿刀枪弓箭之类，如临大敌一样，石爷说道："老哥儿们，让一让吧，我们过去，里面的贼，全拿住了。"

兵士一看，认识是石爷，说道："石老爷，辛苦了。"于是大家一闪，让出一条路，石爷领着四个人，一直出了高家堰。

这个时候天已黎明，五个人包好了兵器，换上白天的衣

裳，一直奔府衙而来，走出不远，小诸葛霍星明说：“石侠客，现在事情已经完了，我们又不愿意出头当原告，何必去见府太爷呢？再说我们曾寄柬留刀，总算是犯法，现在去见府太爷，我们算是做什么呢？”

石爷一听，连忙说道：“四位侠客千万不要这样说，我昨天就同府官商量好了，以前的事不提，单说这件事，算是我聘请你们几位相助拿贼。现在贼也拿住了，还有什么说的吗？再说知府还要见你们几位呢。”苦苦相约，四人无法，只好随石爷一同来到淮安府。此刻已是巳时左右了。石爷请四位暂在自己屋内休息，自己到内宅去见知府。府太爷因为派人前去拿贼，刚把公事办完，也是一夜未睡。石爷一见知府，报告了一切经过，并说人犯全都交给了伍爷，大约下午就可以押贼回府。知府说：“你请的那几位帮忙的呢？”

石爷说：“我已经把他们请进衙门来了，要不是他们几位，我一人是绝对不成。”

知府说：“现在哪里呢？”

石爷说：“现在我那屋里坐着休息。”

知府说：“既然他们来了，人家帮了我们忙了，你请请他们去到客厅，我见见他们，也谢谢人家。”

石爷说：“大人可别提以前寄柬留刀的事，因为在晚上我邀人家的时候，人家不来，因为怕你怪罪，是我对人家说，以前的事再不提起，算是我请他们相助擒贼，他们四位才来的。”

知府说道：“那当然不提了，既然人家替我们出力，我们要不谢谢人家那还对吗？因为人家并不在官应役，这总算是客情呢。”

石爷一听，说道：“既然兄长如此说，待我去到外面同他们说说，我先请他们客厅内坐，你老随后去就成了。”

知府说：“好吧。”石爷于是来到自己屋内，把四个人请到客厅等候，紧跟着家人打帘子，说：“大人过来了。”五个人一听站起身来，一齐向太尊行礼。

郑知府说道："众位义士请坐，未领众位贵姓高名？"

四个人连忙各通了姓名。知府说："今夜这个事情，多亏众位拔刀相助，方能拿住群贼，给这一方除此大害，不能说不是众位的大功，本府职在除凶去暴，为人民解除痛苦，这一来众位努力立下的功劳，本府反倒坐享其名，这本处的百姓以及淮河往来的客商，全都无形中享了幸福，本府这里先替本处的百姓谢谢众位。"说罢躬身一揖，四个人一看，连忙顶礼相还。陆贞说道："太尊为民除害，小民等理应竭力相助，况除暴安良本是练武的应尽的责任，自问毫无德能，蒙太尊不惜降贵而赐教益，又复过蒙奖励，不胜感愧之至。"

知府这才让大家坐下，衙役献上茶来。知府说："众位身怀绝技，为什么不一刀一枪去到边疆上求取功名，将来图个封妻荫子，本府实为众位可惜。"

霍星明一听，连忙说道："太爷说的固然是金玉良言，但是小民等出身草莽，第一没有那种福分，再说闲散惯了，一旦若入了官场也受不了这种拘束，反不如这么无拘无束倒觉着身心安泰。"

知府一听，连忙点头，说道："按义士这样说法，不贪功不求名，只求合乎人情天理，可说是十分清高，这一求倒显着本府龌龊不堪了。"

霍星明一听，说道："太爷说得太谦了，若各处的府县全像你老人家这种爱民如子，两袖清风，不避权豪的办法，小民佩服之至。"

谈了工夫不大，知府说："现在本府还有点小事未定，请石贤弟代我相陪就是了，四位如若无事，很可以多住几天，我们也可以畅谈几次。"

兄弟四个人一齐说道："蒙大人不弃，小人等如有闲暇，一定前来请安。"于是送走了知府，四个人由石昆领导，一齐又到了石昆屋内，刚刚坐下，只见外面家人抬进了一架食盒，说道："石老爷，这是太爷叫送来的，请你老人家陪客。"

石爷说："抬进来吧。"于是众人摆开桌椅，打开食盒一看，里面是一桌上等的燕翅席，五人这才入座开怀畅饮。工夫不大，吃完了早饭，四个人托石昆入宅辞别，也就告辞回骆家镇来了。再说尹成要邀着霍爷和骆敏，一同到尹家林去住几天。还是陆贞说："这个事还不算完，我们把事情闹起来了，若不听个实在，可未免的对不起石昆，我们不如多待几天，听听府里的消息，然后再走。"

霍爷也说："应当如此。"于是又住下，到了第三天，听人传说，府衙大狱里，今天夜间跑了强贼三名，后来一打听，才知道是九首蜈蚣李玄修、九头鸟米瑞、摩云金翅鸟陈山越狱逃了。又听得知府于贼人越狱之后，赶紧详明上宪，不到几天的工夫，批示回来，就把高家哥三个就地正了国法，通缉越狱的贼人，又把高家的财产查封入官。陆贞等得了这个消息，这才放心，邀了霍星明同骆敏，兄弟四个，拜别了骆大奶奶，一同奔河南彰德府来了。

这天到了尹家林，正赶上大爷尹玉、三爷尹昌，全在家中，于是由二爷尹成给五个人互相一一介绍，又将陆贞同骆敏他们的来历一说，并将沿途所经的一切全部仔细说了一遍，大爷同三爷这才知道新结的三个盟兄弟，全是剑侠的门人，武术精奇，不由得十分欢喜，于是一序年庚，仍是尹大爷居长，陆贞行二，霍星明居三，尹成居四，尹昌居五，骆敏还是老兄弟。哥六个每日在家中谈论武术，研究功夫，一晃住了两个多月。骆敏惦念着家中的母亲和妹妹，于是辞别了五位盟兄，回家去了。骆敏走了之后，这天三爷霍星明可就说了："大哥我瞧你这里，看上去也不像是个富有之家，类乎咱们，练成了武术，既不保镖，又不护院，咱们若尽这么一吃，这算作什么的呢？头一样对不起咱们的艺业，再说可就违背了老师当年传艺的苦心了，还有一件是将来吃什么呢？"

尹玉说："三弟依你怎么办呢？"

霍爷说："咱们不会也沿着漳河一带使漂儿做买卖吗？"

尹玉说："莫非我们也学山寨主打抢路劫不成?"霍爷一听说："大哥你可别把打抢路劫看低了，因为这个打抢路劫得分了界限。"

尹玉说："怎么办法呢?"

霍爷说："真要不分好歹，见人就劫，见钱就抢，利用熏香，蒙汗药酒，那算是贼，我们这个办法跟那个不同，先得说有五不劫。"

尹玉说："哪五不劫呢?"

霍爷说："第一不劫孤行人，第二不劫镖车，第三不劫公帑，第四不劫孤寡，第五在本地面不劫。"

尹玉一听不由得一笑，说道："贤弟你这不劫那不劫，那么做这个买卖干什么呢?"

霍爷说："你别忙，听我说完了你再批评，我说一不劫孤行客是为什么呢？凡是孤行客，全不是大客商，第一没有多少钱，再说他好不容易将本图利赚几个钱来，养家糊口，你给他劫了来，他就得饿死，再说也不值得一劫呀，所以我说一不劫孤行客。二不劫镖车，因为镖车全是江湖人开的，我们不能失了江湖的义气同规矩，只要他们走镖的不失规矩，我们也绝不劫他，这是维持江湖上的公理。三不劫公帑为什么呢？是因为公帑是国家之物，我们不能藐视国法。第四不劫孤寡，是为什么呢？人若到了鳏寡孤独的程度，那是最可怜的，我们作侠义的，应该怜恤他们才是，哪能再去劫他呢？第五在本地面不劫，是为什么呢？因为本地面的各衙门，凡作公的耳风全灵，你若在本地上做买卖，十有八九窑儿安不住，因为你尽给本地面留案子，官府一定怕麻烦，或者动兵剿捕，或聘能人，一次不成两次，两次不成三次，几时轰了，几时为止，不然就没有安定的时候了，所以有句俗话是兔儿不吃窝边草，何况是人呢？不独五不劫，还得保义镖，怎么叫保义镖呢？比方说有遭难的忠臣孝子义夫节妇，或是正式的往来商贾。怎么叫正式的往来商贾呢？就是将本图利公平交易的买卖人，由我们这里经

过，我们得沿途暗中保护送他出境，不能教他在本地面出了是非，如若他们出了是非，叫江湖人可就耻笑我们没有开门立户的资格了，那么我们是干什么的呢？我们劫的是贪官污吏，解任回家，或是奸商猾贾，欺骗百姓，或是土豪恶霸，出外游行，只要听见说，那是绝不客气，跟着他离开本地面，或明劫或暗取，非把他划个两手空空不可，而且非到势不得已，不可伤人，我们劫来的这种钱财货物，可不能任我们自己挥霍，那么做什么用呢？就是周济贫困恤寡怜孤，最要紧的是，无论何处有了水旱天灾，我们必须尽力暗中接济，这个名字就叫井里打水往河里倒。自己原无事，尽为他人忙，所以江湖上对这个就叫作侠。虽说侠以武犯禁，但是比起奸诈害民的官吏，可不强着万分了吗？我们真要这么做起来，不消三年就可以名利兼收，你们哥几个看看怎么样呢？”

尹大爷一听，说道：“还是三弟精明，不怪人称小诸葛，可是我们做水路还是做旱路呢？”

霍爷说：“水旱两路全可以，无非得多用精明强悍踩盘子的伙计，在这周围二百里之内，广设耳目。还得在各城镇多设卧底的伙计，到时候方能消息灵通。不然真若有了应劫不劫的，那岂不叫江湖上笑我们不够资格吗？”

尹大爷一听说道：“贤弟你指挥一切就是了，我们几个是一律听从。”商定了之后，霍三爷可就暗中排兵布阵，安置指挥，不到一年的工夫，做了三次大买卖，可就成了功了。手底下的踩盘子伙计就有六七百个，分布在各处四路探听。说到钱足有百十多万，同各处的绿林人、正气一点的山王寨主都有联络，越来声势越大，一般的绿林人中可就知道在漳河一带有个尹家林了，当家的名叫金顶貔貅尹玉，真是不到三年的工夫，名也有了，利也有了。

这一天霍爷对尹大爷说道：“我们现在的名誉是立起来了，可是外表也得把虎头支起来，才像个样子。”于是召集人夫，在本村周围掘下了护庄河，筑起了土围子，四门上修好桥梁，

里面建设房屋，整理街道，这样一来尹家林可就成了局式了。恰巧尹玉的宅院后面有一片空地，方圆足有一百五六十步。霍爷说：“大哥你瞧现在我们的财产虽然不多，可是也得有个地方贮存才好，现在我们的房屋虽然很多，我瞧完全不能贮藏货物。”

大家说依三哥你怎么办呢？霍爷说道：“我瞧后面那片空地方很好，我们不妨在那里起造一座仓库，储蓄所有的财物，以备将来。内中安置上转旋螺丝机关，这种机关，可是不能安上杀人的利器，最厉害不过将人困住，或是被获遭擒。里面再安上点武术趟子，我们闲着可以操练身体，以作消遣。”

尹玉一听说道：“你瞧着办吧。”于是霍爷在各处搜寻能工巧匠，购买各种五金和木料，量好了地盘，安好了基础，霍爷才由自己的屋内取出一张楼图来，按图修造，这一座楼足足修了一年零三个月，这才修成。赶到装置机关，由霍爷亲自动手，一切配合，别人可就见不着了，就是看见也莫名其妙。等到一切全装置好了，把所有的财货一齐移入楼内收藏。这时霍爷对大家说：“现在楼已造成，所有的货物也完全收好，今天由我领导，咱们往楼内瞧瞧。”大家一听，十分欢喜，霍爷领着大家各处观看，大家亲自开动机关。一切的木人木狗，同各种的机关真同活的一样。陆爷说：“不怪人称你妙手霍星明，这座楼就可以作为你这个外号的代表，可是这座楼既然这样的奇巧，还得给它取个名儿才对呀。”

霍爷说：“这座楼我打算取它叫明志楼，因为我们并不是志在为盗。所得来的东西，全是不义之财。用这座楼就表明我们的志向，你们五位瞧如何呢？”大家一听，俱都称妙，于是回了聚义厅，令木匠刻匾悬挂。

这天陆爷同尹氏三杰正在坐着闲谈，忽见北路的伙计来报，山西大同府镇远镖局的镖，往山东送，我们通知下边人，是不是同他们打个招呼，陆爷说：“镇远镖局是谁开的？”

伙计说：“镇远镖局是两位镖主，一位姓娄名玉外号人称

铁掌猴；一位姓卢名俊人称通臂猿，每人手中一条子母三节螺蛳棍，招数是七十二路行者棒，十二枝牙梭三棱凹面毒叶镖，武术高强，在大同开设镇远镖局，一晃五六年了，再没有出过一回事，在江湖很叫的开，二位镖主人也和气，永远没有失过规矩，听说他二位是师兄弟，是江湖七雄的门人，娄玉是二爷双轮邱雨的门人，卢俊是六爷卧海龙江涛的门人。”

陆爷一听，心中一动，对伙计说道：“江湖七雄现在什么地方居住？你们知道吗？”

这个时候尹昌说：“原先倒知道他们住在山西寿阳县内，以后听说他们隐居了，不晓得他们搬在什么地方，这五六年来没有消息。”

陆贞说：“他们的镖既然动身，你们打听准了，几时来到咱们这里．把镖银给他留下，我要问问这个江湖七雄。”

尹昌说：“二哥为什么同江湖七雄这么过不去呢？”陆爷就把当初自己的哥哥被邱雨一掌击死，父亲由此一气身亡，虽说是祸由自取，但是也得会会七雄，讲说明白，并非是惧怕七雄的威名，不敢报复，不过遵守江湖上的道义，所以才不去找他。尹大爷说：“那么二爷你不会去找二爷邱雨同他说明吗？”

陆爷说：“第一不知他们的去向，第二找着他又怎样呢？不过把话说明了完事，知道的说我们遵守道义，不知道的岂不说我们不敢报那父兄大仇，反倒登门谢罪吗？现在我们虽然不知七雄的去向，可是他徒弟一定知道邱雨存身的地点，我们一旦把他的镖银留下了，那时我再同他们一讲和，不就完了吗？既不失江湖的义气，又不失自己的面子，这不是两全其美吗？我们又不是要人的镖，不过为的引出邱雨这个人来，我们也瞧瞧七雄的武术，为什么号称七雄，然后再托人从中说和，就是当中没人，我们不会见坡就下吗？”尹大爷一听，十分有理，于是大家一商量全都同意。内中只有骆敏，因为回家探母所以他没有参加，兄弟五人规定好了，就打发伙计向四面探听。

这天伙计来报镇远镖局的镖，到了清风嘴旱苇塘，大家一

同带领庄丁战败了镖师，可就把镖留下了，因为打算后来还要讲和，所以对镖局的人员，一个也没有伤害。这时镖局子的人员可回了大同府了。所以七雄老兄弟先托裘逸过去往尹家林探听尹氏三杰的消息，裘爷当时应允，于是领着崔三一直回大同镖局来了。

第九章

七雄六义逞侠风

这天来到镖局子门首，伙计们一瞧这可稀奇，头戴烟毡大帽，身穿青色的破棉袍，破裤子飞满了花，破袜子跟地皮一个颜色，拿着一条铁烟袋，闪光雪亮，看情形这条烟袋足有十好几斤重，真像个乞丐，要不是崔三跟着，非将他吆喝走了不可。就听崔三说道："老爷子，你老候一候，小子我通知镖主好来迎接。"裘爷点头，只见崔三进去，工夫不大，就见二位镖主从里面跑出来，说道："老爷子几时来的，小侄未能远迎，这里给你老磕头啦！"

裘爷一摆手，说："起来前边带路。"

伙计们一看，暗道："这个破花子是谁呢？好大架子，怎么二位镖主这样恭敬？"工夫不大崔三出来，大家一问才知道是名驰冀北的燕冀大侠。

再说裘爷随着二位镖主来到柜房坐下，伙计献上茶来，裘爷说："你们这个事，我全听崔三说了，明天你们两个去一个，带着伙计前去要镖，我在后面跟着，有了事，自然我出头解决。"娄玉点头答应。到了次日，娄玉带着两名伙计，寸铁不

带，身穿长大衣服，这是镖局请镖的规矩。三个人就奔彰德府来了，天到过午来到尹家林，一看周围一丈二尺宽的护庄河，一丈二尺高的土围子，上面有垛口，四面四个围子门修的砖门楼，门外用条石修的小桥，从漳河引来的活水，灌满了城河，足有一丈多深，河两岸用木头作的栏杆，河内种满莲花。娄玉带着伙计进了西门，一看街道整齐，房屋紧凑，做买做卖的，还有士农工商，非常的热闹。娄玉找了个老头，向人家一打听尹庄主的住宅，那个老头用手一指，说你往正东走，到了十字街往南一拐，第一所大房子，坐北朝南的门楼，门前一路八棵垂柳，就是他的住宅。娄玉一听道一声劳驾，带着伙计一直来到尹玉的住宅。一看门前坐着十几个家人，全是青衣小帽，看着倒是很规矩。娄玉一抱拳，说："众位辛苦，劳驾通禀一声，就说山西大同府镇远镖局的镖主，铁掌猴娄玉前来拜庄请镖。"

庄丁一听，不敢怠慢，连忙说道："娄镖主请门房坐，小子就进去通禀。"庄丁进去了工夫不大，就听里面说道："娄镖主在哪里?"由里面出来了六个人。

这六个人一色的青绸子大衫，白袜洒鞋，一齐抱拳拱手满面含笑，就听头一位说道："娄镖主在哪里，不才兄弟迎接来迟，当面请罪。"

娄玉连忙还礼，口中说道："不才来得鲁莽，请六位庄主海涵。"二人携手向里相让。娄玉同大庄主一拉手，尹玉一用力，娄玉早知道有这一手，已经提防着，尹玉就觉着娄玉的双臂如铁，赶紧撒手相让。娄玉一打量尹玉，四十上下的年纪，五尺高的身材，赤红脸，浓眉大眼，头上正当中一块巴掌大的黄头发，如同金线一样，所以江湖人称金顶貔貅。大庄主也打量娄玉，只见他中等身材，细腰宽臂，双肩抱拢，三十多岁的年纪，窄脑门子尖下巴，两道剑眉，一双圆眼，黄焦焦的眼珠子，滴溜溜地乱转，身穿青绸子大褂，白袜子皂鞋，带着两个伙计，真是精神百倍。娄玉一进大门，转过影壁，原来是一片广场，黄土填的甬道四通八达，有三四所院落，每所各有二三

十间，在最后还有一座高楼。六位庄主领着娄玉奔了正中那所房来，走到近前一看，向南的大门带门洞，一进大门就是门房，迎面是个长方院落，二门是个屏风门，一进屏风是个大当院，一概用方砖铺地，砌出许多花池子，里面栽花种竹。正房是七间大厅，外面南房也是七间，东西配房各五间，全是前出廊、后出厦的瓦房，正房门上挂着板帘，大概这一所是专为待客用的。正房门口站着四个家人，青衣小帽，打起帘子，六位庄主让娄爷进了大厅，一看内中无甚陈设，正面摆着一张花梨大案，案后面摆着六张交椅，一式大红走金线的桌袱椅披，案前面雁翅儿列着十几张方凳，靠北山墙两边放着刀枪架子，上面插着十八般兵器，正当中悬着一块立匾，写的是正心堂。六位庄主让娄爷上首落座，尹大爷领着五个盟弟在下首相陪。庄丁献上茶来，娄爷这时抱手当胸，说道："大庄主，请你给我介绍介绍这几位朋友。"

尹大爷这才说道："众位贤弟，我给你们介绍介绍，这是山西大同府镇远镖局的镖主，姓娄名玉，人称铁掌猴，是江湖七雄二爷双轮邱雨的门人。这是我二弟陆贞，人称赛元霸。这是我三弟姓霍双名星明，人称小诸葛。这是我二舍弟，名叫尹成，这是我三舍弟名叫尹昌，这是我的六弟名叫骆敏，字成英，人称燕蝠齐飞。"大家互相一客气，复又入座吃茶。娄爷这才说道："前几天敝局有一支镖，往山东去送，也是娄某太得闲，所以托了两位镖师，带了几支镖，行到清风嘴旱苇塘，大概是失了规矩，才惹得贵庄把镖留下。这不怨贵庄留下镖银，都怨娄某用人不当，再说也是两位镖师经验太少，所以才惹得六位庄主怪罪，今天我娄某按咱们江湖的规矩，特来赔罪，还请众位念江湖的道义，把镖银赏下来，好叫他们起镖，过后我娄某总有一份谢意。"要按江湖规矩，镖主因为理短，请镖谢罪，山主或庄主就该把镖银发还，叫人家起身就算对了。但是这一次留镖，并不是这种用意，所以娄爷将把话说完了，只听二爷陆贞说道："娄镖主千万不要这么说，这个事情

并非贵局失礼，也不是镖师失了规矩，要说错，还是我们无理取闹。我们这个无理取闹，可是另有一个缘故，第一阁下的业师，人称七雄排行第二双轮邱雨，天下闻名。我本意欲请老七位来到敝庄，但是苦于不知这七位的住址，所以再三的打听，才知道阁下是二爷的高徒，当然深得二爷的真传，我要找到大同前去领教，又显着我们到门欺人，十分的不对，不如不按规矩把镖留下，镖主自然前来要镖。就请镖主把贵老师替我请到敝庄，我们一定把镖银一分不短送到清风嘴。如若令师不到，单凭镖主前来要镖，我们能失了江湖规矩，也不能叫你把镖银拿了去，说真了我们这就叫强词夺理，不讲人情。我们拿镖银作个当头，几时二爷邱雨来了，我们把镖银送还，如若二爷不敢前来，那时镖银也送出庄去，若单凭镖主一说，立刻就拿镖银，那如何能够呢？镖主你也不必着急，我们这就叫不讲情理，说难听的就是不够程度。”娄爷一听心说要坏，真要他强词夺理那倒好说，不怕说僵了，当场动手，那算他不够程度，现在他不但认错，而且还真认不讲情理，就因为同我老师过不去，他才不给镖银，你说这个事情怎么办呢？

娄玉正在为难，寻思答话。忽见庄丁来报，说道：“庄主，外面来了一个乞丐，拿着个大铁烟袋，要见庄主。”

尹大爷说：“你们多给他几个钱不就完了吗？见我做什么呢？”

霍爷一听，说道：“且慢，大哥你老这算粗心，江湖上的异人不可胜数，你老知他是做什么的。”

一回头对庄丁问道：“你没问他的姓名吗？”

庄了说：“他自通姓名，说姓裘，名逸，字山民呢。”

霍爷一听，说道：“大哥，还是把他请进来为是，当初我听家师说过这一位，大概是燕冀大侠，无论是与不是，请娄镖主少坐，我们兄弟六人先迎出门去一看就知道了。”

于是兄弟六人对娄玉说道：“娄镖主暂坐片刻，我兄弟去去就来。”说着六个人一同离开正心堂，一直来到大门之外，

用目一瞧，只见大门外站着一个乞丐，头戴一顶烟毡大帽，卷着后沿，前边遮住二目，两撇小灰胡子，身穿一件破棉袍，真是补丁叠补丁，下身穿一条破棉裤，两只破棉鞋，破袜子跟地皮一个颜色，右手拿着一个大皮烟荷包，足够一尺多长三寸来宽，用皮绳穿着，一头拴着一个大铁环，足有手指粗细。还有一个铁烟袋，二尺多长，核桃粗细。尹大爷一看说道："前面来的可是燕冀大侠，裘老义士，想我兄弟未曾远接，我们这里赔罪了。"

就听裘爷说道："岂敢岂敢，老朽来得鲁莽，还请六位庄主海涵。"

尹大爷说："此处并非讲话之所，还请你老人家里面一谈。"

裘爷说："正要打扰。"于是六位庄主在前，裘爷在后，一直来到正心堂，家人打起帘子，请裘爷来到堂内，分宾主坐下。裘爷一问大家的姓名，大庄主尹玉一一指引，裘爷说道："自从六位在尹家林聚义以来，老朽早就有意相访，因为好动的毛病，所以总不得闲，今天可算万幸，六位全部在家，老朽今天又得了六位小朋友，真是痛快得很呢！"

尹玉说道："不才兄弟六人自从出世以来，年轻节薄，多承各处的老少侠义垂青，方能得有今日，不想现在你老人家又光临敝舍，实在是蓬荜生辉，给愚兄弟增光不少。"

裘爷说："六位庄主太客气了。"回头问道："娄镖主来到尹家林有何贵干呢？"娄爷于是又把清风嘴丢镖的始末说了一遍，自己因此前来请镖，但是二庄主因为同家师当初有一点小小的宿怨，所以他主张不放镖银出山。小子我又因为家师既然当初开罪过庄主，所以我这里正在为难，不想你老人家就来了，这不是你老人家赶上了吗？没别的，求你老说和说和吧，如若我的老师他老来了，岂不更把庄主给得罪了吗？裘爷一听娄玉这片话，不由得暗笑，娄玉这小子真是嘴把式，照他这一说，倒像尹家林这伙人完全不是他的对手，不过他不肯再得罪他们罢了，这真得说好汉出在嘴上。想到这里，一拱手对陆贞

说道："二庄主，留镖请镖这乃是江湖的规矩，二庄主为什么不把镖银还他们呢？"

陆爷一听哈哈大笑，说道："老义士，你老人家不知内中的细情，方才我同娄镖主已经谈过了，本来这一次留镖，并不是镖局失理，乃是我无理取闹，不过小可久闻江湖七雄威名，尤以邱二爷为最，所以我打算会会他老人家，只是苦于不知他老的住址，所以再三访听，才知道娄镖主是邱二爷门下的高徒，如今我若故意不还镖银，非二爷出头不可，不是二爷无形中就出头了吗？"

裘爷一听哈哈大笑，说道："二庄主你这个话我明白了，一定当初你同邱二爷有过节了，今天谁叫我赶上了呢，本来我同邱二爷也有一面之识，同阁下六位也得说一见如故，我打算从中给你们两个调和调和，不知道二庄主你老的意思怎么样？"

陆爷一听连忙说道："老义士你老人家可听明白了，要按说名驰冀北的老侠客出头给维持事情，第一得说赏给不才的面子不小，第二可就算是两人的福神，但是你老调解的早了一点，既然你老出头维持，早晚有求你老解和的一天。"

裘爷一听，说道："二庄主，到什么时候才算不早了呢？"

陆贞说："你老要调解，非邱二爷出头不可，到那时你老一说，可就算完了。".

裘爷说："我同两人全是朋友，我这个了事，是金砖不厚，玉瓦不薄，仇宜解不宜再结，如若冤冤相报，何时是完呢？再说你跟二爷有仇应该去找二爷报仇才是，你跟镇远镖局不是没仇吗？咱们这么办，你先叫他们镖局子起镖，你不知道二爷邱雨住在什么地方，我倒知道，现在他们移居寿阳城南八里远近，地名红柳坡，现在改名七雄堡。老朽作为访友，我领你去，你瞧怎么样？你何必对镖局子过不去呢？再说镖局子又不是二爷开的，你两人大概也没有多大冤仇，何必这么没完没了呢？"

陆爷一听，说道："老义士你老不用说了，我不是说过了，

我不对嘛，虽然镖局子不是邱二爷开的，可是他高徒开的，不是同邱二爷开的一样吗？你老不是说没有多大仇吗？你老不知道，父兄之仇不共日月，所以说非二爷出头不算完事，你老人家要非管不可，我陆贞宁可得罪你老人家，也不能让娄镖主把镖拿了去。依我说，最好现在你老先别管，等到了完的时候，你老人家不管也不成，哪怕我给你老磕头呢，那就应了你老那句话了，谁叫你赶上了呢。”

裘爷一听，说道：“二庄主，你们究竟是什么冤仇，可以说出来让我听听吗？”

陆爷说：“那有什么不可呢？”于是把当初结仇的原因仔细说了一遍，又说道：“按说我兄长之死是他祸由自取，我父亲之死算是由于自己是非不明，可是我要放下不管，教江湖说起来，我陆某算是个什么人呢？所以说非邱二爷出头不能算完。”

裘爷一听不由得哈哈大笑，说道：“二庄主，你既然知道令尊同令兄做事不对，为什么还非报仇不可呢？”

陆贞说：“我不是对你说明白了吗，明知不对，也得报仇，如若不言不语，江湖上一定得说，姓陆的不报仇，并不是遵守道义，而是怕人家邱二爷的威名，不敢报复，要不父兄之仇为什么这么不言不语呢。就是找不着二爷邱雨，也应该找他的后代门人哪，虽然说父兄不对，难道说还能不是父兄了吗？别人要这么一谈论，叫我还怎么在江湖上混呢？所以说这个仇一定得报，不怕邱二爷一掌将我击死，那算我学艺师不精，也不能怨人家心狠手黑，你老非叫我把镖给了人家，言归于好，你老请想，这如何能够呢？”裘爷一听，心中说道：“这小子真把没理的事说得有了理了，你说我还能栽在这里吗？”想到这里，不由得着急，把烟毡帽向后一推，说：“陆庄主，这个事情按理说，老朽既然出头调解，你就该完了才对。为什么呢？你想我这么大的年纪，出头了事，如若了不完，你叫我怎么出尹家林呢？不想我说了半天，你是满不听题，你想往后你还怎么交朋友呢？咱们这么办，你看我偌大年纪，在二庄主这里讨个脸

儿，成不成呢？”陆贞一听，老头子是没的可说了，我若再挤兑一点儿，就许把老头子僵火了，真要火了也不错。我也看看这燕冀大侠的武术如何，哪怕过后我再给他赔礼呢。陆贞想到这里，说道：“老义士，你只顾了你老人家面目难堪，你老就不想我陆某大小也有个微名，我的面目何在呢？你老人家要非此不可，这么办，求你老人家辛苦一趟，去一趟七雄堡，给邱二爷带个信，我等他半个月，他如不来，那时我哪怕一步一个头，拜到隐贤村再请你老出头了解，你看如何？”老头子一听可就烦了，本来了事不成还有事在，裘爷哪能给他带这个信呢，这不是当面刻薄人吗？裘爷不由得双睛一瞪，说道：“陆庄主，你这就不够朋友，我老头子的事是好朋友的事，成有你们的事在，你不该用言语奚落我老头子，我合着是到了你们家里头了，要打了事的对不对？这分明是欺压老夫，今天我要领教领教你这个赛元霸，没有别的，咱们院里见吧！”陆贞一看老头子急了，说道：“老侠客，我陆某可没敢同你插手比拳，这是你自己倚老卖老，你别看你坐镇幽燕，你要打算来镇尹家林可办不到，你老人家不是要动手吗，我们也只好奉陪。”

回头对尹大爷说道：“大哥，既然老侠客打算动手，我们不如陪着老人家走两趟吧。就是输了，输在高人手里，还算难堪吗？”于是命家丁打起帘子，七人一同走到院中。娄爷一看说僵了，自己也没有办法，只好也跟到外面。

那裘爷走到院中一站，把烟袋掖在腰里，说道：“你们哪一个先过来动手？”

就见翻江雁尹昌尹三爷说道：“老侠客，我给你老接接招。”一纵身形来到当中，向前一进步，左手一晃，右手向着裘爷胸前就是一拳，裘爷向后一退左步，身形一闪，用两个手指头一戳尹昌的袖子，手腕向下一沉，就见尹昌身形向前一栽，将要躺在地下，裘爷一伸手，抓住尹昌后心的衣服，说道：“五庄主请你休息。”尹昌一怔，真不知道自己为什么倒下，又教人家给抓起来，看来人家高明得多，于是一言不发退

在廊下。这时候六爷骆敏一看五哥一照面就输了，知道裘爷的武术精奇，自己暗想，我随二位恩师一十四载，可不敢说高，自从出世以来，可没遇过敌手，今天我何不领教领教这位燕冀大侠，也看我够个什么身份，想罢一纵身，来到当场说道："老侠客，我给你老接接招吧！"于是双拳一晃，直奔裘爷的门面。裘爷一瞧这位六庄主，头梳双髻，面似桃花，还是一个童子，不由地起心里爱惜，一看双拳离面门切近，一上左步用右手向上一穿，左手奔骆爷肋下便打，骆敏一撤右步，右手向下一耷拉，左掌嗖的一声奔裘爷面门打来，裘爷一看这孩子好快的手，足见他受过高人的传授，不由得一高兴，心想我给他领领招，也看他是哪一门手术。想到这里施展身法，展开双拳，同骆敏打在一处。骆爷一看，心说不怪人称燕冀大侠，真得说高，今天我绝不是人家的敌手，二人动手七八个照面，打了三十多个回合。裘爷一看孩子的招数，真不亚如狂风骤雨，今天我要把他打倒了，可惜燕蝠齐飞的名誉。想到这里，正赶骆敏双手向自己双肩上一按，老头子双手一合，向前一伸，由骆爷肘底下过去，两个中指正点在骆爷的两个乳根之穴上，双手要一坐腕子，一发真力，骆爷就得当场丧命。裘爷偌大年纪，如何肯做这样狠毒事情，于是两指向下一划，说道："小朋友你也休息。"骆爷知道人家手下留情，不伤自己，连忙向后一退，一抱拳说道："老侠客手下留情，我谢谢你老人家。"说罢退到廊下，裘爷说："还有哪一位？"陆贞一看，兄弟六人，按武术，除了自己，就是尹大哥。再就是六弟，现在六弟败了，还能让大哥出头吗？于是一纵身形，说道："老侠客我来接招。"话到手到，左手一扬，右手一伸用了个单撞掌，裘爷一瞧暗道："小子好快的手。"裘爷一上左步，右手一掳陆贞的腕子，左手向陆贞肋下一按，陆贞一侧身形右手一拳，左手掌带风声，向裘爷头上砸来。裘爷一撤右步，右手向上一伸向外一卷，这一扫名叫抗掌，把陆贞的左手卷到外面去了，右掌向下一落，直扑陆贞的胸膛。陆贞右手一拳向怀中一抡，名叫立

椿，跟着右掌翻背手向裘爷的面上打来，这一招名叫摔掌。裘爷一看怪不得小子狂，真有两下子，我若不叫你认得我了，恐怕你还要目空一切，想罢招数一变，把自己的看家拳可就施展开了。

原来裘爷自幼受过异人传授，有一趟八面进身如意掌，平生指着这趟掌法成名，没有逢过敌手。今天一施展，可就把陆贞给围住了。陆爷一看心中骇怕，只想随老师练艺二十年，赐号赛元霸，实指望打遍天下无敌手，不料今天遇上裘逸，别想说赢，准保不输，全都不易，真要被人家一掌击倒，自己尚在其次，岂不给老师丧尽名誉，于是也把拳法一变，三五个照面，居然走出圈外。心中暗想，趁此下场，倒是很好的机会，不然工夫一长，非输不可。想罢双拳一抑，说道："裘老侠客，且慢进招，我有话说。"裘爷一施展八面进身如意掌法，准知道陆贞必输，心想只要用掌法把他围住，那是稳操胜算，不想陆贞能从从容容走出圈外，自己十分的惊讶，暗道后起者竟有这样人物，真是能人背后有能人，看起来为人不可目空一切。裘爷他哪里知道，陆贞有一种护身绝艺名叫退步连环掌，这是通真子一生的绝技，只要与人比较，一看对方技艺超出己上，势不能敌，赶紧把这趟掌法施展开了，一招一式就同练拳一样，自然而然的就可以走出圈外。这个掌法，只可护身，不能击人，陆贞练这趟掌，整整的花了三年的工夫，所以未曾一次被人窘困到底，原因就是这趟掌法的关系。

陆贞这一走出圈外，裘爷可就纳了闷了，本来没有看出他有什么出奇的招数，可就是自己没有把人家围住，将要进身追赶，就听陆贞说有话说，于是站住身形，说道："二庄主未见胜负为何撤招？"陆贞说："老人家，我们本不是仇杀恶战，何必定分胜负呢？再说我若败了，小小的虚名就算化为乌有，你老人家看着，岂不可惜。再说你老人家倘若万一失神，一世英名亦付东流，悔将何及？我因为不是你老的对手，这才走出圈外，你老的名誉已成，对于后辈正宜奖掖提携，何必不忍一朝，定要分出胜负呢？"

裘爷一听，暗道："这小子说的真有道理，再说自己虽然输不给他，可是无法赢他，再动手也不过如是，不是白生气吗?"于是说道："不比倒也可以，但是请镖的事情怎么样呢?"陆贞一笑，说道："还是那句不通人情的话，非邱二爷出头到了敝庄不能解决。"老头子一听，这可没有办法了，这小子软硬不吃，俗话就叫缠磨头。这时外面进来了个庄丁，报道，门外有山西寿阳县城南七雄堡的六位庄主前来拜庄。陆贞一听不由得大喜，对裘爷说道："老人家，你可听见了，现在江湖七雄来了六位，这可应了你老那句话了，这个事谁叫你赶上了呢，将来还得你老给调解，可是现在你老千万别开口，为什么呢？如若我们闭口不应，你老人家的面目安在呢？因为凡是年高有德的人来到敝庄，我是一概以老前辈看承，绝不敢说一句无理的话，方才我对你老说的那种无礼的言语，那是故意教你老生气，还请你老原谅才好。"

老头子一听，暗道："这小子是怎么回事呢？他倒是什么意思呢？你说他诚心同七雄作对，他可处处计念着和平解决，索性连和事人都安下了，你说他不是同七雄为仇呢，他可非见邱二爷不可，而且口口声声要报父兄之仇，要按武术说，别瞧七雄兄弟武术精奇，恐怕也制不了他。"

不提裘爷暗中思想。单说陆贞对裘爷把话说明，尹大爷带着五个兄弟一同向大门走来，走到大门一看，只见门外站看六个老者。头一位，须发皆白，微微的谢顶。第二位也是发赛冬雪，须似秋霜，肋下悬剑，原来是一位出家的道长。第三位形同乞丐貌似花郎，七十多岁，须发不亚如挂雪的飞蓬，手中持着一支三尺多长的铁笛，真有鸭卵粗细。第四位皓首虬髯，一双碧目，神光炯炯，约有七十余岁。第五位风神潇洒，一部花白胡须，威风凛凛，肋下悬剑。第六位五短身材，六十多岁，瘦小枯槁，金睛乱转。这六位在门首一站，全都是面带笑容，双方拱手后一齐进了正心堂，邱爷用目一看，裘爷同娄玉全都坐在厅中。再说裘爷一见邱二爷大家来到，连忙起身让座，娄

玉过来给老师和各位师叔磕头，立在邱爷背后。尹大爷同五个兄弟在下首相陪，互通姓名。家人献上茶来，吃茶已毕，就听邱二爷说道："前者镇远镖局的镖车走到清风嘴旱苇塘，被贵庄将镖银留下，当然是他们失了规矩，以致惹恼了众位庄主，若按说留镖请镖原与我邱某无干，再说我隐居七雄堡，原打算不问世事。不过听镖局伙计报告，此次留镖颇与老朽有点关系，再说小徒前来请镖，出来了十余日的工夫不见回去，所以我第一前来看看他们请镖是否合乎手续，第二同着几位盟弟前来拜会六位庄主，请问一声，我邱雨有何不到之处，以致惹得江湖朋友对邱某发生不满。现在小徒既然在此，不知请镖的事情如何，并邱某有何问罪之处，还请庄主明言示知，老朽愿闻。"

尹大爷听了，双手一拱，说道："这个事要说其错全在我们。不过内中的情由，得细细分说明白，本来这个事的起源，起在我的二弟身上。"于是就把当初邱爷如何掌震陆元，气死陆天霖，陆贞千里投师，仔细说了一遍，复又说道："邱二爷你老请想，要按侠义的道德，这个仇可就得放在一旁，不能再道只字，为什么呢？因为那算祸由自取。但就父子的关系，可就不能那么说了，真要是只字不提，我那二弟陆贞可就不能再在江湖上站立了，旁人必说惧怕二义士你老的威名，不敢存报复的思想。但是江湖七雄正大光明，人所共知，要为个人私仇不遵道理，也实属惹人唾骂，满打算找你老人家叙说明白，又不知道你老仙居何处，所以我兄弟议论了几天工夫，这才想起对镇远镖局无故留镖，无论何人出头，全不放镖出境，第一为的是把你老人家引出来，说明以往的情由，第二领教领教你老人家的武术，这就算报了仇了。方才裘老义士还说他老情愿带着我二弟前去拜谒你老人家，你想我二弟若再去到七雄堡，岂不叫江湖人说他不独不敢报仇，反倒登门谢罪吗？所以说必须把你老请到这里，大家说明，方算两家全都不伤面子，第一我二弟不落个赔罪的名誉，第二你老人家也得一个优容晚辈后生的美名，这不是两全其美吗？就是因为这个缘故，裘老侠客也

要出头维持，我二弟还故意不讲情理，同裘老义士双方动手，虽然动手，这也不过是游戏性质，这个时候各位老义士可就来了。还有这件事情也得当面说开，我们兄弟几个人有个游戏的所在，咱们完了事，请你们几位到那里消遣消遣。”

邱二爷把话听完，说道：“大庄主，现在我也来了，这几个条件我是完全接受，不知现在该怎么样呢？”

尹大爷说：“原先不是跟裘老侠客说过了吗？只要二义士你老人家一露面，立刻就请娄镖主起镖，现在第一步就照着原定的办法，就请娄镖主派人接镖，我这里派人把镖送到清风嘴，以全两家的面目，话也说明了，还请娄镖主原谅一切，我们不是错了吗，以后我们去到大同登门谢罪就是了。”娄玉一听，不敢答应，两眼看着邱爷，邱爷说：“既是庄主把镖银赏下来，你可以去到本镇天心店，叫伙计接镖就是了，这里的事有我们了结，你们去吧！”娄爷一听，于是告辞，尹大爷把娄爷送出大门，娄爷一问天心店，有人告诉他就在南街，于是到了南街天心店里一看，呵，连镖师带伙计及客人全都来了。

原来邱爷大家本打算在七雄堡听候消息，赶裘爷走了之后，二爷一想，这个事本由自己所起，真要不露面恐怕完不了，如果再等裘爷回来，往返得多少时间，不如自己去一趟尹家林，看一看这尹氏三杰同这个赛元霸的人格如何。如若人格正直，巧了就许交几个朋友，如果人格不正，除了他们，也给百姓除一大害。于是对大爷一说，大爷倒是赞成，不过一问谁去，三爷四爷五爷六爷七爷全要去，全是恐怕人太少了孤单，一个不谨慎，就许把一世英名付与流水，所以大家全要去。大爷自己在家看家，老哥六个这才一同奔大同走来，到了镖局子一问，伙计说老爷子你老来晚了一步，前半天镖主及裘爷全走了，邱爷一听，说道：“既是他们全走了，你把此次出事的人员连同客人招集齐了，一同跟我前去要镖。”大家赶到尹家林之后，邱爷叫大家在天心店等候，所以娄玉才同大家会在一起。于是算清了账目，直来到清风嘴等候。工夫不大，尹家林

的庄丁把镖车送来，客人一检查，原封未动分文不短，于是大家起镖奔山东去了。

再说邱爷，一见娄玉走后这才说道：“现在镖银已走，总算庄主赏给我们的面目不小，以后再谢，不知还有何事？”

尹大爷说：“第一为的是把你老引出来，第二为的是领教你老人家的武术，就算我二弟报了仇了。第三我们这儿有一点不值钱的东西，把它放在一个地方，如若你们老几位手到拿来，那就算是我兄弟输了，情愿以此作为一个谢罪的东西，如若老几位拿不出来，我们也将这个物件相送，一来是联络感情，二来是作为进见之礼，并且可作为此次无理留镖谢罪的物品，这不是裘老侠客也在这里，就请他老人家作个调解人，咱们双方全有面子，几位老侠客，看看此事意下如何？”邱爷一听心中暗想，好一个金顶貔貅，他处处站稳脚步不栽跟头，这还不算，并且把了事的也安排停当，分明是愿意了结，可是必须较量较量，还有谢罪的物品，比方说，我们若不能手到拿来呢，七雄的威名从今以后可就栽到家了，看起来别看他们几个人年轻，做事真得说有根有据，想罢说道：“既是大庄主你说出来了，老朽几个人还能驳回吗？但是我们现在先履行哪一条呢？”

尹大爷一听，说道：“你老人家先别忙，我还未将这个谢罪的物品拿出来呢。”于是一回头，对庄丁说道：“你去到内宅见大主母要我原先交给她的那个盒子，把它拿出来。”

庄丁从内宅出来时，怀中抱定一个长方木盒，足有三尺多长，五寸多宽，进来放在桌子上。尹大爷站起身形，伸手把盒子打开，由盒中取出一物，打开包袱一瞧，原是一口单刀，黑鳞鱼的鞘子，真金什件，刀盘盒吞口是一个整龙头，龙眼睛是两颗樱桃大小的明珠。珠光射出半尺远近，刀把用紫丝绳子缠着，刀督也是一个龙头，张着口，口内含着一个鸽卵大小的金球，两个龙眼睛也是两颗明珠。在两腮上穿着一个手指粗细，茶盅口大小的金环，手腕子一动，哗啦啦乱响。那尹大爷手执宝刀，说出一番话来。

第十章

明志楼夜获双雄

那尹大爷手执宝刀对众人说道："各位老人家请看这口刀，前年敝庄修盖了一座明志楼，为什么叫作明志楼呢？不过是表明我们兄弟六人虽然身居绿林，并不是志在为盗。这是修楼掘土时由土里得来的，我把它交巧手匠人精心修理，才露出本来面目，也知道是口宝刀，就是不知道它的出处和名目，你们老几位闯荡江湖，最少的也有四五十年，可谓经多见广，一定能知道它的名目。常言说好宝剑赠予烈士，所以我才立意以此物相送，作为一种谢罪的物品。并且说开了，我们取个笑，把此刀放在明志楼上，任凭老几位去取，可是我们这座楼上面装置着几种机关，这个机关可不是杀人的埋伏，也没有有毒的物件，不过中了机关至多身带微伤，或是被获遭困，绝对没有意外发生。咱们以三日夜为期，取出来不伤身体，那算我们输了，咱就实行末后的条件，言归于好。取不出来，也实行末后的条件，不知各位老侠客以为如何？"

邱爷一听，心中暗想，取出来言归于好，取不出来也言归于好，并且还用宝刀考教我们，这口刀不用说取出与否，就是

叫不出个正当名目，那时我们七雄的名誉可就付与东流了，这个事情挤到这里可是不能不答应，于是说道：“既是尹庄主这样说法，我是无可无不可。”用目一看自己五个盟弟，一个个手拈胡须微笑不语，唯有七爷东方，用目观看自己。二爷明白他善作机关埋伏，大概这机关他一定能懂，于是心里略宽了一步，一伸手从尹玉手里接过宝刀，左手拿住刀鞘，右手拿住刀把，一摄崩簧，只听呛啷一声，宝刀出盒，真不亚如龙吟虎啸，寒光闪闪，冷气侵人，活似一汪秋水，耀人二目。邱二爷仔细一看，这口刀通体三尺六寸六分，头上作成缺尖式，足有三寸多宽，一身龙鳞。二爷看罢，不明此刀的来历，一伸手递给谷三爷，谷三爷接过来，掂了掂分量，量了量尺寸，往下传递，不多时连裘爷全看完了，尹玉接过刀来插入鞘内，说道：“众位老侠客可知此刀的名字及出处？”

就听三爷谷玄真说道：“大庄主，贫道对于宝刀宝剑可不认识，不过这口刀我倒听见说过，只不知是与不是。”

大庄主一听，说道：“你老人家既然知道，何妨说出来我们听听呢。”

谷爷说：“此刀出在大晋，赫连老丞相所造，一共三口。头一口，通体身长四尺，按一年的四季，把长一尺二寸，按十二元辰，刀长二尺八寸，按二十八宿，刀把不用物缠，造就一身鳞甲，连刀把带刀盘是一条整龙，如同现在的斩马刀相仿，其名叫作龙鳞。第二口，通体身长三尺六寸，按周天三百六十五度有奇，把长八寸，以合八卦，连盘带督是一条整龙，龙口吞着刀身，在刀面上龙头的前面有一个透眼，内中含着一粒弹子大小的钢珠，其名叫做龙壳，俗名叫作劈水透珑刀。第三口也是身长三尺六寸六分，刀把是两条龙，一个龙头抱着刀身，一个龙头含着一粒钢珠，龙腮上穿着一个钢环，那个龙鳞可起刀身上，这口刀正名叫作龙纹，俗名叫作大环。这三口刀全有四益三绝之称，那四益是什么呢？一决胜负，就是出兵打仗，主帅身佩此刀，如若这一仗能够胜了，此刀在鞘内自己铮铮作

响，如果此刀无声无响，那就趁早收兵，不然非败不可。二防盗贼，就是房屋之内，如把此刀挂在墙上，他自己能在鞘内作响，你就赶紧盯着他，今天夜里一定闹贼。三惊刺客，就是如若身佩此刀，出门远行，前面有刺客，这口刀自己会刀出鞘外，或二三寸或四五寸不等，自己就赶紧留神，前面一定有小人潜伏。四避邪魅，就是若身佩此刀，夜晚走路，一切的邪魔鬼怪不敢近前，这就是四益，那三绝是什么呢？就是切金断玉砍毛发，这就是三绝。我见大庄主这口刀的尺寸同形式，好像那第三口龙纹大环刀，是与不是我可是妄谈。"

尹大爷一听说道："三爷可谓博古通今，这一段定刀论，使我顿开茅塞，此刀一定是大环刀无疑了。"于是把刀放回盒内。邱二爷说道："大庄主，我们现在应该履行哪一条了呢？"尹爷说："第一条是请你老人家出头，这不是你老来了吗？第二条可就是研究武术，这个研究的性质可是游戏，点到为止，指到算输，可不能下其毒手，因为我们这是友谊的比赛，咱们现在就履行第二条。"于是告诉庄丁在外面预备。工夫不大，庄丁进来说道："已经预备妥了。"尹大爷说道："请大家外边坐吧。"于是大家起身，家人打起帘子，众人来到外边。

铁笛仙四爷白天乙性最急，手持铁笛，先来到当场，口中说道："不知哪位庄主前来赐教，白某奉陪。"

就见六爷骆敏手捧一对点穴飞锥，说道："小可不才，给你老接招吧！"说着左手锥一晃，右手锥奔白爷的面门扎来，白爷向后一仰身，铁笛向骆爷的小腹便点。骆爷双锥十字架向下一按，白爷的笛子一翻手，又向骆爷的头顶击来，骆敏向左一上步，右手锥向外一挂，左手锥奔白爷右肋就点，二人抽招换式打在一处，三五个照面骆敏回身就走，白爷一看孩子要走，自己把铁笛一横，进步就追。只见骆敏一回身，双手一扬，双锥出手，一只奔了白爷的面部，一只奔了白爷的小腹。按说这一招就不好躲，顾上顾不了下。哪知会者不难，白爷本来右手托笛，横在胸前，拿着当中，眼看双锥到了身上，白爷

一上左步，用铁笛一立，向右一推，当的一声，两只锥一齐落下。白爷说道："原来如此！"这时骆敏抖手双锥，白爷的铁笛向前一伸，可就到了骆敏的胸膛上了。这一招真是迅雷不及掩耳，白爷如若一用力，骆敏就得当场身亡，可是白爷的铁笛微微一沾骆敏的衣服，立即右手一撤，说道："小朋友，请你休息吧！"

骆敏面目一红，说道："谢谢你老手下留情。"于是退下身来，说道："大哥，小弟武艺低微，请你另派别人。"

未等尹大爷说话，二爷陆贞说："六弟你暂时休息，还是愚兄领教。"

说着一抱双锤来到当场，说："白四爷，不才领教，请你老进招吧！"双锤一分，做出大鹏展翅的架势，白爷一看，一举铁笛，迎头便击。陆爷左手锤向上一迎，右手锤向白爷的前胸推来，这一招叫作金锤亮月。白爷铁笛向下一垂，一上左步，用铁笛一磕锤头，紧跟着顺着锤的上面向陆爷的面上打来，这一招叫拨草寻蛇。二人抽招换式打在一起，陆爷仔细一看，白爷的铁笛没有一定的招数，有时当刀，有时当剑，有时当棍，招数是层出不穷，内中真有许多叫不上名儿来的手法，要按这个样子，自己非输不可，于是招法一变，改了迷踪锤的路子。白爷一看，暗道怪不得小子要找我们七雄比艺，他真受过名人的传授，只听锤带风声，如同狂风骤雨，四面八方尽是锤头子，陆贞的身形围着自己滴溜溜乱转。心中暗道：小子你不用狂，我今天若赢不了你，我就不叫报应了。于是把铁笛舞动，几个孔随着风声，真如八音合奏，十分好听。二十来个照面，陆贞一看又被笛围住了，心中暗想：我若再延长时间，可就要输了。于是把退步连环掌的招数变作锤法施展出来，三五个照面走出圈外。白爷不由得暗暗稀奇，暗道，我蒙江湖抬举称我一声剑客，武术虽然不高，今天就没看出他是怎样走出的，这不是怪吗？正要进步追赶，就听陆贞说道："白四爷且慢进招，你老请先休息，我再请一位庄主领教。"这个时候邱

二爷将要上前，就听飞行剑客云靖说道："陆庄主我来领教。"说着来到当场，左手一拢剑匣，摄崩簧向外一扯，只听呛的一声，宝剑离匣，如同一汪秋水。只见云六爷右手抱剑，用左手一指，说道："二庄主请来领招。"陆贞早就知道这位飞行剑侠，剑术绝伦，一口湛卢剑三十六路天罡剑法可称得上压倒四方，于是小心翼翼向前进招，把锤法一施展，同云六爷打在一起。再瞧云六爷一口剑走开了，不亚如银龙闹海，化成一团白光围着陆贞来回乱转。也亏得是陆贞，换个人早就败了。陆贞一瞧，可了不得了，一个照顾不及就得栽个跟头，正要施展锤法走出圈外，不想自己的左肩头被人家轻轻地按了一把，于是一挫腰纵出圈外，说道："老剑客手下留情，陆某这厢谢谢你老人家。"云六爷说："二庄主，这该怎么样呢？"

陆贞说："仍请你老休息，陆某还要请一位庄主领教。"云六爷一瞧，心中暗道："这小子是不论输赢非把我们弟兄领教全了不可，你就是领教全了，你也占不了上风。"于是定剑还匣归了座位。这个时候邱二爷可就站起来了，手捧一对五行轮，口中说道："陆庄主，老朽也要领教你的锤法。"于是双轮一分，作出鹤立沙滩的架势。陆贞暗道："方才一个不留神，输与云靖，大概这七雄的本领全都绝伦，今天准保不再失败，全不容易。"于是小心在意，双锤用了个泰山压顶向下打来，邱爷一看，双锤切近，向右一步，左手轮向上一撑，要剪陆贞的腕子，右手轮直奔陆贞肋下截来。陆贞一看招法厉害，向后撤一左步，左手锤向外一荡，右手锤盖顶砸来。邱爷抽招换式二人打在一处。邱爷这对轮六十多年来未逢敌手，运用起来真好似雨打梨花，陆贞这对锤施展开了也如同狂风骤雨，二人走了三十多个照面，邱爷双轮一并回身就走，陆贞一瞧暗道："老义士，你要走那如何能够？"遂进左步左手锤直奔头顶，右手锤直奔后胯。眼看着锤离身不到二寸远近，就见邱爷身形向右一转，闪开双锤，左手轮向上一托，已经到了陆贞的手腕之上，右手轮迎面劈来，这一招名叫迎风劈柳。陆贞一看，左手

是回不来了，右肘也叫人家压在轮下，冷飕飕二寸多宽冰盘大小的纯钢圈子已经到了面前，这要换个别人，只有闭目等死。那陆贞不愧练艺二十年，受过高人的指教，真有救命的绝招，就见猛的身形一仰，平着身形仰在地下，这个名叫铁板桥。紧跟着腰部一用力，嗖的一声，出去了足有一丈有零，双肩一晃站在地下，说道："二义士我算输了。"说着将双锤放在地下，他这一招连邱爷全都出乎意料之内。别看是赢了，还得佩服人家。一听陆贞认输，说道："陆庄主，这是你让我年迈。"家人过来拣起双锤，邱二爷说道："陆庄主既让了我，不知还有哪位前来赐教。"

那陆贞想七雄果然本事超群，再比也是不行。遂说："不才兄弟既然输了，也就不必再相较了，还是按着原序履行第三条吧。"邱爷说："既然如此，我是一听遵命，但是这个明志楼在什么地方呢?"尹大爷叫家人抱定龙纹宝刀的匣子，尹大爷同五个兄弟在前引路，邱爷带着大家在后跟随。转过当中的一所大房，后面还有三所，各处栽花种竹，十分精雅，又转过了一个房角，可就瞧见明志楼了。于是尹爷领着大家围着楼的外围墙转了一周。原来这个外围墙是个八角形的，每面有十丈宽阔，当中一个黑漆门楼，清水起脊磨砖对缝，上面是泥鳅背，下面的墙是用虎皮石乱砌的，除去三尺多的条石基城，一共一丈二尺多高，墙根下面是八尺多宽，一尺多高的墙沿子。每个门楼全是五层台阶，各门全都关着，门上钉着盘大的铜环子。尹大爷领着大家依然绕到南方，离为火的方位，把庄丁们止住，对霍星明说道："三弟你可以头前带路。"于是霍三爷领众人上了五层台阶，尹大爷一回手，从家人手内接过宝刀匣子，自己抱在怀内。只见霍爷用手一推大门，门分左右，里面是一丈五尺方圆的一间屋子，东西两面全有门儿，门可是关着，出了北面的门儿前面是第二道围墙。东方七爷一瞧明白，这头一层既是按八卦的方位，当然是六十四卦，一定是六十四间房子，全能通连。再瞧地板上全是一指宽阔，横三竖四的缝子，

这一间房子里面可是空无所有，正要开口来问，只听三爷霍星明说道：“众位老义士，这是头一层，按八卦的方位共分六十四间，每间里面含着一种武术的路子，只要你一进大门踩动机关，自然发生作用。可是你老要能把第一间的武术破去，下面的千斤坠走动，自然上首那一间就转到你的面前，接连不断，这六十四间转完为止，内中飞禽走兽昆虫全有，可是你老要知总弦在什么地方，把总弦摘下来，自然这房子就不转了，破去第一间就算完事。这里面的一切物件全是用木料制成，可不许用宝刀宝剑随便损坏，小可久知东方七爷人称飞星子妙手先生，当然对于一切的机关十分明了，我这是班门弄斧，你老人家可别笑话。”

七爷说：“三庄主何必如此客气，老朽不过承朋友过誉，徒有虚名。”霍爷领着大家直向里走，一出门是五层倒下的台阶，台阶下面是三尺宽的墙沿子，也是八角形，在台阶两边有两个八尺多高的井亭子，路沿子下面直顶二道墙，完全是水。大概围着二道墙是一条大河，河内满栽莲花，由第一道墙到第二道墙足有七八尺宽，那河也有六七丈宽，由霍爷领着大家顺着外墙沿子转了一圈，外边的八门全是一样，每门旁边全是两个井亭子，再瞧这第二道墙也是八方八面，不过分十二门，正南正北正东正西全是两个门，东南东北西南西北全是一个门，门的颜色和墙的形式，全同第一层一样，由大门到二道墙的门户，全有通道连接，不过这个通道全是方砖铺成，在上面一走，蹬蹬的乱响。不问可知下面一定是空的，为的是流通河水，每面一个门的一条通道，两个门两条通道，做成人字形。霍爷领着大家，转到南方偏东的一条通路。七爷一看便知道这十二个门按十二元辰所造，走到门前，上了五层台阶，用手把门一推，门分左右，大家一瞧，原来是一丈五六尺见方的门洞儿，门内空无一物，地板也是横三竖四的缝子，出了后门一瞧，也是五层倒下的台阶，这就瞧见明志楼了。

只见这座楼高有六丈，共分三层，上层是圆形的，周围尽

是门窗，赤红油漆，十分光亮。顶子形如一把大伞，一个焦黄的金顶儿，靛蓝的琉璃瓦。走水檐子罩出足有八尺远近，檐上挂着风铃，下面周围是三尺多高的朱红栏杆。中层是四方形的，南面门是黄色的，连窗棂子通体皆黄，在门上面悬着一块立匾，白地红字是“明志楼”三个大字。上面飞檐，红椽子蓝瓦，檐上也挂着风铃，下面也是三尺字朱栏围绕。下层是个八角形的，也是蓝瓦红椽子，飞檐上挂着风铃，下面的墙面全是白色的，连栏杆带门窗全是白色的，再下面就是楼基，高约九尺，共分三层，每层六级台阶，共分八面，全是白色条石做成的，四外围着四尺高的通道，这通道白石铺成，上面横三竖四尽是缝子。通道下面的平地用黄土填成，十分平整。在楼门前楼基下边，站着两匹红马，身高八尺，从头到尾长有丈二，如同火炭一般，通体连一根杂毛也没有。看去颇有神骏气概，站在那里动也不动，仔细一看原来是假的。霍爷领着大家上了十八层台阶，进了门，里面是四四方方的三间屋子，还是一明两暗，里面陈设真是几净窗明。上面是白纸糊的顶棚，正面悬着一幅八仙庆寿图，两边一副对联：“唯大英雄能本色，是真名士自风流”。屋中条案桌椅所有的摆设十分讲究。在屋子当中有一座八角的木台，台上放着一只铜鼎，就见霍爷一按铜鼎的左耳子，听见西里间哗啦一声，霍爷领着大家到了西里间一看，原来里面的陈设也十分整齐，靠北墙放着一张大床，床上挂着黄罗宝帐，就见帐子当中，由房顶上垂下一条软梯，霍爷到了床前，用手把左首的床柱子一推，吱的一声连床带帐子分为两段，当中现出一个方圆二尺大的地方，那个软梯不偏不倚正落在空地上。霍爷领着大家，顺着楼梯上了三层楼，到了上面一看，也是一明两暗的三间房屋，这个软梯正悬在外间北墙下面一个方洞之内。就见北墙上面离地六尺多高，安着一个铜龙头儿，龙口内悬着一条七八寸长的铜链子，粗若胡桃，链子下面坠着一个碗大的铜球，正对着方洞。霍爷一见大家上来了，一伸手拉住铜链子向下一拉，只听哗啦啦一响，立刻下面

的软梯收将上来，啪的一声，由墙上倒下一块木板，正盖在四方洞上，真是严丝合缝。霍爷又把龙头往上一托，又听哗啦啦一声，北墙下半截向两旁一退，当中出现一个五尺方圆的洞儿，由洞内咕噜咕噜出来一张方桌，正正的放在那块盖梯的木板之上。北墙上那个方洞紧跟着也吱的一声，合到一处。大家四面一看，这间屋子并无陈设，只是正当中放着一座八角的木台，台上正当中刻着一个太极图，木台四周放着八张椅子。只见霍爷在那个太极图的当中用力一按，就听东屋里微微有点声音。于是霍爷领着大家进了东里间一看，同外间一样并无陈设，在屋当中放着一座八角木台，上面也刻有太极图，八面八把椅子，在门后靠北墙放着一条楼梯，顶上是个圆洞。霍爷领着大家顺着楼梯上了三层，这三层楼原是圆形，周围尽是门窗，内中方圆足有五丈大小，正当中一座三丈见方的八卦石，一共三层，每层一尺高，一层比一层小进三尺，形如三尺台阶。正当中六尺见方三尺多高的一座八角台，台上面盘着一条五爪金龙，龙头张着口向上扬着，房顶上面一个八角的天井，周围向下垂着朱红栏杆。天井中也盘着一条五爪金龙，龙头向下垂着，张着口，口内垂下一条金链，链下系着一个盆大的金球，球下面一个金环，环上一只小小的金钩。就见霍爷在尹大爷怀内接过木匣，打开匣子取出刀来，顺着八卦台，一层层走到上面，到了八角台前，将脚蹬在龙口上，一扬手将刀挂在金球下面的金钩上，一翻身跳到地下，对邱爷说道："二义士你老请看，现在把刀挂在此处，咱们三天三夜为期，请老几位到这里把刀拿了去，那就算赢，我们这座楼并无一人在内看守，进大门就是机关，但是所有的机关可没有杀人的利器，最厉害不过是使来人身带微伤，再不然是被困住，只要困在楼内，我们在正心堂内自然知道，赶紧前来解救，也不论一次两次，直到三天为止。"

大家一听也只可如此，于是霍爷带着大家又在楼上瞧了一回，原来在地板上围着八卦台，乾三连，坤六断，震仰盂，艮

覆碗，离中虚。坎中满，兑上缺，巽下断，大家上来的那个圆洞正是巽官。不必说，大家下去之后，那块圆板仍然盖上，大家随着霍爷下了三层楼，一回头那个楼梯自己晃晃悠悠回了房顶，嵌在上面，一丝也瞧不出来。霍爷请八义六侠来到外间坐定，又请本庄的五位在里间坐定，就见霍爷一伸手在那太极图的阳鱼上面一按，大家就觉得一阵头晕，眼前一黑，再看已经到了下面当中的屋内，里间的五位也由内屋出来。

大家一齐称赞霍爷，说此楼的机关真是灵妙非常，三庄主不愧人称妙手。霍爷说："众老义士过奖了，小巧之术，在东方七爷面前，可算贻笑大方。"

七爷说道："三庄主妙手灵心，老朽实在佩服。"说着大家随着霍爷一出楼门，原来已经变了方向，方才进来时为南方离为火，门前本来拴着两匹红马，现在一看变为坤为地，门前变为两只黄羊了。这时只有东方七爷明白，这是火能生土的意思，他这楼上的屋子一定能互为移动，楼下一定有千斤坠着，自己也不言语，随着霍爷一同出了头层大门，一直向正心堂走来，归了座位。尹大爷说道："小可兄弟现在同众位老义士总算把手续订好了，请你们老六位就在这正心堂休息，暗间之内大概也可以住得下，我们也可以多谈几天，不知众位老义士以为如何？"

邱爷说道："既承抬爱，焉敢推辞，不过打扰贵庄，心内不安罢了。"

尹爷说道："老人家不必客气，我们原是道义相交，此次不过游戏而已，就是我二弟，也是为的将你老请出庄来，就说现在的用意，也不是非报父兄之仇不可，大概这种情形，老人家一定原谅。"说着天色已晚，摆了二桌酒席，一桌是邱爷为首，尹大爷作陪，一桌是裘爷为首，陆贞作陪。酒后散坐吃茶，老少十三位坐到了天过初鼓，陆爷说了："哪位老义士去到楼上取刀呢？"

就见七爷东方玉站起身说："老朽不才，去到楼上看看，

取不出来，六位休要见笑。”

谷三爷同云六爷一齐说道：“我两个同七弟前去。”

二爷邱雨说道：“既是三位贤弟替愚兄效劳，可千万小心。”三人辞了众人，转身出了正心堂。

三位爷一直奔明志楼走来，到了楼的外围一看，八个门上全都挂着牛角气死风灯，十分的明亮。东方七爷领了三爷六爷由南面向西绕，刚到了西北乾方，只见门已大开，五层台阶是五层翻板，已经全被人踏开了。借着灯光向门内一看，只见地板上倒着两个人，一个折了胳膊，一个掉了脑袋，三个人不由得吃了一惊，仔细一看原来是假的，两个假人每人脚底下带着两条丝弦。东方七爷说：“三哥六哥，现在楼内一定进去人了，这个人一定是不懂机关，仗着身体灵巧，过了头道机关，我们先别进去，少刻这个人一定会被机关拿住，我们暂且躲开，听听动静，然后再上楼取刀。”

谷三爷云六爷说道：“不错，我们先听听有什么动静。”三个一同奔了正西，坐在黑黝黝的一片大松林里。工夫不大，就听楼上当的一声钟响，东方七爷说道：“探楼的朋友一定被获遭擒了，少时他们一定来看。”

再说正心堂内邱爷同四爷五爷，还有燕翼大侠正同六位庄主闲谈，只听钟声响亮，由墙上挂着的一个大方匣子内跳出一个三寸来长、一寸来宽的小铜牌子，霍爷说道：“二义士，东方七爷被困在头层楼的天花宝盖，我们赶紧去救，不然恐怕三爷同七爷用宝剑损坏机关。”于是霍星明带着四个庄丁直奔明志楼来了。工夫不大，来到乾宫门外，霍爷一纵身上了第五层台阶，把门旁的一个门环子一拉，咕噜一声，翻板扣好，陆贞领着家丁上了台阶，一进大门，见两个假人倒在地下，霍爷说：“东方七爷这就不对，不该用宝器损坏机关，这太不够朋友。”说完一伸手，将两个假人脚下的走线勾儿摘下来拎到墙根底下，挂在墙上，又把门后头一个铜环子拧了三扣，令家人将木人放在墙下，领着大家到门后一瞧，翻板未动，就知道是

跳下去的。

霍爷一纵身，上右边的井亭子，跳将下去，工夫不大又纵上来。于是教陆贞带着家丁上了台阶，自己领着顺通道一直奔了二层门，到了近前一看，台阶的翻板并未曾动，那门带门框全沉入地中去了，上面压着一条铁梁。霍爷一抬头，看准了上面的椽子，在第三根椽子之上嵌着一个铜疙瘩，霍爷向上一纵，一手抓住椽子，一手把铜疙瘩拧了三扣，只见铁梁也起来了，那门和门框都复了原位。霍爷又一拉门环，这才叫陆爷带着家丁一同进了二门，原来这个宫位在十二元辰里面，属于亥宫，楼前的两个大猪已经离了地位。

霍爷一纵身，下了五层台阶，一踏通道，就见那两个大猪双身一纵，直奔霍爷扑来，霍爷见前边那一只来到切近，身形向后一倒，左脚飞起，正踢在猪的下嘴唇上，那猪立时站住，后面那猪也来到近前，霍爷向猪头上一按，这只猪也不动了。于是将猪耳朵每个拧了十几扣，又从地下拾起二十四支竹箭，一按猪的左眼，两只猪一张嘴，抬起头来，霍爷在每只猪口内装上十二支箭，又一按猪右眼，咯噔一声，箭已入了巢子。于是霍爷回到二层门，在五层台阶下面有一块三尺见方的青石，霍爷在石边上用力一踩，这块石头可就立起来了，原来是一个洞穴。一翻身下了地穴，就见那只猪吱的一声回了原位，这时霍爷方才从地穴上来，盖好了石穴，同陆爷领着家丁一直到了十八蹬台阶之下。一瞧第一二三蹬的翻板已经动了，可是并未损坏，右首第一个石栏下面有一个五寸来高的石柱，用脚向下一蹬，踩得同地一样平，这才带着家丁上了十八层台阶。平台的石面并未曾动，霍爷又把石阶当中的一个银锭扣儿一推，带着大家直奔楼门，只见楼门大开，里边一切全都未动，就见正当中一个手指粗细的铜丝拧成的罩儿，形同一口大锅，上面一条铁链子系在房顶上，高有八尺，大有三尺，里边尽是倒须钢钩，在里面扣着一个人。借着屋内的灯光，一看，只见这个人细腰宽臂，双肩抱拢，五尺多高的身材，一身青绸子夜行衣

靠，青绢帕包头，鬓边斜插一朵守正戒淫花，看年岁三十上下，俊俏人物，背后斜插一把雁翎钢刀。大家一看就是一怔，原来不是东方七爷他们，却是另一个人。

第十一章 镇龙坡侠僧除怪

霍爷于是来到楼门下面，两边门框上本就一边嵌着一条金龙，张牙舞爪，双角齐出。霍爷将左门框上那条龙的犄角用手一按，就见那个铜铁罩儿，向上一起，回到屋顶之上，由屋顶开了一个圆洞，那个罩儿缩入圆洞之内，啪的一声，由洞内飞下两条皮套儿，不偏不倚，恰巧套在那个人双肩之上，皮套一收，生生将那个人拖离地面。霍爷于是走到近前，将那个人的搭包解下来，捆上二臂，又将皮套摘下来，一松手，哧的一声，两条皮套，缩回屋顶，复又细看，各部器息俱都未动，于是对陆贞说道："二哥，你先把这位英雄请回正心堂内，我收拾收拾消息（指设各种陷人的机关），然后回去。"

陆贞点头，带领庄丁同那个被擒的壮士，下了十八层台阶，出了二道门，顺着通路，出了大门，一直奔正心堂来了。工夫不大，来到正心堂处，陆爷进了正心堂，尹大爷说："二弟，是哪位老义士困在楼上？"

陆贞说："楼上困住的并不是我们的人，原来是另一位，我们不妨将他叫进来问。"说着将要叫庄丁，只见霍星明由门

外进来。陆爷说："三弟收拾好了吗?"霍爷说："妥当了，只是那个假人得另换一条胳膊，那只好过几天再说，可是那个被擒的人怎么样了?"陆贞说："我们将要把他叫进来问，三弟你就来了，你先坐下休息。"陆贞回头对庄丁说道："你们去把被擒的那位请进来，我问问他。"庄丁答应，转身出去，工夫不大，只见推推拥拥由外面推进那个人来，陆爷令庄丁搬了一个凳子，说道："朋友，你先请坐。"

只见那个人一言不发坐在凳子上，邱爷四位一看，不认识，起先一听钟响，还真以为是东方七爷在楼上被困，不由得提心吊胆，现在一瞧，可就放了心了。

这时候就听霍爷说道："朋友贵姓，我们素不相识，又没有冤仇，为什么半夜三更来搅闹我们的宅院?"

就听那个人说道："朋友，某家既然被获遭擒，请你或杀或剐，可不许用言语刻薄我，你们如若用言语奚落，就别怪我骂你们。"

霍爷说："朋友，我并没用言语刻薄你，你何必着急?我不过请问你的姓名，我们并不认识，你为什么搅闹我们的宅院，难道说这就是刻薄人吗?"

那人说："我既被擒，只求速死，你们问我的姓名做什么?"陆爷说："朋友，你这个人，可真难说话，我们不是没有说要杀你吗，为什么你口口声声只求速死呢?常言说得好，天下人交天下友，我们问你的姓名，自然有个心意，你何必这么不悦呢?难道说阁下是无名氏吗?既然相遇全是有缘，问问姓名，又有何妨呢?"

那人一听，说道："朋友，你既然要问，大丈夫行不更名坐不改姓，家住陕西华阴县四贤庄，姓白名敬字子谦，江湖人称银白熊。提我你不知道，提我的父亲，虽不敢说人人尽知，但你们总有个耳闻，他老人家单讳一个哲字，字谓天侠，江湖人称红眉剑客。"

陆贞一听，呵了一声，说道："原来是少剑客到了，这可

怨我们无理，太对不起朋友了。”于是陆贞站起身来，一伸手把绳子解开，说道：“请白兄千万别怪，先喝碗茶休息休息。”家人一看，赶紧斟过一碗茶来。

白敬一看，把手一拱，说道：“不怪江湖传说尹家林六杰义气深重，果然名不虚传，我这里先谢谢众位。”陆爷说：“白兄不必客气，请坐吃茶，我们还要谈一谈呢。”白敬说：“在座的众位老少英雄，我白某出世年浅，全不认识，请庄主给我介绍介绍。”

陆爷这才把本庄的各位庄主连自己全说了姓名，白敬对大家互道倾慕，陆贞又接着把邱二爷、白四爷、江五爷还有裘爷老四位一一指引，白敬连忙行礼，说道：“原来是江湖七雄，前辈的老英雄，小子失敬。”邱二爷四位说道：“不敢当，白少剑客请坐下谈话。”于是大家坐下。

陆贞说道：“白兄，我们尹家林，虽然出世年浅，可没敢得罪过江湖的朋友，不知阁下为何夜间来到舍下？依我的愚意，莫非阁下受了小人的蛊惑，抑或是我们有了不合规矩的地方，不然，绝不能惹得白兄不满。本来我们既不认识又无仇恨，若不是这两种缘故，何至惹得你老连夜涉险呢。如果你老受了人的蛊惑，我们说开了就算完事，如若我们有了不对的地方，请白兄说出来好研究研究，果然不对，我们一定要当场认错。白兄千万不必客气，请你当面指示明白。”

白敬一听，说道：“二庄主，若问我来探贵庄的缘故，你先瞧瞧这封书信，然后再一说你就明白了。”说着由怀内掏出一封书信，递给陆爷。陆爷连忙接过来，送给尹大爷观瞧，尹大爷看过了，仍然交给陆贞。陆贞看完，依次往下传递，直到骆爷看毕，这才重新交给陆贞。陆贞说道：“这封信乃是一个请帖，同阁下来探明志楼，有什么关系呢？”

白敬说：“这个请帖你老看清了谁是主人吗？”陆贞说看清了，头一位是云南玉龙山金波寨的大寨主，神拳无敌灵威叟，大爷方化龙。第二位是万里追风长髯叟，二爷江天鹤。第三位

是神掌白眉叟，三爷蒋东林。

白敬说："他们三位人称南方三老，自从盘踞在玉龙山二十多年，始终也没有做过一次不法的事情。后来又请来了一位军师，复姓诸葛，单名一个周字，号闻人，江湖人称圣手先生。这个人上知天文下知地理，三教九流无所不通，诸子百家无所不晓，引斗埋伏排兵布阵，可说是没有不知道的。自从这个人一来，才重整玉龙山，把玉龙山分出前后中三路，共二十四寨余外，还有水八寨，总名叫作金波寨。金波寨的总寨主十分年轻，姓朱名复，字意明，原是前明皇室嫡派的子孙，现年二十多岁，胸怀大志，要谋夺大清一统江山，恢复明朝的天下。他入了金波寨不到一年，每日同寨中各寨主研究武术，叫他把所有的寨主完全战败了，连三老全不是他的对手，所以大家尊他，在金波寨坐了第一把交椅。当初家严同不才兄弟都与他见过面，分手之后，听说他图谋不轨，在金波寨造了一座百灵楼，内藏一本《龙虎风云谱》，上写所有的各位寨主的名姓，每日招兵买马积草囤粮。今年二月间，从南方来了家严的一个朋友，是直隶大名府艾家庄的人氏，姓艾名元字天民，江湖人称奇情剑客。他说有人在南方交给了他一个柬帖，请他给家严带来。家严一看这个帖，不明白用意，一问艾老剑客，才知道是金波寨打算网罗天下的英雄，在今年五月端阳节要开一个天下英雄会，用柬帖分请各路英雄，前去赴会。因为朱复年轻誉浅，所以柬帖用的是三老署名。家严得了这封请帖，才打发我同我二弟白纯往山东第山山下三公堡，去见第山三剑，太乙剑客古天心，无形剑客孟天祥，混元剑客元天固，带着这个请帖教他们瞧，请他们一同前去赴会，到时好给玉龙山剪除羽翼，暗中帮助国家。我两个走到这里，久闻六位光明正大，打算进庄拜望，一同邀着六位前去云南观光。后来又听说你这里有一座明志楼，里面尽是机关，是我兄弟好奇心重，打算暗中进去瞧瞧，不想我就被获遭擒了。现在我兄弟白纯，大概也进了埋伏，十有八九也围困在里面，真是可笑得很。"

那白敬说完原委，众人才知其详，陆贞一听说道："原来白纯兄也来了，我们赶快去请。"

不提大家寻找白纯，单说玉龙山金波寨的总寨主朱复，他原本是大明朝的嫡派子孙。自从闯王攻破承天门，思宗皇帝煤山殉国，那些皇子皇孙，同许多的皇室近族，全都四散逃走，隐姓埋名分处四方。朱复的父亲名叫朱文，字建武，乃是饱学儒流。他带着家眷，暗携珠宝，逃到贵州省清凉山下，地名镇龙坡，在贵阳府西南，距城四十余里。这里荒远偏僻，不易为人察觉，再说朱文也喜爱这个地方，山清水秀，于是就在这个镇龙坡，置房买地住了下来。朱文自从来到镇龙坡，一晃住了二十余载，闯王已经被吴三桂平定，清世祖顺治皇帝驾坐金阙，这位朱文一看，大清江山总算国基安奠，明朝永历皇帝偏处一隅，也不过是东奔西走，郑成功虽然占据台湾，可也没有恢复明朝的希望，自己于是也把返归故里的念头打断了。于是，他每日同本地的几位文人，栽花种竹，饮酒赋诗，同降龙寺的方丈，更称莫逆。虽然半顷田园，倒也怡然自乐，但是年过半百，可惜膝下尤虚。这年朱文五十九岁，朱太太四十九岁，生下了一个孩儿，老夫妇一看自然爱若掌上明珠，取名朱顺，字是戴天，不过因为天意亡明，只可戴天之恩顺天之意，以度一生罢了。

朱文同清凉山上降龙寺中的和尚空空长老本是莫逆之交，他时常去寺中与长老谈论儒经佛典。这位空空长老，乃是一位世外高人，琴棋诗画，武略文韬，三教九流，诸子百家，以至于医卜星相，飞星奇门，文武两科的技艺无一不知，可说是一位博古通今道德高尚的僧人。他的年岁，大概是有一百多岁，因为养的功夫深纯，所以面目步履一切都同少年一样。他须发雪白，可称是鹤发童颜。这座降龙寺并不是十分了得的大庙，也不是十方常住，所以内中只有两个伙工，供应一切的奔走，两个小沙弥专司暮鼓晨钟，真是叩户苍猿时献果，守门老鹤夜听经。朱文时常同这位空空长老坐到一处，不是饮酒赋诗，就

是着棋观树，年年如此。

他原不知空空长老是个奇人，朱文的发现也是一个偶然的机缘。这一年，清凉山后忽然起蛟，山洪暴发，把山后一带的居民淹死无数。这座镇龙坡幸亏是在山前，所以未遭波及。这天朱文吃完了早饭，自己一个人打算去降龙寺找空空长老。刚走到半山腰，就见空空长老带着两个沙弥，急急向后山走去。一个沙弥肩着禅杖，一个沙弥怀抱宝剑。朱文一看，心中纳闷，这是做什么去呢？我们相交二十来年，未见他出过一次降龙禅院，今天带着禅杖宝剑，直奔后山，莫非有什么事吗？我何不跟在后面，瞧瞧他的行动，看看到底有什么秘密。于是朱文可就暗中紧跟不舍，工夫不大，来到后山一个岩头之上。朱文一看，原来在岩头上，不知什么时候摆着一张香案，案上设着香烛纸马五供蜡扦等物。朱文暗想，莫非今天他来祭祀什么神圣，但是何必前往后山呢？正在纳闷，就见老和尚来到案前，两个小沙弥一边一个，站在香案两头，那空空长老，伸手拿起一封香来，点着插在炉内，跪在案前蒲团之上磕了三个头，便站起身来，向对面观看。朱文也随着和尚的眼光，向对面观看，可是看来看去，也看不见什么东西，感觉非常奇怪。正在这时候，忽见云生西北雾长东南，天上一团一团的黑云，如同奔马，直向山头拢聚，顷刻遮住阳光。工夫不大，浓云如墨，黑气漫空，狂风骤起，透体生寒。再瞧空空长老，已经盘膝坐在蒲团之上，手敲木鱼，口内喃喃念起经来。朱文一看，心中暗想，看这个样子，立刻就有大雨，自己可往哪里去避雨呢？他有心赶紧回去，又惦着老和尚。面对这种奇异的举动，非常想看个明白。于是，他找了一株松树避雨，打定主意要看个究竟。

这时和尚把木鱼敲得十分响亮，那诵经之声越发得响彻云霄，那天上的黑云越聚越厚，眼看要压到头上，狂风也越来越大，真有拔木倒屋之势，声响如同牛吼。在这个空山寂静的时候，风声经声木鱼声，互相应答，真是别有一种情趣。

朱文正在观看，猛的一个闪电，红光满目，大地全都变成鲜红的颜色，电光一过，紧跟着山摇地动，震天的一个大霹雳，震得人耳聋目眩，雷声一过，拳头大的雨点，迎面飞来，自己幸亏坐在松树下面，枝叶遮住雨点，再一瞧和尚，坐在风雨之中，木鱼儿敲得连声响亮，经声越发紧急。那两个小沙弥手捧着剑杖，迎着风雨，精神也越发兴奋。这个时候的风雨越大，雷声越紧，真是雷电交加，大雨如注，不亚如天崩地裂，险些震倒了这座岩头。再瞧黑云更厚了，眼看就要压到头顶上，那个雨也如同倾盆一样，转眼的工夫，山洪暴发，万壑奔流。

朱文这时也看清了这个雷的方向，原来那个雷，一个跟着一个，直向北面山洼内射去。朱文探头向山洼内一看，吓得把舌头一伸，险些哎呀叫出声来。原来在山洼之内有一块三丈高，一丈粗细的大青石，在青石上面缠着一条锦鳞大蟒。这条蟒足有缸盆粗细，在石上盘了约有四五个周围，尾巴拖在积水之内，一颗头竟有水缸大小，两个眼睛好似水盆，射出逼人的光芒，周身鳞甲掀动，金光闪闪，一开口吐出三丈长的蛇信，红如烈火，一抬头翘起两三丈高的一颗蛇头，摇摇摆摆，目光一直射到岩头上面的三个和尚身上。猛然红光一闪，好似一条金龙，一个霹雳向蟒身上射去，只见那蟒身上的鳞甲微微掀动，那雷就空用无功。

这个时候，雨更大了，天雨相连接到一处，那雷更紧了，各处的飞瀑流泉，直向山洼，奔流而下。工夫不大，把一个偌大的山洼，变成一片汪洋大泽，那蟒的下半身已经浸入水中，再瞧老和尚止住经声，二目一闪，由沙弥手内接过宝剑，向外一抽，呛的一声，宝剑出鞘，不亚如一汪秋水，正赶上一个霹雳直向蛇头击去。那蛇把头一扬，一张口吐出二丈多长的蛇信，由信上发出一片青烟，立刻把神雷阻住。再瞧和尚把手一扬，只见一条白虹，如飞云逐电，直奔那条大蟒射去。那蛇头抬起来刚刚抵住神雷，这条白光不偏不倚，笔直地射在那蛇的七寸之上。原来是口宝剑，一下子刺在蛇的身上，那蛇伤着要

害，将头一低，紧跟着一霹雳，如同天崩地裂，正正落在蛇头之上。这个时候，那个蛇的身体一伸，立刻把一洼积水，旋起一座水塔，水塔一落，那条数十丈长的大蟒可就死在水中了。虽然身死，它的余威还在，只见它在水内翻滚挺折。一路乱滚，直把一个一丈方圆二三丈高的大石，用尾巴来回打了粉碎。这个时候，这一片积水，可变成红水了，蛇也死了，雨也住了，雷也不响了，电也不明了。再瞧空空长老同两个小沙弥，也成了落汤鸡了。

那长老一瞧，蛇身横在水内，立刻带着个沙弥，向岩下洼绕去。工夫不大，已经绕到山洼积水边上，只见那许多积水，顺着山石缺口大小的隙缝，四处奔流，声如牛吼，直待了足有半个时辰，这才把积水泻去了十分之八九，露出许多高低不平的石块。那大蛇也曲曲弯弯死在地上，距离两丈多远，蟒身上插着一口宝剑，前面只露出剑柄，剑尖透出脊背。只见老和尚一伸手将剑拔将下来，身体向后一纵，退出约有三丈多远。此刻，血涌如箭，由剑口喷射出来，也亏了老和尚身体敏捷，不然非溅一身鲜血不可。由此可见此蛇之大，死了偌大的工夫，流了许多鲜血，宝剑一拔还有偌大的血力。

这时，和尚手提宝剑，走到蛇前，宝剑一挥，割下蛇头。老和尚用剑把两个蛇目挖出来，鲜血淋漓，约有大海碗大。老和尚又将蛇头劈开，在头内取出碗大的一块血肉。老和尚用青藤把这三块血肉缠在一处，交给小沙弥拿着，一回身在腰内取出一个小小的白瓶，拔下塞儿，倒在手心里一些药末，洒在蛇头和蛇身上。这条蛇立刻向一处抽缩，渐渐地化成一汪清水。然后，老和尚把瓶儿带起来，把剑交给小沙弥，自己双手合十，口内喃喃念起经来，围着那汪清水足足转了三个周围，这才带着小沙弥上山来。到了山头香案之旁，叫小沙弥去请朱先生过来，小沙弥答应一声，奔松树走来，到了松树后面，说道："朱先生，方丈请你那边谈话。"

再说朱文，这半天的工夫，看得二目发直，小沙弥说话，

他全没听见，直到小沙弥又说："朱先生，老方丈请你那边谈话。"这才愣愣地说道："好吧。"站起身来随着小沙弥来到香案前面，说道："老方丈剑术通仙，鄙人不胜钦佩。这一来给世人除去大害，真是功德无量。"

老和尚口念阿弥陀佛，说："朱先生太夸奖了，这条蛇本应被天雷震死，老僧不过略效微劳，何功之有呢？再说它要不是勾动山泉，淹死居民牲畜，也不致上迁天怒遭到雷击，它真要勾动山泉，自己找个深山古洞，悔过潜修，也可以躲过天灾。它不但不知改悔，反倒显露原身，同神雷相较，所以老衲算准时刻，帮助神雷用剑将它刺死，这就叫自作孽不可活，若不把它除去，以后不知道还得伤害多少生灵。自从阁下站在我的身后，我就知道，不过阁下为人正大，所以并不避你，本想同你接谈，又怕误了时刻，所以没有同你说话。现在我们被雨淋得周身湿透，不如去到庙中，换上干衣再为细谈。"

朱文一听，这才觉出周身被湿气浸得十分难过，自己低头一看，周身水滴淋漓，好似落汤鸡一样，不由得好笑，再瞧瞧老和尚同两个小沙弥，也周身是水，连忙说道："老方丈说得有理，我们回庙再谈吧。"

空空长老仍令小沙弥提着禅杖宝剑，还有那三团血肉，带着朱文，一同走下山来。进了降龙院，一直步入斋室，老和尚命火工去到后山收拾香案，令小沙弥取出干衣，说道："朱施主，暂且受点委屈，穿上老衲的僧衣，等把你的湿衣烤干了，再换下来。"

朱文连连称谢，于是大家一同把湿衣换下来。朱文自己低头一看，居然变作了一个僧人，不过头上多着一条发辫。这个时候火工道人已经端上茶来，老方丈同朱文对坐饮茶，朱文这才问道："老方丈，你缘何知道此次发蛟是这条蛇精作怪呢？再说怎样知道今天这条蛇怪要遭雷击呢？"

空空长老不由得微微一笑，口称："朱施主，你要问此事的始末，让我慢慢告诉你。老僧在家姓李，自幼出家，在大明

中叶的时候，拜天台山紫灵上人为师，多蒙他老人家尽心指点，奈我天性愚鲁，相随七十余年，对于一切飞星奇门文武两科的技术，尽心学习，才将他老人家的学业得来了十分之三四，对于性命之学，三乘佛法，可说一无所得，于是又苦心研究。二十来年，方才得了一点门径，后来上人圆寂之时，才将大乘的功夫相授，但是我只将静中生灵的第一步功夫做得稍有进步。在前一个月，我在入定的时期，查出本山空灵峰下，潜藏着一条千年怪蟒，可是它的巢穴，正正的坐在本山的一个泉眼上面。如果它要静卧潜修，那山泉一定得被它阻住，不能发泻，就是发泻，也不至如此厉害，但是它千载修炼，已经躲过两劫，它若再躲过这末次的雷击，即可脱去皮囊，神游物外。它因为修炼得雷火不能伤身，所以处心积虑，同雷神相抗，它这一出头不要紧，勾动山泉，山洪暴发，把这一带的村庄变成了泽国。它自己也知道，轻举妄动，罪犯天条，如果找一个深山古洞静候天刑，那倒会感动天庭，念它苦修不易，未必不网开一面，许以自新。不想它野性难驯，要凭小小的道力逆天而行，于是我才暗助神雷，用飞剑将它杀死。真要被它躲过末劫，它必以为自己可以胜天，以后不知得有多少生灵涂炭呢。”

二人正在谈话，小沙弥已经把朱文的头巾衣履用火烘干，送进斋室。老和尚请朱文换好了衣服，伙工可就把饭菜端过来了。老和尚又留朱文吃过了午饭，再行回家，朱文也不推辞，入座用膳，席间二人又谈了许多闲话。午饭用完，朱文这才告辞回家，空空长老送出山门，二人拱手作别。

单说朱文顺着山路慢慢走下山来，这个时候红日斜挂，万里无云，一阵阵山雀乱噪，各山头被雨水洗得清净无尘，一条条飞瀑流泉声震耳鼓。朱文来到自己的门前一看，朱太太正抱着儿子朱顺，在门前闲眺，一抬头见丈夫回来，连忙说道：“大概今天遇雨了吧？午饭在什么地方吃的呢？”

“可不是遇上雨了。”朱文一边说着一边抚摸孩子，“今天被雨淋了个湿透，蒙寺里的方丈给我烘干了，又留我吃了午

饭，我才回来。”

夫妻二人进了上房，丫鬟斟过茶来，朱文一面吃茶，一面把今天在山上所见的老和尚如何斩蟒说了一遍，把个朱太太吓得目瞪口呆，不住地念佛，直说这位方丈八成是罗汉降世，不然哪里有偌大的能为呢?

朱文每日除了栽花种竹以外，毫无别事，似这样悠游岁月，转瞬过了三年，朱顺已经三岁了。这年也是合当有事，朱文的住宅，本是一所小小的四合房，一共十六间，分成里外两个院落，正房后面是一个小小的花园，约有十余亩大小，周围石块砌成八尺多高的围墙，里面也开了一条大溪，几个小小旧荷池，溪上也种了几株垂柳，还有用人工堆成的假山，筑了几处小小的亭榭，虽无四时不谢之花，可也清雅宜人。在正面盖了三间草厅，匾额是“乐天知命”，在这乐天堂前种了一百多株牡丹，虽无异种，但也各尽其妙，又加上这位朱先生爱花成癖，每日亲自浇灌，每到春夏之交，牡丹盛开，五光十色灿如锦绣，又加上清流荡漾，池水澄澈，岸上垂柳成荫，池内锦鳞游泳，可说是和风拂面，清洁无尘。所以每到春天，朱文必要安排几桌酒席，邀请本村的乡邻，在那乐天堂前欢饮一日，一来是联络乡情，二来自己是个独门外户，对本处的住户必须有一种亲近的表示。这年到了三月中旬，牡丹盛开，朱文照例安排酒席，邀请乡邻宴乐，这年的牡丹开得十分茂盛，各乡邻饮酒看花，也十分高兴，有人说道：“朱先生，我们年年这个时候扰你老一次，我们也无法回敬，不来又觉着对不过你，真使我们心里不安。”

朱文一听连忙说道：“众位乡亲千万可别这么说，你想我朱文，本是一个外乡人，寄居贵处，无一点不受大家的照应，无一处不受大家的栽培，我沾众位的光可大了，区区这么一顿饭，又何足挂齿，这不过是略表微忱罢了。再说我们全这大的年岁了，乐一年少一年，聚一次少一次，不过我没有那么大家产，真要像人家有钱的，就是天天聚首，也不算多，现在不过

每年一次，众位还提到话下，这不是更叫我抱愧吗？”

大家一听，说道：“你太客气了。”于是当日尽欢而散。

单说本村有一个人姓仇名仲表字古石，年纪四十多岁，本是个大家败落的子弟。幼年的时候，飞鹰走狗，指着家中有两个糟钱，捐了个监生。这一来可就成了绅士一流的人物，每一动身居然翎顶辉煌，最专长的就是拍马吹牛，并且阴毒险狠。这一上了年岁，越发结交官吏走动衙门，包揽词讼坑害乡民，总之虽然名列缙绅，却是无恶不作，所以大家替他起了一个外号，叫作“飞天烙铁”。为他一沾谁，谁就得脱一层皮，虽然他品行卑污，人格低下，可是大家全都不敢得罪他，还得恭而敬之，所以朱文每年请客，必须把他请到第一席，坐第一个座位方罢。今年请客仍然把这位仇先生早早地邀上，赶到了时候，派人一请，不想他有事进城没有赶回来，因为人已邀齐，只好不再等他，赶到仇大爷由城内回来，也就到了第二天了。他一听，朱家已经把客请了，不由心中十分不悦，暗暗说道：“好一个朱文，你这次请客，真要有三位或二位不请，我倒不恼，现在你不该单独把我给除外。你既然知道我不在家，你就应该改期才是，你这一不改期，当然是瞧不起我，教别人瞧看我不够请的资格，这分明是给我难看，这不是你成心给我不好看吗？这若不教你认得仇大爷是谁，我就枉称飞天烙铁。”

世上人心各一，本来人家请客是为的联络感情，通知之后定好日期，到时你若无暇就可以不去，绝不能因为你一个人，大家全都等你。所以说这种人就得算是小人之尤，说俗话，就是不讲理的地痞。

仇仲既然对朱文存不满的心理，当然他要无事生非。单说这个镇龙坡属贵阳府管辖，府官姓程名继先，字绳武，原籍是河南中州人氏，为人倒是老成练达，但是有一种毛病，就是惧内，因为他当初是一个不第的寒儒，家内父母双亡，一贫如洗。这年正当北京大开科场，他于是求亲告友措置川资，由河南起身，直奔北京走下来了，一路之上，不过是饥餐渴饮，晓

行夜宿，非止一日。这天到了北京，就住在前门外大栅栏吉顺老店之内。这个店里的店东姓李名哲字又贤，秉性直爽，仗义疏财，同这位程继先一谈，倒是投契，赶到考场试罢，回到店中，满想鳌里夺尊，大魁天下，谁知放榜之后，竟自名落孙山。程继先这一气非同小可，又因为川资短少，举目无亲，不知不觉忧思成疾，可就病倒在店中。幸而李店东怜他异乡孤客，每日给他请医调治。这一场病，足足病了一个多月，方才病退灾消，病虽好了，可是也两手空空了，店钱饭钱，反倒欠下许多。

这天晚上吃过了晚饭，程继先打发伙计把李店东请到屋内，李店东说道："程先生如今病好了吗？"程继先说道："多承你老惦记着，现在好了，今天请你老过来，有一点事情同你商议。"李店东说道："不知先生有何见教。"

说着二人对面坐下，程继先说道："自从我来到店中，住了两个来月，没想到病了一个月，多蒙你老人家处处照应，方才病体痊愈，真要换个旁人，纵不病死，也得饿死。现在受你老的大恩，身体已然复原，自知道这一个多月的工夫，我一个人一切的用度，当然亏了不少。但是我一个异地寒儒，这笔欠款，真是无法偿还，我可不知道你老怎样打算，说到我如果再要赖在店中，不作打算，你老想想我这不是恬不知耻吗？所以我今天请你老人家来，跟你老把话说明了，我打算三五天回归故里，求你老再给我安排几个路费，等我回到家中，再行设法偿还，不知你老看着怎么样。"

李掌柜一听，微微一笑，说道："程先生，你听我说，要按说自从先生你病在店中卧床不起，我明知你是一个落第的寒儒，那么我为什么还照顾你呢？这不过是出门人的义气。常言说得好，在家靠乡邻，出外靠朋友。遇到一处就是有缘，再说谁没有个三灾八难呢？有钱的病人就有人管，穷人病了莫非说就得命丧无辜吗？这个事请你不要挂在心上。至于你在店中，病了一个多月，通共耗了不到二十两银子，可是我要说不要

了，先生你觉着过不去，可是我要说要，你现在哪里有钱呢？这不是你今天说到这儿了吗？索性咱们说开了，你几时有钱，几时还账，如若没有钱呢，咱们那可就是交了朋友了。再说出外的人谁没有为难的时候呢？家有万贯，还有个一时不便呢，这个事情你也不必放在心上。就是对于先生你回归故里这一层，我有点不赞成。我可不是拦先生你的高兴，这个回家，依我说，你可作为罢论，因为什么呢，你今年虽然不第，不是还有明年吗？梁灏八十二岁，才中了状元。这功名二字尽早总有个命定，你焉知道不是大器晚成呢？比如说，今年回家，明年你还来不来呢，虽说相隔不远，可是这一二千里路程，你得多少川资呢，所以我说你不如耐守，准知道明年不能平步登云吗？"

程继先一听不由得咳了一声，说："李店东，你老这一片金玉良言可完全是为我，可是我何尝不做这种思想，但是有一件难处，你老请想我一介寒儒，肩不会担担，手不能提篮，你叫我指何为生呢？"

李又贤一听，哈哈大笑，说道："程先生，闹了半天，你是愁着没饭吃，你想年年开科取士，莫非说应试的举子全是富有之家和本地人吗？就怕你没有能力。真要你学问深远，何愁没有饭吃呢，往大里说，给各衙门作个幕友师爷，一边自己刻苦用功，单候明年秋季大考。如若不然，找个馆地给人家教训蒙童，一边自己研究学问，等候明年应试。说到最下等，各处游学不是也能吃饭吗？现在生在这种太平盛世，就是每日写点字画沿街去卖，也可以进钱糊口，你怎么就愁起没饭吃来了。"

程继先一听，一声长叹，说道："蒙你老多方指教，可是作幕教馆，全得有人介绍，我在北京城，除了你老人家以外，连一个认识人也没有，我就是有天大的学问，你叫我找谁给介绍呢？真要你老能给我介绍一个馆地，那就同救了我的性命一样，哪怕就是在你老柜上帮忙，我也心甘情愿。"

李又贤一听，说道："程先生这不是你说到这儿了吗？你

先在店里候几天，我托人给你吹嘘吹嘘，成了呢更好，不成呢，咱再想办法，你可别忙。”程继先一听说道：“你老就多费心吧。我也不说谢了，反正我刻骨铭心永感大德就是了。”一连过了三天，这天李店东一直来到屋中，见了程继先说道：“程先生我有点事情求求你，可不知道你对于这路文字研究过没有。”程继先说：“不知你老教我做什么。”

李又贤说：“我有一个朋友，大后天给人家前去祝寿。他已好几次找人作一篇寿文，可是总不对心思，不是太泛就是不恰当。他一托我，我可答应了，可是你要能作，就给他作一篇，如若你对这路文字没研究过呢，我再另找别人。”程继先一听，说道：“店东，我当初在这种文字上可也用过心思，不过现在手生了。既然你老把事揽了来，少不得咱们敷衍一下。不过作这种文字，必须把做寿的人年龄、出身、官阶平生、所做事情以及祝寿人双方的关系还有祝寿人功名，先得问明白了，这篇文章作出来方才恰当，不能移到别人身上去，非这两个人不能用这一篇文章，不然泛泛地说上一大篇，仍然是合不了心思。”

李又贤一听，一拍双手说道：“程先生，你这一说这篇文章就错不了，因为你的命意先来的高超。”说着在怀内掏出一个白摺儿来，“上面这就是双方的履历年岁与关系，你慢慢地瞧吧，今天下午或明天上午，在这一天之内作成了，明天下午送去。”说着放下摺儿告辞走了。

第十二章　刘露秋计陷朱文

再说陈继先，打开摺儿他细一看，原来是盐商秦慕渊，给工部侍郎陈文泰，祝六十正寿。这秦慕渊原是个举人出身，年纪四十多岁。那陈文泰是秦慕渊的姑丈。程继先看完了摺儿，打开箱子取出文房四宝，磨墨濡毫，可就作起文来。他本是个饱学儒流，工夫不大把这一篇寿文已经脱稿，自己又仔细看了一回，把不妥的字句修改一遍，这才找出一个宣纸的白摺儿，慢慢地工笔抄写。他本来写得一笔飞快的赵字，天将过午已经录完，自己坐在椅子上闭目吟味。这个时候伙计从外面端进饭来，程继先一看，是四个菜两荤两素一大壶酒，一份碗筷，只听伙计说道："程先生你先吃酒吧。"

程继先说道："伙计，这是谁叫你预备的?"伙计说这是店东的侍敬，吃完了酒，饭是扁食。程继先说："这又叫店东费心。"

伙计把酒斟上，程继先自己入座吃酒，伙计转身出去，工夫不大，把扁食端来，放在桌上。程继先这时酒已吃完，于是自己吃饭，饭吃完，伙计收拾家具，一回身送进一壶茶来，顺手斟了一碗放在桌子上，说道："程先生你老吃茶。"

程继先说："伙计，你去张罗客人去吧，咱们自己人不用伺候。"

伙计说："外边没什么买卖，再说人很多，今天店东说下午请你老作文章，叫我来伺候茶水，你老用什么，只管言语，我在外屋里候着。"程继先一听，不由得一笑，说道："我的文章已经作完了，店东要给人家送去，就请他给人家送吧。"

伙计一听，连忙说道："好吧，我去说去。"说着直奔前边去了。不一会儿，就听外面李店东连说带笑地嚷道："程先生真是人才，怎么这么快呢。"说着一掀帘子，走进屋来，说道："程先生手笔真快，受了累了吧？"

程继先说道："你老太揄扬了，我这不过是对付着应酬罢了，作可是作得了，成不成可不敢说。"

李店东说道："一定能成。"说着把白摺儿打开一看，说道："喝，抄清了，真快！这笔字也真好，今天下午我就送去，你就听信吧，准不能叫你白受累。"程继先说："你多费心吧。"

李店东将白摺儿卷好拢入袖内，可就告辞走了。到了下午太阳将落的时候，就听李店东在外面说道："程先生在屋里吗？"程继先说："在屋子，请进来吧。"

就见李店东满面含笑走将进来，程继先让他坐下，就听李店东说道："程先生你的学问真好，这篇寿文我送去之后，秦先生一看，真是爱不释手，满口称赞，说是锵金戛玉，非受了千锤百炼之功，没有这种掷地金声之作，并说你那字，写得龙飞凤舞铁划银钩呢。秦先生因为爱你的学问，他细问我是请谁作的，我才把先生你说了出来，秦先生一听十分替你可惜，说是有这样的学问，不能名登金榜，可说是试官无目。"说着又在怀内掏出五十两一封银子，放在桌上，说："这是秦先生送你的润笔之资，并且对我说他有两个少爷，大的十五岁，小的十三岁，要请你老去到他家内教训两个少爷读书，每年束金三百两，叫我对你老说说。我因为不知你的意思，当时我可没有答应，你如若乐意的话，他说明天他自己前来请你，要按说这

个事情可不错，只不知你老的意下如何。”

程继先一听，连忙说道：“这全是你老的栽培，同秦先生的怜贫起见，我程某倘得寸进，一定忘不了你老。这个事情你老就对秦先生说罢，我是很愿意。这不是五十两银子吗，请你老收起来存在柜上就是了。”

李又贤一听说道：“程先生你听我说，这不是有了这笔银子吗，你先置办点衣服行李好去上馆，我那点店钱不成问题，请你不必挂心。我攀个大说，明年兄弟你要一举成名，哥哥我求你的地方可就多了，这点区区的饭钱，不是有限吗？”

程继先一听，十分有理，再说李店东又是诚心实意，说道：“既蒙你老成全兄弟，那么我可就不让了。”李店东说：“正该如此，你安排罢，我要告辞了。”

程继先送走了李店东，自己带上了点银子，走到街上找了一个成衣铺，买了几件衣服，一份铺盖，回到店中。这份高兴就不用提，本来受困他乡，身逢绝地，遇见这种机缘，不啻绝处逢生，旱苗得雨，焉能不高兴呢？

第二天午饭后，就听伙计在外面说道：“程先生在屋里吗？”程继先说：“什么事呀？”伙计掀帘子进来，说道：“现有盐商秦老爷来拜，现在柜房坐着，同店东说话了，叫我拿了一个帖来。”

程继先接过来一看，红单帖上面恭笔小楷写的是“教弟秦慕渊拜”。程继先说道：“你去到外面请秦老爷进来吧。”伙计答应一声转身出去，工夫不大就听院中有人说道：“程先生在哪屋里住？”就听店东说道：“就住上房西屋。”一边嚷道：“程先生，秦先生来拜你来了。”

程继先连忙迎接出来，说道：“小弟有何德能，敢劳秦先生玉趾下降，快请屋里坐吧。”

二人彼此一抱拳，让进屋内，分宾主坐下。程继先留神一打量秦先生，身高五尺，便衣便帽，四十多岁的年纪，掩口髭须，倒是神清气爽，并无市井的俗气。

二人坐定，伙计献上茶来，秦慕渊说道："久仰先生大才，自恨无缘得见，昨天获读大作，真是满目琳琅，试行掷地，留作金石声，实令人钦佩之至。迨一问又贤兄，始知先生今科名落孙山，以先生之才华，竟未获售，这真应了古人那句话，不愿文章高天下，但愿文章中试官。虽然说试官盲目，但未必不是大器晚成呢。昔梁灏八十二岁，方得大魁天下，况先生正在英年，前途未可限量，万勿以此介意也。小弟犬子两人，拟请先生予以教诲，昨烦又贤兄代达鄙意，承蒙俯允，真令弟感荷不尽。"

程继先一听，连忙说道："小弟一介寒儒，落难旅邸，多蒙阁下垂青，慨助资斧，此德此情正思无以为报，由又贤兄代达阁下盛意，既承错爱，敢不勉竭愚诚，以报厚德。但弟才庸学浅，若同两位世兄同席研究，互相砥砺，尚可勉应遵命，至必以师位推崇，小弟有何德能，讵敢谬膺斯席。"

秦慕渊一听，连忙说道："先生太谦了。"一回头对李店东说道："又贤兄，今天兄弟来得仓促，甚非敬师之礼，俟小弟回去，择定日期，再来迎请先生，屈就蜗居吧。"于是起身告辞，程继先送到店门之外，方才回来。

到了第三天，秦宅打发车子，来请先生上馆。这也是程继先时来运转，这一篇寿文，打动了工部侍郎陈文泰。

赶到过了寿期，直接着由秦宅把程继先请到侍郎府，见面一谈。也是陈侍郎爱才心切，就令程继先在府里办理文件，问明了程继先出身根底，知道他家世清白，于是就把幼女配与程继先为妻。到了第二年秋季大考，陈侍郎替他上下托人。赶到榜发，竟高高中了第十九名进士，榜下用了个知县，出任山东，到省后又蒙抚台委署泗水县，一帆风顺不到三年，直升到了贵州省的首府贵阳府知府，他的功名富贵，可说完全是由于泰山府内一手造成。

这一来对于太太这一层，未免由敬生出畏来。人之惧内，对于做官行政原没有关系，但是对于随任的一班妻党，可就无

形中不敢十分管束了。这位府太太本有一个幼弟名叫陈步云，是陈文泰最小的儿子，因为人情多，又爱惜少子，所以这位少爷未免娇养太过。这一娇养可就惯坏了，每在花街柳巷，挥金如土，结交了一班走狗流氓，常常在外面无事生非，仗势欺人，人家一听他是工部侍郎的少爷，谁还敢惹呢，所以胆子越来越大。陈文泰可是多少也有个耳闻，因为舐犊情深，也不十分注意，赶到程继先到贵州上任，陈侍郎可就打发他跟姐丈同去，第一是练习世故，第二也打算离开他那素日结交的一班流氓，将来大小好给弄个功名。但是人当青年的时候，走入下流，做父母的就该加意管束，令他归入正途，方是正理，若不加管束，反倒教他各处瞎跑，岂不知到处都有流氓走狗，要想躲避，哪能避得开呢。

单说程知府，自从到了贵阳府，要按他做官的经验与能力，可说是一位干员。惟独对于这位舅老爷，可说是没有办法，因为有太太从中袒护着，管又不是，不管又不是，所以只可装瞎装聋，反正他出不了大毛病就得了。可是这位陈步云，若结交几位正人君子，互相规劝，也不至闹出笑话，但是那些正人君子对他不合脾胃，所以他交下的好友第一位就是这个飞天烙铁仇仲仇古石先生。当初因为仇仲住在城里给人家说官司，二人一见，可说是情投意合，居然结了金兰之交。常言说得好，物以类聚，人以群分，这一帮狐朋狗友跟那一班走狗流氓，都是仇仲的介绍，可就全都来了，暂且不表。单说仇仲，既然打算暗害朱文，只苦于无法插手，也是该当出事，这天正赶上仇仲进府有事，偏偏遇见陈步云在街上闲游，一见仇仲连忙说道："仇大哥，咱们好几天不见了，今天你若没事，何妨去府前街太和轩喝一杯呢，并且我还有点事求你。"

仇仲一听陈步云让他去太和轩吃酒，连忙说道："陈贤弟，我因为每日穷忙，所以总没与你相会，我今天第一是来瞧瞧你，第二有点小事，不想一进城就遇上你了，你若有暇，咱们立刻就去吃酒。"

二人于是直奔府前街而来，到了太和轩一看，座全满了，灶上刀勺乱响，跑堂的一看进来熟座，连忙说："二位爷后面坐吧，雅座清静，前边人多麻烦。"二人随着跑堂的一直来到后面，进了雅座坐下，上酒上菜，大斟大酌起来。

在这酒饭中间，仇仲说："贤弟，方才在街上你说有事求我，不知兄弟你有什么事教我去办。"陈步云一听，说道："大哥咱们相交日浅，你不知道，我有一个小毛病，想着托你，因为你是此地人氏，可说人杰地灵，你一定可以办得到，所以我才说求你。"仇仲说："兄弟你有什么事呢？只要我办得到，我一定去办，如若办不到，也可以替你来想法子，你就说吧。"

陈步云说："小弟自幼，最爱喜牡丹，我在北京的时候，我那书房同卧室里外摆的尽是牡丹，摆着足有十几盆子，单有一个花匠替我收拾。自从我来到这里一住，不独看不见花儿，连个花的味儿也闻不着了，所以我每天闷得十分难过。我说求你，就是求你给我买几盆子牡丹，因为你是本地人，你一定知道哪里有好种子，只要你能买，不怕多花钱。"

仇仲一听，沉吟不语，暗暗说道："我何不如此如此呢。"他这一沉吟，陈步云可就说了："怎么了，大哥莫非为难吗？为什么不言语呢？"

仇仲说道："这为什么难，不过我想起一个地方来，不独有，而且多，不独多而且还好，就是怕他不卖。"

陈步云说："不要紧，他不卖，咱们多给钱不成吗？"

仇仲说："人家并不是卖花的，人家养花，为的是自己消遣。兄弟你若不信，明天你去到我那里，在我那蜗房吃个早点心，我领你去看一回牡丹，你就知道我不是虚言了。"

陈步云一听大喜，连忙说道："大哥你今天回家候着吧，我明天一早准到。"仇仲说："好吧。我一定恭候。"

仇仲回到家中，暗暗思索良法："朱文哪，你只顾你请客，把我放在一旁，你可忘了打人一拳防人一腿了，我教你闭门家中坐，祸从天上来。"

次日天将晌午，只见外面看门的进来说道：“外边来了好几个人，说姓陈的同姓刘的，要见老当家，不知你老见他不见。”

仇仲一听说道：“快请进来。”一面说着向外就走，到了大门一看，见来了七八位，除了陈步云之外，尽是每日一同吃喝不分的一些闲汉，什么吃喝嫖赌、坑蒙拐骗，尽是些无所不为的人物。内中有一位姓刘，名叫刘露秋，字晓寒。他在衙门是个刑名师爷，原籍是直隶省大名府人氏，也是跟官过来的，可是已经连了好几任了，所以对于历任的案卷，一切府衙门中的大小私弊，没有他不知道的。他是个刑名老手，人虽然能干，但是六行却十分的卑污。

本来在这种山高皇帝远的地方，就有好官，也不敢得罪他们，否则，他们一定可以叫你撤职查办。因为他们手眼通天，上下蒙骗，非把你闹得一塌糊涂，不算完事，可说是金光遍地，铜臭熏天。可是自从这位程知府到任以来，就看出这位刘先生厉害来了，但是舍其短而取其材，细心监视，所以还没有闹出大笑话来。刘师爷虽然不高兴，因为知府是陈侍郎的姑爷，本省的抚台，还得高看一步呢，自己可有什么法子呢，不过相机而动罢了。后来一看随任的这位陈步云少爷，是个花花公子，欢喜逢迎，他可就在陈步云身上留了意了，所以一拉拢，立刻水乳交融。他本同仇仲是莫逆之交，仇仲仗恃府衙作恶多端，可说是尽出此公之手。这天听陈步云说，请他去看牡丹，他就叫陈步云把认识的那些狐群狗党，全都叫来，同陈步云去看牡丹，又在本衙之内选了四名健役，作为跟班。他这样做是抬出官家，好欺压百姓。本来同人家素不相识，如果人家不让看，岂不败兴而返，所以带着衙役，好用那吹三班诈六房的手段。再说在那个时期，人民畏官如虎，有句俗话，是屈死不打官司，冤死不告状；又道是衙门口向南开，有理无钱莫进来。虽然皇上派出多少监察，可是官官相护，闹到归齐，还是老百姓没有理，不像现在的时期，人人可以发言，不受那种官府的恶气。

单说陈步云同刘露秋，带着大众到了仇仲门首，仇仲恭恭敬敬把大家接进去，到了客厅，分宾主坐下，仇仲道："不想晓寒兄，同陈贤弟连众位兄弟，来得这样早。咱们说句不客气的话，大家一定没吃早饭，我这里预备了点粗糙的点心，众位将就着吃一点，咱们好去赏花。"陈步云一听，说道："很好，大哥就叫他们预备吧，我还是真没吃点心。"这时家人已经泡了茶来，仇仲对家人说道："那几个跟班的，也给他们收拾酒饭，叫他们在外面去吃。"

家人答应，把跟班的让到外面吃酒，这里面摆了两桌酒席，自然是陈刘二位坐在上首，其余按资坐下。仇仲坐在主位相陪，饮酒中间陈步云可就说了："这牡丹是谁家的，我们看完了，是不是可以买？"

仇仲说："提起这位栽牡丹的主儿，可大大的有名，姓朱名文字建武，原是个外乡人，迁居此地，大家议论，恐怕是亡明的后裔，来到此处避难逃灾。自从本朝定鼎之后，他就迁了来了，二十多年可没有别的举动，不过他很有银钱，每年他必须要大宴乡民一次，明着是联络感情，暗中可就不得而知了。"

陈步云说："大哥没有吃过他的请吗？"仇仲说："也去过两三回，不过他十分邀请，我才去一趟，若非他极力请求，谁愿意同来历不明的人做朋友呢？他家有个小小花园，收拾得十分幽雅，内中各样的花木果品，无一不备，最好的就是牡丹，足有二百多株，各色的全有，可惜每年大家只能在他请客的那天看一次。听说夏天的荷花，秋天的菊花丹桂，冬天的蜡梅青竹，全都十分茂盛。这个园子真要在兄弟你的手内，我们每日就能够大饱眼福了。这个可就不然啦，非得他请大家去看，才能玩赏一天，不然他就许不让进去，因为他那住宅同园子连在一起，如若进园子非走住宅不可，别处没有门户。"

陈步云一听说道："若按仇大哥这样说法，我们今天岂不空来一趟吗？"仇仲说："为什么白来呢？"陈步云说："不是你方才说的，若不是经他请来的，就许不叫进去吗？人家又没有

请咱们，倘若是不叫进去，岂不是白来一趟？”

仇仲一听哈哈大笑，说道：“虽然话是这么说，可也得分看花的是谁，类乎咱们弟兄若去赏花，这还不是赏给他脸吗？你先不要忙，咱们吃完了点心，就去走走。”一回头，说道，“仇福吗？”

就听门外答应一声，进来一个四十多岁的家人。仇仲说：“你拿我一张名片，去到朱文家内，问问朱文可曾在家。如若他没有出门，就说我同府里的陈舅老爷，还有几个朋友，今天去他园里玩赏牡丹，请他在家里陪客，如若他不在家，告诉朱太太吩咐看门的把园门开开。”

仇福连声答应转身出去，待了不大的工夫，回到客厅，仇仲说：“你去啦吗？”

仇福说：“去了。朱先生说了，陈舅爷几时去，他几时候着，他还叫长工打扫园内的乐天堂，叫人预备酒菜，要请舅老爷同众位爷们吃午饭呢。”

仇仲一听把桌子一拍，说：“刘大哥陈贤弟，你看怎么样，准有点特别的面子，他既诚心预备，咱们就扰他一顿春酒，也真难为他这样的开通。”

吃过早点，一干人全奔朱家来了，本来相隔不远，来到朱宅，只见门口上立着一个长工，一见仇仲说道：“当家的来啦，里面请吧，我们当家的在园里候着你老啦，你老往里请吧。”仇仲一听，说道：“你在前边引路。”

于是长工在前面引导，进了大门，转过屏风顺着西厢房一拐，就是甬门，这个甬门就是园门，一进园门，只见一条假山挡住去路，这个假山虽然是人工堆砌，也颇玲珑奇巧，上面许多藤萝，枝叶茂盛，转过了假山，前面就是一条小小的清溪，沿溪种着垂柳，真是和风拂面，绿柳垂金。溪上横着一条小小的板桥，过了板桥，前面就是一片荷池，那荷叶浮在水面，水清见底，游鱼喋喋，转过荷池四面一看，园子虽然不大，可是构造得十分精致，茅亭草榭，风雅宜人。大家跟着长工顺着园

路，一直奔了正北一片青竹塘来，在竹径里面绕了二十余步，豁然开朗，原来是一片亩余大的空地，四面绿竹环绕，正面三间草堂，倒是十分宽敞，围着草堂，尽是用青石堆砌的花坛，有长的，有方的，也有圆的，形式不一，坛上种了一片牡丹同芍药。这时正值三春之末，牡丹芍药大开，真是绿叶红葩灿若锦乡，姚黄魏紫斗胜争妍，又加上在草堂之前十余株青桐，浓荫匝地，触体生凉。陈步云同刘露秋一看不禁连声喝彩，说道好地方，清幽得很呢。看起来，这位朱文先生，一定是清雅一流的人物。

正观赏间，只见由草堂里面走出一位先生，看年岁六十多岁，花白的掩口髭须，便衣便帽气爽神清，笑嘻嘻的立在对面，抱手当胸，口中说道："仇兄相陪众位驾临敝舍，可说是蓬荜生辉，恕我接待来迟，当面请罪。"

仇仲连忙说道："岂敢岂敢，朱先生，我来给你介绍几个朋友。"说着，用手一指说道："这位姓陈，字是步云，是本府太尊的舅老爷，是现任工部侍郎陈老爷的三少君。"一回头对陈步云说道："这就是朱先生，名文字建武。"

二人彼此一抱拳，又给刘露秋同大家一一介绍，彼此对施一礼。朱文用目一打量陈步云，二十多岁的年纪，短眉毛小三角眼尖子，薄片子耳朵，两撇小黑胡子，一脸奸诈的神气。再看大家，没有一个安善良民，尽是些不良之辈，无奈只得拱手相让。进了乐天堂，叫长工将那几位跟班让在清凉坞去休息，自己到了外边又请了几位乡邻，帮着陪客。这伙人一直在这里乱了一天，直到太阳西斜，方才告辞走了。

单表陈步云，自从在朱家饮了一天酒，带着家人回了衙门，心中暗暗想道，想不到在这种偏僻之乡，未经王化的地方，竟有那么一个清雅的所在，真要能常常住在这个园中，赏花饮酒，这才有点趣味。就是我那京中的后园，也没有这么清幽静雅。待了没有两天，他又同刘露秋找到仇仲家中，叫仇仲领他去看牡丹，少不得朱文又有一番应酬。这以后从三月下旬

至四月上旬，一连去了五六次，朱文一连应酬五六天，眼看池中绿盖参天，荷葩出水，朱文这个应酬，可就有点应接不暇了。虽然无法应付，但是还得勉力恭维，因为仇仲这个小子，是个飞天烙铁，如何敢得罪他呢。

按下朱文不表，再说陈步云。因为三天两头去逛花园，虽然人家不说什么，自己觉着实在有点讨厌，所以一连三天坐在书房闷闷不乐，忽见差人进来说道："仇老爷来了。"陈步云说道："快请。"

只见差人打起帘子，仇仲由外面进来，口中说道："贤弟好几天不见了，你每天在屋内坐着，不嫌闷得慌吗？"陈步云说道："可不是，闷得慌，可有什么法子呢？"仇仲说："现在荷花开放，我们何不到朱家去看荷花。"

陈步云说："三天两头去，不怕人家讨厌吗？"仇仲说："那有什么讨厌的呢？"

陈步云说："本来花园又不是公共的，我们若天天进去，人家岂有不烦的道理呢？若是打算天天去逛，我们只可多出银子，买到手内，就能天天住在里面了，就怕人家不卖。"

仇仲一听，暗道："是时候了。"口中却说："凭贤弟你这样的人物，又有府尊给你作主，还能买不到手吗？真要是朱文明白，一看你爱惜，不用你说话，就应该双手奉送才是。我今天回去，明天打发人去说，听听他的口气如何，他若不卖，咱们再想法子。"陈步云说道："全凭大哥办理好了。"

再说朱文，一连应酬了五六次，心里可就烦了，本来牡丹一谢，紧跟着荷花出水，菱芡迎辉，丹桂秋菊相继耀彩，再就是红梅开放，如若说每天应酬，这可就应接不暇了。这天早晨，正在屋中闲坐，忽见家人领着仇仲进来，朱文说道："仇兄如何这样闲在，快快请坐。"

于是分宾主坐下，朱文自己斟茶应客，说道："不知仇兄光顾有何贵干？"仇仲一听，不由得紧皱双眉，长叹了一口气，说道："朱先生，今天来到贵宅，有点事情同你商议，不过对

不起你。”说着又咳了一声，说道：“这个事情本来怨我，不该多事。”

仇仲这么一装扮，把朱文可就闹怔了，连忙说道：“仇兄，到底是什么事呢？”仇仲说：“前几天不是府里陈舅爷来了几次吗，要不怎么说怨我呢，他原先说是爱牡丹，问我哪里有好牡丹，我以为他看看就得了，所以告诉他，说先生你这里有，他磨着我领他来看，本来看花不算什么，所以我就陪了他来，谁知小子蛮不知足，来了几趟，他可就爱上你这个园子了。昨天他特意把我请到他的府内，托我来对你说，要出钱买你这个园子，你要多少他给多少。我当时对他说，人家筑置园林，为的是自己消遣，恐怕不卖，比方说你若是朱文，你肯卖吗？我这一说，小子可就光火儿了，立刻拿出他那公子哥的脾气来了，把眼一瞪，说道怎么着，他敢说不卖，慢说我给他钱，就是白要他的，他也得双手奉送过来，你快快对他去说，他若真敢不卖，我自有对待他的法子，你瞧这小子有多么不讲道理，真是仗势欺人的败类，朱先生你看这个事怎么办呢？”

朱文一听，心中一动，双眉一皱，计上心来，不由得满脸赔笑，说道：“仇兄，既然陈舅爷看上这个园子，何必讲卖讲买呢？我明天把园子同住宅隔开，另开一个园门，就请他老天天来逛，如若愿意住在园中，园中还有几间草舍，若不嫌窄狭，那是他瞧得起我，何必讲卖讲买呢？再说他又不能长期居住，几时府尊一高升，他当然随任得走，买这种无味的东西，有什么用呢？虽然是我的，他不是一样可以住居玩赏吗，仇兄你何必为难呢？”

这是朱文逆来顺受的一种办法，明知此事是仇仲的主意，但要打算破他这个阴谋，非如此不可。

仇仲一听，心中暗道：“好一个朱文，你居然想着躲过飞灾，那如何能成呢？”于是说道：“难得你老这么开通，我回去一说他一定愿意。”

说着告辞去了，朱文送到大门，拱手作别。到了次日仇仲

坐车进府，见了陈步云，陈步云问道："仇大哥怎么样了？"

仇仲把桌子一拍，说道："兄弟不用提了，活活把人气死，可恨朱文这个东西，园子不卖倒不要紧，他不该张口骂人。"陈步云不由地一怔，说道："卖是人情，不卖是本分，他为什么骂人呢？"

仇仲说："你听我说呀，我由这里回去对他一提，他说原来陈步云这小子是这么一种小人，我的园子，让他玩赏，不过是你的介绍，我瞧你的面子，所以才招待他，怎么小子这么蛮不知足呢？我当时一听，说道：'朱先生你别急，这不过请你把园子同住宅隔开，另开一园门，要多少钱，给多少钱，租也可，卖也可，几时府尊高升，他一定随任，园子还是你的，你何必着急呢？'"

陈步云说："是呀，他说什么呢？"

仇仲说："他一听更火儿了，说道：'仇仲，你不用说了，我的园子，我不卖，他有什么法子？他别以为是工部侍郎的儿子，府尊的小舅子，我可不怕他，他依仗官势强买民宅，说不定我要进京上告，真是狗仗人势的小人。'我说：'朱先生，你不要张口骂人，人家并没说非买不可，你不卖不是作为罢论吗？'可他说：'仇仲你全不是东西，这个事你就不应该来说，给一个风月公子，来作走狗，全都是些什么东西，快给我滚出去。'他以下还说了好些难听的言语，也不便学说，当时差一点没把我气死！所以我回来，对你学说，就是你能忍这口恶气，我也同他没完没了。"

陈步云本是个少年公子哥儿，哪里能辨别是非，一听此言，不由大怒。当时就要打发差人，去抓朱文。仇仲一听，已把事斗起来，于是说道："你何必着急呢，想法子治他就是了。"

陈步云于是打发差人去把刘露秋请来。三个人在一处商议，两个坏蛋同一个花花公子可就把计策定成了。

再说朱文，自从应付走了仇仲，一晃过了三四天，没有动静，这天吃完了早饭，自己慢慢走上清凉山降龙寺来，空空和

尚方丈正在坐着，一看朱文进来，连忙让座，沙弥献上茶来。

朱文说道："方丈，这几天我心里十分不净，我久仰方丈卜筮通神，我打算请你老给占卜占卜，看看我的月令如何。"

空空长老说道："出家人最忌自作口孽，但是先生起课非别人可比，你写个字我给你测测吧。"朱文说道："可以。"于是提起笔来写了一个牛字，用镇尺把纸压任，说道："老方丈，请你看看这个字义如何?"

空空长老一看，说道："阿弥陀佛，朱施主，请你处处小心谨慎，恐你在最近期内有牢狱之灾，你看你写的这个牛字，在下面添一撇一捺，是个朱字，正合施主的姓氏，可是朱不成朱，恐怕人口有损。为什么说有牢狱之灾呢，你看牛字上面，你用镇尺这一压，正正成了个牢字之形，所以说你有牢狱之灾，再说这个牛字，牛本属午位于南方，朱者赤色，朱雀也位于南方，南方属火，火者阴像也，其中必有阴人陷害，但是若在牛字下面添上一横，化成一个生字，所以说还有一线生机。我瞧你印堂发暗，主有横祸飞灾，我想同你结个善缘，你如到了不得了的时候，就照柬行事。"

说着一开抽屉，拿出一个字柬，送将过来。朱文连忙接来放在怀中，说道："老方丈，你怎么就知道我不得了呢?"

老和尚说："定数难逃，何必再问。那达人知命这句话，就是为朱先生你这一流人物说的。你千万不要灰心，吉人自有天相，沉心静气，自然遇难呈祥。"

两个人说了会子闲话，朱文告辞回家。晚饭之后，老夫妻灯下议论白天的事情，只不知祸由何起，莫非说仇仲真要害我吗？但是我没有得罪过他，他为什么害我呢？夫妻说了一回，也就睡了。

一晃又过了两三日，这天老夫妇正在屋内引逗四岁的儿子朱顺，忽见看门的进来，说外面有人要找当家的，朱文一听来到门首一看，原来是三个公差，朱文说："三位是哪里来的，找朱文做什么?"

那三个人说："我们是府里来的公差，奉大老爷之命，来请朱先生，你老可是朱文朱先生？"朱文说："不错，我正是朱建武。"差人说："今天早晨太爷下了一个条子，令我们来请你老到府里有事商议，你老若有工夫就可以辛苦一趟？"

朱文说："好吧，你三位略微一候，我到里面告诉给家里一句话，咱们立刻动身。"三个差人说："你老可快着点，我们就在这儿等着吧。"

朱文于是转身到了上房，对妻室说道："现在来了三个差人说府里请我，大概真要有牢狱之灾。我这里有空空长老的一个字柬，交给你，如若我今天晚上不回来，你们就打开观看，照柬行事。"

说完放下柬帖转身就走，朱太太说："既知有灾，不能不去吗？"朱文道："定数难逃，你千万不要忘了。"

你道公差为什么对朱文这样和气，因为朱文虽然来自异乡，在这一带很有点声名，全知道是个乐善好施的儒者。再说此次受这种横祸飞灾，完全起自几个小人身上，连公差全有点不愤，所以对朱文无形中用了这么一点人情，不忍用那种威迫的手段。到了城内进了府衙，差人让朱文暂在班房等候，自己前去销差。工夫不大，就听里面梆鼓齐鸣，府官升堂，喊道："带朱文，带朱文！"

只见看守自己的差人说道："朱先生，里面升堂了。"只见原先那三个差人进来说道："朱先生过堂去罢。"

朱文说："走哇。"心中明白，这一定是仇仲他们作的鬼，自己反正没做过见不得人的事情，过堂咱就过堂！所以一听差人相叫，他转身就走。

那三个差人说："先生就这么去吗？"朱文说："怎么样呢？"差人说："我们知道你老是个忠厚长者，但是上边不知道，现在过堂了。请你把王法带上点才成呢，不然我们吃不了。"朱文说："带上吧。"于是差人一摸兜儿，掏出一挂脖索，双手一抖，哗啦套在朱文脖子上，拉着就走。

朱文这个气可就大了，本来没犯国法王章，硬给索上了，于是忍气吞声地跟随差人来到大堂之上，只见府尊高坐堂上，两边摆着许多刑具，站着两行衙役，一见朱文带到，喊喝堂威，说道："跪下跪下！"

朱文走上堂来，双膝跪倒，伏俯堂前，只听知府一拍虎威问道："下边跪的可是朱文？"朱文说道："小人正是朱文。"知府说道："抬起头来。"

朱文把头一抬面容一正，做官的讲究察言辨色。程知府一看朱文，文质彬彬神清气爽，不像个凶恶之辈。于是张口问道："你有无功名？"

朱文说道："晚生是前明的秀才。"

知府说："既然名列学官，为什么窝藏盗匪，坐地分赃，从实招来。"

朱文一听，不由得魂飞天外，连忙说道："小人素日安分守己，并没有做过非法的行为，不知大老爷此话从何说起。"

知府一听说道："你道我冤枉你吗，若不给你个证据，你也不服，来！带证人。"

只听下面应了一声，由外面带进两个铁锁银铛的人来。

第十三章

朱建武避难入空门

知府问朱文，可认识他两个。朱文摇头说道："小人不认识。"就听左边跪着的那一个说道："朱大哥，你这就不对了，我们舍死忘生在外边作案，你老太太平平在家坐地分赃，现在我们受了罪了，可是你老人家反倒自在逍遥，并不打发人来看我们一看。所以我们受刑不过，才将你老人家招出来，我们这是没有法子，你老也就招了吧，省得自找苦吃，你岂不知人心似铁官法如炉呢。"

这一套话，把个朱文气得火高千丈，呸了一声说道："你们全是些什么东西，妄攀好人，你们赶快说实话，是被何人主使，不然老爷是精明的，漫说小康之家不能为盗，就是我家中万分的穷苦，凭我名列学官，也不能身为盗匪。你们既然说我坐地分赃身为盗首，当然你们时常在我家居住，你们可知我那宅院的形状，我多大年岁，我家中还有什么人，你们说对了，就算我坐地分赃。"

两个人一听，说道："朱大哥，我们在你家一住半载，这个事如何会不知道呢？你家就是你夫妻两人，还有一个男孩，

今年四岁，你今年六十二岁，大嫂子五十二岁，使着一个老婆子，一个丫鬟，一个长工。你家是一宅分两院，正房内房全是五间，东西厢房各三间，后面就是一所花园，老爷如若不信，可以派人调查，如果查不相符，小人情愿认误攀之罪。”

这一番话，把朱文说得目瞪口呆，知府一看，说道：“朱文，证据已明，你还敢抵赖吗？快将所做的案件从实招来，以免皮肉受苦。”

朱文一听，向上磕头，说道：“求老爷明镜高悬，这两个人不知受何人主使，妄诬良民，望大老爷与小人作主。”

知府一看，这是理屈词穷了，于是一声断喝：“好一个刁恶的朱文，大刑伺候！”只听下面应了一声，当啷啷一声响亮，三根木为五刑之祖，这一来把朱文吓了个胆裂魂飞，猛然灵机一动，暗道：“看这两个匪徒，一定是受了仇仲的主使，不然他们怎知我家院情况？看这个样子，我若不招，他一定要有刑讯，我偌大年纪，岂能受此重刑。如若招认了，凭我帝室宗亲，叫这两个匪徒，同这个狗官，把我问成贼党，岂不丢了我祖宗的面目？我宁可叫他知道我是明室苗裔，死在北京，也不能叫他把我问入贼党，诬作匪徒，死了也落个不干不净。”

想到这里，他连连向上摇手，说道：“大老爷不必动刑，我有下情上达。”知府说道：“你还有何说，快讲！”

朱文一回头对二贼说道：“你两个受谁的主使，我可不知道，但是你方才不是说同我共事多年吗？当然我的出身，你们很明白了。我再问你一句话，你二人若是答上来，我一定认罪无辞了，你二人若答不上来，可趁早实说，不必再行狡诈。求大老爷问他主使之人。”二贼说：“大哥拉倒吧，不必再分辩了，招了吧。”

朱文啪的一口唾沫吐在二贼脸上，说道：“满口胡说。”一回头对知府说道：“求大老爷问问他们，既然同我共事多年，我是何方人氏，迁在这镇龙坡多少年了，我原来是个什么人？”

知府一听，暗道：“他说的倒是有理。”于是一拍虎威，

道："你二人可听见了，快快说来，朱文是何方人氏，什么时候移到清凉山，他当初是个做什么的？"

这一问，把二贼问得面面相觑，知府一瞧勃然大怒，说道："好你两个贼匪，竟敢妄诬良民，情实可恨。"

正要追问他二人受何人主使，忽听内宅哨声响亮，原来内宅哨响，必有大事。于是知府把三个人标牌收监，拂袖退堂，来到内宅一看，夫人同舅爷陈步云正在内宅相候，知府说什么事，陈步云说："就因为前面这个案子，我请姐夫回来同姐姐商议怎么个办法。"

知府说道："这个自有我来办理，你们何必操心呢，问明二贼是何人主使，定一个买盗攀赃的罪名，不就完了吗？"夫人说："原来老爷不知内里的情形。"于是仔细对知府说了一遍。

程知府一听哎呀一声，连连跺脚，说道："你们怎么这样荒唐，这要叫抚台知道了，还不是个倚官害民，贪赃枉法吗？轻者撤职，重了就得镣解进京，你们这不是要我的命吗。"说着不由得搔首望天，道："你们太胡闹了。"

原来这个买盗攀赃诬良为盗，就是仇仲同刘露秋，还有陈步云闹的鬼，他们三个人那天暗中商量的办法就是这么一段，正赶上前两天狱中收了两个大盗，一个叫过海龙李九，一个叫爬山虎黄七，于是刘露秋同仇仲，二人亲自交给这两人供词，叫他二人硬攀朱文入狱。可是这两个人起初不干，他们说：我们既然当初做的事不道德，受了国法王章，现在再诬赖好人，我们觉着于良心上过不去，所以我们就不愿再作孽了。刘师爷则哄骗道：你们若能把朱文拉到狱里，陈舅爷一定能救你二人的性命。你须知道，陈舅爷是现在工部侍郎的少爷，一句话就可以把你们救了。蝼蚁尚且贪生，为人岂不怕死，二人一听能够死里逃生，于是就应了，赶到过堂，就把朱文拉上。知府连忙把朱文拿到，一看朱文的神气，不像个为恶之人，就疑心内中有人主使，不过没想到自己的舅爷身上。但是一看朱文，被二贼问得张口结舌，自己才信以为真，打算刑讯，不想二贼又

被问住。这时候陈步云在屏后可就把话听明白了，他本来怕二贼失言，被姐丈把自己问出来，所以一升堂的时候，他就把此事的始末告诉他姐姐，求他姐姐给他出主意。当时他姐姐埋怨他，不该这样不顾天理，无奈姐弟情深，不能十分相逆，事情闹坏了，于自己的父亲也有关系，所以当时说等知府退了堂再说。赶到他听到二贼被朱文问住，知道这个事情要坏，真要二贼当堂供出自己主使，这可怎么办呢，再说这个朱文也未必相饶。于是跑到内宅，请他姐姐鸣哨，请姐丈退堂。等问明白了之后，才把个程继先吓得胆裂魂飞，于是紧皱双眉，在屋里踱来踱去。他本有心问明之后把朱文当堂释放。可是朱文一定要追问那主使害他之人，自己的功名富贵本来完全出在丈人峰下，怎能将他的少君问罪加刑呢？若打算将此案模糊下去，把朱文治罪，自己的舅爷可是乐了，但是这个事叫抚台知道了，也得撤职被参，自己空被他们支使了，罪名可是还得自己去领。总之若依着舅爷的心思去办，必然丧尽天良，纸内包不住火，早晚自己得有罪受。若打算一秉大公，自己实在有点对不起泰山和自己的夫人，真要模模糊糊把朱文放下，余事一概不提，可是朱文若当堂质问，为什么不追究买盗诬良的主使人，自己用何言答对呢？堂堂首府，岂不成了儿戏了吗？再说这个风声难免传入抚台耳内，自己仍然脱不了干系。左思右想，罪之不得，放之不能，所以只落得搔首向天，工夫一大居然被他想出一个主意，不由地咳了一声，说道：“事情既然如此，我再想法子应付就是了。”

再说知府晚上想好了主意，次日一早升坐大堂，把朱文提上堂来，知府说道：“朱文，今天本府已经派人出去调查你的真相，如若果然冤枉，本府一定替你申冤。现在不要害怕，我且问你，到底是何方人氏，为什么移居本处，你原先作何生理，你要仔细说明，我好替你设法。”

朱文心中暗道：“我若不把我的实在情形说出来，恐怕这个盗贼的官司，无法摆脱；但是我若说了实话，那明室的苗

裔，正为清朝所忌，大概也难脱性命。两方的轻重比较起来，能为明朝的忠魂，也不能受盗贼的诬蔑，死在九泉之下，方对得起历代祖宗。看起来天数造定，无法挽回，空空和尚，好神奇的占卜。”

自己想到这里才毅然说道：“大老爷要问，我本是明朝思宗皇帝嫡派子孙，自从圣朝入关，小人由北京迁居此地，不过隐居避世以终天年，不想身受盗贼的诬陷，大概也是命该如此。大老爷请想，虽然国破家亡，堂堂帝室之胄，岂能失身为盗呢。”

知府一听，原来朱文是前明的遗胤，问明之后说道：“原来如此。你先在狱内待几天，我自有办法。”

于是吩咐禁卒，对朱文好好地看待，不许虐待罪人。退堂之后，他把这个案情的始末，实在的情形，恳恳切切写了一封家信，差人加紧送入北京，交工部侍郎陈府。他写信的意思，因为陈步云胡闹，才闹出这些纠葛，因为自己无法处理，才请示一种办法。不消两个月的工夫，差人回来并且讨得回书，知府打开一看，是叫自己禀明上宪，将朱文并他的眷属，押解进京，路上必须派妥员护送，恐其远处边陲谋为不轨。朱文的家产，收没入官。另外一个条子是对于陈步云，必须严加管束，不许他再无事生非。这一封书信，真不啻朱文的催死文书，知府看完书信，有了主意，立刻亲自到抚台衙门禀见，抚台传见之后，知府就把现在捉住了一个亡明的遗裔，怕有私通匪类图谋不轨的行为，所以京中家岳来函，教禀明大人派妥员连同该犯的家属镣解进京，卑职因为未奉明示，所以还没有派人去提该犯的眷口。说着把陈侍郎的书信呈与抚台，抚台看罢，说道：“此事倒甚容易，你先回去把朱文的家眷捉来，我这里办一个委札，就派你押解进京，我再派两个委员一路相伴。”

知府得了指示，自己这才告辞回衙，到了府衙，立刻出签，派人去捉朱文的眷口。哪知赶到镇龙坡一看，朱文家双门紧锁，早已逃遁无踪了。差人无法，只好捉了几个邻居便回府

销差。知府一听走了朱文的家眷，吓得心神不定，连忙升堂讯问邻居，才知道于朱文一进府的那一天夜中，一家上下就逃避无迹了。又问邻居，朱文本处可有亲戚，邻居回禀，朱文本是个外乡人，本处没有亲故，连婆子带丫鬟长工，全是人家由家乡带来的。知府无法，只好据实呈报，邻居取保回家．一面派人查封朱文的家产。这一来好好的一个人家，因为得罪了一个小人，落了个乱七八糟。第三天程知府接到抚台的委札，并派来两个委员，携带奏章，一同在府衙等候解差起身。知府点了一位本府的把总，名叫刘洪运，带着五十名兵丁护卫，把朱文上了刑具，押上囚车，一同奔北京去了。

这天进了湖南地界，地名临江驿，属沅陵县所管，天色已晚，知府就打店住下。这个店房字号是洪福客栈，这一伙人是有六十来位，就把这座店完全占了。知府同两个委员住了三间正屋，刘把总因为得保护知府，住了东厢房，把朱文由车上扶下来，去了刑具，先带着铁链，同看差的兵丁，住了西厢房，其余兵丁分住客院。一阵索汤要菜抢碗夺盆，直闹到二更多天，方才完全歇下。

再说朱文，他本来度量宽宏，安常守分，所以他并不上愁，一路放杯饮食，虽走了半个月的长途，始终没有觉着劳累。这天在店里吃完了晚饭，向后一仰身，不觉悠然睡去。到了次日五更，天将黎明，知府起来，上下兵丁全都起来烧水洗脸，叫厨房预备早饭，吃了上路。刘把总洗完了脸，端着茶立在屋门口，对着西厢房观看，只见双门半掩，里面鸦雀无声。刘把总一看，十分恼怒，说道："西房里看差的怎么这么混蛋，什么时候了，还不起来。等大老爷一旦起程，他们如何赶得上？你们去个人快快叫他们起来。"

于是过来一个兵士，走到门前，推开双门，进去一看，不由得哎呀一声，说道："了不得了，老爷快来吧！"刘把总说："有么大惊小怪的？"就听那个兵丁说道："捆捆捆——上了。"

刘把总说："什么捆上了。"说着带了几个兵丁一同进了西

厢房，用目一看，不由得也哎呀一声，啪嚓把个茶碗摔个粉碎。这一乱上房里可就听见了，知府叫差人出去唤刘把总进来问话，差人走到台阶上，叫道："刘老爷，太爷请你问话。"

刘把总一听，连忙进了上房，一见知府，扑咚一声跪在地下，口中说道："回禀大老爷，朱朱朱朱——文他他他——没有了。"

这时两个委员一听，连忙站起来说："你快说怎么没有了，是不是上茅房去了，看差的兵呢？"刘把总说："全叫人家捆上了。"

两个委员一听，说道："这一定是叫人偷去了，你还不快快派人去追吗？你跪在这里有什么用！"

刘把总一听连忙立起身向外就走，那委员叫道："回来，你叫人把被捆的解开，叫上来我们要问他话，把店家的人全捆上，私通土匪，劫去犯人，这还了得。"

刘把总应答后转身要走，委员叫道："回来，你叫别人前去追贼，你还得留下，保护老爷要紧。"刘把总这才转身出来分派众人。再说知府一听朱文被人救走，不由得暗暗跺脚，想道："这可要了命了！"正自怔怔地想主意，一瞧两位委员．把个刘把总支使得晕头转向，自己这才说道："二位仁兄，我们到厢房看看再说吧。"

两个委员说："府尊先不用出去，恐怕还有未走的贼匪，伤了你老人家那还了得。"知府一听说道："现在那贼恐怕早已远走高飞了，我们瞧去吧。"两个委员不敢不去，这才喊道："刘把总，府尊出去了，留神保护要紧。"

外边应了一声，这才陪着知府走出房门，抬头一看，院中站着十几个兵丁，弓上弦刀出鞘，如临大敌一般。刘把总也手持腰刀，立在院中。两个委员同着知府，走入西厢房一看，四个看差的四马攒蹄，捆在地下，床上横着一条割断的铁链，地下放着刑具，那个朱文却不翼而飞了。知府叫人把被捆的兵丁解开，一回头看见桌上放着一个红纸字柬，自己伸手拢入袖内，转身回归上房。这个时候，追贼的也回来了，店中的掌

柜、伙计全都捆在院内，追贼的回来报告，四路追寻并无踪迹。知府叫他们在外面听传，自己这才坐下同两个委员观看字柬，只见上面写的是："买盗诬良，土豪污吏，苦害良民，暗无天日，朱文沉冤，暂救而去，如敢株连，取尔首级。"

下面写的是："字奉知府同委员，不许诬赖好人，镜花水月留柬。"

三个人一看，才明白朱文是被侠客救去了，又见下面写着"如敢株连，取尔首级"二句，吓得三个人连忙吩咐把店里的众人放开，这才叫进看差的兵丁，仔细问讯，那看差的回道："昨天晚饭之后，朱文已经睡了，四个人分成两班看守，天将三鼓，只见灯影一晃，由外面飞进一个人来，身穿一身青衣短靠，手持宝剑，我们四个将要嚷，还没嚷出去，叫那人在我们肩上每人点了一指，我们也不能动了，也嚷不出来了，只好由人家捆上。只见他叫起朱文，用剑把链子割断，一口吹灭了灯烛，以下我们就瞧不见了，大概是把人救走了。"

知府一听，没了办法，于是把店东叫了来，又问了问，也没有头绪。于是叫大家下去，三个商量了半天，好在案子并未奏明皇上，只好带着家人一路回贵阳来了。

到了府衙，叫刘把总回衙听传，自己同两个委员，一齐来到抚院禀号。抚台传见，三人把丢犯人始末回禀抚台，连字柬也呈上去，抚台倒没说什么，只说了个此案好在尚未奏明，还不要紧，至于朱文慢慢想法通缉就是了。贵府回去赶紧写信，通知令岳陈大人，看他有何办法。知府连连称是，于是辞别抚台，回到府衙，赶紧写好了书信，速派人送往北京。赶到了晚上，知府同太太把陈步云叫到屋内，仔细一说，把个府太太同陈步云吓得面目变色。

知府对陈步云说道："你只顾你这么无事生非任意胡闹，差一点没把脑袋给我闹掉了。你如再不知悛，怕你自己还有性命之忧。你想我们上下六七十人围着人犯，还神不知鬼不觉，被人把囚犯给劫了去，你就知道这是一个什么高手了。所以我

叫你处处小心，不然恐怕于你自己不利，以后你也不要再同仇仲这路人往来，若不是仇仲同刘露秋，给你混出主意，你绝不能做这种事，你自己想想，你虽然把朱文害了，他的花园子也归了公了，也决不能到了你手，你想想良心上过得去吗？把人家害的家败人亡，你得人家的花园子，有什么用呢？慢说到不了你手，就是到了你手，我一离任，你就得跟我连带同行，这所园子你怎样办呢，一定得落在仇仲同刘露秋手内，为什么你被人家这样巧使唤呢？再说京中老大人，本来名誉很好，你每天在京里瞎闹，闹得老大人也教人家背后指责，因为这个才叫你跟我出外练习世故，没想你依然不改。这个地方你须知道可不同天子脚下，五营十三汛，眼明手快的人到处全有，藏不住土匪盗贼。这个地方僻处边陲，未经王化，你真要闹得叫匪人把你害了性命，固然是自作自受难怨别人，叫我对老大人怎么交代呢？”

正说到这个地方，就听房上有人高声说道：“知过改过暂且饶过一次。”就听嗖的一声，再往下就没有声息了。这一来，把个知府太太同陈舅爷可吓坏了，一声不响，全都躲到床下去了。知府胆大，一听没有声息，这才喊人，差人进来一看，太太同舅爷全都躲在床下，一问老爷，方知外面房上有人，差人出去告诉下面三班总役沈梁。沈梁这个人倒是很正派，一身好功夫，对于捕盗抓差，也甚有经验，所以人送外号金眼鹰。他一听内宅闹贼，连忙带人来到内宅，给大人同太太舅爷请安。知府才告诉他房上有人啦。沈梁说：“那人说什么呢？”

知府不好意思学说，陈步云吓糊涂了，他说道：“外边人说，知过改过，暂且饶过一次。”沈梁一听，笑道：“大人请放宽心，这个贼已经走了。”知府说：“怎么知道呢？”

沈梁说：“他明明说暂且饶过一次，当然已经走了。这个贼一定是劫囚犯的那些人跟下来了，以后还请舅爷诸事小心一点才好。”知府说：“既然如此，你下去吧。”

沈梁回到外边对大家一说，这话可就传到刘露秋耳内去

了。刘露秋一听，可了不得了。谋害朱文本是仇仲同自己的主谋，这个贼大爷万一要来照顾照顾自己，自己岂能与他相抗呢？所以心里十分害怕，好在一夜没有发生事故。到了第二早晨，就见跑上房的差人，拿进一个白纸条子同一封银子放在桌上，说道："刘师爷，这是太爷叫小人给你老送来的。"刘露秋说："拿来我看。"

差人把字柬递过去，刘露秋接过一看，不由得倒吸了一口凉气。原来上面写的是本府职小财枯，实非藏龙之所，请先生离开府衙，另谋高就，纹银五十两权作程仪。刘露秋看完了字柬，说道："太爷说什么了没有？"差人说："没说别的，就是叫小人告诉师爷，不必往上边去了。"

自己一听，事情是坏了，没有挽回的余地。自己一想，这不是为别的，一定是为朱文这个事，可是这也不能怨我，总算是你们舅爷的主谋。现在你对你们舅爷没有法子，无缘无故将我辞退。你不想想你辞了我，你这个知府还能坐长吗？你别看你的泰山，是在任的工部侍郎，我若不叫你知道我的厉害，我枉称刑名老手。他自己赌气写了个辞事的禀帖，归拢好了行李，就搬出府衙去了。

再说朱太太自从朱文被公差叫走，自己真是提心吊胆，一直等到天晚，不见朱文回来，可就害了怕了。于是把朱文留下的那个字柬打开一看，上面写的是如有官事牵连，快带全家去降龙寺避难，老僧自有安排，千万不要自误。太太看完了字柬，暗道："原来老方丈早就知道朱文必有官事牵连，我何不今日晚上收拾好了，带着孩儿、婆子、丫鬟同长工，一同去降龙寺，一去躲灾，二来请空空长老给想个办法，好打救朱文脱离险境。"

于是连夜收捡好了行装，一共三个包袱、两只箱子，因为无法携带，只是拣了一个要紧的叫长工背着，婆子抱着朱顺，自己同丫鬟互相扶持，锁好了门户，一家五口奔清凉山上走来。直走了两个更次，方才到了降龙寺，一看寺门半掩，将一

进门，就见东配殿内灯光闪闪，内中有人说话，说：“你们出去瞧瞧朱太太一家，大概许来了。”

朱太太一听，十分诧异，暗道：“老和尚真是罗汉降生，要不怎能知道我们今天来此呢?”于是大家直向里走，就见配殿门帘一起，出来一个小沙弥，手提灯笼一抬头说道：“众位来了，跟我往这里去。”

朱太太五个人也不言语，跟定沙弥，直往寺后走来，出了降龙寺后门，直向正北，走了有半里远近，顺着山角向东一拐，只见在山崖陡壁上，有一盘方丈大的藤萝，小沙弥掀起藤萝，下面露出一座石洞。小沙弥领着大家一直向洞内走去，朱太太一行借着灯笼一瞧，前面是一个斜形的小胡同，走了有六七丈远，尽头处是一个小小的石门，门上挂着青布帘子，小沙弥掀起帘子，里面露出灯光，大家进去一看，原来是六七间石室，石室里面，一切日用的家什，应有尽有，除碗盏锅灶之外，所有的桌椅炕床，全是石块做成。小沙弥放下灯笼对朱太太说道：“朱太太你们住在此处，比在你们家中安稳多了。老方丈说明天再过来同你老谈话，朱先生的事情，请你不要挂心，他自有办法。”

朱太太一听，连忙说道：“请问小师傅，方丈怎知拙夫有难呢?”小沙弥说：“你老不必再问，明天一见方丈，自然就明白了，请你放心休息吧。这是给你老预备的地方，你家里如有该拿的东西，我们今晚全能替你取来，要过三天可就不能再去了。”朱太太就将收拾好了的东西，无法携带，说了一遍。小沙弥说：“你众位休息吧，我走了。”说着辞了大家，自己出洞去了。

却说朱太太大家一宿已过，次日天微明，打发长工去到寺里，瞧一瞧方丈作何举动。工夫不大，只见长工同小沙弥进来，朱太太一看，说道：“少师傅早起来了。”

小沙弥说道：“今天一夜没睡，太太没累着吗？昨夜把你收拾的东西，全取过来了，请你自己看看。”朱太太说：“谢谢少师傅!”

于是大家来到洞外，只见两个包袱、二只箱子，还有几袋粮食整整齐齐放着。朱太太说道："多谢少师傅费心，全点了也不短呢。东西虽然不短，不知我们先生现在怎么样了。"

小沙弥说道："天亮了以后老方丈就过来，一切事情，他老人家全明白，请你老问他就是了。"说着话同长工把东西全部运入洞内，这时东方已经放晓，就见老方丈空空和尚手扶竹杖，慢慢走进洞来，说道："朱太太受惊了。"

朱太太一听，说道："老方丈，处处劳你费心，我们将来以何相谢呢？但不知现在我们先生怎么样了？"

老和尚放下竹杖坐在石凳上，长工端上茶来，老方丈合掌当胸口念阿弥陀佛，说："老僧说出来，太太可不要害怕。朱先生此次进府，这是变生不测，如若无人打救，是有性命之忧，就是朱太太也难免牵累之苦。但是太太现在总算脱离了危险，这里是极严密的处所，没人知道，再说轻易也没人往这里来，你们尽可以放心。我夜中去到你家，派人把粮米完全运入寺内，缺什么你就派这位长工大哥往寺里要去。至于朱先生，老僧再想法子救他，请你们大家不必挂念，老僧绝不能叫奸民得意，良士受屈。"

朱太太一听连忙对空空长老合掌作谢，说道："一切全赖老方丈维持，等我们先生出来之后，一总再给你老磕头吧！"

老方丈一听，说道："阿弥陀佛，太太不要这种说法，出家人可担当不起。"

说着合掌当胸告辞回寺，朱太太只可送到洞门。老和尚回到寺内，每日夜晚打发两个小沙弥去到朱宅搬运粮米，不消三天，就把朱家的存粮完全运入寺内。自己则每晚去到府衙探听，不上几天可就把朱文负屈含冤的内幕，打听了个明明白白。他本想将仇仲同刘露秋并陈步云一刀两断，又一想不如救回朱文，再办这几个东西。于是打算由狱中把朱文救出来，后来一想，在本地动手，总不如远方相宜，于是这才跟到湖南，把朱文由店中救出来。本来老方丈精通擒遁之术，一夜之内，

同朱文走了一百余里。老和尚沿途把朱文被害之事一一对朱文仔细说明。朱文这才如梦方醒，赶紧跪倒在地，向和尚致谢。老和尚连忙还礼，说道："朱先生，你本是先朝遗胤，本应该避处一方力谋恢复，不想你一蹶不振，须知道虽然天意亡明，又安知人力不能胜天呢？"

朱文一听，说道："老方丈，我自从来到贵州，何尝不作此想，不过后来一看，人家清朝可说是君正臣良，已然根深蒂固，再说我这个年岁行将就木，惟恐画虎不成，反类其犬，所以把这个主意打消了。我对小儿取名朱顺字戴天，即是顺天之义，戴天之德的意思。我现在既然身为逃犯，总算是有家难奔，有国难投，虽蒙你老救了我的性命，我以后应往何处存身呢？所以我定了一个主意，此次回到降龙寺，在佛前立誓忏悔，求老方丈给我剃度为僧，或者托我佛的力量，可以落个寿终正寝，只不知老方丈意下如何？"

空空长老一听，合掌当胸，口宣佛号，说道："人有善念，天必从之。等回寺之后，我们再从长计议。"

于是二人饥餐渴饮，五六天的工夫，就回到降龙寺内，夫妻相会，自然悲喜交集。不知不觉又过了三四日，这天老方丈打听明了，知府回了省城，抚台出了缉捕，老方丈夜中打发小沙弥去到府衙，打算将知府严加惩戒。不想小沙弥一到内宅，伏在房上，正赶上知府劝诫他的妻弟，小沙弥这才知道知府并不是坏人，不过受了他的舅爷同刘露秋的牵连罢了。再说陈步云总算是个少年的公子哥儿，可与为善，可与为恶，非老奸巨猾可比，于是才说了一句。"知过改过，暂且饶过一次"，便返回降龙寺，对老方丈报告一切。老方丈一听，才打算再办刘露秋，赶一打听，刘露秋已经被辞回了原籍，老方丈便把此事对朱文说明。朱文一听，此事虽然未成大害，可是自己已经无家可归了，于是决意对方丈说明要求剃度为僧，就在降龙寺出家，并且把朱顺认在空空长老座下，学习文武两科的技艺。老方丈一听并不推辞，慨然应允，朱文这才回家对朱太太商量，

朱太太说："丈夫既然打算身入空门，妾身焉敢拦阻，可是我同顺儿怎么办呢?"

朱文说："这不要紧，顺儿我已经请空空长老收在座下，学习文武两科的技能。至于你们四五个人，咱这点家产虽然不多，大概也足够你们吃喝一世。再说我此次这个大祸，若没有老方丈，一定得性命不保，真要我解到北京，受了斩罪，你们又当如何呢？所以我看破红尘，一定要皈依佛门，求一个寿终正寝，请太太不必相拦。"

朱太太一听，知道不能拦挡，好在他这次出家，并不朝山拜庙，也同在家里一样，所以也就点头。朱文于是回到寺内，同方丈商议，空空长老说道："朱先生，你既然立意出家，那倒可以，不过我不能收你，第一我们是二十多年的老友，再说你儿子是我的徒弟，我怎能再将你收在座下呢？莫如我替我师父收你这个徒弟，我算是大师兄，替师收徒，你算我的师弟。明天就是好日子，我给你落发改换僧衣，并且把你儿子也带来，我把他也接在座下，你看如何?"

朱文一听，十分欢喜。第二天，朱文带着朱顺一直向寺内走来，到了寺内一瞧，院中打扫得清净无尘，老方丈正在大殿上焚香礼佛。礼佛已毕，这才教朱文拜佛，沙弥早把剃刀开水，僧衣僧帽备妥，朱文礼佛已毕，方丈叫他换上僧衣，跪在佛前，受了三皈五戒，然后分开头发，用剃刀剃去，方丈赠名了凡。朱文拜师已毕，又拜了师兄，这才把朱顺叫过来，对方丈拜了八拜，朱顺这时年方四岁，生得面如赤炭，声似洪钟，粗眉大眼，鼻直口方。老方丈一看这个孩子，印堂之中，隐着一股煞气，不由得一忧一喜，忧的是此子煞气太重，虽然容易成名，但是若不趁早回头，恐怕难得善终；喜的是相貌清奇，不愧帝室之胄，正是武林的人物，于是对朱文说道："师弟此子年岁太小，恐不能乍然离开母亲，我每日叫他两个小师兄，往来接送，白日进庙，晚上回家，等他六七岁的时候，再令他住在庙内，就不必往返了。"朱文一听，连忙说道："此子既然

托在师兄门下，一切自然由师兄主裁，小弟如何还好过问呢？”

从此朱文就在降龙寺出家，改名了凡，朱顺早出暮返，每日从空空长老学习技能。初时，老和尚不过教他几个字儿，或叫他蹲个小架了，不想这个孩子，天资颖悟，对于这文武两科的能为十分相近，老和尚不由越教越爱越高兴，小孩则越学越上心。不知不觉地过了三年头，朱顺年已七岁，四书五经已经练熟，说到武术上，各种大小架子已经蹲完了。老和尚一看，孩子十分可造，于是教他回家告诉母亲，搬来庙里居住，朱顺回去对母亲一说，朱太太倒甚愿意，从此朱顺就搬到庙中来了。

老和尚每日晚上也给他添上功课，教他打坐调息，练气归神，学习各种大小技艺。一转眼又过了四年，朱顺年方十一岁，这位了凡大师可就一病不起了，朱顺少不得暂停功课侍奉汤药。谁想大数来临，医药无效，不几日就圆寂了。临危的时候，把朱顺叫在床前，嘱咐他学成武艺，必须杀尽世上的贪官污吏、土豪劣绅，好为父吐这口不平之气。朱文还把自己如何移居贵州，如何受了土豪恶吏之气，如何削发为僧，根根本本告诉了朱顺。朱顺这才知道自己原是明朝之后，帝室宗亲。了凡大师化去之后，空空长老按照佛门的规矩，把遗蜕焚化了，葬在降龙寺后。朱太太本同朱文十分和睦，朱文这一死，少不了多哭了两场，又受了点山风，从此得了伤寒之病。你想年老之人，如何能受这种大症，所以不到十天，也一命呜呼追随丈夫往地下团聚去了。朱顺少不得悲哀尽礼，把老太太偷偷地盛殓好了，葬在清凉山上，从此专心静意练习功夫。

第十四章

镇龙坡朱意明复仇

这天空空长老把朱顺叫进方丈，说道："现在你父母双亡，我有一番话你要谨记在心。你的身世，大概你父亲对你已经说明，我也不必再同你说，你父亲临危告诉你的话，大概你也记得，所以我今天告诉你，必须用心学习。因为我年纪一百好几十岁了，万一一口气上不来，你再想学，可就晚了。我平生只收了两个方外的徒弟，大徒弟复姓诸葛，单名一个周字，字表闻人，他的武学倒不见长，他将我的文学，得去了十之八九。他在江湖上行踪无定，人称"圣手先生"。他最精的是飞星奇门，埋伏机关，所以得了这么一个外号。再就是你，我这一点武学，想着倾囊相授予你，只恐你无福消受，所以今天对你说明，你要细心研究，如能将我的武学得去，将来不难出人头地。"朱顺一听，连连答应，从此自己加意用功。你别看朱顺是个十余岁的孩子，他的志气顶天，自己总想，若打算出人头地鳌里夺尊，非练点特别的技术不可，不然自己会的人家也会，自己明白的，别人也明白，那如何能成？所以他常常向空空长老请教，空空长老被他缠得没有法子，便问他打算学什么

技艺，方算人所难能呢？朱顺说：“我看见师父有一本拳谱，上面说有一种暗器，名叫吹翦，长一寸五分，三十步内取人周身的三十六穴。弟子十分纳闷，莫非说人的气，就那么厉害吗，把翦吹出去，还吹那么远？”

老和尚一听，不由得哈哈大笑，说道：“人的气是由精神练成的，无坚不破，所以说，怒发冲冠，又说其为气也，至大至刚，你哪能知道这个气的厉害呢？”

朱顺说：“要这么说起来，一口气可以吹死人吗？”老和尚说：“只要把气练成了，练到炉火纯青出神入化的时候，用气伤人易如反掌。”朱顺说：“怎么个练法呢？”

老和尚说：“这个功夫别的门里头没有，独咱们门中最后有一步功夫，名叫重楼飞血。为什么叫重楼飞血呢？因为是练血化精，练精化气，练气化神，练神还虚，练虚合道。迨至合道一层，直与地仙无异矣。但这个功夫，是童子功，必须终身不娶，先把气功练成了，然后每日子午二时，面向正南，对日长呼一百口气，长吸一百口气，以取日精；对月长呼一百口气，长吸一百口气，以取月华。呼吸的时候，必须以意运气，气贯丹田，才能向外呼出，直到一百天，方能气聚成形；做到三年零六个月，共合一千二百六十天，方算成功。那么这个功夫也太容易了，怎么普通的武侠，练童子功的，到处皆有，为什么不练呢？这因为人的禀赋不同。禀赋薄的人，练成了之后，那口气呼出去，不过由无形而变成有形，虽然有形，可不能伤人损物，在三十步内，只能吹灭了灯火。禀赋厚一点的人，练成之后，不过能像一缕烈风，吹折细小枯枝杂草而已。至禀赋奇厚的人，把气练成，能粉木裂石。你想，木石遇之皆能粉碎，那人还经得住吗？不少人因为禀赋太薄，虽然练成了，但全都等于白练，不过吹灯，吹树叶，连个枯枝也吹不折，练这种没用的东西，做什么呢，所以就有人说，这种功夫是胡造谣言，因为练成了没用，也就没有人肯练了，眼看就要失传。今天因为你问到那里，我才对你细说。不过你练这种功

夫，还不到时候，几时到了练的时期，只要你愿意练，我是倾囊相授，绝不藏私。你想我偌大年纪，临死还带着艺去吗，你不要着急，自己好好用功夫去吧。”

朱顺答应，自己到了休息室内，暗暗地寻思，这个气功，本是武学的基础，可是这个炉火纯青，出神入化，知道在什么时候呢，再说人哪能知道自己的禀赋呢，不如我现在就偷着练习，成了更好，不成不是气功更有根基了吗？于是他可就偷偷练习起来。也真难为他，风雨无阻，一直练习了一年，自己的气功可觉出进步来了，每日呼出的气，也有了形色了，一张口，丹田的真气，冲口而出，成了一条鸡卵粗的白气，迎风不散，直吹出两三丈远，自己一看十分高兴，气功一长，各种功夫，自然月进千里，把个老方丈欢喜得真是如得异宝明珠。书不重叙，慢慢地又过了三个年头。

这天朱顺正在山头对日呼气，一张口一条白气，直冲出三十多丈，飞入太虚，自己练得正然高兴，只听后面说道：“朱顺，你这个气，从几时练起，居然到了这种程度？”

朱顺一回头，原来是老师空空长老，立在自己身旁，自己连忙说道：“弟子自从前三年，老师对我说了之后，我就偷偷练起，到现在，足有四年多了。”老和尚说：“你既然练了四年多，到底练成了没有呢？”朱顺说：“弟子只知每日练习，成不成自己如何知道？”老和尚说：“成与不成自己不知，还有可说，你可知道，你这个气，有多大力量呢？”朱顺说：“弟子对于成是不成，还不知道，多大力量，更不知道了。”

老和尚一听，哈哈大笑，说：“你这孩子可说是瞎练一回，不知道，不许试验吗？”朱顺说：“我若一试验，不成还不要紧，如若成了，一口气把人吹死了，怎么办呢？”

老和尚一听，说：“你这孩子可说糊涂到极点，谁教你吹人呢，你不能用那棵枯树试验一次吗？你试吹一口，瞧瞧树上的枯枝，你能不能把那粗一点的吹折，或把细一点的吹折，不就度出成与不成吗？”

朱顺一听，自己也觉好笑，四年的工夫，自己一点试验没有，真可说是浑练。于是用目向四处一瞧，只见离自己二十来步远近有一棵很大的枯槐，一回头对空空长老说道："老师，弟子拿这棵槐树试试成吗？"长老听了点点头。

朱顺于是一扭身，对准槐树上面，一张口，忽的就是一口真气，只见一条白气，由槐树的枝干丛中穿将过去，耳内听得磕嚓磕嚓一阵乱响，枯枝败叶落了一地，最大的树干，足有茶杯粗细。老和尚一看，不由得口中念道："阿弥陀佛，不想你的禀赋如此高厚，初意我本不愿教你练这种绝后的功夫，因为你只是一个孤子，并无三兄二弟，将来还得由你身上接续你朱门的子孙后代。所以我对你说，以后再教你练，不过那是应付你的话头，不想你偷偷地把功夫练成了。你须知道，这种功夫不同混元气，那混元气不练了就可以娶妻生子。这种功夫可不成，这个气不能泻，一泻就有性命之忧，只要你练成了这个气，那就同和尚道士一样了，只可落个一世童男。现在你既然练成了，可就没法子了，这本是天下绝艺，练成了的可说千无一二。你若能寒暑不断，每日练习，七十年后准能平步登仙，因为这个气，同道家炼的那内丹相同。那道家丹成入九天，那个气炼成了就可以长生不死。你现在虽然元气已成，可是不许间断，再说你的外功也太欠研究，还要你用心追求，自不难超过老僧之上，那时为师自有光荣。再说你这元气现能折木，将来自不难于碎石，颇可作为兵器之用，只是不许你随便运用伤人，以损自己的阴骘，你要谨记勿违。"师徒二人一路闲谈，慢慢回庙。

朱顺自从知道自己的元气成功，对于武技更加用心精练，在降龙寺不知不觉整整练了一十八年，现在年方二十二岁。最得意的兵器，就是一口宝剑，招数是八手宁天剑法，还有一对双针，招数是进退连环二十四路。这天和尚把朱顺叫到跟前，说道："朱顺，你现在的技艺，虽不敢说天下无敌，可是能敌你的，现在的武侠丛中也寥寥无几。我的能为你虽然未能完全

得去，这不过是因为你的功夫太浅，有许多功夫你练不到，我若叫你跟我个四五十年，可也就到了你归隐的时候了，又怕误了你的事业。所以我教你由今天为始，离山周游天下，为师这里有宝剑一口，你带在身边可作护身之用。”

说着在床内取过一个长条包袱，解开一看，里面露出剑匣，又取过一个小包袱说道，这里面是几身长短的衣服，还有五十两银子，你可以带在身边。

空空长老一回手拿起宝剑来，说道：“这口剑原是一口古剑，名叫射斗，能切金断玉迎风断草，相随为师一百多年，我可未曾错用。现在传给你，可要好好地收存。我昨天晚上曾替你起了一课，你且记着，剑在，你便在世上混，剑亡，你赶紧回山归隐。不然恐怕你有性命之忧，今天我还得给你改换名字，可改为朱复字意明，这就是叫你不要忘了本来的面目，须知你是明朝嫡派的子孙呢。至于江湖上的规矩，自然不用我再细说，门户中的规矩不许违犯，如若犯了，我可取你的首级以警后人，又因为你无家可归，愿意几时回来，就回来再练。”

朱顺一听，连连答应，好在用不着惜别，不过初出茅庐，如有所失罢了。从此朱顺可就改名朱复了。

再说朱复辞别了老师，腰悬宝剑，囊带双针，身后背上小包袱，直奔山下走来，一路走着一路思想，老师叫我周游天下，我从什么地方起手呢。古称燕赵多慷慨悲歌之士，莫如我先往北方去一趟，看看地方的人情风土，也算见一见老家。打定主意，又一想，未去北方之前，本处这个仇仲，这类人万不能容他活在世上，连刘露秋也不能放他逍遥法外，我一家人若不是受他二人的阴谋陷害，何至闹得有家难奔呢？我先回镇龙坡，打听打听这个仇仲是否还活在世上，然后再找刘露秋报仇雪恨。

一路思想直奔镇龙坡走来，到了村里找到了一个小茶馆，泡了一壶茶，慢慢地喝着。一打听仇仲，还有自己的住宅，原来早经官家拍卖，仇仲已经买到手中；仔细又一打听，仇仲这个人倒是还活在世上，不过现在比原先可阔多了，原来他儿子

名叫仇太平，在外跟官，他跟的这个官，就是当初的那位刑名师爷刘露秋。因为刘露秋自从被知府辞退，自己收拾行李回了原籍，到了大名府在家内住了几天，一肩行李，直奔京都去了。

到京都之后，他立刻写了一张呈文，递到督察院内，告的是贵州省贵阳知府程继先，沿途解差，卖放亡明遗孽朱文朱建武，请速查办。本来这种事实系朝廷大忌，督察院如何敢压，立刻奏明皇上康熙，御笔亲批，将刘露秋交刑部看押，一面降旨，调贵州抚台入京听训，并将贵阳知府押解来京。这圣旨一下，立时吓坏了工部侍郎陈文泰，下朝之后暗中派能干的家人，星夜往贵州送信，请抚台同程知府预备一切。不上两个月贵州抚台带着程继先，并原送差的两位委员，还有押差的把总，一并来到北京。皇上亲批交刑部审问这个案子，一直严讯了好几堂，这才覆奏上去，皇上降旨，贵州抚台降级并记大过一次，程继先革职永不叙用，刘把总疏于防守，发配军台效力。

这个案子因有陈侍郎运动之力，还算好，将卖放罪名抹去，否则定成大狱。刘露秋告发有功，放了个邯郸的知县。刘露秋一看，这才算心平气和，也不枉自己用了这份心机，总算偿了夙愿，于是写信打发人送到贵州，请仇仲前来作幕，仇仲因为自己年岁已大，不肯远离乡井，于是打发儿子仇太平去邯郸。这个仇太平本来奸诈过于乃父，所以同刘露秋一见面，真是臭味相投，也是小子钻营得当，由邯郸县一帆风顺，升了河南陈州府。

他们这路人本来才有余而品不足，所以官一升了，财也就发了。可是老百姓受了罪了，现在刘露秋已经调任陕西延安府，仇太平自然随任高迁，这一来仇仲在家可就成了老封翁。因为家财充足，所以护院的看家的全都雇上了，呼奴唤婢，突然这么一阔，又把朱文的住宅买到手中，翻盖一新，每日除了在花园中游逛，就是同一班走狗饮酒谈天，一晃过了十几个年头。实指望七十来岁的人，悠游岁月得终天年，哪知祸不旋踵，只落身首异处，这也算是作恶之报。

再说朱复，打听明白了，于是算清了茶钱，提起小包袱慢慢围着村庄绕了一个弯儿。只见由山坡之上，走来了一头黄牛，牛背上坐着一个牧童。朱复说：“借问小哥，仇太爷在哪里住？”牧童说：“由这儿往北，二道街当中一所大瓦房便是。”说完赶着牛儿走了。

朱复依牧童的言语，来到二道街当中，一看果然有一所大瓦房，十分整齐，门前立着几个差人。朱复围着宅院绕了一周，看清了道路，这才找了一个饭铺，买了点熟食干肉，用手巾包着，走到村外，一瞧离村一里远近有一片大松林，自己奔松林走来。到了松林之内，找了一棵松树，坐在下面。这时候太阳已经西下，自己把熟食干肉吃了，天可就黑了下来，自己这才盘膝打坐闭目养神。工夫不大，已经更点齐敲，朱复把大褂脱下来，放在包袱之内，头上用帕包好，将宝剑插在背后，用绒绳系在胸前，又把双针用卡子卡好，把包袱向腰中一系，这才迈步出了松林，直奔村中。到了村中一听，人声寂静，于是伏身奔了仇仲的住宅，到了围墙之外，翻身上房，向里一看黑漆漆的并无人声。于是蹿上正房，向四面一看，只见前边院内露出灯光，于是蹿到前边房上，伏在房脊后面，只见院内无人，屋中灯光闪闪。这时只听屋内一个年老的声音说：“儿，现在有一个多月了，大爷也没有来信，也不知是怎么回事。这几天我心里总觉着不安定，也不知是什么缘故。”

就听一个小孩子说道：“老太爷总记挂着大爷，大概大爷的信，不出这几天就可以来到，你老何必这样挂念呢。”只听那个老人说：“四儿点上灯笼吧，我要安歇了。”

工夫不大，只见帘子一掀，由里面出来一个小孩，手提着一牛角气死风灯，后面跟定一个七十来岁的老者，鹰鼻鹞眼，白发银须，两个丫鬟左右搀扶。

朱复一看暗道：“这一定是仇仲了，这个老小子这样养尊处优，少时我一定叫你身首异处，好替那些被害之家，雪恨报仇。”

他正想着，只见小童引路，转过角门，往东跨院中去了。

朱复房上暗中相随，原来东跨院内，上房中露出灯光，只听屋内说道："老太爷过来了没有，你们再去瞧瞧。"

就见帘子一掀，出来了三个灯笼，提灯的是两个丫鬟、一个小子。三个人正走到院内，仇仲也进了角门。

大家说："老太爷过来了。"只见由屋内出来一个二十多岁的妇人，向前迎接，这原来是仇仲新娶的一个姨太太。

朱复正在张望，就听着自己身后嗖的一声，朱复知道身后来了暗器，于是一蹲身，当的一声，一只镖落在房上。朱复回头一看，在房下立着四个人，各持兵器用手指着自己，说："上面的小辈，真乃胆大包天，竟敢半夜前来偷盗，你可知道飞镖手金振铎的厉害。"

朱复一听，不由得有气，暗道："我并不是为你们几个小子来的，不想你们暗中给了我一镖，我本打算不动声色把仇仲杀了一走，看这个样子，大概不露面是不成了。"

想到这里，一飘身纵下房来，这时候那四个人已经来到院中，再瞧屋内的灯光已经熄灭，原来镖一落地，仇仲一伙人早吓得跑到屋中，拴上门户，把灯吹灭了。

朱复说道："你四个哪一个是暗中伤人的小辈，还不过来受死。"

就见那四个人中蹿过一个人来，一身青衣服，盘着辫子，用白手巾罩着头，脚下白袜子洒鞋，腰内挎着一个镖囊，右手提着一口单刀，只见他把刀一亮，说："你是什么人？敢来扰乱仇大太爷的府第，你可认识飞镖金振铎吗？"

原来近几年来，仇仲因为家中有了财产，所以请了两位师爷，一位叫金弓金振声，这一位叫飞镖金振铎，二人是嫡亲兄弟，在江湖上卖艺为生，倒是有点功夫，因为在本地上卖艺，叫仇仲瞧见了，所以把二人留下护院，后来金振声又介绍了两个江湖人，一个叫花枪邓龙，一个叫花刀邓虎，也是亲兄弟，四个人在仇宅护院。这天晚上，四个人正在各院溜达，将将到了前院角门，一抬头，房上站着一个人，依着金振声先打个招

呼，若是夜行人，一听招呼就走了。金振铎说不对，我们自从来到宅内，寸功未立，今天我一镖把这个贼打下房来，在老员外面前也显着好看。说罢，回手取出一支镖来，一抖手对准朱复的后心，就是一镖，不想没打着人家，满想一道字号就把人家吓一跳，哪知道一道字号，人家反倒下来了，自己一听人家点手相叫，只可说道："来人通名。"

朱复说："小子你问我么，姓朱名复字意明，小子你知道了有什法子呢?"金振铎说："没别的法子，要你的命。"说着左手一晃，右手刀连肩带背向下砍来。朱复一看，刀离不远，身体一斜，一上左步，扬起左手向小子腕子上就磕，金振铎向回一撤步，朱复的右手跟着向前一伸，嘣的一声，撞在小子胸膛之上，小子扑通一声坐在地上，撒手扔刀。

金振声一看，兄弟一照面就输给人家了，自己这才一言不发，向前一纵，抡刀向朱复背上便扎。朱复一听后面有人暗算，向外一开左步，身体向左一歪，躲开这一刀，右脚跟着向上一抬，啪的一声，正踢在金振声的腕子上，当啷一声钢刀落地。朱复紧跟着右脚一落地，右手一按地，左脚又起来了，嘣一声蹦在小子小腹之上，金振声一退两退扑通坐在地下。花枪邓龙花刀邓虎一看，可了不得了，金氏兄弟一照面全教人家打倒，可见人家比咱们能为大得多，若再单打独斗，恐怕依然败北。于是哥两个一口刀一条枪，一个在前一个在后，双双纵到朱复面前，邓龙的刀劈头就剁，邓虎的枪在后面对心就扎。朱复一看二人双上，仍然一上左步用右手一穿邓虎的右臂，邓虎的刀将要向下垂，哪知朱复的右手顺着邓虎的右臂向下一抠，啪的一声按在腋下肋骨上，小子哎呀一声倒在地下。这时邓龙的枪也来到朱复的身上，朱复一转身，左手一拨，一进左步一伸手把枪杆抓住，左腿一抬正踢在邓龙的右腿之上，邓龙撒手扔枪倒在地下。

朱复将要用枪去刺邓龙，只听弓弦一响，一点寒星奔面上飞来。原来是金振声立在旁边，打了一颗弹子，朱复一伸手把

弹子捏住，只听一阵弓弦乱响，那弹子如同暴雨一样，向自己打来。自己连忙展开身法，蹿纵跳跃，工夫不大将弹子完全躲开。金振声本来打的一手很好的连珠弹法，一瞧四十多弹，未曾将人打着，不由得心内发慌，一伸手又向囊中取弹，只听啪的一声，弓弦断作两截，原来朱复一瞧小子弹法很好，若叫他打上一弹，自己就算栽了跟头，自己若发出那重楼飞血的功夫，一口气就可以要四个人的性命，但无冤无仇何必如此短见，于是丹田运气，一张口这条白气正正撞在弓弦之上，啪的一声，弓弦变作两截。

四个人本来全都聚在一处，猛然弓弦两断，不由得一怔。就在这一怔的时候，朱复已经来到四个人的面前，四个人将要回身逃走，朱复岂肯相容，每人肩上被朱复按了一把，就是这一按，就把四个人定在那里，原来四个人被朱复全都点了穴。朱复对四个人说道："你们暂且休息，我同你们本来无冤无仇，谁叫你们多管闲事呢。"

一回身上了台阶，来到正房门口，用手推门，原来里面已经拴上了。于是一回手亮出宝剑来，呛的一声，宝剑离匣，真不亚一汪秋水，朱复把剑向门缝内一插，向下一按，门闩被削成两半，用手一推双门大开，自己先用宝剑向里一探。然后由腰内取出火摺子，这才看清了，屋内陈设十分齐整，朱复用火摺子点上灯烛，用目向四面观瞧，只见两个小子同四个丫鬟，全都躲在床下。姨太太吓得倒在床上，那仇仲蹲在桌子底下，抖成一团。朱复一伸手由桌子底下把仇仲拉出来，自己回身坐在一张椅子上。那仇仲这时哆哆嗦嗦跪在地下，口中说道："大王爷爷请你高抬贵手，饶了我这条性命，你老若用金银，那旁银柜内就有。"

朱复说："你这个老奴才，你可认识我？"仇仲战战兢兢地说道："不不不认识。"朱复说："你可认识当年在这村里的一位外来住户，姓朱名文字建武，这位老人家哪里去了？"

仇仲一听不由得打了一个寒战，说道："不不不知道他老

老人家。”朱复说：“原来你不知道，可是这位老人家为什么逃往他方，这个事你一定知道。”仇仲一听吓得冷汗直流，说道：“小人更不知道了。”

朱复说：“我告诉你，叫你也死个明白，我也不是大王爷二王爷，我就是朱建武他老人家的儿子，姓朱名复字意明，我今天特意前来取你的性命。第一报仇雪恨，第二替这一方除去你这个飞天烙铁，以免你再无事生非陷害好人。至于你儿子仇太平，早晚我也叫他死在剑下。你当初只顾陷害良民，不想天理昭彰，你也有今日，你听见了没有？”

那仇仲跪在下面，只知发抖并不言语，原来他一听是朱文的儿子，早吓得真魂跑到西方极乐世界去了。朱复说的后半截他完全没听见，朱复一瞧他不言语，不由得心头火起，当的一脚，把仇仲踢得哼了一声，倒在地下。宝剑一挥，仇仲变作两断。

那个姨太太同那几个丫鬟小子早已吓得昏了过去，朱复这才用剑在死尸上割下一块衣襟，蘸着血迹，在粉墙上大书八字，“杀人者是朱复意明”，又用剑把柜上的锁头削去，在里面取了几百两金叶子，包在包袱之内，迈步出了上房，仰天长出了一口气，这才算心平气和。于是对那四位教师说道，明天报案，你们要实话实说，如若诬赖好人，我一定取你们首级。说完了双足一蹬，上了正房，一路出了仇宅，乘着黑夜向正北走去了。

那朱复信步而行，这天来到一个地方，此地是河南湖北交界之处，在大别山南麓，地名叫作穿松林。原来这一带尽是大松林，足够十余里方圆的一片，当中一条大路。时当正午，一轮红日如同火伞凌空。朱复觉得十分炎热，一看前面青松夹道，满地浓荫，越走越凉快。正向前走，猛听前面人语嘈杂，内中还不断有兵刃击撞的声音，不由得十分诧异，暗道莫非前面有了劫路的？用耳细听，就在前面不远。用目观看，但是被松树挡住目光，无法观瞧。于是紧向前走，猛见对面不远大路之上尘土飞扬，大约人数不少。自己连忙避在树后，用目偷

瞧，这才看清了，原来是一伙人在松荫之下，拼命恶斗。内中两个老者，全都须发斑白，一个穿青，一个穿黄。穿青的那一个，手使一口金背刀，约有七十上下，还是左臂刀，看面目两条红眉，一双金眼；再瞧那个穿黄的，也是七十上下的年岁，寿眉长目，美髯飘动，手使一条三十六节蛇骨鞭。二人杀得难解难分，细看二人的招数，全都十分的高明，使刀的定上中下三盘，共分三十六路；使鞭的也是翻天三十六路，两个人一个八两，一个半斤，总算是艺业平衡，分不出高下。再瞧旁边还有六个人打了两伙，全是两个打一个，这边是个年轻的三十来岁，白脸膛俊俏人物，手使金背刀，也是左手刀，功夫十分老练。对方这两个人，一个使剑，一个使双拐，本领也甚高明。那一伙呢，一个使莲花铲的，一个使链子镢的，二人敌住一个使左臂刀的黑脸少年，全都打得难解难分。

这工夫可就大了，好在地方偏僻没有往来的行人，看日色过午，双方仍然不见高低。朱复不觉看了约有一个时辰，就见那两个老者，使刀的用了一招乌龙戏水，左臂刀直奔穿黄的小腹扎来，就见那个穿黄的一摆蛇骨鞭，把金刀缠住，两个人一叫力，刀没有削动了鞭，鞭也没把刀带撒了手。这时蛇骨鞭的蛇头已经扬起来，口内的闷心钉，将要到了穿青衣的身上，那个穿青衣的金刀刀尖已经离穿黄的胸膛不到三寸远近。这真是一发千钧，再待片刻，二人难免同归于尽。正在这个时候，忽见一条黑影，如同孤鹤横江，落在二老当中，手持一口宝剑，光华夺目，用剑的平面，向二老的兵器由上向下就砸，只听呛啷的一声，也就是二位老者腕力特大，不然这一震，就得把兵器落在地下。二老者各撤兵器纵出圈外，用目观瞧，就见在当中站定一个二十上下的青年童子，身穿一件青绸子长衫，青绸子裤褂，白袜云鞋，辫子绕到脖子上，肋下佩着剑匣，腰内围着一个小包袱，手中提着一口宝剑，冷气侵人光华夺目，再往脸上一看，虎头燕颔，剑眉星目，鼻直口方，面似丹霞，红中透润。

这个时候，两个老者一住手，那六个人也全跳出圈外，用眼观瞧，不知是哪方来的帮手。就听那个穿青的老者说道：“这位少年壮士贵姓高名，因何拦阻老朽动手，请道其详。”

朱复连忙拱手说道：“二位老人家，不必生疑，小子我先听一听二位老人家的名姓。”

那穿青的老者说道：“老朽家住陕西华阴县四贤庄，姓白名哲，字天侠，江湖上有个小小的外号，人称‘红眉剑客’，我可不趁其称。”

朱复说道：“原来是白老剑客，小子失敬。”一回身又向穿黄的老者问道：“小子也要领教你老人家贵姓高名。”

那老者说道：“老朽家住云南，姓江名飞字天鹤，也有个小小的外号，万里追风长髯叟，未领教阁下贵姓高名。”

朱复说道：“小子姓朱名复字意明，乃是贵州人氏，因为我出世年浅，二位老人家不知道，提起我的老师，大概二位老人家许有个耳闻。住持贵州清凉山降龙寺，法名空空长老，江湖人称无上禅师。”

二老者连忙说道：“原来是大明朝的剑客，久仰得很。不知朱壮士，缘何来到此处拦阻老夫。”

朱复说道：“小子我原打算由贵州直去北省，不想走到此处，听见兵器接触的声音，我起初以为是有了劫路的强人。后来暗中一看，才看见众位在此动手，可是双方总是拼命争持，我才不揣冒昧出来将二位分在两处。我想二位老人家，人称剑客，俱都是年高有德之人，为什么这样仇杀恶战呢？倘一失手，岂非把夙日声名化为乌有，小子我看着实在可惜，所以我打算出头问问是因为什么，如能两罢干戈，小子我就算个调和人，给二位老人调解调解，只要二位老人家看家师份上，高看我一眼，把这个事情的始末对我说说，我自己讨个高说，或者也许能把这个纠葛，给二位老人家排解开了。不知此事，二位老人家能不能教我知道。”

要说朱复这就叫自不量力，也不想想自己出世几天多大年

岁，硬要给人家剑客了事，这岂不是笑话吗？可是这个时候，二位剑客的心理，不是这样的思想，一看朱复要给出头调解，再瞧方才他那一剑解纠缠的腕力，若非我二人腕力大，非教他把兵器给砸出手去不可，所以心中十分佩服，不愧先朝剑客弟子。再说他使的兵器同他的气概，他若没有惊人的绝技，那口剑他就使不了。想到这里，白哲首先说道："阁下要问，说起来话可就长了。"一回头说道："你们大家也过来，我给你们指引指引。"

只见那六个人全都过来，红眉剑客白哲一指那个使刀的白面壮士说道："朱壮士，这是老朽的长子，名叫白敬字子谦，人送外号'银面熊'。"一指那个黑面的少年说道："这是我的次子，铁面熊，白纯字子正。你二人过来，这是大明剑客无上禅师的弟子，姓朱名复字意明，你二人可以过去见礼。"

二人连忙对朱复说："不知少剑客驾到，我二人这边有礼了。"朱复连忙顶礼相还，说道："二位千万不要如此，恐怕折了我的寿数。"

只见长髯叟江飞说道："你四位也过来见见壮士。"一指那个使剑的说道："这位姓杜名远字天机，江湖人称'神龙搅尾'。"又一指那个使拐的说道："这位姓阮名灵字伯仙，人称'展翅白鹤'。"又用手一指那个使莲花铲的说："这位姓计名奎字中无，人称夜渡长江。"又一指那个使链子镢的说道："这位姓蔺名湘，字淑泉，人称江上清风。"五个人互相一抱拳，说道："久仰。"

朱复一瞧指引完了，这才对大家说道："我们在这大道边上，站着许多人也不好看，不如到松林里面，找地方坐下，小子我还要听二位老人家讲说经过。"

于是进了松林，找了一个清净地方，席地而坐，就见白哲说道："朱壮士，你不是要问我们双方为什么这样仇杀恶战吗，这内中有这么一点事迹。"

于是仔仔细细对朱复说了一遍，朱复一听，不由地暗暗着

急，只顾自己要出头管事，哪知道事情这样麻烦，再说人家既然说出来了，自己要再说我管不了，没有法子，怎能说出口来，若说一管到底，非管个水落石出不可，此事必须如何着手呢？阅者诸公，你道这个事，是怎么个来源，如何这样的难办？

原来白哲跟前有二子一女，长子名叫白敬，次子名叫白纯，女儿名叫白鸿。这位白鸿姑娘，从五岁上就叫宣化府太行山枯竹庵的住持铁衣菩萨明因大师的大弟子，赛隐娘白敏白飞侠要了去。这位白飞侠本是白哲的嫡亲胞妹，因为爱喜白鸿聪明灵巧，皓齿明眸，所以白飞侠就把她带到枯竹庵亲自教她练习武术，又加着明因大师不时的指点，到了二十岁，整整跟她姑母练了一十六年，练了一身惊人的绝技，较她两个哥哥还要高出一头。回家之后，嫁与白哲的师弟金戟太岁姬源的二弟子，金刀蒋洪为妻，小夫妻就在华阴县西门里开了一座兴顺镖局。一晃三四年的工夫，没有出过一次错儿，白鸿在江湖上也创出一个外号，人称“冲天玉凤”。一来二人武技精深，二来两个人的师父又是剑客，所以凭着一枝镖旗，永远是平平安安。

这天也是该当出错，因为华阴城内有正华银号的一枝镖，向湖北武昌府送，因为本局的镖师全都押着镖走了，所以夫妻一商量，蒋洪去到四贤庄，请大内兄白敬白子谦给送这趟镖。从陕西一直到河南，倒是风平浪静，将将入了湖北界，来到穿松林，不想前面由松林里走来了一位老者，身穿一件黄罗的长衫，白袜云鞋，往脸上一看，寿眉长目，一部美髯，在胸前飘洒，看年岁七十上下，身后跟着十六七岁的两个童子，一个面如美玉，一个面似桃花，全梳着冲天辫儿，前发齐眉，后发盖顶，十分俊美，一个穿青，一个穿蓝，全都精神百倍，喊趟子的正怀抱镖旗，向前行走，就听那老者一声断喝，说道：“镖车，给我站住。”

喊趟子的一看，有了劫镖的了，呵了一声，回马报告镖师。那银面熊白敬白子谦，正在后面车上同送银子的老客谈话，忽见前面的镖车停住，白敬就知道出了错儿了。于是跳下

车来，就见喊趟子的跑来，说道："报告镖主，前面有了吃横梁子的了。"

白敬一摆手，喊趟子的退下去，白敬自己跃步向前，一瞧原来是三个劫路的，一老两小，白敬两手抱拳说道："老朋友，是合字吗？"那个老人说："我不懂合子斗子的。"白敬又说道："你是线儿上的？"

老头子说："我是绳儿上的，我告诉你少说废话，你这个镖，不是兴顺镖局的镖吗？"

白敬说："不错，是兴顺镖局的镖。"老头子说："你们的镖主是不是蒋洪字清澜，江湖人称金刀的吗，女镖主是不是白鸿，人称冲天玉凤？"白敬说："不错，正是他二位。"

老头子说："你们二位镖主的师父，不是一位叫金戟太岁姬源，一位叫赛隐娘白敏？"白敬说："不错。"

老头子又说道："镖客你可是白哲白天侠的儿子？银面熊白敬白子谦？"白敬一听暗道："这个老小子，可谓土地栽花，知根知底。"于是说道："老朋友，既然你全知道，更得闪个面子了。"

老头子说："我因为全知道，所以才留你们这个镖。"

第十五章

解纷争一剑和群友

且说白敬一听，不由得十分诧异，说道："老朋友，莫非说你同他们有仇？"

老头子一笑，说道："我同他们并没有仇恨，因为你们三个人的尊长全是剑客，所以我才留镖，第一是看一看这三位剑客的本领，凭什么要称剑客；第二是要领教领教保镖的镖师，凭什么保镖；第三因为我爷儿三个路费短缺一千银子。告诉你小朋友，你真要明白，你赶紧叫伙计把银子给我留下两个鞘子，你们走你们大路，不然的话，你栽了跟头，也得留下银子，你听明白了没有？"

白敬一听不由得恼怒，说道："老朋友，你这就不对了，你既然身居绿林，当然明白规矩，你既同三位镖客有仇，或是同白某有怨，我们不是没有住址，你就应该找到门上前去比较高低；再说你偌大年纪，岂不明白道理？虽说一千银子为数有限，若在镖局之内，或是在我们家中，这满不算事，立刻就能给你拿将出来。现在可不成，别说你在车上拿一千银子，你就是把银鞘子摸一摸，镖局子全都得关门歇业。我这个镖客是干

什么的呢？真你要有名有姓，有根有理，不怕你把整支的镖留下，那是因为失了规矩，自有镖主前去请镖。现在你第一不说姓名，硬要拦路留下银子。我说老朋友，你趁早收起这个心思，省得伤了和气。”

老头子一听，哈哈大笑，说道：“小朋友，闹了半天，你把我看成外行了。你想我偌大年纪，不明规矩，还怎么在江湖上混呢？我真要找到镖局或是找到你们家内，这三位镖客哪能一齐出头呢？再说我又不是整支的留镖，我要你们拜山请镖干什么，不过因为路费短少，才和你们暂借千金。”

白敬一听说道：“原来你是要斗这三位剑客才拦路动镖，你既然非劫不可，请你道个万吧。你若真能把姓白的制倒了，那三位剑客自然找到你的窝儿，前去向你请罪。如若制不倒姓白的，老朋友恐怕你今天难出松林，你就道个万吧。”

老头子说：“小朋友，你既非问不可，我要不告诉你，也教你失望，我告诉你姓名之后，你留下银子就是了。老朽家住云南玉龙镇金波寨内，姓江名飞字天鹤，江湖人称万里追风长髯叟。”

白敬一听暗道：“原来这个老头子也是剑客，人称南方三老。”于是说道：“老朋友既然非劫不可，你若胜不了白某左臂金刀，别说一千银子，连车上的绳子全不许你摸一摸。”说着一回手呛的一声，金刀出鞘，用右手一抱，说道：“晚生也要看一看你这不讲理的剑客，有多少高招。”

老头子一听，哈哈大笑，说道：“你既然要看，这还不容易吗？露儿你就教他看看，大概他不是看不明白，他是善财难舍。”

就听那个穿蓝的孩子一声答应，一纵身跳在当场，一掀大衫，由腰内撤出一条兵器，长有一人，鸡卵粗细，上端有一只手，手内横攒着一管笔，笔杆约有桃核粗细。就见小孩拿在手中，晃晃悠悠，直向前走，眼看够上步位，向白敬说道：“朋友接招。”把兵器一抡，向白敬劈头打来。白敬一看原来这条

兵器能缩能伸，自己叫不上名来。他这一抡，足有五尺长短，白敬不敢用力硬架，向右一上步，右手向孩子面门一指，身体一斜，左手刀向上一接孩子的腕子。孩子一看兵刃走空，于是一撤右步，把兵器向怀中一揽，护住面门。白敬的腕子向下一翻，刀奔孩子的双足剁来，孩子身体向上一飘，兵器一伸，直向白敬的面门就撞，白敬一蹲身躲开兵器，一进步，刀由孩子的足下直扫过去。这时二人可就背对了背了，白敬身体一斜，右臂刀向后一扫，直奔孩子的腰部，那孩子脚一落地，一伏身，右手兵器向自己右肩头上一搭，那个笔尖直奔白敬头上打来。白敬一刀没砍着，孩子一回头，笔尖到了头上，心说好快的招数，于是左手用刀背向上一磕，当的一声，把小孩的兵器架住，紧跟着，刀交右手回身扣步，用了个黑虎掏心，刀尖奔孩子的后心扎来。

刀将伸出去，小孩子用了个鹞子翻身，兵器横着向外一带，这一招叫作回头望月，当的一声笔尖又撞在刀面之上，差一点把刀带出手去。白敬才知道这个兵刃招法十分稀奇，于是抽招换式打在一处，二人动手足有三十多个照面，不分胜负，就听那个江飞说道："露儿撤下来！"只见那个孩子向外一纵，兵器一甩，打了个乌龙搅尾走出圈外。这叫临走留招以免敌人追击。

白敬一瞧收住兵刃。只见江天鹤空手向前，用手一指，说道："白敬你就进招。"白敬一看，说道："老朋友你为何不用兵器。"江飞说："同你们这些晚辈孩童动手，如用兵器，岂不教江湖人说欺压后生。白敬你就进招吧。"

白敬一听，说道："既如此，江飞你就接刀。"说着右脚向前一迈，左手向上一翻，刀刃向上直奔江飞胸部扎来，这一招叫作猛虎出洞。眼看刀离胸膛不远，江飞左步向上一迈，一斜身体，左手一拍刀面子，白敬的刀向回一撤，右手直奔江飞的胸膛一指，左脚飞起奔江飞小腹踢来。那江飞用了一个凹腹收胸，左手向下一落，手心正落在白敬的脚面上，这一手打个正

着，白敬只觉着半身发麻，扑通坐在地下，原来白敬被人家点了穴了。本来点穴这种功夫，讲究踢、打、点、撞，老头子这一掌正打在白敬的太冲穴上，所以白敬撒手扔刀，坐在地下。

老头子哈哈大笑，说道："白子谦你虽然武术精奇，同我动手，你还差点。孩儿们，上车去拿银子，可是只许拿一千两，不多不少够咱们的路费就得了。"

只见两个童子，各人抽出兵器纵步向前奔了镖车。镖局子的伙计一瞧，知道无法抵抗，于是跳下车来，四散奔逃，送镖的老客叫赶车的拨回牲口，向来路逃走，只听老头子叫道："伙计们不要逃走，我们并不伤人，不过借点银子就是了，你们何必拼命飞逃呢？"

大家一听方才止住脚步，这时童子已经把车上的绳子用刀割断，由车上取下两个鞘子，每人一个。老头子说："你们走吧。"两个童子每人提着一鞘银子，直奔松林之内走了。

那老者来到白敬面前说道："白子谦，我这一来可是有点对不起你，但是不这个样子，你们三个的师傅如何能够出头呢？此事回到镖局，就去请你们的师傅前去找我，我在家中等你们就是了。"说着照定白敬背上啪的就是一掌，老头子也回身走入松林去了。

白敬待了好半刻方才还过气来，立起身形，这时候伙计们同老客全都来到白敬面前说："你老好了。"白敬说："不要紧，你们瞧瞧车上到底丢了多少银子。"伙计说："瞧过了，只两个鞘子整整一千两，除外纹丝也没动。"白敬说："你们有人跟他们去没有？"伙计说："我们倒是打算暗中跟下去，不过老客说，好在所失为数有限，无论如何也不叫我们动身。"

白敬一听把脚一跺，说道："完了，这一来镖局子也不用开了，我这个跟头也算栽到底了。"这时老客可就过来了，说道："白镖头，你别着急，这不过丢了一千两么，这很不要紧，没有关系。咱先把现有的送到武昌，我在我们柜上再拨过一千银子不就完了吗？咱们回去再同镖局子算账。假如给贼人全劫

了去，我们不是更没法办了吗?”

白敬说：“你哪里知道这内中规矩呢?”到了武昌，果然由老客拨清了银子，大家一同回到华阴来了，到了镖局子里面，仔细对蒋洪一说。蒋洪说：“大哥，你先不用着急，先由咱柜上把老客填的银子拨清，然后再说别的，如若这个面子正不过来，咱们这个镖局子就不用开了。”于是告诉账房快给老客拨一千银子。

那白敬等人，先不让镖局招买卖，各整理行装要打听劫镖的人，三个人可就奔四贤庄来了。这个四贤庄当初本名房家集，因为白哲白天侠师兄弟四人，一同迁在此处，所以改名四贤庄。他这师兄是本庄人氏，姓房名镇字建梁，江湖人称铁面金虬；二爷就是白哲；三爷就是姬源；四爷姓袁名兴字振远，人称铁棒无敌。这四位全是太华山松阴观铁冠道人拂云子陆天真，同金面仙大演真人张天智的门人，自从这四位老人家住在此处，才改名四贤庄。

单说白敬同蒋洪二人，一同来到四贤庄，见了白哲。白哲说你们不在华阴作买卖，回家做什么来了，白敬才仔仔细细对父亲一说，白哲一听十分诧异，暗道：“江飞江天鹤我耳朵里倒是有这么个人，人称南方三老，不过没有见过，这个武术的身份足够剑客的资格。我们既然没有见过面，又没有冤仇，他为什么同我们作对呢?”于是自己带着蒋洪同白敬一直往大爷房镇的住宅走来，正赶上三爷姬源、四爷袁兴全在这里。哥四个一见面，蒋洪、白敬上前给三老行礼，把丢镖的始末仔细对他们说了。

房镇说：“你们打算怎么办呢?”蒋洪说：“弟子因为不知此人与弟子有何仇，特地回来请示恩师怎样的办法。”

三爷姬源说：“我们同南方三老并不认识，他为什么作出这种无理举动。”

只听四爷袁兴说道：“二哥同三哥不认识江飞，你准知道敏妹妹没有得罪过他吗，你三位只要有一位得罪过这个仇人，

挤到一处还不是同你三位全得罪过一样吗？这个事情依我说我们先打发人去往枯竹庵，问一问敏妹妹；一方面不管认识不认识，去一位或二位到云南，直去玉龙山，去找江飞，问他个不通情理之罪。”

大爷房镇同二爷白哲、三爷姬源全都点头，大家说道：“往云南谁去呢？”白哲说：“我带着敬儿同纯儿前去。”姬源说：“我往枯竹庵，去问敏妹妹。”袁兴说：“就这么去吗，也得有个步骤哇。”白哲说：“怎么还用着步骤呢？”

袁兴说：“听说金波寨势力很大，你自己去到那里不太单吗，所以我说得有一个步骤。二哥你先走你的，三哥你去到太行山，大概半个月也回来了，或者敏妹妹也许前来，来了之后，我们四人一同动身，在后面相随。第一是访南方三老，第二是接应二哥，我们定准了在丽江县相见，丽江县南门有个福来老店，我们就在那里会齐。至于入山的办法，到时再定。”

大爷说：“若是敏妹妹也不认识江飞呢？”四爷说：“不认识也得去呀，如若不去，一千银子不说，那个镖局开不开不管，我们这个跟头栽得起吗？所以说一定得同南方三老见个高下，等我们去的时候，再叫蒋洪一同跟着。”

哥四个规定好了，各回了宅院。到了次日清晨，单说白哲带着二子收拾好了兵器，手提小包袱带好了路费，离了四贤庄，一路向云南大路走来。依着白纯，由陕西奔湖北，一直去往云南。

白哲说：“我们早走半月，为的沿途寻找江飞的踪迹，如若我们到了云南之后，他还没有回归玉龙山，我们向谁说呢？所以我打算先往你们失事的那里瞧瞧，然后再在那一方打听打听像这种打扮的人有否路过，我们顺着他的脚跟，可就找到他老家去了，现在你何必性急呢。”白纯说：“他若不住旅店，暗暗回山我们不是白耽误时间吗？”

白哲说：“你这孩子真糊涂，你想他既然敢留姓名，他还怕人家寻找吗，所以必须往那里看个实在，如若江飞没有回

山，在那里访着，你们赶紧回家送信，也省得你伯父同你两个叔叔还有你姑母空劳跋涉，如若得了消息，也赶紧知会他们，好请他们全往这里聚齐。”

白纯一听，不敢再说，于是父子三人，一直奔武胜关的大路走下来了。一连五六天的工夫，过了武胜关到了大别山的南麓，一直来到穿松林，父子一进松林，只见这一片松林十分茂盛，老干纵横，虬枝盘结，方圆足有十余里大的一片，阴气沉沉隔离天日，在松林中显出一条大路，的确是个幽僻所在，强人出没的地方。

父子三人正然行走，眼看来到丢镖的地方，只见在大路之旁松树底下坐着几个人，内中一个老者，白敬一瞧，那个老者正是劫镖的江飞，于是对白哲说道：“父亲你老请看，前面那个老头儿就是江飞，孩儿只说他回了云南，不想他仍然还在此处，大概是每日在此劫镖掠行人。”白哲说：“你既然认识他，你可以向前同他答话，就说为父我特来向他赔礼请镖。”白敬答应一声，转身来到近前，站住身形，说道：“前面坐的可是江老剑客。”

只见那个老头儿立起身来，说道：“不才正是，不知阁下贵姓高名，缘何认识老朽。”

白敬一听，哈哈大笑，说道：“老剑客，我们一别十余日，莫非说你老人家就忘记了，现在三位剑客一并出头，正各处寻找你老人家赔罪，怎么今天相见倒诧异起来呢？”

那老者一听，面现惊疑，说道：“朋友，我几时同阁下见过面呢，你这话从何说起？再说你说寻找我的三位剑客贵姓高名，寻找老朽有何见教？”

白敬一听，一声冷笑说道：“老侠客听我告诉你，既然人称剑客驰名三老，不应该露尾藏头，当前几日你伸手劫镖的时候，曾说为的是合斗三位剑客，现在怎么你又不认账了呢？莫非说你惧怕三位剑客的威名吗？既然不敢承认，当初就不该留下姓名，比方我们若找到了丽江县玉龙山呢，莫非说你也摆手

不认吗，这个样子哪能称得起剑客的行为?”

老头子一听，不由得有气，本来自己在玉龙山同方大爷分手，领着四家寨主，为的是云游四海，访请英雄。不想走到此处遇见这么一位，所说的自己连一点消息不知，凭空硬说劫了他们的镖银，并且一脸菲薄的神气，说话十分难听，这不是无故前来捣乱?你丢了镖银对劫镖的没有法子，你对我倒说出这许多无理的言语，真是岂有此理！想到这里，缓缓说道：“你这位朋友大概你是丢失了镖银，你认错了人了，所以你才硬说是我。”

白敬一听，说道：“老朋友，怎么你还不认账，我要认错了人，我怎么知道你是江飞呢，再说当时你自己留下的姓名，曾说要斗枯竹庵同四贤庄的四位剑客，你想世界上同名同姓的人倒是有，怎么衣服面目也那样相同呢?老朋友，现在四贤庄的白老剑客要同你答话，你就不必再露尾藏头了。”

江飞一听，心中暗想，我此次为的是下山网罗英雄，会一会当世的剑侠。耳闻陕西四贤庄的四位剑客，武术精奇，今天既然相遇，我何不先同他比比武术。事过之后再帮他们寻找镖银，大概这个劫镖的一定是冒我的名姓，就是他们不要镖银了，我也得四路访察。如若是一个无知的匪人到处胡作非为，冒用我的名姓，岂不把三老的名誉败坏到底吗?想到这里说道：“朋友，这个事情你非说是我不可，我可是没有劫你们的镖银，但是你一口咬定，叫我有口难分。是我也罢，不是我也罢。你不是说，现在有剑客出头吗?咱这么办，你把剑客请过来，我们先谈谈武术，然后再解决镖银的问题。”

这个时候，白哲白天侠早听明白了，不由得心中有气，暗道：“你劫了我的银子，还硬不认账，问得你无言答对啦，你又要同我谈谈武术，真是岂有此理。”想到这里迈步向前说道：“老朋友，蒙你指点相叫，白哲这里一定奉陪，你亮兵刃就是了。”

江飞一听，暗道：“四贤庄的剑客，怎么也不讲情理呢?

那江飞也不再言语伸手由腰内扯出三十六节蛇骨鞭一抖，说道：“白老剑客进招吧。”

白哲一看一回手，由腰内呛的一声将红毛宝刀托在手内，左手一指，说了一声“请”。二人各施所能，战在一处。白哲同白纯用手一指四家寨主，说道：“你四位也不必怔着了，还不动手等待何时。”

他们这里动手，正赶上朱复由此经过，才一剑解纠缠，给双方分开。

那朱复一问，白哲把始末一说，朱复又一问江飞，说道：“这个镖是不是老剑客你老劫的呢？”

江飞说：“朱壮士，我若同他们有仇有恨，何必还劫镖呢，我不会往四贤庄前去相访吗？我说大概天侠兄也不信，几时咱们找着这个劫镖的，自然证明出不是老朽来了。这个镖就是你们不要了我也得找，为什么呢？不然冒我名在外胡为，在下受不了。现在朱壮士既然出头，请你也伸手相帮。”

朱复一听连连答应，说道：“既然二位老人家瞧得起我，我是一定帮忙，不知此处离什么地方近，我们先找店住下然后再想法子。”

白哲暗想：“这个镖如果不是江飞劫去，那么托名冒姓的人，可又是谁呢？”正然思想，就听江飞说：“天侠兄我们双方既然合在一处，我们就不必在此处怔着了，此处离黄安县的七里坪最近，我们就往七里坪找店住下，然后再想法子。”

白哲一听连连点头，说道：“天鹤兄请你不要怪我鲁莽。”江飞说：“我们全都有错，岂能独怪老兄。”

于是大家直奔七里坪，找到一座店，字号是天顺客栈。大家赁了一所东跨院，是三间正房左右六间配房，一共九间。到了店中之后，白哲打发白纯星夜转回华阴，去四贤庄报告，请大家一同往七里坪来，大家好分头四路寻找劫镖的贼人。白纯答应，辞了众人，一路回四贤庄去了。

再说朱复同大家正在店中晚间议论，商议寻镖的手续，忽

听后窗户上有人哈哈大笑，声音十分苍老。大家连忙来到外面跳上房去一瞧，鸦雀无声，十分寂静，连个人影也没有瞧见。朱复同两个老头子回到屋中，不由得心中难过，因为这些人在江湖上多少有点声名，朱复初出茅庐，还不显怎么样，最难过的是江飞同白哲，闯荡江湖五六十载，人称剑客，不想在此处受了人家这样的耍笑。两个人正然心中难过，只听后窗户上有人咳了一声，大家复又来到院中跳上房去一瞧，仍然是没有踪迹。江飞对白哲说道："天侠兄，我们闯荡江湖数十余载，老了老了，不想在此处栽这么一个跟头，真是可气可恼。"

白哲一听哈哈大笑道："天鹤兄，我想这个耍笑我们的人，十有八九准是那个托名冒姓拦镖银之士，因为他不敢出头露面，所以借别人的姓名拦路劫镖，只靠黑夜掩护，前来耍笑我们。照我看这种人不值得注意，因为他既然不敢明张旗鼓，同我们作对为仇，暗中尽用这种鸡鸣狗盗的伎俩，我此次叫纯儿回转华阴，真可算小题大做。我当初要知道劫镖的这一位，是一个托名冒姓的人物，我一定不急于出头相访，因为我们访的是有名有姓的人物，类乎这种无名少姓之辈，岂值得你我弟兄一顾。"

这句话将说完了，就听院中有人说道："白老剑客不必这么刻薄人，不才我也是个朋友。"说着帘子一起，由外面进来了一个四十多岁的中年人，身高五尺，面如紫玉，两道白眉，一双虎目，大鼻子，火盆口，一部虬须，身穿一件青绸子大衫，手拿折扇，笑嘻嘻的走进房来，说道："江、白二位老剑客，同众位英雄，请恕我耍笑之罪，我这赔礼了。"说着一躬到地，大家一看，连忙立起身来。

江飞说道："阁下何人，请坐了谈话。"

只见那个人坐下说道："不才姓鲁名靖字洁臣。就是本地七里坪的人氏，江湖有个小小的外号，人称白眉侠。"

白哲说道："原来是威镇三楚的英雄，老朽久仰得很。阁下既然人称侠客，双方无冤无仇，为什么这样笑我们，莫非瞧

我们不够朋友吗？"

鲁靖说道："你老人家不要着急，听我慢慢道来。这座店本是我开的，自从白天你们众位一进店，我就看出是江湖的人物，后来在暗中一听，才知道是二位剑客，因为寻找镖银带着众位来此。我本想和众位交朋友，怎奈无进身之阶，恰巧不才对于这镖银，多少有点线索，所以我暗中偷听，打算帮众位一个小忙，于是同众位开了个玩笑，以作进身之阶。虽然白老剑客言语难听，总是我自己惹的。"

白哲一听，连忙说道："这也怨老朽一时失言，请你不要见怪。"

鲁靖说："不才如何敢怪你老人家，这总怨我冒失，才惹得你老人家生气的。"

江飞说："既然我们全是朋友，也就不必再提。可是鲁侠客方才躲在什么地方，我们就没瞧见你，足见功夫高强，我等不及。"鲁靖一听哈哈大笑，说道："我蹲在后房檐子底下了，大家没留神，所以未曾瞧见。"

大家一听全都大笑，江飞说："现在的事算是过去了。方才鲁侠客说对于镖银有点线索，不知阁下怎么得的消息，望请指示一二。"

鲁靖说："在半月以前，我这店里来了两个老者，带着两个童子。这两个老者，一位同江老剑客的服式、面目、行动、言语和声音几乎一样。那一位年纪比较大一点的，穿一身灰色的衣服。两个童子十分俊秀。伙计一问这二位，一位姓杨，一位姓宗，也是住在这个院内，一晃住了四五天，总是早出晚归。我因为瞧看这四个人准是绿林的豪杰，只是看不准是哪路子的人物。我这个人有个特性，无论什么事情，只要我留上神，我非探个水落石出不可。所以我每天晚上必要前去窃听，可是也听不出什么消息。一直到了第四天晚上，天到定更之后，我又前去窃听，就听那个穿灰的说道：明天大概那个镖车就可以来到穿松林了，兄弟你去呀还是我去。那个穿黄的说：

按原定的计划，还是我去为是。那个穿灰的说：那么我去不去呢？穿黄的说：兄长就不必去了，凭一个孩子还不容易收拾吗？只听那个穿灰的哼了一声，以下就不言语了。我听了半夜，人家也没往下说，到了第二天一早那个穿黄的就带着两个童子走了，那个穿灰的可就一天没有出店。当时我就告诉一个伙计等那个穿黄的老者回来，勤去送茶送水，为的是探听他们的谈话。到了下午那个穿黄的果然回来，两个童子，每人提着一个包袱，看样子很重。伙计就去问茶水、开饭，左一趟右一趟的走了十几趟，也没听见人家谈话。到了定更之后我又去偷听，以先说的什么，我不知道，就按听见的说，那个穿灰的讲：此次镖银他们别说失去一千两，就是失去一两，他那个镖局子也得歇业，单瞧瞧白氏兄妹同姬源有什么办法。再说他们找到云南，同江天鹤双方分说不清，十有八九就得起麻烦。如若四贤庄势力大，就许把金波寨给他们拆了。如若金波寨力大，就许让白哲同他白飞侠还有姬源他们这一干剑客一栽到底。到那时我们坐山观虎斗，尽瞧他们两败俱伤，然后我们再出头同他们双方斗一斗，也解一解我们的冤仇。贤弟你不是没有伤人吗？那个穿黄的说：没有伤人，不过白哲的儿子叫我给点了穴了，那孩子的武术还真不坏，同露儿走了个平手。事情既然成功，我们明天就回西宁。那个穿灰的说：依我看还是回云南的好。那个穿黄的说：今天到路上再商议吧。往下可就又不言语了。我听明白了之后，才知道这两个老头儿，因为同四贤庄的白老剑客兄妹和姬老剑客大家有仇，并跟金波寨的江老剑客有恨，才劫镖给双方对拢，他好坐收渔利。我一想这两个老头儿存心太狠毒了，你既同这些人有仇有恨，他们并不是没有住处，你何必挂上一个镖局子呢，莫非说人家镖局子也同你有仇吗？我越想越有气。到了第二天早晨，他们四个人果然算还了店钱就走了，我若不是因为买卖缠住身体，非跟他们跑一趟，瞧瞧他们的窑在什么地方不可。后来一想，何必因为人家的事情，自己往来跋涉跑这种冤腿呢？再说真要动身，这个店

还开不开呢？于是就把这个主意打消了。后来又一思想，四贤庄的四剑客绝不能放下这个事情不管，一定要来穿松林查看踪迹，我这里离穿松林最近，住店吃饭非往七里坪不可，何不等着大家来了之后，我再暗暗通知，岂不比我自己跟下去强呢。所以我每天留神，不想居然把众位等来了。一进店，我以为那位劫镖的又回来了，后来打发伙计一问众位的姓氏，才知道是江老剑客，同白老剑客，后来一探听众位的言语，果然是前来找镖，我才斗胆同大家开了个玩笑，这就是我得到的这一点线索。至于办法，还得众位商议。可是白老剑客同江老剑客，怎么会遇到一处，为什么没有翻面争持呢？”

那江、白等一听方知原委。江飞笑微答道：“若不争持那哪成了一家呢？”于是就把松林相遇双方动手，正在不可开交的时候，来了朱意明从中调解，双方化敌为友的经过，讲了一遍。鲁靖一听，不由得用目打量朱复，暗道：“就凭他一个孩子，敢给两位剑客出头调解，一剑解纠纷，他一定身藏绝艺，二位剑客才瞧得起他。不然二位老人家，也不能对他这样重视，看起来真是人不可貌相。”

于是，他对朱复说道：“不想阁下年龄虽幼，竟有这样的魄力，真叫不才佩服得很，不知阁下的贵老师是哪一位？”朱复说道：“这全是二位老人家赏我脸面，瞧得起我，我有什么能力呢。谈到家师，大概阁下也许知道，住持贵州清凉山降龙寺，法名空空长老，人称无上禅师。”

鲁靖一听，连忙说道：“原来是大明的剑客，久仰久仰。”

朱复说不知鲁侠客的贵老师是哪一位。鲁靖说：“家师姓许，字是天琪，江湖人称邋遢仙人。”

大家一听，原来他也是剑客的弟子。

朱复说道：“我在练艺的时候，听家师谈过，只是无缘见过这位老人家。”

鲁靖说：“众位若早来三天，可就见着了，前天他老人家才走。”大家说：“这是我等无缘，所以不能相遇。”

白哲对江飞说道："天鹤兄，我们这一趟七里坪，总算没有白跑，一来交了鲁侠客这个朋友，二来又得了镖银的线索，虽然不准知道劫镖的落在何处，大概出不了云南西宁这两个地方。我们就在此处等候我师兄同二位师弟，大约半月以后一定可以赶到七里坪来。"

江飞说道："天侠兄，依我说咱们不必在此等候，不如明天咱们就同往西宁，华阴是必由之路，我们何必再令他们大家往返徒劳呢。"

白哲说："我们聚首了之后分二拨进行，一拨人往云南，一拨人往西宁，双管齐下不好吗？"

江飞说："双管齐下固然是好，我看着孤单一点，总不如大家同去为妙。再说若在西宁找不到消息，当然他们回了云南。只要他们在云南境内，我们一同到了云南，不愁见不着他，因为云南是我的家乡，那里朋友比别处为多，当然容易着手。所以我说先往西宁，由西宁再往云南，天侠兄你瞧怎么样呢？"白哲一听，连连点头，说道："还是天鹤兄想得周到，那么明天咱就先回华阴。"

鲁靖一听大家商量妥当，说道："现在众位既然商量好了，请安歇吧，明天一早我可不送了。"说着告辞，大家送出屋门拱手作别。

次日早晨起来，白哲叫伙计算账，伙计说："东家昨天就吩咐了，众位的店钱饭钱一概免了，请众位不必客气。因为今天早晨本街上有事，东家一早就给人家了事去了，不能给众位送行，还觉着十分抱歉呢，教我对众位说明了不要怪罪才好。"

江、白二老一听，说道："这是哪里说起，平白无故来打扰朋友，既如此，我们也不让了。等东家回来，请你替我们道谢一声就是了。"

说着掏出一块三四两重的银子，递给伙计，说道："这些给你们买杯酒吃，你拿了去吧。"

白、江二老带着大家一同出了天顺店直奔华阴走去。这天

来到四贤庄一看，房大爷、袁四爷全在家内，三爷姬源往太行山还没回来，白纯昨天才回到家内。白哲把朱复同江飞还有四位寨主，给大爷、四爷一指引，大家互道倾慕。白哲就把经过的事情对房大爷同袁四爷仔细说了一遍。又说道天顺店的店东鲁靖报告镖银的踪迹，江三爷划策大家先奔西宁。房大爷一听，说道："前半截的事，纯儿已经告诉我了，这后一段我不知道，既然有了线索就好办了，我们等候着三弟，回来之后咱大家再一同动身。"

一转眼过了三天，三爷姬源才同赛隐娘白飞侠带着蒋洪夫妇，由太行山枯竹庵回来。大爷房镇又给大家介绍了一番，坐定之后才谈说经过，大爷问白飞侠，当初得罪过这么一位姓杨的和姓宗的没有，白飞侠说，"既然身居绿林，岂能保得住没有仇人，谁还记得？不过他现在既然给我们双方拢对，一定同我们双方都有冤仇，就是没有仇，他来摘我们牌匾儿，我们也不能轻易地将他放过，我们明天动身直奔西宁，访查消息，如若访查不着，再往云南，至于当初怎样的结仇，也就不必再提了。"

第十六章 石炎辉为女择东床

到了次日，江飞带着杜运、阮灵、计奎、蔺湘，四贤庄的四老爷带着白敬、白纯，白飞侠带着蒋洪夫妇，还有朱意明，一共十五个人，直奔正西而去。这天走到一个地方，名叫博陵洼，属甘肃省甘谷县所管，这个镇上足有一千多户人家，是甘谷县第一大镇。大家来到博陵洼，一看天色已晚，姬源告诉蒋洪，赶紧同白敬、白纯，去寻找店房投宿。三个人一听，连忙由东向西，走了不远，只见路北露出一座店房，匾额写着石家老店，两边的招子上悬着几个字："仕宦行台，安寓客商"。

店里的伙计正在门口站着，一瞧来了三位武士打扮的人，看神气是打算住店，于是笑嘻嘻招呼道："三位爷住店吗？咱们这里房钱便宜，屋子宽敞，收拾的十分洁净，荤素厨房全有，比街上馆子里的价钱还便宜，在这个镇上我们算是头一家。不信你老打听，小子我绝不是谎言，你老一住下，就不想再住别的店了，还有一个便宜，只要会武术，我们这里不收房钱。"

三个人一听觉着奇怪，于是问道："伙计，你们这里可有

独院?”伙计说有，西跨院三间正房，四间厢房，一所独院，今天才裱糊完了，不信你老瞧瞧就知道了。

说着三个人随着伙计一直进了店门。一瞧迎面一座木做的映屏，新用红绿颜色洒金油漆的，转过映屏里面四四方方的一大院子，用黄土垫得十分平整，正面是七间正房，两厢房全是五间，南房也是七间。正路中是一间的大门洞，所有的门窗，全是油漆一新。三个人跟着伙计，进了西角门，一看里面是一所小小的独院，正房三间，东西厢房各两间，全是门窗一新。三个人上房一看，是两明一暗，新用白纸糊的，上下白如雪洞，也摆着条案桌椅，里间门上挂着青布门帘。进去一看，靠北面一条大炕，炕上铺着一条杂毛毯，放着一个炕桌；靠南面窗下一张八仙桌子，两旁放着椅子；靠西墙放着一条板凳，所有的家具全都油漆得十分明亮。

蒋洪说：“伙计，那两间厢房，也这样洁净吗?”伙计说：“你老不知道，我们这座店，一共百十间房子，分七八个院落，完全是新收拾的，今天前半天才收拾完了，下午就差不多全住满了，只还有这么一个院没住人。你们老三位随便住，正房厢房价钱全不大。”

白敬说：“我们人多，这一所院落我们全都留下，候一候就全来到了。”伙计说：“行，有你老这句话，就不能再让别人了。”白敬说：“我去瞧瞧，大家到齐了没有。”一回头对伙计说：“你赶紧预备茶水，告诉厨房，安排酒饭。”

伙计答应转身出去，白敬这才出了跨院来到大门，向东一看，大家也将来到近前，白敬迎上去，对大家说道，“现在把店安排好了，就在前面。”说着领着众人，一同进了石家店，伙计跟着送了茶来，紧跟着打洗脸水，大家擦脸，坐下吃茶。

白哲说：“敬儿，你们定下了几间房子?”白敬说：“一共七间，这一个小院落，我们全占了。”白哲说：“很好，你同你妹妹、妹丈，还有纯儿，住东厢房，请杜、阮、计、蔺，四位寨主，住西厢房，我们大家同朱壮士，住这三间北房。你去告

诉伙计，教他安排三桌酒饭，分着摆在三个屋里，吃完了饭，早点休息，明天早起好赶路前行。”

白敬答应，出去一瞧，伙计在院内站着，白敬告诉伙计，教他去安排酒饭，伙计答应，转身走了。酒菜做好，伙计在三处调开桌椅，叫厨子把菜送进来摆好了，分在三处入座吃酒。这个时候天可就黑下来了，伙计在各屋内点上灯烛。吃完饭，伙计叫厨子把家具撤下去，又去给各屋泡茶打洗脸水。

白敬看着这个伙计很忙，一瞧上房同西厢房全都吃茶闲谈，再瞧那个伙计在院门旁边一个小板凳上坐着听候呼唤。白敬一瞧，觉着这个伙计十分忙碌，于是向他点手，伙计连忙过来说道：“你老要什么？”

白敬说：“不要什么，我瞧你忙得很，莫非说你们这么大一座店，就是一个人吗？怎么从我们一进来，就是你一个人张罗呢？你姓什么？”

伙计说：“我姓李名叫三儿，你老不知道我们这座店的规矩，所以看着不明白。我们这座店一共分十个小院子，三个大杂院，伙计就有十六个人，连喂牲口的带守夜的担水的以及厨子，加上掌柜的先生算上，足有四十多位。因为各人单管各人的事，所以就显着清楚了。我们这十个小院子，就是十个伙计伺候，那六个人伺候那三个大院，各人伺候各人揽来的客人，别的院的伙计不管旁的院里的事。如果哪个院里没有客人，那伙计就可休息，他也不替人帮忙。

白敬说：“那么谁还愿意伺候人呢，谁也不去揽买卖了。”伙计说：“因为这个样子，所以账房里有一笔账，一年三节分零钱的时候，谁揽的客人少谁就少分零钱。所以大家全争着揽客人，比方说这个院的客人所用的一切茶水房钱饭钱，今天一共收了多少钱，多少酒钱，都记上一笔总账，同别的院比较，谁收得多，谁分的零钱就多。此外掌柜的还给花红，收入最多的这个院，伙计还涨工钱。”白敬说：“你这一说，你们这个店，气派当然很大，买卖当然很多了。”

伙计说："买卖虽然不敢说多，哪一天这百十间房子也闲不下多少。"白敬说："怪不得把屋子收拾得这样洁净呢，原来进的钱多。"伙计说："收拾房子，并不是为了揽买卖。若尽收拾干净了，房钱饭钱比别人家大，客人也不往这里住。这个收拾房子并不是为了揽客人，内中另有一段缘由。"

白敬说："怎么收拾房子还有原故呢，你不是说，只要会武术，不收房钱吗，这是为什么呢？现在我们饭也吃了茶也喝了，也没有别的事了，你若是有工夫，何妨对我们大家说说这个原故，让我们也明白明白。"

伙计一听，笑嘻嘻地说道："你老若问，内中有这么一段缘由。"于是滔滔不绝，说了一遍。白敬一听方才明白，呵了一声说道："原来如此。"

说来话长。此店的主人，姓石名烈字炎辉，他有一个哥哥名叫石显字镇南。这个石显，自幼好习武术，后来遇见一位异人，传了他一身出奇的本领。他在江湖之上落了个外号，人称西方剑客。自从学艺成功的那一天，他虽然云游四海，每年必在家中住一个月，为的是传习兄弟石烈。这位石烈比他哥年小十余岁，也是自幼练的童子功，可是比他哥哥的功夫还好，可说是青出于蓝而胜于蓝。这位石镇南膝下有一个儿子，名叫石平，娶妻未到五年，夫妻双双身故，遗下一个女儿，名叫石玉芝，年方三岁。

这位石炎辉呢，在江湖上可也成了名了，人称小钟馗太平剑客。自从石平一死，石镇南老年丧子未免伤心，不久也发病不起，生生地把一位大名鼎鼎的西方剑客病死了。石烈一看哥哥身故，少不得盛殓发丧，把哥哥送入祖茔安葬。诸事已毕，只有这个三岁的孩儿，自己可为难了。本来自己也五十多岁了，眼看着石氏这么一点骨血，无父无母，每日守着老头子哭着喊着找她的爹娘，不到三个月的工夫，把个老头子磨得头昏脑闷，如同热锅上的蚂蚁一样。

这天老头子想了一个主意，打算把孩子带着出门游逛儿

年，一来变换小孩子的脑筋，二来自己也躲开这个愁苦地方，省得每天看着难受。于是把家产托给族中的一个兄弟，名叫石成玉，叫他经营。石成玉一瞧，石烈的产业虽说田地有限，可是房屋不少，于是和石烈一商量，给他开一座石家老店，等石烈回家之后，也可以作个养老之地。老头子对于这些事毫不在乎，一切都托付兄弟处理。

且说祖孙两个收拾好了兵器，带上川资，外出周游。说也奇怪，这玉芝姑娘自从离了家乡，每日总是眉开眼笑，连一声也没哭过。老头子一看这个法子用上了，于是到处游山玩景，剪恶安良。一晃在外边待了两年，可说是飘零四海，到处为家。这个时候姑娘年长五岁，老头子每每打算回家。赶一问姑娘，姑娘说："爷爷要回家，你老自己去，我不回去，因为一到家，就想我娘，在外边想不起来。"老头子无法，只好继续到处流浪。老人闲着没有事，就教给姑娘点小巧的武术，以作消遣。真也奇怪，姑娘对这武术一行，倒十分上心，学得飞快。转眼在外边待了七八年，这时姑娘出落得蛾眉杏眼粉面桃腮，就是一双脚没有办法，因为石烈不会缠脚，所以姑娘落了一双天足。石烈一看，索性把姑娘扮成一个童子，每日在外边漂流，倒显着方便。转眼在外面又待了好几年，姑娘年长一十六岁，武功可就学成了，什么蹿高跳远，飞行绝迹，一切长短兵器，还有江湖上所有勾当，完全明了。在外这十多年中，中国南北十二三省，可说是完全走遍，因为她的剑术高明，又没人知道她是个女子，所以在江湖上落了一个外号，人称小飞仙红莲剑客。这一来姑娘更高兴了，常常对石烈说，什么隐娘啦、红线啦，恨不能学成那个样子方趁心怀。

石烈一听，笑道："你这个丫头，大概是在外面跑疯了心了。这个侠义的事情，本来不应该女子来做。因为尽是些杀人越货的勾当，一有闪失，被人家拿住，还有什么脸面见人呢？本来侠以武犯禁，如若身陷法网，岂不丢尽了祖宗的面目。我传你武术的意思，不过是教你保护自己的身体，将来找个婆家

相夫教子，那才算是你的本分。怎么对这个分外的事情，你倒认起真来了呢，你以为我真打算教你成一个红线隐娘吗?”

姑娘一听，可着了急了，说道：“爷爷既然说武术不是女子分内之事，为什么当初不教我学习针线，反教我练习武功呢?练不会，还每天挨说；练会了，又说没用，你老人家倒是什么心理呢，现在又索性想教我嫁人了。我是一世不嫁人的，伺候爷爷百年之后，我自己还要远走高飞，成一个今世的红线。”老头子一听，哈哈大笑，说道：“你这个傻丫头，说你疯，你就疯上来了，不许再说了，快走吧。”

从此老头子可就安下心了。一来为的是四海遨游，再就为的是择婿，总想找一个文武双全的青年，去作自己的乘龙佳婿。不想姑娘一直到了十八岁，自己始终也没选定一个人才。真要把姑娘随便配给一个人家，久后姑娘若是一不如意，怎么对得起自己去世的兄长和侄儿侄媳呢?左思右想，自己偌大年岁，倘若一口气上不来，剩下姑娘零丁孤苦，无依无靠，那怎么办呢?再说终日在江湖漂泊，带着这么大的姑娘，也十分不便。于是打定主意，晚间住在店内，对姑娘一说，打算回归故土，姑娘因为现在年岁大一点了，对于世故人情也明白点了，自觉着自己虽然是个武术精深的侠客，终究是个姑娘，非男子可比，所以老头子一说，自己连忙答应。老头子一看姑娘愿意，于是到了第二天，雇好了车子，爷儿两个可就奔甘谷县而来。

石烈回到自己的住宅一看，嗬，所有的房屋全都焕然一新，大门上横着一块匾额，是“石家老店”。在门口站着好几个伙计，一进门就是柜房，房门旁一条板凳，上面坐着一个四十多岁的先生。这个时候伙计正在外边揽客人，一瞧来了一个老头儿了，带着一个美貌的童子，后边还有一辆二套车子，上面载着行李，伙计以为是住店的呢，连忙向前揽客。老头子说：“你先别忙，我既往这里来，当然住店，你们掌柜的在哪里?”

这个时候石成玉正在柜房里边坐着，一听外面有人找，连

忙走出柜房一瞧，不由得哟了一声，说道："原来是二哥回来了，这十几年来，你老人家身体可好？咱们姑娘呢？"

老头子说道："芝儿，过来见见爷爷。"

玉芝姑娘一听，就知道这是在家中经理产业的那位族祖石成玉，连忙过来磕头，石成玉说："二哥，这是何人？"

石烈说："贤弟，你不是问姑娘吗，这就是孙女玉芝，因为在外面不方便，所以把她改了男装。"石成玉一听，说道："原来是玉芝姑娘，一晃也长大成人了，咱们家里去吧。"

三人又向西走了不到一箭之地，见在路北有一座清水起脊的门楼，五条石的台阶，黑油漆的大门，石成玉说："二哥你看这就是兄弟给你老同姑娘预备的住宅，当初是同店房连着的，我特意把它隔开了。"

石烈说很好，多亏贤弟费心。只听石成玉叫道："老陈，二爷回来了。"只听门房里面说道："是吗，几时回来的？"门房一开，由里面出来了一个二十多岁的仆人。石成玉说："老陈，这就是本宅的主人。二爷石烈，也是咱们店里的东家，你好好地伺候。"

他又对石烈说道："因为没有人照料房子，所以就把他安在这里了，他的名字叫陈升。"

石烈一打量这个陈升，二十多岁的年纪，五尺来高的身材，一身青衣服倒是很朴实。再往脸上一看，面如紫玉，粗眉大眼，二眸子闪闪放光，又见他细腰乍臂，双肩抱拢，眉目之中隐隐含着一股杀气。老头子闯荡江湖数十年，什么人物不曾见过，所以一看陈升，就知道此人另有别情，当时也不说破。于是对石成玉说道："贤弟，真难为你想得周到。"

这个时候，陈升已经过来，向石烈磕头，说道："小子陈升给二员外磕头。"老头子说道："起来起来，你多大年岁了？"陈升说："二十四岁。"

老头子说，"很好。"这才用目光打量住宅。只听石成玉说道："二哥你瞧，这是我新收拾的，前院那五间正房西头两间，

给你老作客厅，东配房作厨房，西配房可以住老妈子。里院正房你老住，东配房作你的书房，西配房给姑娘住。后边这个院子给作场子，那五间房都连着，作为把式房。你瞧瞧，我安排得怎么样，今天我打发我那二儿媳妇过来，同姑娘作伴，再打发一个老妈子来收拾屋子，过几天咱再买个丫鬟好伺候姑娘。”一回头说：“老陈，你去到外边车上把行李物件全搬进来吧。”

石烈同姑娘这时全都进了上房，一瞧所有的桌椅家具完全是新的，并且打扫得十分洁净，墙上也挂着字画，虽然没人住，并不显着空寂。这个时候陈升早把一切的物件，全都搬将进来。石成玉说：“老陈你到外边告诉车夫，叫他往店里去住，让柜上给开发车钱，叫伙计泡茶让厨房预备酒饭，你再到家中，告诉大奶奶，拨一个老妈子，跟少奶奶过来同姑娘作伴，收拾屋子，一切的日用家具同粮食各物，明天再行安排，你就去吧。”

陈升答应，转身出去，工夫不大，店里的伙计将茶水全都送到，紧跟着石成玉的二儿媳妇带着老妈子也来了，一见石烈，连忙磕头。原来这位二奶奶娘家姓刘，人颇忠诚，能说会道，带来的老妈子姓李。二人见过了石烈，石烈叫玉芝去见二婶娘，刘氏娘子一看，说：“这是姑娘吗，冷眼一看同个小子一样。”

刘氏叫老妈子把姑娘的物件归置整齐，自己带着姑娘来到西厢房，梳洗打扮，改换女装，一切自有老妈子伺候。正房的石成玉陪着二爷石烈吃茶谈话，陈升布置铺盖。这个时候店里的厨房已经送了饭来，石烈叫在厢房摆一桌，在正房摆一桌，石二奶奶同姑娘在厢房吃饭，石烈同石成玉兄弟二人对坐吃酒。饮酒中间，石烈把在外边这十余年的经过，大略说了一遍，又一问家中景况，石成玉这才对石烈说道：“自从二哥带着丫头一走，我就把房子归置了归置，找好了一切的人员可就开了张了。这十多年的工夫，可说是生意兴隆，财源茂盛，干脆说一句，是十分赚钱。我这才把所有房子，完全翻盖了，又

怕二哥回来没有住处，所以给哥哥你安排了这么一所。再说到咱这个买卖，每年除了工钱花费以外，足足的可以剩七八千两银子，这个钱完全存在本街庆丰银号之内。兄弟我也每年自己提一份工钱抽一份花红，所以这十几年也大大的沾光，一家子总算托哥哥的福有了饭吃。这十几年的账目，等歇两天我再算给你听。”石成玉大致把这几年的情况说了。

石烈静静听完，不由笑道：“贤弟，真难为你这番经营，可是当初的本钱从什么地方来的呢？”石成玉说：“拿利钱借的，到了秋后，你老田地里粮食收下来，就把债务还了。每年田地里的出产，也都有账目，我们现在所存的现银，足有十二三万。”

石烈一听，笑道：“兄弟你真是个理财的老手，我们本是自己弟兄，你就不必多心，你照常经营买卖。至于账目，你也不必算给我听，当初我若信不过你，我还不托你呢。咱这个买卖既然这样兴旺，你也就别说我是东家了，咱们是二一添作五，你看着办，自东自掌，怎么办怎么好。我呢本是一世童男，也这把年岁了，只要有吃有喝有穿有花的就完了。再说就是姑娘，等出阁之后千万不要屈着她，好对得起咱们死去的大哥同侄儿侄媳妇。”石成玉一听，连忙说道：“姑娘也这么大了，有婆家没有呢？”

石烈说道：“因为没有相当的人选，所以还没有定亲，再说这个丫头也十分任性，可也是让我惯的。自从跟我学会了武术，跟着我闯荡江湖，也得了一个外号，因为没人知道她是姑娘，所以称她叫作小飞仙、红莲剑客。她自从得了外号，一提到婆家，她必要说一世不嫁人了，等我死了之后，她还要学女剑客聂隐娘呢。所以我屡次说她，她只是不听，现在来到家中，每日同她二婶娘在一处很好，让婶娘也调理调理她，省得每日像个半疯儿。”

石成玉一听笑道：“看姑娘倒是个明白样子，怎么那样讲呢？哪里有不出阁的姑娘！你老不要忙，等我告诉二儿媳妇劝

劝她，再用话慢慢开导她，不见得她不明白。劝好了之后多托亲友，选那门当户对的人家，品行优良的子弟。给她说个婆家，也给哥哥你去一条心病。这个事情，你就交给我吧。”石烈一听十分欢喜，这一席酒直吃到太阳斜西，方才吃完了。

再说姑娘同二奶奶刘氏说得就更热闹了，本来这位刘氏娘子就能说会道，一瞧这位如花似玉的侄女，父母双亡，伶仃孤苦，所以由爱中生出怜来。这顿饭她照应吃照应喝，把个姑娘哄得眉开眼笑。本来姑娘自从父母双亡，就跟着爷爷每日漂荡江湖，所见的尽是长剑大戟，所做的全是午夜飞行，几时享过这种慈爱的家庭幸福？自己又是一个爽快的性儿，这一来可就把话匣子拉开了，恨不能把这十余年的经过一口气说出来。刘氏一听，十分欢喜，不住地称赞。

外边石成玉吃完饭之后，向石烈告辞，便回柜照应买卖，临走告诉儿媳，打发老妈子把铺盖取过来同姑娘作伴。刘氏答应，打发老妈子去取铺盖。这个时候，已经到了掌灯的时候了，石烈把姑娘叫到上房，对姑娘说道：“现在咱们也到了家了，以后什么事要听婶娘教训，最要紧的事情，就是对于咱们这个姓陈的家人，可要处处留神，小心在意。”

姑娘说道：“不错，我瞧他也是有点来路不正。一看他这个眼神，就不像普通人，若不是江洋大盗，身背大案，来此避祸逃灾，就是另有所为。我一进门看着就诧异，凭这个人，绝不能俯首下气，来做下人。”

老头子一听，哈哈大笑，说道：“不错不错，不想你小小的年纪，也有了江湖上的知识。既然你自己明白，我也就不必再嘱咐了，处处留神就是了。”

从此以后，每天爷两个十分的小心。日子一长，用心体察这个陈升，每日总是小心谨慎的，并没有意外的意思。老头子自己寻思，或者也许是自己神经过敏，把事情看错了。这么一想，慢慢地可就把心放下了，每天除了自己在后面熟习功夫以外，就是往店房里面闲坐，并同石成玉兄弟谈心。

过了三四个月，有一天，因为在屋里坐的工夫稍大一点，看天气三更已过，石烈慢慢出了上房，抬头一看，满天星斗，听了听厢房里面，玉芝小姐同她婶娘睡得十分香甜。自己慢慢出了二门，向门房那边一看，只见门房窗上微露灯光。老头子暗道：天到这般时候，不知陈升还点着灯做什么，待我暗中瞧瞧。想到这里，自己蹑手蹑足，到了窗下，用耳向屋内一听，微微听到一种唏嘘流涕的声音，自己不由得十分诧异，于是用手指蘸了一点唾沫，轻轻点在窗棂纸上，伸手将胸前挂的胡梳儿拿起来，原来上面还有一个掏耳勺，同一个剔牙杖儿。他用剔牙杖儿将湿窗纸扎了米粒大的一个小孔，用单目向里一瞧，只见炕下面八仙桌上放着一盏灯，灯光如同绿豆大小，照得室内阴气森森。在灯后面，立着一个白纸帖儿，灯前面一个小茶碗，碗内插着一炷香。只见陈升跪在桌前嘘唏不已，工夫不大就听陈升微微叹了一口气，立起身来，伸手拿过那个纸帖儿，向灯上一放，立刻火光一亮，把纸帖儿烧了。那陈升又磕了个头，把香熄灭了。只见他坐在椅子上面一回手，由腰内扯出一把小小的宝剑，长有一尺，宽有一寸，这口剑被灯花一闪，立刻就是一缕银光。老头子一瞧，就知道是一口宝器。再瞧陈升，脸向宝剑，珠泪双流，口内喃喃说些什么，又待了工夫不大，仍然把剑还匣，这才伸手向炕上展开铺盖。

老头子一看，知道他要安歇，这才慢慢离了窗户，再一回头，屋内灯光熄灭，自己连忙一伏身，用墙角掩住身影。又待了一会儿，听得屋里起了鼾声，这才回转正房，悄悄关上房门，盘膝坐在床上，闭目养神。暗想陈升一定另有别情，不然绝不能做这种诡密的行动，看样子不知祭的是什么人，那口宝剑又是怎么一种用意，左思右想没有头绪，直到天交五更，方才沉沉睡去。一晃好几天，每天一到二鼓，各屋灯光熄灭，一到三鼓之后，老头子出来一看，陈升那屋里总微有灯光，在窗下一瞧，屋中的举动，同每日一样，那陈升跪在一个纸帖之前哭泣，纸帖烧了之后，就拿出宝剑，观看一回，方才就寝。

老头子每天探听，俱是一样，只是因为灯光太小，所以看不清帖上写的什么。老头子虽然十分奇怪，可是留神细察那陈升，对自己并没有半分不利的意思。虽然说看不出他有什么用意，但是自己总得小心提防，真要是一个不小心，出点笑话，自己岂不把一世英名付于流水？自己倒不要紧，若这小厮真要在姑娘身上出点意外的行为，自己这个太平剑客名誉安在？

想到这里才把姑娘叫到跟前，暗暗地把陈升的举动告诉姑娘，叫她小心在意，白天不要紧，晚上须要留神。姑娘走了之后，老头子可就想起姑娘的终身。回来一晃半个年头，也没有见兄弟石成玉对自己报告，于是教陈升到店中把掌柜的请过来。一进门，石成玉就问道："不知兄长将小弟唤来有何吩咐？"

石烈说："贤弟你请坐下，我有点事情问问你……"

正说着，陈升由外面泡了茶来，斟上，然后退出去。石烈一瞧陈升到二门之外，这才低声问道："贤弟我且问你，这个陈升，来到咱们这儿当下人，是由人荐来的呀，还是自己投来的呢，当时你们可曾问过他的来历？"

石成玉说道："要问这个人，也不是人荐来的，也不是自己投来的。那是在去年五月里，有一天，天降大雨。这个雨直下了一夜，下得平地水深尺余，差一点成了水灾，幸好一天多，水就流下去了。在下雨的第二天早晨，一开店门，只见在门前石墩上坐着一个少年，面白唇青，周身发抖，一身褴褛的衣服，身下坐着一个小包袱，伙计们一瞧知道是避雨的，又瞧他面带病容，恐怕一个不幸死在店门之外，出了是非，于是就说了：'朋友你在这里干什么，在门口上这么一坐，岂不耽误我们的买卖，请你离开这里吧。'那少年一听，少气无力地说：'掌柜的，我因为身带重病，又被雨淋了一夜，所以在这里休息休息。'这个时候我在柜房内可就出来了，一瞧这个人，虽然面带病容，衣裳破烂，但是面上的神气，并不是个奸诈之徒。我才问他姓名。他说：姓陈名升，是山西潞州人氏，因为身得重病，又没了盘川，所以落得沿街乞讨，昨天被雨浇了一

夜，这个病越觉着沉重。我一听这个人十分可怜，就把他叫进柜房告诉他，虽然萍水相逢，但是何处不交朋友呢？你不要着急，就在我这里养着吧，好了之后你再回家，若是必须医生调治，我们这里有医生。这个陈升一听千恩万谢，我于是问他是什么病，他打开前面的衣服叫我瞧，我一瞧原来在前心之上烂了掌大的一块。当时，我打发人把本街上的白二爷请过来看看。他本是内外两科，他一看，说这个伤当初是撞伤，伤了内部，幸亏服了药，才把内部治好，外部的淤血没有散开，所以才聚成疮症，对性命无碍，不过晚好几天。于是，白二爷用水洗净了，洒上面子药，又贴膏药，这才算完。他这场病，一直病了两个多月，才病退灾消。我问他是打算回家还是打算在外边混，他说在店里糟蹋了两三个月，无可答报，幸而身体复原，打算在店里帮忙不要工钱，好报答这份恩义。我一听雇别人也是雇，再说这个人又很实在，所以我就把他留下了。再说到工钱，咱们哪能白使唤人呢，所以仍然每月给他发一份工钱。后来瞧他十分可靠，正赶上这里没人看家，就把他拨在此处看房子了。怎么了，莫非他不受使唤吗？”

石烈说：“没有事，我不过问问罢了。”

老头子虽然这么说，可是已经明白陈升这个人一定是个绿林人了。他那个伤痕一定是同人比手，被人家打的。于是又向石成玉问道：“前些日子贤弟你说，对姑娘的亲事你有办法，现在你可有了什么办法，二侄媳妇对姑娘提过没有？”

石成玉一听，说道：“二哥你若不问，我也不好说。现在你老既然问到这里，听我慢慢叙说。自从你老来的那一天，对我一说，我回去之后第三天，正赶上二儿媳回家取零星东西，我就告诉她，教她闲着说话儿乘机劝解姑娘。又待了一个月，二媳妇回家对我说，听姑娘的心思，并非打算一世不嫁人。第一因为爷爷这么大的年岁了，自己若嫁出去，就得随着夫家，天南地北，人家往哪里去，自己就得跟着，真要爷爷有点灾病何人侍奉？再说若有个好歹儿，自己岂不抱恨终身，所以必须

爷爷百年之后，方才嫁人；第二姑娘自己也十分高傲，自己说非同自己年貌相当，能为相等，还得人格高尚才肯嫁他，不然宁终身守贞，也不能随便嫁给一个无声无息的子弟。你瞧姑娘的心思高不高？所以我打算教二儿媳再加意劝解，叫她不要如此任性，无论如何要顺着老人的心思方为孝顺。这些日子没有听到二儿媳的回话。”

石烈说：“原来如此，那么只可沉一沉再说了，等二侄媳同丫头说好了，然后再定办法。”哥两个又说了一回闲话，然后石成玉告辞回柜。

过了几天，石成玉由柜上来到家中见石烈，说道：“昨天儿媳回去对我说，姑娘告诉她，若打算非叫她嫁人不可，还是那句话，年貌相当，人格高尚，武术精奇，这三条缺一不可。当时你侄媳可就说了：‘这个年貌相当倒好办，一看就能明白，可是这个人格高尚同武术精奇，怎么个试验呢？’姑娘说道：‘要试验武术，必须我自己亲自动手同他比试，真要武术精奇，再问问他的业师是谁，如若是当时成名的人物，一定他的品行可取，不然成名的剑侠绝不收他，这不是连人格带能力全试出来了吗？’侄媳对我一说，我一想可也对，因为姑娘学会了一身武术，人称剑客，若嫁给一个平庸之辈，也未免委屈。但是她自己这种思想，咱们怎么替她办到呢，莫非真同说书唱戏一样也立擂招亲吗？这个立擂招亲虽说花钱不算什么，可是必须惊动官府。如若官府不准，可怎么办呢？所以我一来告诉给你老一个回话，二来同你老商量一种办法。”

石烈一听，说道：“这个丫头怎么这样麻烦，这全是让我惯的才成了这么一种德性。要按说孩子们的终身大事，本应该自己愿意才算合适。若要给她们主着办了，久后一个不对心思，一辈子的前途也十分苦恼。既然她自己有这种思想，我们就成全成全她。从明天为始，先把咱们这座店一切门窗内容外表，全都收拾新了，一面叫大家向外宣传，我要在店中以武会友，凡有一技百能的，全可以来到咱们这里投宿，只要是武林

的朋友，我们不收房钱。在这一年之中每日上午，有人比试，我先同他比较，姑娘自己在屋内观瞧，我比试完了之后，再问他的来历姓名。如若光明正大，再叫姑娘同他比试。我想在这一年之中，我们这里又是通衢大道，一定可以选择一个合意的东床。不过这么一来，店里少收许多的进款，如若兄弟你愿意，咱就这样试试。"

石成玉一听，说道："既然二哥说到这里，咱就这样进行。少收店钱，不算什么，还能赔了本吗？从明天起我就安排，一面叫大家向外宣传，收拾好了屋子，这就正式开办。"

哥俩商量好了，石成玉告辞回店，立刻找裱糊匠，先粉糊屋子，然后告诉伙计，和本街的同行以及众乡亲，将此事全都说了，石二爷要亲自在店会友，凡是会武术的，只要到店中同石二爷比比手，无论输赢，不要房钱。这个信一传出去，不到几天就传出去了很远。所以才将房屋收拾完了，头一天就全住满了。内中真有许多会武术的，打算来同石爷比试武功，赶一打听石烈这个人，才知道是江湖成名的太平剑客，十有八九全都乘兴而来扫兴而返，准知比武也是白栽跟头。就是有人前来比试，也不能入赘东床。因为什么呢？不是因为年貌不相当，就是因为艺业不高明，再不就是方外之客，内中就是有年貌艺业全都入选，一问人家的经历，人家家中已有妻室，你想玉芝小姐还能作人家二房吗？

一晃半年的工夫，仍然没有相当的人选，这日期一长了，所有的房屋，经过风吹日晒，里面受的火燎烟熏，又全旧了。石成玉一瞧，暗道："实指望不多的日子，就可以得到一个乘龙佳婿，不想这样难得，房屋也旧了，家具也脏了，这教老哥哥瞧着有多堵心，于是重新再叫匠人收拾一遍。

第十七章 石玉芝力战克三怪

且说石烈将房屋方重新收拾好了，就赶上六老同朱复他们十五位。白敬一问伙计，伙计把始末这么一说，白氏兄弟同蒋洪夫妻，才知道这个收拾房屋，招待练武的人士，内中存着一个为孙女择婿的目的。

冲天玉凤白鸿说道："大哥你何不去到上房把这一段事情禀告父亲，这店里一定住的武术人士不少，大概明天上午，必有人同店东比试输赢，我们何不晚走一天，瞧瞧热闹，再说也许在此处得点什么消息。"白敬一听，连连点头，说道："不错，妹妹你对姑母去说，我对父亲去说，十有八九就能成功。"

白鸿点头，两个人一同来到上房，只见六老同朱复正在互谈闲话，一看白敬同白鸿进来，白哲说："怎么你们还不休息。"

白敬说："方才孩儿听了一段新闻，特意同妹妹前来报告父亲同众位尊长。"白哲说："什么新闻，值得来两个人报告。"白敬就把方才伙计告诉的话说了一遍，白哲说："这算什么新闻，也值得前来报告！"

白敬一听，不敢言语。白鸿说道："父亲先别着急，这个

事情，孩儿打算咱们明天休息一天，因为现在店里，所住的客人，练武的一定不少，明天早晨必有人同店东比较武术，我们何妨看个热闹呢。”

只听白飞侠说道：“你这孩子，这么大还这样好事，这个比武可有什么看头呢。”白鸿说：“姑母你老别那么说，比武虽然没有看头，可是这位石烈，小钟馗太平剑客，可是人人皆知。到时候，我们若跳入场子，比个三拳两脚，同这个剑客认识认识，保不住我们的事在他身上得点消息，你老想想对不对呢？我想他久闯江湖，或者也许知道这个姓宗的同姓杨的，是个什么人物，就是他不知道，不是我们还多一个朋友吗？再说我们原为寻踪踏迹，晚一天半天，有什么关系呢？”

六个老人一听，不住地点头，江飞说道：“别瞧姑娘年轻，真有个主意。既然如此，我们明天就多住一天，就便访访这个太平剑客。”房镇说：“敬儿你们休息去吧，再告诉西厢房他们四位，明天不走了。”

白氏兄妹答应，转身出去，到了西厢房，杜远他们四位正在谈话，计中元一瞧白氏兄妹进来，连忙说道：“二位还没有休息，请坐下谈话。”

白敬说：“现在有这么一段事情，你四位听听怎么办呢？”于是大家坐下，白敬把方才这一段一说，只听计奎说道：“白兄我们可以去到上房，告诉他们老几位，明天住下，或者我们的事情由此得点消息也未可知，因为石烈既然人称剑客，当然耳目通灵，我们何妨向他打听打听。”

白鸿说：“哥哥，你瞧怎么样，计兄也是这样说法不是。”于是对大家说道：“我们已经对上房说过，明天不走了。”计奎说：“既然明天不走了，咱们早点休息，明天一定有一场热闹。”

早晨起来，伙计照样殷勤地招待。酒饭已毕，大家散座吃茶。伙计说：“众位爷们，今天不动身，不看热闹吗？今天在店里住的练武的可不少，全打算同石东家比试武术，方才我瞧见账上的先生拿着一打子红帖，叫伙计送到住宅，今天一定有

很大热闹。我瞧你们众位爷子全都身带兵器，一定武术高明，何不写个帖子也同我们东家比比手，岂不省下这一笔房钱？”

房大爷笑道：“我们又不比武招亲，干什么去？”伙计说：“老爷子，你老不知道，我们东家本是以武会友，这个为孙女择婿还是第二步的问题，不招亲就不许比比武术吗？”房大爷说：“我们武术不佳，何必去栽跟头呢？”

伙计说：“老爷子，大概你老不知道我们老东家的脾气，所以这么说。你老打听打听，在这半年之内，始终没得罪过人，因为比武可是比武，不必分出胜负，无论多高的武术，也赢不了我们东家；无论这个人武术多低，我们东家他也不把人家战败了。”房大爷说：“原来如此，等一会儿再说。”

伙计一听，也不多说，于是退出正房。工夫不大，只见伙计又进来说道：“众位爷，瞧瞧去吧，前面全预备好了。”

那六老一少，出了屋门，就见东西厢房的八个人也全出来了，于是大家一同出了甬门。放眼一瞧，院中的人全站满了，把个当院围了个水泄不通。观众不尽是住店的客人，十之五六是本镇上来看热闹。

大家找了个人少的地方，向里一看，只见在正房廊下，一路摆着十余张八仙桌子，四面放着凳子，每桌上全有人坐着。一共有十六七位，老少不等，丑俊不一，一个个精神百倍，在桌子后面摆好了刀枪架子，上面插着十八般兵器，余外还挂着带钩的、带链的、带尖的、带刺的，品种齐全。在院子周围，摆着许多的凳子。这个时候，只听廊子底下有人说道：“诸位看热闹的客人，同本镇的乡邻，全请坐下，如若凳子不够，叫伙计再去搬，因为坐下全都瞧得见，若全站着，后边的人看不见了。”大家一听，纷纷坐下。

只见帘子一掀，由屋内走出一个人来，看年岁足有七十上下，须发苍白，五尺高的身材，光着头未戴帽子，穿着一身蓝绸子衣裤，外罩着洋绉的大褂，白袜子黑腿带，青缎子豆色鞋。再往脸上一看，面如紫玉，两道浓眉，寿毫长长，一双碧

目，神光炯炯，一部苍白虬须，猛一看活像神判钟馗。房大爷一看，暗道：“不怪人称小钟馗。”

只见他走下台阶，先向着左右前后，作了一个罗圈揖，口中说道：“老朽姓石名烈，蒙江湖抬举，人送外号小钟馗、太平剑客。老朽我可名不副实。现在老朽这种举动，凡在位的乡邻全都明白，但住店客官，不一定完全明了，所以我每天说几句给众位听听。老朽自幼喜爱武术，蒙先兄指点，从十八岁闯荡江湖，直到现在七十来岁，练艺足有五十来年，要按说个这年岁就应该每日坐在家中保养身体，以终天年才是道理。不过老朽有一种毛病，就是好交朋友，朋友越多，越对脾气。我五十来年，所交的文武两科的朋友虽说遍布十三省，可是总觉着还有许多慕名的老友，同许多新出的小友未曾会过，这总算我一生的遗憾。要这么说起来，我不会前往各处去拜访大家吗？这可就说到年岁上了，因为年岁一大，人可就懒惰了，不愿意再去跋涉风尘。但是对于交朋友的意思是一刻也不忘下，所以想了一个懒惰的法子，就是借自己开的这么一个小店，每天以武会友，不想这个消息一传出去，大家还真瞧得起我。在这半年之内，我又多得了数十位道义的良友。这一来，我更高兴了，我打算把天下武林的朋友全变成我石烈的道义之交。这不过是我的一份心意，至于办到办不到，咱们以后再说，这是老朽的第一个意思。还有一件是什么呢？老朽有一个孙女，小字玉芝，自幼随着老朽学会了几手粗笨的拳脚，几路粗笨的兵器，面目倒是不丑，可也不敢说俊，现在年方十八九岁，在江湖上，也有小小的一点名望，人称小飞仙红莲剑客，这不过是大家抬爱。她自幼父母双亡，跟随老夫当然是失于教养，所以对于女红一无所知。这个孩子，真要把她嫁到一个书香门第，或是官宦人家，一定应酬不了，所以直到现在，还没有婆家。老朽想不如借着以武会友的机会，在这许多少年小友中，寻找一位年貌相当的人才，来做我的东床佳婿，这总比媒人撮合强着许多。不过这个择婿，可有几个条件，我先报告出来，第一

得岁数在十八岁以上、二十五以下，第二得没娶过妻室，第三得是高人的弟子，第四得武技纯熟。先说外表，不秃不瞎，不聋不哑，不拐不瘸就成。至于武技，也得有个限制，就是能够胜了老夫，或是能够胜了我们姑娘，这才算入选。这两件事算是交代完了。还有一点，是什么呢？今天早晨，我们账房先生打发伙计送了十几份拜帖，全是拜望老朽的帖子，这个老朽可不敢当。既然是道中朋友来到敝店，我就应当尽地主之谊，现在居然劳动众位投起帖来，所以第一我先谢谢，第二请恕我招待不周。”

说着，复又作了一个罗圈揖，然后说道：“投帖的朋友，既然前来，当然是有意赐教，少不得老朽献丑，列位奉陪。”说着回头说道：“先生呢？”

只见方才说话的那个人由台阶上走下来，手拿着一迭子红帖，来到石烈近前。

石烈说道：“你就按着名帖，按名相请，老朽是按位奉陪。”说完了在旁边一站。

这时大家的目光，全都射在这位先生的身上，只听先生说道：“哪位是金眼猫武元，武老英雄，先请过来吧。”只见在八仙桌旁立起一个人来，就见他五尺多高的身材，一身青衣服，四十来岁的年纪，白脸膛，颏下一部短须，两只金睛，滴溜溜的乱转。只见他走到石烈近前，双手一拱，说道：“老剑客，蒙你不弃，不才我给你接接招罢。”

老头子拱手说道：“武朋友，既然前来赐教，请你亮式，老朽奉陪。”说完一撤身体站在下首。武元也说了两句客气话，说完，身体向下一蹲，双手一分，用了个跨虎登山的架势，向前一纵，左手一晃，右手对着石烈面上就是一拳。石烈容拳到了近前，一上左步，右手一伸，向武元胳膊一压，武元右臂向下一垂，打算左臂向下就砸，他哪知老头子那个手法的厉害，左手招起来还没落下来，石烈的右手已经按在胸膛之上，真要一发力，小子是非死不可。那石烈右手按在武元的身上，不肯

发力，用指一点武元的胸膛，说道："武朋友承让。"

武元知道输了，于是一撤手，说道："老剑客手下留情。"石烈说："还是阁下让我年迈。"

就听武元说道："老剑客，不才有一点无理的要求，不知老人家可能应允。"石烈说："不知道阁下何事见教。"

武元说："不才在河南的时候，听见来往的人说此地有位女侠比武招亲，因为武术精奇，才十几岁的年纪，所以十分诧异，打算前来领教这位女侠客的武术。不想你老人家首先赐教，你想你老身为剑客，不才岂是你的对手？真要是这位女侠出头，不见得不才就当场败落。你老可听明白，不才要同令孙女比试的用意，像我这个年岁，还能心高妄想吗？不过我不辞千里，特来一开眼界，这女侠小小年纪怎么武术这样高明，你老能不能把令孙女请出来，同不才分个上下。"

老头子一听，不由得有气，暗道："看这个小子嬉皮笑脸，没羞没臊，输了还恬不知耻，硬要同姑娘动手，这分明是没安好心。不如叫我姑娘厉厉害害地打他一顿，也叫旁人瞧瞧，不然也镇不住人。"想到这里，石烈说道："武朋友，我这孩子手下不知轻重，要是伤着你，请足下多包涵。"

这个话就是告诉姑娘要厉厉害害地打他一顿，姑娘在屋里听着还不明白吗，于是可就拿好主意。这个时候就听武元说道："老剑客你别那么说，比武动手，难免跌碰受伤，只怕动手或者误伤令孙女，请老人家原谅是幸。"

老头子一听更有气了，这小子说话带有轻薄。于是，一回头向屋内说道："姑娘你可以出来，陪这位武朋友走两趟吧。"只听里面答应了一声。

这时大家的视线，可就全移到屋门上去了，因为这半年的工夫，姑娘没有同人比过一次，连本乡的人全知姑娘武术好，可没瞧见过怎么个好法，今天一听姑娘出来，当然全都注意起来。就见帘子一起，由屋内出来了一个老妈子，一个丫鬟捧着宝剑，紧跟着姑娘出来立在廊下。大家一瞧，不由得暗暗喝了

一声彩。只见姑娘四尺上下的身材，穿一身玄色裤褂，粉腰巾系腰，足下穿一双鹿皮换底小靴，头上用青网帕罩住乌云，鬓边斜拉了一个麻花扣，耳坠对环，每边嵌着一颗黑豆大的明珠，前后悠荡，蓝绒绳在前后心勒成十字绊，在胸前系了一个蝴蝶扣儿。往脸上一看，真可说面赛桃花，目如秋水，唇似丹朱，这一身玄色衣服，衬着这一张芙蓉脸儿，真可说压倒西施，连那个老剑客赛隐娘白敏，全都暗暗喝彩。只因姑娘心中有气，所以面上现出一脸秋霜，眉间隐着一团杀气。姑娘走下台阶，向石烈问道："不知爷爷呼唤孙儿同何人动手？"

石烈一听，用手一指武元，说道："就是这位武英雄，人称金眼猫，人家武术精奇，你要小心在意。"姑娘说："既如此，请你老人家在一旁观看，我给这位英雄接接招。"

石烈向旁一闪，姑娘因为有气，一句话也未说，上来双手一合作出童佛的架势，说道："武英雄，请你进招。"

武元一瞧姑娘这个模样，一副娇小的体格，暗道："就凭这么一个娇弱女孩子，就能远近驰名，大概许是因美貌所致。不如我今天将她打倒，叫大家笑一笑，也叫她心服口服，不然夜间用薰香把她熏过去，背回河南，岂不是一桩美事。"

小子正打算盘，一听姑娘叫他进招，于是向前一上步，左手一指姑娘的面门，身体一斜，向下一蹲，右手向姑娘的腹部就按，这个名字叫掖掌。姑娘用了个凹腹吸胸，右手一伸按在小子的头上，这个名字叫探掌，正名叫迎风立马登山。武元本打算一掌把姑娘按倒了，眼看按上了，不想人家一吸气，自己的掌可就空了。将要转身，就见姑娘左腿一抬，自己的头上觉着被人家按住，就听姑娘哼了一声，武元可受不了啦，头上好似中了铁棒，眼前金花直冒，耳内嗡的一声，不由六神无主，眼看就要坐下。姑娘这一掌本来没用十分力量，只用了五分掌力，小子就吃不住了，将身一蹲，姑娘一伸左腿当的一声，踹在小子左肩头上。小子本来就受了内伤，不过人家没有用力，所以自己还没有张口吐血，不想紧跟着又是一脚，小子如何受

得住，只好一个跟头整个地斜着身子折将过去，还把脖子给扭了。小子这一扭脖子，立刻背过气去，倒在地下纹丝不动。

石烈一瞧，不由地吃了一惊，本想教姑娘打他一顿，以惩将来。不想姑娘这一掌，打得这样重，于是一声喝道："丫头，为何这样手狠，将人伤成这个样子。"自己将要弯腰去看武元，只见由旁边过来了一个矮胖子，四尺来高的身材，头如麦斗，膀阔腰圆，面如刀刃，粗眉大眼，高鼻子火盆口，三十多岁，一身青绸子裤褂，白袜子洒鞋，走到近前说道："老剑客，这位武元英雄死不了，他是背住气了，叫伙计把他搭到旁边给他揉一揉前胸，推一推后背就好了。不才我也要领教领教姑娘的武艺。"

石烈一看，暗道："这小子怎么这么浑呢，武元的伤痕虽说不重，最少也要三两个月复原，可是他还说伤势不重。既然他这么说，我问问他，他要同武元认识，我把武元交他就没我的事了。"想到这里说道："阁下贵姓，同武朋友可是一同来的？"

这个人说："我姓魏名成，江湖人称飞山虎。我同武元是一同来的，他这个伤不要紧，交给我就是了。本来练武的短不了打人，也短不了挨打。我们一同来了五个人，武元虽然受了伤，还有四位，少不得全要领教姑娘的武艺。"

老头子一听暗道："这些家伙全不是好人，若不是在我的店内，少不得全都结果了你们。今天既然来到我店内，没法子，还得应酬他们。"

原来这几个人是河南临汝县的七个大贼，采花作案无所不为，统称临汝七怪。他们听往来的人传说甘肃省甘谷县博陵洼石家店，有一个女子比武招夫，所以大家一商议来了五个，满打算把姑娘战胜了，能招赘在石家。不想一听人家的条件，自己五个人不用说别的，按年岁就不能入选，不由得十分败兴。所以武元输在石烈掌下，仍不死心，必要同姑娘见个高低，不想一照面就被姑娘震得昏了过去。因为姑娘踹了武元一脚，他

们还以为是扭脖子扭住气了呢，所以他说不要紧，他哪知武元的内部受了重伤呢。

再说石烈，一听魏成同武元是一同来的，耳中早有他们的名姓，知道是临汝县的七个大贼，于是说道："既然武朋友是同阁下来的，更没有说的了，咱们先把武朋友搭在一旁，然后再行比试。"

这时武元也苏醒过来，听说要把他搭到一旁，他可就说了："不用搭，我自己能走。"说着立起身来，将一迈步，只觉着头重脚轻，复又躺在地下。这时候又过来了两个人说道："二哥你别动，我二人扶着你。"于是一边一个，把武元架往廊下去了。这时魏成说道："老剑客，请你在一旁观看，不才要领教姑娘。"

石烈一听，只得向后一闪。姑娘这时早听明了，于是向魏成说道："阁下进招罢，我来奉陪。"说着双手一合仍然作出童子拜佛的架势，魏成瞧了一瞧，姑娘亮了架势，于是向前一进步，左手用了个毒龙探爪，奔了姑娘面门，右手用了个崩拳，向姑娘胸部打来。姑娘一看，小子这两只手虚虚实实，全很厉害，中了那一下全不轻。于是左手向上一伸，右手向下一压，立刻把魏成的双手截住，小子双手一撤，姑娘紧跟着右手向前一伸，用了个单撞拳，魏成的右手一推，姑娘的右手腕子一拳，用右肘向前就撞，这个名字叫定星肘。小子一瞧，左手向下一按姑娘的右肘，姑娘本应该右手用摔掌直奔小子面门。姑娘一瞧小子的头部又露出来了，于是右肘向回一撤，左手一伸，不偏不倚又按在小子的头上，姑娘口内哼了一声，小子可受不了啦，只觉着耳内嗡的一声，眼前金花乱冒，将要翻身栽倒，姑娘暗道："反正不能便宜了你小子。"于是右腿一伸，只听嘣的一声，踹在胸膛之上，小子整个的来了个大翻身，躺在地下闭过气去。

这个时候石烈将要说话，只见由旁边过来了三个人，一伸手把魏成扶起来，两个人架着直向廊下去了，另一个说道：

"姑娘不要走，小子过墙蝴蝶崔信，也要领教姑娘的武术。"

姑娘一瞧这个人比方才那两个冠冕一点，白素素的脸面，三十来岁的年纪，两道剑眉，一双俊目，可是暗淡无华，身穿一身灰绸子裤褂白袜洒鞋，左手抱着一口单刀，说道："姑娘我要领教你的兵器。"

姑娘一听这小子的外号，就知道是个不良之徒，暗道："任你一个小小的蟊贼，我若用了宝剑赢了你，也叫江湖人耻笑。"于是说道："既然阁下不吝教诲，你就进招吧，今天我要空手夺刀。"

小子一听，暗道："你这可是找不自在，今天我若不叫你带了伤痕，我枉称过墙蝴蝶。"想到这里，说道："既然姑娘相让，你就接刀吧。"

话到刀到，左手一晃姑娘的面门，右手刀连肩带背向下劈来，姑娘一瞧，刀离切近，一上步左身子一斜，抡起左臂，向小子右胳膊就是一掌，这一掌名叫断掌，真要是砍在胳膊上，就得砍个骨断筋折。小子一看这一掌来得厉害，一撤右步，左手向上一穿姑娘的左手，右手刀拦腰就扎。姑娘一瞧，斜着向前一上左步，身体一蹲，右腿向后直奔崔信的迎面扫来，这个名字叫作扫堂腿。小子一看刀扎空了，于是向上飘身，姑娘的右腿向着小子的鞋底扫过去了，小子的脚刚一沾地，不想姑娘的腿又回来了，扑的一声把小子的脚跟挂住，左脚顺着自己的右脚上面向小子的腿上用力一蹬，这一招叫作勾挂连环腿。只听啪的一声，崔信扑咚倒在地下，摔出一丈多远，当的一声，钢刀撒手，哎呀哎呀的热汗直流。原来崔信的左腿腕子，被姑娘这一脚，蹬错了环儿了。

这时忽听院中一个人哈哈大笑，说道："蹬得好，不愧剑客的亲传。"

大家用目一看，原来靠大门站着一个花子。这时石烈连忙走到崔信面前，说道："阁下不要动，这是错了环儿了，待我给你拿上。"说着一下腰，左手拿住崔信的左腿，右手扶住崔

信的脚面，双手一用力向外一扯，随着向一处一对，咯噔一声，左腿腕对好，只见小子疼得可变了颜色，面白唇青，热汗直流，哎呀哎呀的连声乱嚷。

石烈说："崔朋友，你赶紧起来活动活动，不然血瘀，可要成疮。"

小子一听，吓得咬牙咧嘴立起身来，一瘸一拐，直奔廊下走去。伙计给他拾起单刀，跟在后面。石烈用目一看那个发笑的乞丐，只见他上身穿一件青布的破棉袄，真是补丁摞补丁，上面的油泥足有铜钱厚，锃明瓦亮，左肩上露着棉花；破裤子一丝两缕，露着半截腿，肉皮被太阳晒得漆黑；下面穿一双破草鞋，用钱串捆着；左手扶着墙，右腋下挟着一个破草鞯捆成的捆儿；腰中系一条布条拧成的绳儿，足有鸡卵粗细，结了许多的疙瘩。再往脸上一瞧，足有八十来岁的年纪，一脸油泥，看不清面目；头上已经谢顶，锃亮的头皮，被太阳晒得红中透紫，后面一丛白发，挽了算盘子儿大小的一个阄儿；两条雪白的眉毛足有一寸来长，遮住二目；颏下一团白胡须，全都粘成毡了。就见他笑嘻嘻地立在墙下，自言自语地说道："这一脚真好，踹得真准。"

就听旁边有人说道："你这个要饭的真讨人厌，你看就看吧，嚷什么呢？你若会练，何妨下去练练，也落一顿饭吃。"

老花子说道："这里又不是禁城地方，怎么还不叫人说话呢？我瞧着好，说一声也不要紧，你何必这么瞧不起人呢？你别瞧店东的饭不要钱，我还不愿意吃呢。我真要打算吃饭，非店东请我，我还是绝不赏脸。"

这些人一听，哈哈大笑，说道，"不错，你就等着店东请你吧。"旁边有人说道："别嚷了，瞧比武的吧。"

这个时候石烈也瞧明白了，这个老花子一定不是平常人，瞧他那个面目，虽然被污泥遮掩，但是连一个皱纹也没有，断定了他一定是练的童子功。自己打算应酬完了这些帖上的名儿，然后再来请他。

这个时候，只见由南面走进来一位少年壮士，穿一身青绸子衣裤，外罩青绸大褂，白袜云鞋，大褂下面微露着剑匣的尖儿，往脸上一瞧，二十上下的年岁，剑眉星目，虎头燕颈，鼻直口方，面似丹霞红中透润，明显着一团英风，暗含着满面的杀气。石烈一瞧，起心里就爱，暗道："看此子面貌不俗，气度沉稳，绝不是无能之辈，待我问问他的姓名，看看他的技术然后再打主意。"于是抱拳说道："来的小朋友尊姓高名，仙乡何处，来此莫非说也要比较输赢吗？"

只见那个少年说道："小子姓朱名复字意明，贵州省贵阳府人氏，因事路过贵地，住在阁下的店中。听说老剑客以武会友，小子自幼因为学会了几手粗笨的拳脚，所以打算今天看个热闹，不想一时技痒，打算在老人家跟前现丑，还请你老人家赐教。"

石烈一听，连忙说道："既然打算前来赐教，就是看得起老夫，老夫焉敢不大胆奉陪呢？不知阁下是打算同老夫比试，还是打算同舍孙女比试。"

朱复说道："小子来此请你老人家赐教才是。你老请想，男女不相授，我为何要同姑娘比试呢？"

石烈一听，暗道，此子言语正大，一定是高人门下，我今天不可失之交臂。想到这里，一回头对姑娘说道："你暂在旁边观看，待我陪这位壮士走走。"

姑娘一听人家不同自己动手，看神气中还有看不起自己的意思，不由得心中有气，暗道："你真要武术高明，等你同我爷爷比完了，我一定同你较量。"想到这里一脸怒气，立在一旁，只见石烈一抱拳，向朱复说道："壮士请来进招。"

朱复连忙说道："小子可就无礼了。"说着双手一拱道了一声"请"，一上步，左手一晃石烈的面门，右手掌带风声嗖的向石烈胸前就是一掌。石烈一瞧掌到，用左手向上一穿，右手奔朱复的肋下就打。朱复右手向下一落，左手奔石烈的太阳穴打来。石烈一看，此少年的招数敏捷，准受过名人的传授，于

是小心在意，二人打在一处，一个是成名多年的剑客，一个是初出行道的英雄，各施所能。走了三十多个照面，足有百十余手。老剑客石烈不由得暗暗称奇："瞧这个孩子至多不过二十多岁，怎么就会有这么高的能为？我闯荡江湖可不敢说高，总算没有遇过敌手，今天这还是头一次。"想到这里，细看孩子的招法，十分灵巧，身形十分敏捷，用出来的手法，真有令人不可思议之处。老头子越看越高兴，暗道："这幸亏遇见我，若换个人，早已败在他的掌下。"想到这里，招法一变，把看家本领可就拿出来了。原来老头子有一绝招，名叫夺命连环腿。

再说朱复自从一动手，就看出人家的招法高明，暗道："只说离了恩师无敌天下，不想头一出手，就遇见这么一位太平剑客就这样高明，自己真要败在他的掌下，岂不给老师丢人？再说还怎么再在江湖行道呢？"想到这里，他小心在意，看住门户，猛然见老头子一变招，三五个照面之后，只见围着自己尽是鞋尖。于是不敢怠慢，把气功向上一提，施展小巧的技术，两手两足尽找那许多的鞋尖。老头子这一路腿，一共一百单八招，一施展就把朱复围上了。他猛见朱复身形一晃，比猴子还快，好似把身子悬在空中一样，那两只脚，尽在自己的脚上往来行走。工夫不大，自己把这一趟腿法快要施展完了，再瞧朱复仍然随着自己双足往来乱转。知道今天无法取胜，于是身形一撤，用了个金鸡三展翅走出圈外。朱复一瞧人家临走留招，不愿去追，此乃江湖规矩。这个时候，连房大爷他们六位全都看直了眼了。没想到二十多岁的毛孩子，武艺那么精深！大家兴趣正浓，忽见二人收住架势，猛听耳旁有人说道："好孩子，真不愧剑客的门人。"

大家一瞧仍然是那个老头子，就见他嚷完了，一转身走出大门去了。石烈正要同朱复谈话，一听老花子开口称赞，自己将要同他接谈，忽见他向店外走去，于是，顾不得向朱复说话，直向店外追来。大家不由得一怔。那石烈追到店外一瞧，老花子踪迹不见，不由哎了一声，仍然回来，到了院中向朱复

说道："阁下千万别怪，我因为瞧那说话的老丐，我疑他是个高人，所以我打算我们完了事，再请他进来。不想正在这个时候，他转身走了，这怨我招待不周，才得罪了朋友，既然他走了也就不必提了。方才老朽同阁下动手，阁下的武艺十分高明，老朽佩服之至，我意欲请阁下到我舍下一谈，不知阁下还有同来的侣伴没有。"

朱复将要答话，只听姑娘说道："爷爷且慢，方才你同朱英雄动手，我已经观看明白了，这位朱英雄的拳术实在高明，我见朱英雄肋下配剑，一定剑术比拳术尤为高妙，我打算还要请教朱英雄的剑术。"

朱复一听，连忙说道："方才那是老剑客成全后生，提掖晚辈，所以不忍把我打倒，我十分承情。我的剑术不过是末技，姑娘何必认真呢，请你不必再比试了。"

原来朱复不同意同姑娘比试，因为什么呢？因为他也有他的难处。方才姑娘同临汝七怪动手的时候，房大爷同江飞说道："天鹤兄，我们看热闹的目的，是为什么呢？"

江飞说："大兄何必明知故问。"房大爷说："若尽看这些无名的小贼动手，我们几时同石烈相见呢？"江飞说："依大兄看怎么办呢？"房大爷说："咱们不会也进去比武吗？"

江飞说："这可成了笑话了，人家姑娘为的是比武招夫，咱们偌大年岁，进去这不是胡搅吗？"房大爷说："咱们不去，不能叫年轻的去吗？"江飞说："叫谁去呢？"

房大爷一笑，附耳低言说道："我瞧朱复准能成，年岁品貌武艺均属上乘。天鹤兄，你不妨把他招进去试一试，就手咱成全成全他。"江飞一听连连点头说道："可以。"

于是一回身对朱复说道："朱贤弟，他们比起来没完没了，咱们几时能同石烈相见呢？见不着石烈，我们怎能实行我们的计划呢？依我说贤弟你进去同石烈动手，做个先锋，然后我们再一同上前，不就成了吗？因为我们全这样年岁了，再出头去争名誉，恐怕叫别人耻笑。兄弟你方才出世行道，正是到处留

名的时候，所以我打算请你先出头，再说咱们这伙年轻的，全不如兄弟你的身份高，所以我同房大爷大家商量才请你去。”

朱复说：“我去合适吗？”江飞说：“你若到处不前，几时才创出名誉呢？”

朱复一听连连点头，正赶上崔信被姑娘踢倒了，自己站起来进了场子。赶一进场子又后悔了，因为什么呢？因为自己练成了重楼飞血这一步功夫，不能再娶妻室，人家这是以武招夫，满打着自己胜了人家，自己又不能娶妻，这算干什么来了，这不是胡搅吗？不想自己被这几个老头愚弄了，既进来了，又不能回去。后来想起一个主意，不同姑娘动手，反正不能扣到我的身上，所以一见面就要求同石烈动手，完了之后满打算六老必要出头，不想又有一个讨厌的花子。等花子走了，人家石烈要请自己回府，自己想道，这一回六老该出头了，不想未等自己说话，姑娘反倒要同自己比剑，真是怕什么有什么，所以连连推辞。就在这个时候，六老若一出头，也许把这件事应付过去，没想这五个老头子同那一个老尼姑十分可恼，再也不上前来。正在为难，又听姑娘说道：“朱英雄，不同我动手比武，是不是看我剑术低微或是看我不堪教诲呢？”

这两句话来得可厉害。本来朱复正在为难，姑娘又满心是气，这么一激将，立刻把朱复急得满面通红，本来面似丹霞，这一来可成了紫玉了。因为有话说不出来，既不能说我不能娶你为妻，才不同你比试，又不能说我不是为联姻来的。这时偏赶上个凑趣的石烈，他一看朱复面红耳赤，断定他怕羞，于是说道：“朱朋友，你何必吝教呢？你就指点指点她就是了。”

朱复这时可真没有法子了，只得动手。

第十八章

朱复比剑联姻

那朱复，被逼得没法，只好说道："在下不恭了。"姑娘说："请亮剑进招吧。"

朱复只得一掀大褂，由腰间摘下剑匣，左手拔匣，右手拿住剑柄向外一抽，只听呛的一声，立刻就是一道闪光，真不亚如龙吟虎啸。石烈一瞧，就知道是口宝剑，暗道："看这口剑，这个孩子剑术一定错不了，不然他也用不了这口宝器。"自己正在思想，姑娘这个时候也把丫鬟叫过来，接过宝剑，左手摄崩簧也是呛的一声，宝剑出鞘，真是寒光闪闪冷气侵人，好似一汪秋水。朱复一瞧，也知道是一口宝器，暗道："不怪人称红莲剑客，原来也有宝刃护身，今天我同她较量剑术，须要小心谨慎。"想到这里，就见姑娘宝剑一举，用了个魁星踢斗架势，说道："朱英雄请你进招吧。"

朱复一看，只得左手掐剑诀，向前一指，一上左步，宝剑奔姑娘胸膛扎来。姑娘左腿一落，身形一偏，宝剑尖奔朱复的手腕便点。朱复紧跟着身体一低，剑走下盘，向姑娘的脚下平扫过去。这时两个人可就脊背对了脊背。姑娘右步一扣，身体

一转，双手抱剑，奔朱复的后心扎来，朱复一翻身宝剑压着向下一按，只听呛的一声，宝剑撞了宝剑，两个人全都吓了一跳，自己观看自己宝剑，幸而全未曾损伤。二人抽招换式打在一处，起先还看着慢，如同一对蛱蝶穿花，后来二人越走越快，脚下微微听到哧哧的声音，金刃劈风嗖嗖乱响，工夫一大，二人化成两片白光，时聚时散时分时合。这时把看热闹的看得目瞪口呆，就连江飞江天鹤同房大爷老哥四个，还有那位女剑客白飞侠，全都不由得纷纷喝彩。这么一来，二人比的工夫可就大了，猛见朱复一转身，姑娘双手捧剑奔了朱复的后心，眼看剑尖点到身上，可把各位老剑客吓着了，却见朱复一转身体，让过宝剑，剑交左手，向外一拦，把姑娘的剑搁在外面，手腕一扣，剑尖奔了姑娘的咽喉。姑娘一看知道自己的兵器被人家吃住，将要跳出圈外，只见朱复宝剑一指，顺着剑尖滴溜溜落下了一件东西。朱复把剑一抱说道："姑娘承让了。"

姑娘用手一摸自己的右耳，原来耳上的环子被人家的宝剑削将下来，自己不由得面一红，一声也没言语提着宝剑向上房去了。

再说石烈，正在观瞧，猛见姑娘的剑到了朱复背上，不由得吓了一跳，只见朱复一回身，宝剑换手奔了姑娘的脖子，知道姑娘要吃大亏，忽见朱复手腕一抬，一件东西由剑尖上落在地下，仔细一看，原来是半个耳环，还带着那颗珠子，姑娘一声不语走入上房。自己才看明了朱复不独拳术精奇，剑术也称得起一绝，把一个大名鼎鼎的小飞仙红莲剑客，生生地败在他的手中，这个人可说是后起之秀，不想我石烈择婿半年，姻缘却在此子身上。想到这里，笑嘻嘻地抱拳说道："朱壮士，剑术高明，老朽实在佩服得很。"

朱复说："老剑客过奖了，此乃令嫒承让。"

石烈说："不知阁下还有同伴没有，老朽欲请阁下到舍下一谈。"于是拱手对大家说道："今天因为天将过午，请众位各自回家，明天再会，就是投帖的人，未得相谈，如若公务匆忙

赶着起身，等以后有了时间，老朽一定登门拜望，如若打算住下敝店，仍然不收房钱。”

大家一听，纷纷四散，连那投帖的众人全都回了自己的屋子。这时只剩下同来的六老和八位年青的，一共男女十四个人，一瞧朱复被石烈留住，于是由房大爷同江飞为首，领着大家一同过来，同石烈相见。石烈一瞧，说道：“朱壮士，这是同阁下一同来的？”

朱复说道：“不错，这全是小子我的同伴，待我给大家介绍介绍。”于是一一介绍了，石烈才知道诸人俱是名侠剑客，自己这才让着大家一同出了店房，奔自己的家中走去。

石烈叫陈升去往店内泡茶，就近叫店内安排酒饭。陈升去后，石烈带着大家来到内院，进了上房让大家一同落座，自己主位相陪，这时陈升泡了茶来。茶罢，石烈说道：“不知众位因何结伴来此，这位朱壮士原籍贵州，不知来此有何贵干？前几年小弟听人传说，天鹤兄占据了金波寨。因何同华阴的四贤相遇，老朽愿闻。”

江飞一听，不由咳了一声，说道：“炎辉兄既然要问，好在我们一见如故，我也不便隐瞒，再说小弟我还要向你老打听点事。”石烈说：“天鹤兄不知你有何事见教？”

江飞这才说道：“小弟自从在云南丽江县占据了玉龙山，因为我们本是前明的遗老，不想锦绣的江山，轻轻地被闯王闹了个家亡国破，思宗皇帝殉难煤山。当时出了个厚妻妾薄父母的吴三桂，出关请兵，所以顺治皇帝不动兵刃进了北京。虽然当时把闯王赶了，可是江山也被大清得到手内。所以我们总想着养精蓄锐，光复大明的天下。因为地处边陲，人才稀少，小弟打算云游天下，聘请英雄，只要心存故国，不论老少，敝寨一律收录，将来也好作一个大明开疆辟土中兴的功臣。不想走到湖北大别山南麓，穿松林的地方，同这位天侠兄相遇，原来天侠兄他们为的是寻找镖银。动镖的这个人同小弟一个面貌，冒着小弟的姓名，把蒋洪蒋镖主的镖劫了，并说要斗天侠兄同

卧波兄还有飞侠大师这三位剑客。当时我们分说不明，动起手来。正在动手，遇上朱复朱贤弟路过松林，才给我们双方解了纠纷，双方说明，才合在一处，打算寻找镖银。赶到夜晚住在穿松林附近的七里坪，晚间又遇上店里的掌柜姓鲁名靖人称白眉侠，此人是江湖上有名的邋遢仙的弟子。他对于这个事情稍得点线索，他说劫镖的这两个人，一个姓杨，一个姓宗，因为他们住在鲁靖的店内，他才听见劫镖的人说打算回西宁，或回云南。我才同大家到了四贤庄，一直往西宁寻访，如若不得要领，再与大家同赴云南。不想来到此地，住在你老的店中，听伙计说炎辉兄人称剑客，威震西方，一定眼宽耳亮。如若知道的话，请你告诉我们一个消息，也不枉我们遇见一场，也成全了我们江湖的道义。因为这个人托名冒姓作这种不道义的行为，如若他心地正大，还不要紧，如若是个下流的贼人，到处留下我的名字，老兄长你想我好歹也人称一声剑客，这个跟头我栽得起吗。”

石烈一听，说道：“天鹤兄，不必着急，这个事情慢慢地计议，自然有个头尾。小弟还要请问朱壮士，由贵州往湖北有何贵干，怎么遇上天鹤兄，怎么陪着找起镖来，莫非说自己连一点事情也没有吗？”

朱复一听连忙说道：“老剑客你要问，小子我是这么一段事情。”于是仔仔细细把自己的身世，介绍了一遍，又说：“小子我本打算去到燕赵一带，云游访友，不想遇上他们双方这个事，我既然给人家出头排解，焉能半途而废，所以也跟到这里。”

石烈说：“阁下家中还有什么人呢？”朱复说：“自幼父母双亡，跟随恩师长大成人，我家中房产人口一无所有。”

石烈闻听，哈哈大笑，对房大爷大家拱手说道：“众位老兄长，我有一事相求，不知我说得说不得。”

这六老自幼闯荡江湖什么事不知道，一听石烈相求，连忙说道：“石兄有何见教，我们一定尽力而为。”石烈这才说道：

“小弟的意思，在店中也说过了，第一是以武会友，第二是为我们孩子找一个佳婿，兄弟我有言在先，只要是同孙女年岁相当，武术相等，世家清白，还要高人的门下，还要未娶妻室，我觉着这个条件是十分困难，不想朱壮士对这几个条件全都有过之而无不及，这不是天作之合吗？第一年貌不必说了，第二武术当然在姑娘以上，剑削耳环，这是人所共见，第三堂堂帝胄，还是大明剑客无上禅师的弟子，我们要的条件当然没有问题。可是我们孩子呢，各位也全见，相貌不俊可也不丑，剑术虽然不精，在江湖上大小也有个名儿。我打算请众位兄长为媒，把姑娘嫁给朱壮士为室，不知众位以为如何？”

六老一听，全都鼓掌大笑，说道：“这个我们应当效劳。”

只见朱复满头大汗，连连摇手，说道：“众位老人家，千万不要如此，我有我的难处，这个亲事千万别提，提出来我也是不允。”

六老一听，不由得十分诧异。白哲说道：“朱贤弟，你有什么难处，何妨说说我们大家听听。你若尽说不应允，这可不成。当时人家石老剑客说得明白，同年龄的比试，是为的以武招夫。你当初若不打算应允亲事，你就不该同人家比武，既然比武又把人家的耳环子削了，你若不应亲事，叫人家姑娘何以为情呢？再说你把人家耳环削了，人家总算栽了跟头，你若应了亲事，这总算没栽到外人手内。你若不应这门亲事，你想想大名鼎鼎的小飞仙红莲剑客栽了跟头，人家就这么糊糊涂涂完了事吗，人家还怎么在江湖上混呢，你想打倒了还扶得起来吗？再说今天的举动，大家全都明白兄弟你当选了，闹到现在，从你这儿又散了，你想人家姑娘怎么再找婆家？所以说，你无论如何为难，也要应下才是。”

这一套话不要紧，把个朱复可拴住了，自己一想可也是，总怨自己不该多事，剑削人家的耳环，自己如若应下，自己重楼飞血的那个功夫，岂不误了人家的姑娘的终身？有心说明吧，自己又天生的脸嫩，说不出来，何况还当着白鸿三十上下

的这么一个少妇呢？这么一挤，把个朱复挤得可就成了紫面判官了，于是不由得冒出两句话来："当时我本不愿意同姑娘动手，姑娘非挤兑我不可，教我可有什么法子呢？至于剑削耳环，也是我一时失手，我也后悔不及，现在大家非叫我应亲不可，我我我……"

因为白鸿在座，觉着碍口，所以朱复说到我字上，两眼不住地直看白鸿。这个时候大家瞧着朱复可笑，偏赶上白鸿也来凑热闹，说道："小叔叔你看我作什么，莫非说嫌姑娘的武术敌不过你，你不愿意吗？"

这一句话把朱复挤的可受不了啦，于是说了一句是："我不能娶妻。"

六老一看，也看不出他是什么缘故。房大爷说道："朱贤弟，你这个话，我不明白，为什么不能娶妻呢？"

朱复说："你老别挤我了，今天我计划计划，明天一早，我再答复成不成呢？"

大家一听哈哈大笑，江飞说："那如何不成呢，朱贤弟，我们是为吃你的喜酒，并不是大家齐下虎牢关。"

这个时候，饭已做得了，用食盒抬着，送到院内，陈升带着伙计调摆桌椅，大家入座吃酒。饮酒中间，江飞向石烈说道："炎辉兄，现在姑娘的亲事总算定了大局，这个事情全在我们身上，因为我们全都这大年岁，朱贤弟岂能不给我们留一点面子，这个事情你就放心。"

石烈说："多谢众位成全美意。"江飞说："这不算什么，炎辉兄何必客气，但是方才你说对劫镖的事情，慢慢商议。莫非说炎辉兄对这件事情没有耳闻吗？"

石烈一听，连忙说道："小弟对于这种事情，虽然不知道，可是对于这个姓宗的，我耳朵里倒有这么个人，可不知是他不是他。如若是他，这件事情还真不好办。"

大家一听，此事有了头绪，全都侧耳细听，只听石烈说道："这个人姓宗名明字声远，他的原籍听人传说，是北方人

氏，后来移住西宁，为人好静，曾受过异人指点，武术精奇。所以在西宁一带，人送外号铁掌镇西宁。现在大约此人有七十上下的岁数了，平日他没有同别人交往过，遇事独断独裁。”

江飞说道：“他住西宁什么地方？炎辉兄同他是否认识？”石烈说道：“当初我倒访过他，只是没有见着，因为他为人孤僻，住的地方十分奇特，所以我也就不再前去访他。”江飞说：“不知他住在什么地方？”

石烈说：“他住的地方，自己取地名叫作宗家崖，大概他一家人口，全都住在此处。这个宗家崖在西宁正南上群山之内，一个山环里面，住房完全是在山壁上挖出来的，当初费了极大的工程，在山内挖出来的石室。这个石室，足有好几十间，他全家足有十余口，全都住在石室之内，每年不种五谷，尽以打猎为生，所以他一家老少男女，全都身藏绝技，最要紧的就是他这几十间石室，除了寝室之内，全都密着机关，外人可说无法进去。为什么我说镖要是他劫的，可就不好办了？因为他不同你见面，你就没法子进他的住宅，何况他一家老幼武艺精通，稍差一点的绝不是他的敌手。再听传说，这个人的武术十分高明，我们在座的恐怕全不是他的对手。你们六位想一想，当初得罪过这个人没有。如若没有得罪过他，这个镖也许不是此人所劫。”

大家一听，全都俯首寻思，全都没有得罪过这么一位宗声远。

内中白飞侠说道：“这个事情我们大家也不必犹疑，不管是不是他，我们大家先去西宁访他。作为访友，是他更好，如不是他，他既然称作镇西宁，对于那一带有名的人物一定知道，我们就向他打听打听。再说劫镖的这个人既然姓宗，不是他，也许是他的同族或是他兄弟之辈。今日既然有了这么一条线索，明后天咱们就起身前去，先访一访这位镇西宁，或若由镇西宁的身上也许能得到那个老杨的消息。”

大家一听这才定了主意，这一席酒饭，直吃到红日西斜，才算酒足饭饱，依着房大爷，仍然打算回归栈房，被石烈拦住

说道："我这五间正房三间厢房，足够咱们住的，何必还回店做什么。白小姐可以同舍孙女，住在西厢房，二位白世兄同蒋世兄，请在东厢休息，我们这十多个人，住这五间，大约总住得开，我们就近还可以多谈一谈。"房大爷大家一听，不便推辞，于是大家又谈了许多闲话。

不知不觉，可就到上灯的时候了。石烈打发老妈子过来请白鸿往西厢房休息。白鸿随着老妈子来到厢房一看，原来是两明一暗，外间陈列着琴棋书画，里间罗帐高悬，收拾得十分幽雅。姑娘正在椅子上坐着吃茶，一瞧白鸿进来，连忙让座，说道："姑姑吃饱了没有？"

白鸿说道："姑娘千万不要如此称呼，若因为我马齿徒长，最好称我一声姐姐，我们方好谈话。"

玉芝说道："你老何必过谦，白老剑客同我的爷爷本是慕名的朋友，今日又一见如故，你老还同我谦虚什么呢？"

白鸿一听，说道："姑娘我们本来全是一体的朋友，你要这样称呼，这不是叫我难为情吗？"玉芝说："你老再如此说那是瞧我不起了，你老请坐吃茶吧。"

白鸿一瞧，姑娘的确非常实在。于是二人对面坐下，老妈子献上茶来，二人这才对坐长谈，说来说去，可就说到今天比武身上来了，姑娘说："白姑姑，这位姓朱的，他同你老人家是素日就认识呢，还是新遇到一处的呢？"

白鸿一听，知道她关心终身大事，这才把朱复的经历同出身，仔细说了一遍。并说："我们同这位朱壮士虽然是新认识的，但他一切的言谈举动十分正派，并非一般市井少年可比。所以我父亲对于他十分重视，人家自己虽然以晚辈自居，我父亲同我伯父，还有我二位叔叔，对他总以平辈看待。所以我每一谈话，称他为小叔叔，因为人家第一人格高尚，第二是明室嫡派子孙，第三又是大明剑客无上禅师的门人弟子，不由得不教人尊敬。今天比剑，你瞧他的剑法如何呢？"

姑娘说："你老可是明知故问，你老没看见我的耳环被人

家削落了吗?”白鸿说:“虽然削落耳环,我总以为是他一时的侥幸,真要姑娘对他十分留神,我瞧他也未必得了上风。”

姑娘一听,连连摇头,说道:“不然,我向来不会说瞎话,人家的剑术的确比我高,因为人家的剑招,我有许多叫不上名儿来的,你想还能不输吗?”

白鸿说:“照姑娘这么说,这个人的武术十分高明,怪不得方才石老伯把姑娘许给他了。可是石老伯虽然愿意,只不知姑娘你心下如何。现在又没有旁人,你何妨对我说说,如若不乐意,我也可以给你想个主意。”

姑娘一听,不由得脸上一红,说道:“这个事怎么你老问起我来,婚姻大事,自有我爷爷作主,侄女还能说什么吗?”姑娘这一句话不要紧,旁边老妈子可答了话了,说道:“哟,姑娘你这个话可不对,既然婚姻凭老爷子作主,当初你为什么又要说出许多条件,什么一切不嫁,要学红线啦,又是学聂隐娘啦,那是什么意思呢?”

姑娘一听,似笑不笑地说道:“李妈,你这真是要找打,你再说。”老妈子一瞧,带笑说道:“姑娘这可来不得,我可没有那大的能耐同你比试。”白鸿笑道:“这又是怎么一回事呢?”

老妈子将要说,姑娘连忙挡驾:“姑姑,你何必听她胡说八道呢。”

白鸿一笑,说道:“说说这有何妨,又不是同着外人。”老妈子笑着将要说,姑娘红着脸,似嗔非嗔地说道:“你敢说,我可要打你。”老妈子说,“今天姑娘不叫我说,明天二奶奶回来,也得给你说了,何必教白姑太太再闷一夜呢。”

白鸿说:“姑娘不要拦她,说说我听,有什么关系呢?”姑娘一听驳不过白鸿的面子,红着脸,一指老妈子说道:“全是你这个坏娘儿们,多嘴多舌,惹得白姑姑这么刨根问底,你说吧,说了我也不怕。”

老妈子一听,哟了一声,说:“姑奶奶这可不能怨我,当初是你自己说的,我准保一句瞎话没有。”于是李妈把姑娘当

初怎么拒婚，二奶奶怎样相劝，后来自己才提出条件，仔细对白鸿讲了一遍，末了说："姑娘，我说瞎话了没有，今天在店里受了人家的气，倒在我身上出气来，大概姑娘准知道我打不过，有本事手提宝剑，跳到院中，再同人家去比。"

姑娘说："你这个贫嘴，怎么这些废话呢。"老妈子说："呵，姑娘又挂不住了，不要紧，没输给外人，输到自己人手里，还算输吗？你没听见白姑太太说，老太爷把你许给人家了吗，耳环子坏了，早晚他得给买新的，赔咱们。"

姑娘说道："我说教人家赔了吗？"这一句话，把白鸿也惹笑了。

老妈子说："姑太太你可是乐糊涂了，怎么还用你说呢，等到过礼的时候，连簪子带镯子首饰，他全得给买，何止一对环子呢。"说完扑哧一笑，姑娘这时候也明白过来了，呸了一声，说道："满嘴胡说。"老妈子笑道："姑娘这时骂我，怎么吃饭的时候，叫我去上房窗外听着去呢？"

气得姑娘站起来就要打。老妈子一转身跑到外间说道："姑娘我再不说了，你别生气，看叫白姑太太笑话，再叫上房听了去，人家朱壮士心里可就不高兴了。"说着越笑个不住，只顾她们这里说笑，不知不觉，天可就过了二更了。

这时候上房里的众人也说的十分投机，石烈一瞧天色不早，叫陈升把东厢房的灯点上，请诸人安眠。石烈看着诸人熄了灯烛，自己也回到房里熄了灯烛。刚刚倒下，只听后房檐上，微微有点衣襟带风的声音，紧跟着前檐上微微有点脚步响动。这一来大家全听见了，可是全都没有动，那石烈心中难过，悄对众人说："请诸位帮忙捉住此人。"这时候猛听院中扑咚当啷，石烈于是一伸腿，低声道："诸位随我来！"只见他立起身来，一伸手拉开房门。紧跟着嗖嗖嗖八个人全都纵到院中。抬头一瞧，一条黑影，越过房脊去了。这时候只听说了一声追，三个壮士上了正房。石烈一瞧，原来是江飞、朱复和房镇，三个人去追那条黑影了。这个时候，东厢房内白氏兄弟同

蒋洪全都出来了，西厢房白鸿同石玉芝二人也出来了，上房内四位寨主也一同来到院内。白敬过来把地下倒着的那个人提起来一看，原来昏过去了，左眼上插着一枝三寸长的梅花弩。白敬伸手把弩箭拔下来，鲜血淋淋，早已乌珠流出。石烈一瞧叫道："陈升起来掌灯。"叫了一声不见答应，以为他睡着了，于是一直来到二门门房叫陈升，仍然不见答应。

石烈不觉疑心，将要迈步前进，忽见南房之上飞下一件东西，一点寒星奔咽喉飞来，老头子一歪身一抬右手，把暗器接住。紧跟着又是一点寒星，奔自己飞来，老头子左手一扬当的一声，两枚暗器，搅在一处落在地下。这里当啷一声，院里全听见了，就见石玉芝姑娘手捧宝剑，纵出房门，一瞧石烈踪迹不见，不由得一着急上了南房一瞧，爷爷石烈站在房上正向四面观瞧。玉芝问道："爷爷怎么回事？"

石烈说："回去再说吧。"于是回过身来将要下房，只见正北上三条黑影，如飞云逐电直奔前来，一怔神的工夫，已经跳到院内，进入屋内。爷儿两个一瞧知是自己人，于是跳下房来，石烈由地上拾起两只暗器，先奔了门房，向里一看，叫道："陈升。"

原来那个陈升已经踪迹不见了，石烈说："芝儿院里去吧。"

这个时候院里的人也出来了好几位，白哲说道："石兄怎么回事？"

石烈说："我们这个陈升也不翼而飞了，咱们先往上房内点上灯再说吧。这总怨我姑息养奸。"

说着同大家进了二门，一瞧江、房二位也回来了，并且还提了一个人来。这时受伤的那个人也苏醒过来。于是大家回到上房，石烈点上灯烛，大家坐下，白敬白纯已经把两贼人绳捆索绑推将进来。石烈一瞧，认得是在店内同武元一同来的两个小子，石烈将要问他的姓名，就听袁兴说先不用问了，推出去等一会儿再问吧。白氏弟兄一转身把两个小子推入东厢房之内，哥俩把灯点上，迎着门一坐，一声不言语，把两个小子就

看起来了。这时候上房内石烈说道：“这是谁把他射伤了？”

玉芝姑娘说：“是我。”石烈说：“你怎么射伤了他？”姑娘仔细一说，众人方知。

原来武元他们五个人，一个叫金眼猫武元，一个叫飞山虎魏成，一个叫过墙蝴蝶崔信，一个叫千里寻花白均，一个叫小蜜蜂余亮。这五个小子在河南临汝县同金头蜈蚣张番，双层蝎李禄，七个人称为临汝七怪，采花作案无所不为。因为听人传说甘谷县博陵洼，有个女侠客以武招夫，五个人便一同前来，一比试，教姑娘震伤了两个，崔信的脚腕受伤。好在他们带着枪药，于是教三个人都吃下去了。到了下午，沸沸扬扬听店里人说，人家店东选中了人了，白均、余亮听着有气，暗道：“你选中了人也不要紧，怎么我们这受伤的，你连理也不理呢。”于是两个人一商议，雇好了长途车子，先把武元三个人送回临汝养伤，自己二人打算在此处同石烈暗中作对。到了夜间，天交二更，两个人收拾利落，一直奔了石烈的住宅。白、余二人一探听，人家正在说闲话，厢房里白鸿正同老妈子对姑娘说话，工夫不大，大家可就睡了。二人在后院一计议，由白均去用薰香，先把姑娘和白鸿熏倒，余亮巡风，熏倒之后，两个人一个人背着一个好回临汝。他只顾这么如意打算，也不想想，上房的那些人是做什么的，往剑客眼里去插棒槌成不成。所以白均由角门上跳过来，一瞧全睡了，那余亮由后坡上房，一上房就被人家听见了，自己慢慢到了前檐，向下一看，不想自己的脚下重了一点，屋内更明白了。这个时候，白均的香也点着了，用唾沫浸湿了窗户纸，把薰香盒子的嘴儿向屋中一伸，将要用口吹烟，只听屋内啪的一声，白均扑咚坐在地下，薰香盒子当啷落在地下。余亮知道白均受了伤了，自己正要来救，只见屋内嗖嗖嗖出来了好些人，自思如若不走，难免被获遭擒，于是也不去救白均，回身逃走。哪知后面追来了三个人，别人不说，那个万里追风的脚程是何等的急快，于是不消多大的工夫，就追上了，被江二爷在背后一脚踹了个跟头，房

大爷过来把他捆上，扛了回来。再说白均怎么受的伤呢，原来姑娘小时候有个玩物名叫梅花弩，可以打十余步远，是用坚竹削成的弩箭，三寸多长，那个竹筒子里有绷簧，一下五枝，能一枝一枝地连续发出来。姑娘因为一回家，夜中提防陈升作怪，所以拿出来放在桌上砚盘之内，今天同白鸿谈得十分痛快，这也是因为选得了可意的郎君，所以精神十分兴奋。这就叫人逢喜事精神爽，自己倒在床上怎么也睡不着，猛听得窗外有一点脚步声音，不由得一怔，于是掀起帐子向窗户上一瞧，有一个黑影伏在窗外，自己暗道："一定是陈升这个东西作怪。"于是轻轻地下了床头，直奔窗前走来，用手一按桌子，可巧把个梅花弩的筒子按在手底下，于是把筒子拿起来一摸，里面正下了五枝弩箭，再瞧窗户上湿了一点，由那里伸进了一个笔管粗的筒儿，你想姑娘由三四岁闯荡江湖，这个玩意儿如何不知？凡使薰香的没有好人，所以不等他吹进烟来，把弩匣对着纸上的黑影一按绷簧，只听啪的一声，外面扑咚当啷。赶石烈一问，姑娘才说是她把白均射伤了的。

石烈说："贼可是拿住了，怎么办呢？"江飞最恨采花贼，便说："我瞧瞧去。因为这两个小子不是好人，活着也是祸害，趁着夜半，叫他们把两个小子提到村外，埋上就得了。你问他，他也没有好话，送官更添麻烦，炎辉兄你瞧怎么样呢？"

石烈一听，说道："不错，就这么办。"白哲对蒋洪说："你去告诉他两个，把嘴给他塞住了，你三个就去村外埋人。"江飞说："计贤弟，你也去，好用你的莲花铲刨坑子。"计奎答应一声，同蒋洪出来告诉白氏兄弟，前去埋人。

再说江上飞对石烈说道："炎辉兄是怎么回事，你跑到房上作什么去了？".

石烈一听，咳了一声，说道："这总是我运气不佳，所以一夜出了三宗异事。"于是一回手在腰内掏出两个暗器放在桌子上。大家一看，原来是两颗铁莲子，这个铁莲子较别人的粗重，足有小鸭蛋大小。房大爷拿起来往灯下一看，上面刻着几

个小字，是铁莲子镇东方洪，房镇说道：“石兄，你几时同铁莲子镇东方洪结的仇恨?”

石烈说：“房兄怎么知道呢?”房大爷说：“你瞧这不是他的铁莲子吗?”

石烈一瞧，不由得呵了一声，说道：“怪不得陈升暗藏一口宝剑，原来是洪晓东的门人弟子，这可怨我脑力不佳，不然绝走不了这个小孽障。”大家问这是怎么回事，石烈于是不慌不忙说出一段缘由。

第十九章 惩恶妇石烈施威

原来这件事起在姑娘小飞仙红莲剑客石玉芝身上。在五年以前，石玉芝年方一十三岁，每日跟着爷爷石烈遨游天下。这天走到山东曹州府洪家镇，住在店内。石烈打算在此处打听打听本地的风土人情，一连住了四五天。这天午饭之后，老头子自己坐在屋中休息，姑娘自己可就往街上玩耍去了，这时候玉芝还是男装打扮。本来这个洪家镇，是曹州府南面的一个人镇甸，住户约有三千余户，买卖铺户足有好儿百家，十分热闹。姑娘正在街上东瞧西望，忽觉着肩头上有人拍了一把，说道："学生下了学啦。"

姑娘一回头，原是一个二十多岁的少年。五尺来高的身材，上身穿着绛紫色的小夹袄儿，可是没有扣着纽儿，下身穿着一件湖色的绸夹裤，没有扎着腿带子，脚下拖拉着一双青缎子山东皂鞋。往头上一看，歪戴着一顶青缎子六瓣瓜皮帽，一张青虚虚的脸儿，乍脑门子，尖下巴，短眉毛小圆眼睛鹰鼻子，薄片子嘴。手内托着一对铁球，转的咯嘣咯嘣的响。姑娘一瞧这小子的油滑样儿，心里心就有气，于是说道："干什么

你拍我一把？”小子说：“嘿，我问你放学了没有？”姑娘说：“放学不放学，与你有什么关系？”

小子似笑不笑，把嘴一撇，说道：“我问问你，怎么啦，兄弟，别这么不理不睬呀。你放了学，我打算请你下小馆，吃个便饭儿，干什么小脸儿急得这么红？”说着用手来摸姑娘脸儿。姑娘可真急了，右手一抬，啪的一掌，打在小子的手腕子上，说道：“满嘴放屁！”

紧跟着右手一伸，嘣的一声撞在小子的胸膛上，一来姑娘用的力量大一点，二来也是小子没有提防，把小子撞得哼了一声，一退两退一屁股坐在地下，一对铁球，咯嘞嘞地乱滚。小子这一来可火儿了，把大夹袄一扔，口中说道：“喝，小子手里有活吗，今天要不给你个厉害，大概你也不认得花豹子洪芳是谁。”说着，跳起身来，饿虎扑食直奔姑娘。姑娘一瞧，向旁边一闪，用了个顺手牵羊，脚尖一挂小子的脚面。这一来小子这个乐儿可大了，向前一趄，扑的一声，整个来了个大爬虎，差一点把鼻子磕扁了，眼里嘴里全是土，惹得街上人哈哈大笑。

正在这个时候，由人缝里钻出四五个二十多岁的青年男子，两个人先扶起洪芳，另三个人可就拳脚齐动，向姑娘打来。只见姑娘在这三个人当中一转身，扑咚扑咚扑咚，三个人四仰八叉躺下了一对半儿。这一来大家又是一阵笑。只听洪芳叫道：“你们给我打他，打死他由我承当。”

这一声不要紧，只听人群里面一声答应，又钻出七八个人来，连同前五个人，一共十二三个人，向前一围。只见姑娘如同蛱蝶穿花，往来这么一走，这十多个人可受不了啦，这个起来，那个倒下。工夫不大，把这十几个小子摔得缺鞋少帽子撕肩捋袖，没了人样子。姑娘一瞧，尽打这伙子混蛋，有什么用处，拿鱼先拿头，把起事的那个小子治服了就完。于是她一个箭步到了洪芳面前，洪芳一瞧转身要跑，被姑娘一伸手劈胸抓住。小子将要喊，被姑娘一个嘴巴，打得顺口流血。

姑娘说："你还敢欺负外乡人不？"小子说："得了爷爷，我认得你了。"姑娘说："你认得了，我怕你忘了，今天给你留个记号，以后好认。"说着一伸手，把小子的左耳朵揪住，哧的一声撕将下来，疼得小子热汗直流，哎呀双手一抱脑袋，姑娘一撒手，小子嗤的钻入人空子跑了。姑娘说你跑了，还有这些东西，全得给他们留个记号。这一句话吓得他们嗷的一声，全都没有踪影。这个时候，街上的人说道，小子平日欺压乡邻，今天可撞上克星了，以后瞧他还横不横。

再说玉芝姑娘，一瞧全都跑了，自己赌气也不玩耍了，一直向店内走来。石烈说，你干什么去了，姑娘本是个小孩子，一肚子气，听得爷爷一问，哇的一声可就哭了。老头子一看，诧异道："你怎么了，哭什么呢？"

姑娘才把遇见的事，对老头子一说。老头子一听，只气得虬须抖动，碧目圆睁，说道："你可问过他的姓名？"

姑娘说："他叫花豹子洪芳。"

老头子说："好吧，有名有姓就好办了，你也没受屈，哭什么呢。等我问问伙计，得手把他收拾了，好给一方除害。"

一问伙计，伙计说："不是方才在街上被小少爷撕掉了耳朵的那个小子吗？依我说老爷子不用同他斗气，好鞋不踏臭狗屎。"

老头子说："怎么回事呢？"伙计说："你老要不问，我也不好说，因为小少爷这一顿把小子揍得不轻，连那伙子帮狗吃屎的，也揍了个乱七八糟，真得说是个报应。"

于是伙计一五一十地对老头子说了一遍。老头子一听，说道："那可不成，小孩有过罪在家长，他这个错儿在洪旭身上，我如何不问呢。"

原来这座洪家镇有一位成名的武术大家，姓洪名旭字晓东，江湖人称铁莲子镇东方，自幼练成一身好武术，因为家大业大，所以在江湖上立了名誉，自己就回家享福。这个人虽然为人正大，就是有一样不好，耳软心活好色如命，虽然在江湖

上没有作过采花的案子，可是一切朋友对于他无形中全都断了来往，全是因为他在二十年前纳了一位如夫人所致。这位如夫人娘家姓黄，本是一个走绳卖艺的武妓。那个时候，这位洪旭已四十多岁了，因为膝下无子，对于嗣续这一层十分的担忧，赶到这个卖艺的一来，不知怎么回事，这位洪旭把卖艺的姑娘看中了，于是托人说合花了三千银子，把这个武妓买到手中。这个黄氏自从进门以来，洪旭言听计从，十分的宠爱，可说是宠以专房。这一来把位正夫人气得忧郁成疾，不上一年就故去了。这个洪旭因为得新忘旧，草草的把太太埋了之后，就把这位如夫人黄氏扶正了。第二年就养了一个儿子，这一来洪旭更乐了，于是作三朝庆满月，取了个名字叫洪芳。洪旭因为老年得子十分疼爱，而且老夫少妻，由爱生畏，十分惧内。洪芳有母亲庇护，从小娇生惯养，慢慢的落入下流了。

自此洪芳越发胆大，到十六七岁上，更不是东西了，交了伙无知的弟子，每日花街柳巷的游逛，他又有钱，无形中这伙子无知的青年作了他的走狗，时常在街上调戏邻居的妇女，人家打又打不过他，因为他们人多，打官司又不如他家有钱，这一来小子越闹胆子越大。有一次来了一个行路的外乡人，夫妇两个带着一个十六七岁的大姑娘，住在洪家镇，硬教小子把人家强奸了，晚上姑娘羞愤自尽。人家这夫妇到了曹州府击鼓鸣冤，府尊少不得出票子传人。这位夫人黄氏倒是有胆有识，教洪旭父子往旁边一躲，她到了堂上硬说人家指尸讹诈，因为洪旭父子出外二三年没有回家了，堂上只可批了个听候调查。在这调查的期间洪家用钱一运动，府里批的是查无实据，把这官司糊糊涂涂就算完了。这一对异乡夫妇只得回转家乡，但没走出一站地就叫强盗给杀了，大家虽然猜疑是洪旭这个太太做的，可是没人敢说，官家也只是定为悬案。打这以来，洪芳更加横行无忌，所以大家替小子起了个外号，叫作花豹子。

这天洪芳正带着十几个走狗，在街上闲逛，一眼瞧见玉芝姑娘，本来姑娘打扮成一个童子模样。小子一瞧，问道："这

是谁家的孩子?”内中一个走狗说道:“这是外乡来的一个老头儿带来的,在店中住了好几天了。”洪芳说:“你们往后闪闪,等我把他诓到村外,咱们取个乐儿。”

于是大家闪在两旁,他过去一说话,叫姑娘打了一个跟头。小子本来也会个三脚猫儿,所以起来又同人家动手,不想又来了一个跟头,这才招呼那些走狗打人。结果这些走狗被人家打了个落花流水。他这才知道敌不住人家,打算要跑,不想被人家揪住了,哪知道这孩子真狠,伸手把耳朵撕下一个来,小子一路紧跑,回家去了。

伙计对老头子一说,石烈才说:“冲着洪晓东非找他不可,问问他为什么这样纵子为恶,他这个镇东方是怎样称的。”于是问明了住址,打算前去找他。

单说洪芳一路鲜血淋漓跑回家去,一进上房洪旭正同妻室黄氏在屋内闲谈,一瞧洪芳满脸鲜血,混身是一个土蛋,他母亲一看不由哟了一声说道:“这是怎么了?”这时洪芳疼得连话也说不出来了。接着一伙走狗也狼狈不堪地跟将进来。黄氏跳下炕来给儿子一拭血,这才看明白少了一个耳朵,黄氏一问大家,大家一告诉,当时黄氏一伸手由墙上摘下一口刀来,说道:“你们知道他在哪个店里,领我去找他,非同他拼命不可!”

洪旭说你先别闹,等我问问他们,你先给芳儿上点药止住疼痛,你再去报仇,不然你就是把仇报了,孩子也疼坏了。

黄氏一听,倒也有理,于是叫老妈子打洗脸水,自己开箱子拿药。这个时候,洪旭问:“你们谁知道这个小孩子的来历?”内中一个走狗说:“我知道,这个孩子是同一个老头儿一同来,住在咱们这里店房之内。”

洪旭说:“这个老头儿多大年岁,住了几天了?”这个人说:“住了好几天了。这个老头子乍一看活像判官,六十多岁的年纪,赤红脸,绿眼珠,卷胡子,要是晚上瞧见,非说他是判官显圣不可。”

黄氏说:“我们去找他去。”

洪旭说："你先不要忙，听我告诉你，我听他们说的这个样子，只怕你不去找了，他还来找你。不想我闯荡一世，被你母子给我丧尽了英名，准要叫人家找了来问我为什么纵子为恶，你叫我如何答对呢？"

黄氏一听，不由得蛾眉倒竖，杏眼圆睁，用手一指说道："洪旭，像你这种软弱无能的东西，我跟着你真是委屈到了万分，自己的孩子被人家扯去了耳朵，不思报仇雪恨，反来埋怨别人。你想想他们家也是孩子，我们家也是孩子，孩子同孩子玩笑何至下此毒手，再说打狗还得看主人，何况是人呢？他来到洪家镇也不打听打听，就欺压到我们头上，你怕事我不怕事！我若不把这个小畜生碎尸万段，我把黄字倒过来，我真不知道你这个镇东方，当初怎么得的。"

洪旭说："你听我说，不是我怕事，因为芳儿得罪的这个人，我总疑惑是甘谷县的太平剑客石镇南。真要是他，此人疾恶如仇，剑术精奇，自幼受过异人的传授，我们如何惹得起。你想你们娘儿俩平日所作所为，躲他还怕躲不开呢，怎么还去找他，所以我说你不找他，他也要来找你。现在你先不必去找他，我先派人去打听打听，此人姓什么，叫什么，然后再定办法。因为此事咱们没有理。如果真要咱们有理，别看惹不起他，凭他成名的剑客，他也不能说出两个理来，不怕我同他拼了性命。江湖上一定有一种公论，现在你想想怨人家还是怨自己呢？"

洪旭这一番话把个黄氏弄得怔了半天，说道："照你这么说，我儿子就白叫人家欺侮了不成，这个耳朵也算白伤了？我不管他侠客剑客，反正我得前去找他替孩子出气，不然洪家镇我们就不用再住了，我们孩子不能随便叫人欺侮！"

夫妻正在吵嘴，只见看门的家人进来说道："回禀员外，外面有甘肃省甘谷县博陵洼的太平剑客石炎辉带着一个童子前来拜访。"

那洪旭一听，对黄氏说道："你瞧怎么样，我说你不去找

他，他也前来找你不是。”

黄氏一听说道：“兵来将挡，水来土屯，他来了正好，我正要找他。”回头对家人说：“你出去告诉他，就说请他客厅相见。”家人答应，转身出来，黄氏说：“你先出去同他谈话，我收拾收拾再出来同他动手。”说着一抬腿上了板凳，由皮箱里面拿出一口短剑，由鞘子里面向外一抽，呛的一声，就见寒光闪闪冷气侵人，洪旭说：“你由哪里得来的这口剑？”

黄氏说：“一进门就带来了，始终没叫你看见。实告诉你，这是当初我闯荡江湖，在湖北作过一水买卖，在一个大财主家得来的，这口剑，能削金断玉迎风断草，杀人不带血，听人讲，此剑名叫鱼肠剑，当初战国时候，专诸用这口剑刺过王僚。因石烈人称剑客，一定有宝刃护身，所以我今天拿出来要斗斗这个太平剑客。”

洪旭一听，不由得倒吸了一口冷气，暗道：“她原来是个女贼，深悔当初自己不该娶她进家，把自己堂堂的一个侠客，闹得声名狼藉，今天叫人家找上门来，我对人家可说什么呢？”正在思想，只听黄氏说：“你先出去应酬他，我换好了衣服，就去见他。”

洪旭无奈只得答应，慢慢走出上房，直奔客厅。迎面遇见家人说道：“老员外，把客人请进来了。”洪旭说道：“很好，你泡茶去吧。”

家人转过出去。洪旭慢慢来到客厅，一掀帘子，只见里面坐着一个鬓发苍苍的老者，两道长眉，一双碧目，颏下一部虬髯。身旁立着一个十二三岁的童子，十分俊美。

洪旭说：“来的莫非是石剑客，请恕我洪旭迎接来迟，我这里请罪了。”那老者说道：“阁下可是洪侠客，石某来得鲁莽，也要请罪。”

说着二位坐下，石烈说道：“石某来到贵处人地生疏，本应登门拜访，不想教闲事占住身体，所以直到现在方才偷闲前来拜望。并且还有一点小事，要请示明白。”

洪旭一听，连忙说道：“不知老剑客有何见教，洪某洗耳恭听。”

石烈说：“在贵处有一个大名鼎鼎不肖之徒，人称花豹子的名叫洪芳，听说这小子无恶不作，品行卑污，不知道你认识他不认识他。”

洪旭脸一红，连忙说道：“你老问这个人，正是不才的犬子，不知有何得罪之处，待不才严加管束就是了。”

石烈一听，哈哈大笑，说道，“这就好说了，既然是令郎，他素日的行为，你当然知道，为什么不严加管束，直到老朽问到跟前，阁下才说严加管束，既然你这么说，当然他现时正在家中，我倒要看看你这个远近驰名的镇东方，怎样管教儿子。”于是，石烈就把方才街上发生的事说了一遍。

叙完事情，石烈又说道：“这个事只怕阁下早就知道了，因为他少了一只耳朵，你还能不闻不问吗？你既说严加管束，我非瞧瞧你怎样的管法不可。你如果只是个无声无息的土豪恶霸，那还好说，因为你是一个大名鼎鼎的侠客，所以按春秋责贤的意思，我今天非问你个明白不可。”

说到这里，老头子紧皱双眉，微翻碧目，右手扶着桌子，左手托着一部虬髯，怒气冲冲看着洪旭。这时真要是俯首认罪，把老头子应付走了不就完事了吗，可是他这位催死的太太恰巧赶来。

那黄氏走到窗外，一听洪旭被人家问得哑口无言，不由得怒从心起，一声叫道：“好一个石烈，把我们孩子伤了耳朵，还找上门来不依不饶，不知道你们这作剑客的，还讲理不讲理。我告诉你，识趣趁早抱着脑袋滚出洪家镇去，把那个小畜生给我留下，听我处治，不然我可不管你是剑客侠客，留下脑袋再走!”

石烈在屋内一听，对洪旭问道：“洪晓东，这是阁下什么人?”

洪旭正要说话，外边又说了：“老匹夫，你不用问了，老

娘是洪旭的妻室，你敢怎样？”

石烈这时候一听外边骂上了，不由得一拍桌案，连声冷笑，说道：“洪晓东，原来是这样的一个侠客，大概你是被冤鬼迷住了，既然你的家庭这样不安，待老夫替你净宅，退一退这些冤鬼，也不枉外人称我小钟馗。”一回头说道：“芝儿，咱们外边瞧瞧是什么东西作祟，硬把个成名的侠客缠得头昏脑闷。”

石烈说毕，站起身向外就走，洪旭这时候要拦又不能拦，你说不拦明摆着双方见面，一定没有良好的结果，只得跟在后面。

这时石烈已经走出客厅，向院中一看，在院内站着一个妇人，头上用青绢帕拢住乌云，穿着一身蓝绸子夹裤袄，白汗巾系腰，脚下着一双铁夹牛皮软底鞋，怀抱一口短剑。别瞧半老徐娘，风韵犹存。只见她柳眉紧皱，杏眼圆睁，用手一指说道：“石烈还我儿子耳朵便罢，不然今天不是你死就是我活。”

石烈一瞧，哈哈大笑，说道：“原来是一个狐狸精，今天我若连一个狐狸精也制不了，我这个钟馗可就不用称了。”

于是向前迈步，黄氏一心怒火，也不管三七二十一，向前一进步手捧短剑，当心就扎。她总以为自幼练了一身功夫，江湖上那些侠客剑客，大概也不过同自己一样，不过你称我作侠客，我称你作剑客，互相这么溢美，就成了名了。今天一瞧石烈空着手，自己又是一口宝剑，扫上一点他就没了性命，所以她也不管洪旭的体面，迎面向石烈就是一剑。只见老头子一偏身子，一进右步，啪嚓就是一掌，这一掌正打在黄氏的手腕子上，宝剑落地。当时黄氏哎哟一声，如同被刀砍了一样，疼得直摔腕子。这个时候黄氏可就撒了泼，说道：“老匹夫，你快快地杀了我，不然老娘可和你没完。”

老头子一声不语，一进步用左手的中指，在黄氏的膻中穴微微一按，黄氏一声鬼嚎，坐在地下，上气不接下气，尽剩了哎呀了。原来老头子用的是断命的功夫，只要点在人身上三十六天准死，因为这一指头，把这个穴的道路按断了，到三十六

路气血走完之后，这个内部可就生了变化，人是必死无疑。当时受伤，不过奇痛入骨，等到十七八天开始可就觉得受不了了。院内的老妈子一瞧黄氏坐在地下哎呀，连忙过来扶起黄氏，往院内去了。

这个时候，洪旭可实在挂不住了，于是走到院中拾起宝剑，向石烈说道："老剑客，自从你来到我洪某的宅院，对于我怎么抢白，我可没有一句话得罪你，因为你理正词严，我只可俯首认罪。你瞧你偌大年纪，也不该同一个妇道人家一般见识。现在既然如此，不才我可得领教领教你老的剑术，不然凭我洪旭连个妻室也护不住，我这还成一个什么人呢？没旁的，老剑客你亮剑就是了。"

老头子一听，知道他心疼妻室，羞愧难当，于是说道："好吧，你既然不顾名誉和江湖的道义，纵容妻子任意非为，少不得我一同成全你，你就进招吧。"

洪旭一听，说了一声"接剑"，于是一进步向下便劈。石烈一上左步，用右臂一穿洪旭的右手，洪旭向外一开，左步双手抱剑向石烈右胁便扎。石烈一撤右步，伸开左手向前一探，要叼洪旭的宝剑护手。洪旭腕子一翻，一进左步宝剑向石烈左腕上就抹，石烈一开右步，右手一托洪旭的左肘，跟着左足向前一伸，扑的一声正踹在洪旭左胯之上。洪旭一偏身，石烈这一脚来踹实落，洪旭的宝剑一落，向石烈的左足削来，石烈脚一落地，洪旭的宝剑跟着向里一推，奔了石烈的脖子。石烈暗想：小子真下毒手，这可不怨我，是你自己找的。于是右手一推洪旭的手腕子，洪旭的手向下一垂，打算用剑去挑石烈的腹部，哪知石烈用右手跟着向前一挥，中指正点在洪旭的膻中穴上，道："去你的吧，这种无廉无耻的侠客活着都给江湖人丢脸。"

这个时候洪旭觉着胸前如同利锥扎了一下似的，口内一甜，头上一晕，一口鲜血喷将出来。石烈一回头说道："芝儿我们回家，候着他报仇雪恨就是了。"

说着带领姑娘回身走了。

再说洪旭一口血喷出来就要栽倒，两个家人急忙过来，双双架住，扶着他到了内宅。一进上房，只见黄氏哭得涕泪横流，一瞧洪旭被家人架进来，连忙说道："这口气无法消除，非同老小子拼命不可。你怎么了，莫非也受了伤吗？"

洪旭坐在床上，待了半天缓过气来，说道："若不是你母子，我何至受这重伤！"于是解开衣襟对黄氏说："你来看。"

黄氏一瞧，哟了一声，说道："胸膛上红了枣儿大的一个指头印儿，你觉着怎么样？"洪旭说："不要紧，虽然动了内部，可是很轻，你把药拿出来，我吃了就好了。"

黄氏于是把药匣子打开，洪旭吃下去，工夫不大心中方才止了疼痛，对黄氏说道："你伤了哪里？"黄氏说："也是胸膛上，方才还疼，现在好了。"洪旭说："我瞧瞧。"

黄氏解开衣襟，洪旭一看，在膻中穴上黑了指头大的一块。洪旭明白，自己虽然不要紧，黄氏这个伤可是中了断穴的功夫，三十六天准死无疑。虽然说黄氏不贤，总是二十多年的夫妻，眼看着就要伤发身死，再瞧黄氏依然不知不觉，不由得一阵心酸，哇的一声，又是一口鲜血，连方才服的药全吐出来了。这口血可比方才那口血厉害，方才的血那是被气激破了血管子，吐出来倒好，现在这是发于七情，所以老头子向后一倒昏过去了。黄氏一瞧，连忙同老妈子把洪旭扶住，那洪旭微睁二目，一连又吐了两口鲜血，待了好大的工夫，这才苏醒过来。他用手指点着黄氏，哀声叹气，老泪滂沱。你想他本是六十多岁的人了，平日本就伤于酒色，如何禁得住再大口吐血，不由得可就病倒卧榻之上。

太平剑客讲到这里，拿出那颗铁莲子说："陈升十有八九是洪旭的门徒，不然这上面不会有'镇东方'的标记。"

石烈这话算猜对了。

洪旭本有一个徒弟是山西潞州人氏，姓陈名凯字中和，自幼父母双亡，在七岁上随他叔父来到山东经商，不幸他叔父死

在招商旅邸，一切所有的川资，尽被店中开店的骗诈而去，只落得沿街乞讨。到了冬天忽然天降大雪，陈凯因为身上无衣，肚里无食，又没有地方去避风雪，走到洪旭的门首，一个跟头跌在雪地里爬不起来，工夫一大周身可就僵了。这时正赶上洪旭将出大门，一瞧小花子跌在雪地里，如若不救岂不冻死？于是叫家人把他扶起来，一看已经面白唇青，不过微有呼吸，于是抱到门房里面，待了好大的工夫才温暖过来。洪旭一问他，他才对洪旭哭诉了一番，洪旭看他十分可怜，于是就把他留下，叫他伴着洪芳玩耍。洪旭本来时常活动身体练习功夫，孩子只要瞧见，一定目不转睛，在一旁观看。起初洪旭不理会，后来忽见那个陈凯一个人正在练习拳脚，虽然是东一拳西一脚，可是大致还算不错，一切的式子和动作，只吃亏没人指点。老头子不由得高兴，一抬腿走进屋中，说道："陈凯你这是跟谁学的？"

陈凯一听，连忙站住说道："老员外来了，小子我是跟你老学的，因为我喜爱武术，没人教给我，我这是瞧见你老练，我看会了的。"

老头子一听，说："你练得对吗？"孩子说："我不知道，反正你老怎么练，我就怎么学。".

老头子一听，暗道："这亏了让我瞧见，不然以后在外面遇上事，他一定说跟我学的，这个武术如何见得外人。"自己正要告诉陈凯不许再练，复又一想，自己一身武术未有传人，看洪芳那个样子还能练武吗，但是这个孩子体格雄厚，他又性好练武，我何不收他作个徒弟，将来把我这一身武术传授于他，真要在江湖上立下名誉，我也不枉救他一场。想到这里说道："陈凯，你既然好武，我教给你就是了，可是你现在练的这个根本不行，从此不许再练。我教你练什么，你就练什么，不教的不许练，听明白了没有？"

陈凯一听，连忙说道："既然你老看着小子不错，打算教给我能为，小子我是求之不得，如若不给你老磕头拜师，岂不

叫别人笑话，今天小子我就给你老磕头算是拜师。”

老头子一听，甚是欢喜。于是把陈凯带到祖师牌位前边，向上磕头，然后方给自己磕头，这算拜师。磕头已毕，老头子把他带到前边，给黄氏磕头，拜见师娘，黄氏也甚喜欢。从此陈凯除了练武之外，就是哄着师弟洪芳各处玩要。

转眼过了六七年，陈凯越瞧洪芳的行为，越不对心思，时常说他，可是每逢说洪芳一次，必被黄氏辱骂一场。后来一看知道这个洪芳将来一定得流入匪途，老师又慑于阃威，不敢管他，自己这才暗暗叹息，可惜恩师，人称铁莲子镇东方，硬叫妻子把名誉给糟蹋了，真是大丈夫最怕妻不贤，子不肖。

转眼过了十五年，陈凯年已二十二岁，洪旭的全身本领，可说完全学到手中。因为艺业学成，再说也二十多岁了，这天对老师一说，打算把叔父的灵柩送回潞安，一来看一看婶母及兄弟，二来也祭扫坟墓。老头子一听甚是欢喜，说道：“这本是孝悌的行为，为师岂能拦你。”

于是取出了五百两银子，打好了棺椁，雇好了车辆，由地内把灵柩起出来，上了灵车，陈凯少不得报丧前行，直奔山西大路走下去了。

第二十章 小专诸为师报仇

这一日陈凯到了潞安州，一脚踏进家门，但闻阵阵哭声。原来人丁兴旺的一家人一只剩下叔父跟前的一个兄弟，婶母于前年也死了。兄弟名叫陈荣，新娶了妻室，兄弟相见抱头大哭。第二日，由陈凯出头，请了陈氏的族长，商议发丧出殡，总算是风风光光地把叔叔送进祖茔，同自己的婶母合葬。诸事完毕，这才嘱咐兄弟好好度日，自己还得回山东。陈荣于是安排酒饭给哥哥送行。陈凯一路轻车熟道，很快就到了曹州府洪家镇。一到洪旭家门口，正赶上洪芳用白布缠着头，呆呆立着，脚下的鞋蒙着白布，陈凯不由得吃了一惊，问道："师弟，你给谁穿的孝，怎么头上用布包着？"

小子一看陈凯，说道："师兄你可来了，我父亲这两天直念叨你，我这个头和人家比武伤着了，我是给我母亲穿的孝，你快进去瞧去吧。"

陈凯听了，连忙跑到上房一看，两个丫鬟扶着洪旭，一个老妈子端着药碗，正服侍洪旭吃药，洪旭一瞧陈凯进来，心中一喜，说道："凯儿回来了，把药端下去，我先不吃了。"

陈凯一瞧老师病得骨瘦如柴，忙问："师父怎么病成这个样子，师娘几时故去的，弟子走的时候不是没病吗？"

洪旭一听不由得咳了一声，一张口又吐出一口鲜血，向陈凯说道："你来了我就放了心了，听我告诉你，自从你走了三四天就出了这么一件事。"

洪旭把前因后果说了一遍，然后吩咐道："我因为受了内伤，又操劳一切，所以这个病，一天比一天沉重，可说是医药无效，我已病入膏肓，神医束手，所以每日盼你回来。我死了以后，你千万不要同人家太平剑客为仇。你须知道此次的祸变，实是祸由自取，你师娘同你师弟素日的行为你是知道的，所以她被人家断穴身亡，可说是毫不足惜，就是我也因为糊涂不明，才受了重伤。我这个病也是因为自己追悔莫及，才落到这个样子。你现在艺已学成，所差的就是功夫一步，你若在江湖行道，可要拿我作个前车之鉴，遇事不要姑息，犯了我这个毛病。"

洪旭说到这里，又咳嗽起来，丫鬟在后扶着，老头子又吐了不少鲜血。这个时候陈凯已经泣不成声了，老头子一看双睛一瞪，说道："凯儿，这岂是你哭的时候，趁我有一口气在，我要把话嘱咐完了。你若这个样子，我还怎么说呢？"

陈凯吓得连忙拭泪，又听老头子说道："论道义的规矩，我早已同你说过，不许错了步法，好在你的品行十分纯正，我可以不惦记。"

洪旭一回头，叫丫鬟把床里那个包袱拿过来。包袱取来之后，老头子吩咐陈凯打开。

陈凯连忙打开一看，里面是一个铁莲子袋，内中三颗铁莲子，还有一柄一尺多长的短剑。老头子说："你先把这个东西收起来，听我告诉你。"

陈凯将包袱放在一旁，老头子说："那三颗铁莲子，是我一生成名的东西，我传给你是我师徒分手的纪念，上面有我的姓氏。那口剑是你师娘的东西，听她说是从原先一个大家得

来，可见她是一个女盗，并不是一个纯正的好人。不想我被她蒙混了半世。她现在已经死了，不必提了。这口剑倒是一口宝剑，名叫鱼肠，是战国时欧冶子所造，能切金断玉，水斩蛟龙，陆诛犀象，你可要密而藏之。因为你下盘的功夫练成，这口兵刃正用得着，所以我把它传给你。你可要知道，宝刃原是凶器，兵刃要是称之为宝，一定是凶中之凶，所以非正人君子不能用它。这叫作有德者居之，德薄者失之。若是人品不正，闹出祸来，轻者带伤，重则废命。你师娘依仗此剑，与石剑客对阵，身损人亡，这岂不是一个前车之鉴吗？你要好好记着。至于你的师弟行为乖戾，他的终身，可就看他的福气了，你大可不必管他。还有一件事，我死之后，你千万记着，不要同黄氏合葬，必须把我同原先的妻室葬入祖茔，因为黄氏这个人我十分痛恨。”洪旭说到这里，力尽声嘶，一连又吐了好几口血，向后一仰，咳了一声，说道：“可惜我一世英名，丧在妇人孺子之手，实可悲也。”

最后又冒出没头没尾的一句：“西有师伯……”

陈凯一看，老头子向后一仰，连忙过来扶住，再瞧老头子已经两目上翻，汗出如油，可惜一位成名的镇东方，只因为一个好色的毛病，直落得身败名裂，幸而得以寿终正寝。

陈凯见老头一死，抱住尸体放声大哭，叫道：“恩师啊，想当年，不是你老人家，我陈凯焉有今日，不想师徒方才见面，你老就撒手去了，可恨我陈凯命犯孤独，只有这么一位恩师，还早日故去，从今以后再无人教我成人了。”

他这场哭，真可说天愁地惨，泪湿衣襟，斑斑点点尽成了鲜血。老妈子过来说道：“大少爷别哭了，赶紧打发人去找少爷，好给老员外穿寿衣，再说一切的事还得你办，你若哭坏了身子，可怎么好呢。”

陈凯一听，这才止住悲声，于是把家人叫进来，叫他去找少爷，一面派人去安排丧礼用的棚孝等物，好在寿衣寿木早就备妥。待了好大的工夫，家人才把洪芳找了来，洪芳一看父亲

死了，他立在旁边向陈凯问道：“师兄，我父亲怎么死的?”

陈凯说：“师弟，你怎么糊涂，我师父病到这个样子，怎么还不知道?”洪芳说：“我方才出去好好的，怎么就死了?”

陈凯说：“死了我有什么法子，再说我也不愿意他老死呀。”洪芳一听，说道：“你一进门，我父亲就死了，我瞧着有点可疑。”陈凯说道：“你说可疑，莫非老师还是我害死的吗?”

洪芳说：“我又没在跟前，我知道是怎么回事?”

陈凯一听，气吁吁地责备说：“师弟你少要胡说，我告诉你，老师去世了，你要一心向上，方才对得起故去的老师。你若再满口胡说，不改旧日的行为，我可要以师兄的资格管教你，实在管不了你，没旁的，我要替我老师清理门户。你须知道，若不因你胡作非为，老师绝不至受伤身死。”

陈凯说到这里，二目一瞪，真不亚于两盏明灯。洪芳本来就惧怕陈凯，今天不过受了小人的愚弄，打算把陈凯挤兑走了。不想陈凯不听那一套，一席话吓得洪芳不敢言语，转身向外就走。陈凯一伸手把洪芳拉住，说道：“哪里去，趁早给我坐下好好替老师穿衣裳，等一刻寿木抬过来好盛殓，你若不听，今天当着老师的尸身，我可要打你。”

洪芳一听，不敢言语，只可瞧看大家装殓。一连待了好几天，才把老头子送到祖茔安葬。丧事一了，陈凯静坐自思：好好的一家人，闹得家破人亡，推想这个祸首，实在始于黄氏身上。可是黄氏是个妇道人家，本来见识卑鄙，再说也伤重身死，总算恶有恶报。第二个祸首，就是洪芳。可是老头子只这一个儿子，再说又被人家撕去了耳朵，也算是受了相当的处罚。再说就是太平剑客石烈，偌大年纪还这等心狠手黑，我若不替恩师报仇雪恨，如何对得起恩师?

陈凯狠狠教训了洪芳及其同伙一顿，责令他们在家安分守己，这才由洪家镇起身，奔甘肃去了。

陈凯按照师傅的教诲，日夜不忘苦练技击之术。那神出鬼没的铁莲子，已达百步穿杨的功力。鱼肠剑舞在他手中，不仅

削铁如泥，而且渐趋光影蔽人的造化。踢石如飞的“蹲地虎”奇技，也日臻完善。陈凯一路访高人，拜绝师，除恶扬善，行侠仗义，在江湖上赢得了“小专诸”的盛名。

两过阴山，三渡黄河，沿着丝绸之路不舍西行，终于到达了博陵洼。陈凯隐姓埋名，在石家店住了月余，却总不见石烈的影子。他四处打听，但谁也说不清石家店店主的归期。云游的高人，来无影，去无踪，很难寻觅他们的行迹。

大概没有个三年五载，太平剑客回不了故里。他按洪旭生前指点，打听到西宁地界，隐居着数位武林高手。陈凯辞店，放步西游，准备每隔三秋，再来找石烈，为师傅报仇。

一天日落时分，陈凯走到了个山黑水黑遍地乌臼林的去处，唤作乌龙镇。虽然天地皆黑，但镇上的人却是白帽白衣白鞋，肤色亦很白嫩，且大半都为雌头。陈凯东转西转，就是找不到一家汉子当掌柜的旅店，只好住进一家老婆婆开的客栈。这客栈里里外外均无男子，连厨房的火头军师也是个娘们。

昼间登山涉水，颇觉劳顿。酉时晚餐，陈凯只要了一菜一汤，准备餐后即眠，翌日寅晓，便登程赶路。谁知掌柜婆婆我行我素，却唤店女送上满桌酒菜，还点了两位艳姬，同桌伴餐。另有一双媚眼，从暗处目不转睛地向这边张望。陈凯面红耳赤，十分不快，敷敷衍衍地嚼三饮四，匆匆离席。回到卧堂，陈凯即命女佣打水，迅速盥洗，灭灯而寝。

睡到四更，地板忽然裂开，四名少女跳将上来。每人手中都拎着一盏灯笼，握着一把青鸾剑。四女穿着一样的服式，只是赤、橙、皂、白，色泽各异。“蝇蝇女贼，还不退去！难道要做刃下之鬼？”陈凯翻身，立在床头，以为区区女流，怒斥几声，即可下退。

哪知四位剑女，却露齿嬉笑，步步进逼。为首的赤女浪声说道：“恭喜你啦，陈郎！我们寨主新近丧夫，千挑百选，都找不到一位如意郎君。不知怎的，昨晚酒饭之间，一下子把你窥中了！此刻我们四位，奉命护陈郎进寨，请！”

“敢问寨主尊姓大名，出自何人门下？”陈凯那张端正的甲字脸，怒颜减退，变得阴沉起来。

“大名鼎鼎的祁连英姑，谁不知晓？”赤女剑客腰一扭，剑一扬，为其主大肆鼓噪，“移寨主拜祁老母为师，一把雪里来锥剑天下无敌，一路雪中松叶拳无人可挡，一袖雪内冰晶霰无往不胜！”

“哦，原来是移凤英，雪梅奇女！”陈凯冷冷笑道：“既然出自高门，为何落草为寇？”

“不许胡说！”赤女左臂一抬，指着陈凯嗔道：“移家寨乃千年古镇，老寨主移员外故去后，崆峒英娘接任主持，哪来什么落草为寇？”

“移家寨纵然不是占山为王之寨，为何干四更劫客的勾当？这与寇盗之为，有何不同？”陈凯正言道。

“我们是来请君，你何以诬为劫客？”赤女反问道。

“既然是请君，麻烦四位女客回去禀告移寨主，她若不亲自来此，陈某绝不进寨！”话音刚落，就听唰的一声，北窗洞开，一缕耀眼的白光闪将进来，定在西墙边的八仙桌上。

“我来了！”陈凯定睛一看，那白光原来是一位俊俏夫人。她白衣、白袍、白裤、白鞋，漆黑的浓发上，挂满了碧绿的翡翠头饰，白色的背袋里，插着一把银柄武器，那大概就是雪里来锥剑了。“果然像一株雪山青红！”陈凯感叹道。

“陈郎，还不随我进寨么？”移凤英毫不羞涩，向陈凯飞去极温情的一笑。

“我要是不愿去呢？”陈凯依旧阴冷冷地说。

“那就剑下招婿！”移凤英仍然笑吟吟，但带着一股咄咄逼人的气势。她一拉领结，白袍徐徐飘落，那柄雪里来锥剑如簧似的从背脊弹入手中。这剑三面的刃，寒光照人，由粗而细，很像一把三角刮刀。据说它由一隔代高人，隐居祁连山中，冶炼二十年方成。它戳石如肉，斩钢似竹，极具锋利。

“只好奉陪！”陈凯虽然几乎在同时，抽出了那把传世鱼肠

剑，拱手胸前，示意接招，但心中却有些后悔。一是自己生性傲慢，惹得这位移凤英弹剑动武。她的武艺如何，心中并无底蕴，万一……该如何是好？二是自己并未练成绝世真功，又没有建立家室，这位移凤英面若桃花，音赛悬铃，且主动求配，那何必……

“陈郎，看剑！”话到人到，移凤英似一条白蛇，倏然向上飞腾，来了个倒挂横梁，她举剑一扫，把陈凯睡的木床，扫了个东倒西歪。

陈凯听到风声，知道移凤英已飞上前来，便往地下一蹿，施展出“蹲地虎”的绝技，将东墙脚一块约有百斤的盆景石向上猛踢，直奔移凤英而去，只听嘭的一声，横梁震颤不已，附近屋顶上的椽子断了三根。但这时移凤英早已跃下屋梁，举剑向陈凯便刺。

四位少女全都跳过北窗，立于屋外观看。

陈凯将身子一移，躲过雪里来锥剑，同时右脚一翻，向移凤英左腰急踹。平时练功，这一踹曾折断过碗口粗的树干。此时若真的踹在移凤英腰上，非断脊毙命不可。

好个移凤英，竟然顺势一个侧翻，整个身子掀到陈凯右腿之上，只将雪里来锥剑轻轻一挑，竟将陈凯右脚的便靴挑出一丈多远，那靴子如一只中箭的雁，冲出北窗，直飞进赤裙少女怀中，引得四位姑娘捧腹大笑。她们一面噱杏，一面继续观战。

在半空中挑靴之后，移凤英已落到陈凯的右股旁。她一伸手，准备抓住陈凯的衣领，来个猫爪探宫，擒拿对手。这正是雪中松针拳的一式。

陈凯丢了靴子，急得心如火烧，暗地咒怪移凤英不给面子。他男儿气一发，忽地向北窗贴地一纵，同时探手入胸，只轻轻一晃，一只铁莲子朝移凤英右后肩流星奔去。

移凤英并不转身，将举过天门的右手腕一抖，那把雪里来锥剑绕手心旋转了一百八十度，恰到好处地垂下肩胛，咣当一声，把疾飞过来的铁莲子碰到地下。

陈凯见一莲未中，刚要射出第二只铁莲子，却见无数颗闪光的霰粒朝自己射来。这就是雪内冰晶霰。它又分为两种。一种有毒，击中者片刻之内，见血身亡。一种无毒，像无数只蜇人的马蜂，能将对手击昏过去。移凤英既然相中了陈凯，当然不会施放有毒的冰晶霰，只不过要将他击倒在地，束手就擒而已。

按陈凯的蹬地功夫，要在瞬间跳出雪内冰晶霰的包围圈，是不难达到的。但命运之神，偏偏捉弄了他。左脚刚要蹬地，没想到刚好踩到一堆四位少女吐出的杏子皮上，只趔趄了一下，便滑倒在地。冷飕飕的雪内冰晶霰，落满全身，接着是一阵钻心的疼痛。铁打的汉子，居然被绿豆大的冰晶霰击倒，他昏了过去。

“师傅，您的武功实在高明！”身插青鸾剑的四位少女，跳回屋内，一面夸奖移凤英，一面将陈凯抬上早就备好的车内。

“天助我也！”移凤英喜滋滋地翻身上马，随着车子，向移家寨信步而去。

陈凯醒来，已是次日申时。“姑爷睁眼，姑爷还阳了！”日夜守在身边的赤裙少女大声喊道，同时唤过伺候在两侧的下女，将陈凯扶了起来。

经过熏沐换衣，吃罢蟹黄妃糕，喝了银耳珍珠羹，他渐渐恢复了元气。不管天命也好，晦气也好，比武比输了，这可是十只眼睛同时所见，大概现在已传入上百只耳朵中了。他只好让既成事实牵着鼻子。不过，真能同这样的女子厮磨一室，倒也表明，自己艳福不浅。

他被当作上宾，由赤、橙、皂、白四位少女引领，步入一间雕梁画栋的厅堂。用“还我金乌”四个米芾体金字组成的大匾，高悬正中。一张精制的檀木八仙桌旁，是两张一色的太师椅。

此刻，两位一胖一瘦，一红一黑的老者，正坐其上。胖者面庞红润，头发全白，但两只明晃晃的眼睛，宛若孩童。瘦子肤色驼黑，发乌眉浓，显得特别精神。

进得厅堂，红裙少女弯身道了万福："两位老公，姑爷特来相见。"

"晚生失礼！"陈凯拱手拜揖。他是个明白人，一看二位老者，断定他俩是武林高手。果不其然，他被赤服少女引到左侧的椅子前，刚要坐下，突然发觉两膝僵直。陈凯发了一会儿活筋气功，才勉强坐下。可是端坐不久，两股顿觉酸麻，腰间似乎有几只大手紧捏，左推右搡。他又发定身内气，费了九牛二虎之力，总算坐稳。

"贤侄发疟子了？"黑瘦老者问道："你怎么浑身颤抖？"

"晚生无疾，无……无……"一向冷静持重的陈凯，也忍不住张口结舌，两颊渗汗。

"好了，好了。汗发病除。"白胖老者话刚说完，陈凯立感身稳神舒，不觉暗暗钦佩两位老者功力的深厚。

"贤侄的师傅可是洪旭？"黑瘦老者盯着陈凯看了半天，方才问道。

"禀告老伯，在下的师傅正是。"陈凯心头一转，忽地记起师傅临去世前最后一句话：西有师伯。莫非眼前这两位老者便是？"

想到这里，陈凯抬起头，谨慎问道："晚生不揣冒昧，敢问二位老者可就是我的师伯？"问完起身又拜。

"贤侄请起！贤侄请起！"白胖老者与黑瘦老者先后还礼道。原来，这二位老叟和移凤英的父亲移天海、陈凯的师父洪旭，同出一门。那白胖老者姓宗名咏，字歌白，排行老大，称为伯爷，称仲爷的是黑瘦老者，姓杨名穆字敬修。这两老正是劫镖银的二剑客，白敬、江飞他们要找的人。此是后话，暂置不提。移凤英的父亲移天海字安稷，排行老三，寨里人称他仲爷。洪旭年龄最小，排行最末，是当然的季弟。

这四叟的武艺，乃太白山蝙蝠长老所传。如今他年过期颐，有一身绝奇的轻功，可行走水面，停留峡谷。他能在荷叶上打坐，树枝上歇息，只凭一张纸条系腰，便悠然自如，悬于

半空。

陈凯的师傅洪旭，是四位师兄中武艺最弱、家道最差的一个。贪恋女色的结果，是木匠带枷——自作自受，弄得家破人亡。但二老听了陈凯的叙述，却只把洪旭死因，一股脑儿推在太平剑客身上，答应寻找机会，翦除石烈，为四弟报仇。

陈凯再拜二位师伯，虔声说道："二老如此仗义，师父九泉之下，一定含笑而敬。"讲到这里，陈凯眼望金匾，低喉问道："打扰二位师伯，那米南宫体的匾额，作何用意？"

"金乌指何物？"宗咏反问道。

"太阳。"

"太阳为何颜色？"

"赤色。"

"赤色归属五行哪种？"

"火行。"

"哪朝为火？"

"哦——"精明的陈凯，终于悟出了"还我金乌"的寓意。

夕阳西下，已到酉时。陈凯正要揖别，只见侧帏拉开，浓妆艳抹的移凤英，绰约多姿，拜见二位师伯后，毫不害羞，正坐陈凯对面，露出两窝迷人的笑靥。

这时杨穆开言，问清了陈凯的生辰八字，便向厅堂众位高声宣布："夜幕已降，玉兔东升，十六要比十五圆。老生愿当月下，将这对师兄师妹合卺结缡，共赴复明大业！"

第二十一章

混元客力挽狂澜结神缘

朝练鸳鸯拳，夕卧温柔乡，陈凯与移凤英如鱼得水，似草逢春，难舍难别。但一个月后移凤英还是按照婚庆那天的约定，“十八里相送”，把打扮成无业浪民的陈凯，推上了一辆拉牲口的大车，远离移家寨而去。

再说太平剑客叙完同玉芝严惩恶妇劣子的经历，众人莫不拍手称快。但对化名陈升的陈凯，如其与洪旭的十五年师徒情谊，同宗咏、杨穆的不期而遇，和移凤英的风流姻缘，乃至他投奔石家店的真情，石烈却一概不知。

倒是寻镖银心切的白天侠多长了一个心眼，石烈刚刚说完，他便接口说道：“晚间用饭时，石兄曾谈及铁掌镇西宁宗明，说此人武艺十分高明，在座的恐怕全不是他的对手。刚才石兄又说到陈升是洪旭的门人。这使我猛然想起，洪旭、移天海、杨穆和宗咏四位西天剑客，乃太白怪仙蝙蝠长老的门人，有十分了得的武艺。尤其是兄长宗歌白，不仅一身轻功，天下罕见，而且精通蝙蝠拳和天龙绝剑，定于一尊，尚不知谁能与敌。我疑心石兄说的宗明，乃宗咏假托，迷惑世人而已！”

这一席话提醒了足智多谋的江飞。他立即说道："白飞侠所言极是，保不准那门人陈升就是西天四剑客派来刺杀石兄的探子。如若这样，抓到陈升，一定真相大白。"

"那就快追陈升！"石烈一吆喝，六老各施奇技，蹿上屋脊，飞也似奔去。江飞、石烈、白哲各施奇技，蹿上屋脊，飞也似奔去。白鸿与石玉芝亦若烟若云，紧飘其后。只有朱复不声不张，不紧不慢，压在尾端。

原来，石烈摆擂比武的时候，西天二剑客同移凤英便悄悄来到石家店。那装做老乞丐的高叟，便是宗咏，自号天龙奇人。朱复虽不知此叟的底细，但他在擂台与石玉芝交手之中，始终感到有一股真气缠绕右腕，不然，他那追光赶电的闪剑之术，一气呵成，挑下石玉芝两只耳环，绝不在话下。石玉芝脸如赤霞离擂之后，他刚想略施苦练经年的混元功，与那位老叟交流切磋，不想来者竟一走了之，并将真气带走，他也只好引而不发，收功体内。

石烈大摆晚宴之时，朱复几乎没有言语。别人以为他比武联姻，即将与如花似玉的石家闺女享妆奁之美，因而赧颜寡语。殊不知朱复正全神贯注，如痴如醉地揣摩老叟发出的真气。他从八方、十六位、三十二面、六十四线等空中各个要津，仔细研磨，总算找出了端倪。但进招之术，尚需在对阵中随机应变。

若论他远胜戴宗的神行之术，要超过诸位前辈，并没有什么困难。但一越上屋脊，他便领悟到一股很强的阳刚真气，正向背心袭来。这九天真气，虽于他只不过耳边风而已，但若进入没练就混元绝术的武者身上，尤其是进入阴柔之性的女子胸腹，不是摧筋断骨，也要昏厥不醒，这正好给好色之徒以可乘之机。于是，他当机立断，压阵其后，将九天真气全悉吸入中椎之内，再由两肋幽散开去，这既保护了六位老者，更为白鸿、石玉芝两位女中豪杰驱邪散凶鼎力相助。

冲在最前面的石烈、白哲和江飞，沉气于胸，使气在足，

不一会儿便追到一片背水而生的大杉林内。

只见陈凯身体一蹲，两脚猛点，虎啸一般穿过两丈多宽的水面。三位老者紧咬不放，如风似飕，迅猛跟来。

这是一片白沙地。弯月当空，莹莹生辉，沙地后面，树影朦胧，群丘乱谷。陈凯自知一人，怎是三位老剑客的对手，便从怀里掏出天地炮，猛一抖腕，噼啪两响。爆竹过后，从丘谷飞出一彪人马，为首的一胖一瘦，一白一黑，正是宗咏、杨穆。移凤英和赤、橙、皂、白四位少女，尾随其后。

“来者通姓道名！”

只见宗咏两腕向下一压，那一彪人马安静下来，钉子一样定在沙地上。

三位老者只顾前冲，并不知道宗咏压腕，是在施放九天真气。那杨穆虽然不动声色，却也在暗吐气。幸好朱复明里暗里，施展得天独厚的元气解析术，才顶住两位西天大剑客的真、玄二气，确保诸位剑侠和白鸿、石玉芝的安全。他赶前一步，反身招呼二位女侠，暂停前进，自己却下压地气，飘上竹梢，静观诸剑客对话。

“此乃我石家地面，为何不宣即来，侵凌百姓？”石烈不报姓名，反诘宗咏。

“看你面似钟馗，一定是太平剑客无疑。”宗咏一语道破。突然怒声斥责，“你既是杀害我四弟洪旭的凶手，吾等难道还不能前来捉拿吗？”说罢此话，宗玄却在暗中思忖：我和二弟的真、玄二气，天下无敌，为何不见石烈诸人厥倒？莫不是那天登擂的小子，在不声不响同我较量？不可大意，一切得谨慎从事。

“睹兄白里透红尊颜，想必是蝙蝠长老门下师兄是也。”石烈客气地拱手而礼，接着严词大谴，“宗咏兄为何信侄徒的诳言？你知道洪旭与黄氏及其刁子洪芳的劣迹吗？不追究洪旭之死的真因，却瞎子摸象乱猜，岂不伤了西天剑客的风范？”

“师伯，与此等逆贼有何理可讲？快为师叔报仇！”移凤英披红挂紫，怒颜瞋道。

“慢！”杨穆制止道，“听着，我乃杨穆静修是也。此女移凤英，三弟移天海的掌上明珠。尔乃何人，快快通报！”

“吾姓江名飞字天鹤，万里追风髯叟是也。彼姓白名哲，字天侠，鼎鼎大名的红眉剑客！”江飞看杨穆比较斯文，回答语气也较为和缓，“杨剑客，咱们素昧平生，敢问一句，为何乱劫兴顺镖局的镖银？”

“此乃不义之财，为何劫不得？”杨穆不急不慢，正色回答。

“不义之财？”白哲反问道：“此话怎样解？”

“乌龙镇乃三弟移天海地盘。天海逝去，一伙强徒乘移凤英出丧之机，在该镇强抢白银一千两，存入正华银号，我等取回镖银只不过物归原主而已！”

“既然钱已存入正华银号，彼等应向银号索要，须知路劫镖银，伤害我兴顺镖局声威，是可忍孰不可忍！”白哲说道。

“镖局保不了镖，真乃贻笑大方，活该！”宗歌白嗤笑一声，轻蔑地说道，“何况是一笔不义之财。”

“想不到西天两剑客竟如此无理，看招！”站在一边的白哲，早就忍无可忍，举起金背刀朝宗咏右胁便砍。“接招，莫怪鄙人手下无情！”宗咏将天龙绝剑一扬，轻快地挡住了刀口，接着翻腕一划，来了个天龙抖须，直向白天侠肋间刺去。红眉剑客扭腰一让，将手中的金背刀往上扫去，只听咣啷一声，剑刀相碰，闪烁无数金星。双方你来我往，交手约有三四十个回合。宗咏毕竟技高一筹，加上一身绝妙轻功，如燕如猿，恍若童子，简直看不出已是耄耋老叟。

“天侠兄暂歇，我来也！”江天鹤大吼声，纵入圈中，舞动三十六节蛇骨鞭，接替白哲再战。

那边杨静修换下宗咏，舞动地蛟奇剑，在蛇骨鞭影中从容自如地穿行。那鹿儿似的跳跃轻功，配上玄乎乎秘森森的娴熟剑法，宛若青仙下凡。长髯叟的蛇骨鞭虽然十分厉害，有万里追风之势，但在地蛟剑的轻盈搅拨之下，却一点点化解了。

眼看江飞已处下风，石烈抽出太平剑，大吼一声：“江兄

稍息，吾来矣！”众位观战的剑侠，一个个按捺不住，纷纷踊上前去，连白鸿和石玉芝也不听朱复的劝阻，举剑冲入阵中。移凤英见对方一齐出动，便脱下彩氅，与赤、橙、皂、白四位少女抽剑接战。白沙地顿时被搅动得昏天黑地。

两位西方剑客终究技压群芳，在一片混战中鹤发童颜，轻舒自如。石烈求胜心切，使出断穴绝招，企图制服对手。焉知宗咏和杨穆行武多年，练功之术已入炉火纯青之境，岂怕那区区断穴一招？

“你既不仁，我亦不义！”宗咏一面舞动天龙绝剑，一面抬手对准太平剑客右肋，推出一股九天真气，“石兄，休怪宗某无理了。”

因为是近距离施气，功力极大，远在竹梢之巅的朱复无法远挡，眼巴巴望着在行断穴招的太平剑客，如醉如痴，昏厥倒地。与此同时，杨穆也向白哲、江飞两位剑客喷吐力能折骨的八方玄气，只在一瞬间，便将红眉剑客与长髯叟击懵致迷。

当宗咏推开正在酣战的祁连仙姑，得意忘形地正要将九天真气向白鸿与石玉芝施放，只见久伏竹梢的朱复，闪电一般跃到宗咏面前，“宗剑客，休得无理！”

说时迟，那时快，朱复人到、剑到、气到，旋展出武林罕绝的重楼飞血混元功，不仅敌住了九天真气，而且将宗咏搡出有一丈多远。他那把射斗古剑舞在手中，快过龙蛇腾蹿，光华与月争辉。真是山外有山，楼外有楼，强中更有强中手。这射斗古剑在天龙、地蛟和雪里来锥三剑合剿之中，电闪声鸣，出神入化，毫无怯意。

但朱复心中始终记住下山周游之前空空长老的深沉嘱咐：大同乃最高境界，和谐是人心之本。

他伏卧竹梢之时，悉心听了双方的争词辨句，感觉西天两大剑客和移家女侠并非奸宄之人，于是下决心再度调解，以和为贵。

因此，他舞动射斗古剑，只是拦挡，并不进逼。舞着，舞

着，他忽然架住三剑，跃出圈外，清脆的话语震响山林：“众位住手！”

朱复没有出现之时，宗咏以为这场搏杀，赢家非己莫属。他和杨穆放倒三位剑客，也并无杀戮之意，只想速战速决，快快分出高下，班师回寨。

不想朱复的突然出现，尤其是那功力更强的无名气柱，把宗咏搡出丈把远去，让天龙奇人大吃一惊。他行剑五十载，还从未遇见这样的能人，竟然还是个不见经传的毛头小子！

“待我打听明白。”宗咏想到这里，同杨穆、移凤英一起，收住宝剑，朗声问道：“不知英俊少年，出自何家门下？”

“我姓朱名复。在下师傅，是贵州清凉山降龙寺空空长老。”朱复答道。

“哦——”宗咏长叹一声，“有其师必有其徒！”

原来，五十年前，蝙蝠长老曾因武林之争，在八百里秦川，与空空长老多次交过手，但从未占过上风。宗咏自幼便知空空长老的声名。至今虽未睹长老尊颜，却得见其徒，亦是大幸。

“请问朱壮士出身何家名门？”宗咏又问道。

“复禀宗老伯，家父乃是大明嫡裔子孙，因明亡逃至黔境，隐居贵阳府西南四十余里的镇龙坡，不幸遭当地劣绅恶吏陷害，毁家入狱，判为死罪。在押解进京途中，被空空长老搭救，随后带发修行。小子亦拜空空长老为师，习艺多年出外周游。”

“众位皆是大明遗族，误会，误会！”宗咏越听越喜，便立即转身，准备将石、白、江三位剑客救醒。哪知三人早已苏醒，且都立在朱复左侧。白鸿、石玉芝则联袂而进，走到朱复右侧。

“朱壮士真是武艺绝伦，请接受老生一拜。”宗咏知道石、白、江三位剑客的苏醒，定是朱复发了奇功所致。但他不知道这就是举世无双的元气解析术，心底实在佩服朱复的高明。

“失敬，失敬，请宗老伯接受小生一拜。”朱复拱手一揖。

“还镖！”宗咏把手一招，四位随从，立即将两束镖银完好无缺

地抬到白哲手中。

“谢宗兄!”白哲合掌而拜。

“朱壮士一气解前仇。请列位豪杰去石家店小住三日，共议反清复明大举!”石烈吩咐管家驾来两辆漆饰大车，将各路英雄浩浩荡荡载回石家店。

这一夜最高兴是要数石玉芝了。要不是繁文褥节和大闺女的涩赧，她真想冲进朱复的住地，向这位武功盖世、力敌群雄的“英俊少年”敬上一杯好酒。想到自己将来的如意郎君，竟有如此高超的技艺，折服众人的品德，一夜没有合眼。

到了翌日傍晚，石烈摆了十桌酒席，庆贺各路豪杰大会师。人们除了举杯相庆，一个个都劝朱复赶快与石家姑娘完婚，结缡南下，共图大业。

朱复无路可退，这才向众位说明原委：自幼练就重楼飞血(一种进入特高境界的绝世气功)的功夫，一辈子不能成家。众人听罢，有的摇头，有的叹息，有的表示无可奈何，有的则说：“你的武艺登峰造极，玉芝姑娘倾国倾城，其貌在白鸿、移凤英两位女侠之上。金玉不结良缘，乃人间一大不幸也!”

一席话说得玉芝姑娘满脸飞霞，放下杯箸，一阵风似的飘进闺房。

石烈两眼愕然，望着玉芝的背影，无可奈何地摇了摇头。

“我看就成全他俩，结成无嗣夫妻吧。”江飞提议道。

“那玉芝姑娘——”移凤英接过江飞的话语，问道，“她可同意?”

“我去说说!”白鸿自告奋勇，奔向闺房。

没想到玉芝姑娘听了白鸿的转告，立即表示一万个愿意。她内心对朱复已存着数不完的情思，怎会不答应呢?

第三日夜晚，石家店张灯结彩，喜气洋洋，为朱复和石玉芝举行盛大婚礼，足足闹腾了一宵还未歇息。

第四天过午，当上新郎的朱复，被众位推为首领，麾下集结着一群高侠奇杰，神履飞步地向玉龙山进发。

整理后记

《河朔七雄》，白羽、黄英著。1947年12月分正、续两集由上海元昌印书馆初版，上海正气书局总经售。

与人合著，这是《白羽武侠小说全集》中仅见的一部；署名黄英者究系何人？未详。据白羽次子宫以仁先生记忆，此作可能是白羽长子宫以智开篇，白羽续写并修订。此说确否，仍有待查考。

元昌版《河朔七雄》正、续集共二十章，现在搜集到另一轶失版权页的版本，则为二十一章。两个版本，前十九章回目完全相同，内容亦相同，只是个别字句和某些章回衔接处略有改动。元昌版第二十章的标题为“洪旭东临危悔前过”，而另一版本的第二十、二十一章“小专诸为师报仇”和“混元客力挽狂澜结神缘”，不但丰富、充实了元昌版第二十章的内容，同时对全书的各条线索也尽可能地作了交代。

这两个版本相比较，轶失版权页的本子很可能是白羽重新修订过的再版本，虽然不能明确肯定其出处，但从遣词、用句、衔接、条理等方面看，优于1947年12月版的元昌本，因而，此次重新出版，是以此版本为依据，参照元昌本校订的。

摩云手

白羽武侠小说全集 十九

白羽 著

山西出版传媒集团
北岳文艺出版社 ·太原·

图书在版编目（CIP）数据

摩云手 / 白羽著. — 太原：北岳文艺出版社，2022.1
（白羽武侠小说全集）
ISBN 978-7-5378-6468-8
Ⅰ. ①摩… Ⅱ. ①白… Ⅲ. ①侠义小说—中国—现代
Ⅳ. ①I246.5

中国版本图书馆CIP数据核字(2021)第215703号

摩云手

白羽 / 著

出品人
郭文礼

选题策划
孙茜

责任编辑
孙茜

印刷监制
郭勇

封面插画
杨苇

封面设计
阎宏睿

出版发行：山西出版传媒集团·北岳文艺出版社
地　址：山西省太原市并州南路57号
邮　编：030012
电　话：0351-5628696（发行部）　0351-5628688（总编室）
传　真：0351-5628680
承印者：山西人民印刷有限责任公司

开　本：890mm×1240mm　1/32
总字数：5280千字
总印张：200.625
版　次：2022年1月　第1版
印　次：2022年1月　第1次印刷
书　号：ISBN 978-7-5378-6468-8
总定价：1380.00元（全25册）

明朝败将之后田春禾结伴南下寻亲，路遇押镖的长胜镖局众镖客，被镖客疑为黑道。误会尽释后与镖客同寻失踪的伙伴。不幸落入弥勒寺众和尚手中，几番恶斗，终于真相大白。

原来寺中因谛方丈乃反清复明秘盟『三点会盟』领袖，疑镖客众人系清朝奸细，故欲剿灭，当得知田春禾系明将之后，而众镖客又系武当同门，遂赔情言和，并勾起因谛方丈隐姓埋名、斩断情丝、卧薪尝胆的难言经历……

目录

叙略

《摩云手》的故事，发生在前清初年。武当派少年剑客田春禾，幼失怙恃，身世悲凉。他的父亲田兆丰，字伯年，本是史阁部手下的一员武将。史阁部扬州兵败，田伯年率领孤军，转战失踪；他妻就在大兵进城时，闭门殉节。唯有田春禾，自幼便被姑夫叶金洪收养过去。叶金洪是武当派的有名武师，兵火以后，夫妻俩远涉异乡，隐居务农，把田春禾改姓为叶，抚同己子；并命他随着表兄叶春林、表姐叶春英，一同习武读书，如此一恍，十有余年。

到田春禾二十一岁，将要议婚时，他的姑母方才屏人挥泪，把实情告诉他。说道："孩子，我不是你的母亲，我是你的姑母啊。"叶金洪也对他说："你的大哥、二姐才是我叶家的骨肉；你实在是姓田，你的父亲名叫田伯年。你父亲把你过继到我夫妻膝下，本来有托孤存嗣的用意。现在我夫妻居然把你扶养成人，我总算对得住你。孩子，你该认祖归宗了。你父母有些金珠细软，我这里都给你留着，登下账簿。"遂将田伯年的遗书、遗物拿了出来，一一点交给田春禾。

田春禾初过继到姑母家中，年才三四岁。起初他只当自己是叶金洪的幼子，早把亲生父母忘了。姑父、姑母又过分疼爱他，每逢大哥、二姐和他吵架，必然重责大哥、二姐，他就以膝下宠儿自居，恃宠撒娇，已非一日。现在，忽然晓得了自己的身世，原来自己并不姓叶；好比晴天霹雳，骤发耳畔，惊得他瞠目张口，骇不能言。详叩之后，继以悲感，给姑父、姑母叩头不止。姑父把他挽起，慨加安慰道："你就不必过分难过了，你的母亲墓木已拱，空流恸泪，也是徒然。只你的父亲，听江湖上传言，他还在人间。据说他当日负伤遇救，已经脱出险难，更姓改名，削发为僧了。他的旧部有在西南看见过他的，只可惜他的法名，传言的人忘了打听，挂单的地方也没有访明；只晓得本庙名叫伏魔寺罢了。"

田春禾生有至性，既知此事，雪涕不止。过了数月，便要拜别姑父、姑母，往寻生父。叶金洪虽在武林卓有声名，但韬光匿迹有年，于当时后起的英雄，也多疏隔；欲替春禾代访，苦无熟人。又见春禾咄咄书空，孝思不匮，也不忍十分拦阻。但其时三藩初定，萑苻不靖，西南伏莽更多，叶金洪实不肯放他一人独出。夫妻通宵秘议，终遣自己的一个儿子叶春林、一个门徒谢春雨，和田春禾结伴南游；名为鬻拳卖药，访艺游学，实在是千里寻亲。叶金洪把药箱子、兵刃、暗器，捡出三份，分给三人。告诉三人："你们假装卖艺游学，可以结识武林中人，就便寻访田舅父的踪迹；万不要得罪绿林，也不要招惹鹰爪。"又给三人带了充裕的路费，写了几封荐书；临行时嘱咐了许多的话，遂克日打发三人上道。

三个少年都是初生牛犊儿不怕虎的，一路上很勇敢地寻访下去。每逢寺院，必往随喜，遇到武林名辈，便投谒探问；南行多日，侥幸未生事故。忽一日，偕行荒郊，秋风雨至，三少年拼命一跑，赶到赣州附近一个小地方，名叫桃山埠的，却是通驿的要站。三人避雨宿店，在镇上遇见几辆镖车、数名骁勇的镖客，也跟踪投店来了。一入暮，便见镖客们汲汲惶惶，多

方戒备，如临大敌。田春禾、叶春林、谢春雨深为讶怪，年轻多事，正要探究；那边镖客中的一人，已迎头突来叩门求见，向三人大说江湖黑话，叙武林交道。谢春雨暗笑镖师眼拙，必是认错了人，有心恶作剧，自承是绿林人物。叶春林不欲多事，将自己的出处，告诉镖客："我们弟兄三人，乃是游学访艺的，在此地乃是过路。实在不晓得附近绿林的。"镖客听了，疑惑略退，对三人仍在暗加提防。

旋到夜半，有人影登房窥店。双方交手，贼人一攻而退。两个镖客穷追逃贼，竟被诱失踪；其余镖师大怒，忙结伴勘寻。三个少年不觉跃然，推诚相见，自道师承，愿助镖客一臂。遂于荒村古刹、酒肆茶寮，分头密访。从土民口中，得知附近有弥勒院古刹，方丈因谛上人，就是江湖上所称的九指山僧，身怀异术，擅会捉妖疗疾，庙中香火很盛。镖客等细察真相，觉得这个因谛方丈，简直是草莽的雄杰，借神道设教，愚弄俗眼。他那筑坛捉妖，实在是运用武功绝技；他那焚符治病，也全靠良药，用幻术妆点，使人惊奇罢了。两镖客的失踪，就是被他所擒。

两镖客追贼时，正值九指山僧受当地巨室的聘请，代捉天狐。据说天狐魅力高强，正蛊惑着巨室的爱女。九指上人遂遣大弟子在巨室中庭，高筑芦棚，结法坛，设符录，召法官，乘夜行法除妖。镖客冯天来、何光裕，以夜行术登高追贼，误入法坛棚顶，竟被首座僧识破，用法器一指，突发暗器，二镖客坠地被擒；拿秽物塞住二人的嘴，用皮囊蒙住二人的头，说两人是妖狐的同伴，天魔的化身，把二人押入庙中。镖头侯金朋等费了很大的事，访出九指上人的形迹，皆大骇怒；邀助手，结伴侣，深夜探庙救友。不意九指山僧很不好惹，探庙之人几乎全数入网。幸亏三少年被僧人诱供，说出身世，始知这九指山僧实在是三点会盟江南西路的领袖。而田春禾的父亲田伯年和九指山僧声气相通，乃是同道。结果，庙中人遂以同道之子的情谊，把田春禾三个少年释放出来，被囚的镖客也同时解免

了。田伯年的驻锡处，也因此访着。

至于九指山僧，本是晚明的一位高门公子，学兼文武，慷慨好友；偶因多事，与邻结仇；兵燹之后，身遭陷害，竟致全家覆灭。但他曾于无意中，救了一个风尘豪客；这个豪客竟联络群侠把他劫救出来。他已落得孑然一身，无家可归；乃矢志报仇，将仇家刺死。他亡命异乡，举目无亲，抚膺长恸，欲横剑自戕，乃又为女侠所救，引领他会见三点会盟的群豪。他们共推戴黑面少年，亡明后裔摩云手为魁，在蛮烟瘴雾中，负隅踞险，称雄多年。

第一章　结伴寻亲

赣南道上，群山夹峙，浩水西流，展开一片秋野。有三个少年负囊曳杖，结伴而行。这三人便是田春禾和他的表兄叶春林、师兄谢春雨。

田春禾是清俊人物，额开目朗，圆脸通鼻，身量稍矮些，看外表倒像北方念书人。叶春林是细高挑，黄白净子，说话声音略低。谢春雨身胖而短，黑脸厚唇，说话像吵架。三个少年每人带着一个小行囊，一根木挺，囊内藏着护身的兵刃和暗器。

三个人中的田春禾是专意出门寻亲的，谢春雨是顺便回家省亲的。顶数叶春林年长，可是顶数他没事，他是三个人中伴行的，或者说引路的。由浙江动身，先访八闽，越过大杉岭、九安山，又奔上江西大路。现在他们已入赣南。

三个少年且说话，且行路，每到一个地方，照例要打听当地的武林宗派，并访问古寺禅林。他们偶尔也坐船，但总嫌迟缓不便。他们在江口码头住了一夜，打算到赣州西南，拜访一位拳师，打听一点事情，故此他们易舟为步，一径从码头出来了。

他们三个人竟不进赣州府城，从东关外绕过去，直投西

南。一口气走出数十里，错过站头，在荒村野店打过午尖，又往前走。到申牌以后，忽然阴云四合，天际大有雨意。叶春林道："不好，咱们快走吧！"

北风转急，木叶乱飞，霎时下了一场秋雨，淅淅沥沥，越下越大。三个少年浑身淋湿，冒雨急驰，遥望前边又有一座小村镇。田春禾道："就宿在这里吧！"联翩飞跑，往东镇口奔投过去。

雨浓天昏，将进镇口，已近黄昏时候，忽闻得一声："窝和威！"从镇南大路上，赶过来四辆镖车，前面有两个趟子手，打雨伞，挑灯笼，匆匆急走，也来入镇打店，和三个少年碰了对头。

这四辆镖车，属于湖广省长胜镖店。由镖头侯金朋，率领三位镖客、两个趟子手、八个伙计，押着这四辆镖车，从广东梅岭北上，往赣州赶来。不想半路遇雨，镖车上多有雨具，无奈路太泥泞，车便走得迟慢。又走了一程，镖车上的油布，人身上的雨衣，多已淋透。趟子手于骏忙请问镖头："天色已晚，恐怕赶不到赣州；偏东北有一座小镇甸，倒可以投宿。我们是再赶一站呢，还是就近投宿呢？"

镖头侯金朋皱眉道："雨这样大，只可就近投宿。"趟子手立刻打着雨伞，抢行进街找店。

这镇甸名叫桃山埠，是东西的大街；有一座大店和两家小客栈。大店字号是"三元栈"，大车门坐北朝南，院中也有二、三十间客房，三进院子。趟子手于骏径投三元栈，店伙上前兜揽生意。这地方，于骏不曾住过，仗着他久走江湖，眼珠明亮，看了看很稳当，便定下五间正房；车夫另住厢房。趟子手于骏教店伙赶紧去迎镖车。

这时天色已昏黑，屋里全掌起灯火。店伙们掌着灯笼，把四辆镖车迎进店院，安置在后院马棚里。镖客张彭年招呼着趟子手、伙计们，把镖货起下来，搭入正房暗间。镖头侯金朋等净过面，自己先不脱衣换鞋，打着伞，到店里店外巡看一周。

回到屋内，将张彭年、何光裕、梁恩禄三镖客叫到暗间，低声嘱道："这店倒是干净店，只是后墙空旷，东邻是座柴场，夜间须警醒一点。"

镖客何光裕矍然说："二哥可曾留神，刚进街时，黑影中我看见一人，冒雨站在横巷内，一个劲儿的端详我们的镖车。"

张彭年笑道："也许是个空子，没见过镖车。"

何光裕道："不，他眼光很锐利，神情也不大对劲，车赶过去，他还跟出巷外。"

梁恩禄正在剔鞋，走过来道："不但这个，方才镖车刚进大街，我还看见三个少年壮士，浑身湿淋淋的，从咱们镖车旁边飞奔过去。这三个少年也很可疑，你们没见他们行囊里头，暗合着青子吗？"

侯金朋道："我也看见了，他们带着刀哩，晚上多加小心就是。我们先吃饭吧。"

镖客梁恩禄便招呼堂倌，要酒点菜。饱餐一顿，时已定更，堂倌又泡上茶来。忽然间，店前一阵喧哗，似有人大吵起来。一个镖客道："这是什么事？我们出去看一看。"

镖头侯金朋道："且慢，梁大哥你一个人出去看看，我们留守。"

店门过道中，越吵越凶，似乎打起架来。侯金朋忍不住站起身，对同伴说："你们看好了，我去把合把合。"冒雨来到店门过道一看，正是那三个少年壮士。他们三个人强要住店，把店伙打倒了。

三个少年正是田春禾、叶春林、谢春雨。当镖车进镇投店时，他们三个人冒雨飞跑，直奔到一家饭馆。吃了饭，方才寻店；无奈三元栈房间已满，住不下了。店伙请他三人到别家去投宿，叶春林说："这大的雨，就在你们这里将就将就吧。随便有一两间房子就行，你们就给拆兑拆兑。"

店伙摇手道："没有地方了。"说了一句话，回头就走，把三人甩在门道，不搭理了。

谢春雨心中着急，赶上前把店伙一扯，手劲稍大，地上泥滑，店伙仰面倒地。店伙爬起来大叫，和谢春雨对骂起来。别个伙计走出来，要往外驱逐三人。三人一齐动怒，田春禾伸手要打店伙，被叶春林拦住。但是这一吵，把店东吵出来了，把镖客也吵出来了。

镖客梁恩禄在旁看得清清楚楚，心中很是不平。这三个少年形迹可疑，又如此无理，他就要横身上前诘斥。镖头侯金朋恰好赶到，暗将梁恩禄扯了一把，且观究竟，不要出头。

田、谢二少年齐向店东哓哓抗辩，叶春林拦住二人，对店东好言说道："对不住，你是店东，我们只要一间房，你无论如何也请费心。"掏出一锭银子来，道："我这两个兄弟太粗鲁，这银子请你们两位伙计喝酒吧。"

店伙见了银子，登时消了气。叶春林情愿出加倍的店钱，店伙反倒对店东说："把跨院南小间借给这三位吧。"转向三少年说："倒有一间存货的空房，只是太潮湿，久没人住的。你三位要不嫌屈尊，就往里请。"三个人大喜，跟着店伙往后院去了。

侯金朋镖头和梁恩禄镖师互相示意，退回正房。把这避雨投店的三少年可疑情形，告诉了大家，说是他们也落在这店里了。众人诧异道："哦，他们一定是缀碴的！"

镖头侯金朋道："不管是不是，我们应该先暗看住了他们。"

何光裕道："暗看住他们好，还是明点一下好？"

侯金朋道："明点也可以。"说罢，先分派值夜的人；就把全数镖行同人，分为上下夜两班，轮流操刀值更。

侯镖头自己结束整齐，对镖师何光裕、张彭年、梁恩禄道："我先去点点他三人。"

张彭年站起来道："何必二哥亲自去，待小弟我去一趟。"

侯金朋笑道："要动唇舌，还是何贤弟。"何光裕道："我就去。"梁恩禄道："我陪着你。"

何、梁二人站起来，直入跨院，到三少年宿处，先贴窗侧耳一听，又就窗隙一窥。雨打残窗，破洞甚多，竟可一目了然。小屋内孤灯一盏，闪闪摇光；三个少年已全上了床，脱去湿衣，打开行囊，正在更换干衣服。细长的行囊打开来，除了更换的衣服，果然还有兵刃，两把刀，一条鞭，还有七节鞭、飞抓、暗器等物。何光裕暗暗点头，教梁恩禄站在外面，自己转到门口，举手叩门。

三个少年田春禾、叶春林、谢春雨在南小间屋中，一面更衣，一面讲究："今天碰见镖车了。"

叶春林问道："你们可晓得是哪路镖？"谢春雨道："我如何知道？他又没告诉我，我也没问。"

田春禾笑道："镖行字号，灯笼上写得明白，是湖广长胜镖店。"叶春林道："春雨，你有眼不会用。"

谢春雨把身子一仰道："管他呢，我只觉淋得难受。"忽然外面敲起门来，谢春雨一骨碌坐起，隔着窗问道："谁？"田春禾道："是伙计送水吧。"叶春林道："不对。"

田春禾抢着下地开门，镖客何光裕迈步走进屋来，向三人抱拳施礼，自报姓名、字号，转过来又问三人的姓名、来历。

第二章 宿店闹贼

镖客何光裕在三少年房间，谈了好半晌，疑疑惑惑走了出来。叶春林直送出门口，回屋关门。

何光裕咳了一声，梁恩禄从黑影里钻出来，两人相会，返回正房。侯镖头迎着问："刺探的结果如何？"

何、梁二人一齐摇头道："这三个人非常奇怪，看言谈举动，定是武林中人。是不是梅岭刘七缀下来的人，却难断定。"

何光裕道："我用话点他们，他们似乎不很懂。最离奇的是，他们中间那个黑矮子姓谢的，竟自承认是过路绿林。那个细高挑姓叶的，却力说他们是访艺的武林后辈。到底他们是做什么的，却猜不透。"

梁恩禄道："不过我看他们果然全带着兵刃哩。那个姓田的后生不时哀声叹气，好像心里有事。"

何光裕道："就是这一点，才教人猜不透哩。他们公然在店中，把兵刃明亮出来，当着我还擦刀。"

镖头侯金朋听了，低头寻思，半晌道："休管他，我们只派人盯住他们就是了；该着怎样，照旧怎样。"

这时夜雨转急，风吹箫箫，倍增凄切。侯镖头出去巡看一回，又将屋内细看过了，然后掩门加闩，众镖师睡的睡，守的守。五间房内的灯光全都吹熄，两个值夜的镖客和三个伙计，都全身结束好，手握兵刃，身带镖弩，坐守着十数板箱的镖货。另派趟子手于骏、马亮二人，带两个伙计，分上下班，专盯同寓的三个少年，以防变生肘腋。

坐守一宵，雨声渐小，竟一夜无事，同寓三少年睡得鼾声如雷，也毫无异动。过了一会儿，后院已有人声，众镖客全坐起来。梁恩禄睡得最晚，揉眼道："且喜一夜无事。"说着将刀收起，挺身下床，坐在迎面桌旁，打哈欠，等候洗脸吃茶。忽一眼瞥到对面纸窗上边有两个月牙小孔。梁恩禄大诧，急急站起，到暗处一看，也有一小孔。记得昨夜看守时，窗户虽有二三处破洞，均已糊上，这分明是昨夜间新添的，忙向同伴喊了一声。

侯金朋正在洗脸，闻声将手巾丢下，过来细细察看窗孔。有的是指甲挖的，有的是舌尖舐的，确乎是夜行人所为。四个镖师相顾诧异，一齐回想昨夜值班的情景，都说委实不曾合眼，也没有听见什么动静。两班人相互抱怨起来。这个说：必是你们疏忽失察，那个说：大概你们打盹了。

侯金朋急忙摇手道："你们不要乱叫。"连忙去到暗间，查看所有的镖货；两个伙计还躺在货箱上面打鼾哩。侯金朋把二人叫醒来，细细验看货箱；见外面包封、套锁、戳记，一切如故，搁放位置也如昨日。何光裕提起一只板箱来，掂一掂分两，也像没有差错；点一点件数，也照数无讹。四个镖师方才放心，重将各捆各箱，一一仔细验过，皆无破绽。又到屋外院内，门户檐阶，都仔细详看一回，都不见可疑的行踪。四人回店房坐下，七言八语，悄声谈起来。

侯金朋想了想，亲自去到跨院，围着那三个少年的宿处，暗暗窥看一遍。三个少年一夜劳顿，尚未起床。侯金朋转身回来，何、梁、张三镖客尚在议论，见侯金朋进来，一齐动问。

侯金朋道："不必胡猜了，我们收拾收拾吧！"目视梁恩禄道："这三个少年委实古怪，我们必须防着点，我猜想在这里不致出事，只恐前途上，定有高手绿林等候，他三人定是追上来踩访油水的。"说完，便将何、梁、张三人，再叫入暗间，如此如彼说了一遍，梁恩禄也将自己的意见说出，四人商酌一回，遂定下审慎的办法。侯、何、梁三人重复出来，到堂屋坐下，张彭年换上长衣，拿着雨伞，独自出店邀人。

此时秋雨乍停，阴云犹密，路上十分泥泞，何、梁二人仰面看了看天，挨个对镖行伙计嘱咐一遍。侯金朋独在堂屋吃茶，将店伙计叫来，打听许多闲话。天到晌午，忽又下起大雨来。直到黄昏时候，张彭年踏了满脚稀泥回来。侯金朋忙问："结果如何？"

张彭年满面笑容道："阎六爷答得很好，说为了江湖上的义气，如有危急，定当拔刀相助。"

侯金朋道："拨人的话呢？"

张彭年道："他说两天以后，准有六七个人在前头暗护。"

侯金朋听罢，低头沉吟起来。复又问道："今天拨人不行么？"

张彭年道："不行，他们的人全派出去了，今夜二更以前，只有冯天来一人可到。"

晚饭后，众镖师俱都熄灯睡下，照例留几个人守夜。到二更将半，那张彭年邀请的助手冯天来方才赶到。侯金朋大喜，寒暄数语，忙招呼手下人，一齐起来，武装戒备。命趟子手打点货箱，悄悄套了镖车，这便要赶三更，冒雨上路。

梁恩禄到账房里算账，何光裕在院中看车，侯金朋、张彭年等在堂屋，正指点镖行伙计，搬箱装车。忽听堂屋后窗外，咯噔一声微响，声音似出在房檐上。侯金朋一抖手将灯扑灭，叫道："哎哟，这是什么虫子！"这是一句暗号，暗间内的趟子手一闻此语，也立刻吹灭灯光，紧紧守住镖箱。侯金朋暗拉张彭年一把，张彭年会意，急驰入货箱旁，握刀守住门户。侯金朋也溜到门后，一拢眼光，刚要动作，便听见院后何光裕大喊

一声，立刻哗啦一声响，似飞镖出手。随有一人应声狂笑，唰的一声，好像窜上了房。屋里众人各持兵刃，隐藏在黑影中，新邀来的助手冯天来手持双刀，奋勇穿窗扑出。

那侯金朋定好眼神，一扭身，走至堂屋门前，将屋门猛一开，忽一阖，然后轻轻一拉，如燕子掠空，窜出庭前，双脚一垫步，跃登短墙，又一窜，直上正房。立身高处，往四面一望，瞥见正房后面，有两条黑影，如飞的跃过后墙头去了。

冯天来持双刀追去，何光裕适从后院出来，急忙挺刀，跟踪追赶。梁恩禄从柜房出来，闻警也要跟追，被镖头侯金朋一迭声唤住，命他作速到后跨院，看一看那三个少年。梁恩禄猛然省悟，立即前往。已有四只货箱，搭上镖车，忙又抢着搭回屋中。众镖行一齐持械护镖，或紧守门窗，或出院索贼，有的要分途往店外窜。

侯金朋站在房头不动，对众人喊道："守镖要紧，追贼是小事。"在正房屋脊上，东瞥西望，旋即下来，先到屋内一看，复命手下人，把店院内外排搜一遍。

此时全店闻警，多有人起来惊问。梁恩禄伏在跨院暗处，监视着三个少年。田春禾、谢春雨蓦地惊醒，听了听，说道："不好，店里闹贼了！叶大哥，快起来！"两个人抄兵刃，要跳出去。

叶春林翻身坐起，急叫道："使不得！咱们贸然出去，人家还许把咱们当贼呢！"拍着床，催二人躺下。二人忍不住，定要出去看看。叶春林道："你们一定看，快放下兵刃，把灯笼点着了。"田、谢依言，披好长衫，提了纸灯，与叶春林一同开门出来。

灯光一闪，梁恩禄蹲在窗根，突然长身道："三位干什么？"

田春禾把梁恩禄一看道："店里是闹贼了么？"

梁恩禄手中正握着兵刃，竟横身拦阻道："对不起三位，前院闹贼，是冲我们镖行来的。三位请进屋吧，动起手来，与你们多有不便。"

谢春雨笑道："真有小贼，相好的，我们也是武林朋友，我们给你帮帮忙吧。"回身就要重取兵刃。

叶春林提起灯笼一照，已看出梁恩禄有猜疑的神气，忙道："春雨弟，你不要乱动，教人家误会你，你要少管闲事。"

谢春雨道："谁误会我？凭什么误会我？春禾弟，咱们到前院看看去。"

叶春雨拦不住田、谢二人，为免除误会，只得跟随二人，一同出了跨院。

梁恩禄持兵刃紧紧傍着，一面走，一面向叶春林搭讪道："我们镖行的人跟贼动上手了，你们三人要看热闹，可躲远点。"叶春林又看了梁恩禄一眼道："我们懂得。"

店院中乱过一阵，不见追贼的人回来，镖头侯金朋忿忿说道："把镖车货卸下来，今天不走了。"转身进入堂屋，堂屋内灯光已灭复明，侯金朋把手下人聚在一处，眼望张彭年道："我只恐冯、何二人上了贼人的当。"遂命趟子手于骏，带两个伙计，追寻出去。侯金朋自己按刀往椅子上一坐，含嗔不语。秋雨仍在嘀嘀答答的下，店东惊惊惶惶的过来询问情由，同店客人也冒雨出来，伸头探脑看热闹打听："什么事？什么事？"张彭年发话道："众位请回吧，这不过是闹小偷，没什么看头。和贼人打起来，万一受了误伤，太不值得。"客人们见镖客瞪眼说话，都不探头看了。谢春雨和田春禾竟答了腔，道："哪位是镖头？我们可以给你帮个小忙么？"

第三章 法坛捉妖

冯天来、何光裕二人，分两路追出店外，遥见这两条黑影，在雨路上如箭奔驰。冯、何践泥水紧追，忽闻一声呼哨，两贼凑合一处；一高一矮，一左一右，出离桃山埠市镇，绕奔正南逃去。前逃后追，一霎时跑了二三里路。前面有一密林当道，冯、何二人暗道："完了。"

不想二贼脚程忽然放慢，竟不穿林，反顺着大道，并肩缓跑，且跑且回头看。冯、何二人大怒，各将暗器取出，方要撒放，对面唰的一声，早见两贼齐将手一扬，两道白光扑奔二镖客上三路打来。冯天来往左一闪，何光裕往右一闪，啪哒一声，暗器落地。唰的又连响，冯天来打出一镖，何光裕打出两飞蝗石。对面两贼一伏身，反扑过来，飞镖、石子直从贼人头顶上打落在南边道上。黑影中明晃晃刀光一闪，两把短刀直砍过来。冯天来大叫："好贼！"与何光裕刀鞭齐举，急架还招。大路边，密林旁，四人捉对儿杀在一处。

秋雨忽晴，月影穿云，地上足有半尺深烂泥。四个人进退攻守，来回奔跳，扑哧！扑哧！溅得泥水乱响。何光裕看那矮

贼，矮短身材，黑色面皮，穿一身青衣裤，一声不响，挥刀对战，手脚很灵便，武功却不见得强。那边冯天来也细看对手，身高五尺六开外，蜂腰猿臂，白面微髯，也是一身青衣裤；手持短剑，稳健上招，忽前忽后，手重身轻，堪称是个劲敌。

两贼一面斗，也一面细看冯、何两人的面目，喝问："呔！朋友通个名来。"

何光裕方要报字号，冯天来抢先大喝："捉住你，自然教你知道！"且说，且将手中兵刃，没头没脸劈去。二贼转怒，也将刀剑一紧，尽力施展出来。

四人约斗二三十回合，那矮贼渐渐敌不住何光裕，那边冯天来却和高身量的贼打个棋逢对手。两对敌手喊一声，调换过来，刀剑双鞭逼紧来又斗。约再搏斗三十余个照面，手到处刀迸火星，脚落处泥水飞溅，虽然秋凉，俱都热上来。只见矮贼一个跳踵，脚下发滑，身失重心。冯天来大喜，赶上前一刀砍去，刀将落下；猛听那边高身量贼大喊："着镖！"唰的一声，冯天来往北一窜，何光裕往西一窜，矮贼刀尖点地，托空跃起来，喊一声："风紧。"趁这机会，与高贼一前一后，复往南跑去。

冯天来大怒，何光裕大叫："好奸贼，滑到哪里去！"招呼一声，两镖客顿忘穷寇勿追之戒，一左一右，沿大道拼命的往南追赶下去。两贼脚程快、路径熟，一眨眼跑出三里多地，已将冯、何二人甩开。依冯天来的意思，便要丢下二贼，不再追赶。何光裕却想镖虽未失，这两人必是踩盘子的小贼，放走他，不亚如纵虎归山，这二贼势必回老巢送信，因此一心要捉住他，好明白真相，前途走着放心。两人商量着，拔步奔追。此时贼人早跑出三里多地，到一村落，连转几个弯，已然不见踪影。冯天来提防暗算，又要止步，何光裕对村口骂道："臭贼往哪里去了？"

忽然村口偏东面墙根下，黑影一长，两贼人从暗隅立起，唰的一扬手，暗器劈面打来。冯、何闪身避开，抡刀鞭上前；

两贼公然不动，直追到相隔两三丈，二贼冷笑一声，这才回身奔入村中，紧追紧跑，不即不离，前后只保住五六丈的间隔。冯、何两人愈追愈怒，这贼太藐视人了，二镖师暗打照会，各取镖箭，猛窜上数步，对得准准的打出去。

好两贼竟不回头，嗖的一响，斜刺里飞身跳上临街民房，冯、何二人也忙飞身上房。两贼一看，忽地窜到街上，两镖客也跟踪一跃，跃到街心，两贼飞奔，两镖客从后急追；街前街后，村里村外，跳上跳下，如猫鼠相逐，赶了好几圈。两贼忽然又跳到一家民房，从墙上一溜下去，穿檐走壁，鹿伏鹤行，转眼间又一齐失踪。

冯、何两镖客，一在房顶，一在街头，东张西望，搜寻提防，只不见贼人形影。两人击掌凑在一处，方要说话，忽听背后高处，唰的一阵响，如风舞飞沙。两人急急回头，猛见邻街白雾迷蒙，两道火星破空而起。两人吃了一惊，急寻过去，纵目一看，隔街一所宽大民宅内，涌起一座高楼，楼顶起脊后，似伏着一条黑影，却不知是否逃去的二贼。冯、何二人急急施展飞腾术，窜上就近平房顶上。先向四面一望，然后登脊走垣，跳到街心，蹑足走过去，复又飞身跃上高墙，攀上高楼，人影忽已不见。却见楼下好宽展的一所庭院，是三进的大宅，左有跨院，后有场院，四周围墙，像是大地主乡绅的住宅，格局非常阔绰。这座楼就筑在跨院，不是书斋，定是佛楼。

这时天将四更，雨止风停。这庭院除后院、跨院二处外，由前门直至中院，明灯辉煌，照如白昼，大厦回廊，人出人进，好像正有所为。冯、何二人悄悄绕到楼西边，接近内院处，俯头往下窥探。中庭大过厅前，高筑法坛，上齐房顶，有十几个异样僧人，正在那里做法。击鼓撞钟，笙箫嘈哑，坛上坛下，插着些七星旗、八卦旗，供桌上杂陈着香烛、古镜、宝剑、丹砂、银汞、五谷，各样法物。在烟雾弥漫、灯光闪烁里，隐闻法坛上群僧呢喃诵咒讽经之声。坛下男女都有，想是本家宅眷。

何光裕扯了冯天来一把，悄悄地说："奇怪，这是做什么的？这不像做佛事。可是的，贼人逃到哪里去了？"

二人正看着，法坛上四对僧人各举古瓶一只，宝剑一把，向四面八方一划。法坛首座，端坐着一个紫袍僧，身形高大，面目严肃，手持蝇拂子，口中念念有词。旋放下拂子，提起朱笔，手挥口诵，做作一回，即一只手捧起黄表，低头垂目，厉声诵念，其声沉闷，愈诵愈急，却呢呢喃喃，一字也辨不清。

冯天来、何光裕不觉大愕，伏在楼头窥望，正要窥其究竟。忽听法坛上啪的一声响，上座僧人大喝一声"急急如律令！"其声惨厉，如午夜枭鸣，冯、何二人吓了一跳，只见那紫袍僧人将黄表往香烛上一送，登时点着，立从香炉中，浮起一道白烟，上冲霄汉。冯、何不禁抬头仰望去，法坛对面大厅房脊后，隐约现露一团黑影，啾啾有声。冯天来森然毛戴，握住何光裕的手道："这许是捉妖吧？"

何光裕只将冯天来的手一捏，急急的再往房脊上张望，那团黑影已然消失。就在这一仰望间，冷不防听法坛上群僧一阵暴喊："好孽畜，还不下来，尚待何时？"

那首座僧拿起拂子，往对面虚空一指，大厅房顶后，訇然大震了一声，如晴天霹雳，坛下本宅男女吓得掩耳不迭，紧跟着又訇然响了一个霹雳，半空中吱的一声惨叫，从房顶滚落一物，啪嗒一声，摔在庭中，坛下男女早吓得纷纷钻入庭中。

首座僧轩眉叫道："阿弥陀佛，本宅施主请看，妖物已落网矣！"

四对僧人，十二个法官，连忙仗剑持瓶，抢下法坛，用剑镇住妖物。为首一僧将古瓶口倒持向下，对准妖物的头顶心，口中念念有词，喊一声："勒令！"急急用朱符黄绫，封扎了瓶口。

本宅男仆过来几个，远远围着探看，原来是一只狗样的野畜，卧在血泊中，浑身黑紫色，长尾，利喙，头顶已劈裂，脑浆模糊，鲜血滴溅了一大片砖地。形状并无可异，仅两只后脚、绑扎着一双女子绣花弓鞋，不盈三寸。男仆们相顾私语

道："这别是母狐狸吧？怎么迷咱们小姐的，倒是个女妖呢？"

一个黑面长躯法官，故作未闻，用剑指着野畜说："此乃一千六百年，颇具神通之一雌狐也。今蒙神师慈悲，招来神兵雷将三十六员，上布天罗，下张地网，将此妖擒获。诸位用肉眼看，此畜似已脑裂而死，实则她犹未绝命。她的三魂七魄，已经神师法力收摄在瓶中者有二魂六魄。"

本宅男女个个目瞪口呆，惊诧异常，法官又说："妖物虽除，妖气未净，神师还要持咒语，退神将，散神水，涤妖气。"言罢，众僧一齐登坛。那只死狐直放在庭心，好像是示众。本宅男女七言八语的骇论，没一个敢过去触一触。他们相信，妖精体内还有一魂一魄，足可害人。

楼顶上冯、何二人，伏在暗处，早看得分明。情知这黑影一闪，立刻雷鸣妖坠，内中必有蹊跷。

第四章 壮士落网

这时候法坛上钹铙齐鸣，梵音呢喃，群僧仍在持法诵咒。镖师何光裕伏在楼头，忍不住挪进数尺，半蹲着身子，仔细往下端详。不想大庭房顶，惊雷坠妖处，倏又出现一团黑影，直直地站立起来，仿佛也具人形。冯、何二人拢目光，极力审视，夜影沉沉，约略辨得出，这人形头大如斗，身躯臃肿，半身露在房脊后，探头探脑，面对这楼顶，恰似观望冯、何二镖客的藏身处。

何光裕十分惊异，悄说："这是什么东西？待我过去看看。"便将身一伏，抽刀掏镖，嗖地窜过去。

冯天来急抓一把道："等一等！"已经来不及，何光裕掠空三跃，早跃近过厅后坡，再张望时，那古怪的人形倏已不见。

何光裕胆大气粗，慢慢往前挪动，直爬到过厅前坡。忽听法坛上那紫袍僧人厉声大喝："胆大妖魔还敢猖獗！"用手中绳拂子，往这边一指。

何光裕吃了一惊，急回头寻找。果然有一条黑影，从后檐底倒翻上房顶，头大如牛，张手如箕，冲着自己，正要扑过

来，这分明是刚才那个怪物。何光裕大骇，急急换手握刀，扬镖打去。唰的一声，镖刚出手，不防那紫袍僧在法坛上，用那拂子一指时，早飞出一道白线，直扑上房顶。何光裕只顾檐头这个怪物，这个怪物利爪一扬，又缩回去，钢镖当的一声打空。一刹那间，背后那条白线已如飞打来。

何光裕打了一个寒噤，腰背一转，陡觉奇痛，唰的又一道白光扑来，登时站立不牢，骨碌碌顺坡坠落到中庭，庭中男女大惊乱喊。何光裕毕竟有勇，"鲤鱼打挺"，奋然站起身来。

法坛上那个黑脸面长躯干的法官瞪眼大喝道："孽畜还不受缚！"用手掐诀一指，嗤的一声响，那个紫袍僧一挥蝇拂，何光裕刚刚蹿起来，又突然跌倒。

冯天来伏在楼头，火光之下，虽觑不清，却已猜得着。他勃然大怒，将刀一按，嗖地窜下房来，三起三落，如蜻蜓点水，直跃到庭心，大喝道："好恶僧，使这障眼法害人！"如飞的扑向法坛。

本宅一齐惊叫："妖精又来了一个！"

冯天来人未到，暗器先发，陡打出两支镖，直攻首座僧和黑面法官。不管打中打不中，忙跳过来，一伏身，抓住何光裕的紧身絛，急急往肋下一挟，双足用力，眼望东墙，就这么掠空一窜。

当此时，法坛上那个紫袍首座僧和黑面法官，各各一闪身。紫袍僧用手中拂子又一指，喝道："呔，孽畜，敢走！"

黑面法官也将降魔杵一扬，道："好妖狐！"

冯天来一个龙踵，肩头上热辣辣的着了一下，登时栽倒；他把何光裕也丢在地上。法坛上八个僧人，十二个法官，多一半如飞地奔下坛来捉妖。各挥降魔杵、斩妖剑、缚鬼索、打仙鞭，将冯、何二人围住，便要加缚。冯天来、何光裕负痛骤跌，还想支拒，猛然跳过来，挥兵刃拼力狠斗。但是人单势孤，这些法官、僧众个个道术精强，武功矫健，亮缚足索，把冯、何二人先后套住，一拖而倒，打落兵刃，就要缚腕上绑。

冯、何用身法挣扎，这些法官们捉住妖精，拴绳子的手法十分在行，点腰眼，拧胳臂，拿大腿，寒鸭浮水式，很快地把二人捆上，二人竟动转不得。

冯、何二人惊怒大骂，抗声哗辩："我们不是妖精，我们是人!"

群僧又拿来狗血、蒜汁、经水、便溺等许多秽物劈头盖脸，把冯、何二人浇得人不像人，鬼不像鬼。

两人憋着气连叫："我是人，不是妖怪，使不得!"

哪里有人听他的话，宅中人只有害怕，躲得远远的，这些僧人手举木杆，照二人头顶猛挝三下，又忙拿出两物，俯身一托冯、何二人的下颏。冯、何二人被打得半昏，迷茫中瞪眼一瞥，却是一对蔴核桃。两人心说："罢了。"不等扣喉，忙自己张开嘴，含上蔴核桃。

那首座紫袍僧稳坐法坛，纵声大笑道："好孽畜，在我面前，还想弄诡？可知道贫僧法宝的厉害吗？"立即提朱笔，写神符两道，冲僧众一摆手，四个法官连忙登坛，立在两旁。紫袍僧低低说了两句话，四个法官接过符来，从朱盒里，另取出肉红色软皮囊两个，其大如斗，上绘眉眼，略形人的面形。四法官急急下坛，将符塞在冯、何二镖师的发际，随后对众宣言道："这两个妖精神通广大，须防他化形遁走。现在用神师的灵符，镇住他们泥丸宫，他就逃不去了。"遂将肉色皮囊，往冯、何头上一套，包头没颈，装得很严。在颈口上一系绳，冯、何二人头入囊中，如戴面具，立刻口不能言，目不能见，耳轮嗡嗡，听也听不清，只能任人摆布了。

本宅男女惊魂略定，有的慢慢溜了过来看，秽水满身的两个妖人。已然用绳子捆在地上。年老的厨司点头悄语道："我这一辈子没白活，真开眼了。你瞧，这两个妖精比刚才那狐狸精还厉害，这些法物收拾他，它还没有现原形哩。"

三两个男仆一齐点头。忽见冯、何二镖客一动，又哼的一声，立刻把仆人们吓得倒退不迭。

黑面法官眼看冯、何二人的肩头和腰部，对一个胖僧人微

微努嘴。胖僧又暗暗点头，忙取来几块黄绫，上绘朱符，与黑面法官两人齐动手，把黄绫缚在冯、何二人的腰间、肩头。二人的肩头，仍从黄绫往外涔涔出血，有三只钢针般的暗器，插入冯、何的肩膀，入肉三分。两个僧人使个手法，将黄绫重新一缠，趁势拔下针来，藏在袖底。另取两块大幅的黄绫，把冯、何二镖师的全身形都给包上。

那紫袍首座僧端坐在法坛上，对众人宣扬道："我佛善哉！此两怪乃狐狸之师侣，所谓天魔是也，今又被老僧行法擒得。但此二怪又与妖狐不同，他颇识人性，变化不测，更有邪宝加害于人，须防他身虽被擒，内丹尚在腹内，还可以呼风作怪，呵雾迷魂。我们不教他潜运神通，变形逃走才好。"便叫八个僧人、十二个法官，抽出半数来，吩咐道："这二妖有七十二变的神通，不可不加小心。你们速持我的法牒，将此二妖押回寺院。待我回庙，发动三昧真火，烧起丹炉，用六六三十六小周天，炼出二妖的内丹，它便无能为力了。然后我再飞剑斩去它的元神，方可为本宅施主府上永除妖气。"

首座僧说罢，又在法坛上作起法来，高声诵咒，念诵良久，写好法牒一纸，付给门人，又将法水一瓶，颁赐宅眷，令每人饮三滴，可以祛狐毒，补元精，更生再造。合宅上下男女，见这样筑坛拘妖，活捉活拿，活眼活现，无不钦畏入骨。

不等天明，黑面法官率一半僧众，亲持法牒押送两个妖精先走。本宅主人出来，拜谢紫袍僧首座，做下精洁斋饭，款待群僧。

紫袍僧一物不食，微笑说道："贫僧不食人间烟火食，已经五十七年了，不过我的门人们倒可用些。"

宅主越发虔信，再三劝用。紫袍僧皱着眉，吃了三片雪藕，一杯松酿酒方罢。

缘行持法一夜，诵经邀天福，持咒堵妖氛，由职事僧收了布施谢礼，首座僧这才率领门人，辞别上轿而去。

冯天来、何光裕二位镖师，就从这天失了踪。

第五章

客边邀助

镖头侯金朋在三元栈，派兵点将，一面追贼护镖，一面提神应付同店的那三个少年。这三个少年田春禾、叶春林、谢春雨的举动实在可疑：入店投宿，既在前后脚；夜半闹贼，他们又伸头探脑，自然惹得镖师们多加了一层防备。

候到四鼓将近，镖客、趟子手等先后回来，报说："分两路追寻出镇甸以外，并未发现贼踪，也没追上冯、何二人。"

又候了一会儿，冯、何二人仍未回转，梁恩禄道："这可怪了，他二人跑到哪里去了？追不上贼，也该回来呀。"

张彭年道："最奇怪的是冯天来冯师傅远来是客，怎么也一去不回头了？"

却幸查点镖货，没有失落，但镖师追贼未回，仍不能登程。直候到近午，冯、何二人依然不返，总镖头侯金朋不由心焦，怙惙。

侯金朋偷察田春禾三个少年的举动，这三个少年竟也留在店中不走，并且自告奋勇，又要来帮忙，护镖缉盗。侯金朋对梁恩禄说："这三个少年好教人疑猜，我们索性再探究他们一

下。”穿上长衫，亲到三少年的房间，叩门求见。

谢春雨听叶春林说，镖客疑心他们了；他就要恶作剧，自承为绿林。但被侯金朋登门求见，一味的撰辞攀谈，巧言套问，再再的向他盘诘桃山埠绿林道的动静，他竟张口结舌，一无所知，连江湖上很寻常的切语也说不出来。侯金朋还在客客气气，绕着弯子访他，他越说越露马脚，越讲越显着外行。叶春林忍不住笑道：“侯镖头，光棍眼赛夹剪，你也看看我们哥们是干什么的，你不要听他胡说了。我弟兄不是线上的朋友，我们倒是武林后进。但我们此行乃是过路访友，偶经此地。这桃山埠的绿林，我们三人谁也不熟悉。你不必自耗工夫了，不怕你们笑话，我们三个人是刚出师的小孩子，任什么不懂，我们乃是奉师命，出来访友访艺的。”

侯金朋听了，把三人的面孔又细端详了一回，道：“这是叶兄多心。在下也是武林中人，凑巧住在一个店里，彼此气味相同，我这才过来拜望拜望三位，顺便问问此地的武林先进。三位既然不晓得，也没要紧，可是的，三位出来访友，不知要访哪位？贵老师是谁？”

叶春林不肯退让，信口道：“这是我们的私事，恕难奉告。刚才是我们谢兄弟一时喜事，听说店里住下镖客，半夜闹贼，他学了一点笨拳，忍不住要出头帮帮同道。这是他太不知自量。侯镖头乃是前辈英雄，哪能用我们小孩子帮忙呢？”

又说了些闲话，侯金朋坚坐不走，反倒纵谈起武功来，又讲起镖行生涯。虽是自叙行藏，口气上倒是有点试探的意味。谢春雨信口胡抛天话，叶春林乘机反诘来人。田春禾少年沉勇，缄默半晌不言，到此忍不住发话道：“侯镖头，我们实说了吧。我们乃是武当派叶金洪老师的门下弟子。这一位就是我们老师的令郎，是我师兄。这一位是谢师兄，他这是回家，我们一面送他，一面就是奉师命出来历练历练。我们不配是挟技访艺，尤其不是奉官私访，更不是绿林道踩盘子的。侯镖头不要错疑了我们。我们这位谢师兄听见闹贼，有点技痒，我们可

以说是年轻多事。侯镖头极力探问此地绿林巢穴，莫非昨夜晚一闹，真被劫走镖货不成？”

侯金朋笑了笑道：“没有，我们几个活人守着，还不致于失事。只是……”说到这里咽住，不好意思说自己镖没丢，却丢了人。并且冯、何二人也许追着贼踪，此刻正在搜索贼巢，故此隔夜未归，不见得一准遇险。遂将话锋一转道：“原来三位是武当派叶老师的高足，失敬失敬！”对叶春林道：“叶仁兄果然是叶老师的贤郎，这更是幸会了。我们的同事张彭年，就是武当派北支的门徒，我把他邀来，和三位谈谈。这真是‘人生到处逢知己’，哈哈哈哈！”立刻出来，把张彭年找到，暗嘱张彭年，设法盘诘这三个少年，到底真是叶金洪的子弟不是。

张彭年满面笑容，以同门之雅，跟踪过来，求见叶春林；只叙了几句话，竟将三人邀到镖客自己住的房间内，与侯金朋、梁恩禄共谈。时已晌午，叫了一桌酒席，请田春禾三人吃酒。三少年推辞不开，只得入座。

三个少年究竟年轻，张彭年是四十多岁的人，拿出自来熟的面孔，极力和三人叙门户，透亲热，侯金朋和梁恩禄，就一杯一杯的敬酒帮腔。酒入欢肠，谈锋大启，三少年不觉开怀纵谈。三镖客依旧潜存机心，试着诱探三人的出处、去向。叶春林还能藏话，谢春雨可就不打自招，说出自己回家完婚，又说出田春禾此次同行，乃是远道寻亲。

一讲到田春禾远道寻亲的话，三镖客全都注意。侯金朋首先问道：“原来田仁兄是出门寻亲的，但不知令尊老大人台甫是哪两个字？我们镖行走南闯北，认识的人最多，我们可以替田仁兄帮帮忙。”张彭年也说道：“田老伯莫非是线上的么？田大哥可知道他老人家现在哪里么？”

田春禾未答，谢春雨率然说道：“你们别作践人家田老伯，人家田老伯是好人，不是绿林。我们田二哥本不知田老伯的下落，要是知道，还不叫做千里寻亲呢。”

侯金朋诧异道：“哦，田仁兄原来是千里寻亲的孝子。”钉

住这句话，一味询问田春禾父亲的名字和行业。

叶春林面色一变，道："众位前辈，这是田贤弟的私事，我们不能随便乱说。"暗示着他们不该乱问。

田春禾喝得酒很多，双颊通红，忍不住将眼一瞪道："三位镖头乃是前辈长者，就说出来，料也无妨。我在下实不知家父的下落，我家父上一字是'伯'字，下一字是'年'字，他老人家如今是看破红尘，出家为僧了。我从小不知这些事。最近才听人说，我，我一定要把他老人家找着。"说到此，把话锋停住，下面的话不肯说了。

侯金朋看了张彭年一眼，都不晓得田伯年是怎样人物。但既是僧人，却有这样的俗名，必定是半路出家，便问道："伯年二字大概是田老前辈的号吧，不知他老人家的法名是哪两个字？在哪个庙出家？三位不知道他老人家现在的地名么？"

谢春雨道："要知道地名，就用不着寻了。我们田二哥自幼孤怙，亲母殉难，生父失踪，遭这样的人伦惨变，只听说老人家兵败之后，削发为僧，详细地址实在不晓得。"

梁恩禄忙问道："什么兵败之后，削发为僧？老人家从前莫非是位兵官么？"

谢春雨还要说，叶春林忙拦住道："谢贤弟，你又要不知道乱说一阵。"谢春雨不言语了。

田春禾触起心中的酸痛，把酒连饮数大杯，长叹一声，向三镖客望了一眼，将腰一挺，说道："其实说说也不要紧，我知道三位镖头是长者。实不相瞒，我父亲真是兵官，十数年前在台湾兵败弃职，削发遁迹。我那时还小，多承叶姑父抚养，才得苟活。我起初只知自己父母双亡，近来方知家父尚在人间，只是不知他老人家住憩何处？三位镖头乃是前辈英雄，还请守秘代访。如果得知家父的下落，请费心成全我，我这里叩头拜托了！"满面通红，连眼睛也红了。说着，立刻离席，便要下拜。

梁恩禄赶忙拦住称赞道："田兄真是大孝子，忠臣孝子人

人钦敬，我弟兄久闯江湖，只要得知田老英雄的落脚处，我们一定要效劳代访。”

侯金朋、张彭年、梁恩禄互相顾盼，已猜知田春禾的父亲必是个逃罪的兵官，所以才削发为僧。但是三镖客并没有猜对。田伯年并非逃罪的兵官，乃是胜朝的亡国败将！三镖客刚才还不放心三个少年，现在既知他三人的来历，又问出三人的武林宗派，便一齐恍然，疑心尽消了。

残肴未尽，六个人还在共饮闲谈，那趟子手于骏从外面进来，把侯金朋请到内间，悄悄报说：“遍问此地，附近并没有绿林，也没有访出冯、何二人的下落。”

侯金朋听罢，皱眉良久，低告数语，起身就席落座。谢春雨看见了，忍不住就问：“侯镖头，你们叽咕什么？”

叶春林也觉诧异，眼望三镖客，用反击的口吻问道：“三位有什么事，也可以说说，教我们听听么？”

侯金朋口说没什么，面带迟疑。叶春林冷笑了一声，对田春禾道：“人家可以问我们，我们不能随便问人家，我们全是年轻人，太没有眼色。”

侯金朋忙道：“二位不要多心，我正要告诉三位，我在这里想，我们还要托三位帮忙呢。”

三镖客终于开诚布公地说道：“其实我们也没有什么大事，昨夜闹贼，我们追出两个人去。不知何故，直到现在，两人全没有回来。我们本要今天动身，现在不能走了。这事有点蹊跷，我们要出去访一访这两人的下落，探探此地有无绿林，无奈我们人少，分配不过来，我们还要留守店房。三位如念在武林同道上，肯帮一回忙，我们真是求之不得。”

田春禾、叶春林相顾着，道：“原来昨夜真出了岔！”谢春雨道：“得！侯镖头你放心，这点小事，我们弟兄三人可以给你效劳。”田春禾对叶春林道：“表兄，怎么样，我们可以帮侯镖头访一访么？”叶春林道：“可以。”

三个少年慨允帮忙。于是，镖师张彭年、梁恩禄和趟子手

于骏，白天留店护镖，三少年由谢春雨留在店房，帮着护镖，由田春禾、叶春林，随同镖头侯金朋，出访桃山埠。

总镖头侯金朋更换衣衫，暗带匕首一把、十三节鞭一条、金镖一囊，叫来店伙，先将桃山埠附近的村庄、道路、强族、豪家、寺院、赌坊，一一问明。然后率趟子手马亮，陪同少年田春禾、叶春林出离店房。因何、冯二人昨夜是追奔南方去的，便对田、叶二人说明，四个人分成两路。总镖头和田春禾做一路，趟子手马亮和叶春林做一路，一直往南访去。四人访到天黑，一无所得；回到店中，仍无消息。侯金朋对梁、张二镖师道："不好，他两人一定出错了！"叶、田、谢三个少年很是热心，特为留下不走，要帮镖客再访一天。

第六章

酒店得耗

次日一早，总镖头侯金朋改与叶春林结伴，镖师梁恩禄与谢春雨结伴，重出踏访。侯金朋和叶春林一口气走出三十多里，天已近午，两人到一小市镇，寻一小酒馆，买些饮食。叫过堂倌来问："此地是什么地方？"堂馆答说："此地叫枣林坡。"

侯金朋问："这地方近来安静不？"堂倌道："安静。"

叶春林插言道："你们这里出过盗案没有？附近可有土匪出没么？"堂倌诧异道："这附近一带全是安善良民啊。"两人虽然委婉盘问，这堂倌却多了心，把二人当做私访的官人了，毕恭毕敬的答对着，却是问什么，什么都说不知道。

忽然从酒馆外进来一人，手中拿着几本书，一进门便叫："刘掌柜的呢？"柜台上站起一个痨病鬼，拿着一根旱烟袋，说道："伍二爷从哪里来？"来人道："从城里来。"说着取出一本书递给刘掌柜，道："给你一本。"堂倌凑过来说道："什么呀，二爷？"伍二道："善书，也给你一本吧。你要不看，可想着转送别人。"

刘掌柜道："你这是从哪里得来的这些本书？可是庙里送给的么？"伍二摇头道："不是，这是我自己出资印的，昨天刚从城里文升斋刻成五百本。"顺手递过一本来。

刘掌柜双手接过，恭恭敬敬捧着一看道："哦，原来是'莲花宝'，你老这心愿可不小，五百本的工料估摹着得十八九两银子哩。"

伍二道："才九两银子，你说贱不贱？对你说吧，文升斋的主人是我相好的朋友，他们那里有底板，一翻就得。他说这是善举，咱们两个人做了吧，减半价，整合九两。错非是我，别人真不行。我还得分送呢，回头见吧。"

伍二在饭馆分散了几本，匆匆走了。刘掌柜亲自送到饭馆门口，回转来，对跑堂一撇嘴道："他还行善哩，这吝啬鬼居然一刻五百本，真是少有的事！"堂倌笑道："铁公鸡也会拔下毛来，真是佛法无边。"

侯金朋在饭座上倾听良久，口中作念道："什么'莲花宝'？堂倌，你手里拿的是什么书？"

堂倌将那本书递过来道："一本善书，你老看吧，这里头的符咒灵验极了。"

侯金朋接过来看时，哪是什么"莲花宝"？书眉上题的是"妙法莲华救世荡魔灵宝禅经"。展卷一览，厚厚一本，共分三卷，首卷叫"佛祖降凡渡人宝经"，七字一句，似歌似谣，语句十分粗俗。说得是世人罪孽深重，白洋浩劫将临，人死过半，村落为墟。我佛祖恻然发大慈悲心，降临凡间，渡脱有缘之人；信者免难，不信遭殃。中卷谓之"信士福""救世航"，内分"入道之门""劝善有福""嗥经消灾""皈拂挽劫"等章，说来说去，无非劝人信奉佛法，皈依什么三点白莲会。有眷属的俗家，不能舍身入会，也可以在家修持，讽诵此经，多布施即可以邀福，多劝善即可以延寿。下卷叫作"荡魔咒""避邪篇"，内分"伏魔三乘法""密宗通""降妖诀"等十数章；载着许多符录咒诀，词旨幻渺，在可解不可解之间。末尾还附着

一卷题为“灵征记”，却又文辞通畅，明白可懂。

侯金朋和叶春林草草看了一遍，不甚了解，眼望堂倌，询问情由：“这本书到底是谁编的？刚才那位拿这书的人，可是还愿么？”

堂倌笑嘻嘻地说道：“你老猜着了，刚才那人真是印善书还愿的。”顿了一顿说道：“提起这事太神了！这本书乃是现世活佛编的。刚才那位姓伍的，别看那样，他家中很有钱，就是啬刻得要命。偏生他家出了横事，好像老天爷要惩治他一样。他只有一个儿子，三个多月前，正办喜事，娶媳妇入洞房，也不知来了个什么妖精，一溜火光，门窗大开，把新郎给摄走了，新娘子吓昏过去。伍老二花了好些钱，贴寻人单，雇闲汉查找，求签问卜，焚香许愿，一晃两个半月，总没有寻着儿子。女家借词将姑娘接回去，闹着要退婚帖。”

堂倌接着说：“伍老二他夫妻，哭得双眼要瞎，眼看要家破人亡。多亏弥勒寺院方丈因谛上人，请下佛祖，降坛示兆，说是他儿子乃是被女妖精摄走了。教伍老二某日某夜某时，出城南行三十五里，在一小树林内一块大青石上，脸冲南坐定，闭上眼，念‘救世避邪咒’三百六十遍，准可寻着失去的儿子，但是不许同旁人去。佛祖又说，父子团聚之后，须大做功德，忏悔宿孽。伍老二又害怕，又疼钱，又惦记儿子，犹豫了好几天，还是教他老婆催逼着，如期而往。照样坐好念咒，才念到一百多遍，就听见树林里咔嚓一声，响了一个焦雷，吓得伍老二撒腿便跑。却是只有一条狭路在前面，伍老二跑出十几步，当道上黑乎乎一堆，只乱动弹，也不晓得是人是兽，是妖是鬼。伍老二进退无路，正在害怕叫唤，只听那黑堆忽然出了声，叫道：‘救命！’”

侯金朋突然插言道：“这可是他的儿子？”

堂倌将手一拍道：“嚇，你真圣明极了，可不是他的儿子，还有哪个！可是的，你老怎么猜着的？”

侯金朋目视叶春林一笑，并不答话，反催堂倌快说下情。

堂倌接着说道："伍老二乍着胆子，叫了一声。他儿子只应声，不能动，原来和粽子一般，捆在那里呢。"

这堂倌唾沫飞溅，滔滔地夸说因谛上人的佛法灵验，说到归结，是伍老二大破悭囊，出了三百六十两银子的香资。又许印莲花宝五百本分送各信士，还得给弥勒院挂一块匾，须是鼓吹送去。现在这块匾还没舍得做呢。

堂倌又道："你瞧这小子多么啬刻，这些本善书，连雇个人代送，都舍不得，他竟亲自分送，他家至于这么样么，越有钱，越手紧。"

侯金朋冷笑一声，打断跑堂的唠叨，站起身来，将手倒背，做个姿势，问道："那个姓伍的儿子，可是这样捆绑的么？"堂倌道："这倒没问过。"

侯金朋向叶春林施一眼色，叶春林起来坐下，有点沉不住气，从旁一迭声问道："这伍二爷的家住何处？伍二的儿子脱出魔手之后，可曾述说过前情么？那座弥勒院在什么地方？庙中有多少和尚？那个方丈素日为人如何？所说的活佛降坛，是怎么个降坛？可是扶乩么？这弥勒院还有别的灵验事迹没有？"

叶春林这样一口气问下去，在座饭客都相顾注视他；跑堂心想："这人一定是私访的了。"便咽了一口唾沫，手扶着桌角说道："提起弥勒院，嚇，那里灵验的事情可多哩。"说到这里，眼向外瞥了一眼，忽放低声音，探身说道："你老打听这个做什么？你老可是访查？"

叶春林还没有说话，侯金朋忙笑道："笑话，笑话！我们不过没事，闲打听罢了，这事听着太稀奇，自然想问问，这个庙当真灵验，我们也想随喜随喜。我们胸中也有疑难事，打算虔求佛法，指示一条明路哩。"

跑堂的吐了一口气道："那就是了。"遂将伍二家和弥勒院的所在，明白说出道："那伍二爷的家离这里不远，就在正东小巷，朝南大门，门前有一棵大槐树。弥勒院不在这市镇里，离这里还有十几里地，地名叫折柳屯。弥勒院就在折柳屯偏

西，地方很僻静，原来是一座古刹，荒废多年。由打八年前，才有这位因谛方丈，带领几位门徒，来庙修持。不久便把庙宇修葺一新，重塑佛像，另悬金匾，据说是他化缘化来的。不过谁也没有听说他们在哪里募化来的。也没有理会他怎么动工，庙就这么悄悄的翻盖好了，所以多有人说他是邀请神工神匠盖造的，也不知是不是。这位因谛老方丈年高德劭，深通神术，听说他筑一座神坛，参望拜斗一百零八天；也不知是持什么法，好像叫做什么五十三参，竟参拜仙佛显圣弥勒降坛，颁赐老方丈斩天妖剑一口、降魔金钵一具，还有仙丹一壶、照妖镜一柄，还有什么什么，教老方丈拿这个救世渡人，斩妖除怪。这一来，老方丈越发神通广大。人家却是一心拜佛，戒律精严，只修阴功，藏招不肯轻露。”

堂倌接着说：“不想小徒弟们藏不住事，饶舌多话，竟传得邻村皆知，村民男女纷纷前往焚香礼拜，有的许愿邀福，有的讨符治病，有的求乩决疑，更有许下重大心愿，请老方丈捉妖净宅的，看风水，找坟地的。一来二去，倒把一座清修的古刹变成香火庙一样。老当家本是修道的人，最好清静，哪里受得了？无奈出家人慈悲为怀，救世为本，人家斋戒而来，怎好闭门不见。老和尚虽不能有求必应，也只好随缘救世，从此灵迹大著，信徒日增，现在庙中大小共有二百多僧人。老方丈为劝善起见，又命大弟子将“朱字真经莲花宝”誊录出来，如有还愿的，便教他们出资刊印这本善书，广结善缘。直到现在，莫看才七八年光景，早已闹得乡邑远近皆知，称他为现世活佛了。”

堂倌说到这里，在座饭客各有停箸倾听的；也有近村人知道的，便从旁夹七夹八，帮着夸说弥勒院的灵迹。在侯金朋身后，有一个老头子和一个中年人，共桌吃酒，老头儿一面吃酒，一面点头咂嘴道：“真有活佛，不可不信。四勇，咱家大宝的病够多重，若不是因谛上人早就死了！”

跑堂一面照应饭座，一面又说：“谁还不信，连县里太爷

都给挂匾，老当家已是半仙之体的人了，听说早晚就要飞升，肉体成圣，和二郎爷、八臂哪吒一样。”

饭座一侧秀才打扮的中年饭客嗤的笑了，将一口菜喷出来，酸溜溜地说道：“和尚也会飞升，老道该圆寂了，怪力乱神，攻乎弄鸡，非吾夫之徒也。”这一句掉文，各饭座哄堂大笑起来，把个秀才笑得满脸通红，口中喃喃说了几句有声无调的话。

侯金朋和叶春林听了半晌，居然得着两个地名，但是，切要的话还是不得要领，忙盯住堂倌，问道：“我只问你，到底这姓伍的儿子是教什么怪物，用什么方法摄走的？妖怪摄他去做什么？这些日子将他搁在何处了？刚才你说一个霹雳，他就捆在树林外，这又是什么法力？他既然身被妖迷，必然详知妖怪的真相，难道他逃出之后，他就不曾将被摄的前后情形，对人述说过么？”

堂倌恰到别的饭座上去了，还没容他遥答，在侯、叶二人背后的老头子咳嗽一声，抢先答道：“他倒想说，他也得说得出来呀！”

另一饭座问道：“怎么的呢？”老头子一撅胡子嘴，说道：“吓病啦！你想一个凡人，教妖怪摄走，教神仙夺回，妖呀神的，你想想，他搁的住么？哼，吓不死，就算便宜，他还说话哩！”

各饭座俱都哗然。老头子接着说：“听说因谛老方丈给了一道符，服下去了，还没见松爽。真是病来如山倒，病去如抽丝，况且这又是什么病？慢慢的你瞧吧，总会治得好，太灵验啦。”

另外一个少年隔着桌子问道：“原来伍大少遇着魔祟了，我想瞧他去，我们还是口盟弟兄哩。”

老头子摇头道：“趁早别去，这是多么稀罕的事，谁不想打听打听？东邻西舍，借着探问病人，去的多着呢，当天一早，就有三十多个。伍老二的娘们翻脸啦，她叫喊：‘人家谁

没有腻事，那当儿烦你们找找，这个躲了，那个溜了，饶给钱，谁也不肯真心实意的帮忙，这工夫我们的人平安无事的回来啦，又他娘的探病啦，趁什么热闹！’这娘们说得出，做得出，把客人全给骂出来啦。”

老头子说着，嘻嘻哈哈大笑道：“倒是我老头子，她还不好意思，留着我喝了一杯茶。”

中年男子忍俊不禁的笑道：“所以你就下饭馆吃饭来啦！”说得大家又是哄然大笑。

侯、叶二人听罢，也跟着一笑，叶春林忙转脸问道：“这位老爷子，您可听姓伍的讲过被妖魅摄走的前后情形么？”

老头子道：“吓病，吓病了呢，你教他说什么？人家都半死啦，他老子娘都说还没顾上问呢？”

叶春林爽然大失所望，侯金朋更不多问，吃了几杯酒，叫了饭来草草吃饱，待算完饭钱，两位壮士便要出去，顺路探访。

第七章 青衫客话

二人刚漱完口，那边饭座上，又走进来两个饭客，一个是乡农模样，一个穿着青长衫，像个闲汉。两人入座点菜，随口叙谈，听见饭桌上七言八语，纷纷讲究弥勒院的异迹，两人都侧耳静听。那乡农忽向青衣人道："你听听，他们也是讲究这桩事呢。"青衣人笑道："这算什么？我们表哥村里，筑坛捉妖，比这个还灵验。一个狐狸精，晴天霹雳一声，活活给击死了，那才是活捉活拿呢。因谛老方丈真有高深的法术！"

那老头子隔桌听见，忙插言问道："借光二哥，你这是说的哪里，可是谢家庄谢财主家么？"青衣人回答道："怎么不是！我们表哥就在他家做长工，亲眼看见的，就是筑法坛搬家具，还有我呢。"老头子道："谢家小姐教妖精给迷住，要请老方丈诵经除妖，我倒早听说过，就是不晓得哪天施法捉妖。"青衣人道："你老自然不知道，这是昨天夜间的事，前昨两天整忙了两天两夜。直到今早，法坛还没拆呢。"

全饭座听见这段新闻，又复耸然，都转脸来，停箸张嘴，要打听详情。那个中年男子就问道："真捉妖了么？"乡农道：

"怎么不真?"一指青衣人道:"是他们表兄弟亲自眼见的事。"中年男子道:"一共捉住几个妖精?"乡农答道:"三个。一个狐狸精给劈死了,还有两个是什么魔。"青衣人道:"是天魔。"那个儒生诧异道:"岂有此理,断无此事,请问天魔是什么样?"青衣人笑道:"人样,就跟阁下脱了蓝衫一样,只是头大些,红骨碌的活像个大红瓢,那大小就有这么大。"说着用手一比。

饭座客人听了,全不很相信。乡农忙道:"别打趣,到底什么模样?身量有多大?头上可有犄角么?"青衣人笑道:"我说的是真的,你们怎么不信。那妖精的模样非常怕人,看身量倒不高,也就是五尺来的。一身短打扮,紧裤紧衫,脚下穿着薄底燕云快靴。"儒生道:"这不跟寻常人一样吗?有什么可怕的。"青衣人拿眼扫了一下,面露鄙夷之态道:"看妖精的下身,本来和常人一样,我也这样说。可是再看他的上身,可就吓杀活人,腔子上长着一颗斗大的肉头,红红的,圆圆的,连一点头发都没有,也没生着眉眼口鼻。你们想想吧,好难看哩!"

许多人问:"连五官都没有么?"青衣人道:"没有。"儒生越发不信道:"哪里来的谎话?就是妖精,也应该有五官。"

青衣人哼了一声,提高嗓子道:"你们知道,我是说谎吗?你们不用不信,这还是我亲眼看见的。我敢起誓,妖精腔子上只长着一个大肉球,就是没有五官。"儒生道:"五官全没有?"青衣人道:"嘿嘿,真就全没有!"儒生冷笑道:"没有口鼻,可怎么吃饭喘气?"那老头子插言道:"妖精吸人精血,跟咱们人是不同的。"青衣人立刻得意高声道:"着哇,到底老年人经的多,见的广。那妖精身子跟人一样,就是头长的跟人不同,腔子上顶着这么大的肉球,一定是刚把四肢变成人形,头眼还没变化好了呢。"

侯金朋在旁听了,不觉一震,暗推了叶春林一把,教他别走;忙站起来,向青衣人问道:"老兄,你说的这捉妖精的事,

你老兄是在什么地方看见的？”

青衣人向侯金朋瞥了一眼，如获识主一样，面对众人道：“就在谢宅前院看见的。一个妖精现了原形，教雷劈死了，两个妖精没现原形，两只手和脚都用法绳捆着；我还看见他直动弹呢？还听他嗓子呕呕叫，那样子真吓人。”许多人忙问：“那现原形的妖精是什么样？”青衣人答道：“跟狐狸一样，就是裹着两只小脚，穿着小红鞋，才三寸来长。”

侯、叶二人同声问道：“这两个人……这两个被捉的妖魔没有死吧？”青衣人答道：“那还活的了？”

侯金朋双手紧握，站起来，又复坐下去，道：“妖精的尸体现在何处了？”青衣人道：“押到庙里去了。”侯金朋道：“你不是说他还喘气么，又怎么说活不了呢？”青衣人道：“妖精一到老方丈手里，那还活得了？人家说啦，押回庙去，拿丹炉烧炼他，练出天魔的内丹来，才能斩决他的神魂。不然他会变化，一道火光，就借遁光跑了。”

侯金朋重重地叹了一口气，道：“哦，两个妖精现时还在庙中么？”青衣人道：“自然了，那还跑得了他？我眼看一大帮僧家和法官，押着这两个妖精上了轿。”侯金朋道：“是用轿抬走了？”青衣人道：“不错。”叶春林重问道：“这两个妖精究竟穿着什么衣裳？”青衣人答道：“那可看不清楚，教狗血矢溺浇得湿淋淋的，红一块，黑一块，就只看出是短打扮。”侯金朋又问道：“那天魔可是一肥一高，和我们人身子一样么？”青衣人答道：“许是吧，捆着呢，捆得像一个蛋儿似的，我当时没看出他们的高矮来，就只看见他头太大，通红通红的。”

说来说去，还是刚才那几句话。侯金明料知此人未必目睹，多半还是听到别人转述的罢了。把谢家庄和折柳屯弥勒院的详址问明，便不再问，向叶春林关照了一声，叫来堂倌，付了一块银子，匆匆出离饭馆。

饭馆人还在纷纷议论捉妖的事，也有猜疑侯金朋举动不测的。雅座内另有两个饭客，在里面悄进饮食，低声谈话。见侯

金朋、叶春林相偕走去，这两人也慌慌张张，丢下一块银子，算还饭账，一齐出离饭馆去了，举止也显得很匆忙。

镖头侯金朋在前，少年壮士叶春林在后，大步攒行，径奔谢庄，一口气跑出十余里地。来到庄前，止步抬头，向村口略打一望。这是个大村庄，人户很多，也看不出异样来。二人商量了几句话，将长衫掩上，整齐冠履，两人分两面，缓缓进了前后村口。

寻寻走走，侯金朋到得谢财主门前，看见宅门洞开，门榜贴着黄纸，上有朱墨写的文字，正从宅内抬出些竹篙、芦席、桌灯等物，料是正在拆卸法台。门前围着许多看热闹的人，孩子、成人、男的、女的，伸脖探头的张望。

侯金朋绕着谢宅踱了一圈，找到一个爱唠叨的村老，装做无心闲谈，缓缓上前，施礼探问。由拆法台问到捉妖，由雷劈狐精问到两个被擒的天魔；然后抛去枝节，尽力追问两个妖魔的形色、服饰和使的什么武器。这个村老年高昏庸，说话夹缠不清，再三打听，方才明白。说：这两个妖精赤面红发，手使钢叉。

侯金朋料知他是信口胡言，无枝添叶，只得转问谢家的僮仆。不想众人见侯金朋突如其来，眼生得很，饶你绕着圈子探问，没有一个肯说实话的，比在饭馆时大不相同。

跟着叶春林也从庄后绕来，假做闲汉，在旁插口闲问。但谢家庸仆那一种豪奴气像，几乎人人都把眼睛生在额角上，全不肯搭理这两个生疏的过客。侯金朋心想，谢宅在乡间必定很有势力，很有地位，多问恐惹麻烦，只得停止直叩，留意旁观。

巷口有一个挑夫模样的人，蹲在那里嘟哝。侯金朋心生一计，拿出二三钱一块银子来，将挑夫调到村外，以利买动他吐露真话。这挑夫本是邻村闲汉，因轮不着拆台的庸活，正在生气，忽于无意中得到这意外之财，不觉大喜过望。站起来，满面转笑问道："客爷，你老打听什么事？你老尽管问，只要是这村里的事，什么也瞒不住我。哪家有钱，哪家没钱，哪家有

狗，哪家没有狗，我都知道。”

侯金朋暗笑：“这家伙拿我当贼了，恐怕他也不是好货。”佯做不懂，说道：“你别错会了意，我只打听谢家捉妖的事。”

“捉妖”二字还没出口，挑夫早抢着道：“谢家的事更瞒不住我，连他家大小姐偷汉子，我也知道。”侯金朋道：“唔，谁偷汉子？”挑夫道：“他家十九岁的大小姐。”侯金朋道：“哦，这又是一桩新闻！老兄，我不问这个，我只打听捉妖的事。”

挑夫道：“捉妖，我更知道了。”遂将谢家如何有钱，如何妖精迷住大小姐，如何屡请法师，捉妖净宅，百试无效，如何请因谛老方丈筑坛捉妖，因谛老方丈未来，只遣大弟子慧师傅前来施法；有头有尾，细说了一遍。末后才道：“慧师傅的神通也很不小，当场捉住一个九尾狐仙，两个大头葫芦精，如今都收到弥勒院炼丹炉里，烧炼去了。”

那挑夫好像有憾于谢宅似的，终于又说到谢小姐身上，他说：“客人您看，越是阔家，门里头越丑越脏。凭谢小姐那样人材，头是头，脚是脚，玉美人似的，大门也不出，二门也不迈，丫头、老妈一大群，谁想她会不正经？哪知道啊，‘满街走的风流女，不出门的暗娼家’，饶那么规矩，到底做出丑事来，所以才招来邪魔外道，腾云驾雾地来奸污她。这都是报应，活现世！谢财主霸占人家的十五岁大闺女，老天爷偏教他女儿招妖精！”用手一指上天道：“老天爷有眼睛啊！”

侯金朋顺口问道：“你说谢家小姐不正经，她是怎样不正经？”挑夫道：“这错过是我，别人再不晓得。谢小姐和她宅上的裁缝有奸情啦！”如此如彼，夜间偷会，买通健妇使女，瞒上哄下，把个裁缝藏在绣楼暗间碧纱橱后头，倒也做得严密。听说都有了私孩子啦！裁缝那小子偷买打胎药，差点没把谢小姐给打死。大概教她父母发觉了，头午才把裁缝散了，哪知裁缝情人不来了，妖精奸夫又来了。听说裁缝这小子还舍不得走，现在还在邻镇开成衣铺哩。

侯金朋不由诧异道：“这些事情，你又怎样知道的呢？”挑

夫扬扬得意道："我怎么不知道？那天夜里，我亲眼看见的么。裁缝那小子攀墙头，跳花园，哼，别人看不见，我可大睁眼，全看见了。"侯金朋道："你怎么会看见得这么清楚？"挑夫忽觉失言，忙说："我什么也没看见，我也是听人说的。"说到这里，面现忸怩，上眼下眼地端详侯金朋，好像心中有点惶恐。侯金朋不住口地问，他迟疑半晌，方才说道："客人，谢家的事我都说了，您还打听什么？我可要上工去了。"

侯金朋不由好笑，暗想："这小子半夜会看见裁缝跳墙，恐怕这小子十有八九是个小偷儿。不管他，我且办要紧的。"遂再三钉问被活捉的两个妖精的服饰、兵刃。不料这挑夫说谢小姐偷情，如亲眼活见，一说到捉妖，可就很悬虚，很离奇了，只是信口胡讲。侯金朋又恼又笑，索性不再问了，把银子给了挑夫，重到巷前，那叶春林正和一个老太婆说得高兴。两人打了招呼，见天气不早，一径出离谢家庄，回到桃山埠店房，已是万家灯光齐照。

那梁恩禄和帮忙的谢春雨已先回来，空访了一天，只听说弥勒院是座古刹，因谛是个高僧，门徒很多，戒律很严，冯、何的踪迹一无所得。那留守的张彭年在店房早已等得焦急，出来进去好几次。侯金朋、叶春林进得店房，张彭年忙迎着问采访的结果。侯金朋把枣林坡探听得的情形，细细地说了一遍。梁恩禄也说到谢家捉妖的事，曾闻附近村民哄传，都夸因谛方丈法术精深。

张彭年大为诧异，说道："这便如何是好，饶没有访出贼踪，反倒丢了自己的人。这里面必有蹊跷。依我看，在谢宅被擒的两个天魔，有多半是咱们那两个倒霉鬼。弥勒院必是妖言惑众的秘密会帮，赶巧了，拿咱们的人当妖精填了馅。这工夫还怕冯、何二人性命不保哩！"

侯金朋皱眉道："正是如此，江湖上装神弄鬼的把戏很多。且让我们先吃饭，不管冯、何二人失踪何处，我们今晚必须先把谢家庄、弥勒院踩探一下。"言罢目视众人。叶春林、田春

禾、谢春雨三个少年很踊跃地说："去探探很好！"张彭年道："谢家庄去不去，倒没什么，弥勒院恐有会家，也许真会有邪法。探道听风，我们的人去少了，必然棘手，我们全去了，这镖车又无人看守，万一中了他们调虎离山计，这跟头更吃不起。"梁恩禄矍然道："这不可不虑！"侯金朋瞠目不语。

少年壮士田春禾为人最机警，闻言微微一笑，答道："这有什么难办？众位镖头可以留两位守店，我们弟兄三人专管探贼，就由侯镖头引领我们去。这样办，双方兼顾，很可以放心了。"梁恩禄忙道："田仁兄太客气了，我们决不是不放心，实在是我们人太少了，分不过来。"

侯金朋慨然道："我看田、叶、谢三位壮士，少年热肠，足可依靠。你二位不必解说了。"转顾田春禾道："他二位也只是就事论事，我们的人实在太少。田仁兄刚才打算很对，如蒙相伴探庙，我真是感谢不尽。我想这弥勒院必是妖人潜藏之所，前晚窥店的那两个贼，如果是妖人派来的，那么此时他们庙中必有防备。我自己去访，固嫌势孤，但邀着三位同去，未免又教三位跟着涉险。无奈冯、何二人乃是我们的患难朋友，我们怎能丢下不管？"说着站起来，连说："人太少，怎么办？"

梁、张二镖客齐道："人少也得探一下！"叶春林道："我弟兄情愿帮忙，我们也借这机会，闯练闯练。"田春禾道："况且也不见得准有险，我们可以看事做事，先探谢家庄，后探弥勒院。"谢春雨尤其踊跃，道："我们一言为定，我们什么时候去呢？是今晚，还是明晚？"

侯金朋依然沉吟道："自然早去好，晚一天，何、冯二人便危险一分。只有一节，我们的人有守店的，就没有探庙的，我们的镖车放在店内，也嫌不稳。"

三人镖客为难多时，三少年到此也不好越俎代谋了。半晌，梁恩禄道："我们莫如尽今晚一通夜之力，先将镖车送到双斧阎六那里。"

侯金朋道："着！我们还可以催他来帮忙。并且冯天来失

踪也该给他送个信。”张彭年道：“我已经派人送信去了。”

当下就这么商定，侯镖头把手下镖行伙计、趟子手、车夫人等传齐，一一关照了，连夜亮出镖车，并遣三少年相帮护送直投赣城阎六那里去。

第八章 锦衣活尸

阎六是南路有名镖客，他的镖局就开在赣州。侯金朋一行，初落店时，查见贼人窥窗，就知有高手在暗中缀着。当即持帖邀助，阎六立遣冯天来到场帮拳，并答应拨几个人，在前途伺候。不想未及登程，竟在店中出了差错，镖货未失，人倒先丢了。侯金朋只得押着镖车，踏着秋风雨路，径奔赣州。车行中途，忽有两个骑马的客人，从岔路跟过来，忽前忽后，与镖车同行。看举动似有意，又似无意。侯、张、梁等人大怒，各持兵械，镇住镖车。却喜骑马客人只是顺道走着，一路上没生事故。进得城来，距阎六镖局门前不远，那两个骑客自驱马走过去了。侯、张、梁三人相视无语，停住镖车，登门面见阎六。

阎六很以江湖义气为重，一面细问情由，一面代出主见；派几个镖客，帮助张彭年，把镖车送到地头。然后吩咐门徒道："孩子们打点打点，我跟你侯、梁二位师叔走一趟。我那两把斧头，还有一袋镖、数十两散碎银子，都预备好了。请你七叔来，我交代他几句话。"说着站起来，黑面长髯，显得威风凛凛，气度豪爽。侯、梁看了，暗暗点头钦佩。

少时门帘一掀，进来一个白面大汉，正是阎六的七师弟韩长江。引见已罢，说明事由，韩长江略一寻思，开口拦阻道："六哥且慢，我等久闻弥勒院九指上人，道法圆通，戒律精严，并不是寻常的出家人。如侯兄所说，恐怕内中还有别情，我们要慎重。教小弟看，我们且去登门请见，先看看风声怎样？"

侯金朋看了韩长江一眼，说道："七哥你这法子很小心仔细，好是很好，我只恐时不我待。万一他们真是妖人，何、冯二位恐落他手，搭救迟了，只怕性命难保。"站起身来，双手抱拳道："明着去，只怕他们不认账，还是暗探的妙，况且救人如救火，实在刻不容缓，务恳两位仁兄拔刀相助吧！我只请老哥相帮悄往一探，先访准我们的人是否在庙，再定第二步办法，不一定见面就要动手。"

阎六回顾韩长江，道："就是这样，我们先到谢家庄、弥勒院左近，探看探看。如果查明何、冯真在庙中，也用不着深夜往救，只烦你老弟带几个人，前往行香，面见因谛上人，指名要人。如果他是识相的，交出人便罢，否则我不管他会什么法术，我们只要查获实据，一径去到官府里，告发他妖言惑众，陷害良民。这样子做，侯兄你看好不好？"侯金朋大悦拜谢，韩长江只得点头。

少时，门弟子将阎六的点钢双斧、折铁短刀和一袋镖、一只行囊及一应夜行衣物取来。阎六更衣传命，带两个高足，一同改了装。连侯金朋、梁恩禄和少年壮士田春禾、谢春雨、叶春林，共是八人，分为两拨，立刻飞奔桃山埠。

韩长江摒挡一切，拨派镖师，协助张彭年打发镖车上路。将镖局交托了同事，照应铺面，自己备具香烛供品，套上一辆车、几匹马，打算次日起程，赴折柳屯弥勒院。

当夜三更时分，双斧阎六和镖头侯金朋，率一伙青年镖客，先到桃山埠、枣林坡。大家聚在深林中，商谈分拨路线。阎六的意思，是想教三个少年、两个弟子，前往谢乡绅的家中查探动静；阎六自己，和侯金朋、梁恩禄两人就前往弥勒院。

侯金朋觉得不妥，要三个镖客先后同往两地，他们少年人，只管巡风的事。阎六笑道："老弟太仔细了，我看我们还是分两拨，一拨探庙，一拨探谢宅，这么麻利些。"

田春禾志在寻亲，颇思探庙，就奋然说道："侯镖头，我们弟兄情愿探庙。你要是看我们年轻不放心，就请你和梁镖头陪着我们。"

诸人又斟酌一回，遂由阎六、梁恩禄，带三个少年探庙。侯金朋引阎六两个弟子，寻探谢乡绅的家。虽似避重就轻，也只得如此。因为那地方，侯金朋已经探过一次，比较方便。

登时两拨人施展身法，出林飞驰。转眼间，侯金朋和阎门两弟子欧佐、欧佑，赶到谢家庄。先围着庄院，巡视一转，登高四面瞭望一番，便和欧氏弟兄，飞身跃上谢宅跨院的高楼。

此时夜阑人静，但闻秋风落叶，簌簌发声，村农早眠，多入睡乡。唯有谢宅是一村豪家，前后院还有数处灯火，半明半暗，在屋内窗前闪透微光。侯、欧三人拢住眼光，先将内外院落的格局，房舍的层次，路线的曲折，一一看明；又四顾各处，均无动静。三人打一照会，耸身利落下楼，分两路扑奔正院，施展穿檐走壁之能，鹤伏蛇行，各处游走；单寻后窗，探听屋中人的闲谈口风。却是内宅各室有火光处，大半残灯昏沉，门掩帐垂，屋中人已睡去，只有女仆坐夜打盹。

辗转摸索，又到前院，侯、欧三人分途搜探，前院有一处灯光稍明，照透纸窗。欧佐舐窗内窥，果有三个人在屋中赌钱破睡，仿佛是坐更的男仆；床铺上还有和衣而卧的一个仆人。欧佐和弟弟欧佑便挨过来，侧耳听了听；聚赌的三个仆人絮叨的话，不外骂赌具，喝点子。偶尔话引话，扯到别处，也无非骂主人刻薄，骂内宅女仆可恶，大厨房老邓刁滑，不给弄好菜吃。欧氏兄弟皆是少年，又不同出身绿林道的人；白昼既没有探道，夤夜突入民宅，不免有点心慌。哥俩个一路乱搜乱撞，东听听，西窥窥，眼见前边只有坐更的仆人玩钱，后宅只有值夜的庸妇使女打盹。内外静悄悄，宅主全都入睡，没人谈起捉

妖炼魔的话。

二欧心中焦灼，至此颇感无从下手，急寻侯金朋请教。但见侯金朋不慌，胸有成竹，夜闯民宅，如入无人之境。一路探来，忽见一屋灯光正明，他丢下不看，蓦地窜上房头，向四面打一照。跟着忽又飘身落在庭中，端详各屋门户，正不知他有何用意，欧佐、欧佑不得主意，方要轻吹口哨，向侯金朋打招呼。不想侯金朋一条线似地越过大厅，扑奔后面去了。良久良久，声息不闻。

欧氏弟兄惶惑不解，忙也顿足上房，跟了过去。却见侯金朋在一排排房舍间，跳来窥去，忽觅定一处，施展“珍珠倒卷帘”，往后窗偷窥下去，半晌不动一动。二欧心中忐忑，登时越房脊凑过来。侯金朋一侧身，早已顺着房顶，一溜滚似的落在平地，二欧急追过去。侯金朋对二人一挥手，做了手势，遂又翻身跃上另一座房顶，将身紧挂房帘，悬身下窥。那意思是催二欧绕过后窗，从后窗偷听窥看。

二欧会意，忙忙窜过房脊，四顾无人，投奔窗前，破孔向内张望。原来此处正是谢小姐的闺房。

二欧端详这座闺房，坐东朝西，正室三幢，左右耳房两间，前后回廊出厦，非常款式。正室两明一暗，明间昏沉沉，没有点灯，暗间是谢小姐的卧房，此时锦帐低垂，闺门虚掩。妆台上一盏银灯，吐射黄光，里外寂然，没有人声。二欧不知怎么回事，窥看了一晌，悄无声息，就转身要走；忽听帐内喟然一叹，娇怯怯，正是女孩儿口腔。跟着便听帐内索索作响，好像床中人要穿衣裳。又过了一会儿，明间忽然也微微作响，倏然间通室明亮，自然是有人将灯点着了。随后木底鞋格登登的响，门帘一挑，从明间走进一个使女模样的少女，径到谢小姐卧室床前，手中好像拿着什么物件，撩起帐子缝儿，送到锦帐里面。

只听这使女轻声说道：“小姐醒了么？”帐人中似低低说了一句什么话，那使女答道：“是秋相公教拿来的。您问这时候

吗？子正三刻了。”

帐中人又低低说了几句话，那使女回身将灯剔亮，走出明间。少时，门帘一挑，进来一个粗眉亮眼、大屁股小脚的女仆，口打呵欠，手里端着面盆。那使女拿着面巾、脂粉等物，与女仆一齐送上来，摆在卧室内。那使女放下东西，又凑近床前，与那小姐悄悄地说了几句话，遂顺手把锦帐挂起。这帐子一挂，险些没把个伏檐窥窗的侯金朋和二欧吓了一大跳。牙床锦帐内，红绫玉被边，坐着一个妙龄女子，穿紧身小袄，拥红绫夹被、身段儿苗条，腰肢儿纤细。不想她扭过脸儿来，向外一看时，两道秀眉，一点猩唇，却衬托着比蜡还黄的一张枯脸、一丝血色也没有，简直不像活人，似一具锦装的死尸！

侯金朋暗想：这个姑娘好生古怪，如此芳龄，如此眉眼，分明具着美人体态，却怎的有这一张枯黄的面孔？若说脸带病容，却又举止轻盈，莫非真被妖精给魅坏了？思索着，见那女子舒玉腕，打了一个呵欠，一扭身，将锦被撩开，登了弓鞋，轻轻走下床来。又懒洋洋地走到妆台前，坐下来，对镜自照。点点头，轻叹一口气，如风摆弱柳，重站起身来，走到妆台旁边。那庸妇说了一句话，一扭屁股出去了，登时听见明间的地板格颤巍巍响动。侯镖头和欧氏兄弟全看呆了。

这卧室内，小姐斜坐在凳子上，由使女服侍着洗了手脸、后到妆台，对镜整理环鬓。只草草地掠了掠秀发，便将妆台上一只小抽屉拉开，取出一不大的珠红漆盒儿，上加铜锁，仿佛很珍重。小姐亲自从衣底取出一把小小的钥匙，一面将盒儿打开，一面命使女去帐子里枕头底下，取出一物。这小姐接物到手，款款踱到盆架那边。那使女一退身，款当的一声，碰着小凳，小姐焦黄的双靥一沉，满面含嗔低低斥责那使女。使女噘着嘴，扶起小凳，将面盆端出去；门扇一动，忽听泼刺一声响。小姐眉峰一皱，悄声儿骂道：“该死的，越不教你响动，打总的向当院里泼起脸水来了？”

旋见使女两手平端着热腾腾的一盆新脸水，从门帘缝钻进

来。小姐很生气，不觉提高了语调，数说使女道："你从哪里打来的脸水？"使女咕哝了一句，小姐唉了一声，不再言语。莲步微挪，便要弯腰洗脸，忽又叫道："端灯来呀，你还没有睡醒么？"使女微笑着将灯端来，双手高擎，在旁照着，那小姐便借灯光细细洗脸，先蘸湿面巾，次将盆中之物，用二指拈出一些，搁在湿巾上，用力揉敷，然后双手捧巾蒙面，一来一回的用力擦拭。

侯金朋此时身在后面，看不见正面，隐隐约约，辨认出这小姐必是又用热水胰皂洗面罢了。二欧正当前窗，看得分明。

那小姐用盆中物蘸抹面巾，将手脸细细擦净，又换了一盆水，重洗一回，然后一直腰说："得了。"便站起身来。使女忙将灯重放在妆台上，小姐款摆柳腰，轻移莲步，又到妆台窥镜，只在这一扭腰转脸之际，后窗外的侯金朋正看得发烦，待要调欧氏弟兄到别处去，不想小姐整个的脸庞对着后窗一亮，被侯金朋看个正着，不禁愕然一怔。原来小姐那枯黄面孔，经这一度擦洗，忽然改变，变成白素素一张清水脸了；不着脂粉，更显得皓然如银月。便是两弯秀眉，本嫌浓重一点，洗濯过了，也淡淡疏朗，如远山横黛，配着盈盈秋水双瞳，灯影下远望，活脱是个淡妆素抹的妙龄美女了。

侯金朋猛然大悟："噢！那张枯黄脸原来是装点出来的，但是好生一个姑娘，涂黄花脸做什么？"跟着小姐一转脸，欧佐那边也看清了，也诧异起来了。

侯金朋悟出此女必有把戏，说不定也许与冯、何失踪有关，便耐着性，在后窗下窥看究竟。只见那小姐对着灯光，就镜子重敷脂粉，涂唇红，掠绿鬓，浑不似方才那种懒散样儿。不一刻，新妆已竣，便去更衣。披鹅黄衫，系月白裙，打扮出来，越衬得粉靥樱唇，妖艳光洁，如芙蓉出水，把刚才病态一洗而光。当此之时，那个俗陋庸妇掀帘回到闺房来，面对小姐，似要密告什么话。只见小姐把头一低，双颊含春，轻轻说了几个字。那庸妇一扭屁股，侧脸旁睨，口角上稍露出笑谑的

表情，恰好又被侯金朋看见，那庸妇扭扭地撩帘出去了。

侯金朋心中怙惙，暗想这娘们还要做什么怪，又听明间哗啦一阵响，小姐扭头对门帘一瞥，双眉登时紧皱。紧跟着屋顶嗖的一声，一道黑影飞驰过来。侯金朋急急一窜，离开后窗。展眼一望，却是欧佐，从前窗越房闪跃过来，手扪着嘴，教侯金朋噤声。

原来侯金朋扒后窗凝视之际，只有欧佑尚留在窗根下，欧佑渐渐离开原地，要到别处踩探。他走出一圈，绕回来时，见闺房门扇轻开，那个女仆扶墙贴身溜进夹道。欧佐、欧佑相顾不解，忙相伴蹿房越脊，在暗中跟缀下去。这时候已到三更，全宅人静，这女仆闪闪绰绰，蹑足轻行，不知她要做什么。当时揣度这女仆或者偷开后门，哪知不是；这女仆穿过花园，忽折奔后跨院，走进一间漆黑小屋去。半晌重出，从屋中引出一个人影来。

欧氏兄弟慌忙绕奔前方等候，由欧佑守在夹道口房顶上瞭望，由欧佐返回来，向侯金朋打招呼。刹那间，俗陋女仆把这人影领进小姐院内。欧佑急急窜到后窗，告诉侯金朋；欧佑也从屋顶跟了过来。三个镖客相聚一处，彼此点手会意。

侯金朋揣出大概情形，忙伏房脊，定目辨视。只看出那个人影是男子，穿着短衣衫，跟着女仆，欲前不前，欲进不进，好像有点害怕的样子。女仆低声对他说了许多话，男子点头回望，一声不响，随在女仆身后，贴墙根，轻轻的走奔闺房。那女仆颠着屁股，走上台阶，蹭到小姐闺房门前，轻轻一推，门扇吱溜的一响，立刻开了一道门缝，从明间内透出灯光来。

侯金朋急借灯光，审视这人的形貌。此人中等身材，蜂腰猿背，身披青短衫，头顶遮青幅，浑身挂着些蛛丝灰尘，不知在哪里蹭来的。女仆往屋里一让，那人举步时一侧脸，灯光对照，显出面貌来：白面无髭，眉目清秀，年约二十几岁，可称得起隽美少年；但是满面露出惶惑神情。口咬着下唇，做出镇定的模样，手中还捏着一物。登上阶石，扭头问那女仆道：

“姑娘呢?”

女仆对卧房一努嘴，过去轻弹卧房格扇，低声道：“小姐！来了。”含笑把少年推推扯扯，让入外间，调转屁股，将门扇轻轻掩上，加了门闩，随即让男子坐下，送上一杯茶，她就抽身退到内间去了。

在这一弹指间，这边侯金朋跟踪潜上，直趋闺房后面，重到窗根，破窗内窥。登时看见卧室内，那个小姐握着使女的手，斜倚妆台站着，脸上带着焦盼畏怯的神色。忽听外间人到，这小姐神色陡变，满面红云，一只手举起来，扪在胸口上。听外面说道“来了”二字，她低呻一声，身往绣榻一栽，踉跄坐下喘息不定，满面惊慌，半晌，才命使女打帘子，道一声：“请。”

外间那少年精神一提，惶惑忽祛，摘下青幅来，把身上灰尘略拂了拂，一步来到暗间，手扶门框，隔门叫一声：“姐姐!”使女忙来掀帘，往屋里请。这男子低头进来，当屋一站，二目羞明，迟疑良久，又叫了声：“姐姐!”那小姐含羞低头，有声无词，答应了一声。少年逡巡回顾，似觅坐具。小姐往妆台畔椅子上指了指，这男子忙欠身坐下，遂将手中物和头顶青幅，信手放在妆台上。侯金朋看了，青幅之外，似乎像一只白绫做的蒙面套儿，上面绣着鬼脸。

第九章　秋灯私会

男女相会，使女侧身退出，将门帘放下，搭扇也倒挂上，站在明间，冲女仆瞥了一眼。女仆本退到内间，此时又溜到外面偷听；女婢、庸妇相视一笑。庸妇忽然走过去，噗的一口，将外屋灯盏熄灭；一阵脚步声，两人进了小姐卧室的对面暗间去了。一明两暗的闺房，此时只有小姐的闺房点着灯。欧佐、欧佑已从房顶跃下平地，遂也挪到卧室后窗前，要与侯金朋一同窥看。侯金朋做事谨慎，虽知这是平常的富户，仍不敢大意，向二欧低语，先绕院巡了一周，分出欧佑一个人来，在房上瞭望，然后破窗重窥。

只见小姐已不在绣榻坐着了，此时与那少年并肩站在妆台前，含羞对视，半晌无语。他们忽然一抬头，四只眼直注视卧室寝门。小姐哦了一声，姗姗走过去，将寝门的闩扣上，回头来向少年恧颜一笑，又望了望前窗后窗。那少年忙把窗幔挡好，两个相偕来到床头，并肩相倚坐下来，低着头喁喁私语，不知说了些什么。两人忽然落下泪来；小姐向枕畔一摸，拿出一纸红笺，两人共看。旋又取钥匙，将卧房一只立柜的铜锁打

开，从柜中搬出两只预先包好的小包袱，由小姐亲手捧给少年。少年面含愧色，摇头不受。小姐忽然粉面含嗔，将柳腰一扭，负气将包袱丢在一边，自坐在茶几旁凳儿上，低头垂泪。

少年搔头立起来，拉着小姐的手，叫了一句："姐姐，别生气！"那小姐把手夺出来，挪坐不言。

少年连连作揖，赔笑央告道："好姐姐，我走时，拿着就是了。"说着搬小凳，紧挨小姐坐下，手拉手低声说了好些话，小姐与他相视，忽然又破涕失笑了。

那窗外的欧佑本是铁血男儿，看不惯这男女调情的把戏，不由怒发上指，哼了一声。侯金朋连忙阻住。两人一招手，退下来，竟奔房顶，找到欧佑。欧佑低声道："侯镖头，怎么样？此来一无所得，竟看见这一双无耻男女。"

侯金朋道："老弟不要心焦，我看这两人且说且哭，内中恐怕还有别情，不一定就是奸夫淫女。"

欧佑想了想，对侯金朋道："刚才那少年就许是白天窝藏在谢宅内的。看那打点包裹的神情，只恐他今日要乘夜溜出来。"

欧佐道："不管怎样，这一男一女必是一对情侣，在这里幽会，私赠财物呢。"

侯金朋点头道："我也这样想。"便嘱咐二欧："现在我去搜宅，你二位要把着这个少年男子。他如果出来，就请二位试着缀下去。缀到僻处，持刀威吓，逼他吐实，问问他究竟是怎么一回事；但不可动武，不可误伤人命。"说时，拿出假面具来，自己戴上，俨然像个活鬼。二欧各用白绫巾一条，挖了三个洞，露出嘴眼，也往脸上一蒙，却先将一只小哨子含在口内，三人这才分两面，重趋谢宅跨院。侯金朋和欧佐是搜内宅的一拨，欧佑一个人是巡外的一拨。

侯金朋和欧佐各处搜巡，找到三间南房，从窗向内一望，屋里黑洞洞无光。侯金朋窥视良久，打定主意，急抽短刀，向欧佐暗示，烦欧佐在外巡风。自己便用短刀，轻轻启开一扇窗，听一听，停一停，便踊身一跳，直窜入屋内。欧佐正不解

侯金朋将要怎么样，只得握刀伏窗以待。侯金朋悄然扑入里间，里间一床一帐。侯金朋顺手只一撩，将帐子掀开；左手捏火折只一晃，淡淡浮起一道火光。登时窥见屋中只睡着一个人，内外铺陈像是账房，又像是书房。

侯金朋旋收火折，屋中立刻黑暗。口哨一吹，只听吱的一声惨叫，床头睡汉猛然一动。侯金朋又吱的一吹胡哨，那睡汉一睁眼，面前黑乎乎，耳畔听见吱吱连叫数声。床头睡汉毛骨悚然，扯被将头一蒙，呻吟了一声，不敢动弹。侯金朋轻轻过去，啪的劈面打了一掌，把被掀开，温声叫道："起来，我叫你呢！"将火折一晃，睡汉惺忪两眼一看，面前黑乎乎站立一物，白惨惨一颗头，无须眉，红眼鼻，活是一小块粉墙，上面按着血红的孔洞，圆睁着大眼珠向自己示威。这睡汉立刻吓得大叫，身子往床里一缩。侯金朋探进一步，张两手拿住睡汉的双腕和头颅，膝盖扣胸，口对西门，低叫道："噤声，不要害怕，冤有头，债有主，我只问你宅上捉妖，捉着怎样的两个妖精？是什么面目？穿戴的什么？你要实说，就饶你活命！"

睡汉战战抖抖，一语不发，他被吓傻了。侯金朋连连催问，这人半晌才说出："上仙饶命，是和尚干的，是刘三请的，没有我的事！"

侯金朋啪的又拍一掌，低斥道："没问那个，只问你捉住的两个妖精，穿戴的模样？怎么被捉住的？现在何处？治死没死？"

睡汉挣着命，一个字，一个字，惊惊惶惶的说出来。果然二妖精年貌服饰，与冯、何二人相符，已被因谛上人拿到弥勒院处置去了。

侯金朋怒声警告睡汉："吾神前知五百年，后知五百年。今晚问你，明天不许你转告别人！"

侯金朋说罢，啪的照这人脑袋一掌，睡汉呻吟一声，登时昏厥过去。侯金朋早飞身跃出窗外，一拉欧佐，同登屋顶，重奔到小姐绣房院内。不想绣房之内，灯明人静，锦帐低垂，那少年已然不见了。两人急找巡风的欧佑，欧佑也已出离谢宅。

两人大诧，忙忙向外面搜寻出去。

却不知欧佑独自一人，窥伺小姐闺房时，那青衫少年和谢小姐，说了又哭，哭了又说，经过好久，那小姐把两个包袱都给了少年。两人缱绻情深，依依难舍，最后只听外间丫鬟和女仆轻弹闺门，这一男一女方才憬然告别，由女仆陪少年出院，小姐扶着丫鬟在后泣送；直送到庭前，便掩面回房了。由那女仆引领少年绕墙角，转影壁，悄开角门，四外探望，一步一试，直走出后街。欧佑立刻悄跟到后街。

到了拐角地方，少年止步，东张西望，四顾无人，回身对女仆悄说了两句话。女仆这才转身回宅，关门上闩。那少年站在街隅，迟疑了一会儿，提两个小包袱，自往村外小路，低头急走过去。欧佑不肯放松，忙暗缀下来。刚追到村口，见少年已转到树林，迎面突现一条人影，把少年一拉，二人便急急往小径走去。

欧佑道："唔？"双足一顿，唰的一声，跳到路角黑暗处，两只眼睛直注小路。陡见那青衫少年一边张皇四顾，一边和那黑影拼命狂奔，往这边逃来。那人影张皇回顾，也往这边跑来。少年只走得几步，忽从林中嗖嗖又窜出四条黑影，为首一人把手一扬，只听得一声惨叫，少年抢行几步，翻身跌倒在地，看不清是失足，还是受伤。登时见四条黑影如四缕黑烟，直滚过来。那少年刚刚爬起，喊了一声："救命！"却又扑地栽倒。一前一后两条黑影已先赶到。但见人影一伏身，扑过来，前面那人好像伸臂挟住少年的上身，后面那人便捉住少年的双足，只一拖，微微听见少年哼了一声，便如电光石火般，教四条黑影扣喉擒肢，连那头一个人影，一同拖入林中去了。

欧佑大惊道："这是怎回事？这必是贼！"正是初生犊儿不怕虎，欧佑亮兵刃，抖丹田，大声喝道："呔，林中人是干什么的？深更半夜绑票么？"

说时迟，动时快，欧佑挺刀上前叱问，那侯金朋、欧佑也已跟踪赶到。三个镖客合在一起，足底用力，登登登，雁行斜

列，连扑过去。百忙中侯金朋急问：“那少年呢？”欧佑摇头道：“教他们给绑去了。”

侯金朋问道：“谁绑去的？”答道：“林中窜出四五个人，许是劫道的贼。”几人且说且跑，刚刚接近林边，听林深处一声狂笑，有人大喝：“少管闲事，滚回去！”话出口，暗器出手，七八条白线掠空打出来。三镖客早已提防，不约而同，嗖的闪向左右。紧接着啪啪啪连响，直穿深林，迎面飞来一阵暗器，都落到小路荒草中了。欧佑料是蝗石，不禁大怒，喊一声，连发双镖还击过去。却是敌在暗处，己在明处，显见形势不利。三镖客欲观究竟，当林不退。欧佑且呼喝，且还击；侯金朋抢先一步、绕林斜退，竟欲和同伴诱敌出林。

忽然林中煌石停住，任凭三人对林叫骂，里面静悄悄，但闻风吹树叶，沙沙作响，遥处有犬，紧一阵，慢一阵吠叫，潜藏之人似已溜走了。

三镖客暗打招呼，分抄到林后，前面荒地杂草丛生，高过人头，黑莽莽难测。那个青衫少年一声惨叫，被掳失踪。那发蝗石的几个人竟不知怎样脱走了。三镖客中以欧佑最为气盛，依侯金朋之意，要奔弥勒院，接应探庙的人去。欧氏弟兄不肯甘休，欧佑寻一棵大树，爬上去瞭望。遥见东边，影绰绰似有村落，白茫茫似是一条大道，两三箭地外，居然还有两条黑影，昂然站立不动。欧佑跳下树来，急告侯镖头。三个人也不顾荆棘刺身，横穿荒野，直奔两黑影扑来。

前面两条黑影公然相候。直候到镖客进扑，相距不及一箭地，两影一分，把手一扬，又是几块蝗石连珠般打到。侯、欧三人略闪，提刀直奔。对面人影猛打一声呼哨，其声戛长，抡手中兵刃，急架相迎，双方打在一处。对手两个人影穿着奇特，浑身黑绿色短装，各用青绸蒙面，看不出本来面目。一个使雁翎刀，一个使双铁锏，将门户紧紧封住，一味封架格拦，并不出力拒战，口对深林连打招呼。

第十章 深闺赠金

长胜镖客侯金朋，率领欧氏弟兄，进探谢家庄，窥见谢小姐和一个青衫少年男子幽会，方才探得谢小姐满面枯黄，乃是伪装，被妖魔魅惑的话，也是假的。在镖客的心里，总想这谢小姐情性必然淫荡，所以装神弄鬼，勾引情人。哪里知道：她是一个饰貌全节的贞女，这里面实含血泪！

那个少年名叫许云孙，乃是谢小姐的未婚夫。她的未过门的翁公乃是一位翰林公，和谢家本是通家至好，不幸因为文字狱，受到意外牵连。家遭大祸，势等灭门。那少年许云孙是翰林的次子，他的兄长已经遇难，只逃出许云孙一个人。多承他的恩师胡癯叟先生慨然冒着大罪，将许云孙藏匿起来，始得脱祸。胡癯叟是个屡试不第的老举人，受得许翰林的器重，经许翰林的举荐，出山做了一任知县，彼此有患难的深交，所以才有此恤孤匿孤的义举。但只仗癯叟一人，也不成功，这里还有一个洗了手的侠盗施三保。从前胡癯叟做官时，施三保受过胡癯叟的厚恩。当年施三保做小偷时，不合偷到劣绅之家，被失主衔恨诬告，陷入劫财杀人的重罪。经癯叟审理出真案情，把

施三保由死罪改为窃案小偷的轻罪。施三保由此感激。其后洗手，做了瘤叟的馆童。贼有飞智，施三保又粗通武技，瘤叟搭救故人之子（许云孙）时，施三保忙前奔后，出力不少。

过了若干年，案情渐冷，许云孙藏在恩师家，恍已十八岁了，遂改姓更名，由侠盗施三保做了侍仆，找他岳父谢乡绅来投亲。谢乡绅是个胆小如鼠的人，恐惧祸及，拒不敢见。施三保想出法子来，到底谢乡绅推不开，才和女婿见了面。只想给许云孙一些钱财，不敢收留人，教他到别处逃性命去吧，这里可是留不得。云孙越说小村庄没有妨碍，谢乡绅越害怕推辞。退婚的话，他倒不便出口，可也露出“避之若浼”的神色来。话语之间，怨恨亲家翁不该这么不知检点，以文字贾祸。好像人家自己找死是应该的，连累亲戚担惊受怕，太不对了。“你父亲是老书呆子，你们年轻人更是不知轻重！”

许云孙痛念亡亲，本已衔悲，哪肯再听人家当面斥责了；少年负气，越听越不入耳，他就冷笑着，索性讲出威吓岳父的话来。他说：“小婿家破亲亡，一贫如洗，多承恩师保全，苟活至今，一死毫不足惜。正如岳父老大人所虑，我也怕形迹不检，犯了案，累及好人。我知道岳父拥财自娱，身家很重，打起官司来，最易受牵连。但是我并不打算在此久恋。如今人情纸薄，恤孤救孤的义士是没有了，却是像家师那样的人还有。小婿此来，只在求小姐下嫁，只等亲迎以后，便隐姓埋名，远走高飞了。我还是投奔家师去。”话风中带去：“你如悔婚，我便豁出去，拖人下水。”

翁婿闹起意见来。谢乡绅被姑爷顶撞了几句，深恨少年人胆大狂妄，“一个避祸的年轻人，反倒威吓我来了！这小浑蛋这样下去，早晚要出事的！”翁婿不欢而散，谢乡绅回到内舍，对妻子说了，要想法子把许云孙驱赶出去。不过他疑虑过多，又不敢下狠手，他也不是穷凶极恶的人，只是惧祸怕连累的心，胜过亲情罢了。

可是事情竟弄僵了，闹出笑话来。谢小姐和许云孙幼时见

过面的，自牵红线，彼此早结同心，又守着女子三从四德的道理，矢不别嫁，要从一而终。结果，由翁婿的猜嫌，变成父女的失和了。谢小姐看熟了那些旧传奇小说，把什么公子落难、小姐赠金的故事，拿来当真事做。外面有义仆侠盗施三保帮忙，内部买通婢媪，装神弄鬼，和许云孙幽会，要帮他应试成名。自以为做得严密，不意纸团包不住火，到后来，反弄得飞短流长，人家把她看成淫妇了。

侯金朋和二欧偷窥的这一晚上，正是谢小姐约着未婚夫，做末次的幽会，劝他更名进省应试。侯金朋和欧佐、欧佑俱都把谢小姐看错。这件事本来和镖客们查找同伴无关，可是人性好奇，他们竟要根究一下。于是在昏夜荒郊突然遇上了暗算。

在镖客眼中，那个幽会的少年许云孙，从小姐绣房，提着包走出来，恍然见林边迎出一个人影，跟着又窜出三四个人影。少年失声一呼，旋被那多的人影拖入林中。侯金朋和二欧攀树望见，心中暗笑："这是偷情的遇上打杠子的路劫了。"为要看看真相，便赶过去。哪知道先迎出的那一条人影，正是此事的主谋人，那个义仆侠盗施三保，后出的结伙人影却是暗算他的人了。

施三保是个小偷，不是江湖大道，花拳绣腿会上一点，他最出色的本领乃是挖墙洞，开箱锁，然而他为人却热心，他装神弄鬼，把谢宅上下扰得六神不安，自谀妙计奇招。许云孙赴秘约、入谢宅，施三保便在外面等候。忽然间，他看见谢宅上有人影闪动。忙拢目光注视，料是他的同行梁上君子光顾谢宅来了。初想可笑，转念一想，陡然害怕，替小主人许云孙担起心来。倘若梁上君子不得手，被宅上人发觉，小主人便要连带倒霉。偷东西的贼跑了，偷情的人或者就许顶了缸，这是一虑；或者贼人是高手，也许梁上君子恶作剧，替本宅捉奸，这又是一虑。他藏在林中，替许云孙出汗，正要过去保护云孙，忽见许云孙出来，方放了宽心。便叫了一声，忙迎上去，向许云孙问道："二少爷，见着谢小姐没有？没遇见贼什么的么？

谢宅可是进去黑道朋友了，我去吓唬吓唬他们去！”两眼盯着前面，正要退去。

不防螳螂扑蝉，黄雀在后，在他二人前边，是三个镖客，在他二人背后，悄悄的蛇行而进。另来了几个怪人，这几个怪人正是弥勒院派出来的大批豪客。

这几位怪客浑身穿黑绿色短衣，持套索、钩枪、钩刀，脸蒙青纱，潜身穿林，绕到许云孙、施三保的背后，猛然扑出来。施三保到底惊觉，忙一回身，大惊道：“不好！”还想动手，没有得手兵刃，只一把匕首，便拔匕首刺去。来的人兵刃很怪，突然在面前起了一道白雾。施三保急闪不及，被黑乎乎的东西罩住头面，同时双臂如被箝住一般。许云孙更是很容易的教人擒住。两人的手臂，立刻被反剪过来。施三保大悔疏忽，脑中登时明白，被人家“套白狼”了。性命不保！

第十一章 镖客失手

怪客手法极快，立刻将许云孙、施三保手脚捆住，往肋下一挟；另一个人跟随，如飞的穿林走去。当此时，那边庄前唰的一声，二欧和侯金朋，一齐跳落平地，如箭地追来。

怪客们做法极有步骤，掳人者尽管走去，另有两人横刀前迎，把一侯、两欧挡住，口吹胡哨，通知党羽。一个抡雁翎刀，一个使双铁锏，拒住林径，和侯金朋、欧佐、欧佑打起来。侯、欧三人怒目窥看，两人穿黑绿衣裤，戴有纱面巾，不得窥见庐山真面，三镖客连声的喝问："干什么的？"两怪客默不置答，也不出力打，一味向深林打招呼。这二怪客只是阻挡着三镖客，不让他们追入。

侯金朋等不明白他们是怎么回事，只想这必是"偷情"遇上"路劫"。欧佑喝骂道："快把万儿报出来！"侯金朋道："把人给我交出来！"

怪客仍然不出声，只是辗转游斗。二十余回合之后，使雁翎刀的怪客忽然哑着嗓子叫道："喂，行了吧？"使锏的贼且斗且说："还得拼一会儿！"

于是贼人双锏、单刀，改守为攻，又斗了十余合。突然那一个贼人将双锏一摆，回身一望，口中又吹起胡哨。那一个使刀的贼便喊一声："扯活！"两贼虚晃一招，喝道："着！"发出暗器来，趁镖客一闪，猛然跳出圈外，翻身便走。不奔村落，绕林而逃，奔出一段路，突然分开来，一东一西的跑了。

欧佑大叫："好贼，弄什么诡？"镖客这边，也急分成两路，二欧追那使刀的，侯金朋追那使锏的。使锏贼人飞行术甚高，跑起来疾如箭驰。侯金朋大怒，施展身法，扶刀穷追下去。眨眼间，追出很远了。这一追，使刀的贼人似乎脚程慢，跑出一二里，二欧眼看追及。

这贼回头瞥了一眼，奔一道荒岗逃窜，二欧就跟踪追上荒岗。岗后丛草中，忽暴雷一声断喝喊，钻出来高高矮矮三四条大汉，呼的一声，各拔兵刃，将两镖客前后、左右围住。那使刀贼人也翻身抡刀，加入战团，连叫："哥们，捉活的呀，他们有同伙。"这群夜行怪客一齐攒攻，身手矫捷，杀法迅猛，莫说欧佐、欧佑的武功还平常，就是本领再好，也吃了双拳难敌四手的亏。只几招，欧佑立被人家打倒，忙大声喊，催他哥哥快走，回去好勾兵求救。欧佐红了眼，只是拼命苦战不退，工夫不大，立刻通身是汗。这伙夜行人喝道："朋友，不要支持了，想逃出我们手去，可是不行！"

欧佐实在力尽筋疲，又不忍舍弟而逃，看一看侯金朋，不知被使锏的贼引到哪里去了。外援既绝，身陷重围，咬牙怒喝道："小子们，别费事了，二太爷认栽了！"把兵刃往地上一扔，两手往后一背，怒着血球似的双眼，叫道："太爷浑身上下全是磨刀石，你们随便招呼，皱一皱眉头，便不是朋友！"

几个夜行人把大指一挑道："这才叫汉子，没别的，朋友你先委屈一会儿。"掏出绳索来，把二欧手脚全绑上；用手巾把面目蒙住，嘴也堵上，身上也被蒙上什么东西。像粽子似的撂倒，扛起，什么话也不说，把二欧捉走。

侯金朋不知去向，探庙的人也不知吉凶，二欧身已被擒，

尚不知这些人究竟是做什么的，也不知他们这么摆布自己，到底何为。欧氏弟兄，被人扛着，两眼任什么也看不见，只觉着一路颠顿，敌人默默无言，疾行如飞。约过半个时辰，扑通一声，二欧腰背顿地，被丢在地上，好像到了地头。两人口鼻闷气，耳轮中轰轰作响。猛听得耳畔有人说："快去开门。"

过了一会儿，才听见敲门，拔闩，推门、上闩种种声音。跟着又被人扛起来，昏昏沉沉走了不多远，又听见一人问道："几个？"答道："只捉住两个。"

迎头那人道："怎么这时才回来？可是扎手么？咱们的人没有伤损吧。"

答道："不扎手，倒也平常，咱们的人全平安回来了。这两个就押上去么？"迎头那人道："不行，头儿忙着呢，你看天都快亮了，等等再上去吧。"

夜行人说："那么就抬到东阁子上，跟那边抓来的放在一处。"

那人答道："不，上边留下话了，要分开押着，到后边去吧。"

二欧猛觉得身躯又被一掷，一滚一翻，头巾全下来，呼吸顿畅，腿脚上的绳索也已解开。睁眼看时，黑沉沉，一间小屋，有门无窗，潮气扑鼻，好像是地窖，自己正置身地上。立刻有两个幕面的人，拖自己，倒剪二臂，系在木柱上。二欧不禁喝问道："你们是干什么的，你们无故劫掳行人，你们可是线上的么？"

幕面人一拍二欧的头道："朋友，暂且歇着吧，少打听，别乱动，少时有人审你，你再说话。到了吃饭的时候，给你送饭，不要害怕。"

欧佐、欧佑将眼一瞪道："呸，老爷是不怕死的，老爷有命无钱，有刀只管给我一下，要痛快的。你们要施展慢招，零碎毁我，我做鬼也咒你。"

幕面人一笑道："你当我们是绑票的么？"

欧氏兄弟冷笑道："你们不是请财神的，一定是弥勒院线上的，不要装傻！"

那幕面人的手一动，出声一哼，仍不答话，回身出门，扣闩上锁，飘然走了。好半晌，不闻一些声息。

二欧定醒了一会儿，凝目细辨周围，看这小屋不过方丈，高约一丈四五，在屋心放着几口大皮缸，还有几具破椅子，旧草荐、空罐子。那边墙上，还挂着几只葫芦，一把破伞，蛛丝灰尘很多，屋门倒锁，外面静悄悄，寂无人声，却不时听见“托托”的声音，不晓得是什么东西响。二欧容那幕面人走开，不觉流露出真情来，彼此相顾，十分的忧愁。欧佑更抱怨哥哥欧佐不该恋战，以致一同被擒，没法子送信求救了。两人心想：“此地必是匪窟，或者竟是弥勒院。侯金朋追那使锏的夜行人，但愿他没有遇险，才好回去报信。还有探庙的梁恩禄和自己师傅阎六，想或不致遇险，如未遇险，不知他们能否根寻到此处，设法搭救自己。”

二欧思潮涌起，心头麻乱，摇头长叹一声，将眼闭上。不晓得过了多少时候，猛听外面一阵骚乱，人声杂沓，忽近忽远，渐又沉寂下去。二镖客坐困待毙，度日如年，觉得周身疲冷，似已度过一整天的工夫。屋中昏黑如宵夜，又阴霾似雨天，却不道屋外骄阳高照，刚才晌午。

二欧垂头丧气，不觉说道：“算咱们弟兄倒霉，为了管同行的闲事，送了命，太冤枉了！”

二欧忽觉外面有脚步的声音，渐渐前进，到屋门口停住。二欧相顾示意，觉得来人正在偷窥门隙，向内张望自己，便故意咳了一声，外面开锁拔闩，果然门扇一闪，进来三个人。二人提刀，一人携食盒水瓶，乃是给囚徒送饭来的。二镖客负气不食。那个拿刀的笑道：“朋友死还不怕，还怕豆腐碱茶么？今天不吃，还有明天，明天不吃，还有后天。来吧，好汉子不要做老麻雀的傻事，生气不吃，饿死谁心疼？”

二镖客一想，也是，正色问道：“我们要打听打听，我们是落在仇人手里，还是落在道上同源手里。这顿饭不问明，不能叨扰。”持刀人笑道：“先吃吧，吃了饭，咱们仔仔细细的

谈。”那提食盒的人便过来，将一卷饼夹着咸菜，送入二镖客口中，吃一口喂一口。一张饼下肚，二镖客摇头。那人又提过水瓶，口对口让二欧喝了一气。

镖客端详来人，发话道：“朋友，……”那人撤身摇头道：“咱们没有话。”二欧道：“我只问这是什么所在，我们落在什么人手里？教我们死也死得明白。”那人目视同伴笑道：“我们只管饿了喂你饼，渴了灌你水。再见，再见，你要打听别的话，另外有人告诉你，你不要忙。”三人一笑，关门出去。

欧佑恨恨的骂道：“可恶！捉着我们，瞒着我们，不死不活，什么意思？他们倒要把你我怎样呢？”两人胡思乱想，猜不透人家的用意，更不知自己吉凶祸福。

过了一会儿，门开处又进来两人，都是不露真面目，披长袍。带风帽，只留两眼，挨着镖客，分左右坐在草荐上，和镖客攀谈起来。开始套问二欧的姓名来路。二镖客起初抗不置答，后来也想乘机探听敌人的举动，和同伴的下落；便互示眼色，和敌人叙谈起来。来人问镖客的姓名，镖客坚不吐实，怕给他们镖局子丢脸，信口捏了个假姓名。来人又诘问他二人操业，二欧不肯自承是镖行中人，捏造身世，只说是过路客人，跟着又反诘来人：“你们黑夜伏林，架绑行人，你们准是线上的朋友吧？”

来人微哂，忽然说：“我们是乡团。”二欧道：“乡团还敢私设地牢？”来人又是一笑，既不承认，也不否认，转过来盘问镖客，共有几人，和谢绅士是否认识，有无仇隙。二欧搪塞不答，直费了许多话，双方全无所得。来人含愠说道：“朋友，我们是公事，你说实话，我们好放你。你可不要自误，我们当然是乡团。”

欧氏弟兄冷笑道：“公事怎么不过堂？我们刚才所说的一切，俱是实言，信不信由你。我们实是过路行人，夜过荒郊，当然要结伙伴带武器防身。我们走到林边，遇见你们倚多欺少，跟我们动手，我们不能等着挨劫，我们当然要抵御。我们

打不过你们，同伴拔刀相助，也是出门人的常事。现在我们不幸被捉，杀剐存留，任听你们。你们就算是官面，是乡团，我们也是这几句话。”

来人又一拍欧佑的肩头道：“朋友，真人面前休说谎话，过路人可有夜进民宅，在人家房顶乱窜的么？你们在谢家胡闹，我们都知道！”

欧佑不语，来人又道：“朋友，你另外那一个伙伴把实话都说了。”二欧不由一惊，却又淡漠下去，认为来人是使诈语。

那人又道：“你们一共两拨人，一拨窥探谢家庄，一拨窥探折柳屯，对不对？现在我再问你一句，你可是北路镖头胡继平手下的人么？”镖客只摇一摇头。又问：“再不然，是赣州阎六镖局的镖客？”二欧也不答。

来人技穷，负气开门出去。临出门，扭头说道：“别要后悔！”二镖客哼了一声，将眼睛合上，听那人已掩上门出去了。

昏昏暗暗，又挨过好久候，忽然门扇洞开，火光射眼，五个壮汉，蒙面持刀，带着绳索，冷然直走进来，二镖客睁目看了一眼，心血立刻沸腾起来，料是生死关头已到，赶紧强自镇定下去。

第十二章 囚室奇逢

五个壮汉挺刀擬项，一语不发，解去木柱上的绳索，把镖客欧佐、欧佑架起来，仍然倒剪二臂，头脸拿布蒙上，脚胫拿绊套绷上；七手八脚，抬出黑屋，三走两绕，到一空厅放下，并撤去面罩、脚索。五个壮汉紧紧押定，把二欧立在厅堂上。二欧睁目四顾，见厅上迎面放着方桌，桌上只摆着一盏小灯，灯光晕黄，闪烁如豆，照得大厅四壁惨淡不明。桌旁安排着三张大椅子，列坐着三个人，都穿黑袍子，背灯斜坐，面目模糊不辨，只看出一瘦两胖。

下首坐着一个人，嗓音苍老，沉着发问道：“你们既到这里，最好说实话。看你们举止打扮，很像武林出身，你们可是受官府买嘱，前来打探的么？北路镖头胡继平，可是你们两人的师傅？你们夜入谢家庄，究竟何干？对我从实说来，我可以打点放你。江湖上的人么，应该知道面子，问一句，说一句，有一句，算一句，决不吃亏。”

二镖客昂然睨视，看这三人举止沉默，不带草莽豪气，竟猜不透这些人的来历；因此依然设词支吾，坚不吐实。座上的

三个人发问，反复开导，直盘诘有一顿饭时，二欧咬紧牙，不肯自认身在镖行，更不说明自己的来意，反而叩问他们是做什么的，为什么拦路打劫行人，捉住自己，打算怎样？

上首坐着的那人是黑面长身大汉，怫然动怒，将手一拍桌子，喝道："我这是审你，既不实说，拉出去砍了！"左右监押的壮汉登时暴雷一声喊，动手抓住镖客的臂膀，要往外拖。座上第三人又催问一句："还不说么？"二镖客闭目箝舌，一言不发。

座上人喝命行刑，众壮汉把二镖客蒙头捆腿，押解出去。曲折行走，送到一间黑屋，改用铁链，把二人缚在粗柱上，撤去头罩腿绊。镖客知道要行刑，把眼睁开一看，旋又闭上。忽然肩头上被人猛击一下，二欧一睁眼，那几个押解来的壮汉说道："你们俩倒是硬汉子，可惜没有眼色，回头行刑，不要懊悔呀！"二欧道："任你花言巧语，我们只是一个死！"五个壮汉哈哈一笑，随即锁门退出。

此时屋中已无他人，二欧相顾无计，刚要说话。随听外面脚步移动，二欧立刻住口。半晌，随脚步声由近而远，似已继续离开这里。二欧暂不出声，先看周围的情形。凝眸良久，方看清此处是长甬形的窄屋，较旧押之所长着数倍，气味潮湿，似是地窖。黑影中，屋内只壁上高挂着一盏小油灯，火焰似有如无，淡淡发出一团黄光，屋中空荡，一无长物。四隅立着大小好几根木桩，上钉铁环，长有八尺，分明是专为缚绑人用的。二欧看了，不由耸然。二欧自己便被绑在两根木柱上，略靠门左。右首木桩上也拴着两个人，此时正闻声扭头，向自己这边张望。忽然有一个人叫道："那边可是欧家哥们么？"

二欧极目力，歪着头端详，黑影中略辨面目，似是镖客梁恩禄。二欧大惊，忙问："是梁师傅么？你怎么了？我师傅呢？你们探庙也失脚了？"梁恩禄微喟道："可不是，你师傅寡不敌众，已经退下去，我没见他被擒。有他这一走，或者我们还有救，只是你们哥俩，不是跟着我们侯镖头，探谢家庄去的么？

怎么也落到庙中了?"

二欧大惊道:"怎么,这里就是弥勒院么?"梁恩禄诧异道:"你们失陷在庙里,怎么还不知道?你们到底是在哪里被捉的?我问你,你们那一路,还有别位被擒没有?"二欧愧然答道:"大概就属我们俩不济,我们是在谢家庄东面树林边上,被七八个大汉包围失手的。侯镖头许是没事,别的人我们没看见,恐怕只有我们弟兄倒运,梁师叔你呢?"

梁恩禄叹道:"我们是误中圈套,在庙中吃了亏。有一位姓谢的少年,乃是新朋友,也陪着我们失陷了。还有一位姓田的,恐怕也没有逃出去。我们太对不住人家了!"

这话才出口,在二欧背后,立刻有人搭腔道:"那算什么,贪上就得算着,是我们愿意自告奋勇啊。"二欧忙道:"这是谁?"梁恩禄道:"就是谢朋友。"梁恩禄竟在囚室中,替双方报了名,又客气了几句。然后接着说:"刚才他们单讯了我一次,硬说我是鹰爪孙,要窥探他们。我猜他们必是秘密会帮,不知你们哥俩也教他们审问了么?"

二欧道:"他们将我两人擒住以后,就用大块布蒙头盖眼,抬到一间黑屋子里。我们眼睛耳朵都教狗东西给堵塞上,任什么也看不出,听不见。若不是刚听师叔说话,我们还不知敌人是谁,也不知自己置身何地呢?刚才他们把我们讯了一回,因我们不肯吐实,拉出来说是要行刑,却把我们又弄到这里来了。这会子他们又出去了,以后还不知结果怎样。师叔你看怎样呢?这里既然真是弥勒院,这庙中人物到底怎样个路数?你可曾窥察出来么?他们真是贼庙么?昨晚你老人家和我师傅,搭帮探庙,究竟遇见了什么?怎样坠入他们的圈套?可是身入庙内,和他们交上手,势力不敌么?我师傅难道真丢开你走了么!"

四个人滔滔互问,竟没留神黑屋子那边两根大柱后,还另外缚着两个人。欧佐微微听见哼声,猛然憬悟过来,眼望梁恩禄道:"师叔你看那边,似乎还绑着两个人,可就是我们要找

的冯、何两位师叔么？或者是别位遭擒的朋友么？”欧佑道：“呀！别是那个青衫少年吧？”

梁恩禄道：“哎呀，不是，不是，我们的话说多了。我问问吧。喂！我说这两位难友，你贵姓大名？因为什么，被这庙里的和尚，擅自拘禁在此？有多少日子了？”说着，挣链扭头，眼光一转，斜注视到柱后。

柱后被梆的果然是两个人，从这边看，仅见一肘，诘问声中，听见动了一下。右首那个人应声微微一挣，兀自迟疑不语；左首那人往外挣了又挣，露出半个头来，很吃力的扭颈往这边看。半晌，低低的哼了一声，眼扫着梁恩禄，好久，好久，才又哼了一声，很颓唐的说道：“咳！我么，……估摸绑在这里，有两天三夜了！”跟着铁环错响，那人似摇了摇头。

二欧和梁恩禄、谢春雨一齐骚然，这弥勒院竟是这么厉害，敢搜捕多人，私设地牢么？因而想到自身的安危，不禁越发忧惧。欧佑和谢春雨忍不住寻看柱后，谢春雨被拴的地方够不着。二欧的铁索较为松长，被他们挣着身子，极力的伸头探脑，瞥了一眼，欧佐就发问道：“你们二位到底为什么事，被拘在这里呢？跟庙里有仇么？”

被拴的两人，左首的那人向右首那人努嘴切齿道：“你们瞧这个万恶该杀的奴才，我和这个奴才是仇人。你们问我为什么倒霉被捉么？我就是受了这小子的害了！”右首那人本来垂头丧气，一声不响，听见这话，陡然扬起头来，照左边那人呸的一声，啐了一口道：“该死的畜生，我和你死在一块，我痛快！到阴间一同做鬼，也值得过。你这混账东西！”这两个难友反绑在屋隅桩后，竟然你一言，我一语，对骂起来。

这时灯昏影暗，屋中人面都辨不清楚。梁恩禄和欧佑、欧佐、谢春雨，越发的觉得诧异。四个人各自努力挣扎，探着身子，竭尽目力，寻视二人；方才由欧佑和梁恩禄隐约看出这两人的全个身材来；谢春雨到底没有看着。这两个人全都身材健实，短打扮，戴包巾，登快靴，好像全是武林中的汉子。左面

那个身矮年长，右首那个身长肩阔，年岁稍小些。两人互相丑诋毒骂，唾津纷飞，恨不能挣开手脚上的铁链，跳过去咬仇人一口，才觉痛快，倒把擒他囚他的恶僧，丢在怀抱之外，把切身生死，也置之度外，这就怪道了！

梁恩禄、谢春雨和二欧，见这两人暴跳互骂，又纳闷，又觉惊奇可笑。事到如今，生死不保，就有何等怨仇，既已落到恶僧掌心，还有什么心情吵骂？这可是“但有三寸气，半点不饶人”了，这两个未免太已傻气，梁恩禄看他两人挺着身子，越叫骂越凶，起初还知顾忌，语声很低，后来竟破口喊嚷起来。梁恩禄禁不住笑道：“两位难友算了说吧！我们是死在眼前的人了，还有什么事情，化解不开？我们几人前生有缘，今日同死，留一分气，不必乱骂吧。你二位何妨把落难的情形，说给我们听听，我们也许五行有救。”

第十三章

难友互诉

上回说到，弥勒寺院宣法捉妖，捕捉镖客，将几个镖客关入地牢，地牢中原来还捆绑着两个人。镖客不由惊诧，不由动问起来。那两个被捆的人便争着自述起来。

左面那年长身矮的人气忿忿说道："说，我正要说说！男子汉，大丈夫，生有何欢，死有何惧？只是这奴才太狠，太不懂交情。朋友，你几位给我们评评理。当着朋友面，动刀行凶，硬劫人家师兄的镖，江湖上有这样人物么？这还不算，等到自己被擒，还教朋友受累，一个公道屁不肯放，恨不得把朋友也拖累到里头，一块儿挨刀才趁愿，这算人么？"

话犹未了，右首那个身高的，登时恶狠狠的啐了一口，骂道："你娘个死皮！老子今天拼着和你同死，俺才算不冤！你受我的累！我受你的累！咱们拍良心想想，到底谁受谁的累？"

左首那人立刻扭脖项，遥对梁恩禄说道："朋友，你听他放狐狸屁？不客气说，我是绿林道，我一点也不含糊。我有一个生死患难的弟兄，喂！我说朋友，我看你们三位也像线上的老合，你可知道'三点会盟'么？"

梁恩禄道："哦！"心头一转，暗道："且慢，我得留神别漏言！"急忙说道："啊，我怎么不懂？我们同行，有一个住闲的朋友，他的本家久在南边，也吃绿林饭，据说跟三点会盟有过来往。想必这一盟不是在帮里，就是在线上，我还摸不清，就知他们很兴出许多切语。"

谢春雨冒冒失失说道："原来这里也有三点会呀？"

矮汉子两眼直勾勾注视谢春雨，骤然说："你倒明白，你也在会么？"

梁恩禄忙咳了一声，谢春雨忽然也起了戒心，说道："这里面可没有我，我也不在盟，我也不晓得三点会盟是做什么的。我只闲时，听他们说过几句三点会盟的黑话。"

矮汉子道："听谁说过？"梁恩禄忙抢答道："无非是江湖上好事之徒说的罢了。你打听这个做什么？朋友，你还说你的吧。你那位弟兄究竟与那三点会盟，有什么相干？这又与你被擒有什么牵连？"

矮汉子道："唉！我们落在人家手里，死到临头，还顾忌什么？我那个生死弟兄，实对你说，他就是三点会盟里一个健将。这话可犯忌呀，好在咱都是道里人，说出来也不吃紧。他姓楚，叫楚庭坚，排行第七。我们这老七三年前，跟明月字号的伙计，说江南谋划着要成点事业，不幸谋泄，仓促发难起来，会中首领明月道人在芒砀山被围。山中弟兄本来相助，临时受诱倒戈，明月道人竟被他们卖了。我这个弟兄就在山坡火起时，背负着明月道人，逃出重围，后来就不知下落。有的人说：明月道人失事后，已经被捕，就地正法了。有的人说：明月道人愤极自杀，殒命在江南荒村小庙内。传说纷歧，不知究竟。"

这矮汉接着说："我这个弟兄本是由江东三点会盟推派去的，专为扶保明月道人。现在他二人一同失踪，我们又派出老幺仇元直，专去搜寻明月道人和楚庭坚的下落。哪知他这寻人的人也一去不归，到今半年，行踪不明。听江湖上传说，仇元

直已遭意外，却还没死，只是当时身受重伤，左肢已残。旋又听一异说：他也未死，也未受伤，已经寻着活的明月道人，和死的楚庭坚了。现在仇老幺和明月道人，一道一俗流落在豫鄂交界，乞食度命。传说纷纭，未知虚实。我们这一伙生死弟兄总共十四个，仇元直是老兄弟，最精干不过。我是行二，我们大哥自从老幺走后，整日忧虑，时时落泪。后来听见这个风声就派我和老三，分途东行，寻找我们老七、老幺。等我到了江南，一路访问，果然听人说：'鄂北地方有一跛丐，惯用手掌击碎石块，又善投石子打鸟，时常在庙市上卖艺挣钱。'我听了心中就一动，疑惑是我们苦命的幺弟，我连忙扑到那边去找。不想到了鄂北，再打听时，据说从前倒有这样一个丐者，他那条腿已然折断，伤口未合，流血流脓的。曾在鄂境流连，后来伤口渐愈，随即不见。我访不着他的下落，当时无法，只得浩路再访。"

这矮汉又道："谁知访到江西，又得一信，乃是绿林道上的朋友传过来的。说是赣州地方，前两月果有这样一个奇丐，但并不准在一个地方，好像是过路游食的。我想这奇丐如果是仇元直老弟，他应该投托当地同道，自然会有人雇车送他回来，何必如此自己挣命呢？但又转想，他是初出师门的少年，或者小心过甚，不懂得江湖结纳的勾当，也未可知，我就在赣州附近，盘桓打听，我们老三也找来了。及至问他，他也说访得这一带，有一个击石弹鸟的游食跛丐，揣测着必是老幺。但我们老三却又另得一信，说这个跛丐已被官厅锁拿了。我听了，焉能不惊？正自没做理会处。"

说着，扭头一瞥那身长肩阔的汉子道："偏偏我该死，遇着这个魔鬼！他和我是同乡。"

长身汉子唾骂道："你才是我的魔鬼呢！朋友，你们听听，我是保镖的，我念他是同乡，他找师弟，又是江湖上的义举，我便指给他一条明路。我说：仇元直没有被捕，那是谣言。要找他，我可以领你去，我是知道的。朋友你听，难道我这不是

好意？偏他小子心眼多，不信我的话，好像我骗他似的；打发他们老三，另去官厅，搜寻底案，闹着什么杀官劫牢。他自己却又跟着我一处走。我送镖已毕，便单身带着他，绕道寻找那个跛丐，我的确见过跛丐这个人，这个人的确尚在人间，就离现在这个地方不远，约有七八十里地，正害着病哩。”

长汉又道：“不意我领着这小子，走了两三天，就在前站、山根底下，忽然来了一拨黑镖。这小子贼根不改，说是断了盘川，要打劫人家的镖。我也说暗中试一试看，这趟镖来头古怪，镖客很年轻，保镖的趟子手也非常眼生。我躲在一旁，不去管他。哪知他们一交手，竟有一个骑马的少年镖客，从后面赶来答话。赶到这少年镖客一报万儿，偏偏是我的同门师侄，他叫小陈皓。既是同一宗派，我哪能坐视不管？我只得出头解劝，喊着：“并肩子，同是道上，同源，动不得手啊！”

矮汉子扭头道：“呸！亏你还解劝哩，我饶住了手，你那师侄反倒暗发一镖，下毒手算计我。要不然，这伙子凶僧哪会捉得住我？那不是你害的？该死的奴才！”

梁恩禄劝道：“不要争吵了，且听这位讲完了。”

长汉子道：“本来我那师侄年纪轻，没经过大阵仗。不是有这么句话么：‘初出犊儿不怕虎’，年轻人总自觉了不得。你以为是让他，他还当你输了招，露了破绽呢。你看我的面子，就该多多包涵。”冲梁恩禄叫道：“朋友，你猜怎么样？他竟跟小孩儿们使绝招。我从林中紧喊紧跑，已经赶不及。可怜二十来岁的孩子，竟被这狠毒小子一刀刺死！料想人家还有父母、娇妻呢。你道这小子狠不狠、毒不毒？一点不给我留情面，我呢，可就急了。哪知这当儿，走黑镖的几个伙计，一见交手，就弃镖顺山坡跑了。这小子赶尽杀绝，他还要追，还要杀人，可就追出差错来了！”

矮汉子忙插言道：“啧啧，我追就是要杀人么？我是叫他们回来，我有我的交代，我有我的办法。”

长汉子道：“你小子不用遮说，你杀了人，有什么鸟办

法？”对梁恩禄道：“当时我就说：‘你小子别跑，我的师侄惨死在你手，就这样算完了么？’他小子站住了，我就亮出兵器，先窜过来，验看死的。一刀洞腹，肠破血流，是没救的了。我便说：‘杀人的偿命，咱们拼了吧。’我抡刀一跳，要跟他动手。正在这工夫，忽然山后，转出一伙子僧人，风驰电掣价赶过来。想必是听见镖行伙计喊叫救命，会武的自然要拔刀打抱不平。这伙僧人围过来，武艺好生了得，他们老远一望，望见我这师侄横死在林边，我和这小子都握着凶器。他这群和尚就不问皂白，喊一声：‘好贼，胆敢在我佛地行凶！’一直冲过来，乱发蝗石、飞箭，连我也打起来。”

那长身大汉接着恨恨地道：“这时候，这小子稍有人心，便该说明真相，替我分辩几句话，也算江湖上天理良心。哼哼，哪想这畜牲竟一言不发！群僧将我和他一锅煮，围攻起来，我连说：‘师傅们罢战，我不是强人。’这些僧人一味蛮斗，把这小子先擒住了，末后把我也饶在里头，这小子到底半句公道话也没说。朋友咱不是怕死。像这样赔在里头，我堂堂镖客，竟和他一个毛贼死在一伙，糊里糊涂，还落个贼伙伴的坏名，教我怎不恨煞？这小子简直是剥皮畜牲，没有人味！”

矮汉子把眼瞪得圆彪彪的叫道：“你们听听，他可说完了！他小子明着劝架，暗中助他的师侄，故意儿打搅我，咱也不恼，咱很够交情，立刻住手。谁想他师侄乘我跟他答话，竟施暗算，拿镖打我的要害，这小子假装看不见！”

长汉子抢着说道：“我没喊么？”矮汉子骂道：“那叫放狗屁！镖打出来，你才喊？”

那矮汉子似乎怒极，就挣着铁链，对镖客叫道：“朋友，你们瞧，他师侄那一镖直穿我的小腿肚，疼得我要命。他若公道，就该两拦着。谁知道这奴才虚张声势，冲我瞎唠叨，他那师侄可是赶尽杀绝，镖到刀也到，冷不防差点把我劈了。我已经受了他一镖，我能不自卫么？我一股子急劲，闪身推刀，将他师侄刺倒，也不算我亏理吧！他并不想，这件事若不是他拉

偏手，我断不至于负伤；我不负伤，便不会败中取胜，骤刀杀人。这是一。我不负伤，便不肯使毒招，自然不会出人命。既没出人命，那伙和尚也必不致抱打不平，群来围攻。不围攻何致他和我双双被擒？这是二。再说咱的绰号叫‘火燎鸡毛’，别看没有本领，咱的手脚是快的，若不是脚中镖创，就被围攻，凭那伙笨和尚，我也不会活现眼，教他们擒住。你们想想，那不是这小子偏向师门，不顾友谊，拉偏手害的我？他还说我带累他，朋友评评理，这到底是谁连累谁？”

那长汉子依然不服，开口还骂：“我带你找你盟弟，你倒杀了我的师侄，你还有理？”

两人一还一句，反复辩论，各说各的理，喋喋不休。梁恩禄等已然听明，他们俩本是武林同道，只因中途遇见镖车，一个要劫夺盘川，一个护师侄拦阻，才弄得两败俱伤，被弥勒院众僧把二人全给捉住。既已问明情由，梁恩禄劝解一回，这两个渐渐息怒。这二人便换转话来，动问梁恩禄的姓名、职业，因何也陷在庙中？梁恩禄先问他两人的姓名。长汉、矮汉俱各说出：长身名叫秦通海，矮汉名叫火燎鸡毛谭昭。梁恩禄听罢，不觉的也把自己的事，从实吐露出来。

第十四章 猿獒争斗

那天晚上，梁恩禄引领赣州名镖师双斧阎六，和田春禾、谢春雨、叶春林三个少年，驰赴枣林坡。先访伍姓，次再踩探折柳屯弥勒院，查找冯、何二人的下落。时过三更，方从伍家出来，一无所得；等到转赴折柳屯外，已近四更天了。依着双斧阎六，因天色过晚，打算住手，且候明天。梁恩禄心焦意急，叶、田、谢三少年又年轻气盛，便说道："既已来到，姑且先逛庙，认认道路门户也好。"阎六看看天上残星，勉强笑道："也好！"

五人脚下用力，绕出折柳屯，东行数里，便近弥勒院。这弥勒院北靠一带丛林古墓，南对枣林坡，西对折柳屯；中间隔一条道，东边一望无垠，良田绿稻，遍是庙产葱田。这座庙宇好生巍峨，红砖黄瓦，殿庑层叠，望去不只一百多间。本是元人佞佛，有这等显宦，捐廉建此功德，规模原很阔大；曾经一度荒芜，现在才经因谛和尚整顿起来。两个镖头，三个壮士，身临庙外，借树隐身，望了一望，都无可疑。便分两路，绕庙墙巡视一周。山门坐北朝南，石狮旗杆列立两边；石阶高大，

正门角门紧紧掩闭，黯然没有灯火，隐隐听见木鱼声音。梁恩禄和赣州镖头阎六，分偕叶春林、田春禾、谢春雨三少年，摸到庙西边，择一棵古杨树，爬上去向内窥望。这庙宇计有五层大殿，各正殿偏殿全无灯火，左右禅房多所，有几处窗透微光。钟楼不响，佛殿无声，唯听见夜风吹打，和路旁的长松古槐，瑟瑟作响。五个人把庙里形势探得大概，见东北角庙宇疏落，黑阁僻静，似较空虚；便溜下树来，径奔到东北角。择屋角掩错处，由阎六带田春禾、叶春林；由梁恩禄带谢春雨，分为两拨，各占一方，趋至庙墙根。撮出石子，轻轻向内一丢。侧耳一听，吧嗒一响，别无动静。阎六看了看墙头，高有一丈六七；便掏飞抓，一掣而上。越众当先，肘跨墙头，将脚一登，全身已到墙上。又探身向内一瞥，单臂攀垣，随将右手一扬。墙外梁恩禄四人登时见状，知道无妨，忙将飞抓一抖，也上了墙头。五个镖客分做两行，前瞻后顾，向内试探，这边似都无人。使纷纷伏身徐行，沿墙头南走十数步；阎六、叶、田登上西边房，梁谢登上东边房；蛇行鹿伏。往里边挪动。

转瞬间，五个人两路进探，已深入内庙禅院。便停住不动，再撮石子，轻投问路，院中还是寂无反响。看这庙内，竟没有巡更守夜之人。五人放了心，越过房脊，纵身跳下。疾走游廊，捷如飞鸟；登高滚尘，轻如落叶；不一时，连穿数道寺院，两拨人已进入重地。因见庙宇层层相卫，院落甚多，觉得探查不易；便抛开殿庙，略揣格局，互相呼应着。单找斋堂禅舍。一路寻觅，到一所在，好像职事僧人的斋舍；纸窗西向，微透灯光。阎六向梁恩禄打一手势，仍请梁、谢二人据高巡风；自率田叶二少年，攀檐下地，轻轻蹑足，斜越院庭，往东面凑了过去。梁恩禄暗暗关照谢春雨，握刀托镖，伏在对面房脊后巡风。

镖头阎六插双斧，提匕首，施展夜行术，引田春禾，叶春林，一步一试，绕奔东禅房后窗。才攀窗一望，这僧舍三间打通，另有两个暗间。禅房分两行高设，共有二十四副坐具；只

有二十三个和尚闭目打坐，好像已入睡乡，那首座的座位恰恰空闲着。阎六心想："这里探不出甚么来！"回身向田、叶点手，正要轻轻踱开。田春禾刚刚攀上窗，还想看一看究竟；被叶春林从后扯了一下，正要抽身转奔别处。阎六已攀后窗，忽一回顾见僧舍灯光顿熄，不觉心惊。急向田、叶示意，蹑足退步，藏身到暗处窥听；忽而隐隐听见一人咳嗽。三人竦候半晌，再听不见僧舍动静；这才从暗隅轻轻出来，轻轻退去。走角门，越过一座大殿，又有一道角门，通到另一所在。

这所在也似禅室，两面斋舍间大，灯光正明，照耀满窗。梁恩禄等从房顶溜过来，仍然伏脊巡风；阎六等身在平地，蛇行上前，急急的趋檐偷窥。只一望，不由十分诧异。这斋堂上放着大圆桌一张，围坐着几个僧人、几个俗装大汉。各人面前放着纸条，看情形不像唪经礼佛，直似有所密议，声音低微，外边一个字也听不出。列座诸人，中有一个黑面长身大汉，科头儒服，气像威猛；和一个白眉老僧，道貌俨然。这二人好像是主要人物，大家都面对着两人，目注口动，很敬重的讲话。双斧阎六侧耳良久，断定此庙殆非佛门善地。忽闻内禅舍净然响了一声磬，在座僧俗不觉讶顾；那个白眉老僧轻轻说了句话，堂中僧俗蓦然转脸，齐向窗外望来。双斧阎六登时愕然，往后退了一步。

正在游移思退，猛听身后房顶上一声怪叫，堂上僧俗突然起立，一霎时庙中灯光全灭。阎六大惊，田、叶也不觉张皇。三人急抽身回顾，见房脊上，梁恩禄握刀巡风、伏身探头，猛然翻身跃起，向下面摆手。阎六低叫一声："有毛病，快走！"急一指房头地上，田、叶二少年急向四面看时，有两条黑影，从南边小院矮墙上，窜将过来；其疾如箭，一直的奔梁恩禄、谢春雨藏身之处。又有两条黑影，向梁恩禄退路截来。却是这大禅堂内中聚议的人，竟一个也没有出来。

双斧阎六见黑影扑近，亟思匿迹；那田春禾、叶春林两个少年竟回身拔刀，似欲迎敌。阎六暗道不妥，忙低打口哨，催

二人速避，自己急急的抽身，窜奔东北原路。田、叶二人也已省悟，忙打举手回应，一抹身跟踪过来。三人从平地跃登屋顶，蹿房越脊，伏身疾驰，要与梁、谢二人会在一处，一同撤退。在这昏昏夜幕里，居中大殿后脊，陡闻吱吱的连叫，随声涌现出两条庞大的黑影，白光连闪，似有暗器劈风打出。梁、谢二人似被暗器夹攻，左右闪躲，有手忙脚乱之势。到底梁恩禄有经验，低喝一声："快下！"冒险翻身，落在平地上。谢春雨挥刀乱晃，也忙忙的跳下来。

两拨人眼看凑在一处，不想这一跳，反弄得梁、谢刚刚窜落地上，阎六、田、叶刚刚跃登房上，彼此又隔开了。当此时，后面追来的两条黑影，前面截堵的两条黑影，已如飞鹰也似赶扑过来。谢春雨从高处一头跳下来，刚刚挺身跃起，那后追的黑影为首一个狂叫一声，明晃晃利刃高举，一个虎跳，照谢春雨腰肘猛剁过来。谢春雨急顿足侧闪，那另一黑影就扑奔梁恩禄；梁恩禄不等敌人逼近。反抢上一步，挥刀急刺。敌刃刚到，叮当一声，刃锋相对后火星乱迸；黑影闪一闪，仍扑过来。梁恩禄觉出敌人力大，正要用刀斜击；忽听扑登一声，谢春雨突然跌倒。梁恩禄大惊，急急将右手一扬，一缕白光射去；双足一顿，抢刀抛敌，忙来抢救同伴。那谢春雨不知怎的，会猝然跌倒；两手据地，正要蹿起来；可是追来的黑影已然挺刀下刺。梁恩禄失声一呼道："啊！"忙把手一扬，但见谢春雨一滚，又一登，嗖的一声，卷地窜出一丈开外。那当前的黑影忽一侧身，收脚不住，一头冲过去，抛刀跌倒，背上中了梁恩禄一镖。

谢春雨回头抡刀，照那跌到的人影，恶狠狠一下。但那后追的另一黑影已到，将利刃贴地一挑；谢春雨急待收刀，竟来不及，又是当的一声；手中兵刃险被磕飞。庙中人的刀法竟这么快，手劲竟这么强。梁恩禄觉出不利，招呼谢春雨急退，喊声："风紧，扯活！"眼望墙角，方要夺路。猛听隔院发出一种枯涩的唆唤，立刻犬吠声大作；同时从别院奔出数人，将梁恩

禄、谢春雨围住在核心。那前边堵截来路的两条黑影也把双斧阎六和田春禾、叶春林挡住。庙里人竟将五镖客分截在两处，团团围攻，情势渐紧。

那一边双斧阎六不是泛泛的武功，提匕首，扣钢镖，护着田、叶二少年，忽高忽下，当先夺路。满盼着梁、谢二人能够跟上来，五人协力，可出虎口。哪知庙中人真不好惹，五镖客进探容易，退出却难；一声磬响，弥勒院张开了网罗。那抄截出路的人影，把兵刃一晃；阎六贴身猛攻，把匕首一递。敌刃一扫，铮的一声，虎口震开；阎六的匕首脱手而出，像箭似的激出两三丈高。双斧阎六毫不惊慌，兵刃虽失，抖手一镖；敌影便往左一窜，窜出一丈以外。阎六就势拔出双斧，握在掌心，立刻托地往右一窜，也窜出一丈以外。这便隔开两丈多远了。阎六蜻蜓三点水，提斧连窜，上了墙头。谁知一回头，那田、叶二少年被另外的敌影截住，未得跟出来。

田春禾、叶春林拼命抡动掌中刀剑，搏敌抢路。那敌影十分滑脱，左遮右拦，挡住了去路，丝毫不放松。阎六大忿，回身忙来接应。猛听东南隅钟楼上"当当"敲动，一连数下；倏时间，全庙各处灯火齐明，许多僧俗亮出兵刃，分数路，穿前殿后殿，搜寻过来。阎六情知要坏事，暗道："这可怎么好？这得赶快！"挥动双斧，跳下来一阵乱劈；趁庙众还未曾抄聚过来，要把田、叶二人先救出庙外。同时他还想深进一步，抢救那失陷在核心的梁恩禄、谢春雨。但已时不可待！

钟声当当，敲打转急；蓦然间，从东角门透出一片狺狺吠声；有两条巨大的黑影，督促着一群庞大的猛獒，窜前扑后的奔出来。獒眼如灯，爪牙似锯，一露头，便把阎六、田春禾、叶春林围上。那巨大的黑影也俯腰上前，挥刃索斗，口中发出怪叫。阎六一看大骇，急招呼田、叶二人，赶快上房。那群猛犬围着房顶狂叫，那对巨影竟也跟踪扑上房来。

百忙中，阎六等急凝神偷看这一对巨影，黑懔懔，毛森森，身材高大，腰背佝偻，面目怪怪，鼻掀齿露，巨眼炯炯，

鼻息咻咻，不像生人，直似恶鬼。把田春禾、叶春林吓得惊怖失措，初疑巨影是幕面伪装，哪知此物真形便是如此凶恶。

阎六久闯江湖，猛然惊悟；久闻南方有一怪侠，外号镇山王罗欣，手下豢养着灵猿神獒，凶猛无匹，莫非这东西就是他手下会武术的猩猩？倘真是的，决不可与敌。心中涉想，双斧封闭门户，向敌喝问；这黑物果然不答，一味进扑。阎六急忙张斧虚拦，不跟他硬碰。这黑物各提厚背短刀，扭动起来，上下劈风，势不可挡，但只一件，这东西似乎知进不知退，知攻不知守；并是你不跑，他不追；硬是驯兽，不是怪物。阎六深知此物力大无穷，久战必致互伤，未免不值；急唤田、叶二少年，登房逃跑，自己挺身当敌，照黑物发出两个飞蝗石子。这两个黑物同挨了一下，倏然转身，向阎六这边一望，登时吼叫起来。阎六且战且走，忽往旁一退，黑物立刻追来。阎六稍一招架，卖个破绽，回身就跑；直跑到房檐边，脚登屋瓦，摇摇欲坠。黑物果然大喜，双双照阎六一人猛扑。阎六骤然一侧身，振吭暴喊如雷，顺手一斧削去。两个黑物急避不及，你碰我挤，失脚登空，扑登一声大响，摔下去一个，直摔得吱吱怪叫。

双斧阎六趁空断后，招呼田、叶二少年登房疾走。平地上群犬乱窜，三个镖客直走到屋顶尽头处，欲下无法；阎六忙收双斧，取出镖枪，大喊一声，对禅院群狗掷去“当啷！”一连三镖，只听“嗷！”的一声叫，一獒中伤，群犬呜呜的乱叫，向落地的镖枪扑咬过去。阎六急说：“快下！”又复两镖，先打落地的黑物，次打登房的黑物。地上的黑物摔了一滚，早已爬起来；镖锋已到，伛偻着腰，抡刀一格，当的一响，镖枪余势未衰，擦肩而过。黑物惊吼，提刀闪眼，寻找投镖的来路。那房上的黑物伸巨爪，来抓田、叶二少年。叶春林最机警，趁势抓出几个蝗石，满天星乱投出去；向田春禾打一招呼，随托地一跳，下了地，上了短墙，一溜烟窜出庙外。阎六大叫：“快快！”抹头当先，忽房上，忽地上，抢奔西北角。叶春林居然

脱出庙墙以外，田春禾一步落后，才窜房下地，扑到西北，便被敌截住。阎六恨一声，复又抡斧还杀。

庙中早有人登高瞭望；钟楼窗两面洞开，挑出一盏红纸灯笼，一盏绿纸灯笼。镖客奔西北，红灯直指西北；镖客折向东面，红灯直指正东。各斋堂禅居的僧家，扎绑停当，约有二十余人，已持兵仗，随钟声灯影，两路分抄，截住了梁恩禄、谢春雨；又分人来堵阎六和田春禾。阎、田二人被堵在西北角，梁、谢二人被围在三层殿四层殿的当央空庭中。僧俗混战，忽听一僧叫道："首领出来了！"灯光火把一闪，那白眉老僧和黑面长身大汉，领僧俗数人，登上一座月台，指点观战；但只望了望，旋又下去，竟不肯出战拿人。另有一个怪僧，提僧袍，握钢鞭，跨上东面房；望见阎六、田春禾飞奔西北，再越过跨院，便要逃出；这僧立即望天大叫数声，群獒一窝蜂跑过来。

怪僧连连用手指点，随一翻身，绕道窜房，往西北搜去。群獒眼望着僧人，在地面且嗅且跑，寻路跟随过来。忽然，那两只黑猩猩又凑到一处，紧紧追赶西北方逃人；路熟腿快，竟越过来，阻住前路。阎六咬牙翻身、改往东北角冲出；田春禾紧随在后。群狗赶到，不敢直走平地；两人伏着腰、登檐走壁，一路飞奔，折到东北面一个所在。院墙已尽，厦檐不连，当中露出昏黑开敞的一块空院；非跳下去，通过空院，走一段平地，不能逃出外面。阎六急急回头，向田春禾一点手，直循房脊，往斜刺里闪去。刚窜过两排房，随见两僧一俗，藏在房下墙隅；一见阎六同声大叫："在这里呢！"抖手一暗器，阎六急闪。"吧吧吧吧！"一连四下，阎六都已躲过；不暇还招，扯一扯田春禾，急急窜逃过去。寻一屋角，檐牙交错，四顾暗处，似无伏兵；忙跳下墙，抹后墙根，认定东北，往前再闯。

阎、田一前一后，抄转小院，才探足迈进、猛听嘻嘻一阵狂笑，那唆狗的僧人当庭而立。群獒呜呜的叫着，绕院乱窜，不晓得他们怎么先绕到这里。阎六略一迟疑，后面黑猩猩已在房上寻叫，张牙舞爪，似发狂怒。那僧人提鞭一挥，群獒嗯噜

噜的扑咬过来。阎六一看，又落到前后夹攻之势，料非闯阵不可。好在群獒不能跳墙，猩猩只知直取，阎六便咬牙握斧，向田春禾低叫一声，如一阵旋风，往斜刺里砍杀过去；斧光缭乱，猛如巨雷。竟凭这一股勇气，冲过小院，一顿足，攀上短墙。田春禾紧跟在后，顿足加肘，也往短墙上一窜。不防院后墙外，忽闪出一僧，手挺白蜡竿子，喝声："下去！"只一拧，又一拍，对着阎六，竿如轮转，倏扫过来。双斧阎六武功了得，急打千斤坠，缩蜷身手，从竿下翻出短墙外；一道狂烟，连闪连窜，夺路越过大墙，奔出庙外。

那庙中人收招翻身，将白蜡竿一抖，又奔田春禾。田春禾急避，不防迟了一步。小院短墙里边，两只庞大的猛獒刚刚赶扑过来，当墙一窜，前爪搭着田春禾下半身，张嘴便咬。田春禾急攀墙缩腿，往后一蹬，那狗溜下来；第二条狗早又扑到，扶墙人立，双爪一搭，抓着田春禾的左腿；田春禾肘跨墙头，竟翻不过去，忙就势抬腿猛踢，刚把第二只狗踢开，头一只狗也人立起来抓来。墙外持竿人趁势举竿连捌；田春禾招架不迭，头面肩臂挨了两下。墙外人大怒，收竿抡圆，喝一声："打！"这一下较足了劲，劈风发响；田春禾挡不住，往下一松手，急挺膝盖较劲，翻落墙根。两只狗略一闪挪，呜的一叫，重扑上前。田春禾早就地一滚，挺刀站起来，照两狗猛砍。但群獒已陆续寻踪赶到，狺狺声众，前扑后窜，乱冲乱咬。田春禾一退两退，退到墙角；抡刀乱扫，护住身躯。

墙外持竿僧见逃人被击坠地，忙将白蜡竿一点，飞身站在墙头；从高向下，劈、碰、点、打，舞动长竿，不住手的俯攻。田春禾身落绝地，危险异常。

第十五章 渠魁劝降

这次探庙，只逃出双斧阎六一人。田春禾被围在弥勒院东北角；梁恩禄、谢春雨被困在庙内腹心之地，在三层殿、四层殿当中空庭内。田春禾被一只白蜡竿、数只猎狗，上下围攻，负隅而斗，本已不支。那唆嫠的僧人又骑墙望见，急大叫一声，手捏嘴唇，发出怪啸声；其声哀厉，恍如猿啼。两只巨大的猩猩从房上伛偻而至，闻啸回头；僧人比手画脚，冲田春禾指点叫啸不已。两只猩猩瞠目一瞥，忽然露齿发威，发出低低的狺声。双爪一探，从房脊上直窜下来；只一扑，早到田春禾的跟前。田春禾慌忙退开，抡刀拒战。两只猩猩张牙舞爪，夹在猛犬队里，狠斗田春禾。

田春禾越发危急，百忙中，偷眼一望墙头，那耍蜡竿的大汉已经登高阻住长墙。田春禾待要斜趋下地，夺门而走，这两只猩猩和七八只猛狗，又满院乱扑，竟离不开墙角。田春禾只剩拼命了，将刀抡圆，横突直前，一路刀光砍去。忽然，一只狗竟人立而起，抢奔腰肋。田春禾侧身急闪，嗤的一刀，将恶狗刺倒在一边；这狗惨号数声，鲜血四溅。惊动群獒，登时怪

叫乱窜。那一对黑猩猩闻见血腥气，也忽然兽性发作，丢下田春禾，乱逐群獒。头一只猩猩俯身下去，抓住那只裂腹而死的狗，嗅了嗅，便爪撕口吮，喝起那死狗的血来。后一只猩猩，稍稍落后，便上来夺取。两只巨猿争食，将死狗劈裂两半。群獒越发狂吠，猩猩不住怒吼。田春禾目睹惨厉之状，当不得浑身毛戴，趁此机会，忙窜出圈外，觅路急逃。耍蜡竿的大汉，急急横竿拦住。

那唆獒僧人见状大忿，努嘴连唤，群狗重又合围上来。那黑猩猩抬抬头，只顾吞狗血，嚼骨撕肉，不肯挺身再战。僧人大怒，信手挥钢鞭，赶过去驱吓指使。黑猩猩一抖毛，狺狺露齿，竟要咬人。原来这野兽只怕皮鞭，不怕钢鞭。僧人忙奔回房，将皮鞭取出；啪的一甩，鞭梢震地，两只猩猩登时吓得弃狗站起来。僧人右手挥皮鞭，左手一指田春禾，发出唆使声来。田春禾且战且走，已挨近墙边。两只猩猩望望田春禾，又望死狗；样子有点恋恋不舍，只想吃狗，不愿拿人。怪僧人一个箭步窜过去，把死狗扯腿抛出墙外；然后抡皮鞭，连抽连叫。两猩猩这才一个张空爪，一个提单刀，跑过来追战田春禾。

田春禾已搪开白蜡竿子，跃上东面墙头；打算跳下去，逃出庙外。不想才一登高，隔院早有数人，手持激筒，伏在墙根等候，田春禾才说声不好，那数人把激筒集中一打，陡有数股白雾喷射出来。田春禾往旁窜闪，鼻观早闻得一股辛辣之气，噎人欲呛；登时眼花耳鸣，浑身酥软，扑冬地摔下来，被庙中人活擒住。

那一边，梁恩禄、谢春雨两个人，也不是一碰就倒的汉子。从后面且战且走，被两条黑人影前遮后绕裹住，不得脱出。好容易奋力夺路，冲过一道角门，前面有一道长墙挡住，梁恩禄低喝道："上！"谢春雨满头是汗，双足一顿，应声跃上墙头；忽哎呀一声，顺墙头栽过那边去了。梁恩禄大吃一惊，急忙奔救，也要冒险登墙；那条黑人影恰已缀到，一声不响，抡刀便剁。梁恩禄急忙招架，力战不得脱身。竟这么糊里糊

涂，听着谢春雨被擒，连怎么失脚都不晓得。两条黑人影刀法迅猛，且斗且唤援兵；梁恩禄不敢恋战，急思逃路。趁敌人未集，贾勇一冲，杀开一条路，狂奔过去，后面猛犬吠声已起。梁恩禄心知恶狗难以力敌，还是登高逃走为妙；遂不走平地，往斜刺里一窜，冲开一道角门，专奔黑影狂逃下去。

忽然迎面嗖的一声，发来一支暗器；紧跟着人声骤起，灯火倏明。梁恩禄知道从这里逃不出去，忙又另觅出路。旁有一道长墙，墙内昏暗无声，梁恩禄顿足跃上去。不意登墙只一望，这里更不好。这隔墙院内，短装的僧人已经云集；四面八方，屋顶墙头，门口院角，凡是房壁连接处，平地出入口都有庙中人，上上下下，三三两两，把守住了。在极东，距离自己这边，约有百十步，还有一伙人，持兵刃，于寺钟喤喤声里，跳下窜上，好似正围捉自己的同伴。梁恩禄眼光一绕，四面情形了然，不禁凉了半截；他自己早被包围，万难逃脱了。

在邻院内殿柱后还站着两人，墙南伏着两人，东面月亮门又伏着一人。僧俗皆有，个个手握兵刃，跃跃欲动；只等自己跳下来，便动手兜擒。梁恩禄既望见他们，同时他们也早已望见梁恩禄。他们这些短装僧俗，立刻互相照会，一齐动手；霎时间暗器先发，兵刃后到，分三路堵截过来。单留一面空路，似守着“围城必缺”之戒，故意教人闯，梁恩禄也只得挥刀下闯，闯出一段路，退到南面一空院内。那使唤猿獒的异僧，尚未露面；那两条黑人影却死钉着梁恩禄，一步不放松。其余人众已从房顶墙头，跟踪跃追上来，登时又将梁恩禄围在垓心，禅杖、短棍、刀、枪齐上，密如麻林。梁恩禄闪、转、腾、挪，情知不了，狂打乱窜，仍然死拼。不一刻，听一人嚷道：“天不早了，弟兄们拿镖镖他！”一人接声道：“你们留神，老师傅有话，务必捉活的。”当下战场略一松动，有三四个人退出来，跃登高处，掏镖的掏镖，扣箭的扣箭，要照不致命处，打伤梁镖师。

镖师梁恩禄强打精神，左闪右窜，提防远近的袭击。忽一

阵狺狺之声，那怪僧人又已率猩猩、猛犬寻来。梁恩禄长叹一声道：“完了！”

正当危急之机，迫于睫前的时候，忽又听人层后面。一个高大嗓音喊道：“怎么样了？老师傅陪着主领出来了。”众人接声道：“只剩下一个。”

人群又微微一闪动，从前边殿后，转出来两个短衣僧人。手提着纸灯，当前开路；后面一个白眉老僧，空着手、只拿一柄蝇拂子，缓缓踱来。在他身旁，还有一个黑面长身大汉，身着短装，腰佩长剑，缓步走来，后随七个壮士。一齐登上殿阶，借灯影指指点点，看了一回，讲了几句话。

此时梁恩禄正在拼命，只瞥见人来，没有听出话声。那白眉老僧忽向黑面大汉，侧身举手。黑面大汉点点头，即下阶大声传令。众人一迭声传唤，各处灯火都集聚过来。那个异僧率领黑猩猩和众獒首先撤退出围，把住院门、角门、殿门。其余托镖扣箭的僧俗人等，也陆续跳下墙，往后撤退，却仍围住梁恩禄，余众也如潮水般散开，让出一条道。单留那两条黑人影，握刀邀住梁恩禄，以防他窜远。

黑面大汉传令已罢，吩咐众人，挑灯前行，下了台阶，来到斗场，就灯火把梁恩禄细看。且看且皱眉，问道：“你是哪里来的？半夜探庙，有什么用意？”

梁恩禄苦战力竭，汗下如雨，趁敌人骤退，略缓一口气，张眼急望。黑面大汉遥当面前，相隔四五丈；长眉老僧稍稍在后。这黑面大汉正当壮年，长身巨颃，剑眉黑面，双眼顾盼如星，肩阔胸挺，不怒而威，流露出颐指气使的神色。又望长眉老僧，皓眉长目，气度穆然，却在沉穆中微挟傲冷。看这些僧俗，对黑面大汉，全都趋承唯谨，料想此人，必非寻常。或者是他们的贵客，否则，就是头儿。那长眉老僧一定是此庙住持，可是他站得稍远。灯光中，梁恩禄只一瞥看明，佯作不支，向黑面大汉好答道：“你问我么？朋友？我决不是绿林，也不是官面，我是……”趁众不防，潜存拼命心，他猝然一

窜，唰的一刀砍下。僧俗大噪奔赴，黑面大汉轩眉一笑，往后一退身，唰的一声，伸手拔剑。梁恩禄早被身旁二敌影，展刀截住。

二敌影又与梁恩禄打起来，黑面大汉一提手中剑，似欲上前搏战，忽然长眉老僧叫道："主领，且慢！"把黄僧袍一提，将蝇拂一甩，从殿阶上凌空一耸，身如飞絮一般飘起，三垫步，落在梁恩禄面前，相隔三两丈，用蝇拂一挥，两条黑人影往后一退；白眉老僧一笑上前，道："喂！拼死争锋固是英雄，知敌识势也是好汉。我劝你就此住手，不必苦斗了吧！"言罢，两眼一张，炯炯如闪电。

梁恩禄握刀回看，周围刀矛如林，弓矢皆张，群獒尚在人背后乱窜。他长叹一声，顿足道："我就认输受缚！"抛刀在地，将双手倒背过去，口中呼呼的气喘不止。老僧微笑点头，将蝇拂又一摆，三五个短衣僧俗上前，将梁恩禄扣腕拿下。

白眉老僧便问："那一个哩？"一个壮士回答道："一个年轻人跑出去，又给截回来了。只有一个使双斧的夺路跑了。我们十数人在那边东北角，眼看将他堵住；不防他折回来，从东面绕道闯出去，身法非常的快。我们已经派八个人跟下去了；并且我们外面还有埋伏，也许把他邀得回来。"

老僧唔了一声，似含不悦，密嘱了几句，命将镖客梁恩禄、少年壮士谢春雨、叶春林，以及逃出庙外又被截回来的田春禾，统统分押在秘隧地室。

这一场战，当真只逃出双斧阎六。探庄的也只有总镖头侯金朋未遭暗算；欧氏弟兄欧佐与欧佑也这样失陷，被囚在庙中了，其时天已黎明。

长眉老僧邀着黑面大汉，回转秘室，低声计议。他们说：北方的确派人秘访来了，而且迭接秘报，这些人是装镖客，装游学的拳师，他们不能不小心，不能不警戒。

第十六章 与党诱供

梁恩禄被蒙头塞耳，推到一间小屋内，撤去蒙面巾，系在屋内；过来三个人，先给他水喝，容他歇过来，就反复盘诘他的姓名、来历、同伴是谁、因何探庙。更一再的问他的籍贯："你是北方人，到南方做什么？"梁恩禄咬定牙关，抗不回答。庙中人又将少年壮士谢春雨押来对供，他依然不肯吐实。而且吐实也很难，说是保镖，说是访友，庙中人全不相信；一定追问他，还有别的阴谋没有。梁镖师勃然发怒，越发不答了。

庙中人互相低议，又将梁恩禄单独押在白眉老僧、黑面大汉的面前，换了面孔，好言盘诘。先诱说江湖上一番勾当，次套问他何时南来，用心何在。一连两次，梁恩禄只承认自己不是绿林道，探庙是为访友；并捏了个假名告诉他们。无论如何，誓不肯承认自己是鹰爪，本来他就不是鹰爪。黑面大汉见套问不出，摇摇头道："朋友，你不可自误，你说了实话，我们倒有一番安排。你总这样掩饰，我们也没法子了，只好对不住你们！"说时声色一厉道："我们要灭口！"

梁恩禄摇头道："我讲的本是实话，你们不信，我也不能

捏造。”

黑面长身大汉和白眉老僧，又秘商一阵。因梁镖师说话是北方口音，所以全疑他必是官府的爪牙。再三盘讯，不得底细；白眉老僧眉峰一皱，面露诡秘之容，含嗔说道：“押下去，等到十五夜间，挖心上祭用吧。”

过来一伙人，把梁恩禄蒙面缚臂，押到别一个所在。梁恩禄低头等死，谁知撤去面幕一看，自己被捆在一间地窖黑屋中；欧氏弟兄和谢春雨都先后押来，各系在一根巨桩上。庙中人随即送饭，锁门而去。梁恩禄和少年镖客二欧、一谢在两处遭擒，不期在此相遇；彼此交谈起来，均猜不透庙中人是何路数。忽然听见暗隅发出响动，方知窖中还有两个难友。梁恩禄立刻收住话头，动问两个难友缘何被囚？谁想两个难友一开口，便互相抱怨，对骂不休。两个人争抢着将自己的身世，全盘对梁恩禄说出。这一个自称是绿林豪客，寻找盟弟；那一个自称是押镖归来的镖师。综合两人所说的话，是这镖师引领豪客寻找盟弟，中途贪财劫镖，偏遇着镖师的师侄。双方动手失着，师侄打伤豪客，豪客刺死师侄；以致双方误会，翻脸相拚，偏又赶上庙中僧人路见不平，将两人一同当贼擒住。镖客便抱怨受了豪客的诖误，豪客便埋怨镖客不该拉偏手。两人越说越忿，竟忘了身陷虎口，命在旦夕，恶狠狠的对骂起来。

梁恩禄初向二难友通话时，尚存戒心；及至听罢，觉得二人所说颇近情理。又见两人口音相同，正与两人本是同乡的话相合；因对二人深信不疑，顺口动问二人的姓名。二人起初迟疑不说，经再三的询问，那豪客才说，自己绰号火燎鸡毛，姓谭名昭。那镖客自称名叫秦通海，一向保南路镖。秦、谭二人说完己事，就打听梁恩禄等：因何也落在庙里，这庙到底是作什么的？

梁恩禄不觉吐露真情，先通姓名，次说也在镖局做事，和总镖头侯金朋，同伴四人押镖北上，半途打店，遇上贼人。因追贼失迷了冯天来、何光裕两个同伴。经赴赣州邀助，押镖先

发，自己和总镖头侯金朋，邀得同业好友，在此秘寻失踪的同伴。事先探出这弥勒院行踪诡异，似是绿林人物寄迹于此。不幸探庙察情，被围失陷。把经过情形略说了一遍。

秦、谭两个难友且听且问，好像忘了身陷囚笼，竟指东说西，畅谈起江湖上的结纳，会帮中的秘密，末后又讲到三点会盟。那自称火燎鸡毛谭昭的，公然自承与这秘密会帮深有渊源；并且提出许多熟人，引了许多隐语。那自称为镖客秦通海的，也跟着帮说三点会盟的人物；并且说这弥勒院的方丈和门下弟子，也许是风尘中的人物，或者比少林寺还厉害，只可惜事先没有听人讲究。带口便问梁恩禄："可知庙中虚实么？方丈是谁？僧众多少？"

梁恩禄等原本不知，方来窥探，自然不能强不知以为知。欧佐、欧佑弟兄说话也留分寸，多问少答，想从秦、谭二人口中，问出庙僧的来历。那少年谢春雨，就忍不住痛骂凶僧，必是作奸犯科的秘密盗帮，这庙必是他们的秘窟。不然的话，好僧人就算会武，焉敢擒拿过客？跟着把自己的姓名也说出来，把自己的师承也告诉了难友。说自己名谢春雨，师父叶金洪，自己并非镖客的同伙；和梁镖师乃是同行住店，邂逅相逢，闹贼时拔刀相助，此刻仍帮着寻人罢了。谁知也陷在庙里，做梦也没想到。他又说："是奉师傅之命，和大师兄叶春林，帮着二师兄田春禾，千里寻父来的。"

两个难友听了，忙问："这田春禾是什么人物？他的父亲叫什么名字？"谢春雨道："田师兄的父亲名叫田兆丰，字伯年。"

二难友又问："田伯年是做什么的？怎么失踪的？"

谢春雨因话触时忌，疑畏不说，只说是田伯年昔日宦游，在南方一去不返，十数年断绝家书；所以田春禾艺成出师，立即邀伴寻父。——这话分明有语病，如是寻常的断绝消息，何必搭伴寻找？谢春雨究竟年轻，只顾乱说，已经掩饰不住了。

并且，凡人在患难中，最易亲近，最易见交情。性命垂危，也必忘了顾忌。囚舍中这几人，不但谢春雨自诉来历；就

连梁恩禄和二欧，也被这两个难友因话引话，不觉剖心吐实，各诉出处，透出许多不该说的话来。两个难友又说：自己外面有人，但能缓死一二日，或者有救。

谢春雨不觉也脱口说道："人家侯金朋和双斧阎六，两位总镖头武功精强，全都杀出重围，不久必然勾兵援救我们来。"梁恩禄再想拦他，业已无及了。他们这些难友都猜弥勒院必非善地；群僧架猿唆獒，装神弄鬼，也必非高僧。

经过半夜的工夫，黑屋中的六个囚徒，由梁恩禄起，欧佐、欧佑、谢春雨，和二难友谭昭、秦通海，都将实话互诉一阵。……忽听门扇哗啦一响，梁恩禄和三个少年都不由一震；挣着铁链，一齐扭头，往门口那边张望。只见门扇透破一洞，洞闪火星，跟着门扇一推。噌的一声响，似铁锁被利刃削落。在这一刹那间，囚屋中四个镖客、两个难友，精神上俱各耸动。

梁恩禄久涉江湖，料定这番举动，必不是庙中人，必然是救星；只不晓得来人是救自己，还是救那两个难友来的。便急急张大眼睛注视，低呼同伴，暂勿出声；又眼光一转，急急的再一看那两个难友。那两个难友神情陡变，张口凝眸，看看门，又看梁恩禄等，显露出乎意外的惊异模样。

秦、谭二难友身躯是拴在木桩上的，此时却将倒剪的二臂连连扭动。再看门口，门扇轻轻推开，又忽的一合，忽的一开；未见人影，先见明晃晃刀光一闪，刀光后面是一条黑人影。谢春雨哼了一声，二欧也延颈瞠目盯着。但是，这人影并不一直的进探囚舍；火折一闪，微露半面，在门扇外低低呼道："喂，梁二哥，是你么？"

镖客梁恩禄、欧氏弟兄，和仗义相访的少年壮丁谢春雨，闻呼欢然大喜，齐叫："是阎六爷么？""是师傅么？""是侯镖头么？""是救我们来的么？"

门扇外不见答声，屋内猛听见咦一声。那个同舍被囚、自称为火燎鸡毛谭昭的难友，一见锁落门开，猛将身躯一挣，倒剪的两手，突然脱落桩环铁索。那拦腰络脚的长绳，已如蛇蜕

皮一般，很不费力的退落在地上。手脚既活脱，又一扭身，也不知从何处，抽出一把短刀来。

二欧、一谢全神都注意门口援兵，只有梁恩禄还能侧目旁睨，一见情形，不禁大骇。忙努力也一挣，只是不行，绳紧得很，丝毫也挣不动。万分紧急中，二欧、一谢注目门前，听察动静。外面忽然啪的一声，似暗器击中板墙。旋听外面远处高处，有人断喝道："有贼！快快，进塔院去了，快拿！"

语声未住，囚舍门扇全开，一条黑影闯进。二欧、一谢大喜，慌忙自报其名。偶一回顾，不防那同囚的难友火燎鸡毛谭昭自己挣脱桩绳后，不但不图逃命，不救难友，反一声不响，横刀当门把闯来的援兵阻住，冷然斥喊道："呔，往哪里闯？"来人被挡住，叮当的响了一阵，就在这一刹那，梁恩禄也失声喊道："呀，小心！"

这真是万想不到的怪事，难友竟阻斗援兵！二欧、一谢到此才知上当，也不禁失声一呼。

再看另一个"难友"，那个自称为镖客秦通海的家伙，不知怎么一来，也早在黑影里，悄没声的挣脱绳链，贴木桩拔出一把短刀。又一跳，扑到墙隅，信手一掀，灯光大亮。墙角早有一桌，桌上一灯，灯上有一黑罩；把黑罩掀起，全舍颇明。又一声长笑，跳回来，横到梁恩禄四人前面，持刀监视，以防挣脱，兼阻外救。——这两个难友，原来不是难友，原来竟是庙中人的党羽，受命伪装被困，前来卧底诱供！二欧、一谢上当了，梁恩禄也上当了；恼得他怪吼，拼命一挣，铁链哗啦啦的乱响。

外边黑影刚冲进门内，假难友谭昭狂笑挥刀，唰的砍去。欧氏弟兄急看来援的黑影，背插双斧，手提短刀，身法迅疾无匹，分明是师傅双斧阎六阎总镖头。二欧忙叫："师傅，我们在这里呢！"

那两个难友一前一后，拦住了阎六。阎六挥斧猛攻。梁恩禄伸着脖头，怒骂受骗。谢春雨还存着万一之想，也许这难友

认错了敌友，一迭声叫道：“喂喂，两位难友，这是我们的朋友，救我们来的！”

两难友并不听，只嘻嘻冷笑，挥刃挡门，想把阎六逼退，谢春雨至此全悟，竟中了敌人“番虎伏窝”之计，悔不该临难剖心，尽吐实情，把别人的事乱说，心中恼懊忿恨异常。无如身手全缚，干着急，挣扎不动。

梁、谢、二欧只能倒掉双臂，引颈暂作柱上观。再看双斧阎六，竟扑进门来；斧光连闪，与火燎鸡毛谭昭对刃苦战，把谭昭砍得直往后退。这时候，总镖头侯金朋也已来到，和庙中人打得正猛烈。

第十七章

夜袭无功

镖客梁恩禄、谢春雨和欧氏弟兄，在弥勒院地窟中，受了同囚难友谭昭、秦通海的诓骗。他们同被缚在地室木桩上，生死呼吸，同是落难人；不觉话引话，互述遭际，痛骂寺僧；哪知这两个假难友实是寺中人，寺中方丈支使出两人来改装诱供。

等他们各说了实话，镖客这边救星忽至。双斧阎六竟与侯金朋，两位名镖头挺身救友，潜入庙内；一路搜寻，已到囚室门口。到这时，木桩上被缚的两个假难友，突然露出真面目。缠的铁链巨绳一抖而落，一个抽刀挡门，一个人呼有奸细。梁恩禄和谢、欧等恍然大悟，深悔失言，业已无及。缚身的绳链十分坚牢，抖不开，挣不断。眼看着假难友火燎鸡毛谭昭，与双斧阎六阻门大斗起来。

几个被擒的镖客又急又恨，只能切齿恨骂，延颈观望。外面人声杂沓，动静很大，又似援兵续至，又似敌人奔集。阎六与敌斗了数合，不能夺门入救。梁恩禄失声叹恨，已知出囚无望，忙叫道："六哥看明白些，不要恋战呀！"

双斧阎六也觉出风声不利，挥斧猛一冲，抽身外窜，往斜

刺里退下去。容敌人一追，猛又扑上来，扼住囚室，眼神照顾内外，同时涩声叫道："梁二哥，怎么样，好出来么？"

话未毕，那自称为火燎鸡毛谭昭的，早紧跟上前，唰的又一刀砍来。阎六挥斧急架，且战且叫："梁二哥，梁二哥，自己挣扎得动么？小欧，你们哥俩怎么样？"

梁恩禄缚在桩绳上，一筹莫展，对门毅然叫道："六哥快走，不要管我们了，事不成了，我们侯镖头来了没有？"

阎六答道："来了，忙着别的呢。你努力试试看！"

梁恩禄果将两臂攒力，试着断链挣绳；铁链才挣得哗啦一响。

那个自称镖客秦通海的哈哈一笑，接声说道："朋友少费力气吧，现放着大活人保着诸位，怎么会让你们挣断绳子走呢？你再动，对不住，我就是一刀。"唰的蹿过来，挺刀逼住梁恩禄，眼睛望着少年镖客二欧、一谢道："小朋友，你们也别动了。动不成，先吃一刀，岂不是不够本？"

二欧弟兄怒焰冲天，深恨受绐，挺身大叫："师傅快走，不要两耽误了。我们身上是铁链，挣不开。这屋里有庙中两个走狗，明陪绑，暗作奸细哩。"扭头来，一张嘴，恶狠狠一口唾沫，照秦通海脸上吐去，大骂道："秃奴才的奴才，你冤苦了我们了。你爽爽快快给老子一刀！"

秦通海侧脸抹一抹唾沫，道："你不要忙，挨刀很现成。"顺手挥刀背，对二欧轻轻一撩道："反正你走也走不了，活也活不成，你们的实话都装在咱们肚里了。你不打自招，谁教你浑蛋来！你们一定也是三点会盟，咱把你拿到官府，报功领赏。你放心，我们决不杀你，杀你的自然有人。"说着一拍肚皮，大笑道："爷们使的这招，就叫诱供！难为你四位高贤，还是镖局大行家，简直是两对浑蛋！"哈哈哈哈笑个不住，把二欧、梁、谢气得发昏。

此时窗外刀剑之声，愈战愈烈，双斧阎六运一双鹰嘴斧，狠斗火燎鸡毛谭昭。火燎鸡毛竟非敌手，堪堪支持不住。忽然东边房顶上，窜过来三四个人，为首一人疾如风驰电掣，正是

长胜镖店总镖头侯金朋。他且战且走，飞奔来问道："怎么样？六哥，得手了没有？"

阎六一看，忙道："还没有呢。"

侯金朋叫道："庙中人全惊了。"

阎六急急的催问梁恩禄、谢春雨和二欧："到底挣得出来不？"

梁恩禄不住声的道："阎六哥，别顾虑我们了，还不快走？"

登时院中一阵大乱，庙中人已陆续奔过来，乱喊："捉住他！捉住他！"

阎六情知大事不妥，徒劳无功，他厉声叫："梁二哥，谢朋友保重，小欧放心，我们在外面不会闲着。喂，贼秃们，咱们回头见，老爷去了！"就在夜影喧声中，他一溜烟杀向庙外。

庙中人急起兜追。在前面发出一阵狺狺的犬吠声，那异僧又领着猩猩和群獒，在庙内出现；人手指点，兽鼻连嗅，从隔院一路搜寻过来。阎六脚程很快，趁这夹当，早翻过一道长墙，鼓勇犯险，在院中一打盘旋，口中连吹胡哨。那长胜镖店的总镖头侯金朋奋身苦战，拦住几个人，急急正从对面杀到这里，两个人登时会在一处。

侯金朋因自己是事主，念好友为他失陷，未肯退出，尚想与"妖僧"一拼，双奔阎六忙道："侯仁兄，不可怄气！"既知敌人太硬，深入重地，本为救人；救人未成，形迹已露。人单势孤，本不该濡恋，急应速退，以待再举。侯金朋也不是不知，只是情理上，总不肯甩手一走。被阎六强催再三："你若不走，我也不能走！一块落网，断了救援；不但自误，还误了朋友。"

侯金朋无奈，大声和梁恩禄递了几句话，这才与阎六协力冲到庙东北角，翻墙而出，快如闪电。两镖头脚力快，寺中人追不及，双双择路，闯入密林中。将挂在树枝上的小包袱摘下，抖出一、两件衣服，往枝叶扶疏的地方一挂，竟自悄悄抽身，躲开追兵。

两人展开夜行术，且奔且议进止；找到一家住宅，在一人

家房顶上一躺，略略歇息一回。仰望天空，时正三更将半，回望弥勒院和东北丛林，黑乎乎一片，微闻人声，时见浮光。两位镖头默无一言，只取水瓶痛饮一顿。然后探房脊，隐身形，向四面偷看。片刻间，果有数条黑影，从弥勒院窜出来，漫散开追捕逃人。月光下瞥见两条人影，斜奔折柳营而来。

阎六握着侯金朋的手，遥指人影，冷笑一声。侯金朋微喟摇头，对阎六深致歉意。阎六低声道："事情赶上了，我们协力应付，我们韩师弟就来。"两人忙将身躺倒，就在人家房上，打了一盹；歇到四更，天渐破晓。

侯、阎二人听雀声乱噪，立即揉眼坐起。俯望宅中，还没有人开门出来；外边却有两个村农，沿街踯躅。侯金朋、阎六忙换上长衫，将夜行衣靠和兵刃，一并包起来，藏在僻处。一溜下地，直奔后门，公然拔拴开门，一步一步踱出宅外。路上人只疑是宅中起早出门的人，再想不到是梁上君子一流。侯、阎二人缓缓走进屯中闹市密集处，饭铺还未开门，投店似嫌过早；听那澡堂一片叮叮当当打"点"声，侯金朋对阎六说："我们进去洗澡吧。"

两人在澡堂泡了两个时辰，一面低声商计，直到傍午，方才出来。寻到一家饭馆，随便叫菜叫饭。饭罢，打听店房。据堂倌说，此地只有两座店，一是鸡毛小店，一是骡马行附开的安寓客栈，代存客货。侯、阎二人随后闲闲的重打听弥勒院在地方上的声气。这弥勒院方丈因谛上人，竟是气派很大，结交官府，联络士绅，人人都夸他是年高有道的高僧。

侯、阎二人听了，摇了摇头；情知这弥勒院妖言惑众，邀结人心，在地方上叫得很响，竟是不能轻惹。两人出离饭铺，绕着道，走向骡马行附设的店房。到店一打听，那阎门弟子第七人、第九人，已然由赣州动身，来到此间，恰也住在这个店内。双方相会，才知他们随着七师叔韩长江，今天刚到。阎六道："你七师叔呢？"

两弟子先向侯镖头施礼，招呼了一声，转身面对师傅阎六

道："七师叔一到这里，就带着香供，偕同几位师哥，往弥勒院去了。"九弟子反问阎六道："那位梁镖头和两位欧师哥，怎么不见？"

阎六摇头道："他们几位不幸得很，都陷在笼儿里了。这点子根儿很硬，你师叔既已前去，还不知成败吉凶如何呢。"

侯金朋道："二位老弟还不晓得这弥勒院的方丈，很不好对付哩，他既不是佛门正经僧人，也不是绿林道中人。他们的声势浩大，行止诡异，官绅都有联络，我们没有寻见何、冯二人，反倒多饶上四个了。"

两个弟子一听大惊，忙问："侯镖头，师傅，我们怎么办呢？"另外一个镖行伙计道："他们私捉镖客，索性到官衙控告他们去。"

阎六摇手道："那如何使得？我们持刀夜入寺观，还许被他们反噬一口呢。况且我们又没抓着他们的把柄。"侯金朋道："他们这样胆大妄为，真个递呈控告，还怕他们杀人灭口呢？"

阎六对二弟子道："你们先别乱问，等我们歇一歇，想一想。"说罢，二人躺在床上，闭目歇息。

约过了两个时辰，两人精神恢复。阎六坐起来，和侯金朋斟酌办法。对两弟子发命道："老九，你们早吃完饭了吧？你可去到弥勒院方圆左右探看，千万小心，莫露出形迹来。第一，要察看寺僧的形色动静。第二，要察看俗人进庙出庙的，都是些什么人物。第三，看有没有进庙烧香的仕女。第四，不管有没有烧香的，你可以在寺院附近处，候到日落时分。倘你师叔一行届时还不出来，你要立刻斟酌情形；能进庙一探的话，你可以假托香客，进去探看一下。但千万不可带兵刃暗器，只空身前往，更不可乱打听什么！只用眼神看，不可多问话。不管看出什么，看不出什么，立刻回来，给我报信，我这里静等你的回报。"

阎六嘱罢九弟子，又对七弟子道："老七，你的脚程很好，我这就写几封信，你再找你二师伯、四师伯，和同门诸友，细

述详情，向他们讨主意，打听弥勒院僧众的来历，并务必邀他们作速前来。”吩咐已罢，叹道：“这必须按江湖道对付，不能经官告状。我说对不对，侯仁兄？”

侯金朋皱眉道：“我也这么想，这太给阎六哥添烦了。”

两人吃完了几杯茶，遂将前两夜探庙的情形，细细的告诉门徒和助手。他们都觉此事蹊跷，前途棘手。七弟子、九弟子立刻装束出发，阎六自在店中思索候信，侯金朋另盘算侯金朋的办法。

第十八章

窥寺见逐

七弟子北上邀援送信，不是一两天可以回来的。九弟子衔命白日探庙，却占了本地人、南方口音的便宜；几乎陷入虎口，居然被他滑脱出来。阎、侯在店中等候他，直到定更以后，慌慌张张地跑回来，道："师傅，好险！弟子奉命到弥勒院，先在外面探看。进香还愿的，扶乩问病的，由晌午到酉牌，陆续不断。庙僧一出一入，人也很多，并不见可疑的形迹。弟子候至日落，不见师叔、师哥们出来。弟子便买一些香烛，进庙烧香问课。和职事僧闲谈几句，我说要到各处瞻礼佛像，游观殿塔。他们很容易的答应了我，由僧人陪伴，到处游看；弟子共逛了五层殿。有两个所在，弟子一看，认出一所禅舍，似有地窖、暗隧的设备；另一处又似有夹壁复室。弟子不合在那里流连稍久，那引路僧人在旁惹动猜疑，把弟子监视起来。弟子已经察觉，心中盘算，不好骤然告退；便故意溜达着，往前面绕。那僧人与另一僧人递眼色，随即发话，邀弟子到左边跨院，去看佛骨和弥勒铜像、观音玉像。弟子不敢稍动声色，听他这样说，做出高兴的样子，踊跃着要去看。"

侯、阎注意的听，九弟子忙忙地喝了一杯茶，接着说："刚转过两层殿，到一角门，迎面忽扑来一个大汉子，和弟子擦肩一碰；力大非常，那意思分明是较量我，并且他实是庙中人，却假装冒失鬼进香客，故意碰我一下。弟子心生一计，故意放松了膂力，被他一碰，仰面跌出三、四步，把一只胳臂也故意贴地抢破，爬起来喊骂。那僧人和大汉以目示意，一个劝架，一个道歉。弟子借此呻吟发怒，说是不看佛骨、铜像了。那僧人又劝弟子到僧房歇歇，他说有刀创药，要给我敷上。弟子明知急于抽身，空惹监防，立刻答应道：'那好极了。'一步一哼跟了去。到那僧房中，弟子将外面长袍脱去，里衣也解开。这多亏了师傅的话，身上没带半件兵刃，也没有一点江湖衣装。那僧人表面给我上药，实是不动声色，把我浑身检查了一遍。弟子呢，装作平常百姓；他假装按抚，暗叩我的穴道脉络。我心中虽是捏着一把汗，却把身子豁出去，一点也不敢封闭躲闪；该痛时我便叫，该痒时我便笑。被他试验了一个够，当时在服装和身段上，居然将他蒙混过去。可是他们到底仍不放松我，一个和尚摆布我，另一个和尚忽出忽进，不知要把我怎么样。那个和尚就虚情假意，劝我多歇一会儿。说是：'上了药，先别出去；等把药力行一行，再走就好得多了。'他拿我当外行，我就装傻子。耗了片刻，听见窗外有行人蹀来躞往，弟子便乘机捂着肚皮，说：'哪里有茅房，我要方便方便。'那僧人满面春风的说：'此时最好不要见风，我给施主拿便桶去。'那僧出去了。"

侯金朋皱眉道："这太可恶了，可是你乘此机会，脱身了么?"

九弟子道："你老听啊。这僧人一走，屋中还剩一个僧人作陪，听外面脚步已经入院，弟子只得冒险了。我立刻哎呀一声道：'不成，肚子痛，我得赶快出去大便。'不容僧人拦阻，我便捧着肚子，一溜烟跑出去。真是恰有天幸，这时外面忽然进来一伙人，是七八个进庙随喜的绅士，还带着女眷。那监视我的僧人急急追出来，恶狠狠要把我抓回去。无奈劈头遇见随

喜的善绅，当着许多人，他可就不好用强来扣留我了。我抢出院来，紧紧跟在这伙善男信女后面，我想借此牵制，似可从容出庙。不意庙中人手腕狠辣，突然从别院跑来四个俗装大汉，手拿铁尺锁链，大叫：‘好贼，藏在这里哪！’他们假装官人，要当贼拿我。为首一人并且警告进香的人：‘我们是办案的，闲人闪开。’弟子一见事态决裂危急，也就不用再装傻了，我将他们的黑幕，吆喊了几句，抹头便跑。幸亏庙中人见弟子单身入庙，又值那时天色未黑，所以防备得不严，当场只有四个假装的官人追逐。我便奋力跃出东墙，一路舍命逃出。不知什么缘故，追到深林以后，那四人竟折回去，不再追赶。弟子这才一直奔回店来。”

九弟子说罢，呼呼喘气，又把左腕举起来，阎六一看，果然抢破一大块皮。九弟子又道：“我空冒这一场险，师叔、师哥的面，到底也未看见。”

阎六听罢默然。侯金朋暗想：“他们在光天化日之下，公然私捕香客。韩长江一行，至今不回，怕也被他们扣下了吧！”沉吟良久，再想不出一个计较；只有静候阎六所邀的援手到来，再议了。

当下忙给九弟子治伤。又候了一会儿，还不见韩长江回转。九弟子问：“师傅，我们今晚还出去么？”

阎六摇头不答。这时天色已黑，侯、阎等刚要熄灯养神，忽听外面有脚步声。少时来了一个店伙，近前敲门；身后随着两个官面打扮的人，说是查店的。侯金朋一翻身坐起来，心说：“这里不过是小村镇，怎会有官人查店？”与阎六爷一齐下地，开门让进来。这查店的拿着簿册，将侯、阎二人上眼下眼的看，看罢详细盘诘来路；问了好久，才和店伙出去了。

侯、阎把人送走，面面相觑，暗暗纳闷。两人重复躺下，翻来覆去，很觉情况不妙。打算今晚挨到三更，还得冒险探庙，查查韩长江的下落。闭目假寐，到二更向尽，猛听后窗有一种异样的声音，阎六急急跃起来，舐后窗往外窥看。恍惚见

一条黑影，在平地一闪，越过了墙头。此时屋外月光正明，显得屋里漆黑。阎六又复躺下，侯金朋忍不住窜下平地，急急挨到前窗，再扶窗向外偷看。隐隐见对面墙角，蹲伏着一个人，匿身暗影中，似持着一把刀。这人影好像正往这边注视，身子一动也不动。侯金朋结计着探庙查店的事，见状大惊，一擢奔回床前，先摸着兵刃，又向阎六打一手势。阎六立刻结束，抄起兵刃，次将九弟子推醒，悄悄告诉他："外面有人窥伺。"九弟子急奔到窗前偷瞧，墙影遮蔽，全都看不清这人的面目。侯金朋正持刀藏在门后，阎六便也到前窗一看，暗嘱九弟子在此钉住了；自己悄悄离开，重溜回后窗，验看窗缝窗纸。后窗纸缝并未破裂，窗纸也只有他自己弄破的一个月牙洞。后窗外墙根下寂无人迹，别无可疑。暗暗知会九弟子，把侯金朋替换过来；遂即轻轻弄开后窗，与侯金朋先后窜出窗口，跃出墙外。

墙外是一家酱房的后院，摆着许多酱缸，左近并没有一人。阎六溜上自己住的房顶，侯金朋跟踪继上。两人平卧在房脊上，藏好身形，探头展目，先往四外一寻，四外无人。又探身往店内院一看，墙根那人影还在蹲伏未动。两人又退回身来，往东北面凝视。约看了一杯茶时，忽然遥见折柳营外，由弥勒院前，深林之后，奔出数条黑影，如箭驰一般，投向这边来。看看将近镇口，忽从横处闪出三两黑影；黑影与黑影一对，立刻止步。在月影下，漫散开来，好像交了手，又像交了谈。只见横截的黑影唰的退回去，那飞奔的数行黑影，却又拔步前行，转瞬奔入镇内。人影渐清，约莫六七个人，约莫穿得是短衣。看那走法，非常轻快，断非村农，必然是夜行人物。况且此时已到三更，村中人早已睡熟了。

侯、阎二人心中怙惙，两眼极力盯着看；见这六七人贴墙飞走，三转两绕，隐在街垣闹市之后，看不见了。推测路线，正是往这边来的。侯金朋道："不好。"阎六也道："不对！"急急溜下房脊，招呼九弟子；不想九弟子已从店房跃出后窗，惊惊慌慌，来找阎六。

第十九章 出囚归店

双斧阎六与侯金朋，率镖客及群弟子，潜聚在店中，正要重往探庙，却已被对手寻踪过来窥伺。店内店外，均有人影。

侯金朋站在邻房上，阎六溜下平地，正要过去查看，忽见店房留守的九弟子，从后窗跳出，找师傅来。阎六大惊，慌忙凑近询问。九弟子道："师傅，刚才西墙头，又跳进来一个人，找到那伏在墙根的人面前，两人唧唧咕咕，说了几句话，向我们这间店房张望一回，两人齐翻墙出去了。正不知是何缘故，弟子也没敢追。"

阎六不待听罢，把九弟子一领，附耳悄声道："恐怕庙中人要进店掩击我们。刚才我和侯镖头望见六七个人，已顺大道，往这边奔来。"

九弟子惊道："他们可是要来行刺？"阎六道："这也难保。"侯金朋道："反正是要算计咱们来的。"

九弟子道："我们怎么样？"侯、阎二镖头道："我们先避一避，来。"口说躲避，心中没安好主意。两人离开窗根，领九弟子，越墙跳到酱房后院；在隅角寻着一只空缸，教他蹲在

缸后。侯、阎二人飞身越墙，从后窗窜入店房，急急忙忙将银钱、要件、兵刃、拿起几样，捆做一包，又扑到房门，加上门锁。然后两人右持兵刃，左提包裹，窜出后窗，将窗扇轻轻合上，抹去尘印。嗖的一声，越过后墙，来到邻院酱房。阎六和侯金朋把包裹掷给九弟子，两人插斧收刀，按一按囊中暗器，也藏在一边，将耳朵贴墙，细听内外的动静。

云影掩映，店内倒没见动静，屯外人影已疾如箭驰，飞奔过来。侯、阎二人忙又跃上房顶，凝目远望。秋夜三更，月色凄清，那六七个人施展夜行术，穿林越径，将近屯前；忽然从高岗丛莽里，钻出两个人，持刀拦截。六人中前行的五个唰的散开，将兵刃抽出来。后面那人急忙喊了一声，隐约似通暗号。两方面的人立刻住手，凑到一处，遥对屯前指指点点，听不清说的什么话。六个人中，前行的那五人复又拔步前行，末后那一人带领拦路的两人，折返原路而去。

五个人越走越近，已迫屯口，侯金朋、双斧阎六再也忍不住，都探出头来，眼神跟定五人。

这五个人进入屯中，略形踟蹰。忽然前行的那人说道："走！"一齐拔步，连转几条街巷，已到店门口。一人说道："我们越墙而过么？"前行那人急说："使不得，我们还是叩门。"

五个人退到暗影中，都披上长袍，藏起刀剑，为首的那人上前拍门。啪啪的只敲了三四下，店院中藏伏的人影回头一看，突然站起来，一耸身跳上墙头，翻出院外。侯、阎二人一眼望见，抖手发出一暗器，相隔已远，没有打着。急急的分出一个人，由双斧阎六下房急赶，侯金朋仍留在房上，注视店院。

那叩门的五个人拍叫良久，惊动柜房伙友，披衣起来，当门盘问，挑起灯笼，取来钥匙，哗啦一声，将门拉开。五个人闯进店院，由店伙挑灯引路，直奔东院。为首的那人道："有什么人来找没有？"店伙打着哈欠应道："晌午时候，有位姓阎的客人来找。"

为首那人道："哦，姓阎的来找，还有别人么？"说着不等回话，早扑到东院上房，用手推门，门已倒锁。店伙代为叩门道："达官爷爷醒醒，客人回来了。"

里面只是不应，五个人相顾道："唔？"为首的那人道："拿灯照照吧！"便撕破窗纸，往屋里窥看。里面黑洞洞，床头有被高蒙，似有一个睡汉。五个人一齐大叫，床头人并不起来。

为首那人道："只剩下一个人了么？这必然有蹊跷，待我破门。"店伙忙上前拦阻道："这可使不得，黑更半夜，再叫叫吧。"

店伙高声大叫，惊动不少客人，有的就隔窗动问；店主也出来了，可是上房睡汉仍不起来。为首那人大为疑怒，喝叫店伙："休得乱喊，我看屋中人必然不在！"将门一托，托到一边，五个人齐扑进去，探手一摸，床头软软的，又一掀，被底枕上放着一卷被褥，原来不是人。为首的那人怒冲冲说道："果然不出我所料！"

同伴忙索火点灯，满屋搜看，忽望见后窗，奔过去端灯细照。当下，连店主、店伙，都在院中屋中，出来进去，乱作一团，齐说："奇怪，人上哪去了呢？"

侯金朋在隔院，已溜下房来，隔墙侧耳倾听，心中也很纳闷。这进店的五个人，分明从弥勒院奔来，可是看举动，很像自己人，但是自己又认不出是谁来。这也许是阎六邀来的人。阎六已追下敌人去了。侯金朋为慎重计，忙将九弟子招呼出来，低声告诉他道："店中咱们住的屋子进去人了。老弟，你试听一听，是不是你师傅邀来的人，我怎么听不出来呢？"

九弟子道："我来听听。"走近邻墙根，凝神细听；无奈当中隔着房，只隐隐约约听见店院有人吵，辨口音是一字也辨不出来。

两人隔墙根，正要攀垣偷窥；忽听南面墙头上，唰的一声。侯金朋急急的一闪身，对着南墙，低声拍掌道："喂，来的是六爷么？"

一言未了，早有一支袖箭射来。侯金朋急忙躲开，不禁大怒；一探手，也把暗器掏出来。九弟子急忙喊道："来的可是五师兄么?"

来人道："九弟么?"飘身下来，竟真是自己人，侯金朋居然猜着了，可是差点挨上一箭。

侯金朋心中仍很诧异，凑近来，低声问道："这位是五少镖头么?喂，刚才有五个人进店，是你们么?"阎门五弟子答道："不错，是我们和韩师叔。侯镖头，我们师傅呢?"

侯金朋道："阎六爷刚才追下一个敌人去了，韩七爷来到了么?刚才我明明看见五个人，从弥勒院出来，还同着一个伴，半道上还碰见两个人，莫非就是你们爷五个么?到底是怎么一回事呢?你们是从弥勒院出来的么?"

五弟子支吾不答道："这个，回头等我师傅来了，咱们再说，这里头很有细情。"

侯金朋越发惶惑，想了想道："你们韩师叔不是打算明着登门，去见弥勒院的因谛方丈么?见过了没有?"

五弟子道："这里不是说话的地方，你老要问，索性进店来吧，由我们韩师叔告诉你。"

侯金朋料知事有蹊跷，复又问道："店里都有谁?"

阎门五弟子道："是韩师叔和欧氏弟兄，还有我们四师哥。"

侯金朋又是一惊，那二欧是在谢庄失陷的，现在他们弟兄倒全出来了，不用说，韩长江已与弥勒院讲好情面；同时遭擒的还有梁恩禄、谢春雨、叶春林，怎的没有一同出来?还有田春禾，当夜虽见他逃出庙外，却始终没有寻着下落；本料他在庙中遇伏被擒，现在既未同出，那么，他又往哪里去了呢?还有最早失踪的何光裕、冯天来二人，也不知是否陷在庙内。侯金朋十分纳闷，欲知究竟。

五弟子反而催道："侯镖头不用琢磨了，这里一言难尽，很有曲折，咱们回店细谈吧。"

侯金朋道："那么你二位先回去，我还得等一等你师傅呢。刚才他追赶一个人影，猜想必又是庙中人派来窥店的。我们必得找找令师，别受了人家的伏兵包围。"

五弟子道："那不相干，我们和弥勒院的人已经讲和了。"

说话时，在墙头人影一冒，又现出两人。侯金朋正要叱问，来人已先出了声；正是双斧阎六和韩长江弟兄二人。阎六追逐人影，已经回来了，向侯金朋点手，低声叫道："侯大哥，你过来。"

侯金朋怀着万分猜疑，登上南墙，和阎、韩二人会在一处，还想跳墙进店。阎六一指前街道："这么走吧，店门开了。"

几个人先纵身跳到后街，绕过来，进了店门，推门进房，欧佐、欧佑，和阎门四弟子，都在屋内，二欧的脸色异常难看。

侯金朋先向二欧道惊："你们二位多受险了，怎么出来的呢？见着我们梁恩禄梁镖头没有？还有冯、何二位，还有田、叶、谢三位少年朋友，都哪里去了，遇见他们没有？"二欧脱口答道："他们全在庙里呢。"

侯金朋道："唔，全在弥勒院里么？怎么不一同放出来？"双斧阎六也是满腹猜疑，着急要问。

韩长江忙拦阻道："这真是一言难尽，他们几位不久也会出来的。简单一句话吧，这弥勒院实在是善地，那老方丈因谛上人本是好人。"说时脸上神色显得古怪，跟着又说："梁镖头大概明天准可以出来。冯、何二位说是现在有病，得在庙里多调养几天。至于田春禾、叶春林、谢春雨三位少年，侯镖头你大概不晓得，人家和这庙里的方丈，原来很有私交，现在还留在庙里叙旧呢。人家是自己人！"

侯金朋一听这话，如堕五里雾中。双斧阎六也啧啧称异道："这这这是怎么个交情呢？到底是怎么一回事呢？"

韩长江向窗外瞥了一眼，面现怒容，低声说道："时候不早了，须防隔垣有耳。侯镖头、阎六哥，你过来，听我仔仔细细告诉你们二位。"

第二十章 进庙中毒

那天韩长江由赣州赶到折柳屯，落店以后，立派各弟子，分头寻找阎六、侯金朋，只是不见，心中便觉蹊跷。忙备香烛，自领两个机警的少年镖客，四弟子和五弟子，决定赴弥勒院一探。时当白昼，料到无妨，便披上长袍，假扮香客，急急出店，慢慢踱到庙前。潜留四弟子在外巡候，自同五弟子，走入庙内随喜，信步到各殿游览，眼底暗暗窥察。偶遇一僧，便顺口打听方丈。恰有知客僧，受长老密嘱，也正防察形迹可疑的人；一见韩长江身材雄伟，来意突兀，便凑上前搭话。韩长江素来能言善辩，与知客僧指东道西，立谈好久；知客僧遂邀韩长江入后层禅房饮茶。韩长江更不推辞，笑说："我们正渴哩。"

进入禅房，落座献茶，韩长江察言观色，和知客僧委婉闲谈。从出家说到法术，从法术说到武技，又从练武说到保镖，渐渐说到访友寻人，便将眉头一皱，拱手道："实不相瞒，在下久仰贵寺方丈佛法精严，最善扶乩，决疑难，辨吉凶，极有灵验。在下此来，倒不尽为进香，我目下还有一件为难的事。

有个好友忽然失踪，要求老方丈大发慈悲，代为占算占算，指示一条明路。”说着坚请知客僧领他去见方丈。

知客道：“哦，施主是特为问卜寻人来的？”反复问了一遍，便请稍候道：“这时方丈正在诵经，待我去给施主问问去。他老人家倒是有求必应，来者不拒，不过须看有没有工夫。”说罢，亲自出去，约过了两杯茶时，含笑归来，向韩长江打一问讯道：“请到乩房。”

韩长江和五弟子跟随知客，曲折走进两层院落，到一处跨院禅堂，上悬“明心精舍”匾额。知客僧推门让到里面，只见舍中明窗净几，陈设清简，佛龛前摆着经卷、沙盘和长明灯，焚着一炉古香。东边禅床上，端坐着一个老僧，闭目禅定，悄然无声，有两个小弥沙侍立两旁。知客僧禀道：“老师傅，这位就是韩施主，来请乩决疑的。”回头对韩长江说：“这就是敝寺方丈。”

韩长江上前施礼，老方丈微微开眼道：“檀越请坐！檀越不在镖局贵干，远来荒庄野寺，意欲何求？”这口气有点未卜先知似的。

韩长江微微一惊，含笑拱手道：“久仰上人道行清高，戒律精严，善于扶乩决疑，弟子现为访友不遇，进退两难，特来叩请大发慈悲，指点迷津。”

韩长江说罢落座，细细打量方丈：年约六旬，白眉银髯，两眼开合有神，穿一件土布僧袍，手捻数珠，禅床挂一把剑，壁上挂着一支涂漆镔铁禅杖，一只红而亮的月牙葫芦，倒有二尺多大。

方丈笑道：“檀越，既要问卜决疑，请先宁神起敬，把疑难情由从头细说，我好拜表通诚。”说着立起身来，腰直身高，比韩长江还高过半头，手脚灵活，浑似少年。

韩长江暗暗点头，心中盘算，应当怎样措辞，才好揭穿假面，率陈本意。腹中打稿，先笑了一笑，对佛龛施礼，说道：“神明在上，信士韩长江，向在赣州开设镖局为业，安分经商，

不敢为非作歹，只因新近揽得一票镖，由几位同事押护，行至桃山埠谢庄附近，不幸客店闹贼，姓何的、姓冯的两位同事护镖追贼，当夜一去无踪。访闻二人似乎落在此地。被什么能人当做妖贼捉住。敝行最重义气，理应寻救，托出许多同行朋友四下查找。不想又有几位同行，没有找着人，反而先后失踪了。我们揣情度理，料想附近必有武林能手、江湖异人，把他们羁留下了。我这几位同行都是夜行打扮，又在黑夜寻人；也许被高门会武的士绅，或当地捕巡练勇们瞥见，误认为宵小，把他们押扣起来，也是情理可有的事。因此我们公议之后，打算后天一面报官备案，一面再行踩探。”

说着侧目偷看方丈，方丈因谛上人闭目合掌静听，不置一词，好像不理会韩长江话里的机锋。

韩长江突然提高嗓音道：“老方丈明鉴，我们吃镖行这碗饭，少半靠武技，多半靠人缘，最要紧的是各地面都有结纳。江湖道固要开诚交结，官府一面更要广通声气。便是各处绅豪，风尘好汉，我们都有熟人。这次几个同行同事忽然失踪，我们很觉奇怪。缘因我们尽力打听，在这方圆百里以内，官私两面，都说这几天委实没有遇上这样几个人，并且力称，也没有听见谁家捉住夜行人物。可见这几位必然不是误陷到官人手内、也不是被困在盗帮之中。就是附近的绅宅乡团，我们也逐一探问了，也还是没有下落。活活几个人，竟这么无影无踪的便没有了，这岂不是太奇怪？”顿一顿又道：“这几天简直把谢家庄、折柳屯这几个地方踏遍，居然也教我们摸着一点踪迹了。有人告诉说……”

韩长江把话咽住，抬起头来，看那因谛方丈，还是神色坦然，不露形迹。韩长江心中怙惙，忙又接道：“有人告诉我说，荒村野寺最出能人，往往隐藏着风尘奇士。也许我们几位同事误走到哪庙里，被人邀住较量武艺。再不然，就是无心误撞，冒犯了江湖规戒，窥见别人的机密，教人家扣留住了。只是我们虽得到一些消息，一时还打听不确，不好冒昧设法。昨天我

们有两位同业，要到县里报案，请派捕快协访。我却想这几位若非身遭不测，不久必能寻着下落。倘真被人杀害灭口，人命关天，倒非经官不可了；此刻生死不明，总以慎重为妙。我这次到贵寺，请见老方丈，一来是祈求乩仙，断断他数人的吉凶下落；二来还要在方丈面前，扫听附近寺观僧道，可有我辈技击名家，和隐名异人没有。倘若敝同行他们真被江湖同道羁留下了，依我愚见，不论僧俗，总是登门求告，讲私情了结为是。这样两下里都容易收场。真个要惊动官府，倒好像不重江湖义气了，也叫同道人耻笑。就算他们一时无心，撞破别人机密；我管保他们出来之后，决不胡言乱道；就叫他们发誓缄口也行。老方丈，这就是我的下情。老方丈道术高深，必能明辨祸福，你看我这打算，总不错吧？现时我们的下处，便有官府的捕快，时来刺探，我们现还在极力隐瞒着。但是这事很紧，日久就怕瞒不住；一经官府，更难收场了。老方丈就请你费神，看在佛祖面上，代为排难决疑吧。”

韩长江这一席话明说暗讽，分明是拿报官请捕快的话头，来挤兑庙中人，好借台阶把人交出。哪知因谛方丈静听至终，一点不动声色，淡淡的说道：“哦，原来如此。檀越的来意，是在问卜寻人？”

这时候天已过午，知客僧已经辞出，精舍外接连有香客随喜。庙主因谛方丈和小沙弥，一共师徒三人；对坐的是香客韩长江和五弟子，是师徒二人。老方丈手扶沙盘，整理一会儿，便回顾韩长江道：“檀越，贫僧静修在此，久已不闻世事；承问附近僧俗有无会武的人，贫僧一无所知，恕难奉答。不过，难得施主远来就教，待我请乩看看。”缓缓的和韩长江问答了几句话，指着五弟子道：“这可是令高足么？”

韩长江道：“是的，是我带他们几人担当一路采访。”

老方丈便请五弟子上前，立在香案旁，代为击磬。又顺口说道：“哦，原来如此。檀越，请你焚香。”

老方丈将蝇拂一指，两个小沙弥过来帮忙。这一个双手扶

着沙盘，那一个捻着一股香，把供桌上的长明灯点着了，递给韩长江。韩长江双手举香，深深一拜，插在炉中。小沙弥便催五弟子敲磬三声，方丈道："檀越，还须请你叩首。"

韩长江只得跪倒，磕了几个头。磕罢站起，闪在一旁，看那老方丈，口中不住诵念，且念且到佛前叩拜。拜诵已毕，手握朱笔，在一张黄表纸上，画了一道符录。韩长江心上糊里糊涂，不知老僧捣什么鬼。跟着见他擎起黄表，在香火上焚化了，命沙弥扶起乩笔，回头说道："施主，你问的是同伴失踪的去向么?"

韩长江道："啊！正是。"少时，见乩笔飞舞，在沙上唰唰的画出许多笔画。长江偷偷一瞥，恍如龙蛇，一字也不认得，正要动问，听那老方丈口中不住的念念有词，越念声音越高，却不是咒，竟念得是数目："七十八，七十九，八十，八十一……"

韩长江不觉愕然，忽仰面一嗅，陡闻异香扑鼻，登时耸然道："唔?"身躯一歪，急又一挺，踉跄退向几旁，手扶椅背，顿觉神智迷惘。那五弟子持磬槌，屹立在香炉旁，也"咦"的一声，身形忽晃。

韩长江猛然憬悟，手按椅背，急抬腿，唰的拔出一把明晃晃的匕首。舌绽惊雷，大喝道："好贼僧！"手招五弟子道："快走!"

那边因谛方丈将沙盘一推，一个箭步跃上禅床。就在这一刹那，那两个小沙弥紧立在香案旁，哎哟一声，翻身跌倒在地。那五弟子摇摇欲倒，往前一迈步，咕咚，栽倒。韩长江大嚷，回手过去搀扶，老方丈探手摘下禅床壁上悬挂的涂漆铁禅杖，嗖地一跳，落在禅堂门口，一声不语，把出路堵住。

韩长江扯起五弟子，忙挺身喝道："快快，往外跑!"当先夺路，挺匕首照方丈就扎，不料时已过迟了，脑中作恶，顿觉屋顶如车轮般乱转，四壁摇摆，平地波动，耳畔轰轰作响，眼冒金星。五弟子爬起又坐倒，道："师叔，快走，我不行了!"

脸抢地躺下了。

韩长江惊怒异常，把匕首照方丈乱刺。老方丈大笑，挥动禅杖一格，匕首腾地飞起。韩长江双腿一软，伸掌抵地，却一顺手，又拔起右腿上那把匕首，咬牙切齿，腾身复起。人虽昏惘，武功精强；志在偕亡，下手毒辣。韩长江的武技，名震江南，实比师兄双斧阎六还英勇。饶这样摇摇欲倒，竟挺利刃，猛搠方丈；唰的一下，直取要害。老方丈把他看低，想他受了闷香，只用禅杖一挥便倒。哪知他猛虎拼命，直扑到怀中。老方丈禅杖施展不开，急抽身后退，刀尖竟将僧衣划破。匕首跟手又进迫。老方丈横禅杖一格，未肯下毒手，往旁急闪，突从复室奔出一个蒙面长身大汉，抡剑横截住镖客。

镖客韩长江中毒愈深，愈发不济，脚轻头重，如坠云雾中，两眼已看不见门口，敌来不及知，刀到不能躲。方丈忙阻道："手下留情！"

剑势业已收不住，韩长江登时负伤，血溅不知疼，但觉心血沸腾，尚欲强支，把身躯竭力一转，竟力不从心，扑通栽倒在地，耳畔鸣雷，眼冒金花，隐隐听见喝道："不要伤他！"一阵天旋地转，人事不省了，匕首也丢在地上。

第二十一章

闷香一缕

韩长江和五弟子竟遭弥勒院的暗算。那蒙面的长身大汉回手插剑，摘去面幕，尚欲俯观镖客，凑过来说道："这汉子身手倒很硬，老师傅没教他伤着么？"这人面目一露，正是那个黑面大汉摩云手。

因谛上人摇头一笑，催那黑面大汉道："主领，快请出去，这屋里呆不得！"

说时，黑面大汉仰面一嗅道："呀，原来有闷香！"急急戴上面幕，退身出去，到禅舍板壁一幅古画前，手摸一个铜纽一按，画卷门露，一闪身不见了。

方丈因谛上人这才来到韩长江跟前，低头一看，微微笑道："朋友，你很有两手啊！"但这时韩长江已任什么也听不见了。

因谛上人急急抢到供桌旁，将香炉中烧到一半的香，一把拔下来，倒插在炉灰内，弄灭了它。回手把门窗打开，放入清风；纵步窜到院中，深深吸气，又翻身进来，把韩长江和五弟子，逐个仔细验看了，先给韩长江扎住伤口，次取出两条绳，把两人全给捆牢。走到两个小沙弥身旁，推转身子，教他脸朝

上，随取来一杯茶，先将一种白色药球，塞在两个沙弥的鼻孔，再含一口冷茶，劈面喷去。

连喷数次，两个小沙弥伸腿舒腕，都爬起来，身体乱晃，揉着眼说："怎的了，师傅？"方丈摇头道："你们不要问，快去到前面歇歇去吧。"两个小和尚晃晃悠悠，互相搀扶着往外走。

因谛方丈踱到禅床后，在墙角上，摸着一个铜纽，用手一转，微微作响，过了一会儿，门外走进四个僧人，内中一人便是知客僧。一见地上的两个镖客，忙问道："这两人竟敢胡闹么？方丈传我们，可是处置这两个人么？"

方丈点头道："这两个人教我没办法，只得扣下了再说。县里去的人回来没有？"

知客僧道："回来了。已经在主领面前禀报过了。"说时伸出三指道："据说这几天，没有黑道案件，也没有镖行报劫。"

方丈道："哦，他们原来真没有报案！可是，现在这事情越闹越岔，我们必须想法，把误会消释过去，我只怕枝节横生，不很容易了。"知客僧默然。

另外一僧道："外面还有一个巡风的镖行呢。"

方丈道："多大年岁？"知客道："二十几岁，是年轻壮士，像个镖局徒弟。"

方丈皱眉道："一不做，二不休，索性也把他诱进来。"四僧齐应了一声，立刻分出两人，扑奔前面。那韩长江携带的阎门四弟子，果然不大工夫，也被庙中人诓进来。

知客僧还同方丈秘议。方丈满面不乐，沉吟道："这一回我们真是误打误撞。起初只疑他们是北来的鹰爪，窥探我们来的，哪知竟全不是。擒虎容易放虎难，这只看谭昭的诱供计策是否生效罢了。"知客道："我想总可以。"

方丈叹道："万一解释不开，结成怨恨，我真不知怎么善后了，但是我们决不能为他们迁场！到那时说不起，不能善罢，只可恶来！"说时面笼杀气，摇头不住叹息。

知客僧深知方丈为难，回答道："是的，我们不能因小失

大，若真揭不过去，只可那样办，把几个人消灭了！”说时一看佛像，微微皱眉。方丈一指韩长江等道：“先把他搭下去，给他治伤，再试着劝诱劝诱看。先听听他们是怎么个意见，我们随后再想妥处的办法。”庙中人既不想杀人灭口，又想保守机密，寺中人全感棘手了。

当下，二僧领命，先叫进三个人来，把屋门关上。方丈从禅床下来，撤去坐毡，摸索着一个铜纽，只一按，格登一声，拉出闸来。将闸一拖，那禅床便悠悠的悬起来，下面几根铁柱直长上来；禅床又一侧，吱吱的响了一阵，竖到墙根，下面露出一个地穴。一个僧人点着灯，两个僧人搭着一个镖客，把韩长江和五弟子都用布兜，抬进地穴。

地穴里面很宽展，约如五间房大，有两间屋高，内设四股隧道，分通到四个地方。五个僧人由挑灯的引路，一直践阶而下，深入地室。脚踏实地之后，把地室一道走铃扯了一下，禅房上面登时听见。因谛方丈这才把铜纽又一按，禅床归还原地。知客僧帮着老方丈，把薰香收拾好，把铁禅杖挂好。俟屋里香气散尽，顺手闭了门窗，开了屋门，另点上一炉檀香。然后，老方丈从鼻孔中取出两粒白色药丸，知客僧在禅床上重铺了坐具，请因谛上人坐上禅床，重新闭目打坐。知客僧这才跟踪绕地下室。下面几个人在地下室迤逦走了数丈的地道，直通到另一处斋堂，屋心地板下面。知客僧提灯迎上来，在前面照着；寻着一个机关，用手抚弄一下，上面斋堂暗间，隐隐有铜磬当当敲了几声。

斋堂暗间禅榻上，正坐着两个僧人，闻声慌忙跳下来，先掩着门挡扇；也在墙角摸着一个铜纽，照样一扳，地道中的铜铃应手发出微响。知客僧听铃既响，对同伴道：“上面预备好了。”赶紧在下面扳闸，机关立动，上面禅床竖起，下面隧门敞开。五个僧人抬着两个俘虏，一齐走上斋堂。把韩长江和五弟子分别安放在两个地方。不多一时，在外面被诱遭擒的四弟子，也被押进屋来，和五弟子囚在一个地方。僧人们此出彼

进，自有许多安排。三个镖客却是一个清醒，两个昏迷，分放在两间禅舍，三个禅榻上。韩长江一个人独监在一舍，寺中人预备向他讯供。

韩长江本是老江湖，决不会不懂薰香。只是青天白日，骤出不意。他自己又暗有防备，口鼻中含着解药，献茶时，细辨茶水的色香味，没有一点疑窦，就是这样，他也没有喝。等到拜佛问卜时，他凝神注视老方丈和二沙弥的举动，分明看出点的那股线香毫无可疑，并且燃用薰香，用主必先用解药；他眼睁睁看着方丈和小沙弥的手都没扪口鼻。哪知他竟上了当，老方丈连两个小沙弥也给薰过去了。老方丈鼻孔中的药丸，乃是早放进去的。那整股线香虽无可疑，殊不知因谛方丈在整股香中，暗插了三根薰香。等到烧那黄表，黄表中也有蒙药，烧着了全没有什么异味。等到觉出异味，人已受毒很深。

韩长江被搭到斋堂，心里半明半暗，浑身无力，跟着渐渐失去知觉。也不知过了多大时候，忽觉孤身游行荒郊，四面阴霾，突然天降大雨，浇得他倒抽一口凉气。满心要跑，只跑不动。急得他哼了一声，随努力一挣扎，竟睁开了眼，用手一摸，满脸滴水。把眼上水揉擦干了，勉强重睁开眼一看，自己正躺着床上，迎面地上站着一个人，正持碗含水喷自己。韩长江恍然大悟，把眼又闭上了，身上说不出的疲软；心上明知中计，陷在庙内，臂上伤处，已被敷药包好，毫不觉疼了。试抬了抬手脚，全没加缚。其实抬他时，曾经上绑，现在又全解开了。一个和尚在他耳边诱话，他闭目闭口不答。

又过了一会儿，耳边忽听叫道："韩师傅，韩七哥。"韩长江听得耳熟，不觉应道："哦，你是哪位？"一翻身坐了起来，这才看清，此刻身旁坐着一个俗人和一个和尚。

这个和尚不足异，可怪的是这个有头发的俗人，不是别个，竟是失陷在庙里的梁恩禄镖师。

第二十二章 美酒三杯

韩长江大为惊诧，挣扎着还要站起来。梁恩禄叩肩把他按下，道："七哥先缓醒缓醒，你躺着说话吧！"

韩长江闭眼道："梁大哥，你从哪里来？我们现在哪里？"看到对面满面笑容的和尚，心中犯恶，低声对梁恩禄说："这里到底是什么地方？这位是谁？可是邀来的朋友么？"

梁恩禄含糊道："这个，这倒不是的，可也算是朋友。"

韩长江定睛细看周围的陈设，心中纳闷道："哦？"急抬头看窗，外面天光已透夜色。

韩长江道："梁大哥，我们现在还是在弥勒院吧？"

梁恩禄道："这里是弥勒院的东禅舍。"

韩长江恍然大悟，现在完全明白了。起初还道是逃出虎口，原来正在虎口之中；目视梁恩禄，手拍禅床道："我们全栽了，这哪里是禅舍，分明是囚牢！我明白了，梁大哥许是遇见熟人了吧？这一位一定是弥勒院的和尚，也就是囚牢的牢头吧？"梁恩禄刚要发话，韩长江回想前情，不禁动怒；自己半生英名，竟遭暗算，被人用薰香擒住。一阵难堪，脱口诘问

道：“梁大哥定跟庙里和尚套上交情了！这位师傅，我问问你，你是出家人，我们上庙来行香问卜，怎么青天白日，使用绿林薰香，这可是出家人的本色么？人家女眷们前来随喜，你们一定也这么办么？”说着便要跳起来。那和尚横身把门一挡，韩长江冷笑变色。

梁恩禄连忙劝住，对那和尚一努嘴；和尚摇摇头，赔笑走了出去，把门掩上。韩长江冷笑道：“关上门，怕我跑了么？我哪能跑呢？”

梁恩禄道：“七哥不要误会，这庙里和尚原来也是咱们武林朋友，七哥猜的不错，起初彼此误动猜疑，末后细谈起来，才知是一家人。”

韩长江道：“既然是合字，好了，我们现在告辞吧。我们带来的那几个小孩子呢？请你告诉他们，我们师徒这就告辞，我们六师兄还盼望我们哩。”

梁恩禄忙道：“七哥，且请歇歇。这里的方丈也自觉冒犯了七哥，他还要亲见七哥，当面赔罪哩。”

韩长江道：“什么赔罪，不让我走罢了。”

梁恩禄道：“倒不是那回事，这里面曲折很多。等我细告诉你，你就不怪罪他们了。”说到这里，低声道：“这里的因谛方丈，并不是庸俗和尚，只晓得念经混饭的。倒是他也很懂得一些法术，但是，他乃是挟这些法术，济世救人的，无非神道设教罢了。”

韩长江道：“他为什么要拿我们镖客？”

梁恩禄道：“他们手下人看错人了，把咱们当做北方来的鹰爪，故此才下毒手。但等到一问明白，彼此全是武林一脉，和六扇门毫不相干，他就一味赔情，把我们放了。”

韩长江道：“那么欧氏弟兄呢？可否引来见我？”梁恩禄道：“这个，回头就教他们来。”

韩长江想了一想，心上还是不悦，又问道：“就算他们起初看错了人，为什么我来了，也把我收拾一下呢？”

梁恩禄道："这个……因为那时候，他和我还没有把话说明呢。"说着笑道："我明白了，七哥你知道你被熏过去，有多久工夫么？"韩长江道："大约两三个时辰。"

梁恩禄道："你在庙里，已经一天半了。"

梁恩禄又解释了许多话，其实都是因谛方丈预先编排好的，其中半真半假。韩长江听了，摇摇头道："如此说来，这庙中全是行侠仗义的好人了。"

梁恩禄道："是的，他们确是假神道设教，仗义救世的好人。"

韩长江道："好人，怎么他们鬼鬼祟祟，竟怕人窥探？他们骨子里到底藏着什么把戏？"

梁恩禄不能切答，韩长江更含不悦。

最后，韩长江仰面想了想道："梁大哥，索性请你给我引见这位江湖侠僧吧。"

梁恩禄答应了，告辞出去。

韩长江坐在屋中等候，抚视伤痕，心中琢磨，总觉梁恩禄语有枝节，情有隐讳。直过了两个时辰，不见梁恩禄回来，把个韩长江急得抓耳挠腮，如槛中虎一般，忍不住站起身来，往屋外探头。早有两个僧人上前，用好话相拦，说道："梁施主少时就来，你老请坐！"

韩长江见他们潜加监视，心中愈加蕴怒。两个僧人很客气，但是问他什么，总不肯回答。

又耗过一刻，梁恩禄忽与知客僧一齐进来，还同着四弟子、五弟子，及先时被擒的欧氏弟兄欧佐、欧佑。二欧面目憔悴，略带囚相。韩长江正要诘问二欧，梁恩禄和知客僧已然说道："韩七爷，这里的老方丈已在后面禅堂，设宴相待了，他很觉对不起，这是专诚摆酒，当筵赔罪。"

韩长江佯笑道："唔？何必这样多礼？只放我们走，就很感激了。"

梁恩禄道："七哥，你千万别这么说，你回头问问二位欧老弟。"说时面向二欧，二欧如蒙在鼓里，应声说道："七师

叔，咱们弄拧了，这里方丈实在很够外场。”

韩长江道：“哦，是的么？怎么很够外场呢？”

知客僧赔笑插言道：“韩镖头，现在宴早摆齐，静候你老入座。我们老方丈还要当面跟你老赔礼，表表下情呢，你就请吧。”催得很紧，不暇细问，韩长江只得率四个师侄，一同出来。知客僧在前引路，梁恩禄在旁相陪。

到一斋堂，果然酒已摆好，竟是很丰盛的荤席，一共三桌。韩长江道：“方丈呢？”梁恩禄道：“老方丈茹素，咱们先吃吧。”知客僧道：“家师这就来。”

正说处，听窗外道：“韩镖头请到了么？”同时走进来一僧二俗，共三个人。在左一个正是那长眉皓首老僧，因谛方丈；在右一个赤红脸中年男子，说是本地团练；居中一个俗家，是个黑面长身大汉，长眉入鬓，目如朗星，年富力强，长衫佩剑，气度威猛而严肃。这人正是摩云手，三点会盟的首领，此时以本庙护法施主自居，陪同方丈因谛，来见赣州名镖头韩长江。

第二十三章 宴前比技

长眉老僧一见面，向韩长江手打问讯，俯身行礼，十分虔敬，满脸带出歉容。那黑面大汉也高高拱手道："韩镖头，我们久仰威名，今日幸会！只是，这太对不住韩镖头了。我们因谛方丈错疑刺客，冒犯台驾，他心上非常的懊悔。"

红脸男子也赔笑作揖道："韩镖头，我们两个是陪着老方丈，在你面前认罪道歉来的。我们因谛方丈不是寻常僧人，也是武林名手。他曾因武术上，跟人结仇，随后看破红尘，削发皈佛。他的仇家仍不断来找寻，他不能不防备；为了这个缘故，一时不凑巧，冒犯了梁镖头诸位和足下。可是我们武林中人，不打不成相识，现在已承梁镖头诸位宽恕了，韩镖头也总得赏脸，把这事容让过去。"说罢哈哈大笑，就引杯斟酒，放在韩长江面前。

那黑面长身大汉就接声道："老师傅，来吧。如今话已讲明，彼此气味相同，都是同道，我们就来一个杯酒言欢，即席解纷吧！"

因谛方丈应声闪过来，重新赔礼，梁恩禄在旁再三圆说。

韩长江横眼把三人一看，微笑道："老方丈太客气了！老方丈年高德劭，又是出家人，我一个俗人，怎敢当这大礼？刚才梁镖头已经说过了，彼此既在江湖，区区一刀，哪有揭不过去的梁子；何必劳动二位，倒小题大做了。"说罢纵声大笑。

勉强敷衍了一阵，主客归座，劝酒进食。韩长江绕着弯子，盘问他们何故拿人，仗恃着什么？老方丈慨叹一声，说起一桩武林斗争的故事，两个陪客也帮着说；因谛上人实是武林能手，并不会邪法。不过当年曾与一个北方豪客，比武结隙，误伤仇人一臂。仇人衔恨，用阴谋将因谛上人的妻、子杀害；彼此辗转寻仇，冤冤相报，卒招到倾家灭门的大祸。老方丈把仇人寻着杀死，遂看破红尘，削发受戒，遁入空门；自誓从此解怨释嫌，不再报复了。但仇人尚有一弟一子，结念父兄深仇，仍不断找寻。因谛上人皈依佛门，已立杀戒，迫不得已，由北方逃到南方，欲以逃遁之法，埋名避仇。无奈仇人跟踪不舍，一再追寻；近闻仇人结合北方绿林，前来大举寻仇，老方丈为此极力敛迹，潜存戒心。饶这样，近年来尚被他破获两起刺客，全是北方绿林。他把仇家遣来的刺客捉住之后，并不加害，无非告诫一番，随后释放，自己再搬一个地方躲避。他遁居折柳屯弥勒院已经数年，安然无事，自己也就安土重迁，不想移易他处了。偏偏在这时，又发现可疑情况，偏又有北方镖客路过，偏偏也来探庙，这才引得他动疑，弄出这场误会来。

这一番话不算尽真，也不尽假；只是韩长江听着，总不深信。梁恩禄在旁帮话，又处处偏向方丈，韩长江越增不快。方丈正用蔬食在下座奉陪；经众人相劝，韩长江连进数杯酒，把方丈看了一眼，心头一动一动的，只觉憋气。他在镖行素负盛名，一旦败于闷香，实不服气。又想乍受薰香，拔刀拼命，老方丈被自己逼得倒退，在屋中他就不该运用禅杖。众人话里话外把因谛上人夸成了不得的人物；若叫自己看，只恐他虚有其表，武术未必高，法术未必精，只是骗人愚众的伎俩许会不少。心中犯想，不觉又把因谛上人瞥了一眼，暗说："且试试

他，到底是会邪法，还是会武术？”斟满一杯酒道：“老方丈，待我来借花献佛，还敬你一杯。”

举座的人一齐眼盯着韩长江，梁恩禄已猜透用意，忙道：“七哥，快不要客气！”急看方丈。

方丈微微一笑，缓缓站起来道：“不敢当，怎么礼从外来？”双手接杯，一饮而尽，只这一举动，顿时亮出双肋。

韩长江往前一凑，道：“方丈再满一杯！我有一事不明，你是使什么法术，把我迷倒的？”做出敬酒的姿式，猛伸二指，照因谛上人左肋点去。

因谛上人不理会，反把左肘一抬。韩长江二指点下去，如触枯柴。这一手搁在常人身上，必致失声；哪知因谛上人暗将衷气一压，轻轻把胳臂夹住，笑道：“居士不要胳支人啊。”

韩长江急忙抽手，顿觉手被铁钳夹住一般；暗中一较劲，竟抽不出来。

梁恩禄和黑面大汉摩云手慌忙站起来，劝道：“这是怎的，请坐下吃酒，快不要这样。”

因谛上人干笑道：“韩居士大概想要考较我……”

一言未了，韩长江如箭在弦上，不得不发，倏地飞起一掌，照方丈肩井劈去。“嘭”的一声，如打在气囊上，右手已趁势夺出。因谛上人失声叫道：“吓，老衲无能，韩居士何必作弄我？”

韩长江看看右手，已经发红，右半身发麻，不觉心头火起，戟指微笑道：“老和尚，你不用做作！我韩某武功纵不如人，可是教我栽在薰香上，心实不甘。我一定要请教请教你的真的！”顺手急拔手叉子，腿上匕首早已不见。恚极忘患，大吼一声：“好么！”一挫身，“力劈华山”，单掌劈面打去。因谛上人慌忙侧身躲过。韩长江猛如怒狮，复又前冲，口中说请教，神情已勃然激动。

因谛上人也脸色一变，身子像轻絮飞尘，窜到斋堂空处，口中连喊：“韩居士恼了，诸位劝劝！”

这一举猝出意外，众多失色。黑面大汉和梁恩禄一齐上前相劝。自门四弟子见师叔宴前变脸，也不知所措，也只连声劝止。

韩长江抓不着方丈，眼中冒火，猛然纵声大笑道："我一定要请教请教！诸位别见笑，我要看看老方丈的功夫，到底昨天怎么捉的我。"

韩长江傲气冲腾，有点按捺不住了。那红脸男子横身一挡，竟被韩长江振臂一挥，踉跄欲倒，黑面大汉急伸手扶住。众人七手八脚，拦劝韩长江。因谛方丈退居一边，恍似置身局外。韩长江臂力特强，伏身一挥，乘隙扑进。

黑面大汉勃然动怒道："这是怎么讲，酒宴前动手，太不给面子了！"

梁恩禄忍受不住，见二欧和四弟子、五弟子也跃跃欲动，要与寺僧群殴，他就把手一背道："呔，老方丈，请你们还把我拿下吧！我谁也劝不住，我谁也不能帮！"

方丈手打问讯道："梁居士别介意，这是韩居士一时动火，你还是劝劝他吧，就是一定叫老衲献丑，也须改日再会，总不能在桌面上交手啊！"向僧俗施一眼色，禁止动武，让出空地来，自己对韩长江行礼道："韩居士，这是赔罪宴，我万万不能动手！"

韩长江道："不用说了！诸位请恕我无礼，我韩某是求教的心盛，吃酒的心薄。已经这样了，我也不怕诸位见笑，老方丈不要客气，你就从实指教吧！"

韩长江向前一凑，两人遇在一处。韩长江泰山压顶，挥拳打来。因谛上人无可奈何一弯腰，用后背迎住；"蓬"的一声，打个正着。韩长江愕然失色，因谛上人竟有这么好的气功。韩长江疾如狂飚，连攻数招。因谛方丈只挨打，不还招，忽然说："居士手下太不留情！"口中念念有词，又似诵咒。

韩长江不得下台，咬牙挫齿，猛攻上来；可是心中潜萌悔意，自己太鲁莽了。

韩长江和双斧阎六本是少林派教外双雄，久已驰名江湖，

技击极精。今与因谛上人斗起来，因谛上人身披着肥大僧袍，脚下厚底僧鞋，好像小驴转磨一般，来回乱躲。韩长江两手箕张，一上一下，再想打人，竟打不着了。然而仍穷追不舍，赶尽杀绝。因谛上人被逼，连连窜越，叠逢险招。黑面大汉大怒，袖手而观，不再相劝，却对着从者暗打招呼，密传下号令。

宴前这一僧一俗，辗转扑斗，一个追击，一个躲闪，小小斋堂，韩长江那么快的身手，不用说捉人，就连肥大的僧袍也捉不着，心中恚忿交迸。因谛上人且抵御且道："韩居士，请停一停，请消消气吧！"

韩长江道："总得请你指教！"欲罢不能，连展绝招；忽一拳打去，因谛急闪，被韩长江变招一捋，捉住一只袖子。趁势一带，因谛踉跄栽过来。

长江大喜，两膀用力一捉，喝道："去！"只一抛，把因谛抛在空中。因谛上人袍袖一拂，拂着韩长江脸，蹭着他的肩，猛听嗤拉一声，响如裂帛，因谛上人一件僧袍劈为两半。因谛本人如孤鹤掠空，从韩长江肩上，经众人头顶，飞越过去，轻飘飘一落，退避到一隅，喘息不休道："不行了，老了！"只剩下一身短衣服，坐在西壁椅子上；那件长僧袍碎裂在屋心。韩长江愕然大惊，众人哗然大赞。

韩长江还想追过去，但觉右肩酸麻，无形中已经暗受一击了。梁恩禄和黑面大汉双双过来，长揖相劝："本为观技，何必认真？"欧佐、欧佑也低声相劝："僧袍已碎，借此收蓬，最好不过！师叔不要忘了，现时我们还在虎口中。"而且他们两人相斗，寺僧全都旁观不动，这就很留情面。

韩长江垂头丧气，强作笑容；自己想找场，反而又栽了跟头。右臂一阵阵酸痛，实在也不能再打了，向众人拱手道歉，又找补了一句道："老方丈名不虚传！"就此扫兴作罢，因谛上人仍然很客气的赔话。

第二十四章 幕后真情

韩长江勉强终席，即欲告退。梁恩禄和寺中人再三款留，直到夜半，方得带着四弟子、五弟子和欧氏弟兄出庙回店。至于先前失踪的镖客冯天来的下落，韩长江也曾一再坚询，力求同归。梁恩禄和因谛方丈都说：冯天来与何光裕均患重病，此刻不在庙中；容过几天由梁恩禄相伴同归就是了。庙中人这样说，梁恩禄也这么帮腔，韩长江哼了一声，暂不再问；转过来，又邀梁恩禄同道回店。

梁恩禄竟打倒退，说："七哥先请，我明天准回去，就请你费心，给我们总镖头侯爷带句话去，教他放心，我在这里平安无事。"说时面现忸怩，倒成了庙中一党，又像受了庙中人的挟制，处处都帮着庙中人说话。

韩长江更加不快，自己本是受他们邀请，帮他们忙来的，现在倒成了外人。韩长江心中冷笑，也不说破，只道："好吧，既然如此，我们先走一步了。"随与阎门四个弟子先辞离庙，当夜径赴折柳屯店房。庙僧仍遣人伴行，韩长江只好由他。

已入店房，见了侯金朋，侯金朋向他细问被拘详情，和庙

中真相。韩长江含嗔抱愧，无颜吐实，只草草说了几句："侯镖头请放心吧，梁师傅遇见熟人了，一切都揭过去了。"直到没人时，方才秘密的告诉了师兄双斧阎六。

双斧阎六也很疑怪，道："庙中人到底是怎么回事呢？就算有仇人，也不能随便擒拿过客呀。"

韩长江道："咳，咱们先不用管庙中人怎么样，只说这位梁镖师吧，他也跟庙中人一鼻孔出气，鬼鬼祟祟的，不拿我们当朋友，一句真话也不说。"

欧氏弟兄道："梁镖师的神气实在怪，起初跟我们一样，不住口的大骂。后来庙中人单把他调开了，也不知怎么一来，口气忽然改变。"

韩长江道："这毫无可疑，他一定受了弥勒院的蛊惑了。我们本不愿多管闲事，师兄看在同行义气上，不忍袖手；现在人家把我们当成了外人，我们栽得真不值。依我看，师兄应该向侯金朋好好交涉一下，把我们冯天来师傅要出来，留下这个碴，以后再讲别的。"

韩长江既这样悻悻迁怒，双斧阎六当然也不悦。侯金朋见阎氏弟兄这样，心中十分不安。但既猜不透详情，只得含混说道："我们梁师傅素来光明磊落，不会弄诡，这里面恐怕必有别情。也许他当着庙中人，说话不方便。这么办，我这就去找他。"

但到次日，未容去找，梁恩禄镖师便即悄悄回来了，只他一个人。何光裕、冯天来二镖客、田春禾、叶春林、谢春雨三少年，仍然未归。侯金朋很着急的盘问梁镖师，梁镖师迟疑不言，终将侯镖头调到一边，方才从头到尾，揭破了真情。

这弥勒院确有难言之隐。他们实是当时的秘密会帮"三点会帮"的江南西路秘窟。

三点会盟是黄叶山人创办的，拥戴着一个黑面少年壮士，称为"盟主"，又称为"主领"。这盟主就是摩云手朱璜，假名叫做王光照的。黄叶山人就称为"谋主"，和摩云手朱璜，实

是这秘密会帮的两大支柱。

黄叶山人并非自幼出家的道士，实是晚明一位知府。兵燹后，流落江湖，想出神道设教的计策。在西南草野间，暗有鼓动。那摩云手朱璜，又是出身贵胄，自幼好驰马击剑，交结江湖人物。等到鼎革之后，他就亡命东南岛屿之间，由他的业师左右辅翼他，啸聚了不少奇材异能之士。旋被黄叶山人听见，由几个侠客居间，把他们两拨的人联合起来，称血会盟，重推盟主。又不久，才把因谛上人也招致过来，由他们三个人为主脑，三点会盟的名称从此定规下了，声势也扩大起来了。

这弥勒院的方丈因谛上人，左手缺一小指，外号叫做“九指山僧”。他的出身，也不是寻常僧人，旧在兰陵，为簪缨世族，年轻时颇负时名，材兼文武，实是晚明一位阔公子。梁恩禄对韩长江述说因谛上人的底细，并不全假。他当年确曾与邻村土豪，因故结怨，全家被屠，他才一怒复仇，勾结江湖上亡命之徒，一再找那土豪修怨。那土豪已经率部纳降，做了淮海主帅；因他姓王，性又嗜杀，一时有阎王之号。这阎王被九指山僧阴谋数年，最后猝出不意，与群盗一窝蜂合手，把阎王的头割去。一时惊动朝野，有司严加缉拿，把他逼得走投无路，逃藏无方，他遂忿欲自戕，又被一个女侠客把他救了，更遇上一个机会，终使他看破红尘，削发出家。

这时候，摩云手朱璜和黄叶山人，两帮会合，在海滨一度失事，先后遁往西南。经数年营谋，又啸聚了不少人。忽从江湖人物口中，得知九指山僧的为人，又听他身虽皈佛，仍在精研武技，欲有所用。黄叶山人即商承摩云手，备下厚聘，遣能言之士，请九指山僧纠同侠盗一窝蜂群雄，加盟入帮，并推他为江南西路的领袖。他应聘之后，遂假弥勒院，为藏身聚众之所。

他们“三点会盟”经多年布置，散在各地的党羽渐多。他们组织机密，创出许多隐语，立出许多帮规。他们晓得欲图大举，先要蓄力，筹兵筹饷，他们就假神道设教，劝人加盟。入盟的念佛造福，在会的患难相扶；以此迎合人心，密纠大众。

帮友既多，再从中精选人物，设机煽动，告知阴谋，再劝他由初盟加入正盟，以此他们获得不少死党。他们筹饷的方法更为诡妙，变出来的花样极多：有的经商牟利，有的卖卜卖药，更有的做骗子、做劫盗，有的开赌局、开黑店，想尽主意弄钱。

他们的盟主摩云手朱璜，本潜伏在云贵，一向不出头。近来风闻燕都有夺嫡争位之变，三点会盟认为有机可乘，他这才亲自出马，北上观变。偏巧他刚到折柳屯，正传铜符竹箭，召聚皖桂湘鄂各地盟帮，赴赣秘议；同时接到秘报，南方大吏正在查拿会帮，好像已经窥破他们的阴谋；跟着又得续报，本盟支帮业有两处败落。他们听此噩耗，不由惊疑；偏巧这时镖客们宿店闹贼，前来窥探他们的庙，这庙正是他们的秘窟，摩云手刚刚下榻在内。他们防患未然，便把镖客拿下了。但经设计诱供，方知全不相干。一着看错，横生出不少枝节。

他们无意中，审出田春禾三个少年千里寻亲的身世来，田春禾之父田伯年正是他们的盟友，现在湖南伏魔寺。

他们为了筹饷，曾算计谢庄的乡绅，无意中探知谢小姐和她的未婚夫许云孙，乃是一对难夫难妇，值得怜惜的。那个施三保，也是一个人物，或可收为一臂。

这两桩事办得不错，但还有别的两桩事全都办糟。其一，他们降坛捉妖，本为愚民筹饷，当时把冯天来、何光裕二镖客拿下，下手太狠，负伤太重了；现在急施救治，一时尚难保好。其二，他们把三点会盟的内幕，不惮告诉了梁恩禄，偏偏没有实告韩长江。他们访闻韩长江和双斧阎六，与北庭有关，心存顾虑，未肯开诚，因此大招韩长江不悦。而且因为这情形，使得镖头侯金朋、梁恩禄，也和阎六、韩长江闹出意见来。既已枝节横生，终于种下恶果。三点会盟的主脑人物是摩云手朱璜，是黄叶山人，是九指山僧因谛上人。这三人身世都不平凡，都有一桩惊心动魄的经历。现在，先由九指山僧因谛上人述起，且回溯三十余年前。

第二十五章 兰陵好客

晚明末起，国事日非，边关告警，地方各种武装势力遍生，已成土崩鱼烂之势。有一些伤心人，便佯狂纵洒，以声色自娱；又有一些有心人，无力回天，权思独善，便团练乡兵，守望相助，保全故园。兰陵公子卢鸿飞便是这样的一个伤心有志的人物。

卢公子系出名门，家财豪富；天生神力，少喜谈兵；工诗能饮，慷慨任侠，并且少年风流，最好寻花问柳，恣情游乐，倾财结客，交游遍于南北。在他家里，也是门庭如市，车水马龙。

到他二十二岁时，忽有一个门客，假冒他的名字，做出非理之事；被他查出来，立即善言遣退。跟着他又破财受累，因家奴殴伤人命，自己打起诖误官司。伤财惹气，不一而足。卢公子勃然动怒，又惭又愧，把这些门客、豪奴，一总遣散出去。自此闭门谢客，折节读书。

不数年，又有父执汲引，卢公子便做了京官。但其时阉寺擅权，大煽威福，清流挫辱，暮气日深。做官的未免趋于奔竞巧滑，以勤职为迂阔，以直谏为朋争。卢鸿飞是有血性的少

年，看不惯颟顸懈怠的风气，因此颇与同官龃龉，不久被排，失职还乡。

卢鸿飞经此一跌，又见朝局大坏，不觉狂佯故态复萌，在故乡又纵情游乐起来；诗酒棋枰，狗马声色，闹了一个全。不过结交虽广，选友必端，已较从前卓有识鉴了；座上客大半都是有气节的人物，这时他已经二十六岁。

有一天，卢鸿飞正在酒楼，宴请一位新从苏州北来的浙右金石家谢青谷；另有一位围棋名家、一位秀才、一位诗人，和卢府一位门客作陪。座共六人，召妓侑酒，酒酣耳热，不由得狂歌高吟，旁若无人。等到酒阑，卢公子不吝缠头之费，一掷百金。

这工夫，酒楼一隅，坐着一个黄衫少年，把盏独酌，旁边侍立一个小童儿，彷彷意态闲雅，迥非俗物；并且双眼开合，灼灼似有威棱，眉峰微锁，面容略含沉郁之色，不时冷眼偷窥鸿飞，口角边微露鄙夷之态。妓女正在弹唱，座客纵饮甚欢，鸿飞饮着酒，却不知怎的，总觉这少年有些古怪，忍不住看他数眼，那少年也回看鸿飞数眼。四目相对，鸿飞隔座举杯，笑让道："老兄，何不过来同饮？"

黄衫少年微微一动，也举杯道："请！不要客气，彼此两便吧。"又道："足下可是北间大吉巷卢鸿飞卢公子么？"说时，少年站起来了。

隔座问答，这侑酒的四个美貌妓女，都停了歌喉檀板，回眸注视黄衫少年。卢公子扶着桌子，站起来道："足下怎会知道贱名？"

少年笑道："兰陵卢公子豪情侠气，名震中原，谁不晓得？这几位想是令友么？"

卢公子略为点头，径问少年道："足下贵姓？可是从南边来，要进京的么？"

鸿飞已听出少年是江南口音。此时的文人游士，多自南而北，不是晋京赴试，便是入都谋官，再不然便是挟一技之长，

怀卖赋之心，要争名利于市朝。即如今座上的高客，这位谢青谷谢山人，便是金石名手，又喜鉴别古物，刻出一部印谱，拿着南中士大夫的许多荐札，由打苏州北上，一路打秋风，绕路来到兰陵，向卢公子投刺，敬献名章两方，必求一见，正也抱着献芹之心。

卢公子当下觉得黄衫少年客很眼生，以为他是个游士，这却料错了。

黄衫少年微微一笑，举手道："不才乃是个不第秀才，在京经商，路过贵地，乃是回籍完婚；不是自南往北，倒是自北回南的。"他一指酒杯道："请归座吧！卢公子征歌选色，清兴不浅；不才偶以过客，幸得窃听余音，略窥豪情，真是意外之缘。今朝有酒今朝醉，还请与令友共享吧。"他自己先坐下了，依然引杯独酌，始终没吐姓名，眼光移到酒楼窗外去了。

卢公子自从还乡，南北游士过客，纡道登门投谒的很多，满疑少年也是一个，哪知不然。诗人汪龙叟低声说道："鸿飞社长兄，请坐下吧，这是不相干的人。"秀才马彦春道："刚才燕柔姑娘的酬简，字正腔圆，可傲鞠部。来来，你再理前腔，锦春姑娘给他拍板，我来弄笛。"把笛讨过，又吹弹歌唱起来。

一席音樽，缠头不赞。不一时宴罢，轿子已到酒楼门前，主客纷纷下楼。卢鸿飞好像深被这黄衫少年的长眉瘦颊、英气愁容所动，临行时不觉又看了少年一眼，彼此相视，少年微笑。卢公子不觉拱手道："再见！"少年也起身还了一揖。卢公子悄命家仆，把少年的酒饭费，写在自己账上，然后登轿回宅。与这几位宾客，流连通夕，品茗论交；快谈风月，兼及时闻，当不得扼腕一叹。等到次日，便把酒楼的一遇忘怀了。

但临到酒楼后的第四天，卢公子宅内，忽然失盗。只丢失了白银五百两、黄金六锭，别的珍玩古器、值钱难得之物，分毫不短，可以说，失落的全是现金。藏钱之处本在内宅，但是门户、箱笼，一无破坏，连锁簧都完好如故。不知贼人怎么看准了箱中有钱，又不知怎么把箱子弄开了，把金银偷走了，又

好好地用原锁给锁上。

察觉失盗的，还是卢公子自己。头一天夜里，宿在内书房；在卧榻枕畔，照例放着几册书，原是卢公子临睡时，用来催眠的。竟在那卷“稽古录”册页中，发现一纸红笺，上面写着一些话：

> 风尘浪迹，久慕平原，酒楼一晤，益佩豪情。东山丝竹之娱，固是雅人深致；而萑苻遍野，肉臭朱门，恐非君子所堪独乐。或者伤心人别怀抱欤？进不得献可替否，犹思退护乡帮；信陵君自有排遣之法，安用醇酒妇女为？人谓安石，能与人共乐，当能与人分忧，愿持此义，为公子进一解。顷以急需，暂假千金，他日有缘，还图好会。
>
> 宴前酒客黄衫人白。

清晨时候，公子起床，侍女进来收拾卧榻，偶一拿书，便把这红笺抖落在地上。侍女急忙下床拾取，卢公子正在洗脸，回眸看见，便问道：“这是谁拿上来的请帖，怎么又一声不言语，夹在书本里了？上次穆定庵娶儿妇，就险些误了日期。”

话没说完，笺已呈上来，卢公子拭手一看，吃了一惊，慌忙进内宅查询。此时夫人李氏才起来梳头，也吓了一跳。夫妻俩连忙逐室验看，翻箱倒柜，搜了好半天，方才查确被盗之物，想起来未免后怕。忙持红笺，踱到前边，秘密地告诉了亲信门客；都料到此举必是飞贼所为。笺上虽然自承是那黄衫少年，究竟是真是假，犹费猜量。但想到那黄衫少年双眸炯炯，英气逼人，恐怕什九是个独行盗侠；或者他初怀好意而来，临财忽起盗心，也许难免。门客们低声议论，有的就动劝东翁，不可不根究一下，有的又说声张不得；言外都怕有后患，一偷难保不来再偷，不过藏金之处甚秘，贼人伎俩纵高，何能探囊取物，一索即得？恐怕他有底吧？用了薰香吧？

卢公子听了，皱眉一笑。一个近视眼门客仔细验看红笺笔

迹，好久才抬头说道：“文字清通，笔势秀挺不俗，措辞尤妙。看他饶偷公子，还劝公子一套话，劝的话又隽而不腐，正针对时势；此贼学识兼优，必是个奇人，趣人。唯有公子，才能遇到这种奇人奇事。将来佳话流传，又与梁上君子不同了。”

另一中年客笑道：“过去有主人翁劝梁上君子，这却是梁上君子劝主人翁，传出去真是佳话！”

一个短髯西席忙做懔然之色道：“这可宣传不得！府上一失千金，声气太大。”

近视眼门客道：“劫物责善，从古未闻，此贼的举动诚然是恶作剧，但话外余音，到真是看得起公子。只是笺末两句：‘他日有缘，还图好会’，不晓得含着什么意思。难道他暗中偷取，再明着送还么？”一客跃然道：“这话可是有的！”

七言八语，终没有论出所以然来。卢公子自己也觉得此贼又有趣，又可虑。似这等来去自如，取携任意，自己这区区财产，岂不是保不住了？而且家中闹飞贼，决非佳事，这真不能随便传说出去，也不能报官缉拿，更不能搁置不究。沉思良久，苦无妥策，终于勉强想了一法，自己亲笔作了一首诗，题为“千金赠予黄衫客”，先表明自己心迹，次说“谨遵明教”，末谓“愿与豪侠订交”。把这首诗写出十数份，遣人分贴在通街，算是一个答复。

不意到了次日，这些招贴全被人揭去，半张都没有剩。卢鸿飞公子谢绝宾客，自在家中督仆戒备，听候黄衫豪客的答复，提防他的再来，接连数日，家里一点风吹草动也没有，竟似这么搁下去了。贼暗已明，防不胜防，卢公子认为此事未了，心头耿耿，好像系着一个结。总盼望夜深人静，有个人影，飞檐走壁，蓦地在本宅房顶出现。哪怕捉不住他，斗不过他，但能倚仗人多，把贼惊走，方算了结一桩心事。如今竟这么没头没尾，悄无反响，未免教人永远悬虑。

卢公子发狠，又打主意。自恃年轻，两臂孔武有力，平素又好骑射，便想从此发奋，学习技击。有钱好办事，立出重

金，礼聘著名拳师黄金雄到舍；一来护院，二来教拳。卢公子于是天天在家，由黄金雄教自己打拳、打镖和飞檐走壁的技能；又挑了几个少壮奴仆，陪着主子练。公子脾性，乍学很勤，但日久渐厌，舞枪弄棒，过了半年，黄衫少年一去无踪，卢公子便不好生学了。拳师照样聘用着，已变成护院的教师；有时公子出去游猎，黄金雄也陪着出去玩。

卢公子是多才多艺的人。他的骑射很精，性好田猎。一年冬天，卢公子率领一伙奴客，跨马持弓，驾鹰唆狗，出去一百多里打猎。已出兰陵地界，纵马田野，踏近一座荒山，把狐兔山鸡足足打了一车。只可惜没有猎着猛兽，深入山坎，遍搜林谷，仅仅获到一只雌狼，两只獾狗罢了。原听人说，山中出现土豹，他才不远百里，携众大举而来，哪知扑了空。

卢公子又横搜出数十里。北风振振，草木萧萧，群行荒野间，极目四望，罕见人影，只有败叶随残雪，乘风起舞，伴着利落的马蹄声，倍觉天空地旷。纵马寻猎，转眼天黑；公子不嫌渎尊，引奴客到野店投宿。饱餐猎肉，畅饮热酒，讲起逐走射飞的话，人人兴致淋漓。饮罢歇宿，卧看冷月照窗，闲听野外狐兔悲鸣，公子不由慨然，陡生悲壮之感。

到次晨离店登程，绕道往回走。乱踏着荒原古道，天寒地冻，人踪越稀。行近午时，前途有一道荒岗，障住土路，岗上有座破庙。打猎人众正要绕踱土岗，忽见一道烟尘，从庙前奔去，顺岗坡驰过来。

卢鸿飞公子望见大诧，忙和拳师、门客策马奔上土岗查看。原来是一匹带鞍的黑马，从庙内断缰逃窜出来。仆从急忙上前，把马截住。卢鸿飞看这黑马，颇形神骏；看这庙孤立荒郊，红墙已经半圮。料想庙外有马，庙内或者有骑马的人。一时好奇，便和拳师黄金雄，提鞭带剑，扑进庙内。

庙门半开，庙内阒然，一无僧侣，神厨颓朽，神像早坏，野草生径，殿庙窗格东倒西歪。二人提剑拨草，直寻到后层殿阶，陡见一个三十多岁的男子，斜倒在阶石上，身上渍着许多

血迹。两人吃了一惊，急近前端详，这人身旁丢着一条青铜锏，右手紧紧握着一个小纸包，一帖朱色膏药。在他背后左肩胛上面，衣破血污，有着很深重的一块创伤，仍在涔涔的冒紫血。一只带血的短箭，已抽出来，丢在身边。那人伏在石阶上，一动不动，不知是已经死了，还是昏厥过去。

卢鸿飞惊问拳师黄金雄："这个人是怎的？莫非死了么？"他猜想这人必是独行遇盗，再不然，就是狭路逢仇，中箭逃命，奔到这里，支持不住了。

拳师黄金雄道："我看这人没死，必定是中了毒。"

第二十六章 陌路救伤

两个人走过去，俯身一看，要试他的口鼻呼吸，果然这人并没有绝气。卢公子两人的话声足音一响，这人已然微微一动，把眼强睁开，又闭上了，嘴唇也颤颤的一动。恰巧二人身边带着酒瓶水囊，把这人扶起，灌救了一口酒。这壮士面色渐红，居然缓转过来，点了点头，说出有声无力的话，似乎是道谢。但一松手时，还是坐不住，摇摇欲倒。此时奴从已然寻来，卢公子便命一仆，把这壮士扶住，想问他话，黄金雄拾起那支短箭，验视一过道："果然是中毒。"这是一支浸了毒的药箭。那么，这人倒毙于此的缘故，不问可知了。

卢公子道："你这人怎么落到这样？可是遇上仇人了么？"

那人摇头不能答，伸着哆哆嗦嗦的手，指指纸包膏药。鸿飞方才明白，这人必是逃出寇仇之手，奔到庙内，想自己敷药治伤，却因箭射后背，自己够不着，才痛死过去了。卢公子慌忙问明治法，命仆从用小刀把壮士的衣服割开，找着伤口；拭血涤毒，先敷药粉，后贴膏药。受伤壮士呻吟道："还得捆上点。"黄金雄亲自动手，替他解开腰带，撕块单衫，把伤口绑

系牢固。

卢鸿飞看这壮士的精神，慢慢地恢复过来，这才诘问他的姓名、来历，因何在这无人的地方，受此重伤。壮士只是说："以保镖为生，为仇家所害，中了毒箭，挣命逃到这里。"问他在哪里受的伤？他只拿手指了指西南。再问姓名，这壮士好像支持不住了，只哼哼的说道："姓孙，叫六……六六。"

卢鸿飞还想细问，这人闭目不能言语；半晌，又强自挣扎着说："我看台驾也是风尘豪侠，若肯相救，后必重报；倘若怕人命连累，请把我送到店房，也就感恩不尽了。"说罢双眼一睁一闭，又不住呻吟起来。

卢公子更不多问，叫从人摘下一扇庙门来，把这负伤壮士孙六，搭到附近市镇。打算找一小店，先把他安置下。谁知店主人一听说是病人，又是外来孤行客，并没有亲近人跟随，怕死在他的店里，弄脏了他的店，还得跟着打人命官司，竟再三推辞，不肯收留，仆从还在解说，不想已被孙六听见了，气得脸上倏变，坐了起来，旋又一倒，闭过气去，半晌方醒过来。

卢鸿飞连忙劝道："不要紧，店家不收，还有我呢。"对仆人说："把病人抬到咱们家吧。"当下暂借店房换药进食，趁天色尚早，一径抬着受伤壮士回家。

回到卢府，已是掌灯的时候了。负伤壮士一路颠顿，昏昏沉沉，把他搭在床上，忽然双目一睁，矍然说道："这是哪里？"

卢鸿飞道："就是舍下。"

壮士又把两眼一合，呻吟不语了。当时卢公子也未介意，只命仆从把孙六安置在外书房，拨人服侍，延医治疗。

病人忙道："不用延医，我那马鞍行囊中，尽有疗伤的妙药；只烦做些鲫鱼汤，提毒发汗，就很好了。"又道："我那条铜锏，还有那匹乌骓马，是匹良驹，烦主人费心，叫贵价把他弄来。"

卢公子道："客人放心，你的东西都给你带来了，马已经送到马棚，好生喂养着哩。你只安心养伤吧。想吃什么，想用

什么只管说话。”孙六躺在病榻上，点头道谢。

这陌路中伤的行客，自此在卢府疗伤养病。初遇救时，性命垂危，曾经作冷作烧，昏迷数次。到底由卢公子延来医生，妥予疗治，又拨小僮服侍。转眼二十几天，险期方过，创口渐合，人已能挣扎着起床。

卢鸿飞公子起初只是好奇恤难，陌路矜情；后来又跟店家怄一口气，才把一个三不知的病汉抬到自己家里，也无非把此人当做风尘中遇贼遭难的过客罢了。依他天性高亢，并没有把此人看成朋友。既已拨僮仆照护，他自己不过偶然想起来，才过去看看；或者慰问几句："好些了吧，想吃什么？"随便搭讪几句话，并没有当做了不起的大事。倒是那位拳师黄金雄，久历江湖，眼光犀利，背地对卢公子说："此人兵器不俗，来历不明，如今江湖上什么样人都有，东翁身份很重，似乎不必把他引进府上。"

卢鸿飞笑道："不相干，就算他是个绿林汉子，料想当地官人也未必敢寻我来。"

黄金雄道："那倒是的，不过这人是否值得亲近，东翁要揣摹揣摹。还有他受伤的缘由，他始终没有明白讲出来。你问他是遇盗么，他点点头；再问他是遇仇人，他又点点头。我看这人神情诡秘，恐怕不是好相识，东翁既然收留他，索性好好优礼他；第一言谈上不要带出得色来，还有府上的奴仆们，东翁也要好好嘱咐他们一番，对这病客，不要怠慢了。"

卢公子含笑点头道："这话很对，做人情就该做到底，小弟一定遵照黄师傅的话办。至于陌路救人，本出于一时的意气，小弟虽然浅薄，不敢卖恩示惠。"说着笑了。又道："回头我就诫饬仆役，叫他们耐心服侍病人，不许摆出豪奴的架子来。"

谈了一会儿，卢公子站起来，便邀黄金雄一同出去游猎。因新有一个朋友，新赠给一只驯鹰，他要出去试试。这些日子常去郊外纵马盘游，到天晚方归。有时偶遇风雪，鸿飞他便在自家后园暖阁上设宴。

弦歌欢饮，狂态依然。等到夜阑人静，忽然伤心时事，便振吭长吟，或拔宝剑乱舞。黄金雄引杯看着，只笑居停主人书生呆相罢了。

这天清早，卢鸿飞游兴又发，邀伴束装，要联辔郊游。那外书房的小僮上前禀报："前边那位养伤的客人，这两天很见好，想出去遛遛。教小的跟上边回，要找主人借几两银子。"

黄金雄微微一笑道："哦，要借钱？"

鸿飞公子道："他好利落了么？"

小僮道："据小的看，他早好了，就是口馋。"

鸿飞想了想吩咐账房，给孙六爷支几两银子。小僮问支多少？鸿飞道："就支给他二十两吧。"

小僮又道："孙六爷还请主人谈谈。"

鸿飞此时已更衣待发，顺口道："你告诉他，我现时正忙，改日再谈。你问问他，二十两银子够用不？不够尽管说话。你要说客气点，听见了么？"说着，与几个猎友游侣，连同拳师黄金雄，率奴仆等，一行十余人，架鹰牵狗，携带酒果，一齐上马出门了。

刚刚走出七、八里地，忽听侧面一带疏林之后，鸾铃乱响，蹄声"得得"，突似一股黑烟从林后窜出，随着卷起的狂尘，往斜刺里奔去，卢鸿飞勒马回看，正是一骑士戴着大帽，披长袍，驱乌骓马，揽辔扬鞭，疾走如风，眨眼间折奔正南去了。匆遽间，只看见背影，未辨面貌，拳师黄金雄愕然道："这不是那孙六么？"

卢鸿飞道："好像是他。"问从人时，也说很像。

拳师黄金雄心中一动，便要回去看看，究竟此人走了没有，又要追上去瞧瞧，到底是他不是？

鸿飞大笑道："我知老兄又动疑了。就算是他，人家伤愈出门走动走动，也是有的。走吧，还是打我们的猎去吧。"

黄金雄摇头道："马走很疾，不似闲游，我只怕出错，恐怕他趁你离家，不辞而别了。"

鸿飞道："不辞而别，又有什么错呢？光天化日，他又与我们无怨无仇，反正他不会遗祸于我的。此时正当雪后，禽鸟都出来打食，走吧，我们打几只肥兔下酒，好好乐一乐。"不等黄武师答话，把马鞭一挥，豁喇喇直跑出去，猎伴紧紧相随，不一时，已离家四五十里了。上次东狩，此次是往北。

奔到北山根下，面前展开一带平原，树木掩映，野草乱生，正好是个猎场。众人纵马张弓，姿意游猎。内有熟练的猎师，自去搜寻狐兔的窟穴。卢公子亲自把那新得的猎鹰，放在天空，试一试攫拿之能，每见狐兔，便突然猛搏，果然很好。卢鸿飞大为欢欣，拥狐裘，带貂帽，未必志在得兽，无非是饱食寻乐。可是此行居然不虚，又猎得不少野味。到午饭时，觅一野刹，铺陈酒肴，各各饱餐。乘兴接续游猎，一连两天，没有回家，卢鸿飞逸兴勃勃，乐而忘返，还想再往远处行围。

黄金雄再也忍不住了，力劝大众回家看看："东翁如未尽兴，我们明天再来，还不行么？"便将猎品猎具收拾了，从附近村民，雇了担夫挑了猎物，一齐转道回程。

打猎所经之路，本非阳关大路，逐走射飞，迤逦而行，此时已在兰陵东北。卢公子取路还家，仍不免随地盘桓。走了一程，天色已晚，月光上浮。众游伴有的疲劳了，想赶快投店；有的迎合着主人的游兴，还打算乘月色，策马郊行；反正来时两天，归时三天也不够。

拳师黄金雄仍只怂恿快往回走，卢公子点点头转问仆从："近处哪里有店？"

仆从答道："西边十几里处，许有镇甸。"这又是绕远了。西南有座小村，路不绕远，不过路程稍长，还得走出二十多里，才能到达。众人道："我们到荒村寻宿吧。"

群乘月色，扬鞭续进。走从荒郊林路边，一阵风过去，猛听迎面林影后，约在一二里以内，浮起一片喊声，乍起乍沉。大众诧然，一齐驻马倾听；相隔稍远，辨不清楚方向。大家不约而同，各凝神注目，试着往前寻看。丛林黑影正挡视线，看

不见一点动静，而且林中也没有半点星火。大家都以为喊声奇怪，前途恐怕出了拦路贼。卢公子自持人多势众，一共十七个人，人人携带猎具兵刃，便招呼一声，大家分散开，拍马上前，搜探究竟。

往前寻出数箭地，骤闻草间嗖嗖一声，一枝响箭，劈面射来；一个猎师险被射落马下。十七个人骇然大怒，失声呼喝道："不好，这里真有歹人。"各将刀矛亮出来，就要往前冲。

武师黄金雄急急拦住，连呼："公子，公子！不要冒险，我们要先看看是怎么一回事。黑影中不能辨物，究竟是否强贼，究竟埋伏着多少人，这必须持重，不可鲁莽。"

十七个人由黄金雄指挥，悄悄绕林斜走，视察四面。黄金雄手持短矛，和两个壮仆，当先转过林边。只见岔道上，土岗斜横，黑影憧憧，似有两伙人正在械斗。那边一群人约有四五十个，正占上风；这边一群只有二三十人，显见不敌。人多的纠众进攻，欲夺土岗；人少的据住林岗，用矢石拒敌，且战且退，双方打得很猛，但似有所顾忌，全不敢声喊，只默默的攻守迎拒。人多的势强，转瞬间，已有冲锋之兵，抢上土岗了。

卢鸿飞一行从歧路上撞过来，借物蔽行，伸头探脑，欲窥真相；无如人可衔枚，蹄声难掩，械斗的人本有瞭敌之兵，登时被他们发现。他们竟把这猎队错认做敌手的伏兵。这二三十人一见不好，有人喊叫一声，不遑苦斗，竟往斜刺里，逃窜下去。那边四十余众吹着哨子，一抹地追杀过来；忽瞥见猎队一步一探，悄悄迎来，也骤吃一惊，忙止步远远传呼，警告同伴。

猎队见踪迹已露，一拥上前，正要喝问，那械斗冲锋的追兵，追到林边，猛然勒马不前拢目光端详一下，初疑是敌，旋觉不似，忽然回马大叫道："不好，打岔的来了！"跟着又上来一人，望了望，也叫道："头儿留神，鹰爪又来了！"

后面的人众登时骚动，悠然的一散一聚，竟鼓噪一阵，下岗入林，似欲退逃。有一人驰马抢到林边，挥刃喝道："什么人，快给我退回去！"不等回答，把弓箭如雨点一般射来。那

举动似要拒捕，又似乎欲退先攻，要抽空一跑。

武师黄金雄到底是行家，临变饶有急智，忙把短矛一举，大呼："住手，住手！我们是过路人，对面不要放箭，你们是干什么的？快说实话，你们为什么拦路放箭，不教人走？"

连叫数遍，对面这四五十人，竟紧紧扼住这一带密林路口，从林中东一支，西一下，放冷箭，抛石子。直等到猎队退马不前，齐声吆喝；对面始有一人，将铁笛连吹数下，登时蝗石箭雨停攻。月影里，有一人似是领袖，策马当林，厉声喝道："这条道是太爷包下的，不许闲人乱闯。你问怎的？识相的，趁早给我回去。"

黄金雄道："朋友，你不要逞蛮，我看你们不像剪径贼。我们跟你不相干，彼此都是江湖上的朋友。相好的，我们必得借道过去。"

那人怒吼道："少说闲话吧，老实告诉你，太爷是和人在这里算账。我们好容易狭路相逢，才把债户堵上，教你们凭空搅了。我不管你们是什么来路，官面也罢，助拳也罢，你打搅我，就不行。两个字，趁早给我回去，别误了太爷的大事！"

公子卢鸿飞、武师黄金雄，并马一听，好蛮的家伙，到底是干什么呢？卢鸿飞提剑，黄金雄横矛，两人都用兵器护住上半身，前进数步，要辨辨面目，问问原委："你们可是打群架，寻仇械斗的么？"

不料路旁乱草中，有一个械斗负伤的人，同伙败逃，单单落下他一人，身受重伤，明知难活，手头还有三支弩箭，冷不防被他扳机放来。卢、黄二人侧身勒马，只顾对面，虽提防暗算，未曾十分留神背后，背后已有猎伴保卫着。哪知侧面忽出冷箭，听咯噔一声，黄金雄猛喊了一声："呀，留神！"急闪不迭，卢公子坐马负伤，那马惊跳起来，竟狂奔向前面林口去了。猎伴一齐失惊，对面敌人也猛吃一惊。

第二十七章 误踏祸机

当此时，卢鸿飞公子叫道："不好。"要想勒缰，竟来不及，急急地俯腰低头，把身子贴在鞍上。对面群徒只道是来人闯路，铁笛子急吹，登时投石飞箭，照来骑猛打。武师黄金雄骤逢意外，心头大骇，情知要坏事，急抡刀矛打马，奋不顾身，上前驰救。敌人那边果然围攻卢公子，卢公子挥剑相应。

黄金雄大骂："好贼，怎么暗箭伤人？"说话时，卢公子早中了一石子，竟然负痛陷阵，探剑乱扫猛冲。这一行猎伴，见主人陷敌，喊一声，一齐跟踪往上抢。敌人那边喧成一片，骂不绝声，聚拢起来围攻猎骑。

双方都不知隙，由于一箭，都恨对方豪横。猎伴十七人，多半会两手，情急拼命、越岗进扑，一霎时刀矛乱舞。双方竟因误会，激成混战。武师黄金雄护主猛搏，连伤数敌。这林中械斗之众，猝被猎伴跨骑硬闯，抵面肉搏，所有矢石远攻之器，已不能施展。铁笛子连吹，械斗为首的人恼怒已极，骑一匹红马，领十余人，半骑半步，忽地退下去，绕从侧面掩来，先把猎伴的退路剪断。他恼恨这无故打搅的人，更是怒骂不

休，猛斗不甘示弱。

卢鸿飞公子首被敌人包围，一口长剑，到底敌不住人家三四支长枪。武师黄金雄跃马奔来相助；械斗领袖喝骂邀战，不令黄金雄上前。

忽然敌人那边，有人藏在树后，抬手比比画画，欲放不放，似有暗器待发。黄金雄从月影中一眼瞥见，看出隐有暗器，心说糟糕，急急左手用力，把马一勒，右手矛突然斜刺。那放暗器的人早将袖箭打出来，月光下，疾似流星射到。黄金雄用矛一扫，上护头面，当的一声，把袖箭打飞。可是第二支，第三支袖箭眨眼又到。黄金雄一扭身，急再带马，人躲过了，马竟做了挡箭牌，马头马颈斜中了两下。这马惨叫一声，蓦地往旁边一栽。就在这马将倒未倒之际，械斗首领挺大砍刀，斜切藕式，照黄金雄肩头砍下。黄金雄甩蹬一跳，躲避大砍刀；顺手一矛，还照放箭人猛扎，如电光石火般，敌人的刀骤落马背上，咔嚓一声血溅，扑登一响，一匹良驹倒地打滚了；放箭的人也被短矛刺伤，退逃到林中。

那械斗首领是个赤面大汉，身高力猛，一刀取胜，急趁势抽刀横扫。武师黄金雄一个虎跳，早已离鞍落地，顺手把鞍上的腰刀拔在手中，双脚刚刚一点，骤闻金刀劈风之声，往旁一跳，忙腾空又一窜，单腕用力；来而不往，非礼也！照赤面大汉的坐马，挺矛就刺。赤面大汉怪叫如雷，展开大砍刀，往下三路一扫。黄金雄急收短矛，赤面大汉急转刀锋。叮当一响，火星乱迸，矛杆刀锋相碰。黄金雄吃了一惊，往旁急退，验看手中短矛，幸是通体铁杆，已被砍削了一个缺口。黄金雄一咬牙，又扑上去，矛交左手，刀归右掌，甩掉刀鞘，窜前窜后，和赤面大汉往来死战。为的是牵住劲敌，好救卢鸿飞。黄金雄且战且向卢公子喊叫，催他拍马抡剑，夺路速走。敌众我寡，来路不明，这决不可恋战。

但是卢公子学拳未精，天生膂力尚强，马上功夫也很不劣，居然运用一口长剑，与三个敌人相打；虽感压迫，尚未失

手。马鞍边，本来顺着一支钩镰枪，百忙中抬腿摘下来；一手抡枪，一手挥剑，很勇敢和敌人搏斗。他并没想，这打的太无谓了。敌人究竟是盗帮，是寇仇，还是械斗的乡村豪族；他一点也猜不透，倒拿性命替那败走之众抵挡追兵。

那些猎伴，所有胆豪的门客，力壮的忠仆，和悍猛的猎师，都纷纷上来，或骑或步，帮卢公子索斗。内有一个猎师，名魏鼎臣，左手提虎叉，右手抡猎刀，扑到卢公子背后，大叫："贼子休得张狂！"唰的又一叉，照一个骑兵的敌人叉去，敌人回刀一架，这猎师忽一矮身，钢叉照马肚戳来。骑马人慌忙招架未免吃力着慌。这时猎师大为得意，猎刀下扫，又照马腿砍来。马战竟不如步战灵便，一连数叉把个骑马的人叉了下来。猎师魏鼎臣高兴大笑，招呼同伴，跟着他学。

立刻有一个猎师，挺虎叉，溜到械斗首领赤面大汉的背后，唰的一叉。赤面大汉正斗黄金雄，听叉环哗啷一响，霍地一挫身，急急将大砍刀往后一抛。当的一震，把虎叉格开；扭头一瞥，刀锋一送，猎师往后闪过。武师黄金雄趁空抢上前，俯腰猱进，左手矛一晃，右手照马腿一刀。赤面大汉慌忙弯腰，推刀迎住。黄金雄不砍人，专砍马，一连气七、八刀。赤面大汉俯身护马，十分吃力，要下马步战，步下功夫又不好，不觉勃然动怒，骤将马一带，跳出圈外，大砍刀高举连晃，喝道："弟兄们，洒星子！"失口叫出江湖黑话来。

猎伴人少，械斗的人本已四面合围，把猎队十七人阻林圈住。大汉一出令，党徒应声一散一聚，七八枝箭又射出来。但已留出空隙，群敌撤围往后一退，猎伴登时松动。

武师黄金雄登时看出破绽；一个箭步，窜到卢鸿飞身畔，急叫道："公子小心箭，我们快闯！"卢公子也识出利害，未肯先走，拍马呼众，一齐穿林夺路。

众猎伴忙往一处聚，敌人的箭立刻跟踪往一处攒射。但敌人的箭所剩无多，只有蝗石，也不能把对手打倒；丛林大木又处处可以障身避箭，猎伴同声呼道："快闯呀！"

卢鸿飞、黄金雄，一骑一步，抢先夺路，冲开矢口，寻奔林口。林中敌人有几个箭手，慌忙拦路开弓搭箭。卢鸿飞公子轩眉长笑，狠狠打马，跨下马一阵风似的冲上去。余骑跟踪而上，来势凶猛，拦路的箭手抵不住铁蹄蹂躏，个个倒退；箭不及上，忙将弓梢乱打。马骤势疾，远器不能近攻，箭手全被冲散，林中闪出道来。卢鸿飞、黄金雄、猎师魏鼎臣，趁势赶杀，后边猎伴一个个紧随上来。箭手们离近的就弃弓抽刀，慌忙拒战，隔远就觅树障身，引弓还想再射。偏偏此走彼追，敌已双方又已错落相杂，月色虽明，贸然放箭，怕误伤自家。

猎队眼看夺路成功，将出林外。械斗首领怒吼如雷，挥众急击。只觉得部下呼应不灵，怎么以多拒寡，还让他们逃出？竟忘了他的部下先经械斗，久战力乏；人家猎队仍是突围求生，夺路急走。

械斗群徒就在林内外，窜聚二十余人，把夺路十几个猎伴一再邀住，迤逦缠斗。武师黄金雄与公子卢鸿飞，就在林中路口，双战那械斗首领，一面邀同猎伴，拍马驱逐林中敌方的埋伏。那械斗首领挥动大砍刀，当路猛斗；人高马大，力猛刀沉，把卢、黄二人一时牵掣住，不能闯过林径。那埋伏在林内的械斗徒众，还有二十来人，个个背插钩刀，手握弓箭、石子、镖枪、由一个紫面大汉率领着赶到，抽空儿潜放冷箭，要暗算猎众。他们认定卢公子等是对方邀来助战的，殊不知械斗对方早已遁入黑影。他们就挑出灯火，对这一群猎人，恶狠狠的要下毒手。

但是，此际双方混战之局已成，敌己相对，如走马灯一般，辗转攻守，倏进倏退，游走不定。而且他们利箭已经无多，黑影中，又恐误伤自己人。紫面大汉姓牛，乃是械斗的副首领；见敌已两面穿花也似的层层夹斗，不敢开弓乱射，便想变计，扑出来助战。紫面大汉先登高瞭望，看出自己这边人多势众了；虽然人人战乏，形势仍占着上风，此次与仇家邀战，本出急袭，乘人不备；若历时过久，尚恐敌人增援重来。这副

手立刻调动余众，抽刀出战，只留下六个人，漫散开，隐藏在草间树上，注目观战；以防敌援掩至，兼备官人来剿。他自己将兵刀一举，从林径半腰闯出来，大呼进搏，把猎伴截在两处。

那卢鸿飞公子为穿林夺路，苦战械斗首领。一霎时，械斗的副首领率队驰到，武师黄金雄急回身阻住。月影下，卢鸿飞细辨敌人面目，那械斗首领身形魁梧，方脸短须，鼻高眼圆，眸子深陷，闪闪发光，可说是十分凶相；年约四十岁，穿短甲，骑红马，手中大砍刀，招数灵活，耍起来如一条怪蟒。卢鸿飞却是勇力有余，武功不熟，起初还不显，厮拼稍久，破绽迭出，被敌人这口刀逼得乱转。虽有猎师健仆奔来相帮；但敌方人数更多，猎师才到，众敌跟踪追来，还须回身拒敌，不能协助卢公子。卢公子仍凭己力，苦斗劲敌；百忙中，喝问敌人姓名。这械斗首领怒叫道："太爷阎王爷，要你的狗命！"卢公子只道是敌人的气话，那敌人果然姓王，活阎王正是他的外号。他的那个副手恰巧姓牛，名牛寿朋，人们就管他叫做牛首阿旁。

林间交战十数合，猛听活阎王大吼一声，大砍刀横劈过去。刀风一掠而过，卢公子猎帽竟被削落，头发披散，险遭枭首，大吃一惊，带马急闯。阎王轩眉大笑，振吭高叫："哪里跑？"催马挺刀追上。

这边，武师黄金雄在步下，挥刀对战，早劈杀两个暴民，夺取一把钩枪。忽见宅主失利，急托地一窜，横刀抡枪，拦住阎王。副首领牛头忙奔黄金雄，猎师魏鼎臣忙摆虎叉，拼命拦住牛头。黄金雄趁此机会，跳到阎王马前，挥刀挺枪，下击马腿，阎王横刀一挡，一步一马，两刀一枪，此来彼往，大斗十合，不分胜负。黄金雄连作数次突击，均被阎王的大砍刀搪开，知遇劲敌，暗呼："风紧！"催卢公子夺路速逃。

卢公子义不独却，拍马往外一窜，喘过一口气；忙挺长枪猛冲。早有骑马的两个暴徒斜抄过来，阻住卢公子的去路，六七个步下的也援步飞蹿，从背后急追，人未到，镖枪蝗石先劈

面打出。卢鸿飞抡枪，格打出去，驱马回头再斗。林边火光闪烁，俱是敌人的伏兵；猎伴逃到哪里，火光照到哪里。卢公子凝神一看，猎伴连自己十七人，已被这械斗暴徒砍倒两三个，活捉四个。余众心怯，拍马狂呼，无心恋战，夺路乱逃。械斗群徒因自己人也有伤亡，不肯放松；七八匹马豁喇喇赶过去，圈回来，又把去路剪断。

当此时，双方胜负已见，卢鸿飞公子眼看杀出林径，又被逼回。猎师魏鼎臣等已经负伤尚在挣命。门客、健仆个个被暴徒追逐，杀得七零八落，散做数堆。只剩下武师黄金雄口角喷沫，尚与阎王对刀拼死，但进路出路，全叫暴徒远远圈住。所有猎伴均陷重围，斗场立见松动。阎王大叫部下，将远攻之器重行拿出，镖枪、蝗石，只向武师黄金雄打来。

武师黄金雄确是武林老手，但防远斗近，双拳不敌众手，未免应付不暇。阎王的砍刀又很勇猛，自己的兵刃不敢和他的硬碰，因此越加吃亏。黄金雄奋力招架，急急偷空闪眼四望，四周情形险恶已极，再不见机，便要全数覆没。黄金雄腾身跃起来，照活阎王胯下的马头，破死力的砍下去。阎王勒马侧闪，挥砍刀往外一扫。黄金雄不等还招，抽身而退，一抹地突出敌人背后，掏出暗器，且呼且打，夺路急奔。

黄金雄且斗且叫，招呼卢鸿飞，休得恋战，快快突围归家，复仇救人，总得先留一口活气在；若一味拼死，彼此有害。这话，卢鸿飞不是不明白，不过他总觉得抛众先逃，心下不忍。当不得黄金雄厉声连喊，卢公子实觉不支；虽当寒天旷野，已经浑身欲汗；这才喊一声，突骑再闯。与黄金雄一马一步，一枪一刀，穿林夺路，掩护着八、九个猎伴，拼命冲出去。其余猎伴有的竟被隔断，有的往来路挣命逃回去。

械斗首领活阎王策马大叫：“往前抄，不要放走了他！”与副首领挥刀牵掣住卢、黄二人；手下暴徒豁地分为两翼，包抄过去；挑灯持刃，紧紧缠斗，节节掩击。一霎时，众猎人且战且走，散做数股，各不能相顾。卢鸿飞这一拨，已迤逦冲出半

里地，暴徒也就跟踪追出半里地。离开穿林小径，又赶至一道斜坡前。武师黄金雄怒极，回身叫道：“喂，朋友，你们已经占了上风，何苦这么穷追？谁跟谁也没有杀父的冤仇，夺妻的耻恨，何必赶尽杀绝？”

活阎王怒吼道：“小子们，这话算你说对！我怀恨仇人，前后四年，好容易冤家路窄，把他们堵在这里。讲好了一刀一枪，凭本事，赌性命决斗；眼看我们胜了，无端被你们搅了局。叫你们躲开别管，你们偏来横插一杠子，误了我们的大事，小子，太爷就都杀了你们，还不嫌解恨，你还说爷们赶尽杀绝？看家伙吧！”叫罢，拍马进扑，那口大砍刀嗖嗖的劈来。

武师黄金雄一听大怒，提刀叫道：“好汉子，留下姓名来，敢容我们定期再会么？”活阎王大笑，用刀尖一指道：“阎王注定三更死，谁敢留你到五更？你想知道我的底细么？告诉你，太爷就叫阎王爷。”

卢、黄听了，只疑他是夸口，哪知是实话。当下黄金雄情知停战无望，卢鸿飞暗悔出游找祸，两人各整兵刃，转身断后，催余众速逃。这群暴徒一部分骑着马的，跟着首领，豁喇喇放马跑上来，又将猎众困在土坡前。活阎王指挥马上党羽，有围攻，有拦劫；步行暴徒便分散开，搜捉溃逃各处的猎人。

猎众仍是伺隙且战且走，往前冲杀，前面又有人拦住。卢鸿飞蓦地奔到前方开路，黄金雄在后阻敌。会武功的两个猎师分帮着卢、黄，但猎众人数分散，势愈不支，所有猎具，猎品，早都抛弃不顾了。幸而猎人骑的是卢公子厩内的良驹，跑得很快，暴徒的牲口却劣，仗这一点，得以拼命溃围，抢上土坡。土坡正面，是平阳大道，容易跑，不容易躲藏；侧面坡东，断崖起伏，月影下，见有浓影正当前路，似是林村。若得抢先奔过去，便好隐身御敌。猎师魏鼎臣首先叫了一声，拍马扑过去，余众也跟踪越坡，趋奔坡浓影。

活阎王蹑敌应战，居然很在行；抢上土坡，只一望前途，便知猎众必然躲避正面大道，落荒趋奔黑影。立即催马当先，

带部下党羽，分两翼往东赶去。此奔彼逐，又追出一段路，猎众恃有良驹，心想一入林村浓影，便可把敌人落后，遂努力加鞭，顺坡下驰。不意面前断崖阻路，高低不平；正在摸黑择路，突闻天空飕飕一声，一枝响箭冒高射出来。月影下，同时望见迎面烟尘大起，蹄声利落奔腾，骤如暴雨。众猎伴又不觉大惊，仓皇回顾道："完了！这里过不去，前面又有敌人了！"

正是后有追兵，前有伏敌；断崖乱草，崎岖山路。卢鸿飞仓促无策，急领众人，弃马提刃，爬上断崖。武师黄金雄也喘呼呼跑上来，正要拨草择径，潜踪遁走，忽又听嗖嗖两声响，一枝火箭，一枝响箭，连续破空射出来。卢鸿飞初疑响箭是从东面黑影中发出的；这时凝眸注视，方才窥明，这火箭响箭，与刚才那一枝响箭来路不同。这两枝竟是由断崖丛草乱岗上，冒高射出来的，又好像这两箭正是回答刚才那一箭的。断崖之上，分明有埋伏。

卢鸿飞等大恐，挣命狂奔，反倒跑到敌人圈内！叹一声："不好，倒霉！"正要卒众退回。蓦听断崖树梢上，一个浊重的声音叫道："来人不要惊慌，快快躲进来吧。"一言甫罢，后面穷追的暴徒，已然漫散搜寻过来，登时发现猎众所弃的良马，投荒乱窜，急忙派人圈住。然后举目四望，搜寻骑马之人，窥察来箭之处。但四面渺无人影，只有断崖乱草摆在旁边；活阎王立刻越众临崖，翻身下马，俯身挑灯，照看草间人迹，复又翘首望了望远处，等候手下党羽到齐，便喝命分兵四路，一齐抢崖。因逃人奔至此处，忽然不见；四野空旷，无处藏身，料定他们必在崖上。众暴徒纷纷搬鞍下马，各提兵刃，刚要往崖上窜，突然间，从崖上又射出一枝响箭和四五枝弩箭，一下子把暴徒射伤两三个。

第二十八章　毒牂肉质

活阎王愕然后退，明知猎众矢尽弓抛，这时怎么会发出箭来。而且还有火箭、响箭，莫非他们在此处设有埋伏不成？势机紧急，不容细忖，正要吩咐拼命攻崖；登时听喊声大起，那远处浓影中，竟拥出一队人马。为首的已有两个骑客，随着箭声火光，如狂风一般，扑向断崖而来。为首偏左一个骑客，十分英勇，舞动一杆枪，远远高叫道："对面可是王五爷？还认得我石建侯么？"偏右那一骑客，不是别人，正是阎王的死对头陶永春。刚才械斗落败逃走，不用说，此刻是勾出援兵，重来寻杀了。

来骑一报名，阎王只听这语音，便自一震，这偏左一骑，正是一个劲敌，出乎意外的到场助拳来了。他慌忙倒退，飞身上马，领党羽唰的退出半箭地以外，先闪开了头上的断崖，又率众往荒原空旷处移动。相度地形，退出两三箭地，火速地择定退可守、进可攻的阵地；把手下党羽已赶到的三十余人，挑灯为号，聚在一处，排成雁字"人"形阵，等待敌至，立即交手。然后自己拍马抡刀，在前压阵。他那副首领霎时赶到，拍

马朝前一望，连忙挺身退到阵后，代替活阎王指挥同党，整兵备敌；仍派两个壮汉，趁来敌尚未迫近，火速飞马回去勾兵。刚才围敌，乃是骤出不意；现在仇人既邀能手，二番寻殴，必然预有布置，未可轻敌；自己这边须要堂皇对战，慎重应付。

转眼间，来骑齐东大侠石建侯，由械斗的事主陶永春引导，率领五十多个壮士，从东村浓影中驰出，火光一明，亮出队伍，六成骑马，四成步行，刀矛如林、弓矢足备，用长枪挑出二十多盏气死风灯，似一条火龙般，抢奔荒原。相隔十数丈，一声铜笛，马步齐住，仇敌两方抵面，各列阵式。活阎王的人已排成“人”字形，石建侯、陶永春这边，立即排成半圆形。石建侯一马当先，抢到垓心。火光照耀下，只见他手提尖枪，腰悬利剑，气度昂然。一手揽辔而笑，说道：“王五哥请了，我们又有一年多没见。你上回的伤，想必痊愈了吧？”

首领活阎王气得双眸灼灼，一咬牙，也把马一拍，凑上前去。牛首阿旁压阵在后，活阎王横刀在马鞍上，双手一举道：“哦，是石二哥，石二哥久违了，不知寅夜来此，有何贵干？”

这骑士黄面金发，圆眼粗眉，上唇无须，颌下有一绺羊髯，威风凛凛，十分怪相，年纪约四十一二岁，乃是齐东大侠。他仗着本身的本领和广阔的交游，江湖扬名，威震一方；马上善使六合大枪，步下善使青萍剑；和活阎王王锦城，各据一地，外面对阎王表示客气，暗中实瞧不起，厌恶阎王的土豪劣迹，当时微微一笑，道：“王五爷，我无事不敢横插一腿，我这来是给你们二位了事来的。”回头摆手道：“陶三弟过来。”

骑队中，突然走出一马。马上英雄手抱双刀，年约三十七八岁，生得长脸直鼻，眉清目秀，唇上微有胡须；穿一身蓝，满头大汗。这个名叫陶永春，刚才与活阎王王锦城，狭路相逢，械斗不敌，赖猎伴拦入，才得脱身求救。石建侯手指陶永春，面向活阎王道：“刚才陶三弟败到我那里了，言说他与王五爷仓促械斗，人少不敌，他的侄儿被老兄倚众擒住。小弟想冤家宜解不宜结，得饶人处且饶人，彼此都是乡邻，同是武林

一脉，所争又只在一口闲气上，并非不共戴天之仇。现在陶三弟已经认输，我打算替他向老兄讨个情分。请看薄面，把那孩子放回，两家从此各罢干戈，陶三弟日后必有人心。就是小弟，知情感情，也不能平白那个，日久天长，我也要有一番补报。王五爷，你看好么？”

阎王一听，怒从心起，道：“石二哥，你说的话太好了！可是有一样，石二哥既然出头了事，一碗水该往平处端。你可知道俺的徒弟是怎么死的。他家中上有老母，下有弱妻，年轻轻的叫陶爷的人给砍死了，莫不成就算白死？”又一指自己的脸道：“二哥，你再请看，我这眼下一道伤，调治了一个多月，才得平复；到底破了五官，落了残疾。人都有一张面皮，人都争一口气。想我王老五，含恨忍耻四年多，今天好容易才得与陶家叔侄相会，彼此公公道道，一刀一枪，有来有去；搁着你老兄，难道你凭朋友几句场面话，就得罢休不成么？依我看……”

石建侯登时把脸一沉，厉声道：“不罢休，想怎样？依着你看，就把姓石的噎回去，是不是？”

活阎王不觉低头，接不下话去；半晌抬头，张了张嘴，忽一切齿道：“老哥，你既然出场，我无论抱着多大冤屈，似乎总得给你闪过一面才好。我的徒弟死了，怨他命短。石二哥，你也总得让我过得去。现在长话短说，我们该怎么办？”

石建侯道：“怎么办，你说吧。”

阎王又发狠道：“咱们这么办，你老哥既已到场，请闪在一边，给我们做个见证。我也不倚众为能，陶永春手里也有刀，来来来，咱二人就当着石二哥，来个单打独斗，你姓陶的果然胜得我这口砍刀，我就把你侄儿放回；并且我还要从此埋头洗手，不在齐东混了。若是你姓陶的不胜，石二哥，你做个保证，以下的事就可由我了。这不是我不懂交情，无奈这里头不止是争一口气，还欠着一条人命哩！”言罢，向石建侯施礼道：“石二哥，这样办，公公道道，人情面子，两全其美；可

是我姓王的未免太栽跟头了。俺那徒弟挨砍时，就没有谁出面替我讲情，可惜了一条小命，硬叫陶爷给毁害了。”遂将手中大砍刀一摆，面色一整；手指陶永春，大声叫道：“姓陶的，我的话跟石二爷说开了，你也有耳朵，你别不哼气呀。你难道就凭人家局外人，给你仗腰子，讨人情，自己一点也不争气么？”

陶永春勃然大怒，傲然冷笑道：“单打独斗，我正求之不得。石二哥，请你费心做证。”拍马挥刃，就要上前。活阎王把大砍刀一举，立刻放马。

那石建侯一张黄脸，倏地泛起红云，舌绽春雷，猛喝一声：“且慢！”催马抬枪，横挡在垓心，高呼道：“陶三弟退后！王五爷，你要识趣！我既然到场，你总得叫我下台。我再说一句，你看我薄面，把他侄儿先放回。我叫他撒红柬，遍请山东武林同道，当众设宴，给你赔礼圆场。你要不赏面，王五爷，我姓石的在齐东，也还有点微名，我给人出头了事，也有多次，从来没叫人硬驳过。这一来，你来看……”一指到场的五十余人，道：“你是叫我姓石的当着这些朋友，活活折在你手里，你简直的叫我回不去了，你可明白！”

石建侯横枪当前，跃跃欲动，分明要强来出头，把事情揽在自己身上。活阎王王锦城素知石建侯不好惹，看了看四面，人家带来的人又很多，不由低头沉吟。

阵上同党哗噪道：“五爷，休要听他一派胡言！您的徒弟废了命，咱们好朋友，好弟兄，又伤了好些个，如今百年不遇，抓住了把鼻，焉能随便再松手，放虎归山？”

一个尖嗓子的人更对石建侯大嚷道：“石朋友，你给我们两家了事，我们很承情，无奈不是这么了法。姓陶的侄儿，我们把他捉住，本要零碎给他罪受，末后再赏他一刀。现在冲着你的面子，我们决不给他苦吃，也不能放了他。我们只拿他当个活押当，你请放心，我们决不伤他半根毫毛。”

石建侯大怒道：“哇，你们这些东西，给脸不要脸，大概

你们也不认得我姓石的厉害，你们哪个不服气，来来来，咱们较量较量！”

双方喧闹，阵角骚动，登时要交手。忽听阎王这边，阵后豁喇喇一马越众过来，乃是活阎王王锦城手下的副首领牛首阿旁牛寿明，外号叫做牛头大王的。他左手揽马缰，右手提大斧，领部下两个壮士，押着一个俘虏，如飞赶到。他在阵后，已听明来人不是泛泛之辈，乃是齐东大侠石建侯，受对头陶永春邀请，前来帮场。正是来者不善，善者不来；石建侯外号石敢当，威镇山东，最难惹不过。牛寿朋听见他们大动唇舌，争论着释放械斗被擒的陶永春的侄儿。这陶永春的侄儿，年轻有力，也是劲敌，如今好容易捉着，这么一个活肉质。现在有心不放，石敢当必然翻腔；若真当时放了，未免跟头栽得厉害，也失了寻仇的好把柄。这牛头大王诡计多端，立刻在阵后悄悄布置安排。传令手下人，把林中树干上捆着的陶永春的侄儿，解下绳缚，暗施手法，重缚在马上，驱到阵前。

牛头大王拍马上前叫道：“喂，朋友，你们是来给我们了事的么？我们先谢谢你这番盛情。你们不是替陶永春要人么？不错，我们的确捉住一个活当头，按理不能轻放。朋友，我们就冲着你的面子了。来吧，还你的人。”立命二壮士，把马缰一松，抡马鞭一打，这马驮着人，向阵前窜过来。

活阎王不悦，才要发话：“怎么不商量，硬给做主纵敌放仇？”刚喝了一声：“嘿……”牛寿明背身摆手叫道：“石二爷，原人交还，我们后会有期，别的话以后再谈。”

石建侯勒缰横马，看一看马上驮来的人，已由陶永春等蜂拥迎住，遂向牛寿朋举手叫道：“朋友你贵姓？既承义释，足见交情，我先谢谢你们二位！喂，陶三弟，你快认认人，仔细看一看。”

牛头大王牛寿朋立刻喝令收队，催着活阎王，领众往后撤退；打马如飞，退向林径。

一行大众刚刚退到林口，这边陶永春突然发狂似的暴吼

道："好恶贼，你下这种毒手！我跟你们拼了！"别的打手也一齐高叫："石二爷，别放走他！"

石建侯刚刚折马往前，送了几步，交代了几句场面话；眼望着活阎王，举手作别。忽闻背后发喊，急回头一看，只见陶永春手抱侄儿，扑地坐倒，又托地跳起来。旁边数人举灯笼照看，抚视这被释的俘虏，喧成一片。

石建侯登时有些瞧科，厉声叫道："王老五别走！陶三弟怎的了？"忙回身验看。

原来陶永春把侄儿搀下马来，借灯火急忙验视周身，遍体并无伤痕，只右肩胛略受浮伤，但是面色惨淡。陶永春忙问侄儿，失手遇擒的情形，可曾受了伤？受了凌辱？他侄儿起初一字一顿，也还说出几句话，好像没受重伤，只叫敌人刺了一下，神色难看，好像是被掳含愧。陶永春刚刚放了心。忽见他侄儿打冷战，浑身肌肉颤抖，两眼上插，摇摇欲倒。陶永春急忙扶住他再问他怎的了，竟闭目不答，身子往下直溜，跟着嘘喘起来，陶永春慌忙抱住他，坐在地上。这少年人越喘越不像，面呈死色，人已昏惘。手下人提灯照看，乱糟糟喊叫："不好，不好！侄少爷的情形可不对！"连声对耳呼唤，伤者眼不能睁，口不能答，全身随人手俯仰。事出仓促，地在荒郊，既无救药，眼看着舌缩气微，越变越快越坏。

陶永春泪下如雨，怒气冲天。陡然把垂毙的侄儿放下，提刀瞪眼，奔来大叫："石二哥，咱们中了贼子们的奸计了！"

石建侯只一看，又奔来一扪，怪叫一声，飞身上马，提枪豁喇喇急赶下去。这边，陶永春徒手奔出数步，抽身急回；又伸手扪一扪侄儿的口鼻，提灯照一照侄儿的面色，连连跺脚，命人把尸体背回去。自己慌忙抄兵刃上马，狠打一鞭，从后赶来。部下壮士紧紧跟随，一同追逐那施暗算、毒杀俘虏的仇人。

当这时，牛头大王牛寿明，弄这一招辣手，急急地催手下众人，火速奔入林径。活阎王追问他，是何缘故？他只催快走："走迟了，怕仇人追上来。"

活阎王着急道："你到底弄什么把戏了？你说出来，我也好应付。"

牛寿朋这才勒缰说出实话："我给小子种上毒了，回去准死无疑。少时教他们发觉了，必要追来，我们还是赶紧走，在前途下埋伏。"一面说，回头望了望，见自己的人都已退到林中，忙下令两旁埋伏；又加命一人飞马奔回去，火速调人增援。

他这里加紧预备，却不道七步断魂针药力发作太速，还未容他布置停当，那边陶永春的侄儿已然毒发身死，眼开腰挺了。仇人大队猛扑过来，恶声痛骂，势欲拼命。牛寿朋悔之不迭，阎王也抱怨说："老弟，你这一招弄巧成拙，大错特错了！"

但事已至此，只好迎敌。阎王把大砍刀挥动，调转马头，拒林而守，齐东大侠石建侯、陶永春，一个痛恨受愚，一个痛悼亡侄，一前一后，舍死忘生，追到林边，大叫："王老五，牛老八，一对施暗算、没信义的奴才，快滚出来见我！"

牛寿朋不答，潜命放暗器。手下党羽，只投出十数个飞蝗石子，石建侯一马当先，金枪卷舞，如巨蛇吐信，来抢林口。陶永春双眸圆睁，凶若煞神，恶狠狠硬扑过来寻仇。械斗群徒攻战已久，余箭剩石无多，被石建侯、陶永春，单枪双刀，横砍直挑，把人冲得四散，林径要口眼看突入。

阎王一见仇人来势甚猛，忙拍马杀出来，阎王抡刀抵住石建侯，牛头大王抡斧抵住陶永春，陶永春邀来的众好汉如一窝蜂从两边掩上来，与阎王手下群徒，就在林边大战起来。

第二十九章　械斗结怨

活阎王一党久斗力疲，渐渐不支。石建侯舞动长枪，忽刺忽挑，招数既熟，臂力又猛；阎王王锦城本非对手，越战越往后退。陶永春虽也力尽，此番重来，乃是拼命，牛寿朋也抵拒不住了。双方部下的党羽也强弱不同，石建侯率来的这一帮都是精悍的武林壮士。阎王的党羽疲卒心怯，渐渐守不住林口；又强支数合，王锦城汗如雨下，两眼发慌。石建侯唰的左手一枪，镇住敌人的砍刀，右手抽剑往横处探身一刺，又倏然一刺。阎王骤然闪身，险些坠马，把砍刀一提，往外一荡，慌忙喊一声："风紧！"拖刀勒缰，打马便走。牛头大王牛寿朋急将长柄鹰嘴斧，格开陶永春的刀，率领群徒，也一溜烟撤退下来，暗自懊悔失策。阎王心中更是难受，加鞭急走。石建侯不舍，马上加鞭，突林追入。林径夹杂，阎王将灯笼火把一齐抛灭，据暗敌明，且抵拒，且败走。石建侯、陶永春这边虽有灯火，也只得熄灭，免被敌人乘明袭击。双方就在林中，摸着黑打起来。

如此，阎王这边强力抗敌尽难，乘暗败退却易；一行人方

自大喜，正要钻林。不料突然间，从林径斜道小径，飞冲出二十多个敌人，恰恰把阎王的逃路堵住，这一伙正是卢鸿飞和武师猎伴等人；还有两个大汉，便是藏在荒岩枯树上，放响箭的那拨探子。

陶永春当头次械斗败退时，便沿道放下几个伏路壮士；自己忽然奔退，邀出石建侯，集众重来寻仇夺侄。刚才响箭连发，便是陶永春先遣的冲锋，与伏探遇上了；借此发箭，通报敌情。那卢鸿飞一群猎伴，无心路遇，被阎王迁怒追杀，又远远看见陶永春迎头攻来，误认是阎王一党，觉得后有追兵，前阻强敌，无路可投，这才往斜刺里败走，弃马当攀崖而逃。

这一来，恰与陶永春的伏路壮士相遇。伏路壮士早已窥见卢公子与阎王苦斗，便跳下树来，说明缘由。卢鸿飞、黄金雄始知械斗原委。

原来这陶永春家道小康，祖传精擅长拳，在家中一面务农，一面设场子授徒。因有太平村巨富张某，误听阴阳先生的谎言，为保新坟风水，在本村盖了一座庙，遥对着邻村孟辛庄；又将两村交界的一道土岗，擅自挑断。孟辛庄居民以为张财主倚财欺人，破了本村的风水。偏巧在挑岗建庙之后，孟辛庄连有两家失火；他们也受了阴阳先生的滥言，托人要求张财主，拆庙筑岗。结果，双方弄僵，激起械斗，孟辛庄这边惨败。陶永春的至戚把两个儿子全送命在械斗上了，这便是陶永春的两个内弟。孟辛庄的首户李敦老便怂恿陶永春的岳翁，坚求陶永春出来助拳，便由首户许下重聘，要他兼给自家护宅，并充本村乡团武教练。陶永春情不可却，便答应了，帮忙修岗，于是双方械斗重起。太平村的巨富早已闻信，赶紧用重金礼聘，把个阎王王锦城和牛寿朋邀来。两人与陶永春角斗数次，阎王手下几个徒弟失手殒命。活阎王一怒改装，夜入孟辛庄，到首户家行刺、放火，他的大弟子跟随前往。谁知陶永春防备甚严，阎王的大徒弟脸上挨了一刀，当场被擒，送入官府，办了个强盗罪名，眼看着首级不保。牛寿朋多方设计，才

把大弟子的罪名减轻，至今还在牢中。却是行贿赎罪，必须倾囊，张财主到这时后悔起来，倒怪阎王无能，虽然到底拿出钱来，可是颇有难色。王、牛二人为此一怒脱离张宅，勾结绿林，要自行报仇，百般的计算陶永春。不久，终用反间计，把陶永春的东家李敦老弄得动疑，便辞了陶永春，另延武师护宅，把本村乡团武教练的事情也给辞了。陶永春并不介意，仍回自家，务农教徒。

这活阎王仍不甘心，自料武艺不如，又访师学艺，数年后回来，与牛寿朋定计报仇。适值陶永春新丧爱子，精神颓丧，阎王王锦城派人假装吊纸，投下封信，邀他“以武会友”。陶永春只得答应下，与他定期决斗。不想竟上了一个大当，单人斗技之后，活阎王又夜袭群殴，这就是今天的事了。陶永春无可奈何，就在荒郊野外，与敌一拼。寡不敌众，弄得大败；门徒受伤，侄儿遭擒。等到陶永春把患难至友齐东大侠石建侯邀来，那牛寿朋明着讲和暗下毒手，害了人家的侄儿，从此两下里结仇更深。

那卢鸿飞公子，偶因游猎，陌路相逢，无意中竟碰上这场是非，却也落得本身受伤，又害了好几位猎伴，终于也跟阎王结下深仇。

当下卢鸿飞问明原委，因自己这次无端伤了好些人，心中很是气愤，便与武师黄金雄等商量，既然阎王的对头来到，便要率余众，下场助拳，拿住这个活阎王，送官治罪，一来泄忿，二来惩恶。即请这伏路壮士（也是陶永春的门徒）当先引路，从后岸溜下来，大宽转，绕到林边，衔枚拨草，火速地抄截阎王党羽的退路。

那伏路壮士喜出望外，这真是很好的一支夹击之兵从天而降，立刻欢跃带路，本着熟悉的路径，从半腰一抄；潜藏树后，一声不响。直等到活阎王和牛头大王害人扯谎，飞奔入林，石建侯、陶永春等在后面拍马急追，这伏路壮士才暗暗招呼卢公子跟黄武师道：“是时候了！前面跑的是仇人，后面追

的是家师。”

卢公子这才对黄金雄道：“我们上吧，除暴就是安良！”坐马已失，急从步下，穿林当道，观得牛头、阎王眼看奔至，暴喊一声，迎面剪住。那伏路二壮士引吭高呼，催他师父陶永春快快夹攻。

阎王弄得马喷沫，人流汗，一马当先，好容易闯入林内，劈头被暗器打得倒退。后面敌人也霎时追到，阎王与同伴在林中乱转，人马拥塞，互相践踏，登时把林路堵住了。阎王急得大吼，卢鸿飞已换刀上前索战，黄金雄暗令缓上，以免穷寇拼命。

活阎王王锦城被困在垓心，左冲右突，不能逃走，和卢鸿飞刚才被困一样，果然要上前拼命。后面牛头大王领败众蜂拥而至，立刻互相传呼，合兵一处；急急将惊窜之众指挥好了，马在前，步在后，阎王大叫：“老牛快来，杀了这伙东西好走！”牛寿朋忙挥斧过来，两个人的眼都急红了，刀斧齐上，照卢鸿飞攻来。

卢鸿飞在步下横刀招架，阎王把腰一俯，把马一磕，手中刀倏地照下劈去。卢鸿飞急举刀一搪，却不甚得力，只听当的一声，刀口对刀口，迸出火花；左手刀竟被阎王这一刀几乎砍得松了把。阎王大喜，把马一磕，砍刀又起。不防武师黄金雄猛喊一声，刀光一闪，从左边砍过来。阎王急急扭身一架，牛寿朋已然抢一步，把黄金雄截住。卢鸿飞潜取暗器，将右手一扬，阎王哎呀一声。双方相离太近，急躲不及，这一支袖箭直奔咽喉；阎王一歪身，箭中肩头。阎王忍痛拔箭，把砍刀恶狠狠照卢鸿飞劈去。一连七、八刀，锐不可当。卢鸿飞抵敌不住。阎王乘这夹空，急调刀打马，直冲过去，如狂风一般，夺路逃走。

阎王的党羽也如飞逃去，黄金雄喝道：“哪里走！”抖手一暗器，把末后一人应声打落马下。黄金雄立刻夺得这一匹马，飞身上去，随后急追。

牛寿朋忙招呼同伴快走。自己策马一窜，照黄金雄背后，

呼的一斧砍去。武师黄金雄闻金刀劈风之声，忙回马招架，卢鸿飞也赶来策应，牛寿朋却将缰绳一转，拍马斜窜出去，武师黄金雄回刀拦阻。牛寿朋把手一扬，厉声道："着！看镖！"

武师黄金雄和卢公子，齐往旁退闪。一条黑影掠空坠地，乃是牛寿朋的短兵刃。借此一阻，牛寿朋慌忙打马飞奔，追上阎王，远远的败走了。只剩下手下的党羽，前阻伏兵，后有追骑，如没头苍蝇一般乱窜。步下的人钻林逃窜了，马上的人见首领已逃，也都个个弃马投戈，钻入林丛黑影中。

陶永春和石建侯突林追到，阎王等已逃得没影。陶永春记恨杀侄之仇，切齿穷追。与石建侯登高一望，见曙色将透，前有浓影。追上去一看，只剩空骑，仇人弃马而遁，业已无踪。只好重返林径，在林内外细细的搜了一回，从中救出几个猎伴，都是刚才被擒，牛寿朋把他们绷在树上的。遍寻战场、把仇人的遗尸，掘了个大坑，埋了。受伤的就活捉了去，仍备将来换俘。自己这边伤亡的人，都一一舁救，往回运走，又将猎伴所弃的马寻着了。一切收拾完毕，陶永春、石建侯都过来，向卢鸿飞、黄金雄一伙猎伴，长揖深谢，殷殷动问姓名。把猎众强邀至陶家，疗伤款宴，各陈械斗原委，当下定交告别。陶永春、石建侯搜寻仇踪，杀侄之恨誓死必报。

卢鸿飞回家之后，懊悔异常。这一回游猎，猝遇人家械斗，自己以一个局外人，竟有好几个猎伴受伤，还死了一个健仆，一个猎师。疗伤葬死，恤赠亡人的家族，很花了不少钱，费了不少事；却交了石、陶两个朋友，结下了牛、王两个仇人。卢公子的妻子谢氏娘子，乘间委婉的劝他一回："不要多招宾客了吧！"卢公子也自后悔，便闭门谢客，暂时不再远出，闲时只在家中看看书，与武师黄金雄练练拳。

至于在外书房养伤的那个壮士孙六，经问馆童，果然就在卢鸿飞出门野游的那一天，也自骑马出去了，因此武师黄金雄心中越发犯疑。

但到次日晚上，孙六便已回来。候到卢鸿飞一行回转，孙

六便烦馆僮，进内宅回话，说自己伤势已好，要见公子当面叩谢，拜别还乡。卢鸿飞听了，也没介意。心中正在烦恼，只吩咐账房，给孙客人支三十两银子做路费。

直过了两天，孙六又催请一遍，卢公子才抽空到书房，和孙六叙谈。孙六长揖拜谢，自说："在下猝遇寇仇，身负重伤，幸承公子援手，才免一死。现在箭创早已痊愈了，打算即日还乡。因感救命大德，必须当面叩谢，所以请公子出来一见；路费我这里倒有。"那三十两银子，坚辞不受。

卢公子拱手道："这是小事，不足挂齿！缓人所急时有，卢某还不是那见危袖手的人。孙兄打算这就回家么？"孙六道："是的。"

公子道："哪天动身？"孙六道："见过公子，明天就走。"

公子道："贵乡在哪里？"孙六一指正南说："离这里不远。"竟没说出地名。

卢公子忽然想起黄金雄谆谆告诫的话，乘机略加盘询道："孙兄一向贵干？听你口音，颇像江浙人，贵乡在哪一府？你遇上的歹人，究竟是强盗，还是仇家呢？"

孙六好像漫不经心似的，随问顺口随答道："在下本是镖行，伤我的是劫道的强人，也算是仇家；镖客与贼本来势不并立。"这末句话就不大靠得住。

卢公子道："孙兄原来是镖客，刀镖在身、御暴客、护行旅，久羡久羡！但是，孙兄府上究竟属哪一省？大名是那两个字？"

孙六道："我么，原籍江苏，就在邻省。排行在六，草野无名，他们都管我叫做银镖孙六。在下是粗人，操业又俗，不过是给富商大贾做个护行看家的犬马罢了。"说罢大笑，又道："公子是个商人，在下虽在邻省，也久慕盛名的。人人都夸兰陵卢公子是我们大明朝的孟尝君。"

卢公子脸上一红道："谬赞，谬赞了！孙兄谈吐风雅，我看你文武全才，决不是寻常的镖师。"

孙六笑道："不是寻常镖师，是遇贼便跑，一箭几乎送命

的无能镖客。若不是公子冒着人命牵连，陌路施救，我区区蚁命，还不断送在荒村破庙里么？”

两人由此又谈到江湖生涯上。这孙六闻博广见，吐属洒脱，无怪黄金雄疑他不是泛泛之辈。卢公子觉得他实不带一些镖客俗气，因此两人倒很谈了一阵，卢公子说起江湖仇杀的事来，要借此探孙六的口气；话里引话，不知不觉，讲到自己此番游猎，误遇械斗的话来。夜月林边，忽闻响箭，把自己一行，搅在械斗场中，三出两入的打了一阵。

孙六听罢忙问械斗的两边是谁；卢公子不待细问，便说这一边是陶永春、石建侯；那一边是什么牛头、阎王。自己一行猎伴，和牛头、阎王交起手来，双方都有人受伤；如此这般，当闲话说了一遍。

孙六道：“哦！”脸上带出愕然之色，跟着说：“原来是他俩！公子大概不晓得，这牛首阿旁牛寿朋和活阎王王锦城，都不是什么安分人物；据说招娼窝赌，坐地分赃，和绿林很有来往的。”

公子道：“那个石建侯也这么说过，劝我留神他。”

孙六道：“到底公子和他怎么误斗起来的？”

卢公子又把助斗的详情说出，连牛头大王下毒手，杀俘虏的话也说了。现在陶永春和石建侯决意大举报仇，还要找寻阎王和牛头的巢穴。”

孙六很留心地听，听完又很仔细的问。把一切经过问明，正色对卢鸿飞说道：“公子可留意，这阎王和牛头不是好惹的东西。在下久涉江湖，颇知道他们两人的鬼蜮行藏，总而言之，他们这种人并不是什么好人，一向是裂眦必报，恩怨分明的。依我看，还请府上多多留神。”

卢鸿飞道：“当真这样的么？”因想起黄金雄也这样说，王锦城乃是土豪，两边械斗最恨的是旁人出头打岔。现在阎王无端吃了大亏，恐怕不能甘休。

跟着孙六又说起江湖上仇杀的事件，买凶栽赃杀家灭门，

什么歹毒做法都有；动不动索及数千百人，官府也没法子严究，只能敷衍了结，这等事不能不加提防。

卢公子听着津津有味，仍只当做奇闻轶事听，并未认真设想。此时虽当明末，流寇纵横，可是王纲未坠，齐鲁地面尚属安静。卢公子心想：“阎王就是土豪，还敢造反不成？”

谈了一阵，卢公子重问孙六，明天何时动身？预备设宴相送。孙六低头沉吟道：“在下原定明早上道，现在觉得伤口发痒，恐怕是前天骑了一趟马，又累着了。打算再多骚扰两天，不知行不行？”

卢鸿飞笑道：“这有什么不行？我看孙兄气概桓桓，精神内敛，必然深精内家武技。等着得闲，我和我们黄武师，还想跟你考究考究呢。”孙六只微微含笑，敬谢不敏。

从这天起，卢公子仍然忙着抚伤丧死的事，把孙六的话，早忘在脑后，甚至也没对黄金雄说起。孙六竟留恋不走，一晃过去十来天。

哪料想到第十一天头上，鼓打三更后，卢府忽然有警。鸿飞夫妻已经归寝，卢宅内外都已熄灯，只有护院武师黄金雄，还倚刀假寝。他对这陌路客人孙六，心中总未释然；曾背着主人公，私到外书房，拿话试探人家；被孙六瞪着诧异的眼，反唇相稽。两人话顶话，闹得针锋相对，几乎吵起来。多亏馆僮从旁代说：“这是我们宅里的武教师黄师傅。”孙六方才转嗔为喜，改容敷衍了一回。黄金雄冷笑着出来，替主人暗加戒备。他断定这孙六来历不明，心怀叵测。卢公子坐拥钜产，素有富名；黄金雄是有名声的武师，既在卢宅假馆，万一出了窃案，他实引以为耻。况且卢宅以前又被飞贼借过千金，黄金雄多加小心，也是很自然的事。却不料提防孙六，孙六尚无异动；那活阎王王锦城真个的衔恨啖人，前来探路了。

阎王王锦城本不是安分的人，与陶永春一场械斗，在陶永春觉得惨败求援，侄儿殒命，实负着深仇大耻，切齿必报。在阎王那边，横逢猎伴，大败而逃，另外也吃了大亏。他的内弟

在穿林夺路时，忽逢暗箭贯耳，被人负救后，拔箭立毙。卢公子这边自然不晓得，陶永春那边也是不晓得，阎王一党却已痛恨到极处。陶永春邀人踏访仇踪，要搜寻阎王的下落，阎王其实没走，潜率同党，伏住近处，连夜潜派能手，反来刺探陶永春的动静和卢鸿飞的来头。只几天，已访明卢公子乃是兰陵大富之家，正可以打抢行刺，一来得财、二来报仇。于是阎王的死党夜眼胡林、歪毛祁二，悄悄的袭入卢宅来了。

第三十章

行刺遭擒

此时夜暗星黑，微风瑟瑟，卢宅前后院门扉阒全掩。忽从西边邻院房顶，露出半个人头，往下窥视。身穿黑色夜行衣，背插短刀，腿绷匕首，正是夜眼胡林。他悄悄地爬墙登房，蹭到高处，张目里外一望。见卢宅正院漆黑，窗板已上，前院只三间东房有一间隔纸窗透出灯亮；东斋和西园寂然无声，暗然无光，更房不知在何处，也不知是有是无。胡林相了相，就轻轻鼓掌，向北面招手。北面罩房后，应声又闪出一个人影来，穿夜行衣，背单刀，插匕首，与胡林一样的结束，只身量稍矮，此人便是歪毛祁二。

两人把身一长，挪步凝眸，各处窥探一回，把全院形势认清，进退之路勘定。祁二随手揭起一片瓦，试丢在院隅。啪嗒一声，屋瓦摔碎了，两人急缩身倾听了听，并无别的反应。两人放心露头，掩在房脊后，鹤行鹿伏，从高处凑到一起。指指点点，耳语片刻，履着屋瓦墙砖，分两面先绕奔前院，要先查看这间东屋有灯亮处的虚实。

胡林和祁二慢慢往前移动。足登软底鞋，残瓦无声；掩身

黑影内，外形不露，慢慢地，轻轻地蹭过来，将要到了，稍稍一顿，探身出来，闪眼再看；便要招呼着，分一个人下来，破窗窥灯。忽然那盏灯灭了！两人慌忙停身缩头，半晌无声；歪毛祁二便要溜下去一看，胡林连连摇手，暗示着："来！"另从身上取出一小石子，嗖地轻投下去，落地吧嗒！屋中悄然依旧沉寂，外面也无异响。

过了一会儿，胡林伸手作势；歪毛祁二点头会意，把袖箭上好，刀也备在掌中，伏身房脊后，提神代伙伴巡风。夜眼胡林便将背后刀抽出来，身形一缩，刚要溜下房顶，往平地跳落，忽听祁二嘶地叫了一声，连连对他摆手。胡林退还原地，四面张望，原来东屋那盏灯已灭又亮了。

胡、祁二人相顾愕然，按情形，此时应该持重罢手，并且阎王、牛头派他二人来，纯为勘道，把卢宅全院房舍的形势勘明，便可回去交差。这两人在卢宅盘桓了半个更次，探道摸底十分清楚了，谁想他们忽然贪功，心想："这不过只一盏灯罢了。"全宅空虚，久探无人发觉，如入无人之境，歪毛祁二道："喂，咱们顺手把姓卢的首级捎回去，不就完了么？"

草莽人物胆气粗豪，四只眼望着这一盏灯，搔首寻思。自觉虚劳此行，心实不甘，到底要找个小下场才罢。便嗖的一声，夜眼胡林先窜下来。轻身提气，蹑地无声，挨到外院东房后面不远，重跃上墙。越脊登房，到得屋顶，蛇行至前，用倒卷帘式，挂身往下窥窗。躲开前庭，不履平地，这便是多加小心。头上脚下，足钩房檐，手攀窗格，破窗纸往里一张，不料这一窥，倍觉诧然。这三间屋一明两暗，只左首暗间桌上点着灯，灯旁并无人坐，对面横陈一榻，床帐高悬，床头也无人卧。屋内空空，有灯光无人影，正不知何故。

胡林心想不安，他们定有防备。刚要抽身，耳畔忽闻扑登一声，急翻身上房，张皇寻看。恍惚看见歪毛祁二仰面拉叉，摔在当院。胡林忙打了一声呼哨，祁二挣扎起来，也口打呼哨，一拧身，似要上房。不知怎的，祁二又咕咚的栽倒。连滚

带爬，直奔短墙。胡林大惊，忙回身旁窜，欲探究竟。突见跨院一条黑影，如箭奔出，大喝：“有贼！”说着把一件铜器抛在石阶上，当啷一声，这人立时一窜，赶上来，照祁二唰的一刀，口中连喊：“快来人，有贼了。”

这个人正是武师黄金雄。祁二顾不得窜墙逃走，急忙回身招架，口中连吹胡哨，低呼：“风紧！”胡林忙探囊取镖，托在掌心，比了比，刚一扬腕，镖还未出手，蓦地听见侧面房顶，唰的一声，一缕寒光扑来。胡林急闪，臂上早着了一下，其痛彻骨，却不知何人发的。急顺来路寻去，就在西边房上，祁二刚才巡风藏身之处，又冒出一条人影。

胡林大怒，不但不走，唰的一镖打去。只见那人影一晃，倏有黑乎乎的一物，直奔自己面门打来。胡林一伏身，窜开数步，脚刚站稳，耳畔听唰的一声，暗器又来，连珠弹似的一连四下，其疾如电。胡林左闪右躲，肩膀上又着了一下，仿佛是铁弹子、飞蝗石一类。再看西房上的人影，已然伏下去不见了。卢宅上下，已闻盗警，吓得壮夫、更夫、门丁，拿了花枪木棒，提着灯笼，站到院中乱喊，卢鸿飞公子已经惊醒，披衣急出，喝令拿了箭来。祁二已逃上邻房，揭瓦片往下乱打。胡林连连吹哨，催祁二快快过来，一同逃走。揭房上瓦，往下急打，不叫卢宅护院上房。转瞬间，很伤几个仆役，吓得这些家人乱跑乱叫。卢鸿飞不会上房，黄金雄不敢上房，怕中了敌人调虎离山计。卢公子恨众仆乱窜，忿欲上前；黄金雄忙唤住卢公子，催他速回上房护宅。这一来，倒放松了刺客。

祁二已逃上房，大叫：“姓卢的，老爷们走了，改日取你的首级！”

一言甫了，高处忽听有人狂笑道：“毛贼休要张狂，你们一个也走不了，公子不要慌，这来的就只两个贼。”

众人急抬头看，只见贼已然凑到一处，觅路欲出，突从房上闪出一条人影，如一只飞鸟，登房越脊，截住了二贼逃路。

胡林、祁二方要往跨院跳，一见迎头来了宅中人，齐将手

一扬，发出暗器。那人影略略一闪，仍扑上来。两贼拨转头，要往旁处退。那人影在后急追，且追且呼："卢公子快回内宅，黄师傅快上这边堵截。"

卢公子大声叫道："朋友，你是哪位？可是孙兄么？"

那人道："是熟人。"掠空飞蹿，如鹯逐雀，一步也不放松，追赶过去。

二贼横逃，眼看夺路逃走。黄金雄急持刀上房，迎头阻拦，二贼突然又改奔前路。护院人放了一排箭，没有挡住；二贼腾身飞跃，双双翻墙逃走。众人大喊，那人影喝一声："哪里走？"一飘身，也翻墙追出去了。

卢公子道："刚才这人可是姓孙的客人么？"黄金雄道："自然是他。"

卢公子道："想不到今天又闹贼，想不到孙君帮忙拿贼。一共就只两个贼么？"便要吩咐人，开门追踪，黄金雄忙道："公子别叫他们追，也许不只两个，快往院里搜搜看。"

黄金雄仍然有戒心，即嘱仆人，把宅中灯笼全数点着，与卢公子到内宅各处加意查看。折到前院外书房，果然外书房孙六宿处，双扉虚掩，孤灯荧荧，床帐空悬，卧客已渺。卢公子重回内宅，安慰妻室；然后出来，与黄金雄猜论贼人的来历，并揣测孙六的为人。黄金雄劝卢公子，对孙六仍要多加小心，不要因他追贼，便失了戒心。卢公子只含笑点头。

约过一顿饭的工夫，大门外有人砸门。门丁都不敢擅开，进来禀告公子。武师黄金雄站起来道："我去。"挑灯提刀，领众人绕从马号开门，转到正门一看，果然是孙六回来了，当门而站，左肋夹着一个人，已放在石阶上，正是歪毛祁二被捆得粽子似的。

卢公子也随后出来，抱拳谢道："孙兄，就是这一个贼么？我真得谢谢你。"

孙六道："还有一个贼，被我打了一镖，现时捆在路旁树上呢？谁费心把他扛来？"护院的人忙去了五个人，找到路边，

把那个夜眼胡林解下树来，杀猪似的扛回卢宅。

卢公子道："这两个东西又是飞贼么？"

黄金雄笑道："未必是贼人吧？"

孙六看了黄金雄一眼，哈哈一笑道："也许是仇人。"

当下，押定二贼，一齐走进外客厅，明灯高悬，内外通明。卢公子让孙六和黄金雄坐下，亲自审问二贼："你叫什么名字？可是阎王的同党么？你们的伙伴共有几人？为什么找寻我来？"

胡林、祁二两个贼被壮仆押着，毫无惧色，瞪着眼，只是恶狠狠端详孙六和卢鸿飞公子。任凭卢公子喝问良久，二贼抗不置答，一味谩骂："老子的来意，就是想到你家找点油水，老子一时不小心，被你们拿住了，没什么说头，只求一死。你问我们的伙伴么，不多，只有几千，明天晚上准来。小子你提防着吧，反正叫你们舒服不了。"

卢公子很生气，喝道："我好好问你们，你竟敢秽言乱语！"喝令仆人，拿皮鞭来。

武师黄金雄忙拦阻道："公子不必这样，等明天把他们送官好了，犯不上跟混人致气。朋友，这里的宅主好生问问你们，为的是可怜你们，要把你们放了，你倒骂起人来，你们不光棍了。"

孙六也悄悄对卢鸿飞说："先把他们押下去，有话回头说。"

卢公子依言，命那几个壮汉，把二贼推到下房，拨人看守。孙六这才对卢公子、黄金雄说道："公子，你是当地的绅士，身家很重，不值跟他们结怨。他们这些人明是土豪，实在就是强盗，逼急了，他们什么把戏都会使的。"

卢鸿飞道："但是这王锦城竟遣刺客来算计我，我不把他们送官，难道就这么容容易易释放了不成？那岂不是纵虎归山，反贻后患，弄不好反疑心我怕他哩。"

武师黄金雄道："送官不妥，放是不该轻放的。我想我们该想个善遣之法，依孙兄之见，该怎么办呢？"

孙六欠身道："这件事情交给我吧。对付他们，威逼和善遣，双方都照顾到，总以给他们稍留江湖上的体面为要。能把怨仇化解开，岂不是更好？"

黄金雄道："那好极了，只怕不易。"

孙六道："那么……"

卢公子忙道："且请孙兄试一试。"

孙六看了黄金雄一眼，遂退下来。自己回到外书房，掩上房门，拿过笔墨来，写了短短的一张字柬，严密封固，揣在自己怀内。转身来到拘押二贼之处，屏人说了许多话，亲替胡林、祁二松了绑，把兵刃交还二人；候到黎明，悄开旁门，把二人送出卢府，把那封写好的信交给了二人。胡林、祁二没可奈何，只得含愧拿了那封信，垂头丧气，趁天色微明走了。

那活阎王王锦城、牛头大王牛寿朋，潜藏在秘密巢穴，天天盼望消息。直过四天，才见胡林、祁二回来。听二人一报，才知两个人行藏已露，行刺遭擒。活阎王不觉大怒，把胡林、祁二狠狠抱怨一顿："只教你们哥俩前去刺探，谁教你们动手行刺来。这教人一捉一放，太丢脸了。"

牛寿朋道："而且也显得打草惊蛇。"

胡林沮丧不语，祁二忙说："师父在上，我敢起誓，别看他们刑吓软诱，我们俩任什么也没说。"

牛寿朋道："何用你说，人家还猜不出么？"

活阎王的本意，是一面遣人刺探陶永春、石建侯，一面遣人刺探卢鸿飞；可是报仇的着重处，还是陶、石二人。要等自己把伤养好，便孤注一掷，大撒绿林箭，勾结大盗，大举复仇。他已不惜投身盗帮，以湔深恨。陶、石两人势大技强，又是死对头，阎王派往刺探的乃是同党劲手，此刻已经访实回转。偏偏卢宅打探的胡林、祁二两人把事弄坏，不但塌台，甚至泄底了。阎王和牛头拍案顿足的叫骂，把一腔怨恨都倾注在卢鸿飞身上了。

闹了一阵，胡林方才将孙六那封信拿出来，说是卢宅朋友

写的。活阎王气忿忿拆开一看，失声发恨道："怎么姓卢的还有这种朋友，这不是横江一窝蜂么？"

原来在这封信上，孙六把他的真姓名、真身份，揭示出来，信上的话无非是排难解纷，劝双方释嫌归好。后边却有"仆与居停主人乃患难至交，不容坐视"的话，含意似乎有些力量。但是惹人注目的还是署名，信末落款写的是："一窝灵蜂孙六符"。灵蜂孙六这个人本身武艺倒也不甚超群，但是"横江一窝蜂"乃是江湖上有名的秘密会帮，在江南江北，潜伏爪牙很多，声势很大，阎王和牛头久有耳闻的。他们猜想这卢鸿飞本是兰陵大姓，代出簪缨，怎么会跟"一窝蜂"秘有联络？或者姓卢的得罪了自己，一定觉得兆头不好，才邀请孙六横来出头，也未可知。

活阎王王锦城默想移刻，与牛寿朋商应付办法，又把胡林盘问了好半晌。结果商定，是暂时罢手，后会有期。反正孙六不会久在卢家作客的，迟早必有一走，等他走后，再设法算计卢府。遂把邀来的人暂且谢遣，仍秘令手下亲信党羽，随时在卢府左右窥伺，贿买卢家家丁，刺探宅内的动静。并且散布谣言，离间孙六，说他是江南大盗。只可惜这番苦心并无大用，卢公子并不听奴仆的话，奴仆也不敢私议主人的朋友。

那边孙六却心知此事不能算了结，早替卢公子出了主意。经多方劝说，半月以后，卢宅全眷移居县城，不再卜居乡间了。鸿飞深感孙六护宅之德，孙六深感鸿飞救伤之恩，两人由此订了口盟，成为至交，孙六留在卢宅不走，竟多耽搁了两个多月。日子已久，交情既深，卢公子渐渐晓得孙六的真姓名，渐渐地知道了孙六的真身世。

他的真名字叫做孙继武，六符是他的号。当年曾被盗案攀诬，一怒戕官越狱，竟当真做了江淮一带的水寇，不久啸聚了一百四五十人。横江一窝蜂首领是金蜂李，远慕孙六的威名，派人邀他入伙。孙六谢绝不去，存着宁为鸡头，不为牛后的心。哪知金蜂李正要开通江淮一路，坚欲借重孙六已成势力。

这日金蜂李居然亲自出马，亲来劝驾。会见之下，金蜂李语言昂藏，胸有大志，孙六一见心折，甘为辅佐，两帮终于并成一帮。

一窝蜂做的事，介在盗与侠之间，人数越聚越伙，势力越铺张越大。邻近的盗帮、会帮，有不受他们笼络的，便实行火并，或者订期决斗。为了争码头，很和江南草野豪杰冲突过；因此结聚的同党，固然日渐增多，可是暗结下的仇家也很不少。孙六防人暗算，他自己的家小潜藏在僻乡，每隔一年半载，便回乡探看亲眷，悄送养廉。不幸他这一次，匹马独出，孤行落单，猝然遇上了仇家，受了人家的暗算；以至于夺路苦斗，后背中了毒箭。自己抡铜鞭，打死了一个仇人，策马狂逃出险；箭镞深入肉里，毒力发作，虽然倒拔出来，却是自己没等敷上药，就痛昏过去，倒在荒郊破庙中。幸蒙卢鸿飞公子陌路相救，才免横尸野外。因此以德报德，替卢公子吓住活阎王，两人终于订交。

那武师黄金雄事后对卢公子讲："我说怎样？这位孙爷果然是草莽人物，我没有猜错。"

卢公子笑道："黄师傅的眼力很靠得住的，不过我没有受他的累，反倒获益不小，这又是意想不到的事了。我卢某一介文人，居然结识了这样一个风尘侠士，也算是生平快事，足以自豪。但不知上次盗借千金的那个黄衫少年，究竟是什么样的人物。"

卢公子有一次顺便向孙六说了，问他可晓得江湖上有这人物没有？

孙六低头想了一会儿，又把黄衫少年的年貌口音细问一遍，抬头对卢公子说："一时还猜测不出来，但是此人既然插刀寄柬，留下笔迹，这便是很好的一条线索。我想我们总可以辗转托人，把他根究出来。公子有闲时，请把他那柬帖寻出来给我。就是丢的那一千两银子，公子给我半年限，或者不难设法追它回来。"

卢公子笑道："那很不必。我只是偶尔想到，要打听打听

这黄衫少年的来历罢了。事早过去，无须重究。这个人举动很风雅，我还想和他结识结识哩。不过我不希望他再来偷我，就是偷，少偷还可，一千两似乎太多。”

孙六呵呵的笑起来了，说道：“足见雅量，公子真不愧是当代的平原君，一个梁上君子，也劳垂爱么？”

孙六劝卢公子移眷城居之后，时常独自出门，不告而行，似有所为。卢公子有时见他回来，有时就问：“孙兄哪里去了？”

孙六信口答道：“活动活动腿脚罢了。”

武师黄金雄已看透孙六的来头，对公子说：“这孙爷既是在帮的人物，自然潜势很大，爪牙必多。会帮朋友和我们拳师不同，有许多事不愿告诉人的。按现在来说，公子跟他已经算是朋友了，究竟还是跟他小心客气一些好。他的形迹我们不知道，他不说，公子无须打听。敬而远之，最妥当。”末后又加上一句道：“还是让他早早离开的好，公子只可虚留一留，用不着叫他御仇备盗。”

卢公子微笑道：“黄师傅说的是，他不久就要走了，就留他，他也不会久住的。”

卢公子此时对待孙六，俨然脱略形迹，以心腹至交相看了。黄金雄始终不以为然，近见孙六行止飘忽，正不晓得他捣鼓什么事情。而且箭伤久痊，在卢府流连不去，也着实奇怪。在卢公子心里，总觉黄武师疑所不当疑，未免小心过甚。说句不好听的话，黄武师也许潜存猜妒哩。殊不知孙六伤痊不走，来去飘忽，并非他自己存什么隐谋，实在是替居停主人卢鸿飞防患未然，连日正在嘱托同帮，刺探仇家。

一晃过了些天，孙六把一切安排停当，便告辞要走。卢公子要盛设酒宴，招朋欢饯。孙六坚辞推谢，末后只在书房备个小酌，畅叙了一日。到临行头一晚上，卢公子厚赠行仪、新衣服、银两，应有尽有。

孙六只收下银钱，余物一概不要。他握手谆嘱卢公子，小心戒备仇家，“如今朝政紊乱，宦官擅权，流寇日炽，公子总

以少交游，敛形迹为要。”又道：“来日如有什么为难的事，须要朋友帮忙的时候，务必赐给我一个信，我必定星夜赶来，与公子分忧。就是我赶不来，近处我还有几个帮友。”把一个秘密通信地方，给卢公子留下，又写了几个人姓名，又从怀里取出一个小小锦囊，递给卢公子道：“这里面是小弟的信物。将来公子要找我的帮友，可持此物为凭。”卢公子看他说得郑重，接过来便要拆看。

孙六忙道：“公子，你只交给嫂夫人收藏好便了，现在无须乎拆看。”

说罢，转向黄金雄握手叙别，道：“黄师傅，小弟这就走了，卢公子乃是本地绅士，身家很重，我孙六不过是个江湖俗物，承居停主人这样看重，尘海茫茫，知心有几？我孙六至死也不能忘记今日。现在我就要离开，我还是放心不下。黄师傅，我要同你说几句私话。”遂屏人秘语多时，然后告别，上马而去。

卢公子送客归来，就问黄金雄：“刚才孙君对你讲什么了？”黄金雄笑道：“他还是不放心那阎王王锦城、牛寿朋两人，好像他深知阎王一伙的诡谋秘迹似的。他说：现在流寇横行，天下骚乱，最不能得罪人的，公子既然跟他们结怨，须时时小心，随时察访他们的动静。孙君还说，过些日子，要来看望公子。”

卢公子听了，自此深居简出，多雇护院壮士，处处多加谨慎。

第三十一章　攻城歼仇

一晃数年，幸无事故。谣传阎王余党已入匪帮，窜往江北，竟未再来此间生事。但此时朝局日非，边疆警报吃紧，流寇的气焰忽然大涨，各地土匪也蠢蠢欲动。卢鸿飞公子关怀桑梓，有心团练乡兵，保卫闾里。兰陵县令原是个干吏，见邻封告紧，立刻召集邑绅、征调壮丁，就势推举卢公子为团练之长。又过了些日子，噩耗传来，思宗殉国，李闯进据北京，又被清兵赶跑；登时影响到各县地方的治安，山左江北全都骚然。溃兵和游勇、土匪勾结，到处攻城焚掠。又逢荒年，饥民也乘机鼓噪，兰陵弹丸小城，弄得一日数惊。

卢公子到这时奋发为雄，和县令同心一意，守城御暴，接连有大股的土匪越境攻城，全都守住了。又有一股土匪侵入南庄，横肆掳掠，把乡团采办的五十匹官马抢去。卢公子勃然发怒，禀明县令，督队往剿。一场血战，赖乡民暗报匪情，夜袭收功，居然截斩贼兵十余名，生擒贼头目一名，把贼人的辎重，和抢来的妇女财帛，打落许多。那五十匹战马，也都夺回来了。余贼溃逃。大获全胜而归，兰陵乡团威名大震，县令盛

设庆功酒宴，厚赏乡兵，又把战功申报大府请奖，仍条陈安民备盗的长策，恳请上峰，酌发兵器，准将乡兵名额酌增，并请颁给火炮两尊，以捍巨盗。

捷报才发出去，溃败的匪队突然又勾来另一股流寇。这一伙流寇人数很多，不下两三千人，竟把全城四面包围起来，昼夜攻击，一连二三十天，到底没有把城攻落。可是久围不解，卢公子和县令昼夜轮流督兵乘城坚守，身不解甲，目不交睫，渐渐觉得支持不住。城中又闹起瘟疫，估计粮秣，也恐难持久，手下乡兵又忽有不稳的风说。县令闻报大惊，急与卢公子秘议，急忙犒师陈辞，安抚兵心，痛述破城之害。又缮写告急文书，派人越城潜出，向大府求调援兵；一面加强督巡之兵，严防逃亡。

经此一来，兵变的谣言镇下去了。可是越城求救的密使刚出城，却被贼兵发觉。贼人把密使擒住，把密书搜出，经讯问之后，把密使捆到城边，拷打着，叫他同县中人威吓劝降，限三天开城归顺，如若不然，攻破之后，男女少壮一律屠杀，把城中人吓得不得了。

卢公子忙从城堞探身，取弓拈箭，照那劝降人，猝发一箭，登时倒地，不再出声了。又顺手一箭，把旁边的贼兵，也射杀一个。贼兵大哗，又聚众抢攻起来。西北城角较不坚固，城兵就垫土塞壕，认准这个地方，死攻不休。又扬言大炮即日调到，届时发炮攻城；每逢夜暗星黑，贼兵就架云梯，硬来抢城。

城中人心又渐渐惊乱，县令和公子商计，预备整兵夜袭，求一胜仗，好固住军心民心。选勇士三百人，由武师黄金雄率领一百五十人，到夜间四更以后，突然缒城杀出去。另由卢公子亲率一百五十人，开城门杀出去。拼命一冲，把贼营冲动，直败出十五六里。

但贼人也很有布置，前队既破，后队不救，悄悄的引兵，反绕道来到城下，要断城卒的退路。城上由县令巡守，急忙鸣锣收兵。黄金雄与卢鸿飞立即合兵在一处，知道敌众我寡，不

敢恋战贪功，一闻金声，倏地把兵收回来。贼人恰恰从斜刺里冲到，卢、黄二人且战且走，退过护城河，贼人鼓噪的，还想紧追；护城河边早有埋伏，嘣的一排箭，把贼人射退。卢、黄二人率领己兵，缓缓退入城内。查点伤亡，这一场劫营夜袭，蹈破贼营两座，杀伤贼兵一百数十人，自己这边，才阵亡七个人，伤了二十余人，又是一场大捷。

但是登城一望，贼兵依然不退，而且贼兵越来越多；也不知是一股全来了，还是又加入别股土匪。县兵这边却是杀一阵，便伤些兵，有减无添；全城壮士越征集，越见减少了。兵数和粮数成了一样的情形；若被围过久，不但粮断，还愁兵尽矢绝。城中居民或者不能详知这些情形，当事人卢公子和县令却深知中情，心中说不出暗暗惶急。于是他们重做打算，还是得求外援，给大府去的告急文书，初报二报，在城初被围时，早已发出，至今救兵一个不到，三报告急的驿卒，又被贼人拿住，如今还得再发四报。

同时又想到向邻封借兵之举。县令对卢公子说："近处有刘参将一支兵，马游击一支兵，可以请调。但闻马游击兵强将悍，骁勇健斗，无如纪律不好。刘参将的兵人数较多，驻地稍远，无奈士气稍差。这没有旁的办法，只可仍募死士，越围分往求援。

武师黄金雄奋然而起，自行选拔了几个人，带好乞救文书，乘夜缒城出去。半途上遇见贼营的伏路兵，被黄金雄射死几个，夺路逃出，回顾同伴，已折了两个，本打算闯出重围，立刻分三路求援，现在只可并为一路先到马游击防营，递文请兵；后到刘参将处，最后才遣一个同伴，向大府投文求救。

黄金雄面见刘参将和马游击，兵荒马乱之际，武官手握兵权，气焰很高，全不把这小县分的团练看在眼内。黄金雄怒极，初见马游击，便险些闹起来。

次到刘参将营门，投文之后，欲求禀见，候了两天，竟未见着主将。幸而兰陵县令是员干吏，早想到这一节，给黄金雄

私备下贿赂，拿来买嘱营门把总；又候过三四天，才得转见。这时大府已接告急前报，恰好也发下羽檄，调请刘参将，拨兵驰救。刘参将以防地吃紧为辞，只派了一员守备，带二百名兵，开到兰陵县境，便疑畏不肯前进。由守备就地拘调民壮，征发粮秣，小鸡猪肉，修葺营房，一面发细作，刺探贼情。黄金雄面见守备，催问进攻日期，预备自己回城禀报，好里应外合，夹击围攻的贼兵。这守备摇头说："敌情还未探明，焉能冒险轻进，致陷辱师之罪？"

两日后探兵回转，盛说贼势浩大，数逾两千，吓得守备敛兵守险，越发不敢追击。一面逐日勤发探报，一面发禀续请增兵。恼得黄金雄再三说："贼人也是乌合之众，确数只有一千多人，又是分四面围城，整日向四乡打枪。我们只攻他一面；一面败溃，余贼自然逃散了，现在城中粮米还能敷衍，鲜菜柴禾渐告缺乏，只求守备老爷择一路进攻，解开围城一角，使小贩可以输货入城，城中民心就可大定了。"

守备勃然变色道："这是军机，你是什么人？敢信口胡出主见！"

黄金雄忍住怒气道："既然守备老爷小心持重，现在城中望救情急，请赏给一角回文，我先爬城进去，也可以稍安人情。"

守备霁颜道："这倒可以。你不必着急，到了进攻的时机，我自然进攻的。"一面缮好公文，交给黄金雄。

黄金雄到了夜间，潜踪独进。幸亏敌人的探子已知救兵开到，早将围城之兵撤剩两面，厚集兵力，提防夹击。黄金雄乘这机会，绕了半边城，竟得挨到北面城壕，发出火亮和城上逻卒通了暗号，系下绳筐，把黄金雄接引上去。卢鸿飞公子恰在东城头上，得信驰来。乍闻救兵已到，方开颜一笑，转听按兵边境，不肯进攻，登时顿足失望，与黄金雄候到天明，齐见县令。

县令大惊大怒，忙将援兵太少，重围不解的话，缮成公文，打算趁围城半解，连夜再派驿卒发递出去，吁请大府严催

防兵，速发大队，前来驰援，文中把刘参将和他部下玩忽观望的情形，全说出来；又说城中被困日久，诚恐不支。不意这公文刚刚缮就，贼兵突然又把城包围起来。县令无奈，重烦黄金雄亲往一行。大府处有县令的同寅至好，另备私函，重托他从中帮忙。黄金雄这才又缒城出去，再次求救，哪知时机上已不能待了。

黄金雄走后不几天，在一日夜间，天昏黑暗之际，城外喊声大震，火光起伏。县令和卢公子一齐登城，督兵把守，西南角杀声不绝。突见一条火龙似的灯光，乍高乍低，冲近城边。县令喊令放箭，灰瓶石子、滚木蝗石，一齐往下打去。火光骤减，人声大喧，忽闻得城下连喊道："快开门，救兵来了。"同时守南门的关卒，也听见外面叫城的声音。城卒把喧声止住，大声盘诘，城外答道："确是援兵到了，是马游击部下。"

久围之后，群卒欢然，这时守东门的也听见叫城的声音。这一边，县令和卢公子伏城头，也定睛细看。黑影里，瞥见城下列着一队兵，打着官衔灯，虽看不清灯上的字，却已望见灯光交照下，有一武官模样的人，骑着马在队后压阵。队前有七八个骑马的战士。仰面对城，大声报名，也说是马游击的部下，夜袭贼营，攻围得胜，叫城上作速开门。

卢公子和县令因事先未接到谍报，一时疑畏，未敢开城，命部下向城边大声盘诘。城边来兵答得十分当符。说是已将贼兵围阵，冲开一角，望城内作速开门，迟恐贼兵勾援掩至。

县令听了，对卢公子说："夜色甚深，辨认不清，我们应该持重。"

卢公子也说："就是援兵真到，也是明天开城的好。"遂大声向城外答话："既然是将军带兵亲到，暂请在城外委屈一夜，明早容我们禀报县太爷，开门亲自接迎。"

城外的人大怒，叫骂道："老爷们劳师动众，远来救应你们，你们胆敢不开城么？快把你们县官叫来，由我们马将军亲自问他。"又叫道："你们还不快开，你们看，贼兵又要杀来

了。我们进去，也好替你们守城御敌。”

果然背后黑影中，遥闻喊杀之声，似乎越逼越近。城上的人盼救情急，都恨不得开城把援兵引入。忙乱中，南门东门的守卒，也派人奔上城来，说：“外面叩城紧急，请示县令和都团练，是否立即开城，外面的救兵可是急了。”

各方面催促，县令心慌，眼望卢公子道：“怎么样，城门开得么？”

卢公子道：“开不得。”又道：“我们可以派队出去，城门要防备贼人乘机夜袭。”

县令寻思一回，遂吩咐从人，转向城下，高声说道：“我们老爷请马将军对面答话。”

黑影中，那个督队官拍马近前，厉声斥道：“你们县官在城上么？怎的这么无礼！我是王守备，打先锋的。我们马将军就在后面，正在追杀贼人哩，派我来叫城，好里外合兵，夹击贼人。你们总这么挨磨，误了军机，该当何罪？”

县令在城上偷眼下望，又和卢鸿飞商量，要暂时先缒人下去。卢鸿飞打定主意，要挨一刻，是一刻，好歹挨到天亮，便可免除意外之变。哪想到他们城头上，还在支吾对付；那守东门关厢的县尉，不知怎的，竟把城门开了，外面叩城的人一哄而入，把住出入口，举刀先将县尉杀了，把守城卒一个不留，全都杀死。

同时外面黑影中，呼哨连响，各处叩城的人暗传呼，说是：“东门已经砸开了。”一齐奔东门驰去。这边那个王守备也不再跟县令对答，忽一弯腰，摘弓搭箭，照城上射来。县令和卢鸿飞正扶城垛下望，箭破空射到，幸未被射中。卢公子立刻惊觉，连叫道：“不好，下面不是救兵，是贼人诈城！”登时城头大乱，把灰瓶石子一切远攻之器，尽力往下打去。那个王守备早长笑一声，大骂一通，拨转马头，抢奔东门去了。

县令和卢鸿飞大骇道：“果然是贼人诈城，幸亏没有上当！”哪知他们没有上当，东门可是上当不小。县令吩咐手下

人，快快传谕四门，谨守城门钥匙，勿得擅开。但已经迟了一步，贼兵如潮涌，如蜂集，从东门，一直杀进瓮城。却不先攻县衙，也不抢攻城上；只把住了城门，将城外群贼一一接引，拥进城中，为首贼人立刻分兵两队，把官兵搜杀起来。

城下哗成一片、哭号震地。县令登时面目改色道："下面怎么样了！"卢鸿飞道："不好！"急忙持刀带人，要下城查看。

忽奔来两个亲信乡兵大叫道："不好了，城陷了！"

遥望城内东面，火把如赤龙，刀矛如林，往这边冲来，卢鸿飞忙问："可是东门失守？"

已无人答应。城上守兵登时大乱，打头碰脸，不知往哪里逃好。

县令长叹道："大事去矣！"急夺从人的刀，往项下一勒，被从人破死命夺下，把县令背起来，顺磴道奔下去。但是，贼兵正在抢攻磴道，四五个从人保着县令，又往回跑。

卢鸿飞情知无救，双手抖起来，急切齿顿足，把心一横，插刀取弓，喝令身旁乡兵，出力死战，先把城墙磴道栅门严关加锁，大声向众人道："贼兵已经杀入，你们逃生无路，还不跟我来拼命？杀一个，赚得一个！"

但是这督战之声，竟已无效。贼人顺着磴道，自下往上，乱放利箭。卢公子尚在支持，这身边十几个乡兵，见县役背负县官，重逃上城头，他们也跟着乱挤，往城上逃来。卢公子连发数箭，射倒二贼；转眼一看，自己身畔没有人了，便要抽刀自尽。

忽听黑影中，有人叫道："卢团练，还不快保着太爷，退守县衙？全城没有都失守！"

卢鸿飞听了，也不知是谁吆喝，慌忙中，不遑思忖，立刻退回来，寻找县令。

城道上原有马匹，卢公子扯断缰绳，飞身上马，顺城道往北奔去。只奔出十数丈，便遇见七八个乡兵，也正搭伴往北逃跑。卢鸿飞急问他们，可看见太爷，乡兵答道："没看见，卢

团练，咱们往哪里退呀？就这么爬下城逃走吧！”

卢公子望了望城下，想想家中人，不由掉泪；也顾不上说话，急策马往前寻，催乡兵随他走。走出不远，居然寻着县令，被从人背负，到此已然力尽。从人把他放下来，要搀着他走。县令不肯，对从人说：“县城失守，我是地方官，我怎能弃城逃走？失城是死罪。你是我的世仆，你赶快把我杀了，你自己逃活命去吧！你不要管我！”

主仆正在争执，卢公子奔来听见，急忙下马，匆遽说道：“父台，暂且不必殉职。我听说全城未尽失守，我们赶紧下城，督兵巷战，也许救得回来。”

县令哭道：“那谈何容易？”

卢公子道：“试一试看。”把自己的马让出来，强扶县令骑上，又命乡兵，招呼余众，一齐往城北撤退。

城北果然贼兵还未杀到，可是守城门的兵全溃散了，只有城上的乡兵，因无路可逃，全都跟着逃来。查点人数，只剩二十几名，其余不知溜到哪里去了。

县令仰天叹道：“微臣今天只有殉城了！”仍要索刀自杀。

卢公子叫道：“父台何必徒死，我们莫如还保县衙，收集残兵，和贼人死拼一下。”

县令点头，遂率领这二十多人，悄走小巷，往县衙后门扑去。哪知才走出不远，突遇搜伏攻衙的贼兵，从黑影中冲上来，乡兵失城，心气早馁；刚才在城头，欲逃无路，故未离队。现在已到平地，前锋尚在应战，前队登时投戈四散溃逃。只剩下几个亲信壮士，尚在拥着卢鸿飞，负隅巷战。

县令见机甚快，知无可为，忙抢了一把短刀，狠狠在项上一勒，立刻血溢扑地。一个仆从惊号了一声，伏身扯救。卢鸿飞连杀数敌，血汗交下。贼人呼噪，越聚越多，把卢鸿飞等，逼得且战且退。卢鸿飞只想拼命，倒忘了自裁。忽闻县令自杀，恍然大悟，闪目四望，也想横剑自尽，又觉不甘心。略一游移，突然飞来一枝流矢，恰中左臂。贼人一拥而至，竟被生

擒。部下壮士死走逃亡，登时俱尽。

兰陵县竟这样全城失陷了。贼人领袖搜敌已罢，立刻占据了县衙。吩咐手下群贼，率眼目底线，连夜绑架邑绅，苦刑殴打，刮取财物；一面布告安民，自称是替天行道，杀富济贫。但其部下散贼却不受约束，就在城中，肆行焚掠起来，洗劫三天，到第四天，城中忽然起了火，全城男女良民死了不少，少妇少女更多遭污辱。刘参将、马游击的救兵，到底也没有开来。

这为首的贼人，名叫蔡疯子，是个惯匪，要尝尝官府升堂问案的滋味。入城的次日，便命部下献俘讯供，还要搜拿前时抵拒的官绅。在官衙大堂设了三张公案，三个贼首高坐上面。于是卢鸿飞公子被押解上来；那自杀的县令，当时竟自戕未死，此刻奄奄一息，也被先一步押解上来。为首的贼人拍案喝问："贪官无道，你竟敢抵御义兵数月之久，你知道该当何罪么?"

县令此时只有一口余息，那里说得出话来。贼人愈怒，喝令行刑。县令突然瞋目骂道："害民贼，你们本是一群流寇。"喉音嘶哑，怒气上冲，突从口中溢出许多血，双眸上插，登时死了。

那贼首疯子很觉扫兴，便命拉下去，枭首示众。把县令的家眷也都押来处斩；但是县令只有一妻一子，其妻已于城破投井殉节，其子乘乱失踪，搜寻不得，被一名义仆救走了。

那贼首复命从贼："把那个团乡和那些标兵邻兵，都给我押上来。"

从贼哗诺，各队把各队的俘虏献上来；竟有二百四十多人，县役也有，营卒也有，乡兵也有，还有好些壮年商民、当铺财东、秀才文童，也都被群贼认为敌兵，一齐绑上来。

贼首按名审讯，提声说："协从不问，只诛首犯。"大抵有钱的罪大，穷人罪小，把县衙板子夹棍都罗列在堂上，把掌刑的县役也拘了来，叫他一照往常行事。

问了一个，又复一个，答对得投心思，立刻说："交保释

放。”不对心思，便“立毙杖下。”再不然，“推出去正法。”忽问到一个人，贼首中的一人纵声狂笑道：“姓卢的，我也有遇着你的日子，哈哈！”

卢鸿飞自从被擒，便钳口不语；此时被讯，禁不得抬头往堂上一望，哦！那个高坐堂皇的三个贼首，正中正座上的贼首，虬髯黄面，并不认识。在左首坐着的，原来正是活阎王王锦城。

第三十二章 越狱救友

卢鸿飞和活阎王相斗，本在黑夜，又隔数年，其实他已不认得了。但是一答话，立刻忆起前情。想不到数年不闻声息，这活阎王公然流为盗贼，勾结大小股匪，攻城肆掠，做了蔡疯子的助手。王锦城费了很大心机，才把蔡疯子说动，调动群贼，前来攻城，他的私心，就为复仇。

当下，仇人见面，王锦城非常高兴；卢鸿飞竟十分倔强，大骂不休。王锦城忙同蔡疯子低声说："这个人就是兰陵县的都团练，从前和小弟有着深仇，不知大帅可否赏脸，把他赐给小弟？"

蔡疯子问了半天案，早已腻烦，就站起来道："这也是叛逆，押下去，随你处置吧！"

活阎王王锦城大喜称谢，蔡疯子随即吩咐退堂。

王锦城命手下人，把卢鸿飞的全家绑来。当着卢鸿飞的面，将他的妻、子，一个个斩首。卢鸿飞面色铁青，大骂道："降奴叛贼，怎不来杀我？"

阎王笑道："你想死个痛快么？"他的意思还不想把卢鸿飞

立即处死，想用刻毒的刑具，慢慢的把仇人治杀。

忽然从贼首那边传过令来，据探报马游击的兵正大批征调车辆马匹粮秣，恐怕是受了大府的檄调，要来夺救兰陵。蔡疯子请王锦城即刻到县衙，共议战守。王锦城听了，就命部下，把卢鸿飞送到县狱，监押起来。县狱中的罪人已空，被贼人全放出来，收为部下，却将城中原有的兵役乡兵，都一个个钉镣下狱。

贼人在城中胡作非为，满街上打头碰脸，全是贼兵。所有的商铺民宅，起初吓的关门闭户，不敢出来。转眼间，贼首发出布告，限令“城中商民人等一切安绪，照常生理，勿得疑畏，致干未便。”凡是关门的，全被贼人打开，街市商店也被迫开张。一连七八日，到真个成了“夜不闭户”的景象。只是贼兵三五成群，随便往人家钻，见了财物，随便就拿。城中男妇只这几天，竟陆续死了数百，有的被杀，有的是自尽。全城鼎沸，法纪荡然，群贼欢闹，也忘了戒备。就在这骚乱期间，忽传清兵南下，闯王遁往西北；跟着又听济坦失守，属县多降。紧跟着又传说闯王已死于乡民之手，余众溃散。可是南部遗臣，又已拥戴新君。中原逐鹿，龙蛇竞起。正当非常之时，蔡疯子急召集同党王锦城之流，协议今后的归趋。

在县衙大堂，设座十余位，大小贼将俱都列坐，蔡疯子本是川陕人，现在中原，知入客地；对闯王李自成、牛金星，仍誓忠诚，要带队回陕。至不济，从此取消王号，仍归山林，作他的强盗去。这是他的打算。那活阎王王锦城却另有深心，暗想做土匪不足以成大事。当下他不敢说出别的，议罢各归本队，就秘密和牛寿朋商议。两个人直议了一通夜；到次日密遣亲信，改装潜行，私往济坦去了。这济坦恰在清兵之手。又十数日后，忽据牒报，那个刘参将、马游击，已经合兵，杀到兰陵。可是马探又据道路传言，刘参将、马游击此次前来收复兰陵，已不是遵奉明朝大府的羽檄，乃是受着清兵大将的严令。说是刘、马二将也已降清，清兵王将就叫他攻兰陵，以为矢忠

之券。刘、马二将眼下就要杀到了，这一回恐怕要真杀真砍，与从前的玩寇渎功，大不相同了。

那蔡疯子议定奔逃，至今尚在恋恋未行，一者道路梗阻，二者贪着此地的女子玉帛，妄想全运走。连日征调车辆，尚未足数，以此犹豫不决。而且部下贼将也议论纷纷，举棋不定。就在这时候，忽又传来警报，刘参将、马游击兵行神速，已杀入县界，屯兵西北境了。

蔡疯子不大骇而大笑，对部下说道："这马矮子倒听说能打仗，那刘黑子只知克扣兵饷，他居然也敢来生事么？"对部将说："你们谁去挡他一阵，把他俩赶走了就完了，不必穷追，我们还是办正事要紧。"又转问部下督办营务的从贼道："你们征调的车马怎样了？真个的偌大兰陵县，连一千百二辆大车都凑不足么？我如今决定初八日拔队，可是刘黑子、马矮子既来捣蛋，我们只好先打退他，随后再开拔，省得他们在半路上滋事。"

说完，又扭头来，冲着在座贼将道："你们谁去见头阵？"

一群贼尚未接令，活阎王王锦城首先站起来道："锦城不才，愿领本队人马，前往迎战。不过刘、马二将虽不足畏，他二人带来的兵却不少，据报足够四、五千人。锦城部下不过一千几百人，恐怕众寡不敌，请大帅再拨一两千人助战才好。"

蔡疯子大笑，说道："去年我带着五百人，把官兵三千人打得望影而逃。王先锋既有一千多人，还怕他们不成？"殊不知王锦城真正的部下，连四百人还不够，现在名额上固有一千二百，其中有二成是收编的散匪溃卒，其余多是胁从的良民了。蔡疯子却也晓得，遂想了想，要调别队助战。

王锦城忙道："禀大帅，若是大帅肯把亲兵拨给锦城五百名，这五百名足抵两千，锦城管保马到成功。不出三日，准将刘、马二将的首级，献于辕门。"又凑前一步，低声说道："若是大帅调别队助战，那就至少也得两千人。"

蔡疯子哈哈大笑，环顾部下，十分自得，拍着膝盖道：

"我的亲兵，你们人人都想算着。"

群贼哗赞道："本来大帅的亲兵乃是家乡子弟兵，打起仗来，人自为战，有进无退，勇敢无比。"

蔡疯子伸出三只手指头道："我只能借给你三百人，多了不成；我还要留下几百人，在我身边护卫哩。"

原来蔡疯子自川陕转战，带有一千多名精兵，全是多年积贼，枭勇凶残，十分了得。等到蔡疯子做了贼队的一方大帅，功高位尊，渐贪酒色；他的这一千名精兵也就拔为亲兵。也跟着头领，把地位提高，纵掠恣淫，早把当年锐气消磨渐尽。又加时有死亡，随灭随补；这一千名精兵，内中自川陕的积匪也不过还剩五六百名。王锦城一阵高拍，竟诓来了三百名，非为助战，另有深心。

次日阎王督队前往，只不见他的谋士牛寿朋。那蔡疯子已遣部将迎敌官军，仍在忙着征调车辆，预备回陕。这一来，反弄得军心惶惑。又隔了几天，忽闻捷报，阎王王锦城竟将刘、马二将打败，逐出城郊六十里。蔡疯子大悦，开宴庆功，又不想回陕，要割据齐鲁自立了。不想就在庆功宴后的当夜四更，南门突有兵贼叫城。说是送第二次捷报，王将军已将刘参将生擒了，现在特派副将，连夜来献俘。

城贼大喜，下望城壕，寥寥二三十人，果有囚车一辆。经守城头目讯问口令暗号，城外答对得一一相符，竟也模模糊糊的开城了。城门一开，城外的兵突然抽刀，把守城贼乱砍。黑影中一声炮响，突从两边杀出大队人马。一拥进城，数逾两千，如电光石火般，攻破城关，立刻飞袭县衙。蔡疯子剧贼出身，本无韬略，警备不严，在后衙正与掳来的美妇共眠，当下诈城的外兵一涌杀入，蔡疯子方才惊起，赤身提剑，喝问何事？外兵骤攻，乱刀猬集，把蔡疯子的首级砍下。这袭城之兵，竟是贼人的内叛。王锦城阴蓄异谋，和降清的刘、马联了手，这弹丸的兰陵，竟以诈计而得，复以诈计而失。

王锦城把刘参将、马游击的兵全数引入，搜杀贼兵，大掠

数日，跟着又是一番出榜安民，不过出榜的却是清将的衔名了。两番大劫，生民涂炭，自不必说。闹过数日，刘、马二将奉檄回防，清多尔衮仍命王锦城暂留县城，办理善后，并将旗营劲卒留下一小队，作为驻防兵，归王调遣。这兰陵全城只有活阎王唯我独尊了。等到安抚略定，方想起仇人来，要用酷刑收拾尽性，再腰斩了，以解积恨。谁知他打算得过于酷毒，结果大出意外。等到派人到监提囚，那卢鸿飞公子已然越狱逃走了。兵荒马乱，搜查不得；活阎王大怒，把看守人砍了，立即下令严缉逸犯！

那卢鸿飞公子目睹爱妻、娇儿被寇仇杀害，急痛椎心，暴恨切齿，人已经气得半死了。昏昏沉沉，被缚在囚舍，自知已无生望，但求速死；不但绝食，连勺水也不放口。监狱有十几个贼兵持械守监；到活阎王倒戈叛变，勾引外兵入城时，贼兵有的就登城逃散。阎王虽已选拔部卒，代守监牢，他们也都乘变发财去了。到第二天夜间，卢鸿飞矢志绝食自尽，偏偏急切饿不死。忽然，翻狱墙进来了几个夜行人，用薰香，将狱囚狱卒全数熏倒。一个幕面的人把卢鸿飞背出去，放在一家旷宅平房顶上，喷水施救，把卢公子救活。

卢鸿飞定醒良久，只觉周身痛楚，回想前情，恍如噩梦。看对面坐着的人，正是那个孙六，别来数载，音容如旧，只是境遇易地而处了。从前卢公子曾救孙六，现在孙六还救卢公子；只是卢公子已弄得倾家灭门了。不由灰心气索，抚膺长痛，孙六连忙阻拦，手指房下，低告道：“我们还没出虎口哩！”

这地方还在兰陵城内，不过地方较为隐蔽罢了；有古槐高植，掩蔽住房顶，卢鸿飞勉吞悲声，摇着头称谢。看对面之人，还有一个少年，坐在孙六旁边，青衣短装，眉目端秀，身形瘦小，穿着一双大靴，看来好像女子改扮。旁边乱放着儒衫、女衣、小包、短剑、水壶、干粮，还有被褥，为越狱用的。卢鸿飞就坐在被上，张眼四顾，喟叹一声，拭泪问道：

“孙兄，是你救了我，你们来了几位？这位恩公贵姓？”孙六道：“我们来了四个人，公子多受苦了。这一位不是恩公，是位英雄。”那少年叱道：“多嘴！卢公子已然苏醒，用不着你给引见了，还不办正事去？”孙六诺诺，忙笑着打开包袱，取出一套青衣服，是一套异样的军服，卢鸿飞还没见过，指问道：“这是什么？”卢公子还以为此城仍陷在土匪手内，哪知旬日之间，旗帜三易了，这套衣服便是满族旗营的军装。

孙六改装旗营兵，悄悄溜下房顶。临行坚嘱卢鸿飞，尽管躺下，千万别动；将水壶、干粮取过，劝他随便饮用。嘱罢走了，这里只剩卢公子和那改装的女子。男女之别，自昔很严，卢公子局促不宁起来；又加浑身酸痛，强忍呻吟，感伤身世，泪落潸然。那女子一声不响，也不劝解，只抱膝一坐，瞑目静息。好半晌，卢鸿飞仰望天空，从心坎深处发出悲叹道：“天道无亲，国破家亡，孙兄纵然救了我这一壳残躯，无如我生趣都尽，不能苟活了。”

那女子把眼睁开，向卢公子脸上一望，卢公子俺面低头，胸坎不住起伏；想见他悼妻痛子，万刀刺心。旁边原放着一把剑，已经取在手内，还未出鞘。那女子忽然发出银铃般的声音道：“公子，你没有活趣了，诚然诚然。但是，你不想贪生，你还不想报仇么？”将那剑一把抢过来，压在自己身下。

卢鸿飞忽然抬起头来，双眸灼灼如火，如梦初觉。是的，如今虽只剩了孑然一身，但还有三寸气在，在这世上，就不该教仇人也活着。

这女子一句话，给卢鸿飞增加了一些火力。但在现时，仍没有逃出仇人手心，可怎么出城呢？女子又安慰他道：“你不用管，你现在只好好歇着。患难之中，无须拘束，你就躺倒吧。把精力养足，不出明天，我们保管护送你出城。”

卢公子仍不肯睡倒，对这女子潜起了钦异之心，因又敬问姓名。

那女子笑道：“我没有名。”

卢鸿飞道："施者固然不望报，受者总该明白。"

女子道："告诉你也无妨，只怕你瞧不起我。"

公子道："那怎能够，你是我的恩人。"

女子道："你原是世代簪缨，兰陵绅士；我们乃是一伙子贼，我们的伙伴孙六恐怕总没有对你实说吧。"

卢公子道："什么？这个……"

女子笑道："怎么样，孙六就晓得你是绅士，做官为宦的人，最讲究尊卑贵贱，所以他瞒着你。你要知道在你面前的是个女贼，你一定嫌辱没身份了；何况……"

卢公子忸怩起来。的确，他不脱绅士派头，素日以好客著称，对草野异人，心虽倾慕，对优娼匪类，究竟卑不齿数。那女子说到"何况"二字看出卢公子脸上变色，就不再说了。

卢公子忙掩饰道："恩人太小看卢某了，我还不是那以门第自高的人，况且今日何日？'同是天涯沦落人，相逢何必曾相识！'当初我和孙兄结识，就没有存着阶级之见的。"

女子嗤道："可是，你们做绅士的总觉得自己太邱道广，下交屠狗，多少含着谦以为傲的意思吧。"

公子道："不不！"

女子道："怎么会不？即如你刚才念道的'同是天涯沦落人！'这句话岂不是把我们走江湖的人看为下流，已经很觉纡尊了？"说着，扑哧一笑道："算了吧，你趁早歇歇，今明晚上，我们还得预备奔波逃亡哩，躺下，躺下！"

女子竟过来要按卢公子卧倒，卢公子连忙倒身睡在被上。心觉这改装的女子言语犀利，又尖酸，又痛快，比起孙六，另具风格。而且行止毫不拘谨，吐属又很风雅；还懂得白香山的诗词，不但是奇女子，更是一个奇人了。遂又坐起来道："恩人口快心直，自是巾帼豪杰；若不嫌卢某是俗物，可否把真姓名见示？卢某倘得脱险，也当毕生顶礼。"

女子笑道："你还是要问我的名儿。告诉你，也没相干，他们都管我叫青蜂女侠，你可晓得横江一窝蜂么？我们的头

儿，叫金蜂李，你的朋友孙六，他就叫灵蜂孙。我们这一窝蜂全都是贼，没有半个好人；我不信孙六在事先一点也没有对你透露么？”

其实孙六当年曾经隐约暗示过，卢公子漫不措意罢了。孙六还给他留下一只铜箭、两个人名，嘱他遇险需援时，可持铜箭为凭，就近向那两人送信。并曾屏人密语，把话告诉黄金雄。事隔数年，卢、黄二人都把孙六忘下了。黄金雄单身求援，一去未归；卢公子身遭大难，孙六从别处闻耗，特邀同党，赶来急难。

当下，耗到次日夜间，灵蜂孙六才偕两个同伴，悄攀旷宅后墙，登上屋顶。与卢公子、青蜂见面。孙六拿出两套旗营军服；这是孙六费了半夜精神，才从清兵身上，盗剥到手的。先把两个同伴引见了，跟着问卢公子，此时精神体力如何？若可支持，即时就走；若不能奔波十里，就展到明晚。卢鸿飞苦战被困，绝食悼亡，出死入生，实在支持不住，孙六皱眉道：“那么，索性明晚走吧！”

青蜂女侠道：“六兄，你要小心了！还是早出虎口为妙。”卢鸿飞崛然坐起道：“走吧，我还可以走得动。”

孙六仍在迟疑，青蜂女侠道：“你无非怕卢公子路上支持不住，但是这很不要紧。我们不会背他走么？我告诉你们，从这里纵城出去，只要卢公子能对付几里地，我们可以落荒南下。”把逃亡的路线，仔细说了，何处可停，何人可投；虽当兵荒马乱，只躲着行军战地，沿路倒可免去关津盘查，很可以冒险一试了。现在潜藏在人家屋顶，下面街道每闻兵队过往，挨门挨户又不断有散兵闯入求财；一旦破露被人瞥见了，岂非徒劳？

这样商定了，孙六把卢鸿飞扶起，忙将军服给他穿上；青蜂女侠也忙更衣。计共四蜂一鸿，全都改好装衣悄悄溜下屋顶，走出巷外。照预拟路线，装做私自离营出来打抢的散兵，持兵械，提小包，奔往大街，折向城边。那小包全是越城之

具，却当作打劫来的赃物，乘人不见，五个人缒城逃去。

青蜂女侠和伙伴，先展“壁虎游墙功”，翻上城墙，抛下粗绳来，灵蜂孙六在下面持刀帮护。没有绳筐，把那棉被做了兜包，系在绳套上面，绳这头拴在城垛一棵小树上，以免失手。卢鸿飞在绳兜中坐好了，手挽住巨绳。上面青蜂女侠和同伴用尽气力，低喝一声：“拔！”把人往上慢慢提引。三把五把，平安扒到城墙边头；青蜂女侠累得满头大汗。把卢鸿飞拉到城上边来，然后孙六也跟踪爬上城。仍由孙六先一步背朝里，面向外，攀砖缝下城。青蜂女侠与两个伙伴，将卢公子重往下系。转眼间，绳兜及地，孙六把卢鸿飞扶住。

上面低声呼道：“等一等，青蜂没劲下城了，也要坐绳兜。”孙六低应了一声，持刀旁候；绳套重扯上去，不一刻，青蜂女侠悠悠坠下来。绳兜及地，一跃而起，不由失笑道：“卢公子，这绳套兜得难受，有点害怕吧？倒不如爬下来呢。”上面两个，并肩下城，脚登砖棱，手叩砖缝，转瞬先后及地。四蜂一鸿五上五下，并没被人发觉，孙六长吁一口气道：“走！”四蜂一鸿一溜烟逃向郊野去了。

第三十三章 炊烟引敌

青蜂女侠、灵蜂孙六，偕带两个伙伴，把卢鸿飞公子，救出了虎口，越城而过，缒绳下地，四蜂一鸿禁不住长吁一口气；那些越城之具全丢在城根，依着伙伴，便要弃置不顾。青蜂女侠和灵蜂孙六忙用刀把绳索等物砍碎，投入井中，被褥、衣物丢在人家房顶；对卢公子说："也教他们测不透我们怎么越狱越城走的，藏起来实有阻误追兵的用处。"

孙六扶着卢鸿飞，专找僻径小路，乘夜急走，一口气向南，只奔出二十多里地，卢鸿飞便寸步难移了。

这时候旗兵已经南下，鲁南淮北地方混乱异常，胜朝的散卒、北兵的游骑，说不定在什么时候，从什么地方出现，各处寇盗乘机窃发，人民死的死，逃的逃，沿路已是十室九空。

卢鸿飞惨遭灭门之祸，身幸走出，人已半死；幸有群蜂替换着扶架他，他双脚已经起泡，血水流离了，强支着又走出十数里。昏夜走急路，忽地一绊，他倒地不能起来。孙六忙掩起他来，急寻人家救治，教鸿飞躺在人家房里面歇息，留青蜂女侠伺候，孙六率领两个伙伴，出去觅食探道。

这时天色已经渐明，灵蜂孙六踏过邻村，只寻得一头失母垂毙的小牛，米却一点没有，将牛杀死，弄回村来，看卢公子时．垂头而卧，面无人色，浑身似冷得打战；忙向青蜂女侠："他怎么了？"

青蜂答道："你来了正好，你快劝劝你这朋友吧。他嫌自己跑不动，又想自杀，刚才说自己留在这里，教咱们不用管他了。"孙六道："这是什么话，走不动，不是腿脚有伤么！"

孙六原带有调治刑伤的药，只是仓促未及使用。这时忙寻来井水，先把定痛药，给卢公子灌下去；又调药粉，给他敷在脚上。

半晌，卢公子苏醒过来，只觉肢体痛不可忍，生平并未尝过此苦；面向孙六，灰心丧气说道："孙兄，诸君，我看我到此，已算幸免了，我已逃出仇人之手，再不教仇人趁愿；只此诸君相救之恩已经很大。纵诸位不嫌累赘，我却是国破家灭，举目无亲，再往前逃，也很觉无味。孙兄，你们还是随我去吧。"

灵蜂孙六意很不悦，想不到纨绔子弟如此脆弱，因道："公子，你太不英雄气了，我们千辛万苦，舍死忘生，不是把你从狱中搬到外面来寻死，就算完事。我们是救人要救到底为止；喂，打起精神来，男儿汉就死，也要死个值得，端不可学那负屈受害的女人。"

青蜂道："女人怎么了，我们女人活得更有劲，我看卢公子不是想寻死，是心疼他的太太、少爷。可是的，太太死了，你不会再娶；儿子死了，你得报仇啊。"

卢公子仍嫌自己身不能动，又觉前途无望；俯仰叹恨，嘘唏泪下道："但是，我只剩下一条孤影了，我投向哪里去？"

孙六道："公子，我们既然搭救你，早把你的去处预备好了。你听我的劝，好好养息着；老实说，你跟着我走就完了，我保管给你找个藏身之处，再设法给你报仇。你若自杀，你的仇人倒放心趁愿了，你试想想，这工夫活阎王王锦城忽然发现

你已逃走，一定大吃一惊；他从此必定提心吊胆，提防你报复，你冲着他，你也该活着啊!”

孙六还在絮絮劝说，青蜂女侠看了看卢公子的神色，低声道：“教他歇歇吧，我瞧他是少爷脾气，受不了苦，回头缓过来，有了精神，一想起灭家之仇，就许活得更带劲了。”说着笑了。

孙六便与两个伙伴，忙着剥小牛做饭；把屋中的木器、门外的竹篱，劈做柴烧，无物可食，只有牛肉，把那小牛切做大块，放在锅里一煮；牛肉无盐，真难下咽。卢公子就在平时，也一口吃不下去，况且今日盛火上浮，又怕发物，简直一口咽不下去。青蜂女侠等候肉熟，盛上一碗，笑劝道：“这不比平常时候，你总该将就吃些，好恢复气力，我们再往前奔哪。”

卢公子强吃一口，摇头道：“不行，太腻，我喝一口热水吧。”

孙六咳了一声道：“公子生平哪受过这个，索性在这里多歇一夜，我再出去寻食。”遂与青蜂女侠和几个伙伴，手抓牛肉，大吃了一顿。青蜂笑道：“没有盐，真不好吃。”

孙六对同伴道：“咱们走。”三个人抹抹嘴，结伴又找寻去了。青蜂女侠陪着卢鸿飞，有一搭、没一搭劝解，替他盘算亡命之策和报仇之法，说道：“我们孙六哥都有好打算，你放心吧。”

直隔过三个时辰，孙六等三人方才回来，居然采来许多生果鲜蔬，和些陈米，最难得的是找到一包盐。

青蜂大悦，躬亲执炊，把米饭做熟，蔬菜也做好。卢鸿飞勉强吃了一些米饭，只觉心中作烧，把鲜果生菜吃了不少。且天已不能前进，就在空舍胡乱住下；卢公子夜间大冷大热，呓语间作，双颧都烧红了。孙六心中为难，嘱青蜂好生守护。到次晨，孙六仍与两个同伴出去探路，并寻找代步。

他们在这荒村空舍，逗留了两夜，卢鸿飞的病方才缓转过来。他们每日两餐，颇费经营，每日只举一次火；就这一次火，那一缕炊烟飘扬晴空，远远望见，竟勾来五骑游兵。

这五个骑卒本奉将令，南下谋探军情，巡察道路。他们一离军门，顿萌私意，一面探路，一面还要打游食，掠财物，寻找花姑娘；在沿路村庄乱窜起来，各提兵刃，满处搜寻。大队在后，居民多逃，他们也不怕遇伏。一路上只偶然看见劫余难民，墟里无烟，五个游骑连打食都没了法，正在饥渴谩骂；忽见这地方远远浮起一道炊烟，乃是青蜂女侠久候孙六未归，自己做起饭来。

五个游骑望见人烟，各各大喜，互相顾盼道："这村里一定有人。"把刀抽出来，弓箭也装好，策马前行，一步一探，奔荒村寻来。

当此之时，灵蜂孙六和两个伙伴，一早出去，仍未回归，空舍中只剩下青蜂女侠和一个病倒的人。青蜂在灶上添柴；卢鸿飞在草榻上病减成睡，不时仍发呻吟。忽一阵犯风，青蜂迷了眼，忙躲开灶膛，取手巾试眼。

风过处，骤然听见蹄声利乱，心中微微一动，还道是孙六寻好代步，开门向外一探头，眼见那五个骑卒扑向门前，双方抵面，青蜂敛迹不及。为首骑士大叫道："好运道，这里有花姑娘。"放心大胆，拍马过来。

青蜂女侠还在诧异道："他们怎么寻来的呢？"急抽身回来，信手闩门，扑到屋内。

卢公子迷迷糊糊，双眸微睁；青蜂把他双肩一拍，急口低叫道："公子，公子，不好，有人寻来了，五个骑马的兵。"

卢鸿飞瞿然坐起，忙问道："是追我的么？"

青蜂女侠道："这可难说，看打扮很像，快快，你起来，下地藏起来。"可是遍寻屋内，四壁悬罄，哪有藏匿之处，就是院中也没隐僻地方。

青蜂女侠秀眉一皱，把一口剑塞在卢鸿飞手内，道："你先藏在门后，听动静，我去答对，若看着不好，把他诱进来，教你砍，你就砍，咱们两个人毁他五个。"口中这样说，心上着急；五个游骑兵好办，只怕后有大队。暗暗发恨道："孙六

这家伙三个人全走了，还不回来，只剩我一个人，逃又逃不得，门又闩不得。”

她想着急急抄兵刃，扑到院中，街门已经蓬蓬的大砸起来，是北兵口音在外大叫：“快开门！”

青蜂甚急，卢鸿飞更急，惊出一身冷汗来，竟忘了病痛，一跃下地，举剑掩在门后。

青蜂女侠在院中一旋，忽然得计，任街门砸得山响，默不置答，目光一转，急抽身回屋，把暗器装好，三支袖箭、六支甩手箭，足可对付这五个游骑。

听门外大骂起来，蹄声脚步声响成一片，女侠就飞身一跃，上了厢房，往外面一瞥，五个骑士似已将邻舍草草搜过，此刻全都下马，拥在门前，为首一个与一个伴挺腰刀，分两旁砸门踢门；其余三人，一个装弓箭，对着门比画，两个一蹲一站，要踏房攀墙，往里面窥看虚实。

青蜂一咬牙，就要对准登垣的人发放冷箭，旋又迟疑，那厢房距大门太远，怕一下子射不死，杀不尽，逃走了一个，便是麻烦。就这一踌躇，攀墙的人望见她了，叫道：“喂，房顶上有个小娘们，快下来，给老爷开门……呀，她手里拿着刀哩。”

那持弓的人往后一退，也望见了，喝道：“快下来！”飕的虚射出一箭；同时，哗啦一声大响，骑士把门板踢碎，三个骑士闯进来了。

青蜂女侠缩身闪箭，把兵刃往背后一藏，不由慌张起来。她应该把五个骑士全诱入院内，再堵门动手就好了；她已经沉不住气，踊身往房下一跳。为首骑士就喊：“吓，这小娘们不怕摔死。哎呀，不好！”

青蜂女侠脚才及地，手腕一抬，嗤地射出一支袖箭，直对骑士咽喉。为首骑士贪色涎脸，猝不及防；急忙一侧脸，大喊一声，跌倒在地，肩头中了一袖箭。

其余二个骑士哗然大吼，女侠又飕地两箭，分射二骑士的

要害；骑士已有了防备，全都闪开。那个持弓的旗卒也急急引满，倏照女侠还射过来；女侠的甩手箭，也同时发出；双箭齐到，霍地各旁一跳。女侠躲开，骑士也躲开了。

一个骑士挥刀上前，一个骑士退后数步，把弓箭重复引满，一个远攻，一个近取。女侠不容骑士开弓，往前一扑，丢下持刀之敌，刀奔持弓的敌人砍来；相迫已迫，刀锋直取脖项。那骑士来不及放箭，忙用弓背一架，刮地一声响，弓折弦断。青蜂女侠又复一刀搠来，骑士急退，弃弓抽刀。

青蜂女侠迅如狂飚，一连数刀；骑士手忙脚乱，空有腰刀，拔不出来。幸而同伴从后掩到，大骂："好娘们！"赶一步，把腰刀照女侠削去，女侠还刀招架。那个骑士才得逃开，弃弓拔出刀来，可是手臂上已经鲜血淋漓，已被女侠削了一刀，急忙回头大呼道："你们快进来，这里有土匪，女匪，女匪！"

那两个攀墙的骑士已经望见了，扑登，先跳进一个，那一个绕道从街门进来。女侠大怒，展开迅疾的手法，嗤地一刀，连肩带臂，把一个骑士砍倒，一只左臂骨骼已断，卧在血渍中，不能动转。那为首骑士却已蹿起来，拔去肩头的袖箭，抡起手中鞭，猛扑过来，力大招熟，居然是个硬手；大骂着，与同伴把女侠围住。可是别的骑士全是有力气、无技巧的北兵，眨眼间，被女侠又砍伤一个。五个骑士只剩三个没伤了。

为首骑士奋身过来迎敌，向同伴大呼："你们快放箭，拿箭射倒这个小娘们，好个臭娘们，你是干什么的，胆敢拒断大军！"把缰舞得呼呼风声，窜前跳后，锐不可当。

那其余骑士，两个未伤，一个有伤不重；立刻退出两个，从马上摘弓，要攒射女侠；两个抡刀鞭攻击，两个趁隙放箭。仍把女侠包围，女侠个矮身轻，和这四个大汉一比，恍如四只肥狗扑小鸡，只在垓心乱转。

卢鸿飞在屋中，左手扶门，右手持剑，凝眸偷看，止不住吁吁气喘，心跳不住，两腿直发软，眼见青蜂女侠势迫危急，

可是自己负伤未愈，不能出救，颇觉难堪。闪目一寻，灵蜂孙六留下的小包，丢在榻边，忙挨过去搜检；果然中有一把甩手箭，忙抓了数枝，重溜到堂屋，藏在门边往外窥看。

青蜂女侠以一口刀，力战四骑士，并不觉得怎样危殆，不过敌人忽然分开，两个围攻，两个奔出去取箭，这可是太觉吃亏，急得她大喊道："伙伴快出来，你们全出来，把这几个鞑子全宰了。"她是使诈话，要诓敌人分神四顾，她好使暗算。但是，屋中的卢鸿飞听不下去了，认为再难坐视，大吼一声，往门外一跳，几乎跌倒；忙挺身站牢，退倚门框，把甩手箭照骑士连打出去数枝。

骑士惊顾，不知屋中埋伏着多少人，急往圈外一散。把头回顾，看见屋中，只出来一个面黄气喘的男子，穿一身旗营军服，还疑是同伴哩；忙叫道："喂，你是……"鸿飞的箭已经发出手，直奔骑士，骑士急闪，弄得错愕不解。青蜂女侠趁势一刀，把骑士刺中咽喉，又倒了一个。

奔出门外的二骑士，早取弓开箭，攒射女侠。两张弓放出三支箭，女侠娇叱一声，猛如雌虎追扑过去，手疾刀快；骑士力不能敌，箭又不能发，只拿弓且招架，且倒退。女侠纵步急追，二骑士逃出街门，就赶紧追出街门外。

忽听背后惊喊，那个为首骑士扑奔卢鸿飞，卢鸿飞抵挡不住，竟退回屋门内；骑士也追到屋门边。女侠大惊，抽身还救，把囊中箭，嗖的甩打两枝。为首骑士迫近屋门，不敢贸然追入，恐遭暗算，一犹豫，甩手箭打到身后，急翻身挥刀，把一枝挑飞出两三丈了；那一枝贴耳门过去，射中窗扇。骑士吓了一跳，张眼四顾；青蜂女侠已挥刀扑过来。

五个骑士倒了两个，跑了两个，只剩为首一人，为首骑士不惊而怒，大骂道："你们滚哪里去了。"

一个女人、一个黄病鬼，倒砍倒他们两个人，他心中不服气，欲走不甘，欲斗又怕吃亏，正在持刀彷徨，青蜂女侠骂道："不知死活的东西，我看你不跑，你还想凑伴?"奋勇挡住

街门，一缕刀光，照这残留的骑士砍来。

这骑士眼光一扫血泊中的同伴，方知一个创深已死，一个口气未绝，尚在地上辗转呻吟。更一瞟女侠，这两天暂停荒村，忘了戴帽穿靴，头露绿鬓盘云，脚见弓弯月样，伪装半呈，别具媚态。这骑士不禁狂醉，恨不得活擒住她；自恃武功高妙，出力猛搏，分明欺负女子。忘了身在险地，也不知村中还有埋伏没有，口吐猥语，手中鞭专打女侠的兵刃，要把敌刀磕飞，量一女子，还不是为所欲为。他这样打法，自然见慢。

青蜂女侠却是狠极，刀刀直攻要害，一对一，打过十几个照面，骑士渐觉此女不大好斗，还是回去勾兵为妙，且打身子且往门边转。

青蜂女侠起初志在歼敌，心存忽视，被这为首骑士苦苦缠战了十几合，料那逃走的一个敌人必奔回求救，她就陡生疑虑，振吭又喊道："伙伴，快出来，就剩一个了，帮我一把啊！"

卢鸿飞在屋中应了一声。骑士忙偏脸一瞥屋门，女侠急将甩手箭打出去，骑士顿足一跳，女侠顺手又发一箭。骑士大吼，奋力扬鞭，硬冲着女侠扑来，眼看撞个满怀。女侠披刀斜阻，竟没阻住，倒被一路鞭风冲得倒退。

骑士轩眉大喜，道："小娘们，你还想拦我？"喊时，女侠往旁一跳，早又一领刀，咬牙切齿，二次冲上来，街门依然阻住。卢鸿飞喘过气来，惊急拼命，也持剑二番出头。女侠叫道："别过来，拿箭攒他！"

公子依言侧身，掩剑扬矢，气虚手颤，虽不能取准，但连发甩手箭，颇足以扰敌助友。骑士大恚，顾前还得顾后。见女侠横刀当门，他便一翻身，怪吼抡鞭，唰的跳过来，照卢鸿飞猛打。卢鸿飞急斜剑招架；骑士拿鞭一转，扬鞭又下，叮当一声响；卢鸿飞连忙闪身。手中剑突被磕飞，往旁一退步，腿一软，扑地跪倒，单手据地。骑士大喜，这也可给伙伴报报仇，追过去，第三鞭狠狠拍下去。

卢鸿飞突出死力，往外猛拔，箭似的窜出一丈多，惊出一身冷汗，骑士一阵风又赶打一鞭。突然，哎呀一声怪号，青蜂女侠一支箭，一口刀，合身齐掩上来，骑士贪敌负伤，背插一矢，踉跄栽过去，头脸朝地，"咕咚！"摔在卢鸿飞的身旁；钢鞭也脱手掷出来。

卢鸿飞吃了一惊，百忙中一回头，忙滚身过去抢鞭，骑士也一滚窜起，探身抢鞭。两人同时窜起，同时扑去，猛撞在一处。骑士急一侧肩，一横肘，力强者不吃亏，卢鸿飞被他仰面撞翻，摔出多远。骑士也一个踉跄，就势弯腰探爪，急急的俯拾坠鞭。

这只在一眨眼之间，青蜂女侠突一个箭步，也赶了过来，却不肯弯腰，陡飞起一腿，当地一下，跺子脚横踹金梁，骑士哼嗤一声，鞭已到手，脚已及背；颓然如倒半堵墙，人又被踹倒在地，嘴啃土，鼻脸出血。他就地一滚；女侠秀眉一舒，双眸一瞪，手中刀倏往下扎，"嗤"地一下；把最后这一个敌人钉在地上，全刃深入，透背穿胸，为首骑士登时殒命。

第三十四章 海滨访蝶

女侠抽刀验敌，摇了摇头道："好险！"且不顾卢公子，拭刀喘息，拄刀不动。

卢鸿飞仰跌在地，挣命爬起来，又颓然坐倒；大敌已除，一手据地，一手扪后脑前胸，喘做一团。目睹这惊心骇目的血斗，犹觉一阵阵发晕，三尸横地，血满半庭，眼望女侠，不胜惭服，半晌道："小姐，你又救我一回，那两个东西呢？"

女侠微睨他一眼，摇头道："全跑了，我这阵也酥了。"猛又一皱眉道："咳，不行！"一提神，忙抄刀奔出去，门外五匹马，系在小树上；如今果还有三匹，忙扯缰解下一匹，跨上去。

卢鸿飞踉跄追出道："小姐，上哪里去？"

女侠暗笑，这个寻死的人还是怕自己丢下他，回顾道："我只到村口望望，公子，你若挣扎得动，快把这两匹马牵到院里去。"不等回话，放马绕奔到村边，据鞍踏镫，纵目远望。那两个骑士，那两匹马早跑得没影了，只远远望见大道北尽头处，泛起滚滚黄尘，随风斜卷，灰黄色犹浓。不用说，那二骑士策马狂逃，已奔向北边去了；西北正是他们的来路。

女侠有心要追，相距已远。院内横陈三死尸，余留一病汉，偏偏灵蜂孙六三人全没回来。女侠摆布不开，沉吟片时，见卢鸿飞尤在那里倚门而望，心中暗笑；把马缰一勒，往回走来，下了马，对卢公子道："你难道怕我走了么，这两匹马，你怎么不牵回院里去。"

卢鸿飞面微发红道："小姐也不会走的，这马，我这就牵，我是发愁这三具尸，还有一个带活气的，怎么安置他们？我想孙兄正为没有代步，才出去寻找。现在承小姐一番苦斗，力诛三敌，我们得了三匹代步，太好了。只可惜逃走了两匹，若不然，我们五个人，恰好整够。"

青蜂女侠笑了起来，道："公子的心路也很够快的，我一乍见这五个北兵，我就心上一喜，暗说，他们给我们送马来了。哪知我一个人，单掌遮不过天来，生生教他们逃走了两匹。两匹马还是小事，我只担心逃回去的那两个活人啊。看他们的来势，分明是北兵的侦骑，侦骑一出，后面必有大队；我们真得赶紧走，教他们追来，可是麻烦，我们人单势孤啊！"

卢鸿飞道："我也是为这个发愁，得到三匹代步，固然可喜，放走两个敌人，未免可忧。"往四面一看道："孙兄还不见回来，我们仍不能就走，这个地方实在不能久留了。"

女侠道："你别管他，我先问问你，此刻要走，你走得动么，……不，不，你此刻能骑马走么？"

卢鸿飞道："这个，骑马总比步行夜奔好些，我想我可以骑马上路的。"说时自顾腿脚。

青蜂女侠道："你真会骑马呀？"卢公子强笑道："小姐总以为我是阔公子，连马也不会骑，你要知道我和孙兄结识，就是骑马游猎，才遇合着的。"青蜂一笑道："我糊涂了。"

两人上前，解开马缰，把三匹马都牵入院内。验看三具尸体，死的都拖到空舍，用草盖藏起来，那口有活气的，也拖入空房；女侠蹴他一脚道："别装死，滚起来！"

这负伤的骑士面现怖色，低声央告道："饶命。"

女侠道："我们本不想杀你，我们还要问问你哩。"青蜂女侠把应问的话，一一问出来，首先问他们五骑奉命何往，再问他们的大队在何处，欲攻何邑，从何处来，共多少人，主将是谁？

这骑士求活情切，一一实供，说完，仍求饶命，女侠许以不死，他又哀求把他立刻放了，女侠笑道："我倒想放你，你自己能爬，你就爬回去吧，你的马可对不住，我们要借着骑骑，你不要太聪明了，你要教我放虎归山。"格格的笑了起来。

这个骑士满脸失望，又转而央告卢公子，给他一口水喝。卢公子负恨本深，目睹不忍，叹了一口气，道："你我本是仇敌，是你们害得我这样，我本不该救你，我也不能做主，不是我擒的你，小姐，怎么样，给他水喝么？"

女侠道："一个伤兵罢了，杀降戮伤，也是战士所忌，给他一口水，又算什么，我可不耐烦，还有事哩。公子你若挣扎得来，你就给他点水，别教他活受罪，你再仔细问问他，还有你的仇人，你也跟他打听打听，看他晓得不，我还得做饭去哩。"出了空舍，又到灶下去了。但是灶火已灭，锅饭半生，气得青蜂女侠嚷骂起来，一劲的说："饿了，饿了，教混账东西搅了。"

卢鸿飞就取了一瓢水，给伤卒喝，果然向他打听活阎王王锦城的动静，谁知这伤卒乃是别一路的旗营，连降将王锦城的名字都没听说；但也没白问，已知北兵大队现在八十里外，即日南下，分兵三路，要攻夺某邑某城；又问明沿路各县，何地已经失守，何地已经投降，既知如此，继续南奔，便可择路而行，知所趋避了。见伤兵创口不时溢血，面目失色，舌僵气弱，怕他要死，他又苦求，遂取刀创药，给这伤兵敷药裹伤。

伤兵感激哭道："我的命怕到底活不成了，你们一走，我动弹不了，早晚也是饿死、渴死。"卢鸿飞听不下去，竟把这伤兵扶上草荐，并说道："你先将养着，那位小姐既许你不死，我们临走，自然想法子……"说到这里，他也不晓得想什么法

子了。

过了一会儿，灵蜂孙六和两个伙伴回来叫门，两手空空，仍无所得。青蜂女侠一见面就嚷道：“你们早不回来，你看，把事情耽误了，若不然，五匹马全捉住，一人一匹正好。”孙六道：“什么马！”青蜂很得意的说：“刚才来了五个骑马的，教我砍倒了三个，走了两个。”把刚才之事，一一告诉孙六。

孙六乍惊还喜，道：“有三匹不就很好了，马在哪里？”他们三人出去这一整天，沿路上也总碰见游骑散勇，所以雇不着牲口，今既有送上门的三匹马，便可连夜逃亡了。但既然逃走二骑，必然勾了兵来。孙六道：“我们快吃饭，赶快离开这里吧。”一齐动手，把饭做熟。

吃完饭，先问卢鸿飞：“此时怎样了，骑着马上路、可以支持了吧？”青蜂女侠道：“行，刚才他还帮着打哩。”卢鸿飞一阵着急，把精神振起来，此时又觉得发软了。

孙六掐指估计逃骑往来之路，道：“他们大队距这里八十里，来回一百六十里，此时起初更，我们还可以有一百六十里地的工夫歇息。公子，你快躺下歇歇罢，这一百六十里，怎么快煞，他们也得在三更以后，才能追来。”女侠道：“况且他们也不会立刻拔队就来，我看就到明天晌午，他们也未必赶到；我们天亮走，也可以的。”孙六道：“还是小心点好。”催卢鸿飞躺倒，快睡一觉。卢鸿飞哪里睡得着，说道：“若不然，我们先走吧，还是先挪开这里，稳当些。”孙六道：“也好。”

大家赶紧收拾，这时空舍中那个伤兵，忽发出呻吟声来，孙六道：“哦，还有他。”命伙伴挑灯，走进空舍，凑到伤兵面前问话。那伤兵哀声求救。孙六道：“我先打发你回去吧。”猛然一拔刀，疾如电掣，当心一刺，伤兵连哼都没哼，立毙刀下。灵蜂孙六轩眉道：“除了一个祸害，反正他也活不成，倒免得他活受罪。”青蜂女侠摇头道：“你太狠了！”孙六道：“不得不然。”忙着把三具死尸都埋了，说是不要遗祸给屋主，收拾完毕，说道：“我们上马吧，还是早走一步好。”

四蜂一鸿跨着三匹马，乘夜逃走，人多马少，孙六和两个伙伴，倒替着步行执缰，落荒奔出数十里。天色渐明，仍投僻径荒村稍歇，遣伙伴往前探道。探出不多远，迎头遇见大群逃难的男妇；哄传北兵不知何处攻到淮北，正和降将攻略淮北一带的城邑，并四出抓夫、抓船，似欲渡淮海南攻。江北的守土文武已经据水守御。南下的水路已阻，只能往西横逃，或者辗转北上；难民一味乱窜，殊不知淮北更乱。灵蜂孙六听了这情形，双目微皱，本意要引卢鸿飞公子，南奔铜山，面见一窝蜂的领袖金蜂李，如今过不去了，这只能西奔河南，或者东投海州。卢鸿飞道："遍地烽烟，何处可避，红花埠有我的一家至戚，不知绕得过去不?"那两个伙伴道："风闻鲁南正在打仗，海州也失守了。"

孙六摇头道："那恐怕是谣传，北兵是从旱路过来的，他们分两路南下，一扑淮海，剪苏杭；一扑郑洛，抄江宁。海州不是要地，他们至多是一略而过。我说公子，我们不如逃奔海滨，暂避一时吧。"又低头细想了一遍，竟不南奔，折向海东逃去，一路上绕道斜行，昼伏夜窜；幸而又觅得两匹代步，是两头健骡，五人立即加鞭急驱。

这一夜，投到一处渔庄，灵蜂孙六上前叩门。他那两个伙伴问道："这是生人，是熟人?"孙六道："熟人。"青蜂女侠却已想起来了，这地方也是灵蜂孙六门下的一个同党，问孙六道："这别是张蝶儿的丈人家吧。"孙六道："正是，若投生人，过路可以了，决不能久住。"敲了半晌，柴扉门内木底响，出来一个少妇，很惶惑的隔着栅门盘问，是谁叫门，五匹牲口的蹄声，已经惊动了夜月渔村。

青蜂女侠忙把手中灯笼高高一举，照着孙六的脸，孙六取出一支铜杆袖箭，冲门隙一晃道："大嫂，我们寻一点蜜!"少妇仍不肯开门，隔着门栅觑了又觑，抽身回去。过了一会儿，重走出一个大汉，赤足掩襟，左臂胳着木板布套，拖着鞋，一晃一晃出来；灯影里，见这大汉红眼黑脸，青须碴，模样粗

丑，当门说道："你们是找张蝶吗，他不在家。"灵蜂孙六忙道："这位大哥快开门吧，我是灵蜂孙六。"忙把铜袖箭从门缝递过去。大汉看了又看，这才开门，将五个客人、五匹牲口，全引入院内，立刻由那少妇上闩加锁。

这是渔村的一家小户，只有六间草舍，那大汉是张蝶儿的妻兄，名叫朱全印；少妇正是张蝶新娶的媳妇，小名朱三秀。他们朱氏兄妹在海边，说是打鱼为活，和一窝蜂隔着行，也不认识孙六，但是，这兄妹二人曾听张蝶说过，他和孙六的渊源。偏偏张蝶不在这里，这兄妹忙把客人齐让到上房，叩姓名、问来意、烹菜、做饭，孙六道："大嫂，你先不要忙。"一指卢公子，面对朱全印道："朱大哥，这是我们的一位朋友，他现在有病，你费心，先给安排一个歇息的地方。"

朱三秀忙进内间，点灯扫榻，把一个年轻姑娘叫出来，让卢鸿飞到内间躺下，卢鸿飞委顿不堪，只得倚枕半卧，略为歇息，打量这三间草舍，四壁空空，似无隔宿之粮，墙上张着鱼糊，柱上挂着刀叉，似鱼家又似猎户，显见是贫家。可是朱三秀和那年轻姑娘，都打扮的花枝招展，衣履富丽，艳抹浓妆，就是屋中陈设简陋，但内间的茵褥卧具竟很讲究，与外舍不称，看着很有些扎眼。朱全印兄妹谈吐之间，余带着豪气，这个年轻姑娘竟默坐屋隅，一句话也不说，两只大眼不住打量来客。据朱三秀说，这姑娘是她的小姑子，是张蝶的族妹，听称呼叫做五姑，草舍中就只他们两女一男。烹好了茶，先给卢鸿飞斟上一杯，那朱三秀就叫着五姑，一同烧火做饭。青蜂女侠不做客，赶过去帮忙，朱全印给四蜂逐个献茶，陪着说话。

此时夜色昏暗，海风怒吼；正值中原鼎沸，兵匪横行，居民奔亡流离。独这滨海之区，反显得安谧，除了夜风阵阵，外面不闻人话，不闻更锣，连犬吠声也罕听见，倒觉旷寂得怕人。朱全印把卢鸿飞看了几眼，面向群蜂问道："诸位当这兵荒马乱的时候，搭伴夜行，来到我们这僻角落，莫非又要邀张蝶儿，出去作什么生意么？"又一指外间的板床道："六爷要是

累，你也躺躺歇歇，你别道外，我们张蝶兄弟常念叨你的。”遂又笑道，“头十几天，他和刘溜蛋合伙做了一水买卖，也是他们贪心过重，险些惹出麻烦来，现在他们很饱了，都忙着藏赃埋踪，一时全不敢出头了。听说失主根子很硬，不肯甘休，这几天外面风声很紧，盘查的严，我有好几天没进城了。我只怕他们食嗓小，饽饽大，咽着容易，还得吐出来，临了落个白忙。”

朱三秀和五姑正在做饭，听三秀轻笑道：“你听，五姑她又是这一套！二哥惯说泄气话，也不知哪码对哪码？”那五姑就很冷涩的答声道：“外头风声紧，准是为这个么？现在是什么时候，小小贼情盗案，还当从前哪，没人问了。这些天查的严，是查北兵，不是为线上的事。这些六扇门个个魂不附体，说不定哪天弃城一走，作不起刺来了！”

朱全印把眼一瞪，脸冲外说道：“你们姑嫂尽念喜歌吧，你说不碍事，怎么蝶兄弟，和五姑爷两天没回家，你就一个劲催我去看看，不是不要紧么？”朱三秀道：“二哥又揭根子，回头五姑又急了。五姑，你给他两句！当着生客，你看他信口乱道！”五姑冷笑道：“你们亲手足，我是干什么的呀？”青蜂女侠听着笑起来了。

灵蜂孙六和他的两个伙伴都随便听着，不做理会。卢鸿飞却留了神，知道自己被一窝蜂引到海滨盗窟了，一声不哼，侧耳听着。

孙六便问：“蝶兄弟到底又做什么生意了，他现在哪里？”朱全印笑道：“他们劫了一只海船，闹的风声太大了，他们都藏起来了。现在忙着销赃掩迹。”

孙六道：“现事可是真的，若有好油水，尽管拾落着，六扇门顾不得这些事了，我们此刻正有一点事，才老远的投奔他来，朱二哥，你能费心把他找出来么？”朱全印浓眉一舒，满脸笑容道：“六爷若是有买卖的话，你老尽管对我说，他吃饱了，不想动弹。我这些日子，可是熬渴的够受，很想找点油水吃吃哩！”

五姑和朱三秀同声嗤笑："外面风声可紧哪。"朱全印大笑道："六爷你听，我们姑娘给我端回来了。女心外向，我说是不是。别看五姑娘这工夫帮着她哥嫂，转天一出阁，你又该向着五姑爷了。得了吧，二位姑奶奶，我只是这么说，我天胆也不敢抢我们蝶兄弟的买卖呀。六爷，你说吧，找他什么事，要吃紧呢，现在我就找去，若是不忙，咱们就明天找他。他现在落脚地点，离这里有八十多里地哩，我现在又受着伤，有点懒得动。"

灵蜂孙六道："不忙，不忙！"想了想道："不知蝶兄弟现在什么地方，请你把详细地名告诉我，莫如我骑着马找他去，倒也省事。"朱全印微一皱眉道："我陪你去吧。"向外一探头，吸了一口冷气道："外面漆黑，真够走的。"青蜂女侠听出朱全印仍有难意，便说："六兄，你忙什么，吃完饭，什么时候了，莫如明早去吧。"

那个五姑娘忽然说："你这位大姐，若不然，明早我同着你去，我可得借着你们的马。"又笑了一声道："你们谁要指使得动朱二哥，可是神人了，别说他现在有伤，就没有伤，喝上两杯酒，连天塌了，他也不管。"朱全印哈哈大笑道："五姑娘把我看透了，你瞧，明早我一准去。"五姑道："还是明早啊，今天不成吧。"都笑起来了。

朱全印转向孙六道："六爷找他找的这么急，就是为我们这位朋友？"说着，往内间卢公子那边一指道："我们这一位遭了一点事，身上有点伤，又害起病来，一时没有栖身之处；打算找蝶兄弟，给安排一个养伤的地方，不过地方得严密一些。"

朱全印往内间瞥了一眼道："就是这个事呀，干什么非他不可。"孙六微叹道："我们这位朋友是世家出身，又有仇人，这得找一个严密地方，并且还得有人服侍才好。"朱全印道："你这位朋友打算住多少天？"孙六略加盘算道："恐怕得两个月，我们还有些别的事，暂把敝友安排好了，我们还得走；两个月后，我再来接他。"朱全印站起来凑到孙六身边，一指卢

鸿飞道："不就是这一位么，我瞧他不像咱们这里人，我起初还当是六爷请来的财神哩，他是个做什么的？"

孙六不再隐瞒，如实说了，朱全印兄妹和那个五姑全都听明，便道："这太没什么了，原来是卢公子，我们久仰兰陵公子的大名，这倒失敬了，卢公子如果不嫌恶，住在我们这里就行。"孙六道："那一来，可给贤姑嫂添了不少麻烦。"朱三秀笑道："吓，你看你老说的话，一个受伤的病人罢了，我会伺候。"说时，把饭也做好了，摆在外面，孙六请卢公子出来用饭。

卢鸿飞本不觉饿，打算和居停主人谈谈，勉强起来入座，朱家兄妹把一鸿四蜂让到上首，教朱全印陪着喝酒、这姑嫂二人随便坐在饭桌旁，搭讪着谈话，不时打量卢鸿飞，卢鸿飞年逾三旬，出于膏粱之家，不带风尘之色，虽在难中，乍看面白无须，似是二十四五少年，两个女人看着卢公子食不下咽的样子，同时致歉道："海边的地方，没有可吃的，我们都不会做，公子多少吃点。"卢公子谢道："我是有病，不能多吃。"朱三秀道："这里有粥，我给你热点。"五姑道："我来吧。"奔到外间去了。姑嫂二人都很敞亮，把才见面时的矜持都没有了，青蜂女侠和灵蜂孙六都很饥饿，把这肥鱼大肉，饱餐一顿，酒也喝了不少，且吃且谈，毫不做客。那朱全印更引杯不止，喝得大醉。饭罢收拾杯盘，又给四蜂预备宿处，朱全印和三蜂同睡长榻，卢公子独据内舍，青蜂和姑嫂二人到厢房去睡，卢鸿飞辗转半夜，方才成寝。

第三十五章 陌路留情

次早，朱全印要找寻张蝶，但又说吃了饭再去，耗到晌午，他们还没去。张蝶忽从别人口中得了信，听说他家夜间来了五匹马，不知干什么的，他就吃了一惊，急急赶回，和灵蜂孙六见了面，才知是故人到了，主客俱各欢然。

孙六忙引卢公子看这张蝶，竟是个漂亮少年，长眉白面，真不愧名叫张蝶。赶着孙六慨陈来意，求张蝶帮忙，张蝶一口答应。

又问张蝶，到底此间稳当不，若有风险，请只管明说。把卢公子的身份，和自己的交情都告诉张蝶。张蝶道："六爷只管放心，这里安静极了，六扇门准不会找上门来。"

孙六道："可是你们乱打食，不会引来剿捕你们的官军么？"

张蝶摇摇头道："我们不能不加小心，其实官军只一动，没等他出城，咱们这里就得到信了，"说时又笑道："想是六爷听说我得了大油水，躲出去了，觉着我们这里不稳当。六爷要知道，躲总得躲，我们还有好些伙伴哩，凡事小心没错。"

说时又跟青蜂女侠寒暄，称她为九姑。

灵蜂孙六就和同伴商量，青蜂道："不碍事，这里很可以住，卢公子也得需人服侍，若投不带家眷的同党，公子更不方便了。"

灵蜂孙六默想了一回，又问了问卢公子，然后对张蝶夫妻和朱全印等说道："蝶兄弟，这位卢公子乃是我孙六的救命恩人，患难兄弟，我把他救出来，原打算渡淮往南，我给他预备好了避难地方了。无如临时遇阻，前有大兵，不能偷渡，只可往斜刺里逃，逃到蝶兄弟这里来了，我现在把公子交给你，两个月后，我再来接他，你至少得替我保护他六十天，六十天内万一出错，就算你对不起我了。"

张蝶还未回答，那朱三秀他的妻早撇嘴一笑，把五姑一拉道："六爷怎么这样蝎蝎螫螫的，您别问他。"一指自己的鼻头道："我可是个不中用的女人，您把您这位朋友交给我们姑嫂就结了。您单冲着我，六十天后，我把您的朋友好好奉还，养得舒舒泰泰的。"回头向卢公子道："公子，我们可是粗人，你别见笑，这里粗茶淡饭将就着吃，不过有一样，可是的，六爷，您说令友有病，到底什么病，我们这里没有好大夫，可怎么好呢?"

孙六连声道谢道："好极了，我谢谢蝶嫂子，敝友倒没有别的病，只是忧劳过度，身上有刑伤，没有缓过来。你只每日饮食上，多多留意，在下就感激不尽了。"

朱三秀和张五姑一齐答道："六爷，你放心吧，这不过是养伤，不是治病，我们只要好好照护着，不就行了吗?"孙六道："正是。"

青蜂女侠含笑道："蝶嫂子原来是个敞亮人，乍见面，我看你像小胆似的，原来你倒很有决断。"

朱三秀面皮一红，客气答道："我是粗人，不会说话。"

那卢公子在旁听着，却也十分含愧，自己一个男子，被女人照护，未免太那个了。忙向孙六道："六兄，你不必惦记我，

我只是一时没有缓过来，过几天就好了，你有公干，只管去办，我在这里很好。”

当下主客商定，留卢公子寄居两个月，灵蜂孙六、青蜂女侠千托万嘱，又给卢公子放下银两，留下地名，谆谆叮嘱保重，方才和两个伙伴匆匆走了。

卢鸿飞自此见故在张蝶家，避难养病，他本是缙绅之家，现在受这两个草莽女子服侍，男居停主人张蝶、朱全印又不常在家，他心上说不出来的感觉不便。过了几天，他体力稍微缓过来，可以出门遛遛了，可是本为避祸隐居，他的气度又与渔村粗汉显然不同，人又眼生，一出门便有人看他，凑近和他说话，打听他。他时生戒心，只可困在屋里不出门，精神上十分苦恼，不但别扭，又觉活着无趣。幸而张蝶不时回家，给卢公子带些珍饵，有工夫就陪他闲谈。朱三秀和张五姑为人敞亮，起初还有点拘束，只三五天过去，便一点也不把卢鸿飞当客了，卢鸿飞至此稍安，也渐渐地过惯这乡村苦生活了。

灵蜂孙六邀定两个月，必来接他、并要助他报仇，还要设法送他南渡投效，却转眼过了两个多月，孙六一去渺无音耗。问朱全印、张蝶，也全说不上来。卢公子寄居苦闷，为了报仇，恨不得飞到闽浙，恨不得要想杖策独行，不等灵蜂孙六。但张蝶替他打听道路，刻下正在陈兵对峙，民人决计过不去的，且闻北客南归，动惹猜疑，若南中没有人，投了去，或反受苦。

张蝶夫妻说：“孙六爷临行千嘱万嘱，教我们好好款待公子，你如今自己要走，我们怎么对得起孙爷，如今兵荒马乱，不能计日赶路，说两月，哪能准两月。”

卢鸿飞听着，也觉有理，便只得暂留，于是展眼三个多月了，这其间忽然生了枝节。

那个张五姑娘，乃是张蝶的族妹，自然也是江湖中的人物，已与同道订婚待嫁，她今年已经二十二岁，闺名巧玲，生得比她嫂子稍矮，两眼很大，性情是忽然沉闷羞涩，忽然敞亮

健谈，好像随境因人而变。

起初对这遇仇灭家的逃难公子，感觉眼生并且人家所说的公子必然十八九岁，至多二十的，这一位卢公子自说三十多岁了；可是相貌又很少俊，既无海滨渔夫那么赤睛黄脸，也无绿林豪客那样粗暴之气，竟安安稳稳像个老先生，文文静静像个大姑娘。

五姑娘觉得这人有趣，既不断和嫂嫂过来服侍，日子久了，就常常对谈。可是这卢公子也很怪，记得她哥哥和她哥哥的朋友，每逢来到，必大说大叫，要吃要喝；这卢公子不然，谈忘了给他沏水，他就不喝，你吃饭喊迟了他，他就不来；三十岁的人，这么腼腆，倒得这姑嫂二人赶着照应他。若是服侍他，他又张皇失措，呵呵道谢，在人前模样很窘。等到白天他一个人独处时，他又鸦雀无声，连大气也不出似的；到晚上他又绕着屋地走，不时喃喃自语。

听嫂子和他谈谈家常，问问患难，他说是已经灭门，妻儿全被仇人杀了，如今只剩他自己一个人。他外表既如此文弱，一提及仇人，双眸立刻灼灼吐火，面红耳赤，咬牙切齿，威棱一振，他毫不怕仇敌，却是十分的忿恨，仇人若在面前，有捉住生嚼的气概。并且一提到仇根，语声顿变，斩钉截铁似的，立刻流下眼泪，他又以流泪为耻，当着人不好意思拿手巾拭，泪珠只在眼角滚，有时流到腮上，他才背转身，偷偷一抹。

他说的话有时很明白，有时也叫人难懂，他究意是文绉绉的一个人，说话不免掉文。听灵蜂孙六说，他这人还会武功呢，可是他在这里寄居多时，并未见他一露，大概他也是会而不精。

问他："就是静等孙六爷么?"他说："是的。"问他："将来做何打算?"他说："报仇，报仇!"怒气立刻重撞上来。问他："报完了仇之后呢？也总得再安家立业，再娶妻生子么?"他眼圈一红，头一低，说："谈不到这个了，我现在是什么人，我还要安家做什么，我连我自己都嫌活得多余，只是身负重

仇，不能就死罢了。有一天报完了仇，我便可含笑自戕，再不然出家。”说着他又哭起来了，她也不懂什么叫自枪（戕）。

这样，张五姑娘天天琢磨这卢公子，有时同着嫂嫂找到卢公子谈，有时自己找他去谈，卢公子知道许多的事情，五姑娘从来没听说过的，并且也是张蝶他们从来没说过的。她觉得卢鸿飞这人很有意思，尤其是见了女人，便慌张脸红。可是你只话引话，把他肚子里的话勾出来，他又滔滔说起来没完，也不脸红了，也不慌张了，正色直言，也忘了男女界限了。

卢鸿飞自经劫难，精神失常，好像换了一个人，满腹哀愁，一腔悲愤，恨不得逢人发泄，荒村无人知音，防患更难恣言。独对五姑姑嫂，可以毫不戒备，并且卢公子困守，坐食，无书可读；有仇在念，仿佛和人谈谈，便可稍减心中的烦闷。

这一来糟了，不知怎的，这五姑娘竟对这个被难的中年公子渐渐留情了，渐渐觉得若有一天，没和卢鸿飞见面，没和卢鸿飞闲谈，就好像有一件什么事没办，有点没抓没搔，闷闷不欢。但是这五姑娘却是订了婚的人，纵然婚期全未定，她可是年将花信，恰恰二十二岁了，和那未婚夫婿也门当户对。

有一夕，她和卢公子谈起来，没完没散，直到卢公子局促不安，她还是不理会，问这个，问那个。卢公子忍无可忍，就明白的开口催她归寝，她方才懒洋洋地站起来，临行，问卢鸿飞：“你还渴不，你还饿不？”

卢鸿飞懔然戒惧，翘盼灵蜂孙六，心情日切，但一天一天的过去，始终不见孙六回来。卢公子又要自己走；张蝶夫妻一齐拦阻，又很抱歉地说：“公子若有什么不方便的地方，请只管说话，千万别见外。”

卢鸿飞辞行三四次，均被张蝶夫妻坚留，一晃快四个月了，一窝蜂的消息依然悠渺，朱全印忽然听见一桩谣言，说是一窝蜂曾经聚众起事，兵败全都逃散了。这一夜，朱全印悄悄告诉张蝶夫妻，问张蝶：“你们那帮里，听见这话没有？”

张蝶道：“没有听说，不过六爷的消息如今一点听不见了，

我知道他们，要趁这乱世，大干一下，也许现在真闹起来。”

朱全印道：“可是他这位朋友怎么办呢？”张蝶悄指门窗，低声说：“噤声！”

他们惟恐卢公子听见，卢公子断不会偷听窗根的。不想，他们那位五姑娘，不知怎的一时口快，大概是打听卢公子今后作何打算了吧，竟无意中透露破绽来，好像说：“万一令友灵蜂孙六他们来不了，你想怎么样呢，可有地方投奔吗？”

卢鸿飞本是兰陵世家，今虽遇祸倾家，他们老一辈的门生故吏现在安然无恙的，出仕江南的，还有许多人。灵蜂孙六替他作一番打算，卢公子自己也有一番打算，只是道阻难行，不能南渡罢了。

张五姑好像很挂念卢公子今后的安身立命处，张蝶夫妻本嘱她瞒着，而现在卢公子听出缝隙来了。

并且，张五姑近来越发不拘形迹，似乎一片芳心隐有所系了。卢鸿飞公子在这海滨渔村盗薮，避仇隐居，原非本意，现在，立刻觉到凛乎不可久留。

张五姑娘还是那样，似怜惜似矜恤，不断找卢公子谈，尤是近日，每次夜话，她竟流连不欲归寝。卢鸿飞终于这一天突然出走，摆脱情网，别了这个渔村盗薮，只给居停主人留下两封信札。

张家突发现卢公子失踪，是在早晨，恰巧张蝶没在家。张蝶之妻朱三秀给卢公子烹好了茶，备了点心，端进去时，只剩了空榻，在桌上压着破纸写的两张字纸。朱三秀不认识字，但看屋内情形，已然觉察人是走了，不由她喊出诧异声来。张五姑娘听见了，走来问道：“嫂子，你喊什么？”朱三秀一指空榻道：“这位卢公子不见了？”张五姑娘道：“许是到村外闲溜去了吧。”朱三秀摇头道：“不像！”这最近几天，卢公子神不守舍的不安精神，姑嫂两人全看出来了，并且都劝过他。

张五姑娘呆呆的目视空榻，良久才说：“他怎么一声不言语，就走了，我去找找他。”急到前村寻了一遍，哪有影子？

卢公子是昨天夜里走的，偏偏张蝶既没在家，朱全印连日赌钱，也没回来。姑嫂二人在近处找了一圈不在，朱三秀拿着那两张字纸，念叨道："这准是他留下的话，回头孙六爷来了，咱们怎么答对人家？人家跟咱们有好处，信得及咱们，才把朋友寄藏在咱们家里，现在客人悄没声的走了，想必咱们做主人的待承不好。"

朱三秀是主妇，惟恐得罪了丈夫的朋友孙六爷，倒没理会客人走向何方。那五姑娘竟挂念这不辞而别的客人，到底为甚么缘故走了，走向哪里去了？忙忙的在村前村后找寻了一圈，每遇村童渔夫，就仔细打听，可惜一点影子也没问出来。朱三秀道："这得赶快告诉他们哥俩。"

直到隔日，才将丈夫和内兄都找回，仔细告诉此事。张蝶和朱全印俱都诧怪；尤其担心卢公子，怕他误落仇人之手，将来孙六返转，拿什么话答对。郎舅两人急得不得了，要借骑追寻。

五姑娘愣愣怔怔，在旁听他们商量找寻办法，就忍不住插言道："听嫂嫂说，这卢公子留下两张字纸儿，大概不会是被仇人诓走的，只怕他在咱们这里住不惯，自己暗下走了，他话里话外，惦记着回南。"朱三秀道："咳，我倒忘了，可不是有字条。"忙将字条寻出来，张蝶、朱全印两人瞪大四只眼，看了半晌，破纸秃笔，好些草字，竟看不明白。朱全印要拿出去，找村塾先生念念；张蝶道："使不得，我们费点劲猜吧。"

揣摩好久，这两张纸条是两封信。一张给张蝶，大意好像说："叨扰日久，心甚不安，起居饮食，更为尊夫人及令妹添烦，尤觉抱歉，身负家仇深怨，不愿在此忍耻偷生，今决南赴闽浙；一者寻找安身立命之地，二者见机尚须报仇。府上高谊，永志不忘，他日有缘，再图后会，金钏玉簪两件，留赠尊夫人及令妹，六符兄如寻来，请代转达。"另一封信给灵蜂孙六和青蜂女侠，措辞也差不多，无非略述行踪，兼表谢意。那金钏、玉簪不知他放在何处，还是五姑娘眼尖，看见桌窗台上，有个小纸包，打开来看，果然是金玉环簪两件。

五姑睁着一对大眼，听完了信辞，又代找出钏簪来，呆呆地发怔。朱三秀道："卢公子这个人太客气了。"手拿着金钏、玉簪道："这是他给我们姑嫂俩的，他觉着天天给他洗衣做饭，过意不去了，可是的，这一金一玉，哪一件送我的，哪一件是送五妹的呢？信上写着没有？"张蝶道："人家没给你写的那么清楚，这全给五姑留着，作添妆罢。"

五姑娘猛然抽身，道："我不要。"只一扭，走回自己屋里去了。直到晚饭，没有出来，这顿晚饭只由朱三秀一个做的。五姑娘说，她有点儿头痛，风吹着了。卢鸿飞公子自此走了，永不再现于这个海滨；他无形中给五姑娘心上留下一层淡淡的凄凉。每到黄昏，晚饭以后，照例刷净了锅，给卢公子烹一壶村茶，现在没这个事了。五姑娘心上十分迷闷；但是人的缘法想不到会有如何的离合，卢公子虽不再来，九年之后，张巧玲姑娘却和他重相见了。

第三十六章 大豪开府

两年零五个月后，海疆一隅尚有余氛；长江以北，黄河地带，渐渐安宁；各地山林僻区，不时仍有桀盗跳梁，不过十九都是些散帮游贼。惟淮南一带，虽属南方，地在江北，民风强悍，素称多盗，枢廷特派下一位武职大员，在徐州开府坐镇；缉盗安民，此公姓王，名锦城，挂提督通省水陆兵马军门职衔；有权专摺上奏，封得自办粮台，府道并听节制，一时威福颇张。王军门治乱邦，用重兵，在徐州、淮海，督兵剿匪清乡，办得非常严峻。这一下，当地宵小果然敛迹，匪帮多逃邻村。经他坐镇不到一年，便流布着夜不闭户、路不拾遗的政声了，可是他诛戮的人也太多，办的案也太狠。

这王军门不是别人，就是卢公子的仇人，绰号活阎王的那个土豪。自从带部投降，颇立战功，现在他居然成了一方大帅了。但因他诛戮太多，便结仇很大，他的仇人居然不少。还有他的旧部，归降之后，不堪军法的束缚，也有的叛变，就被督剿。从前和王军门同梦的，现在做了阶下囚，被他毫不徇情的惩治，这样变友为仇，结怨更甚。

这时候的“横江一窝蜂”群盗，当鼎革征战时，也被旗兵严封海口，隔断水路，弄得无地存身。那首领金蜂李被阻在江南，想向南军投效，南军不信任他；想与旗兵为敌，旗兵兵力太厚。结果这一窝蜂弄得游动无归，不得已，仍做他的强盗生涯，不过水路既断，改做旱路了。

那灵蜂孙六和青蜂女侠一行，被阻在江北，竟与附近群盗结合，专做游劫生意，有时抄掠过往大军辎重。因他飘忽不定，旗兵也奈何不得他。他们竟没有固定的巢穴，他们有百十多人；往来奔窜，想和金蜂李合并，可是双方悬隔，竟断了消息。

那卢鸿飞公子，孑然一身偷渡关津，南下投效，半路遇上险阻，过不去了。忽然间，事逢凑巧，灵蜂孙六的一个同伴相遇；因有铜符暗号，无意中被卢公子看见。二人就屏人秘语，说破真情。那同伴道：“原来你就是卢公子啊。我们孙头儿，苦心寻找你，找了这些年，只当你遇见不测了；哪知你一个人还在这里困居。”

当下这同伴引领卢公子，走出百十里，去见灵蜂孙六，挚友相见，握手流涕。卢鸿飞看灵蜂孙六雄姿犹昔，只皮肤更黑；孙六看卢公子，两年多不见面，面目黑瘦，气色黯然，当年的豪华气度渺然不存了，可是口角之间微露刚决之态。孙六叹道：“公子改了模样了，你怎么不在张蝶隐居了，他们说你忽然出走，找了许多天，找不着你的踪影。我当时因事羁身，过了六七个月，才去接你。看见你留下的信才知你有意辞别，到底你为什么不在那里住了？我想你或已南下过江，怎么你还在江北盘桓呢？”

卢公子不能说张五姑娘眷恋自己的话，只吁了一口气，说道：“我负着深仇家恨，在一个不相识的朋友家中久住，未免玩日愒岁，心上很不宁帖。所以留书自己走了。哪知奔走两年多，饱受风霜，一事无成。”孙六听了，不胜歉息，细问他这两年多，都做了些什么。他答道：“曾经两次献书军门，仗策投效，怎奈武夫不信，所谋无成；又曾试着投奔亲友，亲友也

已流离丧亡，因此在江湖上漫游起来，竟以卖卜卖字为名，随地流浪，苟延残喘。一方结纳风尘侠士，一方刺探仇家的动静，心中还是想着报仇。本来也打算寻找孙兄，今得相遇，患难中堪称一快。”两个人互诉别情，虽当乱世，依然怀才不遇，全都一事无成。

随后卢鸿飞打听张蝶夫妻家的事，并谢居停之情。孙六道：“公子你是不晓得，你离开他们，正是你的洪福，你知道那个张五姑娘么？”卢公子正是要打听她，只不好意思出口，忙问道：“不是张蝶兄的令妹吗，我在张家寄寓，就多承她照应；她怎么样了？”孙六道：“她失踪了，多一半是遇见大敌，拒贼全贞，拔刀自杀了！”

卢公子骇然一惊，双睛直竖道：“丢了？死了？真的么？可惜一个多情女子，是怎么死的？她为什么会失踪？遇上歹人？”孙六道：“什么多情？”卢鸿飞忙道：“这个姑娘很明白事体，不像村姑，想不到少年夭折，究竟什么缘故？”

孙六道：“听说她独自出门，劫得了满营辎重，被围遭擒死的。公子离开他们，想必早看出他们举动不稳吧？”卢公子道：“那个不是，我在那里的时候，他们看在你的情面上，处处很小心！从来没出去打劫，我是一来嫌住着不便，二来不甘困守，方才出来活动活动……可惜这位姑娘，她是什么时候死的？”孙六道：“听说去年夏天。”卢公子道：“咳！”脸上不觉的流露出悽怆之色来了。

孙六道：“不过，听说她本来订了婚，该出嫁的了。男家催了多少次，她只是推延，她的哥嫂也催不动她。问她有了人家，可不愿出阁，到底怎么样？是不是心里嫌恶，她也说不出所以然来；就是一味往后推日子。哪知死催的她竟这么大胆，一个人硬斗一千多个劲卒，许是命里该当应以丫角终罢。她夏天劫营，一去未归，夫家秋天要娶，你说这事……”

卢公子把眼睛听直了，半晌做声不得，停了一停，孙六又道：“死了就是死了，不要提她了。你可知道我们那位女同伴

青蜂女侠吗？”

卢公子又矍然一振道：“什么，她、她，她也死了吗？”孙六笑道：“她怎么会无故的死了，我告诉你，你这半天也没问问她，她可是很惦记你，现在她也在这里呢，你不见见她吗？”卢鸿飞又觉得说话太冒失了，忙说道：“青蜂女侠乃是我的恩人，我正想见她，她在哪里呢？”孙六道：“你跟我来，我领你去。”

于是灵蜂孙六把卢鸿飞领进一座深山，见了青蜂女侠。青蜂女侠正和同伴忙着什么事情，见了卢公子，很诧异道：“这不是卢公子吗？久违了！”回顾孙六道：“吓，孙六兄，你又寻见你的朋友了？”她还是那么豪爽，说了些寒暄话，又问卢公子：“你可知道你的仇人的动静吗？他现在阔了！”

卢公子登时目吐怒焰道：“我知道他，他不是做了淮海提镇了吗？”青蜂一笑道：“公子还没忘了他，有志气，那么，你打算怎么样呢？你的仇人现在十分得意，几乎称孤道寡、一出一入都净街。人们又给他新起了外号，不叫活阎王，又叫阎摩王了，他的名字也改了，叫做王锦城了。”

卢公子踟蹰着，目视孙六道：“我这些日子，也才刺探到他的实情。我也纠合了几个江湖人物，只是，阎摩王不比旧日，越发难近了，他一出一入，马步队前呼后拥，很难接近，我所以总在江北盘旋，也就是为了他，无奈，咳……”底下的话说不出来了。

青蜂女侠就嘻嘻地一笑道：“卢公子还是这个脾气，有话不肯直说，干脆一句话吧，你想报仇不想，你打算约人帮忙不想？”

卢公子面色发赤道：“我久已存心报仇，只恐力量不够？”青蜂女侠道：“并且你又不好意思求人帮忙，是不是？你太不爽快了，看这样子，还得我和孙六兄赶着向你上告奋勇，对不对？那么我就说，卢公子，我们有心帮你报仇，你愿意么？”

卢鸿飞向孙六看了一眼，孙六正含笑意。卢鸿飞忙道：

"报仇我正求之不得，不过今非昔比，这是以卵击石的险事。"青蜂女侠啐道："我可不是鸡蛋，告诉你吧，我们这一阵子，倒很想把阎王送到阴间去。我们现在恰巧有一件事，本不与他相干，硬教他破坏了；我们的伙伴还教他毁坏了，我们大家正在这里算计他。公子你偏巧就来了，仿佛这也有点天意似的，你是他的旧仇人，你如今一到，他一定该绝了。我们很欢迎你，我们一块拆阎罗殿，毁掉这个假阎王！"回顾孙六道："怎么孙六兄，你没告诉他么？"孙六道："我们刚见面，就立刻引领他见你来，什么话都没有顾得说。"

灵蜂孙六对卢公子说道："这个活阎王实在该杀，他本来也是江湖人物，现在他专与江湖为仇。我们本帮的弟兄新近有两个落在他手，我们发铜符警告他，不许他加害；他竟不顾一切，他的部下也只为斗功约赏，不但把我们的人杀害了，还要调兵清乡，剿办我们一窝蜂。他简直作死，我们正在这里会合朋友，打算设法一下子撂倒他，适逢凑巧，你我竟又遇合到一处，这正是我们青蜂女侠所说的话。你这一来，上天已给阎王带来死刑。公子，我们要邀请你加入。"

卢鸿飞听了孙六和青蜂女侠的话，惊喜感激，喜出望外，忙向二人道谢，又请二人引领自己会见"一窝蜂"别位帮友。有一个黑短精悍的人，名叫黑蜂萧豪；一个白面俊俏人物，叫做银蜂贺保柱，做事狠毒，与外表不称；还有黄蜂黄君远，惊蜂马冀野，土蜂王元定等人，这些外号只为秘传暗号用的，名色太多，卢鸿飞一时也记不清。惟有青蜂女侠的真姓名，此时才得问明，她姓杜，名叫萍青，自称青蛤子，同伙就称她为青蜂女侠。她生得唇红齿白，体态轻捷；容色并不黑，也不青，可也并不很美，外表看着却很洒脱隽爽；有时还带点女儿憨态，她嘴是健谈的；她已经二十五、六岁，依然没有嫁人。她的身世似有难言之隐，一向不喜人问，也不对人说，只有灵蜂孙六略知一二，杜青蜂和孙六业已结为兄妹。

他们这一窝蜂，隔绝在江北，和江南金蜂李、游蜂赵那一

窝蜂，现时由合而分，幸得打通线路，照样互通消息。江北一窝蜂仍有灵蜂孙六率领，青蜂女侠在帮中也很拿权。因为他们掩饰外人眼目，躲避官人缉察，才好假装良民，他们不是没有妻子，但不能参预这类险事。独有青蜂女侠，上马可以拦路邀截，下马可以拈针入厨，当窝主，做伏桩，窥探人家内宅，全倚靠着她一个人。她的主意也多，故此在江北一窝蜂中，青蜂女侠俨然是个谋主。

他们被清乡兵收剿，在江北窜伏不定，近日灵蜂孙六预备架绑淮阴富户。富户之子出仕燕都，官居显要，封翁在故乡有势有财，未免多行不义，但封翁不过好买小老婆，还不算过分。他的族人和奴才在乡间难免借势胡为，比主人尤恶。

江北一窝蜂全伙人多，正苦绝粮，听见这富而不仁的豪家，遂派同伴，假装变戏法，前往采探，不意失脚。富户把两只蜂擒送官衙，搜出蜂子的符号；这件事遂做了火扇子，富户和地方官向阎摩王请兵剿匪，把一窝蜂又赶逐得存身不住；秘巢纵未被发现，但已不能不迁移了。一窝蜂为此曾发出恫吓信，劝阎王安富尊荣，少管闲事；阎王傲然置之不顾，反将捉的两蜂正法，从此结下仇恨。而且江南一窝蜂也传来秘讯，现在有绿林中人，要找寻阎王算账，嘱咐同党，合伙一做，若能袭取徐、海，还想大干一下，两件事并成一举，卢鸿飞恰现此时碰到一处了。

一窝蜂先一步派人刺探阎摩王王军门的动静，阎摩王已经是武职大员，军权在握，拥雄城，率重兵，又是绿林土豪出身，全身防害之计，自然得法。平素他在衙署，深居简出，卫士很多，因公一出一入更戒备森严，必有马步卫卒前呼后拥，他方才出门。现在要想算计他，竟不容易；夜探帅府，固然太险，伏路行刺，更觉太难。一窝蜂几经窥视，颇觉不易下手。

不意在这时忽然出了一桩变故，那阎王王锦城，新近竟又得罪了一伙仇人，现在徐州关，闹得风声鹤唳，他正在查拿刺客。一窝蜂接得密报，一喜一愁。这样一来，报仇的事越难下

手了；但是新仇旧雠正好结成一伙，一同找寻这活阎摩王，岂不是添了帮手，倒好孤注一掷了。于是，灵蜂孙六阴加布置，教卢鸿飞公子和青蜂女侠装作一家人，仿佛是夫妻俩，灵蜂孙六乔装亲戚，银蜂贺保柱、土蜂王元定，伪扮奴仆，黑蜂黄蜂假作车夫轿夫，立刻束装往徐州进发，女子少，男子多，其余群蜂分途另走，不一日来到淮海近郊。

阎摩王王锦城现在是富贵了，锦衣玉食，养尊处优，渐渐狗马子女是好，把当年的豪气改掉。虽然威福日盛，究因他出身江湖，一旦发迹，同帮旧交，闻风前来投奔他的人，颇为不少；几乎一日三吐哺，应接不暇。那几个共过患难的兄弟，像牛首阿旁牛寿朋之流，都在他麾下，充当将校，最小的官职也捞个千把外委做做。阎摩王这人固然豪暴，交友倒也热肠，他很愿提拔这些帮友。不过这些绿林出身的人物，形迹上似乎不大检点，有时脱略官体，忘了上下分；并且最难堪的，是这些野性朋友恃交怙权，贼腔未尽改，官态又不足。有的自恃是军门的盟弟，在衙署中，难免凌压同僚，高起兴来，大说大笑，声震大堂；也许翻旧账，说起当年江湖上胡闹的把戏，还洋洋得意。阎摩王面子上太下不来，也就迫不得已，稍稍加以裁制。这一来得意忘旧的话，立刻喧腾出来，因此阎摩王为官数载，外面结怨绿林甚深，内部也招得旧属不快。

有一次，阎摩王麾下一员部将，夤夜进提督内堂，禀说地方官捕获一个强盗，乃是他的旧友，曾搭救过自己的，现在下狱，身受刑法，恳求阎摩王托情保释出来。阎摩王细问罪状，情节很重，想了想，皱眉拒绝，把文武官的权限告诉部将，说是：“我不能天天向州县要罪人。”部将很扫兴，变色退下来，私地说了许多忿话、怨言。

又有一次，牛头大王牛寿朋的表侄，忽以霸占富孀，殴伤老妇的罪名，被州捉进官，禀见提督，当面请示办法。阎摩王顾全官声，维持军纪，只得把这表侄逮案治罪。牛寿朋大恼，忙穿官服，面见阎摩王，力逼着把人要来。阎摩王无可奈何，

顾及旧交，把罪犯又讨出来；可是他脸上很难看，忍不住把牛寿朋说了几句。牛寿朋立刻摘帽子，拿出标下见上司的面孔来，诺诺认错，但脸上很不是神气。

像这等事不断发生，把个阎摩王磨害急了，对待旧属，渐渐地将国法军纪加严，再不管他们说闲话了，而且把他们叫上来，讲了一回道："从此你们要革面洗心，若再不悛，严惩不贷。"这话是对一个旧日帮友说的，独有牛寿朋，乃是阎摩王当年的军师谋主，两人呼兄唤弟，交情最亲；论现在的官职，他俩也只差三级，因此这些话只能对别人说，对牛寿朋就无效了。

忽然，有一日，牛寿朋奉军门之命，五更出城阅兵，竟在半路上遇刺，身受重伤；刺客没有捉着，而且也不能捉着。紧接着又有最嚣张、最跋扈的两个将校，身犯重刑，被阎摩王以军法逮捕，枭首示众。又有一个中军小校挨了八百军棍，革职逐出。

这一来，阎摩王的绿林旧友哄然见机，各打主意，各奔前程，有的就重干旧营生去了；但是走的人还不多，阎摩王还没留心。

第三十七章 旧侣成雠

那牛头大王牛寿朋遇刺之后，在私第养伤，因为刺客没有捉着，他心中竟尔胡猜乱想，阎摩王盛排仪仗，亲去慰问。不知怎的，两人屏人私语，突然争吵起来，据护从人说，牛寿朋大恼大叫，从被底抽出一把匕首来，要跟大帅拼命；军门大帅阎摩王也掣出宝剑，瞪眼大嚷。幸被阎摩王的从人跪阻、牛寿朋的姬妾哭求，才没闹出乱子。后来王军门投剑在地，忿忿出来，只隔过两天，牛参将竟不顾养伤，弃职携眷在逃；连那个不甚得宠的二姨太太都不要了。王军门闻报大惊，立刻骑上马率领护从将校，奔到牛参将公馆。来晚了一步，那姨太太也跑了，公馆乱做一团，只剩下奴仆，屋中细软也都空了。王军门顿足大骂，发出严厉的命令来，可是没有一点用。

而且，就在牛参将逃走的第六七天，阎摩王麾下的绿林旧部，三三两两，聚在一处，拿着一封没头帖子，啧啧呶呶，窃窃私议。过了几天，这些人凡没有家累的，都逃伍而去；只剩下官位高的，年纪大的，家口重的，还犹豫没走；可也各有离志，都不打算好好混了。阎摩王率领旧部，来受招安的，也有

六七百人，此刻差不多走去一半。同时阎摩王也接着一封没头帖子，内中措辞非常激烈，署名的就是他的当年患难至交、生死弟兄，那上面无非是说："长颈啄鸟可共患难，不可共安乐，不意鸟尽弓藏被见于今日；区区性命，几死于刺客之手。自今以后，沐恩有生之年，俱是报德之日，愿大帅今后睡安枕、食甘味。"阎摩王看了勃然震怒，把门军小校传上来，铁青着面孔，严诘这帖子怎么投进来的，怎么就不盘查？门军小校吓得说不出话来。阎王越发恼怒，问不上几句话，竟将门军推出去砍了，立刻划签押房，把总文案请到，告知此事。

总文案耸然说道："这还了得，晚生常说，大帅持法虽严，待部下过厚了。常言说，法严然后知恩，军令如山，岂容讪上，大帅总得严办一下才好。"阎王依计，传令各营将佐，到辕门听令；然后他穿上官服，排衙升座，把这些部下严厉申饬了一顿，嗣后再有讪上逃伍的情弊发生，惟该管参游都守是问。话风中，部下倘有私与叛将牛寿朋通气，查出必以叛逆治罪论；跟着又派中军亲兵，四出查缉逃叛，营规军纪，居然为之一肃。

只是这样雷厉风行的一闹，那几个留而未去的旧伙伴越发惴惴疑惧，人人自危。偏偏牛头大王牛寿朋想尽了阴损歹毒的法子，不时给阎王添烦恼，匿名帖子一件一件投来，极尽挑拨恐吓的能事。阎摩王越发对部下不放心了，部下也不放心自己的前程。

阎摩王的部下确乎有跟牛寿朋通气的，阎王在徐州一举一动，牛寿朋隔不几天便晓得；既晓得，匿名帖子就给指摘出来。譬如他在后堂赵筑瞭望台，刚刚完工，匿名贴子就说："那也不行，要行刺，先袭瞭望兵！"阎王派人查娼窑，匿帖就说："江湖上的小人物才会在娼门露迹，共事十多年，你难道不知咱家的手段吗？查娼窑，查客店，查古庙废宅，查酒楼茶寮，那没有一点用。"

阎王又好笑，又生气，中军小校误接匿名帖，被他治罪

的，已有数人，但是匿名帖仍会在想不到的地方出现。曾有一时，颇见减少，细一察访，乃是手下人不敢呈给他看，都给烧了。他一想，这样办不对，这才放宽了司阍和承启吏。阎王本来胆大，偏生他手下那个总文案，是个很小胆的绍兴师爷，替他出主意，每以“防患未然”为言，有时倒闹成活见鬼，庸人自扰。不久突然闹起刺客来，总文案越发劝大帅小心。

阎王和这师爷筹划了一回，便命最亲信的门弟子、干儿子，甄别亲兵，重加考校，挑选出一队健壮力强的汉子，责令各具妥保，厚给饷银，出重金聘请来若干拳师和会夜行术的人物，先试探忠诚，再优加礼貌，教他们护衙护宅，教练亲兵；又雇来有名捕快，也编在亲兵营内。渐渐的旧人歼裁，全换上新人；出入戒备，值夜守岗，比前严上加严。一面派兵清乡，缉盗氛以清乱本。经过一番安排，牛寿朋似乎无计可施，匿名帖子不见了，阎摩王也放了心。总文案也说：“东翁，这计策奏效了。”

虽然如此，阎摩王王军门在本年之内，到底遭了两次的狙击，拿获了几个嫌疑人犯，内中第一次最险，乃是猝击不意，阎摩王差点被伏弩射杀。这支冷箭是在夜间，在官廨内，从签押房穿窗射入屋内的，直钉在公事桌旁边板壁上，震得板扇扎扎作响。阎王闻声扑灭灯火，探身拔剑，大喊一声，窜出户外。他的胆量是很可以的，立在檐下，凝眸寻找，瞥见对面房顶，黑影一晃。阎摩王大叫：“有贼，快拿住他。”值夜的卫士闻声奔来，大家只留神房上，不防侧面南门暗隅，还埋伏着一个刺客。登的发出一箭，阎摩王急急伏身，幸得脱过；一个卫士刚刚奔来，横身护主，竟被续发的箭射倒。噪噪声中，灯火大明，卫卒刀矛弓箭攒攻；那刺客竟会越房逃走，那原伏在对面房顶的刺客，站起来跑了，还有一个蜷伏不动，被拳师窜上去擒拿，才知不是真人，乃是个皮制的替身。真的刺客地上一个，房上两个，全没有捉住。

当下帅府大乱，卫士亲兵内外搜查，直闹了一通晓。到了

白天，立命捕快能手，登房攀墙，踏勘盗迹，一直查到帅府外面，结果仍无头绪，阎摩王根究责任。把值夜的部属大骂了一顿，又痛责了几个人，城里城外，严加搜缉，终归无济于事，没把刺客拿获。

半个月以后，阎摩王因公出城，到日暮回转帅府，仪仗行至帅府前街，忽见西小巷内，有两个人影贴墙一闪，缩了回去。被阎摩王一眼觑见，怦然动疑，急饬亲兵上前搜捕。把小巷两面一齐堵，二三十个亲兵挨家搜查，当场捉住四个人。有三个是当地闲汉在巷内站着，像是看大帅出门的排场的，看来许是误撞误拿。那第四个人似很可疑，官兵追捕，眼见他逃奔一家民宅，正要推门进去；忽然门扇一闭，里面上了闩，把这个人关在门外。亲兵一拥上前，这人竟然抽刀拒捕，砍伤好几个兵，到底寡不敌众，被挠钩搭住；敲去凶器，将他擒获，押入帅府。

阎摩王命将附近民宅住户，挨门搜查一遍；各住户无分男女，也都拘来审讯。出于意外，然而也在意中，在一家空无人住的民宅内，竟搜出一些利刃、毒弩、飞爪和铁锹、抬筐、绳索等物，还有一筒火药。

又从屋内板床下，发现一个大地洞，直挖下去，深达两丈，又横掘下去，做成地道，迤逦穿行，通过了街心，足有六七丈远。测那地道的线路，正直指着帅府内堂。不问可知，这又是一桩阴谋；更不问可知，这必是从前的死党，今日的仇人，牛头大王一流所干的毒计了。他们必是要挖到阎王的内宅寝舍，栽埋地雷火药，要把他轰炸了。

部下查出秘密，吓了一大跳，这所空宅只见地道，宅中人不知何时，已经逃走；一所三合房十多间屋，只有两份铺盖，明明灶中有热灰，缸中有清水，厨中也有食物，人却没有了。亲兵忙将宅子左右邻人，不问男妇，全数逮捕；又急急禀告阎王知道。阎摩王愕然大骇，忙亲去察勘，一看见这样深的隧道，这样厉害的地雷，不禁咋舌，吓得毛骨悚然，刺客若得

手，岂但没有自己的命在，连帅府也震塌一半。

阎摩王凶狠已极，用酷刑讯供，被擒的刺客果然吐实，真是阎王的旧部干的。可是主谋是牛头大王，主动人还不是他，主动人乃是谢邦贤，当年他们同在江湖，开过赌局，做过绑票案；归诚后官居记名游击，实任左营管带官。谢邦贤的妻舅被阎王整饬军纪，打了几百军棍。这家伙气性很大，挨打没多天，就气死了，因此与阎王结仇很深。谢邦贤的叛变，比牛头大王还早了一步。如今他蛊惑旧伙伴，重干旧营生，潜伏在徐州做贼。牛头大王牛寿朋和阎王决裂，一怒携眷潜逃，就被谢邦贤勾引过去；两个人合伙，要算计阎王。

他们还有一个毒招，行刺之外，要打听朝中亲贵路过徐州，或者过往文武大员，来拜访阎王，他们要拦路劫杀，再嫁祸给阎王。这一招就是牛寿朋的主谋，他说行刺不易，因为阎王已经防备上了；可是刺杀住驿站的别的官，比较好下手得多了。他们在地雷之计破露后，又忙着做这一手。

他们算计得厉害，阎王防备得也加严，惩治得更加狠辣，阎王不但把活擒的刺客处死，连那吃诖误官司的房主、四邻也杀的杀，打的打，囚的囚。阎摩王又将扈从亲兵加募了二百人，内有铁甲营最为精悍，每逢出门，就有铁甲营骑马开道净街，路旁只有人窥望，立刻开铁弩，抡铁蒺藜，把伸头探头的人射死打死。内宅又加派了二十四个飞虎队，全是飞檐走壁的拳师，拿着很优厚的饷银，白天一点事也不做，夜里轮班守护邸宅。还不放心，更从外地招来许多工匠，把官邸内宅重新改建。旧瞭望台有同虚设；新瞭望台看外面，好像长墙高阁。天一黑，就有人上去，埋藏在暗处，四面八方的窥望，一旦有警，立刻擘钟曳铃。在王军门寝舍左右，安置下秘密机关，入夜开动枢纽，生人一走，误触消息，里外立刻晓得。王军门自己的寝舍更不止一处，一处更不止一种机关，在签押房挖下地道，在大堂、二堂、花厅，也有各种防备。把个提镇节堂，直造成阎罗宝殿一样。总而言之，这一次地雷阴谋发觉，阎王深

知仇人必欲制他死命，饶他胆大，也未免害怕了。

三番五次布置以后，阎王稍稍放心，饶是这样，他那旧伙伴，新仇人，暂受挫折，仍不放松。这一天，阎王的如夫人生了孩子，部属同僚，纷送贺礼，中军官收到邻郡地方长吏专员送的一份厚礼，价逾千金，连礼单一同呈上去，不意打开锦匣一看，那金印长命锁已换伪物，那对玉人竟被砸去了头，锦匣中又发现帖子是："地雷不劈你，天雷也必劈你，我三十六友定教你生时食不甘味，睡不安枕，死后也必教你断子绝孙，妻妾为娼。"

这三十六友又是牛头大王新起的名号，故意来威吓阎王的，收礼人因礼物皆已损坏，不敢隐瞒，阎王得知，赫然震怒，又要加责中军，中军哭诉："送礼的人还在辕门，下属实不知情。"阎王暴跳如雷，就把送礼的人唤入，将这些残破的礼物给他看，喝问这是怎讲？那亲信人忽又想到，干礼如此，湿礼还不知如何？急将这邻郡礼单所列的名酒，喜饼、鲜桃、珍果，都细加验看，那酒开罐起沫，那喜饼果有裂痕，剖开试验，果然有毒。

阎王大骂起来，要打送礼的。亲信人再三劝阻，把吓呆了的来吏，过细盘诘，才知道这小吏同送礼的军健，果在半路上遇见夜行人，当时只防备偷盗，没想到会有抵盗的事；而且他们既装入恫吓书，便妨碍了置毒酒的阴谋，他们这样双管齐下，自己破坏自己的计策，阎王竟一时想不出缘故来。亲信人适知仇人用意还是打扰，因为那毒酒泛起泡沫，决不会入口的。阎王冲着送礼人，瞪眼说道："回去告诉你们老爷，我没有叫他毒死，这毒酒，毒点心我收下了，这没头的碎玉人和铜片子长命锁，你拿回去，给你们主人用吧。"到底大闹了一顿才罢，当天把汤饼会也搅了。

并且，从这么一来，阎王又生一重戒心，凡是新从外来的，不管什么人，什么物，必先盘诘搜检，外来的食物他决不入口。并又联想到邸中的厨役，也许受了仇人的买嘱，来害自

己，他再不用前面节堂的饭了。在内本有厨房，他又另设小厨，命一个侍妾和两个婢女，做茶给他吃；而且也添了尝食的人和验毒的人，不管多么贵重的山珍海味，他总尝第二口，头一口别人吃过，再整治给他尝新。

阎王连吃饭的方便也没了，他自然气得了不得。于是门岗和护夜的人又紧了一步，就在白天，也盘查很严，投递文书的人，禀见的，送礼的，院里文武大僚，稍比他官职小的生脸人，雇的门岗就要搜诘。帅府周围，可疑的住户，都予驱逐；当地妓馆、茶楼、客店、寺观，凡易藏污纳垢之处，日日有兵弁检查，无端被嫌，陷入缧绁的过客良民，几乎日日有人，外面人不晓得，都说王大帅严于缉盗，比刚到任更紧一步了。阎摩王出身江湖，什么鬼秘都很在行，把徐州全城，帅府内外，真个防备得风雨不透，刺客就想下手，几乎也苦于无处下脚了。

就在这夹当，卢鸿飞和一窝蜂等，已然潜踪攒程，赶到这龙潭虎穴的徐州城外。

灵蜂孙六与青蜂女侠，卢鸿飞公子，还有银蜂、土蜂、黄蜂、黑蜂等人，假装绅眷，往徐州走来。距城尚远，便遇见卧底的同伴，俱说阎摩王王锦城气焰正炽，炙手可热，现在盘查外来的人正严，务须小心。孙六一听，眉峰微蹙，他们这一行未到徐境，经沿路访问过客和店家，便已熟悉阎王的威势。人们都说，徐镇的王将军，兵权在握，兼管粮台，朝廷许他专摺上奏，苏北文武官都听他调动。他手下兵精将勇，海盗为之绝迹，地方慑其威福，真有徐淮活阎王之称。他不但善于用兵剿匪，尤善于辨案拿贼，部下颇招降许多绿林豪客，大盗小偷全有，因此查拿宵小，如同探囊取物。多么狡猾的盗贼，再逃不出他的手心，所以连破巨案，迭枭著匪，就连久据运河的水寇，也都被他剿辨，在水上立脚不住，成帮的逃到山东做旱盗去了。徐淮通境，目下有路不拾遗，夜不闭户的传说，固然过甚其辞，可是他惩治匪贼的刑法也太歹毒。贼人落到他手，受尽惨刑，真有求死不得之苦。

孙六探明虚实，把群蜂看了一眼，只看外貌，青蜂女侠和卢公子都不要紧；却是土蜂王元定、黄蜂黄君远等江湖气太重，似应小心。遂不进城，在附近小镇落店，单携卧底的同伴和青蜂女侠，先一步进城试试。卢鸿飞也要跟去，青蜂女侠也主张他不妨同去，因为越狱之事已隔三年，卢公子面貌变得很厉害，仇人决看不出来。孙六不愿叫他冒险，说："明天我再接你。"青蜂女侠摇头道："不好。"问卧底的同伴道，"你们给我们预备了住处没有？"回答说，早预备了，是一个小独院，就在城内僻巷。青蜂便道："孙六兄，你装车夫，卢公子装主人，我装家眷，正好！"那先时在徐城卧底的同伴算是家仆，这样盘算，孙六又把卢公子上下全打量了一回，说道："倒像是绅士。"但是装绅士，不如装买卖人，不过卢公子太不像。

商定，又嘱黄蜂等，老老实实在店中住，千万不要生事。到次晨，青蜂遂上了车，卢鸿飞在外跨辕，孙六装车夫，卧底同伴跟着车，车尾系着行囊，一直走到徐州西门。

四个人到了关厢，才进了瓮城，就见门边有一个带刀的军校，领十几个把城的军士，在那里盘查行人。辨得很蹊跷：出城的不查，进城的有的只问不搜，有的又搜又问，有时只看一眼，便挥手放过去了；有的刚走过去，忽然厉声喝命站住，从旁边转过几个穿便衣的人，把人捆住，重搜重问。那穿便衣的不时冲着军校军士递眼色，通暗号，举动似很认真。幸亏灵蜂孙六早防到这层，在临行前，已和卢鸿飞、青蜂女侠，都先把话商量好了，遂开车直往前走去。

车到城门口，守城军校命小卒将车拦住，把卢鸿飞和孙六都叫下来，仔细盘诘；又往车厢里，看了看青蜂女侠，女侠穿裙盘腿，坐在车中，假装怯生，把头低下。军卒们把卢、孙三人分开了问，来踪去向，都问得很仔细。那个军校单盯住卢鸿飞，亲自过来问："你不是买卖人吧！你携带家眷，投靠亲戚，可是怎的就有这么一点行李？"那边两个军卒对孙六也说："我看你不像车夫。"灵蜂孙六请安作揖的答对道："老爷，我是新

改行，我本来是木匠手艺。”又一军人打岔道：“你是木匠，这里有点零活，给收拾收拾。”灵蜂孙六本要独自对付城门守兵，现在军卒把他真当作车夫，倒不难为了。卢鸿飞是坐车的，反被盘诘得很严。孙六暗替他捏一把汗，在店中打算得很好，把答对的话都编出来，哪知拿来到场一用，到底不尽在预料之内，军卒们问出许多节外生枝的话，有时难于置答，并且单盯住了卢公子，翻来覆去的问，不住看脸上的神色。

孙六是晓得的，盘问只是一种手法，捕快缉讯宵小，要紧的还在察言观色。孙六很担心卢公子的面色，卢公子镇定心神，安安静静的回答，他脸上似乎没有变色，答对的很妥当，只是话声微颤，想见心已发慌了。那几个军卒彻头彻尾，问到无可再问，过来又到车边验看，将车垫掀了掀，又将车后行李摸了一把，把青蜂女侠看了又看，由那军校发话道：“去吧。”

孙六牵着车扯手，在步下赶着车，和卢鸿飞从人丛中，徐徐走出数十步，不禁回头，只见那个军校和一个便衣人，眼光一闪，正望着卢鸿飞的后背。卢鸿飞心中怙惙，低头急走，走出人丛。灵蜂孙六故意把鞭坠在地上，假装拾鞭，偷眼回看，那个便衣人站在城门道边上，侧睨进城的行人，那个军校正拦诘十几个脚夫打扮的江北大汉，好像出了事。风过处，听得他喊骂了一声：“把他扣起来，带到衙门问问。”仿佛有两个汉子吓得跪下了。青蜂女侠在车中催道：“喂，你们还不上车！”孙六和卢鸿飞才一齐上了车。

灵蜂孙六对青蜂摇头道：“好险！”禁不住夸赞卢鸿飞道：“我们大哥真沉住气了，比三年前大方多了。”遂由那个装仆人的同伴，叫做胡蜂胡日礼的，将青蜂、孙、卢男女三人，引领到预觅妥的下处，人进了院，把车马也开了进去。

一窝蜂卧底的人已在徐城，备了大小两处住所，这一处是较大的长房，小小三合房，却有大车门，大院落，已有两个同伴在内住着。阎摩王严缉宵小之后，房主往外租房，都限定房客要带女眷，才肯赁给。卧底的人是四个光棍汉，先时只在寻

常的客店，包下几个房间；地面吃紧，查店加严，店客常常睡得好好的，半夜闯进官人，按店薄指名唤起睡客，彻诘一顿。卧底的人无可奈何，憋出主意来，教一个年青的同伴，外号桃花蜂薛耀的，假扮女人，与同伴乔装夫妇，费了很大事，花钱买了铺保，这才将民宅租妥了一处。原先住着的店房，仍未退租，不过只包租一间，照样留一个同伴住着，现在这三合房，就是桃花蜂赁的，便做了青蜂女侠和卢、孙三人的落脚地点，但是房子很破旧，距帅府稍远。

第三十八章 群蜂卧底

当晚先歇了一夜，次日忙着先安排“安家”的家具、锅炉、盘碗、被褥等物，又由胡蜂出城，潜告土蜂、黄蜂、黑蜂一行，慢慢的将兵器、夜行衣物，设法偷运进城，又慢慢的将散在城外的同伴，和分途后到的群蜂，挨个儿引领进城。

这时候，该开始算计仇人阎摩王的性命了，但是，这三合房忽然聚居了这些异乡口音的生客，男子多，女人少，举止打扮形形色色，不伦不类，又是突如其来，未免引得四邻打眼。好事之徒纷加猜议，有的伸头探脑打听他们，灵蜂孙六道：“不好，我们还得想法子！”胡蜂胡日礼道：“是的，我们不能不小心。”阎王这家伙手法很毒，一家闹乱子，四邻坐，因此徐城告密之风正炽。

一窝蜂提防秘谋败露，也没有旁的法子，只有找房子搬家，或者分居另住，把人散开，一出一入也当心些，总以不惹人注目为要。群蜂夜议良久，决计教那年纪轻的同伴桃花蜂薛耀，再乔装少妇，与夜蜂郭桐青，配成夫妇；再把别个同伴冒充舅爷、二爷和家丁，设法在帅府近处，多买一所民宅，添买

了许多空箱、木器、被褥和女衣奁，好像城外富农进城来，聘女娶媳似的。费了一番周折，居然租妥了一所新居，比三合房还大，还严密，大家都很满意，这地方正是阎王出衙必经之路的一条邻巷。

新居和旧居就做为亲戚走动，可以彼此过访，通候，在这新居门口，挂了一方木牌，上写“四明周宅”。桃花蜂薛耀搽胭抹粉，曳长裙，垂珠冠，莲步姗姗的登车进宅，仗他容色洁白，身材瘦小，倒也混充得下去。甚至房主娘子前来温鼓贺喜，也没看破。当他一下车，进入内宅，他就要洗脸更衣，被他的假丈夫拦住，说是：“你稍为等一等，留神邻家来串门拜客。”正说着，女房主就来叩门了。

桃花蜂薛耀一连装了三天女人，群蜂都不敢取笑他，他仍然发怒，对灵蜂、胡蜂说：“这不行，还是把青蜂叫来吧，你们临时教我装一装还对付；如今一连三天，我不干了。”夜蜂郭桐青假装周秀才，说是略通医道，也给亲友诊病；家中有钱，并不以此为业，为人性情傲冷，不喜交游。搬家三天以后，便堵门隐居，谢绝交往，连近邻都不投拜，除了房东，别的街坊概不延见，闭上门度日，桃花蜂自然无妨易装。

胡蜂胡日礼就住在这假的“四明周宅”，其余群蜂也连夜溜进来，把大门一关，轻易不露面，以免扎眼。那三合房，只留卢鸿飞和青蜂女侠、灵蜂孙六三个人，人少，出入便疏，四邻也便不再多疑，以为他们定是新搬来，门友来往看望，显得热闹，住久了，也就不乱猜疑了。灵蜂孙六这才放心，对卢公子说：“这三合房距离帅府过远，倒比较安稳，你不用过去了。”

潜身之处既已安稳无患，群蜂一鸿立刻开始刺探阎摩王王锦城军门的动静，有的穿长袍马褂，假装斯文，到茶寮酒肆，采听舆论；有的穿短衣、挑扁担，乔装负贩，到大街小巷乱窜；有的更采取夜行人的行径，昼伏夜出，暗中窥访。但是灵蜂孙六和胡蜂胡日礼曾加谆戒，千万不要迫进帅府，千万不要

打草惊蛇。因为在白天，他们假装行人，已在帅府前后走过，的确是戒备森严，高墙峻宇，巨厦崇楼。教外行看，只看出帅府高大罢了；一到行家眼内，便约略窥见墙内必有更道，楼顶隐有瞭望亭。胡蜂胡日礼和灵蜂孙六，警告“四明周宅”的同伴，“你们在院中，一举一动千万留神，帅府楼顶正可以望见我们院内的情形。”群蜂闻言耸然，站在院中，仰头一看，果然帅府一角楼厦在望，不过相隔太远，未必看得清楚。大家自此，在院内也加着一份小心。

群蜂下了苦心，日夜忙碌，力探阎王的消息和帅府内的布置。真是天下无难事，只怕有心人，费了一个多月的工夫，居然把戒备森严的帅府内部格局，和卫士巡守的情形，大致都钩稽出来，这都是灵蜂孙六策划之功。灵蜂孙六访得本城一家木厂，曾在帅府，承办土木工程；孙六改装前去打听，假装有大工程，要搜罗庭园建筑图样，以便兴工、仿造。木厂主人贪揽生意，竟将旧图样寻出，孙六由此骗弄到手。不过这种房图只是建筑大面，听说阎王特从外郡秘雇巧匠，一亭一榭，加以改造，潜设地隧翻板，在木厂这房图上却是没有。那木厂主人还说，帅府有地道的话，乃是外面传言，实际是没有的。

孙六把这话对胡蜂说了，问他从前探的那话是否有据。胡蜂说：“确是有的，恐怕木厂主人不肯说，或者秘密建筑人没有画在图上罢了。但看这房图，总可以把帅府出入之路推断出来，此图仍然有用。”群蜂仍然继续想法子，窥探内情；不久又买了帅府的一个挑水夫，另地贿买，按图寻问，把官衙前面道路，大致访确，只剩下后堂内部了。只是帅府有不少能人，到底武功如何？人数有多少？外间传说得稀奇古怪，究竟真情怎样，总须设法访确，才好下手。

灵蜂孙六听人说，帅府有一位杜师爷，以小杜后人自居，诗酒风流，问柳寻花，自以为很高雅。这人丝竹弹唱，样样都来得，据说文才倒是不错。近时常到娼寮，大吃花酒，和一个妓女名叫小梅云的，交情正热。孙六试去打探，不料小梅云架

子大得很，冰桶凉得厉害，把孙六硬冰出来了。孙六虽然机警，到底湖海豪气重，儒雅缺欠，遂不为名妓青眼。孙六负气出来，对卢鸿飞说：“公子，这事还得用你，你拿出清门公子的派头来，好歹把小梅云巴结到手才好。”卢鸿飞摇头不肯去，青蜂女侠笑说：“公子还要守节么？我们不访出阎王殿的细情，怎好算计阎王，目下有现成的判官情人，你怎么不去牢笼一下，这有许多好处哩。”一窝蜂都这样说，卢公子这才勉强答应，换了豪华的衣饰，带了很多的缠头费，由一只蜂假做干仆，算是慕名访妓。

小梅云是个气性最倔劣的妓女，不爱钞而爱俏，寻常看着不入眼的嫖客，多被她干骂出来，就是鸨儿爱钞，也奈不得她。就是帅府幕宾结识她，她也不是为财为才，实是惧势，心里早就厌烦上了。因为这小杜师爷纵然以小杜自居，他今年可惜已经五十一岁了。在二十年前，他当然风流，可惜无名，现在大有文名了，又只剩下一对风流眼，不时见风流泪。小杜很爱小梅，给亲笔写屏、画扇，而且不惜用工楷，自署杜陵小史，自以为用情很深，除了大帅寿升，曾用工楷，寻常应酬，只用行草罢了。小梅云看了，只觉恶心，像这泥金屏，还不如买件褥子，铺在床笫之上，多得实用。

小杜起腻，小梅皱眉，一晃过了半年多。这恰当，卢鸿飞以翩翩世家公子，乘机前来，卢鸿飞人已届中年，又加忧患，自然形容憔悴，但到底掩不住他那潇洒的气度，典雅的谈吐，并且他又加意修饰，故示温柔，施出挥霍的手法来，衣履鲜明，挥金如土，对待小梅云，不即不离，似很爱慕，又不肯沉溺。只十几天工夫，竟把个小梅云牢笼住了。有一窝蜂暗助着费财，给小梅云打首饰，裁衣料，给娼奴鸨母开赏，千金立掷，毫不吝惜，并且小坐即走，向来不谈文章，不赠诗联。一个月过去，小梅云几乎昏了，好像罗公子（卢鸿飞的假姓）人越带着走马看花的神气，越不轻谈聘娶，越能打动这个名妓。以前许多嫖客都上赶着她，独这罗公子不然。这一来，小梅云

反而倾倒心醉了。

数十天后，由这里辗转套弄，再加上外面访得的消息，两相印证着，居然获得帅府不少的机密。

一天深夜，群蜂聚议，卢鸿飞对灵蜂孙六说："里面的情形，我们已经探好，可以下手了。阎摩王恶贯满盈，今日众叛亲离，已不足畏。听小梅云说，阎王确是白天在签押房，入夜宿在花厅后边。精袭行刺，手法要快，最好用分拨行事的办法，有的行刺，有的截阻卫卒。"

聚议处是在三合房的东房，桌上放着一盏灯、一壶茶、一张帅府草图和笔砚等物。外面有人巡守、瞭望，里面低声悄议，惟恐走漏消息。青蜂女侠、灵蜂孙六、桃花蜂薛耀、胡蜂胡日礼、黑蜂肖豪、黄蜂黄君远、银蜂、土蜂，全都在座。卢鸿飞提笔将那草图，画了一条点线，这画正是帅府的房图，从木厂主人、帅府水夫和妓女小梅云，好几个人口中探听出来，去疑存真，加以推测，然后才画定的，卫卒驻所，巡瞭地点，连人数都注明白。一窝蜂以为此图不会错，哪知还有差失。

卢鸿飞画的这条线，是从帅府东边混进去，按线路曲折进袭，行刺之后，从北面翻墙逃走。依鸿飞的打算，要用声东击西之计，先在南面装鬼放火，佯做入袭内宅女眷，把帅府惊动一下，中间由巡风的人往来策应，专牵制帅府的卫卒；动手行刺的人不管别的事，只单刀直入，有进无退，直入签押房，用暗器把阎摩王打死，然后夺路逃走。这件事卢鸿飞要自己孤注一掷，拼命一干，但他的飞纵武功太差，没人相助，恐不能袭进帅府，又焉能行刺？但这件事论情论理，又必定该放在卢鸿飞身上，他是责无旁贷，不便烦人代庖的。众人商计之后，决定届时由灵蜂孙六和青蜂女侠，紧紧相伴，各带毒弩利刃、各种暗器，替卢鸿飞做助手、打接应，另派两只蜂，做为助手的助手，遇到狙击之事发动，帅府必然骚乱。卢鸿飞只顾寻仇行刺，帅府中人来抄袭他，擒拿他时，就靠孙六和青蜂女侠，做前锋，助卢行刺；靠两只蜂做后应，用暗器应敌阻众；好教卢

鸿飞展开手脚，乘机取事，不受阻挠。还有别的伙伴，或乘乱放火，或堵截卫卒，也都草草安排下。跟着就规定行刺的日子。

灵蜂孙六对图沉思，良久方才说："阎王到底在什么地方歇宿，我们必须刺探确实；若是扑错了，可为害不浅，满盘皆输了。我们访来的话，总有点道听途说，我想他也是个酒肉匹夫、财色汉子，怎能不入内宅，不近女色，整年的在签押房睡觉？况且他正妻已殁，现在有好几个宠妾伺候着，那么他天天宿在签押房的话，显见不可靠。签押房恐怕是空城计，内中保不定有甚么埋伏，据我看来，我们访的日子还浅、目下风声又很紧，不如再耽搁几天，访闻阎摩王就在九月初几、开筵做寿。"

胡蜂胡日礼道："这话你听谁说的？"青蜂也道："是真的么？"孙六道："一点不假，就是在一座茶馆，从一个旗牌口里无意中听来的。他说他们新升的参将正忙着派人，往苏杭置办寿礼，这趟外差是很有找项的；因为派了别的同伴，没有轮上他，所以他在茶馆，拍桌打凳，骂别人进谗了，顶了他的差事了。越是这种无心闲谈，越透露真情，我想此话不假。"众人齐道："阎王如果做寿，倒是好机会，可晓得准在哪一天吗？"孙六道："我怎能贸然动问，但是我们还是请卢公子再到妓馆，套问小梅云去罢。其实到了做寿那天，帅府必然悬灯结彩，锣鼓喧天，我们那边寓所相隔又近，不必打听，就揣测出来了，这时候很不用忙。"

卢鸿飞道："趁做寿行刺，恐怕不妥吧，帅府门岗必然加严。"青蜂女侠忽然说道："无论多么严，到那天必然贺客盈门，人出人入，前后不断；我们不会假扮贺客，乘机取事。"孙六笑道："不好，我的打算是趁做寿完了之后，客散主疲之时，我们再猝然发动。"

此策一出，众人哗赞。桃花蜂道："这就叫兵法乘劳。这么说来，我们莫如假装贺客，先混进去。"大家屈指计算日期，九月距今已近，次日仍由卢鸿飞去到妓馆，见了小梅云，把阎

王做寿的正日子访出，是九月二十七日，回来告诉群蜂，群蜂立刻预备。

这一次一窝蜂潜赴徐城，沿江老巢还有些个同伴。灵蜂孙六在临行时，约略估定日期，觉得不出八月，准可成功回转。哪知到了徐城，一时不能下手，那留守的人久候不放心，在七月末，又派来八个同伴，前来打接应，就便打听情形。但因彼此潜伏，不能指名找访；直到八月初旬，方在街上，与先来的群蜂相遇。

这后到的八个人，俱各举止粗豪，有两个人假装负贩，有一个人假装游方和尚，其余五个人由野蜂纪振江装做扮戏卖艺的江湖汉子，来到徐城，就住在城厢小店。白天进城做艺，晚上出城，他们本来就是卖过艺的人，懂得江湖切语，因此扮起戏来，毫无破绽。这天，他们正在小巷做戏，灵蜂孙六提着酒瓶，从那所三合房出来，忽闻隔巷锣声震耳，细辨敲的锣鼓点，似与平常不同。孙六便听声找去，见这野蜂纪振江，正在敲着锣，用山东口音，侉声侉气，在那里弄生意口。空场子围着一群小孩和闲汉，两个人刚刚演完单刀破花枪，一个人拿小笸箩，向看热闹的人讨钱。

灵蜂孙六排众挤进去，拿出五十文大钱来，放在笸箩内，那个艺人低头道谢，递过来许多眼色。孙六便说："这位师傅，你们有几套玩艺，我们宅里正要约你们扮演。"那艺人忙说了一个价钱，辞谢观众，散了场子，收拾了卖艺的刀枪，要跟随孙六走。

一转身间，忽见人丛中，站着黑森森一个大汉，同一个文人打扮的少年，四只眼正灼灼的打量艺人和灵蜂孙六。孙六心中一动，外表不做理会，带着这一伙扮戏唱技的人，径往三合房寓所走，观众纷纷散去。

那个文人打扮的少年似对黑大汉说了几句话，转身往南走去。黑大汉举步紧跟过来，把为首的卖艺人野蜂纪振江叫住，说道："喂，相好的，别走，我们大爷也要传你去做戏哩。"野

蜂纪振江侧身一看道："哦，二爷，我们这不是刚应了一桩生意，今天伺候不了你啦，明天再见吧！"

黑大汉眼往孙六身边一丢，说道："我知道你们有生意，我告诉你，等人家演完，你就跟我来。"野蜂纪振江又向黑大汉脸上一看，又看孙六的神色；孙六似身躯一震，到底没说什么。野蜂回过头来，对黑大汉说："好吧你老，你们大爷贵姓，贵宅在什么地方？请你告诉我，等我们侍候完了这家主顾，好按地名寻找贵宅去。"黑大汉摇头道，"不用，我只在这里等着你们好了。我们大爷是这么交派的，你只管先支应这号生意去，我在这小茶馆等着。"野蜂纪振江一听，暗忖道："这是什么意思？"因他是新来乍到，不晓得徐城的近情，脸上露出疑讶。

孙六忍不住插话道："这位老哥，恐怕你等不得吧，我们宅里只要演起戏来，往往接连演好几天。"黑大汉笑而不答，只对艺人说："反正我们是定下了，这当子把戏只要人家演完，就该轮着我们，我们大爷也是少爷脾气，玩闹起来，没完没散的！"

孙六哼了一声，对野蜂纪振江说："先跟我们走吧！"带着五个假艺人，进了巷口。那黑大汉在巷口外一站，向孙六等瞥了一眼，跟着步入小茶馆，喝着茶，很耐烦的等候。过了片刻，三合房内锣鼓喧天，里面扮起戏来，街门却已紧闭。实则三合房内只有两个闲人，在那里耍弄锣鼓，那五个假艺人早由孙六邀入秘室，互诘近情，孙六把近日之计也告诉了他们。

青蜂女侠和灵蜂孙六以及卢公子等，对这巷外的黑大汉，都放心不下，过了一刻，打发一个生脸的伙伴，装作厨役，开门提篮出来；孙六也隐在门后张望。那黑大汉倒没有缀过来，仍在巷外茶馆坐等，两只眸子不住向这边打量，孙六和群蜂一齐大惊。

支持到黄昏时候，黑大汉在茶馆买点心吃，仍在耐心等候。孙六和群蜂互相揣疑，胡蜂胡日礼恰从外面回来，也起了

疑心道："这不是阎王的走狗么?"孙六摇头道："很难说!"立即密嘱五个假艺人，又约定暗号，教五个看事做事；如果情形不对，这黑大汉竟真是阎王部下的小鬼，那么，五个人赶快通一暗号，这里大家好做避地互救之策。商量已罢，把锣鼓停敲，又给五人做好饭吃了，这才开门放出；五个假艺人由野蜂纪振江率领，出了巷外。

那黑大汉欣然迎上来道："完了吧，这工夫可不小，挣了多少钱?"说着，就催五人同他前去做戏。五个人说："天色太晚了，怕出不去城。"又说，"我们还得回下处吃饭，索性赶明天，再伺候府上大爷吧。"黑大汉笑道："不要紧，我们大爷传你们扮戏，难道会不管饭么？不要怕累，把财神爷往外推，快跟我走吧。去了，有你们的好处。"立逼着五人同行。五人再三以天晚城闭、难以回寓、没地存身为由，婉言辞绝。黑大汉更大笑道："我们大爷还有叫城门的人情，城里有的是店，宅里也有的是睡觉的地方，你们要住皇宫，我们大爷就没法了。"

野蜂纪振江看了看四个同伴，手底又都有兵刃，心说："你就是龙潭虎穴，我也闯闯看。"连说道："好吧你老，您就引路吧，我们就伺候你一回。我们再说什么，真成了不识抬举了!"黑大汉竟将五个艺人引走。灵蜂孙六心中怙惙，深觉前途不测，忙嘱同伴，先去一只蜂，潜缀黑大汉的行踪；又按地名，另派一只蜂，把假装负贩游僧的三个同伴等着，教他们听信进城；又请卢鸿飞，避开这里，迁往新居。新居的群蜂既知此事，也都惊疑不安，深恐谋泄。灵蜂孙六本人匆匆安排就绪，暗带兵刃，换穿长衫，急急追过去。

时近黄昏，那黑大汉伴同五个艺人，直奔角城根，到一处大宅，轻轻敲门，独自走进去。少停片刻，又同一人出来，把野蜂纪振江一行五人，传唤入院。跟着轰隆一声，把大门闩上了，那另一只蜂恰从远处缀到。隔过一顿饭时，孙六也潜踪追来，两个人远远地观望；忽然间也听见大宅里面锣鼓齐鸣，仿佛也正在做戏。

灵蜂孙六远望那紧掩的朱红大门，揣测五个艺人的吉凶，锣鼓既响，料已无妨。但只过了一会儿，锣鼓顿住，里面声息不闻了，可也不见人出来，也不见人进去。孙六到此，又忐忑起来。转瞬日影西沉，天色昏黑，城中的更锣已起；朱门内扮戏的锣鼓寂然无声，五个艺人仍没有出来。那一只蜂问孙六道："这是怎的，莫非他们五个人，在里面被人审讯了吧！"

孙六环顾大宅左右，从前门走来走去数次，朱门依然紧闭，门内悄然，又绕观后门也觉声不像。直耗到二更将近，孙六和同伴沉不住气，正要登房窥探，忽有两个不尴不尬的夜行人，从街上走进巷内。孙六忙与同伴退藏到暗处，两个夜行人提着一只纸灯笼，直奔朱门，从墙角拾起一块碎砖，投入墙内。转眼之间，朱门骤开，那两个夜行人走进去了，大门轰隆一声，又复掩上；更听"格登"一声，似上了大锁。

灵蜂孙六与同伴相顾骇异，看这来派，又不似官人，倒像道里人了。随后又从街上，悄没声的溜进两个夜行人；孙六和同伴急急藏避，险些露出形迹。这两个夜行人也是一声不响，直奔朱门，也俯身拾起砖块，投入墙内；朱门也照样骤然开锁拔闩，把这两个人放进去，随又关门上锁。鼓打二更二点，连进去两拨人，却没有出来的。五个艺人在朱门院内，正不知吉凶如何；只是锣鼓不响，显见没有扮演。

转瞬间，鼓打三更二点，朱门以内声息不闻，远闻邻巷有逻骑驰过，五个艺人仍不出来。孙六实在猜不透这朱门大宅是怎的一回事，遂抱定主意，招呼同伴，在巷口巡风；自己四望无人，徐徐溜了过来，挨到朱门门口，贴门缝往里偷看。里面黑洞洞，悄然无声，寂然无人，就连门房也无灯火；又往左右邻伴一看，家家关门闭户。孙六揣量一回，打算攀墙登高，往朱门内窥望一下；又恐怕宅内必是行家，露了破绽，反倒塌台。正在攀堵贴壁，要上未上的游移，巷口那个同伴忽然投过一块碎石来，孙六急一纵步，窜了过去。同伴在巷口墙根，向他点手，孙六忙即凑过，问是何事？同伴不语，俯下腰，把火

折一晃；孙六急看地上，就在巷口隅角下，一堆垃圾上，插着长短十二根竹竿。孙六伸手拔起竹竿一看，竿上画着黑红道，有作“出”字形，有作“井”字形；同伴手中也拔下一根，共计十三根。

同伴又将火折冲墙上一晃，就在垃圾堆旁边灰墙上，画着炭画，仔细辨认，有的画着龟形，有的画着兔形，有的画着“不准小便”，有的写着“小阿二是儿子”“朱光大是大王八”等语，信笔涂鸦，显见是顽童手笔。就在这纵横笔画之间，另题着“佛光普照，紫气东来”八个字，“东来”的东字特别加大，还隐约刻着“九百二十七”三个苏州码，和一个“丑”字，一个“黑”字。

灵蜂孙六看着这些“壁画”，和这十三根竹竿，心中越发纳闷，因问同伴：“你怎么看见的？”同伴说是：“刚才末一批来的那个人，从街上走进巷口，我见他在此逗留了一会儿，我想着许有事故。”孙六且听且道：“咱们再看看对面墙上。”到对面墙隅，晃火折一照，居然也有许多壁画壁书，还有一张红纸条，写着“寻人”两个大字，文是：“告白四方仁人君子，今有本宅二表兄，素患羊角疯病症，突于本月初九子正三刻，离家出走，进城未归，至今五日，并无下落。四方仁人君子如有知其下落，将其送回本宅，或报信因而找获，本宅奉酬纹银三十两，决不食言。二表兄年四十五岁，面黑身中无须，身穿蓝布衣裤，白袜青鞋，本地口音……”送信地址写的是本城东南乡马王庙，下面具名可是正赶在左下角，竟撕掉了。

孙六看罢，疑惑道：“唔，怎么是在城外，具名又怎么撕的这么巧，二表兄的称呼也很稀奇，莫非也是暗号么，莫非这附近有道里人潜藏么？”说着不禁回头，忽见那边街上足音又起，有一拨查夜的人，从邻街走过，两人急急退入巷内，跃上民房，爬伏在房脊后。

第三十九章 恩怨变幻

等了好半晌，查夜的人去远，孙六就与同伴直起身来，先往街上纵目一望，又回身往巷内一望。住户都已入睡，远望朱门以内，院中似有火亮，与邻户不同。灵蜂孙六与同伴溜下平地，重奔朱门房后，忽想出一策，竟纵声唱道：“南来的风，北来的风，一阵春风吹动了铁马丁东，斜月照帘栊，有一个二八俏住人，想情郎叹五更，鼓打了二更，鼓打了三更，天上的织女，痴望着牛郎星，银河耿耿隔在西东，要相逢，在梦中……”

孙六拿风字点逗六字，一遍没唱完，朱门陡听开锁拔闩之声，为了慎重，孙六一捅同伴，又跃登民宅，且俯首偷望，试观门中人的来意。

果然隔了不大工夫，朱门洞开。出来一条人影，往各处东张西望，口中胡哨。这人没有提灯，看不清面目，但决非一窝蜂的同党，乃是宅中人。孙六一声不哼，一任此人来回乱找，找不着。这人就出了声，叫道：“喂，朋友、请出来见见。”孙六的同伴见这宅中人后背正对着自己，就要掏石子给他一下，孙六连忙拦住，不教他妄动。这宅中人连唤数遍，发出疑讶声

音，抽身回去。孙六和同伴急探身瞟着他，只见这人进了宅门，转眼间，便引出一对红灯，和两个穿长衫的人，一个穿短衣衫的人，穿短衣的正是自己的同党，那五个艺人之一，野蜂纪振江。

红灯一出来，分找巷口两面，纪振江似已听出孙六的口音，找到后巷，仰天低声叫道："六爷，出来吧。喂，这里不是外人，喂，也是道上同源；狭路相逢，长流水同归大海了！"

灵蜂孙六和同伴这才一块石落了地，低声嘶了一声，飞身跳下平地，野蜂纪振江道："六兄，你们二位全来了，我猜你们不放心，你们真找来了。"

孙六抱怨道："你们太岂有此理，就是遇着熟人，也该分出一个人，给我们送个信去。你们心上明白了，不管我们悬念。你要晓得点子也是行家，我们只担心你们入了圈套，再说又见你们从三合房出来的，弄不好，就露了底。你看，我们都把卢公子送到别处了，你们还许说我胆小过度吧。"

纪振江连连认错道："倒真是我们大意。"一指朱门道："情实是我们一进去，他们就套弄我们，我们就糊弄他们，很费了好些周折，才得打开窗户说亮话。我们又不知你也跟缀过来，他们又忙着引见咱们的人会见他们的人，他们的人又是现往一处凑，所以耽误了。好在这事都过去了，六兄也进来吧。"

孙六道："说了一会子，到底本宅宅主是谁呀，我也认识么？是跟你认识，还是跟他们四位认识？"纪振江笑道："我也不认识，他们四位也不认识，这里头弯子很大，简直这么说，跟你那好朋友卢爷倒许有认识，走吧，进里面说去吧。"

孙六为人仔细，迈步要进前巷，却对纪振江说："你们大意，我可不能大意，现在咱们两窨里的人，个个提心吊胆，等候动静，现在既然遇见朋友，没有危险了，咱们得分个人，回去给他们先送一个信。"野蜂纪振江道："六爷进去，先向这里的头儿见了面，说停当了。再派人回去，详细一报，岂不更好？"

灵蜂孙六怫然道："转眼就到五更，我们两拨人一去不归，他们岂不久候生疑，弄不好还许又挪地方哩，不行，别大大意意，弄出枝节来。"回顾同伴道："你先走一步吧。"这同伴也极欲知道详情，恋恋不走。纪振江道："得了，还是我们五个人先回走，六兄，你来，我领你进去，给你引见引见，我立刻就带他们四位回去，这不就完了么。"

野蜂纪振江和灵蜂孙六喁喁辩论，挑灯的两个黑衣人已然凑过来，悄然听着，并不搭腔。等到孙、纪二人商定，举步走向朱门，这两个人方才分开了，一个当先引路，走进朱门；一个落后，绕宅看视一遍，然后转身进宅，将朱门上闩加锁。

孙六道："你老兄不要上锁，我们的人立刻要走的。"黑衣人点头微笑道："回头再开，并不费事，朋友，我们应该处处小心，我们是在虎口边上探头哩！"野蜂暗地里把孙六的手握了一下道："六兄，我先告诉你一句，你好放心；他们也是阎王的对头。"孙六道："你不说是自己人么？"野蜂还未即回答，挑灯的人进了门，方才启齿道："朋友，同仇就是同道，同道当然就是自己人了！"

孙六侧目向这人一看，道："好一个同仇即是同道。"通过门道，走向前院，这宅子原来共有三进，中层庭院已迎出三个人，内中一个便是五艺人之一，也是一只蜂，名叫杨大川；杨大川身旁是两个雄壮的大汉，江湖气十足，高举着灯笼，叫道："把外面的朋友接进来了么？哦，两位，就是您两位么？"

灵蜂孙六抱拳答声："朋友请了。"杨大川借灯光看出是自己首领亲到，忙道："六爷，你自己来了，你说多么巧，咱们碰见同心同道的好朋友了，你猜他们几位是谁？"

孙六道："好么，既然碰见同道，也不分出一个人来，给我送个信，教我悬着心？"重向宅中人招呼道："教诸位见笑，我们这几个男儿真够粗心，倒像我胆小似的。"

宅中出迎的两人道："那倒莫怪令友，这里头曲折太多，五位令友个个都够江湖的，我们费了许多话，好容易才揭开了

假面。”杨大川说：“就是这话，若不是野猫刘拴，居中拉线，我们直到此刻，还怕谈不到一块呢。”说着话，大家迈上台阶，到了中层院旁的小跨院。

宅中人把灵蜂孙六引到二间秘室。室中明灯辉煌，两张桌对在一起，酒馔杂陈，杯盘错列，设着十几副座位，可是全部空着；只靠东壁有一长榻，散坐着三五个人。另有一个胖汉，臂缠白布，似负创伤，在榻上躺着。其余数人都站立肃迎，内中一人说是所谓野猫刘拴，乃是旱路大盗，和灵蜂孙六认识，和这宅中潜伏之客，也素有认识。

灵蜂孙六算这屋中人，共有十六七位，假扮艺人的同伴俱都在此，其余自然是宅中人，高高矮矮，都向孙六举手施礼，那野猫刘拴更抢前一步，拉着孙六的手道：“六哥，咱们好久没见了，我真想不到你和阎王也有仇。阎王那小子倒行逆施，众叛亲离，他随便杀害老百姓，本就该剐；谁想他还胆敢招惹你们一窝蜂，这不是作死么？六哥，他们这些位也都是阎王爷的要命鬼，他们也正在这里，琢磨阎王爷的三魂七魄哩。六哥这一来，好极了，你们两家简直就合伙，干他一下，管保比分着来，各干各的强。”野猫刘拴嗓音很尖锐，他极力小声说，却越说越响。

宅中人忙警告他，他这才按低喉音道：“六哥，我给你引见引见吧。”一指众人，内有一个黄面瘦子，野猫道：“此君是有名的金判官房金熊。这位姓周名叫周端五，这位姓陆名叫陆鼎九。”又指着受伤的人道：“此君是谢邦贤，是阎王的死对头。”挨个引见了一回。那缠着手臂的谢邦贤又说了许多客气话，并引见朋友。灵蜂孙六听了，没有一个早先闻名的，看定刘拴，正要细问内情。那房金熊似是谋主，向孙六举手道：“灵蜂孙六爷的大名，我们久慕，现在我们不必绕弯，可以开门见山的讲一讲，我们这一伙朋友，跟阎摩王，从前有过很深的怨恨，只无奈人单势孤，屡次计算他屡次失脚。近闻阎摩王得新忘旧，与当年的旧伙计也闹翻了脸，他们这伙老友也都离

伍重入山林，也正在聚众订盟，立下盟单誓约，一定要把阎王弄死，才算甘心。他们大撒绿林箭、广邀绿林能手。绿林受他害的，不一而足，立刻都聚合起来。”说着一指宅子道：“这所屋子也就是我们大家出钱赁的，我们两伙已经合在一起。阎王虽狠，到底无奈我何，我们可是一层一层布置，定准要趁阎王做寿的日子，大大地给他一下。”孙六听着，两只眼不住打量房金熊和他的同伴。野猫刘拴道：“你听，你们正是同仇敌忾，你们正好联手了。现在他们哥几位已经把小弟我手下这一竿子，约入盟内，人数已经很不少了。他们的意思，仍嫌人少势孤，打算跟你们一窝蜂套交情，连在一起，也省得动手时，互相牵制，互相妨碍。”

孙六备闻详情，又惊喜，又疑惑，向房金熊、谢邦贤、周端五、陆鼎九，说了几句客气话，却将一窝蜂杨大川和那个给两面牵合的野猫刘拴，调到一边，秘问了几句，的确毫无可疑。又问此处宅主是谁？刘拴指着一个年轻人，好像花花公子似的人物，说就是这位，姓高名锦涛，原来就是那个呼唤艺人的公子。孙六又问他们一共多少人？都跟阎王有什么仇？现想怎样报法？

那房金熊方要实说，被一个绰号金钟罩的大汉拦住，此人名叫赵东明，就是巷口壁上所写“佛光普照，紫气东来”那个东字，这赵东明有一身很好的轻巧功夫，并不会铁布衫、金钟罩，不知何故，江湖上送了他这样一个外号。有人说，他身高面黄，所以才叫金钟罩。赵东明实是牛头大王约出来的硬帮手，不过他深知一窝蜂乃是帮卢公子来的，卢公子和牛头大王牛寿朋也有前仇，赵东明怕说破前情，因此引出疑念，故此瞒着孙六。当下只说在屋这些人都是绿林，凡是绿林，都受过阎王的害，阎王升官发财，就是卖同党赚来的。

牛头大王牛寿朋此刻实在还没进徐城，牛寿朋自从和阎王翻脸，弃职亡命，逃到鲁南，立刻和当地大盗勾结起来，又和旧同道谢邦贤合了伙。他为一心报仇，在历试狙击均未得手之

后，就到处联络匪盗，百计暗算阎王。不时施出一招来，把阎王恐吓一下。后来阎王戒备加严，牛头大王自己不敢出头，就约出一个后起少年豪客，暗作地主，潜入徐城，这人就是白花蛇高锦涛。旋又遇见了野猫刘拴，又结纳了金钟罩赵东明，辗转引见，又和金判官房金熊、周端五、陆鼎九合了帮。这些人都先后受过阎王的害。既合力报仇，也陆续混进徐城，到八月间，各方的人已约聚到四十多个了。他们也是要趁阎王做寿，给他一个毒手，至少打破他的高兴。

这一天，正是赵东明新从鲁南赶到，牛头大王牛寿朋潜藏在邻县，不敢露面。他的族弟禄朋，忙把赵东明引进徐城，先和高锦涛接头。高锦涛忙带一个伙计，衣冠楚楚，出离徐城，给潜伏在潼关的同党送信；临回城时，恰巧和一窝蜂杨大川一行五人相遇，看出这五只蜂不像卖艺的人，因此叫到院内，设法诱探。杨大川等都是老江湖，但凭口舌，实在诱不出半句真话。偏巧牛寿朋、高锦涛约的帮手，有野猫刘拴；而野猫刘拴和杨大川以前一在水路，一在旱路，曾经一度联手做过买卖，劫过游宦，平分过油水。以此渊源，两人抵面，一拍即合，各将本意说出。

赵东明和高锦涛心眼很快，既听说一窝蜂也跟阎王有仇，登时大喜，忙提出合力歼敌的打算，跟着又打听一窝蜂为何事，跟阎王结下怨仇。那杨大川慨然说："本帮和阎王的私仇还小，不过本帮的领袖有一位义友，跟阎王结下灭门深仇，本帮义气为重，这才纠众离巢，大举而来，是替朋友拔刀。"牛禄朋一听，忙问："贵舵主的朋友是哪一位？"杨大川率然说道："我们头儿的好朋友，是兰陵世家，在江湖上也很有名气的……"说到这里，转对赵东明道："提起来，赵仁兄想也知道，这位和老兄还是同乡，他名叫卢鸿飞，乃是鲁南的缙绅世家，听说为了械斗帮拳，和阎王结下大怨；后来阎王竟乘兵乱，把卢公子全家都害了。我们头儿和卢公子乃是患难生死弟兄；所以教我们大家齐上，替卢公子出这口怨气。"

赵东明不知内情，就很惊讶的说道："卢鸿飞这个人，我很知道，我和他没见过面，可是久已慕名。此人别看是位阔公子，可是素有平原君之号的，原来他和贵舵主金蜂李有深交啊；怎么又会跟阎王这小子结下仇呢？"阎王和卢公子结怨时，牛头大王牛寿朋不但在场，而且是主谋。这事赵东明丝毫不知，并且他这回来参与行刺，也不是纯冲着牛寿朋来的，他实是为了江湖义气。但是牛寿朋的族弟牛禄朋却深知个中原委，高锦涛也听说过。牛、高二人忙设法将赵东明调出来，略述曲折，请他务必瞒着这一节，免得卢公子心存芥蒂。

赵东明是有名望的盗侠，闻言不悦道："怎么，你们的意思，是不打算跟一窝蜂合伙么，那倒是不妨老老实实瞒起来。你们若还想跟人家合谋，那么匿怨结交，同床异梦，可不是我们武林汉子应该干的。若是背着人家，另外还藏着别的心眼，那我可对不住。我和卢公子是同乡，又是慕名的朋友，倘或存着以毒攻毒、借刀杀人的招，硬把人家卖了，我可受不了。咳，干脆，别合伙了，把人家打发走了吧，我看还是各干各的好。报仇行刺，本是卖命的事，互相关照着好好的干，还怕出错；事到临头，内中有谁心眼一歪，自己走好道，教别人填馅，那可就留下骂名，教江湖上的好汉耻笑了。"

说罢，赵东明就要走出去，把话点破，当面教杨人川离开。牛禄朋不敢拦阻，只说："赵三哥，你且慎重着办；你老得反面想一想，咱们不害一窝蜂，难保卢公子不害咱们呀！万一他们倒存着以毒攻毒的心，反过来给咱告密，岂不糟了。"高锦涛抓住赵东明的胳臂道："三哥这番话光明磊落，当然是正理，牛家弟兄和我们本没有匿怨结交的心，三哥何必着急。"牛禄朋道："是啊，我们不过是怕他们一听见报仇一事内有家兄，他们必然恼怒不肯合谋，甚或反噬我们。我们和三哥一个意思，借刀杀人之心不但没有；三哥若不说，我们连想也没有想到。我把三哥调出来，就是要把这番隐情由来，请你二位明白指教，到底是瞒着他们好，还是不瞒好？"

赵东明道："这还罢了。我们江湖上杀人放火，斩头沥血，什么凶狠都做得出，就是不许卖友、卖底。哪怕冤家对头，一经结盟合伙，共上了事，就决计不许谁再陷害谁了。我看这事当然挑明了好，若不挑明，他干他的，咱干咱的，弄不对付，就要互相牵制妨害，互相牵制就够糟的了，更怕的是各不相谋，各自鼓捣各自的，一个不钉对，最容易泄底坏事。"高锦涛道："既然各不相扰，怎会泄底?"赵东明笑道："你连这点都不明白。打个比喻吧，他们打算放火，咱们打算行刺，谁也没跟谁商量，碰巧他们规定头天放火，已经泄露了；咱们可是一点不知道，第二天还想去行刺，你想这不成了白送命，自找倒霉么？又比方，我们把埋伏在半路楼上，打算放冷箭射杀对头，他们可是预备着假装喊冤，拦轿告状，他们一击不中，跑了；我们一点也不知道，还在路上放探子，下卡子；哪知仇人受惊，已经打道回衙，我们傻不啧啧的还在那里憋等着，仇人的卫队可是挨门挨户搜过来了；你想，这糟不糟，这岂不是你给我捅漏，我给你捅漏，互相泄底么?"

赵东明说到这里，高锦涛大赞道："三哥真是老谋深算，既然如此，我们必须明白告诉他们了。可是听说当日杀害卢某的妻小，牛二哥正在阎王手下，卢某人倾心报仇、询闻必恨，他岂肯联络旁边的对头，专算计正对头呢。"牛禄朋道："一点也不错，姓卢的恨家兄，也很深切。他那边的人总猜疑阎王是祸头，家兄是谋主，把出坏主意的账，全算在家兄的头上了。我们当真把实话都说出，他们也许坐山看虎斗，或者把家兄卖了呢!"

其实，当年阎王做恶多端，大半都是牛寿朋主谋。现在这么一说，措辞得体，倒像无端代受恶名似的。赵东明只哼了一声，也未深想，沉吟一会儿说道："这倒可虑，现在这么办，我们总得把实话告诉他，我们不妨反客为主，报仇之事本由牛二哥暗中出头；如今暂把牛二哥藏起来，就说是高仁兄主动，牛二哥算是约来帮忙的。"高锦涛道："这不大好，我刚才口气

冲，已经露出替人报仇了。”赵东明道：“那么索性就搁在周端五、陆鼎九两位身上，想来也没有什么不便。等到动手的时候，我们再酌量情形，把实底只告诉一窝蜂，也不算我们鬼祟了。”牛、高齐道：“如此甚好。”忙又将野猫刘拴和房金熊、周端五、陆鼎九，先后调到别室，一一嘱咐了。既依成议，假定周、陆二人为复仇正主，可是一切设备、约人、纠党羽、联盟帮、都推赵东明做主谋之人。会见群蜂时，牛禄朋闪在一旁，只听话，不插话。那牛头大王牛寿朋，此时潜藏邻邑，本因面熟，不便入城，此际为求两帮合伙，更不用他露面了。

赵东明和灵蜂孙六，就灯下开谈，孙六也不愿把好友卢鸿飞露出来。当天夜间，孙六先遣杨大川回去，给同伴报信；他自己和一个同伴，留在朱门内，由野猫刘拴相伴，与赵东明、房金熊、周端五、陆鼎九、高锦涛等，叙江湖交道，叩姓名宗派，论武林技功，互致敬仰，各引党人，各套近乎。随后把联手复仇的初步办法，大略说定。两方都主张趁阎王做寿，贺客盈门，出入杂乱时，里应外合，猝然行刺，但须在他主客已疲乏之后。更挑出几个外表阔绰的人来，舍出性命，寸铁不带，盛饰官服，假充贺客，混入帅府，以便相机接应外面潜伏的人。

入手办法便是大致如此，旋又议到合谋联手的办法，这更要紧。两边的人都主张，应该召集双方全体的人物，择一个日期，定一个地点，彼此都见见面，认认人，将来动手，才好互共生死，互相救应；并且还要在事先，大家焚香誓天，歃血结盟，彼此同心协力，共戕大仇，谁也不准潜存私心，谁也不许退缩卸责，也不许临难嫁祸。当场由野猫刘拴做为居间人，约定了后天的日期，地点仍在此处，算是本宅做寿，一窝蜂是贺客，孙六不愿把外人引到卢公子潜藏之处，故此宁愿舍己从人，仍择此地。但说定一窝蜂前来赴会时，须要小心分批散到，不要教邻人看出可疑来。

商罢，天色渐明，灵蜂孙六吃了早点，候到街上已有行

人，便辞别高锦涛、刘拴等人，回转三合房。卢鸿飞、青蜂女侠、胡蜂、桃蜂等，虽已得到纪振江、杨大川等人的归报，仍然不放心；一个个正等得心焦意急，也都彻夜未睡。一见孙六归来，都围上来打听，他们对方到底是何等人物，灵蜂孙六叙说详情。又道这一伙人多半是绿林人物，确与阎王有隙，确也久经潜伏在此，要行刺报仇。卢公子听了，这才放心，野蜂纪振江笑道："我一回来，就告诉他们，我说一准没错；他们总是担心，我们青蜂女侠更疑得古怪。喂，你听六爷说吧，我没有听错吧。你想阎王先为大盗，后为降将，现当大官，他的红顶子全是拿活人的血染出来的，他的仇人还会少得了么？"

青蜂女侠道："纪四哥不必自夸高见了，我不是多疑，我是小心。这本是拼死舍命的事，压根儿就不该跟别人联手；就联手，也得知根知底，你当闹着玩么！倘或他们竟是阎王买出来卧底的呢？况且如今晚的事，人心隔肚皮；就算他真跟阎王是对头，事到临头，万一他们拿咱们蹚道，填馅呢？你要明白，这事情不许有一点含糊，只一上当，就算大伙送死。我请问你，他们的主动人到底是谁？你又说不上来。你还一味写包票，管保没错，你就冲着野猫刘拴一个人么；他们可是还有同党哩，还有别人哩。别人跟咱们没交情，就不许把咱们当秧子么？"一口气把野蜂纪振江顶得只翻眼珠，不敢搭腔，半晌才说："得得得，既然如此，怨我心实，见事不明，咱们就拉倒，不跟他们联手，还不行么？"青蜂女侠道："拉倒，就行了么，你倒想拉倒，人家要是翻脸恼了呢？"转脸来，她又扑哧一笑，对灵蜂孙六说："纪四爷一向看事太易，我不拦你高兴，谁敢拦你。我说六爷，咱们还是说真格的，到底他们的主脑人物是谁？为了什么事，跟阎王结下的仇？他们一共有多少党羽？都是干什么的，他们的头儿跟野猫刘拴交情怎样？他们打算怎么样报仇？这都该访透彻了，然后方能说到联手。还有，所有咱们这边的细情和打算，他们晓得不晓得，六爷对他们明说过没有？"

灵蜂孙六道："你真仔细，一开初我倒没打算详细告诉他们，不过纪四哥已经对人实说了，说了一个底儿掉，我也就无须乎隐瞒了。"青蜂女侠斜睨了野蜂一眼，笑道："我们纪四哥一向最诚实的。"灵蜂孙六忙笑道："九姑别抱怨他了，他可要恼了。好在房、周、陆这鲁东三豪真是阎王的对头，有野猫刘拴保证，他们也是真愿跟咱们联手。莫说有关碍的话还没泄露，就算泄露，又有何妨？"野蜂纪振江道："哼，这是怎么说的，我何曾泄露什么来，还是他们先承认跟阎王有仇，然后我才承认和他们一样；别的要紧话，我一点也没吐啊。"青蜂女侠道："没吐太好了，我想就凭四爷，还会教人家诱去实话不成。"

野蜂纪振江又咳了一声道："我算倒运，我一直在青姑娘手底下跑腿，管保受烧。这回更好，我头一脚刚踏进徐城，立刻就落了包涵了！"青蜂女侠格格的笑起来了。其实野蜂纪振江为人也很机警，因他当场看准了对方的底细，这才毅然决然吐实攀交。但若没有野猫刘拴这个熟人当场居间，给双方引见，恐怕任凭他们如何软诱、威吓，也骗不出野蜂的半句实话来。

第四十章 大举会盟

灵蜂孙六把自己跟高锦涛、刘拴、鲁东三豪，商定的联手办法一一详告众人，先将联手的利弊两端，细细向大众研讨了一遍。若讲到害处，双方如能谨守盟誓，不存诿责嫁祸的私心，那就一点害处也没有，至于益处，却是不少。一来可免各不相谋，彼此牵害。二来，我们一窝蜂临来时，没想到刺探机密，会用钱很多，此刻贿通帅府下役水夫，打点妓女宠奴，颇感财力不能凑手，我们又不敢在此地作案盗财，恐因缉贼犯案，牵动大局。灵蜂孙六已经急遣一只蜂，回去筹款，尚不知能否如期赶回。现在鲁东三豪自告奋勇，大夸财力，所有贿买仇家奴仆，购办贺客礼物，已由高锦涛当场一力担承过去，如此，财力一项颇可借重他们。而且更有一桩最当借助的事，是鲁东三豪自说于复仇一举，秘密布置已历多时，所有帅府内部戒备的形势，和阎王帅府内宅建造的格局，他们想已访得很清楚，比一窝蜂辗转刺探来的情报，是既详细，又确实，他们有一张详细的房图，最为珍贵。灵蜂孙六初听鲁东三豪提及时，心头一动，颇觉可怪，怎么他们会探得这么准呢？自然实际情

形，乃是牛头大王牛寿朋本身曾在帅府做事数年，瞭台地板，秘密隧道，初建造时，他还出过主意，不过此时不便据实相告，只说巧得到一张房图罢了。

高锦涛、牛禄朋皱着眉对孙六说："这些事情全是一位死友的胞侄告诉我的。不瞒孙兄，敝友就是被阎王残害的，敝友临死之前，好像已虑及祸临，曾将帅府细情，一点不漏，告诉他的侄子，跟着又骂阎王，富贵忘交，对友太薄，他只要对不起我，我若无故暴毙，那就是受了他的毒害。你们那时千万给我报仇，给他泄底。说了这话不久，敝友便忽然惨死，所以我们得的消息，乃是从里面来的，当然比诸位从外面访的可靠了。"这话说得很近情理，孙六信以为真。

高锦涛又说："另有数张帅府房图，也是敝友亲绘，将来订盟联手，一同举事，自当重画副本，双方分用，那么阎王宝殿虽然森严，已在我们指掌间。"孙六听得有图，更是欢喜，现在把这三项综合起来看，第一联手可免两误，第二更可借助财力，第三又可借用情报、借用房图；再加上合谋之后，人力倍增，群策群力，自可一击必中，结果一窝蜂跟鲁东三豪联手合盟之举，遂一定而不可移。

当夜商量着，青蜂女侠头一个喝彩首肯，刚才她不过故意怄纪振江罢了。跟着定规后天莅盟的人数，谁该去，谁不该去？若依原议，双方的人应该全数到齐，彼此都见见面，同饮血酒，誓共生死。不过，一窝蜂主张此次是初会，应该持重，别人还罢了，惟有卢鸿飞公子，总是暂不出头为妙。但若去得人太少，又恐遭人耻笑胆小，遂选择了十一个人，随同灵蜂孙六，野蜂纪振江，前往莅盟。青蜂女侠定要改扮男装，随众赴约，孙六只得答应她，这一凑，恰为十四个人，孙六又把桃蜂、胡蜂约上，共凑足四四一十六之数。十六个人赴会，别的人在外巡逻防变，卢鸿飞公子退守三合房，作为后镇。

赴会的十六个人，又把届时应答的话，预先商好，以免彼此参差。见面之后，不妨正告鲁东三豪："此次向阎摩王大举

寻仇，纯为江湖义气，因我一窝蜂群中，不幸有两只蜂误落在阎王之手，被他诛死。绿林和鹰爪本是对头，谁杀谁也是寻常事；最说不过去的是，阎王本来也是江湖出身，他竟任意胡为，太不守江湖规矩。他擒住两蜂，若一刀两断，也还教人心平气和些，可恨他不该用酷刑横施残虐，更不该灌尿挖舌，为此奇辱，才大动公愤，所以我们一窝蜂大举找他来算账。”即由灵蜂孙六自承为寻仇的主脑人物，把帮助卢鸿飞报仇的真情，瞒过不提。

一窝蜂潜伏徐城的人数，也略加隐饰，至于一窝蜂潜伏的地点，一共三处。青蜂女侠说：“咱们一窝蜂一向不告诉人的，但能不对他们说，更妙。”孙六以为不对，人家把潜身之处告诉我们，我们若瞒着人家，似乎情理上说不下去，况且既经联手，遇事接头，彼此也应互留一个收信地址，才觉方便。结果，只将三合房的所在宣布了，别处依然守秘。

他们这样准备，到底不脱尔诈我虞的意思，牛氏弟兄那边，也把话编排好了，也要把真情瞒过。只是内中有野猫刘拴和金钟罩赵东明两人，在旁力主开诚布公。因为一窝蜂在江湖上素有名声，既要彼此联手，必要暗察我们的底细，我们藏头露尾，一个掩饰不密，若教人家访出，必遭不齿，甚或引起误会。争辩了一阵，还是折中办理，暂时仍由鲁东三豪主盟，订盟之后，再看情形，试着把牛家弟兄也在数内的话，告诉群蜂。

到了会面结盟的这一天，鲁东三豪假装做寿，盛备酒筵，同伙都长袍短褂的打扮好了，在街头巷尾，也暗暗安放下人。这边灵蜂孙六把自己的十六人分成数拨，陆续前往赴约。有的就假装贺客，有的装送礼的夫役。青蜂女侠也坐着轿，稍后一步来到。野猫刘拴，金钟罩赵东明，竭诚招待。鲁东三豪拿出做主人的模样，把群蜂让到中院正房里面，落座叙茶，且泛泛地谈些江湖闲话。

牛头大王牛寿朋伏在城外，心中惦念着此事的成败利害，到底忍不住冒险改装，偷偷溜进城来。起初要藏在别屋偷听，

刘拴劝他莅盟，他自取铜镜一照，须眉已改，脸色也变，也许人们认不出来。他遂公然陪居末座，只听着，不说话，这也是他自己嘀咕，到场的一窝蜂没有认得他的，卢公子又没来，他过了一会儿，这才放心。

到午时，人全来齐，灵蜂孙六和青蜂女侠，打量对方的人物，高高低低，此来彼往，不过十来个人，全不认识。高锦涛向鲁东三豪说："酒已摆好，是时候了。"鲁东三豪含笑站起来，向孙六举手道："请到里边坐吧。"孙六也不客气，引领十五个同党，起身外走，房金熊在旁相陪，周端五、陆鼎九抢先一步，在前引路，直到后院，有一座敞厅，已摆好八桌酒席，有一排长凳。原来在此处，已先有二十多人，长穿坐在那里等候。这二十多个人神情粗豪，体格壮健，江湖气非常浓重，一见客到，哄然起立相迎。青蜂女侠向纪振江看了一眼："人家的人数很不少啊。"鲁东三豪请一窝蜂入座，灵蜂孙六笑道："我们兄弟承鲁东三位豪杰不弃，邀来共事，我们总是办正事要紧，诸位何必备这盛馔，倒不像武林道直爽派头了，再说，谁也无好饮食，我看还是免了这一节吧，我们应该先行焚香订盟才是。"野猫刘拴道："六爷说的自然很是，不过我们许多人都是初会，也应该借一杯水酒，彼此亲近亲近，认识认识。至于盟誓，他们哥们也早预备好了，你瞧，在那边屋里呢。我们都坐下吧，我们是且喝且吃且谈。"野蜂纪振江道："诸位太费心了，倒是这些位朋友，我们兄弟眼拙得很，请鲁东三豪给我们引见引见。"牛氏一党也道："我们久仰横江一窝蜂的威名，今日幸会，请房大哥给我们引见引见吧。"

房金熊就要逐个报名引见，野猫刘拴道："我看这么办，人太多，莫如咱们自己引见自己。"高锦涛道："自己可怎么引见呢？"赵东明在那边早就出了声道："自己引见，就是自己报名，喂，一窝蜂诸位方家，我小弟名叫赵东明，外号金钟罩，我跟点子……咳，何必管他叫点子，他不是叫阎王么，他也配，我们简直管他叫小鬼就完了。我跟小鬼倒是没冤没仇，只

是他伤了我好些朋友，现在他们哥几个要找小鬼算账，把我邀来，我也算一份。”又重复一句道：“小弟就叫金钟罩赵东明。”

二牛同党七言八语，跟声报名，报到牛氏弟兄，含糊述名没带姓，一窝蜂一点没理会。青蜂女侠微皱双蛾，觉得可笑，暗推灵蜂孙六一把，教他替群蜂报名，不要学他们自报字号。孙六容对方报完了名，便拱手说：“久仰诸位英名了，小弟是灵蜂孙六，这一位是我们伙计桃花蜂薛耀，这一位是夜蜂郭桐青，这几位是胡蜂胡日礼，土蜂王元定，惊蜂马冀野，银蜂贺保柱，黑蜂萧豪，黄蜂黄君远，野蜂纪振江，流蜂杨大川……”依次提名引见，到青蜂女侠，只得含糊其辞。这番聚会，抵面报名，双方帮友自然有先认识的，土蜂王元定、木蜂杜青林，和鲁东霍梦周早先联过手，此刻两人不觉凑近了，握手叙旧。

然后，宾主归座，传杯酬酢酒过三巡，灵蜂孙六道：“诸位高朋，我们现在置身虎口要剥虎皮，我看无须乎多讲虚礼，贵帮的朋友不是都在这里了，我们的人能来的也全来齐了，赐酒已经拜领，我们赶紧办正经事为要。”

金钟罩赵东明道：“对，本来无须乎摆筵，只是人家哥俩客气。”野猫刘拴急瞪他一眼，他一笑改口道：“现在，小鬼的生日眼看就到，我们打算趁他生日，宣布他的死期，实在日限没多远了。孙六爷，我们听听你的高见！”

一窝蜂中站起一人，是桃蜂薛耀，此人美如女子，和青蜂女侠对坐，如玉树双辉，难辨雌雄，可是他说话的嗓音很高朗，当下道：“我听我的头儿说，这一回我们两帮联手报仇，誓共生死，不但这么约定，还要歃血立盟，共饮血酒，这一手不能算多余。我们应该这样办一下，我们不要喝这淡而无味的面子酒了吧，我们喝一杯热热火火的血酒，也提提神。”说时，眼视着灵蜂孙六，暗催他向对方，要求快办这一节。鲁东三豪忙道：“我们早预备好了，老兄的话最直爽，既然订盟比喝酒要紧，请到这边。”立刻全站起来，移到对面厢房，对面厢房门窗全掩，早摆好香案，备妥盟单、朱笔、黄表，从人还缚着

活的白鸡、青羊。

群蜂群雄来到香案前，分立在两边，鲁东三豪为表示客气，就请一窝蜂燃香。灵蜂孙六略一寻思，口头微让，便慨然上前，把一股香点着，上前插香叩头，只插了三炷香，余香递给了鲁东三豪。鲁东三豪到了这时，不好再做主人，把香举了举，转递给牛氏弟兄。众人眼光齐看二牛，牛寿朋毫不推拒，立刻接香行礼，把香插在香炉中，叩下头去，以下便是双方到场的人，逐个叩头起誓："我弟子某某，祷告神明，与群蜂结盟共患，誓无二心。"

口誓已罢，更读盟词，牛寿朋将黄纸写好的盟词举起，大声朗诵，大意说："在盟之人，同心合意，立誓报仇，自同盟之后，决其生死，矢同祸福，报仇杀敌，奋勇当先，义不返顾，有险当先，有难不避，纵遇挫折，不渝此志，万一事败，在盟诸人必当藉舌受死，决不扳供，决不攀举同党，有违此盟，神明殛之。"

盟词读罢，又写盟单，把各人的名字，一个不落地全部写上，连同盟词，立刻焚化了。然后杀鸡宰羊，就用鲜血滴血，先祭天地，次祭鬼神，然后由双方首领，引头各饮血滴。更由赵东明当前致辞激励大众，再由灵蜂孙六和牛寿朋，分别陈辞激众，把阎王的罪状宣布了一回。双方又互相推诚述志，互致谢意，于是盟誓礼成，大家退出来，重归筵席，欢饮共谈，无非是激励之词，再不然，就骂阎王。

灵蜂孙六见时已不早，遣众分批回去，只留下几个人，和自己在此，跟二牛之党，细商动手的层次，定规下分头办事，每隔两三日，要互派下手，同换情报。于是应办的事，孰先孰后，谁办着相宜，都已议妥。两边的人或刺探帅府，或收买内役，或预备乔装祝寿的衣物，立刻忙起来。各项花销，初议分摊，因一窝蜂这边钱财不足，二牛慨然担当过来，居然很有义气。起初彼此偶存戒虞之心，等到联手办了几天事，居然很好，大家一齐放心，就是当天没有见过面的人，在加盟之后，

也零星引见，都已接过头。只有卢鸿飞公子，始终没有出面，没和二牛相见，别的人都算推诚相见了。于是群蜂和二牛居然打成一片，事情也办得一步比一步紧，日期也一天比一天近。

第四十一章 帅府祝寿

到了九月初，两边散在城外和远处的帮手，都催促赶到，横江一窝蜂留守的人，也送来一大批现银。到了九月十五，距阎摩王王锦城的生日只有十二天了，群蜂和二牛把一切人聚齐，一切事备好，静等着下手。当此时，徐淮一带的文武官吏，送礼的、祝寿的、照料效劳的，也就沓至纷来。祝寿的官员，有的是本人亲到，有的是派官差，押健卒，担盒送礼，礼先到，人后到。徐城地方骤形热闹，内外店房也骤多寓客，也有送礼的人，也有奉贺的人。有的是扮演杂剧的艺人，被阎王部下的文吏、将官传唤来，预备届时奏技祝嘏；变戏法的、唱昆腔的、跑马卖解的，形形色色，应有尽有。帅府门前已然悬灯结彩，府内花厅大堂，内室中庭，通通高搭芦棚，宴客的酒席，也设在芦棚内。又搭了四座戏台，以娱文武贺客，据说是阎王的五十整寿，故此大大举办。而内外戒备也格外森严，因阎摩王近来屡次破获刺客，故此警备加紧。部下的劲兵健卒，早由新升任的中军官和前后左右四营统带，督饬着昼夜分班站岗查街、下夜。亲卫队的正队长虎头罗蕴石、副队长鸡爪顾

英，更从护卫的武士拳师中，精选出武矫健者七十六名，预备到正生日那三天，专管保护帅座本身；至于大帅的宝眷，也另有护卫力士。总而言之，阎摩王为了装点荣华，收受贺礼，是一定要做寿。为了提防宵小，是祝寿纵然尽欢，仍不忘戒严，兵权在握，有恃无恐。况他在徐城，已非一年，既将地面治理得路不拾遗，他也就放心大胆了。

阎王做寿一天比一天期近，群蜂和二牛潜施阴谋，也一时比一时紧。

横江一窝蜂这一方面，由灵蜂孙六、卢鸿飞公子等，多方规划，居等弄到一个好机会。卢鸿飞公子潜伏不出，灵蜂孙六等昼夜间出，竟与一个棚铺工匠头，套弄同乡，摸到一条捷径。本帅府寿棚十数座，由一家棘厂承包下来，由九月初八早晨，开手搭起。棚厂伙计将应用的崭新芦席、沙蒿、竹竿、绳索等物，用大车装来，派几个手艺人，在辕门领到腰牌，陆续运往帅府。头趟车刚到，过来几个军健，将棚厂跑街、工匠，一齐拦住，动手搜检。府中干办人员忙上前搭话，证明无讹，仍将腰牌、门证验看过了，又把车上东西检毕，才准放行。运卸了数车，运来了数趟，把筑棚物件运齐，棚厂跑街领着数名工头，数名工头领着数十名手艺工匠和笨力小工，卸下席卷、棚竿，跟着就一齐动手。十数座席棚同时动工，连勘工，带卸料，要第二日报竣，所以人多工忙。

这数十名熟练工匠及笨力小工里面就有两个生色人物，一个是灵蜂孙六，一个是夜蜂郭桐青。孙六是小工，不会筑棚；夜蜂不知从哪里学会这桩手艺，居然大显身手。棚厂揽得这桩好买卖，大招工匠，先找工头，由工头再找帮手和小工。其中一个工头，和郭桐青叙乡谊，又是同行，亲热起来。

殊不知江湖人物多会几种方言，说他是江北人，就说江北话，说他是山东人，就说邹鲁方言。这个工头不知内中阴谋，只因他应下这手活，忽然手底下的棚匠有两名临期失踪，灵蜂孙六和夜蜂郭桐青乘虚而入，情愿把工钱提出四成给工头，来

接干这份事。人财两得，工头何乐不为；况且又是失业的同乡，理应照应，遂慨然雇佣，把夜蜂招为大工，把孙六招为小工。棚厂主人看孙六、郭桐青，土头土脑，只疑是乡下来的难民，没有饭吃，强来应募，再想不到他二人已经化妆，故意装傻。那工头一来为贪利，二来为同乡义气，极力帮腔，终把二人留用。横江两只蜂乘这巧机会，混入了阎王殿元帅府。

那工头还怕灵蜂孙六不会爬竿上高，灵蜂他们俩怎能不会爬高？两个人很不费事，深入帅府重地，搭了一天棚，把帅府路线，都暗暗记下，得与先画的地图印证，不啻得了指南针。事竣回去，遍告群蜂，又关照了二牛之党。

那一边二牛之党，金钟罩赵东明，却又由牛禄朋暗中设法，买通了帅府厨房茶役，经众公推金钟罩赵东明、金判官房金熊二人，乔扮水夫，混进帅府，探了一回道。那桃花蜂薛耀与粉蜂钱昭文，因生得容貌秀美，由卢鸿飞公子，引他二人到娼窑，挑识帅府师爷所宠爱的那个妓女小梅云，居然买得小梅云的欢心。由小梅云帮忙，把帅府内宅的建造格局，也重新调查了一下，拿来和先窃的房图对证，大致无甚出入。

群蜂和二牛汇集各方所得的消息，把路线勘确，以为帅府的秘密，已查得纤悉无遗，如在指掌之上了。只可惜他们疏忽了一点，他们所勘得的地形，只是帅府里面的外表；帅府西部隧道的秘情，就是帅府中的亲信，也尚不能详悉。他们到底小看了阎王，阎王纵粗鲁，为宦多年，识见日广，手下谋士又多，防患之心又深，在二牛叛逃之后，他早把整个帅府重加建造了。

群蜂和二牛自以为十分有把握，到底是冒险求功、报仇之心太切。

转眼间，到了做寿的日子，寿筵连开三天。第一天自然是先宴外官同僚，第二天宴部下文武，第三天是家宴。这天帅府悬灯结彩，卫卒森列，全换崭新的制服，持着崭新的亮银般的刀矛；远望帅府，一片红光，锣鼓喧天，弦管齐奏，有名的昆

曲戏班，在花厅前彩台上唱。同僚大官祝嘏之后，由寿翁身穿官服，花翎红顶，亲出来道谢，陪宾客到厅前看戏。戏台上登时停演，重跳加官，重行开锣。

同僚大官赴筵赏音，宴后小坐，点了一出戏文，看完了放赏，便坐轿走了；阎王亲送到辕门，眼看上了轿，方才回去。寿堂上，帅府处，都有荷矛卫卒戒备，阎王一出一入，更有死士扈从。当下，帅府热闹异常，歌乐齐奏，鼓吹喧天。

一连两日，灵蜂孙六、夜蜂郭桐青、金钟罩赵东明等，早已冒险混入帅府，青蜂女侠、桃花蜂薛耀、卢鸿飞、野猫刘拴、房金熊、周端五、陆鼎九，以及群蜂、二牛，二牛的阴党等，八十余人也分布在各处，静等信号，立刻动手。

掌信号的一共四人，一窝蜂这边是粉蜂钱昭文和一个帮手，二牛那边是高锦涛和一帮手。只等灵蜂孙六和金钟罩赵东明，看准下手机会，一放火箭，钱、高四人立刻就各把两个草垛点着，再把一处柴棚点着。他们料定三天寿筵，末一日穷欢极乐，乐极生疲，疲极动手，正是机会；好歹给他一个乐极生悲，把阎王送至死地，一消积恨。

粉蜂钱昭文候到二更时分，换上一身夜行衣裳，暗带兵刃，拿了火种，叫着同伴助手，悄悄溜到帅府马号隔壁的墙外。果不出群蜂、二牛所料，三天欢筵已到末天，只有乐事，没有一点噩耗，作主帅的或者还有防患之心，做小卒从官的可就放心大胆，一心一意要到治筵处，窃尝余味，偷喝剩酒，再抓个空隙，溜到回廊角门边，戏台角落里，能够偷看一两出热闹戏文，总算伺候阔官，没有白受累。固然长官也有匀分劳逸的安排，也曾颁给酒肉，但是好戏摸不着看，未免冤枉。他们站岗本分上下班，他们每一个岗位必有四人，要紧地段八人。这些帅府亲军卫士，便除了公事上的歇班之外，又私自向同伴告假，彼此轮班，抽换着看蹭戏、上厨房打零食；于是该四人一班的，觑人不见，变成两人了；该八人一班的，变成三人了；越到夜静该戒备的时候，他们弄鬼越甚。全靠长官查得

严，他们才加紧，但到后来，那些小武官也要看戏，也要侧居末席。小武官一松懈，卫卒全松懈起来了。他们忘了这是大帅作寿，只当是寻常过年，而且他们已经忙了七八天，也该着舒服一会儿了。一窝蜂与二牛死党乘此机会，一步步迫近了帅府。

群蜂藏在马号隔巷，这里本有岗，每一隅角，必有四人，此刻只剩下一两人。粉蜂钱昭文潜报同伙，把身子一蹲，往墙上一贴，一个卫卒荷矛过来，两目望空，似看星光，他的两只耳朵早伸得很长，已经扯到帅府内戏台上了。府内锣鼓声不断，正唱好戏，卫卒不觉随着调子，也唱了起来。粉蜂一身黑衣，这卫兵一点没觉察，一步一哼，走了过去。

粉蜂就嗖的一声，窜过去，又一跃，上了房；那同伴也跟踪而上。两人俯腰爬房脊，越到帅府邻垣，邻垣下也有岗；候到这岗上的卫兵挪了地方，二人就又嗖地一跃，上了马号的墙，一溜而下，贴马号墙根，蹲下身来，一动不动；微微侧首，往里面窥看。偷渡之功已成，他们现已进了马号。

马号内静悄悄，比外面还松，马夫们都没事了，上过了马料，卧倒睡觉，不睡觉，就赌钱。他们比卫兵还低贱，虽然戏台前挨不进去，大帅做寿，赏了他们许多酒肉，他们喝醉了。粉蜂与同伴见马号冷清，放心大胆，一步一探，往里面试行搜找，片刻之间，找到了草垛。两人大喜，匍匐蛇行。挨到草垛，觅寻潜身，静候信号，立即纵火。

那一边，二牛死党由高锦涛执掌信号，竟没有袭入帅府，在帅府邻近，找到一所民房。这民房也有草垛，也有柴棚，两人便选定此处为放火集众之处。两人悄悄地爬上房，执火种，听候动静。倒霉的自然是这所民宅了，命里该当遭受火劫。偏偏这民房的住户恰是阎摩王部下一员小校住家，小校偷空溜回家来，把筵上的蜜柑，弄来不少，给他的儿子、娘子吃，跟着讲起帅府的豪情乐事。高锦涛听得真真切切，心中一动，恨不得下去，把小校拿住，问他底细。

转瞬二更，灵蜂孙六、夜蜂郭桐青从帅府暗隅混入里面，

从花厅爬上芦棚，从席缝往下偷看。此时花厅听戏的人更多，可是要人渐少，全是帅府本署的幕宾侍从，内宅又全是大小部属的家眷，但是寿堂上的戏又演得正热闹，夜筵已在别院陆续开罢，堂中只设茶果。棚底下前排摆列大帅椅座，是备显宦贵人看戏的，此刻已多半空闲，正面三排简直没人坐。后面方桌长凳，聚坐着许多小官和师爷，人头攒动，痴痴的看戏台上的通天犀。后排又是数行长凳，两廊旁道还站着许多武弁吏员。

中军小校之类，一个个比赛着伸长脖颈，大瞪眼的看戏。那一班亲卫拳师看着贺客已稀，大帅又已脱去官服，和姬妾欣开家筵，用不着扈卫了，就由执事人把他们邀去吃酒，只留下十二个人，分布在花厅前后。

阎摩王在家筵后，和宠妾坐在内堂，看了一出戏，因在座的颇多部属的妻、子、女、太太们，他觉得不便，就又转到花厅，手绰虬髯，站在花厅厦下，望着这些帅府属吏，虽觉稍倦，心中是得意的。站了一会儿，那身边的侍仆忙给搬过交椅，又一小童便捧过茶来。阎摩王看了看，随即在厦下台阶上坐下，忽想起一事，叫一声："来人呀，把马中军唤来。"

马中军从前边跑来，将到花厅，放缓脚步，到帅座前行礼一站。阎摩王问了几句话，又吩咐了几句话，旋又想起什么事来，咳嗽了一声，命众人请孟师爷。侍从人一迭声传唉，孟师爷忽从戏台的后台内钻出来，他正与一个唱小旦的伶人捣乱，闻呼连忙肃容止声，整衣冠，迈四方步，走了过来，说道："帅座是叫晚生么，帅座真是龙马的精神，一连应酬了三天，丝毫不带倦容，真是福星福将。"

阎王不甚通文理，乍听龙马二字，眉峰一皱，意似不恰；但听到福将二字，他是久以此自许的，不由掀须笑了，又将面色一板道："铺张太大了，都是蔡知府的主意，我哪有心情闹这些麻烦。那件严断海禁、以消匪氛的奏折，上奏出去了没有？"说话时，孟师爷尚在侍立，从人已给搬来一把小椅子，塞在他的屁股后面，阎王就请他坐下。孟师爷连忙撮屁股尖，

侧身坐在椅子边上，回禀道：“清查海防的奏疏是韩逸翁拟稿的，逸翁的文笔是很好的，只是稍微慢些，听说还没有交缮哩。”阎王道：“好几天了，怎么还没有发出去。”说着回头看中军，中军忙代禀道：“昨天辕门放炮，听说那奏折已经转发了，是三百里加急塘报。”

孟师爷脸一红，“我倒不知道，原来已经发过了，大帅没有看稿么。”

阎摩王王锦城道：“这两天这个官儿来，那个官儿来，腿不歇，嘴不歇，心不歇，我哪有工夫看稿，想必是韩逸生起完了稿，随手缮发出去了。马中军，请韩师爷。”韩师爷是个胡子，浙江绍兴人，乙卯举人，专管奏疏，和孟师爷素来面和心竞的，正在外厅前座看戏。他被中军请来，仆人立刻看座，于是宾主之间，说起奏折的事。谈完了，又评论戏台上的戏子。二幕宾不知说了一句什么，阎王捧腹大笑起来，传中军到后台，把一个十八九岁唱旦角的，一个十七八岁唱小生的叫来，叫来问长问短，旋即摆酒果小肴，命二伶侑酒。

灵蜂孙六在棚顶上窥望良久，他并不认识阎王，但揣测举动，察看相貌，已料到此人紫面虬髯，形容威猛；这些中军都围着他趋前承后，他又做出谦恭下士的面孔送迎来宾，当然是寿堂主人无疑了。

过了一会儿，阎王饮了几杯酒，蹙眉捶腰，起身回内。恰巧金钟罩赵东明也已凑过来，孙六偷偷问他：“这个家伙大概是阎王罢。”赵东明道：“一准是他。”只可惜认识他的人，都没有混进来，但是这一定不会错的。

两人在棚上慢慢移动，赵东明又四面望了望，觉得帅府中人连日欢筵，人人疲懈，现在正是动手的时候了。遂与灵蜂孙六一打手势，他自己退下芦棚，绕到后厅，将三只弩箭，对准帅府东面墙大树上，用力射去，嗖嗖嗖，三声微响，三溜火光，直钉在树上。那潜藏在高棚的粉蜂钱昭文，和潜入邻巷小校之家的高锦涛，以及其他群蜂、牛党，正在等得心焦。钱、

高二人，一见箭到急急纵火，钱昭文把马号的草料垛，用火烜、油纸，一烘点着。马号恰有马夫在外面，见状大惊欲呼，钱昭文的助手早将一支暗箭，藏在手底，对准了惊呼的马夫心坎，唰的一下。这马夫带箭狂号，往屋内跑，钱昭文赶上去一刀，把马夫劈死。别的马夫乱窜狂奔，把东厩的人全惊动起来；可是火势已起，熊熊猛烈。两道浓烟，夹着火苗火蛇，往天空卷去，直冲夜幕，给同伴做了暗号；散在帅府近处的一窝蜂和二牛之党，登时一传两、两传三，互相关照，互相策动，各按预定的路线，往帅府急急偷袭过来。

那一边，高锦涛率一助手，伏在那个帅府小校家内，小校从帅府偷来果点酒肉，分饷他的妻、子。他的妻、子已入睡乡，被他敲门叫醒，很得意的把蜜柑、鹿肉等等珍食，摆弄给儿子、老婆看，教老婆给他热酒，是偷来的好酒，不可不尝。他的妻子睡眼惺忪，来到柴棚取柴生火。柴棚中就伏着一个刺客，房顶上还有一个刺客，小校的女人取柴时，险些死在刺客的匕首之下。幸而这女人迷迷糊糊，直走到刺客身边，也没有看出来，也就暂免一死。

房上的刺客就是高锦涛，正延颈贮望帅府；忽见火箭射出来，就手捏口唇，吱的一声怪啸。屋中小校掉杯问道："这是什么声音。"小校的女人在外屋骤闻怪响，又见人影扑出，吓得往屋内跑，说："柴棚里黑乎乎，有个大白脑袋。"一言未毕，满院忽发焦烈气味；呼的一声，火光照窗。

那放火纠众的两路刺客均已得手，高锦涛从房上窜过来，向助手点手，助手从柴棚钻出来，要往房上跳，可是飞纵的功夫又不好，正在游移，意欲夺门。忽然小校大呼火警，连叫走水，一手拖儿子，一手抱妻子，从屋门跑出来，也夺门往街上走。两方碰见了，这小校又吃一惊，骇叫："有贼。"牛党助手持刀喝令噤声，小校后逼火警，前逼夜行人，窘极越喊，女人小孩也叫唤不休。高锦涛咬牙，一抬手，嗖的一声，小校狂号倒地打滚，中了一箭，他的孩子女人都吓得匍匐哀叫。高锦涛

飞身跳下地，引同伴破门而出，小校与妻子也爬出火坑。

这放火的高锦涛与钱昭文纵火既已得手，便按原计接应同伴，往帅府里面闯，不走正辕门，从两侧斜袭入，仍要乘乱放火，火烧帅府。但元帅府既已闻耗，卫兵武士已仗利刃出来勘变、找贼、护帅府、卫主帅了。刺客方面同时下手，同时发动，正在仗利刃，攻帅府，找仇人，誓报旧怨深仇。

灵蜂孙六与金钟罩赵东明，在帅府内登高飞蹿，在帅府外，有二十多个同党，突然从一家民宅出来。这二十多人都是官弁卫兵打扮，与阎摩王帅府内的亲卫，穿着打扮，丝毫无别，这是一窝蜂最厉害的计划，鱼目真可混珠，要离刺庆忌，献身可以行刺。于是二十多人在僻巷列好队伍，打起官衙灯，人虽然少，有官有弁有兵，为首武官模样的人骑着马，列队火速前行，一阵风似的赶到帅府黑影中，还有步行的短衣人一帮，跟随在后。武官到辕门下马，口称有紧急军报，面禀副将，辕门小校不辨真伪，慌忙进内传达。片刻中军出来，在辕门与差官相见，假差官低声说：“奉苏抚密札，有机密文书，面呈交王军门亲拆，并且要立候回批。”说罢，拿出假文书、中军接过看了，心中迷惑，只得签发了回据，捧了文书，进了内署。

阎摩王已入内宅，脱去官服，闻请，从后堂转出，把文书拆开，文中字句非常古怪，有些看不懂，便命从人把师爷请来。那个孟师爷忙进内庭，请问大帅，有何吩咐。阎王王锦城道：“你看，这是抚台来的公事，这到底讲的是什么事，怎么我看不明白。”孟师爷忙双手捧接过来，只看了一眼道：“唔，怎么用札论，抚台和大帅乃是文武同僚，他怎么不用檄文，反倒用起札子来了。”阎摩王道：“我也觉得称呼不对，你看末尾居然用札饬字样，抚台和我是换帖弟兄，他就是狂放，也不会无端跟我端架子呀，我们品职一样啊。”

宾主正议论来文，在这夹当，芦棚上的灵蜂孙六和金钟罩赵东明已经发出信号火箭，重又爬到这边来，居高临下，看得

分明，并已远远认准这紫面虬髯大汉必是对头阎王。二人便略相关照一下，回身复抽火箭，忽地又掠起一溜火光，同时，马棚火警已然报到，一个马夫气急败坏，奔到花厅，才叫得一声："不好了。"被亲卫将弁一棍打去，逋声喝止。阎摩王忙道："什么事。"一言出口，亲卫壮士已瞥见后棚火起，忙叫道："后面走水了。"奔到前边，把谢队长唤出来，谢队长忙叫道："这火不对，快快禀知大帅。"谢队长立刻拨众扑向马号。

马号大火已起，帅府上下全已惊动，阎王站在内厅阶上，怒问道："是怎么失的火？亲兵营的统带哪里去了？"亲兵营徐统带从前边出来，不待吩咐，急急的招呼部属，扑火诘情，又传水夫备水，命武士护宅，但亲兵营的众武士，有的还在芦棚听戏，有的已入宿处歇息，统带出来进去，唤了半晌，只聚了二三十人。统带急得乱叫，喝命部属，把下班的人都找来，一面率领现有之人，驰赴火场。

那亲卫队四十八名力士分为两拨两班，此刻也只聚了二十一二个人，亲卫队力士长官虎头罗蕴石，恰在中军回事处，与一班同僚闲谈；忽闻火警，立刻惊动，急忙拿起兵刃，跑到外面，吹哨子集队，先拨人把住要路口，次率队奔寻大帅，来尽护卫之责。一般男女贺客也都惊扰，内处乱钻乱问，一霎时，帅府骚然。

第四十二章 群蜂刺虎

阎王到底是硬汉，是行家，一见火警甚冲，便觉得可异，见部下乱窜，勃然大怒，喝命亲卫队长不要救火，命令身畔力士全数人卫内宅，看守印信。力士长罗蕴石应命奔入内宅，阎王又大叫："中军何在，快把统带请来，教他督兵救火查贼。"又道："无故起火，必有奸细，你们把大门上了，不许人出入，你们要细加搜查。"正在下令，突然前边奔进人来，大叫："不好，前边有奸细，把中军砍伤闯进来了。"阎摩王叫道："今夜谁的班。"一言未了，前面早有卫兵，退守二门，把那假差官阻在外面，用箭抵挡。假差官混进回事处，漏了破绽，忙横刀觅路前闯，自有同伴认得路线，立刻往房边角门冲去。正是后边失火，前边闹奸细，阎摩王越加暴怒，正要追究责任。哪料到就在他头顶上，还有二个刺客，便是赵东明和灵蜂孙六。

灵蜂孙六和赵东明认准了阎王，又见卫士已奔往内宅，此处空虚，正该下手，便抽白刃，突然挑破庐棚，凭空而下，如箭驰一般，双双奔到内厅寿堂前。刀未下，暗器先发，两枝箭直奔阎摩王的面前和胸口，箭如流星驰驰发响。放箭人登时被

阎摩王看见，阎王忙问："什么人?"喊嚷时暗器已到，阎摩王急一闪身，大叫："有刺客，快拿。"孙六早已随暗器抡刀砍来，众人大哗。众武士措手不及，推倒闲人，奔来舍命拦挡。阎摩王回头便跑，直奔后厅，寿堂大乱，座客东倒西歪。突然从角门又扑来两个刺客，正是鲁东三豪。武士忙把两个刺客截住，举刀对砍，两刺客刺倒两三个人，满庭全是桌子、凳子和绊倒的人，不能前进。

孙六和赵东明却很得手，超越而进，竟到阎摩王背后，双刀齐下，恶狠狠砍去。阎摩王一个箭步，窜开躲远。孙六、赵东明越众急追，忽然那亲卫队长罗蕴石赶到，大叫："大帅快往这边来。"挺双矛过来救驾。可是一窝蜂也突闯来三个，是胡蜂、黑蜂和野猫刘拴，把罗蕴石牵住。但已缓了一步，阎摩王急急抢奔花厅，穿堂而过。

灵蜂孙六与赵东明，咬牙切齿，紧紧追赶。阎摩王跑到花厅屏门后，遇见两个武士，阎摩王挥手急叫："有刺客。"两武士本奉命入护内宅，见大帅奔来，骤然大惊，将手中兵刃一挥，忙迎上来道："刺客在哪里?"阎摩王又用手一指，却又突然上前，把武士的短矛夺取在手，这才大放宽心，急一顿足，跳出花厅。

那两个武士忙将腰刀抽出，把住屏门，赵东明已如电激风驰般，当先赶到，那二武士挥刀挡门。赵东明大喝道："呔。"一刀猛削下去，刀刀相格，火星乱迸，二武士大惊倒退。赵东明一拔身，斜从二武士头顶窜过去，二武士大呼，倒追过去。不妨黑影中还有灵蜂孙六，从侧面一镖，唰的打去，直掠武士，侧取阎王。当此时赵东明的刀已向阎王刺去，这一镖险些伤了赵东明，赵东明略微一闪，伏身又追，又钉。

阎摩王此刻身穿便服，但仍是长袍，脚下穿的是官靴，底厚衣长，奔走不利，他且跑且回头望。若仅区区两个刺客追赶，他并不怕，只是寿诞末日，火灾忽发，刺客忽至，料必来者不善，数必非一，更不知黑影中还有几个刺客，也不知有无

内奸，他不敢在花厅迎斗，忙又抢奔后堂。

此时全帅府都闻警变，知有刺客混入，士兵立刻绰刀搜查，却因刺客在前面聚集多人，假充差官，袭入辕门，挥兵刀大闹，帅府亲兵都不知真情，被骗到前面，只顾捉拿假差官，反把后面放松。又有一部分亲兵，听说后廊失火，又一同奔往后面，查究放火的奸细的前牵后掣，前后乱跑，在刺客猝发的当时一刹那，花厅内宅竟空了。府中人竟不知刺客在何处？共有几批？只有罗蕴石所率的亲卫武士，全是一些拳技之士，乍闻变故，急顾枢要，分出一拨来护印信，护内宅，又分出一拨来卫护大帅。大帅已奔到里面，他们持刀找到里面，但是席棚已经烧着，戏台下的宾客乱叫乱跑，戏台上的伶人穿着戏衣，也乱叫乱跑。众武士分开逃窜的贺客和伶人，往里急搜去，竟有六个刺客，守住花厅进口，挥刀乱砍，禁人出入，众武士忙抢上去，围攻刺客。

那亲卫队副队长鸡爪顾昊，本已歇班，也已闻耗奔来，一看火势，料到前门后厅，必是扰乱之贼，真正刺客一定混入里面。便统集十来个人，绕过走廊，离开席棚火场，一直驰救内宅。内宅大乱，所有一窝蜂和二牛死党，已分别先一步袭进来，那卢公子和青蜂女侠，从东街越墙跳入帅府，内宅瞭望楼上的护宅壮士，不幸扑奔内厅救火，只余下几个人，一见贼来，慌忙敲动警钟，把硬弩利箭扯满，开了窗口，照那驰奔内宅的人影乱射。但此刻青蜂女侠已陪同复仇主人卢鸿飞公子，仗利剑，握暗箭，率四只蜂，急袭入内宅之外，便来攻打后宅门，把发火之物放在恰当处，预备放火烧宅。

宅内原有十二个值夜的力士，此刻只有八个还在，见帅府两三处熊熊火起，人声沸腾，刺客在暗处，已在明处，还不知攻进来多少人；遂不敢应敌，依照遇警救急的办法，急将内宅正门上锁。又飞奔入上房告警，保护夫人、如夫人、小姐、公子，开地道，下地室，避贼避乱；其余力士就把守上房。上房关门熄灯，力士在内伏地下动，只伺隙往外放箭，仍匀出两

人，扯动活线警铃，催前边散值的力士，从地道通过花厅，入援内宅。

青蜂女侠、卢鸿飞公子，率四只蜂，攻打后宅，轰隆一声大响，把后门攻倒，却不从门洞入内，反在门口放起火来。青蜂女侠一身急装短服，抄宝剑，招呼卢公子："跟我来。"嗖的腾身上房，卢公子往上一蹿，墙高没有上去；青蜂系下飞抓来，卢公子急借力一扯，也由墙头跃到房上；四只蜂也个个跳上去，然后六个人衔枚急走，一同跳到墙里，呼噪一声，进扑内宅。内宅的女眷全被护宅力士救入地室，拜寿的女客有的跟进地室，有的没有，全听得鬼哭神嚎，钻在各房内。内宅也有芦棚，群蜂乘势也放了一把火。但是青蜂一伙与孙六一伙，牛党一伙与假差官一伙，竟分组成四堆三截，内外不能相通。

帅府初闻警大乱，稍后便施展出防卫的秘计，开动机关，把要紧路口的铁门放下来。这一来固然阻住了刺客，可是阎王也被阻在内厅，不能闯进内宅，而且急切间又不能钻进地道。内厅地道的入口，正在芦棚下，而芦棚上已然发火，灵蜂孙六和赵东明正在紧追。阎摩王像猛虎似的，穿着肥大长袖的便衣长袍，提短矛跳出内厅，心想奔入内宅，内宅铁门已关。又要退入内厅后方穿堂，穿堂也有地道入口，也有翻板机关；只要容出空来，拨动机关，便可拒住刺客，岂但拒住，更可以一开枢纽，四面铁网斗然而下，可把刺客一网打尽。想得固好，哪料灵蜂孙六和金钟罩赵东明，穷追不舍，半步不容，在他身边护卫的力士，又被他遣去护印，孙、赵双雄带夜蜂郭桐青，疾如流星赶月，紧紧追赶阎摩王。

阎摩王不愿以千金之躯，与刺客拼命。他如飞的奔到一道穿堂门，不料门已内扣，急忙退出来，改走别路，忽见房上人影憧憧，是卫士往下放箭。阎摩王大惊，恐受误伤，急又退回去，绕走另一道门，另一道门也已门扇紧掩。阎摩王暗叫不好，回顾身边护卫，一个也不见了，正是前进无门，后退无路。他就怒吼一声，大张武威，纵步直抢到这东角门，横臂一

推，用力一拉，咔嚓一声，角门门扇立刻拉倒，他就侧身而入。

就在这一俄延间，刺客灵蜂孙六、金钟罩赵东明、夜蜂郭桐青，两人前突，一人断后，已如飞鸟掠空，赶到近前，利刃一挺，又一扬，搂头盖顶，直劈下去。阎摩王王锦城觉得背后金刃破空之声，急急半转身，挺短矛招架。赵东明正要他如此，便一侧身，唰的一窜，超越到阎摩王的前边，阻住出路。灵蜂孙六这才从斜刺里，抡钢刀，一赶步，披胸刺来。夜蜂郭桐青趁机一抬手，寒光一缕，直奔阎摩王的面门，相隔数丈，竟比刀先到。

阎摩王急急低头，往旁跨步，所幸内堂到处全有灯光，比较好躲，但也就不好逃。夜蜂的飞镖当的一声，钉到对面柱上；孙六的刀跟踪又一劈。阎摩王转手横矛挡住，嗤啦一声，顺手把袍襟扯去，且战且退，要改道重逃，并振吭大呼："你们快来，好大胆，刺客在这里了。"

孙六、赵东明大怒，叫道："万恶的恶奴，你的死期已到，你还鬼叫什么！"赵东明利刃翻飞，孙六一手使刀，另一手把钢鞭也抽出，围着阎王猛攻，一招紧一招，竟走过六、七回合，未能把仇人刺倒。孙、赵大恨，刀鞭攻得越紧，两人都诧异，阎摩王这东西拥节钺，居高官，安富尊荣，怎么武功会没有忘？哪知阎王只躲不攻，他此刻惊慌实甚，拼命似的支持，心中只盼力士来救。力士都被刺客"极肆多方"之计所误，东挡一头，西堵一头，正不知刺客进来几拨，有点乱了阵，更被惊窜的贺客和文吏所搅，有招也展不开手脚。阎摩王苦苦支持了一阵，穿着这样的袍服，很是吃亏，百忙中将脚一踢，把厚底靴子甩掉，光着袜底，东闪西窜，好容易对付了几招，才见穿堂门开，奔出来五个力士。阎摩王大喜，忙叫："这就是刺客，我在这里呢。"不想力士刚来，门开处，又跟踪追来刺客同党，从房上跳下两人，从平地跟来两人，这两伙人竟在这别院一门前，乱打起来。

赵东明和灵蜂孙六觉着情势不好，恐怕再一迟延，卫士群

集，自己必受包围，不能成功。两人大喝一声，向续来的同伴招呼：“这紫面大汉就是阎摩王，休管别的，掏暗青子上。”

续到的刺客，有两只蜂，是胡蜂胡日礼、木蜂杜青林，还有二牛死党，是周端五和陆鼎九，见孙、赵喊出一声，往旁一退，分明留出发暗器的空，群蜂和周、陆抛开力士，立刻各取暗器，转奔阎王这里。那闻呼赶来救主的五名力士，一见这局势，不暇追砍刺客，慌忙飞奔过来，横身保驾，护住了阎摩王，同时叫道：“大帅快走。”

整理后记

本书最早刊于伪满的《麒麟》杂志，连载24章。1942年由北京文兴书局分三卷先后出版，共42章；1948年上海励力出版社分三集再版，但全书结尾，故事未完。

本社此次整理出版，前32章据北京文兴书局版，后10章据上海励力出版社版。

白羽武侠小说全集 二十

绿林豪杰传

白羽 著

山西出版传媒集团
北岳文艺出版社 ·太原·

图书在版编目（CIP）数据

绿林豪杰传 / 白羽著. — 太原：北岳文艺出版社，2022.1
（白羽武侠小说全集）
ISBN 978-7-5378-6468-8
Ⅰ. ①绿… Ⅱ. ①白… Ⅲ. ①侠义小说—中国—现代
Ⅳ. ①I246.5

中国版本图书馆CIP数据核字(2021)第216567号

绿林豪杰传

白羽 / 著

出品人
郭文礼

选题策划
孙茜

责任编辑
孙茜

印刷监制
郭勇

封面插画
杨苇

封面设计
阎宏睿

出版发行：山西出版传媒集团·北岳文艺出版社
地　　址：山西省太原市并州南路57号
邮　　编：030012
电　　话：0351-5628696（发行部）　0351-5628688（总编室）
传　　真：0351-5628680
承 印 者：山西人民印刷有限责任公司

开　　本：890mm×1240mm　1/32
总 字 数：5280千字
总 印 张：200.625
版　　次：2022年1月　第1版
印　　次：2022年1月　第1次印刷
书　　号：ISBN 978-7-5378-6468-8
总 定 价：1380.00元（全25册）

明朝末年，河南桐柏山下，有一位名叫汪青林的猎户。汪青林少年慷慨，为人正直，在一次围猎中，得到少林寺高僧永明赏识，遂将全身绝艺传给汪青林，并嘱汪青林仗义行侠。

时值战乱纷起，闯王李自成大军，进逼潼关，直指京城，势如破竹。明廷大恐，招兵买马，横征暴敛，鱼肉乡里，民不堪生。汪青林率领全村猎户，毅然揭竿而起，响应闯王义军。

府官闻知，即派重兵围剿，汪青林率领义军，与官兵斗智斗勇，展开厮杀。

目录

第一章

桐柏风凄血泊狼声临死域 荒林人寂火光箭影出奇僧

河南省西境南境多山，山多狐兔。住在山脚下的庄稼户往往趁月上山打猎，可也有的田无一垅，地无一亩，专靠打野味糊口的，那就是猎户了。他们打野味的法子很多，有的赶帐子，设围场；有的火熏兽穴，网捕飞禽；有的用小羊小猪做诱饵，诱捕当冬乏食的野兽；有的在山溪水道边，掘下陷坑，埋下窝刀毒弩，用来猎取前来喝水的兽群。他们常常组成猎队，深入山林，连虎豹大熊也敢打，因此他们都是些胆大力强的汉子。

这一年冬天，住在桐柏山麓大坡岭地方的猎户，又组成一队猎队，深入寒山大搜。壮丁们拿了猎具，虎刀虎叉火枪毒箭，前去搜山；那留在山坎下看守猎帐猎车的，是一个老头儿和一个小孩。这个小孩名叫汪青林，年纪才十四岁，生得粗眉大眼，浑身像个黑铁蛋似的。他父母早丧，只有兄嫂；他胞兄汪金林是个很健壮的猎户，不幸新近捕猛兽负伤，一条大腿溃烂成疮，不能走动，进山大搜时，就没法分给他汪家的这一股份了。这时候猎队中拿着双份、专管勘寻兽迹的老师傅，就叫

汪青林替他胞兄顶一股，也跟着入山。这是同行老交情的照顾，虽然有他一份，毕竟因汪青林年纪小，不把吃紧担险的活计交给他。在搜山的这一个月，几乎总是派他看老堆儿，而且也不是他一个人，还有那个老头儿。那个老头是个酒鬼，不知怎的不小心，把自己的酒葫芦摔碎了，酒全洒了。老头儿懊恼着，要到山脚小镇上沽酒去，汪青林留不住他，他说天太冷，不喝酒简直活不了。好在往返不过十几里地，汪青林只催他赶快回来。酒鬼老头提了一杆猎叉，一径去买酒器、沽酒浆去了。不料在他们的猎帐后，忽然窜来了一只巨狼和三只小狼。这分明是饿狼，它们很凶猛地奔猎帐扑来。

猛兽侵袭猎户，猎户们本有防身制险的经验诀窍。若遇见饥狼饿虎，或兽群，或子母兽，千万不要迎门，最稳当的法子，是赶快爬上树，拿鸟枪专击他们。野兽的习性，本来是避人怕人的；它若是遇见人不躲，一直扑上来，那必定是饿的狠了。现在这大小四只狼，不用说，定是子母兽，而且又是几天没吃食，饿疯了的贪狼，硬来扑猎帐擒猎食来了。这应该躲，可是汪青林年纪小，“初生牛犊不怕虎”，他竟大喊了一声，扬起标枪，照当头那只巨狼投了去。

这一抢正投中，可是巨狼就地打了一个滚，标枪被滚落，狼肩浴血，狼眼通红，低嗥了 声，并不逃走，仍急速地扑到。汪青林往两旁急急一瞥，猎帐这边有一堆柴火，火光熊熊，烧得很旺。他赶紧俯腰捞了一把，把一柄猎叉抓到己手，急忙奔跳到柴火堆旁。他知道任何野兽都怕火亮，他右手挥动猎叉护体，急蹲身，左手拾起一根燃烧着的木柴，他就抡了起来，烟火迸发，巨狼果然不敢近身了。它竟掉转头，扑进猎帐，很快的叼起一只死鹿，要跑又不跑，它是引诱着小狼，叫它们也学着来擒猎物。在饥饿之下，三只小狼早不待叫，已经自行扑入猎帐，自行抢起死狐兔。小狼毕竟傻，三只小野兽，竟对夺起来了，狺狺的且抢吃，且争嗥，偏偏忘了走。

那母狼衔着到口食，奔开去，再奔回来，低低叫着，定要

引着小狼，跟它一块跑。小狼不听那一套，反而且吃，且抢，且叫，留恋在猎帐里，不肯学它娘，衔了口中肉赶快逃走。这就惹怒了十四岁的小猎户汪青林，这真是欺人太甚了！狼竟向猎户手中夺食，而且还流连不走。他大骂道：“好畜生，你倒享起现成来了！”一手舞动柴火，挺起猎叉，奔过来跟狼打架。他手挥叉落，叉得正好，杀了一只小狼，皮破肠流血满地。汪青林很振奋，第一叉奏功，第二叉又叉中一只小狼，这回扎的不好，叉陷入小狼体骨内，一拔，未拔出来。那母狼不要命的护犊，一片嗥叫声，弃下口中食，猛然像电火般飞蹿到汪青林背后，人立起来扑他。汪青林急闪身，猎叉丢掉了，抡起带烟火的木柴，猛打这母狼。母狼狂怒，一点不怕，扑倒下去，又人立起来，张牙舞爪，血红的饿眼瞪着汪青林的咽喉，利齿粼粼的来咬咽喉。汪青林连忙退躲，狼牙咬住他的肩头，一阵奇疼，他暴喊一声，就手抓住狼的前爪，猛力一推，没推开；他就换双手猛力一擒，把狼擒起来，后腿离了地。狼没法用力，张开血口再来咬，汪青林侧着脸扭躲，就势狠命一摔，把狼摔在烈焰熊熊的柴火堆中，把自己也一栽跪倒了。他仍按住了狼在火堆上，不敢放手，烟火燎着他的眉毛，狼身上的毛起了火，狼负痛怪嗥，陡生大力，突然的窜起来，又一扑，把汪青林扑倒，张口又向咽喉咬。汪青林用两手来支拒，已然抵敌不住拼命狼的血口和利爪。汪青林狂喊了一声：“哎，打狼！”狠命往起一挣。不知怎的，那狼惨嘶起来，身子一挺，血淋淋压着汪青林，头歪爪松，体似筛糠的发抖，劲头懈了。汪青林猛地一翻，把狼翻落地上。他恐狼再起来扑咬，忙不迭的张手按住了狼头。狼头顺嘴耳冒血。

背后忽有人叫：“小伙子，不要怕，狼活不了啦！”说时他觉得身被一个人拦腰抱住，硬拖到一旁。

汪青林喘不成声，回头一看，是一个中年瘦小的行脚僧，把自己救了。低头细看，有一支短箭，穿过狼耳颊，直贯入狼脑，巨狼此刻已经气绝，小狼也被行脚僧杀了。行脚僧笑道：

"小居士，你胆力很不小啊！"

这行脚僧当时的法名叫作永明和尚，自称是少室山少林寺的游僧，有着很好的武功。他清清楚楚望见了一个十几岁的小孩，独力搏狼，力气不大，却在生死呼吸之际，神智丝毫不乱，觉得这样人材似可造就。这时汪青林已然负伤，永明和尚说："狼爪有毒，我给你赶紧治治罢。"汪青林道："我们猎户自己有药。"和尚笑道："你且试试我的药，也许比你的药灵效。"说时便把汪青林扶进猎帐，一面治疗，一面问话："你小小年纪，怎么一个人看守猎帐？"又说，"你天资很好，可愿习武？你家里都有什么人？"汪青林道："习什么武？我家里只有哥嫂。"行脚僧笑道："习武，习的是窜山跳涧之能，屠龙射虎之技。"汪青林欣喜道："那倒不错，可是上哪里学去？"行脚僧道："跟我学！"汪青林张眼打量永明和尚，有点信不及。永明和尚冲他笑，反问他道："你们家自然是猎户了，你自己是不是也想打一辈子猎？你可愿意学会惊人武艺，替人间一扫不平么？"

汪青林若有所悟道："是当侠客么？飞剑诛贼官，杀恶霸么？"

永明僧道："对了！"

汪青林道："好好好，我愿学。"

永明僧道："你愿学，就得跟了我吃苦，还要有长性。"

汪青林道："这个我全成。"

永明僧却又道："光你愿意不行，还得问好了你的兄嫂。"

汪青林十分欢喜，就邀永明一同上他家去，面见他兄嫂。永明微微一笑道："好孩子，你有这个志气，不必忙在一时。"当下问明了汪青林胞兄的名字和住家，直等到醉鬼沽酒回来，这行脚僧方才作别而走。

过了一两月，这天汪青林独自在村口眺望，永明和尚忽然来了，汪青林很高兴，叫道："师傅，你可来了，我跟我家说好，只要不耽误给我哥哥工作，他准我跟你老学本领。"可是永明和尚口气变了，他先对汪青林讲了许多江湖上游侠的奇闻

逸事，鼓动得小孩子如醉如痴，恨不得立即拜师学艺，离家出走。永明却把话兜转，讲出习艺时种种艰苦锻炼，要汪青林暂且瞒了兄嫂，先跟他试一试真心，约定了一个秘密见面的地点，叫小孩子风雨无阻，每天跟他见一回面，谈一会儿话。游僧说：拜师学艺的第一步，就是能尊师守秘，能割舍骨肉之情，于是乎举出了许多仙人试真心的榜样。汪青林一心想学绝技，这时候游僧的话他完全信从。

如此过了半个月，游僧怎么说，汪青林就怎么做了，但是等到真个开始传艺时，永明和尚不专教汪青林独一个，还另外带来了一个十二三岁的孩子。

汪青林再也估不透：永明和尚大有深心，大有隐谋。他不是为了教汪青林而教汪青林，他是为了给那十二三岁的孩童找“垫招”，做下手的人，方才物色汪青林这个小猎户。

永明和尚必须要成全这个十二三岁的孩童，必须教会这个十二三岁的孩童以精深的武功，单人学拳技，无法递手，故此他无意中发现了汪青林这个小猎户，有意的要用他给爱徒“接招”。

如此，汪青林实在是做了那个十二三岁小孩的“习武伴童”了。永明和尚的心血，是要培植那个孩童，然而天下事难可逆料，有心植树树不成，无心栽花花独茂。永明和尚巧用汪青林，一直用了半年多，忽有一天，遇上一桩事，证明汪青林小猎户实在是个可爱的好门徒。这才感动了游僧永明，这才把汪青林正正经经，收列门墙。

永明利用汪青林，别有苦心；在这半年中，每十天才叫汪青林见面两次，至多三次，每次一整天，或仅仅半天。对汪青林的兄嫂扯着谎，说是近山一座小庙的老和尚，花钱雇小孩给他撞钟和汲水，给的钱很多，比帮着打猎上算，老和尚抽暇还教他认字念经。汪家的人都信以为实，顶要紧的是汪青林像吃了迷魂药，一定要这么做，别人拦他不住。永明和尚大概是先把精妙的武艺，传给那个小孩，然后每旬中逢一逢五，才用汪

青林给小孩垫招试架。因此，汪青林饱听了江湖异闻，实际只学着拳技一点皮毛，所谓“半拉架”。当然汪青林起初觉不出来，渐渐的也琢磨出味不对了。永明和尚对待两个小孩，显有偏向。其中自有原因，不过汪青林并不知道。

说来话长，原来所谓小师弟熊忆仙，实在是个女扮男装的孤臣孽子，是个家遭冤狱的小姑娘，是明季辽疆大经略熊廷弼的弱女；是忠心耿耿，镇守边关，力扼鞑虏，不幸遭权阉佞臣昏君的猜忌，以功为罪，身被残杀甚至“传首九边”的民族英雄的遗胄。永明和尚（当然他从前并不是个和尚）受着托孤之重，要给忠臣留后嗣，要给人间留正气。他对两个徒弟有偏心，也可以说是伤心人别有怀抱。

当下，小徒弟熊忆仙忽有十几天没来，汪青林照常去；师傅永明和尚没精打采，停止了教艺。汪青林就问：“熊师弟怎么没来?”永明回答：“他病了，他身子骨单弱。”一连数日停止教授，汪青林噘着嘴说：“师弟不来，赶明儿个我也不用来了，等着他病好，我再跟着他一块儿学。”

汪青林把不乐意的口气完全表露出来。永明和尚矍然一动，嗤的笑出声来，道：“他不来，我单教你。来，跟我上山。”

永明和尚带了汪青林，到一土岗，练习登山，一连六七天。

这一天，师徒练完了拳技，站在土岗上，歇息闲眺。远村近林，古道迂回，他们望见了道上往来的行人；他们旋又望见了一个妇人姗姗独行，从大道侧斜趋疏林小路；旋又拂地倚树坐下来，好久也没有动。日影渐斜，行人渐少，那妇人站起来了，且走且停，倏然转身进入疏林，再也望不见了。

永明和尚唔了一声，隔离稍远，望得见形迹可疑，听不到声息有异。永明和尚瞩目疏林，才待举步，汪青林猝然叫起来，扯了师傅的手，奔下土岗。

就在这俄顷间，他们忽望见古道那边，浮尘起处，驰来了一骑马。马上扬鞭的，是一个兵官打扮的男子，气势威武，蹄声嘚嘚，一直奔向疏林小道，转瞬到了林边，那马蓦地放慢

了，走过了，那兵官扭头回顾了。跟着马停了，兜转了，跟着那兵官面向疏林，翻身下马，牵马寻觅林径进去了。“恻隐之心，人皆有之。”谁能见死不救呢？永明和尚冲着惊慌疾走的徒儿，微微一笑，汪青林还是往前抢，要跟踪入林，绕林而行，从别一方面潜身而进。越走越近，渐渐听出，从林中传出来女人腔的哭声。

“哦，那妇人真是上林子里寻死的，师傅，咱们快过去瞧瞧！”汪青林年轻人心肠直，一个劲的往前挣，永明和尚扯住了他的手，说：“不要忙，不要忙！”既有兵官进林救人，他们师徒不妨落后。

可是就在这时候，太阳衔山，野风摇树，沙沙的响，林中的女人哭声忽停，另传出别样声息。永明和尚双目一张，扯了汪青林，飞快的绕道奔林那边走。忽地传出来女人腔的怒骂，忽地传出来女人腔的惊喊：“救命，救人呀！”

原来那个骑马的兵官，一开头听见哭声，下马来救人，不料当他拴马入林一看，发现是这么年轻一个女人，素衣素裙，饶有姿媚，在一棵歪脖树下，悬结衣带，悲啼着正要引颈就缢。他陡发慈心，把女人救止住，用好言慰问了一番。问明这女人并非村妇，竟是个富室孀居的逃妾，饱受嫡室毒虐，又遭嫡长子大少爷的非礼觊觎，惹起嫡少奶奶的恨妒。于是罪孽深重，被嫡室大夫人苦苦的殴打，骂她狐狸精，葬送了老的性命，又来勾引小的乱伦。拘了几天，挨了几天饿，幸免一死，她乘隙逃出火坑来，奔回娘家，诉苦求救。娘家怕财主，不给她做主。她没胆量上衙门鸣冤告状，告状也不见得官儿肯替穷人贱妾申冤。她懦弱的哥嫂竟不敢收留她，也不容她自逃活命；因为她被卖给财主为妾，她兄嫂怕事，倘或夫家找来要人，岂不是祸延自身？嫂子极力主张，哥哥诺诺帮腔，反劝她速回火坑，到夫家守节。守节就是送死，哥嫂一鼻孔出气，责以大义，劝她回去送死。这可是比“饿死事小，失节事大”还狠毒一些。她左思右想没有活路，当她哥哥商量着要亲送她回

夫家的时候，她自己悄悄的从娘家逃出，便奔到这疏林中，哀哀哭诉早死的爷娘，打定主见寻死，要脱出这人间地狱。

这兵官很表同情的慰问她。可是“怎么安插她呢”？紧跟着就是劝她“往前走一步”——改嫁。她竟长得这么漂亮，哀艳之容打动了官兵；四顾无人，凝眸谛视，这兵官陡然把好心变成了兽念！他满脸上带着轻怜蜜爱，他劝少妇改嫁，他就要在此地，在此时，叫少妇跟他“往前走一步”！他公然掏出一锭银子，他公然动手动脚！

少妇才脱虎口，又逢蛇蝎，她满腔悲愤，恶狠狠唾了一口：“你这男子汉枉披了人皮！狼心狗肺！你给我滚，我情愿死，也不给人糟蹋！”推开兵官，踉跄奔跑，重要上吊。兵官不容她，紧迫上来，脸上堆满猥亵的笑容，无耻的说：“小娘子，你夫家拿你不当人，你娘家也拿你不当人，年轻轻的何必守节？何不趁时寻乐？告诉你，我还没有妻房，我大小也是个官，今天相遇，就是天假之缘！”他就悍然动手，把少妇抓小鸡似的擒住。

少妇失声绝叫：“哎呀，苍天！”她几乎被冤愤气炸了肺。她拼命的挣脱，狂呼，痛骂，下死力挝打兵官的脸。兵官狞相大露，不顾一切地逞凶。一个支拒，一个行强，这景象被汪青林远远看见，而且听见连喊：“救命，救命！”

汪青林也失声惊叫起来，“不好，师傅，快快去救人，快快去打这强徒，这恶棍！”

永明和尚不用说，早就料透；然而他瞥了小猎户汪青林一眼，很古怪的冷笑道：“还别忙。小子，少管闲事，等一等……”

汪青林等不及了，他义愤填膺，拔腿就要跑上前。永明僧一把揪住了他，说：“你……”小猎户瞪着眼吃吃的说：“你你你不是说，学会惊人艺，打尽人间不平，你你怎么见危不救？咳，你你瞧这恶棍把人家按倒了！”

少妇气力不支，果然已被兵官按倒，可是她依然拒抗强暴。一男一女在地上翻滚，少妇锐声呼喊，已喊得气喘声嘶，

可是依然喊。那兵官东张西顾，依然疯闹下去，想是他也怕人听见，就腾出手来，叉少妇的嗓子眼。少妇竟很顽强，咬破自己的舌头，含血喷这强徒。强徒恚怒，就殴打这少妇。

情形危迫，永明僧很为动容，小猎户激动更甚。永明僧抓住小猎户的手，他就极力往外挣夺。但是永明僧仍然不慌，反而问徒儿："你没见那兵官挎着刀，马上还带着弓箭袋？他要行凶呢！"小猎户答口说："行凶，打倒他！他一个人，咱们爷俩。"

永明道："好孩子，你有胆量？现在我不能出头，我想只叫你一个人去救……"

小猎户汪青林道："好！"挣脱手，就要跑，并且说："我若打不过，你老接后手。"永明仍然抓住手不放，心想："这孩子倒有胆气！"便悄声开口："就让你一个人去救，可是你不要逞强，他是兵官，你打他不过。你可以说好话把他劝住，或者用巧法把他调开。佛门劝善，要拦住他调戏妇女，又不可动武，你可行吗？"

汪青林眼光闪闪的说："快松手罢，我行，我准行！我把军官好好的哄走，你可赶快救那女娘！"永明忙道："那当然，咳，有了！你可以跑过去，到那女人身边一站，你管她叫姐姐，你问那兵官做什么？强奸民妇，决不会当着人的，更不会当着弟弟污辱姐姐。你只施这一招，给他打岔，就把女人救了！"汪青林不耐烦，连说："是是是！对对对！"甩手拔腿，如飞的奔过去了。

但是永明又如飞的赶上他，截住他，就地抓一把土，说："闭眼，闭嘴！"往汪青林脸上抹了满把土，说："去罢！"顺手将一根短棒塞在汪青林的掌中。汪青林一溜烟去了，永明紧紧跟随，藏在树身后，要看看小孩子的胆谋和做法。

永明僧眼看着汪青林像箭似的，驰向是非场。兵官在林中，那兵官的马拴在林边的一棵树上。汪青林持棒先奔临，忽又变计奔马，扑到兵官的坐马前，伸手解开了缰绳。

他回头看了看师傅，师傅隐藏起来了，他就转脸往兵官那边看。那兵官撕撕掳掳，依然行强；那少妇口角流血，喉咙嘶哑，依然拼命喊拒。汪青林忿极，从地上拾起几块石头；他就往前跑了几步，拿出飞石击鸟的本领，刷刷刷，三块石头全打中兵官的脊背，打得很重。他呐喊了一声，回身就跑，飞身上马，把鞍头挂着的黄布包袱跨在自己肩头。

他高声喝骂："无耻的强徒，你瞧，把你的马，把你的包袱，全数孝敬给小太爷吧！"勒转马头，绕疏林跑下去了。

他从永明和尚藏身处一掠而过，他向师傅挥手势，使眼色，递暗号。他居然策马跑开了，且跑且回头，看一看兵官意待如何：是奔追骗马的人，还是仍要污辱少妇？

那兵官连挨石块以后，一跳蹿起来，回头瞥见一个土头土脸的小贼孩，掠取了他的包袱，盗骑了他的坐马跑掉。兵官大怒大骇，他并不怕小贼孩，他未尝不想先恣兽行，再追奔马；可是有一节，挂在马鞍上的黄包袱，里面有着一件"公文"，是一件驰报军情、烧封角、插鸡毛、五百里加急赶送的文书，统帅不派遣帐下卒，单遣他这中军小校，足见军情重要。现在黄色包袱和军马齐落在小贼孩手中了！丢了马，还可以赔；丢了黄包袱中的紧急文书，那……就连性命也保不住了。

兵官狼狈地怪叫起来，丢下少妇，拔出腰刀，没命地追赶拐马飞逃的小贼孩，且追且喊："呔，站住！小贼好大胆，留下包袱，留下马，饶了你的命！"

"小贼孩"一阵狂笑，举着短棒，摇着黄包袱，纵马如飞地跑去了，一点不怕兵官的奔逐威吓。更叫兵官恨的是：兵官紧追他紧跑，慢追他慢跑，不追他不跑……小贼孩控制着马，又像会又像不会，以至于人没摔下马来，马却似乎脱了缰，离开大道，落荒乱跑起来。

当下，四条腿的逸马落了荒，两条腿的兵官也只得落荒追赶；越追越远，越远越离开了疏林，永明和尚从隐藏处一跃而出。

他看见那少妇幸脱强暴，羞愤气噎，爬起来，又栽倒，软瘫在草地上；最后挣扎起来，想离开“是非地”，无奈气力用尽了，她两眼直勾勾的往四外一看，又抬头一看，歪脖树就在面前。她泪如雨下，挨上树边，伸手又在结带，还打算上吊自尽。

永明和尚陡然如飞鸟掠空，窜了过去，轻声拦阻道：“女施主，慢来！”

这轻轻的一声拦阻，在少妇耳畔，宛如响了一个焦雷，她喊了一声，又软瘫在地……

永明和尚皱了眉，立在少妇对面，急切委婉的说劝。少妇已是惊弓鸟，永明僧大费唇舌，才劝止住少妇的死念，又大费唇舌才获得少妇的哭诺，答应跟着和尚逃走。“跟着和尚”，这是多么可怕的一句话啊！永明僧焦灼的由急劝改慢劝，几乎说碎了舌头，说明出家人和平常人不得一样，而自己绝不是花和尚。少妇哭哭啼啼说：“你老人家行好吧！人哪有不贪生的，我实在没活路。”永明给她指出活路，然而她此时又已走不动；她又不容和尚搀扶，和尚尤其不敢搀扶。

几费周折，永明和尚才得将少妇引出险地，伴送到附近善良人家。他明白：“一个人是没法行侠仗义的！”经他设法，由一位贫妪暂时收留了少妇。永明说她是庙里的施主，因怄气出来寻短见。他说：“我现在就去通知她婆家。”

随后，永明僧“救人救彻”，把少妇安置到他那个男装女弟子熊忆仙潜身的山村里。熊忆仙并不是因病停学，她是既遭家祸，又丧慈母。她那哭瞎眼的老娘，在她父亲熊廷弼被冤杀之后，辗转逃亡，不堪折磨，抱病死了。她葬母之后，正在守孝。熊忆仙只是十三岁的小姑娘，需人照顾；永明僧这才想到一举两得，把力捍强暴的富室逃妾，转送到山村，做了熊忆仙的女伴，暂使薄命人患难中相助。此是后话不提。

话说当下。永明僧很焦灼，把逃妾才救出险地，便立刻去寻找那门墙外的徒儿小猎户汪青林。他担心汪青林的安危。为

了救人，汪青林盗官马，窃文书，已犯杀身之罪，若被色狂兵官赶上，就难逃活命。汪青林不过是十四岁的少年，倘有不测，永明深觉负疚。他急急的搜寻喊叫，好在兵官没看见永明，也不知道汪青林的姓名。永明编好了谎言，他连唤清荟，倘遇兵官，便说清荟是自己的师兄，也是个老和尚。可是他寻出多远，叫遍旷野，不但汪青林没了影，那兵官也没了影。

永明僧不禁心慌，苦苦的搜喊了一圈，渐渐月影迷离，好容易才在很荒僻的山径旁，发现了那匹官马，拴在小树上，那只黄色包袱就挂在树梢上。永明把颗心放下，“汪青林这孩子居然这么胆大，这一定是他干的，他一定抛开兵官，悄悄溜回家了。这马这包袱一定是他弄的！”永明飞奔过去，先摘下那黄包袱，取出官文书，毫不介意，撕开了就看。

永明和尚心中暗想：如果是远疆军情、抗胡的文书，他就把文书和马，乘夜全送到县衙。不料他拆封一看，是一封催征“辽饷”移充“剿饷”的官书，和一封镇压闯将、掩击“流贼”的调兵檄文。永明冷笑了一声，想起了熊廷弼努力抗胡，反被惨杀，把文书咬牙切齿扯得粉碎。连那黄包袱，一并掘坑埋入地下，以免嫁祸附近乡农。

此外还有那匹马，也是祸苗，若不灭迹，万一有人捡便宜，必然掀起冤狱。于是永明想了想，牵了走，究竟不妥；便把马鞍全套卸下来，也深深地埋入土中。然后手牵了马缰，驱入山林，再解下马缰马嚼，狠狠打了几下，马跑掉了，不久便能变成野马。然后他对月长啸，转身回走，很快的走回那个“是非场”疏林边。

月影横斜，忽听土岗那边清啸，是童子腔。永明一块石头落地，这是汪青林小猎户，他办完了义举，绕回来了。

师徒见面大悦，各诉自己做过的事情。原来那见色起意的兵官堕山涧摔死了。究竟是失掉官物，畏罪情急自杀？还是急追逃马，失足掉落山涧？汪青林坚说弄不清楚，反正是人死无对证，又除去一害罢了。师徒又忙着去把兵官的尸体掩埋了，

消灭了一切足以遗祸的痕迹。这时已快天明，永明僧把小猎户带到自己潜身之处，次日才捏好了假话，亲送他回家。从此，永明和尚很器重汪青林："这孩子人小心胸大，有胆有智，有义有勇，真是材堪造就！"永明和尚正正经经把他收为门徒，指授技击秘要，宣扬做人的大道理，细细讲出明朝廷君昏臣贪、残民以逞的种种秕政，也教给他黄梨洲的"民为本，君为轻"的反古新理学。

汪青林本来只给男装的熊忆仙"垫招"，现在是一样的互为下手了。虽然耳鬓厮磨，汪青林始终不晓忆仙是师妹，不是师弟。那时候女孩们都缠足，熊忆仙幼遭家难，托孤救孤，不但没缠足，也没穿耳。除了眉目清秀，嗓音细嫩，久惯男装的她，一点看不出是女孩。

不过男女体质究竟不同，经永明僧秘密传艺，过了五六个年头，这男女二徒渐渐变得各有所长。汪青林学会了很多武技，登山窜高的本领尤其精妙；熊忆仙却只会骑马击剑和发暗器射箭罢了，对兵法也很有心得。

等到汪青林二十岁的时候，永明叫他行了出师礼，赠给他几部书，秘嘱他许多话，然后师徒洒泪而别。永明僧带领熊忆仙，另有图谋去了。后来就发动了"雄娘子"的骠骑义兵，其实"雄"娘子本姓"熊"，就是这个男装的女侠。

汪青林学会了惊人艺，仍在故乡打猎待时。这时节明朝大局越坏，地方官急如星火的催征辽饷、剿饷、练饷……不但把"安内攘外"的兵费全搁在农民身上，另外还有权阉奸臣们收的贿赂，比正税还紧还重，乡约里甲替县官催征，老实人不免自己受害，刁猾的就从中渔利害人，渐渐的闹得民不聊生，愤愤思动，就短少一个陈胜吴广出头发难了。这个豫南发难的人，不久竟被汪青林发现了。

第二章

冷月空山一谷有烟传魈影
残更静夜雨间如墨见寒光

汪青林弟兄既是猎户，县官勒限严命征缴雕雁翎、兽蹄角来做箭材，又征狐狼皮、生兽革来做军装。他们猎户们猎取缴纳的越多，官府加征的也越多。他们已搜尽了近山狐鹿，只得远探深山。深山有虎豹，虎豹能伤人，他们也就顾不得这么多了，打一只老虎，可抵得许多狐狼。桐柏山一带，野兽最多，猎户们舍生忘死的去打，不料那些地方，忽然发现妖魔！

那妖魔大概是山魈，而且有两个！山魈猎野生而食，撮山泉而饮，浑身长着青毛，两只白眼珠，高有一丈多，凶极了。有几个猎户瞥见了，吓得摔死了一个，人们全不敢去那里打猎了！

这就惊动了年轻猎户汪青林。汪青林接替了父兄之业，跟随猎队老师傅们入山采猎，仗着全身本领，登山窜高，如履平地，投枪猎兽，百发百中；他为人又慷慨，得人缘，很快就被推为领队。猎户们竞传东高峰出了妖怪，他就不信这一套。他胆量大，武艺高，他要纠合几个伙伴，进山一探究竟。寻兽迹的老师傅说了他一顿，老师傅根据自己大半辈的“经验”，承

认深山多怪。汪青林拗不过老前辈，白昼随大伙，到夜晚他才独自一人，带了猎具兵器，悄悄去打夜围，捉妖。

他向人打听明白：那山魈常到东山峰半腰一个活山泉那里去喝水。汪青林就潜藏在山泉边，等候妖精出现。一连守候了几夜，月光中只见狐兔悄悄来饮水，汪青林信手也猎了一些，妖精渺然没见。汪青林暗想：这准是谣言。但是他性情执拗倔强，不肯就此罢手，接着仍去打夜围，搜兽穴。就在这一晚上，忽然发现后山腰浮起一道白烟。后山腰并无居民，汪青林心中一动："许是山魈喷雾吧！"急忙拨草寻路，找了过去。及至绕到山后，月亮已然沉下去，浮烟看不见了。汪青林打定主意，去搜后山。搜山必先探道，他就改为白昼，带了干粮水壶，一清早就去，傍晚才回。一连气去了几天，这天忽然遇见一只山猫。汪青林急发一弩箭，射中了山猫。山猫带着箭掉头就跑，汪青林挺虎叉急赶。那个催征吏曾经私向猎户索贿，这只山猫猎到手，就可以塞责。汪青林忘了山魈，奋力紧追过去。眼看追到山径断崖处，那山猫忽然平地陷下去。"这里是谁设下的陷阱？"汪青林一转念间，那山猫突然窜出陷坑来了。汪青林停步扬叉，正待投过去，不料此时陡见那山猫冉冉凌空而起，一直飞升到断崖旁一棵大树上去了。

汪青林不禁诧异，山猫只会爬树，断不会飞，这是什么缘故？他急忙绰虎叉奔过去窥看究竟。走近了，这才瞅出：有一根巨绳套，把山猫套住，曳到树上去了。

树上一定有人。"什么人呢？"汪青林定睛细瞧，毛熊熊一个苍狼样的怪物，高踞在树巅。

汪青林吓出一身冷汗，"这一定是山魈！"他就火速的挂虎叉、摘弓，唰地射出一支箭。

箭直奔妖精的头，妖精探爪把箭打落。汪青林又吃一惊，呔的大喊了一声："好妖怪！"扣弓搭箭，唰唰唰，射出了连珠箭。这箭百发百中，距离又近，那妖精似乎招架不住，攀树枝一转，拿山猫挡箭，跳下树跑了。

汪青林大喊着追赶，那怪物人立而行，回头望了望，疾往山上跑。汪青林窜山跳涧之能很强，脚步竟比妖精快，渐追渐近。汪青林抖手发出一标枪，那妖精还拖着那只山猫，似知逃无可逃，竟一挫腰，丢下山猫，口吐人言，连连挥手道："不要射，站住！"

抵面相对，那怪物原来是个浑身披了狼皮的人，只面部露出了眼鼻。汪青林反倒愣住了。那个披狼皮的人首先发话道："我知道你们是近山猎户，我也是单帮打猎糊口的，你不要搅我呀。"又道，"我躲你们好几天，我知道你搜我，你为甚搜我？可是替那些贪官污吏当腿子吗？你要晓得，我也不是好惹的，人不犯我，我不犯人，你若胆敢泄漏我杨某的行踪，老实不客气，你不能活着走出这山去！"

说着把眼一瞪，目光炯炯，随手将顶上狼头帽往后一掀，露出面貌，竟是个细腰阔肩、赤面浓眉汉子，年近三旬，气魄很雄伟，又见他把腰一摸，解下来一支十三节鞭。那只山猫已被他弄死。他低头看了看，说："朋友，你不许动，我要搜搜你，还要审审你！我费了很大事，要猎一只虎皮，要用一只虎，教你搅了。"

汪青林听明白了，也看明白了，笑了笑道："你要用虎皮，我可以替你设法。你要问我，可以，不过我也要问问你。你要搜我，只怕你没有那种本领，也没那份仗势！"两个人说僵了，就要动手。汪青林听师傅永明僧说过，江湖上颇多异人，故此他不愿树敌，就又说道："朋友，这山不是你包下的，我要来就来，怎能算搅你？我本无心碍你的事，你何必摆这样阵仗？告诉你，我也不是泛泛之辈，我听说这山出了山魈，我是来拿山魈的，并非算计你。你不要小觑人，我们猎户之中也有道上同源。"

狼皮人不听那一套，抡十三节鞭就打。汪青林大怒，摆虎叉还招。两人一来一往，打了十几个照面，那狼皮人陡然一退，喝声："住手！"汪青林无意寻隙，有心探奇，也就收了

招，退后数步。

两个人互相盘问，渐渐消释戒心，化敌为友。问起来这狼皮人叫作红蜂杨豹。

杨豹的武艺很高，谈吐爽朗；汪青林久苦寂寞，忽逢武林同好，力求攀交。杨豹过着野人般的隐居生活，也是愿交朋友的，而且很愿意交结像汪青林这样的朋友，希望他能对自己帮忙。譬如打听附近山村的情形，找人做针线活计，拿猎来的野兽换食盐、布匹，现在都可以烦转汪青林代办了。两人由此缔交，常常见面欢谈。起初杨豹还似存有戒心，自经几度深谈，渐渐识透汪青林的为人，他就居然把汪青林引到自己隐居的秘洞里去了，并引见了他另外一个同伴。这同伴也是外穿狼皮的，生得面目白皙，貌似女子，自通姓名叫银蝶胡铮。其实是个女子，汪青林却没料到，当时笑说："怪不得人说山中出了两个山魈，原来是你们二位！又怨不得山中忽见白烟，是你们做饭吃啊！"两人都笑了，说："我们还不能生食，却是一吃熟食，就起炊烟。我们没办法，只好深夜做饭，不料到底被人看见了，这真是口腹为累了。"

汪青林打听杨豹因何离群独居荒山，杨豹喟然长叹，说是在故乡为报家仇，杀死了土豪，弄得家败人亡，一个人逃命在此。说起来似乎很痛心，不愿细讲，并坚嘱汪青林不要泄漏他的形迹，汪青林也就不再多问了。两人谈到江湖上的事，红蜂杨豹所知颇多。谈到天下大事，杨豹满腹愤世嫉俗的话，动不动就骂贪吏豪绅苛政如虎，并告诉汪青林，默察时势，大乱将起，草野英雄应该咬紧牙龈，做一番事业，不要小看了自己。因劝汪青林，既是河南人，应该把直南豫西的形势险要暗暗勘察一下，豫省草野豪杰也该随时留心物色一下，交结交结。汪青林听了，唯唯称是。原来汪青林虽然有智有勇，胸中却没有这么大的经纶，而且生计所迫，也离不开身。杨豹自己说到就做到，虽然隐居在深山，不时易服出游，假装皮货商，秘密的到各处访察地形，结纳英豪。

两人缔交不久，桐柏山下各山村便出了变故。

那就是闯王已在陕西起兵，河南省地当冲要，明朝的征剿大军云集在直南豫西，从娘子关到潼关，竟堆满了督师巡抚、提督军门，弄得号令很不一致。这一位大帅征调民夫，抓车抓骡；那一位大帅采办粮秣，催兽赏犒。不但檄札地方官加紧催征军差，军门校尉也随便自行出来搜刮。顶要命的是监军内官（太监），带着数百名亲兵如狼似虎，到处骚扰，不只打县吏，闹公堂，直接更向城乡勒索，弄得人心惶惶，闯王的大兵还没到，两边还没开仗，本地的老百姓竟然开始逃难。

紧跟着大明官军打了大败仗，溃兵乱窜，奸淫焚掠，地面越加吃紧。紧跟着谣言大炽，“闯王的兵从北边来了。”“闯王的兵从西边来了。”明朝将领不知是人心怨恨，咒骂生谣，反而听信探报，说豫西豫南各县混进李闯王大批细作。驻防军和地方官就乱腾腾的各处搜拿通贼的莠民和贼探，把已丧土田的贫农、已失本业的难民，自当贼办，抓去了许多。监军督师和地方大吏勾结，私自开征钱粮，巧立名目，叫作犒饷，把老百姓按地亩按户籍派捐，交不上犒饷的，就抓进衙门敲打，比正税还紧急还严酷，连乡村的里甲也因劝捐不力被抓进县衙，挨了板子。

紧跟着又是一位大帅，发下谕札，要每县征发两千名壮丁，随军充役；这二千名壮丁，限定内有皮匠若干名，缝工若干名，火夫马夫若干名。另外单派到各山村的，还要二百名善射的猎户，有的说要把猎户改做弓射手，拨入神臂弓弩营，当兵打仗。

同时另有一位监军，又严命县官向猎户们征催狼皮一千张，狐皮五百张，限十五天交清。说是给官价，但比市价少得太多，日限也太紧，由府传到县，由县传到桐柏山各山村，只剩八天限期了。

这么硬挤，既抓人，又要钱，又要东西，各猎户哗然怒骂。八天的限期转眼就过去了，征射手的刚刚查户口、年貌，

编花名册，要兽皮的已经点货计数，缴不足的开始往县衙抓送罚办了。几位老师傅和汪青林的胞兄汪金林，都被押进县牢，三日一追，五日一逼，个个受了官刑。

汪青林勃然大怒："这可是官逼民反啊！"他便决计倡议抗征。他向各猎户、各山村邻舍试行鼓动。他说出如今的朝政，太监专权，官贪吏污；他喊出了"抗苛征，求民命"！但是，尽管人心浮动，人们尽管怨声载道，揭竿举义的勇气还是不够；一听到"抗粮造反"，人人咋舌害怕，吓得掩耳欲躲。他们眼光又浅短，他们只能痛恨那进村瞪眼的征发吏，还不知恨到"苛政猛于虎"的真正病根上。汪青林年纪还轻，在本村人缘仅有，人望不足，似乎号召不动。他有智有勇，可是"造反"的经验一点也没有，讲理服众的口才也不行。他本来不大健谈，他说一处，碰一处，人们倒说他忽然气迷心疯了。这一来，气得汪青林大骂众猎户是懦夫。他到底不明白："造反"二字太不受听，人一听就联想到灭九族。他不懂得兴革之际，倡义必先结众，师出必须有名。

汪青林游说失败，无可如何，便另想办法。"杀官造反"既不成，他要"劫牢纵囚"，去搭救自己的胞兄和难友。可是他本领尽大，一个人也不成，还得有帮手。他就想到了隐居东高峰的武林新友红蜂杨豹，他的武功很好，识见广，人果决，可以邀他和他的伙伴银蝶胡铮拔刀相助。

汪青林就急急奔到东高峰山后峰洞窟，去找红蜂杨豹。不意洞口用巨石乱封堵，看样子，红蜂杨豹和银蝶胡铮离洞他往，非止一日了。汪青林连去了好几趟，总没碰见红蜂杨豹。无可奈何，只得搬开石封，钻入洞内，题字留书，说明了自己的来意。然后重封洞窟，怏怏下山，回转己家，闷闷的皱眉不语，自打劫牢救兄的主意。

这时军门大人颁下檄札：向猎户中抽丁顶补射手，必须加紧造册，克日开始抽拔。固县县尉亲带众役，下乡督办抽丁，立刻弄得弊窦百出。册上有名的猎户，凡有暗中花钱的，都可

以递禀告病，暂行免役；多花钱更可以雇人顶替。很有些溃兵游勇，过惯营混子生活的，自告奋勇，愿意受雇替人顶名。

出卖壮丁，也是一桩好买卖，不过猎户们多半穷苦，能花钱告病的，实在寥寥无几。县尉狠咬一口，竟吮不出很多的油水来，不禁气破了胆。他就想出了坏招。凡猎户花名册上有名字的，由十八岁到四十五岁，应该十人中抽一丁，他偏偏不抽了，他按花名册，照数全要。他说要解到军门大营，由军门大人亲自验明正身抽拔。这一弄使整个猎户村庄，除了妇孺，几乎一个不剩，全得带去。他是设计挤油水，吓诈猎户，哪知道挤太狠，挤出祸水来了。

当下，山村中的乡约里甲，被大坡岭全村妇孺老翁堵上了门，匍地跪求，一片哭声。有的壮丁就惊急无路，由哀恳转为怒骂，拥在里甲门口骂街：“你就不会替乡亲们央求央求吗？”里甲彭铁珊是个老实忠厚长者，看见村民哭的太惨，就对他们说：“我不是不求，我求不准，又奈何？你们不要乱嚷，我们大伙想想办法，推几个人上衙门递呈公禀罢。”

大家七言八语，就找到邻村一个念书人，是个赋闲的幕客，名叫史青岩，请他代笔书写公禀。史青岩为人慷慨，立刻答应了，匆匆写好禀帖，亲自找到里甲彭铁珊，商量公推父老上书的办法。大家传观着公禀，一面联名，按箕斗，找这个，推那个。正在忙乱，那催征狼皮狐皮的差官也来了，他是监军内官的亲信，比县尉还气粗。一进村，就找乡约，寻里甲，骂骂咧咧，只几句话，就瞪眼睛，扬起了皮鞭，把彭铁珊打伤。彭铁珊再三央告：“上差老爷暂请息怒，我们这村里正在为难。你们老爷叫猎户交兽皮，县衙那边却要征调猎户，全数抽调。老爷请想，人都抓走了，没人打猎，哪里来的狐皮狼皮呀？我们这里正推父老，进城递禀……”就举着那禀帖给上差老爷看。上差老爷勃然大怒，骂道：“你拿县衙门吓我！你怕区区七品县官，就不怕我们内宫监军大人吗？”信手把公禀撕碎，还追究谁出的主意，谁起的稿！

里甲家里闹得沸沸腾腾，许多妇孺吓哭了，往外乱跑。外面立刻聚集了许多壮丁，人多势众乱喊乱叫。

上差破口大骂："你们要造反……"

忽有一人厉声还骂："官逼民反！你们又抓人，又要东西，你们不叫老百姓活命！"

"打，打，打！"

不知道谁喊了几声，人心正忿，一些年轻的猎户们竟不顾一切，七手八脚，打伤了监军内官手下的差官老爷，登时吓跑了县尉。那县尉正在邻村另一个里甲家吃酒，听见声息不对，骑了马溜了。

那差官，起初气焰很凶，挨了打，软了下来，竟跪在地上告饶，再三说："官差不由己，这并不怨我。"年轻猎户们不识轻重，就乘机要挟差官答应免征兽皮，差官信口说好话，回答："我回去一定恳求上边免征。"他说的太容易了，老成的猎户倒后怕起来，忙把差官抬到屋中，给他裹伤，说好话，纳贿赂，请他恕罪帮忙求情。差官满口答应，可是要求里甲们护送他脱险回营。

老猎户们信以为实，那个赋闲幕客史青岩却暗暗的怀疑起来，找到彭铁珊，私议应付之法。若把差官放走，现在他脸上带伤，上边问下来，就是殴辱官差，罪名很不小。现在你只看他满脸赔笑，其实他怨恨在心，放走了他，就好比放虎归山，留神他反噬一口！

一个猎户就抱怨年轻人，不该行凶。史青岩摇头道："过去的事，埋怨也无用，现在究竟放他不放？"

但是，不放又待如何？"把他杀了！"那岂不是杀官造反？"扣留下他？"留到何时是一站呢？那么，"哀求他，怎么样？"可是他当面许下说好话，回去后他若不说好话，又待如何？这可真真作了难了！

打人时汪青林也在场，而且喊打喊得最凶就是他，他忍不住冷笑道："另外还有一个县尉，是叫咱们吓跑的！你们花钱

堵住差官的嘴，却堵不住县尉的嘴。乡亲们，那差官狐假虎威，厉害惯了，你们妄想打哭他，再哄笑了他，多多行贿，就可以免祸？乡亲们，咱们抡起拳头聚众殴打官差的时候，咱们已经算是犯了法，变成抗征的反叛了，反叛的罪就是灭门抄家，一个个得杀。你们好好的盘算一下，官逼民反，我们没有多少活路，活路仅仅一条……”他暗示着唯有“造反”，才能保命。

这种话更把大家吓傻了！大家齐望着做过幕客的史青岩，问他：“这话可对？”汪青林年纪轻，大家还是信不及他。史青岩是识文断字的人，懂得律条。大家连声的问，史青岩闭目摇头，半晌才说：“我们是大祸已经临头了，我们必得赶快想法。现在，除了弃家逃命，恐怕只有两条道好走……”

大家问：“哪两条道？”

史青岩很愁苦的说：“一条就是汪青林所说的话，死中求活，我们就……”讲到“造反”二字，还是疑畏不敢出口，他就咽住了，改转话头，“另一条是两面行贿，我们大家破产敛钱，买住了差官，叫他承认没挨打，脸上的伤是自己碰破的。同时我们带更多的钱，火速进城，求见县尉，也买住他的嘴，不叫他泄漏我们聚众殴差的事。”说到这里，大家说对，史青岩却叹气道：“这只是暂免一时之祸，那动千的兽皮，上百的射手，还是挤得人没法活啊！”

里甲彭铁珊虽然挨了打，他是主张两面行贿的。他比汪青林有声望，大家信服他的见解。猎户们就忙着敛钱，公推彭铁珊和史青岩进城行贿并递禀。另外又推出人来，去稳住了挨打的差官。

汪青林微微冷笑，退出来寻思一回，便去找里甲彭铁珊的本家彭铁印，细说这事。彭铁印勃然变色，大不以为然，他慌忙派人去追，已经追不上了。他就很忧愁的向汪青林说：“我们打了差官，我们不逃命，就得拼命，除此以外，别无妙着！”

汪青林把眼一瞪道：“对，我们得拼！”怎么拼法呢？两人

计议了一下，循着“逼上梁山”的路子，头一步就是纠众，第二就是结盟，第三步自然是举义了。两人火速的着手，分头找人晓喻利害。汪青林和彭铁印都没有阅历，也没有口才，他们不能用一针见血的话打掉人们畏惧苟安的心。一连两天，人们还是听动静，看苗头。

彭铁珊、史青岩两人进城行贿求情，一去没回来。明知情形不妥，年长老成的猎户们仍劝大家稍安毋躁，可以先找个人进城探探吉凶，有人就想到汪青林，他的胞兄押在县监，不妨催他去探监，顺便打听一切。汪青林以为彭、史二人一去无下落，祸苗已见，进城往返好几天，把什么事都误了。进城探信他敬谢不敏，请另烦别人，他一定要留在山村，暗有所为。他好似热锅蚂蚁，比别人还着急，可是他的话，别人多不肯信。

就在这时候，那个山居猎牲的隐士，红蜂杨豹忽然出现了，在夜阑人静时潜入汪家，跳窗进屋，推醒了刚刚睡熟的汪青林。

汪青林吓了一跳，黑屋里几乎动手。等到通了姓名，听出口音，汪青林仍然点灯，认一认面貌。杨豹拦阻他点灯，当然拦不住。在灯光下，两人对了盘，这才看出杨豹早不是狼皮人物的怪打扮了，换穿着一身黑色夜行衣靠，背插单刀，面腾杀气，向汪青林低叫道：“汪二哥你留的字，我见到了。现在我有急事，我是刚回来，我要烦你帮忙……”

汪青林不容杨豹细讲，就拉住杨豹的双手，说道：“杨老兄你才来，你可盼死我了。你真是未卜先知，你的话比算卦还灵。你怎么就看出来，我们河南将有兵灾？你可知道现在抓丁，我胞兄已经押在县牢？你可知道我们这小小山村大祸临头……”

他并不问杨豹是怎样跳墙进来的，是干什么进来的，他滔滔的说起自家的飞祸和本村的飞祸。等到说完毕，听清楚，红蜂杨豹轩眉答道：“好，好，好！”

三个“好”字，扎得汪青林大大不悦，反诘道：“杨老兄，

你怎么幸灾乐祸？我盼星宿，盼月亮，盼你来给我拿个准主意，你怎么忘了早先我们谈过的那些话了？”

红蜂杨豹慌忙抱拳说：“小弟失言了！我说‘好’，乃是说我们的大事，机运成熟了。告诉你，汪二哥，你当我是什么样的一个人？我其实就是一员闯将！我就是奉命入豫潜伏，暗中联络江湖好汉，布置分兵举义的闯王别部豫军先锋。我们现在就要秘传绿林箭，纠合豫西群雄，买通各路明兵，里应外合，夺取潼关，给我们闯王开道。汪二哥，你的机会也到了！”

汪青林一听这话，瞪大了眼。他万想不到杨豹是个闯将，是要颠覆明朝秕政的一个“反叛”！

杨豹道：“汪二哥，你们猎户们打了差官，你们不堪地方官苛征暴敛，你们要杀官造反。你们是因为官逼民反，没了活路，这才为了逃活命，才要拼命。你们的力量太单薄了。你们的前程，也就是‘上梁山’，当强盗，苟且偷活，然后等候招安。请恕我口实，那样子依然活不成，受招安的盗群迟早是要被官军诱杀的。要想保活命，只有跟闯王。要想成大事，必得认清了，谁是咱们的真对头！”

汪青林道：“这话怎么讲？”

杨豹道：“这话太好讲了。咱们都是苦哈哈的穷小子，咱们种地，打猎、扛活、耍手艺，遇上好年成，刚刚不挨饿罢了。他们豪家不纳粮，我们得纳粮；他们阔人不抽丁，我们得抽丁。既然征粮秣，征狼皮，就别再抓人了，可是他们东西也要人也抓；他们并不管抓了人，哪里再弄东西来？他们就是不管穷人的死活。可是你们光知道那些贪官污吏，恨那催租吏和抓丁要东西的差官；错了，他们不过是狗腿子。你们要往上看，朝廷上坐着一群虎狼哩！”

汪青林不耐烦起来，抢着说道：“你不要讲这些话了，这些话我全懂，我这几天对他们讲的也是这些个。我现在为难的是：杀贼官也罢，跟闯王也罢，头一步总得先纠合大众我就纠合不起来。杨老兄，你可有什么好的诀窍，能够几句话把这群

迟疑不决的胆小乡亲们说服了，立刻叫他们站起来，跟着我们走吗?”

杨豹笑了，把大指一挑道：“汪二哥，你真成，你晓得纠众喽，其实你已经找到诀窍了。要纠合大众，只有一个妙着，就是‘只带头，莫作主’。你去苦劝大家跟着你走，一定费话多，效验小；你不如静等大家走投无路，反而跑过来，央求你领道，那就大功告成了。可是你得有帮手。先找那最穷最急、年轻气冲和你脾气相投的小伙子，暗地联结好了。然后再想一想：在你们本乡本土，出头露脸、有声望、大家都看得起、肯听他的话，都有谁？还有安分守已、出名老实、最不喜多事的，都有谁？请你把这两种人，引见给我会上一会。我愿凭三寸不烂之舌，先把他们说动。若能拉住了投脾气的人，把这最有人望和最不惯多事的两种人都煽动了，跟我们走，那么大家一个全不剩，都要跟我们走了。”接着又说道，“你的乡亲们有心抗征，而疑畏不决，骨子里不净是怕事，实在乃是估计全村力量太小，倘有不利，就不免家败人亡。你不妨痛快告诉他们：现在闯王部将，在太室山少室山埋伏着大兵，可以做你们的接应。你再告诉他们，事成就攻占城邑，颠覆虐政；事不利，还可以携老带小遁入深山，猎食自活。”

汪青林十分高兴，紧握着杨豹的手道：“杨老兄，想不到你讲的这么漂亮。现在我就去把我们村中的头脑人物邀来，和你见面。真是英雄所见略同，我也是忙着先找帮手，我的帮手跟我投脾气的，名叫彭铁印，是本村里甲的本家，另外还有几个年轻猎户。我吃亏就是太年轻，他们把我当成小孩子，肯听我话的就只有彭铁印他们寥寥几个人。现在既有杨老兄的这个外援，我们算作闯将，统统跟了闯王走，这力量就大了。”

两人密谈通宵，挨到天刚亮，汪青林便把彭铁印和两三个少壮猎户邀来。红蜂杨豹也把他的帮手邀来一个。这个帮手名叫快马何少良，年纪顶轻，刚刚二十三四岁，可是他竟有本领，啸聚了一群亡命徒，潜伏在豫西山中，不时出来打抢军粮

辎重。他原是一个逃兵，他杀了带兵的千总，带了十几个弟兄落草为盗，伙盗渐渐扩张到五六十名。官军几次剿他都没有剿着，因为官军来了，他就跑；官军刚走，他又抄后路，劫官军的粮饷。因此，他年纪虽小，威名很大，红蜂杨豹新近才纠合了他，他就加入了闯王的队伍。

当下，汪青林、彭铁印、红蜂杨豹、何少良和两三个猎户，在山村外偏僻地方会见。起初彭铁印等总去不掉疑虑之情。及至双方会见，杨豹说他手下有六七十人，何少良说他手下有五六十人，再在猎户中物色几十人，凑足二百名健儿，便可揭旗举义了。何少良这个年轻人气派竟这么狂侠豪迈，把明朝的时政和军威骂了个狗血喷头，一文不值。他说："老乡，咱们要想活，就得把脑袋提在手心里。你若把脑袋好好摆在腔子上，你可就迟早要挨刀。"他正色告诉彭铁印："你不要怕官军剿匪，官军人数尽管多，只一跟我们绿林朋友交手，立刻要溃败，再不然就哗变。他们的本领就是会清乡，欺负你们乡下老百姓。"

何少良这少年大刀阔斧，信口一讲，把猎户们反抗的烈焰燃烧起来。彭铁印和汪青林先后又勾来十几个猎户，大家歃血结盟。结盟之后，又由这十几个猎户再招来二十多个同行。算了算，全数足够一百七八十名，杨豹道："人数够了！现在我们赶快布置起兵。"

杨豹、快马何少良、汪青林等，因彭铁印居长，便公推为盟长，请他发号施令，布置一切。彭铁印推辞不开，就掐着指头，算计起义的事务。他说道："我可是外行，我说的对不对，大家要不客气的纠正我。"他以为举义之事，第一应该赶造旗帜；第二应该备办大批弓箭远攻之器；第三该备置一色的长矛砍刀，第四该造义师的军装甲胄，要一律红巾短铠青衣裤，并定名闯王豫军先锋营，该推定领军主将……

彭铁甲说着，汪青林唯唯称是，杨豹微微摇头，快马何少良却不禁呵呵的笑了起来，道："彭大哥，别胡闹了，你当是

督练正规官军防营吗？我们这是秘密举义的民兵，从哪里去弄那么讲究、那么排场的军装旗号？”彭铁印也自失笑道：“依你之见呢？”何少良道：“依我之见，我们各就便宜，分为三队，每队一个领军主将，一个副将；每个义兵有什么穿什么，只要各系红巾一条，作为标识，认得出自己人就够。兵器不拘，弓箭刀矛如果不够，便用木棍子，一头钉上几个大铁钉子，做成铁骨朵狼牙棒，能击敌就好，这东西最容易造；不过每人得有一把刀，短刀匕首全能用。每队还必须有一杆起义红旗，另外还要造几杆白旗，上面写着几个大字，什么‘官逼民反’，什么‘抗粮求活’，什么‘杀贼官，救穷命’……热热闹闹便成了！”在盟的人同声说好：“他们梁山泊就有替天行道杏黄旗，我们也应该有。”杨豹忙道：“千万写上‘跟闯王不纳粮’。”汪青林道：“那个自然。”彭铁印就问大家：“这红旗白旗怎样制法？”杨、何二人说，他们的部下盟友都早有预备，现在只请猎户盟友赶办齐了，就够了。汪青林皱眉道：“我嫂子胆子小，我胞兄现时在押，她不肯做。”彭铁印忙道：“这个交给我。”

然后大家谈论在何处、由哪天开始动手？秘商了一阵，有人主张把红蜂杨豹、银蝶胡铮、何少良所部盟友一百数十名，乘夜都调到大坡岭猎户山村，择吉于五更破晓，祭旗起兵；有人主张潜师袭攻固县县城，杀官占衙，劫牢纵囚，把彭铁珊、史青岩、汪青林的胞兄汪金林和别的猎户都救出来，就拿这固县县城，作为义兵的根据地，然后分兵略地，向外扩展，这是彭铁印和汪青林的意见，他们切盼盟友举义之先，把自己亲眷先营救出来。红蜂杨豹连连摇手说：“不行，不好！这么一弄，攻城据地，明朝的河南军门必然以乱民攻城造反奏报朝廷，把我们当作闯将，必然招来大军围剿。”快马何少良反驳道：“我们难道不是闯将？”杨豹道：“对呀，但是，我们就是闯将，也应该假装土寇小股。我们可以占山起义，却不能攻占城池。替明朝地方官设想，土寇占山毁不了他们的前程，反叛攻陷城池，他们罪就大了。我以为我们起兵之处，千万别惹官军侧

目，叫他们把我们看成毫无大志的寻常山寇，最为上策。然后我们立定了脚跟，再乘机扩张……”

大家全夸赞道：“这主意真高，我们就这么做。”彭铁印道：“诸位盟友，杨仁兄年纪轻，足智多谋，我看我们就请他当盟长，我实在不成。”

银蝶胡铮忙拦道：“这话随后再讲。你要知道，盟主不是谋主，杨仁兄主意高，就叫他当诸葛亮，你还是桃园老大哥，现在我们还是赶紧商定起兵的方略。我以为攻城占山，全不好……”她主张孤军不该独战，应该纠集一切兵力，袭击豫西剿寇大营，要乘虚捣瑕，胜则直进，败则绕走，曲折奔西去，借以响应闯王攻取潼关。

这个方略最对，红蜂杨豹首先赞同。快马何少良也说好，彭铁印、汪青林却仍提出了袭县城救亲眷的主见，恳请盟友仗义拔刀，猎户们全都帮腔。杨豹顿时省悟，若要纠集这群猎户，劫牢救人必须做一下。大家商量了一阵，决定首先袭攻固县县城，劫牢纵囚，据守四门，佯做占城，等到各路官军来攻，就立即弃城上山，绕路且战且走，先向东，转向西，务必进取豫西，和攻潼关的闯将互相策应。这个起义方略面面顾到，大家全部认可，就这么决定了。

不料他们刚刚要派人潜往固县县城卧底，官军已先调队到山村抓人来了。

第三章

暗箭飘飘城墙内人翻马倒 刀光闪闪衙门里色变心惊

那挨打的官差和吓跑的县尉果然禀报上司，说大坡岭各村猎户抗差殴吏。他们口下留德，还没把猎户们说成叛贼。可是就这样，已经够了。剿寇军门大营调了一百多名兵，会同地方官，督率番役，驰向山村，以阻挠“军兴”（军兴法就是后世所说的动员令）的罪名，前来捉拿为首之人，彭铁印也在被抓之列。官军的打算，是用一百名兵把住村口，用二十名兵，协同番役，进村挨户抓人。可是他们这一队兵距离山村尚远，已被山村猎户们看出来了，小探子“耳报神”——猎人村的小孩们乱跑着送信：“不好啦，大兵抓差来了！”

这时候，红蜂杨豹和汪青林正好潜藏在彭铁印家，秘密布置起义。他们当然不肯就逮，决计拒捕。他们掩上了大门，有的持弓弩登高上房，有的提兵刃跳墙传信。当官军刚刚掩到村中，刚刚抓了两三个猎户，红蜂杨豹护着彭铁印突然在神庙庙顶出现，手拿弓箭，竖起了一杆大红旗，大声呼喊：“官逼民反，老乡拼命吧！”身边还有两个少年，敲起铜锣。汪青林就分从别路发动了二十多名加盟的猎户，举虎叉、鸟枪，四面八

方的攒击出来。

锣声嘭嘭，喊杀声震天，猎户和官军打起来。快马何少良和银蝶胡铮各率领盟友，潜伏在近山，立刻得到急报（是两个小牧童跑去送信，彭铁印、杨豹又连射出几支响箭）。何胡二人就马上率部驰来援应。

这一战，猎户们使出来叉狼、打虎、射雕的本领，与快马何少良的山林响马队、银蝶胡铮率领的红蜂游侠队，里应外合，把官兵杀死、杀伤、生擒共四十多个。溃逃的七十多个被猎户队、响马队、游侠队截追，几乎没一个得脱，全遭生俘，剥去军装，作一串捆起来。仅仅逃走的几个兵，也不敢归营，变成溃军游勇了。带队的千总中箭阵亡，把总被汪青林叉伤活捉，一名县吏被何少良打倒活擒，居然弄了一个全军覆没。可是这一战变起仓促，把彭铁印、杨豹他们预先布置的方略，满盘搅乱了。但也获得意外的功果，那就是加盟的猎户，起初才寥寥四十来个，这一拼命拒捕，整个山村猎户统统变成了反叛，就想再当顺民也不成了。前后三座猎户村二百多户，男妇大小九百多口，势不由己，都加入了戕官抗差的义盟。

彭铁印、杨豹、汪青林、何少良等急忙决策，山村不能守，推出盟友，把妇孺老弱尽量送入深山，托庇到快马何少良的盗巢，搭起猎帐暂住。把少壮猎户二百来个，一齐编入义盟部队，这一下就凑足了四百名劲兵。生俘的官军，经过粗粗的讯问，挑选了三十多名未成丁的少年。这都是由外县农村抓来当兵的，问明他们愿意跟随义军，就把他们分散开编入军中，可是暂不发给兵器。其余的官兵，感染兵油子、营混子习气太深的，就押入山中，编管起来，给义盟当夫。

义盟一面揭起了闯王义师豫军先锋营的大旗，一面揭起了“官逼民反”“抗粮求活”的白旗，借此吸引军民贫农入伍。更由盟友中挑选年轻精干的十几人，乔装四出，刺探官军的动静。义军的主力大队，即由彭铁印、快马何少良，银蝶胡铮三人率领，共选拔了骁勇善斗的响马队、红蜂队各六十名，从少

壮的猎户中选拔了火枪手、弓箭手、飞叉手共八十名。这二百名盟友是义军精锐，就将所俘官军的军装，悉数剥下来，交义军换穿上，这就有一百二十人扮成假官军了。剩下没有衣甲的，便假扮作被抓的壮丁，混在队中，算是被官军押解着。他们定了诈城之计，他们威吓那受伤被擒的把总和县吏，要他俩诈开城门，将来推他们为头领。

红蜂杨豹和汪青林，这两个人就率领二十几个身手矫健的绿林好汉，有着飞檐走壁本领的，全改装扮成小贩，分两拨设法混入固县县城，作为内应，并布置劫牢救囚的事情。其余的盟友便留守山村，作为后应。

杨豹、汪青林，头一拨一共二十一个人，火速进城卧底，很容易的混进去了，便跟那先一步进城探看吉凶的四个猎户见面了。因县城里的情形不大好，出来进去的官兵很多，看出剿寇军事吃紧来了。这义盟头拨卧底的二十一个人，和先来的四个人，赶紧刺探，赶紧布置劫牢。他们费了很大的事，只探出汪青林之兄汪金林和别的猎户还押在县监，至于进城递禀行贿的里甲彭铁珊和幕客史青岩，这二人的下落竟没探明。原来这两人已被县尉小题大做，解到监军内官那里去了，正在受毒刑，拷问他们是否与闯王通气。

二十五个卧底的盟友，预备劫牢；另有第二拨十八个人却被截在城外，未能混入，现在仅有他们二十五个人，感到人力不足。汪青林救兄情切，力恳乘夜动手。红蜂杨豹没法劝阻，答应他入夜结伴搜监勘道，相机而动。

事机太促迫，外面的诈城，里面的劫牢，竟未得呼应，反生出妨害。那快马何少良、银蝶胡铮率领乔装的官军，乘夜前来诈城，押着那把总和县吏对城门大声吆喝："已经把山村抗差的猎户抓到了！"力催守城吏卒开锁放入。守城吏卒不知怎的，觉出不对劲来，竟登上城楼，挑灯答话，说已奉到严令，来军没有口令，必须等到五更"收更"，才许开城放入。办案回营的官军，请委屈在城厢外暂驻扎两个更次罢，好在这就天

明。怎么对付，也不肯开锁。何少良大怒，黑影里，扣弓搭箭，嗖的一下，把守城吏射倒一个，暴喊一声："攻！"硬攻起城门来。守城吏卒大惊抵拒，七零八落射出许多箭，同时派人驰报长官。其实守城门的吏卒，每座城门夜班才十几名，又分上下班，有两尊火炮，炮手总是夜晚回家睡觉。虽然局势这么吃紧，城防还是这么稀松。快马何少良一马当先，越过了护城壕，银蝶胡铮、彭铁印也督军急上，那护城壕既没有水，吊桥也没有撤，义军全队很容易直逼到城门洞。

那精擅夜行术的义军盟友，就在黑影暗隅设法爬城。那义军大队骤攻不得手，何少良急命部下，从城厢外关帝庙寻到丈余长的阶石，由四个人兜住石条，悠荡起来，一、二、三，猛往照城门一撞，连撞数下，半朽的城门扇破裂了，先锋队冲进去，很快的进扑瓮城！

稍为迟了一步，防营一部分夜巡队已然闻警赶来。何少良攻破一道城门，瓮城还有一道门，被这驰援而来的夜巡队扼住，立刻蝗石乱箭如雨下。瓮城的义军仍想奋勇砸城，就密如蚁群似的，硬攻硬上，不觉的前锋受挫。快马何少良不会攻城。官军这时仍没有炮手，带队的兵官却是员勇将，他自己硬来装火药，点火绳，轰然一声，炮子凌空平打到城外，兵官也被震倒。却是这一响，把义军猎户吓了一跳，他们会放火枪，懂得火器的厉害，他们狂喊："快卧倒！快躲！"

彭铁印的坐马被炮声吓惊，乱跳乱蹦，踩伤自己。快马何少良勃然大怒，振吭大喊："咱们的鸟枪队呢？还不快还攻！"义军中的四杆鸟枪已然对好了，燃着火绳，也就轰然的连响数声，往城头打去。黑影中，乱喊、乱叫、乱打，只有鸟枪的火光，冲破了黑暗，可是仍然分不清敌友。就在摸黑相持中，义军的爬城队由银蝶胡铮指挥，已在城隅暗处攀上去四人，摔死一人。攀上去的人紧跟着用绳牵引下面的盟友，很快的牵上去三四十人。他们立刻从城头摸杀过来。高低上下夹攻，官军大乱。

增援的夜巡队其实只有二十几人，仓促间不知敌我众寡，很打了一阵硬仗。却在火器上下轰击、义军结队喊杀之下，官军顿时气馁，有几个兵丁首先叫喊："贼兵攻进来了！"立刻引得全队丧胆，纷纷弃城，从栈道奔跑下去。

银蝶胡铮、快马何少良、彭铁印的步骑大队和爬城队，分从两路杀入固县的西城门，会师在一处，然后沿西大街直奔县衙。固县西门官军失守，夜巡队兵官阵亡。

可是县城中，却实实驻有监军内官和他的亲兵营三百多名劲卒，和省城新调来增防备寇的官兵四百多名，还有本县守备标下的二百名兵，还有丁壮，县城北境还有剿寇军门标下的一支兵。这些官兵纵有空额（例如层层上报吃的空饷，总爷公馆门丁虚补着的兵名，这都是空额，只有点名放饷时，人数才凑足），又颇有老弱，战力尽小，但兵额比义军多得多。却不料当"强寇攻城"的警报还未传到，那监军内官占住了县官正衙，县官退居二衙，正睡的昏天黑地，突然被大炮鸟枪震醒。他们立刻派探子出去刺探吉凶。还没等探子回来，那监军内官竟吓得待不住，立刻要由亲兵护送他，要开北城门，投奔城外大营，以防不测。他这么慌慌张张要走，县衙上下人等全都骚动。又望见西门火起，喊杀声历历传来，不知是谁，首先喊了一声："不好了，反贼杀进来了！"立刻县衙内外有人接声乱喊起来："闯王杀进来了，闯王大军全杀进来了！"

县衙后街草料场也起了火，县牢也炸了狱，固县县城已然大乱。那监军内官率亲兵，头一拨奔北门跑了。他这引头一跑，影响太不小，那把守北门的吏卒，向他要口令，开锁开得稍慢，被他的亲兵挥刀砍了两名守城卒，于是北门大开，没人管了。

县太爷夫妻带着亲信，第二拨也奔北门，跑出城外。县衙吏员皂隶，第三拨也跑了，却没敢跑远，就近散到附近民宅，县尉典吏也在内，都藏起来，听动静，等天明。

攻城义军还没到，县衙已然摆好了空城计。这正是进城卧

底的义军红蜂杨豹、汪青林的奇功妙计。他们放了一把火，喊了几阵，就吓跑三百名内官亲军。他们乘虚占了县衙，跟着抢奔县牢。县牢已然炸了狱。有几个强悍的囚犯，本是积年大盗，大概他们早有越狱的打算，外面一乱，他们不知用何方法，砸开了脚镣手铐，打死牢头，开释了难友，纷纷冲杀出来。这些难友有的挣断了刑具，有的带着铁链，挣命往外跑。偏偏守备标兵不知县令已逃，县衙已空，竟由守备率领，奔来护衙护狱，劈头正和炸狱的亡命徒碰上。亡命徒如狼似虎，上前扭夺官军的兵器。无如他们囚禁已久，腿软气虚，却是红了眼，硬上前拼命，两边冲突得很厉害，喊声震天。汪青林在狱中寻兄不见，火速追出来，登时帮助囚犯，与守备标下兵打起巷战。守标兵斗力不强，很快的被打散。

另一方面，那红蜂杨豹很快的率卧底盟友驰奔城西，去接应攻城义军，却劈头遇上省会调来的驻防官军，双方很激烈的打起来。红蜂杨豹带的人少，全凭武功迅捷，却众寡相悬太远，终被包围。正在不支，快马何少良已率骑队冲到，彭铁印率步队也紧紧赶来，齐声呐喊，上前搏战，防营带兵官见势不利，倏然撤退下去，他还想奔赴大营，已经来不及了。银蝶胡铮率游侠健儿已经绕道抄了官军的后路。官军败势已成，义军士气大振，霎时间如狂风扫落叶，数百名防营兵也全被打散。

固县县城内除了败残兵，已不见官军主力。红蜂杨豹和汪青林，会合了快马何少良、银蝶胡铮、彭铁印，占领了全城；派部守住城门，大队立刻开始搜县牢，救难友，查街巷，拿溃兵；砸开了官库和粮仓，预备把库银和官粮一半赈贫，一半运走。却是救人之事，遍搜之后，只救出里甲彭铁珊和那退职幕客史青岩。汪青林的胞兄汪金林，炸狱时冲出监牢，竟死在乱军混战之中。彭铁珊幸而得救，终因年纪大，受了刑讯，不久殒命了，以此越增加了汪青林、彭铁印的悲痛、愤恨。

几个起义的首领，不意一战成功，在县衙相会贺功，并商大计。快马何少良少年狂侠，不脱梁山泊的作风。他总丢不掉

占山为王的想法，此时攻下县城，不禁小觑了官军，就要拿固县县衙做国都大王殿，恨不得立刻称孤道寡。他毫不做作，脱口发话，要推红蜂杨豹为大大王，自为二大王，汪青林为三大王，银蝶胡铮为四大王。彭铁印战功不著，应为五大王；史青岩通文墨而无战功，可以派了做幕府军师。他又闹着找县厨子，找肉铺饭馆，要大开庆功筵。

何少良这番主张，彭铁印力持谦退，怎样办都好；汪青林痛心兄死，信口唯唯。银蝶胡铮忍不住怫然反驳："固县孤城难守，我们先不要称孤道寡，乱拟官制，还是赶快规划战守之计要紧。官军虽然败走，难道他们不会攻回来吗?"何少良道："不当大王就罢，可是我们要成大事，打官军，没有头脑人，行吗?"红蜂杨豹忙道："何贤弟说的很对，我们总得有领袖才好办事。不过咱们几个人，自己封自己，总不大好，还得问问大家。"

当下猎户、响马、红蜂队三方面会盟，公推领袖。猎户队就公推彭铁印、汪青林；响马队就推举快马何少良和他的副手郭占元；红蜂队也就推举了红蜂杨豹、银蝶胡铮。末后这六位英雄计功、叙齿，终于推定了年长而首揭义旗的彭铁印和多谋而纠合大众的红蜂杨豹为总领队，以下便是何少良、汪青林、胡铮、郭占元为四个副头领，史青岩为军师。跟着遍告大众，众议佥同，便写下盟单，依次序位，同饮血酒，誓共生死。杨豹看出何少良有些不悦，又特向他解说了一番："我们起义，全靠这些猎户发难，我们必须暖住他们。彭铁印大哥既是猎户们最信服的人，为人又很慷慨，又肯出头，我们必须推他为首。你我弟兄受尽苦难，欲成大事，何必争先为首呢?"何少良沉吟半晌道："杨二哥既说好，我依着办就是了。"

首领推定，跟着会商今后大计。有的主张据守县城，分兵略地；有的主张火速退出城外，劫粮上山；有的主张率队往西攻，跟闯王的兵联上；有的说我们人究竟太少，还得多多招揽草莽人物。何少良又拿出一个主意，既图大事，宜增兵力，他

要把固县的壮丁一律编入义军。汪青林懔然厉色道："那可不好，我们猎户这回起义，就是因为官军强行抓丁，才激起民变的。"

总头领彭铁印、军师史青岩想出一策，仍用杨豹所拟的闯王豫军先锋营的名号，出一张"招贤榜"，内说义军抗虐政、举义兵、广招贤才、共立大功、为民除害云云。杨豹连声夸好，又道："我们不但要出榜招贤，我们还要出榜安民呢。就请史先生大笔一挥罢。"

史青岩立刻写了安民布告和招贤榜，把据城起义的原委叙说明白，又打着闯王别队的名号。这榜文一贴出去，居然招来有本领的壮士二十多个，又引来数百名穷汉。

彭、杨、何、汪、胡、郭六位首领大喜，一齐出来问话，把这些投效的壮士，当面验问所长，全都留下，编入了义军。那数百名穷汉，也都分头问了问，凡是年纪轻、有力气、能打仗和有一技之长，确是至至诚诚，内中就有会打铁的，可用他造兵器；也有会缝衣的，可用他做军装。

其余选不上的，倒不尽是老弱，原来他们投奔义军，不是为了反苛政、抗官粮，而是为了杀贼官、除恶霸，控告酷吏和土豪对他们的残害。他们是以投效为名，实在是来喊冤告状。他们看到安民招贤榜说义军是闯王的部属，他们这些穷人早就听说闯王是打着抗粮救民、除暴安良的旗号，对穷人最好、对大户大官不客气的好人。这些穷汉受尽了官绅的气，现在他们要报复。他们向彭、杨等控告本城的绅豪，并检举县吏潜藏的地方，要求义军将领也学闯王，开堂审问榨取穷人血汗的财主和绅阀；又向义军禀报，城外某处还有小股官军潜伏，邻县某处还有大批官军驻防……

义军六位首领听了这话，赶紧定下规分头办事的方法。立刻公推彭铁印、汪青林、胡铮、史青岩，办理"安民""整军"和"放告""传檄"的事，把投效的人安插好了，遂贴出"放告申冤"的告示，派出义军和当地人一面传本城父老细问疾

苦，一面抓赃官和土豪。彭铁印和史青岩都要尝一尝过堂问案的滋味。汪青林和胡铮自去教练投效新军的武功。

另一方面红蜂杨豹和快马何少良就专办“军务”。一面设防放哨，一面刺探县北境官军的动静，准备出征或御敌。不料官军一见监军内官逃来，县城已经失守，竟不敢进剿，反而退出数十里，到大营告急去了。义军便又选拔了数十人，化装成难民，分向四乡外县各处私访军情，试探民心向背，并相机卧底，投揭帖，传檄告，吸引有志之士来向义军投效，或给义军做内应。

当下，义军六位首领把应办之事分别负责办理起来，不像开头那么乱了。

他们又采纳父老的提议，先行开仓放粮，并将恶迹素著的固县一个恶霸审问完了，斩首示众，家产充公。

同时因官军既退，义军才来，地方上难免骚乱，有两处出了明火抢劫。红蜂杨豹和汪青林马上亲自出巡，亲去查办，捉拿了几个首犯，就地正法。这一来，立刻压住了许多谣言，再没人敢说“闯王一到，立刻准许杀人放火”的谣言了。

可是义军六位首领毕竟经验不够，忙了这个，顾不了那个。经数次布告，数番出巡，县城商民人等刚刚各安生理，却是谍报传来，河南军门调动数千名大军，分四路前来围剿，收复县城来了！

他们义军挑起了闯王豫军先锋营的旗号。由这个旗号，招来数百名壮丁投效，这是好处。却也因这旗号，引起来官军的震恐，不敢把他们看成小寇。官书驰报上去，断然说是：“闯贼羽党八千名，攻没固县县城，县尉守城，力尽殉职；县令督战负伤，退守北郊，现正戴罪力谋规复……”

把这几百名被逼起义的猎户和山林豪客，说成了八千之众，这是用来解说提督军门的一支兵和监军内官驻兵固县近郊仍无救于县城失陷的缘由，实是为了寡不敌众。其实监军内使本来占住县衙，现在官书把他搬到郊外，这就因为监军内使本

不该和大营“分家另过”，大营和监军分驻两处，正是太监们的任性胡为。

官军这边，全盘力量是在扼守潼关，不料侧面固县先行失守。在潼关大军云集之下，“闯贼羽党”是怎么窜扰过来的？现在官军好几位大帅都手忙脚乱，生怕朝廷谴责下来，他们一面向兵部通关节，一面互诿罪责，最后才忙着收复。可是官军互相观望的习气已深，谁也不愿打头阵。在他们徐徐行军，准备攻城，快开到固县附近之际，距城陷已一个多月了。

义军六将领彭铁印、杨豹等，这时已把城内劣绅、赃官、恶霸惩治了不少。彭铁印、汪青林是本地人，很知道他们的劣迹，这一惩治，大快人心，立刻耸动了远近听闻，很多老百姓跑来喊冤告状，请兵。那些一向贫苦无告的穷人，如潮水般纷纷投入义军，到处宣扬“跟闯王，出怨气”的话，真个是官府文书上所说的“人心思乱，从寇如流”，乱民反叛好像是太多了！

豫军先锋队，由四百名首盟壮士，很快的变为八百名豫军子弟兵。而四乡前来投军的，陆续不断，不到半个月，又凑到二千名了。把这两千名兵，编为前后左右四大营，彭铁印被推为豫军总帅，红蜂杨豹为副帅，快马何少良为前营主将兼先锋使，汪青林、郭占元为左右主将，胡铮为后营主将，史青岩为总文案兼军师。

义军众首领见到军威大振，投效壮士如流，自信大功可成，便将占山之计作罢，真正据城略地了。和闯王闯将通款的打算，却是红蜂杨豹再三坚持的，便教史青岩写下报功文书，密派间使，去给闯王报功请命，同时并告奋勇，要由固县移兵攻打潼关，以收夹击之效，也就是帮助闯王反明。这个密使刚刚遣走，那闯王北伐大将刘宗敏已据探报，得知固县有猎户起义，竟先遣说客，潜来游说，称赞他们的举义，褒扬他们的战功，鼓励他们与闯王联兵反明。等到义军众首领表明自己愿受闯王节制，并说业已通使请命；红蜂杨豹更说出自己早曾受过

闯王一个部将的密札，这说客就欣然大悦道："原来我们是一家人！"立刻从怀中拿出一个蜡丸书，和五颗将军印，他就要承制封拜彭、杨为大顺国豫军统兵将军。这说客只带来五颗将军印，少了一颗印，便和彭杨六人商计，这五颗印应该给谁？人多印少，大家不免你推我让起来。彭铁印说："这五颗印可以分给五位贤弟，我自己不用要了。"红蜂杨豹道："大哥是盟主，怎能无印？依我看，胡铮贤弟可以不要印。"胡铮低声道："你说怎么好，就怎么好。"这样一来，大家又觉过意不去。

军师史青岩就主张只给彭、杨二位两颗印，其余的三颗，等将来出征，按功计赏，再行颁发，何少良哼了一声。红蜂杨豹唯恐盟友表面推让，暗中计较，便索性说破道："诸位盟友，我实说了吧。胡铮贤弟原是我的表妹，我们身遭大难，倾家报仇，只活着逃出我们两条性命。我们亡命江湖，没有办法，已经结成夫妻了。她是我的妻子，武功将略她都不大行，我愿她让出一颗印来，分给各弟兄。我自己也要辞去副帅之职，和她同为后营正副主将，一切都方便了。"

红蜂杨豹说了实话，男装的银蝶胡铮脸红红的低下了头。众首领听了这话，何少良首先笑说："怎么样？我早就看出来了，胡仁兄果然是我们杨二嫂。"汪青林也早看出一点来，就笑了笑，道："二嫂，我失敬了。"银蝶胡铮的男装女态，以及红蜂杨豹和银蝶胡铮的亲密情形，共事一久，便瞒不过明眼人的。当下就算定规，他们改称大顺国豫军五虎将，不过杨豹仍当副帅，兼充后营正主将就是了。

豫军五虎将和这说客共议军情。这说客名叫罗文俊，乃是刘宗敏的心腹谋士，为人饶有智计。他劝豫五虎将不必强攻潼关，因豫西潼关陕州一带，明朝大军云集，统计不下四五万，重兵守险，孤军难攻。替五将打算，最好东取徐济，或北攻直隶大名，或南据湖北荆襄，或纵兵恣扰明兵后路，不必定与闯王大军会师。罗文俊说："行军之要，就在乎攻敌所不备。大明兵现在拼死命防守潼关，我们何必硬攻潼关？"

彭铁印听了，唯唯称是。红蜂杨豹十分高兴，再三请教用兵诀要。罗文俊便又劝五将多遣密使，挟重金四出，运动外郡豪杰起义，说：“你们尽量可以假借闯王的威名，尽管可以承制封拜起义将领。”又低声告诉杨豹：“你们也该多刻一些将军印，多发一些义军旗号。”汪青林是猎户，不懂“承制”二字怎么讲，就向罗文俊询问。史青岩忙代解说：“承制和代传令旨的意思差不多，乃是军务上权宜之计，大将不等天子圣旨，可以先借王命，派官点将。我们现在就可以不等闯王令旨，便宜从事了。”罗文俊笑道：“你说的不错。”跟着罗文俊又说：“现在举大事，创大义，必须广邀人材，随时随地，多给明廷树强敌，就是多给自己增强兵。汉高祖若不是收罗了韩信、彭越、黥布三杰，也不会把项王围在垓下。然而这三杰的力量极大，要紧的还是汉高祖的入关约法三章，抓住了咸阳和关东关西的人心。成大事必先得人心，你们几位千万不要忘了这一招。咱们打着抗苛政、救穷人的旗号，必须替受苦受难的老百姓出一口怨气，然后咱们才能打一仗胜一仗。”

第四章

卖友求荣奸佞人横施暗算
粗心大意英雄汉血洒庭前

罗文俊这一番话，彭铁印、汪青林、红蜂杨豹等听了都有同感。罗文俊把彭、杨等联络好，他立刻回去，向刘宗敏复命。这豫军五虎将果然照计行事，只留下一员裨将把守固县，他们的大队就北极郾城，直趋开封，指向直南，一面攻城略地，一面沿路收兵；大军到处，饥民难民从之如流，很快的攻占了好几县。由于他们豫军五虎将的牵制，闯王大军刘宗敬所领的一支兵，居然打破了宁武关，登时明廷京畿震动。

彭铁印、杨豹夫妻、何少良、汪青林、郭占元，这五虎将分兵两路，互相掩护着，声东击西，不择一地，在豫省游击作战，闹得声势日益扩大。大明兵都害了怕，调派数员大将，专来堵剿“豫寇”。这里面有一位大将孙传庭，和五虎将初次交锋，打了败仗，二次争战又吃了一次败仗，被他估透了彭铁印、杨豹、何少良的士气战法有点锐不可当。这孙传庭立刻变计，定下了以守为剿之计，联络各县绅豪大姓，团练乡勇，以重兵按境严守，设法割断五虎将和刘宗敏的呼应联络。暗中仍派大批细作，刺探五虎将的出身来历，和他们能够纠合大众举

兵的缘故。其实孙传庭本就知道乱源所在，是由于苛政重税，民不聊生。但他只治军，不理民，单从军务着眼，他认为彭铁印等振臂一呼，应者云集，这等人必有过人之才。他就定出剿抚兼施的方略，上奏明廷。他又表请开仓赈灾，以收民心；豁减税役，以遏乱萌。可是这绝办不到。他的戡乱方略，只有几项邀得阁臣和兵部的批准，那就是准许孙传庭加紧围剿之外，可以相机招抚闯王以外的乱民。孙传庭用诱降、离间，“以贼攻贼”之法，先从“豫寇”入手。这时豫境举义的地方豪杰，宛如风起云涌，像那伏地王、混世王、活曹操、蝎子块、急三枪、黑铁塔、顶塌天等，东一堆，西一股，拥众杀官反明。有的懂得联兵协力，同抗官军；有的就抱负奢望，想割据称王。孙传庭看透这一点，就出重金，贿买反间，贴榜文，招抚投降。凡拥大众投降的，即行封侯；杀巨酋受抚的，用为将军。

豫军五虎将，也受到孙传庭的招诱。快马何少良、红蜂杨豹接到密书，劝他们“英雄处乱世，遁迹江湖，亟应乘时立功”，宜速手刃创乱猎户彭铁印、汪青林，提首级来降，定必免罪受赏，且给官爵。对叛变猎户彭铁印、汪青林，也另有密信劝降，先慰二人冤抑之情，殊堪悯恻，次劝二人立功赎罪，合攻豫北创乱土寇“小袁营”，如将袁逆时中擒拿正法，并将小袁营贼众剿除，即可将彭、汪二人委为副将参将，所部亦允改编为官军或乡兵。

孙传庭的反间计，被杨豹识破，杨豹一接到劝降密札，心中一惊，唯恐自己人怀私见，上大当，忙向汪青林询问。汪青林果然说：“我也收到一封。”杨豹道：“恐怕接到这东西的，不止一人，不止一份；我们的盟友不知有多少人接到了这个，我们得赶紧明心发誓！”立刻报知统帅彭铁印，把五虎营大小将领统统约会一处，当众指破这种表面劝降、暗施离间的奸计，劝大家千万不要互生疑猜。并告诫大家，绿林豪客受招安的，没有一个有好结果，迟早必被官府戕害。“现在我们既已起义，必须同生共死。”于是豫军五虎营全军再次会盟，歃血

起誓，约为生死弟兄，不准单独投降官军，也不准袭击另外起义的豪杰。可是各地起义的豪杰，什么样的人都有。内中有除暴抗粮的义士，也有乱杀乱抢的暴徒，也有假托天命的土皇帝，也有以神鬼为号召的白莲教。更有的聚众称兵，以当强盗为登龙术，专等着受朝廷招安弄个官做做的土霸。豫军五虎将设誓不扰民，不投诚，不打邻境义兵；却是别家聚众的豪杰，很有的不识大体，甘受明军欺骗，做出来自相残杀甚至卖友求荣的谬举。

当那时豫军五虎正和小袁营、轰天雷三路联兵北伐，节节胜利，拘来了不少大船，就要北渡黄河，直指燕云。不料分两翼也来会师的红眼狼郎玉山和伏地王王洪绶，这两股盗帮，本已归附闯王，且与小袁营首领袁时中、五虎营首领彭铁印订盟会面，却暗中受了孙传庭的贿买，突然谋变，要“反正投诚”了！

伏地王王洪绶的倒戈，是为了他的母亲和胞弟在故乡被官军拘捕，拿这个要挟他“弃暗投明”。红眼狼则纯是私人负义，要出卖同党，换个总兵官做。也是起义军各将领乘胜骄敌，失去对内对外的戒心，结果便被猝然暗算。

其实在他们倒戈之始，本有种种迹象可寻。譬如会盟时，袁时中和彭铁印都轻骑简从，开诚相见；红眼狼和伏地王都盛陈兵仗，戒备森严。会盟之后，伏地王王洪绶故意拉拢小袁营，向袁时中说五虎营举动可疑，恐怕暗与明兵通款；袁时中粗心大意，说：“没有的事！我们要图大事，必须推心置腹，千万不要互相猜疑。”那红眼狼却又拉拢五虎营彭铁印，说小袁营种种不对，临阵观望，不肯协助友军。彭铁印道：“这不会吧？我们这次北伐，小袁营本来告奋勇，抢头阵。因为他们地理不熟，才公推轰天雷整队先发。”彭、袁二人说过了，就丢开了，竟没对本营将领讲，更没告诉友军，才够联盟之谊。

于是到了暴发叛变这一天了！起义军的先锋队，由轰天雷率领，奋勇当先，一鼓抢渡过黄河。小袁营的主力也有大半开

到北岸，南岸则由豫军五虎和袁时中的亲兵后营扼守。然后按预定之计，再由伏地王、红眼狼接守后防，袁时中和彭铁印全军一齐渡河。正在这夹当，军队调动往来频繁，伏地王王洪绶突遣军师约请五虎营统帅到他营里去议事。袁铁印便请副帅留守，自带军师史青岩，和汪青林前去赴会。副帅红蜂杨豹忙道："汪青林贤弟步下功夫好，何少良贤弟马上功夫强，我看还是教何贤弟护你前往吧。"何少良说："对！临阵赴盟，须防半路遇敌，小弟给你保驾。"彭铁印笑了笑说："就这样吧。"

彭铁印、何少良、史青岩率步骑兵一百多人，由伏地王的军师陪同，驰往伏地王的大营。伏地王盛陈兵仗，亲自出营迎接。然后携手进了主寨——这是一所乡宦的大宅子——早已预备好了酒宴，便请彭铁印等三人上座，由伏地王王洪绶和几个副头领奉陪。彭铁印带来的步骑一百多人，也由伏地王的部下邀下去，在邻院摆酒款待。

酒至数巡，先谈了一些好像是很紧急的军情，跟着王洪绶低声附耳说："我适才得了一个秘信，据说是闯王兵败，已接受了明将洪承畴的招抚，整队投诚官军了！"彭铁印愕然道："有这等事？莫非是谣言？"军师史青岩微微一笑，刚要发话，何少良忍不住抢先骂道："这又是大明军的离间诡计，王头领怎么信这个！"

王洪绶一听，脸红了红，改口又说了些别的话，可是跟着还是讲大明军招降之事，说他们惯以高官厚禄来招安我们起义英雄，因问彭铁印："可接过明朝将帅的招降书没有？"彭铁印道："初起兵时接到过孙传庭的秘札，我们立刻就识破了，他的阴谋就是叫我们卖友求荣，自相残杀。"

王洪绶脸色又变了变，沉吟起来。他的副头领接着大声说："我们不问你从前，问你现在，你们近几天可接过官军的秘信没有？"

彭铁印双目一凝，说："什么？"

王洪绶接过来说："问你们近来接到过官军几封秘信了？"

彭铁印道："岂有此理！"

王洪绶道："竟有这事！"那副头领就厉声叫道："现在你们和官军私相往来的秘信教我们截获了！"

军师史青岩站起来道："这个是离间计，你要留神他们伪造！"

王洪绶也站起来回顾他们的三头领道："什么伪造，明明真凭实据，拿给他们看！"

那三头领立刻从靴筒中掏出一卷文书，直塞到彭铁印的面前，彭铁印伸手要接；三头领把这卷文书往下一按，直抵到彭铁印的胸前，怪喝道："给你们看！"那彭铁印蓦地一声吼："好叛徒！"鲜血便从胸口喷出来。

那一叠文书卷中，卷藏了一把尖刀，在宴席上，豫军五虎营统帅彭铁印遇刺了。

何少良手疾眼快，大喝一声："呔！"踢翻桌案，顺手抄起一把椅子，把三头领打倒。但已无济于事，彭铁印伤中要害，尸体扑地。何少良红了眼，椅子又一抡，猛去砸打伏地王王洪绶；王洪绶一闪身，撞倒了一个自己人。何少良的椅子砸在别人身上，椅子也砸得粉碎。何少良拔出刀来。五虎营的带刀侍卫，侍护在侧，大喊着也都拔出刀来动手。

伏地王存心暗算，预有布置，就在行刺的同时，早发出几枝暗箭，奔五虎营三将射去。五虎营军师史青岩身中二箭，锐声急喊："何贤弟，我们中了暗算，你快回去搬兵送信！"跟着忍痛拔剑，向敌搏斗。

那快马何少良武功矫捷，虽也身中一箭，却状如疯虎，挥起手中刀极力砍杀，锐不可当。伏地王部下伪装侍宴献肴的武士，早都亮出兵器，一齐闯奔何、史二人。伏地王和他的头领们个个也都抽出兵刃，厉声喊道："何少良、史青岩赶快投刀纳降，饶你不死！"

史青岩咬牙切齿，认准了伏地王，挺剑刺去。伏地王挥刀一格，竟把史青岩的剑磕飞。伏地王的侍从武士却从背后一刀

砍到，史青岩登时殒命。

五虎营的带刀侍卫齐声喊道：“何头领，我们赶快突围！”何少良大吼道：“冲！”侍卫不待命令，一面打，一面分出人过去背救彭铁印和史青岩。伏地王此时早发动了警号，竟把大厅包围。何少良挥刀当先，冲到庭院，和侍卫一齐高喊：“五虎营盟友何在？我们遭暗算了！一齐往外打，回营送信！”

那些在邻院的五虎营步骑士兵，先一步听见动静，也已纷纷动手自卫。无奈敌众我寡，又被分隔成数处，处处都被圈住。敌人叠声高叫：“投刀不杀，纳降免死！”但是五虎营大小将士曾经多次攻战，斗志极强，他们不听这种话，竟展开了各自为战的死斗。

当下，血溅会场，伤亡枕藉，何少良及其盟友一百多人，闯出来六七十个。彭铁印、史青岩一死一伤，虽经背救，到底也被敌人抢去。何少良口角喷沫，如疯如狂，率众且战且走，抢到庄院外树下系马处。居然又有四五十个盟友，获得上马突围的机会，扯断了缰绳，翻上了马鞍，刀背代马鞭，疾打疾驰，竟闯了出来。步卒可就失陷了。

但骑士们纵然闯出庄院，要想奔赴老营报警，也大非容易，伏地王已经发动全军来对付五虎营。何少良等后有追兵，前有阻拦，一路且战且走，层层遭到截击。而五虎营的大本营也在同时遭到了伏地王左右营的猛攻骤袭。

可是五虎营的老营，在红蜂杨豹留守之下，哨兵的瞭望巡逻，将士的枕戈戒备，并没放松。伏地王的掩击竟没得成功，由掩击变成了对战。只是一样，伏地王是处心积虑，集中兵力来残灭五虎营，他们是去掉旗号冒充乡勇来的。五虎营却是一心一意，准备渡河北伐，主力多结集在黄河岸，大营守兵不多，红蜂杨豹、汪青林、银蝶胡铮骤遭敌攻，一面奋力迎战，一面驰传河岸各队回兵来援，一面还要估计敌情，“这路乡勇从哪里杀进来的？”可是他们马上便侦察出：这股乡勇是从伏地王防地杀来的，伏地王的防地必然有变！

一场激战，拒住敌军，河岸的北伐大队回师赶到，在外攻内冲的夹击之下，杀退了伏地王的左右营进袭军；而何少良突围落荒，也已奔回老营。于是友军叛变，真相大白。彭史二人殉难，激起五虎营全军愤怒。同时又获得警报：小袁营的统帅袁时中，遭到红眼狼的急袭，大本营几乎全军覆没。

原来红眼狼施展的伎俩，正和伏地王一样，他们两人本是合谋的。红眼狼也是假称有紧急军情，邀请袁时中去到他营秘议。袁时中却因自己大队已随轰天雷北渡黄河，南岸只剩下自己的中军后营亲兵卫士，为固根本，不敢轻离后防，拒绝了红眼狼的邀请。红眼狼竟带着大队，硬来叩营求见，剑拔弩张，气势汹汹。小袁营的留守将士不肯开门，红眼狼部下倚仗人多，竟把小袁营老营团团包围。小袁营留守将士越发动疑，立即传令，全营登阵自卫，简直把红眼狼看成敌人了。骑虎之势已成，红眼狼怕泄漏了阴谋，当下亲自督队火速攻营。被袁时中在瞭望台上瞥见，便开营门亲自出马，厉声诘问来意。只几句话就说僵，双方争斗起来。袁时中一向以硬干蛮干出名，一马当先，挥动双锤，向红眼狼猛攻，一连数锤，打得红眼狼不住倒退。但红眼狼人多势众，他部下群雄一拥而上，把袁时中围住，却又分出一部分兵力来抄袭袁时中的大营本寨。

袁时中只剩营底，兵力单弱，鏖战稍久，渐渐不支。袁时中一见情势不利，怪吼一声，赶紧率队穿营疾退。但主力已在黄河北岸，去船未回，呼应断绝，前后方不能合兵相救。红眼狼挥动全军包抄上来，决不让他合兵共斗。袁时中暴怒之下，仓促分不清敌友，也不敢投奔五虎营求救。他一马当先，率领部下且战且退，红眼狼率领人马一步一战，战到最后，袁时中只剩下一二百人了。袁时中直打了一昼夜，和他的余部饥疲交加，愤怒交迸，扎不住阵脚，竟与他的北伐大队及五虎营失去联络，一直落荒溃退下去了。

而小袁营的北伐前锋大队，也一着走错。遥闻后方内讧，老营被袭，主帅袁时中负伤阵亡，便一齐暴怒，前锋主将立刻

要回兵报仇，以固后方。轰天雷这时已和明军对峙，忙劝小袁营前锋主将千万不要临阵回师。因为临阵撤退，为兵家所忌；还应当奋勇直前，打退前敌，也就解救了后方危机。如若不然，你这里率队一退，迎面明军必然要趁机进攻，后方乱军必然也乘机夹攻，那时腹背受敌，兵心必乱，斗志必摧，结果就不堪设想了。若能坚定不移，临危不乱，有进无退，专力北伐，但得破釜沉舟，一战成功，前敌获胜，后方叛军定必惊恐。其时回师讨逆，就可以左右操纵裕如了。轰天雷的话说得明明白白，却是小袁营前锋主将有勇无谋，只以同盟私谊、生死不渝为重，竟不听良言，擅自率领大队，开船折回南岸。这一来，临敌忽退，讹言百出，兵心不免惶惑；明军果然乘势进攻，轰天雷独力难支，临阵战死，北伐军全部惨败。而小袁营前锋也闹得半渡遇敌，截成两段，顿如秋风扫落叶，不数日土崩瓦解了。于是，小袁营溃不成军，五虎营伤亡大半。只有叛军伏地王、红眼狼，卖友求荣，营私败盟，果然受了招安，居然大开庆功宴了。这两个叛徒，虽未封侯，却已拜将，他们现在一个是以彭铁印、史青岩的头颅换回来自己的母弟，换取了一个记名总兵；一个是以击溃小袁营，换取了一个记名副将！

那快马何少良奔回本军，和红蜂杨豹见面，竟暴跳如雷，挥泪大骂，一定要求副帅红蜂杨豹，找伏地王算账，给遭难的盟主彭铁印、军师史青岩报仇！那猎人村的起义猎户，更是痛哭流涕，人人要整兵出战，跟伏地王王洪绶火并拼命。

红蜂杨豹深知这样火并无异自相残杀，倒趁了明军之愿。可是友军败盟叛变，乃是事实；彭、史赴会遭害，实堪扼腕，他竟不能劝阻起义盟友稍遏悲愤，从长计议。而且为团结盟友，明知失算，也要符合各盟友的要求；于是豫军五虎营重推盟主，红蜂杨豹做了统帅，立刻大兴问罪之师，向伏地王声罪致讨，鏖战起来。正在胜负难分，互有伤亡之际，突然又传来警报：他们桐柏山根本重地遭到敌人诱变，覆巢破卵，守军及猎户家小全数被俘了。

五虎营的家小，和那数百名起义猎户的老弱家眷，都聚居故乡桐柏山大坡岭山麓下，筑有土城，聚兵守护，地势奇险，本不会失陷。却出其不意，被大明军勾结当地乡勇刘字团，用诈城计，伪装五虎营报捷之兵，突破土堡；一场巷战，数百名盟友和妇孺，杀出重围的不及十分之三四。这一来把老根毁了，起义盟友骨肉亲族尽丧！这一来，弄得全军号啕，怒发冲冠，恨不得立刻回师攻打刘字团。刚要调兵回攻，可是又得续报：袭击他们老寨的不是刘字团，还是伏地王的别队。五虎营越发激怒，人人大骂伏地王王洪绶："我们跟他们何恨何仇，他一定要出卖我们，来换取他的家眷，死的活的，也要剿除他！"

这一来，正中了明将孙传庭的"以贼攻贼"的毒计！其实袭击五虎营老寨的，真个就是刘字团乡勇，孙传庭故意派间细放谣言，转嫁到伏地王王洪绶身上。就是伏地王为救母弟才谋杀彭铁印等，提头献降、赎罪封官的始末，孙传庭也给极力夸张散播出去，好使得五虎营与伏地王冤冤相报，两败俱伤。孙传庭说：这一来，两路强寇就可以一举剿灭了。

孙传庭的计谋，红蜂杨豹、银蝶胡铮夫妻明明知道，可是他夫妻骨肉完聚，并没丧失亲丁，他们竟不能劝阻猎户汪青林等暂忍一时之愤，姑且退兵入山，休兵养力，徐图再举；也不能劝他们看淡私仇，认准死敌是大明军，不是伏地王、红眼狼。众猎户一个个眼泪汪汪，如痴如狂，要找反复无常的伏地王王洪绶、红眼狼等算账。红蜂杨豹就有良言，也难出口了。而且谣言传播越来越奇，都说伏地王已将他们猎户的家眷打入囚车，解到明营了。五虎营起义猎户越发难忍，许多人抱头痛哭，切齿詈天，拔剑砍地，一定要报仇，要活捉伏地王，要进攻明营，夺回家眷。而且向红蜂杨豹、银蝶胡铮等叩头下拜，恳请他无论如何为友复仇。何少良又附和着，红蜂杨豹、银蝶胡铮为了义气，明知不是路，也得这样走。鏖战又开始。

结果"败兵如山倒"，五虎营进击明营，便遭到明军、乡

勇和“投诚”军伏地王、红眼狼的攒击，又饶上数场惨败。五虎营忿兵失算，不管兵力亏耗，依然死斗不休，渐渐在豫境平原立不住脚了。而且专务私争，形同械斗，乡里间饱受拉锯式的蹂躏，不可避免地也遭到民间的怨谤。

因此豫军五虎营折兵失民，败而又败，一直败到了豫皖鄂交界。以前北伐，纵横驰骋数百里，有众七八千，现在只剩几百人了。而五虎将也只剩下杨豹、何少良、银蝶胡铮、汪青林数人，郭占元也在兵败之际阵亡了。

五虎营屡败之后，这才重定大计，既重推红蜂杨豹为统帅，又推何少良为先锋，突围而出，一路且战且走，决定西投闯王；受了阻拒，就改计南下，要奔深山。但是他们残部饥疲交并，沿路借道借粮，就又受了绅粮富户“团练自保”的武力挡驾。先锋何少良性情粗豪，并不懂卑词借道，因他带队而来，他纵说出价买粮，对方也不肯轻信。而且一路急行军，他们也无暇宣扬反明大义了。他们和伏地王、红眼狼几交混战，早被官绅明揭罪状，说成了群盗火并；而他们兵败南下，也使得“从闯王，不纳粮”这番话叫得不响，号召无力了。

就在他们假道豫东罗山县八亩园，要奔九里关的时候，遭到了“英雄庄主”千顷侯侯阑陔部下乡勇的掩击。

千顷侯侯阑陔是河南罗山县的首富，是八亩园几处庄田的庄主，为人精明能干，能说会道，颇有韬略，也会武功。他母亲得了一种痼疾，他竟不惜重金，购买活人心三颗，当堂剖摘，趁热煎药，给他母亲治病，因此骗得了一个“孝子”之名。佃户们欠地租缴不上，有的流着泪献女给他做妾，他假说虽不爱色，但为救人急难，就慨然收下了。至今他金屋藏娇已有六七人。他的侄子又是个举人，在官绅两面名声很大。以此人们提起千顷侯，无不吐舌头。等到闯王一发难，各地饥民纷起响应，侯阑陔更比别人关心。他默察时势，心知大乱将作，罗山县一带虽尚无人揭竿而起，却早风闻邻县已有流民吃大户的传说（所谓吃大户，是明清常有的惨事。大批流民入境，沿

路乞食，富户往往闭关，或是拒绝入境；因而激怒流民，夺仓分粮，或入富家争食。官家对此或逐或惩或剿，办法很不一定。）侯阑陔一听此讯，奋袂而起，骂道：这些反叛，还了得吗？”立刻禀请大吏，要“团练乡勇，以靖萑苻，而卫桑梓”。大吏素知他是世代绅宦人家，不比草野小民好乱犯上，大帅孙传庭又有秘札指示，就很快的批准了。他立刻备款请兵械请旗帜，设乡团公所，自为团总。他的庄田散在各处，便又联络当地财主，设立分团，他居然成了八个乡团的总团总。团勇的招募，大部是他的佃户壮丁，也出重金聘请了些武师。他又怂恿邻村邻县的庄主也团练乡勇，彼此间成立联庄会，他又被推为会总，共计拥众二千多名。声势浩大，果然不可轻侮；散兵游勇，小股绿林豪客都不敢惹他。至于流民饥民，更不敢入庄了——他曾经活埋过偷掘红薯、私摘玉黍的过境难民，因此他威名远震，提起来人人害怕。豫军五虎营哪里知道这些？大队开到八亩园，先锋何少良遵统帅指示，派小头目持书备银，入庄采买粮秣，却去了十一个人，被侯阑陔登高瞭望的乡兵发现，立刻鸣锣聚众，列队出来驱逐。五虎营小头目先礼后兵，挥五虎旗上前发话，被乡勇一箭射倒，双方登时冲突起来。乡团人多，五虎营十一个盟友立遭包围活捉，只逃回两个。

先锋何少良闻报大怒，马上督队一百二十人驰救。八亩园乡团二百多人由两个教师领着前来迎战。何少良所部虽是饥疲之众，个个都是百战余生，打起仗来，迅如飘风，既能各自为战，又能互相援应。快马何少良更骁勇健斗，一开手便砍了一个乡勇武师。乡勇力不能支，退回八亩园；闭庄登堡，改取守势。何少良立刻展队，乘夜攻庄救友。不料八亩园竟有烟墩烽火，燃起凌空矗天的数股烽火浓烟来。蓦地锣声四起，不但八个乡团互传烽火，一齐起兵，而邻村邻县的联庄会也纷纷探动静，纷纷起兵救应来了。

何少良怒笑道：“哈哈，想不到在这里又碰了钉子！盟友们！杀！”一面拒敌，一面驰报中营红蜂杨豹。

红蜂杨豹哎呀一声道："我们不该沿路树敌!"但是事已至此，只好赶紧相度地形，下令进兵驰援，却遣银蝶胡铮、猎户汪青林分为两大队埋伏了。杨豹自己只率领一百来人，驰援何少良。何少良见到乡勇云集，怕陷入包围，割断联络，也正且打且退，往后撤回。等到杨豹的援兵一到，便又合兵反攻，把乡勇的追兵杀退。杨豹、何少良便作出二番抢庄的姿势，重杀上来。

可是各路乡勇也赶到了两个分团。乡勇一向是采取分队出动、呐喊鸣锣的示威战术，用来威吓小拨难民游勇的，他们拍山震虎，也给自己壮胆。五虎营却是见过大阵仗的，便佯做怯敌，倏然又退。乡勇猛追过来，他们猛退下去；一追二退，乡勇竟追入五虎营两翼埋伏之中了。两翼一包抄，倒切断了乡勇的后路，一声号炮，红蜂杨豹和何少良的撤退之兵立刻反旗回攻，三个乡团反倒全被包围了。

五虎营的意思，并不想与乡勇拼命，他们还是志在求和。他们想把乡勇生俘数十人，以见自己的威力；再拿俘虏换回自己的那十一个人，然后假道借粮，一走了事。但他们一路南下，既是急行军，先锋队刺探前哨军情，量不能详确，他们估小了八亩园千顷侯的乡团武力。

这时千顷侯侯阑陔在罗山县县城本宅早得驰报，便谒见地方官，急报流寇入境，请兵助剿；又发急使催请联庄会齐起环攻。却是官绅办事，层层推诿，仅仅迟了一步，他的八亩园田庄被另一支"官逼民反"的队伍击破了。

这一支队伍的领袖，叫作铁秀才赵迈，他的伙伴是陶天佐、陶天佑弟兄。

铁秀才赵迈，原籍皖西六安县清水村人氏，原是个曾经会试未得入彀的秀才。他年轻时因为身体病弱，会学技击，锻炼体力。教他技击的不止一个，末后又结识了一个云游道长，在邻境凌云观挂单。这道长不只会武功，还懂些消息埋伏，因此，赵迈也学会了一些。这道长的来路不明，自称姓叶，道号

“雨苍”，大约来自川陕。他有时说到李自成、张献忠的故事，和江南里巷的传闻，就不很相同。有一时，赵迈疑心这道长或者跟张献忠有瓜葛，但不敢问。并且叶道长不喜欢人问，他高兴说话时，这才唠叨不休。不过叶道长的武功是很有几手的，他教的法子也高明，赵迈虽然是为锻炼身体，却也从叶道长那里学了些真实本领，并且也正经的拜师了。

第五章

剑气纵横蒙面人凌空飞降
雾氛磅礴公堂上囚犯绝踪

那姓陶的哥俩，跟赵迈算是师兄弟，乃是山东曹州府人氏。陶天佐，陶天佑，实是一对孪生兄弟，虽然师事叶道长，总算“带艺投师”。陶氏兄弟家学渊源，都练的是猴拳，轻功。他们的父亲跟叶道长是同门至好，平素是以保镖为业。陶老者在山东保镖时，遇到随同刘六起义的豪杰，就劝陶老镖师入伙。老镖师没有答应，以江湖气仍请借道，把镖车赶到历城地界，猝然遇上了“剿寇”官兵。镖车既然是从“匪区”开过来的，当然是“通匪”，于是不管青红皂白，把镖车扣下了，把镖师捆送到县。县官升堂，严刑取供，陶老镖师熬刑不招，拷打了一顿，下在县监。陶镖师有口难辩，气愤塞胸，竟吐狂血而死。凶信报到本乡，陶镖师之妻不胜哀痛，本有痨病，不久也下世了。抛下了天佐、天佑一对孤儿，无人收管。镖局同行痛惜陶氏夫妻惨亡，便有人出头仗义，把天佐、天佑这一对孪生子送到同门师叔那里去学艺，这师叔就是赵迈的师傅叶雨苍道长。

赵迈以一介书生，学会了一身江湖拳技，又懂得消息机关

埋伏，自负己志，常想离开六安本藉，漫游天下，搜奇访侠。又因为屡试不第，便有些怀才不遇之愤。既到师门，和陶氏弟兄同堂学艺，谈起身世来，得知他俩的父亲生遭冤狱，惨死囚牢，赵迈越发不忿起来：果然是朝廷不明，官贪吏污，好人没有活路。不过赵迈的牢骚毕竟和陶氏昆仲不同，他只是骂贼官、骂瞎眼考官罢了。陶天佐、陶天佑却日日夜夜忘不了他们爷娘的惨死，把仇恨放在大明的文官武将吏卒整个宦场上，更上推到朝廷上：有昏君才有贪官。于是他们说："刘六造反，是有道理的。"暗恨他父迂腐，不肯从叛，才把性命毁掉，因此，陶氏昆仲常常讲到：官逼民反，谁有活路，谁也不肯上梁山。等到闯王兵起，陶天佐、陶天佑喜得拍手大笑。有时候，陶天佐、陶天佑就在市井上信口訾议，不知不觉，还是骂太监们所把持的那个北京朝廷；也就无心流露出来，说李闯王是个好汉子，不贪色，不贪财，替穷人出怨气，便不是一条真龙天子，也是个夺取大明天下的混海蛟龙。

赵迈和陶氏昆仲说话都很不检点，他们又常在清水村郊外庙中盘桓，实在是学艺，官府却动了疑，连叶雨苍都猜成"闯贼间谍"。官府捕快暗中密访，还没来得及下手，叶道长和陶氏昆仲便忽然不见了。捕快们到凌云观根究，既知赵迈和叶道长有来往，过了不久，就把赵迈捉到县衙。

赵迈被捕以前，也风闻县里派下人来，访查叶道长所交结的人物，又打听陶天佐、陶天佑非道非俗，究竟是干什么的；自然也刺探到赵迈身上了。但赵迈总以为自己是六安县土著，又是一个读书人，有家有业，虽和叶雨苍交往，乃是为了学艺健身，自问不致被官人多想。他却没想到捕快们打草惊蛇，走了正点子，无法交案，就把罪名横搁在良民身上了。

捕快们以为赵迈虽然是个念书的人，可是交结"匪类"，罪有攸归。叶道长和陶氏昆仲时常诽谤朝政，颂扬绿林暴客，那简直是反叛。反叛的朋友门人自然也是罪人。当他们捕空了正点子，就决意拿赵迈顶缺，同时也存着吓诈的心，于是把赵

迈捉了走。赵迈问心无愧，理直气壮，心想捕快们尽管吓诈良民，我是不吃这一套的，到了县衙，见了县官，咱们再说理。县衙门不会不讲理，不会诬陷好人。因此他对付这两个捕快，一点也不买账，捕快拿话套他，他也不拾这个茬。他说：咱们公堂上评理去，硬抓老百姓，欺负乡邻，那还行；欺负我赵某，不太容易。

赵迈这可想迂了。县衙门并不往交结“匪类”上问，更不往诽谤时政上问；县官劈头一句，就往“叛逆案子”上扣。县太爷把惊堂木拍得山响，两旁衙役暴喊堂威，问过了“你叫赵迈吗”，第二句就问：“你跟那个陶天佐、陶天佑，和妖道叶某，从何年何月何日受了逆贼张献忠的伪命？在本省本县，你们的同党都是谁？你们的秘密巢穴共有几处？都在什么地方？你们规定哪月哪日攻城造反？如实招来，免受皮肉之苦！”

赵迈被这么一讯，弄得瞠目结舌，莫名其妙。他绝没想到县太爷问案，是这样硬拍硬扣。一时激起了他的书生脾气，冷笑着向县官回禀道：“老府台这么讯供，你太高抬我赵迈了，我姓赵的只是区区一介寒儒，素无大志，老府台怎的竟把我看成黄巢宋江一流人物了？我虽然是个不第秀才，却毫无振臂一呼、豪杰景从的感召之力。你这么抬举我，我倒成了乱世豪杰了！老府台所说的那个陶天佐、陶天佑，倒像是有点阮小二、阮小五、阮小七的派头。那个叶老道倒也有点像梁山军师吴用的劲儿。只是他们并不是书呆子，他们也许都上梁山去了，可是没邀我，我也不知道。我若知道，县太爷的捕快们也不会堵家门口，去讹诈我去了，我也就早跟他们这帮一块溜之大吉了。”

赵迈只顾快心抗辩，嘲笑了县官县役，惹得县太爷勃然震怒，骂道：“好奴才，你不是个反叛，也是个刁民，竟敢顶撞官府，咆哮公堂！打！打！”把一筒令签丢下来，狠狠敲打了一顿板子，吩咐钉镣收监，随后跟刑名师爷核计去了。

赵迈入狱，身受刑伤，十分痛楚，心中越发愤怒。他觉得

那些县官县吏一定还要用毒刑逼供，一定要把自己拷打成反叛不可。他想起了陶氏昆仲所说的陶老镖师的遭际，起初他还有点半信半疑：做官的人也是人，就应该有人心，断不会那样昏聩糊涂，草菅民命；也许陶老镖师久走江湖，与草寇通气，所以才陷身法网。不料今日自己也受了无妄之灾，也落了个通匪谋逆的罪名，眼见得摘落不开！由此始信"官逼民反"这句话，不是忿激语，竟是真情常事了！

挨了几天，那县官果然又提出赵迈来，摆了一堂刑具，严加拷讯，定要从赵迈口中追出叶雨苍、陶天佐、陶天佑以及张献忠所遣入皖间谍的全部案情来。赵迈熬刑不服，只是冷笑。再问急了，他就说："我招什么？你不是说我阴谋造反吗？你既然这么硬扣，何必再问？我就算是造反，就算是谋逆好了！你没有捉我的时候，我还没有这么想；现在谢谢老府台给我提醒，我倒真的这么想了！吃了冤枉官司的人确乎是要反，可惜闯不出你这牢笼罢了！你若问谁是党羽，何时起事，告诉你，凡遭贼官诬陷的，身受酷刑拷打的，都是要造反，都是我们的党羽。只要有机会，什么时候都想起义，你就不必多问，替我画供罢！"

县官气得胡子奓，一迭声的拍桌子，喝命行刑。衙役们把夹棍给赵迈夹上，一阵喊堂威："还不老实供出来吗？"赵迈连哼了几声，仍然不招。县官道："收！"陡然听得公案上啪的一声响，一件东西飞掠过来，斜插案簿，正钉在桌面上，颤颤的直动，原来是一支小箭！

县太爷失声惊叫，往起一站，突然溜下来，溜到公案底下去了。近侍拉着县太爷，连滚带爬，往后堂滚。堂上的人恍惚看见从偏庑房顶又射来了几支箭，才喊得一声："不好，有贼！有刺客！"倏然数条黑影凌空而至。还未容吏役们看准认清，随着黑影泛起一团迷目呛喉的白雾，便罩住了公堂，同时刀光剑影在官人面前打晃。官人们发一声喊，七颠八倒，乱钻乱逃。

偏庑上跳下来的黑影，是几个幕面黑衣夜行暴客，公然在白昼、在公堂上劫差事。就凭他们这份大胆，这份手疾箭快，就吓散了官人。官人只顾逃命，有的还顾得救县守，可是竟没有一个官人还顾得及“护差事”。恰好赵迈的脚镣已除，夹棍才上；黑衣人电光石火般奔来一个，把赵迈背救起来，向外就跑。外面快班有几个捕快，闻声举着铁尺，刚刚奔来。不料偏庑上黑衣暴客还有巡风的人在，立即随手发出甩箭，把捕快打伤好几个。跳下来的暴客，有两个挥刀开路，背救赵迈的健步追随；还有两个仗剑断后，寻砍官人。就是这寥寥六七个暴客，便把犯人劫走。好像他们胸有成竹，闯出了县衙，急钻小巷，跳入人家，不知怎么一弄，人就没影了。也许是一出县衙，便改了装，装成老百姓了。

县衙乱作一团，暴客劫走要犯以后，才从后衙旁边民宅中把县太爷找到。县太爷肩头受了箭伤，其实并不要紧，却已吓酥了，一听要犯已被劫走，就冲着捕快衙役大闹一顿，过了半晌，方才想起：“快知会本城守备，派兵丁，捉拿歹人！”并派役下乡，去拿赵迈眷属。

守备一听到县令受伤，要犯被劫，登时大吃一惊。守备部下，按名额有一百多名士兵，可是吃空名字的去了一停，给老爷们看家当差又去了一停，老弱残丁又去了一停，剩下来驻守城门的，只得二十几名，却又多半不在岗上；还有在守备衙门听候差遣的，合起来竟不到三十几个。现在突然在县衙出了重案，只得东找西凑，把民壮调了十几个，凑了五十多名。守备急得嗓子都哑了，才得齐队。于是，人虽少，刀矛、挠钩、弓弩，居然应有尽有。由守备骑了马，带队先护衙，次缉盗。在通衢大街搜了一圈，这才巡阅城门，把那守城门的把总找到，把那散赴茶寮市井、吃喝玩乐的守城兵也找到；这才关城门，宣布全城戒严。

紧跟着文武会商大事，县官和守备又吵了一顿。县官责备守备怠忽城防，守备说县太爷办理叛逆大案，不应该事先不关

知武吏。像这样重案，关系全县全府安危，县太爷一个人就办起来了，守备一点不得预闻，跑了要犯，当然非武职之过。

县太爷大怒，说："我都受了刺客的暗箭，我是因公负伤。你老兄把我公事不当公事，躲在家里享福，正事不谈，先往外卸责任！好，咱们走着瞧罢。县属出了叛逆，你说你不知道，你管干什么的？还怨县衙没有咨照你，现在请你缉拿要犯，你过了半天，才把队伍调出来！你那队伍都上哪里去了？就只这几个人吗？"

武职官到底斗不过文职父母官，守备憋得脸通红，不敢再顶了。县尉、典史连忙从中斡旋，向文武二吏说："二位寅兄都是为了国事发愤，足见忠君爱国。现在暂请息怒，还是赶紧追缉要犯罢。但不知劫差事的那几个贼党，年貌衣履如何？请县尊指示，我们赶紧拨派兵捕丁壮，严行搜拿！"县令气愤地说道："贼党劫犯行刺，我就第一个受了伤。贼党也不知是施的什么妖术，从天而降，起了一团迷雾，弄得人人睁不开眼，谁看清他们的年貌了？"典史道："我想衙前皂隶在场的，总有看清的，何不把他们传来，细细问一问？就好下手了；若不然，也无法搜缉。"

这典史很有才智，县令气哼哼的吩咐把在场吏役传来，挨个询问劫犯逆徒的人数，因为他们都是蒙面的，看不到年貌，只问了个大概，就写出一张单子来，命书手复抄多份，分发出去缉拿。

可是典史的才智，还不如县尉。县尉问县官："本案要犯赵迈逮到之后，不知县尊通详上去没有？"县官道："哪里顾得通详？这不是抓到时过了一堂，今天刚提出来，才过第二堂，便被劫走了！"县尉道："那就好极了。依小弟之见，逃脱叛逆要犯，文武官吃罪不轻；县尊既然没把本案上详，足见县尊虑事周详。我看我们把这一案哑密下去罢。我们只暗暗访缉。千万不要上报。如果我们缉着了逃犯，再通详报功；如果缉拿不到，我们就把这一案暗暗的销了，那时县尊和守府都不至于担

处分了!”

于是把这叛逆劫犯的重案，无形中消灭了；正合乎官场“大事化小，小事化无”的秘诀。如果缉拿住要犯，那时再请功；尤其合乎官场“成事必说，坏事不讲”的大道理。于是乎照方抓药，皆大欢喜，就这样做下去了。自然头一步，还是在城中加紧搜拿；第二步，派捕快到清水村去抓赵迈的家属。结果是搜城捕叛，抓了好些个“情形可疑”的老百姓，算是逆党；差役到赵家，赵家的老小一个也不见，赵宅的什物空空如也，只剩下破桌子烂板凳了。不知怎的，走漏了消息，连四邻也跑了好几家。可是差役们照样是“贼不走空”的，要犯家属逃亡，四邻逃亡，四邻的四邻到底还有没逃亡的，官人就把他们抓了来见官。官吏就把这些吃罣误官司的四邻好好敲打了一顿，有钱的交钱赎罪，没钱的就算是“无恒产即无恒心”，也就是刁民流氓，不安分之徒，县官用重刑敲打他们，“人心似铁，官法如炉”，总可以把一些人炼成了钢。但是好些个无能的老百姓炼不成钢，恰好替赵迈顶了缸。这件大案就这样破案了结，父母官也就照样通详上峰，报了一功。可是官场所认定的原案要犯赵迈，却鸿飞冥冥，逃出了法网。

救走要犯赵迈的是谁呢?可想而知，正是叶雨苍和陶天佐、陶天佑弟兄，另外还有叶道长一个长门弟子穆成秀。

叶雨苍在六安县清水村停留的时候，惹起官人的留意，官人稍稍刺探，叶道长立刻惊觉。叶道长的惊觉，又是他的长门大弟子穆成秀首先提醒的。穆成秀看破了地方里甲对他师徒侧目而视，又发现改装私访的捕快在庙前庙后逗留，于是他秘密报知叶道长。叶道长身负重任，秘有所为，暗地里命弟子穆成秀给巡风，现在果然不辱使命，见危报警。

穆成秀原是个弃儿，父死母嫁，被叔伯们狠心霸产，把他从六七岁上赶出家门。六七岁的小儿街头行乞，冻饿号哭，无人过问。于是教云游四方的叶雨苍道长遇见了，出家人以慈悲为本，游侠客以救难为怀，遂不嫌累赘，把穆成秀收救了去，

当作一个道童儿。那时穆成秀已经八九岁了。这小孩生得头大身矮，巨眼浓眉，有点奇形怪态，却天性笃厚，十分眷恋师恩；又以身世惨苦，饱受折磨，遇见人间不平事，立刻感同身受，疾恶如仇。因此他很能够敬业尊师，好义济贫，获得师尊的信爱。叶雨苍教他技击，他学起来，又聪慧，又能坚持，从师十几年，常给后学师弟们领招垫招，居然尽得叶道长真传，武艺精深，非一般徒儿可比。只是他虽已出家，不能信道，叶道长也没法勉强他。

他自幼乞食，不洁不屑，习于流浪，街头巷尾，找到一个角落，便可以蹲着睡觉；风餐露宿，视为故常。谁能料到他是叶道长的耳报神，踩盘子小伙计呢？后来他武功越精，堪以独当一面，叶雨苍便命他独行游侠。他依然佯作行乞，每遇不平事，便伸手搅他一搅，贪财的叫他破财，仗势的叫他触霉头。虽说真人不露相，江湖上行家尽多，渐渐被人发现，渐渐闯出了名堂，武林道给他一个外号，叫作“木头猴，鬼见愁”。“木头猴”并不是说他头脑有毛病，只是他姓穆的谐音罢了。“鬼见愁”是形容他生长的丑陋，鬼见了也发愁。

叶道长是出家人，忽然带了两三个俗家弟子，出没在清水村；明面是在凌云观挂单，可是到观里找他，十回有八回找不到。叶道长由城到乡各处出现他的踪迹，他的几个弟子又太异样。陶天佐、陶天佑像一对跑江湖的汉子，穆成秀简直是个讨饭花子，赵迈又是个识文断字、有家有业的当地念书人，不第秀才。这样的道俗师徒，已经不伦不类，惹人注目，说出话来又十分的“离经叛道”，昏君贼官张口就骂，于是乡约地保官人捕快大起猜疑，暗中盯上他们了。他们师徒又往往是白天少会面，每逢月白风清，就聚在林边月下，练功讲武，还说些士大夫掩耳不敢听的话。官人暗中窥伺他们，只不多日子，便把他们弄“灵”了。

然而叶道长艺高胆大，他又忙的很，只秘嘱徒弟们多加小心，勿留把柄，他照样忙他的事走了。案发这一天，偏赶上叶

道长把陶氏昆仲也叫走了，官人们先搜观后搜村，末后逮捕了赵迈。穆成秀那时正睡在凌云观匾额上，什么动静全听见了，他却没有动弹。他骨子里看不起绅士派头的师弟赵迈，但要动手搭救他，忽然他的心思一转，要看看赵迈被捕后的骨气，便袖起手来。

赵迈抓到县衙，穆成秀施展轻功，潜去听审。看到赵迈抗刑不屈，庭辱县官，居然很够味，他这才悄悄抽身，奔回去找叶道长，把赵迈夸了一顿，说："这位秀才居然是个人物，师傅眼珠子够亮的，我倒没有估透他。现在咱们怎么搭救他呢？"陶氏弟兄道："我们搭救他便了。"穆成秀道："搭救得赶快，他激怒了县官，势必要连过刑堂。不管他扛得住扛不住，县官必要判他死罪！我们必须马上动手，再迟了，也许他受酷刑，伤了肢体，也许被狗官们暗中处死。"陶天佐道："既然如此，我们何不夜入监牢，把他盗出来？"叶雨苍微微一笑道："我还要借赵迈这一案，撼动江南一带的人心，我打算白昼去闹公堂，劫要犯，你们看，可使得吗？"三个弟子哄然告奋勇道："师傅觉得这么硬干有好处，咱们就硬干起来！"叶雨苍道："可是得涉险呀！"弟子们道："要造反，还怕涉险吗？赵迈老老实实待在家，凶险还找到头上来！"叶雨苍道："好，对！"于是师徒四人计议停当，决计要闹公堂，劫要犯，第一步先准备好了去路。此时张献忠已经入川，和他们消息隔绝；大家决定先奔西北，去投李闯王。潼关的闯将，跟叶雨苍有交情，先投闯将，再投效闯王。凭师徒一身艺业，定能轰轰烈烈干一场，将阉党权奸把持下的大明朝廷推翻，将绅豪把持下的府县治摧毁，老百姓一定得以苏喘一口气。他们把第一步去路讲定，第二步便是救人了。为救要犯赵迈，得先救要犯的家属。叶雨苍是道家装束，恐人打眼，便命陶天佐潜到清水村，面见赵迈的妻女，劝她们避难离乡。赵娘子颇识书字，丈夫涉讼，丈夫的朋友劝她弃家远逃，她竟不肯走。她说得好："外子不出狱，我不能离家，要死死在一块。"她决不肯跟一个外人出

走避难。陶天佐说破了唇舌，她流泪谢绝。陶天佐无可奈何，回报师傅。叶雨苍想了一想，就是自己去劝也怕无用，只得设计从监狱中，贿买牢卒，获得赵迈的亲笔书字，上写："琳儿爱女见字，家门不幸，汝宜随母到汝婿家暂为托庇，勿以我为念，汝及汝母应听从太老师之话，将来昭雪，再图完聚……"叶雨苍这才重派陶天佐再见赵娘子，垫好了话，挨到二更后，叶雨苍亲去剖说利害，劝这徒弟娘妇避地免祸。

赵娘子以为丈夫的亲笔字条措辞暧昧，只哭求老师搭救她丈夫，仍不愿意出走。叶雨苍晓得她还有点信不及，只得长叹一声，把真情实祸仔仔细细对她说破："你们家现在遭的是灭门之祸，罪一问实，就是叛逆重案。为了搭救你丈夫，我们要破狱纵囚。到那时，我们既要救你丈夫，又要保全你们母女，实在来不及。你既不放心，这样办，你先带女投托附近至戚躲一躲，等到我把你丈夫救出来，你们见了面，再定夺以后逃奔远方的事。"赵娘子还在迟疑，叶雨苍沉下脸来，严词正色说："你不许犹豫了，事机很紧，性命交关，你不要害了自己。你一定要听我的话，一定要这样做！"

说罢，叶雨苍离开赵迈堂屋，刚走到阶下，便施展武功，挫身一跃上房，浑如轻烟，没入夜色之中了。他是要拿他的武功，增强赵娘子的信赖。却是赵娘子依然存着男女有别的念头，更怕江湖上人心难测，随便叶道长怎么说，她还是潜存戒心。

叶雨苍是久闯江湖的大侠，他看透赵娘子左右为难的苦处，他就左想右想，想出了一招，修书一封，急命穆成秀星夜投递。穆成秀经两夜一天，持书邀来了一个女侠，论辈分还算穆成秀的师姊，论年岁才二十六七，她的名字叫作熊忆仙，就是汪青林的师妹。

熊忆仙一到场，赵娘子的顾虑消除了，立刻打点细软，由熊忆仙保护着，把赵娘子母女都改扮了一下，乘夜潜遁。

那一边，叶雨苍道长率领穆成秀、陶天佐、陶天佑，另外

还邀来几个帮手，去搭救赵迈。探得这一天问审，他们就骤然下手，用暗箭射伤县令，用石灰粉迷住了公堂上官人的眼目，很迅速的很容易的把赵迈劫救出来。由陶天佐、陶天佑替换着背负赵迈，冲出县衙西箭道，跳进小巷，三转两绕，逃到了一个落脚地点，马上给赵迈改了装，脸上也涂了色。其余的人也都脱下夜行衣，扮成各式各样的老百姓，隐藏起来。这隐藏地点，自然也是叶道长手下同党的住处。耗到夜晚，他们就架绳梯，爬城墙，保护着赵迈，逃出了县城。

一到城外，早有预备下的暖轿，把身受刑伤的赵迈火速运到邻县，和他的妻女见面。赵迈仅仅过了两个热堂，所受刑伤已经很重，人竟糟蹋得不成样子，赵娘子和女儿不禁哭了起来。不意赵迈自经此变，把颗心变得更硬了，他皱着眉对妻女说："你们哭什么？我打了这回官司，长了好些见识，我这才懂得'官法如炉'这句话的意思，这个炉也许把人炼成灰烟，也许把人炼成热铁纯钢。我从前总觉着官府是讲理的地方，现在我明白了，原来官府是苦害良民的所在，俗谚说：'衙门口向南开，有理没理拿钱来。'这话虽俗，竟是真事！又道是哪座庙里都有屈死鬼，他们抓不住葫芦就找瓢，屈死鬼给老爷们销差请功，屈死的是太多太多了！"

叶道长看定赵迈说："如此讲，你看李闯王、张献忠这些反叛，所说的'官逼民反'这句话可对吗？他们要造反，应该不应该呢？"

赵迈切齿道："应该！只是有一样，他们造反成了功，那时候改朝换代，称孤道寡，他们也就变成昏君酷吏了！"

叶雨苍冷笑道："你倒有这一虑，可是谁变成昏君酷吏，谁就激起民反，隋炀帝胡来，隋炀帝的脑袋就保不住！李闯王他们还不是没有改朝换代吗？你不能因噎废食！"

叶雨苍的确是和李自成、张献忠通谋的，他肩负秘命，是到东南来搜罗起义人才的。叶道长看中了赵迈这个不第秀才，以为他生有侠气，可以共图大事。可是叶道长渐渐发觉赵迈到

底是念书人，心眼儿弯弯曲曲，有许多瞻顾，和陶氏弟兄截然不同，和穆成秀更截然不同。然而叶雨苍识高于顶，老早就认定，要成大事、除苛政、戕民贼，不但要网罗草野豪侠，还要拉拢失意的文人。固然谁都知道“秀才造反，三年不成”，他们一向是议论多，行事少；但明朝重文，秀才举人们每每成为一乡之望，良懦的老百姓常常受他们左右。要举大事，应该拉过几个失意文人来，教他们当幌子，做号角。

叶雨苍更见到闯王举义以来，劫富济贫，深遭绅豪诬骂，动不动就标榜出“乱臣贼子，人人得而诛之”的话头来，替朝廷张目。而朝廷派来的剿寇大军，和地方官绅结成一体，尽情造谣，说李自成、张献忠滥杀读书人，又说他们专用流氓山寇，最嫉妒良民。这正是王朝官府一种消灭反侧的毒辣宣传，为的是激起一般人们对闯王闯将的恐怖和反抗。那么，闯王起义军为了打破这个谣言，也应该多方搜罗官场上失职的小吏、科场上失意的书生，借他们的嘴道破官府的谣言。

叶雨苍远游江南，搜罗了一些不羁之才，赵迈也是其中的一个。赵迈失意科名，又遭冤狱，对王朝官府已深蕴悲愤；可是他到底中了一些四书五经的书毒，总觉得“离经叛道”“犯上作乱”不大受听。而且伯夷、叔齐饿死首阳山所唱的“以暴易暴兮，不知其非矣”这句诗也在他脑中作怪——暴君可恨，暴民也可恶！现在他身受刑伤，是叶雨苍等闹衙劫犯把他救了出来，他竟糊里糊涂变成反叛了。他只能跟着反叛走，当顺民他不甘心，当乱民他不舒服，他呻吟病榻，还想到遁迹深山，做一个挟武技以全身的自了汉；陶渊明的世外桃源，他想找一找……

叶道长为想打破他这个自了汉的拙想头，特地丢开别的事，留在赵迈匿迹养伤处，破釜沉舟，向他开导了两天两夜，告诉他：“虎狼当道，并没有世外桃源！而且目下内忧外患交乘，大丈夫生于今日，当扛起铁肩，除民贼，驱外敌。妄想置身世变之外，将恐胡骑南下，神州覆没，我们当不成佩剑的侠

隐，却有份当定胡奴了，大元帝国就是前车之鉴。你可知道南北朝五胡乱华，嵩山隐士挨刀的故事吗?”这位老道长大发婆心，煞费唇舌，才把头巾气十足的赵迈说得五体投地，也愿意当闯将了。可是对于张献忠还有疑惑，江南士民传说张献忠滥杀良民，把缠足妇女的脚剁下来堆成莲足山，假装开科取士，把儒生匿骗来整批整批的活埋；又传说张献忠有七杀碑，是个杀人成癖的魔王。可是叶道长口气中，还说张献忠是个英雄。赵迈索性把心中的疑惑说出来，问叶道长：“这是怎么一回事?”叶道长哈哈大笑，说道：“张献忠如果滥杀，他的声势不会这么大，这都是官府造的谣言。我给你一个抄本，你看一看就明白了。”叶雨苍从他的行囊中找出一本《罪唯录》，乃是明末一个小吏写的，交给了赵迈细阅。赵迈仔细翻读，这才明白张献忠的滥杀其实是官兵干的，却转嫁到张献忠账上了。《罪唯录》上写得明明白白：“官军淫掠，杀良作俘”，打不过张献忠大西国的起义军，就攻入良民村庄内，烧房屋，抢财物，强奸妇女，把壮丁杀死，提人头报功，说是扫荡了一座贼寨，其实是杀绝了一村良民。

做主将的只图给部下请功受赏，不问虚实，官兵交到一颗首级，就赏银牌一面，激迫得老百姓“屯聚以拒官军”，“以州县迫降流寇”，结果，弄得良民也变成“流寇”了，张献忠的声势越来越大了。官书上屠村的账，全写在张献忠的账上，张献忠便变成一个好杀人的凶神了。《罪唯录》又写到李自成倡出“均田免粮”的号召，引得“畏官如贼”的良民“焚香牛酒以迎”。赵迈把这个抄本看了一通，这才恍然大悟，同时也明白了官书不断写着杀贼几千几万，竟杀得遍地全是流贼，其中缘故就在乎残杀良民，虚报军功，这才激成闯王闯将的成功!

赵迈长叹一声，丢下书册，向叶道长说道：“弟子全明白了！自今以后，我也只剩一条道，要想逃活命，免得被逼为盗，只明趁早投闯王，我决定跟着师傅走了。实不相瞒，前些日子，师傅每每提到张献忠，我心里总不以为然，现在我懂了!”

叶道长道："你既然懂了，你应该怎么办呢？"赵迈慨然道："弟子愿听老师驱策，赴汤蹈火，所不敢辞！"叶雨苍道："好好好，等你伤愈，我自然要借重你！"

赵迈刑伤的确很重，按理说应当借地多多调养，却只在这小村子歇了几天，便觉出风声吃紧。他们男男女女忽然而来，白天不敢露面，做得太严密了，倒惹起四邻的疑猜。居停主人背地告诉了叶道长，说有人暗中刺探。叶道长立刻决计分头出走，远离省境。于是约定了后会的地点，先命穆成秀乔装车夫，陶天佑乔装赵娘子的小叔，把赵娘子母女连夜送走，寄顿到外省一个隐避地方。陶天佐乔装仆从，算是服侍抱病登程的主人。赵迈扮作扶病回馆的幕府师爷，虽然患病，却奉东翁急招，现在从故乡出来，要跟随东翁一同上任。于是两拨人先后上路，叶雨苍道长别有要务，也匆匆走了。

陶天佐伴护赵迈，走着路养伤。走一程，歇一程，也许住店，也许到老百姓家寻宿。凡是寻宿的人家，赵迈看出来，大概都跟叶雨苍有渊源似的。叶雨苍虽是出家人，他的交游似乎很广。赵迈刑伤很重，像这样奔波疗养，自然好得慢，直过了三四个月，方才痊愈，却也来到约会的地点了。这是在苏皖交界的一座小镇，接头的地方是一家骡马行，穆成秀和陶天佑早就来了，还有几个别的人，都是跑江湖的汉子，念书人只有赵迈一个。见了面，穆成秀将安顿赵娘子母女的情形告诉了赵迈，赵迈大放宽心，感激不尽。然后引见朋友，骡马行的老板，和两个赶车骡的把式，一个卖艺的，一个卖药的。穆成秀说："这都是自家人，我们以后要多多亲近。"

这些人在骡马行候了几天，叶雨苍道长还没有赶到。大家等得心焦，日日翘盼，好容易盼来了一个"踩盘子"的朋友，带来一封秘信，秘信写了好几张，单有一张是写给赵迈一行人的，内说原议赴潼关投闯王之计作罢（原本这话就是叶雨苍试探赵迈决心的），命赵迈和穆成秀、陶氏昆仲分做两拨，漫游豫皖以及长江上游至江西九江，要察看地理形势，官兵防务，

要物色江湖豪杰，绿林人物，并访查官绅劣迹，民间疾苦。顶要紧的是设法宣扬闯王义军“诛民贼，除苛政，锄暴救民”的真情，把官府屠良民、报军功捏造“流贼滥杀”的谎言彻底揭破。

这封秘信所规划有事体很多，其中最机密、最要紧的，乃是命穆成秀、陶天佐、陶天佑和别位同门，分途漫游各地，联络草野豪侠，传递消息，准备在豫皖江汉纠众起义，响应川陕。这机密大事，暂且没告诉赵迈。叶雨苍怕赵迈念书人心多疑虑，肩少担当，又没共过事，不得不加小心，因此，只将机谋告诉他一个大概，意思是教陶氏昆仲陪伴他奔走风尘，多历艰苦，多看看人间不平事、宦场鬼蜮情，好激起他的义愤，坚定他的斗志；同时也磨炼他的才气，希望他变成起义军江南方面的一个中坚人物。起义军多是川陕健儿，穷苦农民；叶雨苍特意在东南半壁拉拢像赵迈这样身遭不白之冤的书香人家，鼓励他们竖起义旗。人人都说书呆子不能成大事，叶雨苍却道：“在努力鼓动、努力开导之下，能使得书呆子也肯造反，那推翻暴君酷吏的统治就易如摧枯拉朽了。”这就是叶雨苍道长的一番苦心深意。

叶雨苍这个人很有卓见，他和李自成、张献忠两方面似乎都有联络。他常说歼灭民贼，必须万众一心，南北十三省，应该各省都有人起义；三百六十行，各行都有人入盟，这样才教官军“剿寇”顾揽不过来。同时各地起义军更要互相策应，联成一气，官军击此则彼救，击彼则此救，步伐协同，互相策应，才免教官军各个击破。张献忠不肯拥戴闯王的大顺王朝，他竟率部入川，自立为大西国王，叶雨苍认为这样举动大错特错。叶雨苍近年来奔走各地，不暇喘息，他就是专心给各地义军“排难解纷”，化除误会，鼓动他们团结一心。他成了义军中间的鲁仲连。

现在叶雨苍与赵迈定了约会，没有赶到，也就是义军中间不幸又滋生了意外的波澜。

当下，穆成秀等接了秘信，依计而行。陶天佐仍和赵迈结伴先走，赵迈刑伤已愈，体力未复，还怕他仓促遇事应付不来。穆成秀和陶天佑就稍稍落后，在后面暗地跟随保护着。自然他们在漫游过程中，仍忘不了他们的正事。

陶天佐和赵迈等由豫皖交界绕赴豫南，西趋荆襄，一路上拜山访侠，察关隘，侦民隐，饱尝风霜，大开眼界。赵迈渐渐磨去了书生习气，也颇体验了江湖人物气味。靠着穆、陶等人的帮助，交结了一些草莽豪杰，并且也安排了一些举义的准备。在江西九江口，他们结纳了两个豪侠。一个叫镇九江丁鸿，乃是当地鱼行老板，有许多的渔民跟他结义，在水路很占势力。另一个叫神手蔡松乔，生得白面长髯，相貌清癯，世传针灸法、接骨科，专治跌打损伤，在九江口岸悬壶行医。九江口是个水陆码头，江湖上好汉常有打架斗殴的负了伤、折了骨，就找蔡松乔调治，治得很灵效。蔡松乔为人好交，也认识了一些江湖人物。他本身也会武功，他和镇九江丁鸿乃是拜盟的弟兄。

镇九江丁鸿生得身材壮大，大眼睛，高喉咙，气势雄伟，体壮力强，年纪比蔡松乔小几岁。他是鱼行出身，家中有钱有人，却也生性好友，很有人缘，是单雄信、晁盖一流人物，也交结江湖人物，也交结地方绅豪。他这“镇九江”的外号，乃是他做了一件威镇江滨的事，当地人给他贺了一个外号。那年由上游来了许多木排，木排争水道，撞坏了渔船。渔户和排上的人起了纷争，排户强悍，动手行凶。渔民报复，纠集多人要打群架。事被丁鸿知道了，慌忙到肇事场所。他晓得斗殴一起，必出命案，胜的欣然庆功，败的含耻寻仇，那就冤冤相报，死的人必然更多。于是丁鸿掏出他的看家本领来，头一步先拿出他的地方豪侠的派头，向渔民大叫：“诸位老乡且慢动手！这是俺姓丁的事，俺不能叫人堵上家门来欺负，俺一定要办个了断！”登时把事情全揽在自己身上，把众怒压得一压，把眼看爆发的拼命械斗暂且拦住了。第二步他脱了上衣，光着

臂膀，举一枝铁篙，跃上渔船，一个渔民替他摇桨，如飞的找那木排上的排头搭话。

这时候有十几艘渔船，像蚂蚁交螳螂似的涌聚在木筏前边，拦住了去路，几乎要封江。排户聚了人，抄起家伙。丁鸿舌绽春雷，连声大叫：“哥们让道！哥们让道！瞧我小弟的面子，让我来‘了断’！”竟使出雄威，把这些蚁附木排的大大小小渔船，用他那铁篙一点一艘，一冲一艘，眨眼间拨开了水道。他又将铁篙一点，眼望木排排头存身的那块大木排，行船一直凑上前去，高喊一声：“朋友息怒，俺丁鸿来也！”嘈杂声中，没人理会，船临切近，他踊身一跃，跳上了木排。这木排被他飞身一落，竟一浮一沉，恍如压下千斤重闸。木排上一个年轻排户横身拦叫“呔，休得……”抢竹篙一打，呱的一声响，碰在丁鸿的铁篙上，折为两段。丁鸿哈哈大笑，早已跃登木筏，把铁篙投在脚下排上。“光棍眼，赛夹剪”，木排上气势虎虎，站定好几个人，他立刻认出哪个是排头，便抱拳上前。

正是先声夺人，那排头马天祥愕然张目，喝问来人是谁？丁鸿重新通名，那排头道：“哦，我当是谁，原来是九江口渔行老板丁二爷吗？”抱拳还礼，伸臂过来拉手。两人手拉手，暗中一较劲，排头哈哈大笑，道：“名不虚传！既然是丁二爷出头了事，我水上漂让了！”吆喝一声，教木排往江心错开。却又故意亮了一手，那身一掠，从这座木排跃登那座木排，从那座木排跃登第三座木排，好像是传话止争，其实是把他那轻功施展出来，挣回面子。丁鸿连忙喝彩：“好俊飞纵术！”马天祥笑道：“出丑出丑！”随后跃回来，向丁鸿拱一拱手道：“丁二爷请回罢，改日再拜访！”

马天祥就要走，丁鸿道：“且慢！小弟应尽地主之谊，请到舍下。”马天祥道：“这个……”眼往岸上一瞥。

丁鸿道：“仁兄务必赏脸，我还要替我们渔行哥儿们向诸位赔礼！”

马天祥道：“是我们的不是！”

丁鸿道："是我们的不是！"

两人一齐哈哈大笑，相携登岸豪饮，一场纷争，在江湖义气上、杯酒言欢间化为乌有。这镇九江丁鸿的外号，便是这样获得的。哪知道为了这个外号，丁鸿竟身陷法网，为官府所毁害！

赵迈、陶天佐、陶天佑、穆成秀四个人分两拨漫游江湖，访察豪侠，窥探江防，看到了九江南昌一带形势险要，如果在这地方联络江湖人物，布置起义，恰可以截断江航，震撼南疆。四个人暗暗寻访堪以举义的英才，便从市井间听到镇九江丁鸿这个人物。丁鸿这时候恰遭横祸，被官绅勾结，拿王法当圈套用，把他挤到头一道陷阱中，直落得倾家荡产，仅挣出活命来，却是第二道陷阱又给他安排停当了。

镇九江丁鸿曾经无意中得罪了一个姓施的卸任御史的门丁。这施御史是九江府一个很厉害的乡宦。偏偏本府又来了一位新任耿知府，生平以清流自居，以风雅自高。现在流寇蜂起，治乱国用重典，振刷振刷。耿知府刚一下车，便垂问民隐，暗访豪强。他却不打算惊动把持官府、欺压良民的豪绅乡宦，那是士大夫，和他乃是一流，绝不会造反。他要找寻惩治的恶霸土豪，乃是没功名、有声望，而又不安分、富资财的老百姓。于是他便从这个卸职御史口中问到了几个恶霸，头一名就是镇九江丁鸿。

丁鸿在当地很有名声，家境又好像殷实，并无科名，偏偏又有"镇九江"这个倒霉绰号。耿知府老爷以为这正是不轨之徒，好人焉有绰号？好啦，除暴安良，杀一儆百，乃是地方官的职分。耿知府立刻发出传票，"抓来见我！"一顿敲打，丁鸿抗刑不招，其实就想招，叫他招什么呢？他并没有抢男霸女，也没有谋夺谁家的寡妇田、绝户产。他最大的罪状，只是不受御史老爷府上门丁的讹诈。

第六章 险恶豪绅仗势倚财强霸道 鱼行好汉熬煎受迫怒焰生

施御史老爷妄想不花钱，日日白吃鲜鱼，鱼行老板丁鸿先生给碰回去了，这是他得罪人处。虽然他身陷法网，但素日人缘不错，渔民们联名递保结，不成；当地商户联名递保状，也不成；又烦出别的绅宦来说情，后来保出来了，却弄了一身刑伤，耗去了全部浮财，他的渔船也变卖了好几艘。当然绕着圈了，肥了新任耿知府和施御史了。

丁鸿挣出活命来，回到家中，问出自己的出狱，乃是家中人变产行贿打点出来的，他不由得发怒，向家中人嚷了一阵；更打听这场官司受枉的缘由，起初还弄不清，日久渐渐访出底细来了，“丁仁兄，你这是财多为累啊！”这一下更把他气得暴跳如雷！原来是去职的御史施乡绅秘密检举他的！他切齿道：“好好好！这可真是官逼民反，咱们往后瞧罢！”

却不料“往后瞧”这句话，不知怎的传到了施御史耳中。御史老爷微微冷笑：“好个刁民，他还要恫吓乡绅，我一定教你好好的往后瞧！”

可是施御史捻须冷笑的话，不知怎的又传到了镇九江耳

中。丁鸿又怒又怕，狠狠说道："这可应了那话，贫不跟富斗，富不跟官斗！却是我姓丁的也不是老实的，随便任人拿捏。还是那句话，你教我好好往后瞧，我就好好'往后瞧'就是了。但愿你御史老爷、知府大人也要好好的往后瞧！"

从此，镇九江丁鸿暗地里也有戒备，也有些拉拢。他想："狗日的，逼急了老子，老子不在水路混了，老子上山！"

在这时候，赵迈、陶氏昆仲、穆成秀悄悄的来到九江了。

不久，九江江边上，突然出现了几位外路好汉，卷胳臂，捋袖子，气势汹汹，好像是白相朋友、混混儿新来开码头的样子。丁鸿的鱼栈就开设在江边。这几位短衣帮好汉就不断来到鱼栈左右打旋。过了个把月，丁鸿认识的一个开赌坊姓郭的白相朋友，找来跟丁鸿私谈。丁鸿问："什么事老哥？"赌坊主人郭老板说："丁二哥，你可觉得这两天你们鱼栈有什么事故吗？"

丁鸿一愣道："没有啊！"

郭老板道："你没觉出，有人琢磨你这鱼行吗？"

"没有吧？等我问问看。"丁鸿把鱼行掌秤杜恒才找来一问，掌秤杜恒才大大意意的说道："谁敢琢磨咱爷们！我管保没人这么大胆。但是，混蛋哪里没有，这些日子的确有几个外路江湖，不断到咱们鱼行来打旋，向咱们渔船上的朋友乱问一气。"

丁鸿张大眼问："问什么？"

"问油水，问好处，问你有多少船，问别的渔船就甘心吃你的摆布吗？"

丁鸿忙道："他们怎么答的？"掌秤道："他们当然实话实说了，说我们丁二哥也是苦朋友出身，一向公买公卖，处处顾全我们同行。人家是我们渔船上的公道大王，谁和谁有了竞争，都请人家评理。"

"他又怎么说？"

"他们说，好一个公道大王，怪不得要造反呢！"

丁鸿直了眼道："哈！"愣了半晌，转怒为笑道："我就是公道大王，我就要造反……我不是还没有造反吗？"

赌坊郭老板道："丁二哥不可大意，我却晓得这几个家伙别有阴谋……"

"有什么阴谋？"

"大概是聚了些打手，要谋夺你的鱼栈渔船。"

"哼！好，我镇九江真有点混够了，我正想迁码头，躲一躲这帮贪官豪绅，只要真是江湖上的好汉，按江湖道想来跟我比武较量，我镇九江干脆准让了。我谢谢郭大哥的关照，他们还有别的打算吗？"

赌坊郭老板便将那几个外路好汉在赌坊押宝要钱所放的狂言，所无心透露的诡计，罄其所有，全告诉了丁鸿。丁鸿略作沉吟，暗暗打定应付的主意，当下便留郭老板喝酒。郭老板一面喝酒，一面也替丁鸿出了一些主意，并自告奋勇，要拉拢对方，探探他们的口气，是不是可以和解。

过了几天，赌坊郭老板向这几位江湖汉子试探口风，这几人神色侮慢，毫不兜揽。郭老板再往深处谈，这几个人突然滑头滑脑，装出假面具来，嘻嘻哈哈，胡扯一阵，自说他们乃是路过九江，并不打算在此地开码头。但又"回马一枪"，从泛论九江口的江湖人物，打听到镇九江的势力、为人和他经营的鱼行的内情。郭老板转问他们，打听这个做什么？他们却道："谁不晓得镇九江这号人物，真是威名远扬，我们很钦仰。可惜没功夫；若有功夫的话，倒要结识结识。"跟着钉了一句，"你老兄大概跟'镇九江'很有交情罢？"郭老板赶紧顶上话去："不错，'镇九江'这个人仗义疏财，最好交朋友，最有义气的，不但我在下跟他不错，本地街面上的人物，以及官私两面，他都有朋友，都跟他至好。像你们哥几位这表人物，倘愿跟他交交，他是求之不得的。"

这几人你看我，我看你，微然一笑道："是吗？"忽又道，"好，不久就有机会。我们哥们跟他交一交。"便站起身来，告

辞走了。郭老板惹了一肚皮气，这伙人云山雾罩，口气怪得很。看气派，他们又像江湖道，又不很像；看来意，好像来开码头，又不肯认账。郭老板是个粗人，就愤愤的骂了一句："狗养的，这伙东西到底是怎么个路数呢？"他一点也没摸清，也就没给镇九江送信。

然而机缘竟够紧迫，隔过不多几天，这几位外路好汉带头引领着两个气度骁雄、武师模样的人物，倏地气势汹汹，找上鱼行，先说久慕"镇九江"的威名，"我们来交交"，等到柜上把丁鸿找来，他们就开门见山的说出口来，要吃挂钱，入干股。丁鸿问他们："凭什么？"两个武师沉默不语，那几个带头的好汉掀衣襟，啪地往桌上拍出刀子来，一指刀，一指鼻头："爷们凭这个！"

镇九江丁鸿一见这阵仗，哈哈大笑："诸位赏脸，光顾到我在下这里来。在下一生好交，一定教诸位称心如愿！"眼光一罩，光棍眼里不揉沙子，他立刻分出轻重，转脸对着那两位武师递话，重新请教姓名。两位武师一姓张，叫张开春；一姓黄，叫黄建堂。那带头发话的叫舒长旺。丁鸿眼望着张、黄两武师，话对着大家，沉着讲道："我们自家人有话摆在桌面，我们也用不着绕圈子，诸位也不爱听。现在我小弟要冒问一声，诸位的来意，可以开诚布公对我言讲吗？诸位如果在财力上有需在下效劳之处，小弟不才，愿倾囊献上，诸位尽管说出多少来。如果诸位此来，是替好友找场出气，我丁鸿自问血性交友，从不敢欺压哪一个人。请打听街面，便知小弟不是自往脸上贴金，街面上的朋友还没有说小弟不够朋友的。但是，无心之失，谁人没有？或者我无意中开罪了好朋友，就请诸位明白指教，我丁鸿还不是护短讳过的人，诸位尽情挑明了，我一定知过必改，有罪赔罪，准叫好朋友面子上过得去。"

张、黄两个武师还是不言语，只拿眼盯着丁鸿的嘴，又侧顾到带头发话人舒长旺的嘴。舒长旺总不理丁鸿这一套，不依不饶，十分强项。丁鸿烦出街面人物来，在酒楼说合，怎么说

也说不拢，对方强项依然，并且越叨念话越难听。舒长旺狂笑着说：“丁二爷威镇九江，把持鱼行，有财有势，莫说老百姓惹不起，连官面都另看一眼。可是水满了要流，吃肥了会吐，丁二爷也享福这些年了，把鱼户的油水也榨弄到透骨了，该换换口味了。丁老兄吃惯头一口，现在该换我们哥们啃第二口了。”干干脆脆，就是这等口调。

说合人出力对付，试替丁鸿探问他们入干股、吃挂钱的成数。“哥们打算吃多少股呢？哥们究竟是多少位呢？”

答话很凶，人头不太多，一百多个；干股四六也不行。

“怎么才行呢？哥们难道说，整个端吗？”

啪的一下，舒长旺砸桌子，瞪眼睛道：“你猜着了！”

“我也没烦你们费心呀！”

“好！你们事有事在！”说合人气得面目变色，站起来，呼啦啦的全走了，立刻回复丁鸿：“预备桌面外的吧。”

镇九江丁鸿哪里吃过这样挤，当下挤翻了，冷笑说道：“好吧。谢谢诸位，回头我给诸位道劳去。”于是亲自接见舒、张、黄等人：“既诸位不赏脸，桌面上讲不通，那么请诸位划道罢，我姓丁的在这里接着！我刀山、油锅、拳脚、家伙、单打独斗、群殴械斗，请诸位赏脸赐教！”

却是舒长旺这几位好汉又不想卖打，拼命。张、黄两武师首先划出道来，教镇九江摆擂台，普请天下英雄“以武会友”，胜者占有鱼行，败者夹了尾巴走。打擂台自然是单打独斗，镇九江丁鸿的武功还钉得住，略一寻思，咬牙道：“好，就是这么着！”他明知虎狼当道，应该韬晦，可是事到临头，死了也要争一口气。他是豁出去了，对手舒长旺看出丁鸿的狠劲，突然又变了卦，另说出定期纠众械斗，不要单打独斗了。丁鸿道：“械斗群殴，不见本领，你老哥这做法不嫌差劲吗？我却怕江湖人耻笑我靠着家门口倚众欺人，我情愿跟你单个对单个！”

张、黄两武师微微动容，舒长旺也道：“一定要群殴！谁

不知道你镇九江在本地人多势众，谁也惹不起，我们却偏要惹一惹。”

了鸿怒极，也拍桌子道：“好，就请你们定日期吧！还有，日期请你们定，地方也请你们定，我全听着就是了。”

就这样僵上火，定了局。

两边暗中都忙着准备。丁鸿只是预备人，那边除了人，还有别的准备。这时候，地面上全轰动了，接骨科郎中神手蔡松乔却从别方面另得了一个信，又过细地扫听了一回，慌忙赶来，找镇九江丁鸿密谈。先略问经过，跟着蔡松乔眉峰紧皱，叹道：“这可不好……这可怎么办呢？丁二哥，我跟你讲一句心腹话，械斗使不得，擂台摆不得，闲气简直怄不得。你能压住火，把这口气咽下去吗？你想你这时候，可很有点不对劲呀！”

丁鸿微喟一声，摇头道：“他们堵上门来找寻我，我不顶着干，怎么办？他们要打架，只好跟他们打。死就死，毁就毁，还顾得及别的吗？”

蔡松乔道：“丁二哥，你只知其一，不知其二。你要弄清楚，这不是争码头、抢衣饭、寻常江湖好汉较量胳膊根的事件，这里面还有别的把戏……”

丁鸿闻言，寻思了半晌，似有所悟，双眉一皱，咬牙瞪目，道：“我明白！”此时他叛志已萌，便向蔡松乔透露了口气。可是神手蔡松乔未遭切肤之痛，只觉当山寇、当反叛的名头有些吃不消。但丁鸿左思右想，别无他途。两人经过多时叨念，更已利害分明，丁鸿竟把大主意拿定。

神手蔡松乔见到了丁鸿志向已决，只好说道：“既然如此，我也不再多劝了。事情危急时，二哥如有需用我的地方，千万给我一个信，小弟是赴汤蹈火，万死不辞！”

“好，一言为定，我谢谢你的盛情。”

当下，两个人紧紧的握着手，好久好久，方才告别。蔡松乔自回医寓，听候吉凶。丁鸿赶忙布置，一面安置家小，一面

向鱼行同事、渔船至好透露己意，一面跟江湖上的好汉通谋。

当天夜里，便有两个绿林壮士高春江、鲁晓峰，应邀潜来参预密谋，规划举事。举事必须有够上数的死党，还要有接上手的外援，现在却苦于外援的“远水不救近火”。九江口这地方，附近既没有占山称雄的陆路好汉，也没有据水抗官的江湖豪客，西北够不上闯王，西南够不上洞庭湖的百鸟。盘算了一阵，又把九江府官军的兵力估计了一下。镇九江骂道：“管他娘的外援够上够不上，老子我要硬搞瞎搞了！”

他觉得一旦杀官造反，没处投奔，实在有点差劲。他毫没有造反的经验，他竟想不到，此刻只要闹起来，遍地都会出现帮手；随便一个地方，攻下来便可以据为梁山泊，并不一定先要有个梁山泊，然后再投了上去。那高、鲁两个绿林壮士也很外行，他们只是独行强盗罢了，他们俩告诉丁鸿：“我们可以给丁二哥引见几个能人来。”

第二、第三天，便把能人邀来。这能人正是鬼见愁穆成秀、陶天佐、陶天佑、赵迈一行。

鬼见愁穆成秀、铁秀才赵迈一行到达九江口不久，便听见茶寮酒肆纷纷议论当地豪杰将有打擂台、夺鱼行的纷争。既然是打擂台，一定有武林中的能手，穆成秀等便留上心了。恰好丁鸿正在寻访跟闯王闯将通谋的人物，中间撮合人自然是那两个绿林好汉高春江和鲁晓峰。

穆成秀、陶天佐、陶天佑一听见两个绿林提到丁鸿的遭遇，便欣然雀跃：“好极了，这可找到合适的人了！”便要几个人同去会见丁鸿。赵迈道：“且慢，人心隔肚皮，这位姓丁的朋友恐怕是被逼急，要拼命。他这个人素日究竟怎么样，是否有号召大众的魄力？我们先不要鲁莽，我看应该试着脚步，留点后手，我们头一步要考一考他的真假虚实。”穆成秀道：“但是，夺鱼行要械斗的事，九江口街面上都哄传动了，决计假不了！镇九江丁鸿这个人我也早有耳闻，是个豪爽汉子。不过你的话也很有理，造反到底非同小可，魄力决心应该品察一下。

咱们这样办吧，你跟天佐找他面谈！我和天佑留在外面访，咱们一明一暗。”大家齐声说好，赵迈就和陶天佐由居间人陪伴，候到天刚黑的时候，悄悄到鱼栈后面跟丁鸿会晤。

初次见面，略有寒暄，跟着就屏人密谈。丁鸿以为赵、陶两人既与闯王通谋，是造反的人了，应该是彪悍泼辣的人物，不意赵迈文质彬彬，江南口音，活脱像个幕府师爷；陶天佐又鬼头鬼脑，江湖气很重。两人不伦不类，都不像黄巢、闯王派头。

丁鸿存着戒心，赵、陶又存着试探的心。这一边反打听赵、陶跟闯王的关系，钉问九江附近到底有没有闯王潜伏的兵力；那一边又刨根问底，盘诘丁鸿的决心与实力：“到底你老兄手下有多少人？还能号召多少人？都是些什么人？”谈了半夜，彼此总隔着一层，没有做到推诚相见——本来呢，他们这是头一次会见。谈到夜深，赵、陶二人告辞，并订后会。丁鸿要亲送二位回转下处，问他二人住在哪家店房。两人悄声说：“你请回，不要送，免得叫官人打眼。”并没有说出店名，也没有说出现时落脚处。那两个居间人高春江、鲁晓峰要陪着客人走，被丁鸿留住了。

丁鸿送客归来，掩上了鱼栈后门，和两个居间人来到屋里，脸上闷闷不乐。鱼栈别屋早聚着十多位死友，听候消息，纷纷围上来，动问：“跟北边的人会见情形怎么样？是他们派大队接应我们来？还是我们杀出去，投奔他们？”丁鸿摇头道：“还提接应呢，这两位闯将城府很深，任什么话都不告诉我们，只拼命挤我的底细，问我死党都有谁，打算怎么动手，有什么外援。我若有外援，还用得着找他们吗？简直这两位闯将满不够味！”转问居间人：“到底赵、陶二位跟闯王沾着点边没有？他们打哪里来的？不是官府派来的狗腿子，暗中刺探我们的吗？你跟他们早就认识，还是新交？你可听见刚才我问他二位的下处，他们都不说吗？”居间人高春江、鲁晓峰极力担保：“这是好朋友，绝不是官府腿子。丁二哥别多疑，人家许是仔细审慎；我这就找他们去，跟他们透底说开了。刚才你们接头

的情形，我也觉得有些合不拢，彼此都有点放心不下。但是无论如何，他们是咱们这窝里的人，绝不是狗腿子一流的人；他们就不能帮我们一手，也不会坏我们的事，若不然，我们也不敢给你们撮合。我们这就问去！”立刻站起来走了。

丁鸿很烦恼，且把赵、陶丢开，专谈械斗；由于人多主意多，大家商谈起来，七言八语，居然谈出一个策略来。当下商定，多多的聚众，明面跟对方械斗，暗做造反的准备。一旦发现对手果有陷害机谋，就把械斗一转而为杀官造反。

死友们就纷纷出动，以邀人助拳为名，加紧的找这位拉那位，左秘议右聚会，挪地方，严关防，探敌情，窥动静，磨武器，备车船，暗中穿梭似的布置。鬼见愁穆成秀、陶天佑暗中窥察，获得了蛛丝马迹。

那两位居间人高春江、鲁晓峰也已诘问赵、陶。赵迈笑道：“老兄不要忙，他们恨不得我们立刻调动人马，帮他杀官造反；我们却要访一访当地的情形，估一估力量。请你转告丁二爷，少安毋躁，我们也得合计合计。好在我们是初会，下次再见面，我们拿出我们的做法来，丁二爷就高兴了。我们也是忙得紧哩！”

于是居间人自去回复丁鸿，丁鸿微微一笑，对赵、陶竟失去了信心，随口答道：“好吧，我静听他们的好信吧。”索性连最近的布置也没告诉居间人转达。

穆成秀和二陶一赵，既已侦知丁鸿的决心和实力，立刻也决定了对策。先派陶天佐北上驰报叶雨苍，但不必远去，只出离省境，便有他们秘设的驿站，专管传递消息。然后，穆成秀、陶天佑、赵迈找到居间人，要立刻的跟镇九江丁鸿会见。丁鸿另换了一个隐僻的地方，邀几个至友，和穆成秀等见了面。

穆成秀大头巨眼，花子似的打扮，可谓其貌不扬。但和丁鸿一“对盘”，立刻看出他眼光闪烁，精力弥漫。等到一开口，穆成秀开门见山，便问：“丁二爷这两天运筹辛苦，还有几位朋友血性相交，给你拼命奔驰，想见你们同心决意要抗拒酷吏

豪绅！丁二爷，我们全很忙，事机又迫切，我们要痛痛快快的办。我先钉问你一句：你预备的怎么样了？”

镇九江丁鸿道：“略微有点安排，但是不成，人手太少，还得请你们诸位大力应援。”

穆成秀笑道：“哪里，哪里，我们是远水不救近火，我们知道你已然预备的差不多了，你们已经纠合了二百一十七位同盟死友了！”

“什么？”

“你们不是已有二百一十七位患难弟兄，都订了同生共死的盟单了？”

丁鸿微微一惊，环顾盟友，不知是谁走漏了消息；又拿猜疑的眼光打量居间的朋友，末后又凝视穆成秀、陶天佑、赵迈三人。丁鸿久涉风尘，眼力是高的，他看出穆成秀生相尽丑，却绝没有官府捕役狗腿子们那种恶奴狡辣相。穆成秀冲着他一笑，他立即回笑道：“不错，穆仁兄耳目够灵的，我们人虽然不算少，但是九江口地扼长江中游，驻扎着水师三营，还有城防马步五营……”

穆成秀道：“我知道，江防水师共八营，现在九江的就剩三营。然而你老兄布置的很好，你的朋友也够交情，你的举动很露形了，可是瞎眼又瞎心的官府不很知道你的，也没提防人。如若不然，他们不会把那五营水师开赴鄱阳湖去……”

丁鸿道：“穆仁兄，你只知其一，不知其二，他们因为我是水路买卖，他们是怕我往鄱阳湖里跑，他们是要截断我的退路……”

穆成秀摇头道：“不是，不是！我们还没动手，还谈不到退。就是退，也不该往南边退。现在我们要核计的是，怎么动手，何时动手？我们估计，地面上水陆官兵尽多，也不过水师千名，马步二千余名，再加府标，县捕、丁壮，多算也只是四千人上下罢了。你若起兵，但凭二百一十七名盟友，再加上一二百名义从，人是不太富裕。”

第七章

御史府中夜行人插刀留柬
白当镇畔运粮船火光冲天

穆成秀顿了一顿，又接着说道："当然，若猝然发动，是可以杀他们一个落花流水，措手不及的。所顾虑的倒是持久之计。长江上游汉阳的重兵，和下游芜湖的重兵，恍如一条长蛇，他们怕不容你在九江口拦腰一刀切断的。所以，起兵攻城是可以的，攻城掳地是干不得的。还是应该学闯王，且战且走，到处给他窜扰，才能成其大事。你们打算占山，入湖，这个我都觉得不对……"

镇九江丁鸿忽然笑道："这也不好，那也不对，其实都是后话，将来有工夫，可以仔细盘算。我们现在着急的是眼前的办法，诚如你老兄所说，人不多，帮手少。咱们干干脆脆一句话，穆仁兄，你们能出多少帮手呢？"

穆成秀也笑道："我们也更干脆，你当是我们还对你老兄有什么夹藏掖吗？我们的人都来了，就是一巴掌这些个！"

镇九江不由得动怒，道："你们才五个人吗？"

穆成秀道："五个人还少吗？"

丁鸿简直要大骂，可是他忍住了。他说道："五位英雄果

然不少，桃园不是才三结义吗？不过我们二百一十七人已太无能，总觉不是万夫不当之勇。可是就冲你老兄这个气派，也给在下仗胆助威不少，我一定豁出去干就是了。穆仁兄、陶仁兄、赵仁兄……你们到场是三位，你三位请回，听我们的好消息吧。”

镇九江这一气，非同小可。他已然决定了，先杀穆、陶、赵三人以灭口，就算拿他们开刀祭旗。他认定穆成秀等口吻狡狯，言行诡怪，简直不是恶作剧，就是官面的狗腿子；自己的计划决不再多说，已然认为说得太多了。他心想，只要穆成秀等告辞要走，就把他们扣起来，先审审他们的底细。丁鸿双眼闪闪，往外冒火，他的盟友们看出不对劲来那两个居间人高春江、鲁晓峰却早恼了，突然上前，抓住了鬼见愁穆成秀，厉声诘问道：“姓穆的，你不能拿好朋友开玩笑！是我多事，把丁二哥身家性命交关、还牵连着鱼行渔船好几百口人生死的大事，瞎眉瞪眼的告诉了你们；也是你们先要造反，来找帮手，我才相信你们。怎么着，你们把实底掏摸了去，放出这样的稀松平常的屁来！姓穆的，你此刻不说出真心实话来，我跟你不客气！”

陶天佑、赵迈一齐拦道：“慢来慢来，有话好讲！”穆成秀面现诧异，说：“我怎么啦？我的话还没讲完，我的主意还没有拿出来，丁鸿兄就急不可待了？人家着急是应该的，老高老鲁你这两位中间人也引头瞪眼，瞪眼能办事吗？”

神手蔡松乔一看下不了台，忙站起来，横在三人中间，赔笑道：“消消气，有话慢慢商量。穆老兄，你究竟有什么高见指教我们丁二哥呢？”

鬼见愁穆成秀刚要张嘴，铁秀才赵迈使眼色止住他，自己却用和缓的口气笑着向丁鸿、蔡松乔说道：“我们也是想到丁老兄帮手少，仓促起义，未见得马到成功。昨日里，我用釜底抽薪的法子，把你们眼前这场是非压一压；然后容开手脚，我们去给你们请救兵，里应外合，才能成事。”

丁鸿捺着气问道："请问用什么釜底抽薪之计，才能压得住这场械斗呢？难道说向官府行贿，找主使人向施御史服软？"

赵迈道："服软行贿，如果有效，也未尝不可以。只是这些贪官豪绅一向软的欺，硬的怕；你越央求大老爷恩典，大老爷越要拿板子敲打你。"

"那么，怎样釜底抽薪呢？"

赵迈道："我们想了一条拙计，请丁老兄和诸位兄台一同斟酌。其一，耿知府、施御史是丁兄的真对头，他们那里，我们可以设法托人去善劝他们，教他们适可而止，不要再算计你。其二，出头争码头来的那几位江湖朋友，我们也可以绕弯子找人，跟他们说开了，劝他们不要受官府豪门支使，当傻小子……"

居间人高春江、鲁晓峰听了一愣，说："你你，怎么你们跟他们官绅也有拉拢吗？"

穆成秀、陶大佑、赵迈全笑了。穆成秀抖着大头说道："咱们闯江湖的人，眼皮是杂的，跟哪一行都来往。官绅这一方面，咱们虽然高攀不上，可是总能找出门径来，挖出跟他们对上脸、说进话的人，烦他们给丁老兄疏通疏通。我们相信，只要容开了空，我们管保把他们老爷们善劝好了。"

丁鸿见穆成秀说这话时，神色冷淡，忽然想过味来，忙问道："穆仁兄，你们的话里面有好大的脱榫。赵兄刚才说他们吃软怕硬，怎么又能听人善劝！你们的善劝的法子是怎样的呢？你打算烦谁去善劝呢？"

穆成秀笑而不言，只说："三天以内，我们总能找出善劝的人来。既然找到人，自然他就会拿出善劝的妙法来，你就统统交给我，不必多问了。"镇九江丁鸿摇头道："不对，不对！莫非你老兄这种劝善法子，是要用插刀留柬吗？"

穆成秀敞笑起来，说："你就不要钉问了，反正我们担保给你办得妥妥当当，决不会挤出枝节来。实对你说吧，你们的决心和人力，我们都体察明白了，知道你们确有起义的打算。

可是我也已看出你们人力不大够，我们已然连夜派人送信去了。但丁老兄你要知道，我们跟北边人距离太远，莫说来一批人，就是来一个信，也得十天半月，何况沿路上还有官军。所以在眼前，我们该用一点手法，把事情按一按，好容得咱们展开手脚。我说的这宗办法，乃是我们哥几个替你老兄设身处地，经过深思熟虑，方才商定的，丁老兄，你觉得怎么样？”

“倘或善劝无效，事情按不住呢？”

赵迈慨然说道：“那当然我们也不能袖手旁观，要替大家安排一个退身步。总而言之，我们是拿丁老兄当一个自己人看待，一切请放心；我们既然来了，就不会事到临头，再躲闪了，丁老兄别忘了我们是干什么的。”

镇九江丁鸿和居间人到此都放了心，丁鸿首先站起来，向穆成秀、赵迈、陶天佑抱拳道歉：“小弟是当局者迷，这几天忙得我头昏眼花，未免把老兄的高见错想了。我也不说感激的话了，此后我丁某的身家性命，全托付你们哥几位了；我和我的朋友一定跟了你们几位走，赴汤蹈火，万死不辞！”

赵迈也忙谦谢道：“是我们说话不透亮，容易教朋友误会。话既说开，我们抓紧时机，赶快办起来。”那两位居间人也连声谢过，再三说自己莽撞。穆成秀笑道：“好了，好了，二位兄台不要描了。二位兄台热心为友，你们越发急，越见得你们有义气。我们现在还是谈正经事。”

当下，几个人开诚布公，通盘筹划一番。丁鸿把他的至友一一跟穆成秀、陶、赵等引见了。穆成秀、赵迈为了坚强对方的信赖，提议一同拜盟，“誓不相负”。镇九江丁鸿欢然大悦，立即歃血订盟，矢共生死；然后又一同密谋了一阵，就彼此加紧分头办事。

那鬼见愁穆成秀的“善劝”办法，果然是类乎“插刀留柬”的路数。这一天夜间，施御史在本宅“进士第”中，正和如夫人高卧香床，好梦正酣，那如夫人突然听见天崩地裂，屋梁塌下来，惊得她尖叫一声，挣身要爬起，竟爬不起来。一瞬

间，记得是临睡熄了灯，如今却明灯辉煌，照眼生皱，抬头看帐顶，屋梁并没有砸下来；支肘再起，觉有什么东西把他们的绣被钉住了。如夫人忙叫老爷，老爷睡得像死狗，推也推不醒，定眼一看，施御史脸色惨白，昏迷不醒，本来就是个枯瘦老头，如今像个死尸枯骨。如夫人惊叫起来，拼命一挣，挣出被外；这时候才发现有几把匕首环绕着施御史夫妾，透被穿床，给钉住了。桌上还有一张白纸，压在灯台之下。

如夫人战战兢兢下了地，叫道："你们快来，不好了，老爷死了！"推门而出，逃到外间，把值夜的使女拼命砸醒。使女也跟着喊，不大工夫，内客仆婢，阖府男妇，先后全惊醒了。

有着气膈病的大夫人自然也吵醒了，先是骂，跟着又惊又怒，披衣赶过来，一看见死尸般的施御史，摸了一把，冲着如夫人破口哭骂起来："你这狐狸精，你这娼妇，白日里老爷还好好的，怎的一夜工夫，就教你毁成这样了！"

如夫人还口道："太太你凭什么骂我，你看看这个！"大夫人这时方才看出刀子来！"哎哟！不好，有刺客！快来人！"吓的坐倒地上了，命使女们把男仆快快都叫来。

这时，门帘也扯掉了。男仆站在卧房外间请命，大夫人又骂起狐狸精："死不要脸！还守在这里做什么！"又骂男仆："死尸们！还不快救你们老爷！"

男仆乱作一团，这才走进来，拔匕首，救主人。正忙着，大夫人卧房的套间内又怪叫起来。那套间内住着乳娘和小少爷，一阵嚷闹，乳娘惊醒，一摸小主人没有了。大夫人又奔回上房，果然四岁的爱子连禨祼全不见了。大夫人号啕大哭，又骂男仆："还不快找找少爷？"

幸而很快的把小主人寻到了，真是出乎意外，小少爷连禨祼竟上了房顶。救下来，也是昏迷不醒，面色惨白。大夫人一面哭孩子，哭丈夫，一面想起了家财，催骂仆妇查看箱笼。还好，财物没有失盗。于是直闹到天大亮，施御史父子才被救

醒。那插在施御史周身的匕首竟有五把之多，刺力惊人，直钉入床板，恍如用大铁锤砸进去的；那灯台下压着的白纸黑字，也已拿给施御史阅看。施御史喘着气，双手抖抖的看了一遍，吓得他一声不言语，把白纸掩藏起来，直抹头上汗。大夫人说："这是贼，还是刺客？"施御史摇头道："全不是，这大概是江湖上的人过路跟我开玩笑，你们不要乱说！"又传谕仆妇丫头，一律不准向外讲，极力的把这件事哑秘下去。

挨到次日傍晚，施御史捻着胡须，千思百想，打定了主意，第三天悄悄的坐了轿，拜访知府。

刚一投帖，府衙长随先说："敝上今天不见客。"因为施御史是常客，就抱歉似的解说，"敝上昨夜忽得重病，至今没上签押房，恐怕没法子会客，施老你能不能改日再来？"施御史眼珠一转，说："哦，病了？什么病？多早晚得的？"长随赔笑道："小的说不清，小的是外班。"施御史想了想道："你辛苦一趟吧，拿我的名帖进去报一声，说我一来问病，二来有要事奉商。"长随道："这个，施老爷不是外人，小的试着去碰一碰看。施老爷稍候一候！"长随进去了。

过了好一会儿，长随高持名帖跑出来喊："施老爷请，请往内衙一叙。"做出来要开中门的姿势，却没有传人伺候，施御史摇手止住，便下了轿，径走角门，随了长随，曲折进了府衙后宅。与耿知府两人见面，施御史说："听说公祖老大人欠安？"耿知府卧在床上，推被而起，说道："施年兄，恕罪恕罪！我本要请你来谈谈，不过……近来时令不正，容易得病，你府上可好吗？昨夜里你没有……你昨夜睡得可好吗？"

施御史登时明白了，知府这个病大概是跟自己同时得的，随即答道："贱体托福顽健，公祖老大人请躺下说话吧，尊恙如今可好些？可是昨夜得的吗？这可谓同病相怜，小弟我前夜也闹了一阵，险些死了！"

耿知府道："唔，你也病了？什么病？"

两位官由互问病情说起，慢慢的绕着圈子吐露了实情。耿

知府和施御史一样，昨夜得的也是那种怪病——刀插穿被头，人中毒不醒。

官和绅两位老爷又绕了一回圈子，耿知府先把他那张“白纸黑字”拿出来，并吐怨言道：“施年兄，这病是我自找的，却也是你老兄嫁弄给我的。这件事分明是丁鸿这东西看出我们布置的械斗圈套是要作弄他，他这才主使出人来干的，借此威吓官绅……你说我们该怎么办？”

施御史道：“我想丁鸿前次在押的时候，畏官惧刑；现在忽然弄出这一手来，究竟是他还是别人？”没等到说完，看出耿知府神色不以为然，立刻改口道，“我想，就是别人干的，也一定跟他通谋。他挑了这么一个夹当，在出狱之后，械斗之前，突然暗遣刺客威胁官绅，他简直就是反叛了。我们是不是把他抓起来，严刑讯问，钩稽党羽？”

耿知府笑了起来，说：“年兄服官多年，怎么想出这个主意？”

“那么，依公祖之见呢？”

耿知府道：“事缓则圆。丁鸿这个刁民既敢秘遣刺客，齐迫官长，势必早存叛逆之心，暗中正不知他布置了多少党羽。现在一重办他，恐不免打草惊蛇，激出大变。鄙意以为，我们目前不妨把事情按一按，好像是他这一来，真把咱们吓住了，不敢惹他了；过些日子，他自觉没事了，松懈了，我们再猝然逮捕他和他的党羽，一网打尽，然后才是我们做官的报效朝廷、隐销乱萌的道理，而你我这口闷气也就出了，何必急在一时？至于目前之计，年兄熟悉地方情形，请你多多偏劳，设法打听丁鸿这家伙交接的都是些什么人物，是不是跟水寇鄱阳百鸟有勾结？”

施御史听了，沉默不言，他恨不得把丁鸿立刻抓起来，免除后患。他试着又催了一下，只是催不动。他就变了个法子，另问知府道：“公祖所见甚远、甚稳，兄弟不胜心折。只是他们械斗的事，该怎么办呢？”

耿知府笑道：“那是他们地痞流氓干的事，也是多年留下

来的嫌隙，官府睁一眼，闭一眼，只要激不出事来，那就吏不举官不究就是了。”暗示着借械斗隐害丁鸿的诡谋，他不管了，不办了。

施御史很不满意，可是大权在知府手内，知府不再听他的吆喝了，他到底拗不过去。见知府眼望屋梁，意含厌倦，知道再不告辞，主人就要端茶送客了，便只得又敷衍了几句闲话，起身告辞。

回到家，施御史吹胡子，瞪眼睛，冲家里人闹了一阵脾气。末后思量了一回，打算送重礼给知府，买嘱他逮捕丁鸿。他又心疼钱，不大愿意掏腰包。正在打不定主意，他那门斗又跑上来，禀报他一件要事。据那个舒长旺说，重金礼聘来的打手张开春、黄建棠两位名武师，退还聘金，不辞而别了。张、黄二位武师还婉劝舒长旺，应看重江湖义气，不要做官绅陷害良民的工具——这一来，施御史更瞪眼了。

然而“把事情按一按”的办法，已经耿知府决定了。鬼见愁穆成秀、陶天佑、赵迈会同镇九江丁鸿，所做的“插刀留柬”的办法奏效了，居然把“事情压一压”了。虽然潜伏着隐患，穆成秀觉得这一来到底容出工夫来，展开手脚了。于是穆成秀很得意他这做法，向丁鸿笑道：“丁老兄，你看怎么样?”丁鸿自是欢欣感谢，丁鸿旁的朋友们也都高兴，至少把这场逼到眉睫的械斗，不知要死多少人命、惹多大乱子的凶杀，居然给化解得无影无踪了。

独有赵迈，另有所见。他向穆成秀说：“我看施御史吃这大的哑巴亏，未必甘休。这几天没事，不晓得耿知府、施御史他们暗中捣什么鬼了。我总觉事情不算完，须提防他们暗中调兵遣将，密布网罗。”

穆成秀把他那大脑袋尽摇道：“我已对张开春、黄建棠两位武师仔仔细细说开了，反正械斗是闹不起来了，眼前不会出事就够了。至于官绅不肯甘心，我也知道；但他们另布陷阱，那还得些日子。现在我们赶紧回去，替丁鸿延邀帮手。”

又过了些天，官府和豪绅那里一点动静都没有。械斗的事似乎准是化了。那几个要胳臂根的汉子，不但不再找丁鸿，就在九江口码头上也看不见了。穆成秀等便问丁鸿：“府县衙里边，可有靠近的朋友没有？”丁鸿说：“有。”又问：“现在事情是缓一步了，如果再有风声草动，你事先能得信吗？”丁鸿道：“能倒是能，只怕未必灵通。”穆成秀思索了一回，道：“你再设法好好的贿买一下！”

又过了些日子，陶大佐回来了，带来了叶雨苍的回信。现在闯王大兵分道入豫入燕，和江南有些够不上。叶雨苍事忙，也不能亲来策划。不过皖、鄂交界四流山地方，啸聚着一群山林好汉，为首的寨主虞百城，跟闯王部将也曾通谋。信中说镇九江丁鸿倘有起义决心，当鼓励他自己干，干起来自然有人；倘或势孤事危，可教他与虞百城联兵。信末就叫穆成秀等马上给虞百城丁鸿联络一下。穆成秀、赵迈依言先去找丁鸿。

镇九江丁鸿此时已经相信穆成秀等人的力量了，就拜托他们赶快与虞百城联络。穆成秀、赵迈、陶氏弟兄带了丁鸿的几个死友匆匆的去了。丁鸿就一面戒备着，一面照常干他的鱼行生理。耿知府、施御史连日一点动静也没有，街面上也没人寻隙；他虽然还没有放心，却也渐渐有点懈了劲。

这时地方上竟传大局吃紧，说是建夷（满清）自获得明廷葫芦岛三降将孔有德、耿仲明、尚可喜率部投降，现在正整顿水师，窥伺鲁东广岛、登州、芝罘一带。而“流贼”闯王李自成也正率匪部直窥燕云。“内忧外患”交乘，凡属官绅士民，食毛践土，理应效忠君国，荷戈勤王。九江既系久沐皇恩，难道还不该出兵、出饷、出械，以捍国难吗？官绅这样说，老百姓这样传，于是军出旁午，征调频繁，市井间陡然紧张起来。这情形也波及江边船户渔民。

有一日，驻扎九江口的水师提督军门忽发羽檄，传谕沿江所有航船、渔艇的排头、业主，齐到军门大营听令。大大小小的船行业主都被抱大令的水师营一齐催到军门。军门大营出来

一位气象威武的将领，向这些船行排头“讲道”。先晓谕当前时局，辽寇当御，流寇当杀；但是“攘外”必先“安内”，“安内”必当剿贼，所以讨流贼更比征辽御辽紧要。次指示征调重务，既为迎击流贼，防制他南窜，故此官军要征调江船，大批运兵、运粮、运军器，教他们船户人人掏出良心来，替皇家效力。征调是不给船资的，但照支“力役”的伙食费。传谕完了，就叫他们画押，随时听候调遣。

这个传谕的将领，有人当是水师提督军门。可也有人认识，这人不过是中军参将：提督军门大人是轻易不跟小民见面的。这些船行散了之后，回途上七言八语，免不了怨言百出；尤其渔户，一向不管航运的，现在也征调到了。镇九江丁鸿既是鱼行老板，又是渔船排头，他却一声不响，低头沉吟。这回征调是为了御辽寇，剿“流贼”，可是自己是和闯王通谋的，“我怎能帮官家航运，来资敌害友呢！”

但这次征调，不比往日由军门檄告府县地方官办理。这次既是由军门径直下令，采取的是“军兴法”，“如违”便要“军法从事”。镇九江丁鸿和他的死友、同行商计，都说穆、赵联结虞百城未回，我们羽翼未丰，不可抵抗，还是且看动静，守机待时为妙。万一临到我们被征，也只好暂时虚与委蛇，不可硬顶。却不妨派人和穆、赵、虞百城送信告急去——就这样商定了。

却是时机紧迫，隔不了几天，征调令竟落到镇九江丁鸿头上。镇九江丁鸿心中不由疑忌：军输航运，理应先调江船，江船不足，然后征调渔船接济；怎么军输刚开始，就落到自己头上了呢？这其中是否耿知府、施御史暗地作祟？如果是他们作祟，又当如何？

镇九江丁鸿耳目是灵通的，就一面准备应付之策，一面设法刺探。刺探结果，地方官似乎并不知情，且已引起文武大僚的争执。知府认为水师滥肆征调，侵夺理民之权；水师提督认为地方官有意私收民誉，阻挠军兴之令。双方竟互讦起来，要

闹到督抚那里去。后来还是那个地方巨绅施御史出头调处，才算完事。

丁鸿只从府衙打听到文武不和的消息，便告诉了同帮盟友，大家说道："既然如此，我们姑且只好应调了。"但为了对付不测之变，头一批渔船应调，就由镇九江丁鸿亲自率领。这头一批船，运的是新征集的兵丁和一批粮械，要运到安庆，再转到南京。文武大吏更为照顾商艰民困，只让运到安庆，再由安庆另行征发船只转输，以均劳逸。镇九江丁鸿和十二只江船、六只渔船，一同装运丁壮粮械，沿江流往下游运；每只船都有兵弁随同押护。等到开始装运，镇九江丁鸿陡地起了疑心。按这装载的丁役粮械计算，只要八九艘江船就够了，本来用不了这许多船，更用不着渔船。他试着向小武官和江船排头探问，所得的回答是："丁二爷你也是老江湖了，难道还不懂得官场的手法吗?""什么手法呢?"江船排头说："谁打点得到家，谁就免征；谁打点得不够格，谁就辛苦一趟。这有什么可怪的!"

可是丁鸿也打点了，莫非打点得不到吗？怎的渔船头一批就临到自己头上？他想不通，就只得多存戒心，多加探访。

可是沿路上居然一帆风顺，平安运抵安庆。押船的官弁对丁鸿也另眼看待，似乎认为丁二爷是九江地面上的人物，要攀交攀交。等到船抵安庆码头，拢岸不久，验收才毕，公事交代还未完，便惊动了码头上出头露脸的人物，立刻邀请丁鸿和江船排头到下处饮酒歇息，还要请他们看戏。镇九江丁鸿推辞不掉，只得应酬；从这应酬中，听到了许多朝野新闻。原来大局败坏，讹言百出，税重役多，民心动摇，又不止九江口一个地方，这安庆一带也很骚动。丁鸿听了，只哼了几声。过了几天，签发的回批文书领到，丁鸿就掉船回返九江。九江口的朋友们本来不放心，现在齐来探问，得知平安无事，也就丢开了。

跟着第二批、第三批船运，也都派下来。随后到了第七批船运，又轮到丁鸿头上。丁鸿既然心存戒慎，就又亲自押运，

随船驶往安庆。一路平安无事，到了马当地方，那里关防突然吃紧起来（马当镇依然属于江西九江府地界）。沿江舰艇密布，水师云集；丁鸿等这批渔船一共六艘，虽然是奉檄随办军运，仍被严厉盘诘，仔细搜检，竟给扣留了多半天。眼见得船不能启碇了，便夜泊江边，预备明早开行。镇九江丁鸿睡在一只渔船船舱中，含怒饮酒，不觉睡熟。忽然间，船发惊讯，船户水手喊成一片："不好了，丁老板，粮械船走水了！"

镇九江丁鸿一跃而起，抢到舱面，拿起了他的铁篙。他才待喝问，其实不用喝问，满江通红，六艘渔船已有三艘起火！另有八只江船，一只也没烧！

这运粮运械船警夜戒备本严，又有兵弁护航，怎么会突然失慎，又不只一艘？此时竟无暇查究，镇九江丁鸿奋起神威，大呼同伴，赶快来抢救。他挥动铁篙，先要冲开那已发火之船，与未起火之船隔绝。

可是丁鸿之抢救，不但根本无效，而且押运粮械的兵弁和闻警驶来护航、驻扎马当的水师营，竟一齐前来捉拿失火船上的水手渔户，并且要拿办丁鸿。

丁鸿在火光中，冒着炽热的火焰，用铁篙奋勇把失火船捣到江心，使它离开其他的船。然而在火光中，他竟看到了官军冲他放箭；而且更在火光中，恍惚瞥见了水师营游艇上有两个人。

这两个人是那受施御史指使要以械斗争夺码头的武师，一个是舒长旺，另一个也是一位武师；二人在那里指点帮拳。

江岸上，江流中此喝彼和传出一片呐喊！

"拿呀，拿呀！"

"渔船通匪！"

"渔船与闯贼勾结。"

丁鸿蓦地憬悟，但已迟了。可是，无论如何，他也不会"旱"，一定要"运"的。

他不懂"王法做圈套"这句话，更不懂"王法"本来就是"圈套"。

马当口一片喊声，要拿私焚粮械、阻挠军运、与闯贼勾结的九江口水上恶霸“镇九江”丁鸿。

镇九江丁鸿一阵怒笑，怪喊如雷：“盟友们，我们上当了！我们反，我们反，我们杀！”

随船渔民们一看火起，也都急了，便跟着一齐喊。镇九江丁鸿使出他那威镇九江的本领，挥动铁篙，驾渔船扑奔水师快艇。水师营兵操舟来攻，倒被他挥篙打倒好几个水军士兵，他竟当先跃登快艇，招呼死友，快快登艇。渔民们果然一齐硬来夺船。渔民的水性比水兵强得多，不大工夫竟夺取了两三只快艇。镇九江喊道：“突围快走！”

这时白霜横江，夜色迷离。镇九江丁鸿和二十来个渔民，驾船急逃，水师营官兵驾船急追。水师营的操舟术不敌渔民，很快的就被渔民冲出重围，逃了开去；而且渔民很快的毁舟登岸，昼伏夜行，从陆路逃向九江。镇九江丁鸿的意思，还要潜入九江口，把死友和亲眷拔救出来。不料九江口官面上预先安排下圈套，在马当口阻谋纵火归罪的第二天，便已开始搜查渔户，暗加监管。却是手下官人暗中有和镇九江通气的，在第三天便泄漏了机谋。镇九江留在当地的死友们叫道：“不好！我们应该赶紧起义自救！”

不过人们畏难苟安的心情依然作怪。他们还要等一等镇九江的准信，妄想看准了再动。准信没来，渔民已经有十几个人被捕。这一来，渔民们被迫不得不动起来了。

渔民们三三两两秘议，大多数都把亲属运到渔船，假装下江捕鱼，以便伺机逃奔四流山虞百城。结果，水师营封江，渔民强闯，激起了一场水战；渔民终于闯出去了，却被打得落花流水，各不相顾。大半数舍舟上岸，少半数战死遭擒。等到赵迈等和四流山虞百城联络妥贴，九江口渔民的抗官运动已经失败到底了。

失败的缘故何在呢？

就在于赵迈、穆成秀等联络水陆联兵起义，迟了一步。

怎样的迟了一步呢？

铁秀才赵迈尚还“能见其大”，而鬼见愁穆成秀的游侠作风，竟把事情“轻重倒置”了。鬼见愁穆成秀半路上忽然要考验赵迈吃苦耐劳的本领；他又路见不平，拔刀仗义，要搭救一些落在妖人手里的童男童女。他耽误了二三十天，把童男童女救了，可是把九江口渔民起义的事给误了！

原来，在叶道长分派穆、陶等人搭救铁秀才赵迈时，穆、陶等人都觉得赵迈文绉绉的，和自己气味不大相投。等到救出赵迈之后，陶氏昆仲陪伴着赵迈逃难，一路上艰苦备尝，赵迈却能忍受，对赵迈便改了一些看法。可是鬼见愁穆成秀总有点不放心这个文弱书生。这一次由九江口到四流山，鬼见愁穆成秀恰与赵迈同路，鬼见愁要试试这位秀才师弟，于是他玩了一点把戏，而赵迈果然吃不消了。

穆成秀自幼受苦，当乞儿惯了，风餐露宿，冷地寒天躺下就睡，一睡就睡熟，有点动静，睁眼就清醒。赵迈是读书人，怎么着也得有铺有盖，躺在床上才能安眠。别的苦他都能受，受累起早全成，就是这一手他准伤风。跟穆成秀伴行几天，他就患伤风几天，随后咳嗽起来了。但是他贪图跟大师兄学能耐，学江湖经验，强行忍受，苦不肯言。数日后，被穆成秀看出来了，他却不能同情赵迈这份脆弱。他脾气既怪，又太任性；他嘲笑赵迈：“怎么样，老弟，不行了吧？要想干我们这一套，就得熬得住，受得了，才成。再像旧日在家纳福，可有点吃不开呀。”

赵迈脸一红道：“我得慢慢的来，吃苦也得练；师兄你不要心急。日子长了，我就改过来了。可是，若教我练成大师兄你这样的铜筋铁骨，心硬如钢，我还差得远，却是你要容我一步一步的修炼。”

鬼见愁穆成秀哈哈大笑道：“老弟这几句话，是该画圈（犹如说，值一百分），我倒想不到你体气顶不住，嘴头子倒够硬的。”

第八章

万恶妖人竟然生剖孕妇
无知土霸妄想南面称王

然而，克服困难，须有限度。十数天后，赵迈又病倒了。而且穆成秀在路上走，不但眠食无正规，而又忽然施展夜行术，紧跑起来，忽然又耗起来。遇见道路传言，人间忿语，他就要刺探。譬如刚在一座破庙住下，师兄弟睡下了，半夜一睁眼。赵迈看见穆成秀没影了；等到天亮，又睡在身旁了。清晨该上路了，穆成秀缩做一团，要补睡一觉。八个字的批语：他是“起居无时，行止无定”。往往是今天误了行程，明天就该跑步。穆成秀虽然是大师兄，脾气确乎有点乖僻，他又有点刚愎自用，总而言之，“穆师兄乃是怪人也。”赵迈却是个常人。

可是这一来耽误正事了。赵迈病了好几天，不能走动，陶天佐、陶天佑也被牵扯得走不成了。四个人重聚在一块，一面给赵迈延医治病，一面由陶天佐、陶天佑向大师兄发话，把大师兄的怪诞脾气痛痛快快的抨击了一顿。穆成秀还强词夺理：“我这是好意，我这是给赵迈弟一个磨炼。”陶天佑道：“哪里有这样磨炼的？你也得照顾到赵师弟的体力呀，你不能把他磨出病呀。”陶天佑道：“不对！这不是磨炼，这简直是贻误要

务。我们现在须要赶紧和镇九江、四流山联系，我们得快赶紧着走，不能沿路逗留，因小误大。要磨炼盟友，得看缓急。大师兄，你犯了任性逗留之罪了！”

穆成秀起初还狡辩，到底被二陶痛切驳倒。他扪着大脑袋，翻了一回眼珠子，好半晌忽然笑道：“是，是，是愚兄错了！我就算犯了逗留之罪了。”

陶天佑道：“不只是逗留之罪，还有轻重倒置，拿正事不当正事办的毛病。”

穆成秀道：“对！这都是一连串的，一错百错，通通出毛病了。实在讲起来，我是嫌赵师弟斯斯文文的不大对路；我要矫正他，可就矫枉过正了。”

陶天佑道：“你那一套也不能算是正。你忽东忽西、忽睡忽醒的劲头，只有我哥俩跟着你，还能顶得住；换一个人，谁也受不了啊。”

穆成秀道：“你挑的不对……”刚说出口，却又赶紧咽回去，道，“对对，我行的尽管正当，可是我这讨饭花子的做派，确也不算正常。老弟，以后我知过必改。”

这么一闹，等到赵迈病好，二陶就提议换拨，由陶天佐跟穆成秀一路，陶天佑跟赵迈一路，这样就好办多了。

于是继续登程，奔赴四流山。只走了几天，赵迈和陶天佑已经赶出两三站。穆成秀又犯了老毛病，自恃脚程快，落在后头了。陶天佐一犯脾气，说：“鬼见愁，你一个人煞后罢，我也陪伴不了你。”攒起脚力，很快的赶奔前站，与陶天佑、赵迈合成一路。穆成秀笑骂了一声：“我就一个人煞后！”便剩单人，算是暗中跟随他们了。

这一天，刚走进鄂北罗田县一个村镇，天色已晚。赵迈便和陶氏弟兄，寻了一家客栈住下。二更以后，陶天佐、陶天佑枕了小包袱睡下了。赵迈向灶上讨了一盆热水，脱袜洗脚。刚刚洗完，忽然听店房后窗沙沙一响，赵迈微微一动，回头低问窗外：“是谁？”

窗外低声笑道："是我。"

赵迈道："可是穆师兄吗？"

窗外说："快开门，是我！"

赵迈慌忙拭脚穿鞋，陶天佐已然一跃而起，低叫道："鬼见愁，你不会跳窗洞吗？"却已下地开门，穆成秀掩了进来，一口吹灭了灯，过去就推陶天佑。陶天佑伸手一擒腕子，道："大师兄又搅惑人来了。"

但陶天佐在未灭灯以前已看出穆成秀神色有异，料知有事，忙说道："别打岔，师兄什么事？"

摸着黑，师兄弟四个人聚在床边，赵迈没经过这样的事，未免沉不住气，首先开口问："师兄怎的了？有什么事故？"

穆成秀道："你们住的这座店靠不住！"

赵迈失声道："难道是黑店？"

陶氏昆仲手摸兵刃道："看出哪点破绽来了？"

穆成秀道："反正有毛病，是不是黑店，还难说。也许毛病不在店内，在四邻。"

陶、赵齐问："怎见得？"

穆成秀低说道："你们进店不久，我就溜到店门了。我却没进来，要转一转。忽然看见一个高大肥胖的和尚，走到店门口，他也是不一直的走进来，却抬头看了看牌匾，忽然绕到店后。我觉得他奇怪，就慢慢的溜达着，随在后面。他拐过墙角，我就蹲在墙根。那时候天刚黑，似乎他并没觉出有人暗随。他东张西望，末后挨到墙底下，站住了，从怀里掏出一块石子来，隔墙抛了过去。隔了一会儿，后墙上有人探头，向下望了望，看见和尚，就向他招手，又向旁边指了指。那和尚便向那指示的方向走去。又是一个墙角，和尚转眼之间拐过墙角，看不见了，墙头的人也缩回去了。我这才直起身来跟追，抹过墙角，再找和尚，踪影不见。那里什么没有，只有一座草棚。我进了草棚，里面空空如也。你们看这份诡秘，能说没毛病吗？"

赵迈听得发呆，以为这不过是个和尚钻洞，也许是偷情，不见得算是黑店。陶氏兄弟却一面听，一面结束停当，背起兵刃道："走，咱们仔细蹚蹚道，那里一定有什么蹊跷。"便催赵迈穿袜整衣，收拾利落了。四个人侧耳凝神，听了听四面动静，约莫已在三更时候。穆成秀轻轻开了房门，当先引路，陶、赵三人紧紧相随。

陶天佑最后出屋，便回手带上了门。几个人悄悄溜出店院，却喜店中人全都入睡了。穆成秀一指店墙，陶天佑飞身上去，伏身窥察无异，飘身跳出店外平地之上。赵迈不会上房，穆成秀骑在墙上拉，陶天佑蹲下来，叫赵迈踩肩头，往上攀登，两人帮忙，把赵迈架弄出去了。

穆成秀当前引路，陶氏弟兄和赵迈紧紧相随，曲折找到草棚左近，四个人分开来，先窥看人踪，次履勘地形。草棚这边是一片空旷之地，孤零零有几棵柳树；空地以外，是一块禾田。四个人反复寻勘了一遍，似无可疑；重新来到草棚内外。晃火折火照看，棚中空空洞洞，大概原是个磨房，此刻废了，却靠墙根立着一个大磨盘。穆成秀仔细察看了一回，低声说："毛病在这里了。"熄了火折，陶天佐伸手，就要用力搬。穆成秀急道："慢慢的，轻轻的，不可用强。"他怕的是有消息机关。果然所料不差，陶天佐手劲不小，两只手试行搬移，竟分毫搬弄不动；不但磨盘沉重，还似生了根一样。陶天佐立刻重新站好了姿势，就要拿出全力；穆成秀忙推开他，自己过来，翻翻摸索，竟摸着机括，只一推，便很顺滑的推开了。

磨盘开，窟穴现。"不好，这一定是地道！"里外漆黑，眼睛看不清楚，用手一摸，穴那边还有挡头。穆成秀推开挡头，立刻从窟穴中扑出一股子阴风，挟着霉温气。那么，窟洞之内，必有地道，必有地室，已无可疑了。

四个人决计入穴探险。四个人分开办事。陶天佑和赵迈在外巡风，两人一个藏在棚外，一个蹲在草棚内。穆成秀和陶天佐拔出兵刃，摸着黑，先后俯腰进入地洞去。这洞初进很矮

很窄，渐进渐深，忽然开朗；约莫走出三四丈，由地道达到地室了。

地室有门，门隙透光。穆、陶互相关照，提气蹑足，分立门两边，听了好半晌，里面微有动静，不闻人声，却从门缝中微微觉得扑出热风。门缝太小，看不见里面。陶天佐心急，伸手要挖门缝。穆成秀拦他不及，门那边忽然有人出声："谁呀？唔……没人？真他娘的，像下地狱、熬油锅一样，总教人起鸡皮疙瘩，浑身发毛！屈死的小娃子，和娃子妈，你们不要闹鬼，冤有头，债有主，可没有我马老二的事呀！"

陶天佐再也按捺不住，突然肩头用力，猛一靠门扇，门扇开了。

灯火之下，地室之中，一个大胖子背身蹲在地上，在一火炉旁大盆前，正在鼓捣什么。门扇骤然一开，胖子回头惊看，失声叫出来："谁？做什么？"陶天佐一个箭步，窜上去把胖子按住。胖子极力挣扎，穆成秀倏的赶上来，急忙堵嘴扣喉。胖子只哼了一下，狗似的躺倒，幸未嚷出声来。穆成秀急急往盆里瞥了一眼。大盆中是一个死小孩。

穆成秀勃然大怒，陶天佐吐一吐舌头："好家伙，钻在地窖害人呀！"穆成秀立下重手，把胖子闷过气去。随即叫陶天佐火速把胖子拖出外面去，陶天佐便掐脖颈，扛死尸似的，往地道原路走。穆成秀留在后面，马上开始了寻搜。地室有三间，人只胖子一个。来不及搜地室的上面，便先倒闩上地室门，灭去了则才扑门掩拉的痕迹，吹熄了灯，恢复原状，退出了地道，来到草棚，掩上磨盘。这个胖子好沉，足有一百八十多斤，陶天佐弄了一身汗，才把俘虏架弄出去。陶天佑、赵迈一齐动手接力，很快的把胖子架胳臂抬腿，撮弄到禾田地。穆成秀也赶到，动手把胖子弄活转来，急急逼讯内幕真情。

"你叫什么名字？做什么的？为什么藏在地窖宰活人？"

胖子喘息良久，被逼问数次，方才惶惑地说道："我叫马二，本行是屠行，现给本家当厨掌灶。我不是宰活人，我是给

本家主人洗死尸。”

“那盆里明明是个小婴孩，你怎么给弄死的？”

“不是，不是，我敢起誓，这没有我的事。那是从娘胎里一剖出来，哭了几声，就死了的。那是一具童尸，主家教我剥洗剥洗。好汉老爷们可以细看，尸上没有刃伤，我是受人雇，给人支使，我绝没害人！”

“受什么人支使？你可知道杀孕妇、剖婴胎该当何罪？你分明是个妖人，不算主谋，也是帮凶！”

“好汉老爷别这么说呀，我不是帮凶，我只管洗一洗，剥剥皮，我并不管宰活人。我不干，主人不饶我，我是被逼无奈！”

“你主家是谁？”

“我还闹不清楚呢！他们不叫我说，说了就拘我的生魂，炼摄魂魄。老爷们饶了我罢，别问啦，你老爷自己访去吧。”

赵迈听得毛发直竖，穆、陶一齐激起义愤来，低喝道：“你还替妖人隐瞒，你就是帮凶！赶快说实话，举出你们的教首来！如若知情不举，教你尝尝厉害！”陶天佑掐住了胖子的手，使力一夹，如拶子一般。胖子疼痛，失声待喊；穆成秀早防备到了，马上一伸手，便掐住喉咙，略使几分力，胖子又差点闭过气去。于是松了手，陶天佐抽出匕首刀来，往胖子脖颈上一蹭：“还不快实招！再不招，先宰了你，给惨死的婴孩报仇雪恨！”

胖子喘了半天气，方才实招。先招出他的东家姓李，叫作李二爷，李永照，就是这座店房的老板。李永照是鄂北罗田县大户李永光李五爷李五皇上的本家。李五皇上有财有势，“乐善好道”，家里供养着一位红莲仙姑，道法高深，有很多信徒。“可是李五皇上信的那门道，还不如我们李二爷。我们李二爷好交朋友，眼皮很杂，五行八作，三教九流，他都能交得上，就因我们李二爷现开着店房，什么样的江湖异人，过路英雄，他都有办法碰得着。因此，我们李二爷就交结了一位陆地真

仙……”

“陆地真仙……他叫什么名字?”

马二道:“这位真仙,叫作太谷僧,清世沽佛。”

穆、陶三人一齐惊说道:“太谷僧?这个名字好熟!”

赵迈听到这里,忍不住笑了:“管着和尚叫真仙,把僧道混为一家了!”

那马二说:“可不是,人家太谷僧是把僧道儒三教归一,红莲白藕青荷叶,三教算来是一家,人家太谷僧常常这么讲究。”

赵迈道:“放狗屁!”

穆成秀也忍不住笑了,说:“糊涂浆子一锅粥,你别打岔,叫他说下去。”

马二继续说:“人家太谷僧老佛爷道法真高!”赵迈嗤道:“又是道法,你不懂得道法和佛法是两件事吗?”陶天佐推了赵迈一把道:“你不要咬文嚼字,叫他赶快讲清楚了。”

马二说:“太谷僧上知天文,下知地理,前知五百年,后知五百年,又会相面批八字,看骨法,炼丹捉妖,长生不老。人家的道行可大了。他那天住店,看见我们李二爷供奉着骡山老母,就讲起道来;一夜就长谈,把我们李二爷说得顽石点头,五体投地。顶要紧的是,他算出来我们这地方该出真主。说我们李二爷鸿福远大,贵不可言。李二爷起初还瞧不起自己,后来经太谷僧指出李二爷身上有三根仙骨,若肯修道,可以成仙;若要做官,可以封侯拜相。倘得能人辅佐,祈天造命,就许能够登九五之尊。把个李二爷说得虔诚信仰。后来李二爷讲到他的本家李五爷外号李五皇上,为人更信道,更有财有势,家中供着红莲仙姑。太谷僧就问李二爷,这位李五爷住在何方?李二爷告诉他离店五十里,罗山县西境。太谷僧就恍然喜叫道:‘哈哈,原来大贵人出现在这里呢!’立刻烦李二爷引他去见李五爷李五皇上。”

穆、陶、赵四个人互相推了一把:“想不到江湖上传说的

妖僧太谷和尚落在这里了!”便催马二扼要的赶快讲。马二接着说:“太谷僧跟着李二爷,见了李五爷。李五爷的局面,比我们李二爷又大了,光看住宅,就像皇宫修的那么排场。那太谷僧当然早从李二爷口中把李五皇上的一切底细打听清楚了,一见面,就口念‘阿弥陀佛,我贫僧奔走江湖已经十几年,不想今日,果然得见真主!’趴在地上就叩头……”

穆成秀、陶、赵四人齐声问道:“李五皇上现在做了皇上没有?太谷僧这个人现在住在李五皇上家中没有?”

马二道:“听说李五爷快做皇上了,已经把龙床龙袍做好了,把我们李二爷封为一字并肩王了,太谷僧现在就是护国真灵佛祖师。”

可是太谷僧晋封为护国佛祖,也煞非容易。“他就和红莲仙姑斗了三天三夜的法,据说是用尽无边佛法,这才把红莲仙姑战胜;他们两位在和解之后,太谷僧这才晋封了护国真灵佛祖,称为我主爷驾前的罗田四友第一位……”

“罗田四友,还有三友?”

“那三友第二位是太谷僧的一个师弟,人称白罗汉任松,一身的好功夫,会金钟罩、大力重手法。第三位就是红莲仙姑,三十多岁,生得漂亮极了,道法也高,就是不如太谷僧。第四位已经占算出来,是青巾玉面儒单仙尊,据说是位白面书生,举人秀才,将来可以请他当护国军师,可是至今还没有访着。太谷僧给找了一位,姓刘,是个秀才,很有刀笔的能耐,岁数大点,红莲仙姑却坚不肯认,她说这位刘秀才才学不高还是小事,可惜他福命不大,五行中又与李五爷相克。李五爷是船底木命,刘秀才是金命;金克木,妨真主,害国运,是决计要不得。最好是水命,才能保养真命主。因为这个,一位佛祖,一位仙姑,又抬了一天杠,盘了一天道。末后还是我主爷跟刘秀才谈了一回话,没有谈拢,就算拉倒了。这一回可算是红莲仙姑胜了,现在还是托人四处寻访护国军师儒童仙尊呢。听说访着儒童仙尊之后,我主爷还要效法刘先主,三顾茅庐,

御驾亲请哩。”

穆成秀、陶天佐、陶天佑、赵迈问到这里，一齐惊诧，想不到潜搜黑店，找到一个妖僧的劣迹。但是还有死孩子这一件事，穆成秀再钉问下去：“你们这地道地窖玩的是什么鬼把戏？你是个屠夫，却来当厨役，你一定宰过活人！看你横眉竖目，决计是个刽子手。你老实说，你害了多少人命？”

马二极力支吾，说自己从来没害过人。这个死孩子不是他害的，他没有弄死过一个人。就是说误伤人命，那也不怨他。白罗汉逼着他阉割活人，阉割了两个人，实是上命差遣，事不由己，不信可以问白罗汉去。自己还为了这个受了责骂。现在人家白罗汉就是来亲自动手的。马二推了个干干净净。穆成秀不由发怒动手，捏紧他的手腕子，狠狠一用力，他闷哼了一声，几乎疼死过去。放松之后，他这才呻吟说：“我说，我说。”

马二于是揭穿了又一个害幼童的罪迹。自从太谷僧、白罗汉先后到了罗田，施展“法术”，先给李五皇上净宅相坟、造风水、破恶祟。改建了几间房，添了几栋楼，泄了宅中“白虎”余气，又给李家坟园添上地皇黄龙尾。他们说：“这一来李五爷的一统天下，足可后福无穷，奉天承运万万年，至少后嗣可当二十八代帝王。”

据说李五爷信心还不坚，虽然想争天下，登龙位，却怕祸灭九族。罗田三友异口同声劝驾，说我主爷不过是觉着地方小，臣辅少，有些迟疑。古人说：圣人无土不王，文王以百里兴。可是我主爷现在就拥有数顷良田，还有这些佃户，已经是有人有土了。现在只不过是辅佐将相不足。我们三友可以尽力传道，广招信徒，古人云圣人以神道说教。白莲白藕青荷叶，三教归一，一以贯主，我们“大成教”行下去，一定可以搜罗几千几万信徒，可以运用他们起事。

赵迈插口问道：“哦，原来是大成教！你们李五爷、李二爷就都信吗？”

马二道："怎能不信？现拔着这法灵验，信徒越来越多，佃户们谁要是信了大成教，李五爷就不再追欠租，也不再夺佃了；信了教就是教亲，跟庄主李五爷都成一门同道，你想，谁敢不信？尤其是年轻的女信徒，一旦入了大成教，就可以随便到庄主宅院，穿门入户，听经受法，跟一家人一样了，好吃好喝的待承着。真有些女人舍身入道，整天整夜在庄主家中法坛上修炼，连自己家都不肯回去了。可是其中也有女人只去一趟，便痛哭流泪，说什么也不肯再去了。后来便因为她信这不笃，真心不够，闹出了大差错，弄得女人教男人痛骂狠打，女的上吊寻死，男的骂糊涂街，因而激出来夺佃被驱逐，忽然失踪……一连串的惨剧。"却是这种暧昧情形，马二不能全知道，知道了也是不敢全说出口。就只这样，穆、陶、赵已经听得毛发直竖了。"好妖僧，简直罪恶滔天了！"

于是穆、陶、赵催促马二："快说下去！"

马二道："这一来，大成教信徒传布的很快很广，地面官也知道了，好像是县太爷曾把李五爷传了去问话。"李五爷和县令盘了几天道——骨子里是李五爷花了很多钱——县太爷不但不追究，还赏了一块匾"劝善化俗"，说大成教三教归一，可以正人心，息邪说，隐消乱民不轨之心，忠君报国，有益王道。自从县太爷一赐匾，大成教在表面上又打起了勤王事、保大明、讨流贼、御外寇的"光明正大"的旗号，算是奉官批准了。罗田三友太谷僧等向李五皇上庆贺；李五皇上大喜，信心增强，赶造地下宫殿，黄袍龙床，王灵大宝，封侯拜爵，秘造旗帜甲仗，闹了个凶，备了个全。像中了魔似的，李家宅中男女疯疯癫癫，关上门、下地窖，称孤道寡。于是乎大出金资，拐卖少女童男。女孩子准备选偏妃，当宫女。至于男孩子呢，马二说准备着教他们当太监。

陶天佐忍不住"哼"了一声，道："当太监，当太监？"

马二说："就是这一手，小的我才受了罪。我虽然当过屠户，可是我只会阉割牲口……"

鬼见愁穆成秀不由暴怒道："好王八蛋，草菅人命；你、你害死几个了?"

马二嗫嚅道："我我我上命差遣，概不由己!"

"忘王蛋，我问你害死几个?"

"还不实招吗?"陶天佑捣他一拳。

马二无奈，这才说道："十二个童男，只试了两个，就阉割死了。那十个还活的好好的呢，就是不大吃东西，总哭，都瘦成鬼了。宫女们也很糟糕，有两个老婆子，专给她们缠脚。要登在两丈多高十二座莲台上站稳。并且不管登宝殿摆驾，登法坛排班，登莲台迎仙，她们总哆哆嗦嗦打战，越打她们不叫她们害怕，她们越害怕叫唤。弄得日日夜夜得看着她们，她们总寻死觅活。"

穆、陶、赵再也忍不住了，一齐骂道："一二十条孩子们的性命，就教你们这群妖人恣行淫虐，任意宰割，你、你、你万死不足抵罪!"

"好汉饶命，上命差遣，罪不在我!"

"你这个凶手!"陶天佐疾恶如仇，照准马二就下毒手。

穆成秀道："等一等，我们还要向他追究那一帮孩子现时困在何处，还有妖人太谷、白罗汉、红莲仙姑，以及李五皇上、李二王爷!"

可是陶天佐抢先下手了，用重手又把马二弄死过去，本来跪诉，栽倒在禾田里了。穆成秀怒斥道："陶老大，你这家伙太混账，来不来的就行凶。你看你把个活口弄死了，再也问不出什么来了，你赔我吧!"

"治活他还不容易?"

"你摸摸看，都没气了。"

"没气了，不过多死一个妖奴，多臭一块地，世界上并不短少他一个。"

"你还不认借?"

"我就不认错!"

陶天佐也后悔了，但是他还是哓哓抗辩。穆成秀道："我没有工夫跟你吵，现在赶办正事要紧。审讯这小子，耽搁工夫太大了，我们快去到地室搜寻妖人，搭救孩童去吧！"

"马二这具死尸怎么办呢?"

"也许还醒的来，先不要埋，你把他捆上，堵上了嘴，放到没人处，以免贻害禾田主。"

陶氏昆仲赶紧照办了。觅一荒林土，把马二捆堵了，放在土坎内，上加浮草、落叶，免被发现。然后穆、陶、赵迈四个人齐趋草棚，重下地道。

这一回更加审慎，因为不晓得地道内地道上妖人有多少，只可四个人各仗兵刃，一齐钻地道，进内探险，寻妖、救人。

第九章

四众探地牢除恶务尽 单身入虎穴死里逃生

仍由鬼见愁穆成秀当先引路，陶天佐断后，陶天佑和赵迈居中。穆成秀怕妖人已发觉马二失踪，进探很慢，一步一侧耳，一步一警戒，慢慢的开门掩门，来到了地下室洗尸的所在。妖人似没有觉察。各处履勘了一阵，随后听得地下室上面的房舍中透出不清晰的笑语声。四个人低声传话："上面人不在少数，要多加小心！"于是晃着了火折子，点着了地下屋灯，重勘一遍，确是他们架走马二后，无人进来，一切照旧。退路没毛病了，四个人很快然而很轻地从地下室往上室进探。

仍然开门掩门，从地下室爬上地面。这三间地下室是建在一排后单房底下的。后单房又不像店房，倒像大宅院的后下房。出了后下房，就是后院，四处寂无人声，也许有人都早睡了。前面正房却人语喧哗，灯光还透过后窗纸，映得后院微明。四个人跃出地下室的出入口，略搜一下，便轻轻蹑足，散开来往各处窥察。

鬼见愁穆成秀施展轻功，首先蹿登正房后窗台，舐窗往里一看，竟看见了那个胖大和尚和一个瘦脸绅士高踞上座，正在

饮茶，旁边侍坐的、侍立的有着七八个歌童女伎模样的人。这不是店房该有的情景。穆成秀侧耳要寻听他们的谈话，原来他们喝醉了，说话已不清楚，只听见“道爷、王爷、祖师，再来一杯，再来一杯”的劝饮声。可是那一边二陶进搜别院，另有发现，赶来急打手势，催鬼见愁快快过去。

在店房小小一座跨院里，他们发现了佛堂法坛。佛烛半明半灭，炉器香烟缭绕，有一位瘦猴大仙，闭目阖睛，端然打坐，在法坛上装蒜；坛两旁立着四个仙童，已经困成瞌睡虫了。“又是四个倒霉孩子，这一帮妖人把天真无邪的幼童毁害了多少！”

穆、陶、赵琢磨着，便要对这大仙人下辣手。这大仙手持尘拂，背后还插着宝剑。穆成秀心想：“这东西也许有两手本领，不可不小心。”把掏出暗器来的陶氏弟兄暂且拦住，他要试一试大仙的眼神。由技击家讲来，验看一个人的武功乃至道术，可从他的眸子分出深浅。

穆成秀掏出一块飞蝗石子，正要试投一下，不料那大仙口中念念有词，随后睁开眼，直勾勾瞪视，伸手一指，喝道：“好孽畜！”

这一喝，莫说陶氏昆仲，连穆成秀也吃了一惊：“不知怎的，教他听出动静来了！”穆成秀没动地方，二陶都退后一步。

等到窗外人再上前细看时，大仙手指处，并非向窗外，乃是向坛下。穆、陶、赵顺着手向下来看：“哈，坛下黑影里，还跪着一个呢！”

“真他娘的，倒把我吓了一下！我还当他未卜先知，闭着眼就看见窗外呢。”

穆、陶、赵看透了大仙的伎俩，果然眼大无神，纯然是个妖孽，便准备下手捉拿。却不料艺高人胆大，背后有能人！他们各处潜搜，惊起了两个行家。客房中歇息的人，内有应聘新到的两个绿林豪客，竟似听出动静，结束停当，抽刀而起，从鬼见愁穆成秀、陶天佐、陶天佑、赵迈身后悄悄的掩来了。

“呔，看镖！什么人？”

且问且下手，照陶氏弟兄首先攻到，因为是相隔较近。陶氏弟兄却也警觉，霍地一窜，闪开了暗器。在小院中，双方交了手。

穆成秀应变不乱，先下手为强；一任二陶拒敌，他手发暗器，穿窗打入一支钻心钉。大仙应手而号，随声而倒，直栽下法坛来。穆成秀低叫：“赵师弟，快追去捉妖，我来应援二陶。”他已看出掩袭而来的二客身手矫捷，是支劲敌，于是飞鸟掠空，扑到敌前。赵迈扑进法坛捉妖。

二客挥刃急斗，并喝道：“你们可是鹰爪？”真是做贼的心虚，他俩把穆成秀、陶、赵当了追缉他们的捕快了。

“朋友快说话，你们可是山东来的朋友？”

“是灵霄殿派下来捉妖精的朋友！”二陶嬉皮笑脸的回答。此时他们嫌小院回旋不开，且斗且走，双方俱已转到店院空旷处了。

二陶开玩笑的话，激得一个好汉出口恶骂，另一个好汉却听话知因，怦然心动。又见穆成秀冲上来，其锋锐不可当，便急急叫道：“朋友别动手，你们要是冲大成教太谷僧、白罗汉来的，便与我们弟兄无干。我们是过路的合字，咱们井水不犯河水，不要耽误了你们的正事。朋友，我们失陪了！”

两个巨盗说着话，手底下加紧，脚底下加快，把兵刃猛向穆成秀一攻，以攻为退，倏地抽身，跳出了圈子，扑奔店墙。穆成秀挥动了点穴橛，向二陶急说：“你们搜店，这两人交给我。”二贼一转身，蹿上店墙，穆成秀跟踪他们也一纵身，追上了店墙。二贼飘身而下，觅路急走；穆成秀施展开身法，翻墙跟踪，蜻蜓三点水，倏地赶过去，拦住了二贼的去路。

二贼大怒，回身上步挺刃，齐声喝道：“我们不是怕你，你何必苦苦的追赶？”

穆成秀上步回答：“我也不是追你，我是给二位送行；还有几句话向二位说一说，问一问。”

"你问吧!"

"你说吧!"

穆成秀先问二贼的姓名，二贼反诘穆成秀的姓名。穆成秀道："我叫鬼见愁。"

"哦，久仰，久仰!"

"你二位呢?"

"我们是哥俩，萧英、萧杰。"

"久仰，久仰!"

"穆兄台为何事在此动手?"

穆成秀爽直的回答了，然后反问二人。

二人说是应罗田富户李五爷之聘，给他护院。"我们本不愿给财主当看家狗，无如我弟兄在山东背着命案，杀了一个恶霸，恶霸很有势力，追捕得紧。我弟兄无可奈何，要借李某的家，隐避一些时。"跟着说自己弄不清楚李某人的底细。

穆成秀道："原来如此，你说的这李五爷外号李五皇上，大肆抢男骗女，挟财为恶，残害男女幼童。他又勾结上太谷僧、白罗汉、红莲仙姑，一心想称孤道寡，作威作福。"

"呀!"

"你哥们难道一点摸不清?"

"一点摸不清。"

"现在总听清了吧? 我在下是路见不平，追拿妖人，为民除害，正感人单势孤。意欲奉烦二位拔刀相助，赶到罗田县李五皇上家，救幼童，捉妖党!"

萧英、萧杰听得呆了，穆成秀又催了一句，他俩半晌才答道："穆仁兄，我们可真是对不住! 此事我们本应遵命，追随各位，替人间除害。无奈我们先已受聘，李五算是我们的东翁，去了岂不是倒戈害友……"

穆成秀哼了一声，大不以为然。

萧氏弟兄却又说下去道，"我弟兄的意思，我们不便出头，我们先设法却聘；另外替你老兄转邀两位朋友出场，不知老兄

以为好不？”

穆成秀道：“也好，就是这样办吧。”

二萧道：“我们也不回店了，就此告别，改日再会。我们给你邀好了朋友，就在某日某地方找你老兄接头。”

“好，好，好！”

彼此一拱手，说：“请，再见！”

萧英、萧杰退出了是非场，鬼见愁穆成秀急急折回店房。二陶和赵迈已然把全店房的人捆的捆抓的抓，扫荡完了；把被难的男童女伎也都救出来，正在放火，要烧店灭迹。穆成秀说：“咳，使不得！现在还有这些遭难的男女孩子，还有这些胁从人犯，杀不得，放不得；你们一放火，四邻必来救火，你们怎么弄？”

二陶咧了嘴，好在火刚放，赶紧扑灭。穆成秀问赵迈道：“那个大仙，捉住了吗？”赵迈道：“捉是捉住了，这东西连滚带爬，已然逃出法坛，我把他按住了……”说到这里住了口，陶天佐道：“我嫌麻烦，赏了他一匕首，送他上了上清宫，见太上老君如来佛去了。”

穆成秀又哼一声，仍问赵迈：“那个跪在法坛的人，和那四个童子呢？”

“童子现在这里。那个跪坛入道的信徒乘乱跑出去了。等我追上大仙，把他擒住；再找这个信徒，已然溜没影了。”

穆成秀道：“吓，你们办的好利落，好干净！还有那胖和尚和瘦绅士呢？”

二陶笑道：“和尚宰了，绅士跑了。”

穆成秀道：“你们砸锅啦！妖党既然逃走了许多个，一定跑去给李五皇上送信；李五皇上和太谷僧一定要有准备，你们说是不是耽误事？”

二陶忙道：“现在我们还可以急谋挽救，我们脚程快，我们立刻动身赶到罗田，杀他一个措手不及。”

穆成秀道：“也只可如此，这里善后的事，我们紧着办。

只是这一伙被害的男女难童没处安插……”赵迈忙道：“就烦那两位绿林好汉萧英、萧杰，把孩子们救走此地，送回原籍，岂不方便？”

“可惜的是二萧已然走了，而且仓促之间交给他们，也未必妥靠。我们现在应该立刻把孩子们救出店外。”穆成秀说罢，引领陶、赵马上把孩子们凑在一处，匆匆收拾了，把客店柜房中的浮财悉数取出来，散给这些男童女伎，教他们各奔家乡，自寻生活，然后一把火烧了店房。穆成秀等就要奔赴罗田，去访拿妖人李五皇上。

赵迈对此不甚同意，他向穆成秀说：“清洗妖窟，搭救被害的人，固然要紧，可是我们不要忘了正事。我们必须先把镇九江丁鸿和四流山虞百城的线接上，再办别事，方不致误。”

穆成秀和陶天佐、陶天佑都不以为然。他们以为插刀留柬之后，九江官府已经胆裂，镇九江丁鸿等可保无事。可是抄店之后，白罗汉、李二王爷一死一逃，若不赶紧下手，李五皇上一有准备，就不好拿了。赵迈一个人扭不过三个人，就一齐赶到罗田县，很快的窥探李五皇上的动静。

李五皇上家果然事先得知变故了。首先透漏消息的，倒不是店中逃走的绅士和店伙，反而是头一个挨捆的厨子马二。二陶弟兄以为马二已经扼死了，把他当死尸捆放在田边空地坑洼中，盖上了乱草，他竟活了。嘴堵得不严，叫他吐出来了，天明喊救，被人发现。他获救之后，连店也没敢回去，一直跑到李五皇上家报信。然后李五皇上派人探店，这才知道他的店房秘窟教江湖能人剿灭焚毁了。

他既图谋不轨，他也怕犯案。故此他乍一听说那些个男童女伎教人救走，残害幼童的命案当然也败露了，他心上十分的疑惧。但等到穆成秀、陶、赵四人赶到罗田时，李五皇上被他手下那群妖人再三鼓舞煽动，出主意，想对策，把颗心又稳下来了。

太谷僧傲然发话：“我主爷请放宽心，我们道法高强，恶

徒敢来生事，我一个也不教他得逃活命。”李五皇上道：“我只怕恶徒上官府告密。”太谷僧道：“那也不要紧，县太爷跟庄主你是莫逆之交，县里真要是来查究，庄主再送给他一点钱，什么事都完了。”李五皇上发愁道：“上回我已破费不少了，这回又得教县官狠咬一口；你不知道这位县官食嗓大得很哩。”太谷僧哈哈大笑道：“庄主你要图大事，安能惜小费？将来你得了天下，这整个世界都是你的了。你的钱搁在县官宦囊里，和搁在你的箱子里，正是一样，早晚都得奉还你。”

太谷僧倒慷慨得很，李五皇上未免心焦。心焦当不了事，现在仍得想法子，提防有人堵上门来找。李五皇上的辅佐也纷纷推测说：“据马二讲，这些剿店强徒，不像鹰爪，倒像江湖人物。怕是那些个拐来当太监的孩童失踪之后，他们家中父兄烦出镖行拳师、武林好汉，一路寻访来搭救他们的。救走了人，想必就没事了。”李五皇上摇头说：“不对，他们拿起刀来就杀人，他们不会善罢甘休的。马二不是说嘛，他们一定要找我来，你们不要大大意意，你们得想法子保驾呀！”又很怨恨的说，“你们硬说不要紧，等到要紧时，你们别要哈哈笑，教我一个人倒霉呀！”

李五皇上竟是如此的缺少“兴王气概”，除了怨恨，更无英断。辅佐们一齐说：“庄主放心，我们是你殿下之臣，为我主爷创江山，焉能临危袖手，坐观成败？对头若来，我们一定要拼命保驾的。”

可是辅佐们尽管瞎吵，对于当前的事变，应该怎样拼命护驾御敌，这些从龙之士，竟没有半个人提出妥当办法来对付。太谷僧一味吹气冒泡，自夸法术灵妙，敌人来一个，死一个；别人也有恃无恐，随声附和。罗田三友的红莲仙姑言谈更妙，她不想御敌保驾之法，却引着头卖弄风姿，专跟太谷僧抬杠。太谷僧告奋勇，仙姑就说破话。太谷僧说道法可以杀贼，红莲仙姑就说武功才能御患。太谷僧说晚上要提防刺客，她就说夜间不要紧，要留神白昼。太谷僧说这一定是武林镖客，受人委

托来找失踪的小孩，她就说不对，这准是官面来剿贼店，李二王爷做得不机密，把事情弄砸了。哪里是兴王君臣“御前会议”，简直是男女妖人斗法拌嘴，蛤蟆吵水塘。红莲仙姑的故意捣蛋，把太谷僧气得翻白眼，她倒咯咯的笑起来。胡搅了一阵，到底晚上怎么样，谁也没说出准主见来。有一两个护院武师肚里有点办法，见“我主爷”过于宠信罗田三友，武夫负气，也就“徐庶入曹营”，一言不发了。

僵持了好半晌，末后还是一个武林打手忍耐不住，提出了自己的办法，劝李五皇上增派坐夜巡更之人，持兵刃戒备；又催促太谷僧、红莲仙姑，请由今夜起，赶快登台施法，禁御意外来袭的强徒。并说：“我们是粗人，只知拿刀动杖；你们有法术，还不赶快施展出来，查看对头的动静和来踪去影吗?”

太谷僧、红莲仙姑傲然应声道：“那个自然，我们的法术一定要全拿出来，咱们是文武道术，各显其能!”

“对!”

于是乎“御前会议”就这样吵了一阵，跟着便瞎抓起来。

武师有武师的做法，磨刀备箭，照着防备贼来攻庄的做法，乱搞了一阵。

术士有术士的做法。红莲仙姑仍用她那一套骗人伎俩，除了登台念咒，还是登台念咒。太谷僧却变了卦，不知怎的，他竟猜到抄店的人是冲他来的，他的师弟白罗汉又被敌人杀死，上了天堂。他不愿意追随师弟也升天堂。他暗暗地布置了，一旦有警赶快“脚底下明白”的妙策，也就是三十六计，走为上计。可是他阴沉极了，暗中潜做打算，他谁也不告诉。

李五皇上昏聩到极点，当初满腔帝王梦，现时又怨天又怨地，逼迫他手下的辅佐：“你们得给我想办法。”店房被抄，白罗汉一死，似乎吓破了他的胆，“万一出了事，我唯你是问。”他对谁都是这一套抱怨责备的话，竟有点讹人的味道了。

他想不到这些混饭吃的妖人和拳师只会架秧子、吃财主，不会替主人公分忧御敌。他们只想当开国功臣，不会当赴难勤

王的忠臣。他们从来就没有琢磨过“忠臣不怕死”这一套，只懂得“帮闲骗富户”。挨到了夜晚，居然也有些人做起御敌事情来了，也就是武师持兵坐夜，法师登坛念咒。

这时候鬼见愁穆成秀、陶天佐、陶天佑、赵迈一齐来到罗田县境了。按指定的地点，和萧英、萧杰邀来的帮手，彼此会了面。

二萧邀来的帮手，一共三个。一个叫邵宏阁，一个叫飞猴李柏，一个叫大力柴青，都是江湖上有成就的拳师，和二萧是师兄弟。连穆成秀、二陶、赵迈共凑了七个人。要凭七八个人搜庄捉妖，实觉人单势孤。七个人密商了一阵，只好采擒贼擒王的办法，乘夜急袭，专拿太谷僧、红莲仙姑这两个妖人。李五皇上这个人，究竟是个伏地蛇，若要动他，人手更嫌不够；并且他一向所作所为，虽然略有耳闻，也当细访。飞猴李柏便开口说：“我们先摸两天，再动手。”众人都说好，就暗暗访察起来了。

不料这一访，李五皇上的“乡皂”，竟非常恶劣，可当得起为富不仁、欺压善良、结交官府、称霸一方的考语，提起来竟人人唾骂。至于收纳妖人、宣扬大成教、挟财渔色，骗诱孩童，也实在有据。这个李五皇上，无论如何，也不该轻饶。

七个好汉访了两天，仍苦于人力不足，若要捉妖人、除恶霸，同时并举，还得另外想法。穆成秀和二陶左思右想，想到鄂北还有熟人，飞猴李柏也推荐了几个朋友。可惜此时他们都无暇分身亲往邀请，遂由穆成秀和李柏写了两封信，转托邵宏图，另烦同道驰往求援。又耽误了几天，李柏所邀的人竟扑了空，仅仅由鄂北邀来五个帮手。凑在一起，不过十二个人。可是李五皇上的护院打手，以及妖党信徒，足有百十号人。而且李五既是罗田绅豪，可算是地头蛇；动手之时，也须防他以当地绅董报官请兵，把捉妖群侠诬为明火打劫的强盗。穆成秀、李柏两人为首，与众帮手做一夕筹商。陶氏兄弟道：“管他娘的呢，我们动手吧。我暗敌明，我们骤然袭举，足可以把太谷

僧、李五皇上一包总拿住的。他们人多，全是废物！”柴青、邵宏图也道：“我们十二个人一定马到成功。穆老兄不必太仔细了。”

这些草野豪杰，一向是胆大气豪的，都说：“我们管保弄不砸！”左不过一个土豪，几个妖人，几个打手，算是要犯；剩下的大成教徒，无非是胁从之辈！他们全是李五皇上的佃户，受逼入教；他们绝不会尽忠护教，实在是怕财主，不敢不附和。他们一向受害，敢怒不敢言；我们把搭救他们的意思表明了，他们准保一哄而散，恐怕卖命保真主的人，一个也没有。穆成秀道：“我假装乞丐，到村子里刺探，就听见这些佃户啧啧窃议，人家还没真当皇上，就把人们惩治得这样苦；真要是登了金龙宝殿，我们全活不成了。李五手下那伙恶奴闹得更凶，整天逼迫乡下姑娘媳妇进庄院听经礼拜，拜红莲仙姑为师，往往害得两口子打架，爹娘骂女儿。年轻小伙子，也被迫到庄院信道站班，苦不可言。佃户们真是怨声载道，我们一动手，一定替穷人们解恨。只有一样别扭，我们人少，捉妖党容易，救难童却麻烦。”

飞猴李柏道：“既如此，还是找内线，里应外合才好。不知李五皇上手下的武师，有咱们认识的没有？有嫌恶李五、嫉恨妖人的没有？多少能够拉过一两个来，给咱们卧底，就不怕敌众我寡了。”

鬼见愁摸着大头，皱了半晌眉说：“我们再多耽误两天，继续往里头钻钻看。”

群雄说定，分别改装，围绕着李五皇上的庄院，续行深入刺探。这天正赶上市集，乡民们忽然竞相传说：集上出现了一个神算子，千百年眼，未卜先知，算法奇验；而且这个人出没神奇，忽然在集上卖卜，眨眼间，忽然又在村边上出现了，好像是会分身法一般，教人捉摸不透。他给人算卦，胆大敢言，往往出语惊人，吓你一跳。

这样的神奇之谈，立刻传到李五皇上的手下人耳中。为了

献殷勤，立刻有人报告李五皇上："咱们这里又出现异人了，是个卖卜先生，未卜先知，一定是我主爷洪福齐天，才引得异人下降。庄主何不叫这算命先生算一算?"

算命先生的奇迹，李五皇上不很深信，却也动了好奇之念："把他找来，试一试看。这个人是怎样的打扮?"

手下人把算命先生的言谈举止形容了一番。这位先生并不是双失目，乃是个睁眼瞎子。三十来岁，外乡口音，怪模怪样，自称千百年眼，神算子，非为卖卜，乃是奉师命寻找异人，访道求贤。手下人夹七夹八讲了一阵，李五皇上的帮闲有的说："这一位一定是个奇人，庄主爷应该把他搜罗过来。"有的说："不对劲，恐怕是个奸细。"又有的说："奸细能把庄主怎么样?现在县太爷就是庄主的好朋友。"最后仍有一个人说："不管奸细也罢，奇人也罢，总该先叫进庄院，盘问一下，岂不是好?"

于是由李府上派出两三个人，寻找这千百年眼神算子。很快的就在市集上把神算子找到了。

原来这正是陶天佐，他乔装改扮，串村卖卜，已经好几天了。直到市集这天，才耸动了乡下人。他正想进窥李五皇上的妖窟，只苦混不进去；现在居然来邀，不由大喜，拿了算卦的招子、小药箱、小锣，随了李宅帮闲，进了李府，穿宅入户，被引入内厅。李五皇上端然正坐，命从人给算卦先生下首设坐。李府上的帮闲细细打量陶天佐，倒是满脸江湖气，只是眼珠子骨骨碌碌的，似乎不大老实。帮闲们开口询问："先生贵姓?"回答："湖广人氏，湖北的。""先生原来是外乡人，怎么流落到异乡，串乡卖卜呢?"回答说："实不相瞒，我在下乃是奉师命云游四方，寻访真主的。"

"什么，寻访真主?"

"正是。我在下修道多年，精研道法，前知五百年，后知五百年，夜观天象，知道文曲星、武曲星早已下界，要扶保真主。只不知真主出现在何方。我觑星九九八十一天，只看出紫

微星君光芒下照，似乎出现在江南分野，可是准方向估不定。是我重上衡山，拜谒恩师，亲承指教，才知真命主出现在罗田一带，按八字推详，此人该是三十八岁，属牛的，拥有良田、广宅，有人、有势、有大福命……”

“咦，咱们庄主可不是三十八岁，正属牛吗？”

“不要瞎说，先生给我们庄主先算一算。”

“那太容易，请庄主把生辰八字赏下来。”

“庄主是丑年、寅月、卯日、辰时……”

“哦，这可是大贵之命……”

陶天佐装神弄鬼，胡诌起来。其实他并不会算卦，至多会黄鸟衔帖罢了。他常常奔走江湖，巾皮彩卦的口头禅，耳濡目染，得到了一些，可惜略知皮毛，病在浅尝；若被行家一盘道，立刻就问短了。当着李五皇上及其帮闲，他糊天糊地，信口乱扯，仓促间倒把李五蒙住了。然而太谷头陀来到了，他早就学会一套跑江湖的本领，听了一会儿，觉出毛病，就退出内厅，向手下人询问：“这家伙是从哪里来的？”手下人一说，太谷僧摇头道：“不对！这个人来历可疑！”忙把一位护院武师找到，两人暗暗嘀咕了一阵，就齐到内厅，认真地盘诘起来。陶天佐渐渐应付不下来，被人发觉了对算卦是一窍不通，登时弄得“图穷匕首见”！他那市招暗藏兵刃；太谷僧一句跟着一句地盯着问话，武师假装旁听，冷不防把市招拿过来，信手一抽，抽出一把匕首。

“哈哈！你这东西是贼！来人呀，快给我拿下！”

陶天佐仓促间还想支拒，李府武师全拥上来了。有一个武师说：“朋友，你是干什么的，你说实话吧！看这样子，你还想动手吗？”竟把陶天佐抓胳臂，架肘腋，拖到下面空屋子里，捆起手来，吊在屋梁上，由李府几个帮闲拿了藤条，且打且问：“小子，你到底是干什么来的？谁打发你来的？”

陶天佐口说：“冤哉，枉哉！我在下本是下山访贤，你们怎么把我当作坏人？有我这样的坏人吗？”

拷打良久，得不到实供。陶天佐反而做出任命受刑、以身殉道的模样，自言自语说：“这原本是我在下一步磨难，我家师早就提示我了，不经磨炼，不能成佛，想不到我的磨难出现在此地!”虽遭痛打，他倒豁出去了，一声也不哼。帮闲们打得腻了，换了人再打，太谷僧也来亲自拷打，竟没打出实话来。太谷僧向李五皇上说：“这个人一定是奸细，今晚三更，把他活埋了吧。”

李五皇上亲自到空房讯问，见陶天佐衣服都打烂了，依然无招，便走过去，亲自问了问。陶天佐说：“庄主，你是大有福命之人，你不要听信小人之言，残害我一个世外人呀！孽是他们造的，祸可是庄主承当呀。我不过是个走江湖，吃开口饭的！他们竟把我当了奸细，要想屈打成招！庄主，这是你的事，你不要受人架弄啊!”

李五哼了一声道：“你既不是奸细，怎么他们盘问你，你答不上来呢?”

陶天佐道：“我是道家，他是僧家，道不同，不相为谋。他问我的话，我本来不在行嘛。反过来，我要问他，他也一点答不上来哩。”

第十章 囚徒竟分身帮闲传言惊庄主 暗器如骤雨来人出手吓妖僧

李五皇上又哼了一声，他陡觉陶天佐未免太可怜，太谷僧未免有点可恨。他一声不言语，离开了空屋，跟红莲仙姑谈了一阵，红莲仙姑照例说了太谷僧的破话。李五皇上便暗暗吩咐手下人："不要毒打了，你们不要听太谷僧那一套，我看这人不过是一个寻常算卦的。硬说他当奸细，他给谁当奸细呢！等到晚上没人时，把这人放了吧。"

李五皇上不满意太谷僧的独断独行，生了反感。他这番话不知怎的，又传到太谷僧耳中。太谷僧冷笑道："庄主原来不相信我，好，叫他尝尝吧。"寻思了一回，想出对策，打发一个信徒，去到邻村，寻找店中厨子马二。马二受了惊吓，回老家养病去了，太谷僧找他，是教他认一认陶天佐是否剿店之人。却是太谷僧没把马二叫来，这里又生出了稀奇古怪的新闻！

李府上是把算卦先生扣下了，锁在空屋，吊在房梁上，已经丧失自由了，想不到算卦先生他突然又在邻村出现。

李府帮闲大为惊慌："这个人我们没放他，他怎么出来了？

莫非他会分身法吗？”

分身法的传说，很快的传播开来。这一个江南人卖卜，被吊在李府空房；那一个卖卜先生，仍在邻村敲小铜锣算卦。一模一样两个人，分在两地！李府帮闲不胜骇异。

这一个帮闲跑到邻村，找到算卦先生，瞎扯了一阵，算卦先生言谈形貌，与被囚的人一般；立刻抽身回来，告诉了李五皇上。李五皇上大为惊骇，连忙带这帮闲，来到空屋，开了锁头，把陶天佐提出讯问。“先生，刚才在村边敲小锣算卦的，不是你吗？”

陶天佐道：“你们瞧着是我，就是我。我不是教你们吊起来，锁起来了吗？我怎么又会溜出去呢？”

帮闲直凑到鼻头，把陶天佐细看，连说：“怪道，怪道！”

于是另叫一个帮闲，去到邻村，寻找那一位先生。找了一会儿，居然找到。这一位串村的，和那一位被囚的，分明是一个人！这个帮闲就诘问道：“喂，先生，你不是在李家庄院被吊起来了吗？你怎么又溜出来了？”

这一位算卦先生大睁眼道：“你说我多早晚被人吊起来了？”

回答道：“我说的就是现在——”

算卦先生道：“现在我被吊？我现在不是好生生的串村子吗？”

帮闲十分骇怪，说：“先生，你——是不是会分身法？”

算卦先生道：“你瞧我会分身法吗？”

帮闲道：“你一定会！刚才我还在李家庄院空房子里，看见你双手吊在房梁上——对，我记得你手上有绳捆的伤痕，先生你伸出手来，让我验看验看……”

算卦先生怪笑着，不肯受验。

帮闲便邀这一位先生，同他到李家庄院对证。这一位先生冷笑不肯去，说：“你们把我诓了去，也吊起来吗？”

帮闲忙道：“不、不，我们庄主李五爷正在访求异人，先

生，你如果会分身法，我们庄主定要重金礼聘你的！先生，跟我去一趟吧。”

这一位先生仰天狂笑，说：“你们庄主访求异人，却要把他吊起来打，哪一个异人肯去挨打呢？你们庄主真要访求能人，何必远求？你只把空房中吊着的人放下来，好好赔罪，自然他会原谅你们庄主有眼不识泰山之罪，你不必冲我麻烦了。在家敬父母，何必还烧香？你们回去好好冲吊着的人磕头吧！”

帮闲听了这话，非常惶惑，想了半晌，仍拉住先生不放，定要邀他同赴李五皇上的庄院，去对证一下分身法。这一位先生坚不肯去，被帮闲强嬲不已，最后忽然动念，笑着说：“好了好了，我同你去一趟吧。你得先告诉我，你们庄主是在什么时候，遇见那一位卖卜先生的？什么时候把人家吊起来的？以及为什么要吊打人家？”

帮闲以为这是异人考验他，他一五一十，如实说了。说是“庄中的太谷法师把你老的替身当了奸细，所以吊起来打。想不到你老会分身法，我知道空房上吊打的不是你老的正身，乃是你老的替身。你老道法如此高深，你老可怜我一片诚心，收我为徒吧！”

算卦先生哈哈大笑，道：“我若是仙人，我也不能收你这样的徒弟呀。你把仙人当罪犯，先盘诘，后强拖——”

帮闲跪下说道：“请恕弟子冒昧之罪吧。”

强嬲了半天，这个帮闲到底把这个先生架弄着，由邻村扑奔李家庄院。两人且行且谈，陶天佑大放厥词，帮闲肃然起敬，把他当了异人，天佑把这帮闲当了傻小子。一路谈来，李家庄院的动静，被陶天佑盘问了一个够。帮闲起初还有隐饰，陶天佑说：“仙人考问你的真心，你却滑马吊嘴。你骗别人，已经不该，骗仙人，更见你混蛋，你还妄想拜仙人为师呢！”帮闲一想也对，便老老实实，问什么，答什么，全说了。

转眼走到李五皇上的庄院附近，帮闲一眼看见同伴，大叫道：“喂，我找到神算子的替身了，那位神算子还在空房吊着

没有？”

同伴老远的瞥见了，也不胜惊奇：分明是一个人，却在两个地方出现，不是分身法，又是什么？这可真是李家庄院奇人奇事太多了。光一个红莲仙姑，一个太谷头陀，就闹得稀奇古怪，乌烟瘴气，现在又冒出一个神算子，一身两现！这同伴两眼死盯着陶天佑，直扑过来，大声嚷道：“来吧，来吧，快把他带到庄院去吧。那一个还吊着呢……”

不料这同伴刚一扑来，那陶天佑两眼骨骨碌碌的瞪着他们，忽然怪叫了一声，眼往这旁小树林一瞥。小树林似有人影一晃，天佑大喝道：“好孽畜！”猛然一翻身，像一支箭似的，往小树林飞蹿过去。两个帮闲吓了一跳，怪叫道：“神算子先生，你不要走！”陶天佑不听那一套，很快的窜进小树林，两个帮闲追入树林，却是三转两绕，陶天佑没影了。帮闲嗒然若丧，无法回去交差。两个人围着树林转了一圈，惊惊诧诧的回转庄院，向李五皇上回报：“的确寻见了神算子的替身，费了许多话，把仙邀到家门口，不想他一声长笑，好像飞鸟似的腾地不见了！神算子说：你们庄主要访异人，须具诚心；你们把异人吊起来打，你们的罪孽可不小呀！”

李五皇上心中纳闷，不知如何是好。太谷僧仍认定神算子是奸细，至于分身法，他说那是妖术，不足为奇。他说：“那也许是两个人装扮的炫人之技。”劝李五皇上用毒刑拷打空房中吊着的那一个，重刑之下，必能拷出真话。又斥责两个帮闲：“你们两个人是叫变戏法的妖人骗了，我不信他会飞！”

太谷僧的狂傲武断引起帮闲们的不快，当下不说什么，背着人向李五皇上大进谗言：“人家神算子说了，人家是奉师命访求真主，考验真心来的。太谷法师主谋吊打人家，那是大错特错。大主意可得庄主自己拿呀。人家说了，区区绳子捆不住人，人家要飞就飞，不过是看一看庄主怎样待人罢了。”

李五皇上没了主意，说：“依你之见呢？”

两个帮闲你看我，我看你，谁也不敢硬出主意。仓促之

间，一个帮闲答道："依我之见，还是把神算子解救下来，用好言慰哄，先问他的分身法是怎么回事。不妨暂且软禁起来，拿好饮食、好待承哄着他。他若是奸细，软禁着也害不了事。他若是真仙，我们也可以说，这一回出主意吊打仙人的乃是别人的阴谋，简直是仙人的磨难，与庄主无干。"

另一个帮闲道："对了，常言道的好，擒虎容易放虎难，我们固然不该轻放，也不该毒打。我们好好的软禁起他来，他若是真仙访真主，一定晓得庄主的真心的，也不会错怪了庄主。庄主可以把错儿全推到太谷法师身上。"

"况且这也不算是推错，本来是太谷的错嘛，太谷法师，简直我不客气的说吧，他是有点嫉炉。他一见这位神算子会分身法，他就醋起来了。"

经过这两个帮闲翻来覆去一说，李五皇上就命二人偷偷背着太谷僧把那会分身法的神算子解救下来，挪到别院空屋，好好的软禁、诱哄起来。

这个会分身法的神算子——陶天佐受伤不轻，两个帮闲给他治伤，给他酒食，问他"分身法"究竟是怎么回事。

陶天佐饱食大喝之下，笑而不言。他的分身法"秘诀不传俗人"。

究其实他的分身法，不过是借仗了他和陶天佑乃是孪生兄弟，一样的相貌，一样的打扮！陶天佐探庄卖卜，被吊在空房；陶天佑串村卖卜，因为模样太相似，耸动了李五皇上的手下人，一哄两哄，哄出了分身法、替身符的怪话。

若是把陶氏弟兄俩聚在一块，细细比验，当然验得出两个人虽然貌似，究有不同。却是分隔开了，两个人太像了。孪生弟兄本来少有，一块儿卖卜更是罕见，李五皇上的手下人可就少见多怪，瞎吵起来了。这一瞎吵倒提醒了陶氏弟兄，两人一在庄内，一在庄外，索性装模作样，怪闹了一阵。

陶天佐是被解救下来，冲着李宅帮闲云天雾罩说怪话。陶天佑钻入树林，觑人不见，溜了出来，赶紧找到了鬼见愁穆成

秀，诉说胞兄探庄被扣之事，同时飞猴李柏、大力柴青、邵宏图等也访得了李五皇上宠信妖邪、实无伎俩、结怨农民、不得人心的底细。大力柴青在市集上转圈，也碰见了李五皇上家中的一个护院打手，名叫孙三的，彼此从前曾有交往，因而获知这些武师们妒恨着李五皇上偏信妖人，已经啧有烦言，说是一旦有了盗警事故，我们要刀片的是外人，用不着卖命；人家一心信道，等到出了事，咱们等着法师念咒却敌吧。等他们念咒不灵，咱们再动手。这本来是怨言，大力柴青趁着这机会，冲这武师大放厥词，向他耳边吹送许多冷言冷语，又说自己在直隶省一家财主家护院，宅主也是待我们拳师很吝啬，却舍得钱请僧道作法，后来强人来袭，我们不但袖手旁观，我们里面还有几位倒勾结外来的“合字”，把财主好好算计了一下，那才出气呢。

武师孙三听了，说：“这就叫活该！”

大力柴青道：“谁说不是！你刚才说，一旦有事，你们要瞧瞧法师们的能耐；究竟目前你们有事没有呢？”

武师孙三道：“正闹着事故呢。新近李五皇上的本家李二王爷的店房就被人剿了。至今不知剿店的人是鹰爪，还是仇人。”

大力柴青忙钉了一句道：“老兄你可要小心，你们这里不久就要出事。我新近就在罗田县，遇见很多异样的人，你这一说，我明白了，这些人多半是找寻李五皇上来的。这里面的人，也有我认识的。说老实话，咱们全是跑江湖的汉子，拿财主那几个钱，犯不上给他卖命。他若瞧得起我们，则还罢了；他又瞧不起，咱们更犯不着了！”

孙三道：“谁说不是呢，我们全是这样想。你说你认识的那一位，姓什么？叫什么？他们真是冲着李五皇上来的吗？他们的来意是为了什么？”

大力柴青道：“他们的来意，我倒说不清，我本来无意打听。我只知他一个姓邵，一个姓穆。”

孙三武师很关切的说："费你的心，有工夫替我打听打听，他们究竟是访财神，还是为替人报仇？你给打听明白了，我们也好看事做事。"

柴青道："对，有机会我给你二位引见引见。"

当下两人拱手告别，大力柴青回去告诉同伴，再和陶天佑访到的情形一对照，他们决计当晚冒险探庄。一来搭救陶天佐的事情刻不容缓；二来李五皇上的手下人彼此并不和；三来李五皇上又不得民心；故此动手正是机会。

十几个人赶紧预备，所有探庄的出口，早已勘明。挨到二更天刚过，他们便悄悄的从下处溜出来，分头约定三更一齐下手。

这些好汉们都抱着必胜的把握，认为采急袭的办法，捉妖人手到擒来。只有鬼见愁穆成秀心中忧闷。他知道捉妖算不了一回事，拿李五皇上也没什么，拿得了就拿，拿不了还可以杀；替民除害，做来不难。却是李五皇上家还有一群被害的童男女。在李家店虽救出了一批男女孩子，在李宅那一批童男女，估量不在少数，恐怕比李家店的还多，这可有点不好搭救。他左思右想，限于人手不足，竟找不出妥策来，只可打定走着瞧的办法了。

于是，他们潜伏在李五皇上庄院，挨到三更，打了一个暗号，纷纷从庄院前后左右，悄悄袭入。

李五皇上庄院里面，在前边有守夜的打手，不时出来巡夜；在后边也有几个人守夜。在跨院，便是太谷僧的法坛，太谷僧正支使着一群信徒持法器排班念咒。红莲仙姑另有作为，在内宅一处神舍打坐，默诵大法。

这些妖人们和打手们已经乱了好几天了。剿店的人还不来，他们渐渐的积久玩忽。守夜的打手轮流坐夜，十分无聊，就赌起钱来。

飞猴李柏、陶天佑和鬼见愁穆成秀、铁秀才赵迈等人，一进到李宅，便先搜寻被囚的陶天佐，同时查勘妖人练法的地点。

大力柴青和邵宏图便先搜寻那个武师孙三，同时查勘坐夜打手的歇息地方。

飞猴李柏轻功很好，不在鬼见愁穆成秀之下，一路寻来，竟在三间空屋的微弱灯光之下，发现了三个人对坐低声谈话，仔细瞧下去，这三个人是两个穿短打，一个穿长衫。穿长衫的人很像陶天佐。李柏绕到前窗，侧耳偷听，隐约听见里边穿短打的人似乎摇头说："不行，人太少，你们不要轻敌。"跟着又低声说，"我弟兄只能做到这一点，就是帮助你老兄脱险。若教我们倒反李家庄，老实说，外援不够，我们不敢轻举妄动。一个弄不好，不只打草惊蛇，还弄得这一群妖怪们加紧戒备，跟官府进一步的勾结，我弟兄可以一走了事，本地村民越加吃苦了。"

这些话，飞猴李柏并没全听清，只听出"不要轻敌，助你脱险"，下面的话一字也没听出来，然而这就很够了。

飞猴李柏大喜过望，他为人很细心，竟不先打招呼，慌忙留邵宏图在这里盯着，他抽身退出，去找陶天佑。屋中灯昏影暗，隔窗孔窥伺，他怕错认了人；万一屋中穿长衫的人不是陶天佐，那么身在虎穴，岂不又生枝节？

飞猴李柏跳下后窗，跃上短墙，对面房脊上人影一晃。李柏赶紧一俯身，那人影直寻来，口打微哨，向李柏点手。李柏急忙凑过去，来的人正是鬼见愁穆成秀。

鬼见愁穆成秀急急告诉飞猴李柏："这个太谷头陀居然有两下子，不知怎的，他竟震了（警觉了）！他大概另有诡谋。刚才他正在法坛上捣鬼，不知怎的，仰天直嗅，忽然叫了一声：'好孽畜！'一晃身不见了。我们现在必须把人凑在一起，专去对付他。他也许会妖术，我们不能不防备他施邪法害人！"

原来在那个时候，江湖好汉如穆成秀之流，对那些邪法，明知是骗人伎俩，可依然存着戒惧之心。江湖上流传着妖术杀人的谣言，精擅技击、久走风尘如穆成秀等人，仍自害怕妖人的摄魂法，以为"也许真能摄魂"！穆成秀打算大家一齐动手，

先除了妖人，别的就好办了。

然而飞猴李柏心上比他更急，忙悄声拦道：“你说的那不要紧，先等一会儿。我告诉你，我寻见陶天佐大兄了……”

“还吊着吗？”

“不，陶大兄真有两手，他居然串通了李家庄里边的人，不但把他放下来了，而且正商量着做内应。穆仁兄，你不要担心太谷僧，你快设法把陶天佐大兄哨出来，问一问底。”

飞猴李柏笑了笑，一拉穆成秀道，“小心一点好，我怕万一看错了。陶天佐大兄和那两个人说话声音太低，听不清意思，万一那两个人是庄中人奉命诱供呢？”

穆成秀哼了一声，事态十分紧急，想不到飞猴李柏身手如此迅快，性情如此稳慢，也就不再说话，跟了飞猴就走。

不料穆成秀飞猴李柏两人刚刚来到空屋后窗，屋中的灯突然吹灭了。前面竟有人轻轻叩窗，低声说话：“神算子先生，不要吹灯，把亮子弄明了，有一个朋友，要跟你谈谈。”

屋中人半晌没动静，窗外人又复催问；屋中人反诘道：“你是谁？”

窗外人透出不悦的口气，说道：“朋友，你把招子放亮了，你不要自误……哦，屋里还有谁？”

“你到底是谁？屋里就只有我一个呀。”

外面哼了一声，仍不肯自报姓名，稍一俄延，外面忽然说道：“神算子先生，快快开门。如若不然，我要破门而入，把你和你的伙伴一齐堵在屋里，你不嫌害事吗？你休要担惊，我给你提一个朋友，你就放心了，你可认识大力柴青吗？”

“大力柴青跟我也是朋友，我们昨天见面了，我是一片好心，为着你们，你不要错想。”

屋中三个人啧啧的低议了一阵，陶天佐不发言，那两个穿短打的武师，其中有一个凑到门边，低声说：“外面可是孙三师傅吗？”

窗外人略略迟疑道：“哦，你是……”

“我也是熟人……”

“不错，你我都是里头人……”

“大概咱们走在一路上了。”

哗啦的一声，屋门打开，窜出一个人，把孙三拉到屋中，仍不点灯，摸着黑说话。

在后窗偷听的穆成秀、飞猴李柏一齐大喜，立刻弹窗发话，李五皇上的打手们孙三没有太吃惊，那两个穿短打的却吓了一跳。

这两个穿短打的武师，气不过太谷僧一群妖人的飞扬跋扈，竟向李五皇上自告奋勇，要来找神算子诱供。他俩说：神算子如果真有能耐，我弟兄愿意把他游说过来，扶保庄主；如果他是奸细，我弟兄愿施反间计，假装背着庄主偷着来放他，把他的真情诱出。这两个穿短打的武师，一个叫张金来，一个叫武顺成，乃是师兄弟。起初很得李五皇上信任，自太俗僧一到，压过他们去了；他们也是只信武术，不信妖法。李家店房被剿后，他们知道李五皇上要坏事，他们就多留了一个心眼。陶天佐被囚后，他们二人认为对头的卧底人已到，故此自告奋勇，要向陶天佐探口气，自留退步，及至跟陶天佐深谈之后，两个人就打定了脚跳两只船的办法。

当下，里面的人，外面的人，齐聚在窗前屋内，立刻挑开了窗帘说话。彼此匆匆叙明原委，穆成秀急请孙三和张金来、武顺成去拦阻护院武师，请他们袖手旁观，不要帮助妖人；还请他们联络朋友，相机帮拳，助剿妖人，替民除害；至少请他们藏在黑影里，呐喊助威。这三点全做到更好，如果不肯或不理，也请量力度势，做到一点是一点；至不济也要请他们本人退身局外。张金来还在游移，孙三和武顺成道：“江湖上是一家人，穆师傅你？好吧，我们决不能帮太谷僧。”把张金来一拉，火速走开了。

这就给穆成秀等闪开了捉妖的路。穆成秀、飞猴李柏、邵宏国、陶天佐、陶天佑、赵迈等立刻分数路去寻找太谷头陀。

几个人刚刚围绕着法坛逼凑过去，隔着一道墙，突听宅中一人厉声喝道："什么人？"大家不由一愣，往黑影里一闪，急急回头闪目寻声。墙那边连声喝问，似有动作。"是谁？再不说话，可要放箭了！"另外一个声音低答道："是我，不要动手，我找谢师傅。"那人说："不对，你是！吓，好贼！"应声听见刀剑一阵拼斗，夹杂着叫喊。事情是已经爆发了！原来是大力柴青引导邀来的帮手，去暗中防堵李宅护院打手，露了形迹，首先动起手来。

这时候，喊斗之声渐高。李五皇上已然惊觉，躲在上房中，又惊又怒，只骂："果然出事了，果然出事了！快叫太谷僧法师抵挡，快教武师们动手！"只顾吵闹，一无办法。

穆成秀等人虽闻呼斗之声，不管这一套，仍去搜捉太谷僧，只由飞猴李柏和冒充"神算子"的陶天佐前去策应，兼管巡风。于是很快的赶到法坛，法坛上只有被拐小孩扮的仙童仙女和村中壮丁扮的力士金刚分班侍候，主坛的法师太谷头陀依然不见。穆成秀等在房脊上往下观看，不由失望。急急抽身寻找，从法坛找到花园，突然从花房冲出来一群人，怪喊如雷道："好孽畜！"人人持法宝和兵刃，挑着两对灯冲杀出来。

太谷法师竟很威武的结束登场，穿一件半截窄袖僧衣，高腰袜僧鞋，背插戒刀，腰悬葫芦，手拿黑漆的铁禅杖；指挥信徒，特来威吓敌人。这家伙本来有些武功，却一向拿妖法骗人，骗人太久了，也就自欺欺人，连他自己也有点迷信起他的法术了。他又从来没有指挥大众打过群架，现在他公然挑灯出来寻敌。他身边带出来的这几个信徒，也是一群受迷惑太深的倒霉鬼，过于相信他的妖法，左手晃着妖幡，右手拿了降魔杵、斩妖刀，竟口诵护身荡魔神咒，不顾死活的冲杀上来。穆成秀、飞猴李柏、大力柴青也是被妖法所惑，恐怕他们的妖法万一有效，也就采取了先下手为强的辣手，以防不测。当下齐声大喊："好妖人，看家伙！"登时举手不留情，把飞镖、袖箭、甩箭、梅花针、金铁镖，纷纷照妖人打去！

老实说穆成秀等有些临敌知惧，把妖人估价太高了。他们藏身高处，突下毒招，这一阵暗器如雨，登时一阵大乱，泛起了惊疼怪号声。扑出来的妖人信徒，竟应手被打伤一大半，如滚汤泼老鼠，后边的张惶回顾，还在寻找敌人的来路，前锋的妖人倒下了三四个，中间的妖人拨头往回跑，竟冲退后面的妖人。跟着第二阵暗器又已发出，妖人抵挡不住，乱叫乱碰的搅做一团了。

太谷头陀不禁大骇，抬头往房上看。房上群雄已然涌身齐出。这两阵暗器雨已然揭穿了妖人的伎俩，弄坏了妖徒的银样蜡枪头。鬼见愁穆成秀性虽嫉恶，却也悯愚，振吭大叫道：“下面人听着！我们是山林剑客，专为诛讨妖人太谷僧来的！你等妖人赶快放下兵器，退出庄院，逃走者不究，助妖者必戮！”吆喝声中，飞猴李柏等早已各挥刀剑，跳下平地，照太谷僧杀去。

妖徒们受伤的，有的连滚带爬，四散逃命；没受伤的也跑了几个。却还有几个，不相信妖法无灵，只道他们受伤的人乃是心不诚，或者犯了戒，故此吃了亏。他们几个人没受伤，自然是他们功夫精，得到神佛保佑。太谷僧早就垫了话，这一回抵御外劫，将借此印证信徒功果，考验信心。这几个人就至死不悟，拼命掠幡挥杵，和群雄硬拼。这却激怒了飞猴李柏这些年轻人，摆好架式，挥刀剑攻杀，转眼间砍倒了三两个。那太谷僧独自举了禅杖，在后督战，群雄的剑还砍不着他。

鬼见愁穆成秀大怒，飞身跳下房头，蜻蜓三点水，让开了妖徒，猱身挺刃追刺太谷僧。太谷僧挥禅杖横摇，怪喊一声，很凶猛的迎打过来。穆成秀急急退步抽刀，旁观的一个妖徒竟从侧面来，将斩妖刀照穆成秀斜削。穆成秀把刀往旁一荡，跟手一扎，嗤的一下，想不到妖徒是这样有勇无能，立刻被刺中要害，怪号一声，竟诵佛号，不往后退，整个身子投向穆成秀扑来！穆成秀咬牙切齿，往旁略闪，刷的砍下一刀，把这妖人立毙于刀锋之下。

然后穆成秀抽刀拭血，再斗妖僧太谷。不意这时候，陶天佐、陶天佑已然抄后路扑到太谷僧背后。两人钢锋齐举，双战太谷僧。太谷僧怪吼一声，唱了一句佛号，把禅杖三花大撒顶一耍，耍得呼呼风响。陶氏弟兄见他铁禅杖太粗太沉，怕被磕飞了兵刃，便刷地撤回身来。武林人物从来不肯硬碰硬，是要以熟练的技巧来赢敌的。哪知道他们上了太谷僧骗身蒙虎皮的当，他那铁禅杖，铮光漆亮，很像镔铁杖，上敷明漆，究其实那禅杖这么粗，这么大，乃是空心的一根铁筒，摆样时内中灌水银，舞弄时早就倒出水银，弄得轻而易举了。

陶氏弟兄却被太谷僧这个胖大黑粗的体格所骗，以为人粗力壮，禅杖必然重，万料不到他的道法和武功是同样的稀松。陶氏弟兄不明虚实，便不肯硬斗，施展身法，欲以巧降力。这便耽误了工夫，气坏了穆成秀。穆成秀断喝一声："待我来！"哪知道穆成秀才从妖徒尸上跳过，从花园那边突然转过来大力柴青。大力柴青挥一对巨斧，不管不顾，冲到核心，认定太谷僧，霍地就是几斧。猛听刮的一声响，太谷僧失声惊叫！大力柴青的巨斧竟把妖僧的空心铁禅杖劈折了！

陶氏弟兄见状几乎气破了肚皮，恨骂道："你可把老子骗死了！"弟兄俩各摆兵刃，突击妖僧。妖僧禅杖已折，妖徒多伤，手握断杖，虽然吓了一跳，他陡然石破天惊的绝叫了一声，比鬼号还难听。不知他怎的一甩袖子，满空浮起一层迷雾。群雄骤吃了一吓，穆成秀急喝："迷魂药，快退，快堵鼻子！"二陶和大力柴青捏了鼻子，一齐往后退跳。却不料这并不是什么迷魂药，更不是妖僧会兴烟造雾，不过是一袋子呛人迷眼的药末罢了。然而群雄怕上当，不能不躲一下；太谷僧趁这敌人一躲，忽地鬼笑了一声，又一甩袖，掷出来"天雨花"似的一大片东西，逼得群雄再后退，再挥刃格打。等到迷雾四散，飞花落尽，群雄重上前进攻，太谷僧竟早已提着两截禅杖，一溜烟的逃走了。

穆成秀惊叫："上当！"群雄火速去追，穆成秀忙喊："一

半追妖人，一半搜宅子。”群雄倏又止步，分出一半人来。就这一迟误，再跟踪追赶妖僧太谷，太谷逃到花园，绕假山，钻花房，三转二绕，眨眼不见了。穆成秀大怒，命二陶专找李五皇上，他亲去搜追妖僧。侥幸这李五皇上乍想登龙位，地下宫殿刚刚起造，还没有建好秘密隧道。穆成秀穷搜之下，瞥见妖僧太谷从别屋钻出来，似乎他善财难舍，回去盗取财物，准备弃了李五皇上自逃活命。就在这恋财不舍的一念之下，被穆成秀追上。

第十一章

院里喊杀声声土皇死去
庄前火光处处妖僧逸逃

太谷僧十分险诈，他觉是情形危迫，陡又起了李代桃僵的嫁祸毒计。他不往别处跑，竟往李五皇上潜登宝殿的地方跑，以为对头就是冲着自己来的，也必以李五皇上为首，对头要捉的，第一必是李五，第二才是他。他为了转移目标，他临跑还要嫁祸给李五。

然而时机不凑巧，李五皇上吓酥了，没有下地窟、登宝殿，还在内宅打战呢。太谷僧扑了一个空，却在地下宫殿的别室，瞥见了那一群给李五皇上当宫女、装仙女的受害女孩，正吓得挤做一团，不知起了什么祸事。太谷僧“贼起飞智”，背着一个大包，拿着一把戒刀，闯到“宫女”群中急急叫道：“大劫来了！你们的魔星来了！外面有个大头星寻来……不是不是，有一个大福命的人寻来，你们快迎上去，拉住他，跪求他！求好了他，你们就得活命了！求不好，你们全死！快去，快去！”

太谷僧满脸的惊惶，透出煞气，又把戒刀连连挥动。这些“仙女”“宫女”被他摆布得久了，一个个畏之如虎，闻命不敢

不依。这些女孩子受他逼骗，惊惊惶惶的，你推我，我推你，从地下宫殿涌出来，太谷僧留在后面，就要趁机溜走。

果然这帮女孩子们在万分惊恐中，钻出地下宫殿，劈头遇见了大头鬼见愁穆成秀。穆成秀急走如风，带着煞气，孩子们吓得出了声，不敢上前。可是她们被训练得惯了，不敢“违背法旨”，就一大堆远远跪下来，举手高叫：“大仙爷救命呀，大仙爷救命呀！”

鬼见愁穆成秀不由诧异止步，可是他仍要先捉妖，后救人，急急叫道：“你们不要害怕，那太谷僧呢？”

太谷僧走得慌，忘了叮咛这一句：“仙人来了，你们别说我……”这群“仙女”“宫女”们未受秘嘱，原盘托出：“大仙爷，救命！那太谷法师他老人家还在那边呢！”许多小手往太谷僧藏逃的方向一指。

大头鬼见愁穆成秀呵呵一声长笑，飞身一窜，越过了跪地求告的女孩群，急急的续追太谷僧。

太谷僧背负大包袱，手挥戒刀，刚刚钻出地下室，穿院越墙而逃，穆成秀大吼一声，赶了过去，仍恐他走脱，人未到，暗器先发，刷，吓了妖僧一跳。

“我的佛！”妖僧一滚身，栽到墙那边去了。

穆成秀久经历练，夜影中不敢轻敌，不肯跟踪随上，却稍稍移过一点位置，从墙头别处跃上去，以防妖人暗算。可是就这一点审慎，倒给妖人留了逃命的机会。墙那边果然潜伏着敌人，是李五皇上两个护院打手。这两个打手做了太谷僧的替死鬼。他俩想是“受恩深重”，不然就是别有想头，竟不听孙三师傅、武顺成的劝阻，出来替主人李五皇上“扛刀”，黑影中埋伏在这里，太谷僧栽过墙头，二人便冒冒失失突发一镖，太谷僧挨了一下，叫了一声：“自己人，别打！”连滚带爬，穿房跳窗逃走了。两个打手还想追，这工夫，鬼见愁穆成秀忽在墙头现身。两个打手回头一看，暴喊一声，疾发暗器打去。鬼见愁穆成秀一晃身，闪开了袭击，跳下短墙。两个打手一个挥

枪，一个抡刀，上来双战穆成秀。穆成秀厉声断喝："我们前来捉妖救人，你们是无辜良民，趁早躲开！兴妖助虐的，一律诛杀无赦！"尽管他声罪致讨，这两个打手做定了李五皇上的死党，又没看清楚逃走的是太谷僧，竟大呼小叫，挡住了穆成秀，寸步不让。穆成秀怒极，便下辣手，剑锋犀利，剑术精奇，很快的刺伤了一个打手。这一个打手负伤，那一个打手依然不退，反而吹起铜笛，四面呼援，并且喊杀声起，已有别的打手寻声扑到。于是从穆成秀来处，赶到了三四个打手，抄后路掩击过来，一霎时，穆成秀陷入包围。可是打手们刚刚围攻穆成秀，飞猴李柏和邵宏图等又已寻声赶到。他们刚赶到，却又有一帮李宅护院打手，整好了队，举着火把灯笼，从前院冲到后院，似乎赶来救院护主，看来势很凶，却只一味摇枪呐喊，远远的堵院门、扼墙角，大多数不肯过来力战。李柏、邵宏图借墙障身，两口刀便戳住了他们十几个人，他们只往院门放箭抛石，没个人胆敢冒险突入，就这样打起了阻击战。穆成秀趁此机会，手脚松动，大喝道："妖僧已逃，我去追赶，你们快搜李五皇上和别的妖人！"挥剑一冲，杀出围阵，追赶太谷头陀去了。

此时喊声鼎沸，飞猴李柏、邵宏图一点也没听清穆成秀的话。只望见他冲退了一个打手，反倒穿窗窜入一排房间，料是深入搜敌；两个人便要弃敌斜抄房后。可是两个人才一退，院门那边的打手高举火把，也过来了。火光照处，望见了几个艳装的女孩子，哭叫着磕磕绊绊，乱藏乱躲，还在高叫大仙救命。

飞猴李柏登时明白，这就是被拐骗来的那批装仙女、当宫女的难童，忙振亢叫道："你们不要害怕——"一句话未了，忽听背后弓弦响，急急往旁一跳，身旁的邵宏图大喝："休放乱箭，误害好人！"忙挥刀格打，打落了几支流矢。仍有未打落的流矢，竟射入这些女孩子群中，连伤了两个，女孩子们越发惊喊乱窜起来。李邵二人好生不忍，一齐大怒，便不再走，

回身扑斗，和那乱放箭的护院打手们打起来。打手很多，地势逼狭，没有回旋余地，这就给武功好的人留下以少制众的机会。飞猴李柏和邵宏图背对背堵门迎敌，手快刀疾，对面打手竟弄得人挤人，磕头撞脸，施展不开手脚。只几个回合，打手们竟被逼退到门那边，用花枪扼门，堵御李、邵的追击，当下又陷入阻击战了。

李五皇上的庄院，主房五层三进，左右跨院，还有花园马棚，还有外围堡墙，本来是角门甬道，四通八达。当此时，全庄大乱，人声杂乱，东一堆西一堆，分不清敌友，只发现人踪乱窜。飞猴李柏、邵宏图刚刚逼退了护院打手，要抽身去搜元凶首犯，忽然间，从西厢房后窗跳进来两个人，却是陶天佐、陶天佑昆仲。黑影中看不清面目，只听南方口音大喊道：“李家庄人等听清，我前来捉妖救人，已将李五斩首！你等良民受迫，赶快弃下兵刃，退出庄院，就既往不咎，饶恕你等性命！”声喊中，高举着血淋淋的一颗人头，意在示众。飞猴李柏忙喊：“陶兄，把李五杀了吗？太谷僧可曾捉到吗？”还没住声，突然间，东厢房旁边紧闭的角门呀然大开，奔突进来六七个人，大喊道：“捉贼呀，捉贼呀！”又是一拨护院打手和大成教徒从后庄院绕来，敌我双方又碰在一处。这边突门的打手一到，那边堵门的打手立刻响应，暴喊一声：“拿呀，杀呀！”立刻发动了夹攻。二陶所说李五已被诛死的话，他们并没听，也不信。可是他们的斗志并不很强，只是倚仗人多瞎起哄罢了。

那边孙三师傅和张金来、武顺成三人，由于大力柴青和二陶的联络，又愤恨太谷僧妖言惑众，看不起武师，他们就袖手旁观，暗助穆成秀一把。他们临变抽身，去向李五的打手说破话，吹冷风，使他们停兵不斗，居然在忙乱中也已生了效，但只阻挠住瞭望台上的一拨打手。他们又找到了那些畏威受迫、前来庄主家值班服役的佃户信徒，跟他们领头的人说私话：“大事不好了，大批的剑侠赶来捉妖人来了，太谷僧是大成教妖人，你们大概不知道。现在他犯了事，你们还不趁早躲开？

你们赶紧回家关上门睡大觉去吧。李五皇上也不是厚道人，你们犯不上给他舍命扛刀！至不济，你们也该溜到一边，坐山看虎斗啊！”

这些冷话吹到耳中，仓促之间，人们还在迟疑观望，可是这已经奏了效。李五皇上的教徒和打手，弄得七零八落，许多人凑在一堆乱嚷嚷，不肯上前拼命。

护院打手里面，可也有些巨贼，乘乱逞威，滥砍滥杀，似乎并不管谁是敌谁是友。纷乱中，后庄院突然起了一把火。人们登时喊叫：“不好了，恶贼放火攻庄了！”哪知是打手中两三个巨贼陡生歹心，要趁火打劫。他们乱喊道：“仇人大队杀来了，李庄主还不弃家逃命！”登时有几个打手不去救火，反往内宅奔去。内宅早已大乱，这几个恶打手暗暗得意，竟扑奔李五皇上的藏金秘室，砸开箱笼饱掠一顿，结伙逃走了。更有两个妖贼，别起恶念，带上了面幕，假装外寇，到内宅秘室搜寻李五皇上的姬妾，想架走一两个，以快私欲。哪知时机太紧，这两个妖贼持刀强逼李五皇上的内眷，刚刚用兜包背在身上，溜在后院，翻墙要走，劈头遇上了大力柴青和张金来、武顺成。张武二人也是戴着面幕，本是来寻找太谷僧的，却正堵上背人跳墙的妖贼。柴青张武三人大喊一声：“妖人休走！”挥刀上前截击。二妖贼回手发出一镖一箭，三个人略略闪身，喝命：“快放下人，饶你不死！”这两个妖贼武功很强，还想强拼，无如寡不敌众，被大力柴青一对钢鞭、张金来一口单刀逼得风驰蓬转。忽听哼哧一声，一贼负伤，弃了女人先跑，另一贼也只得丢下兜包，两个妖贼分两路逃走了。

两个女子被摔得半死，哭喊饶命救命。大力柴青顾不得救人，先驰去追贼。

这时候，前院不知怎的也起了火。正在混战，无人救火，火势立刻乘风延烧起来。李五的庄院起了哭声，许多小男妇女潜藏在暗室发抖，大火既起，披头散发的逃出来，如没头苍蝇一般，乱钻乱撞，倒闹得护院的人和捉妖的人展不开手脚。

陶天佐、陶天佑见状跃登房头，连声呼叫："妖人李五已死，小男妇女一概无罪，你们不要害怕，不要乱跑！"尽管嚷叫，妇女们依然哭号逃窜。倒是妖徒和打手们一见火起，情知事败，中间有几个人怪叫道："不好了，咱们庄主遭到魔劫了！我们不要和天命强抗，趁早跳出火坑吧！"呼啦啦的逃走一群。工夫不大，这个见那个逃，这个也逃了；那个见状心慌，也钻黑影了。这两把大火，倒烧散了妖人的斗志。转眼间，李五的庄院只剩下残兵败众，受伤的，半死的，和一些亲眷妇孺，却也纷纷哭叫，觅路逃命。

李五的人缘竟坏得很，庄院起火，邻村竟没人肯来驰救，也似乎不敢救，怕被反咬一口。

李五的信徒既已四散，李五的打手趁火打劫，纷纷停斗。起初是几个人抢财物，生私心；后来几乎人人见机而作，人人看出李五"大势去矣"，就人人在全身远退之前要顺手捞一把，只算是找恩主借盘川。霎时间，御敌的人全溃散了。

此时穆成秀追赶妖僧太谷，已然追得没了影。赵迈、二陶已然杀死李五，一见火起，打手停斗，也就大喜过望，和大力柴青、飞猴李柏、邵宏图等分两面乘机搜宅寻妖。

妖人死走逃亡，只剩下红莲仙姑，带了两个女妖徒，拿了两件法宝，正在东藏西躲。大力柴青举斧要杀，红莲仙姑吓得撒手掷出法宝。大力柴青挥斧一挡，把法宝打得粉碎，大喝一声上前。红莲仙姑抹头就跑，脚底下一软，摔了一溜滚。那两个女妖徒吓得坐倒地上，口中不住念咒。大力柴青顺手一斧，劈伤一个女妖徒；那另外一个女妖徒狂喊："饶命！"陶天佐、陶天佑、赵迈慌忙赶过来拦阻："慢着！"转面来厉声喝问："你是什么人？"

那女妖徒吓得说不出话来，陶天佐仍在持刀逼问；陶天佑就赶过去，截住了红莲仙姑喝道："你是什么人？快说！"红莲仙姑跪地讨饶，再三盘诘，她说道："我是李五爷的姑姑！"陶天佑追问："那个什么红莲仙姑呢？"回答说："往那边跑了！"

二陶并不认识红莲仙姑，当下受了骗，说道："没有你们妇女的事，你不要乱跑。"红莲仙姑道："我怕，我怕烧死！"陶天佑道；"既然如此，你们跟我来，快领我把红莲仙姑搜出来，还有那些女孩子，也该搭救！"红莲仙姑道："我、我走不动，我吓酥了！"却是刚说完走不动，她突又坐起来，跟着站起来，说，"我领好汉爷找仙姑去，好汉爷要找女人，年轻的、漂亮的，这里很不少，请你跟我来！"

红莲仙姑也想起了嫁祸之计，心想找到别的女人，就放松了她。哪知此话露出破绽。赵迈、陶天佑喝道："等一会儿走！"把红莲仙姑扭到火亮处一看，半老徐娘，一身妖服，分明带出狡狯奸诈的神情来，与寻常良家妇女截然不同。赵迈、陶天佑斥道："你到底是谁？你分明是个女妖人，你一定是红莲仙姑……"红莲仙姑忙叫道："好汉别认错了人，你瞧红莲仙姑不是往那边跑去了吗？"

可是她的诡辩已然来不及了，那另外一个女妖徒，在陶天佐刀光挥动逼问之下，已然说出了实话。她承认自己是红莲仙姑的得意门徒，而红莲仙姑就是手掷法宝摔了一溜滚的那一个。赵迈、陶天佐哈哈大笑，追上来捉仙姑。大力柴青已然听清，怪叫道："杀了罢！"刷地蹿上来，照红莲仙姑就是一斧。陶大佑说："等一等，问一问！"利斧已然斫下，红莲仙姑惨叫一声，撒手红尘了！赵迈摇头不语，陶天佑道："可惜妖僧太谷的下落，没有顾得问她。"

飞猴李柏道："我看见穆成秀追赶下去了。"

陶天佐道："鬼见愁太荒唐，他追太谷僧，追得没了影。现在我们赶紧设法搭救这帮孩子们吧。"

群雄向四面一瞥道："都不知道跑到哪里去了，咱们怎么救，又怎么安插呢？"

陶天佐道："先寻找，找到了，再想安插的办法。"

群雄齐声说："就是这样办。"几个人登时搜索、查寻起来。

这时候，那一伙被逼充"宫女""仙女"的童女，有的潜

藏在屋中，有的潜藏在庄院内，有的跑出庄院，潜藏在禾田地里。赵迈、二陶和大力柴青、飞猴李柏、邵宏图等，极力查找，只找出六七个童女。童男是一个都没有了，因为都撮弄到李家店去，已然先期遇救了。

群雄听说李五皇上拐卖来的童男女很多，现在觉得数目不够，急找“倒戈”和袖手的护院打手孙三师傅和张金来、武顺成，想向他们细问底细。不料张金来、武顺成二人一见火起，误认是穆、陶放的火，他们二人大不谓然，心中又很惧祸。两个人便悄悄的你拉我我拉你，溜出了李家庄院，悄悄的不辞而别了。只剩下孙三师傅，很生气的找到大力柴青，严词诘问：“你们到底是捉妖人，救难童，还是趁火打劫?”

陶天佐、陶天佑急忙插言：“我们是捉妖救人!”

孙三师傅道：“既然是捉妖救人，为什么放火?”

陶天佑道：“我们也不知道是谁放的火啊!”

孙三道：“你们不知道，难道是李五皇上自己放的火?”

大力柴青道：“也许是走了水。”

孙三道：“怎么会走水? 明明放火烧了柴垛，你们到底是怎么回事?”

群雄极力辩解，孙三师傅微微冷笑，说道：“我们也明白，这种为富不仁、与妖作怪的东西，就烧死了也不多，可是这等玉石俱焚的辣手，区区在下竟做不出来。”说罢转身要走。

二陶急忙劝阻，还要解说，孙三笑道：“你看火快烧到内院来了，李五死了，我的饭碗也砸了，我得打点打点。若不然，明天天亮四邻报了官，我留在这里，岂不要打诖误官司?”二陶还想说话，孙三师傅道：“我先把我的东西拿出来，不然，就烧在里头了。”到底抽身扑奔前院，大力柴青盯着他，不料三转两转，连柴青也不见了。

这两把火引起了误会。孙三等确信是群雄故意放的火。哪知这火仍然是护院打手放的，反而害得穆、陶替人负罪。赵迈、二陶咳了一声，飞猴李柏催道：“先把这些孩子救出火场

才好。”

二陶道：“对！”

捉妖群雄一共十三个人，现在只剩了八个，被难的童女只寻到六七个。当下各背一个，火速离开了火场。为了彻底搭救难女，陶天佐也搜到了一些财物，趁天色未亮，他们走出李家庄院。

救人捉妖的事，弄得七颠八倒，并没有办利落。

三四天后，鬼见愁穆成秀到底追丢了妖僧太谷，反寻回来，和二陶等人见了面。二陶抱怨穆成秀，穆成秀只搔头皮，说：“太谷僧这家伙也许真有点儿门道，不知怎的，溜得没了影。”

陶天佐笑道：“他也许会地遁。”

陶天佑道：“什么地遁，分明是大师兄双眼瞎。你自觉招子亮，结果鬼迷了眼！”

穆成秀道：“得了，二位老弟不要抱怨了，咱们还是救人要紧。”

飞猴李柏道：“这一帮女孩子怎么办？往哪里安放？”

众人都没了主意。邵宏图道：“只得把她们送回家。她们一定都有父兄。”

穆成秀哼了一声道：“那也不见得。这些女孩既被拐卖，她们家中一定有缘故，不是少爹没娘，便是后娘狠心，再不然哥嫂不是人。若不然，谁肯把自己的孩子，送入火坑？”

“那可怎么好呢？”

群雄束手无计，邵宏图低头沉吟，想出一法道：“我倒想了一个门道。罗田县附近一家地主的少奶奶，年轻守寡，娘家也有钱，为了怕少奶奶守不住，就劝诱少奶奶念佛修道，不修今世修来世，给她盖起佛堂尼庵。现在这少奶奶已快四十岁了，信佛已经很深了，她还要大开宗门，招收女弟子。我想把这些女孩子送到她那里去，倒是个暂时之计。”

赵迈却吸了一口凉气，说：“那可不行！你们可不知道这

带发修行的阔少奶奶、阔小姐的怪脾气哩，尽管吃斋念佛，专好毒虐女徒使女！她们又慈悲，又狠毒，尤其妒恨女孩子的天真烂漫，必得把小孩子整治成槁木死灰，一点生人乐趣都没有，跟她守死寡守活寡的一样，她才心平气和。”众人听了，哑口无言，最后还是陶氏弟兄说：“我看我们还是就近找个地方，暂且把这些女孩寄顿一下，随后腾出工夫来，再替她们打算终身之计。不知我们这些人，有认识本地富户绅士、素常宅中使奴唤婢的人家没有？”

穆成秀道：“我在此处人生地疏。别位也是江湖上的朋友，有谁熟识这种巨室阔人呢？”

二陶道：“如此说，那只有靠赵迈了，他是皖南人，又是出身绅衿。”

穆成秀道：“我们只好靠赵贤弟。真是一点不错，行侠仗义，除恶霸，拿妖人，都容易，若说到安良救难，真有点动辄滞碍。这区区几个女孩子，比男孩子还不好办。”

赵迈却摇头道：“我也没有办法，我不过一介寒儒，不是使奴唤婢的人家。我也没处安排她们。”

大力柴青、飞猴李柏也笑道：“尤其是我们个个一派江湖气，忽然带了一帮女孩子行路住店，处处引起行人侧目，官人注意。我们若认识开戏班的朋友，把这些女孩子们全扮成歌伎还倒不太招瞪。”

穆成秀猛将大腿一拍道：“有了，我认识一个开戏班的，他本人是刀马旦，他的老婆是个绳伎，他们夫妇都有一身好功夫。我们可以把这些女孩子暂且寄放在他们戏班里。”

邵宏图道：“这个人叫什么名字？靠得住吗？他们不会生心图利，拐卖人口吗？”

穆成秀道：“我想不会吧。这个朋友名叫薛凤桐，他自己就从小被人拐骗，卖入戏班。我想他不会自己受了害，再来害人。”

邵宏图道：“那可难说。”

穆成秀道："那也不要紧，我们不要先害怕人们做坏事，我们只要随时查勘一点，就行了。况且我们这只是暂时寄顿……"

二陶道："就是这样办吧，可是妖僧太谷怎么样了？教你追到哪里去了？"

穆成秀道："查找他的下落，你们只管冲我说。现在你们跟我走吧。"

"跟你上哪里去？"

第十二章

土霸秘造地下金銮藏龙卧虎
妖人从中兴波作浪暗害贤能

“跟我找太谷僧去呀。”

当下群雄赶紧料理，把几个女孩子安置了，把邀帮忙的朋友谢遣了，穆成秀仍与二陶、赵迈火速上道，追拿太谷僧。

太谷僧逃到哪里去了？

一路寻访，才知他逃到豫南罗山县八亩园千顷侯侯阑陔那里去了。而千顷侯侯阑陔正在秘修藏珍楼，地下宫，利用着一个巧匠，当快竣工时，他要杀这个巧匠灭口，却反被巧匠逃走，引起了内部的猜疑，掀起了轩然大波。

千顷侯侯阑陔本是罗山县首富，拥有良田千数顷，挂过千顷牌，献过皇粮，家中奴仆成群，佃户上万，平日起居服食不羡王侯。他的为人极豪奢，又极吝啬。起初他只做个好客的孟尝君罢了，家中养着诗人、画家、棋手、拳师、花儿匠、练气士，好比闲人养蟋蟀，以此自娱罢了。明清交兵，天下大乱，饥民吃大户，流民抢老财，风声日紧，他就陡起戒心，不惜重金，修筑堡垒，团练乡兵，要据地自固。不久他当了八个乡团的团总，他就有了一种不可告人的雄心；而他也就有了军师谋

士，一个是自居智多星的幕府师爷杜先鹏，一个是堪舆师马云坡。这两个人给他出了许多主意。又因他家大业大，财多为累，杜先鹏便劝他请巧匠营造园林别墅、藏珍楼、地隧、地窟。于是他访着一位巧匠，名叫孙九如，这个人善造攻城御敌的器械，也善造园林迷宫，实在是个巧匠。不过这个人年少奇巧，又会武艺，未免恃才傲物，有点不受财主豢养的脾气，很不好对付的。侯阑陔派去聘请他的人，往返两三次，费尽心机，才把孙九如请到八亩园。

等到和千顷侯侯阑陔分宾主叙坐，略谈了一会儿，孙九如就有点翻腔。他不住声的诘问侯庄主："阁下不远千里，访邀巧匠，秘造藏珍楼、地下室，你打算干什么？"侯阑陔敷衍说："为了护产防盗。"孙九如大笑道："现在外寇深入，江山日蹙千里，整个国土沦丧完了。你便关上家门，修造铜墙铁壁，藏珍藏娇，也拦不住大队胡骑前来圈地占庄啊，你修这个有啥用？"

侯阑陔面皮一红，刚要答言，那门客杜先鹏抢先说道："噤声！机密事不能随便滥说——孙爷你猜着了，我们庄主胸怀大志，应运救民，正是要杀胡！"

孙九如道："哦，真的吗？"

门客杜先鹏哈哈大笑道："怎么不真？孙爷，你想，若不杀胡，怎能成其大事？你若肯攀龙附凤，凌烟阁上标名……"

孙九如刚刚听得入耳，这几句话又觉得味不对，睁大了眼问道："你说什么？谁是龙？谁是凤？上哪里去攀附？"眼光直射到千顷侯的脸上。

千顷侯侯阑陔赶快把话拉回来，笑着说："谁也不是龙，谁也不是凤，这只是杜先生打一个比喻。孙仁兄你刚才说得好，要保家乡，先守国土；要守国土，必须先驱杀胡虏。杀胡虏，就必得据地自固。我要修筑这些东西，就是为了杀鞑子。我们不能叫外人看破我们的密谋，故此要建造地下室；为要抵御鞑子和外寇，更要起造坚城隧道。愿请孙仁兄把我们这八亩

园庄院细勘一下，该如何兴修，全凭你的高才了。”极力的解说，孙九如方才不再驳诘了。

当晚，千顷侯侯阑陔和他的谋士秘议，几个人以为孙九如这家伙恃才傲物，不识真主，看不起庄主。那堪舆师马云波说：“我们的大事索性瞒着他，我们只好好哄着他，巧利用他。等到他替庄主把迷宫秘殿筑成，那时我们再……”底下的话不待说，全都默喻了。

那堪舆师更对侯阑陔说：“不但这姓孙的，咱们那位武师飞刀周彪，意思也不对。我奉庄主之命，试探过他几回，他口气尖刻，也是瞧不起庄主的。我说从推背图看出来庄主是应运而生的真主，他冷笑着劝我，不要听信妖人的肆口胡言。他还劝我转劝庄主，没事时拿镜子照一照，不要妄想称孤道寡，惹火烧身。并且他还对我说私话，他说庄主看相貌，看人性，看作事气派，左看右看，丝毫看不出半点贵相来。他说庄主自奉豪奢，待人苛刻，不但不能成大事，也不能办大事，一切局面都小。他劝我：为人应给大丈夫帮忙，却不要给大财主帮闲；庄主的财主脾气若不改，生在这种乱世，恐怕连全身保家也不容易。”

这一番话把侯阑陔伤得不轻，然而他居然很有一点土财主所没有的把戏，他只强笑了几声，说道：“周武师跟我是莫逆至交，他不嘲笑我，谁来嘲笑我呢？”

于是千顷侯侯阑陔坚嘱幕宾、堪舆师，今后对孙九如力避深谈，要虚心哄骗，他爱听什么就说什么，哄得他赶快修造密窟秘室和战守器械才好。另外又收买了些技匠，明面给孙九如作下手，暗中偷艺。对待飞刀周彪，侯阑陔也存了敬而远之的心，礼貌更优，秘谋却再不叫他预闻，同时他仍教这几个谋士多方去到别处寻访能人。

孙九如到底斗不过老奸巨猾，他纵然聪明，却吃顺不吃僵。他被人抓住弱点，蒙在鼓里；他爱听什么，他周围的人就说什么。左右侍候他的人，一片颂德声，尽夸侯庄主如何仁

厚，如何忠义。孙九如痛恨鞑子，他们就说侯庄主团练乡勇，就为的是杀鞑子。孙九如痛恨明廷的阉党贪官，他们就说在朝的人没个好人，所以我们庄主才退隐田园。侯庄主待承孙九如，也礼貌更优。孙九如遭了欺骗，真个的苦心勠力给侯庄主设计建造起藏珍御侮的工程来了。

侯阑陔折节下士，开馆招贤，好像真是为了杀胡人，广拢英才。两三个谋士陆续给他引来大帮草莽人物。只不过这帮人多半是大成教的妖人和江湖上卖艺的骗子罢了。

因此，弄假变不成真，狐狸尾巴终久露出来。孙九如和这一伙帮闲，总有当面交谈的时候，当然格格不投。他曾骂过街，那个幕宾杜先鹏就向他解说："鸡鸣狗盗，也或有用。为了杀胡人，什么样人物也不能拒之门外呀。"这话似乎有理，可是孙九如心中不舒服。他和飞刀周彪却一见如故，两个人走得很近，似乎也议论这伙帮闲。帮闲向侯阑陔告密，侯阑陔眉峰一皱，想法子把两人隔开。

孙九如渐渐体察出侯阑陔被宵小架弄的情形。他看破侯阑陔梦想称王这一节，他只嗤笑侯阑陔鬼迷心窥。他想这可真是"乱世为王，关上大门称孤道寡"。他以为侯阑陔是受了门客的愚弄。本想讽劝，转念一想："管他娘的呢，只要他能杀鞑子就好，他愿意发疯，当土皇帝也罢，当草头大王也罢，好在碍不着我，我是等到给他修完了楼殿，站起来一走。"可是他又憋不住，有触即发，跟马云波抬过几次杠，狠狠的挖苦过他们。

孙九如在罗山县八亩园度了将十个月。他又发觉侯阑陔这个人外表尽管谦虚慷慨，却被他们的佃户们看成活阎罗，对他害怕得很！庄前野外见了庄主，佃户们吓得要躲，躲不开必须站起来，施行大礼。孙九如偶然得到机会，与乡下人和佃户们闲谈，每一问到：侯庄主这个人怎么样？待你们佃户好不好？乡人们往往变色四顾，低头回答：我们庄主待我们恩重如山，若不是庄主厚道，一收佃，我们早就活不成了。神气显见得感

恩之意少，畏威之情深。

又过了些日子，工程也修得过半了。孙九如忽然想家，要回去看看。

他说："大丈夫来去明白。"他先去探看飞刀周彪，找出七八里地，才在团练分所会见。行礼落座，当面话别，跟着秘问几件事情，内中一件，便是："听说侯庄主的门客，从外乡买来了八个童男，八个童女，据闻将有大用。周仁兄你可晓得吗？"

周彪愕然道："这倒没听说！"

又问："你可听说，江湖有些妖人，要杀孕妇，剖取胎儿，修炼什么子母阴魂剑吗？"

周彪瞪大眼睛摇头道："没听说……不过，我倒听说过这种妖言，却不知道太谷僧也会练。我想这乃是大成教的妖术诓言，不会真有的。"

孙九如冷笑道："真有嘛！太谷僧的确说过，听说他们正在访求孕妇呢，说要出大价购买！"

周彪沉默不语，半晌说："这些妖魔鬼怪的话，你怎么打听来的呢？我和侯阑陔共事日子不少，我只知道他非常自负，好算卦相命，好看推背图，别的事怎么我一点也没觉出来呢？"

孙九如道："大概人家把你当作一勇之夫，当作一员骁将，却不是当作军师。也许你素常口风不对，拿你当了外人，却不是心腹人。"

周彪道："那么，你一定是心腹人了？"

孙九如道："笑话，笑话，我更不是心腹了，我乃是财主爷花钱雇来的匠人……"

周彪忙道："这话可不对……"

孙九如道："对得很，你别看他把我高高供在招贤馆，事事都瞒着我，不过巧支使我罢了。馆中的听差有点嘴不严，于是乎他们背地讲究，被我留心听见了。我看这个八亩园简直是个妖窟，正派人片刻也不能待的。"

周彪明白了，自从太谷僧来到之后，八亩园果然不是守宅相助的乡团庄院了。侯阑陔果然被他们架弄得昏天黑地了。

孙九如等了半晌，见周彪低头不语。他就说："我不管那一套，我决计离开这里。大丈夫做事，来去明白，我今明天就告辞。"

飞刀周彪还顾念旧交，向孙九如说："我们可以劝劝侯庄主，不要听信妖言，拿人命当儿戏，我们可以切切实实谏阻他一下。"

孙九如摇头道；"侯庄主陷溺已深，我看回不过头来了，现在他一脑袋帝王梦。"

周彪狠哼了一声。

孙九如此时打定主意，第一步洁身引退，第二步贵加谏阻，第三步劝阻无效，就在引退之后，施展他那钻云手的功夫，试探着前来搭救那八对童男童女。他想：这八对童男童女，反正是太谷僧练妖法用的，绝没有好事。但他觉出自己孤掌难鸣，当下向周彪吐露己见，意在求助。周彪只是沉吟不肯兜揽。孙九如性子乖古，又哼了一声，不再深谈了，就站起来告别。

周彪很懊恼的说："孙仁兄，你真个要走吗？现在就要走吗？"

孙九如笑道："男子汉说了就做，怎么濡恋？说走，拍拍腿就开步，还顾瞻什么！"

周彪道："走是可以走的，不过，我劝你凡事要活看，不要硬拗脖颈，硬拗——怕有害。"

孙九如不觉恶心起来，怎么这位周武师教财主豢养的一点骨气也没有了？"不可与言，而与之言，失言。"孙九如自以为话说多了，就脸上堆下笑容来，说道："老兄金玉之言，小弟拜领。我小弟不过是一个匠人，无拳无勇，无智无谋，然而在世路上也奔波这些年，当然多少也会看风使舵，绝不会跟庄主硬碰的，那不成了以卵击石了吗？我只跟他好搭好散，客客气

气的告退，就完了。”

周彪双眼盯着孙九如，好久才说：“老兄，我是一番好意。你这话里还含着硬气，我以为我们好汉做事，要有软有硬，有明有暗。”

孙九如更不耐烦了，可是越发堆欢含笑的说：“对对对，我姓孙的其实浑身一块硬骨头也没有，你别听我嘴硬，我是瞎说。你老兄大名是个‘彪’字，你倒有刚有柔，全不带一点彪劲，我佩服之至！”说着嘻嘻哈哈的笑起来了，把个周彪笑得面红过耳，然而他还想劝告孙九如，孙九如陡然站立起来，双拳一抱道：“走了，咱们再见！”一跨步，到了门口。

周彪忙追送着，说：“孙兄慢走，我且问你，你此去是回家，还是到别处？”

孙九如道：“回家，回家，别处没地方。你看现在遍地是胡氛，再不然就像八亩园一团邪气，简直没有一块干净土，我姓孙的空负三寸气，没有地方蹲，只可蹲在家里！”

周彪忙道：“不然，不然，还有好地方，我告诉你一个地方，是大坡岭彭铁印那里，一个地方是信阳州毛俊那里，你如果去，我可以……”

钻云手孙九如早听不下去了，迈开大步，出离了团练分所。

周彪碰了个软钉子，然而周彪说：“咳，到底年轻，气儿太粗！”于是他送走孙九如，筹思了好半晌，暗暗下了一个决意。

那边，孙九如一口气回转招贤馆，立刻卷铺盖。其实他应聘而来，没带行李；他只做出卷铺盖的模样，明示去志。命馆童去请东翁：“你去告诉庄主，就说我孙某离家日久，现在有急事，必须回去看看。”

馆童诺诺答应，先去报知客房司事，司事对幕宾杜先鹏一说，两个人嘀咕了一阵，同去面见东翁侯阑陔，随后就叫馆童告诉孙九如：“庄主这两天不自在，正在吃药，等过几天，再和孙爷面谈。”孙九如说：“不行，我现在就要走，我不等了！”

馆童拦不住，司事忙过来敷衍，孙九如咬定牙根，今天不走，明早也得赶路。司事替主人道歉："没听孙爷你说要走啊，怎么走的这么紧？可是起居款待不周？下人服侍不到？或是谁人无意中得罪了？"孙九如说："满不是那回事，我只是离家太久了，必得回去瞧瞧。"司事又道："孙爷替东翁监造工程，还没告竣，半途而废，可怎么办？"孙九如道："我没立下包年包月的合同，工程我都画了图样，照样兴工，那有什么？"

司事挽留不住，幕宾和别的门客也来留驾，孙九如去志极坚，谁劝也不行。门客们无法，齐去禀报东翁侯阑陔。侯阑陔恚怒起来，说道："这是什么事体？说走就走，丢下全盘工程不管了，把我看成什么人？他竟要半腰里拿捏我吗？"

堪舆师马云波插言道："拿捏人，可真有一点。更可虑的是，庄主爷不惜重资，礼聘他修造迷宫秘殿，他老人家犯脾气，甩袖子走了，满处给你一抖搂，我们全盘的机密消息全成了废物了！"

"哎呀，那可太可怕了！这决不能叫他走！"

侯阑陔越发动怒："这东西居心太可恶，把他押起来，拷打他，审问他！"一下子把礼贤下士的面孔全翻过来了。

于是宾主齐心同意，决不能放走孙九如。但门客们又说，这孙九如不太好对付，他有一身的武功，我们须要投鼠忌器。侯庄主道："不要紧，可以请周武师来拿他。"堪舆师马云波道："周彪跟他走的很近。恐怕有交情，未必肯动手。"侯阑陔瞪眼道："什么？周彪竟敢徇私么？"别的门客忙道："他们俩大概走的不错，反正小心一点好。"马云波道："叫霍武师倒合适，不过依门下之见，应该秘密的把他拿下，秘密的把他处置了，千万喧嚷不得。万一传出去，怕妨害庄主好客招贤的名声。"

众人一齐称赞，还是军师高见。幕宾杜先鹏欣然接言道："我想莫如由庄主出去面见孙九如，用好言挽留，挽留不住，再请他宽住几日，择吉给他设筵饯行，把他灌醉了，那时随便

有一个人，就把他料理了。所谓用力不如用智，明擒不如暗下毒手。”

这话又招来了哗赞。但另有一人道：“孙九如他素常不好喝酒，怎能灌醉呢?”

太谷头陀一指鼻头道：“不要紧，有我哩。我有药，下在酒里，只要他半杯沾唇，保管他魂不附体。”

“好极了，喂，这不是有他刚监造成功的弓索铜网么，我们把他诓进去看看。他自己造的机关消息，就让他亲身试试灵不灵，这就叫请君入瓮。”

“对!”

杜先鹏又说：“孙九如这家伙很机警，我们不要只预备一条计，我们至少要秘密布置下三条道，叫他一计不成，还有二计。”

“对，对!”

杜先鹏又道：“还有，我们把他捉住之后，是杀是剐，是存是留，也要预先商定……”

太谷僧插言道：“杀，取他的心血，给我炼丹。”马云波道：“我却不以为然。我意应该把他双腿剁去，教他变成孙膑，他就跑不掉了。然后我们再逼着他，把他的机关技巧全献出来，不许他存一点私；他只要存私，就拷打他!”

“对，对，对!”

于是诡谋商定，千顷侯侯阑陔这才亲自出来，会见“招贤馆”的英雄孙九如，面致挽留之意。“孙仁兄定要还乡，我也不便坚阻。可是自从识荆，深佩英才，尚望不嫌小弟铜臭，重赋归来，再图良晤。我已吩咐他们赶备车马，择吉后日，替吾兄饯行，还有一点土仪，并请笑纳!”

言辞礼貌谦和极了，孙九如道：“不用不用，侯庄主，我这人是个俗物，不喜酬酢，说走，抬起腿来自己就要走，用不着车马的。我明天一定要登程，侯庄主你就无须乎多礼了。不过临行之前，我倒有几句拙言，要向庄主请教，不知道可肯垂

听吗?”

“你太客气了，仁兄你有何金玉良言，请当面赐教。”

“那就是恕我口直了。”

侯阑陔拱手道:“请谈。”

孙九如不客气的就把童男女、龙袍秘殿、教门盟单;有的他听到的、见到的，有的他猜想到的，一一给揭了盖子。揭到末了，还说一部十七史，从来没有一个妖人能成过大事，当上帝王的。尤其可怕的是，妖人架秧子，捉弄财主，往往把人害得“祸延满门”。这便是妖人也有不轨之心，他借着你的肩膀往上爬，机会一成，翅膀一硬，他就弄死你，取而代之了。他也想当大王。况且上天有好生之德，帝王以得人为本，哪有个残杀无辜、拿活人炼法宝，会得到天佑人助的?”

孙九如原意是要临别赠言，用讽示语把堪舆师马云波和太谷头陀的阴谋点破。不想话篓子一开，攻讦谩骂之辞顺口流出来，侯阑陔虚情假笑的听着，起初极口不认账，可是听到后来，有些话非常刺耳，不由得也动心了。屏风后转出书童来，说内宅有请庄主。侯阑陔站起来，拱手强笑道:“我领教了，谢谢你。我是不听信别人拨弄的，我更不信妖言。架秧子、哄财主的伎俩冲我使，也不大容易，你放心好了!”

侯阑陔回转内厅去了，孙九如把心口一块石头吐出来，感到轻松，却又感到不是滋味。他已觉出来:屏风后有人偷听。他稍稍的有点懊悔自己话说多了。头一样，疏不间亲，交浅言深;第二样，一张嘴抵不过许多舌头，侯阑陔明明受蒙蔽已深。孙九如讽示的许多话，至多给侯阑陔提个醒:多多防备马云波太谷僧罢了。孙九如多口取憎，越增加妖人们杀他灭口的狠心。孙九如傲然的说道:“去他娘罢，孙太爷明天就离开你们这群狐群狗党，看你们鬼画符，能把太爷怎么样?”

招贤馆里的宾客们都知道巧匠孙九如要走了，这一位那一位出来询问、惜别。内中有两位就说:“明天是东翁给孙爷设筵饯行，今晚我们招贤馆同人暂设小酌，给孙爷话别。”孙九

如当然谢绝，宾客们说得好："孙爷总不能不吃晚饭啊，咱们大家凑在一块吃，不过另外多备两壶好酒罢了。"就硬摆上席位，硬留出首座，硬拉孙爷坐上座喝酒。

大家传杯递盏，硬要拿酒灌孙九如。孙九如真有鲠劲，闭口决然不饮。门客们自找台阶，说："孙爷不赏脸，我们多了不敬，大家公敬三杯，这可行了吧？三杯不成，一杯还不成吗？"

一杯热酒硬端到嘴边，孙九如还是不喝，一让一推，把一杯酒整个洒了。第二杯，第三杯，照样。有的门客怒了，孙九如哈哈大笑起来，说道："这样的敬酒，莫说三杯，三滴不少吗？半滴我也办不了，我就怕的是拿酒当灌毒药，你们不灌，我倒对付着自己喝。"

闪眼一看，信手抢过来别人面前的一杯酒，仰脖喝了，照杯示干。连抢了三杯，饮尽把杯一放，说："我喝过了，诸位别僵火，再拿刀轧脖颈，我也不来了，吃菜倒成。"于是大吃起来。

其实这酒里头没有毛病，乃是幕宾出的主意，今天先试着灌他一下，看他肯不肯喝。如果肯喝，明天的饯行酒就有玩意了。他们做的机密而谲诈，招贤馆不只孙九如，还有别的"能人"，很有几位至今还没打开窗子说亮话，仍然瞒着呢。故此他们只能暗算孙九如，不能明目张胆的去剪除。若硬摘硬拿，杀人灭口，怕的是吓跑了好容易招来的别位能人。

当下几个谋士暗中捣鬼，别的人都不理会，反怪孙九如太不识相，不给人面子。幕宾杜先鹏向那堪舆师马云波偷递眼色，不再灌酒。招贤馆的门客们大呼小叫，痛饮不休，很闹了一大阵，终席而散。

一计不成，诡谋加紧。当晚三更以后，钻云手孙九如住的那间客房，烛灭室暗。孙九如悄悄解溲，出去了两次，无所见而归，骂了一句道："娘拉个蛋！"拍拍枕头睡下，翻来覆去，渐渐睡着。蓦地又惊醒，觉得有点动静，听了听，又没有了。

翻了个身，又复睡着，却又突然惊醒。这工夫，觉有一股异香刺鼻，头脑涔涔的不好受。孙九如翻身坐起来，好在他是和衣而卧，预备起五更动身。他张鼻嗅了嗅，说道："唔？"揉眼凝眸，登鞋下地，抢奔房门，房门大概倒锁了，拉不开。

孙九如吃了一惊，慌忙去壁上摘那挂着的一口剑，剑没有了。回身忙往床头抓了一把，还好，枕下的尺八匕首，床里的万宝囊全有；他那只小包袱也还在床旁椅子上，便伸手一提，奇怪，包中不过是几件贴身衣服和一些银两，这一提竟没提起来，分量忽然变得奇重。屋中异香气息越浓，呼吸很不好受。孙九如顾不得检验包袱，急速寻找香气的来路。哦，就在屋墙角下，似有一洞，忽嗒忽嗒的，从外往屋内扇烟。

孙九如心下骇然，他是巧匠，又通武术，自然懂得这一套。这却不是他设计监造的。"坏了，这不成了贼店了吗？哈，他们要害我？哼，那不成！"枕头底下有他那只匕首，力能削金切玉，幸而没丢，他立刻抄在手中。还有那万宝囊，装着刀械暗器，赶紧取来，挂在身上。他立刻要对这墙角扇烟处下手，心似旋风一转，暗道："且慢，应该先脱出虎口，应该把烟弄灭……并且人单势孤，不要打草惊蛇。"他晓得抵制毒烟，光堵鼻子不成，嘴喘气一样会迷糊过去的。他就不顾一切，在黑影中，火速的把床上被褥拖下来，桌上有一壶茶，就用茶水先沾湿一条手巾，护住口鼻，再沾湿一只被角，轻轻堵住了墙角漏烟的洞，又轻轻搬过来一只书橱，挤住了被褥，免得被外面抽出去或挑开。

屋中积烟很浓，孙九如抢到窗前，要破窗出烟，或者人从窗户窜出去。不料这纸窗已经从外面放下了窗档（这本是隆冬的设备）。孙九如轻轻试用手一推敲，幸而窗档是木板，还不是铁扇。那么，这客房还不是害人的所在，只是临时起意罢了。

孙九如心头冒火，摸着黑，身在屋中一转，咬牙暗骂："好恶贼．我岂肯轻饶了你！"小包袱不管了，他就挺匕首，重

趋窗前，择一扇窗档，轻轻用力来割削。刀锋犀利，几下子就破开了半扇窗板。他刚刚探身往外一瞥，外面突然有人断喝："有贼！"刷地打来一阵暗器。孙九如急急闪躲，信手抓起一个椅垫，当作盾牌，刷地奋身一窜，燕子钻云，飞掠到院中。院中门前，早就埋伏了好几个人，刀兵纷举，吆喝着拿贼，齐奔孙九如扑来。

钻云手孙九如彻底恍然了，这是要陷害他，不教他活口得出八亩园。孙九如恨极骂道；"你们这群不知死活的走狗，你们给妖精财主垫了背，你们还不明白，快给我闪开！"来人不听，竟下毒手。一支兵器似是铁杖，挟着锐风，照孙九如头顶猛砸下来。孙九如匕首虽利，尺寸却短，急急的跳闪猱进，匕首照敌人兵刃，一按一削，当的一下，就势往外一抹，敌人怪叫着跌倒。"好贼行凶杀人了。"听声似乎就是那妖僧太谷头陀。他自己连滚带爬，被别人扶救开了。

斜刺里又扑来三个招贤馆的武师和壮士。一个挥双鞭，一个挥单刀，一个挥大棍，丁字形夹攻孙九如。此外还有人一递一声，奔驰喊叫，分明是早就安排下毁害孙九如的阵仗了。

孙九如一面辨认敌人，一面招架，一面夺路。这三个家伙，只有那使双鞭的，上下挥打如风，武功特强，这个人大概就是那位霍武师霍凯声。那个使棍的有猛劲，没功夫。那个使刀的只会卖艺的花招，没有真杀真砍的经验。黑影中，只走过三招两式，孙九如便体察透了敌手的弱点。无奈孙九如头眼昏昏，腿脚颤颤的，情知自己睡里中了毒，纵然毒不深，却已无力以寡敌众了。只可咬牙狠拼，若不伤敌，便不能自救，他就大骂："替死鬼还不滚开，孙太爷要下绝情了！"

武师霍凯声哪里知道是非曲直，只一味给财主看家罢了。财主的走狗做好了圈套，把孙九如诬成见财起意，偷了东家的东西。霍凯声就信以为实，一心要替财主拿贼，双鞭挡住了路，刀棍两边掩击，孙九如竟冲不开，他就挺匕首猛向霍武师一扑。这是虚冒一下，霍凯声才待错鞭对架，孙九如刷地跳转

来，夜战八方式，冲开围攻，单欺到单刀武师的身边。敌人单刀疾扫，孙九如架刀进刃，疾如电火，刺伤了敌肋。侧面铁棍拦腰打到，孙九如如旋风般一闪，躲开了棍，刷地顿足飞跃，箭似的掠过敌人上三路，双足错登，踢中了铁棍武师的面门。哼嗤一声，这个武师仰面栽倒，那个武师掩肋退去，只剩了双鞭霍武师，孙九如躲避着他，如飞夺路往外抢。

不料庭院的月亮门机关发动，这正是孙九如亲手设计监造的，月亮门本来没有门扇，此刻平地涌现出铁板，阻住了出入。

钻云手孙九如倒吸一口凉气："真是作法自毙！"他晓得月亮门堵住，花墙虽矮，不能攀越。凡有消息机关处，必套着别处的消息机关，这短墙墙头上还有暗箭的装置。

孙九如退回来，这边还有角门，还有甬路。他知道甬路平地还有翻板。武师霍凯声追杀过来，孙九如且招架，且奔绕，他既要躲避追捕的敌人，又要躲着消息埋伏，步步择路，且战且走，居然被他闯出两层院落。这时候，全庄院走铃哗唧哗唧的响，指示警报方向的红灯也随着人转，招贤馆的武师们和庄客壮丁们陆陆续续出来拿人。工夫不大，四面合了围。孙九如努力突围，躲避险阻，绕趋坦途，时候耗久了，到底没有逃脱出去，到底被院中突然发动的铺地锦绊住了他的腿。

这铺地锦的装备，也是孙九如设计的，仓促间，他觉得只有这铺地锦容易破，他的锋利的匕首可以挑断铺地锦那些密网纵横软链。可是他已然中毒，气粗腿酸，虽然很快的冲破了网罗，却手忙脚乱，被挠钩乘危搭住了裤腿，竟不容他挣夺，当下一拽而倒，把他生擒活捉了。

孙九如破口大骂，千顷侯侯阑陔手下的谋士断不容他揭发阴谋，立刻把孙九如身上洗了一遍，匕首和百宝囊全给摘除，立刻架到地牢，囚禁起来。任凭你叫骂，没人听见；任凭你挣扎，绳索捆的紧，地牢扃得固。他们这就要生生把孙九如饿杀在他自己监修的地牢中。

囚禁以后，侯阑陔和谋士们先安抚擒人受伤的武师们，扶回卧榻，传医救疗；然后到招贤馆，会集群雄，宣扬孙九如的罪名，说是“贼起盗心，做客偷了东家的金银财宝”。千顷侯侯阑陔轻描淡写的讲：“我和这个人并不认识，是朋友举荐，出重金雇他来监工的。这个人原来手不大稳，教人识破，有点臊了，就闹着要走。哪知临走还来了一手，人们拦他，他就要杀人；想必是恼羞成怒吧。暂且软困他几天，煞煞他的凶气。然后我们怎么把他请来的，再怎么把他送走，就完了。”

这真是一口的仁义道德。心腹谋士们却不这样讲，当场就把孙九如丑诋了一大套，说：“早就看破姓孙的不地道了，手这么黏，见了东西就想偷。”这一个说：“我看见过他偷翻人家的衣袋”；那一个说：“我看见过他往枕头底下掖东西。”他们哄起来说：“我们快到他住屋里搜搜看。”

大家拥到孙九如所住的客房中，好，真赃实犯，孙九如那个小包袱塞得满满的，全是东翁家中的金首饰、银酒器、古玩、金元宝、珍珠串。床底下还藏着个大包袱。屋里隐秘地方，也乱丢着不伦不类的赃物。

幕宾杜先鹏高举着从孙九如身上洗下来的匕首和百宝囊，一口咬定，这就是做贼的家伙；武师霍凯声也跟着说。可是招贤馆的好汉们，有的认得百宝囊中的斧凿错刀乃是巧匠的工具，却是人多嘴杂，人们全说姓孙的是贼，也就没有人肯替做贼的帮话讲情了。

孙九如就坐实了是八亩园的贼了。招贤馆一位好汉义形于色的说：“我们招贤馆竟有这样人物，真是我们招贤馆大家之羞，我们应该把他乱刃分尸。”门客们有的不作声，有的就喊：“对！”可也有人说：“罪不至此吧！”

千顷侯侯阑陔似乎觉出风色，摆出笑脸说道：“我知道孙某人的下流行为引起众位仁兄公愤，但我侯阑陔一生待人厚道，不为已甚，我的意思，只要静静的饿他两顿，稍稍煞一煞他的火性，再请马云波师傅劝化他一番，就把他打发走了。我

不能从严处置他，更不能军法从事，把他斩首。怎么讲呢？他只是偷了一点东西，并没有勾结外寇。我还怕挑毒疮，伤了好肉，教别位宾客心里不舒服。马马虎虎放宽他一步吧。”

门客哗然颂扬道：“庄主太厚道了！”又互相告语：“人家庄主真是生儿养女的心肠。像这样坏蛋，盗窃被发觉，胆敢行凶拒捕；被擒之后，不知服罪，还敢恩将仇报，谩骂东翁，这种人实在可杀不可留。庄主还要放他了，真是仁至义尽的了。”

宾客们应声喝起彩来，侯阑陔便做出礼贤下士的气度，向大家慰谢。又道：“天不早了，诸位安歇吧，明天我还要设筵给众位压惊犒劳。”

“这个贼呢？”

“那不是搁在地牢了嘛。就叫他在那里好好歇歇吧。”一阵哗笑声，大家散了。

于是庄主侯阑陔回转内宅，那些赃物自有人收拾了。幕宾杜先鹏、堪舆师马云波被请入内客厅，和庄主商计了一阵，方才出来。

这时候八亩园侯阑陔已经受着大明官府的节制，千顷侯侯阑陔统率乡团，兼理民词，已历好几年，他实有处死孙九如的威权。和谋士商计结果，把孙九如秘密处死，最为妥当，现在就安排下手的人和下手的办法。

钻云手孙九如被困在地牢中，手脚被捆绑，挣扎不动，简直把他气坏了。一连两三天，勺水不沾唇，孙九如以为这是要把他活饿杀，哪知不然！侯阑陔手下的狗军师已然决策，要趁半夜三更，把孙九如架至庄外，掘坑活埋。

侯阑陔他们自以为铲除异己，手段巧妙，行动秘密，但到底瞒不了明眼人！

招贤馆中，有顾金山、顾金川弟兄俩，出身绿林，当场就看出栽赃灭口的疑实。更有一个跑江湖、卖膏药的年轻拳师韩一帖，早就听说过钻云手孙九如的名望，也晓得孙九如的师承，只是从来没有会过面。他在招贤馆住久了，知道孙九如应

聘而来，就想亲近亲近。不料孙九如看不起这个跑江湖的艺人，侯宅谋士又蓄意隔绝招贤馆人物彼此间的交游，孙韩二人竟没有机会深谈。

招贤馆里议论纷纷，固然多半是帮财主骂孙九如的；可是犯疑心的人也很有几位，譬如说往聘孙九如的那位门客，就觉得姓孙的性子很傲，不像盗窃的人。只是这几位稍稍怀疑，便遭亲信门客同声的驳诘了："你几位请想：咱们庄主不惜重金，礼聘四方豪杰，前来护庄拒胡防盗，他招贤还来不及，岂能嫉贤害能，诬蔑请来的人?"立刻批驳得人们哑口无言了。

于是乎话讲当面，一连气碰钉，当面不能谈，可就一转而为彼此之间暗中嘀咕了。江湖道上什么样人都有，什么把戏都有懂行的。等到谋士们暗遣庄客到庄外私掘埋人坑，顾韩等人就蓦地心惊："不好，这不对劲！我们没眼见，可也耳闻过，有的恶霸活埋他的仇人，有的栽赃陷害对头……这简直是土皇上！"

不平之气悄悄腾出口外，也就难免暗地见机行事——这一天深夜，八亩园侯阑陔庄院忽然大乱，奉命活埋人的人，去敲地牢，满以为时过五天，囚徒孙九如应该饿得半死。俗话说一日不食则饥，三日不食则病，七日不食则死；五天头上，人当然死半截了。不想几个人拿刀带杖，开锁启封，闯进地牢一看，孙九如已然不见了，那团绳索却捆着监守地牢的庄客，嘴里还塞着麻核桃。

孙九如的匕首和万宝囊，保存在内帐房，当作贼证的，也突然不见了。

谋士们惊喊：不好，出了内奸，把人放走了！什么时候放的呢？他们解救下看守地牢的庄客，才问明白，不早不晚，就在今夜，一个更次或者半个更次以前。不是孙九如自己挣断牛筋绳逃走的，乃是蒙面穿夜行衣的外援进来救走的。细情说不上来，因为这守地牢的庄客后脑挨了一闷棍，昏厥过去，等他缓醒过来，已被堵嘴上绑。他只恍惚记得，有个黑衣蒙面的人在他面前晃了一晃。

第十三章

八亩园好汉脱离虎口 九里关盟友火并寨前

全庄院立即骚动，千顷侯侯阑陔从睡梦中醒来，一听此事，吃了一吓！这可真不好，纵虎归山，须防反噬。大匠反颜成仇，迷宫的机密难保，一番工程白费事了。尤其可虑的是，既有内奸，必不止一个；招贤馆的好汉们“人心隔肚皮”，个个成了无形的对头冤家！

东翁动了猜忌，不知死活的走狗，依然有人卖命讨好，喊闹：“这怎么办？人逃了，还不赶紧追？”

这个说：“逃的工夫太久了，往哪里去追？”

那个答：“工夫不算久，逃走的方向也好办，孙九如这小子来从何处来，一定是逃往何处去，我们履着他的脚印，分头去搜！”

第三个叫好道：“对对对，这小子一定奔江南，他若不会爬山越岭，横渡桐柏山，那么往西必走九里关，往东必走白沙关、青台关，往北必奔竹竿河。我们分兵三路，马上就赶！”

招贤馆好汉立刻有五位攘臂告奋勇，结束停当，抄起兵刃，打着灯笼，拔腿抢出庄院，先奔白沙关。侯阑陔看着这五

位好汉的后影，大为欣慰："还好，还真有扶保主人的！"那幕宾掩着怀，喘吁吁的，禀承庄主，发号施令。头一拨派定三路进兵，就循着东西北三条路线，火速奔逐关河。第二拨又分两路，一路往南搜山；一路绕庄排搜。侯庄主有打猎消遣的几条猎狗，还有护庄的猛獒，谋士就吩咐追兵带着狗去寻踪迹。

招贤馆的好汉和本庄总团的乡兵，共派遣了两拨五路二百多人，马上步下，刀枪挠钩、弓箭、猎狗、灯笼、火把，如五条火龙般，冲出庄外。"捉住了逃犯，决不轻饶，要就地正法！""不成不成，庄主说了，要捉回来，用毒刑拷问，把跟孙九如合谋的内奸根究出来！"

武师霍凯声率领一队，如飞的赶奔庄北竹竿河，搜寻不多远，劈头遇上那告奋勇抢先追贼的五位好汉。情形不好，五位好汉竟两个架一个，一个背一个败回来了。两边碰头，这五位好汉说，他们追逐着夜犬吠影的声音，在竹竿河附近，追上了逃人。逃人大概在河边上捣乱，几条人影乱晃，好像自己人跟自己人动了手似的。但等到五位好汉吆喊着奔过去，逃人就合在一块，不再打算过河，反而钻进了北树林。五位好汉奋勇上前兜捕，不想逃人勾结的内奸或外援竟不少，足有十来个，潜伏在林外土岗后，用强弩排射，把他们五位好汉射伤了三位，内中两位很重。然后逃人们就先往北，又往西北逃去了，揣方向好像是奔信阳州一带。

霍武师听罢，把自己所率领的人分出几个来，将重伤的两位好汉搭回庄院，轻伤也请他回去养患，就请没受伤的两位在前引路，斜奔西北搜去，同时也放出猎狗。

追出不多远，夜影中人呼犬吠，便见火龙似的另一队追兵，也从别处抄来。逃人大概是改了道，似从西北折奔正西。霍武师一行就赶奔正南，那正是九里关。

霍武师几个人说道："姓孙的自找霉头，他应该奔东方竹竿河，往自己家乡跑。现在他奔信阳州，是自投死地，往正南奔九里关，也是自投死地。这两处全跟咱们八亩园联盟结体，

咱们一通暗号，盟友们一定帮着我们捉拿逃叛。后追前堵，看姓孙的往哪里逃活命去？”

于是武师霍凯声很有把握的循踪蹑迹，追赶到九里关、八亩园交界的地段，上前喊暗号，叫盟友，要人。

事情出于意料之外，竟因为追索孙九如几个人，引起了八亩园、九里关两地的交恶败盟大事变来了！

原来钻云手孙九如被幽囚在自己监造的地牢机关之内，几乎把他气炸了肺，悔不该不听飞刀周彪之言，遭了暗算。他便一声不哼，强纳住了气，试着要挣断或卸掉手脚上所捆的绳索。绳索又坚又韧，捆法很在行，用不得力！孙九如百般挣扎，全是徒劳。可是他并不灰心，忍住饥火，继续用力。熬到三天头上，守牢的庄客从小洞孔探头窥看，看见孙九如闭目垂头，便抛来一块小砖石试验。孙九如猛一张目，把守牢的吓了一跳，说这家伙三天并没饿死，精神还足得很哩！孙九如度日如年，又熬到五天头上。半夜三更以后，突闻拨门开锁之声，两个蒙面的人闯进来，叫了一声：“孙朋友，怎么样？”没等应声，便一晃火折，伸手来摸口鼻。没等摸到，便先看出孙九如目光炯炯，元气仍旺，并且低声问道：“是哪几位朋友前来搭救我孙九如？”

两个蒙面黑衣人很喜欢，说道：“还没饿坏！”又道，“孙朋友，你不要多问，逃出虎口，咱们再细讲！”用刀挑断了绳索，搀扶孙九如，试走了几步，问：“能走吗？”孙九如已然走不上路来，他强咬牙说：“行！”那蒙面人早就一俯身，把孙九如背起来。另一个蒙面人在前开道，还有一个巡风的人，却将看守地牢的那人，趁着昏迷，塞嘴上绑，给丢在牢中，仍将牢门锁好。于是一个人背负，两个人前后维护，把孙九如很快的救出了庄院以外。

这搭救孙九如的三个夜行人，就是招贤馆的顾金山、顾金川和韩一帖，都是孙九如不大看得起的人。三个人替换着把孙九如先背负，后搀架，奔窜到竹竿河。三个人武功并不很精，

认为东西南三面关山连亘，无法飞越，故此直走平阳，打算到河边，觅船逃渡。一口气奔临渡口，孙九如因四肢血脉渐渐活泛起来，只苦于几天饥困，中气不足。顾韩三友一路扶救，也累得汗喘吁吁，只得找一个隐避地方，让孙九如坐在地上，四个人一同歇息，把孙九如的匕首刀和百宝囊也交还给他。孙九如大喜，向三位恩公一再叩谢，心中感激不尽，此时他已经认出救他的人是谁来了。韩一帖为人心细，居然带着水壶和干粮，拿出来让孙九如充饥。少许干粮下咽，孙九如顿增活力，便说："此处并非善地，我们不能在虎口边上歇腿。现在小弟好多了，三位恩兄，咱们今夜不拘怎么样，也得逃出百里之外，方免无事。"

韩一帖愿意伴送孙九如还乡。他久慕孙九如的技艺，一心要借这番恩谊，拜师学艺。顾金山、顾金川弟兄，要把孙九如偷偷送出险地，本人仍愿折回千顷侯庄院。他弟兄两人身世凄惨，年轻时，在故乡滦州，曾因得罪了本村土豪，一场斗殴，存身不住，被迫逃亡，在外乡游食好几年。不幸鞑虏南侵，故乡滦州遭胡骑纵火烧村，他们的老娘和妻子跟随乡亲渡河逃难，土豪仗势急舟夺渡，把活人生生挤落滦河急流中，顾老娘等全淹死了。顾金山、顾金川深深体验到：财主们往往拿人不当人，自觉有钱能买鬼推磨，就无所不为。他弟兄也知道侯阑陔可恶，可是天下老鸦一般黑，他弟兄靠力气混饭，到哪里也得侍候人，莫如留在八亩园，一来混饭，二来，哼，暗中行方便，抓棱缝跟财主爷捣蛋，"他害人，咱救人！"

顾氏弟兄的愤激话，孙九如听了很动情。他劝两人道："二位恩兄何必跟了歹人一块鬼混？二位如不嫌弃小弟，我愿邀请二位到舍下。"二顾不肯去，说："你们府上也不是正闹鞑子吗？我哥俩躲在八亩园，也是为了鞑子。"孙九如道："二位也恨鞑子？那好了，咱们可以一同去投奔另一个地方，那地方是专心杀鞑子的。还有这千顷侯侯阑陔干的这些坏事，以及害人的把戏，我们应该拿出大力气，给扳转过来，那不是咱们三

两个人能干的，我这回遭他们暗算，就是吃了人单力孤的亏。咱们应该多联络人，单人匹马决不会闯出名堂来。我现在上一回当，学一回乖，我一定要改掉一个人瞎鼓捣的拙主意。”韩一帖道：“对，孙仁兄真是高见，小弟韩一帖决计跟着你走！”

四个人在黑影暗地里，一面述怀，一面歇息。忽然，钻云手孙九如听出近处声息不对，慌忙跪地伏身，侧耳察听，探头寻看，道：“那边来了人！咦，这边也有人！”

果然在他们潜身处的四外，似有轻轻的脚步声。韩一帖说声：“不好，有人追来了！”慌不迭的站起身来，向外张望。这一直身，陡闻喝声道：“呔，什么人？出来，站住！”韩一帖登时挥手打出一件暗器，立刻换回来一件暗器，哼的一声，韩一帖中了暗箭。二顾和孙九如齐叫：“快伏身！”已经来不及了。

五六条黑影分纵两厢兜抄过来。孙九如一看，业已逼近，逃躲不开，便抽匕首，把精神一提，招呼三友：“随我来！”立即准备且战且走，不要奔竹竿河渡口，改计绕奔西北。可是围抄过来的人，身法很快。当头一人疾如箭矢，飞蹿到孙九如面前。

来人亮出兵刃，喝道：“干什么的？”孙九如抗声答道：“走道的。”来人随又发出暗号和隐语。孙九如听不懂，却已觉出口音很熟。正要反诘，旁边顾氏弟兄已然发话，用隐语回答了隐语。这才知道：来人不是别个，就是飞刀周彪。

周彪因听说孙九如犯了背恩盗财的罪，拒捕伤人，已被拿下，便忙即密邀帮手，赶来相机救人。来迟了一步，已探明囚徒勾结内奸逃走了。他就抽身暗暗退出，和帮手追下来了。当下彼此把话叙明。周彪道：“孙兄台不听我言，果遭暗算。侯庄主这个人一向耳软的，小人们一套弄他，他就免不了胡来。”孙九如道：“我真惭愧，若不是三位恩兄搭救，性命难保，还被加上恶名。”周彪劝大家速离此地，少时追兵就到；又劝孙九如还是投奔信阳州或九里关为妙。二顾说道：“我知道他们已跟侯阑陔结了盟，我们投奔了去，倘或他们把孙兄和我们当

作逃人叛徒，给送回八亩园，岂不是逃出虎口，又投狼窝？”

周彪道：“这个，这个，不能！”稍停片刻道，“索性我陪着你们几位去吧，我可以把是非对他们说明，他们结盟是为了抗胡大义，不会偏袒财主，拿我们江湖好汉送礼。他们也是江湖人物，跟我们是同类，跟侯庄主倒显得气味不投。你要晓得，侯庄主的财主脾气，他们忠义盟的好汉们眼珠子够亮，一看就透骨。他们只是为了联兵杀胡不得不跟侯阑陔拉拢，免得他倒到敌人那边去。他们彼此间的气味是不大相投的。”又道，“我看诸位不必投奔信阳州毛俊。信阳州距此地较远，我引导诸位径投九里关义盟去罢。九里山义盟寨主郑范、副寨主张铁珊，全是山林豪杰，你们跟他一谈就明白了。”

孙九如思量着仍要回家，顾氏弟兄的顾忌，惹起他的心事。周彪极力鼓励他。韩一帖也劝他，他们又说：“孙仁兄一手监造迷宫秘殿，原本是侯阑陔的阴谋异图，他绝不愿意把机密泄漏到外边。孙仁兄跟他们闹翻了脸，他们一定要杀你灭口的。现在虽然逃出寨，恐怕他们仍要派人追踪到你家乡。你回家不大妥当，咱们还是先到九里关，住上几时，也可以把这件事交他们评评理。”

孙九如愤怒道：“我绝饶不了侯阑陔。他要想杀我灭口，我还要抓机会，抓他的王八窝，把那八对童男童女救出来呢。那秘密地室，我会修，我就会放火烧！”

他们终于商量停当，决计由飞刀周彪引导，往投九里关。几个人便由正北转奔西南。

他们遇上了八亩园首告奋勇的五个追兵，飞刀周彪唯恐被追兵认出面目来，便下辣手，用伏弩把追兵射伤。他们继续往前奔，和九里关的伏兵相遇。飞刀周彪忙发暗号隐语，向九里关的伏路兵要求引见盟主。可是八亩园的后拨追兵也陆续赶到，也发出暗号隐语来，要求协助堵截逃叛之人。

九里关伏路兵不敢自主，慌忙报知义盟守界的头领，说是八亩园有人逃来，求见盟主；又有人追来，要求把逃人截回，

不敢做主，请令定夺。守界头领鲍禄友先盘问逃人。他没和孙九如见过面，可是他知道飞刀周彪与他们曾会过盟，乃是八亩园的武教头。他问周彪：“何故仓皇到此？”周彪说：“一言难尽，我们庄内起了内乱，现在请你快引我见郑寨主。”

守界头领鲍禄友为人很机警，从神色上已看出周彪、孙九如等必有非常变故，便不多问，立刻派十几个人，把周彪、孙九如等护送到山脚下，第一道寨内，说护送是可以的，说押解也可以的。紧跟着八亩园乡兵，由武师霍凯声领率，打着胡哨，一直赶到交界处，径向鲍禄友要起人来。鲍禄友支吾道：“不见有人越界！如果有人过来，我们会盟立约，理应联防，决不容叛人从我们这里逃开的。只要搜着，我们一定把他拿下捆送到贵庄的。”

此时八亩园的追兵前拨后拨越来越多。有的人就仗势发喊，说眼见逃人越界到九里关界内去了，一定要人。鲍禄友说是没有人过来。他们就要派自己人过来搜索。鲍禄友据理拒绝，说：“我们约定，严守境界，各不相扰，诸位不要忘了我们的盟约呀。诸位要搜逃人，请交给我，不出三天，必有交代！”

八亩园的乡兵人多杂乱，气势汹汹的，有的人竟冲过界桩来了。

九里关义盟军规森严，鲍禄友一见八亩园乡兵越界，登时红了眼，大叫：“盟友们赶快退回！你们追捕叛徒，请派人跟我们大寨去说。我小弟鲍禄友奉命守界，军法森严，断不准私放外人入界。请诸位折回，否则彼此多有不便！”

鲍禄友已然着急了，八亩园的人们也叫道：“我们明明看见我们的逃犯上你们这里来了，你们不肯给我们捆出来，又不教我们追过去搜，你们太不够朋友了，难道你们跟逃犯通谋作弊？”说着，竟拥上来。

鲍禄友道：“那不成！”

此时八亩园的人已然越过九里关的界楼瞭望台。哨楼的九

里关盟友不待吩咐，立即发出告警的响箭，一共三支，射向山脚下第一道寨砦。第一道寨砦闻警传言，又向第二道寨砦射出三箭。第二道寨砦接着往后传，片刻之间，传到了九里关关口和关上总寨。鲍禄友也已被激怒，率众出来扼住界口。八亩园武师霍凯声，一来挟持己势，二来倚仗跟九里关是同盟，三来有人分明瞥见黑影越界，就不管九里关的据理拒绝，他自己拉开了阵仗，把鲍禄友等围住；另一个武师唐绍先，就率队越界深入，开始了搜索。

双方登时失和，动起手来。鲍禄友奋力截击，却不是霍凯声的对手，霍凯声的双鞭恍如蛟龙剪扫，只几个回合，鲍禄友架开一鞭，第二鞭又到；刚闪开第二鞭，竟被霍凯声一脚踢倒。霍凯声叫道："弟兄们上！"一拥而上，越过了哨楼。

鲍禄友一滚身跳起来，愧愤交加，大叫道："你们绝不是八亩园的盟友，你们竟敢堵上门来欺人，我跟你们拼了！"抬手发出一暗器，恶狠狠挥刀又扑上来，以死相拼。守界的盟友也都红了眼，二十几个盟友舍生忘死，强守界口。鲍禄友仍然打不过，竟又被霍凯声一鞭打伤，栽身倒地。其余盟友寡不敌众，一连伤了好几个，被八亩园数十个乡兵围住了，一直压退到哨楼之下，仍自强行招架。

这时候，天还没亮。九里关第一寨盟友头领蔡振，出身闯将，为人骁勇。他已然问明了孙九如等逃亡越界的原委，也已接到东卡子上的警报。他立刻把孙九如一行人顺小道送往总寨，跟着就传集骑队，整队出来查看。东卡子上的盟友已然奔来两个人送信，蔡振怒喊如雷，登时发动各处埋伏，一齐堵截越界之人。

蔡振率突骑首先迎上八亩园武师唐绍光，只一交手，竟把唐绍光活擒住，唐绍光所率八亩园乡兵陷入包围，一少半被俘，一多半溃退下。霍凯声到这时才觉出九里关防务戒备极严，误会已成，悔之不迭，就火速的策应乡兵往后撤退。可是他不认输，临退时把鲍禄友和三个盟友也掳了过去。

这一场追叛拒搜，引起争端，八亩园掳走了四个盟友，九里关扣下了十七个乡兵。义盟第一寨头领蔡振还要率骑兵追赶，并要截救鲍禄友。可是这时候，八亩园的援后也已赶到，灯笼火把远远的漫过来了。同时九里关寨主郑范、副寨主张铁珊已经闻耗，立刻派登山豹杨封和第二寨头领关效仁整队驰来增援问隙。一个号令传下来，蔡振的骑队率众扼险，退屯在交界处。

于是两阵相对峙，各遣信使究问隙端。耗到白昼，登山豹杨封、关效仁，和八亩园的谋士武师费了许多唇舌，仍不得开交。僵持了两天，千顷侯侯阑陔盛陈武卫，亲来求见盟主郑范。

郑范已和周彪、孙九如、顾金山、顾金川、韩一贴几个人恳谈过了。郑范眉峰深锁，悄与周彪、登山豹杨封商量："我们原知道侯阑陔坐拥广田，团练乡勇，颇有乱世称王的雄心。更不料他受妖人蛊惑，戕害妇孺，要练妖法。据周彪武师说，孙九如是个人才，只因不受财主豢养，不受妖巫利用，又不幸获知他们的机谋阴事，要洁身引退，就惹翻了他们，要诬害他，杀他灭口。周彪为了搭救孙九如，指引他来投托我们，自然是信赖我们。但我们跟侯阑陔一经联盟，守望相助，就不能收纳他们的逃叛人犯。按理说，还该代捕，押回。可是我们又不能这样做，我们若把孙九如交出来，送回去，岂不成了助虐了？往后聚义之人，谁还肯投我们来？现在也不能挺身出来做和事佬，当中保人，替侯阑陔、孙九如宾主之间劝解说和。侯阑陔口口声声是来追索叛徒逃贼；我们一做和事佬，就无形中袒护逃人了……"

杨封道："姓孙的没有卖身投靠，人家是聘请来的巧匠，怎能看成逃奴！"

谋士石彦贵："财主脾气，一向把西席当篾片，当奴才，吃他的，喝他的，就得属他管。现在他办着团练，他又借口军法，把孙谋士当逃兵叛卒了；况且他又很毒辣的栽赃，诬人为

贼。盟主所提的说和一举，决计办不得。看样子，侯阑陔还不准知道周孙诸位确在我寨，我只答应替他们搜寻，暗中却将周孙等人遣送到关外分寨去，给他一个人去无对证罢了。”

盟主郑范是个言而有信的人，又不肯瞪眼扯赖。他很想着劝侯阑陔释嫌为好，各立誓言，侯阑陔不要再搜拿孙九如，孙九如也不要泄漏侯家庄院中的机密。杨封听了，说：“这全是敷衍同盟、不顾是非的和解办法。那八对童男女又待如何？我们自创义以来，抗胡救民，全力以赴，既然知道了，焉能见死不救，坐令妖巫戕害良家妇孺？岂不被江湖豪杰耻笑我们怕事？”

盟主郑范拊胸说道：“这可真难！大丈夫做事，须顾及大局。目今胡氛方强，我等力弱，我们必须固盟结好，降心推诚，才不致破坏了抗胡阵营。我们怎好为了搭救这八对童男女，就跟侯庄主二千多名乡兵挑隙决裂？”

谋士石彦贵劝道：“难，难，难！”

杨封愤愤叫道：“我们难道说，一味为了委曲求全，固盟交好，就帮同妖人残害民命？难道说为了抗胡，就先给妖魔鬼怪作了帮凶？”

帮凶二字，椎心刺耳，盟主郑范、张铁珊也不禁眼圈通红，半晌说不出话来。

秘议良久，无可奈何。杨封又把周彪、孙九如、二顾一韩邀来，把种种顾忌开诚布公说了出来，把拟议的应付之策也列举出来，动问他们的意思。

孙九如不由得激动道：“我本要绕道还乡，不问世事，是周仁兄劝我投托大寨，一同创义。不想大寨又怕为了孙某人，败坏了盟好。那你们就不必作难，我怎么来的，我再怎么走。我还不是怕死贪生之人。你们把我交给他们好了，我跟他们碰去！我只求一样，请你们双方大会群雄，当场把我交出来，当场容我讲几句话，正是公说公有理，婆说婆有理，我不盼望大家替我评理，只求你们平心静气听一听谁是谁非。我有嘴，侯

阑陔也有嘴，会说不如会听，只要把我眼里见的、肚里存的，当众全抖搂出来，我孙九如碎尸万段，死而无怨！”

飞刀周彪也似乎看出郑范左难右难，不愿得罪侯阑陔，心中也怫然不悦，于是做出了抱歉的样子，说道：“这都是我周彪鲁莽不识大体，给你们义盟添了纷扰，我竟忘了你们有盟约在先，理应互相庇护了。现在我既将孙仁兄指引了来，做错了，挽回还来得及，我们现在就一走为妙罢。人走了，就没有招对，郑盟主跟侯阑陔容易讲话了。我想郑盟主还不肯把我们捆送回去，就请你连夜借道，把我们送出九里关也罢。”

两个人的话，说得郑范很难为情。他既不肯偷放来人另觅活路，也不肯扣留来人送回死路。他很诚恳的告诉二人：“二兄千万不要过虑，既承诸位不弃前来聚义，我断不会买好财主，对不起诸位，我心上悬念的是怕败盟……这样办吧，明天我会见侯阑陔，见机而作，用好言语讽劝他，不要听信妖言，陷害好人。”极力的安慰周、孙二人，周、孙二人怏怏不乐，两个人暗中也做了一番商量。这都是郑范过于坦率惹出来的麻烦，他就不该把他的顾虑公然对周、孙二人挑明。

到次日辰牌，八亩园侯阑陔带领谋士、武师、乡兵，盛陈武卫，来到八亩园和九里关交界的一座小村，打着旗号，暂行驻扎，另派两个能言的管事，叩寨求见义盟盟主。盟主郑范早已来到前寨，闻报亲自接见来使，一听说侯庄主已到，立即要迎接侯庄主进关，管事承命连说不敢当，不肯入关；又请进寨，也说不敢当，不肯进寨，并说：“鄙上的意思，是请盟主光临小村，借地相会。”说的话很客气，却暗地存心戒备，俨然看作敌方了。这又是侯阑陔门下狗头军师的主意，他说两方互掳部属，嫌隙已生，常言道：“宴无好宴，会无好会。想当年金沙滩双龙会，宋辽二帝相见，杨大郎乔装宋王爷，用袖箭射死辽主帅，鞑儿韩昌飞又刺死了杨大郎。庄主又是个文雅绅士，怎能跟他们草野强徒善处，诚恐一言不合，遭了暗害。”

小村口有一座山神庙，侯阑陔断不肯纡尊入关，定要盟主

到山神庙来见他。郑范笑道：“恭敬不如从命!”他倒毫无戒心，一面赴会，一面动问：“你们来了多少位?”他是要给八亩园来人预备酒饭，来使又疑心郑范是探问他们的兵力，就虚张声势的说：“我们来了五六百人!”郑范愕然道：“来了这么许多人?”忙命盟友快快预备，每个人两个馒头，一碗肉，一碗酒。另外也备办了几桌酒席。然后，郑范就率领数十名盟友，前往会见。

侯阑陔、郑范在山神庙见了面。寒暄一阵，侯阑陔便诘问义盟，不该扣留他们的十几个人。郑范慨然认错，说：“现在兵荒马乱，我们九里关戒备较严，冒犯了盟友。贵庄那几位盟友，已在敝寨置酒谢罪，少时便即奉陪过来。敝寨守界的弟兄，也有几位被侯庄主的乡兵俘虏过去，请庄主吩咐他们一并放回罢。”

侯阑陔道：“那个自然，这都是手下人之过，他们一见大寨扣下我十几个人，就急了，也效尤起来；他说若不扣下押当，还怕换不回自己人来呢。”说着呵呵的笑了起来，跟着就请郑范先把他们的人释放。郑范说：“好，好，好！咱们一块放!”十几个乡兵先放出来，四个盟友也交换回来，互通气息，相邀就座。侯家的谋士乘机发话：“还有我们庄上的逃犯，也请郑盟主一并费心交出来罢。咱们是同盟，我们想盟主决不会收留逃叛之辈的。”

郑范道：“我已经问过他们守卡守寨的人了，他们全没见……”

八亩园被扣的十几个人，含嗔发话道：“我们眼见孙九如他们进了你们九里关，我们跟脚紧缀，眼看就抓着了，被你们的人横遮竖拦，忘了双方的盟约，既不替我们堵截，又不教我们自己搜拿……”

那九里关被捕的四个人，立刻反唇相讥：“我们告诉了你们，没有看见逃人越境。如果看见，我们为了自己的防务，也要搜拿的。你们不讲理，不通情，倚仗人多，硬来砸卡子，闯

关口……”

侯阑陔的武师们哗然抗辩。盟主郑范抱拳道：“得了，得了，谁是谁非，少说两句吧。这都是黄夜相遇，仓促疑误；如有过失，全是我郑某统率无方，巡察不严之罪，还请侯庄主和盟友们海涵！诸位注意的不是逃犯吗？咱们先办正事，免究过去。请问侯庄主，逃过来的都是些什么样人？共几个？姓名、年貌如何？因何事犯混潜逃？请明白见告，能开一个清单来，更好。这件事必须给予时间，下心细搜，此地关山连亘，地广林多，哪里都易窝藏人。”

侯庄主指出姓名来，是孙九如、顾金山、顾金川、韩一帖，另外还有几个人失踪，一并算在孙九如一堆了，却单单没有周彪。罪状是勾结外寇，潜画本庄地图，又偷盗财物，暗害庄主未成，事情发觉，拒捕伤人……一连串的罪名，越变越重。侯阑陔说话，还保持豪绅礼貌，那些帮闲谋士、武师们就恶狠狠的说：“我们的人亲眼见得叛贼逃到你们界里，被你们的那个鲍禄友收留，躲藏起来。郑盟主，你不要找我们庄主要年貌单，你只仔细审问你们守卡子的人，他们一定会招出来的。我们庄主大仁大义，只要你们交出人来，就两罢干休。”

鲍禄友急了，拍着胸膛道：“就凭你们走上门来吓诈人！看这样子，我们不交人，你们就要吃人？”郑范连忙挥手拦住，一面沉住气，向侯阑陔解说。侯阑陔捋着胡须装大方，从任手下人叫喊。那个幕宾杜先鹏见郑范口气软，就说：“我们也不会吃人，我们讲的是理。我倒有一计，只要郑盟主肯让我们搜拿叛贼，我们可以派一二百人过来，给你们做眼线，协同你们的人大搜一下。郑盟主要晓得，这是跟你们很有益处的。这些叛贼吃谁害谁，简直卖主通敌，给鞑子做奸细。他们在我们八亩园滋事，逃到你们九里关，跟你们也不会忠心的。你们不肯交人，又不教搜，那可是引鬼进门，早晚遭殃。”

这可有点咄咄逼人，郑范哼了一声，登山豹杨封早有点忍不住了，呵呵大笑道：“什么逃人叛贼，一入我界，我们决然

要搜查的，却不劳贵庄派人进界帮忙。正如我们这里倘或丢了人，也只能烦求四邻分神代搜，既不会堵别人门口找上别人的家，硬要进院子，翻屋子，那岂不是讹人吗？至于逃来的人，身犯何罪，我们不跟他们通谋，当然一概不知。却有一节，打官司要听两方之辞，不能净听一面理。好在我们盟主跟侯庄主乃是同盟好友，凡事自当秉公办理，既不会袒护恶人，也不会诬害好人。若像你老兄刚才的话，立逼着交人，交不出来，立逼着派人来搜；莫说我们九里关义盟无法遵命，就是寻常一个老百姓，也不肯随这份硬挖头皮。况且当家主事，在乎一人，我们要听听侯庄主的意见。也不能七言八语，素不相识，随便一个人就支使我们怎样怎样！"

幕宾杜先鹏红了脸，反唇相诘道："我是七言八语，你是干什么的？"

杨封应道："我是干什么？我是九里关一个盟友，跟我们郑盟主，跟你们侯庄主，我们全是一拜之盟，同盟弟兄。你大概不认得我。你问你们庄主去！在会盟上，我登山豹杨封无理的话从来不出口。我却没领教你阁下高名，贵姓，哪个村的？"

两个人就要吵起来，郑范忙道："别！别！谁都可以说话的……"

侯阑陔变色道："郑盟主，你听见了？贵盟兄是不准我们八亩园的人随便说话，也不教搜，也不交人；并且窝藏逃犯，开口伤人！"

杨封忙道："我没有，我不敢……"

两方的人变颜相吵，八亩园的武师们很傲兀的盯着郑范、杨封，蓄势欲发。侯阑陔暗施眼色，似乎不教他们妄动。杨封和幕宾杜先鹏依然哓哓舌辩。义盟这边能言善谈的军师石彦贵没有到场，郑范的话钉不住，杨封气太粗；最糟的是，义盟只顾答辩逃犯交不交，教搜不教搜，不能把侯阑陔偏信妖人、胡作非为以及杀人灭口的罪状当场道破。郑范口直，性子更直，若要揭穿坏事，他只能抓破了脸，明着叫出来，软中硬、假中

真的婉言讽劝，他一点办不到，头一样先沉不住气。现在他怒气涌上来了，话也讲不出来了；他知道他的话说出来一定难听，他急得冒汗。杨封暴躁起来了，就不顾一切的吵，越吵越明，僵局渐破，决裂的苗头已现。

第十四章

狗头军师装神弄鬼大谈法力
泼皮教练好勇斗狠被缚阵前

就在这时，山神庙外，爆发了如雷的喧闹。八亩园在外巡逻的武师乡兵大呼小叫，奔进来好几个，竟在会场乱跳乱喊道：“那个孙九如在这里了，大头小头也在这里了！郑盟主这可不对，你看看，你看看是你们窝藏逃犯不是？逃犯都钻出来了！”

可是侯阑陔和他的谋士也不由得愕然！

逃犯公然露头，眼前的局面可以想见！这不像义盟情虚交犯，又不像逃犯畏罪投首，这恐怕是义盟和孙九如他们布置下来的“活局子”，要堂堂正正在桌面上讲理，当着大家教八亩园出丑！

侯阑陔自己做的事，自己明白。侯阑陔瞪大眼说：“好，孙九如在哪里了？把他抓过来！”身不由己站起来了。谋士们也很惶惑的说：“逮住他，逮住他！”

郑范缺少应变之才，有点失措道：“这是怎么回事？”

侯阑陔一个人冷笑道：“怎么回事？这不是你们手下人把逃犯藏起来，没藏好，露了馅啦！”杨封心路快，忙道：“你不

要这么硬拍，现在还说不定是你们的逃犯不是，等一等我去看看。盟主你陪着侯庄主在这里坐着，我去验看一下，如果真是孙某人，那好办，把他押进来，他有罪，我们两家公审他。他没罪，咱们也不能诬害他。"

郑范说："对！"杨封如飞的跑出去了。

可是，这时候侯阑陔也要出去，心想要躲开，省得跟孙九如当面鼓对面锣，遭他面辱。郑范也要出去，心想要看看孙九如等为何钻出来，军师石彦贵为什么不拦住他们？于是山神庙两方的人物不由得一拥而出，全抢到庙前广场。大家张目一望，前边数箭地以外一道小土岗，上面垒有瞭望土台，骈肩站在上面的，就是钻云手孙九如，和顾金山、顾金川。环绕土台，是九里关义盟的人，西面也是义盟的士卒，东面是八亩园武师乡兵，乡兵们正自挤挤压压，指指画画，冲着孙九如叫骂。

孙九如站在那土台上，正自大声疾呼，对众诉说他为什么遭到财主的忌恨，为什么被诬害，被栽赃……一开头，孙九如和二顾刚一过来，八亩园的乡兵掀起一番哗噪。人头攒动，喧闹声过于嘈杂，听不清孙九如的大声疾呼。义盟中有人向他打手势，他就分开人浪，抢上土岗，跃登土台。他拼命的锐声叫骂，他的呼声震动了八亩园乡兵，乡兵们错愕的想听一听，只一侧耳，喊声便不知不觉住了口；只一住口，喧声立静，孙九如的大声疾呼可就字字打入人耳。于是八亩园在土岗上的人不嚷了，嚷的只是站在远处的人。

孙九如、顾金山、顾金川，不留余地，把侯阑陔的害人阴谋和妖巫的杀人法术，通盘抖搂出来。

"诸位老哥，侯阑陔为什么要谋害我姓孙的？他是叫我修完了秘殿迷宫，他要称孤道寡，怕我泄了机密，他想堵住我的嘴，他要杀掉我好灭口！不但我，你们大家也一样；谁知道他的秘密，谁就活不了。你们可知道武师麦锦洪是怎么死的？他不是得了伤寒，他是中毒教妖巫毒害的！

“诸位老哥，侯阑陔不但一言不合就暗算他邀来的各方豪杰，他还听信妖巫，残害妇女婴孩，外人不晓得，你们总该多少有个耳闻！他不断花钱购买童男女。新近他买了八对童男女，要盗取童男女的真元，妄想炼什么丹，夺人的命，延他的寿！他听信妖巫的鬼话，还要剖取孕妇的婴胎炼什么法宝。

“诸位老哥，外人不知道，你们总明白，侯阑陔倚仗他那几文臭钱，苦苦折磨佃户，不管谁家闺女小子长的清俊，只教他看上眼，便千方百计给算计到手，给他当书童使女，随便把人作践！侯阑陔满口大仁大义，实在抢男霸女，拆散人家骨肉；他杀人不见血，他只拿财势压你！他要折磨人家的闺女小子，他能逼你送上门！诸位乡亲，想一想，你们谁没受过他的害！

“诸位老哥，侯阑陔他杀人不见血！

“诸位老哥，侯阑陔和他手下帮闲吃人不吐骨头……”

孙九如振吭高呼，把侯阑陔的行事尽量揭发，很有些乡勇听愣了。跟着顾金山、顾金川也把他们怎样搭救孙九如、庄上怎样陷害孙九如，以及帮闲妖人坏蛋们怎么样架弄侯庄主、怎样草菅人命，统统给抖搂了。只可惜他们俩不善言谈，又不会当着大众要言不烦的讲道，他弟兄的话很凌乱，声音也太尖锐，很多人听不出来，但凡听出来的，跟他们自己所经受的，以及所听闻的事一印证，都不由得翻眼珠子对看起来了。“哼，侯阑陔是有那么一点拿穷人不当人，又有点耳根软，净听小人言！”

然而侯阑陔手下的走狗，尤其是那几个谋士，很有一套玩意，他们一看情形不好，立刻就使党羽闹哄起来。他们必须堵住孙九如和二顾的嘴。武师们有的面面相觑，幕宾杜先鹏和堪舆师马云波急急忙忙赶过来，向武师们大嚷：“还不动手拿人！”又叫道：“好你们逃犯，你做了不是人的事，偷人害人，还在这里蛊惑我们乡团的兵心，你们太歹毒了！哥们，上啊！”

武师霍凯声立刻指挥乡兵，上前要把孙九如拿下土台。义

盟登山豹杨封恰巧也赶到，忙厉声叫道："且慢动手，请听我……"霍凯声冷笑道："谁听你那一套。弟兄们冲呀！"指挥乡兵进攻土岗高台。

侯阑陔的谋士企图造成混战或群殴，便可以把孙九如、二顾的话给淹没了。乡兵们有的不明白，真当是要拿人了，有一队人糊里糊涂，高举兵刃，刀矛如林，很快的要围攻土岗。

土岗两侧的义盟盟友早已严阵而待，带队首领大声吆喝道："诸位乡亲休得用强，你们庄主和我们盟主全在这里商量着哩，请你们快快退回去，有话往桌面上说去，这不是动武的事！"

侯阑陔一个武师竟口出不逊，大骂道："管他娘的桌面不桌面，桌面办不了一点屁事，扯到日头晒东墙，他们也不肯把姓孙的交回来！他们九里关不讲义气，袒护逃犯！来啊！"

这家伙竟率乡兵，往前攻打。义盟的人急忙招架，猝然间，从人群中窜出来好几支冷箭，一支射伤了九里关义盟一位首领，又一支没有射着孙九如，却射着了顾金山。孙九如大怒，破口骂道："你们这群不知死活、给财主当奴才的浑蛋！"

其实这时候喊骂已经没用，流矢横飞，两边的人果然掀起了乱端。八亩园倚仗人多，虽然乡兵们士气动摇，究竟疑信参半，人们也不会立刻回过味来，被几个武师督率着，分为数队，跟义盟冲突起来——却像是乡邻们众殴的模样，不能算是敌我死战。但就是这样，一边抢土岗，一边阻挡，片刻间硬碰硬，也有很多人流血，很多的人伤亡了。

当此时，八亩园庄主侯阑陔、九里关盟主郑范先后从山神庙会场闻变出来查看。侯阑陔手下的帮凶很够机警，既然煽起群殴，立刻架弄着侯阑陔马上往后撤。他们叫道："他们忠义盟恃强行凶，袒护逃贼，现在跟他们讲理，简直白费话，庄主快走！"

郑范忙道："这位乡邻不要这样讲！侯庄主不要走，咱们还不赶快各自约束各自的人，先把斗殴压下去！逃犯的事好办！"

“好办个鸟！”侯阑陔身边那些个随从打手骂口咧咧，抽刀襄护着他们的侯庄主，前护后拥，如飞的上了马，奔向八亩园。郑范很着急，张着手劝阻道：“等一等，等一等！你瞧眼看要出人命！”一个打手回头唾道：“去你娘的！”更有几个打手完全摆出恶奴相，乘乱猝下辣手，照郑范连发暗镖。郑范身边盟友早存戒心，头寨首领关效仁大喝：“不要放冷箭！快保护盟主！”盟友们这边一挡，那边一架，但是发暗镖的不止一人，不只一方，郑范到底挨了一下。

义盟群雄大哗，关效仁赶上去一刀把一个放暗箭的八亩园打手砍伤。其余盟友也全拔刀了，虎吼一般，上前对付打手，救盟主。盟主郑范急叫：“不要动手，我们九里关的盟友们不准行凶！”纷扰中，他的话没人听清，九里关盟友们如狂涛恶浪，且打且走，闯出会场。

这工夫，八亩园千顷侯侯阑陔和他的扈从，驰马急驶，远远的撤出山神庙，奔回自己的庄院去了，只留下他的乡团武师和乡兵，乱哄哄的喧闹，有的寻殴，有的夺土岗。

义盟盟主郑范刚由盟友抢救出山神庙会场，八亩园的乡兵由两个武师率领，涌上一批来，约有百十名，大叫：“捉活的！”把郑范等二十个人裹在重围里。

盟主郑范陷入重围，义盟大队分数路漫山遍野而来，呐喊如雷，往前推进。他们已经得到警讯，军师石彦贵高据头寨瞭望台，用旗指挥。守界的先锋队同时接到会场的告急飞报：“八亩园存心叵测，盟主陷入重围！”先锋队骑兵呼啦啦的冲过卡子口，大呼冲锋，把郑范接救出来；又呼啦啦的保护着，退回头寨，来去如风，乡团乡勇阻挡不住，并且险些被冲溃了。就因为八亩园庄主把勇士精兵做了自己身边扈从，把斗力较弱的队伍用做破敌上阵的正兵。他是看重的护主保命比克敌御侮吃紧，于是阵上就吃亏了。

攻土岗的乡兵人数较多，由武师霍凯声等督促，首先发动了械斗，猛然一攻，九里关的盟友们兵力很小，便被压退下

来。乡兵们挟众乘胜，气势大涨，大叫着要捉拿孙九如和二顾。义盟守岗的盟友顾不得打架，先把孙九如等救走。孙九如等偏又拼命要上前，盟友们又要劝架，又要应付打架，手忙脚乱，便支持不住。转眼之间，守不住土岗，撤了下去。八亩园乡兵得理不让人，喊杀声中，大队的冲杀过来。

可是他们冲过来了，后路没有接应；义盟的各路援兵却发动了。义盟盟主赴会，盟友并不是一点准备也没有的；为了守义气，守信约，虽然莅会的人很少，并且是徒手，各路安置下的战备，却能闻警马上开到，到得又快又多，又分数路。当下列成钳形阵势，把八亩园乡团无形中拦腰切断，退路没有了。乡兵倚仗的就是人多，现在义盟的兵力亮出来，比他们并不少；他们斗力又不强，孙九如一场喊骂多少更影响了乡兵士气。两边大队刚刚对阵，并没有接仗，乡兵落后的队伍竟发一声喊，掉转头往回奔起来。

武师霍凯声只知好勇斗狠，是武师不是武将，他自己胆大，拼命挥刀往前钻，后面的队伍没有全跟上来，先锋队马上教义盟围上。喧声震天，兵心大乱，八亩园乡兵个个回头看。败势已见，立刻人自为谋，不等号令，乱动起来，这一队还在拼白刃，那一队早溃散了。

武师霍凯声砍伤了几个盟友，被登山豹杨封抄后路，抡刀背砸倒，立刻被生俘。乡兵们见状心慌，大叫："不好了！"前队、后队如汤沃雪，呼啦啦落荒乱蹿起来。杨封还想追杀，盟主郑范已到头寨，喘息略定，草草裹伤，一面发令箭令旗，通传盟友们一律回防守界，不再追击，乡勇若再来犯，众守勿攻；一面又发令箭，传告军师石彦贵赶快把来客周彪、孙九如和二顾一韩好好护送出险回寨，另作计较。于是十来个盟友持着令旗上马，奔驰前方去了。

孙九如、顾金山、顾金川，三个人曾经跳下土台，要跟侯阑陔的打手们拼斗。韩一帖负伤没有出场，还有飞刀周彪，经盟友们劝说，乔装隐身在义盟队中观场，一见凶殴，也要出

头，被陪伴他的义盟盟友再三拦劝，做好做歹绊住了。于是盟主令到，立刻把他们邀回大寨。

械斗场逶迤数里，前方后方相距十余里，盟主郑范的号令陆续传布出来，已经稍迟。军师石彦贵在瞭望台上，将令旗招展，过了好一会儿，各队盟友方才错落收兵。尤其是抄后路的盟友，令到最后，闻命赶紧往侧面撤，让出了乡兵的退路。可是没有经过战阵的八亩园乡兵已然溃不成军了。

直到未牌时分，山神庙至土岗一带，混战才停。九里关的义盟战士，遵命敛兵过险；赴会争殴的乡团溃卒，弃甲曳兵，一团糟似的退逃回庄去。败兵还没有退净，八亩园乡团又亮出来了，由武师统率，足有四五百人，一队把住了八亩园要隘，一队列阵当前，摇旗呐喊，向义盟耀武扬威。

这一次简直是八亩园倾巢大举，凡是乡团壮丁，固然整队出阵，就是佃户老弱，也都齐持兵仗，登上了土堡围墙，梭巡守御。侯阑陔一撤出会场，和他的谋士骑马奔回庄院，开始纷纷议论，认定九里关义盟庇护逃贼，甘心背盟；既然背盟，必来侵扰。况且："他们义盟乃是一帮强盗，恐怕他们早就垂涎咱们八亩园的富厚，暗地存下收并之心，庄主不可不防备！"又道："孙九如阴谋内叛，由今天之会看来，必非他一个人陡起盗心，多一半是私通九里关，甚至是九里关买下的卧底奸细；可惜庄主一番建造，那些迷宫秘殿都成了废物啦。就是庄主的藏珍宝库，也不免泄露机关，成为无用啦。咳！还怕他们暗派飞檐走壁之人偷盗、打抢我们呢！"

谋士们自炫高见，信口胡訾，竟挑拨离间了双方的信约。侯阑陔是财主，最怕人想算计他的资财，他又十分耳软，当下又惊又忿，惧怕之心支持他先发制人，于是"出队，出队！"号令全庄戒备，并晓谕打手们、乡勇们："九里关帮盗违约背盟，收纳我们的叛贼，就要来攻打我们八亩园。我们八亩园尽是安善良民、有家有业的好人，我们团练乡勇，为的是守望相助，保卫家乡，不为造反作乱。真想不到这些绿林草寇是联不

得的，他们打着抗胡的幌子，只想奸淫掳掠，杀人放火；他们居然找到我们头上来了。我们八亩园居民无分老弱，不问贫富，今日一律要拼命御寇护庄。如有不从命，怕死怯阵，离队逃伍，查出一定要军法从事，重者斩首示众，轻者夺佃收田，逐出庄外。”这些乡兵便由团练教头、护院打手管带着，一齐调出来了。

对峙了一天一夜，这些乡团尽管呐喊示威，却守定要隘，没有杀出来。他们布阵以待，净等着九里关义盟来攻，哪知义盟退守关卡，并没有存心挑隙。两边倒耗住了。

这时候，团练分所总教头飞刀周彪失踪的事已经发露，周彪还带走了几个人。那些帮办们乘机纷纷向侯阑陔进谗。一个门客说：“周教头跟庄主是多年交情，想不到会临阵脱逃，恐怕他是本领不济，不敢跟九里关山寇交锋。”堪舆师马云波道：“他哪里是怯阵潜逃，简直是勾结孙九如，一块投奔九里关了。”

侯阑陔很生气的说道：“人心难测，侯某待周彪推心置腹，可谓恩深义重，真不料他临事离我而去。他跟九里关并无交情，倒是跟信阳州毛俊相好。他跟孙九如也是在这里才认识的，到底他们俩是否有勾结，好教人难测！”

幕宾杜先鹏从旁说道：“我知道太谷法师占算效验，你何不袖占一课，到底周彪失踪，所为何故？投奔何方？”

太谷头陀装模作样，拿出他的“袖里乾坤”本领，低头掐指鼓捣了一会儿，口中念念有词，好半晌抬起头来说道：“庄主所见不差，周彪没有投奔九里关，他是受了小人诱惑，投奔西南方去了。”

幕宾道：“西南方正是信阳州，那么他一定是投奔毛俊去了。我们庄主真是料事如神，天分过人！”

堪舆师马云波道：“太谷法师再算一算咱们八亩园跟九里关这回交兵，胜败怎么样？”

太谷僧微微一笑道：“庄主天命所在，自然战无不胜，这

用不着我再算了。”

幕宾杜先鹏问道：“太谷法师你的法术玄妙，何不施展一下，把九里关杀败？”

太谷僧道：“这个，依贫僧看来，何必施法术，凭庄主的洪运，些许草寇迟早也要覆灭。”.

侯阑陔听了，转脸盯着太谷僧说道：“太谷师，往常听说你法术精深，今天无论如何，你也施展施展，好教大家起敬起信呀。”

太谷头陀忙道：“这个，容易！当年我从家师学过几种阵法，我可以把阵图画出来，咱们赶紧排练。”于是太谷头陀大言不惭的说出一个阵名来，叫作“阴阳八卦阵”，排练这个阵，八对童女不够，必须要用八八六十四对童男女，而且要包括着十二个属相，和金木水火土五命相配，此外还需用好多法物。此阵摆成，巧夺造化之功，威力极大，敌人来一个捉一个，来一对捉一双。不过要摆此阵，须备“时”“地”“财”三宝，阵主还要损寿十年。“怎么损寿十年呢？”太谷僧说，此阵就是要用这八八六十四对童男女的真元心血，祭炼六十四对神幡。这里面损伤着一百二十八个性命，当然会折去十年阳寿的；不过为了辅佐真主，太谷僧他倒不怕折寿，只是这一百二十八个童男女，要具备十二属相，和五行运命，可不太容易找。说了半天，还是一个“办不到”！

太谷僧依然说得津津有味，堪舆师马云波看出侯阑陔意含不悦，忙插言道：“这个阵实在厉害，既然厉害，就一定难练，太谷师兄，你还有别的御敌路法没有？”

太谷僧道：“妙法多得很，单阵路我就学会七十二套……”

堪舆师马云坡道：“有容易排练的吗？”

太谷僧道：“容易的可没有，想当年贫僧投师学法时，就立过宏誓大愿，容易的法术我不学，我单学别人怕难不敢练的……”

此时侯阑陔脸上神气越发不对劲，幕宾杜先鹏识得侯阑陔

的财主脾气的，也体验出太谷僧说大话有时闪了舌头，他就连忙拆解道；“太谷法师，你法术很多，不一定要摆阵，也有奇效的使上一使?”

太谷僧道：“也对！我先办容易的……”思索良久道，“我就先诵金刚秘宗无生摄魂咒，把孙九如、飞刀周彪咒死。”

侯阑陔道：“准能咒得死吗?”

太谷僧道：“就在前年，我受马尚书重金礼聘，经我行功诵咒，把一个东林党戴逢时御史生生咒得发疯投河了。”

侯阑陔诧异道：“戴逢时不是大明淮北巡盐御史，兴兵抗虏，兵败投水尽节的吗?”

太谷僧道：“非也，非也！庄主你只知其一，不知其二。那戴御史调动数百名巡丁，千数名盐丁，起师和清兵打仗，本来民心兵心一致归附，足能支持一阵。就是后方马尚书跟他不和，百般掣肘，偏偏毁不了他，他反而飞檄报捷，获得史阁部力荐。马尚书怒极了，于是把我请了去，短短念了三天咒，戴御史就发了三天疯，仗也打不好了，溃兵和饥民又闹起来，弄得他左支右绌，一败涂地，他就狂哭狂笑，自己把自己淹死了。他们全不知道这是咒语的灵效。”

侯阑陔道：“他的夫人小姐不也是投水自尽的吗?”

太谷僧道：“是呀，一点不错，我这秘宗无生神咒一念，不但本人丧魂失魄，连他的骨肉亲丁也要心惊肉跳，坐卧不安；弄大了，也是活不成的。”

堪舆师、幕宾同声捧场道：“那好极了，就请你赶快行法，把孙九如、飞刀周彪、顾金山、顾金川、韩一帖一股脑咒死。”

侯阑陔这才欣喜道：“念咒如果有效，孙九如当然要咒死；飞刀周彪这个人还有用，只要咒得他六神不安，教他知道我们的厉害就够，我还想把他收服过来。顶要紧的，还是把九里关这帮草寇，由盟主郑范到杨封，统统给我咒死。他们首领一死，关寨必乱！然后我们再用兵力猛攻，一举把他们的总寨分寨占据，收降了他们的喽啰，诛戮了他们的头目，则我们拥有

八亩园、九里关，形势已固，大事成矣。那时候论功行赏，太谷法师你便是开国国师了。”

太谷僧笑道：“谢主隆恩！我这咒立试立验，确有灵效。不过我一行法念咒，就得坐坛七七四十九天，也得准备一些法器法物，还要用生灵之血，这叫作以生灵感召生魂。这样办吧，行法是我僧家的事，战阵是教师爷的事，我们双管齐下。头一阵先和九里关挑战，由我们的武师跟他们的头领对阵比武；我便趁此机会，在庄内筑法坛，高搭芦棚，登坛诵咒。咱们各忙各的，包管不出九九八十一天，教九里关家败人亡，土崩瓦解。还有一层，我们跟九里关闹翻了，也要先礼后兵，声罪致讨，请书启先生修书一封，先把他们痛骂一顿。”

第十五章 八亩园前龙争虎斗 九里山中英雄会师

书启先生不高兴道："骂他一顿有什么用？我若能把郑范骂死，岂不比你的金刚秘宗咒又省事了？"

太谷僧捧腹大笑道："书启先生动火了，我是说，我们辅佐庄主，要文武并用，各尽其道。我们庄主既图天下，奉天承运，百灵相助，跟区区草寇开仗，固然要用武将，也要用文臣草诏骂贼。要打他，先得骂他一顿，这才叫仁义之师呢。"

书启先生道："你说的话倒好，你叫我骂他们什么？"

侯阑陔不耐烦道："骂他们容留逃叛，败盟挑隙，侵袭加盟邻庄，这不是现成的词句吗？"

书启先生脸一红道："对，我就写。"于是他哼哼哧哧，费了吃奶的劲，写了一封讨贼檄文。差一员勇士，把檄文缚在箭上，骑马打着小旗，来到交界对峙区，喊了几句话，开弓把檄文射了过去，并通知乡团教师，向九里关挑战。

侯阑陔又催书启先生修书一封，给信阳州毛俊，问周彪是否逃来。并宣布周彪的罪状，请毛俊顾念同盟，把周彪拿下交来。

又催太谷僧赶快行法，咒死仇人。太谷僧就转过来，催促庄主快给他搭法坛芦棚。侯宅执事人忙把天棚改为法棚，用许多张桌子和铺板，高高搭起法台。应用法物法器，该备办的也备办妥了。这就立刻看着太谷僧行法“一咒死活人”了。太谷僧到了这时，又提出枝节来，他说诵咒须办七七四十九天。侯阑陔说：“日子太长啊！”太谷僧说：“哼，不长不能有效，请想，把活人硬咒死，没有个多月日程，行吗？”侯阑陔道：“那么就四十九天。”太谷僧又说：“还有，那八对童男童女固然要备用，另外，得要六丁六甲，以生人降天将……”太谷僧提出道儿来，侯阑陔样样依从他。从佃户中，找了丁年生的两个人，丁月生的两个人，丁日生的两个人，甲年甲月甲日生的也照样，这一共又是十二个人。还有三间净室，至于黄表、朱砂、五谷、红布、金银铜铁锡、白鸡黑狗、宝瓶、摄魂镜、摄魂牌、摄魂葫芦……左开单，右开单，刚预备完，又添出一堆来。然而侯庄主有钱有人，要什么，备什么，太谷僧到底无法闪展腾挪，只得升坛做法。

行法的地方，是在侯庄主的后花园养静室前。行法的时辰，是单择“子”“午”。太谷僧说：“最好是子时，要朗月无云，可吸阴气；午时要密云遮天，以引真阳。如果遇上这样的好子午，法效是大增的。”

太谷僧一连气做了七天法，弄得八亩园人心惶惶，有的信，有的惊疑，有的认为一邪引百邪，这不是佛门上乘大法，这简直是妖术。可也有人暗地骂道：“上乘大法也是个屁，不过给财主开心洗罪，穷小子就是佛祖也不保佑的。你瞧这举动，咱们穷佃户再也摆不起法坛的！”

这些偷偷议论的，大都是佃户乡兵，在庄主家下当差的，至于门客西宾们，除了书启先生，都很替太谷僧捧场。他们都是一流人物，都是哄财主的篾片，谁也不拆谁的西洋镜的。

做法一七期满，太谷僧又用细灯草扎了几个草人，写上孙九如、周彪、郑范、杨封这些人的姓名，然后拿了草人，找千

顷侯侯阑陔，说要这几个的生辰八字。

千顷侯愕然道：“周彪、郑范、杨封的生辰八字，我是知道的；我们加盟换贴，写过八字，可以找出盟单查一查。孙九如是临时雇来的，他的八字，我如何知道？”

太谷僧道：“你不知道，我可怎么咒死他？”

侯阑陔道：“怎么，咒人一定要生辰八字吗？”

太谷僧道：“那当然了。”

侯阑陔便命手下人，把盟单找出来。可是打开盟单一看，郑范、杨封、周彪等人只写着某年某月某日吉时生，并没有时辰。太谷僧哈哈大笑，说：“八字缺两个字，咒起来，这可怎么能生效能？我们白费事了！”

侯阑陔有点发急，说：“你这不是开玩笑么？百设铺张，要金子、要银子、要六丁六甲、童男童女，末了还是不行？”

太谷僧陡然面目变色，连忙合掌，仰天祷告，念念有词好半晌，才说：“罪过，罪过！庄主你这几句话，可是亵神不小，你的信心不固，就凭这几句话，多么灵验的法术，也会失了效验！这都是贫僧劝导不诚、辅主无方之过，祖师爷恕罪恕罪！”太谷僧手忙脚乱，登坛跪拜，忏悔良久才罢，样子很惊慌，把个侯阑陔也吓毛了。

但是，筑坛咒活人的事，这么大铺张，若因八字缺少时辰，当真吹了不算，似乎有点说不过去。太谷僧于是又出主意，他长叹一声道：“贫僧又要作孽了，我恐怕多害生灵，不免又要损寿十年。”

侯阑陔道：“怎么多害生灵？怎么损寿？”

太谷僧说：“就拿乡童作例吧，他生于某年某月某日，时辰虽然不详，可是此年此月此日，一昼夜间有十二个时辰。把十二个时辰全开上去，一并诅咒，那便是要咒死郑范一个人，就得另外有十一个同日异时生的人陪着一同咒死。要咒郑范、周彪、孙九如三个人，就得有三十三个同日异时生的无辜之人同被咒死。如此，多杀无辜，上失天和，下损人命，行法的人

是有很大罪孽的。太谷僧为了扶保真主，就不得不造孽，自损阳寿了。”太谷僧咳声叹气说着，拿眼瞟了侯阑陔一下，看他怎么说。不料侯阑陔只关心费了许多时间，花了许多金银，一定要咒死郑范等人，方才趁愿，也就是只留意诅咒的灵效，并不关心行法之人损寿不损寿。并且他想：“太谷僧自告奋勇，要筑台念咒，损寿乃是他自甘情愿，我不过是花钱雇你的！”况且人家扶保真主的，还有肝脑涂地、杀身尽忠的；损个十年八年寿数，又算得了什么？侯阑陔既然这样存想，就立刻催太谷僧赶快念咒，损寿不损寿，半句嘉勉的话也没有，那是法师分所当然。

太谷僧把大话说满，无论如何，得做出一个样儿来。于是他把六丁六甲十二个乡下人，童男女十六个人，聚在了后花园，日里夜里，熬炼起来。

熬炼到二七，把六丁六甲熬得瞌睡不堪，童男女更是七头八倒。这就因为太谷僧可以闭目打坐，默诵咒语；又可以跪伏在蒲团上，说他是诵咒也可以，说他是睡一觉歇一会儿也可以。跟他在台上台下持幡、打旗、捧法宝、仗法器的童男女和六丁六甲，便只能规规矩矩挺腰直立。这样直立十几个昼夜，每一个丁每一个甲都立得昏头耷脑，面无人色，浑身森森有鬼气了，个个是眼珠子通红，脸膛发绿。

等到他把法坛下六丁六甲熬得由“天兵天将”变成瞌睡鬼的时候，太谷僧就转而琢磨这八对童男女了。

这八对童男女，大半都是体格清秀、姿容俏俊的。这里有几个是千顷侯侯阑陔派家奴从逃难饥民队中买来，其余是从苏州戏班买来的，本来是被拐卖的小孩，落到人牙子手里，要把这些小孩做摇钱树子，于是转被财主买来练法。太谷僧没安好心，对这八对童男女，他要假借施法，拣那最秀丽的潜行淫污。却不料在讲买童男女的时候，惹起了事端。因当时有一对表姐弟，乃是抗胡难裔。主人兵败殉国，家奴背救出小主人，中途变心，卖给了人牙子。可是这姐弟俩，姐姐张锦华，年十

四岁；弟弟周绍麟，年十一岁，全是从小读书，智识早开，竟晓得自己陷入恶人手中了。在人牙子家中，监管极严，无法逃出。被侯阑陔家奴转买到手，登车住店，晓行夜宿，这两个小孩子竟落谋要潜逃。当然小孩子斗不过大人，逃出来，又被捉回去，反而挨了一顿苦打。这两个小孩子挨打时，咬牙不哭，监管人稍不留神，便悄悄向行路人喊救，结果惊动了几个游侠儿，暗中跟下来了。

这几个游侠儿名叫范玉昆、范玉峰、周玉琳，江湖上称为江东三侠的。他们三个人在故乡为了救人，杀了恶霸，恶霸势力强大，官府供他利用，范氏弟兄三人在故乡存身不住，要奔投九里山义盟郑范，上山聚义。不料在半路上，遇见了人贩子和侯宅家奴，起了疑心，暗缀了一程，窥出了大概，就在荒郊野地人迹罕到的地方，把人贩子和侯宅家奴截住，持刀逼供，究问真情。人贩子还不肯说，侯宅家奴却吐露了一些。等到江东三侠问两个小孩，两个小孩儿竟侃侃而谈，说得有头有尾，并跪向三侠，哀求救助。

三侠大怒，范玉峰举刀就把人贩子和侯宅家奴杀了。周玉琳拦阻不及，就抱怨道："二哥，你太鲁莽了，你把他们全杀了，这两个孩子作何安插呢？"范玉峰道："不杀他们，这两个孩子就有法子安插吗？"

范玉昆道："人已杀了，就不必再追悔了；现在我们还是赶紧设法安置这两个小孩吧。"

三侠商量结果，就带着两个小孩，去到八亩园，寻访千顷侯侯阑陔的情形。却只走了几天，便遇上丁鸿一行人。

丁鸿等一行人被官军诬害，截江逃跑，投奔四流山，半路被官军堵抄，辗转投奔九里山义盟，已然弄得溃不成军了，却还有几十个人，竟与江东三侠范玉昆、范玉峰、周玉琳遇上。双方起了误会，丁鸿等误认范玉昆等是拐卖人口的匪徒，便截住诘问。范玉昆等不肯受盘诘，三说两说，两方动起手来。却是那两个受害的小孩，姐姐张锦华、弟弟周绍麟竟十分聪明，

十分胆大。他们俩看见他们大人打起来，就侃侃发言，说明真相。他俩对丁鸿等说，这位范叔叔是救我们的，你们不要屈赖好人，你们不要多管。

小孩子的话很有力量，于是双方停斗，重新叙谈。丁鸿便劝范玉昆把两个孩子安插在哪里，随后再找八亩园侯阑陔算账。范玉昆等犹豫未决，就在这时候，鬼见愁穆成秀、陶天佐、陶天佑、铁秀才赵迈一行也追赶来了。

三方相会，彼此认识（穆成秀是和江东三侠范玉昆共过事的），就立刻会在一起。穆成秀向丁鸿道歉，说自己因诛讨大成教妖人，以致误了帮助丁鸿抗官起义的大事。“现在事已至此，我们索性找到八亩园，把太谷僧这一伙弄个了断。”铁秀才赵迈大不谓然，说：“师兄你一误不可再误，无论如何，我们应该先投四流山或九里山，以后再谈别的。”

二陶说：“投奔四流山已经不行了，官军已经沿路布防，把我们的前路剪断了。”赵迈毅然说：“那么，我们就投九里山。先有了安身之处，再谈别的。”穆成秀还想提出别的方法，但看出二陶不甚愿意，丁鸿更露出怪怨之态，就只好说：“我从众吧。”

三拨人都想先投九里山，结果就决定投奔九里山。

然而，事变万千，往往不随人意料。他们不再向八亩园挑隙，决意去投九里山，可是沿路必须经过八亩园乡勇的地界，乡勇不准他们通过，把他们当“流贼”看，要拿办，要活埋，结果这些起义好汉就和侯阑陔冲突起来了

江东三侠范玉昆等，镇九江丁鸿等，和鬼见愁穆成秀、铁秀才赵迈等三拨人，意欲偷渡关津，投赴九里山，却被八亩园乡勇察觉，陈兵阻拦，还要拿办他们，把他们活埋。这三拨豪客岂肯受人摆布，两边立刻打起来。八亩园人多势众，铁秀才赵迈等一战而败，撤退下来，准备偷袭八亩园，乘机闯过去。就在这时，豫军五虎营红蜂杨豹等也因北伐失败，退了下来，路过八亩园，也和八亩园冲突起来。

红蜂杨豹和快马何少良用诈败之计，骤然撤退。八亩园乡兵，负勇追击，赶上前去，却中了红蜂杨豹的埋伏之计，把好几百人陷入重围。这就够吃的了，更不防丁鸿、赵迈、范玉昆等乘虚进袭，攻入八亩园街里，虽未能全部占领，却将柴火垛点着了，大众鼓噪起来。八亩园乡兵心顿时慌乱，还兵自救，放松了红蜂杨豹。红蜂杨豹、快马何少良趁势反攻，直弄得八亩园兵心不固，惨败到底。而豫军五虎营杨豹、何少良等，与江东三侠、鬼见愁穆成秀、铁秀才赵迈，以及镇九江丁鸿等，居然直赴九里山，和九里山义盟郑范，聚义会盟了。

四方会盟，重推领袖，即以郑范、杨豹为正副都头领，其余好汉全为分会会头。鬼见愁穆成秀不肯占山，仍要方游。他独自下山去了。

却是山中聚义英雄骤然增加，连原来的人已够一千六七百名，山小地狭，瞻善不足；而且邻疆还有个八亩园千顷侯的乡团跟他们作对，他们必须赶快设法，方能立足。如若不然，就要以食匮而人散了。

并且这时候，明廷已亡，闯王已散。九里山义盟已与闯王残部消息隔绝，他们的举义旗号也已有变。他们不再是“从闯王，不纳粮，”而是“保大明，抗胡兵”了。

红蜂杨豹和义盟主郑范商计：“我们现在总以固根本、立基业为要策。闯王下落不明，明藩纷起勤王，胡骑已然南下，我们必须先站住脚步，然后才好打算下一步的做法。我们现在要设法养活这一千几百人，招兵买马，聚草屯粮，大家活下去，然后才有办法了。”

义盟郑范连声说对，他们就把新旧盟友重新整编一番。仍出招贤榜，访求豪杰。并在九里山附近几个关隘，设下卡子，凡有商旅绅豪过境，他们就索讨“买路财”；收了买路财，就发给盟旗，持旗可以通行豫鄂交界方圆几百里，有人保镖。到各处刺探豪门大户，谁家囤粮，谁家积财，谁家富而不仁；探明了，就传出绿林箭，找这种财主借粮借饷，不给就抢，毫不

客气。

可是饶这样四下里张罗，依然养不住这一千多名好汉，这就因为河南全省太穷苦了。天灾兵祸交乘，良田坐荒，没人耕种，豫陕鲁三省都闹着饥荒，而且乡间农家，担不住这边南明军征粮，那边满清兵抓夫，还有散帮土寇不断出没，因此各地壮丁多半逃亡了，或者早就丢下锄头抄起刀矛来了。因此豫省原是中州故土，却忽然增添了许多荒田，待人垦种。

义盟诸豪杰见到这一层，由红蜂杨豹创议："圈占荒地，分兵屯田。"从这一千多名好汉中挑出农民出身的几百名小伙子，试行耕地；为了救急，先种红薯、蔓菁。又通告各城邑各码头下卡子的盟友，遇有流亡乡民，可以自称是大富户的管事，重金招人开垦，把流民邀到九里山来治田。有一技之长的工匠，也应照样雇来。

他们首先在九里山下试办屯田，又在豆花屯地方试行雇农开垦。豆花屯本是个穷苦山村，居民逃荒，所剩户口无几了。义盟几个首领亲到那里查勘了一回，便遣精干盟友，假扮行商，到荆襄一带，采买耕牛、种子和农具，把外招的流民和本地灾民，编甲编排，实行垦起荒田来。说起来，红蜂杨豹竟是个庄稼汉出身，对这些种五谷、种菜园子，居然样样在行。

倒是盟主郑范、登山豹杨封不知耕田，他们为了度过饥荒，也就由汪青林编成数支猎队，分上山岗，猎取飞禽野兽，既获肉食，又得皮革使用。山上很多野果，他们也轮流采摘，至于木柴，更是取之不尽。

快马何少良只会打仗，不会耕猎。大家商定，就叫他率领一些英勇盟友，把守关卡，抽取过路财；同时选出一批精强盟友，乔装负贩，到通都大邑，去采购盐铁布帛。没有盐，人是活不了；没有铁，就保不住他们的兵力。可是这一变，采办盐铁的盟友，竟变成秘密私商队了。不久，他们就组成了骡驮队和私货船。

他们挑起了"反明抗胡忠义盟"旗号，本来兵败之余，饥

疲无奈，退一步打算，才投托九里山，暂踞关山，休兵养力，以图将来大举。却是这一来，为饥寒所迫，不得不关上门找食疗饥，便形成割地自守的局面，把反明抗胡挤成了据山结义了。

他们养精蓄锐，立誓还要出兵北伐的。他们在桐柏山九里关息兵数年，聚众屯田，可以说养成气候的了。不料这时候，闯王的死耗业已访实，闯王残部多被歼灭，南明固然是南渡又南渡，终免不了亡国，最可恼的是满洲鞑子兵公然要一统华夷，把北京到南京全占领了！

而且更可恨的是，忠义盟众英雄居然也接到南京满清大经略洪承畴的檄告，劝他们也学他那样，弃明降清。弃明则可，降清怎讲？鞑子兵真就“三分天下有其二”，把华夏神州占有了吗？

义盟群雄一时也曾想，划境自保，偏安自治。可是转念一想，“偏安”恐怕偏不住！他们放出去的关卡，随时都送来谍报，讲到鞑子兵滥杀淫掠，讲到了汉人的劫难，讲到了嘉定的屠城、扬州的残杀……义盟群雄忍无可忍了，他们说：“我们应该怎么样？”

他们早就挑出来反明抗胡的旗号，现在该当怎样去做？

依了郑范，就要斩使毁书，把洪承畴派来的小汉奸杀了，传首各营，以申大义。红蜂杨豹最恨洪承畴这样人，可是斩使的做法，他认为稍拙。他要行使反间计，他主张厚礼来使，请他回去替说好话：“要叫我们义盟降清未尝不可，却是我们拥众逾万，欲罢不能；欠饷很巨，散伙不易。今欲罢兵归田，这一笔遣散费，我们筹措不出，你说怎么好？若是不遣散呢，收编降卒，改换旗号，也得颁发半年或三个月恩饷。”总而言之，红蜂杨豹对于劝降者，要敲一笔竹杠。并且拿甘言诱哄来使，“如果阁下在洪大经略驾前多说几句好话，木本水源，我们当了将军，你老兄就是监军使；我们领到恩饷，一定分给你老兄一个肥分。”

就是这样，把来使打发走了。义盟就等着南京汉奸送钱来。可是来使一去多时没消息，好像南京方面局势有变，又好像他们诈降骗饷的计谋被人识破，南京这个路子模模糊糊中断了。荆襄满洲行营另派来特使，发到檄告。这也是一路好汉，受着吴三桂的节制。檄文陈天命，讲时势，照例劝降，却要调他们离开豫南，开赴鄂北，士兵点名放饷，将校加官晋禄。这分明是调虎离山，忠义盟英雄收下来使的犒军费，拒绝了他的劝降檄文，把来使硬架出去了。

随后又来了一批招降使者，大概是从北京来的。是正副两个使者，正使者是鞑子，副使是汉人，却穿了全身的胡服，说着一口的北方话，却夹杂着胡语，意态骄横得意。说到："大清兵替你们明朝报了君父之仇，杀吾仇者吾君也。你们大明子民，感恩报德，理应归降新朝。"

义盟群雄听了，个个发怒，郑范和杨豹、丁鸿且忍耐着，打听受降条款。来使说："只要你们攻打下武胜关来，你们的官兵一律给三个月恩饷，一律超升三级。"不过头一步要请义盟先派出二将，跟随来使谒见钦差，也就是先派出两个人质，给他们做押当。

快马何少良再也忍不下去，竟用很冷酷的口气诘问副使："你到底是汉人还是鞑子？你说的话，怎么总夹带着胡言胡语？"问得副使满面通红，发起怒来。何少良突然立起身道："我看你舌头一定有毛病，割下来看看吧！"嗖的掣出刀，将副使舌头割去，这可把正使吓坏了！

郑范、杨豹拦住何少良，向正使喝道："骚鞑子休要害怕，我们不想杀你，还要借你的狗嘴传话。你们当是我们真心议降吗？我们是骗取你们的兵饷、刺探你们的情形，你回去告诉你们的多尔衮，我们中华大国人心不死，朝堂之上或有降奴，山林之中还有气节！转告你们那多尔衮，趁早滚回建州卫去！你们不过是巧借明廷的昏聩无能、叛将的丧心病狂，才得捡便宜，窃掳了燕京。你们以为内地十三省全像这么容易拿吗？你

们比大元如何？大元蒙古兵无敌天下，可是八月十五杀鞑子，到底我们翻过手来，把他们赶走。你们建州鞑子也妄想入主中原，你们将来的结果，比大元更惨。大元还能逃回漠北，你们一定死无葬身之地！你们趁早断了劝降那股肠子吧，我们汉人遍地都是杀胡手！”遂命盟友，把满清营的来使和一个从人，剥去胡服，管押着驱逐出九里关。却在暗中秘遣两个盟友，假扮作乡愚无知的小行贩，埋伏在半路。等到这清营使者和从人踉跄逃到荒郊，饥疲垂毙，四顾无援，这假行贩就用市恩计，把他们救了，不但解衣推食，又把他们引出险地，这清营使者自然感激入骨，把小贩带到身边，混入清营卧底了。这是郑范、杨豹布下的一个棋子，以备将来使用。

可是他们这一回纵使拒降，竟引起许多盟友纷纷猜议。

他们义盟最初起兵，本来是为了反苛政，抗官差。由于杨豹的主张，才借用闯王的声势，挑出“反明”旗号。现在清兵南侵，他们不该贪图小利，接见清使。他们固然是假意议降，阴谋骗饷；可惜他们几个人暗打主张，没有和盟友大家商量，也没有把真意暗中晓谕盟友。他们存心是想“保密”，结果竟弄得滋疑了。

盟友很有北方人，故乡受过鞑子兵的淫掠，看见几个首领几次三番款待清营来使，不由得犯了疑，以为义盟群雄也许看到明室已亡，清兵南攻，孤军难以自立，真个要投降胡人了。盟友三三两两议论，有人就骂道：“我们聚众造反，为的是抗明，明朝倒了，鞑子来了，我们反倒剃发辫，穿胡服，当胡奴不成吗？鞑子到处杀人放火，是咱们汉人的死对头！咱们头儿真要降胡，我不管别人，我只好落草，再不然下海投奔郑成功去！”

这些猜疑不忿之言，由盟友很快的传到郑范、杨豹耳中。杨豹着急起来，认为这是军心动摇，忙向郑范等引咎自责道：“我们起意要诓骗胡奴，不意倒惹得盟友疑惑，真不如早听斩使毁书之议了。为今之计，我们应该赶紧向盟友挨个儿解说。”

郑范道："杨兄不必追悔，我看此事很容易解说。我们应该再来一下会盟，先要明心释疑；其次博访众意，然后统合众志，宣扬我们义盟的誓约，打定今后的方略。"

杨豹、丁鸿、赵迈、何少良、杨封，一齐称是："还是大哥能见其大！"遂由郑范出令，轮流邀集全关卡盟友，前来大寨，恳谈目前大局，妥商以后大计。历时半个多月，同盟宣誓，挑明了"杀胡反明忠义盟"的称号，并写出誓词："反明惩贪谓之义，尊华攘胡谓之忠，纠众起兵，共图大事，谓之同盟。凡我同盟，誓共死生……"这是赵迈的手笔，文绉绉的四六句，盟友们只记住"杀胡反明"这一句口号，可是这也就很够了。

这时候，清兵南侵，汉奸引路，由北京到南京，尽蒙胡尘，中原河洛陷入包围，形势非常不利。但是九里关一带忠义盟群雄，率同盟友，表现抗胡之志，已然露骨分明。就在这时，义盟大寨的南面，是武胜关守将，还是拿保明抗胡、剿除流寇为号召，他自居是南明的忠臣。在义盟大寨的东隅，是千顷侯侯阑陔的绅富民团，是以拥众自保、反闯贼、拒胡骑为旗号。在义盟大寨的北方，是信阳州州城，知州马鸣远，守将毛俊，这一文一武，先后接到满清兵大管和降臣洪承畴的两份劝降书，另外也接到国姓爷郑成功的勤王抗胡秘檄，和明桂王永历帝即位南荒、秘召失陷各省义士起兵勤王的蜡丸诏书。这马知州和毛俊将军，已经数度的集会全城官绅，密议大计。似乎这些官绅都看见了"推背图"，觉得大明气运已尽，口头上有的仍要"保明"，表贺永历即位，有的要"跨海"联络郑成功；却也有的打算"降清"，只口头上不肯明说，吞吐吐骂闯贼，说闯贼刨了明皇陵，破了风水，所以江山难保。意思之间，暗指南明中兴无望。有的就说："满清兵占据这里了，满清兵占据那里了。"意思之间，暗指清兵太强，除了投降，别无好道，却到底不敢明说降敌。议论到归结，还是举棋不定，多半官绅存着"天塌了，有高个儿顶着"的心肠。他们要暂看风色，以

观“天命”。他们似乎毫不理会：抗胡救亡，是切身利害，人人该当奋袂而起，决计观望不得。观望就是投降，观望就是延颈等待屠戮！

他们文武官绅大会的结果，没有起兵勤王，没有起兵驱胡，他们仅仅停止了剿贼清乡的部队，却撤回来按兵守城，把四乡和辖县全置之度外。他们似乎是等待清兵完全勘定了中华，他们就哭丧脸献降书，做顺民；或者是南明北伐成功，桂王或郑成功统兵入豫，他们就欢天喜地递表效忠。知州马鸣远是东林党，还真清流，他可是秘密的把家眷送回原籍了。都督佥事毛俊毕竟是武官，为了守土有责，他就不断发出探子，刺探外郡外县已沦陷的敌情兵力，和未沦陷的职守情势。

都督佥事毛俊，是新调到信阳州的一员武将，原本是南阳镇的步军总教头，步下技击很精，骑射功夫却差。他出身富家，为人慷慨好友，挥金如土；他是自少习武，中年从戎，实在说起来并非大将之才，只算是草野间一个剑客，一向以闯江湖、保镖、游侠为乐，从来没想到捍边守土，从军打仗。南阳镇总兵官杜思永和他有私交，重金聘他当了全军的步兵总教头，住在杜总兵的内衙，暗带护宅，以后遭逢“国变”，福王在南京称尊，南阳杜总镇力保毛俊武功精强，材堪大用，把他叙在报捷的保案内，得了守备，游升信阳守将。

毛俊虽做了一方守将，仍是信爱自己的金镖鬼头刀。训练本标士卒，也只是侧重劈刀、击剑、投镖、掷石，全是游侠儿的技术，对于刀盾队、花枪、弓箭手、火枪手，以及骑射、战阵，一切用众会战等兵法，他漫不留意。他对大明皇室，矢忠矢勇。对闯王宛如一般士论，是切齿痛恨着的，他以为都是这帮流寇，才断送了大明江山。他并不推想流寇是怎样起来的，他以为清兵入关，绝非骑射之力、善战之功；那实在是抗敌良将熊廷弼、袁崇焕无端的遭到冤杀，而降将洪承畴、吴三桂无耻降敌，才替胡骑开了路。

第十六章

升平治世龙蛇混杂
胡虏当前忠佞立分

这样看，毛俊是看不起满清八旗兵的战力，也痛恨向清投降的汉奸的了；可是他心上隐隐的别有一层不可告人的顾虑。

毛俊是北方人，祖籍直隶宣化府，拥有良田数十顷，还开着骡驮行，经营西口货，在当地堪称首富，声闻口北。他本人行三，他的大哥、二哥仍在故乡当绅士，现在可是沦陷在敌手了，受满清统治，已非一年。只有毛俊三房一支，早就宦游中原，他的妻子现时就在信阳州城以内。

自从宣化府沦陷胡疆以来，毛俊的胞兄毛大爷恋恋家财，怕死偷生，就不得已投靠了宣化府一个旗人，把自己的良田割去一大块，报效给旗人，分润了一些给替胡人当翻译的两个流氓；同时他的骡驮行也捐献给八旗营做军用。以此献产买命，毛大爷便做了大清国治下的一个小官了。清吏和汉奸们也提到毛三爷："他哪里去了？"那时候清兵刚占据宣化大同，北京城还在闯王治下，河南省义民蜂起，政令总还算属于南明，满清、闯王、明福王，这就把中土割成三截了！毛三爷那时是福王驾下称臣，故此出仕满清的毛大爷就惴惴的向大清官吏表

说：“舍弟携眷南游，久无消息，存亡莫卜了。”又长叹一声说，“闯贼这么闹，流寇这么多，恐怕舍弟性命早就不保！”似乎是毛大爷捐献的资产很不少，满清官吏已经趁心，就笑了笑说：“如果他还在，把他叫回来吧。”说过也就算了，当时并没有深究。

这情形毛俊并不知道，后来，就在毛俊由南阳镇步兵教头荐任守备的时候，宣化府故乡忽然来了一个本家，传来秘札，是毛大爷重病垂死时写的遗嘱，上面说：“只为保家护产，降为胡奴，惧不投袂南奔，追悔何及！侧闻新君即位南京，兴复可望。深冀吾弟忠君报国，力图匡复，为先人雪耻，为故君复仇，无以家为念也。”

这封信到达毛三爷手中的时候，福王在南京的小朝廷早覆灭了，毛三爷却由守备升任信阳都司。那送信人对毛俊说到眼下的家况。大概是宣化府毛家户大，人多，产富，深为踞高位的鞑子所注视，要利用他；也为居下位的鞑子所羡妒，要陷害他。毛大爷屈节出仕，捐产媚胡，想必有不得已的苦衷。可是降胡以后呢，依然受着意想不到的凌辱，依然是把身家性命放在毫无保障的境地。毛大爷大概很怨苦，而毛二爷似乎很幸运，细情不得知，只知毛二爷他老人家正率同子侄辈，专心一志的学习满洲话，似乎是尝到当胡奴的甜头了；再不然就是真正的看到了秘本推背图，相信“胡鞑方张，明室必亡”了吧！

毛三爷接到秘信，听到两位胞兄的糟心作为，正是一霎时亡国之恨、丧家之痛交迸，那么毛俊对满清鞑子，自然是不甘心低头的了，也就是他不能说没有忠心。但等到信阳州官绅大会商议战守方策时，多半人进疑不决，毛俊顾虑到陷胡的故乡和降胡的手足，不由己的也跟随别人同样迟疑不决了。

时局紧迫，不容人迟疑不决。在河南通省陷于混乱状态的不久，紧跟着满清八旗兵开到许州和洛阳。旗营主将似乎就拿许昌、洛阳为经营河南通省的两个据点，从这里派兵点将，分徇各城，伴随着武力，还有新委派的地方官和安民劝降专使。

乱世人命不如鸡犬，鞑子兵恣情焚掠，各县人民纷纷开始逃难。信阳州是豫南咽喉，情势骤然吃紧。那满清大营派出来的信阳州知州，名叫什么全福，由一个鞑子兵官护送着，来到了信阳州北境。自然他带有译员和引路的汉奸，就利用汉奸，又来驰檄劝降了。

信阳州此时朝命早断，外援已绝，州标兵早就退守孤城了。清营使者率一小队人，前来叩城投书，依然还是那一套说法："我大清仗义出师，先礼后兵，该城官绅宜速归命。三日不降，即行攻城，城破即行屠杀……"末后就举扬州嘉定为例。阖城文武官员更和绅宦人等十分惊惶，一面闭城固守，一面议论是否迎降。迎降的气氛已然很浓了，据密报，邻郡许州就是迎降的。

知州马鸣远邀集同寅和乡绅，把清兵已临州境、专使驰书劝降的话对众说了一遍，跟着就把守城之责，推到本城绅士身上，他说："鄙人报官本州，毕竟是客籍人，任满是要走的。现在敌兵临境，战则守土尽忠，降则保城免祸，这关系着全城七八万民命，还是请诸位绅士们断一下，鄙人无不听从。"

毛俊听了这话，眼望绅士们，冷笑着一言不发。他一向跟州官不和，那些绅士们见州官推诿，守将负气，也就左顾右盼，不但拿不出准主见，也不肯说出真心意。沉默良久，时不容缓，马知州又催问了几句，那信阳州著名的袁、赵两家豪绅，就又曲曲折折讲出来拒降各城失陷后的屠戮之惨，显见他们是保家恋产，主张趁早献城。甚至他们原原本本说出议和的门径和条款来；所谓议和，当然就是议降了。他们照旧又讲到大明天禄永终，大清国运方隆。这样一讲，惹恼了州城内退职闲居的一位老主簿邓友松，还有那年少英锐的州同谢天恩也被激怒了。一老一少抢着发言，谢天恩声色俱厉的说："诸位同寅，诸位父老，常言说：危事不曲，当仁不让。兄弟我官虽小，年虽少，我不能不表白我的拙见了。我们全是读书人，我们读圣贤书，所学何事？尊王攘夷，种族大义，我们难道不

知？固然今日朝命已断，大明半壁河山已经支离破碎；可是我们食毛践土，尽是大明子民，我们难道忍耻偷活，投降胡虏，甘心做鞑子的奴才？今天事危，我们不客气说，州尊年老多病，方寸已乱。但是治世重文，乱世重武，我们这区区信阳城的存亡安危，要全看毛寅兄的了。你是本城守将，你实在是责无旁贷，你不要一言不发，低头沉吟，你要等候谁对你发号施令呢？你要明白，全城士民，以及各位同寅，正是要等候你发号施令呢。来来来，你快把你的拒降、守城、杀胡、报国的大计拿出来，我们大家情愿共推你为信阳州……不不不，应该从今天起改为信阳镇，我们大家公推你为信阳镇杀胡保国招讨将军。我们大家一体结盟起义，布告远近。我们头一步就该把投檄劝降的清营来使杀了祭旗，我们就大会全城父老商民，筑台拜帅，请毛寅兄为我们的盟主元帅……”

谢天恩侃侃而谈，须眉贲张；那退职老主簿邓友松听到激切处，也就眉飞色舞，啪的一声，把桌案一拍道：“对对对，谢老爷高见很对！我们不幸生逢乱世，再不能拿承平年月那种循规蹈矩的做法来应付时艰了。我们眼前之事，正像东汉末年，天下大乱，各州牧郡守起兵声讨董卓，共推袁绍为盟主，今天时势恰和那时相当，正是忠臣效死、英雄立显之日。我们信阳州地方虽小，拥有数县，也足以建功创业。现在各县义民纠众抗胡的很多。我们不该再像从前，把凡是啸聚山林的人都当作乱贼。为了尊王攘夷，我们应该结纳他们，跟他们联兵。不但对据地抗胡的一般绅民应该刮目看待，就是那些闯贼的残股，照本朝王法说，诚然是反叛，是逆贼；然而今天时势不同，强胡压境了，王朝已覆了，我们就该联合他们，一同守土拒胡。此外还有一些郡县，跟我们一样，既未秉受唐王或鲁监国的朝命，也未与国姓爷郑成功通使，也不曾献城降清，只是乱糟糟的坐等吉凶，我们应该火速通使，承制颁给他们恩命，把他们全收揽过来，勿分畛域，一体勤王抗胡。顶要紧的，是不要争正统，凡在南明称尊号的藩王，我们都拥戴他，千万不

要妄分正僭，自相残杀。至于邻封各邑，已经投敌的，正打算投敌的，我们应该传檄号召他们反正；不肯反正，我们就出兵攻打他。我们应该有据一州以经营天下的宏图。我们担起兴亡重任，不要自轻自馁。不过刚才谢老爷推举毛将军，乱世重将，固然很好，区区不才却以为州尊乃一州之主，我以为我们还是公推州尊为勤王抗胡的统帅，执掌治民理财整兵留后的全权；毛将军可为副帅，兼先锋使，专主用兵。这样文主守，武主战，两面都顾到了……”

州同谢天恩，退职主簿邓友松，一递一声，慷慨陈词，说得那安心纳降的人张口结舌，而意存观望的人却被激励起勇气来。当下就议定：赶紧布置起兵抗胡勤王。决于三日内，在文庙筑台拜帅会盟，届时就树起信阳镇勤王义旗来；当下并决定把那清营劝降来的使者用好言款待，暗中软禁起来，届时要借他的头祭旗。

这样，信阳州拒降之议已然决定，毫不动摇了！

哪知官绅散场，夜幕罩下来，黑暗之中，鬼祟悄悄蛊惑。只隔了一晚上，大局又骤然变了卦！

知府马鸣远左思右想，认定强胡压境，乱贼四起，大明兴复绝望，今日之计，不宜捐躯报国，只可明哲保身。于是他有良心不肯当秦桧，他也没勇气作文天祥，他为自己选择了谢叠山、郑所南的路途。他却是忘了谢叠山乃是兵败力尽之后才归隐，郑所南更是两手握空拳的没出仕文人，他们并不是守土有责的现职地方官。马知州很怜惜自己，他不肯当降奴，他就挨到次日，悄悄的挂冠微服弃城离职而去。等他走后，他的亲近侍者才把一颗知州印信和一封留别书，给都司毛俊送了去。那时，马知州已然走出一百里以外了。

留别书就借口州同谢天恩那天的议论，既然公推毛俊将军为元帅，知州衰老无能，乱世轻文重武，理合退避贤路，把兴复大业全搁在毛寅兄身上，这最好不过，“小弟今后唯当黄冠采薇，为故明亡国之遗老耳。”自以为独善其身，可保忠狷，

其实他无形中已认定明室必亡，大清必然入主华夏了。

他就这样走了。

那信阳守将毛俊呢？到了文庙登台拜帅的那一天，突然称病不出。“献城”他不肯，“抗胡”他也不干了！

毛将军在那天官绅聚会的傍晚，同归私邸之时，竟有一个很面生的人跟踵前来投谒。这人带着毛将军旧东杜总兵的一封信，杜总兵现在早已降了清，信中内容不言而喻。并且信阳州城的两位豪绅也跟清营秘密通了款。毛将军的故乡沦陷胡疆，那边尚有毛将军两位胞兄，已然出仕清廷，这情形不知怎的，竟被豪绅袁锡林晓得了。现在袁锡林决计做汉奸，就拿这个来引诱毛俊，来要挟毛俊，请他“识时务者为俊杰”。倘若识时务，则高官得做，骨肉得全。倘若不识时务呢，袁锡林就威吓毛俊：“时机不对了，咱们的兵心民心全变了，你不献城，别人就要献你了。”

袁锡林特别道破一点：说是开近州境的清兵虽只三百铁骑，可是清兵大营正拥有数万雄师，驻屯许州。信阳州如肯纳降，全城文官一律升官晋爵；倘或称兵拒降，大清兵数万三五日内必到，“人家却是兴王开国的锐师，不像咱们明朝的败残之兵，一战即溃啊！”随即秘劝毛俊，杀了州官马鸣远，提头献降，一定可以封侯拜帅。那杜总兵的劝降书，也说的是这一套，“军心不固，叛降者滔滔皆是；吾兄难欲尽忠，须防部下卖主将而投强敌也。”下面就举了两个例。最后便说：“降则手足同事一君，抗则徒死无补于大局。”

汉奸袁锡林露骨劝降，似乎很胆大。但因袁锡林、袁锡朋弟兄在信阳很有势力，在北京南京又很有门路，一向结交官府，手眼通天，信阳州的文武官全得买他的账。孟子说过：“为政不得罪巨室。”毛三爷做了官，就懂得做官的诀窍。这一回袁锡林夤夜劝降，双方正是屏人秘语，彼此设誓要“开诚相见”，谈的话约定决不外泄。袁锡林翻来覆去的劝毛俊献城，最后又现身说法，讲到他自己：“投降则在小弟是全躯保命，

在你老兄是升官发财。人家大清国实在是应运而生的真命天子，八旗兵虽然有点滥杀，乃是我们不早投降之过。自来新兴帝王，必须要保全顺民，决不会把人种杀绝了，做光杆帝王。现在人家大清圣人正用得着一批从龙效顺的人物，要投降就得抢先，晚了就摸不着吃头份了。咱们俩应该合起手来，大清八旗营中，我有许多满汉显贵朋友……”

毛俊听了这些话，皱起眉来，他仍然不愿得罪巨室，对袁锡林的话也不面驳，也不立诺，只说小弟要细细想想，一切明天再讲。袁锡林又叮咛了几句，在夜影中悄悄告辞走了。

毛俊不住的摇头、吁气，心中麻乱起来。他看不起袁锡林这种为虎作伥的天生汉奸，他也看不起知州马鸣远这种风尘老吏遇事猾退的做法，他又看不起谢天恩那么少年鲁莽。那么他愿该怎样做呢？嘻嘻，他不知不觉，陷入了不战、不守、不降、不走的境地了，他不知不觉的还是拖！

“矢忠抗胡，殒命徒劳；献城降敌，终身蒙耻！”

毛俊将军咄咄书空，愁眉不展，在私邸客堂走来走去，心如油煎。亲兵站在阶下伺候着，毛俊坐立不宁，耗过三更。桌上书本下藏放着杜总兵的劝降书和袁锡林的献城条款。却是州同谢天恩、退职主簿邓友松的慷慨神情，以及守士殉城的誓词，宛然仍在目前耳畔隐现。

他默想，降了胡，骚鞑子趾高气扬，拿汉人不当人；而自己便须低三下四，自称奴才……

他默想，拒降而胜，出师劝王，连战皆捷，立下田单存齐的奇功，成为大明中兴的名臣……忽在耳边，恍惚有人低低示警道：袁崇焕剐了，熊廷弼传首九边。汉高祖灭了项羽，就诛彭越，斩韩信。本朝太祖高皇帝统一中夏，便杀了胡惟庸、蓝玉，吓死徐达。既以天下为私，必以大功为罪……

毛俊将军不禁打了一个寒噤。这些话原是一个闯将传檄邀和的警语，原是劝毛俊不要效忠明廷，当助义民除残去暴。这些话却在此时激动了毛俊，不啻兜头浇了一盆冷水！

毛俊顿足长叹了一声，闷闷自语道："我该怎么办呢？"

这时候，毛太太在内宅久候丈夫归寐不到，连遣使女催请不来，她就亲自出来了。客堂之中，夫妻见面谈话，就又讲到"献城"或"拒胡"的利不利，竟不问该不该。毛太太"妇人之见"，短见怕事，劝丈夫最好跟着知州走，知州是一州之主啊。却是她也还是以当胡奴为耻，她劝毛俊弃官退隐了也罢。毛俊苦笑了一声道："你不懂得，兵临城下，文武官弃职而逃，其罪当斩啊！"

的确是的，按国法，地方官弃城而逃，罪名是很重的。却不料紧跟着马知州的亲信悄悄的送来了知州印信和留别书，马鸣远公然以南奔桂林行都献表劝进为由，推请毛俊为城主；他倒不畏罪，他倒先跑了！

这一下给毛俊将军一个不轻的刺激。素称优柔寡断的马鸣远，他倒见机而作，抢了先步。"他能抢先，我毛俊反倒落在他呆翰林后头吗？"

马知州的微服出走，刺激得毛将军夫妻马上打定主张，那就是："你会走，我也会走！"头一着，将军毛俊闭门称病，暂不归营。第二着，潜行改装，换穿衣行衣靠，施展飞檐走壁之能，越城出去探道；同时贤内助毛太太忙着捆细软，收拾行囊。第三着，那就是"无官一身轻"，将军毛俊要负子携妻，飘然远引。

于是，马知州的抢先出走，毛都司的打点出走，影响所及，造成了信阳州的突然混乱，帮助了投降官绅献城迎敌的荣宠第一功！

他们俩一文一武，一个是微服弃职，一个是避不出面，做得自以为很机密，他人不知晓；哪知道不到一天，全城官民影影绰绰都觉察了，人心士气全耸动了。

人心惶惶，讹言百出。

谣言传说：

"马知州逃了，

毛俊都司遇刺了。

本城某某大姓已跟清兵通款了!”

商民各户惊扰号呼，走投无路，州城四门已然紧闭，想逃难是不行了，晚了，出不去了。

更不幸的是，城内无主、文武官已逃的消息，不知怎的竟很快的传到州境敌人那边去了。清营所派的信阳知州全福，携同迎降的豪绅袁锡朋，率领八旗营三百名骑兵，火速的开到城下。幸而守城的小武官和防卒还知道忠于职守，他们慌忙放下千斤闸，慌忙登城拒守，慌忙驰报州尊和主将。却是外面胡骑已然耀武扬威，列队在护城壕桥头边，大呼小叫，喝命献城!同时在闸厢放起火来，连发响箭，射入城中，箭上缚着“大清国摄政王亲命信州正堂全”的告条，很严厉的写着几行字，是“仰尔全城官绅商民人等，三日以内献城，如不即行纵兵焚屠，勿谓言之不预也!”是很通顺的汉文，不是胡语满洲文!

这可真是兵临城下，文武守臣失职，投降劣绅丧心，信阳州大劫难逃了!却是民族正气依然存在，头一个便是州同谢天恩奋袂挺身而出，他一获到知州微服出走的消息，大惊大怒之下，立即奔至正衙，传集全衙中吏员皂隶丁壮，先向他们敷陈种族大义：我堂堂华胄，应该誓死守城拒胡，斩头沥血，不做降奴。随后又说出清兵的残虐和城陷的惨祸，劝大家勿作迎降之想。跟着就问大家，愿意跟我谢某同生共死的，请留衙中，只想全躯保命的，请尽管散去。

经谢州同这一番激劝，衙中竟有百十人应声而起，“情愿听谢老爷指挥，跟清兵背城一战。”

谢天恩大悦，立刻命人打开兵仗库，把兵器分给众人。然后派出数人，巡街鸣锣，号召全城年富力强的壮汉，为了保家救命，赶快来州衙投效请领兵器，登城抗胡。又派出数人，去催请本城绅士，赶快出丁，捐粮、捐饷，助战，助守。更派人去知会防营官兵，火速整队备战。最后他便率领一拨人，亲找毛俊家劝驾，求他以大局为重，扶病到文庙，登台挂帅誓师。

谢州同去访毛将军，当然扑空。毛将军称病不出，其实他本人早不在营中，也不在府上；他秘密的另有去处，只有毛太太知道，却不肯说出口。在毛公馆客堂上，谢州同再再追诘，请毛太太说出地名来，好派人去找。毛太太无可如何，方才嗫嚅道："他出城看病去了！现在鞑子兵忽然围城，把他截在城外，想必是回不来了！"

谢天恩不觉动怒道："这叫什么话？敌人兵临城下，军务万分吃紧，怎么毛寅兄倒擅自弃职离营，私自出城？他他难道……不怕国法，不畏士义？"毛太太也变色道："国法？士义？这个得请示州尊，马知州是一城之主，谢老爷你可以找他去，叫他找我们老爷去！"谢州同恍然大悟道："哦，我明白了！大难当前，那就各从己志好了！嫂夫人请转告一下，我们同事一场，请他务必对得起自己的良心！"愤然拂袖要走出毛府客堂，这才觉察出毛府乱糟糟，颇有"凛乎不可留"的要出走的气氛！谢州同哼了一声，忽然毛太太追了出来，命亲信把一包东西递给谢州同说："这是昨晚州尊送来的，外子未出城之前，本要面交谢老爷的，现在就请谢老爷拿去吧。"

谢州同打开一看，是知州印信和留别书。谢州同微微一怔，旋即仰天大笑道："好好好，文武二吏，萧规曹随。这倒要看我谢某的了。"头也不回，奋步走出毛公馆大门，策马赴衙。半路上碰见了徒步而来气喘吁吁的退职主簿邓友松，和几位力主凭城拒胡的本城士绅。

这些士绅听到知州挂冠弃职的谣传，还不敢信实，就依据那天官绅会商的办法，特来敦请公推的全城统帅毛将军，为全城八万生灵作保障，登台拜帅誓师之后，立即提兵出城御胡。城外胡骑并不多，他们还没有把全城四面合围，现在出击正好。他们士绅就联合起来，推邓友松领头，到大营去请毛将军，营门伍长说都司老爷有急病，没有到营，他们这才转向毛公馆来慰病来促驾了。

邓友松一见谢天恩，就大骂豪绅袁锡林、赵亚铭。他们两

家大姓，共有家奴百数十名，若能授兵授甲，足可用他们杀胡御侮（防御闯将的时候，袁府家丁就这样做过，挑出七十多名壮丁，登城助守）。不料他们两家，当强胡逼城的今日，竟也闭门谢客了，只叫家丁护宅，不肯助军拥城，“他们太混账了！”邓主簿气得不得了，他哪知道，袁赵二家别有诡谋，他们夤夜密议，准备着迎降清兵和新知州。他们把顺民旗做好了，还做好了什么正黄旗、镶黄旗，跟八旗营一样的军旗！他们秘密的集合百多名家丁，授给武器，还没告诉怎样打、和打谁。他们要抓一个机会，里应外合，袭击抗胡的队伍，迎接东海新兴圣人大清国的“义师”，迎接“为明报仇，声讨国贼”的入关义师，迎接“占据了北京到南京，擒杀了偏安一方的明藩王，并吞了全明疆土，不止不休”的满洲“义师”！他们只求他们两姓的身家性命田产财势能保住，他们更热心的迎接新主和新的荣宠！

在当时，他们的无耻，邓主簿想像不到。邓主簿只骂他两家临变退缩，不识大体，护家而不护城，短见得可恨罢了。邓主簿叫不开“闭门谢客”的豪绅的大门，碰见了谢州同，就一面诉说，一面询问马知州出走的准信；一面仍要一块去请毛将军扶病出头。

谢天恩冷笑摇头道：“毛将军也不见了，现时在他公馆的，只有他的太太和一家丁！”

邓主簿骇然道：“毛将军哪里去了？他不是病了吗？难道说他也追纵知州马鸣远，弃职弃城，一走了事吗？难道说他连妻子也丢弃了，独自一个人偷跑，比知府还脆弱吗？”

谢州同道：“反正他没在家，也没在营。听他太太口气，似乎和陈婴母子一样见地，是不为福首，也不为祸先的，他大概不肯做我们守城抗胡义军的统帅的了！”

绅士们齐声惊呼道：“胡骑开到城下，他是武将，他不肯做，谁做？况且马知州又先走了！”

州同谢天恩厉声道：“他们文武大员全走了，不要紧，还

有小弟我，我，我！”“好，好，好，我们公推谢老爷为我们一城之主，执掌全城兵、民、战、守大权！活，我们活一处；死，我们死一处！”绅士们失声的喊起来了。

“我献议，我们再推邓大爷给谢老爷做帮手。”这是一位烧锅掌柜说的，大家立刻说好。“就推邓老前辈做副帅，二位正好一个治兵备战，一个理民兼筹饷。”

退职主簿邓友松刚要推让，立刻想到这不是推让的时候了，他就慨然大声说道：“邓某年衰力弱，可是时至今日，义不容辞。我们今日生死存亡，或战或降，为荣为辱，为忠臣，为降奴，全靠良心上自作主张，丝毫不容勉强，我们大家还是往文庙去歃血会盟！”

大家刚说好，谢天恩正色叫道：“不然，不然，会盟则可，至于或战或降，诉之良心的话，小弟切切不以为然。我以为我们信阳州官民人等，一定不做降奴，也不能不许做降奴；谁要做降奴，谁就是反叛，反者必诛，通敌者定杀无赦！我们要厉行军法，凡摇惑军心、守城不力者，一律以通敌论，格杀勿论！诸位父老以为如何？”

“对，对，对，谢老爷真有统帅之才，我们就马上去到文庙誓师去吧！”

一个吏员献议道：“我们官民万众一心，在文庙创义抗胡，应该先挑出堂堂正正的旗帜来，才好号召全城志士前来投效。既然公推谢老爷、邓老爷为首，也要建起二公的帅字旗来，叫大家全明白。现在绣制帅旗来不及，不妨先写一下。咱们工房唐书办写的一手好魏碑，应该找他赶紧写出来，还得买几疋红黄绸子。”一个胖绅士现开着绸缎店，就说：“不用买，我捐献一疋红绸，一匹黄绸。”工房唐书办踊跃说道：“我立刻去写。写什么词呢？回衙写，还是到文庙写？”邓主簿道：“不必回衙，柳秀才的信宅，就在前边，他也写得很好，我们可以就近到他那里去借笔砚，一面烦他帮写，一面商量词句。”唐书办道：“是不是还要出告条……”

谢州同忙道："当然也要出告条，你们几位所见都很对很好，这不必细琢磨，我们各展所长，分头赶办好了。总而言之，以速为妙。你们几位专管制旗帜告条，我们大家先奔文庙。王头、孙头你们沿路鸣锣集众！"

于是，唐书办、柳秀才等，就用杏黄绸、大红绸，写出了几杆大旗，头两杆旗上写着"大明信阳镇尊王攘胡守土保城救民驱虏三军司命兵马大元戎谢"和"副元戎邓"，另外还写了红、黄、白、杂色的大大小小的旗帜，有的写"杀胡自救，守土全忠"，有的写"招募义勇，保城御胡"，有的写"忠臣义士盍兴乎来""投效壮士请到文庙"，更有的写"降胡必死，通敌必诛""斩获一胡虏，赏银三百两""告发汉奸敌谍者重赏"。那"招募义勇"的小旗子格外多，这是预备派隶役瓦夫鸣锣持旗巡街招兵用的。另外还有一些简短的文告，也都说的是"守城所以图存，献城反招屠辱"的话。

这里几个人忙着造旗帜，写文告，那谢州同一行大众，就浩浩荡荡，扑奔文庙。一路上大街小巷，很有些商铺关门上板，住家拴门闭户，充满了一派乱离之象。可是人在围城中，依然要过活。上了板的商铺又开了半扇门板做生意，拴了门的住家又放出人来买柴米油盐。街上行人见少，走路的惊惊忙忙，你看我，我看你，各从眼神中刺探吉凶。谢天恩这一群抗胡官绅蜂拥而来，街两旁的老百姓有的就远远跟随，要看着他们上哪里去——谢州同竟忽略了招呼这些百姓，然而，百姓们反倒感召了他！

谢州同、邓主簿或骑马，或坐小轿，走到十字路口。十字路口聚集了一大群人，正有两个市井汉子粗着脖颈，瞪着眼睛，在那里大声疾呼，呼喊士农工商全起来抗胡！

那一个黑瘦敞衣汉子，像个难民，是本城烧锅新雇的挑水短工，正在拼命大叫："列位乡亲，大叔，大哥！我小子叫刘二虎，我是从山东徐州府逃来的，我的爹给鞑子活活打死了，我的女人叫鞑子抓去缝军装，从此没了影，听街坊说，叫他们

卖了！我的妹子，才是个十七岁的大姑娘，东藏西躲，好容易逃出来，叫鞑子看见追上，一头跳到河里去了……连死也不叫你死干净，他们打着地面上的人给捞出来，先糟蹋，后来赤着身子开了膛！我一家大大小小十多口，我们守着产业，过得好好的日子！鞑子杀来了，我们城里不要脸的官绅卖国求荣，开城迎降，一仗也不打，就把鞑子迎进来，宠得他们看不起咱们中华人，任意奸淫烧杀，大放抢三天！我们一家大小十多口，死里逃生，只剩下我背了老娘，逃到你们贵地。我的老娘头半月死了，我只剩了光杆一条，我把鞑子恨死了。我们千万千万不可献城！徐州府就是献城吃了大亏，投降的地方，老百姓全都受了大害，我刘二虎一家大小就是榜样！乡亲们，我们越怕死，越对付着求活，越活不成。我们只有一招，守住了城，跟鞑子打，跟鞑子拼。鞑子他们不成，他们人少，离咱们这里远。他们好几千里跑来欺负咱们，抢劫咱们，他们就全靠装熊唬人，全靠巧支使汉奸。只有咱们齐了心，合了心，关上城门不投降，跟他耗下去。他们耗不过咱们，迟早要走。他一走，咱们就追，杀他一个痛快！”

听众听得直了眼，另外一个外乡人应声道：“这位大哥说得对，我知道献城投降的害！献了城，鞑子们进了城就横行霸道，一家养一个鞑子，他们住在老百姓家，赛过活祖宗，专糟蹋妇女。我舅舅家就……他们简直拿人当畜类，逼得你死活不得。我们只有一条活道，千万别献城，要大家拼死命守住城……”

一个人反诘道：“城里人守住城，跟鞑子耗；我们城外呢？乡下人怎么办呢？”

刘二虎身旁一个粗汉抗声道：“乡下人比城里人更好办！大队鞑子来了，俺们乡下人就往山林野地跑；小拨来了，我们就捉住他们活埋。你们没经过鞑子们的扰害，嗐，他们简直混账透了。鞑子们勾着奸细，占了村庄，就要鸡要猪要牛要羊，要姑娘，逼得妇道们跳井上吊！汉奸们引着他们做坏事，没有

汉奸，他们摸不透底细，不敢进村。进了村，糟蹋的不痛快，就放火烧房烧粮。俺们那里受过害，把人挤红了眼，一见鞑子来了，全都跑了，把整个村子奉送给他们。到了夜晚，俺们年轻小伙子摸回来，报仇雪恨，就往土炕上摸小辫，凡是编辫子的，不是鞑子就是假鞑子真汉奸，我们就给他一切菜刀……你们打听打听，鞑子全不敢下乡，他们只会攻城，吓唬城里人，吓唬绅士财主。”

听众立刻愤然道：“我们城里人也不是贱骨肉，我们但凡有一口人气，也要保全我们的父母姐妹和妻子，我们不献城！”

“对，我们跟鞑子打，跟鞑子碰！”

“我们要跟鞑子碰！可是怎么碰呢？”

“我们大家赶快找衙门大老爷，快找军营大老爷。我们跪求他们老爷们拥城拒胡，我们情愿效力卖命！”

“对，对，我们走！”

“可是，我听说州官大老爷挂印逃走了！”

“没有，没有，那是奸细造谣！”

“不是造谣，是真情。我们舍亲就在衙门当差，听他说现在是由谢老爷做主，谢老爷打开兵仗库，正在给壮丁们散发刀枪弓箭，愿告奋勇守州城杀鞑子的，可以到州衙跟文庙去投效！”

“嘻，不用上州衙了，这不是诸位大老爷们全来了，我们迎上前去吧！”

果然州同谢天恩，退职主簿邓友松，蜂拥地行经十字路口来了。

刘二虎，他是徐州府逃来的市井小民，因为身受胡患，害到家破人亡，现在是给信阳城酒店做挑水短工。那粗汉曹小春，他是开封府乡下逃来的庄稼汉，鞑子们占据了他们曹家庄，挑取曹小春当伙夫，当着曹小春的面强奸了他的妻子。他忍不住了，他当场挥菜刀，杀死两个鞑子、一个汉奸，弃家冲出来了。他的田地、家业，骨肉、亲丁，不用说，都变成了劫

灰。他对侵入中原的鞑子，恨入骨髓。为了报仇，他当过闯将部下，旋被“官军”击溃。

他只身逃到信阳，一面觅食糊口，一面逢人骂鞑子兵，劝人不要投降。他和刘二虎两个壮汉，现在就大呼小叫，上前拦与投效杀胡。十几个穷汉和贫苦的小贩，因闭城断了生活，尤其怨恨城外的胡骑，他们一哄而上，也跟着刘曹二汉来告奋勇。

谢州同大笑道：“好好好，你们都要投效杀胡！由此观之，义民志士遍地皆是，只在我辈士大夫正气感召，而善用之耳！快鸣锣聚众，鸣锣聚众！大家一齐上文庙！诸位父老愿倾满腔热血，为王家保国土，为自家保身命者，请随下官来盟誓出征！”

于是谢州同下了小轿，立委刘二虎、曹小春为记名千总，把其余投效的义民也都激励了一遍，大家就一齐步行前驱，直奔文庙。

却是这信阳城官民，此时竟暗分三派。谢州同这一帮“抗胡”义士，赶到了文庙，叩拜至圣先师孔子，叩拜大明太祖高皇帝朱元璋的灵牌。跟着官绅登台、歃血、订盟、誓师，慨陈抗敌守土大义。跟着竖起大旗，推定将领，派出许多人，打着杏黄旗、大红旗，鸣锣四出，宣讲誓死守城，并招募义勇。

另外有一帮人“惶惑不定”，那就是本城防营的官兵。都督佥事毛俊闭门称病不出，他的部下士卒当然大感惊诧，弄得讹言纷起，军心骚动起来。经谢州同、邓主簿一再派人催请所有营官莅盟，只有记名守备邢昌彦、千总叶良辅带四十名小队，替毛都司赶来文庙，参与这场文武官兵绅民创义守城大会盟。

其余很有些官兵，蠢蠢摇动了！那就是本城第三派力主“献城”的劣绅袁锡林、袁锡朋们，暗中鬼鬼祟祟鼓动，很有些兵油子受了蛊惑。袁锡林甘心降胡，早就秘密收买防营官兵，预备清兵开抵城下，就在城内制造兵变，乘机献城。据说

清营许给他封侯，他就也拿高官重利，贿买防营兵弁，如果临敌不战，开城迎胡，就升官三级，饷发半年，另外还有许多好处。所谓另外的好处，却最歹毒，他竟潜许给防营兵卒，“大清兵进城之日，也准许你们跟随旗营，大放抢三天。除了插顺民旗的户头，那是迎降新贵，当然动不得；此外寻常人家，所有的财帛女娘，都由得你们性儿取乐！你若编入旗营，还可以跑马圈占民田，那更阔了！”这一下厉害，把很多的营混子、兵油子，不以宗国同胞为念者，都煽动了。

当此危发千钧之际，谢州同、邓主簿已经在文庙誓师就任信阳镇勤王抗胡义师统帅，并已将全城抗胡义士，无分官绅兵民，都统摄起来，大家“通功易事”，把设防、出战、筹饷、安民、搜间（除叛）等重大军务，各委专人司理。他们刚刚草创就绪，便获得隐名绅士的告密，道破袁锡林等谣惑军心、阴谋献城、保私产、邀新宠的密谋。

这时候城外清兵不过开来了铁骑三百名，屯扎在北门外，相信明朝吏卒早无固志，而且他们很有把握的等候信阳献城。城里的老百姓摸不清敌兵有多少，劣绅袁锡林等夸大其词，极力替胡骑张目，把三百人说成三千。可是勤王统帅谢天恩早据探报，并询据北郊难民目睹情形，获知清兵的大概数目；他正准备选勇将，选先锋死士，出城夜袭敌兵。其实以目前实力论，城中兵开城一战，足可把清兵全军歼灭，但是受了劣绅替敌张目的影响，难以探明，仍不敢相信清兵仅仅这么一点，谢州同不能不审慎。

不料就在这时，死士虽已有一百五六十名自告奋勇，勇将还未以选定；他突然接到告密，获知城内竟有叛绅。他不禁万分震怒了！

他立刻采取紧急措施，讯实确证之后，火速发兵掩捕叛绅袁锡林、袁锡朋昆仲。

袁氏昆仲是城中大姓，有家奴上百。可是他弟兄也疏于自卫，把抗胡义士看成豆腐。谢州同亲率吏卒，登门拜访，请袁

绅捐银犒军。袁锡林在客厅延见，面对捐簿，还在推多争少，谢州同把袍袖一拂，吏卒上前，把袁大爷架出客厅，扶上小轿。逼搜内宅，袁锡朋袁二爷渺然不见，却搜出两个拖小辫的鞑子来。

这可是实犯真贼！

谢统帅勃然大怒，押解人犯，立即回衙，并普请士绅，遍邀文武，在大堂上审讯这一个汉奸和两个鞑子。袁锡林依然骄抗，他说为了保全全城生灵，才跟胡人通款。他说："现在明室已亡，你们闹着据城抗胡，不只徒劳无益，简直是鼓动全城老百姓送死！"

谢统帅冷笑道："好一个徒劳无益！你可知文文山曾说：父母疾笃，为人子者不能不下药；宗国危亡，为人臣者不能不挽救。自古以来忠臣义士断头沥血，奔走无益之举，取义成仁，除死方休；就是身死，心还不死，仍以为天下事尚有可为。况且你不曾尽力，怎知不可为？袁先生，哀莫大于心死，你的心早死了，活着也无味，也无益，倒给大明子民丢丑！推出去，斩了吧！"把公案桌一拍，拔下刑人的旗子，掷给刽子手。部下兵弁立刻把叛绅袁锡林连同鞑子，一同绑出去砍了。

三颗人头悬挂在通衢，标明："斩决通敌劣绅袁锡林一名，斩决胡虏奸细二名。"谢统帅的意思，是要及时镇压阴谋献城的叛徒，消弭动摇反侧之辈；为了紧急措施，就未过细追审通敌叛徒的党羽，他怕穷究叛党，激起意外之变。他读过后汉书，他记得汉光武帝焚叛书，"令反侧子自安"那句古话。

他错了！他的宽大，反而使那些与袁锡林通谋的无耻军官和兵弁，栗栗危惧。他们不相信这种宽大，他们似乎自知罪不容诛，他们很快另起叛变诡谋！

谢统帅认定内奸既经肃清，便当赶快驱除外敌。他派遣谍探，探明了城外东南西三面，只有土匪窃发，乘乱打抢；除了城北，此外别无胡骑。并据探报，突进北郊的胡骑，约有五六百名，这却是估计得太高了。乃是受了明兵屡败、士气低馁的

影响，只一看，就把清兵看得了不得！

其实清兵不过来了三百名，他们屯驻在关城北厢，恃有内奸，正坐待城中劣绅叛军投降，他们并没有想到城中还会抗拒。这些鞑子们占据民宅，抓了许多倡女和良家妇女，陪着他们喝酒玩闹；其中很有些投降的无耻汉人，给鞑子帮闲找乐，出坏主意。

谢统帅获得这些敌情，十分愤恨。为了拯救城外难胞，为了激励守城士气，决计要亲率死士，出城御敌，无论如何，要打一个胜仗，在明师屡败之后，他自己也似乎没有必操胜券的把握。他叹道："毛俊若在，以他那本领，开城偷袭敌营，必可把敌骑全歼！"他是文官，自憾素不知兵，因此他打定了奇兵夜袭的主意，要夜开西门，悄悄绕奔北郊，"攻敌所不备"。于是他安排战守，把守城之责交给了副帅邓友松，他自己定在三更以后四更以前，率死士一百数十名衔枚偷营，去打清兵。

谢天恩晓谕士卒，枕戈待发。那漏网汉奸袁锡朋，往来奔走通敌，在他兄长袁锡林枭首后，竟得先一步逃出，给清营送信去了！那受袁贿买、预谋通敌的防营营官席秉文，也惧罪要叛卖南门！北门正对敌队，由义勇刘二虎、曹小春等忠诚士兵把守，汉奸们不敢轻动。通敌营官席秉文只想乘夜偷献南门，里应外合，把清兵引进城来。

可是，汉奸乘夜卖城之计虽辣，敌人却没有勇气来捡便宜。义勇夜袭敌营之计虽高，竟被叛绅袁锡朋先期卖给清营主将和清营知州全福。

清兵情虚，竟先一步整队移营，往北退出二三十里。谢统帅亲率一百数十名义勇，杀到北关，竟扑了一个空！

谢统帅大怒，以为战报不实，要把探子提出军前斩首。几个北关老百姓上前控诉，只因劣绅袁锡朋越城出来送信，鞑子方才撤走，他们撤走的方向，老百姓有的知道，情愿给官军引路，前往杀胡报仇。谢统帅方才明白，这是军情泄漏了。他就不再细想，立刻统众追赶下去。

一百数十名死士，尽是步兵，硬追赶三百名骑马的清兵，众寡不敌，骑步不敌，可是居然追上了，居然打起硬仗来，居然打了一个胜仗，把清兵击溃！

死士背城出击，斗志很强；胡骑饱掠待降，气势太骄，这就分了胜负。鞑子们掳掠了许多良家妇女，恣行淫乐；他们移营时，恋恋不舍，把所俘少艾女子驮在他们的战马上，他们自己倒在步下押着走。

整理后记

《绿林豪杰传》是白羽生前撰写的最后一部武侠小说。1955年7月30日香港大公报刊出预告，同年8月1日开始在该报副刊《小说天地》栏目连载，载至1955年12月15日第十四回结尾时，因白羽生病，停载16天，1956年1月1日从第十五回开始继续连载，至1956年1月26日全部载完。全书共16回，约18万字。

此书连载后，曾在香港出版过单行本。现引当年曾任香港大公报副刊编辑的梁羽生先生1985年9月16日致白羽后人宫以仁先生信中的一段话以作佐证："……令尊50年代初在香港大公报发表的小说是《绿林豪侠传》(编者注：应是《绿林豪杰传》)……这是令尊最后一部著作，记忆所及，大约在1956年由香港文宗出版社征得令尊同意出版，现在已经绝版，我想找也找不到了……"

我社此次出版的《绿林豪杰传》，即是根据当年香港大公报连载之原文校订的。

我的生平

白　羽

生而为纨绔子

民国纪元前十三年九月九日，即已亥年八月初五日，我生于“马厂誓师”的马厂。

祖父讳得平，大约是老秀才，在故乡东阿做县吏。祖母周氏，系出名门。祖母生前常夸说：她的祖先曾在朝中做过大官，不信，“俺坟上还有石人石马哩！”这是真的。什么大官呢？据说“不是吏部天官，就是当朝首相”，在什么时候呢？说是“明朝”！

大概我家是中落过的了，我的祖父好像只有不多的几十亩地。而祖母的娘家却很阔，据说嫁过来时，有一顷啊也不知是五十亩的奁田。为什么嫁祖父呢？好像祖母是个独生女，很娇生，已逾及笄，择婿过苛，怕的是公公婆婆、大姑小姑、妯娌……人多受气，吃苦。后来东床选婿，相中了我的祖父，家虽中资，但是光棍儿，无公无婆，无兄无弟，进门就当家。而且还有一样好处。俗谚说：“大女婿吃馒头，小女婿吃拳头。”我的祖父确大过她几岁。于是这“明朝的大官”家的姑娘，就成为我的祖母了。

然而不然，我的祖父脾气很大，比有婆婆还难伺候。听二伯父说，祖父患背疽时，曾经挞打祖母，又不许动，把夏布衫都打得渗血了。

我们也算是“先前阔”的，不幸，先祖父遗失了库银，又遇上黄灾。老祖母与久在病中的祖父，拖着三个小孩（我的两位伯父与我的父亲，彼时父亲年只三岁），为了不愿看亲族们的炎凉之眼，赔偿库银后，逃难到了济宁或者是德州，受尽了人世间的艰辛。不久老祖父穷愁而死了。我的祖母以三十九岁的孀妇，苦斗，挣扎，把三子抚养成人。——这已是六十年前的事了。

我七岁时，祖母还健在：腰板挺得直直的，面上表情很严肃，但很爱孙儿，——我就跟着祖母睡，曾经一泡尿，把祖母浇了起来——却有点偏心眼，爱儿子不疼媳妇，爱孙儿不疼孙女。当我大妹诞生时，祖母曾经咳了一声说：“又添了一个丫头子！”这“又”字只是表示不满，那时候大妹还是唯一的女孩哩！

我的父亲讳文彩，字协臣，是陆军中校袁项城的卫队。母亲李氏，比父亲小着十六岁。父亲行三，生平志望，在前清时希望戴红顶子，入民国后希望当团长，而结果都没有如愿；只做了二十年的营官，便殁于复辟之役的转年，地在北京西安门达子营。

大伯父讳文修，二伯父讳文兴。大伯父管我最严，常常罚我跪，可是他自己的儿子和孙子都管不了。二伯父又过于溺爱我。有一次，我拿斧头砍那掉下来的春联，被大伯父看见，先用掸子敲我的头一下，然后画一个圈，教我跪着。母亲很心疼地在内院叫，我哭声答应，不敢起来。大伯父大声说：“斧子劈福字，你这罪孽！”忽然绝处逢生了，二伯父施施然自外来，一把先将我抱起，我哇的大哭了，然后二伯父把大伯父“卷”了一顿。大伯父干瞪眼，惹不起我的“二大爷”！

大伯父故事太多，好苛礼，好咬文，有一种嗜好：喜欢磕头、顶香、给人画符。

二伯父不同，好玩鸟，好养马，好购买成药，收集“偏方”；“偏方治大病！”我确切记得：有两回很出了笑话！人家找他要痢疾药，他把十几副都给了人家；人问他：“做几次服？”二伯父掂了掂

轻重，说："分三回。"幸而大伯父赶来，看了看方单，才阻住了。不特此也，人家还拿吃不得的东西冤他，说主治某症，他真个就信。我父亲犯痔疮了，二伯父淘换一个妙方来，是"车辙土，加生石灰，浇高米醋，熏患处立愈"。我父亲皱眉说："我明天试吧！"对众人说："二爷不知又上谁的当了，怎么好！"又有一次，他买来一种红色药粉，给他的吃乳的侄儿，治好了某病。后来他自己新生的头一个小男孩病了，把这药吃下去了，死了！过了些日子，我母亲生了一个小弟弟，病了，他又逼着吃，又死了。最后大嫂嫂另一个孩子病了，他又催吃这个药。结果没吃，气得二伯父骂了好几次闲话。

母亲告诉我：父亲做了二十年营长，前十年没剩下钱，就是这老哥俩大伯和二伯和我的那位海轩大哥（大伯父之子）给消耗净了的；我们是始终同居，直到我父之死。

踏上穷途

父亲一死，全家走人否运。父亲当营长时，月入六百八十元，亲族戚故寄居者，共三十七口。父亲以脑溢血逝世，树倒猢狲散，终于只剩了七口人：我母、我夫妻、我弟、我妹和我的长女。直到现在，长女夭折，妹妹出嫁，弟妇来归，先母弃养，我已有了两儿一女，还是七口人；另外一只小猫、一个女用人。

父亲是有名的忠厚人，能忍辱负重。这许多人靠他一手支持二三十年。父亲也有嗜好，喜欢买彩票，喜欢相面。曾记得在北京时有一位名相士，相我父亲就该分发挂牌了。他老人家本来不带武人气，赤红脸，微须，矮胖，像一个县官。但也有一位相士，算我父亲该有二妻三子、两万金的家私。倒被他料着了。只是只有二子二女，人说女婿有半子之份，也就很说得过去。至于两万金的家财，便是我和我弟的学名排行都有一个"万"字。

然而虽未必有两万金，父亲殁后，也还说得上遗产万贯。——后来曾经劫难，只我个人的藏书，便卖了五六百元。不幸我那时正是一个书痴，一点世故不通，总觉金山已倒，来日可怕，胡乱想出

路，要再找回这每月数百元来。结果是认清了社会的诈欺！亲故不必提了，甚至于三河县的老妈郭妈——居然怂恿太太到她家购田务农，家里的裁缝老陈便给她破坏："不是庄稼人，千万别种地！可以做小买卖，譬如开成衣铺。"

我到底到三河县去了一趟，在路上骑驴，八十里路连摔了四次滚，然后回来。那个拉包车的老刘，便劝我们开洋车厂，打造洋车出赁，每辆每月七块钱；二十辆呢，岂不是月入一百多块？

种种的当全上了，万金家私，不过年余，倏然地耗费去一多半。

"太太，坐吃山空不是事呀！"

"少爷，这死钱一花就完！"

我也曾买房，也曾经商。我是个不到二十岁的少年……

这其间，还有我父亲的上司，某统领，据闻曾干没了先父的恤金，诸如段芝贵、倪嗣冲、张作霖……的赙赠，全被统领"人家说了没给，我还给你当账讨去么？"一句话了账。尤其是张作霖，这位统领曾命我随着他的马弁，亲到顺城街去谢过，看过了张氏那个清秀的面孔，而结果一文也没见。据说是一共四千多元。

我觉得情形不对，我们孤儿寡母商量，决计南迁。安徽有我的海轩大哥当督练官，可将余资交他，代买田产房舍。这一次离别，我母率我妻及弟妹南下，我与大妹独留北方；我们无依无靠，母子姑嫂抱头痛哭！于是我从邮局退职，投考师大，我妹由女中转学津女师，我们算计着："五年之后，再图完聚！"

否运是一齐来！甫到安徽十几天，而XX的变兵由豫境窜到皖省，扬言要找倪家寻隙。整整一旅，枪火很足，加上胁从与当地土匪，足够两三万；阜阳弹丸小城，一攻而入，连装都装不开了！大抢大掠，前后四五天，于是我们倾家荡产，又逃回北方来。在济南断了路费，卖了些东西，才转到天津，由我妹卖了金戒指，把她们送到北京。我的唯一的弟弟，还被变兵架去了七天；后来亏了别人说了好话："这是街上卖迸豆的穷孩子。"才得放宽一步，逃脱回来。当匪人绑架我弟时，我母拼命来夺，被土匪打了一枪，幸而是空弹，我母亲被蹴到沟里去了。我弟弟说："你们别打她，我跟你们走。"那时他是十一二岁的小孩。

于是穷途开始，我再不能入大学了！

我已没有亲戚，我已没有朋友！我已没有资财，我已没有了一切凭借，我只有一支笔！我要借这支笔，来养活我的家和我自己。

笔尖下讨生活

在北京十年苦挣，我遇见了冷笑、白眼，我也遇见热情的援手。而热情的援手，卒无救于我的穷途之摆脱。民十七以前，我历次地当过了团部司书、家庭教师、小学教员、税吏，并曾再度从军作幕，当了旅书记官，仍不能解决人生的第一难题。军队里欠薪，我于是“谋事无成，成亦不久”；在很短的时期，自荐信稿订成了五本。

辗转流离，终于投入了报界；卖文，做校对，写钢板，当编辑，编文艺，发新闻。我的环境越来越困顿，人也越加糊涂了；多疑善忌，动辄得咎，对人抱着敌意，我颓唐，我愤激，我还得挣扎着混……我太不通世故了，而穷途的刺激，格外增加了我的乖僻。

终于，在民十七的初夏，再耐不住火坑里的冷酷了，我甘心抛弃了税局文书帮办的职位。因为在十一天中，喧传了八回换局长，受不了乍得乍失的恐惧频频袭击，我就不顾一切，支了六块大洋，辞别了寄寓十六年的燕市，只身来到天津，要想另打开一道生活之门。

我在天津。

我用自荐的方法，考入了一家大报。十五元的校对，半月后加了八元，一个月后，兼文艺版，兼市闻版，兼小报要闻主任，兼总校阅；未及两个月，月入增到七十三元——而意外地由此招来了妒忌！

两个月以后，为阴谋所中，被挤出来，我又唱起来“失业的悲哀”来了！但，我很快地得着职业，给另一大报编琐闻。

大约敷衍了半年吧，又得罪了“表弟”。当我既隶属于编辑部，又兼属于事务部做所谓文书主任时，十几小时的工作，我只拿到一

份月薪，而比其他人的标准薪额还少十元。当我要求准许我两小时的自由，出社兼一个月脩二十元的私馆时，而事务部长所谓表弟者，突然给我延长了四小时的到班钟点。于是我除了七八小时的睡眠外，都在上班。“一番抗议”，身被停职，而“再度失业”。

我开始恐怖了！在北平时屡听见人的讥评：“一个人总得有人缘！”而现在，这个可怕的字眼又在我耳畔响了！我没有“人缘”！没有人缘，岂不就是没有“饭缘”！

我自己宣布了自己的死刑：“糟了！没有人缘！”

我怎么会没有人缘呢？原因复杂，愤激、乖僻、笔尖酸刻、世故粗疏，这还不是致命伤；致命伤是“穷书痴”，而从前是阔少爷！

环境变幻真出人意外！我居然卖了一个半月的文，忽然做起外勤记者了。

我，没口才，没眼色，没有交际手腕，朋友们晓得我，我也晓得“语言无味，面目可憎”八个字的意味，我仅仅能够伏案握管。

“他怎么干起外勤来了？”

“我怎么干起外勤来了！”

转变人生

然而环境迫着你干，不干，吃什么？我就干起来。豁出讨人嫌，惹人厌，要小钱似的，哭丧着脸，访新闻。遇见机关上的人员，摆着焦灼的神气，劈头一句就问：“有没有消息？”人家很诧异地看着我，只回答两个字：“没有。”

那是当然！

我只好抄“公布消息”了。抄来，编好，发出去，没人用，那也是当然。几十天的碰钉，渐渐碰出一点技巧来了；也慢慢地会用勾拒之法、诱发之法，而探索出一点点的“特讯”来了。

渐渐地，学会了“对话”，学会了“对人”，渐渐地由乖僻孤介，而圆滑，而狡狯，而阴沉，而喜怒不形于色，而老练……而“今日之我”转变成另一个人。

我于是乎非复昔日之热情少年，而想到“世故老人”这四个字。

由于当外勤，结识了不少朋友，我跳入政界。

由政界转回了报界。

在报界也要兼着机关的差。

当官吏也还写一些稿。

当我在北京时，虽然不乏热情的援手，而我依然处处失脚。自从到津，当了外勤记者以后，虽然也有应付失当之时，而步步多踏稳——这是什么缘故呢？噫！青年未改造社会，社会改造了青年。

我再说一说我的最近的过去。

我在北京，如果说是“穷愁”，那么我自从到津，我就算“穷”之外，又加上了“忙”；大多时候，至少有两件以上的兼差。曾有一个时期，我给一家大报当编辑，同时兼着两个通讯社的采访工作。又一个时期，白天做官，晚上写小说，一个人干三个人的活，卖命而已。尤其是民二十一至二十三年，我曾经一睁开眼，就起来写小说，给某晚报；午后到某机关（注：天津市社会局）办稿，编刊物，做宣传；（注：晚上）七点以后，到画报社，开始剪刀浆糊工作；挤出一点空来，用十分钟再写一篇小说，再写两篇或一篇短评！假如需要，再挤出一段小品文；画报工作未完，而又一地方的工作已误时了。于是十点半匆匆地赶到一家新创办的小报，给他发要闻；偶而还要作社论。像这么干，足有两三年。当外勤时，又是一种忙法。天天早十一点吃午餐，晚十一点吃晚餐，对头饿十二小时，而实在是跑得不饿了。挥汗写稿，忽然想起一件心事，恍然大悟地说：“哦！我还短一顿饭哩！”

这样七八年，我得了怔忡盗汗的病。

二十四年冬，先母以肺炎弃养；喘哮不堪，夜不成眠。我弟兄夫妻四人接连七八日地昼夜扶侍。先母死了，个个人都失了形，我可就丧事未了，便病倒了；九个多月，心跳、肋痛，极度的神经衰弱。又以某种刺激，二十五年冬，我突然咯了一口血，健康从此没有了！

易地疗养，非钱不办；恰有一个老朋友接办乡村师范，二十六年春，我遂移居乡下，教中学国文——决计改变生活方式。我友劝

告我：“你得要命啊！”

事变起了，这养病的人拖着妻子，钻防空洞，跳墙，避难。二十六年十一月，于酷寒大水中，坐小火轮，闯过绑匪出没的猴儿山，逃回天津；手头还剩大洋七元。

我不得已，重整笔墨，再为冯妇，于是乎卖文。

对于笔墨生活，我从小就爱。十五六岁时，定报，买稿纸，赔邮票，投稿起来。不懂戏而要作戏评，登出来，虽是白登无酬，然而高兴。这高兴一直维持到经鲁迅先生的介绍，在北京晨报译著短篇小说时为止；一得稿费，渐渐地也就开始了厌倦。

我半生的生活经验，大致如此，句句都是真的么？也未必。你问我的生活态度么？创作态度么？

我对人生的态度是“厌恶”。

我对创作的态度是“厌倦”。

“四十而无闻焉，‘死’亦不足畏也已！”我静等着我的最后的到来。

（二十七年十二月二十日）